美好生活的建设者

（上册）

主　编：王　琤

线装书局

图书在版编目（CIP）数据

美好生活的建设者 ：全2册 / 王琤主编． -- 北京 ：
线装书局，2022.3
ISBN 978-7-5120-4954-3

Ⅰ．①美… Ⅱ．①王… Ⅲ．①新闻报道—作品集—中
国—当代 Ⅳ．①I253

中国版本图书馆CIP数据核字(2022)第025747号

美好生活的建设者·上册

MEIHAO SHENGHUO DE JIANSHEZHE · SHANGCE

主　　编：王　琤
责任编辑：曹胜利
出版发行：线装书局
　　地　址：北京市丰台区方庄日月天地大厦B座17层（100078）
　　电　话：010-58077126（发行部）010-58076938（总编室）
　　网　址：www.zgxzsj.com
经　　销：新华书店
印　　制：北京联兴盛业印刷股份有限公司
开　　本：889mm×1194mm　1/16
印　　张：78.5
字　　数：2200千字
版　　次：2022年3月第1版第1次印刷
印　　数：0001—3000套

定　　价：950.00元（全2册）

线装书局官方微信

前　言

党的十八大以来，中国特色社会主义进入新时代，全国各地各单位以及千千万万中华优秀儿女，在习近平新时代中国特色社会主义思想指引下，认真贯彻执行党中央重大方针政策，积极投身中国特色社会主义创新实践，为实现人民对美好生活的向往而不懈奋斗，通过创新发展、协调发展、绿色发展、开放发展和共享发展，大力提升发展质量，取得了突出业绩，涌现出一大批先进模范。

为乘势而上开启全面建设社会主义现代化国家新征程凝聚强大精神力量，本书编者组织编写了《新时代　新征程　新篇章》第三卷《美好生活的建设者》。该书集中荟萃中国特色社会主义进入新时代具有指导意义的学习成果和实践成果；大力展示各地区各部门各基层单位立足新发展阶段、贯彻新发展理念、构建新发展格局、推动高质量发展的先进事迹和典型经验，激励全党全军全国各族人民紧密团结在以习近平同志为核心的党中央周围，高举中国特色社会主义伟大旗帜，同心同德，顽强奋斗，夺取全面建设社会主义现代化国家新胜利！

本书编者

2022 年 3 月

（上册）

第一章　推动经济高质量发展

协调发展高站位

创新发展高效益

绿色发展高水平

第二章 建设社会主义和谐社会

统筹社会治理

增进民生福祉

第三章 繁荣文化教育事业

第四章　打赢防控战　夺取双胜利

第一章

推动经济高质量发展

江苏南通综合保税区

勇立潮头谋发展 乘势而上谱新篇

链接：南通综保区2013年1月3日国务院获批、2013年12月28日验收通过、2014年6月16日正式对外运营，规划面积5.29平方公里，实行“一区两片”的发展格局。其中，A区位于国家级南通经济技术开发区中心区域，规划面积1.5平方公里，着力发展研发设计、检测维修、大数据、国际贸易等保税服务产业；B区紧邻通海港区，规划面积3.79平方公里，着力发展保税加工和现代智慧物流产业。

目前，南通综保区已经集聚了以南通中远海运物流供应链有限公司、南通宝能物流有限公司、南通宝时物流有限公司、南通中农物流有限公司、南通嘉浩冷链物流有限公司为龙头的现代智慧物流产业；以阿里巴巴信息港（江苏）有限公司为龙头的大数据产业；以南通延锋安道拓座椅面套有限公司、南通联亚药业有限公司、南通吉凯光电科技有限公司为代表的保税加工产业；以飞昂微电子科技南通有限公司、阿斯克勒庇俄斯医学（南通）有限公司为代表的检测研发产业。现代智慧物流园和国际数据中心产业园已见成效。

党的十八大以来南通综保区获得的主要荣誉有：中国保税区出口加工区协会2015年度、2017年度、2018年度、2019年度四届联络工作先进单位，2018年度和2019年度两届统计工作先进单位，南通市2019年度党建工作示范点、青年文明号争创集体、市区重点服务业集聚区、2020年度市区产业转型升级专项资金支持服务业项目。

2019年全年，南通综保区实现进出口货值58.69亿元人民币，同比增长21.2%。

2020年1-6月，南通综保区实现逆势增长，进出口货值32.5亿元人民币，比去年同期增长28.6%。

2020年仲夏六月，通城大地千花竞放，花香袭人。南通综保区在市委、市政府，开发区党工委、管委会的正确领导下，适应经济发展新常态，瞄准高质量发展目标，聚焦产业项目、功能配套，改革创新，砥砺前行，全面进入了天时、地利、人和的黄金发展期。

经济指标持续增长

高质量发展体现“综保区担当”

综合保税区是海关特殊监管区域的最高形态，是我国开放层次最高、优惠政策最多、功能最齐全、手续最简化的特殊区域。享有设备进口免税，原材料进口保税，区外货物入区退税，水电气退税，区内交易免征增值税、消费税等特殊政策。

南通综保区2013年1月3日国务院获批，规划面积5.29平方公里，实行“一区两片”的发展格局。其中，A区着力发展研发设计、检测维修、大数据、国际贸易等保税服务产业；B区紧邻通海港区，着力发展保税加工和现代智慧物流产业。

近年来，南通综保区充分发挥海关特殊监管区域、水陆空联运、口岸平台以及服务平台等功能优势，功能平台实现不断拓展。南通综保区还积极促进高质量发展二十一条举措，其中已实现9项落地，成功复制27项上海自贸区创新举措，积极探索区港直通新模式，不断实现高质量发展。

数据可以见证综保区的发展轨迹：截至2019年12月，南通综保区累计批准综保区企业159家、注册经济企业339家，注册资本共计262.46亿元。“十三五”期间，综保区预计实现一线进出口货值237亿元人民币，实现二线进出区货值676亿元人民币，实现经营收入652亿元，完成工业总产值88亿元。

通过几年的探索和创新，如今，南通综保区在区别于省内其他综保区的基础上，有了更多特色和清晰的定位：在全省率先开展仓储货物按状态分类监管试点，试点经验已在全省11家综保区推广；2019年分类监管进出区货值10.47亿美元，总量占全省的45%，在全省海关特殊监管区域中排名第一；在全国首创“慧眼通”电子围网监管系统、实施增值税一般纳税人资格试点改革，一系列举措为促进综保区高水平开放高质量发展增添了新动能。

下一步，南通综保区将进一步借助长三角一体化发展的国家战略和国务院“21条”政策红利东风，瞄准高质量发展目标，聚力发展以新一代信息技术、智能制造、医疗健康为主的保税加工业，壮大发展国际贸易、跨境电商，打造先进制造业加工中心、研发设计中心、物流分拨中心、检测维修中心和销售服务中心五大中心，努力成为对外开放的新平台、创新发展的先行区、转型升级的新高地。

优质项目加速集聚

产业高地代言“综保区质量”

借助临港优势，做强物流业等基础产业，是综保区发展的重要一环。

南通综合保税区充分与通海港区联动发展，实现货物快速流转，

通海港区远眺

加载“政策叠加、优势互补、资源整合、功能集成”的协同效应，形成以南通中远海运物流供应链有限公司、南通宝能物流有限公司、南通宝时物流有限公司、南通中农物流有限公司、南通嘉浩冷链物流有限公司为龙头的现代智慧物流产业。

“中农控股现代物流园是中农集团根据长三角一体化发展战略、适应现代物流业发展需要、整合系统内优质资源，在长三角地区的战略布局，致力打造业内新标杆。”中农控股现代物流园内一片繁忙景象，正在为开园运营做最后的准备工作，企业负责人葛云芳介绍，项目利用全产业链的供应链优势，高点定位、高效推进，将进一步做大、做强、做优综保区现代智慧物流产业，推动物流产业转型升级。

吊车矗立、机器轰鸣，嘉浩美库正在火热建设中。企业负责人沈光昶介绍，项目目前已进入主体结构施工阶段。作为中国领先的冷链基础设施服务商之一，该项目将运用先进的物流模式和信息技术，打造集采购、仓储、配送、销售于一体的食品食材基地，打造面向长三角的绿色、环保、节能、高效的食品供应链体系。

除物流产业，综保区还集聚创新资源，吸引高技术含量、高附加值企业入驻，形成了以延峰安道拓、吉凯光电为代表的保税加工产业，以联亚药业、麦迪生医疗科技为代表的检测研发产业。

5月22日，国内顶尖新冠检测试剂生产商之一——麦迪生医疗科技（南通）有限公司最新上马的新冠病毒检测试剂项目，顺利落户综保区。值得一提的是，南通综保区从正式跟进到项目最终落地，仅用10天时间。

南通崇天纺纱有限公司车间内，智能化的机器正有序运作。据悉，企业拥有世界最先进纺纱设备，同时配有独特的粗细联、细络联等自动化物流系统。整个生产线实现信息化、智能化、自动化，具有检测数据准、产品质量优等特点。

“我们现有120万只座椅面套的年生产能力，拥有国际高端数控裁剪设备，并自主研发无张力铺布机、电脑气囊缝纫机等多台设备，其中无张力铺布机拥有自主知识产权。”延锋安道拓是中国汽车座椅行业领跑者，南通基地有两家企业，其中一家落户在综保区。负责人吴彬介绍，随着公司全球化发展，企业已在扩建智能化新工厂，从“制造”向“智造”迈进。

南通大河木业有限公司深耕儿童青少年学习桌20年，近几年，在综保区的关心和支持下，企业研发创新家用电暖炉炕桌、家居整体橱柜和办公家具等产品。“未来发展，大河木业更看重国内市场，不断开拓国内外新的领域和空间。”负责人盛瑜说道。

南通综保区缘何如此备受客商的青睐和信任？

“南通综保区凭借一般研发物料进口保税、免于提交许可证件、通关便利化等政策优势，完美疏通企业在创新研发、保税加工、国际贸易等领域的业务痛点，让我们毫不犹豫地选择综保区。”吉凯光电科技有限公司负责人管明娥的一席话，道出了众多企业心声。2019年，南通综保区被列入“企业增值税一般纳税人资格试点”，目前已有8家企业加入试点行列，积极开拓新市场。

截至目前，南通综保区招引了中远海运、宝供、宝能、嘉浩、中国供销集团、阿里巴巴、万国等一批世界500强、央企及行业领军项目。可以预见，随着更多企业入驻，智能装备、医疗健康、现代物流等产业将成为支撑南通综保区的强大引擎，为南通开发区乃至南通外向经济发展提供源源不断的动力。

配套设施不断优化

优质平台助推“综保区效率”

招商引资让客商“招得进来”，配套服务就要让项目“落得下来”。

作为综保区开发建设、保障服务、项目经营、资产管理的主体，南通综合保税区发展有限公司积极围绕“聚焦发展、着眼未来”的发展理念，借助综保区发展和通海港口通航契机，大力拓展市场业务，形成集商务办公、仓储物流、贸易零售、商业地产、对外投资一体化的产业布局，形成资产运营、物流贸易和进口商品直营三大业务板块支撑。

“目前，公司已建成集办公、住宿、餐饮、商务酒店、配套商业功能一体的综保邻里中心，为综保区及周边企业提供完善的配套商务、生活服务；建成现代化智慧保税物流仓库，发挥区港联动优势，打造集保税监管、保税仓储、冷链仓储、分拨配送、跨境电商等功能一体的进出口商品集散中心。”公司负责人吴春祥说道。

此外，公司还拥有一支专业化的报关报检及物流服务团队，具备海关、监管场站及进口食品指定监管场所运营资质，并作为苏中地区首批试点企业开展货物仓储分类监管业务，为区内外企业提供政策解读、业务合作、资金保障的全流程服务。

进口商品直营中心内，商品琳琅满目，进口日化、酒水、休闲食品、冷冻肉类海鲜等商品有序摆放。工作人员随手拿起物品现场扫码，产品即可追溯源头，为消费者和贸易商提供进口商品从海外发货到终端配送的全链条服务。据吴春祥介绍，该中心一方面为通城百姓提供渠道正宗、质量可靠的优质进口商品；另一方面，发挥与物流贸易联动的优势，联合打造进口商品的前店后仓展示交易平台，为进出区的进口商品提供展示交易。“未来，我们将用好‘保税仓储展示及分拨配送’平台功能，大力引进和培育本土跨境贸易电子商务平台和服务企业，让通城百姓在家门口就能实现日常生活消费‘购全球’。”

南通开发区党工委委员、综保区管理局局长范志强表示：综保区将在全市上下掀起学习苏州“三大法宝”，答好南通“发展四问”的高潮中，抢抓“长三角经济一体化”等诸多国家战略在南通叠加的机遇期，对标先进综保区，勇于担当，奋力拼搏，因地制宜，真抓实干，全方位融入苏南，全方位对接上海，进一步创新发展思路，优化发展路径，全方位推进综保区高质量发展，为南通外向型经济跃上新台阶作出我们应有的贡献。

供图：南通综保区管理局

浙江省新昌县

全力推进大花园建设

链接：新昌县是国家级生态县、国家园林县城、国家地质公园、国家创新型县、中国工业百强县、国家生态文明建设示范县、全国两山发展百强县、天姥山国家级风景名胜区、国家全域旅游示范区创建单位、全国休闲农业与乡村旅游示范县、“绿水青山就是金山银山”实践创新基地。

初夏，走进浙江省新昌县，层峦叠翠，碧水渺渺，滋润的山风拂面，千万喧嚣在此皆可抛于身后。

新昌七星新城 摄影：马骏

山水之境，理想人居。君可见，唐风诗意余音渺。君可见，绿水青山扑面来。

2019年，新昌顺利列入全省首批大花园典型示范培育单位。以大花园建设为重要载体和主要抓手，新昌生态环境持续优化，城乡面貌加速蝶变，全域美的成效持续显现；传统产业加快升级，现代农业提升发展，产业竞争力稳步提升；民生实事全面完成，社会保障持续加强，民生福祉不断改善。“浙东唐诗之路精华地”品牌特色彰显，文旅融合新篇章正在书写。

一年以来，新昌紧紧围绕全省大花园建设决策部署，坚持以“生态兴县”为引领，以科技创新助力“两山”转化、“浙东唐诗之路”与大花园融合发展为特色，扎实推进各项工作任务，新昌大花园建设取得良好开局。今年4月正式列入大花园典型示范建设单位。

生态兴县，“两山”转化加速度

2019年11月16日，在湖北十堰召开的2019年中国生态文明论坛年会上，命名表彰了第三批23个“绿水青山就是金山银山”实践创新基地，新昌县榜上有名，这是继安吉县后，全省第二个获得“国家生态文明建设示范县”、“两山”实践创新基地这两项“国家级双荣誉”的县（市、区）。

如今的“绿色强县”，曾经却是“污染重县”。壮士断腕重整山河，从2007年“省级重点监管区”成功摘帽，到2010年创成省级生态县，2016年创成国家生态县，再到2017年成为首批国家生态文明建设示范县，2019年成为“绿水青山就是金山银山”实践创新基地，新昌人用10多年的时间，写就绿色发展壮美史诗，为全世界输出“生态文明建设”的新昌经验和新昌样板。

在发展中正确处理好人与自然、人与人之间的关系，已经成为新昌发展的首要课题。

外婆坑村是新昌旅游的“网红”村，在外婆坑村，游客可以住农家屋、打麻糍、挖山笋，还可以吃到玉米饼、手磨豆腐等地道农家菜。秀丽的风景、淳朴的农家文化吸引着大量国内外游客，外婆坑村从原来靠政府救济粮度日的困难村，一跃成为人均收入超过全县平均水平的富裕村。

外婆坑村积极发展乡村旅游，打造了践行“两山”理念的“外婆坑村样板”，而它的成功只是一个缩影。新昌县坚持“生态兴县，旅游富民”发展战略，依托良好的生态环境资源，全面打造全域旅游示范区，初步实现了由单纯的风景游、景点游向生态休闲旅游、全域化旅游转变，环境收益与经济收益同步增长，将好山好水好空气打造成了民生福祉的一项幸福产业。

能完成华丽转身，与新昌立足科技创新密不可分。作为国家创新型县，创新发展、绿色发展，是新昌全县上下共同的价值理念。通过全面实施科技创新驱动，强化“生态保护”和“科技创新”两手发力，新昌这个资源禀赋、交通区位均无优势的山区县走出了一条“从科技强到产业优、生态好”的极富新昌特色、极具新昌智慧的“两山”发展新路。为“绿水青山就是金山银山”作出了生动诠释。

今年，在“两山”实践创新基地建设引领下，新昌将继续打好污染防治攻坚战，深入开展“蓝天、碧水、净土、清废”四大行动。大力实施“全域清水”计划，以提升水环境质量为核心，以“河（湖）长制”为抓手，通过推进污水零直排区和美丽河湖“两个建设”，实现区域河道水质提标，群众满意度和获得感进一步提升。同时，充分融合科技创新和绿色生态两大动能，从更高层面、更深层次、更宽范围推进新昌经济发展新旧动能转化，加快实现绿色高质量发展。

特色名片，唐诗之路精华地

天姥山下，诗书不绝，白居易有诗称赞，“东南山水，越为首，剡为面，沃洲天姥为眉目”，诗仙李白留下千古名诗《梦游天姥吟留别》……

这里曾有451位诗人走过，留下了1505首唐诗，其中有300多首诗歌直接歌颂新昌山水。新昌，已成为众多文人墨客和游者“心向往矣”之所在。在文旅融合大背景下，新昌正在积极打造“浙东唐诗之路精华地”，凸显新昌大花园诗意特色，展示浙江“文化金名片”，为建设“重要窗口”贡献新昌智慧和新昌力量。

2019年12月29日，以“共游唐诗路 共建大花园”为主题的2019天姥山唐诗之路国际越野挑战赛在新昌拉开序幕，将近5000人跨年越野。此次越野挑战赛充满了浓重的唐诗文化气息，赛道穿越新昌县域1个国家4A级风景区，两个省级旅游风情小镇，26个村，其中7个3A级景区村、5个A级景区村，可谓一步一美景，一步一诗篇，参赛者纷纷感叹“感觉像在画里跑步”。

2020年4月，新昌天姥山唐诗之路国际越野挑战赛被评为2019年度浙江马拉松及路跑“越野悦跑”特色赛事。

做足唐诗文章，新昌因地制宜，将唐诗文化与新昌特色美食结合，推出“天姥唐诗宴”：“天姥连天向天横”是新昌炒年糕，炒年糕呈条状，层层叠叠似天姥山；“飞流直下三千尺”是新昌汤榨面……一道菜就是一首诗，吃的不仅仅是菜，还有唐代诗人在新昌留下的气韵与绝响。近日，在2019浙江文化和旅游总评榜颁奖仪式上，新昌荣获诗画浙江·百县千碗工程示范县区。

为了让唐诗之路“不仅兴在笔墨间，更要旺在实景里”，从2018年起，新昌围绕把“浙东唐诗之路”这条历史之路、文化之路转化为产业之路、发展之路、经济之路，整合力量推进“唐诗之路”规划、研究、保护、开发、宣传五大行动，提出了“一年有声、三年有形、五年有效”的目标。通过举办全国唐诗之路与天姥山学术研讨会、“献礼70周年、全民诵唐诗”等重大活动，讲好唐诗之路故事，传播唐诗之路文化，打响唐诗之路品牌，影响力和知名度不断扩大，实现了上有呼声、下有应声，有声目标已出色完成。

“接下来，我们的目标是三年有形，重点推进‘一城、一带、一区、一域’打造，让无形的路变成有形的路。”新昌县发改局主要领导说。其中，“一城”，指将新昌核心城区打造成5A级唐诗文化名城；“一带”，指唐诗文化景观带的节点打造（主城区到天姥山）；“一区”，指166平方公里的天姥山自然风景名胜区开发利用；“一域”，指全县域文旅融合。

随着唐诗广场、唐诗之路古驿道修复工程和天姥山景区开发工程等项目的推进，新昌“浙东唐诗之路精华地”蓝图逐渐显现。接下来，新昌将继续紧抓大花园建设、诗路文化带建设等省级战略布局契机，加强唐诗之路精华地的保护、规划和传承，加快天姥山旅游区建设，进一步打响唐诗之路品牌，全力打造诗路研究新高地、文旅融合样板地、唐诗之路精华地。

项目为本，文旅融合新篇章

2020年5月，新昌十九峰景区内，工人们正在架设铁道桥梁，小火车工程项目正如火如荼地进行。

“一车连三地，串起大花园”。文旅小火车项目预计今年年底投入运营，将连接镜岭镇、澄潭街道、东茗乡三地，带动镜岭镇民族特色游、澄潭街道的智慧工业游、东茗乡茶香康养游等文旅线路，

新昌自古以来人杰地灵，文化底蕴深厚。左图为中国历史文化名山天姥山，晋宋谢灵运开山，唐李白天姥吟，明徐霞客科考，即此山；右上图为鼓山；右下图为新昌县十九峰景区飞龙栈道，是目前江南地区最长的全程观光栈道，于 2017 年 1 月开通，一度成为网红景区　摄影：马骏

坐上小火车，品味自然野趣，了解民俗风情，体验农家生活，领略田园风光。

除了小火车，2020 年，狐巴巴星球乐园项目也在十九峰景区正式开工建设。作为浙江省 2020 年重大文旅集中开工项目之一，该项目总投资约 1.2 亿元，总占地面积约为 800 亩，在十九峰桂竹岭片区综合打造集吃住游、自然教育基地与主题乐园等在内的度假区，提供攀岩、速降、树顶飞索、彩虹滑道等 20 多种户外运动的体育旅游 IP 产品，是一个集亲子出游、户外休闲、研学营地教育和文化体验为一体的多维度生态度假乐园。今年 7 月，这个被称为新昌版的“迪士尼乐园”将惊艳亮相。

5 月 12 日，上海御庭集团成功拍得左于村一期约 100 亩土地，标志着总投资 20 亿元的安缇缦生态旅游度假区招商项目正式落地；5 月 20 日，县旅游集团与康力电梯、张家界天门山旅游集团通过视频的方式，远程签署十九峰景区户外体验项目战略合作协议，计划总投资 10 亿元。

作为新昌文旅融合发展的主阵地，十九峰景区发展迎来了全省大花园建设、“浙东唐诗之路”黄金旅游带工程、绍兴“清风廉旅”样板地工程等历史机遇期。新昌坚持“项目为王”理念，通过旅游产业项目化运作，全力打造景区升级版，再造新昌旅游发展新优势，使“爆红”景区成功转型“长红”景区。

“当前，新昌县正在紧紧围绕全省大花园建设，以‘五大会战’为抓手，全力推进国家全域旅游示范区创建和全省首批 5A 级景区城打造。”新昌县委主要领导在十九峰景区户外体验项目“云签约”仪式上说。2020 年，新昌提出开展“五大会战”，把项目作为全年工作核心，合力推进项目招商、落地和建设。全县大花园建设初步谋划重点项目 21 个，总投资 266 亿元，年度计划投资 25 亿元左右。项目涉及生态环境质量提升、全域旅游推进、绿色产业发展和基础设施提升等各领域。

2020 年，新昌将争先创优抓发展，为诗画浙江大花园贡献新昌力量，不断书写高质量绿色发展新篇章。诗意花园，缘来新昌！

陕西省澄城县

谋求高质量　建设新澄城

时间回到 2019 年，年末召开的中共澄城县委十七届七次会议提出：2020 年及今后一段时期，澄城县将聚焦聚力四县同建，重点突围四大品牌工程，打造澄城发展的核心竞争力、提升澄城发展的对外美誉度。

四县同建：建设中国樱桃第一县，建设中国民窑第一县，建设陕西教育强县，建设陕西城乡环境最干净县。

澄城县委强调，加快推进高质量发展，澄城坐不住、等不起、慢不得。

砥砺奋进又一年。2020 年，在省委、市委的坚强领导下，面对新冠肺炎疫情和经济下行压力的严峻考验，澄城县统筹疫情防控和经济社会发展，以脱贫攻坚统揽经济社会发展全局，突出“四县同建”，生产总值完成 103.54 亿元，同比增长 0.1%，增速位居全市中游，全社会固定资产投资完成 90.93 亿元，同比增长 8.6%，增速排名全市县域第一，吹响了新时代澄城高质量发展的集结号。

“全面加快县域经济社会高质量发展”

“我们始终坚持以高质量的项目建设推动高质量的发展”，县委书记王万庆说道。来到澄城后，经过充分调研，结合发展实际，提出了“四看”方略谋项目，“四高”精神抓项目的发展理念。向上看，高起点谋划项目，认真学习研究国家产业政策，争取中省市更多的资金项目支持；向外看，高标准招引项目，坚持招大引强与延链补链相结合，真正让“实力最强、方案最优、建设最快”的大企业、好项目落户澄城。向下看，高效率推进项目，实行重点项目挂图作战，明确具体目标和完成时间节点，确保建成一批提振士气、领先省市的大项目。向内看，高水平保障项目，始终秉持“企业发财、澄城发展”理念，对重点企业、重点项目提供全周期和“店小二”服务，确保大项目、好企业能够招得来、留得住、深扎根、快发展。

澄城县委书记王万庆

加快工业转型。实施工业倍增计划，突出“双轮驱动”，优化升级烟煤等传统产业，大力发展煤制气、光伏等新能源产业，形成了澄合矿业、拓日新能等一批百亿级的产业集群，大唐集团、华润集团、富瑞特装等500强企业、上市企业在澄投资，形成了以煤烟、新能源、新材料、涉农加工为支撑的现代工业格局。

加快农业升级。突出绿色化引领农业发展、机械化支撑农业生产、园区化做强农业加工、品牌化提升农业效益，依托澄城百万头生猪大县优势，大力发展“粮猪沼果”生态循环有机农业，成功创建全国绿色畜牧业示范县、全国农产品质量安全县。产业规模大、品质优，水果总面积发展到53万亩，优质苹果发展到40万亩，特别是“SOD+牛奶”苹果填补了陕西功能苹果空白，还有9万亩的樱桃，4万亩的黄桃、冬枣、酥梨，13万亩的药材，等等。

加快三产融合。依托丰富的文化旅游资源，打造了以国家4A级景区尧头窑文化旅游生态园区为龙头、以3A级景区龙首坝、城隍庙神楼、澄城县博物馆、良周秦汉宫、吴坡田园综合体等为支撑，以乡村民宿、观光休闲等新兴业态为辅的旅游景区群。刘家洼东周芮国遗址荣获2018年度全国十大考古新发现，跻身第八批全国重点文物保护单位，考古成果在国家博物馆专题展出。高质量编排大型现代秦腔剧《张富清1948》，荣获第九届陕西省艺术节“文华优秀剧目奖、导演奖、音乐奖”。

“澄城樱桃甜蜜蜜”

“我是澄城县委书记王万庆，澄城樱桃甜蜜蜜，欢迎大家来品尝！”2020年4月28日的首届中国·澄城樱桃云营销季、陕西水果网络特色季樱桃季开幕前，县委书记王万庆推介澄城樱桃的视频先在网络、抖音平台和微信朋友圈火了起来。人民日报、新华社、陕西卫视、陕西日报等20余家权威媒体走进澄城，与中国果品流通协会、浙江农本品牌咨询公司等签订战略协议，在中国交通广播和陕西卫视《对话书记》《今日点击》栏目播出“渭北樱桃红了”等“小樱桃助推大扶贫”系列报道，《陕西澄城：樱桃熟了，钱袋子鼓了》被中央2套专题报道。

营销季开幕式当天，县长高成文与网红电商同框代言澄城樱桃。开幕式上发布的《澄城樱桃甜蜜蜜》广告歌曲中，高成文率先出镜，与干部群众、网络红人、果农等一同唱响樱桃宣传歌曲……“澄城樱桃甜蜜蜜”成为热点——得益于县上的大力推介，尽管受到疫情影响，但是2020年澄城樱桃还是卖了好价钱，实现销售额3亿元左右，其中通过网络、电商等渠道实现销售额7000万元，份额较去年实现大幅度提升。

“人家一卖就是几万元，县上又大力扶持，咱也赶紧种上！”庄头镇永内村，贫困群众靳李权新栽了3亩樱桃树。他说，过去家庭收入低，关键是没产业。“现在好了，有了樱桃树，挣钱就有了指望。”2020年樱桃栽植的时节正是疫情防控的关键时期。在澄城，各镇（办）安排群众分组、分户、分地块、分时段排好作业班次，通过合理的调配指导群众有序作业。充满希望的春天里，古徵大地一片“东边灌溉、西边剪枝、南边平地、北边起梁”的有序农忙景象。

靳李权种樱桃底气足是因为县上力度巨大的支持政策。县委、县政府提出：建设10万亩以上优质早熟樱桃基地，产量达到15万吨以上，产值突破20亿元。从2020年起，连续三年每年对新建园每亩给予800元奖补，安排200万元支持樱桃实验站建设、安排100万元用于品牌培育和宣传推进……

破题脱贫攻坚，打造核心产业。一年来，澄城“建设中国樱桃第一县”目标有力推进、步履铿锵。策划实施“小樱桃助推大扶贫”系列活动，澄城樱桃甜到了澄城人心里。澄城樱桃获批国家地理标志证明商标、第四批中国特色农产品优势区“澄城樱桃”榜上有名，纳入全国乡村特色产品目录、陕西乡村特色产业名录，入选2020年度最受欢迎的果品区域公用品牌100强。超额完成2万亩优质樱桃年度栽植任务，总面积达9万亩，樱桃产业产销两旺、量价齐升，产值突破10亿元，真正打造为“澄城招牌”“陕西王牌”“国家品牌”。

“今年卖了7万多元，希望明年会更好！”2020年樱桃销售刚刚结束，庄头镇郭家庄村贫困户李俊奇笑着说。

“坚持把脱贫攻坚作为第一民生工程”

“2020年是决战决胜脱贫攻坚，全面建成小康社会的收官之年。始终以脱贫攻坚统揽经济社会发展全局，认真履行脱贫攻坚第

澄城县县城全貌

澄城县委书记王万庆遍访贫困户

一责任人责任，带头践行群众路线，先后遍访全县160个行政村，确保决策工作实事求是、有的放矢。”县委书记王万庆说。到年底，全县累计完成94个贫困村出列、累计脱贫25074户90052人，全县40万群众同全国人民一道同步迈入小康社会。冯原镇马村党委书记兼村委会主任成云浪荣获“全国脱贫攻坚先进个人称号”。

做好顶层设计。坚持把脱贫攻坚作为首要政治任务和第一民生工程，定期主持召开县委常委会、县委中心组、县脱贫攻坚领导小组会学习习近平总书记关于扶贫工作重要论述、7次座谈会会议精神等，牢牢把握脱贫攻坚正确政治方向。严格落实“五级书记抓扶贫”要求，建立“领导小组统筹抓、县委常委牵头抓、分管领导包联抓、八办五组具体抓、镇街部门分块抓、‘四支队伍’一线抓”工作机制，实行总队长负责制，层层压实各级责任。坚持“日督战、周调度、旬研判、月考核”原则，组建“三督一考办公室”，各镇街组织10个督战队驻镇督战，八办五组成立专业化督战队常态督战。积极贯彻省委“三排查、三清零”安排部署，创新开展“六排查、六确保”百日冲刺行动，延伸实施“大走访、大排查、大整改”专项行动，补短强弱、决战收官，真正把“两个维护”体现在行动上。

突出产业就业。聚焦产业兴旺，先后投入1亿多元，扶持种养大户、家庭农场、农民专业合作社、龙头企业等新型经营主体500多个，发放产业到户奖补资金4049万元，扶持万余贫困户发展产业。发力消费扶贫，成功举办“青衣传颂·澄城故事”陕西澄城农特产品推介会等扶贫助农活动，销售扶贫产品1.1亿余元。积极克服新冠肺炎疫情影响，在全市率先开展“点对点”免费护送外出务工人员返岗就业，累计输出1.3万名劳动力外出务工，其中贫困劳动力1223人。创建大唐唐威服饰工厂等扶贫工厂、社区工厂20家，开发临时公益性岗位1403个，特设公岗704个，发放创业担保贷款640笔3396万元，全面夯实了产业增收、就业致富的坚实基础。

夯实脱贫基础。坚持项目、资金向贫困村优先摆布，累计投资7.74亿元实施农村水、电、路、网提升工程，全面补齐发展短板，改善发展面貌。投资5.8亿元完成易地扶贫搬迁项目建设，建成搬迁安置点13个，被确定为全省移民（脱贫）搬迁保障基金试点县、整村搬迁试点县和易地扶贫搬迁旧宅基地增减挂交易指标试点县。深入开展“脱贫路上追梦人百人百事访谈”和“创家业、摘穷帽、我脱贫、我光荣”扶贫述评活动，评选表彰“双扶双创”活动帮扶之星、脱贫之星160人。坚持“扶贫先扶志”理念，挂牌运营“爱心超市”158个，不断提升贫困群众脱贫主动性。

聚力创新富民。累计投入9亿元用于贫困村产业培育以及扶贫产业园提级升档，探索创新“党支部+合作社+园区+贫困户”等模式，建成扶贫产业园158个，实现行政村扶贫产业园、贫困户长短产业“两个全覆盖”。推行“贫困村+互助资金+贫困户”互助资金模式，成立互助资金协会105个，发放互助资金借款2.47亿元。创新“财政+银行+贫困户”金融扶贫模式，每户发放1万—5万元的全额贴息贷款，扶持贫困户发展增收产业，金融扶贫工作经验被《新华每日电讯》《陕西日报》等刊载。投资10亿元建设100兆瓦农光互补综合示范项目，目前已并网发电。实施拓日1259.28千瓦联户光伏发电项目，为400户贫困户每户每年发放3000元受益资金，共发放480万元。实施冯原镇什二村300千瓦村级光伏电站项目，为82户贫困户每户发放受益资金1000元。

有序有效衔接。坚持把完善巩固脱贫攻坚成果机制保障体系作为一项重要任务。制定建立网格化防止返贫致贫监测预警和帮扶机制，发挥好村干部、村小组组长“最容易发现问题、最先发现问题”的优势，对标“两不愁三保障”“八个一批”政策落实、群众稳定增收等核心要求，逐户逐人预警、排查、整改，确保全面稳定脱贫不返贫。截至目前，已累计建立健全长效机制6类3607个，巩固拓展脱贫攻坚成果同乡村振兴有效衔接顺利推进。

“南有官窑景德镇、北有民窑尧头窑”

“最近无意间在抖音上发现了一个渭南市风景名胜热门榜，家乡的尧头窑景区竟然排在了华山和西岳庙之后，名列第三，很是惊喜……”2020年8月，澄城籍新闻记者崔晓怡在她的新闻稿件中写道。

尧头窑是中国目前遗址规模最大、保存最完整、遗存最丰富的民窑遗址，是黄河流域著名的窑口之一，是北方民间瓷窑的典型代表，近年来接连取得六块国家级金字招牌。2006年6月尧头窑陶瓷烧制技艺被国务院列入全国第一批非物质文化遗产名录；2013年4月，尧头窑遗址被国务院公布为国家级重点文物保护单位；2013年9月，尧头村被国家住建部、文化部列入第二批中国传统古村落名录；2014年3月尧头镇被国家住建部、国家文物局公布为中国历史文化名镇；2015年6月，“尧头黑瓷”被国家质量监督检疫总局批准为国家地理标志保护产品；2015年11月，尧头窑旅游生态园区被评为国家级AAAA级景区。靳之林先生曾赞誉，“黄河之精、华夏之灵”。

2020年，澄城县尧头窑文化旅游生态园区特别忙。一年来，园区致力于生态建设，打造景色宜人、环境舒适的旅游环境。

“每次来都有新变化。”8月15日一大早，来自山西省的资

中国樱桃试验站

尧头窑

尧头窑生态园区

深陶瓷发烧友张先生又一次来到尧头窑寻珍觅宝，一到景区，他先到网络点击率非常高的网红窑洞民宿“尧城怡宿”订了房间。漫步在沧桑厚重的古街上，一盆盆精心摆放的三角梅、牵牛花迎风摇曳、花开正好。远处的沟壑满眼绿色，一片一片的格桑花、太阳花生机勃勃，笑脸迎客。张先生说，尧头窑景区最让人印象深刻的还是生态环境方面的显著变化。

景区进一步完善工作机制，先后配置垃圾清扫车、定点转运车、收集转运箱，对生活垃圾实行无缝清扫、转运和处置。同时重点抓好污水处理和中水回用，建成日处理污水250立方米的太阳能动力生态污水处理厂和中水回用系统，为研学旅行基地配套安装了2台污水处理设施，在尧头客栈餐厅试点安装了餐饮民宿单体污水处理设备，确保园区污水得到生态处理，实现了水资源保护和循环利用，解决了尧头窑遗址区缺水干旱的突出问题。同时对陶瓷作坊进行了绿色窑炉改造和生态美化提升，通过持之以恒的努力，真正让绿色成为景区的主色调，让鲜花成为景区最好的装饰品，让生态成为园区产业发展的奠基石……

生态建设仅仅是一年来尧头窑发展的诸多亮点之一。2020年，澄城县政府制定《关于建设中国民窑第一县的意见》，从强化民窑文化保护传承、支持民窑产业发展、优化景区配套建设、创新园区运管模式、构建民窑人才机制等方面对尧头窑发展建设作出长远规划和扎实部署。

70多岁的国家级非遗传承人周铁怀老师傅在尧头窑忙碌了一辈子。他激动地说，尧头窑的炉火传承了上千年，现在，尧头窑终于到了好时候！

“对教育工作怎么重视都不过分”

教育是最大的民生。在全县教育工作会议上，县委书记王万庆说，对教育工作怎么重视都不过分、对教育事业怎么投入都不浪费、对广大教师怎么尊重都是应该。在县级财力有限的情况下，澄城县坚持教育优先发展，着力打造澄城教育品牌。

1月13日，澄城县举办2021年第一次项目集中开工动员会。开工主会场设在惠安华和小学项目现场。该校总投资1.61亿元，建成后，预计可新增2250个中小学学位，必将促进资源优化配置，有效推动教育高质量发展，为打造陕西教育强县夯基蓄势。

项目开工的消息让住在惠安苑小区的易地扶贫搬迁户惠会玲喜上眉梢。“正担心娃上学的事，想不到县上把学校修到了家门口。以后，我在跟前的服装厂上班，下班后接娃、做饭两不误，太好了！”惠会玲说。

近年来，澄城县持续发力学校软硬件建设。按照《澄城县教育设施布局规划（2017-2030）》，全面铺开总投资4.8亿元的古徵中学（澄城中学新校区）建设。惠安中学项目正在细化深化规划设计方案，即将建设。利用三到五年时间，新建3所学校，6所幼儿园，彻底消除城区大班额，努力提升教育现代化水平。着力打造人民满意的教师队伍，通过人才招聘、“特岗计划”等方式，为城乡学生带来了全新教学理念和现代化的教学方式。

赵庄镇中心学校是澄城县一所普通的乡村小学，有学生500多人。省级教学能手孙莉文2017年通过“特岗计划”来到赵庄镇中心学校。每次为学生们上英语课时，她标准流利的口语教学和耐心细致的态度总是让课堂气氛分外活跃。

“这几年新进的年轻教师不仅有很好的理论基础，而且有激情有冲劲，不但学校教学质量提高了，各项文体活动也开展得特别好，乡村孩子和城里孩子享受的是同样的优质教育资源。”校长侯军昌说。

据了解，近年来，澄城县不断完善教师补充机制，以公费师范生接收安置、事业单位新任教师招录、“特岗计划”、高层次人才引进等方式补充新任教师628名，重点补充农村教学一线。

从“有学上”到“上好学”，澄城教育人正在新起点上进行着一次又一次“拓荒”。全国义务教育发展基本均衡县、国家农村职业教育和成人教育示范县、陕西省“双高双普”县等一个个荣誉称号，是澄城教育人砥砺奋进换来的荣光。

“如今在古徵大地，最美的建筑绝对是学校，没有意外！”澄城市民自豪地说。

澄城县城关中学

“美丽澄城成为名片”

绿水青山就是金山银山。2020年以来，澄城县以建设“陕西城乡环境最干净县”为抓手，全力打好蓝天、碧水、净土、青山保卫战。县域生态环境持续改善，美丽澄城成为澄城新名片。

全力守护“澄城蓝”——坚持常态化管理与精细化治理相结合、面上治标与源头治本相结合、污染网格化与行政网格化相结合、人防与技防相结合，持续开展大气污染防治工作。荣获“陕西省铁腕治霾先进县”称号，空气优良天数和综合指数连年位居省市前列。

确保水环境安全——严格落实水环境质量负责制，加强水质超标分析研判，快速开展整治，解决突出问题。加快城镇污水处理设施建设，积极推进县城污水处理厂提标改造等工程建设，同时加强工业污染源执法监管，推进农村垃圾污水治理，确保水质稳定达标。

土壤污染防治——34个部门联运，增强攻坚合力，扎实开展土壤污染防治各项工作，强力贯彻落实《土壤污染防治法》，将土壤污染防治纳入全县环境保护“十三五”规划，建立土壤污染防治目标责任制，确保工作成效。

大力开展绿化——按照“生态优先、造管并重、注重民生”的原则，持续掀起造林绿化热潮。全面实施“三沟四区一基地，一路一花两区域”绿化工程，完成造林绿化2万亩，治理荒山荒坡8000亩。

扎实开展“厕所革命”、垃圾治理、污水治理和“五清五拆”，切实推动全县农村人居环境整治工作。聚焦打造25个美丽宜居示范村、87个重点达标村，清洁村实现全覆盖目标，狠抓工作落实。完成了13个示范村卫生改厕2700户；清理沟塘（沟渠）1260条，清理三堆20万吨，铲除卫生死角1750多处。完成寺前镇西观、和家楼、东白龙，庄头镇雷家洼等9个村的污水处理设施，完成391处农村粪井（渗井）的整治工作。全年新建封闭粪污贮存设施6.26万立方米，全县畜禽粪污综合利用率达到93%。

“澄城的明天会更好”

依托拓日新能、澄合矿业、富瑞特装、恒泰氢能、大唐集团等龙头企业，强链补链延链，推进产业基础高级化、产业链现代化，加快产业由中低端迈向中高端，打造西北知名的新能源产业聚集区；清醒认识绿色建材、古建产业的劳动密集型特点，就地劳动力转化优势，加快澄城固废等资源的转化利用，打造一支西安设计、澄城生产、澄城配送、澄城工匠支撑、全国建设的澄城古建军团，打造西北新兴的绿色建材聚集区；在保障粮食安全的基础上，扭住“建设中国樱桃第一县”突破口不动摇，樱桃、苹果、畜牧、中药材等产业统筹发力，果畜结合、有机作业，推进农业产业化、产品有机化、销售网络化、农民职业化，打造全国闻名的现代农业示范区；以尧头窑为龙头，全域整合澄城考古资源、文物资源、山水资源、红色资源、非遗资源、美食资源，融合发展、重点推介，打造具有全国影响力的现象级产品，打造全国特色鲜明的文产融合试验区；继续推进“陕西城乡环境最干净县”，打造“陕西教育强县”，综合提升澄城医疗软硬件实力，全域统筹保护利用水利资源。新区旧城统筹发力，实施乡村建设行动，全域建设美丽乡村，打造全省幸福美丽的生态宜居县。

刚刚闭幕的澄城县委十七届九次全会，绘制了目标清晰、令人振奋的澄城高质量发展的宏伟蓝图，让人印象深刻的是县委、县政府接续奋斗、追赶超越的恒心和魄力。

“我们必须抱着对党的事业负责、对澄城历史负责、对澄城人民负责的态度，大视野谋划、大格局摆布、大手笔推进，升级产业、振兴乡村、繁荣文化，跳起来摘桃子、跑起来谋发展，确保澄城县域经济综合实力进入全省全市中上游水平。”县委书记王万庆在大会上说。

文／图：澄城县委办公室

山西省榆社经济技术开发区

推动项目周期管理　释放转型发展动能

2021年4月20日，举办集中签约、开工、投产“三个一批”活动，签约项目8个、开工项目7个、投产项目6个

2021年以来，山西省榆社经济技术开发区坚持新发展理念，聚焦“六新”，聚力转型，在项目管理机制上下功夫，建立健全“项目九项”管理制度，为项目推进实现全方位、零干扰、无缝隙的闭环管理体系，进一步增强转型发展新动能。

项目体系管理。为更好推进项目建设，榆社经济技术开发区从实际出发，科学制定《榆社经济技术开发区重点项目管理办法》，建立项目型组织结构，从项目决策、实施、运行三大阶段统筹管理，保证项目全周期管理顺利实施。

实行“1+4+N”管理机制，建立以开发区党工委书记、管委会主任为组长的项目建设工作领导小组，全面统筹各项工作，四个部门分工合作，建立项目库“四张清单”，实行动态管理。对于在谈项目，由经济运行与安全生产部负责汇总项目招商信息，待项目内容、优惠政策、项目评审、双方权利义务约定后，纳入“在谈项目清单”；规划建设和投融资部负责项目签约、项目选址等工作，直至项目实质签约后，移交至“落地项目清单”；行政审批局负责项目审查、备案核准、规划许可、施工许可、规划环评、能源审查等主要前期事项全流程跟踪服务，直至项目完成打桩，认定开工后，移交至“在建项目清单”；项目开工建设后，经济运行与安全生产部全程负责新开工项目入库、省市重点项目申报、项目建设推进等工作，直至项目竣工验收或主要部分竣工验收后，移交至“竣工项目清单”；综合办公室负责项目建档、资料整理、汇报总结等工作，统筹项目建设各个环节，系统化管理项目建设，确保项目全流程闭环管理。

项目准入管理。榆社经济技术开发区紧盯全球产业变革趋势，从供给侧改革、需求侧改革入手，围绕医药化工、生物医药、健康功能食品三大主导产业，以“建链、延链、强链、补链、服务产业链”目标，分析项目“含金量”，审查项目“成熟度”，为项目建设能否入区把好第一道关。

项目时间管理。为确保落地项目按时、保质实施完成，榆社经济技术开发区坚持结果导向，采用科学的方法确定进度目标，理清工作流程，编制进度计划，锁定时间节点，倒排工期、细化安排，进行进度控制，实现工期目标。同时，实行小时办结制度，包项目主要领导、包项目单位、包项目责任人按照项目建设序时进度，全力推进，限时办结，保证项目合理安排时间、分配资源，发挥最佳工作效率。

左图为 2021 年 8 月 31 日，组织中国科学院张锁江、徐春明院士等 10 位专家，在北京对榆社精细化学品项目进行咨询论证；右上图为山西东方红制漆有限公司榆社分公司高性能石墨烯重防腐涂料生产线；右下图为 1*50 背压式热电联产项目施工现场

项目成本管理。榆社经济技术开发区按照“用好已批的、清理未用的、盘活闲置的、开发后备的”思路，实行统一标准、分级负责、过程控制、节点考核管理制度，牢固树立节约集约用地意识，以项目定土地，以投入定面积，坚决杜绝圈地、炒地行为，着力提高土地投资强度和土地使用效率。

项目服务管理。按照“一窗受理、一次性告知、让企业最多跑一次”的工作要求，积极打造“六最”营商环境，榆社经济技术开发区对照审批事项办理承诺时限清单，限时高质量办结，承接好、执行好，承接行政许可事项，确保项目落地见效。实现当天签约当天办证、最短时间审批，努力做到服务客商“零距离”、办事效率“零延误”、项目入驻“零障碍”、生产经营“零干扰”，当好企业“店小二”。

项目质量管理。全面推行“目标倒逼进度，时间倒逼程序，社会倒逼部门，下级倒逼上级，督查倒逼落实”五个倒逼机制，明确攻坚目标，盯死攻坚节点，完善运行程序，部门协作联动，督查跟进，动态管理。同时，加强项目监督，约束项目审批单位，提供优质服务，提升项目建设质量。

项目联动管理。实行全员包项目制，由项目专员对项目全权负责。同时，加强“四有”包联，确保每个项目有一名处级领导包联、一个职能部门负责、一个项目专员包办代办、一个项目小组协调服务；加强“六制”管理，即实行项目分类制、动态管理制、协调服务制、专题汇报制、周报月报制和督查督办制，及时掌握项目前期手续办理和项目开工建设、入统入规资料收集、投产运营等相关情况以及项目建设过程中遇到的困难和问题，周碰头、月调度，党政联动，全程服务，跟踪推进项目建设。

项目考核管理。为进一步调动积极性，促进项目建设质效提升，榆社经济技术开发区结合营商环境、办事效率、服务质量、项目包联人员的工作态度、工作能力、工作实绩和企业投资项目建设进度、投资强度、产出强度、税收强度、达产达效和安全生产等各个方面，进行客观、公平、公正、全面的考评总结，奖优罚劣，进一步促进企业项目快投产、早达效，激励干部服务企业、服务项目、服务经济发展，确保考出方向、评出压力、比出动力、奖出积极性，形成争先创优的浓厚氛围。

项目风险管理。为科学推动项目实施，加快推进项目建设，榆社经济技术开发区坚持做到“三个认真”：认真研究制约项目实施的土地、环境、能源等要素是否可以支撑项目实施；认真评估拟实施项目是否存在安全、社会风险等因素，决定项目能否建设实施；认真建立廉政风险点，将征地拆迁、工程资金使用、工程材料设备采购等易发生贪腐的重要领域环节作为防范重点，结合项目规划、工程设计、施工建设等方面，对项目进行实施前的风险评估和有效干预，助推项目安全、高效推进。

作者：陈诰　摄影：赵瑞凤

福建省石狮市人大常委会
“全过程人民民主”的基层实践

习近平总书记在中央人大工作会上指出，“要继续推进全过程人民民主建设，把人民当家作主具体地、现实地体现到党治国理政的政策措施上来，具体地、现实地体现到党和国家机关各个方面各个层级工作上来，具体地、现实地体现到实现人民对美好生活向往的工作上来。”五年来，福建省石狮市人大常委会在市委的坚强领导下，认真践行全过程人民民主，注重市委主张、政府意愿和人民意志的有机统一，在听民声、解民忧、搭桥梁、督执行等方面进行了积极探索实践，在经济社会发展大局上努力发挥人大的职能作用。

听民声——
三级代表活动网络“全覆盖”

“感谢你们解决了社区居民的用水大事！”近日，湖滨街道曾坑社区一行人将一面锦旗送到石狮供水公司，对供水公司解决片区居民“用水难”问题表示感谢。

2021 年 7 月，曾坑社区蓉园角落居民来到社区人大代表联系群众工作室反映，自家楼房水压过小，影响了正常生活用水，请社区帮忙解决。石狮市七届人大代表杨金明在收到群众的诉求后，迅

调研指导锦尚镇人大代表联系群众活动室工作

速开展走访调查工作，一边向湖滨街道汇报有关情况，一边与供水公司积极展开沟通，探讨问题症结、解决方案。群众的需求是第一呼声！在接到社区的求助后，供水公司立即派工作队现场勘探并研究制定改造方案，加班加点施工，以最快的速度于8月中旬顺利完成管道改造工程，圆满解决居民“用水难”问题。

曾坑社区居民得以快速解决“用水难”还得益于石狮市人大常委会推动完善的三级代表活动网络。五年来，石狮市人大常委会采取经费补助、制度保障、建设运行指导等措施，在全市设立市、镇、村三级人大代表活动室36个，在实现市、镇全覆盖的基础上，延伸拓展到部分重点村、社区、工业园区及行业部门。积极探索差异化推进三级活动室建设运行，把石狮市人大代表联系服务中心打造成人大代表与“一府一委两院”的沟通对话平台和协商解决问题的重要平台，把镇（街道）人大代表联系群众活动室打造成代表联系服务群众、提出议案建议意见并跟踪督办、展示工作特色和学习交流宣传的主体平台，把村（社区、工业园区、行业部门）人大代表联系群众活动室（工作室）打造成镇（街道）活动室的辅助平台，推动“规定动作”＋“自选动作”相结合，努力提高代表履职实效，“零距离”服务群众。

解民忧——

672件议案建议“重落实”

五年来共收到代表提出的议案建议672件，石狮市人大常委会坚持“民有所呼，我有所应”，让每一件人大代表议案建议都“落地生根”。

石狮滨海旅游资源丰富，区位条件突出，文化积淀深厚，发展滨海旅游优势明显。但受各种因素影响，旅游业发展一直不温不火，市民和人大代表反映强烈。对此，石狮市人大常委会成立专题调研组，“身入”基层、“心入”群众，摸清实情、精准把脉，形成专题调研报告呈送市委，得到市委高度重视，为代表在人代会上提出议案及督促议案办理、推动政府出台相关政策措施等奠定坚实基础。在充分调研的基础上，石狮市人大常委会领导多次与市政府及旅游主管部门沟通协调，达成推动旅游业发展的共识；同时精心指导蚶江、永宁、祥芝三个旅游重镇的代表活动组在人代会前围绕旅游产业发展进行调研，分别提出了针对性强的意见建议，在市七届人大三次会议上提交了《关于加快发展旅游业的议案》，经大会审议表决通过，形成《关于加快发展旅游业的决议》交由市政府办理。

石狮市政府高度重视议案建议的办理，出台了《关于执行加快发展旅游业决议的实施方案》《扶持旅游产业加快发展若干措施》等系列文件，设立每年1000万元的旅游产业发展专项资金，为旅游业可持续发展提供资金保障。经过连续三年视察决议执行情况并开展满意度测评，石狮市政府的各项措施得到落实，实现石狮市A级景区零的突破，打造了1个国家4A级旅游景区（宝盖山）、2个国家3A级旅游景区（永宁古卫城、世茂海丝博物馆），2021年首次入选全国县域旅游综合实力百强县。

搭桥梁——

28个专项工作报告“听重点”

几年来，石狮市人大常委会始终紧盯市委最为关注、政府最难推动、群众最想解决的问题，共安排听取和审议了28个专项工作报告，选择群众关心关注的热点问题开展专题询问，督促推进相关工作实施，切实架好联系党委、政府和群众的桥梁，着力把市委的主张转化为人民群众的具体意志。

2020年12月，根据石狮地处“风头水尾”、人口密度大、第二第三产业发展较快、日常用水量大、水污染防治任务重等客观情况，在听取和审议市政府水务专项工作报告的过程中，明确要求市政府及其相关部门要提高思想认识，始终把做好水务工作作为事关人民群众生命健康的重大民生工程、作为全市生态文明建设的重大民心工程抓紧抓好。

为确保石狮人民喝上“好水”“放心水”，石狮市人大常委会随即组织开展水务工作专题询问，围绕应急水源保护、新建居民小区自来水“一户一表”二次供水改造、工业涉水污染整治、医疗污水和医疗废弃物的处置监管、污水管网建设维护、农业面源污染防控、污水处理费收支情况、水务设施运行维护、河道综合治理、打击涉河涉水违法犯罪等内容进行“追根问底”，促进市政府进一步加强和改进水务工作，全面提升辖区水环境质量。在人大的持续跟踪问效下，石狮水务方面的民生短板得以补齐，居民饮用水质量得到提升、水污染现状得到较大改善。

此外，五年来石狮市人大常委会还先后围绕食品安全、教育质量提升、养老服务事业等群众关心关注的民生问题展开专题询问，督促政府加快解决存在的问题，推动多个重大民生事项落地见效。

督执行——

“五个督办”措施“解难题”

人大代表提出的每一件建议包含着民情民意，反映的都是群众

开展水务工作情况调研

开展重点项目视察活动

的诉求和心声。石狮市人大常委会高度重视代表议案建议办理，采取常委会领导挂钩重点督办、内设工委加强督办、视察调研强化督办、会议点评和督查跟踪督办、满意度测评和绩效考评结合督办等“五个督办”措施，着力抓好本届23个重点督办件的办理，做到“件件有落实、事事有回音”，及时解决一批基本民生保障和群众“急难愁盼”问题。

近年来，石狮市餐饮业发展迅速，随之也产生了大量的餐厨垃圾，若处理不当，不仅危害人民群众身体健康，还严重污染环境。2019年，在市七届人大三次会议上，市人大代表吴延固、吴清民等提出了《关于加强城市餐厨垃圾规范处理的议案（转建议）》《关于加强我市餐厨垃圾管理的建议》，建议加强城市餐厨垃圾规范管理工作，推进餐厨垃圾的减量化、资源化、无害化，维护市民食品和城市公共卫生安全。2020年，石狮市七届人大常委会又将上述建议纳入跨年度督办件进行督办，通过实地调研、现场察看、座谈交流、听取汇报等形式，对市政府及相关部门餐厨垃圾管理情况展开视察，及时督促了解餐厨垃圾建议办理的进度和情况，持续推动建议的办理和落实。目前，石狮市政府及市城市管理局已在全市范围内开展餐厨垃圾专项整治行动，进一步加强餐厨垃圾产生、收集、运输、处置等全过程监管。

“停车难”问题是城市管理绕不开的“坎”。对此，石狮市七届人大四次会议把何敬雄代表提出的《关于加强中心市区停车设施建设管理的建议》列为重点督办建议予以大力推动。从2020年7月开始，石狮市人大常委会落实“五个督办”措施，通过召开见面会、协调会、走访调研等方式，推动市政府将停车设施建设列为“交通整治年”的重点任务，通过加大建设力度、实施路内停车收费等措施，共计新建2023个泊车位，并对17条路段1500个停车位启动智能停车收费，较好解决了“停车难”问题。

作者：石狮市人大常委会原主任上官跃进

四川省西昌市人大常委会

五载耕耘结硕果　履职尽责促发展

向新任命的国家机关工作人员颁发任命书　摄影：李春

五年来，四川省西昌市十届人大常委会在市委的坚强领导下，坚持以习近平新时代中国特色社会主义思想为指导，全面贯彻党的十九大及十九届二中、三中、四中、五中、六中全会精神，深入贯彻习近平总书记视察凉山重要讲话精神，牢记总书记殷殷嘱托，坚持党的领导、人民当家作主与依法治国有机统一，忠实履行宪法法律赋予的各项职责，围绕中心大局，主动担当作为，顺利完成了本届人大历次会议确定的目标任务，为推动全市经济社会发展和民主法治建设作出了积极贡献。

坚持党的领导，全力把牢人大工作方向，把准政治“定盘星”

增强“四个意识”，提高政治站位。坚持以习近平新时代中国特色社会主义思想统领和指导人大工作，切实增强“四个意识”、坚定“四个自信”、做到“两个维护”。自觉接受市委对人大工作的领导，坚持重要工作党组讨论决定，重大事项及时向市委请示报告。五年来，专题请示、报告83次，得到了市委的大力支持。

五年来，听取和审议工作报告149个，依法作出决议决定78项，促进了重点工作的顺利开展，审议通过《西昌市宪法宣誓制度实施办法（修正案）》。五年来，任免国家机关工作人员252人，任命人民陪审员78人，组织任前法律知识考试251人，组织宪法宣誓253人。积极开展任后履职监督，年度述职等工作，开展履职情况测评170人次，有效推动“一府一委两院”及国家机关工作人员依法履职。

围绕中心服务大局，着力提升人大工作质效，共谱发展“新篇章”

开展省扶贫开发条例执法检查，针对问题，提出8条工作建议。西昌市人大常委会班子成员联系5个乡镇、5个贫困村、524户贫困户2076人，累计到基层调研510次。组织开展“以购代捐”6次，发动社会力量和机关干部购买价值60万元的农产品；协调资金507万元，对水塘村道路、村级活动阵地、安全饮水等基础设施进行了新建或改造；举办双语培训班并发行《彝汉会话读本》9000册，率先在全州开展“扶智通语”工作，实现水塘村顺利脱贫摘帽。

精准发力服务“两个整体提升”，开展城市规划建设和治理水平视察调研2次并听取专项报告，对城乡规划法、城乡规划条例等法律法规开展执法检查4次，对城市总体规划提出意见12条，协助州人大开展城市市容和环境卫生管理条例、文明行为促进条例立法调研4次，征集意见建议35条。

召开森林草原防灭火工作专题反思会4次、专题学习会40次，召开州森林草原防灭火条例修订意见征求会3次，开展专题调研3次，收集意见建议46条。全覆盖开展专项督查2次，对省、州森林草原防灭火相关条例进行执法检查2次。西昌市人大常委会机关全员按照分级预警机制要求投入到森林草原防灭火工作中，向联系乡镇、村划拨10万元护林防火经费，投入3万余元购置护林防火装备，制作宣传彩旗500面，发放宣传资料3万册，召开坝坝会、宣讲大会60次，播放警示教育片30次，为打赢森林草原防灭火翻身仗贡献了人大力量。

面对新冠疫情，西昌市人大常委会快速行动，积极响应，作出《关于依法做好当前新型冠状病毒肺炎疫情防控工作的决定》，向全市23个单位和企业捐赠价值14万元的药品和物资。西昌市人大常委会班子成员深入一线开展督查8次。全体机关干部积极到社区开展“双报到”志愿服务16次，主动参与无人管控小区疫情防控、环境卫生整治等工作，为筑牢疫情防控屏障担当作为。

听取和审议2017年至2021年国民经济和社会发展计划报告，批准国民经济和社会发展计划，开展年度国民经济和社会发展计划

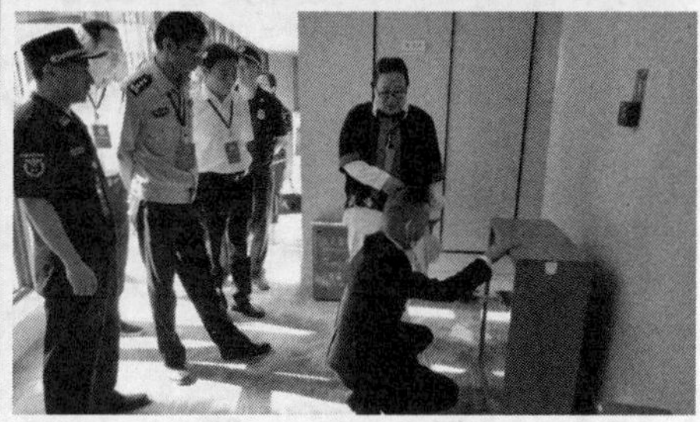

左图为参观脱贫攻坚展览；右上图为对阿七镇河道进行巡查；右下图为开展消防“一法一条例”执法检查工作　摄影：李春

执行情况调研，提出审议意见；听取和审议2017年至2021年财政预算执行和当年财政预算报告、1-9月财政预算执行情况报告、上年财政决算报告、当年财政预算调整报告；审查和批准2016年至2020年财政总决算，确保财政收支平稳运行。

对全市营商环境整治工作开展调研2次，针对提升服务质量、优化办事流程、落实惠企政策等提出意见建议15条，对国有资产管理情况开展调研4次，听取并审议西昌市政府国有资产管理情况、企业类及行政事业类国有资产管理情况等专项报告4次，对各片区重点项目开展专项视察调研15次，撰写调研报告15份，发现问题76条，提出建议62条，西昌市人大常委会副主任分别担任各大片区重点项目建设副指挥长、办公室主任，抽调6名机关干部到政策法规组、片区指挥部办公室开展监督工作。

对生态文明示范村建设、防汛减灾、“五乱”整治等开展专题调研和视察4次，提出意见建议18条，围绕农业安全保障，配合省人大开展粮食安全保障条例立法调研，提出意见建议6条，对“3+2”特色优势农业产业体系建设开展调研、督查4次，提出意见建议14条。

针对群众反应强烈的交通问题，开展异地调研2次，本地调研3次，专题询问1次；针对群众最关心的教育质量问题，开展视察调研2次，异地调研1次，执法检查3次，专题询问1次；针对拆迁安置难等问题开展专题调研1次，提出意见建议5条；连续五年开展环保法执法检查，组织人大代表视察调研饮用水安全工程建设，提出意见建议12条；全市各乡镇共票决民生实事项目78个，西昌市人民代表大会票决民生实事项目10个。

积极开展宪法宣传5次，听取审议“七五”“八五”普法工作报告，开展常委会会前学法辅导18次，听取和审议司法机关专项工作报告17项，其中扫黑除恶专项报告9项。五年来，受理群众来信来访2160人次，转送有关部门办理88件，对民办教育促进法、禁毒条例等41部法律法规开展执法检查；对市政府12个规范性文件和乡镇人代会形成的487件决议决定进行备案审查；市人大常委会向州人大常委会申请备案75件。

尊重代表地位，全力保障代表行使职权，搭好履职“大平台”

强化履职服务保障，分期组织252人次参加全国、省、州、市代表履职培训和专题培训。深入开展“创先争优”活动，共表彰“五好”乡镇人大主席团80个、先进代表小组37个、优秀市人大代表208人次。

扎实督办议案建议，每年选取5件重点督办建议，建立督办、领办机制。坚持每年听取审议市政府和重点部门办理代表建议情况报告。五年来，收到人大代表议案、建议792件，25件被列为重点建议，全部在规定时限内办理完毕，代表满意率和基本满意率达100%。

广泛搭建活动平台，在有条件的乡镇建立了代表工作室或代表工作站，畅通民意反映渠道。组织全国、州、市人大代表1900余人次参加环保、城乡建设、教育、文化、卫生等各类听证会、座谈会、法院庭审、执法检查、视察调研活动，拓宽代表履职平台。指导代表小组活动54次，积极宣讲有关法律法规和人大工作业务知识，深入开展“我为群众办实事—人大代表再行动”活动，促进乡镇人大主席团及街道人大工委规范开展工作。

2021年是市、乡两级人大换届选举工作年，西昌市人大常委会围绕选举各阶段法定程序，对全市各乡镇、街道、112个选区负责人及相关工作人员开展了三次专题培训。机关全员下沉，深入联系乡镇、街道，及时了解掌握换届选举工作动态，加强业务指导。11月16日，依法按程序选出市十一届人大代表286名，各乡镇依法选出乡镇人大代表1121名，圆满完成了市、乡两级人大代表选举工作任务。

夯基础转作风，促进“四个机关”建设上台阶，筑牢党建“主阵地”

强化党建引领，切实肩负起管党治党政治责任，深入开展“两学一做”、“不忘初心、牢记使命”主题教育，认真开展党史学习教育，查摆整改问题22个，领办实事27件。五年来，西昌市人大常委会机关开展周五政治理论学习208次，开展专题警示教育19次，举办辅导讲座18次，召开党建月会57次，常委会领导带头讲党课70次。

持续改进作风，西昌市人大常委会党组切实履行党风廉政建设主体责任，严守中央八项规定精神，全力支持派驻纪检监察组开展工作。西昌市人大常委会机关主动接受、积极配合巡察并做好整改工作。修订完善23项制度，切实提高人大工作的质量和效率。

推动基层建设，六个专门委员会积极发挥作用，协助常委会做好审议、工作监督和议案建议的承办督办等工作。2019年，西昌市乡镇（街道）行政区划调整后，在七个街道设立街道人大常委会工作委员会，负责组织街道范围内各级人大代表在闭会期间开展履职活动，弥补基层街道人大职能缺位，健全城市基层政权组织体系。

五年来，在国家、省、州刊物上发表常委会机关干部撰写的理论文章、调研文章65篇，发表人大新闻稿件2480篇，为代表、常委会组成人员和乡镇人大主席团订阅报刊杂志和学习资料共计6312份。西昌市人大常委会机关连续五年被省人大常委会评为“宣传人民代表大会制度先进单位”。

五年来，开展生态文明建设、城乡建设、环境保护、代表工作、民族地方经济发展等方面的学习交流、访问考察。积极举办并参加

“西昌—德昌—冕宁同城化人大干部”读书班，切实推动州委三县市“同城化”发展战略在人大工作领域的贯彻落实。借力西昌彝族文化研究学会等学术平台，讲好民族团结故事，促进民族交往交流交融。印发彝汉双语期刊《西昌彝学》4期；制作彝族风情纪录片《库施与都则》，在国内外学术会议上展播，力促形成民族共同繁荣发展共识。

广东省清远市政协

凝心聚力谋发展 履职尽责谱新篇

2021年7月20日，清远市政协七届常委会第二十次会议召开，深入学习贯彻习近平总书记“七一”重要讲话精神

2021年6月29日，清远市政协机关到清远市革命传统教育基地——中山公园开展主题党日活动

围绕推动清远高质量发展，组织开展调研视察考察17项，开展重要协商议政活动15次，参与委员700多人次；推动党史学习教育往深里走、往实里走，制订“我为群众办实事”方案，推进落实一批民生实事项目……

2021年以来，在中共清远市委正确领导下，广东省清远市政协坚持以习近平新时代中国特色社会主义思想为指导，坚持团结和民主两大主题，坚决贯彻落实省委“1+1+9”工作部署和市委高质量发展“十大行动方案”，统筹推进常态化疫情防控和政协履职工作，坚持以上率下、创新方式载体、紧密联系实际开展好党史学习教育，为助推全市经济社会高质量发展贡献了政协力量、体现了政协担当。

抓好党建，牢牢把握正确政治方向

坚持中国共产党的领导，是人民政协成立时的共识和初心，也是做好人民政协工作必须恪守的根本政治原则。清远市政协充分发挥党组示范引领作用，坚持第一议题学习制度，把全国、省、市两会精神与省委、市委全会精神结合起来，一体学习领会、整体贯彻落实。

同时，2021年上半年召开党组理论学习中心组、党组会议、主席会议35次，示范带动清远市政协机关党组、机关党委、各党支部、各专门委员会开展集中学习研讨、“委员活动日”活动、界别小组活动等线上线下学习交流活动60多场次，引导全市各级政协组织和广大委员进一步增强“四个意识”、坚定“四个自信”、做到“两个维护”。

清远市政协还坚持重大事项向市委请示，重要工作情况向市委报告，重要协商议政成果向市委报送，确保市委决策部署得到不折不扣落实。坚持清远市政协党组成员联系党员委员、党员委员联系党外委员，联系委员300多人次；落实全体会议和重要履职活动中设立中共临时党组织等工作制度，推动实现党的组织对党员委员的全覆盖、党的工作对政协委员的全覆盖。

通过强化党建引领，清远市政协机关服务效能不断提升：机关党委被市直机关工委评为先进基层党组织、办公室党支部被市委评为清远市先进基层党组织；清远市政协办公室荣获2019—2020年广东省脱贫攻坚突出贡献集体，派驻阳山县阳城镇元江村党建指导员王加勇获2019—2020年广东省脱贫攻坚突出贡献个人。

学习党史，赓续红色血脉弘扬革命精神

2021年是中国共产党成立100周年。党史是最好的营养剂，也是最好的教科书。清远市政协认真对标对表中央和省委、市委部署要求，迅速成立清远市政协党组、机关党组党史学习教育领导小组及其办公室，并坚持以上率下，让党史学习教育“严起来”；创新方式载体，让党史学习教育“活起来”；紧密联系实际，让党史学习教育“实起来”。

通过不断丰富学习形式，创新学习方法，用好组织分享学习课堂、营造实景学习课堂、构建线上学习课堂、用好实践学习课堂、开展学习竞赛课堂这“五个学习课堂”，打通了党史学习教育的“神经末梢”，引导广大委员和机关干部自觉从百年党史中汲取智慧伟力，传承红色基因，弘扬革命精神。

“作为新时代的政协党员干部，要认真学习党史国史，自觉接受红色教育，汲取红色革命精神，汲取砥砺奋进的无穷力量，在本职工作中践行初心使命，为做好政协机关工作增添新动力。”参加学习后，一名清远市政协机关干部有感而发。

此外，根据党史学习教育为群众办实事的要求，清远市政协党组、机关党组坚持以人民为中心，研究制定“我为群众办实事”方案，确定21项民生实事项目，选定3项重点民生项目，并根据党史学习教育进展和清远市政协履职工作需要进行动态完善补充，明确牵头单位、责任人、进度安排，确保把“我为群众办实事”实事办实、好事办好，让党委放心，让人民群众满意。

围绕中心，唱响服务大局主旋律

组织开展调研视察考察17项，开展重要协商议政活动15次，参与委员700多人次……市委、市政府工作推进到哪里，政协工作就跟进到哪里。2021年以来，清远市政协以服务清远市“十四五”

清远市政协党组书记、主席梁志强到阳山县青莲镇调研乡村振兴

规划实施为主线，灵活运用分组调研、联合调研、对口协商、提案办理协商等形式，不断提高建言资政水平。

聚焦助力清远高质量发展。清远市政协七届五次全体会议围绕抓住广清接合片区建设机遇、促进城乡融合发展、构建清远绿色经济体系、优化营商环境等方面组织了30个大会协商议政发言，广大政协委员聚焦高质量发展提交提案，积极为清远市推进高质量发展建言献策。组织开展“关于大力培育创意文化产业，提升清远城市魅力”等一系列“委员活动日”活动，通过实地调研和座谈，为加快清远市产业优化升级建言献策。

聚焦助力生态文明建设。开展“以创建国家级全域旅游示范区为抓手，做大做强清远市旅游业”专题调研，向市委提交高质量调研报告，为探索“全域共建、全域共融、全域共享”的全域旅游发展新模式，推动清远全域旅游高质量发展提供决策参考。围绕“推进黑臭水体治理示范市建设，全面提升城市水环境质量”专题开展调研，召开清远市政协常委会会议专题协商议政，提出有建设性、可操作性强的建议。

聚焦助力乡村振兴发展。开展“巩固拓展脱贫攻坚成果，推动清远市乡村振兴发展”深调研和“打造清远特色农业产业，擦亮‘清字号’农业品牌”专题调研，委员们围绕加快特色农业产业发展、促进农民增收、全面提升清远农业发展竞争力寻找良方。围绕“挖掘特色文化”深入调研，就“打造一村一文化品牌”进行对口协商，为促进乡风文明提出针对性建议。

履职为民，用心书写“民生答卷”

人民政协为人民。清远市政协坚持以人民为中心履职尽责，聚焦人民最关心最直接最现实的问题献务实之策，协助党委和政府持续改善民生。

清远市政协聚焦“补齐教育医疗民生短板，增强城市吸引力”开展专题调研，针对存在的教育、医疗短板提出针对性建议，有力推动事关清远市教育、医疗民生实事落实，为提高城市竞争力、吸引力建言献策。聚焦完善广清城际清远东站与高铁清远站站前交通设施建设议题开展对口协商，有效促进站前交通秩序改善，受到群众点赞。

不断提高提案工作质量。清远市政协从征集的49个重点提案培育题目中确定10件作为培育对象，其中《大力培育文化产业推动“清远职教城”产城融合》等6件提案成功培育为重点提案。市党政主要领导和清远市政协主席会议成员分别领衔督办11个重点提案，坚持重点提案与重点单位双重督办协商机制，目前，承办单位已分别制订了重点提案办理工作方案。

坚持提案工作激励机制。清远市政协七届五次会议表扬30件优秀提案、8个承办提案先进单位。把好提案审查关、立案关，2021年共收到委员提案421件，经审查立案305件，正在推进提案办理工作。通过重点提案办理成效视察和提案办理专项民主监督活动，推动提案办理工作深入开展，促进教育、医疗、交通、环境等一批事关发展、事关民生的提案得到落实。

夯实基础，增强履职服务保障能力

打铁必须自身硬。2021年以来，清远市政协大力加强自身建设，不断提升工作能力和水平，切实增强履职实效。

清远市政协积极发挥专委会基础性作用，组织有主题的“委员活动日”活动12场，用好“委员工作室”，拓展委员履职渠道。扎实推进“数字政协”建设，有力推进政协履职信息化，网络议政平台和远程协商平台已经建成试用。开展委员生日卡寄送活动，丰富委员活动形式。优化委员管理，完成2020年度委员履职综合评价，表扬履职优秀委员，对履职不达标委员作特别提醒，增强委员责任担当。

强化制度建设，夯实政协工作基础。清远市政协以落实市委巡察反馈整改工作为契机，制定或修订了机关党组“三重一大”事项集体决策、干部人事档案管理、廉政谈话工作方案等15项科学、管用、长效的工作制度，推动全面从严治党向纵深发展，有力保障政协履职顺利开展。

此外，清远市政协还坚持发挥统一战线组织作用，加强团结联谊，以大团结大联合画出最大同心圆，为清远改革发展汇聚强大合力。结合党史学习教育和履职工作，清远市政协党组成员坚持分工联系和定期走访党派团体制度，落实走访政协委员、政协委员联系界别群众等制度，党派团体参与政协履职活动的频度和深度不断增

2021年5月10–14日，清远市政协围绕落实市委高质量发展“十大行动方案”开展专题调研

加，为更好地团结合作、凝聚共识、促进履职打好基础。

征程万里风正劲，重任千钧再扬鞭。接下来，清远市政协将持续深入学习贯彻习近平总书记“七一”重要讲话精神，认真贯彻落实中央、省委、市委决策部署要求，紧扣统筹推进常态化疫情防控和高质量发展履职尽责，以更加昂扬的姿态，更加奋发的精神，勇于担当，倾力履职，为清远“十四五”开好局、起好步贡献智慧和力量，谱写新时代政协工作新篇章。

作者：杨师政、毛丽燕、刘洋　摄影：毛丽燕、郑协中

湖北省大冶市政协

延伸触角　选准视角　彰显一线作为

大冶市“协商在一线”工作推进暨协商为民培训会　摄影：石艳

湖北省大冶市是2019年全省“协商在一线”工作首批试点县（市），大冶市委把“协商在一线”作为深化改革的重点项目推进。3年来，大冶市政协强化责任担当，积极探索实践，把委员履职的“触角”延伸到最基层，针对群众急难愁盼的问题选准协商“视角”，精准发力，有效化解了基层矛盾、凝聚了社会共识、汇集了群众力量，充分彰显了“协商在一线”在基层社会治理中的重要作用。

一、搭建平台，履职触角延伸一线

我们把政协委员联络室作为委员深入基层一线履职的工作平台，分批次在乡镇、街道、重点村和社区，以及有关企事业单位、政协界别建立了61个委员联络室。委员联络室设立协商议事厅，按照“八有”（有标识牌、有宣传图、有会议桌、有工作职责、有工作制度、有工作流程图、有委员监督岗、有档案资料等）配备，成为“一委员两代表”（政协委员、党员代表、群众代表）开展协商议事和常态化履职的好场所。一些村、社区还拓展委员联络室的功能，提供多种便民服务，以此增进共识、凝聚人心。高新区观山社区委员联络室设立以倾听群众心声为内容的“舒心小屋”，为辖区居民提供心理疏导和就业帮扶；金湖街道马叫社区委员联络室成立以“群众有事来商量、有忙大家帮”为宗旨的“帮帮团”志愿服务队，组织开展志愿服务20余次，协调解决矛盾纠纷15起；东岳街道和平社区委员联络室创建“线上接待”制度，每周五政协委员轮流上线与群众沟通交流，共成功受理并化解问题纠纷5起。各委员联络室成立以来，接访群众335人次，帮助化解矛盾纠纷81件，有效凝聚了人心、增进了共识。

二、完善机制，为民服务扎根一线

我们坚持丰富和完善群众参与政协协商的制度实践，让政协委员深入基层、扎根一线，密切联系群众。一是健全政协委员联系群众机制。按照“就近就地、便于工作”的原则，换届后将新一届271名政协委员全部派驻到61个政协委员联络室。实行“双月活动日”制度，活动期间，所有政协委员全部下沉到村、社区和企业，零距离与群众交流，面对面与群众沟通，打通联系群众“最后一公里”，在协商中推动民生问题解决，在协商中广泛凝聚思想共识。二是完善政协活动召集人制度。政协委员联络室一般安排驻室政协委员4-5名，驻室党员代表、群众代表各4名，同时吸纳法律顾问、片区民警、社团负责人、社会工作者以及威望高的老干部、村庄理事会成员等参与协商，提升参与者的广泛性。政协活动实行召集人制，乡镇（街道）联络室召集人由分管政协工作的党委副书记担任；村（社区）联络室第一召集人由村（社区）党组织书记担任，第二召集人由责任心强、能力突出的政协委员担任。三是落实政协委员常态化履职制度。充分发挥联络室联系沟通和桥梁纽带作用，组织政协委员并发动社区干部群众以“五个一”（开展一次公益活动、帮助解决一个实际问题、提供一条有价值的社情民意信息、提交一份优质提案、形成一份高质量的调研报告）为载体，在助力基层社会治理、解决群众难题中积极献计出力，共收集并整理出有价值的社情民意信息147条，提出建设性意见建议163条，为群众办实事88件。

三、精准选题，协商视角瞄准一线

我们始终坚持协商于民、协商为民的宗旨不偏不移，把准党委政府改善民生的“难办”事、社会和群众关心的“揪心”事进行协商。各联络室在选题时采取“党委政府点题、政协委员荐题、党员群众出题”等多种方式进行广泛收集，经反复征求群众意见并报同级党委同意后确定协商议选题。大箕铺镇委员联络室组织政协委员、党员代表、群众代表进行走访调研，确定袁家咀村自来水通水工程、东角山村三房垴湾电网改造升级、熊家洲居民小区安防监控设备安装等民生问题作为协商议题。东岳街道湖滨社区委员联络室把畜牧小区居民楼排污问题作为协商议题、殷祖镇殷祖街社区委员联络室把龙盘小区路段无灯光照明问题作为协商议题。一大批涉及群众切身利益的问题得到各方重视，一些矛盾多的难点问题和长期未解决的焦点问题被提上议事日程，这些问题大到经济发展、城市管理、基础设施、环境整治、道路交通、上学就医，小到物业管理、用水用电、小区环境、邻里矛盾、环境卫生等各个方面。3年来，在各级党组织的重视和支持下，各政协委员联络室确定协商议题286条，精准把控了群众生产生活中的“痛点”问题和基层社会治理的“堵点”问题。通过聚焦焦点、找准痛点、攻克难点、打通堵点，协助党和政府有效做好协调关系、理顺情绪、解决难题、化解矛盾的工作，在党和政府与人民群众之间架起了一座和谐的“连心桥”。

四、充分调研，资政建言源于一线

“没有调查就没有发言权。”我们在“协商在一线”工作中，十分重视做好做实调查研究这个基础环节，坚持不调查不协商、不研究不建言，每个协商议题安排调研不少于10天。每个议题协商之前，都要先组织参与协商的各方面人员围绕议题进行实地调查研究，通过走访座谈、现场交流、实地查看等方式，听实话、察实情、摸底数，全面掌握情况，为协商建言打下坚实基础，确保形成科学合理、

可操作性强、具有实效的协商意见。金牛镇金牛社区是一个村改居的新社区，“村民”成为“居民”后，弃耕抛荒问题十分严重。为了解决这一问题，社区政协委员联络室在社区党委的支持下，组织政协委员、党员代表、群众代表、种粮大户、农技人员等20余人，历时半个月，深入辖区居民（农户）调查研究，找出效益低下、基础设施差是根本问题，劳动力缺失、生产方式落后是深层次原因，提出土地向大户、专业户流转，引进生态农业公司成立合作社进行规模化生产、集约化经营等建议。通过“一委员两代表”上门动员，该社区已流转土地210亩，过去荒芜的水田、旱地、山坡等种满了蔬菜瓜果，居民（农户）们不但因土地流转增加了收入，还能在家门口就业。高新区馨园社区政协委员联络室，组织政协委员深入居民小区楼道，积极帮助解决小区楼梯间无人管理问题，有效解除了楼道及电梯安全隐患。3年来，政协委员依托联络室深入群众走访、调研、视察3252人次，形成调研报告91篇、提交提案136件，推动解决矛盾问题102件次，彰显了政协委员的履职担当。

大冶市“协商在一线”工作现场推进会　摄影：石艳

五、规范协商，“六步议事”助力一线

协商的质量取决于协商的过程。我们注重协商流程的构造，不断优化协商议事程序，通过实施“六步议事法”，把联络室打造成党委政府的“好帮手”。一是确定协商议题。通过多种形式广泛征集协商议题，报乡镇（街道）党（工）委审定后作为正式协商议题。二是确定协商主体。参与协商人员一般由政协委员、党员代表、群众代表、利益相关方代表、党政职能部门负责人、相关社会人士和专业人员等组成。三是做好前期调查研究。围绕议题深入调研，摸清底数，掌握情况。四是组织协商讨论。围绕议题充分讨论，依法依规提出解决问题的意见建议，达成共识，形成《协商纪要》。五是报送协商结果。委员联络室将协商形成的《协商纪要》及时报给乡镇（街道）党委，涉及需要市级层面解决的问题，通过政协渠道上报市委、市政府。六是促进成果转化。乡镇（街道）党（工）委认真研究《协商纪要》所列事项后，及时组织实施，确保协商成果及时得到转化利用。通过“六步议事法”协商议事132场次，涉及的95个议题全部顺利解决，协商质量明显提高、效果显著增强。

六、狠抓督促，协商成果惠及一线

健全完善协商议事成果转化运用机制，力促协商成果落地见效。市委办、市政府办、市政协办“三办”联合下发《关于健全完善政协协商议政成果转化运用机制的通知》，明确规定对“协商在一线”工作中形成的各类调研报告、考察报告、视察报告、协商报告、专项监督报告、社情民意信息等，以《协商纪要》的形式报乡镇（街道）党（工）委确定后实施。涉及需要市级层面解决的问题，上报市政协。市政协办公室及时以《资政建言要报》或《社情民意信息专报》的形式报送市委、市政府。市委督查室和市政府政务督查室将市委、市政府领导批示的协商议政成果办理落实情况纳入督办工作的重点，加强督促检查，定期通报考评。市政协还在大冶电视台开办了《委员之声》栏目，对协商议政成果办理情况进行追踪问效，有力推动了协商议政成果及时、顺利、有效地得到转化运用。截至目前，市政协办公室共上报《资政建言要报》和《社情民意信息专报》41件，每一件都得到了市委、市政府领导同志的批示，批示率、交办率、承办率均为100%，办成率达89.4%，一件件协商成果源源不断地转化为惠民之策、利民之举。

七、强化保障，多方协同助推一线

我们进一步强化政治责任，着力在组织推进体系上加强保障，确保“协商在一线”工作走深、走实、走好。一是加强党的领导。市委成立了高规格的领导小组，市委书记担任组长，市政协主席担任常务副组长，5位市委常委（纪委书记、市委办主任、组织部长、宣传部长、统战部长）和各位政协副主席担任副组长。乡镇（街道）党（工）委，村（社区）党委（支部）分别成立领导小组，由党组织书记担任组长，形成市、镇、村三级组织网络。三级党组织定期听取“协商在一线”工作情况汇报，及时研究解决工作中存在的困难和问题，保证了党对“协商在一线”工作的全过程领导。二是强化政协担当。市政协成立了强有力的工专班，秘书长担任领导小组办公室主任。专班认真做好顶层设计，制定出台了一系列指导性文件和工作方案。成立了9个工作指导组，分别由主席会成员领衔，各委办室全员参与，分别联系和指导乡镇（街道）、村（社区）、企事业单位和政协界别开展“协商在一线”工作，指导和协调解决工作中出现的问题。三是注重部门联动。把纪检、组织、宣传、统战、政法、教育、卫健、文旅、住建、交通、水利、民政、自然规划和生态环保等部门纳入“协商在一线”领导小组成员单位，形成多方协作、共同推进的工作格局。各部门密切配合、主动作为，对群众反映的各种问题，特别是急难愁盼的民生问题，加强协作，做到矛盾纠纷联合调处、困难问题合力解决，有效推动了“协商在一线”工作向纵深发展。

3年来，我市“协商在一线”工作取得了明显成效，形成了一线协商的共识，建立了一线履职的机制，树立了一线服务的形象。但是我们的工作离上级的要求和基层群众的期待还存在一些差距，主要表现在：一是少数基层党组织及其负责人对“协商在一线”工作认识不高，重视不够，工作抓得不严不实；二是部分委员参与“协商在一线”工作的主动性不够强，群众参与度不够高；三是协商议事的形式不够丰富，协商质量有待提高。下一步，我们将认真落实此次会议精神，再提认识、再加力度、再添措施，扎实推进，推动“协商在一线”工作迈上新台阶。

一是进一步提高思想认识。我们将进一步深化对“协商在一线”工作重要性的认识，强化各级党组织特别是“一把手”的责任，使“协商在一线”工作始终在党的领导下有序开展，确保工作方向不偏、重点不移、工作有序。

二是进一步强化委员的责任担当。教育引导政协委员深刻认识和切实珍惜委员荣誉和政治身份，把“协商在一线”工作作为改进工作作风、提高履职能力、增强服务本领的重要平台，深入基层、走近群众，全面了解群众所思、所盼、所求，积极参与基层社会治理，协助党委、政府多做增进了解、加强理解、消除误解、达成谅解的工作，在党和人民群众之间架起“连心桥”。

三是进一步加强学习指导。强化对政协委员、政协机关干部、各委员联络室召集人的理论学习和业务培训，切实提高对人民政协协商民主，特别是基层民主协商科学性规律性的认识，不断改进工作方法、优化和完善工作程序，使“协商在一线”工作更有底气、更接地气。

四是进一步加强督办检查。严格按照督办工作方案的要求开展督办检查，领导小组办公室要好督办检查的统筹安排，市委和市政协领导要身体力行，每月至少去联系点督办检查一次，市政协各委办室负责人每周至少去责任点协调指导一次。同时，加强过程考核和考核结果运用，确保“协商在一线”各项工作任务的有效落实。

五是进一步推进协商成果转化。进一步健全和完善协商成果转化机制，特别是在协商成果的报送机制、转化机制、运用机制、监督机制等方面加大力度，最大限度地把协商成果转化为基层发展之举、民生之策、和谐之道。

作者：程正团、张超、吴丹

湖北省天门市政协

携手共进开新局

天门市政协主席李启斌（右二）走访企业　摄影：刘永江

岁序常易，万象更新。回望2020年，扎实、厚重成为湖北省天门市政协履职工作的最美底色。

这一年的经历极不平凡——

这是决战脱贫攻坚、决胜全面建成小康社会之年，是“十三五”规划收官、实现第一个百年奋斗目标之年，也是奋力夺取新冠肺炎疫情防控和经济社会发展双胜利的一年。

这一年的履职尽显担当——

天门市政协常委会坚持团结和民主两大主题，围绕中心、服务大局，团结带领政协各参加单位和广大政协委员不忘初心、不辱使命、不负重托，认真履行政治协商、民主监督、参政议政职能，广泛凝聚共识，为保障人民群众身体健康和推动地方高质量发展作出了积极贡献。

“三战”：政协力量

年初突如其来的新冠肺炎疫情，入梅后的洪涝灾害，坐不住、等不起、慢不得的脱贫攻坚战……过去的2020年，可谓“大战不少，大考不断”。

——临危不惧战大疫。

当战“疫”集结号吹响，天门市政协及时动员、立即行动，投入疫情防控的人民战争、总体战、阻击战中。领导班子成员闻令而动、快速反应，迅速到点到位，协助指挥和指导督促有关地方、有关方面做好疫情防控；机关干部逆行出征、下沉社区，用日夜坚守筑起疫情防控的钢铁长城；政协委员听从号令、奋起抗击，踊跃捐款捐物，积极建言献策，广泛凝聚共识，用实际行动践行政协委员的使命担当。同时间赛跑、与病毒较量，天门市政协在这场没有硝烟的战“疫”中，身体力行诠释责任担当，气势磅礴发出政协声音、作出政协贡献，让人民政协会徽与高高飘扬在防控第一线的党旗交相辉映，让群众对人民政协的履职尽责有了更温暖的解读。

——众志成城战洪魔。

面对入梅后的洪涝灾害，天门市政协调整重心，马不停蹄地奔赴防汛抗灾第一线，全体机关干部贯彻落实各级防指命令，驻守责任段面，加强巡堤查险，指导蹲点联系乡镇下好防汛抗灾先手棋，确保安全度汛。在全市上下的共同努力下，天门大地一派安澜祥和。

——坚持不懈战脱贫。

聚焦“做好疫情‘加试题’打赢脱贫攻坚战”，市政协召开2020年首次双月协商座谈会，围绕提升贫困人口脱贫质量和成色、坚决守住守牢脱贫返贫防线建言献策。同时，组织动员各党派团体和企业委员发挥自身优势，多行义举，多做善事，助力高质量打赢全市脱贫攻坚收官战。

2020年，“政协身影”活跃在全市每一个战场上，共克时艰、守望相助，政协人用实际行动和履职成效书写出了一张张无愧于党、无愧于人民、无愧于时代的合格工作成绩单。

献智：“六稳”“六保”

“要强化源头管控措施”“要合理确定融资规模”“要动态优化债务结构”……2020年9月，市政协组织委员们走访调研，提出防范化解政府债务风险的“六大建议”，受到市委、市政府的高度评价。

为天门发展谋与思，为群众冷暖鼓与呼。2020年，市政协充分发挥人民政协人才荟萃、智力密集、历练丰富的特点和优势，把助推天门高质量发展作为工作主线，努力为地方改革发展稳定提供决策咨询和智力支持。

聚焦疫情防控工作出现的短板和漏洞，聚焦“十四五”规划，聚焦深化扫黑除恶专项斗争……一项项调研、一场场座谈、一次次协商，市政协为改革建诤言，为发展献良策，为稳定出实招，提出了许多站位有高度、视野有宽度、思考有深度的意见建议，转化为谋划推动工作的新思路、新举措。

围绕健全完善公共卫生服务体系、大力扶持民营经济、老旧小区电梯改造……广大政协委员、政协各参加单位和各专门委员会广纳群言、广集良策、广聚共识，提交提案210件，经审查立案123件。目前已解决的72件，正在办理的38件，列入计划办理的12件，因条件限制暂时不能办理的1件。

为民：“一线协商”

2020年，被誉为“没有围墙的议事室、永不落幕的大舞台”的“协商在一线”工作在我市全面推开，成为推进基层社会治理不可忽视的一支重要力量。

协商什么？为谁协商？怎么协商？市政协主席李启斌在调研时提出，要重点围绕人民群众所思所想所急所盼的事情入手，收集社情民意，筛选协商议题，深入调查研究，开展资政建言，着力帮助人民群众解决一些操心事、烦心事、揪心事。

听——小区管理主体不明晰，部分路灯损坏没人管，夜晚出行成了难题；多头管理，酒店扩规装修如何办理相关证件；公交站点设置不合理，搭车需要穿过几条街；公路沿线打场晒粮存在重大安全隐患……

看——市政协“协商在一线”工作组进社区、入企业、访农户摸情况，就关系群众切身利益的实际问题就地就近开展协商，把问题解决在一线，把矛盾化解在一线，把共识凝聚在一线，推动工作向面上覆盖、向纵深发展、向习惯形成。

协商有温度，幸福有质感。当小区的路灯重新亮起，当崭新的许可证送到企业，当市民乘坐公交车直达家门口，群众脸上绽放的笑容，彰显的正是政协专门协商机构的独特优势！

2020年各级政协组织牵头开展面对面、点对点协商活动260余次，化解矛盾纠纷和解决具体问题300多个。“协商在一线”已成为委员联系群众、宣传政策、打通服务、温暖民心、化解矛盾的政协新舞台。

凝聚：最大共识

人心是最大的政治，共识是奋进的动力。一年来，市政协始终把加强思想政治引领、广泛凝聚共识作为履职工作的中心环节，为全市人民团结奋进奔小康画出最大同心圆。

以学习聚共识。组织委员学习弘扬伟大抗疫精神，结合“书香政协”建设，深入开展《习近平谈治国理政》第三卷学习；围绕“立足新方位、担当新使命、干出新样子”开展大学习大讨论大比赛；分期分批对委员开展党史、新中国史、改革开放史、社会主义发展史、人民政协史“五史”学习教育，进一步坚定委员听党话、跟党走的思想自觉和行动自觉。

优服务聚共识。面对新冠肺炎疫情带来的重大冲击，主席会议成员带队对全市106家委员企业进行大走访、大调研，在送政策、送信心、送温暖、送服务中收集困难问题92个，分析提出解决企业复工复产7个方面问题的具体建议，引起市委、市政府高度重视，为稳定市场主体打进一剂“强心针”。

强引领聚共识。一年来，市政协不断加强与台胞台属、归侨侨眷联系，厚植大团结大联合的情感基础；积极走访调研宗教场所，引导信教群众爱党爱国爱教；切实畅通党外知识分子、非公有制经济人士、新的社会阶层人士意见诉求表达渠道，凝聚起奋进新时代、建功新伟业、共筑中国梦的强大正能量。

讲述：天门故事

2020年，在全省市州政协工作经验交流会上，我市作为直管市、神农架林区唯一代表，就“打造专题协商议政平台、服务党委政府决策需要”作经验介绍。

在湖北省政协委员读书活动启动仪式上，市政协主席李启斌以视频连线方式介绍了我市“书香政协”建设情况，受到其他市州广泛好评。

在武汉城市圈政协主席论坛、汉江流域城市联系协作会上，市政协精心准备，积极宣传推介天门形象，反映天门发展诉求，引起省政协及相关部门高度重视。

讲述天门好故事、传递天门新名片、争取天门新机遇……这一系列典型发言，正是市政协坚持开门有益，不断传递和放大天门好声音的生动诠释。

同时，市政协坚持对上、对外、对内宣传和专题、专栏、专版联动，有力推动了各项工作落地落实。据统计，《湖北政协》刊发我市政协经验材料和工作研究文章2篇，《湖北手机报》编报我市政协工作信息60余条。值得一提的是，反映天门两千多年水系变迁、水患根治、水利建设、人水和谐的《天门之水》编纂出版，为记录天门古今巨变留下珍贵资料。

打造：过硬队伍

一组数据显示：2020年参加履职活动的委员达780余人次，提出有参考价值的意见建议860余条；共有150多名委员受到各级各方面的表彰表扬。成绩出彩的背后，是市政协坚持严管与厚爱并重，全力打造政协队伍，夯实推动新时代人民政协事业不断发展进步基本盘的不懈努力。

发挥龙头带动作用。充分发挥市政协“大”党组的核心领导作用，以“大”党组建设带动和加强政协机关和各专（工）委会“小”党组建设，共同把“落实下去、凝聚起来”的重大政治责任扛稳扛实扛好。

发挥委员主体作用。锲而不舍抓好委员培训教育，不断改进委员服务管理方式方法，建立完善委员履职档案、履职评价等激励约束机制。

发挥机关保障作用。认真落实全面从严治党、意识形态和党建工作主体责任，开展主题教育和支部主题党日活动以及正反典型教育等活动，进一步升华干部队伍思想境界和进取意识。

草木蔓发，春山可望。2021年是“十四五”开局之年，市政协定将继续锚定奋斗目标，校准前行航向，以“功成不必在我”的精神境界和“功成必定有我”的责任担当，为天门“融入城市圈、建设示范区、晋升百强县”留下人民政协更加有为的履职新足迹。

作者：李启斌

吉林省四平市铁西区政协

建诤言献良策　在助力发展中彰显担当

链接：四平市铁西区政协成立于1984年4月，已历经九届。一至三届任期3年，从第四届起每届任期5年。本届为第九届政协，设置“五委一室”，即：提案委、经济科技委、法制委、祖国统一委、宣传教育委、办公室，办公室下设综合服务中心。近年来，铁西区政协坚持以习近平新时代中国特色社会主义思想为指导，认真贯彻落实习近平总书记关于加强和改进人民政协工作的重要思想，准确把握新时代人民政协新方位新使命，牢牢把握团结和民主两大主题，充分发挥协商民主重要渠道和专门协商机构作用，更好地体现民主监督独特优势，凝聚思想共识，着力助推高质量发展、着力助推城市品质提升、着力助推民生福祉改善，最大限度地用好话语权、汇聚推动力、画大同心圆，努力开创新时代政协工作新局面，为加快推进“五个铁西”建设贡献智慧和力量。

2019年，吉林省四平市铁西区政协坚持以习近平新时代中国特色社会主义思想为指导，充分依靠全体政协委员，多方团结社会各界人士，切实发挥协商民主重要渠道和专门协商机构作用，在服务大局中主动融入、在履行职能中积极作为、在助力发展中彰显担当，为全区改革发展稳定作出了积极贡献。

强化核心意识，以党建工作引领政协新局面

铁西区政协始终把讲政治摆在首位，自觉以党中央大政方针和省、市、区委决策部署为引领，统一思想、汇聚力量，充分发挥“三个作用”提升党建整体工作水平。充分发挥政协党组在履职实践中的领导核心作用，着力发挥政协自身特点和优势，下力气搭好三大履职平台，服务委员聚焦大事政治协商、关注要事参政议政、紧盯实事民主监督。结合“两学一做”和“不忘初心，牢记使命”主题

2019 年 6 月 25 日，铁西区政协召开“助力铁西经济 牵手融合发展”座谈会
摄影：张义飞

教育，认真组织党员干部加强学习，强化理论武装，进一步增强党员干部的党性修养和行为自觉。积极开展庆祝新中国成立 70 周年弘扬爱国主义精神系列活动，重温入党誓词、接受廉政警示教育等，教育党员干部继承革命优良传统、践行誓言、永葆本色。扎实开展“三会一课”及“主题党日”活动，坚持和完善民主生活会、民主评议党员等制度，党员领导干部自觉以普通党员身份参加所在党支部活动，带头深入机关、深入基层开展讲党课活动。铁西区政协认真贯彻全面从严治党要求，持之以恒纠正“四风”，通过抓早抓小，坚持经常性教育，常态化管理，把全面从严的要求贯穿于机关建设全过程，机关党员干部的纪律意识、规矩意识进一步得到强化。

树立“一线”思维，以工作实效展现政协新作为

2019 年，铁西区政协自觉服从、服务于全区工作大局，科学确定事关全区振兴发展的调研课题，突出人民群众普遍关心的热点、难点问题，多层次、多角度地开展协商议政活动，推动政协工作与党政工作同频共振。组织区政协常委、经济界委员与区政府相关职能部门负责人针对步行街“夜经济”发展的瓶颈问题开展界别协商，召开“助力铁西经济、牵手融合发展”座谈会。民主监督聚焦热点。铁西区政协结合当前正在深入开展的“不忘初心、牢记使命”主题教育，组织区政协常委和部分委员对全区 10 件民生实事落实情况进行了专项视察。为推进依法监督，铁西区政协选派 43 名政治素质好、工作能力强的政协委员担任人民陪审员和政风行风监督员。提案协商提质增效。紧紧围绕进一步提高提案质量、办理质量和服务质量，铁西区政协不断创新举措、高位推进，提案办理协商实效显著。全年政协委员广泛听取意见、深入调研、积极建言献策，共提交提案 121 件，审查立案 25 件，截至 2019 年 7 月末，25 件提案已全部办理完毕，促进了铁西区经济发展、社会治理、民生改善。

围绕中心工作，以高效履职打造政协新亮点

铁西区政协党组自觉树立全区“一盘棋”思想，在项目包保、产业扶贫、基层党建帮扶、助力国家卫生城复审以及扫黑除恶督导、文明城创建、生活性服务业长足发展等中心工作高效履职，担当作为。招商引资结硕果。全力发挥政协的优势和特点，以决胜的信心和力度，动员组织全体机关干部和政协委员开展全员招商、广泛招商、千方百计招商。经过政协全体不懈的共同努力，截至 2019 年 9 月，实现招商引资 1.831 亿元，超额完成全年招商引资任务。脱贫攻坚显成效。铁西区政协党组通过开展脱贫攻坚“春季行动”、解决“两不愁三保障”突出问题整改、扶贫日专题调研走访等活动，与包保部门、乡村干部共同研究产业扶贫规划，走进贫困户家中，询情况、送关怀、找出路、谋发展，彰显政协责任担当。区政协针对所包保的西条子河村刘天胜和刘长江 2 户贫困户的具体情况，制订了相应的产业帮扶方案，变“输血为造血”，帮助刘长江家发展山羊养殖业，现已繁殖到 30 只，仅出售山羊一项，即可增收 1 万余元，得到村干部和贫困户的一致好评。热心公益，奉献爱心展风采。全区广大政协委员关注民生、倾注真情、奉献社会，让群众真正感受到了“政协温度”，2019 年，累计捐款捐物合计 30 余万元。

加强自身建设，以过硬作风塑造政协新形象

铁西区政协主动适应新时代新要求，充分发挥委员主体作用，将凝聚共识和建言咨政作为履职重点，通过加强思想引领，完善考评标准，积极搭建平台，推动履职创新，激发了委员履职热情，提升了委员履职内生动力，为促进政协工作提质增效打下了坚实基础。提升委员履职能力。铁西区政协组织各专委会主任及部分政协委员赴集安、珲春、永吉等兄弟政协开展交流学习考察。对新加入政协组织的 34 名政协委员开展了“懂政协、善议政、会协商”专题培训，从思想上、政治上扣好正确履职的“第一粒扣子”，强化了政协委员“一线”担当意识、拓宽了建言献策思路、提升了参政议政能力、增强了履职积极性和使命感。强化机关作风建设。以“不忘初心、牢记使命”主题教育契机，周密部署、统筹推进，坚持以上率下，紧密联系工作实际，以“守初心、担使命、找差距、抓落实”为目标，扎实开展好学习动员、读书班、研讨交流、调研走访、成果交流以及为民服务主题实践活动，坚持把学习教育、调查研究、检视问题、整改落实不分环节、贯穿始终，深学细研、笃行实干，深入开展“四入四访四解五服务”活动，取得了良好成效，进一步提升了为民情怀，锤炼了党性修养，强化了履职服务能力。

工作剪影：左图为 2019 年 8 月 22 日，铁西区政协主席韩忠、副主席王家武带领各专委会主任和部分政协委员赴集安市、珲春市、永吉县学习考察提案工作；右上图为区政协委员视察民生实事项目落实情况；右下图为开展抓好“夜经济”促进周边商贸经济一体化融合发展调研 摄影：于德涛、张义飞

云南省昆明市官渡区政协

为高质量发展凝心聚力

昆明市官渡区政协主席刘峻松（中）走访调研民营企业　摄影：田少林

2019年，云南省昆明市官渡区政协以习近平新时代中国特色社会主义思想为指导，在中共官渡区委的坚强领导和市政协的指导帮助下，围绕“推进高质量发展、全面争当排头兵、打造昆明城市新中心”的目标定位，认真履行政治协商、民主监督、参政议政职能，突出政协工作特点，发挥政协工作优势，齐心协力在建言资政、凝聚共识上下功夫，圆满完成了全年目标任务，为全区经济社会高质量发展作出人民政协的积极贡献。

加强党的领导，坚持人民政协工作方向

一年来，官渡区政协坚持以习近平新时代中国特色社会主义思想、习近平总书记关于加强和改进人民政协工作的重要思想统领政协工作。

*加强政协党的建设。*发挥政协党组在政协工作中的领导作用，以全面从严治党、落实管党治党责任为主线，以开展政协党组班子、科级干部“不忘初心、牢记使命”主题教育为抓手，持续改进政协党组织的政治建设、思想建设、组织建设、作风建设、纪律建设，不断扩大党的建设在政协工作中的覆盖面，党建引领推动政协工作高质量发展。

*加强思想政治引领。*利用专题常委会议、“政协委员之家”活动等平台，采取集中学习、实地观摩等形式，组织班子成员、政协委员、机关干部学习宣传贯彻党的路线方针政策和最新理论成果，带头增强“四个意识”、坚定“四个自信”、做到“两个维护”。围绕新时代对人民政协提出的新要求，引导参加人民政协的全区各民主党派、无党派人士、各人民团体和各族各界人士不忘多党合作初心，不断增进对中国共产党和中国特色社会主义的政治认同、思想认同、理论认同、情感认同。

*坚持政协工作方向。*坚持把党的领导贯穿到政协全部工作之中，确保人民政协工作始终保持正确政治方向。年初，围绕区委全会确定的中心工作制定政协年度工作要点，重点与区委、区政府协商明确调研视察、专题协商等重要工作，科学谋划全年工作任务，做到协商有计划、建言有重点。

立足协商民主，围绕中心任务建言献策

一年来，官渡区政协准确把握人民政协性质定位，发挥专门协商机构作用，围绕区委中心任务履职尽责、发挥作用，把协商民主贯穿人民政协履职全过程各方面。

*提高建言资政实效。*坚持多层次多渠道协商建言，组织委员积极参加区委、区政府各类专题会、座谈会等活动，全面参与全区中心工作、重大决策、重点任务的前期协商。在政协九届三次会议期间，全体委员围绕政府工作提出建议75条、“两院”工作提出建议42条，政府部门及法院、检察院高度重视并采纳部分建议，有力推动了相关工作的落实。其中，区政府采纳促进全区经济发展的相关建议，出台推进经济持续健康平稳发展24条、促进产业发展15条措施，在全市率先建成“政商直通车”平台，推出“亲清茶座会客厅”。同时，官渡区政协班子成员还列席区委常委会议、区政府常务会议以及各类专题会议，参加讨论党委、政府中心工作，研究重大决策。官渡区政协各专门委员会加强与相关部门的联系协商，按界别组织委员为全区经济社会发展献计出力。

*推动基层协商发展。*以“政协委员之家”为载体，推动政协协商与基层协商相衔接、与基层群众需求相结合。政协班子成员、政协常委、委员分别编入10个街道、工商联和教育界别“政协委员之家”并定期组织活动。一年来，在“一村一治”整治、扫黑除恶专项斗争、消费扶贫等方面开展委员活动24次，积极引导委员参与全区“一核多维、共建共享”社会治理工作，畅通民意反映渠道，拓宽委员履职方式，有力促进基层协商议政工作深入开展。太和街道在全区首家建立政协委员工作室，矣六街道花田社区在全区率先成立社区“委员工作站”，进一步打通委员建言渠道、拓宽委员履职平台。

监督支持并举，助力全区重点工作推进

一年来，官渡区政协贯彻落实区委《关于加强和改进人民政协民主监督工作的实施意见》精神，坚持监督与支持并举，发挥政协工作优势，助力区委、区政府重点工作推进落实。

*坚持协商与监督相结合。*运用会议监督、视察监督、提案监督等多种形式，积极履行民主监督职能。组织政协委员参加区委、区政府及其职能部门的各类专题会、座谈会，及时反映相关社情民意，有针对性地提出工作建议。组织政协委员参加视察、调研、专题协商等活动，了解掌握相关工作动态，提出工作建议、批评意见，推动区委、区政府决策部署贯彻落实。组织政协委员和参加政协的各民主党派、各人民团体、各界别以及政协各专门委员会通过提案提出意见、批评、建议，多角度开展监督。

*坚持监督与支持相统一。*政协班子成员围绕区委、区政府阶段性重点工作安排，牵头参加创建全国文明城市专项督察工作，提出改进意见建议，报送区委、区政府研究参考。落实全面深化河长制工作要求，组织城环界别委员组成官渡区政协深化河长制工作督察组，及时发现并指出问题24个，提出工作建议28条，并督促相关职能部门抓落实。组织政协委员参加区委、区政府的年度述职述廉评议、行风评议等活动。选派工作热情高、专业知识强的政协委员担任区委、区政府相关部门及司法机关的特约监督员，促进被监督单位发现问题、改进作风、推动工作。

聚力服务发展，坚持人民政协为人民

一年来，官渡区政协坚持在区委领导下谋划和推进工作，紧紧围绕“推进官渡高质量发展、全面争当排头兵、打造昆明城市新中心”履行参政议政职能。

聚焦扶持发展民营经济、文化旅游产业发展、“一核多维、共建共享”社区治理工作开展3项专题调研，组织界别委员深入企业、深入社区、深入一线调研走访、交流座谈、听取意见，重点查短板、找不足，提出工作建议17条。围绕青少年科普、环卫一体化运行、湿地管理和提升改造等工作组织11项视察活动，充分吸收政协委员、各方面人士的真知灼见，提出45条具有一定针对性、前瞻性、可操作性的意见建议。聚力官渡古镇提升改造工作、全区水环境综合治理工作开展2项专题协商活动，分别组织界别委员、相关专家、社会各界人士实地考察、座谈交流，提出工作建议12条。

一年来，共开展16项调研、视察、专题协商活动，促进了相关问题加快解决。坚持把提案工作作为履行参政议政职能的重要抓手，着力健全完善政协督办、政府领办、职能部门承办的提案工作机制，政协九届三次会议以来立案的95件提案得到有效办理；集中督办《关于在官渡区城中村统筹建设电动自行车存放充电场所的建议》等4件重点提案，有力推动提案工作提质增效。

提升履职能力，积极完善自身建设

一年来，官渡区政协以增强履职本领、改进履职方式为主线，以"不忘初心、牢记使命"主题教育为抓手，积极探索新时代人民政协履职尽责的有效途径。

加强建章立制工作。认真抓好官渡区政协全面深化改革各项工作任务的落实，在加强班子自身建设、委员队伍建设、协商工作机制等方面积极探索创新。制定、修订了《官渡区政协主席会议工作规则》等7项规章制度，进一步提高政协履职活动的制度化、规范化、程序化水平。

注重委员队伍建设。以政协"委员之家"活动为载体，组织委员多形式多渠道履行职责、发挥作用。举办政协委员年度培训会，进一步开阔委员视野、提升履职能力。制定《官渡区政协委员履职考核办法（试行）》，全面加强委员管理考核工作。

官渡区政协副主席张汉举、李建勋、费劲松、袁纪文走访调研民营企业　摄影：田少林

强化专门委员会工作。按照全区机构改革工作部署，调整政协专门委员会机构设置，同步调整工作职责、细化工作责任，并配齐了各专委主任、副主任，促使各专门委员会更好发挥作用。各专门委员会结合工作实际，积极探索跨界别组织委员开展视察调研工作机制，继续抓好"送医进社区""送教进社区"等活动；编撰出版官渡古镇专辑文史资料，挖掘、传承官渡古镇丰富多样的历史文化，发挥了政协文史资料"存史、资政、团结、育人"的独特作用。

改进政协机关建设。发挥机关党组织的政治功能，扎实开展政协机关"不忘初心、牢记使命"主题教育，坚持"三会一课"制度，定期开展"主题党日"活动，促使机关党员干部带头示范、发挥先锋模范作用。在加强政协机关干部队伍建设上下功夫，积极选派政协机关干部40余人次参加省、市政协以及区内各类业务培训、专题培训，切实提高机关干部综合素质。

陕西省山阳县委统战部

凝心聚力服务大局　履职担当助推发展

山阳县委常委、统战部长伍淑军带领新联会会员参观会员之家

中共山阳县委统战部成立于1953年3月，是县委主管统一战线工作的职能部门，内设办公室、党外人士股、非公经济股及统战事务服务中心，承担了解情况、掌握政策、协调关系、安排人事、增进共识、加强团结等职责。县委统战部近5年连续被中省统战部门评为"统战宣传先进单位"，被县委、县政府评为"年度目标责任考核优秀单位"。山阳县新联会被省委统战部、省新联会授予"2021年度抗击疫情先进集体"。

近年来，商洛市山阳县统战系统坚持以习近平新时代中国特色社会主义思想为指导，全面深入学习贯彻党的十九大和十九届历次全会精神，深入学习宣传贯彻落实习近平总书记关于加强和改进统一战线工作的重要思想、"七一"重要讲话、来陕考察重要讲话重要指示精神，认真落实省委、市委、县委统战工作会议精神，紧扣全年目标任务，围绕中心、服务大局、凝心聚力，奋力推动山阳统一战线工作持续向纵深发展，不断取得新的更大成效。

"我们充分发挥县委统一战线工作领导小组作用，把统战工作摆在更加重要的位置，通过常委会、专题会议等形式，及时研究解决统一战线工作的重大问题，为扎实开展统战工作创造了更加良好的条件。"山阳县委常委、统战部长伍淑军说。

压实责任，加强党对统战领导力

山阳县委高度重视统战工作，始终把统战工作与经济社会发展同谋划、同部署、同推进，认真履行"四个纳入""三个带头"责任。县委常委带头参加统一战线重要活动，带头广交深交党外朋友，自觉扛起"党管统战"的政治责任，持续加强党对统战工作的绝对领导。

将《中国共产党统一战线工作条例》（后简称《条例》）纳入山阳县委理论学习中心组的重点学习内容，纳入县委党校干部培训重点内容。召开县委常委会暨县委统一战线工作领导小组学习贯彻《条例》专题会议，研究审定《贯彻落实意见》，印发贯彻落实任务清单，确保《条例》各项规定落到实处、见到实效。将《条例》

执行情况纳入领导班子、领导干部目标管理和考核体系，纳入政治巡察、党建述职范围，作为选拔任用领导干部的重要依据。切实做到"关键少数"熟知、统战系统干部精通、广大党外代表人士和干部群众了解、各项规定有效落实。严格落实意识形态工作责任制，深入开展《条例》"五进"活动，大大提高了统战工作的社会影响力和号召力。

成立并及时调整县委统战工作领导小组，研究解决重大问题，修订工作规划，印发文件明确成员单位职责分工，研究制定统战工作领导小组办公室制度，规范办公室运行，县委统战工作领导小组协作机制不断健全，党委书记亲自抓、班子成员协同抓、统战部长全力抓的大统战工作格局效能更加突显。增设县委统战事务服务中心，为18个镇（办）、244个村配齐了专职统战委员、统战干部和统战信息员，构建形成横向到边、纵向到底、层层落实的统战工作格局。

组织全县民营经济代表人士学习贯彻党的十九届六中全会精神

夯实基础，筑牢统战工作向心力

坚持强化思想政治引领，持续巩固团结奋斗的共同思想政治基础。强化政治引领，采取集中学习、会议培训、微信分享等多种方式，教育引导党外代表人士强化政治理论学习，提升政治"三力"。强化思想引领，围绕党史学习教育主题，组织党外代表人士开展党史、"四史"学习教育活动，深入开展"同心同向共奋斗·追赶超越著华章""追寻红色足迹·汲取奋进力量"等主题教育活动，以"红色"系列活动洗礼思想，引导党外代表人士更加紧密地团结在以习近平同志为核心的党中央周围，坚定不移听党话、跟党走。

深入贯彻中央民族工作会议精神，坚持铸牢中华民族"共同体"意识，扎实开展民族团结进步创建活动，不断增强各族人民的"五个认同"，做到多关心、多交心、多扶持，引导发展民族产业经济，促进各民族广泛交往交流交融。结合漫川古镇4A级旅游景区创建，对古镇社区回民聚居区群众的住房实施大规模仿古、民宿改造，古镇社区回民群众的生活条件得到显著改善，打造民族商业街，带动回民发展餐饮、农特产品零售等个体经济。全面落实少数民族人口属地管理责任，建立完善民族工作制度、少数民族矛盾纠纷化解长效机制和流动人口服务管理制度，切实做好服务管理工作，始终保持各民族团结和谐共进。

夯实各级党委责任，切实发挥"三级网络""两级责任"机制作用，依法依规管理好宗教事务，及时有效防范化解风险隐患，维护宗教领域和谐稳定。加强教育引导，开展天主堂、基督教协会庆祝中国共产党成立100周年暨敬老爱老献爱心活动，举办天竺山道教书画院庆祝建党100周年书画展，组织各宗教团体观看庆祝中国共产党成立100周年大会实况直播，坚定全县宗教界人士听党话跟党走的信心和决心。

强化民主，提高统战工作凝聚力

推进民主政治建设，完善协商形式和内容，开展季度协商4次，健全各界代表人士与政府部门对口联系、向同级党委政府提建议"直通车"以及意见建议落实情况反馈等制度，围绕推动山阳高质量发展主题，组织无党派代表人士、民营经济代表人士、新的社会阶层代表人士开展调研活动，征集调研文章9篇、意见建议20余条。

完善党外代表人士信息数据库，健全党外代表人士培养管理机制，推动党外干部职务安排和工作交流。认定无党派人士102人、无党派代表人士58人，召开通报会、开展联谊交友、谈心交流、专题培训，激发无党派人士参政议政、建言献策的主动性和积极性。制定加强和改进新时代党外知识分子思想政治工作的具体措施，及时了解党外知识分子思想状况。

强力推动新的社会阶层人士统战工作。打造新联会会员之家，创建实践创新基地2个，建立健全新的社会阶层人士统战工作联席会议制度、新联会联谊交友制度等各项制度，规范运行机制，开展实践创新活动，会员发展到71名，引导新联会会员积极践行社会担当，踊跃捐款捐物98.75万元助力疫情防控。发挥"以侨为桥"作用，开展"在陕台商和侨商走进山阳"活动，邀请港澳台及海外华侨代表人士来山考察交流、投资兴业、开展公益活动，广泛争取港澳台侨及海外各方力量支持，捐资100万元援建西照川镇、杨地镇卫生院；救助26名困境儿童；捐赠防汛救灾物资20.3万元，捐赠防疫口罩13.2万只。

组织全县民营经济代表人士学习贯彻党的十九届六中全会精神

务求实效，增强民营经济发展力

加强新时代民营经济统战工作，做好引导、服务工作，促进民营经济人士健康成长，推动民营经济健康发展。

召开全县民营经济统战工作会议，传达学习习近平总书记关于做好新时代民营经济统战工作的重要指示和全国全省全市民营经济统战工作会议精神，出台民营经济统战工作联席会议制度，建立完善民营经济代表人士信息库，推动政策措施落地落实。市委统战部主要领导深入山阳县调研指导民营经济统战工作，召开座谈会，听取问题和困难、提出意见和建议，坚定民营企业发展的信心。

强化政策法规宣传培训，民营经济发展有保障。召开全县党外代表人士深入学习贯彻习近平总书记系列重要讲话暨县第十九次党代会精神会议，增强了党外代表人士学政策、用政策的政治自觉和行动自觉。举办全县民营经济代表人士学习贯彻党的十九届六中全会精神暨促进民营经济高质量发展专题培训会，为广大民营企业家鼓足了干劲。

纵深推进"迎老乡、回故乡、建家乡"等系列招商活动。先后在京津冀、长三角、珠三角等地共组织开展山阳籍在外企业家联谊交友暨项目招商推介会15场次，累计签约项目35个，到位资金163亿元，2021年全市重大项目观摩山阳排名第一。省市主要领导对山阳县"三乡"活动开展情况给予了充分肯定。主动对接秦创原创新驱动平台，制定《山阳统一战线"同心齐奋斗·助力秦创原"（2021-2023年）行动方案》，为民营企业创业创新创造了良好条件。

同时，全面启动"万企兴万村"行动，促成222家民营企业与188个村结对发展；动员22家民营企业和爱心人士为杨地镇孔岭村捐资38万元，支持山阳民营企业积极参与光彩事业、公益慈善事业，让山阳大地激荡文明之风，助推全县经济社会迈向高质量发展快车道。

作者王军，系山阳县委统战部常务副部长

摄影：程章

广东省佛山市顺德区容桂街道

重振千亿大镇雄风　打造湾区品质名城

渔人码头——国家AAA级旅游景区

近日，广东省佛山市顺德区容桂街道召开2020年度总结大会，全面梳理2020年工作。在极其不平凡的一年，容桂交出了怎样的成绩？

这一年，容桂坚持一手抓防疫，一手抓发展，实现规模以上工业总产值可比增长7.9%，全社会固定资产投资同比增长28.6%，其中工业投资同比增长14.9%。容桂更以村改撬动全领域高质量发展，带动产业提升，改出优质生活空间和群众美好未来，奋力向高品质城市迈进，重振千亿大镇雄风，为顺德率先建设广东省高质量发展体制机制改革创新实验区、打造新时代广东省贯彻落实新发展理念实验区贡献“容桂力量”。

经济之进，优化营商环境——激发发展动能

2020年11月23日傍晚，一则好消息传递开来：广东富信科技股份有限公司在上交所科创板IPO首发申请获上市委审议通过。富信科技有望成为顺德区第二家科创板上市企业、顺德区2020年第四家上市企业，以及顺德区第32家上市企业。

富信科技成功过会，是容桂经济发展实现新突破的体现，也是容桂推进科技建设，促进产业往高质量发展所结出的硕果。除此还能看到，容桂搭建科技成果转化线上交互平台，为企业转型升级、解决技术瓶颈提供支持；重点扶持人工智能、机械装备、化工新材料等领域的产学研合作，全年合作项目共计14个；格兰仕、万和、科顺防水等7家企业获得“2019年度顺德区科技创新先进企业”称号、顺威精密荣获2020年顺德政府质量奖。容桂不断涌现的一大批优质高新技术企业，成为顺德区经济高质量发展的重要支撑力量。

容桂从现有产业中积极求变创新，已发展成为拥有超4.2万家各类企业及个体工商户的珠三角制造业基地、经济重镇，形成了以智能家电、信息电子、机械模具、化工涂料、医药保健及互联网应用为主的“5+1”支柱产业体系，着力发展新材料、集成电路等新兴产业。

规划建设的顺德容桂人工智能和芯片产业园、顺德容桂智慧城、顺德容桂创新产业园三大新发展理念千亩主题产业园，给容桂发展新兴产业提供了空间载体。顺芯城（容桂）高端芯片产业园在顺德（容桂）人工智能和芯片产业园B区成功落地。该产业园未来将建成集研发、制造、服务于一体的半导体集成电路高端制造产业园，预计年产值达25亿元，将为顺德区推动集成电路产业加速产业智能化、高端化和国际化提供有力支撑。

作为制造业高度密集的中国大镇，容桂一直重视稳商留商，打出“政策+服务”的温情牌，构建起创新的企业服务体系。2020年，容桂重点跟进杰晟科技等本土优质企业，以“贴心+贴身”服务，解决企业用地需求，让企业安心扎根容桂发展。全面落实各项企业扶持政策，共发放扶持资金超过3800万元。

外地优质项目纷至沓来，本地骨干企业掀起增资扩产浪潮，恰是容桂致力营造良好营商环境、服务企业的有力例证。深顺产业协同创新研究院落户容桂。松下环境增资扩产项目首期顺利封顶，总投资2.2亿元，预计达产当年产值达5亿元。本土企业格兰仕把总部核心生产线回迁顺德，未来还计划在顺德投资100亿元建设工业4.0等产业项目。

容桂街道党工委书记何春云表示，企业家是容桂的财富，容桂要实现高质量发展，必须依靠广大企业家的共同协作、创新奋斗，容桂会继续全心全意服务好企业，用心打造优质营商环境，做企业发展的坚强后盾，为企业排忧解难。

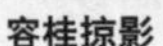
容桂掠影

村改猛攻，跨入万亩奔腾——改出优质空间

2021年1月22日，中共顺德区委十三届十一次全会举行了村改攻坚先进单位和个人命名仪式，中共容桂街道工作委员会被命名为“顺德区村改攻坚标杆单位”。这份荣誉是对容桂村改铁军不畏困难，迎难而上，把“不可能”变成“可能”的肯定。

容桂坚定“一旦出发，必须到达”的理想信念，把村改总攻提升为决胜猛攻。数据显示，2020年，容桂村改共完成土地清退拆除面积10839亩，完成区下达任务的250.90%；复垦复绿面积541.45亩，完成率154.7%；建设面积110.93万平方米，完成率110.93%。

2020年12月7日，容桂更是获颁2020年村改总攻工作奖——“万亩奔腾”荣誉奖牌。党工委书记何春云表示，容桂通过村改真正改出了企业发展空间，改出了民心所向，也改出了美好的发展前景，更加坚定容桂坚决打赢村级工业园改造攻坚战的信心和决心。

在村改引领之下，容桂这个千亿大镇正在焕发新的荣光。容桂坚持统筹谋划、拆建并举，同步建设现代产业主题园区“新世界”，增添产业发展新引擎。中建国际·创新智慧城、华腾芯城、伟安科创园、南谷科技园、杰森家电智造中心、万成智造城等一大批重点项目奠基、封顶，产业发展呈现出百花齐放的蓬勃新气象。

作为容桂新发展理念千亩产业园区顺德容桂智慧城的重点项目，容桂伟安科创园以物联网、集成电路、人工智能等为主导产业，规划打造现代数字化产业园区。“园区的改造是产业的空间再造，也是产业形态的重塑。”容桂伟安科创园董事黄淼说。预计三年后，该项目即建成并投入使用，届时将引入不少于80家企业，创造不少于3000个就业岗位。

用心用情走好群众路线，村改成为容桂密切党群、干群关系的新纽带。容桂全体党政、人大领导班子成员下沉社区（村），深入居民家中宣讲村改政策和方案，耐心解答群众疑问。村改铁军走进千家万户，串街走巷，讲方案、听民声、汇民意，做足做细服务，走访送票入户，最大限度地方便群众，争取群众的支持。

2020年，容桂顺利完成了小黄圃社区、华口社区、南区社区、龙涌口村等重点村改项目表决，其中华口社区、南区社区、龙涌口村的改造方案，均以超90%的同意率高票通过表决。容桂村改工作得到了社会各界的鼎力支持，正因广大企业家、社会各界的积极参与，心口相传，容桂村改才能够处处开花，最终形成强大的前进潮流。

2021年，容桂向村改发起强攻，确保在3月31日前完成3233亩“应拆尽拆”任务，于5月31日前完成4038亩“应改尽改”任务，力争7月1日前实现村改总攻完美收官，让破旧形态的村级工业园彻底退出历史舞台。

城市之变，“强中心”建设——打造幸福之城

在容桂，以民为本始终是其各项事业的出发点和着眼点。容桂全力融入顺德区“强中心”建设，高度重视民生事业发展，努力让改革和发展的成果惠及全体市民。优美的城市环境、高水平的医疗服务、优质的教育资源、完善的社会保障体系、高品质的文化供给，是容桂这座幸福之城重要的构成要素。

以村改撬动资源，容桂乡村面貌、城区形象发生了新变化。大批传统文化元素被重新活化，2.5公里长的“水韵红星”文化生活街已成为容桂的网红打卡点和顺德美丽乡村的典范。渔人码头、柴油机1959、旧马路等项目串珠成链，勾勒出一片特色文化体验区，彰显了容桂全新的城市“气质”。

创造宜居环境，容桂启动了“百园大战”，通过村改、危房拆除、公园提升改造等方式对城市空间拔点抽疏，腾出更多的绿地和空间。容桂将计划未来两年建设或改造提升超过100个城市生态公园，让辖区实现“处处见公园，处处有绿荫，处处飘书香”。

2020年12月25日，禄安公园、朗居公园、情怀河公园等首批14个公园正式落成启用，点缀了城市空间。看到大变样的禄安公园，居民梅前新欣喜不已。“我们多了一个休闲娱乐场所，能够增进彼此之间的沟通交流，希望容桂建设更多的公园，让更多的群众享受到更好的环境。”梅前新说。

容桂于2020年再次获评为“顺德区教育先进镇”。这是对容桂深化教育综合改革，推动教育均衡发展的肯定。容桂已构建起教育治理新格局，通过持续推进“育美容桂”品牌战略；加大教育硬件投入；探索政府为主、社会参与的“一主多元”办学新模式等措施，不断提升教育教学质量，办人民满意的教育。

精彩纷呈的文体活动让人的幸福感增值。容桂倾力打造具有本土特色的“容桂之夜”，持续引进国家级、国际级知名艺术团队、经典精品项目，点燃容桂夜文化的温度和热度，让入夜的容桂火起来、动起来，让市民群众能够享受到文化艺术大餐。

容桂以高质量文化供给提升城市吸引力，增强群众的文化获得感和幸福感。2020年9月30日，容桂成立了顺德首个国资文旅产业企业——容桂时光文旅产业有限公司，通过国资力量统筹容桂的文旅资源开发，促进文旅商融合，积极打造高品质城市文旅商贸景观带，营造一流的城市、人才环境，吸引更多优秀的人才愿意来到容桂、扎根容桂。

作者：佛山市顺德区容桂街道党工委书记何春云

供图：佛山市顺德区容桂街道办事处

山东省青岛市西海岸新区泊里镇

探索打造世界小城市永续发展的“中国样板”

山东省青岛市西海岸新区泊里镇建成区面积14.6平方公里，建成区人口13.4万人，城镇化率83%。属全国重点镇、全国千强镇、山东省示范镇、山东省综合竞争力十强镇、山东省新生小城市试点镇、山东省行政管理体制改革试点镇。先后荣获“全国生态文明先进乡镇”“全国新型城镇化示范镇”“中国建设美丽乡村典范镇”“山东省文明镇”“山东省综合竞争力十强镇”“山东省脱贫攻坚先进乡镇”“山东省美丽宜居小镇”“山东省文化特色建设示范镇”“山东省绿化模范镇”“山东省平安建设先进镇”“山东省社会治安综合治理先进单位”“上海合作组织青岛峰会服务保障工作先进集体”“青岛市先进基层党组织”等称号。2020年完成财政预算收入8.87亿元，其中，税收完成7.53亿元；完成固定资产投资51.3亿元，占年度计划的106.8%。在全省10个新生小城市绩效评价中名列第一。

近年来，泊里镇以“打造世界小城市永续发展的中国样板”为目标，贯彻“以人为本，城乡融合”的城市建设原则，坚持“聚焦深水港、服务经济区、建设新港城、共享新成果”的工作思路，精准服务、主动对接、助力发展，推进董家口港产城高度融合发展，打造安全宜居、绿色生态、智慧便捷的世界级新生小城市。

泊里城市客厅

高屋建瓴，世界眼光，确立城市发展新思路

城乡规划基本完成。编制完成了《泊里小城市控规与城市设计方案》，于2019年12月获新区管委正式批复。委托北京世纪千府国际工程设计公司编制了《泊里镇域总体规划》以及教育、医疗、体育、文化、社会福利5项公建设施规划和37项城市专项规划。同步编制了《泊里镇乡村产业及村庄布局发展规划》。聘请国家信息中心编制完成了《泊里智慧城市规划（2019—2035）》，在青岛市第一个实现镇驻地5G信号全覆盖。智慧城市设计成功入围世界智慧城市中国赛区，成为全国首个获得世界智慧城市“治理与服务”大奖的镇。

产业规划方向明确。编制了《泊里小城市产业发展规划（2019—2020）》《新生小城市（泊里）氢能产业发展规划》《新生小城市（泊里）能源专项规划》。编制完成《氢能小镇规划》，成为《山东省氢能产业中长期发展规划（2020—2030）》中唯一“氢能小镇”。加快引进专业人才团队和相关企业，构建集科研创新、生产制造、示范应用等于一体的全要素产业链条。

破除瓶颈，精准施策，推动城市建设新高度

资金投入到位。坚持政府主导、市场化运作，三年来已累计投入16亿元完善市政道路、给排水和教育、医疗、供暖、供气等公共服务设施。成立新区首家镇级平台公司青岛董家口城市建设投资有限公司，与中国中铁投资签订战略合作协议，全面参与泊里小城市土地整理、基础设施和公服配套设施项目建设，实行全域分时段分序整体开发建设，计划到2030年，将泊里小城市建成为城区面积达到70平方公里（其中，城市规划区20平方公里以上），常住人口超过30万人的Ⅰ型小城市。

机构人员到位。结合开展省级经济发达镇行政管理体制改革试点，2019年7月完成了“四办、两局、八中心”的组织架构调整，构建起“权责统一、行为规范、运转协调、简约高效”的管理体制和运行机制。采取了“双向选岗”和“竞聘上岗”的人员调整方式，按照“人岗相适、人尽其才”的原则，突破行政事业界限，打破人员编制壁垒，提拔了6名副处级事业编制干部，挑选42名优秀同志负责部门的具体业务工作。建立“干部从一线来、到一线去”和“懒作为、不作为干部退出”机制，加快向“三化一型”干部跨越。

权限承接到位。深化“一次性办好”和“便民服务代办制”，启用了3000平方米的行政审批便民服务大厅，承接市区两级权限110项，推进无差异化一窗受理，市、区两级下放审批服务事项全部纳入便民服务平台办理，网上审批公共服务事项100%“一次办好”。全镇政府投资项目同比增长337.97%，项目审批周期较改革前平均缩短了5个工作日。实行全覆盖智能化执法，承接1589项行政执法权。高水平打造“基层党建、社会治理、便民服务、综合执法”四大平台，通过智慧城市信息化建设实现“四大平台”数据互通和城市发展、社会治理、服务保障功能的全面融合。

融合发展，活力循环，打造城市运营新篇章

健全完善融合机制。与董家口经济区管委和驻区各大企业建立了理事会、“1+2”双边和“镇＋局＋区联系共建”等工作机制，创建了“党旗红万家·同心筑港城”的党建品牌，成立了20个“项目＋党支部”的服务保障专业型党组织，实现党建创新与项目建设的同频共振。在疫情防控工作中，主动对接董家口管委和区域内各大企业，实施“联防联控”，为中高风险地区返回人员提供核酸预约检测和集中隔离场所，保障董家口经济区内的46家企业率先在西海岸新区实现安全复工复产。

全面提升保障能力。自2009年董家口开发建设全面启动以来，已累计搬迁24个村、1.8万人，回迁14个村、3400多户，征迁土地10.7万亩、海域10.4万亩，搬迁坟墓26549座。2020年清明节前，一次性完成了40个村（居）的5533座坟墓、1座临时怀念堂搬迁，17102个骨灰盒全部迁入目前青岛市规模最大、设施一流的怀念堂集中存放，创造了全省清明节坟墓搬迁新纪录。为董家口港产城加快融合发展营造一流环境。

区域互补良性循环。借助轨道交通、城区、港区产业区等“三大动力源”，引进了总资产达到1600多亿元70多家规模企业，为泊里镇和周边镇提供了2万多个优质工作岗位。设立1000万元的农民就业创业基金，加大农村劳动力专业技能培训力度和广度，近三年来已为董家口区域34企业输送适龄劳动力7295人，目前，全镇适龄农民就业创业率达到85%。指导58个村用好盘活17.6亿

泊里横河公园

元的拆迁补偿资金，变资金为资本，全面参与小城市和美丽乡村开发建设，全镇居民纯收入由2009年的9360元增长到2019年的41547元。

党建统领，民生为先，探索城市治理新模式

坚持党建统领。把党的建设始终贯穿在小城市建设的全过程，以“两个100%”率先在新区完成合村并居和撤村改居试点工作，102个村（居）合并为10个城市社区和10个新农村社区。全镇分为“镇级（1个）—社区新村（20个）—单元网格（40个）”大中小三级网格，建立“1名网格长+1名专职网格员+N名专业网格员”的网格组团化运行体系，形成“党建统领、多网合一”的社会治理新格局。高标准开发建设“智能化社会治理平台”，充分发挥信息化建设在提升治理效能方面的倍增效应，完成了智慧孪生CIM基础信息平台Ⅰ期建设，架构起BIM示范级一张图可视化决策辅助体系，建立“民生110”服务平台，近三年累计受理处置各类事件1468件，按期办结率98.23%。

优化营商环境。大力发展餐饮、酒店、文化等新型业态的城市服务型经济，近三年，全镇新增各类市场主体6398家，新增各类三产服务业项目1123个，现代服务业增加值2020年达到3.8亿元，吸引16家银行和保险机构入驻；新注册了总投资达1245亿元的美锦氢能、金能科技新材料等91个投资额上亿元的大项目。选派106名机关干部到212家企业担任“特派员”。加快推进“放管服”“最多跑一次”和“服务群众最后一公里”改革向村（居）延伸，自改革以来，已累计受理行政审批事项12910件，企业群众满意率达到100%。

抓实民生保障。开展以自然人全生命周期为主体的服务保障工作，镇财政三年累计投入近1亿元，不断完善教育、医疗等公共服务设施。实施新区首个PPP项目，在新区第三人民医院新建2.1万平方米综合病房楼。率先在新区镇街中实行农民住院“二次报销”制度。引进清华幼教资源中心与3处农村幼儿园结对帮教。新建8个社区居家养老中心、11个社区居家养老服务驿站和6处助老大食堂。启动数字孪生智慧城市一体化规划建设，实施总投资2000万元的集智慧党建、智慧安防、智慧物业、智慧服务于一体的智慧社区项目。一次性投放600辆共享电动单车，成为青岛市首个引进共享电动单车的乡镇。实施“新港城大花园”建设工程，农村人居环境走在了全区前列。全面推行“河长制”“湾长制”，加大“散乱污”企业排查整改力度，从源头遏制扬尘污染，生态环境质量得到极大改善。

供图：青岛市西海岸新区泊里镇

山东省莒县城阳街道

宽肩膀担当　高质量领跑

城阳街道岳家村社区第十九届公心节大会

作为山东省莒县县城驻地，城阳街道从根本上被赋予了这样一份沉甸甸的责任：全县的政治、经济、文化中心，城阳街道的发展牵动着莒县的发展，城阳街道的形象彰显着莒县的形象，位置关键、地位重要、作用重大。

围绕中心、服务大局、加快发展，在精致城市建设、棚户区改造、服务全县重点工程、重点项目等方面，莒县城阳街道近30年的奋进历程亮点频现，创造了值得挖掘、可供借鉴的宝贵经验。

公心精神，一面旗帜的驱动力

回忆起20世纪80年代末90年代初，很多人对于莒县城阳街道保留着这样的印象：脏、乱、差是大街小巷的“面子”，村子穷、吃不饱、穿不暖是村民过的日子。

现如今，城阳街道以岳家村为带动，形成以公心精神为引领，以“公心向党、公心为民、公心处事、公心律己”为内涵的成功经验推广至全县，使崇尚公心、学习公心、宣传公心、追求公心在全街道弘扬铺展开来。

“坚持‘以人民为中心’的发展思想，始终把人民群众放在心中最高位置，老百姓生活的美好与否，居住环境称不称心，幸福指数攀升程度，始终是基层领导干部奋斗的目标所在。”对此，莒县城阳街道党工委书记张传金表示，这份为民情怀需要“真心”，要真心实意地把百姓冷暖放在心头，责任扛在肩上；同样，要想得到百姓认可，更需要在工作过程中秉持“公心”，做到公议、公策、公决、公开、公平、公正，还要有耐心、细心、责任心，提高做群众工作的能力。

城阳街道岳家村党支部书记许传江在20世纪80年代的郑重一诺：“要让大家有饭吃、有活干，一碗水端平！”就是靠着这份最朴素的情怀，以岳家村为带动，大家盖大棚、办厂房、引企业，开始了艰难的蜕变之路。

变化真实而亮眼：村民搬新楼、住新居，村庄硬化、绿化、亮化，集中供暖、供水；家家户户通数字电视、畅网络线路；高标准建设集居住、就餐、休闲、锻炼为一体的老年幸福公寓；高标准规划建设学校、医院、商超、公园，完善公益设施……

而“公心精神”的文化品牌，也不单单是自2001年以来每年一届的公心节，而是成为培养农村基层党组织书记，打造坚强的农村基层党组织，并“头雁带领群雁飞”、推动乡村组织振兴的精神品牌，发挥着强大的凝聚力，彰显着蓬勃的生命力。

2018年11月1日，在第十八届公心节上，莒县启动了“弘扬公心精神、推动乡村振兴”专项行动，全面夯实农村社会稳定根基，以过硬的“领头雁”推动农村改革发展，推动农村基层组织建设再上新台阶。

由“公心精神”催生出来的一系列直面矛盾、啃最硬骨头的做法，使这次行动迸发出强大的力量，党员干部从最初的不会干、不

沭水画卷

敢干，到后来越干越想干、越干越会干，群众从最初不信任、不支持，到后来的纷纷点赞喝彩，干部的威信树起来了，一些“疑难杂症”有效解决，老百姓享受到更多、更公平的改革发展成果，党组织的政治功能和组织力明显提升。

新型城镇化建设，一块沃土的大突破

100天，对于一个乡镇街道，能发生怎样的改变？城阳街道用自己的行动给出了答案。

城阳街道坚持精致城市管理新理念，推进城市净化、序化、绿化、亮化、美化，一场“百日攻坚”在这里轰轰烈烈铺展开来。

——列出问题清单，从整改目标、整改措施、整改时限、整改责任着手，理顺了老旧小区提升改造、市政设施建设、违章建设拆除等12条工作专线，确保工作全覆盖、全方位、无死角，彻底解决设施年久失修、配套服务落后、公共空间不足等诸多问题；

——改造老旧小区让群众“优其居”，改造主次支线道路及背街小巷让群众“优其行”，拆除违章建设和不合规广告牌匾，让区域容貌“优其颜”……城市建设管理原动力更加澎湃；

……

桩桩件件，不仅使城市面貌发生了质的变化，而且为整个莒县“老城做文化”打造莒国古城、“新城现代化”城区向东扩容发展提供了足够的容纳空间。

2019年8月18日，这对于莒县城阳街道北关街的居民而言，是一个激动人心的日子。在这天，棚改户居民以抓阄的方式，分配到了称心如意的安置楼，居住条件比之前得到大大改善，生活质量也随之提高。

“棚改，不是简单的拆房建房，它既是让群众共享发展成果的民生工程，更是完善城市功能、推进新型城镇发展的有效载体。”张传金告诉记者。

基于这样的认识，城阳街道坚持棚改工程既是改善群众生活条件的安居工程，又是帮助群众创业就业的乐业工程，持续推进棚户区改造，高标准编制各项规划设计，以“统一规划建设，统一安置标准，先建后拆，一户一楼，多房货币补偿”为基本原则，打破村与村、社区与社区的界限，对岳家村片区、东护城河片区进行大片区异地集中安置，科学、和谐、优美宜居的城市格局已经初步形成。

2018年底，沿着母亲河沭河一渠水脉，莒县正式将“拥河发展”上升为战略发展高度。但此时此刻，怎样“拥河而建”“凭河而兴”，城阳街道已经积累了丰厚且值得借鉴的发展经验。

更深意义上，棚改已经成为城阳街道转型升级的突破口，给土地使用搭建了更高效更优质的平台，也给城阳街道带来了更多发展机会。

在今天，随着全县“两岸型”发展时代的开启和“拥河”发展期的迈入，沭河之畔的地理位置让城阳街道每一位居民“市民意识”更加强烈，融入县域发展、整体一盘棋的思想更为深固。

产业转型，一次发展的深变革

“纵观我们城区的49个村街，凡是集体经济收入高的，绝大部分靠的是租赁收入。”张传金表示，依靠传统农业，绝非城阳街道这一核心区域能够阔步而行的发展之路，城区村街有着得天独厚的地缘优势，沿街楼出租、集中商业是发展壮大集体经济的有效途径。

当城阳街道积极树立全域一盘棋的“融入式”发展理念，时代也还了城阳街道前所未有的美好机遇：创造性拓展以莒州文街、蓝湾城市综合体、银杏大道沿街商铺等为代表的的新业态，城阳街道凭借发展总部经济、楼宇经济、物流经济等，增强辐射带动能力的独特优势，一条以三产融合为主的新发展模式已经成型。

凭借新城建设“核心区”这一“大平台”，城阳街道张开臂膀，积极吸纳商业、物流、人才、科技、信息、文化等创新要素资源，赋予一座座楼宇鲜活的生命。

这绝不是简简单单的产业聚集，从时尚体验商业综合体、商旅聚集的第三产业集聚区，到文旅融合、文化资源汇聚的新兴业态培育区，再到医院、学校、街头公园、康养项目的交汇处，各类商机在此互相碰撞，城阳街道核心区位优势所带动形成的经济格局日益明晰。

而对项目招引的认识，城阳街道不只盯其“数”，更重其“质”。

“要让每一个项目，都能符合城阳街道的发展路径，代表城市经济高度！”在集聚效应凸显的同时，城阳街道也经受住了一场转型升级洗礼，合适的项目按规划布局分列其间，不适宜在此地发展的项目“飞地”去相应版块，这是面对未来，城阳街道给出的对历史负责之选。

由此，楼宇经济、信息科技、电商平台等一大批“文化+”“商业+”“人才+”新业态在此迅速繁生、成长。轮廓舒展、韵律起伏的城市天际线正沿着沭河岸线勾勒出莒城的发展新篇章。

幸福指数，一种生活的新常态

住在今天的城阳街道，特别是沿沭河一线，是一种什么样的感觉？

——“出门走几步就是蓝湾购物中心，买啥都方便，偶尔闲了还能来场电影。”这是一对刚刚结婚的“小年轻”夫妇；

——“沭河公园就跟俺们自己家的似的，早晨锻炼空气好，晚上遛弯夜景美。”这是一位中年人；

——“儿子去年考了个好大学，村里还奖了钱，你看看俺们过的这日子，享受的这待遇！”这是一位妈妈笑得合不拢嘴；

……

看沭河湿地公园，借山水胜景、揽天地入怀，扬莒国文化、绘碧波景观，一河清水，两岸绿色，三季花开，四季常青；看沭东森林绿地，让森林拥抱城市，让城市拥抱森林，打造生态型、节能型、低碳环保型的“沭东绿肺”；看城市绿道，一条线形绿色连通四方，像一条条城市绿腰带，成为区域之间、公园之间的生态廊道，构建起的是一个健康、多元、互通的都市绿色休闲网络，让市民享受更高品质的生活。

在经济社会不断发展的今天，如何提升内在，增强居民的生活幸福指数？城阳街道高度重视精致城市管理和农村人居环境综合整治工作，不断加强领导，凝聚力量，担当负责，狠抓落实，持续推动精致城市管理与农村人居环境综合整治向制度化常态化发展。

在精致城市建设上，城阳街道以社区为基础科学划分16个二级网格，相应地调优配强网格长、巡查员；按照“以线带面、全局统筹”的原则，成立了15条工作线，每条工作线由一名班子成员负总责，协调县直职能部门参与、指导，配合社区、村街、网格开展具体工作。

在农村人居环境整治上，城阳街道按照“管理网格化、责任属地化”的要求，每个村庄原则上为1个网格，大村可划分为2个网格；制定了8条工作线，确定了每条工作线的责任人，明确责任单位和考核标准，各工作线各司其职，做到了责任清、任务明。

社区、村街、网格（片区）之间关系的进一步理顺，解决了管理区域交叉、重叠以及职责不清、多重管理等问题，人人肩上有担子有责任，形成了齐抓共管凝聚合力的局面。

与此同时，城阳街道还通过包联网格召开推进会，到现场协调解决问题，牵头单位、共建单位到网格开展志愿服务、查找解决问题，环卫工人早起清理生活垃圾，公心志愿者、文明志愿者深入各社区、网格、村街开展卫生清理、交通秩序维护等志愿活动，城区变得更加规整。

“文明城市的创建，除了环境等硬件方面的提升，更应是‘城市文明’的塑造过程。”因此，工作开展以来，城阳街道把提升居民文明素质放在首要位置，坚持“创建为民、共建共享”的理念，围绕创城广泛宣传发动，积极引导居民支持、参与创城，把创城的要求变为居民的自觉行动。

为引导将城市建设管理要求成为群众的自觉行动，城阳街道以自身巨变吸引了群众的关注度和参与度，并不断扩大辐射区域，加大宣传力度，倡导文明礼仪，同时深入挖掘、总结文明行动先进典型，引导群众积极参与到活动中来。

如今，步入城阳街道，路口巷角、街头公园内，各具特色的二十四字核心价值观宣传标识牌生动活泼，道德讲堂声情并茂，志愿者之家生机焕发，公心阁等实践基地熏陶教化着一批又一批参观者……踏着时代的节拍，城阳街道的每一位居民在生活新常态的幸福中，比以前更加自豪、更为自信，更有动力把这片热土建设得更加靓丽多姿。

湖北省麻城市盐田河镇

勇当高质量发展排头兵

链接：盐田河镇位于麻城市东南部，距离麻城市区38公里。全镇版图面积142.7平方公里，耕地面积2358.87公顷，总人口4.6345万人，下辖20个村民委员会。镇区面积3平方公里，常住人口8000余人，商贸经济活跃。盐田河镇素有“全国板栗第一镇”美誉，是湖北省“楚天明星乡镇”之一。该镇在做大一树（板栗树）三花（灰树花、紫薇花、莲子花）五元素（稻虾、稻蛙、稻鱼、稻禽、稻鳖）的基础上，形成了以板栗、灰树花、光伏、中药材、旅游、水产、水果为主体的产业发展格局。

近年来，盐田河镇党委、镇政府坚毅笃行，担当作为，确立“产业立镇、文化兴镇、商贸富镇、旅游活镇、生态美镇、党建强镇”的发展思路，决战决胜脱贫攻坚，奔向全面小康社会，统筹做好稳增长、促改革、调结构、惠民生、防风险、保稳定等各项工作，争当镇域经济高质量发展排头兵。

2020年，面对来势汹汹的新冠肺炎疫情和历史罕见的洪涝灾害，面对巩固拓展脱贫攻坚成果与乡村振兴有效衔接的新形势，在麻城市委、市政府坚强领导下，盐田河镇党委、镇政府坚持以习近平新时代中国特色社会主义思想为指引，全面贯彻落实党的十九大和十九届二中、三中、四中、五中全会精神，团结带领全镇广大党员干部群众，深刻认识征程未有穷期的发展现实，以“追风赶月莫停留，平芜尽处是春山”的奋斗姿态，勇于守正创新，不断攻坚克难，奋勇争先，在加强基层党组织建设、脱贫攻坚、经济社会发展等方面均取得了可喜的显著成效，跻身黄冈市经济社会发展“十快”乡镇（街道）行列。

产业立镇，全面推进乡村经济大振兴

“十三五”期间，盐田河镇以大战精准扶贫、推进富民强镇为

全国文物保护单位盐田河镇雷氏祠　摄影：张双梅

全国文明村盐田河镇群建村群众活动中心　摄影：张双梅

左图为鄂东板栗商贸大市场盐田河镇栗香街；右上图为深山明珠蕙兰山野趣自然遐迩闻名；右下图为盐田河镇紫薇花产业园　摄影：张双梅

突破口，突出产业发展工作重点，因地制宜规划发展特色产业，一树、三花、四区、五元素特色产业立体格局形成规模。

2020 年，盐田河镇持续推进产业发展，不断壮大支柱产业。巩固完善凉亭坳、栗香公园、雨头山板栗改造套种基地。改造板栗低产林 2000 余亩，打造茶铺—凉亭坳—三星十里千亩板栗改造示范带。

推进循环农业。以大别山灰树花产业园为龙头，充分利用板栗低改产生的废枝，培育灰树花菌棒 2 万余棒、平菇菌棒 10 万余棒，推动灰树花产业发展。巩固完善凉亭坳、盐田河、雨头山板栗改造林下套种油茶、菊花、西瓜等 1000 余亩。

培植赏花经济。继续培植紫薇花、红莲花产业，依托市场主体，创新发展思路引进来、走出去。鼓励村集体兴办实业，壮大集体经济，叫响群建“网红村”。通过赏花经济带动商贸物流、地方特产、乡村旅游发展。

做优蔬果产业。全镇发展灵芝、黑木耳、香菇、芦笋、甜玉米、黄精玉竹种植大棚 300 余亩，种植金丝皇菊、福白菊、野菊花 2000 余亩，乳桔、猕猴桃、黄桃等果脯 1000 余亩，紫薇花、莲子花、茶花等 1000 余亩，种植大棚蔬菜 600 余亩。

文化兴镇，全面推进乡村文化大繁荣

2020 年，盐田河镇以保障人民群众基本文化权益、满足人民群众基本文化需求、创新新时代文化活动载体为目标，持之以恒推进乡村文化发展。

健全文化阵地建设。规范提升各村文化活动场所硬件配备与服务标准，建立健全各类文化活动中心管理制度。村村建有大舞台，唱响栗乡崭新风貌，垸垸配备农家书屋，满足群众文化需求。广场舞协会、户外协会、篮球俱乐部、羽毛球俱乐部、乒乓球俱乐部等相继成立。

积极开展文体活动。成功举办“孝善之星”评选，“红莲文化旅游节”“板栗文化节”接待旅客 2 万余人次，配合麻城市举办“巾帼心向党、奋进新时代”走进美丽乡村文艺巡演等活动，在丰富群众精神文化生活的同时，广泛宣传盐田河的特色文化、优美风光。

发展新兴网红文化。举办 6 次网红培训班，先后邀请多名专家讲课，现场实训，推介盐田河镇特色产品、文化古迹、自然风光；开展网红带货等线上活动，推动盐田河镇特色产品销售，取得良好社会效益和经济效益。

商贸富镇，全面推进民生福祉大改善

持续优化就业服务。克服疫情影响，组织联系本地能人企业成立盐田河镇商会，通过公益性岗位、点对点招聘等促进本镇劳动力就业 3000 余人，开展“春风送暖”等定点招聘活动，促进劳动力就业。

加大招商引资力度。成功引进签约麻城大别山润心农业、湖北万丈涯农业有限公司、元风山庄康养等投资项目，协议总投资 2.15 亿元。

全力优化营商环境。建立健全党委、政府联系服务企业制度，因地制宜帮助企业发展，推动惠企政策落实，为企业提供“店小二”式服务，切实让企业“活下来、留下来、强起来”。

改建便民服务中心。按照乡镇便民服务中心标准化规范化建设要求，逐步将行政审批事项全部进驻便民服务中心，让群众只需到“一个窗口”、提供“一套材料”、盖“一枚印章”，即可享受“一站式”服务。

旅游活镇，全面推进乡村面貌大变样

盐田河镇科学谋划，精心布局，依托红色、古色、绿色文化，深度挖掘旅游资源，将旅游产业作为新的经济增长点。

破除交通制约瓶颈。紧抓麻城交通突破性发展机遇，加大投入通达交通建设：争取 323 省道开工建设；修通全镇交通“一主三副三通”中三通之一——夫盐战备路，改善蔡白路杜家河至小界岭断头路，全面贯通蚂蚁坳至郑家坳原蔡白公路，整个项目将于 2021 年 4 月完工；依托乡村公路提档升级，加强“四好农村路”建设，全年提档升级乡村公路 18.3 公里。

擦亮国保金字招牌。经过四年努力，雷氏祠于 2019 年 10 月成为国务院第八批全国重点文物保护单位，被誉为“江北第一祠”。2020 年，该镇一方面在祠内塑魂，按照“红色栗乡”“古色栗乡”“绿色栗乡”“希望栗乡”布展，充分展示栗乡文化；另一方面，在祠外塑形，以修建战备路为契机，对雷氏祠外围进行整治。同时，积极申报雷氏祠河小流域治理项目，以及国家重点文物保护和考古发掘建设项目。

统筹建设美丽乡村。继续推进美丽乡村建设，健全美丽乡村建设长效管护机制。在镇区，以栗乡缘景区为中心辐射周边，形成乡村旅游聚集区；在三星，以十里千亩板栗改造示范带为轴线，打造板栗采摘观光旅游带；在库区，以雨头山乡村振兴示范点为引领，支持盐田河郑家坳磨子河挖掘自身优势，推进美丽乡村建设；在界岭，以雷氏祠蕙兰山为依托，打造精品旅游线路。

生态美镇，全面推进生态文明大建设

全力推进“擦亮小城镇”建设。对老镇区和五里长街全面提档升级，完善排水系统，清理地埋管线，安装视频监控，全面整治环境，实施黑化、绿化、亮化、美化工程，加强街道管理，有效改变了店铺出店经营、街上杆子林立、空中管线如蜘蛛网遍布、污水满街横流、车辆乱停乱放、门口花坛种菜的镇区脏乱差形象。

大力推进环境整治。以农村生活垃圾无害化处理、村庄环境综合整治、秀美乡村建设为契机，持续开展农村生活垃圾无害化处理，稳步推进城乡生活垃圾收运处理一体化建设，成立综合执法队，扎实开展“美丽栗乡 · 幸福家园”环境综合整治行动，进一步美化了镇容村貌。

持续开展“雷霆行动”。对禁养区养殖场进行拆除、关停，对三星饮水源进行整治，改善了居民饮水质量。以“周末大清河”行动为载体，着力开展碧水保卫战“清河行动”，实现人水和谐共生。常态化做好秸秆禁烧和综合利用工作，实现秸秆零焚烧。

党建强镇，全面推进基层治理大提升

2020年，盐田河镇始终把党的建设摆在重中之重的位置，战斗堡垒日益坚固。

坚持问题导向，抓好整改落实建机制。对照各级巡视反馈问题开展自查自纠，对标对表列出问题清单，制订整改方案，分解任务责任到人，抓好整改落实，结合党建基础工作月审制，夯实了基础，补齐了短板，巩固了薄弱环节，提升了党建基础工作水平。

坚持项目带动，打造党建工作新亮点。党委书记领办“1+4乡村振兴示范区”党建项目全面铺开，“群建红莲开，盐田河菊花黄，雨头山乳橘甜，磨子河文旅兴，郑家坳花椒香”一村一品基本成型。成立片区联合党委，整合片区共建共享资源，最大限度发挥“支部联建”的作用，探索“组织联建、规划联合、产业联抓、资源联享、活动联办、治理联动”共建模式，实现统一领导、全盘谋划、整合资源、统筹协调片区发展，打造乡村振兴示范样板。

坚持提能提质，锻造善作善成干部队伍。分批次开展村“两委”干部、后备干部、扶贫一线干部、党建专干、入党积极分子、发展对象培训400余人次。聚焦“思想大解放、作风大转变、能力大提升、工作大落实”目标，坚持学习提能、解决本领恐慌问题，开拓新视野、解决眼界不宽问题，掌握新方法、解决办法不多问题。

新的一年，盐田河镇将致力继续抢抓机遇，苦干实干，全面推进乡村经济大振兴、乡村文化大繁荣、民生福祉大改善、乡村面貌大变样、生态文明大建设、基层治理大提升，实现巩固拓展脱贫攻坚成果同乡村振兴有效衔接，有机衔接“两个一百年”奋斗目标，奋力谱写镇域经济高质量发展新篇章。

策划：范成华、陈和富

作者：朱杨、张双梅、孙志鹏

湖北省宜昌高新区白洋镇

蓬勃发展蓄势未来

2021年12月4日，湖北省省长王忠林出席在白洋工业园举行的邦普项目开工仪式

繁忙的邦普项目建设现场

千年古镇，滨江白洋。方位决定方向，方向指引未来，宜昌高新区白洋镇已积蓄高质量发展的充足能量。

战略优势不断巩固，连接东三市的桥头堡地位不可撼动，在白洋—枝城—姚家港产业集群串联发展和焦柳铁路产业走廊的中心位置不可替代；

交通瓶颈不断突破，随着宜都长江大桥的建成通车和白洋疏港铁路的投入使用，连接左右东西、贯通一江南北、融入翻坝体系的咽喉枢纽地位更加凸显；

产业园区不断成长，宁德时代邦普新材料、航天科工、人福药业、长青生物、顺毅化工、宜化氨醇等一批龙头企业建成投产后，产业链条的虹吸效应和园区空间的承载能力正吸引更多的项目集聚，经济多业驱动、多点支撑的特征更加明显；

发展信心不断增强，人心思进，提速发展，奋力赶超，已经成为白洋镇党员干部的最美奋斗姿势……

2019年白洋镇荣获“宜昌生态环境保护奖”，2020年白洋镇党委荣获湖北省脱贫攻坚先进集体。从一个昔日古镇，到一座现代化新城；从传统的工业乡镇，到全市新兴产业重要聚集地；湖北省宜昌高新区白洋镇正立足未来五年新发展规划，主动适应责任之变、要求之变、视角之变，干在实处、当好引擎、勇争标兵，全力打造东部未来城核心区。

宁德时代投资320亿元建产业园，新能源材料产业集群迎来头部企业

2021年10月12日，宜昌市政府、宜昌高新区管委会、湖北宜化集团分别与宁德时代控股子公司广东邦普循环科技有限公司、宁波邦普时代新能源有限公司签署合作协议。

根据协议，总投资约320亿元的邦普一体化电池材料产业园项目落户宜昌高新区白洋工业园。该项目以新能源汽车动力电池正极材料为核心，覆盖电池全生命周期，整合“磷矿—原料—前驱体—正极材料—电池回收”等多环节业务。

宁德时代新能源科技股份有限公司是新能源领域的巨无霸领军企业，动力电池使用量连续四年排名全球第一。作为宁德时代的控股子公司，广东邦普循环科技有限公司形成了上下游优势互补，打造电池全产业链循环体系，也是宁德时代投资布局新能源材料上游资源的核心企业。

这个头部企业的成功落地，无疑为宜昌高新区全力推进新能源电池材料产业链发展注入新动能。

与此同时，总投资80亿元的宜化氨醇项目也同步落地这片热土，将与此前签约的30多个项目一起，联袂助推新能源材料产业集群的高质量发展。

白洋工业园田家河片区坚持产业先行，计划整体引进30—35家企业，重点发展原料药、中间体、精细化学品和新材料等，打造世界级光固化新材料、全国重要的绿色农药基地、全国重要的化学医药及中间体基地，助推磷化工、氟化工和氯碱化工等传统产业转型升级与高质量发展，形成千亿化工产业集群，打造高端化、精细化、绿色化、智能化、安全化、国际化的绿色低碳示范园区。

产业链条的虹吸效应和园区空间的承载能力正吸引更多的项目集聚。当前，白洋数十个项目正在全力建设，顺毅化工已经投产，长青生物、有宜新材料进入试生产，紫诺新材料、国信聚智等一批重点项目已落户，泽闳光电等一批新签约项目将陆续开工建设。

大战100天征迁土地5000亩，昔日古镇为宜昌“东进”战略蓬勃蓄势

2021年10月12日上午，指挥部综合协调组组长、白洋镇党委副书记张国际正在忙着协调征迁事务，他已经在这里鏖战42天了。

征地拆迁是项目推进中的重要保障要素，更体现为项目顺利建设所提供的良好营商环境。8月31日，宜昌高新区设立征迁现场指挥部与临时党支部，大战100天征迁土地5000多亩，全力推进白洋工业园的加速建设，保障重大项目的签约落地，保证高质量项目支撑经济高质量发展。

三个项目，5000多亩地，总投资400多亿元，涉及新能源材料产业上下游的全链发展。这样的发展良机并不多得。

“我们一天有上百人在做测土地、量房屋、核对数据、与村民签协议、审定兑付、落实被征迁户的安置等工作，时间紧任务重，必须从早忙到晚，才能完成这5000多亩的净地交付，保障重大项目的顺利落地开工建设。”张国际忙着安排手头工作，几乎没有时间坐着说话。

李家湾村二组村民向友望曾在村委会当过会计，这些天，65岁的他还忙着到征迁现场指挥部做一些会计方面的事情，用自身行动支持白洋的发展。

“我家是三层的楼房，还有十几亩地，几代人都住在李家湾村。没想到还会迎来这么大的发展。确实舍不得老屋，但要支持白洋的发展咧。”向友望笑呵呵地与记者聊了起来。

核对数据的村民、征迁指挥部的工作人员……村委会楼上楼下，每个办公室无不是一派热火朝天的景象，一股“白洋精神”正在这里热烈地流淌。

白洋镇紧靠长江，自古便是重要水道驿站，商贾兴隆之地。作为千年古镇，白洋镇坐拥不可替代的资源，曾在历史进程中发挥了不可替代的“老集镇”码头集散作用。

白洋镇的工业经历了从手工业、加工作坊，国家“三线建设”工程建设，国营大型企业、地方国营企业进驻，乡镇企业迅猛发展，各具特色的工业园区建设等历程。

2013年，白洋镇纳入宜昌高新区接受整体托管，迎来了新的发展机遇。在落实双核驱动战略，勇担宜昌高新区二次创业重大使命的历程中，白洋镇抓住重要契机紧扣高质量发展主题主线，近五年主要经济指标高速增长，财政收入增长63.2%、实现五连增，工农业总产值增长29.7%、年均增速远超同类乡镇，“五个白洋”建设取得丰硕成果，为“十四五”创新开局奠定了坚实基础。

产业兴则古镇兴，近者悦、远者来。白洋镇紧盯高质量发展目标不动摇，以“项目为王”理念，把区位优势转化为竞争优势与发展优势，加快推进新型工业化，抢抓宜昌打造中部地区先进制造业集聚地机遇，精准推动项目建设与基础设施建设，不遗余力、全力攻坚，创新建立“片区大党委、项目党支部”征迁工作机制，创造了“白洋精神”与“火箭速度”。白洋镇发展动能不断增强，发展空间不断拓展，发展环境不断优化，逐渐成为一方重要的投资兴业热土，为建设成为全市新兴工业的重要聚集地奠定了厚实根基。

全面推进城乡一体化发展，抢抓乡村振兴战略机遇壮大特色产业

借助白洋工业化进程的东风，白洋镇以乡村振兴战略为抓手，加紧补齐农业农村短板。

内练富民之业，打造柑橘、花卉苗木特色品牌，推广种植优质水稻，新型城镇化大道越走越宽；外修人居环境，美丽庭院错落有致，村镇环境整饬簇新。一个个生态宜居、整洁卫生、乡风文明的美丽乡村，正成为乡村振兴中一处处靓丽风景。

洁净是美丽乡村的底色。白洋镇突出重点优化环境，深入实施农村人居环境整治，开展村庄清洁行动，家家户户动手建设美丽庭院，全面擦亮乡镇环境，以创建省级卫生乡镇为目标，精准实施农村人居环境整治提升五年行动，建设“绿净齐富厚和”美丽乡村，加大雅畈集镇、太保场集镇的综合整治力度，精心打造一个个白洋新门户。以“河湖长”制为抓手，深入推进“清三河”治理，启动全域绿化行动。

居美，更要业兴。

“我们村里的桂花树种植面积越来越大了，已经达到近千亩了。村里的苗木种植大户李爱华流转了几百亩地，应该还不够。”谈到村里的产业发展，官大堰村党支部书记、村委会主任闫春蓉掩不住心头的喜悦。

站在宽阔的乡村公路边，顺着闫春蓉手指的方向望去，只见一片片桂花树在希望的田野间，迎着和风摇曳。

除了官大堰村的产业发展红红火火，还有裴家岗村、朱家冲村等乡村也进入各自的特色产业发展期。

白洋镇正加快提高农业产业化水平，深化“产学研”合作，有序抓好柑橘品种改良，建设白洋万亩柑桔公园，实施水稻高产创建示范项目；把握宜昌建成长江中上游农产品加工贸易中心有利契机，以“粮头食尾、农头工尾”为抓手，培育壮大规模农产品加工企业；大力发展以瓦渣河生态公园为核心的乡村生态旅游产业，推动农村一、二、三产业融合发展。

当前，白洋镇正坚持新型工业化、新型城镇化双轮驱动，全面推进城乡一体化发展，深入实施乡村振兴战略，打造柿子驿站、善溪登高台等景观节点，巩固省级卫生乡镇创建成果，努力创建国家森林乡村、省级森林城镇。白洋镇正一步步实现从“美丽生态”到“美丽经济”的跃升，准确把握构建新型工农城乡关系的重点、节点，更好地统筹城乡、工农、业产之间的关系，有序引导人口集中、产业集聚、功能集成、要素集约，加快城乡融合发展，着力解决本地村民就业问题，谋划实施新一轮农村集体经济提升发展计划，全面增强集体经济“造血”功能和发展活力，稳步推进镇级平台公司发展壮大。

宜昌东部未来城掀开“面纱”，宜居宜业“五大片区”璀璨崛起

打造焦柳产业走廊引领区，加强白洋—枝城—姚家港产业集群串联发展，加快建成千亿级工业园区，产业发展能级不断提升，在焦柳铁路产业走廊的引领作用更加凸显；

打造长江咽喉枢纽核心区，以白洋港、紫云铁路、呼北高速、三峡机场为核心的“铁水公空管”多式联运更加畅通，交通物流产业成为园区经济新的增长极；

打造高端精细化工示范区，田家河化工园区发展壮大，化工产业向高端化、精细化、循环化、绿色化、国际化方向不断迈进，成为宜昌化工产业转型升级的重要承载地；

打造工农互促共融试验区，积极探索全面巩固脱贫攻坚成果与全面推进乡村振兴有机衔接的有效途径，深入实施乡村振兴战略，工农业融合发展步伐不断加快，资源要素流动更加畅通，城乡一体化发展更加均衡；

打造民生和谐幸福样板区，民生投入力度持续加大，教育、医疗、文化、体育、健康、养老等公共服务更加均等优质，基层社会治理能力和治理体系现代化加快推进，法治环境、营商环境、乡村文明程度和社会治安满意度进一步提升，人民群众的获得感、幸福感、安全感进一步增强。

日前，中共白洋镇第十一次党员代表大会和第十一届人民代表大会第一次会议相继召开，“白洋五年前景”规划布局出炉。未来，白洋镇将推动“五大片区”的特色化、差异化发展，沙湾片区、善溪窑片区、太保片区、雅畈片区、田家河片区将各展新姿。同时，将以白洋新城为支点，配套建设更多公共服务设施，加快发展第三产业，一座宜居宜业的东部未来城将成为宜昌城市之中的一颗璀璨明珠。

此前，宜昌市政府召开专题会议，研究部署城市建设五年攻坚行动，按照“东进、北拓、中优”的发展思路，重点加快东部未来城等重点片区开发，力争到2025年，东部未来城建设取得显著进展。东部未来城的起步区包含了白洋镇沙湾片区、田家河片区、白洋新城区等关键战略相关区域。由此可见，白洋镇在宜昌市城市发展战略布局中的关键战略地位越发凸显。

当前，白洋镇正积极融入宜昌建设长江咽喉枢纽大局，以白洋港为核心，支持现代物流等生产性服务业发展壮大；积极谋划推进“三馆三中心”建设，在园区配套服务、集体经济发展和国有企业发展方面实现新突破，推进星级酒店、综合市场、养老服务等项目建设，加快补齐服务业短板，将白洋打造为产城共融发展新城区。

翻阅白洋的发展版图，一副美好新颜已跃然眼前。

“白洋正在加快产、城、人融合发展，锚定自身定位，以白洋新城为核心，布局商贸、金融、休闲等配套业态，完善科教文卫等民生保障功能。当前，项目建设热火朝天、乡村振兴方兴未艾，我们正用新的理念融入新的格局，全力把白洋打造成东部未来城的核心区。”白洋镇党委书记谭本相对白洋的发展信心满满。

2021 年是“十四五”首战之年，白洋镇全面贯彻落实中央和省委、市委、高新区党工委各项部署安排，为全面建设焦柳产业走廊引领区、长江咽喉枢纽核心区、高端精细化工示范区、工农互促共融试验区、民生和谐幸福样板区的建设目标，干在实处、当好引擎、勇争标兵，奋力谱写白洋高质量发展新篇章。

福建省宁德市委改革办

改革跟着“问题”走　破题“最后一公里”

仲夏时节，福建省宁德市蕉城区三都澳海域碧波荡漾，鹭鸟在排连成片的新型塑胶渔排上空翩飞嬉戏，呈现出一派“海上田园”的美丽画卷。

2018年以来，宁德在全市范围组织开展海上养殖综合整治改革，有效扭转了长期无序、无度的海上养殖乱象，有力推动三都澳海域重现“海清水净”的海上田园风光，销声匿迹 30 多年的中华白海豚得以重现，养殖大黄鱼价格也从每斤 12 元攀升到最高 50 多元。

以问题牵引改革

基层的改革举措和改革方案，如何才能更符合地方实际、更有针对性地破解地方难题？宁德市的具体做法是，以问题牵引改革，以改革推动发展。

日前，宁德市委改革办下发《关于建立健全以问题为导向全闭环改革工作机制的通知》，明确将改革服务工作划分为查找问题、分解任务、督促落实、复制推广、成效评估五个步骤，以“五步工作法”建立健全“起点—过程—终端—起点”全闭环的工作流程和机制。

坚持问题导向推进改革，前提是正视差距、找准问题，“对症下药”和“靶向治疗”。

近年来，宁德市坚持把基层和群众的诉求作为改革线索和依据，建立收集问题、梳理问题、反映问题“三大平台”，主动查找工作中存在的差距和不足，剖析发展中遇到的矛盾和症结，从源头上确保每一项改革举措都是奔着问题去，每一个改革方案都是跟着问题走。

收集问题平台。按照“基层出题、改革答题”工作思路，主动对接、分级汇总宁德市委“四下基层”活动梳理出的问题清单，对于其中亟须用改革方法推动破解的问题，一律纳入改革任务“大盘子”，建立常态化问题收集机制。

梳理问题平台。定期召开专项工作小组联络员会议、重点改革任务推进会、改革办工作例会等，集中梳理改革推进过程中的困难问题和短板弱项，对于其中确属涉及面广、情况复杂的问题，由市委改革办提请市委深改委研究解决。

反映问题平台。加强与主要新闻媒体、热点网络平台合作，适时面向社会公开征集改革需求，对于群众反映较为集中的问题，找准切口设计“小微改革”方案，推动改革工作更接地气。

打通改革“最后一公里”

“改革是由问题倒逼而产生，又在不断解决问题中得以深化。”找出症结之后，关键是如何明确责任主体、细化分解改革任务。

针对改革推进中遇到的各类问题，宁德市坚持以考核评估为“指挥棒”，通过年初分解清单、年中调整清单、年底结转清单等“三张清单”，分“三个阶段”厘清改革责任链条，确保每一项改革任务都有人去盯、有人去管、有人去促。对于年底尚未完成或成效不佳的改革事项，实行“挂账整改”，全部结转列入次年任务清单。

改革重在落实，成在落实，也难在落实。如何把“施工图”变成“成绩单”，关键在于督察问效。

宁德市在开展“对账销号”、绩效评估基础上，重点针对人少事多效率低、改革压力传导不到位等问题，结合本地实际，积极探索推行小片区挂钩、督察员覆盖、市领导约谈“三项机制”，初步打通改革任务落实“最后一公里”。

在小片区挂钩机制方面，将全市10个县（市、区）分为3个片区，实行挂钩包片、分工负责制，定期组织开展改革集中调研督察活动，做到既减轻基层负担，又提升工作实效。

在督察员覆盖机制方面，在每个专项小组确定一名处级干部担任改革督察员的基础上，推动实现所有市直涉改单位和县（市、区）督察员全覆盖。同时，实行分级督察制度，确保改革督察更加精准有效。

市领导约谈机制方面，对经提示、催办仍未整改或整改落实不到位的改革任务，实行分级约谈，由市委深改委主任或市委改革办主任约谈部门和县（市、区）有关负责人，切实发挥改革“加速剂”作用。

推动改革向纵深推进

改革是一个依次推开的渐进过程，其成功与否，关键看有多少“实招”，解决了多少突出问题，取得了哪些实际成效，群众对问题解决的满意度如何。

近年来，宁德市建立健全“抓具体、抓突破、抓落实”的改革

宁德在全市范围组织开展海上养殖综合整治改革，三都澳海域重现“海清水净”的海上田园风光。图为整治后的秋竹海域 摄影：柳明格

工作机制，谋划推出了一揽子改革硬招实招，探索形成了一批有影响有分量、可借鉴可推广的改革经验，市委深改委谋划部署的2019年度29项重点改革任务、36项重点突破事项及细化分解的169项改革举措全面落地见效。

在培育选树本地改革典型的同时，宁德市还特别注重学习复制外地先进经验，以此推动改革不断向纵深推进。

总结提升改革试点经验。对于国家、省里部署的改革试点项目，建立市领导挂钩联系制度，实行动态管理，定期跟踪督促，做到“成熟一个、总结一个、推广一个”，努力为全国、全省提供更多、更好的“宁德经验”。

学习借鉴外地先进经验。对于先进地区现成的改革经验，鼓励支持各专项工作小组和各县（市、区）横向对比找差距、外出学习取真经、深化改革促发展。

复制推广基层实践经验。对于本地改革探索创新中涌现出的特色典型、着眼“小处切口”且行之有效的首创经验，及时总结提升、点赞宣传，并通过印发实施方案、编辑案例汇编等形式，推动典型经验由点及面逐次铺开。

舟至中流，不进则退。宁德市坚持把改革评估作为检验改革成色的重要依据，借助市委深改委、第三方专业机构、新闻网络媒体“三个渠道”，对改革推进情况和一些涉及重点领域、民生关切的改革任务，进行事中、事后评估，并针对存在的问题进行调整完善，推动改革不断升华、螺旋上升。

从地处大山深处的寿宁县下党乡“定制茶园”模式的探索与实践，到深入街头巷尾、田间地头的柘荣县“小板凳”理论宣讲机制创新，再到在全市范围内复制推广的周宁县政府投资小规模建设工程管理体制改革经验……宁德市正坚持问题导向推进改革，着力打通改革落实的“最先一公里”到“最后一公里”。

“以问题为导向的全闭环改革工作机制，从群众最关心、最关注的热点难点问题入手，用务实管用的改革举措解决群众期盼的问题，突破了一些过去认为不可能突破的关口，解决了一批多年来想解决但一直未能很好解决的问题，改革带来的效益十分明显。”宁德市委改革办相关负责人表示。

湖南省岳阳市委深改办

啃下“硬骨头” 改出新天地

岳阳市巴陵人才新政20条，聚焦七大千亿产业建设，最高给予1000万元综合支持，招才引智条条是干货；

“一件事一次办”再提速，创新推出“窗口圈、流程圈、网络圈、层级圈、地域圈”五圈服务，市民办事最多跑一次，服务省时又省心；

创新“全链条”打击战法，对非法采砂、非法捕捞等违法犯罪活动采、运、销、保环节一体查，对资金链、人员链、销售网、保护伞一锅端，形成水域治安“四位一体”综合治理机制；

……

这是一份实干铸就的成绩单：岳阳市部署的99项重点改革，92项改革任务全部按时完成，其中6项基层改革创新入选“湖南基层改革探索100例”。

成绩的背后都是发展出题目、改革做文章。近年来，湖南省岳阳市紧紧抓住全面深化改革“关键一招”，细化改革任务，狠抓改革重点，注重改革落实，着力优化制度供给，解决“堵点”“痛点”“难点”，全面深化改革呈现全面发力、多点突破、纵深推进的良好态势，汇聚起了发展新动能。

顶层按下“快进键”，跑出“岳阳速度”

中流击水，奋楫者进；发展关头，改革者胜。

改革之“先”，既要“谋势”，又要“谋局”。“要把改革作为岳阳发展的强大动力，敢于上刀山，向改革要活力、要效益，增强改革系统集成、协同高效、落实落地，真正把改革红利释放出来，促进岳阳经济社会高质量发展。”市委深改委会议上，市委书记、深改委主任王一鸥，对全面深化改革工作做出部署。

名动天下的岳阳楼

行动，是最有说服力的改革。号角吹响，战鼓催人；大潮涌动，风生水起。一场深刻变革在这里孕育迸发。

为持续深化经济体制改革，推动岳阳七大千亿产业发展，岳阳市大力实施人才强市战略，重磅发布“巴陵人才新政20条”，以“人才链”支撑“产业链”，提升科技创新和人才发展竞争力。

为配合完成争创中国（湖南）自贸试验区工作，岳阳片区实施方案通过了省自贸区工作领导小组会议审议，岳阳片区管理委员会正式设立，片区改革试点任务清单也已敲定。目前，已有51家企业落户，开通了自贸区岳阳片区企业注册登记系统，建立了自贸区司法服务、司法救济等保障体系。

……

迈开大步、蹚出新路，岳阳市始终直面改革热点，勇闯改革“深水区”，抓住关键领域，打通关节、疏通堵点、激活全盘，不断推出新政策、新举措，一批批重点改革成果不断涌现。

随着改革不断深入，旧体制机制的障碍被扫清：针对多年来想解决而未解决的基层治理宏微倒挂和权责不对等的老大难问题，将市级城管、住建、交通、教育等七大领域事权下放至县市区。同时岳阳市还构建了“管理区+产业园区”管理模式，破解一直以来诟病较多的园区行政化管理，彻底啃下机构改革的“硬骨头”。

“全面深化改革是实打实、硬碰硬的攻坚战，只有从战略上把好方向，战术上明确打法，才能行稳致远，进而有为。”市委深改办专职副主任许勇球说。

聚焦痛点难点，拿出“岳阳方案”

2020年1月，巴陵石化己内酰胺产业链搬迁与升级转型发展项目迎来首个重要建设节点——强夯地基处理工程正式开始建设。

“这是长江经济带推进生态环境污染治理以来第一个实施搬迁的大型化工企业，为解决‘化工围江’难题作出了示范。”该项目负责人说。

破解“化工围江”困局，是岳阳多年的期盼。

年初，《岳阳创建长江经济带绿色发展示范区实施方案》出炉，标志着岳阳市在生态文明体制改革上全面发力。

为了守护好“一江碧水”，岳阳市建立沿江1公里范围内化工园区“一园一册”、化工生产企业“一企一册”台账，对长江沿线新增化工企业“一脚踩死”，一律向绿色化工产业园集中。

目前，7家企业列入搬迁改造计划，5家企业完成搬迁改造，全市12家工业园区17个片区，都已建成污水集中处理设施，基本实现园区污水达标排放。

岳阳北枕长江，西接洞庭，丰富的水资源为全市经济社会发展起到了重要作用，也给治安管理带来了难题，非法采砂、非法捕捞等违法犯罪活动时有发生。

岳阳市借力司法体制改革，创新水域治安“四位一体”综合治理机制，公安、渔政、水利、海事部门及江豚保护协会，联合开展水上巡护行动，通过智慧平台、协作机制、联合出击、群防群治，成功破解了水上治安“九龙治水”的难题。

一个个“岳阳方案”的推出，解决了发展燃眉之急、切肤之痛。在某些领域，为全省乃至全国的改革贡献着岳阳智慧，塑造崭新的城市形象。

回应群众关注，汇聚“岳阳温暖”

“以前需要半年甚至一年的审批手续，现在只需15天，还是一次性告知、全程代办，让我们省了不少心，少跑很多路。”……一句句肺腑之言，充满了市民对全市全面深化改革成效的肯定和对美好未来的憧憬。

“原本要到卫健、公安、医保等部门办理的出生医学证明、预防接种证、儿童保健手册、户口登记、医疗保险登记，现在只需要填报《岳阳市出生‘一件事一次办’登记表》，将材料一次提交到医院开设的综合窗口，就能实现五证联办，真是太方便了。”市民王先生说，证照总办理时长不超过2个工作日，真正实现了“出生一件事、最多跑一次”。

为了让市民办事更方便，岳阳市推出了“窗口圈、流程圈、网络圈、层级圈、地域圈”服务，推动一窗集成、一次办好、一机智达、一门覆盖、一城联办，实现了政务服务供给能力水平全面优化，创新性开启了政务服务便民化“五个圈、五个一”的“岳阳模式”。

岳阳汨罗市武夷山村殡葬改革去陋习

在湘阴，全力推进党建引领“一门式”基层公共服务，切实打通服务群众的“最后一公里”，让群众办事可以当场办、帮代办、网上办，还可以跨区域通办，真正做到一门式办理、“一站式”办结。

人民有所呼，改革有所应。在汨罗，为了解决农村丧事大操大办“难根治”、乱埋乱葬“难规范”、封建迷信“难破除”等问题，武夷山村以“协会引领”为核，以“壁葬公墓+村规民约+奖惩机制”为翼，充分发挥基层党建的龙头作用，不断放大老年协会、红白理事会、文明劝导队、军人之家等的推导力量，“葬”去陈规陋习，“改”出文明新风，探索出了一条“治陋习、树新风、促振兴”的新路子。

改革激活力，创新天地宽。岳阳市加快推进“放管服”改革，省定“一件事一次办”事项在市、县两级全面落地，市政务大厅进厅审批服务事项从707项增至1136项，58项政务服务实现跨省通办，在全省率先实现基层公共服务（一门式）全覆盖和智慧党建四级贯通、全域通办。

改革，已让市民拥有越来越多的获得感和实实在在的幸福感。

供图：岳阳楼景区

河北省承德市发改委重点项目办

敬业担当写初心

全市重点项目观摩现场

承德丰宁抽水蓄能电站

从重点项目建设落实，到市直部门“一对一”帮扶，一个个方案的制定无不凝聚着他们的智慧与汗水。

从项目建设“两线四牵引”，到第一时间推进法，一项项机制的创新与实施无不展现着他们的辛苦与甘甜。

从冬季攻坚、集中开工，到月调度、银企对接，再到项目观摩……一次次活动的开展无不诠释着他们的敬业与有为，担当与初心。

他们用激扬的青春、辛勤的汗水、满腔的热情，诠释了勇于担当、务实奉献、创新有为的精神。他们就是河北省承德市发改委重点办集体。

爱岗敬业，主动有为，奏响时代强音

2019年，河北省三季度重点项目观摩推进会在廊坊举行，要求制作视频片在会上播放。接到任务后，承德市发改委重点办第一时间组织力量进行视频片拍摄、撰写脚本、起草会议交流材料。科室工作人员朴方辉带领市电视台摄制组一行顶烈日、冒酷暑，披星戴月，10多天走了12个县（市、区），行程2000多公里，拍摄项目100多个，为视频片的制作提供了充足的素材。视频片在全省观摩会上播放后，受到省里的好评。

2020年春节过后，上班第一天，重点办的全体人员就在主管领导的带领下开始了加班加点的工作，一连熬过数个通宵。最终，经过15天的奋战，5个文件终于通过承德市委、市政府的审定，印发实施，为全年项目工作的开展奠定了坚实的基础。

2020年，他们更是聚焦全市“3+3”主导产业和县域“1+2”特色产业，从项目基本条件、投资规模等方面严格把关，经过七轮精心筛选，最终拟定了200个项目列入全市重点计划盘子，经承德市委、市政府审定后印发实施，拿到新印刷的市重点项目计划本子，像考试得了满分一样，大家都异常的兴奋。

无私奉献，众志成城，描绘项目发展蓝图

从2017年“33591”计划，到2018年“四个一”目标，到2019年“3811”任务，再到2020年“63218”工程，一串串数字的背后都倾注了他们的艰辛与付出。

为了尽可能多地争列省重点项目，重点办的同志冒霜冻，顶严寒，爬山进沟，对各县（市、区）申报的项目逐个筛选研究。正是凭着这种扎实严谨的工作作风，承德市每年申报的项目基本上都被列为河北省重点项目。

除了通过全市重点项目建设管理平台调度外，他们还一次次亲赴现场、一个个电话沟通，每年还组织开展全市项目观摩和擂台赛、月调度、银企对接、会诊会商等，对项目进行调度。目前，共为项目单位协调解决问题36项，有力地推动了项目建设；每年组织召开银企对接会议，通过小组团、多场次等形式，及时解决部分项目单位融资难问题，2019年为近百家企业搭建平台，实现银行贷款20多亿元。

团结一心，攻坚克难，书写青春赞歌

一分耕耘，一分收获，重点办的辛勤工作得到了有关领导的肯定，也为他们带来了诸多的荣誉。2019年度，重点办被评为优秀科室，信息工作和督查工作先进科室，科室人员也多人次获得优秀个人称号。

回首往昔，京承、承朝、承唐、承张等“一环八射”高速公路网基本形成，普宁寺机场投入使用并与全国多个城市通航，张唐铁路、京沈客专承德至沈阳建成通车，铁路、公路、机场等一批批项目的竣工并投入运营，承德基础设施建设日臻完善。

喜看今朝，总投资192亿元的丰宁抽水蓄能电站、总投资70亿元的金山岭国际滑雪旅游度假区、总投资35亿元的钒钛高科无缝管和总投资23亿元的承德建龙钒钛新材料等一批批续建项目正在紧锣密鼓的建设之中，这些重大项目正在成为承德经济发展的重要支撑。

展望未来，总投资52亿元的太平洋两岸康养产业园、总投资40亿元的御道口国际汽车文化旅游度假区、总投资38亿元的永昌威秀国际度假区、总投资33亿元的万德班夫国际旅游度假区等一批批前期项目正在完善手续，力争早日开工建设，它们将成为明天承德经济腾飞的新引擎。

承德市发改委重点办群体，正在用敬业奉献、担当有为的精神，为全面建设新时代生态强市、魅力承德贡献着他们的力量。

作者：刘红军、马瑞新

供图：承德市发改委重点项目办

四川省泸州市发改委

勇担使命　以改革之力推动高质量发展

作为市委、市政府的“智囊团”“项目部”“参谋部”，四川省泸州市发展和改革委员会（以下简称泸州市发展改革委）始终秉承想大事、议大事、干大事工作思路，认真落实省委“一干多支、五区协同”“四向拓展、全域开放”战略部署，抢抓国省重大战略机遇，奋力推动新时代区域中心城市建设，助力泸州积极争创全省经济副中心，谱写了泸州发展改革事业浓墨重彩崭新篇章。

2016年，泸州在全国67个资源枯竭城市转型绩效考核中，被评为“优秀”档第一位，自此泸州连续五年均摘得“优秀”；2019—2021年连续3年获得国务院办公厅表彰。

2017年，华为四川大数据中心、合盛硅业泸州基地等项目建成投产，大批重点项目上马。

2018年，泸州成功列为国家港口型物流枢纽承载城市，是四川省唯一国家港口型物流枢纽承载城市。

2018年和2019年，泸州市龙马潭区两次荣获全省县域经济强县（城市主城区类）第一名表彰，获省级财政一次性财力奖励1.2亿元。泸州市江阳区荣获全省县域经济进步县表彰，获省级财政一次性财力奖励3000万元；江阳区成功进入全国百强区培育名单（全省5个之一）。泸州经验获省上肯定。

2019年，泸州成功创建为“全国社会信用体系建设示范城市”，并长期保持全省地级市信用监测排名第一。

2019年全市地区生产总值突破2000亿元，达到2081.3亿元。

2020年全市地区生产总值增至2157.2亿元，是2015年的1.53倍；一、二、三产业结构由2015年的12.4 ∶ 59.6 ∶ 28调整为2020年的11.9 ∶ 48.1 ∶ 40，为开启全面建设社会主义现代化泸州新征程奠定了坚实基础。

整个“十三五”期间，全市共争取到中央和四川省预算内资金、地方政府专项债券、易地扶贫搬迁地方政府债券、抗疫特别国债、企业债券等各类资金共计401.9亿元。

……

这一项项颇具重量的荣誉，一组组振奋人心的数据，折射出泸州市发展改革委勇担使命，以发展改革之力推动泸州市健康稳健发展。

抓机遇，扎实推进改革创新

时移势易，机遇依然在我。近年来，泸州市发展改革委抢抓国省重大机遇，以改革创新推开机遇之门。

深度对接国家区域发展战略，主动谋划争取在国家战略布局中的泸州定位、泸州角色、泸州使命，全力推动更多项目、平台、政策、改革纳入国家战略部署。泸州被国家确定为全国性综合交通枢纽、成渝城市群“双两百”区域中心城市、《西部陆海新通道总体规划》三条主通道节点城市之一、港口型国家物流枢纽承载城市、成渝地区双城经济圈川南区域中心城市等，对泸州未来发展形成持续性、稳定性、长远性支撑。

抢抓国家改革试点，牢牢把握产业演进规律和发展趋势，着力推进产业转型和动能转换。泸州市被纳入全国第三批资源枯竭城市以来，泸州市发展改革委牵头统筹21大项、50余小项考核指标，累计获得国家转型资金37.3亿元，转型工作连续三年获得国务院办公厅激励表扬，是全国唯一连续五年获得国家考评为优秀等次的城市。2016年，泸州市获准创建全国信用体系建设示范城市，历时3年一创即成，是西部地区地级市中唯一示范市。泸州金融商业中心增量配电业务试点项目在全省率先实现通电运行。合江县被确定为国家农村产业融合发展试点示范县，泸州市纳溪区农业产业园以全国第一名的成绩成功创建为国家级农村产业融合发展示范园。

泸州市发展改革委扎实推动国家新型城镇化综合试点。2018年，泸州市“公共户口落户”“农村宅基地有偿使用”和“行政审批制度改革”三项工作经验，入选国家第一批新型城镇化综合试点经验，在全国推广。2020年，泸州市中心城区建成区面积达173平方公里、城市人口达170万人。

促投资，经济指标逆势上扬

投资是拉动GDP的“三驾马车”之一，项目建设是支撑城市经济发展的重要载体。泸州市2020年度投资运行和省重点项目连续三次双进全省“红榜”，是全省4个连续三次双进“红榜”市州之一。

一组漂亮的数字，见证泸州全力以赴做好“投资唱主角”大文章，抓住项目“牛鼻子”，推动泸州市经济高质量发展的圆满答卷：2016—2017年，泸州投资增速连续保持全省第1位；2018—2019年，全市投资由规模扩张向提质增效的新阶段迈进；2019年全市经济总量突破2000亿元；2020年增至2157.2亿元，经济增长持续保持率先发展好良好势头。“十三五”期间，全市累计完成全社会固定资产投资9332亿元、年均增长12.9%。五年来，累计实施重点项目2790个，累计完成投资6632.6亿元。

以重大项目建设为“动力源”，加快推进高质量发展。建立了“十三五”重大项目库，在全省率先开展企业投资承诺制试点，创新投资项目综合管理，建立“总库+专库+子库”等投资项目管理体系，坚持要素跟着项目走，聚焦用地、资金、政策等关键要素，推动优势资源向重点项目集聚。泸州云龙机场建成通航、绵泸高铁内自泸段通车、恒力（泸州）产业园项目落地投产……一批重大项目推进实施，为泸州加快建设新时代区域中心城市提供强有力支撑。

善谋划，建设新时代区域中心城市

凡事预则立，不预则废。泸州市发展改革委主动适应和引领新常态，科学定位、超前谋划，推动泸州市建设新时代区域中心城市。

围绕国家战略导向、重大规划布局，制定了关于统一规划体系进一步发挥市发展规划导向作用的23条措施清单，在全市建立了总体规划＋国土空间规划＋区域规划＋专项规划的“1+1+3+N”的“十四五”规划体系，编制了“十四五”规划《纲要》等总体规划、区域规划、专项规划25个，在全国地级市率先编制五大发展理念规划，在沿江城市首个编制生态优先绿色发展规划。

抢抓国家修订开发区目录机遇，帮助6个开发区升级为省级开发区，实现省级以上开发区县域全覆盖，有力地支撑了全市经济高质量发展。五年来，全市园区建成区面积由57平方公里发展到95平方公里，入驻企业由1332家增加到2875家，其中规模以上企业由435家增加到1110家。2020年主营业务收入达3450亿元。

围绕“一带一路”倡议、长江经济带发展等，加强对外区域合作，“十三五”期间与浙江省衢州市、重庆市江北区、四川省成都市、贵州省遵义市、广西壮族自治区防城港市等城市签订区域合作协议10余个，加速泸州融入全省“四向拓展、全域开放”战略布局。

速“融圈”，拓展经济发展空间

成渝地区双城经济圈建设是习近平总书记亲自谋划、亲自部署、亲自推动的国家重大区域发展战略，为新时代成渝地区高质量发展擘画了美好蓝图。一年多来，泸州市发展改革委认真贯彻落实国家战略部署，将全面融入成渝地区双城经济圈建设作为最大政治责任扛在肩上、抓在手上，提出以“立足四川、依托重庆、融入成渝、拓展滇黔”发展思路，推动国家战略在泸州落地落实。

泸州将融入双圈建设上升为全市经济工作统揽，市委及时成立工作领导小组和7个专项工作推进组，并立足川南区域中心城市的发展定位，确立建设长江上游航运贸易中心、区域医药健康中心、跨行政区组团发展模式的融合发展示范区、内陆开放新高地、优势特色产业集群发展区、高品质生活宜居地六大中心任务。泸州市发展改革委对接重庆市发展改革委、重庆市交通运输局、江北区、永川区、江津区、荣昌区及成都等地开展交流考察，签订了一系列合作协议，达成合作项目20个、合作事项45个，形成年度任务清单84项；谋划形成“四重”事项161个（其中重大项目105个，总投资5241.1亿元，重大平台39个，重大政策9个，重大改革8个）；联合永川、江津积极探索经济区与行政区适度分离改革，共建泸永江融合发展示范区打造成渝地区双城经济圈融合发展的桥头堡，助推双城经济圈南翼跨越。合江县入选全省首批成渝地区双城经济圈建设县域集成改革试点。

2021年，泸州市发展改革委围绕市委六大中心任务，牵头起草编制《泸州市全面融入成渝地区双城经济圈建设“六大建设”实施方案》，实现所有任务项目化、具体化安排，谋划重大项目359个，总投资7333.17亿元，年度投资1107.99亿元。同时，与永川、江津共同制订了《2021年重点任务清单》，涉及重大合作事项40个，总投资1129.9亿元，年度投资113.6亿元。成功将《泸永江融合发展示范区》列入了川渝毗邻地区合作共建区域发展功能平台。

惠民生，让百姓生活更幸福

时光阅，天地鉴。纵览泸州的发展变化，很多长远的谋划、大手笔的项目、惠民生的政策，都凝结着发改人的心血、智慧、执着与奉献。

以人民群众的获得感为标尺，着力兜牢民生底线。“十三五”期间累计实施搬迁19269户77993人，建成集中安置点318个，全面实现住房建设、搬迁入住、拆旧复垦“3个100%”。易地扶贫搬迁工作的经验、模式和方法得到了国、省肯定，在各级平台多维度进行展示。其中，2016年成功发行了全国第一支以易地扶贫搬迁为承载的项目收益债，作为典型经验向全国推广。2017年叙永县江门古寨易地扶贫搬迁集中安置点，作为全国易地扶贫搬迁先进典型唯一沙盘模型，在“砥砺奋进的五年”大型成就展上进行展示，向党的十九大献礼。2020年国家发改委通报表扬全国“十三五”时期易地扶贫搬迁典型案例，泸州市获得四大类共9项表扬，获奖数量位居全省第二（仅次于凉山州）。牵头推进浙江省衢州市及所辖龙游县、常山县与泸州市叙永县、古蔺县开展扶贫协作。重点聚焦产业扶贫、就业扶贫、人才培养等方面，扎实开展惠民帮扶。聚焦“三农”基础设施短板，争取农林水利基础设施中央、省级预算内资金14.75亿元、专项建设资金10.72亿元、地方政府专项债55.7亿元（已发行13亿元），治理岩溶石漠化面积414平方公里。

重点做好教育、医疗等民生实事，成功争取到国家优质普惠学前教育资源扩容建设试点城市，加快普惠性幼儿园项目建设，有效缓解主城区优质普惠学前教育资源供需紧张的矛盾，逐步补齐“入园难”“入园贵”的公共服务短板。分别将叙永县鸡鸣三省石厢子红色旅游项目纳入全国红色旅游经典景区名录，西南医科大学附属中医医院中医传承项目、西南医科大学附属医院疑难病症诊治能力提升工程纳入国家投资计划项目储备，加快推进泸州市医教园区、西南医疗康健中心等重点项目建设，倾力打造红色旅游精品路线和区域医药健康中心。

全面落实粮食安全省长责任制，巩固粮食安全工作成果，泸州市发展改革委被国家发展改革委、财政部、农业农村部联合授予“全国政策性粮食库存和质量大清查先进单位”(四川唯一受表彰市州)；坚决筑牢粮食安全底线，保障生活物资供应，疫情期间全市粮油供应充足、品种丰富、价格平稳，市粮食和物资储备局被国家粮食和物资储备局评为“全国粮食和物资储备系统抗击新冠肺炎疫情先进集体”。狠抓市场价格监管服务，以减税降费为突破口，实施电网同价、丰水期电能替代电价、居民用电夜间电价下浮等电价优惠政策，实现全市一般工商业电价下降20%。实施社会救助和保障与物价上涨挂钩联动机制，疫情期间会同市级有关部门发放价格临时补贴超1.6亿元。扎实做好元旦、春节、五一、国庆等节假日以及生猪、猪肉和居民生活必需品价格应急监测和日常重要物资监测及保供稳价工作，泸州市价格认证中心获全国先进价格认定机构。

站在新起点，泸州市发展改革委将在市委、市政府的坚强领导下，坚决扛起全面融入成渝地区双城经济圈建设历史责任，以高质量发展、高品质生活为主线，围绕提升城市能级、做大产业、深化改革、扩大开放，加快做强做优川渝滇黔结合部区域中心城市和成渝地区双城经济圈南部中心城市的功能和品质，接续推动泸州经济社会又好又快发展，加快建成全省经济副中心。

广东省深圳市龙华区工业和信息化局

启动数字化赋能行动 推动经济“稳”增长

2020年起，广东省深圳市龙华区频频出手，一幅幅动人心魄的蓝图、一份份高标准制定的规划渐次展开。龙华区以此向外界宣示了通过数字赋能，引领产业转型升级，实现高质量发展的信心和决心。

2021年是“十四五”的起步之年，也是“数字龙华、都市核心”全面建设之年。作为全区经济主管部门，龙华区工业和信息化局（以

龙华区人民政府与国信证券签订全面战略合作协议

下简称龙华区工信局）紧紧围绕全区中心工作，抢抓重大历史机遇，全面启动数字化赋能工作，迈出“数字经济先行区”建设坚实步伐；多点发力促进经济增长，以优异成绩推动全区经济实现稳增长，为龙华“十四五”发展奠定了基础，提振了信心。

数字化赋能行动全面启动，引导企业数字化转型

“打造数字经济先行区，做强数字经济，实现产值翻番，再造一个新龙华！”龙华雄心壮志豪情满溢，全区数字经济工作的牵头部门龙华区工信局重任在肩。

时不我待。面对新征程、新使命，龙华区工信局再燃奋斗激情，第一时间组建工作专班，奠定工作开展的良好基础，并大力度、大手笔推出系列新举措。

产业发展，政策先行。数字经济产业“1+N+S”政策体系，包含数字经济三年行动方案，金融、产业空间、数字化赋能、总部经济等9项普惠政策和10项产业链专项政策，是数字经济发展的基石。龙华区工信局精准优化该政策体系，增加支持体系中的薄弱环节，已初步形成统一架构。

为推动区内企业搭上“数字经济先行区”建设快车，龙华区工信局全面启动数字化赋能行动。5月21日启动的龙华·华为智能制造和现代服务业创新中心企业数字化赋能活动，已拟定了第一批赋能企业名单，针对规上重点企业开展数字化转型专家诊断，推动企业上云上平台；为试点建设无人工厂，探索工业富联两个创新中心为区内规上企业提供数字化转型定制服务，加快推广无人工厂建设模式；为深入企业开展赋能诊断，发挥国家工业信息安全发展研究中心深圳分中心资源优势，开展龙头企业数字化改造诊断服务，出具首稿诊断方案。支持树根互联引进全国赋能先进经验，制订适合龙华的数字化诊断方案，为区内标杆企业诊断赋能。除此之外，龙华区工信局正加紧出台数字经济园区楼宇认定办法，拟认定第一批4家数字经济楼宇，加快数字经济产业集聚，竖立产业高地标志。

龙华区工信局还为数字经济发展提供了完善的支撑体系。在金融方面，研究设立数字经济产业母基金，着力支持数字经济领域优质企业和重点项目发展。在智力方面，高规格邀请业内专家初步拟定了30人的数字化赋能智库名单。在基础设施建设方面，开展全区6187个5G基站信号覆盖图的绘制工作，推动重点园区已开展5G独立组网建设，配合重点企业探索5G应用场景，全力以赴帮助龙华企业抢抓数字经济发展机遇，打造“数字经济的中国样本”。

“稳”字当头推动经济增长，筑牢实体经济底盘

在“数字龙华”建设起步之年，龙华区工信局上交的第一份“成绩单”令人欣喜：超额完成工业和商贸服务业一季度“开门红”任务，再获区委嘉奖令一则。上半年经济数据持续向好，全区1641家规上工业企业实现总产值2401.78亿元，增长22.7%；限上批、零、住、餐销售额分别增长44.8%、52.5%、57.3%、62.1%。而这个好成绩背后的关键字就是“稳”。

加快产业资金拨付、走访服务助力企业稳发展、推动工业投资、持续优化电力营商环境皆为常规之举，但常规之外的不寻常，则是系列扶持、利好的推动速度和力度：作为促进企业成长壮大的重要抓手，截至目前，本年度已拨付制造业、现代服务业、金融业产业发展专项资金累计9.07亿元，惠及企业2556家次；关乎龙华产业未来的工业投资、技改投资大幅增长。上半年完成工业投资47.04亿元，增长18.58%。其中，完成工业技改投资21.55亿元，增长34.94%。

“十四五”征途漫漫，“数字龙华”建设任重道远。为持续推进经济稳增长，龙华区工信局正在通过优化“百十五”企业发展梯队、持续壮大“隐形冠军”和“单项冠军”企业队伍，充实后备发展动能；通过推动产业空间供需对接，打牢产业发展基础；通过促销费系列活动等，推动现代服务业提质增效；通过大力扶持企业开拓境内外市场等方式，稳步推动外资外贸增长。

系列举措之下，龙华5亿、10亿、100亿级企业梯队从2016年的33∶30∶3家优化至2020年的41∶40∶8家，其中5亿级企业规模由66家增长至89家，2021年内有望突破100家。

提升金融服务水平，助力实体经济发展

金融是现代经济的血液，赋能实体经济是金融机构的本源。

为帮助金融业发展壮大，龙华区工信局全面修订金融发展政策，

左图为龙华区重点企业与华为全面合作协议签署仪式；右上图为龙华区重点企业深水规院在深交所举行敲钟上市仪式；右下图为位于龙华区的美团消费大数据运营中心

与国信证券签订全面战略合作协议，加强与侨鑫集团、前海股权交易中心等重点金融企业和平台沟通合作，有力推动金融业集聚发展。

为促进产融结合，该局制订支持企业利用债务性融资工具的政策，建设普惠金融服务平台，持续开展“深入社区稳企业保就业”专项行动，千方百计帮助企业融资。强化银政合作，引入“科创先锋贷”“智惠贷”等产品，探索打造全生态的知识产权融资体系。

为加快培育企业挂牌、上市，龙华区工信局一方面建立多方联动培育机制，通过举办“走进深交所”“投融资沙龙”等一系列活动，梯度动态培育上市企业；另一方面全方位解决上市企业诉求，大力推行全生命周期金融支持工作法，为企业提供金融配套服务，增强企业上市信心。今年以来龙华已新培育通业科技、利和兴、水规院 3 家上市企业，新引入翰宇药业、捷顺科技 2 家上市企业，目前龙华区上市企业已达 29 家。

筑牢“红色堡垒”，勇担“抗疫使命”

龙华经济能始终保持平稳向好发展态势来之不易。

从去年初摁下经济“暂停键”，到重启经济发展“快进键”，龙华区工信局始终以党建为引领，站在疫情防控第一线，助力企业复工复产，并承担深港跨境运输货主单位作业点、大型商超、非星级酒店等重点场所疫情防控工作。

2021 年“5•21”疫情发生以来，龙华区工信局立即启动疫情防控工作机制。第一时间组织全局力量下沉全区 59 家大型商超，高效高质完成大型商超核酸检测全覆盖。发动进口冷冻冷链从业人员及作业点重点人员、辖区 206 家非星级酒店工作人员测核酸、打疫苗，做好疫情防控工作。

该局充分发挥党员干部先锋模范作用，选派 19 名党员干部深入“一对一”挂点联系的民治社区开展支援，累计派出 224 名党员干部前往社区及大型商超开展党员志愿活动，大家不舍昼夜，不惧酷暑，抛洒辛勤汗水，做好配合服务工作。为确保疫情一线高效运转，该局协调区内爱心企业一道，向社区赠送加班应急食品及防疫物资和端午慰问品等，切实做好疫情防控的服务保障工作。

今年是中国共产党成立 100 周年，也是“两个一百年”奋斗目标历史交汇的关键节点，龙华区工信局表示，将抢住历史机遇，再燃奋斗激情，以新理念、新思路、实举措、硬办法推动数字龙华建设，推动全区经济高质量发展，为龙华全面建设数字经济先行区、高标准打造深圳都市核心区贡献力量。

作者：刘梦扬

江西省上饶市工业和信息化局

“虎力”全开冲刺　挺起工业脊梁

晶科能源智能化生产车间

今年 3 月初，晶科能源与上饶经开区签订项目合作协议，拟投资新建 24GW“N 型高效光伏组件”项目，该项目总投资过百亿元，计划分三期建设，其中一期 8GW 高效光伏组件项目，预计将于今年 6 月份开工建设，有望在今年底投产。

时隔不到一个月，晶科能源在上饶再次落子。3 月 29 日上午，广信区与晶科能源总投资 108 亿元 24GW 高效光伏组件及 10 万吨光伏组件铝型材项目签约。此次新签约的项目，是晶科能源今年在上饶落地的第二个过百亿项目。

晶科能源在上饶的加速布局，是上饶推进晶科能源“三年千亿计划”、打造“世界光伏城”的重大举措，也是上饶坚持“工业挂帅、项目为王”决策部署的重要成果。

硬核举措：“大工业”呈现“强动力”

春日的上饶经开区，处处迸发着火一样的激情。在蜂巢能源二期、晶科能源 8GW 高效光伏组件项目、长城汽车有限公司等地，企业铆足干劲赶进度，大干快上的热潮扑面而来。

透过一组数据，可以解码上饶市工业项目大干快上的发展源泉：2021 年，上饶市实现了“工业经济总量和增速均进入全省第一方阵”总目标，取得了“5 个全省第一、6 个全省第二和 1 个历史性突破”的好成绩。“5 个第一”：规上工业营业收入增长 35.9%，工业固定资产投资增长 25.3%，制造业用电量增长 30.9%，纳入省调度的投资亿元以上项目 649 个，总投资 4050.4 亿元；“6 个第二”：规上工业增加值增长 12%，工业用电量增长 20%，工业税收增长 36.4%，新增规上工业企业 320 户，净增规上工业企业 211 户，省级“项目大会战”工业项目 210 个；“1 个历史性突破”：规上工业营收 5040 亿元，历史上首次挤进全省前三。上饶市工业发展成效获得了国家部委和江西省委、省政府的充分肯定，入选工信部 2021 年度工业稳增长和转型升级十大成效明显城市，以全省总分第一的成绩获评 2021 年度全省工业高质量发展先进设区市，这也是上饶市连续第 4 年获评全省工业高质量发展先进设区市。

这组春天里的铿锵足音，正是得益于上饶市瞄准发展“大工业”方向、加速完善顶层设计的一系列硬核举措——上饶市委、市政府联合发布实施《上饶市加速发展“大工业”实施方案》，明确了工业“三年翻番”目标及相关举措等，编制了《上饶市“十四五”制造业高质量发展规划》以及光伏新能源、电子信息、工业互联网等 3 个产业专项规划，全方位布局上饶工业“十四五”发展蓝图，构建上饶工业“2+4+N”的新型制造业高质量发展体系；按照“八个一”（一位市领导牵头、一个服务专班、一个产业规划、一个工作方案、一套产业政策、一套“四图五清单”、一个年度计划、一组产业链发展咨询专家）扎实推进产业链“链长制”工作，加快推进“2+4”主导产业延链补链强链。

硬核举措之下，工业发展呈现强劲动力。晶科能源在上交所科创板成功上市，成功举办全省“光伏＋储能”现场对接会，光伏新能源产业 2021 年实现营收 757.6 亿元，预计 2022 年可突破 1000 亿元；新增广信区金属新材料产业集群为省级产业集群，全市形成

左图为新能源汽车核心零部件产业园；右上图为爱驰汽车机械臂；右下图为弋阳海螺水泥有限责任公司外景

10个省级产业集群和1个省级培育产业集群；上饶高铁经济试验区获批“国家新型工业化（大数据）产业示范基地”；新增万年县高新区为“江西省新型工业化产业基地（纺织新材料产业）”，全市累计创建国家级产业示范基地2个，省级产业示范基地5个……

创新引领：“数字化”激发“新动能”

2021年，晶科能源资源动态组织场景入选工信部2021年度智能制造优秀场景名单，其最新研制的N型单晶电池最高转换效率达25.4%，连续18次刷新世界纪录，并接入全国光伏行业首家工业互联网标识解析二级节点（光伏设备及元器件制造·上饶）平台，今年，更是首次入选联合国全球契约中国网络颁发的“实现可持续发展目标2021最佳企业实践”。

晶科能源实现智能化转型，只是上饶市积极推进重点骨干企业实施数字化改造，提升制造业数字化、网络化、智能化发展水平，大力发展工业互联网的一个缩影。过去一年，上饶市新获批了2个工信部2021年新一代信息技术与制造业融合试点示范项目和4个省级5G+工业互联网应用示范工厂、1个省级5G+工业互联网示范区和1个省级工业互联网信息安全示范区；全省首家工信部工业互联网网络实训基地正式挂牌运营；上线了首个地市级工业互联网安全态势感知平台；获评全国首批“千兆城市”。

同时，为加快工业互联网应用，上饶市组织开展工业互联网安全专题培训，引导500余家工业企业开展两化融合发展水平评估诊断和对标贯标，对全市300余家企业开展工业互联网应用把脉问诊，加强工业互联网安全管控。

此外，上饶市大力培育专业化“小巨人”和“专精特新”企业，鼓励引导企业加大研发投入。安驰新能源、高佳光电、万年芯微、联创（万年）电子等4家企业获评国家工信部第三批专精特新“小巨人”企业；鹏盛建设集团、上饶捷泰新能源、上饶中材机械、万年芯微、品汉新材料等5家企业获批省级企业技术中心；晶科能源、致远环保、捷泰新能源、弋阳海螺、安驰新能源、凤凰光学被列入2021年江西省制造业领航企业培育库入库名单；凤凰光学、捷泰新能源、江西吉利新能源商用车等3家企业获评2021年省级智能制造标杆企业；组织耐普矿机参加第六届“创客中国”江西省中小企业创新创业大赛并获企业组一等奖。

上饶市坚持贯彻落实绿色发展理念，大力构建绿色制造体系，以国家级绿色园区上饶经开区为引领，新增黄金埠万年青水泥获评国家级绿色工厂，全市累计达5家；新增德兴高新技术产业园获评省级绿色工业园区，全市累计达3家；新增3家企业获评省级绿色工厂，全市累计达10家；另有6个产品入选国家级绿色制造名单，上榜数列全省第一；2家企业入选工信部符合《铜冶炼行业规范条件》企业名单；4家企业入选工信部再生资源综合利用规范企业名单；11家企业获评省级节水型企业，其中江西顺丰纸业和江西铜业（德兴）化工2家企业荣获省级水效领跑者称号。

纾困帮扶：“硬措施”抓好“软环境”

营商环境是一个地方发展的“生命线”。

“在推动项目落地过程中，经开区积极协调解决困难和问题，原本计划7月交付的场地，提前5个月就交付使用了，为上饶经开区‘速度’点赞！”看着平整好的场地，蜂巢能源科技（上饶）有限公司总经理董博竖起了大拇指。

企业点赞的背后，是上饶市以推进营商环境优化升级“一号改革工程”为抓手，牢固树立“百般呵护企业、充分尊重企业家”理念，持续优化营商环境的最新成果。近年来，上饶市一切围绕企业干，一切围绕企业转，向着打造“服务必细、干事必成、商家必争”创业热土持续发力。

“每个产业链都制定了工作方案，确定了三年发展目标，还聘请组建了专家咨询委员会，为产业链发展建言献策。”上饶市工信局党组书记、局长张小龙介绍，为稳定产业链供应链，推进全市经济转型升级和产业结构调整，加快构建特色鲜明、优势突出的产业体系，上饶市持续实施“产业链链长制”工作，全市各产业链牵头部门组织精准招商、市场拓展、人才引进等产业链对接活动234次，其中，开展产销对接活动93次、签约金额164亿元，开展产业链招商活动159次、签约金额1522亿元，开展产融对接47次、已发放贷款金额126.8亿元。

此外，上饶市坚持定期召开全市工业要素保障会，深入开展领导挂点帮扶和“企业特派员”工作，协调解决重点企业和重大项目存在的困难和问题，先后研究解决了彩虹玻璃项目用地指标、汽车综合试验场项目土地林地报批、荣信铜业及汽摩配产业园运营公司融资、江西吉利新能源商用车纳入省采购目录问题等20余个困扰企业发展的重难点问题。2021年，全市产业链链长制总链办根据全市各重点产业链牵头单位及各地链办反馈的情况，梳理汇总全市12条重点产业链涉及用工、用能、市场、融资等方面问题共294个，办结率100%。

作者：徐芸、李鹏飞　摄影：徐斌

河南省义马市工信科技局

“转型升级”迈向新时代高质量发展

三门峡市领导到义马市复寿堂药业调研转型升级暨重点项目建设工作

近年来，河南省义马市以高质量发展为主题，立足区位、产业优势，牢固树立“工业立市、项目为王”的理念和“服务企业就是服务发展大局”的意识，认真贯彻黄河流域生态保护和高质量发展国家战略，以工业“三大改造”（绿色化、智能化、技术改造）及5G网络建设和产业发展为引领，以“万人助万企”活动为抓手，坚定不移走产业转型升级之路，以党的建设高质量引领义马工业经济转型升级迈向新时代高质量发展。

2021年8月12日，河南开祥精细化工有限公司与中国机械设备工程股份有限公司所牵头的联合方进行了年产10万吨PBT项目EPC总承包合同线上签约仪式，9月18日项目举行开工仪式；9月24日，义马市召开“一带一路”区域性大宗商品物流中心项目规划方案汇报会，10月8日，国家级豫西煤炭储运中心义马市“一带一路”区域性大宗商品物流中心项目正式开工。这些大项目的开工建设，对于义马市转型升级、长远发展意义重大，为义马市工业经济高质量发展注入了新动力、增添了新动能，为义马市新时代转型升级高质量发展按下“快进键”，推动项目建设和经济运行跑出“加速度”。

2021年1至9月份，义马市规模以上工业企业完成增加值同比增长14.2%，高于三门峡市平均增速（12.7%）1.5个百分点，高于上年同期增速(4.2%)10.0个百分点，工业增速在三门峡六县（市、区）中位居前列。其中，代表高质量发展方向的制造业增加值增速同比增长8.6%，高新技术行业增加值增速同比增长38.9%。重点行业保持较快增长势头，煤炭行业、化工行业完成增加值同比分别增长21.8%、49.2%。

如今，沿着老310国道穿过义马市区，就能直观感受到这座豫西工业重镇的转变。曾经黑灰铺路、粉尘漫天，如今路面整洁、道畅树绿，机油、煤烟混合而成的传统工业化气息已荡然无存，城市在生机勃勃中更显亮丽宜居。

“转型升级”的义马样板

河南能源开祥化工是义马的龙头企业，也是义马工业“转型升级”的样板。2021年1至9月，开祥化工实现利润4.3亿元，同比增幅280%；2000吨BDO（1,4—丁二醇）成功出口到韩国、巴西、西班牙、阿根廷等国家。

2011年，开祥化工新上的BDO项目建成投产之际，许多人对他们规划的从煤到纺织品的产业链条感到不可思议，但仅仅6年后，企业就攻克了纺丝级PBT（聚对苯二甲酸丁二醇酯）树脂生产技术，成为华中地区首家能生产纺丝级PBT树脂的企业，实现了三门峡乃至河南省化工产业的重大突破。2021年9月18日正式开工的年产10万吨PBT项目投产后，义马市将成为全国最大的PBT生产基地。

以科技创新为引领，开祥化工在转型升级中深入谋划、敢想敢干，通过“三大改造”在提质增效上不断实现新突破。

在绿色发展、可持续发展方面，先后完成了循环水余压发电、废硫酸处理回收装置、废铜铋催化剂回收以及CO2资源化利用项目。其中，2017年9月建成投用的废硫酸处理回收装置，年节省危废处置及新鲜硫酸采购费用约1350万元；2019年建设完成的循环水余压发电项目，年节约电费约75万元左右；2020年9月建成运行废铜铋催化剂回收利用项目，每年可节省催化剂采购费用约600万元；实施的CO2资源化利用项目，将装置产生的CO2进行再回收利用，每年节约生产成本500万元。

在节能减排方面，开祥化工2018年建成投用6套VOCs治理装置，对57个无组织排放点进行收集和处置，目前装置运转率100%；2018年建成投用废水氟化物治理装置，针对煤气化氟离子废水进行处置，氟离子去除率90%以上，处置后废水满足排放标准；2019年开展了低温甲醇洗硫化氢深度治理项目，进一步消除生产过程中的“三废”；2021年将建成投用的乙炔装置扬尘综合治理项目，着力解决电石破碎过程中产生的扬尘……

“在虚拟工厂下，偌大的工厂形似‘透明’，手指只需在手机上轻轻一点就可以完成对现代化工厂的近万台设备的实施监控……”开祥化工总工程师宁宗轲介绍。近年，开祥化工先后实施了“智能化+生产运行”“智能化+人力管控”“智能化+产供销”等多个智能化管控项目，各项生产成本和单耗均大幅减低，整体智能化协同效益每年约2亿元。2021年8月23日，开祥精细化工虚

左图为河南省智能工厂——河南开祥精细化工有限公司鸟瞰；右图为河南中车重型装备有限公司焊接机器人车间

拟工厂系统正式上线试运行。10月18日，开祥化工被河南省工业和信息化厅确定为“2021年河南省智能工厂”，标志着该公司智能化建设又迈上了一个新台阶。

在经济效益和绿色发展“双丰收”的基础上，开祥化工正在逐步打造以BDO为主，PBT、PBS、PBAT为辅的多元化产品链条，配套建设多个集“绿色化、循环化、经济化”于一体的绿色发展项目，全力建设省内标杆型煤化工企业。

“三大改造”的厚积薄发

义马市高度重视“三大改造”工作。2021年以来，按照上级部署，他们引导企业抢抓“三大改造”助推产业转型升级的战略机遇，共实施44个项目，投资61.2亿元。“三大改造”的扎实成效，也让义马市前不久获得了三门峡市2021年“三大改造”暨5G、工业互联网项目专项奖励补助资金1610万元。

智能化方面有18个项目总投资3.7亿元，重点实施了开祥化工5G+智能工厂和常村煤矿、千秋煤矿智能化改造项目，鸿业化工控制系统智能化改造项目，实现了亿群环保、瑞能化工、瑞辉新材料等企业“两化融合”贯标。绿色化改造方面有6个项目总投资9000万元，重点实施了开祥化工乙炔扬尘综合治理、中车重装焊接烟尘系统改造等项目。技术改造方面有20个项目总投资56.6亿元，重点实施了开祥化工PBT、PBAT系列产品项目，中车重型装备轨道交通元器件二期、三期项目，复寿堂药业技术改造项目。

这些改造对企业发展至关重要，中车重型装备就从中受益匪浅。

作为义马市装备制造业重点企业，中车重型装备通过“三大改造”，一方面全力发展轨道交通产业，提升轨道交通产品制造工艺、技术水平；一方面优化煤机产业结构，紧抓优势资源轻装上阵，深耕煤机维修、部件服务等业务，延伸煤机产业价值链纵深，让企业不仅实现了从单一煤机产品到“轨道+煤机”双轮驱动双翼发展的转变，也实现了从低端人工密集型向高技术含量、高附加值的产业转型。同时，已投入运行的智能（焊接）机器人项目，和正在逐步建立的数控加工中心，为企业以设备智能化手段提升产品质量和品牌形象，发展“高精尖”产品、打造智能化工厂奠定了坚实基础。

2021年上半年，中车重型装备克服疫情带来的不利影响，不仅完成两套液压支架项目订单的交付，实现合同履约总额7000余万元，又成功收获云南市场4500多万元煤机综采装备合同订单。截至9月末，该公司已实现销售收入1.68亿元。

近年，开祥化工、中车重型装备等骨干企业逆势而上、更大更强，羲和化工、鑫海新能源等新兴企业快速成长，天汇药业重获新生，义腾新能源破产重组加速推进。在一大批工业项目的支撑推动下，义马市综合经济实力在困难形势下得到持续提升，“十三五”末全市地区生产总值完成137.1亿元，综合排名位居全省第13位。

随着“三大改造”的深入实施，义马市工业发展正呈现厚积薄发之势。

转型升级的长远谋划

义马市对工业提质增效的重视不仅体现在企业本身，还贯穿在项目引进、项目建设和发展谋划的方方面面。

2020年以来，义马市新引进和建成的一批项目，既贴合本地的资源禀赋、工业特色，也展现出绿色化、综合利用、高附加值等发展方向。河南千秋新能源环保有限公司年产2万吨醇基燃料项目，以煤化工废弃物杂醇为原料，建成后将成为国内最大的煤化工废弃物综合利用项目，实现义马煤化工产业集聚区资源绿色化、循环化综合利用。弘润化工年产1.2万吨有机酮、酸项目，产品主要用作染料中间体，2021年3月才开始试生产，销售额已经突破4512万元。河南羲和化工的产品是出口国外的高端农药及医药中间品，同时正在建设的脱硫剂生产线，是可将生产过程中产生的废水、废液、废渣进行“变废为宝”的深加工，供给氧化铝企业。重组盘活的复寿堂药业已经拥有18个药品生产批准文号，生产经营已步入正轨，市场反响良好，预计2021年可实现产值3000万元。

在项目建设中，义马市结合“我为群众办实事”“万人助万企”等活动，组织企业服务工作组开展优质高效的企业服务，从要素保障、融资用工、政策争取，到设备调试、消防验收，把“店小二”精神落实到每一项工作，有力推动了项目建设。弘润化工从开工到投产，仅用时9个月。羲和化工负责人陈鲲扳着指头算着企业服务工作组帮助解决的各种难题，赞不绝口。

同时，义马市以羲和化工和复寿堂药业为支点，围绕成品药、医药中间体、医药原材料，正在谋划引进一批产值在10亿元左右的新项目，目标是打造产值超100亿元的新兴医药基地。

产值超千亿元的能源物流基地、全国重要的纺丝和可降解塑料基地、新兴医药基地，义马市正按照蓝图谋划产业链、引进新项目。在“转型升级”之后，义马市新时代高质量发展将更加持续有力，豫西煤城也将成为义马市的历史标签。

作者：郭元庆、高锋、李双伟
摄影：李双伟、马飞

江苏省宜兴市文体广电和旅游局

描绘“陶式生活”新图景 打造“全域旅游”新样板

链接 近年来，在文化旅游方面，宜兴市先后获得国家园林城市、国家卫生城市、国家科技进步先进县（市）、中国人居环境奖、全国文明城市、国家历史文化名城、全国双拥模范城市，中国优秀旅游城市、国家环保模范城市、国家生态市、国家生态文明建设示范市、最具幸福感生活城市、国家全域旅游示范区等荣誉，2020年位列全国县域经济100强第7位。

一座千年崇文的江南古城，拥有着7300年的制陶史和瑰宝紫砂，山在城中、城在水中、人在园中的自然禀赋，赋予了小城宜兴多重美好。早在千年前，宋代大文豪苏东坡便在宜兴留下了“买田阳羡吾将老，从初只为溪山好”的愿景。而如今，这样的一份美好一直在延续。

描绘宜兴美好新图景，宜兴找到了新抓手，即全域旅游。“全域旅游是引领产业转型、提升城市品质、增进民生福祉的战略选择，是用新发展理念推动宜兴生态、经济、社会、文化全面高质量发展的重要抓手。”在这样的理念贯穿下，宜兴充分发挥自然禀赋优势，整合辖区内丰富旅游资源、人文资源等，打造“城市即生活，生活即旅游”新空间。历时四年创建，宜兴成功跻入国家全域旅游示范区行列。

“金镶玉”，呈现城市发展最佳状态

如今，宜兴的生活方式被称为“陶式生活”。这样的一种生活方式首先是基于宜兴的陶瓷产业，其次便是延伸至优良生态的“陶醉”，沉醉于慢生活中的“陶然”，最终实现生活的陶冶。“人民的美好生活正是全域旅游发展的终极目标。”宜兴市文体广电和旅

左图为宜兴东氿新城；右上图为东坡阁；右下图为宜兴山村美景

游局局长蒋干达说。

为何提出“陶式生活”打造？宜兴的旅游资源丰富多元，但资源的体量和影响力都不够大，景观和周边城市也存在同质化问题，“陶式生活”便用于涵盖和串联宜兴的多元文化体验。“陶式生活”是宜兴全域旅游发展追求的最高境界，是一种陶都宜兴的生活美学，它和不上釉的紫砂陶一样，既具有极高超的艺术性，又纯真淳朴、含蓄内敛，不夸张不刻意。它是以青山绿水蓝天深氧为底色，以宜兴独特的“陶、竹、洞、茶、禅”地域文化为体验，让市民和游客无分彼此，共同享受“共君一醉亦陶然”的自然淳朴雅致的美好生活。

“金镶玉”则呈现的是城市协调发展最佳状态，即文化与旅游融合、经济与生态协调、城市与乡村互促共荣。首先，它体现了宜兴城市的特色与个性。宜兴紫砂壶名扬天下，紫砂壶素有“紫玉金砂”之称。紫砂壶和阳羡紫笋茶、金沙泉一起，被苏东坡称为“饮茶三绝”。其次，它体现了宜兴全域旅游发展模式。金：谐音精神文明，象征着宜兴灿烂的文化资源；玉：青山滴翠，象征着生态环境；金镶玉寓意通过产业深度融合，将宜兴的文化优势和生态优势充分发挥，形成更具创意价值的旅游产品。最后，金镶玉又是2008年北京奥运会奖牌设计样式，由此亦蕴含着宜兴全域旅游强化文体旅深度融合，追求卓越品质的精神。

破立并举，绘就“陶式生活”新图景

宜兴旅游在20世纪80年代曾经品牌很响，但如今却逐渐走入瓶颈期，产品过于传统，除此以外，还存在资源“多小散”、力量“不聚合”等问题。破立并举，补短板，便是宜兴打造全域旅游示范的重点。

绿色优先，夯实生态基底。在宜兴新一轮城市发展规划中，宜兴将超全市域36%的面积划为生态空间，始终坚持绿色协调可持续发展。在环境整治上，近年来关停化工企业338家，投入28.4亿元实施污染防治重点工程844项，空气优良比率从56.8%提升到82.5%。太湖治理成效显化，水质优Ⅲ比率提升41.5个百分点。实施矿山环境整治项目60个，修复工矿废地1.5万余亩，废弃矿坑建成网红公园、悬崖酒店、A级景区。投入22亿元完成全部3324个自然村环境整治，5个10亿级特色田园产业园加速壮大。

为破解宜兴旅游“满天星星不见月”的产业格局，宜兴将生态文化旅游业定为三足鼎立产业结构之一，推出10亿元引导资金、旅游用地“五个一批”工程等实招，三年新增旅游项目建设用地3434亩，占国家下达新增指标54.7%。除此以外，出台“先照后证”政策，破解民宿合法身份难题，为乡村民宿颁发特种行业许可证315张，免费安装治安管理和无证入住系统。各部门出台23项集成政策，三年引进亿元以上旅游重大项目22只、总投资662亿元，蒋建宁、陈向宏、吴国平三位业界领军人物在宜兴亲自实施三只百亿级项目。

为加强公共服务配套，三年内，宜兴投入的各类财政资金达124.5亿元。倾心打造“宜路陶醉”公路品牌，新改建9条旅游公路、打通两处隧道，累计100余公里，新建绿道20公里，推出免费旅游直通车，以江苏最高分获“四好农村路”全国示范县。投资2000万元在高铁站改建全域旅游服务中心，投资1500万元建成市、度假区两级智慧旅游工程，投资1000万元建设旅游交通标识系统。除此以外，宜兴构建起了“1+9+N”市镇村三级全域旅游服务体系，形成“政府搭台、市镇合力、社会参与”的旅游公共服务市场化运营机制。创成国家地理标志产品7个，打造了阳羡茶、宜兴红、文创宜兴等优质企业共建共享的区域性公共品牌。智慧旅游项目两次荣获“省智慧旅游示范项目”。4A景区实现全景智能导览。

跨越赶超，打造“全域旅游”样板

作为无锡首个创城国家全域旅游示范区的板块，宜兴的示范意义何在？

坚持问题导向，以政策保障加持产业发展。近年来，宜兴陆续研究出台促进全域旅游高质量发展政策意见，推出10亿元引导资金扶持旅游重大项目、“五个一批”工程化解用地难等政策；采用“微改革”方式争取省公安厅试点，“先照后证”解决民宿身份尴尬；集体经营性建设用地租赁破解了乡村旅游配套难题。除此以外，宜兴还设立旅游项目专家预评审制度，专业把脉“一票否决”确保规划落地。在项目建设上，宜兴建立重大项目“6+1”制度，“预审＋代办”让旅游项目步入“高速时代”。

致力产业融合，不断做大“旅游+”文章。为推动“文化＋旅游”，宜兴投资30亿元，在东氿畔城市最佳空间建设成文化旅游消费集聚区，出台大量政策促进民间博物馆艺术馆共进共荣。大力修缮古街区，蜀山古南街、周铁老街等古街，建设太华新四军纪念馆等红色旅游场馆传承红色精神，均对游客免费开放。除此以外，宜兴还将独特的地域文化融入旅游项目、旅游商品开发和产品设计，让非物质文化遗产可看、可玩、可触摸，让宜兴文化生动鲜活。“体育＋旅游”实现新跨越。近年来，宜兴建成以户外运动体验为主题的龙池山自行车公园、深氧健身公园等10多个体育公园，积极举办宜兴国际马拉松、环太湖自行车赛等，利用水资源积极举办帆船赛等体育赛事，被评为“中国十佳运动休闲城市”“中国体育旅游博览会体育旅游精品目的地”“2019中国体育旅游十佳精品线路”（江苏唯一入选）。

以一业兴百业，全域旅游推动了城乡融合、产业融合、产城融合等，为地区经济社会发展转换动能、优化升级提供了新“引擎”。以城乡融合发展为例，宜兴探索农民“变网红、变股东、变业主、变员工”的“四变”路径。培训百名陶瓷文旅直播网红大众创业；实施“飞地模式”“土地经营入股”等富民模式，核定村民持股28.18亿元；龙隐江南的空心村租赁模式登上人民日报头版；洑西村的乡村旅游联合体、白塔村的乡村旅游合作社、西望村的校村合作、美栖村的“基地孵化”、邬泉村的一二三产融合等模式亮点倍出。村级稳定性收入全面超200万元，农村居民人均可支配收入超3万元，旅游镇村超3.7万元。

作者：宜兴市文体广电和旅游局局长蒋干达
摄影：宜兴市摄影家协会主席徐星审

湖南省株洲云龙示范区文化旅游体育局

引领高质量发展　绘就未来之城

2020 年株洲市夏季文化旅游节在株洲经开区、云龙示范区盛大开幕

近几年，湖南省株洲云龙示范区北部片区旅游业发展取得了长足进步，旅游人数从 2015 年的 267.35 万人数增加到 2019 年的 430.21 万人次，旅游总收入从 2015 年的 6.55 亿元增加到 2019 年的 16.08 亿元，2020 年因疫情原因导致旅游人次和旅游收入有所下降，全年旅游人次为 258 万，旅游收入为 12.91 亿元。目前，云龙示范区在北部片区创建有云峰湖国际旅游度假区（省级旅游度假区），主要包括有国家 4A 级旅游景区方特旅游度假区；长株潭地区规模最大的大型亲水主题乐园——云龙水上乐园及其儿童体验馆诺亚方舟、悦云水疗馆；株洲首个旅游集散中心——云龙假日欢乐广场。此外，绿地文化旅游城已落地云龙，奥悦冰雪公园也在加紧建设之中。

品牌活动，追求时尚新文化

推进传统文化建设，打造乡村文化品牌，是云龙示范区文化旅游的一大特色。云龙示范区在各镇街举办“文化三下乡”“罗霄放歌”“乡村文化日”“舞蹈进社区”等特色品牌活动，着力提升了居民文化生活满意度，打造了一股时尚、惠民、便捷的群众文化之风。为把文化品牌活动引向深入，云龙示范区从基层文体设施做起，为全区 23 个社区配备了宣传栏、书籍、乐器等文化器材。加大文化阵地建设投入，学林街道太平桥社区、龙头铺街道蛟龙社区、三搭桥社区、云田镇美泉社区、云田镇政府五个新建文化场所配套文化设施，确保基层公共文化设施及时到位，全天候为居民提供公共文化服务。同时，为营造文化品牌氛围，在全区范围内开展“非遗进校园”活动、“株洲读书月”云龙系列宣传活动、文化和自然遗产日活动，通过流动宣传、研学交流等形式，进一步提高居民对传统文化的认识，引导和鼓励居民自觉阅读、主动阅读、兴趣阅读，自觉传承和弘扬中华民族优秀传统文化，增强人民群众的传统文化意识。

旅游先行，产业振兴生力军

旅游产业的广阔发展，是云龙示范区紧扣“三高四新”战略，立足“一谷三区”建设，加快云龙先行发展的重要决策。云龙示范区文化旅游体育局督导全区各文旅企业、景区景点、酒店等单位，按省市区疫情防控要求，在做好疫情防控措施，确保不出纰漏的前提下，着力促进文化旅游产业的发展。目前为止，全区 A 级景区 1—5 月份旅游人次 39.8 万人次，同期增长 68.64%；旅游总收入约 8175.2 万元，同期增长 116.35%。全区旅游餐饮酒店及乡村休闲旅游收入得到大幅提升，住宿业四上企业完成 1404.5 万元，同期平均增长 27.81%。为加强企业扶持精准化，该局积极为方特申报省级财政贷款贴息 1000 万元。同时配合企业举办各类活动赛事，相继成功举办斯凯航空无人机选拔赛、鸡嘴山庄园樱桃采摘节，清荷生态园摄影采风活动以及长株潭大学生实践活动等一系列活动，凝聚了人气，扩大了影响，助推云龙文化旅游产业振兴。株洲电视台、株洲日报、今日云龙等省市媒体和融媒体，对云龙示范区旅游资源和旅游活动进行了广泛深入的宣传报道，引起了热烈的反响，全区开展“5·19 旅游日”文旅法制宣传活动，通过移动公司开通落地短信推送，协助方特和水上乐园将宣传进入长沙地铁车厢。通过持续不断的宣传，云龙旅游品牌知名度和美誉度得到大幅提升。

创意文化，未来之城新亮点

云龙示范区的文化创意产业，以文化为灵魂，以旅游为载体，挖掘云龙文化内核，提炼并整合文旅项目及创意、动漫、数字电影、游戏软件等产业所蕴含的动感、活力、科技感等文化元素，塑造以“生态绿谷，欢乐云龙，未来之城”为主题的云龙整体旅游品牌形象。依托“方特欢乐世界”“方特梦幻王国”“云龙水上乐园”等景点，推出欢乐都市游，以加深游客的体验感。继续开展乡村音乐节、文化大赶集等一系列送文化下乡活动，进一步传承中华优秀传统文化，切实增强基层群众的文化自觉和文化自信，满足群众的精神文化需求。以云峰湖国际旅游度假区为重要引擎，加大对现有清荷生态园、鸡嘴山生态庄园等乡村旅游景区的扶持力度。同时，针对方特旅游度假区、云龙水上乐园等现有核心景区的游玩特点举办旅游节活动，大力发展云龙特色夜旅游，建设龙母河夜游经济带，使云龙“一日游”变为“多日游”，成为云龙示范区的文旅产业发展新亮点。倾力打造文旅名片，创建国家级旅游度假区的北部片区，冰雪世界、海洋公园、绿地云龙文化旅游城，平均每年吸引 200 多万人次前来娱乐休闲，打造长株潭

左图为“清凉夏日·欢乐云龙”开幕盛况；右图为云峰湖国际旅游度假区

热门旅游目的地。

特色精品，引领文旅新潮流

一批在国际上具有影响力的重大旅游项目签约落户云龙示范区，如绿地云龙文化旅游城，集欧美精品奥特莱斯小镇、儿童主题公园、高端酒店、国内一流品牌学校（基础教育）、创智天地等项目于一体。项目总用地规划面积约2146亩，总投资规模约200亿元，一期占地面积约411.24亩，其中欧美精品奥特莱斯小镇产业用地约157.66亩。北欧小镇新华联大熊猫亲子酒店，项目开发建设为亲子酒店和亲子水上乐园两大主题项目及其配套用房，总建筑面积9.8万平方米。其中：亲子酒店建筑面积约7.2万平方米，亲子水上乐园和配套用房建筑面积约2.6万平方米，总投资不低于7亿元。中核云峰湖康养小镇，以康养产业为主，集居住、商业、医疗、养老、旅游休闲为一体的特色小镇。规划一期总占地面积约1190亩，其中建设用地约740亩，公园用地约300亩，流转用地约150亩。项目拟建设大健康产业研究院、产权式康养度假酒店、颐乐学院、远程医疗中心、康养公园、生态休闲农园、自然体验营地等。2019—2020年各项文旅项目投资总额超过15亿元，将在“十四五”规划期间预计投资过百亿元。

全民健身，文明健康新方式

全区广泛开展群众体育和全民健身活动，为乡村振兴和乡风文明建设起到了积极的推动作用。1—6月，云龙示范区文化旅游体育局在三个乡镇（街道）举办“建党100周年红歌舞蹈培训”活动14场，共计200余人参加，丰富了社区居民的业余生活。在机关、企业推行工间操制度，举办全区广播体操（工间操）培训，以提升干部职工身体素质，营造积极向上的工作氛围。为动员和引导全区干部职工追求科学、文明、健康的生活方式，联合区工会在职教城沿河风光带举办全区“致敬百年路·启航新三区”职工健步行活动，区直各单位、镇街共计100余人参加。全区100%街道（乡镇）和社区（行政村）建有便捷、实用的公共体育健身设施，23个社区配备体育健身器材。2021年上半年，全区体育健身设施共计投入35万余元。

作者：陈铭佳、赖思、罗意俊

国家税务总局开平市税务局

干多干好绘就“出彩”税务

开平市税务局党委书记、局长陈海涛带队上线《民声热线》解答涉税难题

链接：开平市隶属广东省江门市，位于珠江三角洲西南面，是中国著名的华侨之乡、建筑之乡、艺术之乡、广东省首个县级国家园林城市，更是闻名遐迩的碉楼之乡。近年来，国家税务总局开平市税务局坚持党建引领，凝聚起税务精神、传递好税务温度，以纳税人缴费人需求为导向，深入推进“放管服”改革，持续优化税收营商环境，为侨乡开平经济发展积极贡献“税务智慧”与“税务力量”。2020年，该局荣获“2018—2020年度广东省文明单位”称号。

百年征程波澜壮阔，百年初心历久弥新。回首百年，从党的二大通过中国共产党早期的税收主张，到改革开放后“利改税”、农业税取消，再到国税地税征管体制改革……红色税收留下了重要印迹。一代又一代的开平税务人在侨乡大地上以担当实干精神，为地方经济飞跃发展提供了坚实基础。

进入党的第二个百年奋斗目标的新征程，国家税务总局开平市税务局（以下简称开平市税务局）赓续红色精神，从百年党史中汲取奋进力量，把党史学习教育成效转化为高质量推进新时代税收现代化建设的实际成果，积极贯彻落实《关于进一步深化税收征管改革的意见》，以“我为纳税人缴费人办实事暨便民办税春风行动”为抓手，为纳税人缴费人办实事解难题，让百企千厂得实惠，全面优化开平市税收营商环境，为“十四五”开好局、起好步，为推动开平市经济社会高质量发展作出积极贡献。

税务“春风”吹人暖，便民利民解难题

“以前每季度都要跑税务局打印税票，还要去一趟镇政府才能办好参保补贴，现在一次都不用跑啦！谢谢你们把我们老兵的需求放在了心上，为我们解决了大难题。”退役军人谭健荣对送服务上门的税务干部感激地说。

谭健荣是一名退役军人，腿部因中弹受伤而落下残疾。2021年5月他在办理参保补贴时身体不适，办税服务厅的工作人员主动来到他面前为他服务。他向工作人员反映退役军人参保补贴程序繁琐。让他意想不到的是，他的一个小小意见直接推动了开平市税务局推出新服务，短短1个多月后，开平市的退役军人“足不出户”就可以在家轻松享参保补贴。

原来，了解到退役军人办理参保补贴多头跑、耗时长的难题后，国家税务总局开平市税务局联合社保基金管理局、财政局、医保局、退役军人事务局及各镇政府，对退役军人参保补贴工作进行了流程简化，并于2021年6月在开平市全面推行。简化后的流程直接免除了退役军人到税务机关打印缴费凭证和到各镇提交资料的手续，改由税务机关扣费后打印整体缴费清单递交至退役军人事务局，再将清单分发至各镇。部门之间的数据互通保证了清单的真实性，在免去退役军人辛劳的同时，又免除了社保基金管理局的审核，补贴可直接到账，大大提高了办事效率，提升了便民水平。

2021年以来，开平市税务局便民服务不断推陈出新。2021年6月，该局便民办税春风行动再推新举措，为老年人、残疾人等特殊人群开设办税缴费快速办理通道，为特殊人群提供全程“零等候”“一对一”的保姆式服务，还组织起一支税收志愿服务队，专门为特殊人群“送服务上门”，面对面辅导老年人、残疾人网上办税缴费，既有速度又有温度的服务收获众多好评。

一直以来，开平市税务局立足本职，“用心”对接群众需求，

工作剪影。左图为开平税务红色故事宣讲员在赤坎南楼为党员群众讲解碉楼红色历史；右上图为开平市税务干部为企业财务人员讲解上市涉税业务，梳理涉税风险；右下图为开平市“交房即发证”服务试点启动现场

并以此为导向推出了系列暖心税务服务，为纳税人、缴费人办了众多实事，快速有效解决他们的堵点、难点、痛点问题，让税务“春风”吹暖了人们的心田。这也是开平市税务局开展“我为纳税人缴费人办实事暨便民办税春风行动”，深入推进10大类30项100条便民利民惠民服务措施取得的具体成效。

税费优惠“搭快车”，百企千厂享红利

自2021年6月起，开平市长沙汽车客运总站130多辆长途汽车变身“流动税法宣传车队”。开平市税务局在车厢内张贴上醒目的税费政策宣传海报，乘客只要扫一扫海报上的“江门税务”“粤税通”二维码便可学习最新税费政策或进行掌上办税。

这并非税费政策第一次“搭快车”，一直以来，开平市税务局创新开展减税降费宣传工作，让纳税人和缴费人第一时间掌握相关红利政策。

2020年4月，印有助力抗击疫情和复工复产等减税降费政策的湿巾随着1万多份外卖“骑上快车”“飞入”开平千家万户。2021年，该局启动“小侨说税”流动税宣车，陆续开进乡村、商场、车展、企业举办多场政策宣讲活动，有效引导纳税人精准掌握税费政策。

据悉，除了税费政策“搭快车”，开平市税务局还通过活用大数据服务、开启快速通道等系列举措让减税降费政策落实也“搭上快车”，推动减税降费“直达快享”，帮助纳税人及时享受到政策红利，切实减轻市场主体的负担，增强发展信心。例如，赤坎税务分局仅用半个工作日就成功完成了1301.7万元增值税增量留抵税额的审核办理，2个工作日之内及时到账的退税款解决了企业资金紧张的燃眉之急，获企业赠送锦旗致谢。

与此同时，开平市税务局推出“护苗·启航”专属服务，为后备上市企业提供全方位上市辅导，让减税降费红利“搭上快车”送达企业，降低企业重大事项涉税风险，助推企业健康发展。这种“管家式”的专属服务给股改上市的海鸿电气有限公司（以下简称“海鸿电气”）带去了信心。

据了解，得知海鸿电气的股改上市计划后，国家税务总局开平市税务局及时提供“一企一策”个性化服务，针对企业股改上市涉税事项，组建IPO涉税服务专家团队，依托辖区内筹备股改上市企业经营管理和运行经验帮助企业消除上市过程中的税收风险，随时响应企业需求，提供全流程专业服务，让企业享受“能免则免，能减则减，能办则办，能简则简”的优质服务，加快培育和推动企业上市。

“税务部门年初就上门开展精准辅导，帮我们梳理税务风险点，扫清上市涉税障碍，大大提振了公司上市信心！”海鸿电气财务总监余卫萍对开平税务部门的大企业个性化服务赞不绝口。

同样享受到“快车”服务的还有开平依利安达电子有限公司（以下简称“依利安达”）。税务部门的优惠政策和贴心服务帮了企业不少忙，通过采取退税快办、容缺办理、个性化辅导等举措帮助依利安达快速“回血”。“现在办理退税，最快2到3个工作日就可以完成。2021年以来，5556万元出口退税的及时到账，大大缓解了我们的资金压力。”依利安达董事助理陈小伟感慨道。

办税缴费有新招，便捷办理优体验

2021年4月，开平启动“交房即发证”服务试点工作，同时收到钥匙和“房本”的业主林先生扬着手中新房的不动产权证和钥匙高兴地说：“以前想办不动产权证要等收房满1年，还得专门请假带着资料到处跑。现在方便了，孩子上学也不用因为没办好产权证着急去开证明了，这是一次性满足了多个愿望！”

开平市税务局联合多部门开展“交房即发证”服务，依托“互联网+”和大数据技术拓展延伸不动产交易、办税、登记服务，实现房证两同步。开平市税务局党委书记、局长陈海涛表示，“交房即发证”新模式一方面能最大限度压缩办证时间，减轻交易各方负担，大大方便了业主办理落户、子女入学、抵押贷款等事宜，有力保障了购房者的合法权益；另一方面，可促使开发商加强项目建设中各环节的监督，自觉规范开发行为，进一步推动房地产市场高质量发展。

“交房即发证”是开平市税务局创新办税缴费措施的具体缩影。为进一步优化办理流程，减轻纳税人缴费人负担，国家税务总局开平市税务局不断推广和创新办税缴费便利措施，努力提高纳税人缴费人的获得感和满意度。例如，实行专票电子化，以更快捷的领用方式、更便利的远程交付、更高效的财务管理、更经济的存储保管等特性降低企业经营交易成本，为开平市市场主体提供更好的服务。

大力推广“非接触式”办税和“全预约”服务，完善办税缴费服务模式，强化网上办税宣传辅导，及时调整资源配置，努力实现均衡申报，最大限度方便纳税人和缴费人。

持续优化窗口服务，创新推行“中午不打烊”服务，满足广大群众的特殊办税需求，用税务干部的“辛苦指数”换来了纳税人缴费人的“幸福指数”。

作者：翁丹萍、郭莹莹

摄影：郭莹莹、李贤杰

来源：《江门日报》

山西省长治市人民政府招商中心

枝繁巢暖引凤栖

以招商落实项目，以项目带动发展。长治市第十一次党代会以来，特别是2018年以来，全市招商系统在长治市委、市政府的正确领导下，深入学习贯彻习近平总书记视察山西重要讲话重要指示，全力打造全国创新驱动转型示范城、生态引领的太行宜居山水名城、山西向东开放和承接中原城市群的枢纽城市目标定位，牢牢把握经济高质量转型发展主线，不断强化“系统、定向、精准”招商理念，持续创新招商方式、提升招商实效，推进落地了一大批支撑高质量转型发展的产业项目。全市招商引资工作稳中有进，为城市转型、产业转型汇聚起磅礴力量，拓展出广阔空间。

2018年至今，长治市共计签约招商引资项目1372个，总投资6399亿元；累计开工项目1047个，新开工项目计划投资额2120亿元，实际资金到位1088亿元，招商引资签约项目开工率连续多年稳居全省第一，探索形成了招商引资工作“长治模式”。

构建系统招商新模式——

探索形成高层推动、市县联动、市场带动、金融撬动的招商引资工作新机制

强化高层推动。按照“一个项目、一位领导、一套班子、一个方案、一抓到底”的“五个一”推进机制，在全省率先实施由市领导担任“链长”的招商引资“产业链链长+招商专员”工作机制，建立了重大项目领导挂点包联服务制度。市县两级四套班子领导亲自上手招商引资项目，及时帮助协调解决项目前期谋划、申报审批、手续办理、规划衔接、征地环评、资金保障等方面的实际困难和问题。长治市委、市政府主要领导坚持做到凡重大招商引资项目必亲自上心过问、必亲自上手谋划、必亲自上门洽谈，先后成功引进了龙芯（长治）信创产业园、太行数据湖、襄垣综合能源一体化、中极氢能产业生态基地、北方创新环保产业园、华侨中草药智慧产业园等一大批“六新”产业项目。全市形成了比签约、比落地、比开工和资源向招商项目配置，资金经费向招商倾斜，力量向招商项目投放的崭新局面和大招商格局。

实施市县联动。2018年以来，长治市直各主要经济部门和各县区累计开展小分队招商活动933次。市招商中心创新实施“火柴盒”式“招展+招商”模式，优选“长治制造”产品精华，在北京、上海、广州、深圳、沈阳等地先后举办了多场专业招商招展活动。市县两级政府积极搭借国家和省级大型招商平台，每年组织参加中博会、进博会、厦洽会、西博会、中东欧博览会等大型投资贸易洽谈会。市招商中心牵头举办了“天津投资贸易洽谈会”“山西长三角（长治）招商引资项目推介会”“长治市重点转型项目（北京）招商招展推介会”“京晋（长治）高端产业对接会”等招商引资推介活动。

依托市场带动。积极探索建立政府推动、企业承办、市场运作的委托招商、中介招商等专业化、市场化招商新机制，初步构建了政府从主导招商引资向引导招商引资的角色转换机制。2018年以来，长治谋划了一批“填补空白”型项目；围绕资源型经济转型升级谋划了一批“提质换挡”型项目；立足交通条件、气候特征、生物资源等独特条件，谋划了一批“本土特色”型项目；通过开展产业政策异质化研究，谋划了一批“政策推动”型项目；通过加强对市域主导产业、核心产品的市场优势研究，谋划了一批“市场引领”型项目；市县两级组织部门通过发掘潞才资源，谋划了一批“人才带动”型项目，为全市固定资产投资增长和转型项目建设提供了支撑。

创新金融撬动。通过强化政银、银企间项目资金需求信息的有效对接，积极搭建政银合作平台，定期、不定期举办银企对接洽谈会，互通资金供需信息，积极筹措项目建设资金。同时，着力探索招商引资“项目+金融”模式，创新搭建了民办官助产业发展基金平台。2021年4月，长治市金融办与市招商中心合作成立了“长治市招商引资金融服务中心”，短短3个多月，已为长治市9家企业提供了18亿元的融资服务。

坚持定向招商新理念——

探索形成企业主动、政策驱动、政府推动、服务联动的招商引资新模式

定向市场、定向产业，定向目标、定向落地！结合实际，长治市提出了“巩固壮大传统优势产业，突出培育新兴产业集群”的招商引资主体工作思路。市县两级政府锁定高大上企业，找准结合点，靶向出击，有的放矢，悉心谋划产业转型发展战略布局，探索形成了以“企业主动、政策驱动、政府推动、服务联动”为要义的招商引资“长治模式”。

坚持企业主动，定向市场抓招商。长治市坚持政府多引导少管制、多服务少指挥，不断强化企业在市场和招商引资工作中的主体地位，实现了招商引资由政府主导型向市场主导型的快速转变。长治市市县两级政府积极引导现代煤化工、装备制造、新能源、中西制药等主导产业延链企业，针对性自办或组织参加省级以上各类洽谈会、招商展会，先后在国内产业、资本、人才资源高度集中的发达城市组织开展了10余场专场对接活动。

坚持政策驱动，定向产业谋招商。长治市牢牢把握开发区改革和创新发展机遇，不断坚持把开发区作为吸引外来投资、扩大工业经济总量的重要载体。定向开发区产业集聚目标，制定实施了《关于进一步加快推进开发区招商引资工作的若干措施（试行）》，出台了《长治市招商引资工作五年规划指导意见》，各县区差别化、特色化“精准”招商规划研究不断加快。

坚持政府推动，定向政策促招商。围绕服务系统招商工作，长治市搭建了项目库、企业库、专家库、客商库和长治市招商引资网、潞商潞才“双创”推进网“四库二网”，在全省率先编制完成了指导招商引资工作实务的产业链及招商地图、产业现状图、“闲置厂房+标准厂房”现状图、年度新开工招商项目图、长治画册、招商引资工作手册、奖励政策宣传画册、鼓励投资政策手册、开发区图册“四图五册”，为促进对外合作，专门编印了英文版《外商投资长治指南》，全市招商引资工作走在了全省前列。着力招商引资、招才引智“两招两引”互动融合，长治市先后制定实施了《潞商潞

招商座谈

才回乡创业创新工程实施意见》《关于深化人才发展体制机制改革的实施意见》《关于支持各县（市、区）吸引人才的暂行规定》和《长治市人才落户实施细则》等配套政策。市委、市政府主要领导先后组织召开了"归国青年·海外留学生代表回乡创业座谈会暨招商引智引技项目对接签约仪式""长治籍在外优秀学子座谈会""长治市外来投资企业座谈会"。在全省率先搭建了"潞商潞才双创推进系统"，建立了囊括3000余名长治籍高层次人才、行业知名人士、世界及中国知名企业股东和高管、硕士以上学者的潞商潞才数据库，有效强化了人才、项目持续跟进和动态服务能力建设，为招商引资、招才引技打下坚实基础。长治市还创新建立了"招商项目可视化推进系统"，市域范围内招商引资在建项目全部实现了网络化管理、动态化服务，全市招商引资项目管理水平不断提升。

*坚持服务联动，定向投资扶招商。*市县两级主要领导亲自挂帅，建立了招商引资统筹协调机制和联动工作机制，启动实施了项目建设例会制度和招商引资项目代办服务制度。成立了长治市招商引资工作领导小组，创新设立了一产、二产、三产等三个推进项目落地办公室，全市招商引资工作统筹协调和服务推进力度不断加强。在全省率先实施了《招商引资奖励办法（试行）》《关于深化人才发展体制机制改革的实施意见》《长治市人才落户实施细则》等6项鼓励外来投资、深化招才引智政策。2019-2020年，连续两年兑现招商引资奖励资金达5303万元，在全省首开招商引资奖励兑现先河，政策高地、投资洼地效应显著提升。同时，大力提升政务服务水平，强化投资促进机制建设，建立实行了"招商引资统筹协调机制""项目承诺制和无审批管理制度"等10多项常态化工作机制。

强化精准招商举措——

确立高质量转型发展招什么、去哪招、怎么招的招商引资新指向

坚持"需求导向、目标导向、结果导向"精准招商思路，围绕加快新旧动能转换，深度挖掘存量资产资源潜力，大力实施产业链招商和开发区招商，全市招商引资工作思路更加科学，方式更加优化，措施更加得力，服务更加完善，工作能力进一步提高。

*坚持需求导向，产业谋划引项目，精准解决"招什么"的问题。*坚持依托产业基础展开全产业链布局，通过狠抓产业链招商这个牛鼻子，重点围绕现代煤化工、新能源新材料、光电半导体、大健康、新能源汽车等十大新兴产业，组织开展了延链、补链、强链招商。各县区结合县域经济特色和开发区功能定位、发展格局，强力实施了产业链招商和园区招商。目前，新型产业布局已初具雏形。

*坚持目标导向，主动出击找项目，精准解决"去哪招"的问题。*强化精准招商，国际经济技术合作方面，提出了"巩固欧美、拓展日韩"的投资促进工作思路，对德合作重点瞄准中小企业和先进机械制造技术、对日合作侧重引进环保技术和旅游产业项目、对韩合作重点关注农产品加工贸易项目。国内招商区域选择方面，总体突出以京津为核心的环渤海地区、沪杭为轴心的长三角、广深为重点的粤港澳大湾区等三大目标区域。2018年，长治市成立以时任市长杨勤荣为总指挥的承接北京产业转移工作指挥部，设立发改、工信、科技、招商4个驻京招商推进小组，累计对接京区企业760余家，推进落地项目50余个。在重点招商对象选择上，坚持瞄准跨国巨头、行业巨擘和"国字号"企业，组织招商小分队，高频次走访招商。先后与科大讯飞、京东集团、同方股份、申能集团等领军企业签订战略合作协议。重点瞄准院士、专家级行业领军人物，不断加强同科研院所的产学研协同创新和政校企合作。先后与中科院、清华大学、复旦大学、中北大学、中国煤化所等上百所知名院校和科研院所建立了合作关系，引进了一批国内外高层次团队和高端人才，组建了5家省级以上产业技术创新战略联盟，成立了中科潞安半导体技术研究院、大健康产业研究院等一批协同创新平台，为全市转型发展提供了不竭动力。

*坚持结果导向，夯实责任体系，精准解决"怎么招"的问题。*在优化营商环境方面，着力从软、硬件两方面筑牢夯实招商基础。充分发挥开发区招商引资主战场、主渠道作用，扎实推进"承诺制+标准地+全代办"改革，重点加强基础设施和产业配套能力建设，以优良的承载能力吸引投资，确保项目招得来、落得下、留得住。制定出台了《长治市创优营商环境80条》《长治市创新生态建设30条》《长治市持续深化压缩企业开办时间的实施方案》《长治市产业扶持政策60条》《长治市招商引资奖励办法》《长治市招商引资项目代办服务工作实施细则》等一系列配套奖励和服务政策。通过制定"专案"推进、组建"专班"研究、确定"专人"负责，为企业提供"保姆式""一站式"服务，营造了宽松的亲商、安商、富商环境。

把实干与担当转化为上下奋进的强动力，沉淀为创新领跑的新业绩。"十四五"时期，长治市招商引资工作将围绕市委总体部署要求，抢抓战略机遇，重点围绕构建现代产业体系，突出"人才+项目+产业"导向，全力赋能长治市八大战略新兴产业集群高质量发展，为推动长治率先在转型发展上蹚出一条新路来，作出招商新贡献。

作者：长治市人民政府招商中心主任王建强

供图：长治市人民政府招商中心

贵州省清镇市投资促进局

深耕创业沃土　打造发展高地

清镇市政务服务大厅

作为开放发展的重要方式，招商引资是一座城市发展的启动所在，更是加快转型跨越的必由之路。良好的营商环境，是企业成长发展的土壤，也是吸引企业集聚的平台，更是促进经济发展的基础竞争力。

在清镇，这一理念已成共识。为抢抓历史发展机遇，贵州省清镇市以“基层党建提升年”为抓手，加快打造市场化、法治化、国际化营商环境，致力于把优化营商环境作为推进产业大招商、促进地方经济实现高质量发展的现实需要和必然选择，以“一品一业、百业富贵”为发展愿景，进一步深化改革，降低市场运行成本，增强企业发展信心和竞争力，围绕“一区双城三平台”，聚焦中高端制造、中高端消费，按照“市场引领、贸易先行、以贸促工、工贸并进”的路径，促进产业和消费“双升级”，全力把清镇市打造成为公平共享生态文明示范城市样板区。

精准招商，擦亮独特优势金招牌

4月28日，2020年清镇市招商引业项目新闻推介会举行，推介会邀请50余家行业协会、企业以及20余家新闻媒体，重磅发布69个项目，总投资289.45亿元，项目涵盖工业、农业、商贸物流、旅游等多个领域，向全社会发出邀请，展现清镇的实力和底气。

一直以来，清镇都是一片干事创业的热土。区位、生态、交通、资源、人才等优势多重叠加，让清镇进一步成为投资的洼地、创业的福地、发展的高地。

这里战略地位重要，处于黔中城市群和黔中经济区的核心地带，是贵州省新产业发展的新引擎，是贵州省重要的工业基地，是贵阳与贵安衔接联动发展区和贵阳市建设内陆开放型经济试验区先行区的重要支撑板块。

这里区位优势显著，与机场35分钟的距离使世界近在咫尺，处于贵阳北、贵安高铁、清镇西三处高铁站几何中心，联通四方、快速便捷，76.6公里高速公路过境里程位居贵阳市第一。

这里风光秀丽，红枫湖、百花湖、东风湖、索风湖“四湖托市”，鸭池河、猫跳河、暗流河、老马河“四水萦城”，让清镇因水而美、因水而灵。

这里自然资料丰富，有已探明的30余种主要矿产；全国最大的连片铝矿使清镇成为中国重要的铝土资源产地。丰富的矿产资源和超过18亿立方米的可利用水资源，将为清镇发展提供源源不断的动力。

这里优秀人才汇聚，有西南最大的职教集聚区——贵州（清镇）职教城，规划面积80平方公里，已聚集19所职教院校和14万名优秀学子，正全力打造全国“教城互动、产教互动、职教改革、技能培训”的引领区、创新区、示范区。

……

当前正是清镇最好的时代。新一轮高水平对外开放、西部陆海新通道建设、贵阳贵安协同融合及贵黄公路市政化“四机叠加”为清镇发展带来决胜之机。

为抢抓历史机遇，清镇市专门制订全面优化大提升产业大招商质量行动方案，以“一品一业、百业富贵”为发展愿景，围绕“一区双城三平台”，发挥生态、矿产、交通、职教人才等发展优势，聚焦中高端制造、中高端消费，按照“市场引领、贸易先行、以贸促工、工贸并进”的路径，促进产业和消费“双升级”，全力促进经济社会高质量发展。

清镇市将以“1+6”中高端制造为核心，（“1”即铝及铝加工；“6”即汽车整车和零部件制造，绿色建筑、新型建材，全铝智能家居，装备制造，绿色食品及保健品，医药健康），全力推动以全铝智能家居为代表的“房子”，以汽车整车和零部件制造为代表的“车子”，以中高端铝制拉杆箱、铝制箱包为代表的“箱子”“两子一包”三大业态发展，打造贵阳中高端制造业核心配套区，打造“清镇制造”品牌。

贴心服务，打造营商环境新高地

营商环境就是生产力，营商环境的好坏，决定了一个地区经济发展的质量和速度。从某种意义上看，区域之间的竞争就是营商环境的竞争。清镇市成立营商办下设在投资促进局，统筹全市产业大招商及营商环境两项行动工作，顶层设计上为企业从“招”到“安”再到“扶”全生命周期提供一条龙服务。

2017年，在贵州营商环境第三方评估中，清镇市在全省88个县（市、区）中位列第77位，这与当年清镇市GDP总量在全省第11的排位形成极大反差，被视为“清镇之痛”。

痛定思痛，清镇市上下凝心聚力补短板、下猛药，真抓实干除沉疴、治顽疾。坚持问题导向、目标导向、标准导向，以减时间、降成本、缩流程、优服务等为主要抓手，打好优化提升的攻坚战和

清镇市委副书记、市长王鸣明接受贵阳电视台营商环境访谈

持久战，于2018年将排名上升为全省第四，2019年排名全省第二、全市第一，完美逆袭。同时，相继获批"全国投资潜力百强县市"及"中国优化营商环境十佳县（市、区）、中国（区域）最具投资价值县（市、区）"等称号，为清镇市经济发展增添强劲动力。

清镇市营商环境建设工作领导小组办公室相关负责人介绍，清镇市在完成省市规定动作外，还依托企业的普遍关切，创新提出"园区要素保障配套指数"和"企业发展困难问题指数"两个地方特色指标，以打造更高水平的营商环境。

"园区要素保障配套指数"重点围绕交通通达性指数、用电接入成熟度指数、用水接入成熟度指数、园区生活配套指数、标房建设年度新增数、土地指标年度供给数等指标，不断健全完善园区基础设施配套；"企业发展问题解决指数"重点围绕一产、二产、三产及建筑类企业发展问题解决指数等指标开展，着力解决企业发展过程中存在的困难和问题。

2020年，清镇市再次升级营商环境工作思路，将通过树立法治化理念，积极营造公平公正的法治环境、高效廉洁的政务环境、舒心放心的民主环境、宜居宜业的人文环境，围绕问题导向、目标导向、结果导向，深化专项指标改革事项，面对新形势采取新思路、新办法、新举措，迅速恢复地方经济生机活力，最终实现营商环境建设工作的制度化、规范化、体系化，有力助推全市经济高质量、高标准、高水平发展。

方向既定，重在行动。工作中，清镇市四大班子主要领导任营商环境领导小组组长，将法治思维提高、法治能力提高、文明创建、社会治理、安全生产等工作全部纳入营商环境调度范围，与专项指标工作同级别考核，考核单位由之前的65家增加至91家，重视程度再次升级。

持续巩固完善现有机制制度，坚持实施三级调度、"周督查、周通报、周调度"、实施转办一督办一问责"三步工作法"、运用"投诉举报、明察暗访、执纪问责"三大法宝、以项目推进速度检验营商环境成效等行之有效的工作机制，将各项机制成效发挥至极致。创新建立招商引业项目"招、安、扶"全生命周期服务工作机制，通过对"招""安""扶"三个阶段服务保障的明确，为投资者提供制度化、标准化、精细化、专业化的"全生命周期"服务，打造以"项目引入规范有序、落地服务优质高效、发展扶持保障有力"为特色品牌的投资项目服务新环境。

共克时艰，谱写招商引资新篇章

2020年年初，一场突如其来的疫情肆虐神州大地，不仅影响和改变着群众的生产生活方式，也给招商引资工作带来困难。

"受疫情影响，外出招商的老路子走不通了，与往年同期相比，今年的外出招商次数出现历史最低值。"清镇市投资促进局相关负责人表示，虽然疫情期间招商引资工作"请进来、走出去"受阻，但招商引资不能断档，更不能停步。

为此，清镇市变项目洽谈"面对面"为"先连线"，做到外出招商按下"暂停键"，项目引进按下"加速键"，围绕"1+6"重点产业，通过电话、短信、微信、QQ等多种渠道并用的系列举措，对接香港旗胜、重庆科美控股、广东省制造业协会等72家企业。在力促项目转化的同时，深挖项目线索、寻求新的目标企业、获取更多的项目资源，为下一步招商工作奠定基础。

2020年2月20日，清镇市在全省率先开展视频集中签约活动，分别与6家企业签署总投资25.1亿元的招商引资项目协议，为疫情期间的招商引资工作吃下"定心丸"、打上"强心剂"。

与此同时，清镇市更加重视"产业链"招商，以"建链补链强链配链"为重点，引进一批具有核心地位的龙头企业建链，引进一批链条缺失环节企业补链，引进一批研发、市场两端具有高附加值的企业强链，引进一批原材料、加工、服务等配链。

按照"一条产业链、一名领衔市领导负责、一个部门牵头、一项专案推进、一套政策促进、一组专班跟进"的工作机制，清镇市组建由市政府分管领导任链长，行业主管部门主要领导为副链长、相关部门为成员的11个产业链招商组，实行"链长"领队招商机制。同时，产业链招商组统筹推进招商引资项目快速落地，对项目洽谈、签约、落地、开工、入库、投产、达产等各环节形成闭环，围绕招商引资项目全生命周期进行服务。

以清镇市重点推介的铝基材料及铝加工招商项目为例，该项目围绕中铝、广铝等龙头企业和50万吨电解铝资源优势，将引进建筑、交通用铝板和铝制箱包面板、食品药品包装铝箔、空调箔等铝压延系列产品；引进高端门窗、幕墙、铝模板、铝制箱包边框、电子产品散热器、工业支架等铝挤压等项目；引进汽车发动机缸体、铝模具、铝轮毂、变速箱壳体、汽车方向盘、五金件铝铸材等铸造铝产品；引进铝基新材料、再生铝、铝圆片、表面处理等涉铝产业及产品。

这与清镇市强力推进的"两子一包"三大业态息息相关，即以全铝智能家居为代表的"房子"，以汽车整车和零部件制造为代表的"车子"，以中高端铝制拉杆箱、铝制箱包为代表的"箱包"。项目落地后，园区将运用"大数据+"的思维模式、信息技术、设施配套、生产管理等，打造铝基材料及铝精深加工智慧园区。

"产业链招商是推动经济高质量发展的关键一招。一方面可以有目的、有针对性地开发项目和引进相应的配套企业，实现产业链条的集聚发展，从而有力地促进经济高质量发展。另一方面也可以结合脱贫攻坚、乡村振兴等重点工作引进相关劳动密集型和产品加工型产业，带动周边群众因产业发展增收致富、共奔小康。"清镇市投资促进局相关负责人说。

清镇市红枫湖大桥　摄影：段彪

广西百色市投资促进局

栉风沐雨砥砺前行 奋力开创百色投资促进新格局

国家发改委副主任、国家统计局局长宁吉喆与广西壮族自治区党委书记、自治区人大常委会主任鹿心社共同为广西百色重点开发开放试验区揭牌

百色，是一代伟人邓小平领导百色起义的红色圣地、国家级广西百色重点开发开放试验区、全国生态型铝产业示范基地、国际陆海贸易新通道重要节点城市、全国营商环境质量十佳城市、2020十大最佳投资创业城市、中国优秀旅游城市、国家森林城市、国家园林城市、国家卫生城市。全市辖8县2区2市，总人口420万，总面积3.63万平方公里。2020年，克服新冠疫情造成的不利影响，百色投资促进工作呈现良好发展态势，完成区外到位资金480亿元，同比增长7.62%。

资源禀赋优异，投资环境优越

区位优势凸显。百色位于广西西部，地处滇、黔、桂三省（区）及中、越两国的结合部，是衔接“一带一路”的重要门户城市、国家西部陆海新通道主要枢纽、中越边境线上进出口贸易的重要基地。有国家一类口岸2个、二类口岸1个和7个边民互市点。

开放条件优异。国务院批复同意设立广西百色重点开发开放试验区，百色成为全国首个地级市全域覆盖的沿边重点开发开放试验区。龙邦口岸成为进境水果指定口岸。“百色一号”专列成功对接中欧班列，开通中越跨境集装箱直通班列。万生隆国际商贸物流中心正式运营。

交通便捷通畅。南昆铁路、云桂高铁贯通百色。全市12个县（市、区）有11个通高速公路，在建1个。百色巴马机场开通国内13个城市航线。右江千吨级黄金水道基本建成，直达粤港澳大湾区。

矿产资源丰富。百色是中国十大有色金属矿区之一，铝土矿已探明储量7.34亿吨，远景储量10亿吨以上。煤炭储量在8.2亿吨以上。氧化铝产能920万吨，电解铝产能237万吨。

生态环境优美。百色右江河谷是中国三大优势亚热带区域之一，是全国重要的“南菜北运”基地、亚热带水果基地和全国最大芒果产区。森林覆盖率达72.45%，面积居广西第1位。现有世界地质公园1个，国家5A级旅游景区1个，国家4A级旅游景区22个，国家3A级旅游景区22个。

优势项目众多，招商成果丰硕

强化顶层设计，建强组织机构。党政主要领导高度重视，亲自担任“三企入百”活动总指挥长，亲自召开“三企入百”工作动员会、推进会，亲自主持召开重大项目协调会，亲自带队外出招商。同时，成立2020年九大产业招商组，市四家班子领导牵头，各行业部门积极参与，在全市形成“大招商、招大商”的浓厚氛围。

推行“不见面”招商，全力保复工复产。创新开展“不见面”招商。通过视频洽谈对接会、政企线上对接交流会，线上对接企业72家，洽谈项目30多个，签约项目8个，总投资24.976亿元。突出抓外资企业复工复产。制订《新型冠状病毒疫情防控期间助推外资企业项目复工复产工作方案》，开展2020年百色扩大利用外资百日攻坚行动，“一对一”服务登记在册的49家外资企业。指导华润水泥（田阳）有限公司骨料项目完成增资登记和设立工作，同时帮助企业推进骨料采矿权招拍挂工作。通过新媒体平台宣传、网上答疑、召开座谈会等形式，深入宣传国家、自治区利用外资政策。

强化宣传推介，招商硕果累累。紧紧抓住国务院同意设立广西百色重点开发开放试验区的有利契机，在广州、深圳、重庆、浙江、南宁等地举办广西百色重点开发开放试验区推介会、2020年广西·百色文化旅游宣传暨大健康产业招商推介会等。通过举办一系列招商推介活动，吸引一大批项目落户百色。2020年，全市“三企入百”签约项目192个，总投资1152.81亿元。山东鲁民生态农业集团有限公司拟投资300亿元建设林产业园、文旅及“五网”，其中投资103亿元的重金循环经济（百色林业）产业园，从签约到开工仅用时20余天，创造百色速度；北京中昊智达投资集团有限公司拟投资108亿元参与百色大健康产业发展。

狠抓项目落地，实施攻坚行动。开展百色市2020年招商引资签约项目落地攻坚行动，针对2018年以来在各项重大活动中已签订合同（协议）但未动工落地的50个1亿元以上招商引资项目以及2020年“三企入桂（三企入百）”签约项目、外资项目，成立市级项目推进协调小组，落实市领导挂钩联系项目制度，解决项目

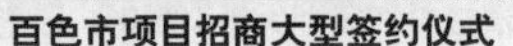
百色市项目招商大型签约仪式

难题。2020年，建立市四家班子领导联系重大招商引资项目工作机制，年内，市、县两级共召开项目协调推进会议152次，解决问题230个。

*多措并举推进，优化营商环境。*出台《广西百色重点开发开放试验区招商引资若干措施》《百色市兑现落实利用外资有关政策措施实施细则》。两个重点项目获自治区重奖，共获奖励资金1152万元，为全区获奖项目最多，获奖金额最大。优化企业投诉受理服务平台，将优化营商环境企业投诉电话整合到12345政府服务热线。推行代办制，在市、县两级投资促进部门开展招商项目代办服务。实行首问负责制，指定熟悉行政审批工作流程的干部为企业做好领办代办工作，为164家企业开展领办代办服务。

作者：百色市投资促进局党组书记、局长、二级巡视员陈飞龙

福建省南安市行政服务中心

“六办”特色服务　打响新风“名片”

左图为南安市行政服务中心远眺；右图为南安市行政服务中心志愿服务站

“第一次来这里办业务，本来以为会很麻烦，结果一来就有工作人员带我们，从取号到办理成功才花了5分钟。”近日，在福建省南安市行政服务中心社保窗口，市民陈女士为儿子办理退役军人养老保险关系转移接续业务，面对工作人员热情的服务，她赞不绝口。

这样的事例，只是南安市行政服务中心持续优化营商环境、提升政务服务、提高群众满意度的一个缩影。自党史学习教育开展以来，南安市行政服务中心结合“再学习、再调研、再落实”活动，打造“倾情服务、马上就办”新风正气“名片”，通过马上办、网上办、掌上办、就近办、一次办、自助办这“六办”特色服务，全力打造规范、便民、高效、廉洁的政务服务窗口形象。

倾情服务“马上办”

“现在来这儿办事太方便了，需要哪些手续，工作人员一次性就告知了。”“能给一次性办结的绝不让我们多跑路，工作人员服务态度也好。”……如今，前来南安市行政服务中心办事的群众感受到越来越便捷的服务，纷纷为工作人员点赞。

“行政服务中心将‘马上就办、真抓实干’优良传统作风，贯穿于各单位深化行政审批制度改革和政务服务的全过程，组建了行政审批服务提质提效专班，对标对表先进地区，通过‘减材料、减环节、减时限、减跑动’，在承诺时限的基础上，做到能快尽快。”南安市行政服务中心管委会副主任吴少妮介绍。

据了解，行政审批服务提质提效专班工作开展以来，南安市行政服务中心实现减材料、减跑趟186处，减时限502个工作日，减环节180个，提升星级187项，即办件比从原先的55.4%提升到现在的65.8%，用最短的时间、最优的服务、最快的速度，把企业和群众的事项“马上办”。

提升效率“一次办”

“我以为还是跟以前一样，先在乡镇办理了个体营业执照，领到营业执照，再到这办理卫生许可证。结果工作人员告诉我现在开通了‘一件事’服务事项，只要提交一次材料，来一趟就可以把两本证都办了。”近日，为了开理发店而从水头过来办证的吕志秋告诉记者，了解到办证的方便，他非常开心，“回去后我就要跟亲戚朋友、同行们宣传”。

“只要材料齐全，最慢一个早上就可以办好。”市卫生健康局审批科负责人李伟君告诉记者，开通了“一件事”服务事项后，办事群众不用再逐个部门、窗口咨询，只要是列入“一件事”主题服务的事项，窗口工作人员就会一次性告知所要办理事项的全部信息及办理流程，最大限度减少办事企业、群众的跑腿次数。目前，南安市卫生健康局作为牵头部门涉及的“一件事”集成套餐服务事项已有6件。

为进一步提升政务服务水平，立足企业和群众办事需求，自2020年9月以来，南安市行政服务中心管委会联合市审改办，梳理5批次共110件“一件事”集成套餐服务事项，涉及办理“开快餐店”“办理药品经营企业变更”等行政审批服务事项，通过加强业务协同和信息共享，实现“一次告知、一表申报、一套材料、一窗受理、一次办成”的跨部门（或部门内部协作）一体化服务模式，变“群众来回跑”为“部门协同办”。截至目前，已累计办件21941件，公布数量居泉州各县（市、区）前列。

不用见面“网上办”“掌上办”

疫情期间，南安市行政服务中心进一步畅通网上办事渠道，倡导办事群众和企业采取“网上办、掌上办”等不见面审批服务和咨询业务，让办事群众“少跑腿”“不跑腿”。

“目前我们全面推行网上办理，依托福建省网上办事大厅，实现全市1818个事项全部入驻省网对外开展服务，推进‘一网通办’。实现网办率98.8%，一趟不用跑86.1%。”中心管委会业务科室负责人告诉记者，中心同时强化了电子证照应用，可以通过电子证照调用的，不再收取审批相对人纸质材料。目前已进行配置调用电子

南安市行政服务中心庆祝中国共产党成立100周年文艺晚会

证照数5657个，累计生成电子证照181万多份。。

为了让群众能够随时随地"掌上办"，南安市行政服务中心加快整合优化"掌上办"事项，按照集约化建设思路，依托闽政通"泉服务"开发"i南安"便民惠企掌上服务平台，目前已梳理医保、交通等13个部门高频事项，并对接73项事项入驻。同时通过"南安行政服务中心"微信公众号和南安市人民政府网站，累计发出10多篇有关网上办掌上办的专题宣传，并在办事窗口摆放海报和二维码桌签，积极引导办事群众使用、会用。

异地事项"就近办"

在中心服务大厅，不少窗口新设了"跨省通办""省内通办"等专窗。

"为推进线上线下融合发展，目前我们实现了132项事项跨省通办，30项事项省内通办，13项事项厦漳泉异地通办，助力实现企业和群众异地办事'就近办'。以前群众异地办事都要来回跑、多地跑，以后就可以在'跨省通办''省内通办'专窗办理了。"中心管委会业务科室负责人表示，这样的审批服务事项办理流程，能够很好地推动解决事项"异地无法办理"的痛点，进一步提升群众办理审批服务事项的便利化水平。

截至目前，南安市行政服务中心通过"跨省通办""省内通办"等专窗办理的事件已累计562件。

数据共享"自助办"

"多亏了这张审批流程图和材料清单，让我很快掌握了办证的整个流程，本来'一头雾水'的事情，现在'清清楚楚'啦，为南安的精准服务点赞。"市民张先生高兴地说。2021年4月，南安市行政服务中心管委会根据工程建设涉及的法律法规、审批流程、审批事项，在全省率先研发推出工程建设项目智慧导办平台。

工程建设项目审批智慧导办整合多部门72个审批服务事项，梳理25个项目变量问题，涵盖政府投资和社会投资的房建、市政、交通、水利类所有本级项目，实现一个项目一张审批流程图，一个项目一份审批清单。截至目前，累计浏览次数12000多次，服务项目引导次数超2800次。

此外，南安市行政服务中心还推进"e政务"自助服务一体机部署，实现26个乡镇便民服务中心全覆盖，并拓展至芯谷园区、党群服务中心等地方，推动"居住登记（申请）""无犯罪证明打印（申请）"等53个服务事项进驻一体机，打造"24小时不打烊"政务服务模式。

在抓好"六办"业务的同时，2021年初以来，南安市行政服务中心在队伍建设和文化建设方面也下足功夫，以党建引领团建，在全省首创县级行政服务中心团支部和妇联，组建党员、巾帼、青年、四进、导办五支志愿服务团队；通过建设"有声+纸质"公益书吧、举办"红心永向党，建功新时代－南安市行政服务中心庆祝中国共产党成立100周年文艺晚会"、制定《南安市行政服务中心工作人员积分考核办法（试行）》、举办"中心大讲堂"等新举措新行动，凝心聚力，让工作人员的干事创业热情得到了有效激发，服务质量和服务效能得到全面提升。下一步，南安市行政服务中心将继续紧扣市委市政府工作部署，抓好"六办"服务，全力打造新风正气南安"名片"。

作者：苏丽丽、陈耀锟　摄影：张艺欣、王毅锰、王志辉

福建省厦门市集美区行政审批管理局

打造特色品牌　办实事办成事办好事

推动税务部门开设全省首条台港澳同胞办税绿色通道；与公安部门联手，推出全省首个区级台胞警务服务站；发挥帮办窗口作用，助力三家幼儿园通过联合竣工验收……今年以来，福建省厦门市集美区行政服务中心推出诸多便民利民措施，得到群众点赞。

党史学习教育启动以来，集美区直机关党工委结合"我为群众办实事"实践活动，着眼群众"急难愁盼"的操心事、烦心事、揪心事，以政务服务党组织为突破口，指导区行政审批管理局机关党委打造"红耀桐林 情满政务"党建品牌。通过强化党建引领，进一步激活党建活力、深化服务改革、完善办事流程、规范审批行为、提高办事效率，让群众切身感受到党史学习教育带来的深刻变化。

强化党建引领，打造特色党建品牌

据了解，集美区行政审批管理局机关党委有6个党支部，涵盖

集美区行政审批管理局党群服务中心

46个入驻单位、122名党员，是全市唯一一个党组织覆盖入驻单位的行政服务中心。

“行政服务中心是集美对外展示工作与服务的重要窗口，也是城市营商环境的微观缩影。但由于进驻人员较多、党员较为分散，存在凝聚力不够、党建与业务融合不够紧密等问题。”集美区直机关党工委常务副书记欧阳萍表示，为深入推进党史学习教育，经过多次实地调研，区直机关党工委帮助区行政审批管理局提炼出“桐林”党建文化，打造“红耀桐林 情满政务”党建品牌，通过强化党建引领，提升职工精气神，用心用情为群众办实事、办成事、办好事。

据了解，集美区行政服务中心的所在地曾叫作“桐林社”。“有句话叫‘种好梧桐树，引得凤凰来’，这与行政服务中心为民办实事、打造优质营商环境的理念高度吻合。”欧阳萍说，区行政审批管理局机关党委将其运用于党建品牌的打造，发挥党委核心主干作用，用“梧桐树”高洁、耿直的精神熏陶广大党员，推动行政审批服务工作再上新台阶。

展示党建成果，提振为民服务精气神

今年，在集美区委组织部、区委宣传部和区直机关党工委、区总工会的支持、指导下，区行政审批管理局机关党委着手建设党群服务中心，包括党建品牌文化长廊、休闲区、党群活动室、共享职工之家等，在展示党建成果的同时，也引导广大职工提振为民服务的精气神。

值得一提的是，依托“5G+党建”新模式，集美区行政审批管理局机关党委打造了“5G+AR”党史学习展厅，设有5分钟学党史扫码观影区、人民VR+云党建一体机、智慧学习屏、5G党建机顶盒等高科技设备，向单位党员和办事群众开放。其中5G党建机顶盒，集纳了权威党建题库、文献资料、集美区特色党建成果、集美百年党史印记、城市发展风貌、嘉庚精神等图文影像，打造群众“家门口”的红色课堂。

针对窗口人员工作压力大的特点，集美区行政服务中心还配套了心理咨询室、减压室、智慧健身房，并辐射新城片区入驻员工，为广大职工打造温馨的共享职工之家。此外，依托各支部开展流动红旗、服务标兵、趣味竞赛、技能比武等活动，增强入驻人员的归属感和凝聚力。

主动下沉社区，解决群众“急难愁盼”

“上个月我们小区开始加装电梯，以后老人家不用费劲爬楼梯了。”近期，集美福南小区的居民们最津津乐道的事，莫过于加装电梯了。原来，集美区行政审批管理局机关党委成员单位市自然资源和规划局集美分局了解到福南小区建于上世纪90年代，居民因没有电梯生活不便，就积极协调各方，主动提供相关业务咨询和服务，成功推动该小区加装电梯项目通过审批。

“我们发挥入驻单位多的优势，发动广大党员职工深入各企业和村居，主动开展服务。”集美区行政审批管理局局长陈仲兴介绍，通过共驻共建、近邻党建等形式，每个支部挂钩一个小区，积极参与小区治理与服务，为群众解决了一件件烦心事、揪心事。

孙厝社区上空网线密布，区行政审批管理局机关党委深入调研，与中国电信公司协调推动整改；局机关党委联合集同海关、中国银行集美支行党组织等共建单位，走访企业解难题……广大党员主动下沉一线、靠前服务，在疫情防控、文明创建、小区治理中作表率、当先锋，党群、干群关系更加密切。

创新服务方式，推进审批服务便民化

集美区行政审批管理局通过规范流程、缩简环节，创新推出一系列便民惠企、优化服务的举措，助推行政审批工作提质增效，优化了集美区的营商环境。

集美是对台交流的前沿。集美区行政审批管理局积极梳理台胞需求，在去年建成全市首个入驻行政服务中心的“台胞服务驿站”的基础上，于今年4月推出全省首条台港澳同胞办税绿色通道和全省首个区级台胞警务服务站，为台胞提供全流程“陪伴式”导办和“一站式”集成化服务，真正打通台胞服务工作的“最后一米”。

为协调企业、群众办事不顺的问题，8月，集美区行政审批管理局在办事大厅设立了“办不成事”反映窗口，受理企业、群众符合审批服务办理条件，但因政策、系统、办理程序等原因未能成功受理或审批，造成跑多趟的问题，真正把“办不成的事”转变为“办得成的事”。

左图为集美区行政审批管理局开通台港澳办税绿色通道，右侧两图为该局获得的荣誉奖牌

山东省聊城市行政审批服务局

便民利企看得见摸得着

聊城市智慧政务进社区、进银行网点启动仪式 摄影：宋杰

链接：聊城市行政审批服务局（以下简称聊城市行政审批局）是聊城市政府工作部门，为正处级，加挂聊城市政务服务管理办公室，机关内设机构19个，所属市公共资源交易中心、市政务服务综合受理中心2个事业单位。2020年，聊城市政务服务工作在山东省经济社会发展综合考核中位列一等档次，局机关及所属事业单位在2020年度全市机关事业单位绩效考核中全部位列一等档次，综合受理科获得全国巾帼文明岗荣誉称号，市场准入审批科被山东省委、省政府授予"勇于创新奖"先进集体。

春风激荡千帆竞，正是潮起扬帆时。2021年，山东省聊城市行政审批局坚持党建引领业务，改革体现党性，按照"争创一流、走在前列"的目标，积极谋划，迅速行动，播种改革攻坚力量，耕耘便民利企沃土，推进政务服务营商环境持续优化，以昂扬的精神面貌迎接建党100周年华诞。

提升审批效能，推进项目落地开花

2021年，聊城市行政审批局持续推进工程建设领域审批制度改革，促进项目有序推进、及早落地、规范建设。

*实行主题审批。*对于高频发生的房地产开发项目和工业建设类项目，合并立项用地规划许可、工程建设许可、施工许可三个阶段为工程建设许可一个阶段，制定全过程常办事项的"一张清单"和"一张表单"，社会投资小型建筑项目全流程审批时间控制在20个工作日内，简易低风险项目全流程审批时间控制在13个工作日内。"拿地即开工"再造极简审批模式，3月1日，冠县推出社会投资民用建筑项目"拿地即开工"小时制审批，建设工程规划许可证、建筑工程施工许可证等6个小时内一次性完成审批。

*推行承诺办理。*市级工程建设领域45项事项实行告知承诺，施工图审查合格证不再作为办理施工许可的前置条件，建设项目实现提前开工，平均缩短建设审批12个工作日以上，40大类93小类行业的项目实行环评"豁免管理＋告知承诺"，环评审批时限缩短到2个工作日内。

*在全省率先实施新建商品房"交房即办证"改革。*交房15个工作日内即可办理不动产权证，相关经验被省自然资源厅等5部门下文全省推广，得到省委书记刘家义、副省长王书坚批示肯定。截至目前，全市13个期次房地产项目、4500余户购房群众从中受益，为全省改革提供了样板和示范。

推出"微改革"，优化群众办事体验

3月16日，在帮办代办员的指导下，聊城旺友电子商务有限公司的靳先生在东昌府区新区街道御苑社区办事大厅，不到10分钟就领到了营业执照。"现在真方便，家门口就能办照营业了！"靳先生欣喜地说道。

2021年以来，聊城市县两级行政审批局坚持从群众视角谋划改革，通过"微改革"事项，不断优化群众办事体验，增强群众获得感。聊城市行政审批局与金融机构持续推进政银合作，在全省率先实施"智慧政务进社区、进银行网点"，在社区和政银合作网点推广"智慧政务"一体机，让企业和群众在家门口即可享受政务服务和金融服务，进一步方便群众办事创业。自3月5日改革启动以来，仅御苑社区就已通过"智慧政务"一体机办理营业执照70余户。莘县推出项目帮包制度，帮包人负责协助项目从企业注册、立项直到施工许可的全链条手续办理，实行台账式管理，一帮到底，直至顺利开工生产。临清市推出"说理式"审批，充分尊重和保护行政相对人的知情权和申辩权，把说理贯穿于行政审批全过程，通过说理释法，推进依法审批合理审批，保证法律制度有效实施。高唐县推进"跨省通办"，与枣庄市市中区、济宁市梁山县、菏泽市鄄城县、德州市庆云县、滨州市惠民县等西部经济隆起带内5区县的行政审批局签订合作协议，69项高频政务服务事项实现互通互办，解决了企业和群众异地办事"多地跑""折返跑"问题。阳谷县推出"证照到期短信提醒"服务，高标准建立了政务服务短信SIM发送平台。依托短信平台，精准推送最新政策规定，为办理过业务并且证照即将临期的群众和企业，免费发送提醒短信。

"微改革"虽然只是工作方式的小改善，却带来了企业群众满意度和获得感的大提升。

搭建"互动桥梁"，实现审管无缝衔接

4月8日，聊城市行政审批局完成了对聊城燕园高级中学的法人登记，成为聊城市直接登记的首个案例。该项目是冠县人民政府的重点招商项目，由于新设立民办学校在购置土地及工程建设阶段，法人登记与办学许可（办学场所）互为依据，民办学校无法以自身名义购置土地及工程建设。为了促进项目早日落地，在项目生成阶段，市行政审批局积极函询市教育体育局，在暂不发放办学许可证的前提下，研究对此学校进行直接登记，登记业务范围为"学校筹建，不得招生"，顺利解决了问题。

这是聊城市探索审管分离后实行审管互动的积极探索，目的就是充分保障审批和监管无缝衔接、良性互动。2021年，聊城市行政审批局深入贯彻落实刘家义书记"总结、推广、完善、宣传"批

聊城市政务服务中心大厅 摄影：杜壮壮

示意见，积极总结经验，持续完善机制，不断丰富审管互动工作内涵，释放改革效应。

*深化审管沟通，保障改革成效。*1月25日起，聊城市行政审批局开展“大走访”，主动上门对接市发改委、市市场监管局等17个行业监管部门，听取意见建议，在67个问题上达成共识。3月20日，全市强化审管互动工作视频会议召开，市委常委、常务副市长陈秀兴同志出席会议，强调了加强审管互动对深化改革的必要性和紧迫性，进一步明确了市县两级重点任务。

*细化互动情形，实现精准衔接。*在强化审管互动的过程中，聊城市行政审批局与各行业监管部门始终以“保持审批相对独立、促进确保监管到位、强化审管有序衔接”为原则，健全互动方式、细化工作流程。在充分沟通的基础上，聊城市行政审批局起草了涵盖193项审管分离事项的审管职责边界清单，探索实施清单化管理，明确了事项名称、权力类型、互动环节、审管职责、信息推送等内容。

*强化技术支撑，做好数据应用。*聊城市行政审批局进一步完善了审管互动平台功能，加强监管信息推送，对审批事项实行受理、办理、推送、监管、反馈一体的信息全流程闭环管理，进一步细化影响审批的监管信息范围，对于影响审批决定的重要监管信息即时提醒、即时推送，实现信息跨层级、跨地区、跨部门共享共用。2021年第一季度，审管互动平台自动推送审批业务7351条，发起会商申请2件次，联合踏勘19件次，有效促进了审批与监管的良性互动。

四川省成都市青羊区行政审批局

网络理政助推基层治理

成都市青羊区行政审批局局长韩宇　摄影：苏浩

成都市青羊区行政审批局工作会议　摄影：苏浩

链接：成都市青羊区行政审批局于2019年成立，主要职责：负责全区行政审批相关工作，牵头推进全区网络理政工作，负责大数据和电子政务建设管理工作；负责对街道便民服务机构进行业务指导。牵头推进全区“放管服”改革工作，贯彻执行国家、省、市有关“放管服”改革、行政审批制度改革、政务服务管理、政府信息公开、政务服务热线、大数据和电子政务、公共数据资源等方面的方针政策和法律、法规、规章。青羊区获2019年度成都市网络理政社会诉求“一键回应”先进集体，政务服务“一网通办”先进集体，“青羊e警荟”案例获得“2019成都网络理政十大创新案例奖”。

党的十九届四中全会对推动国家治理体系和治理能力现代化提出了明确要求，强调实现政府治理和社会调节、居民自治良性互动，夯实作为神经末梢、治理源头的城乡基层治理体系。

近年来，四川省成都市青羊区将网络理政作为区委、区政府走群众路线、联系服务群众的重要方式、新时代干部践行网上群众路线的重要载体、创新“互联网+政务服务”的重要抓手，让广大干部主动运用网络了解社情民意，汇聚民心民智，更快更好地回应、解决广大市民的民生诉求。同时，注重对网络理政大数据的分析研判和应用，不断提升政府决策水平，通过数据分析查找问题，通过决策推动专项治理，通过治理预防和化解问题，逐步形成了“线上找问题、线下找原因、研究找对策、治理找效果”的工作模式。

完善网络理政预警提示机制，切实解决社会矛盾

“2020年以来，我区网络理政平台共收到群众诉求8万余件，办结率100%，满意率93.93%。”成都市青羊区行政审批局相关负责人介绍说：“我区‘预警提示’创新工作机制逐步完善，2020年至今累计发出预警22次，及时回应并办理群众诉求800余人次，在解决群众诉求、化解社会矛盾、预防稳定风险方面发挥了积极作用。”

为快速准确识别重点信息，进而研判确定为预警信息，实践中，青羊区在网络理政中将预警信息分为三类：重大突发事件；同一问题短时间被多人集中反映；同类问题在一个时间段被群众集中反映。一旦在工作中发现类似信息，立即组织团队研判分析并报主要领导审核确定。

在预警信息的发布传递方面，青羊区着重反映问题的紧急程度和影响面，通过多渠道、多形式传递和发布信息。对重大突发，需要及时处理的预警信息第一时间通过电话、传真、内网交换等形式发送给相关责任单位，突出预警提示的及时性；对群众反映强烈，可能引发群体性事件的，则对问题进行全面梳理，形成书面预警提示函，及时发送给相关责任单位，突出精准性；对群众诉求集中的区域性或者类别性问题，则在网络理政月报中进行分析和提示并在区长办公会上进行通报，突出系统性；对群众特别关注、问题特别突出的，则开展线下调查，形成详细专题报告，及时报送区政府并抄送相关责任单位，突出综合性。

预警信息的生命在于切实解决群众诉求，化解社会矛盾，有针对性地开展治理工作是预警提示的重点和取得成效的关键。为此，青羊区建立了预警提示工作跟踪督办机制。在要求责任单位对预警提示的落实情况向网络理政领导小组办公室及时反馈的同时，网络理政领导小组办公室还会对需要系统治理的问题主动定期进行跟踪和督办。青羊区还制定了《网络理政“预警提示”工作制度》，从信息收集、研判、发布、处置、反馈、跟踪服务与监督等方面进行了规范。

精准定位政策背后的“最大公约数”，提升政务服务能力

疫情发生以来，青羊区积极落实省市区各级工作部署要求，全面助力企业复工复产。对内严格落实各项防控防疫制度，积极做好疫情期间的税收征管工作，对外全力提升网络理政工作办理质效，认真处理纳税人各项合理诉求。

*一是全面统筹，周密部署。*当前疫情防控处于关键时期，为保证纳税人涉税合理诉求的及时处理，区税务局纳服中心主动作为，为办理网络理政工作添置必要的硬件设备、安排专职人员，主动梳理投诉人反映情况占比较大的发票问题、个人信息冒用和服务质效等问题，制作具体操作流程和任务台账，严格落实各项工作责任。

*二是高效沟通，积极引导。*为避免交叉感染，减少网络理政办理过程中税务工作人员和纳税人、投诉人聚集交流的次数，积极推进非接触式调查办理，各部门加强合作，畅通网上办理和咨询渠道，通过电话、短信、公众号等方式积极主动联系纳税人和投诉人，做好宣传引导工作。

*三是调查核实，及时回复。*工作人员通过网络理政平台每天定时接收转办件，第一时间调查投诉事项、制作工单、及时转办。各承办部门畅通与纳税人和投诉人的交流渠道，尽快调查核实事件情况，妥善处理并及时回复投诉，并实时跟踪进度，提升办理速度，扎实推动网络理政业务安全化、便捷化、高效化办理。据统计，2020年一季度，青羊区共受理涉税诉求231件，办结率100%，受到纳税人广泛好评。

开展专项数据分析，对症下药，线上线下齐头并进

2020年因疫情原因区网络理政平台收到群众诉求急剧增加，较往年同期诉求量增长184.61%，但部门办理办理效率、回访群众满意度明显提升，2、3月回访涉及疫情的诉求办理群众满意率为97.63%。

如此显著的工作成效，主要得益于线上的专项数据分析应用和线下的应急工作机制。青羊区通过线上抽取网络理政数据，进行专项数据分析，针对涉及疫情诉求问题梳理出重点区域或点位；线下向职能部门和街道发出专项工作预警提示，按照“全面巡查、重点预防”原则，启动应急工作机制。区卫健局、公安分局、各街道等相关单位提前展开巡查，上下协同联动，优先处置有关投诉，作好宣传保障工作，做到“第一时间接收、第一时间出动、第一时间处理”。

对于疫情期间接到群众举报的举报线索，网络理政受理中心值班人转派后第一时间记录台账，并以工作小组的形式及时与办理部门建立线上临时信息交换和同步渠道，确保重点诉求进行全程跟进。截至2020年3月底，网络理政受理中心共联合相关部门、街道排查疫情隐患1761次，为疫情防控工作提供了重要支撑。

重庆市南川区政务服务管理办公室

打造全国一流政务服务标杆

南川区政务大厅 摄影：任前蔚

政务服务事项网上可办率达98.7%，超5000多项；企业开办全流程缩减至1个工作日；企业投资项目备案缩短为1个工作日；施工许可、竣工备案等事项均当场办结……

近年来，重庆市南川区深入贯彻落实习近平总书记视察重庆重要讲话精神和国务院、市委、市政府深化“放管服”改革优化营商环境的决策部署，聚焦重点领域、关键环节和突出问题，持续深化“放管服”改革，积极营造近悦远来的一流营商环境。

在“党务+政务+服务”深度融合发展下，重庆市南川区政务服务水平不断提升，营商环境不断改善。2019年，南川区政务服务大厅在全国206家政务服务大厅中脱颖而出，成为全国20个优秀政务服务大厅之一。

“只进一扇门” “最多跑一次”，政务服务提质增效

“真没想到，材料交过来，当场就办理好了施工许可证，的确便民又高效。”前不久，当南川某房地产开发公司开发报件人员杨宇一身轻松地走出南川区政务服务大厅时，他看了看时间，前后用时不到两个小时。

项目快速审批、快速落地、快速建设“三快”，是南川区政务服务大厅提升服务效率的“根本目标”，也是南川政务服务高效优质的生动折射。

近年来，特别是2019年市委第六巡视组巡视南川区以来，政务服务大厅以“三集中三到位”改革为抓手，建立“一站式”政务服务大厅。按照人员、职能、事项“三集中”和进驻、授权、电子监察“三到位”要求，将全区30个行政审批职能部门人员、事项集中入驻区政务服务大厅，做到一门受理、集成服务，努力让企业和群众“只进一扇门”、高频事项“最多跑一次”。

大厅以“全渝通办”为依托，以7×24小时自助服务为抓手，实现政务服务“不打烊”。铺设政务服务快车道，强化“渝快办”服务品牌宣传推广，加快“云上南川”智慧政务建设，真正让“数据多跑路”、群众少跑腿。推行“扫码办事”服务，统一制定办事指南，实现同一事项线上线下无差别受理、同标准办理。

据南川区政务服务管理办公室主任姚涛介绍，2019年，南川区政务服务大厅日均接待办事群众4000余人，共计接件72.02万余件。其中，即办件65.34万余件，办结率100%，全部在承诺时限内办结，受到办事企业和群众普遍好评。

2020年以来，面对新冠肺炎疫情带来的挑战，南川区政务服务大厅不断提升网上政务服务能力。目前，全区各部门已上线政务服务事项5159项，各乡镇（街道）已上线政务服务事项6766项，全区政务服务事项网上可办率达98.7%，行政许可事项承诺时限较

南川区7×24小时智慧政务自助服务大厅　摄影：周小又

法定平均时限减少70.2%以上。

值得一提的是，在南川区政务服务大厅内，还有一条全国首创的“大厅金融街”，为企业提供开户设立、信用贷、创业贷等各类金融服务。

2019年2月，经政务服务大厅广泛发动、银行机构自主选择，重庆市南川区内建设银行、农业银行、工商银行、中国银行、三峡银行、石银村镇银行、哈尔滨银行7家银行共同入驻大厅，在企业开办专区开窗接件，现场为企业提供开户设立、信用贷、小微企业贷、快e贷、云税贷、创业贷等各类金融服务，“大厅金融街”由此诞生。

在“大厅金融街”内，银行窗口摆擂台，比政策、比服务、比速度，让企业得到了实惠，银行也由过去的被动服务向现在的主动服务转变，得到企业一致拥护、交口称赞，企业融资便利度大幅提升。

“党务＋政务＋服务”深度融合，打造政务服务流水线

走进南川区政务服务大厅，“有困难找党员”的标牌随处可见。在南川区政务服务水平提升的背后，充分发挥“党建”引领作用并促使“党务＋政务＋服务”深度融合是其鲜明特点。

火车跑得快，全靠龙头带。在优化政务服务中，南川区政务服务大厅充分发挥党建“龙头”引领和党员团员在审批服务中的示范带头作用，设立党员团员示范岗，并规定了不迟到、不推诿、不聊天、不吃拿卡要和要亮身份、争第一、亮党徽等“十要十不”铁的纪律。

“如果办事群众找到党员，党员不热情，或者态度不好，被投诉了，不但要被扣分，还要写说明。”姚涛介绍说，大厅还制定月度数字化管理考核办法，将20多项服务要求按100分考核，每月扣分15分被约谈，连续3个月扣分15分就要退回原单位。

在政务服务大厅，一个党员就像一面旗帜，时时提醒党员肩负的职责。只要有群众来办事，马上就有党员热情接待。

“多亏这位党员同志帮助，我才没跑冤枉路，结婚证也很快补办好了。”来自古花镇的一位70多岁的老人拿着新补办的结婚证，伸出大拇指点赞。她因弄丢旧结婚证，急得不知怎么办，来到政务服务大厅，这一问题很快得到解决。

“现在政务服务大厅党员和团员占一半，有了他们的示范带动，整个大厅的服务氛围、办事积极性等都被调动起来了，不再出现门难进、脸难看、服务态度生冷硬等现象，窗口形象就树起来了。”姚涛说。

2019年7月，结合“不忘初心、牢记使命”主题教育，南川区政务服务大厅成立了“党务＋政务＋服务”——社会投资项目快审流水线临时党支部。

在工作开展中，流水线临时党支部主要采取3项措施为企业服务。一是靠前服务，在项目入驻之初，支部即带领党员业务骨干，上门开展服务，告知企业项目建设的流程和手续要件，手续办理和建设过程中需注意的事项和容易出现的难点和梗点，保证企业不走弯路；二是一对一跟踪服务，支部针对不同的项目，有针对性地安排党员骨干对企业进行一对一的跟踪服务，保证企业在需要服务的时候随时能找到人，随时知道找什么人，工作应怎样开展；三是现场服务，在项目建设过程中，在基础建设、主体建设、设备安装等重点环节，对项目开展专题现场指导服务，现场中有什么问题、需要解决什么问题、怎么解决问题，现场予以解决指导。

自“党务＋政务＋服务”——社会投资项目快审流水线，特别是临时党支部成立以来，累计服务项目100余个、召开专题服务会20余次，解决实际问题70余个，有效地推进了南川区社会投资项目的建设和投产。

打造“经济圈”营商高地，助推南川高质量发展

2019年，南川区新开工重点项目35个、竣工15个，累计完成投资204亿元，带动固定资产投资增长11%，为推动全区高质量发展作出了突出贡献。

2020年1月，南川区又举行了2020年重点项目集中开工仪式，正式拉开南川区新一轮重点项目建设序幕。此次集中开工项目共19个，总投资100.5亿元。其中，工业项目11个，旅游项目5个，城市建设项目3个。这些项目中，既有补链条、强支撑的产业类项目，又有打基础、惠民生的保障类项目，它们将为南川区加快追赶跨越增添新动能、注入新活力。

随着营商环境不断提升，南川日益成为企业投资兴业的热土。

“近年来，南川区着力推动资源向项目聚焦、要素向项目聚拢、力量向项目聚合，努力打造一流环境，提供一流服务，搭建一流平台，全力为项目建设遮风挡雨、保驾护航，迅速掀起新一轮项目建设热潮。”南川区相关负责人表示。

2020年是“十三五”规划收官之年，也是南川融入成渝地区双城经济圈和主城都市区的起步之年。

“我们还将继续推进体制创新，在更高起点、更高层次、更高目标上推进改革开放，营造市场化法治化国际化营商环境。”该负责人表示，南川区将抓住重庆纳入世界银行营商环境评价样本城市的机遇，不断推动“放管服”改革向纵深发展。

具体而言，南川区将进一步推动简政放权，进一步减少审批事项、缩短办理时间，降低企业税负、提高服务水平，为企业办好事，让企业好办事；优化政务服务，进一步构建智慧化、标准化政务服务体系，让数据多跑腿，让群众少跑路。要补齐差距和短板，进一步强化责任落实、强化人财物保障、强化考核监督、强化宣传引导，积极为深化“放管服”改革创造条件。

弛而不息，久久为功。南川区相关负责人表示，未来，南川区将进一步提高政治站位，对标国际通行的世界银行营商环境评价体系，在深化简政放权、加强公正监管、优化政务服务的道路上持续用力，深度融入成渝地区双城经济圈和主城都市区建设，打造全国一流营商高地。

山西省万荣县行政审批服务管理局

打通服务群众最后一米

万荣县行政审批局党组书记、局长贺奇峰（右）向温氏畜牧集团负责人送上审批办事指南　摄影：王端杰

链接：贺奇峰，大学文化，中共党员，现任万荣县行政审批服务管理局党组书记、局长。连续被评为年度先进个人，2020 年 12 月 9 日被运城市项目建设综合考核领导小组办公室记功嘉奖。近年来，万荣县行政审批服务管理局持续开展“五减”“五统一”改革、“一件事一次办”集成服务改革、持续放宽“市场准入”、加快“多证合一”、深化“证照分离”、扩大政银合作范围，进一步压缩企业开办时间，放宽市场准入。通过服务业务协同化、服务平台智能化、服务供给精准化、服务设施人性化、服务方式全程化，不断提升行政审批服务效能，优化政务服务水平。深化工程建设项目审批制度改革和企业投资项目承诺制改革，强化领办帮办代办，助力重点工程项目早开工、早投产、早见效。

“太快了，真没想到当天就能拿到施工许可证，以前得跑好几个部门，起码得 10 天左右啊！”万荣县鼎源贸易有限公司负责人拿到宝鼎大酒店建设项目建筑工程施工许可证后高兴地说。

通常办理建筑施工许可证，正常的审批周期为 9 个工作日。目前万荣县承诺审批时间 3 个工作日。在此基础上，万荣县不断有建筑工程在办证当天拿到许可。

2020 年以来，为加快推动工程建设项目落地，山西省万荣县多措并举、灵活施策，针对工程审批工作中的痛点难点，重点疏通，在完成规定动作的同时，积极配套个性化服务措施，扎实推进县域工程建设项目审批制度改革，已取得了较好的效果。

找准工作难点，取消勘验＋容缺办理

“做工程的人，当然就是想尽快把各项手续都办全，让工程尽快开工，每一天都有工人、土地、物料的各种成本和支出，真的不想耽误也耽误不起。”万荣县鼎源贸易有限公司负责人说。

那么让工程建设项目许可尽快落地的难点、痛点究竟在哪？如何解决？

2020 年 10 月 16 日，万荣县行政审批服务管理局（以下简称“万荣审批局”）召开了工程建设项目审批制度改革联席会议及建设项目全程网办培训会，该县住建局、发改局、自然资源局等 5 家单位相关负责人，9 家企业负责人，万荣审批局 6 个业务股室负责人参加会议。

审批方、检验方、工程方三方利益相关方坐在一起，共同就这一问题进行了探讨，并确定了下一步行动方向。

这次会议中，三方探讨了工程项目审批中“联合验收”“区域评估”“多测合一”这三大难点。

“施工许可证办理是整个工程建设项目开工前审批的最后一道程序，我们先是通过提前介入，使企业顺利完成施工方确定、环评报告起草、施工图设计等前期准备工作，在实施预许可审批过程中，我们主动加班加点，采取容缺受理，确保企业以最快的速度拿到施工预许可证。”万荣审批局规划管理和建设工程股股长姚国武说。

万荣县严格落实“放管服效”改革，主动服务招商引资重点建设项目，在严把施工许可必要条件的前提下，取消了现场勘验环节。与此同时，探索在非必要要件、技术审查环节试行企业承诺制。

同时，“容缺办理”施工许可证审批，建立联络员制度，确保企业在承诺期限内完成整改或补齐相关资料，从而达到“施工许可快办理、工程项目快开工、经济效益快凸显”。

申请办理期间，万荣审批局规划股严格按照运城市工程建设项目审批制度改革文件精神，提高审批效率，对于项目材料齐全的建设单位只需作出书面承诺，不再进行现场勘查，重点打通阻碍申办施工许可证的难点环节，仅用了 1 个工作日就完成审批，并核发施工许可证，推动工程建设项目审批制度改革落地见效。

容缺办理和承诺制是否会带来项目违规操作和安全隐患？

万荣县要求行政审批部门所有审批事项必须在网上受理和办结，在线平台应用和代码管理、行政审批事项及办理情况及时公开，实现审管无缝衔接；各监管部门加大项目审批事中事后监管力度，采用多种监管方式，实行“互联网＋监管”、信用监管等，营造公平的市场环境。

同时，万荣对行政审批部门容缺办理和承诺制的具体办理要求、程序和应用情况都作出了详细规定，比如，提出了各审批事项在这一模式下的主审材料和容缺材料清单；规定了项目单位的办理要求和承诺书具体内容；规定了审批部门的办理要求和办理程序；规定了初审意见的效力和应用范围等。

全程帮办代办，“零跑动”＋培训指导

在这次工程建设项目审批制度改革联席会议及建设项目全程网办培训会上，万荣县还确定了下一步尽早实现企业“零跑动”，进一步推进万荣县工程建设项目审批制度改革工作落实的努力方向，以此更好地优化营商环境。

随着全省工程建设项目在线审批监管系统的上线，线上工程建设项目审批工作需要随之共同推进。

为企业上门送证书、送办法、答疑问、解难题　摄影：王端杰

红色帮办代办员为前来办事的群众提供流程指引和咨询答疑服务　摄影：王端杰

在会议的培训环节，万荣审批局规划股人员现场演示了工程建设项目审批管理系统的实际操作，指出了系统操作中的常见问题及注意事项。同时，培训会设置了现场交流环节，与会企业人员就项目网上申报中遇到的问题及在线平台操作中的疑点难点问题进行提问，万荣审批局有关人员一一进行了详细解答。

据介绍，全省工程建设项目在线审批监管系统中，审批范围包括山西省行政区域内所有新建、改建、扩建的建设工程，主要是房屋建筑和市政基础设施等工程建设项目，不包括特殊工程和交通、水利、能源等领域的重大工程。

万荣审批局根据“线上审批是常态，线下审批是例外”，以及“清单之外无审批”的原则，通过设立规范综合受理窗口，提供帮办代办、咨询答疑、流程指引、投诉举报等服务方式，及时回应和解决企业（群众）在项目申报过程中的问题。

同时，万荣审批局还积极引导企业通过平台系统在线申报，以申报材料电子化（电子印章）、电子证照深度应用等方式，按照省里无纸化审批工作的统一要求，逐步取消纸质材料（或批文），推进全程无纸化审批，避免线上线下重复提交申报材料。

自系统上线以来，万荣审批局多次赴市级相关部门学习，并组织部分企业开展系统操作培训。

近日，山西鸿鑫达房地产开发有限公司办理万荣县龙润庭小区二期项目工程规划许可证，但因项目前阶段手续均为线下办理，不能按照正常申报流程完成前期手续审批工作。

万荣审批局急企业之所急，一方面主动与企业对接，协助企业准备申请材料；另一方面，通过工程建设项目审批系统全程代办，该局工作人员对项目进行一对一流程指导，帮助解决问题，建设单位成功完成前期手续补录工作，并申报工程规划许可证。

万荣审批局工程项目规划建设股在一天内审核办理了万荣县龙润庭小区二期项目工程规划许可证。

“全市推行工程项目审批在线办理后，项目方也好，审批方也好，大家都在等、靠、看，都不知道该怎么干，万荣第一时间通过帮办代办推进落实，确实很有典型性，也确实帮了我们大忙。”山西鸿鑫达房地产开发有限公司负责人毕程说道。

理顺办事流程，精简事项＋重修指南

万荣审批局依据法律法规，坚决推行“五减”专项改革，分类全面梳理工程建设项目审批事项，坚决取消不符合《行政许可法》的行政许可事项和没有法律法规依据的其他审批事项；对保留的审批事项，进一步减少审批前置条件，简化申请材料，方便企业办理，申请材料由70项减少为33项。

在积极推进完成审批项目精简这一“规定动作”的同时，万荣审批局积极跟进相关事项，尤其是办事指南的更新和重修，让更多工程方了解到办事流程的变化，更快速地推进审批落地。

筹建项目，千头万绪，费时费力，这是过去让许多投资人“头疼”的一件大事。

“现在的政务环境确实比过去好了很多，很多审批事项都在精简，我们企业因为更新不及时，不了解最新的审批政策，所以就到万荣县政务中心咨询。没想到，第二天行政审批局主要负责人就带队深入我们公司，宣传万荣营商环境，解读产业行业政策，了解企业需求和项目详细信息，指导项目单位提前启动相关工作。”万荣温氏畜牧有限公司总部大楼和饲料厂工程的项目负责人孙跃强说，“我们也收到了万荣审批局给我们随时更新的审批办事指南，让我们随时了解工程审批相关的细节。”

万荣县于9月参与完成全市办事流程、申请材料、办理时限、办事标准、网上办事“五统一”。万荣审批局投资项目股、规划股按照“五统一”标准重新修订项目审批办事指南，统一制作宣传折页、办事流程样表范本，分别在网上云盘和线下办事大厅免费提供，方便办事企业和群众查阅。

下一步，万荣审批局启用电子证照功能后，办理流程将进一步优化，建设单位只需在网上申报，在系统中进行即时审核，符合法定要求通过审批后，在线加盖电子签章，企业即可获得电子证书，建设单位可自行下载打印施工许可证电子证照，实现群众办理事项审批不见面、办事“跑零次”。

作者：贺奇峰

湖南省益阳市赫山区住房和城乡建设局

城乡如画映朝晖

湖南省益阳市赫山区住房和城乡建设局（以下简称赫山区住建局）全面落实中央、省、市、区经济工作会议精神，在赫山区委、区政府的坚强领导和统一部署下，在区人大、区政协的大力支持和监督下，全局干部职工坚持不懈勤奋斗，攻坚克难促突破，党建、组织人事、新型城镇化建设、保障性安居工程、农村危房改造、污染防治和安全生产等工作全面出彩，近四年来，党风廉政建设、基层党建、

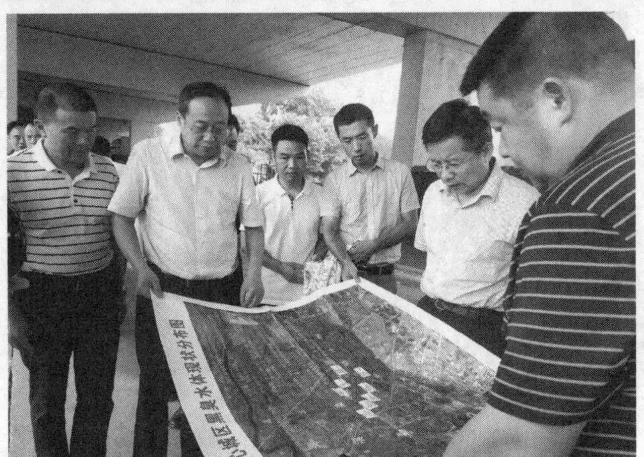

益阳市委书记瞿海（右二）调研兰溪河水环境综合治理工程 摄影：王涛

安全生产和社会管理综合治理等工作稳居全区前列，在全区绩效考核中先后获得60余项奖励，开创了赫山住房和城乡建设事业内涵集约式高质量发展崭新局面。

聚焦党建活动，学习成果斐然

赫山区住建局党建工作坚持以习近平新时代中国特色社会主义思想为指导，始终把政治建设摆在首位，着力用新思想引领住建行业发展新征程；坚持党建工作与业务工作有机融合，加强住建行业高质量发展的战斗堡垒；坚持持之以恒正风肃纪，促进住建局风清气正、效能提升。

近年来，以“两学一做”学习教育常态化制度化为抓手，通过“不忘初心，牢记使命”主题教育活动、“三会一课”和主题党日活动等多种形式，把党内学习教育从“关键少数”向广大党员拓展、从集中性教育向经常性教育延伸，干部守初心、担使命、促发展蔚然成风，以党建促“住建”取得丰硕成果。2016年，荣获“益阳市市级花园式单位”“全区工作创新奖”等称号；2017年，荣获“全区基层党建工作先进单位”“组织工作先进单位”等称号；2018年，荣获“全区宣传思想工作先进单位”“专项整治工作先进单位”等称号；2019年获“党风廉政建设”先进单位、“基层党建工作”先进单位等称号。向区委推荐7名优秀人才担任领导干部，全局上下人岗相适、结构优化，创业激情竞相迸发，三人荣膺“全区优秀共产党员”殊荣。

聚焦民生保障，创建靓丽城镇

住有所居是民生的基本需求，安居乐业是和谐稳定的重要基础。伴随着赫山区新型城镇化建设步伐的不断加快，如何改造好城市棚户区和老旧小区，摆在了赫山区住建局领导的面前。他们深知：作为重要的民生工程，棚户区和老旧小区改造可以从根本上改善老百姓的居住条件，提升他们的居住水平。

棚户区和老旧小区改造工作民心迫切。按照区委、区政府的部署安排，赫山区住建局把棚改、老旧小区改造和住房保障作为改善民生的头号工程强力推进。2016—2019年，已投入资金39.44亿元，完成棚户区改造项目50余个，完成改造1.6万余户，分配保障房源1194套，发放租赁住房补助1600万余元，受益群众1.8万余户。2019年至2020年，赫山区获批改造老旧小区85个。截至2020年3月底，已投入1000万余元完成6个项目改造，开工5个项目。预计2020年底前还将完成2500户棚户区和56个老旧小区改造，启动29个老旧小区改造。

保障性住房小区配套工程同步跟进，居民居住和出行条件得到有效改善。如今，惠民小区周边道口车辆乱停乱靠和商贩占道经营违法行为得到全面治理，交通拥堵得到基本缓解，路面出行状况得到很大改观，获得周边群众高度称赞；兰溪路口焕然一新，排水系统畅通无阻，交通井然有序，方便了周边居民出行；赫山区经贸巷经贸小区基础设施修复如新，居住环境优美宜人，原来公共基础设施落后、路面坑洼积水严重、居民出行不便等诸多“堵点”得到全面消除；会龙山街道滨溪巷通过采取改造排水管网，加铺沥青混凝土路面，实施绿化工程等改造措施，改善了居民出行环境，提升了居民的生活品质。

改的是住房，暖的是民心。历年来，赫山区住建局严格按照“三级联审”“四级公示”程序实施农村危房改造。2016年，完成3600户，补助资金3060万元，受益群众3479户8234人；2017年，完成2191户，补助资金2697.4万元，受益群众2691户5891人；2018年，完成1308户，补助资金2903.8万元，受益群众2452户5433人；2019年，完成407户，补助资金929.5万元，受益群众407户689人，如期实现脱贫攻坚关键之年“四类重点对象”危房改造全面清零目标。

近年来，赫山区住建局聚焦城乡建设，始终坚持“一镇一特色”的发展理念。根据各乡镇实际，高起点规划，高标准设计，努力将各乡镇打造成“望得见山，看得见水，记得住乡愁”的独具特色的新型城镇。城镇建设迈入高质量发展快车道，全区城镇化率达66.24%，基础设施和公益公共设施进一步完善，民众幸福感指数大幅提高。如兰溪镇入选“湖南省第三批美丽乡镇”；兰溪“水乡古镇”建设、衡龙桥镇提质改造工程和泉交河镇“智慧农业第一村”成为全市城乡建设的闪亮名片，多次得到省市领导肯定，吸引了常德、怀化等10余个市、县慕名学习。

兰溪新型城镇化建设一瞥 摄影：陈建军

聚焦环境改造，截污建厂攻坚

赫山区住建局牢固树立绿色发展理念，注重环境提升，重点实施污染源治理工程。既治标又治本，从根本上提升赫山水环境质量，增强城市可持续发展能力，重塑赫山生态新貌。

实施黑臭水体整治，是人民群众关注的热点问题。经摸排确认，赫山区负责牛蛟港渠、南干渠和中干渠三条城郊黑臭水体整治。赫山区住建局通过采取渠底清淤、固坡护脚、绿化修复等步骤进行彻底整治。目前，南干渠、牛蛟港渠沿渠两岸绿草青青，渠中流水清可见底。同时，近年来上级下达的14条乡镇建成区或村庄黑臭水体已全部完成整治销号。2020年，我们还将完成岳家桥镇陈家坝渠系、泉交河镇杨家坝和笔架山乡李家湾塘等6处乡村黑臭水体整治。

为了让山更绿、水更清，赫山区住建局加大乡镇污水处理厂建设力度。自启动污水处理厂建设工作以来，他们积极向区委、区政府汇报并牵头解决征地和报建等手续办理滞后导致的融资困难等问题，强力推进污水处理厂建设进程。截至目前，全区10个乡镇污水处理厂，已建成的5个乡镇污水处理厂配套管网建设，兰溪镇完成87.5%；沧水铺镇完成72%；新市渡镇仅剩余沿志溪河段750米；衡龙新区和泥江口镇已全部完成。在建的5个乡镇污水处理厂，欧江岔镇已完成工程量的82%；泉交河镇已完成工程量的62%；八字哨镇已完成工程量的33%；岳家桥镇已完成工程量的32%；笔架山乡已完成工程量的45%；预计2020年9月30日前全部建成。

聚焦工程监管，圆满办好提案

安全是生命，安全更是责任。赫山区住建局打破"重建设轻管理"的藩篱，坚持"多措并举、建管并重"，通过突出思想作风和廉政建设，简化办事程序、促进服务提质等措施，形成了以工程质量安全为核心的建筑市场监管长效机制，全区建设工程质量安全管理工作稳步健康发展。

近年来，他们纵深开展"工程质量安全提升行动"和"落实建筑施工企业安全生产主体责任年"等活动，成功创建金域上品、云龙名邸、兰溪粮食产业园3个省级安全文明标准化工地，实现全区建筑工程质量安全零投诉。今年正创建吉祥家纺省级安全文明标准化工地。

人大代表和政协委员的提案作为落实"以人民为中心"的大事要事，是促进政府职能和工作作风转变，实现决策民主化和科学化的重要依据。赫山区住建局对所有提案均在规定时限内书面提供了答复意见并迅速组织落实，主办件见面率、答复率、办结率、满意率均达到100%。近四年来，共办理66件人大代表提案、21件政协委员提案。2020年6月30前，还将高效高质办理完成区五届人大五次会议代表提案7件，区政协五届四次会议委员提案12件。

历年来，赫山区住建局提案办理工作稳居全区前列，连续四年荣获"建议提案办理工作先进单位"。2019年，"一府两院"国家工作人员2018年度履职情况测评在16个政府工作部门行政负责人中排名第四。赫山区五届人大三次会议代表建议批评意见办理情况量化测评在21个主办单位中排名第二。

"问渠哪得清如许？为有源头活水来。"流连在花红草绿、蓝天白云的赫山区，鳞次栉比的高楼气势恢宏，环境优雅的居民小区温馨宜人，四通八达的街道宽阔通畅，到处呈现出政通人和、富裕安康的景象！

"把赫山区城乡描绘成最美丽的图画，让民众生活得更美好。"赫山区住建局矢志为民服务，城乡环境综合治理的触角已纵深推进至每一个角落。在这生态优美的土地上，正谱写着砥砺奋进的乐章！

作者：颜义忠、王小艳

浙江省瑞安安阳中心城区开发建设中心

让城市更加美丽　让名城更具魅力

链接：瑞安安阳中心城区开发建设中心（瑞安市名城建设中心）于2019年4月挂牌成立，辖区面积约83平方公里，平原面积约28.3平方公里，为安阳街道、玉海街道、锦湖街道、潘岱街道及东山街道部分地区提供平台建设支撑功能，系瑞安市委、市政府六大平台建设单位之一，下属3个国有企业（瑞安市旧城改造发展公司、瑞安市新区建设发展有限公司、瑞安市腾退房服务有限公司）。

2019年，是浙江省瑞安安阳中心城区开发建设中心（市名城建设中心）风雨兼程、马不停蹄的一年。两个机构重组后，安阳中心城区肩负起历史文化名城创建和现代品质城市打造的"双重"任务，实现华丽转身。这一年，安阳中心城区工作"分量"十足，共实施项目107个，有效投资115亿元，征收建筑面积21.1万平方米，涉及拆改团块9个，安置住房2317户。

这些项目中，有全国首家综合性国旗教育基地——国旗教育馆这类精建精美项目，还有公园路历史文化街区三期整治提升工程这类名城创建类项目；有邮北团块住户和企事业单位签约拆迁"双清零"等团块拆改项目，还有滨江三期旧城改造项目E、F1两地块完成安置分房这类改善民生的项目……这一个个项目，既是安阳中心城区2019年踏实的足迹，也是这一年"成绩单"上亮点所在。

以国旗馆"加速度"，兴起城市的精建精美

2019年9月28日，西山上热闹非凡，全国首家综合性国旗教育基地——国旗教育馆如期开馆。它的落成成就了三个"全国第一"：全国第一个综合性国旗教育基地、全国第一个数字化国旗互动空间、全国第一个创新型国旗文化地标。开馆当日，它就成为"网红"，央视新闻、人民日报等国内知名媒体纷纷报道、转载。

国旗教育馆临江而立，掩映在西山的绿树当中。场馆建筑面积2600多平方米，分序厅、国旗诞生厅、国旗知识厅、国旗荣耀厅、瑞安发展厅、尾厅、附属厅等版块，现有藏品和展品近百件。从设想到现实，边建设边布展，它创造了"当年立项、当年设计、当年建成"的建设奇迹，创造了让人惊叹的"加速度"。

有速度，还有匠心。国旗教育馆馆高19.49米，寓意新中国诞生于1949年；馆内升旗旗杆高20.19米，寓意2019年新中国成立70周年；馆中庭圆筒直径10.1米，寓意新中国的国庆日期为10月1日；西山华侨电影院至国旗教育馆升旗广场设计形成7处休息平台，象征新中国成立70周年，10年一个大跨步，创造了日新月异的辉煌成绩……

成功的背后，是安阳中心城区"不忘初心、牢记使命"的坚守。为了保障项目建设，安阳中心城区特意组建了国旗教育馆建设党员突击队，24小时跟进项目进度；工人们全身心投入施工，踏踏实实建设。"原本需要两年工期，现在只用了6个月，同行认为我们完成了就是奇迹。"安阳中心城区主任叶秀敏告诉记者。

除了国旗教育馆外，2019年安阳中心城区还建成滨江大道西延伸线、万松路改造提升工程、瑞枫大道（高速公路出入口至安阳路）沿线改造工程等精品项目，为新中国成立70周年献礼。

2019 年 9 月 28 日，全国首家综合性国旗教育基地——国旗教育馆开馆。右图为展厅内景

这其中，滨江大道西延伸线的通车，不仅实现了滨江大道的全线贯通，更是改善了老城区西部交通拥堵，提升了西大门城市形象。而万松路改造提升工程，不仅完善了市区交通功能，提升了道路“颜值”，还修复、改造或更换了万松路的地下管道，为中心城区再添一条景观路。瑞枫大道（高速公路出入口至安阳路）沿线改造工程则通过对道路、绿化、排水、交通标志标线及交通智能工程等进行提升改造，将原来局部一个车道、双向四车道路段提升为标准双向六车道、机非车道与人行道两隔离道路，大幅提升了高速公路出入口交通形象。

以公园路“文化味”，开启名城建设新篇章

每个人的记忆里，都有一条老街，深藏着一段温情的岁月，行走于老街，城市的历史文化气息清新拂面。

2019 年 3 月，公园路历史文化街区一期、二期确定为步行街，范围内自行车、“小毛驴”等非机动车禁行，该街区成为瑞安市首条步行街。确定为步行街后，不仅方便更好地保护和管理公园路历史文化街区，还提升了街区品质，营造出良好的文化、商业氛围，便于市民游览沿线景点。同年 12 月，该街区被省商务厅列入浙江省高品质步行街试点（培育）名单，为瑞安市创建 4A 级国家景区奠定基础。

8 月底，公园路历史文化街区三期改造提升工程启动。该工程考虑到老城建设的整体性，从历史街区系统性出发，在公园路一、二期的基础上向周边街巷伸展，涉及道路有大沙堤、小沙巷、道院前街等街巷及沿线建筑，并适当向相交巷弄及传统院落延伸，总长约 1447 米，总用地面积约 3.48 公顷。

这些街巷立面改造完之后，呈现出的风格也将各有特色。其中，公园路的定位是玉海缥缈、文化客厅，大沙堤的定位是晚清风貌、市井商贸，小沙巷的定位是宅院深深、比户书声，道院前街的定位是东西横巷、寻常巷陌……安阳中心城区建设中心、市名城建设中心总工程师池振昶告诉记者，公园路三期改造提升工程要在保持原有格局的基础上，通过修缮古建筑、完善市政配套设施、改善沿街立面风貌、提高人居环境、注入文化设施，逐步实现街区的实用、文化、商业、旅游价值。

目前，该项目进展良好，大沙堤、解放路市政管网的铺设已经完成，部分街巷内的一些房屋已经雏形初现，预计今年8月底将完工，届时瑞安市老城区将再添一处历史文化“打卡点”。

此外，位于潘岱街道的孙诒让故居附属工程已基本完工，附属工程主要对主体房屋的细节修整及后花园、围墙、水池、绿化等建设，2020 年将做好扫尾并竣工验收。另外，安阳中心城区还积极推进国家历史文化名城申报创建的前期调研工作，为瑞安市争添国字号“金名片”打好基础。

以邮北团块“双清零”，实现拆改的平稳和谐

2019 年 8 月，安阳中心城区组织相关部门和玉海街道办事处，拆除邮电北路西侧及玉海中学操场团块改造项目剩余 3 户民房和瑞中机械厂厂房。至此，邮北团块改造涉及的 590 户民房和 8 家企事业单位的政策处理工作实现真正意义上“双清零”。

邮电北路团块改造工程是瑞安市重点建设项目，是一项排民忧、解民难的惠民工程。该项目改造难度大，时间跨度久。自 2014 年 1 月启动协议签订工作以来，项目攻坚组成员迎难而上。去年，攻坚组更是通过多种途径帮助家庭困难户、专程赶赴外地解释政策等方式，最终完成剩余 3 户民房的协议签订，并解决了瑞中机械厂厂房历史遗留问题，实现团块征收协议百分百签订。

值得一提的是，为了凸显瑞安市老城的文化底蕴，该项目建设还有文化加持。项目设计以玉海历史文化名城为底色进行打造，在文化保护方面，保留团块内的历史文化单位，历史建筑修复做到修旧如旧；在整体设计方面，不仅将在文化巷建造富有瑞安特色的历史文化墙，同时对邮电北路、解放北路沿街店面设计为二至三层的低密度用房，尽量还原瑞安老城的历史风貌。

好消息频传，今年 1 月 14 日，滨江四期团块一期改造项目所涉及的最后一家企业完成签约，标志着该团块范围内涉及的拆改企业完成政策处理“清零”。此外，百好团块攻坚也取得了突破性的进展，百好乳品厂等三家企业协议已签订，百好乳品厂、二包厂内租赁的几十家企业正在腾退搬迁中。另外，安阳中心城区还配合做好其他团块改造工作，参与了巾子山团块、十八家工业区团块工业用房征收补偿方案的拟定、讨论与实施，目前巾子山团块已完成近 79 家企业的协议签订，腾空验收企业 43 家，已拆除企业 40 家，整体签约率达到 92% 以上。

以安置“新居所”，打造城市宜居环境

自带话题的“两千六”，在 2019 年的情人节又刷了一波“流量”，第一批“两千六”拆迁户开始选房抽签定位，他们调侃地说，情人节“送”房子，就问“壕”不“壕”？

根据分配计划，不同户型面积的拆迁户分批进行定位，第一批也就是 A 户型（面积在 80 平方左右）的拆迁户，于 2019 年 2 月 13

日看房，2月14日抽签定位。整个项目的分配计划时间为一个月左右，分批次将安置房分配到位，比原先的计划大概提早了半年左右。

2019年，滨江三期旧城改造项目E地块、F地块一期两地块也完成安置分房。此次安置对象为滨江三期E、F地块一期旧城改造项目所涉及的未安置户，共有290户。其中，E地块安置分房于9月10日完成，安置房源为忆江南苑，共计安置住房24套。F地块一期安置房于10月19日完成，安置房源为城西嘉园，共计安置住房266套。安置为原拆原建，安置小区内不仅配有绿化景观设施，还配有植草砖停车位等配套设施，大大改善了老城区居民的住房条件。

除了顺利完成沿江新村，滨江三期E、F1地块的安置回迁外，隆山公园、邮电北路异地安置等工作也顺利完成，安阳路贯通团块涉及企业写字楼安置和安阳C区A-1商业综合体地块安置单位也完成了定位分配。2019年，总计安置住房2317户。

供图：瑞安安阳中心城区开发建设中心

浙江省台州市路桥区飞龙湖生态区建设发展中心

打造“城市之心”

市级党建示范点——台州市路桥区飞龙湖生态区建设发展中心“时光隧道”

一片生态湖，一座未来城。

坐拥水体面积达1.8平方公里的飞龙湖，台州植物园、文旅综合体等项目日渐展露形象，飞龙山庄国宾馆、台州党校正在加快建设……这就是浙江省台州市区十大重点区块之一的“绿心区块”。

从地图上看，绿心区块面积很大，76.5平方公里，位于台州市区中心地带，宛如一颗蓬勃跳动的心脏。依托区位优势和环湖依山自然禀赋，这里将打造生态旅游、都市休闲、人文居住为一体的台州绿色客厅。

飞龙湖生态区则是绿心区块的核心，规划面积28平方公里，因坐拥飞龙湖而得名。山水资源丰富的飞龙湖生态区，不仅是城市中心“绿肺”，也是整合椒江、黄岩、路桥三区的纽带，更是推进台州城市化进程中，不可缺少的山水灵脉。

近年来，随着飞龙湖生态区建设的推进，配套基础设施的日渐成熟，台州的城市中心花园即将迎来迭代。

坐落在城市中央的净土

为什么说“绿心”是台州市区的“绿芯”？

“加快中心崛起、推动市区融合是事关台州发展全局的重大战略，也是贯穿台州城市化始终的一个重大命题。”在今年3月初召开的市区融合发展座谈会上，市委书记李跃旗强调，要高质量推进此项工作，创造城市美好生活。

作为市区的融合之心，整个台州市区建设依“绿心”为中心展开，向三区延伸。

从区位看，台州城市空间形态为环绿心组团式城市，绿心区块地处城市中心，距三区中心均不超过5公里，十几分钟的车程。甬台温、杭台铁路纵贯南北，北有铁路台州西站，南有台州路桥机场，外围有甬台温高速公路、台金高速公路以及沿海高速公路等等，内部有内环路链接椒黄路三区，形成循环……

在城市功能上，“绿心”定位为“以生态为主题，以山水为特点，以地域文化为内涵，以旅游度假为载体”的城市绿心生态区，其功能包括生态维育功能、整合组团功能、旅游休闲功能、文化展示功能。

因此，加强“绿心”建设，推进区块功能优化和品质提升，就能整合三大组团，加快市区融合。

从《台州市区重点区块建设三年行动方案（2020-2022年）》来看，近三年内，绿心区块也主要将围绕提升生态价值、人文价值和三区融合价值展开。

其一，要加快塑造湖区景观。推进环湖绿道建设并串联至台州植物园，推进湖区景观工程，交通路网日趋完善，湖区形象日益凸显；其二，要优化配套公建。加快建设飞龙山庄，高标准谋划并建设国际科学家创业基地，谋划湖区南侧CBD区块，展示台州“城市之心”独特魅力；其三，要提升内环沿线品质。启动江口绿心区块开发建设，加快内环放射线建设，推进内环沿线景观提升改造，扮靓城市内环。

按照该行动方案，绿心区块建设正如火如荼。

据悉，台州植物园一期工程今年三季度完工，预计10月份开门迎客。项目规划占地面积3131.45亩，工程投资估算为6.8个亿，定位以生态为主题以山水为依托，以地域历史及当代文化为特色的多功能、综合性城市植物园。

太阳城区块预计四季度开工建设，主要包括公园文旅区块和商服用地，公园地块占地646亩，总建筑面积3.23万平方米，建设内容包括欢腾时光、庆典庄园、欢乐岛、HELLO HOLIDAY和停车场五大区域。商业地块217.84亩，总建筑面积12.428万平方米，建设内容包括五星级酒店、酒店会馆和紫街三大区域。

此外，黄岩江口融合区块规划在编制当中，飞龙湖生态区各项工程积极推进中。

一批标志性项目在有条不紊地推进中。“绿心”正朝着成为国内知名的生态旅游度假区、国家级的森林公园、台州生态城市特色的核心塑造区、城市综合形象展示的优质名片区这一目标发力。

拟造“城市之心”的意境

作为绿心区块的核心，飞龙湖生态区可以说是中心的“中心”，是整合台州中心城区三区的纽带，具有独一无二的区位优势和战略地位。

“飞龙湖可以比拟为‘台州的西湖’。”路桥区飞龙湖生态区建设发展中心相关负责人说，飞龙湖生态区规划总面积为28平方公里，其中飞龙湖水体面积1.8平方公里。

据介绍，飞龙湖生态区可以说是台州的“城市之心”，有着优

飞龙湖生态区 CBD 透视图

越的山水资源条件和区位优势，是台州市三区融合的重要板块。同时，该区域已按照 5A 景区目标编制了旅游规划，拟打造为长三角重要旅游休闲基地和长三角山海生态养生后花园，兼具绿色生态功能、核心城市功能、休闲旅游功能的生态区。

飞龙湖生态区以内环路为界，分为南北两个功能区块。北区将打造集生态游憩、康体养生、文旅主题、品尚运动等于一体的休闲旅游综合体，国际科学家创业基地、台州新天地、五星级酒店、飞龙山庄、康养主题园等旅游休闲康养项目将全部集结与此。

南区则为以城市绿心为背景，融现代商贸、科创服务、教育培训、现代人居等于一体的都市功能复合区，包含有 CBD 区块、北大附中飞龙湖学校等项目。

区别于传统商贸区设计，整个区块依托飞龙湖，确立生态 CBD 的形象定位，一半公园一半城，既有都市繁华，又有自然美感，这也是其他常规板块难以比拟的。

按照山水城融、南扬北抑的设计理念，从南往北，从热烈、活跃到宁静三种氛围，将在这里依次推开。

整个绿地景观就像传统水墨画，运用渗透、泼彩、点墨、润墨、留白等技法，打造“一廊、三环、六区”的景观结构，以满足不同人群休闲、健身、游览的需求，将空间巧妙地串联起来——

一廊，是指城市绿色沿湖廊道。景观设计主要以植物造景为主，这里有成片高大的密林，有高低错落的茅草，也有大片开阔的草坪，疏密有致，有收有放。

三环，是指城市绿色环湖廊道、10km 环湖绿道以及亲水体验环线，在这里，能体验最原始味道的生态足迹环线及亲水体验环线。

六区，指的是绿心视窗——门户展示区；欢乐翠湖——儿童活动区；天街夜画——台州新天地；玉带湖滨——城市休闲区；隐翠四季——生态度假区；湖畔幽谷——生态湿地区。

六区的景观中，到处都有匠心独具的设计。比如，在城市休闲区，沿着飞龙湖，这里会有一段“星光大道”，也就是夜光自行车道。这里的设计灵感，来源于“萤火虫之光”，通过沥青道路，掺入太阳能发光玻璃颗粒，在夜间就会闪闪发光，既美观，又能照明。

十处主题造景，就如同西湖有十景，未来沿着飞龙湖，也会有十景。他们分别是飞龙揽胜、翠湖春晓、曲港竞舟、花海芳田、扶雅墨韵、湖畔幽谷、杉林寻幽、麓湖含烟、夜泊新安、天街夜画十景。

以六大功能分区，这里将被打造成集生态旅游、度假休闲、时尚购物、品尚运动于一体的城市生态公园。

诗意栖居地正向人们走来

在连续性的规划实施中，飞龙湖生态区建设稳步推进。

在路网建设方面，日渐完善的交通路网为区域发展打通任督二脉。目前，桐江大道及市政工程已开工建设；双水路西延（龙栖路—经三路）正在管桩和桥墩施工中；内环路（飞龙湖段）南北连通项目已完成建设；财富大道北段、论坛路、桐屿大道等道路也将陆续开工建设。

在教育、商业、科创等配套方面，北大附中飞龙湖学校已经建成，9 月份开始招生；国际会议中心主题装修、景观园林配套工程正在进行中，计划 10 月试营业；飞龙山庄建设中，项目占地 63.5 亩，拟建造一座具有国宾接待功能的高档酒店，集会议中心、客房、贵宾楼、配套商业、办公及服务中心、商务中心、宴会厅、康体娱乐服务中心等为一体，预计 9 月房屋全部结顶；国际科学家创业城项目于 3 月份与陈十一院士团队签订了框架合作协议……

在安置小区方面，已建成 4 个，分房 3031 套。目前在建的小区有 5 个，1 号小区正在加快室外配套工程，预计年底前完成建设；8 号小区已主体结顶，正在加快室外配套、外墙工程施工；9 号小区于年底前完成地下室工程；共和村小区计划年底前完成基础工程；4 号小区前期工作基本完成，9 月份开工建设。

“还绿于湖，还湖于民，成为台州人家门口的诗意栖居地”。飞龙湖一直朝着这个目标奋力前行。经过 10 年持续推进，昔日的脏臭洪涝区已脱胎换骨——

2010 年，路桥启动了飞龙湖生态区建设，消除居民洪涝灾害困扰的栅岭汪排涝调蓄工程率先破土动工。围绕一湖一洞两河三闸建设，工程对整个桐屿街道乃至路桥的防洪排涝都能起到重要作用。

2017 年，飞龙湖生态区 PPP 项目获得国家 PPP 引导基金的支持。同年，湖区开挖基本完成，排涝调蓄功能基本实现，内环南路等道路通车让湖区道路框架基本成型。

2018 年，亲水平台竣工，飞龙湖生态区旅游休闲功能逐渐完善。

眼下，围绕飞龙湖，一条总长约 10 公里的环湖绿道正在建设中，串联至台州植物园。目前，绿道已完成边坡整形、荷花种植等。

显山露水一期和湖滨路慢行系统工程已开工建设，完工后，此处将打造成四季花海，与山水之美相映成趣，未来将打造成市民休闲打卡的“网红点”。

如果说绿心是心脏，那么绿道就是血管、经脉，将原本相互割裂的区域连接起来。通过功能织补、景观提升、设施完善及区域联动等方式，绿道串联起亲子、骑行、赏花赏叶、马拉松赛事等活动，开启飞龙湖全域旅游新格局。

路桥区飞龙湖生态区建设发展中心相关负责人表示，接下来，强化科创属性是飞龙湖生态区建设的C位，市里和区里将全力推进环飞龙湖科创生态圈建设，尽快落地国际科学家创业城、国际高端工业软件中心两大标志性项目，打造立足台州、面向长三角的科创策源地。

对标杭州西湖，参照宁波东钱湖。“围湖发展”的飞龙湖生态区，正像一幅人民美好生活曼妙画卷，徐徐展开！

作者：余丛

四川省地质矿产勘查开发局

把地质工作融进祖国建设新时代

全国政协委员、四川省地矿局党委书记、局长王建明（中）在土壤修复项目现场调研　摄影：赵莹月

“广大科技工作者要把论文写在祖国的大地上，把科技成果应用在实现现代化的伟大事业中。”习近平总书记的重要讲话，是对新中国成立以来广大地质工作者最贴切的写照，更是党中央对新时代地质工作的新期待和新要求。

在新中国经济社会发展历程中，四川省地质矿产勘查开发局（以下简称四川省地矿局）通过建局64年的实践，特别是“十三五”以来四川地质勘查改革发展取得的成就证明，地质工作在国民经济建设中有着十分重要的基础性、先行性和战略性作用，地质工作就是科技工作。

地质工作在新中国历史上挥洒浓墨重彩一笔

全国政协委员、四川省地矿局党委书记、局长王建明表示，地质工作的过程是对地球未知领域不断探索的过程，地质科技始终是引领地质工作向前发展的核心推动力，是支撑祖国经济社会发展的重要基石。64年来，四川省地矿局科技工作硕果累累，完成了全省95%的基础地质工作，累计向国家提交正式地质报告7000余份，完成科研项目800余项，其中300多项获国家、省部级科技成果奖。

把地质科技成果印刻在祖国发展历史上——丰硕的科研成果带来的是攀枝花“百里钢城”的横空出世，四川“十大工业基地”的拔地而起，为四川省工业发展提供了坚实的资源保障；创新红层找水思路，在四川红层旱区打出了汩汩清泉，解决了上千万人的饮水难题，在四川服务民生的历史上留下了浓墨重彩的一笔；牵头开展的《九寨—黄龙核心景区水资源及生态地质环境可持续发展综合应用》研究成果，从地质角度揭示了九寨—黄龙景观仍处于相对稳定阶段的内部规律和特征，提出了九寨—黄龙内部水循环系统的结论和保育维护措施，否定了九寨—黄龙“退化说”，让享誉世界的“九黄童话”美景世代传诵不再是梦……

把论文写在祖国的大地上——从1956年成立至今，四川省地矿局每迈上一个台阶，都离不开地质科技创新支撑。

从地灾防治看科技支撑力量。“5·12”汶川地震后，四川地质灾害频发，四川省地矿局不断创新防治技术，先后攻克了映秀红椿沟、烧房沟、绵竹文家沟20余处特大、超特大泥石流治理的世界难题。治理后的冷木沟泥石流工程成为宝兴县人民休闲的“后花园”，文家沟成为行业“网红打卡地”，被誉为珍宝上“雕刻”生命工程的8·8九寨沟震后核心景区治理工程，转身成为景区新景点。

从资源保障看科技支撑力量。四川省地矿局化探队《四川李家沟超大型锂辉石矿床的发现及找矿勘查技术研究》在找矿理论和找矿模型等方面实现了重大突破，获四川省科技进步一等奖，科研成果随之带来的是一系列突破：三年新增锂矿130余万吨；405队宣汉钾钾卤水调查研究的不断深入，让川东盆地海相锂钾资源基地呼之欲出；新增石墨矿2220余万吨、稀土矿30余万吨，钒矿40余万吨；探明甲基卡锂辉石矿储量亚洲第一……

从2015年起，四川省地矿局在全局响亮地提出“地质工作就是科技工作”，要求各基层单位必须将“科技是命根子”“地质就是科技”的理念根植人心，切实把增强科技创新力摆在首位。五年来，先后创建省级科创平台3个，博士后创新实践基地等科研平台3个；1名地质科技人员获“全国先进生产工作者”称号，2人获“四川省学术学科带头人”称号，5人获评全国“最美地质队员”，1人入选“自然资源高层次科技创新人才”，4人当选“中国地调局首批图幅地质填图科学家”；先后承担了国家级、省部级等科技创新项目50余个，参与完成的《青藏高原地质理论创新与找矿重大突破》《全球地质矿产与资源环境卫星遥感“一张图”工程》分别获国家科技进步特等奖和一等奖。

“科技地矿”建设引领地质工作迈入新时代

2015年，四川省地矿局提出了以“科技地矿”建设为引领，统筹协调推进“五个地矿”建设——科技地矿建设、绿色地矿建设、智慧地矿建设、平安地矿建设、廉洁地矿建设，响亮地提出“人才立局、科技强队”战略，把地质科技工作放到了前所未有的地位，以激发和调动地质科技人员积极性和主动性作为科技工作的出发点和落脚点，主要做法包括：

用好指挥棒——在对局属单位年度经营管理目标考核中，增设科技创新指标，占比30%，并从发展规划、体系建设、资源配置、成果产出、对外合作五个方面进行量化考核。在资源配置方面，要求按外收总额的一定比例投入支撑性、引领性、转化性科技研发项目中；在成果产出方面，从人才培养、获奖、专利、效益评估四项

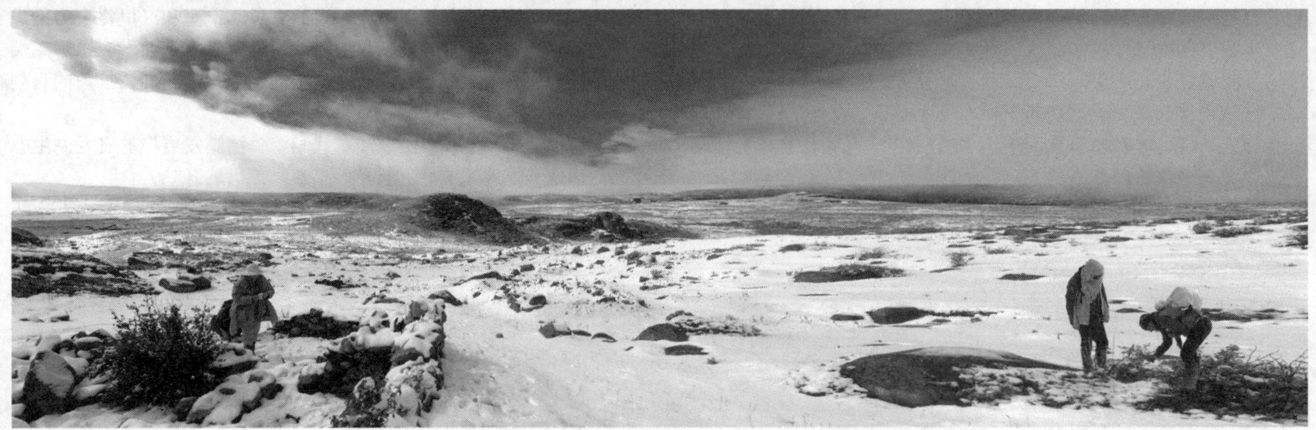
康定甲基卡锂辉石矿产勘查评价　摄影：周江陵

进行考核。

创新管理体制——新设局科技处，全面加强科学技术创新和管理；局成立科技工作改革专项领导小组，把深化科技工作改革作为全局深化改革三大任务之一。建立局领导挂钩联系重大科研项目工作机制，同时各地勘单位成立队级深化科技工作改革领导小组，健全、配置科技管理机构和人员。建立健全管理制度，局先后出台加快推进地质科技创新指导意见、地质科学技术奖励办法（试行）、科学技术委员会及专家库建设实施意见等系列措施办法，确保科技工作按制度有序有效可持续性运行。

打造科技战略联盟——为解决科创工作存在的小、散、弱、乱问题，依托项目载体和事业平台，打造各级各类科技战略联盟：局层面与省政府部门、高等院校、科研院所、大型科研企业等34家单位签订战略合作协议，在项目立项申报、人才培养、参与国家大项目中优势互补、成果集成，促进产学研政深度融合。在队层面鼓励队（院、所）实施“一队一平台”，坚持走专业化的路子，让人才像资本一样在全局流动起来。

搭建创新平台——大力推进地质科技创新平台建设，构建了稀有稀土战略资源评价与利用省重点实验室、四川省环境保护地下水污染防治工程技术中心、四川省地下水型饮用水水源地环境保护重点实验室、四川省环境保护重金属污染防治工程技术中心、四川地质大数据科创应用中心等地质科研基础平台，同时与中国地调局、中国地质科学院等共同推进“院士、博士工作站”建设，让人才有充分施展才华的舞台。

建实科技团队——在局层次上，建立全局专家智库，首批入库11位地学领域著名院士专家学者，具有高级职称及以上的专家334人，并分专业组建19个科创团队。在队层次上，创建“劳模专家创新工作室”“大国工匠创新工作室”等常态化创新工作室。在班组层次上，推动QC小组、师带徒等活动，将科研工作走实走深。实施装备提升工程——2015年以来，四川地矿局利用省级地勘单位发展能力提升专项资金7000余万元、自筹近2亿元购置设备，使全局科技装备能力得到显著提升。2020年7月，又购置了无人机并举办了首届无人机实用技能高级培训班，全局23家地勘单位67人在完成培训后直接奔赴地灾一线，在应对恶劣环境中发挥了突出作用。

营造创新氛围——大力推动国家和省有关激励科技人才的政策落地落实，支持杰出贡献的科技工作者收入高于队长书记；“大地杯”优秀论文评选交流和地勘技能大赛、地质大讲堂等活动，催生出一批批科技成果和优秀科技人才。

地质工作成为经济社会发展重要技术支撑

接续奋斗，久久为功。2015年，四川省地矿局响亮地提出了“为工业找矿，为产业和民生服务”的工作总基调，全力推动以“科技地矿”为首的五个地矿建设，大力实施“地质+”和“互联网+地质”战略。

为工业找矿，为产业和民生服务——植根历史更面向未来，地质工作形成了从传统资源保障为主向资源保障和生态环境并重的多功能、多目标转变的基本工作理念，强调要更加依靠地质科技创新的支撑引领作用。

“地质+”战略和“互联网+地质”战略——这是贯彻新发展理念，坚持“两为”工作基调，建设“五个地矿”，推进新时代地质工作高质量发展的根本路径，也是支撑地质工作加快转型升级的关键一招。

“科技地矿”战略的实施，让四川地矿局收获了省委、省政府的肯定和社会各界的赞誉。

2020年8月，四川省委、省政府制定了《贯彻落实习近平总书记重要讲话精神加快推动成渝地区双城经济圈建设的决定》，按照责任分工方案，四川省地矿局作为责任单位承担了五项重大事项相关工作。

在2020年度14个政府性投资地质勘查项招投标中，四川省地矿局以综合科技实力取得中标9个的佳绩。

在刚刚公布的四川省2021年度政府性投资地质勘查项目入库

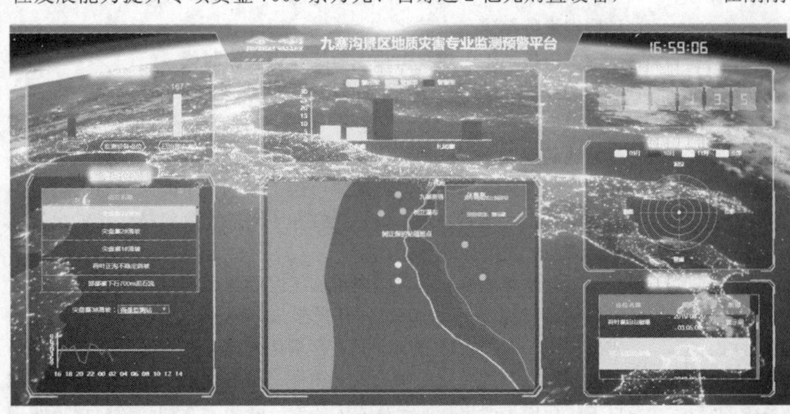

地质灾害监测预警系统

微变感知雷达监测系统滑坡监测　摄影：杨建

世界级泥石流灾害治理工程——绵竹清平文家沟上游水石分治区 摄影：周江陵

申报工作中，四川省地矿局成功入库涉及石墨矿、铜矿、钴矿、液态钾锂、纤维用玄武岩、矿泉水等优势矿种 9 个项目，预算总金额近 1.2 亿元，创多年新高。

四川省地矿局地质科技还延伸到文化旅游发展，承担了四川省文旅资源详查的外业调查和技术总包任务，目前该项工作已进入收官阶段，为即将在全国铺开的全域旅游提供“四川方案”。

四川地矿局加强地质基础数据研究应用，牵头承担的应用系统开发及数据整合建库工作在多方面取得创新性、前瞻性、关键性成果，为成都打造“智慧城市”提供了地质解决方案。

目前，四川地矿局科研项目达 162 个，资金投入共计 1.5 亿余元。由四川省地矿局牵头实施的《黄河源若尔盖湿地水源涵养功能区山水林田湖草生态保护修复工程实施方案》进入省政府项目库。四川省地矿局华地公司牵头的国家重点研发计划《强震区特大泥石泥综合防控技术与示范应用》阶段性成果显著，已申请、授权国家发明专利 37 项，发表论文 75 篇，其中 SCI 收录 34 篇。

2020 年上半年，全局地质延伸业逆势增长 8.5% 超 13 亿元，成为稳定和高质量推动地勘经济的最大功臣。其中，城市地质、旅游地质、环境地质等新业态表现抢眼，同比增长超两位数，地质科技功不可没。

坚持地质科技创新方向，未来发展可期

“希望广大科学家和科技工作者肩负起历史责任，坚持面向世界科技前沿、面向经济主战场、面向国家重大需求、面向人民生命健康，不断向科学技术广度和深度进军。”王建明表示，习近平总书记2020 年 9 月 11 日在科学家座谈会上的重要讲话，是四川省地矿局当前科技工作和编制“十四五”科技工作规划的根本遵循和行动指南。

选取地质灾害监测点位

未来，四川地矿局将积极对接四川省委、省政府中心工作，围绕全省的发展规划，着力实施“9+7”现代地质业务技术体系布局，即：自然资源基础调查、能源资源勘查开发、地灾防治、水资源绿色利用、土壤地质调查、文旅资源地质调查、生态修复、国土空间开发利用适宜性、环境承载力 9 个领域，以及“一张底图、一套数据、一个平台”评价能力；遥感技术、现代测量、城镇地下空间精细物理与化学探测、深部钻探与测井、元素分析测试、地质大数据开发、网络信息 7 个方面的“天、空、地、网”监测能力。大力建设 5+8+12+N 个省级地矿科技创新平台及相应研发团队，即：打造配套的 5 个实验室（工程技术中心）、8 个博士后科研工作站、12 个产业研究院，以及与之相配合的 N 个创新工作室，努力把四川地矿局建成全国有影响力的人才大局、经济大局、科技大局，在国家“一级两中心两地”布局中，在全国地勘行业中发挥重要作用。

一张蓝图绘到底——四川地矿局将大力弘扬“三光荣”精神，继承发扬老一辈地质工作者精益求精、执着专一的敬业精神和科学精神，全面梳理全局 64 年来，特别是近五年来科技工作好经验和好做法，开展地质科技创新工作大调研，对标对表总书记重要讲话精神，抓好贯彻落实。

依靠改革激发科技创新活力——抓住四川省事业单位分类改革的历史机遇和改革前的窗口期，推动四川地矿局向地质公益性科研事业单位转变。在推进基层地勘单位分类改革中进一步深化“地质工作就是科技工作”理念，不论是向公益性科研事业单位转变、还是向作为市场主体的现代地勘企业转变，都牢牢锚定地质科技的工作方向，打造自己的核心竞争力。

坚持“四个面向”，更好发挥地质工作的基础性先行性作用——目前，四川地矿局将以和重庆地勘局战略合作协议为契机，制订实施方案，加快已启动课题的预研究，推动重大国家战略在川渝地质工作中落地生根，为双城经济圈建设提供全过程、全方位地质支撑。

持之以恒加强优势领域科研工作，进一步增强核心竞争力——整理、发掘 64 年来形成的海量各类基础地质数据，建实建强四川省地质大数据中心和四川省智慧地质大数据有限公司，加快推进地质数据创新企业联盟，构建产业链上下游合作生态。同时推进地灾防治、战略性矿产找矿、城市地质、环境地质、农业地质等优势领域的科技创新工作，进一步形成技术优势和专业高地。

扎实推进“三大工程”——一是实施科技人才培育工程，完善人才引进机制，抓好人才库建设运用。二是实施科研项目创新工程，围绕新能源产业、生态建设、新兴产业、城市空间建设等重点热点领域，谋划申报地质科研项目。三是实施科研机构再造工程。探索实现以专业化、科研化为方向重构、重组现有地勘单位。

我们相信，只要坚持地质科技不断创新，紧密贴近国家、省及地方政府的中心工作，地质工作前景广阔，未来可期。

作者：罗会江、喻秦军

内蒙古锡林郭勒盟能源局

着力构建现代能源经济体系 推动能源经济高质量发展

内蒙古锡林郭勒盟能源资源富集，是国家规划建设的 14 个亿吨级大型煤炭基地、9 个千万千瓦级大型煤电基地和 9 个大型现代风电基地之一，对于保障华北、华东、东北能源安全具有重要的战略地位。“十三五”以来，锡林郭勒盟坚持以习近平新时代中国特色社会主义思想为指导，深入贯彻落实总书记对内蒙古工作重要讲话重要指示批示精神，严格遵循“生态优先、绿色发展”的理念，以能源产业“四个革命、一个合作”战略思想为引领，以构建现代能源经济体系，推动能源经济高质量发展为主攻方向，以“绿色、低碳、安全、高效”为发展目标，全力打造国家重要清洁能源输出基地。

解区域燃“煤”之急，提升煤炭绿色含量

2016 年以来，为保障东北、蒙东地区煤炭稳定供应，国家加快推动锡林郭勒盟煤炭基地建设，新核准优质产能 7400 万吨 / 年，锡林郭勒盟煤炭供应保障能力明显提升，年均煤炭产量稳定在 1 亿吨左右，其中 2/3 用于保障盟外用煤，有力保障了东北和蒙东地区民生供热和重点工业用煤需求。

在煤炭开发过程中，锡林郭勒盟牢固树立、切实践行绿水青山就是金山银山的发展理念，采取多种生态综合治理措施，煤炭矿区植被恢复绿化率达到 80% 以上，排土场绿化、矿山环境治理和矿区环境整治等成效显著。如今，现有煤矿机械化率达到 100%，露天煤矿回采率达 90% 以上。

神华北电胜利一号露天矿通过多年实践，形成了一套适应当地气候特点和排土场地质环境的绿化方法，即“一排、二覆、三沙障、四种、五灌、六养护”的排土场绿化模式。利用这种模式，分别对北排土场、南排土场和沿帮排土场实施绿化治理，治理面积达 864 万平方米，矿区林草植被恢复率达 97.22%。2019 年，该矿入选自治区绿色矿山名录，2020 年入选国家绿色矿山名录。

2020 年，锡林郭勒盟按照绿则存、不绿则退的要求，进一步加大矿山生态环境治理力度，加快推进绿色矿山建设，力争年底前所有露天煤矿达到国家级绿色矿山建设标准。目前，锡林郭勒盟矿山绿化面积已超过 60%，已建成国家和自治区级绿色矿山 24 家，矿山生态环境呈现出持续好转态势。同时，实行最严格的草原生态保护制度，从资源开发源头约束上管控，坚决不再在草原上新上矿山开发项目，对小散矿山矿业权期满不再延续，逐步引导不符合生态优先、绿色发展导向的矿山企业退出，把祖国北疆这道万里绿色长城构筑得更加牢固。

绿色电力上“高速”，节能减排助远行

立足褐煤“腿短”走不远的实际，锡林郭勒盟大力发展煤电产业。锡林郭勒盟至山东、锡林郭勒盟至江苏泰州两条特高压电力外送通道先后于 2016 年 7 月、2017 年 9 月建成投运，面向华北、华东等用电负荷中心的绿色电力“高速公路”全线贯通。锡林郭勒盟交、直流特高压输电工程在国内首次实现联网运行，年输电能力达到 1800 万千瓦，可就地转化煤炭 5500 万吨，煤炭就地转化率由原来的 26% 提高到 50% 以上，“煤从空中走、电送全中国”的目标即将实现，将推动能源资源在全国范围的优化配置和高效利用。

依托两条特高压电力外送通道，规划建设了一批清洁高效煤电项目，全盟已投产火电装机规模达到 1241.4 万千瓦，位居全区第二位，较“十二五”末（622 万千瓦）实现倍增，国家规划建设的千万千瓦级煤电基地由蓝图变成现实。

清洁示范就是生态示范。立足全力打造一个具有“国际领先、国内一流”水平的国家重要综合清洁能源基地，锡林郭勒盟在风电、光伏技术不断取得新进展的同时，煤电发展中“绿色”的地位水涨船高，节能减排路上高奏凯歌。特高压电力外送通道配套电源项目创新应用了褐煤烟气冷凝提水、超净排放、五塔合一、超大型全钢结构冷却塔、3 兆瓦大型风机等一系列国内乃至国际能源领域前沿科技，基地建设水耗、能耗、环保等指标控制都达到了行业领先水平，褐煤含水量高的劣势正逐步转化为基地的生态优势、经济优势和发展优势。

京能五间房草原生态综合示范项目入选国家优质工程金奖候选名单，自主研发的炉后烟气冷凝提水技术，可高效回收褐煤燃烧后的水分，实际运行提水量可达 100—150 吨 / 小时，满负荷运行时年提水量约 140 万吨，基本实现生产“零取水”，年节约运行费用 1780 万元，将褐煤的资源劣势转化为生态优势、经济优势、比较

左图为五间房京能华润电厂；右上图为大唐多伦煤化工；右下图为二连油田

左图为西苏旗朱日和风电场；右上图为蓝旗三峡光伏电站；右下图为风光互补发电，惠及草原牧民

优势，把锡林郭勒盟水资源紧缺地区发展煤电产业的问号拉直变成了感叹号。

特高压配套新建电厂烟尘、SO_2、NOx 等污染物排放浓度都达到了燃气轮机标准。神华胜利电厂、京能五间房电厂更是实现了超净排放。神华胜利电厂采用气垫式带式输送系统，将褐煤输送至电厂、灰渣反向回送矿区回填，实现“煤来灰去”。

与此同时，新建电厂平均设计供电煤耗不到 290 克 / 千瓦时，远低于国家 302 克 / 千瓦时的标准。京能五间房电厂首次采用 66 万千瓦超超临界 9 级回热汽轮机、机炉集合热能循环余热回用等技术，综合供电煤耗降至 284.4 克 / 千瓦时，能耗大幅降低。京能五间房电厂还建成了世界首台 66 万千瓦级双水内冷发电机组，厂区取消了氢站，安全性能显著提升；神华胜利电厂在国内首次采用“五塔合一”技术，大幅优化了空间布局；蒙能锡林浩特电厂首次采用全钢结构超大型冷却塔，抗震性能大幅提高，且能够实现建设材料全部回收利用。

除此之外，锡林郭勒盟积极延伸产业链条，国家电投白音华高精铝板带“煤—电—铝”一体化项目开工建设，打造“煤—电—铝及铝后加工”循环经济产业链；建成了大唐多伦 46 万吨煤基烯烃项目，煤化工技术储备与应用取得重要突破，褐煤综合高效利用水平大幅提高；正在积极推进蓝旗宏江、西乌珠穆沁旗森华生态等粉煤灰综合利用项目建设，变废为宝，打造煤—电—固废—新型建材产业链。

迎“风”而动，向“阳”而生

经过全盟上下不断努力，全盟风电装机达到 353.3 万千瓦，光伏发电装机 62.2 万千瓦，已建成灰腾梁、朱日和两个百万千瓦风电基地，特高压配套风电项目年底建成后全盟新能源装机规模突破 1000 万千瓦，达到 1125 万千瓦，居全区第一位，是“十二五”末的 3 倍。如今在锡林郭勒这片草原上，一片片光伏板“追光逐日”，一座座高耸的风电机“迎风摇转”，锡林郭勒盟正在向千万千瓦级大型现代风电基地加速迈进。

在新能源开发建设过程中，锡林郭勒盟始终把草原生态环境保护挺在前面。2017 年国家能源局批复锡林郭勒盟风电基地时要求就近布局在西部、中部和东部旗县。虽然从技术性、经济性来看，布局在中东部旗县确实最为合理，但考虑到这些区域草原植被较好，锡林郭勒盟坚持生态优先、绿色发展，避让了东乌旗、西乌旗和乌拉盖等重点草原核心区，把项目调整到西部和南部的退化草原、荒山荒地区域，并严禁在生态核心区、各类保护区、水源地等区域布局，合理保护利用了草原资源。

依托风电产业的快速发展，海装、上海电气、明阳、金风、特变电工、健安诚等一批风电上下游装备制造产业项目建成落地，塔筒、叶片、轮毂、机舱罩、变压器等上下游配套产业链条不断完善、加强，为锡林郭勒盟经济发展注入新动能。

助推脱贫攻坚，精准惠民利民

通过建设锡林郭勒盟太仆寺旗 2.4 万千瓦集中式光伏扶贫电站，锡林郭勒盟为全盟 949 户建档立卡无劳动能力贫困户持续 20 年每年增收 3000 元。通过在 3 个国贫旗建设 2.9 万千瓦村级光伏扶贫电站项目，有效提高重点贫困地区村集体收入，受益贫困户达到 4269 户。同时，锡林郭勒盟还积极推进建设了深能镶黄旗、深能太仆寺旗等背压机组项目建设，解决了约 15 万居民的清洁供暖问题。

在锡林郭勒盟农牧区，大力发展环保清洁、收益稳定的光伏产业，不但增加了嘎查村集体经济收入，还为脱贫户建立了一座用之不竭的“绿色银行”。

光伏扶贫是锡林郭勒盟脱贫攻坚工作的一大亮点。随着一个个村级光伏电站在广袤的农村牧区拔地而起，点亮了很多脱贫户的致富路，也成为他们稳定的“朝阳产业”。

村级光伏扶贫电站带来的收益也“照耀”到了锡林郭勒盟脱贫攻坚的主战场——太仆寺旗宝昌镇向阳村，收益资金共计 6.8 万元。向阳村根据实际情况制订了光伏资金使用方案，80% 用于公益性岗位补贴，10% 用于奖励先进，剩余 10% 则用于小型公益事业。目前，锡林郭勒盟各地已安排专人负责光伏扶贫电站的运营维护、经营管理、发电监测、电费结算等工作，确保光伏收益资金的一分一厘都用在脱贫攻坚的刀刃上。同时，各地陆续明确了光伏扶贫收益主要用于开展公益岗位扶贫、小型公益事业扶贫、奖励补助扶贫等，进一步激发了贫困户的内生动力。

锡林郭勒盟大力推进重点民生工程，让人民群众共享发展成果。在全区率先实施了 1500—3000 瓦新能源户用系统升级工程，升级牧户近 1.1 万户，累计投资 4 亿元，切实提高了居住偏远、无法通网电地区牧民的用电保障水平，生产、生活条件明显改善。

站在新的起点上，锡林郭勒盟牢记习近平总书记考察内蒙古时的殷切嘱托，在高质量发展中推进高水平保护、在高水平保护中促进高质量发展，谋划建立“多元发展、多级支撑”的现代能源经济体系，努力推动基地“由扩大总量向提升质量转变，由传统能源向现代能源转变，由加快产业发展向建立经济体系转变”，全力打造一个具有“国际领先、国内一流”水平的国家重要综合清洁能源基地，让广大人民群众共享改革发展成果，续写经济高质量发展与建设和谐美丽锡林郭勒的新篇章！

供图：锡林郭勒盟能源局

浙江省绍兴市越城区委人才办

构建数字化环境下的现代人才生态链

绍兴市越城区人才创新服务综合体

繁星耀越，人才荟萃。

实现发展新突破，开创发展新局面，离不开强大的人才支撑。无论是浙江省绍兴市越城区、滨海新区双向赋能，集成电路、高端生物医药两大省“万亩千亿”新产业平台集聚龙头企业+上下游企业，形成人才集聚的内驱动力；还是刀刃向内自我革命，建设滨海新区人才管理改革试验区……作为绍兴“城市封面”的越城区，正形成强大的人才“引力场”。

仅2020年，越城区新引进和培育高层次人才102人，其中顶尖人才6人、国家级领军人才18人、省级领军人才24人，入选绍兴“名士之乡”英才计划人才项目54个；新增大学生超2.7万人，培育高技能人才8292人，多项数据位列绍兴市第一。

眼下，越城区正全力建设全市首位度中心城区人才高地，构建数字化环境下的现代人才生态链，打造人才、产业、城市同呼吸共发展的命运共同体，吹响争当高质量发展建设共同富裕示范区排头兵的号角。

改革破藩篱，打造人才的“筑梦空间”

每天早上9点，康烁准时出现在越城区迪荡湖畔中关村·绍兴水木湾区科学园的办公室。“70后”的他是浙江迪捷软件科技有限公司的创始人，2020年年中，多番考察后，康烁选择将企业落户在越城区。

“对比了多个‘大城市’后，这里的人才扶持奖励力度让我最动心。”康烁表示，作为C类人才，他在企业创立之初，得到了200万元的启动资金，这很大程度上解决了企业前期发展的难题。

迪捷软件主攻军工方向，让康烁更加欣喜的是，越城区的人才政策中，正好有针对军工领域的举措。“比如，越城区会给我们提供35%的研发补贴，这对我们来说是‘及时雨’。”康烁说。

而他看中的绍兴水木湾区科学园，为企业的成长提供了软硬条件。园区的基础设施和后勤保障一流，而随着行业相关企业陆续入驻，园区形成一个良好生态，为企业的未来带来更多可能。

国家级领军人才王祥科带着环保项目同样落户绍兴水木湾区科学园。他致力于研发绿植废弃物制造生物炭，既可用于废水处理和修复，也可用于土壤的污染治理。他认为，水木湾区科学园是集科技、文化、交流为一体的中心，是企业成长的温床。

除了研发，王祥科在越城区斗门街道选址50亩地建厂，建起完整的生产线。“从研发到投产，越城区都给予了最好的‘关照’，让我们的项目落地生根，创造价值。”王祥科说。

百余家人才企业入驻、300余名高端人才落户，截至目前，绍兴水木湾区科学园企业入驻率达到60%，成为名副其实的人才“聚宝盆”，为越城的高质量发展赋能添力。这是越城区“栽好梧桐树、引得金凤栖”，助力人才实现价值的生动写照。

在2021年5月举行的“繁星耀越”越城滨海人才主题周上，黄永箴等10人被聘请为首批越城区、滨海新区“双聘制”高层次人才，余波等8人被授予“卓越人才”奖。同时，现场还公布了首批“免评审”青年科学家名单。

2020年10月，越城区在全省率先启动人才管理改革试验区建设工作；2021年3月，正式发布《关于建设绍兴滨海新区人才管理改革试验区的意见》，提出具有创新性、辨识度的20条改革措施，其中就包括高层次人才“双聘制”。

“人才‘双聘制’最大的亮点，在于不拘一格，以新手段、新招数推动人才之水‘流’起来、‘活’起来。”越城区委人才办相关负责人表示，实施高层次人才“双聘制”，不唯地域论、不计归属权，大胆打破传统上人才流动受到的地域、户籍、身份、档案、人事关系限制等“硬约束”。在充分尊重人才意愿的前提下，滨海新区积极搭建人才流动渠道，更加自由、灵活地引入人才“活水”，实现高层次人才资源在滨海新区的更优配置。

而今，梧桐树的“森林”逐渐枝繁叶茂，各式人才“近悦远来，振翅高飞”。

人才兴产业，打造产城融合新空间

这几年，国家级领军人才、绍兴中科通信设备有限公司创始人王苗庆切实感受到了企业发展的速度。

2013年6月初创时，中科通信拥有的是越城区政府扶持的一笔启动资金、500平方米的免租用地和10多名员工。而现在，企

左图为 2021 繁星耀越 · 越城海滨人才主题周活动开幕式；右上图为 2021 中国（绍兴）集成电路产业创新发展学术峰会；右下图为绍兴集成电路产业工程师协同创新中心

业团队扩大到数百人，研发中心布点在绍兴、杭州和欧洲，厂房近 6000 平方米。“在越城区相关部门的支持下，过不了多久，企业又将建起 30000 多平方米的产业园，以适应企业的快速发展。”王苗庆透露。受中科通信影响，数家光通信企业先后慕名而来。

随着绍兴集成电路产业平台的不断发展，王苗庆感受到了产业集聚带来的优势。“一方面，光电方面的很多产品，需要与集成电路制造型企业、封测企业合作，不仅引来龙头企业的集聚，更带动上下游的集聚，为我们的高质量合作带来方便。另一方面，平台的发展集聚起大量高质量团队和人才，让不少本地企业学到新的东西。”

产业聚人才，人才兴产业。2020 年 11 月，越城区借力全国首个《集成电路产业人才服务专项计划》，聚焦集成电路全产业链人才需求，绘制从顶尖到基础、国内到海外、上游到下游的“金字塔”式“人才地图”，构建集成电路头部企业、大院名校专业、各类人才需求、重点攻关项目“四张清单”。目前已集聚 123 家集成电路全产业链核心企业。

无独有偶，在绍兴滨海新区高端生物医药平台，人才与产业的深度融合同样高唱凯歌。

在位于滨海新区的德琪医药，创始人、董事长兼首席执行官梅建明一句话常挂嘴边——“德琪医药有两条管线，一条是创新药的管线，一条是人才的管线。”人才对于德琪医药来说，是命门般的存在。

一年多来，滨海新区高端生物医药产业平台发展迅速，集聚起行业内不少龙头企业。“产业平台的发展为我们带来了良好的生态。德琪医药目前有上百家合作企业，合作领域包括前期临床合作生产、化学合成、生物测试等，这其中就有不少企业来自产业平台。”梅建明希望，平台可以集聚更多有差异化、有创新力的人才企业，一起攀越发展高峰。

事实上，这几年越城区立足“产业 + 平台 + 政策”引才模式，以引进投产中芯、长电、豪威等一批集成电路头部企业为基础，以建设集成电路、医疗器械、节能环保、黄酒产业、现代医药五大创新服务综合体为支撑，为加快集聚海内外各类人才提供人才科技支持。

建设滨海科技城和迪荡湖科技 CBD；深化北京大学等 10 家共建研究院建设，重点培育复旦大学科技园等科创平台，争创国家级集成电路产业创新中心和绍“芯”省级实验室，推动杭州电子科技大学集成电路科学与工程学院等项目落地……更是为人才、产业、城市的共生共荣注入新动能。

数字化赋能，开启“全周期”人才服务

2021 年 5 月，作为数字化改革开创人才服务新模式示范，集成电路人才智能评服系统正式发布。

该平台包括产业人才智能评价、协同创新、全科服务三大版块，为每位人才生成包含基本信息的专属智能画像并纳入系统智能人才库标签，政府和企业能借此直观了解人才分类情况。平台还全面接入绍兴“人才码”和“越智汇”线上服务平台，可实现人才落户，寻求医疗健康、子女教育等多项服务。如通过“人才码”申请安家补贴事项，无需提交任何材料，系统自动比对审核后自动发放，真正做到了人才安家补贴领取“零跑腿”。

集成电路中芯绍兴的设计工程师刘丽是上海人，三年前，她带着家人来越城区生活发展。起初，对于是否要来越城，刘丽内心有过摇摆，子女入学、家人异地、住房等一系列现实问题摆在眼前。

“当时越城区委人才办的工作人员多次和我联系，提出帮我解决孩子上学问题，并给予住房补贴、税收返回等多项优惠政策，真的是蛮感动的。”越城区对人才的求贤若渴和诚挚招揽的决心，让刘丽最终打消顾虑，安心来到越城奋斗事业。2021 年，她的孩子在鲁迅小学办好了入学手续，家人也都妥善安顿，对于异地开启的新生活，她表示十分满意。

留人才，越城不断完善软实力，构建数字化人才创新服务综合体，开启“全周期”人才服务体系。其中聚焦房子、孩子、票子等“关键小事”，越城区开通人才服务“直通车”。“政府单列部分人才公寓专用于集成电路产业人才，还支持我们企业自建人才住房，我们拍手叫好。”长电（绍兴）负责人梁新夫说。

“一个让人才潜能得到充分释放的城市，一个看重人的价值与尊严的城市，必将是群贤毕至、汇聚更多惊喜的城市。而越城，就是这样一座城市。”越城区委人才办相关负责人说。

为打造全市首位度营商环境，越城区还首创 30 条优化营商环境实施意见，聘请 20 名营商环境观察员，持续提升人才办事便利度、获得感。建设人才公园、人才创新综合体、人才之家，让每一位人才都有归属感、获得感。

“我们将继续迭代更新人才政策、创新改革人才发展体制机制，让人才发挥最大的创新活力，围绕人才创新活力，打造具有越城特色、生命力旺盛的现代‘人才生态链’。”越城区委人才办相关负责人说。

作为绍兴市主城区、全省高能级发展平台滨海新区所在地，接下来，越城区将以时不我待的紧迫感，积极发挥人才引领作用，构筑人才、产业、城市空间融合发展的创新高地，走出一条创新驱动共同富裕之路，努力为绍兴市奋力打造浙江高质量发展建设共同富裕示范区市域范例贡献越城力量。

才聚越城，凤鸣滨海，书写“古越繁华、共同富裕”新篇章。

浙江省海盐县经济和信息化局

工业“三变”

2020 年 8 月，海盐县法狮龙家居建材在上交所 A 股主板上市

链接：近年来，海盐县大力实施“工业强县”战略，工业经济规模不断扩大，支撑作用日益明显，截至 2017 年已连续 5 年被评为浙江省工业强县（市、区）综合评价考评先进单位，连续 3 年作为嘉兴地区唯一县（市、区）进入全省工业强县“十强”行列。2019 年，全县规上工业产值突破千亿大关，达到 1001.58 亿元、增长 9.2%。

2020 年 8 月初，法狮龙家居建材股份有限公司成功登陆上交所 A 股主板，成为浙江省海盐县第五家上市企业。法狮龙的上市，是海盐县实施“凤凰行动”计划、培大育强的又一个成功范例。2020 年初以来，浙江省海盐统筹推进疫情防控和经济社会发展，坚持“工业强县”战略不动摇，全力以赴抓招商、扩投入、推项目、促转型、扶企业、优环境，让企业变“壮”、环境变“绿”、产业变“智”这“三变”领衔海盐高质量发展。

企业变“壮”：培育“大块头”，打造新引擎

大企业是稳定工业经济发展的重要支撑，在经济发展和转型升级中发挥着强大的“引领力”。

为了让大企业继续“长高”“变壮”，近年来，海盐相继实施了“凤凰行动”“雄鹰计划”、雏鹰培育、企业培大育强攻坚战等工作，分层分类扶持企业发展壮大，全方位培育了一批规模大、质量优的领军企业，引领海盐工业经济大步迈向高质量发展。

法狮龙家居建材股份有限公司创建于 2007 年，从一间只有 26 平方米的作坊开始，经过十多年的发展，成长为一家专业从事集成吊顶、集成墙面产品及其配套设施研发、制造、销售的建材产品供应商，是率先进入集成吊顶行业的企业之一，旗下现有“法狮龙”“丽尚印象”两个品牌，经销商门店超过 1400 家。

2008 年以前，法狮龙与其他企业一样，生产标准化产品。2008 年以后，法狮龙创新产品，在改变传统尺寸的同时，美观度也得到了极大提升，受到市场的极大好评。也正是从那时起，企业坚定了创新发展的理念：2013 年，法狮龙在行业内首创集成客厅吊顶；2015 年，行业首创建立 57000 平方米大规模生产基地；2016 年行业首家引进机器人智能生产……创新激活了公司的发展活力，也为公司提供了源源不断的发展后劲。

“一个龙头企业可以带动一条产业链的发展，并且引领更多企业做大做强做优。”海盐县经信局局长沈晓明表示，法狮龙不断做大做强直至股改上市的背后，得益于海盐不断培大育强，使大企业始终以“火车头”的良好姿态，带动全县工业经济快速增长。

环境变“绿”：腾出新空间，释放“新动能”

要发展，更要绿色发展。近年来，海盐一直坚持走绿色发展之路，采用绩效倒逼的同时，狠抓行业整治。随着“两退两进”行动的大力推进，加快推动产业升级，释放绿色发展“新动能”。

紧固件是“工业之米”，是装备制造领域的基础性产品。过去，紧固件企业给人的印象就是“脏乱差”。而近年来，海盐以金属制品制造业改造提升和紧固件行业智能化技术改造两项省级试点为契机，以“数字经济”一号工程为引领，全面启动以紧固件行业为重

坐落在杭州湾跨海大桥旁的海盐县开发区 5G 通讯产业园

点的金属制造业“数字化转型”工作，越来越多的紧固件企业改头换面。

走进浙江洪扬汽车零部件有限公司的车间，原先1人控制1台机器变为1人控制5台机器，数字化立体仓储使930平方米面积产生了3144个仓位，实现了汽配零部件成品及半成品的全自动入库、出库及盘点功能，在节约成本的前提下超值满足客户需求，这样宽敞、明亮、干净、高效的现场刷新了“铁海盐”的形象，这得益于该公司的数字化、智能化改造行动。

退散之后要进集，退低之后要进高。2020年7月，海盐出台《海盐县2020年持续深化工业企业“亩均论英雄”改革实施办法》，激励企业提升效益、促进资源要素优化配置，同时倒逼D类企业转型升级，突出精准配置，全力助推稳企业、稳增长。

2020年海盐还实施了工业技改（转型）升级行动、小微企业园建设提升行动，继续在“腾笼换鸟”、盘活资源、推进传统产业转型升级上下功夫。同时，通过加快传统产业智能化、数字化改造，加快产业集聚发展，推动工业园区外企业集聚点实施“退低进高”“退散进集”，盘活用好有限资源，提高投入产出比，完善工业产业布局，引领工业经济进一步高质量发展。

产业变“智”：蓄积智元素，升级产业链

数字经济是世界潮流、时代机遇，更是新时代的一场新经济革命。可以说，数字经济已经成为推动海盐生产生活方式变革的核心力量，快速推动着工业经济的转型升级和变革。

2019年以来，海盐数字经济始终大步快跑。海盐以打造一批数字化工厂和无人车间、招引一批“大好高”数字经济项目等“十个一”工程为抓手，大力实施数字经济“一号工程”，引领全县工业经济实现转型升级。

作为海盐数字经济的代表，安费诺嘉力讯公司和安费诺永亿通讯电子公司先后实现投产，撬动了海盐数字经济不断做大做强。此外，煜邦电力、乐威欧文等一批数字经济大项目也在海盐落地生根。

为了抢抓5G时代产业风口，2019年9月16日，长三角智慧新型显示城项目在海盐望海街道正式开工，为该县数字经济新一轮发展提供了大平台。2020年创造出半年新引进7个显示产业项目、总投资达32.5亿元的优异成绩，其中有投资5亿元的5G信号发射塔零配件建设等内资项目，也有投资1000万美元的汽车显示仪及电子配件生产等外资项目，智慧新型显示产业正成为海盐的一张“新名片”。

而在海盐经济开发区核心区，一座占地1400亩的5G通讯产业园也在强势崛起。海盐全力“建链、补链、强链”，力争通过三年努力，形成在长三角区域具有较大影响力、较强竞争力的5G通讯产业集聚区，打造5G产业发展高地。据了解，目前该园区已落户安费诺、良信电器、威莱克、日久光电、意大利诺爱等5G产业龙头企业。

“5G通讯产业园计划总投资110亿元，重点打造以5G通讯模组与元器件、终端低压电器等为主导的特色产业园区。”海盐经济开发区（西塘桥街道）相关负责人介绍，5G通讯产业园的产品将主要用于5G基站建设、人工智能、物联网、电信产业、高端手机制造等，预计达产后年产值超240亿元，税收超10亿元。

摄影／供图：海盐县经济和信息化局

山西省万荣县果业中心

强力推进果品产业升级

深秋时节，正值苹果采摘季，走进万荣，红彤彤的苹果挂满枝头，汾阴大地一派丰收景象。2019年10月8日，在山西省万荣县高村乡王里村优质苹果示范园里，园主郭印西推着一车刚采摘的苹果走出果园，脸上洋溢着笑容。自2009年起，郭印西严格按照有机苹果流程生产，其生产的双套袋“果姑娘”，在中国苹果首次出口美国时，随着华荣果业公司漂洋过海远“嫁”国外。过去10年里，郭印西靠着自己的果园，盖起新房子、买了小轿车。而像郭印西这样的故事，在万荣还有很多很多。

作为农业大县，苹果一直都是万荣县农民的支柱产业。“一口万荣果，三日未绝香”，说的正是万荣的苹果。然而，随着近年来国内苹果产业迅猛发展，“同质化”苹果也越来越多，已经出现供大于求的现象。如何破解这个难题，万荣已经找到了自己的答案。

技术为王

万荣县位于黄河与汾河交汇处，得天独厚的自然条件造就了富含有机质的肥沃土壤。这里空气质量优良、生态条件优越，再加上日照长、温差大的气候特点，为水果生产提供了绝佳的生长条件。

“万荣县在发展果业上，瞄准国际市场需求，选择一批适合全县气候、土壤条件，优质高产、商品性好的品种进行更新换代；加强与农业院校、科研院所联姻合作，开展以新品种试验地、新技术示范园、新模式展示区等为主要内容的产学研基地建设。”万荣县果业中心主任任大伟说，“这里是世界上最适宜栽培优质苹果的生态区之一。”

长期以来，万荣县十分重视苹果的生产管理技术，大力推广“大间伐、双套袋，强拉枝、高光效，有机肥、生物药”等果业技术，加强土肥水、疏花保果、病虫害综合防治、果实成熟期精细化管理和采后分级、贮藏、销售等配套技术。

“我们万荣县对于果业发展舍得投资。”任大伟说，“县里每年设立基金1000万元，用于果业新品种、新技术研发和引进推广经费支出。”在万荣县，依靠院校科技的有力支持，全县的技术队伍不断壮大，先后培养出1010名乡土技术骨干。技术骨干每人再帮带5名技术能手，形成了“户户有科技当家人、村村有技术指导员，乡镇有坐诊土专家、县里有科研院校教授”的果业技术推广服务应用体系。

“果业的定位就是生产优质高等的万荣苹果。”任大伟表示，为了确保在农产品质量安全上不出问题，他们要求果农在源头严防死守，严格出口农产品标准监督检查，推进内外销售产品“同线同标同质”。

一流的生长环境加上一流的技术保障，生产出来的苹果无疑是高品质的：15%左右可溶性固化物，富含人体必需的十多种氨基酸和维生素C、B、E等营养物质，外表红、光、亮、美，内质香、甜、脆、嫩，让人赞不绝口。万荣所生产的苹果色泽鲜艳、个大形正、果面光洁、皮薄肉脆、酸甜适口，而独特的区位优势加严格的精细管理，便是其中的奥秘。

品牌重塑

“酒香也怕巷子深。”为了让万荣苹果走得更远、卖得更好，当地政府极具前瞻性地考虑到品牌重塑问题，他们与果业中心合力打造果业新态势——创建国家现代农业产业园，加大水果标准示范基地建设力度。

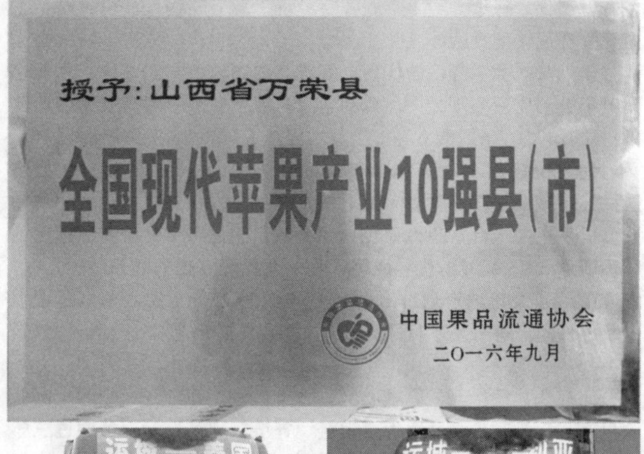

万荣县被授予全国现代苹果产业10强县。左下图为满载万荣人民苹果梦的重型卡车缓缓驶出华荣公司大门，右下图为万荣油桃出口澳大利亚首发车

近年来，万荣县在出口水果标准化生产、出口创汇、宣传营销等方面不断发力，从“水、电、路、网”基础设施配套、构建集良种培育、品种展示、科技服务、生产加工、仓储物流、餐饮休闲、观光采摘等于一体的循环发展模式，打造万荣的桃果文化主题公园。

“不断健全完善生产设施条件、苹果品质、加工转化产业集聚、技术集成水平、营销体系、绿色发展、带动农民、产业融合、政策支持、组织管理为特点的果业示范园。”任大伟介绍，打造建设产业特色鲜明、设施装备先进、生产方式绿色的现代农业产业园，对形成乡村发展新动力、农民增收新机制、乡村产业融合发展的格局有着强有力的推动作用。

目前，当地创建了20万亩“出口苹果质量安全示范区”、5000亩精品苹果示范园区和2万余亩的有机苹果转换认证果园。通过示范区、试验区的辐射带动，逐步在形成一批集种植生产、加工转化、观光休闲、采摘体验于一体的全产业链现代农业发展，不断得到发挥着“智慧果业”的功效。

“万荣地域文化十分丰富，其中，‘笑话文化’闻名全国。生长在万荣这片快乐土地上的苹果，听着笑话长大，快乐是最独特的基因。我们敏锐地把握住了万荣苹果这一特质，策划设计了万荣苹果区域公用品牌。”任大伟说，苹果本身就与“快乐”存在天然的联系。从市场的角度而言，消费产品其实也是在消费一种文化，苹果意味着“快乐”，而“快乐”和苹果之间息息相通，也就是说，消费苹果就等于消费“快乐”。

“我们采用的就是‘智慧果业＋苹果文化’这样一种模式，让万荣县的果业品牌在示范园区的影响下不断做大做强。”任大伟说。

“下一步，我们会鼓励更多的企业做国际贸易，把更多以苹果为主的农产品推向国际市场，借助‘一带一路’，把苹果卖得更远、卖得更好。”任大伟说。

走向世界

一分耕耘，一分收获。如今，万荣苹果品牌已经走出区域、走遍全国、走向世界。

“发展出口创汇农业，是我市发展现代农业的一条根本出路，也是解决农业大而不强问题的一个有效途径。”2018年，市委书记刘志宏在运城市委四届三次全会上明确提出，要进一步加强农产品标准化和品牌化建设，大打“运城牌”，通过进军国际农产品市场，淬炼出运城享誉国际国内的农业品牌。

截至目前，万荣苹果已出口到54个国家和地区。其中，2010年，万荣苹果在山西省第一家出口加拿大；2011年在山西省第一家出口澳大利亚；2015年6月2日代表中国苹果第一家出口美国，实现了中国从1998年就开始实施的苹果输美计划，这是历经17年艰苦谈判和多轮磋商的结果。“美国市场是世界苹果市场风向标，也是质量标杆。正因如此，中国苹果首次出口美国，意义重大。”任大伟说，在中国，出口澳大利亚的苹果有四成来自万荣。

“用出口标准倒逼产业转型升级，用标准化引导农产品提质增效。”任大伟介绍，最近几年，万荣县围绕加快优质农产品出口生产下足了功夫。“我们全县水果面积60余万亩，现代农业龙头企业达到30家，出口农产品质量安全示范基地达到30万亩，出口农产品总量达到10万吨，农产品出口企业达到15家。”任大伟说，万荣县现在基本形成优质农产品出口贸易营销体系。

随着万荣苹果产业进入新的发展阶段，万荣苹果在市场中的知名度和竞争力显著提升，2019年1月至5月，万荣县出口水果10330.6吨，创汇1107.8万美元。下半年，该县苹果出口会源源不断地“漂洋过海”创外汇。

10年风雨路，果业发展不松劲

2009年到2019年，弹指一挥间，旧貌换新颜。万荣果业人勠力同心、开拓创新、创造了万荣果业10年建设发展的巨大成就。

回溯10年历程，总有一些生动的注脚，激荡历史、印证今昔。

——2009年中国国际果蔬展览会上“孤峰山”牌苹果被评为“中华名果”。

——2010年获得了山西省出口加拿大的第一张“绿卡”。

——2011年代表山西省成功进入澳大利亚国际高端市场。

——2012年，万荣文化果荣获第十届中国国际农产品交易会“畅销产品奖”，在首届中国特色商品博览交易会上荣获“绿色环保奖”，被商务部选送到阿联酋参加国际特色商品展，被国家工商

第四届山西（运城）国际果品交易博览会万荣分会场

外宾参观万荣苹果展台，点赞不已

总局核定为地理标志证明商标，被评为中国品牌文化十大范例。

——2014年全国出口澳大利亚的优质苹果中有四成来自万荣。

——2015年，万荣苹果代表中国苹果首次进入美国市场，国内首份鲜苹果地方标准《万荣红富士苹果地方标准》（DB/T1069-2015）发布实施。

——2016年，万荣油桃代表中国首家进入澳大利亚；万荣苹果以品牌价值25.04亿元荣登“2016中国果果品区域公用品牌价值榜”，位列山西苹果品牌价值第一名。

——2017年，“万荣苹果”被认定为“山西省著名商标”，代表山西参加全国“商标富农和运用地理标志精准扶贫十大案例”评选活动，荣获苹果类第一。“万荣苹果”荣获国家“生态原产地保护产品”称号，获准使用“生态原产地保护产品”标志，使得“万荣苹果”拥有了一张绿色通行证和生态通行证。

——2017长沙第三届中国果业品牌大会上万荣苹果28.42亿元，入选“2017中国果品区域公用品牌价值榜”，稳居山西第一，位列全国第七。

——2018年9月“2018中国国际商标品牌节”上，“万荣苹果”亮相“2018中国国际商标品牌节”，展现了作为万荣果业大县的“苹果文化元素”，被中华商标协会评为“2018年度品牌商标博览会金奖”；在长沙举办的“2018第四届中国果业品牌大会、第二届中国（长沙）优质果品博览会、二届全国果业扶贫大会暨贫困地区果品产销对接会”上，万荣苹果获“2018中国果品区域公用品牌”价值30.65亿元。

一串串数据，一项项成果，是万荣果业10年发展的足迹。2018年以来，万荣县以市场为导向，加快农产品供给侧结构性改革，在全面落实“走进新时代，建设大运城”发展战略和“一区五带”产业布局上，抢抓以优质出口水果生产基地为主的峨嵋岭经济带建设机遇，紧盯全市“百万亩出口农产品基地建设、百万吨出口农产品总量、100家出口农产品企业”“三个一百”建设目标，积极构建果业产业，加快优质农产品出口生产、检验检疫检测、出口贸易营销“三大体系”建设，强力推进产业发展，万荣果业又迎来了发展的春天。

山西省临猗县果业发展中心

“健康果树”变身“健康果业”

2021年6月16日，临猗县果业中心邀请北京市林业果树科学研究院魏钦平教授团队在临猗县10个示范园实地指导。图为培训结束后在国家苹果产业技术体系运城综合试验站合影　摄影：李小

阅读提示

临猗县果业发展中心按照山西省委“南果”战略和运城市委打造“品质果业、品牌果业、诚信果业”的要求，全力打造国家区域性良种苗木繁育基地核心区，配套苹果优质轻简高效栽培“精准施肥、一抗双脱、宽行密植、不刻芽少拉枝、成花技术、落叶技术”六新技术，实现省力省工集约化栽培，为更新老果园、老树龄、老品种“三老”果园，发展现代果业蹚出一条新路。近年来，“临猗苹果”获得农业部地理标志认证、中国质量认证中心的良好农业规范（GAP）认证和生态原产地认证。临猗县先后荣获全国无公害水果生产示范基地县、全国农产品加工基地县、全国食品安全示范县、国家级出口水果质量安全示范区、山西省“一县一业”先进县等奖项，被农业农村部认定为“国家区域性良种繁育基地”和“临猗苹果中国特色农产品优势区”。

初夏的郇阳大地，阳光正好，微风不燥。

2021年5月8日，在山西省临猗县国家区域性良种苗木繁育基地，工人师傅们在进行绿枝扦插培育。“基地共建36个小拱棚，引进培育嘎啦、秦阳、华硕、中秋王、红星、烟富8号等11个优良品种，预计明年开春可供应市场‘一抗双托’优质苗木100万株。”临猗县果业发展中心主任杨勇告诉记者，基地成熟后，将辐射带动运城、临汾等地，对山西南果平台区域进行全覆盖，力争打造国家区域性良种苗木繁育基地核心区。

“健康果树”重在根部管理

——打造苹果良种苗木繁育推广基地

临猗现有苹果种植面积70万亩，但大部分果园都是30年左右树龄，品种老化，栽植模式落后。为推动果业高质量转型发展，2010年开始，该县利用间伐技术先后间伐老果园十万余亩。2018年，该县又对老果园开展高接换优，引进瑞雪、瑞阳、鲁丽等品种，3年改良品种3万余亩，但这远远适应不了市场对现代果业转型发展的需要。

为从根部改变果业发展现状，对苹果产业进行一次大换血，山西省临猗县在苗木质量上寻求突破，大力培育省力省工宜机械化的优良苗木。2020年年初，县政府通过招商引资与领航达果业苗木公司合作，引进北京市林业果树科学研究院技术，依托国家现代苹果产业技术体系运城综合试验站，与运城学院共建产学研基地，聚集整合企业、高校和科研院所优势资源，形成科技创新联盟，推动苹果脱毒快繁重点实验室建设，加快果业科技成果转化，繁育“一抗双脱”矮砧苗木，打造国家区域性良种苗木繁育基地核心区。

该苗木繁育基地先后引进了优系嘎啦、秦阳、维纳斯黄金、信浓金、优系富士等20余个优良品种；开展了33个不同砧木、不同品种的砧穗组合试验；进行了郁闭果园群体结构优化与改造、矮砧集约果园建立、成龄果园肥水高效利用、果园土壤培肥与连作障碍克服、果园三大病害综合控制等技术研究试验，为临猗乃至全市、全省果业供给侧结构性改革提供技术支撑。

据了解，该苗木繁育基地具有六大特点：一是抗重茬。苗木使用的砧木为抗重茬砧木，老旧果园提档升级可以即拔即栽，不

邀请西北农林科技大学研究员高华、高级工程师吴万兴在三管镇王家庄讲解“瑞阳”“瑞雪”苹果栽培管理技术。图为深入果园实地讲解和现场示范

用轮作倒茬。二是双脱毒。苗木砧木和品种均脱除了危害苹果生产的包括花叶、锈果在内的6种主要病毒，实现砧木、品种双脱毒。三是周期短。基地采用扦插、生根技术、温湿度调节技术，做到40天左右出一茬苗。四是成本低。同进口的同类苗木相比，成本可以降低三分之二以上，大大节省了果农建园成本。五是成活率高。基地采用苗木发枝促壮、脱叶、苗木贮藏等技术，确保苗木成活率超过98%。六是轻简优质高效技术配套。繁育的优质苗木，配套苹果优质轻简高效栽培技术，大大节省人工的同时，可实现快成形、早结果。

国家区域性良种苗木繁育基地负责人贺文建告诉记者，目前基地技术已经成型，基地坚持做到“健康果树”从“根部”做起，现代果业从此起步。

“健康果园”重在矮化密植

——建设全国领先矮化密植示范园区

如果说打造国家区域性良种苗木繁育基地是临猗果业转型发展的压舱石，那么，建设东卓村国家现代苹果产业（东卓）示范基地就是临猗果业发展的新引擎。

为了推广苗木基地“一抗双脱”矮砧苗木新技术，去年3月，临猗在北辛乡东卓村、北景乡东村、耽子镇北张村、北辛乡平宜村新建4个省力省工集约化矮化密植百亩连片示范园，共同辐射带动周边果农转变思想观念，增强果农现代意识、科技意识和发展意识，加快全县果园向矮化密植方向发展。通过以点串线、以线带面，全力打造临猗现代果业发展新引擎。

新建的北辛乡东卓村国家现代苹果产业（东卓）示范基地，占地100亩，以国际视野规划，以国家标准建设，以南果战略推动，致力打造“抗重茬、双脱毒、免套袋、少拉枝、宜机化、早丰产”的现代化苹果示范基地。

该示范基地先后从北京林果研究院引进国内外优良新品种大卫嘎啦、秋映、美味、秦脆等品种，选用抗重茬矮化自根砧，实现了品种和砧木双脱毒，破解了老果园不能直接更新重茬栽培的难题。种植栽培中采用现代苹果矮砧集约栽培六大核心技术，即以高纺锤形树形为主的简化修剪技术，以生草覆草为主的生态果园建设技术，以滴水灌溉平衡（配方）施肥为主的水肥一体化技术，以机械施肥除草打药为主的宜机化管理技术，以绿色防控为主的病虫害防控技术，以药剂疏花疏果及果实免套袋为主的简约栽培技术。栽培模式上运用新模式，采用品种砧木双脱毒大苗建园，宽行密植，通风透光，便于机械化作业，实现了省水、省肥、省力、省地，可以达到“一年栽树，二年挂果，三年丰产”目标。

5月8日，在该示范基地，负责人李志高指着满树幼果高兴地说：“刚开始还真担心今年不能挂果，但现在看这满树果子，亩产750公斤没有问题，真的是今年栽、明年产。而且，园内‘一抗双脱’矮砧苗木采用现代技术的确省工省力，值得大面积推广。”

“健康果业”重在技术突破

——构建以技术领先的果业发展格局

2021年，临猗县继续建设10个现代苹果矮砧集约栽培示范园区，大力推广“一抗双脱、宽行密植、精准水肥、不刻芽不拉枝、成花技术、落叶技术”的“六新”技术，破解老果园更新即拔即栽的重茬难题，实现早丰产、省力省工宜机化，带动果业生产由传统模式向现代模式转变。

据介绍，现代苹果矮砧集约栽培示范园评选标准是对县内热心果业发展，有良好的服务意识的苹果种植企业、合作社，经村集体申报、乡（镇）推荐后，由临猗县果业发展中心根据区域布局和立地条件综合考评，确定10家现代化标准示范园建设单位。同时，采用“经营主体自主创建，财政奖补结合”的机制，完成现代化标准示范园建设。目前，10个苹果矮砧集约栽培新建园已经按照要求全部平整起垄到位，水肥一体化及架材设施设备安装完成，完成栽苗。

4月9日，农业农村部科技发展中心李华锋、全国农业技术推广服务中心研究员李莉、国家苹果产业技术体系首席科学家霍学喜、西北农林科技大学园艺学院院长马锋旺等来自全国的特邀果树专家先后来到临猗县国家现代苹果产业（东卓）示范基地、北景乡果园间伐减密示范点、峰仙苹果矮砧集约栽培新建园、国家现代苹果产业技术体系运城综合试验站、国家苹果良种苗木繁育基地，详细了解该县实现苹果优质轻简高效栽培技术的先进试点，并就果树良种繁育与新品种试推广和果园新品种新技术新模式改造发展情况进行学习考察。通过实地考察、讨论交流，观摩团对临猗现代苹果产业发展给予了高度评价。

新品种栽培实用科学、新技术应用大胆超前、新模式发展势稳步健……临猗在打造“健康果业”的道路上，将为全市果业高质量转型发展带来火种和希望，引领全市果业发展蹚出一条新路子。

作者：于润欣、王盼

左图为位于临猗县北辛乡东卓村的国家现代苹果产业（东卓）示范基地 摄影：孟文虎；右图为在临猗县打造国家区域性良种繁育基地核心区 摄影：杨双柱

湖北县保康县

电子商务步入发展快车道

早上起床后打开手机，登录外卖平台，半小时后可口的早餐送上了门；出门前叫辆网约车，几分钟后就停到了楼下；上车后轻点手机，为早已挑选在“购物车”里的新款服饰一键下单……一部手机，动动手指，衣食住行多种需求全解决。

位于鄂西北山区的湖北省保康县，电商从无到有，从弱到强，拉近了大山与世界的距离；物流由慢到快，由点到面，不仅跑出了人们消费的“加速度”，而且让山货走出了山门，跨出了国门。

近年来，在京东、天猫等巨头的带领下，保康电子商务行业发展一日千里，对人们生产生活、经济发展产生了巨大的价值。如今，电子商务已成为新时代城乡居民的商务工具，它像杠杆一样不仅撬起传统产业，而且带动新兴产业的迅猛发展。

2016年，保康被纳入国家级电子商务进农村综合示范县以来，保康县委、县政府坚持“政府引导、企业为主、市场运作、合作共赢”的方针，按照“高起点定位、高规格谋划、高标准建设”的发展战略，坚持把电子商务作为加快精准脱贫的重要举措，作为推进流通领域改革的重要载体，作为实施乡村振兴战略的主要抓手，全力推进农村电商示范创建工作，着力推进“一中心、五体系”建设。

先后引进了一批大型电商企业入驻保康，引导了一批本土企业发展电子商务，孵化了一批农村电商网店，加速了一批传统商贸企业的转型升级，培养了一批电商专业人才，推动了县域经济转型发展，走出了一条“地域化、新型化、特色化、开放化”的电商发展之路。保康电商已成为精准扶贫的新抓手、产业升级的新引擎。

从服装到家电，从日用品到生鲜，从国内品牌到国外品牌，从实物商品到虚拟商品，电商平台成为一个网罗万象的“百宝箱”，满足了人民群众多样化、个性化的消费需求。

如今，从城镇到乡村，从网络到实体店，保康的电子商务发展，不仅有力地引领了消费时代潮流，更重要的是让传统的流通主体发生了脱胎换骨的质变。

“近年来，我们主动履职尽责，指导承办企业在以万村千乡市场工程、村级综合服务社和商超、专业合作社为主的农村市场流通主体中，开展镇村电商服务站点建设。”保康县商务局局长洪波如是说。

经过三年的探索与发展，目前，全县已建成县级电子商务运营中心1个、镇级服务站11个、村级服务点160个，发展电商企业28家，开办网店400多个，电商从业人员达5000多人；供销、万村千乡综合服务社等传统商贸流通企业通过嫁接电商元素，进行了信息化改造，实现转型升级，供销e家保康电商产业集聚企业、商户和个人网店已达100多家；建立供销e家保康县营运中心1个；新建城区供销e家体验店1个，镇级服务中心6个，村级综合服务网点64个。

2014年12月起，随着谷竹、麻竹、保宜三条高速公路的相继建成通车，打开了保康通往山外的大门，快递物流货运事业迈入了发展的“快车道”。

忽如一夜春风来，千树万树梨花开。随着电商“淘宝网”“苏宁易购”“拼多多”和“四通一达”等众多电商网络平台的相继进驻，几乎是一夜之间，犹如雨后春笋一样遍布保康县城、乡镇、农村，走进千家万户。

新业态百舸争流。“购物点鼠标，支付刷手机，手机购车票，网上选美食”，现在，人们手机里的APP越装越多，消费越来越便利。电子商务的发展，不仅拉近了山里山外的距离，而且方便了人们的生产生活。

保康县融媒体中心记者朱丽丽，最早使用“淘宝网”购物是在2012年。那一年，在北京务工的她从“淘宝网”上购买了一条牛仔裤。

“自从有了‘淘宝网’‘京东’等电商平台后，让我不出家门

就可以在网上精心挑选我想要的物品，不仅价格比实体店便宜，而且方便快捷。”朱丽丽说。

新感受如沐春风。电子商务的快速发展，特别是移动电子商务从无到有，改变了“90后”朱丽丽的消费方式，“现在在线上购买线下的商品和服务非常便利。”

原本在寺坪镇开小吃店的老谭，2018年5月在保康城关光千路又新开了分店，自新店入驻“饿了么”平台以来，每天仅外卖订单就让老谭和儿子忙得不可开交。

作为传统的国有物流快递企业，保康县邮政分公司的48条邮路，16个快递物流网点遍布全县11个乡镇，“四通一达”的40多个快递超市物流网络实现了乡镇全覆盖，160个村级服务点具备了物流配送服务功能。目前全县快件日吞吐量达12000件，2019年快件收发量突破400万件，增长30%。

“近年来，每年通过保康邮政出口的木耳、香菇、茶叶、蓝莓、核桃、土豆等特色农产品超过4万余件，每年以80%的速度增长。”保康县邮政分公司总经理陈昌豪说。

农村电商服务站点是实现“工业品下乡”和“农产品进城”双向流通的重要渠道。县电商物流配送中心牵头整合县邮政和“四通一达”、大型商贸等快递物流资源，引进了阿里巴巴菜鸟物流进驻物流配送中心，制订了保康县电商物流解决方案，现已与申通等5家快递公司签订了快递进乡村整合协议，对网购网销的农村电商物流市场实行统一调度、统一配送，构建了资源共享、信息互通、风险共担的现代物流格局，打通了农村电商物流配送“最后一公里”，完善了农村电商物流配送体系。

在电商发展工作中，保康县始终注重引进大企业、搭建大平台，先后引进苏宁易购、京东集团、阿里巴巴等大型电商企业落户保康，投资农村电商建设。

目前，苏宁易购已投资建设1个县级电商直营店和5个镇级连锁直营店；京东·保康特产馆已建成并投入运营，并在城关、马良、歇马等地开设了京东电器城。2018年12月，阿里巴巴农村淘宝项目和菜鸟物流项目进驻保康，现已发展7个天猫优品镇级服务站。苏宁、京东、阿里等电商巨头充分利用各自的平台优势和技术优势，为保康电商增光添彩，特别是阿里巴巴农村淘宝项目为保康农村电商注入了新鲜血液。

马良镇电子商务服务中心自2018年7月开业以来，在拼多多平台上线本地农产品，短短半年实现线上销售350万元，带动25人就业；湖北绿珍生态农业有限公司是保康的龙头农业企业，也是襄阳市电商示范企业，2019年，该公司投资600多万元在过渡湾镇二堂村建设了电商扶贫车间，建立葛根产业基地4000多亩，覆盖贫困户2000多户，带动就业80多人，户均增收3000多元，同时该公司还开通了网络直播，通过电商渠道，当年实现销售葛产品400多万元；供销e家平台入驻32家保康优质农业企业，农产品上行14大类328个单品，工业品下行达1000多个品种，年农产品线上线下交易额达1160余万元。保康的蓝莓、核桃、土豆等农产品通过这个平台，正源源不断地流入各大市场。

在各电商平台的支撑下，全县网络交易额实现大幅度增长，2019年，全县实现网络交易额达11亿元，增长32%；其中农产品线上销售额3.01亿元，增长35%；茶叶、木耳、香菇等农产品出口创汇已达1100万美元。

作者：陈泉林、姜飞　摄影：肖磊

湖南省株洲市天元区人武部

军地融合　创新发展

株洲市天元区人武部学习军委表彰通报专题研讨会　摄影：宁梓童

近日，湖南省株洲市天元区人民武装部被中央军委表彰为全军正规化建设先进单位的新闻引发了军地的纷纷点赞和热议。该人武部部长陈雪勇介绍说，近年来，他们深入贯彻习近平强军思想，坚持以“建设一流人武部”目标为牵引，发挥“党管武装、双重领导”特有优势，履行“协调军地，面向三军”光荣使命，建立“联育、联训、联建、联促”的“四联”工作机制，发扬“立魂、立志、立业、立形”的“四立”精神，单位全面建设迈上了新台阶，努力树起新时代人武部的新样子。

发扬“管”的传统，促进军地齐抓共管

庄重的营院建筑、整洁的营区环境、先进的办公手段、完善的配套设施、浓厚的强军氛围……军事机关窗口单位的形象印刻在记者脑海中。

“得亏有了地方党委、政府的高度重视！”陈雪勇带领大家一路参观一路交谈，谈及地方党委、政府倾尽全力为他们办实事解难题如数家珍，占地近40亩的营院，从设计动工到交付使用，这项“交钥匙”的工程用时不到1年；区委常委会专题研究部署民兵调整改革，成立军地联合领导小组督导落实，并将民兵误工补贴费提升至每人每天200元……

株洲是我党我军传播革命思想、建立红色政权的重要策源地，“支部建在连上”“第一个县级工农兵政府”等伟大实践均发生在此，党管武装优良传统源远流长。

历史的车轮滚滚向前，党管武装也在与时俱进。当历史的接力棒传到现任株洲市委书记、株洲市人大常委会主任、株洲军分区党委第一书记毛腾飞手里时，他态度十分鲜明：国防建设与经济建设如车之两轮、鸟之两翼，必须齐头并进！各级要发扬管武爱武的优良传统，涉及国防和军队建设的事必须不遗余力解决。

天元区地处“中国·动力谷”，近年来，大批高新技术企业纷纷落户于此，致使这个辖区土地资源越来越“紧俏”。

2015年，为适应形势任务需要，人武部决定新建装备器材库。当用地需求提报到区里时，区委常委会第一时间召开会议，专题研

天元区人武部工作剪影：左图为加强民兵武装训练，右上图为积极助力脱贫攻坚，右下图为参与新冠肺炎疫情防控　摄影：宁梓童

究决定在城区中心位置划拨土地近40亩。“装备器材库仅供存储装备器材之用，使用频次较低，何必建在黄金地段？况且当前辖区土地资源趋紧。”面对质疑，区委常委会的表态铿锵有力：“国防安全是无法用金钱衡量的，装备器材库离辖区中心近一分，关键时刻集结动用就能快一分，国防安全就可能多一分保障！”

只要部队有需求，地方党委政府总是倾尽全力解决！这一点人武部官兵感触颇深。

天元区人武部原有老旧营院建设于20世纪90年代，部分配套设施已陈旧落后，跟不上发展需求。2017年，人武部召开党委会研究解决方案时，大家提议对营院进行搬迁重建。搬迁重建意味着不仅要区里重新划拨土地，还需要一大笔建设经费。“区里能同意这样的方案吗？”他们将想法报到了区里，没过多久就有了答复：人武部根据使用需求提出具体建设方案，有关建设经费、工程招标、设计施工监管等一系列后续问题全部由地方相关部门对口负责。“真是没有想到啊……”人武部领导回忆起那天的场景，内心仍然激动不已。

2018年底，一座崭新的现代化营院正式启用。从项目选址到设计动工再到交付使用，这项工程前后用时不到1年，花费资金5800余万元。启用仪式上，面对民众和人武部官兵的纷纷点赞，天元区委书记、区人武部党委第一书记周建光表示，重视国防和军队建设是地方党委、政府应尽职责。

党管武装不仅要管钱管物，更要管思想、管后备力量建设。

2019年，省军区出台文件加强对基层武装部和村级民兵营（连）建设，天元区第一时间行动。区长姚永告带队来到人武部现场办公，亲自筹划部署，组成军地联合督导组，帮助解决实际困难，全区7个基层武装部和100个村级民兵营（连）全部达到规范化标准要求。

2019年，天元区人民武装部被军委国防动员部确定为“四个秩序”正规化建设试点单位以来，市委、市政府主要领导多次在不同场合过问有关工作进展情况，区委、区政府先后3次开会研究探讨具体问题，区领导先后5次带队现场帮助解决实际困难。

2019年12月初，来自军委国防动员部机关和全国28个省军区（警备区）的120余名代表齐聚天元区人武部参观学习，每到一处，与会代表无一不为之点赞，“样板工程”“高标准”“精细化”“正规有序”类似这样的词语成为与会代表交流时的高频词汇。

回顾近几年党管武装工作取得的成效，市委常委、株洲军分区政委周杰深有体会：要通过深入开展全民国防教育，营造起管武爱武的浓厚氛围，使管武装成为地方党政领导干部的自觉行动，让爱武装成为广大民众的自发行为，积极促成“众人拾柴火焰高”的良好局面。

2017年，刚担任区委常委职务的人武部部长陈雪勇，上任后办的第一件事就是协调“四大家”的有关领导来到学校、企业、社区等场所开展国防教育有关问题调研。民众国防意识不强、国防教育落实不经常、国防法规落实不到位等问题在深入调研中渐次浮出水面。

问题就是改进的方向。他们成立军地联合督导组，对发现的问题立行整改。短短两个月，各类国防教育视频、动画、展板、海报在辖区公园、学校、企业、交通主干道等LED显示屏、宣传橱窗、知识长廊内“遍地开花”；军队十大英模挂像在大型国企、学校、乡镇街道等单位的重要醒目位置悬挂；国防教育主题班会、演讲比赛、征文活动等如火如荼进行……如今漫步该区人员流动性较强的各类场所，到处弥漫着国防教育的浓郁气息。

为进一步在全社会立起崇军尚武、拥军优属的价值导向，近年来，他们在做好为立功受奖人员送喜报、欢送新兵入伍、为民兵举行出入队仪式等活动的同时，注重广泛宣传报道，扩大社会辐射效应；秉承“特事特办”原则，尽全力解决军人转业安置、子女入学入托等一系列关乎军人军属切身利益的事，使尊崇军人军属真正落到实处。

党管武装工作既要“特事特办”，更要注重活动牵引和制度机制落实，这是他们抓建武装工作的又一心得。任前谈话、工作述职、现场办公、国动委和国教委例会以及武装工作“十个纳入”制度坚决落实，专题国防教育课、“军事日”活动、“最美退役军人”“最美国动人”评选等活动常态开展，促成了武装工作军地齐抓共管的有利局面。

坚持“战”的标准，练好应急应战本领

2018年4月，京广高铁株洲段动力变电站周边突发山火，火势短时间内迅速蔓延，人武部闻令紧急出动民兵200余人第一时间赶赴现场，与火魔展开生死搏斗，最终圆满完成救援任务。

2019年7月，株洲市遭遇百年一遇的大洪灾，人武部组织出动官兵500余人次勇斗洪魔，救群众、转物资、筑子堤、固护坡、堵管涌，他们连续10多天奋战在抗洪一线，有效处置重大险情3处，转移群众200余人，确保滔天洪水过境万吨级国防战备粮库安然无恙。

2020年初，新冠肺炎疫情发生后，人武部迅疾行动，组织官兵1000余人次参与辖区联防联控，排查交通道口、巡察街道社区、宣讲防疫知识、助力复工复产……赢得地方党政领导和百姓纷纷点赞。

回顾总结近年来天元区人武部带领民兵队伍在应急应战中交出的一份份完美答卷，株洲军分区司令员张台华深有感慨：人武部没有下辖现役部队，却担负着同级地方党委军事部的职能，要想在关键时刻顶的上、起作用，平时就必须把民兵这支队伍建扎实、建到位。

编组是民兵队伍建设的前提和基础。天元区产业集聚优势明显，拥有高新技术企业近200家，他们因地制宜，在落实传统编组方法的基础上，积极拓展向行业系统、科研机构和高新技术企业编兵，在全省首创园区编组无人机侦察、网络防护、水上蛙人搜救等民兵新质力量队伍，2019年全区民兵新质力量比例高达31%。

选好种更需育好苗。民兵编兵于民，受价值观多元化影响较大，如何确保其思想始终纯洁稳固，让民兵队伍成为一支建在地方、握在手中、用在关键的武装力量？在实践中他们感到要始终突出民兵政治建设。为此，他们努力在编组中提高基干民兵中党员和退役军人比例，采取“编实＋预建”模式，不断健全完善民兵党组织建设。2019年全区所有建制排以上队伍均预建有党组织，基干民兵党员比例高达31.2%、退役军人比例达35%。同时深入挖掘红色资源为官兵思想政治教育提供生动教材。近年来，他们通过组织官兵重走毛主席考察农民运动革命足迹，到炎陵工农兵政府等革命地参观见学，近距离聆听株洲籍抗战老兵讲革命故事，组织拍摄《传承红色基因——株洲革命老兵风采录》，在企事业单位中开展民兵示范岗等系列活动，引导官兵把红色文化蕴含的爱国、奉献、担当精神融入工作实践，使民兵在关键时刻敢于当先锋、打头阵。

编好组、育好人更要练好兵。“民兵是不脱离生产的群众武装组织，参加军事训练的时间相对有限，因此在抓民兵训练时既要做到勤学苦练，也要讲究效益，依托先进的训练平台精练巧练。”该人武部军事科科长齐芳毅向记者介绍，近年来他们通过建立无人机教学、重型机械操作、防化救援等5个专业教学点，探索走开了“基地集中轮训＋企业专业自训＋模拟仿真训练”新模式，不仅深受参训民兵喜爱，还有力增强了民兵队伍特别是新质民兵力量遂行多样化军事任务能力。

2019年12月，株洲军分区组织所属9个人武部进行军事大比武，天元区基干民兵王斌玉在参加挖掘机操作比武中夺得桂冠。在分享经验感悟时他说道，人武部新建的模拟仿真操作平台提供了接近零成本的无限次数训练机会，让他可以在大量训练中提高自己的专业技能。

真金还需烈火炼！注重在比武竞赛、演习演练、遂行急难险重任务中练兵是该区抓建民兵队伍的又一可靠经验。据了解，近年来，他们通过开展群众性练兵比武活动，让民兵走上擂台，展开激烈角逐有计划性地安排新入队的民兵参与应急应战任务，鼓励他们当先锋、挑重担；积极组织“神枪手、神炮手、技术能手”评比竞赛，培养“四会教练员”“五会指挥员”“六会参谋”和民兵训练骨干尖子，大幅提升了民兵队伍建设质量。

2019年7月，株洲大雨如注，天元区人武部组织官兵救援时，从远处发现有人被困房屋顶，但由于超出可视范围，无法准确掌握情况，他们当即派出无人机搭载喊话器，一边安慰被困群众，一边抵近侦察，人武部则根据无人机传输回来的实时画面指挥救援，及时将被困房顶的2名老人救出，老人刚被救出，房屋瞬间倒塌，得到地方领导和群众的高度评价。

“救援任务紧迫、飞行环境复杂、大家关注度高，给了我不少心理压力，跟平时训练还真不一样！以后再执行这样的任务心里就有底了！”民兵罗杰事后感慨道。

“受启发的不仅只有执行任务的民兵，还有地方防汛、应急等相关部门。”陈雪勇说道，抗洪抢险有效锤炼了军地指挥、协同、机动、保障能力，过程中暴露出的一些问题也成为他们在后续工作中研究改进的方向。

近年来人武部通过抓实民兵编组、教育管理、民兵训练等工作，形成了政治思想可靠、组织结构健全、力量编配合理、履职能力突出、作风形象良好的高素质民兵队伍，确保了在应对急难险重任务时，能够拉得出、顶得上、起作用。人武部也因此连续3年军事训练考核总评“优秀”，被省军区、军分区多次评为“全面建设先进单位”“军事训练先进单位”等。

发挥“融”的优势，实现军地互促双赢

智能化管理、精细化指挥、社会化保障、电子化办公……谈起近几年来人武部发生的改变，让他们津津乐道的不仅只有营院翻天覆地的变化，还有管理效能上的巨大提升。

“人武部地处军地结合部，人少平台大，要善于做好‘融’字文章，创新发展理念，充分借助外力发展！”陈雪勇向记者道出了自己的体会。

省军区系统作为军地联系的桥梁，大多处在闹市，环境开放，军地交流密切，这对营院管理提出了考验。“单位的发展建设必须跟上时代的趟儿！”陈雪勇向记者介绍，他们在营门安装人脸与车辆识别系统，在办公楼安装数字门禁系统，实现营区视频监控全覆盖，有效缓解了营院管理压力。

自身管理精细化、智能化只代表着向科技进步借力迈出了第一步，如何搭乘经济社会发展的顺风车，实现管理指挥手段与时俱进才是关键。为此，他们不断展开探索，积极升级改造作战值班室，协调地方引接“三网三系统”和公安“天眼”系统，研发集平时工作管理和应急应战指挥于一体的综合信息系统，为所有镇（街道）武装部配备无人机、单兵4G系统，实现了组织指挥的灵敏高效。

在庆祝新中国成立70周年期间，人武部利用“天眼”系统，通过视频精准指挥全区100个行政村460余名民兵，开展设点执勤、街道巡逻、应急处突等任务，实现民兵信息员的网格化指挥管理，第一时间掌握社民情，促进了辖区安全稳定。

兵役登记、民兵组织和潜力数据调查是开展兵员征集和国防动员的基础，他们依托地方信息平台和互联网大数据，将其纳入智慧城市管理系统，做到了对兵役工作动态、民兵组织现状、潜力数据调查等信息实时动态掌握。与此同时，他们创新确立“以地方统计部门为主、国动委办事机构为辅”的国防动员潜力统计调查方法，在全省范围内推广。

“军地联合、精准发力，大大提高了国防动员效益！”人武部军事科参谋李湘庸向记者介绍，该区连续3年兵役登记率达100%、民兵队伍专业对口率达90%以上，潜力数据录入信息无一缺漏。

人武部在编人数仅8人，然而上面千条线，下面一根针，人少事多矛盾较为突出。2018年底，刚搬入占地面积近40亩的新营院时，营区环境维护管理就成了一大困难。他们积极探索创新管理保障方法，将警戒值勤、卫生清理、食宿保障等项目协调纳入区政府保障体系，由机关事务服务中心派遣劳务人员、人武部审核工作情况、财政解决经费开支，有效缓解了人手紧缺问题。人武部保障科科长陈运刚向记者介绍，他们注重对遂行急难险重任务中的保障进行细致规范、反复论证，确保队伍开进到哪里，地方政府和社会团体就跟进保障到哪里。

2019年7月，一场百年一遇的大洪水不期而至，区政府紧急征用运输车12台，筹措急需物资3410件（套），跟随水利专家12名，特别是辖区京广铁路株洲段堤坝和万吨级国防战备粮库险情紧急时，饮食、医疗、物资运输、装备器材等各种保障紧紧跟上，有力保障了任务圆满完成。

为提高民兵出动效率，他们创新依托乡镇、街道及部分企业，实行装备器材代存代储，缩短装备器材出库时间。同时，采用模块化、轮式化装载，改变以往人抬手搬的方式，提高装载效率的同时保存了人员体力。为提高工作效率，他们积极创新工作机制，将每周二确定为军地合署办公日，各乡镇专武干部、村级民兵营连长在区人武部集体办公，共同探究破解武装工作难题。

“既要巧妙借力，也要适时助力。”他们积极开展“带头建设家乡、促进经济发展，带头维护稳定、促进社会和谐”活动，参与“产业项目年”联点指导8家企业，适时召开协调会，现场解决重难点问题；支持挂钩社区开展人居环境整治、平安创建，增强人民群众幸福感安全感；帮助引进种植技术、联系就业岗位，筹措经费100余万元用于定点扶贫，联点帮扶的2个村提前实现脱贫“摘帽”；协助地方政府认真做好涉军维权工作，连续3年无上访上诉人员。

2020年春节，一场新冠肺炎疫情打乱了人们原本平静的生活，也给村民春耕生产带来了影响。联点扶贫的醴陵市沩山镇泉水村地理位置偏僻，受疫情影响，农资等春耕生产必需品不能及时到位，当地人武部得知情况后，第一时间联系农技专家制定解决办法，协调2名农业技术专家现场指导，并多方筹措1500株柚子苗、板栗苗和5吨化肥送至该村。

他们还积极组织官兵踊跃参加义务植树、义务献血、义务助学等社会公益事业，定期走访慰问老党员、复转军人和困难群众，塑造了窗口单位形象，立起了人武部好样子。人武部政治工作科科长刘礼锋介绍道，“军地融合、创新发展营造了经济社会和国防建设互促双赢的良好局面”。

广东省梅州市梅江区人武部

会干有为　能干有位　干成有威

坚守在防疫一线的梅州市梅江区民兵　摄影：曾盈盈

兵民是胜利之本。“血火里诞生，风雨中成长”，如今身处和平年代，如何管好用好带好这支队伍，成为新时代后备力量转型重塑的重大课题。广东省梅州市梅江区委书记、人武部党委第一书记朱国城日前对全区民兵政治工作予以高度肯定，并就如何深入推进工作提出了新的要求。梅江大地新时代民兵的崭新风貌，展示了梅江军地对这一时代课题的实践与思考。

从“隐身”到“现身”，高效率服务基层治理

什么是民兵？不少群众对“民兵”的概念停留在模糊状态。所以，新时代的民兵工作到底包含哪些？

“平时能服务，急时能应急，战时能应战。”防疫一线有他们、文明创建有他们、森林防火有他们……如今，民兵的身影再度活跃在梅江区的大街小巷，镇村街道。

回忆起几年前民兵队伍的情况，区委常委、人武部政委李俊至今记忆犹新，“纸上一大片，实际摸不着。”他表示，从前的民兵往往停留在花名册上，时常面临具体情况不了解，关键时刻难找人的困局。而近几年在梅江区各级各部门下大决心、用真功夫、花大力气真抓实干，困局逐渐得到改变。

一把遮阳伞、一套简易桌椅，小喇叭内循环播放着森林防火注意事项……在长沙镇各村的进山路口都设置了这样的森林防火劝导站，而民兵林碧青便是其中的一员。据了解，由于近期天干物燥，梅江区各镇街的森林防火压力陡增，单纯依靠基层干部与社会志愿者的力量远远不够，而这时民兵的加入有效缓解了不少森林防火压力。“一天八个小时，只要不下雨，我们就得守在岗位上，尽自己所能避免火种进山。作为长沙镇的村民，保护孕育我们的山林就等于是保护自己，虽然很晒很热也很累，但是值得的。”林碧青说。这样的场景在梅江区各镇街并不少见，城北镇党委书记陈振江在采访中表示，城北镇与梅县区5镇交界，共有12万亩山林，森林防火压力大。注重将民兵队伍调动起来，充分应用到森林防火一线，极大缓解了基层压力。

在梅江区人武部的创文档案里，有一份厚厚的“行动方案”。这是金山街道在创建文明城市的综合整治行动中的军民会战方案，方案细致地将队伍分为先锋队、攻坚队、志愿队、宣传队、保障队等，并按照整治内容与具体任务分工编为3个方向梯队，同时分3个波次进行综合整治。按作战的模式制定行动计划，按部队的要求进行人员配置，按系统高效的指挥统一行动。一整套军事化的动作措施，是梅江区民兵队伍在“创文”工作中的小场景，也是而如此系统高效的工作方式，也在近期的森林防火工作中被充分运用。

从以前“摸不着”到如今“抓得实”，从过去“看不到”到现在“常看到”，梅江区以部队标准为准绳，抓实抓牢打造出一支关键时刻拉得出、顶得上、作风硬的民兵队伍，同时也收到了各级各部门的一致好评。“急难险重的活，他们总是做到随叫随到，毫无怨言。”长沙镇武装部部长黄琦感叹道。而这也是记者在几天的走访中，记者从各镇街主要负责同志在说起民兵队伍在基层治理中的运用时的高频评价。

近年来，梅江区先后出动民兵2000多人（次），装备车辆100余台（次），圆满完成抢险救灾、维护社会秩序和创文创卫等任务50余次，挽回经济损失约1.2亿元。

从“强身”到“强体”，高站位强化职责使命

新时代民兵军事上要强，政治上更要硬。在梅江区长沙镇人民政府的5楼，一间以党史和军史为主要内容的国防训练室将国防教育从“纸上”带到了“现实”。该镇武装部部长黄琦在采访中表示国防训练室于2020年年初正式开放，是梅江区第一个国防训练室。如今每个月都会有不少党政机关干部以及学生群体前来参观和接受国防教育。依托“红色长沙”的区域发展定位，长沙镇目前正在规划实施民兵整治教育示范点的建设，预计6月底之前可全面完工。

这是长沙镇凝聚军地合力，建立建成“会干有为、能干有位、干成有威”的民兵队伍的缩影。近年来，着力建强民兵预建党支部，常态化抓好日常政治理论学习，始终将党性原则贯穿基干民兵思想政治建设之中。到如今，全力建设民兵思想政治教育示范点，抓好民兵整训基地阵地建设和长沙革命烈士纪念园、陈公坪红色革命遗址群、国防训练室分训基地打造。长沙镇在建设一支政治上靠得住、军事上过得硬、关键时刻用得上的民兵队伍的前提基础上，在民兵思想政治教育方面先行先试，走出了从“拳头硬”到“思想硬”的关键示范步伐。

高素质队伍是高质量发展的关键，而国防训练室是提高基干民兵政治素质的重要场所，据了解，目前梅江区共有长沙镇、城北镇两个镇有国防训练室，接下来将在梅江区其他镇街逐年铺开，重点

工作剪影。左图为梅江区民兵队伍参加军事日活动；右上图为应急连集训；右下图为轻舟技能训练演练暨五一汛期巡查　摄影：曾盈盈

推动思想政治教育融入百年党史军史、融入本地革命历史、融入民兵先锋模范，推动民兵增强“四个意识”、坚定“四个自信”、做到“两个维护”。

从“应急”到“全能”，高质量锻造精兵劲旅

在去年的军事日中，数名身着迷彩服的民兵，通过熟练操纵无人机进行高精度空中侦察，实时传回动态画面。

“进入新时代，军队作战指挥方式、武器装备、官兵素质都在发生变化。”李俊表示，传统的编兵模式，显然已经不适用于新时代的民兵队伍建设，民兵的职能不能仅局限于应急抢险，只有与军队建设同步发展，才能提高整体的应战能力。

改革涛声紧，追潮脚步疾。逐步推进民兵队伍的优化调整，实现民兵力量从“应急”到“全能”的变化，民兵的只能让梅江区各级人武部不少“老武装”“老骨干”有了深刻感受。“从前编组一般以民兵应急排为主，去年按照统一部署，我镇编组了向导翻译和网络安全防护。对民兵的整体素质有了更高的要求，虽然此类高端专业人员在前期的摸排寻找阶段并不容易，但新时代的民兵队伍需要这类高精尖的人才。”城北镇党委书记陈振江说。

针对这一实际，梅江区突出战时准备这个重点，与时俱进拓展编组领域，规范军地指挥人员、专武干部和民兵骨干3支队伍，编实建强网络安全防护、网络舆情监控、特种语言、向导翻译4个分队，按照集训、考核、认证、使用4个环节，培养一批高素质专业化队伍。同时，改变以往过军事日“射击、体能、座谈”老三样，在训练中围绕“侦、控、防、供、保、走、打、吃、住、藏”，全员额全要素全流程开展实战实训，保证新时代民兵队伍的质量。

从“不解”到“暖心”，高标准夯实机制保障

不少民兵讲述了相似的经历——从前当民兵只有一身迷彩服，缺乏归属感，常会听到不理解的声音，也让民兵队伍的积极性受到影响。

如今，“两证一卡”成为提升民兵自我感觉值与身份认同感的钥匙。据了解，梅江区从2019年开始自主设计制作包括《民兵干部证》《基干民兵证》《民兵保障卡》在内的“两证一卡”，增强民兵归属感和荣誉感。“两证一卡”，地方党委政府和群众都认同，在梅州市第二中医医院免费挂号、急诊实施绿色通道，到梅州机场和火车站享受军人优先购票与通行待遇，还可持证到梅江区所有景点免费参观。

而这样的举动，提升了归属感，也让民兵队伍暖了心。“抱着试试的想法，约着到城北爱丽丝庄园玩，没想到真的可以免费。门票钱并不贵，但这表明组织心里有我们，很暖心。”金山街道周溪村民兵谢庆秀说。

给民兵的思想穿上“军装”、给民兵的素质穿上“军装”、给民兵的作风穿上“军装”，以部队的标准带好民兵队伍，不仅换来了梅江区民兵精神面貌的焕然一新，也换来了地方政府的放心与老百姓的信任与安心。

作者：罗玮、洪豹辉

江苏省南京市溧水区市场监管局

尽职尽责助推高质量发展

链接：南京市溧水区市场监督管理局是溧水区人民政府工作部门，为正处级，挂南京市溧水区知识产权局牌子，有内设机构、行政直属机构、党群机构20个，以及开发区、永阳、白马、东屏、洪蓝、石湫、和凤、晶桥8个基层市场监管分局。主要负责食品、药品、医疗器械、保健食品和化妆品、产品质量、特种设备安全监督管理和市场监管综合执法、反垄断执法调查，统一管理计量、标准化、宏观质量，负责统筹协调知识产权和消费者权益保护工作。先后获得全国工商和市场监管系统法治工作基层联系点、江苏省工商和市场监管先进集体、江苏省第四次全国经济普查优秀集体、溧水区机关作风建设先进单位等荣誉称号。

江苏省南京市溧水区市场监管局深入贯彻习近平新时代中国特色社会主义思想，实现“多局合一”，坚持以“一体化监管”“一体化执法”“一体化服务”赋能溧水市场监管事业高质量发展。

尽职尽责保安全。推进食品药品、特种设备常态化监管，始终让监管跑在风险前面，近年来，全区未发生食品药品、产品质量、特种设备安全事故，人民群众安居乐业。

溧水区市场监管局坚持以创建省级食品安全示范区为抓手，扎

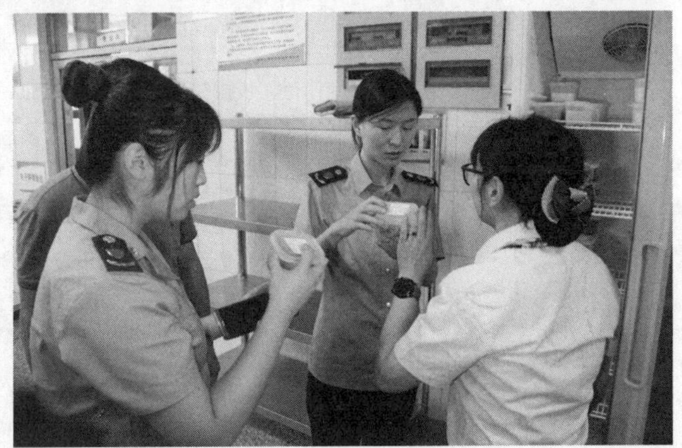

组织开展校园及周边食品安全专项检查　摄影：何数华

组织共产党员赴红色李巷开展“不忘初心、牢记使命”主题教育　摄影：何数华

实开展食品药品安全大排查大检查大督查、食品安全问题联合整治，圆满完成20余个专项检查、15个重大活动保障任务。全区食品安全党政同责深入落实；生产企业电子追溯稳步推进；“明厨亮灶”年增长率超过10%；网络订餐平台商户100%证照齐全，100%投保食品安全责任险。“1+X”食品检测体系支撑有力，食品抽检合格率99.2%。整治保健食品乱象，为消费者挽回经济损失39.5万元，罚没60.7万元。“送戏下乡”“你点我检”“食品安全公开课”等深受欢迎，形成社会共治大格局。

办理特种设备案件23件，处罚114万元，创历史新高。加强电梯安全综合监管，完善电梯“二级”救援体系，电梯参保率达90%。气瓶智能阀安装、二维码更新稳步推进，有效治理“黑气点”。坚决以钉钉子的精神站好安全岗，把好安全关。

一心一意促发展。商标品牌发展跑出“加速度”，新申请地理标志4件，注册集体商标172件，领跑全省。该区有效授权发明专利拥有量1871件、万人授权发明专利42件，超额完成市区目标任务。PCT申请117件，完成2019年目标的347%，增幅南京市第一。溧水经济开发区成功获批国家知识产权试点园区。3家企业被认定为国家知识产权优势企业，实现新突破。动产抵押1.2亿元，知识产权质押1.4亿元，质押金额居南京市前列，有效缓解企业融资难。深化质量强区，组织第三届区政府质量奖评审，大力开展质量提升行动。标准化试点项目申报量全市第一。国家有机蓝莓种植标准化示范区项目、严景万茶场省级标准化试点项目通过验收。

有力有序强监管。成立综合行政执法大队，办理案件170余件，罚没575万元。开展打击传销源头清理百日攻坚行动，深入推进“无传销街道（镇）”创建。加强对转供电、医疗服务、教育等民生事项收费的检查执法，规范价格行为。开展扫黑除恶专项斗争，被评为先进集体。

加强事中事后监管。双随机抽查企业1086家，归集监管信息9596条，初步实现“一处失信、处处受限”。牵头开展“厂中厂”、活禽交易宰杀集中整治，积极做好餐饮油烟等专项整治，营造安全、卫生的市场环境。

投诉举报“五线合一”，成立区消协人民调解委员会，健全投诉举报办理规则，消费纠纷解决更给力。办理各类工单超过5000件，满意率稳中有进。

善作善成抓落实。积极与中国质量认证中心对接，推动成立全国首家大健康标准认证基地——中国质量认证中心大健康服务评测实证基地（南京），推进“健康溧水”建设实体化运作。实施“党组织+企业+农户”精准扶贫，助推企业发展，反哺当地农户。加强对非法集资、“保健”市场乱象整治，防范化解重大风险。

凝心聚力强党建。扎实开展“不忘初心、牢记使命”主题教育，深入开展“廉洁相伴、幸福同行”“廉政谈话月”等活动，涵养廉洁定力。

溧水市场监管人将“干字当头、只争朝夕、不负韶华”，在建设“强富美高”新溧水的崭新篇章中奏响最强音！

广东省信宜市市场监督管理局

打造质量标杆　唱响品质玉都

近年来，广东省信宜市委、市政府高度重视质量工作，结合高质量发展工作需要，信宜市及时调整质量强市工作领导小组成员，成立由市政府主要领导任组长、17个市直单位有关负责人为成员的信宜市质量强市工作领导小组，高位推动质量工作，全市质量氛围更加浓厚，全民质量意识大幅增强，快速构建起“党委领导、政府主导、部门联合、企业主责、社会参与”的大质量工作格局，全市质量工作迈入发展快车道。

质量优先更加突显

坚持把质量工作与全市中心工作紧密结合起来，围绕信宜市“生态立市、产城融合、全域旅游、创新驱动”四大发展战略，坚持新发展理念，贯彻高质量发展根本要求，综合施策，多措并举，深入实施质量强市战略，扎实开展质量提升行动，切实提升质量总体水平和人民群众生活品质，成效显著。2019年，各镇（街）、各职能部门各司其职、通力合作，以质量提升工作为主线，大力推进质量强市建设，全市产品、工程、环境和服务“四大质量”全面提升：

——全市农产品抽检合格率99.8%，生猪尿液样品检测合格率达100%，畜禽水产品质量合格率100%，抽检兽药产品质量合格率96%以上。

——受监建设工程的监督覆盖率、原材料项目抽检率、工程实体测检率均达100%。

——交通大中型工程一次验收合格率100%，其他工程一次验收合格率达98%以上。

信宜市质量工作会议 摄影：朱成聪

——环境质量总体保持平稳，城市空气质量良好，达标天数比例98.1%，地表水主要指标达到Ⅲ类水标准以上，城市饮用水源100%标率，主要江河水质总体基本稳定。2019年全市共接待游客707.35万人次，旅游总收入50.92亿元，同比增长14.89%和76%。

质量基础更加夯实

——坚持以精密装备制造业、玉器、果菜、旅游和劳务等特色优势产业为重点，积极推广标准化生产，加大产业升级改造扶持力度，进一步夯实产品质量基础。信宜江东电子有限公司、广东盈富农业有限公司等9家企业被省科技厅认定为高新技术产品生产单位；福尔电子、华辉数控等9家企业成功申报加入广东省科技型中小企业数据库；广东盈富农业有限公司获评广东省名特优新农产品区域公用品牌核心企业。

——坚持以知识产权引领创新驱动，信宜市开展了国家知识产权强县工程试点县区申报工作，切实优化营商环境，服务高质量发展。信宜市对企业知识产权专利的发明授权、专利质量、产业前景等情况进行分析研判，将中机科技发展（茂名）有限公司、广东翔天汽车智能化有限公司等两家企业纳入信宜市专利布局重点企业池，作为重点指导服务企业，对高质量专利培育布局项目申报指南、申报流程及策略进行专门指导，对高质量专利培育进行布局，为申报国家知识产权强县工程试点县（区）打下坚实基础。

——推进南玉产业发展项目建设。广东省质量监督玉石珠宝及贵金属检验站（信宜）和南玉博物馆、南玉商场建成投入使用，茂名市地方标准《信宜南玉分级》发布实施，为信宜南玉产业转型升级、发展壮大提供强有力的技术支撑。进一步牢固了质量强市根基。

质量品牌更加响亮

——引导企业争创名牌，提升产品知名度。目前，全市无公害农产品产品达40个，“绿色食品”认证产品4个，11个产品被评为全省名特优新农产品“区域公用品牌”，7个农产品被评为全省“经营专用品牌”。信宜市怀乡鸡、肉仔鱼、钱排三华李等6个农产品被评为广东省名牌产品。

——全面实施标准化引领战略。加强农业标准化示范区建设工作，充分发挥示范带动作用。国家怀乡鸡养殖标准化示范区（提升类）、广东省西番莲农业标准化示范区顺利通过验收；茂名市地方农业标准《无公害天冬生产技术规程》发布实施，完成天冬、三华李、杉木标准化示范区的项目建设申报。

——品牌农业产业持续做强。2019年3月，信宜市三华李成功入选省级现代农业产业园项目，目前，《广东省信宜市三华李现代农业产业园总体规划（2018—2020年）》项目建设正扎实推进，“银妃”三华李品牌越唱越响。2019年全市共有有效注册商标3184件，比2018年增加了792件，增长率为33%。2019年新增专利申请497件，新增专利授权341件。信宜南玉地理标志证明商标申报工作扎实推进。

质量安全更加牢固

——深入推进生产流通食品、节日和季节食品、小餐饮质量、食品“六小”、学校及周边食品、小作坊食品、企事业单位食堂、网络订餐等专项整治行动。2019年共开展专项整治55次，出动执法人员8915余人次，车辆2680余台次，检查各类食品生产经营主体7842余家次，查处食品违法经营案件374宗，完成食品抽样检测3203批次，合格率98.1%，快检28217批次，食品抽检、快检工作超额完成；全市学校食堂食品良化分级B级以上实施已达100%；完成婴幼儿配方奶粉经营企业电子追溯覆盖率100%；实施农产品质量安全工程，完善病死畜禽无害化处理机制；明厨亮灶工程及市区新宾中路食品安全示范街筑牢工程赢得了广泛赞誉。

——全面推行“双随机、一公开”监管，落实产品质量监督抽查制度，及时通报质量问题。信宜市27个监管部门已制订本部门随机抽查事项清单，建立执法检查人员名录库和抽查对象库，检查对象库录入全市检查对象42674户市场主体。在市场监管、生态环境保护、文化市场、交通运输、农业、烟草六大领域开展跨部门联合抽查。2019年全市开展“双随机、一公开”抽查834户次，跨部门联合“双随机”抽查专项行动6场120户次，制订抽查计划9个。

——强化特种设备安全监察。重点开展锅炉、电梯、大型游乐设施隐患排查，2019年共组织200余家单位开展了自查自纠，排查整改隐患50余起，检查特种设备使用单位150家，下达安全监

信宜市质量工作剪影。左图为国家怀乡鸡养殖标准化示范区建设；右上图为积极推动辖区企业高质量专利培育布局研讨会；右下图为组织召开信宜南玉分级茂名市地方标准评审会 摄影：朱成聪

察指令书13份，查处案件18起。检查电梯维保单位3家，起重机制造单位、气瓶充装单位9家，做到了特种设备获证企业证后监管全覆盖。处理电梯投诉6起，并针对电梯投诉存在问题，召开了全市10家维保单位主要负责人参加的研讨分析会。

下一步，信宜市市场监管局将认真履行质量强市工作领导小组办公室职责，主动争取相关激励措施落地信宜，大力开展以“增品种、提品质、创品牌”为核心的质量提升行动，加强部门间的配合力度，凝聚正能量，激发新活力，争创新优势，创造新成绩，为助推信宜高质量发展再上新台阶贡献力量。

作者：朱成聪

海南省洋浦经济开发区市场监督管理局

当好“店小二”　做足“加减法”

2020年洋浦市场主体增幅领跑全省，洋浦市场监管局党组书记、局长林书连接受中央电视台采访

“今天又一次被感动了！海南省洋浦经济开发区市场监督管理局（以下简称洋浦市场监管局）用最快的速度给我们颁发了食品生产许可证。感谢这些为了海南自贸港发展默默奉献、敢于作为的政府工作人员……”2021年3月19日晚，海南澳斯卡国际粮油有限公司董事长张慧在微信朋友圈里感慨道。

原来，位于洋浦保税港区的澳斯卡国际粮油项目即将建成投产，该公司于3月19日申请办理食品生产许可证。但当时该公司对申请办证的相关流程和政策规范不熟悉，提交的材料也不完善。

洋浦市场监管局登记注册科科长刘晓介绍，为加快企业落地速度，洋浦市场监管局安排专门的工作人员主动靠前服务，组织人员到厂区跟踪指导，将受理、现场核查、审批环节由9个工作日的审批期限压缩至1天。当天晚上，登记注册科的工作人员主动加班，直到晚上把食品生产许可证办好，交给企业后才下班。

不止于此。2020年8月13日签约落地的海南澳斯卡国际粮油有限公司曾提出申请，希望将公司成立日期定为8月19日。接到申请后，洋浦市场监管局登记注册科注册官主动跟踪服务，确保企业通过“海南e登记”平台提交精准、有效的注册信息，避免退回修改和二次申请，并开通“绿色通道”保障企业在8月19日当天取得了营业执照。

“洋浦职能部门的办事效率非常高，服务十分到位，令我非常感动。”张慧对笔者说，“唯有一流的营商环境，才有这样一流的服务。”

洋浦市场监管局认真贯彻落实洋浦工委管委会的决策部署，立足职能职责主动作为，自我加压，坚持先行先试的理念，在企业注册登记、行政审批等方面勇于探索，大胆实践，大力弘扬“快准实好”工作作风，当好服务市场主体的“店小二”，做足“加减法”，激发市场活力，优化营商环境，助力洋浦高质量发展。

在注册审批上，洋浦市场监管局致力于做“减法”。持续压缩企业设立时间，实现“即来即办”；优化审批流程，将食品经营许可证审批层级由三级审批优化为二级审批，审批时间压缩为原来的一半。实行容缺受理，将15个审批事项纳入容缺受理范围，2020年共办理163笔容缺受理业务，切实提高审批效率，提升服务效能。据统计，2020年洋浦新增市场主体13794户，同比增长419.35%。

在支持发展上，洋浦市场监管局致力于做“加法”。该局特别设立重点项目跟踪服务机制，对引进的重点推进项目及符合洋浦发

左图为开展十九届五中全会暨省委七届九次全会宣讲党课活动；右侧两图为党组书记、局长林书连带队检查港口特种设备和公众聚集场所电梯　摄影：凌慧

展规划的新业态产业，实行“一人一项目、一人一业态”的跟踪服务机制，确保招商引资工作顺利开展；有“针对性”地设立外资服务专区窗口，派专人对外资企业进行一对一指导服务，确保外资企业第一时间落地开展经营活动；创新推出政务代办服务机制，设立“政务代办”窗口，为无法办理网上相关业务的特殊人群提供“保姆式”贴心代办服务，变“群众办”为“政府办”，设立该窗口以来共为1000余人次提供政务引导、代办服务。

扬子江融资租赁有限公司、长江租赁有限公司拟在洋浦设立20家SPV项目子公司，提请2天内注册完毕。接到企业申请后，洋浦市场监管局立即指派专门注册官全程辅导经办人提交注册信息，并开通“绿色通道”加急审批，通过努力，两天内完成20家SPV子公司的设立登记。“审批速度之快，令人意想不到。”该公司相关负责人说。

“在洋浦打造自贸港先行区示范区、全省高质量发展增长极的关键时刻，洋浦市场监管局将以超常规的认识、举措、行动取得创一流营商环境的实效，不断提升广大市场主体和群众的体验感、满意度，为洋浦打造国际化一流营商环境作出市场监管部门应有的贡献。”洋浦市场监管局党组书记、局长林书连说，下一步，洋浦市场监管局将紧紧围绕市场主体在发展中遇到的实际困难和诉求，继续优化营商环境，坚持问题导向，加强制度集成创新，弥补短板，为企业发展提供强大支撑和良好条件。

作者：吴豪、林书喜

江苏省常州市公共资源交易中心

四个“着力”优化政府采购领域营商环境

2020年9月9日，国务院发展研究中心调研组在常州市副市长杨芬、市政务办主任黄田明的陪同下，莅临市公共资源交易中心调研营商环境优化工作

江苏省常州市公共资源交易中心（以下简称“中心”）日前通过常州市政府采购业务管理平台，以全流程电子化方式，顺利完成天宁区政法委数据研判中心智能化工程项目的公开招标。采购过程中，投标企业不用再制作纸质标书，只需通过互联网上传电子标书后便可参与采购活动，非常方便、高效，交易成本也大幅降低。

全流程电子化采购模式的推广应用，折射了上述中心奋力助推当地营商环境优化。近年来，常州市公共资源交易中心高度重视政府采购领域营商环境优化工作，以充分激发市场活力为出发点和落脚点，从四个方面打出“组合拳”，多措并举，不断提升市场主体满意度和获得感，依法保障投标企业的正当权益，切实维护采购领域的公平正义。近两年来，中心曾荣获2019年度全国政府采购十佳集采机构，2020年度全国公共资源交易优化营商环境先进单位，2020年全国公共资源交易助力复工复产先进单位等殊荣。

创新优化服务模式，着力在提升政府采购质效上下功夫

为顺应互联网时代政府采购全流程电子化发展趋势，2017年起，常州市公共资源交易中心会同市财政局，全面启动全市政府采购业务管理平台建设，积极推动政府采购交易模式由线下操作逐步向线上操作转变。经过近4年的努力，平台现已完成三期的开发建设和升级优化，共有2910个政府采购项目在该平台流转，业务承接量位于省内其他设区市前列。依托该平台，中心创新在线询价采购方式，从信息发布、投标企业报价响应、系统自动生成《项目评审报告》到采购人确认发布成交结果公告，实现全流程线上操作，使询价采购在交易各方全程“不见面”的情况下顺利开展；公开招标项目成功试水全流程电子化，包括这次采购的天宁区政法委数据研判中心智能化工程项目在内，截至2020年12月底，共有74个公开招标项目通过全流程电子化方式完成，中标总金额3.21亿元，节约财政资金3047.94万元。此外，投标报名、标书下载和保证金缴退等事项也全面实现了“不见面”网上办，切实做到“让数据多跑路、让群众少跑腿”。

切实发挥政策功能，着力在助企“减负松绑”上下功夫

近年来，常州市公共资源交易中心积极贯彻落实财政部门的相关文件精神，全力支持企业经营发展，特别是2020年为应对新冠肺炎疫情给企业带来的严峻考验，常州市公共资源交易中心在以往免收采购文件工本费的基础上，推出“两免收、两取消”的保障措施，不断降低投标企业参与政府采购的各类成本。“两免收”，即免收投标保证金、免收（或减半收取）履约保证金。2020年3月，常州市公共资源交易中心首先对受疫情影响的中小微企业免收投标保证金，7月起，又将范围扩大到所有投标企业；为缓解投标企业缴纳履约保证金的压力，常州市公共资源交易中心鼓励采购人根据项目特点、企业诚信等情况免收履约保证金，如项目技术复杂或其他情况确实需要收取的，收取比例从原来不超过政府采购合同金额的10%降低为5%，且允许投标企业自主选择以支票、汇票、本票、保函等非现金形式缴纳或提交。“两取消”指取消企业投标报名环节和合同见证环节。以往，投标企业需要在项目开标前完成信息登记和报名，如今只要在项目截标前，企业均可提交投标文件参与，大幅提高了投标效率；另外，2020年合同见证已调整为合同备案，由采购人通过政府采购业务管理平台，将合同主要内容和信息上传，中心备案后进行合同信息公告，不用企业再跑腿，省去其往返的交通成本。除上述措施外，常州市公共资源交易中心还推动建立政府采购资金预付和及时支付制度，要求采购人对于货物与服务必须设定预付款比例，原则上不低于合同金额的30%，以人工投入为主的项目，不得低于10%；对于满足支付条件的，收到发票后的30日内必须办理拨付手续，极力减轻企业资金周转压力。

加大信息公开力度，着力在透明度上下功夫

根据财政部《政府采购信息发布管理办法》中关于“政府采购

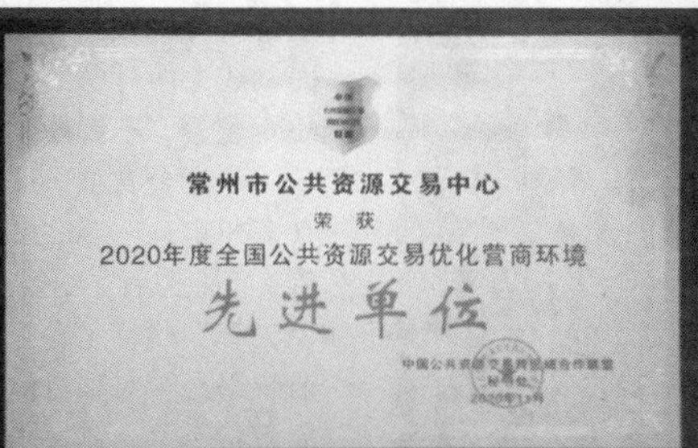

常州市公共资源交易中心大型开标室

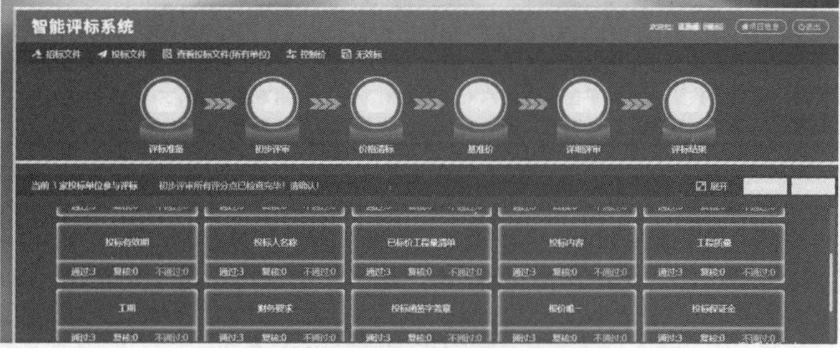

常州市公共资源交易中心智能评标系统

公告和公示信息格式规范”的要求，常州市公共资源交易中心制订了公开招标公告、资格预审公告、单一来源采购公示、中标（成交）结果公告、政府采购合同公告等政府采购信息最新标准模板，进一步规范政府采购信息发布行为。同时，为扩大信息的知晓面，使市场主体获取信息的渠道相对集中、便于查找，激发投标企业的竞争力，中心积极推动政府采购业务管理平台与发布平台无缝对接，所有项目均在常州市政府采购网、常州市公共资源交易网等网站同步发布，实现信息内容“智能化”推送，有效保障潜在市场主体能够平等、便捷、准确、迅速地获取各类采购信息，使政府采购透明度不断提高、政府采购公信力持续提升。此外，中心以常州市开展《公共资源交易领域政务公开事项目录》编制为契机，系统推进包括政府采购在内的公共资源交易领域公开事项目录编制工作。该《目录》发布后，中心将会同行业行政主管部门加强目录动态管理，及时调整更新公开事项内容和要素，不断增强公开实效，实现公共资源配置全流程全透明。

破除不合理门槛，着力在公平竞争环境上下功夫

为增强市场主体参与政府采购活动的积极性、主动性，常州市公共资源交易中心在制定政府采购文件过程中，严格落实公平竞争审查制度，全面清理废止修改与现行政策规定不一致的文件内容，及时将针对投标企业的各类扶持政策引入采购文件，编制出台采购文件审核负面清单，明确禁设条款，降低准入门槛，平等对待各类所有制企业，规定不得以注册资本、资产总额、营业收入、纳税额等规模条件，对中小企业实行差别待遇或者歧视待遇，消除竞争歧视，切实保障企业合法权益。另外，中心对国家没有强制要求的投标报名、采购文件审查、原件核对等事项一律取消，能够采用告知承诺制的审批，不再要求投标企业提供其他证明声明函内容的相关材料。

营商环境是一个地区经济软实力和综合竞争力的重要体现，也是滋养企业发展、激发区域创业创新活力的肥沃土壤。今后，常州市公共资源交易中心将继续按照“放管服”改革的相关要求，切实发挥公共资源交易平台和集采机构的功能和优势，强化政策功能落实，完善优化服务模式，在积极助力财政资金使用效益不断提高的同时，努力促进政府采购领域营商环境全面优化，为全市经济社会高质量、可持续发展不断蓄势赋能。

作者：李新彦、顾鼎成、薛峰

供图：常州市公共资源交易中心

山东省滨州市公共资源交易中心

规范交易优流程 构筑服务新维度

2020年，山东省滨州市公共资源交易中心秉承“公平、规范、高效、廉洁”工作理念，以党建引领、创新而为，瞄准目标促发展，以优良工作作风，坚持常态化疫情防控和项目有序交易“两手抓、两手硬”，持续擦亮“阳光交易·智惠滨州”品牌，助力打造一流营商服务环境，助推“智者智城”、现代化富强滨州建设。

2020年1月至12月，全市共完成交易项目3398个，交易额775.10亿元，节支增收33.64亿元。滨州市公共资源交易中心共完成交易项目1106个，交易额474.60亿元，节支增收15.75亿元。2020年，滨州市公共资源交易中心荣获“全市机关标杆党支部”、全国“优秀公共资源交易平台”等荣誉称号。山东省发展和改革委对滨州市探索建设公共资源交易诚信评价体系等三项试点工作给予了充分认可，并要求全省各地市推广滨州经验。

招标“不费时”，让交易更具“高度”

聚焦“流程再造”，着力破解交易活动中的痛点、难点、堵点，努力为各部门、单位提供更优质、高效、便捷的公共资源交易服务。一是创新提升招标（采购）人系统功能，优化系统流程80项，做到从最初需求委托到最终档案归档的线上“一网办理”，实现了交易项目“最多跑一次”。2020年以来，共“一网办理”项目3398个。

"第七届全国公共资源交易论坛"滨州市公共资源交易中心荣获2020年度全国"优秀公共资源交易平台"，滨州市人民政府办公室党组成员、市公共资源交易中心主任张玉栋（右五）代表中心上台领奖 摄影：杲阳

二是研发上线了档案电子化系统，所有交易项目档案可以"一键归档""一键查询""一键调阅"，实现了档案管理的数字化、规范化。三是不断完善"滨采商城"平台，招标（采购）人足不出户，即可享受"鼠标一点、送货上门"的高品质网购服务，做到了政府采购既高效又省钱。2020年，"滨采商城"共完成订单4595个，成交额1.09亿元。同时，"滨采商城"不断完善具有本地特色的化工、铝制家具、厨具、绳网等产品专区，并吸纳愉悦家纺、中裕食品、海洋贝瓷、滨澳线缆等滨州市重点优质企业入驻。

投标"不跑腿"，让项目加快"速度"

持续提升公共资源交易"云"平台系统"智慧化""人性化""便利化"水平。一是创新实现了投标企业（供应商）的微信扫码登录交易系统功能。目前，参与滨州市交易项目的投标企业（供应商）可使用密码、密钥及微信扫码等多种形式登录交易系统。二是对评标系统进行了升级，实现了投标企业（供应商）的"在线"会话答疑和"线上"二次报价，确保投标企业（供应商）与评审专家"零接触"。三是推广应用了国有产权交易系统，实现了项目网上委托受理、网上注册参与、网上竞价、网上打印成交确认书、网上办理履约验证等"一网通办"，为国有资产的保值增值提供了有力保障。2020年，完成产权项目198宗，增值金额564.28万元，增值率20.24%。

开标"不见面"，让招标拥有"广度"

为有效应对疫情，助力"复工复产"，创新推出了网上"不见面"开标新模式。凡进场的交易项目，实现了网上获取招标文件、在线递交投标文件、投标保证金网上缴退、中标通知书网上签章和发放等多项功能。同时，以"互联网+数字化+物联网"为引领，在全省率先创新建设了网上开标直播厅，网上开标直播厅共设置了9个开标席位，每个开标时段可以提供9个项目同时以直播的方式实施"不见面"网上开标。全国各地投标人坐在"家"中，就能对直播间的开标情况一目了然，让开标过程更公开、更透明、更直观、更规范，有效做到了"零聚集""零传染"，让交易主体"线下不见面、线上面对面"，提高了交易主体各方的获得感。

监督"不到场"，让管理更有"力度"

作为全省唯一试点市，山东省公共资源交易"云智"监管平台（滨州市）于2020年6月12日正式上线运行，实现了线上综合监管、行业监管、纪委监察、投诉质疑以及交易项目的网上备案登记。"云智"监管平台无缝对接滨州交易平台，行政监督管理部门通过监管平台可对项目信息进行在线实时监管，让监管工作线下转线上，监管指令"一键发出"后，可对公共资源交易项目信息实时呈现、动态跟踪，实现全程可追溯。同时，"云智"监管平台与滨州交易平台视频监控系统进行了实时"全方位、全区域"互通，行政监督部门足不出户，即可在电脑前进行"不见面"实时监督，实现了交易项目从进场交易到开评标全过程的线上监督"全覆盖"，做到了公共资源"一网通管"。

抽取"不泄密"，让评标更有"准度"

为进一步确保公共资源交易项目公平、规范开展，有效遏制权力寻租，并向招标（采购）人提供更加优质、更加科学、更加保密的专家抽取服务，滨州市公共资源交易中心对评审专家抽取流程、抽取制度、抽取环境等进行了全面的提档升级。目前，招标（采购）人或其委托的招标（采购）代理机构只需提供身份证明和所需评标专家的专业类别、开评标时间、评标专家个数等信息，即可"一键"在省综合评审专家库或省政府采购评审库随机抽取所需的专家，由电脑语音通知、短信确认，并在开标前将评审专家名单用密函打印，做到了抽取人员"主体化"、抽取需求"清单化"、抽取过程"电子化"、抽取结果"保密化"，不断以"科技+服务"堵死各类廉政风险，推动交易事业健康有序发展。

服务"不打折"，让交易拥有"温度"

加大创新改革力度，让服务不打折、不缺位，滨州市公共资源交易流程优、效率高、服务好的营商环境正在全面形成。一是成立了公共资源交易"帮办代办"办公室，对全市66家项目单位和纳入"7+3"重点改革攻坚项目实施包保服务。同时，在服务窗口安装服务评价器，建立好差评制度，着力打造"五星级服务"的公共资源交易平台。二是搭建了线上"银企桥梁"即公共资源交易融资服务平台，企业利用中标通知书和合同即可向银行申请诚信贷款。截至目前，平台已有17家金融机构入驻，为本地企业成功授信放贷1.2亿元，位列全省第二名。三是建立了"容缺服务"机制，打破原来申请材料齐全且符合法定形式再受理的传统，在不违反原则的前提下，允许"边补充材料，边受理发布"，为群众和企业开辟"绿色通道"，减少了企业办事的时间。四是上线电子保函系统，在全市工程建设项目全面推行投标保证金银行电子保函和保险电子保单保函服务，实现变"线下现金缴纳"为"线上电子保函"，切实降低了企业交易成本，为投标企业缓解资金压力，提高投标企业参与公共资源交易的积极性。据测算，推行使用电子保函（保单）

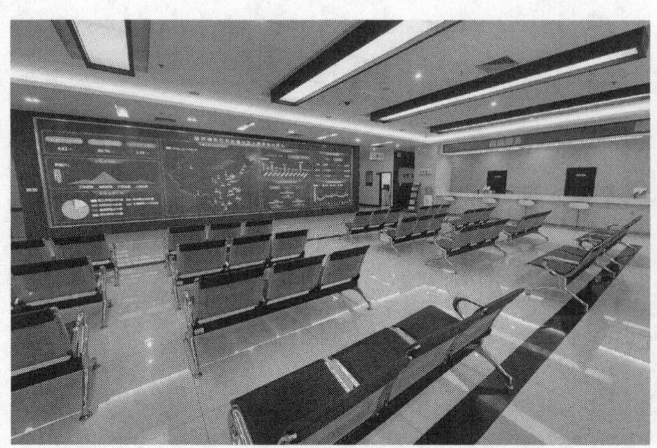

滨州市公共资源交易中心综合服务大厅内景 摄影：杲阳

滨州市公共资源交易中心网上开标直播厅 摄影：杲阳

以来，为投标企业（供应商）缓解资金压力约 3000 万元。

代理“不进场”，让服务具有“尺度”

为进一步加强对代理机构的管理，规范代理机构行为，滨州市公共资源交易中心创新建设了电子见证室，主要用于评标过程中行政监督部门、招标（采购）代理机构、项目负责人等对评标专家的远程服务和对评标活动的“线上”见证。通过打造公共资源交易评标区域与电子见证室音视频及数据之间的互联互通，滨州市公共资源交易中心改变了以往“人盯人”的见证服务情况，实现了数据实时汇聚、全程监控，一定程度解决了代理机构工作人员“场内”影响评审、干预评标的问题，降低了廉政风险，使得公共资源“场内”交易更科学、规范、高效。

全程“不收费”，让服务充满“态度”

立足平台服务定位，切实向公共资源交易各方主体提供了个性化、专业化、优质化的免费服务。在政府采购活动中，供应商不再需要缴纳政府采购保证金，让“零费用”中标不再是梦想。同时，作为第一批被列入省公共资源交易多CA统一互认工作试点的单位，滨州市公共资源交易中心 2020 年 4 月 10 日在全省率先完成公共资源交易多 CA 统一互认工作上线运行，实现与省级平台信息互通、证书互认，实现了“一把 CA 走山东”。同年 11 月，滨州市全面实现了 CA 办理“零收费”。截至目前，共计为投标企业（供应商）免费办理 CA 锁 1337 把，仅 CA 免费一项，每年为各方交易主体节约资金 80 万元。

2020 年 12 月 11 日，在“第七届全国公共资源交易论坛”上，滨州市公共资源交易中心荣获2020年度“优秀公共资源交易平台”称号。

作者：张玉栋、赵子新、采阳

辽宁省沈阳农村综合产权交易中心

交易溢价　资产增值

沈阳农村综合产权交易中心办公现场

沈阳农村综合产权交易网站主页面

链接：沈阳农村综合产权交易中心有限公司（以下简称沈阳农交中心）是 2015 年沈阳市政府批准设立的国有控股企业，是中国产权协会会员单位、中国产权协会农村产权分会副会长单位、辽宁省公共资源交易协会会员单位。2020 年 4 月，辽宁省委、省政府依托沈阳农交中心建设的“辽宁农村产权交易网络信息服务平台”正式开通，承担起全省范围内的农村产权流转交易服务，是目前辽宁省内唯一具有承担全省农村产权交易能力的交易平台机构。

挂牌底价 2 万元的 10 亩鱼池对外出租，经过 266 次竞价，最终以 19.1 万元成交，溢价率高达 855%。辽宁省营口大石桥市高坎镇党家村通过沈阳农村综合产权交易中心（以下简称沈阳农交中心）的平台对外发包鱼池，村集体的资源真正变成了资产并得到增值。

近年来，随着农村集体资产清产核资工作的陆续开展，村集体的资源资产“浮出水面”。然而做好农村“三资”管理工作是个难题，如何让农村资源变成资产，让集体资产保值增值，农村产权交易是其中的关键一环。

以前在农村“三资”管理上“跑冒滴漏”问题时有发生，如在集体资源发包上，出现了以权谋私、暗箱操作等现象，造成集体资源流失，引起群众不满，引发信访案件，影响社会和谐稳定。

“2015 年 7 月成立的沈阳农交中心很好地解决了这一问题，并实实在在增加了农民收入。”沈阳市副市长郑滨介绍，通过农村产权交易平台网络竞价的方式，提高了农村要素资源配置和利用效率，实现了农村集体土地效益最大化，增加了农民的财产性收入和受让方的补贴收入。开展交易活动，有序推进交易平台正式运行，实现国有和集体资源、资产的保值增值。

2019 年，沈阳市农村产权流转交易项目平均溢价率 19.46%，增加农民收入 363 万元。2020 年，全市完成交易项目 227 宗，溢价率 13.3%，增加农民收入 615 万元。截至 2021 年 7 月 31 日全市共完成流转成交项目 1162 宗，溢价率 16.71%，增加农民收入 2400 多万元。沈阳市农村产权流转交易项目呈爆发式增长，给农民带来真切实惠。

模式创新，交易“一网通办”

2019 年 8 月，辽宁省政府决定依托沈阳农交中心建设省市县乡四级监管的全省农村产权交易网络信息服务平台。2020 年 4 月，平台正式开通。2020 年辽宁省委组织部、省财政厅、省农业农村厅联合下发文件，要求农村集体资源资产流转必须通过农村产权交易网络信息平台交易，坚决防止集体资产流失。

辽宁省农业农村厅作为政府监管部门始终注重发挥市场对资源配置的决定性作用，积极探索厘清政府与市场边界，创建了“监管＋交易”的运行模式。

“厘清边界后，基层农经队伍从收集交易信息、组织交易等事务性工作中解脱出来，集中精力为我们交易机构提供监管服务，帮我们把住了政策法律风险；我们交易机构也实现了由起初的‘坐家等项目'到现在深入基层找需求，主动上门送服务的转变。”沈阳农交中心董事长张喜庭说，由于厘清了界限，市场的作用得到充分发挥，2021年春耕期间，全省项目呈爆发式增长，最多日交易量近400宗。

截至2021年8月31日，已累计完成农村产权交易项目2254宗，流转面积8.17万亩，平均溢价率15.94%，成交金额2.25亿元。交易量较2020年增加了近7倍，交易额增加了近3倍。

为了实现农村产权交易服务乡村全覆盖，辽宁省农村产权交易机构共用一个监管平台，为省、市、县、乡四级监管人员配备监管账号，实施统一监管，有效强化了集体资源资产的动态监管，维护了农民集体利益，促进了集体资源资产依法、公开、有序流转交易。

目前，省、市、县、乡四级建立了1200人的监管队伍，明确监管流程、范围、权限、标准和时限，对不同规模的集体资产按属地化管理原则，由系统自动推送至相应监管主体审（复）核，开辟了依法监管集体资产新路径。

沈阳农交中心作为交易这一重要节点，积极改善流转交易手段，简化交易流程，提高服务交易处置能力，利用互联网的“扁平化”优势，为每个农村集体经济组织统一配置信息录入账号，提供Web网页、手机App发布和委托发布等多种信息发布渠道，把能利用信息化手段实现的交易环节全部信息化、网络化，实现了“信息服务一张网、权属交易跑一趟”的建设目标。

经过一年多的实践，这个模式深受各级农业农村部门和乡镇（街道）农经工作人员欢迎。一些种粮大户、新型经营主体真正体会到了参与市场公平竞争的机会。

2021年开春，沈阳市沈北新区立丰家庭农场主刘立新，通过交易平台流转近一万亩土地。“平台的信息量大，交易公平公正，谁有能力谁去种地。不像过去，村里有闲置土地发包，知道的范围小，通过平台交易村里的资产不至于流失。”刘立新说：“过去流转土地要通过经纪人，而且履约成本太高。现在这个交易平台服务好还有政府监管，我们可以放心种地。”

金融创新，减轻农民负担

按照沈阳农交中心交易规则，竞买人需要在交易前拿出一定比例的保证金。交易保证金是潜在受让人在交易过程中对遵守交易规则和流程作出的经济保证。在交易高峰期，为了确保当年有地种、上好项目，有的竞买人一次看中多个“心仪”项目，可在筹措多项目保证金时又因为融资犯了难。

沈阳农交中心为了帮助竞买人解决保证金融资难题，与保险公司联合推出了保证金保险保单作为交易保证金的补充形式，这是沈阳农交中心为解决保证金短期挤占生产流动资金而创设的一项金融服务。

2020年玉米价格一路走高，吸引很多种粮大户继续扩大生产规模。沈阳市苏家屯区的种粮大户关乃铭，在2021年春耕时想再流转几千亩地种玉米，通过沈阳农交中心平台，他看中一宗4000多亩的耕地项目。

但是在交纳交易保证金时，关乃铭发现另外一宗2000多亩项目的地理位置和配套设施却更有吸引力，于是他产生了同时竞争两块地的想法。但他算了算自己“腰包”，参加两个项目的竞争，需交纳的交易保证金就得占用买种子、化肥等农资的预备资金15-30天，影响到春耕备耕的正常进行。

得知参与项目可以用保险保单做交易保证金后，他在不到一天时间里，就顺利办完了征信查询、保险申请等程序，把保单交给工作人员，“如数”交纳了交易保证金，同时取得了两块地的竞价资格。关乃铭说：“保险保单可做保证金，这项服务真贴心。”他用100万元的保证金保险保单补足缴纳耕地流转交易保证金，顺利竞得心仪的土地。

“在大项目上帮助受让人解决资金短期挤占难题，是我们一直关注和研究的重点。实现'小杠杆撬动大资金'是农村产权交易保证金形式的突破，也是在全国同行业中首次成功尝试。”沈阳农交中心总经理王洋说。

这一突破不但解决了农民资金周转的燃眉之急，还优化了各界精英投身农村、投资农业的营商环境，释放了市场活力。最重要的是，这一措施实实在在促进了土地流转交易，扩大了农业生产经营规模，为粮食生产提供了有力保障。

交易创新，盘活“沉睡”资源

2021年7月16日，本溪市本溪满族自治县草河口镇正沟村756亩红松塔果采摘权转让项目在沈阳农村产权交易平台顺利成交。这是辽宁省首例林果采摘权在农村产权交易平台转让。

沈阳农交中心以实际需求为导向，针对红松果采摘期集中，短期内不易寻找采摘合作方的难题，设立采摘权品种，2021年首次在平台完成了两宗红松塔果采摘权交易，共交易面积1638亩，总成交价57.62万元，溢价率15.24%，此举既创新了交易品种，又拓展了服务范围，实现了以前村党支部书记在村里组织交易时想象不到的增值效果。

随着辽宁省各地农村土地确权完成，可预见农村产权交易的品种会有所增加，按照国务院办公厅《关于引导农村产权流转交易市场健康发展的意见》，凡是法律没有限制的品种均可以入市流转交易。未来涉及农村产权的流转交易将更加活跃，沈阳农交中心作为交易平台载体的服务必将不断延伸。

为提升交易影响范围，进一步发挥作为交易机构信息传递、价格发现等基本功能，沈阳农交中心与天津、吉林、黑龙江农村产权交易机构共同签署了“一市三省”合作协议，互相推送优质项目信息，引入充分竞争机制，目标是实现“跨省通办”建立农村产权交易跨区域大市场。

到目前为止，全省共有68宗项目受让权被省外农业生产大户和新型经营主体通过竞价成功取得，成交额1350万元，辽宁省的农村产权交易项目实现了“跨省交易”。

沈阳农交中心在9个涉农区、县分别设立分中心和办事处，实行区、街道、社区三级监管架构与市场交易相结合的运营模式。依托街道便民服务大厅，组建农村产权交易服务站，与街道便民服务大厅合署办公，设置农村产权交易窗口。同时沈阳农交中心加强了专业化交易技术队伍建设，探索开展了“交易中心+经纪人”服务模式，将交易服务延伸到了村头巷尾，把服务送到了田间地头。

“沈阳农交中心作为农村产权交易机构及其平台系统将依据政策方针，立足市场，持续优化农村产权交易模式，对农村产权交易市场要素构成进一步深入探索，唤醒'沉睡'的农村资源、激发农村资源活力，为农村经济腾飞插上翅膀，为乡村振兴贡献力量。”张喜庭充满信心地说。

作者：焦宏、于险峰、张仁军

陕西省合阳县金融合作服务中心

一份新时代追赶超越的抢眼“答卷”

参观同家庄杨荫东故居

金融助推县域经济发展情况工作汇报会

春华秋实。

年末岁首，从首都北京传来消息：合阳县在《中国县域金融生态环境综合指数报告2021》中，以170.5285的高分位居前49位，较2020年前移9位。本次评价进入前百名的在陕西仅有3家，合阳是渭南市唯一名列的县份，也是全省位次最靠前的县市之一。

硕果盈枝。

前不久，由中国人民银行西安分行牵头，联合陕西省委农办、陕西省农业农村厅启动的全省首批“金融服务乡村振兴示范县”中，合阳率先步入陕西21个县（市、区）行列。

收获满满。

“脱贫人口小额信贷”投放走在全市前茅，“三个六”经验得到省上认可，“合阳模式”备受关注；平台公司整合升级荣居渭南第一，受到原省委常委、常务副省长梁桂好评。

……

荣誉，不仅是一种喜悦，更是一种使命、责任。回首2021，合阳“金融人”在实施普惠金融、助力乡村振兴的“金光大道”上，洒下了一滴滴辛勤的汗水、留下了一串串闪光的足迹。

红色引领，金融为民“有温度”

百年风雨，百年辉煌。

“七一”前夕，合阳剧院灯火璀璨，座无虚席，全县“庆祝建党100周年歌咏比赛”在这里如期开唱。由合阳“金融人”放歌的《中国之梦》《在灿烂的阳光下》，用嘹亮的歌声、朴素的情怀，赢得了在场观众的阵阵掌声……

这，只是合阳县抓实党建工作、秉承金融为民的一个见证。

事实上，近几年，合阳县金融合作服务中心持之以恒地以党建为引领，优化服务方式、满足群众需求，先后受到省、市、县相关部门和领导的肯定和好评。特别是2021年以来，他们围绕建党100周年，创新载体、搭建平台，先后组织开展了一系列丰富多彩、寓教于乐的纪念活动，以此砥砺初心、牢记使命，坚定理想信念、搞好本职工作。

唱支山歌给党听。活动中，合阳县金融合作服务中心首先召集大家认真观看了纪念建党100周年大会实况转播，悉心学习了习近平总书记在会上的重要讲话。恢宏壮观的纪念场面、博大精深的讲话精神，深深地感动了观看直播的合阳“金融人”。

入党积极分子杨欢认为，学党史让咱心明了、眼亮了！早日向组织靠拢是她最大的心愿。随后，人人写体会、个个谈感想，千言万语汇集成一句：一定要把讲话精神落实在行动上，奋力开创新时代金融工作新局面。与此同时，结合学习全中心共开办学习专栏3期，展出版面2块，7名党员、3名积极分子带领广大干部职工共撰写学习文章50余篇，人均记写笔记1.5万字以上。

赓续红色基因，争做红色传人，是合阳县金融合作服务中心的又一亮点。

他们先后组织大家前往同家庄杨荫东故居、百良东宫城村中共合阳县委旧址、甘井初心公园等红色教育基地参观学习，回溯光辉历程，感悟峥嵘岁月。走“前辈路”、吃“忆苦饭”，一张张真实的图片、一个个生动的场景、一份份珍贵的遗物……都在潜移默化中净化了灵魂、提升了境界。

与之相辅相成的是：不论是“学党史、明党规、守党纪、跟党走、扬家风”，还是“高举旗帜、响应号召，奋进新时代、启航新征程”等主题教育活动既开展的扎扎实实，又有声有色。相继组织了“党的知识百日”答题测试，参加了局党委举办的主题演讲和县上书画赛，观看了《长津湖》《建国伟业》《路》等红色影片及警示教育片，设立了“党员责任区”“党员示范岗”“党员先锋岗”，开展“六晒”活动，宣讲党的十九届六中全会精神……这一切的一切，都使合阳县金融合作服务中心以党史学习教育为主的党建工作走新走实又走心。

聚是一团火，散是满天星。随之而来的是：大家把在学党史、强党建中焕发出的热情，积极投身到“我为群众办实事”的具体实践中去。一个“释放金融活水、助力乡村振兴”的壮美画卷，正在徐徐拉开……

“就是要学史明理、学史增信、学史崇德、学史力行，走好新时代的‘长征路’‘赶考路’”。合阳县金融合作服务中心党支部书记、主任刘宏武表示！

【点评】 牵一发而动全身。东西南北中，工农商学兵，党是领导一切的。只有托起党的建设这颗“定盘星”“稳压器”，发挥支部这个“主心骨”作用，才能做到“不偏航”“不脱轨”，取得实实在在的成效。

贴心服务，支企支小“有力度”

“为什么要设立秦创原、企业如何质押融资”？

“‘专精特新’如何评定，国家有哪些担保政策”？

……

近日，来自合阳的侨诺制造、澄合煤矿等6家后备上市企业负责人，参加了渭南市金融办举办的“陕西股权交易中心秦创原专区及北京证券交易所政策宣讲培训会”。

金融“云”讲堂，赋能高质量。宣讲中，大家专心听，认真记，不时点头称赞，若有所思。

“后疫情”时代，如何做精做优、做强做大普惠金融这篇“大文章”？始终是合阳“金融人”经常思考的一大问题。

基于这一认识，2021年以来，合阳县金融合作服务中心按照县委、县政府安排部署，在市金融办的精心指导下，围绕“工业倍增”“龙门计划”等全县12项重点工作任务，为高质量发展出实招、鼓实劲。在深入王村、坊镇、同家庄、城关等镇（街）和经开区部分企业开展“大走访”“大调研”的同时，先后召开“政银企”对接会4次。会上“问诊把脉”、“辨证施治”，当面锣、对面鼓地征求意见建议，破解融资难题。先后收到企业家们提出的涉及有关质押、利率以及融资环境、投放程序等方面的合理化建议等20余条，达成融资意向1.5亿多元。

为了使“无米下锅”和“有锅无米”更好地对接起来，合阳县金融合作服务中心派员及时跟进、建立台账、挂账销号，历尽所能为金融机构和有融资需求的中小微企业搭建平台，以此落实主体责任，发挥资金效能；完善细化考核办法，召集相关部门和金融机构，对现有考核办法在集思广益的同时，进行了修改完善和细化，夯实了责任，严明了约束力、执行力；印发了《关于建立合阳县企业上市政务服务绿色通道的通知》等文件，组织上市后备企业参加培训3次，邀请长乐基金、渭南金融超市、渭南科创基金、开源证券，为有上市意愿的郭氏食品和风动工具等“专精特新”“小巨人”企业进行筛选指导；对“有诺无信”的银行业金融机构，年底考核时实行“一票否决”；引导融资担保公司发挥职能，深化与各银行的业务合作关系……所有这些，都为合阳的金融服务增色不少。

拓思路、转观念，好机制迸发新活力。

说到金融为企业带来的实惠时，陕西合阳继斌果业有限责任公司总经理李继斌感言：“这几年多亏了合阳邮储银行的支持。前几天，就一次性为我投放贷款300万元，缓解了收购资金紧缺”。

“2021年8月，是县农行提供的100万元贷款，帮助公司购回奶牛100头，渡过了难关！”陕西兴隆乳业总经理杨晓辉不会忘记。

……

点滴化作爱，枝叶总关情。

据有关资料显示：目前，全县8家银行业金融机构贷款余额69.55亿元，存贷比为38.17%，累计为2284家中小微企业和个体工商户发放贷款4.04亿元，为1家企业办理展期500万元。

不仅如此，作为全县唯一的政府性担保机构，合阳富旺兴融资担保有限公司先后为13家企业担保贷款1550万元，担保利率均为1%，最大程度为企业“铺金路”、让企业“得实惠”。

【点评】：一头连着企业，一头连着银行。怎样发挥金融这个“杠杆”作用，走好走活县域经济发展“一盘棋”，以此树立“金融是现代经济的核心”的理念，体现金融“定海神针”的强大作用，为企业抓住先机、升级换代提供坚实的融资保障？才是真正的“王道”。

撒金播银，乡村振兴“有精度”

大棚樱桃树体健旺、“金银花开”随风摇曳、设施草莓碧绿欲滴……

早春二月，走进王村镇的田间地头，耳闻目睹着这难得的“人勤春早”的场景，合阳“金融人”在倍感欣喜的同时，一种沉甸甸的使命和担当涌上心头。

“乡村要振兴，金融怎么办”？围绕这个话题，2021年合阳县金融合作服务中心以“脱贫人口小额信贷”为抓手，千方百计下好乡村振兴“一盘棋”。

具体工作中，他们首先成立了领导小组，提出了具体措施，明确了目标任务，制定了《金融支持乡村振兴实施方案》。同时，编印了《金融支持乡村振兴发展政策汇编》《金融支持乡村振兴信贷产品介绍》2本册子。在此基础上，出台了《合阳县农村土地承包经营权抵押贷款管理（暂行）办法》等5个规范性政策文件。此外，要求各银行业金融机构健全完善信贷产品、信贷投向、信贷流程；多次召开“脱贫人口小额信贷”发放政策培训会，就金融支持乡村振兴建言献策，形成共识。

值得一提的是：由县金融合作服务中心倡导、人行合阳支行牵头发起的“一行一特色”创建工作，围绕“金融助力乡村振兴，打造先行示范区”这一主题，重点优化农村金融服务，改善农村金融环境，主攻农村关键领域，加大金融扶持力度。工作中，以创建“乡村振兴先行区”为目标、以全国“一村一品”示范镇甘井镇为重点扶持对象，辐射引领示范带、示范村建设。

开新局，谋新篇。为了巩固拓展脱贫攻坚成果同乡村振兴有效衔接，合阳县金融合作服务中心还采取把好“六个关口”、建立“六个台账”、实现“六大确保”的模式。即：一是把好授信关，建立评级授信台账，确保评级授信全覆盖。二是把好摸底关，建立产业摸底台账，确保信贷投放精准有效。三是把好需求关，建立资金需求台账，确保符合产业需求。四是把好落实关，建立信贷台账，确保政策落实无折扣。五是把好贴息关，建立信息使用台账，确保贴息及时到位。六是把好保险关，建立保险台账，确保有效防范风险，想方设法做好动态监测，进户“六查六问”，防止易致返贫。

一石掀起天层浪。此举不仅让“脱贫人口小额信贷”成为乡村振兴的“加速器”，而且激活了强村富民的“一池春水”，从而做到了小额信贷“有规模、有效果、有质量”。2021年，合阳县共对全县26892户贫困户和新增三类监测户进行了评信升级，完成脱贫户和新增三类监测户在发展红提、樱桃、红薯、中药材等8大产业的调查摸底工作。累计为全县1356户脱贫户发放小额贷款6089.63万元，其中为12户新增三类监测户发放52.8万元。发生9笔逾期33.9万元，逾期率0.13%。1笔不良贷款1.24万元，不良率0.005%，逾期、不良均在可控范围之内。为19户启动风险补偿53.99万元，风险补偿金启动程序顺畅。

在古莘大地，谈到金融助力乡村振兴，令人信服的还有：

合阳县金融合作服务中心帮助长安银行合阳支行在王村镇山阳村建成“惠农支付服务点”；指导陕西信合合阳联社在全县银行业金融机构率先签订《金融助推乡村振兴战略协议》；协助合阳惠民村镇银行新增支行2家；支持邮储银行合阳支行在甘井镇同堤坊村举行了“基层党组织+乡村振兴服务工作室”授牌仪式；为所包联的金峪镇背河社区强设施、兴产业……

从“粮食贷”到“富农卡”、从“惠农e贷”到“农担贷”、从“致富贷”到“美丽乡村贷”……紧盯乡村振兴战略，合阳“金融人”步履铿锵，一路走来。

“丰阜农业”负责人范生虎坦言，没有县域陕西信合、长安银行的鼎力支持，就没有自己的今天。仅2021年，长安银行就一次贷给公司750万元。

“有了这5万元的小额贷，加上精细管理，2021年迎来了丰收年！”百良镇太枣村红提种植户王琴芳高兴地合不拢嘴。

……

像这样受益于“脱贫人口小额信贷”的人和事不胜枚举。

【点评】：乡村要振兴，产业必振兴。丰富的信贷产品、顺畅的信贷投放、新兴的致富产业……无一例外地成为增收的“金颗颗”“银串串”，让群众在奔小康的征途中看到了“诗和远方”。

多点发力，融资环境“有热度”

折扇宣传、发放彩页、上街咨询……

2021年7月14日，合阳县打击防范金融领域非法集资领导小组各成员单，位在县金融合作服务中心的牵头组织下，走上街头巷尾、田间地头、农家小院，向群众宣传、防诈防骗相关政策知识。

“法律不保护，政府不买单”“守好‘钱袋子’，护好‘幸福家’”……一句句通俗易懂、深入浅出的“大宣传”“大展示”，不仅营造了良好的金融生态环境，而且提高了群众的法律意识。

2021年以来，合阳县金融合作服务中心全力打好“主动仗”，织密“防诈网”。分别成立了涉金融领域维稳专班、防范化解重大金融风险攻坚领导小组，制定了《金融风险防范化解工作机制》等文件。及时处置化解银行业金融机构不良贷款，扎实推进陕西信合合阳联社改革工作。定期举办《防范和处置非法集资条例》专题培训，并结合实际，以案说法，解读了《条例》出台的重要意义、主要章节，以及对防范和处置非法集资的影响等。同时，通过“微信公众号、抖音、游飞字幕、短视频”等“线上线下”的办法，同频共振，形成合力，达到“宣传一个，影响一群，带动一方”的良好效果。全县先后组织开展大型集中宣传2次，参与群众3万多人次，发放彩页1.8万余份、宣传折扇5000余把。在此基础上，受理涉众型经济案（事）件3起，涉案资金8577万元，受害群众4600人，其中源源棉花专业合作社已清退1900余万元，清退比例达29%。目前，受害群众情绪稳定，风险可控。

“真没想到，非法集资的危害这么大！”

“往后，我一定要珍惜自己的血汗钱，把钱存到正规银行。”……

“接地气”的宣讲、“明打明”的算账……无不让前来接受教育咨询的人豁然开朗、心服口服。听了工作人员有理有据、有血有肉的宣传后，许多人发自内心地感慨道。

【点评】：占小便宜吃大亏。众所周知，防范化解重大金融风险已上升到党和国家的重要战略。事实雄辩地证明：全社会在“防非”上只要形成共识共动，广大群众不贪不占，出重拳、下猛药，使“非法”集资犹如“老鼠过街，人人喊打”，就一定能营造出“风清气正”的金融生态环境。

创新载体，平台整合“有厚度”

隆冬的渭北，寒气袭人。

2021年12月14日，由江苏镇江高新创业投资有限公司总经理李俊强率领的一行3人，来合阳县调研指导产业投资引导基金工作。窗外冷风呼啸，室内暖意融融。此举不仅将该县的平台整合升级工作推向“快车道”，而且为做好金融“大蛋糕”提供了先进理念，开阔了眼界，增长了见识。

其实，这只是合阳县在平台公司整合升级中的一个缩影。

在这方面，该县金融合作服务中心制定了整合方案，由专业机构出具了《资产清查专项审计报告》《资产评估报告书》和《审计报告》。合并后，全县平台总资产22.5亿元，总负债10.5亿元，所有者权益12亿元，资产负债率46.7%；积极学习借鉴东部地区发展经验，拟定的《合阳县政府投资引导基金管理办法》经县政府常务会审议通过，目前正在加紧对接，洽谈商议相关事宜；发挥财政资金撬动作用，完善现有“政银企”机制，鼓励银行业金融机构按照市场化原则，加大平台融资支持力度，严防盲目抽贷、压贷或停贷；激励公司运用企业债券、公司债券和银行间债券市场非金融企业债务融资工具，扩大直接融资规模。

苏陕协作开新篇，“传经送宝”话融资。仅在产业引导基金上，合阳县金融合作服务中心正和江苏镇江高新创业投资有限公司达成共识：紧盯“高大上”、服务“高质量”、瞄准“精特新”，以“小切口”换来“大融资”。

双方同意，本着“刀下见菜”的原则，要拿出一份切实可行、科学合理的合作协议，进入实质性启动阶段，让招商引资、产业基金成为高质量发展的“助推器”、乡村振兴的“加油站”。

【点评】：一个好汉三个帮，大树底下好“乘凉”。合阳县金融合作服务中心一手抓整合、提升级，一手抓“筑巢”、栖“凤凰”，厚植融资沃土，挖掘融资资源，更好地释放“金融活水”，给力经济发展。

作者：佘佩佩

山东省滕州市粮食和物资储备中心

在优质粮食工程建设中当示范做样板

滕州市位于山东南部，是全省第一人口大县，也是全国著名的粮食主产区和精种高产区，素有“鲁南粮仓”之称，先后获评全国粮食生产先进县、全国农业改革与建设试点县、全国优势农产品产业带示范县等荣誉称号。近年来，滕州市粮食和物资储备中心秉承“为耕者谋利、为食者造福、为业者护航”的“三为”理念，以“善粮善为 同心滕成”党建品牌为引领，立足本地粮食发展实际，持续提高好粮油产品供给、种粮农民收入，全面擦亮“中国好粮油”示范县公共品牌。

树牢“为耕者谋利”理念，让种粮农民腰包鼓起来

推行“订单式”种植。从优粮优种入手，根据市场需求，订单种植所需品种，变“市场有什么加工什么”为“市场需要什么种植什么”，依托新东谷面粉、高新面粉、恒仁工贸等农业龙头企业，创新“公司+品牌+合作社+基地+农户”种植模式，以土地流转、订单农业、专项服务等方式延伸发展，协调企业、镇街和农户，建设专属原料基地10万亩，签订优粮优产优质小麦、玉米订单种植合同17万余亩，带动农户5万余户，形成规模化、专业化、产业化经营格局，确保原粮的品质和数量，促进当地种植结构的调整，积极向优质高效高产的方向发展，推动国家产业政策的贯彻落实，从而实现种植基地化、粮源优质化，促进农民增收、企业增效，保障绿色优质粮油产品供应。

推行“保护价”收购。对规模化、订单化生产的优质小麦，坚持“优粮优价”，按每市斤高于市场价0.05—0.2元的价格敞开收购。结合农民自身意愿，对优质小麦自留口粮部分，利用产后服务中心进行代存代储或便捷兑换面粉等服务，实现优质小麦应收尽收。通过规模生产、质量检测、差价收购等有效措施，有效为农民增加了收入，仅2020年通过“中国好粮油”示范县建设优购差价为种粮农户增收近1000万元。

推行“保姆式”服务。统筹滕州市5家粮油企业实施粮食产后服务体系建设，主要实施清理筛、卸粮机、输送机、除尘机等粮食

左图为在安徽阜南召开的全国深入推进优质粮食工程加快粮食产业高质量发展现场经验交流会上作先进典型发言；右上图为山东省第一家通过 CMA 资质认证的县级粮食质监站；右下图为滕州市粮食和物资储备中心下属山东鲁滕粮食储备库有限公司

收储装备更新及收储场地硬件建设，并以增加农民市场议价能力、推动节粮减损为目标，为广大农户提供“五代”服务，覆盖 630 个村庄、11 万余户，累计清理、干燥、储存、加工、销售 43 万吨，开展技术服务 350 场次，受益农民 2 万余人次，运营效果显著。积极扩大“五代”服务覆盖领域，将服务项目扩展到质量快检，提供种子、化肥、市场信息和融资、担保服务，推广订单农业等产前服务。坚持服务专业化、运营市场化，创新“粮食产后服务中心 + 合作社 + 农户”的服务模式，引导承建企业与合作社和农户建立长期合作关系，最大限度地减少农户在收储环节的粮食损失。

树牢“为食者造福”理念，让优质粮油供给多起来

推动主食产业化发展。依托荷香缘食品公司，与新东谷面粉公司“中央厨房”项目相结合，积极实施放心馒头工程，扩大生产规模，逐步提高馒头、花卷、面条和水饺等主食产品产量，加快推进以传统蒸煮米面制品为代表的主食产业化进程，让广大人民群众更加方便地吃到优质主食；支持高新面粉公司对下游产业链积极探索，研制小麦胚芽等高营养高附加值产品以及高档营养挂面等项目建设，推动粮油企业全产业链发展。

推动质检共享化建设。聚焦粮食质量监测，实施粮食质量安全检验监测体系项目，项目建成后，为切实发挥粮食质量安全检验监测体系项目作用，抽调人员成立了山东安丰检验检测有限公司，并成为山东省第一家通过 CMA 资质认证的县级粮食质量检测机构，认证项目包括原粮及面粉项目相关的食品及非食品类，共计 9 大类 120 小项。同时，在完成所有地方储备粮的质量检测，建立检测台账，确保地方储备粮质量安全、可追溯的基础上，发挥技术人员和检测设备优势，积极联系鲁粮集团等企业，探索合作模式，为粮食加工企业提供质检服务，收取基本的试剂费用，实现仪器共用。加强全市粮油企业质检人员技术交流，实现人员共用，相互促进。

推动仓储现代化提升。坚持扩大有效仓容、增强应急储备能力，实施基层粮库升级改造三年规划，计划利用 3 年时间，升级扩建 9 个万吨的粮库，形成以鲁滕公司为中心库的县级国有基层粮库“1+9”规模化布局，将县级现代化仓容水平提升至 24 万吨。目前，鲁滕公司新建 2.5 万吨仓房项目已完工并投入使用，今年预计完成 3 处基层粮库升级改造，新增现代化仓容 3 万吨。同时，积极推进智慧粮库建设，以“实时监控、正确调度、处置迅速、数据准确、管理到位、监控有效”为目标，在已有远程监控系统的基础上，结合“一整两通”项目建设，引入物联网技术，建设数字粮库远程监控中心，不断夯实优质粮油供给的基础设施现代化水平。

树牢“为业者护航”理念，让产业发展生态活起来

推进收储多元化。加大对粮食收储重点企业信贷支持，采取省农担公司担保、省财政担保基金担保等多种贷款方法，拓宽企业融资渠道，为粮食收购、物流运输等环节提供金融服务。近三年累计协调融资近 4 亿元，为市场化收购奠定了坚实基础。同时，继续巩固和发展对外收储合作，创新拓展了江山市地储粮代收代储代轮换。积极寻求同中化集团多方面的合作，探索建立订单代收模式，在嘉禾粮油公司官桥粮库建立中化 MAP 农业服务中心，推广种植全程托管服务，不断强化粮食安全保障的同时，进一步探索优质粮食种植新模式，丰富粮食收储取得，助力农民增收。

推进产品多元化。引导新东谷面粉公司成功研发“山农紫糯 1 号”紫色糯性小麦和马铃薯系列产品，通过科学搭配，低温萃取，最大限度保留营养价值，产品呈现出营养、健康、味美等特色，赢得了消费者一致好评。支持高新面粉公司实施面粉工艺升级和精配系统改造，开发出一系列符合不同人群和层次需求的好粮油产品，实现了专业化、定制化发展，满足多样化的市场需求，其中通过好粮油项目建设研发的“中鲁高新”家用麦芯粉获得第 12 届中国绿色博览会金奖产品。帮助恒仁工贸公司引进国际先进的玉米粮情自动化检测系统，目前已安装使用，实现了粮食从扦样、色选、质量指标检测等全程自动化操作，极大提高了种粮收购的便捷程度，粮食产品优品率大幅提升。借助“优质粮食工程”展销活动，多次组织示范企业到外地参观学习，在提升全市粮油品牌知名度的同时，积极寻求未来滕州市粮食产业冷冻食品、功能性食品等发展方向，不断开发符合不同人群和层次需求的好粮油产品，实现多元化发展。

推进营销多元化。积极组织开展“服务乡村振兴，健康百姓生活”为主题的“中国好粮油”进农村、进社区活动，真正畅通了优质粮食供应的“最后一公里”。大力拓宽线下营销网络，依托“中国好粮油”示范县实施单位，引导示范企业按照统一的标准和风格，在全市范围内布局建设线下销售示范门店 70 家，逐步形成覆盖全市的线下营销网络。创新拓展线上营销渠道，协调粮食企业入驻“齐鲁粮油”“好粮有网”线上展销平台，积极开展品牌宣传和展销活动；与阿里巴巴、惠农网、“好粮有网”等平台合作，积极开展线上销售业务；与本地电子商务优势企业强盛公司合作，利用本地资源建立起粮油产品的互联网销售渠道，有力提升了滕州粮油品牌影响力和市场竞争力。通过一系列营销举措和品牌建设，滕州粮油产品现已销售至全国各省份和直辖市，获得了消费者的一致好评和认可。

下一步，滕州市粮食和物资储备中心将以“善粮善为 同心滕成”党建品牌为引领，将“优质粮食工程”同招商引资相融合，同现代高效农业相融合，同工业强市、产业兴市相融合，同美德滕州、文明滕州、富强滕州建设相融合，不断做实“六大行动”，全面升级“优质粮食工程”，着力构建更高层次、更有质量、更有效率、更可持续的粮食安全保障体系，努力为全国粮食产业发展贡献滕州力量。

作者／摄影：侯杰

广东省江门市应急管理局

构建“大应急大安全”格局 营造经济社会发展稳定环境

“2016—2018 年度全国森林防火先进单位”——江门市中心城区森林消防大队参加广东省首届森林消防业务技能大比武活动时合影

链接：江门市应急管理局于 2019 年 1 月 9 日正式挂牌，整合了应急管理、安全生产、水旱灾害、冰冻、台风、地震和地质灾害、森林火灾等应急救援工作职能，承担突发事件应急委员会、安全生产委员会、减灾委员会、三防指挥部以及森林防灭火指挥部等 5 个议事协调机构的日常工作。在全省 2019 年度安全生产责任制及消防工作考核中，江门市获评“优秀”等次；2020 年度被江门市人民政府通报表扬为“2017—2019 年度国务院督查激励工作表现突出集体”，局机关党委被市委、市政府评为“江门市抗击新冠肺炎疫情先进集体”；中心城区森林消防大队 2019 年被国家林业和草原局评为“全国森林防火工作先进单位”，成为全省唯一获此殊荣的森林消防队伍。在宣传教育方面，“江门应急管理”南方号，获 2019 年度“年度民生服务奖”和“年度最佳新锐奖”，获 2020 年度“政务公开奖”；“江门应急管理”微信公众号获 2020 年度江门市“十佳特色政务新媒体”，微信公众号《防灾减灾模拟体验馆》新媒体作品获 2020 年度江门市“十佳创新传播案例”；制作的科普作品《灾害来了怎么办？》在应急管理科普作品征集评选活动中被评为“优秀奖”，《安全生产系列动漫》获第一届全国应急管理普法作品征集展播活动三等奖。

江门市应急管理局自 2019 年 1 月组建以来，始终坚持以习近平新时代中国特色社会主义思想为指导，以政治建设为抓手，认真贯彻落实习近平总书记关于应急管理、安全生产和防灾减灾的重要论述和重要指示批示精神。在市委、市政府的正确领导下，全市应急管理系统始终坚持“人民至上、生命至上”的理念，着力防范化解重大安全风险，逐步构建起“大应急、大安全”工作格局。

在广东省安全生产行政处罚案卷评查结果中位居前列、全市实现三级安全生产委员会“双主任”制全覆盖、全市 101 个村（社区）完成“全国综合减灾示范社区”创建、全市重点行业企业安全生产主动公开承诺率 100%、全市重大危险源企业应急预案修编率 100%……近年来，江门市应急管理局以党建为引领，为江门经济社会发展营造安全稳定的环境，取得了一系列实效。

织牢织密“安全网”

近年来，江门市应急管理局以党组改设党委为契机，健全完善党的组织和制度建设，严格执行“第一议题”制度，坚持每周召开一次局党委会或党委（扩大）会，每季度至少召开一次党委理论学习中心组会议，把学习习近平总书记的重要讲话精神和上级最新部署作为第一议题，形成学习习近平新时代中国特色社会主义思想和应急管理业务知识的常态化机制。

以党建为引领，江门市应急管理局不断完善“大应急”工作机制，织牢织密城市“安全网”，做好城市安全守护者。早在 2019 年，全市就已实现市、县（市、区）、乡镇（街道）三级安全生产委员会“双主任”制全覆盖，通过充分发挥安全生产委员会综合指导、统筹协调的职能作用，压实党政领导干部安全生产“党政同责、一岗双责”责任。

同时，针对落实生产经营单位的安全生产主体责任制，江门市推行企业安全承诺公告制度，目前全市重点行业企业主动公开承诺率达 100%，并通过进一步完善安全许可条件，将明确购买安全生产责任保险和配备注册安全工程师列入安全许可条件，进一步压实了企业安全生产主体责任。

此外，2021 年江门市应急管理局以开展党史学习教育为契机，深入开展“我为群众办实事”实践活动，围绕行政审批改革、工作作风、地质灾害防御、联系基层群众、队伍建设等 14 个方面展开相关工作。其中，聚焦困扰群众出行的道路交通安全问题，江门市应急管理局将其作为“我为群众办实事”的发力点，成立市系统防范化解道路交通安全风险工作专班，组织牵头制定《江门市系统防范化解道路交通安全风险工作实施方案》，将全市 72 项工作任务细化为 154 项具体措施，截至 2021 年 6 月底，全市“一清一灯一带”治理点 455 处，“平安村口”治理点 1762 处，急弯陡坡、临边临崖路段需增设警示提醒 78 处均已全部完成整改，道路交通事故起数和死亡人数实现同比“双下降”。

加强应急救援队伍建设

江门市地处南海之滨，台风、暴雨及洪涝等自然灾害时有发生。2018 年，超强台风“山竹”正面袭击江门，给江门市造成重大经济损失。2019 年，江门市组织 11 支应急救援队伍近 300 人开展台风应急灾害应急救援演练，此次演练规模大、内容丰富、安排紧凑、针对性强、效果明显，充分展示了江门市应急队伍良好的专业素质、严明的组织纪律和顽强的拼搏精神。

近年来，江门市应急管理局坚持防范与救助相补充，以高度的政治自觉和使命担当，大力推进“统一调度、响应迅速，统一指挥、联合作战”的应急救援队伍体系，铸造了一支支“召之即来、来之能战、战之必胜”的专业救援队伍，并通过积极开展跨区域、多部门联合演练、多行业的各类安全生产应急救援演练，提高属地政府统一指挥、企业和部门协调联动、各负其责开展应急救援的能力。

其中，江门市组建成立的全市第一支专业森林消防队伍——江门市中心城区森林消防大队，经过多年的发展，这支几乎全部由退役军人组成的森林防灭火队伍，因表现出色成功被列入广东省森林消防机动大队的队伍，必要时接受上级调动增援省外、市外的应急救援工作。2019 年，该大队被评为“2016—2018 年度全国森林防火先进单位”，成立 7 年来，该队伍先后接警 774 次，参加扑救山火 38 次，其中 5 次跨市支援扑救森林火灾，出动队员 807 人次，出动车辆 196 车次，为保护全市乃至全省森林资源作出了突出贡献，这也是江门市不断加强应急救援队伍建设的一处缩影。

“十四五”开局之年，为推进应急管理体系和能力现代化，建立健全更加完善的应急救援队伍体系，江门市有关职能部门自行组建或依托企业、社会力量组建的 23 支市级专业救援队伍，获市级授旗，正式成为江门市应急救援的“拳头部队”和“尖刀力量”。截至目前，江门市共有460支专业应急救援队伍，为全市“万家灯火”提供着最坚实的守护。

打通应急“最后一公里”

在江门市首个应急科普文化公园——艇仔湖公园中，“突然地震时该怎么办”“进山不带火，入林不吸烟”“一点星星火，可毁万亩林”等安全标语随处可见，这是江门市应急管理局积极打通应急“最后一公里”，不断提升全市防灾减灾救灾能力的一个缩影。

近年来，江门市应急管理局创新应急宣传载体，依托文化广场、主题公园、候车亭、社区电梯等，将应急文化教育融入公共场所和公共设施，建成了一批应急文化宣传阵地，通过宣传关于应急管理工作的相关法律、法规、政策和工作要求，各类突发事件的特点、危害及预防措施、应急处置方法、自救互救常识等内容，营造“人人知晓安全、人人参与安全”的浓厚氛围。

同时，江门市应急管理局还以“安全生产月”为契机，通过“安全生产大家谈”云宣传活动，让群众足不出户接受安全教育，并通过推进安全宣传“五进”活动，让安全宣传进社区、进企业、进农村、进校园、进家庭，进一步提高全社会整体安全水平。

围绕“以防为主，防抗救相结合”的工作方针，江门市应急管理局充分利用科技信息化手段，着力提升全市的监测预警、监管执法、辅助决策、救援实战、科技支撑、社会动员六方面能力，提升应急管理现代化水平和安全生产监管水平。目前，已完成应急指挥信息网、融合通讯平台和应急指挥综合应用平台等系统建设，梳理了各类与应急相关的基础信息资源5000多条，汇聚了危化品企业、景区、河道、水库、公路等监控视频2500多路，实现了雨量、河道、水库等监测数据实时更新，初步构建全市应急管理“一张图”。

此外，近年来江门市应急管理局还着力完善救灾物资储备体系，加强灾害避护场所建设，推进综合减灾示范社区建设，积极引导和培育社会组织参与防灾减灾救灾工作，不断提升全市防灾减灾救灾能力。据统计，目前江门市共有101个社区获得“全国综合减灾示范社区”称号，完成了全市每个乡（镇）至少有一个村（社区）开展“全国综合减灾示范社区”创建工作的任务目标，并建有8个生活类救灾物资储备仓库，储备各种生活类救灾物资21万多件，能够及时为全市受灾区域迅速提供物资保障。

文／图：江门市应急管理局

江西省九江市应急管理局

砥砺奋进一周年 聚力扬帆再出发

九江市市县两级应急管理系统干部重温入党誓词 摄影：沈玉华

在全省应急管理系统率先成立党委，第一时间全面承接“两委四部”职能，森林防灭火“六字诀”、防办工作十六法、“训、剖、筛、考”四项精准措施扎实推动安全生产集中整治等一批工作经验在全省乃至全国推广……

江西省九江市应急管理局组建以来，认真践行习近平总书记“对党忠诚、纪律严明、赴汤蹈火、竭诚为民”训词精神，一方面，深耕细作安全生产，牢牢守住基本盘基本面；另一方面，主动适应新形势，按照“边组建、边应急”的工作思路，加快理顺体制机制，以对党和人民高度负责的态度，打赢一场场防范化解安全风险的主动仗和应对事故灾害的硬仗。

蹄疾步稳，扎实推进应急管理体制改革

一年前，按照中央机构改革精神，积极整合原九江市安监、市政府应急办、市公安消防、市民政救灾、市国土地质灾害、市水利防汛抗旱、市林业森林防火、市防震减灾8个部门的安全生产、自然灾害防治和应急救援职能，组建九江市应急管理局，标志着九江应急管理开启新纪元。

为更好发挥党组织的领导核心、政治核心和战斗堡垒作用，为全市的应急体系、应急能力建设、防范化解重大安全风险提供坚实的组织保障，九江市委在市应急管理局机构组建的同时完成了党委班子的组建，通过调动一切积极因素，不断探索全市应急管理高质量发展新思路新途径。

新组建的应急管理局得到九江市委、市政府高度重视并高位推动。九江市委书记林彬杨在机构改革后首站选择到市应急管理局开

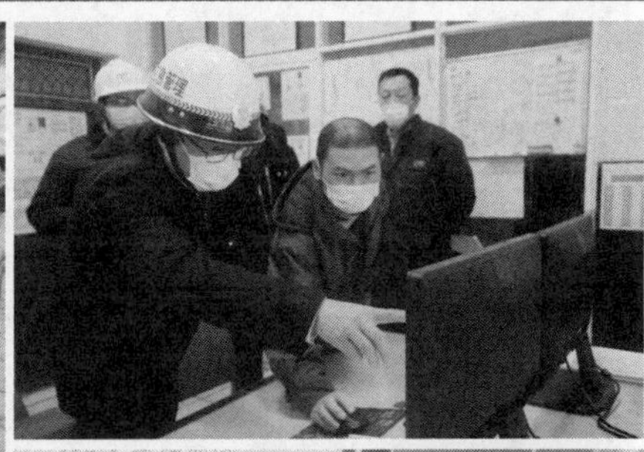

工作剪影：左图为开展安全生产宣传周活动，右上图为检查危化企业自动控制系统，右下图为组织开展“5·12 防灾减灾日”活动　摄影：沈玉华

展走访调研，市委副书记、代市长谢来发到九江的第二天就调度应急管理工作。面对应急管理工作的新形势、新任务、新要求，九江市应急管理局党委书记、局长曾宪奎坚定地说：“我们将进一步推进应急管理改革发展工作，推进应急管理体系和能力现代化，把维护全市安全生产形势稳定和自然灾害防治救形势稳定的责任扛在肩上、抓在手上、落实在行动上。”

一年来，九江市应急管理局突出“稳、快、统”三个字，构建“大安全、大应急、大减灾”的格局，将市安全生产委员会、市减灾委员会、市防汛抗旱指挥部、市森林防灭火指挥部、市抗震救灾指挥部、市地质灾害防治指挥部等“两委四部”的日常工作全面有序开展起来。按照市委、市政府关于机构改革期间“思想不乱、工作不断、队伍不散、干劲不减”的总要求，九江市应急管理局在全省率先履行了防汛抗旱指挥部职能和地质灾害防治救职能，相继完成了减灾救灾、森林防灭火、抗震减灾等职能的全面承接，是 2019 年度全省唯一一个全面履行“两委四部”职责的设区市局。

真抓实干 ，抓牢安全生产基本盘

安全生产是经济发展的基础。组建应急管理局这一年，九江市安全事故起数、死亡人数实现“双下降”，矿山、危险化学品等传统高危行业事故起数、死亡人数持续减少，全市安全生产形势总体稳定。

形势稳定的背后，是九江市应急管理局真抓实干，持续不懈抓基础、抓重点、抓整治。按照九江市委、市政府对安全生产工作的指示批示精神，推动涉改的 34 个市直部门将安全生产职责写入部门“三定”规定，九江市安委会明确了 14 个专业委员会，确定了专委会牵头部门，形成了安委会统筹抓、专委会专抓的工作机制。同时，强化企业主体责任的末端落实，开展了安全生产主体责任强化年活动，以“六落实、五突出、六提升、七做实”24 项措施为抓手，推动企业安全生产工作的末端落实。此外，还以属地及行业监管无盲点、企业安全管理无盲区及安全风险管控无盲岗的“三无”为目标，夯实风险管控基础；以合格为基准，夯实执法能力基础；以科技为支撑，夯实本质安全基础。

为有效阻断导致事故发生的关键链条，九江市应急管理局实施了 7 个方面安全生产重点监管，分别是：重点区域、重点行业、重点场所、重点企业、重点人员、重点作业、重点环节。例如，对危险化学品集中区、非煤矿山集中县区、油气管线覆盖县区、旅游重点集散县区和中心城区实施重点监管；对存在“两重点一重大”、地下矿山、发生过事故、被行政处罚过、存在重大安全隐患、存在不重视安全生产工作行为等六类企业，采取“解剖式”检查、深度执法、全覆盖“回头看”、约谈、顶格处罚等措施实行重点管理，为全市安全生产形势稳定提供了坚实保障。同时，开展安全生产十大专项整治、“打非治违”百日行动、“三项整治”行动、安全生产集中整治等系列活动，并以聘请国家级专家开展大培训、对重点企业大剖析作为 2020 年安全生产工作开局。

九江市应急管理局还结合九江实际情况，先后出台了“逐一过筛”“答好五问”“打好四仗”“拿下 2+8+N 阵地”“建好安全防护墙”“推行整治作业单工作制”等针对性措施，得到了国务院安委会督查组的高度肯定。

2020 年 2 月以来，是疫情稳定后企业复工复产的关键阶段，全市大部分企业人员停工、设备停机、管理停摆时间较长，在通过电话摸底掌握了基层企业普遍存在的安全风险后，九江市应急管理局印制 1.2 万份《企业复工复产安全提醒告知书》，分别通过快递邮寄、送货上门等方式送达全市复工复产企业。此外，以“双线”出击指导服务企业安全复工复产，线上引导企业开展“两告知、一警示”活动，将安全生产条件确认的服务提醒、安全生产和防疫工作的重要性以形象的方式告知企业，汇编复工复产生产安全事故案例组织开展警示教育活动，并对纳入市本级调度的 656 家重点企业实行每日事故“零报告”、生产状态报告、安全管理报告“三报告”制度；线下紧盯 462 家危化企业、225 家矿山企业及 669 家重点工贸企业，有针对性地派人员现场服务，对安全生产情况进行抽查。

精准施策，做实自然灾害防治救

自然灾害防治救是一项复杂的系统工程，站在新起点，接过历史的“接力棒”，如何跑好“第一棒”，接稳做实自然灾害防治救工作？这是九江应急人必须认真答好的时代之问。

“防”上着力。通过人防、技防、物防、群防、机制防五个方面，全面构建自然灾害防御体系。对全市 9032 个地灾隐患点进行了分类，明确防灾责任人和监测员、设立了隐患点警示牌，共落实群测群防员 2030 人，发放避险明白卡 26145 张。2019 年 5 月，通过对辖区内地震数据时间扫描和空间扫描，运用应力降、热红外、电离层等地球物理方法对区域内未来地震趋势进行分析，编制了《2019 年度九江及邻区年中地震趋势会商报告》，在江西省地震趋势会商评比中荣获全省设区市评比第二名。此外，还开展了“安全生产月”“5·12”防灾减灾日等系列宣传活动，建立了防山洪、地质灾害、城镇内涝预测预报预警机制，建立了环庐山森林防灭火联防机制。

“治”上发力。在防汛抗旱、森林防灭火、防震减灾、地质灾害防治、减灾救灾五个方面，做实自然灾害防范治理各项工作。创新推广了防办工作“十六法”，创新推广了森林防灭火“禁、早、准、净、安、明”六字诀，还在2019年全省春季森林防火工作总结会上推广了专业森林消防队建设管理“武宁模式”。同时，推进地震烈度速报与预警6个基本台站和9个一般站建设，重点打造了5个全国综合减灾示范社区、13个全省综合减灾示范社区、18个全市综合减灾示范社区、3个全省综合减灾示范乡镇。

“救”上给力。通过加强预案演练、迅速响应汛情、迅速响应森林火情、迅速响应灾情、迅速处置地震事件五个方面，做到快速响应、有效处置。对自然灾害救助、水旱灾害、地震灾害、地质灾害、气象灾害等自然灾害专项应急预案进行修编完善。入汛以后，分析研判水雨情发展趋势，有针对性地部署防范措施。按照“指挥科学、行动快速、联合扑救、安全有序、协同一致、作战勇敢”的指导原则，实现了多起森林火灾的成功快速扑灭。其中，庐山风景名胜区“7•31”雷击山火是九江市应急管理局组建以后面对的第一起山火扑救，从接警到明火扑灭仅3个小时。

能打善战，建强做优应急管理救援队伍

“为生命应急、为人民守夜”是应急管理队伍的职责和使命。九江市应急管理局自组建以来，以“政治机关、纪律部队”为定位，统筹各方力量，优化救援队伍结构，贴近实战提升保障水平，切实维护人民群众生命财产安全。

2020年疫情发生以来，组织调度全市12支专业森林消防队员8045人次，完成了应急物资搬运、高速路口排查及公共场所消杀等各项工作。有战必攻、有攻必克，打赢疫情防控这场人民战争、总体战、阻击战，应急管理救援队伍主动靠前、奋战防控一线。九江市应急管理局依托全市森林消防救援队伍，整合矿山、危化等地方专业救援队伍，推动专业森林消防队向地方综合救援队伍转型升级，开展多灾种针对性训练，打造地方专业应急骨干力量。同时，还引导社会救援力量建设，向九江市蓝天救援队捐赠两台橡皮艇（含马达等配套设备）和一台声呐设备，组织全市4支社会救援队伍参加全国首届社会力量技能竞赛，建立社会救援力量参与应急救援共训共练的工作机制和评价机制。

按照“一专多能”定位，开展抗洪抢险救灾、地震地质灾害处置、雨雪冰灾应对、事故灾难救援等多灾种的针对性训练。2019年6月，协助国家应急管理部在九江市新港镇长江干堤，圆满完成了2019年长江中下游抗洪抢险联合演练任务。为提升应急救援能力，九江市应急管理局不断优化配备救援装备，专门采购了2台无人机用于森林防灭火巡查及火情侦察，配备了远距离抛投器、移动照明电源、卫星电话等先进装备用于防汛抢险。在安全生产领域，市本级配备了5辆安全生产监管执法及应急车辆，并配备安全帽、防爆手电筒、执法记录仪、测距仪、多功能检测仪等监管执法装备。应急人员择优配强，新征召专职森林消防队员167人，在环庐山区域两个重点乡镇各组建一支15人的正规化乡镇森林消防专业队，构建一支“1+2”模式共计60人的专业森林消防队伍。

一周年，对于九江应急人来说，是使命初成，也是责任起始。如今的九江市应急管理局，工作体系更加顺畅，机构改革整体效应不断凸显，正在以“等不起”的紧迫感、“慢不得”的危机感、“坐不住”的责任感切实肩负起党和人民赋予的新时代职责使命，为全市人民群众生命财产安全保驾护航！

作者：沈玉华、程静

重庆市綦江区交通局

全面提质互联互通　打造主城都市区重要支点

团结奋进的綦江区交通局领导班子

链接：重庆市綦江区交通局是綦江区政府工作部门，为正处级，内设8科1室，下属交通运输综合行政执法支队、道路运输事务中心、公路事务中心、港航海事事务中心、公路工程质量管理中心5个事业单位，承担全区交通规划运输管理建设职责。2018年，该局被重庆市公路局评为全市公路行业文明管养单位，被綦江区委、区政府授予全区维稳安保工作做出突出贡献集体嘉奖，被綦江区委评为2018年代表建议办理先进单位，被綦江区爱卫委评为綦江区健康单位；2019年，被重庆市交通局、市农业农村委、市扶贫办评为2019年度“四好农村路”市级示范区县，被重庆市公路局评为2018年公路工作先进单位、2019年公路工作先进单位，局属交通行政执法支队党支部被全国公路职工思想政治工作研究会评为全国公路行业先进基层党组织；2020年，被重庆市委、市政府评为重庆市抗击新冠肺炎疫情先进集体，被綦江区爱卫委评为綦江区卫生单位。

山水多娇，展示着綦江风光无限；道路如网，编织着大地壮美图景。

如今走进綦江，在这片2181平方公里的土地上，大道通衢，纵横交错的交通网络连绵延伸，辐射四面八方，文明与发展提速向前……这里正以端庄秀丽的姿态，唱响交通建设的奋进之歌。

“交通兴、百业兴。”自重庆市交通建设“三年行动计划”实施以来，綦江把交通建设放在优先发展的战略位置，坚持构建大交通、推动大发展的工作格局，“铁、公、水、空”多措并举，交通人披荆斩棘筑坦途，为让綦江建成层次分明、衔接顺畅、安全高效的立体交通体系而不懈努力，为推动区域协调发展，加快打造主城都市区重要支点奠定坚实的基础。

责任当使命，锁定目标开启新征程

綦江区地处重庆市南部，东临南川，南接贵州习水、桐梓两县，西连江津，北靠巴南，境内山高林密，地势复杂，素来有“重庆南大门”之称，是重庆市南部的重要交通枢纽和客货运输中心。在“三年行动计划”实施前的2016年，綦江区拥有铁路通车里程135公里，

綦江区交通建设剪影。左图为綦江南立体交通网络 摄影：杨奇；右上图为渝黔高铁穿过在建的綦江两合江特大桥 摄影：吴先勇；右下图为綦江区蓝天白云，李子花、油菜花相映成趣，老东丁路干净整洁的路面环绕山间而过，自成一景 摄影：李红彤

内河通航里程 214.4 公里，公路通车总里程 4731 公里。

但随着经济社会进一步发展，再次给綦江交通提出了新挑战——凭借海拔 500 米以上的众多旅游资源，煤炭、石子等资源丰富储量，该区积极打造以“三养綦江”为主题的休闲、纳凉等旅游产业发展，全力实施老工业基地复兴、采煤沉陷区治理等战略，但各个旅游景点、产业产区之间缺乏快速通道进行有效连接，偏远地区出行难问题依然存在，交通基础设施已成为制约綦江经济产业发展的瓶颈。

瓶颈如何突破？如何充分释放交通引领经济社会发展的先行作用？怎样才能让綦江这座交通枢纽城市在新时代创新引领开放崛起中更有作为？綦江区按照市委、市政府“三年行动计划”的工作要求，结合交通实际情况，认真查找问题短板。经过反复调研，交通是推进綦江发展的先导工程、基础骨架，基础设施建设是推动綦江发展的“牛鼻子”，成为这里上下的一致共识。

2017 年，綦江召开了高规格的全区交通工作会议，对标对表全市交通建设“三年行动计划”安排部署，发出了交通三年会战的动员令。3 年期间，加快实施高速铁路、高速公路等对外连接通道，提升普通干线公路和重要连接线技术等级，打通服务群众“最后一公里”农村公路，紧抓项目前期进度和质量，破解资金和征拆难题，着力构建外联内通、能力充分、方式协调、绿色高效的综合交通运输体系。

建立干线铁路“支柱”。投入 70 亿元，建成渝贵铁路，三万南铁路改造，全力配合推进渝贵高铁、市域铁路、川黔铁路改造、铁路二环线（永川—綦江段）、万关赶铁路前期工作，实现綦江与主城的快速通达，配合物流园区建设步伐，现代货运物流体系已见雏形。

拉开高速公路“骨架”。投入 36 亿元，全力推进渝黔高速扩能项目（綦江段）建设，力争年内完工，启动实施安习高速、万正高速、渝黔高速“四改八”、綦江绕城高速、綦万高速扩能 5 个项目前期工作，规划江綦万桐高速，拉通出境“大骨架”，实现镇镇高速通达率 90% 以上。

打通干线公路“经脉”。投入 33 亿元，实施 450 公里普通干线公路及重要连接线改造，等级公路增加 570 公里，公路网面积密度由 211 公里 / 百平方公里提升至 225 公里 / 百平方公里，区域内一级公路里程由零增加至 29 公里，二级及以上公路占比由 4.6% 提升至 7.1%，实现国道二级公路以上占比 100%，省道三级公路以上占比 80%，城区与街镇 100% 三级公路连接，公路网规模和技术等级持续提升，构建区内“大循环”。

畅通农村公路“血管”。累计下达 2529 公里（其中通畅工程 2022 公里，通达工程 507 公里）农村公路计划，坚持把脱贫攻坚作为“第一民生工程”，大力新建农村公路，支持重要县乡道升级改造，推进边界路、断头路建设，实现区通组公路通达率达到 100%，通畅率由 48.9% 提升至 85%。

压力当动力，多措并举释放新动能

蓝图已经绘就，实施交通建设“三年行动计划”的冲锋号已经吹响。为确保一个个规划项目落地生根，綦江多措并举，持续推进交通建设三年会战。

高位推动“定盘子”。綦江成立了高规格的“三年行动计划”领导小组暨建设指挥部，由区主要领导任组长、各成员单位主要负责人为成员的工作领导小组，明确责任、挂图作战，深入查找存在问题和薄弱环节，研究改进对策，形成推动合力，确保交通建设“三年行动计划”有条不紊向前推进。

精准调度“落棋子”。作为“三年行动计划”主要责任人，綦江区交通局同步成立以局党委书记、局长为组长，班子成员为副组长的建设领导小组，坚持“周碰头、月调度、季讲评”工作机制，定期调度，一线调研，先后近百次深入渝黔扩能高速、綦江北互通及其连接线等重点项目建设现场调研。并早在前期筹备阶段就统筹安排局机关干部成立了 20 个 100 余人“一对一”农村公路建设指导小组，为全区 20 个街镇提供交通专业服务保障。坚持每个项目由一名干部负责，统筹协调，加快推进。根据目标任务，制订实施方案，量化工作任务，倒排任务工期，明确时间表、路线图、责任人，一个一个项目统筹谋划，一个一个环节全力推进。

时间紧，任务重。该区精准施策“摘果子”：为破解融资困局，该区成立了区交通实业（集团）公司，总结出“吃透政策、重点包装、借势而上”的融资思路，结合上级补助以及各项资金来源，实现平均每年 20 亿元以上建设资金投入有保障；发挥国土、规划、住建、环保等职能部门自身行业优势，积极争取上级部门支持，在项目审批开辟了绿色通道；动员各乡镇负责人既挂实帅，更出实征，创新土地置换机制，发挥一事一议，解决征迁问题，拉动百姓投工投劳，解决投入问题。

3 年来，没有一个局外人、没有一个旁观者，綦江全区上下整体联动、协同履责，拧成了一股绳，形成了强大而高效的工作合力，推动交通建设“三年行动计划”圆满实施。

如今，一个个交通重点建设项目已在綦江大地上铺展开来，一张张交通规划图正逐渐变为“实景图”，綦江互联互通的交通主骨架日益清晰。

优势当胜势，砥砺前行谱写新篇章

进入交通建设“三年行动计划”收官，新的征程又将开启。

责任在肩，担当在行。在新的历史征程中，綦江交通激情追梦，砥砺前行。紧抓成渝地区双城经济圈建设机遇，主动融入“一带一路”、长江经济带、西部陆海新通道等国家大战略、大通道，按照“成渝地区双城经济圈重要节点和主城都市区南向支点城市，西部陆海新通道的重要门户”新定位和“因地制宜走好转型路、因势利导打造升级版”新要求，结合綦万“三化”发展，强化区域互联互通，建设重庆南部综合立体交通枢纽。

据綦江区交通局相关负责人介绍，在“十四五”时期，该区将对外形成与主城交通同城化布局、对内形成綦万一体化布局，全力推动铁公水空“四网”一体化发展，加速形成规模超前、衔接顺畅、便捷高效、安全可靠、智慧绿色的立体综合交通运输网络，全力实现“231 出行交通圈”。

抢修铁路“大动脉”。打造“一环、七纵、一横、一连”铁路网格局，开工建设渝贵高铁、渝柳铁路和川黔铁路改造，推动赶水—关坝—万盛铁路复工，开展市域铁路、重庆铁路二环线（綦江—永川段）、渝桂高铁等项目前期研究，让綦江成为成渝地区铁路骨架的重要节点。

铸就高速公路“大枢纽”。构建“一环、四纵、四横、三连”高速公路网，全力推动安习高速、渝黔高速“四改八”、渝赤叙高速、綦江绕城高速、綦万高速加宽建设，力争“十四五”建成通车；开展江綦万桐高速、打通一丁山—中峰等高速公路前期研究，力争纳入上位规划，为后续建设打下基础，进一步凸显綦江重庆南部综合立体交通枢纽地位。

打造干线公路“循环”。形成高效互通干线公路网络，以打造綦万快速通道、接龙—南桐、綦江北互通—横山、珠滩—高庙等高等级公路为重点，全力提升国省干线服务水平，通过县乡公路改造，实现“镇镇三级路，村村双车道，组组通畅路”的目标……

一幅波澜壮阔的交通建设新时代画卷正缓缓展开。

可以预见，随着铁公水空“四网”一体化立体交通网络的成型，綦江贯穿南北、承接东西、通达八方的交通优势将进一步凸显。立足綦万一体，融入主城都市，连接成渝发展的区域发展格局已铺就，綦江正步入成渝地区双城经济圈重要节点和主城都市区南向支点城市、西部陆海新通道的重要门户的发展“快车道”。

浙江省舟山市定海区水利局

携手节水爱水 共建幸福河湖

舟山市定海区节水大课堂公益研学活动 供图：舟山市定海区水利局

链接：近年来，舟山市定海区水利局以积极落实“节水优先、空间均衡、系统治理、两手发力”的新时期治水方针，获得显著成效：2020 年定海区水利局所辖岛北水厂获评水利部农村供水规范化水厂，2019 年定海区获评水利部第二批国家级县域节水型社会达标县区；2014—2019 年连续 6 年获评全省水利工作综合绩效考评优秀单位，2015 年获评省优秀防汛防台抗旱指挥部、省级文明单位，2018—2019 连续两年获浙江省实行最严格水资源管理制度成绩突出集体，2019 年列入省深化小型水库管理体制改革示范县、省河湖标准化管理示范县、省农业水价综合改革示范县和省水资源强监管综合改革试点县，2014、2015 年度全省五水共治先进集体等荣誉。

近年来，浙江省舟山市定海区以“水利工程补短板，水利行业强监管”为工作理念，扎实推进节水工作，优化水资源配置，深入推进“美丽河湖”建设，持续开展渔农村饮用水达标提标行动，全力改善全区水环境质量。被列入首批省级河湖标准化管理区、首批全省水资源强监管试点区，盐仓河库水系、大沙河库水系荣获省级“美丽河湖”称号，节水工作得到水利部肯定，并荣膺全国第二批节水型社会建设达标县（区）。

全域节水护水，打造国家级县域节水型社会“海岛样本”

定海区水资源总量 6.5207 亿立方米，人均水资源拥有量仅为 1306 立方米，远低于全省和全国平均值，属水资源紧缺地区。如何破解水资源短缺这一难题？近年来，定海区认真贯彻“节水优先、空间均衡、系统治理、两手发力”新时期水利工作方针，以生活、生产、生态三水融合为主线，以节水载体建设为抓手，节水宣传为基础，全力打造国家级县域节水型社会“海岛样本”。

在神华国华（舟山）发电有限责任公司，其自主研发的低温多效蒸馏海水淡化设备正有条不紊地工作着。在巨大的封闭系统内，抽取的海水经过层层工序最终蒸馏为淡水。日产 1.2 万吨的高品质淡水不仅有效满足了企业的用水需求，每年最多还可为舟山北部地区供水 250 万吨左右。

神华国华（舟山）发电有限责任公司从“耗水大户”到自主供水的华丽转身，正是定海区开发利用非常规水的有效途径之一。近年来，定海区持续深化节水技术应用，通过定海污水处理厂深度处理污水成再生水，用于绿化浇灌、道路清洗等。同时，大力推进雨水收集设施建设，在宾馆、饭店、居民小区、大型文体设施等场所建成雨水收集设施 286 处，收集后的雨水主要用于车辆清洗、厕所冲洗等。“收集后的雨水年利用量可达 50 多万立方米，相当于一座小 II 型水库的蓄水量。”定海区水利局水资源管理科相关负责人说。

此外，定海区还将节水载体建设作为节水工作重点之一，开展节水型企业创建，全区 23 家重点用水企业中，已成功创建节水型企业 19 家。在节水型居民小区创建工作中，通过社区节水知识宣传、节水器具改造等措施，全区 96 个物业管理居民小区中，已完

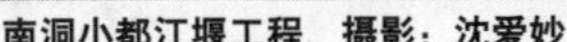
南洞小都江堰工程　摄影：沈爱妙

盐仓大河美丽河湖　摄影：陈炳群

成节水型居民小区创建30个，并先后在昌国街道合源社区建设“节水主题公园”、干览镇和盐仓街道建设节水宣传教育基地。农业节水也是节水工作的重点，自2016年列入全省首批农业水价综合改革试点县区以来，以“节水减排”为核心，选取烟墩灌区为试点区，落实灌区改造、“八个一”制度，共完成改革面积10.38万亩，农田灌溉水利用系数达到0.6806，改革期间节约农业用水826.2万立方米。2020年，定海区创新宣传方式，联合舟山市御书文化旅游有限公司以及区属相关部门开展节水大课堂公益研学系列活动，目前已开展三期活动，通过了访古井、进水厂、测水质、水利专家现场授课等方式，向学生传授水源保护及节水知识，学生、家长纷纷为该活动点赞。下一步，节水大课堂公益研学活动将成为定海节水品牌加以总结推广。

自2015年成为全省第一批节水型社会建设试点县（区）以来，全区规模以上节水型企业建成率达82.6%、节水型公共机构建成率达63.9%、节水型小区建成率达28%，节水器具普及率达99%，万元GDP用水量、万元工业增加值用水量、重要水功能区达标率等各项指标均处于全省先进水平，还通过了水利部国家级县域节水型社会建设现场验收。2020年，定海区还将开展水利行业节水机关建设，探索可向社会复制推广的节水机关建设模式，示范带动全社会节约用水。

全域“美丽河湖”，水环境提质升级在路上

闲云逐飞鸟，碧波随轻舟。春日的大沙中心河，宽阔的河道两岸，春草碧色、绿树掩映。沿河而行，“大沙印象”的景观墙、绿眉古船景观、中式外观的路灯等河道小景让河道多了一份复古气息。夜幕降临，随着河道灯光点亮，这里又成了当地村民散步休闲的好去处。

“以前就是一条河，现在可以说是一处风景了。”附近村民姜大伯对家门口的美景赞不绝口。他告诉记者，除了大沙中心河，大沙横河、马路河等河道水质也有了明显变化，平时还能看到河道保洁员在打捞垃圾，河长也会定时到河道巡查。

从原先的单纯治理一条河道，到如今多条河道统筹推进治理，小沙街道河道水系迎来的巨变，可以说是2019年以来定海区进一步提质升级“美丽河湖”的生动实践。“2019年‘美丽河湖’建设被列入全省十大民生实事项目之首，这也对我们的工作提出了新的要求。”定海区水利局相关负责人说，按照“安全流畅、生态健康、文化融入、管护高效、人水和谐”新的“美丽河湖”五大标准，2019年，定海区全面统筹水生态、水资源、水环境、水景观、水文化等综合治理，出台《舟山市定海区美丽河湖建设实施方案（2019—2022年）》，将全区“美丽河湖”建设任务分解为盐仓河库水系、大柳河库水系、岑港河库水系等10片水系，实施防洪排涝、水环境治理等综合提升工程，治理河道总长度133.21公里；将洋岙村、南岙村等32个村作为“乡村美丽河湖”建设对象，结合美丽乡村、洁净乡村，充分凸显本土化、个性化，因地制宜开展分类保护、修复和治理。

去年，大沙河库水系以“诗和远方，温润小沙”为主题，对大沙中心河、大沙横河、马路河等总长11.43公里，流域面积20.92平方千米的水系进行综合整治；盐仓河库水系以“煮海流韵，毓秀盐仓”为主题，对盐仓大河、虹桥河、坝桥河等总长12.1公里，流域面积30.82平方千米的水系进行“美丽河湖”打造，河道水质已达到Ⅲ类。两个河库水系均成功创建省级“美丽河湖”。同时，小沙街道庙桥村和金塘镇沥平村的“乡村美丽河湖”，也获得了省级“乡村美丽河湖”的殊荣。

2020年，定海区还计划创建省级“美丽河湖”2条，分别是岑港河库水系、北蝉河库水系。计划创建定海“乡村美丽河湖”14个，涉及昌国街道、盐仓街道、小沙街道、金塘镇。“我们还将以省级‘河湖标准化管理区’创建工作为契机，进一步完善河湖管理能力和水平。”该负责人说，定海区的河（湖）长制也将提档升级，通过全面完善河（湖）长组织体系，进一步规范河（湖）长日常工作机制，优化河（湖）长巡查、建立河（湖）长述职等制度，全面建立履职评估和考核机制，使河（湖）长从“有名”向“有实”“有效”转变，进一步维护河（湖）生态环境，成为实现河（湖）功能永续利用的重要制度保障。

全域同质供水，破解农村饮水安全最后一公里

“哗哗哗……”在环南街道大猫岛，随意走入一户人家，拧开院子里的水龙头，清澈的自来水便汩汩而下。用上了方便、干净的自来水，村民们别提有多高兴，“这个水给我们洗菜、做饭再好不过了！”“以前每次开水龙头都要先看看水质，现在用着最放心啦。”……然而在2020年3月前，这里的村民大多还需要靠天吃水。

大猫岛上饮水基础设施简单，一直以来，村民饮用的都是井水或其他自取水，大多只经过简单的消毒处理。同时，受天气、水库水位等影响，供水量和水质存在不稳定性。去年，作为区政府民生实事项目的农村饮水安全达标项目启动建设，铺设改造管网18公里，增压泵站及管网延伸1.5公里，在大猫岛、摘箬山岛建设5个单村水厂，进一步提升农村供水保证率和水质达标率，提高农村群众饮水安全性。得益于岛上建设的单村水厂，岛内水库水通过单村水厂内相关设施的过滤提升后通过水管流入村民家中。“海岛的地理位置特殊，我们在岛上选择建单村水厂，采用超滤膜净水技术，通过一体化设备，对水体进行高质量过滤消毒处理，使水质达到《国家生活饮用水卫生标准》。”区水利局水资源管理科副科长李哲说。

大猫岛上饮水质量提升得益于定海区制订实施的《定海区渔农村饮用水达标提标行动实施方案》，该方案将撤并供水点2处，新建单村供水点8处（含新建配套管网26公里），延伸城市管网5公里，改造管网30公里，新建泵站8座，涉及环南、盐仓、金塘、小沙、白泉等7个镇（街道），并确定了“三年任务两年完成”的总体目标。除了小岛，本岛的农村地区饮用水都来自于定海岛北水厂，原水经过预处理、常规处理和深度处理三大环节后，其各项指标均达到《国家生活饮用水卫生标准》，且达到浙江省优质水要求。

截至目前，全区已基本建成以“城市和岛域网为主、联村局域网为辅、单岙单点网为补充”的渔农村供水网络体系，受益人口9.8万人。同时，还通过制定渔农村供水饮水工程建设及后续运管相关县域统管制度、资金管理制度等，从多方面、多角度保障工程的推进和运行管理。“2020年6月，定海区已顺利完成三年建设任务，南部诸岛单村水厂工程也已全部通水运行，基本实现全域同质供水。”该负责人说。

湖南省双峰县水利局

明确水利产权 引来源头活水

湖南新闻联播报道的双峰县水利局局长彭亮（中左）入村指导改革的电视截屏

链接：双峰县水利局以习近平新时代治水思想为指引，敢担当、有作为。水利建设有新发展，依法治水有新举措，水利改革有新突破，行业扶贫有新成效。自2008年以来，6次荣获湖南省“芙蓉杯”水利建设先进单位；农田水利工程产权制度改革创造的“双峰经验”2018年被水利部肯定，获省政府通报表扬；河长制工作2018年、2019年连续两年获评湖南省“真抓实干先进县”。

湖南省双峰县以全国100个农田水利设施产权制度改革和创新运行管护机制试点县为契机，破难题促改革，形成了一套“产权有归属、管理有载体、运行有机制、工程有效益”的可推广、可复制的“双峰模式”，获得水利部肯定，并在全国推广，2020年初被省人民政府通报表扬。

如今，双峰县境内加固、修缮一新的山塘、河坝、水渠、泵站随处可见，清泉顺着渠道在山间、田边流淌，管水员忙碌在田间地头，步行在工程一线，水利设施重现生机。永丰镇烟湾村村民彭大然对笔者说：“过去，我们这里由于处在尾灌区，泵站老化，十年九旱，100多亩水田抛荒。现在，泵站改造好了，只要一个电话，田里就有水了，以前抛荒的田，如今都有了收成。”

小农水祈盼大改革

双峰是农业大县，地处衡邵干旱走廊，现有耕地67万亩，其中水田55万亩，各类农田水利工程7万多处，其中水库204座，水资源总量短缺，时空分布不均，属于资源型中度缺水区。星罗棋布的小型农田水利设施大都建于20世纪六七十年代，因管护责任不明，管护经费短缺，落实管护成了一句空话，“有人建、无人管”的问题普遍存在。

自2006年农村税费改革后，农村集体经济组织在建设、管理农村水利工程上的主体地位越发减弱。“政府管不了、集体管不好、农民管不到”现象普遍，农民吃“大锅水”“福利水”现象突出，形成“大家管不管一个样”“管好管坏一个样”的恶性循环。一到抗旱季节，很多农户为抢水大打出手，政府迫于无奈，只得抽调大批干部上渠守水。双峰县水利局局长彭亮说：“农田水利设施权责不清、管理混乱、效益低下，当时已成为制约农业增产、农民增收的瓶颈。

双峰县水利改革颁发证书

三举措破解大难题

为破解管护难题，双峰县将农田水利设施管理体制改革试点工作作为深化农村改革的“一号工程”，高位推动，建立县、乡、村三级行政“一把手”负总责，党政领导共同抓，水改工作班子具体抓的工作机制。双峰县水利部门组织5000多名镇、村干部进行现场踏界、调查摸底，对全县纳入改革范围的5.79万处小型农田水利工程全部进行造册登记，分类定性，确权颁证，共发放产权证书2.325万本。乡镇、村均制订管护公约，所有小型水利工程均明确专人负责，签订管护合同3.98万份，颁发管理权证书2.85万本，实现产权证发证率、管理权证发证率、管护合同签订率三个100%。

双峰县通过开展基层水利服务机构标准化和规范化建设，全面提升基层水利公共服务效能，建立“协会+用水小组+水利员”三级管水网络，成立农民用水户协会17个，村级用水小组893个。每个行政村配备一名村水利员，负责本村农田水利工程的管护，工资报酬由县财政负责。创新农田水利工程管护机制，全县由基层水利服务机构集中管理的工程1535处，实行专门管理单位管理的工程180处，实行承包、租赁、拍卖等管理模式的工程3万多处，实行股份合作模式的260处。双峰县甘棠镇、走马街镇创新小型水利工程管护“协会+公司”模式，委托乡镇用水户协会组建水利工程管护专业队伍，承担全镇小型水库的维修、养护、清淤扫障工作。积极培育新型管护主体，以土地流转为契机，将全县组建的421个农民专业合作社作为水利工程管护的新型主体，对流转区内的水利工程，由村委会与合作社签订托管合同，交由合作社托管，节约管护资金，提高管护效益。完善配套政策，出台《双峰县小型农田水利设施管理办法》《双峰县农民用水户协会建设指导意见》《双峰县村级水利员队伍建设实施方案》《双峰县小型农田水利工程建设养护以奖代补办法》等20多个配套政策文件，为改革试点提供政策支撑。

为确保水利工程“有钱管”，双峰县在搞活经营权上勇于探索，大胆改革，县财政每年预算安排管护经费506万元，主要用于小型水库看护，干、支、渠养护等；积极开展农业水价综合改革，增加工程经营收入。在洋荆综合改革试验区，对农业用水颁发“水权证”，

双峰县何家水库大坝

超额用水按1.5倍的标准计收水费，定额内节约的水量由县政府按2倍的标准加价回收；组建水务投资有限公司，对外招商，参与农田水利工程的建设与管护，实现政府与企业互利双赢，目前总投资2.6亿元的农村安饮PPP项目第一期已进入招投标阶段；对山塘、沟渠、河道清淤整治等，实行以奖代补；村级按每年5000元的标准，建立管护基金，在乡镇开设专户，专款专用；通过一事一议机制，由受益村民按耕地面积统筹管护经费，建立政府兜底、以奖代补和群众自筹相结合的长效投入机制，激活小型水利工程管护经费的源头活水。

新模式释放大效益

双峰县农田水利设施产权制度改革明晰工程所有权，理顺管理权，搞活经营权，形成了多元化的农田水利设施，建管新模式。广大农民群众得到了看得见、摸得着的实惠，投身水利建设的积极性空前高涨，改革效益得到极大的释放。仅2019年，双峰县共投入水利资金4.2亿多元，完成各类水利工程1.56万处，清淤整修硬化山塘3200余口，新增灌溉面积1.5万亩，改善灌溉面积2.8万亩，增产粮食620多万公斤，有力推动双峰县“三农”事业的发展，为乡村振兴打下了坚实的基础。双峰农田水利工程产权制度改革试点工作被省人民政府通报表扬，双峰县多次获评全国及省级粮食生产标兵县。实现了政治效益、经济效益、社会效益“三赢”。

作者：戴圣友

供图：双峰县水利局

湖南省桃江县水利局

人水和谐幸福长

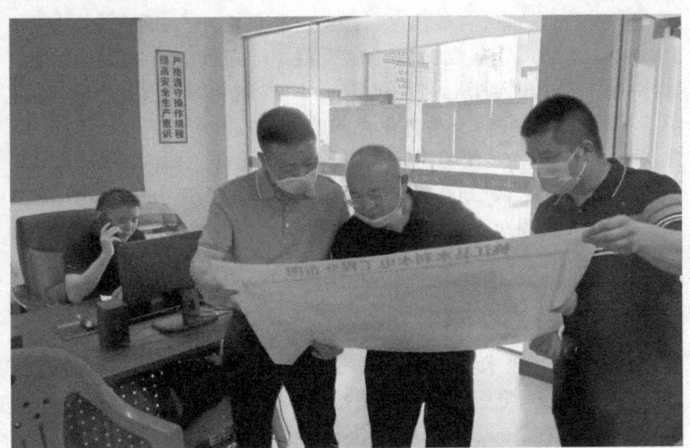
桃江县水利局局长符心冰正指挥调度防汛工作

兴水利除水患，保安澜惠民生，是水利工作的重要使命。近年来，湖南省桃江县水利局积极践行水安全、水资源、水生态、水环境统筹治理的治水新思路，坚持“水利建设补短板，水利行业强监管”的总基调，有力推进各项工作，推动水利改革发展再上新台阶，为桃江县经济社会发展提供了坚强的水利支撑和保障。

民生水利夯实堡垒

进入7月下旬，连日来，桃江县抢抓晴好天气，对资江桃江县武潭镇泥潭村段垮塌河堤进行修复，消除水毁险情。受强降雨影响，该段先后发生三次河堤垮塌。险情发生后，桃江县水利部门邀请省水利水电勘察设计总院技术专家进行勘察，制订应急处置方案。洪水退去后，县水利局又迅速组织施工，采取抛石固脚等办法防止继续垮塌。这是桃江县水利系统立足主责主业，有力解决群众急难急盼事项的缩影。

桃江县水利系统上下齐心协力、真抓实干，全力以赴持续推进各项工作。抓紧抓牢工程度汛、水利生产等安全底线，维护水利发展稳定态势，打赢了防汛抗旱的保卫战，打好了水利建设的升级战，打胜了行业扶贫的攻坚战，打响了小水电清理的阻击战，打实了河湖整治的持久战，在描绘山水桃江美丽蓝图中，向人民群众交出了一张亮眼答卷。

防洪安全保障能力持续提升。按期完成城市防洪工程PPP项目，县城防洪能力达到20年一遇标准；碧螺、楠木村等4座中小型水库完成除险加固；资水马迹塘、武潭等8段河岸综合治理；沾溪、獭溪2条中小河流完成年度治理任务；农饮工程巩固和新增受益人口15.765万人；完成沟渠疏浚317公里，塘坝清淤461处。

左图为桃江县水利局局长符心冰主持"党史增信"专题学习；右上图为资水重要河道桃江段治理工程；右下图为桃江县白竹洲水电站

立项争资取得新突破。钻研政策、积极对接，全面做好了资水两岸龙拱滩至回龙庵等11段岸坡防护、克上冲中型灌区续建配套、沂溪河中小河流治理、51座小型水库除险加固等项目的前期工作，全年共完成立项争资2亿元，较上年度增长50%。

水资源保障水平不断提高。完善了"三长一站""一办两员"工作体系；加强河长制工作督查考核力度，压实各级河长和责任单位河湖保护责任；县级河长全年累计解决各类河湖问题42个，发现、整治"四乱"问题18起，组织拆除石洞水寨等3起河道管理范围内违建3000余平方米；督促船只上岸1600余条，打捞河湖垃圾1万余吨。持续开展河道非法采砂整治，立案查处49起，水事违法行为得到有效遏制。加强水土保持和水资源管理，共审批水土保持方案31个，征收水土保持补偿费155.36万元；完成取水工程整改销号318处，征收水资源费50.32万元。整改在建工程质量安全隐患25起。整改消除91座水库安全隐患200多个。认真落实长江经济带小水电清理整顿要求，完成小水电清理整改销号22处。出台了《桃江县农村饮水安全工程运行管理绩效目标考核办法》《桃江县农村饮用水水质达标工作方案》《关于加快农村供水工程水费收缴工作方案》，认真开展农饮工程水质抽检和普检，有效确保水源水质和工程运行。

潮平岸阔催人进，风起扬帆正当时。站在新的历史的起点上，桃江县水利系统聚焦水生态文明建设，着力固根基、补短板、强弱项、争先进，以水利项目建设为基础，坚守水安全和廉政安全两条底线，抓实依法治水、项目管理、人才培养三项举措，做好节水、供水、用水、水生态安全四篇文章。

全力推进工程项目建设。投入2261万元，完成沂溪、志溪等中小河流治理年度建设任务；争资2454万元，启动资水回龙湾等11段资水重要河段治理建设；投入6397万元，完成资水尾闾涝区桃江治理工程年度建设任务；投入1.49亿元，全面完成3个万亩堤垸的防洪工程建设任务；投入213万元，完成56处农饮工程巩固提升；投入3500万元，实施桃花江水库除险加固，完成88座小型水库标准化建设和30座小一型水库水雨情视频监测系统建设；争资5100万元，实施克上冲水库灌区续建配套建设。投入390万元完成水利工程维护养护和山洪灾害非工程措施建设。

强监督做实"管"字文章。重点抓好河湖"清四乱"工作，杜绝新的"四乱"问题发生；压实乡、村两级河长巡河责任，全面纳入网格化管理，打通河湖管护的最后100米；持续开展示范河流建设；强化督查考核，促进各类河湖问题整改。严格水资源管理，以"节水优先"为导向，健全"十四五"用水总量和用水强度管控指标体系，加强水资源费征缴力度；开展水土流失动态监控，全面建立水土保持问题台账；强化依法治水，构建齐抓共管的"大法治"工作格局。进一步运用好项目建设审计成果，强化问题整改；以提高资金使用效益为重点，加强绩效监控，规范财务管理；完善招投标管理和合同管理，确保农民工工资支付，确保资金安全。继续开展农村安全饮水和小水电清理排查整改"回头看"，加强水库、水闸、堤防等水利工程设施的运行维护管理，确保工程运行安全。

防汛抗旱筑牢堤防

"静乐庵水库集雨面积大，目前距溢洪道底板只有1米""杨公塘水库来水大于下泄，目前正在溢洪道泄洪"……6月29日晚，在桃江县水利局机关微信群里，由赶赴乡镇的几个技术指导组不时传回信息，报告水库蓄水情况。

桃江县辖15个乡镇，县境有城关、牛潭河、花果山3个万亩堤垸有水库219座，资水干流建有马迹塘、白竹洲、修山三级水电站，资水两岸有9个乡镇，近70万群众。今年以来，桃江县立足"防大汛、抢大险、抗大灾"的工作理念，围绕"不溃一库一坝、不发生人员伤亡，确保人民群众财产损失降到最低"的工作目标，牢牢把握防汛工作主动权，筑牢"工程、监测、应急"汛期三道保障防线，全面提升防汛减灾救灾能力建设，保障人民群众生命财产安全。

在县防指的统一领导和指挥下，桃江县水利局成立了防汛技术专家组、后勤保障组、电站联系调度组等若干个工作小组，将防汛责任落实到人。全县印发《关于调整桃江县防汛抗旱指挥部成员和2021年防汛抗旱责任区责任人的通知》，完善了《桃江县防汛抗旱应急预案》《桃江县重大险情抢护预案》《小型水库度汛方案》等预案，各乡镇进一步完善了一村一案、一库一案，堤垸防汛抢险预案，沿河低洼地区转移预案等各类预案方案，全力确保安全度汛。

3月25日，该局组织70余人开展了一期以水旱灾害防御为主的水利业务知识培训班。各乡镇和有关单位也相继开展了以守库员、巡查抢险人员、镇村干部为重点的防汛业务知识培训18场，培训人员2200人。各乡镇已组织开展了以山洪避灾为主题的防汛演练30余场，参演人数2800人。5月10日，承办全市山丘区防汛抢险演练和防汛业务知识培训，参演和观摩人数达1200余人，培训镇村干部109名。

7月初，桃江县水利局由班子成员带队，防汛技术指导组成员参加，组成四个督查小组，分赴全县十五个乡镇对防汛交办问题进行督查，并对小型水库安全运行情况进行抽查，堵住防汛风险漏洞，严保度汛安全。督查组还将现场检查32座三类坝水库和抽查其他水库的运行情况，提出工作建议，举一反三，严防问题发生。

桃江县气象、地质情况复杂，防汛压力大，桃江县水利局以万亩堤垸、上型号水库和骨干山塘、地质灾害点等重点部位治理为抓手，近年来，累计投入约6.64亿元，突出抓好了县城防洪工程PPP项目、中小型水库和骨干山塘除险加固工程、地质灾害治理工程等"三大工程"，全县防汛条件稳步改善，局部地区防洪能力显著提升。

进入汛期以来，全县认真执行领导带班的24小时防汛值班制度，强化水雨情监测预警。县防指及时组织各成员单位进行会商，对水库、山塘、堤垸、山洪地灾点、中小河流、尾矿库等落实防御措施，目前，已启动资水梯级电站联合调度4次，防汛Ⅳ级应急响应2次，对6个乡镇启动防汛Ⅲ级应急响应1次，全县未溃一堤一垸、未垮一库一坝，未出现人员伤亡，初步实现防汛“五个确保”。

县防指下发了《关于下达防汛物资储备标准的通知》，继续安排100万元防汛专项经费，用于防汛物资采购。对缺口较大的防汛砂石、块石采取适当补充和代储的方式进行存储，其他主要防汛物资已基本满足定额要求。同时，对3个万亩堤垸明确了3处应急土源，树立了标识标牌，联系了运输车队，做好了“以车代仓”工作，最大限度地确保应急所需。

党建引领凝聚合力

近年来，桃江县水利局强化党建引领，坚持把强党建、办实事、开新局思路贯穿工作各环节，充分发挥党建引领作用、支部战斗堡垒作用和党员先锋模范作用，不断提高党建工作治理，为业务工作提供坚强保障。

当前，中小学生已进入暑假，按照桃江县防溺水工作确定的职责分工和工作要求，为支持乡镇管理的水库解决防溺水急救设备遗失、短缺问题，提升应急救援能力，7月，该局积极筹措资金，定制450个防溺水专用救生圈，发放给各乡镇、三个中型水库管理机构，并于7月12日全部到位。“进入夏季以来，桃江县水利局重点加大了对水库、山塘周边群众防溺水宣传力度和救援设施配备，全力确保群众生命安全。”桃江县水利局负责人表示，这是该局深入开展“我为群众办实事”，以党建推动防溺水各项工作落实的一个例子。

在各大水利项目上，该局发挥党支部和党员模范作用，破解施工进度、安全质量、技术攻关等难点和瓶颈。创新运用“党建+”模式，形成了“党政领导+河长制”“党建活动+河长制”“党员示范+河长制”“基层党员+河长制”等模式，持续深入推进河湖管理创新。在防汛抗旱中坚持以人为本，立足“防大汛、抗大旱、抢大险、救大灾”理念，各级党组织的战斗堡垒作用得到充分彰显。

以党建引领，狠抓作风建设是桃江县水利局机关党建工作的“传家宝”。该局坚持将党风廉政建设抓在手上、落在实处，加强水利项目招投标和工程质量监管，强化执纪问责，形成不敢腐不能腐不想腐的威慑力；牢牢把握加强队伍能力建设、先进性和纯洁性建设这条主线，打造了一支作风正派、业务精湛的水利队伍。近年来全县水利重点领域党风廉政风险防控管理能力明显提升，水利系统创先争优、干事创业的凝聚力、向心力不断增强。

在离退休党员与非党员代表庆祝建党100周年座谈会上，局领导班子和老干部们一起回顾了中国共产党建党100年来的光荣历程，重温了入党誓词，为6位党龄超50周年的退休老党员颁发了“光荣在党50年”纪念章。老党员代表谢国生说：“愿意继续发挥余热，为桃江县水利事业增光添彩。”

今年党史学习教育启动后，桃江县水利局党组立足实际，做好结合文章，把“学史明理、学史增信、学史崇德、学史力行”作为检验党史学习教育成效的唯一标准和要求，充分发挥党组“头雁”作用，采取“精研细读深学”“丰富载体促学”“突出特色深学”措施，推动党史学习教育往深里走、往心里走、往实里走。已举办党组中心组集中学习7次，开展专题研讨4次。以建党100周年为契机，广泛开展“学党史、两重温”“为党徽增辉、为党旗添彩”等活动，推动党史学习教育各项任务落地落实。

各支部组织党员干部采取集中学习与自学相结合的方式，立足防汛抗旱主责主业，以河湖长制工作为抓手，着力解决群众急难愁盼的民生水利问题，补齐补强水旱灾害防御薄弱环节，依法依规加强水利行业监管，守护好“江”“湖”碧水，为乡村振兴提供坚实有力的水利保障。

作者：符心冰　摄影：刘云、文辉

湖北省宜昌市水产技术推广站

水碧鱼肥产业兴

清洗维护人工鱼巢，保护长江水生物资源

链接：宜昌市水产技术推广站是一家具独立法人资格，相当正科级的公益一类事业单位。近年来，宜昌市水产技术推广站秉承绿色生态环保理念，探索质量兴渔道路，致力设施渔业、稻田综合种养等新兴技术模式推广，科研项目多次荣获宜昌市科技进步二等奖、三等奖，多次被省总站评为全省水产技术推广先进单位。

渔业是宜昌的一大特色产业。2017年，辖区内围栏围网养殖全部取缔，2018年湖泊、水库划入限养区，全市累计减少养殖水面约18万亩。减产不能减收，宜昌渔业发展的出路在哪里？

“坚持绿色生态方向、走质量效益之路”，秉承这一发展理念，2018年以来，宜昌市水产技术推广站（以下简称宜昌市水产站）积极发挥部门职能，围绕提质增效、减量增收、绿色发展、富裕渔民目标，推进渔业供给侧改革，扶持渔民上岸转型，加强水产养殖尾水治理，促进科技兴渔、质量兴渔、品牌强渔，翻开了渔业绿色高质量发展的新篇章。

绿色生态养殖模式方兴未艾

数万斤草鱼“住”在百余平方米的“小屋”里，屋内的“跑步机”24小时不间断运行，鱼儿们在流水编织的“跑道”上做着有氧运动。这是枝江市一尘水产养殖专业合作社池塘工程化循环水养殖基地的场景，基地建成流水槽9条，可年产水产品30万公斤，产值1000万元以上，相比传统池塘养殖，效益放大15倍，相当于一个1000

亩规模的传统养殖场。截至目前，全市已建成池塘工程化循环水养殖基地6处、流水槽95条。

2020年，宜昌市水产站与华中农业大学水产学院、省水产科学研究所等单位联合，在枝江市安福寺镇等地建成池塘“零排放”圈养绿色高效循环水养殖技术示范点多个。该养殖模式被评为农业农村部2019年、2020年十大引领性农业技术，鱼儿在池塘罐体内进行人工养殖，尾水在池岸上的垂直流人工湿地净水处理后再回流到池塘。此模式养殖容量70公斤／立方米以上、养殖增效20%以上、用药减量50%以上、养殖尾水100%循环利用，是一种零排放、绿色生态、可循环的养殖模式。自建成以来，吸引了近千名业内人士参观考察。2019年9月，全国人大常委会副委员长吉炳轩到安福寺圈养基地视察时，对该模式给予了高度评价。

宜昌市水产技术推广站现代渔业良种繁育基地

宜昌市水产站以产业结构调整为抓手，扩大加州鲈、长吻鮠、黄颡鱼、鳜鱼等名优鱼养殖面积，提升名特优养殖品种比重。仅黄颡鱼全市养殖面积就达三万亩，加州鲈近一万亩，长吻鮠两千亩。2020年加州鲈、黄颡鱼、鳜鱼等售价比去年同期增长20%左右，渔民亩效益增加1000-3000元。

宜昌市以“跑道”和“圈养”为代表的池塘工程化循环水养殖基地集绿色生态、循环高效、节能减排、溯源可控等为一体，实行工厂控制化养殖与管理，致力于发展现代智能渔业模式，居全省市州第一。

稻渔综合种养鼓了农民腰包

“我们公司发展虾稻田1000亩，面对气温异常、市场行情不稳、虾价下滑等不利因素，我们充分发挥技术优势，加强虾稻田管理，采取小龙虾错峰上市等措施，亩平纯收入达到3000元。”宜昌虾友水产养殖有限公司总经理彭清龙和笔者说起收成时，抑制不住内心的喜悦。

该公司由三位年轻的大学毕业生创建，位于当阳市草埠湖镇，是一家集小龙虾生态养殖、优质水稻种植、水产投入品销售及技术服务为一体的生态农业公司。包括郑湖千亩稻虾种养殖基地及虾友水产养殖服务中心，已注册“虾友”“虾友行”两大商标。公司技术团队被宜昌市农业农村局聘为“特聘农技员”。

近年来，稻渔综合种养因实现了“一水两用”“一田双收”，且健康环保，在湖北省迅速兴起，一般亩纯收入在3000元以上，是传统水稻种植效益的3倍以上。为助农增收，宜昌市水产站组织全市技术骨干及种养大户赴外地学习，大力推广以稻虾共作为主的稻鳖、稻鳅、稻蟹等综合种养模式。通过办示范点、开培训班、送科技下乡等形式，极大激发了全市广大农民发展稻渔综合种养的热情。2020年，宜昌市水产站开展技术培训6场次，培训农民300人次。全市稻渔综合种养面积发展到8万亩，千亩以上的连片基地6处，百亩以上基地61处，种养面积在20亩以上的大户213个，当阳草埠湖镇正着力打造特色乡镇、示范乡镇。

宜昌市水产站还在合理规避风险方面做好政策引导和技术指导，护航稻渔综合种养产业健康有序发展。面对2020年早期疫情影响成虾存塘、夏季洪涝灾害等不利环境，宜昌市水产站及时开展技术指导，引导农民把小龙虾均衡上市、错峰上市，提升抗风险能力。

清江库区渔业转型升级正酣

为全面贯彻落实长江“共抓大保护，不搞大开发”的重要指示精神，2016年以来，全市所有江河湖库养殖网箱及围栏围网全面取缔，宜都、长阳受到的影响巨大，但拆网箱不拆产业。围绕清江库区渔业上岸转型升级，宜昌市水产站主动作为，积极履职尽责，发挥科技优势，引导宜都、长阳两地上岸转型发展，进行现代渔业产业园规划，一个个现代化鲟鱼产业园应运而生。

坚持绿色生态，发展设施渔业，宜都九道河鲟龙渔业、长阳清江鹏搏开发公司等水产企业不等不靠，加紧基础设施建设，大力发展工厂化养殖。武汉鲟龙生物科技宜都有限公司、湖北清江鲟龙渔业有限公司的工厂化养殖车间已经投入运行。目前，两地已建成工厂化养殖池15万平方米，宜都段渔业整体产能较网箱拆除前恢复近80%，长阳段恢复近60%。

为提高综合效益，宜昌市水产站引导水产大户上岸后拓宽养殖品种范围，养殖品种不仅仅局限于鲟鱼，也养殖具有“短平快”特点的鲈鱼、丁桂鱼等鱼类。宜都天江渔业2018年购进7万尾鲈鱼苗，2019年实现销售产值120万元。

试验示范科学治理养殖尾水

既要渔民腰包鼓，也要碧水长流淌。宜昌市水产站把水产养殖尾水治理作为工作重点，2018年以来，对玛瑙河流域、陶家湖湖区养殖池塘进行定点监测，获得了基础性数据，为水产养殖尾水治理提供了科学依据，制定了污染源控制、养殖过程控制及以生态处理为主的尾水终端控制等技术措施。

宜昌市水产站引导渔民树立绿色健康养殖理念，调整养殖结构，转变养殖方式。一年来，联合当阳、枝江水产技术推广部门共开展健康养殖技术培训20多场次，培训渔民1000人次，大力推广水产养殖新技术（包括精准投喂技术、水质调控技术、池塘底排污技术、水体净化技术等）、新模式（“稻田综合种养”“池塘工程化循环水养殖”“鱼菜共生”等生态养殖模式），降低内源性污染，保证水质指标正常。组织专家编写《水产健康养殖模式和尾水治理技术手册》1000余册，发放到渔民手中。近两年，玛瑙河流域、陶家湖湖区池塘养殖品种由八大家鱼向名特优品种转变，优质名优苗种投放比例大幅提高。

水清凭鱼跃，草丰任虾欢。站长冯德品表示，宜昌市水产站将深入总结养殖尾水治理经验和措施，编写《淡水养殖尾水生态处理技术规范》标准在全市推广实施，为宜昌市渔业绿色高质量发展保驾护航，为实现“天蓝、水美、草茂、鱼虾肥”的目标撸起袖子加油干！

供图：宜昌市水产技术推广站

江苏省徐州市蔺家坝船闸管理所

打造最美运河地标

徐州市委书记周铁根、市委宣传部部长冯其谱一行到蔺家坝船闸管理所调研大运河文化带建设　摄影：李辉

链接：徐州市蔺家坝船闸管理所位于铜山区柳新镇蔺家坝村，上接微山湖湖西航道，下连京杭大运河徐扬段，有京杭运河江苏北大门之称。蔺家坝船闸为双线二级通航建筑物，一线闸于1988年1月开工建设，1989年4月正式通航，二线闸于2011年5月开工建设，2013年12月建成通航。系北煤南运及建材水运的主要通道之一。2014年之前，船闸货物年通过量最高为1900万吨。2014年至2015年船闸货物年通过量均超过4000万吨。2019年度，蔺家坝船闸共征收过闸费1813万元，货物通过量5570万吨。蔺家坝船闸的运行管理，目前已纳入江苏航道船闸运行管理体系，船闸运行情况及过闸船舶实现全省联网信息共享，运行实现了全程监控及一站式服务。2015年初，江苏省水上物联网智能过闸系统（水上ETC）在蔺家坝船闸投入使用，为船民提供了更加安全、快捷、高效的服务，同时大大提升了船闸运行效率。运行30余年来，蔺家坝船闸未发生过一起沉船事故、未发生过一起人身伤亡事故。近年来，荣获江苏省省级“文明单位”、省级“模范职工之家”、省级“工人先锋号”、省级“青年文明号”；徐州市“五一劳动奖状”，徐州市交通系统“先进集体”“十佳文明岗”“安全生产先进单位”、先进基层党支部，徐州市航道系统“创先争优”一等奖、“航道执法先进集体”等殊荣。

“以前要过闸，单是泊船靠岸就得一个多小时，如今过闸登记无须上岸，手机一点便能申报，方便又快捷。”2019年12月13日上午，船主季广福轻点手机，登录新一代“水上ETC软件”申请过闸，微信支付后不到5分钟，满载着煤炭的货轮就通过了蔺家坝船闸。

季广福在京杭大运河上跑了30多年运输，从沛县运煤到张家港，每年最多跑10个航次。“把过闸节省的时间算在一起，2019年我至少能多跑一个航次，‘水上ETC’确实让人省时省力。”他高兴地说。

“以往过闸手续复杂，需要先到远调站申请，经过审核信息、航行证件以及载货查验，登记缴费完毕后再回船，耗时费力。”徐州市蔺家坝船闸管理所党支部书记姜启哲说，自从前年启用新版“水上ETC”，船民可以通过手机远程操控，并且有网银、支付宝、微信等多种支付手段，不仅为船舶过闸带来了便利，也对完善船闸运行管理、提高通航效率、提升服务水平起到积极作用。

蔺家坝上接微山湖京杭运河湖西航道，下连京杭运河徐扬段，每年货物通过量超过6000万吨，平均每天有160艘船舶从这里通过。通过安装新版“水上ETC”，改造导航墩、机电设备，蔺家坝不断完善船闸基础设施建设，建起人行天桥、公路闸桥，创新性地打造“安全生产”信息化平台，使船民过闸更加安全快捷。

新版“水上ETC”的运行，不仅为船民降本增效，同时也提高了船闸运行效率。截至当前，蔺家坝船闸新版“水上ETC”安装新增注册船舶达1600余艘，过往船舶安装率在95%以上，ETC船舶通过量达16462艘次，大运河徐州段航运功能得到大幅提升。

畅通航运，仅仅是蔺家坝打造大运河江苏段“航运北大门”实践中的一个缩影。

为配合徐州内河干线航道绿色走廊建设，蔺家坝深入开展绿化亮化工程，让一草一木配置、花草高低起伏、四季色彩变化都有了艺术性。2018年6月，蔺家坝船闸入选“江苏最美运河地标”，曾经尘土飞扬的荒滩，如今变成绿意盎然的花园。

为大力推动优秀传统文化传承发展，扎实推进大运河文化带建设，2019年以来，蔺家坝船闸管理所组织专人收集地方传说、查证文化古迹、调阅地方县志，积累起大量宝贵资料，筛选出“古时漕运码头”“穆桂英点将台”“镇河大王庙”等六大主题，让蔺家坝的历史痕迹清晰可见。

“历史文化，是蔺家坝船闸最为耀眼的特色。”中国矿业大学建筑与设计学院教授朱文龙表示，凸显运河地域文化，最重要的是挖掘、保护好文化遗存，它记录着这里曾经的繁荣和变迁，彰显着厚重的文化底蕴。

两年前，蔺家坝被列为江苏省大运河文化带建设标识单位，并与东南大学建筑设计院合作，编制《蔺家坝船闸航运文化标识概念规划》，其整体思路为：紧扣蔺家坝船闸核心，以多维视角呈现航运文化内核，构筑文化标识。

——以史为凭。以徐州乃至苏北、江苏的历史河道变迁、航运技术发展、航运制度完善、货品物流变化、周边聚落更迭等历史文化为背景，挖掘运河文化的历史价值和现实价值。揭示航运文化的历史脉络与价值内涵，并围绕活态发展，展现当代技术、制度、精神等方面的延续与进步。

——丈量航运。以江苏航运线路为路径，采用拓印方式，构筑江苏省运河主题的室外景观。通过微地形标示运河自然环境，采用地域植被表达沿线城市，采用小品铺装模型等环境要素揭示沿线自然山体、古今船闸、古道纤夫等航运文化信息，以浸入式景观环境，营造漫步了解航运文化历史与发展的观赏感受。

——移步易景。以徐州当地植被为底，建设具有地域特色的景观环境。结合景观道路，按标识地域设置特色景观植被，构建乔木＋灌木＋地被的多层级植被景观体系，辅以步道两侧丰富的小品景观，形成一步一景的室外展示环境，以丰富的展示内容，强化展示趣味，追求文化景观的协调之美、整体之美。

——楚汉风韵。以徐州楚汉文化为基础，融合活态发展、不断进取的价值内涵，对楚汉元素予以抽取，并采用现代设计手法及现代材料进行表达，以具有徐州楚汉文化意向的建筑风貌，融合现代空间感受，构筑蔺家坝航运文化标识，重塑江苏航运北大门形象，凸显运河地域文化。

2018年10月，该规划在江苏省交通运输厅港行事业发展中心组织的专家评审会上通过评审验收。专家建议，下一步要密切衔接地方相关规划，深入挖掘徐州地方和区位特色，切实加强对周边景观环境风貌优化的引导。

“蔺家坝船闸虽小，但充分体现了内河航运的高效顺畅之美、历史文化之美。”徐州市航道管理处处长张保卫说，未来将按照蔺家坝船闸航运文化标识规划，投入6000万元，利用两年左右时间将其打造成京杭运河江苏段上的一颗明珠。

江苏省淮安市淮泗涵闸管理所

精细管水润民生 依法护水显担当

组织政治理论学习

链接： 淮安市淮泗涵闸管理所2017年获得“淮安市青年文明号”称号，2018年获评淮安市水利局“先进党支部”，2019年获评2016—2018年度江苏省文明单位，2018年创成江苏省二级水利工程管理达标单位，2019年创成江苏省安全标准化二级单位，2018年所辖六塘河地涵管理站荣获淮安市水利局“党员示范岗”“铁牛先锋”荣誉称号，2019年所辖钱集闸管理站获江苏省“工人先锋号”荣誉称号。

江苏省淮安市淮泗涵闸管理所下辖的钱集闸和六塘河地涵工程，肩负着分泄洪泽湖、骆马湖洪水，排除总六塘河高地和骆马湖地区1500多平方公里桃花汛涝水的职责，承载着7个乡镇365平方公里的排涝、25万亩农田的灌溉任务，兼顾着北六塘河下游连云港市灌南县80万群众用水供给服务。近年来，淮泗涵闸管理所秉承“绿水青山就是金山银山”理念，在加强涵闸运行管理的同时，加强队伍素质建设，不断提高执法水平，切实履行水行政管理职能，积极维护好管理范围内的河湖水事秩序。

学习是提升自身素质、提高业务水平和执法能力的有效途径。淮泗涵闸管理所组织干部职工积极参加政治、思想理论学习，水政监察员定期参加市法制办和市水利局组织的执法培训、水法规知识竞赛等活动。在加强政治学习的同时，也不放松业务学习。在工作之余深入学习《中华人民共和国水法》《江苏省水利工程管理条例》《淮安市河道管理实施办法》和《水政监察工作章程》等相关法律条文，并结合身边具体案件事例进行剖析，不断提高业务能力和执法规范化水平。

严格依法行政，维护水事秩序

淮泗涵闸管理所根据相关法律规定，不断完善巡查方案，认真落实日常水行政巡查执法工作，重点查处涵闸管理范围内的违章种植、违章设置鱼罾等行为，做到及时发现、及时制止、及时处理，努力将违章行为消灭在萌芽状态。根据日常巡查情况，依法劝离六塘河地涵上游管理范围内违规养鹅户，拆除鹅棚一座及围网若干米，及时制止违规排污、乱倒垃圾、乱抛秸秆等行为，保护周边水质。

清理堤岸坟墓，修复生态环境

2019年，淮泗涵闸管理所联合涵洞村村委，集中力量对淮沭河河堤上散坟现状进行全面调查，摸清底数，制订切实可行的整治方案。在做好相关家庭的思想教育引导，确保稳定的前提下，积极稳妥推进散坟清理工作。11月8日，淮泗水政人员和涵洞村干部组成8人工作小组，依法对违规坟墓进行拆除，补种松树木41棵，整理雨淋沟8条，修复堤岸周边草坪2000多平方米。目前，涵洞村淮沭河河堤21座坟墓清理、迁移工作已全部完成，周边村民对文明、绿色、生态安葬理念的认可度显著提高，为水生态环境综合整治筑牢了群众基础。

履行联络职责，服务河湖建设

淮泗涵闸管理所辖区内两座中型涵闸横穿淮沭河，分别坐落在河道东西堤防上。作为分淮入沂市级河（湖）长技术助理联络员单位，管理所主动作为，认真践行河（湖）长制相关工作。定期组织水政人员对分淮入沂全线17块省级河长制公示牌进行专项检查，确保群众参与河（湖）长制工作管道畅通，推进河（湖）长制工作做深做实；按照市级河长制巡河工作要求，与有关单位密切配合，提前安排人员巡查、梳理相关问题，参与拟定巡河方案，为市级河长巡河做好相关服务；协助市级河长技术助理，对省、市交办的分淮入沂沿线未销号的河湖“两违”“三乱”情况实地巡查，督促相关责任部门整改。截至目前，淮泗涵闸管理所负责联络的分淮入沂“两违”专项整治问题共306个，现已全部完成整改并通过验收，销号率达100%；省级交办的“三乱”问题13个，市级交办“三乱”问题37个，均已完成整改并通过验收，销号率100%。

进村入户走访，普法宣传到位

在第27届“世界水日”、第32届“中国水周”暨第9届淮安水文化周期间，淮泗涵闸管理所结合闸站管理实际，积极开展并延伸水文化、水法规宣传活动，进一步提高周边居民知法、守法，护水、节水意识，促进全社会形成遵纪守法、护水节水的良好氛围。水政人员进入涵闸周边村组，逐户走访村民，宣传遵守水法规和保护水生态的重要性，努力提升村民水法规意识；在水行政执法过程中，面对黑恶势力不退缩、不和稀泥，及时上报群众举报的问题、线索，持续营造良好的水事秩序。

摄影：徐冉、王洋

六塘河地涵工程上游

磐石铸诚无缝钢管有限公司

涅槃重生　深山里的金凤凰

热轧生产线现场

磐石铸诚无缝钢管有限公司（以下简称铸诚公司）成立于2016年9月，前身为通化钢铁集团磐石无缝钢管有限责任公司（简称磐管公司），是磐管公司通过借助首钢通钢集团转型提效政策支持，由原企业人员转变身份而成立的全员参股有限公司。铸诚公司采取租赁磐管公司资产方式进行生产经营活动。

4年，弹指一挥间。铸诚公司实现了华丽转身，完成了凤凰涅槃、浴火重生的转变。该企业从2016年9月截至2020年，实现产值22.94亿元，实现税金8281万元。

如何在困境中求生存活下来？

当我们打开铸诚公司这本厚重书籍的扉页，一组组数字和企业强劲发展势头的全景展示在人们眼前。

发展是硬道理，大山深处缔造神话

吉林省磐石市烟筒山镇大荒顶子山，三面环山如同一只掌心朝上的巨手，铸诚公司就坐落在这“手心”中央。这里青山绿水生态环境十分优越，森林覆盖达90%以上，这里春季柳絮纷飞，夏天溪水潺潺，秋天漫山红叶，冬季银装素裹。还有钢铁制造零粉尘零污染，人与生态相得益彰，造就了铸诚公司凤凰传奇。

2016年，该企业仅用四个月时间扭转持续多年亏损的被动局面，实现净利润7万元；2017年实现净利润789万元；2018年实现净利润1071万元；2019年实现净利润1120万元。企业生产经营平稳、职工队伍稳定，转型提效让小北沟重新有了生机、有了活力，让职工有了底气、有了奔头，让生活在这片热土上的老辈磐管人重新看到了生存发展的希望。企业也从最初176位职工逐渐壮大，目前从业人员396人。

打铁还靠自身硬

公司按国家标准、API石油管标准及协议标准生产外径Φ12mm—Φ219mm，壁厚2.0mm—30mm，涵盖33Mn2V、36Mn2V、35CrMo、37Mn5、08AI、45Mn2、27SiMn、16Mn、Cr5Mo、10号、20号、35号、45号钢种的比较完整的无缝钢管产品，装备能力年产40万吨。公司拥有自己的研发团队和现代化的检验检测手段，完全具备为石油、煤炭、船舶勘探、锅炉、钢结构生产、供应各类无缝钢管的质量保证能力。2018年、2019年，吉林磐石铸诚无缝钢管有限公司生产的石油套管、油管用无缝钢管、锅炉用无缝钢管产品，获中国钢铁工业协会，冶金产品实物质量“金杯奖”，中国质量协会冶金工业分会2018年度“冶金行业品质卓越产品”称号，还获得“吉林省名牌”等多项称号。2020年，磐石铸诚无缝钢管有限公司顺利获得“特种设备安装生产许可证”及“一种冷拔无缝钢管退火预矫直装置”“一种无缝钢管的定径冷却装置”“用于无缝钢管的高效除锈装置”三项专利，公司被评为“省级企业技术中心”。四年来，公司实现产量45.13万吨，实现销售44.88万吨。2021年将至，面对“十四五”开局年，铸诚公司在历史节点上展望未来。公司在不断创新研发高精端产品的同时，也把销售网络铺向全国各地。企业发展就像攀登山峰，每一步都向吉林省无缝钢管精品基地建设路实迈进。

幸福是奋斗出来的

所有过往，皆为序章。铸诚公司的奋斗目标是建设吉林省无缝钢管精品基地。企业做大做强的同时，企业更关注员工文明素养、政治觉悟的提升。截至目前，公司现有党员76名，拟发展对象4名。公司更是时刻将关心职工切身利益放在首位。2019年对职工住宅进行外墙保温涂色5万平方米，铺设透水彩砖7900平方米，铺设沥青路面1039平方米。同时，接管集中供热、供水等办社会职能工作，每年仅供暖一项，公司要补贴达70万元。本着磐石市市委、市政府“红色引领、绿色发展”总思路，2020年，厂内种植花草800余株，改造修整小水库136000平方米，修建步道1700延长米，种植各类树木40000余棵。铸诚人正在用实际行动践行习近平总书记所说：“幸福是奋斗出来的。”

公司将以“员工股东和谐富足、安全质量责任永恒、健康环境创新无限”为宗旨，以“建设精品基地，做强钢管主业，跻身上市行列，感恩回馈社会”为愿景目标，与广大合作伙伴真诚携手、务实合作，谱写新篇章，铸就新辉煌。

作者：朱悦华

摄影：穆学军、任立昌

公司全景图

吉林嘉美食品有限公司

唱响绿色品牌兴农歌

公司党支部专题学习会　摄影：岳宇鹏

公司办公大楼　摄影：王文峰

2021年9月，吉林省吉林市的中国—新加坡吉林食品区内的吉林嘉美食品有限公司现代化玉米加工车间里，一穗穗刚刚采摘的鲜食玉米通过机械传送带进入加工流水线，工人们对鲜食玉米进行人工分拣，色泽金黄、颗粒饱满的玉米经过清洗、标准筛选、高温蒸煮等多道处理工序，一批批包装精美的鲜食玉米即将上市。

不久前，"中新嘉美"品牌玉米通过生态原产地产品审核，这在吉林省还是首家，增加了吉林鲜食玉米"黄金名片"的含金量，水果玉米、甜糯玉米、黑糯玉米等产品供不应求，备受消费者青睐。

试水"金色产业"

一场由鲜食玉米带来的转型蝶变

在吉林嘉美食品有限公司董事长魏文忠儿时的记忆里，大田里的"青棒子"，曾是荒年果腹之物。可他没想到，搞了半辈子紫苏产业，如今靠这"青棒子"拓开转型突围之路。

"那时种玉米一垧地才能挣3000元，种苏子的收入将近是玉米的一倍，效益十分可观。"1994年，刚刚20岁出头的魏文忠种植3垧苏子，当年收入1.5万元。

尝到甜头的魏文忠抓住韩国需要大量苏子籽和盐渍苏子叶这一市场信息，开始从事苏子收购和种植。凭借着专业的能力和诚信经营的理念，魏文忠在圈里小有名气，2008年被辽宁一家食品公司聘任为副总经理，负责公司苏籽、盐渍苏子叶、辣椒的采购与出口业务工作，生意做得风生水起。怀着对家乡热土的眷恋，2010年，魏文忠回到家乡，并于次年成立了永吉县烨熠农副产品加工有限公司，以紫苏深加工为主，按照产供销、种养加、贸工农、经科教一体化要求，实行区域化布局、专业化生产、一体化经营、企业化管理，年生产紫苏籽8000吨以上。

魏文忠的紫苏生意越做越大，以紫苏为主要原料开发的系列产品远销海外。一次偶然的机会，韩国客户想要订购鲜食玉米，魏文忠专门到有"中国玉米之乡"之称的公主岭市考察，7万穗鲜食玉米经过重新包装发往韩国，仅仅两天便销售一空，魏文忠敏锐地"嗅"到了这一商机，2018年8月，建筑面积2712平方米的鲜食玉米生产加工车间投入生产。

公司采取"企业+合作社+基地+农户"的经营模式，增强产业集聚效应，提升农业综合效益。目前公司整个产业链上游拥有鲜食玉米基地种植，中游拥有雄厚的鲜食玉米精深加工、科研实力，下游拥有电商、OEM、出口等流通销售渠道，年生产加工真空包装鲜食玉米能力3000万穗。高端鲜食玉米的种植，不仅破解了玉米的"供给侧"改革之惑，更让吉林玉米走向国际餐桌。"中新嘉美"品牌玉米不仅远销国内一线城市，还出口到日本、美国、迪拜等国家和地区。

擦亮"黄金名片"

从"好棒"到"名棒"的华丽转身

中新食品区的岔路河镇黄旗堡村鲜食玉米种植基地，413公顷的玉米地碧浪翻滚。魏文忠心情大好，随手掰下一穗鲜食玉米啃一口，充盈的白色玉米浆格外香甜。"2021年鲜食玉米大丰收！"魏文忠满脸幸福。

"从种子到种植，我们都是统一供应、统一采收，每个品种的来源都有非转基因报告，产品出厂前，要经过十几道严格的品质检验。"魏文忠告诉记者，公司甜、糯玉米加工生产设备完全按照出口食品生产企业备案管理规定标准建设，并取得了中华人民共和国海关出口食品生产企业备案证明。公司先后通过了ISO9001质量管理体系认证、ISO22000食品安全管理体系认证、HACCP危害分析与临界控制点认证、有机产品认证。

据了解，公司还通过参加每年的全国鲜食玉米速冻果蔬大会、农博会、糖酒会等国内外知名展会，有力地宣传了"中新嘉美"品牌和产品，深受广大消费者的好评与信赖。嘉美食品品牌效益不断提升，2020年公司生产的中新嘉美黄玉米（真空）获得"吉林好粮油产品"称号，在全省扶贫产品展示展销会上公司生产的水果玉米被评为"最受欢迎扶贫产品"。

2021年8月，经中国出入境检验检疫协会生态原产地产品保护管理办公室批准，中检吉林公司组成专家团队对吉林嘉美食品有限公司的"中新嘉美"品牌鲜食玉米开展了首个鲜食玉米生态原产地产品现场评审。

生态原产地产品是指产品生产周期中，符合绿色、低碳、节能、循环要求并具有原产地特征与特性的良好生态型产品。吉林省位于世界黄金玉米带，土壤肥沃、水系充沛，得天独厚的气候优势和生态资源，打造了口感香甜，营养丰富的鲜食玉米。

经过专家现场评审，"中新嘉美"品牌鲜食玉米顺利通过审核，产品完全符合生态原产地产品的要求。

作为全省首家鲜食玉米企业获得生态原产地保护产品认证，不仅有利于打破绿色贸易壁垒，擦亮吉林鲜食玉米"黄金名片"，提高品牌辨识度，打通鲜食玉米出口销售通道，同时也能更好地促进吉林省鲜食玉米产业升级，推动鲜食玉米新的经济增长点。

聚力产业兴农

龙头企业带领百姓走上振兴之路

有产才能富民，有业才能兴家。产业扶贫是脱贫攻坚的主战场，也是乡村振兴发展的关键环节，如何以产业扶贫推动乡村振兴，实现二者有效连接，发挥农业产业化龙头企业的产业带动作用，是农民实现脱贫致富的有效手段。

2017年，中新食品区、岔路河镇政府为推进脱贫攻坚工作，更好地保障贫困人群脱贫致富，开展贫困户与企业对接扶贫，通过脱贫基金贷款带动区内黄旗堡村28户和土门村12户建档立卡贫困户脱贫。

成功不忘桑梓，倾情回馈乡亲。魏文忠的公司申请了200万元扶贫贷款，用于推广紫苏粉加工业务。公司按照“保底收益”的原则帮扶贫困户，支付贫困户帮扶资金10万元，按照约定，公司在2017年、2018年，连续两年拨付分红资金22万元，用于贫困户分红，贫困户享受到了扶贫红利。

2020年初，吉林市政府与白山市政府为了加强扶贫协作工作，巩固靖宇县赤松镇脱贫攻坚工作的顺利完成，在全市筛选优质农业企业对口扶贫。公司积极响应政府号召，在靖宇县赤松镇刺秋岭村流转农户土地面积720亩，建立了有机玉米种植基地，共带动农户47户，其中建档立卡贫困户13户。通过发展鲜食玉米种植产业直接带动贫困户增收脱贫，有利地带动了靖宇县农民的增收，经济效益和社会效益十分可观，助力当地乡村振兴。

眼下，正值鲜食玉米采收期，一辆辆满载玉米的拖拉机缓缓驶入园区，一穗穗鲜食玉米被工人们手工扒开，吆喝声、说笑声彼此相间，丰收的喜悦弥漫开来。

“从7月末开始我就来扒玉米了，每天能挣150元，守家待地啥也不耽误。”岔路河镇土门村村民苗艳杰说着话，仍然舍不得停下手中的活儿。

据公司副总经理王文峰介绍，尽管普通玉米收获期未到，但吉林嘉美食品有限公司的鲜食玉米抢收已接近尾声。从收获、扒皮再到加工生产，每一个环节都有严格要求，目的是“锁住”鲜食玉米的新鲜劲儿。为了抢先上市，目前公司每天生产鲜食玉米30万穗，带动周边劳动力上百人，农民的收入提高了20%以上。

丰收季，农民腰包鼓鼓，幸福感满满。而在魏文忠的心里也多了对明年的期许和盘算……

作者：张力军、王伟

北大荒集团黑龙江哈拉海农场有限公司

乘风破浪谋发展

2020年，北大荒集团黑龙江哈拉海农场有限公司内控体系建设初步完成，三项制度改革、人员竞聘上岗如火如荼进行，品质农业、优质牧业等主导产业稳步发展，标志着公司在改革转型的道路上迈出了坚实步伐，企业发展动能得到进一步释放。

内控体系全面建设，运营执行力更活

2017年，被总局确立为企业化改革试点单位后，哈拉海农场有限公司党委坚持“实事求是、综合推进、确保稳定”的原则，将思想统一作为动力源泉，凝心聚力、积极探索，率先推进改革各项进程。当年完成公司挂牌；2018年完成内部“五分开”，并领取公司营业执照；2019年重新完善“三定方案”，并完成新部门、新人员的调整任职；今年全力构建现代企业制度和治理体系，逐步推进公司化实质运行。

哈拉海农场有限公司党委以推进“职能优化、协同高效”为着力点，针对职能移交后可能面临的土地确权、税收政策、人员安置、管理体制差异等问题，积极向各级部门请示汇报、与齐齐哈尔市梅里斯区政府协调商议，推进办社会职能有序移交。现已完成教育、卫生、民政、畜牧等19项行政职能移交工作。

以“横向职能分工明确、纵向层级划分合理”为出发点，哈拉海农场有限公司召开专题会议4次，对各机构、职能、人员进行调查摸底、重新整合，将原29个机关部门压缩为现在的19个，将原4个管理区合并为现在的3个。通过鼓励内退、领办企业等方式，实现全场工作人员由131人减少至115人，进一步激发了员工的工作动力和内在潜力。

哈拉海农场有限公司还不断破除传统的思想观念和体制弊端，

公司产业欣欣向荣。左图为盛世嘉园乡墅引客来，新型城镇建设惠民生　摄影：杜彬；右上图为公司优质高效畜牧产业鑫源牧场　摄影：曹海洋；右下图为规模发展的蔬菜产业园区　摄影：曹海洋

努力构建系统完备、科学规范、运行有效的现代企业制度体系。建立了“三会一层”法人治理结构及其议事规则，完善了高管人员岗位职责和权限，制定了公司财务审批流程，健全完善了部门职能和岗位职责67份、内控制度85个、工作流程96项，标志着公司企业化改革实现了由“形转”向“质变”的升级。

当前，三项制度改革正在垦区大地扎实推进。哈拉海农场有限公司按照集团“1+7+N”制度建设要求，严格实施人力资源管理，通过制定薪酬管理、绩效考核等7个办法，促进形成“三能”机制；通过制定请销假、培训管理等7项配套制度，促进人才管理、素质提升；通过对城镇管理办公室副主任岗位实施竞聘上岗，激发企业员工“比争赶超”的劲头和热情，增强公司“人才梯队”建设能力。

农业科技全面应用，抗风险能力更强

释放发展动能、促进转型升级是企业化改革的根本目的，哈拉海农场有限公司借助改革的强劲东风，聚焦发展规划和目标，不断增强创新意识、进发体制活力。

哈拉海农场有限公司坚持走绿色化、优质化、特色化发展道路，加快推进绿色有机农业推广。引进绿垦有机农业公司种植有机青贮玉米3500亩，实现公司和职工增收52万元；公司荣列“省级稻渔综合种养示范区”，落实“蟹稻”2100亩，实现增收105万元；应用清华大学“光和美”技术种植高品质水稻，实现公司亩增收72元、职工亩增收120元。同时，公司还以打造北大荒绿色智慧厨房为目标，继续推进“三品一标”认证，完成有机水稻认证面积12.1万亩，“哈拉海”大米被国家农业部认证为地理标志农产品，“哈拉海”的品牌影响力和哈拉海大米的市场认知度得到大幅提升。

经过多年建设，公司现拥有鑫海、鑫源两大优质牧场，以“精品高效、规模生态”为发展思路，实现奶牛存栏2279头，交售鲜奶1.1万吨，效益1200万元。连续4年，鑫海牧场305天平均产奶量荣获“北大荒集团奶牛高产之星”称号。精准饲喂、发酵菌床、胚胎移植等先进技术的应用，持续推动两大牧场向“12吨奶”单产提升目标迈进。同时，公司积极探索混合所有制经济，出资180万元入股“鑫源牧场”，2020年实现利润分红48万元。

产业转型全面升级，增收驱动力更动

哈拉海农场有限公司围绕“一体两翼”发展目标，不断强化营商环境建设、构建全民营销战略。引进鑫鑫粮油万吨饲料厂加工项目，年可加工大豆1.3万吨，进一步促进农产品转化，为职工增收、企业增效开辟新的经济增长点。此外，公司积极实施全域营销战略，投资9.6万元改建北大荒绿色厨房哈拉海专营店，借助抖音、快手等直播带货，推进“哈拉海”品牌产品实现“线上线下”双赢销售。

他们还不断挖掘蔬菜产业园区和鑫民粮贸公司发展潜力，激发多元活力。蔬菜园区通过种植有机水果、反季蔬菜、中草药、花苗等作物，实现营业收入103万元；粮贸公司以打造“新型粮商”为目标，跑市场、寻合作，落实订单农业种植面积11.7万亩，与北大荒粮食集团达成协议，推进粮食统营工作。通过参与国粮竞拍玉米1.6万吨，实现利润140万元，收购销售水稻1.2万吨，实现利润36万元。

深化改革始终在路上，创新发展持续进行中，哈拉海农场有限公司将持续以北大荒集团“1213”工程体系、“181”发展战略为统领，深化体制创新、释放发展动能，不断描绘哈拉海高质量发展的美好蓝图。

作者：孙彦玲（公司合规风控部副部长）

黑龙江红河谷汽车测试股份有限公司

打造寒区试车企业风向标

位于黑龙江省黑河市爱辉区瑷珲对俄进出口加工基地的黑龙江红河谷汽车测试股份有限公司成立于2008年，主要从事汽车测试与技术服务，致力于发展成为全球化的专业测试公司，经过十几年的专注经营，目前公司已成为国内高寒试车的龙头企业，拥有7家子公司和1家分公司，已建设并投入使用了17座寒区汽车试验场、1座高温汽车测试基地。

据公司总经理赵鑫宏介绍，红河谷现经营范围涵盖了场地、试验、检测及推广活动等，服务产品主要有汽车“三高”试验一站式整体解决方案、委托试验、定制化测试道路与配套设施、认证检测、驾驶培训、试验技术服务、品牌活动承办等。现有包括上汽大众、广汽集团、东风汽车、上海机动车检测中心、长安汽车、一汽大众、韩国现代摩比斯等国内外知名客户及合作伙伴170余家。公司2016年新三板挂牌，2018年成为全市唯一的创新型领军企业，获得黑龙江省工业投资基金的股权投资3030万元。

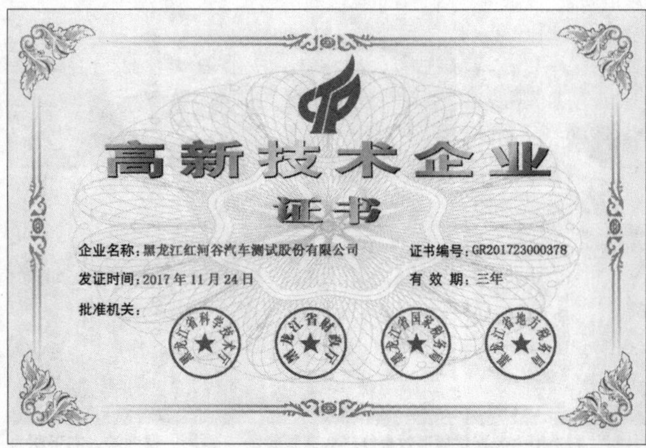
高新技术企业

证书

企业名称：黑龙江红河谷汽车测试股份有限公司　证书编号：GR201723000378

发证时间：2017年11月24日　有效期：三年

批准机关：

黑龙江红河谷汽车测试股份有限公司被授予“高新技术企业”称号，右图为汽车高寒试验　摄影：雨铎

黑龙江红河谷汽车测试股份有限公司始终坚持创新为发展第一动力，注重研发，专注于技术与质量的提升。近年来，公司不断突破技术创新，打造核心竞争能力，获得省、市补助、奖励资金达千万余元。2017 年企业首次被认定为国家高新技术企业，并在 2020 年通过国家高新技术企业复审，现公司已取得近 30 项实用新型、发明专利以及软件著作权专利，参与完成了近 20 项国家、行业和团体标准研制工作，已经获得 CNAS 认可、ISO9001 认证等专业资质。

红河谷汽车测试股份有限公司始终坚持规范运营，以专业化和优质的服务赢得客户信任，建立了系统化的研发、技术和质量管理体系与流程，不断为整车、零部件生产企业与研发机构提供专业、全面的汽车测试技术服务，成为国内“三高”测试的重要基地和技术服务平台；公司以市场需求为导向，加快转型升级，促进建立了多个新能源测试基地，满足包括电动汽车、氢能汽车等新能源汽车测试需求，承接的汽车企业委托试验实现了快速增长。公司积极履行社会责任，回馈社会，反哺社会，每年冬季提供季节性岗位 500 余个，连续年上缴税金 500 万元以上，为促进黑河经济社会发展作出了贡献。2020 年为疫情防控捐款捐物价值 20 余万元。

多年来，红河谷汽车测试股份有限公司见证并参与了民营经济发展历程，更成为民营经济发展政策的直接受益者。未来，公司将加强创新试验手段，推动高寒试车服务能力延伸和拓展；加强高效率试验项目能力，快速推进委托试验能力提质增效；加强试验管理、试验场运行的数字化建设工作，进一步提升新能源汽车、智能网联汽车等测试服务能力；进一步提升检测认证等资质能力建设等，满足客户快节奏、高效率、全季节，以及多维度、差异化的产品开发验证和检测认证需求。

作者：赵鑫宏

国网新源张家口风光储示范电站有限公司

风光储输灿若明珠　丽泽塞外辉映“九州”

电站远眺

2011 年 12 月 25 日，一个在人类可再生能源开发利用史上具有里程碑意义的重要日子，由国家电网公司采用全球首创的“风光储输”联合发电运行及调度模式、目前世界上规模最大的集风力发电、光伏发电、储能装置及智能输电“四位一体”的新能源综合性示范工程——国家风光储输示范工程（一期）在冀北张家口坝上高原成功建成投运。

“心有多大，舞台就有多大。”风光储输，这一在能源转型与发展大势中应运而生、破茧而出的新鲜事物，就坚定植根于风劲光强的这方塞外“富矿”宝地，将追风逐日的火热实践与服务国家可再生能源建设根脉相连、与助力张家口市经济社会发展紧密融合，在“清洁中国、领跑世界、造福人类”的征程上不断带来震撼与惊喜。

“硬核”服务战略，打造“源”端典范

“新世纪以来，能源生产和消费绿色转型势在必行，以风能、太阳能为代表的可再生能源被寄予厚望。但由于其固有的间歇性、随机性、波动性等特点，大规模开发利用成为世界难题，也使其‘虽有千般好’，却难入‘寻常百姓家’。所以风光储输示范工程的建设发展初衷，就是贯彻国网公司建设‘具有中国特色国际领先的能源互联网企业’战略目标，全力破解可再生能源友好并网和高比例消纳技术瓶颈，为其规模化开发并网做出样板示范、提供中国方案。”作为风光储输示范工程“一线”建设运营单位带头人，国网风光储公司总经理田云峰意绪轩昂、一语中的。

*“产学研用”彰显创新性。*身处推进可再生能源产业创新发展的战略前沿，需要坚毅的战略定力和驾驭全局的智慧。围绕坚定不移抓好科技创新，提升试验价值；坚韧不拔抓好运行维护，创造示范价值两条主线，国网风光储公司全力以赴开展科技攻坚。以国家科技支撑计划“七大课题”为依托，成功攻克风光储联合发电运行调控世界性难题，实现五大核心技术突破，十大民族装备创新，取得 87 项授权专利，应用前瞻新技术 30 余种、自主知识产权高新设备 119 台，国产化率达 99%。自主开发投运的联合发电监控、智能运行维护、生产管理以及调度自动化系统达到国际领先水平。

*瞄准前沿体现示范性。*肩负解决可再生能源发展难题的重要责任，需要坚定的向上攀升和坚持不懈的奋斗。“风光储人”凭着一股就是要在困难面前逞英豪的劲头和大无畏的英雄气概，在新能源的大规模建设与高效科学利用的全球赛道上，亮出了“风光干劲”，跑出了“风光速度”。全球规模最大多类型电池储能电站突破了大规模电池储能协调控制和能量管理关键难题，解决了风、光发电不确定性引发的电力系统调峰、安全问题。世界上容量最大的虚拟同步机示范工程，国内最大源网友好型风电厂、多类型功率调节型光伏电站发电特性出力平稳，总体达到常规电源水平。涵盖规划设计、调试验收、运行检修和技术监督全过程解决方案已成功复制于青海、甘肃等多个新能源工程，用勇立潮头的坚定作为，攻克了可再生能源关键领域“卡脖子”难题，展示了“大国重器”的责任担当。

“带货”助力张垣打造“绿色”名片

2016 年 12 月 11 日，经国务院批准设立的我国工业领域最高奖项——第四届中国工业大奖在北京人民大会堂隆重揭晓，国家风光储输示范工程与探月、航母等大国重器一道荣获本届中国工业大奖。这份沉甸甸的荣誉，不仅对示范工程植根张垣沃土、持续破解可再生能源发展难题给予了充分肯定，也为坚定扛起可再生能源破局融冰重任、志在为我国能源事业发展开辟路径的可再生能源示范区平添了绚丽的“风光一页”。

*标志成果赢得话语权。*依托建设运行实践，树立以可再生能源示范区为“桥头堡”的技术高点，示范工程成功建立起完整的风光储联合发电核心技术体系，并发起成立由我国主导的《IEC 大容量

集风力发电、光伏发电、储能装置及智能输电“四位一体”的新能源综合性示范工程——国家风光储输示范工程（一期）

可再生能源接入电网技术委员会》，发布《大容量可再生能源并网及大容量储能接入电网》等3部技术白皮书，目前已颁布国际标准1项、国标13项、行标23项、企标26项，正编制国标10项、行标29项，美国、德国等60余个国家，国际大电网、国际能源署28个国际组织、1000多位专家先后参观考察，为全球范畴内大规模开发利用可再生能源提供了成功范例。

高端展示提升影响力。张家口作为潜力巨大的全要素区域，直接承接新能源发展、“绿色办奥”等重点任务，肩负着重要使命。充分把握每一次登台“亮相”的有效机会，主动充当起现场“解说员”角色，不论是在陪同党和国家领导人、国外来宾等观摩的汇报前沿，还是在低碳奥运院士行、亚洲太阳能论坛等展示的高端论坛，风光储公司的管理者、建设者们带着感情、带着责任，倾力宣传推介工程，在张家口市委、市政府支持帮助下取得的积极成果，诚心回馈这方热土。建设成果、示范意义受到国务院总理李克强、全国政协副主席万钢等党和国家领导人高度关注，也得到了2022冬奥组委执行副主席韩子荣、欧盟气候行动与能源委员卡涅特等众多来宾的高度评价。截至目前，累计接待各界人士观摩超过4.5万人，中央电视台、路透社、华尔街邮报等国内外主流媒体，“砥砺奋进的五年”“CCTV走遍中国－风光储输”等专题摄制组先后实地采访，显著提升了可再生能源示范区的知名度、认知度、美誉度。

两翼起飞倾心科普路。立足示范工程自身优势，风光储公司还努力打造国家级清洁能源科普教育基地，努力为促进清洁能源的普及推广提供新的样本方案。通过让科普志愿者“走出去”，把公众“请进来”的方式，在工程周边乡镇、市辖小学、河北北方学院等学校课堂上为不同层次学生讲解清洁能源科普知识；组织清华大学、华北大力大学等高校师生走进风光储科普基地，结合实际运行的实体发电设备，向社会大众科普清洁能源知识、技术，以及发展清洁能源的前瞻性和必要性，使科普知识真正做到“活”起来。目前，累计科普受众已超过万人，得到了多方认可与好评，被中国电机工程学会、省科技厅授牌为“电力科普教育基地”，公司还组织全员员工成功编写出版国内首套《储存风光输送梦想》系列科普丛书，在另一个维度，为可再生能源示范区赢得喝彩。

“赶考”示范新篇，打造“风光”无限

一切过往、皆为序章。2020年6月15日，北京，张家口市与国网冀北电力有限公司共同建设可再生能源示范区能源大数据中心协议签约仪式成功举行。张家口市人民政府市长武卫东、国网冀北电力有限公司董事长、党委书记田博，国网冀北电力有限公司总经理、党委副书记郭炬等领导就在“国家风光储输示范工程”基地，共同建设张家口可再生能源示范区能源大数据中心举行深入会谈，并达成一致共识。这一幅即将展开的蓝图画卷，既是政企双方深入贯彻习近平总书记“四个革命、一个合作”能源安全新战略，加快建设具有中国特色、国际领先的能源互联网，服务张家口可再生能源示范区发展的又一次具体实践，也是风光储输向可再生能源示范区成立五周年献上的一份沉甸甸“厚礼”。

下好示范引领“先手棋”。“为美好生活充电，为美丽中国赋能”，将能源互联网战略融入国家可再生能源示范区建设。立足打造“科技试验型企业”这一新的发展规划，结合张家口市在京津冀大数据综合实验区“大数据与新能源联动、大数据与智能制造深度融合”区域定位，持续打造共建共享合作开放的科技创新平台。将在国家风光储输示范基地与张家口市政府联合建设国内首座100%清洁能源供电的新能源大数据中心，创新研究适应高比例可再生能源的区域能源电力规划、源网荷储协同和电力市场建设的关键技术和商业模式，打造支撑可再生能源科学发展的智库平台，在示范区管理、技术引领、专业服务和价值创造方面，形成可复制、可推广的市场运行机制和行业管理模式，为国家制度创新、产业提升发展、能源转型升级、各方合作共赢提供服务。

打好风光再起“主动仗”。发挥“大光全新”特色优势，风光储输还将围绕可再生能源并网和装备试验、深化用电测试、储能实证特色研究，积极探索储能项目建设运营模式，为未来储能大规模发展、政策制定提供数据支撑，引领储能行业健康有序良性发展，提升中国在储能国际标准中的话语权。同时，立足“智慧型”风电场的更高标准，汇集各方“联合动力”，风电剩余容量50兆瓦建设已于日前开工建设，将在2020年底前并网运行。

“东方欲晓，莫道君行早。”深入贯彻习近平总书记“四个革命、一个合作”能源安全新战略，落实国网公司、冀北公司和张家口市委、市政府领导指示要求，加强对外合作，打造能源革命和数字革命融合范例，努力服务能源互联网示范区、绿色奥运建设，发挥好风光“好牌”在张垣“好局”中的积极作用，为国家制度创新、产业提升发展、能源转型升级、各方合作共赢提供服务，努力形成可再生能源科学发展的“中国方案”。

沿着践行能源安全新战略的征程，向着成为中国乃至世界可再生能源行业标杆型骨干企业阔步前进，风光储输，风光正好，也必将风光更好。

作者：梁立新　供图：国网新源张家口风光储示范电站

山西巨安电子技术股份有限公司

科技强企谱新篇

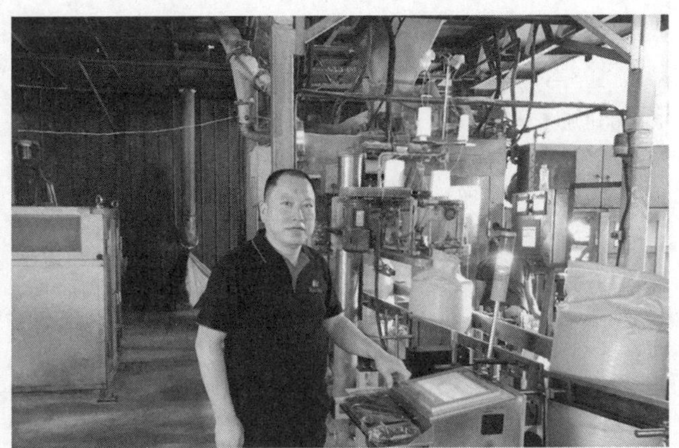

公司研发的 JA–F01–M 智能赋码机在化肥生产线上部署运行　摄影：张灵娟

通过扫描产品的“身份编码”，即可对产品的生产、仓储、分销、物流运输、市场稽查、销售终端等各个环节采集数据并追踪，构成产品的生产、仓储、销售、流通和服务的全生命周期管理。

这是位于运城经济技术开发区的山西巨安电子技术股份有限公司（以下简称巨安电子）基于追溯技术、物联网技术、大数据分析技术，自主研发的溯源管理系统。

那么，什么是溯源系统呢？溯源系统在哪些行业应用呢？一个小小的二维码，又会为企业发展和产品销售带来哪些便利呢？

自主创新，首创软包装追溯技术

“溯源，顾名思义，就是追本溯源，探寻事物的根本、源头。这一系统最早是 1997 年欧盟为应对疯牛病问题而逐步建立并完善起来的食品安全管理制度，覆盖了食品生产基地、中国糖业防伪追溯平台验收、启动现场。

食品加工企业、食品终端销售等整个食品产业链条的上下游，通过类似银行取款机系统的专用硬件设备进行信息共享，服务于终端消费者。”通过巨安电子副总经理魏红艳的介绍，记者对溯源系统有了一个初步的认知。

通过专业的机器设备对单件产品赋予唯一的二维码作为防伪身份证，实现“每个产品都有自己的身份编码”，然后对产品从生产到销售终端等各个环节采集数据并追踪，实现来源可查、去向可追、责任可究，强化全过程质量安全管理与风险控制。这便是被广泛应用于物联网技术、自动控制技术、自动识别技术、互联网技术、云存储技术、区块链技术及云传输技术的溯源管理技术。

该项技术被广泛应用于药品、服饰、电子等行业，但是将追溯技术具体应用在软包装类产品行业中，巨安电子却是首创。

“软包装产品多为表面粗糙的编织包装，容易发生变形，无法正常地在线赋码。而且在实际工作中，由于产线的匹配比较差，产线改造成本比较高，二维码附着力差，容易脱落，造成了扫码的识读率差，受赋码喷码的难度大，无法有效识别和查询，导致追溯系统形同虚设。”在魏红艳看来，在行业中做同类产品并不难，难的是如何创新，如何拥有自主的核心技术。

基于这一理念，利用一物一码技术，巨安电子自主研发、生产的 JA-F01-M 型智能网络型赋码机系列成套设备不仅被广泛应用于各个行业领域的防伪溯源，更实现了软包行业赋码的新突破。

“公司针对软包类产品的赋码技术有三个创新点。第一个是终端赋码产品优势，公司针对软包类的在线赋码专门研制出了适合软包产品的网络型赋码机，在国内首创并获得了国家专利。赋码机采用多级设计智能控制系统，集在线赋码、信息采集和数据上传于一身，适合各种生产线，解决了软包装产品在线赋码的难题。第二个是技术上利用智能控制模块，实现追溯可变二维码、数字串码、生产日期等信息的在线喷印。第三个是通过追溯码生成与控制系统、海量数据并存的核心技术，保障一物一码追溯大数据平台和二维码生成识读的安全可靠。”魏红艳介绍说。

精益求精，每一件产品都有“灵魂”

技术创新是发展的第一动力源。作为一家软件开发与计算机系统集成的高新技术企业和“双软”认证企业，巨安电子一直以精益求精的态度，致力于移动互联网和物联网技术、云计算、大数据分

巨安股份承担的中国糖业防伪追溯平台验收并上线运行启动仪式　摄影：张灵娟

析行业的探索实践。

“这里是我们公司生产的第四代智能型网络赋码机，是一台融下载码、赋码以及信息上传码为一体的三位一体机。通过这样的技术可以直接把二维码喷到产品的外包装上，让客户可以更直接地看到产品的生产日期、地点、企业信息等。”在魏红艳看来，他们公司生产的第四代智能型网络赋码器是一台“有灵魂”的机器。

在巨安电子焊接车间，焊接员王禹泽正在将公司自主研发的电路板和元器件进行焊接，看似不起眼的电路板元器件，却需要精密度极高的焊接技术。“因为整套产品属于精密设备，只有精益求精，才能确保稳定运行。”王禹泽说。

焊接工序生产及检测完成后，企业将写入追溯技术程序的集成电路板和产品整机机械装置进行总装生产。为了确保智能型网络赋码机的品质，检测整机产品的各方面性能就显得尤为重要。

“我们不仅要对所有的零部件、喷码效果进行一个测试，总装工序完成后还要进行老化实验，整机经过七天不间断运行后，出具测试报告，确定达到我们质量标准后才算合格产品。”在巨安电子质检车间，质检员唐超正在对一批刚刚在外完成组装、发回公司的产品进行测试。

“到达消费者手中后，消费者只需扫一扫产品二维码，就能了解产品的前世今生，辨别产品的真假优劣，确保购买产品的安全性。”魏红艳说，正是这样精益求精的工作态度，才确保了最后到达消费者手中产品的安全可靠，才确保了企业的长远健康发展。

科技强企，为转型发展注入强大力量

在推动企业规范、健康、可持续发展中，运城经济技术开发区始终以优化政府服务、打造良好营商环境为出发点，紧紧围绕更好发挥政府作用，不断激发企业市场活力和全社会创造力。

巨安电子不仅是运城经开区的高新技术企业，也是新三板上市企业。作为一家拥有自主知识产权核心技术的科技企业，运城经开区招商投资促进部科技创新科科长陈博也非常关注巨安电子的发展，通过微信、电话、入企调研等方式为企业及时宣传并落实科技优惠政策，积极为企业争取科技扶持资金。

“2018 年，我们为巨安电子申报认定了山西省科技型中小企业和山西省民营科技企业两个省级资质，进一步为企业在研发费用上降低了成本。同时为巨安电子申报了山西省科技金融创新发展资金和山西省高新技术企业连续 3 年的认定奖励两个科技项目资金。”陈博表示。

自 2007 年以来，公司先后 4 次被国家认定为高新技术企业，是“十一五”国家科技支撑计划课题的承担单位。公司先后取得了 ISO9001 质量体系认证、行业标志认证和信息系统集成等 30 余个证书，拥有安全信息技术行业国家专利 37 项、计算机软件著作权 65 项，开发软件产品 50 余种。

依托企业自身在科技、品质等方面的优势，2016 年巨安电子与广西农投发展集团有限公司签署了广西壮族自治区人民政府糖业防伪追溯平台合作协议，2017 年 6 月巨安电子承担了中国糖业防伪追溯平台，同时“智能网络型赋码机”在南宁糖业、广西东糖、山东星光等糖业集团部署了 100 余条生产线。

“巨安股份糖业溯源系列产品，在已经实施的糖业企业中，市场占有率接近 70%，稳居行业第一。目前我们还承担中粮集团糖业防伪追溯平台及部分省级平台，并于 2019 年 3 月与中国肥料业主导方签署了全行业合作协议。”谈及企业的溯源系统，巨安电子董事长张斌显得非常自豪。

通过自身十余年的信息化行业经验，如今的巨安电子溯源系列产品已经覆盖了农业、食药、化肥、饲料、矿山等行业领域，产品也从单一的溯源码发展到安全监管、物品溯源整体方案的开发、应用和推广，并将追溯技术创新性地应用在固定资产管理行业，项目涵盖了软件产品、硬件赋码设备、自动识别技术及移动互联应用，在推动企业自身实现更高质量发展的同时，也不断为运城经开区的高质量转型发展注入了科技力量。

江苏省江阴市荣新塑化有限公司

小企业也有大梦想

江阴市荣新塑化有限公司董事长金惠荣

江苏省高新技术企业，江苏省明星企业，省民营科技企业，省科技型中小型企业，1 项发明专利，20 多项实用专利……这些荣耀与成就都属于江阴一家叫作荣新塑化的民营企业。

作为一家集汽车塑料油漆研发、生产、销售于一体的民营企业，江阴市荣新塑化有限公司拥有外饰、内饰、耐高温、特效四个系列近 300 个品种的产品，是国内长城、长安、奇瑞、捷达、大众等汽车品牌的固定客户，2019 年销售近亿元，较上一年同比增长 25%。

从经营转向生产，跨界走进“死胡同”

公司成立之前，董事长金惠荣是一名个体户，经营国外油墨已有 10 个年头，彼时，日本产“东洋”油墨的价格约 250 元 / 公斤，价格奇高，利润空间巨大。既如此，何不自己生产？说干就干，金惠荣先后走访了北京化工研究所、常州化工研究所，得到的答复是：能研发！1996 年，金惠荣在常化的涂料研究所看到一份文件，国家鼓励研发国产轿车塑料涂料。经磋商，金惠荣和研究所一拍即合，为降低风险，双方商定，联合成立公司，研究所提供技术，金惠荣提供资金、场地并负责市场。

当时，荷兰阿克苏公司的同类产品，在业界遥遥领先，他们的产品就是行业标准，也是对照的标杆。两年时间，公司投入了上百万元资金，进行了上万次试验，最终却竹篮打水一场空。产品研发屡屡受挫，出炉的样品数次送去青岛模具厂试用，无一合格，与行业标准相去甚远。第三年，公司银行贷款累计 450 万元，个人投

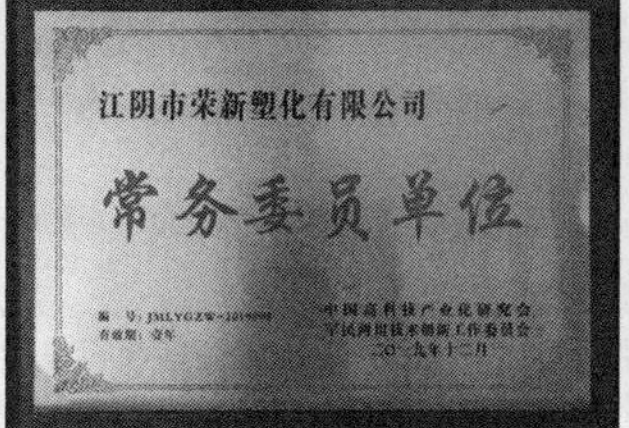

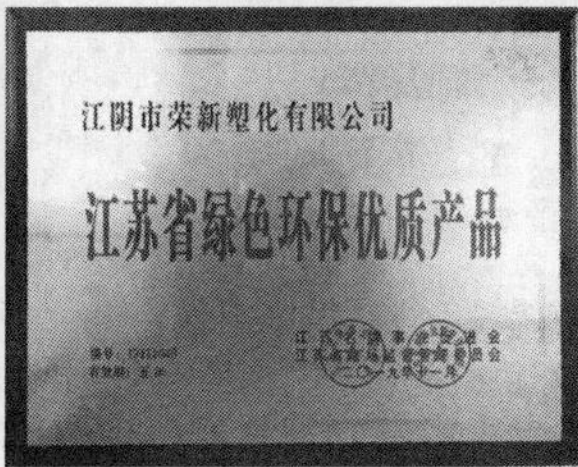

厂区大门和公司获得的部分荣誉奖牌

入也达到了500万元，近千万元的投入，结果却是颗粒无收。由于没钱继续投入研发，研究所的技术人员终止了合作。雪上加霜的是，因无力支付高额薪水，聘请的工程师也打了退堂鼓。

公司上上下下近30名员工要养活，450万元的银行贷款、数百万元的个人债务该怎么偿还，金惠荣陷入了激烈的思想斗争，也真正尝到了走投无路的滋味。有一回，他乘大巴到璜土时，已身无分文，突然想起有个邻居在附近开小超市，他放下面子，试图借2000元钱急用，心酸的是，最终一分钱都没借到。眼看银行的贷款快要到期，需要“先还后贷”，出门借钱却四处碰壁，金惠荣无比绝望，但他不愿就此服输。

面对困境不服输，“外行”闯出新天地

外聘的技术人员相继离去，合作方陆续撤股，资金上又是债台高筑，本是机械专业出身的金惠荣只好半路出家，破釜沉舟，自己钻研琢磨。所谓峰回路转，柳暗花明，让人万万没想到的是，金惠荣最后的救命稻草，竟是两本书，《涂料配方》以及《树脂合成工艺》。他反复研读这两本书，对比自己的配方和书上总结的配方，没日没夜地蹲守在实验室，摸索工艺原理、修正核心数据，常常深更半夜还在做实验。金惠荣深知，要想突破瓶颈，光埋头苦干还不够，他到处学习求教，终于在数次登门后，金惠荣感动了原上海造漆厂厂长，对方给了他很多技术上的指导。

经过近两年的艰苦努力，2000年，金惠荣终于拿出了合格的产品，并有客户同意合作。那年的大年三十，他们赶出100公斤产品，公司起死回生，交货的一瞬间，金惠荣悲喜交加。借用自己名字中的“荣”和台湾业界巨头的一个“新”字，金惠荣给自己的企业取名为“荣新”。随着国内家用轿车市场的兴起，荣新塑化迎来了自己的春天。

生产出初级产品后，金惠荣马不停蹄，不断加大研发投入，荣新的产品质量因此渐渐达到了世界一流水平，目前荣新公司产品性能已超越如巴斯夫、美国的PPG、阿克苏等外资品牌，价格却比同类产品便宜30%到50%。2001年，荣新塑化开始为神龙富康供货，2004年牵手捷达，之后，陆续配套长城、长安、奇瑞等自主品牌汽车厂家。如今，又成为上海大众的合作方。荣新产品在涂料行业里，从无到有，从有到优，从优到先，主要市场是轿车塑料零部件的需求，市场还有很大潜能。

目前，公司拥有资深老员工30多人，核心专家5人，与中国涂料研究所也建立了长期合作关系。近几年，荣新塑化一直保持着开票销售年增长30%的速度，2018年，完成销售额8000万元，2019年，在国际国内经济下行压力下，开票销售仍然实现25%的增长，销售额达到了1亿元。

聚焦瞄准新目标，“荣新”力求再跨越

金惠荣介绍，荣新塑化的低羟基丙烯酸涂料，完全是他自己研发出来的。“瞄准高端、面向小众、定向专一”他们力求生产“难以复制的产品”。历经两年的努力，他们为大众量身定制的最新产品研发成功，新产品研发成功率达到98%以上。

“从发展的角度，我们正在开发聚脲涂料。”金惠荣说，“50年以上的使用寿命，耐火，VOC零排放，这些产品特点都将使聚脲涂料在未来迅速颠覆行业传统。”“咱们中国人应有志气，为中国人谋福祉，为国家为我们民族去创收，利益去支持我们的国防，支持我们国家最需要的地方，做一个有脊梁的民族子民。”另外，在高端应用市场，研发石墨烯涂料，也已成为荣新塑化的战略聚焦点，他们的新目标是为军工产品贡献自己的力量，并且，“荣新人”已经开始付诸行动。

江苏省苏州市吴江东方国有资本投资经营有限公司

“创新湖区”书画卷 潮涌“东方”起壮歌

编者按：站在百年历史新起点，中国共产党团结带领中国人民踏上了实现第二个百年奋斗目标新的赶考之路，开启了全面建设社会主义现代化国家新征程。各地区各单位积极响应党中央号召，以习近平新时代中国特色社会主义思想武装头脑、指导实践、推动工作；不断巩固拓展党史学习教育成果，用伟大建党精神滋养党性修养；始终保持“赶考”的清醒和坚定，将时代大考题转化为本地区本单位一次次检验阶段性工作成效的小考；把人民放在心中最高的位置，以虎虎生威的雄风、生龙活虎的干劲、气吞万里如虎的精神，夙夜在公，为人民幸福而奋斗；着力保持平稳健康的经济环境、风清气正的政治环境、国泰民安的社会环境，以实际行动迎接党的二十大胜利召开。苏州市吴江东方国有资本投资经营有限公司就是其中的先进典型，他们“奋进新征程，建功新时代”的具体措施、成功经验和突出成就，都具有较强的示范意义和推广价值。

东方国资通过管理的政府投资基金和合作的市场化子基金投资各类科技创新企业，其中明志科技、博众精工于同一天登陆科创板，创下长三角地区首个区县科创板"双响炮"

苏州湾东方创投基地累计入驻创投相关机构394家，注册规模733.25亿元，管理基金规模超1000亿元

2021最佳基金小镇TOP10、2020—2021年度影响力基金小镇、2021最佳母基金投资人TOP30、2020—2021年度最具影响力精英投资家先锋人物TOP15、2021投资机构年度人物LP青年领袖、投中2021年中国最佳私募股权投资领域有限合伙人TOP20……在各类权威投资研究机构、平台2021年发布的年度榜单上，苏州市吴江东方国有资本投资经营有限公司（以下简称东方国资）及其运营管理的基金、载体频频现身，在专业性、信誉度、影响力等方面得到了业内的高度认可。

蓦然回首，东方国资取得今时今日的不俗成绩并非一蹴而就，而是20多年来驰而不息、厚积薄发的结果。2001年成立至今，东方国资始终与吴江的产业发展定位、创新创业战略同频共振，不断开拓进取、真抓实干，从最初的一家地方性国有资产管理公司，逐渐演变为拥有26家全资、控股、参股企业，业务范围涵盖银行、证券、担保、科贷、基金、资管等多个领域的区域性国有资本投资经营管理公司，源源不断地为城市产业转型、科技创新注入金融"活水"。

潮涌"东方"扬帆起，乘风破浪万里航。当下，长三角生态绿色一体化发展示范区建设如火如荼，置身于新的历史坐标系中，东方国资积极发挥自身所长，运作数以亿计的雄厚资本，构建和完善"基金+载体+人才+项目"的创新生态格局，进一步赋能区域高质量发展，奋力在新时代的"东方画卷"上摹绘出一片旖旎新景。

区域创新赛道背后的"点金手"

2021年10月，工信部公示了第三批服务型制造示范名单，吴江丝绸龙头企业苏州太湖雪丝绸股份有限公司成功入选，转型升级成效有目共睹。从只有4名女工的小作坊到新三板上市企业，太湖雪的华丽蜕变，除了依靠自身努力一步步做精品质、做优品牌，以服务型制造为牵引推动全产业链融合发展外，还离不开金融"活水"的浇灌，其中由东方国资运营管理的"吴江区域扶持中小企业发展专项基金"便在其转型发展的关键时期助了一臂之力。

自2018年6月奠基，到2021年6月一期项目正式开启大规模量产，位于吴江汾湖高新区（黎里镇）的英诺赛科（苏州）半导体有限公司拔地而起、飞速发展，不仅拥有全球首条8英寸硅基氮化镓大规模量产线，同时还承担了多个国家部委及省相关部门的重点研发项目。但鲜为人知的是，在英诺赛科落户建设的过程中，东方国资曾通过吴江产业投资母基金先后对其投资6.5亿元，确保项目各个环节有序推进，为吴江进一步筑牢战略性新兴产业版图，在新一轮区域竞争中抢占先机、赢得主动打下了良好基础。

翻开东方国资的"投资目录"，多元化的投资内容令人目不暇接，从当地传统主导产业到战略性新兴产业，从初创型科技企业到高潜力上市公司，从区级重点项目到省级重点项目，都有其资本运作的身影，如同一只无形的手推动着城市产业结构不断优化升级。"作为一家国有企业，我们并不只一味投资高大上的'明星项目'，也积极扶持富有生命力的本土特色产业，多年下来形成了丰富的投资矩阵。"东方国资党委书记、董事长、总经理张彦红说。

除了借力金融投资手段推动区域产业转型、提升区域创新浓度，东方国资还主动拓展金融招商、产业招商功能，引导更多优质金融资源、产业项目拥抱吴江、赋能吴江。走进苏州湾东方创投基地，一幢幢别墅式的办公楼掩映在蓝绿交织的东太湖水岸，目前已有394家金融投资机构（基金）入驻于此，合作及管理基金规模超千亿元。依托该基地，东方国资常态化地组织开展融资路演、高峰论坛等各类专题活动，2021年以来更是成功举办了第五届未来医疗100强大会、2021未来医疗健康基金合伙人LP-GP峰会、长三角金融赋能产业数字化发展峰会等大型活动，联动项目近千个，吸引参会嘉宾超万人，有效促进了资本、项目、人才的对接。

丝绸纺织、电子信息、装备制造、光电通讯等传统产业加速转型，航空航天、集成电路、生物医药、人工智能等新兴产业加快布局，"苏州制造"品牌登峰企业、专精特新"小巨人"企业、"隐形冠军"和"新地标"企业不断涌现……行走在吴江大地，高质量发展的新气象扑面而来，创新驱动加持下，现代化产业体系的建设轮廓愈发清晰，新旧动能转换迈出坚实步伐，而东方国资这只屡创奇迹的"点金手"，在背后发挥了推波助澜的重要作用，以汩汩涌流的金融甘泉，为这方创新沃土滋养出一片郁郁葱葱的"产业森林"。得益于东方国资以基金为手段的资本赋能，迈为股份、赛伍科技、华源控股、明志科技、博众精工等一大批"明星企业"成功在各大板块上市，促进了资本市场"吴江板块"的发展壮大。

"一体两翼"营造创新生态

资本量级由"小规模"到"大体量"转变，业务范围从"单一"向"多元"拓展，过去20年，东方国资一路披荆斩棘、乘风破浪，经营业绩、资产规模、内部管理等方面取得了跨越式发展，不仅成为吴江国企的"领头羊"，更有多项创新工作走在苏州前列。然而，无论身处哪一发展时期、哪一发展阶段，东方国资始终未曾忘记初心使命，以坚定不移的担当精神，配合吴江区委、区政府做好中心工作，与区域产业发展、科技创新、人才创业政策协同共进。

东方国资的担当精神，最直接的体现就是不断因势利导创新资本运作方式。2008年，东方国资设立了首个创投类全资子公司——苏州市吴江创业投资有限公司，迈出从资产管理向资本运作转型的实质一步。此后，以该公司为投资主体，吴江科技创新创业投资基金、吴江区域扶持中小企业发展专项基金、吴江拨改投基金等政策性直投基金在相关部门的支持下，如雨后春笋般先后设立，逐渐形成"燎原之势"。

随着对基金领域的探索加深，东方国资发现，相比直投基金，作为股权投资行业"源头活水"的母基金在助推科技创新、支持实体经济发展等方面，发挥着更为强大的作用。2016年，东方国资会同吴江区发改委设立了规模50亿元的吴江产业投资母基金，全面推开了全区的母基金业务。利用吴江产业投资母基金，东方国资积极与国内知名投资机构合作，加快设立各类专业性产业投资子基金、定向增发子基金、并购子基金，进一步放大了财政资金的引导作用，使得产业资源和市场资源得到有效配置，按下产业集聚升级、产业链深度融合“加速键”。

拓展自身母基金业务的同时，东方国资还主动扛起“传帮带”的责任，以合作共建的方式助力吴江各区镇设立母基金。目前，借助吴江区产业投资母基金，东方国资已成功参与设立并管理了太湖新城绿地东方母基金、汾湖产投母基金、吴江经济开发区母基金、震泽创投母基金等4只镇级政府投资的母基金，推动各地在“双招双引”中掌握更多主动权。

尽管通过“吃透”基金投资，为吴江产业发展积攒了强劲动能，但东方国资并没有就此躺在“功劳簿”上吃老本，而是继续紧跟时代潮流更新资本运作理念，进一步增强企业的市场竞争力，更好发挥国有资本在推动经济高质量发展中的战略支撑功能。

2020年，东方国资正式入驻并启动运营苏州湾东方创投基地，致力打造示范区内的金融综合服务标杆和具有全国知名度的“长三角创投港，东太湖金融湾”。为了让基地更具市场吸引力、市场竞争力，东方国资按照7:2:1模式招引创投机构、证券、银行等金融业态，导入律所、会所等中介机构，并配套餐饮、休闲等生活类服务业态，逐步形成了一个有文化内涵、有温度情怀、有品位格调的特色金融集聚区，为后续招商运营、机构入驻办公以及基地品牌打造和人气积攒创造了良好条件和氛围。

2021年，东方国资又携手深圳德同股权投资管理有限公司、长三角投资发展（江苏）有限公司合作共建了江苏长三角智创科技园，为人才项目导入搭建成长平台并提供全方位的赋能支持，助推科技创新成果转化落地。至此，东方国资成功打通创新发展服务链，形成“一体两翼”的资本运作骨架。

以区域发展为己任，勇当创新驱动“马前卒”，争做市场化竞争“弄潮儿”，东方国资在不断创新资本运作方式、更新资本运作理念的进程中，一步一个脚印真抓实干、锐意进取，交出了一张不负人民期待的耀眼“成绩单”。

在新机新局中展现国企作为

寒来暑往二十载，一个有担当、敢作为的国企形象呈现于眼前，令人不禁期待，下一个二十年，东方国资又会发生怎样的精彩蝶变？

面对已经到来的2022年，东方国资将继续以高质量发展为主线，以市场化为导向，充分发挥国有经济战略支撑作用。在“促产业”上，积极与上海对接资源、项目和人才，探索参与设立金融资产交易所、S基金、基协分支机构等项目，高质量运作长三角生态绿色一体化基金，拓展“基金＋载体＋项目＋人才”创新链；在“引资源”上，不断优化“省级创业投资集聚发展示范区＋苏州湾东方创投基地”双轮驱动机制，以更高产业准入标准加大招商引资力度，引进有品牌度、美誉度的金融投资和服务机构，同时高效运营江苏长三角智创科技园，推动人才项目加速落地。

展望“十四五”，东方国资则将突出抓好提质增效，以“争第一、创唯一”的闯劲拼劲，在育新机开新局中展现国企作为。

——一个“拓”字提增产业升级质效。打造“1+5+1”核心体系，赋予科技型企业全生命周期金融服务。突出创投组合、多元金融赋能、创新创意提质，做到金融文化特色鲜明，打造名副其实的“母基金的胜地，子基金的摇篮”。

——一个“聚”字激发主体转型动力。加强国资体系顶层设计，建立健全对下属子公司经理层成员任期制和契约化管理的具体制度。积极引入高匹配度、高认同感、高协同性的战略投资者，通过产业并购、企业重组等多种方式，创新国企投资运营新模式。不断做强做优国资规模，增强盈利能力，向AAA级国企迈进。

——一个“联”字构建多元金融体系。延伸金融产业链，合理布局证券、银行、基金、保险、担保等金融板块。探索形成“政府＋国企＋金融＋类金融”多元化投融资体系，推动从国资国有股权投资平台向金控平台转型，以金融协同推动长三角一体化发展。

细细揣摩“东方画卷”上落笔勾勒的新线条，不难想象，二十年后，随着企业体制机制改革不断深化，东方国资业务结构将更加优化，管理体系将更加完善，服务机制将更加健全，并通过资本赋能的纽带，撬动起更多社会资本引进人才、技术、项目、产业落地吴江，助力金融服务实体经济发展。同时，以苏州湾东方创投基地和长三角智创科技园为载体，充分发挥在产业引导、资源集聚、人才培养等方面优势，创优生态、引才聚力，为吴江加快推进沪苏同城化和示范区建设，打造“创新湖区”、建设“乐居之城”作出新的更大贡献。

雄关漫道真如铁，而今迈步从头越。站在“两个一百年”奋斗目标的历史交汇点，回望过去二十年走来的路，东方国资上下化自豪之情为奋进动力，以更加饱满的热情、更加昂扬的斗志精心勾勒蓝图，着眼党的二十大、“十四五”时期以及未来二十年三个节点，即将开启全新的“绘卷之旅”！

江苏省连云港工投集团徐圩投资公司

搭建“三色平台”　打造产改新阵地

链接：叶维友，男，1969年7月出生，中共党员，现就职于连云港市工投集团徐圩投资公司党委工作部，从事新闻宣传工作10余年，多次被评为新闻工作先进工作者。作品散见于《苍梧晚报》《连云港日报》《江苏工人报》《江苏经济报》《新华日报》及《连云港文学》等报刊杂志及有关新闻报道的网站媒体。作品《守护》获得连云港市2016年职工原创诗歌大赛二等奖，作品《关于守岛英雄精神的研究与思考》获得连云港市2018年“学习王继才同志先进事迹”理论征文一等奖，作品《半条圩子半份滩》获得连云港市2019年“我眼中的港城之美”职工征文大赛二等奖。

江苏省连云港工投集团徐圩投资公司（以下简称徐圩公司）激活红色引擎、开辟绿色通道、构建蓝色平台，努力形成职工思想教育、赋能成长和专业人才培养新格局，筑牢推进产改工作新阵地。

红色引擎，打造职工思政工作新阵地

徐圩公司建设服务产业工人的党群工作阵地，强化产业工人思想政治建设，成立由劳模先进、优秀员工及技术技能型人才组成的“思政教育宣讲团”，依托工会之家、道德讲堂、职工书屋等平台，累计到支部或班组集中开展宣讲活动21场次，一线职工参与率达99%。充分发挥劳模党支部、劳模党小组和党员先锋岗的引带效应，举办“产改知识”抢答赛、“产改主题”辩论赛，引导职工对标党员向劳模看齐，争当创业、创新、创优“三创型”标兵。创新实施党建“1+1”先锋工程，签订76份结对创建协议书，开展“劳模带青工、党员带普工”传帮带、党组织与基层班组结对共建、党员突击队联动重点项目工程“三奉献”活动，集聚红色元素，彰显“1+1>2”的先锋效应。创新实施“四启党课”教育工程，激励党员积极主动走上讲台，累计举行实境党课、技术党课、研讨党课、互动党课教

举办产改知识辩论赛 摄影：陈健

徐圩投资公司首席、金牌、星级"三类"员工颁奖仪式 摄影：陈健

育29次，参与党员1000余人次。

在疫情防控和创文创卫期间，徐圩公司12支党员突击队围绕"党旗飘一线，战'疫'冲在前""发挥作用，建设美丽连云港"等主题教育宗旨，亮身份、亮承诺，率先打响"新冠疫情"阻击战、"端午创文"联动战、"七夕创文"突击战，让党旗飘扬在一线、党徽闪光在一线。

绿色通道，打造职工晋升成长新阵地

徐圩公司创新激励机制，拓展职工晋升通道，先后制定实施《徐圩投资公司工人岗位人员享受非领导职务待遇考核管理办法（试行）》《徐圩投资公司"首席、金牌、星级"三类优秀员工评选管理办法（试行）》等，建立职工技术技能、工作业绩与岗位薪酬匹配机制，打造职工成长与薪酬职务晋升同步的绿色通道。近年来，考核通过享受非领导职务待遇人员19名，评选"首席员工"3名、"金牌员工"10名、"星级员工"19人。

徐圩公司所属悦升公司坚持"班组与人员匹配、业绩与薪酬对等"班组绩效考核原则，先后对绿化、保洁9个作业班组实行量化考核，有效降低人力资源成本，提升绿化保洁的工作质效，涌现出"红旗班组""悦升之星"等先进集体和个人，保洁女子班获省五一巾帼标兵岗荣誉称号。

蓝色平台，打造职工人才培训新阵地

徐圩公司建立以价值创造、业绩贡献为导向的职工技能评价体系，突出"蓝精灵"职工人才培养，健全人才培养、评价、流动、激励"四机制"，培育年轻化、本土化、专业化人才队伍。依托网站、微信公众号、客户端等网络媒体和"学习强国""连工惠"等学习载体，打造职工网络学习平台，营造职工业务知识、技能培训、技术交流等线上线下联动学习氛围，满足职工个性化学习需求。

同时，徐圩公司改进劳动竞赛组织方式、竞赛评估、竞赛激励、竞赛保障等工作机制，强化竞赛过程管理，形成"培训、比赛、奖励、晋级"紧密衔接的工作格局，提升职工创新创造活力。积极搭建不同层次人才"说写做"大练兵学习平台，累计征集党课讲稿、主题征文、学习体会各类文章127篇，提升职工说的水平、写的能力和做的效果。围绕实施"十百千"人才工程，深化市场化人才引培模式，加快"8085""9095"人才引培进程，择优推荐集团"导师制"培养人才5人、徐圩新区"津贴型"人才2人。

作者：叶维友

南方科技大学台州研究院

谱写"成果转化三重奏" 加速产业项目从实验室走向厂房

南方科技大学台州研究院院长艾建琪

春分时节，南方科技大学台州研究院（以下简称南科大台州研究院）院长艾建琪非常忙碌，走访院属高科技公司，调研项目合作企业，与基金公司洽谈，了解相关政策。他说，各产业项目正顺利从实验室走向厂房，自己都记不清有多少个周末没有好好休息了。

自2019年9月艾建琪担任院长以来，南科大台州研究院致力于研究校地合作研究院的产业化对策，全力推动科技成果转化精准落地。在近三年时间里，在深圳政策创新勇于探索精神指引下摸索前路，结合南方科技大学的人才优势与高科技优势，成功谱写"成果转化三重奏"，打造出南科大台州研究院独具特色的产业化发展核心理念。

一重奏：人才＋研发 建立本土化高水平技术团队

产业化团队的建设是产业化之根本，高校教师工作重心在学校，研究院项目的产业化团队需要实现本土化，建立一支柔性引进人才和全职高端人才相结合的本土化高水平项目人才队伍是关键，有了人才血液的滋养，才能围绕企业的共性技术难题进行快速突破。研究院累计引进科研人员35人，全职23人，柔性引进12人，国家高端人才5人，硕士以上14人，博士以上7人。全年申报台州市"500"创业创新人才项目3项，启明人才项目3项，郑春苗、王湘麟、刘伟领军人才团队获得“500精英”认定。

同时，研究院充分发挥“人才培育基地”职能，积极与其它知名高校对接，引入优秀学科毕业生作为技术研发和预备科研人才进行培育，为研究院项目科研储备后续人力资源。2020年1月被省科技厅认定为“浙江省产业创新服务综合体”，2021年8月获批设立博士后创新实践基地，2021年12月研究院孵化的台州和和生物科技有限公司入选“台州市外国专家工作站”；台州非常新能源科技有限公司获得“国家高新技术企业”认定；台州爱申特科技有限公司获“省级科技型中小企业认定”。

南方科技大学台州研究院展厅

功以才成，业由才广。人才是发展的根本，由一流人才组建的高水平团队扎根台州，逐渐壮大。目前，南科大台州研究院共引进项目9个，孵化项目公司9家，如已投入运营的台州南科台研科技发展有限公司、台州爱申特科技有限公司、台州南水环保公司、攸太科技（台州）有限公司、明远生物科技有限公司、台州深南纳维新材料科技有限公司、台州深视传感科技有限公司等。同时，引进入驻企业5家。研究院承担了市级以上科研项目11个，申请及授权专利51项，获得授权专利15项、申请专利36项，突破关键4项行业关键共性技术，相关成果已推广应用至多家企事业单位。如“抗病毒中成药Igene13（病毒清）”产品荣获“台州市高层次人才创业企业优质产品”称号；“面向高端制造的3D视觉检测机器人项目”在第二十五届全国发明展览会获得铜奖。

二重奏：管理＋运营 一对一“滴灌式”精准服务

项目公司的实际运营，重点在于专业、高效的运营管理队伍建设，这是项目公司走向市场化运作的关键。然而，不同的公司都有其自身特点，研究院在创新的道路中逐步摸索出一对一“滴灌式”精准服务，紧贴产业，解决落地生根的问题；紧贴企业，解决研发与市场应用问题；紧贴市场，解决企业生存与发展问题。以“政产学研合作、汇聚创新资源、搭建高端平台、打造人才高地、孵化高新企业”为手段，采用“1+1+X”灵活机动的运作模式，为保证研究成果与台州的主导产业密切配合，要求在项目落地时成立配套的高科技公司。

以药物中心为例，浙江乐普药业股份有限公司与南科大台州研究院共建联合研发中心，其研究成果已联合乐普药业进行商业化推广应用，精准有效让公司节能减排，降低成本。“台州良好的产业基础及营商环境不但为企业发展提供了肥沃的土壤，也让南科大台州研究院的技术转化、产业孵化等优势，在助推台州民营经济高质量发展中发挥着不可或缺的作用。”艾建琪对此信心满满，解决科技成果产业化、助推企业转型升级是研究院成立的初衷，企业所求，恰是研究院所强，既是合作模式，又是战略布局。

新材料中心也是成就喜人，在南方科技大学讲席教授何佳清带领下，热电项目工作人员历经几个月的研发测试，成功研制出微型制冷片样片。这是一种能够实现电能和热能相互转换的半导体热电行材料，优点是没有滑动部件，应用在一些空间受到限制、可靠性要求高、无制冷剂污染的场合完全可以解决各种问题。

环境中心的团队自主研制、开发的“土壤（地下水）污染在线监测预警”及“污水零直排”平台，现已在台州市生态环境局、温岭市坞根镇人民政府、台州市中元新材料公司等政府部门或企业中广泛投入使用。

纳米纤维项目的市场潜力巨大、竞争优势明显，已经在与多家从事熔喷布、无纺布的生产和销售的企业建立了长期深入的合作关系。

……

产业化成果如雨后春笋萌芽，艾建琪表示，“研究院有9个项目，就有9家高科技公司，台州有10多家研究院，利用几年时间，每个研究院都能产生10到20个高科技公司，那台州就有几百个高科技公司，这对塑造整个台州高科技产业生态而言是非常好的探索。”

三重奏：科技＋金融 持续做优金融支撑生态圈

资金支持是企业腾飞的翅膀，初创公司由起步到快速发展，需要有资金的持续注入，探索建立研究院专项基金与政府引导基金、社会基金的合作，是持续做优金融支撑生态圈的重要核心。台州作为长三角先进制造业基地，素有“中国原料药和医药产业原料之都”等美誉。研发和生产的成本大、周期长，如果没有技术和资金的支撑，企业很难升级转型。

然而，投资基金挑选注资项目十分严格，政策方向、产业未来、前沿技术、项目成长、机构动向等，如何能在众多种子项目中脱颖而出？

栽下梧桐树，引得凤凰来。

台州市天使梦想投资有限公司独具慧眼，它向研究院的孵化企业台州爱申特科技有限公司抛来“橄榄枝”。该项目公司以高效高选择性不对称催化技术为核心，在股东方凯特立斯（深圳）科技有限公司的小试工艺研发基础上，着力于大品种药物绿色合成中试及放大工艺关键技术的研发，手性药物中间体和手性原料药生产，合成工艺技术服务和定制研发等项目，天使基金的投入将有效地发挥政府产业基金的引导作用，助力台州爱申特科技有限公司快速发展。

天使基金的支持只是开端，下一步将深入摸索金融合作之路，描绘出南方科技大学台州研究院独具特色的新蓝图！

路漫漫其修远兮。

如何缩短科技发达地区、一线城市、一流大学先进技术的落地时间？与企业精准对接转型的需求是什么？如何部署下一阶段的中心工作？

……

研究院正在谋划下一个五年规划，积极推进重点工作开展。灵活机动的运作模式，高效的成果转化机制，深度的院企合作，完善的科技服务体系，正是研究院加速发展的坚实基础。

“未来，南科大台州研究院将深耕台州，助推民营经济示范城市构建，进一步加快科技创新研发和成果转化的速度和力度，为台州建设社会主义现代会先行市助力赋能，加上搭构工业4.0的台州框架，为助推台州高质量发展、打造高能级城市、实现高水平共富的历史任务助力。”艾建琪信心满满。

作者：高玥　摄影：应梦露

浙江萧山机器人小镇

让制造业“皇冠上的明珠”更璀璨

萧山机器人小镇客厅

作为引领世界未来的颠覆性技术，机器人不仅是人工智能技术的集中体现，更是实现高质量跃升的关键秘钥，是支撑制造业数字化、智能化的重要装备，是镶嵌在制造业皇冠上的“明珠”。

蓄势待发的浙江萧山机器人小镇，无疑获得了驱动高质量发展的金钥匙。

产业决定未来，特色小镇的繁荣发展必须要有产业支撑。作为浙江省第一个以“机器人”命名的特色小镇，它于2018年正式入选浙江省省级特色小镇第四批创建名单，连续三年荣获省级特色小镇年度考核优秀，并被列入浙江省数字化示范园区以及杭州市级产业创新服务综合体名单。

既往的荣光，再一次彰显了萧山机器人小镇蓬勃的生命力与创新力。

扛起全省智能制造与机器人融合发展的大旗，萧山机器人小镇以机器人全产业链自我定位，大力推动机器人、人工智能等新技术加速与实体经济的融合，以国际化的产业协作和创新载体，擦出更多的产业火花，为萧山建设“全省制造业高质量示范区”和“全市产业数字化第一区”注入新的动能。

全产业链发展，崛起智慧产业新高地

机器人小镇缘何选址萧山？

这是因为，机器人特别是以人工智能技术为背景的机器人技术的推广应用，已经成为浙江制造谋划新一轮变革的“解码器”。因此，浙江制造业的转型升级急需机器人产业的规模化应用。而拥有制造业基础和应用市场两大资源优势的萧山成为“不二选择”。

围绕机器人研发孵化、生产制造、工程服务、终端应用等主要环节，萧山机器人小镇集聚了一批有行业影响力的机器人企业，已入驻ABB、西门子工业4.0智能制造创新中心、凯尔达、中信开诚、钱江机器人等知名企业，涵盖智能制造行业解决方案提供商、机器人本体制造商、系统集成商、消防机器人、医疗机器人、运动机器人等，机器人全产业链发展初具规模。

2020年，萧山机器人小镇逐步加大延链、补链、扩链、强链力度，推进产业集群化精细化发展。新引进的轻量化应用研究及产业化平台项目则是一个典型，其切口轻量化科技产业，构建了一条从“需求—设计—产品—产业”的完整轻量化科技产业链，将有效推进萧山新材料、装备及各大基础工业的快速发展。

萧山机器人小镇不仅为机器人全产业链的战略布局做好了铺垫，同时还立足制造业这个“根”，做强“数字经济”引擎驱动，持续推进实体经济和数字经济融合发展，不断放大制造业和互联网双重优势，全面提升制造业智能制造水平。

在兆丰机电展示厅，我们看到了轮毂轴承单元智慧化生产的时间脉络。据介绍，从第三代产品开始，兆丰机电就为汽车轮毂轴承单元的“信息收集器”内置传感器，进行车辆运行数据收集、分析、并传输至兆丰控制中心，然后再将数据转为信息提供给车辆驾驶系统。外观看似没有什么太大区别，内里却暗藏乾坤。只见工作人员在电子大屏上一点，那些分布在全国各地的兆丰产品运行过程中的信息数据就呈现在眼前。

“一发现产品使用状态异常，我们就会提醒用户到附近的维修店进行保养或维修。”工作人员说。

“机器人+”，不仅解放了生产力，大幅度提升了企业的生产速度，做到了生产数据的实时监测；同时，还释放出更多的想象空间，通过智能制造实现产品的迭代升级，以物联网增加产品附加值、含金量。

从“制造”到“智造”，在萧山机器人小镇涌现出了一批这样的企业，其中，深酷机器人、沐森机器人等5家企业成功入选杭州市“雏鹰计划”；兆丰机电汽车轮毂轴承未来工厂、大胜达纸包装未来工厂成功入选浙江省首批“未来工厂”培育名单，成为引领萧山整体产业数字化、智慧化的重要支撑。

集聚平台优势，构筑国际创新策源地

在以智能制造为核心的工业4.0时代背景下，制造业向智能制造发展的产业升级需求不断增强。制造业大咖竞相布局智慧工厂，可以说，工业机器人产业发展势如破竹，这也对机器人产业的发展水平提出了新的要求。

当下，“机器人+”背后的创新技术研发是突围的重中之重，早已成为行业共识。

在萧山机器人小镇，有一个外观酷似“蚕茧”的建筑，这里就是萧山机器人小镇展示中心。一走进展示中心，机器人“萧萧”立刻迎上来，她装载着先进的人工智能技术，可以进行有趣的谈话。在互动区块还可以看到钟琴机器人、画像机器人、下棋机器人、格斗机器人、飞行模拟器等，领略20余家国内外知名企业机器人的“十八般武艺”。

抢抓“亚运窗口”机遇，萧山机器人小镇主动对接大上海，面向机器人四大家族企业及机器人行业Top50代表企业招商，加大力度招引行业龙头、研发机构、创业团队等，坚持产业协同、创新协同，整合各方资源，打造研发孵化、智造创新、公共技术服务、国际化合作、展示交易、赛事娱乐“六大平台”，推进人才、技术、资本等高端要素进一步集聚。

西门子工业4.0智能制造创新中心的成功落地，引发热烈反响。这是一个以西门子数字化企业套件为主的公共服务平台，为实现全产业链数字化插上了翅膀。2020年，该平台已为圣奥家具、宏胜饮料集团、大胜达集团等规上企业进行“预诊断”，并与永磁集团、松裕包装达成合作。

小镇的发展目标并不局限在一隅之地，“跳出萧山求发展”，国际合作战略正在快速推进。通过已搭建的中韩交流平台，推动小镇内企业杭州国辰机器人科技有限公司与韩国亚进电子合作成立合资公司，为今后开展国际机器人产业合作做出了成功探索。

不仅如此，2019年小镇联合浙江省机器人产业发展协会共同筹建国际机器人组织联盟IARA，该联盟由芬兰、美国、新加坡、日本、澳大利亚、以色列、西班牙、马来西亚等国家和地区的机器

在萧山机器人小镇企业兆丰机电的“未来工厂”里，技术人员通过数据中枢实时掌握整个车间的生产情况，手指点点调控机器人的运行

人组织共同组成，于2020年中国杭州国际机器人西湖论坛期间正式成立。如今，IARA总部就落户萧山机器人小镇，致力于打造全球化机器人产学研交流合作平台，多渠道释放小镇“向外求合作”的强烈信号，为入驻企业的国家化协作共赢拓宽了路径。

眼下，萧山机器人小镇正在加速布局更具广度、深度、高度的创新策源地，从产业生态角度切入，让人才、技术、资本等创新因子汇聚而来，铸造出赋能小镇高质量发展的强大引擎。

开启数字时代，打造全景式智慧园区

特色小镇，不仅是特色产业集聚发展的产业高地，更是一个具有特色产业导向、景观旅游和居住生活功能的项目集合体，是一个生产、生态、生活“三生融合”的全景空间。各地竞相发展的今天，区域之间的竞争，很大程度上是营商环境的竞争，考验着特色小镇运营者智慧化的管理水平。

在浙江，新一轮的数字化改革东风劲吹，其引领的“数智”成为解码智慧园区的关键。以5G为代表的新型基础设施是数字经济的关键支撑，也重新定义了智慧园区的新“生态”。

“我们要将小镇建成浙江省首个具备5G网络传输能力的省级特色小镇，以‘三化融合’为抓手，以产业云服务平台为主阵地，提升数字产业比重，共同打造数字经济新高地。”萧山机器人小镇主要负责人指出。

萧山机器人小镇正以5G概念为引领，以硬科技创新中心为载体，加强基础网络设施建设及部署，并通过基础网络设施的提升及公共服务能力的提升，打造出一流营商网络应用环节。

在硬科技创新中心，一场打通线上线下的园区改造提升正在加快进行，回应小镇、企业、人才等各方需求，搭建小镇专属运营管理平台，实现从小镇“一张屏”便可探知园区全貌、招商管理、空间租赁、企业发展、员工情况、经营状况、物业服务效能等多个场景。

如果说，5G为萧山机器人小镇智慧园区的改造搭建了硬核骨架，那么机器人软文化的氛围营造则是纵横身体的毛细血管，二者共同夯实营商环境“最美风景”。“以赛促产”是营造产业生态文化圈的重要举措，萧山机器人小镇与睿抗大赛携手，通过首创的“月月有活动，年年有大赛”模式，吸引了数百人次的机器人领域相关主管部门领导、海内外学者专家、知名企业领导，以及全国数万人次的社会公众、青少年到小镇，有效聚集全球精英人才。其中，睿抗机器人开发者大赛继2019年、2020年纳入全国高校机器人竞赛指数后，2020年正式列入全国普通高校大学生竞赛排行榜。今年大赛的筹备正在陆续开展，据悉，2021“XRT杯”世界机器智能大赛将于近期举办。

借助“一赛一展一会一讲堂”系列活动，以及举办项目“云路演”、为项目融资拓宽路径，萧山机器人小镇正在全面打造一个服务型的创新创业空间，以更具温度、精准度、专业度的服务提升小镇的魅力值，助推小镇现代产业体系实现跨越式发展。

作者：徐芸、凌园园　供图：萧山机器人小镇

杭州手表有限公司

在“时间法则”中热力奔跑的陀飞轮

陀飞轮因其走时高精准度而成为“时间法则”的忠实守护者。杭州手表有限公司用近半个世纪的实践证明，自身既是世纪之交企业改制、焕发活力的典型案例，也是中国制表行业转型升级、勇立国际科技时尚潮头的示范样本。

如果说，钟表是精密制造业的皇冠，那么陀飞轮就是皇冠上那颗璀璨的钻石，与“三问”表和万年历表并称为当今三大极复杂机械制表技术。陀飞轮主要是擒纵调速机构的擒纵轮、擒纵叉及摆轮，除了自身转动或摆动外，组成一个相对独立的飞轮装置。陀飞轮机心工作原理是通过其独特、复杂的装置把地心引力对机芯“擒纵调速系统”的影响降至最低，提高腕表走时精度。其中的构件非常复杂，光是称为“轮”的构件就有行星轮、日月轮、拨针轮、离合轮、时轮、输出轮、释放轮，等等，数不胜数。作为当今世界巅峰的制表工艺技术，陀飞轮一直是各大品牌制表企业的骄傲。在余杭崇贤就有这么一家企业，自主研发陀飞轮机芯生产制造技术，被中国钟表协会认定为中国陀飞轮手表机芯制造（杭州）基地，这家企业就是杭州手表有限公司。

感受精工制造与时尚艺术的碰撞
体会现代工艺和匠人精神的融合

杭州手表有限公司如今是以陀飞轮等中高端机芯生产制造为主业，然而在40多年前它的前身——杭州手表厂时期，其生产的“西湖”牌手表曾红极一时，1984年“西湖”牌手表在全国机械手表质量评比中获得第一名。之后在多种因素影响下，国产机械表市场逐步趋于黯淡。但杭州手表厂并未因此停滞不前，而是继续创新实践，拽紧时间的刻度。1994年在业内率先研发成功2G系列全自动

左图为中国钟表协会专家组考察杭州手表有限公司；中图为公司近年推出的定制款双陀飞轮牡丹表；右图为浮雕艺术陀飞轮机芯

双历机械手表机芯。到90年代中期，这家企业已转型成国内举足轻重的机芯制造商。2002年，杭州手表有限公司生产的首批陀飞轮机芯销往国外，这是中国最早成批量出口陀飞轮机芯。2016年，该公司推出30毫米直径的7000型机芯，摆轮频率达28800转/小时，满弦后可使手表机芯连续运行80小时，已可媲美经典的瑞士ETA2824机芯和日本8205机芯，从而向中高端机芯研发制造迈出重要一步。

近日，笔者走进位于崇贤街道向阳工业区块的杭州手表有限公司，感受精工制造与时尚艺术的碰撞，体会现代工艺和匠人精神的融合。在公司展厅，数十款精美的陀飞轮产品亮丽夺目。尤其是双陀飞轮产品，两个源源不断地转动的陀飞轮，如波涛掀起的浪花，又如刚刚出蚌的明珠。在公司副总经理王奇手里，缓缓转动的擒纵机构围绕摆轮轴心360°规律性旋转，机械表的动感艺术展现得淋漓尽致。这独具匠心的机芯结构布局设计，个性化的镂空精饰处理给人带来美轮美奂的视觉冲击。王奇指着一款完全自主知识产权的7000型机芯说："我们平时常见的腕表机芯中，不管是自动机芯或是手动机芯，在动力储备上一般是40个小时左右，这个7000型号持续动力时间超过80个小时。这就意味着，就算双休日不佩戴，等上班时手表的动力依旧可以维持机芯运转。而且如此长的动力储备还拥有28800转/小时的高振频，这是相当难得的，这就好比一台汽车拥有3.0T的高性能发动机，但油耗却等同摩托车。从工业设计角度讲，这个机芯结构布局设计相当精巧，摆轮、擒纵叉、擒纵轮、秒轮、条盒轮同处于Y轴线，加上桥式对称摆夹板，更加适合个性化的镂空精饰处理。"

手表机芯作为一种精密机械计时仪器，哪怕一丝微小的尘埃往往都会影响其正常运转。为此，在公司高级技师毛建波陪同下，我们经过严格除尘除菌处理后来到无尘装配车间。眼下，这里已经完全采用了自行设计、开发的采用高效低噪多翼式涡轮风扇技术的"一机双位"新型操作台位式除尘设备，整个车间空气洁净度达到了Class 1000级无尘室要求。一眼看去，车间一个个纵列布局井然有序。毛建波介绍，装配流水线基本岗位点有11个，包括条拨针系统装配、双轮系装配、擒纵叉装配、摆轮装配、日历系统装配等。他说："小小的手表有几百个零件，最小的比头发丝还要细。一个手表工匠需要全身心投入，用手工把几百个零件组装在小小表壳内。正是这样的一丝不苟，才让手表从计时品变身为工艺品和高端时尚饰品。好的装配技能绝非一朝一夕能达成的，一个优秀技师能够将自己调校的陀飞轮手表走时日差控制在±5秒内，走时精度完全达到瑞士天文台标准。"

将科技创新作为品牌建设应有之义
力图实现与国际顶尖企业"并肩而行"

走访杭州手表有限公司，会发现这里有一个秉持工匠精神的技术群体。这里建立了省级、市级技能大师工作室，通过一套多级传导机制"，技术带头人在形成自身一套技术知识架构体系后，以"传帮带"形式将知识与技术传授给新人。眼下，在团队共同努力下，相关双擒纵调速系统、并联式双动力传动机构等技术已成为公司核心技术，带动了企业新的业绩增长。像王奇就是一位重要技术带头人，他带领团队攻克设备、工艺等一个个技术难关，圆满完成一系列新技术研究、新产品开发及老产品升级迭代任务。如针对摆轮压轴后的同心度、垂直度检查工艺手段滞后问题，他将近年来日益成熟的影像技术结合到摆轮生产实践中，通过校企合作开发全新电脑分析软件，成功实现摆轮全电脑检测技术的实际应用。

采访中，我们也注意到，其实尽管陀飞轮机芯核心部件生产已经成为公司绝对主业，但公司决策层依然珍惜自身一直保有的"西湖"商标品牌。多年来，时不时仍会有全新设计的"西湖"手表成品出现在市场。像一款牡丹图案腕表就是近年公司团队在腕表工业设计上的佳作。双陀飞轮的机械之美衬以美丽绽放的牡丹，定格住雍容典雅的气度，一幅迷人之景在手腕上呼之欲出。而成品表、定制表定期或不定期的推出，无疑也有着对陀飞轮技术成熟度验证的考量。

公司董事长、总经理张文琪表示，近年来，在各级政府大力支持下，杭州手表有限公司产业规模、产业知名度和影响力均有显著提升。尤其是2020年以来，公司努力克服新冠肺炎疫情挑战，业绩继续保持稳中有升。"特别是和国内外品牌客户之间的联结依然牢固，现在3系列陀飞轮机械机芯、5系列珍珠陀自动手表机芯、7系列长走时机械手表机芯、9系列大直径机械机芯等系列机芯都同步在产。作为行业龙头企业，我们公司不仅追求产能、产值逐年递增，更注重在科技创新、机制创新方面起到示范作用。我们掌握了代表国际制表业顶尖水平的陀飞轮、珍珠陀等超复杂机芯自主知识产权，现在我们还在继续攻关新材料、新工艺、新技术。不久前我们公司已经成功研发出无卡度陀飞轮表，实现了蓝宝石夹板、微电铸擒纵叉等新材料部件在高档机械表机芯中的应用。"王奇说。

张文琪表示，接下来，杭州手表有限公司将继续练好内功、潜心研发，优化机械表机芯品质路径，在结构优化、工业设计、精工技术方面对标国际顶尖品牌。在增品种、提品质、创品牌上持续发力，通过不断研发新技术、新产品，联动提高企业创新力和市场竞争力，争取带给市场更精准、动力储备时间更长、抗震力更高的机心产品，使公司在行业中保持全方位领先，为中国钟表业转型升级作出更务实高效的努力。

作者：徐赣鹰
供图：杭州手表有限公司

浙江求精科技有限公司

续写“百年企业梦”

左图为浙江省智能制造专家委员会主任毛光烈及省智能制造专家指导组来公司考察指导智能化工作；右图为公司董事长夏明道（右）与浙江汽灵灵工业互联网有限公司总经理黄伟潮签订智能化战略伙伴协议书 摄影：应蓓

链接：浙江求精科技有限公司（原永康市求精热处理厂）是一家具有30年历史的热处理加工专业企业，为中国热处理行业协会常务理事单位、金华市热处理行业协会常务副理事长单位、永康市模具协会监事长单位。公司始终以工匠精神专注于热处理事业，始终坚持为省内外军工、高铁、汽车、机械、模具等高端关键零部件客户解决热处理需求，并从行业中脱颖而出发展成为领军型热处理加工服务企业。近三年来，浙江求精科技有限公司通过技改投入成功打造了国内行业中首家热处理智能工厂，成为浙江省首批省级智能工厂单位。

转型升级，续写梦想

在社会主义市场经济迅速发展的背景之下，企业运营面临更加复杂的市场环境，为了更好地应对市场环境的变化，满足客户需求，企业转型升级显现出一定的必要性。因此，随着企业生产经营规模的不断发展，根据优化内源型经济结构客观需要和现代企业经营管理的需求，永康市求精热处理厂由原个人独资企业升级为有限责任公司——浙江求精科技有限公司。企业的转型升级意味着将要面临更加广阔的市场前景，以及对更加充足的社会资源加以有效利用，从而为客户提供更加优质便捷的服务。求精以打造“百年企业”作为发展目标，继续传承以往积累的企业文化以及服务精神，以更加坚定为客户服务的工作态度和职业理念，在回馈客户、回馈社会，为社会发展做出自己的一份贡献的同时，把企业做大做强，实现百年企业梦想。

回顾历史，感恩客户

浙江求精科技有限公司位于永康市西城街道花都路468号（原永康市求精热处理厂厂址），是一家具有30年历史的专业的热处理加工服务企业。30年来，求精得到了广大客户的认可和支持，正是在客户信任与需求的不断鞭策之下，浙江求精科技有限公司才能在经济发展的大潮当中激流勇进，不断对自身的经营管理理念加以革新，经营管理制度加以完善，为客户服务能力也不断得到提高。企业全体员工十分感谢广大客户几十年来对求精的支持和帮助，使求精发展成为目前全国热处理行业中规模大、种类全的热处理专业生产厂家。目前“求精”是中国热处理行业协会副会长单位。没有广大客户朋友对求精发展的鼓励和支持，就没有今天的浙江求精科技有限公司。在以往的发展历程当中，求精以自身的发展不断满足客户群体日益增长的优质便捷的需求服务，而客户需求的不断增长也成就了如今的求精。今后，求精将继续与新老客户朋友携手共进，合作共赢，开创未来。

公司智能多用炉生产线 摄影：王昌飞

勇担使命，展望未来

经济的发展以及科学技术水平的提高为企业未来发展指明了方向，即实现创新化和智能化发展。浙江求精科技有限公司在融入时代发展潮流的过程当中，也意识到了这一时代使命的召唤，不仅革新了自身的发展理念，树立了创新性发展的思维。同时也在这一思维方式的指导之下，对企业内部管理制度等各方面融入了创新性因素，从而在一定程度和某些方面上激发了企业发展的活力和创造力。当然更重要的是，在科技探究领域予以了更多的投入和思考。

根据《中国制造 2025》国家制造强国行动纲领提出的智能制造发展方向，企业通过与国内知名高校和科技单位及物联网公司合作，完成了智能化工厂建设项目，是浙江省首批“省级智能工厂”单位。目前，求精拥有日本进口真空渗碳炉，节能环保等温盐浴淬火炉、预抽真空多用炉、真空碳氢清洗机、大型汽车配件热处理专用多用炉、可控气氛多用炉、油冷双室真空炉、大型连续式网带炉、高中频感应加热设备等各种进口、国产先进热处理生产设备 100 多台（套）， 检验检测手段齐全，质量保证。具备对各类民用五金产品件、机械、汽车、高铁、军工关键零部件及各种模具、高速钢和不锈钢进行淬火、渗碳、碳氮共渗、正火、退火、调质、氮化、高中频表面感应淬火的能力。

在新时代经济发展背景之下，求精致力于探求更加先进高效的科技工艺，力求在节约成本的同时，为客户提供更加便捷化和安全性的服务。除此之外，为了进一步增进求精在各生产领域水平的提高，不断对自身的业务范围进行了拓展。近年来，求精通过工艺和质量的提升，拓展了汽车、军工、高铁行业客户及高端机械产品客户的合作，取得了较快发展。在经济全球化发展趋势愈加深入推进的背景之下，求精在提高科技工艺发展水平，拓展产业合作领域等方面做出了多方努力，以求吸纳国外优秀生产和管理经验，进而拓宽海内外经济销售市场，扩大客户群体，从而在推动求精企业发展扩大的同时，可以为更多的客户解决热处理方案提供相应的需求。同时，也将中国传统工艺带向世界，推动中国传统工艺的继承和发展。浙江求精科技有限公司谨以“工匠精神”和精益“求精”的服务理念，以更优的管理水平、服务水平和质量水平，竭诚为广大客户服务，共同为市内外客户产品质量的提升做出积极贡献。

30 年来，浙江求精科技有限公司在广大客户朋友的陪伴之下砥砺前行，一路走来经历了诸多挫折，也实现了很大的进步。求精的职业理念永恒不变，即精益求精打造热处理精品，为客户提供更加优质便捷化的服务，极力满足客户的需求。浙江求精科技有限公司将怀揣着回馈客户、回馈社会的理念，努力探求科技工艺水平的进一步提高，在对传统工艺加以继承的基础之上，融入更多的创新性因素，以更好地适应时代发展的需求。浙江求精科技有限公司的百年企业梦想由企业与客户共同铸就，同时也需要由企业和客户共同完成，在奋进百年企业梦想的征程之中，浙江求精科技有限公司将始终坚定地与中国制造共同成长、共同进步！

作者：夏增宇

浙江省金华市金东城市建设投资集团有限公司

助力城市有机更新 加速区块发展

参观金华市清廉教育基地

近日，在金华市新城区光南路上的金东商务中心项目现场，数台大型机器正在有序作业，机械手臂直插云霄。据施工负责人介绍，他们正在进行地下室混凝土浇筑，从 2019 年 7 月开工以来，项目整体进展有序，未来将作为重要的产业发展平台，进一步聚集新城商气人气。

2019 年以来，浙江省金华市金东城市建设投资集团有限公司（以下简称金东城投或城投集团）按照市场化运作模式，创新思路，敢为人先，善作善成，为服务金东区发展大局迈出了坚实的一步，为共建“和美金东、希望新城”贡献力量。

凝心聚力，推进重点项目

“一个城市美不美，首先看城市的基础设施配套怎么样，只有做好基础，才能更好地为城市发展‘锦上添花’。”城投集团党委书记吕路平说，2019 年以来，金东城投共实施项目 40 个，目前已有 24 个项目完成建设，完成投资约 20 亿元。其中有凤凰庵东侧道路、东岩街、博士街、泉源安置房东侧、丹溪东路延伸段等 9 条市政道路，丹光东路已完成路基工程，开元路完成招投标等前期工作。与之相配套的，还有打开围墙建设金华人才公园南侧和下王社区 2 个停车场。此外，完成景观提升项目 6 个，分别是金华人才公园、黄大仙公园、义乌江（康济街一东二环）堤顶亮化、农批市场北侧绿化景观带，金园路、存统路绿化景观提升；安置房等楼宇项目 4 个。泉源安置房项目 B 地块已竣工验收，上古井一期安置房项目结顶，建筑业总部完成地下室土方开挖，金东商务中心完成地下室局部二层。

“在推进城市有机更新的同时，我们也从更深远广阔的视野出发，做好金东重点区块项目建设。”城投集团副总经理沈伟锋说，2019 年还完成了塘雅万亩土地整治 3000 余亩，完成高层次人才创业园装修改造，助力区块发展。

“2020 年金东城投将紧盯东湄中央未来区、东孝中央贸创区、江岭高新智造区三大区块，继续做好城市有机更新和区块发展。”金华城投集团副总经理沈伟锋表示，2020 年计划投资项目 39 个，总投资 115 亿元，将在三大区块新建 10 条市政道路，新建东湄公园、中央景观桥等 9 个景观提升项目，开工建设潭头滩、上古井二期、楼店安置房及东新大厦项目，同时完成金东商务中心、上古井一期安置房项目建设，全力推进建筑业总部、塘雅万亩土地整治项目等。

金东新城区

创新思路，打造服务闭环

2020年4月10日，金东城投成功发行14.5亿元非公开公司债，标志着金东城投在直融市场上取得新突破，彰显了良好的市场接受度，实现了融资渠道的多元化创新。

更值得一提的，此次债权发行票面利率为5.96%，“债券发行前期，我们便对市场形势进行精准研判分析，同时与承销商密切对接，积极跟踪意向投资者，及时制定发行策略，最终选择了一个合适的发行时机。”正是因为金东城投的创新思路和用心举措，最终争取到了较低的票面利率，极大降低了融资成本。

2019年以来，金东城投完成融资56亿元，超额完成年度计划，为项目建设提供了有力保障。“新的一年，我们将充分利用现有基建项目和城市有机更新项目，开展银行间融资贷款，对接资本市场开展企业债、债权计划、融资租赁等多渠道融资方式，完成新一轮融资，保障开发建设资金需求。”金东城投投资发展部经理祝赟说。

作为成立仅一年的年轻国企，金东城投在做好各项工作的同时，也在不断强化企业内部管理，坚持把制度挺在前面，出台财务管理、工程项目现场管理、党风廉政等9个管理制度，规范内部运行机制，提高企业管理效力，全面抓好队伍建设。

强化“党建+”模式，建立红色工地，以党建引领助推项目运营。“我们延续了金华人才公园的党建模式，在建筑业总部、塘雅万亩土地整治项目组建了临时党支部，把党建工作与推进项目建设深度融合。”党支部副书记徐伟强说，通过发挥党建引领作用，加快推进项目建设。同时金东城投不断加强内控制度建设，大力完善项目工地现场关键管理岗位人员述职述廉工作，实行关口前移，把廉政风险消灭在萌芽状态。同时，建设各方项目负责人与所有本单位项目管理人员、项目负责人与其他单位项目负责人层层签订“清廉工地”建设责任书，夯实项目建设主体责任，完善健全项目监督管理体制机制。

通过扎实开展主题教育，金东城投成立主题教育领导小组，制订实施方案及工作计划表，组织各支部开展集中学习15次，研讨11次，领导班子带头上党课2次，完成干部研究课题4个，形成调研报告4篇。同时开展问题检视，罗列问题清单，落实一单一图闭环机制，确保主题教育落到实处。

党员们还深入工程管理、安全生产、房地产开发建设等工作一线，开展服务体验工作，坚持问题导向，共罗列主要问题14项，解决问题12项，形成了党员带头攻坚克难的良好工作氛围。

随着一个个项目完工、一幢幢新房结顶，一个宜居宜业宜游的金东新城正在加速崛起。

作者：徐盼、徐伟强、胡春燕　供图：金东城投集团

浙江省绍兴市上虞区天然气有限公司

勇当排头兵　争做优等生

链接：绍兴市上虞区天然气有限公司成立于2004年3月，是上虞区域范围内唯一具有管道天然气特许经营权的燃气企业。公司所属浙江省能源集团城市燃气有限公司，成立16年实现发展快速，目前已建成虞北高中压调压站、崧厦门站、章镇合建站各1座，LNG应急气源站1座，建成高中低压管线946公里，供气范围覆盖上虞中心城区及一半以上乡镇，日最大供气量已由成立之初的1000立方米／天提升到目前的80万立方米／天。公司荣获浙江省文明单位、省级平安单位、省治安安全示范单位、档案管理工作省级合格认定单位，安全生产标准化二级企业，绍兴市文明单位、市巾帼文明岗、市治安安全示范单位、市重点建设项目优胜奖，上虞区节能减排先进企业、110社会联动工作先进集体、纳税50强企业等。多次被浙江省能源集团授予五星党支部、先进党支部、巾帼文明岗、青年文明号、工人先锋号，被浙江省能源集团城市燃气有限公司评为优秀企业。

天然气已经成为生活中不可或缺的一部分，成为上虞这所城市名副其实的“生命线”。浙江省绍兴市上虞区天然气有限公司作为国有燃气企业，党和政府赋予了其神圣使命：服务经济建设，保障民生发展。近年来，上虞天然气公司坚持按照“城乡发展一体化战略”，加快实施供气基础设施建设步伐，加大特许经营区域内外市场开发力度，提升天然气为民服务保障能力，推动企业实现高质量发展，努力在全省建设“重要窗口”中勇当排头兵，争做优等生。

着眼民生服务企业，推动高质量发展

哪里用户有需要，管道就延伸到哪里。公司将民生工程、实事工程、政府重点工程以及重点工业企业作为管道建设重点，把用户

公司调控中心　摄影：冯俞

相对集中的城区、工业功能区作为重点建设目标。紧盯政府政策导向，把握印染行业、化工行业整体搬迁入园机会，瞄准两大开发区整合步伐，把握长三角区域一体化、"融杭联甬接沪"战略、"三区"融合发展、城市"拥江西进"等新机遇，大力推进乡镇管网建设，加快推进区域新签用户配套供气；加快制定虞北站二期和杭州湾管网建设新规划，为后期用户开发做好准备；以集中式小餐饮配套改造为方向，以工业企业容缺受理上门服务为手段，着力打开市场新局面。同时，有序推进房产配套，做好新房产用户的即时开发、配合政府加速推进老小区改造进程，让利于民、惠及民生，充分发挥国有企业的担当和社会责任。

特别是近三年中，公司深入贯彻浙能集团"四业"发展思路，以风险控制为基础，以市场开发为手段，以民生需求为导向，不断扩疆拓土，快速发展，相继完成启用虞北站至龙盛高压管线、章镇门站合建，累计完成高中低压管网安装 180 多公里，完成 22 个老小区配套工程，完成近万只超期服役期表更换工作，拓展居民用户 2.4 万户和非居民用户 238 户。同时，加快推进杭州湾上虞经开区印染改造提升区、e 游小镇、上虞高端智造集聚区等市政道路管线配套建设，年底前将完成石狮天然气管线穿越杭甬高速工程、长海公路穿越杭甬高速工程和人民东路至驿五公路市政管线建设，届时将连通崧厦门站与虞北站，缓解虞北站供气压力；建成驿亭、小越供气环网，提升供气保障能力。

上虞天然气人用智慧和汗水沿着道路敷设出了一个个蓝色梦想。上虞地区天然气高中低压管网已从最初的 86 公里突破到 946 公里，供气范围覆盖上虞中心城区及一半以上乡镇，日最大供气量已由成立之初的最大 1000 立方米 / 天提升到目前的 80 万立方米 / 天，2020 年全年预计供气量超 2 亿立方米。

疫情面前担起国企责任担当

2020 年，新冠疫情突如其来，民生保障行业呈现出前所未有的巨大压力。"疫情在前，绝不后退。使命在肩，任重如山。灾难当头，上虞天然气为民服务永远'在线'。"面对疫情，公司总经理的承诺斩钉截铁。公司积极担负起国有企业的责任和担当，为全区 8 万用户安全稳定用气坚持坚守。

攻克时艰，吹响供气"民生哨"。公司第一时间成立疫情联防联控领导小组和相关工作机构，公司领导始终冲在战疫前线，班子成员纷纷放弃假期，从不同方向赶回上虞，连续一个多月无休，每天深入场站、营业厅、维修班组、调控中心等一线检查安排疫情防控工作，以有力指挥和科学处置，吹响了攻克时艰的"民生哨"。公司领导干部、党员们冲锋在一线、战斗在前沿，以实际行动践行作为党员干部的初心使命，保障城市供气的正常运转。

守土尽责，燃气保供不断档。公司营业窗口照常开放，为有效避免交叉感染，大力推行网上办、预约办、电话办等不见面服务，让企业和用户"不见面、零跑腿"即可享受高效服务，在疫情严峻的春节期间共计线上远程办理业务 1418 件。与此同时，燃气保障突击队、燃气抢修先锋队、巾帼服务队 3 支抗疫保障队伍迅速成立。在做好疫情防控重点场所、重点企业天然气保供工作的同时，保障突击队主动承担起 900 多公里燃气管网及周边的巡查巡护和后勤保障工作，坚定地守护燃气管网"生命线"；抢修先锋队 24 小时待命，及时、有序、高效处置全区燃气业务和抢修工作，保障"宅家"居民用气安全；巾帼服务队坚守岗位，用最真诚的守候为用户提供优质服务，让用户安心、放心。

守土担责，服务社会助复工。公司积极响应"一手抓疫情防控，一手抓复工复产"总体要求，推出"一降、两促、三落实"的特别服务举措，主动为企业复工复产雪中送炭、落实燃气保障。此举涵盖非居民用户的气价调整、复工准备、配套项目"一站式"上门服务、电话预约上门燃气安全检查、24 小时故障排除等便民服务。截至解除浙江省疫情防控一级应急响应期间，累计办理各项燃气业务 3204 项，处理各类用气故障 322 次，帮助 421 家用气企业复工复产，为合力打赢防控狙击战、发展总体战提供了有效的能源保障。同时，开展全区学校燃气专项安检工作，为校园复学复课创造了安全有序的用气环境。

坚持党建引领，点燃绚烂的文明之光

公司始终高举党建"红色引擎"，积极开展"不忘初心、牢记使命"主题教育，把党的建设与项目争速、务实改革、企业发展等中心工作深度融合，持续推进"两支队伍　四心服务"党建品牌创建，秉承"心系万家　气通万户"的核心理念，守正出新、强根铸魂，以高质量党建引领助力企业发展，全力打造"浙江省县级市中最优

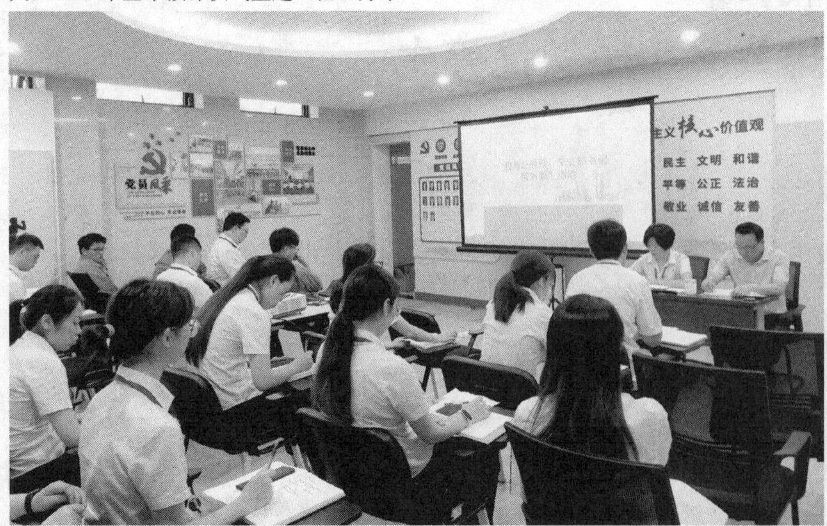

左图为公司党支部开展"我与总经理、党支部书记面对面"活动　摄影：王丹丹；右上图为公司流动服务车进社区，开展便民服务活动　摄影：冯俞；右下图为公司徒步巡线第一组检查长海公路高压管线　摄影：王丹丹

秀的综合燃气运营商”。

持续开展“迎挑战、竞市场、争一流”主题教育实践活动和“一支部一特色、一党员一闪光点”创建活动，夯实党建基础，在深化服务型党组织建设的同时，充分发挥党支部战斗堡垒作用和党员先锋模范作用，引导全体党员和干部职工重塑企业核心竞争力，拓宽思路、开拓创新、锐意进取，为确保城市供气安全贡献自己的光和热。

重视品牌和文化效应，文化塑魂，文化活企，推动企业蒸蒸日上。坚持以文明创建深化企业文化、促企业发展，将文明创建活动贯穿生产经营各个环节。加强班组建设，探索打造特色型班组，营业厅班组获评集团“工人先锋号”和绍兴市级“巾帼文明岗”。强化培训教育，组织经营立功竞赛、党团专项突击行动、“三比三赛”优质服务窗口争创、青工技术贴等形式，营造“心齐、气顺、风正、劲足”的企业文化氛围，为高质量发展提供强大的支撑力和推动力。

党建引领下的上虞天然气公司迸发出绚烂的文明之光，激励着天然气人意气风发、勇往直前，更始终不忘回报社会、践行责任，体现了现代国有企业的情怀与担当。

浙江金盾安保集团有限公司

科技赋能推动安防升级

浙江金盾·大型活动安保现场

近两年，不少明星演唱会、国家级体育赛事、全民运动健身活动等大型群众类活动在金华这座历史文化名城举行。在热闹非凡的人群中，除了威严的警察给现场带来满满的安全感外，整齐划一的安保人员也越来越多地参与到安保秩序维护中。安保监控设备、人脸识别系统、人证识别系统、无人机巡查等专业的安保措施让人感受到了安保技术的进步，也让越来越多的市民认识到了这么一家安保公司——浙江金盾安保集团有限公司（以下简称浙江金盾）。

致力提升金华市民安全感

浙江金盾作为金华市唯一一家“浙江省一级保安服务公司”，涵盖了业务外包、劳务派遣、安防、技防、保安、物业管理、押运业务、保安员技能培训、校车接送等各类经营服务业务，13家分公司涵盖了金丽衢多个地区，拥有专业的安保管理团队和先进完善的安保设备。

“不少人都觉得大城市更加安全，我希望通过我们的努力，改变市民的观念，提升市民的安全感。”浙江金盾负责人朱怀斌表示，浙江金盾目前的发展方向就是通过多元化发展，全面实现公司安保团队以及安保技术的继续扩大和升级，为城市安全助力。

为实现科技安保，公司目前已投入近千万元购入最先进的安保设备。同时，他们与一些行业内领先科技公司合作，继续研究改进智慧管理系统。记者了解到，金盾网络科技有限公司现已拥有了一支具有丰富经验以及专业技能的技术团队，为社会指挥安防发挥了重要作用。

“未来，我们将会为金华市民的安全提升做更多力所能及的事。”朱怀斌表示，浙江金盾有信心打破技术壁垒，实现安保行业的产业升级，继续努力改观社会对安保的固有印象，践行作为先进安保公司的社会使命和担当。

战“疫”中的金盾安保

“你好，请测量一下体温。”“你好，请戴上口罩。”“你好，现在特殊时期不能进出。”……疫情期间，在浙江各大社区、小区、公司、道路上总有这样一群没有穿着白大褂，没有穿着警服的“战士”，他们就是金盾人。在疫情防控期间，金盾人毅然逆行，全力配合医护人员、公安干警、社区工作人员做好全市各检查点的防控查验，展现力量与决心，受到了各方好评。

疫情来临后，浙江金盾高度重视，全面部署，多次召开关于新冠肺炎疫情防控的专题会议。公司统筹部署相关防控措施，从自身出发，规范各层级做好自我防护。此外，浙江金盾配合地方政府及合作单位，走上抗疫前线，秉承“若有需、召必回、战必胜”，体现了公司的责任心与专业性。

金华市中心医院是金华市新冠肺炎定点治疗医院之一，浙江金盾驻该院保安中队主管邵林儿，在疫情期间肩负新冠肺炎病人转运检查期间的隔离戒严工作，任务最重的一天，他为13名疑似及确诊病人开通了一条绿色通道。

浙江金盾驻中国建设银行金华市分行的保安中队长胡锦朝像所有驻守在各地的金盾人一样，在疫情期间严格控制聚集人员数量，详细做好来客登记，确保了公众场所的安全，得到了合作单位领导和客户的一致好评。

处警中队的周文军，疫情期间24小时待命，夜晚都在车上蹲守。浙江金盾驻交警支队保安员方雷斌在做到对来访人员体温检测的同时，还经常对卫生死角做消毒。浙江金盾驻烟草公司保安员郑梅燕虽然是女性，但兢兢业业做好各项防疫检查，始终面带微笑……

这样的逆行金盾人数不胜数，而金盾的力量不光展现在人防上，也展现在物防上。疫情期间，金盾“铁马帮”受命出击，在金华火车站南出站口建立新防线。通过在进站口、候车室设立检疫通道，科学的铁马规划为火车站防疫期间人群疏导工作提供了有力的物防支撑。

浙江金盾对疫情的防控作用还体现在科技端。在防疫任务最重的二、三月，根据防疫隔离需要，金盾公司技防部前往婺城区白龙桥社区为正在观察期的家庭安装无线门磁报警设备，提供被观察人员的出入动态。记者了解到，该系统结合科技手段对隔离人员进出进行有效监控，减轻了政府防疫工作强度，通过物联网、大数据手段，实现了“被隔离人员进出隔离场所”的实时预警功能。返乡人员居家隔离，不需要贴封条，也不需要摄像机来监督，只需要可联网的传感器即可，高效便利的服务得到了相关部门和群众的一致好评。

清明假期时，为防止祭扫人员聚集，金华多处墓园停止祭扫。浙江金盾根据相关部门的祭扫工作安排，进行了提前筹划、提前部署，从街面巡逻防范，祭扫卡口布控，文明祭扫宣传等方面开展清明安保工作，确保“安保＋防控”两不误。

2020年“五一”假期是疫情防控转入常态化阶段后的第一个长假，浙江金盾安保驻点——金华山双龙景区迎来了旅游接待高峰，为使游客朋友高兴而来，尽兴而归。浙江金盾安保人员提前谋划部署，加强对各景点与周边的巡逻防范，全力营造平安祥和的节日氛围，圆满完成了“五一”假期的安保工作。

浙江金盾·柳湖智安小区

大型安保活动的中坚力量

2019年，多场明星演唱会给金华人留下深刻印象。2019年8月17日，歌手林俊杰在金华体育中心开了个人演唱会，3万余人涌入现场。浙江金盾出动了1200人的安保团队，现场秩序有条不紊。2019年12月14日，“绝色莫文蔚世界巡回演唱会”在金华唱响，近2万人涌入现场，浙江金盾的安保团队同样出色地完成了安保任务。

除了这两场万人演唱会，浙江金盾还在2019年完成了各类体育赛事、全球巡演、新品发布会、政府活动等百余项活动、赛事的安保任务，这个数字相比往年要增长很多。“这是我们公司自我修炼、自我提高的结果。”2020年5月疫情防控转入常态化阶段后，浙江金盾先后完成了2020浙江·金华燕语湖库钓公开赛、金华市机关绿水青山骑游活动的大型安保活动，更是在2020年7月为金华市争创全国文明城市“三连冠”助力添彩。浙江金盾近年来提高了安保水平，介入了原来本地安保公司缺位的大型活动安保，取得了不俗成绩。

“以前金华办大型活动，都需要投入大量的警力，这其实是一种浪费。”朱怀斌表示，自从公司介入大型活动后，警力明显减少，浙江金盾安保人员专业的素质也得到了公安部门和参与活动市民的一致认可。

助推智能社区建设

近年来，随着科技手段的不断更新升级，大数据被广泛应用于各行各业，浙江金盾也在不断发展中突破传统安保形态，构建完成“智慧安防小区”系统。在智安小区建设中，浙江金盾将“人防、物防、技防”有机结合，与当地公安机关密切配合，利用社区内重点布控资源形成线状防控系统，充分实现“人过留影车过留牌”，大大提升了社区防范和抵御安全风险的能力。

浙江金盾在2019年开发了一套集合视频监控、车辆识别、门禁系统、人脸识别、消防于一体的智慧管理系统。先后投入寺前皇社区、柳湖花园小区，在寺前皇社区安装了136个视频监控，通过这些监控，8名后台管理人员就可以实时监控追踪社区内发生的各类事件，第一时间联系相关部门进行处理，使小区治安总体转好，盗窃类案件、纠纷类警情分别下降36%和78%，社区也成了城中村里的“网红”。经过寺前皇社区的试用实践，在区服务中心的大力支持下，浙江金盾为柳湖花园小区设置了全市唯一的智慧服务一体机，其涵盖了疫情防控、公安交警服务、交通违法处理、证件证明、公共支付等15项功能，让老百姓不出家门即在小区实现便民服务零跑腿。“智慧安防小区”系统未来还会更加智能化，进一步挤压犯罪空间，保障社区安全。一张密集的智安科技防控网的铺展下，为公安治安工作开展提供了坚实的技术支撑。

供图：浙江金盾安保集团有限公司

浙江省余姚市临山镇味香园葡萄专业合作社

走好共富路 实现振兴梦

2021年11月30日，浙江省余姚市临山镇梅园村的葡萄种植户陆忠苗忙碌在葡萄大棚下，给土壤施肥、清理杂草，为来年葡萄生产做好准备。陆忠苗以前靠做泥工为生，工作辛苦且不说，收入还不稳定。10多年前，在政府的引导和支持下，陆忠苗通过土地流转，建起农业设施大棚，种起葡萄，走上了致富之路。他还加入临山镇味香园葡萄专业合作社，成为了一名社员，为周边葡萄种植户传授经验，带动村民增收致富。

一颗小葡萄，成为百姓致富果。在临山镇，许多农民和陆忠苗一样，通过规模化种植葡萄实现了致富奔小康的梦想。多年来，临山镇完善顶层设计，优化产业结构，加大基础设施投入，依托味香园葡萄专业合作社，不断做大做强这一“甜蜜产业”，走出了一条共同富裕之路。

成立“味香园”，打造“中国葡萄之乡”金名片

临山葡萄种植具有悠久的历史，早在明嘉靖年间的《临山卫志》就有记载。在上世纪60年代，原兰海乡新庵村家家户户都在零星杂地、河边、沟渠及道路两边架满葡萄架，栽种葡萄。沐浴着改革开放的春风，当时村里生产队的村民们大胆尝试，将零散的葡萄集中栽种到田间，开始成片种植。在乡政府的引导支持下，葡萄种植逐渐推广到全乡5个行政村。随着“土专家”干焕宜大力推广葡萄良种培育，临山种植葡萄的农户数量不断增加，葡萄种植面积也逐年扩大。2001年，原新庵村和范家坵村合并为兰海村。为引领全村葡萄种植发展，兰海村从原范家坵片村民手中流转土地100亩，

2021年味香园荣获中国供销系统农民专业合作社示范社称号

成立兰海村葡萄示范基地，这是味香园葡萄专业合作社的前身。

2003年8月，在原兰海葡萄协会的基础上，临山镇成立了味香园葡萄专业合作社，并注册“味香园”商标。合作社从14户入社社员起家，发展到现在的202户，固定资产从500元到现在的430万元，入社股金从5000元增股到现在的50.5万元，葡萄种植面积从500亩发展到现在的1.2万亩，从露地葡萄栽培发展到现在的连体钢结构大棚栽培，品种从巨峰、红富士、金皇后等3个品种发展到现在的28个国内外名优新品种，从路边的提篮小卖发展到现在的游客观光采摘、精品葡萄进超市……“味香园”的发展变迁正是临山葡萄产业高质量发展的生动写照。

如今，葡萄这个传统种植业已成为激活临山第三产业的朝阳产业和龙头产业。2020年，全镇葡萄平均亩产值达2万元，远远高于其他农产品，累计向社会提供葡萄2.86万吨，“味香园”实现总产值4300万元，社员亩均收入达1.5万元至3万元，基本实现了区域化种植、规模化经营、社会化服务、市场化接轨的格局，葡萄真正成为了临山老百姓的致富果。

发挥“四大优势”，让绿色发展行稳致远

当你走进味香园葡萄专业合作社时，一派休闲观光的清新气息扑面而来：干净整洁的千米观光长廊大道上，栽满了各种观赏性葡萄树。这里绿树成荫、景色宜人，处处彰显着“味香园”给游客和葡萄种植户带来的蓬勃生机。

“好果子才能带来好收益，要出产好果子就必须要有好技术。”味香园葡萄专业合作社社长傅伟尧是临山镇第一批规模化种植葡萄的农户之一，他见证了“味香园”葡萄产业从无到有、从有到强的发展历程。他总结“味香园”葡萄产业发展如此迅猛，得益于四大优势。

资源优势。临山属亚热带季风性气候，四季分明，气候温和，且地势平坦、土壤肥沃，熟化程度高，土地相对集中连片，非常适宜葡萄生长。“临山葡萄品种丰富，目前我们推广种植的品种有20多个，不仅质优、外观美，而且通过采用双膜、三膜大棚覆盖技术，提早和延长了葡萄采摘期，避免了葡萄集中上市时间，搭配早熟、中熟、晚熟品种，有利于提高市场价格。”傅伟尧说。

市场优势。随着人们生活水平的提高和生活节奏的加快，时鲜、安全优质水果越来越受到人们的欢迎，“味香园”葡萄质量优、安全性好，在市场上有较强的竞争力。同时临山镇距沪、杭、甬大中城市都在2小时交通圈内，有良好的区位优势。合作社对社员实行统一技术——分户种植、统一包装（商标）——分户标识、统一供应——生产农资、统一质量——精益生产的“四个统一”管理模式，对农户实行每亩地控产、每株树控穗、每个穗控粒技术，实施葡萄品控规范化管理，从而使“味香园”成为宁波市最大的精品葡萄生产基地。

科技优势。“味香园”十分重视科技的研究和开发，建立了一支实践丰富的专业技术队伍，并与浙江农科院建立长期的合作关系，成为科研院所的研发基地。同时，“味香园”紧紧依靠宁波和余姚的农林技术推广部门，引进新品种、推广新技术，提高葡萄的生产效益。2021年，葡萄专家干焕宜培育推广的“夏宜玫瑰”葡萄新品种，迅速抢占市场。2021年5月下旬，市农技总站在干焕宜葡萄农庄组织召开“夏宜玫瑰”葡萄新品种选育观摩现场会，吸引全市各乡镇的60多名葡农前来“取经”。2021年，合作社还和浙江大学宁波科创中心共同开展“阳光玫瑰”葡萄优质生产、绿色贮运技术研究与示范项目，让“阳光玫瑰”保鲜时间更长、保鲜程度更高，让葡农获益。

设施优势。临山镇葡萄产地以前是棉花产区，土地平整，基本达到旱能灌、涝能排的水平；葡萄园内交通、通讯、水、电等基础设施已建成配套，为葡萄产业的发展提供了强有力的支撑。近年来，葡农搭建钢架大棚、采用喷滴灌、微滴灌、水肥一体化等措施，引进国内外优质品种，大力发展设施农业，让葡萄品质不断提升。

党建引领，打通服务“最后一公里”

2021年，宁波市表彰了一批两新组织基层五星级党组织，临山镇味香园葡萄专业合作社党支部榜上有名。这是继2015年合作社荣获宁波市示范基层党校后的又一项殊荣，也是该市专业合作社中唯一获奖的党支部。

味香园葡萄专业合作社党支部成立于2005年，目前共有党员19人。近年来，该党支部始终坚持“教育兴社、精神立社、科技强社、产业富社”的理念，积极开展理论宣教、技能培训等形式多样的党员教育活动，深化“党员示范岗”“党员责任区”等活动，完善党员“1+N”联户机制，带动全镇3000余户葡萄种植户。在“红色火车头”的带动下，合作社通过党建引领，放大服务功能，带领农民走上了共同富裕之路。

强化教育培训，提高致富能力。近年来，合作社投入150余万元建成市味香园葡萄研究所和味香园培训中心，内有容纳150人培训的专用教室。2021年又新建了一幢面积300平方米左右的培训大楼，能容纳300名左右的学员。在合作社党校，设立了远程教育播放点和科普宣传长廊，图书阅览室藏书近5000册随时供党员、社员阅览、学习。同时，合作社坚持专家和“田秀才”结合的方式，与大专院校、科研单位等建立了合作关系，在每年重要的葡萄生产环节，邀请专家教授讲授葡萄栽培、病虫害防治知识，共累计培训社员一万余人次。就在前不久，合作社组织50名社员开展为期10天的集线上学习、理论知识、实践操作、考察交流为一体的高素质农民葡萄栽培技术培训，通过“请进来”和“走出去”的方式，提升广大社员葡萄栽培技能。

强化平台建设，发挥党员作用。合作社党支部建有宁波市首个“党员技术志愿服务小分队”，根据葡萄管理农时，党员志愿者们走村串户，上门传授葡萄栽培管理技术。同时，合作社推出“共产党员先锋岗”“共产党员示范岗”“党员责任区”等载体，发挥党员先锋模范作用。党员带头进行葡萄新品种的引进试种和新技术的试验，在成熟的基础上向广大社员和葡农推广。如党员陈正江在葡萄园里率先尝试种植起了新品种，现如今葡萄品种有30余种，尤其是美人指、醉金香、夏黑等新品葡萄，已实现大规模种植。

强化服务功能，促进农民增收。随着社员的逐渐增多，葡萄种植规模的不断扩大，葡萄的销售面临压力。“我们不能在田头坐等订单，要主动出击，抢占市场，解决销售的难点，为广大社员提供从种到卖‘一站式’服务。”合作社班子达成共识，并立即付诸行动。一方面，合作社建立了一支30多人的营销团队，无缝衔接田头与市场，第一时间了解葡萄收购价格，多渠道掌握杭州、上海、宁波等地的葡萄市场行情，使“味香园”葡萄走出临山、走出余姚。合作社还牵头将农户的葡萄卖给超市，实现农超对接、互利共赢。另一方面，合作社借力“互联网+”，与顺丰物流等平台合作，开启线上销售模式。2021年，通过“顺丰物流”，合作社共完成葡萄订单5万笔，累计实现销售额250余万元。

多年来，合作社在促农增效、助农增收方面取得了丰硕的成果，先后获得浙江省模范集体、全国“千品千社”富民农民专业合作社、中国“五十佳”合作社、浙江省科普惠农兴村先进单位、浙江省示范性农民专业合作社、浙江省新农村建设典范、浙江省葡萄标准化设施栽培推广示范区、浙江省现代农业葡萄示范区和宁波市知名商标等荣誉称号；合作社党支部多次被评为市先进基层党组织、市“双强”示范党组织，浙江省远程教育“学用工作”先进集体，宁波市先进基层党校等荣誉。2021年，又荣获省水果产业“乡村振兴先锋企业”称号。

推动品牌创新发展，带动百姓共同富裕

在政府的大力引导和味香园葡萄专业合作社的带动下，许多葡萄种植户通过规模化种植尝到了“甜头”。

“以前阿拉只种了自家的两三亩地，一边上班一边种葡萄，后来在合作社的带动下，慢慢扩大规模。”农户高夏兰种葡萄20多年，目前共种有葡萄50亩。她告诉记者，10多年前葡萄每公斤只能卖五六元，现在提高品质后，高的每公斤可以卖到40元，经营收入得到大幅度提高。“这全靠合作社的帮助，每年给阿拉提供种植葡萄方面的培训，还给葡萄统一包装，现在‘味香园’的知名度越来越高，阿拉的葡萄销路也越来越广，葡萄卖到了全国各地。”

味香园大楼

有着同样感受的还有农户高海军。高海军10多年前是跑运输的，工作十分辛苦。看到父亲年纪大了，家里的几亩葡萄无人种植，他便“子承父业”，承包了20多亩土地开始了葡萄种植之路。“合作社对我的帮助很大，防治病虫害、使用有机肥、培育新品种，这些栽培技术都是合作社的老师们教的。”经过品种改良，多年来，销售葡萄鼓起了高海军的钱袋子。每年，他家的葡萄基地每亩可以出产葡萄2500公斤以上，实现经营收入50多万元。“2021年生意好的时候，2.5公斤礼盒装的葡萄，一天可以卖出3000箱到4000箱，都是一些杭州、嘉兴等地的客户，我联系好货车直接运过去，客户当天就可以吃到新鲜美味的葡萄。”高海军笑着告诉记者。

农业创新发展是实现乡村振兴共同富裕的有效抓手。近年来，临山镇坚持多力共生，开拓融合创新路径，把“味香园”品牌建设与乡村振兴、全域旅游深度融合、互为助力，既实现了品牌引领农业发展、品牌带动百姓富裕、品牌助力乡村振兴、品牌服务全域旅游的多元价值，又创新了品牌的自身影响力和知名度提升的新路径。

目前，临山镇已成功创建成为浙江省葡萄特色农业强镇、省级农业绿色发展示范区。由临山镇味香园葡萄专业合作社注册的“余姚葡萄”果品共用品牌价值达9.01亿元。2021年，临山镇葡萄种植面积达1.2万亩，实现总产量3.1万吨，总收入超2亿元。同时，临山镇连续17年举办临山葡萄节，以节为媒，持续打响“千年临山卫，江南葡萄沟”农文旅融合品牌，对“江南葡萄沟”特色农业精品线品质升级，拓展农业功能，发展农业观光、乡村休闲游。五年来，临山镇累计接待游客超100万人次，经济效益超15亿元，为经济社会高质量发展描绘了浓墨重彩的一笔。

“下一步，我们要做大做强葡萄产业，让葡萄品质再上一个台阶，走向更大市场的基础上，将探索开发果酒等葡萄深加工，延长葡萄产业链，扩大葡农增收渠道。”谈到“味香园”今后的发展，傅伟尧充满信心。

作者：张云霞 摄影：陈波、苗志瑜

安徽省淮北矿业集团涡北选煤厂

奋力推进智慧高效发展

链接：涡北选煤厂隶属于淮北矿业（集团）公司，坐落在涡阳县涡北工业园，占地面积约520亩，固定资产16.07亿元，系安徽省“861”重点项目。一期工程实现原煤年入洗能力600万吨，已于2012年底建成，2013年3月18日投产，二期建成达产以后，年入洗原煤1200万吨，最大入洗量1500万吨，将成为亚洲最大的集中型炼焦煤选煤厂。涡北选煤厂始终坚持“用户至上，质量为本”理念，努力打造独具特色的“涡选焦”“涡选肥”精煤特色品牌，多年来外运精煤合格率、用户满意率始终保持在100%。目前，企业已通过ISO9001质量管理体系认证，先后荣获中国煤炭工业协会“煤炭工业两化深度融合示范项目”“中国企业文化建设先进单位”“安徽省属企业文明单位”等荣誉称号。

2019年以来，淮北矿业集团涡北选煤厂按照“技术先进、安全可靠、操作集成、系统集成、智能管控”的思路，大力推进技术管理、体制机制、质量管理等方面创新，充分释放企业发展活力，助推集团公司完成“1556”总体部署，目前初步建成“设备运行状态智能预警、生产过程无人值守、产品质量数字化智能过程管控”的现代化、智能化选煤厂。

2019年初，涡北选煤厂生产控制模式从独立、分散式控制升级到集成统一生产，充分发挥工业以太网技术为便捷生产的保障作用。

安全生产指挥中心　摄影：吕刚

在该厂安全生产指挥中心1名工作人员就可以操作厂内所有设备，真正实现了“远程操控、一键启停”，全面降低了职工劳动强度，让职工从脏累苦岗位彻底解放出来，实现了由“专岗、专技、专人”向“无人值守、专人巡视”管理模式的转变。该厂以智能调度为核心，将生产智能控制、视频监控、设备安全管理、电力网络监控、数据平台共享有机融合，实现了生产过程的可视化智能监控、各环节流程的智能控制和数据分析共享。通过智能化选煤厂建设，实现了“调度室里‘看管’全厂”的梦想。

设备是工厂生产的主力军，涡北选煤厂利用近一年的时间，运用大数据、云平台的技术，让设备自己“说话”，做到设备智能监控。该厂利用物联网、大数据等先进技术，将分散的、远距离的上千个设备，在重点部位新增400多个传感器及相应传输基站，为厂区设备戴上监控单元，不间断地对设备运行状态进行异地远程全天候监测、预测和评估，根据设备传动和运行状态分析大数据，形成设备状态检测评估报告；在生产集控后台增加设备温度、电流、故障各类数据库及历史查询功能，方便对机电设备的生产运行状况随时调取，为及时对设备检修提供依据；开展全流程数据处理、管理知识建模、预警信息优化及多工序协同管控，建立全生命周期设备管理系统，真正体现了人机物的深度交互与融合，让设备“表达”自己，让人实时了解设备运行状况，并以轻松管理的可视化方式向使用者开放，实现设备的智能化升级，提高设备的生产效率。

选煤工艺完善升级是选煤厂永恒的课题，涡北选煤厂从提升煤质和降低职工劳动量出发，积极引进新设备、新技术，实现选煤的智能控制。在重介方面，该厂通过调研分析，引入S-3GHMC870/565/410型超级重介质旋流器，取代2台3NWZX1300/920型重介质旋流器。投入运行后，系统处理能力从原来的680t/h提高至750t/h以上。简化了生产工艺，中煤脱介筛、合格介质泵、中煤转运皮带分别减少，不仅降低了功耗，还解决了原有两台旋流器分料不均、产品质量不稳定的问题。同时，与安徽理工大学共同研究出一套密度自动闭环系统，成功解决了密度操控难题。通过改造，重介灰分闭环控制系统将重介精煤在线测灰仪装置加入到控制系统中作为外环，将原有的密度控制系统作为灰分闭环控制系统的内环，形成了以灰分在线检测为依据，以重精灰分控制为目标，以密度调节作为手段的闭环控制系统，从而实现洗煤产品质量和产量的提高。

在浮选工艺操控岗位，传统的加药方式让职工忙于奔波，在灰分变化时，岗位司机需要到现场手动调解加药水嘴，控制药剂添加量的大小，手动控制难度大，现场环境恶劣。该厂积极组织专业技术队伍走访学习、讨论分析，决定引进隔膜计量泵来解决这一难题。通过模型积累，建立隔膜计量泵与实际药剂流量大小的比例计算模型，在上位机加入该计算方式，绘制最简单、最直观的操作界面，做到精准控制药剂添加。“浮选远程加药改造完成之后，在药剂添加量需要改变时，我们只要动动鼠标，输入相应数据，就能达到比以前还要精确的效果，可方便了！”涡北选煤厂浮选岗位司机朱鹏程满脸喜悦地诉说着。

科技创新是企业前进的动力源泉，涡北选煤厂利用机器视觉技术，建立过程控制及智能监控体系，实现远程停送电与机械手除杂。为了实现供电的安全、可靠性和提高工作效率，该厂对供电设备的停送电操作进行远程自动分合闸控制改造，配电室内安装移动摄像头，并可自动跟踪所停设备开关，后台界面显示开关状态，停送电申请采用无纸化办公，可移动审批、移动提醒，网上手机APP申请流程，电工无须到达配电室就能安全可靠地完成停送电的整个流程，杜绝人身触电事故的发生，节约停送电时间和故障排除时间。

在原煤生产车间，捡收杂物是必不可少的一部分。涡北选煤厂通过与高科技企业合作，引入机械手智能除杂设备，利用图像识别技术，辨识出皮带上煤流中的木块、棉纱等杂物和矸石，根据图像定位算法，系统自动分配给不同的机械手将其抓取出来，杂物识别率99.5%以上，有效分拣抓取率达到98%，从而代替人工分拣，防止杂物进入后续选煤系统，大幅减少了堵塞旋流器、溜槽等事故的发生，真正实现现场无人操作，人少则安、无人则安的目标。

涡北选煤厂鸟瞰图

安徽龙钰徽派古建工艺制品有限公司

传承与创新并举 文化与工艺齐飞

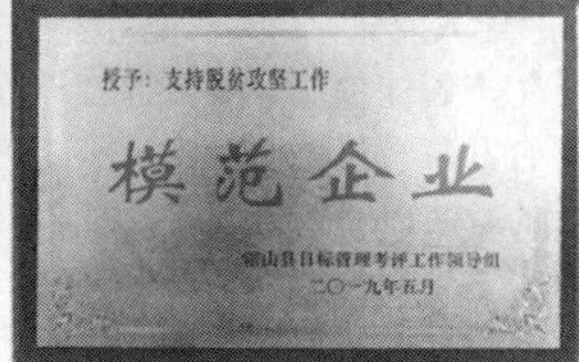

公司大门和获得的荣誉奖牌

链接：安徽龙钰徽派古建工艺制品有限公司坐落于霍山县生态工业园，占地面积200多亩，拥有6条设备先进的现代化辊道窑炉生产线，年产量达到200万方。主要生产各种规格古建青瓦、勾头、滴水瓦、脊瓦、青砖、古建面砖、大小京砖及各种仿古建筑配件。公司目前是全国古建行业功能较全，规模较大的古建筑青砖青瓦生产企业，销售市场主要在浙江、江苏、广东、广西、安徽、湖南、湖北、福建、河南、上海、重庆、四川等省、市及国外俄罗斯的孔子学院。曾荣获“民族建筑优秀品牌”“诚信经营企业”“民族建筑材料优秀品牌”“2018中国匠心品牌”“安徽著名品牌”“2018中国品牌典范”“第二届品牌大会金奖奖”“霍山县十强工业企业”等荣誉。

“青砖黛瓦马头墙，回廊挂落花格窗。”徽派建筑是中国古建筑最有名的流派之一，历来为中外建筑大师所推崇，在中国甚至在世界建筑史上都占有举足轻重的地位。

安徽作为徽派建筑的发源地之一，为研究建筑的历史和古人的建筑设计风格、技艺提供了众多弥足珍贵的实例。如今江淮大地，徽派古建行业发展如火如荼。安徽龙钰徽派古建工艺制品有限公司便是其中一颗耀眼的明珠……5年征程，一路走来一路歌，安徽龙钰人用汗水和智慧收获每一次创新突破的累累硕果，用担当和坚韧铸就每一次华丽转变的坚实足迹。

奋斗点亮人生，创业成就梦想

冰心说：“成功的花儿，人们只惊羡它现时的美丽。当初它的芽儿浸透了奋斗的泪水，洒遍了牺牲的细雨。”这话用到安徽龙钰徽派古建工艺制品有限公司董事长程晋扩身上是再恰当不过了。

程晋扩，1961年出生于长丰县农村，因家庭兄妹众多，经济压力大，15岁不得不辍学去砖瓦厂做苦力。此后，他远赴福建、山东、山西等地陶瓷厂打工，从一名普通的打包工做起，一步一个脚印，到车间主任、厂长，再到职业经理人，程晋扩精心钻研制陶技术，潜心学习经营管理，迅速成长为一名对市场规律具有敏锐洞察力的优秀管理者。然而，不安于久居人下的程晋扩在经过一系列充分的市场调研后，心中却构起了另一幅未来事业的“蓝图”。

随着我国经济平稳发展，人民生活质量不断提高，居住条件逐渐从“居者有其屋”过渡到“居者优其屋”，“中国元素”的居住条件逐渐“流行”，程晋扩和他的团队从中看到了商机。2015年3月，程晋扩毅然回到安徽，投资2300万元买断了霍山县的“僵尸”企业御石陶瓷，从事徽派建筑的青砖、青瓦生产。有道是“长袖善舞，多钱善贾”，他深知，要想使企业稳步发展，资金是关键。他跑银行，托亲戚朋友，动用一切可利用的关系，在资本市场大展身手，“玩”得风生水起。

任何人的成功，绝非一蹴而就。在程晋扩的不懈努力下，龙钰品牌在市场上的知名度得到迅速提高，公司步入良性发展的轨道。经过5年发展，龙钰集团不断壮大，先后成立了龙钰徽派（湖南）有限公司、龙钰徽派（重庆）有限公司和龙钰徽派（福建）有限公司，龙钰徽派建筑文化正以安徽为中心逐渐推广到全国每个角落。

创新提升品质，诚信铸就品牌

产品质量是企业的生命，品牌信誉是企业生存的根本。公司成立以来，始终以“质量第一，用户至上，以满足客户一切需求为最终目的”，坚持“以管理打造优质产品，以配置创立品牌，以品牌占领市场”。“优质的产品是合作双方共赢的基础，在龙钰，每一项质量标准都会得到严格执行，每一块原料都会得到按质采购，每一道工序都会得到完美处理，每一件成品都经过层层检验。我们承诺‘绝不向客户交付一件不合格产品’！”面对接踵而至的订单，程晋扩对产品质量没有丝毫松懈。

传承与创新，是传统工艺永远的话题；继承与发扬，是传统工艺企业肩负的责任。作为一位有远见的管理者，程晋扩深知，只有培育创新发展新动力、塑造先发新优势引领发展，做到人无我有、人有我强、人强我优，企业才能稳健发展，做大做强。鉴于此，公司加大对先进设备和科技创新的投入力度，目前公司拥有六条国内古建行业设备先进的现代化辊道窑炉生产线，日产量达到40000多方。公司产品既继承了古建材料几千年来的优良传统工艺，又通过现代化技术的不断创新改良，形成公司产品产能大、产品稳定、工艺制作精良的特点。公司产品是利用当地丰富陶土资源，经过做坯、打磨、切割、砖雕，继承了徽派古建筑的传统工艺，并在原造型颜色、坯体的基础上，经现代化窑炉1100—1200摄氏度高温烧制而成，质地坚实，抗折抗压，耐急冷急热，发色稳定，各项技术指标均达到国家标准，在技术、产量、质量各方面处于全国领先地位。

诚信经营理念铸造了龙钰公司客户至上的品牌，龙钰产品赢得了用户的青睐，远销浙江、江苏、广东、广西、湖南、湖北、福建、河南、上海、重庆、四川等省及俄罗斯孔子学院。

履行社会责任，铸就和谐企业

营造先进的企业文化，是推进企业和谐、快速发展的潜能源。企业文化的核心，就是把企业打造成职工温暖的“家”。

“龙钰是我家”，长期以来，程晋扩坚持以诚信与合作为企业文化。用诚信来面对每一位员工与客户，尽心竭力为员工办实事、做好事、解难事。对企业员工，他以“家人”对待，就连创业之初，他宁愿背负高额利息，也要兑现员工工资，从不拖欠供应商一分钱。

绿水青山就是金山银山。作为一家从事建筑垃圾处理、建材生产企业，早在建厂之初，龙钰公司就扛起新时代环境保护重任，走绿色发展之路。公司投资1000多万元进行了设备更新，淘汰落后生产设备，改造传统的立窑生产窑炉为辊道式生产工艺，并创新采取国内领先的“气化还原”烧成法，此举不仅很大程度提升了产品质量，更重要的是解决烧成过程中的环境污染。为防止生产过程中出现废气、扬尘等跑冒滴漏等，公司在原有的基础上又先后投资100多万元增加两台废气处理的脱硫设备，对生产中的6条烟道统一抽取，集中处理，达标排放。同时，为解决原料场和生产区域的扬尘问题，公司投资数十万元，建设了3000多平方米的场区钢构大棚，对整个材料厂实施全封闭。而对于生产运输中产生的少量扬尘，公司又投资十多万元购置了一辆洒水车，并规定晴好天气每天洒水不得少于三次以上，雨天也要确保一次冲刷。

程晋扩常说“企业发展了，对社会要有爱心，要回报社会，感恩桑梓”。他积极投身扶贫事业，多次捐资捐物；积极参加霍山县“百企帮百村——圆贫困学生大学梦”活动，资助8位2019年新入学的大学新生；2020年又为抗击新冠肺炎捐资3万元。

创业改变命运，奋斗成就梦想，诚信缀亮人生。伴随着企业的一次次超越，程晋扩的心灵也经过一次次洗礼，也越发显得沉静与淡泊，他必将继续带领公司向着“打造国内古建行业品种最全、工艺最先进、规模最大的领头企业”的目标阔步前行。

安徽宇测线缆质检技术有限公司

顺势求变　转制升级

卧拉实验室　摄影：夏知

公司大楼　摄影：夏知

我国已进入高质量发展阶段。作为国家质量基础设施的重要组成部分，检验检测行业面临新的发展机遇，更需要通过改革创新释放活力，阔步前行。

一味故步自封，只会停滞不前；顺应新形势，紧抓新机遇，坚持走改革之路，才能迎来新发展。在全国检验检测行业中，安徽宇测线缆质检技术有限公司（以下简称宇测线缆）顺势求变，转制升级，成绩斐然。

宇测线缆坐落在安徽省芜湖市无为市城南新城，其前身为芜湖特种电线电缆产品质量监督检验中心（以下简称芜湖特缆中心），隶属于原芜湖市质量技术监督局。

2012年7月，原国家质检总局批准筹建国家特种电线电缆产品质量监督检验中心；2015年1月国家特种电线电缆产品质量监督检验中心（安徽）正式挂牌。

中心占地面积52亩，拥有各类试验检测设备400余台（套），具备裸电线、电气装备用电线电缆、电力电缆、通信电缆及光缆、电磁线五大类电缆及电线电缆材料检测能力，是集电线电缆检验检测和科研于一体的专业检测机构。

为推进检验检测机构市场化、集约化、专业化、国际化、规范化改革发展，实现检验检测机构高质量发展，在芜湖市委、市政府及有关部门的指导和支持下，2018年3月，芜湖特缆中心转企改制为安徽宇测线缆质检技术有限公司。宇测线缆由芜湖市国资委代表芜湖市政府履行出资人职责，负责宇测线缆的国有资产监督管理和绩效考核；原芜湖市质量技术监督局作为行业主管部门，负责对宇测线缆进行业务指导、监督。同年11月，报请市场监管总局批准，国家特种电线电缆产品质量检验中心（安徽）依托单位由芜湖特种电线电缆产品质量监督检验中心调整为安徽宇测线缆质检技术有限公司。

检验检测是现代服务业的重要组成部分，在加强质量安全管理、促进产业发展、维护消费者合法权益等方面发挥着积极作用。按照政府职能转变和事业单位改革的要求，检验检测机构改革，必须坚持政事分开、事企分开和管办分离，进一步理顺政府与市场的关系，科学界定功能定位，创新体制机制。坚持政府引导、资源统筹、市场驱动、共建共享的工作思路，宇测线缆紧盯产业发展和前沿技术进步需求，着力建立集检验检测、科技研发、标准制定修订等功能于一体的高水平检验检测公共服务平台。

目前，宇测线缆按照国家、省市相关文件的要求，已完成改制，实现自主经营、自负盈亏、自我发展，成绩斐然。

能力建设显著加强。改制后，宇测线缆的检验检测客户由原先的200家增至360多家，其中省内近140家，省外220多家，CCC认证检验范围几乎覆盖所有电线电缆产品。2019年，宇测线缆通过CNAS、CMA、CAL“三合一”扩项评审和国防实验室DILAC认可，是国内同行业首家通过国防实验室认可单位。宇测线缆现有能力可检测产品269个、涉及参数200个。2019年，新增仪器设备21台套，新增50个参数，新引进本专业高级工程师2名、工程师6名，为规范开展检验工作提供了人才保障。

科研工作高效开展。宇测线缆着力加强科研工作，先后申报多项科研项目并获得批复。公司自主立项研发的复兴号高速列车用线缆项目，获省科技厅2019年安徽省重大科技成果产业化项目立项；研发“无机矿物填充设计、应用及电缆燃烧性能研究”项目，申报了芜湖市重点科技计划项目；完成了军民融合项目布局，军品电缆试验室的仪器设备的选型、采购招标和设备安装工作；主导“额定电压6kV到30kV地下掘进设备用橡皮绝缘软电缆”行业标准已进入最后审查阶段，即将发布。在科技成果方面，宇测线缆主导的“电缆纵向水密封性能检测（技术装备）研制”项目已获市场监管总局科技成果登记和省科技成果登记。在平台建设方面，宇测线缆入库“全国科技型中小企业信息服务平台”，在2019年度检验检测机构绩效评价中被评为优秀机构；公司建设的“国家电缆检测中心检验检测创新平台”被评为市重点研发创新平台；承建“芜湖市工业互联网行业平台生态系统”中的电线电缆产业互联网平台。

此外，为加强公共服务平台建设，宇测线缆先后与上海电缆研究所、德国莱茵、武汉高压研究所、厦门大学、合肥工业大学等合作，加强技术创新，设立了上海电缆研究所联合工作站、中国电工学会专家工作站、安徽省电线电缆标准化技术委员会、安徽特种电线电缆产业专利联盟、安徽特种电缆产业技术研究院、无为市电缆工程学会等组织，特别是依托中心建立的安徽特种电缆产业技术研究院，为电线电缆产业提供了集研发、检测、检定、标准、专利等于一体的技术服务。

企业效益稳步增长。宇测线缆在改制后短短一年时间内，经营业绩稳步增长，2019年营业收入接近1400万元，同比增长25%，净利润约500万元。截至2019年年底，国有资产保值增值指标完成率达到108.22%，销售收入指标完成率达到114.73%，利润总额指标完成率达到117.99%，人均利润指标完成率达到118.08%。均超额完成国资委下发的年度考核指标。此外，宇测线缆通过技术支持服务交流等活动，每年为地方电线电缆企业增加近10亿元订单。

在当前全面深化改革的背景下，宇测线缆将按照市场监管总局的要求，持续加强自身建设，夯实设备保障，完善制度建设，为经济社会高质量发展提供支撑。秉持高标准、严要求、更精确、更开放、更规范的理念，打造检验检测公共服务平台和行业交流合作平台，为质量强国建设作出应有贡献。

作者：安徽宇测线缆质检技术有限公司总经理凌宗勇

安徽省黄山市建筑业协会

创新发展思路　推进协会建设

黄山市建筑业协会承办2020年“徽州百工”黄山市第一届建筑行业职业技能竞赛

链接：黄山市建筑业协会成立于2008年7月，2019年4月晋升为4A级中国社会组织，现有单位会员170余家。建有“黄山市建筑业协会”门户网站，办有《徽州建筑》会刊，设有微信公众号。近年来，协会先后两次荣获“全国建筑行业先进协会”称号；2020年被评为全国“四好”商会、安徽省“四好”商会和黄山市“品牌社会组织”；2021年被评为安徽省脱贫攻坚先进集体；在黄山市开展的“百社进百村”扶贫工作中得到市民政局通报表扬。协会党支部作为市域行业社会组织党建工作典型，在2020年黄山市委组织部、市民政局联合举办的黄山市社会组织党建工作座谈会上进行了经验交流。协会微信公众号被《建筑时报》评为“2020年全国建筑业优秀微信公众号”；《徽州建筑》会刊被中国施工企业管理协会评为“2020年首届工程建设行业传媒作品大赛优秀报刊”。协会党支部书记、秘书长程文华同志2021年被安徽省工商联所属商会党委评为优秀党务工作者，2019年被黄山市民政局评为“2018年度黄山市社会组织领军人才”。

黄山市建筑业协会自成立以来坚持以“提供服务、反映诉求、规范行为”为宗旨，以“政治建会、和合立会、服务兴会、改革强会”为遵循，在政治引领、队伍建设、服务发展、自律规范上持续发力，协会全面建设不断取得新发展、实现新突破。先后两次荣获“全国建筑行业先进协会”称号，分别被评为全国“四好”商会、安徽省“四好”商会和黄山市“品牌社会组织”。

党建铸魂，政治建会

强化“首位”意识，坚持党建引领、党建会建互促，始终以保持正确的政治方向作为建会之魂。

*推进党建入章。*为加强党的领导，理顺党组织与协会管理层关系。2019年协会换届时将加强党的建设、弘扬社会主义核心价值观、积极参与社会治理等工作要求写入协会章程。在支部指引和参与下，协会制定完善规章制度20余项，从源头上确保正确的政治方向和鲜明的价值导向，为协会健康发展提供了组织保证和制度保证。

*推进双向进入。*支部成立后，按规定程序选举由协会法人代表、秘书长任党支部书记；协会班子成员均由企业负责人担任，推举协

会会员单位党组织书记或副书记在协会领导班子任职，实现双向进入、交叉任职。目前协会班子成员中企业负责人担任党组织书记或副书记占比97%，切实提高了协会领导班子的决策力和领导力，保证“核心”“中心”一条心。

推进引领融合。协会党支部书记、秘书长程文华积极参加政府主管部门召开的行业建设发展座谈会议，会同协会班子成员深入会员企业调研，协会研究重大事项听取党支部意见建议。在协会会员单位党组织中成立“建业先锋”党建联盟，开展共建共联共促活动，以党建引领发展的成效擦亮协会品牌。

队伍强基，和合立会

夯实发展基础，加强三支队伍建设，始终以协会向心力、凝聚力、工作力作为立会之基。

建强班子队伍。协会建设好不好，关键看领导。协会坚持企业家办会，对照“三强一好”标准，推选协会会长、副会长，17名协会班子成员中有7名为市、区人大代表或政协委员，充分发挥引领带动作用。班子成员坚持做到“站好岗”“履好职”“带好队”。

扩大会员队伍。协会研究制定了《黄山市建筑业协会会员队伍建设5年发展规划》，企业会员年均增长率近20%，覆盖市域近80%的行业企业。其中龙头企业占4.2%、骨干企业占81%、年轻企业占比9.3%、小微企业占比6.5%。通过创新工作方式，会员数量持续增长，会员素质全面提升，会员作用充分发挥，会员结构日趋合理，工作机制健全完备的新格局。

塑培专职队伍。协会秘书处现有专职工作人员4人、兼职人员2名，均为大学学历，年富力强。协会每年通过岗位业务和行业知识培训以及岗位培养，努力打造一支综合素质过硬的专职人员队伍。程文华被评为“2018年度黄山市社会组织领军人才”。

聚势赋能，服务兴会

聚焦职能宗旨，扎实为会员、政府和社会服务，始终以服务的成效作为兴会之本。

积极搭建平台。不断提升服务平台，2020年以团体会员身份加入市工商联、成立协会工会联合会。积极搭建政企沟通平台，先后与市行业主管部门、金融部门、司法部门等相关部门建立了政企、银企沟通机制，加强合作联动。

广泛开展活动。深入调研走访，反映企业诉求，协会班子成员每年开展调研座谈20余次，形成调研报告近10份。年均组织专业培训5次。持续开展年度各类评优评先活动。针对经营困境、法律纠纷等问题，及时对接协调解决；积极参与社会治理，履行社会责任，参与抗击疫情、“百社进百村”、脱贫攻坚、抢险救灾、帮扶助学、节日慰问等活动，协会自身及引领会员单位捐款捐物530余万元，减免各类费用近350万元。

开展“融杭”调研学习交流

推动行业发展。协会始终坚持问题导向，围绕企业资质改革、全过程工程咨询、数字化转型升级、BM技术推广应用、建筑节能减排、企业维稳减负、保证金减免、“营改增”、企业融资等行业热点、难点、阻点、痛点问题，持续深入开展调查研究，邀请资深专家深度剖析，梳理相关意见建议形成调研报告并报送业务指导部门，克服各种瓶颈制约，促进建筑业又好又快发展。

规范建设，改革强会

坚持与时俱进，把胜任好职能任务作为总牵引，始终以推进创新发展作为强会之要。

治理结构不断完善。协会建立了权责明晰、运转协调、制衡有效的治理结构。依照社团管理办法、工商联商会管理办法等有关规定和章程设置机构和岗位；按照社会组织管理规定及时请示报告重要事项。

管理制度不断健全。规范运行管理，坚持常抓不懈。内设1个分会和4个专业委员会。围绕民主选举、民主决策、民主监督、重大事项报告、信息披露、会费管理及法定代表人述职等制定了20余项规章制度，保证了组织运转有章法、议事决策有制度、诚信自律有行约、目标任务有规划、宣传管控有办法。

注重创新开展工作。协会积极顺应形势发展需要，新一届理事会实行会长轮执制度；聘请法律顾问开展法律服务和法务纠纷调解工作；建立培养通联员队伍，通过省市两级和协会载体平台宣贯党和国家政策、宣扬行业成就、彰显会员风采。协会运营的微信公众号被评为“全国建筑业优秀微信公众号”；《徽州建筑》会刊被评为“首届工程建设行业传媒作品大赛优秀报刊”。

作者：黄山市建筑业协会党支部书记、秘书长程文华，协会党支部副书记、综合办公室主任张伟　摄影：陈军富

华鸿（福建）建筑科技有限公司

26 年坚守只为益胶泥

中国墙改办专家到公司调研

近年来，建筑外墙渗漏现象时有发生，已经成为困扰建筑承包商与业主的棘手问题之一。南方地区的华南、江南由于年降雨量大，尤其沿海地区风压大，加之建筑形式的多样化致使墙体渗漏的情况加剧，进而引起饰面砖黏结强度降低以致面砖脱落引发安全隐患；北方地区由于采用外墙外保温时采取的防水措施不充分产生的问题也较多。

外墙渗漏对建筑物使用功能、节能环保等产生的破坏不容置疑。面对外墙渗漏的难题，有没有一种性价比高、施工简便快捷、防水效果好、防水黏结一道成型的防水材料呢？

日前，笔者随中国建筑防水协会常务驻会副会长苗燕、深圳市防水行业协会会长瞿培华、福建省建筑防水行业协会会长李文芳、秘书长许永彰等领导专家一行，来到华鸿（福建）建筑科技有限公司了解到，水泥基聚合物改性复合材料——华鸿高分子益胶泥，与混凝土、砂浆等基层黏结强度高、抗渗性能好，经久耐用，在水立方等奥运工程及其他重要的防水装饰工程得到应用。

20 世纪 90 年代初，经福建省科委牵头，华鸿（福建）建筑科技有限公司总经理陈虬生于 1995 年由国外引进了先进的水泥基聚合物改性复合材料（ploymer-modified cementitious mixtures）技术，结合我国的国情和市场需求，在福建创立了中外合资沙县华鸿化工有限公司，现为华鸿（福建）建筑科技有限公司，自主研发了华鸿高分子益胶泥系列产品。

华鸿高分子益胶泥 2002 年获得科学技术部、国家税务总局、对外贸易经济合作部、国家质量监督检验检疫总局、国家环境保护总局五部委联合颁发的“国家重点新产品证书”，1999 年至 2016 年多次被住建部列为“科技成果重点推广项目”，是迄今为止唯一被列入政府采购清单的益胶泥产品，是国家益胶泥产品的创始者和领跑人。

在华鸿（福建）建筑科技有限公司的车间里，笔者见到，益胶泥的各种有效组分通过负压工作体系密闭输送到各个料仓，无噪声、无粉尘，筛分系统及 3 条不同粒径骨料输送管道保证了骨料颗粒级配要求，每个称重料仓配有 3 台计量终端，计量精度为克，以保证配料精确。

据陈虬生介绍，华鸿高分子益胶泥是将数类有效的聚合物干粉组分、辅剂、水泥、细骨料等材料按一定比例经特殊工艺干式混拌而成，力求达到计量准确和充分搅拌均匀，以保证产品达到预设的技术要求。经此种方法改性后，水泥石硬化体的孔腔微结构已产生了根本性的变化，由原来的毛细管状结构转化为球状或近似球状的闭合孔洞结构，使产品的抗渗性和黏结力得到较大提高，形成特殊的水泥结构和聚合物结构叠加的互穿网络结构。

陈虬生强调，华鸿高分子益胶泥的生产过程并不是一个简单的搅拌过程，必须要保证各组分配比准确、混拌均匀，才能达到产品质量始终如一的目标。

同时，华鸿高分子益胶泥还可以用于有防水要求的饰面粘贴工程，不返碱、不吐白、不脱落，粘贴过程即可同时完成防水作业，不用另做防水层，达到防水、黏结一道成活的施工效果。

华鸿高分子益胶泥的良好材性已在工程应用中得到诸多肯定，在北京奥运场馆水立方、上海金茂大厦、福建省跳水游泳比赛馆等国家重点工程中作为防水、粘接主导材料予以应用，是解决外墙、建筑室内修缮的理想材料。

苗燕代表专家组一行对华鸿的发展及华鸿高分子益胶泥产品表示了肯定。她希望华鸿公司认真总结 20 多年发展的经验，要敢于创新、寻找新的技术开发和市场营销模式，让防水行业的同行认识益胶泥，让终端客户接受益胶泥，把益胶泥产品发扬光大。

瞿培华表示，华鸿高分子益胶泥具有黏结力大、抗渗性好、耐水、环保等性能，是一种优异的防水材料。根据深圳与东南沿海的

左图为公司车间中心控制室；右图为专家组一行考察华鸿（福建）建筑科技有限公司

地域特点和气候特征，墙面防水尤为重要。而用于建（构）筑物外墙和卫生间墙地面的防水材料，要充分考虑其黏结性能和防水性能。高分子益胶泥作为干混聚合物水泥防水砂浆类材料，兼具防水和饰面砖（石材）粘贴功能，适合防水、粘贴一体化施工，理应首选。

26年始终只做一个产品，这在防水行业是不多见的，这是一种情怀、一种执着、一份坚守、一份责任。

陈虬生表示，他永远忘不了他成立华鸿的初心——“解决渗漏问题，为你，为我”。华鸿会将工匠精神传承发扬下去，始终脚踏实地、精益求精地做好、做精每一批次产品，因为华鸿对防水行业有着不止于眼前的追求。

福建第一公路工程集团

党建引领风帆劲　凝心聚力谱新篇

公司承建的G356永春石鼓至达埔公路工程项目推行“小喇叭”播党史，让党史知识“声”入人心

链接：福建第一公路工程集团有限公司创建于1949年，前身为解放军南下福建的筑路队伍。1954年成立交通部公路总局第三工程局第三工程处；1970年转为福建生产建设兵团四师二十二团；1973年变更为福建省交通工程管理局第二工程处；1980年改称福建省公路局第二工程处；1987年下放泉州市更名为福建省第一公路工程公司，2017年融入泉州交通发展集团，2017年12月29日改制更名为福建第一公路工程集团有限公司。集团公司是全国交通行业综合信用AA级企业、公路工程施工总承包特级资质企业、公路工程设计行业甲级、市政公用工程施工总承包壹级、福建省建筑业龙头企业、福建省工程总承包试点单位、福建省高速公路应急救援基本保障队伍和泉州市交通战备救援队伍。被授予“全国公路建设百家诚信企业”“全国优秀施工企业”“全国重点工程建设先进集体”“全国公路建设优秀施工企业”“中国优秀企业”“大庆式企业”、全国“安康杯”竞赛优胜企业等荣誉称号，2017年荣获国家级奖项“第十四届中国土木工程詹天佑奖”（为福建省交通工程行业首次获得该奖项），且所承建工程多次荣获福建省优质工程奖，多次被授予“福建省工程创优特别荣誉企业”。

一条条连埠通衢的公路，一座座飞越天堑的桥梁，浸润着“一路人”的汗水和足迹。作为福建省路桥领域的佼佼者，福建第一公路工程集团多年来注重科技创新，以雄厚的技术力量、先进的机械设备、丰富的施工经验和过硬的施工队伍，先后承建了国内外大批颇具影响的大型工程项目，在国家建设中锻造出响亮的路桥名片。集团党委全面贯彻落实习近平新时代中国特色社会主义思想和党的十九大精神，认真履行全面从严治党主体责任，充分发挥把方向、管大局、保落实重要作用，有力保证了党委的领导核心和政治核心。在福建第一公路工程集团上下全方位推动高质量发展超越的征程中，飘扬的党旗鼓舞士气，凝聚合力，推动发展。

行稳致远谋跨越

2017年7月，与共和国同龄的福建第一公路工程集团并入泉州交通发展集团，也开启了“党建兴企”的新征程。截至2020年，集团营业收入增长了58%，利润总额增长了76%；成功取得国家公路工程施工总承包特级、公路行业甲级设计资质，提质增效成效明显；获得交通运输部全国交通行业综合信用AA级评价，社会信誉和行业知名度显著提升；聚焦交通基础建设主业，集投资、开发、设计、咨询、施工、运营、养护的全产业链多元布局基本形成，并初见成效；实现了骨干人才零流失，新建项目零诉讼，国企党的政治优势正转化为企业发展的强劲动力……

这是福建第一公路工程集团生产经营新态势和新气象的最直观表现。经历三年的沙场秣马厉兵，“一路人”展现出“面对逆境不畏惧，迎接挑战不退缩”的精气神。集团党委以加强班子自身建设为起点，努力提高领导班子的向心力、感召力、凝聚力和战斗力，涵养清明的政治生态，树立正确的用人导向，形成思想上引导、事业上支持、机制上激励、感情上关怀的良好用人氛围。目前已拥有市高层次人才近30人，中高级职称人数300余人，注册类人员130余人，创下了历史新高。

当前，集团的创新驱动理念已经深入人心，在经营管理机制体制创新方面，多种市场开拓模式和多维度经济责任制被赋予了全新的内涵，正焕发新的活力并持续产生作用。在科研技术创新应用方面，一批智能化信息化装备正在逐步取代传统的人工操作，集团成立的技术研发中心顺利通过了省级认证，权属子公司交发工程设计公司获得了“国家级高新技术企业”“省级高新技术企业”双认定，创新正在给集团注入全新的、更强力的核心竞争力。

登高望远布全局

作为福建省筑路领域的“先行者”，与共和国同龄的福建第一公路工程集团用担当和汗水将“一路人”风采风貌镌刻在祖国的大好河山，成为国家基础建设的主力军，在路桥领域也由“先行者”向“领跑者”不断迈进。

逆水行舟用力撑，一篙松劲退千寻。近年来，在泉州市委、市政府的强有力领导下，市国资委、交发集团等果断决策，引领福建第一公路工程集团全体员工，以壮士断腕的勇气，展开了艰苦卓绝的自我革命。

历史和现实实践都充分证明，坚持党的领导、加强党的建设是国有企业的“根”和“魂”，是做强做优做大国有企业的优良传统和独特优势。面对严峻形势，“一路人”没有坐等“春天”，始终坚持党的领导不动摇，强化党建统领全局，推动党建工作与中心工作深度融合，以经济发展成果检验党组织的工作和战斗力，充分发挥党组织的战斗堡垒作用和党员的先锋模范作用，不断开创国有企业改革发展新局面。

福建第一公路工程集团始终聚焦“党建兴企”的核心目标，将党建“软实力”转化为国企发展“硬支撑”，以高质量党建引领国企高质量发展，谱写出党建和经济融合发展的新诗篇。

砥砺奋进求突破

调整是方向，改革是动力，创新是手段，党建是保证。

集团党委聚焦重点问题和关键环节，坚持目标导向，经营开拓和化解风险两手抓两手硬。紧紧抓住泉州国企大整合大发展的有利契机，积极融入泉州交发集团发展战略，主动发挥全市交通基础设施建设的主力军作用，近年来集团市场中标合同额屡创新高，公路养护市场开拓、EPC和PPP等新建设模式的尝试均取得了零的突破。公路特级资质的获批，更是让集团跻身于行业第一梯队，成为福建省首批取得该资质的本土企业。设计甲级、养护全类别等资质的成功申报，也大大拓展了市场经营的深度和广度。

公司浙江杭绍台高速二标项目《党建“七个一”·匠心筑路行》入选福建省2021年首批建筑业党建品牌案例

集团党委秉承在推进发展中解决问题、在解决问题中促进发展的理念，在抓生产经营的同时，以规范管理防范化解风险源头，引入第三方对企业管理制度进行全面评审，废止、修订、新建了百余项制度、流程，基本实现风险的本质预防。

强化党建政治引领，党建工作与生产经营管理一体同步推进，深度融入企业经营发展，并着力把党的路线方针、政策理论、决策部署转化为兴企、强企的具体举措。集团党委积极引入现代企业管理理念，构架企业三级管控体系，培育打造集团总部战略服务与管控的核心能力。以完善产业链、供应链为突破口，整合、撤并、转型所属分子公司，推动企业转型升级和提质增效，目前以公路、市政、房建为主业，设计咨询、工程检测、运营养护、物资供应、加工租赁等主业产业链布局基本形成并开始盈利。项目投融资运作、固定资产盘活经营、总部基地开发建设等能力短板正在补齐。建筑工业化装配式生产基地、产业工人的产教研体系、建筑智能化信息化工作同步加快推进。

历经风雨，旗帜愈加鲜艳；久经磨炼，队伍斗志弥坚。旗帜就是方向，队伍就是力量。站在新起点，福建第一公路工程集团上下砥砺奋进不忘初心，只争朝夕不负使命。在未来，“福建第一公路工程集团”这块交通行业的金字招牌将更加熠熠生辉。

作者：李东坡　摄影：李斯琦、连秋江

山东省临清市志海纺织有限责任公司

一家村办企业的转型之路

总经理张志海　摄影：张立辉

“你看，这几台是我们进口的意大利萨维奥托盘式全自动自动络筒机。”山东省临清市志海纺织有限责任公司总经理张志海带着记者来到一排机器前，“这种机器能够实现管纱的自动缠线以及机器的自动换纱、换管，解决了传统络筒机需要人工插管、人工绑线等费时费力的问题，原来每个机器需要一个人看管，现在一个人可以看管4台这样的机器。”

看着眼前这一排排自动化程度颇高的机器，张志海告诉记者，这都是近几年来公司进行技术改造的结果。2000年前，志海纺织还是一家村办企业，改制后，公司于2005年搬迁到新华工业园，“工序长、能耗大、用工多、劳动强度大，这些都是众多纺纱企业面临的困局，且目前用工成本高、招工难等问题也成为了影响纺织企业竞争力的最大因素。”张志海说，因此，企业唯有持续地推进技改转型，才能确保低成本、高质量，从而提升企业产品的竞争力。

把棉花纺成纱，一般要经过清梳棉、并条、粗纱、细纱、包装等主要工序。过去，这些工序依靠“人海战术”，动辄数百名纺纱工围着一堆机器转。“在原来的工厂里，清梳棉还是清花和梳棉两道工序，现在两道工序连在了一起，一个班至少减少了3个人，原来生产12000纱锭就需要300人，现在生产50000纱锭只需220人。”

高科技的介入改变了公司传统的运营模式，张志海告诉记者，近几年，公司每年用在技术改造上的投入都要在600万元左右，“单就紧密纺来说，便需要在细纱机的基础上购买专件进行改造，仅一台机器的装置改造就要花费7万元，还要不断外出学习。”不破不立，不改造路子只会越走越窄，张志海深知这一点，近几年，志海纺织从未停下过技改的脚步，目前，这里50%的纺纱流程都实现了机械化、

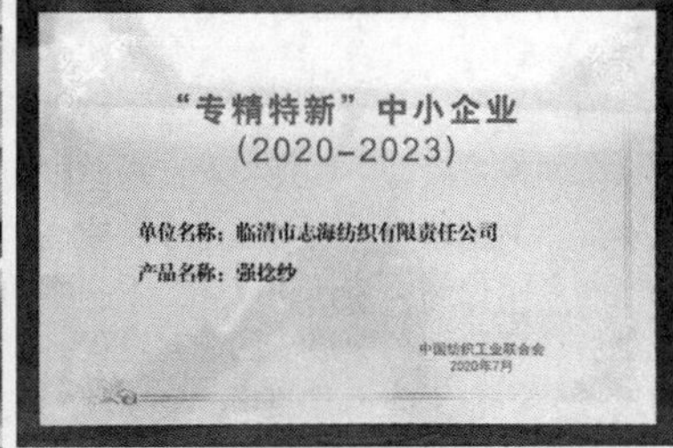

公司生产车间一角和公司获得的荣誉奖牌　摄影：张立辉

自动化。

显然，这样的自动化程度并未达到张志海的要求，为了加快企业发展步伐，张志海引进了一些国外先进的生产设备。"在这一过程中，临清市工信局给了我们很大的帮助。"张志海说，刚开始接触国外设备时，由于不懂政策，一时无从下手，"进口设备需要报关、缴税，但具体怎么操作我们都不知道。"临清市工信局在了解到这一情况后，第一时间与张志海取得了联系，协助企业办理好了各种需要的手续。

依靠技术革新引领产业转型升级。如今，志海纺织的车间和原来的生产环境相比发生了很大的变化，机械化操作代替了一部分的人工操作后，损耗减少，产品的质量、产量都得到了很大提升。

"原来我们只能做 30 支、40 支的布料，现在可以达到 70 支、80 支、100 支，对于棉纱来说，支数越高，织成的棉布越柔软也越舒适。"张志海介绍说。

生产不同的原料、质量的纱，其加工工序各不相同，高档纱的生产在普通工序上还需增加精梳工序，即用精梳机将纤维中的杂质和粗短纤维排除，经此过程出来的织物在质感、耐洗与耐用度上都较普梳织物有很大的提高。随着纺织行业生产技术不断进步，纱行业生产设备不断改进，产品种类日益丰富，除普通纱和精梳纱外，高捻纱、强捻纱、赛络纺等新产品被不断推出。

"价格贵、质量好的棉纱供不应求，价格便宜的纱线却无人问津。我国是纺织大国，纺织产品供大于求，随着人们对纺织品要求的不断提升。高质量的产品才有出路，我们现在所生产的便是以高端产品为主，全部是精梳、紧密纺和紧密赛络纺。"张志海从办公桌上取出一卷白色的布递给记者，"你看，这就是用我们紧密赛络纺的纱线纺织出来的布料，结构紧密、毛羽少、耐磨性好，可以做床上用品，这种纱的价位每一吨比普通纱线要高 500—1000 元，目前我们又开发了十几个新品种。"

目前，志海纺织还在加大研发投入，对车间进行智能化改造，进一步向"数字化车间"的梦想进发。

山东省烟台市华昕生物医药科技有限公司

勇立创新潮头　勇站行业之巅

近日，山东省烟台市华昕生物医药科技有限公司与沈阳药科大学药学院达成全面战略合作协议，公司成立了科技专家委员会，聘任了 5 位来自浙江大学、同济大学、沈阳药科大学等国家知名专家教授和高层次专家担任主任委员和成员。这在烟台市生物医药企业中尚属首次。

作为主要从事生物功能蛋白类护肤品的研发应用型企业，华昕生物不仅在人才引进方面"大手笔"，在研发创新方面更是实施了"大举措"，在挑战高端技术、实现国内领先、打破国际垄断方面的做法更令人称赞。

核心技术引领行业"最前端"

寡肽：一般由 2—10 个氨基酸组成，10—50 个氨基酸构成称为多肽，50 多个以上氨基酸构成的多肽称为蛋白质。与其他肽的区别在于，在人体不需消化，即可直接吸收。

寡肽开发，是一种"技术活"，更是华昕生物的"看家本领"。"任何技术都不是一蹴而就、轻易得来的。"华昕生物对寡肽技术的研发投入了大量资金和心血。

对于寡肽小分子蛋白研发，负责研发的副总经理侯建用通俗的说法给予解释——通过基因工程技术，从工程菌构建、发酵培养、纯化复性、配方优化，生物冷冻干燥，取得终端产品。

"每一道工序都经过了医药级别的严格把控。"侯建介绍，"作为化妆品的主要核心材料支撑，我们科研团队制定了更高的产品纯度质量标准。"

为了获得更高纯度的产品，华昕生物医药科研团队进行了大量的试验，不断对产品的纯化工艺进行筛选和优化。最终可以使其核心产品寡肽纯度达到 98% 以上。"依托这一技术，我们的产品在国内市场达到了领先水平。"侯建如是说。

国内领先不是目的，打破国际垄断，达到世界级水准是华昕生物的最终目标。华昕生物公司董事长李乐林对高端化妆品被国外企业引领的现状极为关注，“必须在技术领域实现赶超。”李乐林信心坚定。

做行业引领者，技术是“第一保障”。华昕生物与国家高层次专家陈东博士联合，实现化妆品功能可视化技术——化妆品微流控技术。“简单来说，就是通过微流控技术对微小体积流体实现精准操作和系统控制，与传统乳化技术制备的膏状化妆品不同，微流控技术可以精确地控制液滴的乳化过程，实现化妆品中微精华等液滴的尺寸大小和空间位置的均一可控。”侯建介绍说。

“该技术的意义远不止于此，将来可以把这项技术应用在本土化妆品上，开发出多款新型高端护肤品，彻底突破国际技术垄断，让中国的化妆品引领世界。另外，公司与签约的国家高层次专家惠博士、同济大学生科院院长助理陆博士的合作也在紧锣密鼓的洽谈中，即将进入实质合作阶段。”李乐林如是说。

先进设备打造“硬核”支撑

技术领先，是企业的立家之本。现代化生产能力，则是企业领先市场的“硬核”支撑。

投资 1.5 亿元打造生产中心，是华昕生物的核心区域。在工作人员的带领下，记者进入车间探访。“这是我们建设的高于化妆品 cGMP 规范要求的十万级净化车间。”李乐林解释说。

通过参观走廊，记者看到整条车间具备冻干粉西林瓶清洗、烘干灭菌、罐装、冻干自动进出料、轧盖、智能灯检、贴标联动生产线，公司目前已经达到了冻干粉、溶媒年产量 7000 万对的水平。

生产能力业内领先，检测水平同样是行业佼佼者。李乐林介绍，公司十分重视产品质量，把产品质量始终放在第一位，为此引进了一批现代化检验设备，“所有公司的产品全部进行严格出厂检测，确保从公司出去的每批次产品都是合格达标产品。”

在世界先进技术和硬核生产线的支撑下，华昕生物的产品销售也大幅提升。去年下半年新厂区正式投产后，就吸引了 20 多家电视购物和知名电商平台开展销售合作。其中一家，单次就创造了电商平台销售 7000 万元的业绩。“现在我们正在继续创新销售模式，打造个性化定制产品，专门打造‘网红版’产品，通过全民直播平台来扩大销售能力。”李乐林表示， 预计今年公司的销售额将接近 2 亿元，三年内实现销售额突破 5 亿元的目标。

人才战略做足“最强储备”

华昕生物的成功，根本在于技术，关键还是依靠人才支撑。

经过 6 年的发展，华昕生物目前培养了一支技术过硬、富有朝气的研发团队。华昕生物研发中心目前拥有专业研发团队和合作研发团队 50 余人，其中硕士以上学历占 70%，高级职称占 30%。目前，华昕生物已拥有 20 余项自主科研技术及核心自主知识产权。

按照人才引进规划，今后，华昕生物还将组建国家高层次专家工作站、省级寡肽重点实验室、创新中心和科研工作站等十几个科技创新平台。“公司一直以来都把顶尖人才、企业自有人才的培养和引进，作为发展的首要任务，最终就是要打造成新时代人才聚集的高地。近期我们还将与中山大学、中科院上海微系统所等国内顶尖学术机构和大专院校进行合作，进一步拓展业务范围，提升产品质量和档次。”李乐林说。

依托人才战略，华昕生物的业务也在不断拓展，创伤修复等高端医疗器械、特医食品等领域均处于攻坚阶段。其中，由公司专家团队倾力研发的复合蛋白苹果肽固体饮料，以肽为切入点，该配方以小分子肽、苹果冻干粉、猴头菇、辣木叶等二十余种药食同源的原料开发的一款功能食品，其中苹果粉原料采用冻干工艺制备，完整地保留了苹果中的营养成分，该产品具有抑制幽门螺旋杆菌、修复消化系统黏膜、清理宿便及排毒养颜等功效。如今，产品已经进入上市销售前的准备阶段，仅此一项，预计年销售额超过5000万元。

“未来，我们公司将依托人才和技术支撑，生产出更多具有市场竞争力的高端产品，将华昕生物打造成国内一流的现代化、创新型、外向度高的生物医药企业，为全市经济高质量发展贡献我们的力量。”李乐林满怀信心地说。

中汽研汽车检验中心（武汉）有限公司

发动创新引擎，向前进

公司总经理高国有在中国专用汽车产业发展国际论坛上致辞 摄影：宁文祥

链接：中汽研汽车检验中心（武汉）有限公司（国家新能源汽车质量监督检验中心、机械工业专用汽车产品质量检测中心）是严格按照国际标准 ISO/IEC17025《检测与校准试验室能力的通用要求》和检验检测机构资质认定评审准则创建和管理的实验室，具备国家高新技术企业资质，是中国汽车技术研究中心的全资子公司，也是其检测平台的重要成员之一。公司能力覆盖专用汽车、商用汽车、新能源汽车、汽车零部件、汽车发动机、船用发动机、船舶发动机、船舶动力电池检测等，具有各类测试设备 700 多台套，检测能力涉及 1700 多个检测项目。公司还同时开展科研、标准制修订、行业咨询等业务。近年来公司荣获 2018 年“武汉科技创新企业领跑者”称号；2019 年湖北省科技进步奖三等奖、武汉市科技“小巨人”、武汉经济技术开发区“最佳检验检测机构”“最具创新活力企业”等称号。

2020 年年初，突如其来的新冠肺炎疫情汹涌而至，武汉成为抗击疫情的最前线。

作为汽车行业唯一地处武汉的国检中心，中汽研汽车检验中心（武汉）有限公司（以下简称中汽研武汉）经营发展面临前所未有的压力与挑战。

一手抓疫情防控，一手抓生产经营，2020 年 1—8 月，中汽研武汉营收和利润同比再创新高，连续 5 年营收实现 50% 的增长。

支撑其快速增长的引擎是什么？

不断进取谋发展

中汽研武汉，前身是汉阳专用汽车研究所检测试验站。

汉阳专用汽车研究所办公大楼　摄影：纪鹏飞

汉阳专用汽车研究所（以下简称汉阳所）作为国家汽车工业主管部门委托承担全国专用汽车行业技术归口管理工作的唯一科研机构，成立之初就承担了牵引车、自卸车、半挂车、专用车及有关总成的检测试验工作。1988 年 3 月，汉阳所成为全国首批 18 家承担汽车新产品鉴定试验单位之一。

1996 年，机械工业部汽车工业司批准成立的“汉阳专用汽车新产品鉴定试验站”在汉阳所挂牌，并先后通过中国实验室国家认可委员会组织的实验室认可、计量认证、机构审查合一评审。

2003 年，顺应改革新要求，汉阳专用汽车研究所检测试验站进行改制组建。当年 3 月，“汉阳专用汽车新产品鉴定试验站”正式更名为“武汉华威专用汽车检测有限责任公司”，成为具有独立法人地位的检测公司。

伴随着我国汽车行业进入高速发展期，2006 年 1 月起，汉阳所整体划归中国汽车技术研究中心（以下简称中汽中心），中汽研武汉检测能力和业务水平开始发生翻天覆地的变化。

根据中汽中心规划，中汽研武汉主要业务逐渐从单纯的定型检测过渡到安全、环保、节能等国家强制性检测的范畴上来；在巩固主要业务的基础上，同时承担中汽中心辐射中西部业务的任务。

2009 年，在中汽中心的大力支持下，中汽研武汉启动“武汉汽车及零部件检测基地”建设，并陆续获得工信部、交通部、生态环境部等相关部委授权的“汽车公告”“道路运输车辆燃油消耗”“营运车辆安全”“机动车排放”等资质授权。

2018 年 7 月 4 日，国家认监委正式复函：以中汽研武汉为依托筹建“国家新能源汽车质量监督检验中心”。当年 9 月，因发展需要，公司更名为中汽研汽车检验中心（武汉）有限公司。2019 年 7 月 25 日，“国家新能源汽车质量监督检验中心”正式获得国家认监委资质认定授权，填补了武汉市汽车行业国家级检测中心的空白，使中汽研武汉的发展步上新的台阶。

鼓励创新重人才

员工人数增长 358.6%，硕士及以上员工增长 307%，中级以上职称人数增长 362.5%，中心级学科带头人增长 400%，中心级青年科技骨干增长 300%，1 人入选中国汽车工程学会青年托举人才工程……

以上数据是近五年中汽研武汉人才结构变化的对比。

从专用车到整车，从整车到新能源汽车，中汽研武汉每一次业务能力的扩展，离不开战略性人才的培养。

本着“发展是第一要务，人才是第一资源，创新是第一动力”的理念，中汽研武汉大力实施人才强企战略。

针对汽车检测专业性强、业务能力要求高等特点，中汽研武汉一方面利用中汽中心检测认证平台资源，与中汽中心下属的天津、宁波、广州、昆明、牙克石等检测基地在人才培养、试验任务、能力拓展等方面积极开展合作，通过与兄弟实验室的交流学习，进一步规范实验室质量管理，提升员工专业素养。

另一方面积极引进高层次人才，通过以老带新、以新促老、互学共进的“传帮带”模式，以及每年一度的岗位技能大赛，不断优化内部人才队伍建设。

目前，中汽研武汉已经建立了一套成熟的人才培养模式，从理论基础到实践动手能力，从公开技术宣讲到行业标准及政府合作项目研究，全方位培养员工的业务水平和综合能力，并鼓励员工将日常积累进一步转化为科研和创新成果。

依托全国汽车标准化委员会专用车分标委、车身附件分标委秘书处，中汽研武汉积极参与国家相关标准政策的制修订，推动新能源及燃料电池在专用车、商用车的标准制定与更新，依托检测和合作认证服务引领动力电池从车用市场拓展到储能及船用市场。

中汽研武汉先后承担了多项省部级课题，拥有湖北省企业技术中心、湖北省新能源汽车安全测评研发检测共享平台等研发创新平台，累计申请各类知识产权 70 项，其中发明专利 11 项、实用新型专利 28 项、软件著作权 8 项、外观设计专利 1 项。

2019 年 12 月，由中汽研武汉牵头的“专用运输车辆安全部件关键测试技术及成套设备开发”项目荣获湖北省科学技术进步奖三等奖。

优质服务赢口碑

2020 年 3 月 19 日，中汽研武汉场地服务部危大波的“遇险记”刷爆了所有中汽研武汉员工的朋友圈。

当时湖北还未全面解封，国内很多地方公共交通尚未全面开放。当天早上 7 点，危大波只身一人从老家湖南益阳出发，先后绕道湖南常德、湖北监利、湖北通山接上三位同事，一路克服种种困难，在各地防疫管控不一、出行极其不便的情况下，一行人在当晚 8 点多赶到了位于湖北孝感的试验场，并迅速组织开展样车检测工作。

800 多公里的路程，危大波累了就在服务区眯一会儿，饿了就吃一口自备干粮，争分夺秒地奔赴下一个地点。

为什么这么拼？因为他深知疫情对于企业的影响，为了减轻企业压力，他尽可能地与时间“赛跑”。

危大波并不是个例。复工初期，疫情阴霾尚存，部分车企对派送样车来汉心存顾虑。为此，中汽研武汉推出了“上门提车”服务。5 月 11 日，中汽研武汉派出 4 名员工前往广汽日野汽车有限公司，将待检样车送回武汉。出发前制定了详细行程安排，交车时全程无人员接触，历时 2 天跨越 1000 余公里，四辆待检车辆全部安全抵达检测地点。

从千里奔赴到上门提车，这些案例仅仅只是疫情期间中汽研武汉以客户为本、积极承担行业和社会责任的缩影。

随着疫情的爆发，用于转运新型冠状病毒患者的负压型救护车防疫车、防疫消毒洒水车等严重紧缺。为降低企业和社会成本，在疫情防控的关键时期，中汽研武汉响应母公司号召，面向社会发布公告：凡是用于抗击疫情的专用车辆 （如负压救护车、医疗车、防疫车、防疫消毒洒水车等），在2020年6月30日前提供免费的产品检测、认证及技术咨询服务。

作为武汉首批复工复产企业，中汽研武汉自公告发布以来，组织了最优秀的服务团队，集中人力物力，加班加点优先保障疫情期间防疫专用车辆检测、认证及咨询工作的稳步推进，为加速战胜新冠肺炎疫情做出了贡献。

湖北省是我国专用汽车和商用汽车生产基地之一。疫情对全省数百家商（专）用汽车企业也造成了较大的负面影响。在此情况下，中汽研武汉以大局为重，努力克服自身困难的同时，尽可能地为湖北省的商（专）用汽车企业提供服务费用的优惠，帮助他们渡过难关，赢得了企业的肯定、信任和口碑。

不执于旧，无畏于新；一缕之任，千钧所托。站在新的起点，中汽研武汉将不辱使命，以高效专业的技术服务助力行业发展，为实现汽车强国梦发挥积极作用。

湖南省衡阳市金则利特种合金股份有限公司

坚守“专精特新” 长成“隐形冠军”

衡阳市金则利特种合金股份有限公司董事长钟长林（主席台右一）主持行业标准制订研讨会 摄影：刘银河

链接：钟长林，男，汉族，中共党员。现任衡阳市金则利特种合金股份有限公司党支部书记、法人代表、董事长兼总经理，拥有多项发明专利，系国内知名小断面水平连铸专家，2015年被评为衡阳市优秀党务工作者。1999年创办衡阳市金则利特种合金股份有限公司，现已发展到资产达到1.8亿多元，社会就业人员300多人，年产值1.4亿多元，年税收超千万元的规模企业，连续多年评为湖南省纳税信用A级单位，成为全国电磁不锈钢行业龙头企业。

新冠疫情肆虐全球，制造业遭遇重创，湖南省衡阳市金则利特种合金股份有限公司（以下简称金则利）却传出振奋人心的好消息，2020年前10个月产值增长20%。

“如果两毛钱的配件出质量问题，就要赔偿3000元”——金则利竟然敢冒1.5万倍的风险签订供货协议。缘何？这是他们对自主研发高质量产品的极度自信。

身为中国水平连铸第二代传人的金则利“掌门”钟长林，专注电磁不锈钢领域，二十年如一日坚守“专精特新”，逐渐成长为全国行业“隐形冠军”，目前主要与国际巨头竞争。

创业初心，“专精特新”

何谓“隐形冠军”？德国著名管理学家赫尔曼·西蒙1986年在《隐形冠军：未来全球化的先锋》一书中首次勾勒“画像”，如贴近客户、高创新投入、注重质量、精益组织等。其中，“行稳致远”是隐形冠军企业区别于其他类型企业的一大特色，也是企业高质量发展的基本保障。此后，这一概念风靡全球。近年来，围绕“隐形冠军”的话题一直热度不减。

新时期，经济发展步入新常态，构建国内国际双循环相互促进的新发展格局是我国经济高质量发展的内在需要。隐形冠军企业作为高质量发展的示范引领标杆，通过专注细分市场，聚焦主业，创新驱动发展，稳步实现从制造到智造的转变，形成了较强的国际竞争力，在全球产业链中拥有较大的“话语权”。

根植于各类产业集群的中小企业，注重以专业化分工谋发展，以“专精特新”铸优势，步步为营成长为“隐形冠军”。

20世纪80年代，钟长林师从中国水平连铸之父章仲禹、冯涤，后又赴英国学习水平连铸技术，实现水平连铸技术创业报效祖国的情怀一直魂牵梦绕。1999年，创业时机成熟，钟长林回衡与好友合作创立金则利。

钟长林回忆，当年创办金则利的初心，就是专注新材料，研发新技术新工艺新产品，走“专精特新”之路，把细分市场做到极致。

“专”是指采用专项技术或工艺通过专业化生产制造的专用性强、专业特点明显、市场专业性强的产品。其主要特征是产品用途的专门性、生产工艺的专业性、技术的专有性和产品在细分市场中具有专业化发展优势。金则利之所以选择软磁不锈钢，最根本的原因在于掌握核心技术，能有效规避水平连铸大熔炉的安全风险，采用类真空冶炼+小断面水平连铸技术安全系数高，而且工艺流程短，成本优势大。在社会生产自动化程度不高时，软磁不锈钢细分市场钢种多，规格多，订单批量小，大企业不方便组织生产不愿做，小企业又做不好。专业技术+时间沉淀+成本优势，再叠加不断扩大的刚需，成就了金则利的持续发展。

“精”是指采用先进适用技术或工艺，按照精益求精的理念，建立精细高效的管理制度和流程，通过精细化管理，精心设计生产的精良产品。其主要特征是产品的精致性、工艺技术的精深性和企业的精细化管理。金则利成立之初就与北京钢铁研究总院开展“产学研”技术合作，2015年11月与北京钢铁研究总院功能材料研究所联合成立了“金则利先进功能材料技术中心”。2017年11月，金则利通过了汽车行业IATF16949体系认证，促进了公司汽车零部件材料供应质量的提升，开辟了汽车零部件材料广阔的市场前景。2018年3月，金则利生产的高温合金GH4751通过了美国著名的全球汽车零部件材料供应商卡特彼勒的合格供应商认证。“如果两毛钱的产品出问题，就要赔偿3000元”——金则利竟然敢冒1.5万倍的风险签订空调关键配件供货协议。缘何？这是他们对自主研发高质量产品的极度自信。

“特”是指采用独特的工艺、技术、配方或特殊原料研制生产

公司外景　摄影：刘银河

的，具有地域特点或具有特殊功能的产品。其主要特征是产品或服务的特色化。随着国家实施工业 4.0，开启了工业智能化时代，设备自动化、智能化离不开电磁阀、气动阀产品，金则利作为新材料领域高新技术企业，拥有国内领先的独特水平连铸生产工艺，为下游电磁阀、气动阀生产企业提供高品质电磁不锈钢软磁合金材料，打破了该行业进口材料的垄断，市场占有率越来越大。随着国家大力推动机械设备智能化和电动汽车产业发展，电磁不锈钢软磁合金材料的使用市场急剧上升，市场潜力巨大。新冠疫情肆虐全球，制造业遭遇重创，金则利产品替代进口大幅增加，预计 2020 年产值逆势增长 20% 以上。

“新”是指依靠自主创新、转化科技成果、联合创新或引进消化吸收再创新方式研制生产的，具有自主知识产权的高新技术产品。其主要特征是新技术新材料新工艺的创新性、先进性，具有较高的技术含量，较高的附加值和显著的经济、社会效益。金则利拥有自主知识产权的小断面水平连铸专利技术，适合生产各类特种合金材料，产品广泛用于空调制冷、流体控制、小家电、汽零配件等行业，目前被国内国际 100 多家电磁阀、气动阀生产知名厂家批量采用。产品质量优异，各项性能指标均符合并部分超过国外进口同类产品，其中电磁不锈钢产品 2002 年被科技部、财政部等国家五部委评为国家级重点新产品。

发展样本，“六稳”致远

“反思 20 多年的发展历程，金则利关键在于经营好一个‘稳’字，可以说是‘六稳’致远。衡阳建设现代产业强市，力争 2025 年有色金属与合金新材料行业产值达 800 亿元，金则利的成长案例或许具有参考价值。”钟长林表示。

成长稳——步步为营。“隐形冠军”大多深度布局在产业链的特定环节，在细分市场具有较高的竞争优势，拥有较强的成长能力。金则利深知自身的独特优势，但同时对市场保持敬畏，不盲目追求快速成长，而是稳打稳扎、步步为营、厚积薄发，注重资源和能力的长期积累，走高质量发展路径，追求“功到自然成”。

经营稳——谨慎贷款。“隐形冠军”持续打造企业的核心能力，基本上采用内生式成长方式。金则利保持着很低的资产负债率，近几年资产负债率低于 20%，财务稳健，即使面对外部环境的动荡变化，不会出现因高负债而引致企业大起大落的事件。金则利对银行贷款特别谨慎，对企业运营风险有着较强的把控能力。

主业稳——专业制胜。“隐形冠军”往往强调专精，通过专业化发展塑造企业的专长，以专长赢得市场，因此，专业制胜是其一大特色标签。数据显示，金则利主营业务收入占总收入的比重在 80% 左右。金则利将资源集中到主业的深度运营上，如持续改进生产工艺、渐进式开发产品、与客户高度互动、培养行业专家等，致力于不断提高主营产品的品质品牌，以优质产品在产业链和细分市场中获得有力的话语权。2018 年金则利公司继续延伸产业链，开发出拉链用不锈钢异型材，成立了金则利异型材事业部和恒德利不锈钢拉链有限公司。2019 年，公司投入 300 多万元新置 φ80 冶炼生产线一条，用于生产模具钢和高温铸造母合金。2020 年，为了提升公司合金材料的研发能力，投入 200 多万元引进 0.3 吨真空冶炼炉，为公司开发、生产高品质电磁不锈钢产品和高性能高温合金产品提供了保障。

动能稳——创新驱动。“隐形冠军”大多为制造企业，生产工艺改进和产品技术创新是企业持续发展的不二法宝。金则利研发经费投入近几年均保持在销售收入的 4% 以上，2020 年预计将达到 6%。金则利注重培养和扩大技术人员队伍，非常注重各类人才的引入，筑牢和增强了创新驱动发展能力。

员工稳——高质高效。“隐形冠军”在发展中强调“远程耐力跑”而非“短距冲刺跑”。长时期的经验积累构成了企业的内隐知识或诀窍，往往是基业长青的重要基础。企无人则止，员工是企业最宝贵的财富。金则利股改让 300 多名员工中的 100 多人成为股东，工段长以上管理人员全部持股，最大限度地避免企业遭受员工流失率高之痛苦，同时注重对员工的培训和关爱，形成与员工共同成长的长期愿景。金则利员工稳定带来了工作熟练，提高了工作质量和效率，全员劳动生产率逐年稳步增长，形成另一差异化竞争优势。

地位稳——标准引领。“隐形冠军”是行业细化市场的标杆企业，成为同行企业争相学习的榜样。业界流行一种说法：一流企业做标准、二流企业做品牌、三流企业做产品。金则利深谙本领域的技术、工艺和流程，也熟悉本行业的发展特点和趋势，积极制定产品标准来把握发展主动权，建立起标准引领发展模式。2017 年 11 月，工信部颁布了金则利制订的电磁阀用铁素体不锈钢棒材行业标准，标志着金则利已经成为国内电磁不锈钢行业领航者。

战略愿景，千秋基业

日本经营之父稻盛和夫曾说过：“什么是企业经营？对于我来说，经营就是日益提高自己的哲学理念。”其经营理念可以概括为人生方程式：人生・工作结果 = 思维方式 × 热情 × 能力。能力和热情用分数 0 到 100 分表示，而思维方式则从负 100 分到正 100 分。

对稻盛和夫颇有研究的钟长林举了个例子，甲同志能力 90 分，热情20分，其分数是1800分；乙同志能力50分，热情90分，得分则是4500分，高出前面懒人一倍。自怨自艾，生活没有热情和动力，没有真诚人生理念的人，他们的思维方式是负值，尽管能力得分高，热情分数也不低，但是其人生和工作结果反而会更低。乐观向上，热情活泼，心地好、真诚、正直是好的思维方式。在稻盛和夫看来，思维方式对人生成就起着决定性作用。

基于稻盛和夫思想的影响，金则利制订了"胆大包天"的战略目标：依靠水平连铸高新技术和创新精神，研发生产物美价廉的特种合金产品，铸神州特钢千秋基业，造福全人类。

公开数据显示，中国中小企业的平均寿命只有2至5年，中国集团企业的平均寿命仅7至8年，而欧美企业平均寿命为40年，日本企业平均寿命58年。金则利直面中小企业最大"痛点"，将发展愿景锁定为百年企业。

虽然，金则利的产值、税收、数字化等许多指标还不够光鲜亮丽，距离美国詹姆斯·柯林斯和杰里·波勒斯合著《基业长青》提出的"硬核"指标尚有差距。

但是，21岁的"金则利"已不乏荣誉加身：国家高新技术企业、湖南省新材料企业、湖南省重点上市后备单位、衡阳市企业技术中心、电磁阀用铁素体不锈钢棒材行业标准起草单位，中国电磁不锈钢生产基地。

更令人欣慰的是，金则利已经擘画清晰发展蓝图，建立先进现代企业制度，自主研发国内领先水平连铸高新技术，生产部分产品高于国际标准，国内国际市场份额稳步提升，未来可期。

作者：《衡阳日报》记者邓小山

湖南金健乳业股份有限公司

深耕低温鲜奶市场20年 打造湖南鲜奶第一品牌

公司大门

公司观光牧场远眺

链接：湖南金健乳业股份有限公司成立于2001年7月，坐落于湖南省常德经济技术开发区桃林路，是金健米业股份有限公司旗下集奶牛养殖、乳品研发、牛奶加工和销售于一体的全产业链乳制品企业。公司注册资金9000万元，总资产1.4亿元，下辖两个牧场、两个乳品车间和一个乳品研发检测中心。公司第一牧场（即桃花源生态观光牧场）是国家级"奶牛标准化示范场"和中国"学生饮用奶奶源基地"，第五牧场是省级"奶牛标准化示范场"和中国"学生饮用奶奶源基地"，两个牧场现有存栏荷斯坦良种奶牛3000头。牧场采用集约化规模化全舍饲的饲养方式，使用德国进口智能机械转盘挤奶设备（湖南首台），生奶质量达到欧美标准。公司一次性通过ISO9001质量管理体系认证、HACCP体系认证、乳制品GMP认证、环境管理体系和诚信管理体系认证。"金健"牛奶多次荣获"中国湖南（国际）农博会金奖""湖南省名牌产品"等殊荣。公司是中国奶协认定的"国家学生饮用奶定点生产企业"，曾被中国奶协授予"全国优秀乳品加工企业"称号。

人类与新型冠状病毒肺炎的战争，归根结底是免疫细胞与病毒的博弈，牛奶作为提高人体免疫力的重要途径，受到了越来越多消费者的重视。

2020年7月18日，以"金健乳业20年，好牧场更新鲜"为主题的"金健桃花源生态观光牧场游"启动仪式，在位于湖南省常德市汉寿县的金健桃花源生态观光牧场拉开序幕。

作为上市公司金健米业旗下集奶牛养殖、乳品研发、牛奶加工和销售于一体的全产业链乳制品企业——湖南金健乳业股份有限公司（以下简称金健乳业）在20年的发展历程中，坚持"牧场+工厂+市场"的发展模式，耕耘在低温鲜奶市场，以过硬的产品和优质的服务赢得了广大消费者和社会各界的充分肯定，成为湖南省内一流的乳品企业。

五好牧场，好生态好牧场造就好奶源

来到位于常德市汉寿县武峰村的金健桃花源生态观光牧场，你能感受到"五好牧场"的氛围。

总投资4000余万元的金健桃花源生态观光牧场，是国家级"奶牛标准化示范场"和"学生饮用奶奶源基地"。这里三面环水，空气清新，拥有上佳的"好空气"和"好水源"；牧场进口高蛋白的"好牧草"——苜蓿草，采用先进的TMR（全混合日粮）饲养工艺，保证奶牛营养充足均衡；牧场饲养的1500多头荷斯坦黑白花良种奶牛是世界著名的奶牛品种，保证了"好鲜奶"的量能充沛。

除了优质资源，牧场里的"好设备"也达到了国内先进水平。"挤奶的时候，奶牛会自发排队，有序地进入到转盘的挤奶栏，工作人员先用一块消毒毛巾清洁奶牛的乳头，然后把头三把奶挤掉，用碘伏对乳头进行消毒并用纸巾擦干后，装上全自动挤奶杯。"工作人员说，牧场奶牛每天挤3次奶，病牛、奶质不合格的牛在专门设置

金健乳业创立 20 周年暨桃花源生态观光牧场启动仪式。右侧为公司获得的荣誉牌匾

的小挤奶房挤奶，所挤牛奶废弃或饲喂牛犊；健康奶牛在大挤奶厅挤奶，挤奶设备是从德国进口的 40 位转盘挤奶机，系省内首台智能机械转盘挤奶设备，不仅能够自动识别奶牛身份，还能自动采集奶牛的产奶量、乳成分、健康信息等数据。转盘挤奶机上每头奶牛的挤奶时间为 8 至 10 分钟，正好是转盘挤奶机旋转一圈的时间。

在现场可以看到，设备升级提升了产奶自动化水平和奶源新鲜程度。比如自动挤奶杯感应到奶牛的奶被挤完后，就会自动脱落，牧场工作人员随后对奶牛乳头进行第二次消毒。每个挤奶杯下都连接着管道，挤出的鲜奶不接触空气直接通过管道送入直冷式冰水机进行降温处理并储存到生奶保温罐，使原本带有奶牛体温的生奶快速降至 2℃—4℃，阻止细菌滋生、保持新鲜品质。

在该牧场工作了 18 年的场长陈木法坦言，桃花源生态牧场实现了科技与传承的完美融合，奶牛文化长廊、智能机械转盘挤奶大厅有机结合，在感受奶牛历史文化的同时展现当代奶业发展水平；滑动式屋顶、散栏式牛舍、TMR 混合日粮，让奶牛在阳光下嬉戏玩耍、自由采食，保障原奶品质；发酵床垫环保舒适，专人查房验床，确保奶牛睡眠质量。满溢幸福感的健康奶牛，让生鲜奶滴滴皆幸福。

智能工厂，智能生产保证奶品营养安全

优质的鲜奶，离不开先进科技的保驾护航。

在金健乳业生产车间，智能化的生产线既保证了鲜奶品质的安全，又最大限度保留了鲜奶中的营养成分。

“我们的原料奶从牧场运送到加工厂后，会经过 20 余项检测；检测指标合格后，才能将原料奶输入室外奶仓暂存。而奶仓采用双夹套设计，下面三分之一处全部冰水保温，确保原料奶在储存过程中的质量安全。”在金健乳业加工厂，工作人员指着两个圆柱体的原料奶奶仓介绍：经过检测合格的原料奶由管道输入车间进行产品标准化配料；再检测合格后就进行均质、杀菌、灌装，经出厂检验合格后由冷链配送车送往市场，通过专卖店送到消费者手中。牛奶从牧场、工厂到市场，整个过程基本做到了不超过 24 小时，确保牛奶的新鲜度。

来到产品检测与研发中心，金健乳业产品的所有检测项目均在此完成。检测中心担负着饲料检测、原奶检测、产品检测、数据处理与新产品研发等多项功能，目前正着手打造省级检测中心。该中心还设有“留样室”，金健乳业每一个批次、每一条生产线的产品，都严格按标准取样留存，确保产品后续质量跟踪与监测。

“低温奶加工车间所有流程都是通过智能化全自动控制完成，所有的操作均集中在一个个控制屏上。此外，整个产品灌装间还安装有十万级空气净化系统，达到了普通外科手术室的空气质量标准。”工作人员说，车间对操作和环境的严苛要求，就是要杜绝原料奶在加工中受到二次污染，保证产品质量。

目前，金健乳业低温奶车间生产屋顶盒、杯装、玻璃瓶等各类型包装的 40 多款产品，从配料、均质、杀菌、灌装到包装均实现了自动化，且设备技术均达到行业先进水平。

广阔市场，全渠道冷链销售让产品更鲜

相比国外，中国人均乳制品消费量较低。但近年来，随着消费者饮奶意识的增强，中国乳制品行业呈现出逐年增长的趋势。同时，冷链物流技术带来的消费升级，让鲜奶消费逐渐成为消费常态。

据了解，相比常温奶，通过巴氏杀菌的鲜奶保留了更多的活性蛋白物质，让鲜奶具有“纯天然、原汁原味、保持活性”等特点，是乳制品行业当中最具成长性的细分品类，是未来中国乳业品质升级的重要方向。

做低温鲜奶起家的金健乳业自然在这方面早有布局。一直以来，金健乳业致力于全程冷链配送建设，保证了产品的全程冷链和质量安全。

“全程冷链建设 + 零售商战略合作 + 电商平台强强联手，依托立体式全网络冷链销售平台，金健乳业可以在更短的时间内辐射更为广阔的市场。”金健乳业董事长杨乾诚说，“除利用自己原有的渠道进行鲜奶销售外，当下金健乳业还搭建了‘金健鲜生活’线上平台，并与兴盛优选等电商平台及线下便利店建立了合作关系。目前，金健乳业通过智能化的生产体系、严格的质量体系和快捷的冷链配送服务，牧场机械挤奶冷却 2 小时到 2℃—保温奶罐车 2 小时到工厂—检验、均质、巴氏杀菌、灌装约 4 小时（酸奶 10 小时）—冷藏车运送到市场 1 到 4 小时—送奶员保温配送到户 2 到 6 小时，基本实现了当天下订单，隔日送上门，24 小时新鲜到达”。

为进一步打通冷链物流“最后一公里”，金健乳业目前正在试点投放“智能温控取货柜”，预计明年将在全省各地的居民小区投放 1000 台。届时，市民下订单后，凭密码即可在小区的“智能温控取货柜”领取自己购买的“金健牛奶”，真正实现保质保鲜、安全无接触销售。

此外，金健乳业还通过系列线下活动，让消费者进一步感受“金健牛奶”的新鲜。比如，金健乳业此次启动的“金健桃花源生态观光牧场游”项目，专门为消费者设计了一条“好牧场更新鲜”的营养专线，以牧场为核心、以奶牛文化为载体、以亲子活动为主题，展现儿童游乐中心、滑草场、奶牛饲喂体验、DIY 制奶等等各类亲子游玩活动，让牧场时光飞速穿梭；打造生态自然、科普宣传、互动品尝、亲身体验的牧业观光休闲模式，让消费者真切感悟、产生认同。该项目自运营以来，产生了良好的社会效应。

供图：湖南金健乳业股份有限公司

南方电网调峰调频西部修试公司

努力为实现“双碳”目标贡献专业力量

西部修试公司成功回装机组转子 摄影：何祖庆

位于贵州省黔西南州兴义市的南方电网调峰调频发电有限公司西部检修试验分公司(以下简称西部修试公司)于2019年10月成立，是南方电网调峰调频发电有限公司下属专业分公司，由1986年成立的鲁布革电厂和1988年成立的天生桥电厂专业检修试验队伍组建而成，经营范围为电力设备检修、安装、试验以及相关业务技术咨询服务。

从成立到“十四五”开端，从深化改革到积极融入助力“双碳”战略目标，面对数重大考，西部修试公司党委团结带领广大干部职工，在创新突破的发展路径上，坚持把提升党组织战斗力、提高企业效益、增强企业核心竞争力，作为党建工作的出发点和落脚点，不断巩固深化集约化、专业化改革成效，积极承接落实改革重点任务，狠抓国企改革三年行动落实，奋力推动企业高质量发展，为实现“双碳”目标努力作出新贡献、展现新作为。

党建引领，保障高质量发展

春华秋实三载，西部修试公司党委牢固树立党建引领和党建与业务深度融合意识，纵深推进全面从严治党，将党的建设融入发展全过程，与企业战略、安全生产、经营管理、改革发展、队伍建设相融相生，党建工作与业务工作同谋划、同部署、同推进、同考核，引领保障企业高质量发展。

通过严格落实“第一议题”机制，领导示范带头，以上率下在学习研讨、宣传宣讲、氛围营造上下功夫、见成效；建章立制建立健全党建工作制度体系，强化党支部标准化规范化建设；常态化开展“党员群众齐动手问题解决在支部”活动、党员亮身份、职能和生产党支部联合学习等方式扎实推进“我为群众办实事”实践活动；做精专项学习及培训，持续推进学习型组织建设，培养“三懂三会三过硬”的党务干部，建设党建管理型、经营服务型、技术技能攻关型干部队伍，为党建与业务融合找到了有效路径和抓手，让党建优势转化为企业发展优势有了有力支撑。

“党建引领下，公司上下凝心聚力，高擎鲜红如炬的旗帜，以实干彰显担当，以创新谋求突破，将党建优势转化为检修事业发展动力。公司聚焦自主检修的同时，‘走出去’的步伐更加坚定有力，目前承揽并完成了多项对外重大检修合同，实现了市场化业务拓展‘零突破’。涌现了贵州省‘最美劳动者’周红斌等先进典型。”西部修试公司党委书记周刚说。

自主检修，降本增效添实力

通过自主检修方式，西部修试公司圆满完成鲁布革电厂1号机组A级检修。这一项就节约成本约200万元。同时结合设备状态评估，对生产项目实施必要性、合理性进行优化审查，明确降序实施、终止实施技改项目11个，优化调减投资180万元。技术集约优势转化为降本增效、保安全稳定的实际成效。这是该公司推行自主检修以来又一次成功尝试。

该公司自成立以来，按照“管理类高效、技术类精简、技能类充实”的思路，减少外委项目，以突出聚焦自主检修为抓手，以机组大修、关键技术攻关、国产化同型化为载体，推行项目制及专业

西部修试公司“走出去”项目成立“党员先锋队”“青年先锋队” 摄影：何祖庆

部门+项目制管控模式，积极聚焦责任落实、措施执行、过程管控等环节，向精益管理要效益，释放“人”的效能潜力，突破了机组大修和顶盖、底环修复、自主研究掌握定子线棒绝缘修复及老旧结构并头连接关键工艺，解决了500千伏变压器大修、110千伏GIS开关大修等“卡脖子”的难题。

自主检修不仅让员工思想观念深度碰撞，积极主动作为、寻求突破，技术充能，还助力该公司建立专业高效的检修管理模式全面规范检修管理，以精准考核和有效激励加快了人才梯队建设，激活了发展内生活力和动力。

如今，该公司全面实施机组自主检修，水轮发电机组、保护、主变及GIS设备、计算机监控及励磁系统、信息系统及网络安全等设备自主检修率100%，为该公司高质量发展奠定了坚实基础。

专业支撑，助力实现“双碳”目标

面对电力行业改革发展的机遇和挑战，西部修试公司积极依托沉淀了30多年的管理和技术优势“走出去”，拓展西部地区市场化电力检修试验业务的广度和深度，积极服务以新能源为主体的新型电力系统构建，努力为“双碳”目标实现贡献西部修试的专业力量。

披荆斩棘、开拓创新、苦乐并存的检修成为“试验田”“熔炉”“考场”，一批批员工翻越高山“走出去”，在急难任务中经风雨、见世面、壮筋骨、长才干，上演一场场青春与检修交响的“风采记实录”……

——2021年9月中旬，高效完成“走出去”承揽的贵州粤电从江风能有限公司220千伏达棒山、110千伏雷家坡风电场检修试验项目，拉开了该公司主动服务新型电力系统构建的序幕。

——9月25日，高效完成了为期3天2夜、难度更高的六枝大用光伏电站电气设备及户外箱变等所有预防性试验及检验工作任务。

——10月，火速选派专业技术骨干从兴义市奔赴广东，参加广东阳江抽水蓄能电站机组调试工作，为该蓄电站实现年内首台机组投产发电的目标提供专业技术力量。

…………

一声声响亮的“试验合格！”，一封封质朴的感谢信，肯定技术团队过硬专业能力、专业化精神的同时，递来合作橄榄枝……

“‘走出去’无不提振士气、增强信心。这离不开党员先锋队、党员突击队冲锋在前，用实际行动擦亮胸前党员徽章，践行‘南网人’‘为客户创造价值’的服务理念。让员工转换思想观念的同时，加深对新型电力系统的认知，看清楚未来的工作方向，激发了工作热情。”西部修试公司总经理袁丰江说。

抢抓机遇，新时代展现新作为

站在新起点，西部修试公司正走进新的春天：设有5个职能部门、6个专业部门，现有在岗职工185人；2年间组建24个检修项目部，圆满完成天生桥二级水力发电有限公司、鲁布革电厂1300余项年度检修任务，做到“应修尽修、修必修好”；2021年高质量完成20余项年度重点技改项目；安全生产纪录达777天，安全环保平稳受控，大局保持稳定；申请发明专利9项并获得受理。

党建引领越“走”越出彩，公司发展呈现出向上向好、欣欣向荣的发展态势，让“西修人”的目标更加清晰：在西部修试这个承载共同梦想的舞台上，用拼搏、奋斗、实干谱写精彩未来。

新篇章异彩纷呈，新征程波澜壮阔。西部修试公司将锚定建设“世界一流”企业目标，坚持党的全面领导，强化改革精神、创新发展思维，以更坚定的步伐向着建设具有发电设备自主检修试验能力、适应市场变化、业绩卓越的专业化修试公司方向继续迈进。

作者：何祖庆、钱星星

深业物业集团有限公司

专业服务城市　智慧创造价值

标杆项目：深圳深业上城

链接：深业物业集团有限公司（以下简称深业物业集团）是深圳市国资委直属、深业集团有限公司（上市主体：深圳控股，香港联交所0604HK）下属企业，为中国物业管理协会理事单位及深圳物业管理行业协会副会长单位，成立以来深业物业共取得国家、省市级政府或部门及行业协会颁发的各类荣誉超千份，从业务技术到社会责任方面均得到社会各界的认可。业务涵盖社区住宅、政府物业、写字楼、产业园区、医院、高校、景区及交通枢纽设施、公园及多种公共设施等业态。近两年，深业物业集团不断拓展服务边界，率先开启物业城市服务，为政府提供市容环境、公共安全、社区服务管理的物业全覆盖服务，成为城市运营管理领域的领先企业，当前深圳区域物业城市在管项目数第一。

从全国首个住宅物业招标项目莲花北村的中标“老管家”，到建设部评选的“全国模范文明住宅小区”“优秀示范小区”第一名。

从全国物业管理行业第一个“全国文明示范窗口”、国家级“青年文明号”，到参与制定全国首个物业管理城市团体标准。

一次次，奋斗赢得荣光。一步步，坚定迈向未来。

深耕中国内地物业管理发源地深圳，作为中国物管行业的先行者之一、国家首批物业管理一级资质企业，深业物业集团起步于1983年，与深圳经济特区共成长。

华强北、八卦岭、莲塘……一个个耳熟能详的深圳地名，镌刻了深业物业集团砥砺奋进的足迹。

深业物业集团党委书记、董事长肖武春介绍，新时代，深业物业集团始终牢记国企使命担当，保持服务大局的恒心、改革攻坚的决心、精雕细琢的匠心，在企业发展跑出“深圳加速度”“深圳高质量”同时，对标“国际一流，国内领先”，在奋力推动城市治理体系和治理能力现代化中，不断创新“物业城市”探索。

再担当：服务深圳首个“物业城市”改革试点

训练有素的高素质物业服务队伍

物业城市，即为城市治理现代化创新探索过程中，将行政区、街道整体视为一个“大物业”，创造性地引入市场化和社会化机制，通过“行政力量 + 专业服务 + 智慧平台”相融合的方式，开展全流程“管理 + 服务 + 运营”多元主体协同治理，实现城市管理向公司化、服务化转型升级。

深业物业集团对“物业城市”制度和体系的全面建设探索，源于敢闯敢试、敢为人先的实践积累。

2019 年，福田区率先启动深圳“物业城市”改革试点，将其中一家街道的环卫清洁、垃圾清运、绿化、市容巡查、数字化城管等城市管理业务，“统一发包”给一家物业企业管理。积极拥抱变革方能叩开未来之门，深业物业集团作为当时唯一一家拿出具体实施方案的企业，凭借扎实细致的方案品质、深耕特区的品牌诚信，赢得了探索民生服务新模式的契机。

深业物业集团入驻以来，该街道的 12 个作业区都拥有了一对一的城市管家。尤其是科技支撑下全机械化作业、智能化管理平台建构，让“人人都是绿化工、人人都是环卫工、人人都是巡查员”，极大提升了响应速度和群众满意度。短短 4 个月，该街道平均环评排名在全市 74 个街道的整体市容管理水平中跻身前三。

深业物业集团关于“城中村共建共治共享治理模式”“六乱一超”整治等 6 项经验做法，被写入《福田区政府工作报告》，全面推广。在此基础上，深业物业集团“物业城市”相继进驻深圳多个核心片区，并在运营后推动环评排名均再上新台阶，居民幸福感显著提升。

再赋能：推动全国首个物业管理城市团体标准出台

始终以为人民服务为中心，深业物业集团选派精兵强将，完善激励机制，组建城市运营公司，全力打造完善全业态、全覆盖的“深享”系列——“深享城、深享居、深享业、深享商、深享汇、深享技”六大服务产品线，绘就“最具价值城市空间服务商”的企业发展宏图。

“深享城”提炼“物业城市”运营积淀的宝贵经验，立足政府创新城市管理模式、提升城市管理水平的需求，创造性地提出“党建 + 城市管理”“让物业管理从小区走向城区”等新理念，形成特色鲜明的“物业城市管理模式”：党建引领 + 政府监管 + 专业服务 + 智慧管理，按照“管理一体化、服务标准化、监管信息化、作业机械化”的服务思路，为政府提供“享城 1+N”服务。

深业物业集团打造的一个个“物业城市”样本，服务国计民生、经受战疫考验、赢得广泛赞誉。

香蜜湖街道侨香社区，在实践基础上提炼出的“ACT”全链条社区联防联控模式，获授“全国抗击新冠肺炎疫情先进集体”荣誉称号，被国家发改委作为 47 条“深圳经验”之一全国推广。

梅林街道，党建引领下的物业城市改革“1+5”五色梅林模式，在“市容环境、物业管理、公共安全、森林防火、智慧运营”五大领域发力，在 2021 年福田区首场政协论坛中获“点赞”。

在标准化建设的道路上，深业物业集团积极践行国企担当。

2020 年 12 月，“深业中心”项目成功通过 DB 4403/T12-2019《物业服务要求商务写字楼》“深圳标准”认证，标志着其在商务写字楼服务领域达到“国际一流、国内领先”水平。

2021 年 10 月，深业物业集团应邀参加世界标准日纪念大会，获颁“深圳标准认证”证书。其深度主导的《物业管理城市运营规范》团体标准（T/CUC03-2021），作为国家级标准化试点项目，由中国城市商业网点建设管理联合会发布。

深业集团大力推动系统内运营板块整合，当前深业物业集团服务已覆盖全国 16 个省（区市）的 50 多个主要城市，管理项目约 500 个，管理面积超 7000 万平方米。

再先行：赓续特区精神努力争当行业旗帜

一流的湾区离不开一流的物业管理，世界级的城市群必须匹配世界级的物业服务。2021 年，“物业城市”首次写入深圳市《政府工作报告》。

“这是对物业管理行业改革创新探索的充分认可，也为物业企业进入社会治理领域打开了大门，提出了更高冀望。”肖武春表示，“深业物业集团将凝心聚力，奋力在新的赶考路上交出更优异答卷。”

精细治理上，把“绣花功夫”“工匠精神”贯穿于城市治理的全领域、全周期、全过程，有效提升基层治理能力和水平的现代化，加速城市服务领域优化升级蝶变和管理、奋力降低协调成本，实实在在提升居民群众的生活品质与幸福指数。

发展版图上，按照深圳国资委的部署，深业集团大力推动系统内运营板块整合，强化旗下专业物业管理模块；专业运营深业上城等众多高端商业综合体的商业管理模块；专注产业园区管理、名企孵化，打造“天安数码城”等经典标杆项目园区运营模块，三大模块强强联手组建深业物业集团 2.0 版本，“三驾马车”运营机制初具规模。

2021 年 7 月，深业物业集团进驻安徽省马鞍山市，推进扎根深圳、深耕湾区、布局全国的拓展战略，并将逐步参与城市空间设计、城市商业布局开发等业务，发掘城市运营服务潜力，大力推进混合所有制改革，完善治理、强化激励、提高效率，不断提升企业核心竞争力。

秉持“以专业服务城市，用智慧创造价值”使命，深业物业集团将“成为对接资本市场的国际化双一流城市空间品牌运营商”，作为“十四五”期间奋斗目标，全面发力迈入中国物企第一方阵，成为“最具价值的城市空间服务商”，为探索共建共治共享社会治理格局贡献“深业力量”。

勇当尖兵，挺进蓝海，未来可期！

作者：沈高帆

广东众和化塑股份公司

以荣誉见证初心

2018 年 9 月 28 日，在广东省质量大会暨国家标准化综合改革试点建设工作会议上，广东省省长马兴瑞向众和公司颁发“广东省政府质量奖”

2020 年 2 月 5 日，茂名市委书记许志晖、市长袁古洁到众和公司视察指导新冠疫情防控和复工复产工作　摄影：阮冰峰

春归夏至，欣欣向荣。日前，广东众和化塑股份公司又传捷报，广东省市场监督管理局颁布评选结果，广东众和化塑股份公司获评“广东省质量标杆企业”。这是该公司继去年获得“广东省政府质量奖”后，2020 年又获大奖。作为茂名地区唯一当选企业，与华为控股有限公司等 11 家知名企业同时上榜。

获评“广东省质量标杆企业”是对众和公司品质追求和科技创新成果的权威肯定与认可。众和公司秉承着持之以恒、持续改进的初心坚守，打造出一个个拳头产品，并屡获殊荣，以品质赢得荣誉，以荣誉见证初心，用实力诠释卓越的底气！

管理创新，独具匠心

在当今精细化工领域群雄并起、市场竞争日趋激烈的时代，众和公司深谙高质量发展才是硬道理。公司领军者、董事长兼总经理黎广贞上任伊始就确立了“靠质量赢市场、靠品牌打天下”的发展思路。“质量是企业的生命、质量是创新的追求、质量是发展的保证。无数事实证明，只图利益，无视质量的企业不能长久。企业要立足世界，一定要重视质量，以质取胜，这是我们必须牢固树立的观念。”黎广贞如是说。

根据黎广贞的谋划部署，该公司迅速建立起一套科学严密高效的质量管理体系，包括采用 ISO9001 质量管理体系、卓越绩效管理模式、QC 全面质量管理方法等。确定质量方针以及一次成品合格率、客户满意率、员工培训计划完成率、关键设备和设施完好率“四率”质量目标。提出“四全三心”即全员、全过程、全方位、全天候抓质量，让客户放心、公司放心、员工放心的质量工作要求。落实岗位质量规范与质量考核制度，推进质量闭环管理。将 2018 年 1 月 16 日公司接受广东省政府颁奖日期定为每年的“质量日”。组织领导带班参加基层 QC 质量活动，定期发布“QC 质量成果”，坚持每年召开质量大会，隆重表彰“质量之星”“QC 质量成果”。经过不懈努力，公司质量管理效能不断提升，促进了企业经营效益的全面发展。该公司荣获 2017 年广东省政府质量奖、茂名市首届政府质量奖，茂名市品牌价值排名第一。2019 年，经济效益逆势飘红，超额完成任务奋斗目标，上缴税收超亿元。

站在众和公司的装置和厂房中，“安全就是效益，资金就是血液，质量就是生命”、“质量是企业核心竞争力”等质量管理理念随处可见，使人感受到浓厚的质量管理文化氛围，采访中职工对记者说“公司近年来将质量管理提升到企业文化的高度，同事们思想认识提高了，行动力会更强，公司一定越来越好”。

坚守品质，质量为先

此次众和公司获评“广东省质量标杆企业”，是其多年来始终以质量为先，将质量作为企业根本及核心竞争力的强有力注释。坚持以“质量第一”为价值导向，已成为全公司上下的共识。众和公司对高质量的坚持，夯实了建设质量强企、迈向质量时代的基石。

众和公司先后建立了 5 个省级研发中心，设立了劳模创新工作室，被评定为广东省民营科技企业知识产权工作试点单位、广东省职工创新示范基地。在众和的各个分公司、生产装置，每天都上演着一幕幕“创新提质增效”故事。

呈驰分公司员工以“劳模创新工作室”为依托，兴起全员科技攻关热潮。通过优化生产工艺，把好原料入厂关、熔指调控关、胶液浓度控制关，二线脱挥生产周期从平均 4 天延长至 7 天，明显减少大块料产出；通过加强溶剂质量监控，明显减少产品雾度大范围波动；通过加强产品包装抽检、视频监控管理，明显降低黑料和混杂料出厂风险。

天行分公司以李伟良经理为首的技术攻关小组广泛开展 QC 质量活动。通过对精馏系统持续优化、抓好反应塔尾气吸收塔的物料回收，较好地减少了副产品的生成；通过深入技术改造，使装置反应系统从间歇性生产转为连续性生产，装置实现更安全高效平稳生产，装置产能比原来提高了 30% 以上。

谷远分公司员工集思广益，通过上千次实验，自行研发重膜生产配方数百个；通过设备改造，建立由操作人员命名的“陈小平操作法”，产能比原来提高了 60%，成为行业标杆。应邀为客户服务，把德国工程师无法开起的吹膜机成功开起来，在行业内赢得了良好的口碑。

记者了解到，在众和这片热土上，员工“创新提质增效”早已成为一种时尚。公司在组织引导员工全力科技创新提升产品品质的同时，始终以顾客满意为目标，采取灵活的营销策略和经营手段，培育了互信的客户群体，并建立了长期战略共赢的合作关系，可见众和以品质拓市场的道路越走越宽广。

树立标杆，追求卓越

在“追求卓越、诚信负责、造福员工、奉献社会，努力打造竞争力强、社会贡献大、员工幸福的‘百年名企’”的质量精神激励下，众和产品质量得到国内外的广泛认可。

2- 巯基乙醇产品在之前的 10 多年里，全球只有 3 家生产厂家：德国巴斯夫、美国菲利普和中国广东众和，众和产品 80% 以上出口美国、俄罗斯、日本等30个国家和地区，产品纯度达到99.9%，纯度和稳定性处于世界前列。众和的另一个产品丁苯透明抗冲树脂填补了国内该产品的工业化生产空白，打破了以前该类产品全部依赖进口的格局，并全面占领国内市场，该产品生产装置被认定达到国际领先水平。此外，众和公司有3个产品被广东省批准发布为地方标准，三大类产品的商标被认定为广东省著名商标，8个产品被认定为广东省名牌产品。众和被认定为国家级高新技术企业，继续位列中国化工企业竞争力100强、中国化工500强和广东省百强民营企业，先后被国家评为4A级标准化良好行为企业、A级守信企业、中国质量信用AAA级企业、中国优秀民营科技企业、全国石油和化学工业先进集体，连续15年广东省守合同重信用企业。

众和公司的建设之路，奏响的是一支永无休止的质量"进行曲"，在追求卓越的进程中，努力打造质量标杆企业，挺起了中国制造业的脊梁。专注质量的品牌自我定位，将产品的品质和先进的文化理念融合的管理思路，让众和公司走上了卓越之路。

作者：郑慧坤、梁文炎

广东省开平市齐裕胶粘制品科技有限公司

以技术占领高地　以创新应对挑战

总经理罗吉尔向来访客人讲解以纯水取代有机溶剂原理

总经理罗吉尔带领来访客人参观水性胶涂覆过程

链接：罗吉尔，中共党员，现任开平市齐裕胶粘制品科技有限公司总经理。1964年10月出生于湖南浏阳，1988年上海交通大学化工学院高分子材料专业毕业，2000年获得化工工程技术高级工程师，2003年澳门科技大学工商管理硕士研究生。2011年5月创办开平市胶粘制品科技有限公司，到2021年5月成立十周年之际，共创收外汇10885.4万美元。著有《丙烯酸用量对压敏胶乳液胶粘度的影响》《胶粘制品行业废水处理及现利用》。获得发明专利2项，实用新型专利23项。研发的产品曾获2002香港世界华人新技术新产品博览会金奖，2016年第五届、2017年第六届、2018年第七届、中国创新创业大赛（广东赛区）新材料行业企业组三等奖和优胜奖；2019年第八届中国创新创业大赛港澳台赛新材料成长企业组一等奖，授予振兴中华科技进步奖，佛山市科技进步二等奖，江门市科学技术奖励三等奖。主导编写国家标准1项，参与编写国家标准5项，主导编写上光膜压敏胶带行业标准HG-T 4914-2016及参与FG/T5054-2016、HG/T5055-2016行业标准编写。曾任中国管理科学研究院特约研究员、中国胶粘剂协会常务理事；现任中国化工环保协会理事、国家标准委员会压敏粘制品专业委员会副主任委员、开平市工商联执行委员、开平市科协常委、开平市高层次人才促进会理事、苍城商会监事长。

广东省开平市齐裕胶粘制品科技有限公司（以下简称齐裕公司）生产的上光膜产品由于涂胶均匀度好，一卷膜的长度可达惊人的4000米。

在开平市苍城工业园内，一家"其貌不扬"的企业——开平市齐裕胶粘制品科技有限公司，却站在了全球胶粘制品行业的最顶尖、最前沿。

齐裕公司曾登上央视《新闻联播》。该公司凭借最新研发的"无底纸广告喷绘表面保护胶粘膜"产品，实现量产销售且快速增长，成功"抵消"对美出口的减少。同时，令齐裕公司总经理罗吉尔自信满怀的是，该公司生产的"商标纸上光膜产品"领先全世界，目前还没有替代产品。"美国加征关税后带来的是美国企业对该产品进口成本的直接上升，最终伤害的是美国用户。他们如果不买我们的产品，也没有别的替代产品可以买。"罗吉尔说。

尖端——

产品和技术处于行业领先地位

从事胶粘制品行业已有30年的罗吉尔表示，自己办企业的初衷是"为国家赚外汇"，因此，带着积累的胶粘制品行业最尖端技术和成果，罗吉尔于2011年创立了齐裕公司。该公司主要从事生产和销售胶粘材料，商标标签上光膜以及最新研发出的无底纸广告喷绘表面保护胶粘膜是该公司目前的拳头产品。

"我们的产品无处不在，当前市场上大部分产品包装、外观盒上的商标标签，都需要用到我们的上光膜，也就是各类标签上面的透明贴膜。"罗吉尔告诉记者，齐裕公司的筹建就是直接建立在自有知识产权的核心技术之上。"目前我们的产品和拥有的技术是行业内最尖端、最前沿的。"

据了解，以前胶粘行业上光膜产品所用的胶大部分是以有机溶剂型胶（油性胶）为主，非常不环保。“我们通过技术创新，研发了具有自主知识产权的环保水性胶粘剂，可以完全取代溶剂型胶，在涂覆过程中不使用有机溶剂，更没有VOC排放，不但有利于环保，而且节省成本，产品成为上光膜产品转型升级的经典范例。”罗吉尔说，“该项目被列入国家‘十二五’规划之鼓励类项目。”

“不久前，欧盟出台了一项更严格的环保标准，要求所有商标标签使用的上光膜做到绝对无毒，不能有VOC排放，不能含苯。因此，许多欧洲客户最终找到了我们。我们的产品经检测完全符合标准。”罗吉尔说。

胶粘制品市场体量巨大。罗吉尔向记者算了一笔账：“以商标标签上光膜单个产品为例，根据行业最新统计，我国人均每年要消耗0.9平方米面积大小的上光膜，按14亿人口算，全国每年所需的上光膜面积就超过了12亿平方米。而在美国，每人每年在日常生活中消耗的商标标签上光膜面积为15.6平方米，欧洲则更是达到人均消耗17平方米。因此，国内乃至全球上光膜市场体量及潜力是巨大的。”

创新——

掌握核心技术不惧挑战

目前，我国的胶粘制品行业全球领先。“我国胶粘制品产业非常强大，上下游产业链都聚集到我国，已经把美国的产业链条打断了。”罗吉尔说。

据了解，齐裕公司投入的研发费用逐年增长，2013年就获得了高新技术企业认证，2016年获得高新认证复审。“只有创新，持续地创新，才是生存之道，企业的生命在于创新。只要我们掌握着核心技术，就不惧怕任何挑战。”罗吉尔说。

除了上光膜产品技术优势外，齐裕公司最新研发出的无底纸广告喷绘表面保护膜产品正式走向量产，更有力弥补了公司对美贸易减少的损益，且该产品正呈现迅速增长之势，并有望完全取代目前市场中有底纸的保护膜产品。据了解，该产品主要用于户外广告宣传单、字画、挂历等大量产品表面贴膜。“这个产品最大的意义还是在于其巨大的环保作用。由于该产品无底纸，极大节约了纸张消耗。”罗吉尔说。根据相关市场调研，全国每年需要10亿平方米的表面保护膜，同时就需要消耗掉10亿平方米的底纸，重量约10万吨，这些底纸相当于耗费了百万吨木材。

“无底纸广告喷绘表面保护膜产品正以高速成长态势占领市场，如果市场上全部用了该产品，将极大节约纸张和木材，带来的环保效益是巨大的。”罗吉尔说。

据了解，该产品研发立项于2014年末，2015年投入205万元的研发经费，当年取得316万元的有效销售，扣除研发费用之后，亏损78.5万元。“但到了2016年，我们生产工艺得到有效改进，销售量是2015年的2.7倍，达到853万元，单项盈利274万元；2017年的销量是2016年的3倍多，达到2710.77万元，盈利551.53万元。预计2018年该产品销量可达到2017年的4倍左右，将超过亿元，未来增长趋势更是不可限量。”罗吉尔说。

建议——

要像“育苗”一样帮扶初创企业

“我创立这家企业的初衷就是做出口，最开始想把公司设在上海，但是朋友邀请我到江门来考察一下再作决定。来到江门后，我发现这里的营商环境很不错，最后便选择落户江门。”罗吉尔说，齐裕公司成立至今，一直得到各级政府及相关职能部门的支持和帮扶。

在罗吉尔看来，政府重视制造业，其实是对实体经济的重视，这是正确的方向和思路。“当初选择落户开平，也是对当地政府服务企业的意识方面的认可。当然地域方面也有考量，江门离深圳盐田港和香港的距离均在可接受的范围，离佛山和广州也不算太远。”罗吉尔说。

江门地处粤西，在珠三角地区发展相对滞后，工业配套还不够全，这是当前的事实和短板。“我从上海来，对比是很明显的。例如我们设备出现故障，所需的零配件需要到佛山，甚至广州和上海去找。”罗吉尔说。

“江门提出的工业立市战略和人才战略非常关键。人才战略见效慢，但后劲足，人才是一个地方可持续发展的根本；而工业立市战略实施起来见效会比较快，同时也需要着眼长远及兼顾可持续发展。”罗吉尔说。

罗吉尔建议，江门坚持工业立市战略，要从两个方面入手，一是引进现成企业进驻设厂；二是重视对初创企业的帮扶，就像“育苗”一样，要保证成活率。“许多初创企业，可能正是因为政府帮了一下，才生存下来甚至发展壮大。”罗吉尔说。

此外，传统企业转型升级是一个比较痛苦的过程，罗吉尔认为政府应从技术和资金等方面，给予企业帮助。

当前，齐裕公司正处在高速成长期，需要大量的资金，但眼前更大的瓶颈还是用地指标问题。“我们购买了土地，但仍欠相应的建设用地指标，新的生产线需要厂房，而厂房建造需要土地指标，希望政府能够在这方面给予支持。”罗吉尔说。

作者：谌磊、谢礼鸣 摄影：谢秀贤

来源：江门日报

广西祥嘉投资有限公司

担国企使命 助城市发展

链接：广西祥嘉投资有限公司成立于2015年，为广西北部湾投资集团有限公司旗下国有大型专业施工、广西首家拥有公路、市政“双特双甲”企业——广西路桥工程集团有限公司的控股子公司。注册资本金10100万元人民币，主营业务包括对房地产业、基础设施项目的投资，房地产开发与经营，房屋租赁，物业服务，建筑工程技术咨询服务及建筑材料的销售。作为国有企业，公司勇于担当，致力于解决农民安置及入住小区后物业管理难点，积极探索新时期安置模式，引导农民成立产业公司，落实农民满意的安置条件，让被征拆农民得到更多实惠，实现了政府、企业和农民三方共赢。公司始终贯彻“品质路桥”理念，深入推进管理标准化、规范化、精细化，着力打造具有祥嘉特色的强竞争力、强辨识度的产品，增强祥嘉品牌影响力。先后荣获2019年全区棚户区改造工程建设示范性劳动和技能竞赛优胜单位、2020年广西地产地铁物业标杆项目、“住朋奖”2020年度社会贡献房企、“住朋奖”2020年广西十佳楼盘等多项荣誉，所开发的项目获得自治区、南宁市建设工程安全文明标准化诚信工地、建设工程优质结构奖、“邕城杯”奖等荣誉奖项。

6载，是一个国企地产企业承担使命的历史长度；

2020年3月，祥嘉公司捐赠防疫物资助力南宁市良庆区抗疫

祥嘉公司驻地标准化建设

9盘，是一代“匠人”布局城市的足迹；

2015年，广西北投集团旗下国有大型企业广西路桥集团控股子公司——广西祥嘉投资有限公司（以下简称祥嘉公司），正式拉开荣耀成长史帷幕。

从建设拆迁安置项目建新花园，到五象新区千亩人居大盘路桥·壮美山湖，从城市建设参与者，到城市建设主力军，实力雄厚的祥嘉公司始终奉行责任担当国企使命，参与城市建设，与城市共成长。

实力国企，与城市共成长

祥嘉公司，也许给人的印象不太深刻，但提及背后的坚强后盾——广西路桥集团，想必大家不会陌生。

创立于1953年的广西路桥集团，是一家集工程施工、交通设计、技术研发、投资、房地产开发等多种业务于一体的大型专业施工企业，具有国家公路工程施工总承包特级，国家公路行业设计甲级，市政公用工程施工总承包壹级，桥梁工程、路基工程、路面工程、隧道工程专业承包壹级，房屋建筑施工总承包贰级等多种承包资质，并通过了质量、环境、职业健康安全管理体系认证，及国家安全生产标准化一级企业认定。

60多年国匠品牌，400多项国家及省部级荣誉称号，多次荣获鲁班奖、詹天佑奖……广西路桥集团多年来先后获评全国优秀诚信企业、建设工程质量承诺单位、全国建筑业科技进步与技术创新先进企业。来宾至马山高速公路、河池至都安高速公路、马山至平果高速公路等工程项目、广西平南三桥、龙门大桥等重大工程项目，均出自广西路桥集团之手。

2015年，对广西路桥集团而言，更是意义非凡，其控股子公司祥嘉公司正式成立，专注房地产开发，与城市共成长。

新时代，新担当，新作为。身为国企责任地产倡导者，祥嘉公司始终用质朴的情感，为家国尽责，为城市添砖，为百姓筑家。

2015年以来，广西路桥集团从路桥转战人居、从建筑转入人心，不断谋篇布局。基于此，旗下祥嘉公司积极落实集团部署，先后开发建新花园、新华花园、路桥·锦绣麟城、路桥·锦绣铭城、路桥·锦绣康城等精品项目，深受市民青睐。

责任国企，打造安置标杆

6载，是一个国企地产承担使命的历史长度；9盘，更是一代祥嘉匠人布局城市的足迹。多年来，祥嘉公司深入城市肌理，扣紧城市脉动，关注民生福祉和群众切身利益。

2017年5月，祥嘉公司着手建新花园建设。2019年9月，房屋品质以高于政府要求标准通过验收，成全区落实安置政策标杆小区，多次吸引相关部门前来考察调研。同年11月，交付安置房1565套，安置2400人。

在建设新村村安置项目过程中，祥嘉公司连续投入4000多万元，引导和帮助村民成立产业公司，并将总造价4亿元基础工程分包给产业公司，既保证拆迁户产业利润最大化，也提高了征地安置效率。祥嘉公司还提前投入18亿元优先建房安置拆迁户，并增加1700万元提高装修标准，让拆迁户住上满意的新家。

统一规划，集中安置，分批供地。祥嘉公司从小区选址、建筑规划到施工建设，让拆迁户全程参与，并在优质位置建商铺，让拆迁户过上“有住、有租、有铺、有保、有福利”的生活。祥嘉公司还投入2000多万元支持新村各项活动和公益事业，有效解决拆迁户行路难、上学难、就业难、保障难等民生问题。诸如这些，都是祥嘉公司雄厚实力和勇担社会责任的证明。

不得不说，建新花园的创新模式和方法，让人们切身感受到了阳光拆征、和谐安置的工作成效，破解了拆迁户安置与入住后管理难的问题。作为全区征地拆迁安置用地开发示范点，建新花园安置经验得到了广泛赞许，走出了一条“政府搭台，企业唱戏，拆迁户受益”的三方共赢征拆安置路。

为牢筑品质“生命线”，祥嘉公司董事长覃炳才多个场合强调：“市场是海，品牌是帆，品质是船。只有坚持不懈抓品质，重视业主全居住周期需求，不断优化产品结构，用造桥的高标准造房，才能真正树立优良国企品牌和口碑。”

细节提升品质，美好源于初心。覃炳才同时表示，未来，祥嘉公司将不忘初心，用责任担当助力城市发展，用国企的实力与气度为梦筑家。目前祥嘉公司开发建设有9个项目，总建筑面积240万平方米，总投资额达200亿元。

用心国企，匠造精品楼盘

五象新区作为南宁楼市热点区域，地段优势明显，城建、生活配套日臻完善，各大楼盘关注度颇高。而实力祥嘉匠心打造的千亩人居大盘——路桥·壮美山湖，自然成了时下“网红盘”。

2021年的第一个周末，路桥·壮美山湖首期开盘，千人到场选房，所推房源全部售罄。克而瑞2021年2月南宁房地产企业销售数据显示，路桥·壮美山湖以14.81亿元销售金额及11.81万平方米销售面积，成为南宁市2月房企权益销售金额、权益面积、全口径金额榜单三冠王。祥嘉投资有限公司实现首度登顶南宁市房地产销售月度榜的目标，创下近十年南宁市2月房企销售金额新高的业绩。

而从项目来看，路桥·壮美山湖不仅占据“铁+学+商+湖”优质资源，自身规划有近20万平方米自持商业，其中二期规划5万平方米社区商业、2个文化活动站、8000平方米商超和1500平方米农贸超市等，还规划有“五重”景观，搭配水景、凉亭、石景、草坪等，配设了不少休闲会客区。

户型设计更用心。以141平方米“4+1”房为例，方正格局，拥有4.5米大开间，外接全赠送景观大阳台，生活阳台连接书房，次卧搭配全景飘窗，大主卧配备独立卫生间和衣帽间，彰显高端、大气、舒适的人居体验。

作者：程武宁、余先任、邹慧

供图：祥嘉公司

重庆安特管业有限公司

双管齐下做好"管"

公司董事长、党支部书记何超在职工大会上讲话　摄影：张静

重庆安特管业有限公司成立于2013年，是重庆市合川区重点招商引资企业。公司坐落于合川区网络安全产业城，主要生产PVC-U双层轴向中空壁管、HDPE热态缠绕结构壁（B）型管、一体化污水处理设备、塑料检查井、海绵城市雨污处理系统等，年产量可实现30万吨成品管材。公司自成立以来始终坚持党建引领与技术创新两手抓的发展思路，不断推动企业高质量发展。目前，公司已拥有50余项专利技术，发展成为年销售额突破亿元，产品销售范围覆盖重庆、四川、云南、贵州、广州、湖北等地区的管道生产企业，为国家经济社会发展作出了积极贡献。

党建引领，匠心筑梦

"公司的发展离不开两大动力，一个是党建，一个是技术创新。"重庆安特管业有限公司董事长、党支部书记何超说，加强党建有利于稳定队伍，凝聚人心，能够吸引更多的人才加入企业发展中来。

为扎实抓好党建工作，何超提出了"创建一个品牌、落实五项抓手、对标五项检查"的工作思路。创建一个品牌，企业在遵循党建工作基本规律的基础上，积极引入品牌理念，开展党建品牌创建活动，通过创建活动，切实加强党支部自身建设，并结合主要任务和工作重点，通过深入探讨、多方论证，找准企业开展党建创新的切入点和突破口，科学提炼出党建品牌的名称、内涵和目标等，因地制宜制订出品牌创建的具体方案。落实五项抓手，即学、讲、看、想、用，党支部制订党建工作和教育学习计划，通过开展书记讲党课、主题党日集中学习、党史学习教育等"规定动作"，支部还组织党员参观红色教育基地等活动，不断提升全体党员的政治素养和政治站位。同时，积极发挥党员的先锋模范作用，将所学所悟运用到具体工作中。对标五项检查。党支部通过责任落实、费用独立、加强互动、载体落实、评价效果五种方式，推动党建工作由虚作实，取得实效。

技术创新，质量兴企

走进重庆安特管业有限公司，一排排直径一人多高的高密度聚乙烯缠绕结构壁B型管格外醒目，这是该公司的一款拳头产品，更是公司多年来坚持技术创新的具体体现。

高密度聚乙烯缠绕结构壁（B型）管材又名克拉管，是一种内壁光滑，外壁为螺旋形状加强肋，由螺旋热态缠绕工艺制成的异形结构管材；高密度聚乙烯缠绕结构壁管以高密度聚乙烯树脂为主要原材料，以聚丙烯（PP）单壁波纹管为辅助支撑结构，制成的一种具有较高抗外压能力的特殊结构壁管材。以前，这种管材由于成本和技术等原因，只有西方发达国家能够生产。

"公司积极引进先进设备和技术，加大科研力度，让克拉管的生产变成了可能。"据公司技术部负责人文方金介绍，公司自主研发投用了如L型电容双面连接等多项专利技术，并严格生产工艺流程，终于生产出了质量合格的克拉管。目前，重庆安特管业有限公司生产的克拉管已运用到市政工程、河道治理等领域，受到各方青睐，每年也为公司带来了不错的经济效益。

重庆安特管业有限公司自成立以来，始终坚持技术创新，不断加大研发投入。通过多年发展，公司组建了产品设计团队，并建立了塑胶实验室、塑胶检测室等一批科研机构，现拥有专利50多项，被重庆市知识产权局评定为知识产权优势企业。公司还通过了ISO9001质量管理体系认证、知识产权管理体系认证等。公司产品获区级及市级立项支持，多项产品填补了西南市场空白。

近几年，重庆安特管业有限公司还积极参与社会公益事业，捐款捐物支持基础设施建设、产业发展、疫情防控等，体现了负责任企业的担当和情怀。

作者：黄胜

左图为公司董事长、党支部书记何超主持召开职工大会；右上图为开展党史学习教育；右下图为厂区全貌　摄影：张静

重庆城投基础设施建设有限公司

以“红色引擎”引领高质量发展

链接：重庆城投基础设施建设有限公司成立于2020年，是重庆市城市建设投资（集团）有限公司的国有全资子公司，主要承担跨江大桥、市政道路、穿山隧道等市级重大项目建设。该公司自成立以来，充分发挥城市基础设施建设主力军作用，积极投身于成渝地区双城经济圈建设，服务“一圈两群”协调发展，助力西部（重庆）科学城建设，相继荣获重庆市科技进步一等奖、中国公路学会科学技术二等奖、中国交通运输协会科学进步二等奖等多项省部级奖项。

山水之城，桥都重庆。一条条道路、一座座桥梁犹如大小动脉般纵横交错，错综复杂。在许多道路、桥梁、隧道的背后，有一个共同的名字——重庆城投基础设施建设有限公司（以下简称“城投建设公司”）。

城投建设公司自成立以来，扛起“城市重大基础设施总承包、总代建”的“大旗”，坚守初心和使命，发挥党建的“红色引擎”作用，全力当好城市基础设施建设“主力军”，在市政工程建设、深化转型改革、科技创新发展、履行社会责任等方面交出了一份出色的答卷。

勇于担当新使命，奋发进取开新局

担当新使命，奋进新时代。为更好履行市政府赋予的“新三总”职能定位，加快市场化战略转型，2020年7月，市城投集团组建了城投建设公司，承担起跨江大桥、市政道路、穿山隧道等市级重大项目建设任务。目前，承接了48个市级重大项目，总投资约2100亿元，其中续建项目23个，新开工项目6个，储备项目19个。

聚焦全新使命，城投建设公司围绕主责主业，加强顶层设计，从人才队伍建设、精细化管理入手，压实各级责任，强化项目现场进度管理、安全管理、质量管理，形成网格化管理机制，助推重点项目建设跑出“加速度”。

在城投建设公司成立的第一年，一纵线成渝高速至华岩隧道西延伸段、四横线（郎坪段）改造、西环立交、含谷立交10条匝道和南北连接改造4个续建项目完工，进一步完善了重庆西部快速路网骨架，提升重庆向西立体交通枢纽城市功能。今年，科学城隧道、陶家隧道、金凤隧道陆续开工建设，土主隧道提前贯通，将加速成渝地区交通基础设施的互联互通，助力成渝地区双城经济圈建设，促进“一区两群”协调发展，助推西部（重庆）科学城建设。

为提升“智慧基建”水平，城投建设公司依托校企合作，成立联合创新合作协议签署暨协同创新研究中心、研究生培养实践基地，共同打造城市建设科技创新高地，孵化出科技成果奖12项。《渝长高速复线连接道BIM应用》获2020全球工程建设业卓越BIM大赛第一名，城投建设公司获重庆市科技进步一等奖。

这些答卷，见证着城市建设的发展，也见证着城投建设公司的使命和担当、辛勤和付出、成长和发展。

改革转型创新路，双轮驱动谋发展

转型改革是企业发展的必由之路。“逐步将城投建设公司发展成为国内一流的专业化的建设代建公司。这既是一个目标，也是公司转型改革发展的方向。”城投建设公司负责人说。

为此，城投建设公司坚持公益与市场并驾齐驱，效益与发展齐头并进的“双轮驱动”发展战略，做实做优公益性建设项目，做强做特市场化建设项目。城投建设公司积极探索、勇于实践，市场化发展取得了突破，有力提升了国企市场竞争力。

市场化项目破局。按照城投集团市场化转型改革要求，城投建设公司主动融入市场参与竞争，首次作为代理业主，用市场化竞争

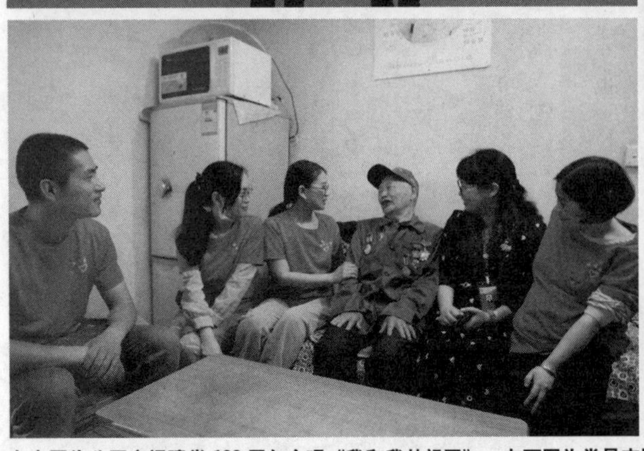

左上图为公司庆祝建党100周年合唱《我和我的祖国》；左下图为党员志愿者看望学田湾社区抗美援朝老战士金瑞华；右图为拓展培训，培育团队精神

城投建设公司建设的部分工程。左图为重庆蔡家嘉陵江大桥；右上图为重庆金凤隧道工程（主城区段）隧道口；右下图为含谷立交改造工程

方式承接了中国（重庆）康养高技能人才实训基地暨老年康养中心项目的建设代理工作，迈出了公司项目建设管理市场化的第一步。该项目于2020年11月22日开工建设，建设用地约130亩，建设规模约7.1万平方米，总投资约5亿元，为全国人社系统首个获批建设的国家级康养高技能人才培训基地和老年康养中心项目，项目的建设与投用将进一步提升公司的行业影响力。

市场化转型发力。探索作为社会投资人身份，参与两江新区—长寿区快速通道、中心城区至涪陵、中心城区至永川荣昌三条融城通道建设工作，负责融城通道项目的投、融、建、运，进行市场化投融资运作，推进都市区融城通道网络成型，加快构建以城市快速通道为主骨架的主城都市区城市道路系统，实现各种交通方式高效衔接，形成以人为本、层级分明、互联互通、协同发展的城市交通一体化网络，更好地发挥城市的综合效益和引领效果，唱好“双城记”，建好“经济圈”。

这些转型改革探索实践，在帮助城投建设公司持续做大做优主责主业的同时，也极大地激发出高质量发展的新动能。

党建引领聚合力，关注民生增福祉

做好民生实事，践行国企担当。城投建设公司注重发挥党建对各项工作的统领和支撑作用，党员积极投身于民生项目建设、服务群众等生动实践中，推进党建与业务工作的双融合、双促进、双提升，形成“讲正气、干实事、促发展”干事创业氛围，以高质量党建引领公司高质量发展。

在工程建设项目一线，城投建设公司与参建单位联合成立党员突击队带头攻坚克难，一起为城市建设贡献力量；在社区，党员为空巢、独居老人志愿服务……城投建设公司在党史学习教育中，各个活动现场如火如荼，飘扬的党旗犹如“红色引擎”，汇聚着发展的强劲动力。

党建做细了就是凝聚力，做实了就是生产力，做强了就是竞争力。

围绕项目打造党建示范样本。以蚂蟥梁立交改造项目、李家沱南引道项目为依托，积极培育创建“党建示范点”，共创廉洁文化、共建党建品牌，向市民展现城投建设的项目形象，这是城投建设公司党建工作的一大特色。

践行民生责任为民办实事。城投建设公司党委与渝中区上清寺街道学田湾社区党委建立党建共联共融共享实践机制，落实国企党员进社区活动，以聚心苑小区作为援建点，推进13项活动清单，通过国企进社区为群众办实事，切实提升人民群众的幸福感、获得感。

这一系列行动，展现了党建工作成效，展示了企业形象，彰显了国企责任与担当。

启航新征程，扬帆再出发。城投建设公司将不忘初心、牢记使命，坚持从百年党史中汲取继续前进的智慧和力量，以饱满的热情、高昂的斗志投身于成渝地区双城经济圈建设，服务“一区两群”协调发展，助力西部（重庆）科学城建设，为重庆城市建设做出新贡献！

作者：曾志凯

摄影：蒋莉、杨福斌、向华林

西南油气田分公司蜀南气矿

奋进千万吨　建功300亿

如何用“管理的杠杆”撬动“生产力”，从而提升效益？2020年以来，西南油气田分公司蜀南气矿结合“前期、过程、后期”投运工作实践，摸索总结出“三步投运法”，实现了投运工作的全面提速，仅用24天，助力长宁区块日产量实现了从1500万立方米到1700万立方米的“两连跳”，为公司全面建成300 亿战略大气区、百亿立方米页岩气田打下了坚实的基础。

这只是蜀南气矿把主题教育活动贯穿于生产经营的具体实践，与提质增效专项行动有机融合、一体推进后，用真抓实干的成绩交出了一份合格的“答卷”。上半年，该气矿油气产量提前实现“双过半”，超额完成控减投资、成本阶段性任务。

“时间轴”，抓实思想发动

点滴降成本，全员“抠”效益：哪里是生产现场，哪里就有党

蜀南气矿员工认真巡检　摄影：肖毅

旗高高飘扬。自2020年4月28日西南油气田公司党委组织召开“战严冬、转观念、勇担当、上台阶”主题教育活动宣讲会以来，蜀南气矿从加强组织领导、落实宣贯责任入手，抓实抓好全员思想发动，确保主题教育活动以最快速度延伸到基层、覆盖到全员，为建设千万吨级大油气矿铆足干劲、增添底气。

5月14日，蜀南气矿主题教育活动专题网页上线；同日，召开主题教育活动宣讲视频会，气矿党政主要领导分别作专题宣讲；5月16日，在“功勋气井”自2井投产60周年之际，发出《发扬自2井精神，打赢提质增效攻坚战》倡议书，为主题教育活动注入强劲的精神动力；5月18日，发出《全员迅疾行动比什么都重要》的评论文章，持续加大思想动员引导力度。

按照公司党委的总体安排，完成《蜀南气矿领导班子成员提质增效专题调研及“战严冬、转观念、勇担当、上台阶”主题教育活动宣讲计划》编制，发布《蜀南气矿“战严冬、转观念、勇担当、上台阶”主题教育活动落实方案》；编辑发布气矿《主题教育活动学习资料汇编》；气矿党委中心组召开“主题教育活动专题学习研讨会”，开展了班子第一轮专题大讨论，5位班子成员做了交流发言，为全矿掀起大学习大讨论热潮作出了积极示范。

5月27日，气矿在纳溪西压气站开展“以工匠之心，逐梦千万吨”劳模主题日活动，集团公司劳动模范陈晓华等3名同志发言，交流精细管理经验；气矿近年来被评为劳动模范的40名员工参加活动、交流学习，“气韵蜀南”微信公众号及时发布《提质增效劳模来“战”》图文作品，气矿上下发出投身提质增效行动的铮铮誓言。

其间，气矿领导班子成员紧扣“技术攻关、油公司变革、数字化转型”等热门话题，以工作调研、“四不两直”检查等方式持续深入开展调研宣讲；气矿各基层单位结合建党99周年活动开展主题教育党课，丰富专题学习和宣讲的载体，把提质增效的形势、目标、任务、责任讲清讲透；气矿自上而下持续推进主题教育活动专题学习和专题讨论，着重围绕“当好天然气增储上产主力军、当好页岩气规模开发排头兵”谈体会、找差距、想办法，全面分析研判气矿发展机遇和困难短板，引导全员牢固树立过“紧日子”的思想，大力发扬“无私无畏、精耕细作、团结拼搏、勤俭持家”的自二井精神，以“硬碰硬”的招法、“实打实”的举措，最大限度地强化成本管控。

6月8日，气矿党委召开专题会，对西南油气田公司党委书记、总经理谢军来矿调研精神再学习、再领会；6月30日，气矿党委中心组召开主题教育活动第三次专题学习研讨，6位班子成员做专题讨论发言；7月7日，气矿召开提质增效调研成果交流会，气矿领导班子成员分别介绍了个人的专题调研成果，进一步凝聚了班子集体调研报告的思想共识。

截至7月25日，气矿两级班子开展中心组专题学习研讨75次，全矿开展主题教育宣讲533场，开展大讨论172场，形成了人人受教育、人人思进取的良好局面；加大专题宣传力度，在人民网、《四川工人日报》等媒体发表通讯《以“绣花”功夫织就“千万”新篇——蜀南气矿提质增效精细开发生产侧记》，形成了“战严冬、转观念、勇担当、上台阶”良好舆论氛围。

“一盘棋”，抓实措施推进

火车跑得快，全靠车头带。活动开展以来，气矿党委明确党建工作和生产经营同频共振、同向发力的“一盘棋”思路，站位高、融入快、接地气，列出25项具体任务清单，强化党建引领作用，党员带头打响提质增效攻坚战，深挖提质增效潜力、攻关“卡脖子”技术等重点难点任务，成为引导全员“立足岗位做贡献，与企业同呼吸共命运”的主心骨和“领头羊”。

“再难也要干，要干就干好。”近期，从老区到新区，各级党组织和1400余名党员切实发挥“尖刀连、排头兵”攻坚作用，抓住突出问题和关键环节，找出制约症结，以改革创新的精神着力解决制约勘探开发、生产销售的思想观念、体制机制、方式方法等诸多问题。威远采气作业区威202井区中心站党支部迎战应急抢险、异常情况处置等急难任务，采取单井间歇开井方式，仅3个月开井31次，增产气19.5万立方米。长宁页岩气作业区和安岳采气作业区均成立新井投产党员突击队、清管通球突击队、设备检维修突击队等，以实际行动当好增储上产的主力军。

深山建设忙　摄影：熊晓奔

主题教育活动凝聚的力量，不断转化为提质增效行动的动能。气矿持续推进“五新五小”岗位实践，已形成74项创新创效攻关成果，已有80个班组参与到此项活动中来。认真总结提质增效行动中的经验做法，气矿向分公司上报《系统分析，统筹调度，实现长宁－威远页岩气高效外输和经济运行》《泸203 井停用水套加热炉的生产调控，实现无人值守》等31个优秀项目；向分公司相关部门报送了《汽服中心开拓思路积极探索提质增效新途径》《一口“封堵井”的新生》等典型案例，安岳采气作业区报送的《自主研制分离器排污流程专用解堵工具，助推高石梯区块平稳生产》案例被集团公司主题教育活动简报采用。

“严细实”，抓实管理落地

“开展主题教育活动，决不能忽视基层的力量和智慧，这是推动提质增效专项行动往深里走、往实里走的重要保障。”在7月的月度生产经营分析会上，西南油气田公司总经理助理兼蜀南气矿矿长唐建荣深有感触地说。

思变于心，蝶变于行。执行生产控制指标的关键在班组、在基层。秉持“一切成本皆可降”的理念，念好“严细实”管理“三字诀”，气矿在项目管控、生产组织、基础管理等方面精准施策打出“组合拳”，助推提质增效“亮点频闪”。

严格项目管控，提升管理效能。着力优化井工程与地面建设设计方案，提高钻探时效性，降低钻前投资；加大对隐患治理、新工艺新技术的预算投入，严格外委费用管控；加强物资采购成本控制，采取集中采购、错季采购等措施，力促全矿投资成本压减目标实现。

细化生产组织，注重精准发力。统筹新区上产和老区稳产，持续推进精细、效益开发，气矿组织技术力量对长宁、威远区块外输管网运行现状、脱水装置处理能力、下游销售市场等进行综合分析，对气井“全生命周期”跟踪和动态管理，确保压缩机组等重点设备“安、稳、长、满、优”运行，实现天然气产量“颗粒归仓”。截至6月30日，川南页岩气日产量超2800万立方米，年产量超45亿立方米。在老气田，井4井中心站党员同志冲锋在前，集思广益，寻觅开井良方，上半年增产天然气40.86万立方米；副31井通过反复试验论证，优化配比气井泡排药剂量，节约药剂费共计2.8万元。

实招查改短板，优化基础管理。气矿各单位主动探索改进方法、创新工作模式，通过优化运行参数、定期检修等方式，科学管理现场设备，降低运行成本。威远采气作业区组织专业技术人员现场查找分析压缩机故障停机、气田水泵故障率高、工作效率低的原因，落实整改措施，整改后压缩机组运行使用时间由720小时提升至4000小时，增产气量152万立方米，节约维修费用5万余元；旋喷泵处置水量由每小时6立方米提升至17立方米，全年可节约电费、维修费近14万元。6月14日，气矿采用“变粘滑溜水＋变排量加砂”压裂工艺，有效提升了加砂强度和储层改造效果，使荣昌北区块荣234H井最高测试日产量达到16.8万立方米，展示了荣昌北区块良好的勘探开发潜力，更坚定了实现川南页岩气提高单井产量和实现中长期发展规划目标的信心。

贵州东亿电气有限公司

从“45天”到“15亿支”

冬腊交替时节，位于大龙开发区园区的贵州东亿电气厂区一角，几只喜鹊欢快地跃动在枝头。另一边的生产车间内，机器运转、工人忙碌，生产氛围紧张有序。

于2013年底，经招商引资落户开发区的东亿电气，初来乍到便得到地方政府积极服务，上演了“东亿奇迹”——仅用45天就实现从选址到建厂试产到年产量将达15亿支，再到产品热卖订单排到明年3月。

6年来，这家“陌生”企业已被当地及周边群众所熟知，产品远销世界80多个国家和地区，系全球最大打火机生产基地。

“服务＋步法”解决招工难

东亿电气落户大龙较为顺利，但新企业、陌生的打火机产业等标签，让企业不得不面对“招工难”问题。

“在这里上班真的能挣到钱吗？”“我没接触过这个行业，好不好做？”等等疑虑，让企业招工陷入困境。

地方政府发动力量，在辖区各村（居）各组各人流密集点进行企业招工宣传，有就业意愿的劳动力走进企业，仍旧心有疑惑。

企业负责人欧阳俊杰从事打火机行业已25年时间，有着丰富的管理经验。“打火机是生活常见物品，但售价不高，员工容易误解为‘不挣钱’。企业刚落户不久，没有建立品牌效应，不信任也是正常的。”

作为劳动密集型企业，员工是支撑发展的核心要素。为消除当地群众的疑惑，解决企业招工问题，欧阳俊杰采取“3步法”措施——

召集新进员工开座谈会，从工资待遇、就近就业便利等方面“留”人；

从湖南那边抽调资深老员工过来进入各生产环节，示范操作技能和做工效率；

到车间做思想工作，约定3个月工期后对待遇不满意的，可随时结账离开。

事实上，打火机一线工人在一周内便可掌握生产技能，很快就能上手，熟悉后计件工资也比较可观，员工安定下来并口口相传、向亲友推荐介绍，东亿电气的用工难迎刃而解，迅速步上发展正轨。

“工资＋晋升”打造向心力

如今，东亿电气有岗员工1400余人。从企业运营至今，用工稳定，没有出现员工因工资拖欠而离开的情况。

“在这里上班的员工，月平均工资超过3500元。拿4000—5000元工资的不在少数，够麻利的，每月还可拿到更高工资。”欧阳俊杰手机上11月工资发放册显示，自动线生产车间有员工月收入超过7000元。“能如期拿到劳动所得，员工做起事干劲十足。”

打火机产业利润空间低，作为核心生产要素的劳动力成本占比大。在工资水平不变前提下，提高管理效率成为增加利润的现实途径。

东亿电气车间主管等岗位上的中层管理人员，有50%是从一线员工中提拔的。“提拔表现突出的基层员工到管理中层，能以开放的晋升渠道激励员工拿出更好的表现。同时，从基层出来的管理人员积极性有保证，且有群众基础，便于工作开展。”欧阳俊杰认为，此举有利有弊，但总体利大于弊。“打火机是个低附加值产业，员工文化水平在初中中的最为普遍。我们不要求一线员工有高文化，但管理人员需要有相应水平。2019年我们组织管理人员上下半年各进行了一次管理意识、管理素质的培训。明年，我们要每季度都举行一次，希望真正帮助员工成长，更好地服务企业、成就自己。”

“产能＋储备”构建竞争力

各种生产原料从上游企业汇聚来到东亿电气后，小小打火机从

无到有还要经过注塑、焊接、面阀、充气、翻板、质检、贴标、包装等多道工序。企业产品有点火枪、打火机、电子防风机、砂轮机、多功能机5大系列80余种产品。

“2019年已完成10亿支打火机生产，较上年增加3亿支，实现年产值6亿元。企业出口率达到97%，2019年出口额累计达到1亿美元。”欧阳俊杰介绍，作为一家大型的、占全球行业主导地位的劳动密集型企业，东亿电气的技术改造一直在继续。

“我们已完成部分生产车间的半自动化、自动化改造，根据当前产能预计，2020年我们的年产量最少可再增加3亿支。而要达到预计的15亿支目标，机械设备的更新换代还需要投入1000万元以上资金。”

东亿电气落户以来，立足产业壮大，集聚了联航陶瓷、卓颖包装等8家上游企业落户组成完整的打火机产业链抱团发展。15亿支打火机目标年产量将带动全线增加1500个就业岗位。

目前，东亿电气主打产品为电子打火机、电子防风机以及点火枪。而为了应对随时可能出现的新的市场需求，企业同样在研发领域花了大力气，储备并更新着高科技含量、高附加值的高端打火机生产技术。“商场如战场，落后就要挨打。与其追着市场跑，不如跑前面点，等着市场出现。”

“我们预计腊月十八放假，把所有员工的工资、奖金全部结清。我们都辛苦了整整一年，该回家过个热闹年。”欧阳俊杰并不担心春节后的员工返岗问题。“正月初九前后复工复产，我们的返岗率一向都很理想，毕竟工资待遇、企业信誉都有保证。”

摄影：龙启武

贵州清镇华润燃气有限公司

筑牢安全防线 守护万家温暖

清镇市华润燃气公司总经理罗适（右一）检查指导工作 摄影：何沁

保民生、保安全、保重点、保稳定，是对人民许下的庄重承诺。本着这份承诺，贵州清镇华润燃气有限公司始终践行“安全第一、精细管理、勇于担责、服务社会”的宗旨，坚决扛起作为央企的社会责任，将人工煤气置换成清洁能源天然气，千方百计确保供气管道运行安全可控。重组改建6年来，公司销气量、经营收入、净利润等主要经营指标迅猛增长，绿色清洁的天然气能源和纵横成网的供气管道，守护着万家温暖。

抗击凝冻保民生，践行企业社会责任

2021年1月5日，清镇华润巡检员廖勇和孙家林像往常一样开着皮卡车，一路仔细巡检沿途管线。每到一处，他们都会用专业测漏仪检测阀门或调压站有无漏气，切实确保居民和企业用气安全。

“低温雨雪凝冻天气迫在眉睫。我们正抓紧时间全面检查片区内的设备设施，排查安全隐患，做好应对准备。”廖勇说。

每天巡查近200公里，每月巡查200多个站点，这已成为安全巡查员的工作日常。进入冬季用气高峰期，他们肩上的责任更重了，总是一步一步走完每条管线，一处一处检查每个站点。

数据显示，清镇市现有燃气用户70000户，其中居民用户69500户、工商业用户500余户；燃气管网总长度450公里，其中，次高压管网54公里、中压管网240公里、低压管网186公里。

来到莲花山LNG气化调峰站，6个巨大的储罐映入眼帘，运输车正将液化气灌入储罐中。

“进入冬季供气高峰期，清镇市每天的供气缺口约10万立方

莲花山 LNG 气化调峰站　摄影：何沁

米。公司急政府所急、想群众所想，多方筹措气源，每天都从四川、重庆等地运来液化气。眼前这6个储罐的储气量约为54万立方米，可为主城区居民供气一周，再加上管道供气，基本可满足居民冬季用气需求。”该公司副总经理董鹏说。

董鹏介绍，受疫情影响，全国范围内能源供应略显紧张。进入冬季后，清镇市日均用气约40万立方米，天然气供应存在缺口。为弥补供应缺口，确保不停气、不断供，外地运来的液化气源源不断送至莲花山 LNG 气化调峰站。此前，清镇华润还未雨绸缪地制订了冬季应急保供方案，针对冬季天然气供气过程中可能出现的极端天气、生产事故等突发应急事件，提前确定应急响应措施。

涅槃重生谋发展，升级换代借船出海

从最初一年仅供气800万立方米，到现在一年供气1.1亿立方米，数年来，清镇华润的供气量增长十余倍，天然气已成为清镇企业和居民生产生活中必不可少的低碳能源。实际上，在清镇华润成立之前，清镇还停留在人工煤气时代。

过去，清镇市辖区由清镇市煤气有限责任公司负责供应人工煤气。随着时代发展，清镇煤气公司面临越来越多的问题——人多负担重，技术力量薄弱；企业连年亏损，安全管理薄弱，事故隐患突出……诸多困境让清镇煤气公司的发展难以为继，借船出海成了企业的出路所在。

2012年，华润燃气集团考察清镇，有意对清镇燃气市场进行投资。在此背景下，华润燃气与清镇煤气迅速对接，几经协商达成共识，双方合资共同成立公司。2014年，清镇华润燃气有限公司正式成立。

清镇华润成立后，首先要解决的便是“无气可用”这一难题。当时，清镇市未被列入贵阳市天然气总体利用规划，为破解气源困局，莲花山 LNG 气化站建设被提上日程。2014年2月，莲花山 LNG 气化站开始施工建设，次年4月投入试运行，向清镇城区供气，曾经创下日供气13.5万立方米的记录。

莲花山 LNG 气化站的投用，让公司突破发展瓶颈，更让清镇从煤气时代进入天然气时代。

后经多方努力，贵阳市将清镇市纳入天然气总体利用规划，使清镇市拥有了使用长输管道天然气的资格。与此同时，清镇华润主动对接中缅天然气长输管线，规划建设石关天然气门站。

2015年4月，石关天然气门站开工建设，次年9月建成投用，日输气量最大可达200万立方米。清镇市自此真正用上管道天然气，全面开启绿色能源新时代。

发展壮大，需要抢抓时机。在云站路建设的同时，清镇华润克服跨山过河、无施工作业面的困难，同步推进次高压管道建设，此举不仅节约建设成本，也为后期发展夯实基础。在实施老马河次高压管道工程时，清镇华润考虑到维护时光贵州景区总体美观等因素，最终选定难度更高的定向钻穿越方案，历时半年完成430米河底天然气管道埋设。清镇华润还紧扣铝城大道开发时机，同步建设天然气管道，历时14个月建成54公里次高压天然气管道，为清镇经开区铝产业发展配齐用气基础设施。

每年，清镇华润在基础设施建设方面的投入至少达6000万元。“目前，我公司供气管道已覆盖清镇主城区和清镇经开区，甚至延伸到大多数乡镇。‘十四五’期间，新店镇和暗流镇也将实现全覆盖。同时，我公司还缩减管理天然气报装流程，力争最短时间帮助企业施工通气，助力优化营商环境，与清镇市共同发展。”该公司总经理罗适说。

安全管理不放松，全面构建管控防线

2021年1月6日，在中控室一一核实完数据后，石关天然气门站值班工作人员张德志来到门站核心区域进行实地检查。“进行实地检查，必须先去掉人体所带静电，更不能带手机。遵循这些要求，只为‘安全’二字。”张德志说。

检查完成后，张德志再度回到中控室，通过电脑仔细核对仪表数据与系统监测数据是否相符。“石关门站是中缅管道天然气进入清镇市的总开关，对于天然气进出站的压力、温度和流量都有严格要求，不能有丝毫差错。唯有严格按照标准管控，才能切实确保用气安全。”张德志说。

作为一所“没有围墙的工厂”，天然气供应安全的重要性不言而喻。清镇华润在建设期委托的设计、施工、监理等外协单位，均是华润燃气集团入围的有资质单位。设计单位严格按照行业标准进行设计，施工单位按燃气工程标准施工，监理单位对施工质量、安全进行监督控制，从建设源头上消除安全隐患。

“特别是在老旧管网改造方面，公司严把安全关卡，花了很大力气。”罗适说，清镇华润专门委托华润成都工程公司，对所有需改造的管道进行无损探测，检查其运行状况、埋设位置及深度，共计探测主干、支线及庭院管道132公里；对状态差的管道有计划地进行改造，先后改造老旧主干管道约10公里。

清镇华润还定期委托第三方对燃气管线进行安全评价，确定年度隐患管理目标，建立问题隐患和制度措施“两个清单”，逐步完善风险分级管控及隐患排查治理双重预防机制建设，构建有目标、有措施、有检查、有监督的闭关管理机制。截至目前，公司完成老旧管线改造30公里，改造设备设施120余台，安检率达100%。

绷在清镇华润工作人员心间的安全弦从未松懈。然而，安全理念不仅要植根于企业，也要植根于居民群众。在清镇市的大力支持下，清镇华润每年均与清镇市住建局联合开展进社区、进家庭、进农村、进企业、进学校“五进”安全宣传活动，借此提高全民安全用气意识，养成安全用气习惯。

“一直以来，我公司不断建立健全各项安全管理制度、流程，做到安全工作有据可依。”罗适说，今后，清镇华润仍将本着对用户高度负责的态度，及时排查、处置安全隐患，确保天然气安全稳定供应，努力做到用户满意、股东满意、政府满意、员工满意、群众满意，筑牢安全防线，守护万家温暖。

作者：何沁

广东省云浮市烟草专卖局

打假打私强服务 利国利民优发展

查获的过境走私卷烟

2019年以来，云浮市烟草专卖局以习近平新时代中国特色社会主义思想和党的十九大精神引航领路，秉承行业“国家利益至上，消费者利益至上”的根本宗旨，在国家局、省局，云浮市委、市政府的正确领导下，坚守初心、担当使命，面对假烟冲击、走私猖獗的卷烟市场形势，紧紧抓住“本地市场清理”及“打击过境走私”两个工作重点，以披荆斩棘、攻坚破壁的精神开展相关行动，持续保持卷烟打假打私高压态势，有效打击了不法分子的嚣张气焰，并精准对接群众需求，打造便民、高效的行政许可服务，用实际行动交出了一份群众满意的答卷，有效地稳定了烟草制品市场秩序、维护了消费者切身利益、保障了财政收入平稳增长，为推动云浮高质量发展作出积极贡献。

坚持民意导向，努力打造优质高效便民行政许可服务

全面推行“互联网＋政务服务”。为迅速响应推进烟草行业“放管服”改革的部署要求，云浮市烟草专卖局积极做好政务服务网接入工作，以市局为主导，云城、云安、罗定、郁南、新兴5个行政服务办证窗口均已顺利进驻政府网厅，全市范围内烟草专卖许可证新办、延续、停业等事项，均可通过“广东政务服务网”申请办理，全面实现了烟草专卖零售许可证“一网通办”，为烟草许可办证由“最多跑一次”向“争取不用跑”的目标迈进夯实了基础，用“数据跑腿”代替“群众跑腿”，让群众办证更快捷、更省事、更高效。

不断完善行政许可服务流程。深入推进行政许可标准化建设，科学细化量化服务标准。对行政许可事项，提供现场咨询和网络、电话、邮件等多种咨询方式和渠道，为企业和群众办事提供清晰指引；推行“一次办”，符合法定受理条件、申报材料齐全的一次办结；严格落实信息公开、一次性告知、首问责任、服务承诺、责任追究等制度规范，要求窗口服务做到“一口受理、限时办结、规范办理、透明办理、网上办理”。持续提升行政许可事项办理服务水平，增强零售户和相关从业人员的获得感、满意度。

持续深化行业“放管服”改革。多渠道、多方式加强宣传烟证办理新模式，让公众充分了解网上申办烟草专卖零售许可证的渠道和途径，提高社会对烟草政务服务深化改革的关注度；同时，积极支持配合推动烟草专卖零售许可证微信办理功能上线，力争早日并入省政府“粤省事”微信办证平台，做好烟草许可证、准运证电子化应用上线相关工作准备，为群众提供多渠道、智能化便民服务，切实体现烟草行政服务紧跟时代、利民便民的良好形象。

保持高压态势，聚力形成打击涉烟违法犯罪行为新格局

云浮是广东的“西大门”，是假烟、走私烟从广西入境后进入广东进而流向全国的重要途经地，广东省烟草专卖局多次强调“云浮等粤西地区要始终保持二线拦截陆路运输假烟、走私烟的高压态势”，“二线拦截”是云浮烟草“守土有责”不可推卸的责任，也是“守土尽责”的神圣职责所在。近年来，云浮烟草始终保持高压态势，打击涉烟违法犯罪取得了显著成效。

凝心聚力，巩固完善打假打私协作机制。发挥政府主导作用，主动向政府汇报卷烟打假打私工作情况，取得政府重视与支持；积极与公安、市场监管等部门沟通协调，确保卷烟打假打私合力不松懈；主动加强与省内周边的阳江、茂名以及广西梧州、玉林等烟草部门的沟通交流，建立健全打击非法运输烟草专卖品联合执法工作机制，推动开展跨区域合作和联合执法，筑牢卷烟打私防线。

重拳出击，周密部署打假打私专项行动。以“粤鹰行动”专项行动为契机，保持二线拦截陆路运输假烟、走私烟的高压态势。与公安部门高度配合、紧密协作，不断完善“多警种联动，跨区域配合”的卷烟打假打私联合作战模式，充分发挥“公安主打、烟草主推、多元共治”的卷烟打私长效协作机制作用。烟草专卖人员会同公安执法人员对辖区主干道和高速公路沿线全线巡查防控和“白＋黑”“5+2”全时段进行监控打击，在关键位置实施设卡拦截，实现对走私卷烟车辆的精准打击，遏制卷烟制假贩私猖獗势头。

自2015年以来，共查获涉烟案件4253宗，查获非法卷烟22324.59万支，总案值1.53亿元，取得云浮烟草专卖工作20多项历史突破；2016年至2019年连续四年卷烟打假打私成绩排粤西片区第一名，特别是2019年，查获非法卷烟数量、5万元以上大要案数量、有影响力的案件数量等多项数据再创历史新高，考核位列全省第七名，专卖工作取得历史最好成绩。

筑牢监管防线，全力守护好本地卷烟市场健康良性运行

以开展集中清理整顿促成效。开展重点区域清理整顿。高度重视对本地市场的清理整顿，加大对重点区域的排查力度，严防卷烟

在素质拓展训练中磨炼坚强意志、强化团队意识

制假活动反弹和转移，重点对烟草制假转移活动进行防范打击，严防卷烟制假活动反弹和粤东地区卷烟制假活动向我市转移。从市场销售环节逆向倒查，深挖市场走私烟、假烟的来源渠道，加强情报经营和案件侦办，把个案查处与情报收集分析、扩线经营紧密结合起来，堵源头、端窝点、摧网络。开展重点对象的清理整顿。通过交叉检查的方式，以“连锁便利店”为重点，在全市范围内进行集中清理整顿。

*以信息化数字化监管促高效。*充分应用市场监管信息系统，深入推进“双随机一公开”监管模式基础上，充分发挥市场监管系统信息化优势，充分运用“互联网+”、大数据等现代信息技术，加强对零售户经营信息、违法信息采集、分析，提升市场监管精准度和实效性。重点关注信息维护率、系统模型使用率、检查命中率、移动终端使用率等关键指标，发挥好市场监管系统“指南针”和“监测仪”的作用。

*以治理违法违规大户促实效。*切实加大监管和查处力度，突出对连锁企业特别是违法经营活动较多的连锁企业的监管，针对大户“二次批发、左右价格、扰乱市场”的行为开展专项治理。以日常检查、错时监管、外围调查、蹲守跟控、专销结合、专内结合等方式，对涉嫌违法违规的大户实施重点盯防和打击治理。坚持查处和取缔并重，该责令停业的坚决责令停业、该整顿的坚决整顿、该取消经营资格的坚决取消经营资格，严防违法经营户扰乱市场秩序。

聚焦人才先行，倾力铸造纪律严素质高服务型专卖队伍

*提高政治站位，筑牢思想防线。*每月通过集中学习、观看视频等形式组织开展警示教育、典型教育，熟读通读专卖执法行为规范、廉洁自律准则，引导队伍始终把党的政治纪律和政治规矩挺在前面，进一步筑牢思想防线。同时，建立问责制度，明确将对违反职业道德、组织纪律的行为进行严厉追究、严肃处理，让队伍人员做到心有所畏、行有所止。以思教之声、问责之刃，双管齐下，切实维护专卖队伍的纯洁性，提高专卖队伍严格执法、依法行政水平。

*传导学习压力，提升业务素质。*每年举行全市专卖执法业务培训暨“双能”岗位技能竞赛活动，在高强度的学习、训练、竞赛中武装头脑、提升体能；开展全市卷烟鉴别真伪学习轮训、真假烟鉴别培训班，苦练好专卖人员鉴烟“内功”；县级局每周集中学、市局每月集中抽考，加强对专卖业务知识的掌握。在全省第三季度的抽考活动中，云浮市局取得理论单项和总分“双第一”，其中一人真假烟鉴别成绩以满分获得第一名。全市基本实现专卖人员持技能鉴定证书上岗，专卖技能鉴定中级以上持证率达75%、高级持证率达31%，每个单位至少有1名持国家局真假烟鉴别资格证书人员。

*涵养为民初心，展现服务形象。*坚持党建引领，引导队伍更新观念，树立服务于民、执法为民的宗旨，以党建融工程为契机，切实增强党员服务群众能力。成立“市场监管党员先锋队”，开展错时检查，强化服务监督；开展“连心送法下乡”“送法进店”法制宣传活动，增强群众法治意识；在办证大厅设“党员服务岗”，为前来咨询和办理业务的群众帮难解困。充分发挥了党员的先锋模范作用，展现了专卖队伍管理有力度、服务有温度的新形象，不断纵深推动队伍向服务型转型升级，着力提高人民群众满意度。

供图：云浮市烟草专卖局

云南省龙陵县烟草专卖局（分公司）

算清省工账　增收不是事

链接：近年来，龙陵县烟草专卖局（分公司）先后获得云南省2008年至2013年守合同重信用企业，保山市2013年度文明单位，保山市2015年、2016年烤烟生产先进单位，保山市烟草专卖局（公司）2015年度卷烟销售网建工作先进基层单位、2017年度卷烟营销先进单位，2017年度、2018年度卷烟营销先进单位二等奖，2017年度、2019年度先进基层党组织等殊荣。

在田间地头听到最多的声音就是烟叶生产要“省工、省时、提效益”，但这工怎么省、从哪里省是门大学问，云南省龙陵县烟草专卖局（分公司）多年来细算这笔“省工账”，在“减工降本、提质增效”上下功夫，切实保障了烟农的“增收账”。

提高“技术工”，好处看得见

怎样提高“技术工”？龙陵分公司从四个方面引导。

一是推广膜下小苗节水移栽技术。龙陵县龙江乡的老烟农邱大留给我们算了一笔账“膜下小苗技术是真好，年年我家都是十几亩的烟，这膜下小苗技术用下来首先是这苗30—35天就能栽下地，以前一亩地7盘的常规200孔苗盘现在只用4盘392孔苗盘，一亩地就给我节省了60块左右。”辅导员黄家许提起膜下小苗技术也是眉开眼笑，“从前遇到干旱天气，这烟就老火了，现在的膜下小苗技术在栽种的时候虽然是比以前常规移栽麻烦了点，但是在移栽时浇足定根水前提下，若栽后遇旱10天以上，可节约抗旱成本400—500元/亩（抗旱成本40—50元/亩、天计），这可都是为

龙陵县龙山烟站揭膜培土旺　摄影：杨茂

烟农们省下的钱啊，咱们指导技术的就喜欢这样的好技术，烟农看到这，也愿意学。”

二是大力推行大型机械化耕作。每到春耕的时候，龙陵县平达乡、镇安镇的土地上就会响起轰隆隆的声音，与平达乡烟农杨恩庭的聊天中，感受到的是劳动的快乐“我们这里地平，想着大型机械贵，想省点钱就用的小型旋耕机来预整地理墒成本在 160 元 / 亩左右，见别家开始用上了大型机械，我也想着试试看，这整地的速度可真是不赖，速度上去了，我一算才 140 元 / 亩，还比以前便宜了 20 元 / 亩，对于我们农民，这每亩 20 元算下来也不少了”。

三是大力推广烟夹烘烤。2020 年用上烟夹的烟农赵国仓打开了话匣子：“像我们栽烟面积又多些，这采烤又是抢时机的等不得慢慢来，就得找工，以前用传统编竿，编的慢，2020 年我用烟夹编烟算了算，按照 2.8 担 / 亩计算，传统编竿在 120 竿左右（按 1.2kg/ 竿计），而烟夹在 80 夹左右（1.8kg/ 夹计），在同等编烟量前提下，给我节省了编烟人工成本 50 元 / 亩左右，成本降低了，我这效益就跟上来了。”

四是持续加大生物质燃料烘烤。在烤房旁边的烤烟辅导员杨帅逢人就夸这生物质燃料“一方面稳温效果好，可控性强，烟叶烘烤质量相对更高，提高了烟叶烘烤经济效益。另一方面每天只需早晚各加一次燃料，降低了烘烤人员工作量，节省了用工成本。这成本下来了，烟农们交的烘烤费用也少了，人人都高兴”。

不省“质量工”，效益看得见

提高田间管理质量，向质量要效益。龙陵分公司一是适时揭膜培土抓得早。烟农吴自品说“我家之前就想着省点工，这膜不揭土不培应该也没有什么大影响，结果看了隔壁家的烟揭膜培土，这开片比我的好一大截，收入自然是不用说了，所以今年我也早早就开始守着揭膜培土，这‘质量工’可省不得”。二是鲜烟叶分类抓得好。这烟在田里长得再好，烤不出来也变不成金叶子，辅导员李国华对此深有感触“总有烟农不听指导，就图个省事，不同成熟度、不同素质的烟叶混编在一起，烤出来总是差强人意，这两年大家看到效益了，就知道鲜烟叶分类得好好抓，你看这烟分的整齐，烤的那当然是没话说的”。三是烤后烟叶初分抓得细。讲到这个问题，辅导员胡祖宏也有话要说“部分烟农对专分散收工作要求理解不到位，在烟叶初分环节盲目省工，烘烤结束后直接下竿保管，不按部位、正副组进行烟叶初分，导致烟叶等级纯度差，严重影响烟叶交售效益。以烟叶产量 2.8 担 / 亩计算，折合 120—140 竿，按照烟叶初分 1 元 / 竿计费，合计人工投入成本 120—140 元 / 亩；同等质量、同等数量的烟叶，认真进行初分和不进行初分烟叶交售后效益差在 300—400 元 / 亩。像现在终于知道这个工序省不得，这烟还没烤呢就赶着来问我这烟怎么初分了，这效益看的明白。”

探索“创新工”，效益能持续

“创新”可持续获益，龙陵烟农是这样持续增效获益的，有两条途径：

一是靠龙陵分公司积极推行的采烤一体化获益。充分结合土地流转和产业综合体试点，在烤房设施基础条件好的区域，推行采烤一体化烘烤模式。由合作社统一组织，严格按照“采收—运输—鲜烟分类—编（夹）烟—上炕—烘烤—回潮—下炕”的流程进行作业，通过统一技术标准、统一操作流程，降低烟农在烟叶采收、鲜烟分类、烟叶烘烤以及烤后烟叶下竿初分的环节，因技术标准不统一、操作不规范等原因造成的损失，不断提高烟叶种植总体效益。烟农李成学在听到这个消息的时候表示非常赞同“我们的眼光都不一样，最好就是组织一起搞，这样大家的收入都有保障”。

二是靠探索烟后轮作创新发展获益。发展了龙江乡烟后“细红软”水稻种植、“稻花鱼”养殖和腊勐镇、碧寨乡烟后青豌豆种植，引导象达镇、平达乡烟后玉米种植，充分利用好烟田（地）烟后剩余肥效，逐步建立巩固烟叶生产加烟后作物发展增加烟农收入的产业体系，同时鼓励烟农利用烟后田地种植蔬菜、水稻、小麦、豆类等农作物，利用闲置烤房烘烤核桃、草果、木耳等农副产品。让烟农收入持续增加，不断提升烟农满意度。

把工用在刀刃上，把劲使在技术上，把心放在创新上，提高“技术工”，不省“质量工”，探索“创新工”，不断提高烟农种烟积极性，走出一条助农增收的新路子，一条烟农致富的好路子，助推烟区发展稳中向好，烟草产业高质量发展。

作者：邵钰娟、杨懋杰

陕西远光高科技有限公司

硬科技打造一流医用产品

链接：陕西远光高科技有限公司自成立以来，先后获得国家高新技术企业、西安市著名商标、国家 A 级守信企业、中国医用耗材行业十大畅销品牌、中国质量服务信誉三保障企业、全国一次性医用敷料十佳名优品牌、中国医用耗材行业 10 强企业、3 · 15 质量无投诉示范单位、3 · 15 质量诚信重点推荐企业、世界华人科技 100 强、陕西省重大科技创新专项资金项目实施单位、中国著名品牌、二十世纪最具影响名牌企业、全国质量服务消费者满意企业、尤里卡世界发明博览会金奖、比利时国王颁发骑士勋章等荣誉。

公司董事长张君华　摄影：吴为

新冠肺炎疫情发生后，陕西省众多高新技术企业积极参与到这场没有硝烟的战争中，发挥各自优势，在防护用品生产、体温快速筛查、医疗设备应用等方面贡献着科技力量。陕西远光高科技有限公司（以下简称远光科技）作为陕西省疫情防控应急物资重点生产企业之一，在疫情最严峻的时期，针对全省医用防护产品严重短缺的问题，积极响应政府号召，开足马力，全力保障隔离护目镜、新型防护面罩、防护口罩的生产供应。

远光科技成立于1997年，一直致力于生物复合医用高科技材料的应用、多肽药物的研发工作，公司自主研发的生物光素医用复合材料、生物活素医用复合材料，不但取得多项发明专利，而且还完成了专利技术的成果转化应用。在陕西省启动突发公共卫生事件Ⅰ级应急响应后，远光科技立刻行动，正月初二紧急召回了全体员工并恢复生产，确保了防疫物资的稳定供应。

远光科技生产的医用隔离护目镜、面罩、生物活素抗菌口罩、一次性医用口罩、医用外科口罩、医用防护口罩等自2020年2月9日大规模生产以来，已投放至全省各新冠肺炎医疗救治定点医院，为奋战在一线的医护人员、检验人员等提供必要的安全防护装备。

疫情期间，远光科技向西安市14家医院以及坚守在防控一线的高速公路交警、火车站工作人员、环卫工人等捐赠了防疫物资。截至目前，公司仅医用防护口罩已生产超过100万只，并生产各类其他抗疫口罩200多万只，隔离面罩、护目镜40多万副。同时，公司新研发的一次性抗病毒口罩经过权威第三方检测机构测试，病毒灭活率高达99.95%，也已开始大批量推向市场，为国家的抗疫防卫战补给了高科技“新武器”。

除医用物资的生产制造外，远光科技还致力于生物复合医用高科技材料的应用、多肽药物的研发工作。远光科技聚焦前沿技术，注重科技创新，公司自主研发的生物光素医用复合材料、生物活素医用复合材料，不仅取得了多项发明专利，还完成了专利技术的成果转化，目前已成功开发出包括功能性敷料、保健食品、保健服饰、营养食品、医疗器械、化妆品等在内的八大系列医疗、保健类产品。

远光科技研制出的“生物光素复合医用材料”获得国家级发明专利，具有独立知识产权，并完成了专利技术成果的转化。“生物光素”是由多种纯天然生物复合医用材料科学配比而成，可发出与人体红外波长相近、对人体最有益的生物波，以及多种生物因子的聚合能量。与人体接触后，“生物光素”能使个体的物理场能量波互动，起到促进血液循环、活血化瘀、消肿止痛、激活体内免疫细胞、增强机体抵抗能力等作用。

“生物光素一次性使用功能性医用敷（贴）料”和“刻立特功能性敷料生物医用膜（贴）”是基于“生物光素”研制出的功能性敷料产品，已广泛应用于国内1000多家医院的创伤治疗及外科手术领域。其中“生物光素一次性使用功能性医用敷（贴）料”被评为陕西省重大科技创新项目，该产品主要用于手术切口、各种炎症伤口等，具有消炎、抗菌、促进愈合、减少疤痕等作用，对溃疡伤口具有一定的辅助治疗效果，可用于伤口及各种创面的辅助止血。

此外，远光科技建立了国家级多肽及生物材料应用研发分析公共服务平台，不断加大科研投入，与各大科研院校、研发机构等不断组织联合研发项目。公司下设的多肽及生物研发实验室基于工艺研发的成果，正在大批量生产具有抗皱抗衰老功效的乙酰基六肽-8，这种物质可添加至乳液、面膜、早晚霜、眼部精华液中，用于脸部、颈部和手部护理。同时，公司已具备生产能力的功能性多肽还包括抗菌肽、溶栓肽、棕榈酰四肽-7等。

远光科技拥有9项发明专利、11项实用新型专利，并先后获得西安市著名商标、国家A级守信企业、中国医用耗材行业十大畅销品牌、全国一次性医用敷料十佳名优品牌、中国医用耗材行业十强企业等荣誉。

陕西远光高科技有限公司将持续深耕中国功能性服饰系列产品、防疫物资及功能性耗材系列产品、多肽系列产品，扩大企业自主的科研中心与一流的配套生产基地，打造企业研发、生产、销售良性运行系统，依托企业在张院士带领的10多位博导组成的科研队伍，不断研发独有的发明专利技术，生产一流的功能性产品，带领行业走向全球。

供图：陕西远光高科技有限公司

左图为公司生物光素科技成果展示暨项目招商会；右上图为公司捐赠医疗物资，助力疫情防控；右下图为乌克兰考察团产品交流会

宁夏京能宁东发电有限责任公司

勇立潮头 开创全新生产管理模式

公司党委书记、董事长苏永健在研讨会上发言

公司远眺

链接：宁夏京能宁东发电有限责任公司获得了2015年宁夏十佳企业、2016年宁夏质量百强企业、2015年第十四届全国职工职业道德建设先进单位、2018年全国先进生产力典范企业奖。

近五年来，公司党委书记、董事长苏永健曾被授予第五届中国电力优秀CIO、全国先进生产力杰出人物、2016年和2017年全国电力行业QC小组活动卓越领导者，2020年自治区劳动模范、宁夏十佳优秀企业家、省部级电力企业信息化领军人物；宁东工匠、平安宁东建设先进个人等荣誉称号；获得了大型火力发电企业“三全管理”模式构建与实施一等奖，大型火电企业基于全方位对标“三全”管理二等奖，烟囱防腐寿命分析与趋势分析诊断科技攻关项目三等奖，自治区质量贡献奖；科研方面，获得了检修管理一体化研究开发与应用优秀成果第一名和基于小指标实时考核平台的运行精细化管理一等奖，发电厂现场操作全过程安全管控系统省部级优秀项目，电气设备操作控制方法和装置发明专利，实用新型专利一种电厂脱硫烟囱防腐层监测装置及气密盒传感器、实用新型专利火力发电机组等。

宁夏京能宁东发电有限责任公司（以下简称“京能宁东发电公司”）是由北京京能源集团有限责任公司（简称“京能集团”）和中铝宁夏能源集团有限公司按65%、35%的比例出资建设的现代化大型火力发电企业，公司2台660MW超临界间接空冷机组是宁夏回族自治区“十一五”期间规划建设的重点电源项目，是国家建设宁东能源化工基地“西电东送”项目，一、二号机组分别于2011年3月28日和6月20日实现商业运营，先后荣获“西夏杯”优质工程金奖、中国电力行业优质工程奖、国家优质工程银奖、全国生产力典范企业、全国职工职业道德先进企业、中国电力信息化标杆企业、全国热控技术管理先进电厂等荣誉。

未雨绸缪，超前感知火电行业新挑战和新机遇

京能宁东发电公司为西北电网直调主力火电机组，承担跨区直流外送任务的同时全面参与电网调峰任务。

随着西北电网新能源高占比送端大电网职能的进一步凸显，一方面，并网火电机组的发电量被不断挤占，利用小时数逐年下降，且国家控制煤炭消耗政策持续收紧，煤价居高不下，导致火力发电企业本高利薄，单纯依靠传统电量营销保证企业盈利困难重重；另一方面，电网对火力发电机组有偿辅助服务需求大幅提升，为火电机组提供新的创利机遇。

京能宁东发电公司对火力发电企业挑战与机遇并存的经营环境做出敏锐判断，超前谋划布局，自2016年便开始探索基于“一部三中心”的生产管理模式变革，为迎接行业挑战和抓住新发展机遇培养肥沃的制度土壤。

融旧推新，决力变革火力发电企业传统生产管理模式

京能宁东发电公司在对行业环境准确判断的基础上，充分把握大数据繁荣发展的机遇，融旧推新，先行探索，打破火力发电企业传统的生产运行管理模式，开创了以“发电运行部”为统筹中枢，以“运行值管理中心”“运行监控分析中心”“自动化控制中心”为基础，协同联动的“一部三中心”全新发电运行管理模式，夯实机组安全经济运行水平，全面提升企业参与市场竞争能力，拓宽人才培养与发展渠道，使传统火力发电企业焕发出了新的发展活力。

一是发电运行部充分发挥指路领航，统筹全局的枢纽职能，重在找准路子、开对方子，纲举目张，高位推动发电运行生产管理工作。二是“运行值管理中心”精耕安全经济调度，运行班组的职能更加明确清晰，集中精力负责涉网联络、日常调度、机组安全经济运行、异常工况处理工作，重点关注机组实时运行情况和设备系统优化改进需求。三是“运行监控分析中心”聚力大数据研究，一方面进行长周期机组参数监视，高效开展设备劣化分析及健康诊断工作，并提供预控性策略；另一方面大力开展大数据研究与应用，建立设备运行大数据库及数学模型，不断挖掘机组经济、安全运行潜力，提升机组参与市场辅助服务能力，拓宽企业盈利空间。四是“自动化控制中心”瞄准控制优化，在完成热工设备的检修与维护的基础上，研究提升机组自动化、智能化水平策略，同时着力于大数据研究成果的实施、检验、评价、改进。五是“一部三中心”握指成拳联动工作，“一部三中心”互济互补，高效协同工作，将生产基础管理工作、系统自动化水平优化工作、经济调度工作相结合，实现管理流、生产流、调度流的相互赋能、共生协同发展。

迎难而上，深层挖掘常规能源发电企业新潜力

*一是“一部三中心”的管理模式创新解决了人力资源挖掘不充分的问题，管理效率得到提升。*传统发电运行管理人员职责、任务单一，人力资源配置冗余，分工粗放，工作效率低下，无法满足发电企业高质量发展新要求的问题迎刃而解。通过“一部三中心”的管理创新，组织分工更加精细合理化，人力资源得到充分挖掘，工作效率空前提升，为企业高质量发展创造了更加有利的制度和人力资源优势。

*二是消除了现有制度裹足大数据应用的矛盾，加速信息化建设。*火电企业在生产过程监控参数数据量大而且相互关联复杂，如何有

效利用海量数据，挖掘其潜在的安全、经济价值，已成为长期困扰火力发电企业的关键问题。一方面，近年来大数据技术的发展使得该问题的解决成为可能；另一方面，存在传统发电管理模式无法为大数据在火力发电企业经营中更好发挥作用提供管理便利的矛盾。重新构建的“一部三中心”生产管理模式，整合发电运行部门的人力和技术资源，突破了传统发电运行模式对大数据时代火力发电企业智慧化发展的束缚性，营造出了利于全面推进大数据研究和应用的新的管理模式。

三是破解了火力发电企业的经营困局，灵活靶向服务机组安全经济运行需求。“一部三中心”的深刻变革为实现分工合理、精准施策促进经济调度、科学检修、提升机组电网服务能力铺平了道路，助力企业盈利结构由传统电量营销向电量、电网服务兼顾多元化发展快速转变，推动企业迈出了应对逐渐恶劣的经营环境的一大步。

多点发力，不断释放管理模式创新红利

凭借基于“一部三中心”的管理模式创新，京能宁东发电公司在设备安全、信息化建设、市场竞争能力、技术创新水平、人才培养质量等方面取得了长远发展。

*一是机组安全、经济运行能力空前提升。*一方面在“一部三中心”生产运作管理模式下，机组长周期、超长周期运行能力显著增强，2 号机组连续运行超过 400 天，创造了京能宁东发电公司成立以来机组连续运行天数新纪录；另一方面围绕破解火电经营困局的核心，在机组一次调频性能优化、AGC 负荷响应速率提升、深度调峰能力、启停调峰灵活性等方面取得突破进展，机组 AGC 负荷响应速率由 7MW/min 提升至 12MW/min，调峰深度下探至 30% 额定负荷的行业先进水平。2019 年，公司两个细则及辅助调峰服务突破亿元大关，在西北电网直调机组中名列前茅，成为西北电网辅助服务的标杆企业。

二是公司大数据应用水平跨越式发展。“一部三中心”的管理创新，为大数据研究应用奠定了坚实的基础。一方面，在“一部三中心”新的管理模式下，成立数据中心，发电运行组织分工更加精细化、科学化、高效化，大数据研究应用突破了管理束缚，企业提质增效的通路彻底打通；另一方面，人力资源充分利用，为大数据发展奠定人力资源基础。

*三是技术创新成果项目百花齐放。*一方面，全面开展逻辑自动优化、数学建模、开展设备劣化分析，成果丰硕；另一方面，智慧电厂建设驶入快车道，智慧化电厂建设思路更加清晰，手段更加丰富，公司信息化程度不断提升，为智慧电厂建设和运行管理体制改革提供“京能宁东方案”。

四是公司人才培养全面升级。“一部三中心”是对传统发电运行管理制度的重大创新，对加快培养全能型、综合型火力发电生产、管理人才起到了巨大推动作用，京能宁东发电公司培养了一大批善于运用大数据分析手段解决问题的复合型技术人才。

目前，京能宁东发电公司《火力发电企业基于“一部三中心”的生产运作管理优化》项目已荣获第二十六届全国企业管理现代化创新成果二等奖，未来，这一管理模式创新的红利仍将不断释放，帮助公司在火力发电的复杂经营环境中不断赢得先机。

新疆冠农果茸股份有限公司

企业创新持续发力　发展动能不断增强

公司党委书记、董事长刘中海新春致辞

链接：新疆冠农果茸股份有限公司组建于 1999 年 12 月 30 日，由第二师铁门关市五家国有企业联合发起成立，2003 年 6 月 9 日在上海证券交易所上市，是第二师铁门关市唯一一家上市公司。公司依托新疆农业资源优势，集棉花、番茄、制糖等农产品深加工、销售、贸易、供应链贸易服务及国投罗钾、国电开都河水电、库尔勒市银行等对外投资于一体，以“绿色实业”为主，“一二三产”融合发展，已形成“主业＋投资＋供应链服务”一主多翼，产业多元发展、经济多轮驱动的发展格局。2019 年，冠农股份首次荣获全国农产品加工百强企业称号，排名第 84 位，荣获国家知识产权优势企业称号，下属的汇锦物流园棉花期货交割库成功获批，银通棉业、绿原糖业、冠农番茄三个子公司再次确认为兵团农业产业化重点龙头企业。此外，冠农股份还先后 7 次荣获“国家农业产业化重点龙头企业”，荣获“林业产业化龙头企业”“双百市场工程流通企业”“中国质量诚信企业”“全国企业党建工作先进单位”“全国“安康杯”竞赛优胜单位”“中国西部上市公司 50 强”“中国最具投资潜力上市公司”“全国企业文化建设先进单位”“2016 中国上市公司诚信企业百佳”等国家、自治区、兵团、师市等各类荣誉百余项。

2018 年 8 月，新疆冠农果茸股份有限公司（以下简称“冠农股份”）被国务院国资委确定为国企改革“双百行动”试点企业。一年多来，冠农股份党委新一届领导班子认真贯彻落实国资国企改革“1+N”政策，围绕“五突破、一加强”目标任务，确定了公司综合性改革 7 项任务、22 项举措，按节点稳步推进。

体制、机制的变革，释放了发展新动能。2019 年度，公司实现主营业务收入 32.67 亿元，同比增长 50.26%；实现归属于母公司所有者的净利润为 1.7 亿元，同比增长 82.17%。公司以供给侧结构性改革为主线，聚焦主业，优化产业布局，一年来陆续处置 25 户“僵尸企业”，收回转让款 5000 余万元，管理层级由四级压缩至三级，三级以下不再设管理机构，企业办社会职能全面移交。

授权、激活

二师铁门关市主管部门授权放权，冠农股份进一步明确权责关系，健全现代企业法人治理结构，董事会独立董事人数由 3 名增至

5名、使外部董事占多数，并下设5个专门委员会，监事会增设了国资监管机构监事，董事会组成结构得到综合性优化升级。

授权使董事会整体职能自然释放，建立了董事会中长远发展决策机制，董事会在对企业整体战略布局和规划中，建立职业经理人“上”与“下”的通道机制、建立员工“进”与“出”的激励机制、优化产业结构，由“参与”变为“主导”。同时，通过规范党组织及股东大会、董事会、监事会、经营管理层的议事程序、准则，确保了企业决策经营管理职能得到积极发挥，以监促管、以管促能，使董事会作用发挥从“被动执行”转变为“主动作为”。

围绕现代企业制度建设，冠农股份刀刃向内、流程再造，修订完善各项内控流程制度251项，推行“制衡”管理，将风险控制和责任追究贯穿于各项制度中，强化过程管控，加强财务、内审、统计团队力量，构建监事、审计、纪检、财务“四位一体”的协同监督体系。

担当、动力

冠农股份实行全员去行政化，上级党组织任命的公司领导岗位人员直接转为职业经理人、签订责任书，接受任职考核，经营管理层人员均由内部竞聘和市场化选聘产生。实施层级架构扁平化、精员高效措施。截至2019年年底，公司在职人员由806人压缩为655人，压缩了18.73%，总部部门数量压缩了36.4%，全员劳动生产率同比提高9.72%，有效解决了干部能上不能下、员工能进不能出、薪酬能升不能降的难题。

筑牢党建根基，增强发展动力。冠农股份把党对企业的领导写入公司章程，清晰界定党组织、股东大会、董事会、监事会、经理层的权责关系，把党组织事先研究讨论作为前置程序。实行党委书记、董事长“一肩挑”，“双向进入、交叉任职”，冠农股份党委班子成员中有3名兼任董事、1名兼任监事，以确保党的领导与现代企业制度有机结合。把党组织内嵌到治理结构中，为5个基层支部选配专职副书记，全面落实基层党建 “四同步”要求，展现党组织的特色管理文化，化特色为优势，变优势为竞争力。

人才、机制

冠农股份积极建立人才市场化选聘和正向激励体系、健全市场化激励机制，让企业效益与员工利益发生关系，以能定岗、以岗定薪。实行工资总额预算管理，精员不减额度，经营者和员工享受超额利润分红。同时对核心业务、技术人员实行“基本薪酬+绩效薪酬+研发奖励”薪酬分配机制，以留住和吸引优秀人才。目前，外聘高级技术、管理人才比例已超过30%。

以深化供给侧结构性改革为导向，冠农股份成立了物产公司，将番茄、棉业、糖业三大产业主导产品由各自销售变为集中统一，构成了产业关联穿插、术业专攻的统一新格局。三大产业主导产品销量大幅度提升，销售费用整体下降，销售业绩明显增加。

新体制搭建新平台，新机制带来新活力，员工工作热情、岗位潜能自然迸发，企业综合实力、向心力、核心竞争力不断增强。

任重道远，图新励志。在下一步的“双百行动”综合性改革征程中，冠农股份党委班子将牢记使命、勇担重任，扎实推进改革，筑牢企业市场主体地位，创造更多经济效益，实现国有资本保值增值，做推进供给侧结构性改革的主力军，引领和带动区域经济可持续发展。

供图：冠农股份公司党群办

新疆金石商混公司

同心奔小康

一个企业一定是不断改进、不断发展、不断求索的。国有企业必须要打破固有思维，勇于走出第一步，有了问题不是找领导，而是找市场。

作为一家专业从事预拌商品混凝土、高性能混凝土生产、销售及研发的企业，持续激发企业市场活力，不断增强竞争力是其在行业竞争中保持领先地位的关键。

探索混合所有制，将国有企业的资源优势与非公有制经济的市场活力优势互补，产生1+1〉2的反应，是金石商混公司保持市场活力的“源头活水”。

数据显示，截至2020年底，新疆建设兵团十一师共有混合所有制企业73户，控股51户，参股22户。目前，由兵团建工集团所属的雁池科技公司控股的混合所有制企业金石商混公司的利润总额对兵团建工集团的贡献率超过11%，但营业收入仅占该集团的1%。

2012年前后，原兵团一建混凝土公司出现了设备陈旧、市场萎缩、效率低下、行业竞争乏力等问题。同时，因乌鲁木齐市城市发展，地处市区的混凝土公司面临的最大问题就是搬迁。

一方面要寻找新的合适地址和大量资金；另一方面企业发展又深陷困境，搬迁能不能解决企业后续一系列问题？是雪中送炭还是雪上加霜，多数人对此并不乐观。

眼看着要走入死胡同，原兵团一建党委班子深感压力巨大、责任重大。

选择市场还是被市场淘汰，墨守成规还是破题深入，这一道难题的选择就在一念之间。

经过深思熟虑，他们决定以混合所有制改革方式“破局”。

金石商混公司俯瞰　摄影：戴淑红

这个破题之法在一众经营管理者的无数次思想交锋、想法碰撞、实践求解过程中孕育而生……

与此同时，由4名自然人股东出资成立的民营企业新疆金石商混公司也遇到了发展瓶颈。该公司从2010年5月成立最初的一个拌合站到2012年再次收购2个拌合站，设备急剧暴增、大量资金投入，致使资金链断裂，企业整体运行受阻，员工队伍极不稳定。

如多米诺骨牌的倾倒，一张牌引起了一系列连锁反应，社会信誉度下降、运行体系混乱、企业生存空间无望。

寒冬里，借着"混改"的星星之火，两家企业寻得彼此，尝试抱团取暖。

"国企员工忠诚度高，有较强融资能力；民企市场资源丰富，有灵活的营销策略，只要有合作愿望，很容易找到契合点，利用彼此优势，实现合作共赢。"金石商混公司党支部书记、董事长喻鹏介绍，2013年4月，新疆兵团建工金石商品混凝土有限责任公司正式成为原兵团一建集团控股企业，注册资金3000万元。

雄厚的技术力量、先进的生产设备、齐全的检验手段、规范化的管理体系加灵活的经营策略，让金石商混公司初试市场之水，就尝到了"混改"带来的"甜头"。

正如相爱的两个人走入婚姻殿堂，需要经历生活的磨砺方得始终。国有资本和民营企业的结合之初，并不是一帆风顺，也遭遇了重重困难。

他们之间出现的最大问题便是人。喻鹏说："起初，不规范的家族管理模式，使国有资产面临很大风险隐患。"至今，这也依然是混改企业发展道路上的一大难题。

企业航行，关键在把舵人。管理者出现的问题，充分暴露了企业的现存管理劣势。

原兵团一建集团党委迅速决断，按照法定程序，进行了人事调整。

这是关键一变。

2014年5月，金石商混公司对组织架构进行了重新调整，财务、技术审核等关键岗位由忠诚度高、技术过硬的国企员工担任，以最大限度保证生产质量、财务规范。

在获得自主审批支付货款、自主进行物资招标、资金分配自主管控"特权"的同时，建立健全监督机制，对"特权"的使用实行全过程监督，让"特权"变成企业实实在在的发展红利。

一拳出击，打得百花开。企业至此正式驶向发展快车道。

年产值从2014年的逾亿元增长到2019年的4亿元；2020年，虽受疫情影响严重，但依然完成3亿多元产值。

实践证明，这种优势互补的结合是明智的选择。国有资本与非公资本的成功"混改试水"给了十一师企业混合所有制改革十足的信心。

重混合更重融合

混改后各方能否融合，拧成一股绳，决定了企业混改的成色与质量。

在十一师国资国企改革推进会上，十一师党委书记、政委赵卫东表示，坚持股东间相互尊重、平等合作、互利共赢的价值观，保证各股权资本决策的话语权是各方融合的基础。将国有企业的政治定力、管控能力、品牌效力与非公企业的市场潜力、逐利动力、机制活力有机结合，取长补短、利益共享、风险共担、共同努力创造价值增量，把蛋糕做大，才能把企业做优做强。

为此，金石商混公司一直在探索完善有效制衡、平等保护的法人治理结构。目前，已经建立起规范的董事会，并不断在加强董事会运作制度建设上下功夫，用规则保障各方权益。

在整个经营过程中，把更多的经营成果转换到扩大规模、增加设备、技术改造、砼保达标、员工增收等方面，共同的理念、愿望、坚守和信任就是混改企业改革成功的法宝。

从组建至今，金石商混公司累计完成砼产量750万立方米，完成营业收入25.85亿元，实现销售利润2.09亿元。2020年，克服两次疫情和市场价格波动影响，完成营业收入3.67亿元。

混改企业能否走远，关键在于是否是党的绝对领导，在于有没有想干事能干事的团队，关键在于彼此是否信任包容，共担责任。

在这一过程中，人成为最关键的因素。金石商混公司做的最重要的一件事就是进行"三项制度"改革。

2018年9月，金石商混公司乌拉泊拌合站需拆迁，78名员工面临被分流安置。

"我们分三步进行分流安置，第一批优先安排正式员工，第二批安置普通员工，第三批安置社会劳务工。"金石商混公司总经理薛晓航得知消息后，第一时间表态会妥善安置分流员工。

"最终，所有留置员工按需合理分流，没有一人有怨言。"金石商混公司党支部书记、董事长喻鹏说。选对人用对人，可以化解很多问题。

企业管理者有胸怀、有担当，是合作发展的基础。

2020年7月，乌鲁木齐新发新冠肺炎疫情，按下暂停键。彼时正值施工大忙季节，面对突如其来的危局，怎么办？

金石商混公司不等不靠，积极寻求驻地政府帮助办理特殊通行证，为正在施工的重点项目供应混凝土，为需要帮助的同行提供帮助。

"企业管理者不拘小节，制订了一整套防疫措施，包括每人每次300元的核酸检测。"喻鹏说，在这一点上，企业管理者的目标高度一致，那就是企业的生存和社会信誉比钱重要。

在危局中把握先机，把坏事变好事。

疫情期间，该公司领导干部把空调房让出来给一线员工，为员工送上慰问金和慰问品，开展多种形式的线上活动缓解压力，翻倍发放居家隔离员工的基本工资……一个多月时间，金石商混公司就完成了8万立方米的混凝土生产任务。在随后开展的"大干50天"劳动竞赛中，完成混凝土生产28万立方米。

时时处处为员工着想，带来的是更加团结一心、积极向上的优秀集体。

所有的投入必有回报。"为什么疫情后，我们的员工能迸发出强大的工作动力，与企业建立的以人为本的经营理念有密不可分的联系。"喻鹏说，无论在企业文化建设，开展党建活动，还是参与社会公益活动，无论是为患病员工筹集善款挽救生命，还是帮助工厂灭火，企业管理者都体现了政治意识、大局意识和全局观念。

一段时间以来，金石商混公司建立了产权清晰、责权明确、决策民主、管理科学、富有效率的现代企业制度，通过构建科学的公司治理、设置合理的股权结构，实行决策权、监督权、执行权"三

公司重视党建工作。左图为党建文化走廊；右图为党员先锋队　摄影：戴淑红

权分立”，使得企业决策体系、管理体系和经营机制发生了深刻变化。

严防国有资产流失，这是改革的底线。混合所有制改革对国企来说是一场制度革命，不仅优化企业的财务结构、提高机制效率、扩大企业市场和利润外延，更关键的是让核心管理层阳光合法持股，使他们的切身利益和企业利益最大限度一致化，使管理潜能得到充分释放。

一个好机制的施行，带动的是多个连锁效应的产生。

2019 年，该公司探索制定了职业经理人薪酬管理办法，完善了员工绩效管理制度和激励机制，企业员工的积极性被充分调动，员工收入不断增长，企业规模、效益、竞争力不断增强。

“混”是量变，“合”才是质变。

金石商混公司的混改经历了观念碰撞、体制羁绊、员工安置、文化融合的多重过程，实施过程困难重重，也并非一帆风顺。

归根结底，只有目标一致、相互监督、真正融合，才能实现发展共赢。

放眼长望春更浓

唱好企业发展这台大戏，需要能人志士、需要勇气和胆量、需要智慧和力量、需要凝心聚力、需要和谐氛围、需要协同作战、更需要抓住机遇。

2016 年起，金石商混公司对产业结构进行了调整，转变了经营方式，确立了“服务大项目大企业”的思路，为企业扩大规模、防范债务风险、提升社会信誉度和品牌知名度奠定了坚实基础。

“要以金石商混公司的复工复产标准为基础，制定全市企业复工复产标准。”3 月 23 日，乌鲁木齐市住建局等部门组成的督察组到金石商混公司督导检查企业复产工作时表示。

从最初成形到成为地域行业标杆，金石商混公司一路走来栉风沐雨、筚路蓝缕。

时间回溯至 2018 年，市场风云变化莫测，材料价格扑朔迷离，行业竞争日趋严峻，绿色环保形势逼人，维稳安全重中之重，经济运行压力超前。

“我们要同心同德、团结一致向前看，既看到风险和矛盾，又看到希望的力量；既看到自身的不足，又看到潜能的挖掘；既看到道路的坎坷，又看到改革和创新。”这一年年初的动员大会上，金石商混公司党支部书记、董事长喻鹏深情勉励员工的话语犹在耳畔。

路再难，总要前行。前一年面临的关门停产、砂石料告急、安全督导、违规用地、环保督查、投资风险、维稳检查、搬站迁址、任务不均……没有一件是小事，没有一个是小风险。

人心齐、其利断金。在企业领导一班人的带领下，那一年，金石商混公司以 82 万立方米的产量和 3.84 亿元的产值坚挺着走了过来，成为乌鲁木齐规模较大的混凝土生产企业之一。

虽收获颇丰，但前路依旧漫漫。

“我们在各站实行站长负责制，开展‘比学赶帮超’活动，比完成产量、比节能降耗、比使用效率；不仅站长比、队长比、实验室主任比，班组长也要比，力争比出水平、比出能力、比出干劲、比出风格、比出效率。”喻鹏说，要把经营管理当作一个大舞台，让懂经营管理的能工巧匠施展才华、巧夺天工。

从 2017 年完善质量体系认证到 2020 年通过国家复审，又增加职业、安全、环境体系认证，国企规范化的运作管理模式已深深融入企业管理，起到四两拨千斤的作用，并产生了巨大效益。

混改企业要实现健康长足发展，企业的领导者应如何决策？该公司负责人有独到的见解——

企业要建立规范化管理和标准体系，必须放眼长远，以效益求发展，以质量求生存，以服务求市场，以安全求保障。涵盖企业全方位的追求和良好的职业风尚，使得金石商混公司更有生气，产品更有名气，领导更有正气，员工更有士气。

金石商混公司被评为 2016—2017 年度中国混凝土行业优秀企业，总经理薛晓航被评为全国优秀企业家。2018 年，金石商混公司被评为全国 150 家商混企业优秀企业，总经理薛晓航被评为全国优秀企业家。

近观眼前满目春，放眼长望春更浓。

3 月 25 日，金石商混公司召开高管会议，调整完善销售系统及技术岗位的薪酬制度，目的是更好提升员工揽任务、促销售的积极性，培养一批具备质量把控、成本降耗、技术过硬的核心技术骨干队伍。

“我们制定了工资收入每年 5% 的增长机制，各站从原来按量提成、多劳多得的基础上增加年终效益分红，员工工作积极性暴增，彻底扭转了项目多、招工难的问题。”喻鹏介绍说，将企业发展红利与员工共享，是企业长足发展的秘诀。

放眼世界，新一轮科技革命和产业变革蓄势待发，创新已经成为竞争的新赛场，谁下好创新这步先手棋，谁就能占领先机、赢得主动。

如何利用灵活的机制，规范的管理体系，调配市场资源，激活发展活力？师国资委有关负责人表示，企业要善于把握市场先机，勇于转变固有思维，不断改进工作方法，加强高科技术创新，坚持党的全面领导。

把握关键才能认准方向，顺应大势才能引领潮流。

“下一步，我们将大力推进管理体系和能力现代化，更新数字软件系统，将生产、材料、销售、技术质量、运输管理等各环节实现网络化、数据化管理，同步推进高新技术企业建设，夯实混合所有制企业制度建设，逐步推行员工持股，实施‘人才强企’战略，深化‘三项制度’改革……”该公司负责人表示，既要放眼长远，又要着眼当前；既要立足全局，又要脚踏实地；既要守正，又要创新。

梳理企业多年的发展脉络，不断推进机制体制创新始终是发展的关键词。

创新是应对问题的“良方”，更是推动发展的“引擎”。

如今，金石商混公司正通过实施“互联网 +”行动计划、实施大数据战略等，推行私有云桌面信息化建设，以推动企业向价值链高端攀升，由生产型向生产服务型转变。

浦发银行广州分行

将“软实力”转化为“硬势能”

2020 年 10 月 16 日，浦发银行广州分行被广州市委、市政府授予 2017–2019 年度“广州市文明单位”荣誉称号，是广州市唯一一家获得该项殊荣的金融机构。左图为浦发银行广州分行外貌

凝心铸魂强党性，只争朝夕促发展。自 1998 年扎根广东以来，浦发银行广州分行始终坚持党建引领，坚决贯彻落实监管要求，将党建工作的“软实力”转化为改革发展的“硬势能”。

站在新的历史起点，浦发银行广州分行将坚持金融服务实体经济的初心和本源，科学把握新发展阶段，坚定贯彻新发展理念，积极服务构建新发展格局，为粤港澳大湾区建设和广东经济社会发展作出更大贡献。

谋发展，全面支持粤港澳大湾区建设

浦发银行坚持高质量可持续发展，聚焦服务国家战略，将支持粤港澳大湾区发展列入重点区域战略，加大资源投入、创新产品服务，精准支持大湾区发展，在创新中寻找活力。浦发银行制定了《浦发银行粤港澳大湾区综合金融服务方案》，提出加大对制造业、科创企业、普惠金融、绿色金融和民生服务五大领域的金融支持。

在支持湾区基础设施互联互通方面，浦发银行广州分行通过固定资产贷款、银团贷款、PPP 项目贷款等多种方式，大力支持湾区铁路、城际轻轨、高速公路、地铁、新基建等重大项目建设，2020 年承销广东省地方债超过 160 亿元，债务融资工具超过 400 亿元，基础设施融资累计支持超过 1000 亿元。

在支持企业参与国内国际双循环方面，浦发银行推出线上跨境、跨境电商收款、跨境避险等创新服务，近一年来累计为近 1000 家企业办理跨境资金清算和跨境贸易融资。

在支持实现“碳达峰”“碳中和”目标方面，浦发银行始终致力于低碳银行建设，焕新发布《绿色金融服务方案 3.0》，搭建“智融投链惠”绿创矩阵，积极推进绿色金融和绿色运营，打造立体式、全流程、全覆盖的服务体系，满足企业绿色发展各场景的金融需求。

惠民生，智慧金融助力建设“幸福广东”

在粤港澳大湾区，浦发银行广州分行持续丰富金融服务手段，聚焦“客户体验 + 数字科技”双轮驱动，通过业务和模式创新强化特色化优质金融服务供给，为大湾区居民提供更优质的服务。

围绕“医、食、住、行”等场景，浦发银行广州分行定制了便民惠民的金融服务。例如，该行推进社会保障和医疗卫生合作，推动医保电子凭证激活、社保卡定制民生优惠增值服务等数字化普惠应用；助力湾区人才引进和培养、智慧校园、智慧支付等领域的数字化建设。

浦发银行广州分行还积极开展普惠金融服务创新。该行打造了全省银行业首个“5G 智慧网点”，推出“一站式普惠金融服务平台”，实现小微企业“零跑动”开户，不动产查册、抵押、注销、打印营业执照、个人征信查询等业务实现“线上办、容易办、快速办”。

该行还不断完善金融消费者权益保护，对各项产品和服务开展金融消费者权益保护审查，确保消费者权益。同时，广泛开展金融消费者公众教育，加大媒体宣传力度，开展金融知识进社区、进校园，以教育课件、小品、情景剧等多种形式提升消费者金融知识水平。

浦发银行广州分行主动担当社会责任，大力支持乡村振兴。该行加大对农村产业发展和农村居民经营的融资支持，以“浦惠到家”平台助力农产品销售。

防风险，坚持合规底线思维不放松

防范化解重大风险是“三大攻坚战”的重要内容之一。一直以来，浦发银行广州分行将风险压降纳入核心任务，建立健全全面风险管理体系架构和工作机制，有力保障了全行在更高起点上实现高质量发展。

首先，该行全面加强信用风险防范，运用“天眼”智能数字系统开展风险监测，提升风险甄别和预判的覆盖面及准确性，强化特定领域风险排查。

其次，针对重点领域和管理要求，该行将监管要求和风险合规理念嵌入制度和流程，不逾红线、不越底线，做合规银行。

最后，该行贯彻落实房地产调控政策，优化业务投向结构，加大实体经济投放占比。

2020 年 3 月 31 日，广东省工业和信息化厅与浦发银行广州分行签署合作协议，提供不低于 800 亿元专项信贷资金支持，共同推进广东省制造业重点企业及上下游产业链满工满产和制造业重大项目建设

2019 年 7 月 26 日，浦发银行广州分行正式推出广东省内首个普惠金融“一站式”服务中心

河北省农村信用社联合社廊坊审计中心

踔疾步稳铿锵行

河北省农村信用社联合社廊坊审计中心领导带领新入党人员进行宣誓

廊坊素有京津冀明珠之称，在这片人杰地灵的土地上，有一家充满生机活力的本土金融机构——廊坊农信，正为助力建设“创新廊坊、数字廊坊、健康廊坊、平安廊坊、品质廊坊”汇聚发展新动能。

多年来，廊坊农信始终紧紧围绕全市经济发展大局，以党建引领为主线，深入推进“普惠金融、提升质效、改制改革、风险防控、人才培养”五大工程，全力打造服务功能最全、服务区域最广、服务质效最优的地方金融机构。

着眼长远，构建人才培养“新格局”

金融的竞争，说到底是人才的竞争。随着经济社会的发展，金融竞争日趋激烈，廊坊农信立足于当前，着眼于长远，紧密结合廊坊农信社改革发展和队伍建设实际，把人才强社战略转化为培养规划和务实举措，推动廊坊农信事业更高质量、更有活力的健康可持续发展。

出台制度，打牢政策支撑。为适应新形势和新任务要求，逐步完善人才培养、选拔、激励保障机制。2019 年廊坊审计中心制定出台了《廊坊市农村信用社人才培养提升指导意见》。在培训、练兵、竞赛、奖励、晋级“五步走”方面提供制度保障，明确了分类型、分层次、分次序的培养方式，确立了以能力、业绩为主要依据的人才评价标准，逐步建立以德为先、任人唯贤、人事相宜的选拔任用体系。同时，创新人才流动配置机制，破除人才流动障碍，突破人才流动限制，为人才在一定范围内合理流动提供制度支撑。

上下联动，层层稳步推进。结合廊坊农信实际开展网格化、分层级教育培训，针对县级行社领导班子成员及审计中心中层干部，加强政治能力和宏观思维的提升，定期举办专题研讨班，注重宏观政治经济、大数据思维、领导艺术、企业文化、法人治理等方面的培训；针对县级行社机关中层干部，以提高管理能力为重点，注重风险防控、绩效考核、金融同业、稽核审计、电子银行等方面的培训；针对支行长（信用社主任）以提高经营能力为重点，注重网点转型、零售业务、以及小额信贷等方面的培训；针对普通员工输送满足实际需求的各类实务培训，实施“常态化”岗位练兵。

内外联动，统筹优势资源。在教育培训实施过程中，做到既立足内部培训资源的开发，又重视与外部优质教育资源的联动，统筹优势资源，扬长避短、乘势而上、把握主动。内部加强内训师队伍建设，实施内训师培养计划，把内训师纳入人才培养提升范畴，每年有计划安排内训师参加学习调研等活动，逐步完善内训师准入、退出、考核评价体系。加大教育培训经费投入保障力度，严格执行职工教育经费管理制度，确保专款专用。外部加强与优质教育培训机构合作，聘请业内高端专家学者授课。

精准培训，淬炼青年骨干。立足于各行社内部的选拔和培养，通过精准培训，培养一批具有国际视野和战略思维能力的青年骨干。2020 年制定并实施了《廊坊市农村信用社（农商银行）“信合新青年”培养规划》。全市每季度按照个人申报、考核推荐、辖内公示、资格审查四步程序，选拔 30 名左右青年员工作为市级培训班学员，进行短期封闭式高强度提升培训。通过短期的高强度、高密度强化训练，打破学员固有的思维模式，大幅提高站位、提升格局、开拓视野。为解决青年员工的工学矛盾与集中难问题，除组织集中培训以外，创新培训理念与方式，有效利用网络新媒体手段，通过学员自我培训、自我管理、网络讨论交流的方式，确保每月培训课时不少于 10 课时。同时，定期组织骨干到金融前沿机构考察学习，到政府部门、企事业单位、监管机构、上级部门挂职或交流学习，开阔眼界，学习技能。

砥砺奋进，锻造党建引领“大格局”

廊坊农信始终坚持党的领导不动摇，用党建引领经营发展大局。以政治建设为统领，突出党的领导核心地位，严格落实“三重一大”、党委议事决策的前置要求和“第一议题”制度，不断强化党组织的领导力。

聚焦思想认识，做实基层党建基础。把夯实党建基础作为引领各项工作发展的首要任务，打响了党建质量巩固提升攻坚战，制定了以“夯实基础”“精准提升”“争创一流”为主题的党建工作规划，重点从组织设置、队伍建设、制度体系、投入保障等方面组织开展达标提升工作，推动基层党组织全面进步、全面过硬。目前，全市共建立党支部 182 个，党员 1566 名，改造基层党员活动阵地 130 个，打造了永清农商银行曹家务支行、大厂农商银行城关支行等一批标杆式基层党支部示范点。

找准党建与业务结合点，推动党建与业务深度融合。依托与农村基层党组织共同开展“双基共建”的有利契机，深入推进党建与业务融合发展，大力开展“党建 +”活动，实现“围绕业务抓党建，抓好党建促业务”的良好效果。

充分发挥全面从严治党引领保障作用，不断完善和严格执行党风廉政建设责任制，落实“一岗双责”，认真履行“两个责任”，加强纪检监察工作，完善作风建设长效机制，健全日常监督机制和整改公开机制，持续抓好党风廉政警示教育，推进作风纪律专项整治有形有效全覆盖，为高质量发展提供坚强保障。

倾心尽力，打造服务县域“大品牌”

提及廊坊农信在老百姓眼中那是自己的当家银行，作为地方金融机构，廊坊农信始终以支持地方经济发展为己任，坚定支农支小支散，做到机构不出县、业务不跨县、资金不出市。同时，聚焦京津冀协同发展，重点支持高新技术企业、科技型中小企业和专业化国际化众创空间发展，大力发展消费金融，在服务一方百姓，促进地方经济发展的同时，树立了廊坊农信的品牌形象。特别是 2020 年以来，廊坊农信以“优质企业精准推介”“百行进万企”“政银企融资洽谈会”等为抓手，深入对接以制造业为主的小微、民营等实体经济，不断加大信贷融资支持。开辟金融服务绿色通道，加快业务办理速度，对受疫情影响暂时困难但有发展潜力的客户，坚决不抽贷、不断贷、不压贷。在此基础上，贯彻落实中央“六稳”“六保”工作要求，充分研判形势，积极履行金融机构主力军责任，全力支持实体企业复工复产，为稳住经济基本盘保驾护航。

河北省农村信用社联合社廊坊审计中心组织管理人员参观永清云裳小镇

为适应经济发展新趋势、新热点，廊坊农信积极主动创新符合县域的金融产品，在大力推广省联合“农贷宝”“商贷宝”“家庭贷”“冀易贷”等信贷产品的基础上，发挥首创精神，重点从产品设计、业务赋能、流程管理等领域优化落地，开发了“惠农贷”“商圈贷”“胜疫贷”“税易贷”“公职贷”“安易贷”“安信贷”等10余个系列几十种信贷新产品，有效满足了广大小微客户的融资需求。截至2021年6月，小贷业务余额达到325.18亿元，支持小微企业达6622万户，农户5.62万户，上半年累计投放资金800亿元。

勇于探索，构建助力乡村振兴“大平台”

乡村振兴战略是决胜全面建成小康社会、全面建设社会主义现代化强国的一项重大战略任务，在国家大力实施乡村振兴战略的浪潮中，廊坊农信与时代发展同频共振，敢于担当、勇于探索，坚守支农支小初心，极力构建助力乡村振兴大平台。以“双基共建”为支点，深入推进全市农信社业务调整转型，适应经济金融发展形势，坚守定位，回归本源，对标支持乡村振兴战略和提升基础服务，聚焦普惠金融重点薄弱领域，围绕支持乡村振兴战略总体部署，积极拓展“双基共建”内涵和外延，开展“整村授信”“整区授信”“全域授信”“全民授信”，全力做好“三农”及扶贫领域工作。截至目前，“双基共建”已建档44.2万户，建档比例100%，发放涉农贷款720.8亿元，其中支持家庭农场及专业大户2.31亿元，支持专业合作社1.76亿元，支持农业产品加工企业8.54亿元。

纵深推进乡村振兴，强化金融支农主力军作用。借助省联社与省农业农村厅签署《金融支持实施乡村振兴战略全面合作协议》有利契机，加强与地方政府对接，共同推动乡村振兴战略深入实施，继续落实扶贫小额信贷政策，巩固脱贫攻坚成果。探索拓宽农业农村抵质押物范围，支持农村一二三产业融合发展，全力支持粮食安全、现代农业、乡村建设，推进“三农”金融服务供给侧结构性改革。深入实施“农信村村通”工程，加大金融便民店建设力度，全市共建设便民店1111个，建设完善农村支付环境，开展“助农取款+”服务，打造普惠金融特色服务体系，打通金融服务“最后一公里”。

高瞻远瞩，构建改革发展“高格局”

面对百年未有之大变局，廊坊农信坚持把改革作为引领高质量发展的第一动力，全面落实新发展理念，全力做好“改革提效”大文章。

调整农商行改制思路，以“改革促效益”为目标，加快组建先进农商银行步伐。在实现三河、霸州、文安等7家农商银行改制的基础上，继续推进城郊、大城两家联社股份制改革，努力提升资本充足率、拨备覆盖率等监管指标，消除一切改制障碍。通过组建专项审计组，坚持“真实、洁净”原则开展拟改制机构现场审计，确保改制质量和成功率。

把完善公司治理作为深化改革的重中之重，实施了推进公司治理三年行动，完善现代金融企业制度，规范公司治理与股东股权管理，加强董事会建设，做实监事会功能，规范高管层履职，提升公司治理科学性、稳健性和有效性。严格规范关联交易管理，全面穿透识别授信类关联交易，严格执行授信集中度管理，深入开展违规关联交易排查自查，按时完成所有关联方信息核查定期报告，严禁利益输送和监管套利等违规行为，提高关联交易管理的规范性和风险防范水平。

改革内设机构，推进流程银行建设，打造服务型机关，解决县级行社机构臃肿、人浮于事、推诿扯皮的问题，大幅减少机关冗余人员，将更多人员推向一线，适应普惠金融发展的需要。

尽心竭力，打造风险防控“防火墙”

农信机构是企业，一方面要发展，另一方面要防控风险。廊坊农信聚焦核心领域，做金融风险防控的积极践行者。严格贯彻落实疫情防控决策部署，毫不松懈持续抓好疫情防控工作，确保疫情防控、金融服务和业务发展全面胜利。严格执行信贷管理制度，重点检查大额贷款风险状况，重点规范大额不良贷款责任认定与问责，加强征信管理，坚决打好顶（冒）名贷款整治攻坚战。全面从严从实管控柜面业务风险，持续探索反洗钱工作的有效模式和途径，构建“网络化”反洗钱工作管理体系，持续强化反洗钱、账户风险管理。完善全面风险管理体系，开展“案防合规建设深化年”活动，加强合规文化建设，强化业务连续性管理，严防声誉风险、流动性风险、信息科技风险，加大金融乱象整治力度，规范发展资金业务、同业业务和市场拓展业务。

同时，加强审计监督，纵深推进内部审计推广和审计管理系统推广工作，全面发挥审计大队功能，深入推进审计内容、机构全覆盖，建立非现场审计运行管理体系，提高非现场审计水平，提高审计效能；加强安全保卫工作，强化应急值守和突发事件应急报告，强化安全教育和应急演练，完善安防设施，推进安全评估和监控中心运行管理提升；构建群众矛盾纠纷管控化解工作机制，做好信访维稳工作。

人心齐，泰山移。2021年是实施“十四五”规划、开启全面建设社会主义现代化国家新征程的第一年，廊坊农信将继续以深化改革为动力，以党建引领业务发展为主线，以服务“三农”为宗旨，凝心聚力，为推动乡村振兴、京津冀协同发展的目标而奋斗，为支持地方经济高质量发展迈出新步伐。

中国工商银行湖北孝感分行

用奋斗作证　让愿景成真

链接：易必新，男，汉族，1963年8月出生，1986年10月加入中国共产党，硕士研究生学历，高级经济师。历任中国人民银行沙市支行信贷科信贷员，工行湖北沙市分行办公室干事、办公室副主任、信息科副科长，工行湖北荆沙分行办公室副主任（主持工作）、办公室主任，工行湖北荆州松滋支行行长，工行湖北荆州沙市支行行长、党总支书记（副处级），工行荆州分行副行长、党委委员，2010年7月至2014年1月任工行湖北分行企业文化部副总经理，2014年1月至2014年6月任工行湖北分行企业文化部副总经理、党委宣传部副部长（主持工作），2014年6月至2016年8月任工行湖北分行企业文化部总经理、党委宣传部部长，2016年8月至今任工行湖北孝感分行党委书记、行长。

中国工商银行孝感分行党委书记、行长易必新

2016年9月，工行湖北省孝感分行（以下简称孝感分行）新一届党委班子成立，并许下一个豪迈而又美好的愿景：大干四年，存款超400亿元！

4年后的2020年9月，孝感分行各项存款余额达到403.86亿元，一举突破400亿元，比4年前增长38.31%，年均增加近30亿元，复合增长8.46%。

孝感工行人紧抓地方经济发展战略带来的历史性机遇，充分发挥金融主力军的职能作用，在鼎力支持实体经济发展壮大的同时，有效集聚提升自身的经营实力和核心竞争力，用四年的辛勤汗水浇灌出一份圆满答卷，如期兑现了自己的“超400亿元”的铮铮誓言！

党建引领，务实重干开新局

自2016年底储蓄存款净增首次成为同业第一后，孝感分行党委便大力实施总行提出的“第一个人金融银行”发展战略，以“同业第一”为坐标，以“系统先进”为目标，全辖上下以永争第一的气概“咬定青山不放松”，不达目的不罢休。

2017年开始，每当“十一”前后，当他行还在奋战三季度的时候，孝感分行党委便开始布局岁末年初的“旺季战役”该怎么打。先人一步开始顶层设计，赶在系统和同业的前面，第一时间出台大个金旺季营销方案、第一时间召开动员大会、第一时间开展旺季PK赛，充分发挥出孝感分行的传统优势，积极营造决战决胜旺季的浓厚氛围。同时，还施行领导挂点和周末巡察值班督导机制，开展本部管理人员“五个一”（每季参加一次晨会、一次座谈会、一次党团日活动、走访一次客户、当一次大堂经理）挂点帮扶活动，将压力传导与现场帮扶有机地结合了起来，真正形成“上下同欲者胜”的良好格局。

在推进“第一个人金融银行”发展战略过程中，孝感分行党委提炼出“六有”（有永争第一的气概气势、有先人一步的顶层设计、有激励有效的考核机制、有活力十足的员工队伍、有督导有方的压力传导、有上下同心的协力配合）的旺季营销心得。为加速大零售经营转型，确保在核心指标上继续保持同业第一，该行党委又提出了“六个转变和深化”（在心态上，从比爆发力向比耐力转变和深化；在工作重点上，从做总量、抢高地向做客户、做产品转变和深化；在工作方法上，从大水漫灌向做精耕细作转变和深化；在资产质量控制上，从外力向内生动力转变和深化；在服务上，从过去口号式推动向大数据支撑转变和深化；在人员成长上，从要我做向我要做转变和深化）的工作思路。在经营理念上，着重强调树立四大观念：意志力是竞争中最不可度量的变量、好的开头是成功的一半、面对困难挑战时态度决定一切、关键时刻能否顶得上去是优势转化为胜势的根本，为全辖大零售业务可持续发展再次指明了方向。截至2020年9月末，该行储蓄存款余额268.14亿元，时点、日均分别比年初增加28亿元、23.2亿元，时点增量创历史最好水平，日均增量同业排名第一。这是继2018年突破200亿元大关后，突破250亿元大关。更为难得的是，4年累计增加87.7亿元，占储蓄存款余额的32%。

为全力扭转公司存款负增长的不利局面，孝感分行党委以“一有四不”（有信心，人员配备不畏难、客户维护不留空、督导考核不放松、奖惩兑现不手软）的工作思路，加大对公司存款的考核力度，通过机制性推动解决了公司存款的大起大落。截至2020年9月末，该行公司存款余额54.64亿元，同业排名第一，4年累计增加6.33亿元。

为确保机构存款同业领先地位不动摇，2020年以来，孝感分行党委围绕“搭平台、建系统、梳渠道、做维护、上产品、强内控”的工作思路，不断夯实机构业务工作基础。截至2020年9月末，该行机构存款余额80.4亿元，4年累计增加18.95亿元。

客户优先，树立服务好口碑

“金杯银杯不如百姓口碑，老百姓说好才是真的好。”孝感分行始终围绕网点服务“真、善、美”“实、亮、新”六字上做文章，推进服务渠道建设，集中开展“营业网点规范化、标准化、精细化”三项联袂治理活动。4年间，该行装修改造了全辖15个营业网点。2019年，该行客户体验指数评价为工行湖北分行第一，同时严格控制客户网点办理业务的平均等候时间在5分钟以内，没有超时等候网点。

近年来，移动支付广泛应用到经济生活之中。孝感分行积极拓展服务渠道，延伸金融服务触角，全面推动移动支付重点行业及便民场景应用。

孝感市中心医院是国家“三级甲等”大型综合医院，年均门诊量105万人次，停车需求快速增长。此前该院停车收费方式为人工收费，停车难及停车管理不便成为院方痛点。孝感分行根据医院需求积极开展智慧停车项目营销，为孝感市中心医院停车场进行设备改造和服务升级。同时配合总行e捷通平台部署，率先在湖北省范围内实施首个自建无感停车项目。2020年6月，该行首个自建智慧停车项目在孝感市中心医院成功运行。

2019年，孝感市机构改革全面展开，孝感分行党委紧抓机构改革这一契机，未雨绸缪、抢抓先机、大员上阵、挂图作战，率先赴各大机构主动汇报工行服务地方经济发展的意愿以及工行服务理念、产品优势、创新能力，以真情换取信任，赢得了大部分机构负责人的高度信赖和好感，取得了这场涉及核心竞争力战役的可喜胜利。

机构改革一开始，孝感分行就主动联系市医保局，听取他们对工行业务发展的建议，明确表明工行服务该局的意愿，同时阐述了

2020 年 9 月 10 日，工行湖北孝感分行下沉社区开展党建共建活动

工行“账户管家”系统多年服务该局险种分类、批量代付、方便对账、高效快捷的强大功能和成效，赢得了该局继续与工行合作的强烈意愿，并最终实现该局基本账户和三个专用账户继续落户工行。

孝感分行还抓好“三缘”关系联动，利用银税合作关系，采取“请进来、走出去”的办法，和市税务局建立了良好的合作关系。在先期市本级和 5 县（市）成功落户的基础上，分行、支行两级联动共同努力，该行成功营销政府重点领域改革“6+2”账户营销 46 户，其中，孝感市本级 10 户，区县 36 户，机构改革账户营销总数排名省分行前列，到 2019 年底成功完成全市税务系统账户全覆盖。

2020 年初，一场突如其来的新冠肺炎疫情，给孝感分行的旺季工作带来了严峻考验。大考面前，在该行党委带领下，全辖上下团结一心、共克时艰，坚持防控服务两不误。

为提前应对疫情快速蔓延，孝感分行党委第一时间启动了应急响应，及时下发了《关于做好疫情防控期间相关工作的紧急通知》。为保障客户和员工的身体健康和生命安全，该行率先拉响警报，要求客户和员工进出网点务必佩戴口罩、检测体温等，确保了网点的安全运营。为全力支持孝感市防疫工作，该行充分履行“大行担当”责任，在“战疫”重要关头，成立应急服务团队，开通业务办理绿色通道，实施远程办公和业务审批，提供了持续稳定的金融服务，赢得了广大客户和当地政府的赞誉。

因企施策，经营“拓维”结硕果

“结交新朋友，不忘老朋友，朋友多了路好走。”孝感分行始终坚持拓展与维护并重，紧盯商户、代发、社保、军队、年轻客群五大重点“朋友圈”等，通过源头批量拓户，提质增效，进一步提升客户的忠诚度和贡献度，不断夯实全量客户基础，增强储蓄存款业务发展后劲。

2020 年八一节前夕，孝感分行从 7 月下旬起共开展了 4 场“金融服务进军营携手共筑强军梦”系列活动，获得了部队官兵们的高度评价。活动现场，该行服务团队用通俗易懂的语言、生动活泼的案例，对“随军行”八一建军节专属八重礼遇、“长城系列”理财产品、拥军优属购物节、军人融 e 借等优惠活动，进行了讲解。同时，该行还现场建立了军银微信交流群，将服务渠道进一步延伸，提供 7×24 小时专业暖心服务，以最真诚的心致敬最可爱的人。

孝感分行积极做好系列代发工资单位的综合维护营销，加强对代发客户信用卡、融 e 行、三方绑卡、工银信使等基础产品的营销渗透，实现跨专业的营销突破。

“进入 2 月，首当其冲的应急服务就是当月工资代发业务。”疫情期间，该行坚决落实各项应急金融服务保障，认真好做代发单位的服务工作。复工复产后，要求每个网点营销团队每两周赴一个代发工资单位完成一次职场宣讲或营销活动，及时登记《代发工资单位维护管理手册》和《代发工资企业客户服务调查表》，并随时反馈职场营销服务动态。

“您身边的银行、可信赖的银行”，这是工行的承诺和不变的初心。“校园贷”市场存在办理贷款业务门槛低、经营者资质参差不齐、合同信息不透明、风险提示不充分等一系列问题，导致一些不法借贷机构将“校园贷”变成了“校园害”，造成了不良的社会影响。孝感分行主动送教上门，不断给广大学生奉上金融知识教育课，不仅让在校大学生深刻认识到非法校园贷的危害，同时帮助广大学生树立起正确的消费理念。

创新驱动，科技支撑促发展

孝感分行领导班子充分认识到科技和创新对于银行同业竞争的极端重要性，在实际工作中自觉运用工商银行的科技优势来开展同业竞争，特别是在机构金融业务的争夺上，坚持科技切入，科技主战。

社会保险事关国计民生和社会稳定，事关广大参保对象的切身利益，涉及千家万户，备受社会关注。2017 年 4 月末，孝感分行成功上线社保自助渠道缴费项目，成为湖北省工行系统首家上线的工银 e 缴费平台社保类缴费项目。此项目不仅极大地方便了城乡居民在任何地点任何时间缴费，还节约了柜面资源，提升了柜面的服务能力，深化了银税合作关系，体现了国有大行主动作为，勇担社会责任的良好形象。该项目不仅获得了地税局、人社局的高度认可，还“远销”系统内兄弟行，其他地市行纷纷使用孝感分行社保代收程序收费。

孝感分行不断加快产品创新的步伐，快速响应市场需求，通过民生领域的项目开发、银企互联、网上服务、资金管理等方面的产品创新拓展维护了机构客户，增强了市场竞争能力。

国家劳动监察部门为保障农民工的合法权益，出台了从根本上解决拖欠农民工工资问题的实施办法。孝感分行大悟支行顺势而为，抢先争取到县劳动监察局农民工工资保证金专户落地工行，为各建设施工单位的农民工工资专户营销赢得了先机。坚持每月走访一次项目施工现场，宣传工行“助农安薪”政策，了解项目进展，根据客户的不同需求，开展有针对性金融服务。同时，开设“助农安薪”工程绿色通道，主动上门收集农民工信息，保证农民工工资能够按时足额发放。

根据国家人社部、省人社厅要求，各级人社部门发放企业退休职工养老金，必须采用社银接口直接发放，即“企业保”系统发放。2018 年 10 月 26 日，孝感分行在湖北工行系统率先试点投产“企业保”系统，并于 11 月 2 日首次完成了企业退休职工养老金发放工作，成功发放市直企业退休职工养老金 1.33 万笔、金额 2933.41 万元。

孝感分行在存款业务市场拓展中，注重对储户进行以科学投资为主题的金融知识教育，积极引导客户有效防范各类以高息为诱饵的金融诈骗，帮助广大市民通过合法合规的投资渠道实现金融资产保值增值，受到百姓大众的一致好评。

成绩属于过去，奋进正当其时。2021年是“十四五”开局之年，也是孝感分行新三年发展规划的起步之年。站在新的发展起点，工行孝感分行将以习近平新时代中国特色社会主义思想为指引，深入学习贯彻党的十九届五中全会和中央经济工作会议精神，对标孝感“十四五”经济社会发展规划和总省行发展规划，坚持党建引领、坚持市场导向、坚持风控优先，再聚合力、再添动力、再加压力，为推进当地经济社会高质量发展作出新的更大贡献，以优异的成绩向伟大的中国共产党百年华诞献礼！

作者：中国工商银行孝感分行党委书记、行长易必新

摄影：中国工商银行孝感分行党委宣传部姚志敏

广东吴川农商银行

情系“三农” 服务民生

大堂经理引导客户使用自助设备　摄影：张淇

服务“三农”，离不开金融赋能。在新时代召唤下，于2020年1月10日改制成功的广东吴川农商银行始终坚持“服务三农、服务小微、服务县域”的市场定位，坚持“客户至上、服务至诚”的服务理念，切实担负起金融服务“三农”“主力银行”的职责与使命，加大业务营销和支农支小力度，加快经营机制转换，谱写了一首情系三农、服务民生的壮丽诗篇。

夯实基础，优化布局

优化布局，服务民生。为了进一步消除农村金融服务“盲区”，缩小城乡金融服务差距，吴川农商银行坚持以优质、全面服务面向民生，不断完善网点服务和基础配套设施建设，将服务延伸至县域的每一个角落。

截至2020年末，辖内拥有29个营业网点，从业人员419人，设立农村金融服务站63个、ATM机53台，POS机608台，自助服务终端25台。ATM柜员机覆盖10个乡镇，POS机覆盖73个行政村，各类电子机具覆盖73个行政村，致力打造线上银行、智慧银行，确保线上、线下服务两不误，突破了网点在时间上、空间上的限制，为客户提供更加便捷、高效、标准化的服务，真正成为百姓“家门口的银行”。

回归本源，支农支小

坚守农村和县域主战场，回归本源和扎根“三农”，是农商银行对“主阵地”和“命脉”的守卫。

吴川农商银行改名不改质，始终坚守支农支小市场定位，以服务“三农”、小微企业为己任，积极履行社会责任，主动对接、上门服务，提升服务质效，努力满足涉农融资需求，扎实开展客户走访活动，深入小微一线、深入田间地头，以强烈的责任使命，践行普惠发展理念，大力支持农村农业发展，为地方经济发展贡献强大的金融力量。

与此同时，该行持续加大对支农支小扶持力度，加快普惠型产品创新步伐、挖掘小微贷款需求等措施，统一全员思想，落实责任主体，加强协作，整合走访力量，内外联动，排计划、列名单，确保走访无遗漏、无死角。准确把握辖区小微企业发展现状，深入挖掘新型农业经营主体、农户潜在金融需求，定制信贷专属计划，将金融惠企惠民政策送到千家万户，为支持地方经济做贡献。

改制以来，吴川农商银行进一步重点围绕吴川市蔬菜、海产品、水果、鞋业、羽绒、月饼等特色产业集群及绿色经济产业，加大支农再贷款力度，支持产业兴旺带动农民增收致富，大力推动乡村振兴，为“三农”经济和小微企业注入了源源不断的“金融活水”。

该行加大支农再贷款使用力度，支持200多户种植户。高屋村村民们在吴川农商银行贷款支持下，通过种植红薯增加了收入。尝到甜头的村民不仅积极性高涨，而且带动了大批村民发展红薯种植业。“这些红薯发往北京、湖南、甘肃、山东等全国各地，因为品质好现在供不应求。”该村民乐呵呵地说道，“主要种植的是红薯。今年的红薯好于往年，亩产在7000斤左右，保守估计能收入5万元。”近日兰石镇家家户户正起早贪黑忙着收辣椒，辣椒的大丰收让他们乐开了怀。“多亏了咱吴川农商银行的支持，才有我的辣椒种植基地现在的规模和效益。”梁老板高兴地说道。

风雨同舟，众志成城

2020年，面对突如其来的新冠肺炎疫情，吴川农商银行自觉履行金融机构社会责任，全力支援疫情防控，主动作为，用实际行动践行使命担当。

为统筹做好疫情防控期间金融服务保障工作，帮助中小微企业复工复产、破解融资困局，吴川农商银行针对符合条件、有实际需求的中小微企业严格落实延期还本付息政策，对符合条件的贷款按照“应延尽延”的要求，实施阶段性还本付息，更好地支持企业复工复产，截至2020年底已为吴川市辖内77家贷款客户调整延期还本11380.39万元，缓解了企业还款压力。为受疫情影响的酒店业、海味经营商场等客户降低利率为其办理续贷，截至2020年末，吴川农商行延期还本付息累计81户30260.48万元。对于辖内事关疫情防控物资和百姓生活生产物品保障的重点企业专门设立名单台账，了解企业受疫情影响情况和运营情况。截至2020年末，该行累计发放贷款金额4.78亿元，有效解决了企业复工复产资金需求。

与此同时，该行还推出“医务贷”产品，为奋战在吴川防疫前线的疫情防控工作人员，提供三年期低息免抵押消费贷款，旨在解决防疫前线人员家庭日常生活消费需求，温情守护医护人员梦想，助力打赢疫情防控攻坚战。

不断创新，精准施策

为适应信贷市场需要，满足客户贷款需求，根据地方实际情况，吴川农商银行不断创新金融产品种类，创新“鞋业贷”“悦农E贷”“应收租金质押贷”“精英贷”“金薪贷”“妇女创业贷”等产品服务，

到辣椒种植基地了解客户资金需求　摄影：张淇

助力吴川乡镇经济，实现乡村振兴战略。截至2020年末，吴川农商银行发放生猪养殖贷款1063万元，有效满足了16户生猪养殖户的资金需求。同时，为解决农民贷款担保抵押难的问题，适时推出"生猪活体贷"，以生猪活体作为抵押物而申请发放的经营性贷款，突破了现有传统抵质押物范围，盘活了涉农生物资产，破解了生猪养殖户的资金难题，为生猪产业恢复生产和转型升级提供了强有力的金融支撑，得到了当地政府的一致赞赏。

为助力打好脱贫攻坚战，吴川农商银行压实责任，精准施策，进一步统一思想认识，坚持"一户一策，一户一法"，确保各项金融助力脱贫攻坚举措落地落细、做出实效。

截至2020年末，向对口扶贫村累计投入资金约20万元，74户205人已全部脱贫，脱贫率达100%；按质按量完成41户危房改造工作任务；建档立卡的家庭经济困难学生，实施教育补贴；主动为贫困户累计发放扶贫小额贷款154笔431.2万元，充分满足贫困户购置小型农机具、发展家庭种养殖业和家庭简单加工业等小额信贷资金需求。多方牵线搭桥，进一步拓宽贫困户增收致富渠道，促进贫困户增加收入、改善生产生活条件，帮助贫困户提高自我发展能力，助力精准扶贫。

凡是过往，皆为序章。未来，吴川农商银行将继续秉承初心使命、坚守定位，持续深耕农村金融领域，致力服务"三农"和实体经济发展，进一步做实、做精、做细、做透本土市场，夯实吴川农商发展根基，勇当农村金融"主力军"，努力为广大城乡居民提供安全、便捷、优质的金融服务，为地方经济和社会发展做出更大的贡献。

作者：李伟才、邓善波、朱锦迎

桂林国民村镇银行

十年扎根沃土　深耕普惠金融

桂林国民村镇银行董事长郭悦（右）在恭城火龙果种植基地了解种植情况
摄影：黄远注

链接：桂林国民村镇银行于2010年12月27日揭牌，2011年5月26日正式对外营业，是经中国银监会批准于2010年成立的全国首批、广西首家地市级村镇银行，由宁波鄞州农村商业银行股份有限公司主发起。截至2020年12月底，全行营业网点共计32家，完整覆盖了桂林市区、11个县及重点乡镇。该行发展主要方向为第一产业——农业，牢记经营宗旨、坚持"支农支小"、下沉乡镇、创新服务、稳健发展，着力打造"小而美、小而精、小而专"的新型农村金融机构。先后被授予"全国村镇银行资产总额前50强""广西银行业金融机构服务三农及小微企业优秀单位""银行业金融机构支持桂林经济发展突出贡献奖""2020年度中国助农守信典范企业"等称号。

2010年12月24日，中国银监会批准成立桂林国民村镇银行，该行是广西首家、全国首批地市级村镇银行。十年来，桂林国民村镇银行创新赋能，蹄疾步稳，行稳致远，立足本土，服务"八桂"

大地134个乡镇540.6万城乡居民，践行普惠金融，打造爱心银行，助力精准扶贫，扎实推进乡村建设，发展壮大乡村产业，优先保障"三农"资金投入。该行有32家支行遍布桂林市区、11个县及重点乡镇，2020年末，实现资产总额74.52亿元，各项存款余额70.01亿元，各项贷款余额51.57亿元。

践行普惠，服务"农小土"接地气

"紧紧抓住'三农'金融供给着力点，重点支持农业产业链、农村专业合作社、特色农业和旅游业等产业发展。"在桂林国民村镇银行董事长郭悦看来，实实在在把地方的"毛细血管"打通，才能把服务实体经济的庞大"根系"扎实。

打造拳头产品——国民"快易贷"。根据市场需求，该行针对2020年严峻形势，充分考虑贷款客户的困难，积极开展线上产品研发，2020年9月1日推出额度最高不超过50万元的线上贷款产品——国民"快易贷"。"快易贷"凭借其流程简、放款快等优势，给贷款客户带来不一样的优质服务体验，助力该行信贷业务更上一层楼。目前，"快易贷"授信金额突破7.29亿元，申请授信人数超过2.3万人。

打造"一县一品"特色产品。该行充分发挥"地市级村镇银行"优势，不断深化小微企业金融服务，坚持做深做细做透本地市场，创新支持方法和服务模式，不断研发适用于本地市场小微企业产品。同时，结合桂林各县域农业、旅游等特色经济，因地制宜量身打造信贷产品，积极推动农村产业兴旺，赢得地方老百姓的高度赞扬。

成立了小微团队。重点扶持政府支持的创新型企业、重点企业、产业链中的龙头企业，持续不断地优化资金资源配置，提升资金使用效率。

在产品设计方面，根据企业生产、经营特点量身为其定制授信期限、担保方式和还款方式。深受桂林老百姓喜爱的"方便dai"产品贴合客户的消费需求，门槛低、放款快、手续简单、使用方便、利率优惠，客户可以根据自身需求使用授信额度，随借随还，授信额度可以全额取现，三年内循环使用。截至2020年12月末，该行"方便dai"用信余额6.6亿元。

加大对旅游名县阳朔县和龙胜县旅游业的支持力度。推出民宿、农家乐产业贷款，特别是"农家乐特色贷"带动龙胜县156户民宿及餐饮业发展，解决了600多人就业问题，带来近8000万元经济收入，为新农村、新产业提供金融服务支持。截至2020年12月末，该行民宿、农家乐贷款余额1.54亿元。

支持农业产业，开发产品"柿子贷"和"砂糖橘贷"。在柿子主产区恭城县、平乐二塘镇推出"柿子贷"，在当地柿饼产业经营者中形成了"想发展、要贷款、找国民"的良好口碑，为当地柿饼产业链发展壮大提供了有力的资金保障；在砂糖橘主产区荔浦市、永福县推出"砂糖橘贷"，深受当地农民的喜爱。截至2020年12月末，该行柿饼产业链贷款余额1.8亿元，砂糖橘贷款余额0.56亿元。

该行围绕区域特色优势产业，以农业龙头企业和核心企业为依托，加大对其产业链上下游客户的信贷支持力度，提升供应链整体竞争力；充分发挥网点地域优势，通过逐级授权审批等形式，对不同支行给予利率、额度和期限不同的授权，有效提高放贷效率，用高效赢得市场的认可。

该行深入推进整村授信工作，积极响应国家政策，坚持做好整村授信，助力乡村振兴，为村民送上优质的金融服务。整村授信启动会邀请当地政府部门及养殖大户参加，与村委签订整村授信战略合作协议，得到了村民的一致认可和好评。截至目前，该行在桂林67个村委、3个社企单位、4个商圈、1个合作社、1个养殖产业链开展了整村授信，用信户数1663户，金额19767万元。

"疫"中担当，金融"活水"润泽民生

自新冠肺炎疫情发生以来，该行按照桂林市委、市政府及监管部门的工作部署，认真落实疫情期间各项工作，提高思想政治站位，快速行动，加强信贷支持，降低融资成本，履行责任，助力企业复工复产。

疫情期间，该行主动全面了解企业受疫情影响情况，摸排医护企业融资需求，重点联系防疫物资生产制造、销售和流通等企业及医疗机构。同时，对医护类企业开通"快受理、快审批、快发放"绿色通道，快速解决相关企业的信贷需求，满足卫生防疫、医药产品制造及采购、公共卫生基础设施建设、科研攻关等方面合理融资需求，保证疫情相关信贷资源供给。

该行对因疫情导致短期失去收入来源的个人贷款客户给予一定还款宽限，对于参与疫情防控的医护人员、因病隔离人员的逾期贷款不计入逾期征信，不收取逾期罚息；对受疫情影响较大的批发零售、住宿餐饮、物流运输、文化旅游、商业物业等行业贷款，为符合条件的客户主动给予还款宽限期；加大对企业特别是为疫情防控和群众基本生活提供必需产品与服务的小微企业支持力度，适当下调贷款利率；对于受疫情影响较大的种植、养殖类贷款开通绿色通道，特事特批，保证客户资金需求。

疫情期间，该行实行银行减费让利，对受疫情影响的普惠小微企业实行降息政策。截至2020年12月末，该行累计为普惠小微企业办理降息共29笔，节省利息支出约63万元；使用延期还本付息政策，加强对受困企业的征信保护。对受疫情影响暂时失去收入来源的小微企业，可与客户协商合理延后还款期限，暂不视为违约，并且在此期间内新发生逾期的贷款不计罚息。截至2020年12月末，该行累计为492户客户办理延期还本付息，涉及贷款金额达8.66亿元。

该行还出台了针对优质客户贷款增额指导方案，针对受疫情影响导致融资难的优质客户，其中有增额需求，且有一定发展前景、资产负债比相对合理、具有良好的信用记录和还款意愿的客户，采取增额措施，一户一策，支持客户战胜疫情影响，严格落实"不抽贷、不断贷、不压贷"。

新冠疫情期间，该行主动对接永福县政府，争取到将贷款客户滞销的农产品在京东平台进行线上直播。直播当天，观看人数达到120万人，点赞80万人，销售砂糖橘干1100单、罗汉果花茶843单、沃柑560单，着实为果农解决了部分农产品滞销难题，此举受到社会的广泛好评。

受新冠疫情影响，桂林市各县部分农产品滞销，为助力打赢脱贫攻坚战，该行积极参加桂林市总工会组织的"助力脱贫攻坚 桂

林工会在作为”工会消费扶贫采购活动，帮助企业及农户拓宽产品销售渠道。活动中，该行与龙胜方乐食品科技有限公司、桂林大野领御生物科技有限公司达成认购意向，并签订了认购合同，认购金额累计7万元；探索运用“农民合作社＋三农协会＋农户＋银行金融服务”新模式，解决农户在生产过程中资金及产品的销售问题。截至目前，帮助农户销售三款特色农产品，分别为灌阳雪梨、马海辣椒、荔浦芋头。其中，灌阳雪梨共销售520盒、650千克，马海辣椒共销售1041袋、260千克，荔浦芋头共销售457盒、1465千克，这一举措既帮助农户解决了产品销售问题，又为该行客户带来了超值体验。

情暖四方，“爱心银行”根扎百姓

该行树立“守正出新、敦行致远”核心价值观，确立“践行普惠金融、打造爱心银行”的普惠金融理念，以“小事情、大作为”为经营理念，不断深化改革，履行社会责任，决胜脱贫攻坚，推进乡村振兴的坚定信念和发展成果，不断提升品牌形象。

该行在全州县绍水镇持续开展种植柑橘技术进村活动，邀请绍水镇镇政府农业站站长张东山为当地种植户授课，通过对附近种植地里的品种观察，向种植户详细讲解柑橘病虫害的防范、柑橘萌芽打梢处理等专业知识，为农民增产增收提供技术支持。

作为龙胜县扶贫工作小组中一员的龙胜支行，高度重视扶贫工作，对东升村进行了两个多月的深入调研，了解该村的气候、地形、土壤成分，并结合当前市场前景，为当地农户引进“黑老虎”进行种植并提供果苗和技术引进，解决了农户种植养殖技术落后和资金困难等问题，增强了贫困群众的自我发展能力，坚定了他们通过产业发展实现脱贫的信心。

“刘三姐”系列活动丰富多彩。2020年1月3日，该行签约著名表演艺术家黄婉秋（饰演“刘三姐”）作为“爱心银行”公益形象代言人，同时与刘三姐艺术团签约，将以送艺术文化下乡的形式，搭建基层群众文化交流平台。2020年下半年，举办了黄婉秋《刘三姐传记》签名赠书仪式，赠送客户黄婉秋刘三姐传记《只有山歌敬亲人》，给广大客户带来文化盛宴；举办“脱贫感党恩 奋进新起点”公益巡回演出在各县逐步铺开，黄婉秋和桂林刘三姐艺术团团长何有才以及三代“刘三姐”同台演出，每次活动现场均吸引数千人观看。公益巡回演出为打赢脱贫攻坚战、推进乡村振兴、决胜全面建成小康社会营造了浓厚氛围。

爱心捐助情暖四方。该行与资源实验中学10名贫困生“结对子”，每学期资助贫困生各1000元，为改善他们的学习生活尽一份力。捐助灌阳县黄关镇生活困难的贫困家庭，捐助金额4万余元；龙胜县龙脊镇金江村金竹壮寨、泗水乡周家村白面组发生民房火灾，全行员工伸出援手，为灾区群众两次共捐助资金、筹集大米、食用油等物资善款5万余元；参加桂林市民政局、桂林市慈善事业会主办的“慈善呵护 关爱童行”公益捐赠活动，为孩子们捐赠了一批爱心书包、反光背心、反光贴、《青少年公共安全预防与自救》科普图书等一系列爱心物资，价值11.4万余元，为孩子们的安全出行增添一份保障；恭城义工协会启动“2020爱心传递 助力瑶乡学子”助学项目，恭城支行员工积极响应号召筹集助学资金，12名员工报名参加此活动成为志愿者，将社会关爱及时送达寒门学子手中。

开展公益活动永远“在路上”。该行围绕“践行普惠金融、打造爱心银行”的理念，积极开展邀请环卫工人喝油茶活动、为高考考生爱心送考活动、到社区和乡村免费放电影活动、到贫困村开展“六一”儿童节慰问活动、“爱心义诊”活动、爱心献血活动以及在网点营业大厅设立“爱心驿站”，关爱户外工作者，慰问坚守一线的疫情防控工作人员和帮扶贫困户等。这一系列爱心举措，彰显了“爱心银行”的服务特色，时刻不忘企业所肩负的社会责任。

十载步履铿锵拓新路，十载风潮涌动逐浪行。十年光阴，不仅是桂林国民村镇银行稳健发展的过去，更是激情跨越、再铸辉煌的起点。面向新时代、新形势、新使命，全行将继续坚守使命定位、提升优质服务，发挥作为全国首批地市级村镇银行的优势，秉承“爱心银行”的经营理念，经常性开展扶贫帮困活动，不断提升金融服务水平，提高自身效益，持续为乡村振兴添砖加瓦。

作者：康楚苑　摄影：胡泽方

浙江省绍兴恒信农村商业银行

服务与需求无缝衔接

2021年年初以来，浙江省绍兴恒信农村商业银行将数字化转型作为全方位普惠金融的重要推手，致力于实现服务与需求的无缝衔接和无界融合，取得了显著成效。

战略引领，培育转型新动能

在恒信农商银行，数字化转型已上升到顶层战略，明确数字化转型工作目标和数字理念、数据治理、数字营销、数字管理、数字人才五大数字化工程措施，落实责任分工，分层级分阶段推进转型工作。

“以前每到月初就要腾出时间来做报表，一级一级报送数据，即耗时又容易出错。”绍兴恒信农商银行一客户经理说道。数据管理中心运用数字化工具推进存量手工报表整合工程，完成152张手工报表、9069个数据项梳理整合，实现了基层网点手工报表“零”报送和“机”取数，有效减轻了基层工作负担。

同时恒信农商银行积极推进各类科技项目实施，先后完成钉钉移动办公系统上线、新一代绩效考核管理系统优化、核心收单商户考核支撑辅助工具开发、“三资”管理系统上线试点等项目，为业务拓展和内部管理提供系统支撑。

数据先行，创新普惠新思路

通过深化多方数据合作，恒信农商银行为小微客户“精准画像”，实现服务与需求的精准对接。如该行依托公积金中心数据库直联，推出“浙里贷·公积金贷”，支持公积金缴存客户线上申贷、放贷，打造纯线上大数据便捷融资服务体验。截至目前，该行已发放“浙里贷·公积金贷”8.28亿元，惠及客户4600户。

恒信农商银行主动对接区农业农村局和各镇（街），建立辖区农户信息库，并根据信息建模“无感”授信，在剔除负面清单人员基础上，将全辖18—65岁的农户全部纳入浙里贷白名单，再通过“有感”反馈，引导农户通过手机端远程征信授权和无纸化签约，或提供签约“上门办”服务。目前，该行已授信农户10.05万户，授信总额203.86亿元。

该行还通过数字化手段在流程上做减法，上线“普惠通”移动办贷工具，支持申请、审批实时办。2021年初以来每笔贷款从调查到放贷平均用时不到2天。

科技驱动，打造服务新场景

“我们通过搭建一卡一机（IC卡和POS机）、一网一码（移动互联网和二维码）四大平台，推动线上线下融合，打造社区综合服务生态圈。”恒信农商银行零售业务分管负责人表示。该行以丰收互联手机App为抓手，与辖内政府机关、学校、医院、培训机构等单位开展各类公共缴费和开放缴费合作，积极开拓无感停车、智慧校园、智慧驾校、智慧农贸市场等场景应用，全面构建公共支付、缴费充值、医疗健康、商超便利、交通出行等多场景融合的数字生态体系。

2021年年初以来，恒信农商银行积极推进智慧菜场项目，以“智慧支付+电子溯源”赋能转型升级，打造便捷化、智慧化、人性化、特色化、规范化市场，目前已与辖内11家农贸市场签订合作协议，拓展互联网客户数18万户，覆盖率97.98%，互联网支付商户数10061户，比年初增加4925户。

恒信农商银行还积极打造“社保云、医疗云、市区云、社区云、校园云”五朵云服务体系，探索与行业部门在联名账户、客户认证、支付服务等方面的合作，为“最多跑一次”搭建线上平台。如该行依托“互联网+绍兴人社”系统，多渠道开展线上线下一体化的人社业务合作，支持14项社保服务在各网点办理，目前已发放市民卡13万张。

嘉兴银行平湖支行

金融添翼助力经济发展

开展主题党日活动

十八年乘风破浪，十八年奋勇争先。一路走来，嘉兴银行平湖支行主动融入平湖经济建设，灌溉“金融活水”，彰显红船领航地之使命、心系小微之豪情、关注民生之大爱。

风雨兼程、初心不改，站在“十四五”新的历史起点上，嘉兴银行将以打造“长三角服务高质量发展的卓越城市商业银行”为战略愿景，以科技创新引领高质量发展。平湖支行将紧抓科技金融改革机遇，积极探索、勇担使命、真抓实干，为金平湖新崛起注入更加强劲的金融力量。

回首特殊的2020，嘉兴银行平湖支行面对突如其来的疫情，从服务民营企业、助力小微企业，到聚焦“六稳”“六保”；从助推乡村振兴，再到服务长三角一体化，始终参与了平湖发展的每一步。全行员工凝心聚力，扛起本土银行责任担当，积极投身金融服务最前沿，唯实唯先、善作善成，从加强内部管理入手，转变观念、创新思维，重视队伍建设。传承红色基因，以党建引领浇铸银行“红”文化底色，进一步强化党建与业务的深度融合，将党建与业务有机结合，着力提升服务水平，各项工作推进成效明显。

硬核数据彰显了嘉兴银行平湖支行的硬实力：至2020年底，支行各项存款较年初增加6.51亿元，增速为18.32%，高于平湖全市平均增速11.12%。支行各项贷款较年初增加10.03亿元，增速为33.59%，高于平湖全市平均增速7.66%。

近年来，嘉兴银行平湖支行在努力实现自身转型发展与地方经济转型升级良好互动的同时，也结出了累累硕果，先后获得省级文明单位、巾帼文明岗、青年文明号，以及嘉兴市工人先锋号等多项荣誉；连续2年获评平湖市银行业金融机构综合评价A类银行；连续3年获评平湖市工作目标绩效考核优秀（部门）单位。

支持企业有“力度”

急群众之所急，解企业之所困。在助力企业发展之路上，嘉兴银行平湖支行的金融服务实打实。

“作为企业，我们发自内心感谢在困难时候伸出援助之手的你们，嘉兴银行平湖支行是我们永远的合作伙伴。谢谢你们的支持和帮助，我们企业愿与你们共同成长！”这是来自我市一建设股份公司负责人的心声。2010年，该建设股份公司与嘉兴银行平湖支行因一笔贷款结缘，由此迈入深度合作阶段。10年多时间里，支行一次次主动上门服务、一次次金融助力，授信支持力度也由1000万元提升到6000万元，一路见证了该企业的发展壮大。能让企业坚定地选择嘉兴银行平湖支行，可以说支行靠的是“始终以服务地方经济社会发展为己任”的信念和实际行动。也因如此，嘉兴银行平湖支行吸引了更多企业的目光。

核心系统上线

去年疫情期间，在得知我市一机器人有限公司因应收账款未能及时收回，无法马上投入大量资金对鞋底雾化消毒机进行生产的困境后，嘉兴银行平湖支行主动上门走访对接。在了解企业的金融需求后，及时伸出援手，为其“量身打造”100万元信用贷款，帮助企业解决燃眉之急，确保鞋底雾化消毒机等创新产品顺利投产，助力企事业单位、酒店等公共场所的复工消毒工作。一次合作也坚定了企业的选择，从疫情期间到如今，该企业与嘉兴银行平湖支行业务上的往来也更加深入。

近年来，科技型企业发展势如破竹，嘉兴银行推出了为科技型中小企业量身定制的“科技贷”产品，为该类企业的融资问题提供了便利。2020年末，支行科技贷款余额较年初增加2.25亿元，增速69.44%，高于全部贷款增速34.69个百分点，进一步体现了支行对科技型企业的支持力度。

嘉兴银行平湖支行还努力开辟多元化市场空间，与平湖企业同频共振，携手前行。积极对接各产业园区、专业市场、地方商会和中心集镇等，始终坚持服务实体经济不动摇，精准帮扶小微企业。2020年，支行全年共发放支小再贷款6.45亿元，使用无还本续贷周转贷款3.09亿元，普惠领域贷款占比37.88%，较年初提高3.11个百分点，进一步体现了支行做大小微客群的决心。同时，疫情期间主动作为，对3440万元贷款延期付息。

真情服务有“温度”

作为本土银行，嘉兴银行平湖支行始终致力于服务当地经济、社会民生，在对平湖的布局上进一步精耕细作，将银行的发展带到居民身边，建立了社区银行。

尚锦社区、虎啸社区，社区支行与普通银行网点不同，作为社区金融服务“最后一公里”，更加注重对个人客户的精准服务，以居民的需求为出发点，从居民最迫切、最关心、最现实的利益出发，与客户实现零距离互动，帮助居民解决实际困难和问题，让金融服务触手可及。

发展普惠金融，做细、做实金融服务，让金融服务惠及更多平湖百姓。今年，嘉兴银行平湖支行将新设一家社区支行，让金融服务常驻社区。除了提供多元化的金融服务之外，社区支行更具“温度”、更接“地气”，通过举办公益性活动、宣传反诈知识等，实现金融与居民有机融合、互促互进，进一步激活社区经济细胞。

作为普惠金融服务的践行者，嘉兴银行平湖支行一如既往地做好各项服务支撑，将金融服务往深里做、往细里做。通过“走进商户、深入社区、对接家庭”等多种渠道，同时结合节日开展客户主题活动，增加与客户的黏合度，深入践行“身边嘉银，温情相邻”零售定位。在自身队伍建设上，对团队及客户进行了重新划分，客户按区域进行属地管理，真正做到植根当地、深挖客户，同时积极对各产业园区、专业市场、地方商会和中心集镇开展渠道式营销，以专业服务提高金融服务的质量。

嘉兴银行平湖支行注重以真情服务“亮旗帜”，依靠自身金融专业优势，积极履行社会责任。去年疫情期间，支行主动帮扶23家企业复工复产，发放专项贷款1830万元，减免利息186万元。积极参与疫情期间社区防疫服务，主动发起爱心捐款（12422元）。

左图为开展网格大走访志愿服务；右上图为深入企业调研企业；右下图为金融知识宣传

在文明劝导、义务献血、垃圾清理、公益理发等日常志愿服务中，也处处涌现出嘉银员工的身影。去年，累计开展志愿服务总时长达300多个小时，近100人次参与活动。深入社区、乡镇、学校、市场等开展防范电信诈骗、爱护人民币等宣传活动逾80场，累计受众达1000余人。

今年以来，支行更是积极参与共建社区网格化工作，以“党建+金融”实现服务项目高效对接，与如意社区签订区域化党建共建协议。并与乍浦镇人民政府、平湖市长红公益发展中心共同启动“谨防电信诈骗，跨越数字鸿沟”——“耆乐指尖”系列公益活动项目。同时，创新开展“老年银行手机班”，增强老年金融消费者获得感，进一步提升老年人的自我防范意识。

科技赋能有“深度”

在全面拥抱数字化改革的浪潮之下，金融科技已成为各个银行竞争发展的新维度。为了让科技更好地赋能金融，作为平湖首批试点单位的嘉兴银行平湖支行赶在数字化改革全面铺开之前，抢抓机遇，将不动产抵押“云登记”纳入支行年度党建攻坚项目。创新“1138”工作举措，即“制订一个实施方案、组建一支攻坚战队、明确三大推进机制、排出八项重点任务”，成功实现不动产抵押“一站式办理”。“云登记”的成功运行，不仅简化了客户办理抵押业务的手续，提高了信贷业务办理的效率，节省了业务办理的时间，也是“最多跑一次”改革在金融领域开花结果的生动体现，进一步提升了支行的市场地位和影响力。

当前，数字化改革已成为时代的大趋势，金融科技的蓬勃兴起，不断催生了新产品、新业态、新模式，为金融发展提供了源源不断的创新活力。对嘉兴银行来说，这是赢得未来的重大机遇，主动融入这场数字化改革浪潮，进行品牌焕新和数字化战略转型。面对场景和用户快速变化的需求，嘉兴银行主动对营销和服务流程进行迭代优化，借助移动互联网、大数据、人工智能等金融科技，为员工和用户带来更高效的金融体验。

今年5月2日，嘉兴银行新一代核心系统成功投产上线，作为嘉兴银行近年来建设规模最大的科技工程，涉及29个新建系统和41个改造系统，开发建设并非朝夕之功。项目于2019年12月开始筹备，2020年2月正式进入工程建设阶段，前后历经集成架构建设、需求分析、系统设计开发与测试、数据迁移与治理、SIT测试、UAT测试、模拟演练等阶段的打磨攻坚。自工程开始建设以来，项目组每位成员不舍昼夜、全情投入，历经了17个月的披荆斩棘，500多个日夜的同心奋战，在无数个“白加黑”“5+2”的坚守下，最终成功打赢了这场攻坚战。

依托先进的数字技术，不断完善系统架构、优化业务流程、提升运营管理、强化风险控制等，为客户提供优质的银行服务。新一代核心系统的上线，简化了业务办理的手续和流程，让业务办理更快更便捷。新系统的上线也标志着嘉兴银行翻开了“科技金融”的新篇章，向打造“长三角服务高质量发展的卓越城市商业银行”迈出了平稳而坚实的一步。嘉兴银行平湖支行将以此为契机，为支行各项业务的转型升级和运营效能的提升提供强大的科技引擎支撑，成功实现科技基础设施建设的蝶变跃升。放眼未来，银行服务业务场景还将呈现快速发展的趋势，嘉兴银行也将进一步为用户获得更佳金融体验提供更多的解决方案。

中国民生银行拉萨分行

勇当支持小微企业发展的主力军

中国民生银行拉萨分行党委书记、行长侯勇

链接：中国民生银行拉萨分行于2013年4月进驻西藏开始筹备，同年12月正式对外营业。目前下设12个职能部门、5个企业金融部、3家支行和1家社区支行。在2019年中国银保监会系统意识形态工作座谈会上，《民生银行拉萨分行结合区情行情，强化意识形态工作主体责任》作为典型案例入选了银保监会系统意识形态工作亮点汇集。2018年，分行被评为全国银监会系统“文明单位”，分行营业部被评为“中国银行业协会文明规范服务千佳单位”，经济技术开发区支行被评为“中国银行业文明规范服务五星级营业网点”，宇拓路支行被评为“中国银行业文明规范服务三星级营业网点”，四家网点均被评为西藏银行业“良好银行机构”，实现了分行网点“良好银行机构”全覆盖。

2019年12月26日，是民生银行拉萨分行扎根雪域高原六周年纪念日。作为国内小微金融服务的开创者、引领者，民生银行始终坚持将小微金融业务作为全行战略业务深入推进，勇当支持小微企业发展的主力军，持续改进和完善小微金融服务体系，不断探索小微金融可持续发展模式。六年来，民生银行拉萨分行累计投放小微贷款超9亿元，服务小微客户数5587户，为西藏自治区小微企业的发展灌溉了源源不断的金融活水。截至2019年12月20日，民生银行拉萨分行小微贷款余额1.64亿元，余额较去年末新增0.83亿元，增幅102%；有贷户达178户，户均贷款金额92.3万元；小微贷款资产质量优良，零关注、零逾期、零不良。这一连串承载了民生人辛勤耕耘的数字，彰显了民生银行拉萨分行用心扶持实体经济，实力助推小微企业的责任与贡献。

助力小微成长，将小微业务作为拉萨分行战略业务

拉萨分行作为民生银行在西藏设立的一级分行，是民生银行系统内小微金融战略的坚定执行者。近两年来，受外部复杂环境和经济持续下行等多重困难的影响，广大小微企业备受冲击，同时取消对银行的特费补贴，银行经营效益大幅下降，民生银行拉萨分行还是坚持以有限的资源加大对小微企业的扶持，特别是今年更是加大投放力度，贷款增长翻番，坚定小微金融战略定位，不仅为众多的

中国民生银行拉萨分行办公大楼

小微企业解决了融资难的问题，还为众多的小微企业提供了现代金融服务，在世界屋脊走出了一条“专业化、综合化、特色化”的小微发展之路，得到了当地监管部门和业界的广泛认可，屡次获得监管部门的肯定。

扎根区域特色商圈，切实培育小微商户内生增长力

民生银行拉萨分行立足当地经济实际情况，通过充分的市场调研，找准拉萨小微市场定位，将“八廓古城商圈”及“清真寺虫草市场商圈”作为小微金融首发着力点。其中八廓古城商圈商户达14000余户，主要经营旅游纪念品、藏式日用品、工艺美术品、藏传佛教用品、藏药材、珠宝首饰品、服装鞋帽、建材、百货、餐饮住宿等，年交易量80亿元以上。冬虫夏草作为西藏特产享誉全国，拉萨清真寺地区作为原产地最大的冬虫夏草批发市场，商户达200户以上，也是拉萨分行小微贷款拓展的重点对象。拉萨分行将两大商圈下游产业作为小微优先开发重点行业，切实培育小微商户内生增长力，增强区内小微经济“造血”“供血”能力。截至2019年12月末，共为两大商圈累计投放小微贷款8.2亿元，民生银行拉萨分行正是以实际行动积极响应国家的号召，着力解决小微企业“融资难”“融资贵”的问题，深化西藏当地小微企业金融服务。

创新产品体系，打造民生小微特色品牌

民生银行拉萨分行积极致力于产品创新以更好地服务小微企业，先后推出多项服务小微企业的新产品，在西藏当地小微客户群体中赢得了良好的口碑。

一是民生银行拉萨分行2018年率先在自治区内推出了期限最长10年、最高200万元的重庆、成都籍小微商户房产异地抵押贷款业务。经过充分的调研了解到，拉萨当地经商的重庆、成都籍商户占40%以上，他们在拉萨经商多年，多为轻资产经营，考虑到子女在内地求学发展，往往把房产购置在重庆、成都等地的实际情况，民生银行拉萨分行为了帮助这部分群体能够享受融资服务，向总行特别申请对这部分小微商户抵押贷款进行批量授权，该方案一经申请即得到总行的大力支持，民生银行拉萨分行成功地为该部分客户群体提供了贴心的金融服务，解决了他们的实际困难，赢得了商户们的信任。

二是创新实现IPAD办理上门贷款方式。民生银行拉萨分行小微企业贷款实现了全程无纸化、电子化操作，不仅大大节省了时间，还降低了小微企业的融资成本。

三是大力推广“随借随还”贷款。民生银行拉萨分行以小微金融“标准化、模块化、规模化”为目标，为了满足小微企业“短、频、快”的资金需求，民生银行拉萨分行持续推广额度内“随借随还”贷款，小微企业主可在授信额度和期限内，随时随地自主灵活提款，不限次数和额度，也可根据企业的经营状况随心还款，既满足及时用款需要，又避免了资金的长时间占用，方便灵活。

优化流程，切实提高服务小微企业效率

为更好地服务小微企业，切实提高零售资产业务作业效率，打造拉萨分行民营小微业务强势品牌，在该行领导的高度重视下，民生银行拉萨分行2018年参照内地分行的先进经验，对于现有的流程进行了全面改造：一是将运营面签及放款以外的抵押等流程向风险管理部集中，客户经理不再参与面签抵押进取件及放款环节，也不用频繁往返于支行与分行之间，将时间精力全力集中在客户拓展方面，大大释放一线生产力；二是贷款审批部门承诺在客户申请资料准备齐全的情况下最快2个工作日审结，大大提高了审批效率。

流程改造后，民生银行拉萨分行小微贷款业务平均办结时效较改造前缩短了15个工作日。经过流程的全面改造，民生银行拉萨分行的受理环节更加精简，审批效率大大提升，客户经理生产力得以释放，为更好地服务民营小微企业奠定了坚实的基础；同时，加大了中长期贷款的推广力度，使客户可获得较长的授信期限，避免了短期内多次提供材料审批，切实方便了小微客户的贷款使用，减轻了小微客户的负担。

严格管理，强化风险控制和合规经营，打造专业化的小微金融服务团队

民生银行拉萨分行设立了小微专业团队，并一直着力培养打造专业化小微客户经理队伍，保持小微业务团队人员的稳定性，不断增加人员配制。在小微企业主聚集的各大商圈、市场、园区开展小微服务工作，为小微企业提供金融服务。在团队培养过程中，民生银行拉萨分行一直强调严格管理，合规经营的重要性，要求客户经理在业务办理过程中应廉洁自律，严格要求自己，将500万元以下的小微贷款作为拓展重点，坚持办理抵押贷款，坚持办理“真小微”业务，严禁内外勾结，严禁向客户“吃拿卡要”，严守职业道德及风险底线，严防违反操作风险及道德风险行为情况的发生。同时，不定期邀请行内外专家开展“雪鹰展翅”培训计划，进一步提升零售条线员工的业务素质和综合能力，更好地服务小微企业主。并不断完善考核评价机制，鼓励客户经理积极开拓市场，不断优化金融服务。

真诚服务，相伴成长，用心赢得客户认可

一个真实的案例可以充分体现出民生银行拉萨分行是如何践行“为民而生，与民共生”的文化基因。

扎西曲塔风情酒店位于西藏自治区首府城市拉萨主城区中心区域，距离大昭寺步行约10分钟可抵达，主要经营范围为住宿、餐饮、土特产及工艺品。店老板南措是当地居民，从2004年起就开始从事佛珠、天珠、红珊瑚、蜜蜡等古玩及虫草等工艺品的销售，2011年起开始从事酒店、餐饮、土特产、工艺品的经营及销售。因经营需要向民生银行拉萨分行申请1000万元小微贷款用于酒店装修。民生银行拉萨分行小微客户经理了解后，第一时间上门拜访，通过计算发现其经营流水无法覆盖贷款本息，很难满足其融资需求。为解决企业实际困难，客户经理团队在与分行相关职能服务部门交流探讨后多次拜访企业，进行了深入沟通，共同寻找解决方案。经过多次沟通，发现店老板南措的爱人名下在日喀则还有一家酒店，目前经营状况良好。在保证效率的情况下，客户经理团队自掏腰包陪同客户当日往返日喀则，实地调研该酒店经营情况，并将客户整体资产情况与分行审批部进行沟通。由于借款金额超出分行审批权限，需将该笔贷款项目报送总行审批。通过分行与总行多次沟通，最终总行同意了将客户配偶在日喀则酒店的经营流水纳入到拉萨扎西曲塔风情酒店在我行小微贷款的共同还款来源中。该笔小微贷款业务从客户申请几经波折到最终放款，仅用了二十天左右的时间。店老板南措由衷地感叹：“我们为了生意拼了命打拼，但你们民生银行为了我们比我们自己还要拼，你们民生银行这样的银行正是我们需要的啊！”

不忘初心，方得始终。民生银行拉萨分行在西藏六年的小微金融实践过程中，走出了一条独具特色的小微金融发展之路。 2020年，是民生银行小微金融迈入新十年的开局之年，民生银行小微金融始终坚持开放的理念，坚持以客户为中心，着力打造线上线下产品服务体系，为广大小微客户带来最温暖的产品和最有人情味的服务，真正实现“助力每一个小微的梦想”，全力推进民生银行小微金融服务再上新台阶。

该行党委书记、行长侯勇指出，民生银行拉萨分行将继续坚定战略，砥砺前行，创新服务，按照总行战略要求，继续加大对小微企业金融的支持力度，乘着自治区“十三五”改革发展的东风，坚持“讲政治、讲团结、保稳定、守规矩、防风险、谋发展、促和谐”，坚持合规稳健经营，为把民生银行拉萨分行打造成区内标杆银行努力奋斗。

西藏拉萨远大建材有限责任公司

砥砺前行 铸民族企业之魂

拉萨远大建材有限责任公司董事长洛桑金巴（左）捐资120万元修建温室大棚 摄影：刘峥

2000年的金秋，乘着西藏改革开放的盛世，拉萨远大建材有限责任公司诞生了。在董事长兼总经理洛桑金巴的带领下，由国企下岗职工、职工家属和农牧民组成的一批追随者，出于对洛桑金巴的信任，带着激情，带着梦想，在21世纪初——远大盛世起航。20年来，远大公司纳税总额达到1.4亿元，为当地农牧民增收2.28亿元，解决就业498人，其中农牧民占公司总人数的95%以上，为员工发放福利人均达到17.7万元。经过20年的发展，远大公司资产从初创时的600万元，到如今的3.47亿元，职工年平均收入也翻了几番，买车、买房……随着可支配收入的增加，职工个人生活都发生了翻天覆地的变化。

20年前，远大公司低调成立

2000年的冬天，似乎比已往来的更早一些，那年的10月中旬，天空就开始飘起了雪花。

这年的10月16日，在拉萨西郊，没有条幅，没有花篮，也没有鸣放鞭炮，拉萨远大建材有限责任公司就这样低调成立了。公司当时的注册资金是600万元（2012年增资至4000万元），董事长兼总经理洛桑金巴，带领一批下岗工人和拉萨水泥厂正式职工的家属及子女，开始了他们的艰辛创业之路。

这一年，洛桑金巴48岁。

远大的很多老职工都清楚地记得，远大公司召开第一次职工大会时，是在一处废弃的食堂里，房顶还有露天的大洞，当时天空中飘着雪花，大家有的坐在砖头上，有的坐在破旧的纸箱上，有的坐在自己捡来的木块上，还有很多人在站着，尽管条件艰苦，大家内心却是火热的，因为他们不管大小，很多人成了是公司的股东，也就是说，大家都是自己在给自己打工了。

洛桑金巴看到会场上时的状况，在开完例行的会议议程后，洛桑金巴坚定地说：“我希望，下一年召开职工大会时，我们能有一个像样的会议室。”

没有口号，没有豪言壮语，洛桑金巴语气里透露出的是带领大家致富的信心和决心。

第二年，远大公司不仅有了自己像样的会议室，而且大家都还拿到了分红。

说起远大公司初创是的困境，洛桑金巴说：“当时虽说注册资金是600万元，但厂房和设备入股就占很大一部分，手头根本没有多少流动资金，简直可以说是白手起家。”

远大人至今都记得，公司成立之初的几年里，洛桑金巴每天晚上12点甚至凌晨一两点回家，早上5点钟他又到厂里了，那时候，米色的风衣、红色的安全帽是他的标配。

洛桑金巴说：“那时候并不是说我多么拼命，公司刚刚成立，

公司自行出资打造的大型民族歌舞诗《耕耘天地间》剧照　摄影：刘峥

比较脆弱，是经不起折腾的。生产车间的安全是第一要务，每天只要看到机器在正常运转，我就放心了。”

公司站稳了脚跟，洛桑金巴开始着手技术改造、设备更新、增加生产线、创品牌、做宣传、做营销、扩大销售，这一切，洛桑金巴都和工人们一起冲在第一线。所有人员没有消极怠工，没有偷奸耍滑，不讲任何条件，都像干自家的事一样拼命在干。

20年来，远大公司纳税总额达到1.4亿元，为当地农牧民增收2.28亿元，解决就业498人，其中农牧民占公司总人数的95%以上，为员工发放福利人均达到17.7万元。经过20年的发展，远大公司资产从初创时的600万元，到如今的3.47亿元，职工年平均收入也翻了几番，买车、买房……随着可支配收入的增加，职工个人生活都发生了翻天覆地的变化。

远大艺术团，活跃在建设工地的文艺团体

远大公司有一个艺术团，全是农牧民子女组成，所以叫远大农民工艺术团，远大农民工艺术团成立于2005年。

2005年，为了解决就业，也为了圆一批又艺术天赋的农牧民子女的舞台梦，远大农民工艺术团正式成立，成立之初，远大公司聘请自治区歌舞团、自治区群艺馆的专业人员对这些半路出家的孩子进行技能培训，从拉萨市电视台开始起步，一步步走上了专业的大舞台。

每年，西藏电视台藏历新年晚会、雪顿节开幕式、西藏自治区成立和西藏和平解放等大型庆典活动，都有远大农民工的身影。他们还到内地参加演出，足迹遍布辽宁、山东、江苏、浙江、贵州、重庆等地，获得了包括中宣部、文化部、中央电视台、中华全国总会、中华全国工商联、国家体育总局和自治区、拉萨市和堆龙德庆区等在内的各类奖项。

远大农民工艺术团足迹几乎遍布近年来西藏的各个大型建设项目，和自治区总工会和拉萨市总工会一起，到达包括青藏铁路、拉日铁路、柳梧新区、拉萨到泽当的高等级公路、米拉山隧道、羊八井隧道、大古水电站、中建八局贡嘎建设项目等工地现场，都进行过慰问演出，受到热烈欢迎。

而每年的望果节，这支活跃在田间地头和草场上的农民工艺术团，最受农牧民群众欢迎，被百姓习惯地称作红砖艺术团。

现在，远大农民工艺术团为了宣传西藏文化，自行出巨资打造了一部大型民族歌舞诗《耕耘天地间》，为下一步走市场做好了充足的准备。

公司是大家的，成果应该大家共享

2016年8月，远大公司自行出资建造的远大幸福家园160套经济适用房竣工，分房的条件是，首先在拉萨没有住房，然后是按工龄进行划等级分配，15年工龄的职工，房屋按每平方米1800元算，10年工龄的按每平方米2200元算。

职工们自己算了一笔账，按当时的市价，建筑成本就在2000多元，这还不包括土地、建筑设计、附属工程，等等，当时周边的商品房每平方米在4800元左右，现在，当地的房价每平方米已是7500元起价。

说起给职工修建经济适用房，洛桑金巴说：“其实这心思从公司成立之初就有了，当时，远大的很多职工都是租房居住，为了省钱，他们一般租住的房子不大，很多还没有阳光，没有阳光的房子在拉萨的冬天是很冷的，那时候我虽说没有公开说，但在心里暗暗就决定了，将来公司发展好了，我一定给大家建房子，改善他们的居住环境，后来因为公司发展需要，占用了大量的资金，直到知道10多年后才实施，让我们的员工受苦了。做这些，说白了，我们公司就是想增强职工的归宿感和幸福感。远大公司是大家一起打拼出来的，大家应该共享成果。”

增强职工的幸福感，远大还有一招，就是发钱发物。曾有一段时间，远大公司给职工发放的福利，惹得国营单位的职工眼红，这点，远大的老职工最有体会。每年，过节费、烤火费、各项补贴等等，一句话，就是发钱。至于发物品，大到电视机、数字纯平电视机、洗衣机、搅拌机，小到卡垫、面粉、大米、食用油、猪肉罐头、服装、床上用品，等等，应有尽有，曾有老员工骄傲地说，我家里的很多日用品几乎没有买过，几乎都是公司发的。

很多时候，公司管理部门会为每年给员工发什么而发愁。另外，每年公司组织过林卡、聚餐更是形成了惯例。

回馈社会，扶贫攻坚远大在行动

企业发展了，远大公司开始回馈社会，洛桑金巴经常说：“一个企业的文化其实就是一把手文化，一个企业的社会责任感也是如此，其实做公益不是有钱没钱的事，是你得有那份心。”

远大公司很关注教育事业，为推动贫困地区基础教育事业的发展和科教兴藏战略的实施，当远大公司得知堆龙德庆县马乡常木村小学校舍年久失修，洛桑金巴率先捐款5000元，从而带动公司股东捐款，加上公司出资，总计达40万元，用于马乡常木村小学的建设，极大地改善了该校的办学条件，为广大师生重新提供了一个优越的工作和学习环境。

从重建常木村小学开始，远大公司每年都为该校学生送书包、文具和衣物，那几年，在常木村小学就读过的孩子，都穿过远大公司捐赠的校服。为了孩子们的身体健康，远大公司花钱，请专业医院的医生到学校为孩子们免费体检，这些举措直到常木村小学并入堆龙德庆区马乡中心小学才结束。

送文艺下乡也是远大公司公益行动的一部分。远大公司得知农牧民喜欢藏戏，就把西藏自治区藏剧团的名演员们请到乡村去演出，还把西藏有名的相声小品演员也请去为农牧民演出，让乡亲们在家门口看到了平时只能在电视里才能看到的那些明星。

送文艺下乡远大公司考虑得很周到，为了不给农牧民增加负担，公司买好吃的带着，不让农牧民花一分钱。

2011 年藏历新年前，为了让拉萨曲珍孤儿院的孩子们过上一个祥和的新年，远大公司给孩子们买了 1 万元的牦牛肉；孤儿院院长旦增请求洛桑金巴，希望借 3 万元，他们建一个洗车场来增加收入，洛桑金巴同意了，但不是借，而是直接资助了 3 万元。

2014 年，山南地区隆子县一位村民找到洛桑金巴，说村里为残疾人搞的项目，没钱买水泥，别人告诉他到拉萨找洛桑金巴就能解决。于是，那位村民真的来到远大公司，洛桑金巴问明情况后，自己花钱买了 20 吨水泥解决了问题。而山南错那县 6 户困难家庭需要资助，远大公司为每户捐资 3 万元，共计 18 万元。

和洛桑金巴素不相识的吉林退休老人王斌，只写了一封求助信，几年时间里，远大公司就资助了他近 6 万元。远大公司还长期资助 6 位家庭贫困的孩子上学，现在最大的孩子已经大学毕业工作了。

为了响应政府精准扶贫的号召，2016 年 10 月，远大公司给堆龙德庆区羊达乡通嘎村患有重病的中学生边巴次仁捐款 10 万元，给堆龙德庆区东嘎镇桑木村三组重病村民尼玛仓捐款 5 万元，给堆龙德庆区东嘎镇东嘎村一组患重病的村民洛珠捐款 6 万元，给来自湖北腿部有残疾的困难职工吴照华捐款 10 万元，以此解决了他们的实际困难；给堆龙德庆区东嘎镇东嘎村一组捐款 34 万元，其中 20 万元为一户困难家庭购买了房子，14 万元放在村里当机动资金，用于村民大病医疗前期垫资费用。

2019 年，为了帮助日喀则市萨迦县吉定镇桑珠岗村的贫困户脱贫，洛桑金巴自行捐资 120 万元，修建了三座蔬菜大棚，每年可以创收 40 多万元，为贫困户持续创收提供了可能。

而远大公司下属企业解决桑木村、通嘎村、加木村村民就业和原材料和产成品运输等，带动产业扶贫，大大增加了村民收入。

抗击疫情，远大免租 168 万元

2019 年底，武汉发生新冠疫情，西藏抗疫形势也很严峻，洛桑金巴主动找到堆龙德庆区相关部门，代表公司捐款 20 万元，个人捐款 15 万元，还以老党员的身份捐款 1 万元。同时，在做好单位疫情防空的基础上，号召党员和职工捐款近 3 万元。

远大公司有一部门物业出租，2020 年 1 月，远大公司为解决租户困难，为租户免除房租 168 万元，受到租户的一致好评。

在内部，远大公司给员工全额发放工资，给因受疫情影响而不能上岗的职工，发放抗疫补贴，安抚职工的情绪，得到职工的一致赞誉。

加强党建工作，远大人永远跟党走

远大公司在注重发展经济的同时，更注重机构建设工作，在远大公司成立之初，就健全了党支部、工会、共青团、女工委等组织机构，有着 30 多年党龄的洛桑金巴亲自担任党支部书记，多年来，远大公司党支部积极开展党建工作，依据党员发展要求，发展新党员，目前，党员人数占公司总人数的 15.7%。“三会一课”、开展系列主题教育活动，党员扶贫帮困送温暖、西藏百万农奴解放纪念馆、谭冠山烈士纪念馆、井冈山精神红色教育基地接受再教育等，都成为远大公司党支部党建工作的常态行为，给职工树立永远跟党走的思想观念，充分发挥了战斗堡垒和先锋模范作用。为此，远大公司党支部多次荣获堆龙德庆区、拉萨市和自治区颁发的先进基层党组织荣誉称号。

注重民族团结，远大成为企业试点单位

企业大了，人多了，洛桑金巴很注重大家的团结，特别是各民族之间的团结。远大公司的职工主要是藏族和汉族，公司内部有一个不成文的规定，就是汉族同志过年，藏族同志值班，藏族同志过年，汉族同志值班，无论是过春节还是过藏历新年，藏汉同志都互相拜年。

洛桑金巴深深地知道，在民族地区办企业，民族团结是工作的重中之重，所以，远大公司创建了自己的民族团结月活动，而且每年都在公司开展民族团结进步先进集体、先进个人的评选和表彰活动。因为民族团结工作做得好，远大公司获得了拉萨市和堆龙德庆区颁发的“民族团结进步先进集体”荣誉称号，还是民族团结进步进企业的试点单位。

远大的发展，是西藏经济跨越式发展的见证

说起远大公司这些年来的发展，68 岁的洛桑金巴说：“我个人的奋斗历程，也是新西藏发展史的一部分。远大公司发展壮大离不开党的好政策，离不开自治区各级政府的大力支持，更是西藏经济社会跨越式发展的最好见证。”

2021 年，是中国共产党建党 100 周年，也是西藏和平解放 70 周年，是大事多喜事多的一年，为进一步深化改革，远大公司会进一步加大投入力度，以此来表达公司对非公经济发展前景的信心和决心。目前，勇于拼搏的远大人正扬帆起航，在习近平新时代中国特色社会主义思想指引下，乘着中央第七次西藏工作座谈会召开的春风，撸起袖子，为建设团结、富裕、文明、和谐、美丽的社会主义现代化新西藏而努力奋斗，为远大的美好明天而继续拼搏。

作者：刘峥

河北沧州国家粮食储备二库

地方粮企从“吃政策饭”到“做贡献”

链接：河北沧州国家粮食储备二库是沧州市国资委直属的国有大型粮食购销企业，是市级粮油储备库、吉林玉米中心批发市场玉米交货仓库、国家粮食局科学研究院实验粮库，具有独立法人资格。所处地理位置优越，紧邻石黄、京沪、津汕高速，门前 307 国道直通黄骅港，距港口 80 公里；库区占地 80 亩，高大平房仓 12 栋，原粮仓容 9 万吨，植物油储罐 6 个，容量 6000 吨。该单位是河北省粮食协会副会长单位，沧州市农业产业化龙头企业，多年被沧州市市直工委评为精神文明先进单位。

科学绿色储粮确保品质、瞄准优质资源打造高端项目、党员冲锋一线凝心聚力……从“吃政策饭、拿补助钱”的老国企，变身勇闯市场的“创业者”，在河北省沧州市国资委的引导支持下，沧州

珍惜每一粒粮食

库区鸟瞰图

粮食国储二库开始朝多元化发展。这样的转变，恰是老国企在新时代的发展缩影。

品质——规范管理保粮安

8仓，磷化氢9ppm，泄漏0ppm，仓温24.1℃，仓湿37.2%RH，露温8.5℃，氧气20.4%VOL……

在河北沧州国家粮食储备二库，仓房上大屏幕实时滚动的数据格外醒目。这是2018年沧州粮食国储二库在省内率先启用的多参数实时在线监测系统，是科学保粮的重要一环。

粮食安全无小事，尤其储备粮。一粒粒关系民生的粮食收入仓内，必须确保科学、绿色存储。

“不仅如此，仓房采用电子测温、环流熏蒸、机械通风等科学保粮技术进行绿色储粮，可以保证粮食活性、延缓品质下降。”粮库党支部书记、主任孙立春介绍。2016年，粮库率先采用内环流这一绿色储粮新技术，冬天抽入冷气蓄冷，当粮堆达到5℃以下关闭舱门。夏天利用冷气内循环，温度能有效控制在最利于粮食保存的25℃以下，最大限度减少熏蒸，确保粮食和人员安全。

在粮食进仓之前，粮库就严格做好除尘、去杂质、过筛等工作，确保储备粮的品质；厂区内严禁烟火、操作工上岗必须佩戴安全帽、手套；入库粮食需由安全员、保管员、监督员、直管领导等多层签字确认；巡查小组每小时全厂巡查一次……

孙立春介绍，近年来，粮库在设备更新、消防配套更新上的投入已超400万元。2019年10月，全国人大农业与农村委员会调研组一行对粮库的工作给予充分肯定。而经层层考核，粮库也被确定为中储粮沧州辖区标杆代储库。

聚力——以党建促企业文化建设

错时就餐，群众先吃、党员干部后吃；自己开垦菜园种植蔬菜瓜果供员工食堂使用，党员干部承包面积大的进行打理，小一点的地块留给男员工，最小的地块留给女员工；食堂没有专职人员，党员干部带领职工轮流下厨，即便是还没结婚的年轻人，在这里也掌握了一手好厨艺；防疫期间所有党员干部在岗值班，经常是几天几夜回不了家……

“说实话，我们这种单位入职门槛并不高，不需要高学历，但需要很强的责任心。”孙立春坦言，想要带好这样的队伍，秘籍就是抓党建。

党建工作是国资委管理企业的重要抓手。2019年划归国资委直管后，粮库的党建工作更加具体有效，无论是“亮出你的党徽”还是建立党员示范岗，都让党员的旗帜作用更加鲜明。

尤其是疫情发生后，在沧州市国资委的领导下，孙立春带领全体党员干部冲锋在前，轮流值守。36名在岗员工中有11名共产党员，这11人几乎一直在一线，要负责厂区的消杀、安全，要负责职工及家庭成员的健康排查，还要四处筹备防疫物资，为复工复产做足准备……职工们被深深感动着，工作积极性提高了，使命感和责任心增强了。粮库组织的两次抗“疫”倡议捐款，员工累计捐款9320元。

担当——国企更要有大作为

从负债累累到略有结余，粮库近年来的发展一直“谨小慎微、如履薄冰”。

“一分钱的差价可能盈利也可能破产。”孙立春说，永远不能拿粮食去“赌博”。粮库不仅发展代储代收业务，还在县里建立售后服务中心，确保收到一手好粮。

“不能光吃政策饭，要为国家做贡献。”沧州市国资委主任张现龙带领领导班子多次到粮库进行调研，他建议，不要拘泥于现有的经营创收模式，要把眼光放得远一些，把项目选得更精准。

加强日常收储管理

令孙立春感动的事一件又一件。沧州市国资委领导帮助他们选项目——海兴、黄骅的盐碱地种出的营养丰富、口感劲道的碱麦，他们请到了世界谷物科技协会的会长帮忙设计针对沧州海兴、黄骅碱麦为原粮的专业生产设备，此设备中的低温处理石磨为丹麦进口。2020年下半年，瞄准高端市场的碱麦加工产品将问世；五常大米、山西小米、食用油、枣品礼包等，不仅本地的资源要盘活，外地的优质资源也要引进，目的只有一个：推出品质优、价格合理的产品。

就在不久前，孙立春经历了“史上最快”的贷款审批发放，及时备足了收储资金。而这背后，是沧州市国资委领导在市“两会”期间特事特办召开手机电话会议出具相关文件，支持粮库顺利拿到贷款。

国企品质、国企信誉、国企担当。多年来，孙立春对这些有了更深刻的理解。而在未来，他也将带领自己的团队更加尽心尽力、尽职尽责、尽善尽美地走好每一步。

安徽省马鞍山采石风景名胜区

山水人文竞相映 无限风光采石矶

链接：采石风景名胜区地处安徽省马鞍山市，是一处以诗仙李白为灵魂，以丰富的历史文化内涵为底蕴，以“翠螺浮大江”的山岳型自然景观为特色，以文化欣赏、自然观光和休闲为主要功能的综合型国家级风景名胜区。采石风景名胜区总面积64.85平方公里。由采石矶片区、濮塘片区、青山片区、横山片区四部分组成。

采石矶绝壁临江，水湍石奇，雄踞于江流之中，与岳阳城陵矶、南京燕子矶合称“长江三矶”，又因其风光旖旎、人文荟萃而成为三矶之首，被誉为“长江第一矶”。这里有全国最大的李白纪念馆，“当代草圣”林散之艺术馆，千年古刹广济寺，驰誉江南的三元洞，谪仙园古建筑群、古栈道、翠螺湾等众多景点。

地处当涂县的青山片区，其山势峥嵘，岩壑灵秀，蜿蜒起伏，林木葱郁，有唐代大诗人李白墓、南齐大诗人谢朓的谢公祠遗址、谢公井及宋代书法家朱芾所书的“第一山”碑等。

与南京市江宁区接壤的濮塘片区森林覆盖率达到70%。景区内有多处奇观，白母园“千年白母抱黄儿”、回音壁神秘回音，以及全长约150米的国内最长“车逆行，水倒流”的神奇怪坡。

横山片区位于博望区，景区内澄心寺距今已有1500多年，因南朝齐梁间“山中宰相”陶弘景在此隐居炼丹而闻名；在横山天然形成的“石门”奇景之上，有唐人摩崖题刻楷书“石门”二字，相传是李白手迹，为安徽省72处古迹之一。

采石风景名胜区有着深厚的文化内涵。采石矶由于地形险要，又为金陵门户，自古以来就是兵家必争之地，历史上有记载的著名战役就有20余次。四大片区风光旖旎，各有特色，名人雅士纷至沓来，留下许多脍炙人口的诗篇和动人传说。除了李白，历代前来游览的名士墨客还有唐代的白居易、刘禹锡，宋代的王安石、苏轼、辛弃疾，元代的赵孟頫，明代的王世贞，清代的黄仲则，现代的郁达夫、郭沫若等近三百人，共写下近千篇诗文，使得采石风景名胜区因文化之丰盛而流光溢彩。

采石矶景区对本市市民免费开放、采石风景名胜区四大片区旅游直通车开通、《马鞍山市采石风景名胜区条例》颁布实施、成功拿下国家5A级旅游景区“入场券”……2019年，安徽省马鞍山采石风景名胜区管委会坚持“科学规划、严格保护、统一管理、永续利用”的工作方针，紧紧围绕国家级风景名胜区资源保护、四大片区联动发展以及采石矶5A级旅游景区创建等中心工作，凝心聚力、砥砺奋进，被誉为“千古一秀”的采石绽放出新的光彩。

景区对市民免费开放，广受好评

2019年“五一”前夕，“采石矶景区对本市市民免费开放”成了马鞍山市民“朋友圈”的刷屏信息。

根据2019年初市十六届人大二次会议46号议案，市政府决定“自2019年五一起，采石矶景区对本市市民免费开放”，并作为2019年市政府为民办实事项目之一。采石风景名胜区管委会作为牵头单位，及时制定了《采石矶景区对本市市民免费开放工作实施方案》《采石矶景区“五一”假期旅游保障工作方案》以及突发事件应急处置预案，定期组织召开专题调度会，协调解决景区外围通景主干道及周边环境整治、景区内部基础设施增设与完善、停车场建设与管理、横江街（商业、饮食）开业和公交线路调整等一系列问题。

自2019年5月1日免费开放以来，采石矶景区共对本市市民免票近80万人次，取得了良好的社会效应和经济效益。

5A创建，高分通过国家级景观质量评审

采石风景名胜区管委会作为市5A创建领导小组办公室单位，年初制定了《2019年度创建工作任务分解表》《采石矶5A级旅游景区创建项目一览表》《采石矶5A级旅游景区创建工作目标管理绩效考核评分标准》，建立了“定期督查调度、联席会议、重大事项专题报告、年度目标督查考核”等工作调度推进机制。

2019年，紧紧抓住长江东岸环境综合整治这一重大契机，一体化推进5A级景区创建，大力实施景区内外部环境综合整治、滨江湿地公园建设、九华村环境整治、九华西路整体维修、智慧旅游项目等系列工程，以及消防安防系统升级改造、文博场馆展陈提升、基础设施零星维修等重点项目，极大地提升了景区内外的整体形象。

2019年11月上旬，采石矶景区以93.9的高分通过国家5A级

采石矶景区北入口 摄影：刘方文

采石矶夕照　摄影：谢福乐

太白楼　摄影：谢福乐

旅游景区景观质量评审，列入5A级旅游景区预备名单。这是国家文化部和国家旅游局合并后举行的首次评审，也是安徽省唯一一家入围的景区。根据市委九届十一次全会、市委经济工作会议、市十六届人大四次会议《政府工作报告》的要求，2020年要实现5A级旅游景区创建目标。目前，采石风景名胜区管委会正会同市文旅局、市文旅集团和雨山区政府对照创建标准和要求，制订具体创建工作方案和工作任务分解表，进一步提升景区环境和管理服务水平，力争早日跨入国家5A级旅游景区行列。

生态环境执法整改，顺利通过省级验收

2019年，根据国家、省、市关于生态环境执法整改的相关要求，管委会制订了《采石风景名胜区生态区域违法建设问题排查整治专项行动实施方案》，主要领导多次深入濮塘、青山、横山等片区现场督察，召开执法整改工作进展督办会、执法整改推进会，督促各有关县区政府和各片区管理处，按时间节点加快推进整改及销号工作。到2019年10月，涉及采石风景名胜区范围的9个点位全部整改到位，顺利通过省自然资源厅和省生态环境厅组织的省级验收。深化林长制改革，加强森林资源保护管理，实现山体森林绿化覆盖率不低于99%，竹林面积达8万m²以上，病虫害防治控制在5%以下；持续开展安全生产大排查大整治，安全生产、旅游安全、社会治安综合治理形势平稳有序。

生态兴，人文美。2019年，管委会文物保护利用工作成效明显。依托景区文物资源，制订了“让文物活起来”工作方案，通过组织编研文化书籍、开展文物鉴定展示、举办文化讲座论坛等活动，持续推进文物保护、利用、管理工作，促进采石风景名胜区文化旅游事业高质量发展；举办林散之先生书法作品展，与采石横江社区、采石小学共同打造党建微项目“薪传堂”，弘扬中华传统文化魅力。

四大片区联动发展，迈出新步伐

采石矶景区的“状元文化季”吸引莘莘学子前来祈福赏景，放飞心情；濮塘景区“返濮汉服秀，归真濮塘美”汉服秀，让游客耳目一新；青山景区赏百花盛开，探寻李白足迹；横山景区则受到了登山爱好者的青睐，大家赏绿闻花香、探幽听鸟鸣……2019年，围绕旺盛的市场需求，四大片区立足自身亮点，创新推出了一系列节庆活动，也吸引了众多外地游客前来“打卡”。

2019年“十一”到来之际，在马鞍山旅游汽车站广场，采石矶景区至青山太白文化园联动发展直通车正式开通。此举实现了采石矶景区和青山景区之间交通的网络化、公交化，不仅是提升旅游服务品质的惠民之举，更是整合区域文旅资源、推动采石风景名胜区联动发展的创新之举。“直通车的开通是四大片区联动发展的开头之举，对提升整合景区及周边旅游要素有着重要意义。我们将不断探索总结，并向其他景区延伸。”市政府副秘书长兼采石风景名胜区管委会主任刘方文说。

为展示采石风景名胜区四大片区发生的巨大变化和取得的丰硕成果，采石风景名胜区管委会还成功举办“诗仙地、江东情”第一届马鞍山采石摄影展。此次摄影展共征集展出优秀摄影作品1300余幅，吸引了全国各地的摄影家和摄影爱好者前来参展、观展，为联动发展注入精神文化动力。

保护监管提质增效，有法可依

文明旅游，更好地保护、利用风景名胜资源，不仅仅是采石风景名胜区管委会的责任，更是广大游客的期盼。2019年，在市委、市政府的重视下，在市人大的直接指导下，省人大常委会通过了《马鞍山市采石风景名胜区条例》，并于2019年7月1日正式实施。

该《条例》颁布实施后，管委会制定了《条例》宣传贯彻方案，在有关县区和市有关部门及各景区管理处组织举行多场《条例》宣讲会，印发《条例》宣传手册15000份，发放《条例》读本2000本，向社会全面开展《条例》宣传贯彻工作，为采石风景名胜区形成统一保护、管理和建设提供了法律依据。

此外，《采石风景名胜区总体规划》修编工作，正在按照中办、国办《关于建立以国家公园为主体的自然保护地体系的指导意见》，紧密结合采石风景名胜区及各片区发展实际有序推进，2020年上半年将以市政府名义上报至省政府主管部门，争取早日上报国务院核准通过。

不负韶华，创新致远再扬帆

2020年，采石风景名胜区管委会将牢固树立创新、协调、绿色、开放、共享的发展理念，全面加强风景名胜事业建设发展，以更高的站位、更新的举措、更实的作风，统筹推进5A级景区创建、生态资源保护和景区联动发展等各项工作，为加强我市生态文明建设，促进文化旅游融合发展和风景名胜事业健康发展作出新贡献。

以5A级旅游景区创建为抓手，全面提升景区经营、管理、服务水平。完善景区服务体系、旅游服务设施，为游客提供更优质的人性化服务。拓宽景区经营思路，增加营销创收渠道，减低门票经济依赖，做强文旅产业市场。

扎实做好各项重点工作，全力推进采石矶5A级旅游景区创建后续工作，力争2020年跨入国家5A级旅游景区行列；加强景区绿化及周边环境综合整治、水清岸绿产业优美丽长江经济带采石矶段的综合整治工作，为长江生态保护添砖加瓦。

深入贯彻落实《马鞍山市采石风景名胜区条例》，进一步推进各片区联动发展。主动融入长三角一体化发展，推进采石矶景区及长江生态文化旅游示范区市场化、一体化运营；提升四大片区间旅游直通车运营管理水平，适时向濮塘景区、横山景区延伸；通过举办丰富多彩的活动，推动全域旅游发展。

加强文物保护与开发利用，促进文化旅游融合发展。探索保护性开发模式，丰富“文物活起来”内涵；开展太白楼等文物保护单位保护性规划，提升展陈水平，提供多样化、多层次的文化产品与旅游服务。

认真履行生态资源保护职责，加强风景名胜区范围各类建设项目管理；深化做实林长制改革，完善生态保护配套服务体系，探索形成生态保护与旅游发展相互促进、良性循环的新模式，确保风景名胜资源永续利用。

山水人文竞相映，无限风光采石矶。新年伊始，万象更新，伴随着春的勃勃生机，满载着丰硕成果和光荣使命的采石风景名胜区，将以只争朝夕、不负韶华的历史责任感，锐意进取、扎实苦干，必将绽放出更加引人入胜的独特魅力！

湖北七姊妹山国家级自然保护区

厚植生态底色　加快绿色发展

开展自然教育活动介绍七姊妹山地形分布情况

链接：湖北七姊妹山国家级自然保护区位于湖北省恩施州宣恩县东部，属森林生态类型自然保护区。七姊妹山管理局自成立以来，坚持以争创“示范国家级自然保护区”为总体目标，认真践行“绿水青山就是金山银山”理念，全力推进自然保护区事业高质量发展。近年来，先后荣获湖北省科技进步二等奖、州级文明单位、州级最佳文明单位、“2017—2019年度湖北省文明单位”“湖北省观鸟基地”、利川市2016—2020年度脱贫攻坚“驻村帮扶榜样”、恩施州事业单位脱贫攻坚专项奖励记功等荣誉。

林海绵延，群山叠翠。

地处武陵山余脉湖北省宣恩县境内的七姊妹山美丽神秘，拥有51万余亩森林资源。湖北七姊妹山国家级自然保护区主要保护以珙桐为主的国家重点保护珍稀濒危植物及其群落、呈斑块状分布的山地泥炭藓沼泽湿地，以及珍稀濒危动物及其栖息的自然环境。

保护区始建于1990年；2002年，经省人民政府批准，宣恩县七姊妹山县级自然保护区升级为省级自然保护区；2008年，国务院批准建立湖北七姊妹山国家级自然保护区，环保部行文明确保护区面积范围和功能区划等事项，国家林业局正式授牌；2015年，环保部和国家林业局行文批准对保护区功能区进行调整。

保护区管理局局长罗永生表示，“十四五”期间，保护区将继续致力践行“绿水青山就是金山银山”的绿色发展理念，助力打造“两山”理论实践创新基地，厚植生态底色、加快绿色崛起，实现保护区绿色高质量发展。

强化动植物资源监测保护

2021年1月15日，七姊妹山国家级自然保护区4套森林气象观测站正式投入运行，实现了不同海拔高度、不同纬度森林生态环境因子实时监测，为科学评估保护区资源与环境保护成效奠定了基础。

保护区内椿木营晒坪（海拔1870米）、长潭斑竹园（海拔1254米）、沙坪药圃（海拔800米）和龙潭野溪沟（海拔842米）4处森林气象监测点，组成森林生态气象观测网络，能实时监测太阳总辐射、光合有效辐射等环境因子，为研究泥炭藓沼泽湿地、珙桐群落、南方红豆杉群落、常绿阔叶林群落演替提供科学依据。

多年来，保护区管理局坚持“预防为主，科学防控，依法治理，促进健康”的方针，采用科技手段，强化林业有害生物监测工作。监测重点主要是松材线虫病和椿木营管理站辖区内的日本落叶松叶蜂、部分泥炭藓枯死的监测工作，开展春秋两季松材线虫病调查工作确保森林资源健康稳定。保护区于2020年1月1日起，正式启用国家野生动物疫源疫病监测防控信息管理系统。

保护区采取科技手段，加大对野生动物资源的监测与保护力度，成效日显。辖区内先后设置了18条野外固定监测样线，安装红外监测相机120台，对保护区内重点地段的金雕、红腹锦鸡、红腹角雉、勺鸡等主要保护对象进行不间断监测，及时了解和掌握鸟类等野生动物种群数量变化、生活习性、人类活动影响情况，及时制止各种破坏野生动物资源及其生存环境的非法行为。

七姊妹山森林公安分局严厉打击各种破坏野生动物资源的违法犯罪行为。每年组织开展各类专项行动，依法打击各类涉林违法犯罪，在保护区内产生了良好宣传教育效果。如今，保护区内居民，自觉形成了不伤害、不捕杀、不笼养、不食用野生动物的习惯。大山哺育了村民，村民也时刻呵护着这片大山。

2021年1月18日，天气晴朗。跟平日一样，保护区管理局雪落寨管理站宣传车行驶在管理辖区的人员密集地、农户耕作区进行森林防火宣传。“天晴有人巡，人群中有人讲，冒烟有人喊。”所有兼职护林员不仅在村、组、院落会议上进行森林防火宣传，还要对各自辖区农户进行面对面森林防火宣传。

“虽然管辖的地域很广，但近几年来，辖区没有发生一起火灾。这是对宣传巡护预防齐抓共管、森林防火常抓不懈的良好局面。”罗永生说。

常态化宣教提高环保意识

七姊妹山国家级自然保护区作为恩施州的国家级生态名片之一，在生态文明建设中发挥着重要作用。

2021年4月初，由宣恩县人民政府与湖北七姊妹山国家级自然保护区管理局联合举办的2021年“爱鸟周”活动正式启动，呼吁和唤醒人们更好地保护鸟类，保护生态环境。“爱鸟周”系列活动，拉开了该县爱鸟护鸟、爱护自然、保护环境的序幕。

多彩七姊妹山

保护区把宣教工作融入日常工作。保护区管理局投资 200 万元，筹建了 200 平方米的野生动植物宣教馆，集中展示保护区境内的珍稀濒危动植物资源，大力宣传保护区境内丰富的兽类、鸟类、珙桐等动植物资源，积极引导和培养广大干部群众的野生动植物保护意识。

此外，保护区建立了以保护区管理站专职护林员为骨干、兼职护林员为主体、生态护林员为基础的联防队，现有护林人员 150 人，保护区内每个山头地块都有人管护。

管理局将宣教工作与文明创建工作有机结合，2017 年至 2019 年，保护区获湖北省文明单位称号；2020 年，保护区被授予全省观鸟基地。

打造世界级生态名片

2020 年 3 月 18 日，世界自然保护联盟（IUCN）中国代表处正式通知，经过绿色名录中国专家委员会（中国 EAGL）的评估，七姊妹山国家级自然保护区顺利通过申报阶段，被推荐进入绿色名录的候选阶段。

绿色名录的核心是《IUCN 自然保护地绿色名录全球标准》（绿色名录标准），参与绿色名录的自然保护地，将围绕绿色名录标准的“良好治理、详实设计和规划、有效管理和保护成效”四大主题，来提高自身治理和管理水平并实现保护成效。

业内专家认为，七姊妹山保护区符合 IUCN 对自然保护地的定义，可以被明确归入 IUCN 六种保护区类型之一的“严格自然保护区”。

候选阶段的主要工作包括所有 50 项指标的自评估、公示，以及接受中国 EAGL 和外部审核员的评估，包括材料评估及实地评估等。

保护区以争创“示范国家级自然保护区”为总体目标，大力保护野生动植物资源，维护生物多样性安全；开展资源环境监测和科研合作，提升科研监测水平；开展自然教育和科普宣传，提升公众生态环保意识；推进社区共建共管共享，维护当地社区和居民利益；开展项目建设，提高保护区基础设施保障水平，全力推进自然保护区绿色高质量发展。

整合优化解决历史遗留问题

“自然保护地整合优化工作旨在解决保护地历史遗留问题及现实矛盾冲突问题。”保护区管理局负责人介绍，该局全力参与配合当地政府及相关部门，做好保护地整合优化。

保护区管理局把自然保护地功能区划调整和整合优化纳入 2020 年工作要点，按照应保尽保、应划尽划原则，确保七姊妹山生态系统完整性和生态廊道连续性，在此基础上解决好保护区历史遗留问题，从而更加有利于自然保护区管理，减少与地方经济发展的矛盾，为宣恩县经济社会发展预留发展空间。

管理局组成工作专班，在当地政府的统一领导下，有序推进七姊妹山自然保护区整合优化的前期调研工作。该局参与起草了《关于做好宣恩县自然保护地范围及功能分区优化调整前期工作的指导意见》，深入保护区部分重点功能区域和矛盾冲突较为突出区域现场调研，摸清家底，收集整合优化基础性数据材料。

保护区管理局与宣恩县整合优化预案编写第三方进行积极联系沟通、现场踏勘，对新划入保护区地块进行实地考察调研。提出七姊妹山保护区整合优化相关建设性意见，确保整合优化工作的科学性和规范性。

目前，《宣恩县自然保护地（湖北七姊妹山国家级自然保护区）整合优化方案》在修改后通过了州、省审核，相关数据通过逻辑检查，拟上报国家层面等待终评。

探索社区共建共管之路

“我们村的土特产使用七姊妹山主册系列商标，今年收入 30 万元，真要好好感谢七姊妹山管理局！”宣恩县长潭河侗族乡两溪河村农民专业合作社负责人张兴红很开心。

近年来，保护区管理局大力推进生态产业发展，扶持社区居民发展经济，将七姊妹山注册商标授权许可长潭河侗族乡两溪河村农民专业合作社使用，并出台了七姊妹山系列注册商标使用管理办法。

两溪河村按照“基地 + 合作社 + 农户 + 村集体”的模式，建立百亩猕猴桃基地。目前，全村达到了 300 亩冬桃、700 亩李子、130 亩猕猴桃、中蜂 300 桶、竹节参 10 亩。2020 年，猕猴桃基地初产 1 万公斤，收入约为 30 万元，逐步打造出七姊妹山的品牌效益，2020 年下半年，新增 30 亩猕猴桃，今年产量、收入有望翻番。

“要让七姊妹山的绿水青山真正变成金山银山，就要探索社区共建共管之路，共筑生态屏障、构建和谐社区。”当地组建了以保护区管理局、长潭河侗族乡人民政府、两溪河村委会、村民代表、生态旅游公司等共同组成的两溪河村共管委员会，并制订了两溪河村共管规划。

两溪河村部分村民从多年前的“光头强”转变为护林员，带头宣传保护区管理条例及相关法律法规，实现了“参与式”共管促管护。支持发展乡村生态旅游。萨玛长潭休闲旅游长廊项目涉及七姊妹山保护区原缓冲区及核心区，通过优化整合，将项目建设区与兴隆村、两溪河村等两个少数民族特色村寨一起调整至一般控制区，维修 4.2 公里巡护道路，促进乡村生态观光旅游。

如今，两溪河村加强村庄环境卫生整治，在全村范围内设置 25 个垃圾箱，设置公益性岗位 2 个，配备专门保洁人员负责垃圾收集与清运，道路清扫等日常工作；加强村庄公共休闲基础设施建设，修建凉亭、观光步道、旅游接待中心等。

通过不断抓软、硬环境的建设，两溪河村获得“国家森林乡村”“中国传统村落”“湖北省文明村”“湖北省绿色示范乡村”等荣誉称号。如今，两溪河干净整洁，基础设施逐步健全，村民收入不断提高，村民生态意识不断加强，真正成了宜居宜业的美丽乡村。

2021 年 1 月，七姊妹山保护区管理局获恩施州事业单位脱贫攻坚专项奖励记功表彰。

作者：张国帆、刘峻城、羿成宇
供图：七姊妹山国家级自然保护区

山东省淄博市自然资源局

让绿色覆满矿山

链接：淄博市自然资源局是淄博市政府的工作部门，该局自2018年12月29日挂牌组建以来，旗帜鲜明讲政治，躬身入局抓落实，用心干事破难题，不断解放思想、转变理念，扎实推进机构改革和各项服务保障，全面履职，确保了自然资源管理工作开局良好、运转顺畅，圆满完成各项工作任务，多项工作走在全省前列，为全市经济社会发展作出了积极贡献。先后荣获全国文明单位、全省安全生产工作先进单位奖等20余项荣誉称号。

淄博市自然资源局荣获绿色矿山建设突出贡献单位荣誉称号　摄影：迟守祥

八月的齐鲁大地，硕果飘香。

对位于山东中部的淄博市而言，其绿色矿山建设也迎来了收获季节。截至7月底，全市35个生产矿山全面完成了绿色矿山建设任务，率先在山东省实现了绿色矿山能建必建、应建尽建，全市大、中、小型矿山建成率全部达到100%，基本形成了符合生态文明建设要求的矿业发展新模式。

淄博市缘何在山东省率先实现了绿色矿山建设全覆盖？该市自然资源局分管领导张德平一语破的：“淄博市坚持以习近平新时代中国特色社会主义思想为指导，积极践行‘绿水青山就是金山银山’理念，按照‘政府引导、部门联动、企业主建、社会监督’的总体工作思路和省厅统一安排部署，以超常的工作力度、超常的责任担当、超常的推进举措，扎实开展绿色矿山建设，才取得了今天来之不易的成绩。”

领导重视，精心部署是关键

淄博是一个资源开发型的老工业城市。随着矿产资源日益枯竭，矿山生态环境问题越发成为全市生态文明建设和经济转型发展的一大短板。

为彻底解决这些问题，2018年以来，淄博市委、市政府把绿色矿山建设作为推动矿业城市转型升级、促进生态文明建设的重要突破口，主要领导多次听取工作汇报并作出批示、提出明确要求，分管领导多次主持召开绿色矿山建设推进会议，对工作推进中遇到的困难和问题及时研究解决。有关区县党政主要负责同志亲自主持研究绿色矿山建设方案，调度、推进重点工作。

淄博市委在十二次党代会明确提出，坚持“绿水青山就是金山银山”理念，以更加精准的措施治污减排，推动生态淄博建设取得决定性进展。2020年以来，淄博市委更是将绿色矿山建设工作列入了2020年度省委对淄博市差异化考核指标，督促有关部门强力推进。淄博市政府也积极行动，将绿色矿山建设写入政府工作报告，列入年度经济社会发展目标，明确市自然资源局为责任单位，并将绿色矿山建设列入全市创建节约集约模范省重要内容。淄博市人大也把绿色矿山建设列为贯彻实施环境保护“一法一条例”重要内容。

“绿色矿山创建好不好，关键在领导。淄博市委、市政府痛下决心，硬起手腕，真心实意抓绿色矿山建设，相关部门及基层单位尤其是矿山企业自然不敢有丝毫懈怠。”张德平介绍说。

部门联动，科学谋划是重点

绿色矿山建设是一项系统工程，政策性强、牵涉面广、投资额大，需要部门联手，整体谋划。为此，淄博市自然资源局坚持部门协调配合，积极探索创新，有效破解了绿色矿山建设面临的技术标准、资金投入和政策支持等制约瓶颈。

*一是制订方案，明确任务。*他们会同市财政、环保、质监、银监分局等部门联合发布了《淄博市绿色矿山建设实施方案》，明确到2020年底全面完成绿色矿山建设任务的总目标，建立了市自然资源、财政、环保、质监、银监、证监等部门共同参与的绿色矿山建设联席会议制度，协调解决绿色矿山建设和绿色矿业发展中遇到的重大问题。

*二是明确标准，制定规范。*他们按照国家绿色矿山建设要求，制定并发布了《淄博市绿色矿山建设技术要求》，明确了煤、铁、耐火黏土、液体矿山和露天矿山绿色矿山建设的规范要求，为全市绿色矿山建设提供了遵循。他们还先后出台了《淄博市露天矿山扬尘污染防治专项行动方案》《淄博市露天矿山综合整治方案》，对露天矿绿色矿山建设提出要求。

*三是试点先行，树立标杆。*在绿色矿山建设起始阶段，淄博局按照“试点先行、摸索经验、树立标杆、全面启动”的工作思路，下大力气抓试点工作，选择2处露天矿山和2处地下开采矿山作为绿色矿山建设试点。试点区县积极推进试点工作，主动邀请绿色矿山建设专家进行现场指导，帮助编制绿色矿山建设实施方案。试点矿山按照实施方案对矿山开采、加工、装运、储存、矿区绿化、恢复治理和数字化建设等进行了全方位升级改造，成功探索总结出了可复制、可推广的试点经验。2018年，山东省绿色矿山建设推进工作现场会在淄博召开，有力推动了全市绿色矿山建设工作的全面开展。

*四是强化培训，提质增效。*2020年1月5日，他们邀请全国绿色矿山推进委员会4位专家来淄博，成功举办了全市绿色矿山建设培训班。疫情防控期间，他们再次组织全市矿山企业参加全国绿色矿山免费网上培训班。

*五是科技创新，典型引领。*科技创新是绿色发展的内在动力。王庄煤矿是淄博局着力打造的以科技创新推动绿色矿山建设的样板矿山，该矿开发的“高水膨胀复合充填采煤技术”等项目先后获得包括山东省科技进步一等奖在内的几十项科技创新成果。这些科技成果带来了巨大的经济效益和生态效益。

*六是资金支持，政策激励。*为激励绿色矿山建设，他们在落实矿产资源支持政策、加大财政支持力度等方面出台了一系列“真金白银”的政策，先后争取国家和省级奖励资金6100万元，专项用于支持奖励矿山企业在矿产资源节约和综合利用上开展研究，用新技术、新工艺、新方法提高资源节约和综合利用水平，对促进矿山的绿色开采起到很好的激励作用。

激发动力，企业主建是根本

“淄博绿色矿山建设能够在全省率先实现全覆盖，既得益于政府推动这个外因，更依赖于矿山企业自身观念转变这个内因，思想理念的转变才是最有效、最深层次的转变。”张德平感触颇深地说。

事实正如此。近年来，淄博局通过组织矿山企业到绿色矿山建设先进地区现场学习考察，使矿山企业负责人视觉上受到强烈冲击、思想上受到深深震撼，真切感受到了绿色矿山建设带来的实实在在

左图为淄博市自然资源局领导现场督导绿色矿山建设工作；右上图、右下图分别为淄博博望矿业有限责任公司、淄博凯运达运贸有限公司绿色矿山建设现场
摄影：迟守祥

的生态效益、可观的经济效益和社会效益。同时，他们通过树立试点标杆，发挥示范引领作用，也大大激发了矿山企业的内在动力，实现了思想上从“要我建”到“我要建”的根本转变。

“现在，越来越多的矿山企业已经意识到搞好绿色矿山是企业转型升级和高质量发展的必由之路，开始从矿石开采、资源利用等全流程发力，这也将为其自身可持续发展赢得空间。”张德平说。

近年来，淄博市矿山企业自开展绿色矿山建设以来，持续加大建设资金投入，全市35家矿山企业投入的绿色矿山建设资金达到10亿元，其中15家大型矿山投入8.09亿元，13家中型矿山投入1.69亿元，7家小型矿山投入2218.73万元，平均每家企业投入达2858万元。同时，他们着力优化矿区环境。淄博博望矿业有限公司作为试点矿山，在改善矿区环境方面投入5000万元，建成了“小桥、流水、人家”式的花园矿山。在绿色矿山建设过程中，全市矿山企业共设立各类标志牌、警示牌9869块，硬化工业场地75.5公顷，矿区绿化面积104.6公顷，种植树木199.3万株，彻底改变了矿山的旧面貌。该市的露天矿山还严格落实扬尘治理措施。淄博洪泉矿业公司投资1.7亿元，淘汰了落后的开采设备，储料场替换为国内最先进的罐式储料仓，加工流程改用最先进的棚盖密闭式破碎加工工艺，基本实现了无尘化开采、破碎、储存，建成了“生态公园式矿山”。

“2019年以来，全市矿山企业硬化矿区运输道路33.6公顷，购置洒水车142辆，雾炮257台，清扫车32辆，除尘器92台，车辆冲洗平台43个。矿石加工车间棚盖30.1公顷，建设新型储料仓77个，皮带传输廊道1.2千米。通过这些措施，有效解决了矿山开采带来的扬尘污染问题。”张德平介绍。

绿色矿山建设就是构建生态矿业工程，生态矿业工程是生态文明建设的重要组成部分。要实现生态，恢复绿色，就要坚持边开采边治理，将因矿山开采受到破坏的生态环境及时修复好。该市自开展绿色矿山建设以来，全市矿山企业累计恢复治理矿区面积205.8公顷，土地复垦面积161.9公顷，最大限度地恢复了矿区生态环境。

“资源节约是绿色矿山建设的核心所在，是‘资源节约型、环境友好型’社会建设在矿山企业的具体体现，也是矿山企业走高质量发展的必然要求。”张德平说，淄博局坚持引导矿山企业努力提高“三率”水平，通过推进绿色矿山建设，全市矿山企业采矿回采率、选矿回收率和综合利用率达标率全部达到100%。

值得一提的是，淄博市的矿山企业自开展绿色矿山建设以来，通过积极履行社会责任，构建起了和谐矿地关系。在2019年应对台风“利奇玛”期间，淄川区矿山企业捐款3500万元，捐建2300万元，为灾后建设做出了突出贡献。2019年以来，全市矿山企业共计提供各类捐款5666.6万元，捐建4348.3万元，其他公益投入6157.2万元。

强化措施，加强督导是保障

在推进绿色矿山建设过程中，我们牢牢把握生态文明建设新要求，主动作为、多措并举、真抓实干，强力推动绿色矿山建设保持高速度。

该局科学制订年度工作计划，在全面摸排的基础上，印发了《关于加快推进绿色矿山建设的通知》，制定了目标明确、任务清晰、切实可行的年度工作计划，前期以露天矿山为主，后期以地下矿山和液体矿山为主，2020年底全面完成绿色矿山建设任务。明确规定不能按期完成绿色矿山建设任务的生产矿山将停止一切优惠政策，限制扩界、扩能，并通过部门网站公开曝光。同时，倒排工期，挂图作战。他们根据绿色矿山建设工作计划绘制了绿色矿山建设进度图，将实地核查、第三方评估、企业自评、施工建设、方案评审等全流程列出工期，落在图上，责任落实到人，任务落实到位，促使绿色矿山建设形成了千帆竞发、百舸争流的良好局面，保障了绿色矿山建设任务全面完成。

为了加强工作督导调度，他们先后在淄川、临淄召开了2次全市绿色矿山建设工作推进现场会，及时总结经验，交流心得。同时，安排督导组每月现场督导绿色矿山建设进度，并将绿色矿山建设进展情况在全市系统实行一月一通报，对积极创建、工作进度快的区县进行表扬，对推进迟缓、工作不力的区县局点名批评，提升了绿色矿山建设工作进度。为防止砂石资源价格过度上涨，避免形成垄断，他们建立了政府监管的石灰石统一交易平台，矿山开采的石灰石全部通过平台进行交易，有效保障了重大项目建设和大中型企业的砂石资源需求。

在现场督导过程中，该局还坚持问题导向和结果导向，及时帮助企业破忧解难，消除难点堵点。高青县是中国矿业联合会命名的“中国温泉之城”，在冬季供暖、温泉洗浴和大棚农业等方面利用地热能初见成效。该局在督导过程中，得知当地企业在绿色矿山建设中遇到了受热储层类型限制无法进行有效回灌的问题后，积极联系省级地勘单位，利用新技术帮助企业顺利解决了回灌问题，为全市清洁能源利用树立标杆，擦亮了“中国温泉之城”品牌。

播种绿色多耕耘，齐鲁大地处处春。淄博市自然资源局建设绿色矿山的经验和做法得到了有关部门的肯定。2020年1月，该局荣获全国绿色矿山科学技术奖励办公室颁发的绿色矿山建设突出贡献单位奖，受到淄博市委、市政府主要领导、分管领导的批示表扬和鼓励。

辽宁省抚顺矿业集团公司

牢记总书记嘱托 推动矿山综合治理见成效

抚顺西露天矿综合治理区域航拍图 摄影：赵建

链接：抚顺煤矿始采于1901年，具有百余年开采历史。抚顺矿业集团有限责任公司（以下简称“抚矿集团”），于2001年9月经辽宁省人民政府批准设立，是原抚顺矿务局改制而成的国有全资公司。新中国成立以来累计生产优质煤炭近8亿吨，为抚顺赢得了“煤都”美誉。毛泽东、邓小平、江泽民、习近平等多位党和国家领导人都曾莅临过抚顺煤矿。抚矿集团现有所属单位33个，从业人员1.8万人。截至2020年12月末，企业财务状况总体良好，主体评级始终保持AA级。抚矿集团核心产业为煤炭和油母页岩综合开发利用，是全球最大的页岩油生产企业。被国家列为循环经济第一批试点单位，现已经发展成为以煤炭和油页岩综合开发利用为中心，形成了“煤炭—发电—供热（暖）—造纸”及“油页岩开采—油页岩炼油—页岩油化工—固废综合利用”两条产业链协调发展的循环经济体系，企业转型升级取得突破性进展。抚矿集团曾两度入围全国工业企业500强，先后荣获“全国五一奖状”“中国煤炭企业100强”“中国企业集团纳税五百强”“国家级诚信企业”“国家生态工业示范园区建设单位”“全国绿化模范单位”“全国煤炭工业优秀企业”“煤炭工业节能减排先进企业”“辽宁省五一奖状”等诸多荣誉。

近年来，抚顺矿业集团公司始终牢记总书记嘱托，围绕深入学习贯彻落实习近平总书记关于弘扬雷锋精神重要讲话精神，真正把学雷锋活动与推进西露天矿矿坑综合治理、做好整合利用这篇大文章结合起来，与集团公司生态文明建设结合起来，与维护群众利益结合起来，与推进集团公司转型发展结合起来，实现了学雷锋活动同各项工作相互融合、协调促进，让新时代雷锋精神的旗帜在集团公司高高飘扬。

践行雷锋精神，抓好安全治理重点

自2018年9月28日，习近平总书记视察西露天矿作出重要指示以来，抚矿集团把贯彻落实总书记重要指示精神作为首要政治任务，牢固树立安全发展理念，弘扬生命至上、安全第一的思想，发扬雷锋精神，倡树时代新风，坚持一手抓西露天矿闭坑组织、一手抓安全治理，周密制定了一系列矿坑治理安全工作保障措施，制订并迅速落实了《西露天矿综合治理与整合利用行动计划》，利用多年积累的采矿经验，发挥技术、设备、人员优势，实施全过程安全全风险管控，严格执行“一工程一措施”“一变化一措施”工作要求，安全有序做好矿坑灾害治理、生态修复重点工作。2018年9月28日至今，投入大量资金，用于西露天矿边坡回填压脚、疏干排水、消防火治理等工程项目，共完成回填压脚工程量2000万立方米，增强矿坑帮坡的稳定性；主动联系辽宁省第十地质大队，联合设置人工GPS岩移监测点259个，加密重点区域监测周期，实时监控边坡动向；不断加大新、老火区和潜在自然发火区域防范及治理工作，清理可燃物料，冒烟发火隐患得到有效控制；实施40项防治水工程，为2020年安全度汛提供了有力保障。

立足岗位学雷锋，因地制宜改善生态环境

新时代雷锋精神就是要在工作岗位层面上，通过“干一行、爱一行、钻一行、精一行”的“钉子”精神体现爱岗敬业的职业操守，以钉子的“挤劲儿”扎实工作，以钉子的“钻劲儿”创新发展，在平凡的工作岗位上尽职尽责。集团公司始终坚持生态优先、绿色发展理念，先后实施复垦绿化、生态恢复，完成治理面积170多万平

抚顺西露天矿西端帮28-6生态修复试验区 摄影：赵建

方米。坚持宜绿则绿、宜林则林、宜景则景，组织开展了7次千人以上大型学雷锋义务植树劳动，矿坑面貌焕然一新。尤其是2020年4月，组织2000余名干部员工与抚顺市委、市政府近百名机关干部，在矿坑28-6区域联合开展了大型学雷锋义务植树活动，再次掀起了绿色矿山建设的新热潮。同时，深入落实习近平总书记的生态文明建设思想，强化矿区生态环境整治，2020年6月，开展了生态环境整治观摩拉练活动，看现场、找差距、谋对策、促交流，为推进矿山生态环境整治再提升营造了浓厚氛围。

坚持以人为本，切实维护员工群众利益

弘扬雷锋精神就是要把员工群众的冷暖放在心上，特别要关心那些工作和生活遇到困难的员工群众，把员工群众的要求当作第一目标；牢记员工群众利益无小事，诚心诚意为员工群众办实事，尽心竭力为员工群众解难事，坚持不懈为员工群众做好事。集团公司从维护社会稳定、员工队伍稳定的大局出发，密切关注西露天矿转岗干部员工的所想、所盼。深入开展形势任务教育、座谈交流、班组调研、心理疏导、困难帮扶等工作，使员工群众时刻感受到企业大家庭的温暖与关怀。对煤炭停采涉及的员工，本着"工种相近、待遇接近"的原则，采取补岗作业、转岗培训、临时安置等措施，让员工有工作、有收入，心不散、劲不减。同时，为充分发挥现有配套设施和技术人才优势，突出综合治理、员工安置、产业接续三者有机融合，出资成立了辽宁西露天生态环境工程有限公司，为矿坑由生产向治理平稳过渡创造了良好条件。

牢记新发展理念，推动企业转产转型

践行新时代雷锋精神就要以解放思想为先导，以改革创新为动力，切实转变发展理念、发展思路、发展方式，努力开辟科学发展的新境界。集团公司牢固树立新发展理念，深度挖掘地缘、资源、产业、技术等优势，工程项目按照"落地一批、建设一批、谋划一批"的建设思路，对产业链上有关联度、产品附加值高的项目进行高位规划、整合利用，重点项目实现阶梯跟进，企业转型迈出坚实步伐。一是落地一批，即：油页岩热电、页岩油深加工、再生造纸、南舍场一期20MW光伏发电、抚顺中西部供热改造等项目稳定运行。二是建设一批，即：固体废弃物研究与综合利用、城市生活垃圾焚烧发电、背压机组等项目如期启动；西舍场300MW光伏发电项目成功落地、南舍场二期20MW光伏发电项目前期准备就绪。三是谋划一批，即：续建造纸、玄武岩及高岭土开发利用等项目稳妥推进，产业化发展思路日益清晰。特别值得一提的是2020年8月20日，抚矿集团与华能集团庆阳煤电公司签订核桃峪煤矿托管项目，依托自身技术、管理、人才优势，迈出了域外经济发展的坚实脚步。目前，已有350多名员工赶赴甘肃开展相关工作。甘肃核桃峪煤矿托管项目的成功落地，打响了集团公司走出去发展的"第一枪"，对推动百年抚矿基业长青、永续发展具有里程碑式的重大意义和深远影响。

抚顺矿业集团以实际行动大力弘扬和践行雷锋精神，充分调动了员工群众的积极性、主动性、创造性，进一步增强了新时代雷锋精神的感染力、吸引力、影响力，让雷锋精神与抚矿同行。

湖北省荆州市长江河道管理局公安分局

履职担当保安澜　责无旁贷护荆江

岸线哨兵，护一江清水

荆江东流，船舶穿梭行驶，激起阵阵碧浪。岸边草青树绿，鸟语花香，一派生机盎然景象。

近年来，湖北省荆州市长江河道管理局公安分局将修复长江生态环境工作摆在最重要位置，全力做好长江生态修复、环境保护、绿色发展"三篇文章"，切实担起"哨兵"职责，守护长江安澜。

"哨兵"巡堤，共护一江清水

天色熹微，一群身穿红马甲、臂戴红袖标的长江岸线管理员行进在沿江巡查的路上。

清理垃圾、劝阻垂钓、查看树木养护情况……荆州市长江河道管理局公安分局岸线管理员邹爱莲每天都要巡视自己负责的2公里长江岸线，巡查长江斗湖堤段岸线绿化、沿线水体、堤防工程、违法建筑物、种养殖、禁捕等情况，发现问题及时处理。

像邹爱莲这样的长江岸线管理员，公安县共有43名。他们守护着公安县85.62公里长江岸线，誓让"水清、河畅、岸绿、景美"。

2018年起，该局大力推行岸线管理员制度，按照专兼结合、护监一体、整体联动的思路，打造专管员、协管员、监督员"三位一体"的长江岸线管理员队伍；同时，组建"学生河长""团员河长""企业河长"，成立公安县守护河湖志愿者协会，为岸线管理储备"哨兵"力量，守护荆江安澜。

"关停并转"，修复长江生态

顺昌造船厂曾是长江公安段规模最大的船坞，占地2.4万平方米，船厂主要承接造船、船舶检修、废船拆卸等业务。

"以前，船厂周边全是砖石，环境十分杂乱。"该局斗湖堤段段长余泽军说，2017年，按照中央生态环保督察的搬迁整改要求，顺昌造船厂在饮用水源二级保护区内，必须迁移。荆州市长江河道管理局公安分局立即联合公安、交通、环保等部门组建工作专班，联系顺昌造船厂负责人，协商搬迁事宜。2017年12月23日，顺昌造船厂顺利从荆南长江干堤桩号655+300搬到公安县杨家厂镇南五洲。

加强环境治理，守护一江清水。2016年以来，该局联合相关部门对长江河道沿线码头堆场开展"关停并转"专项整治行动，关停取缔非法码头22个、砂石料堆场95处、泊位32个、砖瓦厂13家。

"关停并转"专项整治不仅是一场"环保战役"，更是一项民心工程，沿岸村民成为直接受益者。家住长江边的袁荣华告诉记者，开展岸线整治后，如今，码头变成公园，岸线环境从"脏乱差"变为"青绿美"。

植绿护绿，共筑"绿色长城"

行走在公安县荆江公园，视线所及之处，一片郁郁葱葱，挺拔

原窑头埠码头整治复绿（荆南长江干堤 657+000–657+900）

的乔木、婆娑的灌木形成一道道绿色屏障。市民在彩虹步道散步，在杜息亭中歇息，在观景台上赏景……生活无比惬意。

公安县河道岸线长 700 余公里，为荆州市最长河道岸线，公安县在长江大保护中担负着重要使命。2020 年初，荆州市长江河道管理局公安分局开展全岸线修复行动，推进复绿空白段“清零”。

截至目前，该局在长江两岸造林 23 万余株，打造 8.1 公里长江生态景观大道，建设安澜亭、湘鄂亭、藕池口观景台、水苑、藕苑等 8 处水文化景观工程，筑成融合长江河道堤防与地方文化的“绿色长城”。

“我们将继续结合公安地域特色，围绕‘水清、河畅、岸绿、堤固、景美’的生态目标，为长江岸线的生态修复和生态发展贡献力量，为我市建设鄂中省域区域性中心城市提供坚实的水环境保障。”荆州市长江河道管理局公安分局局长高卫军说。

作者：高卫军、赵勇、田顺

湖南省株洲市河长办

守护碧水清流 蕴出生态新貌

省级美丽河湖茶陵县洮水水库

链接：湖南省株洲市河长制工作委员会办公室是株洲市人民政府所属工作组成部门，由市政府分管农口水利副市长直接管理，具体负责株洲市河长制工作委员会的事务性工作，承担全市河长制的组织协调、调度督导、检查考核等相关服务工作以及湘江保护治理工作。近年来，株洲市河长制工作委员会办公室全面推行河长制向纵深发展，“一江两水”系统联治取得了阶段性成效，湘赣边区域渌水流域联防联控联治形成了“株洲经验”。株洲市河长制工作荣获 2019 年湖南省政府真抓实干表扬激励，株洲市河长制工作委员会办公室获评水利部 2020 年全面推行河长制湖长制先进集体和全国劳动技能竞赛“长江经济带全面推行河长制先进单位”，河长制“五化”工作模式在国家发展改革委《改革内参》和水利部工作简报专刊进行宣传推介，清水塘老工业区搬迁改造落实长江经济带“生态优先、绿色发展”经验被中央电视台一套《焦点访谈》全国推介，湘赣边区合作渌水流域联防联治经验在湖南卫视《经视观察 2021：老表一家亲》播出。

艳阳高照，建宁港湖南工业大学大学生创业园段，河边绿荫下摆摊的刘大爷，忙着张罗生意。“以前，这里黑水流，臭味大，现在水净了，扑面而来的是清凉的空气。”他笑着说。

建宁港是湖南省株洲市 425 条河流之一，也是河湖治理蝶变的写照。如今，株洲市每条河流、每个水库都有河长来管，迎来了“河畅、水清、岸绿、景美、人和”的河湖风情，老百姓的幸福感、获得感不断提升。株洲市河长办荣获水利部全面推进河长制湖长制先进集体。

这背后，是各级河长的担当作为，是机制、手段创新的成果，是一年接着一年干、积小胜为大胜的实干，是依靠社会各界形成的全民护水力量。

实干治水——各级河长守水尽责

眼里有河、心里有河，这样的河长用心；黑水变清，臭水匿迹，这样的河长实干。让河长制开花结果，让河湖成为百姓的幸福地，全市各级河长守水担责、守水尽责。

株洲市委、市政府主要领导亲自督阵，高位推动，压实责任。“株洲市 5 公里及以上河流多达 314 条，市、县、乡、村四级河长全覆盖，全市行政河长有 2618 名。”株洲市河长办相关负责人介绍。

5 月 23 日，芦淞区白关镇党委书记、第一总河长黄强沿着三八水库巡逻。巡河本上，记载了他 5 月有 4 次巡河，带着问题巡河，

省级美丽河湖株洲市天元区万丰湖

发现的问题按照“一单四制”整治到位，全镇7条河流34.8公里的河道水清岸美。黄强也因此被评为“全国优秀河长”。

河湖治理与保护，关键在河长。河长干什么？怎么干？市级河长每年巡河不少于3次，县级河长季巡、乡级河长月巡、村级河长周巡，各级河长履职实行“巡、治、考、报”四字诀和“看、查、交”三步法，确保河长巡河履职不走样，河长更换不断档。

河长通过签发河长令、交办单、督办单等方式，牵头解决了一批河湖深层次问题。近年来，共签发总河长令5个，聚焦群众反映突出的问题，完成33个城市黑臭水体整治，建成27座乡镇污水处理厂，完成56个饮用水水源地环境问题整治，拆解渔船556艘，实现禁养区全面退养，完成农村无害化户用卫生厕所改建5万个，这几年，全市河湖基本变干净了，地表水水质总体为优。

2020年以来，株洲市各级河长巡河达13万人次，交办解决问题1800多个。2021年，株洲又建立河长责任清单制，要求各级河长牵头研究制定责任河流的问题清单、任务清单、项目清单，把解决河湖实际问题作为河长履职评价的重要标准，进一步压紧压实河长责任。

创新管水——新机制引领智慧监管护航

天元大桥与建宁大桥间，湘江“4+1”轮值执法船在水上巡逻，昔日散布的渔网浮瓶难觅踪影。

“4+1”轮值巡查机制是株洲市在全省首创，由水利、生态环境、交通、农业农村4个部门按月轮流牵头执法检查，公安部门负责执法保障，联合开展涉水巡查执法，改变了过去九龙管水、条块分割、执法力量单一的局面，现已推广至各县市，实现常态执法。

“一张清单”制度是株洲市统筹管水的又一重大举措。株洲市通过制定涉水综合治理（整改）任务清单，把涉水的所有项目与问题统一到一张清单上，交办给各级各部门办理，明确工作任务、时间节点、责任人，避免打乱仗。例如，为确保河长制年度工作任务全面完成，从2019年起，株洲市河长办在每年的9月开始实施“百日攻坚行动”，梳理出短板弱项、重点难点，形成重点攻坚任务清单，用100天左右的时间，倒排任务，挂图作战，确保任务落实到位。

株洲市在全省率先进行“四办合一”体制改革，把河长制工作从水利部门剥离出来与其他生态相关的职能整合，跳出水利抓河长制，将市两型办、创建办、河长办、湘江办“四办合一”，组建市生态文明建设服务中心，归口市政府管理，统筹协调全市河长制工作，变“九龙治水”为“一龙治水”。率先全面建立检察联络室、建立河道警长……2020年以来，大力开展“河长制工作创新年”活动，河湖管护水平大大提升。

2021年6月5日，湘江芦淞段，透过高清摄像头，无人机将拍摄到的清晰画面传送至总控室，芦淞区水利局负责人和专家共同讨论，对问题进行分析研判。“利用无人机巡河，可实时查看、传输河道保洁、河流水质、排污口以及防汛等情况，巡查不再有盲区留死角，同时可通过影像对比，结合同期水质监测数据，精准掌握区域水质动态。”芦淞区河长办工作人员介绍。

不分昼夜，石峰区的可视化智慧河湖监控系统24小时运行。“我们依托网格化信息平台，以河湖治理为导向，由区网格化管理服务中心统一整理相关问题。所有工作的流程都在网上留痕，整改一个便销号一个；未能按时整改的，数据将成为抹不掉的证据，直接影响到年终考核。”石峰区河长办工作人员说。

借助现代科技手段，株洲市建立“数字化＋网格化”监管机制，建成智慧河湖监管系统一期，把全市26条重点河流划分620个网格单元，配备3000多名网格员，实现全方位不间断巡查，极大提高了工作效能，让河湖管护不留盲点。

创新建立“4+1”督查考核机制，即每季度开展一次考核评比＋年底考核，考核结果及时在媒体公布，对排名靠后、工作推进不力的单位负责人约谈22人次，以考核问责倒逼责任落实，确保河长制工作落到实处。

促产兴水——打造美丽富饶的幸福河

万丰湖，原来本是一条很小很小的河流，如今蝶变为集行洪排涝、工程景观、生态游憩、运动康体、滨水休闲、科普教育等功能于一体的城市河湖型水利风景区，水域面积达到0.4226平方公里，成为广大市民滨水休闲的一个好去处。这只是株洲治水兴水的一个缩影。

从水到岸、从城到乡，绵绵用力、久久为功，各级各部门以实干治水管水兴水，结合生态、生产、生活做文章，打造让百姓具有安全感、幸福感、获得感的河湖体系。

建设好群众身边的幸福河。株洲在搬迁改造清水塘老工业区过程中，在加快产业转型升级的同时，着力治污染、畅河道、修复生态，大力实施河湖连通工程，投入2.4亿元实施清水湖水系治理，建设清水塘城市公园，落实长江经济带“生态优先、绿色发展”经验获央视焦点访谈推广，获评中国绿水青山典范城市。此外，还全面完成267座小水电站清理整改任务，完成了攸县酒埠江、茶陵东阳湖、醴陵官庄湖湿地公园生态修复，正在推进茶陵县舲舫乡西岸村、天元区三门镇株木村等一批“水美湘村”建设。

水污则留污纳垢，水清则流金淌银。株洲市扎实推进湘江保护和治理三个“三年行动计划”，投资80亿元实施“一江八港”综合整治，湘江株洲段重现漫江碧透、鱼翔浅底的美好景色。同时，立足湘江生态优势，以水为脉，让河流、岸线、景观与城市道路自然衔接，融为一体，先后打造了湘江河西风光带、河东风光带，在提升城市品质的同时，也满足了百姓对美好生活的需求。大力实施渌水省际样板河建设，推进项目63个，累计完成投资50多亿元，渌水水质从Ⅲ类提升至Ⅱ类，大力推进渌水联防联控联治，与萍乡市签订河长制、水利、生态补偿等多个合作协议，萍乡、株洲两地携手共治一江水，共同把渌水打造成为湘赣边区域流域综合治理典范。同时，株洲市各县市区、各乡镇高标准建设一批示范河湖，有7条河湖已经获评省级美丽河湖。

兴水与产业转型深度融合。清水塘片区在完成冶化产业退出后，在新产业导入上坚持生态优先、绿色低碳，成功引进科技文化未来中心、国际会展中心等一批新兴产业项目，落户注册新业态企业727家。田心片区紧盯轨道交通产业智能化、高端化、绿色化的发展方向，推动企业生产工艺全面升级换代，有力推进了园区减污降排。推行“河长制＋服饰”，倒逼服饰洗水行业绿色转型，助推服饰产业迈进千亿。推行“河长制＋通航”，通过政府购买服务、政企合作方式引导翔为通航、市航校等拓展运营领域。推行“河长制＋旅游”，在保护青山绿水的前提下，深度挖掘湘赣地区红色经典、流域的文化、旅游资源，实现生态保护和经济发展共赢的局面。

开门护水——发动全民守护一江碧水

62岁的张纪湘是一名河湖卫士，巡河成为她生活的一部分。她把发现的问题拍照取证，第一时间传给相关部门，直到问题解决才罢休。

“发现的问题整改了，自己的付出也值得了。”张纪湘感叹，她从小在株洲长大，对湘江有一种特别的情感，既忘不了也放不下，她还会继续坚持下去，守护好这条美丽的母亲河。

“问渠那得清如许？为有源头活水来。”引活水，在于让群众参与进来，群策群力，真正落实河长制的源头治理。

全民动员，掀起全民治水热潮。

成立民间河长协会。“1+15”志愿者队伍、2000名民间河长，日夜紧盯着400余条河道，成为行政河长最得力的助手和守护河湖健康的另一双“眼睛”。“引导更多群众加入到民间河长的队伍中来，实现了护水工作的多元性、互动性、广泛性，为全民护水打下坚实的基础。”株洲市河长办领导表示。

开展“啄木鸟”行动。开通河湖问题举报渠道，实行河湖问题举报奖励机制，发动群众积极提供线索。联动株洲日报、株洲电视台、株洲发布等地方媒体，对群众反映大、久治不愈的典型问题进行跟踪报道，以舆论倒逼促进河湖问题及时有效地整改到位。

开展“五进”行动。河长制宣传进乡村、进企业、进社区、进校园、进机关，营造治水氛围，群众的治水理念由“要我护”转变为“我要护”，从旁观者变成了环境污染治理的参与者和监督者，治水满意度得到进一步提高。在此基础上，株洲市又探索“企业河长”“校园河长”治水模式，进一步强化了主体的责任。“比如，‘企业河长’治水模式是充分发挥企业示范带动作用，促使企业投入资金进行技术改造升级，参与河道清理、违规排放巡查、环护知识宣传等公益活动，共同建设美丽生态株洲。”株洲市河长办工作人员说。

守护一江碧水，民间在行动，社会监督网络也在不断筑牢。

株洲多渠道、多形式发动社会各界参与监督，建立起了多元化的监督体系。每年组织市人大代表、政协委员开展专题视察、民主评议、专题协商等工作，邀请参加河长制明察暗访、督办考核等工作，2020年组织开展专题视察10余次。在市级媒体开设河长制专栏、曝光台，开通河长在线，每年拍摄河长制工作暗访片，及时在媒体曝光破坏水生态和河长制落实不力等行为。

近年来，我们见证了人们爱水护水意识的不断提升，亲水爱水护水理念已经逐渐融入百姓生活，成为人们的习惯。

供图：株洲市河长办

江苏省兴化市河长办

呵护梦里水乡　提升生态颜值

兴化市委书记、市级总河长叶冬华带队督查兴盐界河民主村断面水环境整治工作　摄影：张銮鸾

阅读提示

以习近平同志为核心的党中央坚持问题导向和科学思维，注重理论创新、实践创新、制度创新，不断完善治国理政、治党强军顶层架构，引领中国特色社会主义进入新时代，创立了习近平新时代中国特色社会主义思想，对决胜全面建成小康社会、开启全面建设社会主义现代化国家新征程作出了全面部署。各地区各单位迅速行动起来，深入开展“不忘初心，牢记使命”主题教育，增强“四个意识”，坚定“四个自信”，做到“两个维护”；充分发挥党组织的战斗堡垒作用和共产党员先锋模范作用，打赢“防控战”，夺取“双胜利”；积极探索“精准脱贫”途径，决战决胜全面小康；贯彻新发展理念，建设美丽中国；坚持以人民为中心的发展思想，不断增强人民群众获得感、幸福感、安全感。江苏省兴化市河长办就是其中的先进典型，他们建设新时代中国特色社会主义的具体措施、成功经验和突出成就，都具有较强的示范意义和推广价值。

2020年是江苏省泰州市兴化市河长制工作“全面见效”的关键年。

年打捞水面漂浮物380万吨，河长累计巡河25万多次，河长制工作在泰州市排名第一；全市河长制工作获江苏省人民政府通报表彰……多项成绩中能寻迹到兴化市河湖治理迈向高质量发展的

“金钥匙”，彰显出兴化河长制工作由重点治理向多元提升转型发展的新气质。

全面推行河湖长制，是以习近平同志为核心的党中央从人与自然和谐共生、加强生态文明建设的战略高度作出的重大决策部署。自2017年全面开展河长制工作以来，兴化市积极践行“两山”理念，不断厚植水生态优势，紧抓“五水共治”，全面落实生态河湖三年行动计划，深化巩固“两违四乱”专项整治成果，以河长制示范河道打造为主线，河湖管护增补文化色调，特色产业加持农旅融合……水润兴化，生态富民，“强富美高”的新兴化正从愿景迈进现实！

强化治理，下活“一盘棋”

兴化市地处苏北里下河腹地，四周高中间低，俗称“锅底洼”，是溱潼、兴化、建湖三大洼地中最低洼的地方。这里水域众多、湖荡密布，共有各级河道1.2万余条、湖泊湖荡20个，水域面积627平方公里，占全市总面积26%以上。地势低、河湖多，导致补水期大量的水面漂浮物从上游涌入兴化境内。

水葫芦是涌入兴化的主要水面漂浮物，每年3至10月，随着温度升高，水葫芦生长繁殖加快，长期浸泡水体中散发异味，影响河道水生态。“今天清干净，明天依旧漂满河道。”临城街道林东村总支部书记李锋道出了全市各镇、村的治理常态。据他说，这份“需要成就感”的工作需12名打捞员轮班24小时不间断进行，“随来随清，防止水葫芦大量堆积影响水体”。

在“捞赶不上漂、清赶不上长”的矛盾下，兴化市凝聚财力、物力、人力，投入财政资金近3000万元，购置大、中型打捞船143条，全力组织“上卡+中清+下捞”，年打捞水面漂浮物380万吨。在兴化市主要河道内，水面没有厚重“绿毯”遮盖，清澈如镜，倒映碧空。

兴化依水而居，傍水而建，百姓的传统生活、种植养殖习惯给河道管理带来巨大难度。几年前，兴化市“两违”数量曾占泰州市1/2、全省约1/4。对此，兴化市设立了“两年任务一年完成”的目标，落实专项考核资金，开展河湖“两违”整治百日赛、“突击月”等活动。2019年处置销号泰州市级“两违”点1096处；2020年全面开展河湖“两违”回头看，整改完成泰州市级“两违”点807处，拆迁比例占到泰州市的50%以上。

比数据更具说服力的是老百姓的切身感受。今年65岁的吴珍林在海南镇刘泽村生活了大半辈子，据她说，原来村中心河两侧鸭舍猪圈成片，泥泞脏乱。而如今经过治理，违建没了，环境好了，每天饭后能到新建的公园散步。“兴化河多湖多、历史遗留问题多、底子极其薄弱。通过这几年的治理，河湖变化很大。”兴化市河长办专职副主任王敏介绍，虽说离尽善尽美还有差距，但能取得如此成绩已十分不易。

组建体系，舞动“一条龙”

如果说兴化市河长办在河长制工作中发挥了中心枢纽作用，河湖长则是河长制工作的“核心力量”。

自2017年以来，兴化市河长制健全完善市、镇、村三级河长责任体系，共设立三级河长1822名，实现了河湖长体系全覆盖。同时，还研究制定“一河一策”，实现全市河道、湖泊等各类水域治理全覆盖；深入实施“万名河长培训计划”，培训各级河长11320多人次。2019年，全市三级河湖长累计巡河10万多次，解决涉河湖问题5400多个。2020年截至6月底，市级河湖长巡河湖82次，镇级河湖长巡河湖20163次，村级河湖长巡河湖30209次……兴化市河湖长“用脚步丈量河道”，切实推动河湖治理见实效。

在做好“规定动作”的同时，兴化市河长办探索更接地气的“自选动作”，在全省第一个发出“交督办+河长令”。2017年年底在全省发出河长制建立后的首份督办单；2018年10月签发的《关于迅速清理整治车路河管理范围内乱占乱建的命令》，也是全省首份河长令。截至目前，全市已签发督查通报6份，交办单142份，督办单30份，处置率100%。

2019年，兴化市在全省率先创新开展河长制网格化管理模式，河长制App自动反馈各级网格长巡河信息，市河长办通过信息化管理综合平台，对网格长进行“每周通报、双月考核、年终评先”管理。积分是河湖长考核评先的标准，巡河、及时上报、处理问题、反馈……每次、每项能得到1积分。1年多来，已有河湖长取得1550分的高分。

“上一堂课，签一份责任书，尽一份责任。”王敏用“三个一”来形容河长制网格化管理，“各级河湖长在培训班上学到巡河护河要做什么，要履行怎样的职责、承担怎样的责任。”截至目前，兴化市已举办26期河长制网格化治理培训班，有293名网格长与市河长办签订了目标责任书。

“有的河湖长会匿名打来‘两违’线索电话。”王敏说，村级河湖长通过至少每2天1次的巡河，了解村情况。但碍于人情关系，有时无法直接举报，会通过匿名电话的方式，反应在建“两违”等情况。“将‘两违’进行前端消除，带来很多好处。在节省拆违高额费用的同时，也及时打消了苗头，产生了震慑作用。同时减轻了市委、市政府的压力。”王敏说。

“流域划分+属地管理”“政府主导+社会协同”“传统监管+科技创新”的河长制网格化管理模式，逐步实现了水域管理全覆盖无盲区、政令传达畅通便捷、问题处理规范高效。

农旅融合，串起“一条链”

依绿傍水，是海南镇刘泽村的显著特色，按照“渔韵刘泽”的建设主题，刘泽村历经中心河治理、水文化融合、河长制公园建设等，打造了富有地域特色的村庄。今年5月，海南镇刘泽村成功入选“国家森林乡村”。2017年全面推行河长制后，刘泽村聘请第

兴化市张郭镇生态示范河道——幸福河　摄影：宋怀兵

三方机构对整村进行河道治理和环境提升。

原来居住在河道两侧破旧房屋的孤寡老人，搬进了村里出资建设的新房。在河畔种植养殖的村民“改行”了，有劳动能力的村民当起了河道管护员，参与清漂打捞等工作，每天能得到100元左右的补贴，夏季炎热时能拿到150元；上了年岁的村民则可从事河道监督工作，发现问题上报后，由村里安排处理解决。村民参与村庄管理，环境日益提升。“网红风”民宿、图书馆、河长制公园、花园式村巷风情……昔日的小小渔村如今已成了远近闻名的旅游新村。

戴窑镇地处兴化市低洼处，可谓“锅底洼”的“肚脐眼”。原来的河滩因常年堆积水生植物和淤泥，形成了大片的臭沼泽，去年戴窑镇对沼泽进行了清理和填埋，今年开始打造河长制主题公园。据戴窑镇水务站站长陈义介绍，河长制主题公园与市民广场结合起来，设置砖瓦窑陈列馆和文化墙。主题公园建成后，不仅可以作为河长制宣传的工作阵地，还将成为居民茶余饭后休闲游憩的场地，预计还有一个月就能完工。

正悄然变美的还有沙沟镇。从人水相争到退渔还湖，从因水而生到因水而变，沙沟镇成功打造“五五”工程：借助里下河洼地治理和退圩还湖工程，打造5大板块风情流域；组建500户生态鱼养殖联盟；推广50000亩“虾藕共生、田沟共作”种养模式……产业有机融合、村民持续增收的沙沟镇，处处展现着鱼跃人欢的养殖场景以及芦苇摇曳、野草丰茂、清波缓流的原生态风貌。

海南镇、戴窑镇、沙沟镇推进“退圩还湖＋示范河＋主题公园＋产业发展”，是兴化市推进河长制工作进程的精华所在。“按照我们开展河长制工作的计划，第一年打基础，第二年抓治理，第三年要见到实实在在的成效。”王敏说。

兴化市河长制工作在“地基”牢固、横纵发展的同时，已呈现出“河长制＋”的多元化发展趋势，结合“333”工程，河湖管护融入了更多生态旅游元素，“水＋产业”提升带动区域经济发展，激发综合动能，“强富美高”的新兴化乘风破浪，因水美而人美，城更美！

兴化把保护好每一条河道，留住水乡生态底色，作为一项政治任务和民生工程，以前瞻性眼光审视河流的生态意义，全力保障兴化百姓的安居乐业，提升梦里水乡的生态颜值。

作者：郑贤、徐贤根

浙江省临海市“五水共治”办

奏响治水“协奏曲”

临海市《老赵讲水情》进农村文化礼堂 摄影：王玲燕

临海市灵湖 摄影：醉哥

“治污水，防洪水，排涝水，保供水，还有一个抓节水，‘五水共治’聚民心……”

2019年12月27日，浙江省临海市原创节目《绿水青山向天歌》作为台州唯一代表参加首届“水秀浙江”五水共治文艺汇演，以越剧五种唱腔形式唱响“五水共治”，获得省治水办领导点赞。

水之美在越剧里“流淌”，更在“五水共治”行动中奏出动人乐章。近年来，临海市治水办紧紧围绕“守底线、抓常态、创特色”的工作思路，以“美丽河湖”创建和“污水零直排区”建设为抓手，推动各项工作有效落实，治出了水清岸美的新面貌，治出了转型升级的新成效，治出了面向未来的新优势，也治出了自强不息的精气神。

特别是2019年，临海治水向纵深推进，再次交出了一份漂亮的答卷：沙段和柏枝岙2个国家“水十条”考核断面水质稳定达到Ⅱ类标准，全市15个县控以上断面水质达标率为93.3%，较2018年提高6.67个百分点；有力巩固消除黑臭水体成果，顺利通过省巩固城市黑臭水体治理成果检查；重点专项工作“污水零直排区”建设在台州市“百镇竞赛”中连续排名前列；同年5月，临海市“五水共治”办被评为台州市治水工作先进集体；始丰溪台州沙段站（临海）入选全国首批“最美水站”；白水洋黄沙溪成功入选2019年浙江美丽河湖。

治水零容忍，铁腕手段护清流

水环境污染，表现在水里，源头在岸上。在治理水环境时，临海始终坚持“标本兼治”，重拳整治疑似黑臭水体。针对上级督办的杜下浦河、富沈河、大汾直落河三条河道存在发黑发臭现象，临海市主要领导高度重视，市委副书记蔡建军先后两次组织相关单位负责人及治水专家到现场查找源头、分析原因，并召开专题会议，研究对策。部署对三条河道污染源及其水岸、水文条件等进行调查，督促制定 “一河一策”及治理方案。治理过程中，综合运用打通断头管、修复渗漏管网、完成污水管网扩容、雨污分流、排口整治等举措。目前，富沈河治理已取得初步成效；杜下浦河河道治理列入台州市“通堵点、破难点”行动计划，涉及的7处违章建筑被拆除，杜桥农贸市场西边、杜下浦河东岸2个雨污混排口完成改造。

重拳出击拆违建，污水直排“零容忍”。2019年2月17日，桃渚镇联合临海市相关执法部门，出动400多名工作人员，重拳清理整治占用河道、直排生产经营废水的龙泉农庄，拆除违章建筑

2100平方米。7月，尤溪镇借助全市“无违建村”整村推进行动月的有利时机，开展河道违章建筑整治大行动，强制拆除直排污水的4家养猪场、1家养鸭场（总面积2200余平方米）。据统计2019年“清四乱”专项行动，清理整改问题点位187个，完成“无违建”河道创建19条（总长173.48公里）。生态环境部门共查处涉水案件27件，罚款金额458万元，行政拘留16人，刑事拘留12人，持续保持打击违法排污高压态势。

重拳治水，“组合拳”更见效。临海市委、市政府主要领导亲自开展督查，深入治水一线，巡查治水短板区域，对头门港、杜桥镇等重点区域开展连续督查，持续加大对疑似黑臭水体的治理力度，巩固提升劣V类水剿灭成果；发挥曝光督查联动作用，严格实行每月“四个一”（一例会、一督查、一考核、一通报）制度，对重难点问题实行清单式挂牌销号，实行问责制度；全年组织河道督查281次，其中下发督查交办单与通知单71份；推动溪口水库上游农家乐的拆除整改工作；解决了桃渚镇北塘渔网场污水直排河道等一批难点问题。

结合科技防控，借“眼”治水，增强督查效能。临海在部分主要河道配置16个球型监控设施、设立14个小微自动监测站，形成河道管理天网，全天候关注河道环境变化。同时，采用无人机、无人船巡查，对难以通行河段及重点点位实施精准检查，确保河道污水排放可查、可溯源。

与此同时，临海还大力抓河湖库塘淤泥清理和“美丽河湖”创建工作。2019年完成河湖库塘清污（清淤）87.4万立方米；建成美丽河道25.75公里，其中义城港河道（尤溪段）建成美丽河道13.85公里，白水洋镇黄沙溪建成美丽河道11.9公里。

项目化治水持续发力

“污水零直排区”建设是新形势下治水的标志性工作，是一项综合性的系统工程。

2019年，临海全面打响“污水零直排区”建设攻坚战，以起步就是冲刺的姿态抓破局，共实施“污水零直排区”建设相关项目76个，投资额约6亿元，完成了全市建成区71.23平方公里的深度排查，完成管网探测1956.64公里，其中雨水管网详查953.93公里，污水管网详查1002.71公里，并初步搭建了排水管网信息化管理平台，顺利推进白水洋等5个镇的“污水零直排区”建设项目，创建了白水洋镇黄沙社区等5个示范小区、50家示范企业和100家示范“六小行业”，在台州市“污水零直排区”建设“百镇竞赛”中持续走在前列。

优化顶层设计，规范有序推进建设。在全省率先出台《“污水零直排区”建设项目管理细则（试行）》和《“污水零直排区”建设实操手册》，从市级层面明确了建设模式、标准要求、实施规范和资金保障。市委、市政府连续两年将“污水零直排区”建设列入《党代会工作报告》《政府工作报告》和民生实事项目，将“污水零直排区”建设项目列入年度重点巡查项目库，以月通报、季巡查方式狠抓工作落实。市政协将“污水零直排区”建设列入重点议案，召开主席会议重点协商。

治水工程项目是提升水质环境的基础与支撑，2019年临海基本完成城市污水处理厂和7个镇级污水处理厂准四类提标改造，完成城市污水处理厂迁建工程，新增市政污水管网53公里、雨水管网15公里；推动大田平原排涝一期工程、方溪水库工程、台州市灵江建闸引水扩排工程（原台州市灵江扩排挡潮工程一期）、大田平原排涝二期工程（外排工程）、东部平原排涝工程（一期）这5个“百项千亿”水利工程，截至年底完成投资3.18亿元，完成率为112%。

全民治水，共建美丽临海

“治水需要强化机制保障，形成强大合力。”临海治水办相关负责人介绍。

为了继续深化全民参与机制，在治水实践中，临海引导形成了“小河长”“河小青”、巾帼治水服务队、“水秀团长”、骑行护河行动等全民治水载体。全社会护水，形成河湖管护新合力。在临海，全民治水的观念日益深入人心，形成了“人人关心治水、人人参与治水、人人共享成果”的喜人局面。

大田街道活跃着有艺术团、排舞队、合唱团、腰鼓队等20多支文化团队和志愿者队伍参与“五水共治”宣传；括苍镇“夕阳红”志愿宣传队，每逢集市日、“桃花节”等节庆日，总会出现在镇文化中心、村文化礼堂、桃林入口处等各大“舞台”，给村民、游客们送去一场场接地气、合口味的治水文艺“大餐”。而新晋的“民星”——临海“河道百晓活地图”赵米构更是实力圈粉，他主讲的《老赵讲水情》被各村频频“点单”。赵米构有38年的水利工作经验，对临海500多条河道了如指掌，在台上讲起来头头是道。他的宣讲幽默风趣又通俗易懂，深受百姓喜欢。截至2019年底，《老赵讲水情》宣讲进农村文化礼堂活动已开展6场次，听众超3000人次。

历经“五水共治”的洗涤与磨炼的临海，如今，这片因水而兴、因水而美的土地越发灵动、繁荣，生态宜居、山海宜游的梦想照进现实，“绿水青山”的存在成为“金山银山”的厚实基底。

“治水攻坚行动的步伐永不停歇。我们将聚焦目标任务、聚焦破难补短、聚焦突出问题、聚焦群众满意，再抓落实、再破顽疾，全力以赴打好‘污水零直排区’建设、河（湖）长制提档升级、美丽河湖创建三大攻坚战，着力开展‘九大行动’，奋力夺取治水大禹鼎，全力为百姓营造秀美水环境，实现‘人人都是河长，条条皆为清流’的美好愿景。”临海市治水办相关负责人表示。

福建省三明市森林消防支队

驻守“绿色宝库”筑牢安全屏障

白墙点缀着山涧，烟雨晕染着丛林。

福建省三明市森林资源丰富，是全国南方集体林区综合改革试验区，森林覆盖率达76.8%，素有“绿色宝库”“中国绿都”之称。这里，驻守着一支赓续红色血脉、继承光荣传统的年轻队伍——福建省森林消防总队三明市支队，他们凭着对党的无限忠诚和对应急救援事业的无比热爱，扎根于青山绿水间，传承森林部队“不畏艰险、不怕困苦、不计得失、不辱使命”精神，圆满完成了各级赋予的各项任务。

自改制转隶以来，三明市森林消防支队面对新体制、新职能、新使命，不等不靠、主动作为，紧紧围绕习总书记“对党忠诚、纪律严明、赴汤蹈火、竭诚为民”授旗训词要求，积极对标应急救援“主力军”和“国家队”的职能定位，在转型升级中不断提升队伍综合性应急救援能力。

勇担使命，筑起屏障

三明市地处我国东南沿海，地形复杂、天气多变、河流众多，台风、

召开党委会议

暴雨、洪涝、泥石流等灾害较为频发，安全形势严峻复杂。组建以来，三明市森林消防支队执行“海峡两岸林博会”防火宣传、野生动植物保护宣传和林政执勤等勤务百余次；成功扑救森林火灾数百起；参与抢险救灾任务40余起，为保护生态环境和维护社会稳定构筑起了一道坚不可摧的安全屏障。

改制转隶以来，面对严峻复杂的使命任务，三明市森林消防支队指战员上一线、打头阵、立新功。

2019年5月17日，福建省永安市小陶镇水位暴涨，大量房屋被淹、主干道塌方且断水断电，数十名群众被洪水围困近8小时，急需转移和救援。三明市森林消防支队接警后，迅速出动55名指战员遂行抢险救援任务。受灾现场，该支队指战员发扬“不畏艰险、不怕困苦”的连续作战精神，成功转移包括19名老人、3名小孩和1名孕妇在内26名被困群众，清理道路砂石、淤泥、垃圾等超过30吨，转运居民粮食物资5吨，清理商铺和居民楼20余处，受到地方政府和人民群众的高度赞誉。

12月5日，广东省佛山市高明区凌云山荫岗村发生森林火灾，火势迅速蔓延，严重威胁人民群众生命财产安全。三明市森林消防支队150名指战员闻令而动，星夜兼程向佛山驰援，历时4天3夜，圆满完成跨区增援任务。此次灭火行动，全体指战员克服长途行军、地势复杂、天气多变和频繁转场等不利条件，累计扑灭火线2.5公里，点烧火线3.5公里，扑打火头6个，清理烟点140余处，增湿未燃烧区域2300余平方米，有力发挥了“主力军”“国家队”的重要作用。

取长补短，提质强能

改制转隶后，队伍由处置“单一灾种”向应对“全灾种”“大应急”转变，三明市森林消防支队按照“先学新用、急用急训”的原则，结合福建省地区灾害特点，重点在地震救援、山岳救援、高空索滑降、医疗救护等方面补课赶队，尽快形成新型战斗力。

“已确认被困人员位置，立即实施破拆救援！”一声令下，指战员们迅速对“地震”中“被困人员”展开营救……2018年11月，该支队与三明市消防救援支队沟通交流，抽调来自各基层中队20余名指战员前往消防救援支队，围绕地震救援、山岳救援、山体滑坡处置等内容进行为期30天的专业培训，并通过常态化演练确保培训效果。

全灾种、多样化的应急救援任务形势，对森林消防指战员的综合能力也提出了更高要求。针对大型工程机械操作人才紧缺的实际，三明市森林消防支队采取“请进来，走出去”的方式与闽晟集团城建发展有限公司、三明市水利水电工程公司和中铁二十二局集团第三工程有限公司三家地方企业签约组建大型工程机械应急救援分队，由企业定期为支队培养大型机械设备操作人员，该支队组织企业进行各类综合性联合应急救援演练，双方就多灾种救援任务研究、防灾减灾知识等进行交流学习，有效实现人才共建、资源共享、优势互补。同时，双方共同建立24小时应急响应机制，以“战时联动”的方式切实发挥应急救援最大战斗力。

积极探索，艰苦创业

2018年11月26日，队伍转制改革伊始，三明市森林消防支队积极响应 “精准扶贫”号召，捐赠14余万元援助三明市泰宁县朱口镇的古桥修缮工程，并与泰宁县石辋村结成帮扶对子，用扶贫济困、帮建“第二故乡”的方式回报人民的深情厚谊和大力支持。

2020年6月4日，福建省“安全生产月”暨“风展红旗如画·八闽安全发展行”活动启动仪式在三明市万达广场举行，包含三明市森林消防支队在内的21支应急救援力量参加仪式，这是福建省省三明市森林消防支队作为国家综合性应急救援力量面向社会的第一次正式亮相。活动中，该支队运用沙画和动画向群众普及应急救援知识，并通过灭火救援、防汛救援装备器材展示，无人机远程操控演示等方式，展现出应急救援“主力军”“国家队”的能力水平。

改制转隶以来，三明市森林消防支队按照“满足当前、适当超前”的原则，把“保打赢”“保到位”贯穿到后勤战备、训练、管理的每个环节。该支队全面配齐基础装备，加快配足急需装备，逐步配强灭火主战装备、综合救援常规装备，并将无人机、北斗卫星、华为云会议视频系统有效整合，形成人工与智能、传统与现代相结合的装备格局，切实满足应对“全灾种”“全地形”“全气候”条件下的遂行任务需要。

作者：陈广成、彭林全　摄影：刘德成、曹轶群

工作剪影。左图为开展森林防火知识宣传；右上图为执行抢险救援任务；右下图为遂行广东佛山灭火增援任务

江西省浮梁县银坞林场

承载生态使命 成就绿色梦想

召开党史学习教育工作布置会

组织党员到浮梁县王港乡港口村锦泰文化研学基地百米红色长廊倾听红色故事

浮梁县位于江西省赣东北地区，是一个历史悠久，文化底蕴深厚的千年古县。自古以瓷茶闻名于世，县域总面积2940平方公里，全县拥有山林面积355万亩，森林覆盖率达81.4%，是全省重点林区县之一。银坞林场就像一颗绿色明珠镶嵌在这片沃土上，为发展生态林业、民生林业，为建设千年古县做出了积极贡献。

银坞林场始建于1987年，前身是原蛟潭区与三龙乡政府联营合办的合作林场。1989年浮梁复县后，成立了浮梁县国营银坞林场，依托世界银行贷款国家造林项目、森林资源发展与保护项目、日本政府贷款江西造林项目、欧洲投资银行贷款生物能源——油茶造林项目等逐渐发展壮大成一个新型林场。

2015年林场进行了改制，定性为“生态公益性”林场，辐射浮梁县15个乡镇，有林地面积20.1945万亩，森林覆盖率达90%以上，活林木总蓄积量约90万立方米，其中人工造林面积12万余亩，大部分进入采脂期、抚育间伐期。多年来林场坚定守护浮梁这片森林资源，保持原有生态面貌，并让林场的保护与发展造福一方百姓，使其真正成为市民“可游、可享、可居、可养”的幸福家园。在森林资源管理方面，按照“相对集中、大小适宜、便于管理”的原则，把全场20万亩林地进行网格化分片，每片网格中一名护林员。每一名护林员对责任区的森林防火、乱砍滥伐、乱占林地、森林病虫害监测、野生动植物保护、林业工程设施等进行全方位巡查管护，同时与当地村委会和乡村护林员建立联防机制，实现护林信息及时共享，确保一山一坡，一园一林都有专人专管，有效地制止和打击了乱砍滥伐现象，如今林场生态、社会、经济效益逐步显现。

近年来，银坞林场践行“绿水青山就是金山银山”的理念，瞄准社会需求和行业发展前景，转变机制，盘活资源，调整产业结构，发挥资源和林业技术优势，进一步拉长林业产业链，落实13115工程，大力发展森林特色新兴产业，从种树造林的“林场主”变成多种经营的“山总裁”，走出了一条生态建设与产业发展双赢之路。

在改革过程中，银坞林场积极探索“不砍树，也致富”的新发展路径，大力培育新森林经济。通过科学实施产业结构调整，银坞林场把用材林调整为经济林，引进茶叶种植大户，建立“林场+公司+合作社”的合作模式，以“林+茶”“茶+油”的种植方式打造示范亮点。2017年至2020年，银坞林场规划建设一万亩，截至2020年12月，已与6家合作社签订合作协议，面积达5000余亩，并完成4500余亩的“茶叶+油茶”种植。

2021年该场积极响应国有林场“百场兴百业、百场带百村”行动，计划总投资700万元，在王港乡墩口村渭水组来龙降建设1000亩花卉苗木果林培育和森林游憩基地。实行“林场+公司+林农”模式，以林场为实施主体，注入社会资本，实行股份制，专业公司提供技术支撑，带动周边林农共同参与增收。目前，一期清山、挖机整地、条带、栽植及林区公路、便道修建等基础设施建设已经完成，基地已培育树种有美国红枫、娜塔栎、北美海棠等彩叶彩化树，也有紫微、桂花、栾树、合欢、紫叶李等常用绿化苗木，并且积极引种、驯化，培养大量的适合本地生长的园林苗木。一个高标准的生态型果摘园轮廓已经显现，即将产生经济效益，为林场可持续发展增强了后劲。

同时，银坞林场不断擦亮绿色生态底色，瞄准社会需求和行业发展前景，吸取社会资本近亿元，大力发展森林旅游。通过森林资源培育，形成了许多极具旅游开发潜力的森林景观资源，成为森林旅游的主导力量。其中，双龙湾生态有限公司已被评为3A级旅游景点。

此外，银坞林场每年的营林生产还带动了周边村民和贫困户就业，为扶贫工作创造了长久的产业链，帮助村民增收、贫困户脱贫。浮梁县扶贫公司利用林场产业结构调整的林地1180亩实施扶贫“四个一”工程，受益贫困户达590户，取得了较好的生态、经济及社会效益。先后被评为“全国绿化模范县”“国家生态县”“国家重点生态功能区”“国家生态文明建设示范市县”“全国‘绿水青山就是金山银山’实践创新基地”等一张张绿色的名片，让浮梁瓷源茶乡美名远扬。

“全国十佳林场”评选活动由中国林场协会主办，每年举办一次，实行动态考评，旨在表彰在全国推进生态文明建设和促进绿色发展中，在促进民生、改善生态、产业发展、脱贫攻坚、改革管理等10个方面做出巨大贡献的国有林场。银坞林场各项指标均得到了各级林业主管部门和有关专家的认可，2020年7月以来，经层层推荐、资料审核、初步公示、评选表决等程序，最终进入“全国十佳林场”荣誉榜单，被授予2020年度“全国十佳林场”称号，成为江西省获此殊荣的两家林场之一。

“路漫漫其修远兮，吾将上下而求索。”站在新的起点上，银坞人将不忘初心、砥砺前行，撸起袖子加油干，为把浮梁建设成“绿水青山、田园牧歌、乡愁绵绵、其乐融融”的千年古县做出新贡献。

作者：郑炎松 摄影：徐根发、黄湘国

广东省佛山市云勇林场

打造生态文明建设新样本

云勇林场场部 摄影：吴华俊

链接：佛山市云勇林场位于高明区明城镇，距离佛山市中心70公里，距离广州约2小时车程。林场始建于1958年，管辖面积为30117亩，森林覆盖率达98.36%，其中省级生态公益林占97%，是佛山面积最大、森林生态系统最完整的城市绿肺。2020年12月，国家林业和草原局发布行政许可决定书，正式准予佛山市云勇林场设立广东云勇国家级森林公园，并定名为“广东云勇国家森林公园”。近年来，云勇林场生态建设取得较显著成绩，相继获得“中国森林体验基地”“中国最美林场”“全国林业系统先进集体”“全国关注森林活动20周年突出贡献单位”“全国十佳林场”“国家级森林公园”等荣誉称号。

人不负青山，青山定不负人。

近日，广东省佛山市云勇林场再度传来好消息，获国家林业和草原局批复设立广东云勇国家森林公园，成为今年广东省唯一一个获准设立的国家级森林公园。云勇林场森林公园建设再上新台阶。

这是“十三五”期间佛山向人民群众交出的一份诚意满满的生态文明建设成绩单，也是佛山深入践行习近平生态文明思想、坚持贯彻新发展理念、坚定不移走“生态文明+工业文明”协调发展之路再度结出的生态文明建设成果。

六十余载耕耘，建成“珠三角的塞罕坝”

只要坚持生态优先，绿色发展，锲而不舍，久久为功，就一定能把绿水青山变成金山银山。

当广东云勇国家森林公园获准设立的好消息传来之时，云勇林场场长苏木荣正在林场巡查，他高兴地笑了起来。

国家森林公园作为国内最高级别的森林公园，对森林景观的观赏、科学、文化价值要求都非常高。“云勇作为人工林场，承载了三代人的梦想，能获准设立国家森林公园，成绩来之不易。”苏木荣感慨道。

走进云勇林场，只见繁茂的树林覆盖层层山峦，绿草如茵铺展林底，野生动物随处可见……置身茫茫林海之中，满眼的绿意和清新的空气扑面而来，身心为之舒畅。

云勇林场是佛山面积最大、生态价值最高、结构最完整的“城市绿肺”，也是粤港澳大湾区名副其实的绿色宝库。据最新调查统计，林场面积约3万亩，共有维管束植物156科507属780种，野生动物152种；各类树木释放氧气价值达到8.23亿元、生态服务价值超过26亿元；森林覆盖率高达96.95%，其中生态公益林占比97%；年均每立方厘米空气中负氧离子含量高达8000个，气温常年比佛山市区低3至5摄氏度。

谁能想到，始建于1958年的云勇林场，当时只有布满荆棘的野草和低矮的灌木丛，并没有原始生态林，一片苍野茫茫。彼时，国家每年投资约10万元开发云勇林场，由此开启云勇林场的人工造林之路。1984年，云勇林场由省下放给佛山管理，成为佛山市属唯一的国有林场。2001年，云勇林场从商品经营型林场向生态公益型林场转型，进入了全面修复保护和提供生态服务的阶段。经过20年生态景观林改造，云勇林场原本以杉木、松树为主的用材林改造成为以乡土阔叶树种、珍贵树种、景观树种为主的生态公益林，拥有珠三角地区少有的多彩森林景观。

云勇林场的蜕变离不开三代云勇人的默默耕耘。他们当中，既有薪火相传坚守林场的“父子兵”，也有从大城市来到林场的知青，更有新一代投身林场建设的研究生……风雨兼程一甲子，少年变老翁，青丝变白发，终将荒野变绿洲。

2018年7月，《人民日报》刊发整版“记者调查”报道，以《一个珠三角林场的坚守与进击》为题，诠释云勇人大半个世纪以来面对艰难守卫林场的动人故事，并将云勇林场誉为“珠三角的塞罕坝”。

牢记使命、扎实苦干，改革创新、争创一流，绿色发展、久久为功，云勇人身上所体现的“云勇精神”，与工匠精神、企业家精神一道，进一步丰富了佛山的精神内涵，成为支撑佛山奋进新时代的脊梁。

“云勇林场优越的生态环境以及丰富的人文内涵，让云勇在众多森林公园评比中脱颖而出。”苏木荣说。

推动扩面提质，云勇林场焕发新姿

路虽远，行则将至；事虽难，做则必成。

云勇林场能在新时期焕发新光彩，离不开佛山市委、市政府的高位谋划。

近年来，佛山坚持贯彻新发展理念，坚定不移走“工业文明+生态文明”协调发展之路。2017年，佛山获“国家森林城市”称号，全市上下为之振奋。2018年，市委、市政府提出将云勇林场建设成为国家森林公园的目标。

党的十九大闭幕后，市委书记鲁毅第一时间到云勇林场宣讲十九大精神，并在全市大力倡导和弘扬云勇精神，统筹推进山、水、林、田、湖、城综合治理。近年来，鲁毅先后12次到云勇考察调研，谋划、指导推动云勇国家级森林公园建设。

2018年3月，《佛山市自然生态文明建设专项规划》出台，启动以高品质国家森林城市、云勇林场提质、34个万亩千亩公园、48个河心岛为主体的生态保护修复重点项目。

市长朱伟同样高度关注云勇林场建设国家级森林公园的工作，谋划和研究制订云勇林场扩面方案，推动云勇公路建设、云勇林场扩面提质等重点项目。

在市主要领导的大力推动下，2018年6月，云勇林场扩面提质工程正式启动，由市财政出资通过租赁形式将林场附近农村约1.5万亩纯桉树林纳入云勇林场管理，并统一实施森林景观改造提升。在市区镇村四级共同努力下，截至2020年，云勇林场已与5个自然村签订正式林地租赁合同，确认租赁的林地总面积为13975亩。

目前，森林景观提升项目已完成一期2329亩的造林任务；二期4个标段已完成招投标工作，各中标单位施工队已经全部进场，预计2021年春节前可完成大部分的备耕工作。

云蒸霞蔚、绿海苍茫的云勇林场　摄影：谭颂江

“通过租赁集体林地的方式来增加森林公园的面积，这样的举措在全国来说都是领先的，不仅能进一步提升云勇林场的景观面貌，还能为附近村民带来集体收入，助力乡村振兴。”苏木荣说，租赁的林地此前大部分种植的是桉树，将改造成多类型的树种，并以“树种珍贵化、木材大径化、结构复层异龄化”的近自然经营模式，提升森林质量。云勇林场扩面的创新性做法也得到国家和省林业主管部门的充分肯定，认为是可复制可推广的生态建设经验。

云勇林场还积极开展林业科研，与广东省林业科学研究院合作开展《佛山市生态景观林培育技术研究与推广示范项目》，进一步挖掘云勇林场的生态价值。

经过持续改造提升，如今云勇林场已成为我市“三屏六楔，两脉两环，蓝绿成网”自然生态格局中的核心节点，森林植被及生物多样性日渐丰富，生态功能日益彰显，与周边的西樵山国家地质公园、盈香生态园4A级景区、皂幕山森林公园4A级景区、南海万亩桑基鱼塘农业文化遗产、金沙岛国家湿地公园等串点成线、连线成网；同时，与鼎湖山国家级自然保护区相互呼应，构成了珠江西岸大生态格局。

生态保护利在千秋，让群众畅享“森呼吸”

保护生态环境功在当代、利在千秋。良好的生态环境是最普惠的民生福祉。

11月14日，2020年佛山市第六届登山节暨高明区第十一届登山节在云勇林场举行，吸引了来自佛山及周边地区的500名登山爱好者、旅游爱好者参与。至今，云勇林场已成功举办两届登山节。

为丰富云勇林场的自然景观，林场先后建设了“缤纷林海”主题公园、桃花谷、观花区、香花区。一年四季花开不同，桃花、樱花、红花荷、大花紫薇等竞相绽放，近处赏花，远处赏景，让“冬春山花烂漫，秋夏缤纷绚烂”的美景成为现实。

云勇林场还相继建设了云勇林场展览馆、森林消防基地、科普长廊及民兵坑徒步道等一批基础设施，为广大市民接触大自然、享受“森呼吸”提供便利服务。

每逢节假日，珠三角的游客争相到此畅游林海，享受天然氧吧。据统计，云勇林场每年接待的游客超过10万人次。

家住南海的刘博是一名登山爱好者。每逢周末，他都要约上友人去户外“探险”，云勇林场更是他的“心头好”。“林场景色美，空气清新。在这里徒步登高，不但可以强身健体，苍翠的山林也让人心旷神怡”。

大量游客的到来也为当地村民带来发展商机。“林场生态搞好了，附近村民可以发展民宿、销售农产品，增加收入。”苏木荣说，每逢假期，云勇林场周围的餐馆食肆生意火爆，村民的农作物也有了销路。

“建设好云勇国家森林公园，是佛山人民的生态期盼，也是我们的职责所在！”佛山市自然资源局相关负责人说，接下来，佛山将邀请国内知名单位和专家学者参与编制森林公园总体规划，高水平做好资源保护修复、空间布局优化、生态服务设施建设等规划设计，打造具有佛山特色的国家级森林公园。

佛山还计划在三年内投入10.04亿元，建设好云勇公路景观大道；推进“智慧公园”以及森林体验服务设施建设；启动建设佛山自然生态科普馆和综合性消防培训中心，提升保障能力。

对此，佛山市民满怀期待。“设立广东云勇国家森林公园，相信未来可供市民游玩的点会越来越多。”刘博说。

咬定青山不放松，一张蓝图绘到底。刚刚结束的市委十二届十一次全会提出，佛山将牢固树立绿水青山就是金山银山理念，完善生态文明领域统筹协调机制，加快建设大湾区高品质森林城市，坚定不移走制造业城市生态文明创新之路。

站在新的起点，佛山的生态文明创新之路正行稳致远。

来源：《佛山日报》

供图：云勇林场

广西百色市百林林场

遍地葱茏绿生金

“树顶上的摘干净些，小心别摔啦！”

2020年12月28日一大早，广西百色市百林林场南乐管护站的管护人员就在山头忙开了，他们有的俯身拾茶籽，有的攀树摘茶果，呈现出一派喜庆与丰收的景象。

“我们在马尾松良种基地套种油茶500亩，今年已经开始挂第一批果。这些果摘下后拿到市场能卖得不少钱。”管护员李炳昌笑着跟记者说。

生态美景变“钱景”。得到实惠、尝到甜头后的百林林场职工们更加坚定护绿肺守绿心的信念，以实际行动让山更绿、林更密。

据2020年森林资源二类调查成果显示，百林林场森林覆盖率达到76.85%，比“十二五”期末的72.08%增长了4.77%；森林活立木总蓄积量达到932590立方米，比“十二五”期末的656509立方米增长276081立方米，提高了42%。通过扩大场外租地造林，增加了林场可利用林木资源储备，共发展场外造林基地25141亩，

百林林场副场长、高级工程师李嘉庆在党员科技示范园讲授植树技术要领　摄影：周政士

活立木蓄积285454立方米。

科技兴场，持续释放“绿动力”

只要一有时间，百林林场副场长李嘉庆都会去马尾松良种基地看他的“宝贝”。对马尾松的研究，倾注了他的大量心血。2016年3月，李嘉庆就以第一作者的身份在《广西林业科学》杂志上发表了《马尾松中龄林采脂效益分析》。2017年4月，李嘉庆主导的《广西马尾松育种体系建立与应用》项目获得“梁希林业科学技术奖”二等奖。此外，他还参加实施了广西林业项目“马尾松第二代种子园营建技术研究与示范”，主持参与中央财政林业科技推广示范跨区域重点推广示范项目《马尾松速生丰产配套技术推广与示范》等。

科技兴场，才能更好释放“绿动力”。百林林场坚持科技创新核心地位，通过项目的实施，先后培养出2名高级工程师，21名工程师，57名高级营林技术工；先后与广西林业科学研究院等科研院校开展林业科学研究与科技推广示范项目合作，应用“良种良法”先进林业科技累计种植发展高产优质林共25000多亩，取得显著的经济效益。2019年3月9日，百林林场被自治区政府授予2018年度广西科学技术进步奖二等奖。李炳昌被全国绿化委员会授予全国绿化奖章，李嘉庆被市委组织部评为百色市第八批专业技术拔尖人才。

人心稳、干劲才足。百林林场坚持以党建为引领，充分引导党员发挥引领、示范作用，以此带动职工为林场谋发展、做贡献。通过选调工作人员、做好优秀干部职工推优选拔工作等务实举措，让人才队伍结构得到不断优化。2019年，该场提拔3名正科级领导，12名副科级领导；2020年提任1名副场长，2个副科级领导。组织开展系列敬老活动，拉近场与退休老职工之间的距离，增强了全体职工包括退休老职工的归属感。

2016年至2020年，百林林场新增造林面积13184亩，低效公益林改培造林面积5800亩。完成全国木材储备林建设项目7400亩，中央财政科技推广项目1200亩；根据广西壮族自治区林业科学研究院实施方案，稳步推进种子园项目建设工作，完成马尾松种子园600亩，黑格种子园150亩，油茶示范林500亩。加大资金投入，进一步完善林区基础设施建设，共计维修林区公路112公里，新开林区公路16.7公里；新建水池4个；修建珍贵树种造林基地林区步行阶梯3420米。新建管护站房1套，加固改造管护站房1套，完善管护站房功能1套，新建良种基地生产管护用房及种子晒场等基础设施一项，累计投入资金245.73万元。“十三五”期间，百林林场共拍卖销售活立木9109亩(包青山)，销售收入达4574万元。

织密“森林防火网”，是让生态屏障变身“绿色银行”的关键。百林林场高度重视护林防火工作，一方面积极配合政府对林场森林防火开展联防联控；另一方面加大宣传力度引导群众主动参与到护林防火工作，共同守好生态保护线。为拉近与群众的关系，构建良好的森林防火群众基础，2019年10月，百林林场组建文艺队，下乡进村，以舞蹈、合唱、独唱、快板、山歌、乐器演奏等方式宣传森林防火、森林病虫害防治、保护区资源保护等相关知识，深受群众欢迎。此外，林场通过加强资源林政管理、加强百色澄碧河自然保护区管理、加大林业有害生物防治力度等，多措并举保障林场林业生态安全。

“近年来，我场注重以党建为引领，以科技兴场为载体，扎实推进国有林场改革发展，在护绿肺守绿心的同时，借绿生金，呈现出生态、经济、社会三大效益同步发展的良好势头。”百林林场党总支书记、场长黄平表示，下一步，林场将继续践行“绿水青山就是金山银山”的发展理念，明确定位，走好科技兴场、“产学研”高质量兴场之路，力争尽早实现“森林蓄积量增长、生态系统稳定性增强、林场经济效益提高、林区和谐稳定”的发展目标。

倾情帮扶，助农圆了致富梦

2018年以前，田林县潞城瑶族乡三瑶村瑶告屯和达架屯的群众出门的交通道路只有一条3米宽的林区泥巴路，道路狭窄，凹凸不平，只能通摩托车和一些小型拖拉机，遇到下雨天更是寸步难行。特别是当时两个屯约2000亩的林木已到了可以出售的年限，却因为没有道路通达，无法进行采伐和运输。作为三瑶村的定点帮扶单位，百林林场领导班子了解到这一问题后，亲自下村调研，并最终确定了为瑶告屯和达架屯建设一条“百林路”的方案。

2017年起，该林场拿出18万元用于修建三瑶村瑶告屯至达架

百色澄碧河自然保护区风光　摄影：周政士

屯的林区道路，全长约6公里，于2018年3月建成通车，受益群众289户1213人。

就在前不久，瑶告屯村民杨光才用手头的积蓄买了台9万元的宝骏小汽车，这在以前他连想都不敢想。

因家庭成员缺乏技能技术、致富无门等原因，杨光才户在2015年精准扶贫识别中被评为建档立卡贫困户。在帮扶人黄平的指导帮助下，杨光才开始种植杉木和油茶，并发展甘蔗种植和肉鸡、生猪养殖等短平快产业。黄平还自掏腰包送给杨光才80只肉鸡苗进行养殖，帮助其申请扶持资金1.5万元用于10头生猪养殖产业。

看着收入一年比一年高，杨光才干劲更加足了。“我家2018年脱了贫。今年我家收入有近6万元，人均纯收入达8000元以上。我家的生活越来越好，非常感谢党和政府以及帮扶干部对我的帮扶，我将永志不忘！”杨光才感激地说。

三瑶村的渭克提、陈家山和刘家堡3个屯一直没有路灯，每到夜里就漆黑一片，老人、儿童夜间行走常有绊倒、摔伤的事情发生。安装路灯成为很多村民的心愿。百林林场领导班子在得知情况以后，把帮扶村的美化亮化工程作为政治任务来抓，专程到三瑶村召开村“两委”班子会议研究帮扶措施，最终落实6万元为3个屯安装25盏太阳能路灯，并于2020年9月完成安装，受益群众62户248人。

此外，为做好扶贫助困促就业稳增长，百林林场还对有愿望和有一定劳动能力的帮扶贫困户进行了摸底排查，结合林场实际，招收三瑶村16户贫困户担任林场抚育工，使贫困户平均每户增收13750元，让他们实现就业稳增长。

作者：喻武强、覃丹

江苏海太欧林集团有限公司

成就绿色生产力

董事长叶永珍

公司办公园区 摄影：莫名

近日，在中国生产力促进中心协会等单位主办的首届“一带一路”绿色生产力论坛上，办公家具企业海太欧林集团有限公司（以下简称海太欧林）获颁“一带一路”绿色生产力领跑者金人奖杯和证书。该企业以绿色发展理念引领，以创造美好办公生活为使命，着力提升绿色创新力，不断增强绿色影响力，成为办公家具行业绿色生产力领跑者。

创办于1996年的海太欧林，是一家专注办公家具研发设计、生产制造、销售服务的企业，专业为客户提供现代办公空间的整体解决方案。公司秉承“同心同德、尽善尽美”的核心理念，追求出众的品质、创新的设计、出色的口碑，致力于成为备受尊重的办公家具行业领跑者。海太欧林的绿色生产力是如何炼成的呢？

像艺术展览馆的现代化工厂

海太欧林总部位于江苏南京高淳经济开发区，由国际著名设计公司HASSELL设计，是一座外观简约、绿色环保、高度智能的现代化创新工业园，宛如一座充满设计感和人文气息的艺术展览馆，与高淳区美丽怡人的自然生态环境高度融合，成为当地新地标建筑。这里集合了海太欧林的主办公楼、产品体验中心、德式化工业厂房、高度自检实验室、员工宿舍区、娱乐区等，多元化的功能分区、人性化的空间设计，形成一个生活化的工作社区。

总部办公空间一件件办公家具就像展览馆陈列的一件件艺术作品，琳琅满目，美轮美奂，令人赏心悦目，给人唯美、健康、舒适、智能的办公体验，一如其所秉承的“时尚、简约、人文、科技”设计理念，成为国内现代办公空间艺术的代表作。

德式化工业厂房按照智能化、自动化、精益化的要求，全面引进现代化生产制造设备，拥有全系列智能办公家具自动化生产线，工艺先进，流程高效，管理规范，满足客户的多元化产品定制需求，也彰显了现代生产的管理艺术。

质量铸就用户口碑

海太欧林成立24年来，始终坚持客户至上、质量第一的方针，将产品质量作为立厂之本，在产品研发设计、原材料采购、生产制造、品质检验、销售服务等各环节全面贯彻“品质无折扣，追求零缺陷”的品质理念，以精益求精的工匠精神打造尽善尽美的办公家具作品。

为实现企业全面质量管理，设立了首席质量官（CQO）职位。CQO由集团副总裁兼任，是企业的第一质量责任人，负责建立健全公司质量管理体系，并确保其正常和有效运行，是企业质量文化的领导者、推动者和督导者。公司还设立多个品质监管岗，由上到下对产品质量进行严格把关，从新产品开发、原材料辅料采购，到半成品检测、成品检验、包装出货复检，再到售后服务质量跟踪，实施全流程管控，防止出现产品质量瑕疵。海太欧林还建有先进科学实验室，拥有多项专业检测设备仪器，可对各类原材料、半成品、成品的安全、环保等指标进行物理、力学和化学性能检测。

左侧为公司获得的荣誉牌匾，右图为公司展厅

他们还积极实施企业标准管理体系，成立标准管理委员会，形成以国家标准为龙头、规范标准为核心、技术标准为主体、体系管理标准和工作标准为依托的标准体系，实现了在生产、经营、管理等各个环节的标准化管理，从而保证了产品品质的稳定、可靠。公司先后通过多项国家、国际权威认证体系的认证，包括ISO9001-2000质量管理体系认证、绿色之星产品认证、中国绿色供应链五星评价认证、家具中有害物质限量认证等。2012年公司荣获AAAA级《标准化良好行为证书》。近年来，海太欧林还积极参与制定多项国家、行业标准，包括GB/T 3324-2017《木家具通用技术条件》《木家具产品中高关注度 挥发性有机化合物限量》《木家具中挥发性有机物现场快速检测方法》等。

凭借出众品质和良好口碑，海太欧林赢得了客户和市场的认可和赞誉，成为众多世界500强、中国500强企业的优先选择。公司先后摘得省级著名商标、省级名牌产品、中国办公家具十大领军品牌殊荣。

提升绿色竞争力

海太欧林积极践行“绿色青山就是金山银山”的绿色可持续发展理念，高度重视环保工作，自觉履行环境保护法定义务和社会责任，大力推行清洁生产、绿色制造，不断提升企业绿色竞争力。

他们大力推行节能减排，持续加大环保设施投入力度，装设全套废气处理设施——中央除尘系统、废水循环再利用系统等，并施行不外排管控措施。作为百项技改之水性漆推广项目试点示范单位，公司还参与了水性漆使用的标准和技术改革研究，并将绿色环保的水性漆应用到全线产品生产中，大幅度减少挥发性有机化合物的排放，在家具行业中处于领先水平。同时，积极开展清洁生产审核工作，制订可持续性清洁生产方案和清洁生产审核计划，并严格实施，节约了电能，降低了包装材料消耗，增加了木屑回收量，减少了粉尘排放，达到“节能、降耗、减污、增效”的目的。2018年12月公司通过了清洁生产审核验收工作。目前，海太欧林先后通过了ISO14001环境管理体系认证、中国环境标志（十环）认证、FSC森林认证等，并获得了“清洁生产单位”“中国绿色选择”等荣誉。

未来，海太欧林将继续践行绿色发展理念，坚持绿色标准引领、绿色技术创新、绿色产品惠民，不断提升竞争力，引领办公家具行业良性发展。

广汇能源综合物流发展有限责任公司

用清洁能源力推区域高质量发展

广汇能源综合物流发展有限责任公司2010年4月28日注册成立，注册资本58000万元，位于启东市吕四开港发区化工新材料工业园，占地面积753亩。2014年，广汇启东LNG接收站项目获得核准并开工建设，于2017年6月投产，已累计投资40亿元。陆域建设2座5万立方、2座16万立方LNG储罐及配套的工程设施，一套气化装置及配套的天然气外输管线，海域建设1个由3890米长引桥连接的15.09万方级LNG码头。公司曾获得2017年启东市慈善明星，2018年启东市工人先锋号，2019年启东市文明单位、启东市工会工作先进单位、启东市工人先锋号、启东市模范职工之家、启东市委先锋党组织、启东市最具爱心捐赠企业、启东市五大生产性服务性民营企业，2020年度江苏省四星级绿色港口，2021年启东市服务业十强企业、启东市服务业行业三强企业等殊荣。

LNG（液化天然气）是全球公认的清洁能源。在LNG再气化环节中，储罐是保存进口LNG的重要设备，2020年我国新增7个储罐，有6个来自长三角地区，其中1个就来自江苏广汇能源综合物流发

左图为公司目前已建成并投用的 4 个 LNG 储罐；右上图为公司 LNG 装车区；右下图为 2017 年 6 月 4 日接卸第一艘 LNG 货轮阿卡西娅号

展有限责任公司。

最大直径86米、高60米，远远看去像一个巨型的白色蒙古包……2021 年 5 月 17 日下午，在位于启东市吕四港经济开发区化工新材料工业园内，广汇能源综合物流发展有限责任公司目前最大的 5 号 LNG 储罐正在紧张有序的建设之中。“自 2020 年 5 月复工复产以来，该项目加速推进，目前已完成总工程量的 70%，储罐的‘外壳’已经建成，混凝土浇筑已进入收尾阶段。”公司总经理薛小春介绍，目前，每天有 200 多名施工人员在一线忙碌，预计明年下半年建成投产，项目设计最大容积 20 万立方米，将更好地保障南通和江苏省的天然气供应。

作为一家主营 LNG 船舶接卸、仓储物流 LNG 等液体化工品的大型综合物流基地，广汇能源综合物流发展有限责任公司是广汇能源股份有限公司下属一级子公司，公司成立于 2010 年，总规划占地面积 2000 亩，截至目前已投入固定资产 40 亿元，建成 4 个 LNG 储罐，储存能力达 42 万立方米，年周转能力可达 300 万吨，其中 80% 用于保障南通及江苏地区的天然气供应。

“蒙古包”造型看似简单，但里面的结构可不一般。“最外层是混凝土，中间是厚度达一米的保冷材料，最里面一层是低温钢，然后才是液态的天然气。”薛小春自豪地告诉记者，可别小看在建的 5 号储罐，投用后储存一满罐天然气可供启东全市使用整整两年！

桩基工程、外罐工程、气升顶工程、内罐工程、水压试验、珍珠岩填充、干燥、置换、预冷试产……“每只储罐的建设周期平均在两年半左右，LNG 的储存温度必须在 -162℃，其核心设备就是低温材料与设备及自动化控制系统，需要一支配套的技术管理、运行管理人员。因此，技术和人才的储备十分重要。”薛小春介绍，2020 年，受新冠疫情和地缘政治冲突等因素影响，能源产品市场价格低位徘徊，公司在强化安全生产、优化管理体系上下功夫，实现了经营稳健快速发展。2020 年，该公司完成安全靠泊外轮共计 34 艘、接卸销售 201 万吨，全年实现营业收入 66.50 亿元。

“目前，公司 LNG 业务形成了集国际采购、国内接卸、储运、分销的一体化产业链。进口的 LNG 产品通过 LNG 接收站转运后，由公路运输销往华东及周边多个省、市，填补了‘西气东输’和主干管网以外的广阔地域的用气需求，成为管输天然气的必要补充。”薛小春透露，截至 4 月底，今年该公司已完成安全靠泊 LNG 船 14 艘，接卸 LNG84 万吨，同比增长 60% 以上。2021 年，公司计划完成外轮靠泊卸载 46 艘、周转量将达到 350 万吨，其中气化外输量 150 万吨、槽车外运 200 万吨，届时将有望成为启东市首个营业收入百亿级企业。

“提高天然气保供能力，对满足江苏南通乃至长三角地方经济高质量发展、治理大气污染、改善环境质量具有重要意义。”谈及未来的发展，薛小春信心满满：“十四五”期间，公司计划再建设 2 座 20 万立方米 LNG 储罐及其配套的 LNG 气化装置和外输管道，以及一座 10 万吨级码头。其中，6 号储罐计划今年 8 月开工建设，到 2023 年建成投产。至“十四五”末，该公司 LNG 接收站总容量将达到 102 万立方米，年周转能力将达到 1000 万吨。

作者：薛小春　摄影：刘真真、黄一帆

河南省栾川竹海野生动物园

践行“两山理论”　推动全域旅游发展

“说起老虎的故事，我能说一天都不重样的。”牟明阁，河南省栾川竹海野生动物园总经理，有着 20 多年的动物饲养及野生动物园的管理经验，已经 50 多岁的他说，和动物在一起，能保持童真和心灵的单纯，让自己不被社会的世俗、偏见所裹挟。

对于牟明阁，栾川竹海野生动物园是第一所从建设到规划、从管理到提升，他都从头参与其中的园区，与动物园共成长。而对于栾川全域旅游的发展，栾川竹海野生动物园引进两只大熊猫——迈迈和灵岩，填补亲子游、儿童游的业态空白，是这些年栾川践行“两山理论”、大力发展全域旅游的有力见证。

填补业态空白，为栾川全域旅游发展添砖加瓦

“洛阳栾川新开了一家野生动物园，里面有老虎、狮子、黑熊等，还能喂它们吃东西呢！”2016 年 5 月，栾川竹海野生动物园开业，从此到栾川来旅游，不仅能欣赏美丽的自然风光，更有亲子互动等体验游项目，丰富了游客的出行选择。

“我们是 2014 年来栾川考察的，作为洛阳市政府的招商引资项目，决定在栾川重渡沟景区附近建一所大型野生动物园。”牟明

总经理牟明阁接受各路媒体采访

栾川竹海野生动物园的动物"明星"熊猫和东北虎

阁初次来到栾川就被这里的环境所吸引。"生态环境好，营商环境更好。"牟明阁说，作为洛阳市的"后花园"，栾川自然生态条件好，森林覆盖率和负氧离子含量高，环境上非常适合建设野生动物园。同时，这么多年旅游业的发展，栾川出现了一批重渡沟、老君山这样的知名景区，发展旅游氛围浓厚，整体营商环境好。

"秋季、冬季和春季是来野生动物园游玩的最好季节，今年春节从初一到初七，野生动物园每天都有很多游客前来，甚至出现了在栾川县城找不到住宿的情况。"牟明阁告诉记者，野生动物园不仅填补了栾川旅游的业态空白，让游客可以选择来野生动物园进行亲子互动的体验，更丰富了栾川县冬季旅游的短板，拉长旅游线条，对于栾川发展全域旅游贡献了自己的力量。

生动实践"两山论"，成为栾川环境保护的"指南针"

2020 年 9 月，大熊猫迈迈和灵岩不远万里，从四川省雅安市来到河南省栾川竹海野生动物园安家。从此，栾川竹海野生动物园成为中原地区唯一一家以散养东北虎和大熊猫驯养为特色的主题园区。

"大熊猫的审批手续非常复杂，除了经纬度要和四川相近外，对于整体生态环境、食物来源都要求很高，所以在咱们园区之后，目前还没有其他园区的申请得到审批。"牟明阁说，大熊猫的到来，无时无刻不在提醒他保护"绿水青山"的重要性。

自古以来，中原腹地就是各种动物休养生息的好地方，古中华虎的发源地也在三门峡市渑池县。栾川竹海野生动物园的建立，是对栾川生态环境的认可，也是鞭策。牟明阁说，栾川作为一座旅游城市，更应该保护好环境，只有这样，大熊猫、东北虎等珍稀野生动物才能长期在此安家，实现人与自然的和谐相处。

带动当地就业，促进栾川乡村振兴战略实施

在栾川竹海野生动物园，饲养动物、保洁、餐厅等各工作岗位 218 个，其中栾川县的员工就达到了 80%，野生动物园为当地创造了 100 余个就业岗位，使附近村民能在家门口上班，为栾川打赢脱贫攻坚战、全面实现乡村振兴提供了有力保障。

"除了一些大型动物的专业饲养员我们是从东北等地招聘过来的，剩下的员工基本都是从当地招的，还储备了些河南科技大学的大学生，作为补充力量。"牟明阁说，园区不仅带动了周边村庄的就业，还在一定程度上解决了洛阳本地大学毕业生就业难的问题。大熊猫迈迈和灵岩安家栾川竹海野生动物园之前，园区就特意从河南科技大学的动物医学专业招聘了两名熊猫饲养员，送到四川省雅安市的熊猫培育基地学习了半年后，返回栾川成为大熊猫的"铲屎官"。

目前，栾川竹海野生动物园日接待游客量能达到 12000 人次，牟明阁计划在 2 到 3 年内，通过改造提升，使景区的游客接待量翻倍。随之而来的是更多的员工需求，在带动当地村民就业、提升员工收入方面，栾川竹海野生动物园将起到持续性作用。

打造科普基地，引领栾川旅游线路改造升级

走进栾川竹海野生动物园，在猛兽散放区、小动物乐园、万亩竹海休闲区、原始森林度假区四大主题游览区，游客可以看见大熊猫、东北虎、狮子、黑熊、小熊猫、猕猴、羊驼、梅花鹿、鸸鹋、荷兰猪等近 3000 只、30 多个品种的动物。

在游览休闲的同时，园区还设立了特色科普区。保护动物的理念随处可见，集讲解与动画于一身的动物科普驿站、图文并茂的动物说明牌、内容丰富的科普长廊、生动有趣的动物学堂、充满温情的动物王国……让游客切身感受到了保护动物、保护生态环境的重要性。

栾川竹海野生动物园入口

“科普是所有野生动物保护从业者的共同目标，作为洛阳市的‘科普教育基地’，竹海野生动物园一直把科普作为自身一个非常重要的功能。”牟明阁说，在20世纪80年代前，对于动物保护是一个空白区域，意识的欠缺让很多野生动物灭绝了，包括我们熟悉的野生华南虎。因此在建造栾川竹海野生动物园的时候，牟明阁就想将野生动物园办成科普教育和环保教育基地。

目前，栾川竹海野生动物园还加入河南大学旧址、金矿企业等内容，开发出一日游、两日游的研学课程，带领孩子了解动物，认识自然保护的重要性，引领栾川旅游线路，特别是研学线路的升级改造。

贵州省遵义公交集团

追求零排放 绘就名城绿色风景线

整洁有序的遵义公交场站

链接：遵义公交集团成立于1958年8月，现有在岗职工3000名，退休职工1200人。有下属分子公司21家，主营业务为公共交通经营管理，辅助业务涉及旅游客运、出租车经营、汽车租赁服务、广告传媒、能源化工、汽车销售、汽车检测、汽车维修、二手车交易、职业教育、物业经营管理、驾驶员培训、驾驶员考试等业务。拥有各类车辆1300多辆，年营运里程超过6000万公里；年运送乘客4.3亿人次，年公益免费达1.3亿元，公益对象已达30多万人。近年来，公司获得交通运输部“2019年我的公交我的城重大主题活动最具贡献奖”，公司“服务在车厢·满意在公交”服务品牌获评“2019年全国首届交通运输优秀文化品牌”；公司还囊括了“贵州省第二届企业综合素质100强”“贵州省最具社会责任感企业”“贵州省最佳客户服务品牌企业”“贵州省企业文化建设荣誉功勋奖”“2019贵州省绿色发展50强”“遵义市全市2019年创建和谐劳动关系先进企业”等荣誉称号，公司公交16路队、机务维修中心进保班组被授予遵义市“青年文明号”。

公共交通实现节能零排放，是促进城市和谐发展的重要内容。不仅能改善市民乘车环境，提升城市整体形象和服务能力，还有助于建立绿色低碳公交出行体系，打造一道亮丽的绿色风景线。

作为贵州省遵义市公共交通运营的主体，近年来，遵义公交集团一直本着“生态环保为先，绿色出行为先，服务优秀为先，保障民生为先”的理念，坚持以节约能源、降低消耗，控制排量、清新环境为落脚点，不断向“绿色出行公交当先、优质服务公交排头、资源节约公交共建”的工作目标迈进。特别是随着新能源公交车逐年递增，使该集团实现了节能环保和经济效益双丰收。

科学规划，公交车型渐升级

2011年初，遵义公交集团经过多方考察，对清洁能源公交车的使用展开调研。通过对天然气汽车的技术性、经济性、安全性以及能源保证等进行分析和对比，认为当时替代燃油车辆的首选为LNG液化天然气环保型公交车。同年底，启动车辆更新计划，实现了燃油车辆向清洁能源车辆的转型。

2013—2014年，遵义公交集团引进了21辆气电混合动力高级公交车和131辆插电增程式混合动力公交车，完成了传统汽车向电动能源车辆的顺利过渡，为接下来推行新能源纯电动高级公交车打下了坚实的实践基础。

2015年，随着纯电动公交车续驶里程的提升，以及充电站建设的推进，遵义公交集团通过公开招标采购新能源纯电动高级公交车29辆。此外，还采购LNG插电增程式混合动力公交车11辆，纯电动公务车38辆和LNG天然气公交车10辆。并和遵义市招商引资企业深圳巴斯巴科技发展有限公司合作，自筹资金建设250kW直流户外一体式充电桩4个，30kW直流户外一体式充电桩2个，220V/32A交流户外充电桩15个。

2016年，遵义公交集团进一步深化改革，解放思想，调整优化车辆。自筹资金6722万元，通过公开招标采购新能源纯电动高级公交车52辆，LNG插电增程式混合动力公交车26辆和LNG天然气公交车1辆。

2017—2018年，遵义公交集团根据运行情况判断纯电动公交车已经发展成熟，完全可以满足每车每天250公里左右的实际运营需求，于是大力推广应用新能源汽车，先斥资15053.8万元，采购新能源纯电动高级公交车123辆，开辟了遵义市推广应用新能源公交车的新纪元。随后又采购新能源纯电动公交车58辆，新能源公交车新购及更换率均为100%。

2019年，遵义公交集团采购了外形美观、内部舒适、节能环保的新能源纯电动公交车55辆，较以往的公交车更加宽敞明亮，安全性能也更高。此次采购的新能源纯电动公交车有效弥补驾驶员视野盲区的环视装置，保障公交车的安全运营；安装了能够检测到汽油、酒精、香蕉水等易燃挥发物气体的公交车易燃挥发物监测报警装置，预防人为纵火事故的发生；安装了满足交通部JT/T1240标准的司机全包围防护装置，将驾驶员和乘客进行隔离，有效预防蓄意抢夺公交车方向盘等威胁驾乘人员安全的危险事故；配备了电池箱内自动灭火及车厢内电动破玻器等装置，更加有效地确保车辆安全运行，为市民出行保驾护航。

“为进一步保护生态环境，净化空气质量，遵义公交集团有序对公交车型进行升级，特别是新能源纯电动公交车的启用，实现了公交零排放。目前，集团共有城市公交车1014辆，营运线路51条，年客运量达22209.4万人次。其中，新能源公交车共计561辆，占总数的55%。”遵义公交集团党委书记、董事长张羽飞说。

保护环境，节能减排走前列

作为城市公共客运治理机动车尾气排放的主体，近年来，遵义公交集团以“绿色公交、文明出行，建设资源节约型和谐遵义”为目标，

遵义公交集团建设的遵义大道大型充电站

遵义公交集团新能源公交车

主动调整能源结构。

11 路公交线路于 2004 年 1 月开通，截至 2017 年 9 月，该线路实现了车辆配置从最初的燃油、燃气车辆到新能源纯电动公交车的更新升级。目前，在该线路上运行的共有 29 台纯电动公交车，车辆品质高，起步平稳、运行噪音小、乘坐体验更舒适。

线路队长张少东告诉记者："11 路全长 32 公里，行经线路为九节滩—中华路—遵义国际商贸城，穿越汇川区、红花岗区、南部新区，双向停靠共 60 个站点，车辆间隔发车时间 5 分钟，单日运营趟次 180 趟，运营公里数约 6120 公里，运送乘客约 2.7 万人次。车辆上座率和乘客满意度都很高。"

因为运行线路长，运载量大，所以公交 11 路服务的市民多，也受到市民的广泛关注。在服务品质方面，该线路驾驶员一直以"安全行车、文明行车、热情服务、精准服务"为理念，热情周到地为每一位乘客提供优质服务，在平凡的岗位上默默地无私奉献。自开通以来，未发生一起较大的安全事故和服务投诉，得到乘客的一致好评。

在 2017 年 8 月至 2018 年 6 月交通运输部主办的"我的公交我的城"重大主题宣传活动中，遵义公交集团公交 11 路被评为"新能源公交高品质线路"，成为全国获此殊荣的 10 条线路之一。

相较于传统公交车，新能源纯电动公交车省去了发动机、离合器、变速箱，以及燃料、冷却和排气系统，结构上比较简单，故障率低。由电能通过驱动电机对车辆进行驱动，行驶时无废气排出，真正地实现了零排放，保护了空气质量。这样一来，既减少了公交车对日益紧缺石油能源的依赖，又不产生二氧化碳排放和汽车尾气排放污染，为创造绿色环保城市提供了有力保证，具有良好的社会效益。

根据遵义公交集团测算数据显示，每台纯电动公交车每百公里运行成本消耗 63.88 元，同线路天然气清洁能源车的营运成本则为 136.8 元，使用纯电动公交车每百公里节约 72.92 元。按每标准车年平均行驶里程 54800 公里计算，年替代能耗约 5 吨标准煤，减排量为 12 吨二氧化碳，相当于种植胸径 18 厘米的树木 660 棵树。

新能源纯电动公交车不仅操控简单、行驶平稳、安全舒适，最重要的是具备节能环保的特点，并且能够大大降低企业的生产成本，可以说既有里子，又有面子，为名城遵义增添了一道绿色风景线。

近年来，和全国其他城市公交发展相比，遵义公交集团在节能减排，运用新能源上均走在前列。"十二五"至"十三五"期间，该集团每年均超额完成节能减排任务，累计节能量达 20000 余吨标准煤，减少二氧化碳排放 50000 余吨，相当于种植近 46 万棵树。

由于节能减排工作成绩显著，遵义公交集团先后获得"全国交通运输行业节能减排先进企业""全国交通运输节能减排示范企业""贵州省节能减排先进单位""贵州省绿色发展 50 强"等殊荣；遵义公交集团党委书记、董事长张羽飞先后荣获"全国交通运输节能减排优秀个人""贵州省绿色发展领军人物""贵州省最美环保人"称号。

张羽飞说："近年来，遵义公交集团坚持节约资源、保护环境的基本国策，推进节能低碳行动，强化节能管理，不断提高能源利用效率，守牢'绿水青山就是金山银山'的环境保护理念，坚决打赢蓝天保卫战。"

保障运行，充电设施建设快

为认真贯彻落实《国务院办公厅关于加快电动汽车充电基础设施建设的指导意见》，及省委、省政府关于"大扶贫、大数据、大生态"的发展战略，进一步做好新能源纯电动公交车的充电配套服务工作，近年来，遵义公交集团陆续建设 5 个大中型充电服务站（含 1 个在建大型充电站），共建充电桩 317 个（含在建 79 个），是目前全省除电力企业外，最大的充电桩实体投资企业，年利用电能已达 5319.5 万 kW，为纯电动汽车运行提供了坚实的后勤保障。

依托公交综保基地的地理优势和公交企业推广应用新能源汽车的发展优势，遵义公交集团分别在红花岗区遵义大道、银河西路建设了两个大型充电站，于 2017 年 8 月和 2018 年 2 月建成投入运营，并于 2019 年 9 月向遵义市工业和能源局申请"贵州省电动汽车充电基础设施建设示范项目"。

南部公交综保基地充电站总投资 982.27 万元，建设规模为 800 平方米，安装充电桩 66 台。其中，120kW 直流快充桩 20 台、90kW 直流快充桩 46 台，总功率为 6540kW，安装 2000kVA 变压器 2 台。

银河西路公交综保基地充电站总投资 1622 万元，建设规模为 2000 平方米，安装充电桩 82 台。其中，240kW 直流充电桩 61 台、90kW 直流充电桩 9 台、60kW 直流充电桩 2 台，总功率为 18550kW，安装 2000kVA 变压器 10 台。

在公交车充电方式上，采用"快充"和"慢充"相结合的模式，每个充电站均配备快充和慢充充电桩。夜间采用慢充模式，为所有纯电动车充满电。日常运营时，使用快充模式为车辆补充 1—2 次，满足日常运营需求。这种充电模式有利于延长电量储存装置的使用寿命，而且满足运营需求，降低运营成本。

遵义公交集团大型充电站在保证企业自身新能源纯电动汽车充电需求的同时，还利用白天闲置的停车场及充电桩，为中心城区各区域新能源汽车提供充电服务。一方面有效避免资源闲置，最大限度地提高充电基础设施使用率；一方面形成"车桩网"一体化的运营模式，保障社会新能源车辆的投入使用。

"经过近三年的发展，遵义公交集团新能源公交车无论是运营模式还是维修技术都不断走向成熟。不仅进一步提升了市民安全、舒适、环保的出行质量，也为全市新能源车辆推广应用当好了排头兵，在推进'民生公交、和谐公交、文明公交、文化公交、绿色公交、平安公交'发展上取得了长足进步。"张羽飞这样说道。

作者：遵义市公共交通（集团）有限责任公司党委副书记、纪委书记潘静

九冶建设有限公司第七工程分公司

“烟气治理”理出一片新天地

施工完成的汉钢治理项目 摄影：第五泾元

元旦前，九冶建设有限公司第七工程分公司（以下简称九冶七公司）同时收到陕钢集团、中冶长天的两封表扬，称赞九冶七公司安装公司在陕钢集团汉中钢铁有限责任公司2×265平方米烧结烟气综合治理提升改造项目中表现出来的无私奉献、顽强拼搏的施工风范给他们留下了深刻印象，看到了九冶人良好的职业素养。

得知这一消息后，安装公司上下深受鼓舞，为业主和甲方的肯定而欢欣，为公司“烟气治理”理出的一片新天地而自豪。

初次接触，不断进取赢信誉

陕钢集团汉中钢铁有限责任公司2×265平方米烧结烟气综合治理提升改造项目安装工程是汉钢公司建厂以来建设投资、环保投资均最大的项目，项目占地面积约15亩。项目采用先进的活性炭法处理技术替代目前的石灰石—石膏法烟气湿法脱硫系统，主要包含烟气系统、吸附系统、解析系统、活性炭输送系统、生产辅助系统等。项目建成投产后，烧结机机头烟气中含有的烟气颗粒物、二氧化硫、氮氧化物排放浓度将分别低于10、35、50mg/Nm^3，符合国家超低排放改造标准，将为促进区域环境空气质量持续改善，打赢蓝天保卫战起到积极的推动作用。

九冶七公司安装公司承建的A标段和F标段，项目总造价约7000万元，其中设备（含非标设备）安装工作量约7300吨，设备结构件（框架平台烟气进出口管道等）制作安装约7177吨，工艺管道加工安装约300（含阀门）余吨，活性炭填装10640吨。

这是拥有节能环保专利技术的中冶长天能环公司与拥有钢构制安施工优势的九冶七公司在陕西钢铁生产企业中实施节能环保改造的第一次合作。

九冶对这次合作高度重视，提出了“以此项目作为与中冶长天长期合作的新起点”的要求，强调在工程安全、进度、质量等方面全面履约，打造标杆项目。安装公司迅速组建了以常务副经理杨东为经理、冯胜利为总工的项目部班子，抽调公司主要骨干人员参与，在三国胜地定军山下打响“促进陕钢脱硫脱硝、保卫勉县绿水青山”的攻坚战。

施工管理中，项目部主要领导深入现场，靠前指挥，率先垂范。项目经理杨东每天两次带领项目部班子成员到现场平推、晚上与各班组长一起召开碰头会确定第二天的施工计划任务、利用早点名时间安排每天的工作部署。生产副经理刘少峰和崔峥每天最先到现场、最后离开，当遇到施工难题，能坚持十几小时在现场跟踪，确定施工方案，解决实际问题，时时掌握施工情，为工程的整体控制掌舵保航。崔峥因为常年从事铆工工作，腰椎一直不太好，但将近70米的塔节，他一天上下好几次。

为了及时沟通信息，项目部建立了施工微信群，全体施工人员、协作队伍员工都可以加入，一旦发现问题，可以直接在微信群里反应，大家集思广益，互相帮忙，问题得到了及时解决。就这样本着一天解决一个问题，十天解决十个问题的决心，使施工进展按计划推进。

2×265平方米烧结烟气综合治理提升改造项目吸附塔节共252台，每台重8.3吨，长11米，宽2米，高3米。该非标设备的制造在装配精度、焊接质量和外观质量上都有严格要求。刚开始，面对不太熟悉的胎具进行组装，还要在质检员远高于钢结构制作的精度要求的检查测量，紧紧张张两天才能出一件合格的成品。经过几天的磨合，逐渐地一天能出两件成品，然而这样的速度还是满足不了合同工期的要求。公司及项目部主要管理人员紧盯现场找出影响施工效率的所在，并加以克服，合理安排白班夜班进行轮流生产，最终达到一天生产四件，生产效能逐步提升。

在施工生产如火如荼的时候，受疫情影响被迫停工。到3月中旬复工复产，因外地施工人员无法及时赶回，项目部从当地临时组建施工队伍，迅速复工。“我们必须把失去的时间抢回来，不能有损公司信誉。”项目经理杨东在会议上说道。

9月，安分司陕钢工程项目部因地制宜，组织了“大干50天确保烟气治理项目顺利投产”劳动竞赛，对未完工作分解到每一天，及时每日纠偏、复核，采用节点控制法施工进度管理，不断地、周而复始地进行循环控制，以日保周、以周保旬、以旬保月、以月保季，谱写了一曲加班加点赶工期，齐心协力抢进度的敬业赞歌。一个个施工节点按计划完成或提前完成。

9月14日，2#吸附塔烟道出口顺利与烟囱连接；

9月19日，管桁架吊装；

9月30日，1#吸附塔烟道燕尾安装就位，烟道与烟囱结合部（烟道燕尾）施工完成；

10月14日，最后一节31T烟道出口吊装到位，标志着1#，2#吸附塔烟道出口安装结束；

12月18日，2#吸附塔烟道最后一段吊装完成；

12月24日，为设备安装立下汗马功劳的260T履带吊准备拆解，标志着吊装任务结束，从2019年9月到2020年12月历时一年多的陕钢脱硫脱硝烟气综合治理提升改造项目即将顺利完工。

12月22日，业主和甲方第四次发来表扬表扬信，写道“参建团队发挥艰苦奋斗的优良作风，加班加点、夜以继日、全力以赴，让我们看到了九冶人不怕苦、不怕累的优秀品质，在完成自身承建任务的同时，接手了原邯三建承建的建设任务，克服困难、逆风而上完成建设，关键时刻敢于当先、能打硬仗、敢于拼搏，让我们看到了九冶人良好的职业素养”。

深入合作，业务拓展创效益

栽下梧桐树 引来金凤凰。陕钢集团汉中钢铁有限责任公司2×265平方米烧结烟气综合治理提升改造项目A标段施工中的良好履约，使九冶七公司安装公司与中冶长天建立了良好的沟通机制，彼此深度交流，不断拓展业务，逐渐成为互利共赢的战略合作伙伴。

安装公司2020年又先后中标开工江苏徐钢集团三期装备技改项目烧结余热发电EPC项目安装工程、汉钢2×265平方米烧结烟气综合治理提升改造项目安装工程F标段工程、中新钢铁150万吨/年球团烟气脱硫脱硝项目。3个项目齐头并进，施工进展顺利。

合同价约637万元的徐钢余热发电项目，包含（40+11）t/h环冷机余热锅炉一套、10t/h内置式大烟道单压余热锅炉一套（含配

左图为开展劳动竞赛，右图为施工现场　摄影：第五泾元

套风机和辅助设施）、新建一座 10MW 汽轮机 +10MW 发电机，配套建设一座 3700m³/h 循环水站。安装分公司项目部管理人员 6 月 20 日进场，7 月 18 日第一根立柱安装到位。截至 12 月 28 日，烧结大烟道余热锅炉系统安装完成，具备试压条件；循环水系统泵站设备安装完毕，循环管道完成 80%；三电系统安装完成 50%；相应辅机设备安装到位；整体完场 80%。整体完成施工进度约 85%，完成施工产值 507 万元。

徐州中新钢铁 150 万 t/a 球团烟气脱硫脱硝项目，含土建、安装两标段，合同价款约 2400 万。其中钢结构支架制安约 800 吨，现场非标设备制安约 1000 吨。截至 12 月 28 日，吸收塔框架安装完成 100%，塔体安装完成 80%，烟囱安装完成 50%，石灰仓框架安装完成 60%。开工累计完成产值 680.6 万元，累计完成占合同比 43.8%。

目前，陕钢 2×265 平方米烧结烟气综合治理提升改造项目已完成产值约 6500 万元，初步具备热负荷试车条件。

这些项目的拓展，使得安装公司截至 2020 年 11 月底，完成签约量 4423 万元，产值 4661 万元，回收工程款 3218 万元，利润 237 万元，达到近年来同期最好水平，实现了较好的经济效益和社会效益。

目前，安装公司与中冶长天合作的第 4 个项目，暂估价 5581 万元的中天钢厂烧结烟气净化项目也即将走向台前，即将开工，为安分司开拓更大市场、创造更大业绩奠定了坚实的基础。

为了勉县的山更青水更绿，环保改造中贡献着自己的智慧和力量；为了其他钢城的天更蓝景更美丽，烟气治理中收获着奋斗的汗水和成功的喜悦。九冶七公司安装公司干部员工在“绿水青山就是金山银山”的保卫战中砥砺前行，播撒勤劳，收获自豪，同时也为个人的进步、企业的发展开拓出碧空万里的新天地。

作者：杨明鑫

大唐秦岭发电有限公司

激流鉴飞舟　疾风扬劲帆

大唐秦岭发电有限公司夜景　摄影：杨清直

链接：大唐秦岭发电有限公司曾是西北首座、全国第四大百万千瓦级火力发电厂，先后荣获全国“五一劳动奖状”、陕西省“文明单位标兵”等多项殊荣。2019 年，公司“夏季机组负荷预测软件开发”技术荣获全国电力行业设备管理与技术创新成果一等奖，公司《火电机组氮氧化物超低排放全过程智能控制关键技术研究与应用》荣获陕西省人民政府科技进步三等奖。2020 年，公司荣获“陕西省 AAAAA 级信誉单位”“陕西省绿色低碳示范单位”“陕西省经济建设标杆企业”，公司管理创新成果荣获中国电力企业联合会 2020 年度电力科技创新奖二等奖，“燃煤机组锅炉深度调峰技术研究与应用”技术荣获陕西省科技进步三等奖，“多重导向拦截高效除雾器”技术荣获陕西省科技进步三等奖。2021 年公司荣获大唐陕西发电有限公司 2020 年度先进单位。

投身时代洪流，需要逐浪潮头的勇气，亦需要推波助澜的力量。在全国加快生态文明建设的今天，作为央企的大唐秦岭发电有限公司（以下简称秦岭公司）认真学习贯彻习近平总书记生态文明思想，牢固树立“绿水青山就是金山银山”的理念，在环境保护产业升级改造高质量发展这一轮大变革、大调整、大重组的浪潮中，乘着新时代的浩荡东风，牢牢守住发展和生态“两条线”——先后实施以

公司集控室　摄影：杨清直

供热改造、节水与废水综合治理、煤场封闭改造等项目，修旧利废延伸粉、煤、灰等产业链条，加速转型升级，增收1500余万元。并以此为突破口，激活了秦岭公司“处僵治困”新局面，让公司安全生产、降本增效、科技环保、党的建设各项工作取得全面突破：2019年实现大幅减亏3.82亿元，2020年持续保持盈利。一路走来，从2017年“投石问路”，到2018年“循序渐进”、2019年“爬坡过坎”，到2020年“浴火重生”，如今，秦岭公司正鼓足劲、加满油、把稳舵，劈波斩浪，奋勇前行。

噪声降低了，烟尘不见了，废水绝迹了，行走在上下班的路上，郁郁葱葱的秦岭连绵起伏，厂区的角角落落鲜花盛开、绿树环绕，不时还有雀鸟清脆的啼叫。一阵微风吹过，沁人心脾的花香迎面而来……绿色让人心旷神怡，花香令人流连忘返，蓝天白云下，这个被绿色包围的电厂就是位于秦岭北麓的秦岭公司。近年来，秦岭公司攻坚克难，团结奋进，以更高的站位、更广阔的视野、更大的力度，坚决扛起生态文明建设的央企责任，努力谋划和推动企业迈入高质量发展新征程。

“青山就是美丽，蓝天也是幸福。作为央企，我们必须肩负起生态环境保护的责任和使命。”秦岭公司总经理马国斌坚定地说，“电力与生态的有机结合，是目前电力行业生存发展的基础，绿色发展已经成为必然趋势。公司始终响应国家生态环境保护整体战略，提早主动融入黄河流域生态环境保护战略部署。现在绿色环保意识深入人心，我们转变思路，坚持在保护生态环境中发展生产，在发展生产中保护生态环境，全力以赴在绿色转型发展的道路上展现央企担当。”

岁月如歌，沧海桑田。发展理念的改变带来的是秦岭公司脱胎换骨的变化。

烟囱不见烟，起风不见尘——“四塔合一”实现超净排放

沿着连霍高速公路一路西行，途经美丽的西岳华山，极目远眺，两座179.8米柱型高塔巍然屹立在秦岭脚下，它就是采用“四塔合一”（即间冷、吸收、湿式电除尘、烟囱）最新科研技术建成、有着同类型机组“亚洲第一高”美称的秦岭公司间冷塔。

“烟囱不见烟，起风不见尘”是目前罗敷地区广为流传的一句话。这是当地政府和驻地百姓对秦岭公司间冷塔的赞誉，也是他们对该公司环保成绩斐然的肯定和褒奖。

随着煤电节能减排与升级改造标准不断提高，按照国家和地方相关大气污染防治要求，早在2016年12月28日，秦岭公司在国内首次采用“四塔合一”创新技术，一年内完成2台66万千瓦机组超净排放改造，并通过环保部门竣工验收，以实际行动践行保护环境、绿色发展的责任与担当。超净排放改造后的运行机组，烟尘飞扬一去不复返，“大块头”间冷塔上空再也看不到烟气弥漫。人们在惊叹前沿科学技术魅力的同时，由衷地感谢秦岭公司对保护周边地区大气环境质量所做的不懈努力。

“机组超净排放改造不是终点，而是起点，机组环保高效，秦电人任重道远。”该公司主管生产的副总经理邢胜利深深感到肩上的担子沉甸甸。维护好超净排放设备，保证其发挥最大作用，考验着秦岭发电公司干部职工的智慧和毅力。机组每年等级检修期间，繁重的除尘、清淤工作，诠释了秦岭公司400多名党员突击队队员攻坚克难的铮铮誓言。连续奋战的党委书记周富安顾不上腰痛复发，全身灰尘、满脸疲倦，但目光依然炯炯有神。“在急难险重任务面前，党员干部勇挑重担就是对不忘初心、牢记使命的最好诠释。”他把对党员的学习教育搬到了最艰苦的生产一线。在他的带领下，党员突击队、青年突击队无数个昼夜活跃奋战在生产现场，“我是党员看我的！”“最艰苦的担子我来挑！”“勇为队旗添光彩！”广大党员干部发出一声声呐喊。经过一次次设备检修，机组重新焕发出活力，维护好超净排放各项指标，成为秦电人践行绿色发展、实现美好生活的不懈追求。

电厂不见煤，卸煤不见灰——煤场封闭式改造树环境治理“标杆”

葱峪河畔，旭日东升，一座东西240米南北180米的矩形标志性建筑物被清冷的秦岭山风唤醒，从此，这片沟壑山野多了一道耀眼亮丽的风景。

这就是秦岭公司的封闭式煤场。2020年12月11日，该公司煤场封闭项目完成竣工验收，正式投入使用。该项目历时1年5个月，采用管桁架结构建筑施工，总投资8899万元，面积39000平方米，可存储25万—30万吨燃煤，是陕西省单跨最大的封闭式煤场。

作为秦岭公司重要的节能环保支撑项目，封闭煤场建成使用，可每年减少扬尘300吨，降低煤尘及煤场雨水对环境的污染，改善煤场周边大气环境及煤场运行条件，高效环保储煤存煤，最大限度地降低自然消耗，提高设备使用效率，实现产业升级新旧动能转换等方面，秦岭公司交出了一份优秀的答卷。

“我们坚持绿色发展、循环发展，坚定不移推动企业高质量发展。”干了20年环保工作的生产管理部副主任高海潮说。近年来，秦岭公司在聚焦提升二氧化硫、氮氧化物以及烟尘等污染物排放标准，不断推动污水治理，持续开展节能降耗新举措，坚决打赢污染防治攻坚战。

曾经，风起煤尘飞舞，雨天黑泥污水，煤场一片狼藉。如今，蓝天白云花鸟，欢声笑语惬意，家园浪漫温馨，“花园式煤场”正悄悄走近每个人的生活。近日，常住西安的退休师傅老杨故地重游，饶有兴致地参观了封闭煤场。“过去衬衣穿不了半天领子就污黑了，现在穿三天仍然干干净净。”老杨满面笑容，高兴得合不拢嘴，“国家环保政策好！秦电封闭煤场好！”他连连竖起大拇指。

改造后的煤场有效杜绝粉尘污染，满足现代化绿色电厂的要求，从根本上屏蔽煤场周围脏乱差的现象。煤场周边设置雨水排水沟道，煤场封闭区域内配套建设抑尘、消防、通风、盘煤、照明、控制、气体检测等设施，同步实施斗轮机智能化无人值守建设改造，降低煤场职工的劳动强度。

“封闭式煤场，在日常储存中，最大限度减少了煤的自然消耗，杜绝煤尘飞扬和雨水冲刷损失，在雨季可以有效防止燃煤含水量的增加。”工程主要负责人、公司副总工程师高辰翔对此最有发言权，“过去露天煤场储煤热值损耗达 270 大卡，现在封闭煤场损耗不超过 50 大卡，降幅 82% 以上，大大提高了煤资源利用率。”

废水零排放，净化再利用——节水治废改造改善水生态环境

秦岭公司地处关中东大门，背靠秦岭山脉，北依渭河，陇海铁路、连霍高速、310 国道贯穿东西，是防治环境污染的主要阵地。近年来，该公司认真贯彻落实国家环保各项政策法规，对废水治理工作进行梳理，进一步分析当前排水系统存在的问题，根据分析结果进一步优化用水流程，制订全厂节水与废水综合治理总体方案，实现在全厂废水零排放的基础上进一步节约用水的目的。

公司共投资 2096.6 万元，先后对企业内水务管理系统、含煤废水处理系统、工业废水处理系统、脱硫废水处理系统及末端废水综合治理系统等进行彻底改造。

项目改造共分三个标段，均为 EPC 工程，分别为“工业废水及含煤废水系统改造工程”“脱硫废水处理系统改造工程”“末端废水综合治理系统改造工程”，目前系统改造已全部完工且正常投运。

通过采取多项措施综合治理，煤场喷洒用水明显减少，灰渣拌湿取水大幅度降低，生产厂区用水按梯级使用，脱硫废水处理后再使用，真正做到了零排放，有效杜绝了环保风险，进一步改善了周边区域水生态环境。日前，该公司采水量由 0.28 立方米 / 千瓦时降至 0.2 立方米 / 千瓦时，真正实现了保护水资源与企业经济效益双赢。

减排放、优指标、提效率——降本增效保供热持续激发绿色动力

秦岭公司东距华阴市区 15 公里，向西驱车行驶 23 公里便进入华州城区，向北越过渭河便是粮农大县大荔，犹如一幅徐徐展开的画卷，秦岭公司正持续不断地向周边地区进行“热辐射”。

优越的地理位置，为秦岭公司占领供热市场提供了得天独厚的条件。公司抓住有利时机，成功实现了供热首站的选址、设计、基建、安装、运行调试。2020 年 11 月 28 日，完成了区域内迄今供热距离最长、商业供热面积最大的罗敷——华州供热管线全线贯通，顺利实现供热，迈出了秦岭公司依托现有资源，推动供热商业化运营的第一步。

过去，周边企业及居民用户靠烧煤取暖，不但浪费煤炭资源，同时还是雾霾的主要策源之一。根据《渭南市人民政府办公室关于印发渭南市铁腕治霾专项行动方案的通知》相关政策，秦岭公司积极响应国家环保政策，依托公司热电联产优势，与地方政府通力合作，加快了罗敷—华阴供热管网建设步伐，积极向周边地区提供优质热源，推动区域连片集中供热。

两年多的时间里，秦岭公司总投资 5953 万元，对两台机组进行供热改造，目前，供热面积达到 500 万平方米。改造后的发电机组煤炭总耗量降低了，发电效率和能源综合利用率提高了。“一低两高”转变，大幅度降低了周边区域内燃煤烟尘直排，显著改善了空气质量，提高了区域空气优良天数。

民之所望，企业所向。秦岭发电公司将在更高质量、更有效率、更可持续发展的征程上行稳致远，为实现行业全面领先迈出稳健步伐，为前行的时代注入央企担当、责任和力量。近年来，公司先后被评为“陕西省 AAAAA 级信誉单位”“陕西省绿色低碳示范单位”“陕西省火电行业 A 类企业”“陕西省环保监督执法正面清单企业”“华阴市质量强市优秀企业”等诸多荣誉，是引领行业绿色发展的标杆企业。

“让天更蓝、山更绿、水更清、生态环境更美，我们责无旁贷！”冒着凛冽寒风，照例每天天不亮就来到现场巡视检查的马国斌掷地有声。秦电人深知，环境保护没有最好，只有更好。面向未来，秦岭公司将继续加速推进绿色发展升级，加快建设更高水平资源节约型、环境友好型电厂，勇当践行生态文明的“排头兵”，为改善周边生态环境，促进和发展地区经济，推动新时代电力行业高质量发展贡献力量！

行路有道，东风正来。秦岭公司正在新时代征程上踔疾步稳，推动企业发展与时代的车轮滚滚向前……

作者：宋正英、白升前

乌昌海关

勇立潮头展风华 砥砺奋进谱新篇

作为丝绸之路经济带上的重要节点城市，乘着改革开放东风，新疆乌鲁木齐已成为第二座亚欧大陆桥中国西部桥头堡和我国向西对外开放的重要门户，并焕发出新的光彩。

打开国门搞建设，敞开胸襟谋发展。这些年来，乌鲁木齐对外开放的步伐越迈越坚实。为更好服务地方外向型经济发展，乌昌海关在 2019 年挂牌。这个年轻的海关在短短一年的时间内，抢抓海关全面深化改革带来的新机遇，通过创新监管、筑牢口岸防线、优化营商环境、通关再提速，实现守卫国门安全和服务地方外向型经济稳步持续向好发展两个目标，为新疆打造丝绸之路经济带核心区贡献力量。

新海关展现新作为

2019 年 11 月 15 日，在乌昌海关报关大厅，中粮屯河番茄有限公司业务员莫爱城正在办理番茄酱出口至意大利的手续。与 2017 年相比，莫爱城现在的工作量大大减少了。

“以前，我们要先到乌鲁木齐海关的现场业务处进行报关，再去乌鲁木齐出入境检验检疫局报检，然后办理原产地证书，再返回现场业务处申请现场监管。全部手续办完，还需要前往乌鲁木齐多个海关办公地点办理企业注册、进出口货物通关、查验、放行、税费征收、减免税、加工贸易等业务。”莫爱城说。

现在，莫爱城只需要直接去乌昌海关进行“一站式”业务办理。

2019 年 2 月 22 日，乌昌海关正式揭牌，根据海关机构改革方案部署，监管乌鲁木齐市、昌吉回族自治州、吐鲁番市三地，其中涉及乌鲁木齐火车西站和乌拉斯台两个口岸。目前乌昌海关已实现关检业务全面融合。

乌昌海关组织共产党员在乌拉斯台口岸界碑前开展“重温入党誓词”宣誓
摄影：田珊珊

乌昌海关所辖监管区域跨度大、点多、线长、面广，辖区集中了我区主要的钢铁、石油、化工、科技、外贸、大中专院校和科研单位，是新疆作为丝绸之路经济带核心区重要的海关监管机构。

潮涌催人进，风好正扬帆。乌昌海关秉承大胆试、大胆闯、勇当先的精神，坚持以“新关创优”为总体目标，深入贯彻落实党的十九届四中全会精神，坚持贯彻新发展理念，切实服务地方外向型经济稳步持续向好发展，短短一年时间已取得一系列成果。

2019 年 6 月 1 日，正式恢复乌鲁木齐海关关区内铁路转关业务，企业申报准备时间不足的问题得以解决，国际货运班列发运速度由原来的 12 小时提升到 8 小时。

2019 年 9 月 21 日，乌昌海关牵头协调的全国首批内陆进口 TIR 运输货物直通乌鲁木齐国际陆港区，标志着中国新疆乌鲁木齐与欧洲国家之间继海、铁、空之后“中欧第四物流通道”的初步形成。

2019 年 10 月 22 日，乌昌海关全程测试的中国首票中欧班列集拼集运业务暨安智贸货物实单测试班列从中欧班列乌鲁木齐集结中心开行，将海关对班列的监管单元由“列”变为“节”，班列集结、货物集拼、内外贸货物同车运输成为现实，这也是全疆首条中欧安智贸试点航线。

2019 年 10 月 31 日，公路转关直通模式测试完成，多点装货、集中运抵、集中施封、集中查验的监管模式，彻底释放了乌鲁木齐国际陆港区集货功能。

2019 年 11 月 19 日，首批保税货物入驻乌鲁木齐国际陆港区，企业可以分批缴纳税款，海关政策红利推进区内企业享惠再升级。

2019 年 11 月 28 日，乌鲁木齐国际陆港区迎来首列装载伊朗进口货物的国际班列，乌鲁木齐国际陆港区中欧班列集结中心货物集散能力进一步凸显。

新业务引领新增长

2019 年以来，乌昌海关不断探索海关监管通关的新模式，一系列改革措施落地实施，多项创新举措走在了乌鲁木齐海关关区前列。

“2019 年乌昌海关成立后，一系列创新监管举措帮助我们企业解决了最实际的困难，企业生产的食品添加剂平均通关时间由原来的最长 9 个工作日缩减到 1 个工作日，给我们带来了很大便利。”新疆梅花氨基酸有限责任公司总经理马骏才欣喜地说。

该企业的“梅花”品牌是中国驰名商标，年产各类氨基酸约 60 万吨，年产值超 50 亿元，是目前国内自动化程度高、单体规模大、工艺最优的氨基酸制造企业之一。

该企业生产的氨基酸均为订单式销售，从接到订单到发货船期为 7 天，而乌鲁木齐至天津港的运输时间为 6—7 天，加上出口时需要将出口货物全部暂留、等待海关查验等环节，容易延误船期。近几年，随着市场竞争日益激烈，该企业还面临市场份额下跌和客户流失、盈利能力不断减弱的风险。

乌昌海关了解到这一情况后，主动帮扶，开展“一对一”指导，帮助企业熟悉运用原产地政策，最大限度地享受国外关税优惠，提高出口产品竞争力。结合农副产品对通关时效的迫切要求，创新监管举措，将监管链条前伸，加强对企业监督管理，利用日常监测手段制定方案随机抽批，加强对企业生产过程的管控，在风险可控的前提下，对产品质量安全情况进行综合评定。将企业报检批次的批批检验转变为生产批次的批批检验，通关时间大幅缩减。

“积极回应企业关切，主动研究突破，借助乌鲁木齐国际陆港区平台，将改革成果固化，为辖区企业带来实实在在的红利。”乌昌海关关长顾健表示。

2019 年 1 月至 11 月，乌昌海关成立以来，共接受报关单申报 23034 份，进出口贸易额 205 亿元，货运量 53.5 万吨，征收税款 1.72 亿元；加工贸易合同备案进出口总值 8110.98 万美元；辖区现有进出口收发货人 6862 家，有效进出口企业达 1079 家。

为了顺利完成各项创新改革任务，建设高素质专业化干部队伍就被赋予了更高标准、更高要求。乌昌海关通过开展“内务规范强化月”“岗位大练兵”、准军事化集训等系列活动，引导全体关员坚定信念、立根铸魂，锻造“政治坚定、业务精通、令行禁止、担当奉献”的海关纪律部队，促进队伍面貌焕然一新，为精准监管服务奠定了基础。

新服务打造新高地

2016 年，自治区决定将乌鲁木齐国际陆港区打造成新疆丝绸之路经济带核心区建设的标志性工程。自此，围绕“集货、建园、聚产业”总体发展思路，包括铁路、航空、公路枢纽和仓储物流资源的国际陆港区逐渐形成。

2017 年乌鲁木齐多式联运中心正式投入使用，乌鲁木齐综合保税区正式封关运营，进口肉类指定口岸通过国家验收，汽车整车、粮食等指定口岸加快申建。2019 年乌鲁木齐中欧班列集结中心二期工程完工投运，自此以乌鲁木齐为起点的西联东出、东联西出全程物流通道吸引了内陆省区货物的大量集结，对全疆开放型产业发展的示范引领作用逐步显现，成为推动丝绸之路经济带核心区建设的重要载体和驱动引擎。

在新的历史方位下，新疆丝绸之路经济带核心区建设迎来重要机遇期和创新发展攻坚期，这也对乌昌海关的工作提出了更高要求。

乌昌海关围绕自治区“一港、两区、五大中心、口岸经济带”建设，坚持勇立潮头、攻坚克难，坚持创新引领、革故鼎新，以乌鲁木齐国际陆港区领跑新疆口岸，推动乌鲁木齐外贸转型升级。

结合辖区外向型经济发展实际，乌昌海关组织成立“一港、两区、五大中心、口岸经济带”建设专题调研组，全程推进各项海关改革项目的落地实施，梳理出 15 条重点任务，明确 24 项具体职责，按照“集货、建园、聚产业”的发展定位，努力丰富乌鲁木齐国际陆港区核心功能，主动跟踪、持续发力、全程介入。

乌鲁木齐综合保税区是新疆丝绸之路经济带核心区外向型经济发展的重点项目，也是乌鲁木齐国际陆港区的重要组成部分。

2019 年 11 月 28 日，在乌鲁木齐综合保税区园区内，新疆克明面业有限公司报关部主管陈杰正在海关窗口办理报关业务。“今年变化很大，以前车辆进综保区园区需要 24 小时，现在只要 10 分钟，我们企业切实感受到了便利。”陈杰说。

作为首批入驻乌鲁木齐综合保税区的加工贸易企业，新疆克明面业有限公司利用乌鲁木齐综合保税区特殊的区位、交通和政策优势，逐步扩大生产产能，打通国内国际两个市场，开启了企业产业升级发展的新模式。

乌昌海关紧抓政策机遇，深挖发展潜力，深入学习国务院印发的《关于促进综合保税区高水平开放高质量发展的若干意见》，以拓展功能、创新监管、培育综保区产业配套及优化营商环境为出发点，逐一比照区内企业生产加工实际，梳理出委内加工、“四自一简”、信用管理等可复制推广政策，推行“7 天 ×24 小时”全时通关，满足区内企业全天候通关需求；构建“金关二期 + 智能卡口”智慧监管体系，运用智能卡口、光学识别技术，实现正常货物放行“秒通关”；发挥“先入区后报关、先出区后报关、自报自缴”等改革措施叠加优势，

工作剪影：左图为助力乌鲁木齐综合保税区高质量发展　摄影：杨逸萌；右上图为监管出口“一带一路”沿线国家的货物　摄影：丁梅；右下图为乌昌海关“访惠聚”驻村工作队员真情帮扶村民　摄影：宋立人

压缩货物通关时间，货物通关时间由24小时/票压缩为10分钟/票；与乌鲁木齐综合保税区管委会开展定期联席工作会议，申请增值税一般纳税人试点、推进飞机融资租赁业务，努力将乌鲁木齐综合保税区打造成为丝绸之路经济带商贸物流中心的最佳载体。

新速度营造新环境

世界500强企业正威国际集团、新疆凯沃新材料科技股份有限公司、卓郎新疆智能机械有限公司等纷纷选择在乌昌海关辖区投资兴业。乌昌海关辖区现有注册进出口企业8943家，占新疆进出口企业注册总数的一半以上。

进出口企业纷纷落户，是对当地营商环境的肯定。乌昌海关深入贯彻落实“放管服”改革和“减税降费”工作部署，严格执行海关总署各项改革措施所释放出的红利，让企业更有获得感。

2019年前11月，乌昌海关共为辖区进口企业减免两税15074.7万元，签发各类原产地证书6124份，助力企业减免进口国关税10148.88万元，签证量和减免关税额居乌鲁木齐海关关区第一，并且实现窗口服务零投诉。

为切实提高通关效率，乌昌海关大力推行政务服务“一网一门一次”改革，通关环节验核监管证件由86种减少至46种，32类90项行政许可及备案类目录减少了90余项申请材料，申请材料总量压缩70%以上，整体审批时间压缩三分之一以上，通关作业无纸化申报率接近100%。

2019年5月，全疆首份自助打印原产地证书在乌昌海关诞生，彻底实现15种原产地证书从“最多跑一次”变成“一次不用跑”，企业申领时间缩短一半。

2019年9月，全疆首份加盖“乌昌海关行政许可专用章”电子印章的审批受理单开具，标志着乌鲁木齐海关行政审批网上办理平台电子印章功能正式上线运行，打通了海关行政审批许可网上审批的“最后一公里”。

2019年10月，乌昌海关进口、出口整体通关时间分别缩短至16.8小时和0.2小时，通关速度在乌鲁木齐海关关区位居前列。

为支持辖区加工贸易企业集群深度发展，乌昌海关采取提前介入、政策指引、驻点服务等方式，主动对辖区新能源汽车及智能终端、智能纺机、PET新材料等重点加工贸易项目进行跟踪问效，推动先进制造业和现代服务业深度融合，引导乌鲁木齐加工贸易转型升级。

“没有梧桐树哪能引来金凤凰？改善营商环境，企业的活力才能被激发出来。”乌昌海关关长顾健说。

乌昌海关立足职能本位、多维施策，积极探索建立进出口食品审单放行合格评定模式，在乌鲁木齐海关关区得以推广，极大地缩短了辖区农副产品检测放行周期，稳定了以番茄酱为主的新疆特色名优出口创汇产品在世界市场上的份额。

针对辖区企业的重点诉求，乌昌海关大力开展海关政策宣讲活动，围绕一般纳税人试点、TIR国际道路运输、企业信用管理、多查合一改革、主动披露制度等内容，举办了6场海关政策专题宣讲会，使不少企业拓宽了国际视野，明晰了守法便利、失信惩戒的经营责任，越来越多的企业开始自觉维护和谐便利的营商环境，辖区外贸市场的内生动力被大大激发出来。

用情怀书写忠诚，用担当诠释使命。顾健表示，站在新的历史起点上，乌昌海关人将把握机遇，坚守初心，真抓实干，大胆创新，切实发挥好新海关职能优势，打造改革创新、服务经济的新亮点、新名片，为实现新疆工作总目标、促进开放型经济发展做出更大贡献。

金华海关

出实招　促外贸　稳增长

“真是想不到啊，本以为订单量会受疫情影响，没想到春节后我们的销量翻番了，1—4月销售额突破6800万元，海关的‘十一条’举措真好。”说起金华海关出台的帮扶企业复工复产措施，浙江金义综保区内企业易镭货运代理有限公司关务主管很兴奋。新冠肺炎疫情发生以来，金华海关全面做好“六稳”工作，在把好口岸疫情防控关的同时，综合运用各项政策措施，大力促进外贸稳增长，吹

金华海关关员在葡萄出口基地开展实蝇检测　摄影：时补法

金华海关现场快速验放保税仓红木出仓　摄影：时补法

响助力企业复工复产“集结号”。

打通“大动脉”

2020年2月13日，随着一声火车汽笛响彻金华铁路南站，一列“义新欧”金华—中亚班列缓缓驶离站场，满载着82个集装箱日用品、五金工具、纺织服装等“中国制造”产品，经霍尔果斯口岸发往哈萨克斯坦、吉尔吉斯斯坦、乌兹别克斯坦等中亚国家，一周后即可到达相关贸易国，相比海运要节约10—12天。

新冠肺炎疫情发生后，中亚班列何时能恢复开行，国际物流通道是否畅通，是困扰浙中国际物流发展有限公司副总经理罗建源的难题。春节后复工首日，交通、商务、海关、铁路等部门主动上门服务，组织班列货源企业有序复工复运，保障进出口货物运输通道畅通，彻底打消了罗建源的顾虑。

为打通国际物流通道，金华海关出台支持中亚班列发展系列举措：设立国际班列服务专窗，推广转关货物提前申报和运用转关电子运抵报告，外贸企业可以根据实际需要，自主选择通关模式；对需要查验或检验检疫的出口货物，优先安排查验和检验检疫，货物查验时收发货人可免于到场，实施不到场查验。

据统计，2020年1—4月，金华浙中公铁联运港共开行“义新欧”中亚班列32列，发运集装箱2818标箱，同比分别增长68%和54%。除此之外，2020年还有望增开到俄罗斯、法国的班列，国际铁路这条“丝绸之路”越发广阔。

畅通产业链

“这次出库的木材都是省内一些家具生产企业急需用到的材料，这样整个家具产业链就可以动起来了。”春节后复工首日，满载可乐豆木、澳洲酸枝相思木等原木材料的100余个集装箱陆续装车驶出浙江东阳公用型保税仓库，运往多家红木家具企业。

东阳是全球最主要的红木家具生产基地之一，目前有木雕红木企业1200多家，年木材进口额100多亿元，占全国红木进口总量的60%左右。然而，红木价格波动大、供应不稳定等问题制约着产业发展。

东阳市云彬红木家具有限公司负责人蒋云旭表示，公司的库存木材已快用完，而从非洲等地进口木材周期比较长，往往要一两个月才能到东阳。

为帮助东阳红木企业解决供应链难题，去年底浙江省首个木材保税仓在东阳设立。依托公用型保税仓库的保税仓储功能，结合东阳红木加工产业集群优势，提高应对国际市场价格变动的抗压能力，有效缓解企业资金周转压力。同时，保税仓库具有更为灵活便利的出入库操作，适合红木企业多批次、小批量的业务需求。

“通过保税仓库进口木材，除了通关时间大幅缩短外，每个集装箱可以节省物流成本1000元。”金华海关综合业务二科关员杨刚介绍道，“相比一般贸易进口，保税模式可以缓缴税款。截至目前，已经为东阳的木材使用企业缓税120余万元。”

东阳保税仓库运行5个月以来，已累计出入库可乐豆木、澳洲酸枝相思木、镰叶相思木等原木和板材29批次、1.4万吨、货值2800余万元，为60余家红木加工企业提供原料，有力地支持了家具全产业链企业复工复产。

扩大“进口圈”

“要是能在本地直接进口国外优质的肉类就好了。”金华市火腿厂负责人丰黎华的心愿终于实现了。为了满足生产企业和消费者对高品质、多样化进口商品的追求，金华海关积极争取，通过多方努力，进口肉类查验场终于落户金义综保区，占地17.66亩，冷库周转能力1564吨，成为进口肉类业务集聚和区域冷链物流集散中心。

疫情期间恰逢新春佳节，金华海关在保障安全的前提下提升服务、优化流程，指导企业办理进口肉类检疫审批和凭税款担保放行等手续，充分享受便利通关政策。对未抽中查验的进口肉，第一时间审单放行，需要查验的批次优先安排查验，快验快放，确保及时投放国内消费市场。

“我们是第一次做进口肉的业务，摸着石头过河，心里没底。多亏了金华海关及时帮扶，让我们有了信心。”浙江恺颉物流公司负责人说。仅3月，金华海关共验放从法国、加拿大、巴西、西班牙等国进口的猪肉、牛肉等超280吨，货值644万元人民币，环比增长了4.7倍，丰富了老百姓的“肉盘子”。

除了打开进口肉类市场，跨境电商也迎来了“逆势红”。2020年以来，跨境电商保税进口业务完成超99万单，货值2.2亿元，单量与货值双双实现翻倍增长。来自日本、韩国、澳大利亚等国家的婴儿纸尿裤、奶粉、化妆品等，“飞入”寻常百姓家。

为了使综保区内跨境电商及物流企业复工后业务能迅速恢复之前水平，金华海关引导企业通过“提前申报”“两步申报”做好备货预报，做好商品归类、正面清单等相关预判，实现“单证快审，货物快通”；改造升级保税区智能卡口系统，包裹出区用时由半小时缩短至5分钟，保证包裹快速通关出区，第一时间配送。

“二胎”妈妈吴女士算了一笔账，采购综保区的跨境奶粉和尿不湿，价格要比市场上低10%—15%，养一个娃每个月要4罐奶粉3包尿不湿，一个月下来能省下两三百元。

减税“大礼包”

“免除387万元，真是解了我的燃眉之急，让我更有信心克服困难，做好企业。”金华瑞迪车业有限公司负责人对金华海关免除该公司加工贸易保证金表示感谢。该企业自开展加工贸易以来，因租赁厂房每次设立手册都需要缴纳大额保证金，资金压力较大。

受国际疫情影响，“两头在外”的加工贸易面临严峻挑战，企业普遍面临需求端和供给端的“双向挤压”。为帮助企业应对困境，尽快复工复产，金华海关迅速出台了免除新办、厂房租赁等企业加工贸易手册设立保证金，延期办理加工贸易手续和“不下厂盘点”核销手册等帮扶政策“大礼包”。

政策出台3个月以来，金华海关已免除企业手册设立保证金

2550余万元；采用“不下厂盘点”核销方式，加快手册核销速度，退回企业保证金1264万元；通过加强电子化核算核销、逻辑比对和数据比对，加快核销结案进度，做到“周退周清”，确保保证金以最快时间退还到企业。

除了减免保证金外，金华海关创新推出原产地证信用签证、自助打印等新模式。在疫情防控期间，辖区一般信用及以上的出口企业可提前申请，证书签发由面签模式改为预签发模式，原产地证书电子数据经审核后，企业便可自行打印，“足不出户”即可享受关税优惠。

“多亏海关实施的好政策，从申请原产地证书到马来西亚客户收到原产地电子信息基本不会超过1个小时。”金飞凯达轮毂股份有限公司员工方美娟说，“我们只有在货物临近启运才能知道办理原产地证所需的全部准确信息。如果没有电子审单、自助打印这些便利化举措，我们的货很难赶上船期。”

据统计，2020年1—4月金华海关签发原产地证书2.2万份，金额8.6亿美元，企业可以享受国外关税减免超3000万美元，发挥了国际贸易中“纸黄金”的作用。

作者：吴伟栋

江苏泰州国际集装箱码头有限公司

以港兴城跑出发展“加速度”

泰州国际集装码头岸桥作业中 摄影：平波

链接：泰州国际集装箱码头有限公司成立于2014年10月28日，注册资本4.6亿元人民币，由泰州市核心港区、泰州港务集团有限公司共同出资组建，为国有控股企业。近年来，在泰州市高港区委、区政府和泰州港核心港区党工委的坚强领导下，主动对接“一带一路”“长江经济带”国家发展战略，紧紧抓住港口核心业务，大力发展集装箱联运业务，高质量加快港口项目建设，不断提升集装箱码头的承载能力和发展水平，成为辐射长江中上游、支撑本地转型升级的要素集聚港、产业支撑港、发展带动港。公司分别获得泰州市文明单位，自2017年以来，公司先后获得现代服务业发展先进单位，改革开放40周年江苏高质量发展标杆企业等荣誉称号。岸桥班被江苏省总工会授予“工人先锋号”、电工班被泰州市总工会授予“工人先锋号”、被评为“泰州市文明班组”，卡口班被市总工会授予“五上巾帼标兵岗”，场桥班被共青团泰州市委授予“青工创优岗”。

入秋以来，天气渐冷，江苏泰州港集装箱码头却依然是一副热火朝天的景象：一辆辆集卡来回穿梭作业，巨大的岸桥起重机不断地将集装箱吊装到靠泊在港的班轮中，随着汽笛鸣响，千帆竞发，将货物运至世界各地。殊不知，这片生机勃勃的发展热土，在五年前还只是一片杂草丛生的江滩、一个默默无闻的沿江小河港。

自2014年泰州国际集装箱码头有限公司成立后，借力长江深水航道建设，抢抓国家“一带一路”“长江经济带”发展机遇，全力打造“江海联运中心港”，加快由喂给港、转运港向大型深水直挂港转型，努力推动泰州港成为辐射长江中上游、支撑本地转型升级的要素集聚港、产业支撑港和发展带动港。2018年，该公司被评为“江苏高质量发展标杆企业”“江苏省第13批重点物流基地”。

智领全国，高标准打造专用码头

2014年10月28日，随着泰州港核心港区5万吨级集装箱码头开港试运行，泰州建市以来规模最大、按照国际化和世界一流标准打造的首座集装箱专用码头诞生。

“泰州的发展优势在港口，集装箱码头的建成投运，对提升泰州港货物集散能力、打造长江中下游现代港口物流中心具有重要意义。”泰州国际集装箱码头有限公司董事长赵峰介绍，集装箱码头分三期建设，其中，年设计集装箱吞吐能力30万标箱的一期码头，随着沿江开发步伐加快、产业布局不断优化，自2017年开始已呈现满负荷运载，无法满足本地集装箱市场的吞吐需求。

“目前二期改造项目和三期新建206米通用泊位码头的建设正在加快推进。”赵峰告诉记者，二期工程投产后集装箱年通过能力可提升至80万标箱。“十四五”期间三期码头建成后，集装箱码头整体年通过能力可达120万标箱。

记者在码头上看到，4台用于装卸集装箱的岸桥不停地忙碌着。高55米、重1000吨、最大起吊重量41吨的岸桥，在驾驶员的操纵下，能快速准确地抓住集装箱并迅速完成输送任务。

“以前装卸集装箱时，箱号都是靠人眼识别、手工抄录，不仅工作量大，还容易出现差错。”赵峰说，为了更好地服务泰州市外向型经济发展，集装箱码头不断提高港口管理信息化水平，引进了国际一流的智能集装箱堆场系统，智能化协调人、机、箱、场地等资源。每一个箱子进入堆场都将录入系统，拥有自己的“身份证”，并按照最优方案放入堆场。“在数万个集装箱中准确定位其中一个是分分钟的事。”

同时，码头卡口还新增了海关H986系统，该系统将射频识别技术、激光扫描技术、自动控制技术融为一体，能对通过卡口的集装箱进行数据采集、箱号拍照识别、电子车牌识别，并与海关放行信息进行比对，控制设备实现自动放行。过去码头卡口排长龙的现象已经看不到了，集装箱车出卡口就跟过ETC一样快，还可以像网购一样实时掌控外贸箱的物流节点。

通江达海，多维度推动跨越发展

2016年8月16日，泰州港首条外贸航线开航，集装箱货物至上海洋山港由3天左右缩短至28小时；2017年6月23日，泰州港至外高桥港直达航线开通，为苏中地区的货物进出提供了一条经济、高效、快捷的直航通道，实现集装箱运输全天候、全时段、全覆盖；2018年4月13日，泰州港首条内贸直航航线“泰州—重庆”集装箱直航班轮正式上线运营，终结了泰州港无长江上游内贸直达集装箱航线的历史，标志着泰州港打通了到长江上游港口的快速物流通道，迈出了打造江海门户枢纽的重要一步。

“港口是泰州市追赶跨越的重要支撑，作为泰州地区唯一的一座集装箱码头，我们必须以更大的步伐加速跑。”赵峰说。

众所周知，港口是个特殊的行业，不仅投资大、回报慢，还必须兼顾长远的社会效益与短期的经济效益。赵峰表示，“闭门造车”是行不通的，泰州港要发展必须要整合港口资源、推进区域港口发展一体化进程，打造区域航运枢纽。

繁忙而有序的泰州国际集装箱码头　摄影：平波

在赵峰的带领下，集装箱码头一方面积极与上海港、重庆港、武汉港等枢纽港实施“港港”联动战略，共同推动双方在货源信息互通、港口资源共享、联运业务互惠等方面紧密合作；另一方面，积极与内贸干线船公司商谈开通至福建、广东、营口等内贸直航班轮，在提高腹地企业内贸货物的物流时效和降低物流成本的同时，也为地方企业的物流运输创建更加快捷、便利、经济的物流通道。同时，集装箱码头还通过加强与淮安港、宝应港、宿迁港等内河支线港口的对接、合作，吸引运河沿线集装箱货源经泰州港通江达海。

省内“抱团”、省外“牵手”，大型船舶频频光顾。目前，集装箱码头已开通集装箱支线班轮航线50余条，可辐射到全国沿海、沿江各个区域及世界各地，合作的内外贸船公司有40余家，班期密度达120班/周，航线网络覆盖全球150个国家和地区。

深耕市场，高质量发展港口物流

航线开辟是实现企业高质量发展的必备条件之一，而开辟航线必须要有足够的货源支撑。

近年来，集装箱码头在经济下行压力加大、宏观形势复杂、区域竞争加剧、资源环境约束严峻等诸多不利因素的影响下，坚持以市场为导向，积极开展市场调研，不断巩固与拓展货源阵地。

集装箱码头将临港工业原材料、城市物资流通领域和腹地货源作为市场调研重点，并根据码头辐射能力，将其中的腹地货源分为核心层、辐射层、竞争层三个层次。“围绕这三个重点市场板块，我们全力以赴争取货源。”赵峰说。为了扩大市场份额，提升经济总量，赵峰甚至亲自跑市场、访客户，积极争揽区域内外货源。

同时，集装箱码头还通过创建一流的服务品牌，不断提升服务能级。例如，为客户提供一体化、个体化、差异化的港口物流服务，根据客户箱量情况施行弹性价格，对重点客户开设绿色通道，联合并鼓励代理扩大业务量。特别是在集改散、散改集、陆改水、拆填箱业务上，集装箱码头与船公司合力帮助客户测算成本费用，千方百计为其降低物流成本，积极引导客户转变运输方式，向集装箱运输方式发展。

深耕之下，集装箱码头活力迸发。目前，码头业务范围已由磷矿扩大至钢锭、粮食、机电设备、家电家私、化工产品等领域。港口集装箱吞吐量从2014年的19.1万标箱增长为2018年的35.6万标箱，增幅位列长江沿线港口前列，泰州港已成为江苏省第5个两亿吨大港。

按照规划，集装箱码头将进一步扩大业务规模与层次，并与国外港口充分对接，实现全面开放。“届时，国外集装箱航班将可直接靠泊，一座辐射苏中苏北的国际化、现代化、专业化集装箱码头，将成为泰州的闪亮名片。”赵峰说。

陕西省渭南市环境科学研究中心

破浪前行风帆劲　奋楫争先启新程

链接：渭南市环境科学研究中心是渭南市生态环境局下属正县级公益一类事业单位。主要职责是：承担市域内环境保护战略规划技术研究，负责全市环保总体规划和有关环保综合性规划编制与研究工作。先后荣获陕西省区域空间生态环境评价工作协调小组“三线一单”工作表现突出集体、渭南市市级文明单位、渭南市生态环境局2021年度目标责任考核“先进单位”等荣誉称号。渭南市环境科学研究中心副主任（主持工作）马雷云获生态环境部“三线一单”工作表现突出个人，孙莉获陕西省区域空间生态环境评价工作协调小组“三线一单”工作表现突出个人。

增辉添彩新时代，砥砺奋进又一年。2021年，对陕西省渭南市环境科学研究中心而言是极不平凡的一年。这一年，渭南市环境科学研究中心从无到有、从小到大，打基础、强党建、抓学习、搞科研，每一天都是马不停蹄、只争朝夕的实践，每一步都是奋楫争先、破浪前行的探索。

2021年，在渭南市委、市政府的坚强领导下，渭南市生态环境局全面深化体制改革，成立渭南市环境科学研究中心，承担为全市生态环境保护工作提供科研服务和技术支撑的职责，并先后完成科室组建、岗位设置等基础工作。同时，积极开展市级文明单位创建，申请成立渭南市环境科学研究中心工会，探索建立职工生日祝福、生病住院看望、节假日关爱慰问等制度，干部职工精气神明显提升，单位管理规范化进一步加强。

强化党建引领，认真开展党史学习教育。在渭南市生态环境局党委的正确领导下，渭南市环境科学研究中心认真学习贯彻习

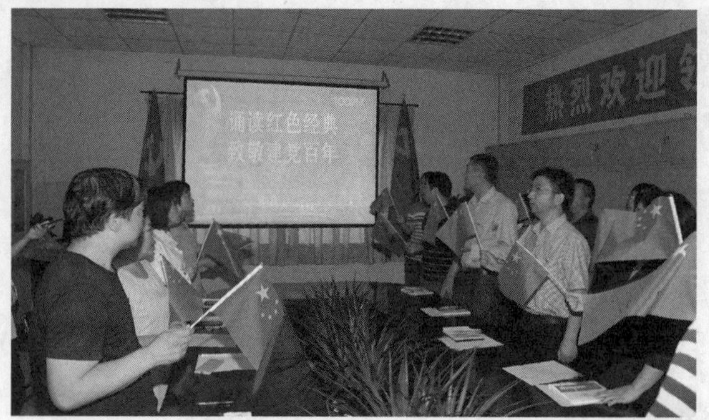

2021 年 6 月 17 日，举办“诵读红色经典 致敬建党百年”红色经典诵读会

近平总书记来陕考察重要讲话重要指示和“七一”重要讲话精神，建章立制夯实基础，编印形成《渭南市环境科学研究中心制度汇编》《2021 年集体学习材料汇编》，持之以恒抓学习，积极开展大调研、大学习、大讨论。渭南市环境科学研究中心先后通过现场教学、红色经典诵读、党史党规党纪知识在线测试等一系列活动，组织党员干部畅谈体会、交流观点、碰撞思想，引导大家完整准确全面贯彻新发展理念，不断深化对渭南生态文明建设的认识，动员全体党员干部高举旗帜、响应号召，努力聚焦推进绿色发展、建设美丽渭南等中心工作，为服务全市生态环境保护大局凝心聚力，攻坚克难，砥砺前行。

完成 9 个“一断一策”水体达标方案编制。渭南市环境科学研究中心组织实施“十四五”9 个国考断面《“一断一策”水体达标方案》的编制工作。先后成立“一断一策”项目编制组，制定工作方案、收集相关资料，多次赴白水、合阳、富平、大荔等县域进行现场踏勘调研。对接水质考核目标，组织开展意见征询，省、市专家技术论证，反复修改完善，最终形成 9 个国考断面“一断一策”水体达标方案。该方案为流域精准治污、水质目标保障和水生态环境质量改善提供了科学有力的支撑，对于推动渭南市黄河流域水环境质量不断改善保驾护航。

完成并向社会发布“三线一单”研究报告。渭南市环境科学研究中心认真落实中省关于“三线一单”生态环境分区管控部署，成立项目工作组，加强组织协调，多次与相关市直部门、县（市、区）政府、技术单位、业务科室协调沟通，2021 年 11 月 26 日，渭南市政府审议通过《渭南市“三线一单”生态环境分区管控方案》，并向社会发布。

完成渭南市“十四五”生态环境保护规划编制。目前，《规划》已编制完成并征求了各县（市、区）、各部门意见，通过专家评审后报请市政府正式印发。《规划》明确了渭南市“十四五”时期生态环境保护的奋斗目标和主要任务，对于加快推进渭南市生态文明建设，促进经济、社会和环境协调发展具有重要意义，是各级各部门落实生态环境保护责任的重要依据，是渭南市“十四五”期间做好生态环境保护工作的指导性文件。

完成《渭南市辐射事故应急预案》编制。为健全全市辐射事故应急机制，提高应对辐射事故的预防、预警和应急处置能力，减轻和消除辐射事故的风险和危害，保障公众生命健康，维护辐射环境安全，渭南市环境科学研究中心承担了《渭南市辐射事故应急预案》编制工作。2022 年 1 月 10 日，以市政府名义正式发布实施。《预案》的出台完善了渭南市应急工作机制，从制度上对加强辐射事故应急管理提供了保障，提高了渭南市突发辐射事故的防控和应急反应能力，有助于科学有效应对并最大限度降低和减轻事故的损害影响，保障人民群众生命健康和辐射环境安全。

组织开展排污许可申请技术审核工作。渭南市环境科学研究中心按照《排污许可管理条例》要求，对全市 75 家企业和单位的排污许可申请表进行日常审核。组织开展了全市固定污染源排污许可证质量审核工作，对 2017 年以来全市申报的简化管理类排污许可证 93 个行业 413 家企业，采取资料核查与现场核查相结合的方式，对排污许可证的内容完整性、规范性、真实性进行审核。

组织开展水环境承载力现状评价工作。为做好黄河流域水生态环境保护“十四五”规划编制工作，渭南市环境科学研究中心技术人员按照《水环境承载力评价方法（试行）》，收集渭南市流域内主要河流断面 2020 年的水质监测数据，完成了《渭南市水环境承载力评价报告》（2020 年）的编制工作。

配合开展重污染天气应急减排工作。渭南市环境科学研究中心积极参加渭南市大气污染防治工作，推荐 4 名骨干入选全省大气污染防治专家库。渭南市环境科学研究中心先后对焦化、铸造、钼冶炼、水泥、防水建筑材料制造等 14 个重点行业 20 余家企业进行绩效升级资料审核及现场帮扶技术指导。截止目前，金堆城钼业集团钼炉料产品部、富平雨中情防水科技有限公司（生产线）、陕西富平生态水泥有限公司 3 家企业被陕西省生态环境厅认定为环保 A 级绩效企业。陕西陕化煤化工集团有限公司、陕西渭河煤化工集团有限责任公司 2 家企业被陕西省生态环境厅认定为环保 B 级绩效企业。

风雨砥砺不忘初心，春华秋实继往开来。站在新的历史起点，在渭南市生态环境局党委的坚强领导下，渭南市环境科学研究中心立足环境科研主责主业，进一步加强党建引领，强化理论学习，深入推进水环境、土壤环境、生态环境、固废和辐射污染等方面的调查研究，持续发力，为区域生态环境高水平保护和高质量发展奠定坚实基础。

作者：杨国红

左图为开展集体学习；右上图为党的十九届六中全会精神宣讲报告会；右下图为 2022 年 3 月 8 日，赴华县少华山开展“保护环境我们在行动”环保志愿活动

第二章

建设社会主义和谐社会

福建省南平市委组织部

激活近邻密码 点亮幸福底色

2020年8月24日，习近平总书记在经济社会领域专家座谈会上指出，要完善共建共治共享的社会治理制度，实现政府治理同社会调节、居民自治良性互动，建设人人有责、人人尽责、人人享有的社会治理共同体。

如何强化城市基层党建？如何吸引居民广泛参与社会治理？南平市深化“近邻”党建，引领居民群众投身小区治理，激活“远亲不如近邻”的城市基层善治基因密码——

南平市武夷香榭小区党员志愿者清洗小区广场

小区是城市的基本细胞，是基层治理的神经末梢。近年来，福建省南平市深入贯彻落实习近平总书记关于城市基层党建重要讲话重要指示批示精神，把“近邻”重要理念有机融入基层党建工作，聚焦破解城市基层党建融合不足、小区治理存在痛点难点、城市“陌生人社会”缺乏互信等问题，通过推行近邻党建工作，深化拓展“机关联社区”工作机制，把党的工作触角延伸到“最后一米”，有效激活共建共治共享的近邻密码，破解了小区治理困境，点亮小区居民“平时常联系、有事共商量、邻里一家亲”的幸福底色。

“红色纽带”——党群相连共治

冬日暖阳下，南平市延平区剑津社区武夷香榭小区的党群连心园里，小区党支部牵头召集业委会成员、楼栋党小组组长、居民代表齐聚一室，召开小区近邻碰头会。

“今年小区业委会的工作情况和财务报表已经发给大家，请认真评议。”“小区的垃圾分类点设置还没到位，要尽快推进。”……在这个碰头会上，小区党组织成员与居民群众共商邻里事，共话邻里发展。

武夷香榭小区是一个无物业半开放式小区。为解决小区失管问题，由退休党员干部、小区在职党员、贤达人士等13人组成了“红色管家”班子，引领小区居民自主管理、自我服务、近邻共建，牵头解决了垃圾乱堆、车辆乱停放等大小问题20多项，将脏乱小区变为绿化美化亮化的幸福小区。

在提升社会治理现代化、体系化的大环境下，基层社区普遍暴露出党组织在小区存在“空白点”、党建引领基层治理的“毛细血管”没有完全打通的共性问题。南平市紧紧抓住小区治理这一“牛鼻子”，持续推动组织体系全面覆盖，全市建成“县（市、区）委—街道党工委—社区党委—小区（片区）党支部—楼栋党小组”五级组织网格体系，成立社区大党委214个、小区（片区）党支部728个、楼栋党小组2143个，小区党组织覆盖率达89%。

把党组织建到家门口，居民与居民、居民与组织、组织与组织之间，形成了一条互联互动、一贯到底、强劲有力的红色治理纽带。

邵武市强化在职党员“单位人+社会人”双重管理，推行“小区吹哨，党员报到”机制，引导在职党员八小时外开展“家门口式”服务，示范引领群众共同参与小区治理。顺昌县根据相对开放的老旧小区、相对封闭的新建小区等不同情况划分“区”“片”，结合老旧巷路、居民楼栋等不同情况推选在职党员担任巷（路）长、楼栋长，形成“五长共治、巷栋联管”的工作机制，在小区治理中发挥重要作用。

推行近邻党建工作以来，南平市积极动员在职党员或有威望、有热心、有公心的退休党员担任小区党支部书记、支部委员、楼道长、楼栋长，推行“双向进入、交叉任职”，提升党支部书记与业委会主任“一肩挑”和党员进入业委会的比例，打造出了一大批有组织力、带动力的小区“红色管家”“红色业委会”。大力推行“机关联社区、党建促治理”机制，机关单位党组织与社区党组织联建共治，在职党员到单位共建社区和居住地社区（小区）“双报到”“亮身份”，认领共建项目，开展志愿活动，进一步凝聚小区治理合力。

特别是在新冠肺炎疫情防控阻击战中，党群连心，风雨同舟，党旗挺在了最前面，南平市党组织战斗堡垒作用充分彰显。

面对新冠肺炎疫情初期，社区组织动员能力不足、人手力量不足等问题，全市2570多个机关单位党组织、2.8万名在职党员干部闻令而动，就近到社区报到支援，在一线集结，监测卡口、小区楼宇、城市公园等重点区域的疫情联防联控工作站，设立了临时党支部。随着冬季疫情防控进入常态化，机关党员下沉、社区干部联控、巷（楼、栋）长联防工作机制高效运转，“区块管理+巷长制”“社区+网络+群众”“三化三防”等联防联控模式创新推行，筑牢了疫情防控的红色防线。

基层治理的重点和难点在小区。南平市推动党组织建到小区、楼栋，赋予基层治理新的生命力，群众与党组织更加贴心。

“暖心菜单”——近邻相融共建

“家门口附近就有个社区青少年宫，更方便孩子的课外学习和兴趣拓展，‘四点半课堂’也为我们解决了孩子放学作业和辅导的困扰问题。”周边居民感慨地说，在延平区江南八仙小区社区青少年宫里，免费开设的编程课上学生们专心致志、兴趣盎然。把青少年宫办到社区，是南平市探索以“近邻”理念推动机关企事业单位资源力量下沉小区，参与小区共建服务的一个缩影。近年来，南平市充分整合辖区资源，吸纳驻社区机关企事业单位、有影响力的企业、社会组织、志愿者服务队伍等组建联席会议，与小区签订共建协议，充分“撬动”了融合的智慧和力量。

建阳区各联建单位、驻区单位和“两新”组织等党组织与社区党委签订“党建联盟”共建协议，建立辖区资源、群众需求和共建项目“三张清单”，推行“群众申办、社区交办、机关领办、街道统办、群众评办”的“五办”联建工作法，推动人力、阵地、项目等资源共享。武夷山市推动198个机关企事业单位党组织与17个社区结对共建，建立社区大党委“轮值主席”制度，商讨制订共建计划，研究解决实际问题，打破街道社区与机关单位各自为政的壁垒。

变“单一服务”为“多元供给”，通过小区点单、街道派单、单位送单、小区评单的“菜单式”共建服务，满足了小区建设各种需求，让小区居民真切感受到幸福温度。

光泽县联建党组织通过实地调研、“走亲戚”等方式问需于民，运用线上平台实现小区和居民群众诉求“一键上报”、管理中心“一键交办”、联建单位“一键办理”，帮助社区实施护栏修护、社区违章搭建清理整顿、电动车充电难等共建项目114个。松溪县形成共建新常态，每月28日固定开展共建活动，围绕“管一管身边小事、扫一扫小区街巷、劝一劝邻里纠纷、帮一帮困难群众、讲一讲好人

左图为延平区学生在社区青少年宫“四点半学堂”学习人工智能编程；右图为武夷香榭小区居民组织的读书分享会

好事、提一提发展良策”的“六个一”内容，联建单位深入社区开展“联学共建”主题活动，帮助建设公益项目124个。

一桩桩一件件揪心难事，需同心合力解决，街道社区“独唱”变成了多部门“合唱”。截至目前，南平市召开街道、社区党建联席会523场次，解决群众反映的问题4571个，进一步推动工作落地落实，小区居民群众纷纷点赞称“党建更暖心、服务有质感”。

“熟人小区”——邻里相亲共享

“这样的活动要多开展些，邻里之间常聚在一起，感情就深了。”在顺昌县双溪街道富州社区，一场以“建设和谐邻里，共创文明社区”为主题的首届“邻里党建文化节”吸引了不少小区居民驻足，参加趣味活动、观看邻里晚会、评选先进楼栋长和业委会成员，近邻文化和睦了邻里关系。小区居民纷纷表示，百金买屋，千金买邻，好邻居金不换。

随着城市化进程推进，居民生活节奏加快、休闲方式多元，传统守望互助的邻里模式正在消解，社区居民看似“比邻而居”却心隔天涯、形同陌路。

南平市坚持以拉近居民之间感情为出发点，充分发挥党员干部和志愿者服务队伍作用，通过开展邻里活动、培育邻里文化、密切邻里关系等措施，增强居民主体意识和家园归属感，引导居民走出家门、相互交流、增进感情，变“陌生人社会”为“熟人小区”。

共享欢乐，邻里活动邻里办。建瓯市都御坪社区新校场巷逢年过节举办小巷联欢会，引导居民走出“小家”，共建“大家”，被居民称为“幸福小巷”。邵武市天润小区开展清华公益专场学习分享会，为辖区孩子学习路上扫清迷茫、明确方向。武夷山市崇阳溪小区端午节组织居民举办包粽子、猜灯谜等应时的传统节日活动，让大家在快节奏的工作之余，品味感受节日的气氛，弘扬中华传统美德。

共享温情，邻里事情邻里帮。政和县创新“民声”反馈渠道，在小区、巷弄推进“民情码”，打造民意“码”上听、民困“码”上办的线上服务平台，常态化开展“邻里敲门服务日”“邻居零距离”等活动，形成强大邻里向心力。延平区倡导“同住楼栋一家人”理念，引导小区组建“红黄绿”三支睦邻互助队，开设“近邻热线”“便民微心愿”收集邻里需求，提供便民服务，有效融洽邻里关系。

共享成果，邻里问题邻里议。光泽县社区设立“近邻说事厅”，在人员较密集的小区、商店等设立“近邻说事点”随时问事、定期评事。邵武市探索建立“红色会客厅”“邻里汇”群众议事活动、互动交流平台，共议小区治理“金点子”，寻求邻里相处最大“公约数”。浦城县引导群众通过楼栋（街巷）党员、小区居民微信群、“三长”主动上门走访等线上线下渠道了解群众诉求，及时帮助解决居民“烦心事”“揪心事”。

远亲不如近邻，党群守望连心。南平市不断探索“近邻党建”新模式，“红色引擎”动能持续释放，邻里合力不断汇聚，时代强音全面奏响，居民群众获得感、幸福感、安全感显著提升，开创出党建引领基层治理的生动局面。

福建省莆田市涵江区委政法委

“综治 +”开启社区治理加速度

链接：涵江区地处福建省沿海中部、莆田市东北部，濒临兴化湾，依山面海，总面积752平方千米，常住人口约48万人。近年来，涵江区委、区政府以习近平新时代中国特色社会主义思想为指导，贯彻落实中央、省委、市委政法工作会议精神，以建设更高水平“平安涵江”为目标，以市域社会治理现代化建设为切入点，以扫黑除恶专项斗争为重点，扎实推进平安建设各项工作的落实，将维护和谐稳定的过程让群众参与、成效让群众评判、成果让群众共享，筑起更高起点的平安涵江。在社会治理方面，涵江区荣获“2013—2016全国平安建设先进区”，2019年莆田市第十四届（2016—2018年度）“文明单位”，2020年“福建省平安县区”等荣誉称号。

通过不断深化政法领域改革，莆田市涵江区“侨台胞服务管理”

网格员在行动 摄影：肖纪顺

市级治理试点成果突出，涉侨审判成为全国品牌，“网格化综合执法改革”则是全省创新品牌，“多心合一+网格化”成为全市社会治理创新样本。

“十四五”期间，是涵江全方位推进高质量发展超越的关键时期，全力推动涵江现代化建设开好局、起好步，为高质量发展营造和谐稳定的局面尤为关键。

求木之长者，必固其根本；欲流之远者，必浚其泉源。福建省莆田市涵江区坚持党的领导，以新时代“枫桥经验”作为核心牵引，以排头兵姿态，把安全发展贯穿经济社会发展各领域全过程，全力推进基层社会治理现代化，不断完善“党委领导、政府负责、民主协商、社会协同、公众参与、法治保障、科技支撑”的社会治理体系，努力建设更高水平的平安涵江，为涵江经济社会高质量发展和不断满足人民群众对美好生活的需要保驾护航。

涵江区委书记连向红说：“要把党的领导贯彻到社会治理全过程各方面，真正把党的理论优势、政治优势、制度优势、密切联系群众优势转化为社会治理的强大效能。”

加出活力，打造个性化治理品牌

安全为本，平安是福。构建全民共建共治共享的社会治理格局，最终目的是让人民生活得更有安全感，让社会运行得更有效率、更有活力。

“听我说谢谢你，因为有你温暖了四季……”这天，一首首净化心灵的童声童谣从萩芦镇双亭“党建+”邻里中心传出。这场由涵江区民政局主办的“合力守护　关爱成长”夏令营活动内容丰富。禁毒宣传加深孩子们对禁毒知识的了解，溺水教育增强孩子们的安全防范意识，花样足球让孩子们的假期生活更加多彩……孩子们在玩中学、学中玩，情感也随之升华。

突出社会治理资源整合、力量融合、功能聚合、手段综合，涵江区发挥综治牵头协调作用，采用“1+6+X”模式，建设与“党建+”邻里中心一体推进、实体化运行的“综治+”社区治理中心，以落实综治责任制为龙头，发挥部门、基层单位职能优势，推动矛盾纠纷联调、社会服务联建、社会治安联防、行政执法联合、基层平安联创、应急处置联动6项重点任务，规范化运行“六联机制”，拓展包括关爱帮扶、卫生防疫、交通维护、环境治理等X项其他功能，打造个性化治理品牌。

涵江区委常委、政法委书记曾剑伟表示，“综治+”社区治理中心有效整合社区资源，优化力量配置，衔接职能部门，调动社会参与，打造上层统筹有力、中层运转高效、基层做强做实的治理体系，基层治理效能倍增。目前，全区已完成7个“综治+”社区治理中心试点建设，超序时进度。

站在新时代，肩负新使命，涵江区聚焦社会治理现代化目标，以党的建设为统领，以改善民生为根本，着力推进法治、德治、自治、共治“四治一体”基层善治工程，建设人人有责、人人尽责、人人享有的社会治理共同体，努力为全市、全省提供基层善治的“涵江模式”。

减忧除患，构筑安全和谐好环境

社会稳定和安全是人民幸福安康的基本要求，也是高质量发展的基本前提。在去年平安县区考评中，涵江区获得全市第二名，再次被评为“福建省平安县区”。持续坚持以人民为中心，树立底线意识，坚持和发展新时代“枫桥经验”，涵江区以创新源头治理、全程治理、依法治理等机制为抓手，探索创造出更多依靠基层、发动群众、就地化解人民内部矛盾的途径和办法，实现“小事不出村、大事不出镇、矛盾不上交”，最大限度地消解社会戾气，塑造自尊自信、理性平和、积极向上的社会心态。

今年2月，叶民（化名）瞒着家人从杭州到福清务工，才工作一个多月的他因患精神疾病被用人单位辞退。之后，他开始了流浪生活。直到5月10日，巡逻民警发现了他，并把他送至涵江救助管理站。工作人员对他的身体和精神状况进行评估后，一边将他送至国药佑宁医院进行临时救治，一边通过全国救助系统与他的户籍所在地救助站取得联系，找到了他的哥哥叶新（化名）。2021年6月23日，从老家赶来的叶新见到弟弟，连连向在场的工作人员道谢。

疫情防控、社会管理不能忽略任何一个人，为群众排忧解难，及时消除安全隐患，关键是早发现、早化解、早排除。受台风“卢碧”影响，涵江城区至山区线道路多处出现积水和塌方，受损严重。涵江区交通运输局组织区路长办、交通执法大队带领养护公司对山区线202省道和支线道路进行抢修，及时清除塌方、落石和倒伏树木，对危险路段进行交通管控，全力以赴做好抢险保障工作，消除安全隐患，确保公路畅通。

“现在逛街经常能看到巡逻的警察，街面秩序井然，环境更和谐有序了，让人觉得安全感满满。”在涵江，每时每刻都有48支巡逻中队140名以上警力在路面巡防，高密度、全天候保持严巡严防严打态势，社会治安不断向好。今年上半年，全区共立传统“盗抢骗”案件86起，同比下降27.7%，“两抢”案件零发案；破66起，破案率74.4%；追赃率84.3%，居全市县区第一。其中，立入室盗窃案件20起，破18起，破案率90%，居全市县区第一。

常态化开展路面巡防 摄影：肖纪顺

乘数效应，提升社会智治新水平

适应新时代新形势，涵江区拿出敢闯敢试的干劲，以网格为基，科技赋能，发挥大数据、云计算、人工智能、区块链的乘数效应，锻长板、补短板，加快构建从“城市大脑”到“基层细胞”的智能化社会治理体系，完善网格化管理、精细化服务、信息化支撑、开放共享的基层管理服务平台，不断提升基层社会“智治”水平。

目前，全区77个网格站410个单元网格覆盖了199个村（社区），580名专职网格员专司网格管理服务。网格员定格、定岗、定责，发挥“一岗多责”“一员多能”的作用，以网格为责任区域，以巡防、巡查、纠违、服务为基本工作方式，实时掌握社情民意，及时上报各类信息，当场解决相应问题率达80%。在公安、市场监督管理、自然资源等部门带领下，网格员开展执法工作，既解决了执法资格问题，又提供了执法力量保障。

前不久，涵东派出所接到一粮油店经营者报案，称其店内现金被盗。网格便衣队员通过实地跟踪摸排，最终将嫌疑人锁定在一网吧内。当晚11时许，4名网格便衣队员在民警的带领下将嫌疑人抓获。从接警到抓获嫌疑人，前后不到4个小时。粮油店经营者对网格便衣队的行动力大加赞赏。

涵江区始终把人民群众生命财产安全放在第一位，为人民的生产生活编织出一张坚实的安全防护网，也为高质量发展夯实了坚实基础。自组建以来，网格便衣队共协助公安机关抓获2200多名犯罪嫌疑人，为群众挽回经济损失500多万元。

治理能力现代化事实上是一个与时俱进、改革创新的过程。在创新基层社会治理过程中，涵江区通过下沉社会资源、管理权限、民生服务等，更好地为群众提供精准化精细化服务。住建、城管、消防等18个行政执法部门进驻区社会治理网格化中心，225个涉及基础民生的执法事项和相关服务均在平台上进行集中处置，累计为群众办好事10万多件，出动网格员150万多人次，在平安宣传、疫情防控、卡口执勤及境外人员排查等方面做了大量工作，成效显著。通过不断深化政法领域改革，涵江“侨台胞服务管理”市级治理试点成果突出，涉侨审判成为全国品牌，“网格化综合执法改革”则是全省创新品牌，“多心合一+网格化”成为全市社会治理创新样本。

初心一如来时路，山高路远再启程。涵江区不断促进社会公平正义，形成有效的社会治理、良好的社会秩序，必将使人民群众获得感、幸福感、安全感更加充实、更有保障、更可持续。

作者：蔡玲

陕西省榆林市榆阳区委政法委

基层社会治理的“榆阳实践”

榆林市榆阳区麻黄梁镇调解中心为村民调解矛盾纠纷

家住金阳社区的李大爷提起小区社会治理总是赞不绝口，“我们小区自入住以来一直人车混杂，甚至还有人把车辆停在消防通道上，存在极大的安全隐患。去年组建起‘红色物业’后，给小区安装了门禁系统和车辆识别系统，这个问题就彻底解决了。‘红色物业’通过社区和物业双向交叉任职，由两家人变为一家亲，服务居民更精准、更贴心。”榆林市榆阳区驼峰路街道金阳社区主任宣晓慧说。金阳社区“红色物业”结合党史学习教育“我为群众办实事”实践活动，有效解决了小区健身器材老旧、高空抛物、抛线充电、车辆乱停等问题，为这个2.3万多人的“开放式小区”筑起了一道“安全墙”。

金阳社区从实践中探索推行的“红色物业”，只是榆阳区党建引领基层治理的有效路径之一。2019年以来，榆阳区以创建全国社区治理和服务创新实验区、全国乡村治理体系建设试点示范区，两个“国字号”创建为抓手，统筹推进基本思路、组织体系、治理机制、创新实践、智慧系统、队伍力量六大改革集成创新，在城区全面推行组织联建、网格联心、会议联席、矛盾联调、事务联商、群众联动、成效联评的“七法联通”治理模式，在乡村全面推行引领制、融合制、网格制、协商制、联调制、积分制、评议制的“七制融合”治理模式，整区系统推进基层社会治理体系和治理能力现代化。

“七法联通”聚合力，携手共画“同心圆”

除了“红色物业”，榆阳区还探索出组建党建联合体、“兼合式”党支部等独具特色的组织联建新模式，逐步实现了党的基层组织延伸覆盖到基层治理末梢。通过党建引领，榆阳区全面推开全科网格建设，让落在网格上的各类治理力量零距离联结群众、组织群众、服务群众，并定期组织辖区内党员代表、居民代表、“双报到”单位等治理主体召开联席会议，开展矛盾联调、事务联商、群众联动、成效联评，实现共治共建共享的基层社会治理新格局。

如今，小到一个居民院落，大到一条街道，榆林城区都经科学划分成为无数个社会治理的最基本单元。仅明珠路街道每天就有385名网格员奔走于61个网格，而一系列困扰基层治理的“疑难杂症”在网格中得到及时解决。“我和老伴都70多岁了，而且老伴患有脑梗、二级肢体残疾，子女又不在身边。我们每天饮食起居都由社区网格员照料，还定期给我们打扫卫生、洗衣服。”望湖路社区居民徐良善老伴激动地说。“我们社区三维全科网格化治理将居民小组、社区协管、创建、警务、医疗、物业、志愿服务等21类人员全部下沉到网格，并吸收各类团体组织、热心人士、老党员、志愿者等参与社区治理，做到群众服务工作横向到边、纵向到底、网不漏院、院不漏户、户不漏人。”驼峰路街道望湖路社区党支部书记高鹏说。

据了解，榆阳城区12个街道76个社区，共创建网格555个，有专兼网格员2000多人，把党的力量下沉到服务群众一线，将党组织建在楼宇间，建在巷道内，在“小网格”里筑起独具特色的党建大格局。

榆林市榆阳区以党建统领基层治理工作。左图为沙河路街道"学党史提服务"物业企业评议会；右上图为新明楼街道三官会社区党建联席会；右下图为唱支山歌给党听

近日，在夫子庙文化旅游街区荷风书苑内，新明楼街道三官会社区召开了第一季度的党建联席会议。结合建党100周年，新明楼街道今年推出了"我为群众办实事——学史践行100"系列活动，即举办百场文艺演出、组织百次志愿服务、办理百件民生实事。为了开展好社区的党史学习教育，三官会社区党支部书记李小玲在会上向"双报到"单位、商区代表等征集各类资源，她的提议得到了参会人员的纷纷响应。

"李书记的提议和我们市委老干局最近的工作计划不谋而合，我们正准备组织部分离退休干部开展党史小故事讲座活动，并邀请老干部们来社区现场讲授。"榆林市委老干局工作人员胡烨丽也说道。

上郡路街道把群众需求清单与"双报到"单位及辖区商户资源清单结合起来，依托"党建超市"，细化项目、资源、需求三张清单，积极开展衣物缝补、电器检修、证件拍照、健康义诊、义务理发、政策宣传、文艺演出等"我为群众办实事"零距离服务活动，集中资源优势为辖区群众解难题、办实事、办好事。

新的需求清单刚刚上架，榆阳区委政法委就迅速认领了聚华小区、康乐家园等"微治理"项目，目前已经展开施工测量工作。这意味着，"党建超市"的又一次活动顺利完成。依托"党建超市"，该街道还在5月19日组织了今年首场共驻共建"党建集市"服务活动，为辖区单位党组织、在职党员干部参与街道社区服务活动搭建平台，极大地提升了居民群众的获得感、幸福感和归属感。

"七制融合"显成效，振兴乡村"强保障"

为加强乡村治理体系和治理能力建设，榆阳区先行在金鸡滩镇、大河塔镇、孟家湾乡等7个乡镇破局探路，探索推行"七制融合"治理模式，打造引领乡村治理的坚强战斗堡垒，将乡村治理和集体产权制度改革、农村人居环境整治、现代农业产业发展、乡村生态文明建设等工作有效融合，通过民主协商、多元调解、积分治理、群众评议等方式有效激发农民群众积极参与乡村治理各项工作，为全面实施乡村振兴战略提供坚强保障。

白舍牛滩村是一个远近闻名的"网红村"。近年来，该村依托农村集体产权制度改革，不断壮大集体经济，培育特色产业，将昔日不起眼的小村庄打造成一个全新的田园综合体。今年1月，在村"两委"换届中，"80后"王兵高票当选为白舍牛滩村党支部书记。

面对群众的信任，王兵这个"领头雁"自上任以来一刻都不敢懈怠："按照村里规划好的大盘子，我要带领村民们继续发展乡村旅游，不断提升景区的服务承载能力，同时依托景区发展壮大集体产业，落实好移民搬迁项目，提升社会治理效能，让村民们的生活更有奔头。"

如果说，"产业有活力、发展有后劲、生活有奔头"是王兵的"振兴梦"，那么，孟家湾乡大圪堵村村民赵祥祥的"振兴梦"则要具体得多。自从凭借"追梦超市"积分奖励制度建起了大棚，他就干劲十足，一次承包了两个拱棚。"今年一棚种香瓜，一棚种辣椒，另外还养些牲畜，一年下来收益好几万，日子是越过越好了。"赵祥祥黝黑的脸庞绽满笑意。

对涉及乡村振兴的产业、人才、文化、生态、组织五大板块各项工作，"追梦超市"都有具体的评选奖励细则，并按照积分兑换办法予以物品兑换奖励。在兑积分、亮积分、比积分的过程中，孟家湾乡的特色产业更强了、人居环境更美了、村风民风更淳了、乡村治理水平提升了……

小积分撬动大治理。围绕"七制融合"，大河塔镇根据工作实际，创新提出了"拴正人家"评选机制，将线上积分和线下管理相结合，并以此为引擎，联动治理、集成服务，不断激活基层治理新动能。近日，该镇2021年第一季度"拴正人家"的评选，成为群众聚在一起谈论最多的话题。打开手机上的"拴正人家"星级积分管理小程序，一边翻阅一边讨论，谁家环境卫生干净整洁、谁做事周到妥帖、谁能不计回报帮助邻里……都成为村民评选"拴正不拴正"的标准。

在乡村，很多时候对簿公堂也许就意味着撕破脸皮。"一件件小事、一桩桩小案，背后却是关乎寻常百姓的大事。"在基层法庭工作了13年，鱼河法庭庭长蔡伦更加认可非诉讼调解纠纷的方式。他坚持发展新时代"枫桥经验"，运用法治思维和法治方式破解基层治理难题，将鱼河法庭打造为"枫桥式法庭"，通过内外联动诉调对接，线上线下多元解纷，将一件件邻里纠纷、借贷纠纷、合同纠纷案件顺利调解结案，让人民群众感受到司法的便民性及高效性。

"经过一年多的探索实践，我区打出了一套抓党建、强基础、优治理、惠民生的'组合拳'，搭建起'一个总体思路框架、两条实践推进路径'的治理体系，治理效能不断增强，民生福祉大幅提升，涌现出一大批务实创新、省市推广的示范典型。下一步我区将全面推开城市'七联'、乡村'七制'工作法，持续用力，久久为功，扎实推进基层社会治理体系和治理能力现代化建设，为全国基层社会治理贡献榆阳经验。"榆阳区委常委、政法委书记白琛东说。

作者／摄影：高忠平、杜欣

来源：《陕西日报》

太原铁路运输中级法院

一路向前的“普法专列”

宣讲《民法典》　摄影：岳鑫

“这种紧贴铁路职工需求的‘普法大讲堂’充满了烟火气”“普法团的以案释法太接地气了”“我们正面临一件与地方的土地纠纷案不知道如何处理，你们的到来让我们找到了主心骨”……每次到铁路沿线普法，太原铁路运输中级法院宣讲团的法官们总会被职工们围住，他们的热情和对法律知识的渴求，成为普法人一路向前、风雪无阻的强大动力。

从 2016 年以来，太原铁路运输两级法院与中国铁路太原局集团有限公司大规模、多层次、全方位开展了“以案释法、服务大局”的主题普法活动，建立起横跨京、津、晋、冀“两省两市”，营业里程近万里的普法长廊，摸索出一条法企携手、合力共建的普法模式。太原铁路局集团有限公司历来高度重视依法治企，2019 年 12 月 4 日，在山西省首届“谁执法谁普法”履职评议中，凭借与太原铁路运输两级法院的紧密合作，太原铁路局集团有限公司作为 5 个参选单位中唯一的国企获得优秀等次，这个闪光时刻永远留在铁路普法人的心中。

风雪无阻，最美普法人

在太原铁路运输中级法院，有这样一间特殊的展览室——普法展览室，里面陈列着种类多样的普法读本和普法实物，陈列着由骨干法官倾心录制的新媒体视频《普法大讲堂》，陈列着记录普法成果的荣誉奖杯，陈列着方寸之间记载普法瞬间的珍贵照片，陈列着该院与太原铁路局集团有限公司联合编制的由民主法制出版社出版发行的《铁路系统普法教育实践与研究》一书……

“每次走进普法展览室，我的脑海里就会浮现‘七五’普法的点点滴滴，就会呈现出我们太铁两级法院干警在普法路上的风雨兼程。我们遇有倾盆大雨、冰天雪地，还有雾霾重重、新冠疫情。”谈到普法感受，太铁中院研究室白利的思绪又回到了路途泥泞的万里普法行。她感慨地说：“最难忘的是我们连续三年的‘12・4’普法宣讲活动都遇上了大雪天气，最危险的一次是晚上 10 点多去秦皇岛的高速路上爆胎差点翻车。”

有这样一支普法队伍，他们满怀着对中国法治事业崇高理想，充满着对铁路的深深热爱，洋溢着满腔的激情与活力，从张宏伟、荣育宏等资深法官的“开山铺路”到年轻法官的“继承发扬”，这支队伍日益壮大。铁路辖区点多线长是普法宣传的一大挑战，尤其对于女法官，每一次普法她们都经历着生理和心理的双重考验，但都有一种一路向前的“铁路精神”。李慧娜是名年轻的妈妈，每次出去就会有好些天见不到孩子，甚至在孩子生病的时候，她也从未缺席每一次宣讲；乔倩倩为了应对车段普法需求，将耗时数月准备的盗窃罪课件调整成铁路运输企业如何应诉的讲课内容，她一周时间都把自己关在办公室加班加点重新备课；二级调研员毛小芳从对每位成员准备讲课稿、制作 PPT、反复试讲到和各个站段沟通前期工作，每个环节都事无巨细地核对检查……

心似火热，风雪无阻。宣讲团成员已记不清普法路上经历了多少次恶劣天气，就拿 2016 年 11 月 30 日到 12 月 27 日的那次宣讲活动来说，前后历时 28 天，四次遇到了高速封路，一次国内最大雾霾，三次省内最大雪情。年轻干警何欣，在茫茫冰天雪地里驾驶车辆一路打滑前行，从朔州到大同，平时一个小时的路程，那天用了 4 个小时。何欣的父亲是一名老铁路人，在得知普法团出发前往秦皇岛的前一夜，手绘了两页长达一米的地图，图中用红笔标明了高速路的每一段，甚至连公里数都写得清清楚楚。这张图体现的不仅仅是一份父爱，更是铁路人满腔热忱、默默奉献的写照。

润物无声，送法如送宝

窗外雪花飘飘，室内气氛热烈。临近春节，面对顶风冒雪的太铁中院宣讲团成员依然在普法路上前行，时任太原北站站长郭鸣脱口而出的一句“送法就是送财”说出了铁路单位的心声。这是 2018 年 1 月 26 日宣讲会的一个场景。

“我们要从过去摆平就是水平，搞定就是稳定转换为用法治思维管理企业。”在朔州车务段也是如此，时任党委书记吕建军与宣讲团成员座谈时，会上一句看似幽默实则深刻的话语道出了现代企业领导干部日益增强的法律意识。

“大家把我们带来的《涉路维稳案例选》《公司法》《诉讼小常识》等普法宣传手册一抢而空了。”湖东车辆段因为拿到的少专门找到白利要求“补发”，还一个劲儿地问：“为什么不去我们车辆段宣讲？你们还要去哪些站段？我们再组织人员去听讲。”话语中可以感受到普法宣讲活动在基层受追捧的程度。

“近几年的普法，培育了太原局集团公司干部职工办事依法、遇事找法、解决问题靠法的法治环境，依法治企成为太原局集团公司可持续发展的思想自觉和行动自觉。”为了加大普法力度，2019 年大年初七，节日的欢庆气氛还未散去，在太铁中院党组成员、副院长赵亚体和中国铁路太原局集团有限公司政法综治办副主任王建的带领下，中院普法团就奔赴到湖东机务段和大同西供电段大同供电车间召开“以案释法”座谈会，开启了新一年的普法征程。

“高铁上乘客之间、乘客与铁路工作人员之间会发生一些摩擦、纠纷，我们没有执法权，请问工作人员佩带执法记录仪拍摄会不会构成侵权？”“一些村民长期在铁路用地上建造房屋、种植庄稼，这种土地纠纷该如何通过法律途径解决？”“铁路附近有些居民私拉电线，铁路电缆被破坏给铁路企业造成巨大损失，应该怎样维权？”每次普法，铁路干部职工都会争先恐后抛出新问题，每一个问题和解惑，法官都会从法理和情理上给予热心细致的分析解答，但就是这看似简单的一砖一瓦铸就了法治的长城 。

按需上菜，普法无终点

“听了这堂高水平的授课获益匪浅，激发了我们学习民法典的浓厚兴趣。”2020 年 10 月 30 日，太铁中院普法宣讲团赴中铁十七局给全体干部职工和太原地区法务工作者上了一堂生动的法治课，深入浅出的讲解吸引了听课人员，也拉开了铁路两级法院“民法典普法大讲堂”活动的帷幕。

这一年，防控疫情和助力复工复产成为常态化。5 月 16 日，太铁中院宣讲团一行深入全球最大电液转辙机专业制造厂——太原市京丰铁路电务器材公司开展知识产权普法，积极参与打击侵权假冒案件普法宣传活动，提供“面对面”法律服务，解决企业的燃眉

太原铁路运输中级法院普法工作剪影。左图为禁毒周开展禁毒法治宣传 摄影：李通；右侧上、下图为深入站段、深入车间一线进行普法 摄影：李通

之急。7月7日远赴秦皇岛公安处、工务段、车务段针对扫黑除恶、复工复产和“三零”创建等开展普法宣传。

针对铁路单位的不同情况和实际需求，太原铁路两级法院推出了“菜单式”普法。他们除了宣讲《合同法》《公司法》《担保法》《侵权责任法》《治安管理处罚法》等覆盖范围比较广的法律法规外，还针对铁路安全管理、热点事件、毒品犯罪、职务犯罪、网络犯罪等法律问题进行专题宣讲，通过“订单式普法”按需“上菜”，加强对相关重点人群的政策宣讲和法律法规的讲解，增加了普法的精准性和实效性。这是该院推行特色化、多元化普法的一项举措。在实践中，他们采取了“四个结合”的普法模式：大型片区普法讲课与沿线车间班组面对面咨询相结合，现场解答与远程服务相结合，发放资料与调研座谈相结合，专题宣讲与订单服务相结合。通过开设普法大讲堂、设置巡回审判庭，开展普法万里行、普法在现场、普法进站车等系列活动，创立了“法官讲法、以案释法、巡回普法、制度护法”四大普法新模式，明确普法带头人、固定普法宣讲人，制定普法流程，努力打造了普法新品牌。

一路普法，一路收获，普法之路如万里铁路线向前延伸。以太原为起点，从南到北，从东到西，星星微茫、汇聚成光，普法慢慢从“星星之火”发展为“燎原之势”。“七五”普法期间，太原铁路运输两级法院先后组织100余次主题普法、300余场大型宣讲会，录制800份《普法大讲堂》讲课视频，编印3万余册普法读本，印制10万余份法治宣传彩页，收集近百份普法留言，在8大片区、32个站段建立7个巡回审判工作点，聘请96名司法联络员，这些成果凝聚了铁路普法人的心血和汗水。

普法之路没有终点。2021年是“八五”普法的开局之年，太铁两级法院将在太原局集团公司管辖区域选取有代表性的路线开设普法专列，建立普法宣传教育基地，将法治元素融入多样化宣传方式中，深入扩大普法辐射范围，建立法企融建的“法治宣传入企山西模式”，形成具有示范性、引领性、可复制的法治宣传体系……

供稿：太原铁路运输中级法院

安徽省天长市人民法院

当好司法“排头兵” 保障建设“强富美”

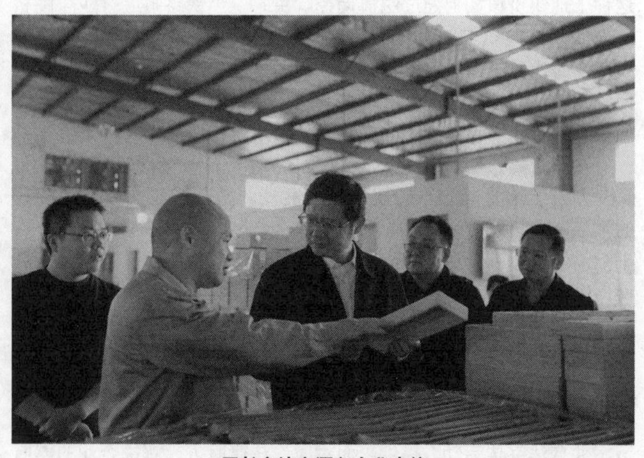

天长市法官深入企业走访

天长市素有“安徽东大门”之称，是滁州市融入长三角一体化和东向发展战略的“桥头堡”。近年来，安徽省天长市人民法院围绕发展大局，聚焦主责主业，强化多元解纷，优化执行措施，延伸服务职能，为企业纾困解难，聚力营造稳定、公平、透明、可预期的法治化营商环境，全力服务保障建设经济强、百姓富、生态美的现代化美好天长。

硬举措，打造发展软环境

天长市三面和江苏省接壤，有民营企业2.24万家，注册登记个体工商户5.38万户，民营经济十分活跃，万人拥有私营企业数、规模以上企业在安徽省排名“双第一”。为落实天长市全面优化营商环境决策部署，天长法院将优化法治化营商环境作为“一把手”工程，在落细落实《关于服务和保障民营企业发展的实施意见》的基础上，跟进出台10项具体措施，为企业发展保驾护航。

“天长市委提出聚焦‘强富美’，决胜‘113’的‘十四五’规划目标任务，法院必须主动作为，当好保障经济社会高质量发展

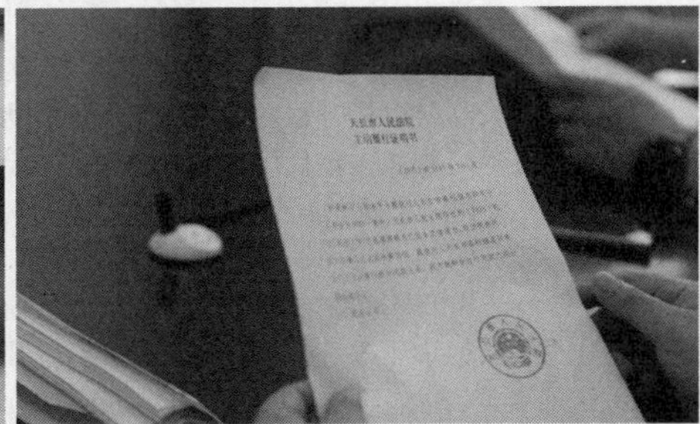

左图为法官向“执转破”案件债权人发放欠款；右上图为天长市人民法院发出滁州市首份《主动履行证明书》，进行信用修复正向激励；右下图为天长市人民法院执行法官冒雪带回被执行人

的‘排头兵’，提升诉讼便捷性、解纷高效性，切实依法保护企业合法权益，激发企业发展活力。”天长法院院长侯金鹏说。

天长法院将“快立、快调、快审、快执”工作要求贯穿整个诉讼环节，开辟绿色通道，快速受理涉企纠纷；组建专门速裁团队，2021年高效审理涉企民商事案件2119件，平均审理时间14.22天；全年审结涉企案件3435件，诉讼标的额17.81亿元。进一步减少企业诉累，提升企业司法获得感。

针对天长企业多、涉企纠纷多的市情，天长法院打造了金桥商事调解室，由驻院人民调解员专门化解企业烦心事。引进天长市工商联商会调解室，率先推出“法院+商会”调解机制，专门调解商事纠纷。2020年7月，作为安徽省两家试点法院之一，天长法院上线工商联商会调解服务平台，已调解案件632件，调解成功480件，成为在线化解涉企纠纷“新利器”。

为加快化解金融纠纷，助力缓解企业融资难、融资贵问题，天长法院积极探索金融纠纷诉前调解模式，打造金融纠纷诉调对接2.0版，所有金融纠纷进入法院先转入金融纠纷调解委员会进行调解，调解不成迅速转入诉讼程序。2021年该院高效调解成功金融纠纷案件152件，调解后自动履行金额8773.77万元。依法妥善审理各类金融借款纠纷案件405件，涉案金额2.43亿元，让金融机构吃下定心丸，敢贷、愿贷，中小微企业贷得到、依约还，安心谋发展。

为积极预防和妥善处理劳动争议，保障企业用工稳定和劳动者合法权益，天长法院充分发挥工会参与劳动争议协商调解职能作用，引进天长市总工会人民调解委员会常驻法院诉讼服务中心，推行“法院+工会”劳动争议诉调对接机制，促进劳动争议纠纷快速化解，构建和谐劳动关系。该调解委员会自2021年9月27日入驻法院以来，迄今已成功化解劳动争议案件203件。

“执转破”，助推产业快升级

天长市是全国县域经济百强县，连续两年位居全省县域经济高质量发展分类考核第一。近年来，随着县域经济发展和地方产业结构调整升级，部分丧失经营价值的企业亟待退出市场，实现优胜劣汰，促进企业效益和资源配置效率回升迫在眉睫。

天长法院积极作为，不断加强执行与破产程序的衔接，将推进破产审判工作贯穿于促进市场主体积极拯救和及时退出等过程中，提出并坚持“一二三”原则，即树立全院“一盘棋”理念，“执转破”使用必须满足当事人书面同意、被执行人不能清偿到期债务且资产不足以清偿全部债务或明显缺乏清偿能力两个条件，妥善处理好债务人、债权人、管理人三方关系。通过强化府院联动，凝聚工作合力；推深司法协作，促进跨域执行；完善创新机制，提升破产质效，全力助推地方产业结构转型升级。

“我们通过‘执转破’的方式，畅通解决企业债务纠纷的渠道，让‘僵尸企业’及时退出市场，既公平清理了债权债务，又解决了执行‘难题’，更有效助推打造法治化营商环境。”天长法院副院长董茂军说。

两年多以来，该院办结“执转破”案件9件，化解关联执行案件188件，使一批“僵尸企业”或及时清退或“涅槃重生”。

位于天长市万寿镇的鑫鑫工艺品厂主要从事毛绒玩具加工、销售等，因经营管理不善导致资金链断裂，拖欠货款、工人工资，陆续被多名债权人起诉至天长法院。案件判决生效后，进入执行程序，执行法官发现鑫鑫工艺品厂的土地及厂房均未办理土地使用证及房产证，无法组织拍卖。2019年4月，该院决定将其与相关联的30起执行案件一并移送破产审查。同年4月，滁州市中级人民法院裁定受理并指定天长法院管辖。同年5月，该院正式受理这一破产清算申请，并通过竞选方式，指定破产管理人，督促其加快完成初期的财产调查、债权申报及审查等工作。经审查，确认32名债权人债权为381.2万元，而鑫鑫工艺品厂现有资产评估价值不足以清偿全部债务，同年12月，该院依法裁定宣告鑫鑫工艺品厂破产。由于停工多年，设备老化，且未办理相关证件，鑫鑫工艺品厂财产处置相当困难，法官张相阳积极争取地方党委、政府支持，请求一旦招商引资企业有意购买，政府及时提供信息，由法院指导管理人在法律框架内进行商业谈判。2021年6月，在地方政府和法院的多方努力下，鑫鑫工艺品厂以280.9万元的价格被一家食品公司成功拍得，32名债权人权益得以清偿，51亩土地资源被有效释放，成为地方产业结构转型升级的成功范例。

强执行，确保权益真兑现

2021年12月31日，被执行人某房地产开发公司（以下简称房地产公司）因未能如期履行生效法律文书确定的义务，某建筑集团公司（以下简称建筑公司）向天长法院申请强制执行。

执行法官第一时间向房地产公司下达了执行通知书等法律文书，并冻结了其银行账户中的款项770余万元。同时，法官多次与公司法人王某联系沟通，释法明理，告知拒不履行生效判决的法律后果。临近年关，房地产公司账户被冻后，对账结账困难，无法正常运转，王某连忙表示愿意还款。2022年1月6日，双方在执行法官的主持下，达成和解协议，房地产公司一次性给付本息745万元，建筑公司自愿放弃余款，案件圆满执结。

作为胜诉权益保障的“最后一公里”，执行工作在兑现涉诉企业合法权益中尤为重要。为加快企业债权变现，缓解企业流动性资金压力，天长法院建立涉企执行案件“快立、快执”机制，确保企业账款及时回笼。2021年开展5次涉民营企业案件集中执行行动，全年执结涉企案件1426件，执行到位金额1.88亿元。

同时，天长法院以提升财产处置的效率和成功率为突破口，推动执行案件办理流程进一步优化，执行进程进一步加快。探索实施对接、监督、宣传三项机制，构建“1+5+1”网络司法拍卖新模式，即1名干警专门负责网络司法拍卖全流程工作，全省范围内择优选取5家评估公司和1家辅助拍卖公司，做到“专人统筹+专人辅助”，全面提升司法网拍事务办理效率。积极参加全省法院“6•18”“11•11”网络司法拍卖节，全年通过“网拍”成功处置财产41件，拍卖成交金额8907.6万元，溢价率最高达105%。

在确保涉诉企业合法权益及时兑现的同时，天长法院坚持善意文明执行理念，避免机械执行，审慎采取强制措施。2021年8月，制定出台《财产处置工作规范》《财产处置评估、网络拍卖工作流程规定（试行）》，就财产保全案件操作细则等作出明确规定，严禁超标的、超范围、超时限查封行为。同时，灵活运用活封活扣、设置担保、分期付款等方式，帮助企业渡过难关。

“真心感谢法官给了我们这家小微企业一个‘喘息’的机会，让我们顺利脱困！”2021年11月16日，被执行人董某全额偿还6万元欠款后，致电感谢执行法官善意文明执行，为企业解困。

原来，董某经营的纸品公司从某公司采购纸板，累计拖欠货款72万元，陆续还款66万元后，多次以“受疫情影响，公司生产经营困难”等为由不还款。法官多次上门执行，董某表示认可欠款，但企业的确困难，待近期一笔货款回笼后，第一时间还款。此时若采取强制措施，对纸品公司来说无异于“雪上加霜”。在征得申请执行人同意后，执行法官决定“放水养鱼”，为后期纸品公司全额还款、顺利脱困争取了时间。

重服务，司法暖企增温度

营造法治化营商环境不能闭门造车，唯有深入基层走访才能知需求、找不足、明方向，常态化开展“司法暖企”“护企法治体检”成为天长法院的行动自觉。2021年5月起，该院实施“百名干警进百企”大走访工程，院领导带头前往8家重点企业32次，帮助企业解决实际问题。全院干警为全市96家企业提供法律咨询112次、合法合规性审查17次。为进一步加大以案释法力度，2021年11月起，该院组建送法小分队，以全市规模以上企业为“起点”，小微企业为延伸，开展“法企同行”专题送法活动。送法小分队专门到滁州高新区技术产业开发区，为46家企业代表普及民法典中关于合同法律的风险防范注意事项，并赠送特地编印的《企业法律实务问答与典型案例》。

“这本企业法律实务手册，让我对劳资关系、用工风险点都有了更加深刻、更为清晰的认知，为我们企业轻装上阵，快速发展提供了‘指南’。”天长市政协常委、安徽金鑫实验设备科技有限公司总经理陆从彬说。

在重点企业建立信息采集点，一直是天长法院精准服务企业的做法。2021年9月1日，该院第15个司法服务信息采集点在秦栏镇东升电子科技有限公司揭牌成立。结合采集点反馈信息及案件受理情况，秦栏人民法庭庭长韩玉惠发现当地支柱产业之一充电器的买卖合同纠纷频发，立即向秦栏充电器协会发出司法建议，并联合协会召集7家代表性企业进行座谈，帮助企业解忧纾困，降低涉诉风险。同时，天长法院通过全年直播庭审10172场、上网生效裁判文书6266份、发布《发挥司法职能 保障“六稳”“六保”十大涉企典型案例》等方式，方便市场主体快捷获取司法实践和判例信息，增强企业的预见性和安全感。

信用是企业的无形资产，天长法院制定《关于建立被执行人信用保护及信用修复激励机制源头解决“执行难”的意见》，为主动履行、积极配合执行的被执行人出具证明书，建立正向信用激励机制，营造“失信受惩、诚信光荣”氛围。2021年9月22日，该院发出滁州法院首份《主动履行证明书》，为被执行人狄某及其公司进行信用修复，对狄某主动履行生效法律文书确定的义务进行褒奖。

作者：姚永菲　摄影：余春玲

福建省福州市长乐区人民法院

打出司法“组合拳”　护航经济发展

福州市长乐区人民法院党组书记、院长林岩

链接：福州市长乐区人民法院成立于1951年，全院内设机构14个，在编人员136人，其中干部128人，职工8人，曾两次获评“全国优秀法院”，连续5次获评“全省十佳法院”，4次记集体一等功，连续三届获评“省级文明单位”，并被授予“全国司法公开示范法院”“全国网络宣传先进单位”“全国青年文明号”“全省先进基层党组织”“全省法院党建工作先进集体”等荣誉称号。

福建省福州市长乐区位于闽江口南岸，是我国著名侨乡、国内屈指可数的空海“两港”城市，境内民营经济活跃。

近年来，福州市长乐区人民法院立足民商事审判职能，探索完善各项审判工作机制，着力推动司法服务营商环境工作发展。

诉调对接，促进纠纷化解

“多亏法官多次居中调解，我们才能要回货款。”近日，泉州某机电设备公司负责人涂某在谈及与长乐某针织公司的买卖合同纠纷的解决过程时，给法官点赞。

原来，双方此前签订买卖合同，约定由机电设备公司在针织公司指定地点安装电子围栏。待机电设备公司电子围栏完毕后，双方就布设电子围栏的实际面积和价款产生分歧，针织公司拒绝支付合同约定款项。在了解了事情的原委后，长乐区人民法院以在长乐针织经编工业协会的法官法律服务点为依托，多次走访针织公司，促成针织公司负责人达成调解意愿。

“行业协会在调解中能够发挥重要作用。与行业协会联合建立联动调解机制，既充分发挥了协会具备专业优势的特点，又以法院对调解协议进行司法确认的方式提高了调解的公信力，使纠纷的调解方式更加多元化。”长乐区人民法院相关负责人表示。

调解工作一直被长乐区人民法院视作多元化解矛盾、和谐双方关系、司法优化营商环境的重要抓手。长乐区人民法院相继在长乐工商联成立长乐非公经济主体民商事纠纷法官工作室，在长乐企业家联合会成立诉调对接中心，并建立和完善专职调解员制度，共同鼓励和引导社会各方面力量共同参与民商事纠纷调解工作。

福州市长乐区人民法院办公大楼

金融审判，务求实效便民

长乐区人民法院在审理金融借款纠纷案件中，发现涉案借款合同中绝大部分没有“送达地址确认”的确定条款。这些条款的缺失，导致银行工作人员在告知相对方合同履行相关事项、送达文书时产生困难，一旦借款合同纠纷进入司法程序，由于没有确定的送达地址，必然增加送达难度和成本，无谓延长审理周期。

对此，长乐区人民法院向辖区各商业银行发出司法建议书，建议在金融借款合同及与之相关的抵押、保证等合同中增设“送达地址确认”的条款，并将相关内容详细列明，作为合同的一个独立章节。随后，长乐各商业银行充分借鉴吸收建议内容，借款合同纠纷因送达地址不明确导致的送达难问题显著减少。

这仅仅是长乐区人民法院针对审判过程中发现的漏洞与问题，及时向有关单位以及管理部门提出改进和完善工作的司法建议的一个缩影。秉承着司法为民的理念，长乐区人民法院在依法推进有序推进金融案件审判工作的同时，注重充分发挥司法建议功能，运用法治思维和法治方式助力从源头上化解金融风险。

此外，长乐区人民法院还通过采取“放水养鱼”的柔性司法手段，依法把握好涉及企业与金融机构或企业间借款案件的审执尺度，为企业发展创造“后机”，助力企业解决在改革发展中面临的债务、股权、公司治理等方面的问题，缓和企业生存压力；严厉打击吸收公众存款、集资诈骗、非法经营等金融违法犯罪活动，规范和引导各类金融行为，切实保护金融市场稳定。

司法服务，释放法治温情

长乐区人民法院通过开展“走进企业，与法同行”“知识产权进企业”、召开“共谋企业发展、防范法律风险——送法进企业”座谈会等活动，前往企业实地了解生产经营、司法诉求等方面存在的法律问题，主动听取企业呼声，对常见法律问题和新类型法律问题进行讲解，帮助企业合理规避法律风险，提高企业法律意识和风险意识，从源头预防纠纷的产生。

在走访各企业的过程中，该院引导企业加强诚信建设，建立内部法治宣传教育制度。为切实增强民商事审判工作的实效性和透明度，长乐区人民法院组织人大代表“走进法庭听审判”活动，让人大代表有组织地旁听、评议，促进审判人员提升司法水平。

执司法利剑，护营商环境。长乐区人民法院将继续本着司法为民的宗旨，充分发挥司法裁判规范、引导和保障功能，锐意进取，埋头苦干，为持续优化区域营商环境，厚植长乐发展热土而不懈奋斗。

供图：福州市长乐区人民法院

山西省万荣县人民法院

党建引领　创新思路　力推审判事业大发展

近年来，山西省万荣县人民法院积极贯彻落实上级决策部署，遵循司法工作规律，全面贯彻以人民为中心的思想，各项工作取得了实实在在的效果。工作中，他们率先实施购买社会服务，提高了办案效率；落实责任不断创新，大力推进“诉源治理”，各类矛盾纠纷得到了有效化解；在审判执行中融入地方特色文化，让群众在传统文化中感受到了法、理、情交融的新时代司法理念，为他们排解了实际问题；疫情防控期间，大力推进“智慧法院”建设，办案效率明显提升，多次被上级评为先进集体，多人被评为先进个人并获得上级嘉奖……

加强党建，强化引领，各项工作成绩斐然

近年来，万荣法院遵循司法工作规律，顺应人民群众需求，紧扣县委、县政府工作中心，结合法院实际，摸索形成了“四个龙头牵引”（即党建统领龙头牵引、审判管理龙头牵引、智慧法院龙头牵引、司法文化龙头牵引），“四项主业支撑”（即刑事审判主业支撑、民商事审判主业支撑、行政诉讼主业支撑、执行攻坚主业支撑），“四块前沿阵地”（即荣河法庭前沿阵地、通化法庭前沿阵地、贾村法庭前沿阵地、汉薛法庭前沿阵地），“四个服务中心”（即诉讼服务中心、审执辅助事务中心、诉源治理事务中心、劳务派遣事务中心）的工作思路和管理模式，这四大板块十六分项，经纬交织，基本覆盖了法院工作的方方面面，经过稳步实践，收到了初步成效，取得了阶段成果。司法宣传工作荣获最高法院表彰；连续四年被评为运城市市级精神文明创建单位；被运城市中院评为舆情监控先进单位；被万荣县委授予2019年度先进单位和优质服务先进单位；获市级以上表彰先进集体41次，4个庭室获市级嘉奖

万荣县人民法院党组班子和农村基层干部群众座谈　摄影：吕效民

和五一劳动奖状，1 名干警获最高法院表彰，8 名干警立功受奖。

深入调研，不断创新，率先实施购买服务

为了有效解决案多人少的突出矛盾，克服过去“一人包案、一办到底”的弊端，把法官从繁杂的事务中解脱出来，使员额法官精心“判”、法官助理用心“助”、书记员专心“记”，进一步提升审执质效，该院根据最高人民法院的司法改革规划精神，将审判执行辅助事务与审判执行核心权力相剥离，探索购买社会服务，试行辅助事务外包。在深入调研、实地考察的基础上，该院与山西泽鼎润民人力资源服务有限公司合作，设立了万荣县人民法院审判执行辅助事务中心。中心固定人员 26 人，分信息录入、民商事、执行、送达、转接 5 个工作小组。立案收录、开庭排期、文书送达、案卷整理、卷宗扫描、案卷装订、评查衔接、协助归档 8 个环节的辅助事务由外包公司承担。今年年初运行以来，信息录入 2437 案，通过电话、邮寄、直接送达 1797 次，卷宗整理 1104 案，卷宗扫描 1075 案，案卷装订 1104 案，评查衔接 1104 案，质检 1075 案，协助归档 1039 案，初步解放了“司法劳动力”，释放了“司法人力资源”，让员额法官、法官助理、书记员专心致力于审判执行工作，有效提高了办案效率，提升了案件质量。

创新机制，落实责任，大力推进“诉源治理”

为了提高工作效率，该院认真贯彻落实“坚持把非诉讼纠纷解决机制挺在前面，从源头上减少诉讼增量”的指示精神，按照运城市中院的要求，推进“诉源治理”机制改革。他们改造升级 360 平方米诉服大厅，设置窗口齐全、功能多元、便民入微、文化点润的立体式诉服中心。积极赢得万荣县委、县政府支持，县“两办”印发《健全完善诉源治理、纠纷预防与多元解纷机制的实施意见》，明确 30 个县直单位和 14 个乡镇的工作职责和任务清单。组建诉源治理事务中心，与该县司法局“26° 调解联盟”、全县 8 大行业调解组织、14 个乡镇 28 名专职人民调解员无缝对接。升级服务机制，升华服务理念，建立健全完善诉源治理、纠纷预防和多元解纷机制，形成预防、解纷和修复并重，政府治理与乡村社区自治并举，诉讼与非诉讼方式并行，多元主体共同参与的诉源治理体系。积极借势省委“三零”单位创建和市委“建立市县乡村四级调解中心”的上层设计，加强与县直机关、厂矿企业、乡镇、社区、金融单位、律师机构等部门的工作联动，多领域、深层次、全方位开展诉调对接工作，努力做到“小事不出村、大事不出乡”，绝大多数矛盾纠纷在乡村社区得到有效解决。

在运行实践中，该院以问题为导向，对多元化解的工作合力尚未完全形成、衔接不顺畅、宣传不深入等问题进行充分研判，创新工作方法，使诉源治理、“非诉衔接”新机制不断完善，努力打造形成试点县院的经验和模式。

传统文化，兼并包容，融会贯通服务群众

从优秀传统文化中寻找实现法治中国的因素，是通过对传统文化批判的继承，为法治走向未来提供坚实有力的文化动力，万荣县人民法院在审判执行中融入万荣地方特色的后土“根祖文化”、董永传说“德孝文化”、李家大院“善文化”、谢村“笑文化”、铁汉公薛瑄“廉文化”、三凤故里“学文化”，并将这些特色文化注入诉源治理多元解纷，营造具有浓郁万荣特色的法治环境。

传统文化，一脉相承；法治精神，薪火相传。步入万荣法院，诉源治理多元解纷传统文化布展映入眼帘，备感这里的法治文化气息。文化布展共有六个部分：一、法源根，万物有源，法不例外。汾黄是华夏之脉，后土是炎黄之根。汾黄交汇，气势磅礴；后土秋风，凌空欲飞。二、法威公，权力者，鼎也，治国者，法也。鼎为传国重器，国家和权力的象征。荣河县衙兴建于明清时期，原址位于今荣河镇宝井村黄河岸边，代表人物有依法治乱的知县曾广钦。三、法倡善，“穷则独善其身，达则兼济天下”“静以修身，俭以养德”“言必信，行必果”……这些经过几千年积累、无数人总结的伟大智慧、优良传统，是历史留给我们的最宝贵的财富。代表人物有一孝传大爱的董永，一善行天下的李家大院，一笑泯恩仇的万荣笑话。四、法立学，“为天地立心，为生民立命，为往圣继绝学，为万世开太平。”专心致志，敬业修身，当为建设法治中国之“道”。三凤，即河东三凤，指的是薛收、薛德音、薛元敬叔侄三人；三王，指隋末唐初时期的王通、王绩、王勃，可谓文章华千秋，诗句绝后世。五、法明辨，尚法明辨，是一种理念，要求崇尚法治精神，以法律衡量是非，判断曲直。代表人物有战国时期著名的纵横家、外交家和雄辩家张仪，专门帮老百姓打官司的民间讼师、南张乡太赵村的李太昌。六、法修廉，以法促廉，把权力关进制度的笼子里，才是治本之策。代表人物有有法必依的薛存，巧断疑案的寻銮绩，以法为师的里望乡的明代理学家、法学家“铁汉公”薛瑄。

文化就是力量，从优秀地方特色传统文化汲取司法力量一直是该院长期坚持的教育观，让来院的群众在传统文化中感受法、理、情交融的新时代司法理念，这正是：足不出院解百忧，潜移默化和万家。

疫情防控，举措到位，智慧办案效率提升

疫情防控期间，该院结合特殊时期群众对新旧诉讼常态衔接困惑，坚持以人为本，强化内部疫情防控措施，切实做好法院机关及

万荣县人民法院设置在诉服区域的“从地方优秀传统特色文化中汲取司法力量”宣传长廊　摄影：吕效民

公共场所安全防护管理、卫生清查管理、队伍教育管理工作。采取有力措施，为企业恢复经营提供法律保障。

切实加大司法力度，依法严厉惩处抗拒防控、暴力伤医、制假售假、造谣传谣等破坏疫情防控的违法犯罪活动，保障社会安全有序。稳妥安排疫情防控期间审判执行和诉讼服务工作，开拓智慧法院功能，通过微信公众平台发布办法、机关大门口设置温馨告示、对来访群众间隔距离讲解等途径，全力推行和指引线上诉讼。办案人员针对个案具体情况，手机建立一案一“群”，发布调解原则方案，利用电话指导，展开微信调解；通过技术链接专网远程庭审，运用“云”平台、微法院线上立案 32 件，调处 30 件，远程庭审 12 件；使用“便携式科技法庭”贴近基层就地办案，有效地发挥了“智慧法院”便民利民为民的功效，切实保障了人民群众的诉讼权利和生命健康安全。

作者：王俊曦、赵建杰、张晶晶

江西省瑞昌市人民法院

坚决维护企业生存发展权益

瑞昌市人民法院党组书记、院长漆晓君走访企业

链接：近年来，瑞昌市人民法院各项工作实现新发展：干警面貌焕然一新，案件质效持续提升，诉讼服务高效便捷，司法能力全面提高，特色工作亮点纷呈，环境资源审判、少年审判、优化法治营商环境、扫黑除恶等各项工作走在全省法院前列，先后 2 次被省高院院长批示肯定，被省高院评为意识形态与宣传舆论工作先进单位，在第六届社会治理创新博鳌论坛上获评 2020 年社会治理创新优秀组织，环境资源法庭荣获九江市 2020 年度“三八红旗集体”荣誉称号。

法治是最好的营商环境。近年来，江西省瑞昌市人民法院充分发挥审判职能，畅通企业与法院联系渠道，完善诉讼服务工作机制，不断提升涉企案件审判质效，坚决维护好企业合法权益。该院党组书记、院长漆晓君说：“营商环境是一个国家和地区的重要软实力，以法治手段营造良好的营商环境，具有固根本、稳预期、利长远的保障作用，法院作为审判机关责无旁贷。”

2020 年以来，瑞昌市接连获评全省十佳优化营商环境县、高质量发展一类县和经济综合先进一类县等荣誉称号，在省、九江市开展的营商环境第三方民意测评中，瑞昌综合得分均排名第一。瑞昌市人民法院的各项举措，为瑞昌社会稳定和经济高质量发展提供了坚强司法保障。2020 年 12 月，该院优化营商环境经验交流代表瑞昌市入选第六届社会治理创新博鳌论坛“夯实中国之治，社会治理创新典范城市”案例。

推进诉讼服务标准化建设

瑞昌市人民法院坚持司法服务营商环境大局，从全市社会和经济发展大局出发，连续三年把优化营商环境作为法院年度重点工作加以推动，找准法院工作结合点，围绕企业和群众的司法需求，在具体的司法工作中抓好落实。

推进诉讼服务标准化建设，设立涉企案件绿色通道，优化涉企案件窗口环境。强调立案庭工作人员的服务意识、大局意识。在诉讼服务中心设立涉企案件绿色通道，“一站式”提供涉企案件的咨询、立案登记、申请执行、案件进度查询等服务。对于网上立案的，在当日即予以审批，当事人缴费后当日予以立案；现场立案的，符合立案条件的当场缴费后予以立案，对不符合立案条件的当场一次性告知需要补充的材料，并教会其网上立案的方法，让企业在立案阶段最多只跑一次。2018 年到 2020 年，该院受理涉企民商事案件占所有民商事案件占比上升 7.2 个百分点，通过绿色通道大大提高了立案效率。

对暂时困难又有发展前途的民营企业，及时给予司法救助，为其缓减免诉讼费。对申请司法救助的企业，经认真核查其生产、销售等一切正常后，对确实暂时存在困难的，依法为其办理减、缓、免诉讼费。2019 年，为企业减免、缓交诉讼执行费用 28400 元，2020 年，已为企业减免、缓交诉讼、执行费用 115406 元。

提高涉企案件审判质效

瑞昌市人民法院注重发挥民商事审判的规范、指引作用，维护和完善市场交易规则，平等保护各类市场主体合法权益。对涉企案件依法做到快立、快审、快结、快执，降低企业诉讼的时间成本，维护企业合法权益。

2018—2020 年，该院民商事涉企案件调撤率上升 25.6 个百分点，平均审限从 69.8 天降低至 29 天。共审理涉民营企业和民营企业家刑事案件 29 件。2020 年 10 月，该院和瑞昌市政法委、检察院、公安局、司法局联合出台瑞昌市政法系统关于全面优化法治营商环境的工作方案，方案附件中各单位就如何从各个阶段优化法治营商环境进行了自我加压，绘制了办案流程图并在工作过程中严格执行。

2020 年，共受理涉企业民事案件 1243 件，已结案 1221 件，结案率 98.23%。不断建立完善破产立案审理制度和团队建设，通过运用立案审查程序、破产清算制度、府院联动机制等充分发挥破产审判职能作用，帮助困难企业实现重整，依法稳妥处置僵尸企业，优化法治营商环境。目前，该法院受理了破产案件 5 件，破产审判工作依法有序进行。

该院同时积极开展涉民企执行案件清理活动，排查、梳理民营企业作为申请执行人的案件，制订具体执行方案，开展专项执行活动，加大执行力度等，不断为民营企业经营营造更好的发展环境。2020 年共受理涉企执行案件 946 件，结案 937 件，执结率 99%，到位标的款 8200 万元。新冠肺炎疫情尚未结束期间，在做好防疫工作、确保执行干警健康安全同时，2020 年 3 月 5 日仅用一天时间便在安徽省芜湖市为申请保全人江西理文造纸有限公司保全了一笔近 55 万元的应收款，保证快速有效维护申请保全企业的合法权益。

能动司法积极维护企业合法权益

瑞昌市人民法院树立审慎理念，维护企业生存发展权益。对以民企为被执行人的案件，慎用强制措施。对目前经营困难的企业，通过暂缓执行部分执行款、减免执行费、改冻结银行账户为查封机器设备等方式，在不影响企业正常生产经营的情况下，为企业松绑，缓解企业经营困难。对涉及关联公司和公司是否人格混同的问题，法院从关联公司与公司是否人员混同、业务混同、财物混同等公司人格混同的表征因素和公司财物是否混同这一实质因素，综合深入研究，审慎判断。

瑞昌市人民法院送法进企业

该院审理涉及企业案件过程中始终坚持调解优先的原则，争取时间为矛盾解决带来转机。新冠肺炎疫情期间，瑞昌市人民法院横港法庭法官和调解员诉前成功调解一起买卖合同纠纷案件。调解中，通过分析法律风险，帮助进行账户核对，组织双方沟通，引导相互理解，达成和解协议。

在案件审理过程中，走出固有强弱观念的藩篱，依法公正维护企业合法权益。不因劳动者处于弱势、企业经济优势地位、地方保护主义等加重企业责任，而是根据事实依法判定双方责任。不因消费者处于弱势简单机械地适用惩罚性赔偿条款，民营企业也是属于在市场经济中具有较弱地位的经营者，从主观方面和客观方面分析认定案件事实。

在办案过程中强化法律适用能力，创新工作方法，普及法律知识。在当事人同意的情况下，创造性地根据案情将损害赔偿从公司直接进行赔付，减少中间环节和执行风险。对于合同纠纷表面证据不足的，承办法官没有机械适用证据规则，而是主动到实地调查取证，最终事实得以查明。对于企业因经营过程合同不规范，欠条等结算依据的规范性、完整性不足，企业利益难以完整保障的，承办法院以案说法，帮助企业吸取教训，注意防范法律风险。

延伸服务提升服务民营企业精准性

瑞昌市人民法院采取“走出去，请进来”的方式延伸司法服务，提升服务民营企业的精准性。

“走出去”——开展送法进企业活动，主动服务企业发展。梳理案例，编制营商环境典型案例，对民营企业经营管理中的困难和问题进行分析，提出风险防范意见。组织法官到企业开展调研、普法宣传、座谈交流、法律知识问答及巡回开庭等，研判民营企业法律纠纷新动向，增强企业和职工的法律意识。设立企业帮扶专员，派三名员额法官对企业进行精准帮扶，及时沟通协调企业存在的困难与问题。

“请进来”——请企业家参与旁听案件，观摩庭审，亲身感受司法的透明；请商会走进法院，了解法院工作流程，并进行座谈交流，就企业家们提出的法律问题进行解答，为企业家们答疑解惑。

通过办好每一件涉企案件来体现优化营商环境是瑞昌市人民法院干警牢固树立的工作理念，他们为优化法治化营商环境所做的巨大努力，这也印证了法治是民企发展最好的定心丸，是营商环境核心要素——安全和效率的保障。坚持司法为民、公正司法，公正、高效地办理好每一起案件，为各类市场主体提供优质便捷高效的司法服务，让他们真切地感受到公平正义就在身边，也是瑞昌法院人的最高追求。

作者：漆晓君、周海弟

江西省黎川县人民法院

为绿水青山注入司法“活水”

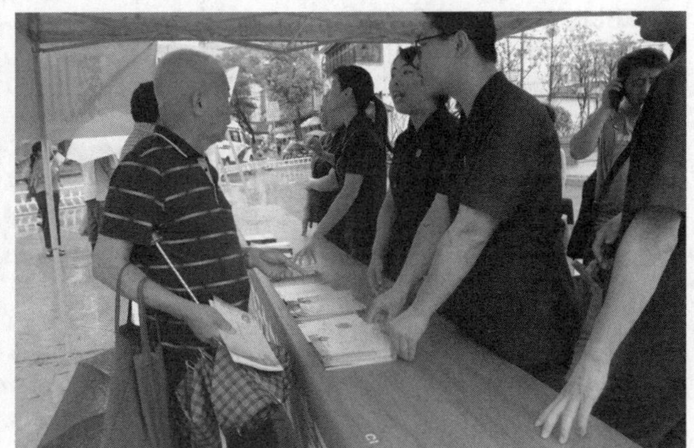
开展“世界环境日”宣传活动，向群众发送宣传单、讲解相关法律知识

近日，江西省黎川县人民法院在宣判一起非法收购滥伐林木案时，首次向从事收购木材活动的被告人发出“禁止令”。近年来，黎川县人民法院全面贯彻落实“两山”理念，探索创新环境资源审判工作机制，通过“补植复绿”“增殖放流”等方式，实现惩治犯罪与环境修复“双赢”。

生态基地，让环境治理更有成效

早春时节，在黎川县生态司法修复基地，郁郁葱葱、长势良好的补种树木，不仅为基地增添了春日气息，更为绿水青山注入了司法“活水”。

为贯彻落实“绿水青山就是金山银山”的生态文明理念，积极服务“生态黎川”建设，2017年，黎川县人民法院和黎川县林业局共同建设了生态司法修复基地。基地一期坐落于厚村乡丰戈林场，种植了楠木、枫香、杉木、木荷、毛竹等林木，总面积685亩，是黎川县重点生态保护区。

近年来，黎川县人民法院积极探索“补植复绿”环资审判新模式，在审理破坏生态环境案件时，坚持恢复性司法理念，按照“谁破坏、谁修复”原则，督促案件当事人补植复绿，修复受损的生态环境。当事人可委托第三方到基地补种树木，第三方依据委托造林合同，组织技术人员在基地内造林，并对林木进行科学管护。

“生态司法修复基地落成后，‘法律惩治+生态修复+社会监管’的环资审判新模式加速形成。”黎川县人民法院党组书记、院长张松涛表示。通过“补植复绿”，在严厉打击犯罪的同时积极修复被破坏的生态环境，实现了办案法律效果、社会效果和生态保护效果的有机统一。

创新审判，让绿色发展更有动力

2020年7月29日，在黎川县人民法院生态修复增殖放流点——黎川县日峰镇十里村黎河流域，6名非法猎捕国家珍贵、濒危野生动物案的被告人将6万尾鲢鱼、鳙鱼鱼苗放入这片水域，当地人大代表、检察机关及农业局技术人员等见证了这次生态修复。

生态环境司法保护是黎川县人民法院的一项重点工作。近年来，黎川县人民法院坚持绿色发展司法理念，不断创新环境资源审判工作机制，成立专门的环境资源审判合议庭，审判人员固定为刑事审判团队人员，实行刑事、民事诉讼“二合一”的审理模式，加大对破坏环境资源案件的惩处力度。自成立以来，共审理环资案件43件74人，其中涉及环境公益诉讼案件3件11人，有效打击了破坏环境资源的违法犯罪行为。

常态宣传，让教育引导更有力量

良好的生态是黎川县宝贵的“家底”，也是黎川县亮丽的“名片”。为厚植生态文明理念，近年来，黎川县人民法院牢固树立“生态优先、绿色发展”理念，通过各类平台常态化宣传，让绿色发展深入人心。

定期公布环境资源典型案例，让群众更多地了解有关法律规定，营造“人人关注环境资源保护、人人参与环境资源保护”的良好氛围；对于区域内有重大影响的环资案件，主动邀请人大代表、政协委员、社会公众等参与旁听，增强案件审判的透明度和影响力……通过一系列措施，加大环境资源审判工作的宣传力度，为黎川县绿色发展保驾护航。

“只有加强普法宣传力度、提高群众法律意识、提升群众法律素养，才能从根本上减少破坏环境资源的行为。”张松涛表示，今后将进一步立足区域环境特色，积极探索创新工作机制。同时，加强与检察、公安、林业、国土等部门的沟通和协作，使生态保护落到实处。

文／图：黎川县人民法院

左图为深入黎川县日峰镇八都村开展巡回审判，对滥伐林木案公开开庭审理；右上图为开庭审理涉嫌非法猎捕国家珍贵、濒危野生动物案；右下图为在黎川法院生态修复增殖放流点日峰镇十里村黎河流域，6名非法猎捕国家珍贵、濒危野生动物案的被告人将购买的6万尾鲢鱼、鳙鱼鱼苗投放入这片水域

四川省达州市达川区人民法院

扫黑除恶亮利剑 持之以恒护平安

达川区人民法院扫黑除恶专项斗争暨“六清行动”情况汇报会 摄影：周子函

自扫黑除恶专项斗争开展以来，四川省达州市达川区人民法院始终坚持以习近平新时代中国特色社会主义思想为指导，认真贯彻落实中央、省委、市委、区委及上级法院关于扫黑除恶专项斗争决策部署，加强组织领导，推动决策落实，健全工作制度，领导带头履职，强化业务培训，全院全员协同，充分发挥审判职能，奋力打好打赢扫黑除恶专项斗争，为推动全区人民安居乐业、社会长治久安贡献法院力量。截至2020年底，该院累计审结一审涉黑恶案件9件110人，结案率100%。

抓好审判质效，依法从严惩处

*全力调动办案资源。*狠抓执法办案第一要务，推行院庭长带头办案、领导包案工作机制，从全院范围内选派法官助理，配齐配强审判力量；着力应对疫情防控影响，运用“视频连线”“云法庭”等线上手段开庭审理涉黑恶案件，不断提升办案效率。主动向上级法院、区委政法委、区扫黑办等部门汇报，就专项斗争中政策支持、工作衔接等及时提请组织领导和统筹协调，全面保证案件审判各阶段的舆情管控等问题能够得到相关部门的鼎力支持。

*坚持依法从严惩处。*以审判为中心，认真落实最高法“三项规程”，严格遵循罪刑法定、疑罪从无、证据裁判原则，依法准确认定黑恶势力犯罪，既不人为拔高也不降格处理，经过庭审对贺学江等涉黑案件中部分指控事实依法不予认定，确保办案质量。坚持依法严惩方针，对黑恶势力犯罪的组织者、领导者、骨干成员，该判处重刑的依法判处重刑，重刑率达54%，保持扫黑除恶高压震慑。

*努力提升办案质效。*进一步细化案件审理流程，通过庭前会议等方式对案件事实进行有效梳理，缩短办案时间。及时建立和更新扫黑除恶工作台账，对未审结的涉黑涉恶案件，倒排工期、挂图作战，明确责任人和责任领导，依法快速审结。

强化执行力度，确保黑财清底

*推进执行联动保障。*该院党组多次召开沟通协调会议，强化部门协调联动，加大法院内外沟通衔接。成立由刑事、执行部门为主体的财产处置工作领导小组，该院党组书记、院长任组长，分管领导主动包案督办“黑财”执行，执行局负责人为案件责任人，办案法官为执行先锋，压实责任，层层督办。执行指挥中心设专人定期汇总涉黑恶案件数据及进展情况，切实做到“基数清、底子明”。

*创新开展审、执同步。*改变以往待案件审结后再移送执行的传统做法，采取审、执同步方式，在案件进入审判环节后，审判部门及时将涉案财产线索移送执行部门，执行部门立即查控、掌握涉案资产状况，避免被执行人的财产流失，截至2020年底已立执保案件9件、控制财产金额达234万余元、房产22套、查封车辆24台，确保“查得清、控得住、能处置”。

*充分利用执行手段。*加强与被执行人及其亲属沟通交流，争取由被执行人亲属代其主动履行。按照“清到底、清干净”要求，坚决将冻结扣划落实到底，不以金额小为由不采取措施，不以距离远为由不采取行动。有效利用委托执行等手段，积极采取措施。截至目前，生效移送执行标的5410.39万元，执行到位5351.12万元，到位率达98.90%。

抓优职能延伸，推动长效常治

*全面排查涉黑恶线索。*全方位开展涉黑涉恶案件线索梳理排查工作，深挖涉黑恶案件线索及背后“保护伞”，先后排查出涉“保护伞”线索5条，向区线索核查中心移送涉“保护伞”线索4条，向区纪委监委移送涉“保护伞”线索1条。

*针对性提出司法建议。*出台司法建议工作制度，规定涉黑恶案件“一案一建议”，要求法官对承办涉黑恶案件进行深入思考，分析梳理案件反映的相关行业存在的问题，先后就娱乐行业存在卖淫嫖娼、出租车管理存在乱象、金融市场监管不足等问题向相关单位发送司法建议8条，推动相关行业乱象得到有效治理。

*提升宣传教育力度。*主动履行社会责任，借助“法律七进”“宪法进校园”，开展扫黑除恶专题宣讲，发送宣传资料1000余份，邀请代表委员及干部群众参加黑恶案件庭审旁听100余人次，大力宣传扫黑除恶先进事迹。

*加强工作经验总结。*对涉黑恶案件审理中出现的新情况、提出的新办法，及时总结提炼，形成工作经验，撰写《达川区法院“四个聚焦”助力扫黑除恶“六清”行动》。对群众反映强烈、社会影响大的案件，在案件生效后，组织干警编写典型案例，为推动治理体系和治理能力现代化贡献智慧力量。

作者：谭小平

2020年8月26日，院长黎泽心宣判黑社会性质组织犯罪案件 摄影：周子函

刑庭下乡审判案件 摄影：周子函

广西岑溪市人民检察院

检察履职有担当　司法为民有温度

岑溪市人民检察院检察干警在义昌江边检测水质

“群众的需求是我们最大的动力，群众的满意是我们的最高追求。”近日，岑溪市人民检察院检察长魏钟生接受记者采访时如是说。他表示，要把为群众办实事放在各项检察工作的首位，坚持眼睛向下、脚步向下，察民情、访民意、搞调研，真诚为民服务彰显司法温情。

政法队伍教育整顿开展以来，岑溪市人民检察院始终坚持以人民为中心的工作理念，立足主责主业，深入开展“我为群众办实事”实践活动，将为群众解难题、办实事的初心贯穿到各项检察工作当中，以群众“看得见”“听得懂”“感受到”“用得上”的实践形式，持续优化检察服务质效，不断提升人民群众的获得感、幸福感。

群众所盼“看得见”

“过去这里臭气熏天，经过治理，现在水质变好了。”“是的，环境也比以前好多了。”夜幕降临，华灯初上，正在岑溪市区义昌江畔散步的群众你一言我一语地说道。

义昌江横跨岑溪市，为岑溪百姓提供了充足的饮用水，是当地群众心目中的生命之河。但是前几年，由于生态保护意识薄弱，义昌江的水质逐渐恶化。

“要想彻底解决义昌江水质问题，还群众碧水清波，必须加强联动，协作配合。”魏钟生说。

河流生态保护是一项系统工程，点多面广，法律性、政策性强，需要党委政府和社会各界共同参与。2021 年，岑溪市人民检察院创建“河长 + 检察长”制度，配合依法治河新模式，构建黄华河、义昌江流域生态环境和资源保护协作机制。多部门联动，对一河两岸开展“拉网式”调查，督促行政机关和属地镇政府治理义昌江流域水质氨氮超标及环境污染问题。截至 2021 年 10 月，岑溪市人民检察院立案办理涉及义昌江流域公益诉讼案件 36 件，发出检察建议 28 份。

经过几个月的综合治理，义昌江恢复了往日碧波粼粼，当地群众无不拍手称赞。

普法宣讲“听得懂”

“希望通过我们的努力能够让孩子们健康快乐成长。”岑溪市人民检察院第一检察部副主任、未成年人检察办公室主任胡文静说。

为保护未成年人健康成长，岑溪市人民检察院把未成年人法治教育延伸到最基层，建立检校合作普法机制，全面铺开检察长和副检察长担任法治副校长、员额检察官回原籍担任法治副校长活动。2021 年以来，该院干警深入岑溪市 14 个乡镇中小学开展“法治进校园”系列巡讲活动，以多元化的授课方式让 8000 多名师生零距离接受法治教育，取得良好的普法效果。

岑溪市马路镇水平小学校长说：“我们学校的学生与县城的相比，能够直观学习法律的机会比较少，十分感谢检察院组织这样的送法进校园活动，进一步增强了孩子们的法律意识以及自我保护意识。”

结合不同普法领域和对象的法治需求，岑溪市人民检察院深入开展送法进校园、进社区、进农村活动，扩大普法覆盖面。该院以“检爱同行，共护未来”为主题举行检察开放日系列活动，邀请在校学生走进检察院参观未成年人法治教育实践基地；以主题宣传日为契机，组织检察干警走上街头、走进农户，开展防诈骗、反邪教、禁毒等系列主题宣传活动，让法治观念更加深入人心。

检察温度“感受到”

岑溪市人民检察院不断健全司法救助体系，依法及时对困难受害人及其他涉诉困难群众开展司法救助，让群众感受到新时代检察机关司法为民的温情。

2020 年 6 月下旬，小刘遭遇交通事故，脑部严重受伤。小刘被送往医院抢救，命是保住了，但因颅脑严重损害，生活无法自理。为治好病，小刘辗转多地求医，已花费了近 20 万元的医药费，后续的康复费用更是无法预计，家庭经济陷入困境。

岑溪市人民检察院受理小刘家属的司法救助申请后，很快召开公开听证会，邀请人民监督员、人大代表、政协委员作为听证员，针对本案的争议焦点进行听证。

“参加这次听证会，我才知道检察机关不仅是为民办实事，还

为未成年人上法治教育课

为未成年人上法治教育课

将实事做得这么细致入微。检察官们实事求是、司法为民的精神让我很感动……”听证会结束后，小刘家属激动地说。

政法队伍教育整顿开展以来，岑溪市人民检察院开展检察听证案件14件，办理司法救助案件11件，向11名困难当事人发放司法救助金共28万元。

便民利民“用得上”

2021年以来，岑溪市人民检察院以“我为群众办实事”实践活动为有力抓手，不断优化各项便民利民举措，同时紧扣检察工作主线，坚持党史学习教育与服务大局中心工作“两手抓、两促进”。

2021年4月，岑溪市人民检察院设立驻公安局执法办案中心检察室，将侦查活动监督窗口前移，进一步优化检察服务，提升刑事案件办案质量，有力打击犯罪，保障当事人的合法权益。2021年以来，该院对警方在“断卡”行动中查处的案件批捕65件77人，起诉59件75人，从严从快打击“两卡”违法犯罪，坚决铲除电信网络诈骗犯罪链条。

为畅通群众诉求渠道，岑溪市人民检察院坚持落实检察长接待日工作制度，每周星期二安排一名院领导在12309检务服务大厅接待群众来访，积极落实“群众信访件件有回复”工作制度。2021年以来，该院所受理的65件信访件均及时、依法处理完毕，“七日内程序性回复”当事人达100%；接待群众100人次，接受法律咨询9件，让群众体会到优质的检察服务。

作者／摄影：严海山、元红

黑龙江省安达市公安局

砥砺奋进绘平安画卷

2017－2018年全省政法系统
先进集体
中共黑龙江省委政法委员会
二〇一九年一月

安达市公安局荣获全省政法系统先进集体称号

近年来，面对错综复杂的维稳形势、艰巨繁重的工作任务特别是新冠肺炎疫情的冲击，黑龙江省安达市公安局在党委、政府和上级公安机关的坚强领导下，高举伟大旗帜、牢记训词精神，主动融入打造“实力产业之城、魅力诚信之城、活力开放之城、美丽宜居之城”安达工作大局，坚持以人民为中心，强化担当作为，深化改革创新，勠力同心、顽强拼搏，全面推进战疫情、保安全、护稳定、促发展、抓队伍各项工作，迎接一场场硬战，步步为赢，节节胜利，有力地维护了全市社会大局持续平安稳定。安达市公安局2017年被评为全省优秀公安局，2018年被评为全省政法系统先进集体，2019年“1206”专案组荣立集体一等功，2020年被评为全省抗击新冠肺炎疫情先进集体，2021年荣获全省扫黑除恶专项斗争先进集体。特别是2021年，全市违法犯罪警情、刑事案件立案数、交通事故起数同比分别下降22.02%、26.68%和21%，现行刑事案件破案率同比上升22.46个百分点，人民群众安全感达98.5%再创历史新高， 一幅高质量的平安画卷正在安达大地全面铺展。

在疫情防控和维稳中谱写忠诚

安达市公安局把疫情防控维稳作为最紧要的政治任务，高站位谋划部署、高标准推动落实，第一时间搭建专班、健全体系，统一指挥、整体推进，800多名公安民警辅警放弃休息、逆行出征、昼夜奋战，探索创新运用“大数据＋网格化”机制，围绕“内防扩散、外防输入”工作目标，严格落实疫情防控措施，把严社区防控、通道查控、重点部位守控、内部场所布控、社会面管控等“五道防线”，统筹做好社会及社区防控工作，共核查人员11万人、车辆7万辆次，打击处理涉疫违法犯罪人员43人次、网上造谣滋事人员19人，疫情期间违法犯罪警情、纠纷警情分别同比下降67.9%、50.3%，为疫情防控取得重要阶段性成果作出突出贡献，安达市公安局荣获全省疫情防控工作先进集体。

该局牢固树立总体国家安全观，始终把维护国家政治安全特别是政权安全、制度安全放在首位，以建党百年大庆安保为主线，严密重点领域和重点阵地管控，有效维护了国家政治安全。紧盯疫情衍生风险、利益群体诉求、易发矛盾问题，实践“枫桥经验”，组织民警深入社区、村屯、企业全面矛盾纠纷排查化解工作，化解各类矛盾纠纷243件，圆满完成了各重要敏感节点的安保维稳工作，特别是高标准完成了建党百年安保维稳任务。

打防并举，为群众守护安宁

打则“无坚不摧”。安达市公安局毫不动摇地坚持依法严打方针，以“三打两控一遏制”“首季攻势”“‘平安之夏’大会战”统揽各类打击行动，兵锋所向、三战三捷，共破获各类刑事犯罪案件656起，刑事拘留356人，抓获各类网逃98人，荡涤了“污泥浊水”、扫清了“垃圾尘埃”；强力推进命案积案攻坚，2021年10月5日，仅用8小时，就将杀死2人畏罪潜逃的犯罪嫌疑人孙某某抓捕归案，现行命案实现快破全破；加大跨境赌博、食药环、黄赌毒、网络电信诈骗犯罪打击力度，打赢了各项专项整治攻坚战，打出了威震四方的“安达声威”。

防则“牢不可破”。该局发挥“大数据＋网格化＋铁脚板”基础优势，用好治安整治常态和会战两种模式，像百姓打扫屋子一样，定期对社会面进行“大扫除”，累计开展10次集中统一行动，确保“不放心的人、存隐患的物、有风险的事”梳干净、清彻底、治到位。

传统盗抢骗等民生小案是一个地方的治安“晴雨表”，群众对社会治安的感受尤为深刻、尤为直接。安达市公安局在严打大案的同时，扎实推进涉及群众切身利益的“小案”侦办工作，充分利用各种信息系统和网上作战平台，加强信息分析、研判、串并，大力开展多层次、全方位的网上作战，积极研究新的技战法，切实提高对多发性侵财犯罪的信息研判应用综合水平，努力打好技术战、信息战，让民生小案快破、多破成为打击违法犯罪新常态，有效提升民生小案侦防质量。2021年以来，全市“两抢”案件保持全破，盗窃和传统诈骗类案件破案率达57%，切实让广大群众享受到平安

建设的丰硕成果。

利剑出鞘，荡涤黑恶

面对扫黑除恶专项斗争这场政治大考、能力大考、作风大考，安达公安不懈怠、不动摇，以"咬定青山不放松"的坚定信念、"不破楼兰终不还"的意志品质，掀起一波又一波强大攻势，夺取一个又一个重大胜利。三年时间，成功侦办了全国扫黑办、公安部、省扫黑办、省厅督办的"501"涉黑专案，公安部、省厅督办的"1206"涉黑案件，共打掉黑社会性质组织2个，恶势力犯罪团伙5个，破获刑事案件769起，推进力度之大、触及链条之深、涉及范围之广、社会反响之好，前所未有。"锄一害而众苗成，刑一恶而万民悦。"人民群众的获得感、幸福感和安全感是对扫黑除恶专项斗争成效的最好注解，黑恶被依法严惩的消息传来，绥化群众无不拍手称快，安达公安用行动，向党和人民交出了一份优异答卷，受到了党和政府的充分肯定和人民群众的高度赞誉，安达市公安局"501"专案组被评为全省扫黑除恶专项斗争先进集体，"1206"专案组荣立集体一等功。

筑牢圈层防控的"铁桶阵"和数字防控的"主阵地"

安达市公安局坚持以大概率思维应对小概率事件，在警力相对紧缺的情况下，把确保巡防基本面作为重要前提。常态勤务下，将20%警力的巡防基本面作为底线固定下来，落实了公安武警联勤武装巡逻等"四项机制"和"1、3、5分钟"快速反应处置措施，强化显性用警，全面提高见警率、管事率，增强震慑力、控制力，有效挤压违法犯罪空间；全面开展平安校园、平安医院等"平安+"创建活动，让社会化防控体系更加严密。结合安达市社会治安实际，建立了被称为"微型派出所"的多功能警务室，使警力向街面下沉、警务向社会延伸，担负周边一定区域内的社会面巡逻防控工作，随时接受指挥中心一级处警指令，抓捕先行现场处置等工作；担负恐怖事件、极端暴力事件等处置工作，确保防控区域社会治安秩序稳定，被市民亲切地称为"守护平安的'便利店'"。

主动顺应大数据发展趋势，推进建设立体化信息化社会治安防控体系"雪亮工程"升级版，以指挥中心为龙头，全面发挥指挥调度、质态监管、警情研判等功能，源源不断输出防控、核查指令。按照视频监控与城市发展相匹配原则，新建高清探头2677个，覆盖全市所有街道、城区封闭小区门前、城区单散小区周边、城区人行街道、城区重点场所入口、城区广场及人群密集地带和乡镇主要路段，形成城市街道全覆盖、城郊路口全布局、乡镇重点部位全辐射的视频监控网络；升级22处监控中心，架起"23道防线"，推出"智慧视频新警务"，实现了对全市城乡的"全域覆盖、全网共享、全时可用、全城可控"，社会面管控能力明显提升。

主动靠前一步，大力优化营商环境

将建设更高水平的"平安安达"与服务安达经济发展结合起来，不断优化营商环境，出台了《安达市公安局便民利企15项措施》，以"报警求助零障碍、涉企犯罪零容忍、宣传普法零距离"的"三零"举措加大服务群众、服务企业措施落实力度。坚决打击民生领域各类违法犯罪，全市共破获食品、药品、环境领域刑事案件140多起，特别是对拖欠农民工工资问题高度重视，对拒不支付劳动报酬案件实行专案专办，近3年来为农民工追回被拖欠工资1亿多元，依法保护了农民工的合法权益，有效化解了由此引发的社会矛盾。围绕破小案、帮小忙、解小忧、惠小利、办小事，建立乡镇交警中队，将交管服务延伸至村屯；成立24小时"不打烊"的服务企业办公室，优化营商环境、开展便民利民惠企；创新开展网上办、随时办、预约办、异地办、就近办、上门办、一次办、自助办等"八办"措施；推出"证明立等可取、急事急办；开通绿色通道、特事特办；边远地区服务、上门代办"等特色服务机制，推动解决群众"急难愁盼"问题。组织交警、治安、禁毒等部门和城乡派出所深入开展安全防范教育，充分利用传统和现代媒体，广泛深入宣传法律法规和安全防护常识，着力提高全社会成员自防能力和遵法守规意识。

牢固树立安全发展理念，强化公共安全隐患治理，组织派出所、治安等部门对辖区重点人进行全面摸排，列入管控视线，切实盯死看牢；加强了对严重精神障碍患者、刑满释放，以及"两失"人员等治安重点人管控，全面排查化解劳资纠纷、家庭邻里矛盾、婚恋感情纠纷等不稳定因素，有效防范了由此引发的"民转刑""刑转命"案件，特别是个人极端案事件发生。持续加强对化工企业、易制毒化学品单位、烟花爆竹经营网点、民爆物品储存仓库等重点部位安全检查，堵塞漏洞、消除隐患；派出所严格"九小场所"消防安全管理，整改各类安全隐患380余处；持续开展交通事故预防"减量控大"，严查酒驾醉驾等严重交通违法行为，开展农村交通安全管理等专项行动，实现了公安监管领域"控大减量"阶段目标，常态安全水平明显提升。

一流的业绩，一流的队伍

安达市公安局是全省优秀公安局和全省政法系统先进集体。近三年来共获得绥化市级以上各种荣誉45项。这支队伍的带头人——绥化市公安局党委委员，安达市公安局党委书记、局长郭宝庆始终将政治建警、从严治警作为公安工作的生命线，坚持贯彻新时代党的建设总要求，大力加强基层党组织建设，建立完善了局党委办事机构，形成了专门机构抓党建的工作格局，主持制定了《安达市公安局关于进一步加强和改进基层党建工作的安排意见》等一系列公安党建工作指导性、规范性文件，形成了全局谋党建、抓党建的浓厚氛围，促进了党建与队建、业务深度融合共同发展。2021年以来，按照党中央的统一部署，安达市公安局深入推进党史学习教育，把党史学习教育作为以史铸魂、坚定信仰的思想洗礼，作为以史强党、治警兴警的重要举措，作为以史资政、勇开新局的强大动力，以高度的政治责任感和历史使命感投入到党史学习教育中，形成浓厚学习氛围。同时，严格按照市委关于队伍教育整顿要求，高起点站位、高标准要求、高效能推进，圆满完成了学习教育、查纠整改、总结提升“三个环节”各项工作任务，实现了筑牢政治忠诚、清除害群之马、整治顽瘴痼疾、弘扬英模精神任务目标，公安涉法涉诉信访、警务有效投诉、民警违法违纪数同比分别下降34.8%、33.2%和50%，队伍的“战斗力”明显提升。结合党史学习教育，深入开展“我为群众办实事”活动。关注民生细节、兜住民生底线，活学“东莱精神”、活用“枫桥经验”，走千家、进万户，聚焦辖区群众难事，围绕邻里、家庭、婚恋、经济方面矛盾纠纷，做好社区治理的实事；加强与社区、街道等基层组织的协作，与弱势群体结一个爱心对子，送温暖、献爱心、解难题，做好扶危济困的实事；围绕主责主业，积极开展整治辖区治安隐患，把守望平安的实事做好做实。

作者：张洪祥　摄影：李欣欣

浙江省杭州市公安局钱塘区分局

切准“三个小口”　优化服务助力发展

钱塘区地处长三角南翼地理中心，为杭州都市区东部门户，钱江潮最早进入的杭州之地，也是杭州第一缕阳光升起的地方。浙江省杭州市公安局钱塘区分局由原杭州大江东产业集聚区分局和经济技术开发区分局整合设立，于2021年8月13日正式挂牌运行。作为杭州最年轻的分（县、市）公安局，从建局之日起，该局就坚持把党的领导贯穿始终，自觉践行“对党忠诚、服务人民、执法公正、纪律严明”总要求，圆满完成建党100周年大庆安保工作，全区刑事、治安警情同比下降9.3%，亡人交通事故数连续4年下降，为531.7平方公里上的120多万钱塘人民守护平安。该局发扬“弄潮儿向涛头立、手把红旗旗不湿”的奋斗精神，在万人警力比仅为万分之四的情况下，坚持数据赋能、改革创新、服务人民、护航发展，形成严重精神障碍患者智能服务、社会面智慧巡控、公安政务服务“一网通办”、高教园区“三联三圈”治理模式、“三心为企”服务等品牌项目，提升人民群众的获得感、幸福感、安全感，在推进社会治理体系和治理能力现代化的征程中，展现公安风采、贡献公安智慧。该局以公安政务服务的创新成果，书写了年轻分局的崭新篇章。

人以安为“家”，城以人为“本”。2021年以来，浙江省杭州市公安局钱塘分局（以下简称钱塘钱塘区公安分局）把服务群众、优化营商环境与政法队伍教育整顿、公安机关“三能”主题教育实践活动相结合，紧紧围绕群众生活和企业发展“需求侧”，找准“远程、贴身、融合”三个切入口，全力完善公安政务服务“供给侧”，以主动警务提升群众、企业的办事体验度、满意度。

“在线＋视频”，建立远程导办新模式

全流程自助办理身份证申领手续、全省首推居住证签注自助服务、“我带你办”实时共享远程操作一次也不用跑、全市首创“融境”系统、智慧警务不断创新深化……

近年来，钱塘区公安分局聚焦企业、群众高频办事需求，紧盯流程“症结”，结合实际，不断创新线上导办、带办公安政务服务新模式。

2020年9月以来，钱塘区公安分局政务服务窗口依托杭州城市大脑和阿里钉钉直接赋能，利用大数据、云计算、5G等最新前沿技术，搭建了省内首个“云窗口”，首推了“我带你办”全新政务服务模式，以“云见面＋屏幕共享”模式代替线下场景申请人与导服员互动，变“机械”文字解答为“贴心”真人指导，实现“路上操作3分钟，到场直接领证走”，大大提高了群众办事效率。

同时，对办事须知、情形选择、材料上传等操作要点进行了逐项梳理，为首批40项网办事项，以通俗易懂、图文并茂的形式拍摄了全流程导办视频。通过“在线＋视频”远程服务，钱塘区公安分局一网通办“移动办”率达90%以上，窗口工位精简达15%。

“引导＋自助”，营造贴身服务新体验

近年来，钱塘区公安分局积极优化办事服务窗口布局，对咨询导办区、“一网通办”服务区、自助服务区等功能区块进行了改造升级。通过专职导办员走出后台、靠前服务，帮助群众简易类事项零排队掌上办，复杂类事项精准快捷兜底办，居民身份证事项零等候自助办。

同时，依托警务支点、智慧岗亭、为企服务警务站等科学设置综合自助机具，打造“15分钟”办事服务圈，让居民能够随时随地办理各类业务。2021年5月份以来，该区已有1.6万名群众享受便捷服务，自助办、掌上办达到办件总量的60%，基层派出所窗口办件量减负达30%以上。

“审批＋研判”，创新多维融合新战法

平常时间能看得出来、关键时刻能冲得出来、危急时刻能豁得出来。近年来，钱塘区公安分局始终践行以“人民为中心”的发展理念，以“三能”的强烈担当主动融入社会治理大局，防风险、保平安、护发展。

在做好审批服务同时，将主动服务举措转变为监管措施，充分利用数字化理念，积极把好风险防控关。特别是针对公章刻制审批，分局多次与区级部门开展数据分析，梳理出本地虚拟地址“空挂”类企业6485家，联合市场监管等部门进行集中清理。

同时，从“放管服”领域风险防控入手，按照“一般领域案例”和“重点领域案例”分层分级开展风险分析，及时发现涉及违法犯罪线索，破获全市首起非法中介代办落户案件，打掉“代办落户”犯罪团伙1个，抓获犯罪嫌疑人12名，维护了社会的公平正义，取得良好的法律效果和社会效果。

作者：杭州市公安局钱塘区分局局长赵志军　摄影：伊芳明

内蒙古科右中旗人民检察院

撑开团结伞　凝聚民族情

科右中旗人民检察院办公大楼　摄影：白云志

链接：近年来，科右中旗人民检察院始终坚持以习近平新时代中国特色社会主义思想为指导，全面落实讲政治、顾大局、谋发展、重自强的检察工作总要求，依法全面履行四大检察职能，积极推进检察队伍规范化、专业化和科学化，努力提升办案质量和检察工作水平。为畅通少数民族群众来访渠道，建立了“萨日朗”蒙古族调解中心；为推进未成年人保护工作，建立了呼斯乐青少年法治驿站，筑牢保护未成年人防线；依法保障少数民族群众合法权益，有效落实司法责任制“谁办案谁负责”的要求，创建员额检察官“速见”“速约”制度，实现检察机关、员额检察官与群众的互动互信，提升检察执法公信力。科右中旗人民检察院曾获得全国文明接待室，全国维护妇女儿童权益先进集体，全国检察宣传先进单位等殊荣，2020年被授予全国先进基层检察院荣誉称号。

走进内蒙古科右中旗人民检察院文化长廊，浓厚的文化气息扑面而来，通俗易懂、内涵丰富、感人至深的展示内容让大家在潜移默化、耳濡目染中了解民族知识和民族政策。而蒙古族群众送锦旗致谢、检察官为被救助对象送物资、检察官走进蒙古包化解矛盾纠纷等一幅幅感人至深的图片，讲述着科右中旗人民检察院保障地区安全、维护社会稳定、促进各民族团结的真情故事。

地处科尔沁草原腹地的科右中旗，蒙古族人口占83.17%。科右中旗人民检察院始终把民族团结进步工作作为事关大局的头等大事，与检察业务工作同谋划、同部署，以“保障地区安全、维护社会稳定、促进各民族团结，保障和改善民生”为目标，立足本职，维护和保障各民族合法权益，为促进平安、和谐、团结的社会环境提供有效司法保障。

“双语沟通”促团结

科右中旗地区蒙古族人口比例高，为此，科右中旗人民检察院在开展审查起诉工作时，有针对性地采取蒙汉双语进行诉讼。

“如果不是用本民族语言对话，我是说不明白事情经过的，对判决结果也是不知道轻重的，太感谢用蒙古语办案的检察官了。”包某某激动地对检察官说。2020年8月3日，该院受理了一起包某某涉嫌非法占用农用地案。在审查这起案件中，检察官发现蒙古族牧民包某某不能够准确使用汉语表达或陈述事实及自己的意见。在这种情况下，科右中旗人民检察院专门指派双语说得好的检察官包争艳办理这起案件，在整个案件审理和法庭庭审过程中，全部运用蒙古语和他进行沟通，使包某某听得懂、说得清，对所涉嫌犯罪的事实和法律有了明确的理解。此举保障了少数民族的诉讼权益，被告人包某某对法院判决表示认同。

2020年10月14日，在科右中旗人民检察院检察一部，记者看到员额检察官齐丽丽正在翻译蒙古语的卷宗。齐丽丽向记者介绍，在办案过程中，部分案件材料用蒙古语形成，在审查过程中，我们将蒙古语的案件证据翻译成汉语，庭审时提高举证效果，双语举证还能更好地保护诉讼双方当事人的合法权益。

如今，科右中旗人民检察院规范了双语检察文书翻译文本，在侦查、讯问、开庭、接访等各个环节，指定双语检察官承办相关案件，避免了当事人因看不懂案件材料，而无法保护自己的合法权益。

“守护花开”情更浓

孩子是祖国的花朵，是民族的希望，科右中旗人民检察院不仅在关于少数民族群众案件的解决上下功夫，还开展“检校共建”推动普法进校园，同时选派检察长、检察业务骨干担任蒙古族学校法治副校长，定期为孩子们讲解法治课、传达民族情。

家庭法治教育是未成年人法治教育中至关重要的一环，而在检

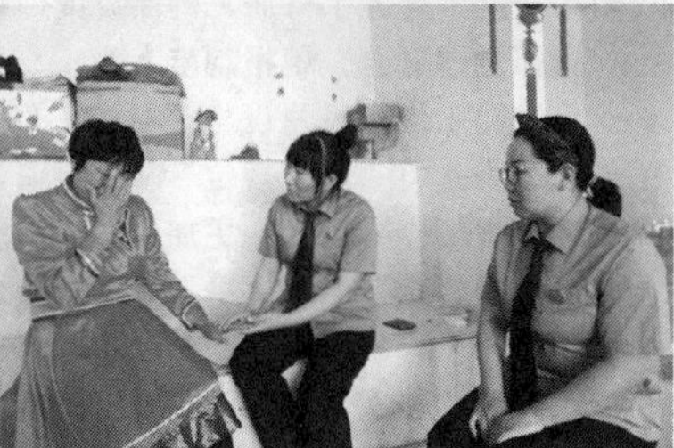

左图为科右中旗人民检察院检察长于朝华发放司法救助金　摄影：李兴华；右上图为“额伯各”普法　摄影：白云志；右下图为走访司法被救助人家庭了解情况　摄影：白云志

察办案中，很多涉罪未成年人甚至被侵害的未成年人不同程度上存在家庭法治教育的缺失，为切实提高家长的法律意识，有效预防性侵害未成年学生，堵塞未成年人法治教育漏洞，科右中旗人民检察院通过开展“检教携手，守护花开”活动，让教师、家长、学生同堂学法。该院检察长、分管未检工作的副检察长、资深员额检察官、未检办案组检察官及关工委工作人员，分别担任辖区内44所中小学校及特殊教育学校法治副校长，定期到学校进行法治巡讲，使校内法治教育与家庭法治教育无缝衔接，为未成年人的健康成长筑牢保护网。

为继续加强未成年人安全和保护工作，促进民族团结，9月24日，科右中旗人民检察院以“预防校园欺凌”为主题为巴彦呼舒第一中学高一年级700余名学生送上一道“法治大餐”。检察官精心制作了蒙古语PPT，全程以蒙古语授课，通过具体案例解析法律知识，针对什么是校园欺凌、校园欺凌的危害及面对校园欺凌应对的方法等进行详细讲解。使学生们进一步了解如何保护自己、如何远离伤害与远离犯罪。让检察官们惦记的还有巴彦呼舒第三中学的学生，2020年10月15日，该院在巴彦呼舒第三中学举办了“检校共建”捐赠仪式，为该校捐赠了50套办公桌椅，共建平安校园。捐赠活动中，科右中旗人民检察院党组书记、检察长、巴彦呼舒第三中学法治副校长于朝华表示，将通过构建“检校共建”长效机制，为未成年人提供更加有力的司法保障，营造有利于青少年健康成长的良好校园环境。

“法治阳光”暖人心

科右中旗人民检察院切实做到事事有回音，件件有着落，把矛盾解决在基层，确保民族团结和社会和谐稳定。同时，充分发挥检察机关对特殊群体的权益保障，积极探索司法救助新模式。

2020年9月，科右中旗人民检察院为小娜仁（化名）发放了一次性国家司法救助金2万元。小娜仁是科右中旗人民检察院受理的一起司法救助案件救助申请人，系一起刑事案件被害人的女儿。2012年9月，包某某（娜仁的父亲）与妻子龙某因家庭琐事发生争执后，包某某持尖刀将龙某砍伤杀害，因故意杀人罪被法院判处死刑缓期2年执行。案发时2岁的娜仁由祖父包某、祖母敖某抚养至今。娜仁被识别为建档立卡贫困户，生活十分困难。

为了保障小娜仁每学期的费用，科右中旗人民检察院将救助金的1.5万元作为孩子教育储备金投入其所居住的嘎查养牛合作社使其持续盈利，小娜仁每学期都能拿到分红款，并且还有1.5万元的固定“存款”。科右中旗人民检察院用实际行动温暖了小娜仁的内心，让她有信心继续读书，实现上大学的梦想，依法保障了蒙古族未成年人合法权益。

一头牵着百姓疾苦，一头系着司法关爱。科右中旗人民检察院充分发挥检察职能，深入基层、体察民情、解决民忧，用实际行动帮助贫困蒙古族群众，不仅解决其燃眉之急且有效化解了涉法涉诉信访矛盾，并把矛盾及时化解在基层，修复了社会关系，为民族团结、社会和谐稳定贡献力量。

甘肃省兰州新区人民检察院

五措并举推动“三个规定”落地生根

近年来，兰州新区人民检察院紧紧围绕“狠抓‘三个规定’落实，筑牢公正廉洁司法‘防火墙’”这一目标，严格执行“三个规定”等重大事项记录报告制度，扎实推进记录填报工作，积极引导干警从“要我填”向“我要填”转变，不折不扣地抓好“三个规定”及重大事项记录报告制度落细落实。

紧抓学习深化，学深悟透精神

“一把手”详细解读。院党组书记、检察长张晓波多次在党组中心组会议上详解高检院、省市院下发的填报制度，提出具体要求，阐明填报规则，帮助干警明确填报制度的重要意义，端正认识打消填报顾虑，不管是否违规都应登记留痕，明白填报工作既是一种政治任务，又是一种自我保护。检察队伍教育整顿查纠整改环节以来，更是多次督促落实，通过党组理论中心组会议、全院干警大会、周一例会、部门会议等方式强调推进落实填报制度，及时总结梳理落实情况，查找问题，寻找解决办法。编印《检察机关贯彻落实“三个规定”学习资料汇编》，收集相关规定、案例通报、领导批示等资料，全院干警人手一册，确保政策理解全覆盖。

紧抓党建融合，填报制度上墙

将党建工作作风建设与落实“三个规定”相融合，进一步提升工作执行力。将“三个规定”制度上墙，制作《“三个规定”等重大事项填报工作导图》，更加生动直观的方法使全院干警掌握“谁填报”“填什么”“怎么填”等工作要点，让干警“抬头看得见，心中记得牢”，确保“逢问必录”取得良好成效，助推从严治党、从严治检工作扎实开展。院党组坚持问题导向，聚焦队伍当中存在的学习贯彻防止干预司法“三个规定”不力的突出问题，着力推动“三个规定”宣传氛围、学习氛围进一步浓厚的一项新举措。教育引导全院干警对“三个规定”内化于心、外化于行。同时，积极利用检察新媒体、“两微一端”宣传“三个规定”及重大事项记录报告制度，力争做到人人皆知规定、人人遵守规定。

紧抓关键少数，彰显示范效应

检察队伍教育整顿开展以来，院党组高度重视“三个规定”的贯彻落实工作。以身作则、率先垂范，带头模范执行记录报告制度，认真负责填报有关重大事项。2021年以来，三个规定及重大事项落实网上填报，党组书记、检察长作为审批领导，负责对全院填报数据情况审批、监督管理；各部门负责人作为监督员，切实履行好主体责任，监督督促部门干警每月按时填报；政治部指定一名干警作为数据专管员，负责每月向上级院报送本单位填报情况。严格落实报送制度，持续释放“高压”信号，真正做到“一事一报”“一月一报”确保精神入脑入心，切实提高全体干警思想自觉、行动自觉。截至目前，院领导共记录报告有关重大事项14件。在院领导的引领示范下，该院共记录报告20余件，主动消除“零报告”的现象，同时也为“三个规定”填报工作作出表率。

紧抓警示教育，确保填报效果

坚持一月一通报。每月下发数据统计情况，提醒各部门在找准坐标、找到差距，鼓劲加压、提质进位。在强化警示教育上下功夫，明法纪明法纪、知行止、促自觉。选取高检院发布违反“三个规定”6个典型案例进行通报，利用身边事教育身边人。警示教育检察人员在对照检视、深刻反思、汲取教训中增强免疫力。教育整顿期间召开警示教育会2次，坚持刀刃向内强抓以案促改，以钉钉子精神推动问题自查自纠，进一步筑牢干警对党忠诚、公正司法、廉洁自律的思想根基。

广泛开展宣传，取得社会支持

由院领导带头并选派政治素养高、宣讲能力强的优秀检察人员到新区党政机关、国有企业等单位围绕“三个规定”的主要内容、出台背景、重要意义、政策界限以及典型案例等方面进行了宣讲，进一步营造全社会践行“三个规定”的浓厚氛围、大力提升非政法系统党政干部对“三个规定”的知晓率和支持度。组织签订了《兰州新区党政领导不干预司法活动、不插手具体案件处理承诺书》，赠送编印的《关于执行“三个规定”及重大事项记录报告制度相关文件规定学习资料汇编》，对“三个规定”等相关制度的再学习、再宣传、再教育，不断夯实思想根基，支持政法机关独立行使职权，共同营造海晏河清的司法环境。

作者：李济萍　摄影：芦朝荣

天津市西青区人民检察院

心系百姓　做好司法办案“后半篇文章”

爱心捐款

群众被拖欠的工程款是否能要回？单亲妈妈和女儿生活的怎么样？三名孤儿的学习成绩提高了吗？……长期以来，天津市西青区人民检察院对办理过的涉民生案件进行回访跟踪，以追求极致的精神，积极践行以人民为中心的发展思想，对困难群众进行持续帮助，用实际行动彰显检察大爱。

构建多元化的民事检察监督方式

“王师傅，您好，我是西青区检察院的检察官，工程款您收到了吗？”2021 年春节前，王某某接到检察官的电话，既意外又感动。他表示，已经拿到全部工程款，并向检察官表示感谢。2003 年，王某某夫妇承包了天津某公司的建筑工程，但竣工后，该公司拒绝支付工程款，夫妇二人负债累累，生活窘迫，历经五年讨薪无果后，向西青区检察院申请民事监督。经过近一年的调查举证，2020 年 6 月，该公司承诺在半年内付清拖欠的工程款。

与刑事检察监督相比，人民群众对民事检察监督的知晓度不高，但恰恰是民事案件与群众利益联系最为密切。为此，西青区检察院积极构建多元化的监督方式，综合运用支持起诉、检察建议等多种监督手段，切实为百姓的权益保护提供保障。与此同时，该院还建立了对办理案件的回访跟踪制度，确保落实到位。

“我们高度重视保护群众利益，拿支持农民工讨薪来说，我们建立了远程接访中心，随时随地为群众提供法律咨询。在 12309 检察服务中心开辟农民工讨薪案件‘绿色通道’，实行专项监督，指派专人办理，为农民工讨薪助力。”西青区检察院第五检察部主任李博说。

三年来，西青区检察院不断加大支持起诉案件办理力度，有效支持追索抚养费、赡养费、讨薪等案件的诉讼，帮助追回抚养费、欠薪 130 余万元，切实维护了百姓利益，促进了社会和谐。

实行“相对不起诉＋考察教育”模式

“按照法律规定，实施盗窃行为 3 次以上，无论数额大小，都已构成盗窃罪。但考虑到犯罪嫌疑人的实际情况，若适用相对不起诉，以跟踪帮教代替刑事处罚，更有助于犯罪嫌疑人积极面对生活。”在不起诉宣告会上，承办人阐述了对犯罪嫌疑人刘某作出相对不起诉的理由。

2020 年 9 月，西青区检察院办理了一起单亲妈妈盗窃超市商品案件。犯罪嫌疑人刘某为了给上中学的女儿小红（化名）改善生活，连续 3 次到超市实施犯罪。案件移送起诉后，犯罪嫌疑人主动认罪认罚，积极赔偿超市损失，超市也对其表示谅解。最终，西青区检察院对刘某作出相对不起诉的决定。

承办人说，近年来，对情节轻微，具有自首、赔偿、初犯等法定、酌定从轻处罚量刑情节的犯罪嫌疑人适用相对不起诉，已经成为检察机关深度参与社会治理，保障犯罪行为人合法权益的重要方式。2018 年和 2019 年，西青区检察院共对 272 起案件作出了相对不起诉的决定。

但是，不起诉不等于“一放了之”。在不受到任何管控的情况下，如何确保被不起诉人顺利回归社会，不再触犯法律，成为后续应该关注的问题。

在对刘某作出相对不起诉的决定后，检察官对刘某进行了持续的帮助。通过检察官的帮助，刘某深刻地认识到自己的错误，并表示一定痛改前非，要自食其力，改善自己和女儿的生活。检察官们还主动挑选了书包、学习文具、零食大礼包和《未成年人保护法》等书籍送给她的女儿。

据了解，为避免出现相对不起诉后司法介入乏力、可能萌生新的不稳定因素等隐患，西青区检察院在全市率先实行“相对不起诉＋考察教育”模式。

具体实践中，在被不起诉人自愿的前提下，检察机关将对其确立 6 个月的考察教育期限，并为其建立专门台账和考察管理档案，通过面对面签署承诺书、远程视频开展法治教育课等方式，定期了解被不起诉人的学习、工作及生活情况。同时，要求被不起诉人积极参加所在社区或村级组织的志愿服务活动。考察教育期满后，检察机关将对被不起诉人进行效果评估，督促其遵纪守法。

从根本上帮助被害人走出困境

两年多前，一起交通肇事案让一名年轻的母亲失去了生命，因为三个孩子的父亲也在几年前去世，孩子们成了孤儿，跟随指定监护人大伯回到河南省郸城县生活。西青区检察院的检察官在办案中发现了三姐弟的情况后，多次远赴河南，对三个孩子进行司法救助。检察官们不但向阳阳三姐弟发放了 8 万元的司法救助金，还联合当地检察机关、民政、教育等部门，解决孩子们的孤儿补贴、学费补助及心理辅导等问题，让三个孩子能够健康、快乐成长。

2021 年春节因为疫情防控无法去河南省回访的检察官们，心中对这三个孩子充满了牵挂。孩子们最近过得怎么样？还有什么需要帮助的地方？西青区检察院决定对他们开展线上回访帮扶。干警

西青区人民检察院司法救助工作剪影。左图为司法救助回访；右上图为当事人家中回访；右下图为相对不起诉考察教育

们主动捐款，并将购买的法律书籍、文具、衣服等邮寄到三姐弟家中。

“祝检察官叔叔阿姨新年快乐，身体健康！”“你们寄来的书和衣服，孩子们都喜欢得不得了，捐款也收到了，这个年我们过得很好！”阳阳三姐弟和他们的大伯通过手机视频与检察官们进行了新年问候。看着视频里一年多未见的三个孩子脸上的笑容，检察官们备感欣慰。视频里，孩子们开心地向检察官们展示了自己获得的奖状，分享自己学到的法律知识。

欣慰、开心之余，检察官也鼓励孩子们好好学习，锻炼好身体，用最好的成绩来回报家人、回馈社会。检察官们还向孩子们所在村的村委会负责人了解了司法救助金的使用情况。

多年来，为了实现精准施救，西青区检察院积极创新工作思路，变“等米下锅”为“找米下锅”，针对故意伤害、交通肇事等易造成当事人重大人身伤害、经济损失的案件严查细审，深挖案源，对有救助可能的案件，及时告知当事人具有申请司法救助的权利，努力做到应救尽救、有效施救。

西青区检察院检察长单新源介绍，最大限度地发挥司法救助“救急解困”的功能，能够很大程度上帮助被害人避免“因案致贫”、“因案返贫”，但是一次性救助，无法从根本上帮助被害人走出困境。

为了做好司法救助的“后半篇文章”，除了积极为涉案家庭申请司法救助金，西青区检察院还注重加强与教育、民政、卫生等相关部门的协调配合，大力推进司法救助、民政救助、教育救助、文化救助齐头并进。对涉案未成年被害人，则联合该院未成年人检察工作组，及时进行心理干预，从根本上帮助他们重树信心，勇敢面对生活，不断深化司法救助效果。

文／图：天津市西青区人民检察院

山东省济南市历城区人民检察院

做实做强技术支撑　精准服务检察公益诉讼

公益诉讼职能的确立，让新时期检察工作进入新的发展阶段。公益诉讼对于推进法治建设、保护社会公益、保障改善民生具有重要作用，涉及生态环境、食品药品安全等领域，具有专业性强的显著特征。积极做好检察技术支持保障工作，是检察技术人员以服务办案为中心职责的重要任务，也是检察技术适应改革需要、顺势而为、实现转型发展的重大契机。

为此，济南市历城区人民检察院积极行动起来，因地制宜地配备必要的、管用好用的技术设备，为检察公益诉讼办案提供强有力的技术后盾。2020 年 3 月，济南市人民检察院公益诉讼快速检测实验室依托历城区检察院现有技术力量正式挂牌成立，这不仅在全省是首创，更是整合了市人民检察院、历城区人民检察院两级力量，受理全市两级院公益诉讼取证案件，放大技术优势，助力公益诉讼办案。近年来，历城区检察院坚持在学中干、干中学，在服务中进步、在实干中提升，做实做强技术支撑，为检察工作特别是公益诉讼工作高质量发展提供坚实保障，取得良好效果。

配备无人机增添“高空望远镜”

2017 年 9 月的一天，历城区检察院接到群众举报：南部山区某处山体有人在非法开山采石、破坏山体。随即，历城区人民检察院检察长刘建带领检察干警赶到了山下。此处山山环绕、树木葱郁，在山脚下就听见采石头的“咣咣”声响。从路上看还是绿树环绕，一片郁郁葱葱的山体，在无人机的取景器中呈现出了它真实的、让人震惊的一幕：整座山体呈“U”字形被掏空，开采后的山体寸草不生，裸露的岩石像一块块疤痕嵌在绿色的山岭之间。废弃的石渣随处散落，开采的石料还未来得及清运，采石机的油锤依旧在“砼砼”地敲击着山体。依据无人机固定的证据，办案检察官当场制止了开山采石的违法行为，并督促相关职能部门立即调查解决，事后发出检察建议。

无人机具有拍摄面广、画面直观、适应性强、动态跟踪等优点，能够方便地对地形复杂、范围较大等环境进行全面客观的调查取证。自配备无人机以来，历城区检察院广泛应用于山体破坏类、耕地侵

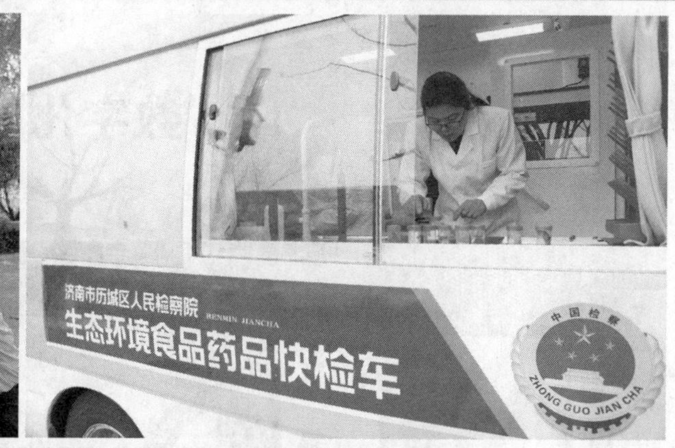

左图为历城区人民检察院获得的部分荣誉奖牌，中图为使用“黑箱子”检测水质，右图为快检车外出办案

占类、扬尘污染类公益诉讼案件的证据调查、现场勘查、污染源头的跟踪拍摄，多次协助上级检察院公益诉讼部门航拍取证，参与调查取证卧虎山水库水源保护、苇沟村山体破坏等10余起环境污染案件，有效提升了环境公益诉讼案件证据取得的实效性和准确性，优化了办案模式，大大提高了检察官办案的效率。

云端遥感技术打造“智能数据库”

2018年，历城区检察院联合信息公司研发了云端遥感辅助查证分析系统，通过利用卫星遥感技术实现时间空间精准化定位，获取公益诉讼案件所需的卫星遥感影像数据，为全时段检测发现公益诉讼案件线索提供证据链信息与技术支持。

在办理某耕地地块被违法占用案件时，面对缺乏相关社会性鉴定机构、证据获取难的问题，该院技术人员协助调取了2010年以来涉案地块在各个不同时间节点上的多张卫星遥感影像图，直观显示了一块绿油油的农田一步步被硬化变白并搭建违法建筑的全过程。借助该系统，锁定了地块的原始状况，确定了土地性质；通过调取不同时间点的卫星遥感影像图，直接获取该地块土地附着物的变化，动态呈现了土地受损全过程，助力公益诉讼办案部门发出检察建议，确保了公益诉讼调查取证的真实性、便捷性、高效性，保证了检察权依法正确行使，提高了检察监督执法公信力。

便携“黑箱子”引入技术保障

针对检察公益诉讼工作中存在的“取证难”问题，历城区检察院赴浙江考察学习，请来了“黑箱子”——便携式公益诉讼取证勘查箱。“黑箱子”配备有野外环境测量，空气污染、水污染、土壤污染的现场取样和检测，有毒有害气体的现场检测，食品药品安全现场检测等取证取样器材和便携式现场勘查设备。

历城区检察院相关负责人表示，“黑箱子”对涉及公益诉讼案件现场有关证据的快速采集、预检和提取，为预判案件性质和辅助取证提供技术支持，特别是对环境污染、食品和药品安全以及国土使用等案件的支持。通过现场取样、现场检测能够快速初步判断现场空气、水体或土壤的污染类型、污染范围以及食品药品中有毒有害化学成分。配备的检测设备可重复使用，随时随地采样分析获得结果，方便快捷，对公益诉讼案件的线索摸排、初步判断等前期工作大有裨益。

成立实验室实现检测快速及时

2019年7月，历城区检察院联合区综合检验检测中心成立了全省首家“生态环境食品药品检测实验室”，借助区综合检验检测中心的技术力量和资质，对公益诉讼案件中遇到的生态环境、土壤、污染水源、农残、食品药品等进行检测。实验室配备有快检车，可快速外出办案、快速进行检测并出具检测结果。同时该院也配备了多功能水质分析仪、便携式土壤重金属分析仪、挥发有机气体分析仪、恒温荧光检测仪、荧光增白剂检测仪、甲醛测定仪、噪音计等设备，可及时对公益诉讼案件涉及的相关问题进行现场快检，极大地提高了提取证据的效率与专业性，确保了公益诉讼检察权依法正确行使，提高了检察监督执法的公信力。

自快检实验室设立以来，共进行快速检测项目46次，助力公益诉讼部门发出检察建议9份。2020年3月，该院公益诉讼部门在履行职责中发现，辖区某街道存在排污口向河道排污的现象，排水量大、水质浑浊、气味刺鼻，致河中水质浑浊、异于常态且有异味，社会公共利益受到侵害。该院技术人员前往对水质进行快速检测，发现氨氮、化学需氧量、总磷严重超标。技术人员立即委托第三方检测机构进行专业检测，依据该检测报告，结合《城镇排水与污水处理条例》及其他相关规定，分别对三个责任单位发出检察建议3份。2020年以来，先后服务孟家水库沿岸、华山街道小清河、仲宫街道二仙河等公益诉讼水质检测。

守护群众“舌尖上的安全”

食品药品安全问题不仅关乎群众的身体健康，也关乎着社会安定。历城区人民检察院结合“我为群众办实事”实践活动，为消除食品安全领域隐患、守护人民群众饮水安全、护航人民群众食品安全，开展了一系列专项行动。

4月16日，联合区综合检验检测中心、市场监督管理部门前往南部山区仲宫街道辖区，对部分羊肉销售点进行了风险抽样检测，对沙丁胺醇、克伦特罗、莱克多巴胺、氧氟沙星等29类项目进行检测，检测结果均合格，保障了百姓“舌尖上的安全”。7月7日，联合区综合检验检测中心对东方花园、东兴寓城、张马新府等社区居民饮用水进行了抽样检测。5月24日至6月4日，对辖区内14家餐饮单位餐饮食品进行了抽样检测，重点检测了餐饮自制食品及原料、餐具等61批次，检出餐饮具不合格样品5批次，不合格样品风险来源为微生物指标大肠菌群和理化指标阴离子合成洗涤剂。市场监督管理部门立刻告知相关快餐店排查原因并进一步进行了监督抽检，筑牢了老百姓餐饮食品安全防线，为消除食品安全领域隐患、护航人民群众食品安全提供了有力保障。

立足于新时代检察工作发展的需要，在做好技术支持公益诉讼检察工作的同时，历城区人民检察院更加重视公益诉讼检察人才队伍的培养，着力于技术人员的素能提升。通过积极组织开展技术交流、专业培训、业务竞赛等工作，让技术人员快速提升助力公益诉讼检察的技术本领。2021年5月，在最高检举办的第一届全国检察机关公益诉讼勘验取证比赛中，该院四级检察官助理刘淑婷从全省检察技术人员中脱颖而出，获得第一届全国检察机关公益诉讼勘验取证比赛“勘验取证能手”称号，展现出历城检察技术人员的风采。

作者／摄影：柳颖、刘博正

浙江省乔司监狱

以“数字化”筑牢法治根基

乔司监狱通过“大墙法网”开展远程法律咨询 摄影：葛欣

链接：浙江省乔司监狱成立于1950年11月，曾于1996年、2006年两次被中组部授予“全国先进基层党组织”荣誉称号，2005年、2013年两次被评为“浙江省人民满意公务员集体”，27次被评为浙江省监狱系统“先进集体”。党的十八大以来，乔司监狱获得了“全国监狱工作先进集体”、全国“智慧监狱示范单位”“全国司法行政系统集体三等功”“全国司法行政系统抗击新冠肺炎疫情先进集体”；“浙江省模范集体荣誉称号”“2013—2014年度全省政法系统先进集体”“2017—2018年度全省政法系统先进集体”“全省社会治安综合治理先进集体”“浙江省社区矫正工作先进集体”“全省监狱系统‘修心教育’工作集体三等功”等殊荣。

从“乔司农场”到“乔司监狱”；从“劳改干部”到监狱人民警察；从昔日的盐碱滩、芦苇荡，到如今全省乃至全国监狱系统的模范……综观浙江省乔司监狱这几十年发展，变化的不仅这些，更多的是监狱执法工作不断走向规范化、透明化、法治化，朝着文明、平安、法治、智慧“四位一体”现代化监狱迈进。在此过程中，法治监狱建设无疑是乔司监狱发展历程中浓墨重彩的一笔。

实行“阳光执法”，勇于接受监督

作为国家刑罚执行机关，如何确保公平正义？乔司监狱给出的答案是：让权力在阳光下运行！

2018年2月，15名省市人大代表、政协委员，以及法律、媒体等领域的知名人士，接过了乔司监狱颁发的社会执法监督员证书，自此对乔司监狱民警开展减刑假释案件评审等执法工作的监督，近距离了解狱务公开制度……

这是乔司监狱接受社会监督的一个缩影。通过监狱开放日、监狱长接待日、亲情帮教等形式，乔司监狱实行“阳光操作”，将罪犯权利、义务和有关法律法规、规章制度向罪犯及其家属公开，自觉接受各方面的监督，也拓宽了监狱和罪犯家属、监狱与社会之间的沟通桥梁和联系纽带。

“将监狱执法活动置于全方位、全过程的注视之下，在获得社会广泛认同和监督的同时，也能实现监狱管理水平的提升。”乔司监狱监狱长任金昌表示。

敢于把一切置于阳光之下，来自乔司监狱利用数字化促进执法规范化的底气。

以减刑假释呈报为例，以往，所有申报、审批材料都是手工完成，速度慢，也容易出差错。如今，这些工作都实现了数字化。民警只需在电脑上操作即可完成，不仅工作效率高，而且做到了全程留痕和同步监督。

这得益于乔司监狱早在2011年底开发的执法办案系统。监狱将所有罪犯的基本情况和日常改造信息及时录入，民警在办理月考核奖惩或呈报减刑假释时，系统会自动给出提示。而且罪犯从入监到出监的整个改造轨迹也会直观立体地展现在民警面前，既能帮助民警准确评判罪犯的改造表现，也能对罪犯和家属如实公开，实现对民警执法的全过程监督，确保无权力“死角”。

“我们希望通过技术化手段来保障制度的规范执行，让罪犯考核有来源，在提高效率的同时实现规范执法。”乔司监狱一体化办案平台工作组民警钟建平介绍说。

据介绍，搭乘数字化改革的快车，乔司监狱率先试点，将系统升级对接至政法一体化办案平台，实现从收押到安置帮教的无纸化办公，并依托现有信息管理系统，实现与公安、法院、检察院等部门的互联互通，实现数据共享与交换，让提请减刑假释案件电子化存档与报送，保证了执法的阳光透明。该举措广受公、检、法部门肯定，也让罪犯和家属感受到了公平公正。

线上线下结合，大墙内外互动

要把罪犯改造成为守法公民，提高他们的法治意识和法治观念尤为重要。为此，乔司监狱紧紧抓住罪犯入监教育环节，做实认罪悔罪、刑罚体验和行为养成教育，使罪犯做到明身份、守规矩，走好改造“第一步”。乔司监狱通过组建民警普法讲师团定期授课、邀请法学专家进监开展讲座、公职律师法律援助等形式，全力开展罪犯普法宣传教育。同时，在推进法治监狱建设过程中，利用信息化、智能化形式，线上线下结合、大墙内外互动等方式，对罪犯开展法律常识教育和相关法律知识普及教育，引导罪犯学法、知法、懂法，从而真正做到遵法、守法、用法。

2018年，乔司监狱第一时间将司法部“12348中国法网”引入高墙，在较短的时间内完成了法网核心功能——“智能法律咨询”和“法制课堂”的本地化部署，成为全省监狱系统第一个开设“大墙法网”的单位，有效解决了相当一部分罪犯的法律需求。

2020年9月底，乔司监狱又在“大墙法网”上试点启动远程法律咨询服务系统，依托监狱公职律师队伍和法律顾问单位的律师，采取“挂号预约”和“即时互联”的方式，分别面向罪犯和家属开放远程视频法律咨询。

值得一提的是，监狱还在“大墙法网”中开发了留言咨询和智能服刑指南的功能。罪犯在遇到法律问题或服刑困惑时可以随时使用智能法律咨询和智能服刑指导功能解决简单问题，也可以通过留言咨询和预约视频咨询进一步得到深入细致的回复。如此便建立起一套涵盖简单问题到复杂情况整体式解答、智能筛选生成到人工匹配交流的双链路服务，完善了“大墙法网”法律咨询整体拼图。

除了利用智慧手段为罪犯解决法律问题，乔司监狱还积极引入社会专业力量参与罪犯法治宣传教育。2015年11月，省乔司监狱携手省委统战部和民主党派共同打造“博爱·牵手”阳光法制大讲堂（后期更名为同舟·法律大讲堂），借助民主党派中来自法律、科技、医疗、教育等行业的骨干和精英，为监内罪犯授课、答疑解惑。5年来，7个民主党派组织160余人次开展律师送法进监，累计开课160余讲。

法治宣传触角延伸，构建社会治理新格局

法治监狱的建设，离不开法治社会大环境。

对内，乔司监狱不断提升民警法治素养，强化执法规范化水平。

左图为特邀执法监督员进监开展执法监督活动；右上图为民众到浙江监狱陈列馆接受法治教育；右下图为乔司监狱普法讲师团“法制进校园”走进高中学校
摄影：葛欣

对外，依托浙江监狱历史陈列馆、浙江司法行政系统廉政教育基地、社会警示教育基地，不断延伸法治宣传的触角，通过“一馆三基地”，向党政机关以及人民群众开展法治宣传和警示教育。

“我们通过服刑罪犯的真实案例，对参观者进行警示教育。”监狱历史陈列馆负责人介绍，陈列馆内集警示教育、普法宣传、成果展示、预防犯罪等功能于一体，面向社会开展法治宣传。每年前来陈列馆参观交流人数多达上万，大家在了解监狱工作历史和成果的同时，也受到了直击心灵的警示教育。

“请进来”的同时也积极“走出去”，乔司监狱法治宣传触角不断向社会延伸。例如，优选法律知识、执法经验、普法经验丰富的民警担任普法志愿者，组建普法讲师团，积极开展社会普法活动；举行“法制进校园”活动，推进中小学法治教育、心理健康教育，预防和减少青少年犯罪；加强监地融合，组织普法志愿者到社区矫正部门开展社区帮扶延伸教育，提升社区矫正和安置帮教工作水平。

一步一步，一点一滴，在打造法治监狱、构建法治社会新格局的进程中，乔司监狱不断前行。“我们希望通过更加规范的刑罚执行、更加公开的执法程序、更加深入的法治教育来推动法治监狱建设，全面提升监狱治理能力现代化水平。”乔司监狱政委朱祖荣说。

山西省忻州市司法局

由“政府端菜”向“群众点餐”的转变

忻州市基层司法所干警向山西省司法厅厅长薛永辉现场演示掌上动态管理系统

顺应形势，依托信息化手段，开启司法行政工作新时代。2017年以来，山西省忻州市司法局全面落实司法部“数字法治、智慧司法”信息化体系建设要求，在忻州市委、市政府、山西省司法厅的坚强领导下，以“打造人民满意的服务型司法行政机关”为目标，按照“一年打基础，二年实战化，三年智慧云”的思路，扎实推进司法行政信息化建设，深入推进司法行政工作体系跨越式发展，全方位、多层次、宽领域提升司法行政机关工作效率和服务水平，赢得了社会良好的赞誉和口碑。

高起点谋划，让信息化建设“可持续”发展

为推动全市司法行政系统信息化工作稳步迈进，先后成立了信息化建设领导小组、网络运营维护领导小组、指挥中心建设领导小组、信息中心领导小组办公室、忻州市公共法律服务创新研发中心等组织机构，制订了《忻州市司法局网站运行维护管理办法（试行）》《忻州市司法局网站安全维护方案》《忻州市司法局指挥中心建设方案》等一系列制度、方案，对网站信息报送、管理维护、工程建设作出明确具体的规定。在推动市本级信息化建设的同时，通过召开培训观摩会，组织人员深入各县（市、区）司法局实地指导的形式，同步加强县（市、区）司法行政信息化建设。

为确保信息化建设的质量和后期维护运营，创新运行模式，采用政府购买公共服务＋专业技术研发团队的创新合作形式，在太原市高新技术开发区创建忻州市司法局互联网＋公共法律服务创新研发中心，通过专业技术团队对各个平台与系统进行研究创新，加强项目、人才、基地的合理利用，把互联网商业营销模式引入互联网

山西省司法行政信息化工作推进现场会在忻州市司法局召开

+普法宣传等法律服务，为信息化建设提供了强有力的技术保障与创新支持，解决了制约信息化建设发展的“生命力”和“可持续”问题。

高起点推动，“互联网+司法行政”深度融合

忻州市司法局紧跟中央和省市信息化建设重大决策部署，审时度势，积极作为，结合司法行政工作职能，大力推广和应用新的信息化技术，开创性地绘制了忻州市司法行政系统“11211”信息化平台建设蓝图。

忻州市委、市政府和山西省司法厅对忻州司法行政“11211”信息化建设高度重视，时任山西省人大常委会副主任、忻州市委书记李俊明在2017年全市政法工作会上要求，司法行政机关要在全面改革中，突出忻州特点，重点把推进司法行政“11211”信息化平台建设，作为政法系统四个年度任务抓紧、抓实，纳入年度目标责任制考核，实行“五个一”项目化管理，并且在全市深改领导组会议上听取司法改革工作汇报，专题研究司法行政信息化建设工作。市委书记郑连生（时任市长）指出，忻州司法行政信息化建设要“打通最后一公里”，做到全业务、无缝隙、全覆盖，为群众提供普惠、快捷、高效的公共法律服务。市长、市委政法委书记朱晓东（时任市委副书记、政法委书记）要求，“11211”信息化平台建设要与“12348忻州法网”统一规划并与“13710”政务专网和忻州市“随手拍”平台进行无缝衔接，打造有忻州特色的司法行政信息化平台。

高标准构建，司法信息化建设跻身全国第一方阵

山西省司法厅党委书记、厅长薛永辉先后三次深入忻州市司法局检查调研，听取工作进展汇报，指导信息化建设，提出“走出去、引进来”的工作思路。忻州市司法局局长王映中带队，先后参加“中国国际大数据产业博览会”“第二届数字中国建设峰会”和“第五届世界互联网大会”，前往深圳、西安、福州等地司法行政部门考察调研，了解掌握最前沿的信息化发展方向和技术水平。

忻州市科学制定了“一年打基础，两年实战化，三年智慧云”建设思路，依据蓝图扎实推进基础平台建设，社区矫正、公共法律服务、普法宣传、律师工作、人民调解、执法监督等平台先后建立并转入实战化应用，开创了忻州市司法行政系统信息化建设新局面。

2018年11月1日，山西省司法行政系统信息化工作推进现场会在忻州胜利召开，与会代表观摩了忻州市司法局信息化建设成果，给予高度评价。2019年11月17日至18日，司法部在江苏南京召开“数字法治、智慧司法”信息化建设应用推进会，忻州市司法局荣获司法部“数字法治、智慧司法”信息化建设工作成绩突出集体光荣称号，局党组书记、局长王映中作为山西省受表彰的代表参加会议。全国共有17家市级司法局受到表彰，忻州市司法局是我省唯一获此殊荣的市级司法局，这也标志着忻州市司法行政信息化建设工作已经由全省第一方阵跻身全国第一方阵。忻州市委常委会专门就市司法局的信息化工作进行了研究，并要求全市各级各部门学习市司法局的改革精神和工作作风。

高水平服务，满足公众多样化法律服务需求

聚焦“法治忻州”建设要求，满足公众多样化法律服务需求，忻州市司法局坚持贯彻“新时代、新征程、新作为”发展理念，以社会公众为服务对象，以更丰富的内容、更广阔的范围、更及时的速度、更便捷的方式提供综合集成的司法行政公共法律服务，开启从“群众跑腿”到互联网“数据跑腿”的服务新模式，实现由“政府端菜”向“群众点餐”的转变，为人民群众提供普惠均等、便捷高效、智能精准的法律服务，真正做到司法行政机关的供给侧结构性改革。

在“11211”信息化建设的推进过程中，忻州市司法局以“服务创新发展、提升科技支撑能力”为着力点，以“互联网+公共法律服务”和法律服务大数据应用建设为工作主线，按照《全省司法行政系统信息化工作规划》要求，聚焦全市司法行政改革和发展中的热点、难点问题，加强司法行政领域数据的归集、发掘及关联分析，深化大数据创新利用，重点推进了社区矫正管理系统、安置帮教系统、“滴滴”公共法律服务系统、普法宣传系统建设，增强了司法行政各项业务工作的信息技术应用能力，形成全员应用、资源共享的信息化工作格局，以科技信息化全面提升司法行政工作效能、公信力、便民服务水平和决策水平。

同时，忻州市在全国首创“社区矫正掌上动态管理系统”，微信“普法红包”和“滴滴”公共法律服务先后被深圳市司法局、上海市嘉定区司法局借鉴学习使用。

2019年以来，忻州市司法局根据机构改革后职能调整的实际，继续把信息化建设摆在司法行政工作的突出位置，作为推进法治建设、当好党委政府工作参谋助手的重要举措，在忻州司法“11211”信息化平台建设成功经验的基础上，探索“区块链”技术应用，在全省率先研发构建了集统计、分析、服务、监督“四位一体”的行政执法综合管理监督信息系统，以信息化保障推进执法规范化；积极开展新时代“枫桥经验”线上实践，将“人工智能”等先进技术引入多元化解纠纷机制中，推动建设了集智能咨询、在线评估、调解一体的在线矛盾调解平台，进一步推进了忻州“互联网+司法行政”的深度融合。

时间不停，步履不歇。忻州市司法局将站在新的起点上，继续不忘初心担使命、聚焦主业谋发展，锐意出击、勇于创新、狠抓落实，不断提高科技信息化水平，全面推动全市司法行政工作向纵深发展。

山西省泽州县司法局

深入开展法治建设　推进全面依法治县

2020年8月，山西省委全面依法治省暨“七五”普法总结验收组莅临泽州县督查检查，对该县全面依法治县和“七五”普法工作给予高度好评　摄影：姚建刚

“以推进全面依法治县为主线，紧抓重点，创新亮点、攻坚难点，使依法治理机制日臻完善。2016年，泽州县成立了县普法依法治理办公室，负责推进普法依法治理工作。2019年机构改革，为进一步加强普法工作组织领导，县委全面依法治县委员会下设了守法普法协调小组，全面负责开展法治宣传教育，推动普法依法治理相关工作任务落实。全县各级各部门认真贯彻落实中央办公厅、国务院办公厅《党政主要负责人履行推进法治建设第一责任人职责规定》和省、市实施细则，按年度制定党政主要负责人履行法治建设第一责任人职责清单，成立了法治建设组织机构、办事机构，定期研究、部署普法工作，主要负责人及班子成员按规定开展年度述职述法。全县基本形成了党委领导、政府实施、人大政协监督、各部门协调配合、齐抓共管的‘大普法’工作格局。”山西省泽州县司法局局长韩立会介绍说。

“七五”普法规划实施以来，泽州县坚持以习近平总书记全面依法治国新理念新思想新战略为指导，以提高全社会法治素养为总目标，紧扣全县“十三五”发展规划，准确把握全面依法治县新要求，主动服务经济社会发展新常态，大力推进“七五”普法规划和县人大常委会“七五”普法决议的贯彻实施，强化组织领导，突出重点对象、聚焦工作重点、狠抓工作创新，深入开展法治宣传教育，取得了良好的社会效果，为古韵泽州高质量转型跨跃发展夯实了法治根基。

紧抓重点，耕好普法“责任田”

奉法者强，则国强；奉法者弱，则国弱。“七五”普法规划实施以来，泽州县以宪法为龙头，大力弘扬宪法精神，深入开展法治宣传教育，通过组织宪法考试、知识竞赛、法治讲座等形式，开展各类法治宣传教育1600余场次，发放各类宣传资料数十万份，让宪法和法律家喻户晓、深入人心。

为政者须率先奉法。泽州县抓住领导干部这个“关键少数”，对全县国家工作人员学法用法工作提出明确要求。县委理论学习中心组充分发挥表率作用，每年度集体学法两次以上；通过在各类干部培训中加强法治教育，让“干部培训、法治同行”成为全县干部教育培训的新常态。“七五”普法期间，全县共组织开展各类法治教育培训班700余场次，累计培训人员2万余人次；共组织年度普法考试两次，宪法、监察法等专项法律知识考试两次，国家工作人员普法考试参考率、成绩优秀率均达98%以上。

通过法律进校园活动，突出青少年这个“关键时期”，充分发挥课堂主渠道作用，狠抓法治教育计划、课时、教材、师资“四落实”，全县600余所中小学均聘任了法治副校长、法治辅导员，开展青少年法治讲座、主题班会960余场次，构建了学校、家庭、社会三位一体的青少年法治教育格局。同时，积极推进校园法治阵地建设，先后在泽州一中建设了校园法治文化示范基地，在泽州职中建设了包括禁毒展厅、法治文化长廊、法治图书角等综合性法治文化阵地，在巴公镇中学高标准建设了集法治教育、法治实践为一体的泽州县青少年法治教育基地。

通过大力实施基层农村“法律明白人”培养工程，突出农民群众这个“关键群体”，组建了1200余人的农村法律明白人队伍，以社区矫正法、信访条例、婚姻法等与生活息息相关的法律法规为内容，对其进行法治培训。深入推进公共法律服务体系建设，全县17个乡镇434个行政村（社区）全部实现了法律顾问、公共法律服务室、法律图书室（专柜）三个100%全覆盖。县普法办还编印了宪法、新编农村常用法律知识读本等各类法治学习宣传资料8万余册赠送群众。

创新亮点，打好普法组合拳

泽州县按照抓亮点、有创新、出特色的工作思路，以“一微、两台、三阵地”为抓手，不断创新法治宣传方式方法，使法治宣传教育实现了“年年有创新、月月有活动、周周有重点、日日有内容”，打造了“广播有声、电视有影、网络有形”的立体化、全覆盖的泽州普法品牌。

加强“一个普法微平台”建设。依托县司法局村（社区）法律顾问管理群、乡镇法律顾问协调群、村法律顾问服务群，打造“1+3”微普法新媒体矩阵，构建了线上线下联动的一体化网络普法平台，建立了“法治宣传+法治服务”的普法新模式。“七五”普法期间，累计编发法治宣传稿件2600余篇。通过将普法与脱贫攻坚有机融合，开展“助力脱贫，法治同行”每日一题有奖知识竞答活动，累计奖励消费扶贫产品价值3万余元，实现了法治宣传与助力脱贫双赢。

加强“两个普法栏目”建设。以全面落实媒体公益普法责任为着力点，全面加强县广播电台、县电视台两个县级媒体法治宣传栏目建设。《法治与生活》电台广播节目集法治宣传、法律资讯、法律服务为一体，通过设置“以案释法”“信息播报”“微信互动”等多个板块，每周确定一个主题，多角度、全方位宣传法律知识、提供法律服务，现已制作播出249期。《法润泽州》电视法治专题栏目，以月播形式，制作播出43期，广泛宣传全县干部群众学法用法先进事迹和全县各司法、行政执法单位开展“谁执法谁普法”、法治创建工作的典型事迹和成功经验，有效引导全社会形成尊法守法的良好氛围。

加强“三个法治文化阵地”建设。乡村法治文化教育阵地是提升基层群众法律意识的新平台，泽州县因地制宜，结合美丽乡村建设，高标准建设了东四义公园泽州县法治文化教育基地，巴公镇中学泽州县青少年法治教育基地等17处法治文化阵地，蹚出了一条法治教育与法治实践相结合的法治文化阵地建设新路。法治文艺下乡巡演是让文本上的法律“活起来”“落下去”的新载体，泽州县通过组建法治文艺宣传队，创作了《普法教育铸辉煌》《学宪法》《扫黑除恶齐动员》《懒汉脱贫》等20余个具有泽州特色的法治文艺产品，5年来在全县开展法治文艺下乡巡演65场次，有效发挥了法治文艺作品的教育作用。“村村响”普法广播是推动智慧普法的新举措，泽州县主动在农村智慧“云喇叭”建设工程中，融入法治元素，开办了《律师说法》云喇叭广播节目，将最新的法律知识送到群众房前屋后、田间地头，有效解决了农村偏远地区群众接

泽州县法治宣传教育工作剪影。左图为泽州县建立了1200余人基层农村“法律明白人”队伍，每年组织法治培训，有力夯实基层农村法治教育工作基础；右上图为泽州县各普法重点责任单位利用各种培训班全面加强国家机关工作人员法治教育；右下图为高标准建设泽州县法治文化教育基地　摄影：梁锐、秦晋江

受法治教育渠道不畅的难题。通过三个法治文化阵地建设工程，提升了“泽州普法”品牌的影响力。

攻坚难点，奏好普法交响曲

“法者，所以兴功惧暴也；律者，所以定分止争也；令者，所以令人知事也”，法治是现代社会治理的基本手段。在实际工作中，广大农村地区，农民群众的法律意识不强；基层干部依法决策、民主管理能力欠缺；公共法律服务保障不均衡是影响基层民主法治建设的难题。

泽州县充分把握农村法治宣传教育的规律和特点，坚持全面教育与精准普法相结合，通过以案释法、现身说法等，在潜移默化中提升广大农民的法律意识。

在农村民主法治创建过程中，坚持良法与善俗相结合，将国家法律规定和本地良风善俗有机融合，编制村级权力事项清单，完善村规民约等，使村干部做事有章可循，村民办事有法可依，形成了自治、法治、德治“三治”融合的乡村治理格局。

在推动基层农村法治服务体系工作中，坚持请进来与走出去相结合，把村（居）法律顾问请进来，通过律师坐班、法律巡诊等方式参与村级事务管理，不断提升基层法律服务水平；让人民调解员、普法骨干等走出去，通过参加各类培训不断强化法律素质。将这两股力量在法律服务、矛盾化解等工作中拧在一起，共同发挥作用，实现了“小事不出村、矛盾不上交”，形成了共建共治共享的基层治理新格局。

通过不懈努力，泽州县涌现出北石店镇大车渠村、北义城镇西黄石村、巴公镇西四义村等一批市级民主法治示范村、法治乡村先进典型。巴公镇南山村还被命名表彰为“全国民主法治示范村（社区）”。

风劲帆满海天阔，俯指波涛更从容。泽州普法人将继续以前所未有的责任感与使命感，深入推进法治宣传教育，努力增强人民群众共享全面依法治县的获得感、幸福感、安全感，为新赛道上奋力夺取古韵泽州高质量转型跨越发展新胜利提供坚强的法治保障。

河南省淇县公安局

敢打硬拼亮出“平安剑”　护航发展撑起“安全伞”

2020年，河南省淇县公安脚步铿锵，风雨兼程，全力阻击疫情、拓宽民生警务、打击违法犯罪、保障复工复产……面对艰巨任务，淇县公安冲锋在前，共克时艰，务实重干，奋力创新，有力维护了全县政治安全和社会稳定。

一年来，淇县警方破获刑事案件624起，其中破获侵财案件320起，抓获各类犯罪嫌疑人687人，为受害群众挽回经济损失共计500余万元。

全年未发生现行命案，目前淇县已连续30个月未发生现行命案，创淇县有史以来现行命案“零发生”时间最长纪录，命案防范工作在全省遥遥领先。在“平安鹤壁”绩效综合考核中，淇县公安局连续三年荣获全市第一。在“平安杯”创建、服务企业发展、文明城市创建等方面履职尽责，倾心服务，做到了公安工作与全县发展同频共振。在2019年度全省平安建设公众安全感和公安机关执法满意度调查中，淇县公安局在全省157个县（市、区）公安局（分局）中位列第16名，成绩处于全省第一方阵、全市排名第一。

2021年1月21日、3月1日，中央电视台《今日说法》栏目分别以《出卖身份的人》《查找假证源头》为题对淇县公安局深入推进“平安守护”专项行动，攻坚克难侦破重大案件进行宣传报道，这也是该栏目3年内连续7次报道该局侦办的案件。

一年来，淇县社会治安大局持续平稳，无重大、恶性刑事案件，无重大、恶性治安案事件，无重大有影响的交通和火灾事故，无重大安全事故，全县社会治安形势大局稳定，社会平安和谐，高质量公安建设按下了“快捷键”。

“快捷键”下看创新

——打出组合拳高质量推进平安淇县建设

习近平总书记指出——

要围绕影响群众安全感的突出问题，履行好打击犯罪、保护人民的职责，对涉黑涉恶、涉枪涉爆、暴力恐怖和个人极端暴力犯罪，

“人民警察节”上面对警旗庄严宣誓　摄影：贾长波

淇水嘉园警务工作站“警营开放日”反诈宣传　摄影：贾宝华

对盗抢骗、黄赌毒、食药环等突出违法犯罪，要保持高压震慑态势，坚持重拳出击、露头就打。

要坚持打防结合、整体防控，专群结合、群防群治，把“枫桥经验”坚持好、发展好，把党的群众路线坚持好、贯彻好，充分发动群众、组织群众、依靠群众，推进基层社会治理创新，努力建设更高水平的平安中国。

一年来，淇县公安局牢固树立“命案可防、命案可控”的工作理念，不断强化命案防控措施，完善命案防控长效机制，把防命案作为保民平安的底线，连续两年现行命案“零发生”。2019年7月20日，侦破尘封26年的王某故意杀人案，至此，该局命案积案在逃嫌犯全部清零。自2018年11月30日，成功侦破“2018•11•30”刘某故意杀人案以来，已连续30个月未发生现行命案，创淇县有史以来现行命案“零发生”时间最长纪录。

该局紧紧围绕“发案少、秩序好、社会稳定、群众满意”总目标，创新工作举措，努力建设更高水平的平安淇县。主动把公安工作置于推进国家治理体系和治理能力现代化的大局中谋划推进，抓紧防风险、抓实保安全、抓牢护稳定各项工作。2020年9月8日，成功侦破“2020•5•29”特大拐卖外籍妇女、偷越国（边）境、婚姻诈骗案，省公安厅发来贺电，并受到公安部、省公安厅、市公安局主要领导的高度赞扬。该局先后侦破了“2020•2•27”保险柜被盗案、“2020•4•27”李某等三人系列利用二维码重大侵财案、“2019•12•27”系列建筑工地钢扣被盗案、“2020•6•14”重大跨区域系列盗窃汽车案、“2020•8•22”车内物品被盗案等一大批侵财案件，共为受害群众挽回经济损失300余万元。

该局扎实开展扫黑除恶专项斗争“六清”行动，保持高压态势不松懈，通过狠抓要案攻坚、线索办结、行业清源等措施，扣押、冻结、查封资产折合人民币1.4亿元。

“我们坚持打主动仗、攻坚仗，近年来电信网络诈骗高发，我们将打击电信网络诈骗作为首攻方向。分析研判2020年上半年以来电信网络诈骗案件，梳理出56名犯罪嫌疑人，组成10个抓捕组分赴福建、广东、云南、广西、湖北等地开展抓捕。截至目前，已抓获电信网络诈骗嫌疑人54名。为群众挽回经济损失400余万元，有力维护了群众的合法权益。”淇县人民政府副县长、县公安局党委书记、局长孙正阳说。

该局围绕“降低发案率，提升安全感”的目标，高质量推进社会治安防控体系建设，全面启动以治安整治为龙头，以网格化巡防、治安卡点、物防技防为依托的防控机制，切实提高了街面见警率、巡查管事率和现场抓获率。目前，淇县城区已实现空中有监控设备、地面有巡逻、出入有卡点、社区有联防、网络有导控的智慧防控体系。该局牢固树立“打击就是最好的防范”理念，特别是对盗抢骗、黄赌毒、套路贷等严重侵害人民群众生命安全、财产安全和合法权益的违法犯罪进行严厉打击。坚持侦防互动，加强案后反查，及时发现、整改社区防范等工作不足，夯实基层基础。

学习推广“枫桥经验”，矛盾纠纷“大排查大化解”百日攻坚行动和预防“民转刑”命案攻坚取得阶段性成效。结合“百万警进千万家”活动，该局包村民警采取入户走访、警民恳谈、社区服务等方式，宣传防诈常识，推广反诈“金钟罩”小程序，目前已有6万余人注册，向群众发放宣传资料5万余份，组织开展各类专项宣传活动20多场。2020年下半年，该局情指联勤中心处理预警2.7万余条，成功阻止328人上当受骗，劝阻129名已受骗群众停止转账支付，直接为群众避免经济损失450余万元。

“快进键”下看作为
——担当履责服务大局公安当先

习近平总书记指出——

努力使人民群众安全感更加充实、更有保障、更可持续，为决胜全面建成小康社会、实现“两个一百年”奋斗目标和中华民族伟大复兴的中国梦创造安全稳定的政治社会环境。

服务淇县党委政府中心工作，淇县公安主动担当，不讲条件。一年来，淇县警方主动服务于人民群众新期待新要求，敏锐务实，激情作为，最大限度地发挥了公安职能作用，以忠诚、主动、担当赢得了淇县县委、县政府及广大人民群众的肯定和赞扬。

坚决维护国家政治安全和社会大局稳定，按照全县等级化警务和重大突发案事件处置预案，淇县公安局积极组织开展处置规模性聚集事件演练拉练、暴恐袭击和个人极端暴力案事件等重大紧急警情处置训练演练以及群体性事件处置、设卡盘查、应急救援等紧急拉动演练。坚持每日对全县各类苗头性、预警性信息进行收集研判，有针对性地开展工作；组织全县14家反恐应急第一梯队力量进行反恐应急拉练2次，开展重点目标单位隐患排查21次，及时整改风险隐患；深入开展“校园反恐，豫我同行”反恐宣传进校园活动。

特别是新冠肺炎疫情发生后，淇县公安局把疫情防控工作作为最重要的政治任务，牢固树立“疫情就是命令、防控就是责任”的理念，启动了战时工作机制，全力以赴做好疫情防控和维护安全稳定工作，在大战大考中诠释了对党忠诚，展现了公安担当。该局因在疫情防控工作中成绩突出，2020年3月2日，被市公安局记集体三等功。

深入开展“百城会战”“猎狐”“云端”等专项行动，严厉打击各类经济犯罪。淇县公安局“聚焦风险防控，服务经济发展”为主线，积极参与防范化解经济风险，加强专业力量建设，狠抓执法质量，不断提升服务经济发展能力和水平，为复工复产保驾护航。强力打击非法集资犯罪活动，有效遏制非法集资蔓延势头，淇县警方在工作中发现一起非法吸收公众存款案，涉及群众238人，涉案金额总计达2031万余元，查封冻结涉案公司股权、不动产等资产700余万元。2020年，该局共侦破经济类案件98起，刑拘犯罪嫌疑人133人。

该局加大对环境污染、食品安全、药品安全等热点民生案件打击力度，营造了浓厚的环境保护社会共治氛围。针对淇县西部山区私挖滥采违法行为具有隐蔽性、复杂性和顽固性的特点，该局巡特警大队主动作为，提前介入，实地勘查地点和运输线路，进行线索排查摸底，梳理分析研判其规律，每晚安排夜查小组对私挖滥采违法犯罪进行防范和打击，构筑了一道“防火墙”，有效遏制了西部山区私挖滥采违法行为。2020年以来，该局共查扣并移交违法运输矿山物资车350余辆。

2020年7月28日上午，淇县公安局107国道高村公安检查站正式启用。高村公安检查站是淇县公安局率先在全市建成的一座高标准智能化的公安检查站，其特点是“数据赋能、高效通关、精准防控、便民服务”。检查站车辆入口前方3公里处设置了前端感知设备，利用全国联网的缉查布控系统，执勤交警对过境车辆的交通违法行为进行查处。在发生重大突发事件、重要安保活动和敏感节点时期启动交警、治安、巡特警多警联动机制，实行“三班三运转”机制，对自南向北过境的机动车辆、驾驶员和乘客、随车物品进行细致查验，实现“智能感知、精准识别、触圈预警、实时响应”，确保过境车辆“人车干净、物品放心”。107国道高村公安检查站的启用，提升了治安防控识别能力，打造了圈层防控新格局，为平安淇县创建注入了智慧和生机。

该局进一步加强了寄递物流业安全管理，认真落实寄递物流安保临时管控机制，要求寄递企业严格落实“三个100%”制度，督促相关部门和企业严格落实实名寄递和开包验视，寄递企业和分拨中心检查严格落实X光机安检。对涉黄、涉赌、涉毒、涉枪等各类违法犯罪发起凌厉攻势，截至目前，对民用爆炸物品从业单位和易自爆危险化学品从业单位开具万元以上罚单8起，共18万元。破获跨境网络赌博案件17起、涉爆案件1起，收缴各类枪支10支、子弹200余发，采取刑事强制措施32人，逮捕10人、公诉19人。

“2020年，全县没有发生重大、恶性刑事案件，无重大、恶性治安案事件，无重大有影响的交通和火灾事故，无重大安全事故，全县治安大局持续稳定，为全县经济社会发展创造了良好的社会治安环境。”孙正阳说。

“组合键”下看服务

——警务工作站零距离为群众提供服务

习近平总书记指出——

要推出更多更高质量的服务举措，着力解决好群众办事难、办事慢、来回跑、不方便等突出问题，让人民群众有更多更直接更实在的获得感。

“自助证明服务终端真方便，办理临时身份证明，只要输入身份证号，进行人脸识别，就可以自助打印了。”近日，张女士来到淇县淇水嘉园警务工作站的自助服务区，不到5分钟便办好了临时身份证明。

淇水嘉园警务工作站位于淇县淇水路中段，属淇县公安局朝歌派出所辖区，由警务工作站及安防体验馆组成。类似这样的警务室在淇县一共有22个，警务工作站164个。以“群众无小事，最多跑一次”为宗旨设立的自助服务区，也叫“24小时无人警局”，24小时对群众开放。内设自助证明服务终端、交通违章查询处理终端和法律咨询服务终端。群众只需要按照提示操作，即可完成相应的证明打印、机动车违法查询以及三分以下违章缴费处理，还能查询相应的法律法规。

走进警务工作站大厅，便民服务区、警民恳谈区、报警接待区、案件调解区、装备储存区、多功能展示区一应俱全。据了解，辖区内街面巡防、智慧小区、主要交通路口、重点内保单位以及人员密集场所的视频、人像、高空t望等均能在多功能展示区大屏上分块显示。系统还可以对摄像头抓取到的人脸自动进行识别，一旦出现在逃嫌疑人或重点人员可实时报警，重点监控。

安防体验馆以治安反恐禁毒为主，分为禁毒区、反恐区、生命安全区、食品安全体验区、防电信诈骗体验区、反邪教宣传体验区、消防安全区、交通安全区、机动车模拟驾驶体验区和消防VR逃生体验区，将多方面的知识集于一体，并加入了人机互动、游戏问答、沉浸式体验等颇具科技感的互动体验环节，让寓教于乐更具创意，从而达到宣传教育的目的。

在禁毒区，现场陈列着毒品模型，摄像头捕捉到的体验者的面部图片，能呈现其吸毒后1到15年的面容变化，帮助群众认识毒品，认清毒品危害；在反恐区，体验者通过佩戴VR设备模拟恐怖袭击现实场景，实现模拟逃生、自救互救和突发事件的应急处理，提高自救互救的能力；在消防安全区，参与者根据场景不同选择合适的灭火器，学习使用灭火器，增强消防安全意识。

2020年6月26日，国际禁毒日，安防体验馆迎来了淇县职业中专的学生代表。参观后学生们纷纷表示，体验活动让他们认识到了毒品的危害，增强了安全防范意识。今后他们会把学到的安防知识宣传出去，共同筑牢安全防线。

“筛选键”下看队伍

——党建引领铸警魂建设群众信赖的公安队伍

习近平总书记指出——

从严治警一刻都不能放松。要坚持政治建警、全面从严治警，着力锻造一支有铁一般的理想信念、铁一般的责任担当、铁一般的过硬本领、铁一般的纪律作风的公安铁军。

该局坚持党建引领不动摇。增强“四个意识”，坚定“四个自信”，做到“两个维护”。尤其是疫情防控期间，该局第一时间成立了4个疫情防控健康服务站临时党支部，筑牢“红色堡垒”，启动“党建+疫情防控健康服务”模式，做到疫情防控在哪里，党组织就出现在哪里。

该局党委以“业务搭台、党建引领、文化育警”的理念为总思路，不断提升民生服务水平，着力打造“书记带头干、党员带着民警干”的工作模式，充分发挥基层党组织的战斗堡垒作用和党员民警的先锋模范作用，打造了一支政治过硬、业务过硬、责任过硬、纪律过硬、作风过硬的公安队伍。

淇县公安局党委狠抓“三会一课”制度落实，开展主题教育实践活动，提升党员民警的学习能力、理论素养、工作本领，增强党组织的创造力、凝聚力和战斗力；推行“轮训轮值”“边值边训”等训练模式，提升队伍实战能力。认真学习警纪警规，通过开展“以案说法”、上廉政教育专题课、观看反腐专题电教片等，丰富党建载体，将反腐倡廉建设落实到具体的工作中。该局对民警的管理延伸到8小时之外，努力打造忠诚、干净、担当、富有活力的公安队伍。

在严格要求、严格管理民警的同时，淇县公安局提出“领导为一线民警服务”，注重民警的冷暖疾苦。该局把从优待警作为一项民心工程来抓，建立表彰奖励制度，充分调动了民警的工作积极性，为从严治警、凝聚警心创造了条件。

工作中，淇县公安局以“围绕执法抓党建、抓好党建促执法”为突破口，以铸造一流公安队伍为立足点和着眼点，教育引导广大民警，牢固树立群众观点，进一步增强宗旨意识、服务意识，牢记群众利益无小事，切实把民生为本、执法为民的要求落实到执法办案、化解矛盾等各项工作中，构建了“打防管控建一体化”的治安防控新体系，提升了社会管理水平，维护了社会和谐稳定。

“以‘今日红’带动‘永远红’；‘干就干一流、争就争第一’……市委书记马富国在全市三级干部大会上的讲话铿锵有力、催人奋进，进一步激发了我们有红旗必扛、有第一必夺的信心和决心。我们将紧紧围绕习近平总书记关于政法工作的重要指示精神，坚持以人民为中心的发展思想，把维护国家政治安全放在首位，聚焦打赢防范化解重大风险攻坚战。以最佳的状态、最足的拼劲、最强的实力，全力以赴防风险、除隐患、护稳定。以实际行动践行习近平总书记‘对党忠诚、服务人民、执法公正、纪律严明’的总要求。大力发扬为民服务孺子牛、创新发展拓荒牛、艰苦奋斗老黄牛精神，以更加奋发有为的精神状态推动公安工作高质量发展，以优异成绩庆祝建党100周年。”孙正阳说。

作者：秦利杰

湖北省荆门市看守所

党建引领强素质 开拓创新争一流

参观革命前辈陈士榘将军故居 摄影：陈述良

党建带队建是深入践行习近平总书记重要训词精神，努力锻造“四个铁一般”过硬公安队伍，在新时代不断开创公安工作新局面的不竭动力源泉。

近年来，荆门市看守所在市公安局党委的坚强领导和上级业务部门的大力指导下，坚持党建铸所、智慧兴所，强基固本、创优推特，全力打造“忠诚、平安、法治、文明、智慧、有为”监管，实现监所连续23年安全无事故，民警队伍连续13年无违纪。监所先后被评为“全国安全隐患整治工作示范公安监所”“全省公安监管工作先进集体”“全省看守所‘五化建设’工作成绩突出集体”“全省智慧监管建设工作成绩突出集体”，连续3年被省厅监管总队授予“教育感化深挖犯罪和协助破案工作成绩突出监所”，2020年被评定为全国“一级看守所”，并被省厅荣记集体二等功，多名民警受到公安部、省公安厅记功嘉奖。

政治建警，打造旗帜鲜明的忠诚队伍

党建是一切工作的基石。

近年来，荆门市看守所始终把政治建警作为做好新时期监管工作立所之根、强所之本，坚持抓党建带队建，建立了一支“政治合格、执法过硬、纪律严明、保障有力”的监管队伍。

在突出政治学习方面，荆门市看守所认真学习贯彻习近平新时代中国特色社会主义思想，深刻领会习近平总书记在全国政法工作会议、全国公安工作会议上的重要讲话精神，加强党支部建设，在全体民警中积极倡导忠诚履职讲奉献、廉洁高效树标杆、无私奉献写忠诚，切实让增强“四个意识”、坚定“四个自信”、做到“两个维护”成为民警的自觉行动。

2021年3月，全所还开展了以“以案为戒、严明纪律”为主题的教育整训活动，进一步加强公安机关纪律作风建设和党风廉政建设，推进全面从严管党治警向纵深发展。

在荆门市看守所，积分制管理的考核机制下，每月一小考、每年一大考，民辅警履职尽责与政治经济待遇挂钩；开展专项教育整顿，使过硬的纪律作风成为民警日常习惯、兴所之本，实行警务公开，聘请执法监督员定期评议看守所工作，征求办案单位、律师和在押人员家属的意见、建议，及时调整工作重心……正是这些引导党员补足“思想之钙”的做法，让荆门市看守所队伍意识形态更加牢固。

目前，荆门市看守所现有民辅警57人，均为大专以上文化程度。通过常年组织开展的岗位练兵培训，全体民警均取得执法资格，其中27名民警获得二级心理咨询师专业职称。所内涌现出女管教能手李娟、内勤能手陈述良、管教深挖能手鲁红兵、信息专家孙海滨、心理咨询专家闫骄阳等一批想干事、能干事的行业标兵，6名民警受到提拔重用，5名民警被荣记个人三等功。

创新提升，厚植人民满意的监管本色

2019年12月19日，湖北公安“智慧监管”现场会在荆门召开，荆门市看守所“智慧监管”经验面向全省推广。

对于年均押量×××余人的荆门市看守所来说，应对日益严峻的监管形势和繁重的羁押任务，不断创新，瞄准难点探索新途径、新方法，构筑以人民群众安居稳定、让人民群众满意放心为根本追求的公安监管安全堡垒是形势所需。

基础防范方面，荆门市看守所在AB门之间安装全封闭立式辊闸门，对监区辅门、车行通道、讯问室和会见室等重点部位安防设施进行改造，安防措施落实到位；与驻所武警部队建立AB门管控验证、派兵执行押解和联席会议、联合演练、联检联评等机制，做到共建、共管、共保安全。

与此同时，荆门市看守所投资1200余万元打造“智慧监管”，全程护航监所安全。以智慧防控、管理、指挥、服务4大智慧体系

左图为利用电教系统为全所民警演示智慧监管；右上图为党员活动日在党旗下重温入党誓词；右下图为组织在押人员演讲 摄影：陈述良

为核心，这套“智慧监管”系统涵盖智能监控、联动报警、人脸识别、智能收押、自助提讯会见、出所防误放、电子脚扣、监室智能终端等26种智能系统，建成了监控全域覆盖、报警多点感知、人员动态管控、信息高度融合、联动快捷高效的综合勤务系统，实现了人防、物防和技防的有机结合，并作为“全省智慧监管示范监所”标杆项目推广。

在荆门市看守所所长胡斌看来，全力打造的“铁桶工程”“智慧监管”，构筑起荆门市看守所监区的铜墙铁壁，保证了监所与在押人员的绝对安全。

为进一步夯实医疗专业化水平，破解监所就医难的问题，荆门市看守所与市第二人民医院建立医疗合作机制，落实医疗专业化，医务人员每日上、下午固定巡诊，24小时驻所值班。通过建立医疗档案，强化疾病治疗，对精神类、心脑血管类、癫痫类等患病人员实行“重点挂牌”诊治。同时，荆门市看守所还在二医设立监管病房，建立救治“绿色通道”，保证病患在押人员突发状况时得到及时救治。

以人为本，践行为民服务的公安宗旨

为彰显新时期公安监管精神，荆门市看守所在大力推进执法规范化、管理人性化、保障文明化的基础上，拓展监所职能，着力服务工作大局，在押人员权益、监所开放水平持续提升。

在创新服务方面，荆门市看守所持续推进“一所一特”创建活动。2018年，围绕“阳光课堂解疑惑，心理疏导化春风”这一特色课题，荆门市看守所投资6万元顺利建成心理咨询室、心理宣泄室，进一步强化在押人员心理咨询和心理干预机制建设，全面提升看守所整体监管教育水平。

以服务律师为例，荆门市看守所建设的律师会见区内，12间律师会见室整齐划一；律师休息区内，能提供智能存放柜、饮水、充电、打印复印和工作就餐等便利措施，满足日常工作需求；在落实值班律师制度方面，周一、周五为“律师接见咨询日”，执业律师到所为犯罪嫌疑人提供免费法律咨询、解答，并开展法律援助宣传和法治教育工作。

此外，协助破案工作还纳入民警绩效考核，全体民辅警人人都是信息员、情报员、战斗员，形成协助破案人人有责、个个参与的良好氛围。每月的案件线索分析研判会议上，以信息研判引领挖线，实现协助破案工作常态化；开辟“日常管理与人文关怀相结合、教育感化与政策攻心相结合，精准找案与重点突破相结合”的挖线新途径，使线索收集更加精准。2019年以来，荆门市看守所共收集各类犯罪线索500余条，协助破获抢劫、贩毒、盗窃等各类案件60余起，其中大案要案8起。

为进一步提高看守所执法工作透明度，荆门市看守所还采取“请进来、迎进来”的模式，聘请人大代表、政协委员、律师为特邀监督员，接受监督与评议。2019年以来，荆门市看守所对外组织开展警示教育1200余人次，向社会展示了看守所规范执法、人性化管理的良好形象，也增进了社会对监所工作的了解，达到了宣传监管工作、展现监管形象、促进监所安全文明管理的良好效果。

实战强所，打好疫情防控的攻坚之战

2020年春，疫情突如其来。荆门市看守所把牢防线，围绕“防疫保安全、服务促大局”总体思路，积极部署，全员投入，主动融入防控大局，确保监所“零事故”“零感染”“零病亡”“零炒作”。

防疫期间，监所实行战时勤务、封闭管理。荆门市看守所主动对接办案部门，对现场提讯、开庭审理、起赃辨认等开通“特殊通道”，不因疫情防控影响案件办理。疫情防控期间，荆门市看守所共安装远程高清视频提审室10间、律师会见室4间，改造远程视频法庭1间，通过建立预约机制，有序安排远程视频提审、律师会见、开庭等服务保障工作，以看守所内部人员“多跑腿”实现公检法办案人员“少跑腿或不跑腿”的服务效能。

荆门市看守所还开展“除隐患、保平安、控发案”等专项行动，稳妥抓好投送交付执行工作，完善保障体系，严格风险把控，扎牢入所防疫关口。2020年4月恢复投送执行工作以来，荆门市看守所严密组织集中隔离、文书审核、病号对接等工作，科学调度警力，确保押送过程的高标准、高质量。截至当年11月，该所共投送监狱罪犯×××人，涉黑涉恶团伙××个成员×××名，没有出现一例因工作失误造成拒收情形，最大限度地缓解了监所羁押压力。

实行封闭勤务，全体民辅警身心、体力也接受着极大的考验。所领导班子以身作则、率先垂范，工作在一线、吃住在岗位，严格落实所领导主体责任。为鼓舞士气，所长胡斌、教导员蒋发斌开展谈心谈话教育38次，在防疫阵地上对6名过生日的民警予以关怀。副所长王永杰对家中年幼的孩子撒下“真实谎言”，多日坚守岗位，指导消杀和把住监所安全。

在支部引领和领导率先垂范带动下，极大调动了全所民辅警决战到底的积极性，形成“全所上下一盘棋”的良好工作氛围，许多民辅警克服家庭困难坚守疫情防控一线，民警刘文斌岳母去世也未能回家，一心扑在工作岗位上。据统计，疫情防控期间，荆门市看守所有3名民警连续封闭执勤90天以上、21人连续封闭执勤80天以上，多人次受到省厅、市局记功嘉奖。

新时代、新使命。荆门市看守所将以习近平新时代中国特色社会主义思想为指导，以“保一创标”为目标、以执法规范化为主线，全力确保监所、队伍两个安全，打造监所管理新品牌，推进监管工作再上新台阶。

作者：邓琳、陈述良

江西省上饶市公安局交警支队

守初心担使命　向交通积弊说“不”

链接：近年来，上饶市公安局交警支队始终坚持以人民为中心，以善治为目标，切实把维护社会稳定作为前提，把安全与畅通作为重点，把严格规范执法作为关键，把科技创新应用作为牵引，把营造干事创业的政治生态作为保证，坚持法治思维和法治方式，系统思维和系统方法，数据思维和数据应用，立足主业，追求卓越，奋勇争先。2016年至2019年连续4年考核排名全省第一。上饶交警“两站两员”信息平台、驾考“学时对接”、编写《上饶市道路交通安全教育读本》纳入地方教材进课堂、交互式电子警察等4项创新走在全国前列。《上饶市道路交通安全管理办法》《上饶市城市道路交通安全与管理设施设置导则》、VR交通安全体验馆、机动车安全技术检验监管智能审核系统、上饶广播电台96.6频率入驻支队等5大举措均为全省首创，各项工作得到部、省、市有关领导肯定。

纵横交错的路网，承载的不仅是便捷，也有乱象。破除痼疾的

上饶市道路交通安全管理办法，坚持法治思维和法治方式，为依法治理提供新的强力支撑

行动，考验的不仅是力量，更有智慧。如今，多年的交通积弊在城市双创“五车”整治演绎的城市交管思维中逐步化解。守护市民出行安全的初心，也在这场真抓实干的整治中淋漓尽现。

有这样一组数据让人备感欣慰：2019 年 5 月着力开展“五车”整治，短短半年时间，江西省上饶市中心城区涉及“五车”的交通事故总起数同比下降 7.9%，受伤人数同比下降 3.15%，死亡人数同比下降 34.78%，实现人力三轮车 100% 清零、载人三轮车 100% 管控、超标二轮电动车 100% 淘汰、国标二轮车 100% 挂牌、“摩的”非法营运全面剿灭、载货三轮车和轻型货车限行全面管控的良好成效。

一双有力手，破了难解的题

2010 年起，面对行业标准缺失、无序过度增长、事故隐患突出等实际问题，上饶交警运用法治思维和法治方式，在《江西省非机动车管理办法》基础上，因地制宜出台《上饶市超标电动自行车、汽油机助力自行车临时通行管理办法》，解决群众手中既有超标电动车通行资格问题。2018 年，该市还出台了全省第一部道路交通管理的政府规章——《上饶市道路交通安全管理办法》，更加明确了对超标电动车、电动自行车管理职责和权限。

2019 年 4 月 15 日，国家出台《电动自行车安全技术规范》，该市要求在 8 月 15 日前全面退出使用超标电动车。经过多年过渡，市民对此举表示十分理解，439 名电动车经销商还顺势成立了电动车行业协会。

“法治思维和法治方式是我们明确方向、精准发力、破解难题的‘方向盘’，贯穿着交管工作全过程。”时任上饶市公安局党委委员、交警支队长张荣来细数着上饶交警的法治步伐：在全国推广以“涉嫌提供虚假证言”的法律定性打击“黄牛”；在全国率先将交通部门国交平台与公安部门计时培训系统对接，使得全市 800 多家挂靠的“黑驾校”自然淘汰，考试通过率提升 21%……

一任接着一任干，一张蓝图绘到底，2020 年 11 月，上饶市公安局交警支队长周象有刚到任就促成《上饶市道路交通安全条例》列入市政府 2021 年立法计划，目前各项工作有序开展。

一张系统网，通了善治的路

“我经常骑三轮车送货，得知要考证挂牌后才能上路行驶就立马报名了。”53 岁的梁光和正在电脑前答题。据悉，自从发布 2020 年 1 月 1 日起无牌无证三轮车禁止上路的通告后，已有 900 多人参加驾驶证考试。面对三轮车快速增长，上饶市采取了中心城区分阶段、时段、区域的三轮车限行措施，对不符合标准的强制报废，对符合标准的严格管理。如今，机非混行、逆行、闯灯越线等突出违法明显减少，主干道路路口交通违法发生率下降 65.2%。

“摩的”一直是交通管理顽疾。如何找准“摩的”整治关键？如何推进实施又不反弹？上饶交警用系统思维作了解答。不仅将“禁止使用摩托车、电动自行车、残疾人机动轮椅车等从事载客载运”列入《上饶市道路交通安全管理办法》，对于非法营运行为实行 2000 元的顶格处罚，还与信州特警联动，通过特警蹲守、交警拦截的协同配合，实行精准打击。同时，摸排 27 个“摩的”集中待客点，完成 320 余名“摩的”驾驶员和车辆信息的登记造册，一对一普法宣传。经反馈核实，登记造册的车主中有 182 名“摩的”未发现明显营运轨迹。

上饶交警将系统思维和系统方法作为“主引擎”：编写《上饶市道路交通安全教育读本》，全面纳入地方教材并进入全市小学一年级的课堂；在全省率先将车辆、驾驶证、违法处理、交通事故复核等交管业务实行“无差别受理”；科学合理组织交通，全市交通管理设施规范设置率达 82%，交叉口科学渠化率达 78%……

一个智慧脑，解了难管的事

在“五车”整治中，上饶交警充分发挥数据思维，启用 73 处“交互式电警，增强型警务”，实时采集并自动识别驾驶人、车辆等是否存在违法信息，同步推送给附近的执勤民警，将违法预警数据在“电子警察—指挥中心—警务终端—路面民警”中快速流转，打造四位一体的闭环勤务模式，实现即时感知、秒级反应，项目成功申报并获得国家专利。

推动并完善交通“智慧脑”升级，始终是上饶交警发展中的重要环节。上饶交警坚持数据思维和数据应用，制定了“1234”的科技信息化 3 年规划，即依托一个中心，每年投资 2000 万元，搭建公安交通管理集成指挥平台、数据分析研判综合平台、城市智能交

上饶市交通管理细致扎实，硕果累累。左图为全社会总动员，全民参与文明交通出行；右上图为规范国标电动车牌证管理，2019 年实现国标车 100% 挂牌，创新推动建立“全国首创”的非机动车智能管理信息系统；右下图为推动实现《道路交通安全教育读本》全面进入全市小学生课堂

通管理平台三大平台，努力实现基础工作信息化、警务工作数字化、指挥调度智能化、交通管理现代化的“四化”目标。同时，还积极与知名院校、企业合作，拓展“智力融合”出路；建成全省首个“机动车安全技术检验监管智能审核系统”，使车辆“从注册登记到报废淘汰”的全周期都在交警掌控之中。

一颗为民心，使了同向的力

上饶作为江西“东大门”和全国性综合交通枢纽，致力于打造“看得养眼、开得顺畅、停得规范、行得舒心”的出行文化，上饶交警支队深挖致堵、致乱、致祸根源，以中心城区为模板，全警下沉，紧盯路面，细化10个网格片区，包干46条主干道路，探索并推广“分片负责，包路履职”的网格化整治模式。同时，统筹全市公安交警部门，扎实开展多项交通整治活动。5年来，全市未发生一起一次死亡4人以上道路交通事故，事故死亡人数逐年下降。

同时，还清理并完成验收484处管养和非管养道路交通安全隐患；调研并上报《G320国道交通安全评估建议书》，促成7处事故黑点有效治理；投资近2亿元，开展标志标牌规范改造、信号灯及电警完善、标线施划等9个工程项目建设……

深挖上饶“五车”整治背后演绎的城市交管思维，细节比数字更精彩，过程比结果更动人。在整治行动的背后，既见一座城市出行品质的蜕变，又见上饶交管工作的力量与智慧，更见地方政府与市民同向发力的初心。

摄影／供图：上饶交警支队法宣科

广东省广州市公安局番禺分局禁毒大队

为执法树一把法纪“标尺”

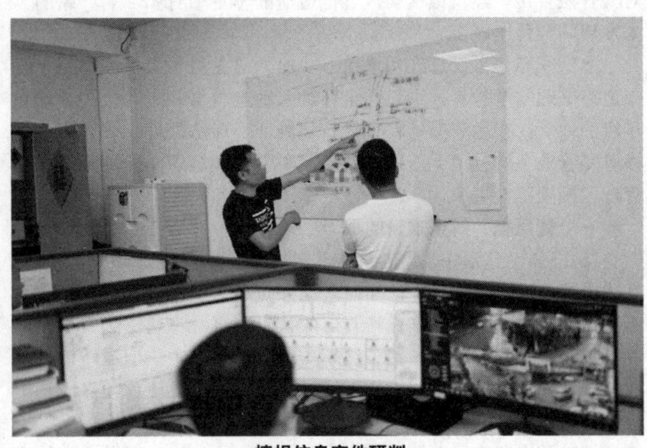

情报信息案件研判

链接： 十八大以来，广州市公安局番禺区分局禁毒大队和大队长曾纪中主要奖励情况：2019年度广东省公安厅禁毒局全省公安机关缉毒侦查大比武一等奖，2019年度广州市公安局集体三等功，2018年度广州市公安局集体二等功，2019年广东省公安厅禁毒宣传先锋奖，2020年公安部全国公安机关执法示范单位，2012年度广州市公安局人民满意单位，2015年度广州市禁毒委员会广州市禁毒工作成绩突出集体，大队长曾纪中获得广州市公安局个人二等功1次，广州市公安局个人三等功2次，广州市番禺区人民政府个人嘉奖3次。

“与普通案件不同，毒品案件通常没有受害人报案，主要靠公安机关主动侦查。这既要求办案民警发挥主观能动性，又要求民警心中时刻有一把法纪‘标尺’，在每一宗案件办理过程中做到执法公正。”广州市公安局番禺区分局禁毒大队大队长曾纪中对记者说。近年来，番禺区公安分局禁毒大队以创建“执法示范单位”为契机，始终把执法质量作为公安工作的生命线，围绕“打、防、管、控、宣”五条主线，不断强化执法源头治理，落实规范化执法保障，创新工作机制、推进信息化应用，切实提高公安民警的执法管理水平和打击破案能力。

全流程监管，保障执法规范化

走进番禺区公安分局禁毒大队的办公区，“努力让人民群众在每一个司法案件中感受到公平正义”的标语高悬墙上。“大队民警已将法治精神融入案件办理的每个细节中。”曾纪中告诉记者，“从2018年初至2019年底，大队共破获700余宗毒品案件，但无一例涉嫌违纪执法。”

番禺区地处广州市中南部，区内有广州南站和大学城，外来人口和流动人口众多，毒情形势较为复杂。在“雷霆扫毒”行动和“全民禁毒工程”开展后，辖区内大规模毒品犯罪几乎绝迹，但零包吸贩毒案件时有发生。

“打击零包吸贩毒案件方面，基层派出所具有熟悉辖区情况的优势，但缉毒工作需要很强的专业技能支持，包括检测技术、深挖扩线等。”曾纪中告诉记者。为解决基层专业领域执法的痛点难点，2019年初，番禺区公安分局进一步强化禁毒大队与派出所“队所联动”，建立片区联动工作机制，将全区划分为3个片区，充分发挥禁毒大队专业警种和派出所熟悉辖区情况的互补优势，实施“捆绑”作战，统筹推动毒品案件侦办工作，精准、快速打击零包吸贩毒违法犯罪，同时对毒品犯罪进行全链条打击。

2019年11月初，禁毒大队对吸毒人员毒品来源进行分析，发现了黄某贩毒团伙的相关线索。当月12日，专案组对该团伙进行收网，抓获黄某“下家”吸贩毒人员20余名。但专案组并未就此止步，而是对该团伙的“上游”进行深挖。同年12月7日，组织全面收网，将这一“毒瘤”连根拔起。

围绕执法公正，该大队建立以证据为中心的执法办案标准体系，强化民警获取、应用、保管证据的能力。曾纪中告诉记者：“在检测方面，以前主要采用尿液检测，一些长期吸毒的人员如果数日内停吸，便可能无法检测到。而今我们全面采用毛发检测，可查到近半年内其是否吸毒。毒品物证保管方面，以前涉案毒品存放在办案派出所，登记流转手续繁琐，也存在一定安全隐患。如今我们建立了智能化、标准化、专业化毒品管理中心，毒品从查缴、流转到销毁，全流程网络后台监管，保障了禁毒执法规范化。”

办案流程标准化，避免冤假错案

多年前，番禺区公安分局禁毒大队处理了一宗吸毒人员套用他人身份信息案件。王某曾是一名吸毒人员，为逃避打击，他从黑市上购买一张与自己相貌特征极其相似的郑某的身份证件，在接受公安机关调查时，谎称自己是郑某，从而导致真正的郑某被纳入吸毒人员管控，驾驶证也被注销。

“审核案件时，我们发现‘郑某’十分可疑，遂立即通过办案

禁毒一线剪影。左图为抓捕现场；右上图为毒品提取扣押；右下图为远程帮教

协作机制委托郑某户籍地的公安机关协查。经比对，证实了真正的郑某没有吸毒，也不在广州，其身份信息确属被冒用。”办案民警回忆道。核实情况后，该大队拟将郑某的信息从禁毒信息删除，并协调郑某户籍地公安交管部门恢复其驾驶证，但因郑某的“涉毒信息”已被其户籍所在地派出所接收录入，且其驾驶证签发机关在贵州省，实际操作困难重重。多次沟通无果后，该大队派出2名民警到郑某的户籍地进行协调。最终经多方努力，郑某的吸毒信息被彻底删除，驾驶证也顺利恢复。

不冤枉一个好人，是执法公正的底线。在案件侦办过程中，除了法制民警全程跟进外，该大队还探索出一套案件格式化管理系统，以网上执法办案为载体，将毒品案件侦办的每个环节通过格式化、标准化的方式固定下来，为基层民警提供办案指引。如果办案人员有违规操作，系统会自动预警，从而避免冤假错案。

全民禁毒真正落到实处

番禺区公安分局禁毒大队由于执法公正、纪律严明，开展的禁毒工作得到辖区群众广泛认可和支持。

2016年，辖区居民林某主动向警方举报自己的儿子小林吸食冰毒。小林被警方收押后，对家人怀恨在心，并扬言要进行报复。番禺区禁毒办工作人员告诉记者：“小林的个案比较特殊，2009年他受毒友的影响开始接触毒品，第一次从强戒所出来后，中间有5年没有沾染毒品。后来与家人发生矛盾，对于婚姻和家庭各方面都绝望的小林再次吸食毒品，来逃避和宣泄心中的不快。”考虑到小林存在不理性的想法，极易形成复吸风险，在小林结束强戒后，番禺区禁毒办工作人员立即跟进，对小林开展心理疏导，引导其自主分析家人的举报行为对其产生的影响，并利用情景模拟方式让其了解如果家人没有举报将会产生的严重后果。幡然醒悟的小林不仅彻底放弃了报复想法，还积极投身到禁毒工作中，结合自己的经历，协助禁毒办工作人员识别吸毒人员。

曾纪中表示：“以前，部分群众对公安禁毒工作不理解，甚至帮涉毒的亲属打掩护，认为一旦把人交给民警就等于毁了他。如今随着禁毒帮扶宣教工作的深入推进，以及执法办案的规范化、公开化、透明化、人性化，群众从不理解到理解再到参与支持，全民禁毒真正落到实处。”

供图：广州市公安局番禺分局禁毒大队

广西兴业县信访局

构建连心桥　共谱和谐曲

近年来，广西兴业县委、县政府把做好信访工作作为领导干部的重要政治任务，从顶层设计构建密切干群关系的“传情网”着手，畅通干群联系“连心桥”，使信访工作逐渐步入规范化、高效化、法治化轨道。

2019年1月至12月，兴业县信访部门共受理群众来信来访509件次，与2018年同期相比下降26.1%。

兴业县信访局被广西壮族自治区信访局评为2018年度、2019年度全区信访工作“人民满意窗口”；兴业县被国家信访局审核认定为2019年度信访工作“三无”县（市、区）。

高站位助推信访“传情网”构建

近年来，兴业县委、县政府为提升群众安全感满意度，密切干群关系，推动信访“传情网”构建，深入开展领导干部大接访活动。每天派出一名四家班子领导到县群众信访接待中心轮值接访，及时解决重大、疑难和突出信访问题，提高了信访工作效率，确保了信访事项办理质量。

2017年，兴业县城投公司修建城区排污管网，因施工不当造成陈某自建房墙体和地板发裂，存在极大安全隐患，陈某一家为此忧心忡忡。为排除隐患，他向相关部门投诉并要求施工方赔偿相关损失。但从2017年起，因相关单位责任不明确迟迟得不到解决。2019年2月27日，陈某将此事反映到县信访局。当日正好是兴业县委副书记、县长杨开源接访的日子，杨开源了解陈某信访事项的来龙去脉后，立即通知县城投公司及施工单位到接访现场进行调解，最后经各方协调，双方作出适当让步，县城投公司及施工单位同意给予陈某赔偿并当场支付赔偿款。

左图为兴业县委书记陆金学（后排右三）接访反映七团社区地陷问题的群众；右图为 2019 年 2 月 27 日，兴业县委副书记、县长杨开源到群众信访接待服务中心接待来访群众 摄影：梁栩广

“县委、县政府如此为我们老百姓解决难事、烦心事，我们的日子过得舒心、安心。”事情解决后，陈某高兴地签订了息诉罢访承诺书。

近年来，通过信访工作顶层设计，兴业县形成了以上率下主动解决问题、积极化解群众矛盾的信访氛围，“矛盾不出村，问题不上交，服务不缺位”的基层社会治理格局逐步形成，信访“传情网”在构筑和谐干群关系中的作用日益突显。

“N+”服务促“事心双解”

为让群众信访问题得到解决，2019 年，兴业县推出信访“N+”服务，即落实信访“五包”措施（包案领导包掌握情况、包解决困难、包思想转化、包化解矛盾、包息诉息访）确保案件“案结事了”，信访人“事心双解”。

2018 年 4 月，兴业县粮食系统退休职工代表梁某霞等 4 人向信访局反映：该县粮食系统 1993 年至 1998 年退休的人员没有享受到 1992 年退休人员一次性领取生活补贴的政策，要求县政府按同类人员补发他们该项退休生活补贴。

兴业县信访局接到情况反映后，立即将问题移交相关职能部门尽快查办。2018 年 4 月兴业县粮食局、县人力资源和社会保障局、县财政局受理了该案。考虑到该案涉及政策性强，牵涉到大量退休职工群体利益，为顺利化解群众矛盾，兴业县信访局在处理该案时，除由县领导包案外，还同时组织法制办、县粮食局、县人力资源和社会保障局、县财政局、县老干部局和县信访局等相关单位组织专班进行调查研究。专班工作人员通过查阅历史资料和政策法规、向原同属县级玉林市管辖的玉州区、福绵区了解情况，得知这两个区粮食系统 1993—1998 年的退休人员，确已享受到该项一次性退休生活补贴，而兴业县当时并未参照同类地区执行政策，梁某霞等退休人员的诉求合理，应予补发。

2019 年 5 月，在包案领导及各部门协调推动下，兴业县粮食系统政策性企业退休人员 19 人的生活补贴共 13.3 万元划拨到位并发放到各人手中。

构筑服务群众高速通道

在兴业，群众“心气不顺”时，可以表达诉求的渠道不仅多，而且畅。

一个电话、一条短信、一次视频交流……往往可以有效化解难题、消除烦恼。

近年来，兴业县按照自治区的部署，相继在各乡镇（街道）、村（社区）建立群众信访服务站（室），并在此基础上开通网上信访、短信信访、手机信访、视频信访和信访服务电话，为群众提供全方位、多层次、高效率的诉求表达渠道。

“曾同志，能不能帮我们异地搬迁户向政府反映一个问题，政府让我们搬迁来这里工作生活，可我们刚从村里搬来，也没有什么技能，不知道该怎么维持生活。”2020 年 5 月 18 日一大早，兴业县石南镇城西社区群众信访服务室的工作人员曾宪秋刚打开办公室的门，社区居民杨某就赶来找他。曾宪秋给杨某倒上水让他坐下慢慢说。

原来，石南镇城西社区 2428 户居民里易地扶贫搬迁贫困户就有 1273 户，大多数贫困户刚搬到城区居住，生活、工作方面都遇到不少问题，曾宪秋与社区的其他工作人员经常入户询访，帮助这些新搬来的住户解决小孩上学、老人医疗等问题，成了异地扶贫搬迁户的“知心大姐”。当日，曾宪秋将杨某反映的问题记录在笔记本上，并答应会帮他尽快解决问题。

城西社区信访服务室设立后，小区居委会采取多种方式有效化解涉及居民水、电、卫生、安全、维修、绿化、纠纷、管网等各类信访矛盾纠纷 20 多件，社区还因社制宜，引进扶贫车间、农民书屋等公共设施，有效促进了社区的和谐稳定，基层社会治理能力明显增强。

“现在向政府反映问题方便多了，在手机上只要划动手指，就能把自己的诉求向政府表达。”近日，兴业县山心镇升平社区的杨某对信访局开通的网上信访业务赞许有加。他在网上向县信访局反映村里垃圾乱堆放问题，整个事情处理过程，都能通过手机跟进进度。目前，他反映的垃圾乱堆放问题已得到解决，他对政府的整改情况表示满意。

构筑服务群众信访高速通道，不仅解决了一件件信访事项，还拆掉了一道道干群之间的“篱笆墙”，架起了一座座党和政府与人民群众之间的“连心桥”。

重庆市黔江区护路办

谨以铁路为藤 漫开平安之花

黔江区乡镇责任段铁路护路队员在渝怀线责任路段集中巡线 摄影：孙红波

从铁路建设到普铁通车，再从绿皮列车进入高铁时代，重庆市黔江区经过了19个年头。铁路动脉的安全畅通，给黔江区发展注入了日新月异的鲜活变量。特别是近年来，铁路事业在决胜全面小康，决战脱贫攻坚和乡村振兴的伟大实践中发挥了重要作用。一直以来，黔江区铁路护路联防组织认真贯彻落实习近平总书记对铁路安全工作的重要指示精神，落实总体国家安全观、保障人民生命财产安全的实际行动，不断加强新时代铁路护路联防工作，努力建设更高水平的平安铁路，以维护铁路安全稳定为己任，为铁路安全畅通稳定筑起了坚固屏障。因铁路护路联防工作成绩突出，重庆市黔江区2013年被授予全国“平安铁路示范区”荣誉称号。

以铁路为盟，路地同心落实“三个责任”

“参加的人员较多，中坝火车站办公室比较挤，准备把这次联席会议安排到你们居委会议室，请你立即落实一下……”

2021年5月24日，中坝火车站准备和冯家街道护路办相关人员召开迎接中国共产党建党100周年铁路周边安全隐患排查联席会议，商议再次排查清理铁路沿线轻飘物类安全隐患工作。

作为街道办铁路护路责任段段长的刘明放弃午休，忙着联系中坝居委铁路护路责任段段长钟亮落实会议室和会议相关准备。

14时30分左右，冯家街道护路办、中坝火车站、铁路派出所、冯家派出所、护路队员按时参会。会议明确了迎接中国共产党建党100周年铁路周边安全的重要性，参会人员均表示政治站位要高，工作要具体细致，共同协作，努力在一个月内把责任路段轻飘物安全隐患再次排查清理一遍。

坚定落实地方属地责任、联防组统筹责任和成员单位协同责任，黔江区委政法委充分发挥在平安建设中的牵头抓总、统筹协调、督办落实等作用，充分调动相关部门单位参与铁路护路联防积极性，形成问题联治、工作联动、平安联创的良好局面，推动铁路护路联防各项措施落到实处、抓出成效。

在黔江区，像这样的路地共建联席会议是常态，共同研判、共同治理、共同协作的工作制度从通铁路以来就形成了固有机制。近年来，该区建立完善了铁路沿线“双段长”路地协作长效机制，即铁路系统责任段段长和属地责任段段长双重负责制度，黔江区又将属地责任段长分为区级、镇街、村居三级，把护路工作落实到了具体段点和具体责任人，分工更加明确，工作秩序更加有条不紊，路地协作配合更加灵活机动。黔江区铁路沿线8个乡镇（街道）20个村（社区）和1条油库专线，共明确三级段长共计33人，招录了专兼职铁路护路队员80名，由各辖区进行岗前培训，统一由黔江区财政局划拨工作经费，持续开展爱路护路、治安防范知识宣传，切实增强了群众安全防范意识和法律意识，有效保护了铁路公共设施设备安全和沿线人畜平安。

以铁路为轴，十余年转动筑牢人技物三防融合

“今天没有下雨，沿线巡护工作十几分钟就完成了。”金洞乡护路队员何玉华告诉记者，“K330+800至K332+300是我的巡护路段，每天至少两次巡检，是雷都打不动的。”

何玉华是退伍老兵，做过十多年村支书，从2007年渝怀铁路线通车至今14年，他一直坚守在铁路爱路护路工作岗位，每天都一丝不苟。10余年生活围绕铁路转动，他见证了铁路建设和爱路护路工作的变迁。

“以前只能靠人，基础防护设施差，封闭不严，群众安全意识淡薄，每天要巡逻很多遍才放心。现在实现了铁网全封闭，沿线拥有远程视频监控和智能化打卡管理，我们只需要对外围死角巡看两遍就差不多了。”

“智能化打卡管理是什么？”记者问。

“就是平安黔江App，里面有铁路护路专业模块，护路队员一人一个账户，每天登录打卡报告巡线地段和巡线工作情况。”他一边说着一边给记者展示该App的功能。

2020年底，黔江区在渝怀铁路沿线的区县中率先完成了铁道沿线铁网封闭和安全隐患排查整治工作，境内铁路线实现完全封闭管理。护路队员只需要在外围巡防巡护，加之远程监控密集布入和科技智能手段的融合，工作量大大减少。

黔江区铁路护路人10余年的坚持与坚守，全力推进人防物防技防相互融合，坚实地迈出铁路护路工作的新步子。

据悉，近年来，黔江区铁路护路工作注重以人防为基础，加强专兼职护路队伍建设，每年组织开展专兼职铁路护路队员专题培训2次以上，铁路沿线各乡镇（街道）自主组织开展培训20次以上，切实提高了护路联防队员爱岗敬业意识和实际工作能力。

同时，强化科技防控，持续加强铁路护路智能化建设。黔江区将铁路护路工作所需视频监控镜头纳入“雪亮工程”规划建设，规划建设76个镜头，其中渝怀线60个，黔张常线16个，已全部建成并连线至黔江区综治指挥中心大平台。且自主研究开发铁路护路工作App，通过大平台了解队员巡线情况，实时上报处理影响铁路运行安全的案事件，加强了队员的上岗率和责任感。

以铁路为藤，促“三护”生根漫开平安之花

“要是本刚还在就好了，他没享受到这样的好日子，是最大的遗憾。”家住濯水镇甘家坝已经85岁的樊婆婆告诉记者，大儿子冯本刚曾是铁路护路队员，在铁路护路平安大院落成搬迁半年后病逝。

“我们一起挨家挨户宣讲爱路护路的重要性，动员两个大院68户220多口人整体搬离铁路沿线，前后共3年多时间。”一直坚守在铁路护路岗位的冯从勇告诉记者。

2010年，甘家坝火车站因围车叫卖行为非常严重，在路地多次实地研判后，基于保护铁路安全、保障群众平安等原则，决定将火车站附近的坨底院子和孙家坡院子68家村民整体搬离，由属地给予政策支持。

2014年，68家村民全部从半山腰迁至距铁道线500米之外，成了如今319国道旁的甘家坝大院。现在，那个曾叫坨底院子和孙家坡院子的地方，已是一片郁郁葱葱的集中管理经果林，成为铁道沿线靓丽的风景线。

利用赶场天，黔江区路地多部门联合开展爱路护路宣传 摄影：孙红波

“没有爬坡上坎，距离集市很近，生活更方便；出门就是宽敞的国道，儿孙的致富门路更多，党的政策真好……”樊婆婆说。

通过整体搬离或者由分散集中迁居等方式，治理沿线重点人群、重点位置和重点问题，让治理难题变为治理亮点，问题散户、院落转变成铁路护路联防平安大院，形成全民爱路护路氛围。像濯水甘家坝大院这样的铁路爱路护路平安大院，黔江区至今已建成20余个。

重庆处于“一带一路”重要节点，黔江区牢固树立“护路就是护发展、护路就是护平安、护路就是护形象”的护路理念，将这种理念植根于涉铁乡镇及村居，植根于铁道沿线的广大人民群众生活，还不断将这种理念植根于涉铁部门和涉铁企业。

“正阳油库辐射渝鄂湘黔四省市邻界的近10个区县，从原有的11000立方搬迁扩容到近50000立方，有了1246米的油库铁路专线。”中石油黔江正阳油库副主任王元华告诉记者，“一直坚持把安全管理放在首位，黔江区护路办与我们建立了联动机制，落实安全责任确保专线安全畅通，助力黔江区政治社会持续稳定。”

“按照安全标准规范操作，打准旗语，掰准道岔，确保进出的机车安全通过。”负责油库专线机车进出库对接的小徐告诉记者，“持证上岗，安全垒于点滴……”

铁路是国民经济大动脉、国家重要基础设施和大众化交通运输工具，做好新时代铁路护路联防工作，在沿线经济社会发展中有着至关重要的地位和作用。黔江区在铁路护路工作上事无巨细，尽量全面全位，统筹推进各涉铁乡镇街道、涉铁部门、涉铁企业尽职尽责，确保铁路运输安全，保障沿线治安稳定和人民群众安居乐业，让铁路沿线平安之花漫开，促进经济社会高质量发展。

以安畅为礼，深入实践“四化”建设平安铁路

5月25日，是冯家街道的赶场天。黔江区护路办工作人员邹慧早早准备好群众喜闻乐见的宣传物资来到集镇，她将和铁路部门、护路成员单位的工作人员一起，趁着赶场天举办一场集中宣传活动。

“这些都是涉及铁路的法律规定和安全常识，不识字的老人家就多问问家里的学生，识字的就给邻居们多讲讲，大家一起学。”由于群众太多较拥挤，邹慧一边发放资料一边提高沙哑的嗓门喊道，“爱路护路人人有责……”

每年，黔江区护路办均会会同区公安局、区司法局、区交通局、区教委、区应急管理局和火车站等成员单位，开展这样的集中宣传10次以上，各涉铁乡镇（街道）联合成员单位开展“五进”宣传活动30次以上，通过发放资料、宣传品、摆放展板和召开院坝会等群众喜闻乐见的方式开展宣传，极大提升了百姓的爱路护路意识。

一直以来，黔江区坚持按照中央决策部署和市委、市政府工作要求，铁路护路联防工作在各级各部门共同努力下，在重庆市护路办的精心指导下，按照区委、区政府精心部署，坚持全民参与爱路护路，确保了各个重要节点期间铁路运输畅通和人民群众生命财产安全，顺利完成各次重大铁路护路安保任务，自黔江区通铁以来，无重大风险或重大事故发生。

2021年1月，黔张常铁路通车，D3895次动车首趟抵黔，标志着黔江区正式进入高铁时代。按计划，从成都东、重庆开往张家界等地的多对高速列车在7月1日前相继开通，其中有五对经过黔江区，黔江区铁路运营形成高铁、动车、普铁、货运互联互通格局。预计到2025年，黔江铁路运营里程将达176公里，构成与成渝、华中、华东、华南等互联互通的铁路网枢纽格局，“一环六射”的高速公路密织成网，区域性“铁公机联运”交通大枢纽将逐步形成。

推进铁路枢纽和区域性交通大枢纽的大安全大平安建设，进一步强化全民“安全枢纽”意识，需继续在“实化防的任务”“深化治的举措”“优化宣的方式”“强化法的保障”四个方面进行全方位深入实践精耕细作。

接下来，黔江区将不断提高政治站位，认真贯彻落实习近平总书记对铁路安全工作的重要指示精神。继续把贯彻落实党中央重要指示精神作为践行“两个维护”、落实总体国家安全观、保障人民生命财产安全的实际行动。将严格按照市委、市政府的部署要求，深化黔江区平安铁路示范区成果，全力抓好铁路沿线外部环境安全隐患治理工作，以更有力的举措，加强新时代铁路护路联防工作，努力建设更高水平的平安铁路，保证铁路运输安全畅通，确保政治社会大局持续稳定，不断提升人民群众出行的安全感、幸福感，以更优异的成绩庆祝中国共产党成立100周年。

作者：孙红波

湖北省襄阳市城市管理执法委员会

查违治违不放松 凝心聚力久为功

2017年7月26日，湖北省襄阳市违法建设综合治理工作大会召开，一声令下，全市行动。三年来，查违、拆违、治违高潮迭起，违建别墅、违建厂房、违建楼顶被逐一拆除。铁路沿线环境整治、背街小巷改造拆违、江心岛拆违、老旧小区改造拆违，群众拍手称赞。

三年时间，城市面貌换新颜。按照襄阳市委、市政府的要求，城管部门万余次与群众沟通，开展3000余次拆违行动，保障了重

襄阳市城管执法委检查督导老旧小区拆违工作 摄影：余力

大项目落地，保护了赖以生存的生态环境，改变了老旧小区面貌，增强了群众获得感、幸福感。

保持高压态势，铁腕治理违建

“迅速行动，全面展开部署，保持高压态势，从根本上遏止违法乱搭乱建现象。”2017年，襄阳市委书记李乐成的批示，拉开全市综合治违序幕。襄阳市城市管理执法委员会（以下简称襄阳市城管执法委）严格遵循“逐步消化存量违建，坚决遏制新生违建”的原则，铁腕出击，营造“不敢违、不愿违、不能违”的氛围。襄阳市委副书记、市长郄英才在市城市管理委员会2018年第一次全体会议上要求，加强违法建设源头治理，更好地发挥群众的力量，力争做到全天候、无死角。

全市综合治违以八类违法建设为治理重点：在已出让的城市建设用地、重点工程及各类待开发地块范围内的违法建筑；占压地下管线，影响供电、供水、供气、通信等公用设施安全的，以及侵占消防通道、防汛通道、堤防、河道行洪区域等，存在严重安全隐患的违法建筑；侵占公共道路、广场和绿地的违法建筑；位于城市主次干道、居民集中居住区出入口道路两侧的违法建筑，以及未经批准或超过审批规定期限的各类临时建筑；城市“棚改”等重点项目区域新增抢建的违法建筑；侵占公共场地、共用部位（共有区域）以及其他严重影响居民生活，影响城市景观的违法建筑；“十三五”规划建设中可能涉及的市区征迁区域的违法建筑；党政机关、企事业单位、党员干部实施或参与的违法建筑。

副市长龙小红牵头梳理重点，实地查看难点，尤其关注庞公、柿铺等“城中村”周边违建查处和拆除情况，对老旧小区改造拆违工作中各类难题及对群众生活的影响高度重视，多次到现场调研督导，推动相关工作高效运行。

全市的治违工作从预防控制和打击拆除两方面入手，一方面源头治理，更好地发挥群众的力量，加强巡查防控网络体系建设，对新生违建坚持即查即拆；另一方面重拳打击，有序消化存量违建，实行“零容忍”和“零补偿”。三年来，市区共拆除108万平方米存量违建和新生违建。

敢碰硬，保障重大项目落地

2017年，襄阳首座高铁站落户东津新区。在绝大部分市民盼望高铁站赶快建好带来交通便利时，选址处的部分村民却打起了“搞违建、要补偿”的算盘。当年夏天的一个凌晨，当地4户村民趁着夜色大面积抢建房屋，而且盖在农田上，被夜晚巡查的城管队员发现，立马上报。

东津城管执法大队副大队长田峰知道后，带着刚成立的高铁中队10余名队员赶到现场，与村民沟通，却收效甚微。田峰马上向市城管执法委汇报。市城管执法委协调跨区域执法，两个小时内从各城区抽调百余名队员赶赴现场，当天将近万平方米的违建全部拆除。

随着环境越来越好，鱼梁洲成了市民休闲的好去处，尤其是规划打造的中央生态公园，不断巩固着“城市绿心”的地位。2020年5月，鱼梁洲综合执法局向市城管执法委申请支援，拆除中央生态公园中面积达1.2万平方米的22栋存量违建房屋。又一次跨区域执法行动展开，近百人用半天时间拆除了违建。

还有鱼梁洲丹阳路违建别墅、襄州区汉丹铁路安保区范围内违建厂房、东津新区绕城高速沿线村民违建等一批违法建筑都已拆除，有力震慑了市区各类违建行为。“治理违法建设，没有例外，没有特殊群体，不管面对多大的面积，我们没有退路，都得‘啃下来’。”襄阳市城管执法委主任刘涛说。

动真情，拆除老旧小区违建

“北院车棚要拆吗？拆的话，我回去把东西收拾一下。”2020年7月15日，襄棉北院小区居民刘晓林在微信上给樊城区人民路社区党委书记魏清留言。魏清看到后，激动不已，截图转发给樊城区城管局副局长叶昆、汉江中队队长李亮，并留言：“我们的工作得到了支持。”

7月22日，记者来到襄棉北院小区，机械正在拆除小区内的

乱搭乱建。这个老旧小区有2000多户居民、43栋楼，乱搭乱建侵占了公共空间，只留下不足3米宽的通道，消防车进不来，没有晾晒区、休闲区，地下管道老旧，一下雨就积水。“整个小区有500多间车棚，每间车棚对应一户居民，拆除难度很大。”李亮说。城管、社区组成的工作专班，走进每家每户，上半年一直在和居民沟通。刘晓林已经搬离襄棉北院，只有父母在此居住，尽管车棚里只存放着一些杂物，但母亲不同意拆除自家车棚。工作专班多次走访后，母亲在7月14日跟刘晓林说了这事。“我劝母亲去立业小区、金隆苑小区看一看，这些小区以前都是脏乱差，现在环境大变样。”刘晓林告诉记者，她一直在关注老旧小区改造和拆违工作，也希望好好治理一下襄棉北院的环境。

樊城区在老旧小区改造拆违中任务重，占市区任务的一半以上，“柔性执法，取信于民，以理服人，一定能有收获。”叶昆说。

襄城区民主路102小区和襄棉北院有着同样的问题，乱搭乱建多、道路狭窄、环境差，一楼临街住户把乱搭乱建部分出租，大多不愿意拆除。从2019年底开始，工作专班走访每一户居民，倾听诉求，答疑解惑，争取绝大多数群众的支持。在最近一次动员大会上，负责该小区拆违工作的古城城管大队负责人夏沁辉，用简短有力的一番话赢得了居民的掌声：“违建拆除了，小区环境彻底改善，对大家都好。对心存侥幸，妄想用违建获取补偿的，不可能。”会后，有行动不便的老人找到龚玉苹说：“夏队长的话，我能听懂，但是不是真的？”工作专班用实际行动告诉居民，拆除老旧小区违建，改造小区环境，是板上钉钉的。7月中旬，该小区顺利启动乱搭乱建拆除工作，为“整旧出新”打好坚实基础。

不畏难，汉江沿线成风景线

绿水青山就是金山银山，保护好汉江母亲河，就是守住襄阳人的“金山银山”。

襄州区汉江、唐白河沿岸还未成规模开发，大面积的沿江滩涂则被投机者钻了空子。“我们站的这个地方，还有眼前看到的这一片，以前是餐馆和驾校。”7月23日，襄州区城管局副局长葛海兵带着记者走到航空路旁的沿江滩涂，以前建有成片餐馆的地方，只留下了水泥地面，方便行人走路，目之所及没有一间房屋，翠绿的草映入眼帘。

依法拆除铁路沿线违章建筑

沿江滩涂建设房屋，既不合法，也严重破坏生态环境，尤其是餐饮业排放油污、废水，必然污染汉江。“这背后利益复杂，违建者抵抗心理重，我们也是打了一场硬仗，没让群众失望。”葛海兵说，2019年，滩涂内的违建全部拆除完毕。

鱼梁洲的“清牛行动”同样是保护汉江水环境。在洲上放牛、大规模养牛，违反了生态环保、国土规划等相关法规条例，也污染了汉江。鱼梁洲综合执法局在摸清底数并协助处理牲畜后，2018年，对鱼梁洲辖区内所有养牛户的违法建设实施拆除，该局局长杨伟说，“现在洲上的居民、来洲上玩的游客，没有不说鱼梁洲环境好的，我很自豪。”

襄城汉江边的凤林码头，以前也是违建餐馆污染水源，襄城区城管局将违建拆除后，已建成了小游园，每天大量市民来小游园散步。汉江中间的长寿岛，樊城区城管局也大面积拆除了违建，湿地公园的生态功能逐渐恢复。“新增违建逐年减少，存量违建不断销号，美丽襄阳建设离不开每一位市民的支持和努力，城管部门感谢每一位支持城市管理工作的市民。我们将不负众望，与广大市民一起建设大美襄阳。”襄阳市城管执法委副主任张德平说。

浙江省丽水市综合行政执法局

深化执法改革 护航经济发展

服务群众有没有新方法？护航经济社会发展有没有新突破？提升城市管理数字化、智慧化、精细化、法治化水平有没有新路子？添彩“高水平建设和高质量发展重要窗口”有没有新举措？

面对极不平凡的2020年，浙江省丽水市综合行政执法局全面深化综合行政执法改革，坚持疫情防控和复工复产两手抓，践行“丽水之干”，做深做实“一二三四”工作，在“两手硬 两战赢”、改革创新、规范执法等多个方面取得了长足的进步。

2020年，全市综合行政执法系统高举“丽水之干”的行动旗帜，弘扬践行“忠诚使命、求是挺进、植根人民”的浙西南革命精神，浓墨重彩、硕果累累、华丽蜕变，市局、龙泉局、庆元局“三改一拆”工作受到省委、省政府表彰，云和创成我市第一个“无违建县”，莲都、缙云、开发区创成“基本无违建县（区）”，实现“基本无违建县（区）”全覆盖，全系统21个集体、58人次得到省、市、县级表彰，用无私无畏的奉献浇筑了抗疫防疫、综合执法工作基石，用辛劳和汗水书写着综合执法人的忠诚与担当。

“两手硬 两战赢”，打赢一场疫情防控阻击战

等不起、慢不得、坐不住！面对突袭的新冠疫情，全市综合行政执法系统守好综合执法责任田的同时，抽调220名执法队员赴高铁站严守第一道防线，545名执法队员补充街道社区卡口严格管理小门，195名执法队员奔波高速卡口，汇聚疫情抗击强大合力，打响了执法干部抗击疫情品牌，展现了执法干部“关键时刻冲得上”的责任和担当。系统5个集体、32名党员干部因疫情防控表现突出受省级部门、市县各级党委、政府的通报表扬，“执法蓝”成为群众可信任可依靠的象征。其中，市局52名执法队员在丽水高铁站卡口坚守113天，接待列车4583班次2.7万余人次，根据高铁卡口真实故事改编的微电影《摆渡人》在省政法战疫专题中荣获三等奖，系全省综合执法系统、全市唯一。

当疫情得到初步有效控制，受到不利影响的经济社会如何尽快

开展《丽水市文明行为促进条例》《丽水市城市养犬管理规定》普法宣传

重回正轨，成为“执法蓝”重要追求目标，该局第一时间印发《丽水市综合执法系统涉企案件“首违不罚”清单（试行）》《丽水市综合行政执法系统轻微违法违规经营行为免罚事项目录清单》，全市首违不罚50起，轻微免罚402起。开通大型商超占道促销“绿道”，取消占道审批次数限制，推行“有温度”的执法，助力复工复产。

地摊经济素有“人间烟火 中国生机”之称，全市综合执法系统坚持“有序、可控、开放和三不影响”原则，在全市设置各类地摊、夜市共150处，推动4864人就业，在“执法蓝”助力下，城市“文明风”“烟火气”并存，为市民带来新消费、为市场注入新活力、为经济带来新动力。市区继光街复市被央视新闻频道报道，景宁试点环城北路“美食一条街”店外经营开创全省先例，庆元县开设市民广场步行街夜市被列入省级夜间经济培育城市。

深化两项改革，服务经济社会发展

综合行政执法改革是现代政府面对纷繁复杂的社会治理挑战时所采取的一种适应性改革的机制，是法治政府建设的重要内容，也是推进市域治理现代化的关键秘钥。改革没有完成时，只有进行时。2020年，市综合行政执法局深入贯彻落实全省法治政府建设暨综合行政执法改革推进会精神，结合自身和经济社会发展实际，推动综合执法体制、职能职责两项改革不断走向深入。

2020年9月30日，《丽水市综合行政执法事项统一目录》公布实施，明确20方面共300项行政执法事项的行政处罚权、与行政处罚相关的行政调查权和行政强制权划转至综合行政执法部门行使，各地按照“市县统一”完成划转。10月15日，丽水市第一支乡镇（街道）综合行政执法队在龙泉市八都镇挂牌成立，通过综合行政执法力量下沉，生态环境、自然资源、林业、水利四部门派驻，行使25方面329项法律、法规、规章规定的行政处罚权及相关行政监督检查、行政强制权。

近年来，全市深入推进综合行政执法与“基层四个平台”融合，10个县（市、区）173个乡镇（街道）建立综合执法中队96个（单独派驻50个，区域派驻46个），一线执法队员下沉比例超过85%；文明规范公正执法队通过预验收63个，占实际运行73个的86.3%。

根据“一市一区”的独特体制，市、区实现“干部管理双轨制、绩效考核捆绑制、统一行动联合制、基层党建引领制”工作规则；违建管控处置建立“无违建创建合力推进机制、新发违建即查即拆机制、违建防控日常巡查机制”三大机制，完善“组织领导、约谈责任、协调指导”三大体系，突出顶层设计、源头管控、建中巡查、事后处置等合作事项，形成闭环。

落实“三个执行年”，实现“三个转变”

丽水市委提出“敢于负责、比忠诚担当；敢于碰硬、比攻坚克难；敢于创新、比工作业绩”“三敢三比”活动不久，就有了综合行政执法的“定制版”。该局全面部署开展“改革大落实、能力大提升、岗位大练兵”，通过开展“三个执行年”实现“三个转变”活动，一批案件妥善办理，一批项目推动建设，一批信访投诉举报事项有效处置，一批遗留问题顺利化解，一批理论专家、办案能手、体能尖兵得到培养。

围绕《丽水市城市精细化管理标准》抓执行，城市治理从粗放向精细转变。以国家文明城市、国家卫生城市常创为契机，深化流动摊贩、占道经营、餐饮油烟、农贸市场、共享单车等常态化整治，提升文明素养。推出新建小区执法执勤室源头防控样本，创新“一区一长一规范”机制，以“物业＋执法”实现城市治理抓早抓小抓苗头；在市容网格管理中建立“微信群”落实“责任区管理制度”，组建牛皮癣管理、共享单车整治、渣土运输治理等专项管理微信群，以“线上＋线下”方式，及时发现纠正市容乱象。市区首推餐厨垃圾外放检查处置模式，试点“共享单车投放（停放）设置指引”，设置“单车禁停区”，推出护考“综合查一次”，取得了良好成效。

围绕《丽水市违法建筑处置办法》等违建防控长效机制抓执行，执法处置从人治向法治转变。2020年全市完成“三改”面积215.44万平方米，完成“一拆”面积396.96万平方米，分别完成省下达任务数的153.89%和180.44%。云和创成全市第一个省级“无

行政执法干部在丽水高铁站严守疫情防控第一道防线

违建县”，莲都、缙云、开发区创成省“基本无违 建县（区）”，实现“基本无违建县（区）”全覆盖。全市新增16个“无违建乡镇（街道）”，累计创成158个，创成率91.3%。全系统强势拆除新发违建1217件次，面积10.8万平方米，审查各类评先评优、干部提拔、村双委候选人换届选举等48433人次，整改731套。市本级强势启动了高档小区“第五立面”楼顶违法建筑整治行动，受理调查“两违”案件1426户。通过多措并举，存量违建得到销号减量，新增违建得到有效遏制，初步形成“不敢违”氛围。

围绕《丽水市城市市容和环境卫生管理条例》及其配套制度抓执行，执法手段从传统向智能转变。2020年11月1日起，《丽水市城市养犬管理规定》《丽水市文明行为促进条例》施行，制定综合行政执法规范性文件3件，第一时间推进地方立法配套制度随即实施，用法治的力量推动综合执法工作。全市应用省行政执法监管平台掌上执法检查11098户次，一般程序处罚案件4916件，罚没金额2234万元；简易程序处罚案件4827件，罚没金额12.6万元；采集违停车辆136042辆（次）；较比2019年大幅提升，以案件办理提升城市治理威慑力。

经受四大考验，数字化智慧化精细化法治化水平稳步提升

一键获取车辆余位信息，提前选择出行方式；一键导航车位位置，在最短时间内安全停车；随时随地一键支付，免去“欠费”的尴尬……丽水市区智慧停车管理系统项目，让这一切成为现实。通过143路视频桩的建设，车主通过浙里办App便可查询市区2604个道路停车泊位及已上线的停车场。

这是综合执法工作在数字化智慧化考核中的一个缩影，并扩展“街面违章智能分析系统”，143路视频监控探索多种违法数据包括占道经营、游摊小贩、店外经营等违章行为智能识别、分析和报警，提升了城区市容环境卫生精细化、规范化、智慧化监管。

大战大考最能检验队伍能力、工作实绩，2020年，丽水先后迎来文明城市经常化创建国测、省测，蓝天保卫战、中央环保督察等考验，综合行政执法队伍关键时刻靠得住、关键战役打得赢。

在文明城市经常化创建国测、省测中，全体执法干部按照“抢先一拍、快走一步、确保不丢分”的要求，秉承“有人负责我跟进、无人负责我牵头”的担当精神，全员上阵，全覆盖监管，对“1443”重点区域、包干路段严密部署、严防死守、严阵以待，深入落实共享单车、流动摊贩、小广告三大整治，细化破解难题的勇气和对策，为丽水斩获“全国第八全省第二”复评成绩贡献执法力量。

在蓝天保卫战中央环保督察中，市区花园云·油烟在线监测系统启动建设，包含油烟在线监测和在线监管业务协同平台两大体系，100套油烟在线监测设备及现场视频监控已全部安装完毕并投入使用。同时，对市区2696家餐饮企业逐一排摸，明晰餐饮油烟企业现状，将结合实际提标扩面，提升监管和执法效能。

在国卫巩固省级复查中，领导下沉一线指导、机关处室工作人员包干路段巡查、全体执法队员全部上路段，落实249个巡查网格，加强巡查力度，织紧织密“执法＋社区＋志愿”网格，对主次街道市容环境进行全覆盖、地毯式排查，确保辖区内乱堆乱放、卫生死角排查到位，不漏一处，确保整洁、优美、文明的城市环境。

在综合执法工作数字化智慧化考核中，该局深入推进政务服务2.0，涉及审批事项100%实现“一网通办”。犬类登记通过在线系统办理增设市区4家宠物诊疗机构服务点，实现养犬“免疫、植入芯片、登记”“一站式”服务，从过去的“跑三次”实现了“最多跑一次”，“违建审查”“违建限制／解除限制”进行“机关内部最多跑一次”，大大提升了审查速度。

成绩检验属于过去，唯有奋进才能赢得未来。新的征程，丽水综合执法干部将坚持以习近平新时代中国特色社会主义思想为指导，深入贯彻习近平法治思想，认真落实党的十九届五中全会、省委十四届八次全会议、市委四届九次全会精神，高扬“丽水之干”行动旗帜，围绕“制度设计更趋完备、制度运行更加有效”目标，以“拼尽全力跳起来摘桃子”“不干则已、干则必成”的决心和定力，自觉扛起建设“重要窗口”的新使命，以大学习、大规范、大法治、大综合、大智治为抓手，着力实现职责更清晰、队伍更精简、协同更高效、机制更健全、行为更规范、监督更有效的综合执法工作体系。

作者：丽水市综合行政执法局党组书记、局长周光洪

江西省宜春市综合行政执法局

雄关漫道真如铁　而今迈步从头越

宜春市城管执法人员对雨天熄火的小车施救

2020年11月20日，全国精神文明建设表彰大会在北京举行，新一届全国文明城市、文明村镇、文明单位、文明家庭、文明校园以及未成年人思想道德建设工作先进名单揭晓，江西省宜春市综合行政执法局荣获第六届“全国文明单位”荣誉称号。

宜春市综合行政执法局，前身是宜春市城市管理局，成立于2002年7月。2018年，在原城管局的基础上组建宜春市综合行政执法局，加挂城市管理局牌子，主要负责全市综合行政执法的组织、实施、协调、监督、考核等工作，负责市政公用设施运行管理、市容环境卫生、园林绿化管理等监管，以及部分路灯、市级公园、河道清捞保洁、生活垃圾终端处理；承担跨区域、重大复杂等违法违规案件的行政执法工作。

一直以来，宜春市综合行政执法局坚持把文明创建融入中心工作，把文明执法、高效服务贯穿始终，在干部职工中营造了“讲文明、树新风”良好氛围，巩固了思想阵地，提升了文明素养，展现了综合行政执法和城市管理新形象。2017年至今，先后获评宜春市第八届文明单位、江西省第十五届文明单位称号。

近几年，宜春市综合行政执法局连续获评住建部“强基础、转作风、树形象”专项行动“表现突出单位”、江西省执法工作先进单位、国家健康城市试点工作先进单位、全面依法治市先进单位等

宜春市城管执法人员队列比武　摄影：张辉云

荣誉，在2019年度宜春市营商环境建设评比中，荣获执法类先进单位第二名；截至目前，该局共有全国五一劳动奖章获得者1人，江西省劳模和五一劳动奖章获得者4人，全国住建系统先进工作者2人，市劳模和五一劳动奖章获得者8人。

积极充当城市创建主力军

在宜春市获得中国宜居城市、国家卫生城市、国家园林城市、人民满意城市、中国绿化模范城市等多项国家级城市名片中，宜春市综合行政执法局积极发挥城市创建主力军作用，精心保障市容环境卫生秩序和提升城市功能和品质，挥洒了干部职工大量的心血和汗水。近两年来，他们结合全国文明城市创建和国家卫生城市护牌工作，勇于担当，积极作为，通过早中晚错时巡查监管和关键时期全员上岗措施，实行24小时无缝隙管理，确保创城工作顺利过关。2019年以来，全市共整治流动摊点1.56万起，清理“牛皮癣”7.9万处，清理垃圾4.56万吨，整治破损店招牌匾6300多处，拆除存量违法建设124万平方米，其中，宜春市环城西路综合整治得到了省委主要领导的充分肯定，全省旅发大会沿线环境整治得到了省内外领导嘉宾和市民的高度认可。牵头落实宜春市生活垃圾分类工作，在全国46个示范城市中始终位居前列。在2020年新冠肺炎疫情防控期间，每天安排对主次干道、公共场所等区域进行全方位消毒消杀，对集贸市场及周边流动摊点、特别是活禽、野物等摊点进行严管严控，在各小区增设口罩专用收集容器并进行无害化焚烧处理，保障了疫情期间城市运行安全。

大力培育践行核心价值观

结合党建+城市管理、基层党组织“三化”建设、“三亮三比三提升”活动和“五型城管”建设等，宜春市综合行政执法局通过多种途径，丰富活动载体，大力培育和践行社会主义核心价值观。在机关办公区域打造文化走廊，倡导社会主义核心价值；举办道德讲堂、健康讲座等活动，丰富干部职工文化生活；举办“壮丽70年，奋斗新时代”“城市管理美化环境，垃圾分类改变生活”主题文艺汇演，展现了队伍崭新精神面貌，获得了较好反响；组建学雷锋志愿服务总队，整合系统志愿服务活动，干部职工积极参加惠企增效、社区帮扶、贫困户结对帮扶、无偿献血等志愿服务活动，已累计达2600多人次；在全系统评选出9位身边的“道德模范（身边好人）”，并组织进行内部宣讲，起到示范引领作用。

全力推进廉洁高效执法文明

城市管理综合行政执法工作，经常与市民群众打交道，工作中稍有不慎很容易造成群众误解，增加工作压力，损害整体形象。为此，持续开展“强基础、转作风、树形象”专项行动，深入整治“怕、慢、假、庸、散”等作风顽疾，大力推行“721工作法”（70%的服务、20%的管理、10%执法手段），切实变被动管理为主动服务，变末端执法为源头治理；强化执法业务培训，针对相关法规、执法流程、执法文书制作、执法文明规范和执法技巧等内容，每年分级分类对执法人员进行全覆盖培训，切实提升依法行政和文明执法水平；进一步完善执法考核细则，重点对规范着装、礼仪举止、文明执法进行监督考核，两年来，共组织监督检查执法人员7000余人次，发现并督促及时整改问题750多次，促进了执法人员着装规范、执法规范和执法文明的显著提升，执法形象进一步改善。

稳步实施城市功能品质化改造

为服务民生，解决市民关心关切的突出问题，通过“花化美化亮化”和人行道、停车场、窨井盖提质改造等工程，不断提高市民幸福指数。截至目前，宜春中心城区共计新增停车泊位8000余个，施划非机动车停车带5000余米；采用超高性能混凝土新型材料，已修复安装新型井盖5700多个，改造破损人行道面积达1.2万余平方米，有效解决了市民出行安全问题；落实资金，新装、维修路灯7200多杆（盏）；向上争取专项资金约5.3亿元，集中开展城市黑臭水体治理工作，启动排水管网普查和改造，切实解决城市内涝问题；今年，牵头启动121条背街小巷改造工作，努力实现“路平、沟通、水畅、灯亮、洁化、绿化、序化”工作目标。截至11月初，已有116条开工，开工率95.8%，切实提升城市品位，增强市民获得感和幸福感。

雄关漫道真如铁，而今迈步从头越，站在新时代的新起点，宜春市综合行政执法局将不忘初心、牢记使命，珍惜荣誉，再接再厉，以新担当、新作为，直面新征程，迎接新挑战，不断巩固和深入文明创建成果，进一步形成以党建带创建，以创建促党建的良好局面，全面打造让人民群众满意的模范单位。

作者：陈路红　供图：宜春市综合行政执法局

浙江省嘉兴市南湖区综合行政执法局

高质量书写创新实践新篇章

南湖区综合行政执法局党总支合影 摄影：严佳乐

回首2020年，浙江省嘉兴市南湖区综合行政执法局以红船精神为引领，敢于首创、敢于奋斗，用奋进践行使命、用实干彰显担当，高质量书写创新实践的新篇章。荣获全国"强基础、转作风、树形象"专项行动表现突出单位，南湖景区女子分队获全国三八红旗集体、省级巾帼文明岗和青年文明号荣誉称号。城企联动、教科书式非现场执法、综合执法+矛盾化解等多项试点工作、创新工作，获得了省、市领导的5次批示肯定。

创新机制，规范执法，综合执法能力实现新突破

2020年12月23日，由浙江省委政研室原副主任郭占恒带队，浙江日报、《政策瞭望》杂志、人民论坛、国家治理周刊、新华网、中国经济时报、浙江在线、钱江晚报、浙江法制报等12家省级以上媒体专家学者来南湖区就创新基层综合执法治理新模式开展实地走访调研。

面对城市管理的高要求，当事人不理解、不配合，矛盾冲突频发等问题，南湖区综合行政执法局创新搭建了"综合执法+矛盾化解"机制，组建由矛盾化解员、普法宣传员、行风监督员、驻队律师组成的"三员一师"矛盾化解核心团队。自2020年9月1日在七星分队开展试点后，已在全局全面推广，"综合执法+矛盾化解"工作室运行模式在所有派驻分队运行。全年接待来访群众600余人次、成功化解各类疑难纠纷50余起。

而随着"综合执法+矛盾化解"机制的深入推进，从早介入、从小处置的工作思路让一线队员在潜移默化中养成"群众为先、服务为先"的习惯。热心助人、拾金不昧等好人好事不断涌现。大桥分队救助突发脑溢血老人、南湖分队雨天徒手帮助市民抬车、七星分队雨中为摆摊老太撑伞……小小举动体现的是综合执法队伍的服务情怀。融洽的干群关系正成为执法工作的"助推器"，服务有温度架起了群众与执法者之间的连心桥。

同时，聚焦互联网+"非现场"执法，创新推出教科书式"非现场"（市容类）执法模式，并在全市首创快办案件制度，实现"案件审批零次跑、大案讨论跑一次"，提升城市管理执法效能。截至目前，共制定5个类型的案件标准化模板，2020年共办理一般行政案件1773件，同比增长45%。案件办理标准更规范，实现执法新手能办案、执法能手快办案，通过执法倒逼市容顽疾破解，有效助力城市品质提升。

与此同时，南湖区综合行政执法局以执法为落脚点，全力推进《嘉兴市文明行为促进条例》《嘉兴市生活垃圾分类管理条例》两部地方条例落地。《嘉兴市文明行为促进条例》施行1年以来，区综合行政执法局制度先行、氛围同行、担当践行，通过聚焦团队打造、普法引领、精准执法，实现职能领域六项不文明行为处罚全覆盖，已累计劝导教育不文明行为为2100余起，立案172起，文明南湖氛围愈加浓厚。2020年9月1日《嘉兴市生活垃圾分类管理条例》实施，区综合行政执法局查处了全市首起垃圾分类案件，打响了第一枪，同时以交叉执法为主要手段，全年办理垃圾分类一般程序案件300起，简易程序案件178起，发放责令整改通知书1100多份，倒逼前端分类参与率、准确率提升，助推南湖区生活垃圾分类工作走深走实。

凝聚合力，科技助推，精细化管理水平迈上新台阶

城市管理部门与企业开展共建合作，通过优势互补共破城市管理难点，真正实现共治、共管、共享。2020年6月11日下午，南湖区综合行政执法队湘家荡（七星）分队、科技城（大桥）分队、

南湖区城市管理综合执法核心战区决战品质嘉兴启动仪式 摄影：闻人达

新兴分队分别与嘉兴湘城旅游发展有限公司、嘉兴市闻泰通讯股份有限公司、嘉兴八佰伴商业管理有限公司签订了城市管理共建协议书，创新探索“城企联动”模式，翻开红船旁城市管理新篇章。据悉，该举措在全国综合行政执法领域走在前列。

2020年，南湖区综合行政执法局作为“城市大管家”，苦练绣花功，深耕城市治理，不断开拓创新，为“城市精细化管理”注入新力量，助力实现“全国文明城市”四连冠。

5月，南湖区综合行政执法局启动“大兵团作战”模式，进一步凝聚执法合力。将南湖区分为核心、东部、西部三大城市综合管理战区，首次引入“成建制注册社会组织”，形成共管、共治、共享的社会治理新格局。在文明城市创建等中心工作任务中，多次启动“大兵团作战”，成效显著。全年共开展“大兵团作战”40余次，参与人数5000余人次，整治道乱占、车乱停等问题6000余个。

7月，“城企联动”模式在全区“动起来”。成功探索出“综合执法+景区管理”“+大型企业周边管理”“+大型商圈周边管理”“+特色街区管理”“+专业市场管理”等12种合作模式。近期，科技城（大桥）分队将“城企联动”进一步深化，创新推出了“综合执法+商圈自治”模式，引入“三美（环境美、文明美、诚信美）店铺”创建。以“三美店铺”评选为抓手，推进背街小巷、垃圾分类、停车泊位管理、门前三包治理等市容市貌工作。同时，建立商家联盟，组建商圈自治群，举办优质商品展销会，将过去的被动监管模式，逐步转向商家自我管理、自我约束、自我监督主动管理模式。“城企联动”成为南湖区城市精细化管理的一张优质特色品牌，用品牌服务吸引企业，用品牌服务吸引商家，用品牌服务管理特定区域，用品牌效益促进发展，用品牌形象赢得市民的理解和支持，真正实现“城市管理为人民，人民城市人民管”。

同时创新“5G+5I”跑出智慧城管加速度。搭建起网上勤务、网上办案、网上督查、网上诉处、网上考核五大应用模块，实现城市管理与综合执法信息化统一覆盖，形成“信息畅通、反应快速、调配科学、监督有力”智慧城管体系。

此外，大力推进《嘉兴市养犬管理条例》实施，不断夯实日常管理，稳步推进重点管理区扩域工作。注重创新引领，首创文明养犬“十个一”管理模式，努力营造“人犬和谐共处、犬患管控有力、小区环境有序”的良好氛围。与此同时，加大对不文明养犬行为的执法力度，通过政府购买服务方式开展专业化流浪犬抓捕。全年查处不文明养犬行为518起，处罚32000元，抓捕流浪犬4220只，累计收容犬只4220只，教育、处罚后犬主认领533只，爱心领养犬只21只。

内强素质，外树形象，综合执法队伍展现新风貌

自2018年以来，该局就将“强转树”作为提升队伍综合素质的重要抓手，制订了规范执法行为年、制度化法治化建设年、执法服务水平提升年三年行动计划，分阶段分步骤予以推进落实，经过三年的实践积累，为该项荣誉的获得奠定了坚实的基础。这也是该局自2003年成立以来获得的首个国家级荣誉。

2020年，南湖区综合行政执法局以“建党百年”为契机，争创“百强支部”“百名标兵”。按照“党建三年”规划，通过三年时间，达成上海黄浦、杭州西湖、嘉兴南湖“三地共建”，创新建立红色文化共建机制、党团建设合作机制、双向挂职交流机制、城市管理互动机制、品牌资源共享机制等，实现“党务、业务、服务”三务融合取得新成效，主动融入长三角，共同推进品牌亮点建设向纵深发展。以南湖景区女子分队为党建窗口单位，成功争创全国三八红旗集体。

实现文明规范公正基层队所创建100%，规范化分队创建圆满收官，完成新嘉、新丰“两新”清廉城管试点建设。11个分队获评星级基层执法分队。积极组织队列比武训练，推荐优秀干部参与岗位练兵比武、单兵体能比武活动，4名队员在省级比赛中取得优异成绩。

围绕百难问题破解、KPI绩效考核，彰显攻坚破难铁军担当，将打造一支召之即来、来之能战、战则必胜的红船旁综合执法铁军作为队伍建设的核心任务，在难点攻坚中历练人，在创新实干中培养人。

供稿：嘉兴市南湖区综合行政执法局

浙江金华开发区综合行政执法分局

“绣”出城市管理刚柔并济新模式

以“金开通”“智慧城管”为平台，建设执法工作站为处理终端，构建统一规范“互联网＋政务服务”体系。图为平台演示中　摄影：盛丹

链接：金华经济技术开发区成立于1992年，翌年成为省级开发区，2010年升级为国家级经济技术开发区。2013年10月与金西经济开发区成建制整合，实行“一块牌子、统一对外，一套班子、统筹管理”，整合后的金华经济技术开发区面积251.65平方公里，下辖一乡三镇四街道（苏孟乡、汤溪镇、罗埠镇、洋埠镇和秋滨街道、三江街道、西关街道、江南街道），集聚人口约为45万。金华开发区综合行政执法分局作为开发区管委会的职能部门，下设办公室、政工科、法制科、督查考核科、城市管理执法科、规划建设执法科、信息指挥中心7个内设机构和1个直属中队，并在一乡三镇四街道设立执法中队8个，实行双重管理体制。

“我们家附近那个长期占用公共场地经营的摊位终于被清理了，现在执法队员每天来巡查，有问题就解决，来往车辆通行顺畅了。”提起社区的改变，金华开发区江南街道兴学社区居民黄洪伟竖起大拇指。

该社区环境的改善，得益于金华开发区综合行政执法分局推行

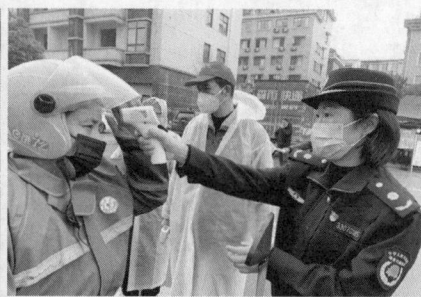

工作剪影。左图为局长马福彬检查执法工作站的智能化垃圾分类收集点；右上图为疫情期间执法队员在工作站管辖范围内，协助社区做好疫情防控；右下图为执法队员依据市民反映，在管辖的微网格内增加基础设施的画线　摄影：盛丹

"执法进社区"，安排执法人员进驻各社区，执法力量下沉一线，定人定责管理，占道经营、人行道乱停车、违规养犬等"老大难"问题大为改观。

"城市管理应该像绣花一样精细，治理者的针脚密不密，决定了城市运行的阵脚稳不稳，百姓的幸福感实不实。"金华开发区综合行政执法分局局长马福彬表示，"执法进社区"是做实网格化、服务基层的具体举措，也是社区软性管理与城管硬性执法的实践结合，更是疫情大考下催生的城市管理创新模式的有益探索。

以执法为针、以网格为线
"绣"出精细管理"同心圆"

交叉检查村上沿街商铺、劝导物品摆放、协助社区处理居民晾晒问题、处理养犬噪音扰民……在江南综合行政执法中队副中队长赵群兵的笔记本上，记录社区工作内容和居民需求，每完成一项，他都会在后面打个钩。

过去，社区居民遇到问题，往往先拨打8890便民服务热线进行投诉，等案件转接到执法中队，中队执法人员接到信息后赶往现场进行处理，这个过程需要耗费不少时间。如今，社区每个网格都有自己的"执法联络员"，通过他们，居民的一些小事不需要来回折腾，很快就能得到解决。

"这里有不少建筑垃圾，不知是谁扔的，能来处理一下吗？""好的，马上来！"前不久，家住高畈社区汪姜街的张秀娟买菜回家途中，发现附近多了一堆建筑垃圾，影响大家通行，于是在微信网格群里发了消息。社区网格员立即将情况告知派驻在社区的执法队员。10分钟后，执法联络员赶到现场，找到正在装修的户主，责令其将垃圾清理完毕。

"进社区以来，执法队员2/3的时间都在社区直接处理问题，实现服务群众零距离。"赵群兵说。汪姜街26号1楼住户是一名80岁左右的老人，在院子里散养了4条狗，遭到居民反对。执法人员上门了解情况后，发现老人患有老年痴呆症，沟通存在困难。本着服务理念，执法队员与老人子女商量，最后决定由子女带老人外出，再由执法队员按法律规定对狗进行收容。"执法人员和我们有商有量，事情得到解决，很感谢他们。"老人女儿陈女士说。

"执法+网格"工作开展以来，社区与执法部门的沟通渠道畅通了，城市管理执法工作不出社区，服务群众零距离，同时还能发挥综合执法的教育引导作用。"执法队员真正走进群众、融入群众，与老百姓面对面打交道，发挥了观察哨、前沿岗、宣传站、服务台的作用。"这是高畈社区党委书记唐淑丹的感受。

以数字为针、以精细为线
"绣"出治理顽疾"智慧脑"

在西关街道五里亭社区党群服务中心，挂着一张特殊的网格图：蓝色代表餐饮店、红色代表重点监管区域，小区里有各式犬类几只都标注得一清二楚，在图上方贴着执法网格员的名字与照片。

这是开发区首个执法工作站。西关执法中队副中队长叶剑锋每天上班第一件事，是跟社区工作人员在这里开个碰头会。了解问题、反馈情况，一个短会明确了当天的工作内容。"有了执法工作站，碰到什么问题大家都能及时沟通，执法速度和效率都有了提升。"叶剑锋说。

"五里亭新村960户，有犬类20只，重点餐饮监管店1家，垃圾分类点6处。"说起小区情况，执法队员陈伟建早已滚瓜烂熟，一天巡查两遍所管区域，是他每天的"必修课"。上周，在巡查过程中，陈伟建在五里亭新村南门的垃圾分类点发现有居民违规扔垃圾。对其进行教育之后，陈伟建按照相关规定作出罚款20元的处罚。"以往要靠社区传递消息，如今我们服务靠前、巡查靠前，把一些违规行为遏制在'摇篮'里，从源头上加强管控。"陈伟建说。

一段时间下来，越来越多居民喜欢来执法工作站坐坐，和执法人员聊一聊社区的管理问题。"执法工作站在正常上班期间肯定开门，保证群众来访有人接待。"叶剑锋告诉记者，如今上门遇冷脸的情况越来越少，居民掏心窝的事情越来越多。

在五里亭社区，和以往"一张纸、一支笔"的巡查方式不同，执法人员带个手机就能出门。"这里小店较多，为了便于管理，每家店都有一个专属的二维码，店主基本信息、'门前五包'、处罚信息、巡查历史等内容都可查看。"叶剑锋打开"金开执法"App，随机扫了一家建材经营部的二维码，相关信息一目了然。

小小二维码，不仅让执法巡查上云端，也让经营户足不出户就可实现审批网上办。这不，在宾虹路经营洗车店的王清乐就通过二维码在网上申请了占道审批。"有了二维码，不用我们一遍遍地说具体情况，既省心又省事。"王清乐说，如果评上文明示范商户，还能在行政处罚中作为综合考量依据，带来便利。

以民生为针、以服务为线
"绣"出文明守法新风尚

"谢组，这里人行道有乱停，来处理一下。""谢组，小区18幢附近有流浪犬，请支援。"在三江街道阳光社区微信群里，居民有什么事都会叫三江执法中队队员谢新亮来帮忙。

阳光社区是开发区典型的无物业开放型社区，城市管理一直存在困难。自进驻社区以来，查油烟机、劝离流动摊贩、整治占道经营，谢新亮忙个不停。阳光路80号原本是一家龙虾馆，由于噪声扰民、污水横流等问题，居民存在较大情绪。谢新亮了解情况后，和社区工作人员一起上门，与负责人进行沟通，最终龙虾馆得以搬迁。“原来的店实在太脏，多亏谢组和社区，解决了我们的烦心事。”住在龙虾馆楼上的居民沈仙群说。

这是三江执法人员由“管理员”向“服务员”转变的一个缩影。三江街道下辖15个社区，其中8个社区有城中村，如何让执法不留白？“以前只做好职责范围内的事，现在我们积极参与社区治理，不推脱、不计较。”三江中队队长方惠俊说，百姓的操心事、烦心事、揪心事，再小都应当作城市治理中的大事，一件一件加以解决。

保集蓝郡小区高层清理楼道堆积物、寺前皇城中村清理百余个地锁、何宅社区整治私拉电线……自进驻社区以来，越来越多的社区整治行动有了“执法蓝”的身影。中队副队长梁峰是派驻雅苑社区的执法人员，当记者见到他时，他正利用午休时间在社区处理一起餐饮店垃圾分类问题。

梁峰加入了社区工作微信群、四级网格群。只要居民有需要、有投诉，都可直接在群里@他。在日常巡查工作中，梁峰还积极强化与其他部门的协作配合，发现公益广告破损等问题，及时推送给相关责任部门或社区。

管理有了，服务跟上去了，城市管理问题少了，群众和执法人员距离拉近了。“居民很热情，天气热了，给我们执法人员送水、防中暑药。”方惠俊说。

作者：盛丹

福建省仙游县城市管理局

城市“颜值”日日新

开设法治课堂　摄影：陈少华

过去的2020年，福建省仙游县城市管理局用“绣花”功夫加强城市精细化管理，将烟火味与秩序感完美相融，让群众共享城市高质量发展成果。

规范有序，城市更有温度

2020年最具烟火气的热词当属“地摊经济”。为了让百姓呼声成为城市管理工作的努力方向，仙游县城市管理局推出了许多独具特色的温情做法。

2020年6月，仙游百货公司背面的百货美食一条街开业了，经营小吃的摊主一律持健康证上岗，每个摊位配置红色防渗漏地毯，摊车右前边统一配置绿色环保卫生收纳筒，从无序到有序，地摊经济也有了品牌效应。

规范流动摊点管理，助力地摊经济发展。县城市管理局按照宽严相济、一街一策、规范有序、干净整洁、确保安全的原则，通过定时、定点、定种类，引导摊贩在指定区域规范经营，同时严厉打击占用机动车道、盲道、消防通道、学校路口和越线占道及露天烧烤等违规行为。至目前，通过施划标示线、集中设置便民服务摊点和夜市一条街等措施，累计提供816个允许占道经营摊位，查处违规占道经营810起，累计罚款18.20万元。

为了让城区更整洁美观，县城市管理局还出台了规范商店招牌设置标准，按“一街一景”模式统一管理店招。仙游县鲤城街道皇庭美域丹郡、锦福状元府、城区农贸中心市场等区域沿街店面已完成店招设置，招牌统一高度、厚度以及包边颜色跟尺寸，让整个沿街立面焕然一新。

依法行政，发展更具质量

坚持依法行政、规范执法。2020年，仙游县城市管理局组织人员编制《仙游县城市管理局权责清单》《城市管理法律法规政策》等，为贯彻城市管理法律法规、规范行政执法行为提供指南。同时每月开设“法治课堂”，集中一线执法人员进行法治学习，截至目前已累计开课55期，有效提升执法人员学法、用法和普法意识，进一步规范执法办案行为。

仙游县城市管理局还组织人员起草制定《仙游县人民政府办公室关于进一步规范城市道路挖掘修复管理的通知》，从坚持规划先行、统筹计划安排、优化审批服务、规范施工管理、统一修复标准等五个方面，进一步规范项目建设涉及的城市道路挖掘修复管理，同时引导各个管线产权单位合并道路挖掘施工计划，持续减少并消除重复破路现象。至目前，共处罚未批擅自挖掘道路、砍伐树木和未按规定设置围挡等行为27起，累计罚款4.36万元，最大限度降低城市道路挖掘施工造成的影响。

牵头制定《仙游县安置房小区物业管理规定》，并印发《仙游县城市管理局进一步规范物业管理提升服务质量实施方案》等文件，指导物业小区开展“示范小区”和“平安小区”创建，并引导物业小区成立业主委员会，截至目前全县符合成立业主委员会条件的物业小区共46个，已成立业主委员会25个，近期筹备成立7个。同时严格物业行业监管，对5家逾期未整改的物业企业进行行政处罚，对6家管理不规范的企业负责人进行约谈提醒，持续规范物业行业管理；发布《仙游县城市管理局关于进一步加强城镇燃气安全生产工作的通知》等文件，对全县燃气经营企业全覆盖检查，确保仙游县燃气行业安全工作落到实处。

在全省首创“1+N环境卫生综合执法”融合管理新模式，抽调局环卫、法制、物业、市政公用等相关股室和部门精干人员，成立1支环境卫生执法队伍（仙游县城市管理局环境卫生综合执法队，依托环卫工人+社区网格员+群众志愿者+数字城管采集员+城管巡查员等N支队伍分布点多面广优势，第一时间发现破坏环境卫生违法违规行为，第一时间通过微信群等方式移交综合执法队依法处理，第一时间对当事人进行普法教育、行政处罚，第一时间联系最

仙游县城市管理温馨细致，竭诚服务市民　摄影：林勇敏

近的环卫工人清扫保洁，第一时间恢复干净整洁市容环境，从源头上根治“反复污染反复清扫”等城市管理老大难问题，截至目前，已立案查处案件140起，累计罚款5.7万元，全力推动城市管理和综合执法水平跃上新台阶。

智慧城管，治理更加精细

市民遇到的生产生活相关问题，如何快速发现和快速处置？2020年，仙游县城市管理局充分利用数字化城市管理中心的网络优势，全力构筑起“智慧”防线，依托信息化、智能化手段，探索创新城市管理新模式。

数字城管就像一个精细的“管家”，系统与公安部门的“天网”实现对接，对重点区域和管理盲区实行实时监控。强化问题多维采集，对城市管理中出现的各种问题快速有效地进行反馈和解决，即查即纠涉及城市管理问题，全力构筑起“智慧”防线。

2020年初，仙游县城市管理局还根据实际情况对全县数字化管理面积进行全面梳理。从原来19个网格调整为12个网格，数字城管覆盖面积也从原来的34.79平方公里缩小为24.89平方公里，真正做到城市管理精细化。2020年共受理包括市数字城管平台、12345平台、110指挥中心、领导交办和市城市管理局督办等各类案件207044件，日均477件，案件整改率100%，有力推动城管工作由末端被动处置向前端主动防范转变。该局还积极探索推行智慧城市管理新模式，已委托专业企业开发智慧城市管理云平台，融合智能执法办案、普法宣传、市政设施智能管理、群众办事缴费、日常生活服务等功能，并与数字城管中心、智慧环卫平台加强对接，探索推动城市管理智慧化，为群众办事与出行提供便利。

配套建设，抓好“关键小事”

配套设施建设事关民生。2020年，仙游县城区范围内新建公厕40座，公厕供给数量和保洁质量也得到显著提升。

“厕所革命”是仙游县聚焦民生、城市基础配套设施“提档升级”的一个缩影。2020年，通过垃圾分类进企业、进学校、进机关、进社区、进商圈等公益活动，使垃圾分类逐步走进群众生活。仙游县已将建成区12个社区纳入生活垃圾分类工作范围，规划建设垃圾分类屋（亭）140座，每座至少配备督导员1名，并重点推进锦福滨江国际等4个小区创建垃圾分类示范小区。同时不断健全收集体系，全年投资约250万元采购垃圾分类收集桶800个、垃圾收运车辆47部。共建共治共享，点亮家园文明新风尚。

仙游县城区现有运行的垃圾转运站5座，其中鲤城3座、鲤南2座。位于书峰乡鲤岭村的垃圾处理（焚烧发电）厂，2020年共接收生活垃圾22.14万吨，焚烧生活垃圾17.36万吨、发电6645.26万度，上网5635.92万度。

此外，仙游县餐厨垃圾管理处至今排查餐饮单位2127家，全部签约收运协议。餐厨垃圾由市收运公司上门收运，运往市餐厨垃圾处置厂进行无害化处理。

从建设的提档升级到长效治理，仙游县城市管理在不断升级。城区卫生环境干净整洁了，店铺经营秩序规范了，公共配套设施更健全了，城市“颜值”正悄然发生着变化，这些变化都源自于城市管理者润物无声的“绣花功夫”。

城市让生活更美好。而现代城市作为一个区域政治、经济、文化、教育、科技和信息中心，是人、财、物汇聚，社会活动和经济活动集中，各要素相互关联的、繁杂而开放，并不断变化的动态巨系统。要管好城市，非得下大功夫、下苦功夫、下细功夫不可。只有坚守为民初心，甘当孺子牛，才能真正管好城市。“城管不仅是城市执法者，更是人民的服务员。”这是仙游县城市管理局局长郭玉湖经常要求大家的一句话。仙游县城管队伍，以人民为中心，广泛宣传、文明执法、柔性管理、热情服务，以绣花功夫确保仙游市容市貌始终整洁如新，犹如一幅美丽的云锦，赢得了广大市民交口称赞。

作者：林娴静

湖南省娄底市城市管理综合行政执法支队

汗水催开文明花

链接：娄底市城市管理综合行政执法支队组建于2008年1月，为参照公务员法管理的副处级事业单位，核定行政执法编制246名。下设10个行政执法大队，7个内设科室，主要承担市本级主次干道市容秩序的维护管理和综合行政执法职能，行使包括市容环境卫生、住建、违法建设、环境保护、户外广告、渣土园林等方面的行政处罚权。近年来，支队先后获得市级文明单位、创建国家园林城市先进单位、创建国家卫生城市先进单位、优秀基层党组织等荣誉。

文明于城，是内在的风骨灵魂；文明于人，是沉淀的道德品质；文明于娄底城管，是矢志不渝的精神追求。掀开今日娄底秀美画卷，文明之花处处绽放，魅力星城生机勃发。

2020年1月20日，全国精神文明建设表彰大会在北京召开，

城管执法人员对人行道违法停车行为进行抄牌　摄影：林彬

城管执法人员与文明志愿者清理路边乱停乱放的共享单车　摄影：林彬

娄底市荣膺“全国文明城市”殊荣。市委书记、市人大常委会主任刘非参加表彰大会，受到习近平总书记的亲切接见，并代表娄底市领取“全国文明城市”匾牌。这一天，娄底人们是幸福的、是自豪的、是无上荣光的；这一天，注定载入娄底文明建设的史册。在获得国内城市形象最高荣誉的背后，是全体娄底人坚韧不拔的负重前行，是娄底全体创建人久久为功的砥砺奋进，也饱含了娄底城管人的无限的汗水和心血。

2018 年 6 月 12 日，娄底市召开 6000 人大会，会议庄严誓师向夺取全国文明城市新胜利进军，力争 2020 年成功创建全国文明城市。这次会议是进军号、是冲刺令，湖南省娄底市城管执法支队闻令而动、迅速行动、抢先发力，他们坚持问题导向，对照测评体系，对标对表，查漏补缺，列出清单，倒排日期，攻坚克难，开启了新一轮的创文征程，奋战 1000 余个日夜，用辛勤汗水浇灌文明之花。

强化宣传提素质

城市文明水平的提升，主体在民，根基在民。为提升文明创建的知晓率、支持率和市民的文明意识，支队多渠道、多层面、多形式下好宣传宣教先手棋，大力提升市民群众的文明素质，推动全民创文。近三年，支队积极探索践行，扩大宣传广度、拓展宣传深度、加大宣传力度，采取一系列效果好、亲民、便民的宣传引导方式，执法人员深入沿街门店宣讲 1 万余次、发放创文宣传资料 10 万余份，制作宣传展板在主要街路宣传 100 余个工作日，组织创文宣传车在中心城区巡回宣传 90 余个工作日，组织创文恳谈会 50 余次，通过新闻媒体播放各类温馨提示和通告 200 余次，督促商场、宾馆、沿街门店利用电子显示屏播放创文宣传标语覆盖率达 80%以上，组织开展市民群众、中小学生参与城市管理活动 10 余次，开展“文明行车、规范停车、我接力！”微信活动，接力人数达 10 万余人次。文明素质的提升在于一点一滴，文明城市的创建在于一民一众，以上举措大幅提升市民群众的文明意识，激发全民参与热情，撬动社会各方力量，绘就全民共建共治共享“同心圆”，构建起“全民参与、全民创建”的工作格局。

注重民生夯基础

上一个创文周期，对标全国文明城市创建的测评体系，城市管理工作的差距、瓶颈存在在方方面面。面对不足怎么办？从基础设施、基础性工作入手，撸起袖子加油干！近三年以来，支队狠抓基层基础，强化城市管理基础设施建设，为城市品质提升奠定了基础，给百姓营造了清新舒适的生活空间，受到了市民的认可和称赞。

南贸西街邻近娄星广场和万豪城市广场沿线，是娄底城区最繁华的区域之一，夜间的南贸西街摊担疏导点，摊担齐整，人头攒动，热闹非凡，城市的烟火气交映着娄星广场美丽的夜景，彰显着娄底这座城市的魅力。流动摊担占道经营一直是娄底市创文工作的一大顽疾，如何在取缔占道经营和促就业保民生两者之间取得平衡也是城市管理部门的一大难题。对此，支队不断探索，想办法、学经验、出点子。在 2019 年，划定了 4 处免予登记区，疏导流动摊担在这些地方经营特色小吃、小百货、小饰品，增加了大量临时就业岗位，为推动地摊经济做了有益有效的尝试。

2020 年 6 月，为贯彻落实李克强总理的讲话精神，推动娄底的地摊经济发展，市城管局党组书记王浩海高度重视，市局党组成员、副局长杨朝晖率一班人马马不停蹄，赶赴成都学习考察先进经验，回娄底后立即总结学习成果、结合娄底实际谋篇布局发展娄底的地摊经济。经过反复调查摸底、实地察看、征求意见、研究讨论，7 月份出台了《娄底市城市管理领域实施“五支持三禁止”助力经济发展惠民生保就业的规定》，多措并举松绑地摊经济。在不占用消防通道和盲道、不影响交通、不扰民、不影响他人正常生活、不侵犯他人正当利益、不污染环境的前提下，设立自产自销农产品疏导区（点）35 处；一般性流动摊贩疏导点 20 处；夜市经济集中疏导区（点）22 处；大型商场卖场便民促销疏导点 19 处，同时有序规范管理。为自产自销农产品摊担提供 2660 余个经营摊位；帮助城市弱势群体、社区困难群众、下岗失业人员解决 1970 余个临时就业岗位，为大型商场卖场开展场外促销提供了政策支持，注入了新的活力。一个个流动摊担疏导点，一处处夜市一条街，聚拢了城市的人气、浓厚了城市的烟火气、增强了城市的活力，积极推动了娄底市稳就业促增收保民生，同时也解决了娄底市创文工作的一大难题。

此外，为加强“门前三包”工作，支队完善了中心城区 82 条街路 13000 余个临街门店的门前三包责任状、责任牌、台账卡，建立了门前三包的身份信息、管理动态信息，健全了门前三包管理制度。为妥善解决娄底市中心城区人行道乱停乱放问题，共计在人行道上新施划机动车、非机动车停车位 18000 余个，安装隔离桩 3000 余个，设置了禁停温馨提示牌 300 余块，从源头上禁止违停行为的发生。

攻坚克难解难题

创建文明城市，不是拍胸脯、喊口号、讲空话。市城管支队坚持出实招、求实效，把雷厉风行和久久为功有机结合，勇于攻坚克难，以钉钉子精神破解创建工作的难点、城市的堵点、市民的疼点。2018 年 12 月 3 日，由支队牵头，联合娄星区城管局、娄星区规划局、市公安局治安支队等部门，对湘阳街和吉星路交叉口的罗家地段道路未修建非机动车道和人行道乱象集中整治，对该地段占道洗车、废品收购点乱堆乱放、违章广告等乱象予以取缔，解决了娄底市创文工作的一大瓶颈。这是支队攻坚克难的一个侧影。三年以来，凭着敢打敢拼的劲头，开展了户外广告、“牛皮癣”小广告、共享单车、大气污染、占道经营、违规种植蔬菜等系列重点难点问题整治，取得了良好的效果。

长青街南洋百货的个体商户杜朝平在接受媒体采访时说：“我是四川人，2005 年就来娄底创业，对娄底很有感情，回想起初来娄底时，城市发展较为滞后，交通秩序、车辆停放方面的管理不尽如人意。随着城市的发展，尤其是开展创卫、创文工作以来，整个城市发生了翻天覆地的变化，道路畅通、卫生整洁，我们感到很幸福。”2020年，在娄底市即将面临创文验收之际，从8月1日正式履行娄底中心城区15米以上街路人行道静态停车执法职能，面对重重困难，支队开展雷霆行动，投入了大量的人力、财力、物力，打出了一套“广泛宣传引导、完善基础设施、严格行政执法”的组合拳，中心城区人行道违法停车乱象在9月创文国检之前得到有效治理，共清理市民私设的地锁、隔离墩等2000余处，劝离违停车辆12000余台，开具违停告知单6500张，依法拖移违停车辆200余台，市民文明规范停车意识、城区停车秩序和市容环境质量得到大力的提升。在8月30日起开展的流浪犬只及不文明养犬行为集中整治中，支队通过广泛宣教劝导、全面清捕、严格执法处罚、加大曝光处理等措施迅速开展集中整治行动，较快消除娄底中心城区流浪犬只及不文明养犬乱象，劝导遛狗不牵绳等不文明行为580余起，清捕流浪狗50余只。

注重精细抓常态

如何让盛开的文明之花常开常盛？这是文明创建工作的一道必答题。为解好这道题，长期以来，支队秉持“绣花”精神不断探索，将城市提升转变为常态化、长效化建设行动，把城管执法各项工作转化为常态工作要求，使城市管理工作更加精细化。常态化管理首先在机制制度，支队进一步优化管理模式，夯实常态管理工作机制。支队制定了《关于推进城市管理常态化的实施方案》《常态化开展创文管卫工作特别规定》，从机制、制度保障上推进常态化。同时支队坚持每年制订创文实施方案，建立完善科学高效、奖惩分明的责任落实体系。针对重点任务、交办整改工作、专项攻坚计划等制定具体工作方案。这一系列规范性制度的建立实施，充分说明文明城市建设的系统性、复杂性，也生动诠释了支队推进创建工作的曲折性、艰巨性。

在工作举措上，支队完善网格化管理，进一步科学合理划定网格，健全完善网格化管理体系，实现市容管理地域和时间全覆盖、无缝隙、无死角；强化执法手段，坚持严管重罚，常态化实施“五个一律”措施对所有市容乱象实施零容忍；明确统一标准，强化标尺意识，树立看齐意识，编制娄底市城市管理标准化工作管理办法，对市容常态化管理进行定框定标。此外，狠抓门前三包、加强巡查监管、坚持专项整治，建立“巡查全覆盖、监管无盲点、处置无遗漏”的巡查监管工作模式。在要素保障上，建立完善督查考评机制、法律保障机制、宣传宣讲机制、协调联动机制，为推动市容管理常态化提供坚实的保障。

为深入贯彻落实习近平总书记提出的“城市管理要像绣花一样精细”的重要指示精神，支队始终坚持以人民为中心、突出问题导向、目标导向和效果导向，努力让文明实践成为常态，让我们的城市从内而外散发出迷人的文明气息，让人民群众期盼的美好生活触手可及。

历尽天华成此景，人间万事出艰辛！全国文明城市，标示出娄底新的“成长坐标”，既是新高度、新方位，也是新起点、新征程。文明建设，只有起点，没有终点。娄底城管人文明建设的脚步将永不停歇。

作者：娄底市城市管理综合行政执法支队党委书记、支队长朱文斌，综合科科长肖治华

河南省驻马店市交通运输局执法处

遏制货车超限超载　保障道路交通安全

开展行政执法三项制度培训

链接：驻马店市交通运输局执法处（挂驻马店市交通运输局执法支队牌子）于2015年6月24日挂牌成立，为市交通运输局直属副处级全额供给事业单位。自成立以来，连续两届被河南省委、省政府授予“省级文明单位”荣誉称号，并保持至今；先后被省爱卫会表彰为“省级卫生先进单位”，被省委宣传部表彰为“全省先进基层党校”；获得省交通厅、省交通工会“全省交通运输执法队伍大练兵大比武团体一等奖”“全省交通运输执法队伍大练兵大比武理论笔试团体一等奖”；被省交通厅表彰为“全省交通运输大气污染防治攻坚战先进单位”“全省交通运输执法工作文明创建先进集体”“全省治理超限超载工作先进单位”“全省交通运输环境污染防治攻坚战先进单位”；被市政府表彰为“全市交通运输执法工作先进单位”，被市纪委表彰为“驻马店市廉政文化示范点”，被市委宣传部表彰为“全市先进基层党校”，被市文明委表彰为“精神文明建设工作先进单位”，被市法治办表彰为“驻马店市服务型执法示范点”“驻马店市2018年度行政执法责任制示范点”，被市国防动员委员会表彰为“国防交通应急保障先进单位”等一系列荣誉称号。

2019年以来，驻马店市交通运输局执法处根据市委、市政府和市交通运输局统一部署，按照“依法严管、标本兼治、立足源头、长效治理”的总体要求，做到四个坚持、把牢三个通道、堵严两个源头、构建一张天网，全力开展超限超载治理行动，严保公路桥梁安全。目前，全市共利用非现场执法系统处罚各类违法超限运输车4180余辆次，处罚金额800多万元，高速公路超限率同比下降了70%，国道107驻马店段货运车辆主通道的超限率同比下降了60%，科技治超效能正逐步凸显，治超工作逐步迈向科技化、现代化。

四个坚持，完善治超体系

驻马店市政府高度重视治超工作，成立了由副市长、市公安局局长郭渊任组长，各成员单位共同参与的治超工作领导小组，定期组织召开治超形势分析部署会议。同时，市政府还将全市各县区连同驻马店市交通运输局执法处10个交通执法单位的执法经费全部纳入市财政预算，有效保障了治超执法工作的顺利进行。市政府始终坚持科技执法是未来、是方向的指导思想，加大科技在治超经费方面的投入力度。自去年以来，市政府相继出资400多万元，分别在驿城区、正阳县安装了两套非现场执法系统，并准备出资投入安装4套非现场执法系统，全面完善治超网络布局；共出资3000多万元加快推进驿城区、平舆县、西平县的公路超限检测站建设，提升远程监控、非现场执法取证等智能化执法管理水平和能力。相继制定出台了《联合执法机制》《联合执法规范》等文件，明确了各自职能、任务分工和查扣处理流程，切实做到优势互补、合力剧增。同时，交通、公安部门密切联合，相继组织开展了“惊蛰”“天网”联合治超行动。其中，驻马店市交通运输局执法处与市交警支队、高速运营公司联合开展高速公路超限车辆涉牌涉证违法行为专项整治行动，对高速公路超限车辆采取套牌、假牌等手段逃避电子稽查监控的行为，进行“点穴”式打击，专项行动共查扣套牌、假牌严重违法超限车6辆，公安交警部门全部对违法驾驶员进行了吊销驾照的处罚，驻马店市交通运输局执法处通过网上违法历史查询，累计追缴违法超限车辆处罚金额12万元，形成了全市联合执法的新格局，使全市始终保持路面治超的高压态势，对违法超限运输行为形成了巨大的震慑作用。

开展新春送祝福献爱心活动

堵严源头，标本兼治

针对高速公路超限治理，驻马店市交通运输局执法处采取“抓两头、带中间”（高速公路出入口、服务区）的治理模式，加大与高速运营公司对接协调力度，及早推行高速入口安装称重检测地磅，严格按照省交通运输厅时间节点完成了货运车辆入口称重与发卡联动工作，杜绝了超限车辆驶入高速公路；对照高速公路四级联网，实行与运管检测数据融合，实施违法车辆网上“锁定”，不接受超限处罚不得上线检测的治理模式，2019年以来全市累计发放违法告知函4213件，处理高速公路违法超限车3991辆次。同时，针对高速服务区治超盲区，开展专项打击行动。5月22日，驻马店市交通运输局执法处第三执法大队会同新蔡县执法局突查S38栎城服务区，一举将46辆违法超限车辆查处，起到了强大的震慑作用。各县区执法机构充分借助大气污染防治攻坚战有利契机，联合公安、生态环境等部门在全市重型车辆通行主要道路相继设置了174处联合执法卡点，同时以固定超限站、联合执法点为依托，积极开展路面稽查行动，有效对货运车辆的主要通道进行了封堵。为打击违法超限超载车辆绕行农村公路行为，各县区执法机构加强治超宣传，实行有奖举报，号召公路沿线村民共同参与治超。同时，与当地乡镇政府协调，争取乡镇政府及村民支持，相继在农村公路新增治超龙门架、限宽隔离墩37处，有效构筑了路面治超集群网。树立执法就是服务的思想理念，率先在全省开展“三零”服务活动（执法零距离、业务零差错、案件零投诉），驻马店市交通运输局执法处4个执法大队实行分片包干的形式，分别对市辖区内的大型货运企业定期上门宣传政策，协同有关部门对车辆驾驶员开展合法运输安全培训。尤其是2019年无锡桥梁坍塌后，该市高度重视超限治理和桥梁安全，集中对全市26家重点和违法运输企业进行了“大曝光”“大约谈”，并组织执法人员进企业开展“大走访”活动，有效增强了货运企业的自我监管和安全经营意识。

构建天网，建立治超集群

为巩固“剿灭百吨王、彻查保护伞”交通执法大会战行动成果，按照驻马店市交通运输局执法处治超“惊蛰”行动和上级有关部门治超“天网”行动统一部署，积极协调公安交警部门和相邻市、县执法力量，重点打击“百吨王”严重超限超载车辆及逆行闯关、暴力抗法等违法行为。坚持区域联动、开展专项行动，共同编织“天罗地网”，形成合围之势，切实编织一张横向路面管控到边，纵向跟踪处罚到底的严密治超“天网”，使超限超载车辆无所遁形。在联合治超“天网”行动中，共查扣违法超限运输车辆2135台，其中百吨王车辆92台，卸载货物6.25万吨；处理高速公路违法超限车辆4236台（次）。

工作剪影。左图为开展执法宣传月活动；右上图为学习愚公移山精神；右下图为微型党课演讲比赛

湖南省新田县卫生计生综合监督执法局

构筑职业健康“防火墙”

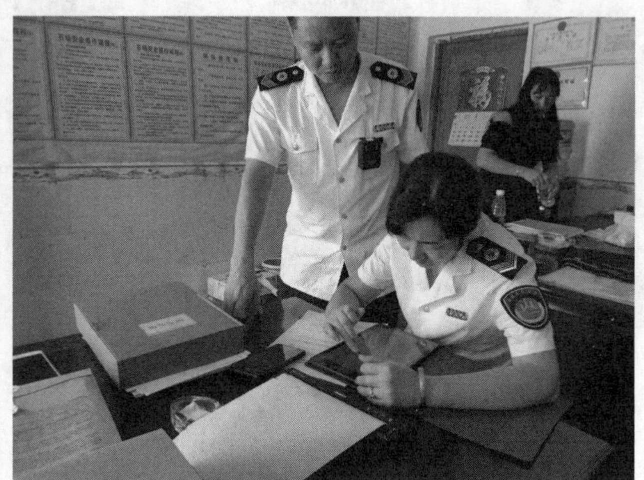

新田县卫计执法局卫生监督员现场打印执法文书

2021年8月31日，湖南省新田县卫生计生综合监督执法局（以下简称新田县卫计执法局）监督执法员来到远发建材有限公司检查职业卫生工作情况。不久前，该局在办理职业卫生类案件方面获得永州市卫计综合监督执法局通报表扬，职业健康监管取得明显成效。

近年来，新田县卫计执法局以监管执法为抓手，大力开展专项整治，坚持“监督、指导、服务”并重的工作模式，全县用人单位的职业危害防护基础设施建设有了较大改善，职业卫生管理力度明显加强，职业病防治水平明显提升。

制定措施，压实责任

新田县卫计执法局把职业病防治工作纳入绩效考核和安全生产考核，成立尘肺病防治攻坚行动领导小组，制定了《新田县尘肺病防治攻坚行动方案》。同时，督促企业单位成立职业卫生管理组织，确定分管领导和职业卫生专（兼）职人员，健全职业卫生管理制度，明确职业病防治法责任制，制定具体工作措施，实行目标管理。

“我们对94名员工都要进行岗前培训、健康体检，并经常在工作群提醒注意加强个人防护措施。工作不完善的地方，我们会按要求及时抓好整改。”新田县远发建材有限公司总经理罗桂辉说。

健全档案，分类管理

2020年以来，新田县卫计执法局对辖区所有企业开展了两轮调查摸底，共摸底调查用人单位118家。印发了《新田县用人单位职业病危害风险分级监督执法实施方案》等，开展用人单位风险自评和监督机构评估，对辖区内所有用人单位实施分级分类管理。对职业病危害风险分类严重的50家单位建立了职业病危害用人单位数据库，对26家粉尘较严重的用人单位建立了粉尘危害用人单位数据库，对44家尘毒危害较严重的用人单位建立了尘毒危害用人单位数据库。督促企业按照《职业健康监护管理办法》的要求，为劳动者建立健全职业健康监护档案，使职业健康监护工作逐步走上正规化、规范化的管理轨道。

加强培训，大力宣传

新田县卫计执法局编制印发职业卫生法规汇编1000余册，对企业负责人和职业卫生管理员进行了《职业病防治法》和《建设项目职业病危害分类管理办法》等有关法律法规及职业病防治知识的培训，先后举办培训班2期，累计培训卫生监督员（协管员）、企业负责人及职业卫生管理人员500余人次。此外，通过采取微信工作群内不定期发布职业卫生培训课件和案例等多种形式的宣传培训，强化企业负责人和作业人员的法制观念，提高卫生意识，树立防护意识。督促作业人员遵守职业病防治法律、法规、规章和操作规程、指导劳动者正确使用职业病防护设备和个人使用的职业病防护用品。该局还组织卫生监督人员深入厂矿企业广泛宣传职业病防治知识，共上街设立宣传咨询点2次，印发各种宣传资料3万多份，接受群众咨询人数达3000多人。

加大监督，专项整治

2021年以来，新田县卫计执法局组织针对尘毒严重类别的非煤矿山开采、非金属矿物制品、机械铸造、制鞋加工、家具制造、涂料生产等职业病危害的专项治理工作，共检查用人单位60家，现场职业危害因素监测26家，重点行业领域职业病危害得到有效控制。目前，全县9家非煤矿山开采单位和其他8家粉尘严重类别的企业均实现了有效机械通风和湿式作业等综合防尘措施，全部完成了职业病危害现状评价，从业人员全部进行了职业健康检查。2021年6月，对职业健康管理工作不重视的、违法行为较严重的30余家用人单位的负责人进行了集中约谈警示，要求用人单位必须严格落实《职业病防治法》等法律法规和相关规范，逾期不整改将给予立案处罚。同时，对医疗单位开展了放射诊疗工作监督执法，共检查放射诊疗单位12家，持有放射诊疗许可证11家，放射工作人员都进行了职业健康体检和放射卫生职业培训，并取得《放射工作人员证》。开展专项整治行动共出动执法人员228人次，监督检查用人单位72家，其中尘毒用人单位37家，放射诊疗机构12家，其他用人单位23家，撰写检查笔录256份，下达卫生监督意见书256份。截至目前，已办理当场行政处罚案件39件，罚款1.32万元；一般程序案件16件，罚款7.7万元。

作者／摄影：新田县卫生计生综合监督执法局王献东

新田县卫计执法局卫生监督员现场检查询问

江苏省常州市公安局经济开发区分局遥观派出所
“零发案”佳绩这样创造

江苏省公安厅治安总队副总队长、人口管理支队支队长于海霞率队到遥观派出所调研指导工作

链接：近年来，常州市公安局经济开发区分局遥观派出所被评定为省二级公安派出所，曾荣立集体三等功2次，集体嘉奖1次，获得了全市公正司法示范点，全市公调对接工作优秀人民调解室，全市公安机关窗口标兵单位等荣誉称号。

江苏省常州市公安局经济开发区分局遥观派出所辖区面积45.29平方公里，下辖15个村委、7个社区，常住人口近5万人，流动人口6.5万余人，各类企业3000余家，派出所现有民警35名。

针对辖区人员流动性大，治安状况复杂，警力严重不足等现实状况，遥观派出所始终坚持以人民为中心，积极学习借鉴“枫桥经验”，创新基层社会治理，先后打造“一站式”综合服务窗口、调解员先期处置和警企巡逻模式，辖区多个村（居）委和企业实现连续三年“零发案”。

“双网”融合，构筑社会矛盾化解新格局

“我们村里已经三年没发生过刑事案件了，少部分因口角引起的纠纷也在治保主任的调解下就解决了，很少打电话麻烦社区民警。”经开区遥观镇塘桥村委会主任杨建新自信地说。

近年来，遥观派出所充分发挥党员民警先进模范作用，推动11名社区民警全部兼任社区（村）党支部副书记，创新打造“警格+网格”共建共治共享新格局，警务工作与社区工作同频共振。还全面打通派出所基础工作平台与网格化综合治理平台、流动人口管理系统间“壁垒”，实现数据全面对接、一体化运行操作。遥观派出所教导员杨建明介绍：“网格员日常采集的数据实时推送到我们所基础工作平台，民警核实后通过流动人口管理系统反馈到网格化综合治理平台，实现了双网双向推送闭环式工作模式。”

为实现矛盾纠纷不出村，遥观派出所积极推动调解员进“网格”，选聘17名社会阅历丰富、群众基础好的辅警担任派出所先期处置调解员，负责接处简易纠纷类警情。2019年6月以来，成功调解各类纠纷1200余起，占该所总警情的37.78%。

针对疑难复杂的邻里纠纷、家庭矛盾、重大工伤事故等纷争，遥观派出所返聘3名退休政法干部和基层法律工作者成立调解委员会。“我们还建立了网格员微信群、巡防骨干QQ群，及时收集他们提供的各类治安信息并开展联动，进一步增强社区应急管控能力。”社区民警兼塘桥村委党支部副书记王震介绍。

资源整合，打造“一站式”综合服务窗口

针对以往窗口业务分散、单一等弊端，遥观派出所积极争取上级支持，整合出入境、交管、户籍、身份证、居住证、易制毒证明和受案接待等业务，创立常州首家“一站式”综合服务窗口，为群众和企业提供更加便利的服务，有效提升服务能力水平。

“以前出入境业务要到一个点、户政业务要到一个点、交通违法处理要到一个点，有些时候办理一项审批业务甚至需要跑几个点才能完成，现在这些业务在我们派出所就可以‘一站式’办理。”经开分局副局长兼遥观派出所所长张立南如是说。

遥观派出所创新采取“1+6”运作模式，即一名民警负责整个民生服务大厅工作，六名辅警人员分别安排在引导、办证、车管等5个岗位，变“群众跑腿”为“信息跑腿”、变“被动服务”为“主动服务”，在警力无增长的情况下实现效能倍增。同时，引进自助填表机、自助签注机、自助拍照和交通违法查询等智能化设备，既减少了窗口服务压力也减少了群众等待时间，提升群众满意度。

遥观派出所工作剪影：左图为社区民警开展通信网络诈骗防范宣传；右上图为社区民警在调解室开展调解；右下图为为辖区群众办理临时身份证

2019年以来，该所共办理各类业务9800余人次，其中智能机器办理占25%。

遥观派出所还利用微警务线上平台，推出违法犯罪举报、户籍业务办理、律师预约会见、通信网络诈骗止付助手、执法公示、防范宣传、案件线索征集、见义勇为上报、建言献策、流动人口上报、客流提示牌、出租户上报、警民互动等模块，为辖区群众和企业提供了极大便利。

护航发展，警企巡逻队助力“零发案”

针对辖区企业众多、外来流动人口多、治安状况复杂的实际，遥观派出所在2016年10月组织长海玻纤股份有限公司20名员工、10辆警用电动车组成了“长海义务巡逻队”。试点成功之后，2017年至2018年，该所又联合多家单位组建了25个巡逻队，各企业依托警务室，开展联防联巡。塘桥村及长海玻纤、今创集团等多家大型企业已连续三年实现“零发案”。

“我们以‘长海、今创、雷利’三家单位为点搭建治安巡逻网络，覆盖到整个辖区，兼顾企业管理和人口管理，做到高效预警、快速处警。”张立南介绍，该所定期对企业巡逻队队员进行专业技能培训，提高他们的战斗力，还根据辖区重要部位、易发案部位和人员密集场所防范需求，合理安排车巡、步巡和武装巡逻，提高内保重点单位周边的见警率，形成维稳安保、应急处置、巡逻防范等工作合力，全面挤压违法犯罪的空间。

“警企巡逻队成立以来，我们长海已经连续三年未发生任何一起案件。”江苏长海复合材料股份有限公司办公室主任许耀新介绍说，遥观派出所为提升警企巡逻队员发现和制止违法犯罪的能力，定期组织安防能力素质评比竞赛，提升企业的整体防范水平。

此外，遥观派出所还将警企巡逻工作与“平安企业”创建活动结合起来，通过联防联巡，消除各类隐患200次，当场发现制止违法犯罪活动30余起，协助民警抓获犯罪嫌疑人4名。

浙江省杭州市公安局钱塘新区分局河庄派出所

科技赋能　改革创新

链接：河庄派出所成立于2007年，辖区面积56平方公里，下分20个行政村和3个社区，常住人口5万余人，流动人口3万余人，社会治理情况较为复杂。现有民警24人，共产党员21人。近年来，河庄派出所在市局、分局党委的正确领导下，在上级业务部门的关心指导下，大力推进“枫桥式公安派出所”建设，坚持贯彻“科技兴警”，与时俱进、开拓创新，切实改变工作作风，强化服务意识。深入贯彻落实习近平总书记对公安队伍提出的“对党忠诚、服务人民、执法公正、纪律严明”总要求，全力做好各项公安工作，该所连续多年被评为“先进集体”“全警绩效等级化考核先进单位”“五星级基层党组织”，多次荣立集体三等功。

以构建现代警务模式为切入点和突破口，奋力推进公安社会治理体系和治理能力现代化走在前列——这是浙江省公安机关2020年定下的一个“小目标”。作为公安机关在社会治理中的前沿阵地，派出所的地位愈加显得举足轻重。

在杭州星罗棋布的公安派出所中，浙江省杭州市公安局钱塘新区分局河庄派出所辖区位置特殊，它扼守杭州拥江发展的上游门户，集聚了一大批优质企业，吸纳了大量人才。可以说，推进河庄基层治理，和谐稳定也关系着这个年轻新区的“成长”。

科技赋能，改革创新。2019年以来，河庄派出所以现代警务模式为总方向，以勤务机制改革为动力，以创建“枫桥式公安派出所”为目标，勇当基础管控、打击破案、规范执法和队伍管理“四个排头兵”，努力实现基础牢、出事少、治安好、党委政府和群众满意的目标。

五指握拳，勤务改革增效能

“原以为这件事不归派出所管，没想到民警主动出面帮我们协调沟通，现在我们的居住环境好多了。”沈大伯是杭州市钱塘新区河庄街道江东村的村民，前不久，他发现村附近一家生产塑料袋等制品的包装材料企业开工时，经常散发出大量异味，村民担心影响健康，不仅向环保部门投诉，还聚集要求维权。

河庄派出所江东中心警务站民警沈忠了解到这一情况后，发现仅靠公安机关无法彻底解决群众反映的问题。于是他一边邀请钱塘新区环境执法大队对该企业进行评估勘测，一边将街道环保科负责人、村干部、党员代表、村民代表、公司负责人一起叫到江东村中心警务站进行协商。综合多方意见，很快有了结果——企业停业按照环保要求进行整改，待环保部门验收后再重新经营，村民对这样的方案表示认可，一场可能激化的矛盾被成功化解。

小事不出村，大事不出镇，矛盾不上交，谈起“枫桥经验”，人们最耳熟能详的莫过于这三句话。但随着社会经济的发展，矛盾纠纷越来越呈现出多样化、复杂化、专业化的态势，公安机关在基层治理中，时常面临案多人少、管理边界有交叉等问题。

要扭转这种局面，就必须创新基层治理，以新时代“枫桥经验”为引领，打造共建共治共享的格局。2019年以来，该所以勤务改革为牵引，对派出所的原有构架进行了优化升级改造——在一所一室两队的基础上，再分设4个中心警务站和N个村（社区）警务室。

值得一提的是，中心警务站在派出所主导和街道的支撑下，综合执法、环保、自然资源等部门的行政力量和人民调解员等社会力量入驻，并建立了临时党支部，由管区民警担任党支部书记。“中心警务站的联动机制，打破了条块分割的治理传统，形成更为扁平化的管理，释放出叠加效应，遇到复杂难解决的问题，相关职能部门能够很快集中在一起‘会诊把脉’，开出‘药方’。”在河庄派出所所长吕建芳看来，这与当前全省各地推进建设社会矛盾纠纷调

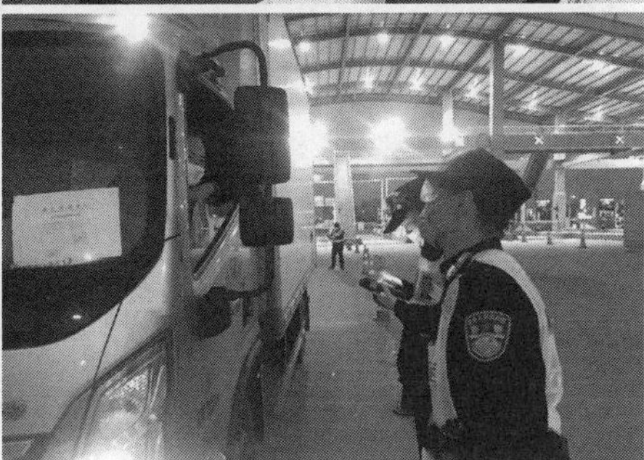

工作剪影

处化解中心理念相通。目前河庄辖区内已建成两个中心警务站，另两个中心警务站也将在今年建成。

中心警务站不仅是守护辖区平安的“桥头堡”，也是服务群众的“窗口”，随着职能部门的入驻，群众办理户籍等业务需求如今在家门口就能得到满足。

事实上，除了中心警务站，更“细微”的改革创新因子也在河庄慢慢浮现。2019年以来，河庄派出所全面加强社区警务室建设，围绕“夯实基础、服务实战、服务群众、促进和谐”的目标，结合平安创建、安全防范等工作，将社区警务室打造成集基础信息采集、日常巡逻值守、流动人口管理等为一体的多功能综合警务室，不断提升警务工作实效。

科技兴警，慎终如始守好“小门”

河庄派出所辖区面积87.8平方公里，下分20个行政村和3个社区，常住人口5万余人，流动人口5万余人，社会治理情况较为复杂。但在疫情防控和助力复工复产中，河庄派出所向辖区群众和企业交出了一份令人满意的答卷，其中奥秘之一正是科技兴警。

日前，来自江西的务工人员小刘回杭复工，他跟着房东来到河庄街道同一村的出租房“旅馆前台”，经过测量体温，出示健康码，填写身份证、居住证等有效证明和签订承诺书后，民警对租客小刘的信息进行审核确认，“前台”负责人才放心地将出租房钥匙交到小刘手里。虽然费了一番周折，但小刘对这样的层层“把关”表示理解，“检查认真一点，住得也放心”。

几乎就在小刘入住的同时，他的相关信息通过出租房“旅馆式”管理系统传递到了河庄派出所后台。吕建芳说，疫情期间，河庄派出所在部分社区试点推出的这套系统，在守好“小门”方面发挥了不错的效果。

出租房“旅馆式”管理系统一头连着派出所，另一头连着出租房。即使不到“前台”，通过数字电视平台延伸至家庭的优势，系统终端管理也能将出租房房东、租客有机管理起来，他们可以将相关信息通过数字电视等平台传送到公安机关。“当我们在后台发现情况有异常，或者收到来自房东的举报信息，立刻就能介入调查。”吕建芳说，此外由房东、房东协会理事、网格员三方力量组成的监管队伍也架起了一张无形的监督网，履行日常巡查和监控职责，党员、志愿者和群众三方一起发挥群防群治的力量。

为了激发群众动力守好“小门”，河庄派出所还推出了积分奖励机制，积分由实物奖励与虚拟奖励两部分组成，房东完成相应操作（信息上报、违法举报、学习等）均可获得相应积分，通过积分可兑换相应的奖品。

互联网+出租房“旅馆式”管理，运用大数据激活了智慧警务，让公安机关在疫情期间有效掌握车辆人员等信息，减轻了街道、社区工作人员的工作压力，提升了安全性，做到及时高效管理。

向科技要警力，在创新中求实效。近年来，河庄派出所不遗余力推进智慧警务。针对辖区内在建工程项目多、人员结构复杂等情况，当地以社区（村）、工业园区作为最小作战单元，对社区（村）、工业园区的管辖范围、人口、刑事治安警情、重点事件等基础要素进行详细的摸排，通过信息数据的图层叠加实现基础要素的“一张图”展现，同时通过基层治理四平台、视频监控的接入，全面提升综合指挥和研判分析能力。

大数据的导入运用还提升了风险防范化解能力。河庄派出所建立案件档案库，根据警情的不同层级（发生频率、影响范围、覆盖人群等），尝试通过红黄蓝三色进行不同层级的风险评估，如对于严重风险，由派出所牵头对该区域进行重点关注和深度评估，定期向上级汇总相关进展，直至风险等级降低或解除。

2020年以来，河庄派出所总警情下降20.5%，刑事警情下降81.7%，群众安全感、获得感和满意度显著提升。

包干到底，接处警“最多跑一次”

接处警是公安机关在一线服务群众、展示形象的“流动”窗口，如何擦亮“窗口”，让服务更有效率和温度？去年以来，河庄派出所深化“最多跑一次”改革，全面提升出警的速度和质量。

前不久，在面对公安机关的电话回访时，报警人张先生给河庄派出所民警点了赞，“沈警官一直为我们的事情操心，真的很感谢。”此前，张先生和一家建筑装饰工程公司签订合同，承包了一个小区的楼外墙翻新工程，但在施工过程中，双方因合同与实际工程量、工人数之间的差异引发工程款结算问题，产生纠纷，导致工程暂时停工，矛盾有不断激化的风险。在河庄派出所的指挥调度下，民警沈瑜成为这个案子的“包案”民警，本着彻底解决纠纷、化解矛盾的原则，他多次组织当事人进行协商，在调解中将心比心，耐心劝解，最终双方达成一致意见，被拖欠的工程款限期结清，工程也得以继续开展。“过去遇到类似复杂的情况，一次处理不好，群众极有可能反复报警。”沈瑜说，现在责任包干到个人，一起案件由最先参与处置的民警跟踪负责到底，为群众省去不少麻烦。

吕建芳说，为切实有效解决接处警重复报警问题，进一步强化压警控案，河庄派出所结合“最多跑一次”工作，经所领导班子研究出台接处警“最多跑一次”工作制度，明确纠纷类警情和求助类警情原则上要求一次解决，防止因未妥善处置而出现重复警情。具体来说，首先是建立了当班民警“首接责任制”，明确接警后必须第一时间出警处置，做好相关要素登记和应急处置工作，对属于公安机关职责范围内的警情，能当场处理的要当场处理，不能当场处理的必须跟踪处理至问题解决，并当场将印有个人姓名和联系方式的“警民联系卡”交给报警人，随时接受群众咨询，对不属于公安机关职责范围内的警情，则当场通知第三方平台，通知相关部门联动出警，明确牵头部门。对未履行首接责任制，造成群众多次报警的，派出所将进行倒查。

同时，河庄派出所将辖区分片，依托中心警务站，以点带面，通过责任包干、挂图作战，形成比学赶超的良性竞争态势。对于重点高发警情，按照警情性质开展分类回访工作，确保“最多跑一次”改革落实到位。制度实施以来，河庄派出所的三次以上重复报警数下降了23.04%。

“接下来，河庄派出所将继续以体制机制改革为突破口，优化智慧警务手段，运用智慧谋略举措，赋能区域治理现代化，全面构建符合新时代要求、体现实战特点的现代警务模式。”吕建芳说。

供图：河庄派出所

福建省莆田市公安局湄洲派出所

争当文明使者　打造幸福家园

链接：近三年，莆田市公安局湄洲派出所获得的集体荣誉有：2017年被福建省人社厅、公安厅授予全省优秀公安基层单位，被共青团福建省委、福建省公安厅授予2017—2019年省级青年文明号；2018年被莆田市公安局授予2017年度集体三等功，被共青团福建省委、福建省青年联合会授予第十五届福建青年五四奖章，被中共莆田市委、莆田市人民政府授予厦门会晤与十九大维稳工作集体嘉奖，被中共福建省委、福建省人民政府授予2015—2017年度省级文明单位；2019年被公安部授予2017—2018年度青年文明号创建活动成绩突出单位；2020年被福建省公安厅授予集体二等功。

福建省莆田市公安局湄洲派出所牢记嘱托，建立长效化工作机制，将全国文明城市、国家5A级旅游景区的创建融入日常工作中，立足海岛治安工作实际，定岗、定责、定量、定质，不断提高妈祖圣地老百姓的幸福感、安全感和满意度。

创城为民，创城惠民。“争当文明使者、共同创建文明城市”，是所有人的共同心愿。为助力莆田蝉联全国文明城市，推进湄洲岛争创国家5A级旅游景区，进一步提高妈祖圣地老百姓的幸福感、安全感、满意度，湄洲派出所牢记嘱托，结合“百万警进千万家”活动，坚持以发展新时代“枫桥经验”为起点，立足海岛治安工作实际，定岗、定责、定量、定质，分解包干、分兵把守，严格对照创城标准，牢牢把握“准”“实”“稳”三字诀，吹响创城攻坚集结号、冲锋号。

精准“开方”解疑难问题

连日来，湄洲派出所坚持以问题清单为导向，精准“开方”。对照创城任务，该所集中发力，坚决消除工作推进中的“梗阻”和责任落实上的“盲区”，重点聚焦交通秩序整治、交通环境优化、交通服务便民。

开展交通专项整治行动。为促进各类交通违法行为整治的提质增效，提升市民文明出行意识，自2020年8月17日以来，湄洲派出所以为期40天的违停整治专项行动为主体，结合不戴头盔、酒驾醉驾等热天高发交通违法行为为突击查纠行动，通过日夜巡逻、设卡执勤等方式，在全岛范围内开展常态化的交通专项整治工作。同时，进一步细化交通任务工作指标，确保民警各有分工、有序推进，保质保量完成工作。

完善交通设施规划。打击整治的同时，该所不忘解决群众对公共交通设施的需求问题，既要堵，也要疏。为进一步优化公共交通环境，增加停车供给，该所责任民警深入背街小巷和各村村道进行深入调查，应用尽用道路资源，合理施划停车泊位，解决“停车难”“乱停车”的交通乱象。同时，由巡逻民警负责，结合每日巡逻工作，对全岛交通标识标线进行定期巡查，及时解决交通标识标线损坏、不全的隐患问题。

推进摩托车送考下乡服务。因湄洲岛交通出行不便，岛上仍有一定数量的群众无证驾驶二轮电动摩托车，给湄洲岛景区安全管理埋下隐患。为最大限度服务海岛群众，8月18日起，湄洲派出所联合北岸交警大队开展摩托车送考下乡便民活动。该所本着便民利民的原则，尽可能简化办事程序，群众足不出岛即可完成报名、体检、考试、换证全流程。首场摩托车驾驶证全科目考试共顺利组织220名学员参与。截至10月初，报名考试的群众已达近3000人。摩托车送考下乡服务的开展，不仅进一步提高海岛地区摩托车驾驶员的持证率，解决了岛民“考证难”问题，免去来回奔波的时间和费用，得到广大群众的支持和点赞，同时减少无证驾驶，从源头上预防和减少交通事故的发生，有效巩固农村道路交通安全防线。

强化服务赢得美誉度

“欢迎你再次来妈祖故里湄洲岛旅游。”“这次可不是来游玩，是特地来给你送锦旗的！”8月中旬，在湄洲派出所门口，一位来自晋江的游客热情地向民警林锐打招呼，并送来一面鲜红锦旗。

来自晋江的游客蔡先生称，8月初，他放置在湄洲妈祖祖庙供奉的一尊妈祖像不见了，每天来祖庙朝圣的人很多，尊尊妈祖像都一样慈祥，可能有人误拿了。接到警情后，民警立即出警，加班加点查看了祖庙周边近两天的公共视频。原来是另一名来自泉州的游客黄先生来祖庙分灵妈祖像，误将蔡先生的妈祖像带走。民警立即联系误拿妈祖像的黄先生，让他将误拿的妈祖像归还给蔡先生。因

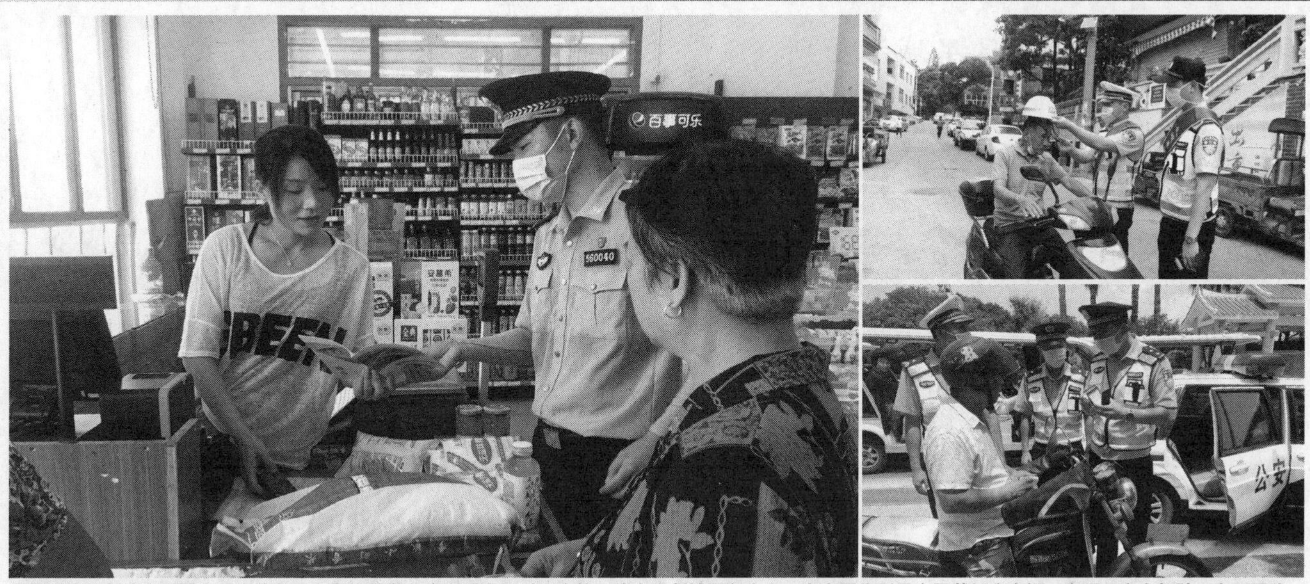

湄洲派出所创建文明城市工作剪影。左图为民警入户向群众面对面宣传，让文明创城深入人心；右上图为引导市民戴好安全帽，文明、安全驾驶；右下图为开展路面查纠

妈祖的缘分，这2名游客多了一段朝圣的奇妙故事，而妈祖故里的民警高效服务，同样获得游客的真挚感谢。

2020年以来，受新冠肺炎疫情影响，湄洲岛景区游客量有所下降，但湄洲派出所的服务工作却毫不松懈，更加高效了。自五一节景区开放以来，湄洲岛景区扒窃类案件零发案、游客遇险类警情零发生。

天气炎热，大部分群众对疫情防控的警惕心不断下降。为持续做好景区疫情防控工作，该所民警定期深入码头、祖庙、旅馆民宿等人员密集场所，逐一督促检查体温监测、信息核查、人员分流、消毒杀菌等防控工作，保障游客健康安全。同时，结合主要景点路线、客流高峰情况等治安特点，扁平化巡防民警进入了早出晚归的巡逻模式，在治安巡逻的同时还承担着威慑犯罪、及时服务的职责，特别是夜间人员走失、财物丢失警情高发，巡逻民警就是夜色中的保护神。今年以来，扁平化巡防民警共找回走失人员28个，寻回丢失财物55件。

为不断提升海岛景区防溺水工作，及时排查海滩景点、沿岸海面的安全隐患，入夏以来，湄洲派出所有效运用公共视频，对莲池沙滩、高朱海滩等游客、群众聚集的主要海域进行布控。根据经验判断，在下午3点至5点的人群游玩高峰期，由专人进行每日视频海面巡查工作。针对远离海岸游泳、没有父母陪伴的少年儿童、缺乏安全员的海上娱乐项目等危险行为及时预警，第一时间联系安全员处理，确保游客、群众安全游玩。工作开展以来，共发出预警59次，未发生海域险情案事件。

警民共建促和谐稳定

近期，结合"百万警进千万家""民警在我身边"活动，湄洲派出所严格落实一村一警、每周下乡4天半的制度，大力开展进村入户工作，着眼农村安全隐患排查、矛盾纠纷化解、文明氛围营造等工作，确保辖区和谐稳定，警民共建文明村镇。

前不久，该所社区民警顾陈铖在下乡走访中，了解到村民林某因家门口道路归属与村委会存在纠纷，导致该道路3年来迟迟未修，影响群众出行。顾陈铖主动解决，邀请经办村干部多次到该群众家中走访协商，最终取得当事人同意，合理划定道路界限，之后仅用一个月就将这条新的村道修建完毕，为群众、村部解决了一个困扰双方多年的问题，也让村容村貌更加美丽。

创城的道路上，你我都是主角，每个人既是文明城市的受益者，更是文明城市的创造者。该所坚持把开展创建文明城市工作与公安工作紧密联系起来，以身作则，影响周边群众争当文明人，激发广大群众的创城热情。

*强化安全隐患排查。*一方面，该所组织社区民警、辅警深入主干道、村居、学校周边、沿街店铺开展村居安全隐患大排查大整治工作，通过逐户走访的地毯式排查，针对路面电线裸露、减速带磨损、高压变电器外壳损坏等各类隐患进行整改。另一方面，进一步规范重点行业场所管理工作，针对旅馆业、出租屋、娱乐场所进行治安清查，打击"黄、赌、毒"等违法犯罪行为。

*加强矛盾纠纷化解。*该所以践行"枫桥经验"为载体，以文明创城为契机，积极推进矛盾纠纷化解工作，通过日常下乡走访，建立社区工作"微信警务亭"等措施，通过群众聊天及线索上报，及时掌握苗头性纠纷线索，尽早干涉，做到问题及时清，矛盾巧化解。自创城工作开展以来，有效化解苗头性家庭邻里纠纷50余起。

*营造文明宣传氛围。*为营造浓厚的文明城市创建氛围，提高群众共建共创意识，该所结合省级文明单位、省级青年文明号创建等活动，通过开展文明交通劝导志愿服务、禁毒禁赌、防范电信诈骗、缉枪治爆普法入户宣传等各种活动，引导广大岛民积极行动起来，自觉养成文明出行、遵纪守法的良好习惯，为文明创城工作贡献一份力量。

"文明是城市的幸福底色，作为基层民警，我们的职责就是打造平安湄洲、幸福湄洲，建设和谐温馨家园，让每一位岛民和游客生活更美好。"该所所长曾立建说，下一步，该所将继续建立长效化工作机制，将文明城市、5A级景区的创建融入日常工作中，不断探索助力湄洲岛建设成世界妈祖文化中心核心区和朝圣岛、生态岛、旅游岛的警务升级新路，切实保护好湄洲岛。

作者／摄影：苏烨玫

湖南省长沙市望城区星城派出所

交出“心”答卷

所长钟兴伟走访群众　摄影：李雅玉

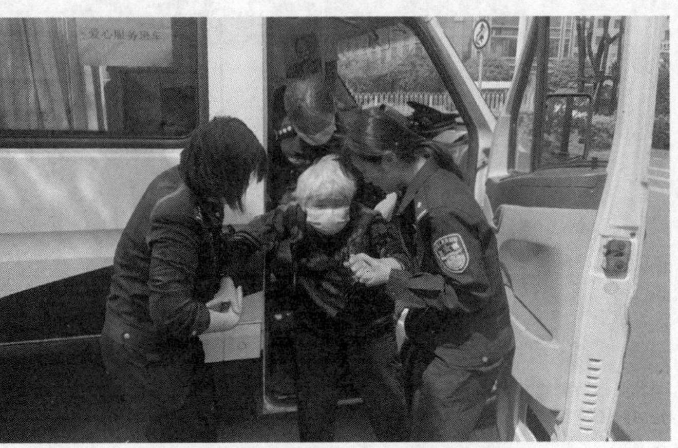
星城派出所民警接老人下车　摄影：吴雅承

链接：长沙市公安局星城分局星城派出所于1995年撤区并乡而立，现有民警12人，辅警36人，辖大泽湖街道、白沙洲街道，总面积约55平方公里，现有1个社区，6个行政村，实有人口7万余人。2012年被公安部评定为全国一级公安派出所；2013年被湖南省公安厅评为全省公安机关执法示范单位；2014年被公安部授予全国公安机关执法示范单位，同时被确定为时任国务委员、公安部部长郭声琨同志党的群众路线教育实践活动重点联系基层所队；2015年望城区公安局被确定为时任湖南省副省长、公安厅长黄关春同志联系点后，该所作为省级示范派出所，成功接待全国各地公安机关考察学习80余次；2017年再次被湖南省公安厅评为全省公安机关执法示范单位；2019年被湖南省公安厅评为全省首批省级“枫桥式公安派出所”。

在“百万警进千万家”活动中，雷锋家乡长沙市望城区星城派出所将雷锋精神和新时代“枫桥经验”有机结合在一起，探索出一条服务群众、化解矛盾、维护平安的新路子。

星城派出所于1995年撤区并乡而立，辖区位于长沙市望城区南端，辖大泽湖和白沙洲两个街道办事处，总面积55平方公里，现有1个社区、6个行政村，实有人口7万余人。

2012年，星城派出所被评为全国一级公安派出所， 2019年成为全省首批“枫桥式派出所”。该派出所紧紧依靠群众，坚持以雷锋精神为引领，围绕“发案少、秩序好、社会稳定、群众满意”的目标持续发力，真正做到了“矛盾不上交、服务不缺位、平安不出事”。

2020年以来，星城派出所开展“百万警进千万家”活动，目前已建立网格微信群48个、联系群众327户，入户走访群众1569户，实际解决群众问题172条，强化社区警务宣传特别是电诈案件防控宣传，发案量持续下降，得到群众普遍好评。

服务做进群众心坎里

“贺爹爹，您好！您家里还需要什么生活物资吗？家里喝的是自来水还是纯净水？”副所长钟辉询问贺安明老人。

老人连忙摆手说：“都行都行，你们政府干部对我们有得空话讲咧！”老人一边说话，一边招呼老伴端来热茶递给钟辉。

“4月8日下午，我同朱勇一起查看贺安明老人家房子和菜地以及屋后家禽园子。为了安全起见，把菜园上方脱落下来的电线隐患及时报告了电力部门，争取解决这一安全隐患。”钟辉告诉记者，现在两位老人在村里住着，邻里和睦，也没有了孤独落寞感。贺安明老人身体患有冠心病，不能干重活，只能在家种点小菜，偶尔陪老伴在家门口走走。看到民警和干部前来慰问，两位老人露出了笑容。

4月16日上午，一台贴着“爱心服务班车”的依维柯警车开进星城敬老院，将13名老人接到星城派出所户籍室进行指纹补采，随后将老人送回敬老院，获得老人们一致好评“你们的服务真到位”。

4月14日下午，星城派出所户籍室接到一名老人的来电：“妹子啊，我的身份证需要补采指纹，你们派出所的位置在哪里？”

经过询问，得知老人已年近八旬，是辖区的独居老人，家里小孩在外务工很少回家，老人也因为外出较少，对道路不熟悉，不知道派出所的准确位置。户籍民警余但丁考虑到老人年纪大，独自出门不安全，向所领导建议依托警用依维柯开设“爱心服务班车”，根据情况平均每周两次深入村社区进行户政业务办理接送服务。4月16日，第一次班车服务开启。

扎实化解矛盾纠纷

司法矛盾纠纷调解室是星城派出所坚持和发展“枫桥经验”，有效实现司法调解与公安行政调解无缝对接的典型范本，2014年成立以来已成为该所一块金字招牌。

2020年4月14日清晨，一阵急促的电话铃声响起，值班民警苏波拿起电话，通过与报警人袁芳芳联系了解，原来是辖区大泽湖街道“云计算”项目工地民工因讨要工资，在工地拉闸断电，严重影响了工地正常施工。苏波带领巡防队员迅速到达现场，对当事人田某等人进行法律宣讲，恢复工地秩序，并将田某及工地负责人带回派出所调解室，就工地拖欠田某等人工资的问题进行调解。

在调解室，调解民警冯建明及驻所司法调解员邓媚分别找双方当事人，了解拖欠工资的具体原因。原来，工地民工田某所带班组做的“保温”工程质量不达标，经多次督促整改仍不符合要求，项目分类负责人袁某勒令田某班组退场，田某则要求支付剩余工程款，袁某不同意，导致了问题发生。苏波与项目经理甘某联系，冯建明和邓媚分别找当事人做工作，分析不能全部支付工资的缘由，该返工整改的必须整改，整改完后袁某必须按合同要求支付剩余工程款。两天后，项目方将剩余工程款17万多元发放，每位民工都得到了工资。

群众的事无小事

暖心警事每天在上演。在星城派出所网格微信群中，有一个微信群是由所长钟兴伟联系的，3月24日，钟兴伟在查看联点的微信群时看到一条信息：“我是租住荷塘重建地的一名户主，这两天楼下歌厅从下午唱起一直到半夜，我儿子读高二了，每天都要上网课，噪音实在太大，请问领导有办法解决吗？”“好的，马上采取措施！”钟兴伟询问对方所住具体楼栋，随即调度值班民警赶赴荷塘月色小区，对歌厅进行了处理，孩子可以安安静静上网课了。随后，钟兴伟在微信群内发布了处理结果，群众称赞派出所解决问题的速度真快。

在星城派出所工作10年来，钟兴伟建立了良好的群众基础，在某些“疑难户”“上访户”中，他也有不错的口碑。“其实也没什么秘诀，最关键就是要想方设法与群众打成一片，无论说话、干事，都要懂得换位思考，从群众的立场多想一想。”钟兴伟说，“此外，还要多与群众交朋友，了解他们需要什么，能帮的就帮一把，群众的事情无小事， 你付出了，群众看得见。”

广东省茂名市公安局滨海新区分局龙山派出所

“好心”服务得民心

民警当群众“好心跑腿员”，进村为民解决操心事　摄影：钟伟国

链接：茂名市公安局滨新区分局龙山派出所2018年荣获公安部基层技术革新奖优秀奖；2019年荣立茂名市公安局集体三等功，被评为茂名市公安局先进党支部、茂名市公安局优秀党支部、全省优秀公安基层单位；2020年“微警务室”荣获中国大数据应用金铃奖、第三届广东公安大数据建模大赛“优秀实战模型”；2021年被授予全省公安机关先进基层党支部示范点。

自政法队伍教育整顿开展以来，广东省茂名市各级公安机关迅速启动、周密部署、明确任务，将学习教育成果转化为为民服务的动力，通过开展“我为群众办实事”为民实践活动，转作风、树形象、提服务，从群众身边的每一件小事做起，全力提升服务群众水平，推动队伍教育整顿工作走深走实。

近日，茂名滨海公安“微警务室”收到一条“居民上报”信息，博贺横山村村民求助，由于小孩父母个人原因，造成小孩8岁未能入户，无法入学读书。龙山派出所联合滨海分局治安部门快速上门了解情况，为其解决难题，并于当天办理好将户口簿送上门。

拿到户口簿的村民喜笑颜开，对公安机关这么贴心的服务感到“非常意外、非常惊喜、非常感动”，就连附近得知情况的群众也赶来了解该项业务，并纷纷为“好心跑腿员”点赞。

“好心跑腿员”为民解忧

近年来，茂名市公安局滨海新区分局龙山派出所根据市公安局部署，以新时代“枫桥经验”为引领，采取“警务创新、服务创新，共建创新”三大举措打造新时代“枫桥式”综合警务室。从2019年8月18日开始，该所在辖区9个村委会建立综合警务室，警务室警长及辅警担任所属村的“好心跑腿员”，开展“好心跑腿员”业务，解决群众最操心、最关心、最想办的事，办理“开具无犯罪证明、家庭分户申报、无户人员申报、其他可办业务”代免跑腿便民服务。截至2021年3月20日，“好心跑腿员”进村清除黑户35户、进村完成急事急办申请35宗；为民代跑腿办理公安业务跑腿4155人次；为外来从业人员、承租人员、游客提供免跑腿服务1895人次；5名线上“客服”回答群众咨询超一万人次，受到了群众的广泛赞赏。

其实，早在2017年开始，龙山派出所即开展警务服务创新，由“共建平安龙山”公众号、“微警务室”服务号组成的“微警务微服务”平台，打造近8000人的警民平安共建圈辐射全辖区群众，提供“VIP式”便民服务。“微警务室”服务号现有5名线上“客服”，自2019年5月17日服务号上线以来一直为辖区群众提供一对一“VIP式”公安业务服务。辖区因无户口无法上学的儿童，只需一条简单留言，派出所“一条龙”代跑腿全部解决，还有“急事急办”服务专门解决群众燃眉之急。据了解，“微服务”至今服务群众超万人次，让群众享受公安便民服务更便捷、更到位。

以家庭分户申报服务为例，分户牵涉部门广、办理条件多、步骤手续杂。“一定要年满18周岁、已婚或独立自主生活才行，还需要有房产证，可是这里农村没有。”龙山派出所所长钟伟国向记者介绍。业务开展至今，9个综合警务室收到群众“家庭分户申请”共475份。综合警务室每接一份申请便会进行验证，到申报群众家庭实地走访，收集分户办理审批材料，再将材料整理后交给户籍警察，等到户籍警察审核、办结后便送证上门。在申请、填表、调查、审批等环节上“一条龙”帮群众解决实际问题，全程不用群众跑一次腿。

“好心交通安全员”整治违章

随着旅游业和渔业经济的迅猛发展，龙山派出所辖区主要道路618县道人流车流多交通压力大，村民交通安全意识淡薄，特别是在校园周边家长驾驶摩托车不戴安全头盔、加装遮阳棚、无证驾驶等现象比比皆是，安全隐患四伏。为避免更多交通悲剧的发生，同时加强辖区交通安全宣传教育工作，处罚与教育两手抓，经与博贺义工队协作，该所决定成立由博贺义工队组成的“好心交通安全员”，协助派出所交通警务室开展校园周边交通安全整治与法制宣传教育工作。

“好心交通安全员”不间断在辖区中、小学校门口配合交通警务室开展学校周边交通违章整治行动。在交通警务室执勤民警的监督下，针对不遵守交通规则的家长，“好心交通安全员”将其请进校区会议室“留堂”，给他们上交通安全法制课及完整观看15分钟的《交通安全警示教育片》。30分钟的“留堂”教育让这些家长深刻领悟到交通安全的重要性，课后向“好心交通安全员”承认了错误并保证今后出行严格遵守交通法规。执勤民警对违章家长及其车辆采集信息后，对家长的违章行为进行了警告处理。

“好心交通安全员”上岗参与交通安全整治以及执勤民警对家长的一般违章行为进行警告教育，这种“接地气”的方式受到了家长们的广泛赞同。

打造“好心”品牌推动群防群治

群众纠纷无小事，不及时化解，就是社区风险隐患。9个综合

两户群众遇入户操心事，通过“居民上报”向派出所救助，民警当天办结 摄影：钟伟国

警务室警长还充当驻村“好心调解员”，专门对群众纠纷案事件进行调解，他们有调解“三不”秘诀：能当场调解不放过、能当天调解不过夜、调解案期限不过月，这也压实“好心调解员”的工作责任与期限。2020年该所一共接纠纷警情91宗，“好心调解员”组织调解238次全部“清零”办结，其中调解成功82宗、裁决9宗，辖区没有因调解不及时导致的刑事案件、群众上访事件发生。

为更好统筹规划目前派出所已开展的各项便民利民服务措施，进一步打造滨海公安“好心”品牌，充实“公安是好心跑腿员、客服、调解员、平安员；群众是好心交管协管员、村居调解员、巡防员、治安员”的品牌内涵，结合此前推出的“好心跑腿员”等服务。2020年开始，“微警务室”增加了“局长、所长微工作室”“网事办事大厅”等服务，方便群众指尖申请“跑腿服务”，动动手指便能轻松解决操心事。

通过“好心跑腿员”贴心服务、“VIP式的微服务”等便民利民措施，龙山派出所零距离解决群众操心事，以高效警务、贴心服务树立了人民警察为人民形象，提高了群众的安全感、获得感和幸福感，吸引了广大群众积极支持公安工作共建平安。

龙山派出所所长钟伟国告诉记者：“我们想打造一个茂名群众幸福感最高的地区，通过打造‘枫桥式’的综合警务室，以警务室工作的开展带动群防群治，让辖区村庄无论是经济发展还是群众幸福感都能上一个台阶。”

作者：李仁娟

广西象州县马坪中学

民族团结之花在校园绽放

马坪中学校长邱德兴作故事分享 摄影：黄盈

2021年1月19日，国家民委公布了189个第八批全国民族团结进步示范区示范单位，象州县马坪中学是广西获得该批次荣誉的9个单位之一。

近年来，马坪中学秉承“规范、特色，合格、特长”的办学理念，以开展民族团结进步创建活动为载体，把校园文化建设与民族团结教育有机结合起来，开展了形式多样的“民族文化进校园”活动，让学校每一个角落都散发浓浓的民族文化气息，让民族团结之花在校园绚丽绽放。

强化顶层设计，建立长效机制

马坪中学建于1968年，是一所壮、汉、瑶、苗等各民族学生混合的住宿制乡镇初级中学，其中壮族学生占全校学生总数89%，汉、瑶、苗等各民族学生占11%。

该校始终把创建工作作为一项全局性、长期性、战略性工程，成立领导小组并制订《马坪中学民族团结进步工作实施方案》，细化工作任务，完善具体措施，责任到人，从顶层设计、工作机制等方面系统规划、立体推进、全面覆盖，扎实有效地开展民族团结进步各项工作。

该校将创建工作纳入全局工作中统筹规划，坚持把创建工作与精神文明建设、师德师风建设、普法宣传教育、师生思想政治教育

左图为象州县委常委、副县长钱琳和县教育局局长蒙建全到学校检查工作；右上图为 2019 年三月三壮欢竹竿舞表演；右下图为美术兴趣班课上，李小萍老师给学生示范作画　摄影：黄盈

紧密结合，以活动为载体，以工作为抓手，立足校内，辐射校外，丰富创建内容，巩固创建成果。

注重“三进”工作，夯实创建根基

马坪中学充分发挥学科主课堂、班会课、地方课程和各类宣传媒介的作用，扎实有效开展民族理论常识、民族政策常识和民族团结教育教学“三进”活动——

进学科主课堂。根据工作实施方案，该校在语文、英语、政治、历史、地理 5 个学科课堂教学中穿插党的民族政策、民族风俗文化等相关知识，如英语学科通过对比中外文化差异等突出中华民族文化自信。每学期涉及民族团结进步教育内容的学科主课堂不少于 30 节。

进主题班会课。每学期至少安排两次主题班会并制作 PPT 用于宣传学习民族团结进步相关知识，有重点、分层次、有针对性地开展民族团结教育活动，让学生知晓党和国家的民族政策，树立正确的祖国观、民族观、文化观。

进地方课程。隔周安排一节地方课程用于开展民族理论常识、民族政策常识和民族团结的教育教学活动，要求一个学年专门课程节数不少于 26 节。此外，还组织师生开展读一本民族团结题材的好书、唱一首民族团结歌曲、看一部民族团结电教片、听一堂民族团结报告会、写一篇民族团结作文、参观一次“民族团结”图片展或“反对民族分裂和非法宗教活动”成果展等“七个一”民族教育活动。通过民族特色教育，让学生树立民族自尊心和自豪感，不断增强向心力和凝聚力。

此外，该校还借助校园广播、电子屏、展板、黑板报、手抄报、微信、钉钉等宣传媒介，加强民族团结教育的宣传力度。其中的微信和钉钉平台则把民族团结进步工作延伸至家长，让更多家长知晓民族常识、民族政策，形成家校合力，提高学校的教育教学效果。

突出文化引领，共筑精神家园

“广西歌海宽无边，全靠三姐把歌传；歌手一代传一代，一直传唱千万年。”

“三姐传歌到马坪，村村校校起歌声；马中师生学得好，民族文化永弘扬。”

壮欢是壮族人民重要的民俗文化。近年来，象州县非常重视壮欢山歌的传承和发展，马坪镇更是涌现出 14 位“广西歌王”，荣获“广西壮欢之乡”称号。马坪中学充分借助这些优势，创建了广西未成年人非物质文化遗产传承示范基地，以百姓喜闻乐见的形式，大唱民族团结之歌。

广西象州县马坪中学通过聘请当地歌王入校教授师生唱壮欢山歌，宣传民族团结相关知识。每学期授课场次均在 20 次以上，每次受益师生约 110 人。同时，成立一支 60 人的特色文艺队，进社区、上舞台、录节目，大力宣传民族理论、民族政策、民族法律法规，深受群众欢迎。

该校每年在春季学期举办一届“三月三”壮欢文化艺术节和在秋季学期举办学校文化体育艺术节。在文化艺术节中，通过竹竿舞表演、抛绣球比赛、滚铁环、踩高跷、民族美食等丰富多彩的活动，充分演绎少数民族文化独有韵味，受到广大师生好评。

此外，该校还开设“八骏论坛”，基于国际时事于校内八骏舞台进行的专场研讨活动。通过紧跟时代步伐，抓住国内外重大事件，强化民族团结教育、民族优越感教育。如面对新冠肺炎疫情，论坛通过组织全体教职员工及班干团干，开展专场讨论，让师生明白我们制度的优势、民族团结力量的伟大，在潜移默化中牢固树立中华民族是一个大家庭的思想。

由于成效突出，该校先后获评“广西中小学校园文化建设先进学校”“广西第三批民族团结进步示范学校”、广西未成年人非物质文化遗产传承示范基地、来宾市先进学校、来宾市文明校园等区、市级荣誉。

作者：邱德兴

山东省泰安市泰山区岱庙街道岱东社区

党建引领精细化　治理服务全到位

链接：杜桂婷，女，汉族，1962 年 8 月出生，大专文化，中共党员。现任泰安市泰山区岱庙街道岱东社区党委书记、居委会主任。曾获得“全国模范小巷总理”“全省优秀人民调解员”，泰山区“十佳居民满意社区（村）干部”，泰山区“三八”红旗手等殊荣。

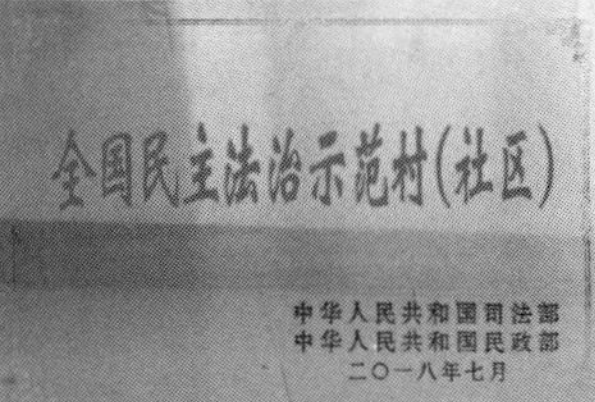

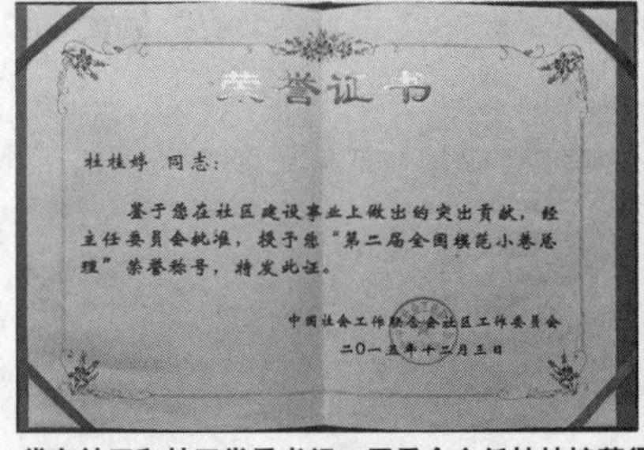

岱东社区和社区党委书记、居委会主任杜桂婷获得的荣誉奖牌 摄影：王桂亭

山东省委组织部领导视察岱东社区 摄影：李桂兰

2012 年以来，岱东社区曾荣获“全国民主法治示范社区”“全国创新型社区建设示范社区”“全省民主法治示范村（社区）”，泰安市“2015 年度‘五化五星’服务型党组织创建四星级党组织”“泰安市星级充分就业社区”，泰山区“十佳居民满意社区（村）”“乡村文明行动”十佳社区、“平安建设先进单位”“妇女工作先进集体”“全区金牌人民调解委员会”等荣誉称号。

山东省泰安市泰山区岱庙街道岱东社区地处岱庙东侧，面积 24 万平方米，共有居民楼 48 栋，居民 1861 户、7650 人，社区“两委”成员 4 人，党员 160 名。社区建于 20 世纪 50 年代，是泰城最老的小区之一，人口密集流动性大，街巷狭窄拥堵严重，设施陈旧环境脏乱，四敞八开、出入口多达 35 个，居民缺乏安全感、普遍意见比较大。特别是疫情防控期间，物业长期缺位、工作力量不足、封闭管理困难等问题凸显。

针对这些难点、堵点，岱东社区认真贯彻市委要求，勇做新时代泰山“挑山工”，将“战时机制”转化为常态化治理效能，以网格化精细治理为路径，落实“三个到位”，支部进小区建到位、力量进楼栋沉到位、服务进家门送到位，聚力攻坚“乱”，“治”上求突破，通过半年多的努力，70 多年的老旧小区焕然一新，转变成环境优美、安全有序、文明和谐的宜居家园，描绘出美丽山水名城建设的“岱东画卷”。

支部进小区建到位

以往的治理中，网格党支部存在管不到家、管不到位的问题。为此，社区进一步优化组织设置，把社区党总支升格为社区党委，按照“人口相适、居住相邻、职业相近、便于管理”的原则，将社区划分为 3 个网格，把网格细化为 6 个小区，同步组建网格党总支、小区党支部，形成了社区党委—网格党总支—小区党支部“金字塔”型党组织体系，把党组织的触角延伸到社区的每个角落。3 名社区“两委”成员兼任网格党总支书记，社区工作人员和威信高的社区党员分别担任 6 个小区党支部的书记。党员楼长、物业经理等 27 人担任网格党总支、小区党支部委员，确保有人干事。6 个小区全部建立实体化党群服务驿站，实现了活动有阵地、服务有场所。

力量进楼栋沉到位

社区人手力量不足，事务千头万绪，单靠 7 名工作人员既管不了也管不好。于是社区探索形成“1+2+N”机制，凝聚 120 人的工作力量，共商共治社区事务。

“1”指的是街道包保力量，街道副科级干部李强带领机关干部巩秀娟、张腾、李真，包保社区、联系网格。李强作为召集人，负责主持社区联席会议、督导任务落实、协调解决问题。3 名机关干部分别联系 3 个网格，每周至少蹲点 3 天，开展“常叩门”行动。

“2”指的是两支队伍。一支社区工作者队伍，除 1 人在服务大厅轮值“全通岗”，其他 5 名社区工作人员下沉到 3 个网格，担任网格长、网格员，走访入户、了解诉求、开展服务；一支综合执法队伍，3 名综合执法队员、3 名片区民警、1 名消防队员沉入网格坐班，立足部门职能，开展专项巡查，及时发现问题、解决问题，两支队伍各司其职、各尽其责。

“N”是指多方共治，39 家驻地单位、5 家“双报到”单位的 109 名党员进网格服务，助力疫情防控、开展文明城市创建。7 家社会组织开展“红色领航、星耀泰山”进社区活动，为居民送上技能培训、心理辅导、文化传播等专业服务，汇聚起群策群力、共建共治的强大合力。

服务进家门送到位

原来的粗放型服务进不了家、入不了户，现在人员沉下来了，有力量开展精细化服务，社区打造系列服务品牌，把服务融入万家灯火、柴米油盐。

红色物业管到家。老旧小区设施差、麻烦多，以前没有专业物业，很多修修补补的活都靠社区自己干，社区党委书记杜桂婷已经 50 多岁了，有时还得亲自动手通下水道、清化粪池。引进物业势在必行。结合疫情防控，社区多方考量，引入非公企业鸿瑞物业。推行半公益性物业服务，每户每月收取 15 元的基本物业费，免除 46 户困难家庭费用，社区每年补助鸿瑞物业 10 万元，逐步培育市场化的物业服务，让专业的人干专业的事，以前的“脏乱差”变成了现在的“美如画”。

“好么拼拼”么都有。疫情期间，为方便群众购买日常所需，街道打造了“好么拼拼”购物平台，居民扫码下单，网格员送货上门。截至目前，已累计下单 4200 余份，既满足了群众生活需求，又密切了和居民的联系。

“到家帮帮”不用愁。社区组织有一技之长的物业人员、党员志愿者、社区热心人，成立 9 人的“到家帮帮”服务团队，为居民提供低偿、无偿的水电维修、助老保健等服务，解决生活中的“疑难杂症”。现已开展各类维修 106 次，为居民减免费用达 7000 余元。

“共享家什”乐悠悠。社区购置了部分修理工具，摆放在 3 个网格党群服务驿站，居民可以随时借用。物品虽小，但确实给居民应了急、帮了忙。

随着党建引领精细化治理的不断推进，也在逐步探索以社区居民满意度为根本需求的治理模式。对党建引领社区精细化治理注入新的活力，为下一步提升社区精细化治理水平夯实基础。

云南省玉溪市红塔区玉兴街道文化社区

助推服务型社区发展　构建团结稳定和谐社区

摄影：刘拓

近日，在云南省玉溪市红塔区玉兴街道文化社区党总支书记蔡芳带领下，笔者一行参观了该社区党群服务中心、少数民族服务站、邻里汇以及社会组织孵化基地等。大家被文化社区"白色天使""假日学校""四点半课堂""桑榆晚霞""每周公益"等多彩纷呈的服务活动而吸引。

在玉兴街道党工委的领导下，社区成立了民族团结进步示范社区创建工作领导小组，形成了"社区书记亲自抓，社区两委配合抓，民宗专干具体负责，有关部门分工负责，密切配合，齐抓共管"的创建工作机制，将民族工作进社区落到实处，为保障民族团结进步示范创建活动深入持久地开展，营造了和谐发展环境，打下了坚实的基础。

蔡芳说，长期以来，文化社区把民族团结进步示范创建工作与社区工作有机结合，以促进少数民族群众服务工作发展为出发点，开展形式多样民族团结进步宣传教育工作、少数民族传统文化传承保护工作、志愿者服务工作，促进辖区各族群众共驻、共建、共享、共乐，实现了少数民族群众与社区居民共同交往交流交融、和谐共处、共谋发展的良好局面。

实施"四色先锋"工程，发挥党员作用

文化社区为推动服务型党组织建设、增强党员宗旨观念和党性意识，在辖区内开展"四色先锋"工程，即以打造绿色小区为主题的"绿色先锋"行动；以帮扶困难，为民服务为主题的"红色先锋"行动；以维护治安稳定为主题的"蓝色先锋"行动；以服务社区青少年为主题的"橙色先锋"行动。

"由于文化小区是老小区，过去是脏、乱、差，现在不同了，你看看这些健身器材都是新的……"文化小区里的李奶奶说，社区以文化小区为整治示范点，动员社区内的住户，打扫社区卫生，并带领住户美化小区环境，整治乱停放车辆现象。通过卫生环境整治，以此打造"绿色生态"小区。

同时，社区通过走访慰问社区残疾人及贫困低保户，进一步摸清居民生活困难的现状，对丧失劳动能力的特困户给予帮扶。主动上门为辖区居民测量血压、宣传健康知识、解答居民身体疑难杂症。通过活动中的细小环节，关爱居民、帮助居民，让社区居民充分感受到社区的温馨、在职党员志愿者服务的温情。

其次，以社区综治网格化管理平台为契机，成立由社区网格化信息员和在职党员组成的群防群治组织，协助社区开展社会治安防范工作，强化网格化巡逻力度和密度。同时做好发动宣传工作，唤起辖区居民"社区安全人人有责，治安防范从我做起"的意识，调动起群众参与维护治安的积极性，使更多的辖区单位、居民群众积极参与群防群治工作，形成齐抓共管的良好社会治安氛围。

加大宣传力度，筑牢创建思想基础

在社区党群服务中心，轻点一下墙上安装的"触摸式媒体机"，就会出现彝、回、哈尼、白、傣族等民族文化内容。住户彭先生说，这个媒体机特别方便，在这里可以找到少数民族服务和维权热线，为少数民族群众排忧解难，及时有效地保护他们的合法权益。

文化社区工作人员刘拓说："社区坚持把宣传教育作为基础性工程，通过示范小区、道德讲堂、文艺演出、知识竞赛等活动，进一步拓宽创建民族团结进步先进社区工作的覆盖面和影响力。"

社区利用中心组学习、每周五学习日，组织党员干部及社区干部采取集中学习与分散学习相结合，书面学习与研讨交流相结合的方式，学习贯彻《城市民族工作条例》《宗教事务条例》等党的民族政策，使社区党员干部对加强民族团结，维护社会稳定方面的方针政策等有了深刻的认识，统一创建思想。同时，建立居民邻里汇、民族文化传承室、民族文化园等活动阵地，以文化特色和民族风情为内涵，展示各族文化和风俗习惯，让各族文化交融交汇。

社区通过开展法制宣传教育、先进典型学习、知识竞答、互联网媒体宣传、居民小区宣传画报展示、现场咨询等多种形式的宣传教育活动，利用普及各项惠民政策、重要纪念日、少数民族传统节日等契机，组织开展形式多样的文体活动，展现各族人民团结一心、共创和谐的精神风貌，"少数民族离不开汉族、汉族离不开少数民族，各少数民族互相离不开"的思想逐渐深入社区群众的心中。

注重载体建设，完善公共服务体系

文化社区通过"爱心、贴心、真心"服务少数民族群众，为少数民族群众谋福利，提高生产生活水平，促进民族团结和谐、共同繁荣发展，维护社会稳定。文化社区有一支社区少数民族联络员队伍，他们到居民小区、少数民族餐饮店进行走访谈心，了解居民生活需求，并做好民情日记。

马大爷夫妇是本地居民，经济来源主要靠马大爷微薄的退休金，马大妈平日外出回收废品补贴家用，家庭经济比较困难。走访人员认真倾听了他们的实际需求、意见和建议，向他们宣传了党的民族政策，并发放了慰问品，希望他们在今后的生活中能够树立起信心，党和政府会帮助他们共渡难关。马大爷表示，文化社区开展的少数民族困难群众入户谈心活动非常好，及时把党和政府的温暖送到少数民族群众中，感谢社区为少数民族群众做的一切。

该社区建立了"少数民族之家"，旨在及时发现、掌握民族宗教领域的动态性信息，关注少数民族群众的权益保障，防止在劳动用工、生产经营、社会保障等方面歧视少数民族群众、损害少数民族群众的合法权益的情况。

在为民服务站设立少数民族事务受理窗口，开通少数民族服务和维权热线，畅通利益诉求表达渠道，发放少数民族服务联系卡，为辖区少数民族群众提供子女上学、证件办理、法律援助、计划生育、社会保障、就业咨询等，目前已为92人次少数民族居民开展便民服务。"少数民族之家"还为少数民族提供家政、计生、就业等优先服务项目，进一步巩固和促进各民族共同团结进步和繁荣发展。

依托社区网格化管理系统，建立少数民族常驻人口台账和少数民族流动人口台账，根据少数民族居民的居住地，绘制分布图，划分10个责任片区，每个片区安排一名联络员，负责片区内少数民族

文化社区民族团结工作剪影。左图为联合玉溪市花灯剧院、老体协、少数民族文艺队开展“同呼吸 心连心 民族团结一家亲”文艺汇演；右上图为开展少数民族政策宣传；右下图为联合卫生服务中心入户少数民族居民家中签约家庭医生 摄影：刘拓

居民的民政、计生、就业、社保等业务，了解和掌握本片区少数民族居民的构成情况、生产生活情况等，构成一个针对社区少数民族居民的自上而下的“网格化”“责任化”管理模式。

搭建少数民族流动人口管理服务平台。通过入户调查摸底，依托社区综治网格管理建立了少数民族流动人口信息库，及时掌握少数民族流动人员动态变化、特困人员的不同需求、技术人员专业特长等，引导规范其合法经营。并与公安、民宗等部门实现信息互通、共享，对少数民族流动人口基础信息数据进行定期的跟踪管理与更新，为服务和管理少数民族流动人口提供更加详尽和可靠的信息参考。

“结合社区实际，精心打造少数民族文艺队、少数民族科普宣传队、少数民族党员志愿队。”刘拓说。截至目前，“少数民族党员志愿队”，开展空巢老人帮扶、外来务工人员服务、留守儿童关爱、心理援助、困难帮扶、就业咨询等志愿服务12次。“少数民族文艺队”代表社区参加各类文体比赛9次，而“少数民族科普宣传队”则利用社区活动室，开展健康知识、电脑、手工、防震减灾等科普知识培训，提高少数民族群众的科学素养和就业能力。

坚持文化引领，丰富创建内涵

“五十六个民族，五十六枝花，五十六族兄弟姐妹是一家……”在这优美合唱声中，记者推门进入文化社区的公益课堂，只见十六七个孩子们正在练习合唱《爱我中华》。

社区党总支书记蔡芳说，文化社区利用寒假时间，开展了为期十天的青少年寒假公益培训班。这公益培训班是义务教学、义务辅导，社区和授课教师都是免费的。同时，结合前期调研社区居民及青少年有关需求，为社区青少年开设语文、数学、英语课业辅导班，并开设体育、书法、绘画、手工等兴趣培训班。课后，老师又带领学生们学习少数民族政策知识，讲解民族团结的重要性，以及各少数民族的风俗节日、宗教信仰，让孩子们认识到各族人民都是一家人。

社区以玉溪四中为创建民族团结进步示范学校的抓手，把开展民族团结宣传教育作为加强未成年人思想道德建设和中学生思想政治教育的重要内容，贯穿到课堂教学及课外活动之中，开设民族团结教育相关课程，使民族团结教育进教材、进课堂、进学生头脑。针对青少年成长特点和思想实际，组织开展主题班会、团队活动、各族师生互访、民族知识讲座、民族歌舞演出等丰富多彩、生动活跃的体验活动，充分利用爱国主义教育基地和民族团结进步教育基地开展专题教育和实践活动。

同时，依托社区离学校近等有利条件，开办为中小学生提供课外辅导学习，督促完成家庭作业的“四点半”课堂。解决辖区各族学生托管问题，从而增强群众民族团结意识，达到各民族和睦相处。

“在社区的民族团结活动中心内，配备有图书、杂志一百余册，还有棋牌、桌椅、乒乓球桌等活动设施。”工作人员说，社区利用活动中心组织少数民族趣味小活动、定期播放弘扬民族团结的影片、组织少数民族居民读书、读报活动，加强了对辖区各族居民群众的素质培训和爱国主义教育。

“文化社区通过争创示范社区，提升服务能力，正努力构建各族群众安居乐业的和谐家园。”蔡芳信心满满地说。

福建省河仁慈善基金会

慈善的“河仁”榜样

链接：河仁慈善基金会，是由福耀集团董事长曹德旺先生，捐出属于他个人所持有的3亿股福耀玻璃股票，于2011年5月正式成立，至今是全国第一也是唯一经由国务院审批、以金融资产（股票）创办的全国性非公募基金会，其登记管理机关为民政部。

上善若水，厚德载物。

盛夏时节，河仁慈善基金会在成立10周年的日子，收到了一份特别的“生日礼物”。

6月发布的第十七届（2020）中国慈善榜上，河仁慈善基金会

与中国扶贫基金会、中国红十字基金会等一同荣登榜单。

“年度榜样”，是一种荣誉，更是一种担当。

10年前，著名企业家、福耀集团董事长曹德旺开全国之先河，捐赠3亿股股票（过户当日市值35.49亿元），创办河仁慈善基金会，在中国慈善史上留下浓墨重彩的一笔；

10年来，河仁慈善基金会坚持慈善大手笔，共捐助扶贫济困、疫情防控、灾害救助、助学奖教、医疗卫生和生态环保等200多个公益项目，累计支出30.51亿元；

10年来，河仁慈善基金会坚持慈善无止境，他们的足迹遍布西藏、新疆、青海、甘肃、贵州、湖北等19个省（区、市），他们的善举让上百万群众受益；

10年来，河仁慈善基金会坚持慈善无国界，尼泊尔发生大地震，他们立即伸出援手；疫情之下，他们又向美国、德国、日本、巴基斯坦等国家捐助抗疫物资……

河仁的力量、河仁的担当，正精彩地诠释着慈善的应有之义。

慈善，聚焦扶贫攻坚

近日，河仁慈善基金会再捐出2000万元，用于支持甘肃定西实施“两不愁三保障”、种养殖产业发展等项目，助力该市决战决胜脱贫攻坚。在全面建成小康社会收官之年，在脱贫攻坚进入攻坚拔寨的关键时期，河仁的慷慨相助将为定西全面打赢脱贫攻坚战增添新的动力。

河仁慈善基金会聚焦慈善精准扶贫，创新慈善扶贫有效路径，助力全国各地全面决胜脱贫攻坚。10年间，基金会共安排扶贫济困类项目支出17.67亿元，排在各资助领域中的第一位。

慈善精准扶贫，河仁慈善基金会起步早，行动快，力度大。

2015年11月，中央召开扶贫开发工作会议，对脱贫攻坚进行全面决策部署。紧接着，河仁慈善基金会创办人曹德旺就带队深入革命老区、贫困地区乡村调研，商定与贵州、湖北、福建三省30个贫困村（每省10个村）开展联村帮扶，每村每年资助100万元，连续实施3年。湖北省长阳县地处鄂西南武陵山区，集老、少、边区于一体，土家族占65%。通过“联村帮扶”，带动该县西平村等4个村新建成茶园2850亩，栀果1800亩，木瓜1700亩，银杏638亩，碰柑200亩，年出栏黑猪2000头，每个贫困户都有了谋生持家的“饭碗”。

作为东西部扶贫协作福州结对城市，定西被列入河仁慈善基金会的扶贫重点对象。扶贫先扶志。2017年，河仁慈善基金会捐资1000万元设立曹德旺（甘肃定西）励志助学金。“这是定西最大的东西部协作高中助学项目，连续资助三届共1300多名学业，每生每年资助2500元，直至高中毕业。”定西市教育局学生资助中心主任王永明说。此外，河仁慈善基金会还捐资1000万元助力实施定西水土流失综合治理（生态林）项目。4平方公里的荒山秃岭，如今满目青翠。当地一批贫困户还通过退耕还林补贴、当生态护林员，增加了收入，稳定了就业。

2018年，曹德旺与到访福州的西藏昌都市市长陈军会面，了解到藏区因包虫病和大骨节病而致贫、返贫的情况严重后，随即建议河仁慈善基金会参与“三区三州”健康扶贫三年攻坚行动。2019年至2021年3年间，河慈善基金会筹集4亿资金，重点资助“三区三州”深度贫困地区、特殊贫困人群，助力西藏、新疆、青海、甘肃、云南、四川六省区在艾滋病、结核病、包虫病、大骨节病等地方病和传染病的防治工作。

10年来，河仁慈善基金会共资助中西部贫困地区善款15亿元以上，其中单个项目资助在300万元以上的有20多个。

脱贫攻坚，对河仁慈善基金会而言，是工作重中之重。他们坚持用脚步丈量初心，走出越来越大的慈善扶贫版图。

慈善，助力疫情防控

年初爆发的新冠肺炎疫情，是近百年来人类遭遇的影响范围最广的全球性大流行病，也是新中国成立以来发生的传播速度最快、感染范围最广、防控难度最大的一次重大突发公共卫生事件。

这场突如其来的疫情，既是一次危机，也是一次大考。对慈善机构来说，考的是行善理念、行善初衷、行善能力。

时针回拨。

2020年1月23日，武汉封城，疫情严峻。

“快，行动起来，助力抗疫。”河仁慈善基金会在第一时间密切关注疫情防控动态，并迅速着手相关工作——

坚决果断，定向捐款！

1月30日，根据创办人曹德旺的提议，河仁慈善基金会向湖北、福建两省捐赠1亿元用于抗击疫情，其中湖北7000万元、福建3000万元；2月20日，基金会又捐4000万元，助力福州抗击疫情和小微企业渡过难关。

十万火急，驰援物资！

防疫物资比资金更紧缺。曹德旺发挥福耀集团全球网络优势，要求各地下属企业协助采购医用口罩、防护服、护目镜、手套、呼吸机等防疫物资。大年初六，年届七旬的曹德旺亲自坐镇组织、协调采购工作。通过各方大力配合，河仁慈善基金会从德国、日本、法国等国家采购到240万件、价值3000万元各类医疗防疫物资。

采购物资无疑难度不小，但物资运送回来更是难事。由于疫情比较严重，航线停运较多，各地关口严防死守，为确保采购物资顺利送达，基金会的理事、监事们积极奔走，与北京、上海、厦门海关，省政府驻京办、驻沪办，国航北京分公司等单位积极协调、争取支持，辟出了一条“快捷通道”，做到物资随到、随装、随运。

疫情之下，数百万件医疗物资，在国际和省份之间多次装卸、流动，得有多少人为之辛勤付出啊！他们都是慈善的力量！

青山一道，同担风雨。

为帮助各国抗击疫情，增进民间友好交往，3月以来，河仁慈善基金会分别向美国俄亥俄州、俄勒冈州、宾夕法尼亚州、弗吉尼亚州、纽约州和华盛顿州塔科马市、夏威夷州火奴鲁鲁市，德国巴登符腾堡州、日本友好团体以及我国友好邻邦巴基斯坦，共捐赠了300万件、价值1000万元的防疫物资。

收到捐赠物资后，受赠州、市政府纷纷来信，感谢曹德旺和基金会的慷慨捐赠。美国俄勒冈州州长布朗在信中说："无论是近在咫尺，还是远隔重洋，（疫情）每天都在提醒我们在艰难时刻要互相支持帮助。你们的慷慨之举动让我想起了一句中国谚语'滴水之恩，涌泉相报'。"

慈善，推行成果共享

河仁慈善基金会创办人曹德旺曾说："捐款，我是出于一种共享的心态。慈善，就是财富的第三次分配，让改革发展成果更多更公平惠及人民。"

多年来，河仁慈善基金会正是秉持着"关注弱势群体、促进机会平等、推动社会和谐"的理念，以高站位、大格局用心用情开展慈善。

灾害发生时，有他们繁忙的身影。当汶川、鲁甸、雅安、通辽、西藏等地遇到地震灾害，甘肃岷县、海南文昌和福建中北部遭遇山洪暴雨袭击时，河仁慈善基金会都在第一时间捐款赈灾。特别是西南五省遭受旱灾时，捐款2亿元帮助10万受灾户。青海玉树地震灾情严重，又捐1亿元赈灾。

在祖国边疆，有他们深深的足迹。资助1700万元用于新疆南疆340所农村学校购置饮水净化设备，解决20万师生健康饮水问题；出资1800万元帮助藏民购买马背电视，丰富牧民精神文化生活；资助100万元建设云南红河州麻栗坡县卫生院综合大楼，缓解当地群众看病难问题。

各类院校里，有他们慈善的芳香。在福清高山中学捐资2.7亿元改建学校，并捐5000万元设立奖教助学金；资助江西革命老区吉安职业技术学院2000万元建设图文信息中心；在福建医大、福建农大、厦门大学、南京大学设立曹德旺助学金；在西北农林大学设立曹德旺助学金，连续15年共捐赠2250万元，帮助贫困生1368名。此外，还资助福州市4亿元、厦门大学1亿元用于图书馆建设。

……

筚路蓝缕，硕果累累。创办人曹德旺和河仁慈善基金会，在慈善事业上作出的突出贡献，获得了社会的积极评价。近年来，曹德旺两次获评"中国首善"，六次获得中华慈善奖，并在去年荣获全国扶贫攻坚奉献奖。这是对曹德旺慈行善举的肯定，也是对河仁慈善基金会探索创新的褒奖。

大家都说，曹德旺，是企业家，也是慈善家。对企业来说，慈善是回馈社会的最好方式，对个人来说，慈善就是完善人格的重要途径。

砥砺前行，不忘初心。我国的慈善事业，还处在初级阶段，慈善组织、捐赠机制、法律制度等还需要在实践中进一步增强和完善。但是随着社会发展，慈善意识越来越深入人心，慈善的暖流会流到越来越多需要的角落，润泽越来越多弱势群体的心田。

如此，正如河仁慈善基金会名字中"河"之寓意，上善若水也。

江西省赣州市慈善总会

慈善赣州　情暖万家

连日来，由江西省赣州市慈善总会下拨至32个深度贫困村慈善扶贫超市的粮油物资陆续到位，发放到困难群众手中。这只是赣州市慈善总会助力脱贫攻坚行动的一个缩影。2019年，赣州市慈善总会在市委、市政府的关心和支持下，创新工作方法，加大工作力度，开足马力助力脱贫攻坚，通过开展"赣州慈善·情暖万家""慈善文化进社区、进企业、进市场、进校园""赣州慈善敬老·端午行""赣州慈善敬老·中秋行"等活动，在慈善救助、精准扶贫、慈善赈灾、慈善项目、慈善文化宣传、慈善工作交流等各方面取得了丰硕的成果，截至目前2019年共接收社会捐款超过2500万元，与去年同期相比翻了一番多，接收慈善物资价值达1.3亿元。

慈善扶贫量大面广

2019年元旦春节期间，赣州市慈善总会开展了"慈善扶贫·情暖万家"活动，走访慰问对象为贫困县（市、区）的城乡困难群众、企业困难职工、部分敬老院和学校。其中走访慰问困难群众、困难职工1080户，走访敬老院6个、走访慰问学校6所，为城乡困难群众、企业困难职工、敬老院和学校送去慰问金，让困难群众过上欢乐祥和的春节。

与此同时，赣州市慈善总会大力发挥本市企业在脱贫攻坚中的作用，接收赣州毅德商贸物流园有限公司、虔东稀土集团、江西超越精密电子有限公司、赣商会等企业和社会组织捐款超过300万元，在赣县、南康、信丰、安远等地开展精准扶贫工作。为扩大慈善扶贫的覆盖面，2018年，赣州市慈善总会在全市32个深度贫困村设立了"慈善扶贫超市"，2019年继续资助"慈善扶贫超市"建设，下拨粮油、衣物、棉被以及各种日用品等困难群众迫切需要的各类物资价值100万元。

围绕省慈善总会"善济江西 脱贫攻坚"慈善扶贫专项工程，赣州市慈善总会大力协助省慈善总会"刨穷根""栽富树""扶自立""暖床前""救病难"等"五大任务"在赣州市赣县、南康、瑞金、宁都、兴国、于都、上犹、寻乌、安远、会昌、石城共11个贫困县（市、区）实施。通过"五大任务"助力赣州市产业扶贫、关爱农村留守儿童、关怀农村孤寡老人、帮助农村困难学生、资助农村贫困重大病患者等方面拨付慈善专项资金近千万元，使上万名贫困群众受益，助推赣州市精准扶贫、扶志扶智工作。

中华慈善总会持续6年在赣州市实施的慈善捐药项目、连续3年实施的"青苗关爱"儿童大病救助项目，为赣州市658名患者累计额发放药品价值2亿元，累计救助儿童患者30名。为了方便困难重大病患者，赣州市慈善总会与江西黄庆仁栈华氏大药房有限公司合作，重新规范了中华慈善总会慈善捐药赣州发药点，为赣州市患有慢性粒细胞白血病、肺癌、胃肠间质瘤、地中海贫血的近400名特困患者发放格列卫等药物价值多达1.2亿元，减轻了这些患者的经济负担和长途奔波之苦，为他们节约各项开支超过400万元。

同时，赣州市慈善总会还大力开展儿童大病救助活动，接受了多名白血病、地中海贫血、脑瘫等大病儿童的救助申请，联合省慈善总会为8名患病儿童分别予以10万元的资助，有效地缓解了患病儿童家庭负担，帮助他们渡过难关。

"童伴妈妈"是中国扶贫基金会2015年10月推出的留守儿童关爱项目，该项目将通过"一个人，一个家，一条纽带，一支队伍"的模式，建立留守儿童监护网络，探索有效的留守儿童问题解决方法，保障留守儿童权益，探索留守儿童福利保障的有效途径，建立起农村儿童关爱服务体系，为政府决策提供依据。一直以来，赣州市慈善总会主动对接，在省慈善总会的关心支持下，截至目前，"童伴妈妈"项目已经在赣州市赣县、上犹、安远、寻乌、石城、宁都、瑞金、会昌等地设立农村儿童关爱中心80个，下拨资金400万元，得到关爱的农村留守儿童超过万人。

“赣州慈善敬老·端午行”“赣州慈善敬老·中秋行”是赣州市慈善总会主动发起的慈善敬老项目，2019年端午节和中秋节期间，市慈善总会先后走访慰问了赣州市一批乡镇敬老院，各送去慰问金5000元和粮油物资，还为敬老院老人送去了文艺表演，让敬老院的老人欢乐过节。

慈善赈灾迅速有力

2019年6月、7月，赣州市龙南、宁都、瑞金、会昌、于都等地先后遭受严重洪涝灾害，赣州市慈善总会立即开展各种抗洪救灾工作，第一时间向社会各界发出《积极参与抗洪救灾倡议书》，发动社会各界捐款捐物，帮助灾区人民开展抗洪救灾和灾后重建工作。6月13日，赣州市慈善总会携手五粮液鄂赣营销区·江西经销商联谊会抗洪救灾队赴宁都县，为该县送去粮、油和矿泉水等价值15万元的赈灾物资，并将物资第一时间送到受灾严重的东韶乡村民手中，让广大灾民深深地感受到洪灾虽无情，慈善有真爱。

2019年9月，赣州市慈善总会又主动联系上海慈善基金会、上海振兴江西促进会，接收上海慈善基金会、上海振兴江西促进会捐赠的救灾物资价值700余万元，及时发放到今年受灾较重县（市、区），支援当地的灾后重建工作。市慈善总会还携手长三角赣州商会，对洪涝灾害受灾严重等地的105名贫困学子捐款10.5万元，为每位贫困学子资助1000元。

慈善文化花开赣南

2019年5月26日，由赣州市慈善总会主办的赣州市慈善文化进社区、进企业、进市场、进校园活动在赣南贸易广场正式启动。“四进”活动紧紧围绕“贴近民生、服务百姓”这一主旨，组织慈善志愿者为社区居民、企业员工、个私业主、贫困家庭和学校师生等开展慈善便民、为民系列活动。活动现场，通过竞答宣传《慈善法》与爱心义演、举牌捐赠等多种形式进行，众多爱心人士慷慨解囊，积极支持赣州市慈善事业，当天获赠捐款、物品总价值256万余元。这些资金和物资将重点用于赣州市“慈善扶贫超市”建设，助力赣州市打赢脱贫攻坚战。

为进一步加大赣州市慈善的信息宣传工作，让更广泛的人群了解和支持赣州市慈善工作，让更多人参与慈善事业，赣州市慈善总会专门设立了“慈善宣传与信息中心”，赣州市慈善宣传正式融入全媒体时代。市慈善总会还建立了“赣州慈善”微信公众平台，及时发布慈善捐赠、慈善活动信息动态。

为深入学习贯彻《中华人民共和国慈善法》和《江西省实施〈中华人民共和国慈善法〉办法》，10月26日，赣州市慈善总会邀请了上海振兴江西促进会会长、慈善法起草及修订特邀专家马仲器，为全市慈善工作者和志愿者讲解《慈善法》和《江西省实施〈中华人民共和国慈善法〉办法》，让赣州市在慈善工作的开展中真正做到依法行善、以法兴善。

开渠拓源做大“蛋糕”

“慈善一日捐”活动是中华慈善总会发起的一个慈善捐赠项目，在赣州市已经实施17年。2019年，赣州市慈善总会针对全市遭遇特大洪涝灾害的实际情况，为了帮助受灾地区和受灾群众开展灾后重建工作，围绕“赈灾济困”主题，拓宽思路，认真组织实施“慈善一日捐”活动。通过加大力度开展宣传、组织工作，市直、驻市各单位以及社会各界踊跃捐款，筹集善款近150万元。

为了拓展慈善捐款募集渠道，赣州市慈善总会经过省市有关管理部门严格审批、考核，成功获得公募资格，为下一步慈善捐款工作拓宽了渠道，将有力地促进赣州市慈善事业发展。

2019年3月，赣州市慈善总会会长温会礼、副会长欧阳斌等一行5人赴陕西省慈善总会考察学习，重点学习慈善网络平台募捐、慈善宣传及文化推广等方面的经验，并与陕西赣州商会的领导进行洽谈交流。通过交流学习，市慈善总会在建立慈善募捐网络平台和慈善宣传及文化推广方面获得了宝贵的经验。

2019年，赣州市慈善总会积极开拓慈善资源，调整慈善募捐思路，动员企业和社会各界爱心人士在市慈善总会开设各类专项基金。截至目前，赣州市慈善总会先后设立金力永磁教育基金、新华教育基金、立德教育基金、廉泉兼善教育基金、嘉道教育基金、赣南医学院一附院健康救助基金等各种慈善基金11个，基金涉及教育、扶贫、医疗等领域，基金金额超过2000万元，有力促进了赣州市教育、扶贫、健康等社会事业的发展。

2020年，我国将全面建成小康社会。面对新的形势，赣州市慈善总会进一步协助县（市、区）慈善会组织和机构建设，扩大对外交流与合作；进一步完善慈善网络，加大《慈善法》的宣传和慈善文化的普及；扩大筹集慈善资金渠道，认真组织公募的实施，继续抓好“慈善一日捐”，使之常规化、制度化；切实抓好慈善项目建设，同时抓好慈善项目督查。

山西省高平市慈善总会

让慈善之光温暖高平

山西省高平市慈善总会成立于2012年11月，在高平市民政局登记有社会团体法人，并于2017年6月取得慈善组织公开募捐资格证书。慈善总会会长常全喜同志带领一班人，团结奋进、创新实干、敢于担当、主动作为、攻坚克难，在高平市委、市政府和市民政局的坚强领导下，紧紧围绕党的十九大和十九届二中、三中、四中、五中全会精神和《慈善法》，坚持“募集善款 扶贫济困”的工作要求，积极开展募捐善款、赈灾救助、扶贫救困，努力实施慈善救助项目，进行助学、助困、助残、助老、助幼、助医等各项救助活动。一是常规救助项目：每年元旦春节期间开展“献爱心 送温暖 情暖万家”救助活动和全市贫困家庭大病救助活动，给广大群众带去了党和政府的关怀以及来自社会各界的温暖；二是巩固品牌救助项目：救助贫困大学生阳光班助学活动、救助贫困尿毒症患者、贫困白内障患者、幼儿斜、弱、近视等救助活动；三是产业扶贫项目：建档立卡贫困户蜂产业扶贫项目，为助力脱贫攻坚做出了积极贡献；四是拓展创新救助项目：开展“五老”救助活动，即“老党员、老战士、老教师、老村长、百岁老人”，还有困难职工、困难农民工等。截至2020年底，高平市慈善总会共接收捐助款、物合计折价为4112万余元，开展各项救助项目12类、25项，支出慈善救助金为3265万余元。直接受益群众达50928人（次）。各项慈善工作都取得了可喜的成绩，得到了上级各部门的肯定和表彰，并颁发各类表彰证书和奖牌。于2015年3月，晋城市文明办、晋城市慈善总会授予“晋城慈善募捐先进单位”奖；2018年3月，高平市委、市政府授予“2017年导扬一方先进集体”；2019年3月，高平市委、市政府授予“2018年脱贫攻坚先进集体”；2020年3月，高平市委、市政府授予“2019

晋城市慈善总会会长赵雪梅（左一）和高平市委副书记、市长原健（左二），晋城市慈善总会副会长张国平（右二），高平市慈善总会会长常全喜（右一）在一起研究慈善工作

年脱贫攻坚先进集体”；2020年8月，晋城市慈善总会授予“晋城市慈善工作突出贡献奖”。

疫情防控工作成绩突出

2020年是不平凡的一年。3月16日在全国新冠肺炎肆虐的非常时期，高平市慈善总会在民政局非公企业社会组织党委的领导下，成立了高平市慈善总会党支部，由于高平市慈善总会的工作人员大部分是在领导岗位退下来的老干部、老党员、老同志，他们发挥余热、躬行善事，不计报酬、无私奉献，用慈善之心扶贫济困、服务群众，诠释生命的意义和价值。在新年伊始，新冠肺炎疫情席卷全球，防疫工作形式十分严峻，疫情暴发后，该会领导就高度重视，紧急应对，正月初三就召集全体员工及时上班，按照市委、市政府统一安排部署，积极行动，立即开展疫情防控专项募捐活动，随时启动在慈善网站发出“新冠肺炎病毒疫情专项募捐活动的通知”，呼吁全市行政、企、事业单位及党员，干部职工，社会各界人士履行社会职责，积极捐款捐物，全力打赢这场疫情防控阻击战，并公布捐款捐物银行账户和账号、联系人、地址、电话号码等。在第一时间总会领导班子及总会工作人员进行了简短的捐款仪式，将2500元捐款驰援湖北省武汉市慈善总会。高平市慈善总会领导还亲自带头，带领工作人员先后到全市十几个社区看望慰问了日夜坚守在防控一线的工作人员，为他们送上牛奶、方便面、水果、饮料等食品。全市所有行政、企、事业干部职工，社会各界人士纷纷慷慨解囊，伸出友爱之手，争先恐后为疫情灾区、为奋战在一线的单位和个人捐款捐物，截至2020年3月23日，共接受捐款、物折价12690521.93元，其中募捐资金为10962873.53元，有70余个单位、16000余人参与了募捐活动。除定向捐款836801元，转入定向单位外，其余10126072.53元全部汇缴到高平市疫情防控领导小组办公室，用于全市防控疫情工作统一调配和统筹使用，共募捐物资94473件（箱、个），折价1727648.40元，所有物资在第一时间转送到疫情防控第一线单位和一线工作人员手中。

高平市慈善总会对所有捐款捐物制定了管理使用有关规定：一是必须坚持平等自愿量力而行的原则；二是必须坚持按照捐物、捐款单位的意愿，定向转入疫情防控一线岗位的单位；三是必须坚持全市统一调配和统筹使用的原则；四是必须坚持捐赠物资不落地、不入库的原则，当天捐赠，当天发放；五是必须坚持本着公开透明、及时到位的原则，要在第一时间向高平市政府网站和高平市民政局微信公众号进行公示，每天按照捐赠进度上报晋城市慈善总会和高平市民政局以及高平市审计局，得到了上级各部门的跟踪审计和全程监督指导。

“慈善一日捐”再创新高

“慈善一日捐”公益活动是由中华慈善总会发起，晋城市人民代表大会通过并正式形成决议的一项全民性公益活动，旨在弘扬中华民族扶贫济困、积德行善传统美德，倡导以人为本、乐于奉献的互助精神。由于2020年受疫情捐款的影响，高平市慈善总会重点抓大头，领导亲自带头亲自驱车，深入各大企业、各煤矿宣传慈善文化，弘扬慈善精神，开展合作交流，开辟更多慈善渠道，引进更多慈善资金。活动期间，市四大班子、各乡镇政府带头捐款，各行政事业单位率先捐款，各大口民营企业、煤矿及爱心人士个人都积极捐款，几年来全市共有150余个单位，4000余人次参与了“慈善一日捐”活动，共募捐慈善资金达1500余万元。正是由于大家的积极主动参与募捐，才使高平市慈善总会在脱贫攻坚方面发挥了积极有益的补充作用。

积极开展“扶贫济困”，举办各项慈善活动，惠及广大弱势群体

高平市慈善总会坚持“突出重点，注重效果，量力而行，善款善用”的原则，按照“做好传统常规救助项目；继续巩固品牌救助项目；脱贫攻坚产业扶贫救助项目；深入拓展创新救助项目”的工作思路，根据善款的捐赠情况，优先对那些生活最困难、遭遇最不幸、社会最同情的弱势群体展开救助：

一是做好传统常规救助项目。

积极开展情暖万家活动，在每年元旦、春节期间，把党和政府的温暖送到千家万户。进行情暖万家活动，每年为全市800-1000户贫困户进行了救助，每户救助300元，共投入慈善资金158万余元。同时还将澳大利亚爱心华侨魏基成夫妇捐赠的棉被、羽绒服、康巴服，总折价近5万元的物资全部捐发给农村各乡镇贫困家庭。

积极开展“大病救助”活动，高平市慈善总会一直坚持以“为政府分忧，为群众解难”为己任，对大病、重病、特困户家庭进行救助，救助对象主要是患有各类癌症、尿毒症、白血病、心脑血管疾病等重大疾病患者，导致医疗费用巨大、负债累累的贫困家庭，特别是低保户，建档立卡贫困户，帮助他们渡过难关。每年为近200名大病重病、特困家庭患者进行了救助，共发放慈善救助金为245万余元。

二是继续巩固品牌救助项目。

救助尿毒症血液透析患者。每年对近百名肾衰竭血液透析患者在高平市人民医院实施了医疗救助，救助金额达42万余元，大大减轻尿毒症患者医疗费用的经济压力。

救助白内障患者。为改善贫困家庭白内障患者的生活质量，彰显社会文明，让白内障患者重见光明，在全市开展“慈善光明行动”活动，与高平市人民医院和高平复明眼科医院合作每年为全市800余个贫困家庭白内障患者进行了手术治疗，共投入救助慈善资金达354万余元。

救助以儿童弱视、斜视、近视眼病筛查为主题的“光明行动”，特别是农村贫困家庭的小学生以及幼儿，实施集中筛查，每年为30余名儿童患者进行了集中矫正治疗，救助资金达179万余元。

开展慈善助学活动。每年在大学生入学前夕召开有市委、市政府四大班子领导参加举行的慈善助学仪式，现场为寒门学子每人发放慈善助学金2000—3000元，共发放慈善助学金224万元，资助学生1000余名，圆了他们的大学梦。

开展“慈善阳光班助学活动”。慈善阳光班助学活动是晋城市慈善总会和高平市慈善总会共同推出的一项慈善助学品牌项目，目的是帮助家庭特别困难、品学兼优的学生完成高中阶段的学业，每年为高平一中20—60名高中学子发放慈善阳光班助学金2000元，共计发放慈善阳光班助学金132万余元。

三是脱贫攻坚、产业扶贫救助项目。

2020年是决战完成全面打赢脱贫攻坚目标任务收官之年，也是努力实现全面建成小康社会的决胜之年。高平市慈善总会积极开展了蜂产业扶贫项目，共扶持全市建档立卡养蜂户50户。目前高平市慈善总会对养蜂积极性高、蜂产业效益好、有一定养蜂规模的16户养蜂户，再次购买了蜂箱，蜜蜂，摇蜜机，全部捐赠于贫困养蜂户，受益人数达200余人，共投入慈善扶贫资金70万余元。为了进一步巩固脱贫攻坚成果，高平市慈善总会又在全面脱贫的

基础上，扶上马、送一程，在年底又发给50户养蜂户致富补助款500元，投入慈善资金25000元，让大家在奔小康的路上永不掉队，平稳走向小康生活，为全面打赢脱贫攻坚战的收官之年做出了新的更大的贡献。

四是深入拓展创新救助项目。

高平市慈善总会在2019年进行了"五老"救助活动，即："老党员、老战士、老村长、老教师、百岁老人"救助活动：在"七一"期间为老党员、在"十一"期间为老战士、在"9月10日"教师节期间为老教师、在年底，对老村长、百岁老人进行了走访慰问，共投入慈善慰问金96000余元。2020年高平市慈善总会又推出"九九重阳节敬老助老活动"。在九九重阳节期间，高平市慈善总会为高平市马村镇公立康馨苑老年公寓20余位老人送去20000元助老慰问金，还为原村乡老马岭老年公寓40余位老人送去生活用品折价近两万元，为他们购买服装、生活用品，提高生活质量提供了生活保障，受到了老同志们的点赞。

开展送衣下乡送温暖活动，为帮助关爱困难群众，农民工和弱势群体，让他们度过一个温暖祥和的冬天，高平市慈善总会连续几年在进入寒冷的冬季之前，走进马村镇马村村、北诗镇西诗村、原村乡良户村等地开展送衣下乡送温暖活动。为当地老百姓、困难群众、农民工送去御寒衣物5000余套，受益群众5000余人，总价值近50万余元。

强化宣传力度，营造慈善氛围

高平市慈善总会采取各种形式、多项渠道、多个层次开展慈善宣传，宣传慈善有关法律、法规，宣传中华民族传统美德，把宣传工作贯穿于慈善活动全过程，先后在《慈善高平》《山西慈善》《渡善》等杂志和《慈善公益报》《太行日报》"高平新闻"等报纸和新闻媒体刊发了我市慈善总会有关慈善活动的文章百余篇。每逢9月5日"中华慈善日"活动期间，高平市慈善总会利用"高平新闻"报，整版宣传纪念《中华人民共和国慈善法》周年纪念，通过宣传弘扬慈善文化，扩大慈善影响，倡导慈善行动，提高慈善民生的吸引力和感染力，使越来越多的群众认知、认可慈善总会的社会作用，收到了良好的社会效应，使我市慈善工作迈上了新台阶。

打基础、强队伍、狠抓自身建设

抓核心。高平市慈善总会在高平市民政局和非公企业工委和社会组织综合党委的领导和支持下，制定了党内各项规章制度，严格要求每个党员按照党规党章办事，不忘初心、砥砺前行，努力发挥党支部战斗堡垒作用和党员先锋模范作用，把党支部建设融入慈善活动中，以党建促慈善，以党建带慈善。

抓学习。办公室为每位工作人员订阅了各种报纸，各类杂志、刊物等。除整体组织学习外，主要提倡大家要以自学为主，在学通弄懂做实习近平总书记新时代中国特色社会主义思想上下功夫，切实把"四个意识""四个自信""两个维护"转化为思想自觉性，结合新一轮"晋城的事大家想大家说大家干"思想解放大讨论活动，不断提高思想认识，更新思想观念，提高工作能力和业务素质。

抓制度。建立和完善了机关内部各项管理规章制度，如上班考勤制度，工作激励制度等。采取各种形式的监督方式，确保慈善行为的公正、正义、廉洁、高效，增强了工作人员的自身素质和社会责任感、使命感，使慈善工作逐步走向制度化、规范化、程序化。

抓透明。积极推进信息公开，努力打造阳光慈善，依法开展慈善活动，及时公开善款善物信息。对募集善款善物和各类救助活动资金要全部向社会公开透明，善款收支进行审计，自觉接受社会监督，切实保障公众知情权，用"透明"和"阳光"赢得公众信任，不断强化社会公信力。

面对新时代，立足新起点，今后的工作思路

新的形势需要新的担当，新的时代需要新的作为。慈善事业是一项长期而伟大的崇高事业，高平市慈善总会要努力做好以下几方面工作：

一是认真学习宣传贯彻落实《中华人民共和国慈善法》，依法开展慈善工作，开展多种形式的宣传活动，加大宣传力度，弘扬慈善事业，依法开展慈善工作，发挥慈善的社会作用，创造乐善好施的社会环境，营造善行义举的慈善氛围，促进慈善事业健康有序发展，开创具有高平特色的慈善工作新局面。

二是狠抓慈善组织自身建设发挥党组织战斗堡垒作用和党员先锋模范作用，全面从严治党，加强党风廉政建设，自觉接受社会各界的公开监督，提高慈善事业社会公信力。

三是继续做好善款善物的筹募工作，提高各类救助能力，做好各类救助项目，深入开展助困助老助幼助医助学助残等各类救助活动。切实增进民生福祉，持续改善人民生活。

四是全面打造政府放心、业务过硬的慈善队伍，坚持依法治善，弘扬崇德向善，带头躬身行善，提倡合力举善，倡导全民慈善。开创有高平特色的慈善新领域，为"十四五"发展规划开局之年开好头，起好步，转型出雏型开局新胜利，为实现完成2035年远景目标任务，为开创新时代美丽高平高质量、高速度、高水平转型跨越发展新局面贡献高平慈善力量，以优异的成绩迎接建党100周年！

作者／摄影：李海忠

河南驻马店经济开发区慈善总会

慈心为人 善举济世

会长李如意在一届三次理事会上做工作报告 摄影：王晓光

“慈心为人、善举济世”，慈善事业在我国有着悠久的历史。改革开放以来，随着我国经济社会各项事业的快速发展，慈善事业在社会发展进程中扮演着越来越重要的角色，它在扶危济困、化解矛盾、助力新时代公民思想道德建设工程、培育和践行社会主义核心价值观等方面发挥着越来越重要的作用。在驻马店市慈善总会的关怀指导和开发区党委、管委会的高度重视、大力支持下，2017年12月29日，驻马店经济开发区慈善总会（以下简称为开发区慈善总会）隆重成立。自成立以来，开发区慈善总会坚持以习近平新时代中国特色社会主义思想为指导，全面贯彻落实驻马店市委、市政府和开发区党委、管委会发展慈善事业的决策部署，牢记慈善宗旨，坚持创新发展，依法依规募集资金，广泛开展扶贫济困、赈灾救孤、扶老助残、助学助医等慈善活动，综合实力大幅提升，自身建设不断加强，示范引领成效显著，扶贫济困作用更加彰显。

两年多来，驻马店经济开发区慈善总会募集善款、善物共计860余万元，开展慈善救助活动和新冠肺炎疫情防控期间慈善活动合计100次，救助人员6万余人次，受到了驻马店经济开发区党委、管委会充分肯定，慈善事业也日渐受到社会各界的广泛关注和一致赞誉，得到社会各界成功人士的鼎力相助，呈现出蓬勃发展态势，现已成为开发区社会保障体系的重要补充和化解各类社会矛盾、维护社会公平正义的重要力量。

规范引领，推动慈善事业驶入发展快车道

驻马店经济开发区慈善总会自成立以来，一直得到区党委、管委会高度重视和大力支持，慈善事业健康快速发展，开创了空前局面。一是开发区党委把慈善工作纳入该区经济和社会发展规划，制定了《驻马店经济开发区管委会关于促进慈善事业健康发展的实施意见》，解决开发区慈善工作的人员和经费问题。二是该区主要领导亲自研究部署慈善工作，亲自参与慈善救助工作，广泛关注和参与助学、助老、助残、助困等活动，为受助群众送去关心和祝福，以身作则发挥示范引领作用，营造了人人参与慈善的良好社会氛围。

创新发展，夯实慈善事业发展基础

夯实慈善事业发展基础，募捐是关键。开发区慈善总会始终将募捐作为工作重中之重，积极拓展募捐渠道，创新募捐方法，迅速拓展募捐工作新局面。

通过强化宣传、领导带头、登门拜访、主动邀请、会议座谈等形式，动员和鼓励社会各界成功人士奉献爱心、回报社会。一度涌现出以鹏宇房地产、现代教育、华盛源集团、爱克集团、乐山电缆、嵖岈山门业、融安房地产、三维集团、蓝天置业、颐和山庄宾馆、顺景林房地产、欢乐爱家超市、喜盈门超市、慧康健身、万鑫园集团、亲情树酒店、华序科技、状元鸿餐饮等为代表的一大批爱心企业和爱心人士，积极捐款捐物，热情参与慈善活动，不仅为做好慈善救助工作奠定了坚实基础，而且发挥了良好引领作用。

与企业互动，搭建互联互通的慈善桥梁

开发区慈善总会以服务企业为己任，帮助企业解决实际困难，先后三次组织该会理事企业外出参观学习和考察，实现企业自身发展和慈善事业的同频共振。

2018年3月，开发区慈善总会组织理事企业，远赴清华大学举办企业经营管理人才高级研修班，共有56名企业家参加了培训，学习了《宏观经济形势与政策分析》《高效团队建设与管理》以及慈善知识等相关内容；2019年3月，开发区慈善总会组织理事企业，到深圳大学举办了促进开发区企业、助推慈善事业发展培训班，学习了企业发展和慈善相关知识，50名企业家参加了培训；2020年7月，开发区慈善总会组织理事企业，到浙江大学举行企业经营与高质量发展培训班，50余名企业家参加了培训，围绕企业管理、转型升级和慈善价值等内容，学习了《国家战略下企业经营管理》《转型升级与企业高质量发展》《从战“疫”中获益：企业如何从经济脆弱性中恢复经营韧性》《凝聚爱的力量、创造公益价值》等课程。这些学习培训，不仅开阔了企业家的视野，更新了观念，而且提升了企业参与慈善事业的热情。

慈善有道，扶贫济困显身手

开发区慈善总会认真落实区党委、管委会打赢脱贫攻坚战的决策部署，整合慈善资源，积极参与精准扶贫工作。坚持依法行善、善款善用、精准救助，致力为贫困群众排忧解难。慈善活动为扶贫助力，帮扶困难群众子女上学，援助因病、意外致贫家庭。民之所需，行之所至，为开发区慈善事业深入人心夯实了基础。

慈善助困，为困难群众送上温暖。开发区慈善总会配合区管委会民生保障工作，广泛动员社会力量，与区扶贫办、区民政局一同深入基层，对全区38户建档立卡贫困户“春赋暖阳、夏予清凉、秋添薄衣、冬送温暖”，开展了多种形式的慈善助困活动。

组织开展“慈善敬老”活动，多次为全区特困老人、供养老人、高龄老人捐赠生活物资，受益人员2000余人次。开展“送温暖·献爱心”活动，春节期间为辖区困难群众发放生活必需品，同时多次开展慰问环卫工人活动，送去必备物品。

慈善助医，帮大病群众走出困境。两年多来，开发区慈善总会共救助和帮扶大病群众12人。实施“点亮生命计划——贫困儿童大病救助项目”“慈善SOS——紧急救助项目”等，救助贫困大病儿童和因重大疾病生活陷入困境的群众6人；依申请救助辖区和会员单位因病致贫困难群众6人。

慈善助残，关心残疾人身心健康。开发区慈善总会负责人带领会员单位，多次到区重度残疾人集中托养中心看望、慰问残疾人，为他们送去生活必需品和便携式戏曲播放机，丰富其精神生活。

帮助全区残疾人群进行功能训练和康复治疗。为市第五人民医院捐建残疾人康复室，使更多的人感受到慈善所传播的正能量，让慈善文化深入人心，带动社会广泛参与。

2019年和2020年全国助残日，开发区慈善总会负责人带领该慈善总会副会长、常务理事、理事等到河南乐山电缆有限公司慰问残疾人职工共计150余人次，为他们送去生活必需品和关爱。

组织理事单位到深圳大学培训

慈善助学，圆贫困学子成才梦想。每逢六一儿童节开展“爱心助学”活动，七月下旬开展“慈善助学”活动。三年来共资助67名考入大学的困难学生，帮助困难学生上得起学；多次联合爱心企业为困难学生发放救助金，为贫困小学捐赠桌椅。慈善助学不仅仅圆了贫困家庭学子的读书梦，也在这些莘莘学子心中种下了“善因”，用爱心浇灌，指引他们步入社会后回馈社会，结出“善果”。

广播慈善文化，用行动诠释慈善力量

宣传慈善理念，营造全民慈善氛围，利用新闻媒体，互联网平台，对慈善活动进行及时宣传报道，并在驻马店慈善网开通频道，进一步扩大开发区慈善总会的社会关注度，引导更多爱心人士参与到慈善活动中来，成为慈善的宣传者、实践者和推动者。定期在人群密集场所发放慈善读本、彩页，宣传慈善文化；每逢重大节日，在各乡（办事处）、村居和社区开展不同形式的慈善公益活动，增强慈善意识，传播慈善文化，弘扬优良传统美德，通过广泛开展慈善活动，聚集广大群众积极参与，推进开发区文明程度和道德水准的提高，切实把慈善文化融入社会方方面面。在宣传慈善文化的同时，开发区慈善总会也一直在用行动诠释着慈善力量。

在新冠肺炎疫情暴发后，开发区慈善总会迅速反应，在该区党委、管委会的领导下，会长李如意带领工作人员夜以继日开展捐赠工作。据统计，疫情发生以来，开发区慈善总会共收到27个爱心企业和1万余位爱心人士的捐款捐物，总价值300.83万元。其中，抗疫善款175.9万元、募集抗疫物品折价124.93万元。目前，已支出款物合计381.87万元，其中善款256.94万元，抗疫物品折价124.93万元。同时第一时间制订工作方案，制定合法合规、合情合理的善款接收流程，创新捐款途径，制作捐款二维码，简化捐款流程，提高接收捐款工作效率。工作中，该区慈善总会进一步规范筹款工作流程，维护捐款途径，提高捐赠款物拨付时效，及时向捐赠方反馈善款善物拨付使用情况，并向社会进行公布接受公众监督；进一步加强内部和捐赠单位信息沟通，优化内部合理分工，做到相互配合，形成合力，共同做好抗疫工作。

开发区慈善总会积极号召各级会员单位参与到抗疫工作中来，鼓励社会各界爱心企业和爱心人士发挥模范带头作用，为抗疫一线工作人员捐款捐物。危难时刻显担当，在疫情防控工作中发生了很多感人事迹，该区党委、管委会主要负责人在疫情暴发后第一时间带头捐款，此后该区慈善总会陆续收到全区2300余位党员干部和爱心群众捐赠的善款合计41.5万余元，为全区抗疫工作贡献力量；

华盛源集团第一时间捐赠抗疫物品，并发动企业内部100多名职工捐款，捐赠款物合计13万元，这份善心善行体现了人间大爱；

河南乐山电缆公司在疫情暴发后率先捐款5万元，为企业参与抗疫树立了榜样，迅速激发了工商界企业捐款捐物抗击疫情热潮，随后开发区慈善总会陆续收到了更多抗疫物资；

河南爱克实业有限公司捐款20万元支持开发区抗疫工作，传递了社会正能量；

嵖岈山门业和万鑫园集团也在疫情暴发后积极组织公司全体职工捐款，为疫情防控工作助力；

融安房地产董事长马春峰、顺景林房地产董事长于俊杰，在疫情暴发时被困于外地，仍心念家乡，通过手机转账方式每人捐款10万元支持该区抗疫工作；

欢乐爱家超市、喜盈门超市和慧康健身公司捐赠大批抗疫物品，为一线工作人员送上关爱；

河南三维集团、驻马店颐和山庄宾馆、驻马店市华亿实业有限公司分别捐款10万元，河南华序科技捐款7万元，河南昌建建筑公司捐款5万元，驻马店市蓝鲸酒店、驻马店市华西资源回收利用公司分别捐款1万元，用于开发区抗击新冠肺炎疫情；

为了让疫情防控卡点的工作人员按时吃上热饭，状元鸿粥总经理王提亲自带队，连续10天为开发区各疫情防控卡点送去1000多份爱心餐；

开发区高级中学在做好学校疫情防控、停课不停学工作的同时，全体师生7000余人自发组织捐款166000元，同学们拿出自己的压岁钱，助力新冠肺炎疫情防控工作，为中国加油，为天中助力。开发区党委、管委会主要负责人在捐助仪式上高度赞扬：“小小压岁钱，体现大爱心。国难时刻，同学们能够拿出自己的压岁钱，为社会献出一份爱心，尽一份责任，彰显了同学们的家国情怀，也证明了开发区高中教育的成功。”

更有朱新红、李华伟、王玲、郑定辉、刘茹、张巧云、杨仙菊、王提、张雪梦等企业家以个人名义捐款支持开发区疫情防控工作。

爱心企业和社会各界爱心人士的加入，为打赢这场疫情防控阻击战发挥了重要作用。目前，该慈善总会已经将筹集到的善款和物资按照捐赠人的意愿，全部用于开发区疫情防控工作。

坚持全民慈善是做好慈善工作的基础。慈善事业的发展离不开积极包容的社会环境，需要人人参与、全民支持。在今后的工作中，开发区慈善总会将积极开展形式多样的慈善宣传和救助活动，弘扬慈善文化，传播慈善理念，创新方法，依法治善，不断开创开发区慈善工作新局面。

江苏省海安市慈善基金会（慈善总会）

耕云牧海弄春潮

南通市慈善会会长程亚民与原海安县委书记章树山为海安慈善基金会揭牌
摄影：张华国

江苏海安，这片有着5000多年文明史的热土，慈善文化源远流长。从远古时代的青墩文明，到宋代胡瑗兴办凤山书院，明朝徐耀免“灾赋税万石”，清代民国年间的延生堂、施药局、育婴堂等等，留下了一个个美丽动人的故事。新中国的成立，特别是乘着改革开放这一强劲的东风，海安县红十字会、残疾人联合会、慈善总会相继成立。2010年，在慈善总会的基础上成立了海安县慈善基金会（与慈善总会合署）。10年来，海安“慈善为本，善举为民”，不断改革创新，砥砺前行，广泛募集善款，积极实施慈善救助，为海安经济社会的发展作出了积极贡献。海安慈善基金会成立以来，共接受社会各界捐赠款物2.2亿元，累计支出1.4亿多元，救助困难群众10万多人次。海安市慈善总会获评“4A级”社团组织，三次荣获江苏省“福彩杯”慈善宣传先进集体，2017年被中华慈善总会授予“第二届中华慈善突出贡献（组织）奖”，2019年荣获“南通慈善奖”，受到南通市委、市政府表彰。

高扬慈善的大旗

慈善是道德的积累，是社会文明进步的标志。十年来，海安高扬起慈善的大旗，全面宣传慈善，弘扬慈善理念，不断创新宣传方式和形式，在全社会营造慈善的氛围。

*慈善法规大普及。*2016年9月1日，《中华人民共和国慈善法》正式颁布实施，这是中国有史以来统领和规范慈善事业的第一部大法。海安市慈善总会提请市人民政府组织召开了《慈善法》贯彻实施培训班暨新闻发布会，市政府领导做了学习动员报告，市人大法工委、市政府法制办负责人作了《慈善法》内容导读，慈善总会还通过宣讲、咨询、编印小册子、广场文艺演出、征文、知识竞赛等形式，广泛宣传、反复宣讲，让社会各界人士和慈善工作者熟悉慈善法精神，掌握慈善法要义。

*慈善理念大弘扬。*慈善总会（基金会）与海安日报、海安广播电视台合作举办了8期征文活动，开辟专题栏目，宣传慈善理念。通过自办《海安慈善》内刊、海安慈善网等平台传播慈善知识。海安市委、市政府主要领导带头撰写慈善文章，市级机关不少党员干部以及学校、教师、退休人员都成为义务慈善宣传员。2013年，慈善总会（基金会）与市老年体协合作，组建了慈善文工团，创作演出了20多个接地气、群众喜闻乐见的慈善文艺节目。海安市委宣传部副部长刘万春、市作协主席蒋琏以及诗人童国华等也都加入到慈善理念宣传的行列中。

*慈善明星闪光华。*用身边的人教育人，用身边之事感染人，海安市慈善总会把发现、培养和推广本地慈善先进典型作为一项重要工作。10年来苏中集团捐款捐物累计高达2000多万元；2012年，联发集团22名股东为了帮助职工解决生活困难，自发捐款500万元成立联发股东助困基金；百岁老人孔锦文、王爱廉夫妇将一生积蓄的100万元捐赠给慈善基金会，建立了孔锦文、王爱廉爱心冠名基金，每年捐助20个特困家庭；德荣集团董事长蔡进先生历年来用于扶贫济困助老助学善款达1000多万元，资助困难家庭500多户，贫困学生800多人次，2017年，动员儿子蔡振咏、女儿蔡小雪将结婚礼金各50万元全部捐出，设立“花好月圆”助学基金；曲塘镇银树村93岁革命英雄江承年，抗日战争、解放战争中立功11次，长期以来帮扶困难群众，每年都带头捐款。2014年和2018年，市政府两次召开了慈善大会，先后表彰了慈善明星企业（单位）17家；慈善捐赠诚信企业18家；慈善先进单位10家；慈善捐赠先进个人26名；慈善捐赠楷模19人；慈善行为楷模25人。笪鸿鹄被国务院表彰为全国扶贫工作先进个人，孔锦文王爱廉荣获第二届“江苏慈善奖”，蔡进荣获“南通慈善奖”，分别受到省、市人民政府表彰。

*慈善宣传结硕果。*10年来，海安慈善总会（基金会）组建了一支28人的慈善通讯员队伍，每年会同市宣传部召开一次慈善宣传工作会议，组织一期宣传写作培训，表彰一批慈善宣传工作先进单位和个人。自办海安慈善内刊和海安慈善网，及时刊登和宣传基层慈善动态、先进典型事迹等。加强与媒体的合作，与海安日报等主流媒体形成紧密的伙伴关系，一起主办慈善征文、一起编辑征文汇编。同时与《中国社会报》《慈善公益报》《江苏慈善》等报刊加强联系，每年在市以上报刊登载文章400多篇次，先后编辑《慈善之光》文字版5本，图像版1本，2014年、2016年、2019年，三次被评为省慈善宣传工作先进集体，2020年市融媒体中心被评为慈善文化先进单位，受到南通市慈善总会的表彰。

跨越筹募的低轨

筹募善款是慈善组织的基础工作和第一要务。多年来，海安市善款募集工作一直在低轨道上徘徊，如何破解这一难题，使劝募工作适应经济和社会发展的要求，慈善总会（基金会）一班人认真调研，精心设计，不断探索创新筹募方式，善款募集能力稳步提升，总量连年增长，有效地实现了善款的保值增值。

*组织大募捐，实现量的跃升。*2010年，在海安县委、县政府的大力支持下，慈善总会组织了“慈善大募捐”活动，县两办下发了《关于印发海安县慈善基金募集活动工作方案的通知》，成立了

左图为海安慈善基金募集工作动员大会；右上图为第五届“9·5中华慈善日”暨海安市慈善基金会10周年表彰大会表彰“最美海安慈善人”；右下图为第七届“5·12海安慈善日”曲塘镇村居慈善工作站举牌捐赠　摄影：张华国

以海安县委书记章树山为组长的筹募工作领导组，县四套班子负责人明确责任，分块包片开展劝募工作。海安县劝募工作组召开了全县劝募大会，会上时任县委副记、县长单晓鸣发表了讲话，播放了《爱的呼唤》慈善宣传片，举行了“情暖海安”专场文艺演出，全市企业纷纷解囊，奉献爱心。就在这次大会上，苏中集团、正大钢厂、联发集团分别捐款200万元，鑫缘集团、华强集团、蓝岳集团、德荣集团、鹏飞集团各自捐款100万元，华新集团等5家企业均捐出了50万元，69家企业分别捐赠10万元。一时间，善潮涌动，真是“凡有井水饮处，皆能话慈善”，当年，全市募集善款3480万元。

*设立“一日捐”，形成长效机制。*2013年初，海安慈善总会提出设立慈善日的设想，得到了南通市政府领导的肯定。3月，海安县人大通过了县政府关于设立海安慈善日的建议，确定每年5月12日为海安慈善日，在慈善日期间，海安市民每人捐一天的收入，企业捐一天的利润。第一个海安慈善日，组建了海安县慈善日活动组委会，县机关事业单位党员干部率先垂范带头捐款，这一年，一日捐850多万元。海安县慈善总会还与1066家企业签订了募捐协议，实现了募捐的常态化。8年来，海安慈善日风生水起，爱流涌动，海安慈善事业不断跨上新的更高的台阶。

*建村居工作站，开发互助募捐。*2016年，海安市在南通第一个实现了村居慈善工作站全覆盖，232个村居工作站一次性募集善款3180万元，这种“草根”慈善、“家门口的慈善”，自募自助受到群众的热烈欢迎。雅周镇是黄桥老区，经济基础薄弱，但是干部群众认识高，措施有力，在全市第一个实现了村村善款超40万元的目标要求。经过4年的努力，全市有200多个村基金总量超30万元，其中160个村居超过40万元，村居慈善基金总量达9200万元。

*瞄准重大灾害，组织专项募捐。*爱无涯，善无疆。遇有重大自然灾害或突发性社会事件，海安市慈善总会都及时组织开展专项募捐。10年来，先后组织开展了“心系雅安”“援助盐城龙卷风受灾群众”“慈善光明行”“善行略阳”等专项募捐，募集善款1000多万元。2020年，在抗击新冠肺炎的疫情中，海安市慈善总会发力早，行动快，通过网络、电台、微信等迅速将市防疫指挥部的要求贯彻落实到慈善募捐中，直接接受苏中集团、联发集团等抗疫善款480多万元，协助红十字会募捐800多万元。善款善物在第一时间汇至灾区，让受灾群众感受到海安的温暖和无私援助。

打造“精准”的品牌

慈善救助是慈善事业的出发点和落脚点。10年来，海安市慈善总会（基金会）瞄准市委、市政府“精准扶贫，精准脱贫”的战略目标，坚持完善慈善救助项目化，项目救助品牌化，注重在“精准”两字上设项目、创品牌，助力脱贫攻坚。

*“情暖学子”爱意浓。*情暖学子是慈善总会实施多年的救助项目，旨在对低保和困难家庭的学生进行帮扶，帮助他们完成学业，改变人生和命运。2011年以来，将帮扶对象由小学生拓展到初中以上的在校学生，2017年将在校研究生列入救助范围。随着资金量的增加，救助标准先后调升3次，2018年起，低保家庭大学生、研究生每人每年资助4000元，高中生每人每年3000元，初中生每人每年2000元。10年来，先后资助贫困学生8300多人，投入善款1800多万元。2014年“情暖学子”获县政府优秀慈善项目奖，2020年获南通市优秀慈善项目奖。

*“阳光之肾”送温暖。*2012年，海安慈善总会把低保家庭的尿毒症患者列入救助对象，每人每年5000元。2015年，慈善总会进一步放宽了救助范围，将所有尿毒症患者都列入救助对象，这一德政善举让全市600多名尿毒症患者焕起了生命的希望。2019年，“阳光之肾”获南通慈善奖，被南通市政府授予最具影响力慈善项目。

*“百户助困”救急难。*2015年，海安慈善工作者在调研中发现城乡困难群众中，存在着一批生活最困难、遭遇最不幸、社会最同情的家庭，或因天灾人祸，或因多个家庭成员患病，或因重特大疾病拖累，或因偶然突发性事件，这些家庭发生的支出性贫困现象靠简单的救助难以恢复。海安慈善总会（基金会）认真研究后作出了实施百户助困的决定，即每个村居每年选择1户“三最”人员，给予1万元的救助，实行精准救助和帮扶。这种“点穴式”的救助使慈善救助实现了效果最大化，对缓解特困群众的急难起到了雪中送炭的效果。2017年，该项目获南通慈善奖，被评为“最具影响力的慈善项目”。

*“千户阳光”促和谐。*每年元旦春节期间，海安慈善总会（基金会）都为困难群众准备一份大礼包，有被子、年货等，价值500多元。起初每年1000份，2015年后扩大到1600份，这份大礼包送上了政府和社会对困难群体的温暖，也送上了困难群众对幸福生活的期待和向往。10年来，千户阳光惠及8000多户1万多市民群众，受到广泛的赞誉。

*定点帮扶助脱贫。*海安市慈善总会（基金会）对革命老区雅周、曲塘、南莫等镇，加大扶贫力度，每年拨付40多万元，对困难群众实行一户一策的个性化帮扶。会同老区促进会对危房户建房修房，对困难家庭的学生持续助学，对危重病患者重点救助；会同卫健委对失独家庭、计生后遗症患者给予救助；联手教育部门实施“园丁慰藉”项目；会同市妇联实施“贫困母亲”“关爱监护缺失儿童项

目”；协同机关党工委、癌友协会、团市委、老年体协等单位实施“慈善关爱”“爱心包裹”“癌友之家”“关爱血友病患者”“美丽夕阳”等项目，支持义工联、福缘大队等慈善志愿服务组织开展助医助老等公益项目，慈善总会还开辟了“慈善快车”，媒体记者一经发现需要帮助的对象，可以通过“快车”直接送达救助。

十年来，海安慈善总会（基金会）共投入1.4亿元，资助困难学生8300多人次，尿毒症患者3700多人次，重特大困难群众1400多户。联合部门实施救助3400多万元，村居救助3600多万元，10万多困难群众受惠，为全市精准扶贫、精准脱贫发挥了重要的补充作用。此外，慈善总会（基金会）还投入100万元设立了健康扶贫资金；为80岁以上的老人投入了意外伤害险；投入120万元为“最可爱的人”军人和退伍军人建立了“关爱老兵”基金，等等。

织牢组织的网络

根据国务院《关于促进慈善事业健康发展的指导意见》的要求，慈善总会（基金会）从2015年起，积极探索新形势、新常态下慈善组织发展的思路和对策，编织网络，规范管理，不断推进慈善基层组织建设。

*坚持“六有”，村居建站全覆盖。*2015年初，海安慈善总会在李堡镇李灶村、中凌村进行试点，从宣传发动、募捐方法、组织程序上探索建立村居慈善工作站的路径，经过一个月的工作试点获得圆满成功，在李堡经验的基础上，召开了全县村居慈善工作站建设现场会，按照有组织机构、有工作人员、有工作场所、有慈善基金、有工作制度，有台账资料的“六有”要求进行了动员部署。到2016年3月，全县232个村居全部完成建站任务，共募集善款3180万元，村居民参与率达80%以上。

*强化领导，明确职责定位准。*经报海安市委、市政府领导同意，为加强基层慈善组织的领导，聘请各区镇党委书记为慈善分会名誉会长，区（镇）长为会长，民政助理为秘书长，村居党支部书记兼任慈善工作站站长，村居主任兼任副站长。并明确村居慈善工作站是市慈善总会和区镇慈善分会组织及其工作职能的延伸，是村居两委会领导下的村居民互济互助组织。准确的角色定位保证了慈善工作站的正常高频运转。

*着力管理，“八项规范”保质效。*在慈善工作站运行中，海安市慈善总会着重抓了八个规范。规范宣传，村居将慈善工作列入村规民约，列入村居文明建设内容。规范募捐。明确募捐主体、接受捐款流程等。规范救助。坚持三个必须，即必须有救助办法、有救助程序、有救助监督。规范财务。在善款的收支上实施分层管理，三级联动。总会负责建账、核算，分会负责支出审批，村居工作站负责救助方案的拟定和落实。规范档案，要求村居工作站必须建立完备的档案，捐赠、救助、评估等资料必须归档备查。规范制度。村居慈善工作站建立募捐、救助、财务、奖励和监督等管理制。规范组织领导。书记、村长兼任站长、副站长，由村民代表推选3—5人组成慈善监督小组。规范工作场所。配好工作室，配置必须的办公设施，张挂组织架构、规章制度、爱心榜等。

*星级驱动，评“星”创“佳”促发展。*2017年，海安市慈善总会在村居慈善工作站中广泛开展了评星创佳活动。总会下发了《关于评星和双十佳评选活动的通知》，把慈善一日捐活动和阳光救助作为评星的基本条件，同时明确十佳慈善工作站和十佳慈善工作者的标准，对评选的程序、方法和奖励都做了规定。评星创佳活动开展以来，每年由农业农村局、民政局、慈善总会组织评选表彰，至今，已有36个村居获评“十佳慈善工作站”，219个村居获评“五星”，占村居总数的94%。2018年，在全市慈善大会上李堡镇李灶村等16个慈善工作站受到市政府表彰。

现在，村居慈善已成为海安的一道靓丽的风景线，善款总额达9200多万元，成为全市慈善的“半壁江山”，2019年村居慈善救助额达900多万元，受惠群众3万多人，被老百姓亲切地称为“小站大爱”“家门口的慈善”。

十年来，海安慈善在开拓中发展，在发展中创新，在创新中成长壮大。2014年，海安在省慈善工作经验交流会（镇江）上，作了《创新载体 夯实慈善基础》的发言，由此“海安慈善”亮相省慈善大舞台；2015年，南通市慈善总会在海安市李堡镇召开了慈善工作现场会，海安作了《发展村居慈善 建设和谐社区》的经验介绍；2016年，在南通市人民政府召开的基层慈善组织建设会议上，海安县人民政府做了《夯实基础 织牢网络 推进慈善组织又好又快发展》的发言；2017年，省慈善总会召开慈善宣传工作会议，海安受邀在会上介绍了慈善工作的经验和做法；2018年4月，省慈善总会在宝应召开全省慈善工作会议，海安作了《规范管理，优化质效，巩固和发展村居慈善工作站》的介绍；2020年6月，南通市人民政府召开全市慈善工作会议，海安市人民政府又做了《强化指导，规范运作，促进村居慈善工作站健康发展》的介绍。

据统计，海安民众慈善的参与率，在机关事业单位的党员干部中达到了100%，在村居市民群众中达到80%以上，在企业和企业家队伍中达到70%左右。慈善10年，海安取得了令人瞩目的成绩，“大众慈善”“全民慈善”蔚然成风。相信在海安市委、市政府的正确领导和百万海安人民的大力支持下，海安慈善一定能够百尺竿头，更进一步，为大善海安、幸福海安做出更大的贡献。

弄潮儿向潮头立，加油，海安慈善！

作者：王秀和、张树林

浙江省桐乡市慈善总会

让桐乡温暖有光

链接：近年来，桐乡市慈善总会获得了众多殊荣：在“中国城市公益慈善指数”中4次入围中国慈善城市百强名单；浙江省慈善工作先进集体，浙江省第二届浙江慈善项目创新奖，浙江“农信杯”万村慈善帮扶基金工程竞赛活动“组织奖”；嘉兴慈善奖“机构奖”，嘉兴市优秀社会组织，嘉兴市信息工作先进集体，嘉兴市“千村慈善帮扶基金工程”竞赛活动“组织奖”；桐乡市5A级社会组织，桐乡慈善特别贡献奖，桐乡市民政（社会）工作先进集体，桐乡市十佳社会组织，桐乡市十佳志愿服务组织，桐乡市优秀社会组织，桐乡市“三社”抗疫先锋社会组织。

“慈者，万善之根本。”2002年，桐乡市慈善总会应运而生。中国城市公益慈善指数五星、浙江慈善工作先进集体、浙江慈善项目创新奖……经过多年发展，桐乡市慈善总会许多工作走在了全省乃至全国的前列，在建设慈善之城的道路上，更是形成了与社会救助有机结合、相互衔接、良性发展的慈善格局。

历经18年的积淀笃行、守正拓新，桐乡市慈善总会作为桐乡最早的5A级社会组织，已成为桐乡市在社会治理现代化与社会慈

2020 年 9 月 3 日，桐乡市 2020 年度“慈善一日捐”活动正式启动。市委书记盛勇军带头捐款　摄影：徐国峰

善文化建设中的一支重要力量。截至 2019 年年底，桐乡市慈善总会累计接受捐赠善款 3.6 亿多元。

聚力慈善品牌，释放“城市暖意”

近年来，慈善事业一直是桐乡的一张闪亮名片。发放助学金 1833.12 万元，受惠学生 4315 人次；资助困难家庭金额 22849.90 万元，共 59397 户 20 余万人次得到救助和慰问；资助参与大病医疗互助的大病患者 691 人次，发放补助资金 882.9 万元；拥有 21 支义工队、2500 多名义工……这一串串数字犹如一段段美妙的福音，传播着温情和希望。

问渠那得清如许？为有源头活水来。众所周知，慈善救助活动需要大量的资金，这些资金的来源离不开市委、市政府的关注和支持，更离不开全社会的广泛参与和爱心人士的踊跃捐赠。如今，持续 10 多年的“慈善一日捐”活动，已被打造成为一个常态化的慈善品牌。据了解，2019 年，共有 33586 人参与捐款，筹款 780 万元，同时企业捐款势头不减、个人捐款热情高涨、帮扶基金增长明显。其中更涌现出了如嘉兴市新都控股有限公司这样一次捐赠 1000 万元的爱心企业。2020 年疫情期间，桐乡市慈善总会在官方微信公众平台上发起“抗击新冠肺炎疫情网络募捐”活动后，社会各界积极响应、踊跃参与，短短两个月就募集善款 1775 万多元。

此外，在救助方面，桐乡市慈善总会每年举办的“祥和春节”活动让数千个困难家庭感受到社会关爱；每年举办的“金秋助学”活动让数百名困难学子圆了大学梦；每年发放的“大病医疗慈善互助补助金”帮助大病患者家庭解决生活中最现实、最突出的问题；通过开展“春蚕饲养帮扶”造血型救助项目，为困难户通过劳动增收提供新途径。

2019 年，全市三级慈善组织共募集和增值慈善资金 6982 万元，各类救助和慰问支出 4287 万元，受惠困难家庭 6004 户 27900 余人，为提升社会保障水平，促进社会和谐稳定做出了重要贡献。

用爱心做慈善，用细心做工作

2019 年，桐乡市慈善总会第四届理事会接过重任，肩负起新时代赋予慈善组织和慈善工作者的使命和担当。如何凝聚社会力量、可持续健康地发展桐乡慈善事业，让爱心走得更远，是摆在新一届市慈善总会领导班子面前的一个重要课题，也是桐乡市慈善总会会长沈济贤思考的问题。

“如今，在我市，慈善观念已逐渐渗透进老百姓的意识、生活中，但离真正实现大众慈善还任重道远。”沈济贤表示，虽然桐乡市慈善事业取得了一定成绩，但在发展过程中仍有较大提升空间。例如，大众依法兴善、依法行善的理念和自觉行善的意识还有待进一步提高、公益慈善事业的社会参与度还需进一步拓展、慈善文化普及工作等还需进一步改进。

对此，桐乡市慈善总会将充分发挥主平台作用，理顺和完善各项工作制度，激发自身活力。大力弘扬慈善文化，通过举办“桐乡论善”和“大爱桐乡”系列活动，聚集资源服务慈善公益事业。健全慈善工作机制，发挥理事单位参与慈善事业的骨干作用。着重抓好抗击新冠肺炎的救募工作，及时高效、公开透明调配资金与物资，并向社会公告。同时，要做好为党委、政府服务，为困难人群服务，为爱心人士服务的“三服务”工作。通过搭建专业服务平台，推动桐乡慈善事业健康有序发展。

管理的基础，是做事的保障。桐乡市慈善总会在引导激励机制、工作协同机制以及慈善救助机制上也有实实在在的举措。一方面从政策引导、考核激励、文化感化、政府推动来激发全社会参与慈善事业的热情；发挥慈善义工组织的作用，使之成为全民参与慈善的有效载体。另一方面，着重做好市、镇（街道）、村（社区）三级慈善组织联动，与各社会组织合作，与政府部门协同的慈善工作机制；做好与广大会员及理事单位的互动合作，依靠会员及理事的力量构建慈善扶贫的协作网络。

更值得一提的是，新一届慈善总会理事会还在制度建设和工作机制上进行了改进，先后修改和新增了《桐乡市慈善总会资金募集使用管理办法》《桐乡市慈善总会救助办法》《桐乡市慈善总会信

2020 年 9 月 24 日下午，举行以“大众慈善、大爱桐乡”为主题的 2020“桐乡论善”活动　摄影：徐国峰

息公开办法》《桐乡市慈善总会公益项目管理办法》《桐乡市慈善总会捐赠物资管理办法》5项规章制度，进一步提高社会公信力，形成公开透明、公正公平的慈善救助机制，让慈善事业在阳光下运作，让慈善的阳光照进困难人群的心里。

此外，新改进和完善的"聚焦慈善"微信公众号将持续擦亮"数字桐乡"金名片。"聚焦慈善"新建了"公益行"模块，对慈善义工实现线上管理，同时接受桐乡各地区人员的义工申请，让更多人可以了解慈善、参与慈善。

"只有不断强化自身能力建设，加强公益慈善项目管理和募捐，更好发挥慈善基金的作用，实现救助精准化，同时加强慈善传统文化建设，营造'人人想慈善、人人能慈善、人人可慈善、人人做慈善'的全民慈善氛围，使慈善成为人们的一种生活方式，才能打造具有桐乡特色的慈善事业，全力助推我市迈入社会治理现代化的先进行列，为慈善事业的健康发展提供永续动力。"沈济贤表示。

湖南省岳阳市保险行业协会

践行初心担使命 优质服务促发展

岳阳市保险协会被授予"湖南省示范社会组织"

风雨兼程，岁月如歌。2004年5月，湖南省岳阳市保险行业协会成立了，从此岳阳保险行业有了属于自己的"主阵地"。该协会现有会员单位43家，以"积极促进行业高质量发展，努力服务岳阳经济社会发展"为宗旨，履行"自律、服务、维权、协调、交流、宣传"等六大基本职责，努力建设成为行业的自律中心、服务中心、协调中心和信息中心。近年来，岳阳市保险行业协会坚持以党建为龙头，带领全体岳阳保险从业人员不畏艰难困苦，积极开拓进取，坚持合规范、守信用、拓市场、防风险、强服务，岳阳市保险业得到持续发展，服务社会的能力不断增强，人民满意度日益提升。2019年以来，该协会分别获评"全省先进社会组织"和"湖南省示范社会组织"。

众志成城，抗击疫情

庚子年初，新冠肺炎疫情席卷全国，一场没有硝烟的战争突然打响。疫情发生后，岳阳市保险行业协会以高度的政治责任感、使命感和危机感，组织全体保险从业人员勇赴疫情阻击战场，为国出力，为民分忧。

2020年1月26日，岳阳市保险行业协会下发《关于岳阳保险业积极参与新型冠状病毒肺炎疫情联防联控的通知》，组织全市41家保险机构、53家保险中介机构及3.5万名从业人员全部投入战斗；1月30日，该协会又向所有保险机构及全体从业人员下发了《全力以赴抓防控，众志成城战疫情》的倡议书，做到了有钱出钱、有物出物、有力出力。国寿财险岳阳市中心支公司共产党员金先华，是一名50多岁的驻村扶贫工作队副队长，心系扶贫点人员安危，主动请缨担任所驻村组的疫情防控指挥部副指挥长，每天走村串户测体温、送口罩、送生活物资，把温暖送给扶贫对象，履行了一名党员的使命与责任。太平洋财险华容支公司"90后"员工彭曙请战时说："我不是专业的医疗工作者，我不能像钟南山院士那样只身逆行前往武汉，但我也想为抗击疫情贡献一份力量，更何况我是一名预备党员，我必须上。"疫情发生以来，在行业协会的引领协调下，岳阳市保险行业积极做好承保、理赔服务，开通绿色服务通道，针对疫情和复工复产需要新增了企业复工险、意外复工保险、法定传染病保险、中小微企业定额新冠综合险专项保险产品，重大疾病责任扩展服务内容等30多个，给人们出行、企业复工、人身健康等方面提供保险保障。

发挥保险优势，精准扶贫

2020年是全面建成小康社会决胜之年、脱贫攻坚决战之年和"十三五"规划收官之年。为积极开展精准扶贫工作，岳阳市保险行业协会于2017年成立了保险扶贫工作领导小组，制订了行业扶贫3年工作方案，组织40家市县两级保险机构参与精准扶贫工作，3年共投入保险扶贫资金近1000万元（含扶贫特惠保贴补资金）。

针对当前5大致贫原因，特别是因灾、因病致贫返贫这两个方面，积极发挥行业特点和优势进行精准扶贫，有助于实现扶贫从"输血"到"造血"的转变。

在协会的引领下，岳阳市保险行业把政策性农业保险、扶贫特惠保、大灾巨灾保险和涉农商业保险有机结合起来，加强与当地政府协调对接，加大了贫困地区、贫困人口涉农保险保障的力度，减免贫困户保险费用支出，提高灾害损失赔偿比例。2019年，全市涉农保险增幅达到10%，赔付比例提高了20%，降低自然灾害损失造成的致贫、返贫。同时还积极发挥保险"增信"功能，积极发展扶贫小额贷款保证保险、借款人意外保险、土地承包经营权抵押贷款保险等，为贫困户提供增信支持，增强贫困人口获取信贷资金发展生产的能力。

充分做好扶贫专项保险。2017年，原湖南保监局和湖南省扶贫办联合推动了"扶贫特惠保"，为建档立卡贫困家庭提供综合保障保险，借款人意外保险、精准扶贫特色农业保险3项保障，全市共有35家市县保险机构参与扶贫特惠保服务，共投入资金295.06万元，让贫困人员充分享受保险扶贫红利。近期，岳阳市保险行业协会按照政府和行业监管部门要求，积极推动岳阳"防贫保险责任综合保险"工作，组织行业履行社会责任。

有力支持岳阳经济发展

在服务经济发展上，岳阳市保险行业努力践行保险使命与担当，展现了行业贡献与价值。

2019年，圆满完成了岳阳市政府下达的保险发展任务，该市保险行业金融增加值达7.5亿元，上缴代缴税费3.11亿元（其中代收车船税1.82亿元），通过保单质押、信用贷等方式为全市提

工作剪影。左图为协会党支部书记、秘书长罗先涛带领退休老党员和协会党员赴韶山开展主题党日活动；右上图为协会与岳阳市市场监管局开展3·15活动现场；右下图为协会会长彭宇代表岳阳市保险行业向岳阳县希望工程爱心捐款　摄影：杨丹丹

供近10亿元的融资；保证保险业务保费收入8954万元，是2018年的近2倍，为企业融资发挥较大作用，共为6400多家民营、小微企业做好保险保障服务，赔付资金3200多万元，1029个企业受益，有力支持了岳阳经济建设。

2019年，岳阳市保险行业实现原保费收入89.98亿元，同比增长11.34%，高出湖南省平均增幅0.48%。其中财险保费29.27亿元，同比增长16.22%，占总保费的32.53%；寿险保费60.71亿元，同比增长9.14%，占总保费的67.47%。

按照政府和监管部门优化保险机构发展的要求，2019年，岳阳市新增市级保险机构1家（诚泰财险），县级保险机构2家。目前，共有市级保险机构41家；县级保险机构131家；乡镇营销服务部90家，村级保险服务网点1233个；保险专业中介机构53家，保险兼业机构约28家；保险从业人员突破3万人，该市已逐步建成结构合理、覆盖城乡的保险服务网络。

做好风险防范，维护社会稳定

风险防范是保险业健康发展的重要工作，岳阳市保险行业协会严格落实监管部门要求，积极协助主体做好风险防范，有力维护了社会稳定。

*组织风险排查。*该协会组织行业开展满期给付与退保、销售误导、扫黑除恶“一非三贷”、反洗钱、营销员参与违规退保、重大信访纠纷等方面的排查，坚持查漏补缺，及时消除隐患，行业风险意识和风险管理逐步增强。

*积极化解投诉纠纷。*2019年，岳阳市保险行业协会共收到各类保险信访投诉237件，该协会采取集中化解、重点调解、上门协调等方式全面化解；加强与司法、法院、消委等部门的工作联动，推动涉保纠纷多元化方式解决，行业没有发生群体性、突发性事件。

*扎实开展反保险欺诈工作。*该协会制订了《岳阳市保险行业开展“护航2019”反保险欺诈专项行动工作方案》，成立了行动领导小组，组织行业围绕车险、农险、意健险3个领域的疑点赔案进行全面排查。通过协会组织、主体作为、公安支持的联合行动，全年共处理涉嫌骗保案件2521起，涉案金额达8281万元，取得了良好效果。

*加强消费者权益保护。*2019年“3•15”前夕，该协会编印了《保险消费者依法维权告知书》，各保险机构通过保单夹带、职场张贴、微信推送等方式向消费者进行依法维权宣传，各公司落实“放、管、服”便民服务要求，优化承保、理赔服务等流程，建立了微信、短信、邮件、回访、总经理接待等平台，为消费者提供便捷、优质、高效的保险服务，保险业的社会满意度不断提升。

服务会员，促进行业发展

近年来，岳阳市保险行业协会把改善行业发展环境、满足会员需求作为服务的重要内容，市场发展环境大有改善，促进了行业发展。

*一是致力于改善司法保障环境。*建立了“警保联动”合作机制，采取定期交流、联合调研、更正认定等方式，解决车险理赔中的问题，2019年，协调更正车险事故责任认定212起，查处涉嫌骗保案件126起，并加强了与市、县两级法院的常态化交流。

*二是致力于改善政府支持环境。*2019年，该协会先后3次向市政府领导及部门汇报保险业发展情况，反映行业发展的主要问题，并提出4条建议，得到市领导的高度重视与支持；协调市人大召开“保险司法鉴定专题座谈交流会”，提交了46个典型案件，引起市人大、市司法局的高度重视。

*三是致力于改善内部和谐环境。*针对岳阳市保险机构主体多，产、寿、中介3个保险业务系统共存的特点，该协会建立了多个微信群交流平台，加强常态化沟通交流；分系统、分部门召开相关会议，及时宣导监管政策，协调化解业务发展、人员流动等方面的问题，逐步形成“互信、互动、互助”的氛围。

*四是致力于组织行业性活动。*2019年，根据会员要求和年度工作计划，该协会组织行业开展了第三届“十佳百优”评选和首届篮球联赛活动，各保险机构积极参与、严密组织，两项活动产生了积极的社会影响，加强了业内交流，增强了行业集体荣誉感和凝聚力。

作者：罗先涛

内蒙古呼和浩特市不动产登记中心

改革创新不断　营商环境更优

呼和浩特市自然资源局局长王永亮、副局长谢和平调研不动产驻社区遗留项目（分户）受理站

链接：2016 年 9 月，呼和浩特市国土资源局组建呼和浩特市不动产登记中心，为正科级直属事业单位，2020 年 4 月，进驻呼和浩特市行政审批和政务服务局综合服务大厅设立不动产登记窗口。2018 年 11 月，国务院第五次大督查对内蒙古自治区呼和浩特市实现不动产登记、交易、税务“一窗式”综合受理做法通报表扬。2017 年 7 月，中国地理信息产业协会对呼和浩特市不动产登记中心“呼和浩特市联审联办不动产统一登记管理平台”项目颁发 2017 中国地理信息产业优秀工程银奖。

为进一步落实“放管服”改革，优化不动产登记领域营商环境，内蒙古自治区呼和浩特市不动产登记中心（以下简称“呼和浩特登记中心”）坚持改革创新，推出不动产登记“十办”举措，为企业和群众提供更为便利的服务。

实体大厅全城办。为优化服务，方便群众办理不动产登记，呼和浩特登记中心分别在新城区、回民区、玉泉区、赛罕区设立不动产登记服务大厅，方便群众就近办理业务。同时，在服务大厅设置自助查询设备和不动产登记证明自助打印设备。

微信预约精准办。为适应新冠肺炎疫情防控形势新变化，保障申请人安全有序办理相关业务，呼和浩特登记中心取消现场排队叫号，全面实行微信公众号预约办理。分业务、分时段的预约方式，缩减了申请人等待时间，降低人员聚集带来的传播风险。同时，针对老年人、残疾人等特殊群体和企业设立绿色通道，无须微信预约即可办理业务。此外，办理权属注销登记（灭失）、查解封登记的，也可免预约直接办理。

一窗受理综合办。按照市自然资源局统一部署，呼和浩特登记中心打造不动产登记、交易、税收“一窗受理、并联办理”平台，推行一次取号、一套材料、一窗受理、一个平台、一次办结的“五个一”工作模式，实现了办事环节减少、程序显著优化和工作效率明显提升。通过利用共享中间库实现三部门间数据实时共享交换，实现了数据多跑路、群众少跑腿。同时，将群众需要办理的不动产登记和水、电、气过户需跑多个部门、需经多个环节办理的过户事项，经过环节整合、流程优化，通过“一次告知、一表申请、一窗受理、一次办成”的措施，实现不动产登记与水电气过户联动办理，实现一件事“最多跑一次”的工作目标。

网上大厅随时办。呼和浩特登记中心打造了 24 小时不打烊网上办事大厅，利用人脸识别、身份认证、电子签章、签名，实现了在线查询权属状态、在线业务受理、在线预约、在线业务进度查询、在线权属证书验证、公示公告、投诉建议、便民网点信息查询、邮政快递服务查询、不动产证明申请等功能，方便了申请人。此外，微信支付、支付宝等网上支付功能与财政系统的对接，实现了登记费多渠道网上缴纳。

窗口延伸联合办。为提高抵押登记办理便利度和效率，呼和浩特登记中心将不动产登记便民服务窗口延伸至银行、公积金中心，同时优化业务办理流程，结合“互联网 +”，实现了“不见面办理”“一次也不跑”。目前，全市已有 19 家银行、72 个网点实现了“抵押登记进银行”。呼和浩特还将不动产登记窗口延伸至房地产开发企业，并结合“互联网 +”优化转移登记（分户）业务办理流程，大幅提高了办事效率。

优化流程提速办。为实现流程优化和业务办理科学提速，呼和

真诚服务市民。左图为解答群众疑难问题；右上图为开通夜市办理业务；右下图为流动服务车为市民办理业务提供了方便　摄影：李博

浩特登记中心严格按照国家规定收取要件材料，明确能通过信息共享获取、核验的材料不再要求申请人提供，取消“转移登记－商品房买卖（分户）”申请书等不必要材料；深入推动电子证照的使用和普及，对不动产登记涉及的证书、证明、凭证等各类出具的材料进行数字认证，实现电子证照与纸质证书的同步应用。目前，呼和浩特复杂登记业务办理时限压缩至5个工作日，一般登记压缩至3个工作日，简单登记压缩至1个工作日，注销登记即时办结，银行“互联网＋不动产”抵押登记业务、企业办理转移登记等办理时间压缩至1个工作日。

下班时间“夜市”办。随着疫情防控形势好转和复工复产持续推进，为助力经济有序复苏，呼和浩特登记中心开展不动产登记“夜市”服务（工作日18：00—21：00），满足群众的办证需求，有效解决了人民群众最实际、最迫切的登记问题。

遗留项目社区办。为打通“梗阻”，呼和浩特登记中心以依法依规为前提，积极参与解决房地产遗留项目问题。在设立房地产遗留项目专用不动产登记窗口的基础上，该中心在市内四区及经济开发区各街道办事处设立40个驻社区遗留项目（分户）受理站、20个驻税务遗留项目（分户）受理站。前者具体负责房地产遗留项目的前期摸底调查、政策宣传、材料收集和不动产登记网上申请等工作，后者具体负责已受理业务的缴税办理和登簿、证书发放等工作。

休息时间加班办。为切实提高房地产遗留项目办理不动产登记工作效率，呼和浩特登记中心将不动产登记申请书、授权委托书、询问记录合并为“呼和浩特市不动产登记申请书（房地产遗留项目转移登记）”。同时，窗口工作人员根据业务量的实际需求，利用周末休息日集中加班、集中处理，为群众颁发了期盼已久的不动产权证书。

特需人群上门办。为打通服务群众“最后一公里”，呼和浩特登记中心联合公证机构，打造“不动产登记便民服务流动车”，针对行动不便、患有重大疾病等无法来不动产登记服务大厅的特殊群众提供上门服务。车上搭载不动产登记所需的办公设备，包括电脑、高拍仪、打印机、复印机等设备，依托外网申请，实现了不动产登记移动办理。

吉林省长春市住房公积金管理中心

怀梦想　筑幸福　致远方

团结奋进的领导班子

链接：长春市住房公积金管理中心是直属于长春市人民政府的正局级自收自支事业单位，负责长春市行政区域内及长春铁路分局分管铁路沿线（含吉林省全境和辽宁省、黑龙江省、内蒙古自治区兴安盟的部分地区共33条铁路线249个车站）住房公积金的管理运作。中心内设9个机关处室，2个业务中心，下设6个分中心，10个分理处。近年来，中心不断加强干部队伍年轻化、知识化、专业化建设，累计交流引进各类高层次、高素质人才54人，现有工作人员330名，平均年龄仅38岁，本科及以上学历占比超80%，博士、硕士研究生人数不断实现新突破。中心致力于打造成为改革前沿的金融名典、创新名站、文化名园、廉政名邑。近3年来，先后获得巾帼文明岗、青年文明号、五一劳动奖状、精神文明先进单位、“两优一先”等重要荣誉16项，争创各类荣誉百余项。

“坚持房子是用来住的、不是用来炒的定位，让全体人民住有所居。”十九大的铿锵之声，昭示着党中央全面建成小康社会的历史担当，彰显出国家对于住房民生保障和人民安居福祉的高度重视。

吉林省长春市，作为亟待振兴的东北老工业基地、享誉全国的幸福感城市，深谙党和国家的政策指引，突出“幸福长春”的民生导向，不断致力于完善住房保障制度体系。自1993年建立的住房公积金制度，是长春市住房保障体系的重要组成部分。历经26载，公积金在改善人居环境和解决职工群众住房需求的探索、实践与发展中，日益发挥出了重要作用，也成为了备受关注的民生热点。

聚焦民生关切，回应人民期盼，让群众更有获得感，长春市住房公积金管理中心不断践行着与职工百姓的“幸福之约”。

深耕不辍，聚沙成塔——

让挚情的传承，助力城市的发展

长春市住房公积金管理中心成立于2002年8月。近年来，在市委、市政府的正确领导、省公积金管理办公室的监管指导和市公积金管委会的科学决策下，中心秉承“改善民生、奉献社会”的理念，以“维护缴存职工合法权益、提高职工购房能力、发挥公积金制度优越性”为己任，践行“便民、利民、惠民”的服务宗旨，建立“管理科学、业务规范、服务优化”的长效机制，积极探索、加快步伐，走出了一条具有长春特色、时代特征的公积金发展之路。

制度完善，普惠公平——按照“应建尽建、应缴尽缴”原则，中心通过宣传、服务、执法精准扩面促缴，制度覆盖范围持续扩大，归集业务指标跨越增长。自主归集，全市“通存”，打破区域界限；规范缴存，严格“限高”，彰显制度公平。近3年，年均新增开户单位1613家，平均增幅49.2%；年均新增开户职工9.6万人，平均增幅9.5%。住房公积金制度已惠及全市缴存单位19000家、职工125万人。

政策惠民，凸显保障——持续放宽使用政策，缓解中低收入职工居住生活压力。全面支持购房、租房、民生提取，支持账户余额转账还款、支付首付款，开通缴存异地互认、省内异地贷款，低息互助贷款平均为每户家庭节省房贷利息10万—15万元。

金融支撑，持续助力——不断加大资金投放力度，重点支持居民首套购房刚需，最大限度地满足房地产市场调控需求。党的十八大以来，全市发放个人住房公积金贷款总额557.7亿元，是前20年（1992—2011年）的3.3倍；放款户数为14.6万户，是前20

年（1992—2011年）总数的1.5倍。长春市平均每4套住房交易中，就有1套使用公积金贷款，住房公积金成为百姓置业安家的首选。

科学管理，运营安全——以信息化为载体、制度化为抓手、内部监督为重点，构建综合防控和常态化管理体系，做到权责清晰，流程可控，安全规范，确保住房公积金运行零风险。积极应对流动性偏紧压力，科学调配，实时监管，精准核算，提升资金使用效率，让百姓的“安居钱”“幸福钱”保值增值。

截至2019年10月，中心已累计为全市归集住房公积金1150亿元，累计为276万人次职工提取公积金671亿元，累计为24万户家庭发放个人住房公积金贷款739亿元，支持住房消费面积1970万平方米，累计上交城市廉租住房建设补充资金29.1亿元，资金运用率达97.1%。

一路风雨兼程，中心在脚踏实地惠益民生的实践中，担负起了省会城市住房公积金管理中心的使命和职责，服务地方百姓，助力社会和谐，推动城市建设，让一张张笑脸，在城市里温暖绽放，让一盏盏灯光，闪烁着璀璨美好的希望。

长春市副市长周贺到长春市住房公积金管理中心调研工作

与时俱进，拾级而上——
让夯实的力举，圆梦安家的渴望

助力每一个安居梦想，惠及民生万千家庭。为民、惠民行动的背后，是长春公积金人亲民、敬民的理念与情怀。近年来，中心领导班子切实把增进民众福祉作为出发点和落脚点，带领干部职工以创新思维和坚实举措，推动长春公积金管理服务工作适应新要求、迈向新高度、实现新跨越。

建设服务型住房公积金：增进利民福祉，铸造金字品牌。

开展首问负责、一次告知、限时办结标准化服务，推行综合柜员制，实现“一个窗口对外、一个印章生效、一次集中办结”，全面提升服务效能。简化办事流程，33项提取业务“只跑一次”、23项归集业务“零跑动”，精简各类审批要件30项，业务办理全程零收费。组建贷款经办中心，联合12家受托银行、1158家开发企业，集约式、“一站式”受理个贷业务，加快审批和放款速度，细化贷后服务，开通对冲还贷、短信提醒功能，贷款专业化程度不断提高。加快分理处自有网点建设，3年内实现9个分理处自有新址对外营业，服务大厅功能完善、设施齐全，营造更加舒适便捷的服务环境。建立绩效考核量化管理机制，强化服务队伍管理，培树岗位明星、服务标兵，锻造一流服务团队，培育一流行业品质。

建设数字化住房公积金：共享便民成果，创新服务体验。

近年来，中心坚持放眼全国“走出去”“引进来”，学习赶超同业先进经验做法，不断加快住房公积金信息化服务步伐。开展业务系统升级工程，全城业务通办、提取实时到账、查询实时可访，信息支撑作用不断增强。省内率先完成基础数据和结算平台“双贯标”，实现数据“大集中”、系统“一体化”；上线“全国住房公积金异地转移接续平台”，实现“账随人走、钱随账走”。建设综合服务“云”中心，覆盖多元渠道，打造智能体验。成功探索开放了人脸识别登录、退休、租房类提取业务线上办理、主要归集业务网厅办理、线上预约排队、自助终端凭证打印等功能，为实现“网上申请、网上核查、自动审批、一次办结”打开路径。搭建跨部门信息查验平台，逐步探索与房产、民政、医保、公安、税务、银行、省直及电力公积金中心等平行部门联网，实现信息共享、业务协同、交互核验，“让数据多跑路，让群众少跑腿”。

建设“党建+住房公积金”：筑牢惠民基础，凝聚发展力量。

中心不断推动党建工作与住房公积金事业发展深度融合，充分发挥10个党支部战斗堡垒作用和166名党员模范先锋作用，在为民服务的自觉和行动中书写新时代筑梦安居的新篇章。“守初心、担使命”——以主题教育为重点，以理论中心组、三会一课、主题党日、学习强国、每周阅读活动为抓手，教育引导党员干部，锤炼对党忠诚的政治品格，发扬履职奉献的担当精神，培育勤政乐学的良好学风。“打先锋、站排头”——积极承担社会责任，在精准扶贫工作中，多措并举帮扶郭家村脱贫摘帽；在万人助企行动中，为18家企业协调解决实际问题；开展扫黑除恶专项斗争，对线索举报投诉有求必应、有案必查，严厉打击骗提骗贷行为，坚决维护缴存职工合法权益。“接地气、察民情”——坚持开展“一线工作日”“局长接待日”“听民声、解民忧”大走访活动，党员领导干部深入基

真诚服务职工群众。左图为公积金窗口微笑服务行动；右上图为公积金线上业务综合服务便利群众；右下图为公积金贷款服务面签现场

开展庆祝中华人民共和国成立 70 周年活动

层调研、倾听群众诉求、聚焦难点重点，真正为职工百姓办实事、解难事。“转作风、促廉政”——以“抓窗口、抓纪律、抓作风”行动为切入点，积极推行阳光政务，主动接受群众和社会监督，经常性开展红色教育、廉政教育、警示教育，营造廉政服务的有力氛围和风清气正的住房公积金发展生态。“强载体，铸文化”——建设党建园地、职工之家、团青阵地，开展多样的文体竞赛、培训交流、志愿服务、文明创建活动。读书修身，增智立德，内强素质，外树形象，凝聚形成了团结和谐、竞进有为的良好风貌。

不忘初心，砥砺奋进——

让未尽的征程，行向前路和远方

长春市住房公积金管理中心按照党的十八届三中全提出的“建立公开规范的住房公积金制度，改进住房公积金提取、使用、监管机制”的目标要求，彰显公平公正、普惠互助的“公品质”，实现资金积蓄、幸福积聚的“积功能”，找到开启全民住有所居、住有宜居大门的“金钥匙”。

面向未来，长春市住房公积金管理中心将深入贯彻党的十九大精神，坚持“房住不炒”“租购并举”的住房政策导向，以建设长春现代化都市圈为主线，以“数字公积金”建设为平台，推动实现归集扩面法治化、资金提取网络化、贷款申办智能化，厉行长春速度，提出长春方案，创制长春标准，用一如既往的诚挚，圆梦幸福长春万千家庭的美好期待。

作者：田力元

浙江省宁波市住房公积金管理中心

创新发展再加速 服务效能再加码

繁忙有序的宁波市住房公积金管理中心服务窗口

阅读提示：2021 年是中国共产党百年华诞。一百年来，一代又一代共产党人团结带领亿万人民历经千难万险，攻克了一个又一个看似不可攻克的难关，创造了一个又一个彪炳史册的人间奇迹，迎来了中华民族从站起来、富起来到强起来的伟大飞跃。如今，千百年来中华民族孜孜以求的小康梦想即将实现，全面建设社会主义现代化国家新征程即将开启。站在“两个一百年”的历史交汇点，新时代共产党人正紧密团结在以习近平同志为核心的党中央周围，增强“四个意识”，坚定“四个自信”，做到“两个维护”，在各自岗位上发扬为民服务孺子牛、创新发展拓荒牛、艰苦奋斗老黄牛的精神，育新机开新局，只争朝夕，不负韶华，以优异成绩庆祝建党 100 周年。浙江省宁波市住房公积金管理中心就是其中的先进典型，他们“永葆百年初心，接续千秋伟业”的具体措施、成功经验和突出成就，都具有较强的示范意义和推广价值。

党的十八大以来，宁波市住房公积金管理中心荣获了全国青年文明号，全国工人先锋号；省委、市委、市住建委党委创先争优先进基层党组织，浙江省文明单位，连续 9 年浙江省建设系统目标责任制考核优秀单位，浙江省建设系统文化建设先进单位，浙江省五一巾帼标兵岗，浙江省巾帼文明岗；宁波市文明单位，宁波市住房公积金目标管理考核优秀单位，宁波市五星级党组织，宁波市社会管理综合治理先进工作单位，宁波市住建委先进基层党组织，宁

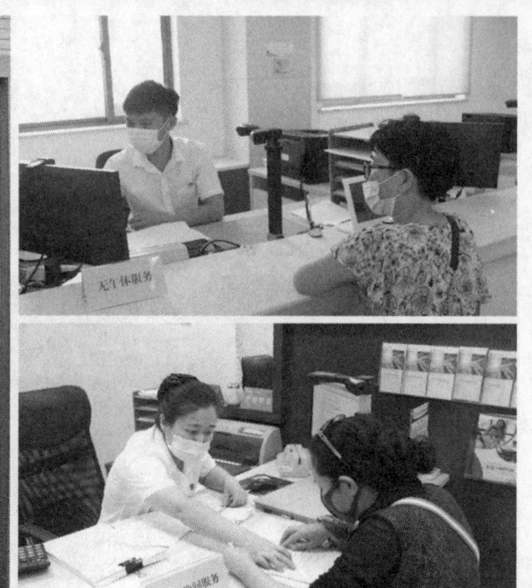

宁波市住房公积金管理中心大力推行优质高效服务，右侧图为“无午休服务”和“晚间服务”现场　摄影：林丹姝

波市住建委依法行政工作先进集体，宁波市“群众满意基层站所（服务窗口）”先进单位，宁波市五一劳动奖状，宁波市五一巾帼标兵岗，宁波市五一巾帼奖状等众多殊荣。

“十三五”期间，浙江省宁波市住房公积金管理中心促改革、抓服务、惠民生，大力推进资金高效运转，实实在在支持缴存职工改善居住条件，缴存人数不断增加，归集资金显著增长，提取业务规范有序，信贷力度稳步加大，各项惠民指标取得新的突破。

智能发展，激发新活力

宁波市住房公积金管理中心在成为全国第三家、省内首家通过建设部“双贯标”验收单位，全国首家通过建设部综合服务平台验收优秀单位的基础上，不断创新，立足“线上”“线下”协同发展，依托“互联网+”技术，大力推进智慧住房公积金建设，走活区域服务“一盘棋”，努力实现服务“三个一”。

“一城通办”。围绕就近办、快捷办的服务诉求，宁波市住房公积金管理中心以即时办结、一证通办、全城通办、一网通办“四个办”扛起窗口担当。住房公积金24个事项实现即时办结，住房公积金业务实现在全市各区县（市）的全城通办。开通12329住房公积金服务热线、疫情期间热线和网办、掌办两大平台。扎实推进“数据高铁”建设；持续推动企业开办全流程“一件事”、退休“一件事”、机关事业单位工作人员职业生涯全周期“一件事”等事项落到实处。

“一体化发展”。围绕长三角“一体化”建设要求，宁波市住房公积金管理中心加强与其他省市住房公积金业务交流，推进长三角政务服务“一网通办”，实现《异地贷款职工住房公积金缴存使用证明》申请与注销“一网办结”。积极推进甬杭湖三地“自助通办”，购房、还贷、退休等10项提取业务上线自助终端，缴存职工凭身份证或刷脸，即可异地办理公积金业务。加快推进甬舟一体化进程，线上依托浙江政务服务网、浙里办申请办理，线下建立内部联系机制代收申请材料，两地中心信息互通、联动办理，促进公积金提取同城化。

“一站式”服务。目前，宁波市住房公积金管理中心在市区范围内开设了42个延伸服务网点，设立了近50个综合业务员专柜，实现了海曙、江北、鄞州三区“一站式”延伸服务网点全覆盖。同时，还设置了住房公积金贷款业务对外承诺“最多跑一次”银行服务网点33个，方便百姓办理各项公积金业务。在此基础上，积极有效地开展住房公积金银行网点乡镇（街道）的覆盖工作，2020年8月，象山县南田岛（鹤浦镇）住房公积金专柜网点正式对外受理业务；10月，余姚市四明山镇住房公积金专线也铺设成功，实现了公积金网点“上山下海”，让百姓避免跋山涉水的舟车劳顿之苦，有效缩短服务半径。

提速增效，满足新期待

疫情防控与经济发展齐头并进、多层次服务体系加速构建、业务流程优化与服务管理精细无缝对接……随着服务效能的不断提升，住房公积金制度优越性日益显现、保障范围不断扩大。

资料瘦身“减法”，实现流程优化。宁波市住房公积金管理中心全面梳理住房公积金贷款、缴存、提取政策，进一步做到流程优化、资料精简、时间缩短。深入推进“减证便民”，落实“无证明”办事，通过人脸识别、数据共享和人工核查平台，取消户籍、婚姻、不动产权证、退休、失业等23项纸质证明。调整优化市五区购房贷款审批流程；保障我市就业的港澳台同胞住房公积金做到同城同待遇。疫情防控期间，为急需办理业务的职工提供特色预约上门服务，开通疫情重点区域人员提取服务绿色通道。持续推进“贷款抵押联合办”落实落地。

精准管理“加法”，实现服务提升。为扎实推进“最多跑一次”改革工作，宁波市住房公积金管理中心率先推出以“简政服务一窗跑、快捷服务就近跑、特色服务我来跑、创新服务智能跑、联动服务数据跑、高效服务电话跑”为内容的“六跑”服务；创新推出批量业务上门服务、特殊群体上门服务等十项品牌服务；实行上午提前上班、午休不间断、周一晚间服务、周二“夜市”服务，有效满足了群众多样化的服务时间需求，解决了困扰办事群众“烈日寒冬等待”“办事要请假”的难题，受到了广大群众的点赞好评。

提质增效“乘法”，惠民助企深化。围绕“三服务”和“三联三促”企业服务专项行动要求，当好服务先锋队。疫情防控期间，宁波市住房公积金管理中心就全市住房公积金领域防控疫情、帮扶企业、促进发展有关事项推出了“降比或停缴，降低企业用人用工成本”等支持企业纾困的四项惠民举措，并有序做好住房公积金阶段性支持政策到期后的相关工作，为稳企业、稳经济提供及时、到位、高效的服务。

山东省潍坊市住房公积金管理中心

当好优化营商环境的“店小二”

潍坊市住房公积金管理中心与工商银行潍坊分行“千企百亿信贷扶持计划”暨“消费信贷惠万家计划”活动启动仪式　摄影：刘小龙

习近平总书记强调：“人民对美好生活的向往，就是我们的奋斗目标。”一年来，山东省潍坊市住房公积金管理中心深入学习贯彻习近平新时代中国特色社会主义思想，坚持以人民为中心的服务理念，紧紧围绕建设“生态、开放、活力、精致”的现代化高品质城市目标，推行“一窗受理·一次办好”改革工作，着力提升窗口服务效能，助力“双招双引”工作深入开展，打造“服务规范、流程清晰、高效便捷、环境舒适”的公积金服务体系，切实当好优化营商环境的“店小二”。

线上线下发力：民意更集中，服务更精准

“公积金的说明这么通透，好多部门发的文让人看不懂，这边一看就懂了。”“以前去提公积金还需要请假，基本上需要半天时间，现在方便多了，希望以后越来越便利。”“为惠民政策点赞，省得再到处跑办无房证明了。”打开潍坊市住房公积金管理中心微信公众号，每一篇政策解读下都有不少网友的留言，大家纷纷为越来越便利的公积金办理流程点赞。

为满足人民群众公积金缴存多样化需求，进一步提高公积金服务质量和效率，中心畅通意见收集渠道，多方面听取意见，推动业务质量再上一层楼。微信公众号就是线上意见收集的重要途径之一。

“我们高度重视线上意见收集，并建立了综合服务平台意见收集处置制度。”潍坊市公积金中心相关负责人表示，除微信公众号外，中心还开通了网站投诉建议专栏、主任信箱等，2019 年以来共收集市民意见建议 400 余条，处理 12345 热线转办投诉意见等 150 余次。

为了真正达到“数据多跑路，群众少跑腿”的效果，潍坊市公积金管理中心还通过多种形式畅通互动渠道。

开展调研座谈。全面开展“大走访、大调研、大排查”活动，2019 年市中心机关和各分支（办事）机构共调研走访了 117 家服务企业，收集到的意见建议 85 条，制定了工作改进对策和措施 61 条。召开公积金社会监督员座谈会，收集意见建议 78 条。

开展客户回访。针对住房公积金贷款业务办理过程中存在的堵点、难点，围绕贷款业务在一次告知、一次办好、减证便民、窗口服务四个方面的落实成效开展了调查回访，通过 12329 热线回访、现场回访等方式共获取 626 个有效样本，为进一步提高服务水平提供了依据。

开展政策释疑。政策制订过程中，依法依规公开，广泛征求意见建议，积极开展政策解读、答疑和宣传辅导，并报上级部门备案。设立“吐槽找茬”窗口，对群众的意见建议诉求等“仔细听、认真记、马上办”，做到“收集准、落实全、反馈快”，以群众对窗口服务的满意度来检验业务服务的效能。实行“窗口无否决权”服务机制，对服务群众业务窗口人员只说“Yes”，不说“No”，切实解决公积金业务办理的堵点、难点、痛点，提升政务服务水平。

聚焦流程再造：借力大数据，质效大提速

取消 14 项缴存提取业务证明材料；取消 4 项贷款业务证明材料；正式上线运行网上服务厅（个人版），提取资金“秒”到账……

为深入贯彻落实中央“放管服”改革和省、市关于实施流程再造、深化“一窗受理·一次办好”改革的部署要求，进一步优化业务流程、创新办理模式、提升服务水平，中心多措并举，减少了群众跑腿次数、缩短了群众等待时间。

推进“一窗受理”。强化“实体一窗”，实现“前台综合受理，后台审批”的服务模式。整合“网上一窗”，将住房公积金网站迁入潍坊市政府门户网站，为企业和群众获取政策信息提供便利。优化“掌上一窗”，优化升级官方网站、微信公众号、住房公积金网上服务厅功能，实现了业务“掌上查”“掌上问”“掌上办”。做强“热线一窗”，公积金 12329 热线与 12345 热线、省 12329 短信平台融合，热线接通率、按时办结率均达到 100%。延伸“基层一窗”，依托农业银行的 11 个网点，让驻在乡镇（街道）的企业和缴存职工在“家门口”办理公积金业务。

推进主动、贴心服务。推行帮办代办服务，强化事前告知服务。全面落实了“首问负责”“一次性告知”“一次性承诺”“马上就办”“限时办结”等制度措施。目前推行的容缺受理服务模式，极大提高了“一窗受理”的办结率。推进持续减证便民，进一步精简证明材料，切实解决证明材料门槛，方便广大缴存职工。优化办理环节，压缩办理时限，提升服务效能。

推进“互联网 +”服务能力。优化缴存业务流程，缴存单位可直接通过电汇或网银转账方式将本单位全部缴存资金汇划到公积金中心各分支（办事）机构指定银行账户，单位缴存“零跑腿”，使缴存资金到账更加安全便捷。提取资金“秒”到账，升级改造业务系统，实现了公积金中心账户与职工账户“点对点”拨付，资金“秒到账”。推进全市通办业务，目前，贷款业务已经实现全市通办，缴存业务、退休提取、与单位解除劳动关系提取、公积金贷款自动提取还贷、招商银行 App 商业还贷提取实现网上全市通办。强化基础数据支撑，实现与人民银行征信系统连接应用，与人社、不动产登记、住建部门的相关信息查询应用。

推进“一次办好”，让群众只跑一趟腿。再造公积金贷款申请受理流程、不动产抵押登记办理流程、不动产抵押登记“容缺”机制、不动产抵押登记前置办理机制等，让借款人从跑三趟腿、两趟腿减为只跑一趟腿。目前，全市 16 个分支（办事）机构的所有受委托银行公积金贷款均实现“一次办好”。

扮靓服务窗口：机制再优化，争当新标杆

为进一步提升服务水平，中心建立健全公积金窗口服务机制、服务标准和服务制度，同时聘请“神秘人”第三方机构进行服务监测评价，全面提升公积金窗口规范化服务质效，打造优质服务“金”品牌，争创全市窗口服务标杆。

成立专班，走访调研筹对策。建立健全工作机制，成立了窗口规范化服务工作专班，制订了《窗口规范化服务专班工作方案》，通过调研走访企业，广泛征求意见，建立意见台账，及时制定对策

潍坊市住房公积金管理中心举办窗口规范化建设观摩交流会 摄影：张立和

予以解决。

寻标对标，规范窗口定标准。确定了省内对标济南、青岛，省外对标南通等地，分别组织牵头科室和部分分支（办事）机构人员赴标杆城市学习精细化管理、窗口规范化服务，制订出台了《潍坊市住房公积金窗口规范化服务标准》，明确窗口功能标准、窗口配置标准、窗口服务标准，并配套制订了《潍坊市住房公积金窗口规范化服务考核办法》，为推进全市公积金窗口规范化服务建设提供依据和遵循。

优化窗口，活动牵引速提升。对公积金服务大厅进行升级改造，设置自助服务区，群众可以登录网站了解公积金政策、查询个人账户信息，安装了接受监督的意见箱、电子评价器，增设了便民台、母婴室、便民座椅、婴儿座椅、残疾人轮椅等服务设施，配备了15项免费服务，为前来办事职工提供一个舒适、方便、有序的服务环境。

全面评估，以考推进促达标。为全面了解全市窗口规范化服务建设的现状，中心聘请第三方“神秘人”评估机构为全市窗口规范化服务建设情况开展全覆盖评估。针对第三方提出服务流程、服务形象和服务环境等方面问题，积极查找不足，制定整改措施。此举进一步改进了工作作风，提升了服务效能，优化了服务环境，让缴存职工享受到更优质、更高效、更便捷的住房公积金服务。

为有效提升全市公积金窗口工作人员服务水平，中心还举办了“窗口规范化服务礼仪培训班”，邀请全国住房公积金行业先进单位来潍开展窗口规范化服务礼仪培训，培养并组建了窗口服务礼仪内训师团队，开展了“窗口规范化服务礼仪大比武”“我为窗口规范化服务建设献一计”“我为窗口规范化服务建设做贡献”“窗口服务规范化建设现场观摩会”等系列活动。

同时，中心将窗口规范化服务建设纳入年度工作综合考核指标体系，采取日常考核与年终考核相结合、现场验收和第三方评估相结合的方式，对各分支（办事）机构落实窗口规范化服务建设标准情况进行全面达标验收，更好地促进窗口规范化建设提升。

得益于中心上下合力、持续攻坚，窗口工作人员服务素养不断提升，服务质效持续提速，服务窗口进一步向企业延伸，真正让广大缴存单位和职工感受到了公积金服务亲民、服务便民和服务惠民。

服务“双招双引”：专班优服务，当好“助推手”

紧紧围绕市委、市政府十大攻坚战的战略目标，中心积极践行“流程再造创新，争当效能最优机关；‘双招双引’创先，争夺招商引智红旗；营商环境创优，争做服务发展标兵”，组建了跨部门跨科室的五个专班，着力打造便民、优惠、高效的公积金服务体系，切实当好优化营商环境的助推手。

拓展融资渠道，当好银企“中间人”。着眼于发挥“政务＋金融”资源叠加优势，推进“政、银、企”常态化合作模式，本着“平等互利、优势互补、资源共享、合作共赢”原则，携手构建综合性金融服务平台，为诚实守信公积金缴存企业、“双招双引”企业和公积金缴存职工、高层次人才，有针对性地提供全流程、标准化、便捷化的综合性金融服务，在满足商业银行贷款条件及相关规定的基础上，尽可能解决贷款难、成本贵的问题，进一步优化营商金融服务环境，助力我市“双招双引”。

主动创新服务，当好企业“店小二”。制定《关于为企业和人才提供“店小二”服务的通知》，开展优化营商环境专项行动。建立服务企业台账，摸清企业需求。主动与市招商促进局、市发改委、市科技局、农村农业局等相关部门对接，收集和整理我市新落地“双招双引”企业、高新技术企业名单及高层次人才信息，掌握“服务对象”的第一手资料。根据需求不同，为“双招双引”新落地企业和高层次人才、乡村振兴人才提供个性化、差别化的优质服务。主动上门，提供服务。针对刚落地项目对政策不熟悉等问题，专门制订上门服务方案，向企业讲解单位住房公积金开户、转移、贷款等各方面的政策，帮助企业稳定职工心态，增强凝聚力。2019年以来，共为潍柴、歌尔、恒信等200余家企业5万余名职工提供了“店小二”式的上门服务，通过向缴存单位、开发企业、办事群众等各类服务对象延伸服务触角，努力打通了服务企业和服务百姓的“最后一厘米”，为全市“双招双引”提供了强有力的支持。

定制工作机制，当好人才“服务专员”。按照潍坊市委、市人民政府下发的“人才二十条”的部署要求，出台对高层次人才的配套支持政策，建立了高层次人才服务绿色通道，并且专门研发上线了高层次人才专用系统模块，确保高层次人才贷款业务办理的个性化、便捷化需求。中心还建立了高层次人才服务专员制度，开设了高层次人才服务专线，与人社局等相关部门共同制定了“潍坊市高层次人才绿色通道服务指南”，并通过短信、电话、信函等方式告知新的住房公积金政策。目前，市公积金中心下属16个分支（办事）机构和30多家银行网点都设立了高层次人才服务专员联络网，对高层次人才提供预约、上门等一对一全程服务。

作者：陈小君、张秀娟

安徽省安庆市地震局

开创防震减灾事业新局面

安庆市地震局局长潘永益　摄影：谷彦辉

近年来，在安庆市委、市政府正确领导下，在安徽省地震局的大力支持下，安庆市地震局认真学习贯彻落实习近平总书记关于防灾、减灾、救灾重要思想以及“两个坚持、三个转变”的重要论述，围绕中心，服务大局，积极创新，扎实工作，安庆市防震减灾工作实现了多点突破，成效显著，走在了全省前列。

——在重大项目上，投入项目数量和资金数额处于前列。市本级先后投入资金1500万元，开展了安庆市地震科普馆建设、安庆市中心城区地震小区划建设和安庆市城市活动断层探测与地震危险性评价项目。争取了省地震局直接投入或补助资金500多万元，完成了市地震局台网中心和应急中心建设，各县（市）数字化测震台和地震前兆观测站建设，有关县（市）的地震科普馆建设等。

——在监测预报上，率先建成区域地震监测台网。安庆市在全省最早实现“一县一台”建设，先后建成数字化测震台7个，地震前兆观测站6个，各测震台间的距离缩小到30—50公里。率先完成区域地震监测台网，实现了在2分钟之内，对1.0级以上地震三要素的自动速报。

——在震害防御上，唯一同时开展地震小区划项目和活断层探测项目双研究。2014年以来，安庆市把建设工程抗震设防要求核定工作纳入了建设工程的管理流程，先后对1千多项建设工程开展了抗震设防审批，其中23项重大工程开展了地震安全性评价，有效减少了地震灾害人员伤亡风险。开展了“中心城区地震小区划”项目研究，给出了地震动参数图和地质灾害图，其成果已应用于工程设防，这是安庆市防御地震风险的又一重要举措。另外，安庆市还启动实施了周期三年半的地震活断层探测项目研究，将为安庆市城市规划和工程建设提供科学依据。

——在地震应急上，建成全省唯一地震应急训练基地。全面修订了安庆市专项地震应急预案，形成了“横向到边，纵向到底”的预案体系。市本级建立了2支紧急地震救援队，24支各类专业救援队及志愿者队伍共2000余人；各县（市、区）也同步建立各自救援队伍。建成了全省唯一地震应急训练基地和野外训练场。建成省级地方标准Ⅲ类以上地震应急避难场所12处，其中含1个Ⅰ类场所和7个Ⅱ类场所。建立了各类应急装备及物资储备库或相关补充机制，能同时满足重大地震多点救援需求。开展地震应急演练常态化，形成了以政府综合演练为主导，以专业队伍演练为重点，以学校避险演练为补充，实战与推演相结合的演练格局。去年底，按照机构改革的要求，以上地震大应急的工作职能已整体移交给市应急局。

——在宣传教育上，各类示范平台总数及省级、国家级数量处于前列。建成了全市地震科普馆和各类示范学校、基地、社区等平台82个，其中省级19个，国家级4个，发挥示范引领作用。每年牵头组织开展全市5·12防灾减灾日科普宣传活动。常年开展防震减灾科普进学校、社区、家庭、企业、机关、农村、公共场所等活动。另外，还和各类传统媒体及新媒体合作广泛开展宣传活动，也获得了较好的效果。

安庆市地震局将以习近平新时代中国特色社会主义思想为指导，贯彻落实十九大精神和习近平总书记有关防灾减灾的重要讲话精神，把防范化解地震灾害重大风险的责任扛在肩上，落在行动里。按照“明确一个目标，聚焦三项任务，狠抓四个重点”的总体思路，持之以恒，坚持不懈，继续推动安庆市防灾减灾工作向前进，为建设美好安庆提供地震安全保障做出新贡献。

福建省龙岩市地震局

砥砺奋进创佳绩 风劲帆满正远航

2019年7月，龙岩市地震局局长林勇（左）以"认识地震预警，科学防震减灾"为主题，参加龙岩市人民政府网在线访谈节目 摄影：何权富

链接：近年来，龙岩市地震局以党的十九大精神和习近平新时代中国特色社会主义思想为指引，坚持以人民为中心的发展思想，认真贯彻落实习近平总书记关于防灾减灾救灾的重要论述，以建立健全防震减灾三大工作体系为重点，积极进取，开拓创新，各项工作取得显著成效，为增强防震意识，提升减灾水平，构建安定和谐社会作出了积极贡献。该局2016年至2018年连续三年获得"全国防震减灾工作综合评比先进单位"，先后获得"全国地震监测预报工作质量第二名""平安中国公益活动优秀组织奖""全省防震减灾工作综合考核先进单位""全省地震灾害防御工作先进单位"等殊荣，集体和个人先后荣获国家、省、市级荣誉50余人（次）。

抵御天灾，守望平安，对于龙岩这个地处我国东南沿海地震带，属国务院划定的全国25个地震重点监视防御区的闽西革命老区来说尤为重要。

近年来，龙岩市防震减灾事业取得可喜成绩：市地震局从2016年至2018年连续三年获得全国防震减灾工作综合评比先进单位；2019年，获全省防震减灾工作综合评比第一名、全省地震监测预报工作质量第一名、全省地震灾害预防工作先进单位等荣誉称号，为龙岩市增强群众防震意识，提升减灾水平，构建安定和谐社会作出了积极贡献。

预报更精准——

监测预报体系更加完善

凡事预则立，不预则废，应对突发地震灾害尤其如此。

目前，龙岩市已建立了较完善的地震监测台网，区内有龙岩、长汀两个综合台站，1个国家背景场、6个测震台、4个土层强震台、12个烈度速报台、7个GPS观测台、1个地磁观测台、1个地倾斜观测台和棉花滩库区专用地震监测台阵。全市所有乡（镇、街道）都建立地震宏观观测点。

建立了地震异常快速核实处置机制，形成了覆盖全市的地震宏观异常快速上报、核实处置工作网络。建立了地震信息快速播报机制，当龙岩市有感地震发生后，让市民能在第一时间了解震情信息，避免造成恐慌或产生地震谣言，维护社会稳定。

同时，努力提高地震分析预报水平。在坚持周、月会商制度的基础上，组建龙岩市地震局（台）地震分析预报专家组，由局（台）业务骨干组成，采用走出去学习和请专家进来培训的方式，提高业务骨干的分析预报水平。

2020年还继续推进古田会址地震监测台、活断层鉴定及危险性评价项目、地震应急避难场所及地震预警发布终端建设工作，让龙岩市监测预报体系更加完善。

预防更高效——

震害防御能力明显提升

震害防御能力是群众避让地震灾害的"第一道防线"。

龙岩市严把抗震设防关，争取将"地上搞结实"。近年来，全市已有交通、能源、电力、水库、生命线工程等近百个重要项目以及所有医疗、卫生用房工程项目无一缺漏，全部做了专门的工程建

龙岩市2018年地震预警信息应急响应暨灾民安置应急演练 摄影：何权富

设场地地震安全性评价工作，使龙岩市的重要工程、生命线工程和可能发生严重次生灾害工程都能科学、合理地进行抗震设防。所有新建校舍都严格把关，都按规定提高1度进行抗震设防，确保每一栋校舍都能高标准设防，成为孩子们的“安全岛”。

城乡民居不设防现象得到明显改善。与相关部门密切配合，大力推广有抗震设防的标准建设施工图，无偿提供群众使用；专门编印宣传材料，对民居选址、施工、建设等方面进行指导。经过多年的努力，全市80%以上的民居都采取了合理的抗震设防措施，城乡民居不设防现象得到明显改善。

防震减灾宣传教育也由传统的街头宣传、纸质宣传为主，发展为广播影视、传统媒介、“互联网+防震减灾”、网络信息综合应用的现代传播方式。连续2年开展“防震减灾宣传年”活动，会同有关部门先后精心策划了中小学生防震减灾电视知识大赛、网络知识竞赛、防震减灾10万条微信宣传和防震减灾书法大赛等活动，使防震减灾宣传教育活动有创意、有规模、有气氛、有影响。

创新打造防震减灾社会宣教“一团一队一融合”模式，每个县（市、区）组建一个防震减灾科普宣讲团，一支科普志愿者队伍，与有关部门深度融合，建立合作机制，每年至少开展4次联合科普宣传活动，实现人员互补、优势互补，开创防震减灾科普宣教工作新局面。根据2019年调查统计，龙岩市防震减灾知识普及率由2014年的38.6%提高至2019年的75%。

应急更有力——

应急救援体系逐步健全

防御天灾，不能指望“天帮忙”，只能依靠“人努力”。

地震应急预案体系更加完善，市、县、乡三级政府和市、县抗震救灾指挥部成员单位都制定了《地震应急预案》，形成了完整的地震应急预案体系，并开展了多次实战演练进行检验，使预案更具实用性和可操作性。自主研发的“龙岩市地震快速反应系统”在全市推广，为政府提供较科学的参考意见。

迄今已培训地震应急“第一响应人”近600余人次，有效夯实了龙岩市地震应急救援基础；依托消防、武警部队，打造了9支“装备精良、反应快速、技术过硬”的专业地震灾害应急救援队；依托有关行业、部门建立了十几支行业应急抢险队伍；全市共组建培训了约50支地震灾害志愿者救援队伍，并从中培养了9支骨干队伍，配备了个人防护和基本救援装备。为全面提升应急救援队伍战斗水平，2017、2018、2019连续三年，组织开展大规模的抗震救灾综合应急实战演练。

目前，龙岩市形成了有龙岩特色的“基层——地震应急‘第一响应人’、行业——市县地震应急救援队、专业——市、县消防、武警部队组建的地震灾害应急救援队、志愿者等多层次、全方位的地震灾害应急救援体系。”

地震应急避难场所网络建设也基本完善。截至目前，全市累计建成136处地震应急避难场所，累计建设有效面积达到148.6万平方米，最大可安置灾民84万人。

“不忘初心，牢记使命！我们将持续以‘防震减灾、造福人民’为己任，继续加强地震监测预报、震害防御体系建设，积极修炼业务‘内功’，开创龙岩市防震减灾工作新局面。”龙岩市地震局局长林勇说。

广东省深圳市宝安区民政局

坚持“爱民、为民、惠民”理念 打造民生幸福标杆

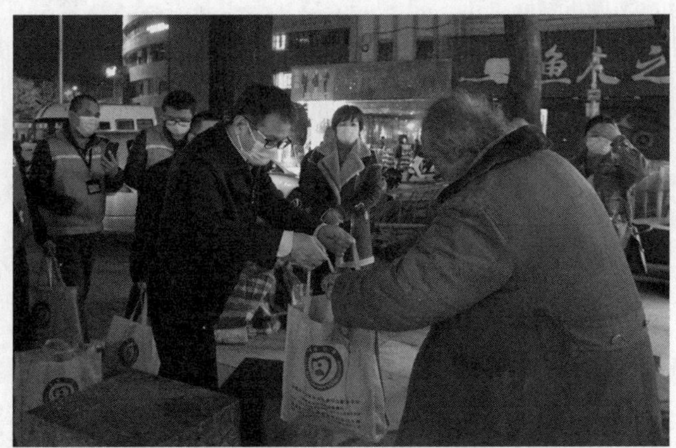

2020年12月30日，深圳市宝安区民政局党组书记、局长黄平彪带队开展寒冬流浪乞讨人员街面救助　摄影：刘明亮

习近平总书记指出，民政工作关系民生、连着民心，是社会建设的兜底性、基础性工作。各级党委和政府要坚持以人民为中心，加强对民政工作的领导，增强基层民政服务能力，推动民政事业持续健康发展。各级民政部门要加强党的建设，坚持改革创新，聚焦脱贫攻坚，聚焦特殊群体，聚焦群众关切，更好履行基本民生保障、基层社会治理、基本社会服务等职责，为全面建成小康社会、全面建设社会主义现代化国家作出新的贡献。

2021年是中国共产党成立100周年，回顾百年奋斗路，民政工作在中国共产党的领导下不断创新发展。近年来，深圳市宝安区民政系统在习近平新时代中国特色社会主义思想指引下，努力践行“民政爱民、民政为民、民政惠民”工作理念，全面履行新时代民政工作职责使命，坚持“在继承中创新、在创新中发展、在发展中前进”不断开创民政事业改革发展新局面，在宝安“奋力谱写湾区核心、智创高地、共享家园新篇章”中不断向民生幸福标杆阔步前进。

党建引领、维护核心、铸就忠诚、担当有为，民政队伍服务能力不断增强

近年来，宝安区民政局领导班子不忘初心、牢记使命，坚持“靠精神带队伍，靠任务促水平，靠实干出成绩，靠清廉生威信，靠效率赢口碑”，积极打造忠诚、团结、廉洁、勤政的民政队伍，涌现出了一批以党的十九大代表、全国优秀共产党员、民政部“孺子牛”奖获得者费英英同志为代表的先进典型。宝安区民政局目前有1名同志荣获全国优秀共产党员、民政部“孺子牛”奖称号，2名同志先后荣获全国“先进工作者”“五一劳动奖章”“青年岗位能手”“三八红旗手”“最美青工”和广东省“劳动模范”“五一劳动奖章”“三八红旗手”“南粤楷模”称号，1名同志荣获“广东省优秀养老院院长”，2名同志荣获深圳市“五一劳动奖章”。宝安区社会福利中心等单位的民政一线业务骨干近几年来先后获得全国养老护理职业技能竞赛二等奖，省、市养老护理技能竞赛个人和集体双冠军、“广东省技术能手”“深圳市技术能手”等荣誉。

2021 年 6 月 1 日，深圳市在宝安区社会救助综合服务中心召开未成年人救助保护工作现场推进会，上图为宝安区民政局党组书记、局长黄平彪在会上作经验交流　摄影：张勇鹏

党的十八大以来，宝安区民政系统先后荣获“国家 5A 级婚姻登记机关”“全国婚姻登记规范化建设窗口单位”“全国婚姻登记规范化单位”“国家二级救助管理机构”“全国殡葬改革示范单位”“全国涉外送养先进单位”“共青团中央 2015—2016 年度青年文明号”“全国智慧健康养老示范基地”“全省民政工作先进集体”“全省老龄系统先进集体”等荣誉。宝安区实现广东省双拥模范创建 5 连冠，被评为“深圳市第四届鹏城慈善奖鹏城慈善典范区”，有 13 个社区被评为“全国综合减灾示范优秀社区”。宝安区社会福利中心先后荣获广东省五星级养老机构、深圳市“三八红旗集体”“广东省青少年维权岗”和“广东省技能人才培训突出贡献奖”。民政队伍为民服务能力不断增强。

依法救济、人道帮扶、精准救助、满意至上，基本民生兜底保障能力稳步提升

宝安区民政局推动建立了重特大疾病补充医疗保险制度，实现基本医保、大病保险、医疗救助“一站式”定点结算服务全覆盖。制定印发《深圳市宝安区困难群众临时救助实施细则》，启动社会救助和保障标准与物价上涨挂钩联动机制，2016 年至 2021 年低保标准由每月 800 元增至 1300 元。科学规范救助申请审批流程，建立低收入家庭经济信息比对平台，对社会救助人员资金实行“三查两比对一公示”制度。重视开展精神救助，心理咨询师和专业社工心理辅导服务为救助对象点燃了生命之火。

不断拓宽流浪乞讨人员救助渠道，在全市率先实现社区流浪乞讨人员救助咨询点全覆盖，人脸识别、指纹识别、DNA 比对、今日头条等高科技手段和“暖城计划”等微救助项目在寻亲工作中广泛运用，流浪人员寻亲做法在全省推广。2016 年以来，累计救助 21804 人次，寻亲成功 1814 人，其中离家时间最长的达 25 年之久，护送返乡 356 人，救治流浪乞讨病人 8705 人次。

立足“先行先试”，2019 年在全市率先开展未成年人救助保护工作试点，挂牌成立宝安区未成年人救助保护中心；2020 年开展首批“未成年人保护工作站”试点，在石岩街道依托街道儿童督导员、社区儿童主任等儿童工作者队伍，建立未成年人保护工作站，打造宝安基层未成年人关爱服务先行示范；2021 年推动建立宝安区未成年人保护工作委员会，并打造完成未成年人保护工作机构、协作共建、社会服务 3 大平台，建立了区、街道、社区 3 级工作队伍，创新建立了未成年人救助保护社会参与、困境未成年人兜底保障、困境未成年人主动发现 3 项机制，形成具有宝安特色的未成年人救助保护“333”模式。

针对新冠肺炎疫情给救助工作带来的新情况，宝安区民政局结合实际迅速发布实施临时救助 7 条措施，放宽因疫情影响申请临时救助户籍地限制，明确对特殊困难群体的救助，简化申请材料，优化审批流程，落实诚信申报，落实特事特办制度和资金保障；在全区三小场所张贴生活无着困难群众救助指引约 50000 份，开设 10 个临时庇护点，并向社会公布联系方式，确保救助对象能够及时得到救助。

构建社区共建共治共享融合体系，打造社区邻里文化，基层社区治理服务能力不断提升

坚持“带着问题下基层、感情沟通到基层、解决问题在基层”，巩固基层政权基础，创新社区治理。积极加强基层治理体系和治理能力现代化建设，推进社区减负增效，形成“三位一体、六方联动”社区治理体系；开展社区优化调整，社区规模和资源配置更加合理，加强行政区域界线维护管理，积极推进“互联网 + 社区”信息化建设，实现行政区域界线管理专业化和数字化；常态开展社区“两委”干部任职资格联审，组织 140 个社区居委会依法完成换届选举，对新中国成立以来全区 740 名正常离任村干部进行信息采集；“四议两公开”社区重大事项议事决策机制执行率达 100%，宝民社区荣获“全国优秀社区工作法”，龙腾社区获评“全国民主法治示范社区”，成立民族之家服务平台被评为 2019 年“省城乡社区治理创新经验”；畅通群众表达意见渠道，推进设立民愿接待室、居民网上论坛等，形成社区居民（代表）会议、居委会、楼长和志愿者、居民家庭的“三方四级”居民自治组织网络；健全社区民主协商机制，印发《社区居民议事会运行标准工作指引》，居民议事工作标准化、居务公开“五化”建设，站务（居务）公开栏、居务监督委员会实现社区 100% 覆盖；实施“百姓点单，政府买单”民生微实事项目，补齐民生短板和提升居民获得感，国家发展改革委将其作为深圳经济特区创新举措和经验做法在全国推广借鉴，2016 年以来共实施项目 11390 个 10.08 亿元，区民政局获评市民生微实事“优秀组织单位”；打造睦邻友好邻里文化，积极推进社区邻里和谐，搭建社区邻里文化活动平台，创建并推广建立社区邻里文化室 63 个，创作社区邻里之歌《邻里邻舍》，编制《睦邻第一课》，2016 年以来共举办“社区邻里节”活动 1480 场；多元化发展社区服务，设立社区家庭教育服务和未成年人文体活动场所，建立社区特色手绘地图、社区“网红打卡点”，打造出 20 个特色社区。

机构养老、社区养老、居家养老融合发展，养老服务水平不断提高

聚焦老有颐养，积极构建养老、孝老、敬老的社会环境，推动建设高水平养老服务体系，促进居家社区机构养老协调发展、医养康养深度结合。不断完善养老服务体制机制，在全市创新成立区养老服务指导中心，出台《宝安区社区养老服务扶持暂行办法》等多个规范性文件，将社区老年人日间照料中心公配物业规划建设纳入《宝安区城市更新暂行办法》配套文件，根据人口规模与新建项目同步规划建设；制订印发宝安区《贯彻落实深圳市关于构建高水平“1336”养老服务体系的实施方案（2020—2025 年）》《推进长者助餐服务实施方案》《“医养结合”试点工作方案》和《养老服务“十四五”规划》，为加快推进养老服务发展提供了制度保障。机构、社区、居家养老融合发展，2016 年以来新增机构养老床位 1607 张，养老床位总数达 3349 张，户籍老人每千人养老床位数达到 85 张；建成社区老年人日间照料中心 58 家、星光老年之家 155 个、长者饭堂 31 家，发展成立居家养老服务机构 13 个，养老床位和社会老年人日间照料中心总数均居全市各区之首。

持续加大养老设施建设和改制力度，全市规模最大的区级公办养老院（春晖苑）于 2020 年底封顶，规划床位 1000 张，预计 2022 年底可投入使用；大力推动街道敬老院升级改造，完善养老机构分级分类标准和服务标准评估体系，在全市率先推行区级公办养老机构入住评估轮候制度，区社会福利中心获评“广东省五星级养老机构”；鼓励发展民办养老，2016 年建成全市首家医养结合型养老机构复亚护养院，2019 年建成全国首例以“招拍挂”出让养老用地建设的前海人寿幸福之家养老院，2020 年建成悦年华颐养中心（深圳松岗）和深业颐居养老运营（深圳）有限公司，4 家民办养老机构累计新增机构养老床位 1457 张；创新打造 6H（6H：Home“家一般温暖”、Hospital“就近医疗”、Hotel“宾馆式服务”、

2020 年，宝安区获评全国智慧健康养老示范基地 摄影：幸聪

宝安区养老院（春晖苑）正在紧锣密鼓建设之中。图为宝安区养老院效果图

Holiday“度假式生活”、Health“健康养老”、Happy“老有所乐”）幸福社区养老服务品牌，组建家庭医生团队，建立家庭养老床位，探索“家庭病房式”居家养老模式；发展智慧养老，2020 年被工业和信息化部、民政部、国家卫生健康委员会评为全省唯一县区级“全国智慧健康养老示范基地”，西乡、新桥街道被评为全国智慧健康养老示范街道；大力推广“颐年卡”及开展家庭适老化改造试点，累计发放颐年卡 7 万多张；在全市率先将户籍高龄老人津贴发放范围扩大至 70 周岁以上，为 60 周岁以上户籍老人购买意外医疗和意外伤害险；重视养老专业人才培养，与重庆城市管理职业学院签订政校战略合作协议，依托院校开展养老服务等各类人才培训，促进教育链、人才链与产业链、创新链有机衔接。

坚持职业化、专业化、规范化发展路径，社工服务水平不断提升

宝安区近年来大力推进专业社会工作发展，全区现有民政局统筹购买社工 867 人，实现了社工服务在 124 个社区和社会福利、社会救助、婚姻家庭、残障康复、禁毒戒毒、精神卫生、司法等 16 个领域全覆盖，在重大危机事件应急介入、支援服务、疫情防控等方面发挥了重要作用。特别是 2020 年新冠肺炎疫情发生以来，宝安社工全力协助社区封控、疫苗接种和核酸检测等工作，用社工精神与专业服务助力筑牢疫情防线。深入贯彻“广东社会工作改革试点项目支持计划”要求，2019 年在石岩街道设立省社会工作改革试点社工站，推动街道社会工作服务站专业化发展，为辖区居民提供精准化、精细化社工服务。

积极推进“广东兜底民生服务社会工作双百工程”建设，落实《深圳市提升社会工作服务水平若干措施》，大力开展社工宣传，切实加强社工、义工“双工联动”。注重社工专业人才培养，与河池学院签订政校战略合作协议，开展社会工作产学研合作，拓宽社工人才培养和引进渠道；丰富社会工作人才的培养激励举措，对户籍居民及社区工作者取得社工资质的实施奖励，对在宝安区从业且达到一定年限的专业社工人才给予扶持补贴。不断加强社工服务机构监督管理，组织开展社工服务机构履约服务的评估考核，持续提升社工服务质量，2020 年 5 月，宝安区尚德社会工作服务社被评为全国“2019 年度百强社会工作服务机构”。

引导社工积极参与脱贫攻坚和乡村振兴，2017 年试点设立宝安区驻龙川对口帮扶社工站，2019 年 3 月，进一步扩大试点范围，在广西都安、大化两县分别设立扶贫协作社工服务站，围绕扶贫扶志扶精神工作主线，探索出“引入一种模式、培育两种资源、关爱三类人群、实施多重计划”的社工扶贫模式，初步形成“可看、可学、可复制、可推广、可持续”的社工扶贫经验，得到当地政府的高度认可，被纳入扶贫考核验收加分项。《中国社会工作》对宝安社工扶贫的做法两次专题报道，宝安推动社工参与扶贫的案例被国务院扶贫办社会扶贫司评为“社会组织扶贫案例 50 佳”；宝安区扶贫协作驻大化社工站的运营机构——宝安区海同社会工作服务中心和与大化县国家级贫困村结对帮扶的宝安区汇美社会服务中心获得“2020 年粤桂扶贫协作先进单位称号”。

政府推动、社会实施、公众参与、专业运作，慈善在民生保障中的辅助作用有效发挥

宝安是一片充满爱心的热土。得益于改革开放的春风，宝安的社会、政治、经济、文化、城市建设等各行各业百花绽放、春意盎然。宝安人开放、包容、创新的姿态，吸引了无数爱心企业、爱心人士筑梦于此，他们在播种成功的同时，也在播撒着爱心。长期以来，宝安的慈善事业得到历届区委、区政府领导班子的高度重视和社会各界人士的热心支持。特别是 2007 年宝安区慈善会成立以来，共募集善款近 8 亿元，救助宝安区困难群众就达到 7000 多人。宝安慈善事业快速发展，全社会慈善意识进一步增强，慈善组织网络逐步完善，慈善实力持续壮大，受助困难群众不断增加，慈善在扶贫济困、改善民生、弘扬中华民族传统美德和社会主义核心价值观等方面发挥了积极的作用。

近年来，宝安区慈善事业亮点纷呈。宝安区高标准承办了第五届中国公益慈善项目交流展示会首个社区分会场——新安街道海裕社区分会场，得到出席展会的民政部高晓兵副部长和省民政厅领导的高度肯定。在全国区县级率先开展慈善百强企业认定，进一步激发了企业参与慈善的热情。不断探索创新募集善款方式，大力发展冠名慈善基金，扩大慈善救助面，冠名慈善基金总数达 109 家。定期举办“慈善微跑”“公益慈善项目大赛”和“宝安慈善论坛”，持续开展“广东扶贫济困日”“深圳慈善月”系列活动，提高慈善参与度。助力抗洪救灾，2021 年 7 月，河南省多地发生严重洪涝灾害，宝安区慈善会紧急响应，于 7 月 21 日下午紧急召开会议，启动应急预案，开启募捐绿色通道，开通 24 小时捐赠热线，发布《宝安区慈善会助力河南抗洪救灾倡议书》，5 天内就收到爱心善款近 700 万元。弘扬慈善文化，创办《善缘》《我和慈善一起成长》慈善杂志，创作《爱是唯一》慈善歌曲，制作《大家一起做慈善》慈善动漫，设计制作宝安“慈善娃”爱心玩具，建设“与爱同行”慈善地标，搭建首个慈善空间——“星星童画梦慈善关爱空间”，征集宝安慈善用语，开展慈善文化进校园系列活动，实现全区 139 所

2021 年 7 月 26 日，宝安区慈善会助力河南抗洪救灾捐助仪式 摄影：彭凯

小学全覆盖。发挥慈善在脱贫攻坚中的补充作用，募资建成龙川县宝龙东江大桥、“宝安慈善楼”和广西都安、大化“爱心水柜”等一批帮扶项目。

加强慈善管理，提高慈善公信力，区民政局制定了《宝安区冠名慈善基金使用操作指引》，区慈善会制定了《冠名慈善基金管理办法》。2018年，宝安区被深圳市授予全市唯一“鹏城慈善典范区”称号。如今，宝安慈善事业已逐渐形成了“创新慈善、文化慈善、真心慈善、合力慈善”四个方面全面发展的慈善事业新格局，形成了“热心公益办慈善、身体力行办慈善，制度规范办慈善、全民参与办慈善”的良好氛围，成为加快建设“湾区核心、智创高地、共享家园”的重要推动力量。

完善激励机制，加强监督管理，社会组织参与社会建设的辅助作用显著增强

坚持“党建引领，政府主导、部门推动、民间运作”，积极培育发展内部治理好、社会信誉好、示范作用好的社会组织，发挥社会组织在社会建设中的积极作用；扎实推进社会组织“两个覆盖”，成立了197个社会组织党支部，实现党的组织和工作在社会组织管理中的全覆盖；启动社会组织“多证合一、一证一码”登记模式，统筹优化政务审批流程，社会组织登记实现“一窗式办理”，政务服务事项实现100%即来即办；加强对社会组织的执法检查力度，组织“双随机、一公开”执法活动，实行日常走访、巡查、抽检、专项治理“四合一”执法方式，强化社会组织常态化监督管理，坚决取缔非法社会组织；成立区民政局法治工作领导小组和行政执法决定法制审核工作小组，制定《行政执法公示信息内部审核和管理制度》《行政执法全过程记录管理制度》《重大行政执法决定法制审核制度》；打造宝安社会组织专业支持体系，2016年以来，培育孵化社会组织50家，扶持项目196个，累计核发扶持资金1800多万元；充分调动发挥社会组织参与社会服务的积极性，在全市创新建立社会组织人才信息库，已认定在库专业人才97人；发动社会组织参与脱贫攻坚，一批社会组织与广西都安、大化县共7个国家级贫困村结对帮扶，全区社会组织共认领扶贫项目71个。

依法作为、主动作为、科学作为、有效作为，社会事务管理服务水平稳步提升

依法依规办理婚姻登记，在“全城通办”的基础上，2021年开始实施婚姻登记“跨省通办”；持续推行预约服务、节假日服务、延时服务等便民举措；加强新时代婚姻家庭辅导教育工作，通过“线上+线下”辅导方式进行服务，引入社会工作专业力量，提供免费婚姻家庭辅导和结婚登记颁证服务，以党建引领婚姻文化进社区，开展“婚姻幸福讲堂”专题讲座，积极倡导文明婚俗新风。

坚持“幼有善育，学有优教”，推动设立宝安特殊教育学校（星光学校）福利中心分教点，在实现孤残适龄儿童九年一贯制办学义务教育阶段基础上，增设早教、幼教、职教等教学班级，打造儿童学前教育、义务教育、特殊教育、职业技能教育送教上门一体化特殊教育链条，大龄孤残儿童特色职教项目荣获“深圳关爱行动百佳市民满意项目”；与区妇幼保健院合作开展残疾儿童“家庭病床”康复服务合作，提升综合干预治疗康复疗效；建立健全护理服务培训考核机制，常态化开展护理服务培训和质量检查，护理员在国家、省、市比赛中多次获奖。

依法依规、依情依理做好人生最后一站服务，让故人安息，让生者慰藉。推进绿色惠民殡葬，提升殡葬公共服务水平；倡导文明祭扫，网络拜祭，在“宝安通”App开通“网上祭奠”模块，推广树葬、花葬、草坪葬等节地生态葬；加快推进殡葬公共服务设施建设，宝山园三期墓区竣工投入使用，新增墓位5000个，殡葬业务用房建设项目有序推进，预计2023年建成使用；全力加强墓位销售和殡仪服务监督管理，开展违法违规私建“住宅式”墓地等突出问题专项摸排整治工作。

结合群众实际需要全力推进民政基础设施项目建设，动工建设全市最大区级公办养老院（春晖苑），规划床位1000张，2020年底主体工程已封顶，预计2022年底竣工投入使用；推动宝安区社会福利中心新址迁建项目列入了宝安区2020年政府投资新增项目计划，并已完成选址和启动前期方案设计工作，预计2022年正式动工建设；完善殡葬服务基础设施，动工建设殡葬业务配套用房，完成区宝山园三期墓区建设，新增墓位5000个，有效缓解墓位需求压力。不断优化民政领域政务服务审批流程，行政许可业务审批时限大幅压缩法定办理时限95%以上，25项行政许可事项全部实现即来即办，85%的政务服务事项实现网上办理，2019年在全市率先推进政务服务“秒批”服务。

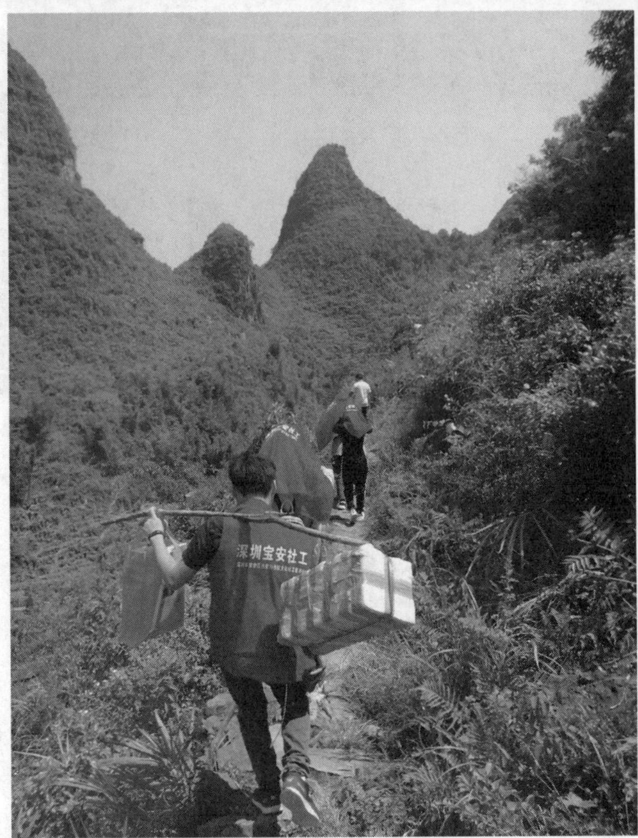

大化扶贫协作社工站社工到大化县板升乡弄冠村弄珠教学点进行手工工作坊活动，因弄珠未通公路，社工靠肩扛手提活动物资前往活动场地　摄影：黄晓官

创新和规范民政服务机构安全风险管控制度机制，编制《民政服务机构安全管理工作指引》；委托专业安全技术服务机构开展民政服务机构安全风险评估，将重点民政服务机构纳入全市安全风险预警系统，在全市率先全面解决街道敬老院消防验收历史遗留问题，养老机构消防验收合格率达100%；强化民政服务机构食品安全管理，全区11家救助、养老、儿童福利机构食品安全量化等级全部达到B级以上，其中有3家养老机构食堂食品安全量化等级达到A级。

不漏一车、不漏一人，严阵以待、严防死守，全力筑牢民政领域疫情防控安全网

2020年年初，我国遭遇了新中国成立以来传播速度最快、感染范围最广、防控难度最大的一次重大突发公共卫生事件。疫情就是命令，防控就是责任。民政工作线长面广，涉及救助、养老、孤残儿童、婚姻登记、殡葬等众多领域和基层社区建设管理，关系到流浪乞讨人员、老人、儿童、困难群众等各类弱势群体，社会关注度极高，一旦出现问题，社会容忍度极低。宝安区民政局把防控疫情作为重中之重的工作来抓，分类制定了民政服务机构疫情防控指引；针对不同疫情防控响应等级，始终以高于社会面的防控举措落实民政服务机构疫情防控措施；将定期核酸检测覆盖到所有街面流浪乞讨人员，真正做到不漏一车、不漏一人。确保了全区民政服务机构持续保持“零感染”；分批选派98名党员干部职工前往社区、机场、出入境口岸、隔离酒店、疫情封控区等参与一线疫情防控工作，充分展现了民政人的责任与担当。宝安区社会福利中心实施“1+15+24大班组全封闭工作制”，得到民政部、省民政厅表扬，相关做法经验被“中国社会报”“学习强国”App、“中国民政”“广东民政”等媒体广泛宣传推广。

聚焦脱贫攻坚，不放松、不停顿、不懈怠，扎实提高脱贫质量

全力推进对口帮扶。宝安区民政局对口帮扶村为广东省龙川县龙母镇洋田村，为确保对口帮扶工作有力有效、高质量开展，宝安区民政局专门选派了党的十九大代表、全国优秀共产党员、民政部“孺子牛”奖获得者费英英同志任驻村第一书记、扶贫工作队队长。2016年以来，在落实省、市各类扶贫资金的基础上，宝安区民政局自2017年起，每年投入近50万元试点设立宝安区驻龙川对口帮扶社工站，发挥专业社工在精准扶贫中的积极作用；筹资建成了龙川洋田村党群服务中心、宝龙民心桥等民生项目31个，并募集社会扶贫资金建成了宝龙民心颐养路。

积极发展产业扶贫项目，推动龙川县龙母镇众合粮食加工厂分红项目、洋田村合作养鸡项目等14个扶贫产业落地，拓展村民创业增收渠道，助力脱贫奔康走上“造血”之路。采取“合作社＋致富带头人＋农户”的形式，成立洋田民心生态农业专业合作社，整合洋田村农副产品资源，打造洋田民心生态米、洋田民心腐竹等11种洋田民心品牌系列产品。2020年，洋田村60户171名贫困户全部完成“两不愁三保障”和“八有”目标，当年人均可支配收入超过2.29万元，全村实现稳定脱贫。2021年宝安区民政局又积极帮扶广东省龙川县社会主义新农村建设，专门选派一名正科级领导干部到龙川驻村开展帮扶工作。2016年以来，宝安区民政局已先后选派3名优秀干部长期在广东省龙川县驻村开展脱贫帮扶和社会主义新农村建设。

积极开展扶贫协作。自2018年起，宝安区民政局每年投入150万元试点设立宝安区驻广西河池市都安、大化县两个扶贫协作社工站。成功将深圳“邻里节”引进大化古江社区易地扶贫安置区，通过开展各种活动促进易地搬迁居民的邻里感情、相互融入和对社区的归属感，促进搬迁群众“融入新社区、适应新环境、拥抱新生活”，促进实现“搬得出、稳得住、融得进、过得好、能致富”的目标。深圳邻里节模式得到大化县委、县政府的认可，计划在全县17个易地扶贫安置点进行推广。积极促进本土社工服务发展，培育成立了大化县首家社会工作服务机构，通过培训帮助都安一批当地人士考取了助理社工师资格，实现了都安县专业社工“零的突破”。发动7家社会组织与都安、大化7个贫困村结对帮扶，从改善学校教学条件、帮扶贫困学生，改善村民居住条件和生活条件等方面帮助贫困村解决了一些制约发展的瓶颈问题。

在100年风雨历程中，中国发生了翻天覆地的变化。认真回顾走过的路，不能忘记来时的路，继续走好前行的路。建党百年，初心不变。“十四五”崭新开局，展望2021，锚定2035，朝着建设粤港澳大湾区和中国特色社会主义先行示范区的方向，启航宝安民政事业发展新征程。

作者：邱灿华

山东省济南市章丘区民政局

以人民为中心　为人民谋幸福

17177名建档立卡贫困户中，享受低保和特困人员供养等政策的有12184人，覆盖率达70.9%；累计发放各类民生保障资金1.67亿；“贫贫互助”农村居家养老服务项目先后登录中央广播电视总台老故事频道《我的父亲母亲》栏目和社会与法频道《夕阳红》重阳节特别栏目；济南市唯一一个省级婚俗改革试点区；乡镇政府服务能力建设试点经验在济南市推广学习……

民之所盼，政之所向。一串串数字背后，连着的是千家万户的民生冷暖，一件件实事背后，关系着老弱病残的幸福生活。这些数字和实事，彰显着山东省济南市章丘区委、区政府坚持人民至上、民生优先的执政底色，也是章丘民政人坚持以人民为中心，深入贯彻落实习近平总书记重要指示精神，聚焦脱贫攻坚、聚焦特殊群体、聚焦群众关切，交出的一份2020年幸福民生成绩单。

幸福有“底”，基本民生保障更坚实

小康不小康，关键看老乡。为全面建成小康社会织牢基本生活保障网，是民政工作的一项重要职责。2020年以来，章丘区民政局将脱贫攻坚工作作为最重要的政治任务和民生工程，先后召开5次党组（扩大）会议，专题研究部署民政领域脱贫攻坚工作。通过落实一项项民生暖政、出台一条条民生举措，把党和政府的温暖送到困难群众的身边，将人民群众基本生活的兜底保障网织得更密、编得更牢。

——新增低保户667户1133人，其中建档立卡贫困户1031人；深入开展“该吃五保吃低保”排查整改工作，将642名符合特困人员供养救助条件的困难群众及时纳入保障范围，失能、半失能特困人员集中供养率达到57.4%；累计为9033名经济困难老年人发放补贴898万；22799名残疾人累计享受3360万政府相关补贴。

——六大举措做好疫情防控期间困难群众兜底保障工作。为540余名孤困儿童免费办理查体卡；开展送健康、送关爱、保基本生活“两送一保”活动，累计为221名分散供养特困人员发放4420个口罩、221箱牛奶、1105箱方便面以及221瓶洗手液；开通临时救助“绿色通道”；建立流浪乞讨人员安置点；认真做好未返院集中供养特困人员摸底及照护工作；全力保障独居失能老人基本生活。

——全面深化“放管服”改革，打通社会救助服务困难群众“最后一公里”。完善镇街社会救助“一门受理、协同办理”综合服务平台，先后将特困人员供养救助、小额临时救助以及低保审批权限下放至镇街，建立健全临时救助备用金制度，2020 年向镇街下拨临时救助备用金 121 万元，由镇街直接审批的小额临时救助资金 18.79 万元，逐步实现了数据多跑路、群众少跑腿，审批高效能、救助更便捷。

——党建引领社会各界力量参与脱贫攻坚更广泛、更有力。61 家社会组织持续开展“与爱童行”困境孤儿帮扶公益活动，累计联系帮扶孤困儿童 650 余人次，为他们送去 20 余万元帮扶资金和大量帮扶物资；章丘凌云公益协会等社会组织发挥专业优势，投入帮扶资金 213 万元，累计救助贫困山区老人、贫困大学生等 511 人；联合慈善总会为 195 名孤困、留守儿童购买 39400 元健康意外险，赠送 1500 余册儿童书籍作为“六一”儿童节礼物。

民生保障“兜底”，群众幸福“有底”。在章丘，奔往全面小康的路上，困难群众正一步一个脚印跟上。

济南市章丘区民政局举行的隔离疫情遇见真爱婚礼式颁证，邀请援鄂抗疫英雄为新人颁证 摄影：张志山

幸福可“触”，基本养老服务更完善

老有所养，老有所依，是广大老年人对美好小康生活最朴素的向往，也是民政部门基本社会服务的重要内容。2020 年以来，章丘区民政局以满足老年人多元养老需求为核心，在全面推进养老服务设施建设提档的同时，通过支持与鼓励社会力量参与，不断提升城乡养老服务供给质量和水平，努力实现让所有老年人老有所养、老有所依、老有所乐、老有所安。

“孩子们工作单位离家比较远，中午回来再给我做饭很耽误时间，自从有了这个助餐点，我天天中午来这吃饭，荤素搭配，饭菜可口，吃完了饭还能在休息室拉拉呱、去多功能活动室做做运动，就在社区家门口，孩子们都放心，我也舒心。”在章丘区明水街道查旧社区日间照料中心的长者助餐点就餐的张奶奶满意地说。

——积极推进长者助餐工作是 2020 年章丘重点推进的养老服务项目，像查旧社区日间照料中心这样的长者助餐点已经建成 62 处，覆盖了章丘 21.8% 的养老服务设施，除了社区日间照料中心、农村幸福院以及乡镇敬老院，还有 6 家当地餐饮企业积极参与进来。长者助餐点的启动运营不仅有效解决了高龄、孤寡、独居、空巢等老年群体的就餐难问题，更为有效发挥农村幸福院等养老服务设施社会效益提供了可借鉴思路。

章丘区黄河街道宁王村村民李云福在视力和听力上有障碍，虽有劳动能力，但 54 岁的他难觅务工机会，没有稳定收入，导致生活困难。被村里聘为助老员后，李云福负责照料 4 名特殊困难老人，提供送热水、帮厨、卫生清洁等服务，每月能获得 800 元的收入。助老服务得到认可，自身生活也得到改善，李云福脸上露出了久违的笑容。

——大力推广“贫贫互助”农村居家养老经验做法是 2020 年章丘着力提升农村养老服务水平的重要抓手。截至目前，章丘已设立居家养老服务站 30 个，聘用 149 位困难村民当助老员，服务贫困老年人 476 人。在助老员的关心和帮助下，这些老人生活质量有了显著改善，他们每天能有热水喝、有热饭吃、有干净衣服穿，家里也整洁了。而那些被聘为助老员的贫困村民，每月可获得 600—800 元的收入，也实现了稳定脱贫。

在章丘，细心的老年人发现，无论是城市还是农村，家附近的各种养老服务机构不仅多了起来，而且火了起来，甚至不出家门，养老服务就可以“触”手可及，幸福感、获得感日益增强。

幸福共“享”，基层社会治理更现代

社区是社会的基本单元，加强和创新基层社会治理，实现基层社会治理现代化，是推动国家治理体系和治理能力现代化的应有之义。作为山东省城乡社区治理实验区，章丘区民政局深入学习贯彻党的十九届四中全会精神，在充分总结白云湖协商民主基层社会治理经验的基础上，不断健全党领导下的自治、法治、德治相结合的城乡社区治理体系，确保基层社会治理真正实现共建共治共享。

“搁以前，我们小区单元门口随时被车辆堵住，进不去也出不来，多亏了社区王书记带领工作人员给我们积极协调安装了隔离桩，上下楼顺畅了，心里也不堵了。”家住章丘区明水街道铁道北路社区绣水大街安委宿舍孙大妈为社区党支部书记王宁竖起了大拇指。

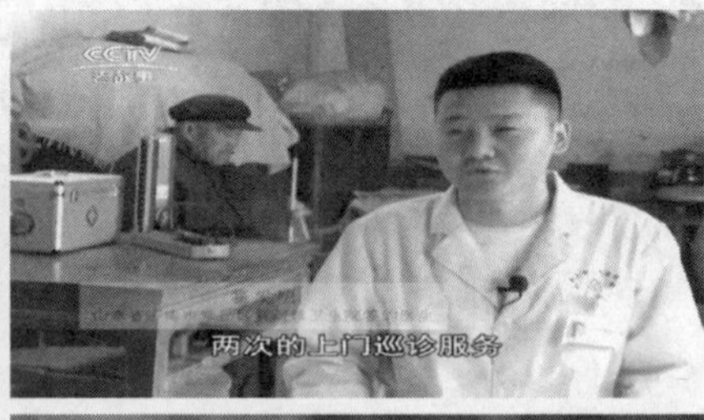

中央电视台对济南市章丘区民政工作创新做法进行了密集报道。左图为《朝闻天下》栏目报道该区代祭扫工作；右上图为老故事频道报道该区贫贫互助；右下图为社会与法频道报道该区敬老助老工作

——在推行绣花式精准精细社区治理过程中，章丘一方面将原有35个大城市社区优化调整为50个小城市社区，再将所有社区按照300—500户左右规模划分为425个网格，各社区通过搭建设立“支部联盟工作室”“周二现场会”“有事好商量工作室”“周三有约”等议事平台，把由社区党组织和居委会主导的单一治理结构变为社区党组织、“双报到单位”、居委会、业主委员会、物业公司、居民代表等多方参与的社区治理结构，实现各组织间相互取长补短、资源共享、参与互动的运行模式，形成多方联动，共同为居民办好事、做实事的治理局面。

一提起明水街道西石河村，为章丘人所称赞的不仅仅是西石河村是远近闻名的富裕村，更是垃圾分类的示范村。自2020年4月份垃圾分类工作开展以来，西石河村“两委”在层层宣传、户户发动的同时，建立完善居民信息查询系统，全覆盖安装智能监控设备，督导社区居民定点定时、按规定分类投放垃圾，通过严格科学管理与督导，村民的绿色环保意识不断提高，垃圾分类的参与率达到95%以上，走在了章丘的前列。

——章丘区民政局主动适应新时代大数据发展趋势，积极协调上级部门为乡镇服务大厅配备智慧社区系统，在乡镇和社区安装智慧社区一体机，实现基本民生、政务服务、在线预约网上办理，通过实行智能化管理，逐步构建起社区治理的“神经网络”。大数据赋能下的社区治理变得更加“清晰”、精准、高效，不仅增强了基层党组织对基层治理的领导力，更进一步增强了社区共治共享的融合度，进一步增强了社区与居民的互动性，使社区治理与居民需要实现了精准对接。

在深化基层社会治理实践中，章丘区民政局还通过常态化开展“婚礼式颁证”、推行绿色生态殡葬模式等，大力推进移风易俗，让文明乡风成为推动乡村振兴的精神力量。在党的领导下，以人民为中心，发挥社区居民主人翁精神，调动社会力量参与积极性，章丘共建共治共享的现代化社区治理同心圆越画越大。

作者：张庆峰

湖南省湘潭市退役军人事务局

勇立潮头迎风帆　赓续军魂谱新章

组织自主择业军转干部开展建党百年红色培训

湘潭市岳塘区成立全市首支退役军人志愿先锋队

湘江北去，每一朵奔涌的浪花，无不是湖湘儿女敢教日月换新天的昂扬；奔流不息的，还有深植于这方沃土的红色血脉，代代赓续，齐唱新时代的主旋律。湖南省湘潭市退役军人事务局勇立潮头，扛起使命担当，凝聚各方力量搭建服务平台，打通落实退役军人政策和服务保障的最后一公里，让全社会对军人的尊崇落地生根，无悔军魂代代传，一颗红心永向党，谱写出崭新篇章。

湘潭市退役军人事务局于2018年12月成立以来，深入贯彻习近平总书记关于退役军人工作重要论述，坚持党对退役军人工作的集中统一领导，秉承为经济社会发展服务、为国防和军队建设服务的方针，加强基层基础和干部队伍建设，做好就业安置、优待抚恤、权益维护、军转军休等工作。在市委、市政府的坚强领导下，坚持以服务保障12万余退役军人为中心，切实把退役军人工作和生活保障好，激励他们为改革发展和社会稳定作出积极贡献。

近年，湘潭市不仅蝉联“全国双拥模范城”“全省双拥模范城”，韶山市跻身“全国双拥模范城（县）”队列，还涌现了全国爱国拥军模范汤瑞仁、全国模范退役军人方世平等一批优秀退役军人典型。

赓续红色血脉，唱响主旋律

湘潭是伟人故里、将帅之乡、兵源大市、军工重镇。以史鉴今育人，红色血脉的赓续方能赋予永恒的力量。

党史学习教育怎么开展？湘潭市退役军人事务局把“办实事、解难题”贯穿全过程。出台《湘潭市退役军人事务局关于建立常态化联系退役军人制度实施方案》，开展“我为退役军人办实事”实践活动，深入功臣模范、困难退役军人等人员家中交流，听取诉求、宣讲政策、解难帮困。收集梳理暖心走访情况，形成“我为群众办实事问题台账”和重点责任清单，逐一落实销号，落实“做好事、办实事、解难事”。目前，上报的86件实事已办结43件，重点实事27件，其中办结13件。

打铁必须自身硬，湘潭市退役军人事务局压实工作责任，组织

左图为 2020 年 7 月 11 日，2020 年湘潭市退役军人及军属专场招聘会举行；右上图为开设“莲城退役军人·双拥工作”讲堂，邀请有关领导、专家等授课，或退役军人典型代表、机关干部上台学习研讨交流，提升综合素养；右下图为 2020 年 6 月 12 日，湘潭市首届退役军人创业创新大赛成功举办

系统全体党员重温入党誓词、向英烈敬献花篮，瞻仰参观烈士事迹陈列馆，接受深刻的党史教育和精神洗礼。积极推送以退役军人先进典型为模板的节目至“红色故事汇”汇演，弘扬红色精神，倡导正能量。

“军心稳、民心暖、军民团结一家亲”的可喜局面，正在湘潭这方红色沃土上铺开新画卷，具有湘潭特色的双拥工作可圈可点。

以湘潭市委、市政府和湘潭军分区名义先后出台《关于进一步做好拥军优属拥政爱民工作的意见》《关于做好全市拥军优属优待工作的通知》，明确新时代湘潭双拥工作的目标任务和具体措施。认真探索“普惠+优待”的叠加共享保障模式，加速推进优抚保障由解困救助型向褒扬激励型转变，优抚保障水平处于全省第一方阵。

对随军子女入学入托实行优待，军人子女入学率达 100%，对未就业待安置的随军家属发放生活补贴。“拥军牛奶”13 年持续不断滋养，订单式、定向式、定岗式技能培训为退役军人就业创业铺就康庄大道。

将国防教育列入新进公务员岗前培训在湘潭率先实现，国防教育走进机关、学校，全市已建设 28 处国防教育基地，湖南省国防教育基地之一的湘潭市烈士陵园获批“全国退役军人工作模范单位”。借助“伟人故里”得天独厚的红色文化优势，韶山乡创建“基层党管武装示范窗口”、湘乡市建设“爱国拥军文化长廊”、湘潭县建成双拥文化主题公园等。

湘潭的双拥工作有多牛？2019 年 1 月，全国“最美退役军人”先进事迹报告团在湘潭大学举行巡回报告会，网络直播 37.26 万人次收看纪录足以证明。2020 年 4 月，“莲城退役军人·双拥工作讲堂”正式启动，同期启动的还有首届“莲城最美退役军人”和“莲城最美军人家属”评选，退役军人永葆本色、奋发图强的优秀品质得以展现。而在当年年初的新冠肺炎疫情防控战役中，全市 1.2 万余名退役军人、89 支退役军人志愿服务队投身防疫一线，以实际行动演绎“退伍不褪色”。

传承革命基因，畅想未来梦

湘潭县云湖桥镇的退伍老兵杨丙炎身患心脏病、糖尿病等多种慢性疾病，一年的检查费用就要好几千元。而现在每年他在家门口就可以享受到了“免费医疗巡诊”的优待，不仅有湖南省荣军医院的专家问诊，他还将获得免费药物。两年来，以医疗巡诊为切入点的优待褒扬工作在湘潭市退役军人事务局的推进下稳步开展，已在全社会营造尊崇军人、弘扬英烈精神的浓厚氛围。

与历史对话，足以激发骨子里的红色血脉和革命基因。抓好退役军人服务保障体系建设，既是担当责任，也是一种精神的传续。

湘潭市退役军人事务局稳步提升优待抚恤，确保服务保障落到实处。为 3500 余名重点优抚对象送医疗下乡，为现役军人、退役军人和其他优抚对象提供优先、优质、优惠的“三优先”服务。市、县、乡三级党政领导带头，将走访慰问工作与现役军人立功喜报送达、退役军人回乡欢迎仪式等工作结合。去年 7 月还启动了“抗美援朝老战士关怀计划”，为全市 650 余名抗美援朝老战士提供“四个一”关怀：赠送一份荣誉牌、一床军用毛毯，开展一次上门走访、一次传承宣讲。

突出阳光安置和政策刚性，对于已转业或安排工作方式安置的退役军人，根据其服现役期间所做贡献、专长等安排工作岗位，促进人岗相适、人事相宜。在全省率先打通部分退役士兵社保接续审核补缴全流程，全市部分退役士兵养老保险补缴办结 9063 人，其中市本级办结 5422 人。

为永远铭记革命英烈，大力弘扬烈士精神，营造崇尚英雄、捍卫英雄、学习英雄、关爱英雄的氛围，湘潭市退役军人事务局稳步推进祭英烈活动。连续 3 年组织“清明祭英烈”活动，并借力新媒体传播手段，倡导网上祭扫、陵园祭扫直播等业务。2021 年，在祭英烈活动中以图文展板形式创新开展知名英烈展活动，这场湘潭知名英烈展于 4 月初启动，将持续至 9 月底，目前已有 350 多个单位 10 万人次参观。为让红色基因的传承者变成传播者，烈士陵园聘任风车坪学校 16 名学生为“红领巾讲解员”，由他们将烈士故事带至校园、家庭等。

让军休干部回归地方和社会，既是军队实现新老更替的客观要求，也是聚焦能打仗、打胜仗，阔步强军征程的重要保证。湘潭军休工作紧紧围绕支持助力改革强军战略，全面落实军休干部的政治待遇和生活待遇。同时，以支部党建为抓手，开展文体活动，热忱服务军休干部和无军籍职工。

永驻湖湘军魂，畅享新时代

军魂永不变，军旗永向党。回顾人民军队发展历程，听党指挥，这个烙印在一代代官兵灵魂深处的鲜明标记，即便他们褪下军装奔赴大江南北、开启新的生活征程，贯穿骨血的军魂仍熠熠生辉。如何引导退役军人增强永远听党话、跟党走的行动自觉，并能就此为退役军人的生活排忧解难，湘潭市退役军人事务局写好了“促”和“帮”两篇文章，激励退役军人建功新时代，继续为国家和家乡的经济建设做贡献，创造更加幸福美好的生活。

多措并举促创业就业。为落实习近平总书记考察湖南重要讲话精神，做好“六稳”工作落实“六保”任务，保障疫情之后退役军人就业稳定，湘潭市坚持以退役军人为中心，为促进退役军人就业

左图为 2019 年 10 月国庆节期间，韶山女子民兵宣传队在韶山铜像广场开展“我和我的祖国”主题宣讲活动；右图为老兵志愿消毒队在湘潭市下摄司街道义务消毒、宣传新冠疫情防控知识

创业，通过实施退役军人就业创业一体化服务，帮助 1706 名退役军人就业创业、2 个省级退役军人创业大赛参赛项目都获得二等奖。

“促”字文章，靠的不仅是 57 场专场招聘就能写就。湘潭市退役军人事务局出台深化一体化服务政策（即培训＋就业一体化、岗位＋就业一体化、孵化＋创业一体化服务），对安置退役军人就业企业、推荐就业的人力资源企业、成功就业创业的退役军人给予一定标准的岗位补贴、就业补贴、交通补助和创业补贴。全年为 1000 多名未就业退役军人提供“311”服务（即为每个失业退役军人提供 3 次岗位推荐、1 次职业培训、1 次就业指导）帮助 200 余人就业；按政策要求为 12 家退役军人创业企业予以贴息资补贴，带动 110 个退役军人就业；成功组织首届退役军人创业创新大赛，11 个退役军人创业项目获市级奖励。

大力建设就业载体。认定 2 家人力资源企业重点推荐 248 名退役军人成功就业，既满足了服务企业用工需求，又获得了劳务派遣服务费和就业推荐费近 100 万元。建设一批退役军人就业安置基地，通过清岗腾位的方式安置退役军人就业 600 余人，落实岗位补贴 50 万元、社保补贴 150 万元、安置基地奖励 8 万元。鼓励有条件的创业孵化基地开辟退役军人创业专区，提供创业服务，建设退役军人创业孵化基地 3 个，吸引 21 家退役军人企业入驻，带动就业 200 余人，成功申报国省市级创业孵化基地、众创空间、科技孵化器等牌匾 10 个，获得政府奖补资金 240 万元。

2021 年促就业创业工作再升级，湘潭市退役军人事务局将新增退役军人就业纳入重点民生实事项目，建立了联席会议制度。6 月 18 日，湘潭市退役军人创新创业孵化基地在湘潭经开区揭牌，在全省率先启动“促进退役军人到开发区就业创业”。为更好地鼓励扶持退役军人到开发区就业创业，湘潭市退役军人事务局还推出了多条“定制化”政策，给予对应补贴，并将经开区退役军人创业企业纳入全市退役军人创业标兵、创业带动就业示范典型评选范围，按规定给予奖励。通过两年时间，实现“六个一”工作目标：即建立一套促进退役军人到开发区就业创业政策服务体系，吸引 1000 名退役军人到开发区稳定就业，扶持 10 名退役军人到开发区成功创业，建设 1 个退役军人创业孵化基地，建设 10 个退役军人就业创业服务企业，打造 10 个退役军人就业示范企业。近年来，已成功帮助 3000 余名退役军人就业创业。

目前，全市 7 个县级服务中心、70 个乡镇（街道）退役军人服务站、960 个村（社区）退役军人服务站均实现实体化、规范化运转，服务保障体系实现“从有到优”转变。“兵支书”“兵委员”、退役军人志愿服务队积极发挥优势，“正”的能量不断累积。同时，着力打造退役军人权益维护“安全阀”。开展“矛盾问题攻坚化解年”活动，用心用情做好困难帮扶和矛盾化解， 5 月，湘潭市首家退役军人法律援助工作站挂牌成立，聘请专职律师坐班为退役军人和其他优抚对象提供基本公共法律服务，切实维护退役军人合法权益。

作者／摄影：颜如

四川省甘孜州退役军人事务局

军民鱼水情更深

四川省甘孜州是红军在长征途中停留时间最长、活动范围最广、建立苏维埃政权最多、藏族人民参加革命斗争人数最多的涉藏地区，这里的群众对部队和部队官兵一直都有着不是亲人胜似亲人的情感。

近年来，甘孜州各级党政部门、各族干部群众和驻地官兵认真贯彻落实习近平总书记关于做好双拥工作的重要指示精神，瞄准新时代改革强军目标，不断谱写军民携手共建团结富裕和谐美丽社会主义现代化新甘孜的壮丽篇章，实现了经济社会高质量发展、国防军队建设稳步推进、社会和谐稳定。2020 年，省委、省政府和省军区授予甘孜州“四川省双拥模范城”称号。

丰富载体，营造双拥浓厚氛围

“遵守团的章程，执行团的决议，履行团员义务，严守团的纪律，勤奋学习，积极工作，吃苦在前，享受在后，为共产主义事业而奋斗。”在共青团团旗下，甘孜州白玉县中学的学生们神色严肃，高举右拳，庄严宣誓。

这是日前在白玉县中学举行的一场以“传承红色基因 汇聚强军力量”为主题的爱国主义教育，引导培养全校师生树立爱国拥军思想。

甘孜州州委书记沈阳率队走访慰问驻州部队官兵 摄影：李文宗

"1936年6月14日，由贺龙同志率领的中国工农红军红二军团直属机关和红四师从甘孜州巴塘县党村经郎翁、错翁、狼多、莫西进入白玉县境内……"甘孜州白玉县武装部干部通过讲述，带领学生们回顾了红军长征的辉煌历史。学生们纷纷表示，在聆听了革命先辈的故事后，不仅收获了感动，还真正体会到共青团入团誓词的含义。

该校八年级学生泽仁拥措坦言，"我是生在新中国、长在红旗下的新时代青少年。生长在和平年代，我更加明白了强国必强军，少年强则国强的道理。未来，我还将继续传承革命精神，和老师、家人、同学一起将双拥优良传统薪火相传、发扬光大。"

甘孜藏族自治州在按照"教育平台广覆盖、宣传形式多维度、实践活动重实效"的思路和形式多样、阵地多元的宣传模式下，不仅形成了军民一家的全民共识，还把双拥工作纳入经济社会发展规划、部队建设总体规划、全民国防教育方案和目标绩效考核。甘孜藏族自治州充分利用红色资源优势，不断创新宣传方式和积极培育双拥文化，将工作重视、组织领导、制度建设"三个到位"做好做实，切实让甘孜州爱国主义教育和国防教育的频次和人数不断攀升。

截至目前，甘孜州多渠道、多形式的利用媒体、网络平台、宣传橱窗、户外广告经常性宣传双拥工作动态和先进典型事迹，共在主流媒体发布双拥宣传作品4679条次。同时，结合实施"润育工程"，开展双拥主题宣传教育活动282场次。开展大中型慰问演出30余场，创作出了《飞夺泸定桥》《川藏公路》《扎西参军》等一大批双拥题材的优秀艺术作品，在全州上下形成了"时时关心双拥、事事不忘双拥、处处支持双拥"的浓厚氛围。

完善机制，提升双拥服务水平

为全面贯彻落实"六稳""六保"部署，有效促进退役军人就业技能提升，更好实现退役军人自身价值、助推经济社会发展，服务国防和军队建设，甘孜州立足实际，通过为退役军人进行定制式、订单式培训，真正让退役军人在完成三个阶段的培训学习后习得"一技之长"，真正提升退役军人的就业技能、职业素质和核心竞争力，助力退役军人就业创业。

7月28日一大早，家住丹巴县章谷镇的格他革桑就来到了该县退役军人服务中心，他抱着试一试的心态询问工作人员：

"我已经退伍四年了，可以参加订单式培训吗？"

"这个培训是免费的吗？"

"学成后会推荐工作吗？"

在得到工作人员肯定的回答后，格他革桑便认真地了解起相关的培训专业。

"没想到国家为我们这些退伍军人考虑得这么周全，不仅专业多，后期服务规划也很长远。"他拿着培训专业介绍单说，"在培训达到使用方案的要求后，我们还可以由四川同创柳工机械有限公司推荐就业。"

"我们目前利用优抚对象自然减员资金和退役军人困难帮扶资金300多万元为653名优抚对象和退役军人解决了实际困难。"在谈到如何及时解决退役军生产生活困难的问题时，甘孜藏族自治州退役军人事务局工作人员介绍说，"我们还采取经常性排查和集中排查相结合、普遍排查和重点排查相统一的方式，深入调查退役军人生活状况、就业需求、困难诉求等信息。为了不遗漏一人，我们还建立'一人一档'档案信息，做到底数清、情况明、无遗漏。"

除此之外，结合拥军优属要求，甘孜州教育、司法等部门还认真落实军人子女入学入托、法律援助等优待政策；机场、车站、医院、银行、停车场等公共服务场所拓宽军人（退役军人）优先服务窗口，提供优惠优待；民营企业主动向退役军人提供价格特惠，打造退役军人就业创业基地；团委、个私协等群团部门组织志愿者和个体商户为部队官兵免费赠送应急物资。甘孜州各级地方党政积极支持部队建设，及时帮助驻地、驻训部队解决营房建设、战备训练等应急保障需求，为甘孜州成功创建"四川省双拥模范城"打下了坚实的基础，让退役军人和优抚对象真正拥有归属感、获得感和幸福感。

据统计，近年来，甘孜州各级政府投入3000多万元支持驻州部队建设，援建国防重点工程2个，为驻州部队赠送慰问金、慰问品总价值1400余万元，赠送图书5600册，培训科技人才35人，为强军兴军提供了强有力的保障。

左图为甘孜州、县领导走访慰问驻训部队；右上图为"圣洁甘孜"百家社会化拥军示范单位发布、授牌仪式；右下图为部队官兵进学校开展国防教育 摄影：李文宗

奉献驻地，共谱拥政爱民赞歌

军爱民、民拥军，军民团结一家亲。长期以来，甘孜州扎实推进军地共建活动，全力支持驻州部队建设。

坐落在泸定县的庄子村山水秀丽、气候宜人，虽然拥有得天独厚的自然条件，但因为山高路远、交通不便、基础设施落后等因素，制约了村子的发展，村民们的生活并不富裕。泸定县人武部在开展结对帮扶工作中了解到这一情况后，为了帮助庄子村摘掉贫困村的帽子，主动深入调研，在了解到该村有天然无公害蜂蜜、核桃、花椒、土鸡、鸡蛋等农产品后，立即组织内部需要农特产品的同志购买产品，在自己食用满意的同时积极鼓励大家帮助当地老百姓进行宣传。“考虑到庄子村的长远发展，我们主动联系了农技部门，请技术人员走进村子进行培训指导，提升村民们种植养殖水平，增加他们的收入。”泸定县人武部相关人员说。

“部队官兵经常来看我们，每次了解到我们有什么困难，都竭尽所能地帮助我们。”“他们还主动给我们上党课，办‘夜校’。”“他们帮我们做了很多事情，一桩桩一件件我们都记在心里。”村民们在谈到县人武部官兵帮自己解决的困难时不吝分享，在你一言我一语的感恩中，让人感受到用时间和真情培养出的军民鱼水深情。

近年来，甘孜州驻州部队官兵把驻地当故乡、视群众为亲人，积极参与地方重点工程建设和维稳处突、抢险救灾等工作。近四年来，驻州部队官兵参加重大抢险救灾 300 余次、扑灭森林火灾 50 余次，投入兵力 6000 多人次，车辆 100 多台次；筹资 1200 万元支援重大项目 23 个，援建医疗机构 18 个、希望工程 3 个；植树造林 10 万余株；向贫困群众捐款 99 万元、捐物 2.2 万件；帮助 5000 余名军烈属、特困户、优抚对象、贫困学生解决了住房、就医、入学等方面的具体困难，得了广大干部群众的赞誉和拥护，他们经常自发带着慰问品到军营看望慰问部队官兵。

时光荏苒，血浓于水的双拥情怀已深深根植于甘孜州部队官兵和各族干部群众心中。未来，甘孜州也将继续谱写好军地、军政、军民团结的动人华章，让双拥之花在甘孜大地恒久盛放。

江西省会昌县退役军人事务局

尊崇花开香满城

“一人当兵，全家光荣”，会昌县退役军人事务局上门送喜报，尊崇进家门
摄影：赖地长生

阅读提示：以习近平同志为核心的党中央坚持问题导向和科学思维，注重理论创新、实践创新、制度创新，不断完善治国理政、治党强军顶层架构，引领中国特色社会主义进入新时代，创立了习近平新时代中国特色社会主义思想，对决胜全面建成小康社会、开启全面建设社会主义现代化国家新征程作出了全面部署。各地区各单位迅速行动起来，深入开展“不忘初心，牢记使命”主题教育，增强“四个意识”，坚定“四个自信”，做到“两个维护”；充分发挥党组织的战斗堡垒作用和共产党员先锋模范作用；积极探索“精准脱贫”途径，决战决胜全面小康；贯彻新发展理念，建设美丽中国；坚持以人民为中心的发展思想，不断增强人民群众获得感、幸福感、安全感。会昌县退役军人事务局就是其中的先进典型，他们建设新时代中国特色社会主义的具体措施、成功经验和突出成就，都具有较强的示范意义和推广价值。

链接：兰福长，男，1974 年 10 月出生，中共党员。现任会昌县退役军人事务局党组书记、局长。

赖地长生，男，1987 年 5 月出生，中共党员。现任会昌县退役军人事务局党建办主任。

一年来，江西省会昌县退役军人事务系统秉持“维护军人军属合法权益，让军人成为全社会尊崇的职业”的初心使命，按照“五有”标准健全覆盖，以滴水穿石、抓铁有痕的韧劲，攻坚克难，砥砺奋进，书写下一个个关心关爱退役军人的动人篇章。

平地起楼，县、乡、村三级服务体系从无到有

会昌县委、县政府把加快推进服务体系建设作为一项重要政治任务，多次召集相关部门进行调度推进，着力解决了“人、财、物”等方面的问题，严格对标对表落实中央、省、市相关要求，扎实推进县、乡、村三级退役军人服务保障体系建设。按照“先解决服务保障体系建设‘有无’的问题，再逐步规范完善”的工作思路，主动担起政治责任，不折不扣地按照习近平总书记“全覆盖”和“五有”的总要求，构建起县、乡、村三级退役军人服务体系，建设县级服务中心 1 个，乡村两级服务站 294 个。为 274 个村居（社区）退役军人服务站配足服务专干，实现了有编制、有人员、有场地、有经费、有保障的要求。

倾力服务，崇军拥军渐成风尚

2019 年会昌县以第三届双拥模范县创评验收为抓手，在全县开展了一系列拥军尊崇活动，倾力营造全社会尊崇军人的浓厚氛围。

开展拥军优属系列走访慰问活动。会昌县退役军人服务中心成立之初，即筹划举办了纪念建军 92 周年暨双拥文艺晚会，联合宣传部、人武部开展了典型选树，评选出了“最美退役军人”5 名、“最美军嫂”5 名、“最美退役军人志愿者”5 名，展示了军人军属的风采，浓厚了全县干群的双拥意识；八一、国庆、春节期间，县四套班子领导带队走访慰问，召开军地座谈会，送出慰问信，向驻县官兵、军烈属致以节日的慰问。

完成信息采集工作和悬挂“光荣牌”工作。“光荣之家”牌匾虽小，传递的却是尊崇，彰显的是荣耀。一年来，会昌县通过微信公众号、战友微信群、群发短信等方式，将信息采集、政策享受等工作传达给每名优抚对象、退役军人、军烈属，完成 9000 余名优抚对象、退役军人、军烈属信息采集工作，做到底数清、情况明，

工作剪影。左图为会昌县纪念建军92周年暨双拥文艺晚会"最美退役军人"颁奖现场；右上图为成立退役军人志愿者服务队；右下图为退役军人就业招聘"双向对接"会后，与有关企业签订就业协议后合影留念 摄影：赖地长生

并对已采集信息的对象全部上门悬挂光荣牌。

提高部分优抚对象抚恤和生活补助标准。根据《关于调整部分优抚对象等人员抚恤和生活补助标准的通知》的文件精神，及时将部分优抚对象的抚恤和生活补助标准提高，并足额发放，加大投入解决优抚对象生活、医疗等方面存在的难题，健全困难退役军人关心关爱机制，联系企业和社会爱心人士对部分特困退役军人开展结对帮扶活动，让退役军人无后顾之忧。

创新工作，搭建就业创业"连心桥"

一年来，会昌县退役军人服务中心把实现退役军人稳定就业、成功创业作为帮扶退役军人就业创业工作的出发点和落脚点，开展技能培训、搭建招聘平台、举办专场招聘会，对退役军人加大就业创业的服务力度，多元化拓展就业创业的宽度，多措施促进就业创业的精准度。针对部分退役军人在就业方面遇到的困难、疑惑和需求，中心主动联系就业局，收集信息，在官方微信公众号及时推送，搭建政策落实的桥梁；制订《会昌县2019年退役军人专场招聘会实施方案》，印制4000余份《退役军人就业创业政策宣传手册》，并举办了两场退役军人专场招聘会，66名退役军人实现了就业。2020年初，为消减新冠肺炎疫情带来的影响，积极响应保就业促民生的要求，会昌县退役军人服务中心积极宣传，引导退役军人利用"退役军人就业创业网"找工作；帮扶解困，助推退役军人企业复工复产；主动对接本地实力强、岗位优的企业，实现就业招聘的"双向"对接。对受疫情影响未就业的退役军人，中心开展一对一就业指导服务，让广大退役军人快速、精确就业。

奋楫前行，力促"尊崇工作"落地生根

2019年12月，江西省委退役军人事务工作领导小组办公室决定，在全省退役军人事务系统推广"尊崇工作法"。会昌县退役军人服务中心深入贯彻落实这一部署要求，着力健全县退役军人工作体系和保障制度，全力以赴描绘会昌退役军人的"尊崇"蓝图。会昌县成立"基层基础基本建设年"活动暨全面推广"尊崇工作法"领导小组，下发了《退役军人事务系统2020年度"尊崇工作法"实施方案》，将工作"具体到事，落实到人"，确保"尊崇工作法"在基层取得实效。以退役军人服务中心（站）为核心力量，成立了19支退役军人志愿者服务队，实现"一域一队伍"；开展"上门送喜报，尊崇进家门"活动，县领导参与送喜报、奖章、证章63份，持续掀起了"一人当兵，全家光荣"的浓厚氛围。在此基础上，会昌县全面推广"枫桥式退役军人服务中心（站）"创建标准，组织开展"尊崇工作法"培训班，在全县范围打造2个社区、2个乡镇服务站示范点，以点带面，助推乡（镇）退役军人服务站工作勇争先、出成绩。

作为红色革命老区，2020年，会昌县紧紧围绕"思想政治工作年""基层基础基本建设年"工作部署要求，以"奋楫争先履职责、砥砺前行担使命"的豪迈气概，持续推进服务保障体系建设工作落深落实落细，让"尊崇"之花绽放得更加鲜艳！

浙江省宁波市镇海区招宝山街道

推动人的全生命周期公共服务优质共享

链接：宁波市镇海区招宝山街道（物流枢纽港）历史文化底蕴深厚，自古就是我国著名的"商贸港口、海防关口"，因境内有国家4A级旅游景区——招宝山旅游风景区而得名。辖区总面积17平方公里，实有人口约9万人，常住人口7.5万（其中户籍人口6.58万人），外来人口2.28万人，下设11个社区。招宝山街道先后获得"全国和谐社区建设示范街道""全国和谐社区建设自主创新奖""全国和谐邻里示范街道""全国和谐社区建设自主创新先进街道"、全国"第二届社区社会建设自主创新百花奖"最佳实践奖、全国学习型社区示范街道、浙江省文化强镇（街道）、浙江省首批书香城镇、美丽浙江建设工作成绩突出集体等多项全国、省、市级先进荣誉。10个社区被命名为宁波市文明社区、宁波市现代化和谐社区，其中8个社区被命名为浙江省文明社区，后大街社区和总

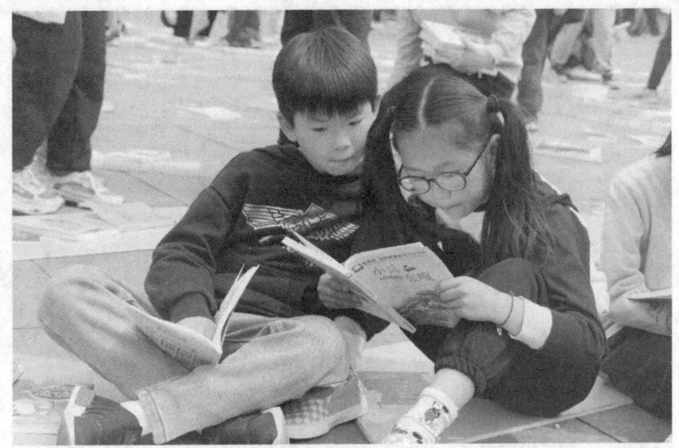

招宝山街道（物流枢纽港）2021 年第六届“招宝・蒲公英”换书大会活动场景 摄影：罗梦圆

浦桥社区分别以总分第一和第四获评2016年宁波首届“品质社区”，成功蝉联宁波市道路清爽行动“五连冠”。

发展为了人民、发展依靠人民、发展成果由人民共享。浙江省推动高质量发展建设共同富裕示范区过程中，把人的全生命周期公共服务优质共享，作为共同富裕美好社会的重要社会形态。

围绕“幼有所育、学有所教、劳有所得、病有所医、老有所养、住有所居、弱有所扶”等人的全生命周期公共服务事项，宁波市镇海区招宝山街道以“第三批浙江省级城乡社区治理和服务创新实验区”和“2021年度浙江省美丽城镇建设样板”创建为抓手，积极探索数字化赋能居民自治和精细化治理，持续扩大高品质公共服务供给，破解优质公共服务共享难题，提升公共服务质效，努力形成群众看得见、摸得着、体会得到的幸福图景。

数字化赋能，让公共服务更优质

“华阿姨，您扫一下这个码，就可以登录我们的小程序进行问卷调查了……”近日，招宝山街道张鑑碶社区的工作人员来到郁金香小区居民华国珍家中，手把手教她如何使用“数字宝山”微信小程序填写问卷。“数字宝山”是招宝山街道自主研发、针对辖区居民参与社区共治的小程序。小程序涵盖居民问卷调查、街坊互动、居民爆料、社会组织信息等多项居民关心的内容，让居民不出社区就能解决问题。

在招宝山街道西门社区智慧云管家党群服务中心的便民服务一体机上，居民只需要手指轻轻一点，各大医院的检验报告单就可以在家门口打印。“智慧云管家党群服务中心通过线上与线下、‘面对面’与‘键对键’相结合，实现党建管理、便民服务、政务办公等即时化、在线化、数据化。”西门社区相关负责人说。

“数字宝山”和智慧云管家服务，只是招宝山街道数字化治理的一个缩影。为推动公共服务更优质，招宝山街道以“第三批浙江省级城乡社区治理和服务创新实验区”创建为契机，有效链接政务服务、公共服务、便民服务，推进“家门口”公共服务网建设，成立社区“云小二”服务队，建立“家门口办事大厅”，推出云政务、云代办、云生活、云管家系列公共服务帮办项目；有效链接行政服务中心、物业管家、智能 App 等公共服务，创建老年人、残疾人等弱势群体家中线上预约和线上社工“小 e”主动发现的“服务找人”平台，形成社区“云小二”上门服务的全程精准服务机制，实现公共服务“实时办”。

人脸识别、智慧道闸、智能充电桩……走进经过改造后的白龙社区安居小区，这个建于 20 世纪 90 年代的老小区，不仅环境焕然一新，随处可见的智慧化应用更让人眼前一亮。

“十四五”期间，招宝山街道预计将完成 180 万平方米的全域老旧小区改造。在白龙社区、西门社区等老小区改造中，街道把提升公共服务品质纳入老旧小区改造过程中，以智慧视角全面改造提升老旧小区。同时，在线上开辟“社区微脑”云平台，上线“动态发布、智能报警、物业维修、议题协商、便民优选、公益伙伴”等云上服务功能，居民可就近获得社区、物业、长者照护、临时托幼等“十分钟服务圈”资源。

精细化治理，让公共服务更均等

浙江省宁波市镇海区招宝山街道西门社区的“省小康村（社区）升级工程”、总浦桥社区的“百姓健身房”建设、车站路社区的“老小区共享电梯”、后大街社区的“众筹后花园”成亮点……近年来，招宝山街道以精细化治理为抓手，以民生需求为导向，推动基本公共服务均等化。

为提升公共服务“精度”，招宝山街道成立了镇海区首家街道社会工作站，整合街道社会组织服务中心资源，设立社工室、个案室、小组活动室、共享创意区四大功能空间，配备 2 名持证专职工作人员，为居民提供心理支持、个案辅导等专业化的私人定制服务；同时，招宝山街道在 10 个居民社区建立社会工作服务站，为居民链接法律、医疗、养老等领域的专业社工、专家、企业等社会力量。此外，街道还通过文化广场改扩建，将百年老宅胡亨房打造为“人文艺墅”城市文化客厅，做优“一社一风采”文艺精品展演，深化“蒲公英换书大会”等“书香招宝”品牌文化活动，为居民提供高

左图为新三宝服务社“云享车轮食堂”平台投入使用；右上图为社区居民在社区云管家党群服务中心的镇红先锋驿站使用便民服务一体机；右下图为通过云诊室网络系统体验远程视频会诊 摄影：汤越

品质的文化众享服务。

创新养老服务体系。2020年，招宝山街道成立了镇海区首家养老机构社会工作部，将专业的第三方社工机构引入“新三宝”服务社、金生怡养院等养老机构，参与养老服务，建立专项助老基金，推动实施助老服务特色亮点工作项目。招宝山街道还在金生怡养院开展康养体系建设试点，与龙赛医院签订合作协议，探索实施“科技先行+分级诊疗”的医养结合模式，并推进街道10家居家养老服务站点与社区卫生服务站签订康养合作协议。

推进“幼有所育”。招宝山街道以宝山幼儿园为统领，谋划建立全域幼教共同体，指导督促幼儿园进行等级提升，全面提升辖区幼教水平，宝山幼儿园作为宁波全市唯一一家幼儿园单位荣获2020年宁波市“五一劳动奖状”。街道还将加快推进城西片区域性居家养老中心建设，打造集托育、养老为一体的小区嵌入式综合服务体。

实现“弱有所扶”。招宝山街道精准托底民生保障，2020年扶助各类保障对象共计9万余人次，发放保障金95.8万余元，为93家246人次办理创业带动就业岗位补贴。该街道“慈善一日捐”累计收到捐款305万元，新增小额冠名基金4家30万元，善款募集额创历史新高。

近年来，招宝山街道先后获得“全国和谐社区建设示范街道”“全国和谐社区建设自主创新奖”“全国和谐邻里示范街道”“全国和谐社区建设自主创新先进街道”“第二届全国社区社会建设自主创新百花奖最佳实践奖”等荣誉称号。有9个社区被命名为浙江省文明社区。

招宝山街道“一社一风采”文艺精品展演　摄影：汤越

在镇海区争创现代化滨海大都市建设先行示范区的奋斗实践中，招宝山街道以产业振兴的“实力宝山”、品质提升的“宜居宝山”、人文荟萃的“魅力宝山”、环境优雅的“美丽宝山”为4张名片，以人的全生命周期公共服务优质共享为着力点，擦亮地域辨识度，提升发展获得感，朝着共同富裕美好社会的目标不断奋进。

作者：李华

江苏省徐州市人防办

打造人防“平战结合”样板

链接：徐州市人防办坚持以习近平新时代中国特色社会主义思想为指导，恪守“人民防空为人民”初心，聚焦“能打仗、打胜仗”的核心要求，主动融入军事斗争全局、经济社会发展、城市基础设施建设，人防转型升级、创新发展深入推进，防空袭斗争能力不断增强。党的十八以来，先后获得“全国人民防空先进单位”“省人民防空先进单位”“徐州市创建全国文明城市工作先进单位”“城市管理工作先进单位”，多次在省目标任务考核中获得“综合考核先进单位”“人民防空宣传教育先进单位”“创先创优先进单位”“人民防空训练先进单位”“安全生产先进单位”等荣誉。

2021年4月22日，徐州市卧牛山、云龙山人防坑道开发利用签约仪式举行，江苏省徐州市人防办分别与江苏福大永昌酒业有限公司、徐州维斯猛体育发展有限公司签约，对卧牛山、云龙山人防坑道进行综合开发利用。

2020年以来，徐州市人防办按照徐州市委、徐州市人民政府“三主”工作总思路，立足人防高质量发展新要求，致力于在淮海经济

徐州市防空防灾科普体验馆

左图为 2020 年 12 月 17 日，淮海经济区人民防空协同发展座谈会在徐州举行　摄影：胡军；右上图为徐州市卧牛山、云龙山人防坑道开发利用签约；右下图为韩山隧道夜景　摄影：郭立忠

区人防一体化建设中发挥引领作用，积极投身打造贯彻新发展理念区域样板新实践，坚持战备化功能恢复、产业化开发利用、综合化服务民生、内涵化保护生态的原则，对老旧坑道实施了综合保护与改造。在巩固提升人防坑道战备效益的前提下，2021 年又积极作为，加大宣传和招商引资力度，让“沉睡的资源”活起来，充分激发老旧人防坑道的社会效益、经济效益和生态效益，推动徐州经济社会发展。

据了解，卧牛山人防坑道位于卧牛山南麓，建于 20 世纪 70 年代。2020 年，徐州市人防办启动卧牛山人防坑道改造项目，于 2020 年 12 月中旬完成改造。整个工程不仅对洞内局部围岩破碎（裂隙）段进行了加固，还处理渗漏点、平整硬化地面，并新增出入口防护设施、照明系统、通风系统、防排水系统、消防设施，在消除坑道安全隐患的同时，为更多老旧坑道改造积累了经验。

为更好发挥人防工程“三个效益”，进一步融入新时代经济社会发展大局，徐州市人防办在完成卧牛山坑道升级改造后，通过公开竞租方式，把卧牛山坑道交由江苏福大永昌酒业有限公司开发利用。该公司预算总投资 9800 万元，打造爱国主义教育基地、白酒文化教育与传播中心。3 年内，将实现 145 人以上就业，年收入不低于 1.4 亿元，实现利税 2450 万元；5 年内，销售收入不低于 8 亿元，利税达到 1.2 亿元。

同样建于 20 世纪 70 年代的云龙山南坑道，目前也面临着坑道再开发、资源再利用的局面。这处战备坑道此前一直处于低效能利用状态，徐州市人防办着眼于保护性开发利用，重新定位该坑道开发利用方向，致力于将其打造成为匹配经济发展、融合周边旅游且具有鲜明特色和一定影响力的室内娱乐新项目，通过打破原有的单一租赁模式，最大程度实施开发利用。此次签约后，云龙山人防坑道将交由徐州维斯猛体育发展有限公司开发室内卡丁车运动项目。该项目与周边文化旅游娱乐亮点相吻合，建成后将成为全省独一无二的坑道娱乐运动场所。一期场地赛道规划面积 500 平方米，总投资 1000 万元，计划打造成国家 B 级赛道；二期配套服务规划面积 2000 平方米，涉及儿童游乐场、青少年运动场、青少年培训、便利店、水吧等配套设施。

“近年来，徐州人防始终坚持‘战时防空、平时服务、应急支援’的使命任务不动摇，充分发挥区域优势，不断做大人防‘朋友圈’、做优人防‘快车道’、做强人防‘服务链’，各项工作位居全省前列，开创了人民防空高质量发展的新局面。”江苏省人防办党组成员、副主任沈斌表示，一直以来，省人防办高度重视老旧人防坑道开发利用工作，并将其作为加快人防高质量发展的重要举措。此次两个项目正式签约落户，不仅提升了徐州城市整体防护效能，也为全省乃至全国老旧人防坑道开发利用探索出了一条新路径，具有重要的示范引领作用。面向未来，江苏省人防办将一如既往地继续关注和支持徐州人防各项工作，希望徐州人防系统抓住机遇、乘势而上，努力打造人防“平战结合”徐州样板。

作者：梁亮、刘影

山西省柳林县医保中心

打造阳光医保经办新常态

山西省柳林县医保中心紧紧围绕县委“党建统领、五转一新”工作思路，坚持党建工作与业务工作深度融合，坚持“优”“实”“活”“严”原则，打造阳光医保经办新常态。

坚持“优”化办事流程，打造高效型医保经办机构

对标一流，科学设置便民服务窗口，简化各项办事程序，出台了为民排忧解难的“1231”工作新举措，尤其是“三快捷”服务，深受广大参保朋友的认可和好评。

住院登记备案快捷。为方便参保对象外出住院直接补偿，县医保中心开通电话登记备案服务，上班期间打电话登记即可，无须奔波来中心窗口。同时公开综合服务窗口负责人手机号码，24 小时待机，方便参保群众就医登记。平均每天接听来电，办理住院登记备案 40 余人，2020 年累计登记住院 1.4 万余人次。

柳林县医保中心党支部书记、主任董建平 摄影：刘若彤

医药费用审核快捷。就特殊群体（贫困户、特药使用患者等）县外非直补住院花费多、个人垫付困难的情况，中心开通绿色通道，做出“县外非直补住院来中心报销最迟七日内审核办结”的承诺。为信守这一承诺，审核科的同志们加班加点已成习惯，保证3日内完成医保报销系统清单录入及审核。2020年共有1621人次特殊群体，享受待遇691万元。

报销支付到账快捷。对已审核的参保患者报销医药费用，基金科从不懈怠及时进行单据核对，快速录入银行支付系统，保证报销金额2-3个工作日快捷到达患者银行卡中。

坚持“实”化工作作风，打造务实型医保经办机构

中心出台了特有的“五不五有”工作理念和“五你五我”服务理念，扎实工作作风，对医保业务知识学习每半年进行一次闭卷考试，以考促学提素质，以学促做提能力，以期达到个个锻炼成为“问有答，答而准，愿办事，办成事”的服务能手。

中心还邀请礼仪老师，对全体人员尤其是窗口工作人员，从仪表着装、言行举止、沟通交流等方面深入进行了服务礼仪培训。根据柳林医保工作流程、服务特点，精心设计的互动实践环节，确保工作人员将服务礼仪有效融入医保服务工作。

为深入学习贯彻习近平新时代中国特色社会主义思想，更好地适应新时代医保服务工作形式和任务要求，坚持以人民至上的原则，创新医保服务机制，进一步体现医保贴近民生、服务民生，倾听民声的服务特点，中心决定先行先试，建立一乡一镇医保民情联络员制度。各民情联络员定期不定期深入乡村一线，宣传参加基本医疗保险的好处。同时，密切关注参保朋友关心的医保热点问题，虚心听取群众意见，把掌握和收集到的第一手民情民意信息资料，迅速、真实地反馈回中心，以便及时解决参保朋友各项诉求，出台更多惠民举措。

坚持“活”化服务方式，打造便民型医保经办机构

中心以“一老一少一青壮”为切入点，不断活化服务方式。秉承“医保信息多跑路，群众办事少跑路”的理念，县医保中心创建了“柳林医保”微信公众平台，开设了“有问必答”栏目，由中心支部班子成员随时随地、第一时间为参保朋友答疑解惑，社会反响良好。

为方便全县参保朋友“网上办、预约办”，医保中心开通了医保业务视频彩铃，打通参保朋友办事最后一公里。入驻“抖音”“快手”平台，推出“医保知识全知道”系列，灵活宣传方式让广大参保朋友随时随地了解医保政策。

中心成立了以党员牵头的巾帼便民志愿服务队，每日有专人轮流在医保业务大厅，开展业务咨询、引导办理、秩序维持等志愿服务，始终贯穿于医保窗口服务工作的全过程。

医保服务窗口实现了双屏显示，方便窗口办事人员查看，业务办理事项一目了然；醒目位置摆放了各类医保政策明白卡，方便参保朋友及时了解医保政策；设立了银发窗口，添置银发专座，配备了老花镜，由巾帼志愿者全程“一站式”服务；书写了《给参保朋友的一封信》，利用微信公众平台、深入乡村机关厂矿等形式，送到参保朋友手中，架设起医保人与广大参保朋友之间沟通的桥梁，让医保服务更加惠民生、接地气，深受社会各界好评。

为缓解参保患者，县外就医垫付费用负担重的困境，开辟了慢性病报销新思路，县外非直补普通慢性病门诊费用二百元以上，特殊慢性病六百元以上，工作日随时接收报销。一系列举措旨在从源头上减轻参保群众及包括贫困户在内的特殊群体的经济压力。

坚持“严”化工作纪律，打造阳光型医保经办机构

为确保中心每位干部职工全心全意为人民服务，中心党支部精心打造的党建文化长廊，将党建、廉政、医保业务、特色理念等内容上墙，不断提升党建辐射力，让廉洁自律深入人心。将党风廉政制度化、长效化，规范各项业务办理流程，加强风险内控管理，定期不定期对全体人员进行岗位廉政风险排查，经常性开展党风廉政教育和全覆盖谈心谈话提醒，做到警钟长鸣。

医保基金是保命钱，医保红线不容触碰，中心针对定点医药机构出台了“十不准”“七发现七追回七取消”“八个严禁”等措施，确保医保基金高效合理使用。中心成立了医保基金风险防控组，率先在民营医院开展专项核查工作，先行先试，探索建立医保基金风险防控工作机制，不断健全我县医保基金风险防控制度，提高基金使用效能，形成合理、有效使用医保基金的长效工作格局，切实维护医疗保险基金安全。

同时，要求中心全体人员作出廉政承诺，通过微信平台公开办公电话，畅通举报渠道，接受各界监督。确保坚守廉洁自律底线，有效提升医保服务质量，做到服务行为零投诉，树立阳光医保良好形象，让参保患者真真切切、实实在在享受到了医保服务带来的获得感和幸福感。

力争做到让全县每位参保朋友满意，是柳林县医保中心最终的服务目标。

作者：李彩莲 摄影：刘若彤

左图为柳林县医保中心党建文化长廊；右图为巾帼便民志愿服务 摄影：刘若彤

安徽省马鞍山市医疗生育保险管理服务中心

打通服务群众“最后一公里”

马鞍山市长居上海退休人员在上海周浦医院持卡进行门诊慢特病跨省异地就医直接结算　摄影：郭静

党史学习教育开展以来，安徽省马鞍山市医疗生育保险管理服务中心（以下简称马鞍山市医保中心）坚持把“我为群众办实事”实践活动作为党史学习教育的重要内容，切实找准群众在异地就医直接结算、报销流程繁琐、等待时间较长等方面的痛点、难点、堵点，创新实现门诊慢病异地就医“实时办”、医保业务智能服务“掌上办”、转外费用审核报销“加速办”，全心全意为群众办实事、做好事、解难事，让群众办事实现“最多跑一次”，打通服务群众“最后一公里”。

门诊慢特病跨省异地就医“实时办”，群众办事更方便

“感谢马鞍山市医保中心为民办实事，切实方便了参保人员跨省异地就医。”近日，马鞍山市医保中心收到家住上海浦东马鞍山退休职工胡宾寄来的感谢信。胡宾在信中表示，马鞍山市在上海开通“门诊慢特病”跨省异地就医直接结算服务，这是马鞍山市医保中心为他们常住上海的马鞍山退休人员，办了一件实实在在的大好事。

马鞍山市一直高度重视跨省异地就医直接结算工作，为解决该市参保人员跨省异地就医的困难，早在2009年，便率先在上海市杨浦区医保中心建立马鞍山医保服务站，方便退休后居住上海的异地人员报销医疗费用。2021年6月8日，马鞍山市率先全省在上海开通“门诊慢特病”跨省异地就医直接结算服务，实现慢病病种“全覆盖”、就医手续“免备案”、待遇报销“实时办”。长期困扰参保人员的慢特病门诊异地结算问题得到解决，极大地减轻了参保人员异地就医资金垫付压力和来回奔波之苦。这一便民惠民之举，受到众多参保人员的一致好评。截至目前，马鞍山市医保中心经办的上海市门诊慢特病跨省异地就医直接结算已有1000多人次。

智能服务平台“掌上办”，群众办事不用跑

为优质服务参保人员，提升工作效率，2021年9月，马鞍山市医保中心上线“马鞍山医保云”智能服务平台，率先建立医保电子档案存储系统、医保票据报销查重系统、经办业务工单处理机制和转诊就医信息数据共享机制。

该平台创新医保经办服务模式，通过医保管理服务“线上服务”，实现转外就医报销“马上办”。参保人员递交医保报销资料后，工作人员当即录入系统进入报销拨付倒计时程序，实现转外报销办理只跑一次，参保人员足不出户即可收到报销款项；实现报销进度“随时查”，绑定微信小程序，自动生成查询信息，参保人员通过在微信公众号随时随地查询报销进度等相关信息，做到报销环节心中有数；实现报销情况“在线看”，参保人员可实时在线查看报销的核报明细，医保承担费用和自费金额一目了然，做到阳光透明；实现报销凭证“自助取”，参保人员通过微信终端，获取报销凭证，且在网上提供有效电子签章，年底参保人申领民政、总工会等单位补助时，不用再到医保部门盖章。截至目前，该平台已服务5000余名参保人员。

医保零星报销“加速办”，群众办事不用等

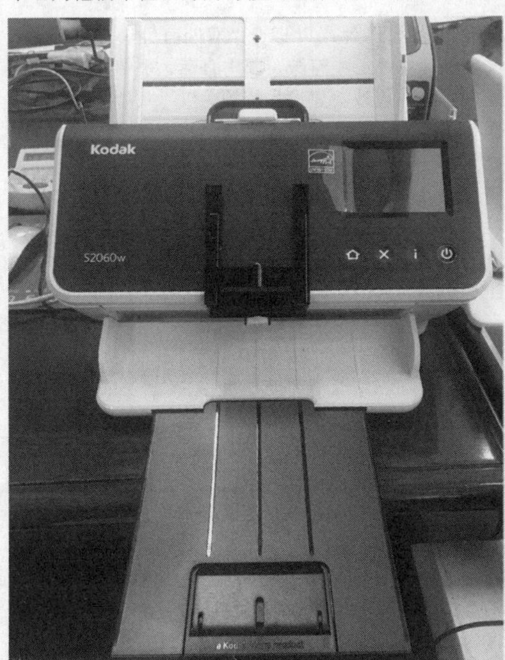

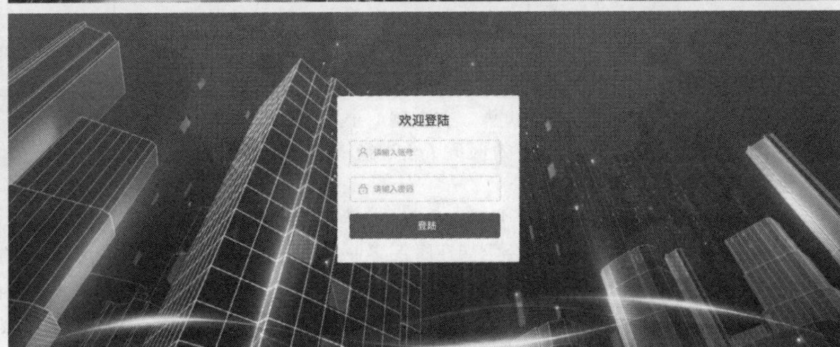

左图为马鞍山市“OCR医保零星报销智能审核系统”扫描仪器；右上图为马鞍山市“OCR医保零星报销智能审核系统”登录界面；右下图为“马鞍山医保云”智能服务平台登录界面　摄影：郭静

2021年9月，马鞍山市医保中心引入“OCR医保零星报销智能审核系统”，实现智能化审核、即时结报、自动归档保存等功能，让医保零星报销受理全环节电子化，全程留痕可追溯，进一步方便群众办事。

目前，该平台共完成报销件1300余件，将报销时间压缩了50%以上，受到转外就医回马报销人员的一致好评。

据介绍，该系统通过自动审核直接扫描，大大简化了零星报销工作人员的工作流程，工作效率得到明显提高；同时加入人工干预环节，确保仪器扫描未能识别或识别偏差部分能及时纠正，计算机及人工服务的“双保险”，进一步保证了审核的公正性，并有助于加强医保审核的监管力度。

“作为民生部门、窗口单位，为群众服务就是要通过不断创新服务举措，让群众办事更方便。”下一步，马鞍山市医保中心将进一步推动“我为群众办实事”实践活动的成果转化为服务群众的实际成效和长效机制，始终以满足人民群众医保服务需求为目标导向，聚焦百姓的烦心事、操心事、揪心事，不断改革创新医保管理，提升医保经办服务能力，增强参保群众获得感、幸福感、安全感。

作者：马鞍山市医疗生育保险管理服务中心综合管理科科长杨苹

陕西省渭南市医疗保障局

全力托起群众幸福梦

落实“高举旗帜、响应号召、奋进新时代
启航新征程”主题活动 推动为民利民便民
工作座谈会

请添加图片说明

“现在异地住院医疗救助也可以直接报销，不用多跑腿就能办妥，真的是太方便了！”日前，陕西省渭南市临渭区低保户张某在西安交大一附院办理出院结算时，直接按照救助待遇标准报销了费用，他的笑容格外灿烂。

这是渭南市医保政策惠及群众的一个缩影。其实，不只是低保户，广大的参保群众，都在过去一年感受到了渭南市“医保大礼包”所带来的获得感和幸福感。

2021年7月，随着新一届领导班子的组建，渭南市医疗保障局（以下简称渭南市医保局）步入了高质量发展的全新阶段。其始终坚持以习近平新时代中国特色社会主义思想为指导，秉承人民至上、生命至上、健康至上的宗旨意识，认真贯彻党中央、陕西省和渭南市决策部署，深入落实市委领导“医保工作核心是便民，核心是服务”的批示要求，以市委“高举旗帜、响应号召、奋进新时代、启航新征程”主题活动为统揽，积极面对疫情影响之下提升参保群众待遇水平、医保新平台上线运行、强化医保基金安全巡查等民生大考，踔厉奋进，笃行不怠，书写了一份实在、暖心、亮眼的民生答卷，构建了全市医保工作“小块头、大影响，小服务、大幸福，小支持、大健康”的良好态势，有效服务了全市经济社会发展大局。

党建引领强根基

基础不牢，地动山摇。离开了党建，业务工作便成为无源之水、无本之木。渭南市医保局深刻领会党建在医保事业发展过程中的基础性作用，始终积极主动落实新时代党的建设总要求，突出政治引领作用，坚持党建“虚功实做”，让党建真正成为全局干部职工谋划工作的“指南针”、攻坚克难的“冲击钻”、凝聚人心的“强磁场”，为全市经济社会高质量发展注入了强大的精神动力。

深入推进党史学习教育。开展“十项”（举办5期读书班；举办3次党的十九届六中全会精神等专题宣讲；集中观看庆祝中国共产党成立100周年大会现场直播并撰写心得体会；组织观看红色教育影片；开展2次党史知识测试；党组书记为全体党员讲授专题党课；举办“庆百年华诞诵红色经典”诵读比赛；召开党史学习教育专题组织生活会；组织班子成员定期与干部职工谈心谈话；印发《致全局干部职工的一封信》）活动，确保了党史学习教育“走新”又“走心”，达到了预期目的，取得了显著成效。

扎实开展市委主题活动。成立了主题活动领导小组，先后3次召开党组会专题研究部署，印发主题活动实施方案；召开主题活动安排部署会、工作推进会，将主题活动细化为5大类43项任务，明确了责任科室、时限要求，建立了督查机制，形成了工作闭环，全力推进主题活动走深走实，切实做到了全市医保系统“一盘棋”。

练好“内功”转作风

干事创业，关键在人。医保工作作为重大的民生工程、民心工程，必须有一支专业化、高素质的干部队伍“托底”，才能不辱使命、不负人民。

2021年以来，渭南市医保局以打造“双四有”（有书香味、汗水味、泥土味、清风味，心中有数、眼中有活、手中有招、肩上有责）干部队伍为目标，以政治建设为统领，以“八项行动”为抓手，全面重塑医保干部队伍新形象，形成了团结上进、干事创业、争先创优的良好氛围。

一是实施干部“能力提升、主动作为、敢于担当、改进作风”行动；二是实施医保大讲堂“科长讲业务，工作大家评”行动，全年共组织开展12次活动；三是实施干部主动担当作为行动，制定了《关于推动干部担当作为的实施意见》；四是创新实施“一会两主题”行动，在开展理论中心组学习的同时进行集体办公，现场研究解决问题；五是实施档案管理行动，建立全局干部日常管理档案；六是实施“双补课”行动，倒逼干部提升能力主动作为；七是实施“五型”机关创建行动，全面建设学习型、创新型、竞争型、服务型、规范型机关；八是以全市作风建设提升年为契机，实施“转变工作作风提升服务水平”专项行动。同时，还制定了人员管理、考核评价、财务管理等10项规章制度，做到了用制度管权、按制度办事、靠制度管人。

一串串荣誉，见证了这群人背后浓厚的民生理念和强大的精神动力，也成为渭南市医疗保障事业高质量发展的生动注脚。渭南市医保局先后被评为2021年度全省医疗保障系统行风建设优良单位、2021年度全省医保系统巩固脱贫攻坚成果有效衔接乡村振兴先进集体、全市2021年度12345快速响应平台工作先进单位；该局医

保经办中心获2021年度全省医疗保障系统行风建设优良单位暨"优质服务示范窗口"，医保窗口获得全市2021年度审批服务工作先进单位；3人获得2021年度全省医保系统巩固脱贫攻坚成果有效衔接乡村振兴先进个人，1人获全市政务服务能力提升百日攻坚行动先进个人。

谱写医保新篇章

医保工作千头万绪，一头连着党和政府，一头连着人民群众，是政民互通的连心桥。2021年，渭南市医保局新一届领导班子秉承以人民为中心的发展理念，围绕建设法治医保、安全医保、智慧医保、惠民医保等关键词，多管齐下，多措并举，不断深化制度改革，释放政策红利，让群众有更多的获得感和满足感。

建设法治医保，做实市级统筹通经脉。

医保工作是惠及十四亿群众的重大民生工程，核心是规范，本质是统一，重点是均衡。2021年，渭南市医保局坚持全市"一盘棋"思想，多次围绕医保重点、难点工作深入基层调研，掌握详实情况，逐步理清了市县两级权责边界，出台完善了多项制度规范，系统构建起渭南市医疗保障高质量发展的"四梁八柱"，为做实做细医保市级统筹管理提供了决策依据。

出台《渭南市医保市级统筹"六统一"工作规范》，统一基本政策、待遇标准、基金管理、经办服务管理、定点管理、信息系统，实现了医疗救助市级统筹，统筹区内实行"一站式"受理、"一单式"结算。

制定印发了《渭南市医疗保障基金使用监督管理规范（试行）》《渭南市医保经办服务事项和药品集采规范（试行）》《渭南市医药机构医疗保障定点准入退出办法和设置规划（试行）》"三个规范"文件，同时构建了全市医保工作语言标准和工作规范，实现全市医保工作"书同文""车同轨"，不断健全医疗保障法治体系。

严格落实医疗保障待遇清单制度，印发了《渭南市贯彻落实医疗保障待遇清单制度实施方案（2021-2023年）》，进一步规范了城乡居民大病保险、生育保险、城乡居民医保等政策。

建设安全医保，强化基金监管守底线。

医保基金是老百姓的"看病钱""救命钱"，必须堵住各种"窟窿"和"暗道"，防止医保基金"跑、冒、滴、漏"。2021年，渭南市医保局坚持将基金监管作为一项重大政治任务，综合施策，精准发力，切实做好医保基金的"守护者"。

开展了"两摸底、三规范、两确保"行动，摸清了职工基本医疗保险等7项医保基金运行管理情况及全市医保政策落实、经办业务开展等情况，为局里各项决策部署和工作推进提供了参考依据。

承办了陕西省2021年医保基金监管集中宣传月启动仪式，多形式、多渠道宣传《医疗保障基金使用监督管理条例》等医保法规，举办了2次基金监管业务培训会，170余人参与培训，提高了全市医保系统基金监管人员政策水平。

建立基金安全运行研判分析制度，每季度召开医保基金管理运行分析会议，综合研判全市各项医保基金运行情况，防患于未然；积极推行"一提醒、二约谈、三稽核、四移交"四位一体监管模式；成立社会监督专家库，邀请人大代表、政协委员、新闻媒体参与监管，打好医保基金监管的"人民战争"。

深化打击欺诈骗保专项整治，重点打击"假病人""假病情""假票据""假血透"，2021年全市共检查定点医药机构2110家，处理违法违规定点医药机构1238家，追回2020年市飞检违规基金5453.9万元，追回违规基金481.72万元。

建设惠民医保，提升保障水平暖民心。

人民医保为人民。2021年，渭南市医保局牢记为民服务宗旨，破难点，疏堵点，解愁点，积极打造为民、利民、便民、有温度的医保服务。

以覆盖全民为目标，坚持应保尽保。考虑到新冠肺炎疫情反复等因素，渭南市及时将2022年度城乡居民医保缴费期延长2个月，将城乡居民财政补助标准从550元提高到580元；对困难群体实行医保分类资助，对特困人员实行全额资助，对低保对象、返贫致贫人员实行每人60元定额资助；优化基本医疗保险、大病保险、医疗救助"三重保障"机制，三重制度综合保障下脱贫人口县域政策范围内住院费用报销比例达到80%以上。2021年全市参保人数439万人，其中职工45万，城乡居民394万，参保率97%，医保成果惠及绝大部分群众。

以"我为群众办实事"为目标，全力做好医保系统"十件民生大事"，千方百计减轻群众就医负担。一是出台了《渭南市市本级公务员医疗补助办法》《医保基金总额预算管理办法》《全市单病种结算管理办法》等十余项惠民政策，制定了《医保支持两定机构高质量健康发展"十条措施"》《医保支持中医药发展"十条举措"》。二是及时高效应对疫情防控，上解新冠肺炎疫苗专项资金5.59亿元，向县（市、区）拨付新冠肺炎疫苗接种费用7718.98万元。三是简化城乡居民高血压、糖尿病门诊"两病"认定程序，下放备案权限，取消年度起付线，政策范围内报销比例达50%，全年门诊"两病"待遇享受45510人次，基金支付235万元。四是降低城乡居民一级和二级医院起付线各200元，乡镇卫生院起付线降低100元，报销比例均提高5%，全年住院待遇享受640069人次，基金支付28.24亿元。五是优化分级诊疗政策，明确65岁以上老年人、孕产妇、5岁以下儿童，急危重症、恶性肿瘤等特殊病情，不受分级诊疗和双向转诊规定限制。六是实施大病倾斜政策，对特殊群体的医保支付比例提高5%，取消年度最高支付限额。七是扎实开展"基本医疗有保障"回头看专项行动，2021年全市69.43万名建档立卡脱贫户参保率100%，做好医保政策层面脱贫攻坚和乡村振兴有效衔接。八是开展耗材集采新行动，全市全年共有270家医疗机构参与药品集采，采购国家和省级集采药品共计234种8418万片；共有8家医疗机构参与冠脉支架集采，完成采购1342支；17家医疗机构参与人工晶体集采，完成采购3546片。九是大力推进总额控制下的以按病种付费为主体的多元复合式付费方式，筛选出113种单病种和13种日间手术病种，确定了付费及结算标准，让医保支付的方式更科学、医保基金使用效益更高。十是下放门诊慢特病批准权限至县级医保经办机构，将职工门诊特殊慢性病鉴定医院由4家扩充到14家，申请办理时限缩短至10个工作日以内。

建设智慧医保，提升服务效能增便利。

2021年，渭南市医保局以国家医保信息平台上线为契机，经过3个多月的加班加点，最终确保了国家医保信息平台于12月6日在渭正式上线，实现了全市范围内医保业务编码标准统一、数据规范统一、经办服务统一，为医保业务办理标准化、监督管理智能化、公共服务便捷化、决策分析精准化提供强有力支撑，标志着渭南市全面进入智慧医保时代。

依托国家医保信息平台，渭南市医保局开通了跨省异地就医线上备案业务，有效简化办理流程，大幅缩短办理时限，截至目前全市已有2600余人次进行了跨省异地就医备案。同时，在前期实现异地就医住院医疗费用直接结算的基础上，渭南市于2021年初正式开通异地就医门诊费用直接结算业务，接入异地定点医药机构590家，有效满足了辖区外参保群众异地就医直接结算需求；开通城镇职工门诊特殊慢性病及门诊特殊药品联网结算服务。截至目前，渭南市城镇职工慢性病联网结算两定机构共642家，特殊药品联网结算两定机构共40家。

与此同时，渭南市医保局大力推进医保电子凭证建设应用及其宣传工作。截至目前，全市2569家定点医疗机构、941家定点零售药店，已全部接入开通医保电子凭证，全市医保电子凭证激活量264万余人（不含韩城市），激活完成率超过60%，广大群众彻底告别了带卡看病和跑窗口查询账户信息，医保从“卡时代”迈入“码时代”。

唱响医保好声音

2021年，渭南市医保局深入开展“六进”大走访政策宣传活动，凝聚医保发展正能量，唱响时代主旋律，发出医保好声音，让医保惠民政策真正“飞入寻常百姓家”，在全社会营造了关心医保、重视医保、支持医保的良好氛围，为渭南市医保事业的高质量发展奠定了良好的舆论基础，让全市400多万参保群众的获得感成色更足、幸福感更可持续、安全感更有保障。

将医保政策宣传作为“我为群众办实事”实践活动的重要抓手，以“五度”（高度、精度、广度、温度、制度）融合为切入，深入开展“六进”（进镇街、进社区、进农村、进学校、进医院和病房）大走访政策宣传活动，通过《渭南日报》、渭南电视台、公交车移动电视等，并依托“东秦百姓”抖音号、“渭南医保”微信公众号等新媒体全方位、多角度宣传医保新政策。在强化医保政策宣传的同时，市医保局还积极通过政府12345热线、发放调查问卷、走访调研、聘请行风监督员、召开民意座谈会等途径，面向社会广泛征集群众对医保政策、医保工作的各种意见和建议，并重点给予解决，及时、积极回应群众关切。同时，坚持刀刃向内，对于在医保政策落实过程中推诿扯皮、吃拿卡要、效率低下等漠视侵害群众利益的现象坚决予以打击和整治，督促指导“两定机构”工作人员当好医保知识的宣传员、政策落实的指导员、群众意见的收集员，点对点宣传政策，树立医保新形象，唱响医保好声音，充分发挥医保宣传服务大局的重要作用。

“医保工作牵涉全局，牵动民心，市医保局将继续深入贯彻落实中、省医保决策部署和市委、市政府工作要求，抓实抓细‘五个坚持’，持续深化‘六个必讲’（讲政治、讲服务、讲政策、讲规范、讲道德、讲规矩）工作法，推动医保政策规范化、管理精细化、服务便捷化、改革协同化。”渭南市医保局党组书记、局长卢林说，“市医保局将以更加务实的作风，更加有力的举措，更加严格的标准，切实推进各项工作落细、落实、落稳，为助推渭南‘十四五’高质量发展贡献医保力量。”

江苏省南京市浦口区社保中心

智慧领航 服务加“数”跑

南京市浦口区社保中心社保档案数字化省级试点通过验收

链接： 2012年10月，南京市浦口区社保中心作为江苏省唯一一家区政府直属正处级事业单位挂牌成立，承担全区社会保险基金征缴结算等工作。自成立以来，浦口区社保中心充分发挥“大中心”体制优势，按照兜底线、织密网、建机制的要求，推进全民参保计划、综合柜员制、人社服务快办行动等重点工作。目前，浦口区城乡基本养老、医疗、失业保险覆盖率超过99%，企业职工五险参保人次43.43万，浦口区15分钟社保（医保）经办服务圈及其配套产品电子地图等走出了基层先行先试的独特路径，社保档案数字化、城乡居民基本养老保险公共服务标准化先后成为省级试点，15分钟医保服务圈成为市级试点。2021年，浦口区社保中心被授予浦口区先进基层党组织、浦口区文明单位、浦口区工人先锋号、浦口区青年文明号集体等荣誉称号，获得了浦口区政务服务技能竞赛团体三等奖，市人社窗口单位业务技能练兵比武团体三等奖，浦口区庆祝中国共产党成立100周年诗歌朗诵会特等奖。

近日，江苏省南京市浦口区社保中心创新推出的“15分钟社保（医保）经办电子地图”，获得省人社厅的高度认可。这张植入数字技术的地图，通过解决信息不对称的难题，提升群众办事体验。

推进社保经办数字化转型，坚持传统服务方式和智能化服务创新并行，是中央的明确要求。2021年以来，浦口区以深入开展党史学习教育为契机，在“我为群众办实事”实践中革故鼎新，用更加智慧精准的服务提升社会保障治理效能。“创新围着需求转，数据追着事项跑。”浦口区社保中心主任王明玉说，以人民为中心，以问题为导向，让更多业务实现就近办、掌上办、快速办。

业务经办“一图清”

近日，家住汤泉街道的退休职工王先生不慎丢失医保卡，根据过去的“老经验”，他要去浦口区政务中心社保窗口才能办理报销医药费。“电子地图显示，街道便民服务中心一样能办，根本不用

左图为中国保险学会、原人社部副部长胡晓义调研浦口社保中心，在窗口体验社保数字化服务；右上图为浦口区社保中心工作人员指导居民使用电子地图；右下图为群众在窗口调阅社保档案材料

挤公交车去江浦。”老人说的地图，就是浦口区社保中心2021年10月上线的全省首张“15分钟社保（医保）经办电子地图”。

社保（医保）事项千头万绪，关乎人民最关心最直接最现实的利益问题。2019年以来，浦口区社保中心放权赋能，依托“放管服”改革，率先实现街道层级6大社保险种无差别全覆盖，以此构建“13576”15分钟社保经办服务圈。“1”是区级社保经办服务平台，“3”是浦口经开区、浦口高新区和农创中心3个经济发展主战场，“5”即5个街道，“76”指在所有76个社区便民服务中心配备社保窗口。

办事点位有了，但社保业务专业性强，不少事项尚未全部下放到村（社区），群众往往面临“办事地点在哪不知道”“点位能不能办成不知道”“材料齐不齐不知道”等问题。2021年，浦口区聚焦百姓实际需求，利用“浦口发布”APP，开发上线“15分钟社保（医保）经办电子地图”，实现服务层级、服务事项、服务路径、服务时限、服务体验五个“一图清”。

打开电子地图，85家社保（医保）经办机构、181家定点医药机构的所在位置和办理层级精准显示，7类险种45个公共服务主项、135个服务子项的办理流程和所需材料清晰明了。办事群众既能根据所在的“点”查找能办的“事”，也能根据想办的“事”导航最近的“点”，还能对经办人员的服务质量“打分”。

以事找点、以点找点、以点找事，2021年10月18日上线以来，电子地图登录使用人次已超过5000人，办理事项518件，好评率100%。

档案查询“一键通”

市民江先生因办理缴费记录补录业务，需要复印1996年和1997年的缴费花名册。浦口区社保中心工作人员通过档案数字化系统，几分钟就帮他把事情办完，“真是又快又好，都不需要到库房去翻纸质档案了！”

这个刚刚上线的档案查询系统，起源于一张12345工单。2021年初，一位职工因为找不到工作期间的历史资料，退休手续迟迟办不下来，无奈之下拨打了政务热线。被群众投诉，其实事出有因。浦口区的社保档案，种类多、数量大、年限长，1987年以来的448万页档案分散在7个档案室，因为没有智能化系统，档案查找犹如大海捞针。再加上一些中小企业的档案管理不够规范，职工跳槽换岗愈发频繁，找不到原始档案的事情时有发生。

群众的诉求就是冲锋号。2021年4月，浦口区社保中心将档案数字化建设作为“我为群众办实事”的重点项目推进，计划用两年时间实现“存量档案数字化”。短短七个月，2010年之后的220万页档案整理已经完成。浦口区社保中心还逐项梳理收集立卷、索引扫描、交接上架、统计利用和鉴定销毁等环节，出台了7项规范制度，确保业务经办与档案管理“无缝衔接”。

为了让社保档案查询既快又准，一系列“微创新”被引入到数字化改造。退休人员建档“一人一盒”，避免在调阅中遗失或损坏他人档案；按“一页一图”对所有档案进行双层PDF格式转换，并完整挂接到档案管理系统；为每卷档案贴上唯一“身份”标识，“一卷一码”扫一扫即可调阅；将档案实体与档案密集架库址关联并实时更新，通过“一架一图”实现档案库房动态可视化……

11月，浦口档案数字化系统顺利通过省社会保险基金管理中心阶段性验收，初步实现“科室内部在线授权查阅，前台现场电子调阅，库房实物扫码借阅”的档案管理模式，目前已有300多人次享受到了前台调阅服务。

信息比对“一网联”

从“准新生儿”28周参加医保，到老人去世账户终止，社保（医保）覆盖了自然人的全生命周期。兜底民生幸福，既要让各项社保待遇应发尽发，应发快发，又要守护好百姓的每一分“养老钱”“保命钱”。

死亡冒领社保待遇，一直是社保基金运行的风险点。2021年，浦口区社保中心为堵住社保基金待遇支付环节的漏洞，主动织就了一张“安全天网”，牵头公安、民政、卫健等9个部门，利用政府办公内网系统共享户籍数据、火化数据、死亡数据等关键信息，通过精准快速比对，对领取社保待遇人员进行资格认证。依托这张网，浦口区核对数据5万余条，筛选疑似问题近2000个，避免68.59万元社保基金流失。

信息比对，“比”出了更强的监管，也“比”出了更优的服务。2021年疫情期间，南京出台“稳企十条”，通过“免、减、补、缓”为市场主体纾困解难，其中就包括阶段性降低社保费率。政策一公布，浦口区的各路数据第一时间在内网汇总，快速比对之后，哪家企业能减征多少失业保险、哪个公司可减免多少医保费用，社保中心了如指掌，迅速把政策“礼包”送进企业，部分政策还实现了“免申即享”。

“群众方便，基金安全，是社保人不变的追求。”王明玉说，社保中心就是一座桥，一头连着社保基金，一头连着民生冷暖，只有让数据跑得更快，把服务做得更实，才能让浦口百姓在“桥”上看到风景、感受温暖。浦口区社保中心将不断深化数字化转型，创新服务手段，为建设“现代化新浦口”营造和谐大环境。

作者：秦小妹　摄影：任万里、彭剑、胡泽立

湖北省浠水县医疗保障局

医保惠民暖人心

链接：浠水县医疗保障局为正科级行政单位，于2019年3月27日正式挂牌成立，下设医疗保障服务中心和基金核查中心，局机关内设6个股室。主要职责是统筹医疗保险、生育保险、医疗救助等医疗保障制度的贯彻实施；组织并落实医疗保障基金监督管理办法，医疗保障筹资和待遇政策，城乡统一的医保“三个”目录及支付标准和医药服务收费等政策，医用药品、医用耗材的监督执行；监督管理纳入医保范围的全县医疗机构医疗服务行为和医疗费用等。2019年荣获黄冈市医疗保障工作先进单位、全市城乡居民医保协征先进单位等荣誉称号。

浠水县医疗保障局挂牌成立，左起依次为副局长李华念、书记朱太银、副县长汪秀芬、局长徐敏

岁月不居，时节如流，又是一个不平凡的一年，湖北省浠水县医疗保障局喜迎成立一周年。

一年来，在浠水县委、县政府的坚强领导和省、市医疗保障局的精心指导下，该县医疗保障部门紧紧围绕服务全县经济社会发展大局，努力实现管理有秩序、发展有质量、安全有保障，为推动浠水医保高质量发展作出了应有贡献。

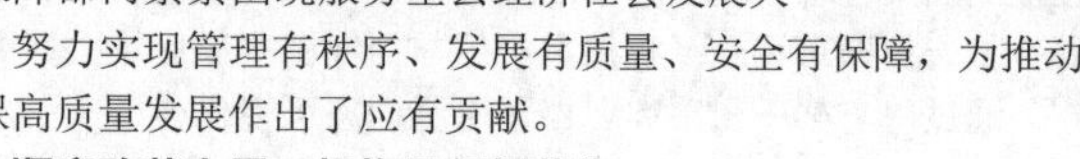

顺应改革大局，机构运行规范化

2019年3月27日，浠水县医疗保障局正式成立；

4月底“三定”方案获批准；

7月底完成事业单位划转；

……

根据要求完成了机关机构设置、职能职责、领导职数配置和机关人员转隶到岗工作，局机关新增设政工股、基金监管股，局机关共设有6个股室。同时按照省医疗保障局和省编办的文件确定浠水县乡镇医疗保障中心14个，初步完成县医疗保障系统机构建设，形成了全县统一的医疗保障工作体系。

通过组织部门配齐班子成员4名，转隶行政编制人员7人、医疗保险事业管理局53人、接受复退军人2名，争取组织部门调配2名，医疗保障系统干部队伍实力不断加强。

该局党组书记朱太银表示，医保局成立一年来，先后出台完善机关运行和医保工作13项制度，实现了管理的转变，确保了各项工作规范化运行。

坚持党建引领，队伍建设制度化

成立伊始，浠水县医疗保障局党组坚持以党的政治建设为统领，充分发挥领导班子核心作用，确定了以党建促业务，以业务强党建，党建与业务融合发展的工作思路。在坚持落实党组理论学习中心组学习，周一例会学习，“不忘初心、牢记使命”主题教育，党支部“三会一课”等制度的基础上，通过深入开展作风建设活动、庆祝中华人民共和国成立70周年、庆祝建党98周年系列活动等，持续发挥党支部战斗堡垒作用和党员先锋模范作用，干部职工精神面貌焕然一新。

立足岗位和工作实际，健全完善长效化管理机制，坚持用制度管人、管事、管物，制定各类规章制度13项。先后有干部职工21人次参加省、市、县举办的培训学习，全系统70名干部职工全部完成2019年度学法用法网络学习任务，干部职工综合素养和业务水平持续提升。

服务全县大局，硬核助力战疫魔

疫情就是命令、防控就是责任。浠水县启动重大突发公共卫生事件一级响应以后，浠水县医疗保障局迅速动员部署，局机关、所属二级单位、乡镇医保中心三级联动，党员领导干部身先士卒，70多名干部职工，舍小家为大家，昼夜奋战在新冠肺炎疫情防控一线。

疫情防控工作开展以来，该局积极组织职工和两定机构捐款160300元，争取社会各界捐赠药品200件，价值87万元，防护口罩9.9万只。截至2020年5月30日，享受阶段性减半征收医保费政策的企业368家，减半征收医保费1045万元，同步实施新冠肺炎疫情期间延缴政策。新冠病人累计医保结算825人次，医疗总费8596585.59元，其中基本医保支付5889186.78元，大病保险支付37688.84元，兜底保险支付175743.43元。

疫情发生以来，浠水县医疗保障局建立医疗救治费用预付“绿色通道”，向医保经办机构累计拨付医保基金4521万元，确保县新冠肺炎定点收治医院不因医保费用问题影响救治患者。在疫情期间查处违规问题的药店一家，制发疫情情况通报38期。

聚焦脱贫攻坚，织密扶贫“兜底网”

从2019年成立至今，浠水县医疗保障局把医保扶贫作为首要政治任务，奋力攻坚。

浠水县医疗保障局派驻3名干部为精准扶贫帮扶村第一书记，增派3名干部充实到驻村工作队，进一步巩固了领导干部每人结对帮扶3户、其他干部每人结对帮扶2户的帮扶工作体系。

全面落实应保尽保，不折不扣落实“既不吊高胃口、又不降低标准”的总体要求，做到应保尽保。2020年全县国网贫困人口131917人，医保系统标识131917人，本地参保率、参保补贴率均达100%。

在医保结算系统中对标对表落实、不走样。兜底保障“985”政策、基本医保“987”政策、医院控费“3810”政策、大病保险提高5个百分点政策等报销倾斜性政策都得到了较好的落实。

在中央脱贫攻坚专项巡视“回头看”反馈意见整改工作方面：从2019年10月1日起，该县实行药品零差率销售的乡镇卫生院、城区服务中心一般诊疗费收费标准调整政策全面到位。

一年来，全县累计医疗救助各类对象669人次，发放救助资金77万元。对全县建档立卡的贫困人口取消住院押金，减轻了贫困群众垫付资金压力，全力推进县医保扶贫冲刺清零。

强化医保监管，多措并举安民生

医保基金是参保人员的救命钱。2019年4月，该县启动打击欺诈骗取医疗保障基金专项行动，9月，开展打击欺诈骗取医疗保障基金回头看活动，全面掌握医保基金“跑、冒、滴、漏”的有关问题，强化管理措施，积极予以整改。

一年来，浠水县医疗保障局开展打击欺诈骗取医疗保障基金系列专项行动成效显著，全年对全县42家定点医疗机构和118家定点零售药店开展了现场检查96次，协助纪检委对泰和医院657人

工作剪影。左图为开展主题教育，右上图为打击欺诈骗保宣传活动现场，右下图为到扶贫村召开脱贫座谈会

次的诊疗行为开展核查。全年处理问题定点医疗机构6家、定点零售药店15家。去年一年医保智能监控系统审核拒付和稽核扣款2760万元。

截至目前，基金安全监管"前哨"作用日益凸显，医药机构不敢骗、不能骗、不想骗的监管格局初步形成。

强化经办管理，优化服务提效能

全县医保业务实现"就近办""网上办""马上办"。

"我住在团陂镇牌楼河村，以前办理医保业务只能到县城医保局，从家里出发公交往返时间需大半天，自驾车来回约2个小时。现在方便太多了，可以就近到团陂医保中心办理，省时又省力。"在浠水县团陂镇医保中心，徐女士深切感受到了医保业务下基层的便利。

医疗保障局是个新成立的部门。机构改革后，全县设立14个医保分中心，经办网点远不能满足群众需求。怎么办？

浠水县医疗保障局领导班子果断打响机构改革的"头炮"！一方面，全力推进医保工作任务；另一方面，作为展现新机构新担当、新作为的'先手棋'，强力推进优化医疗保障服务。

坚持县乡联动，与县政务服务数据管理局、各乡镇充分沟通，通力协作，共同推进，实现了医保业务快速进驻全县14个乡镇，完善了办事网点。

大力推行"互联网+医保"，积极拓展税务大厅、银行网点和手机缴费等多种医保业务办理渠道。异地就医备案、住院费用结算、转移接续、慢性病审核等权责清单事项全部实现网办。

惠及参保人群，提升群众幸福感

让百姓看得上病、看得起病、看得好病，是夯实民生之基的重点所在，也是县医疗保障局成立时的初心。

按照国家、省、市医疗保障局的部署，浠水县医疗保障局积极回应民生期盼，更多救急救命好药进医保。特殊慢性病门诊用药增加到53种，国家确定的57种抗癌药已全部纳入县医保报销。2019年，县城乡居民参保人群普通门诊的报销比例达到70%，降低了43个特殊门诊准入门槛，全面取消建档立卡贫困人口大病保险封顶线。

"通过打好政策'组合拳'，让全县人民群众享受到更多改革红利和发展成果。要努力缓解'看病难、看病贵'问题，进一步增强群众的获得感、幸福感和安全感！"浠水县医疗保障局局长徐敏如是说。

砥砺奋进勇担当，履职尽责谱新篇！浠水县医疗保障局将按照中央和省、市各项决策要求，凝心聚力、只争朝夕，努力当好"放管服"改革先行者、医疗领域秩序维护者、基金安全底线的守护者、参保者的权益保护者、高效监管的实践者、高质量发展的推动者，奋力谱写医疗保障事业新篇章。

四川省资中县就业服务中心

全力抓好就业　筑牢民生之本

就业是民生之本。2019年，四川省资中县打出系列组合拳，健全体制机制，落实就业政策，优化服务保障，规范数据录入，全县公共就业服务、就业数据管理、劳务开发等就业工作有序推进，全县就业形势稳中向好。

翻开资中县2019年的就业答卷，核心指标成绩喜人：全县城镇新增就业人口10456人，完成全年目标任务的123%；失业人员实现再就业人数3096人，完成全年目标任务的134.6%；就业援助对象就业人数804人，完成全年目标任务的134%；建档立卡贫困户劳动力培训272人，完成全年目标任务的143%；劳务品牌培训和青年劳动者就业技能培训1531人，完成全年目标任务的118%；农民工等人员返乡下乡创业培训323人，完成全年目标任务的119%。

资中县结合县情，围绕威远5.4级地震和资中5.2级地震，聚焦乡村振兴，开展专场就业培训招聘，严格公益性岗位管理，探索家庭服务业试点，不断满足人民日益增长的美好生活需要，提升人民群众获得感、幸福感。

灾区就业援助，坚定群众灾后重建信心

"宝宝乖，喜欢洗澡澡，我们换个地方接着洗，好不好？"

农村公益性岗位助力贫困户脱贫致富

社区居民参加免费的育婴员培训

"宝宝皮肤有点儿干，平时在家多给他熬点儿银耳汤。"

……

资中县小橙子粑粑母婴生活馆，育婴师邓琪上正在为一个还想戏水的宝宝穿衣服，并给旁边的家长提出育婴建议。

邓琪上从事育婴工作只有几个月。"能真正迈入这行，多亏党委政府。"邓琪上说，她自己也没想到，短短几个月生活会发生这么大的变化。

2019年9月8日，威远发生5.4级地震，资中县多个镇震感明显，受灾较重。为帮助灾区人民尽快恢复生产生活，资中县在双河镇举办了两期母婴生活护理培训（灾区班），采取"理论＋实践"的方式，围绕0-3岁婴幼儿生理心理发展、保育技术、活动游戏设计、疾病预防等，开展了为期1个月的集中培训，并按照每人每天50元的标准发放交通生活补贴。培训结束后，还组织她们参加了育婴师职业资格考试。

学习技能，最终目的是实现就业。在培训过程中，县就业服务中心为学员们同步提供了就业指导、就业咨询，也为她们推荐工作，让她们真正能学以致用，就地就近就业。

小橙子粑粑母婴生活馆参加了资中县专门为灾区班学员和其他灾区求职者举办的资中县母婴生活护理培训灾区班结业专场招聘会。"我们现场提供了10个岗位，在她们学习基础知识后，进行岗前专业培训。邓琪上就是其中一位优秀的育婴师，她有耐心，小儿推拿技术不错。"小橙子粑粑母婴生活馆负责人钟旭华介绍。

得益于原有小儿推拿手艺和新学的育婴技能，邓琪上从全职宝妈摇身一变，成为上班族。"感谢党委政府，没想到我既能上班又能照顾家庭！"邓琪上说。

地震无情，人间有真情。资中县在地震灾区共举办了3场抗震救灾专场招聘会，组织用人单位82家，提供就业岗位7808个，3000余名受灾群众参加招聘会，发放各类宣传资料10000余份，最终达成就业意向462人。"希望通过此类就业援助，让灾区人民坚定信心，不等不靠，重建美好家园。"资中县就业服务中心主任严兴华说。

开发公益性岗位，助力贫困户脱贫致富

重龙镇官斗村于2019年退出贫困村。

沿村道进入该村，一路上，公路平整干净，公路两旁极少见到各种生活垃圾。村党支部书记刘斌一边走一边介绍："我们村11公里马路，全部分包给了村里的乡村环境综合治理护卫队，由每个队员分片包干，各自管好自己的路段。"

刘斌口中的护卫队是资中县为助力脱贫攻坚，加强农村环境综合治理，探索开发的农村公益性岗位，护卫队由7个人组成，他们全部是村里的贫困户。队员们除了打扫道路卫生，还要负责收集区域环境问题并上报，协助处理突出环境问题，开展"五清"专项行动及日常管护，开展"五清"专项行动宣传和引导。

据了解，每个队员每月有500元岗位补贴，而且队员们都买了失业保险和工伤保险。

何玉琴是官斗村3组村民，也是2014年建档立卡贫困户，丈夫生前重病耗尽家里的积蓄，家庭经济负担重，这让无一技之长的何玉琴愁眉紧锁。

2019年4月，听说自己成为护卫队队员，何玉琴十分激动，在种好两亩地之外，还能有这样一份稳定的收入。"这对我们这样的家庭来说是雪中送炭，让我们的生活压力能小一点儿。"何玉琴说。

严兴华介绍，为助力脱贫攻坚，资中县聚焦乡村振兴战略，根据实际情况，精准开发了河道巡视、森林防护、乡村污水（垃圾）巡检等公益性岗位，一方面实现就业扶贫，另一方面助力沱江流域（资中段）水环境综合治理。

试点家庭服务业进社区，订单式培训满足人民美好生活需要

新时期，人民群众日益增长的美好生活需要和向往更加强烈。实施订单式服务，是服务业发展的大趋势。

2019年，资中县开始探索家庭服务业进社区试点。资中县就业服务中心通过平时收集的信息和社区问卷调查了解家庭服务消费需求，率先了解社区居民对哪些稀缺服务业的需求较大。然后，通过政府购买第三方服务，由家庭服务培训学校根据需求，为城乡劳动者提供免费培训，为有需求的家庭提供服务。

2019年10月，双龙镇全职宝妈吴兰，在孩子开始上学的年龄，想为自己开辟一条新路，却有些迷茫。听说政府组织免费的育婴员培训，便抱着试一试的心态报了名。

培训让吴兰豁然开朗。30天的培训，改变了她的育儿观。"完全颠覆了以前养孩子的观念，不仅让我对自己的孩子更负责，也让我找到了融入社会的新路子。"得益于育婴技能培训，吴兰如今已实现再就业。

2019年，资中县在重龙镇、双河镇开展家庭服务业相关专业培训4期，138名劳动者参加，培训专业主要有育婴员、保育员和养老护理员等，培训结业后74人达成就业意向。

"试点工作效果不错，我们将在进一步摸排消费需求的基础上，按照就地就近原则，推广家庭服务业进社区模式，在提高职业技能拉动就业的同时，不断提高居民生活品质。"严兴华说。

四川省绵阳市残疾人联合会

感恩关怀三十载 扬帆奋进新时代

绵阳市残联系统赴井冈山开展“不忘初心 牢记使命”党性教育

回首过往，岁月无痕。1989年，四川省绵阳市残疾人联合会（以下简称绵阳市残联）成立，从此，绵阳市残疾人事业开启了新的征程。

30年来，在市委、市政府的坚强领导下，绵阳市残疾人事业踏在时代的节拍上，乘势而起，因时而进，深入开展“量体裁衣”式残疾人服务，一项项惠残政策相继出台，一件件涉残民生落地落实，一束束温暖阳光照亮了广大残疾人的美好希望。

30年来，全市广大残疾人朋友始终“自尊、自信、自强、自立”，乐观而笃定，身残而志坚，感恩奋进、顽强拼搏，他们用智慧和勤奋创造了一个又一个奇迹，实现了一项又一项超越，在实现自我人生价值、追求幸福生活的道路上奏响了激越恢宏的乐章。

30年来，全市各级残疾人工作者不忘初心、牢记使命，始终怀着深厚的感情积极投身于光荣的事业，平凡孕育着伟大，点滴汇聚成江河，为推进残疾人事业可持续发展作出了应有的努力和贡献。

服务精准，让残疾人更有获得感

一代人有一代人的使命，一代人有一代人的担当。绵阳市残联“三十年”，“服务”是贯穿全篇的核心词。从1989年成立至今，绵阳市委、市政府推进残疾人事业发展的决心之大，跃然纸上。

这是30年来无数画面中的一个：2019年8月，一面写着“爱心助残，惠及百姓”的红色锦旗送到市、区残联，这面锦旗的背后，饱含着游仙区街子镇复兴村七社肢体二级残疾人胡珍蓉多年的梦。

“20年了，我终于可以站起来了，感谢残联，是你们让我站了起来……”2019年5月，胡珍蓉终于实现了能够站立、独立行走的梦想。20年前的一场意外让胡珍蓉左腿髋关节以下全部截肢，从此与轮椅为伴。市、区残联始终牵挂着她的这个梦想，积极争取假肢安装项目，为其免费适配了左髋离断假肢。

冬日的绵阳，寒意阵阵。而绵阳市残疾人康复中心却温暖如春。“您好，我叫夏夏……”在市残疾人康复中心，夏夏在语训部老师的帮助下，正在更换人工耳蜗助听器电池。

对于夏夏来说，在中心的一天既充实又有趣：每天的功课从清晨开始，在老师的带领下做口舌操，活动口腔和面部肌肉，接着进行呼吸训练，通过吹风车、吹气球、吸香气，配合发音……

温暖在蔓延。“我现在终于能够靠自己进出家门了，真是太高兴了！”从直达家中的私人电梯出来后，残疾人郑刚脸上笑开了花。这部电梯是涪城区残联依托居家无障碍改造项目，专门为郑刚量身打造的。

这是残疾人最关心的问题中的一个：近年来，绵阳火车客站来往班次逐年增多，出行群众大幅增加，但可供残疾人士使用的轮椅为数不多，这就给残疾人朋友乘车出行带来了一定的困难。

这个问题反映到绵阳市残联后，市残联高度重视，将其作为“不忘初心 牢记使命”主题教育“为民服务解难题”的一项重要内容，积极协调相关部门，从增设残疾人轮椅入手，对火车客站残疾人通行无障碍设施进行全面提升改造，极大地改善了残疾人的出行环境。

从一个人到一群人，无数的“高光时刻”汇聚成了绵阳市各级残联组织精准服务的画卷。

绵阳市残疾人康复中心自2003年成立以来，已为4000余名残疾人提供了专业康复服务，中心从简单的康复训练到医康结合的专业康复体系，康复服务能力得到不断提升。目前，绵阳市已建成残疾人康复中心10个，覆盖9个县市区，以专业康复机构为骨干的残疾人康复服务体系已然形成，为19万余残疾人次提供了有效康复服务。“十三五”以来，全市投入资金1902万元，发放辅具器具52650件；投入资金670万元，使8267名白内障患者重见光明……

从“量身定制”的私人电梯到公共场所的无障碍改造……近年

“感恩关怀三十载 扬帆奋进新时代”绵阳市残联成立三十周年励志汇报演出

绵阳市残联与浙江省衢州市残联签订东西部残疾人扶贫协议

无臂书法家石晓华为绵阳市残联口书题词"助残先锋 绵阳残联"

来，绵阳市残联积极协调相关部门大力推进无障碍环境建设：城区改造170公里盲道，打造缘石坡道6500余个，人行天桥垂直升降电梯10余部，家庭无障碍改造5430户，极大地改善了残疾人出行和生活的无障碍条件。

时间在向前，场景在变换，不变的是初心和使命。绵阳市残联始终聚焦为民服务解难题，通过向问题"叫板"，不断扩大残疾人群众受益面，实现让群众"叫好"。

举措更实，让残疾人更有幸福感

让残疾人实现创业就业，打开"幸福大门"，是绵阳市残联重中之重的民生项目之一。近年来，绵阳市残疾人创业就业工作已由传统模式向"量体"式转变，由单一模式向多元化转变，编织了一张"活力足、平台多、渠道广"的残疾人创业就业网。目前，绵阳市已建成16个"双创"示范基地、61个残疾人扶贫就业基地、18个残疾人股权量化基地，组织残疾人技能和农村种养殖业等培训6.6万人次，全市城乡残疾人居家灵活就业5万余人，贫困残疾人家庭入股367户。

1997年，对于北川羌族自治县的王顺忠来说，遭遇了人生的第一次难关。那一年，他在外省挖煤出了事故，导致双下肢截肢。北川残联了解情况后，向绵阳市残联申请并为他发放创业直补资金4000元，王顺忠用这笔钱购买了4头母猪，从此开始了他的养殖之路，生活与经济逐渐向好。

而天有不测风云，2008年，一场突如其来的地震，让他多年的努力化为乌有，直接经济损失40余万元。但倔强的王顺忠没有被击垮，在市、县残联的鼓励和支持下，他重拾创业信心，重新建起了养殖场。

如今，他在北川擂鼓镇专业化的环保养猪场规模近千万元，员工不仅有大学生，还有研究生。"我是个残疾人，依靠党的好政策和自己的勤奋努力，我的生活一天比一天好，还带领周边一些残疾朋友共同致富，也算为社会做了些贡献，我心里特别高兴。"王顺忠的脸上每天都挂着掩饰不住的笑容。

2019年5月"全国助残日"当天，北川县残疾人王兴碧居家灵活就业带头脱贫致富模式被中国残联推荐CCTV2《第一时间》栏目播出报道；2020年3月，平武县视力一级残疾人陈习华不等不靠、励志创业的感人故事在CCTV17《遍地英雄》栏目播出。

"大学，我来了。"这是在绵阳市2019年度"金秋助学"活动助学金发放仪式上，残疾大学生胡倩发出的一句呼喊。虽然仅有短短5个字，但从这句话中我们看到了残疾学生对接受教育的渴望，更能看到绵阳市委、市政府帮助困难残疾人圆梦大学的务实之举。

小到一个乡镇、村社——为残疾儿童提供"送教上门"服务，创新"互联网+送教上门"远程教学就读系统；细到一个人、一个群体——建立残疾学生高中和学前教育，并积极推进融合教育，让残障学生能够进入普通学校，实现融合发展。

在这"一小一细"之间，照见的是30年来绵阳市推动残疾人教育发展的"大变化"——

现在，绵阳市已经形成了以特殊教育学校为骨干、随班就读和特教班为主体、"互联网+"为特色的残疾儿童少年义务教育体系。全市已建成特殊教育学校7所、在校学生953人，随班就读学生2857人，入学率达到97.6%，全部享受"三免一补"政策。

平台更多，让残疾人更有成就感

大力发展残疾人体育事业。2015年，成功承办全国第六届特殊奥林匹克运动会，得到了中国残联、中国特奥委员会"三个创新、四个一流"的赞誉。2018年，成功举办绵阳市第三届残疾人运动会暨第二届特殊奥林匹克运动会。2016—2019年，绵阳籍残疾人运动员组队先后征战阿联酋第十五届世界夏季特奥会、全国第十届残运会暨第七届特奥会、河北邯郸全国特奥滚球比赛、澳门特奥滚球城市邀请赛、甘肃金昌全国残疾人乒乓球挑战赛、北京全国特奥篮球比赛，均获得佳绩。在残疾人体育发展的道路上，涌现出了代国宏、黄关军、张志敏、缑海洋等一批优秀的残疾人运动员，他们在国际、国内赛场上争金夺银，奏响了生命的最强音。

2019年初，一则消息"刷爆"绵阳市民的朋友圈：在全国第十届残运会提前比赛项目单板滑雪比赛中，绵阳籍选手张志敏勇夺女子坡面回转LL1级银牌，实现四川在全国残运会冬季项目上奖牌"零的突破"。

而对于成绩，张志敏有更高的追求。她表示，"人的一生当中，需要不断'站起来'，下一个目标是北京2022年冬残奥会取得更好成绩，走上更大的舞台，为祖国和家乡的荣誉而战！"

丰富残疾人精神文化生活，推进残疾人文化事业繁荣发展。2011年、2016年，先后举办绵阳市第一、第二届残疾人文化艺术节，反映残疾人热爱生活、身残志坚的特殊艺术表演和作品得到了社会的广泛好评。走在特殊艺术的道路上，李贫、吴刚、熊翎好、陈大双、陈小双、郭梦漪、刘岷、谭路等一大批优秀残疾人脱颖而出，他们在国际、国内各大舞台上大放异彩，征服了亿万观众。其中，钢琴十级盲人学生熊翎好于2019年荣获第六次"全国自强模范"荣誉称号。

努力付出终有回报，也许是一块块奖牌，也许是雷鸣般的掌声，在他们的身上能够清晰地看见：有尊严、有梦想的残疾人一样可以活得幸福，活出精彩。

30年风雨走过，在留下那一段段辉煌历史的同时，也带给人们更多的希望与期待。"绵阳市残联成立30年来，既是残疾人事业改革发展、薪火相传的30年，也是全社会践行现代文明残疾人观、残疾人获得感不断增强的30年，展望未来，绵阳市残疾人事业在习近平新时代中国特色社会主义思想指引下，在市委、市政府的坚强领导下，我们有信心、有能力团结和带领广大残疾人朋友感党恩、听党话、跟党走，怀揣着对新时代的期盼，助力残疾人朋友们实现更好更大的超越。"绵阳市残联党组书记、理事长谭荣达如是说。

供图：绵阳市残疾人联合会

四川省营山县残疾人联合会

不让一名残疾人在奔康路上掉队

中国残联副主席、副理事长程凯（左一）在实地调研后高度赞扬营山县残疾人工作，并与营山县残联理事长蔡和平亲切握手　摄影：张德兵

链接：王兰辉，1964年11月出生，大学文化，中共党员。自1983年参加工作以来，先后担任营山县蔬菜站站长、营山县农技站站长并被四川省农业厅外派俄罗斯带队种植蔬菜；营山县柏林乡党委书记、人大主席；营山县普岭乡党委书记；营山县农业局党委书记、局长；营山县农牧业局党委书记、局长。2011年12月被国务院评为全国粮食生产先进工作者，享受全国先进工作者和劳动模范待遇。2013年被认定为“全国劳模”。2015年至今现任营山县残疾人联合会理事长。

四川省营山县有各类残疾人6.88万人，共有5998个农村家庭、6991人因残成为农村建档立卡贫困户。近年来，营山县紧紧围绕“全面建成小康社会，残疾人一个也不能少”的目标，把农村贫困残疾人作为重点扶持对象，不断完善残疾人社会保障和服务体系，因地制宜，因人施策，努力为贫困残疾人家庭拓宽长效增收渠道，走出了一条重“输血”更重“造血”的新路子。

康复救助，点亮希望之光

2020年8月6日，笔者在营山县残疾人托养康复中心看到，一间间康复室内，安装着各种现代化的康复仪器和设备，家长培训室、智障儿童康复训练场地、咨询及服务台、家长及儿童寝室等功能区一应俱全。“该中心占地10亩，投资3300余万元，建筑面积6900多平方米，设施完备。”营山县残疾人联合会（以下简称营山县残联）理事长王兰辉说，残疾人托养康复中心于2019年9月投入使用，结束了营山无托养康复机构的历史，方便了残疾儿童就近就地训练。

现年2岁多的小涵，平常不爱交流，不喜欢和别的孩子玩耍，2020年6月，被重庆儿童医院确诊为轻微孤独症，7月初入住营山县残疾人托养康复中心。小涵在母亲的陪伴下，经过1个月的康复训练，各方面都比以前进步了很多，增强了家人对孩子康复的信心。

营山县残疾人托养康复中心主要为残疾人提供康复训练、残疾人托养、残疾人用品用具供应等，设计护理床位64张，除康复儿童活动区，还设有脑瘫儿童康复训练场地、残疾人辅具展厅、残疾人办证大厅等功能区，为残疾人提供政策咨询、就业指导、康复宣传、辅具适配等多项服务。

“目前，已有两家康复训练机构入驻，接纳了67名脑瘫儿童、42名智障儿童、6名孤独症儿童在此接受免费康复训练。同时开展残疾人集中托养试点，2020年计划完成日间照料50人、寄宿托养25人，开展居家托养680人。”王兰辉表示，营山县残疾人托养康复中心投入使用，将进一步完善全县残疾人康复和托养服务体系，为残疾人提供更加专业的托养护理。

营山依托社区和乡镇卫生医疗机构已建成5个康复站，开展覆盖城区和部分乡镇的残疾人基本康复服务，受益人员3000余人，家庭医生签约30297人。积极开展残疾人“助明、助行、助听”行动。近3年来，完成1280例符合手术条件的白内障患者复明手术；发放轮椅、拐杖等各类辅助器具3500余件；为听力残疾人验配发放助听器480台。落实300名贫困精神病患者门诊服药补贴；完成低视力训练300人；为363名农村贫困残疾人实施了家庭无障碍改造。2020年，全面完成321名建档立卡重度残疾人和省级安全社区建设范围内残疾人家庭无障碍改造。

产业扶贫，助残疾人增收

8月5日，城南街道云雾村1组，张建春在自家的院坝里翻晒红艳艳的高粱。“2020年，我家种植了4亩地的高粱，大约收获1600斤高粱，按每斤2.5元保护价交给云雾山泉酒厂老板蔡和平，收入4000元没问题。种子、农药、肥料都是县残联提供的，这笔钱基本上就是净赚。”张建春掰着指头跟笔者算收入账。

张建春与蔡和平结缘，源于营山县残联。2016年，县残联在城南街道、东升镇、望龙湖镇等地15个村，连片建立了残疾人创业就业脱贫示范区，鼓励示范区内5家农业龙头企业吸纳残疾人就业。蔡和平一只眼睛失明，张建春肢体二级残疾，都属于残联扶持对象。

高粱是示范区主打产业之一，蔡和平不仅自己承包土地种植，还带动周边80名残疾人种植高粱300亩。“我们帮助当地业主建立了云雾山高粱种植专业合作社，采取物资统一供应、技术统一培训、产品统一保底回收‘三统一’办法，确保残疾人实现居家灵活就业，持续增加收入。”营山县残联副理事长黄珂说，他们牵线搭桥，引导、鼓励望龙湖镇连山村、消水镇花桥村、黄渡镇二龙社区残疾人手持订单种植高粱400亩。同时巩固提升残疾人创业就业脱贫示范区，继续开展种养项目扶持，让1100余名残疾人实现了居家灵活就业和就近就地就业，促进残疾人稳定增收。

营山县残联精准培育帮扶37家残疾人创业就业基地，并依托这些企业带动了145名残疾人创业就业。充分依靠“量服”，在入户征求残疾人意愿，因人制宜确定扶持项目基础上，每人按1000元标准支持其居家灵活就业。2020年，营山县残联投资100万元对580名有意愿养鸡的残疾人和420名有意愿养鱼的残疾人分别发放价值1000元的鸡苗和鱼苗，预计每户残疾人家庭增收2500元以上。

进行残疾人扶贫资金量化入股合作社试点，是营山县发展产业、帮助贫困残疾人脱贫稳定增收的又一创举。近3年来，营山县残联向省、市、县争取资金201万元，在9个创业就业基地实施股权量化，共有210名建档立卡贫困残疾人和201名建档立卡贫困户参与入股，持续稳定获得分红收入。目前，均按照约定按期进行了保底分红和二次分红，累计分红22万余元。

志智双扶，激发内生动力

2020年7月18日至19日，营山县残联举办了2020年度残疾人就业能力提升培训会，200余名有就业愿望和需求的残疾人免费培训“充电”。在培训课堂上，他们聆听了残疾人政策、残疾人权益保护，专合社创建与财务管理、如何当好农民工、怎样生产优质农产品等课程内容。同时，授课老师与参训残疾人互动交流，积极解疑释惑，有效提升了残疾人就业技能。

这是营山开展残疾人就业能力提升培训的一个缩影。近年来，营山县依托创业就业培训项目、残疾人实用技术培训项目等，将培训与创业就业紧密结合起来，充分征求残疾人创业就业意愿，根据残疾人的需求实施定向、定项培训，帮助增加收入，实现脱贫小康。2019年，营山县残联采取技术与物资结合、集中与分散结合方式，开展了种养业实用技术培训、护理知识培训和青壮年文盲扫盲活动，组织专家、技术人员80多人次，深入到乡镇、村开展了40场次培训，共培训1520人。2020年，营山县残联将扶持1480名残疾人学习实用技术，提升种植水平与职业技能。

中国残联副主席、副理事长程凯在营山县残疾人托养康复中心调研 摄影：张德兵

扶贫先扶智，治穷要治愚。近年来，营山扎实开展扶残助学，搭建了重度残疾儿童送教上门、中重度残疾儿童特教学校就读、中轻度残疾儿童普通学校就读的“三级教育网络”，努力阻断贫困代际传递。目前，全县残疾儿童入学率达到了96.5%。为不让一个学生因家庭困难或身体残疾而失学，营山县建立健全了集“免、奖、助、贷、补”为一体的贫困生资助体系。3年来，县残联会同县教科体局，对全县700多名在校残疾学生，共计发放109.65万元资助金；对86名考上大学的残疾学生开展“金秋助学”，共计发放43万元助学金。

在残疾人脱贫攻坚实践中，营山县从扶志入手，充分挖掘励志脱贫和扶残助残的鲜活典型群体，用身边人讲身边事，典型引路，示范带动，不断激发贫困残疾人勇敢面对困难生活挑战和主动脱贫的内生动力，“要我脱贫”到“我要脱贫”的愿望越来越强烈。“甩掉‘等靠要’，扶起精气神。‘精神扶贫’激发了贫困残疾人锐意进取的斗志，既富了口袋，又富了脑袋，确保不让一名残疾人在脱贫奔康的路上‘掉队’。”营山县残联理事长王兰辉说。

作者：王兰辉、黄珂、黄晓军

陕西省商南县残疾人联合会

为残疾人撑起一片蓝天

工作中的商南县残联理事长胡军

2019年，商南县积极做好残疾人康复、培训就业、民生保障、精准扶贫等工作，强力推进残疾人保障体系和服务体系建设，残疾人事业全面发展，为残疾人撑起了一片蓝天。

残疾人兜底保障力度不断加大。认真落实残疾人“两项补贴”制度，开展了“两项补贴”发放年审，配合民政、财政部门为9000余名残疾人和5000余名重度残疾人发放生活补贴和护理补贴1200余万元；做好了残疾人托养工作。帮助精神病残疾人免费住院托养康复治疗，2所托养中心月均托养残疾人400人以上。重度残疾人托养照护工作在2019年全国残疾人脱贫论坛上介绍经验，得到了中省市的充分肯定；扎实做好残疾人脱贫解困工作，协调民政、社保等相关部门全面落实了残疾人兜底保障政策。

残疾人康复服务进一步精准规范。开展了残疾人家庭医生签约服务，为有康复需求残疾人服务率达到90%；对全县160余名残疾人家庭签约医生进行了集中培训，为6000余名残疾人提供签约医生康复服务；出台了残疾儿童康复救助方案，全县重度残疾儿童全部得到康复救助服务；为800余名精神病残疾人免费服药，为35名重度残疾人安装假肢，为600余名残疾人提供康复服务宣传、转介工作。

残疾人辅具适配实现全覆盖。免费对城关、金丝峡、过风楼等镇548名重度残疾人家庭进行了无障碍改造评估和改造，争取资金400余万元免费为2300余名重度残疾人发放了辅具，残疾人辅具适配达到全覆盖；开展以辅具适配技术为切入点带动残疾人综合服务示范工作。

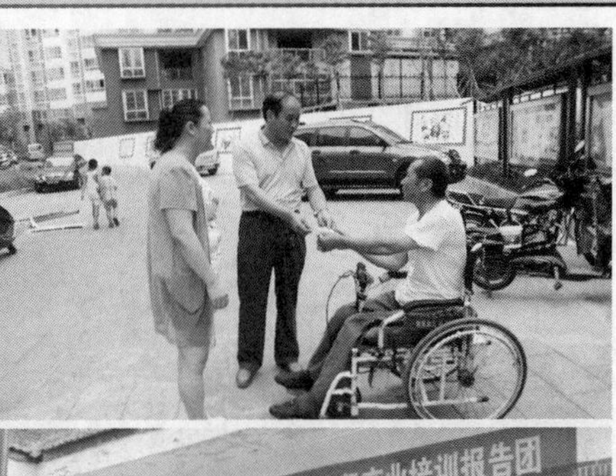

商南县残疾人工作剪影。左图为组织残联干部学习；右上图为看望慰问残疾人；右下图为开展残疾人培训

残疾人就业创业成效明显。争取溧水区残联资金6万元，为40名残疾人开展了按摩技能培训班；对湘河镇343名贫困户进行了实用技术技能培训；对137个镇村残联专委进行了业务培训，提高了服务水平；督促用人单位为残疾人缴纳养老、医疗保险；开展残疾人就业服务"春风行动"，与就业局等部门开展了残疾人就业招聘会。

残疾人脱贫攻坚扎实推进。加强苏陕交流，与溧水区残联主动对接，签订了框架援助协议和2019年对口帮扶协议，援助15万元资金购买轮椅、拐杖等；落实专人长期驻村开展脱贫攻坚工作，开展了产业技能培训，为贫困残疾人送去了资金、项目、技术和信息；加大对包扶村基础设施建设力度，筹集资金5万元，修建通组断头水泥路；对各级反馈问题进行了排查整改，为到期的残疾人证进行了更换，为33个拟退出贫困村141名重度残疾人提供上门办证服务；争取上级支持，帮助30余名贫困残疾学生及残疾人家庭学生实现大学梦。

残疾人基础数据更加翔实、准确。对全县137名动态更新工作人员进行了培训；137名专调员准时入户，对残疾人情况逐项调查，确保调查数据真实、完整、可靠，为上级决策提供了数据。

残疾事业宣传工作形式多样。组织举办了第29个"全国助残日"系列宣传活动，制作了展示残疾人工作的幻灯片和残疾人事业宣传专题片，在全社会营造了良好的关心支持残疾人事业的氛围。

江苏省常州市救助管理站

"三零三百"画好"同心圆"

常州市市级机关党支部书记工作室

链接：常州市救助管理站是国家一级救助管理机构，其前身为收容遣送站，成立于1954年，2003年更名为常州市救助管理站，2006年增设"常州市流浪未成年人救助保护中心"，2015年更名为"常州市未成年人救助保护中心"，在管理上实行两块牌子，一套班子。2013—2015年连续3年荣获"常州市文明单位标兵"，2015年被民政部评定为"国家一级救助管理机构"，2016年被共青团中央、民政部评为"青少年维权岗"，2019年被授予"江苏省文明单位"，2020年先后被评为"常州市市级机关党支部书记工作室""常州市民政局先进基层党组织"，被授予"巾帼文明岗"。

江苏省常州市救助管理站坚持以人民为中心的发展思想，通过织密救助网络、优化服务供给、推动多元共治，用心用情用力画好"同心圆"，持续提升救助管理服务质量，实现了"三零三百"的目标任务：照料服务零投诉、救助寻亲零疏漏、源头治理零盲区，巡查处置100%、落户安置100%、全员参训100%。

深化机制改革，织密救助网络

常州市在强化横向协同配合、纵向协作联动中织就了一张"一心多点"放射立体的救助网络。

健全即时发现机制。常州市将"流浪乞讨人员管理"纳入"数字化城市长效综合管理体系"，建立以公安部门为主、城市管理部门协作、民政部门配合的街面发现救助机制，坚持季度考核、市领导点评，做到主城区半小时、大市区1小时到现场救助，处置回复率100%。以市救助管理站为中心，以村（居）委会为辐射点，建立城乡社区发现救助机制。针对重点场所和恶劣天气，采取聘请社会工作服务中心开展联合行动，建立特殊发现救助机制。

完善快速响应机制。充分发挥市、辖市（区）、镇（街道）、

工作剪影

村（居）四级救助工作网络作用，常州市聘请了1000多名专兼职救助保护督导员，在全市10个社区和34个福利彩票销售点挂牌建立救助服务咨询点和临时救助庇护所，在100多个福彩销售点放置救助宣传单和引导卡，让流浪乞讨人员就近就快得到救助。

建立层级监督机制。常州市救助管理站持续推进区域指导中心建设，加强对区、县救助管理站的业务指导和监督，带动区、县救助站在安置、就医、护送等关键环节上协同发展、同步提升，在全市形成"一体两翼"、全城覆盖、互联互促的良好救助工作格局。

完善制度措施，优化服务供给

常州市救助管理站以不断增强救助对象获得感、幸福感、安全感为己任，通过制订配套实施政策、规范内部管理、加强干部队伍建设，不断优化救助服务供给。

构建"常救讲堂"培训体系。为激励干部担当作为，提升员工职业素养，常州市救助管理站每年组织2次以上的救助骨干培训，每季度组织1次以上的全员培训。"常救讲堂"的培训内容既有难点工作研判分析会，又有业务骨干传经送宝，还有以道德讲堂的形式选树身边的典型，讲述身边的感人故事，激发职工干事创业的激情和为民服务的热情。在职工书屋开辟党史学习角，扫描电子书墙二维码即时收听党史有声书籍，组织"党史故事大家讲""党史百年天天读""党史知识竞赛""唱支山歌给党听"等党员群众喜闻乐见的活动，擦亮"暖流"党建品牌，着力推进党史学习教育走深走实，使职工们在潜移默化中汲取百年党史精神营养，打造了一支特别能奉献、特别能吃苦、特别能战斗的救助队伍。

打造救助管理标准体系。为在站受助人员提供洗澡、换衣、理发、量血压等服务，用品一人一换，床品每周清洗，每周两次用艾草熏蒸祛除房间异味。在抗击新冠肺炎疫情期间，建立"1234救助流程"，严格把控入站"第一关"、做到健康状况"两监测"、来站求助"三询问"、防控措施"四落实"。常州市救助管理站优化服务，梳理接待服务、在站服务和离站服务的每个环节，做到环环相扣、紧密衔接、全程留痕，实现救助管理工作全渠道服务、全闭环管理、全流程规范，扎实推进江苏省民政救助管理标准化试点工作。

多措并举推进寻亲救助。让每个流浪人员回归家庭，是救助人最大的心愿。为了化解身份查询难题，提升寻亲服务质量，常州市救助管理站以"龙城大爱"寻亲工作室为阵地，成立由督导员、指导员、联络员、未保联络员、问询员等8人组成的专业寻亲工作团队，辅以手语老师、语言翻译、心理辅导员等志愿者若干；构建起传统寻亲模式、"互联网+寻亲模式"、志愿者合作寻亲模式等"三位一体"的多元化寻亲方式；加强警站协作，运用人口管理信息系统、DNA鉴定、人脸识别等技术，有效提升身份核查和寻亲服务效率，对站内滞留人员、托养人员做到应查尽查，确保"救助寻亲零疏漏"。

着眼标本兼治，推动多元共治

为有效解决救助对象照料安置、急病救治等突出问题，加强源头治理预防和减少重复流浪，常州市建立了多部门、多区域参与的救助协调小组。

依法分类安置。常州市救助管理站依托民政系统福利院、儿童福利院和德安医院精神科，畅通安置渠道，将所有疑难对象安置于公办福利机构，受助人员人身安全和生活质量得到有效保障，消除了托养人员生活照料不周全的隐忧。受助人员在站临时照料90天后，经多方寻亲仍无法查明身份信息的，即为他们办理落户手续，成年人安置于市福利院，未成年人安置于儿童福利院，其中精神病人住院180天后安置于德安医院。安置流程规范，站内无超期滞留受助人员，落户安置率100%。

巩固回归机制。建立受助对象回访制度，回访频率不低于每两月一次，回访期不少于一年，对未成年人回访率达100%。定期探望落户安置的受助人员，关心他们的生活状况，根据新发现的线索继续动态开展寻亲工作，不放弃受助人员回归家庭的一丝希望。对返乡受助人员持续回访，长期跟踪，常州市救助管理站对2014年救助的贵州三姐弟已持续关注帮扶7年。积极发挥中心站示范带动作用，明确各区、县源头治理责任，建立源头治理和回归稳固机制，督促受助人员所在地将符合条件的流浪乞讨返乡对象纳入全市"8+1"大救助体系，加大"单人保"实施力度。解决受助人员返乡后生活照料困难和多次重复流浪等问题，确保"源头治理零盲区"。

落实延伸救助。将救助网络推广到全市各大乡镇，着力加强在各大乡镇的街面巡查频次和政策宣传力度，完善流浪乞讨返乡受助人员信息台账，建立易发生流浪乞讨人员数据库。对长期滞留街面的流浪乞讨人员开展延伸救助，协调民政、卫生等部门落实相关政策，改善他们的生存状态。对有需要的站内受助人员，邀请社会工作者给予专业帮扶和指导，帮助他们解决实际困难，早日回归社会。

作者：赵灵

福建省莆田市救助管理站

以“三个一”为抓手　实现受助人员“零滞留”

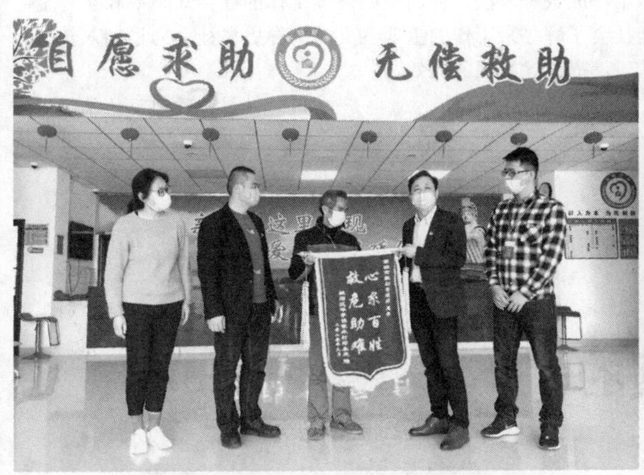

受助返乡人员向莆田市救助管理站赠送锦旗

莆田市救助管理站为受家暴儿童庆祝生日

链接：林文瑞，现任莆田市救助管理站站长。任现职14年以来，兢兢业业，开拓进取，先后在全省救助系统开创了多个救助工作先例，有效改变了传统救助工作模式，为更科学地救助和管理创新积累了许多宝贵的经验，带领莆田市救助管理站获得全国民政系统行风建设示范单位、全省民政系统先进集体、全省民政系统行风建设示范单位等荣誉称号，多次被评为文明单位。

让每个流浪人员回家、妥善安置是救助管理机构工作的重要目标。近年来，福建省莆田市民政部门在救助管理工作方面持续注重完善机制建设，拓展救助领域，整合社会资源，着力通过“三个一”的寻亲抓手，成功实现全市受助人员在救助管理机构内“零滞留”的目标。据统计，近三年来，全市共帮助117名受助人员寻亲返乡，并得以妥善安置。

下好“一盘棋”，形成寻亲合力

近年来，莆田市针对救助管理机构服务对象需求多样化、救助环境日益复杂的形势，不断建立完善纵向贯穿“市—县—乡—村”四级救助管理机构，横向连接民政、公安、城管、卫健、财政等部门协同参与的立体化救助服务体系，形成了“网络全覆盖、服务全天候、救助全方位”的“一盘棋”工作新格局。

莆田市救助管理站工作人员主动“走出去”，到当地110指挥中心为接警员宣讲救助管理政策法规，并邀请公安部门工作人员进站座谈，探讨分类救助、规范救助等做法，推动各部门各负其责、各司其职，加快形成“分类救助分级管理”的工作共识。2019年，莆田市民政局根据民政部、福建省民政厅部署要求，健全完善了包含公安、城管、教育、卫健等27个成员单位在内的莆田市际流浪乞讨人员救助管理工作联席会议制度，明确部门分工职责，推进工作联动和信息共享，适时组织召开相关会议，部署、研究、推进流浪乞讨人员救助管理工作，为流浪乞讨人员救助寻亲送返工作的顺利开展奠定了扎实的组织基础。

此外，在寻亲工作中注重“请进来”，公安部门在救助管理机构设立“警民洽谈室”，帮助开展受助人员信息甄别、DNA数据采集比对、治安维护、教育疏导跑站人员思想等各项工作；卫健部门引导医护人员在救治精神障碍和其他患病受助人员基础上，注意收集救护交流过程中的只言片语，便于救助管理机构进行信息比对辨别，获取寻亲线索；交通运输部门为救助管理机构护送返乡工作提供进站乘车方便等，通过各职能部门发挥职能优势，形成整体合力，大大提升了全市救助寻亲、送返安置的成功率。

服务“一站式”，开展系统寻亲

为切实做好流浪乞讨人员寻亲工作，莆田市救助管理机构站位中心、服务全局，围绕“堵、寻、回”三个环节，探索总结出“三多”应对办法，实现“一站式”服务，有效提升了寻亲服务成效。

多管齐下，预防流浪。坚持“预防是最有效的救助”工作理念，借助莆田市民政局低保办的工作平台等渠道，了解本地特困群众信息，分析可能流浪的对象，提前实施救防并举措施，并由社工、村（居）基层干部挂钩跟踪帮扶，从源头上减少流浪乞讨现象。在服刑人员困境家庭未成年人服务方面，从2013年起，莆田市开展系列帮扶活动，全面摸底排查服刑人员子女，并为268名莆籍服刑人员困境家庭子女提供心理辅导、亲子交流、低保申请、法律援助、爱心人士结对帮扶等服务，同时在全省试点探索和研发使用“莆田市服刑人员未成年子女信息系统”进行跟踪管理，极大程度地减少此类困境未成年人发生流浪乞讨的现象。

多措并举，系统寻亲。成立专业寻亲工作小组，通过问询、照片指纹比对等方式，在全国救助管理信息系统快速确定人员身份。对查找不到身份信息的人员，24小时内在全国救助寻亲网、“头条寻人”等平台发布寻亲公告，并根据人员特点分类选择“莆田小鱼网”、报刊、电视台等多种寻亲信息推送渠道，提高推送精准性和有效性。在7个工作日内报请公安机关采集DNA数据；根据寻亲线索开展实地寻亲、利用3D实景地图软件搜寻比对寻亲信息等。

多种渠道，妥善安置。对寻亲成功人员及时帮助购票返乡或组织护送返乡，跟踪帮扶、协调解决生活困境，预防二次流浪；对于易肇事肇祸的疑似精神障碍患者及危重病人，按照“先救治、后救助”的原则，将其护送至定点医院进行救治，待治愈或病情稳定后及时联系其亲属接回或护送返乡；对超过三个月仍无法查明身份信息的滞留人员，及时上报按照城市“三无”人员性质安置在政府福利机构供养，符合条件的，则及时纳入特困人员群体供养。

拧成“一股绳”，链接寻亲资源

在充分发挥救助管理机构自身作用、积极联合有关部门力量基础上，莆田市还最大限度地链接社会寻亲资源，全力助力救助寻亲工作，大大提升了莆田市全方位救助寻亲服务成效。

与高校志愿者共建。莆田地处福建沿海开放地区，外来农村务工人员较多，其中大部分人携父母来莆共同生活。针对这部分老人普遍不会说普通话、不识字，文化程度较低，时常走失、寻亲难度大这一问题，莆田市借助高等院校汇聚全国各地生源的语言优势，成立方言翻译小组，帮助不会说普通话的流浪乞讨人员及受助困难人员寻亲返乡。

与专业社工共通。莆田市近年来积极利用社工专业的心理疏导、敏锐的表情捕捉、有效的沟通引导、细致的追根询问等服务技巧，努力引导部分无法正常表述自身信息的受助人员缓解情绪、说出心声、提供线索，寻找受助人员家乡信息，并在成功送返后进一步介入其家庭关系，寻找流浪根源，积极链接社会资源，协调解决其困难问题，预防其二次流浪。

与爱心企业共赢。莆田市着重创新政企联姻工作模式，积极探索“一人一策”等个性化安置服务，主动与职业介绍服务中心及广告公司等爱心企业共建，为因务工不着、临时遇困而流浪的救助对象及满 14 周岁不满 16 周岁且不适宜接受正规教育的受助对象搭建不同领域的再就业平台。近五年来，已帮助 40 余名人员开展职业技能培训，帮助他们更好地生活，有效融入社会。

与社会公众共治。每年“6·19”开放日活动时，邀请社会各界爱心人士走进救助管理站，通过介绍救助政策、宣传服务内容、展示工作成效等方法，提高救助管理工作的社会知晓率和参与度，让全社会了解寻亲工作的重要意义，引导更多社会力量加入救助服务队伍，提升寻亲服务成效。

供图：莆田市救助管理站

陕西省铜川市救助管理站

流浪者温暖的家

站长韩延成（左一）陪受助人员一起过中秋节　摄影：刘晓磊

链接： 韩延成，男，汉族，1964 年 1 月出生中共党员，大学文化，1979 年参军入伍，1984 年参加工作，现任铜川市救助管理站站长。2019 年先后荣获“全国民政系统劳动模范”“全国模范退役军人”“铜川市五一劳动奖章”“铜川市第五届道德模范”“陕西好人”。

铜川市救助管理站与铜川市未成年人保护中心实行一个机构两块牌子，合署办公。承担着铜川市区域内流浪乞讨人员、未成年人救助保护工作及省内、外各站经铜川地区的受助人员接、转、送任务。十九大以来，先后荣获铜川市民政系统先进集体、铜川市市直机关工委五星级党支部、铜川市市级文明单位等。

“虽然我们来自不同的地方，在心中却有同样的企盼。用真心去交换你的纯真笑容，用热情让冷漠变温暖。有多少痛我们虽不曾体会，有多少爱却让你我感动。”一首《生命因爱而精彩》，唱出了多少救助人的心声。

近年来，陕西省铜川市救助管理站始终坚持“民政为民民政爱民”的工作理念，坚持“自愿求助，无偿救助”的工作原则，工作中不断创新救助模式，实施分类救助，科学管理，突出“人性化”救助，做到精准掌握动态信息，精准救助对象、精准确定救助标准，实现救助效率、救助服务质量的新突破。同时积极宣传国家救助政策，规范救助行为；实行“阳光救助，阳光操作”，坚持 24 小时值班制度，24 小时救助电话畅通；采取“走出去，请进来”的救助工作方式，在全市范围内设立多个临时救助点和咨询点并发放爱心救助引导卡，主要街道设有救助引导牌，救助专用车流动巡查，确保对生活无着流浪乞讨人员及未成年人做到应救尽救、及时救助。除夕夜帮助老人寻亲、千里护送少儿返乡、寒夜里守护流浪人员安全……这一桩桩、一件件都是市救助管理站工作的写照。

“临时之家”，情暖求助者

走进铜川市救助管理站，展现在我们眼前的是干净的被褥，整洁的房间，站内的心理咨询室、法律咨询室、活动室、阅览室等多个功能室为求助者提供了极大的帮助。

“（2019 年）11 月 18 日下午 16 时左右，一名 2 岁左右的小男孩在印台区北关老街道与家人走失……”这条消息引爆了朋友圈。热心市民纷纷转发，过了一夜的时间，仍未找到孩子的家人，印台区城关派出所将孩子送往了市救助管理站，工作人员给其洗澡并换上干净衣服。孩子年龄过小，晚上由站里女性工作人员轮流照顾，还给孩子临时起名叫豆豆。救助站通过各种渠道联系上了豆豆的父亲，他父亲急忙从咸阳赶回来，看到豆豆被站里照顾得很好连声道谢。

“豆豆来的时候年龄小，晚上还闹觉，我们工作人员耐心地陪伴、哄睡，有的还将自己家孩子的衣服拿过来给他穿。”市救助管理站工作人员杨晓花说。

据了解，救助站内的受助人员大多被送回家，一些患有精神疾病、重大疾病等特殊人员，会被送到医院救治，或被送到社会福利院、儿童福利院。2019 年，救助站已救助流浪乞讨人员 153 人次，成年人 145 人次，未成年人 8 人次，男性 130 人次，女性 23 人次。其中站外救助 62 人、护送返乡 40 人次、接领离站 28 人次，自主返乡 90 人次。为受助人员提供饮食 36 份、衣物 16 套和返乡乘车凭证 41 次，合计共 216 人次。

寒冬送温暖，冬天不再冷

2019 年 12 月底，铜川市气温骤降，路上的行人都穿着厚厚的棉衣，顶着寒风小心翼翼地走。在街头上，铜川市救助管理站工作人员拿着手电、棉衣和食品，四处巡查，为流浪乞讨人员提供救助，做到兜底救助、零门槛救助。

救助站购买了棉衣裤、棉鞋、保暖内衣、棉被、方便面等御寒物品和方便食品，确保街头生活无着落人员不挨饿、不受冻，同时，充分利用市电视台、铜川日报、本站微信公众号等媒体平台宣传寒冬救助措施，及时介绍寒冬救助进展、工作成效等工作动态，扩大活动影响力，引导广大群众、志愿者、社会爱心人士及时报告流浪乞讨人员线索，及时拨打 110 或 0919-8109900 救助热线；发现危重病人、疑似精神障碍患者，拨打 120 或 110 求助。

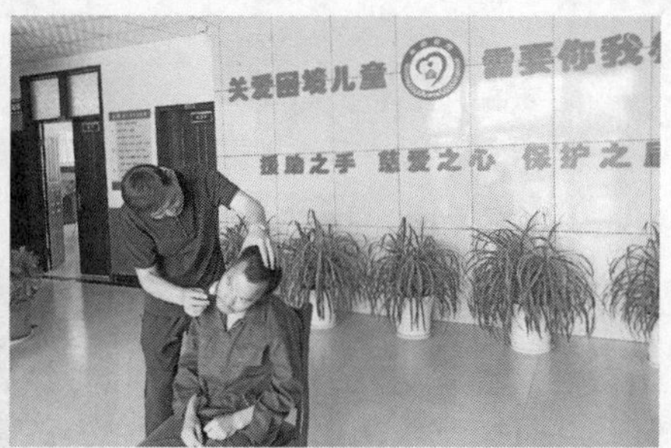

铜川市救助管理工作剪影：左图为到汽车站发放爱心救助联系卡；右上图为为在站受助人员整理个人形象；右下图为护送受助人员返家与亲人团聚 摄影：刘晓磊

2019年11月中旬，市救助站启动了“寒冬送温暖”行动，工作人员分两个小组，三个小队，在新区，印台，王益区，二十四小时根据极寒天气，恶劣天气，重大节日等全天候，全方位，无死角巡查。截至目前，铜川站上街巡查314人次，出动巡查104车次，站外救助62人次，发放食品36份，送医6人次。

自愿是原则，救助是义务

救助站的环境干净舒适，很多求助者能在这里寻求帮助，但还有部分的流浪乞讨人员不愿进救助站。

“有些流浪乞讨人员喜欢自由，不想受约束，说啥都不愿意来，我们就尽力给他们提供其他的帮助。自愿受助、无偿救助、依法救助，是我们进行救助的首要原则，对于一些不接受我们救助的人员，我们还是尊重他们的。”铜川市救助管理站站长韩延成说。

对于那些不愿受助的人员，市救助管理站工作人员坚持每天巡视，并将他们的情况登记建册及时为他们送去生活必需品，确保这些流浪乞讨人员有饭吃、有衣穿、有避暑御寒场所。

在王益区大同桥下，一直住着一名患有精神病的男子，被当地人称呼为“铁头”，他养了很多流浪狗，让人一直不能接近，在救助站工作人员的再三劝导下仍旧不接受救助，市救助管理站采取自愿原则，经常为其送去衣物食品等物资。

“家庭才是最终的港湾，虽然救助站尽力打造家庭感的居住氛围，我们还是希望大街上不再有流浪者，每一个流浪者都能够回归家庭、收获幸福。”韩延成说。

湖南省衡阳市殡仪馆

推进绿色殡葬 完美人生最后的驿站

馆长戴应芳在节地生态集中安葬仪式上致辞 摄影：蒋飞

链接： 衡阳市殡仪馆按国家二级殡仪馆标准建设，市财政共投入建设资金1.5亿元，占地面积230多亩，其中绿化面积为190余亩，占总面积的80%，整个馆区为生态园林式风格。2014年、2016年两度被民政部评为“全国殡葬先进单位”“全国殡葬工作先进集体”，2020年度荣获全市“三星级文明单位”，2018—2020年连续三年被市民政局评为优秀单位和综合治理先进单位。馆长戴应芳荣获2018—2019年度全国平安医院工作表现突出个人荣誉称号。

近年来，湖南省衡阳市大力推行“绿色殡葬、惠民殡葬、和谐殡葬”的理念，围绕“让两个世界的人都满意”的服务宗旨，大力推进绿色殡葬，落实惠民殡葬改革举措，完美人生最后的驿站。

截至2020年12月4日，衡阳市殡仪馆共办理全民普惠3363起，优惠金额430余万元；办理低保、独生子女优惠政策276起，优惠金额5.5万多元。为深化殡葬改革，推进绿色殡葬，促进骨灰处理多样化，衡阳市成功举办了第七届衡阳市殡仪馆开放日活动和衡阳市第三届节地生态集体安葬仪式，15名逝者免费安葬到节地生态墓区，推行殡葬改革6年来，全市共有2万多户逝者家庭享受到殡葬减免政策，共减免1700多万元，真正实现改革成果共享，惠民政策早已深入人心，殡改政策广为群众接受，新的殡葬风尚正

左图为节地生态集中安葬有序进行；右上图为新三样（黄菊花、黄丝带、心愿卡）置换旧三样（纸钱、鞭炮、香烛）；右下图为提倡低碳环保、文明祭祀，为墓区内安葬的逝者敬献鲜花一朵　摄影：蒋飞

逐步形成。

守护青山绿水，推进生态殡葬

衡阳市倡导"文明祭祀、生态安葬"的殡葬观念，大力推行绿色殡葬、便民殡葬、惠民殡葬，倾心打造殡葬行业品牌，目前，市殡仪馆内已推出了壁葬、草坪葬、花坛葬等节地葬式葬法，开辟了草坪墓地 1350 平方米，壁葬 4193 处，花坛墓地 36 平方米。为有力推进殡改工作，衡阳市殡仪馆把城市公益性墓地建设纳入"十四五"规划建设。

节地生态安葬是移风易俗的一种引领方式，更是破除陈规陋习的果敢行动。衡阳市全力践行绿色发展理念，积极出台生态安葬奖补政策：对全市户籍人员火化后完成生态安葬的，给予奖励，这种新型的治丧模式正在逐步被市民所接受，不保留骨灰生态安葬的理念，体现了对生命的全新认识态度。让逝者体面有尊严地走好人生最后一程，促成"厚养俭葬"社会新风尚逐步形成。

近年来，衡阳市在全市各县（市）区大力推行节地生态葬式葬法，加快节地生态安葬基础设施建设，努力提升节地生态安葬服务水平。在各类公墓建立了生态园区，逐步扩大惠民殡葬范围，进一步加大了生态安葬奖补力度，强化节地生态安葬宣传，以抓好殡葬行风建设为突破口，努力提升殡葬服务品牌，为全省殡葬改革工作作出应有的贡献。

落实惠民殡葬政策，保障群众丧葬权益

衡阳市殡仪馆立足衡阳实际情况，高标准、严要求，以殡葬服务行业标准为导向，积极推广惠民政策，落实惠民殡葬政策。

衡阳市秉承"公益、便民、惠民"的服务宗旨。2013 年，市委、市政府出台政策，对城乡困难群众、包括低保对象、城镇"三无"人员，重点优抚对象和农村"五保"供养对象免除遗体接运，火化、冷藏、卫生棺、骨灰盒等 1390 元的基本殡葬服务费，2017 年实行节地生态安葬奖补政策普惠制，对实行生态安葬的奖补 1000—1500 元。

衡阳市殡仪馆始终坚持"丧属至上、服务第一"的服务理念，在网上公开殡仪服务电话，24 小时保持畅通，随时保证遗体接运；尽量简化程序，资料齐全，即时办结；殡仪服务所有项目收费均公示上墙，明码标价，杜绝一切强制消费和捆绑消费，服务项目实行清单制；弘扬勤俭节约美德，充分发挥殡葬服务窗口行业厉行节约、反对浪费的示范引领作用，广泛开展公益宣传和文明餐桌活动，设身处地当好治丧群众的消费参谋，杜绝浪费现象；将生命教育与殡葬文化相融合，不断增强生命教育的深度和厚度，开展哀伤辅导、心理关怀、孝亲教育等多元化服务，注重传统文化传承，努力做到有温度、创新力及人文情怀的殡仪服务。

作为全省殡葬改革的积极推进者，湖南省衡阳市认真贯彻落实民政部、省民政厅殡葬改革有关政策规定，近年来，在殡葬法规、惠民政策、依法规范管理、服务体系建设等方面取得了明显成效，在推进生态文明和精神文明建设、构建美丽和谐衡阳等方面发挥了积极作用。自 2018 年以来，衡阳市已成功举办了三届免费节地生态集中安葬仪式，实行树葬、草坪葬、花坛葬等节地生态安葬共 270 名，这种回归自然的生态安葬方式正越来越为广大群众所接受。

以创新为动力，推出特色服务举措

为了让逝者以最完美的形象走完人生最后驿站，做到让"两个世界的人都满意"，2019 年，衡阳市殡仪馆与国家民政部 101 研究所深度合作并签约，引进该所 3D 遗体修复技术和设备，建立湘南首家 3D 整形修复工作室，为丧属提供 3D 打印整容整形修复，研发了遗体防腐整容技术，攻克了特殊遗体修复整形修饰美容等关键性技术难题，通过整合化妆后，完美再现逝者生前的容貌。

3D 修复技术成功在衡阳市殡仪馆应用和推广，提升了服务技术资质，提高了员工技能操守，推进了殡葬改革的"软实力"，填补了殡葬服务上的技术空白，"长沙民政学院毕业生实习基地"的挂牌也为引进高素质高技能殡葬人才敞开了大门。

以智慧为依托，搭建智能服务平台，在服务大厅、发放骨灰处、告别大厅等群众集中区域增设户外电子大屏或室内显示器等公共服务传媒设施，随时公示火化进度，同步显示告别、守灵、发灰等信息，方便群众查询。

打破落后守旧的殡葬方式，将人文观念、文明环保意识与现代科技融入殡葬服务中，推出了生命晶石、鲜花花篮等服务项目；进一步引导家属注重逝者精神文化的传承，通过不断提升服务能力，用心用情为逝者和家属服务。

突出园林绿化特色，不断优化服务环境，对馆内服务环境重新美化布局，优化馆区环境、升级绿化景观，在告别厅和骨灰发放处建造亭台及文化长廊，给治丧群众怀旧的美感；通过综合楼提质改造，将办公区和服务区分离，为群众提供一个静谧整洁、庄严肃穆、温馨优美的治丧空间；补充制作各区域标识牌和道路指示牌，力争打造一座饱含人文关怀及文化底蕴的园林式殡仪馆。

以绿色为理念，推广绿色生态殡葬，"清明节""中元节"期间推出了"情系黄丝带""钱纸换鲜花""网上寄哀思"等文明、绿色、环保的祭奠方式，引导群众文明低碳祭扫、绿色生态安葬，大力推行生态殡葬、人文殡葬、惠民殡葬相结合的全新殡葬形式，多措并举倡导群众选择人与自然和谐相处的节地生态安葬方式。

作者：胡亚华、刘鹏

山东省菏泽市福利彩票销售管理中心

多措并举　扎实推进
确保福利彩票事业稳步、健康向前发展

服务规范、团结奋进的菏泽市福彩中心员工　摄影：刘麟

链接：2019年，菏泽市福利彩票销售管理中心牢固树立“阳光福彩”“公益福彩”品牌形象，始终坚持“安全运行、健康发展，内强素质、外树形象”工作方针，忠实践行“扶老、助残、救孤、济困”公益宗旨，持续不断地推动福彩事业健康向前发展。30多年来，菏泽市累计销售各种福利彩票58.25亿元，筹集公益金17.05亿元。其中，市级公益金资助公益项目126个，支持建设项目点30000多个，提供就业岗位2000多个。福彩事业已成为菏泽社会福利和公益事业发展的重要资金来源，成为菏泽广大社会公众积极参与的经常性公益捐助平台，极大地促进了社会的文明与进步。

在山东省菏泽城区长江路福彩营业厅内看到，《中国福利彩票销售场所疫情防控指南》在显要位置张贴着，彩民佩戴口罩即买即走，不聚集、不讨论，销售工作有序开展。2020年3月13日，菏泽市大部分福彩销售点复工。为加强销售网点自身防护工作，菏泽市福利彩票销售管理中心向全市所有电脑票投注站、刮刮乐即开票配管站、视频彩票销售厅发放防疫指南，配备一次性口罩、消毒用品，确保各项防护措施落实到位。过去的一年，菏泽市福彩中心多措并举，扎实推进了福彩事业的健康、持续发展，得到了省市领导的高度评价。

党风廉政建设见成效。菏泽市福利彩票销售管理中心党支部狠抓和规范党的建设工作，严格落实“三会一课”、民主生活会、组织生活会、民主评议党员等制度；通过党员微信群、党员QQ群，把学习教育融入日常生活，形成常态化。不断开展学习强国、“结对帮扶”双联双创、慰问老党员和老退伍军人、参观鲁西南烈士陵园等活动，提升了每名党员的责任感和爱国情怀；持续纠正“四风”，使良好作风形成习惯、形成风气、形成机制。

工作实现零事故、零差错。菏泽市福利彩票销售管理中心始终把安全放在第一位，坚持“安全运行、健康发展”的工作方针，以规范化建设为重点，强化全方位安全保障，强化内部运行管理和风险预防控制，不断提高工作管理水平；大力做好中心机房的值班监控，严格日常的技术维护，加强网络巡检和技术保障，实现了零事故、零差错的目标；严格遵守国家财经法律法规和各项财务管理制度，依法理财，规范使用。

不断完善、拓展销售渠道。在商超、火车站、汽车站、网吧、酒店、洗车店、视频票销售大厅等场所布设销售展示柜130台；针对福彩投注站经营成本持续上涨的现状，积极推动站点转型发展走兼营道路，为稳定销量提供保障；对销售情况较好的乡镇站点开展规范化建设工作，43个乡镇政府驻地销售场所已全面完成规范化建设，菏泽市福彩整体形象和销售场所软硬件建设进一步得到提升。

加大投入，创新营销宣传。加大网媒、公众号、出租车LED屏、过街天桥广告屏等多维度宣传力度，巩固电视、电台、报刊等传统媒体宣传阵地，重点聚焦新媒体，不断扩大福彩信息受众面，为福利彩票事业发展营造了良好的发展氛围。去年，在录制音频、制作海报深入宣传的基础上，积极开展“福彩刮刮乐　天天送汽车”“红包天天送　爆机奖上奖、“嗨爽六月　同享精彩”“新芽好时节　福彩乐相送”等促销活动，取得了比较明显的促销效果。

加强培训，打造高素质队伍。工作中，充分发挥党员的先锋模

工作剪影：左图为开展慰问定陶区环卫工人活动，右上图为到临沂参加红色教育活动，右下图为开展内部培训活动　摄影：刘麟

范带头作用，把党建和业务工作有机结合起来，形成抓党建促业务发展的良好格局。同时，建立常态化学习模式，对日常运营管理中发现的问题进行梳理总结，有针对性地开展学习培训。2019年，共组织11次大型面授培训活动，不断加强对投注站的广泛培训，特别是围绕双色球12亿大派奖，对投注站销售员进行了9场专题培训，着重加强了投注站点销售员和中心员工的业务知识和服务意识培训，提升了福彩事业整体形象。

树立“阳光、公益福彩”品牌形象。公益是彩票的初心和使命，2019年，菏泽市福利彩票销售管理中心先后开展一系列公益活动，大力彰显“阳光福彩”“公益福彩”品牌形象。慰问“最美儿媳”，弘扬正能量；为鄄城敬老院送冰箱、电视机和空调活动，改善提升老年人的居住环境和生活质量；组织专家开展义诊，为困难群众送医送药；举办山东省福利彩票文化巡展，5400余件精美的展品不仅让大家享受到了视觉盛宴，还能更深入地了解福彩的发展历史和厚重的文化底蕴，扩大了福彩品牌的影响力；到社区养老服务中心开展志愿服务、捐赠新风系统，切实提高老年人的生活品质；慰问定陶区40位环卫工人，传递全市彩民的爱心和温暖；“山东天使健康救助”精准扶贫暖人心，传递大爱和正能量大型公益活动；多次上街开展义工服务及志愿者服务活动等，以实际行动践行了福利彩票“扶老、助残、救孤、济困”的发行宗旨。

形成了良性的发展环境。2019年菏泽市共销售福利彩票5.39亿元，筹集福彩公益金1.64亿元。广大彩友在积极奉献爱心、倾心社会公益事业的同时，也获得了丰厚的回报，为福彩事业营造了良好的发展环境。2019年，菏泽东明县、定陶区、成武县的彩民先后中出双色球一等大奖，特别是定陶区的一位幸运彩民一次中得福彩奖金2607万元，刷新了菏泽市福利彩票中奖纪录。

展望未来，任重道远。2020年3月26日，菏泽市福利彩票销售管理中心主任冯相珍告诉记者，目前，福利彩票已经走向一个新的发展历史时期，彩票的社会责任被广大公众寄予更大的期望，责任彩票建设成为我国彩票事业发展的核心推动力。2020年，菏泽福彩将更加注重自身承担的社会责任，继续强化福彩文化建设，坚持以保障福彩事业健康发展为中心，以安全运行和队伍建设为基本支撑，加大营销、培训和创新力度，努力增点扩面，全力挖潜，持续确保菏泽市的福利彩票事业稳定、健康高质量发展。

山东省济南市盲人按摩指导中心

脱贫奔康路上，盲人一个也不能少

习近平总书记指出，全面建成小康社会残疾人一个也不能少。盲人，作为残疾人这一弱势群体中的弱势，能否如期脱贫解困奔小康，事关全面建成小康社会的成色。全面建成小康社会缺少哪一个群体都不是真正的全面小康。为做好济南市盲人精准扶贫、精准施策工作，2017年初，济南市残联与市扶贫办联合制定出台了《关于开展济南市“共享阳光·助盲奔康”行动的实施意见》，明确以扶持建档立卡的贫困盲人为重点，通过有针对性的技能培训，帮助贫困盲人创业就业，确保在脱贫奔康的大道上不让一名盲人掉队。2018年，为贯彻落实中残联等四部门《助盲就业脱贫行动实施方案》，济南市残联联合市财政局、市扶贫办制定出台了《济南市“共享阳光·助盲奔康”三年行动计划（2018—2020年）实施方案》，进一步明确了三年的目标任务、政策措施。2020年是“共享阳光·助盲奔康”三年行动计划的收官之年。三年来，山东省济南市盲人按摩指导中心（以下简称济南市盲导中心或中心）以党建为引领，通过开展调研、培训、扶持、创新，加大对盲人的精准帮扶力度，强化适合盲人自身特点的特色培训，规范盲人按摩行业管理，已培训盲人500余人次，扶持盲人按摩机构200余家，新安置盲人就业创业100余人，稳定盲人就业400余人。中心的助盲奔康经验获得中国残联的肯定，并在《中国残疾人》杂志及中国残疾人就业服务指导中心网站予以刊发推广。2020年，中心受到济南市脱贫攻坚事业单位集体嘉奖。

以党建为引领，践行初心和使命

一名党员就是一面旗帜，一个支部就是一个堡垒。中心以打造党建品牌为抓手，以党建促业务，切实发挥党员的示范引领和支部战斗堡垒作用。

中心健全支委班子，完善支委工作制度，开展“三亮三比”服务活动，公开党员承诺事项；积极实行流程再造，在服务流程、办结时限上明确要求，以盲人之所需、盲人之所急为出发点，切实发挥党员示范引领作用；深入共建社区，为辖区盲人提供精准服务，中心党员与贫困村盲人结成帮扶对子，定期走访了解盲人需求。尤

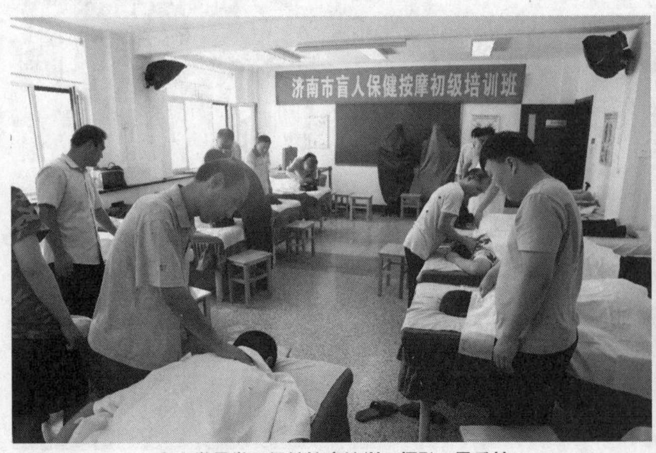

盲人学员学习保健按摩培训　摄影：吴岳坤

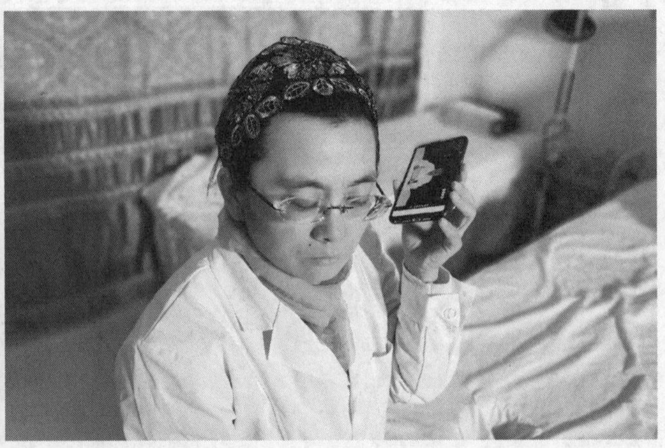
盲人安装智慧之光App后在线学习　摄影：吴岳坤

其是在开展模范机关和市直机关“示范党支部”创建过程中，将党建工作和业务工作同步推进，助盲奔康工作取得显著成效。中心先后荣获“山东省残联系统先进集体”、济南市市直机关过硬党支部、济南市先进基层党组织、济南市市直机关示范党支部等荣誉称号。

济南盲人按摩品牌化示范基地揭牌　摄影：吴岳坤

以调研为依据，掌握盲人真需求

针对盲人脱贫解困工作存在的瓶颈，济南市盲人按摩指导中心成立调研组，分赴全市各区县 100 多个镇（街道），深入基层，深入盲人家庭、深入盲人按摩机构，开展“面对面”调研活动，集中走访调研了 2399 户贫困盲人家庭，134 家盲人按摩机构，特别是对建档立卡及贫困边缘的盲人家庭实现了全覆盖，逐门逐户走访查看了贫困盲人家庭，实地查看了盲人住房、生活等基本状况，详细了解盲人工作存在的问题和盲人培训及就业需求，就盲人的实际需求、收入、低保及残疾人生活补贴、护理补贴发放等情况认真听取了盲人的意见和建议，为每户贫困盲人家庭都建立了扶贫档案。在开展集中调研的同时，加强日常走访力度，动态掌握盲人的问题和需求，生活困难的及时给予救助，有服务需求的及时协调解决。特别是针对有些依赖性较强、不愿走出家庭的盲人，及时做好心理疏导和康复服务，做到精准知情、精准施策，让盲人的生活不再“单色”，让盲人的困忧不再无助。

以培训为手段，提高盲人真本领

据统计，未经培训的盲人就业率不足 10%。职业技能培训有利于盲人掌握一技之长，提高就业市场竞争力，有利于盲人更好地实现就业。但盲人由于自身条件的限制，适合培训的内容比较狭窄，适合培训的类型偏少。济南市盲人按摩指导中心从盲人自身条件和需求出发，积极开发更适合盲人自身条件的特色培训，探索“需求—培训—就业”闭环式精准服务模式，帮助盲人克服自身缺点，掌握职业技能，提高自立能力，积极培养盲人脱贫奔康的内生动力。

盲人保健按摩培训，通过对就业年龄段且有就业愿望的盲人进行系统的按摩理论和实际操作的培训，让盲人掌握按摩技术，进而实现自力更生。盲人信息化培训是中心面向就业年龄段盲人开设的另一项重要的培训内容，通过信息化培训，为盲人打开五彩斑斓的网上世界，为他们获取信息资讯、丰富精神世界开拓了新的体验。

三年来，中心相继组织举办盲人保健按摩培训、盲人创业指导培训、盲人保健按摩中高级培训、盲人医疗按摩人员继续教育培训、盲人信息化应用培训等各类培训班 20 期，培训盲人 500 余人次，培训盲人就业率在 95% 以上，切实提升了盲人的就业执业水平。越来越多的盲人通过培训，走向就业创业，实现了脱贫奔康的梦想。

以扶持为机制，解决盲人真困难

当前，全市盲人保健按摩发展规模还比较小，行业“生命力”比较薄弱，建立长效扶持机制，不断加强政策扶持和业务指导，也是壮大全市盲人保健按摩行业发展的必要举措。

中心协调有关部门制定出台了《关于济南市盲人按摩行业扶持的实施意见》，对安置一名本市户籍盲人按摩师稳定就业的机构给予每年 5000 元资金扶持，达到扶持机构向好发展、促进盲人按摩师稳定就业的目的。近三年已经扶持盲人按摩机构 200 余家。联合济南市财政局、市卫健委、市中医药管理局出台《关于促进盲人医疗按摩人员进入医疗卫生机构就业的实施意见》，对安置盲人就业的医疗卫生机构每年给予 1 万—10 万元的奖励扶持。目前，全市已有 20 名盲人医疗按摩人员在医疗卫生机构就业，初步实现盲人的从医梦想。今年为帮助盲人按摩机构减轻疫情带来的不利影响，中心又对全市盲人按摩机构发放了疫情补贴，帮助盲人共渡难关。

以创新为动力，促进事业真发展

盲人按摩事业的发展，离不开创新。三年来，中心积极创新工作思路，着力建立盲人脱贫奔康长效工作机制。

智慧之光 App 是中心在今年疫情期间为开展盲人按摩培训而开发的网络培训项目，是盲人按摩培训方式上的一大创新。在疫情防控的严峻形势下，为了既能防范疫情风险，又能让盲人足不出户学习和提高技能，中心录制了初级按摩培训班理论基础课程和基本手法的课程视频，截至目前已经完成了《全身保健按摩》《解剖学》《中医基础理论》《按摩师综合修养》《盲人医疗按摩人员考试培训教程》等 40 余节课的录制、剪辑、合成和上传。此外，平台还设置了《儒家经典文献导读》《健康与养生》《创新创业过程及风险》《国学—黄帝内经》《艺术欣赏》等 21 类学习内容，旨在提高盲人专业技能的同时，丰富他们的精神世界，培养积极向上的道德情操。为实现全市就业年龄段视力残疾人培训全覆盖，中心通过培训班、微信群、《致全市视力残疾人的一封信》等不同方式，对全市 5816 名就业年龄段内视力残疾人进行推广应用，并将实现全覆盖式在线学习。

为提高盲人按摩师培训、实训水平，改善盲人就业条件，中心依托“盲手道”中医养生调理中心开展品牌化、集团化运作，扶持盲人按摩机构品牌化发展，建立中长期培训机制，培养更多的具备技术特长的盲人按摩师，逐步完成线上线下的 O2O 平台建设，搭建起营销引流、门店管理、人才培养输出、消费预约评价的生态闭环，推动盲手道全国性连锁品牌的打造。

潮平岸阔催人进，风起扬帆正当时。“共享阳光·助盲奔康”三年行动计划的实施，助力济南市盲人脱贫攻坚战取得了胜利，但是盲人按摩工作的新形势、新发展又对盲导中心的工作发展提出了新的要求。“奋斗不只是响亮的口号，而是要在做好每一件小事、完成每一项任务、履行每一项职责中见精神。”济南市盲导中心将继续牢记使命，不负嘱托，在新时期的盲人服务工作中，展现新作为，实现新发展，带领盲人朋友共同创造更加美好的明天。

山东省日照市人民医院

凝聚学科优势 守护百姓健康

链接： 时峰，男，1966年1月出生，大学文化，主任医师，硕士研究生导师，中共党员。现任日照市人民医院党委书记。先后荣获“国家卫生健康委脑卒中防治工程模范院长”“省卫生厅外事工作先进个人”等称号。

日照市人民医院党委书记时峰 摄影：韩崇伟

从无到有、由弱至强。时序70载，这已是山东省日照市人民医院众多品牌学科强势嬗变的核心关键词：坚持以技术进步带动整体水平提高，让百姓在家门口治大病，始终是医院的唯一追求。

成功完成首例食管巨大肿瘤内镜微创切除手术，市内率先开展新生儿脐动静脉置管术及中心静脉压、中心动脉压监测技术，全市首次开展荧光原位杂交技术，体外膜肺氧合（ECMO）技术成功实施……

一个又一个“日照首例”，在这里被创造出来。

作为一家公立医院，如何为群众提供更好的健康服务，如何充分发挥医院的公益性？从过去只能满足老百姓基本的看病需求，到如今能够满足群众多样化的看病要求，它已是全市唯一集医疗、教学、科研、预防、保健、康复于一体的三甲综合医院，以医疗技术为基础，教学能力和科研水平齐躯并进，医教研相长的“三位一体”学科建设模式正日渐成为医院科技创新、促进发展的重要渠道。

此次新冠肺炎疫情防控期间，医院防疫诊疗两不误，充分发挥综合医院多学科会诊的优势，面对复杂紧急病情第一时间开通绿色通道，连续完成多例复杂手术急危重症病例的抢救，充分诠释出一家公立医院的责任与担当。

精准检查助力复杂病情判断——
多学科合作让更多患者受益

“不一定是肿瘤转移，建议再完善下PET/CT检查。”日前，市民李女士因为关节疼痛在别家医院进行CT检查，却被告知自己患上肺癌且已发生转移，情况非常严重。面对这个晴天霹雳，李女士决定再到日照市人民医院寻找一线生机，核医学科副主任王雁冰一句话给了她希望。

“果然不是病变转移，只是甲状旁腺良性肿瘤。”原来，李女士的肺癌不仅有切除根治的可能，随着PET/CT的数据，也找出了其多年关节疼痛等原因：甲状旁腺的功能是调节钙和磷的代谢，这也是李女士严重骨质疏松的重要原因，若不是发现了根源，她很可能会骨折甚至致残。

看着眼前PET/CT的检查结果，李女士抑制不住那份仿佛“死而复生”的喜悦。以前，普通的CT检查很难精准判断出复杂病变，而日照市人民医院引进的日照首台、省内同型号第二台PET/CT成像系统，也是目前国内临床应用中最高端、最先进的PET/CT成像系统，它可以同时进行全身PET、CT检查，为患者提供高精准的诊断及鉴别诊断。

虽然癌细胞并未转移，但李女士肺部病变的确存在，属于早期肺癌，再加上甲状腺旁腺的肿瘤长达5厘米，非常罕见，“这是一例多处复杂病变病例，既需要多学科会诊，也需要高端硬件和精细手术操作能力”。

由于患者病情复杂，医务科副科长、普外科副主任医师安传国组织呼吸内科主任医师熊玲、心内科二病区副主任陈刚、神经内科二病区主任孔凡斌、麻醉科一部主任郑升法、肿瘤科副主任医师刘山、胸外科副主任褚翔鹏、核医学科副主任王雁冰就患者诊疗方案及手术方式进行多学科讨论。最终认定，患者甲状旁腺肿瘤可与肺肿瘤同期手术切除，要进行同期胸腔镜左肺上叶切除、纵隔淋巴结清扫术+甲状旁腺肿瘤切除术。

“甲状旁腺肿瘤接近神经，术中操作必须谨慎小心，稍有差池便会造成严重并发症。”经过缜密的术前准备，先由安传国主刀行甲状旁腺肿瘤切除手术，术中格外保护喉返神经及重要血管，以保证完整切除肿瘤。紧接着，应用支气管封堵器保证患者右侧单肺通气，褚翔鹏立即主刀行胸腔镜左肺上叶切除、纵隔淋巴结清扫术。最终，患者手术顺利，安全送返病房。

“过去遇到复杂病，尤其是复杂肿瘤病变患者，治愈希望微乎其微。如今，随着对PET-CT的引进，医院胸腔镜等高端医学技术的发展，对很多复杂病变的治疗及鉴别都具有重要意义。”日照市人民医院党委副书记、院长崔维刚介绍，近年来，日照市人民医院愈加重视多学科协作诊疗，让更多病情复杂患者的生命有了更稳妥的保障。仅以医院胸外科团队来说，目前已能完成胸腹腔镜联合食管癌切除术、胸腔镜精准肺段切除术、胸腔镜肺叶切除术、胸腔镜纵隔肿瘤切除术等，对于难度较大的胸部肿瘤手术及复杂外伤患者处置具有丰富经验。

5小时拆除主动脉“重磅炸弹”——
百姓健康有了更稳妥保障

2020年4月23日下午2时，一位83岁的老人因为剧烈胸痛来到日照市人民医院心内科二病区。当时，老人已出现心包积血、血压下降等危急情况：夹层自主动脉根部一直延伸至跨过左锁骨下动脉开口，已经累及心脏瓣膜，血压只有正常人的一半左右！

怎么办？手术是唯一救命的办法。但是，患者已有83岁高龄，且曾有过肠道肿瘤手术史，风险不言而喻。心内科二病区主任高华安、重症医学科一病区副主任宋旭、心脏外科主任李军、副主任宋学营的紧急讨论，家属积极配合，最终决定冒险一搏。疫情期间血源紧张，但血库紧急派人到日照市中心血站取血；麻醉科一部主任郑升法、副主任李刚等麻醉医生和手术室护士也迅速就位；重症医学科、麻醉科、心外科无缝衔接！

“最难的地方在于撕裂血管与心脏紧挨，术中心脏停跳时间不宜过长，这就要求血管缝合必须又快又仔细！”心脏外科副主任宋学营介绍，以人工血管代替撕裂血管的过程，对缝合要求极为细致，稍有疏忽本来就撕裂的血管出血一切努力就白费了，再加上患者年龄太大，术中的每一秒钟都如履薄冰。

经过心脏外科医生、麻醉师、体外循环灌注师和手术护士等共同努力，手术取得圆满成功，经过5个小时奋战，患者心脏顺利复跳，该例“体外循环下主动脉瓣置换+升主动脉置换+冠状动脉原位移植+部分主动脉弓置换手术”圆满成功。

长期以来，日照的主动脉夹层患者都要冒着生命危险转诊，不

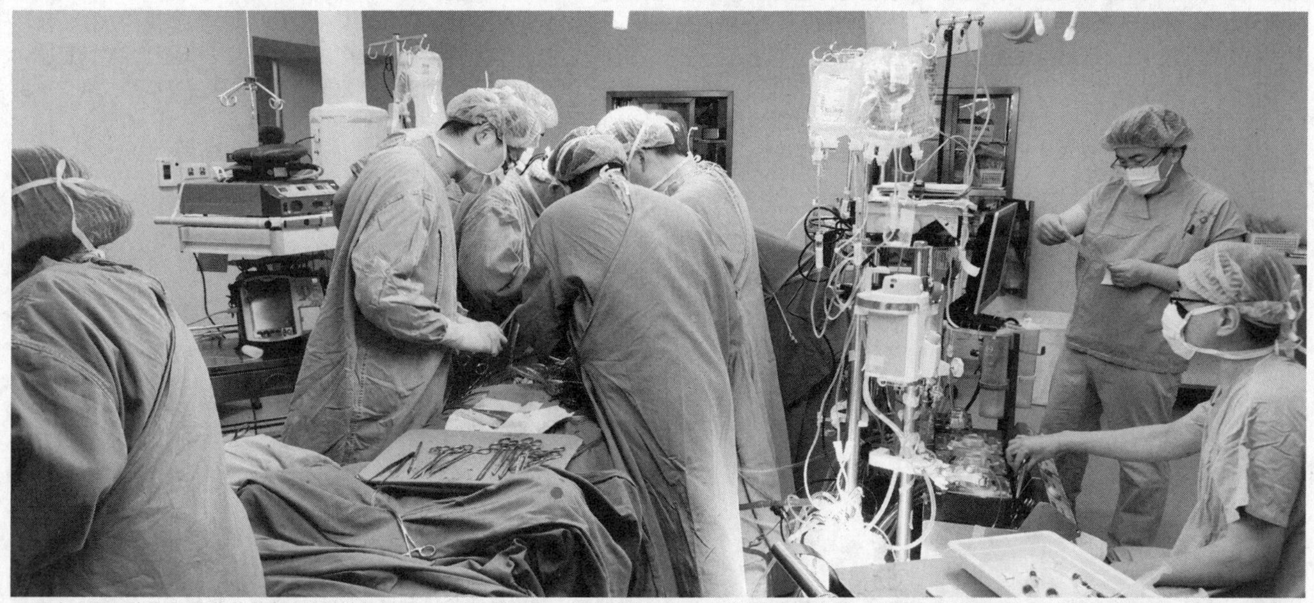

日照市人民医院为 83 岁高龄患者实施的体外循环下主动脉瓣置换＋升主动脉置换＋冠状动脉原位移植＋部分主动脉弓置换手术获得圆满成功　摄影：韩崇伟

但让本就十分昂贵的手术费用大大增加，最为关键的是在转运过程中会因夹层破裂导致死亡。为了彻底解决这个难题，医院专门安排由心脏外科医生、麻醉科医生、体外循环师和手术室护士等手术核心人员组团到北京、上海等地医院进修学习，同时大力改善医院硬件设备。

如今，随着医院多个学科的鼎力协作，不仅填补了心脏外科在该项技术上的空白，也意味着无论 A 型或是 B 型主动脉夹层患者，均能在日照市人民医院得到及时治疗，日照市民的健康也有了更稳妥的保障。

连续完成多例溶栓治疗挽救患者生命——
让“要命”的急性肺栓塞不再可怕

“太谢谢你们了，救了孩子一条命！”5 月 6 日，在日照市人民医院重症监护室里，看着自己的儿子刚从“鬼门关”转了一圈，申先生激动地拉住前来查房的血管外科主任刘贤华的手，感激不已。

就在几个小时前，日照市人民医院血管外科与介入放射科、呼吸内科、重症医学科等多学科合作，成功为一例 27 岁肺动脉栓塞患者完成碎栓、吸栓、溶栓手术，患者术后胸闷、心慌等症状均消失。

“起初是痛风，后来脚踝疼痛的无法行走，谁也没想到竟是这要命的肺栓塞！”申先生回忆，孩子因突发胸憋、气短等症状曾到其他医院就诊后转诊日照市人民医院，经过肺动脉 CTA 相关检查，高度怀疑其患有急性肺栓塞的可能。经胸部增强 CT 检查、心脏彩超、下肢静脉彩超等检查，再结合患者的症状、病史，确诊为肺动脉栓塞！

与死神较量，必须以“秒”为单位计算，刘贤华当即决定为患者进行肺栓塞介入手术治疗，争分夺秒挽救这个年轻的生命！

“就像堵塞的水龙头，先把锈块取出让水流通畅，为下一步治疗创造可能。”手术过程中发现，患者双侧肺动脉均有堵塞，右侧尤为严重。经过充分评估，医护人员制定了缜密的手术方案，先在患者下腔静脉放入滤器，以防止栓子脱落再次发生肺栓塞。随后，沿导丝将取栓导管置入，经过患者下腔静脉、右心房、右心室，直至肺动脉，应用取栓导管反复抽吸患者右肺动脉血栓，直至大部分血栓被吸出，患者呼吸困难等症状明显缓解。

其实，急性肺栓塞是一种非常可怕的疾病，是由于内源性或外源性栓子堵塞在肺动脉主干或分支而引起肺循环障碍的临床和病理生理综合征，由于该病误诊率、死亡率极高，往往被漏诊，患者发病后往往没有抢救的机会，随着医院近年对肺栓塞诊治的高度重视，大幅度提高了该病诊断的正确率。

随着肺血管病介入水平的不断提高，许多医院尤其重视对此类疾病的预防治疗工作，日照市人民医院也建立起一套院内 VTE 预防管理体系，保障各种动脉病及静脉病都能在此得到较好治疗，更好地为日照血管外科患者健康保驾护航。

高标准应用微创美容技术——
努力提升面部创伤修复水平

“直径 2cm 螺纹钢筋直接洞穿左侧颅面部，情况非常紧急！”2020 年 4 月 27 日上午 10 点，杨某因面部洞穿伤被送往日照市人民医院抢救。医务科科长张守伟迅速组织口腔科、眼科、神经外科等多学科会诊，制订手术方案。

“钢筋在患者体内的长度约 15cm，自左额部贯通至左侧口角；伤口两端体外暴露部分各约 15cm！”日照市人民医院口腔科副主任汉斌介绍，伤者当时的情况非常复杂：钢筋从其前额穿入、而且经过眼球部，这就要考虑其颅脑和眼球的伤情，如果不尽快实施手术，患者要承受钢筋压迫的痛苦，还有可能造成深度感染，“当务之急，尽早取出钢筋！”

紧接着，神经外科二病区副主任张俊功排除了患者存在颅脑外伤情况，但眼球由于被钢筋阻挡不能检查。此时，最便捷、保险的方式是直接在患者面部增加长切口，在直视的情况下取出钢筋，但这也意味着患者术后会在面部留有一道长长的瘢痕，影响美观。

为了尽可能地保护患者颜面美观、保存肌肉功能，经过与眼科主任医师程丹富充分分析伤情，最终决定为保证患者后续生存质量奋力一搏！在保护患者眼球免受二次损伤的情况下，仅切开已经撕裂的上眼睑、保护眼球从口角伤口内拔出钢筋。

方案确定后，麻醉又面临难题，患者伤情太重，全麻下手术虽利于彻底清创缝合，但在钢筋压迫下患者不能张口也就无法经口进行气管插管，且如果气管切开后全麻又增加了患者损伤。汉斌当机立断，先局部麻醉取出钢筋，然后全麻气管插管下探查并彻底清创缝合，最后在麻醉科副主任医师王凯的协助下顺利实施了预定方案。术中发现，伤者眼眶下缘粉碎性骨折，一并给予重建眶下缘。

“在多学科的配合下，医院高标准的微创、美容理念才得以实施。”汉斌介绍，市人民医院口腔科是日照市的龙头学科，与上海第九人民医院、北大口腔医院、省立医院、齐鲁医院等均建立了良好关系，并且是上海第九人民医院口腔颌面一头颈肿瘤专科联盟单位。近 10 年来，学科依托综合医院优势，已成功开展口腔颌面恶性肿瘤的根治及整复、复杂骨折的治疗、唇腭裂畸形修复等多项重大手术，为发展日照口腔科水平起到至关重要的推动作用。

后记：

“医改体系再完善，服务再优越，没有领先的医学学科、过硬的技术本领，不能为老百姓解除病痛，一切都是空谈。”在与日照市人民医院党委书记时峰交流的过程中，他反复强调了“技术”在医院发展中的重要位置。

医疗事业，生命相托。如今，医院把优势学科建设作为各项建设的基础和核心工程，正一步步引领着日照医疗技术的发展、升级。

站在时代的风口，日照市人民医院将以更加饱满的热情、昂扬的斗志，力争以卓有成效的工作接受上级领导和社会各界的检验和考评，为保障全市人民群众身体健康、推进医院高质量发展作出更加积极的贡献！

宁夏吴忠市人民医院

博爱精术结硕果　厚德仁医铸辉煌

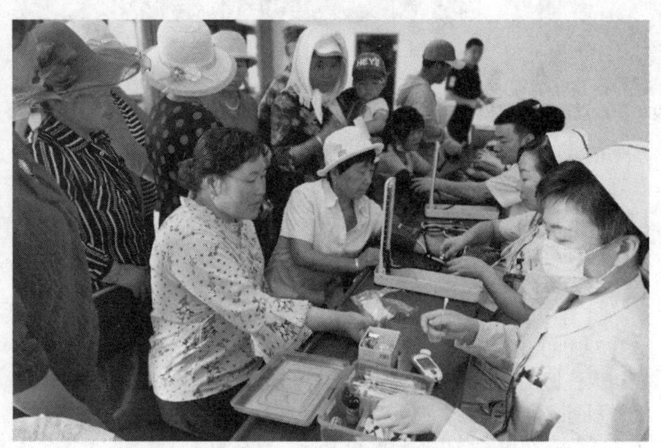

吴忠市人民医院共产党员走进扶贫村开展义诊活动

链接：吴忠市人民医院始建于1950年，已发展成为一所集医疗、教学、科研及社区医疗卫生服务为一体的三级乙等综合公立医院。现占地面积287亩，建筑面积23.58万平方米，设置床位1200张，现有职工1249人，具有专业技术资格1061人。目前设有30个临床科室，7个医技科室，13个行政职能科室，8个临床教研室，9个地市级质控中心。配备有3.0T、1.5T核磁共振系统，64排128层、256层螺旋CT，全数字化大平板数字减影心血管造影机，全自动生化分析仪及电化学发光免疫分析仪等先进医疗设备。已成熟开展各类冠状动脉疾病的介入治疗，心律失常介入治疗，全膝全髋关节置换术，各类复杂腰椎疾病和腔镜下的微创手术，颈动脉内膜剥脱术，EMS超声气弹清石手术等业务，填补了全市多项医疗技术空白，成为吴忠这片土地的健康护航者。

岁月不居，时节如流。历史的航程波澜壮阔，时代的大潮奔腾向前。在习近平新时代中国特色社会主义思想引领下，在宁夏吴忠市委、市政府和市卫健委的正确领导和大力支持下，吴忠市人民医院不忘初心、牢记使命，锐意进取、开拓创新，扛起了“博爱精术、厚德仁医”的大旗，捧起了惠民服务的春水，在阔步前行的道路上，“吴医人”求新思变，大力改善医疗服务环境，不断提升医疗技术水平，奏响一曲昂首奋进的最强音。

抓党建促发展 增强品质服务“辐射源”

近年来，吴忠市人民医院党委坚持以习近平新时代中国特色社会主义思想为指导，充分发挥“把方向、管大局、做决策、促改革、保落实”的党委领导核心作用，坚定维护公益性办院方向，全面贯彻落实从严治党要求，不断推进党的政治建设、思想建设、组织建设、制度建设、作风建设、纪律建设，深入推进反腐败斗争，为医院改革发展稳定提供了坚强的组织保证。

深入开展“不忘初心、牢记使命”主题教育，按照“守初心、担使命、找差距、抓落实”总要求，通过学习教育、调查研究、检视问题、整改落实，达到理论学习有收获、思想政治受洗礼、干事创业敢担当、为民服务解难题、清正廉洁做表率。以党建带队伍，以党建促业务，以党建树形象。积极创建星级服务型党组织，定期组织党员、志愿者到社区、乡镇、养老院、福利院开展义诊和健康咨询服务，积极参与无偿献血、精准扶贫等活动，加强行业作风和医德医风建设，严格贯彻落实中央八项规定精神和行业作风建设“九不准”，制定出台《吴忠市行业作风三级警示制度》《吴忠市人民医院医师不良执业积分管理办法》等多项警示禁令，织紧织密规范医院党员干部职工公权力运行和作风问题的制度笼子。

强化专科建设 医疗技术驶入“快车道”

专科建设的水平代表着医院核心竞争力的高低，加强医院专科建设是提高医院核心竞争力的有效途径，也是促进医院发展的关键所在。

吴忠市人民医院始终坚持优化医院资源配置，加快专科建设进程，积极采取“走出去”战略，加强与国内知名医院的交流合作，以对口帮扶为契机，搭建优质平台，借力提升，先后与首都医科大学附属北京友谊医院、厦门大学附属第一医院、安徽中医药大学第一附属医院等19家三甲医院、专业学会建立战略合作关系，使优质资源有效下沉，不断提升医院诊疗水平，助推“名科”建设，助推“名医”成长。

目前，医院胸痛中心已顺利通过中国胸痛中心总部认证，顺利完成了呼吸与危重症医学科规范化建设工作，危重新生儿救治中心、危重孕产妇救治中心已通过初步评审，卒中中心、创伤中心正在创建之中。通过调整学科布局、加强人才储备等举措强化技术创新和专科特色，引领医院可持续发展。

目前已成熟开展各类冠状动脉疾病的介入治疗，心律失常介入治疗，全膝全髋关节置换术，各类复杂腰椎疾病和腔镜下的微创手术，颈动脉内膜剥脱术，EMS超声气弹清石手术，胃镜、支气管镜下手术治疗，腔镜下各类微创手术，心脏血管重建造影等业务，填补了全市多项医疗技术空白，部分医疗技术位居全区前列，不断提升医疗服务能力，以满足人民群众日益增长的就医需求。

坚持培引结合 打造创新人才“孵化园”

人才是医院发展的关键，是医院的核心竞争力。2019年，医院紧跟吴忠市“人才强市”工程的步伐，大力实施“人才兴院，人才强院”战略，采取内引外联、借力挖潜、提升骨干、强化基础、培育优势等措施，切实抓好人才队伍建设工作，努力打造一支高素质、高水平的医疗人才团队。

自2016年至今，吴忠市人民医院先后柔性引进徐经世等国内著名医学专家22名，区内专家21名，执行主任18名，招录高层次人才22名，建立国医大师工作室2个，吴忠市专家服务基地1个；

邀请区内外专家400余人次，完成示教手术700余例，开展专题讲座66场，涉及培训人员约7000余人次，真正把全国优秀专家请到了“家门口”，在带来前沿的医疗技术及科研成果的同时，也让广大患者实现了“在家门口看全国名医”的愿望。

医院多措并举积极实施“医护骨干能力提升工程”，积极争取“西部之光”“基层之星”等人才项目，先后选送110名优秀医护骨干进修学习；举办研究生培训班，提升医疗骨干学历，目前英语考试通过16人，西医综合考试通过10人，已取得硕士学位证3人。先后有3人荣获国家、政府特殊津贴，有2人荣获自治区“塞上名医”，有9人荣获自治区“青年拔尖人才”，有2人荣获吴忠市“优秀人才”，为医院的持续发展提供保障。

同时，加强教学科研管理，积极承担宁夏医科大学各级各类教学任务，出台各项鼓励政策提升教学水平，成立“医学教育委员会”，现有副教授7人，取得高校教师资格证54人，保障宁夏医科大本科教学任务的完成；医院鼓励全院医护人员进行科研课题研究，截至2019年10月，积极申报各层次科研项目44项，不断补齐科研短板。

提升医疗质量 保障医疗安全 让患者吃上“定心丸”

优质医疗服务的核心是确保患者医疗质量和安全，吴忠市人民医院能够得到人民群众的信赖，依靠的就是过硬的医疗质量。

2019年医院制定并下发了《吴忠市人民医院医疗安全风险警示制度》《吴忠市人民医院处方管理办法（修订）》《吴忠市人民医院医疗纠纷/事故防范处理管理办法》等多项制度，不断完善医院质量安全管理体系，有效发挥医疗质量与安全管理、护理质量与安全管理、药事管理、设备管理等10个委员会的作用，为落实医疗核心制度、保障患者安全、持续改进医疗质量奠定了坚实的基础。畅通绿色通道，加强院前急救、院内救治无缝衔接，保障患者得到及时救治，提高急性创伤、急性心肌梗死等危重症抢救成功率。同时加强急诊与临床科室间衔接，制订下发了《吴忠市人民医院突发公共卫生事件应急预案》《吴忠市人民医院急诊绿色通道制度》《急诊衔接制度》《院前急救工作流程》《急诊红黄绿救治制度》等，保障了患者的生命安全。积极开展健康宣教、义诊等社会公益活动，2019年至今共开展义诊、健康宣教活动20余场，惠及3000余名群众，得到了吴忠市百姓的“点赞”。

把好发展基调 种好综合医改“试验田”

让优质的医疗资源下沉，让基层的老百姓在家门口就能享受到三级医院的医疗服务，这是改善医疗服务的应有之义。市人民医院与所辖地区29家医疗机构签订医联体协议，建立城乡一体化检验项目和远程会诊项目，推动乡、镇、县级医院与城市二级、三级医院开展远程医学活动，实现远程会诊、远程诊断、远程检查、远程教育和信息共享，充分发挥优质医疗资源的辐射作用。组织12个内科与利通区基层医疗机构形成结对帮扶关系。结合“千名医师下基层”活动，选派业务骨干对基层医疗卫生机构进行支援帮扶，有力推进了医联体建设、分级诊疗和双向转诊的落实。

改革就是一场刀刃向内的自我革命。作为全市唯一一家三级公立医院，吴忠市人民医院紧跟公立医院改革步伐，实行党委领导下的院长负责制，制定了医院章程，建立了法人治理结构和机制、会计核算和总会计师制度，积极推行预算管理，加强医院成本核算和控制。充分应用绩效管理“追踪问效”“绩效导向”作用，积极推进编制人事薪酬制度改革，坚持改革人事管理制度与推进人才强院工程相结合，打破体制编制藩篱，实行了人员总量管理和以聘用制为基础的岗位设置管理。实现了由身份向岗位管理的改革目标，确保了编内编外人员同工同酬和体现劳动价值的优劳优酬。并按照公立医院改革要求，逐步实行后勤服务社会化，通过公开招标的形式，引进国内一流的医院后勤综合服务企业全面接管后勤服务，短时间迅速提升了后勤保障服务能力。

回首过往心潮澎湃，展望未来壮志在怀。砥砺奋进的“吴医人”初心不改，在高质量发展的道路上使命萦心，他们将用初春的生机和蓬勃的动力，以“博爱精术，厚德仁医”的鸿鹄之志，拉起远航之帆！

供图：吴忠市人民医院

云南省德宏州人民医院

栉风沐雨谋发展 砥砺奋进谱新篇

有一种跨越，波澜壮阔，震撼人心；有一种豪迈，穿越时空，直抵未来。她缘起于济世奉献的情怀，诞生于百姓对健康的追求；她用真情守护生命，以仁术造福一方。

历经65年的岁月洗礼和几代德医人的不懈努力，云南省德宏州人民医院在美丽的孔雀之乡不断蝶变成长、坚韧刚强，发展成为学科齐全、良医荟萃、医技精湛、设备先进、管理科学的医院，“以人为本、生命至上”的精神历久弥新，在时代进步中焕发出绚丽的光彩。

井然有序的门诊大厅、气势恢宏的内科、外科住院大楼；规范化的医疗救援绿色通道；智能化、数字化、便捷化、人性化的挂号、候诊、就诊、检查、付费系统。如今，漫步于省级园林单位，总占地5.51万平方米的德宏州人民医院，你一定会惊异这里的发展。

历经65年的风雨洗礼，走过改革开放以来的发展创新之路，在一代代医务人员薪火相传、砥砺奋进下，德宏州人民医院现已成为服务德宏，辐射保山龙陵、腾冲及缅甸北部地区，集医疗、教学、

德宏州人民医院院领导为医院未来发展进行规划　摄影：刘芬

德宏州人民医院全景　摄影：赵伟杰

科研、保健、康复、急救于一体的三级甲等综合医院。

漫漫求索，艰苦创业使医院得到巩固发展

德宏州人民医院前身为1954年1月成立的潞西民族医院，1957年8月升格为德宏州民族医院，1995年10月被云南省卫生厅评定为三级乙等医院，1999年7月更名为德宏州人民医院，2002年4月与德宏州中医医院、德宏州急救中心联合组建成德宏州医疗集团，2012年9月18日恢复名称为德宏州人民医院。

新中国成立前，德宏是远近闻名的瘴疠之区，疟疾、鼠疫、霍乱、天花等传染病连年不断，肠道传染病终年流行，呼吸道传染病发病率、死亡率都很高，各种烈性传染病时时威胁着边疆各族人民群众。“栽秧忙，病在床，闷头摆子似虎狼”“七月尾、八月头，蒿子开花鬼也愁”。婴儿的死亡率更是高得惊人——“只见娘怀胎，不见儿上街”。“小病抗、大病躺、重病急死爹和娘”。外地人来德——“要到痍方坝，先把老婆嫁”。这正是当时疾病猖獗，人民生命毫无保障的真实写照。

1950年，德宏全境和平解放，人民政权接管原潞西县卫生院。在剿匪、民主建政的同时，建成规模较大的“草房医院”。1953年3位医学院本科毕业生分到潞西县卫生院工作。1954年潞西县卫生院改制为潞西民族医院，全院65人，负责潞西、瑞丽、陇川、畹町片区医疗预防工作。德宏境内首次有了高于县级的医疗机构，她的诞生，标志着边疆德宏缺医少药、瘴疠横行的时代即将结束。

1954年至1966年是医院艰苦创业时期。

1957年8月1日，潞西民族医院升格为德宏傣族景颇族自治州民族医院，有医务人员72人，设病床80张。1957年后医院开始有医学院毕业的当地少数民族医生，后来被誉为“傣家金孔雀”的州民族医院院长李廷芳就是其中的佼佼者。1958年开始配有X光机等先进设备。

1960年，医院迁入青年路现址，分科更趋专业化。“大跃进”时废除的合理规章制度得以恢复，医疗上已能独立完成开颅等高难度手术。至1966年医院有职工133人、病床200张。

1967年至1977年是医院挫折停滞时期。

“文革”期间，广大医务人员在不公正的待遇面前，仍以白衣天使的神圣职责顽强地工作着，人员锐减，一人顶俩，搞医护“一条龙”。广大医务人员忍辱负重，仍积极履行救死扶伤的天职。1972年8月，随着德宏建制的恢复，医院医疗工作情况有了好转。

1978年后，医院进入了改革发展时期。

党的十一届三中全会后，医院工作开始步入正轨。1978年恢复了院长负责制，通过拨乱反正，平反冤假错案，落实知识分子政策，开展职称评聘，调动了医务工作者特别是专业技术人员的积极性，形成了尊重知识、尊重人才的氛围。医疗秩序大为好转，经济效益和社会效益日趋显著。

至1998年，医院年均有10余项科研成果获奖，年均开展10多个大的新医疗技术项目。年门诊量最高达32万人次、手术1800余台次，技术辐射州内外8县市及缅北地区，医疗设备总值1870余万元，已成为全州医疗技术指导中心。投资80多万元建立的微机联网信息管理系统，使医院初步迈入制度化、规范化、科学化、信息化的管理轨道。

华丽嬗变，改革开放让医院实现跨越发展

2018年2月10日，一架昆明市第一人民医院派出的专业医疗救援直升机从医院内科楼前腾空而起。短短几十分钟时间，一名因意外脑死亡患者捐赠的器官被直升机，用最快的速度移植给合适的受捐者，使4个人重获新生，重见光明……

这并非电影大片中的情景，而是发生在德宏州人民医院的生动现实。

改革开放以来，医院始终把“生命至高无上、医道永无止境”作为宗旨，要求全院医务人员秉承“诚信、进取、敬业、爱岗、奉献”的精神扎实工作。同时，通过加强科学管理，不断制定、完善各项规章制度，加快基础设施建设，完善医疗设备，将“全心全意为边疆人民服务”体现到医疗工作的每一个环节，明确每个人的职责，使医疗和服务质量不断提高，软硬件设施不断提升，医疗服务更加贴近群众、贴近社会。

2006年，投资7000多万元（含医疗设备）的外科住院大楼正式投入使用，极大改善和提升了医院的硬件。楼内设有医学影像科、普外（烧伤）科、肝胆外科、神经外科、泌尿（胸外）科、骨一科、骨二科、妇科、产科、眼科、耳鼻喉科、麻醉科等临床医技科室，开放病床330张，进一步满足了人民群众的就诊需求。建成8间麻醉科洁净手术室，含Ⅰ级净化手术室1间、Ⅲ级5间、Ⅳ级2间，手术室建设和设施配备标准均达到了国家有关现行标准和规范，可以满足不同的手术需要，保障了手术的安全性。配置了一批大型进口诊断设备，为提高医院诊疗技术水平提供了有力保证。

2012年底，内科住院大楼和中医医院业务楼相继建成投入使用，进一步满足了广大患者的就医需求。新建的内科住院大楼投资1.1亿元，建筑面积36246平方米，主楼17层、裙楼7层，开放病床500余张。内科住院大楼投入使用后，医院内科系统住院、急诊、重症监护等条件得到全面改善。伴随新内科住院大楼的投入使用，医院进一步细化对内科科室的二级分科，把过去的内一科、内二科分为肾病学科、重症医学科、心血管内科、神经内科、内分泌科、肿瘤科、血液科、呼吸内科、消化内科等多个亚学科，这不但可以让患者专病专治，也使医院内科各专业的发展目标更明确。其中，重症医学科的建立填补了德宏州医学史上的空白，告别了重症患者治而不专的历史。肿瘤科建立后，大量的肿瘤患者在州内就可以得到规范、系统的诊治，在一定程度上降低了肿瘤患者的转诊率，减轻了患者的负担。

新建的中医业务楼总投资2998万元，建筑面积10093平方米，框架7层，设门诊部、内科、外科、风湿病科、肛肠科、理疗科、针灸推拿科及民族医药研究所等。该项目建成后，成为州内集医疗、保健、科研、教学为一体的现代化、多功能中医医院，极大提高了中医医院的服务设施、服务水平和质量，可满足全州广大人民群众对中医医疗的多元化服务需求。

从“草房医院”到花园式医院、拥有高层现代化临床住院大楼。从简单的显微镜到彩色B超、CT、磁共振、全自动生化分析仪等先进医疗设备。从建院初期的65人、十几张床位，发展到如今拥有1500名职工，有开放床位1200张。从每年5例手术发展到现在每年近2万台次，从中可以看出医院筚路蓝缕的发展进程。

忆往昔峥嵘岁月。改革开放以来的发展，为德宏州人民医院带来了天翻地覆的变化。“改革开放以来，正值朝气勃发的德宏州人民医院踏着时代的节拍，顺势而为，戮力同心，与经济社会发展同频共振，不断开拓创新，厚植英才俊杰，学科发展驶上高速公路……是改革开放的春潮滋养了医院发展的土壤！”医院院长李宗禹在接受采访时饱含深情地说。

为破解医院发展瓶颈，进一步提升医院疾病防治、医疗服务、健康服务能力和水平，通过多方努力，德宏州人民医院近期获得了建设医院西院区的机遇。新院区建成后将有效缓解我州及周边地区患者的医疗供需矛盾，大大方便人民群众就医。届时，德宏州人民医院将呈现“一院三区”比翼齐飞的崭新面貌。

智慧医疗，硬件升级为医院插上腾飞的翅膀

建院65年来，德宏州人民医院的变化令人瞩目。

高端先进的医疗设备、绿色智慧的智能服务系统、温馨舒适的细节设计……在这里，处处能感受到一家现代化综合医院注重专业、科学、规范的建设理念。

“排队一小时，看病三分钟”，是在医院就诊中被很多患者诟病的问题。传统就诊模式，存在挂号、候诊、缴费排队时间长而问诊时间短的问题，给患者就医带来诸多不便。为方便患者，让人们少排队、少等待，德宏州人民医院近年来加快信息化建设步伐，积极推进银医建设和医院智慧医疗服务工作，引导患者在就诊时通过医疗自助终端机和手机App，进行挂号、缴费，让患者看病就诊更便捷。

医院相关负责人告诉记者，用真情温暖患者、让患者就医时能够拥有良好的就医体验，是医院一直在探索和努力的方向。在门诊、住院大楼、中医业务楼，数十台自助服务机一字排开，建档、挂号、缴费、查询等非常方便，大大节约了患者的就诊时间。目前，医院的医疗信息化管理手段已经覆盖（预约）挂号、门诊就诊、缴费、化验单和检查报告打印、病历本打印和发放、处方和缴费明细打印等患者就医过程。过去是“人等药”，现在是“药等人”。“智能化服务真惠民”“硬件配置好，群众受益多……”在医院里，患者这样的评价比比皆是。

信息技术进步为医院插上了腾飞的翅膀。近年来，德宏州人民医院坚持以人为本、以患者为中心，积极探索互联网、人工智能、大数据在医疗领域中的应用，通过实施“智慧医疗”，建设“平安智慧医院”，依托等级医院建设，打造区域性医疗中心，“指尖医院”已初具规模。

工欲善其事，必先利其器。从第一台X光机设备，到现在拥有飞利浦128排（256层）螺旋CT、16排螺旋CT、1.5T磁共振、1250毫安数字减影血管造影、肿瘤介入治疗机、全自动生化系统、全自动免疫血清工作站、电子胃镜、电子十二指肠镜、数字胃肠机、高端彩色超声诊断仪、四维彩超、腹腔镜、宫腔镜、膀胱镜、输尿管软镜、关节镜、鼻咽喉镜、支气管镜等专业设备共计2163台件。建院65年来，医院的医疗设备价值由数千元飙升至2.6亿元。一大批高、精、尖医疗设备仪器的落户，不仅更新了诊疗观念，而且提升了诊疗水平，引领医院快速占领医疗领域的制高点。

学科建设，软件发展助推核心诊疗技术攀升

人才是医院发展进步的发动机。建院65年以来，德宏州人民医院注重筑巢引凤打造人才高地，引得一只只“金凤凰”奔着以德宏为中心，辐射周边及缅北部分地区的“区域诊疗中心”这棵梧桐树，飞到了德宏州人民医院。

目前，医院拥有专业技术人员1348人，其中，正高45人、副高115人、中职325人、初职830人；有研究生学历48人、本科学历947人。专业技术人员的职称结构与学历结构整体上朝着高素质、高学历、高层次、高水平方向发展，人才梯队建设出现了“百花齐放春满院”的喜人景象。

学科建设和人才培养为医院带来了诊疗技术日新月异的发展。医院学科设置齐全，专科发展均衡，儿科、泌尿外科、护理专业、妇产科、骨科被列为省级重点专科建设项目；风湿病科、肛肠科、康复科被确定为省级重点中医专科，风湿病科还被列为国家级培养项目；心血管内科、神经外科、超声科被列为州级重点专科。儿科和神经外科分获德宏州“重症新生儿救护创新团队”及“神经重症救治团队”称号。

医院重视与先进地区的交流合作，与省内外多家医院建立了医疗、教学合作关系，通过走出去、请进来的方式不断扩大交流，有效拓展了医院的视野、整合了资源，为强化医院内涵式建设与发展创造了良好条件。2016年以来，医院先后建立了上海复旦大学附属儿科医院周文浩博士工作站，中国志愿医生、首都医科大宣武医院凌锋博士、北大医院生殖中心蒋励博士德宏工作站，复旦大学附属儿科医院李昊博士工作站，云南省第一人民医院马艳萍专家团队工作站，昆明医科大学第一附属医院李燕教授基层专家工作站（眼科），昆明医科大学第二附属医院李炯明专家工作站，昆明医科大学第一附属医院王文敏专家神经内科工作站，云南省第一人民医院李燕专家团队工作站等9个专家工作站。同时大力实施“人才兴院”战略，采取“选送进修、外出交流、业余自学、院内培训和学术交流”等多种形式，每年选派专业技术骨干赴国内外知名医院学习深造，邀请国内著名专家来院指导和传帮带，举办继续教育培训班，打造了一支德高艺精的专业技术队伍。

医院一贯倡导“科技兴院、人才强院”战略，实行医、教、研有机结合、相互促进的方针，在教学、科研方面取得了可喜的成绩，2011年至2017年获德宏州科学技术奖42项，其中，一等奖4项、二等奖9项、三等奖29项，有多个项目填补了德宏州医疗技术空白，获云南省教育厅科学研究基金指导性项目4项，为推动德宏医疗技术水平的整体进步发挥了积极作用。2015年，医院被确定为云南省助理医生规范化培训基地。2016年，医院被上海复旦大学附属儿科医院授予“滇西儿科人才培训基地”。

建院65年来，德宏州人民医院从对做阑尾炎切除的小手术的“无可奈何”转变为可以应对各类复杂、疑难手术的“游刃有余”。随着各专业微创手术的飞跃发展，手术正在逐步实现无创化和微创化。医院大力开展神经内科介入手术、腹腔镜、关节镜、椎间孔镜、胸腔镜等10余种微创手术，填补了多项德宏的医学空白，形成了自己的专科特色和品牌，新技术开展也跨入全省前列，越来越多的高难度手术烙上了“德宏州人民医院造”的印迹。医院在做好院内建设的同时，勇担社会责任，面对非典、禽流感、中缅边境缅北战争、学生集体食物中毒、盈江地震、芒海滑坡泥石流灾害、问题奶粉婴幼儿筛查、重大车祸、新冠疫情等突发性公共卫生事件和重大灾难问题，冲锋向前。医院宁养院帮助贫困晚期癌症患者提供宁养服务，受到社会好评。医院坚持人本管理，高度重视职业道德建设，使精神文明建设不断迈上新台阶，医院文化建设成效显著。医院曾多次被评为全省、全州卫生系统先进集体，云南省和德宏州“文明单位”，2018年被云南省总工会评为全省“模范职工之家”、中华总工会授予的“全国模范职工之家”称号。

高山仰止，景行行止。建院65年来，德宏州人民医院发生了巨变，然而不变的是“人民医院为人民”的仁医情怀和以病人为中心、以质量为核心的办院宗旨。在谈到医院发展时，医院党委书记邵国荣同志充满信心地说：“作为德宏最大的公立医院，要积极探索外延式发展道路，通过开展城乡医院对口支援、紧密型医联体建设，抓住国家抗疫扶持政策，建设传染病医院，加快实施西院区建设，努力打造“一院三区”医院发展战略目标。积极参与医改，扩大医院分级诊疗范围，逐步推进优势医疗 资源辐射与下沉，造福民众健康，不断提升医院社会影响力，实现德医人数十年的梦想”。

今天，德医人将继续传承医院文化，恪守“严谨善学、仁德治医”的院训，肩负惠及民生，赤诚奉献的使命，在护佑人民健康的道路上德医人带着坚定的信心，不忘初心、牢记使命、砥砺前行，向着建设学科齐全、技术精湛、管理科学、服务一流的区域性现代化国门医院的目标迈进。

南方科技大学医院

创新驱动　打造飞跃发展的“南科医模式”

南方科技大学医院院长裴国献

院长裴国献展示 3D 打印模型

链接：裴国献，医学博士，博士生导师，讲席教授，主任医师，原空军军医大学西京骨科医院院长，现任南方科技大学医院院长。系国务院学位委员会第五届学科评议组成员，科技部“生物材料与组织器官修复”重点项目主题专家组成员，国家科技奖评审专家、中华医学奖评审专家、国家自然科学基金评审专家，中华医学会显微外科学分会第七届委员会主任委员，国际异体复合组织移植学会首任秘书长，中国研究型医院学会骨科创新与转化专业委员会主任委员，SICOT 中国部数字骨科学会主任委员，《中华创伤骨科杂志》总编辑。

广东省深圳市南山区，世界级创新型滨海中心城区。深圳市大沙河经济带、留仙洞战略性新兴产业总部基地、西丽湖国际科教城、西丽高铁新城……这些区域都将成为粤港澳大湾区创新“智核”的人才聚集地，这也意味着民众对优质医疗健康服务需求将不断增长。而在该人才聚集地三公里范围内的南方科技大学医院，将承载这一重要使命。

民有所呼，我有所应。2017 年 12 月 28 日，一所深耕南山区北部医疗 30 余年的深圳市西丽人民医院，由南山区人民政府和南方科技大学合作共建，蝶变转型为南方科技大学医院。医院由南山区投资，由南方科技大学运营管理，是集医疗、教学、科研、人才培养和国际交流于一体的三级综合性公立医院。目前，医院已启动二期工程建设，未来 5 年内，将达到 1500 张床位规模。

2019 年 12 月 28 日，南方科技大学医院全面建设正式启动，其发展定位为建设“立足深圳，服务粤港澳大湾区，辐射东南亚，集医疗、教学、研究与国际化于一体的国内一流、粤港澳前沿、国际先进的综合性大学附属医院”。在创新驱动促进转型升级的过程中，医院创新赋能管理，激发发展潜力，打造理念文化创新、管理机制创新、机构设置创新、绩效管理创新、技术建设创新等五大创新的“南科医模式”，成为公立医院法人治理新模式的一个生动实例。

理念文化创新，四个中心推进全人全时全程服务

2017 年 12 月 28 日，南山区政府与南方科技大学签署合作协议，共建南方科技大学医院。2019 年 11 月，南科大医院顺利晋升为三级综合医院。至此，一所深耕南山医疗 30 余年的基层医院，伴随深圳经济特区的发展，发生翻天覆地的蝶变。

南方科技大学医院引进以南方科技大学裴国献讲席教授为首的医院管理团队，确定了“从新出发、提质升级、创建南科医模式、实现医院跨越式发展”的建设使命；制订了“创新管理机制、高端设备支撑、精尖技术引领、借力差异发展”的发展战略和“创新驱动发展、创建南科医模式、打造粤港澳大湾区医疗高地”的医院愿景；提出了“医疗服务以患者为中心、医疗行为以医生为中心、医院利益以员工为中心、医院运营以临床为中心”的建设理念。

自启动全面建设以来，医院职工将“厚德、博爱、精医、卓越”的院训精神，内化于心，外化于行。打造希波克拉底文化广场，开展医师节、护士节宣誓活动，重温医师誓词，不忘医者初心；推出全国首创的病人关爱部，建设病人关爱中心，全院设置 30 个病人关爱驿站，从人文细节的微改变着手，如安保人员协助开车门、搀扶患者、推轮椅、撑伞等；门诊大厅增设钢琴，志愿者演奏舒缓悠扬的音乐，提供身心放松的愉悦氛围；儿科设计卡通射灯走廊，化

2017 年 12 月 28 日，南方科技大学与深圳市南山区人民政府签约，合作共建南方科技大学医院

解患儿的恐惧感，病区准备卡通车，增加欢乐感，在儿童节、中秋节等节假日举办活动，打造亲善的环境；住院医师为病患写充满温馨祝福语和复诊叮嘱的出院祝福卡……努力提供如亲体验，无缝照护和环绕服务。

南科大医院病人关爱部部长周梅珠说：“在医疗过程中，全方位的身心疗愈是我们医务人员的目标。病人关爱部的成立是希望患者能够有如亲的照顾体验，医护能以亲人般的同理心来满足和回应病患需求。未来，病人关爱部将进一步提供温暖关爱的如亲照护和及时回应的保健系统，提供一个无所不在的环绕式照护。”

管理机制创新，区校掌门人共建管理创新机制

现代医院管理制度一直备受关注。南科大医院创新性采用了国内独特的政府主导、大学托管、管办分开、理事会制、法人治理的现代医院运营管理新模式。2018 年，南方科技大学医院成立第一届理事会、监事会，时任南山区委书记王强担任理事会会长，时任南方科技大学校长陈十一院士担任理事会副理事长。一区一校掌门人亲自牵头建设，整合区校及其他社会资源，推动各方良性互动，营造人才共育、过程共管、成果共享、责任共担的紧密型合作机制，实现医院的全方位快速提升，是建设新型大学附属医院的模式创新。

南科大医院建立了理事会、管理层、监事会“三位一体”的组织架构，制订了医院理事会章程及监事会章程，健全了决策、执行、监督相互协调、相互制衡的运行机制，切实增强了医院内生动力和发展活力。双方建立区校联席例会制度，定期共同商讨工作议题，医院实行理事会及党委领导下的院长负责制。同时，实行院长“组阁制”，副院长由院长提名，自主设置岗位，落实用人自主权，组建高效、执行力强的管理团队，建立新型现代医院管理制度。

南方科技大学党委副书记李凤亮说：“南科大和南山区政府合作共建南方科技大学医院，这是对现代医疗和医学教育的一种创新探索。学校派出了以高水平专家为首的管理团队，负责医院的运营管理，并进行系列管理创新探索。学校还支持医院学科建设、科学研究、专家团队引进、高水平平台建设等。我们希望按照政校合作、共建医院的目标，未来为南山和深圳多争创出一家高水平的三甲医院，并探索出创新的南科医模式。”

南山区委卫生工委书记乐丽华说：“政校合作共建医院 3 年来，成效是明显的。一是通过南方科技大学这个平台，引进了一批学科带头人，有效提升了南方科技大学医院的整体医疗实力；二是南方科技大学医院顺利晋升三级公立医院；三是医院二期工程如期动工兴建。此外，在新冠肺炎疫情的防控中，南方科技大学医院具有高度的政治站位与责任担当，为疫情防控做出了重要贡献。从这些成效可以看出，我们与南方科技大学合作共建的南方科技大学医院，给辖区居民带来了实惠，提升了南山区北部片区的整体医疗质量。”

机构设置创新，垂直化大部制集约精准管理

作为公立医院法人治理先行示范的一个生动实例，南科大医院全面建设之后，从管理上努力探索创新，破解发展难题，提出了“3P3S”管理新理念，即 3P：Preventive（预防性）、Proactive（主动性）、Precise（精确性）；3S：Systemetic（系统化）、Standardized（标准化）、Scientific（科学化）。

这所创新型医院从全面建设启动之后，就从管理上努力探索创新，破解发展难题。为解决职能部门发展“独行侠”问题，南方科技大学医院院长裴国献意识到，消除部门壁垒，增强纵向贯通、横向协同非常重要。该院在原有职能部门“科室”上层，再增加一个一级部门“部”，相关业务集约管理、精准实施。

裴国献说：“我们认为，应该改变过去粗放式的机构设置和管理模式，向精准化目标科学实施。例如，我院将原职能科室进行提升和分解，组建为医教部、运营管理部、质量管理部及病人关爱部这四大一级平行职能部门，这样可以实现上下左右纵贯横通，既可独立运行，同时又互相协调。”

运营管理部在企业并不鲜见，但在医院还不多见。南科大医院运营管理部引进顶级专家团队入驻，其职责为医疗管理运营、分析医疗数据、改进医疗流程、提升医疗效率，在院、部、科各层面建立良好的信息交流、沟通与反馈机制，以项目方式推进运营创新。

目前，医院已有医疗部、科教部、运营管理部、质量管理部、病人关爱部、护理部、国际医疗部、人力资源部、事业拓展部、后勤保障部等十大职能部门。大部制发展到成熟阶段，自然就形成了一个个以解决问题为核心的主题管理团队，“合力、协作、共赢”将成为现代医院管理制度的新风向标。

绩效管理创新，全院全员全方位激发内生动力

被誉为现代医院管理标志性坐标的绩效运营管理，在医改中倍受关注。南方科技大学医院引进了顶级绩效管理团队，将三甲医院评审指标、服务能力要素与国家、省、市三级综合医院绩效考核指标，深度融入医院绩效指标考核管理，推出了全新的“全院、全员、全方位”立体医疗绩效管理方案。该方案将绩效管理作为医院现代管理的总推手，实现“以考促建、以考促改、以考促管”的绩效管理工作目标，成为公立医院法人治理新模式、探索劳动要素价值、实现先行示范的一个生动实例。

南方科技大学医院执行长兼运营管理部部长冯文瑞认为，运营管理部引进最新绩效管理模式，采用医管分工合治的管理特色，让医师、护士等医疗团队能够有更多的时间用于照护患者。对医疗技术精益求精、以绩效管理为抓手的专业化管理方式，既可以使科室保持持续的竞争优势，还可以引导科室人员共同向医院发展目标前进。

南方科技大学医院分管运营绩效的副院长黄智一说：“我们总结了数十年的绩效管理经验，秉持公益为导向的理念，科学化制订指标体系，以按劳分配、多劳多得、优绩优酬、科学合理、公平公开为原则，并以风险高、技术强、效率高、贡献大为导向，向临床一线倾斜，创建全院、全流程、全员的绩效考核管理体系，打造南科医模式。在该绩效考核管理体系下，医院可提供安全高质量的专业医疗服务，协助病患恢复健康，完成敬重生命、救死扶伤的使命。”

技术建设创新，国内外前沿技术驱动全面提质升级

南方科技大学是创新型大学，在此背景下，依托政校合作共建的优势，南科大医院将医院发展融入大学学科体系建设，提早布局，逐步形成本科教育、研究生教育、医学继续教育三位一体的大学附属医院培养模式，逐渐形成医学部、学科两位一体的重点学科矩阵，推动医教研协同发展，打造国际化高素质的临床学科群及人才梯队。

医院建设临床医学研究中心，以国家或区域性重大疾病为切入点，采用分子医学、精准医学、健康医疗大数据等前沿科技手段，搭建基础研究—转化医学—临床应用之间的沟通桥梁；以生命信息与生物医药研究为创新载体，建设高水平、开放式医学科技创新及成果转化平台。静配中心通过广东省 PIVAS 验收，南科大医院为深圳市首家。2020 年 11 月，静配中心还成为广东省首批、深圳首家静配药师培训基地。

南方科技大学医院发展立足“高站位、小而精、国际化、差异性”的定位。在我国著名骨科专家、亚洲异体肢体移植开拓者、我国数字骨科学奠基者和领军人裴国献教授的推动下，医院通过实践实现了人工智能、数字技术与临床医疗的结合，使医工融合的梦想在深圳得以播种发芽。

2019 年 12 月 28 日，具有国际前沿、国内领先水平的南方科技大学粤港澳智能与数字外科创新中心落户南科大医院。走进创新中心，映入眼帘的是宽敞明亮的模型及视频展示大厅、形态各异的 3D 打印模型展示墙、手术机器人。600 多平方米的创新中心，下设 3D 打印外科部、虚拟现实临床部、手术机器人部和外科植入物研发部四个创新平台，立足临床实际，理医工融汇交叉，开展系列创新性临床转化研究。创新中心副主任苏秀云说：“依托医院的学科优势，依赖深圳城市创新发展的良好土壤，我们中心期待能够打造成粤港澳智能与数字外科的技术高地。我们聚焦临床问题和需求的归纳、智能和数字技术临床应用前的优化与改进，以实现智能与数字外科高精尖技术通向临床应用最后一公里的目标。”

依托智能与数字技术优势，南方科技大学医院在全国率先示范，全职引进了国际顶尖医疗团队，组建了国际骨科部（IOC），为深圳市、大湾区，乃至东南亚地区的群众提供国际最先进的医疗服务。医院骨科医学部成功开展全球首例混合现实（MR）导航脊柱外科手术，全国首例 O 形臂辅助天玑机器人脊柱手术等前沿技术。骨科医学部副主任王林说：“目前，外科正在向精准化、智能化方向不断前进。我们创新中心主要研究方向包括 3D 打印、外科手术机器人、手术虚拟可视化技术等，这些都是使我们现有的手术技术更加微创、更加精准的有力工具。截至 2020 年底，南科大医院已经率先在华南地区连续完成了 110 余台 O 形臂 + 骨科机器人手术。在可视化技术方面，我们做到了引领国际前沿。”

全面转型之后的南方科技大学医院的发展有目共睹。医院以高端设备为支撑，配备了 MRI、磁波刀、256 排螺旋 CT、DSA 一体化导管室、双板 DR、四维专科高端及全身彩超、全自动生化与血液流水线等大型高精尖医疗设备；设有具备国际先进水平的智能数字化手术室、复合手术室、高级模拟人中心、PIVAS 药品自检系统等智能数字化设施，为患者提供优质服务。

政校合作共建医院之后，医院完善学科布局，强化学科建设，打造人才高地。大力引进多个国内外高层次医疗团队，2019 年 -2020 年，引进博士 43 人、硕士 106 人；引进高水平学科带头人 39 人，其中一半以上具有国外研修经历，三分之一来自复旦大学医院管理所医院排行榜前 50 名的医院，国家级、省级主委及副主委 10 人，国家级突出贡献专家 1 人，享受国务院政府特殊津贴 3 人，全国百千万人才工程人选 1 人，博士、硕士研究生导师 23 人，教授 14 人，副教授 8 人。例如，医院骨科医学部成立创伤骨科、脊柱外科、重建骨科、关节外科、运动损伤科、国际骨科等六个亚专科，由裴国献、王林、王文波、朱锦宇、陈建文、赵东升等高水平学科带头人领衔，聚焦各类骨科疾病诊治。引进全国排名前 20 的血液病团队，学科带头人周晋教授为国内知名的“白血病治疗新方法开拓者”。该团队来到深圳后，很快就成功开展“应用 CD19/CD22 CAR-T 细胞免疫技术治疗儿童急性淋巴细胞白血病”的新技术和“小剂量亚砷酸联合靶向药物治疗复发难治急性早幼粒细胞白血病”的新项目，在国内外处于领先水平。未来，医院将以精尖技术为引领，以国际化医疗为特色，全力打造 3—5 个技术特色鲜明的学科群，为市民提供高水平的医疗服务。

创新之城，创新之院，创新驱动促进转型升级。南方科技大学医院将以粤港澳大湾区及中国特色社会主义先行示范区建设为契机，以政校合作共建为前提，实现“共建共享、优势互补、同质发展”，将医院努力建设成为“立足深圳，服务粤港澳大湾区，辐射东南亚，集医疗、教学、研究与国际化于一体的国内一流、粤港澳前沿、国际先进的综合性大学附属医院”。期待在深化医药卫生体制改革的背景下，在现代医院管理制度的探索下，南方科技大学医院在建设健康中国的征程上，绘上浓墨重彩的一笔，跑出南科医模式加速度，实现医院跨越式发展。

作者：黄贤君、余园　供图：南方科技大学医院

广东省佛山市第二人民医院

对接顶尖资源　提升诊疗水平

链接： 佛山市第二人民医院连续六年蝉联佛山口碑榜公共服务榜最佳口碑单位。在 2017 年度广东省三级公立医院第三方满意度调查中，患者满意度调查位列全省第 20 名、佛山地区第 2 名；员工意度调查位列全省第 2 名、佛山地区第 1 名。2019 年被授予“广东省五一劳动奖状”。2020 年被授予“佛山市抗击新冠肺炎疫情先进集体”称号并获得“中国最佳医院管理团队奖·抗疫特别贡献奖”。

去年 12 月 25 日，2020 年佛山口碑榜正式公布，广东省佛山市第二人民医院（以下简称“市二医院”）再次捧回“佛山口碑榜公共服务类最佳口碑单位”称号，这也是该院连续第六年获此殊荣。

再一次擦亮金字招牌背后，是市二医院医护人员和工作人员的不懈努力。新冠疫情初期，全院 1900 多名员工主动放弃春节假期，牢牢守住大本营；院党委书记、院长李逸群带领医院 39 名医护人员与市内 7 家医疗机构 120 名医护人员一起，组成佛山医疗一队驰援武汉，用生命守护生命，为人民健康撑起防护伞。五加二，白加黑，他们以时间换空间，推动新院区于 2020 年 8 月正式动工建设；频频接轨钟南山院士团队等顶尖医疗资源，引才聚智，带动诊疗、科研水平以及服务能力快速提升，用初心诠释使命，朝着高质量发展的道路大踏步向前迈进。

2020 年 12 月 22 日，佛山市第二人民医院“钟南山院士专家团队工作室”正式成立，该院党委书记、院长李逸群（左二）从钟南山院士手中接过牌匾
摄影 黄晓晴

白衣执甲，义无反顾逆行援鄂

2020 年年初，新冠肺炎疫情突然来袭。1 月 20 日，市二医院发热门诊就遇到首例疑似病例；1 月 26 日（大年初二），该院出现首例新冠肺炎确诊病例。

但市二医院的医护人员并没有乱了阵脚。出于专业敏感，市二医院感染科医生在 2019 年 12 月就敏锐地察觉到病毒的凶险，发热门诊在接诊时便已开始增加“是否到过武汉”的流行病学史调查。1 月初，对形势高度警惕的市二医院党委立即下达指示：严格按照院感要求，加快推进医院感染科的病区改造工作，做好情况变坏的打算。1 月中旬，市二医院正式成立疫情防控工作领导小组，迅速完善应急方案，要求全体动员、全员知晓、全力以赴、全打胜仗；之后市二医院在市内最早以水马封闭的形式有效管控医院出入口，加强预检分诊。早部署、早安排、早行动、早落实，全体二院人上下一心、挽手成林，为人民群众生命健康撑起一道生命安全线。

截至 2020 年 11 月底，市二医院接诊发热患者 14025 人次，及时确诊新冠肺炎患者 1 例、排除疑似病例 46 例，取得了新冠肺炎病人零死亡、院内零感染、医护人员零感染的优秀成绩。

面对突如其来的疫情，广大医务人员以白衣为甲、逆行出征，舍生忘死挽救生命，市二医院的医护人员也没有退却。

时针拨回到 2 月 12 日晚，全国战“疫”最吃紧的时候，驰援武汉的通知突至。医院党委连夜吹响了集结号，迅速选派 40 名精干。市二医院党委书记、院长李逸群临危受命，带队出征。此后的 40 个日夜，他们奋战在武汉市第一医院新冠肺炎重症病区内。他们争分夺秒、连续作战，承受着身体和心理的极限压力。很多人脸颊被口罩勒出血痕，有些人把呕吐物兜在防护服里一直坚持到换班，有人因缺氧而头晕……他们用生命守护生命，收治新冠肺炎患者 89 人，治愈出院 80 人，治愈率近 90%，好转率达 98.9%，受到受援医院及患者的充分肯定，共收到患者锦旗 10 面、感谢信 23 封，圆满完成了党和政府交予的任务。

“谢谢你们为我们拼过命。”离开武汉时，武汉人民说。“其实我们只是做了医护人员该做的。”市二医院的白衣天使说。

在 2020 年 10 月 21 日召开的全省抗击新冠肺炎疫情表彰大会上，李逸群获得“广东省抗击新冠肺炎疫情先进个人”称号。担任佛山医疗一队护理负责人支援武汉的该院护理部主任路海云，也被授予“全国三八红旗手”以及“广东省劳动模范”称号。12 月 10 日下午，佛山市抗击新冠肺炎疫情表彰大会举行，佛山市第二人民医院被授予“佛山市抗击新冠肺炎疫情先进集体”称号。

优化配置，新院区建设如火如荼

2020 年，考验如火，淬炼真金，市二医院的前进脚步却并未因艰难险阻而停顿，他们正奋力夺取疫情防控和医院建设发展双胜利。

2020 年 8 月 24 日，在繁杂的新冠肺炎疫情信息中，一条新闻引起了广大市民关注——位于禅城区绿岛湖的佛山市第二人民医院新院区正式开工建设。

从“吴满福跌打诊所”起步，逐渐发展壮大为现代化的市直三甲公立医院，位处中心老城区的佛山市第二人民医院至今走过了近百载光景。融医疗、教学、科研、预防、保健、康复为一体，眼科、耳鼻咽喉科、口腔科等专科实力雄厚，为群众提供了优质的医疗服务，在群众中具有良好的口碑。为进一步优化市优质医疗资源配置、扩大医疗服务供给、更好地满足人民群众的医疗服务需要，市委、市政府决定建设市二医院新院区。该项目总投资 24.7 亿元，占地面积 120 亩，总建筑面积约 25.26 万平方米，将于 2024 年 3 月竣工并交付使用，将设置 1200 张床位，可满足每日 1 万人次的门诊量。

在过去一年多时间里，该院与市代建项目管理中心等各级各部门密切配合，克服重重困难，先后完成了概念性方案设计竞赛、土地调规、高压线迁改、医疗工艺流程设计、初步设计等前期工作，确保了项目按时破土动工。

佛山市第二人民医院相关负责人透露，围绕医院“十四五”期间着力打造“一室五中心”发展规划，新院区的建设将重点发展眼科、外科、呼吸内科、耳鼻喉、妇儿、肿瘤、心脏、骨科等特色专科。

相信不久的将来，一个专科优势更突出、服务能力更强大的高水平医院必将成为“健康佛山”的耀眼明珠，为佛山市民提供一流的健康服务。

引才聚才，提升医疗硬实力

2020 年 12 月 22 日上午，国家呼吸医学中心挂牌暨协同医院合作启动大会在广州医科大学附属第一医院召开。国家呼吸医学中心名誉主任、中国工程院院士钟南山等共同为该中心揭牌，同时为佛山市第二人民医院等首批国家呼吸医学中心广东地区的协同医院授牌。

国家呼吸医学中心将围绕发热、肺肿瘤、慢阻肺、哮喘等相关呼吸道疾病，开展多中心协同研究，并对医疗健康大数据进行互通互联、共建共享。同时，开展一系列临床研究、转化研究、适宜技术推广、探索远程 MDT 形式的多学科合作，开展临床创新技术合作及先进技术交流，联合培养呼吸领域人才，帮助佛山市第二人民医院提升呼吸系统疾病的医疗水平。

活动当天，佛山市二医院“钟南山院士专家团队工作室”也正式成立，钟南山院士团队将帮助市二医院建设“国家呼吸医学中心协同创新网络建设示范单位”。

“佛山市二医院与钟南山院士团队进入深度交流合作期的消息让人振奋，市二医院将紧抓机遇，进一步优管理、强服务，依托国家呼吸医学中心卓越的专业平台和雄厚的科研基础，带动医院呼吸学科及相关学科进入快速发展的轨道。”李逸群表示。

随着双方合作的推进，国家呼吸医学中心的优质医疗资源纵向流动，将有效提升佛山市第二人民医院乃至佛山地区呼吸系统疾病的医疗服务水平，更好地满足群众的就医需求。

携手国家级团队是市二医院引才聚智、提升医院内涵建设的一大成果。过去几年，该院高举“人才强院”大旗，先后引进几十名高层次人才，拔高人才金字塔“塔尖”。去年，该院先后出台了《佛山市第二人民医院关于柔性引进高层次人才管理实施办法》《佛山市第二人民医院科技创新专项奖励制度》等规章制度，在引才育才上再添筹加码。

同时，着手筹建中心实验室以及眼科临床数据平台等临床科研平台，筑巢引凤。

2020 年 5 月底，致力于 3D 打印活性仿生骨技术相关研究的西北工业大学博士生导师汪焰恩教授与市二医院签约，成为特聘专家。2020 年 10 月，市二医院又与华南理工大学附属第二医院钟惟德教授团队正式签约，在市二医院打造“泌尿外科科研创新中心”。

积极聚才、引才、用才，一支知识结构较为合理、辐射带动能力突出、符合医院高质量发展需要的人才队伍，正在带动市二医院诊疗、科研水平以及服务能力快速提升。

再攀高峰，医疗科研全面开花

2019年，佛山市启动高水平医院建设“登峰计划”，佛山市第二人民医院成为“登峰培育单位”。最近一两年，佛山市第二人民医院频频接轨顶尖医疗资源背后，是该院扎实落实“登峰计划”勇攀医学高峰的不懈努力。

借助“登峰计划”的东风，佛山市第二人民医院将努力建设成为集医、教、研及科学管理于一体的、与省内一流水平相当的现代化综合医院，打造出一批省内高水平专科和国家临床重点专科；同时，新增一批广东省重点专科和3个佛山市重点专科，更好地满足人民群众对优质医疗服务的需求。

佛山市第二人民医院新院区效果图

2020年，市二医院成功通过国家级房颤中心认证，并成为国家高级卒中中心建设单位。这是对市二医院危重症救治水平的又一次肯定。2020年上半年，该院的心脏中心团队就为房颤患者成功实施佛山首台冷冻消融术、首台左心耳封堵术、首台房颤射频+左心耳封堵“一站式”手术，及时地救治了各类房颤患者。截至2020年上半年，中心已经将1000多名房颤患者纳入综合管理，数量在全省乃至国内的医院中都名列前茅。12月，市二医院又被认定为“国家标准化房颤中心示范中心”，成为佛山市首个示范中心。

此外，“三镜联合治疗肝胆胰疾病”“房颤冷冻消融联合左心耳封堵”“经导管人工主动脉瓣置换术”“手持房角镜辅助下的360°小梁网切开”“无缝线微创巩膜层间人工晶状体固定”等一系列新诊疗技术也成功在市二医院应用，推动医院诊疗追赶省内乃至国内领先水平，有力地保障了广大群众的健康。

这一年，市二医院现有卫国路院区多个病区改造升级，全院学科布局更为合理，市民就医环境明显改善。全球顶级的GE Revolution CT等高精尖设备的启用，成为该院医生的得力助手。

2020年以来，在“科研强院”的政策激励下，市二医院在科研创新方面也取得了丰硕成果。据统计，2020年，市二医院共获得各级、各类科研项目立项51项。其中，广东省自然科学基金（粤佛联合基金-重点项目）1项、广东省医学科研基金项目3项，广东省中医药医学科研基金2项。全年出版学术专著9部，含人民卫生出版社1部，发表SCI期刊论文14篇，其中影响因子≥5分的4篇，科研正引领着临床持续改进。

民意是风向标，口碑是试金石。在前进道路上，始终把人民放在最高位置，一切为了人民，佛山市第二人民医院用真诚铸就口碑，用实力赢得赞扬。

广东省高州市人民医院

构建三级健康网络 解基层群众就医“三难”

为通过五星级家庭医师的乡医赠送帮扶牌匾 摄影：李光建

广东省高州市人民医院党委以“四有”（班子有作为、支部有方法、党建有品牌、单位有典型）为载体，全面打造以“聚力理想信念、聚力健康事业、聚力从严治党、聚力社会责任”为核心内容的“党心聚力工程”，聚焦基层群众健康“三难”，真抓实干，将国务院奖励“公立医院综合改革真抓实干成效明显地方”的500万元和地方政府支持的300万元，以及医院自身再投入的300万元，全部用于打造以该院为中心、全市基层医疗卫生机构为辐射点的可视化远程网络医院。

通过“云端技术”建立县、镇、村乡村医生可视化服务闭环，通过“村医通”健康微信群，建立“院一家”村民服务闭环，夯实全市镇村网底，打通健康惠民最后一公里。

到目前为止，全市30家乡镇卫生院、社区卫生服务中心、农场医院，以及全市439家卫生站全部“入网”。

至此，“小病不出村、常见病不出镇、大病不出县”的县、镇、村三级健康服务体系已渐具雏形，农村健康“三难”得到有效缓解。

网联县、镇、村，建立乡村医生可视化服务闭环

“高州市人民医院帮我们建立了远程会诊系统、云诊室，只要患者病情需要，随时可以邀请专家进行远程会诊，一些疑难、危重病例可以留在我们卫生院诊疗，并且治得好。”高州市长坡镇卫生院常务副院长张惠杰说道。

81岁的患者张阿婆，是高州市长坡镇五星村人，去年12月因咳嗽、咳痰、气促，入住长坡镇卫生院，当天下午患者病情继续加

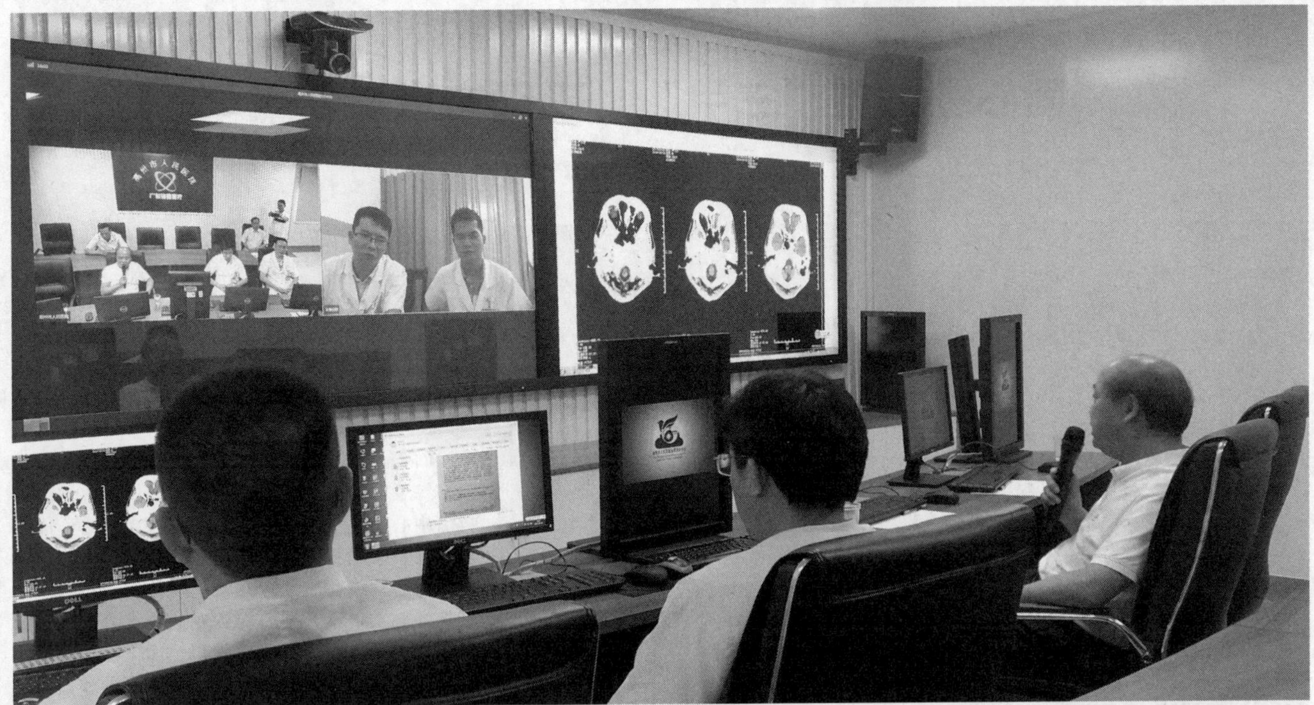

高州市人民医院通过云端医院＋云门诊，专家视频实时连线送健康到家，村民在家门口的村医卫生站看上了专家门诊　摄影：李光建

重，紧急转入重症监护室。卫生院一边抢救，一边通过远程会诊系统向高州市人民医院专家求援。在专家指导下，患者生命体征逐步稳定，两周后康复出院。

“我们要打造与县域群众相适应的健康服务体系，让群众不出县又能平价治大病、治好病，并且少生病。”高州市人民医院党委书记、院长王茂生表示。

据悉，为打造好这个服务体系，该院不断与镇卫生院联网，还把村卫生站也拉入网中。该院与高州市439个村委会的卫生站全部联网，村医可与城里三甲医院专家通过视频实时探讨患者病情，村民在家门口就可以与城里专家面对面问诊。

“我身体乏力，专家看看怎么办？”在长坡镇设教村委会卫生站，村医黎勇萍正在熟练操作远程会诊网络，旁边62岁的黎阿婆对着一块平板电脑大小的屏幕抛出健康问题，高州市人民医院专家实时视频连线解答。专家还实时指导村医进行合理用药、医疗随访和健康状况监测，引导黎阿婆合理饮食与运动，让黎阿婆备感便捷。

据了解，为了提升村医技术水平，该院通过远程系统对村医进行线上培训，还线下组织他们集中培训，近年来，共培训村医超过20000人。该院对通过五星级家庭医生考核的村医，实施一对一帮扶，组织各党支部专家不定期下乡和村医一起坐诊，既提高村医技术水平，还可以激励更多的村医通过五星级家庭医生的考核。

据统计，自2018年7月实施五星级家庭医生考核以来，全国至今已有15批共计335名村医通过考核，其中，150人来自高州，约占全国的一半。

该院还通过与各卫生院建立胸痛中心专科联盟、建立医联体等方式，全面提升卫生院技术水平，让村民小病不出镇。

“党建＋村医通”，建立“院一家”村民服务闭环

建立“村医通”，是高州市人民医院把党建工作由市区向农村拓展的新举措。

该院自2018年4月起，在全国创新推出“互联网＋党建＋村医通微信健康群”，43个党支部分片“承包”高州市23个镇，在23个镇的439个村一一建立“村医通”，每个群设有党员群主、医生及党员监督员，把宣传党的路线、方针、政策与普及医疗健康知识结合起来，做村民身边的医生，义务回复村民的健康咨询。

2018年5月3日，荷塘镇荷塘村村民阿伟突然感觉胸口痛，全身大汗淋漓，他妻子脑海里立即呈现一个念头：这可能是急性心梗。因为她平时经常在“村医通”学习健康知识，了解过这种症状。她紧急将丈夫送往医院救治，院方开通一键式“绿色通道”，迅速为阿伟疏通闭塞血管，使其转危为安。从患者进入医院到血管开通，仅用了36分钟。

在这场与死神的赛跑中，阿伟胜利了。他的妻子高兴地说：“‘村医通’真有用，能救命，就像医生随时在身边一样，我以后也要向我们村的人宣传‘村医通’，这样能救更多的人。”

高州市人民医院将以治疗为中心向以健康为中心转变，不断做好疾病预防和健康教育，将胸痛、脑卒中等急救绿色通道前移，打通健康惠民“最后一公里”。截至2021年4月，“村医通”已覆盖全市439个村，26万户乡村家庭每户一个代表入群，共计发“党建＋健康科普知识”3357多条，免费解答村民健康咨询超过219000人次，收到村民感谢帖子1560多条，救治胸痛、脑卒中等急危重症患者30多名。

该院通过“村医通”健康微信群建立“院一家”村民服务闭环，夯实全市镇村网底，打通健康惠民最后一公里，真正实现村民小病不出村。2019年，该院简单普通病例（A型病例）下降2800多人次，村民小病在村里即可解决，基本实现小病不出村。

三级网络在疫情期间发挥出明显优势，该院通过网络系统，每天为村民推送国家的最新防疫指引和医院制作的规范防疫知识，开设网上发热门诊、新型肺炎网上咨询、AI医生辅助群众自我判断等服务，组织党员专家带头在线上开展疫情防控知识培训，为村医提供“分级诊疗＋分级隔离”指导，努力切断传播途径，降低交叉感染风险，力争做到“早发现、早报告、早隔离、早治疗”，让村民不出门就可获得科学规范的防疫指导，筑起了镇、村抗疫“防火墙”。疫情发生至今，已累计为12576名发热门诊、常见病、慢性病等患者提供了免费咨询服务。

高州市人民医院作为全国现代医院管理制度示范医院、全国县级医院改革的排头兵，主动担当、主动作为，以群众满意作为所有工作的出发点和落脚点，守初心、担使命，不断深化医改，不断加强慢病管理和健康预防，畅通绿色通道，走出“县级强、镇级活、村级稳、上下联、信息通、模式新”的新路子，有效缓解了基层群众健康“三难”问题，“大病不出县、常见病不出镇、小病不出村，预防前移少生病”的三级服务体系已渐具雏形。

作者：丁新林

广西合浦县人民医院

同心勠力创“三甲” 砥砺奋进谋新篇

合浦县人民医院门诊综合楼 摄影：罗宗恒

链接：合浦县人民医院始建于1935年5月，由时任国民政府行政院代院长兼交通部部长、合浦籍爱国将领陈铭枢先生筹建，时称合浦医院；1951年6月更名为合浦县人民医院”；1995年成为广西首家通过国家二级甲等综合医院评审的县级医院；2018年2月成为广西第三家通过国家三级综合医院执业登记的县级三级综合医院，2018年5月成为广西第二批助理全科医生培训基地。合浦县人民医院是国家爱婴医院和国际紧急救援中心网络医院、直升机航空救援定点医院，也是广西壮族自治区人民医院、广西壮族自治区肿瘤医院、南宁市第二人民医院、广州中医药大学第一附属医院医疗联合体成员单位，与广西医科大学第一附属医院建立“互联网+医联体”合作关系，与39互联网医院建立互联网+医疗合作关系，同时也是合浦县县域医疗服务共同体牵头单位。近三年，医院职工在国内外医学期刊共发表论文132篇，申报厅、市级科研立项8项，通过科研成果鉴定11项，获市科技进步奖4项、广西卫生适宜技术推广奖3项。合浦县人民医院近三年曾荣获2019年“合浦县先进基层党组织”、广西工人先锋号、“北海市疫情防控工作最美逆行集体”、北海市巾帼文明岗等殊荣。

“建设‘三甲’医院是几代‘合医人’的目标追求和奋斗梦想。”从2021年起，合浦县人民医院创建“三甲”医院列入了北海市卫生发展规划；合浦县委、县政府高度重视卫生健康工作，将合浦县人民医院建设“三甲”医院写进合浦县第十三次党代会工作报告，纳入合浦县“十四五”规划目标。

综合实力迈上新台阶

广西合浦县人民医院是集医疗、教学、科研、急救、康复和预防保健为一体的三级综合医院，肩负着合浦县110万多人口的医疗、急救、预防保健任务，辐射服务周边部分地区，同时也担负着全县16个乡镇卫生院和5所县级医院的业务培训、指导工作。

该院于2018年2月通过了三级综合医院执业登记，成为全区第三家晋升为三级综合医院的县级综合医院，2018年5月成为广西第二批助理全科医生培训基地。该院是自治区人民医院、自治区肿瘤医院、南宁市第二人民医院、广州中医药大学第一附属医院医联体成员单位，是湘雅二医院医疗技术协作医院，同时也是合浦县县域紧密型医疗卫生共同体建设牵头医院。

为响应国家“互联网+医疗健康”的号召，合浦县人民医院与广西医科大学第一附属医院建立“互联网+医联体”合作关系，与39互联网医院达成战略合作关系。该院以互联网为平台，借助全国优质医疗资源，促进医院各专科专业快速发展。

如今，合浦县人民医院创建了国家胸痛中心、国家综合防治卒中中心、创伤中心、危重孕产妇救治中心、危重新生儿救治中心五大中心，成为合浦县紧急救援中心、国家爱婴医院、国际紧急救援中心网络医院、直升机航空救援定点医院。医院内部实现了各中心相关专业统筹协调，可为患者提供医疗救治绿色通道和一体化综合救治服务，有力提升了危急重症医疗救治质量和效率。院前医疗急救机构与各中心形成急救网络，实现患者信息院前院内共享，构建快速、高效、全覆盖的急危重症医疗救治体系。

多年来，合浦县人民医院秉承“智圆行方 至善至精”的院训精神，坚持“人民生命健康至上”的理念，不断提升医院内涵建设和服务水平，落实进一步改善医疗服务行动计划，提升医疗服务质量，改善患者就医体验，提升群众健康获得感、幸福感。

吹响创建“三甲”号角

医院等级是医院功能、任务、规模以及管理水平、服务水平、技术水平的综合标志，是医院综合竞争力的体现。而建设三级甲等综合医院是一个系统工程，是全面提升医院综合实力，保障人民群众健康和经济社会发展，推动地区医疗卫生事业发展的需要。

近年来，合浦县人民医院在规模建设、医疗管理、学科建设、技术开展和服务水平等方面取得了长足进步，收获了良好的社会效益，为建设“三甲”医院奠定了坚实的基础。创建“三甲”医院有利于吸引人才，促进医教研相长，推动医院高质量发展，增强核心竞争力。

为适应时代发展要求，推动医院高质量发展，提升医院核心竞争力，全面提高区域医疗服务保障能力，该院于去年开始积极推进三级综合医院等级创建工作，2021年进一步明确“创等”目标，正式启动建设三级甲等综合医院工程。

2020年7月，合浦县人民医院召开三级综合医院等级创建推进会，对临床及医技科室在等级医院创建流程、实施步骤、工作要求方面进行了具体培训。2021年8月，合浦县卫生与健康大会暨全县中医药发展大会明确要求该院启动“三甲”医院的建设。

合浦县委、县政府高度重视该院创“三甲”工作，并将该项工作写进合浦县第十三次党代会工作报告，纳入合浦县“十四五”规划目标。自工作开展以来，县委、县政府多次召开相关会议部署工作，对“创等”工作制定了具体的时间表和路线图。

2021年9月，该院正式印发了关于《合浦县人民医院建设三级甲等综合医院实施方案》的通知，决定按照“一年建设，一年整改，一年完善”的基本规划，争取用三年左右的时间，通过自治区卫生健康委三级甲等综合医院的评审。

合浦县人民医院成立医院等级创建工作领导小组，并下设“三甲”创建办公室。创建活动分为动员学习、建设阶段、落实整改、自查自评、全面迎评五个阶段。根据医院实际情况，该院将建设阶

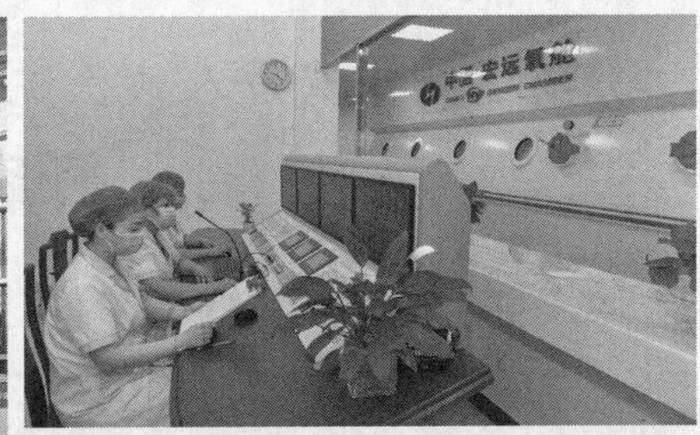

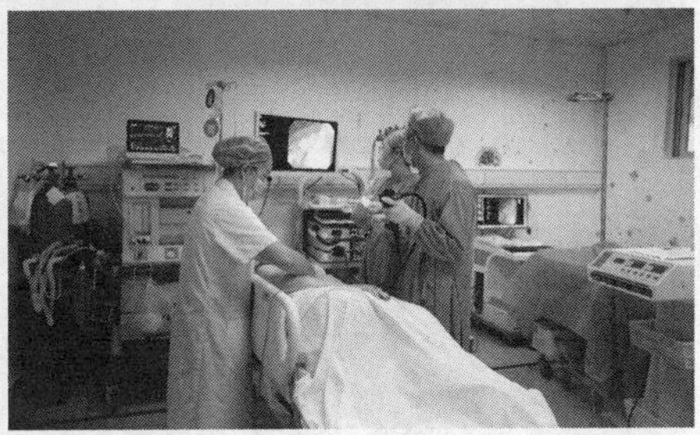

左图为合浦县政府调研组到合浦县人民医院专题调研“三甲”医院创建工作；右上图为康复医学科医务人员通过操作台为患者实施高压氧治疗，并随时跟舱内患者沟通了解情况；右下图为消化内科团队为患者实施胃镜诊疗　摄影：罗宗恒

段、落实整改阶段进行整合，遵照《广西壮族自治区医院执业校验标准》《三级综合医院评审标准实施细则》要求推进等级医院创建工作，按照重点突出、整体推进、边建边改、建改结合的原则推进三级甲等医院建设。

对标对表抓落实求实效

创“三甲”工作是该院当前的重要工作。合浦县人民医院将坚持“四个全面”战略布局，坚持创新、协调、绿色、开放、共享的发展理念，坚持医院的公益性质，坚持围绕“一个中心”、着眼“两个力争”、深化“三个巩固”、坚持“四个完善”、确保“五个提高”的工作方略，以建设三级甲等综合医院为动力，以质量建设为核心，不断加强内涵建设，全面提高医院管理水平、医疗技术水平和服务质量，通过“创等”促进医院跨越式发展。

根据《合浦县人民医院建设三级甲等综合医院实施方案》的安排，2021 年 7 月至 11 月是动员学习阶段。该院召开动员大会，并多次召开创“三甲”工作推进会，全院职工进一步明确了建设三级甲等综合医院的目标和意义，要求各科主任和护士长要熟悉和掌握本科室的评审标准及专业的评审内容和评审方式。由各科室紧密联系工作实际，组织全科人员学习评审标准，做到人人知晓，逐条认真分析，找出差距；职能科室利用各种形式深入宣传，营造创建氛围，在全院形成“人人了解评审，人人重视评审，人人参与评审”的良好氛围。

在动员大会上，合浦县人民医院领导反复强调，全院要上下同心、真抓实干，全员要加强培训学习，弄懂吃透三级甲等医院评审标准和实施细则；要坚持“以评促建、以评促改、评建并举、注重内涵”的方针，达到持续改进的目标；要以“三甲”医院评审标准及实施细则为目标导向，把建设工作和医院日常工作全面、深度融合起来。

建设“三甲”医院既是加快完善合浦县城市公共服务功能、加快合浦卫生事业发展的需要，也是合浦县委、县政府交给该院的光荣任务。

合浦县人民医院坚持发挥党建引领的作用，推动创建工作有序开展，围绕建设“三甲”医院这个中心，服务医院高质量发展这个大局，不断提升党建水平，更好地发挥党组织的战斗堡垒和党员先锋模范作用；把党史学习教育成效转化为推动“三甲”医院建设、推动医院高质量发展的生动实践，努力为人民群众提供优质高效的医疗服务。

该院坚持严格执行建设标准，强化标准意识，并按标准逐条对比，找出差距，制定措施，逐一落实。在人才方面，该院将进一步加强人才引进和队伍建设，打造高素质的医务人员队伍，将“人才强院”和“科技兴院”作为医院发展战略；深化与上级医院的合作，提升医院综合实力；坚持以人民为中心的发展思想，坚持以病人为中心的服务理念，把医疗服务水平的提高放在工作首位，强化医德医风建设和廉政建设。

紧锣密鼓推进创“三甲”

为进一步推进医院建设三级甲等综合医院工作，提升医疗服务质量，促进医院内涵建设，2021 年以来，合浦县人民医院多次组织人员到河池市第一人民医院、桂平市人民医院、广西医科大学附属武鸣医院等医院进行观摩；多次邀请上级专家到院指导，多次召开等级创建动员会、推进会等会议，紧锣密鼓推进创“三甲”工作。

12 月 14 日，合浦县政府专题调研组到该院就建设三级甲等综合医院工作进行调研，深入了解该院现阶段在学科建设、人才引进和项目建设等方面存在的问题，明确要求该院就现阶段存在的问题成立专门的领导小组，整合资源，做好各项工作，尽快提出现阶段急需解决的问题，以便县委、县政府更好地作出决策。

12 月 20 日下午，合浦县卫生健康局调研组到该院调研，就现阶段的项目建设、学科建设、人才引进等方面存在的问题进行深入调研。

2021 年 12 月至 2022 年 11 月是建设阶段，该院将积极组织技术攻关，填补项目空白，力争在 2022 年 3 月底前实现三级甲等医院所有技术项目不缺项，全面达到三级甲等综合医院技术指标要求，强力推进临床重点学科建设，按要求创建省级重点学科和市级重点学科。

在落实整改阶段（2022 年 11 月至 2023 年 5 月），该院将逐项逐条落实三级甲等综合医院评审标准，查找工作中的缺陷，制定措施认真整改，全面完成各项创建指标；自查自评阶段（2023 年 6 月至 2023 年 12 月）的主要任务是按照评审标准逐项进行有计划的自查自评，该院将全面细化落实各项评审标准；迎评阶段（2023 年 12 月至 2024 年 3 月）的主要任务是巩固创建成果，迎接评审。

合浦县人民医院希望通过“三甲”医院的建设，进一步实现医院管理制度化、规范化、标准化、科学化，全面促进医疗服务质量持续改进，促进完善医院科学管理的长效机制，统筹协调推进学科建设；建立一支医德医风好、技术精湛、服务优良的医护队伍和人才梯队，提升医院整体实力和技术水平，促进医院全面、协调、可持续发展，为广大人民群众提供更优质、安全、高效的卫生健康服务。

江苏省常州市武进人民医院

开启新篇章 踏上新征程

常州市副市长陈正春（左二）、武进区区长陈志良（右二）为武进人民医院增挂“常州市第八人民医院”牌子 摄影：陆新

链接：常州市武进人民医院是一所集医疗、教学、科研、预防于一体的三级乙等综合医院，是常州市第八人民医院、国家级爱婴医院、江苏省首批基本现代化医院、江苏大学附属武进医院、徐州医科大学武进临床学院、江苏大学硕士点和上海同济大学医学院教学医院。先后获得全国巾帼文明示范岗、江苏省卫生系统先进集体、江苏省患者安全目标合格单位、全国改善医疗服务示范医院等荣誉称号。

2020年，武医人同舟共济，汇涓滴之力成磅礴之力。9月22日，武进人民医院增挂常州市第八人民医院。承载着数代武医人的热望，武进人民医院终于迎来了这一喜讯，这标志着武进人民医院的发展开启了新篇章、踏上了新征程。今后，医院将在人才引进、平台搭建、技术提升、社会效益等方面进一步提升，为争创三甲医院、打造省级重点专科、特色诊疗中心奠定坚实基础，满足人民群众对优质医疗资源的需求。

夯实硬核，战斗堡垒固本强基

武进人民医院与祖国同龄，虽然几易其名，但是医院“团结奉献 求实 创新”的价值追求从未改变，“全力打造病人信任、员工自豪、同行尊重、社会满意”的办院目标历久弥新。经过70多年的栉风沐雨、砥砺前行，如今的武进人民医院，已经形成拥有本部、南院、高新区三个院区，34个临床医技科室、1500余张床位、2300余名职工、1500余台（套）大型仪器设备的办院规模，成为集医疗、教学、科研、急救、康复于一体的三级乙等现代化综合性医院，是江苏大学附属医院、徐州医科大学武进临床学院、全国改善医疗服务示范医院，跨入省内同级医院先进行列。肿瘤内科成功创建为省级临床重点专科，16个科室先后创建成常州市市级临床重点专科，成为保障常武地区群众健康的一支重要力量。

2019年12月，武进人民医院建设3年多、总投资超3亿元的外科综合大楼正式启用；2020年3月，实现外科综合大楼的各病区、科室的全面正常运营。新外科大楼从硬件设施的投入医疗流程的优化、多学科联合诊疗等机制的完善，处处彰显着“以病人为中心”的医学理念。

武进人民医院始终坚持“科教兴院”，先后承担江苏大学临床医学本科班及徐州医科大学定向班驻点教学任务，同时承担江苏大学、南京医科大学、苏州大学医学院、上海同济大学医学院等医学院校临床实习，6个专业被江苏大学批准为硕士培养点，拥有硕士研究生导师、兼职硕士研究生导师14名，教授及兼职教授16名。近5年来，承担国家自然科学基金等各级科研项目立项200余项，获各级科技进步奖31项，省、市科学新技术引进奖11项。

筑就基石，三大中心如虎添翼

作为国家卫健委脑卒中防治工程委员会授予的“高级卒中中心”，近年来，该中心以国内外高标准力推脑卒中介入治疗为契机，不断优化急诊静脉溶栓、动脉取栓绿色通道流程，完善脑卒中绿色

武进人民医院全景 摄影：陆新

通道质量管理体系，缩短了脑卒中患者从入院到脑血管有效开通治疗的时间，使患者得到快速而科学的诊治。2020年，该中心完成各类危急重症手术共100余例，急性脑梗死静脉溶栓率由2010年的不足0.3%升至10%，卒中规范化防治总体达标率100%。

2020年9月，武进人民医院胸痛中心顺利通过国家级标准版胸痛中心认证。自2017年胸痛中心成立以来，与常州市急救120、14家乡镇卫生院及社区卫生服务中心签订了急性胸痛联合救治协议；在全市率先开展了推动基层医院急性心肌梗死“急救一包药”的投放工作，将急性高危胸痛患者的救治阵地前移、为救治赢得了时间；3年来，共20余次下基层对近千名医务人员进行了急性高危胸痛诊断与治疗、心血管危重症救治等知识的培训；每年为约2000余例急性胸痛患者提供快捷的诊治服务，为近200例急性冠脉综合征患者进行急诊冠脉介入诊疗手术；导管室实施“一键启动”，急性心梗患者从进门到开通血管时间控制在平均70分钟左右，最短在20分钟以内，急性心肌梗死抢救成功率＞97%。

武进人民医院于2018年成功创建常州市级创伤急救中心，大力推进多发伤、危重创伤患者的集束化救治，不断健全、完善、优化“急诊、急救、手术、监护、康复一体化”救治新模式，与手术室、监护室无缝链接，危重创伤患者确定性治疗时间控制在60分钟内。截至2020年12月，共抢救创伤患者33345人次，其中，脑外伤1179人次，严重创伤患者收治重症医学科515人次。

三大中心建设，从硬件到软件，从架构到制度，一个立体高效的急救体系已然形成。医院的门急诊人次、出院人次、手术台次每年持续增长。领先的技术和优质的服务，得到了大批患者的广泛认可，截至2020年12月，医生平均回访率达 95.48%，病员平均满意度为98.12 %。

聚焦基层，服务民生温暖先行

近年来，武进人民医院在注重“硬实力”提升的同时，努力兼修“以人为本 服务百姓”的软实力，软硬实力的双剑合璧就是医院的强实力。

医院践行“真情关爱 健康促进”的服务宗旨，将公益为民情怀辐射至常武地区的边边角角。自2012年以来，医院始终坚持“为民送健康”，常武地区3000余名群众受益。2018年，医院以技铸铠、以民为先，再次起航，开展“不忘初心 关爱群众”健康义诊公益行活动。近日，医院结合现阶段疫情形势和常态化防控工作需要，有重点、有针对性地开展系列义诊活动，方便群众在家门口就医。为进一步方便群众就医，增强基层群众的就医获得感，医院加强了专病门诊和联合门诊的建设，为患者提供更加优质的门诊服务。

武进人民医院十分重视专家下基层帮扶家庭医生团队工作。通过优质资源上下贯通的渠道和机制，扩大三级医院医疗资源的辐射范围，推动双向转诊。目前，该院在常武地区共有21家医联体合作单位，共选派46名医疗专家对口帮扶基层医疗单位。2020年，护理部以6家护理帮扶合作协议单位的培训需求为导向，安排专科护理人员到各个基层医疗机构开展护理带教服务的护联体工作，有效帮扶提升基层医疗机构护理服务能力。此外，医务人员积极参加各类援疆援陕工作，2020年选派5名骨干医生参与援陕工作。2020年1月，医院6名医护人员作为江苏省第二批援鄂医疗队成员驰援湖北，以生命赴使命，全院医务工作者无畏坚守，用挚爱护百姓。

作为武进区智慧医疗项目试点医院，该院以“互联网+”为手段，围绕患者医疗服务需求，进一步完善门诊预约诊疗服务、拓展智慧医疗服务等。银医通自助挂号缴费系统的投入使用，实现了人工窗口排队人群的分流，大大减少了患者在就医过程中的等候时间，不断改善患者的就医感受。

武进人民医院院长金建华介绍，下一步，该院将加快项目建设，以挂牌常州市第八人民医院为新的起点，充分发挥区域医疗中心龙头引领作用，加快推进南院二期项目建设，全面提升医院整体服务水平和辐射能力；进一步加强对外合作，牢固树立“不为所有、但求所用”的理念，加强与市内外知名医院、院校的交流合作；继续加强队伍建设，以更大力度吸引优秀人才，加强内功修炼，培养过硬本领，打造实力型、魅力型、活力型优秀医务团队，不断满足人民群众多元化的就医需求，携手共书医院高质量发展新篇章，把医院建设成为全省县区级医院中的一流名院，为建设健康常州作出更大贡献。

作者：李婷

四川省彭州市第二人民医院

通“梗阻”引“活水” 医联体建设的“彭州实践”

成都医学院第一附属医院彭州分院授牌仪式现场

阅读提示

以习近平同志为核心的党中央坚持问题导向和科学思维，注重理论创新、实践创新、制度创新，不断完善治国理政、治党强军顶层架构，引领中国特色社会主义进入新时代，创立了习近平新时代中国特色社会主义思想，对决胜全面建成小康社会、开启全面建设社会主义现代化国家新征程作出了全面部署。各地区各单位迅速行动起来，深入开展“不忘初心，牢记使命”主题教育，增强“四个意识”，坚定“四个自信”，做到“两个维护”；充分发挥党组织的战斗堡垒作用和共产党员先锋模范作用，打赢“防控战”，夺取“双胜利”；积极探索“精准脱贫”途径，决战决胜全面小康；贯彻新发展理念，建设美丽中国，坚持以人民为中心的发展思想，不断增强人民群众获得感、幸福感、安全感。四川省彭州市第二人民医院就是其中的先进典型，他们积极推进医联体建设不断满足周边人民群众卫生健康需求的具体措施、成功经验和突出成就，都具有较强的示范意义和推广价值。

2017年4月，国务院办公厅下发《关于推进医疗联合体建设和发展的指导意见》，指出开展医疗联合体（以下简称“医联体”）

彭州市卫健局党组与成都医学院第一附属医院商讨业务托管彭州市第二人民医院事宜

建设，是深化医改的重要步骤和制度创新，有利于调整优化医疗资源结构布局，促进医疗卫生工作重心下移和资源下沉，提升基层服务能力，有利于医疗资源上下贯通，提升医疗服务体系整体效能，更好实施分级诊疗和满足群众健康需求。

四川省彭州市第二人民医院“挂图作战”，积极投身医联体建设之中，蹚出了医联体建设的“彭州实践”。

2020 年 5 月 10 日，55 岁的彭州市民刘先生因为摔伤被送到了四川省彭州市第二人民医院（以下简称“彭州二院”）急诊科，经检查被诊断为胸腹联合伤，创伤性脾破裂，多根肋骨骨折，血气胸，腹腔大量出血，病情十分危重。经过院内多学科急诊会诊后，考虑患者创伤重，麻醉风险大，需要转到上级医院进一步处理。

医院通过双向转诊机制，迅速与成都医学院第一附属医院（以下简称“成医附院”）联系，通过“绿色通道”，将患者从 16 公里外的彭州，送进成医附院手术室，仅用时 41 分钟。经过紧张手术，成功挽救了患者生命。

40 余分钟的“生死时速”，将患者迅速从死神手中救出，得益于彭州二院于 2020 年 4 月与成医附院建立的紧凑型医联体。刘先生的抢救成功，也仅是医联体彰显成效的一个缩影。

以“绣花功夫”打造紧凑型医联体

为进一步深化医疗资源配置，打造区域医疗高地，提升彭州二院整体医疗服务水平和综合服务能力，根据成都市人民政府办公厅关于《进一步深化纵向型紧凑型医联体建设若干政策措施》等文件的要求，按照“因地制宜、协同发展、资源共享、惠民利民”的原则，以切实解决人民群众“看病难”“看病贵”为目标，结合彭州二院发展的实际情况，彭州市卫生健康局党组和成医附院党委积极探索紧凑型医联体建设的新路径，率先提出了“业务托管”的新模式。

彭州二院院长李光勇介绍，该院由乡镇卫生院发展而来，早在 2002 年，医院就明确了“借智借力促进医院发展”的战略目标，与多家三级医院建立了友好合作关系，长期邀请四川省人民医院、成都市第二人民医院、成都市第三人民医院、成医附院等专家来院开展坐诊、指导手术等业务帮扶。

该院此次与成医附院的紧凑型医联体建设以业务托管形式为主，即医院的性质、法人、主体管理责任、隶属关系不变。在托管期内，成医附院选派一名符合彭州二院需求的领导干部全职担任副院长职务，报彭州市卫生健康局依照规定程序予以任命，协助彭州二院院长管理医院业务工作。根据彭州二院需求，由成医附院派遣专家团队入驻医院，围绕学科建设、人才培养、科研教学、技术支持等方面开展工作，旨在打通“梗阻”，引入“活水”。

“业务托管实施前，我院领导班子、职能科室及临床科主任做了很多细致工作。”李光勇说，医院以“绣花功夫”打造紧凑型医联体，经过反复讨论，拟定了实施方案和协议书等一系列文件，对医院业务托管目标、托管内容、各个学科建设目标、专家派遣需求等进行了详细的约定。此后，医院还反复向彭州市卫生健康局、成医附院汇报实施方案和协议书内容，根据上级领导意见，对方案和协议内容进行了多达 13 次的修订，最终形成的《成都医学院第一附属医院业务托管彭州市第二人民医院的实施方案》和《业务托管协议书》详细规定了该院每一个科室的发展目标任务、每一位专家来院的时间，及需要开展的工作、对专家开展工作的考核等，并建立了奖惩机制和考核机制，为实现医院业务托管目标奠定了法律保障基础。

医联体建设需要“从内打破”获新生。医院还多次召开部署会，要求全院各个科室积极配合来院专家开展各项工作，尊师重教，当好学徒，虚心请教，刻苦钻研，无论是在医疗质量管理上，还是在临床诊疗技术上，无论是在人才队伍培养上，还是在学术科研能力上，都要学有所获、学有所专、学有所成，并建立了跟师学徒的考核管理机制，为业务托管在该院的有力推动扫平了内部障碍。

2019 年 12 月 27 日，成医附院派梁卫东同志前往彭州二院协助开展业务托管前期工作。通过精心筹备，2020 年 4 月 24 日，两

业务托管让老百姓真正得到实惠，图为成都医学院第一附属医院专家在彭州市第二人民医院惠民接诊

院正式签署了业务托管协议书，并举行了成都医学院第一附属医院彭州分院挂牌仪式。经彭州市卫生健康局任命，梁卫东同志挂职担任彭州二院副院长，并带领31名专家、教授团队如期坐镇该院，围绕协议内容，扎实有序开展各项工作。

"彭州实践"成效初显

虽然仅有短短几个月时间，但精细构建的"业务托管"新模式已成效初显。

在优质医疗资源下沉方面，两院直击分级诊疗的"痛点"，真正做到"让百姓在家门口花最少的钱就可以享受到三级医院的优质诊疗服务"。截至目前，成医附院专家累计在彭州二院门诊服务患者655人，教学查房510人次，开展学术讲座28次，开展四级手术32台次，实施超声、内镜等检查401人次，为该院引入新技术5项。

在落实分级诊疗制度、开展双向转诊工作方面，围绕以病人为中心，真正打通了两院之间的绿色双向转诊通道，彻底解决了长期以来双向转诊的"梗阻"问题。两家医疗机构间建立了双向转诊微信沟通群，凡上转患者，人未到，病情信息先到，并实行检查结果互认；对于危急重症患者，实行免挂号费、免押金住院，使患者得到快速的诊断和处置；病情稳定，进入康复阶段的病人，由成医附院驻彭州二院专家负责将病人转回彭州二院继续治疗。医院出台了《彭州市第二人民医院双向转诊管理规定》，对转诊的范围进行了界定，明确了转诊的流程，并且将转诊纳入了医师绩效考核，为双向转诊工作的可持续性发展建立了制度依据。从2020年3月到2020年8月，共上转病人132人，下转病人21人。

在科研教学方面，围绕辖区居民健康需求，彭州二院在成医附院专家指导下申报了四川省科研项目3项，成都市科研项目1项，参与成医附院申报的四川省科研项目协研1项；开展了院内培训3期，包括各个村卫生站在内的参培人数达到了654人次；申报了彭州市继教项目5项。另外，彭州二院还在2020年10月协办由中国老年医学学会、四川省生理科学会主办，成医附院承办的成都国际卒中会议，为该院开展国际学术交流积累了一定的经验。

在人才培养方面，彭州二院选派4名临床药师到成医附院，分别开展为期6个月的药师培训以及为期1年的临床药师规范化培训；麻醉科1名医师参加"2020年中华医学会基层卫生人才培养千人计划项目"；截至目前，彭州二院共派出了18名护士到成医附院学习肛肠科、神经内科、神经外科、新生儿科等专科护理。另外，成都医学院与彭州二院达成了通过成都医学院的教学资源、人力资源、平台资源，在大数据大健康领域、全科医学人才培养、医务人员技能及学历层次提升等方面开展进一步的合作意向，包括在该院开设彭州市卫生专业人才在职研究生培训班。

在学科建设方面，由彭州二院分管领导牵头，职能科室参与，在该院儿科、肛肠科、康复医学科、妇科多次召开了科室发展研讨会，通过听取专家意见、参加人员讨论，科室制定了学科发展五年规划，并逐步推进落实；康复医学科、肛肠科、骨科准备申报彭州市重点专科建设单位。

在推进全民健康及健康中国行动方面，努力践行习近平总书记"把以治病为中心转变为以人民健康为中心"的指示，彭州二院与成医附院持续开展妇幼健康、中小学生健康、老年健康促进活动，以及心脑血管疾病、慢性呼吸系统疾病等重大疾病防治行动。截至目前，已经在辖区内陆续开展心脑血管疾病筛查与预防、儿童健康促进、肛肠"痔慧行动""小丑医生"进医院等活动。

通过业务托管后开展的一系列工作，真正做到了让辖区百姓不出家门就能享受三级医院医疗服务，增强了群众的就医获得感、安全感和幸福感，紧凑型医联体建设的"彭州实践——业务托管模式"渐成佳话。

供图：彭州市第二人民医院

重庆市潼南区中医院

初心引领使命　奋斗开创未来

重庆市潼南区中医院援鄂队员在武汉抗疫前沿阵地火线入党

链接：重庆市潼南区中医院是一家集医疗、教学、科研、预防保健、康养结合为一体的国家二级甲等中医综合医院。目前业务用房面积约8.9万平方米，开放床位1000余张，在职职工500余人。其中硕士、博士研究生24名，学科带头人30余名，高级职称专业技术人才60余名。医院拥有先进的医疗设备和方体定向软通道颅内血肿微创治疗、颅骨缺损三维重建修补等区域领先技术及人才。成功创建国家脑防委防治卒中中心；与重医附一院建立区域协同救治胸痛中心，成功申报国家级、省部级、区级科研项目20余项。医院秉承"传承、创新、求精、奉献"的院训，致力于创建三甲医院、智慧医院、美丽医院。

光阴流转一往无前，奋斗接续永不止步。

从1980年到2020年，40年沧桑巨变，40年光辉历程。踏着改革开放的时代节拍，正值青春的重庆市潼南区中医院顺势而为，勠力同心，与经济发展同频共振，与城市建设相融互动，与人民健康脉络相通。不断开拓创新，厚植英才俊杰，加快学科发展，矢志不渝践行"救死扶伤"的医德和"精益求精"的医术，坚定不移履行"患者至上，以病人为中心"的服务理念，在潼南这片沃土上不断孕育新的硕果，全力承担起机遇与挑战带来的喜悦和压力，铭记来时路，不忘初心，不辱使命，不断创新，不断超越，奋力谱写潼南中医院更加灿烂美好的新篇章。

百舸争流，奋楫者当先

从39人到500人，从50张床位到核定床位700张，从1500

平方米到 8.9 万平方米，从城关镇医院的建制，发展成为人民满意的区内龙头综合中医医院，并向区域性医疗中心迈进……40 年筚路蓝缕，40 年奋斗耕耘，潼南区中医院经历了从小到大、从弱到强的风雨历程。经过几代人的不懈努力，医院不断发展壮大，特别是改革开放以来，医院坚持高标准定位，高起点规划，办院规模有序扩大，人才队伍、学科建设、管理效能得到跨越式发展。

医院的发展驶入了快车道，医疗服务能力和医疗服务质量发生了质的飞跃，传统的医疗服务模式和患者就医需求也经历着深刻变革。从赤脚医生到专业医疗团队，从“草棚”门诊到中医院医共体牵头医院，从“望闻问切”到高科技大型诊疗设备，从“治病”到“治未病”，从“以治病为中心”到“以健康为中心”……潼南区中医院不断推进医药卫生体制改革和创新，逢山开路，遇水架桥，让老百姓真真切切地感受到改革开放带来的成果。

潼南区中医院外景　摄影：余晓

1980 年，潼南县中医院在原城关镇医院的基础上组建而成，医院条件十分简陋，其医疗业务服务大都是门诊作业，没有一个像样的正规的住院病区，全部家当仅 35800 元。80 年代初，医院仅设置门诊、住院两个部及部分辅助科室。到 1985 年末，才设立中医内科、外科、骨科、儿科、妇科、针灸科及西医内科、外科、五官科、口腔科、手术室等科室。

九层之台，起于垒土；千里之行，始于足下。回首潼南区中医院 40 年的发展史，恰是一首白手起家的发展壮歌，一部荡气回肠的奋进史诗。40 年后的今天，医院医疗业务实现跨越式发展，全院设有临床和医技科室 25 个、住院病区 20 个，实际开放床位 500 多张，医疗设备总值 6664 万元。现拥有国家级特色专科 1 个，市级中医重点专科 3 个，成功创建国家脑防委卒中中心、胸痛中心。2016 年医院启动“三甲”中医医院创建工作，2017 年建立区域内医共体，2018 年顺利通过“二甲”复评验收，2020 年年门诊量达 32.24 万人次，住院病人超过 1.8 万人次，医院总收入突破 2.5 亿元大关，实现了质与量的飞跃。

舵稳当奋楫，风劲好扬帆。机遇是流动的资源，只有乘势而为，才能有所作为，只有真抓实干，才能实现目标。创建三级甲等综合医院，对医院来讲既是机遇，又是挑战。从启动创“三甲”以来，先后邀请国家中医药管理局、市卫健委、西南医科大学附属中医医院、安徽中医药大学领导等专家来院指导创建工作。随着各项工作有序开展，医院投资约 3 亿元已建成投用 5.6 万平方米集功能化、智能化、人性化、艺术化和生态化于一体的综合住院大楼。整洁幽雅的工作和就医环境，文化底蕴浓厚的中医氛围，一流的医疗技术水平，将更好地为百姓健康保驾护航！

集聚人才，铺就强院之路

风雨历程 40 载，杏林春暖硕果累累。如今的潼南区中医院拥有一批德才兼备的专业技术人才，塑造了一支具有高度凝聚力和良好职业素质的医疗队伍。面对老百姓日益增长的就医需求，基层最迫切的任务就是“留人”——留住高端卫生专业人才，进而留住区域内的患者。2016 年以来，潼南区中医院抓住“千名硕士进潼南”契机，先后引进博士 1 名，硕士研究生 23 名，本科生 32 名，副高及以上职称人员 5 名，学科带头人员 30 名。引进中医类别执业医师（含执业助理医师）、中药专业技术人员比例逐年上升。

与此同时，医院积极采取“走出去，请进来”的人才培养模式，先后培养了高级职称人才 60 余名，其中正高级 5 人、副高级 45 人。科研教学能力实现新突破，成功申报省部级科研项目 7 项，区级 13 项，其中中医类 15 项，西医类 5 项；获重庆市自然科学基金立项 1 项，重庆市科卫联合项目立项 3 项，正创建重庆医科大学中医学院教学医院。

“除此之外，我们还要持续做好中医师承教育，目前已培养了区级名中医 5 人，遴选 15 名优秀青年中医医师参加中医师承培训。”潼南区中医院负责人表示，“加强住院医师规范化培训和继续教育培训工作也必不可少。还将进一步加强‘三基三严’‘西学中’和中医适宜技术培训，突出中医特色，提升危急重症患者救治，更好地为广大患者服务。”

正因人才荟萃，让潼南区中医院在临床上有了一次又一次新的突破。来自骨伤科、肛肠科、内镜中心、外二科、脑病科、脑外科、耳鼻咽喉头颈外科等科室的专家团队，多次完成了我区首例手术。如全关节镜下重建韧带治疗肩锁关节脱位及肩袖损伤修复术、婴儿肛瘘挂线术、内镜下息肉切除术、腹腔镜下疝修补术、腹腔镜下疝修补术、方体定向软通道微创术、小儿疝气腹腔镜下修补术、颅内恶性肿瘤切除术、喉癌（喉次全切除术 + 喉功能重建术 + 颈淋巴结清扫术 + 环状软骨舌骨会厌固定术）等。多个治疗项目的成功开展，填补了我区学科领域空白，也让更多的患者“闻讯而来，满意而归”。

深化改革，激发整体活力

深化公立医院体制改革。以中医院为牵头单位，与古溪、柏梓等 11 家基层医疗卫生机构，组建潼南区中医院医共体，优质资源下沉、双向转诊“绿色通道”“互联网 + 医疗健康”，推动“医通、人通、财通”，实现区、镇、村医疗卫生机构一体化建设管理。

做实优质资源下沉。建立“1+N+X”帮扶机制，落实分院同质化管理。总院累计派出医护人员 351 人次对口帮扶分院，接收分院医护人员 49 人次进修学习，培训分院医务人员 1.2 万人次。基层群众既能在家门口享受二级医院优质医疗资源服务，也能顺利实现上下转诊，形成患者“小病在村（社区），大病不出区”的分级诊疗模式。

夯实基层医疗队伍。建立统一招录机制，先后统筹使用医共体内编制 65 个，统一招录 6 批次，为分院招录编制内人员 77 名。建立医共体内、医共体之间、医共体之外人员调研机制，促进人才有序合理流动。总院遴选中医高级职称人员 12 人为培训师资，以基层常见病种诊疗方案和中医适宜技术操作常规为培训内容，培训分院骨干医师 24 名和乡村医生 246 人。

推进信息互联互通。建设医共体远程会诊系统，试点桂林分院分级诊疗信息系统建设，实现信息互通、检验、检查结果互认、共建病房、预约挂号。与重庆市中医院开通远程会诊，并面向全区所有基层医疗机构开展中医药远程会诊。抢抓成渝地区双城经济圈建设机遇，与遂宁中心医院、遂宁市中医院、西南医科大学附属中医医院共建医联体。

强化基础建设保障。建立医共体分院发展基金资金池，统筹用于扶持各分院的基础设施建设、基本医疗设备购置、人员专项培训、重点（特色）专科建设、政策性亏损、先行先试的重大项目。2019 年统筹发展基金 465.5 万元，2020 年统筹资金 270 余万元为基层购置医疗设备。建立医共体医保资金调剂使用制度，2019 年统筹调剂使用职工医保资金 66.57 万元，居民医保资金 740.80 万元。

健康扶贫，为群众保驾护航

“救护车一响，一年猪白养”，曾是因病致贫的写照。“病根”

即“穷根”，疾病是致贫的主因之一。潼南区中医院根据镇街实际情况“对症下药”，通过实施远程医疗覆盖、专家下沉乡村，以及早期干预、健康科普等措施，全面提升基层卫生服务能力，对口帮扶、送医下乡、包保到人，让健康扶贫更精准，使贫困群众“病有所医，医有所保”。

“精准落实健康扶贫政策、落实政府兜底保障政策、规范建立台账、开展大病集中救治、建立先诊疗后付费绿色通道等，都是我们的相关举措。”潼南区中医院负责人表示，“为方便患者报销，医院投入资金对信息系统维护升级，所有建档立卡贫困户实行‘先诊疗后付费’‘一站式结算’服务。”

为有效解决贫困户“就诊难、就医难”的问题，做好贫困户人口医疗卫生精准扶贫工作，潼南区中医院按照“精准识别、跟踪帮扶、精准脱贫”的原则，制订扶贫帮扶计划，组织医疗扶贫工作小组进村入户，为因病致贫人员建立动态档案，进行跟踪服务，切实解决他们的实际困难，为困难群众健康保驾护航。

2020年，医共体共救治门诊和住院的农村建档立卡贫困患者2.51万人次，4304人享受先诊疗后付费优惠政策，家医签约服务82249人，其中完成建档立卡贫困户签约14204人，医生走访服务实现全覆盖。

党建引领，旗帜高高飘扬

潼南区中医院党委全面落实从严治党主体责任，认真学习贯彻习近平新时代中国特色社会主义思想和系列重要讲话精神，坚决落实中央、市委、区委决策部署，增强“四个意识”，坚定“四个自信”，做到“两个维护”。以“以案四改”专项行动为抓手，建立完善全面从严治党主体责任清单和问题清单，紧盯医疗行业党风廉政风险，加强医德医风建设。大力加强基层党组织建设，落实“支部建在科室”的要求，建立基层支部20个。举办党建工作专题培训会，开展“党课开讲啦”“学习新思想、唱响能行好、夺取双胜利”微宣讲等活动。积极践行社会主义核心价值观，建设新时代文明实践点。加强正面典型宣传，上半年在区级、市级、国家级发布信息100余篇，原创抗疫歌曲MV1部。

党旗在抗疫一线飘扬。新冠疫情来袭，医院党委高度重视，加强领导，在做好医院疫情防控的同时，成立疫情防控阻击战临时党支部3个，集结医共体内优秀党员，把堡垒驻在防控最前沿。组建党员先锋队，派出两批护理人员共16人驰援武汉，其中5名是中共党员，参与救治危重症患者146人。在疫情一线发展预备党员2名，积极分子17名。积极承担全区集中隔离医学观察点任务，抽调总院34人、分院15人参与党校集中隔离医学观察点工作，累计接收隔离观察人员1500余人次。医共体派遣医务人员5名医师支援定点救治医院。

新时代、新征程，千帆竞渡，百舸争流。40年来，潼南中医人以不变的救死扶伤情怀，谱写了一曲曲美丽的赞歌。潼南区中医院将以更精湛的技术，更优质的服务，逐步完善医院综合布局，沐浴着创建“三甲”医院的东风，凝心聚力、大胆创新，步伐更大、思路更宽，持续提升医疗质量和服务水平，全面推动医院跨越新发展，为保障广大人民群众的身体健康做出新的更大贡献。

作者：杨林枝、杨中秀

山东省耳鼻喉医院

创新引领奋楫进　勇立潮头敢为先

链接：山东省耳鼻喉医院是山东省卫生健康委直属三级甲等医疗机构，是山东大学附属医院、山东省首批重点专科医院。是山东省最大、具有全国辐射力和一定国际影响的国内少数几家大型耳鼻喉专科医院之一，连续10年入选中国专科声誉排行榜。设有21个独立的专业学科，开放床位400张。医院现为国家卫健委临床重点专科、山东省重点学科、山东省耳鼻咽喉与头颈外科临床医学中心、山东省泰山学者岗位单位，是山东大学博士和硕士学位授予点、博士后培养站，国家卫健委首批住院医师规范化培训基地和内镜医师培训基地、国家首批人工耳蜗植入定点医院、新生儿听力筛查省级诊治中心。耳神经侧颅底外科、头颈外科、眩晕疾病科入选山东省临床精品特色专科。医院拥有一批国家级、省级学术带头人，多人次担任全国耳鼻喉学会、全国耳鼻喉医师协会、中华耳鼻喉杂志、国家卫健委全国防聋专家组、全国耳鼻喉中青年委员会及山东省医学会、医师协会等多个学会组织的负责人。医院与多所国际知名大

医院外景　摄影：张平

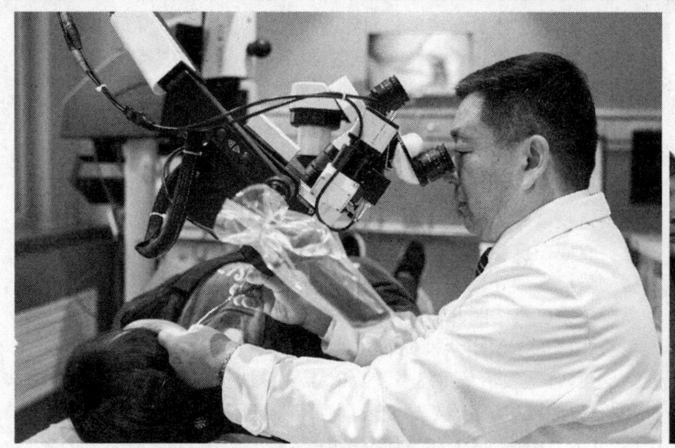
党委书记王海波在为患者做耳科检查 摄影：张平

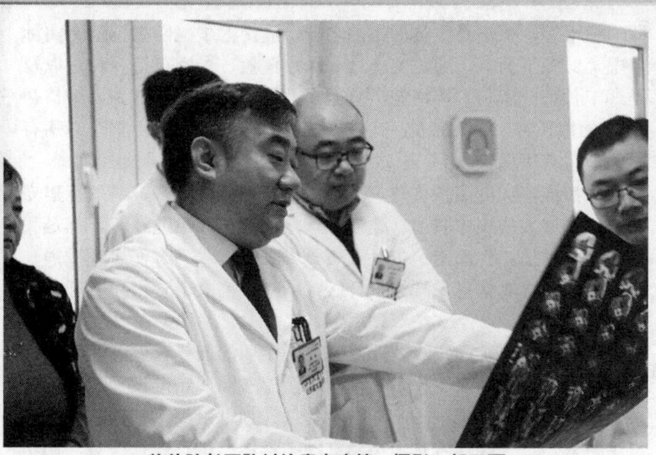
徐伟院长团队讨论患者病情 摄影：郭玉环

学、研究所建立了广泛、稳定的国际交流与合作。

根深蒂固，则枝繁叶茂。从35张病床起步，如今的山东省耳鼻喉医院，占地面积5万余平方米，在职职工1800人，开放床位1300张，年门诊80万人次，年出院5万人次，年手术2.4万台次，连续10年入选"中国医院最佳专科声誉排行榜"前10名。

"党建引领是医院高质量发展的一剂良方。"山东省耳鼻喉医院党委书记王海波说。近年来，山东省耳鼻喉医院以学科建设带动临床医疗和科研教学齐头并进，由一株青青幼苗成长为参天大树，硕果累累，盈满枝头。

从"一枝独秀"到"百花齐放"

2005年，山东省耳鼻喉医院的前身还是省煤矿总医院。彼时，山东省正在进行卫生事业单位体制改革。在这股大潮之下，原山东省立医院耳鼻喉科进驻该院，开始从一个科室，向一个耳鼻喉专科医院，再到综合性强院的发展之路。

"眩晕一旦发作起来很痛苦，在日常生活中发病率却很高。"眩晕疾病科主任张道宫说。与之相反的是，大部分医院都没有专门设置眩晕疾病科，只有少数医院有眩晕病门诊，这样的现状与眩晕疾病本身的发病率和危害性并不相符。正是这个"不起眼"的学科，被山东省耳鼻喉医院列为新兴战略学科，并于2006年成立了国内第一个眩晕疾病科。

近百年来，在外科治疗顽固性眩晕方面，两种手术做到了"包打天下"：前庭神经切断和迷路切除。"器官切除、功能破坏的思路落伍了。但现代医学进展日新月异，只有保留器官功能才能保留痊愈的希望。"这正是张道宫极力推广这一技术的初衷。2010年，张道宫团队创新性地开展"半规管阻塞术"应用于顽固性眩晕疾病梅尼埃病的治疗，这一手术通过填塞三根半规管阻碍管内淋巴液的流动来控制眩晕，98%的有效率与传统术式几乎无异，但没有损害器官和功能。在这一基础上，2015年张道宫团队又完成首例"半规管阻塞联合人工耳蜗植入术"，国际上首次一次性解决顽固性眩晕、耳聋、耳鸣三大症状，向世界拿出了解决顽固性眩晕的"中国方案"。据统计，眩晕疾病科每年诊治患者15000余例，住院患者3000余例，完成眩晕外科手术300例，均位居全国首位。

如今，在王海波和团队的规划下，山东大学附属省耳鼻喉医院在国内率先开展了耳鼻喉三级学科及四级学科建设，先后将耳鼻咽喉头颈外科细分为耳外科、耳内科、耳神经-侧颅底外科、头颈外科、嗓音外科等15个专业学科，力求把每一种疾病都研究到最深入。

一枝独秀不是春，百花齐放春满园。医院以耳鼻喉专业为"龙头"，带动多学科发展与进步，实现医院跨越式发展的整体战略目标。"重点专科建设是带动医院发展的'龙头'，是医疗技术水平的综合反映，是医院核心竞争力的重要标志。"山东省耳鼻喉医院党委副书记、院长徐伟说。

比如，山东是下咽癌、颈段食管癌高发省份。对于这类癌症，传统的治疗方案是将整段食管切除后把胃上提，将胃部和咽喉进行吻合。但是，这种手术创伤非常大，压迫胸腔、刺激心脏，围手术期（即围绕手术的一个全过程）死亡率达到8%—10%。凡事预则立。手术之前，徐伟联合多个学科与麻醉科一同参与手术前的"备战"。一众专家反复研究了病人病情，不断地改进手术方案，每一个环节都进行了认真讨论，最终制订出最为合理的手术计划，保证了手术的顺利进行。"这种合作模式不仅提高了手术效率，也提升了各科室的技术水平。"徐伟说，"通过优势学科的引领，'倒逼'其他专业大跨步发展，在无形中提升了其他学科的医疗质量和服务水平。"从"单兵作战"到"多学科协作"

当下，MDT（多学科会诊）对很多医院来说已经是一个不再陌生的模式。在山东省耳鼻喉医院，一项"全科大查房"制度从十几年前就开始实行了。

"最初，我们的大查房是要每个病房走一遍，对每个病人的情况进行多学科讨论。"山东省耳鼻喉医院耳外科主任韩月臣介绍说。后来，随着医院规模的扩大、病人的增多，这种"挨个病房走一遍"已经变得不太现实，于是改成了每周一次的"多学科大会"。即每周四晚上，每个病区主任要进行公开的疑难危重病例的分析讲解，然后由中心主任进行点评，其他各相关科室都要参与讨论。

"这里面有两点好处，一是打破了很多医院各个科室各自为政，怎么治自己说了算、绝不往外输送病人的痼疾。如果大家讨论确实不合适在这个科治疗，那么就转去别的科，对患者来说，治疗方案会更加科学合理；另一方面，讲解的中心主任要提前准备，并且把患者资料发给相关科室，这是一个非常好的学习提升的机会。"韩月臣说。

如今，医学技术发展日新月异，其学科分类越来越细，出现更多的专科和亚专科。专科细分给患者带来专业诊疗服务的同时，也出现一些弊端。

肿瘤是全身性疾病的局部表现。如果延续"单科医生独立诊断治疗"的传统诊疗模式，会带来肿瘤相关学科之间缺乏有效联系、协作，导致很多肿瘤患者长时间治疗却得不到效果，更有些患者甚至因为接受了不恰当的诊疗而失去最佳治疗机会。"现在很多常见肿瘤治愈率的提高，和多学科诊疗（MDT）的应用是分不开的。"医院微创介入科主任王月东说。

如今的山东省耳鼻喉医院，拥有心肺疾病中心、消化疾病中心、脑及神经疾病中心、骨科中心、心血管外科中心、妇产及儿童医学中心和肿瘤中心等，为患者就医提供"一站式"的诊疗服务。

以改革创新推动医院高质量发展

"惟改革者进，惟创新者强，惟改革创新者胜。"唯有不断解放思想、改革创新，突破既有模式和道路，才能实现加速发展、弯道超越。而这正是山东省耳鼻喉医院快步成为同行业翘楚的秘诀。

如今，在党建引领下，山东省耳鼻喉医院以技术创新为抓手，新理念、新项目、新技术"遍地开花"。

2002年，刚刚从中科院肿瘤医院头颈外科博士毕业的徐伟被任命为头颈外科专业组组长。如今，这支曾是“主治医生带着正高、副高医生”的团队已成为年完成各式复杂头颈部肿瘤手术近800台、规模及诊治水平国内领先的顶尖团队。

山东省耳鼻喉医院还在国内最早开展了耳鼻喉专科护士的培养，备受赞誉。医院手术中心护士长章玉菊介绍说，多年的学习和锻炼，这里的专科护士不仅能看懂相关手术步骤，医生的一个眼神或一个手势就知道该传递什么器械；还要跟着医生参与“大查房”，了解患者的全部信息。手术中还可以承担消毒、辅料包扎等医生的工作。因为这种深入的专业学习，在服务某些患者的过程中也比之一般的护士更加科学、合理、得心应手。

在传统的医学观念中，一次治疗一种疾病。而在山东省耳鼻喉医院，不管患有两种还是三种疾病，多学科联合手术均可以同时完成，这对医务人员提出了更高的专业要求。6月9日，山东省耳鼻喉医院听觉植入科联合心外科为一岁先天性心脏畸形合并先天性耳聋患儿顺利成功同台完成“先天性心脏畸形修复+人工耳蜗植入”两大手术。一台手术治疗两大疾病，涉及多学科交叉联合，创国际先例。“多学科交叉联合实施手术，将成为引领整个临床医学发展的一个方向和趋势。”徐伟说。比如，医院耳科专家不仅仅学习本学科的知识，还要涉及整个心血管学科。这两台手术具有临床医学的全面性，无论是从技术角度，还是从协调、组织、管理配合的角度，抑或是从对病人本身的治疗上，都是技术引领整个临床医学发展的一个方向和趋势。

“如今，耳鼻喉专业实行跨学科协作，可以让医生掌握其他学科技术，更好地协调整合相关学科，让耳鼻喉在多学科协作领域走在国内医学发展最前沿。”王海波说。

甘肃省兰州手足外科医院

用良心做医院　用专业保健康

院长师富贵在第六届中国西部丝绸之路骨科巅峰论坛暨建院六周年庆典致辞
摄影：俞添馨

每年开春时节，甘肃省兰州手足外科医院都会组建爱心医疗队，在院长师富贵的带领下，分赴兰州各个乡镇开展健康知识讲座和义诊活动。七年来，兰州手足外科医院一直秉承着“用爱心呵护生命，用专业保肢减残”的医者信条，让因受伤可能致残的患者避免或者减少了残疾，使残疾患者重新站了起来，让成万家庭摆脱贫困和家庭负担，为精准扶贫、助残脱贫作出了重要贡献。七年来，医院累计收治伤残患者5万人次，无一名病人死亡，无一起医疗事故，断肢再植再造成功率98%，精湛的技术和优质的服务享誉西北及四川、西藏、内蒙古等地区。

近年来，兰州手足外科医院在甘肃省慈善总会和兰州市慈善总会设立手足博爱基金，助力助残扶贫。该院先后被省政府评为“残疾人之家”，被省市评为“爱心助残医院”，院长师富贵被评为甘肃省履行社会责任先进个人、甘肃省民营经济年度诚信人物、甘肃省改革开放40年民营经济诚信人物，荣获“爱心助残大使”“兰州好人”“中国好人”等荣誉称号。

初心不改，医者仁心服务患者

兰州手足外科医院院长师富贵刚开始就业时在一家水泥厂当技术工人，因工作环境恶劣，经常有工友被机器扎伤、压伤，被滚烫泥浆烧伤烫伤，落得终生残疾。看着工友被伤痛折磨而得不到及时治疗，师富贵的内心隐隐作痛，当时他萌生出一定要尽自己所能为患者减轻痛苦的想法。于是，他便通过自学考取了兰州大学临床医学专业，2013年又开始攻读甘肃中医药大学硕士研究生。2014年师富贵创立了兰州手足外科医院。

成立之初，医院秉承着“用爱心呵护生命，用专业保肢减残”的医者信条，为患者提供更高品质、多层次、水平先进的诊疗服务，同时不断投身社会公益帮助弱势群体，在广大患者心中树立了良好的口碑，兰州手足外科医院逐渐成为市民所熟知并认可的一家医院。该院的断肢再植技术及业务水平日益提升，每年进行数千台手术，已成为兰州市骨科——显微外科临床医疗技术示范基地。2018年，师富贵又开设了兰州手足外科第二医院暨兰州儿童骨科医院。

2015年11月14日，师富贵亲自把患者李平先送到了舟曲县峰迭镇杜坝村，迎接他们的是闻讯而来的淳朴善良的乡亲，以及舟曲县和乡镇的领导。在掌声中，又一面锦旗送到了师富贵的手中，这样的场面经常在兰州手足外科医院上演。七年来，师富贵用爱心和善良书写了一曲医患手足情深的赞歌，并被兰州市残疾人联合会授予“爱心助残大使”称号。

打造兰州的“手足专业医疗队”

兰州手足外科医院是2014年兰州市政府招商引资项目，兰州市首家以手足外科、创伤骨科、显微外科、矫形外科为特色，集医疗、科研、康复为一体的现代化专科医院，特色是断肢（指、趾）再植、拇手指缺损再造、手足肌腱裂、缺损和黏连伴手功能障碍等肢体方面的再植修复。该院拥有高水平的医疗队伍，手足外科、创伤骨科、显微外科、矫形外科有较高的声誉。经历七年的发展与积淀，兰州手足外科医院已成为“兰州手足专业领跑者”，在多个领域处于全国先进水平。

为了打造技术一流的专业团队，兰州手足外科医院院长师富贵聘请国家康复中心秦泗河团队，重庆医科大学附属儿童医院、北京积水潭医院、复旦大学附属华山医院、上海六院、甘肃省人民医院、兰大一院、兰大二院、原兰州军区总医院、甘肃省中医院等多家医院的多名骨科专家为医院兼职教授，定期到医院上门诊、会诊、查房和指导手术。同时，医院选送科主任岳孝太、王伟世赴国家康复中心学习四肢矫形及功能重建技术；选送丁国建、张真赴重庆医科大学附属儿童医院学习小儿骨科技术。七年来，

左图为秦泗河教授携兰州手足外科医院技术骨干团队合影　摄影：张玲；右上图为欢迎 6 名抗疫英雄凯旋　摄影：张玲；右下图为开展献礼建党 100 周年、100 乡镇免费义诊体检活动　摄影：刘克虚

该院先后选送医疗、护理、康复及管理专业人员 43 人，到全国“三甲”医院进修学习，填补了医院在矫形、功能重建、小儿骨科和康复等方面的空白。

另外，兰州手足外科医院先后举办甘肃省医学会创伤学会和手足外科学术年会、中华医学会手外科学分会西部地区第五届学术年会暨全国再植再造研讨会、2018 年甘肃省骨科医师协会年会暨甘肃省骨科联盟成立大会、2020 年中国外固定肢体重建高峰论坛、第六届中国西部丝绸之路骨科高峰论坛、第三届萃英骨科高峰论坛暨 2020 年甘肃省骨科年会等学术活动，通过集合医学骨科力量提高甘肃骨科学科水平，更好地为广大群众健康服务。

成立爱心基金，为贫困患者护航

2017 年，兰州手足外科医院投入 120 万元在甘肃省慈善总会和兰州市慈善总会设立手足博爱基金，及时救助困难患者。组织 23 批医疗队到 14 个市州 50 余个县区义诊残疾患者 1 万余人，1000 多名贫困户得到救助治疗，166 个家庭摆脱了因病致贫、因病返贫；先后为甘谷、舟曲等地 230 名困难患者减免费用 106 万元；在定西、临夏等地救助了大量特困户患者，救助医疗费用超过 200 万元。医院还投入 100 余万元联合驻村帮扶队为积石山、西和等县贫困山区留守儿童和学生送衣物，为甘南藏区的群众送去煤炭等物资，为榆中县贫困户进行危房改造，为社区困难群众圆梦微心愿。

另外，兰州手足外科医院连续 4 年捐款 20 多万元资助 40 多名贫困家庭“阳光学子”，在甘肃中医药大学设立 20 万元贫困家庭助学基金，安排建档立卡贫困户和残疾家庭大学生就业 300 余人。近年来，兰州手足外科医院累计捐资和救助贫困户 1300 余万元，被省政府评为“残疾人之家”“履行社会责任示范单位”，被市卫健委授予“手足情深助力扶贫单位”、市残联“爱心助残医院”称号，院长师富贵被授予“爱心助残大使”称号。

疫情期间履行社会责任

师富贵告诉记者：“自成立兰州手足外科医院以来，我就秉着全心全意为群众服务的理念，每年都会带领医院的医务人员走进兰州乃至甘肃各个乡镇、各大工地以及学校，开展免费义诊活动，让他们及时了解自己的身体情况。”

在去年疫情暴发后，该院主动当先锋打头阵，全院 172 名党团员向党组织递交请战书，请求驰援一线，医院还成立了 20 人抗疫先锋队，扎实备战，随时听从召唤。3 月 5 日，作为全市唯一民营医院的代表，医院 6 名护理专业“最美逆行者”快速奔赴兰州新区后备医院，工作 15 天，圆满完成 274 名伊朗包机来兰回国人员集中留观任务。医院还先后派出 13 名党团员志愿者到七里河区抗疫一线公路卡口点进行体温筛查执勤，1 名司机和急救车参加兰州市定点医院确诊病例和疑似病例以及需隔离人员的运送值班 100 天。

而在得知全市防疫物资紧缺的时候，兰州手足外科医院院长师富贵想办法从境外高价购买了价值 100 余万元的 8 万只口罩、20 吨酒精消毒液及一批防护服等物资。在疫情最严重的时候，他带领医护人员，把防疫物资送到兰州市三县五区的残联、救助站、部队等 70 余家单位及临夏州部分县市，送到一线交警、社区工作人员、残困人员、环卫工人、出租车司机手中。

在企业复工复产后，师富贵带着医护人员深入工地，对甘肃建投、安徽恒创等企业返兰的 3000 余名务工人员进行体检，宣讲防疫知识。在学校复学后，兰州手足外科医院的医护人员又走进兰州一中、西果园中心校等中小学，送去防疫物资，进行体检和防疫宣传。兰州手足外科医院被评为省抗击疫情社会责任感企业、市抗疫防控助残先进集体，院长师富贵被九三学社中央表彰为全国抗疫防控先进个人，被甘肃省授予为省抗击疫情社会责任感企业家、省抗疫防控优秀志愿者称号。

湖北省荆州市第三人民医院（湖北省血吸虫病专科医院）

至精至爱驱“瘟神”

链接： 荆州市第三人民医院（湖北省血吸虫病专科医院）位于荆州市繁华主干道北京路东段，交通便利，占地面积 82.2 亩。诊疗技术精湛，就医环境优美。1928 年创建，迄今发展成为集医疗、科研、教学、预防保健、血吸虫病诊疗、社区医疗服务及健康体检为一体的三级综合性医院。2016 年 12 月挂牌“湖北省血吸虫病专科医院”。先后被评为湖北省最佳文明单位、全国模范职工之家、

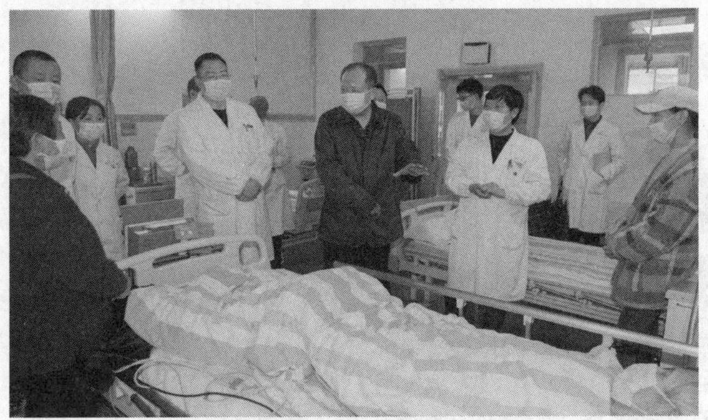
医院领导看望晚血住院患者　摄影：杨光

医院大门　摄影：杨光

全国巾帼文明岗称号。截至目前，全院共引进及开展新业务、新技术161项，获国家专利17项，有187项科研成果通过省级鉴定，其中2项达国际先进水平；获省政府科技进步奖17项、市政府科技进步奖21项；编写高等院校教材1部、专业著作3部。以党的十七大代表、全国先进工作者、全国五一劳动奖章获得者、全国医德标兵吴诗琦同志为代表的荆州三医人，将始终坚持"病人的利益高于一切"的服务理念，秉承"爱岗敬业、刻苦钻研、明礼诚信、无私奉献"的三医精神，为荆楚百姓身心健康保驾护航。

长江岸边，曾经有一种微小生物猖獗流行，被称作"瘟神"。

毛泽东写下"千村薜荔人遗矢，万户萧疏鬼唱歌"的诗句，道尽血吸虫病的猖狂肆虐和疫区劳动人民的悲惨遭遇。全国血防看两湖，两湖看四湖，四湖看荆州，这里注定是一个非同寻常的"战场"。

没有全民健康，就没有全面小康。荆州市第三人民医院（湖北省血吸虫病专科医院）以党建"红色引擎"引领高质量发展，勇担"救死扶伤、治病救人"职责与使命，抢救血吸虫危重病人屡建奇功，治疗范围辐射到全国10多个省市，为打赢脱贫攻坚战，实现省委、省政府提出的"血防三步走、十年送瘟神"战略目标作出了重要贡献。

勇担使命，让疫区群众不受病痛折磨

"大多数患者骨瘦如柴、腹大如鼓，丧失了劳动能力。"谈起血吸虫病，荆州的老人们至今仍心有余悸。

凌空俯瞰，荆州483公里岸线如长江巨龙之腰，蜿蜒揽起8个县市区，也塑造了四湖流域腹地独特地形。荆州自古就有"水袋子""虫窝子"之称，曾是全国血吸虫病流行最严重区域，各项疫情指标一度占全省50%以上、占全国10%。

民有所盼，党委政府必有所应。2004年，市政府制订《荆州市市直血防机构改革方案》，确定市血防一所的医疗资源整体并入荆州三医，由该院设置血防专科门诊和专科病区，让疫区群众不再饱受血吸虫病之苦。

同年12月18日，荆州三医正式加挂"荆州市血吸虫病专科医院"，承担血吸虫病人诊治和诊疗技术指导、医务人员培训以及重大疫情应急预案实施等职能。

方向决定道路。医院党委勇担使命，深化党建引领，坚持"立足医院、面向农村、心系农民"的民生情怀，牢固树立一切以病人为中心的办院方向，义无反顾担负起斩除病魔重任。

历史的坐标上，刻下医院发展的足迹，步履铿锵、成绩斐然——

2011年，荆州三医血吸虫病专科进入"国家队"，获评"国家临床重点专科"；

2012年，荆州三医挂牌"湖北省血吸虫病临床诊疗中心"；

2015年，荆州三医挂牌"湖北省血吸虫病临床研究中心"，着力打造"一个基地、五个中心"，即一个国家级血吸虫病医师培训基地、晚期血吸虫病外科治疗中心和微创治疗中心、血吸虫病实验中心、晚期血吸虫病人的内窥镜治疗中心和介入治疗中心、晚期血吸虫病中西医结合综合治疗中心；

2016年12月9日，湖北省政府正式批复荆州三医成为湖北省血吸虫病专科医院。

16年来，无论寒来暑往，无论山高路远，医院始终与人民心连心，医务人员足迹遍布全市近百个乡镇、上千个村组，完成了全市晚血病人救治管理，常年派专家到县、乡两级医院巡回指导，建立完善了晚血病人申报、核查、确认、资料管理及转诊制度。

与此同时，通过普查登记工作，掌握了第一手的疫情分布情况及晚血病人数据，为国家制定血吸虫病防治政策奠定了坚实基础。

巨轮扬帆，湖北省血吸虫病专科医院驶入健康发展航道，如今已发展成为集医疗、科研、教学、预防保健、血吸虫病诊疗及社区医疗服务为一体的大型综合性医院。

两轮驱动，激活高质量发展澎湃动力

手术室内，一片寂静。先切除左半肝脏，后修正肝静脉，再将供体的同位置作左肝切除，将供肝灌注及吻合血管修补好后植入新肝脏……

2014年5月，该院血吸虫病外科微创治疗中心主任卢运与同济医院器官移植研究所陈孝平、张必祥教授联合主刀，携手为一名晚期血吸虫病患者实施肝移植手术——当时，这简直是不可能完成

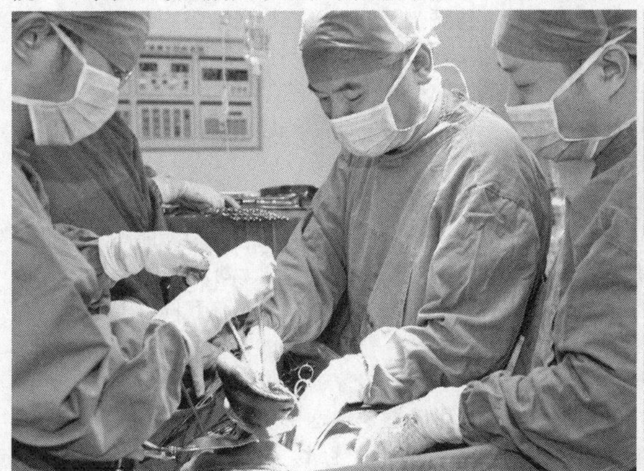

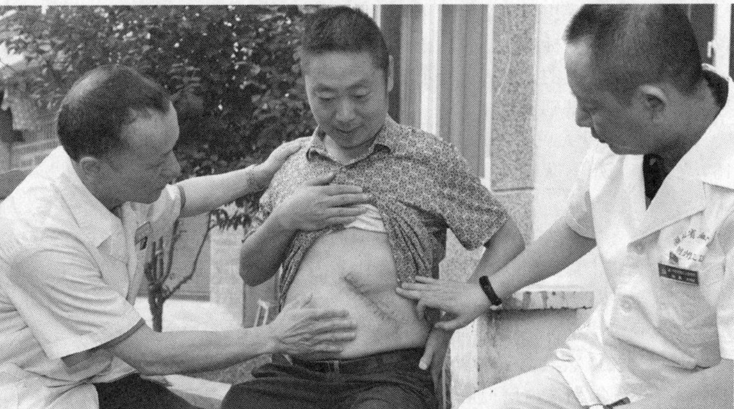

精心救治血吸虫病患者。左图为免费救治5名晚血巨脾症患者，右图为术后回访　摄影：杨光

的任务。

“完美，不可思议！”手术成功，病人顺利度过“胆瘘、腹水、感染、排斥反应”等危险期。更欣慰的是，患者以往曾有乙肝病史，通过肝移植后，体内乙肝病毒奇迹般消除了。

这是世界首例晚期血吸虫病人肝移植手术——充分彰显医院的强劲实力，更让许多晚血患者看到了治愈的曙光。

近年来，急、慢性血吸虫病特别是晚期血吸虫病并发症的诊治，成为该领域一个全新课题。一手抓人才培养、一手抓技术创新，“两轮驱动”激活医院高质量发展的澎湃动力，推动治疗效果和科研水平持续提升。

“老百姓满不满意，医疗能力和技术是重要指标。”医院经过不断探索和总结，逐步形成了一套科学规范、行之有效的诊疗晚期血吸虫病治疗方案，血吸虫危重病人抢救、临床路径制定、治愈标准探讨和确定一直走在全国前列。

——技术高。血吸虫病内科开展了食管胃底静脉曲张的介入治疗、中药治疗血吸虫性肝纤维化，中西医结合治疗晚血合并肝肾综合征，免疫调节剂联合吡喹铜治疗血吸虫病腹泻，结肠镜诊断治疗血吸虫结肠肉芽肿病等研究，享誉全国血防战线。

——设备优。拥有进口全自动生化分析仪、电视腹腔镜、胆道镜、胃肠吻合器、超声刀等大型高档设备，所采用的检测手段从粪检金标准，到免疫学、临床化学等多学科，均为目前国内最先进、最准确、最权威的检验方法。

——人员强。一方面将国内外著名专家请进来，进行学术讲座与技术指导；另一方面通过学术交流、进修学习和访问学者等形式，派出人员学习其他医院、科研院（所）先进技术与管理经验，建立起一支技术精湛、医德高尚的人才队伍。

悬壶济世写春秋。多年来，湖北省血吸虫病专科医院从技术、人才、管理三个要素出发，厚积薄发，抢占医疗为民惠民制高点，实现一个又一个跨越。

白衣红心，为八方病友送去健康

“是湖北医生免费治好了我的‘大肚子’病，给了我第二次生命。”2019 年，湖北省血吸虫病专科医院与河南省中原油田签订救治协议，接受近 200 名河南血吸虫病患者来院救治。

为帮助患者尽快摆脱病痛折磨，医院对远道而来的患者进行术前检查与调整治疗，同时邀请相关领域专家进行全院会诊讨论，及时制订周密诊疗方案。

人民至上，是健康中国建设、医药卫生体制改革清晰的指向。近年来，医院积极推行晚期血吸虫病人救治惠民政策，为因病致贫、因病返贫的晚期血吸虫病患者带来福音。

上级支持、医院自筹、社会赞助，医院三管齐下——投入近 5000 万元用于病房改造、仪器设备购置、人才培养、科研教学等；

将血吸虫病国家重点专科建设经费 500 万元，用于加强血吸虫病内外科、血吸虫病实验室建设；

将省晚期血吸虫病核查经费 100 万元，用于全省晚期血吸虫病救治工作计划、目标制定和常规核查工作；

将市政府投入的 200 万元专项资金，用于全市血吸虫病防治督导、人员培训及基础研究。

一片赤诚献人民。2019 年 8 月 26 日至 27 日，市卫健委组织 154 名武警荆州支队官兵和 25 名长江义务救助队员，到该院进行血吸虫病体检普查。普查结束后，该院血防专家还为大家奉上一堂健康课，逐一解答大家工作生活中的健康问题。

大爱无疆，真情如歌。目前，医院治疗范围辐射到北京、广东、广西、湖南、内蒙古、四川、重庆、江苏、浙江、河南 10 多个省市，每年接诊血吸虫病人约 1 万人次，收治从各县市区转诊危、重症晚期血吸虫病 400 余人，其中危重病例数近 20%，治愈率和好转率达 90% 以上。每年为省内培训血吸虫病专科医生，指导各县市区血吸虫病专科医院救治晚血病人 3000 余例。

医院领导入村督导疫情防控和产业扶贫工作 摄影：杨光

迎难而上，生死搏击打赢战疫血防战

岁末年初，一场突如其来的新冠肺炎疫情袭击荆楚大地。

“我是党员，我先上！”……湖北省血吸虫病专科医院医护人员们纷纷按下红手印，请战抗击新冠肺炎。

作为新冠肺炎治疗定点医院，新冠肺炎疫情要防御，晚血患者救治不能停，如何破解这一难题？

院党委迅速成立晚血病人救助工作专班，公布 24 小时联系电话，组织专人每日与开发区岑河农场、沙市农场、联合乡等辖区内患者联系，随时了解病情变化，及时调整用药。

“患者腹胀严重，每天进食很少，精神状态极差……”3 月 10 日，医院血防办接到荆州开发区滩桥镇晚血病人荣某家属打来电话。患者求助信息第一时间汇报到医院领导，彼时封村的禁令尚未解除，患者无法出行。

“未与患者见面，仅凭家属转达表述，难以确定病情发展状况……”医生对开药有些犹豫。

“病人不能等，考虑不了这么多了！”一场生命接力拉开帷幕——

医院分管领导亲自带队，同血防办主任和急诊科医生驱车前往滩桥镇；通过联系村委会，协调当地派专人将患者护送到村口，再由该院医护人员测量体温正常后由救护车接回医院；同时，医院开通医疗绿色通道，经排除新冠后收住入院，所有筛查费用减免。经过及时有效治疗，患者转危为安。

无独有偶。

家住岑河农场的晚血患者骆某，平时在家靠种田为生，疫情期间病情加重无法下地劳动，儿女长期在外打工，只有老伴照顾。了解情况后，医院血防办主动联系患者来院就诊，安排专家为患者实行脾脏切除手术，并减免了部分费用，极大缓解了患者病情。

特殊时期的救治，更能彰显医院大爱无疆的精神。该院根据晚血患者病情危重程度，协调来院治疗。在病房紧张的情况下，仍然在内科、外科及中医科腾出相应病房专门收治晚血病人。到 3 月 20 日，共有 20 余名晚血病人得到及时有效治疗。

一颗红心向党、一颗仁心向病患、一颗爱心向民，这是他们的愿景，也是他们一直坚守的初心……

身心同治，决战脱贫攻坚决胜全面小康

“荆州医疗专家来村义诊啦，没想到在家门口就能享受城里专家的诊疗服务！”2019 年扶贫日，团市委、湖北省血吸虫病专科医院在江陵县资市镇青山村开展“精准扶贫、你我同行”义诊帮困活动。

当日上午，村民争先向医疗专家咨询健康情况，专家们一一耐心解答，开出健康处方，并为村民赠送常用药品包。

因病致贫、因病返贫，是全民健康、全面小康的“拦路虎”。

为加快“省级深度贫困村”青山村脱贫致富的步伐，自 2018

年7月，该院副院长代方春、章光斌先后加入由团市委和三医联合组成的驻村扶贫工作队，并担任队长。

全院领导、中层干部与青山村53户贫困户结成“亲戚”。院领导多次率领帮扶干部慰问困难群众，对贫困患者分类救治，“靶向”施策，力争剜除因病致贫的“病根”。

防止“病根”变“穷根”，医院坚决扛起脱贫攻坚政治责任，多“策”同行：改善基础设施，开展环境整治和绿化工程，建四好公路、红色阵地和党员群众活动中心，形成“高田种瓜、低田养虾”“房前屋后果树开花、散养鸡鸭”的特色种养殖业和庭院经济产业……

健康在身，也在心；正如扶贫，更要扶“志”和扶“智”。医院通过土地流转等措施，让贫困户刘美雄的水田扩大到20余亩，一家人脱了贫；通过种养技术专家指导，贫困户范后庆干起了虾稻养殖、庭院养殖，并获得基本医疗保险和大病补充医疗保险；在扶贫干部帮助下，贫困户张天龙一家回乡就业，老两口鼓起干劲包下9.1亩虾稻田，家里收入翻了番……2020年12月11日，湖北省委组织部、省人力资源和社会保障厅、省人民政府扶贫开发办公室联合发文，授予荆州三医湖北省事业单位脱贫攻坚专项奖励记大功集体荣誉称号。

入之愈深，其进愈难；使命在肩，时不我待。新时代、新征程，湖北省血吸虫病专科医院人不忘初心，朝着新的目标继续前行。

作者：荆州市第三人民医院（湖北省血吸虫病专科医院）宣传科科长杨柳

江苏省泰州妇产医院

为妇女儿童健康撑起一片晴空

泰州妇产医院三级妇产医院创建启动仪式

链接：江苏省泰州妇产医院是一所集医疗、教学、科研为一体的妇女儿童专科医院。成立16年来，始终坚持“以病人为中心，以质量为核心”的服务理念，着力提升医院管理水平和医疗服务水平，努力改善病人的就医感受，先后荣获“国家爱婴医院”、国家二级甲等妇产医院、中国计生协会“家庭健康促进行动”项目试点单位、泰州市产前筛查定点机构，江苏省巾帼建功活动先进集体，泰州市“三八红旗集体”、先进基层党组织、安全生产先进集体、公惠爱心医院、“三下乡”先进集体等资质和荣誉。

健康是幸福之本，而妇女儿童的健康，更是一个家庭的幸福之本。

作为一家恪守“患者至上，质量为本”的大型专科医院，位于泰州市海陵区东风南路568号的泰州妇产医院（泰州市妇女儿童医院）自2005年投入使用以来，秉承“一切为了妇女儿童健康”的理念，严格医疗质量管理、规范医德医风，着力提高管理水平和业务素质，全力打造全市同行业领先的“妇幼”品牌医院，努力为广大妇女儿童提供优质、高效、便捷的专业化服务。

2010年，通过“爱婴医院”评审；2017年，成功创建泰州市首家“二级甲等妇产医院”；2018年，被确定为“家庭健康促进行动”项目试点单位；2019年2月，医院新大楼项目工程正式开工奠基；2019年10月，医学实验室自动化流水线启用……循着泰州妇产医院的发展轨迹，自我完善、自我革新、自我提高的进取精神贯穿其间：从改善医疗条件到全面深化医改，从减轻老百姓就医负担到医疗资源重新整合，在共建共享“健康泰州”的使命征途中，泰州妇产医院医护人员用责任担当擎起一面旗帜。

“做一家有温度、胸怀社会的医院，让患者感受到家的温暖，这是我们的初心所在。”这是泰州妇产医院总经理黄福藕给出的承诺，同样也诠释着全院500位医务同仁的拳拳之心。

优化就医环境，让服务充满人文关怀

宽敞明亮的门诊大厅，让人从进门那一刻起就觉得舒适安心，“一站式服务台”前，身着粉色制服的导医护士总是面带笑容，彬彬有礼地提供就医指引，耐心回答患者的每一个问题。

“一站式服务台”功能齐全，将医患沟通、意见建议、就医咨询、预约分诊、助残服务、便民服务、预约指导多项服务功能统一整合，集中为患者提供服务。“工作人员服务热情周到，在这里咨询、预约很方便。”流动的导医队伍让来院就诊的患者感触很深，小小举动温暖着患者的心。同样，依托“互联网+医疗”新平台，微信“专家预约”“在线挂号”“三维导诊”等特色功能的开通，也让患者直呼“服务真是太到位了！”

优美的诊疗环境和完备的硬件设施，给患者留下了深刻印象：300张床位，涵盖妇、产、儿、不孕不育、内、外科、产后康复、新生儿重症监护以及检验、病理、超声、放射等20余个医疗医技科室；2017年，医院又相继完成产科门诊、孕妇大学、新生儿游泳室、宫颈专科门诊的改造，新建妇儿科研综合楼；10月25日，检验科实验室自动化流水线启用，实现标本从医嘱到检验报告的全过程自动化管理。

黄福藕说：“这些项目的如期完工，极大改善了患者的就医环境，为提供更加优质的医疗服务创造了条件。”

围绕《进一步改善医疗服务行动计划实施方案》相关要求，桩桩件件便民实事，印证着泰州妇产医院改善医疗服务的决心和魄力。

产科的家庭式分娩，倡导家人陪伴产妇分娩，让产妇消除心理上的焦虑和恐惧感，提高自然分娩率；四维彩超室为每一位前来检查的孕妇提供胎儿在子宫内的视频，让准妈妈与0岁宝宝提前见面；产房助产护士为新生儿拍摄人生第一张照片，方便孕产妇第一时间与家人分享喜悦；住院部为过生日的患者送上长寿面，为平淡时光增添一抹感动；NICU（新生儿重症监护室）首开先河的“袋鼠式”护理，让父母逐渐适应角色的转变；还有定期回访，对患者出院后恢复情况、满意度情况、改进意见等进行调查……

泰州妇产医院远眺

“置身其中，有家一样的温馨感觉。”这样的评价，正是源于泰州妇产医院坚持病人至上、以病人为中心，全力打造的高品位人文关怀。“一切为了病人，一切方便病人，一切服务病人”的理念，深深根植于医院发展的始终。

为了满足孕产妇日益增长的服务需求，泰州妇产医院不断完善从产前到产后的服务链，现已发展成为泰州地区首家集“孕、产、康”于一体的专科医院，让就诊女性患者享受“一条龙”服务。“妙手回春，技术精湛”，简短的话语、鲜红的锦旗，背后是一个个家庭充满诚挚谢意的认可。

狠抓专科建设，锻造高水平医疗团队

2019 年 9 月 8 日，为期 3 天的 2019 年红房子国家级阴道镜技术规范化培训及 HRA 高级培训班在泰州落下帷幕。复旦大学附属妇产科医院隋龙教授领衔的专家团队倾囊相授，与 400 余名学员共同探讨宫颈病变诊疗过程的关键理论和最新技术。

2018 年 10 月 27 日，同样是由泰州妇产医院承办的 2018 年江苏省中西医结合围产医学学术年会暨围产儿科危重症中西医结合临床进展培训班也在泰州召开。泰州妇产医院名誉院长、南京医科大学第一附属医院主任医师孙丽洲教授等全省各地中西医结合围产医学专家，展开学术交流并进行临床经验共享。

接连承办如此高规格的学术会议，对泰州妇产医院而言，是肯定也是鞭策。成立至今 15 年有余，该院始终坚持“质量立院、科教兴院、人才强院”的办院宗旨，走高质量发展之路，以推动学科技术进步和加强人才队伍培养，提高全院的综合医疗实力。

以妇科为例，目前科室 85% 以上的手术中应用了微创腔镜技术，2016 年开展的“女性盆底功能障碍性疾病手术治疗研究项目”获泰州市医学新技术引进三等奖。在隋龙教授的指导下，该院还开设了宫颈疾病专科，通过推广宫颈癌前期病变规范化诊断与治疗，让更多妇女增强宫颈防癌意识，积极参与到宫颈疾病的早检查、早诊断和早治疗中。

儿科新生儿重症监护中心则在救治超低体重儿方面技术领先，已成为江苏省新生儿急救中心网络协作单位；四维超声技术在全市首屈一指，率先开展的孕早期 NT 筛查和胎儿心脏超声检查项目，进一步降低了新生儿出生缺陷率；以主任王铁英为首的不孕不育科已经在泰州本地及周边地区叫响了品牌，中西医联合诊疗已成功帮助数千名小天使降临人世。

而作为泰州市临床重点专科，产科在全市率先开展“无痛分娩”“导乐分娩”“无保护分娩”“水中分娩”等技术，其中“水中分娩”技术荣获“泰州市医疗新技术引进”三等奖；2015 年产科主任孙慧冰开展的“改良性水中分娩技术”荣获“江苏省妇幼健康引进新技术”二等奖。

2018 年 9 月 28 日，泰州妇产医院新产科门诊正式开诊，“孙丽洲教授名医工作室”同步揭牌。其实早在 2012 年，泰州妇产医院就建立起“泰州市妇产科疑难病国内权威专家会诊平台”，定期邀请北京、上海、南京、苏州等地三甲医院十余名权威专家来院教学、查房、会诊、做手术，让泰州地区的患者在家门口就享受到更高水平的诊疗服务。

在引进人才的同时，泰州妇产医院还注重与其他医疗机构开展交流合作，让医护人员走出去，把先进的技术、经验带回来。突出的专业人才、突出的技术优势，造就医院学科建设的飞跃发展。

坚持公益担当，群众更有健康获得感

从建院之初，泰州妇产医院就坚持“公益为先”的理念。谈及开展的公益活动，医院党支部书记王顺珠随口就能说出一连串。

早在 2006 年，泰州妇产医院就率先开展“公益妇科筛查”活动，至今已免费筛查 60 多万人次，并为患癌患者进行“杏林基金”援助治疗，成为名副其实的女性健康先行者，让贫困妇女的健康得到了保障。

重阳节慰问敬老院、定期慰问特殊儿童，“健康社区行”“健康大讲堂”等公益活动也不乏泰州妇产医院医护人员的身影。2018 年，泰州妇产医院被确定为中国计生协“家庭健康促进行动”定点单位，进一步做大做实做细健康促进项目，为建设“健康中国”贡献力量。

医院还配合泰州市卫健委下达的援疆任务，与新疆昭苏妇保院结为对口支援友好合作医院，先后为新疆昭苏妇保院送去价值 28 万元的麻醉机一台、价值 25 万元的体检车一辆，并多次组织医疗专家去当地授课、带教，充分起到“传帮带”的作用，圆满完成援疆任务；根据市委组织部和市卫健委党委的统一部署，开展党员“大走访大落实”活动，全体党员走访泰兴元竹镇成庄村村民 237 户，实施“大走访党员项目”25 个，全院员工爱心捐款 18650 元，慰问当地特困家庭 78 户。

值得一提的是，泰州妇产医院还与市妇联合作，先后在汽车客运南站、东站、西站设立“泰苏馨爱心哺乳小屋”。小屋的一侧放着木沙发和茶几，茶几上面摆着一些杂志和宣传资料，墙上挂着母乳喂养和婴儿疾病防治知识的宣传画，小屋的一角还有饮水机等。除了提供一些必要的设施，小屋内还有巾帼志愿者定期打扫和消毒，确保母亲和孩子的卫生安全。

免费体检、名医科普、创意手工……今年妇女节到来之际，泰州妇产医院还筹备了“关爱女性关注健康”主题活动，在“名医面对面”环节，妇产科主任于镇平和妇科主任姜涛以图文并茂的方式讲解了乳腺疾病和宫颈疾病的防治知识，并提供了一对一的健康咨询，号召广大女性朋友注意自身健康、定期体检、呵护自身美丽。

“如果说，健康是生命的太阳，那么，当生命的第一声啼哭在这里回响，当一个个重获健康的妇女儿童从这里走出，这便是泰州妇产医院用诚挚的爱心、精湛的技术和热情的服务把生命的太阳一次又一次托起。”黄福藕表示，未来，泰州妇产医院（泰州市妇女儿童医院）将不改初心，秉承“患者至上，质量为本”的服务宗旨，重点突出“人才强院、科技兴院、医德立院”发展战略，坚持“人才、学科、文化、管理”四轮驱动，同步推进医疗、教学、科研协同发展，立足学科，突出特色，强化内涵，最大限度地满足人民群众对医疗服务的需求。

年初开工奠基的泰州妇产医院新住院大楼按三级专科妇产医院要求规划建设，占地面积43亩，建筑面积5万平方米，总投资5.7亿元。其整体设计体现了“现代化、专业化、信息化和人性化”理念。

山西省阳泉市口腔医院

激发活力　服务给力

阳泉市口腔医院位于阳泉市城区德胜东街99号，1956年始建，1976年正式成立。现已发展成为集预防、医疗、教学、科研为一体的公立专科口腔医院，是山西省口腔专科联盟副理事长单位，阳泉市口腔质控部单位、阳泉市口腔专科联盟理事长单位、阳泉市口腔医学会会长单位、山西省口腔医师协会会员单位。

整洁明亮的诊区、温馨舒适的环境、专业周到的服务……走进阳泉市口腔医院，浓浓的人文情怀和现代化气息扑面而来。

改革、奋进，一切为了服务群众健康。阳泉市口腔医院经过几十年的发展，特别是近三年的快速发展，焕发出了新的生机与活力。各项工作稳步推进，医疗水平与服务不断提升，医院发展迈上了新台阶，赢得了越来越多患者的认可与信赖。

改革激发活力

2017年12月18日，阳泉市卫健系统第一个聘任制院长到任阳泉市口腔医院。这是阳泉市卫健系统加大医疗改革力度，激发全市医疗事业发展活力的重大举措。改革创新的大幕正式在阳泉市口腔医院开启。

阳泉市口腔医院对院级领导分工进行了合理调整；通过公开选拔，对医院中层干部进行聘任轮岗；全面实行院科两级管理，院领导层顶层设计、宏观统筹，科室权、责、利明确匹配，全院层级清晰，运行有序；推行绩效管理，实行积分制，实现了对职工考评的精细化、合理化；重新细化设置职工晋升通道，并对护理人员实行双向选择工作制，激发职工的工作积极性。

同时，为了适应现代化医院建设的需要，阳泉市口腔医院成立了包括医疗、医保在内的20个委员会，细化了分工，保障了各项工作的落实；完成了工青妇组织的改选工作，切实激发工青妇组织活力，全体职工的合法利益得到了更好的维护。

阳泉市口腔医院还增设了预检分诊和健康体检两个科室，进一步完善医院的各项功能，方便患者；合理整合资源，先后成立了阳泉市口腔医院矫正治疗中心、阳泉市口腔医院儿童牙病预防治疗中心及阳泉市口腔医院修复中心，并发展了老年综合科、种植科、技工中心等一批重点特色科室，努力为患者提供更为专业化的服务。

改革创新激活“一江春水”。随着改革的推进，医院发展活力、发展动力进一步增强。

提升自身实力

“一切为了患者。”阳泉市口腔医院不断在加强自身建设、提升软硬件实力上下功夫，努力提高为患者服务的能力和水平。

引进先进技术设备，不断提高诊疗水平。2018年以来，阳泉市口腔医院引进了MRC儿童肌功能矫正、牙周隧道成形术等口腔新技术，开展了热牙胶充填、乳前牙透明冠修复等新技术应用。为了满足新技术开展需求，医院加大设备投入引进力度，为患者提供优质服务。

坚持“请进来”“走出去”，加强人才队伍建设。阳泉市口腔医院积极响应“名医工程”“周末专家”号召，聘请山西省知名口腔专家定期到医院坐诊；专门派出人员到北京、太原等地进修学习；实施“名医成长”工程，努力建设一支医术精湛、医德高尚的医疗卫生队伍。同时，医院还积极开展医疗技术比武活动，以比促练，以练促用，进一步提高医院口腔医疗技术水平。

加强文化建设，提高医院职工的归属感。3年来，阳泉市口腔医院开展了抖音比赛、迎新年厨艺比赛、快闪拍摄活动、辩论赛、迎国庆红歌赛、朗读比赛等丰富多彩的文化活动。医院拍摄的快闪《我和我的祖国》参加了“中国梦、劳动美”第六届全国职工微影视大赛，荣获了大赛音乐MV特别影片奖；2021年参加山西省首届口腔种植辩论大赛，荣获三等奖，1名职工获得全场“最佳辩手奖”。这些文化活动不仅为大家搭建了相互交流、增进感情的平台，同时也激发了干部职工的活力，增强了职工的凝聚力和向心力。

阳泉市口腔医院还不断加大科研工作力度，助力临床技术发展。牵头组建了阳泉市口腔专科联盟，推进医联体建设，促进全市口腔医疗卫生事业再上新台阶。

践行公益使命

“寒假来临，阳泉市口腔医院儿童牙病预防治疗中心开展如下惠民活动：为户籍在阳泉市的6到9周岁的儿童免费实施窝沟封闭……”寒假期间，这样一条消息在阳泉市民朋友圈广泛转发。

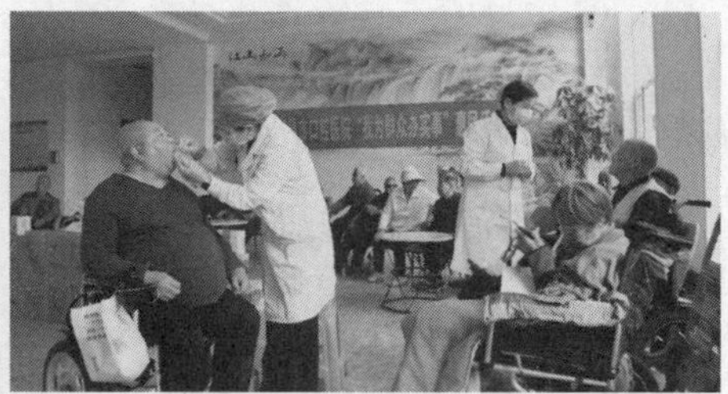

左图为2021年4月27日，“我为群众办实事”活动中，院长荆雅斐和党支部书记孙晋芬向龙湾社区居民发放口腔健康宣传资料；右上图为组织职工走进德亨仁厚养老中心开展慰问活动，副院长张艾芳和护理部主任刘彩风为老人检查口腔健康；右下图为副院长李磊在阳泉市北大街小学口腔健康宣教

窝沟封闭是阳泉市口腔医院多年来承担的一项公益服务，旨在保护儿童青少年的口腔健康。为了做好这项工作，按照上级要求，阳泉市口腔医院成立了阳泉市窝沟封闭项目办公室，并安排专人负责，确保落实。阳泉市窝沟封闭项目办公室荣获山西省中央补助儿童口腔疾病综合干预项目“优秀市项目办公室”称号。

不忘公益属性，践行公益使命。阳泉市口腔医院还大力开展义诊宣教送身边活动，让群众实实在在感受到实惠。2018年，阳泉市口腔医院成立了口腔宣教团队，3年来，积极响应“六进”号召，分别进学校、进社区、进机关、进企业、进农村、进军营义诊宣教，有近10万人受益，活动得到了社会各界的认可与欢迎。同时，为了全面提高大家爱牙护牙的意识，还举办了“小小牙医体验活动”，使广大儿童进一步认识到保护牙齿及窝沟封闭的重要性。

奋斗永远在路上。作为阳泉市的公立专科口腔医院，阳泉市口腔医院将继续专注于口腔健康事业，不断提升医疗服务和水平，努力为广大人民群众提供更专业更优质的口腔健康服务。

文／图：阳泉市口腔医院

安徽省芜湖市中心血站

为百姓生命健康保驾护航

链接： 近年来，芜湖市中心血站曾获得“2014—2015年度全国无偿献血先进市”“2016—2017年度全国无偿献血先进市”“全国表现突出采血班组”“全省卫生计生系统先进集体”“安徽省五一劳动奖状”“芜湖市先进党组织”“芜湖市五一劳动奖状”“2016—2018年度芜湖市无偿献血先进单位”“2015年度无偿献血宣传先进集体”“2016年度无偿献血宣传综合奖”“第十七届市级文明单位”“芜湖市直卫生计生系统2014—2015年度先进基层党组织”“2019年度芜湖市第四批公共机构节水型单位”等殊荣。芜湖市中心血站党支部书记、站长明钰获评2014年安徽省“优秀工会工作者”、2019年芜湖市优秀党务工作者、2016年市直卫生计生系统优秀党务工作者、2019年市直卫生健康系统优秀党务工作者等荣誉。

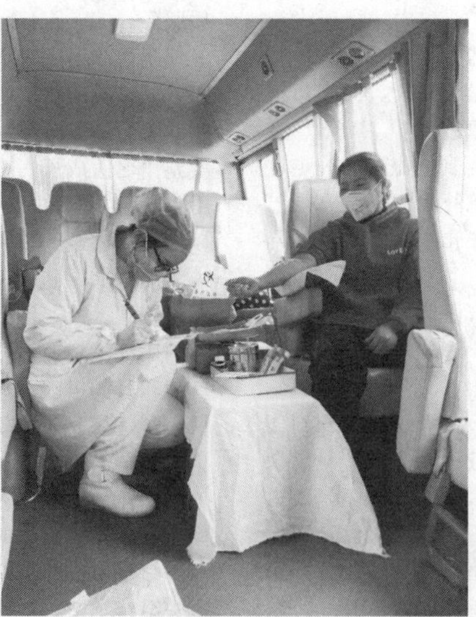

上门采血

在美丽的江南城市芜湖，活跃着这样一支特殊队伍——为了保障充足的血液供应，他们顶风冒雨，无怨无悔地常年奋战在采血第一线；为了保证临床患者的急救用血，他们24小时待命，随时保障临床患者的用血需求；为了打赢疫情防控阻击战，他们逆向而行，不惧生死地战斗在没有硝烟的战场。她就是获评“安徽省五一劳动奖状”称号的芜湖市中心血站。

近年来，芜湖市中心血站在省血液管理中心和市卫健委的领导下，全体职工凝心聚力、攻坚克难，有效保障了以临床用血需求和输血安全为重点的各项工作的开展，用爱心和汗水谱写出一曲曲激昂的乐章，留下了一串串闪光的足迹。

自2015年开始，芜湖市血液采集量以每年近一吨的速度增长，采供血增长率居全省前列，不仅保障了芜湖市临床供应，还有力地支援了省内外其他城市，实现了建站36年来血液安全无事故的好成绩。芜湖市连续6次被评为“全国无偿献血先进城市”。芜湖市中心血站先后荣获安徽省“卫生计生系统先进集体”、芜湖市“五一劳动奖状”“芜湖市先进基层党组织”等称号。

忠诚职守，当百姓安康的“守护神”

血站的日常工作，人们可能都知道。但具体每天做什么，很多人并不完全了解。献血保障充分吗？采血工作跟得上吗？血液安全吗？用血紧张时怎么解决？

血站工作不同于一般工作的紧急状态，一旦紧急，背后就是时间和生命的赛跑。临床每天都需要用血，作为“后方”的血站，工作从来不分昼夜，没有节假日。

芜湖市现在平均每天需要180多人的献血才能满足临床需求。因为血液只能保存35天、血小板只能保存5天，所以每天不能采血太多，也不能太少，多了报废，少了临床用血就会告急。

为了确保临床用血，采供血服务科35名平均年龄只有30岁的医护人员，无论是高温酷暑还是风雪严冬，常年奔波在城乡、企事业单位和高校的采血一线。

为了在早上8点赶到四县乡镇，采供血服务科的医护人员必须起早摸黑。尤其是在高校和乡镇团体大批量采血时，采供血服务科的医护人员从来不敢喝水，因为没有时间上厕所；下午一两点吃午饭是常有的事。正是他们，用一年365天的奔波为患者搭起了生命的桥梁。

采供血服务科张科长说：“我们最怕的是夜里响起的手机铃声。”

“是的，一旦夜里站长和科长的手机铃声响起，那一定是紧急抢救用血。”2019年夏天的一个夜晚，一阵急促的电话铃声响起：弋矶山医院一位年轻的产妇胎盘前置急需A型RH阴性1200毫升血液。RH阴性血俗称熊猫血，属珍贵的稀有血型。当时库存只有400毫升，无法满足抢救的需要。血站立即启动应急预案，一方面将现有的400毫升血液即刻发往医院；另一方面向附近的血站求援，没有。这时采供血服务科立即通过稀有血型微信群和电话联系志愿者，并通知相关科室以最快的速度到岗。为了争取时间，采供血服务科医护人员驱车赶往一位稀有血型志愿者家中采血，检验科连夜加班检测血液标本，成分制备科同时进行血液的分离、制备和包装，各部门就像一台高速运转的机器，争分夺秒与时间赛跑，等合格的血液发往临床，天已经大亮了。

每年像这样的突发紧急抢救用血有多频繁？没有人做过统计。但血站的每一个职工都习惯了24小时手机不关机、随时听候调令，已经形成有需要就上，不谈条件、不谈困难、不推诿的良好风气。

“血液安全关乎受血者的生命健康，稍有差错就会造成严重后果，必须在每一个环节上严把质量关。”芜湖市中心血站利用省血液信息化管理平台，掌握血液从登记、采集、检测、成分制备、出入库、运输、质量检查等所有信息记录，并运用血液管理软件对血液来源和去向进行追溯监督；加强实验室能力验证，推进检测能力现代化。同时不断深化临床输血质控中心的职能，坚持每年开展全市临床输血质量督导工作，定期对用血医院进行上门走访、调研，及时关注回应用血需求，不断提升服务的主动性、时效性。该站核酸检测实验室在全省率先通过国家卫健委临床检验中心的验收；艾滋病实验室检测质控达到国内先进水平。

为了保证全市的用血需求，芜湖市中心血站不断加强和完善无偿献血招募体系建设，借力主流媒体，加强假日宣传，发动志愿者宣传。同时抓好无偿献血应急志愿者队伍建设、成分献血志愿者队伍和稀有血型志愿者三支队伍建设，确保突发事件应急用血，并且推动无偿献血向农村延伸，进一步扩大覆盖范围。

热血战“疫”，做守护生命的逆行者

庚子之春，一场突如其来的新冠疫情，让无偿献血工作形势变得十分严峻，街头几乎无人，高校企业停工停课，血液采集工作即将面临停滞；但另一方面，临床用血需要持续供给，怎样保证临床用血需求？怎么能让献血者放心献血？新冠肺炎存在潜伏期，如何保障血液的安全……层层挑战摆在了芜湖市中心血站的面前。

困难吓不到经过一次次风雨考验的血站人。一声令下，大年三十上午，中心血站职工取消休假全部到岗。血站立即成立了由站长任组长、副站长任副组长、各科主任为成员的应急医疗救援分队，全体职工各司其职。

为献血者测量体温、征询、体检、初筛、采血、检验和制备成分，严格血液交接放行，做好后勤保障及献血宣传等。疫情之下，虽然工作危险、工作量更大，但血站所有职工都是更加努力地坚守在自己的工作岗位。

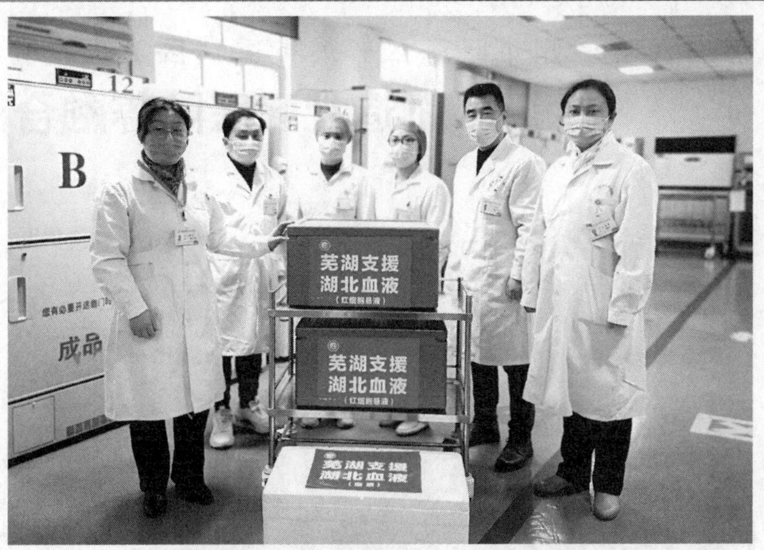

驰援湖北

随着疫情的不断发展，为避免人群聚集，血站采取了预约献血机制，由大批量集中采血转为分时分段分流采血。2020年1月27日，芜湖网上预约献血平台开通，24小时精准预约，错峰献血。芜湖市中心血站成为安徽省首个在新冠时期开通24小时网上预约献血的单位。

由于公交限行，许多市民无法外出。为保障无偿献血工作的正常运行，芜湖市中心血站在接到献血者预约后，立即着手安排车辆，党员干部带头，每天驱车奔波在市内各区、县、乡镇开展预约上门移动采血服务。职工们常常是早上六七点钟出发，傍晚才能回到单位。累了，在车上打个盹；饿了，啃一口面包。面对许多市民踊跃到各点参加无偿献血，一线医护人员更是忙得没时间吃午饭。即便如此，他们总是用微笑掩饰疲惫，用最精湛的技术和最优质的服务回报每一位爱心人士。

受疫情影响，湖北省血液供应告急。一方有难，八方支援。2月15日，芜湖市中心血站接到省血液管理中心《关于支援湖北血液供应保障工作的通知》后，全体职工连续奋战，顶着与病毒“亲密接触”的风险，想方设法开展无偿献血招募采集。

特别是在准备采集新冠肺炎康复者恢复期血浆的时候，倡议书刚一发布，61名党员职工不惧风险，纷纷递交了请战书。同时血站及时与多部门联动配合，紧急对工作人员开展采集防护和操作流程的强化培训，成功完成了四例新冠肺炎康复者血浆采集工作，共采集血浆1200毫升。

2020年1月24日至3月15日，芜湖市共招募无偿献血者6038人，共采集3989人次，其中全血1146200毫升、机采血小板362个治疗量。不仅保障了芜湖市疫情期间的临床用血需求，还分五批驰援湖北红细胞悬液126800毫升、血浆30000毫升，圆满地完成了上级下达的向湖北省紧急供血的任务。

不惧生死，逆向而行。在这场没有硝烟的抗疫战场上，芜湖市中心血站的白衣天使们，以自身的实际行动践行着医者的神圣使命，为坚决打赢疫情防控阻击战，挥洒着满腔的热血和绚烂的青春。

以患者为中心，为人民生命健康保驾护航。近年来，芜湖市中心血站广大干部职工不忘服务人民生命健康之初心，牢记保障血液安全和供应之使命，立足本职，敬业奉献，向党和人民交上了一份满意答卷。站在新起点，市中心血站人决心全体职工，以更加饱满的热情、更加昂扬的斗志投入今后的工作中，努力为人民生命健康安全贡献更大的力量。

作者：明钰

访浙江省温州市瓯海区郭溪街道社区卫生服务中心主任林聪生

打造社区医防养融合服务新常态

郭溪街道社区卫生服务中心全貌

2019年国庆节前夕，笔者在浙江省温州市瓯海区采访期间，一辆救护车呼叫着从瓯海区人流熙攘的街道上奔驰而过。陪同采访的瓯海区郭溪镇街道社区卫生服务中心主任林聪生告诉笔者，这是该中心前一天发现的疑似登革热病人，第二天化验结果出来了，正紧急送往上级指定医院住院隔离治疗。

郭溪街道社区卫生服务中心发现这个疑似病人的医生狄智勇和廖文教告诉笔者："这个病人是个45岁的中年女性，发烧2天来就诊，发现她脸上、脖子、手上出现皮疹，全身酸痛，我们高度怀疑是登革热病人，立即启动院内防控应急预案，并做了登革热抗原检测为阳性，即予采取隔离措施及采送标本至区疾控中心做进一步确诊。"

两位医生的专业素养和责任意识让笔者感到这家社区卫生服务中心训练有素，管理到位。该中心主任林聪生介绍，他们以签约服务为抓手，把绩效考核用活用足，激发了全体职工的服务积极性，开创了医、防、养（老）有机融合的服务新格局。

五个优化：倒逼服务贴近百姓

林聪生介绍，郭溪街道是浙江省温州市瓯海区下辖街道，地处瓯海区西边典型的城郊接合部，面积42.6平方公里，下辖17个行政村，街道区域跨度大，东西发展不平衡，总人口10万余人（户籍40355）。中心现有在岗职工87人，组成全专融合型家庭医生签约团队17支，全面承担辖区基本医疗、公共卫生与医养结合服务。

笔者发现，与其他地区签约服务团队不同，这家中心的五个优化倒逼这17支团队的服务真正贴近百姓，是百姓需要的好服务。林聪生介绍，五大优化包括：1. 全科门诊+家医签约+医养结合 +诊间随访+人员固定=全科医防养一站式融合服务；2. 体检科室+家医签约+医养结合 +数据共享+人员轮换=健康管理中心一键式融合服务；3. 妇保门诊+儿保门诊+家医签约+产后调养+人员交叉=妇幼医防养一体化融合服务；4. 基础服务+活动服务+贴心服务+保障服务+强化水准=家医签约"一条龙"融合服务；5. 中医馆、儿保科、导医台、注射室、服务站、后勤部等科室配齐对应医防设备+签约团队+数据共享+人员兼职=统筹兼职一盘棋融合服务。

林聪生认为，这五大业务优化组合的核心是倒逼中心职工打破传统观念，真正为百姓提供生活中需要的各种服务。

五个搞活：绩效和签约服务真正挂起钩来

林聪生21岁起就在这家中心工作，30多年来，中心的一草一木，一人一事都已经成为他生命的一部分。担任院长的十多年来，他一直在思考如何真正激活职工内在的主动性、积极性，让大家有干头，有甜头、有奔头。五个搞活是林聪生从多年实践经验中积累总结的行之有效的法宝。

1. 出勤得分+全职得分+兼职得分+激励得分+考核扣分+统一分值=每月绩效工资阳光化促融合；2. 组织激励+人力调整+激励基分+鞭策降分+互评赋分+考评激励=项目管理人力扁平化促融合；3. 班子直聘+区域直辖+权限直达+社长直晒+基准直兑+以奖直补=社区卫生服务全员化促融合；4. 岗位管理+评价机制+聘用机制+备案定岗+档案定岗+医防并驱=岗位评聘结合透明化促融合；5. 基本能力得分+正能量嘉奖分+专项基金得分=综合得分即为年终考绩经费二次分配清单化促融合。

林聪生告诉笔者："没搞签约之前，中心业务发展遇到了瓶颈。特别是2016年开始，明显感觉到公共卫生和医疗服务动力不足。政策需要全专融合，但医生不愿意做，敷衍、等待、观望甚至抵触的情绪很明显。核心是因为大家担心劳动付出和报酬不对等，担心傻干活，白付出。五个搞活后，绩效考核和签约服务真正挂起钩来，多劳多得，优劳优得，老百姓获得感、满意度明显提升。"

五个载体：党建引领铸造服务灵魂

林聪生认为，不足百人的社区卫生服务中心也是一个有血有肉、有酸甜苦辣、有魂的有机体。需要找到切实的载体团结每个人的干劲，让大家真正从工作中找到人生的价值和定位，全心全意为辖区老百姓服务，也从服务中满足自我需求。郭溪街道社区卫生服务中心找到的五个载体是：1. 党务规范+党风廉政+主题自创+五景党性+五星党员=党性修养活动促融合；2. 政治敏感性+月月红活动+复合型干部+数据化管理=应知应会活动促融合；3. 同频共振+同甘共苦 +互评共进+同舟共济=三同四共活动促融合；4. 社区倡议+普惠倡导=社普双倡活动促融合；5. 劳动节日+护士节日+家医节日+建党节日+医师节日+中秋节日=六节互贺活动促融合。

郭溪街道社区卫生服务中心省五星级接种门诊

林聪生的梦想是：从组织保障上用好五个载体，锤炼一批敢于负责、勇于担当、善于作为的新时代干部，在行业中发挥“头雁效应”作用，开辟新时代卫生健康融合发展之路。

主要成效：签约值钱了，百姓认账了

截至 2019 年 9 月，该中心签约人数 17584，签约率 43.57%，其中居民付费 9931 人，付费签约率 24.6%；续签率 65%，重点人群众签约率 76.6%；连续三年全区家医签约服务居民满意度、知晓率均名列前茅；自 2016 年 12 月开展签约带教工作以来，共接待上级领导或同城兄弟单位 50 余批次，推广医防养融合服务模式互动交流百余次，参观交流累计多达上千人。

林聪生介绍，中心针对基本公卫和医疗以外有待开展项目或边际服务项目，标化了基础、活动、贴心和保障四大服务，五十余小项的服务项目，推进医疗、公卫与养老有机融合，开展签约居民特色视频互动医养结合服务，截至 2019 年 9 月，完成电视机顶盒视屏安装 1070 户，开展机顶盒视频互动服务 2100 余频次。通过医、防、养融合模式建立了新的签约工作机制，全员工作积极性大幅增强、观念明显转变。笔者采访发现，这里的签约值钱了，百姓认账了。

搞活服务的同时，该中心始终牢记质量意识，从医疗发展、质控上展现持续向好的势头。2019 年参与中心特有的技能认评及岗位大练兵活动，累计达 668 人次，切实提高了全科诊疗水准和家医签约自信；同时特别强调直约诊疗、诊间随访、诊间结算、转诊预约、医养结合等环节的优质服务。2019 年 1—9 月，门急诊量达 23.8 万人次（已连续五年递增 10% 以上），日均接诊 900 余人次（不含预防接种、体检服务人次）。

作者：刘平安

安徽省舒城县龙王庙杏林医院

医养结合为老人晚年幸福“加码”

舒城县龙王庙杏林医院院长倪卫红和他获得的荣誉奖状　摄影：芮章树

链接：倪卫红，男，1966 年 12 月出生于中医世家，1986 年毕业于安徽中医学院（现安徽中医药大学）。系舒城县政协委员、六安市人大代表。家中祖辈为世代中医，其祖父倪让泉先生在方圆数十里闻名遐迩，曾参与创办舒城县中医医院。倪卫红从小继承家学，同时也是舒城县第一家民营医疗机构舒城县龙王庙杏林医院及舒城县杏林老年公寓及舒城县鸿升农林科技有限公司创始人兼法人代表，2020 年又创立了舒城县杏林职业培训学校。从医 30 余年，倪卫红潜心中医和中草药应用研究，拥有中药治疗胃病、腰间盘突出和野生半夏人工栽培技术等多项国家发明专利。并获得“安徽省优秀乡村医生”和“市百优医生护士”“六安市优秀科技特派员”等荣誉称号，其企业多次获得扶贫等公益先进集体表彰。

老年人最大的需求是什么？很多人的回答是：护理和医疗。在传统养老模式中，养老和医疗是两个独立部分，“看病的地方养不了老，养老的地方看不了病”。一旦患病，老人们往往在养老院和医疗机构之间来回奔波，消耗时间、精力和金钱。护理和医疗得以兼顾，成为大多数老年人的期盼。

近年来，在国家政策支持下，中国医养产业开启了发展的黄金机遇期，医养相结合成为我国积极应对人口老龄化的有效举措，也是提高老年人生活质量的重要发展方向。

成立于 2012 年的舒城县龙王庙杏林医院是安徽省医养结合的典范。2013 年底，经舒城县民政局批复，由杏林医院出资在舒城县与庐江县交界处的三拐村兴建了一所集康复、医疗、养老为一体的新型老年公寓，舒城县杏林康复老年公寓由此成立，医养结合的模式改变了养老机构与医疗机构各自功能单一化的问题，实现了养老机构“养老也医护”，医疗机构“治病也养老”。

“党的十九大报告提出，积极应对人口老龄化，构建养老、孝老、敬老政策体系和社会环境，推进医养结合，加快老龄事业和产业发展。”杏林医院院长倪卫红说，医养结合的模式可以为老年人在提供体检等保健服务的同时进行健康监控，“防未病、治小病、促保健”，早发现早治疗，推进医疗服务的前端化，有效治疗慢性病，既节约医疗资源，缓解我国医疗资源不足矛盾，也降低患者医疗费用，提高养老院的资源利用率。“医养结合”的养老模式是养老服务发展的重要方向，是对原有的社会福利养老机构、居家养老和社区养老的服务提升，“医养结合”的养老模式能够提供集中居住和专业化生活照料，在提供营养健康、饮食保障、娱乐活动和无障碍生活环境的基础上，把老年人的身体健康和心理健康以及医疗服务放在更加重要的位置，同时通过建立健康档案，对不同老人的健康状况制订个性化的治疗方案，针对一些失能和半失能老人提供专业化康复服务，同时加强心理辅导，增强老人对疾病的恢复意志和提供心理上的慰藉。

据介绍，杏林康复老年公寓建设项目分三期实施，概算总投资近 8000 万元。一期建设占地面积 50 亩，建筑面积 8000 平方米。采用合围庭院式结构，徽派建筑特色，并修建了景观鱼塘、老年活动中心，设置床位 100 张，入住率 70% 以上。健全老人健康档案，按身体状况分为生活自理、半特护理、全特护理、特殊护理四种类型，配备具有专业护理资质人员跟踪服务，每天查房、测血压和血糖，指导安全用药，对常见病和突发病及时诊疗。二期工程新增床位 100 张，住养医娱融为一体，并新建了院内环山公园、山顶休息凉亭；现院内整体环境优美，建筑设施错落有致，院内绿化覆盖率达到 70%，建筑设计规范符合建设要求，过道及房内均设有无障碍通道，卫生间、厨房、网络监控、固定电话、有线电视、呼叫器、石英钟、大衣柜、床头柜、沙发椅等生活设施齐全；同时设有活动

授予：舒城县龙王庙杏林医院

社会扶贫十佳承诺单位

（2017-2020年度）

中共舒茶镇委员会
舒茶镇人民政府
二〇二〇年十月十六日

舒城县龙王庙杏林医院被授予舒城县舒茶镇脱贫攻坚先进集体荣誉称号　摄影：芮章树

室、乒乓球室、投影仪、琴棋类、报刊、老年人健身器材等文化娱乐设施满足老人的精神文化生活需求。正在筹划的三期工程，规划床位500张，定位高端养老基地，满足孤独居家老人多层次养老的消费需求。

现杏林老年公寓运营情况良好，人员结构完善，管理人员6名，护工20名，配备医疗专业技术人员8名，其中副主任医师1名，执业医师2名，护士5名，并配有全自动生化检测仪、血细胞检测仪、尿常规检测仪、十二导心电图机等检测仪器。现有医资力量已经能解决入住老年人的常见病、多发病及老年性慢性病的治疗；每一位老年人入住时都能免费体检一次，并建立体检档案，然后针对病症加以针对性治疗，每天履行查房制，对每一位老年人血糖、血压进行监控，并让护工看护每一位患者按时按量服药治疗。公寓积极参加省、市组织的养老相关培训，已有多名员工经考核成为合格的老年人心理咨询人员，广泛开展老年健康教育，增强老年人运动健身和心理健康意识，并进行传统文化教育，重点关注高龄、患病等老年人的心理健康状况。杏林老年公寓在舒城县主管部门和舒茶镇政府的关心和指导下正在稳步发展，入住率达到80%，认真解决“老有所养、老有所依”问题，在“老有所养、老有所依”的基础上解决老年人的医疗、康复、心理健康问题。

“医养结合是大健康产业和朝阳产业。随着人口老龄化带来的社会问题，构建老有所养所为、所学所乐的养老服务保障体系，推进医养结合模式愈显迫切紧要。”倪卫红对发展医养产业有着自己的认识和见解，“我们在看到医养结合创新意义的同时，也要破解要素制约该产业发展的瓶颈。”

“医养真正结合，关键在破除政策壁垒，打通医养之间的‘任督二脉’。”倪卫红建议，要建立多部门协作机制，对养老机构设立医疗场所，卫生部门应按照实际情况，制定相应的分级准入标准，对符合条件的授予相应资质。民政部门要加强与卫计部门的合作，促成养老院与医院联动，对不具备单独设置医疗机构条件的养老院，由医院派医生定期上门巡诊，或与社区医院签署家庭医生合作协议，实现医疗资源的保障。除此之外，还应当制定相关政策，加大财政资金支持，将符合条件的养老机构内设医疗机构纳入定点医保范围，让老年人真正老有所医。

“只有部门之间齐心合力，打通养老服务和医疗服务之间的双向通道，在政策、管理资金等方面注入更多黏合剂，方能让医和养结合得更紧更实，从而让老人安度幸福晚年。”倪卫红说。

“此外，民办公益是政府投资的有益补充。”倪卫红认为杏林医院医养结合的发展道路，正是自己的团队将专业知识通过市场化社会化服务，形成优质资产后，转变为公益产品和社会财富的成功模式。杏林医院所在地的火龙岗村，贫困家庭的多名护工年收入近3万元就很好地诠释了这项产业的社会效益正在不断显现和延伸。

没有健康就没有小康，失去健康就失去了一切。健康长寿、平安幸福历来是人类生活的共同期盼。倪卫红相信，在不久的将来，杏林医养品牌将成为舒城乃至皖中地区百姓信得过的特色，可以信赖的康体养生、益寿延年的生活乐园。

供图：舒城县龙王庙杏林医院

湖北省随县吴山镇卫生院

正风立德精医术

近年来，湖北省随县吴山镇卫生院不断加强卫生院管理，提高医疗技术水平，提升公共卫生服务质量，改善卫生服务措施，不断攀登新的台阶，服务数量显著增加，服务质量大大提高，医疗卫生工作取得显著成效，深得上级领导和吴山人民的好评。

坚持党的领导，深化队伍建设

2020年初，突如其来的“新冠病毒肺炎”侵袭了祖国大地，疫情就是命令，防控就是责任，随县吴山镇卫生院坚决服从随县吴山镇防控指挥部的号令，带领全院职工取消休假，闻令出征，在第一时间迅速部署、行动，积极组建医疗救治、预防控制、宣传维稳、物资保障、执纪问责5个小组，全院干部职工主动请缨，积极投身抗疫一线，以院内零感染、吴山镇率先做到清零的优异成绩，涌现出以胡红梅、岳赓、邱艳红、黄春寒为代表的一大批先进党员和先进典型人物，向党和人民交上了一份满意的答卷。2021年疫情防控常态化工作依然坚持不懈，新冠疫苗接种工作陆续开展，随县吴山镇卫生院坚持把人民群众生命安全和身体健康放在第一位，尊重科学规律，把疫苗接种作为当前疫情防控的首要任务，依法依规、积极稳妥、有序推进疫苗接种工作，有力阻断病毒传播。巩固疫情防控成果，为确保人民群众生命安全，实现经济社会秩序持续全面好转提供有力保障。

随县吴山镇卫生院坚持与时俱进、开拓创新，不断强化政治理论和业务技术知识学习，提高队伍的自身素质和服务水平。

随县吴山镇卫生院坚持政治学习不放松，坚持班子成员每周例

吴山镇卫生院整体搬迁新院图 摄影：汪娇

会制，中层干部每月学习制，党员民主生活会集中学习制度，并举办专题讲座、利用电子屏学习专栏大力宣传党的政策、不断提高干部职工政治水平，加强政治修养，同时狠抓党风廉政建设不放松、把班子建设放在首位，努力打造一个团结奋进、清正廉洁的院领导班子。

自“不忘初心、牢记使命”主题教育开展以来，习近平总书记反复提出希望广大党员干部认真学习党史、新中国史，深刻认识红色政权来之不易、新中国来之不易、中国特色社会主义来之不易，牢记党的初心和使命。随县吴山镇卫生院以主题教育为契机，做到知史爱党、知史爱国，增强守初心、担使命的思想自觉和行动自觉。并积极参与县局举办的党史学习班、通过科室早交班的空隙学习党史、运用主题党日活动学习理论与参观八七会议会址等实践相结合的活动方式，组织党员干部职工学习党史，传承革命精神，在党史教育中汲取奋进力量，传承红色基因，发扬优良传统，引导医院干部职工把好理想信念“总开关”，切实筑牢政治忠诚，提高政治能力，做好疫情防控常态化工作。以崭新面貌、党和人民放心满意的新业绩庆祝建党100周年。

实施科教兴院，提升医疗质量

医院医疗质量的提高取决于技术人才的素质，医院要发展，医疗水平要提高，人才是关键，人才队伍的建设是医院工作的重中之重，只有爱惜人才、注重人才、培养人才、留住人才，医院的发展才会有真正的出路。

随县吴山镇卫生院注重专业技术人员的转型和技术水平的提高，大力倡导知识兴医、人才兴院的观念，加大科技投入，鼓励专业技术人员大胆科技创新，选拔优秀专业技术骨干到上级医院进修学习，对进修学习返院开展新业务项目的给予高比例奖励，激励机制的健全极大调动了全院职工科技兴院的参与意识，通过进修学习开展新型专科，为卫生院的长期发展开辟了新的途径。与此同时，随县吴山镇卫生院不断加强职业病防治体系建设，充分利用医院现有人员和设备资源，实实在在为老百姓办实事、办好事，让医院的大型设备服务于民，让利于民。特别是为适应当前人们以职业健康保健为主旋律的今天，随县吴山镇卫生院把职业健康体检列为重点工作，得到来院进行体检的群众一致认同和肯定。

开展医疗服务，确保群众健康

随县吴山镇卫生院以基本医疗服务为中心点，深入服务人民群众，着重从科室自身建设、核心制度落实、病案质量三个方面强化医疗质量管理。继续坚持每月综合考核制度，对核心制度落实、病历质量、抗生素合理使用、处方点评等情况每月进行全院通报。为深入落实过度医疗专项整治活动，新增了医嘱点评项目，进一步加大了对临床合理用药的管控，有效控制了抗菌药物使用频率，降低了过度检查、过度治疗现象，促进群众看病方便、快捷、价格合理、服务高效化。

2020年，卫生院基本公共卫生服务团队探索开展了一些创新性做法。每月定期开展健康体检服务，为居民建立家庭健康档案，进村入户面对面开展健康随访服务，加强了重点人群管理，较为出色地完成了十四项基本公共卫生服务任务，积极开展健康咨询、健康知识讲座等活动，使吴山镇居民健康素养水平有效提高，各项工作任务指标均达到了上级要求。

随县吴山镇卫生院还增设了“精准扶贫服务窗口”，为贫困对象就诊开通了绿色通道，让每一位患者切身感受到国家健康扶贫政策的好处。组建了6支家庭医生签约服务工作队，深入吴山镇各村开展签约服务，从根本上改变基层医疗卫生服务模式，也为下一步的分级诊疗、逐级转诊顺利实施打下了良好基础。

加强设施建设，改善就医环境

随着人民生活水平提高和对医疗质量的需求、卫生院业务量的增加及人民对改善就医条件的要求，随县吴山镇卫生院以卫生院整体搬迁为起点，不断开创医疗卫生事业新局面。

2020年下半年，随县吴山镇卫生院整体搬迁项目顺利通过县发改局的研讨和批复。在各级领导的关心下，项目于2020年11月上旬正式动工，新址占地35.17亩，总建筑面积共23828平方米，总投资6000万元。新院建成后，将大幅提升随县吴山镇卫生院医疗卫生服务水平，在原有的基础上增加健康体检中心，添置新设备，增加新项目，完备的体检服务和健康指导，满足群众医疗卫生服务需求。

随县吴山镇卫生院将进一步大力拓展业务范围，立足新的起点，抢抓新机遇，认认真真履行职责，兢兢业业干好工作，当好吴山镇人民的健康守护神，不断开创医疗卫生事业新局面。

作者：刘晓东、岳赓

左图为到红色基地开展党史学习教育；右上图为宣传职业健康；右下图为参加植树节活动 摄影：汪娇

湖北省黄梅县独山中心卫生院

满院春色拂面来

链接：黄梅县独山中心卫生院始建于1952年，地处鄂皖两省交界独山镇，是一所由政府举办非营利性一级优秀医院。现占地面积6000平方米，其中业务用房面积5500米，科室齐全，设置编制床位60张。近年来，先后获得湖北省“四化”乡镇卫生院、湖北省“卫生先进单位”、黄冈市“优质服务基层行”先进单位，多次被黄梅县委授予“先进集体”“优秀基层党组织”“防汛救灾先进集体”，分别被团县委、团市委授予“青年文明号”等荣誉称号，2019年12月被湖北省四厅委授予“青年文明号”，2020年被黄梅县总工会授予“工人先锋号”。

召开新冠疫情防控动员会 摄影：周群星

人间四月天，春意正盎然。

走进湖北省黄梅县独山中心卫生院，一股清新的气息扑面而来。变化有目共睹，成绩可圈可点。

近几年来，该院先后获得湖北省“四化”乡镇卫生院，多次被黄梅县委宣传部授予“先进集体”，被黄梅县委授予“优秀基层党组织”“防汛救灾先进集体”，分别被团县委、团市委授予“青年文明号”等荣誉称号，2019年12月被湖北省四厅委授予“青年文明号”。在2020年度全县卫生健康工作综合目标考评中荣获年度工作进位奖。

近几年来，独山中心卫生院在县卫健局和镇党委、政府的正确领导下，以创建群众满意医院为抓手，进一步加强基础设施建设，改善医疗条件，强化内涵管理，持续改进服务，各项工作稳步健康发展。

加强基础设施建设，改善农村医疗条件

近几年来，独山中心卫生院紧紧围绕医院长远发展目标，按照“远规划、高起点、分步走”的原则，在两轮乡镇卫生院建设项目的推动下，2009年新建了住院楼，2015年新建了医技楼，2016年新建了门诊楼，医院环境和医疗条件得到了极大的改善。目前，规划设置有门诊诊断、医技诊断、住院治疗、中医中药、公共卫生、妇幼健康、行政办公、活动休闲8个功能服务区，分区合理，流程便捷。

同时为科室制作了标识标牌，配备了必要的服务设施和仪器设备。2020年抗疫国债资金项目的推动，该院发热门诊楼和污水处理系统等项目建设，以及DR、全自动生化分析仪、全自动血球分析仪、化学发光仪等仪器的装备，补短板，强弱项，卫生院应急能力不断增强，服务功能更加完善，整体形象不断提升。

加强医政医管，提升医疗服务质量

该院坚持“以病人为中心、以医疗质量为核心”的服务理念，牢固树立质量和安全意识，严格执行各项医疗技术诊疗常规和操作规程，持续改善医疗服务，建立医疗质量考核和责任追究制度，医疗质量稳步提升。连续多年未出现一例医疗事故和纠纷。

*完善制度建设，强化依法执业。*建立和完善工作制度是质量安全的保证，该院一直把制度建设作为一项重要任务来抓。2020年以来，该院围绕“优质服务基层行”乡镇卫生院评审标准，建立健全并修订完善了各项规章制度和工作职责，特别是医疗质量管理的核心制度，汇编成册，人手一份，要求全院职工学习贯彻落实，确保医疗活动的每个环节有章可循，规范有序。同时严把从业准入关，持证上岗，依法加强管理，规范执业行为，预防差错事故发生。

*持续改善医疗服务，规范医疗行为。*在医疗质量管理工作中，严格落实医疗质量管理和医疗安全的核心制度。切实加强医院基础管理，提高医疗、护理质量，持续改进医疗服务。

*加强质量控制，确保医疗安全。*健全和完善了院科二级医疗质量管理组织，制定了质量考核标准。定期开展质控活动，从不同侧重点对医疗、护理、医技、药剂、院感等方面质量进行考核评价；对技能操作、应急演练等进行测试，并将考核结果与绩效工资挂钩，促进了诊疗技术水平和医疗质量的提高。

*加强继续教育和业务培训，提高医务人员整体素质。*加强了三基训练，并进行了理论和技术操作测试，使各级医务人员基本理论得到提高，基本技能得到规范；每月组织业务学习，做到人员、时间、效果三确保；派遣业务人员进修轮训，提高现有人才业务素质，近两年，已有4名医护人员完成了相关专业的进修轮训，一名临床医生到上级医院规培；扎实开展“大培训、大练兵、大督查”活动，积极开展全员知识和操作技能培训，有针对性地开展岗位练兵，卫

左图为2020年10月，黄梅县独山镇界子墩村血防工作代表湖北省接受“湖区五省血防联防联控工作领导小组”检查；右上图为关爱留守妇女；右下图为开展结对帮扶活动 摄影：周群星

生应急能力不断增强。

打造特色科室，提升基层中医药服务能力。近年来，该院投资了30多万元建设了标准化国医堂，开设了中医诊断、针灸理疗、康复锻炼等特色中医科室。配置了三维牵引床、理疗仪以及传统的针灸，火罐等仪器设备，全面提升了基层中医药服务能力，使群众享受更加优质、高效、价廉、便捷的中医药服务。2017年该院国医堂被湖北省卫计委评审认定为“湖北省乡镇卫生院特色科室”。通过加强医政医管，改善医疗服务，群众获得感和满意度不断增强。2017年该院在全县16家乡镇卫生院综合目标考核中获得第四名，2017年7月被湖北省卫计委批准为“中心卫生院”。

加强公共卫生服务，提高农民健康水平

一直以来，该院把民生实事作为事业发展的头等大事来抓。

全面落实公共卫生均等化任务。扎实开展14大类54项服务项目，计划免疫、艾滋病、结核病、血吸虫病、手足口病、登革热等重大传染病防控任务全面落实。建立居民健康档案，完成六类重点人群健康体检；组建5支家庭医生签约服务团队，完成重点人群家庭医生签约服务，签约率95%；建立孕产妇健康档案，完成孕产妇普服叶酸，宫颈癌筛查工作有序进行；建立6岁以下儿童档案，儿童全程全量接种率95%；举办健康知识讲座，发放8种健康教育处方；切实加强辖区内卫生监督信息报告、生活饮用水安全巡查、学校卫生、职业卫生工作，严厉打击非法行医。

大力实施健康扶贫。全面落实住院病人报销“一站式”服务，为精准扶贫对象开设医保结算和门诊收费优先窗口、住院优先病房、住院免费接送等“绿色通道”。“健康全管理”，每年组织健康体检专班，深入村组开展健康管理工作。宣传政策、健康体检、慢病管理，不断提高贫困人口的健康水平。完成全镇精准扶贫对象面对面大走访工作，做到了家庭医生签约服务100%，健康体检率100%。真正做到了健康扶贫、不落一人。

加大村卫生室管理力度。近三年共建设规范化村卫生室16家，对村卫生室实行“六统一、两独立”管理，并配备健康一体机、药柜、输液椅、诊断床等全套装备，全面提升村卫生室服务能力。

加大基本药物制度实施力度。镇、村两级所有药品均在省基药采购平台采购，并落实零差率销售，极大降低了老百姓看病就医负担。同时加大了打击欺诈骗取医保基金行为的力度，规范了医保服务行为，确保了基金安全。

大力开展血防综合治理。在血吸虫病防控方面，坚持以传染源控制为主的血吸虫病综合防治策略，大力实施“一村一策攻坚行动”。在该县重点血防疫区界子墩村，新修水渠6000米，兴林抑螺1100亩，新增血防公路5公里，全面淘汰耕牛，改水、改厕率100%。连续四次代表湖北省接受“湖区五省血防联防联控”工作检查，受到了评审组专家的高度好评，为该县达到血防消除水平奠定了坚实基础。

全力投入疫情防控。2020年初，面对来势汹汹的新冠疫情，该院全体党员、医务人员义无反顾、逆行而上，自觉地在抗疫一线践行医者誓言。科学防控，积极作为，慎始慎终抓好疫情常态化防控，该镇在全县率先实现“四个清零”，“无疫乡镇”。2020年2月4日，该院抗疫先进事迹在湖北日报、湖北省人民政府门户网站、湖北省卫生健康委媒体网站上刊载。

加强基层党建，增强医院凝聚力

该院牢固树立抓党建就是抓发展的理念，深入推进“两学一做”学习教育常态化、制度化，扎实开展“不忘初心、牢记使命”主题教育活动，每月定期开展支部主题党日活动，坚持三会一课制度，加强党员干部政治思想教育，强化党员意识、宗旨意识和服务意识，不断增强凝聚力和向心力。

深入开展党风廉政建设，严格落实中央八项规定。坚持民主决策，加强财务管理，严格落实“三重一大”制度，严格控制各项非生产性支出；积极开展普法活动，完善安保、消防、技防安全设施，加强消防应急演练，加强矛盾纠纷排查，争创平安医院；严格落实廉洁行医“九不准”的规定，合理检查、合理用药、因病施治，在一定程度上缓解了“看病难、看病贵”的问题，医患关系进一步融洽，医院形象得到了提升。

坚持党建带团建，积极开展青年文明号创建活动。大力弘扬“敬佑生命、救死扶伤、甘于奉献、大爱无疆”新时期卫健职业精神，多次组织青年志愿者开展“三关爱”，引导青年医务人员立足岗位、服务群众、奉献社会。

作者：黄霑

江西省上栗县福田镇中心卫生院

群众家门口的贴心医院

江西省上栗县福田镇中心卫生院创办于1950年，设有中医科、内科、外科、五官科等16个科室，其中眼科、外科、中医科为特色专科。一直以来，该院秉承“厚德敬业、严谨务实”的院训，坚持“奉人民为上，视群众为亲友，与健康同行”的服务理念，把社会效益放在首位，不断强化内涵建设，改善就医环境，注重医疗服务质量，全力打造群众家门口的贴心医院。

福田镇中心卫生院党支部书记、院长钟建军

一路走来，硕果累累。2017年该院获得全国群众满意的乡镇卫生院、2019年被市卫健委评为“一级甲等医院”，2020年全国优质服务基础行活动达到推荐标准，2021年获评健康促进医院荣誉称号，并连续多年获得上栗县卫健委“先进党支部”“先进单位”等荣誉称号。

改善服务环境，提升就医体验

盛夏时节，记者来到福田镇中心卫生院，走进门诊部一楼，只见大厅宽敞明亮，患者挂号、就诊、检查井然有序。移步住院大楼后面，映入记者眼帘的是绿意盎然的园林景观、温馨怡人的健康步道、规划整齐的停车场所。近年来，该院依照“6S”整理、整顿、清扫、清洁、素养、安全的6项标准对全院环境进行集中改造，不断提升就医环境质量和患者就医体验。

该院规范办公区域秩序和环境，优化服务流程，缩短患者就医等待时间，物品摆放整齐划一，各临床科室匹配“十项便民措施”，为老百姓提供更加便捷的服务。2020年投入近100万元对全院就医环境进行改造，对全院路面、大坪铺设沥青，并划分127个车位，从根本上改善了医院环境，解决了停

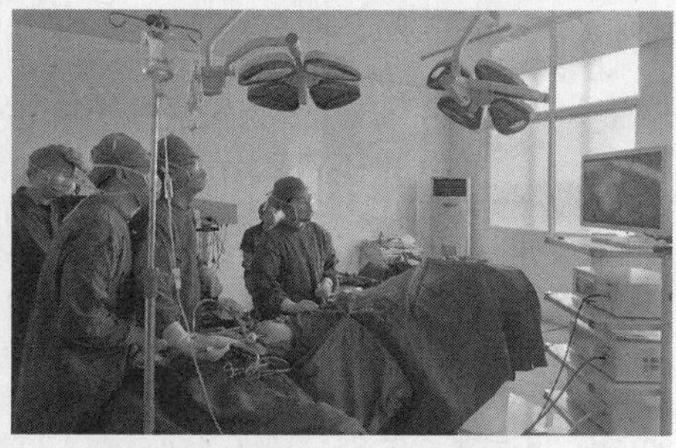

左图为全国群众满意的乡镇卫生院——福田镇中心卫生院推出的“健康贴心人活动”荣登央视新闻联播；右上图为腹腔镜“微创”手术；右下图为下乡开展“光明微笑”工程

车位少这一老百姓反映较多的问题。同时规划了院内绿化，铺设林荫小道、建亭子、架路灯、装石凳等，全院呈现出“四季不同色、一年皆有绿”的景象。

打造专科特色，促进业务增长

“现在我的眼睛恢复到了50多岁时的样子，手术时间很短，而且一分钱都没花。”2021年63岁，住在东源乡东源村的王老伯告诉记者，这几年双眼视力模糊不清，当时以为老花眼，2021年5月，福田镇中心卫生院眼科医生来到村上义诊，经过筛查，他被确诊为白内障。6月7日，王老伯入住福田镇中心卫生院，8日进行白内障复明手术，整个过程仅10余分钟，术后复查视力达到0.6。

福田镇中心卫生院作为江西省唯一一家具有省直报“光明工程”权限的乡镇卫生院，其眼科是医院的传统特色科室。2019年10月，福田镇中心卫生院与浏阳集里医院建立眼科联盟，集里医院派出眼科专家支援福田医院眼科建设，极大方便了群众在家门口就医。为做好眼科疾病的预防和诊治，2020年起该院在上栗县各乡镇积极开展“关爱老年人——白内障免费筛查义诊活动”，目前该项活动已遍及10个镇100余个村。截至2021年5月，该院完成眼科手术420台，其中白内障手术276台。

除了眼科外，该院还积极突破外科传统手术方式，竭力提升诊疗水平，从2021年2月起开展腹腔镜“微创”技术，对阑尾炎、疝气、胃肠道穿孔、胆囊结石等基层常见病、多发病都已进行了“微创”手术，现已完成32台。为让群众享受更优质的中医服务，该院积极打造中医科国医馆，多方面多方式为患者提供中医理疗服务。

推进公卫服务，护航人民健康

福田村的李大爷患有多年的糖尿病，2018年第一次与家庭医生李胜增签约。签约后，李医生向他讲解了办理慢性病卡的好处，并帮他办理了慢性病卡。之后家庭医生服务团队立即跟进，对其进行用药和膳食及生活方式指导，在患者和团队的共同努力下，李大爷的血糖由签约时的12.3mmol/L降为现在的6.1mmol/L。

做好家庭医生签约服务是福田镇中心卫生院推进公共卫生服务的缩影。自2009年开展基本公共卫生服务工作以来，该院牢固树立“预防为主、公卫优先”的理念，把加快公共卫生服务工作作为推进医疗卫生体制改革、完善公共卫生服务管理体系、解决群众“看病难、看病贵”问题的重要举措。

该院成立了以院长为组长的基本公共卫生服务领导小组和公共卫生管理科，科主任由工会主席兼任，通过公开竞聘产生公卫科副科长，做到各项工作分工明确、责任到人、服务到位。将国家基本公共卫生服务项目对乡村两级进行职责分工，40%的基本公共卫生服务任务逐级分解到乡村医生，40%的基本公共卫生服务的经费按绩效考核结果下拨到村卫生室，极大调动了乡村医生的积极性。该院公共卫生科人员对福田镇10个村1个社区的基本公共卫生服务工作分片包干，每季度严格按照绩效考核方案进行考核，公共卫生服务补助经费与责任分解、考核得分直接挂钩，公共卫生服务质量显著提升。

重庆市万盛经开区体育发展中心

打造“全球活力城市”体育品牌
加快“体育强区”建设步伐

链接：近年来，重庆万盛先后荣获全国羽毛球后备人才基地、全国科技体育（定向运动）训练活动基地、国家体育产业示范基地、国家体育产业联系点城市、国家《全民健身计划（2016—2020年）》研制联系点城市，国家轮滑（滑板）全项目赛训基地落户万盛。万盛“体育+”融合发展模式被评为全国“2017年国家民生示范工程”，“万盛全球视野发展大众体育项目”荣获全国“2019年民生示范工程”，关坝凉风村被列入国家首批运动休闲特色小镇名单，中国·重庆万盛“黑山谷杯”国际羽毛球挑战赛成为重庆

万盛体育运动蓬勃开展，左图为2017—2018中国·重庆万盛“黑山谷杯”国际羽毛球挑战赛总决赛；右图为万盛青山湖国际跑步节现场　摄影：王泸州

市唯一的国家级体育旅游精品赛事，荣获首届国际群体协会使命2030大奖政策奖。

“十三五”时期是全面建成小康社会的决胜阶段。回望这五年，万盛的体育工作紧紧围绕资源型城市转型发展主线，聚焦“一城三区一极”总体目标定位，抢抓全民健身、成渝两地双城经济圈建设国家战略机遇，切实落实《体育强国建设纲要》，打造“全球活力城市”体育品牌，加快“体育强区”建设步伐，推动万盛资源型城市高质量转型发展。值得一提的是，万盛凭借优秀的工作成绩获得了首届国际群体协会使命2030大奖——政策奖、国家体育产业示范基地等1项国际级、9项国家级、5项市级重量级荣誉。

不断完善全民健身公共服务体系，激发市民健身热情

为鼓励市民有序锻炼，让市民更加方便快捷地展开体育运动，万盛体育设施实现提档升级。据了解，万盛全区体育场地达到了1255个，体育场地面积总量达到了68.45万平方米，全区10个镇（街）健身广场、57个行政村农民体育健身工程和42个社区体育健身路径实现全覆盖，人均体育场达到2.48平方米，形成城市10分钟健身圈、农村15分钟健身圈。

体育场所不断丰富，体育设施实现升级。在万盛的清晨或傍晚，锻炼健身的市民比比皆是，运动氛围越来越浓厚。

积极推进“体育+”融合发展模式　推动经济多元化发展

万盛以全民健身为抓手，打造了奥陶纪极限户外运动基地、青年汇巅峰乐园等一大批网红景点。吸引了世界和全国各地的游客前去体验、打卡。

为助力脱贫攻坚，万盛因地制宜打造了“体育旅游+精准扶贫”项目，建成了板辽湖全民健身基地、关坝凉风“梦乡村”国家垂钓运动休闲特色小镇。其中，凉风村被列入国家首批运动休闲特色小镇，板辽村也由昔日的国家级贫困村蝶变为重庆市乡村旅游示范村。

打造体育品牌赛事，培养青少年体育后备人才

万盛深知打造体育品牌赛事，对推动全民健身运动、提升城市的影响力都有着非常重要的作用。成功打造中国·重庆万盛“黑山谷杯”国际羽毛球挑战赛和青山湖国际跑步节等品牌战赛赛事，其中，中国·重庆万盛“黑山谷杯”国际羽毛球挑战赛成为重庆市唯一的国家级体育旅游精品赛事。

万盛立足自身竞技体育项目优势，重点加强全国羽毛球后备人才基地、全国科技体育（定向运动）训练活动基地和全市残疾人羽毛球训练基地“三大基地”建设，大力发展羽毛球、定向优势项目，积极培育田径、足球、篮球、游泳等潜力项目，体育后备人才队伍不断壮大，竞技体育综合实力不断提升。

为什么万盛的体育工作能在“十三五”收官之年交上一份满意的答卷，这与万盛应邀参加和圆满承办的这几个大会分不开。

2016年8月，万盛作为全国体育界别唯一代表城市，在习近平总书记出席的全国卫生与健康大会上作汇报发言；2018年11月，万盛作为中国三大优秀体育城市之一在国际群体协会召开的全球活力城市建设研讨大会上作经验交流发言，万盛全民健身发展聚焦全球目光，进入国际视野。

2017年至2019年，万盛连续3年举办重庆市体育旅游产业发展大会；2019年参与承办全球活力城市中国方案研讨会；2020年参与承办2020线上中国国际智能产业博览会·智慧体育大会。大会的成功举办助力了重庆体育产业快速发展，推动了体育项目的招商落地。

2021年是“十四五”开局之年，万盛将持续深入推进全民健身国家战略，不断巩固提升、创新突破、提质增效，突出城市的运动健康、体育文化特色，打响“全球活力城市”品牌，增强城市核心竞争力，为万盛高质量转型发展贡献力量。

作者：刘邦云、程淼淼

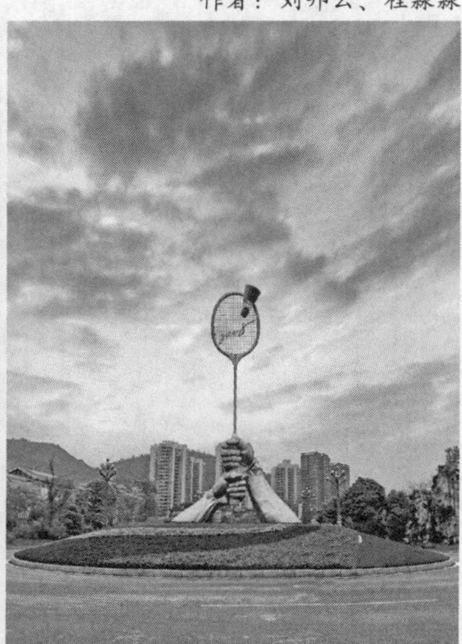

左图为灯火璀璨的万盛文体中心体育场；右图为万盛高速路口羽毛球雕塑　摄影：王泸州

重庆市大渡口区体育局

品牌赛事塑造核心亮点

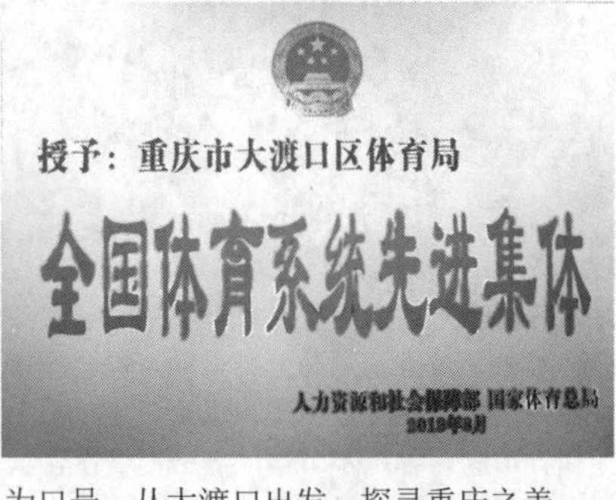

2019年11月3日上午，由重庆市体育局、大渡口区人民政府主办，大渡口区体育局等承办的世界定向精英巡回赛暨“智跑重庆”国际城市定向赛鸣枪起跑，5000多名运动爱好者以“打卡山城，智跑重庆”为口号，从大渡口出发，探寻重庆之美。

这场以体育深入融合旅游为特色的品牌赛事，不仅赢得了参赛者的一致好评，更是吸引了中央电视台、新华社、人民网等众多媒体对此次定向赛进行专题报道和关注热潮。而这只是2019年大渡口区体育事业快速发展的一个缩影。

两大品牌赛事打造核心亮点

国际定向赛的成功举办，是大渡口区进一步贯彻落实重庆体育“1+5+1”行动计划以及打造全国户外运动首选目的地的具体行动和举措，同时也为大渡口体育打造了一项高水平品牌赛事。

该项赛事注重全民参与性，以趣味运动为核心，在运动 + 交通工具辅助的配合下，到达线路上的每一个打卡点，完成一个个和这个城市息息相关的运动任务。这是践行全民体育旅游的创新型尝试，也对重庆打造全国户外运动首选目的地、提升大渡口的城市形象有着极为重要的意义。

与此同时，重庆市大渡口已经连续7年成功举办“李雪芮杯”业余羽毛球公开赛。作为2012年伦敦奥运会羽毛球女单冠军李雪芮的家乡，大渡口借助“名人效应”，多年来全力助推羽毛球运动的普及和发展。目前，该项赛事已经成为西南地区最高水平、最具影响力的业余羽毛球赛事之一，也是一年一度重庆羽球爱好者的盛会。

竞技体育水平不断提高

品牌赛事提升城市形象，竞技体育的成绩则是提升市民自豪感的重要抓手。

近年来，大渡口区涌现出一大批竞技体育优秀人才，除羽毛球奥运冠军李雪芮之外，还有世界武术冠军刘艳艳、亚洲女子拳击冠军王艳蕊、女足现役国脚李影等。

2019年，大渡口竞技体育运动员共参加全国、市级、区级各项赛事41项，获得金牌78枚、银牌73枚、铜牌155枚。其中，共有82人代表重庆市代表团参加了第二届全国青年运动会羽毛球、拳击、高尔夫、武术散打、足球5项目的预赛，43人进入决赛，取得了1枚银牌、2枚铜牌的优异成绩，创历届参赛人数、参赛项目、奖牌总数之最，获重庆市体育局授予的最佳组织奖。

此外，大渡口区还有两名运动员经过层层海选和试训，跨界入选单板滑雪国家集训队，目前正在积极备战2022年北京冬奥会。

体育公共服务能力不断提升

为满足日益增长的群众健身需求，大渡口一直致力于推进各类体育设施建设。2019年新增社区健身点12个，其中市级5个、区级7个，全区社区健身点累计37个。在103平方公里辖区里，各具特色的体育公园、社区健身点等星罗棋布，已经成为群众休闲健身的好去处。

除了硬件设施的增加，大渡口还坚持举办丰富多彩的全民健身活动。其中在2019年“全民健身月”期间举行了近百场群众体育赛事活动，覆盖了门球、篮球、足球、网球、羽毛球、乒乓球、跆拳道、体育舞蹈等众多项目。

同时，2019年还新增社会体育指导员45人，开展“好体育人”志愿服务体育活动50余次，引领群众进行科学健身5万余人次，建立“好体育人”行动示范点8个。

这一系列举措成为群众体育扩面的重要推动力量，更是把为民惠民作为工作的基本导向，不断提升群众的生活质量与健康水平。

摄影：陈宏超

陕西省宝鸡市体育局

“体育+”开启新时代体育强市建设新征程

阅读提示：以习近平同志为核心的党中央坚持问题导向和科学思维，注重理论创新、实践创新、制度创新，不断完善治国理政、治党强军顶层架构，引领中国特色社会主义进入新时代，创立了习近平新时代中国特色社会主义思想，对决胜全面建成小康社会、开启全面建设社会主义现代化国家新征程作出了全面部署。各地区各单位迅速行动起来，深入开展“不忘初心，牢记使命”主题教育，增强“四个意识”，坚定“四个自信”，做到“两个维护”，充分发挥党组织的战斗堡垒作用和共产党员先锋模范作用；积极探索“精准脱贫”途径，决战决胜全面小康；贯彻新发展理念，建设美丽中国；坚持以人民为中心的发展思想，不断增强人民群众获得感、幸福感、安全感，为全面建成小康社会贡献力量。全国体育系统先进集体、陕西省宝鸡市体育局就是其中的先进典型，他们建设新时代中国特色社会主义的具体措施、成功经验和突出成就，都具有较强的示范意义和推广价值。

链接：宝鸡市体育局是市政府组成部门，组织领导和推动全市体育事业发展，所属单位有市体育运动学校（含市游泳学校）、市射击射箭运动管理中心、市体育运动管理中心。宝鸡市曾被国家体育总局首批命名为全国全民健身示范城市。宝鸡市体育局被人力资源和社会保障部、国家体育总局授予“全国体育系统先进集体”称号，被中国残疾人联合会、国家体育总局表彰为“全国残疾人体育先进单位”，被国家体育总局授予“全国体育事业突出贡献奖”，连续多年被国家体育总局表彰为全国群众体育先进集体、获得全国全民健身活动优秀组织奖；被陕西省委、陕西省人民政府荣记集体一等功，并被命名为省级文明单位，被陕西省人民政府办公厅表彰为“第十三届全运会突出贡献单位”及筹办省十五运会贡献单位。

2019年12月6日，在2019陕西体育产业博览会上，宝鸡市体育局局长任小康与陕西威赢体育产业投资管理有限公司就战略资源和赛事运营、产业发展、媒体宣传等多领域深度合作签订战略框架协议。在签约仪式上，任小康代表宝鸡市向来自全国的体育产业企业发出邀请，同时宣布，宝鸡市将通过发展“总部经济”推动体育产业发展，以及对前来宝鸡市投资的厂商、企业所提供诸多优惠政策，引起了与会人员的极大兴趣。

“总部经济”作为一种新的经济形态，以其特有的区域优势资源吸引企业总部集群布局，形成总部集聚效应，并通过“总部—制造基地”功能链条辐射带动生产制造基地所在区域发展。而宝鸡市致力于开发“总部经济”带动体育产业发展，推动城市经济转型升级的做法使人耳目一新。

宝鸡市被国家体育总局命名为全国首批全民健身示范城市，并荣登人民网公布的全国最具体育活力城市百强榜。近年来，宝鸡市始终坚持以人民为中心的发展理念，大力实施“体育+大健康+大竞技+大产业+大文化+大旅游”融合发展战略，体育事业发展步入快车道。全民健身热潮涌动，奥运争光计划扎实推进，体育产业发展强势提升，体育文化建设深入各领域，体育旅游融合发展，竞技体育人才基础雄厚……体育强市建设已成为宝鸡开放发展的最强音。

“体育+大健康”，让百姓生活更健康

没有全民健康，就没有全面小康。家住宝鸡市区陈仓园的体育爱好者李爱萍，今年44岁，已坚持运动近20年。每天早上5时30分，她准时走出家门，到渭河河堤晨跑。她会沿着渭河河堤途经东岭廊桥，一直跑到蟠龙大桥后返回，全程约10公里。

长期坚持户外跑步，李爱萍见证了宝鸡市户外健身场所的变化和发展。“特别是近两年，我明显感受到，户外健身场所越来越多，环境也越来越好，可以说不管从市区何处出发，10多分钟就能找到健身场地。”李爱萍说，以前她在河堤跑步时，发现运动设施不全，爱锻炼的多是走路和打太极拳的老人。现在公园里各种健身器材都有，还有专门的足球场、篮球场、乒乓球场，场地、环境都很好，设施还很先进，来锻炼的年轻人越来越多。

户外健身场所的增多，缘于宝鸡市持续多年的体育惠民工程建设。宝鸡市先后投入上千万元升级改造体育场馆，着力打造集赛事、活动、文化休闲等为一体的国家级体育公园，构建起全民健身网络和组织管理体系。截至目前，宝鸡市建立健全市、县（区）、镇（街道）、村（社区）、组五级全民健身组织，城乡健身站点达3200个，社会体育指导员达9861人，在全省位居前列。全市乡镇、社区健身设施覆盖率达到100%，行政村健身设施覆盖率达到97%，公共体育场馆全部免费开放，极大地方便了群众就地就近健身，市体育场馆平均每年接待人次超120万。

“体育+大竞技”，让后备人才层出不穷

竞技体育代表着一个国家和地区的体育发展水平。近年来，宝鸡市强力推进奥运争光计划，以备战省运会为目标，着力发展竞技体育，取得新成果。

2019年是省十七运会周期的第一年比赛，宝鸡市共有1103名青少年运动员参加了25个大项的比赛，获得金牌109枚，银牌159枚，铜牌130枚。

在2019年的全国大赛中，田玲芳在2019年全国少年（U18）田径锦标赛上获得女子三级跳远比赛冠军，同时还获得本次比赛女子跳远亚军。在8月举行的第二届全国青年运动会上，宝鸡市共有56名运动员参加了田径、柔道、滑雪、皮划艇、赛艇、武术6个项目的角逐，30人取得决赛资格。

在2019年的国际大赛中，宝鸡市培养输送的运动员大放异彩。其中，竞走运动员王钦、白雪莹、万金玉在3月举行的2019年竞走大奖赛暨世锦赛选拔赛比赛中，分别获得男子成年组50公里、女子青年组10公里、女子少年组5公里比赛冠军，白雪莹和万金玉还分别达到国家健将标准；链球运动员王峥分别在4月举行的第23届亚洲田径锦标赛和5月举行的国际田联挑战赛大阪站比赛中获得冠军；彭博宇在5月进行的全国青年（U20）田径锦标赛男子三级跳远比赛中，获得冠军；王峥、王钦于10月分别在武汉举行的第七届世界军人运动会上获得中国田径代表团的首金田径女子链球冠军和田径项目男子50公里竞走比赛冠军，为国家争得了荣耀。

此外，2019年宝鸡市启动了2021年全国第十四届运动会水球、足球项目的组织筹办工作，并拉开进一步加快宝鸡市体育场馆基础设施建设，推动社会体育和竞技体育发展的序幕。

“体育＋大产业”，助推体育消费增长

体育作为新兴产业、绿色产业、朝阳产业，在宝鸡成为新的经济增长点，体育消费对全市经济发展贡献不断增强。

近年来，宝鸡市出台相关文件，进一步促进体育产业快速、健康、科学发展，全市体育竞赛表演、体育技能培训、体育用品制造和销售、武术文化演绎等文化体育产业基地初具雏形。

宝鸡市积极盘活体育场馆资源，组织开展多种形式的体彩促销活动，连续两年在陕西体育博览会上，组织本级以及县（区）有关体育企业亮相，展现了宝鸡体育产业发展的良好局面。在体育场馆经营方面，宝鸡积极举办春季车展、生活用品交易会、商业赛事等活动，经营收入不断突破新的关口，体育产业大市建设取得明显进步。

宝鸡市围绕“体育+”融合发展定位，积极完善独特的自然景观、良好的生态环境、丰富的民俗资源等建设，以举办体育品牌赛事为引领，发展体育竞技表演业，推动体育器材的制造与销售、体育培训等体育产业健康发展，吸引了大批国内外体育爱好者，带动吃、住、游、行、购等消费快速增长。同时，宝鸡加强体育彩票公益形象宣传和销售规范化管理，使体彩销售收入连续多年超过6亿元，为体育事业发展提供了强力支撑。

截至目前，宝鸡市形成以岐山同辉体育健身器材、绿夏体育服装、浩康体育用品、鳌山滑雪场冬季滑雪、大型体育赛事表演、体育场馆经营开发、体育培训等为引领的体育产业体系。体育已成为宝鸡促进消费的重要力量，体育产业也成为宝鸡经济发展新的增长极。

“体育＋大文化”，彰显地域特色

把地域文化与体育大融合贯穿到西部大开发和“一带一路”建设的大格局中去推动，将地域文化植根于体育活动之中，让宝鸡市体育活动更具魅力。

宝鸡市在实施“一县一品牌，一乡镇一特色”的战略中，将县（区）的地域文化与本地特色体育项目相结合，挖掘出长龙体育集团2019“一带一路”奔跑宝鸡万人迎新微型马拉松赛、“一带一路”2018—2019中国羽毛球俱乐部超级联赛总决赛、“一带一路”陕西·宝鸡2019“百合杯”国际乒乓球大奖赛暨第35届“百合杯”乒乓球联赛、麟游县春夏体育旅游季、扶风国际金砖象棋赛、太白鳌山滑雪等地方品牌文化体育赛事，提升当地群众的幸福感和获得感，加快县域群众体育品牌项目建设，开发出群众喜好的体验式休闲体育文化，促进了各县（区）体育文化多元化发展。

按照体育强国战略和全民健身纲要实施计划要求，宝鸡市以举办体育赛事活动为抓手，大力宣传体育项目文化，在青少年中开展弘扬女排精神等主题教育活动；把优秀的民族文化融入特色体育项目中，进行开发研究，形成品牌；鼓励体育艺术创作，丰富体育文化内涵，创新体育文化，讲好体育故事。

2019年国庆节前，宝鸡市举办了“壮丽70年，喜看宝鸡改革变化”主题征文、演讲赛、摄影展览。其中，摄影展共展出社会各界体育摄影图片300多幅，这些作品全面展示了宝鸡市体育事业发展的精彩瞬间，宝鸡市群众追求幸福、健康向上的生活品质，运动员顽强拼搏、永不言弃的体育精神。

“体育＋大旅游”，让宝鸡声名远播

宝鸡市素有“炎帝故里、青铜器之乡、佛骨圣地、民间美术之乡”美誉。

在体育事业的发展中，宝鸡市注重挖掘厚重的历史文化底蕴，实施“体育+旅游+生态+文化+休闲+美食”战略，满足了广大老百姓对美好生活的新需求，形成了“以体兴旅、以旅促体、旅体融合、共谋发展”的新理念、新格局。

位于太白县的鳌山滑雪场，过去藏在深山无人问。如今，鳌山滑雪场造雪面积达到35万平方米，最大雪道坡度为27度，已开发垂直落差为300米的滑雪道10条，总长度7000米，配备了世界先

宝鸡市民正在晨练太极拳

进的雪场设施，有2条高速拖挂式六座缆车、5条魔毯，每小时最大运力达到8600人，位于国内雪场前列。2018—2019年雪季营业期间，已成功举办和承办了多场全国性大型赛事，并“借题发挥”，把鳌山滑雪场打造成以滑雪及山地户外运动为主题，避暑度假、医疗养老为支撑，集高端滑雪场、户外营地、休闲度假、生态旅游等系列产品于一体的综合性山地运动旅游度假区，使来自国内外的“滑客”逐年增多。

以景引赛，促进体育赛事与旅游元素深度融合。2019年，宝鸡市成功举办了全国太极拳健康工程系列活动——2019年太极拳公开赛总决赛、2019“九龙山杯”陕西宝鸡·陈仓国际马拉松赛、“中国最美乡村”2019年陕西省第二届山地自行车越野挑战赛等20多项国际国内赛事，数十万人次参与，其中包括巴基斯坦、斯里兰卡、马来西亚、吉尔吉斯斯坦等“一带一路”沿线20多个国家和地区的选手参赛，使宝鸡市声名远播。

“看中国，来宝鸡！”赛事搭建起一个平台，打开一个窗口，体旅融合成为宝鸡市打造城市形象、助推旅游业发展的有力推手，宝鸡市已经与国内外40多个城市开展体育文化交流活动。现在，宝鸡市这座山城正以体育的名义承载着华夏文明走向世界。

山西省临汾市

小社区，撬动教育大民生

2019年11月12日，临汾市副市长、临汾市社区教育工作领导小组组长陈忠辉在山西省全民终身学习活动周开幕式暨推进社区教育发展临汾现场会上讲话

临汾市副市长、临汾市社区教育工作领导小组组长陈忠辉，市委组织部副部长、老干部局局长张瑞萍，临汾市社区教育工作领导小组办公室主任、临汾社区大学校长李国成等参观临汾社区大学老干部示范基地

这个时代，正在悄悄犒赏终身学习的人。

习近平总书记指出，“建设‘人人皆学、处处能学、时时可学’的学习型社会，培养大批创新人才，是人类共同面临的重大课题。”这一过程中，构建全民终身学习体系，社区教育是重要抓手，大有可为。

近年来，山西省临汾市坚持以习近平新时代中国特色社会主义思想为指引，遵循社区教育功能属性规律，契合社区居民对精神生活的新期待，一盘棋谋划，一张图绘制，“上下”联动、“内外”发力、“点面”结合，大力推进社区教育管理，提高社区居民教育质量，满足居民多方需求，有效提升了居民的幸福指数。

“上下”联动，以新战略统筹社区教育

理念认知是开展工作的先导性条件，社区教育是社区治理和社区管理的有效手段、根本推手和最佳平台。为此，临汾市从社区治理的高度，统一思想，提高认知，上下同步，大力加强对社区教育内涵、功能和意义的研讨，充分发挥新理念对社区教育的促进作用。

2016年6月，国家多部门联合印发的第一个推进社区教育发展的指导性文件正式出台，即《教育部等九部门关于进一步推进社区教育发展的意见》。该《意见》指出，要“以建立健全社区教育制度为着力点，统筹发展城乡社区教育”。

放眼新时代，社区成为社会转型期各种矛盾交汇点，如何以社区教育化解矛盾、维护稳定、推进公平、促进文明、构建和谐文明的社会，成为迫切需要解决的重大课题。为贯彻落实文件精神，市委、市政府审时度势，着力从全局高度筹划思考临汾社区教育，提出了构建“大教育”的发展战略。

2017年12月，临汾市实施“以社区教育为抓手，促进临汾学习型社会建设”为主旨的课题大调研，全面启动了社区教育工程。2018年8月，市政府出台并下发了《临汾市人民政府办公厅关于推进全市社区教育发展的实施意见》，建立健全了由分管副市长任组长，分管副秘书长、市教育局、临汾电大主要负责人任副组长，相关单位分管负责人为成员的社区教育领导小组，总结提炼出“小社区、大民生”“小社区、大治理”“小社区、大教育”“小社区、大智慧”“小社区、大贡献”的工作理念。

2019年3月，市政府工作报告将社区教育纳入全市重点工作进行考核，为社区教育在基层落地生根奠定基础。6月，召开全市社区教育推进会，出台了《社区教育建设指导意见》和《社区教育建设标准》，依托临汾广播电视大学成立了“临汾社区大学”，搭建了“社区大学—社区学院—社区分院—社区学校”四级网络体系，提出了社区教育三年推进目标，进一步规范了社区教育的工作内容、依托载体、工作流程，纳入考核管理全过程，推动社区进村入户、深入城乡、延伸到弱势群体、拓展到各类人群，使社区教育对社区管理的促进作用得到不断加强。8月，临汾社区教育实现了全员挂牌。成立了社区大学1所，社区学院17所，社区分院42所，社区学校632个，全市从事社区教育的人员8000余人。17个县（市、区）成立了社区教育工作领导小组，在前期15个社区成员单位参与的基础上，吸纳团委、妇联、公安、交警等行业机关，成员单位扩大到27个，每个成员单位都指定分管领导和专人负责，形成了政府主导、部门联动、全员参与的工作格局。

“内外”发力，以新思路融合社区教育

社区教育是全民、全面、全覆盖的教育，也是需要全社会齐抓

左上图为省教育厅、省电大、临汾市有关领导启动临汾社区教育网；左下图为 2019 年 11 月 12 日，山西省全面终身学习活动周开幕式暨推进社区教育发展临汾现场会；右图为 2020 年七一前夕，临汾社区大学老干部教学示范基地教师郭素琴等人巧手编织“永远跟党走”

共管的事业，更是一项学校教育、行业教育、社会教育融合发展的庞大工程，是构建终身教育体系、建设学习型社会的有效抓手。在社区教育推进中，临汾市发扬“共建共享”的优良传统，坚持政府主导、部门联动、内外兼修、联合发力，以融合治理推动社区教育不断创新。

在推进社区教育的过程中，全市以办好人民满意教育为宗旨，确立了“发挥区域优势，整合教育资源，面向各类人群，提高全民素质”的宏阔思路。

在经费保障上，按照“政府拨、社会筹、单位出、个人拿”的办法，建立了多渠道投入的经费保障机制，各级政府将社区教育机构建设、运行经费纳入了财政预算，实行财政单列，并对社区学院、社区分院、社区（村）学校达标单位予以奖励。2018 年，市财政列入社区教育专项经费预算 142.8 万元，市县两级财政共列入社区教育专项经费达 1000 余万元，为社区教育发展提供财力支持和保障。

在人力资源方面，聘请市委党校、山西师大、临汾学院等院校教授指导社区教育工作，聘请社区专职管理人员，发动中小学教师、企事业单位员工、社区居民、医护人员等各类人群组建成富有活力的志愿者队伍。

物力资源方面，进行整合优化，开放辖区内的图书馆、文化馆、影剧院、纪念馆等公共文化设施，用于开展社区教育活动，形成社区学习资源共建共享。积极引导幼儿园、中小学参与社区教育，向各校拨付专项基金，设立社区教育开放日，确保共建共享落到实处。

在此基础上，统筹教学资源建设，形成资源共建共享的新格局。发挥政府部门的统筹功能，各个社区成员单位资源共建共享，推进社区教育文化资源与其他资源之间的整合。临汾社区大学开设社区教育网，在手机客户端提供 6 大类、145 个门类的微课程，线上与线下相结合，为“人人皆学，时时可学，处处能学”提供了充裕的资源。在市政府统一协调下，依托临汾市社区教育指导中心和临汾社区教育学院，统筹社区所属各类教育资源，逐步实现教育资源的跨界、跨单位开放共享。

“点面”结合，以新模式推进社区教育

社区教育管理重在激发活力、提升能力、形成合力。临汾市坚持点面结合，以“点”示范引导，以“面”深化拓展，不断推动与社区治理、社区管理的有机融合，通过社区文化活动，让居民受教育，提升认可度。

学有榜样、赶有目标。全市普遍开展了以党建为龙头的社区教育，“皓月当空、繁星满天”的党建活动，实现了心灵深处的洗礼。各县（市、区）利用红色资源进行党史、革命史等爱国主义教育，弘扬社会主义核心价值观。隰县利用晋西革命纪念馆，讲解我党在晋西地区惊心动魄的 72 天；永和利用东征纪念馆，讲述毛主席的光辉足迹和东征故事，砥砺广大党员“不忘初心、牢记使命”，奋力前行。浮山县东鲁村通过联席会议制度解决家庭纠纷，有效化解了社区中村干部与村民的矛盾。襄汾县贾庄村通过“村民法庭”弘扬孝道文化，有效解决了家庭难事。

发展有方向、创建有标尺。全市大力宣传示范点创建活动，2019 年 4 月在《临汾日报》开辟《社区教育》专栏，宣传推介好经验、好做法，反映动态营造氛围；社区大学利用市广播电视开放大讲堂，对辖区居民开展健康养生、消防知识、就业培训等丰富多彩的社区教育讲座，赢得驻地办事处、社区组织和居民的广泛好评。

体现共性特征，彰显个性文化。全市及时总结了彰显地域特性社区教育项目，推介了帝尧文化、浮山剪纸文化、安泽荀子文化、襄汾丁陶文化、曲沃三晋文化、洪洞根祖文化等好做法，推动了社区教育的繁荣发展。

实现综合治理，促进社会和谐。全市依托老年大学、青少年活动中心、文体协会等各类社会团体，广泛组织开展歌唱、舞蹈、书画、武术等文体活动，居民的精神文化生活更加丰富。利用社区教育课堂、电子文化屏、文化长廊等阵地，开展道德讲堂、文化沙龙、读书会等活动，助力社区治理，提升了群众的获得感和满意度。社区教育已成为青少年的“第二课堂”、职场人的“充电站”、市民的“心灵家园”、老年生活的“新舞台”、矛盾化解的“稳压器”、社会治理的“助推器”。

为进一步发展老年教育，2019 年 11 月，临汾社区教育领导小组审时度势，挖掘潜力，整合资源，充分发挥老干部局和老年大学的优势，在老干部局挂牌社区大学教学示范基地，助力社区老年教育；为推进终身学习体系建设，保护和传承非物质遗产文化，发掘社区教育资源，2020 年“文化和自然遗产日”前夕，临汾社区大学教学示范基地在浮山县东方艺术博览馆挂牌。

农历庚子年，全球遭受前所未有新冠肺炎疫情影响，临汾社区大学充分利用临汾社区教育网和临汾广播电视大学的优势，上传微课程千余件，发布了心理疏导知识和疫情防控知识，为社区居民学习提供了良好的平台。从无到有、从小到大，临汾已初步形成结构合理、内涵丰富、开放共享、独具特色的社区教育体系。全市上下乐学、好学、善学蔚然成风，一个学习型新临汾正在向我们一步步走来。

作者：景秀红、郭璞、李希

摄影：李虎威、闫锐鹏

贵州省毕节市百里杜鹃管理区教育局

挥奋进之笔　答好“关切题”

百里杜鹃第一小学图书室　摄影：佟安丽

教育是民生之本，是最大的民生工程。“十三五”期间，贵州省毕节市百里杜鹃管理区以办人民满意的教育为目标，以改善办学条件为突破口，不断深化素质教育，推行教育改革，提高教育质量，以“奋进之笔”答好“人民关切题”，增强了教育对百里杜鹃经济社会发展的服务贡献能力。

夯实基础设施建设，改善办学条件

“予独爱莲之出淤泥而不染……”在百里杜鹃第二中学，书声琅琅。校园内，新植的花木生机勃勃，优美的校园环境、明亮的学生宿舍、宽敞的食堂、完备的设施设备、内容丰富的班级文化墙，无不彰显着学校浓郁的文化氛围。

2016年，为满足教育需求，该区在鹏程街道庙脚村修建了占地116034平方米的百里杜鹃第二中学并投入使用。该校的建成，结束了百里杜鹃无新建完全中学的历史，具有里程碑式的意义。

“以前没有中学，一直担心自己会去很远的地方上学，现在学校修在家门口，再也不用担心了。”家住鹏程街道大水村的高三学生黄继说。

百里杜鹃原属于大方、黔西托管的乡镇，教育基础设施薄弱，教育事业发展相对滞后。2016年以来，百里杜鹃管理区先后投入3.13亿元，新建、改扩建学校54所，新增学位6840个，教育资源布局和办学条件得到优化和改善。

“以前我们在村里上学，地板是泥土，教室里只有木桌子木板凳，每天还饱一顿饿一顿。现在，教室宽敞明亮，桌椅崭新，可以用多媒体，还有营养餐，孩子们赶上了好时代，比我们幸福。”谈起农村教育发展变化，百里杜鹃管理区仁和乡纸厂小学六年级学生家长赵正阳感慨万千。

百里杜鹃实施教育项目改扩建以来，纸厂小学完善了校园基础设施建设，新建了图书室、食堂等，为学生进一步打造了良好的学习环境。

“我喜欢看课外书，但以前学校没有图书室，我只能攒零花钱买书。现在学校有了图书室，只要有时间，我都会去图书室借书，增长自己的知识。”纸厂小学四年级学生陶怡宏说着，脸上露出了幸福的笑容。

落实教育扶贫政策，阻断贫困代际传递

再穷不能穷教育，再苦不能苦孩子。脱贫攻坚战役打响以来，百里杜鹃按照“脱贫攻坚，教育为先”的思路，把教育作为阻断贫困代际传递的重要途径。

“很感谢老师对我的多次劝导，让原本想辍学打工的我有机会继续完成学业，学一门能赚钱养家的技能。”毕节市工业学校建筑装饰专业中职二年级学生刘才欢说。

刘才欢原本是百里杜鹃第二中学八年级的学生，母亲因病早逝，近年来，家里的开支全靠他父亲打散工来维持。懂事的刘才欢看到父亲的不易后，决定辍学打工养家。学校知道刘才欢的情况后，对他进行了多次劝导，这才打消了刘才欢辍学的想法。

像刘才欢这样的学生只是百里杜鹃教育扶贫的一个缩影。为打赢脱贫攻坚战，实现教育资助全覆盖、零辍学的目标，2019年，百里杜鹃通过组织1235名教师与属地贫困户学生“一对一”或“一对多”结对帮扶，通过“千名教师大走访”“文化普查“等方式，精准掌握学生就读动向和学生享受教育资助情况。

“如果没有政府的资助，我可能上不了大学。”在福建龙岩学院上二年级的祝玉龙说。祝玉龙是百里杜鹃管理区普底乡永兴村长兴组的一名贫困大学生，家里有4兄弟在外地上大学，最小的弟弟在普底民族小学上一年级，父母打零工挣来的收入对巨大的家庭开销来说是杯水车薪。

“现在有政府资助，我们轻松多了，在外地读大学的4个儿子均得到了教育资助，最小的儿子也在学校享受到了生活费补助，感谢党和政府的好政策。”祝玉龙的父亲满是感激之情。

2019年，百里杜鹃累计发放各类学生资助和生源地贷款金额2362万元，受益贫困家庭子女1.09万人次，贫困辍学生得以重返校园。除此之外，81所农村学校（公、民办幼儿园）全部享受营养改善计划，教育资助实现全覆盖，建档立卡贫困户子女实现了零辍学。

抓实师资队伍建设，提升教育质量

百年大计，教育为本；教育大计，教师为本。一支师德高尚、业务精湛、结构合理、充满精力的师资队伍是教育质量高低的决定因素，肩负着办人民满意教育的重任。

近年来，百里杜鹃严格落实教师待遇，通过特岗计划、招募志愿者等方式不断补充教师队伍；大力推进名师、名校长工作室建设，充分发挥名师、名校长的辐射带动作用。截至目前，该区教师中有高级职称137人、中级职称585人、初级职称488人，有学科带头人、区级以上骨干教师110人，有省级乡村名师8人、省级乡村名师工作室8个、市级名师工作室1个。

为了让教师们学习先进的教学理念和方式，百里杜鹃还以教师培训轮训为抓手，切实提升了教师队伍专业技能水平。目前，有区级示范校34所、市级示范校17所、省级示范校5所；仁和中学教师张琴、方杰在“一师一优课、一课一名师”活动中报送的课例，被中央电化教育馆评为“优课”；百里杜鹃第二幼儿园教师马沙获“全国模范教师“称号……

2020年是脱贫攻坚的决胜之年，也是“十三五”规划的收官之年。“下一步，贵州省毕节市百里杜鹃管理区将根据教育事业发展的痛点、难点，聚焦教育改革、教育质量等人民群众关心的紧迫性问题，并深刻认识吸取‘十三五’期间的不足和经验，科学编制‘十四五’规划，着力深化教育改革、补齐教育短板、优化教育布局等。同时，全面加强党对教育工作的全面领导，贯彻党的教育方针，做到党建与教育工作两手抓、两促进，推动我区教育质量稳步提升，答好‘人民关切题’。”贵州省毕节市百里杜鹃管理区教育局局长陈英美说。

作者：宋邦定

安徽省铜陵市总工会

全力服务经济社会高质量发展

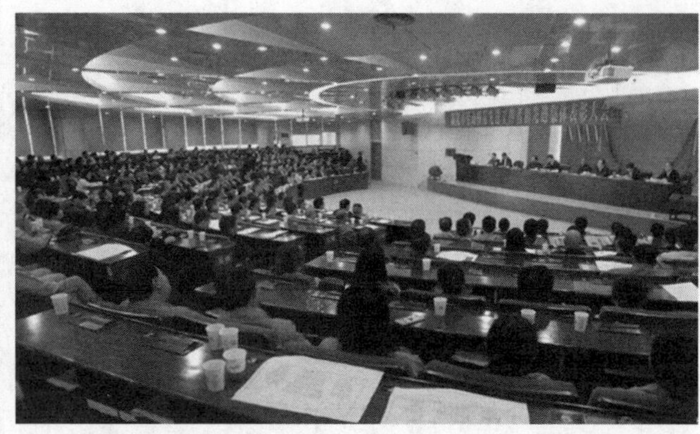

2019年，安徽省铜陵市各级工会在市委和省总工会的正确领导下，在市政府及有关部门的大力支持下，深入学习贯彻落实党的十九大精神和习近平新时代中国特色社会主义思想，围绕中心、服务大局，全面履行各项职能，各项工作取得了新的成绩。

旗帜鲜明立场坚定
坚定不移沿着党指引的方向前进

*扎实推进“不忘初心、牢记使命”主题教育。*深化学习教育，通过专题培训班、交流研讨、党课辅导、案例教学、红色教育”等多种形式学深悟透《选编》《纲要》，及时跟进学习习近平总书记最新重要讲话文章，促进全体党员干部学有所思、思有所悟、悟有所得、得有所用。党组班子成员采取“四不两直”方式直插基层，开展调研22次，撰写调研报告5篇，征求意见40条，召开调研成果交流会1次，班子成员做专题党课报告5次，扎实做好专题民主生活会准备工作。深抓整改落实，对调研发现的问题、职工反映的问题、自身查找的问题列出清单、建立台账，立行立改、即知即改。

*切实履行意识形态工作主体责任。*旗帜鲜明坚持党管宣传、党管意识形态工作不动摇，强化责任意识。成立以党组书记为组长的意识形态工作领导小组。把意识形态工作纳入民主生活会和述职述廉报告的重要内容，做到年初有计划，责任有落实，人人共参与。开展党组理论中心组学习11次。加强政治引领，组织开展“传家训、育家风、立家教、践行社会主义核心价值观”教育工程进企业进校园暨“劳模精神宣讲”系列活动2次，组织全市职工“劳动筑梦”演讲比赛，制作扫黄打非宣传原创歌曲《爱的守护》，有序推进2019全市职工运动会，成功举办禁毒、反邪教宣传进社区文艺演出。强化舆论宣传，中央、省、市主流媒体对“全国最美职工”苏保信分别进行了采访报道，《铜陵日报》连续开设9期“劳模精神”专版，在《铜都晨刊》陆续推出市优秀女职工宣传“巾帼风采”专栏5期，赴枞阳县钱铺镇开展送文化下乡活动，“五一”期间通过电视、报纸、网络、公众号和户外电子屏集中开展了劳模事迹宣传。在中央、省、市媒体刊发稿件70多篇（条），出版《铜陵工运》4期。

聚焦中心亮出品牌
为推动铜陵转型发展积极作为

*深入开展劳动和技能竞赛活动。*开展职工技能竞赛近百场，参赛职工达3万余人。制订2019年“当好主人翁、建功新时代”全市职工劳动（技能）竞赛方案，设立竞赛工种、项目86个。组织开展“坚决打赢脱贫攻坚战争当十大工程先锋”竞赛活动，对在脱贫攻坚十大领域作出突出成绩的4个集体、5名个人授予“铜都劳动奖章”荣誉称号。铜陵有色、铜化集团、铜陵电信、首创水务等单位，结合各自行业特点和重点项目广泛开展了劳动竞赛、合理化建议、技能竞赛活动。推荐选拔高技能人才积极参加长三角燃气行业、纺织行业技能大赛。

*做好各类先进典型的表彰和推荐工作。*市委、市政府召开了市劳动模范、先进工作者和先进集体表彰大会，评选表彰60名市劳动模范、先进工作者和10个先进集体、10名“铜都工匠”。获全国五一劳动奖章和全国工人先锋号各1个，省五一劳动奖状和省五一劳动奖章各1个，省劳动竞赛先进集体3个、先进个人2个，省工人先锋号2个、省重大合理化建议奖156个（占全省1/3）。精达股份公司苏保信被中宣部、中华全国总工会评为“全国最美职工”，曹杰、苏保信被评为“铜陵好人”，铜陵海螺公司等3个单位和李杨等3人入选省职工职业道德建设标兵单位和个人候选名单。加快建设劳模荣誉展览馆，与政协文史委联合编辑出版《铜陵劳模风采录》，收录不同时期、不同行业的196名劳动模范、全国五一劳动奖章获得者先进事迹，以及铜陵市历届劳动模范和全国、省五一劳动奖章获得者名录共1967人次。

*积极推动产业工人队伍建设改革措施的落实。*积极推动市新时代产业工人队伍建设改革协调小组各成员单位落实工作职责，及时掌握各项改革措施进展和落实情况，促进改革任务落到实处。深入宣传贯彻省《关于加强和改进新时代产业队伍政治思想工作的实施意见》，加强对改进产业工人队伍思想政治工作的指导，着力强化对职工的政治引领，进一步激发广大产业工人参与中华民族伟大复兴事业的荣誉感、使命感。

敢于担当履职尽责
做好维权服务大文章

*积极推动持续深化和谐劳动关系建设。*调整充实县区工会集体协商指导员队伍，组织60余名基层工会干部进行了集体协商操作实务专题培训。“春季要约”活动成果显著，各县、区工会按照任务分解紧抓落实，全市工会发出要约1112份，覆盖职工12.42万人，收回要约1112份，已签订集体合同1325份，覆盖职工11.06万人。枞阳县经开区汉武产业园集体协商工作在全省集体协商“春季要约”推进会上进行了经验交流。

*改进提升维权服务工作质量。*工会组建、会员入会、困难职工帮扶救助、法律援助等服务项目实现线下线上同效办理。市职工服务中心完成施工装修，机构及人员编制已获批准。会同市司法局、市律师协会组建6支法律服务队联合开展了“尊法守法·携手筑梦”服务农民工公益法律服务行动，发放宣传材料2600多份，提供法律服务33场，接待法律咨询服务463人次。参与劳动争议调解案件13件，成功调解12件；参与劳动争议仲裁案件12件，胜诉10件；办理法律援助案件5件，胜诉5件，较好地维护了农民工的合法权益。关爱职工行动动作频频，先后开展“春风行动 接您回家”“春运邮情情满江淮”“关爱农民工免费送体检”等活动，共有672名农民工获益。全市40多个工会户外劳动者“幸福驿站”免费开放。130名一线职工分3批次参加省总组织的疗休养。为894名保安员赠送互助保障意外伤害计划。“圆梦工会·五月花开”工会第二届大型单身职工春秋两场联谊活动，为来自54家单位382名单身职工牵线搭桥。职工互助保障新增参保会员23164人，办理理赔234人次，支付理赔金60.46万元。

*扎实推进城市困难职工解困脱困。*组织城市困难职工生产生活状况调研，对全市困难职工档案进行了清理。筹措资金118.6万元，为全市2000多户困难职工送去了温暖。“城市困难职工解困脱困

建设年”有序推进，完成城市困难职工解困脱困任务 433 人，支出救助资金 237 万元。为铜陵技师学院 50 名在校就读的困难职工子女核发金牌蓝领校企合作助学金 5 万元。创业就业援助深入推进，举办 4 场职业介绍活动，劳模代表现场宣讲创业经验，共有 547 家企业进场招聘，提供就业岗位 11106 个，7500 人（次）进场应聘，达成就业意向 2662 人。

强基固本激发活力
最大限度做好组织凝聚职工的工作

*逐步提高工会工作规范化水平。*根据省总“工会工作规范化建设年”的标准，指导基层工会按照“会、站、家”一体化要求，促进工会自身建设、服务职工阵地建设、职工之家建设，努力提高工会工作规范化建设水平。加强社会化工会工作者队伍管理，组织开展 2018 年度考核。工会经费税务代收有效开展，上半年经费收缴达到预期。

*不断扩大基层工会组织覆盖面。*新增货车司机等八大群体会员 1735 人。“小三级”工会组建率稳步提高，5 个产业集群专业镇内企业建会率 78.4%，职工入会率 85%。5 个省级以上开发区内企业建会率 63.4%，职工入会率 83.1%。

*稳步推进智慧工会建设。*在 2018 年市总工会职工服务平台、基础数据库完成验收的基础上，按照省总“智慧工会建设年”的要求，以“做实数据、做强平台、做好服务”为主要内容，安排专人对基础数据库已录入数据再次进行了核查，清洗不合格数据近 2000 条，新增录入会员 2607 人。网上工会工作以加强政治引领、法规宣传、网上活动为重点，优化调整官网、职工服务网和公众微信号版面内容，开展“工会知识有奖竞答”等 2 次群众性活动。办理工会会员服务卡 2 万多张。实现公安、房产、人社等多部门数据共享，调用共享数据近万次，完成市职工服务网统一身份认证，打通与省级职工服务网办事项、会籍接转和事项监察接口，网上办理工会业务 140 多件，工会基础数据库受访 9000 余次，为工会工作提供了新的手段。

从严治党真抓严管
大力加强全市工会系统党风廉政建设

*以党的政治建设统领工会工作。*党组按照中共中央《关于加强党的政治建设的意见》的要求，坚持党的领导，坚持正确政治方向，坚持政治建会，全面推进工会党的各项建设。党组每月组织 1 次中心组学习，各支部、党小组根据基层党组织规范化建设要求常态化开展学习研讨活动，树牢“四个意识”，增强“四个自信”，坚定“两个维护”。在基层工会人事安排意见征求、重要工作谋划、工会活动主题确定等方面，坚持把政治建设放在首位，突出工会组织的政治性。6 月初，对党的十八大以来政治生态建设情况进行了全面的分析研判，确保政治方向“不走偏”。

*以深入整改推进全面从严治党。*针对市委关于中央、省委巡视整改工作的要求，结合去年市委巡察整改工作，党组逐一对标检查抓整改。认真组织开展“严规矩、强监督、转作风”“以案示警、以案为戒、以案促改”专题警示教育、“基层减负年”和“不忘初心、牢记使命”主题教育活动，查摆问题，制定整改措施，回应基层需求，巩固和深化巡察整改成果，促进作风转变。

*以严抓严管推进党风廉政建设。*认真履行主体责任，落实“一岗双责”。持续开展廉政教育，细化工作责任，加强决策和执行环节的风险管控，严格执行帮扶救助条件审核、标准确认集体研究制度，严格按照程序把住先进集体、先进个人推荐表彰关。修订完善公务接待、财务管理、招标采购等管理制度。坚持重大事项报告制度，党组会议全部邀请纪检组参加，主动接受监督。

认真谋划精准识别
脱贫攻坚取得实效

*坚持目标导向认真谋划。*根据秀山村、杨市村脱贫攻坚年度重点工作任务，结合工会组织扶贫工作职责，在真情帮扶、实效推进、着眼长远上下功夫，制定了年度扶贫工作计划，确定了 4 个方面 13 条具体措施。召开 4 次联合党委会议，及时调整选派驻村干部。

坚持问题导向落实措施。“跟着劳模去扶贫”送技术下乡，面对面进行种养技术指导。“金牌蓝领计划”对符合条件的农民工子女给予每人每学期 1000 元的生活补助。对农民工涉及劳动争议案件，免费提供政策咨询和法律援助。积极联系本地企业提供就业岗位，为农民工进城务工搭建平台。

*坚持效果导向巩固成果。*根据上级要求，在重点节庆时段，对部分困难群众进行走访慰问。为帮扶村基础设施建设提供资金支持。动员全市工会采购枞阳县农副产品，鼓励支持基层工会赴枞阳县开展“春秋一日游”活动，努力增加农民收入。

湖北省十堰市总工会

当好职工娘家人

“十三五”以来，湖北省十堰市总工会积极打造“党建+”模式，将党建工作与中心工作、民生实事工程和日常工作有机融合，在服务中心大局、服务职工群众方面取得了显著成效，实现了以党建引领推进工会工作的创新发展。

十堰市总工会疫情防控、职工爱心消费扶贫等多项工作先后得到省市领导批示，创新服务农民工等多项工作在全国、省市相关工作会议上作经验交流和典型发言，先后荣获全国文明单位、国家节约型公共机构示范单位等市级以上荣誉 124 项，工会“职工之家”和工会干部“娘家人”的形象更加深入人心。

十堰市委常委、统战部部长、市总工会主席沈学强，市总工会党组书记、常务副主席李馥秀看望慰问困难职工

党的思想引领力不断增强

五年来，十堰市总工会始终坚定不移维护党的领导，不断增强党的思想引领，牢牢把握正确的政治方向。

围绕学习贯彻习近平新时代中国特色社会主义思想和党的十九大精神以及中国工会十七大、省工会十三大精神主线，以职工之家、道德讲堂、工会干部培训班、工会新媒体等为阵地，广泛开展思想理论学习。深化“中国梦·劳动美”学习教育，组成巡讲团先后深入企业、园区、工地开展宣讲活动 60 余场次。连续 5 年举办全市职工演讲比赛、“我的职业我代言”等活动，吸引 700 余万人次职工参与。建设市级职工

左图为2021年4月30日，十堰市举办"我心向党　礼赞劳动"庆祝五一国际劳动节大会，表彰市级五一劳动奖获得者；右上图为十堰市总工会深入高新区开展习近平中国特色社会主义新思想进企业活动；右下图为北京劳模工匠宣讲团到十堰开展先进事迹宣讲

书屋26家，联合社会力量开展职工阅读会、分享会100余场。举办四届职工电影节，发放免费观影券51万张。积极提升职工文明素养，使用公筷公勺、勤俭节约、爱国卫生、安全生产、禁绝毒品、志愿服务和网络文明等宣传氛围浓厚。

高质量发展能力不断提升

五年来，十堰市总工会始终坚持凝聚职工智慧力量，着力开展建功立业活动，高质量发展能力进一步增强。

紧紧围绕市委、市政府全局工作，先后开展劳动和技能竞赛活动2.1万次，50万人次职工参与。征集职工合理化建议10.6万多条，创效益4.2亿元，催生技术创新成果361项，小发明、小革新和小创造712个，创建市级劳模（职工）创新工作室153个，省级劳模（职工）创新工作室20个。连续举办三届全市职工创业创新大赛，参与项目达800多个，带动就业3万余人次。大力弘扬劳模精神、劳动精神和工匠精神，五年来推荐表扬各级劳动模范和先进工作者236人，荣获"五一劳动奖章"307个，工人先锋号110个、湖北工匠1名、荆楚工匠10名、车城工匠30名、行业技术能手60名。

维护职工权益能力不断强化

五年来，十堰市总工会始终坚持构建和谐劳动关系，着力维护职工合法权益，维护职工权益的能力不断提升。

完善协调劳动关系三方机制、加强工会法律服务团建设，律师兼职县级工会副主席，北京、天津、西安等异地农民工法律服务站延伸职工法律服务链条，"法院+工会"诉调对接工作稳步推进，维护职工合法权益更有力度。积极参与十堰法治建设，持续开展"尊法守法·携手筑梦"公益法律服务行动和"工资讲坛"进企业、进园区、进社区活动，十堰市总工会被评为首批全国工会法律援助示范单位和全国普法先进集体。积极推进市县两级成立劳动关系协调三方委员会，加强重大劳动关系统筹协调，广泛开展劳动关系和谐企业（园区）创建活动。以非公有制中小企业为重点，以"三抓一促"为载体，大力开展集体协商提质增效行动，签订集体合同覆盖职工18万余人，签订工资专项集体合同覆盖职工17万余人。岗位技能培训、职业指导、政策咨询、心理健康辅导等活动服务职工群众2万余人次，形成了职企和谐共赢的生动局面。

服务职工群众能力不断提高

五年来，十堰市总工会始终坚持完善职工帮扶体系，着力加大民生保障力度，服务职工群众能力进一步提高。

织密线上服务网，"互联网+"职工服务系统更新升级，十堰工会网、十堰职工服务网改版上线，平台功能日趋完善，服务项目日渐丰富，实现工作网、联系网、服务网融合发展。做实线下项目群，累计筹集专项帮扶和送温暖资金5100万元，帮扶困难职工（农民工）和走访慰问职工47626户；筹集金秋助学资金近1272万元，开展帮扶助学5187人次，建成户外职工爱心驿站84家。女职工重大疾病安康保险持续推动，全市累计60677名女职工参险，165名患病女职工获得理赔396.3万元。建立女职工体检基地5家，为1万余名基层女职工免费体检。农民工维权月、一线职工（农民工）疗休养活动常态化。认真贯彻市政府《关于进一步做好困难职工解困脱困工作的实施意见》，困难职工解困脱困工作顺利通过检查验收，"六率一度"等综合指标达99.96%，位居全省地市州第一方阵。

工会基层基础不断加强

五年来，十堰市总工会始终坚持夯实基层基础工作，着力增强工会组织活力，工会自身建设能力进一步提升。

深入推进"强补增"和集中建会专项行动，市直产业、乡镇（街道）、开发区（工业园区）工会由派出制改为委员会制，建立或过渡为工会委员会、工会联合会和总工会。推进行业性、区域性工会建设，先后成立了家政服务、快递、物业行业等工会组织。全市基层工会达到6185个，涵盖单位10740家，工会会员达到473114人，工会组织不断壮大。深入推动"六有"职工之家建设，广泛开展"双争""双亮""双爱双评"等工作，评选表扬了一批"十星级"工会组织、工会干部和工会会员（职工），基层工会组织活力不断增强。逐年加大工会经费向下倾斜力度，为全市2165家小微企业返还工会经费1130.65万元，连续五年被全国总工会授予"工会财务工作先进单位"称号。构建立体工会经费监督体系，增加审计频次，落实问题整改，连续两年荣获全省工会经审工作规范化建设特等奖。

从严管党治会能力不断巩固

五年来，十堰市总工会始终坚持以干事创业为导向，着力加强党风廉政建设，从严管党治会不断向纵深推进。

加强政治建设，突出党建引领主线，探索"党建+"工作模式，坚决扛牢"主体责任""第一责任"和"一岗双责"，层层落实全面从严治党责任，全力推动党建工作与业务工作一体建设、一体深化、一体发力，多次荣获市直机关党建工作先进单位。持续强化工会系统党风廉政建设和反腐败工作，举办党纪法规知识竞赛、廉洁家风家训征集等系列活动。持续加大明察暗访和执纪问责力度，开展重要节点、重点工作、重大项目督办。加强队伍建设，出台《2019—2023年全市工会干部教育培训规划》，全面提升工会干部教育培训质量。建立常态化的联系基层群众机制，持续推进"两转三增"和工会干部下沉社区，全面开展"联帮促""双千服务"活动，全方位多层次彰显了工会组织战斗力和工会工作影响力。

永远跟党走，奋进新征程。以党建为引领，以"忠诚党的事业、竭诚服务职工"为己任，十堰市总工会将勇担新使命、展示新作为，团结动员全市广大职工，为实现"十四五"开好局、起好步而不懈奋斗。

作者：丁政、谢朝华、张晓宁、毛以国

摄影：张红军、张晓宁

陕西省韩城市总工会

矢志为工　汇智聚力

举办“听史记经典，讲韩城故事”主题教育活动

凝聚工人阶级力量，讲好新时代建设发展好故事。近年来，陕西省韩城市总工会切实强化工会职责职能，不断增强工会服务能力和水平，在全市组织开展了一系列富有影响力的文化活动，主动发挥劳模工匠示范引领作用，实际深入企业一线挖掘优秀典型，实现了全市企业创新发展和职工文化建设双提升。

强化思想引领，凝心聚力促发展

为充分展现广大优秀职工昂扬向上的精神面貌和团结奋进的时代风采，韩城市总工会举办“听史记经典，讲韩城故事”主题教育活动，邀请劳模代表、工会干部职工齐聚职工大讲堂，为全市工会会员提供学习交流平台，引导分享学习感悟、共享文化体验，进一步丰富职工文化生活，激励广大职工奋发有为。

自2020年7月31日首讲以来，围绕“听史记经典，讲韩城故事”开展每月2场次活动，发挥工会组织、劳模引领作用，传承优秀典故，发扬司马迁精神，强化初心使命、凝聚奋斗力量。真正让职工从传承经典、铭记历史、感悟发展上出发，在宣传工会法规政策上重点发力，在发扬企业文化阵地作用上落脚，在全市职工中营造出学习互动的热烈氛围，取得很好的反响。

韩城市总工会致力于把此项活动打造成为面向职工、走进企业、深入基层的常态化主题教育活动，形成了解韩城、热爱韩城、奉献韩城的学习氛围，助推黄河流域生态保护和高质量发展战略深入人心，以强有力的文化根本谋群众幸福、促企业发展、传递正能量，奋力谱写新时代追赶超越新篇章。

互助保障送服务，开启追超新征程

“您好，您申请的互助理赔金批下来了，请尽快到工会职工服务中心领取！”韩城市总工会为全市困难职工无偿办理职工互助保险，创新建立互助援助“双帮扶”机制，实现了职工互助保障韩城代办点与中国职工保险互助会陕西省办事处直接结算，在医保之外为职工筑起了又一道抵御因病致困的防护墙。

近年来，韩城市总工会将职工互助保障作为给全市广大职工办实事、解难事、做好事的重点工作，作为开展维权帮扶、服务职工、服务大局的重要抓手，坚持以职工为中心的发展理念和“用心工作、用情服务、用力落实”的工作理念，在细微之处彰显工会互助保障效率，确保工作持续有效开展。2020年韩城市互助参保职工共计10661人，参保金额1000285元。2019年累计赔付金额526698元，并为全市看病花费较大的22名参保职工发放了共计20000元的关爱救助金，有效缓解了职工因患病造成的经济负担。2020年5月，被陕西省总工会授予2019年度全省职工互助保障工作优秀县（区）工会称号。2020年8月，被中国职工保险互助会授予2019年度基层职工互助保障工作优秀单位称号。

今后，韩城市总工会将继续做好职工互助保障工作，为职工筑好继医保、大额医疗保险之后抵御疾病风险的“第三道防线”，把职工互助保障打造成工会开展帮扶和职工普惠服务工作的一个靓丽品牌，在推动韩城经济发展和区域性中心城市建设中彰显工会作为。

劳模工匠示范带动，创新创造实现突破

为更好发挥民营企业的产业带动及创新发展作用，通过劳模和工匠人才的引领作用，带动企业开展创新创效活动。韩城市总工会以民营企业为主，以劳模和工匠人才为领头人，积极开展创新工作室示范创建活动，其创新成果在全市各个行业的示范引领、节能减耗、“五小”发明、教育教学等方面作出突出贡献，为企业建设发展发挥了巨大作用。

韩城市总工会工作剪影。左图为“听史记经典，讲韩城故事”主题教育活动启动；右上图为开设职工大讲堂；右下图为走进职工家庭，开展走访慰问

陕西中汇煤化王勇劳模创新工作室

韩城市总工会通过对全市民营企业开展走访调研工作，深入了解、多次指导、优中择优，对照“八有”标准，在全市各企事业单位范围内正式命名了第一批共8家职工（劳模）示范性创新工作室。其中，中汇煤化王勇劳模创新工作室获评陕西省劳模示范创新工作室，并获得国家专利一项；陕西省高中历史张向玉名师工作室获评陕西省首批百家“名师工作室”。

截至2020年，韩城市在运营的创新工作室9家，以企事业单位的各级劳模、工匠人才和业务骨干为带头人，从煤化工、煤焦油深加工、煤矿通风与安全、锂电正极材料、化工安全、氢能源、教育教学7个方向进行研究、培训。通过与企业研究院相结合，在企业生产过程中进行实用性技术革新，黑猫炭黑姜继保创新工作室、黑猫焦化王彩凤劳模创新工作室、红马科技研究院等在今年共获得90余项国家专利和国家实用新型专利，中汇煤化王勇劳模创新工作室、海燕新能源薛海龙创新工作室在生产一线用研究实践突破困难、化解难题，在企业的技术革新、节能减耗、提高生产效率等方面作出了巨大贡献。

在促进发展中提升工作水平，在服务大局中强化自身建设，在奋斗拼搏中凝聚工人力量，在追赶超越中展现时代风采，韩城市总工会将继续落实职工福利待遇，保障职工合法权益，丰富职工文化生活，强化担当能力，力行实干之举，当好职工“娘家人”，积极融入全市发展大局，动员广大职工投身到建设黄河沿岸区域性中心城市的生动实践中。

作者：刘会茹、王佳羽　供图：韩城市总工会

陕西省榆林市总工会

看得见　找得到　信得过　靠得住

单身职工找对象没机会，办，建线上线下联谊平台；职工生大病怕返贫，办，开展在职职工医疗救助活动；职工下岗没工作，办，带培训帮就业；职工技能提升平台小，办，举行高级别的技能竞赛……

榆林市总工会开展“我为群众办实事”实践活动以来，发挥工会职能，以职工为中心，切实解决职工“急难愁盼”问题，将“我为群众办实事”8类16项具体工作落到实处、做出实绩、达到实效。

以职能优势为资源办实事

疫情当下，小微企业自身发展尚且举步维艰，其工会组织就更难发挥实效。关键时刻，榆林市总工会积极实施小微企业经费返还政策，不断推动实体经济降本增效，切实减轻小微企业负担。

“最近，企业老板对我们工会搞得活动连连称赞，尤其对我们开展的疫情防控不减产劳动竞赛相当重视，觉得工会干了一件企业迫切需要的大事！”榆林市郊区一小型制造企业工会主席说。

他解释，以前搞劳动竞赛，因为奖励兑现要花钱，竞赛带来的效益被忽视，企业老板就不是很积极。2021年经费返还后，企业工会经费比较充足，由工会兑现竞赛奖励，使得广大职工的实际收入在疫情下不降反升，同时竞赛也大大保障了企业因疫情防控而落下的生产任务。

2021年，榆林市总工会加大对小微企业支持力度，将全市2197家小微企业缴纳的244.15万元工会经费全额返还，这对广大企业工会而言，是一件实实在在的“硬事”。

提起各种竞赛，榆林市总工会2021年更是给全市广大职工办了一件响当当的实事。

“市总平时举办的各类技能竞赛都是三类大赛，2021年我们争取到和部分中、省驻榆企业联办的省一类、二类大赛，不仅评奖层级更高，参赛选手水平也更高，可以让广大职工足不出榆林，即可从高水准技能竞赛中汲取奋进的力量！”榆林市总工会副主席刘煜说。

比如，经榆林市总工会积极协调争取，由榆林市总工会和国能神东煤炭集团刚刚联合承办的省级一类大赛省职工职业技能大赛采煤机司机、选煤集中控制操作工比赛就取得了不错的效应。

另外，榆林市总争取到和省财贸金融轻工工会等单位联办的省服装制作工职业技能大赛和省能源化学地质工会等单位联办的省煤

左图为榆林市产业工人队伍建设改革推进会；右上图为榆林市工人文化宫瑜珈公益培训课；右下图为举办“5·23爱在榆林会聚良缘共赴浪漫之约”联谊活动

炭行业职业技能大赛，都是省级二类大赛，大大提高了本地职工的竞技平台。

这是榆林市总工会全面落实人才强国战略，加快培养适应发展需求的高素质人才队伍的一个侧面。榆林市总工会以“当好主人翁、建功新时代”为主题，积极动员和组织广大职工开展形式多样、内容丰富的劳动竞赛和技能竞赛活动，不断推动职工队伍技能提升。

以务实需求为目标办实事

看病难、看病贵，生大病轻则严重影响生活质量，重则让家庭陷入“停摆”……这是当下广大职工普遍惧怕和担忧的一件事，也最影响职工工作的状态和情绪。

职工的真实需要，就是工会工作的方向。

榆林市总工会在职工医保、职工互助保险两项医疗保障机制下，尝试实施了一项面向全市在职职工的医疗救助活动凡在职职工生病住院，医保报销后，自付部分再按照相关规定进行80%到55%的比例进行救助，最终实现在职职工生病住院少花费甚至零花费的目标。

刘绥梅是榆林市人社局的职工，生病住院花费14万余元，出院后医保报销12万余元，职工互助保障赔付9029元，榆林市总工会在职职工医疗救助活动救助7874元，市级关爱救助活动救助5000元，真正实现了看病零花费。

榆林市总工会开展的这项医疗救助活动，作为职工医保和职工互助保险两项医疗保障机制的有效补充，得到了全市职工的喜爱。

这些以职工务实需求为中心办实事的案例，在榆林市总工会内比比皆是。

就业是民生之本、稳定之基，也是构建社会主义和谐社会的重要内容。像稳定扩大就业的事，榆林市总工会就没少干。

疫情特殊情况下，榆林市总工会将传统品牌活动“春送岗位”进行了多维度扩展，既延长线下招聘时间、增加线下活动次数，又开拓了线上招聘平台，实现了“掌上就业”。

2021年，榆林市总工会举办了为期一个月的“春风送岗”网络招聘会和“春风行动”人才现场招聘会，共提供就业岗位1258个，涉及行业80余类，为5391人提供就业服务；又举办2021年榆林市“金秋招聘月”暨“互联网＋智慧”线上招聘会，把每年的“春送岗位”拓展到了2021年的春、秋都送岗位。

以设身处地关爱为动力办实事

幸福就是我饿了，看别人手里拿个肉包子，那他就比我幸福；我冷了，看别人穿了一件厚棉袄，他就比我幸福……电影《求求你表扬我》里，范伟那耳熟能详的台词依然历历在目。在榆林市广大职工眼里，幸福是什么，幸福就是实际困难自己并没有说，市总却想到了。

对于“无技能难就业”的女下岗职工或农民工，榆林市总工会进行了多项特殊照顾。如联合榆林恒越职业技能培训中心，举办多期免费母婴护理技能培训班，组织下岗女职工和女农民工进行再就业家政服务免费培训。

据负责此项工作的榆林市总工会副主席王艳介绍，已培养了1000多名月嫂、家政钟点工、老人陪护和育儿师等，输送至北京、上海等全国各地家政企业就业，仅榆林市巾帼一诺家政服务有限公司就吸纳了400多名再就业女职工，“育儿师月收入四五千元，月嫂收入已达八千至一万。”

当然，这绝不是榆林市总工会设身处地关爱职工的全部。

为保障女职工和女农民工的身体健康，做到早预防、早诊断、早治疗，榆林市总工会又投入资金为园林工人、建设工地女农民工、家政公司女农民工共300余名女职工进行“两癌”检查；开创“爱心托管班”创建工作，帮助一些带孩子的女职工解决后顾之忧，用实际行动关心关爱广大女职工；举办“了解自我读懂他人”主题心理健康知识讲座……

榆林市总工会从身心健康出发，到送达温暖关怀，贴心地站在广大女职工的角度考虑问题，扎实地为女职工解决问题，让女职工在工作中感受到被关怀，在增强她们归属感的同时，激发出了女职工爱岗敬业的无限热情。

为了让职工享受更多实惠，榆林市总工会联合邮储银行榆林市分行，邀请工会特约加盟商企业作为会员购合作厂商，开展了“工会会员内购”活动，为广大职工提供了较大力度的优惠服务，给工会会员带来了福利。

安家才能更好地立业，针对广大单身职工的实际需求，榆林市总又成立工会红娘志愿服务队，先后举办线下“5•23爱在榆林会聚良缘共赴浪漫之约”联谊活动，与陕煤集团公司工会等联合创办线上“与你相约网筑幸福”青年职工云牵手交友、互动的平台，给各单位单身青年牵线搭桥，不断满足大家追求幸福的愿望……

“立足群体、考虑实际、切实行动是榆林市总工会开展‘我为群众办实事’实践活动的重点，从大处着眼、从小处着手是榆林市总工会开展‘我为群众办实事’实践活动的特色，让工会在职工需要时看得见、找得到、信得过、靠得住，是榆林市总工会开展‘我为群众办实事’实践活动的宗旨。”榆林市总工会常务副主席宋锦文说，市总全体干部职工将努力拓宽服务职工领域，以满腔热情做好服务职工工作，切实提升职工群众的获得感、幸福感、安全感，更好地团结动员全市广大职工群众为榆林高质量发展贡献工会智慧和力量。

作者：王何军

广西桂林市象山区总工会

服务职工出新彩 铸就工运新辉煌

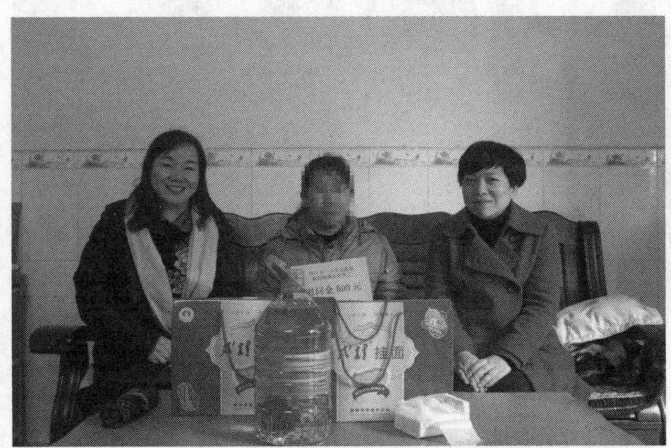

2021年3月8日，桂林市象山区委副书记梁红（右），区人大常委会副主任、区总工会主席聂桂华（左）一行走访慰问辖区困难女农民工

近年来，广西桂林市象山区总工会坚持以习近平新时代中国特色社会主义思想为指导，团结带领象山区广大职工听党话、跟党走，充分发挥工人阶级主力军作用，围绕中心、服务大局，努力铸就工运辉煌，共建美丽象山。桂林市象山总工会获得了广西五一劳动奖状、全区工会系统集体二等功等荣誉，还多次获得桂林市县区工会重点工作考评“特等奖”和“一等奖”。

坚定政治方向，抓实意识形态工作

一直以来，广西桂林市象山区总工会全面贯彻党的十九大和十九届二中、三中、四中、五中、六中全会精神，牢牢掌握意识形态工作主动权，严把政治方向关，将学习宣传贯彻党的十九大精神作为首要政治任务来抓，通过举行报告会、召开座谈会、开展主题宣讲等多种形式，深入学习、广泛宣传，进一步增强“四个意识”，坚定“四个自信”，做到“两个维护”，坚定维护党中央权威和集中统一领导。

疫情防控阻击战，彰显工会力量

2020年初，一场突如其来的新冠肺炎疫情席卷全国。疫情就是命令，防控就是责任。象山区总工会严格按照自治区总工会、桂林市总工会和象山区委的相关部署，组织工会干部、广大职工冲锋在前，用责任和担当筑起一道道抵御疫情的“防火墙”。同时，筹措经费8万元慰问疫情防控工作一线的干部职工，让抗疫一线职工感受到党和政府以及工会组织的温暖。

维护职工合法权益，构建和谐劳动关系

职工有所呼，工会有所应。象山区总工会坚持以职工实际需求为导向，切实履行维权服务主责，不断增强职工群众获得感，把维权和服务工作真正做到了职工的心坎上。2015年，象山区总工会为四川籍农民工追回欠薪29万元，并争取到医疗赔偿款17万元；2016年，象山区总工会为河南籍农民工调解劳动安全事故纠纷，争取到医疗赔偿款25万元。以上两起案例成为桂林市近年来由工会出面协调处理农民工劳务纠纷较为典型的案例，得到上级工会的高度评价。2021年，象山区总工会积极协调解决辖区一改制企业退休劳模津贴12年未发放问题，为退休劳模补发劳模津贴1.41万元。

弘扬劳模精神，激发奋进力量

象山区总工会大力弘扬劳模精神、劳动精神、工匠精神，积极营造劳动最光荣、劳动最崇高、劳动最伟大、劳动最美丽的社会风尚，积极组织开展各级评优活动。近5年来，辖区共有2家单位获评广西五一劳动奖状，1家单位班组获评广西工人先锋号称号，2名职工获评广西五一劳动奖章；1名职工获评桂林市五一劳动奖章；1名职工被评为“桂林工匠”。2018年，该区总工会成立劳模宣讲团，充分发挥劳模示范引领作用，引导广大职工培育践行社会主义核心价值观，激发广大职工在大众创业、万众创新中绽放时代风采，团结动员广大职工为推动象山区经济社会高质量发展贡献智慧和力量。

打造服务职工品牌，多举措关爱职工

在桂林市率先建立职工爱心驿站。2015年3月，象山区总工会在安家洲社区建成桂林市第一家职工爱心驿站。2016年4月，广西工会保障工作暨工会爱心驿站建设现场会议在桂林召开，象山区爱心驿站成为现场参观学习点。目前，象山区已建成爱心驿站19家，爱心驿站成为关爱职工的窗口、传递爱心的港湾。

扎实有效开展“四季送”品牌活动。近5年来，“春送岗位”活动累计召开专场招聘会8场，提供就业岗位3500余个，安置下

象山区工会工作剪影。左图为举办学习党的十九届五中全会精神专题报告会；右上图为2020年2月，慰问新冠肺炎疫情防控工作一线职工；右下图为象山区先进模范人物先进事迹宣讲启动仪式暨首场报告会

岗失业人员达2000多人；“夏送清凉”活动为烈日下奋战的一线职工、农民工，送去清凉物品共计价值23.83万元；“金秋助学”活动共资助建档困难职工（农民工）家庭子女78人次，发放助学金20.25万元；“冬送温暖”活动共帮扶困难职工324人次，发放慰问金33.55万元，为特困职工发放生活补助金20.68万元。

开展特殊群体关爱活动，保护妇女儿童合法权益。通过举办女职工素质提升培训班、女职工心理健康知识讲座、开展庆“三八”文艺演出、女职工“两癌”体检、职工交友联谊等活动维护女职工合法权益和特殊利益。每年暑期开展关爱农民工子女亲情活动，慰问辖区农民工子女、留守儿童、单亲家庭子女等530人次，发放慰问金和捐赠学习用品价值共计4.75万元。

共建美丽象山，履行工会使命担当

今后，象山区总工会将继续以忠诚党的事业、竭诚服务职工群众为己任，始终保持和增强政治性、先进性、群众性，凝聚奋进力量，激发创造活力，提高维权效率，完善服务体系，强化基层基础，加强自身建设，着力打造更具引导力、创新力、凝聚力、服务力、战斗力的工会组织，团结带领象山区广大职工坚定不移听党话、跟党走，为谱写新时代工运事业新篇章作出新的更大贡献。

作者／摄影：黄清兰

威海经济技术开发区总工会

为职工奉上文化大餐　为阵地注入持续动力

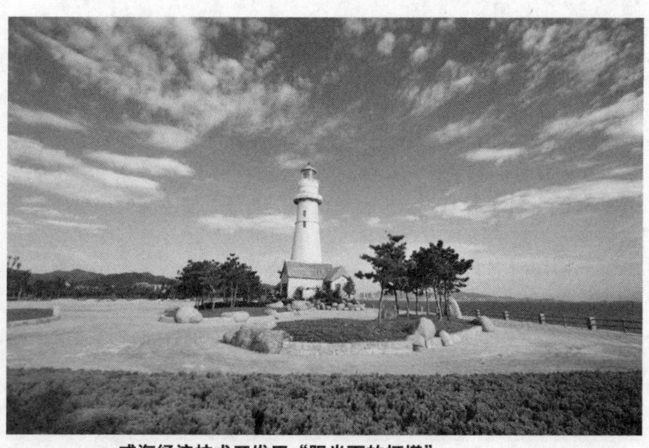

威海经济技术开发区“阳光下的灯塔”

链接：威海经济技术开发区是1992年10月经国务院批准设立的国家级开发区，系山东省优质船舶产品生产基地、装备制造产业示范基地和全国最大的地毯生产基地，国家产城融合示范区、国家义务教育发展均衡区、山东省服务贸易集聚示范区、现代服务业集聚（产业群）示范区、省级购物旅游示范区。地处威海市中心城区东南部，辖区总面积278.36平方公里，建成区面积42.3平方公里，辖3个镇、3个街道、94个村、49个社区，户籍人口18.6万人，常住人口27.6万人。全区3个镇和3个街道办事处均成立了总工会，另有教育系统工会工作委员会和服务贸易产业园工会联合会2个区直属工会；有家政服务行业、中韩餐饮产业、装饰材料行业等区域和行业联合工会7家，现有独立工会组织519家，工会组织覆盖单位612家，会员总数5.1万余人。2010年，威海经济技术开发区荣膺“全国模范劳动关系和谐工业园区”。

“中国梦·劳动美”威海经济技术开发区职工演讲比赛中，职工们深情讲述他们身边催人奋进的感人故事；“喜迎新中国成立70周年”2019威海经济技术开发区职工才艺展演总决赛上，职工表演者们嘹亮的歌声抒发着对祖国、对家乡的热爱之情；威海经济技术开发区第十二届职工足球友谊赛的赛场上，参赛职工奋力拼搏，奋勇争先，展现出了蓬勃向上的精神风貌……这是威海经济技术开发区总工会近年开展一系列职工文体活动的精彩瞬间。

近年来，威海经济技术开发区总工会深入学习宣传贯彻习近平新时代中国特色社会主义思想和党的十九大精神，以庆祝新中国成立70周年为主题，以满足全区广大职工精神文化需求为出发点和落脚点，大力组织开展蓬勃向上、丰富多彩、形式多样的职工文体活动，积极推进职工文化活动阵地建设，努力营造人人参与文化活动、人人共享文化成果的良好氛围，激发了广大职工的劳动热情和创造活力。

文体活动：我们职工是主角

职工有所呼，工会有所应。近年来，威海经济技术开发区总工会积极打造职工文化品牌，激发基层工会活力，侧重发掘职工文体活动的多样性和创新性，以丰富多彩和切实可行的方式使更多的职工参与其中，切实把文化建设建在职工心坎里。让职工群众走上舞台、走进球场、走向广场，一场场职工群众性文体活动异彩纷呈、匠心独具、可圈可点。基层工会广泛开展的群众性职工文体活动同样有声有色，进一步注重实效、打造亮点，凸显了工会组织服务职工的宗旨。

2019年4月13日，由威海经济技术开发区总工会参与主办的“精致城市·健康威海”2019全民健步走威海站活动在威海公园文化广场隆重举行，来自威海市直、经区等机关企事业单位近万名职工参加健步走活动。此次活动充分展示了广大干部职工良好的精神风貌，激发了团结协作的精神，达到了提高职工身体素质、激发职工参与体育活动热情的目的和效果。

2019年5月26日上午，威海经济技术开发区首届职工篮球比赛开幕。来自全区各行各业的26支球队的300余名机关企事业单位职工，进行了历时一个月的比赛，活动培养了职工的团队精神，增强了职工的凝聚力，促进了开发区群众性体育活动蓬勃开展。

2019年6月3日，“中国梦·劳动美”威海经济技术开发区职工演讲比赛举行，来自全市各行各业的13名职工代表登台，讲述了他们身边催人奋进的感人故事。演讲中，选手们或激情澎湃，或低沉吟诵，或深情饱满，朴实的语言、真挚的情感、感人的故事，深深打动了在场的每一个人。

2019年6月15日，威海经济技术开发区职工羽毛球比赛决赛举行，来自全区各机关、企事业单位的13支代表队经过逐级筛选进入决赛。决赛场上，各参赛队选手奋勇拼搏、各种球技全力展现，为现场观众带来一场高水平的视觉盛宴。

2019年9月8日，“喜迎新中国成立70周年”威海经济技术开发区第十二届职工足球友谊赛决赛开赛。全区6支企业代表队的119名职工参加比赛，赛场上，参赛职工们拼劲十足，挥汗如雨，展示了铲球、传球、射门、点球等球技，充分彰显了当代职工努力拼搏、昂扬向上的精神风貌，强化了职工的团队意识、合作精神和集体荣誉感。

2019年9月28日晚，星光威海“喜迎新中国成立70周年”2019威海经济技术开发区职工才艺展演总决赛在经区体育公园广场举行。在这个专属于劳动者的闪亮舞台上，职工们激情歌舞、倾情演绎，用自己的才艺展现新时代劳动者的风貌，讴歌伟大祖国和美好生活。在经过3个月、14场展演的激烈角逐后，22个才华横溢的节目登上了决赛的舞台，舞蹈、诗朗诵、歌曲、魔术、曲艺样样俱全，台上的一幕幕精彩瞬间在选手的倾情演绎中悉数绽放，充分展现了新中国成立70年来经区各级工会组织和广大职工取得的伟大成就，激发了职工群众热爱祖国，热爱新时代的豪情，进一步丰富和活跃了职工群众的文化生活，给广大职工搭建了一个展示自我、挑战自我、提升自我的舞台。

2019年2月19日，威海服务贸易产业园金领驿站服务平台开展了“庆元宵·猜灯谜”主题活动，让企业职工在趣味盎然的游戏中感受到中国传统文化的魅力；3月5日，为了提升园区文化氛围，提高职工审美情趣和人文情怀，加工区园区工会策划了以“展时代女性风采，筑魅力文化园区”为主题的诗书诵读+创意插花活动；5月31日，安然纳米集团工会举行“十五载春华逐梦，无畏青春砥砺向前”职工运动会……一系列主题鲜明、内容丰富、形式多样的基层职工文体活动提升了职工群众的精气神，深受广大职工的喜爱。

文体成果：获奖有职工的功劳

2019年，对于威海经济技术开发区总工会组织开展的文体活动来说，又是成果极为丰硕的一年，威海经开区多次组织职工参加省、市、区相关比赛和活动获得不少荣誉，职工们奋力拼搏、争创佳绩，展现出了良好的精神风貌，为威海经济技术开发区赢得了荣誉。

7月7日，江苏省扬州市全国新区经开区高新区首届职工健康运动会羽毛球比赛传来捷报，威海经济技术开发区总工会首次组织的全国羽毛球大赛代表队的8名健儿秉持团结、拼搏、学习、交流的精神，在赛场上团结拼搏，勇争一流，获得了羽毛球比赛混合团体第八名的好成绩；

8月26日，威海经济技术开发区职工代表队荣获全国首届职工健康运动会四门足球比赛体育道德风尚奖；

9月28日晚，2019威海经济技术开发区职工才艺展演总决赛举行，紫光科技股份有限公司职工陈玲的独唱《草原恋》荣获全区职工才艺展演一等奖；

11月23日，第一届山东省开发区乒乓球、羽毛球团体赛在临沂经济技术开发区举行，威海经区16名职工健儿秉持团结拼搏、追求卓越的“奥运”精神，与来自全省50个开发区代表队同台角逐，取得羽毛球团体赛第五名、乒乓球团体赛第九名的好成绩……

文化阵地：职工的“精神家园”

为充实职工8小时以外的生活，威海经济技术开发区总工会依托实际，围绕特色，大力加强职工文化建设，通过丰富活动形式、打造文化平台、树立先进典型等举措，用先进文化凝聚职工力量，推进全区职工文化和企业文化建设，促进了职工素质提升和企业和谐发展，同时，在文化阵地建设方面持续用力，今年继续推进“职工书屋”示范点建设和职工文化阵地建设，有效发挥职工文化阵地“精神家园”的作用。

多年来，威海经济技术开发区总工会高度重视职工书屋建设，职工书屋目前已成为职工读书平台、教育培训平台、技能提升平台。职工书屋不仅是一个读书学习的场所，也是职工休息、交流的文化空间，更是工会组织在企业开展工作，服务联系职工的重要媒介。近年来，开发区总工会先后投入资金100余万元向30余家基层职工书屋赠送图书。为进一步扩大受益职工的覆盖面，开发区总工会还创新形式，建成了“流动书屋”“电子书屋”，并根据职工反馈意见定期增加新书刊，满足职工多样化的学习阅读需求。在开发区总工会的努力下，辖区内职工书屋建设硕果累累，其中，贝卡尔特（山东）钢帘线有限公司职工书屋更是荣获“全国工会职工书屋示范点”荣誉称号。

着力打造职工文化活动品牌。威海经济技术开发区总工会从2018年开始启动职工才艺展演活动，活动从实际出发，最大限度地利用社会资源，根据大部分职工的需求、工作时间安排等因素，有计划地开展，为全区职工营造了一个展示自我的绝佳舞台。活动举办两年来，累计举办演艺活动上百场，参加职工近万人，赢得了辖区内企业职工的热烈欢迎，成为经区的一块亮丽的文化品牌。

供图：威海经济技术开发区总工会

江苏省海安市滨海新区总工会

实现工会工作新跨越

摄影：缪华

链接：海安市老坝港滨海新区（角斜镇）总工会自2012年3月组建以来，在滨海新区党工委领导下，紧紧围绕“夯基础、强服务、创品牌”的工作理念，“牢记忠诚党的事业，竭诚服务职工”的宗旨，认认真真做好服务，扎扎实实开展工作，基层组织建设得到迅猛发展，形成了区、村、企三级工会组织网络，区总工会专职副主席被授予江苏省、南通市优秀工会工作者称号，实现了工会工作的新跨越。职代会规范化建设获得南通市总工会表彰，6篇工资集体协商典型案例获得省市表彰；服务职工项目形成了一批品牌，其中，《建好“爱心小屋”让爱情暖“职工娃”》项目被评为江苏省基层工会服务职工优质项目，《建好行业职工之家 拓展建家工作新领域》获得南通市工会基层组织建设特色创新工作优秀范例称号，另有6个项目获得海安市总工会表彰，并荣获了南通市工会工作模范镇称号。

江苏省海安市滨海新区总工会自成立以来，坚持以党的十九大和中国工会十七大精神为指导，以服务滨海新区经济发展为总目标，不断加强工会自身建设、竭诚服务广大职工、争先创优工作品牌，不断推动区总工会工作实现新跨越。

加强自身建设，夯实基层基础

抓组织建设。滨海新区总工会在区党工委的支持下，积极推进企业工会、行业工会、工会联合会的组建。截至2019年9月底，基层工会组织由24家发展到102家，会员人数由4000人发展到14000人。

抓队伍建设。不断充实基层工会干部队伍，把会干事、能干事的同志及时吸纳到工会干部队伍中，保证全区工会干部队伍达到“四有”要求。目前，全区工会干部总数达606人。

抓作风建设。不断加强廉政教育，改进工作作风，树立工会干部在职工群众中的“娘家人”形象。近两年，全区工会干部获“江苏省优秀工会工作者”等市级以上荣誉的有5人次。

严格履职尽责，关爱职工成长

勤关心，心贴心。组织圆心缘志愿者活动，积极开展关爱困难职工、职工子女“金秋助学”、高温送清凉等活动。近两年，全区共组织各类职工慰问活动12次，慰问职工47人，慰问总额达16万元。

建好家，维好权。2017年以来，滨海新区总工会认真组织基层工会按时换届，切实维护职工的“四权”。及时制订各项制度，认真履行工作职责。切实开展工资集体协商，5家单位荣获南通市以上工资集体协商典型案例表彰。组织企业工会参加“模范职工之家”评选活动，2家单位获南通市表彰，4家受到海安市表彰。区内组织观摩参观活动4次。

办活动，提技能。积极组织岗位培训、技能竞赛活动，不断营造“学技能、促发展、谋创新、争贡献”的浓郁氛围。组织职工开展“人人都是安全主体，个个都有安全责任”活动，积极参加我市“安康杯”安全知识竞赛，2家单位在市总工会组织的活动中获奖。

创新工作品牌，服务经济发展

滨海新区总工会在市总工会的指导下，结合自身实际，不断创新工作思路，形成了在全市有影响的品牌效应。

滨海新区总工会在全市首创“劳动者大舞台”，同时响应海上职工需求，开展送戏到码头、到船头、到海上及举办船头学习班、召开船头故事会等，共举办慰问活动24场次，丰富了全区职工的精神文化生活。海上职工之家建设作为南通市工会组织建设创新品牌，在全国、全省有影响。

积极发挥村工会联合会独特作用。以关爱农民工子女的“爱心

海安市滨海新区工会活动剪影 摄影：缪华

小屋”为村级工会的创新工作，“抓班子，带队伍，实现有人办实事；建机制，抓管理，实现有章办正事；抓创新，促发展，实现有钱办好事”，努力为职工群众办实事、做好事、解难事，全总《工会信息》杂志专门刊登了这一做法。

围绕融入服务临港园区建设，积极开展“建组织让外来工有家，改环境让外来工安家，强服务让外来工恋家”等系列关爱外来务工人员活动，让新区4000多名外来职工携家带口，真正把滨海新区当作自己的新家园，实现了建“鸟巢”，让外来工有了“栖身”之地。

不忘初心，牢记使命。今后滨海新区总工会将继续努力，不断加强“星级职工之家”建设，不断加大服务基层职工力度，不断拓宽服务职工范围，团结引领全区广大职工为打造“特色产业高地、宜居商务新城”而不懈奋斗。

河北省交通规划设计院工会

做实“一二四” 助力“职企”双赢

链接：河北省直工会于2020年3月评选发布了“2019年度省直工会工作‘百佳品牌’”。在“百佳品牌”中，评出了10家“新时代‘职工之家’建设突出单位”，省交通规划设计院工会名列其中。该院工会紧紧围绕省直工会创建“新时代‘职工之家’”的通知要求，对照“六有”“六个家”的创建标准，秉持以职工为中心的发展和服务理念，恪守“一二四”工作主基调，开创了新时代工会工作新格局。该院先后荣获“全国五一劳动奖状”“全国模范职工之家”“2017全国厂务公开民主管理先进单位”，以及“河北省劳动关系和谐单位”“河北省职工文化建设先进单位”等众多工会系统的荣誉称号。

2020年4月8日上午，时钟指向10时整，在位于省会石家庄建设南大街上的河北省交通规划设计院办公楼内，顿时响起悦耳的第九套广播体操伴奏音乐。随之，该院各部门工作人员纷纷放下手头的工作，迅速在办公室或楼道内找到合适位置，认真地做起广播体操。

见记者惊诧于职工坚持做工间操的兴致之高，该院党委委员、工会主席王赫高兴地解释道：“我们单位从2016年开始，每个工作日的上午10时、下午4时，所有在单位的员工都自觉坚持做工间操。大家非常认同一个道理——只有身心健康，才能把工作干得更出色。”

工会扎实的工作，其效果不仅彰显在干部职工的精神风貌上，还体现在企业的可持续发展中。

创建于1954年的省交通规划设计院，2007年由省直事业单位改制为企业，该院工会长期坚持把技术创新作为第一生产力，助力企业发展成为我省交通行业的翘楚：全省唯一一家集交通、房建、市政为一体的全甲级勘察设计研究高新技术企业；全国公路设计企业AA级单位（最高信用等级）；拥有交通运输部公路建设与养护技术暨材料及装备交通运输行业研发中心和河北省技术创新中心……随着业务的不断拓展延伸，该院职工人数也从5年前的500多人，壮大到如今的800多人，职工入会率达100%。

为切实做好服务企业发展、服务职工生产生活的“双服务”工作，该院工会始终坚持将“一二四”工作主基调贯穿工会工作始终，助力实现职工和企业双赢的工会工作新格局。其中，“一”，是工会工作要坚持在党委统一领导下自主开展工作，始终保持工会工作的正确政治方向；“二”，是两个服务，即融入中心，服务企业发展；服务职工，为职工代言，维护职工根本利益和合法权益；“四”，是依法依规加强自身建设、以职工为本加强民主管理、服务中心工作深入开展劳动竞赛、全心全意关心关爱职工。

加强自身建设，依法履行职责

工会要有所作为，首先要夯实基础，从工会组织自身建设抓起。

王赫说，她担任工会主席十几年来的最深感受是，工会要坚定不移在院党委的领导下开展工作，也是多年来工会工作从未遇到困

工会工作剪影：左图为慰问一线职工；右上图为三八节女职工花艺培训；右下图为职工表彰大会暨联欢会

河北省交通规划设计院参建西非塞内加尔国际合作项目，项目负责人为该院王庆凯创新工作室带头人

难和瓶颈的“法宝”。

据悉，该院历任党委书记、院长都非常重视、支持工会工作，现任党委书记、院长何勇海更是如此，要求工会工作与党委工作同谋划、同部署、同推进。

该院工会深研“京畿匠师”的企业文化内涵，把工会工作纳入“红色匠心”党建品牌创建活动，打造匠心向党、匠心兴企、匠心惠民、匠心思齐、匠心传承、匠心守正的“六心工程”，很好地解决了党建和业务“两张皮”的难题，充分发挥了党建带工建，工建服务党建的促动作用，让工会的向心力、凝聚力倍增。

该院工会按照党委和上级工会部署，与时俱进地健全完善组织构架：2019年把会员人数最多的两个公司小组升格为工会分会，把工会小组扩充到22个，另设8个女工小组。该院工会在开展新时代“职工之家”建设的同时，指导基层开展“职工小家”的创建活动，并制定了评价验收考核办法。工作开展得好不好，一把尺子量到底。

为确保工会始终保持正确的发展方向，该院工会坚持不懈地抓职工的日常培训学习，引导职工坚定不移听党话、跟党走。

“全心全意依靠职工办企业，首先要真正让职工当家做主。”职工代表严华说，职工参与企业管理的最直接体现形式是民主管理。该院每年定期召开职工代表大会1—2次，凡是涉及企业重大投资、规章制度的建立完善、工资补贴（津贴）等职工切身利益的重大事项，以及职工关心关注的热点重点问题，均提交职代会讨论通过后，方能付诸实施，充分保障了职工的知情权、参与权、表达权、监督权。职代会形成的决议履行情况，接受职工评议。

为激励职工代表发挥作用，2015年，该院工会与党政联合发文，深入开展了干部走在职工前、党员走在群众前、职工代表走在职工前的“三个走在前”活动，进一步丰富了民主管理的内涵。该院工会多次代表省交通系统在我省乃至全国交通行业做典型发言，被省总工会、省委组织部等六部门评为“河北省职代会三星级单位”。

职工关心关注的权益中，工资收入首当其冲。该院工会深谙抓手何在，每年都代表职工与院行政方开展集体协商，实现了连续多年平均工资递增不低于5%的目标，这让职工们对企业的发展现状非常满意，对未来充满信心。院办的年轻职工赵伟亦说：“我是2015年研究生毕业入职的，同年进院的十几个同事，如今基本都已实现了房子、车子、孩子的梦想！”说这话时，赵伟亦满脸的获得感、幸福感。

提升职工技能，服务企业发展

“职工各项权益的维护和实现，都是建立在企业良好发展的基础上。”该院工会副主席、党群办主任刘坡深有感触地说，省交通设计院是一个知识密集型企业，业务的开拓是靠技术服务来稳定和保障，因此，技术创新和劳动技能竞赛，是工会助力企业实现发展目标的重要抓手和载体。

金硕九月，秋意正浓。2019年9月20日，一场别开生面的“拜师仪式”在省交通设计院举行，遴选出的7位导师与新入职应届毕业生师徒结对，情深意浓，感染了所有在场的观众。导师带徒活动是该院创新人才培养方式的又一重要举措，旨在充分发挥基层技术骨干的经验优势和传帮带作用，帮助青年职工成长成才。拜师仪式的举办也代表着该院2019年度新员工培训工作正式启动。青年职工们将设计院这片沃土上放飞梦想，为谱写交通强国河北篇章奉献自己的力量。

为发挥技术型劳模的引领作用，该院先后建起了两个省级创新工作室：“王庆凯道路工程技术创新工作室”“王子鹏公路养护技术创新工作室”，两个省直创新工作室：“母焕胜岩土工程技术创新工作室”“李春杰安全智能交通技术创新工作室”，其中“王子鹏公路养护技术创新工作室”荣获“河北省劳模和工匠人才创新工作室”称号。

“王庆凯道路工程技术创新工作室”则是2011年11月我省第一批设立的省级职工创新工作室。该工作室以突出的技术成果转化能力，于2019年12月被省直工会授予“‘十佳’劳模（职工）创新工作室”荣誉称号。

2019年以李春杰名字命名的“李春杰安全智能交通技术创新工作室”，践行国家倡导的智慧高速、绿色高速建设理念，以其先进的安全智能交通整体解决方案及技术，正在服务全省高速公路多项工程建设，并成功获批交通运输部“自动驾驶技术和装备交通运输行业研发中心”，已形成多项智能交通路侧设备、感知设备、信息发布系统等国家专利，同时开展的欧洲标准车路协同测试体系建设，为智能运维样板路网的打造、延崇高速新一代国家交通控制网及智慧公路示范作用的发挥奠定了基础。

该院工会以向心力、凝聚力激发出的创新力、战斗力，正势不可当地在技术职工队伍中迸发、裂变。

在全力推进创新工作室出成果的同时，该院工会还通过持续开展技术标准知识竞赛、PPT设计技能竞赛、创新创效劳动竞赛等竞技形式，促动职工见贤思齐，以提升职工队伍的整体技术水平，更好地服务企业的中心工作，助力企业可持续发展。

真情关爱职工，温暖浸润心田

“职工的心，企业的根。”该院党、政、工非常清楚其中蕴含的道理，始终把提升职工归属感、幸福感、安全感放在非常重要的位置，常抓不懈。

为给长期伏案工作的职工减压，该院工会除号召职工坚持做工间操外，每个季度至少举办1—2次常规性的体育项目的竞赛。此外，还根据职工兴趣成立了多个兴趣小组，工会经费支持其开展活动。其中，羽毛球兴趣小组的活动成效最为明显。

据羽毛球兴趣小组组长施虹介绍，他们不仅和周围的兄弟单位打友谊赛，还曾代表省交投集团、省交通运输厅，在全省乃至京津冀交通系统的比赛中，夺得过第二名、第三名的好成绩。施虹深有感触地说，打羽毛球有利于保护视力，锻炼颈椎和心肺功能。目前，意识到这些益处的职工爱好者不仅自己踊跃参与，还带动他们的孩子参与到这个团体中来。

“我们单位的职工都特别热爱文体活动。2018年省直工会举办健步走活动时，几乎是全员出动：能从工作中抽身的500多名职工分成两队，分别于前后两天参加健步走。那长长的队伍，蔚为壮观。”工会干事朱会彩自豪地说。

无论是伏案搞设计，还是做外业测量，都需张弛有度。2018年，院里根据一些年轻职工希望能在孩子放寒暑假时休假的合理化建议，统筹考虑企业生产经营活动安排，制订出台了职工假期管理办法：职工年初可对自己的全年假期做梳理，经所在部门报备，院方根据工作需要审批职工休假时间。工程咨询分院的牛仕伟说，“以前大家休假只能服从部门安排，这个制度出台后，让职工有了自主选择权。我去年终于在暑假期间实现了全家人一起出游的夙愿，在陪伴中享受亲情、快乐，得到了全身心的放松。”

“更加灵活的是，我们可以用病假、事假等其他假期来抵顶年休假；确因工作原因无法休假的，单位还给应休未休假的职工们补贴。”综合交通运输研究所职工王静补充道。

“穷尽各种方式活跃职工文体生活，但疾病的突袭仍防不胜防。”工会主席王赫说，为解除患病职工的后顾之后，2019年7月，该院职代会通过了职工补充医疗保险和意外险制度：由院行政出资，为全体职工办理补充医疗保险。在职工患病住院治疗过程中的自付部分，由补充保险报销90%，与省直“一日捐”救助不冲突，这大大减轻了职工的经济负担。目前，该院已有两名患重病的职工正在享受这一制度的救助。

“我们的救助力求全方位、无死角。”工会副主席刘坡说，为让因各种原因遭遇不幸的职工得到及时救助，该院工会还落实了交投集团工会建立“急难救助基金”规定，职工遇到符合救助条件的突发情况，可走“绿色通道”得到急难救助，救助金由院行政出资，确保该“基金池”不低于20万元。

谈及关爱职工，该院长期坚持的“五必访”制度和系列暖心活动在职工中有口皆碑：困难职工、生病住院的职工、外业一线职工、生育女职工、职工的红白喜事，该院工会均及时进行探访和慰问；在雾霾天给职工发放口罩、开展职工体质健康监测、感恩母亲节、“三八节”花艺培训、传统节日为职工发放慰问品、职工生日送上生日蛋糕和鲜花、祝福贺卡……一件件暖心活动，沁人心田。

工会以职工为中心的服务理念，让职工充分享受到“家”的温暖，大大提升了广大职工的归属感、幸福感，必将为企业可持续发展注入不竭动力。

作者：王井堪、朱会彩

摄影：李凌宇

陕西省工人疗养院

改革创新让职工疗休养事业越来越红火

陕西省人大常委会副主任、省总工会主席郭大为看望赵梦桃小组成员

陕西省总工会党组副书记、常务副主席王瑞峰在陕工疗调研

盛夏时节，在风景秀丽的西安临潼国家旅游度假区，与天气一样热度不减的是前往陕西省工人疗养院休闲、疗养、体检、游泳、水疗的职工群众。仅2021年7月份，水疗中心每天的接待量都在400人以上，双休日能超过600人；2021年上半年，组织劳模、职工前来体检的单位一个接着一个，疗休养业务已排到了10月份以后；在当前疫情防控常态化的前提下，又拿到了接待“十四运”部分比赛项目运动员住宿餐饮的艰巨任务……这个曾仅靠餐饮住宿、健康体检、会议培训艰难度日的疗养院悄然红火了起来。

多措并举，做实叫响服务职工品牌

怡心谷欣源酒店位于宝鸡市麟游县，是按五星级标准建造的集住宿、餐饮、会议、室内外温泉、游泳健身等娱乐休闲康养为一体的综合性酒店。今年5月以来，这个“锁在深山无人知”的酒店先后承担了陕西省省部级劳模、省税务系统劳模、省国防系统第二期劳模工匠的疗休养任务。

之所以有这么多的劳模和职工到麟游县疗休养，正是因为陕西省工人疗养院麟游分院的设立。为了充分利用社会优质资源，丰富劳模职工疗休养服务项目，陕西省工人疗养院相继在宝鸡、渭南两地授牌设立了华山、太白、麟游三个分院。这一创新举措在全国工人疗休养系统还是第一家，深受广大劳模和职工的欢迎。

近年来，按照陕西省总工会提出的“三年发展目标”，陕西省工人疗养院坚持立足公益性职能，聚焦疗休养主责主业，多措并举开拓市场，深化提质增效，做实叫响服务职工的品牌项目。2020年，面对疫情防控和经营发展的双重压力，该院主动适应市场需求，创新发展思路，探索“线上线下、院内院外”“专业化、集约化”发展道路，不断拓展和挖掘市场潜力，扩大疗休养群体，在生产经营因疫情“停摆”半年之久的状态下，全年超额300%完成年度经营指标，“工疗温泉”被评为“2020年度消费者首选品牌温泉”，打了一场漂亮的“翻身仗”。2021年，该院坚持外联工作常态化，

陕西省工人疗养院水疗楼鸟瞰

重点维护老客户，积极开发新客源；全面推进信息化、智慧型特色疗养院建设，建设“绿色福地”，建成综合网络管理平台，成立通讯组，通过院内公众号、院外线上平台和新闻媒体加强宣传推广工作；有序推进分院接待管理工作，制订特色疗休养行程方案，形成“总院和分院”疗休养活动竞相增长的局面；大胆开拓市场，积极联络各级工会争取疗休养资源，促使劳模职工疗休养工作有序开展，在全国总工会2019—2020年度劳动模范疗休养基地评估中获得优秀等级。

目前，陕西省工人疗养院已初步探索形成了劳模职工疗休养、健康体检、温泉水疗、住宿餐饮、会议培训、休闲度假、医疗康复等多种业务于一体、富有工会特色的疗休养新格局。截至7月底，接待各级劳模职工疗休养1313人、体检康复9509人、温泉水疗44951人次，高质量完成陕西省部级劳模疗休养、宁夏抗疫医务人员疗休养、湖南省公安厅功模休养等重大任务，“劳模职工疗休养”品牌进一步深入人心，社会美誉度与日俱增。

深化改革，激发职工内生发展动力

“过去没有职工食堂，中午我们都在外面小摊点吃饭，既花钱又吃不好，还担心食品安全。现在投资新修的职工食堂环境优雅，饭菜丰富，吃得又好又放心，一线服务人员一日三餐还是免费。”谈起一前一后的变化，陕西省工人疗养院工会主席史建贤坦言，办职工食堂是给职工最贴心的关怀、最好的福利。

陕西省工人疗养院始建于1956年，属于公益二类事业单位，共有职工253人，其中在编67人、聘用人员186人，人员结构发展、历史遗留问题多、职工干劲不足、生产经营举步维艰……当2020年4月，陕西省总工会二级巡视员姜晓军履职该院党委书记、院长时，面对实际情况，他掷地有声地对职工说：“我来只干两件事，一是把劳模职工疗休养的事业干好、干红火，确保国有资产保值增值；二是把职工的事情干好，增加大家的收入，改善大家的工作环境。”

话语不多，但一掷千金。如何实现呢？唯有改革创新。于是，院党委在充分调研、集思广益、反复动员的前提下，一手抓疫情防控和复工复产，一手抓改革创新，相继建立健全了党建引领、晋级考核、绩效考核、考勤、民主管理等一系列规章制度，深入推进人事、分配制度改革，构建和谐劳动关系，切实为职工办好事、做实事、解难事，全力打造“职工福地”。

陕西省工人疗养院把分配制度改革当作有效抓手和切入点，建立了新型人事管理和考核分配制度，形成了以岗位责任为重点、以绩效考核为核心的工资分配制度，坚持工资薪酬与绩效挂钩，全院职工收入较上年增长20%，完成专业技术21人晋级备案工作，解决了遗留多年的人事问题，实现了单位发展和职工收入的“双提升”。该院党委副书记赵现道告诉记者：“改革最明显的变化就是解决了历史遗留问题，规范健全了用工管理制度，对全员实行量化考核，把聘用人员纳入合同制管理，按规定为他们缴纳社会保险，赢得了职工的真心拥护。”

开弓没有回头箭，改革仍在深入。在今年2月召开的职工代表大会上，表决通过了《陕西省工人疗养院经营考核办法》，院领导与各科室签订经营管理目标任务书，明确经营目标任务。随后，又制定了《陕西省工人疗养院2021年度外联销售任务及奖罚办法》，实行全员销售，设定销售任务指标和奖罚办法。严格按照选人用人程序，从德才技能全面考量，选拔青年干部充实中层力量。从6月开始，该院把科室业绩与效益指标有机结合，在全院实行量化考核，根据院月营收情况核定发放奖励，充分体现了多劳多得、优劳优得、奖罚分明的分配原则，全面激发了职工内生发展动力，生产经营稳步提升，职工面貌发生根本改变，职工疗休养事业迈入高质量发展阶段。

改造提升，建全国一流工人疗养院

走进陕西省工人疗养院疗养康复中心，中医针灸、艾灸、按摩、物理疗法及声光电磁等康复理疗项目吸引着人的眼球。该中心是今年5月才建成的，主要承担劳模职工疗养康复、中医保健、健康管理等特色服务，短短两个月就受到了众多劳模特别是生产一线劳模和职工的青睐。

建设疗养康复中心只是陕西省工人疗养院整体统筹、系统谋划，逐步推进提升改造工作的一个实例。在深化改革中，该院于去年6月启动了一期整体环境提升改造工程，从软硬件上进行全面提升。经过一年多的提升改造，建成了疗养康复中心、院工运史馆，完成了部分客房和会议室、办公室的改造提升，建成综合网络管理平台，建成并投入使用职工食堂、电动车棚、公共浴池、停车场等。节水、水景观项目完成设计和方案论证，进入招标阶段，水疗中心配套餐

左图为2020年度全国劳动模范在陕西省工人疗养院疗休养合影；右下图为赵梦桃小组成员在该院疗休养期间合影

厅建设进入项目申报审批阶段，各项建设项目规范有序推进。其中，节水、水景观项目的建设，为把该院打造成陕西乃至全国节水和水保示范单位奠定了基础。今年，陕西省工人疗养院又启动了康复楼、骊珠楼的装修，水疗楼配套餐厅建设等，为打造全国一流职工疗养院提供了有力支撑。

“再好的硬件设施，如果缺乏科学管理和人的主观能动性，设施只是设施。”为此，在大刀阔斧进行硬件设施建设的同时，陕西省工人疗养院从提升“软服务”入手，连续两年开展“发展杯”“提升杯”劳动竞赛活动，推行精细化管理，用劳动竞赛提升服务质量和管理水平：客房中心深化叫醒服务、精细化服务等，坚持业务技能常态化培训，提升服务质量和水平，让劳模职工来到疗养院“就有一种回家的感觉”；体检中心优化体检项目，制定“六个服务”标准，强化检前咨询和检后干预；餐饮部制作营养健康的地方特色美食，新增点餐、婚宴服务；水疗中心新增简餐、茶饮水果、一次性客户服务等，使服务更加贴心、暖心……“软服务”能力的提升，确保高质量完成赵梦桃小组、援鄂医务人员疗休养，陕西省建设工会百余名劳模和优秀农民工温泉疗养、全国劳模接待疗休养等，获得各方一致好评，充分彰显了陕西省工人疗养院的公益性、服务性和职工性。

陕西省人大常委会副主任、省总工会主席郭大为日前在检查陕西省工人疗养院改造提升项目建设时要求，要强化责任，成立改造提升工作专班，加快推进项目进度，确保2022年全面完成改造提升任务。要注重工程质量，实行各工序实名制管理制度，用劳模精神、工匠精神抓好改造提升，努力打造经得起广大职工检验的精品工程、民心工程，以匠心成就未来，建设全国一流工人疗养院。

姜晓军表示，要认真贯彻落实陕西省总工会领导的指示要求，坚持改革创新，强化使命担当，以加快改造提升步伐、加大经营收入、提高发展质量为主线，以制度化建设、服务升级和创新建设激发内生发展动力，做实做优劳模职工疗休养事业，努力构建高质量发展新格局，倾力打造在全国叫得响、深受职工欢迎的“绿色福地、职工福地和健康福地”。

作者：阎瑞先　摄影：鲜康、张利娜

湖南省永兴县库区移民事务中心

力解“急难愁盼”　守护移民幸福新生活

省、市、县库区移民事务中心领导在移民家中与移民座谈

开展“瞻仰何昆故居 传承红色基因 弘扬红色文化”主题党日活动

平坦的硬化道路延伸到家门口，整洁的秀美庭院坐落于移民村，砌护一新的池塘沟渠清澈见底，围栏环绕的蔬果园掩映在树木丛林中，人们山泉般晶莹纯朴的笑语声荡漾在美丽的现代乡村……深秋时节，走访湖南省永兴县水库库区和移民安置区，一幅“山清、水秀、村美、路畅、户净”的秀美乡村画卷扑面而来。

树木花草、洋楼别墅、人间烟火、诗情画意相得益彰的背后，是永兴县库区移民事务中心人的一路坚守、一路护航、一路前行。

街头巷尾、田间地头，处处可见他们跃动的身影，让移民群众随时找得到、叫得应、帮得忙、解得急，于无声处赢得百姓点赞无数。

力行到细处，见微乃知著。自开展党史学习教育以来，永兴县库区移民事务中心以“我为群众办实事”实践活动为着力点、落脚点，精准对接发展所需、民心所向、群众所盼，纾解痛点、打通堵点、补齐断点，把一件件好事、一桩桩实事、一项项难事办到移民群众心坎上，为库区和移民安置区移民群众唱响了一曲荡气回肠的乡村恋歌。

关爱的距离

关爱的距离，有多长？

便江上游的水库移民群众说：“有一条绝壁崖上凿出来的天路那么长。”

沿着永兴县便江上游新修的公路蜿蜒而上，沿途江风如丝拂面，江水波光荡漾，两岸丹霞砂岩林立，绿树翠竹连绵起伏，民舍依山而筑，村民临水而居，所到之处，蔬果园、民宿、农家乐、水上乐园等随处可见，到处是醉人的山水田园风光。然而，有谁会想到，在未通公路之前，这里的村民还一直面临着“上学难、就医难、行路难”的基本生计问题。

便江上游位于永兴县城东南部，处于便江与注江的交汇处，与资兴市廖江镇相邻，有便江村、五成村和周家村的19个村民小组1000余户3000多人居住于此，其中，水库移民718人，总面积15.2平方公里。

千百年来，这里由于山高崖陡无路，车马无法进入，人们一直承袭着依山而栖、临水而渔、荡舟而行的原生态生活，安置在此的移民，生活处境颇为艰难。闭塞的环境造成了落后的局势，险峻的

左图为永兴县鲢鱼村大门前移民新村的别墅小洋楼；右上图为三峡移民种养殖基地（部分）；右下图为开展移民技能培训

岩崖阻挡了前进的步伐，村民长年被困深山。

要想富，先修路。这里的村民对于修路的愿望十分强烈，可是，山高崖陡，施工技术难度高；村民居住散，所修路程长；资金需求量多，筹资难度大……重重难关一次次浇熄村民希望的火苗。

永兴县库区移民事务中心把当地村民的难处看在眼里，记在心里，于2020年安排后扶资金35万元，助力便江上游移民在绝壁崖上凿“天路”。

2020年10月26日，这条总长10余公里“爱心天路”正式通车，远远望去，犹如是在丹霞岩上画了一道美丽的彩虹。

绝壁崖上凿天路，丹霞岩上画彩虹。这条路改变了当地千百年来“车马无法进入”的历史，当地的资源逐步得到了开发利用，特色产业快速发展，杉木、南竹等原材料可直接运到山脚下装载，玉兰片、小笋干、蜜橘、柚子、冰糖橙等特产源源不断运出山外，前来旅游观光休闲的客人络绎不绝，现代民宿、农家乐、水上乐园等如雨后春笋般冒出来，到处都是一片生机勃勃、欣欣向荣的景象。

全程组织及参与修路历程的移民曾庆汉说：“搭帮党，搭帮政府，我们才有了今天的幸福生活，是党和政府的关心与支持，助力我们把路修到了家门口，解决了这里千百年来的出行难题，使我们的生活得到了前所未有的改变。”

绿水绕青山，大路朝天阔。路修通后，虽然已能满足通行需求，但还有些后续工程尚未完成。永兴县库区移民事务中心认为，为民办事就要立足长远目标，只有助力这些后续工程建设完善，才能确保这里的居民得到长效发展，才能让这里的水库移民“搬得出、稳得住、能致富”。为此，该中心又于今年安排后扶资金40万元，助力便江上游的村民彻底告别“荡舟而行”的“水路”历史。

服务的速度

服务的速度，有多快？

永兴县鲤鱼塘镇良种场唐家村移民群众说：“像自来水从水龙头哗哗流出那么快。”

“来水啦，来水啦……”5月26日，在自来水“哗、哗、哗”的畅流声中，永兴县良种场唐家村的移民群众高兴地奔走相告，脸上露出了久违的笑容。因为他们有好几天没有用上自来水了。

事情得从5月20日说起。5月20日清早，永兴县移民事务中心的工作人员在鲤鱼塘镇进行例行走访，当听到县良种场唐家村管道破裂的消息后，立即赶往现场。

经了解，该管道是当地移民群众的生活饮水管道，供应全村民众的生活用水。

群众利益无小事，解决问题才是真。县移民事务中心的工作人员立即着手现场查勘得出结论，该管道需修复总长度约为120米，修复资金约需1万余元。由于该管道是预埋修筑，表面是硬化的水泥路面，因此，需开挖水泥路面，预埋水管，再用水泥混凝土浇筑路面加以修复才行。为尽快解决群众饮水问题，该中心查勘后即制定了施工方案，联系施工队伍，当日就组织了施工。经过加班加点抢修，管道于5月26日修复完工，比原定计划提早两天完成。

“太感谢移民中心了，若没有他们的帮助，我们还不知道什么时候才能解决用水问题！”随着一股清凉、干净的自来水流进水盆，村民们脸上露出了灿烂的笑容，嘴里道出了内心的感动。

质胜于华，行胜于言。解决唐家村移民群众的饮用水难题，只是永兴县库区移民事务中心深入民众察民情、办实事、解难题的常态工作缩影之一。多年来，该中心始终坚持从群众最现实的利益出发，为三峡移民解决临时租房难题、为大布江乡较头村老兴坪方改善人居环境解决村庄“脏、乱、差”难题、为三峡移民无偿赠送冰糖橙树苗解决果树老化难题、为三峡移民打深机井解决果园灌溉难题、为龙形市乡石阳村上黄组铺设网管解决饮水难题、为鲤鱼塘镇火里把村修建桥梁解决通行难题、为便江街道灵坎村护坡解决塌岸滑坡难题……

民生无小事，枝叶总关情。库区移民是一个“特殊”的群体。他们为国家水利建设远离故土、落根他乡，需要得到社会的关注、关心和关爱。永兴县库区移民事务中心通过切实解决基层的困难事、群众的烦心事，从而让库区移民群众的获得感更加充实、幸福感更可持续、安全感更有保障。

贴心的温度

贴心的温度，有多暖？

永兴县水库库区和移民安置区的移民群众说：“像许主任那颗一心为移民的赤子之心那么暖。”

说起永兴县库区移民事务中心主任许勇，该中心的工作人员异口同声：拼命三郎！

许勇把全部的时间与精力都放在了工作上，每天起早贪黑、忙个不停，白天跑乡下，考察项目、监督施工、了解民情；晚上做总结、谋思路、想对策。累了，揉揉眼睛，在太阳穴上擦点清凉油；饿了，随便塞两口饼干继续干。经年累月这样超负荷工作，他患上了比较严重的胃病，但他放不下手上的工作，放不下心中的移民，不愿请假休息，经常是胃痛了就用手抵着肚子顶顶，吃两片药完事。他担任永兴县库区移民事务中心主任之际正值机构改革之时，单位人员暂未能按核定编制如期到位。面对工作任务重，工作人员少的局面，他没有气馁，身先士卒，身兼数职，组织大家谋划好工作思路，调整好工作任务，整合好工作时间，齐心协力、全力以赴，硬是圆满出色地完成了各项工作任务。永兴县库区移民事务中心在2020年度全县重点工作绩效评估中被评为优秀先进单位。

“永兴县有青山垅、龙潭、黄口堰、永兴水电站、永兴二级电站等5座大中型水库，100余座小型水库，有大中型水库移民1.6万多人，三峡移民287人，移民及连带影响人口达10万余人，移民主要分布在全县16个乡镇（街道）及县良种场157个村……”一说起永兴县水库库区和移民安置区的情况，许勇如数家珍。

脚上沾有多少泥土，心中就沉淀多少真情。26年来，许勇走遍了县里每一个移民村的每一个角落，对每一个移民村的地质地貌、乡情民俗、基础设施、居住环境、人口分布、产业结构、生产生活及一些特殊移民的家庭情况一清二楚。该县的移民群众说：“许勇就是我们的‘数据库’”。

永兴县的三峡移民，自2004年7月安置落户以来，备受县移民事务中心无微不至的关怀、呵护与帮助，心里踏实，生活安定，从未发生过非正常越级上访事件，这背后与许勇“多用心为移民思考、多用情对移民感化、多动嘴给移民解说、多跑腿下基层与移民互动、多用实际行动为移民解决困难和问题”的工作方法与实际行动密不可分。许勇来自农村，童年艰苦的农村生活，锤炼了他坚强的意志，孕育了他感恩的品格，他时刻告诫自己，要以实际行动服务好移民，感恩于社会。他把每一个移民都视为亲人。他说话如水，移民有委屈就找他聊，聊着聊着委屈就化解了；他做事如山，移民有困难就找他办，再难办的事他都会想方设法帮他们办。他用实际行动为移民排忧解难，他用真情感动千家万户，无论走到哪里，无论男女老少，都能与他亲切交谈。

“库区移民事务中心是我们心目中待人热情、服务周到、办事迅捷的‘娘家’；许勇同志是我们心目中最实在、贴心、暖心的‘娘家人’”。移民群众心里有杆秤，这就是他们真真切切地感受到了县库区移民事务中心一直以来对他们的关心、呵护与帮助而发出的肺腑之言。

数据无声却有力。2021年，永兴县库区移民事务中心为全县水库库区和移民安置区共安排移民后扶资金2811.84万元，其中，发放移民直补资金357.392万元，发放直补人数2290户5752人；规划移民建设项目161个，安排项目资金2442.491万元；完成移民创业就业培训537人次，比省年度培训目标任务291人次超额完成246人次；接待群众来电来访600余人次；开展“屋场恳谈会”（座谈会）56场次……

利民之事，丝发必兴。站在“两个一百年”历史交汇点，永兴县库区移民事务中心干劲十足，一场场生动的“我为群众办实事”实践活动蓬勃展开。坚持把移民群众放在心中最高位置，实事求是，埋头苦干，砥砺奋进，为推动永兴县移民社会经济高质量发展，永兴县库区移民事务中心正努力书写新的历史篇章。

作者／摄影：许清文

湖南省南县公路建设养护中心

危桥清零　让村民跨上“幸福桥”

南县公路建设养护中心党组书记茅草街大桥维修检查指导工作

南县乌嘴乡罗文村旅游公路

金秋十月，稻谷飘香。正值丰收之际，晨光初照，一片片金黄的稻虾田里村民正忙收割。迎面而来的运粮车接连驶过“幸福桥”，华阁镇东汶村夏顺民支书高兴的对南县公路建设养护中心的技术员说：“这座桥建成后，每天运输龙虾、蔬果的时间都节省了半小时，少迂回了10公里，走桥上过去就是近，桥梁建设惠农惠民，我就取名为幸福桥。”“不仅这里，我们还有很多工作要做。”技术员回道。

2021年4月，担任过多年乡镇领导的南县公路建设养护中心党组书记、主任徐敬军在工作部署会上讲：“我县农村公路路网密度居湖南省前列，总里程达到2300公里。但随着建制村的合并和产业发展，找准路网纵横连接点，解决湖区沟港迂回，拉近路径，安全高效，已成为新形势下群众迫切需要。改建和新建桥梁，关键看在于我们怎么做。”

说干就干，一场危桥改建新建清零战役在南县县委、政府的统一部署下全面铺开。

立足民生发展，深入调研

南县乌嘴乡罗文村，旅游资源丰富，交通尤为重要。地处八百里洞庭之心，烟波浩渺，百鸟云集，多年来这里就是摄影爱好者的垂青的地方。近年来，南县政府也将这里定位为湖区全域旅游村落。

“往往生态环境好的地方就是难以到达的地方，修桥修路，路通财通，让村民吃上旅游饭。”罗文村支部书记胡发强说。

调研人员听在心里，放在心上。

招商引资龟趣园企业徐和平老板说：“把又东桥建起来，路桥连成网，我们的客户进来就方便多了，竞价也有优势，产业也会兴起来。”

厂窖镇镇长周华安说：“我们这里是抗日厂窖惨案发生地，是全国爱国主义教育基地，也是旅游基地。周边市县过不了河，到这里来纪念的团体反映交通问题，真还需你们协助。”

据调研，要将南县产业路、资源路、旅游路有效、科学的连接起来，全县11个乡镇需维修改造、新建的国省干线和农村公路路网桥梁多达 64 座，占到全县库内桥梁总数的 40%。根据群众期盼和经济社会发展的需要，南县公路建设养护中心党组决定“打通交通瓶颈，提高路网通达能力，做乡村振兴的马前卒”。

把准政策，挖掘优势，打好路桥建设基础

南县地处洞庭腹地，四面环水，沟港纵横。桥梁众多。按照交通部交通“十四五投资规划”，桥梁改建也是开局之年的投资重点。为了尽快落实部署计划，南县公路建设养护中心积极向省市汇报，扎实做好基础资料。2021 年成功将 64 座桥梁改造纳入省厅危桥改造“项目库”，争取部省补助资金达 7453 万元，位居湖南省前列，为公路桥梁建设打好了基础。

不等不靠，部门联动，高标建好农村公路桥梁

在项目入库后，尽管省补资金还未到位，南县公路建设养护中心分清轻重缓急，和有关乡镇一道攻坚克难，对亟待修建的桥梁提前实施。2021 年以来，共完成了危桥改建 18 座。在 10 月中旬，完成全年既定任务。

一是坚持政策引领，把高标准建设农村公路桥梁作为乡村振兴战略有效载体，研究一系列实施办法和计划，推动危桥建设工作规范化，制度化。

二是加强监督管理，规范操作程序，严格实行招投标，建立政府监督、专业抽检、群众参与、施工自检的质量管理机制。对技术方案处理不统一的桥梁，坚持设计、监理、施工和地方政府集中研究。

三是对突发事件，快速处置。2021 年 4 月雨水集中，乌嘴乡乌嘴桥受暴雨冲刷，桥面出现裂缝。该桥是始建于上世纪 70 年代的拱桥，拱圈老化。接到报告后，南县公路建设养护中心班子成员和工程技术人员全部赶到现场，召集多方分析原因，确定方案，组织实施，仅用 2 天时间消除隐患。

四是开展施工示范创建，组织建设队伍学习交流。确定乌嘴桥、双丰桥、农花桥为示范桥，总结和推广先进做法，引导桥梁建设向高质量发展。

乡村振兴，路桥先行。做好危桥建设清零工作仅仅是公路建设养护中心工作的一个部分，构建农村公路更加完备的交通网，南县公路建设养护中心一直在路上！

作者：吴颖、任妮

摄影：杨晓波

中国人寿盐城市分公司

守望“稳稳的幸福”

中国人寿盐城市分公司总经理宦刘庆

链接：中国人寿盐城市分公司是中国人寿在江苏地市的分支机构，自 1996 年产寿险分业经营以来，公司主动融入盐城经济社会发展大局，在服务“四新盐城“建设中积极发挥行业龙头的引领作用。2019 年，公司实现总保费收入 41.8 亿元，年度保费率先迈上 40 亿新平台，实现具有里程碑意义的新跨越。年度经营绩效考核排名列全省第 4 位，连续获得年度经营指标考核等级 AAA，市场份额 28.45%，同比增长 4.59 个百分点，稳居盐城寿险市场主导地位，引领行业科学发展。2016 年以来，公司先后荣获 2017 年“江苏金融五一劳动奖状”，2017 年度中国人寿保险股份有限公司“达标温暖之家”，2016 年至 2018 年度连续获评全省系统“先进市分公司”，2016 年至 2018 年度江苏省“放心消费创建示范单位”，2016 年至 2019 年连续获评全省系统“经营指标考核等级 AAA 单位”，2017 年至 2019 年盐城市目标任务综合考核“综合先进单位”。

保险，人生风雨中擎起的一把“伞”。

在决战脱贫攻坚、决胜全面小康的征程中，中国人寿江苏省盐城市分公司肩负驻盐央企责任，充分发挥保险服务保障和社会管理职能，依托专业优势，为幸福盐城保驾护航。

“全面建成小康社会，是一张时代考卷。对保险行业而言，人人都是赶考人。”中国人寿盐城市分公司党委书记、总经理宦刘庆表示，在这场大考中，该公司坚持客户至上，以笃力实干作答，真诚守望人民群众“稳稳的幸福”。

截至 2020 年 9 月末，该公司累计为全市 420 多万人次提供总金额达 1 万亿元的人身保障，涉及 200 多个保险品种，年度给付各类保险金超过 8 亿元，以质朴浓烈的家国情怀，生动呈现出国寿人的担当精神和奉献情怀。

政府 + 保险，打造扶贫救助新模式

越是接近全面小康，越要奋力聚焦民生补短板、强弱项。长期以来，因病致贫、因灾致贫、因学致贫是全民奔小康的“绊脚石”，也是最大的民生短板。

如何补齐这一民生短板，将“绊脚石”变为幸福生活的“垫脚石”？中国人寿盐城市分公司聚焦民生领域，与民政、扶贫等部门深度合作，以“政府 + 保险”的扶贫救助新模式，推出普惠民生的保险产品。

以该公司与市民政局合作开展的困难人群重大疾病托底救助保险为例，由市及各县（市、区）政府出资，建档立卡贫困户、困难救助群体最多可享受累计最高 30 万元的重大疾病费用补偿。盐都台创园建档立卡贫困户孙某，其妻 5 年前罹患癌症，今年孙某本人和儿子又相继罹癌，病痛让这个家庭风雨飘摇。正当孙某一筹莫展之际，中国人寿盐城市分公司主动上门“雪中送炭”，不仅迅速支付“扶贫保”理赔金 4 万元，还与中国人寿定点医院联系，为其进行专业检查、提供治疗方案，用真情服务让孙某一家人的“苦脸”变“欢颜”。出生于建湖县一困难家庭的女孩李某，因病需换肾，在享受了基本医保、大病保险、医疗救助等基础上，该公司承担了 20 万元的医疗费用，还安排专人与相关部门一道多次去南京等地医院，积极协调治疗方案，让她再次焕发出青春的光彩。

近年来，该公司推出的具有“保费低廉、保额适度、保单通俗、核保理赔简单”等特点的农村小额人身保险险种，深受农民欢迎。自阜宁县率先开展试点以来，我市各地积极跟进、不断完善保障内容，通过小额人身保险有益补充社会医保，再筑一道防范“因病致贫、因病返贫”的屏障。截至9月末，我市参保近120万人，承保覆盖率达15%以上，年度赔付金额超2500万元。

除此而外，该公司还先后推出残疾人保险、老年人意外伤害保险、城乡居民补充保险、大病保险等惠民保险，服务对象涵盖优抚对象、困境儿童、单亲母亲等特殊人群，使各类弱势群体走出困境，通过保险共享全面小康的丰硕成果。

线上＋线下，织密幸福人生保障网

追溯中国人寿的成长史、发展史，其前身与新中国同龄。

“悠久的历史，光荣的使命，雄厚的实力，是中国人寿的三大标签。”宦刘庆坦言，中国人寿作为保险业的“中流砥柱”，无论在什么时期，其为民服务的情怀始终不改。

带着这样的情怀，中国人寿盐城市分公司扎根盐城，在社会保障体系的基础上，积极加强配套建设，多维度、全方位打造全生命周期保障、涵盖生老病死残在内的幸福人生保障网。其中，因老年人的风险概率高于其他群体，让一些保险机构望而却步。中国人寿盐城市分公司却从2012年起就与市老龄委联合开展“安康关爱行动”，将老年人险种纳入全市社会养老服务体系，推进老年人风险保障工程。截至9月末，受益人数达到106万人，覆盖率为55.8%。

随着互联网的蓬勃兴起，该公司应势而变、顺势而为，加大信息技术应用及创新力度，以提升客户服务体验和满意度为导向，推广E保、智能理赔、移动调查等“指尖上的服务”，让客户“少走马路、多走网路”，实现网上自助查询、投保、缴费、保全等全流程服务，做到理赔资料当日提交当日赔款。

该公司还依托中国人寿强大的社会资源，将异地就医导医服务、费用结算等纳入“线上＋线下”服务，减少市民异地就医烦恼。同时以商保“一站式结算”简化理赔手续，客户无须准备理赔申请材料即可获得免赔。今年6月，建湖县冈西镇村民顾某突发脑出血，被急送至县某医院抢救。在其入院的同时，公司系统触发报案，工作人员前往探视确认身份，顾某出院后不久即获得医疗费用个人负担部分的商保理赔。

为保障小微企业发展，该公司坚持与小微企业同舟共济、同频共振，设计个性化产品，主动上门对小微企业员工开展人身、意外风险教育，减少小微企业风险压力。今年，该公司得知某风电叶片企业复工复产急需人力支持时，即通过线上数据，主动联系另一家企业，促成两家企业携手合作，化解用工难题。

网格＋服务，形成转型升级新格局

保险人，是与风险赛跑的人，要抢在风险来临之前，将保障送到千家万户。

近年来，中国人寿盐城市分公司锚定我市提出的高质量发展走在苏北苏中前列目标，以打造高质量发展的标杆型公司为导向，对员工实行专业赋能，聚力提升队伍专业服务能力，蹄疾步稳走实“两海两绿”路径。

“我是网格员，就是要将国寿更优质、更便捷的理赔、承保服务送到村里的每家每户，让家家户户买保险更放心、更省心。”今年8月，中国人寿盐城市分公司一批网格长、网格员走上新岗位，他们用简洁却铿锵有力的语言，向公司党委郑重承诺。

今年以来，在疫情大考中交上满意答卷的中国人寿盐城市分公司，基于疫情防控常态化新形势，积极策应政府网格化管理新要求，于危机中育新机，于变局中开新局，悉心打造一支贴近市民、区域化、全天候服务的网格员队伍，推进“政保网格员”项目，依托政保资源，以居民住户为网格阵地，构建起纵横交错、左右呼应、上下联动的市、县（区）、村（居）三级服务体系，将服务平台有效前移。

2020年9月4日上午，中国人寿盐城市分公司党委书记、总经理宦刘庆带领本部机关党员结对帮扶工作组赴阜宁羊寨外口村看望结对帮扶对象，走访困难家庭

“网格，是一个名词，但我们要看作是一个‘动词’，要把中坚力量、业务骨干输送到各个网格，激发网格化的活力，有效提升服务水平。”宦刘庆说，“责任入‘网’，服务升‘格’，这是我们的行动准则。”基于这样的行动准则，一场迭变，见证着国寿人用心耕耘网格“责任田”的风采。

“沉到网格，服务百姓！”一时成为国寿人口口相传的热词。他们用一副副“铁脚板”走出一条条“民心路”。政保进网格，国寿心服务。该公司活跃在城乡的网格员队伍，主动肩负社会责任，一方面为市民提供“心贴心、面对面”的保险服务，另一方面积极当好金融知识的宣讲员、金融风险的防范员、民生政策的解读员，致力成为社会治理好帮手，增强市民的安全感、获得感。

党建＋人才，构建活力迸发双引擎

党建强基与人才强企，是澎湃发展动能的双引擎。

党建强基，培根铸魂。该公司坚持全面从严治党从严治司，严格落实党委主体责任和“一岗双责”要求，开展“学习型、创新型、服务型”创建，提高“三会一课”特别是民主生活会质量，夯实党建工作基础，对“三基”建设赋予新的时代内涵，增强党组织凝聚力，发挥党组织战斗堡垒作用，并充分发挥党员先锋模范作用，营造先进示范效应，努力形成争先进位的工作基准和廉洁自律、积极向上的行为基准，为高质量发展不断赋能蓄力。功能型党支部、主题党日、党员活动中心、国企党建联盟共建等一系列举措的推进和建设，实现了党建工作全覆盖、有特色、常态化，激发了基党建工作的创新力和生命力。

人才强企，激发活力。该公司坚持有为有位、无为让位的用人原则，积极推进干部市场化使用和薪酬市场化激励，鼓励干部队伍在善抓落实、敢抓敢管上动脑筋、出业绩，让想担当者担当，让有作为者作为，形成积极向上、争先进位的良好氛围。建立分类分级员工培训体系，利用“国寿员工日”、集中培训、专题提升等形式，努力提高各层级员工的专业化水平，以适应岗位要求和员工职业发展的需要。分层次、分重点建立良性的后备人才梯队，积极推进以基层为根本、以实干为基础、以机制为保障的“2050”计划，即打造20名经营单位班子／市分公司中层后备人员、50名经营单位中层干部后备人员，让“后浪”澎湃新动能。

悠悠万事，民生为大。多年来，中国人寿盐城市分公司以温度和情怀勇作行业引领者，跑出高质量发展的“加速度”：2017年，公司荣获“江苏金融五一劳动奖状”，2016年至2019年，该公司连续四年获得全省系统考核等级AAA级单位，2017年至2019年，该公司连续3年获得全市综合考核“先进单位”奖。

供图：中国人寿盐城市分公司

安徽省宿州供水服务有限公司

文明创建促发展　优质服务惠民生

宿州供水服务有限公司党总支书记、总经理邵伟

链接：邵伟，中共党员，现任宿州供水服务有限公司（以下简称宿州供水公司）党总支书记、总经理。曾荣获安徽省最具社会责任感企业家、安徽行业十大信用人物（企业家）、安徽省信用建设领军人物，宿州市直机关工委“优秀党务工作者”、宿州市城管局“优秀共产党员”“优秀党员干部”“创园先进个人”“创建全国文明单位先进个人”等荣誉称号。2019 年，宿州供水公司相继获得了安徽省十佳优秀服务企业、安徽省质量服务诚信承诺示范单位、诚信计量示范单位（AAA 级）、宿州市第十届文明单位、宿州市“最美窗口”等多项荣誉。

文明单位创建是精神文明建设工作的重要组成部分，是培育和践行社会主义核心价值观的重要载体，是创建文明城市的重要抓手。近年来，宿州供水公司围绕“以人为本，服务社会”的企业宗旨，根据宿州市文明单位创建管理标准，坚持创先争优、促进和谐供水，在物质文明和精神文明建设两方面取得了很大成绩。

持之以恒保障供水

随着社会经济的快速发展，用水量逐年攀升，解决宿州市区水压问题成了企业经营的头等大事。为保障市区安全优质供水，宿州供水公司着力提升供水能力，先后建设了陈河水源地、符离水源地来补充水源，并加紧建设以“淮水北调”汴河地表水为水源的第四水厂。同时，对老旧泵房进行全面升级改造，切实提升单井出水率，提高供水设备的生产效率。为了改善区域水压，公司于 2020 年实施了人民路管网改造工程，施工路段全长 540 米，贯穿了人民路、磬云路两条路，有效解决了西南区域水压低的问题。

宿州供水公司高度重视饮用水水质保障工作。目前，3 个生产水厂均实现了净水生产过程监控自动化，并根据两大水源水质条件，采用了沉淀消毒处理等工艺，确保出厂水水质稳定，达到国家生活饮用水卫生标准。公司加强辖区内饮用水水源地及泵房管理，增加对水源地原水、出厂水、管网水的日常检测项目和频率，水质检测能力由 42 项提高到 106 项，并有针对性地建立了与防范水污染突发事件相结合的水质检测制度。同时，公司适时组织开展水质检测人员的技术培训，增加相应的水质在线检测仪器设备。所有检测结果及时上报公司，由公司网站向社会发布。一直以来，该市主城区三个水厂的出厂水水质全部达到国家饮用水卫生标准，合格率 100%。

公司加强管网水质安全管理。自 2019 年以来，共进行了全市范围内的管道排冲两次，确保“最后一公里”水质安全。二次供水管理工作是管网运行部的主要职责之一，为确保高层用户的水质安全，管网运行部专门设置二次供水运维管理人员，负责保障二次供水管网的水压稳定和水质安全，确保了二次供水的平稳运行和保障工作的高效开展。

尽心尽力做好服务

宿州供水公司秉承“以人民为中心”的经营理念，不断提高收费服务大厅软件及硬件标准、完善便民服务设施，为办事群众创造良好的办事环境。在营业厅，配备了叫号机、手机充电站、雨伞、便民服务箱、用户意见簿、饮水机、报刊宣传区、LED 电子显示屏等一系列服务设施，满足了市民前来办理涉水业务。随着移动支付的不断发展，宿州供水公司紧跟时代潮流，先后开通了建行网银、徽行网银、电信翼支付、移动无线城市、微信支付、支付宝支付等在线缴费，方便了市民随时随地完成水费缴纳。

为深层次提高供水服务水平，宿州供水公司全方位优化服务内涵。一是整合客服中心服务功能，实行“一站式办公”，实现“入户申请”“过户申请”“一户一表改造”“客服维修”“盗水举报”“低保申请”“探漏申请”“热线服务”“咨询投诉”等服务功能的一体化整合。二是转变传统单一的抄表收费服务模式为集“抄表、收费、服务、巡查、宣传、联络”六位一体的立体化综合服务模式，

丰富了服务用户的内容，拉近了与用户的关系，提升了服务效能。

凝心聚力文明供水

按照市文明办创建全国文明城市及市城管局网格“六定”精细化管理工作要求，宿州供水公司高度重视、精心谋划、高效开展，强力推进了文明创建攻坚行动和网格“六定”精细化管理的落实。公司全体网格管理人员严格按照“网格六定”精细化管理规范，走上街头进行巡查，在巡查中不仅巡查闸阀井盖、消防栓、消防水鹤、直饮机、水表井池等供水部件，还巡查路面破损、广告牌缺失、占道经营、绿植缺失、环保不过关等影响市容市貌问题。

建设学雷锋志愿服务站，志愿者在学雷锋志愿服务站开展志愿服务工作，为前来办理业务的用户提供涉水咨询、业务流程讲解、微信缴费帮助、节水创建知识讲解等志愿服务。

宿州供水公司每周组织党员志愿者开展进社区志愿服务活动，为用户提供用水知识讲解、用水业务政策解答、免费涉水检修等服务。目前，宿州供水公司党员志愿者共开展445次“用水管家”入社区服务工作，发放传单1.8万份，帮助维修的用户达1500多户。

宿州供水公司还积极组织志愿者在火车站广场、滨河公园、三角洲、植物园等公共场所，捡拾绿化带烟头、塑料袋等垃圾，整理非机动车停放秩序，对骑车逆行或不按照规定行驶人员进行劝阻，对不带牵引绳遛宠物的市民朋友进行耐心劝导。积极开展文明交通志愿服务劝导活动，进行交通劝导，引导车辆礼让行人，确保行人安全有序通过马路，并对随手扔垃圾、乱穿马路、随地吐痰等不文明行为进行阻止和劝导。

万里征程风正劲，不用扬鞭自奋蹄。今后，宿州供水公司将进一步加大生产技术的开发、投入，秉承“以人为本、服务社会”的企业宗旨，以“增水量、升水压、提水质、保安全”专项提升行动为抓手，按照“全力以赴、全心为您”的工作总要求，着力开展文明创建工作和开拓创新，大胆采用新方法、新思路、新形式开展好供水服务和供水保障工作，为实现美好宿州“五大发展”的宏伟蓝图，奉献力量。

四川省泸州兴泸物业管理有限公司

小物业　大作为

兴泸物业公司党支部书记、董事长杨静品　摄影：张丽巍

在2020年6月9日召开的四川省服务业发展大会上，泸州市被省委、省政府评为四川省促进服务业发展工作先进市。成绩的取得，是我市各行各业的辛勤付出，其中不乏获得“四川省优秀服务业企业”称号的泸州兴泸物业管理有限公司做出的努力。

2005年成立的泸州兴泸物业管理有限公司（以下简称兴泸物业公司）是大型国企兴泸集团旗下全资子公司，也是泸州市唯一一家具有壹级资质的国资物业本土企业，管理着包括政府办公楼、写字楼、机场、商业、园区、厂矿、拆迁安置小区等多业态73个项目600多万平方米的物业面积。近3年来，兴泸物业公司累计完税超千万元，实现营业收入超亿元。一个小小的物业公司，竟能有如此大的作为，他们是怎样做到的呢？

“红色物业”，共筑爱心家园

“我们小区特别好！比哪儿都好！”江阳区茜草街道沙坪社区鹰翔苑小区的路婆婆对小区物管非常满意，和她有同感的还有坐在小区门口唠嗑的叔叔大婶们。张大妈说：“小区干净漂亮，兴泸物管服务贴心，逢年过节还搞各种活动，整个小区就像温暖的大家庭。”

鹰翔苑小区是有着3500多居民的“三长”（长起、长挖、长液）拆迁安置小区，人多面广管理难度大。2016年1月，兴泸物业公司刚入驻时也面临重重困难。原因是以前大家住惯了厂区家属院，不用缴纳物业费，迁入小区后对有偿物业服务有很大的抵触情绪。加上邻里之间有占用绿地、楼道，以及高空抛物、拉“飞线”为电瓶车充电等问题，引发了很多邻里纠纷。

但小区有200多名党员，群众基础好。按照市委《关于培育“红色物业”提升党建引领基层治理水平实施意见》，打造“红色阵地”、繁荣“红色文化”，在街道、社区的帮助下，兴泸物业公司成立了沙坪·鹰翔苑党小组，并积极打造沙坪·鹰翔苑党建示范基地。兴泸物业公司创新采取“1114”管理模式（即1个物业服务中心、1个党员活动中心、1支志愿服务队、4名红色物业管家），广泛收集居民诉求，制定居民公约，围绕“引领红色物业，共筑爱心家园”目标，全天候、全领域、全覆盖服务居民生活。通过小区老党员、“三长”老干部、居民志愿者带头参与，现场收集民意，处理社区居民反映的焦点、难点问题，成功解决了公共自行车存放点选址、楼道墙面砖脱落、空调滴水、麻将馆扰民等一系列小区管理难题。作为“红色物业”试点小区，街道、社区、物业、居民代表协商后，请来专业人员安装了44个电瓶车充电桩，充电4个小时只收1元钱，手机扫码付费，方便快捷。物业服务受到了大家的赞誉，连续5年物业缴费率在95%以上。

79岁的陈玉泉老人手机里一直保存着几年来小区端午节、采摘节、重阳节开展各种活动的视频。他高兴地说：“小区的保安、保洁人员都非常负责，志愿者还常常上门关心、帮助空巢老人做饭、打扫卫生，真是比亲人还亲。”

2020年1月，兴泸物业公司获得泸州市首批“红色物业”（三星级）企业称号。如今，兴泸物业公司还把“红色物业”成功经验复制到玉带花园等小区建立联合党支部，使党建之花开得更艳。

抗击疫情，担当国企责任

2020年初，面对新冠肺炎疫情，兴泸物业公司团结一心，以实际行动践行国企“不忘初心、牢记使命”的责任担当。

疫情发生后，从农历大年初一开始，兴泸物业公司全体员工就取消休假，连续奋战在抗击疫情的第一线，守护着城市家园的安全。

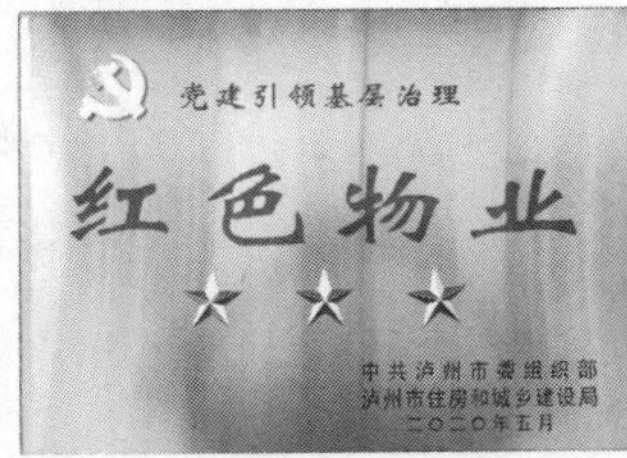

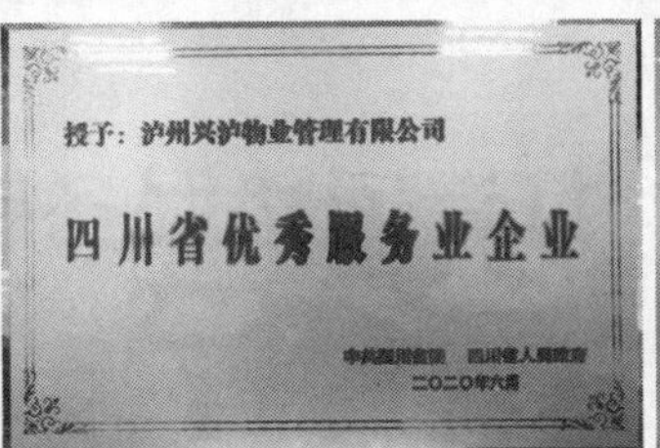

江南新区项目部以“看好门、勤消杀、管好人”三要素，用通俗易懂的语言，自制“新冠肺炎疫情防控工作流程思维导图”，成为指导小区疫情防控的“作战图”，为小区防疫筑牢防火墙，他们的做法，赢得了上级领导和小区业主的赞誉，分别被省房地产业协会、市物管协会和市国资委网站转载推广。

随着复工复产工作推进，泸州云龙机场进出旅客吞吐量逐渐增大，机场项目部进一步加大消毒工作覆盖面。除每日 3 次对机场公共区域进行集中消毒和对航站楼进行循环消毒外，还针对旅客使用频繁的电梯、行李框、行李车、座椅和每个航班机舱采取“立走立消”的保洁模式，确保旅客放心出行。玉带花园项目部志愿者在小区党支部的带领下，身穿红马甲冲锋在抗疫一线，超负荷工作，解决业主的实际困难，被大家亲切地称为“暖心红马甲”。防疫期间，兴泸物业公司因突出的表现，获得了省房地产业协会授予的“疫情防控复工经营表现突出会员单位”称号。

管理创新，打造行业标杆

2020 年 5 月 26 日，由泸州市物业管理协会主办的“2020 物业服务示范项目研学行”最后一站“商业写字楼项目案场标准化服务”在兴泸大厦展开。

前来学习的不仅有泸州同行，还有宜宾同行。大家从大厅到监控室、消控室、设备房、办公室、活动室，一一进行研学参观，还对公益无偿服务，包括设置阅览室、健身房、顶楼平台花园卡座，打造红色物业党建文化等进行调研学习。座谈时，宜宾同行不禁赞叹：“没想到兴泸物管品质控制做得这么好，不少做法我们还无法复制。”

兴泸大厦地上 27 层地下 2 层，入驻单位 23 家，按照打造“省级物业服务品牌”目标，兴泸物业公司不断提升服务品质。这里管理规范、安全有序、整洁优美，物业管理可谓泸州物管品质标杆，客户对写字楼服务及食堂管理的满意率在 95% 以上。

窥一斑而知全豹。近年来，兴泸物业公司大力培育和储备人才，通过“走出去、请进来”的方式，规范学习，创新管理模式，打造行业标杆。兴泸物业公司在所有项目中，对标管理和岗位操作流程进行梳理，优化作业流程，梳理项目不合理用工和无效劳动，降低单位用工成本，减少富余人员；整合管理资源，在同业态近距离项目推行片区化管理新模式，减少项目经理和现场管理人员的层级和人数，优化了办公项目，简化了工作流程，实现了人力物力共享；进一步实现全面预算管理，坚持责任分解落实，消除绩效管理盲点，保障公司经营目标实现。

“培训时，为让每一个岗位的工作人员都知道自己的工作流程，公司党支部书记、董事长杨静品带领总经理崔野、分管领导、项目经理等一行到现场，把工作流程都梳理一遍，让大家清楚每一个时间段自己该做什么、应该达到什么标准。”江南新区项目经理苏义梅说。

“公司在保洁人员和保安中树立了学习榜样，让大家对标学习。”兴泸大厦项目经理唐莉说。

不仅如此，兴泸物业还寻求科技创新，筹建智能化管理平台，规范档案管理工作。随着物业管理行业数字化、信息化、智能化等技术的推广与应用，公司加强与移动互联、大数据、人工智能等新科技融合。2020 年 5 月，公司实现宝利来停车场智慧停车；2020 年底，还将实现各业态项目的智能化管理。

体制创新，推进跨界发展

近年来，兴泸物业公司在做好政府办公楼、写字楼、机场、商场、园区等常规物业管理的同时，尝试体制创新，以“做优存量做大增量，加速发展促进转型”为工作目标，多元发展，持续推进跨界跨区域发展。

拓展区县市场就是兴泸物业公司的一项大胆尝试。兴泸物业公司与叙兴集团组建合资公司，在开拓叙永城区物业项目的同时，加快城区占道停车业务的推进。同时，成立精叙汽车公司加快综合维修厂的收购，启动汽车综合服务业务。近年来，兴泸物业公司总结了叙永公司的成功经验，形成“叙永模式”，加以复制推广。目前，兴泸物业公司正在加快与泸县、古蔺县的合作谈判，逐步实现城市综合服务。兴泸物业公司还积极探索对区域内物业的收购并购，开展跨行业的增值服务，做大做强企业规模，在汽车维修、文具销售、居家养老、社区商业合作方面均取得了突出成绩。

小物业也有大作为。兴泸物业公司的优质服务得到了社会认可，先后获得“泸州市优秀物业管理公司”“泸州诚信服务企业”“2017—2018 年度四川省房地产优秀服务企业”等荣誉。

左图为每日晨会　摄影：唐敏；右图为公司党员志愿者为社区老人服务　摄影：张克勤

江苏省盐城市大丰区综治中心

强化"三项建设" 打造网格服务铁军

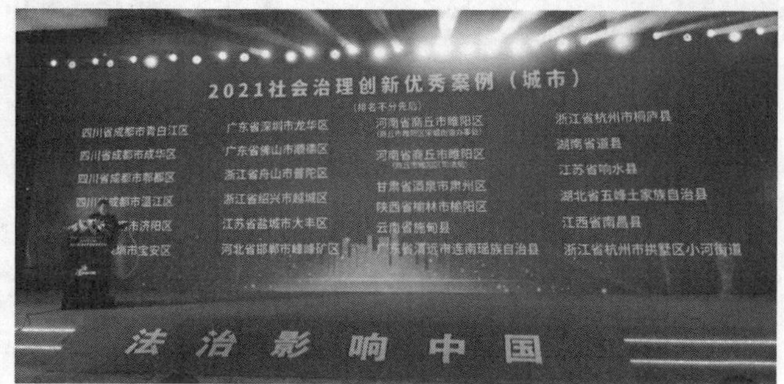

大丰区荣获2021年社会治理创新优秀案例城市荣誉称号

链接：大丰区综治中心为中共盐城市大丰区委政法委员下属事业单位。本文作者江春飞，现任盐城市大丰区综治中心主任，高级政工师。曾获盐城市综治平安工作先进个人、盐城市抗击新冠肺炎疫情表现突出个人、大丰区年度目标任务绩效考核先进个人、大丰区"十佳政法干警"等荣誉称号。

近年来，盐城市大丰区坚持"网格联到家门口，服务送到群众家"工作理念，以网格队伍建设为抓手，切实做实网格、用好网格，着力提升网格管理服务水平，为平安大丰建设提供坚实的基层基础保障。

强化业务能力建设，让素质强起来

建好培训平台。依托区委党校的办学模式和经验，在全市率先成立区网格学校，进一步集聚基层社会治理行家里手和实务部门等优质资源，开展紧贴实战需求、聚焦难点问题的培训，同时建立网格员法治实训基地、网格消防实训基地，构建一体两翼的网格队伍培训格局，为提升网格员化解社会矛盾、维护平安稳定、服务基层群众能力提供多元平台。

优化培训方式。以实战实用实效为导向，坚持理论学习与实践操作相结合，将课堂教学与现场观摩、实践活动结合起来，确保网格员将所学知识快速运用到工作中去；坚持"请上来集中培训"和"走下去一线指导"相结合，开展矛盾纠纷化解、网格消防、网格气象、防范金融风险等集中培训；坚持专家讲授与网格员交流相结合，增强培训针对性，提升培训实效。

完善培训机制。健全教、学、练、战一体化培训机制，出台《大丰区网格员培训管理办法（试行）》，开展年度技能比武竞赛活动，下发年度网格专项业务培训方案，采取面对面培训、以考代训、业务竞赛、线上培训等形式，实现对网格队伍的多层次全方位指导，有力提升了网格队伍综合工作能力。

强化网格品牌建设，让形象立起来

网格党建，激活基层治理新活力。深入开展网格党建品牌创建活动，充分发挥1587个网格党小组战斗堡垒作用，强化"红色网格"在基层社会治理中的引领效应，着力破解组织碎片化、群众自治难、人际陌生化等难题，实现党的领导"末端覆盖"，努力构建社区"红色邻里"网格党建工作新格局。特别是在疫情防控期间，红色网格充分发挥抗疫"领头羊"作用，设立疫情防控劝导点、党员示范岗，成立党员先锋队，发布"志愿者招募令"，构建基层社区疫情防控的坚强堡垒。

警网融合，打造平安网格新高地。按照警网融合六个一体化工作要求，以网格指导员建设为抓手，推动区镇村三级网格中心和警网联勤指挥中心一体化运行，将网格员"人熟、地熟、情况熟"的优势与社区民警、网格指导员"懂法律、讲政策、会调解"的优势深度融合，实现了"1+1>2"的融合治理效果。

典型引领，激发网格治理正能量。以"一事一奖"为抓手，定期开展区、镇两级最美网格员评比宣讲活动，形成比学赶超良好氛围。区镇村三级网格中心设立"最美网格员""网格季度之星""网格月度先锋"优秀事迹展示栏，大力弘扬优秀网格员良好精神风貌和工作实绩。在主流媒体开辟专栏，全力弘扬网格队伍先进事迹，全区多名网格员故事先后在《民主与法制报》《江苏法制报》等新闻媒体上刊载，有效扩大网格队伍知晓面、提高了关注度、增强了影响力。

强化管理机制建设，让队伍活起来

健全管理评价体系。出台《大丰区网格员管理考核办法》《大丰区网格化服务管理中心管理考核办法》《专职网格员考评办法》等文件，定期下发月度考核、季度评比、专项督查等通报，将工作经费与月度量化考核直接挂钩，全面营造干事创业的浓厚工作氛围。

发挥考核导向效应。健全综合评价机制，以民意为导向、以满意为目标，把群众满意度作为网格化考核的重要指标，每个月区镇两级中心对辖区内群众开展电话调查、实地走访，对网格员工作开展满意度调查，有效提升全区网格员的服务意识和工作能力。

建立"能上能下"机制。采用绩效与测评、季度与年度考核、工作实绩与群众满意度相结合的形式，加大奖优惩劣力度，对网格工作绩效连续两个季度垫底、网格内出现因工作不到位形成现实危害而网格员未介入等行为启动退出程序。同时进一步拓宽网格员晋升通道，对工作实绩突出、群众认可度高的网格员，优先纳入村（社区）后备干部库，非党员身份的优先推荐为入党积极分子，充分调动网格员工作积极性，促进网格员队伍良性发展。

作者/摄影：江春飞

大丰区年度网格化技能比武竞赛

大丰区推进网格公示制度，提升网格工作规范化、专业化水平

第三章

繁荣文化教育事业

福建省莆田市委文明办

厚植道德沃土　构筑文明高地

开设莆田市精神文明建设展览厅　摄影：林春盛

链接： 2018年7月，莆田市委文明办被福建省委、福建省人民政府授予“省级文明单位”荣誉称号；2019年6月，被莆田市委、莆田市人民政府授予创建第五届全国文明城市集体二等功；2019年6月，莆田市委文明办党支部被市直机关党工委授予“市直机关先进基层党组织”荣誉称号。

国无德不兴，人无德不立。

自2019年《新时代公民道德建设实施纲要》印发以来，福建省莆田市以习近平新时代中国特色社会主义思想为指导，立足实践发展、突出问题导向，组织实施“十大工程”，不断将新时代公民道德素质和社会文明程度推向新高度，为全方位推动高质量发展超越提供强大精神动力、营造良好社会环境。

注重宣传教育，以主流价值引领道德追求

坚持宣传教育先行，通过开设专栏专版宣传、制作公益广告宣传、组织主题教育宣传等，使人们潜移默化地在思想、道德、价值观等方面受到感染、熏陶和陶冶。

先后在主流媒体开设“文明莆田”专栏专版，每两周一期定期宣传，并发挥舆论监督作用，对违反社会道德、背离公序良俗的言行和现象，及时进行批评、驳斥，激浊扬清、弘扬正气；围绕社会主义核心价值观等内容，组织制作了一批主题公益广告，实现主干道、城市广场、公交站台、建筑围挡等15类宣传载体全覆盖；在春节元宵、清明、端午、七夕等节点，开展“我们的节日”主题活动，培育特色鲜明、气氛浓郁的节日文化，并持续开展“扣好人生第一粒扣子”主题教育活动，深化未成年人思想道德建设。

注重典型示范，以身边榜样树立道德标杆

初心烛照未来，榜样引领时代。为发挥先进典型的模范带头作用，每年举办新时代莆田市“新人 新事 新风”现场交流活动，持续开展“我推荐、我评议身边好人”活动，营造“评好人、学先进、当模范”的浓厚氛围。

2020年以来，注重引导道德模范在打赢疫情防控阻击战、决战脱贫攻坚中发挥示范表率作用。并通过组织道德模范和疫情防控工作先进典型“故事会”巡演、开展道德模范“传帮带”活动、组织道德模范基层宣讲等，让更多的人向道德模范看齐、对标。制定出台《莆田市礼遇帮扶好人实施办法》，举行莆田市好人礼遇卡发放仪式，树立好人好报的价值导向，在全社会形成崇德向善的良好风尚。

注重移风易俗，以破立并举强化道德导向

紧紧围绕培育和践行社会主义核心价值观，以群众性精神文明创建活动为载体，以整治解决问题为抓手，突出宣传教育、强化群众自治，广泛开展移风易俗、弘扬时代新风行动。

在充分利用传统媒体、新媒体的同时，还推出通俗读物、创排文明赞句、拍摄微电影、录制文明小戏，举办文艺晚会等，以群众喜闻乐见的方式大力宣传移风易俗工作，倡导健康生活新方式。在推进群众自治的过程中，注重发挥红白理事会除陋习、树新风的作用，规范红白事宜办理流程。同时，用好村规民约，规范村民操办婚丧嫁娶有关事宜，倡导厚养薄葬观念。

2019年以来，在全市范围内持续开展豪华墓、“活人墓”和毁林占地违规建墓专项整治工作，全市清理整治违规建坟墓地近5000余座，处理石材墓料加工场2个；开展“一户多宅”整治工作，依法打击顶风违建现象；今年继续扩大烟花爆竹禁燃区域，全市零售网点大幅下降；及时通报曝光比阔炫富、大操大办等典型案例，形成震慑作用，过去长期盛行的“高价彩礼”歪风已日渐式微。

注重立德树人，以春风化雨涵育道德品行

开展“新时代好少年”学习宣传、“传承红色基因”系列教育、中华优秀传统文化传承、学雷锋志愿服务、“劳动美”社会实践、“阳光成长”心理健康教育等六大主题教育实践活动。开展典型评选推荐活动，于6月推出10名充满时代气息、事迹生动感人的青少年先进典型，在未成年人中形成“人人践行核心价值观、争当新时代好少年”的生动局面。

为加强和改进未成年人思想道德建设，积极构建学校、家庭、社区“三位一体”的教育网络。通过发挥学校主渠道主阵地作用、加大家庭教育指导力度、充分调动社会各方面资源等，促进学校、社区、家庭三者之间的良性互动和有效融合，为未成年人健康成长营造一个良好的教育环境。

注重阵地建设，以融合互动夯实道德基础

近年来，莆田市通过加强专题宣传阵地、未成年人活动阵地、网络文明阵地等建设，唱响主旋律，打好主动仗。

新时代莆田“新人 新事 新风”现场交流活动　摄影：林春盛

左图为莆田市好人礼遇卡颁发仪式；右图为投放公益广告宣传栏　摄影：林春盛

2020 年 4 月，莆田市精神文明建设展览厅正式对外开放，生动展现莆田市精神文明建设丰硕成果和市民群众创建精神风貌。截至目前，莆田市共建设 5 个省级公民道德教育馆和家风家训馆、10 个市级公民道德教育基地、1 个好人馆。

注重发挥中央彩票公益金资助建设的少年宫示范带动作用，目前全部完成自建学校少年宫全覆盖，推进“一宫一品”特色项目培育。同时，加强校外未成年人心理健康辅导站建设和管理，为未成年人提供优质的心理健康服务。

为深化网络精神文明建设，在建好用好莆田文明网、“文明莆田”微博、微信公众号、今日头条号的基础上，又开设“文明莆田”抖音号，实现网络文明阵地“全覆盖”。同时，举办文明评论员、信息员培训班，发挥广大网络文明传播志愿者作用，创新开展网络公益活动，推进“网络求真”等品牌活动。

注重常态创城，以全民参与促进道德实践

自创城之初，编印《莆田市市民文明手册》，并组织党员干部开展“党建带群建·合力抓创建”入户宣传行动，以“单位进社区、干部进居户”推动创建常态化。

2020 年还部署开展创城十大行动，把文明城市创建做成民生工程，变成便民、助民、乐民、化民的具体事情。另外，邀请市民加入创城文明监护志愿者巡查团，通过督查巡查让市民更直观地了解创城、支持创城、参与创城，养成良好的文明生活习惯，从而推动创城工作常态化。

注重基础创建，以优化拓展提升道德素养

认真做好新一届全国文明村镇、文明单位、文明校园及培育对象和 2018—2020 年度省级文明村镇、文明单位（社区、风景旅游区）、文明校园的推荐评选和动态材料申报工作。做好 2019—2021 年度市级精神文明建设各类先进申报。做好全国、全省文明家庭复查和新一届全国、全省文明家庭候选对象推荐工作，不断深化文明家庭创建。

同时，抓好各级文明单位及培育对象的日常和动态管理，组织市直市级以上文明单位与贫困村开展“城乡结对　文明共建”活动，督促各级文明单位深化“放管服”改革，为招商引资营造良好的服务环境。

在完善考核评估方面，规范使用福建省精神文明创建测评系统，更加侧重改革发展、政策落地情况和群众获得感满意度的考察，把开放招商纳入考评加分内容，调动各级各类文明单位干部职工在开放招商项目带动中的积极性、主动性和创造性。

注重文明实践，以志愿精神凝聚道德力量

深入推进文明实践中心建设，先后打造荔城、秀屿 2 个全国级新时代文明实践中心试点和湄洲岛管委会等 6 个市级试点。并统筹建立文明实践人才库，成立县区志愿服务总队，整合理顺市级妈祖志愿服务总队各支队，构建上下贯通、供需对接、高效务实的志愿服务队伍。

先后持续深入开展“助力新莆田　建功新时代”等各类主题志愿服务活动，推进助老、扶幼、助学、帮困、助医、助残、应急、救灾、生态环保、文艺惠民、文明劝导、文明旅游等重点领域志愿服务活动。

在推进志愿服务制度化方面，专门出台《莆田市志愿者嘉许与回馈制度》，健全完善志愿服务联席会议协调机制和志愿者协会工作机制。同时，探索推行项目化招募方式，在医疗救护、法律援助等领域组建专业志愿服务队，并大力推进“互联网 + 志愿服务”线上发展战略，建设志愿者大数据库和信息化平台，构建综合信息服务体系，积极培育志愿服务文化。

注重专项治理，以标本兼治承载道德理念

开展诚信缺失治理。发挥诚信建设信息公布综合平台作用，开展诚信行业、诚信单位、诚信示范街区、诚信经营示范店等主题实践活动，不断引领和增强市民的诚信观念和规则意识。对城厢区万达金街、荔城区正荣街省级诚信经营示范街创建水平进行规范提升，并督促指导仙游、涵江、秀屿、湄洲岛、北岸打造一条市级诚信经营示范街，努力建设诚信政府，为开放招商项目带动营造良好的社会环境。

开展创城重点治理。坚持问题导向，围绕上级暗访测评通报的问题清单和群众密切关注的热点难点问题，深入开展环境卫生提升提质、野（小）广告清理清除、门前三包压紧压实、营运交通严抓严查、道路交通常管常治、市场秩序治脏治乱、基础设施补缺补漏、禁烟控烟落小落细八个专项治理行动，并严格按照《全国文明城市测评体系》的创建标准要求，查找工作短板、推动问题解决。

开展爱国卫生治理。自 4 月起持续开展以“防疫有我、爱卫同行”为主题的第 32 个爱国卫生月环境卫生综合整治活动，发动群众参加爱国卫生运动 23 万人次，开展城乡环境卫生集中整治活动 8524 次，整治市场 123 个，全市环境卫生得到明显改观，市容市貌得到显著提升。

注重约束保障，以建章立制构建道德规范

通过起草、修改《莆田市文明行为促进条例（草案）》，明确了“倡导什么”和“鼓励什么”，并根据不文明行为类型，与相关法律、法规紧密衔接，明确处罚措施，推动市人大对文明行为促进立法。

同时，制定《莆田市诚信领域意识形态问题清单移送办法》《莆田市移风易俗问题线索移送暂行办法》，对诚信领域专项治理不到位的职能部门和党员干部、公职人员、人大代表、政协委员、工商企业界人士等在移风易俗方面出现问题行为时，根据情节予以相应处理。

近年来，围绕“政治强、业务精、作风正、纪律严”目标，莆田市委文明办一直注重加强文明办队伍建设，切实履行文明办指导、协调、组织职能，统筹力量、精心实施、加强督查，抓好工作任务落实，为全方位推动高质量发展超越提供精神支撑。

陕西省宝鸡市文化和旅游局

铸魂赋能 一城温暖润民心

宝鸡市文化艺术中心

习近平总书记强调：“满足人民日益增长的美好生活需要，文化是重要因素。”

2021年以来，陕西省宝鸡市坚持以人民为中心的发展思想，聚焦区域文化中心城市建设，持续推进文化铸魂工程，充分发挥文化赋能作用，文化产品供给不断丰富，文化发展活力持续激发，成果丰硕，群众文化生活高质量发展跃上新台阶。

完善设施，打造幸福支点

2021年，宝鸡市高标准通过国家公共文化服务体系示范区复审验收，陈仓区入选首批陕西省公共文化服务高质量发展示范县（区）创建名单，金台区金河镇、凤翔区田家庄镇、渭滨区姜谭路街道被命名为首批陕西省公共文化服务高质量发展示范镇，宝鸡市文化和旅游局荣膺全国文化和旅游系统先进集体称号。截至目前，全市开展广场舞、歌咏比赛、阅读推广等群众性文化活动1230场次，参与群众1250余万人次。各级图书馆、群艺馆、文化馆等文化场馆服务群众70余万人次。

坚持“群众怎样方便怎么建、群众怎么方便怎么干”，以打造“十五分钟”公共文化服务圈为目标，持续推进文化基础设施建设，不断画大公共文化服务“同心圆”。宝鸡市文化艺术中心、宝鸡大剧院、千阳大剧院相继建成，岐山大剧院、宝烟俱乐部、西凤酒剧院等7个剧场得到改造。启动实施“一县（区）一书城、一街一书吧”工程，宝鸡图书馆蟠龙分馆、宝鸡市旅游服务中心城市书房相继建成投用。推进县级文化馆、图书馆总分馆改革，建成镇（街道）图书馆分馆95个、文化馆分馆99个、服务点159个，文化服务半径持续延伸。

“为民、便民”，是宝鸡市顺应数字化发展潮流所聚焦的目标，该市持续推进“智慧+”、数字文化工程，不断加快全市公共文化数字化建设步伐。目前，全市各级图书馆均配套安装自助办证、自助借阅系统，全市各级图书馆、群艺馆、文化馆在官网、公众号设置专区，为群众免费提供电子阅览、优秀作品展演和舞蹈、声乐、美术、摄影等线上培训服务项目。启动实施市图书馆数字体验区建设项目，投资650万元，安装触摸屏、学习机等数字化专业设备98台，扩容数字资源30TB，全市公共文化服务手段更加智能。

宝鸡市加快推进基层综合性文化服务中心建设项目，完成了116个镇（街道）综合性文化站、1323个村（社区）综合性文化服务中心建设改造任务，城乡公共文化服务水平趋于均衡。

文化铸魂，润物悄然无声

宝鸡市发挥主流媒体优势，组织策划“众志成城共同战疫”“牢记谆谆嘱托·奋力谱写陕西新时代追赶超越新篇章”等系列主题宣传活动，筹划开设“乡村行”等专题专栏40多个，制作播出“疫情防控”“保护秦岭生态环境”等公益广告50余条；为庆祝中国共产党成立100周年，精心策划了文艺展演、主题展览等主题活动132项。成功举办“永远跟党走”2021中国教育电视台庆祝建党100周年走进宝鸡演出活动、“唱响红色经典·讴歌光辉历程”秦腔交响乐名家名段演唱会、“群心向党·礼赞百年”第十四届社区文艺汇演、红色经典话剧巡演等活动，推出了百部红色电影假日放、“心中的歌儿唱给党”短视频展播等系列文化活动，让党史学习教育“活”起来、“热”起来，把民心民力“凝”起来、“聚”起来。

戏剧精品，演绎最美风景

2021年宝鸡市组织开展庆祝建党百年剧本征集活动，征集《孙宪武》等22部优秀原创剧本。下拨奖补资金对《青铜》等8台九艺节获奖剧目精雕细琢，打磨提升。新创、复排剧目15台，《我爱桃花》等剧目精彩呈现。电影《书房沟》《寻根周原》、电视剧《沸腾人生》摄制工作加快推进。新创秦腔历史剧《苏子初仕》、秦腔现代剧《乡下女人》参加省文化和旅游厅组织的重点剧本讨论，戏曲《泥土情韵》、话剧《支教奶奶》入选陕西省青年艺术人才资助项目，折子戏《打神告庙》《哑女告状》参加2021年中国秦腔优秀剧目汇演，受到文旅部和省政府表彰。一部部接地气、润人心、有共鸣的精品力作不断呈现，极大地丰富了人民群众文化生活。

惠民演出，共享文化盛宴

“千村百镇文化惠民”工程，是百姓享受文化盛宴的共享平台。2021年以来，宝鸡市采取“线上+线下”的供给模式，共举办各类文艺演出活动1000余场，惠及群众300余万人次。

按照“政府出资、剧团送戏、百姓受惠”模式，组织开展“话剧月月演，秦腔周周唱，电影假日放”和常态化文化惠民演出、戏曲进乡村等品牌文化活动900余场，举办新年音乐会、春节文艺晚会、“庆丰收迎小康”农耕文化文艺展演、“心中旗帜·永远跟党走”红色经典剧目演唱会、“文化惠民·剧暖冬月”精品剧目展演季等大型文艺活动20余项，为广大群众提供了丰富的文化大餐和视听盛宴。

文化七进，培根铸魂暖心

提升公共服务，力推艺术精品，宝鸡不仅“有戏”，更有“七进”，精彩处处上演。

——廉政剧目巡演、廉政文化摄影书画展等活动走进机关单位，滋养清风正气；

——“文化进军营军民鱼水情”阅读推广、“文化拥军红色影片进军营”“文艺轻骑兵”走进部队等活动，助力“双拥”建设，赓续红色血脉；

——“戏曲进校园”“书法艺术进课堂”“中小学读书月”等活动，为激发学生多读书、读好书搭建良好平台；

——“文化旅游进企业”“书香进企业”等十项活动和“职工书屋”示范点建设工程，全方位、立体化、多角度为广大职工送上文化“大餐”；

——文艺汇演、广场舞大赛、歌咏比赛等文化活动，让戏曲名家、书法大家等走进镇村社区，极大丰富了基层群众文化生活；

——公益书吧、文创产品和非遗展销专柜落地A级景区，让文化融入美景，丰富景区文化内涵；

——探索“文化+工业+景区”新模式，长乐塬抗战工业遗址公园、卧龙文化产业园等，成为保护工业遗存、展示文化根脉、提供旅游休闲的融合示范新亮点。

左图为秦腔《梨园锦绣催春暖》剧照；右图为宝鸡文化走进尼日利亚驻华使馆

守护非遗，传承人文精髓

宝鸡的非物质文化遗产耀眼璀璨，筑牢薪火相传的每一个台阶，宝鸡人都走得很稳，请看成绩单——

凤翔区西凤酒酿造技艺成功入选第五批国家级非物质文化遗产代表性项目名录，陈仓区、凤翔区田家庄镇等6个县区镇被授予“2021—2023年度陕西省民间文化艺术之乡”称号。

6项国家级、57项省级、565项市县级非物质文化遗产代表性项目，构建了“以市县级名录为基础、省级名录为骨干、国家级名录为重点”的梯次结构体系。

1个市级非遗保护中心、21个市级非遗项目传习所、2个非遗陈列馆、12个国省级非遗生产性示范基地、5个省级中小学优秀传统文化教育社会实践基地、19家省市级非遗工坊和534名国、省、市、县级非遗传承人，形成了“中心＋基地＋工坊＋传承人”的非遗保护传承和利用体系。

精心举办“非遗过大年·文化进万家”视频直播家乡年、文化和自然遗产日、“非遗购物节”等宣传展示活动，借助抖音、快手等新媒体平台，制播宣传视频500余条，点击量突破2000万人次。陈仓天地社火、岐山臊子面等非遗项目参与央视《廉鉴》专题片实地取景拍摄，凤翔泥塑制作技艺亮相央视《你好中国》直播活动。举办“丝路青铜·魅力宝鸡·美美与共”宝鸡青铜文化艺术走进尼日利亚驻华使馆活动，尼日利亚、阿尔及利亚等10多个国家的驻华大使、夫人及外交官参加，全面展示了宝鸡独特的文化魅力。

传统与现代的碰撞和交融，让宝鸡非遗文化和传统记忆正持续焕发出新的生机和时代色彩。

广东广电网络珠海分公司
助力宜居幸福新都市建设

珠海广电网络上线党史学习教育专题

链接：广东广电网络珠海分公司是以广播电视节目传输为主业、公共信息服务为特色的现代广电网络运营商。公司立足提供综合信息化服务，除数字电视广播业务外，大力拓展宽带上网、视频监控、互动点播、数据专线联网等业务，全面向产业上下游延伸，积极向全业务综合网络和信息服务商转型，形成了主业突出、多业并举的发展模式。目前，广东广电网络承担国家重点研发计划“宽带通信和新型网络”重点专项“智能媒体融合网络实验与示范”项目，开展各项技术研究、实验，孵化5G增强广播与双向通信终端、家庭智能网关、智能电视一体机、智慧家庭等系列产品，并进行示范应用，实现4K/8K/VR/AR融合媒体内容的跨网传输和多终端关联服务。

2021年是“十四五”开局之年，也是全面建设社会主义现代化国家新征程起步之年。3月29日，《中共广东省委广东省人民政府关于支持珠海建设新时代中国特色社会主义现代化国际化经济特区的意见》（以下简称《意见》）出台，珠海被赋予“民生幸福样板城市”的战略定位，明确提出要“构建优质均衡的公共服务体系”。

2021年以来，广东广电网络珠海分公司充分发挥“党媒政网”平台的特色和优势，全力营造党史学习教育的浓厚氛围，迎接中国共产党成立100周年。同时，积极履行“党媒政网”社会责任，践行“我为群众办实事”，构建现代公共文化服务体系，助力打造获得感成色更足、幸福感更可持续、安全感更有保障的样板城市。

上线党史学习教育专题节目，全方位带动学习热潮

广东广电网络珠海分公司开设“党史学习教育”专题，第一时

工作剪影。左图为利用"智慧一公里"项目户外高清电子大屏，营造党史学习教育的浓厚氛围；右上图为开展"三线"整治工作；右下图为为困难群众提供服务　摄影：钟凡

间为观众推送党史学习教育的最新新闻资讯；推出G导视党史学习导览，实现党史学习教育专题"一键跳转"功能投放；上线谷豆TVAPP，帮助用户随时随地学党史……

2021年是中国共产党成立100周年。中共中央决定，2021年在全党开展党史学习教育，激励全党不忘初心、牢记使命。

为深入学习贯彻习近平总书记在党史学习教育动员大会上的重要讲话精神和《中共中央关于在全党开展党史学习教育的通知》精神，认真落实省委宣传部关于开展全省党史学习教育工作的部署要求，广东广电网络充分发挥"党媒政网"的特色和优势，利用广电有线数字电视、新时代文明实践粤平台、G导视、谷豆TV移动端等渠道积极开展党史学习教育宣传，普及党史知识，推动党史学习教育深入群众、深入基层、深入人心。

3月3日起，广东广电网络珠海分公司参考人民网、央视等官方媒体的党史频道，结合电视端的视频特点，充分利用线上的影视资源，在高清互动平台上打造党史学习教育专题。除"头条""要闻报道"第一时间为观众推送党史学习教育的最新新闻资讯外，还有"美术经典中的党史""百炼成钢——党史上的今天""奋斗百年路 启航新征程""理想照耀中国"等特色专栏，带领观众多角度学习党史知识。

与此同时，广东广电网络珠海分公司在G导视推出党史学习导览。在闲暇时间打开G导视，便可快速收看党史节目精华。观众通过点播路径：机顶盒首页一直播视频窗口，还可实现党史学习教育专题"一键跳转"功能投放。该节目上线仅一周收视就超480万次。

"日常出门上班在外，很难找到看优质党史节目的机会？谷豆TV来帮你！"广东广电网络珠海分公司还上线谷豆TV党史学习教育专题，参考央视等媒体相关党史内容，融合图文、视频内容，精心编排了"建党百年"专栏，下设"学习党史要闻报道""奋斗百年·启航新征程""建党百年影视展播"3个栏目，让用户随时随地学党史。

"年纪大了，手机屏幕太小看起东西来很吃力。通过电视大屏幕观看视频学党史，既生动又方便，边吃饭也可以边学，精神食粮和物质食粮一起补充。"年过七旬的老党员梁伯对广电网络上线的党史学习教育专题节目赞不绝口。

推进公共文化服务建设，智慧广电助力乡村振兴

"群众在哪里，党的声音就要传播到哪里！"广东广电网络珠海分公司积极推进"智慧广电助力乡村振兴"公共服务平台专项工作，打通"智慧一公里"、建设智慧广播系统、建成覆盖全省电视门户平台、承建"视频云项目"等……

4月20日下午，由广东广电网络珠海分公司负责运营的珠海市新时代文明实践"智慧一公里"项目启用仪式暨"两中心一平台"融合发展工作现场会，在斗门区莲洲镇东湾村党群服务中心广场举行。该项目一亮相，就在斗门区101个行政村赢得满堂彩，迅速成为"新晋网红"。

该项目通过"村村通"广播、户外高清电子大屏信息发布系统、文明实践电视门户专栏以及新时代文明实践中心微信小程序等智慧手段，探索实现"可听、可看、可体验"的"智慧一公里"文明实践模式。目前已对接金湾区文广旅体局、斗门区文广旅体局、高新区社会事业局选定试点村居，为全市"两中心一平台"创新融合发展，以及新时代文明实践建设提供可借鉴经验。

"智慧一公里"项目具备"智慧赋能，实现终端互通""技术加持，实现指挥协同""采编一体，实现内容相融"等诸多亮点。

在终端互通方面，融媒体中心可充分利用"学习强国"学习平台海量资源，筛选贴近农村受众实际的内容，从线上导出到线下、从手机电脑导出到广场大屏，大大增强了文明实践阵地的吸引力和凝聚力。

在指挥协同方面，可实现三级管理、可管可控，还可"平战结合"，遵循"平时宣传，战时应急"的原则，在突发自然灾害、事故灾难、公共卫生事件、公共安全事件时发挥应急广播职能，提供权威、迅速、快捷的讯息传输通道。

在内容相融方面，充分发挥"中央厨房"信息集成优势，多元采集、一次加工、统一编排，将"学习强国"学习平台海量资源和本地新闻资讯，及时推送到"智慧一公里"各渠道播发，让党的声音上接天线、下接地气。

广东广电网络珠海分公司党委书记、总经理应超枫表示，接下来将发挥广电网络的综合优势和特色，积极做好业务对接和技术支撑，不断优化、升级新时代文明实践中心平台，积极为珠海市新时代文明实践中心"智慧一公里"赋能，助力"两中心一平台"融合发展工作，努力把珠海市新时代文明实践中心"智慧一公里"打造成珠海的亮丽名片，为巩固基层舆论宣传主阵地，推动珠海乡村振兴和农村精神文明建设作出更大贡献。

为推进"智慧广电助力乡村振兴"公共文化服务建设，广东广电网络珠海分公司积极推进智慧广播系统建设，将于2021年实现珠海市所有行政村、自然村及社区的应急广播全覆盖。现已完成全市127个村居1514个点位建设并投入使用，包括金湾区22个村居255个点位，斗门区85个村、18个社区1252个点位。目前市级应急广播平台、横琴新区、高新区、高栏港区应急广播项目已陆续启动评审与立项流程。

同时，广东广电网络珠海分公司还协助建成首个覆盖全省

1400万电视用户家庭及广大游客的“青春之城 活力之都”电视门户平台，通过电视端、手机端，提供珠海旅游、文化、体育全方面的综合性宣传指引，还承建“视频云项目”，新建与改造全市范围5800多个监控点（链路）接入，2000个机关单位、重要企事业单位等监控链路接入等，助力“平安珠海”建设。

坐在村头榕树下，便能轻松尽知天下事。这样的场景正在日渐普及。群众喜闻乐见、参与便捷的宣传思想工作新格局正在全市逐步形成。

践行“我为群众办实事”，大力度提升服务质量

“网速比以前快多了，很多业务在手机微信上就可以办，技术人员还主动上门给我们检查线路，广电网络的服务真是太好了。”家住南屏十二村的黄女士开心地说。

为了让群众更好地享受宽带提速服务、保障群众老旧设备正常使用、便捷办理业务，6月1日至6月15日，广东广电网络珠海分公司在唐家古镇、大虎新村、矿山五连、嘉和茗园、金梦园、南屏十二村、鸿雅花园、京华假日湾等全市40个村、小区，开展上门线路检测并设置业务受理点方便用户咨询、办理业务，让群众少跑腿。

2021年以来，广东广电网络珠海分公司结合党史学习教育，针对部分群众反映的网速慢、希望提高宽带速率，老旧设备故障率较高、影响用户使用体验等问题，大力开展“我为群众办实事”服务提升专项行动，具体内容包括：全面提升用户宽带速率，将用户宽带速度提升至100M起步，并为至少3万名群众免费提供组网或安防服务；对全市在网超过5年的老旧机顶盒用户进行回访接触，为用户提供免费上门检测服务；完善电子渠道“缴费”“报障”“报装”3大功能；开展不少于200场的社区便民服务，通过优化电子渠道及开展社区服务让群众少跑腿。

自4月起，广东广电网络珠海分公司加大新政策宣传推广力度，并通过外呼、地推上门等方式引导用户进行宽带提速升级，截至6月15日已为超过22000户群众办理宽带提速并免费赠送组网与安防设备。

目前，该公司已对微信公众号功能进行优化，上线“快速续费”“预约报装”“报障服务”等便民服务板块，提高线上办理业务的便捷性，让用户少跑腿，截至6月15日共受理近1.4万笔业务。该公司客服热线“96956”为用户提供7×24小时热线服务，还主动为用户提供产品内容讲解、业务推荐及客户信息完善等在线服务，方便用户准确、及时了解产品业务信息。

接下来，广东广电网络珠海分公司将在全市范围内开展“品质提升促服务体验”活动。全力配合政府部门做好“三线整治”项目，通过因地制宜制定整治方案，完成全市多个行政区的“三线”整治工作，助力美丽乡村建设。同时推出免费上门检测服务，对用户的老旧机顶盒进行升级，保障用户电视宽带功能正常使用。

此外，为关心关爱特殊群体，广东广电网络珠海分公司还针对珠海市民政部门认定的特殊困难群体提供有线电视服务收费减免优惠。其中，贫困户、特困户、低保户、优抚对象、革命伤残军人及因公致残的人民警察，享受有线数字电视收视维护费8元／月的优惠（原价25.5元／月）或者网关融合套餐费28元／月的优惠（原价49元／月）；五保户免收有线数字电视收视维护费。截至2021年5月，广东广电网络珠海分公司已为2000余户用户减免超54万元收视费。

广东广电网络珠海分公司始终坚持以用户为中心，积极为用户在线解决问题，提供热情的服务。1月8日起，该公司对全市50万电视用户开通童锁功能，并发送通知短信，解决了家长的后顾之忧。该公司还开通了服务监督热线，积极聆听用户声音，提升服务标准。在2021年第五届中国客户服务节中，广东广电网络珠海分公司获得“最佳学习型组织”奖。

不忘初心，砥砺前行。未来，广东广电网络珠海分公司将继续强化服务，继续贯彻执行“我为群众办实事”的服务宗旨，为人民群众提供更温暖、更贴心的服务。

作者：郑振华

安徽省马鞍山市文化馆

以文化人树新风　群文之花遍地开

马鞍山市文化馆大楼全景　摄影：刘晶晶

链接：马鞍山市文化馆成立于1955年，系全额拨款的副县级公益性文化事业单位。现馆建成于1971年，馆舍建筑面积5600平方米，广场使用面积3500平方米。内设办公室、文艺部、美术摄影部、培训部、非物质文化遗产保护部等机构。多年来，马鞍山市文化馆以全市群众文化活动的“组织中心、指导中心、示范中心、培训中心”为发展目标，全面实施免费开放，积极开展数字文化建设和非遗传承保护工作，组织策划开展了一系列丰富多彩、喜闻乐见的群众文化活动，并打造出江南之花、周末大舞台、网络春晚、乡村春晚、正月初五非遗巡演、正月十五闹元宵、预约配送志愿服务、节假日系列广场演出等群众文化活动品牌项目。2015年11月建成全国首个“数字文化馆”，被文化部列为全国首批十个试点单位之一。先后荣获全国文化工作先进集体、全国公共文化管理工作先进单位、安徽省文化工作先进集体、省文化体制改革工作先进单位、马鞍山市先进集体、市文明单位等称号。2008年、2011年、2016年，马鞍山市文化馆三次被文化部命名为国家“一级文化馆”。

历经50年风雨和文化积淀，马鞍山市文化馆里藏着马鞍山几代人的回忆。

现如今，敞开怀抱的它，立足马鞍山，融入长三角，从实体空间拓展到虚拟空间，实现线上线下互动体验；从传承非遗到弘扬时代旋律，优秀文艺作品不断涌现；从公益培训延伸到群文活动，文化活水浸入群众心田……文化繁荣之景美不胜收，群众文化生活丰

安徽省独家、全国首批 10 个数字文化馆——马鞍山市数字文化馆，左图为展厅内景；右上图为 VR 智慧党建展厅；右下图为市民参观马鞍山市数字文化馆趣味信息采集　摄影：刘晶晶

富多彩，马鞍山市文化馆干部职工积极创新主动作为，搅动着马鞍山文化的一池春水。

“十三五”期间，马鞍山市文化馆深入贯彻市委、市政府加快推进文化旅游融合发展决策部署，以公共文化服务标准化试点建设为契机，深入探索文化馆事业改革发展新思路、新方法和新途径，坚持夯实文化根基、推动文化传承、创造精品力作、打造文化品牌，不断满足人民群众日益增长的精神文化需要，凝心聚力推动全市群众文化高质量繁荣发展。

阵地服务，文化惠民有新招

文化，是一座城市发展的根脉和灵魂。五年来，安徽省马鞍山市文化馆作为全市群众文化的主阵地，以“文化惠民”为抓手，积极推进公共文化服务体系建设，不断用文化滋养着这座城市。

*场馆开放年均服务10余万人次。*在经历建成以来首次大规模、系统化维修、装饰和改造后，2015 年 7 月马鞍山市文化馆崭新归来。数字文化体验馆、非遗展示厅、城市悦书房、书画展厅等场馆全年无休对公众免费开放，并免费提供预约讲解等 15 项免费志愿服务。场馆常年开设书画摄影展览、各类赛事、广场文艺演出、读书分享会等活动，有针对性地组织学校、企事业单位、社区居民、留守儿童等群体来馆参观学习，并充分利用场馆功能室提供书画、声乐、舞蹈、美术等免费预约排练，年排练人数近 2 万人次。

*文化服务“预约配送”深入基层。*马鞍山市文化馆创新预约配送服务等特色文化志愿服务，在全市构建了市、区（县）文化馆、乡镇（社区）文化站（活动中心）三级预约配送服务体系，搭建统一预约配送服务平台，推出晚会策划、文艺节目编排等 12 大项 40 余小项的免费辅导项目，走进学校、街道社区等开展文艺辅导，并接待社会组织、个人预约辅导。开展“最美文旅志愿者”评选等活动，招募、组织、指导 590 余名文化志愿者积极投身群众文化事业，成为文艺演出、基层文化辅导等文化活动中坚力量。

*公益艺术培训推动全民艺术普及。*遵循“零门槛、免学费”原则，从市民群众需求出发每年开设 10 余个艺术课程，让数千市民从中受益。举办民歌进校园师资培训班等活动，积极推进青少年儿童特色校园文化建设；举办全市文化工作人员技能提升在线培训班等，增强基层文化工作人员业务技能。同时，马鞍山市文化馆还通过官方网站特设远程辅导培训平台，自制上传长达 100 多个小时的舞蹈、书法等专题电教片，供市民在线学习、免费点播。

数字服务，行业引领再创新

2014 年马鞍山市文化馆在全国率先启动数字文化馆建设工作，被文化部确定为全省独家、全国首批 10 个“数字文化馆建设试点单位”之一。

*线下数字馆建设国内示范。*走进 760 平方米的马鞍山数字文化体验馆，文化驿站、渊源流传、大师指路等 13 大区域各色文化“风光”，通过虚拟场景、裸眼 3D、全息投影等现代技术手段，有效融合诗城文化信息展播、诗词吟诵互动、非遗民俗展示、美术书法临摹等文化元素，让人一次次体味新奇与惊喜。为拓展数字化实体互动体验空间，数字文化馆内还先后新增了 VR 智慧党建、美丽中国 VR 游、迷你练歌房、电钢琴、全国党员干部现代远程教育频道等项目，增强线下服务体验供给能力，累计接待 100 余次全国各地同行组团式参观学习和近 10 万次市民进馆体验。

*线上数字服务平台行业领先。*马鞍山市文化馆依托马鞍山市文化馆网站、微信、微博、抖音等平台，积极搭建“文旅马鞍山”公共数字文化服务平台，在全方位展示马鞍山丰富人文资源和优秀群众文化活动资源的同时，还为市民提供文化志愿者预约服务、远程即时辅导培训、群众文化活动视频点播、网上展厅、非遗资讯、基层动态和廉政文化网上行等全天候 24 小时不间断的文化服务，实现了线上线下互动结合。“云上文化馆”微信小程序还实现了与国家公共数字文化融合工程及广东等地数字文化资源共建共享。

*“互联网+”文化日新月异。*在保证线下体验馆和线上服务平台资源常看常新的同时，马鞍山市文化馆还积极打造“诗韵江东特色音频资源库”，面向社会免费提供 3400 多集马鞍山历史典故和文旅概况等音频资源，是全国地级市中首个申报立项、顺利建成的地方特色音频库，成为宣传马鞍山的重要窗口，建成“基层公共数字文化服务推广项目”，促进全市数字文化资源共建共享和互联互通。同时，在数字化建设过程中，不断形成《数字文化馆工作指南》《数字文化馆资源和技术基本要求》等理论成果和行标、国标，为全国数字文化馆建设带来先进经验。

非遗保护，传承利用结硕果

历史文化遗产是不可再生、不可替代的宝贵资源。马鞍山市文化馆作为全市非遗保护中心，“十三五”以来，积极探索非遗项目保护和传承的多元化。目前，全市有县级以上非遗 174 项，其中国家级 2 项，省级以上 21 项，市级以上 54 项。

*非遗保护数字化。*从数字文化体验馆的民俗风情和独具匠心展区，到 2017 年 11 月底建成的全省首个数字化非遗展示馆，马鞍山的非物质文化遗产，通过全息投影、虚拟翻书、3D 打印、录播舞台、漫画非遗等方式，集展示、传习、展演、互动体验为一体，走到市民身边。同时，上线马鞍山非物质文化遗产网，完成当涂民歌、东路庐剧、博望打铁等非遗代表性项目专题片，新编《清明鼓》《丰收歌》等“当涂民歌”，逐步实现非遗记录方式数字化。

*非遗活动特色化。*在重要节点和节日期间，针对青少年、游客等群体，举办“文化迎春·民俗进城”非遗大展演、非物质文化遗产展演展示展销等演出，开展各类非遗进校园、非遗进社区、非遗

进景区、非遗图片展等活动，弘扬非遗文化，增强群众非遗保护意识。积极打造特色非遗文创产品，完成马鞍山市非物质文化遗产系列丛书《漫画非遗》（一）（二）口袋书的绘制、印刷和线上平台建设；壮大全市非遗代表性传承人队伍，规范档案管理，签订责任书，示范带动相关项目活态传承和有效保护。截至目前，全市市级以上非遗代表性项目传承人共计35人，其中国家级传承人2人，省级传承人21人。

非遗保护法治化。2017年5月1日，马鞍山市首部地方性非遗保护法规——《马鞍山市非物质文化遗产保护条例》正式颁布施行。该法规针对非物质文化遗产面临的保护难、传承难和利用不佳等问题，对非物质文化遗产的内涵、调查、保存、认定、保护、传承和利用等各环节进行规范，使全市非物质文化遗产工作有法可依、有章可循。这也是该市首次出台的地方性法规，翻开了依法治市的新篇章。

品牌文化，彰显魅力显时尚

五年来，马鞍山市文化馆挖掘资源、推陈出新，不断繁荣文化事业、发展文化产业，不断打造马鞍山文化品牌。

优秀群众文艺作品亮点纷呈。2016年，马鞍山市文化馆以国家级非遗当涂民歌《熟透的庄稼一片黄》为主旋律编创的广场舞《江南江北一家亲》参加全国百姓广场舞吴江展演，这是该市广场舞节目首次登上全国舞台。2017年，在马鞍山市文化馆统筹调配下，以马鞍山诗歌特色文化为主线，诗歌舞《望天门山》和当涂民歌《勤嫂子》等十个节目集中登上央视综艺频道《群英汇》，成为全国首个登上央视的文化馆。为纪念改革开放40周年、新中国成立70周年，宣传诗歌文化，马鞍山市文化馆还组织创作了音乐作品《这条路我们最爱走》《中国努力奔跑》《一诺千年》。

大型群众文化品牌竞相绽放。“江南之花”绽放诗城35年，每年一种形式，每届一个主题，先后300余支文化志愿服务队近万名文化志愿者参与其中，造就了“群星艺术团”“映山红艺术团”等一批极具生命力的民间艺术团体，让一江两岸常现“千人同唱一首歌，万人共舞一首曲”的盛况。“周末大舞台”走过11年，始终零门槛参与，准明星登台，城乡互动，反响热烈，更拓展出网络歌手大赛，打造线上线下的文化盛典。还有“非遗民俗大展演”“乡村春晚”“网络春晚”“老年春晚”，结合文旅资源，助力乡村振兴，均成为全市百姓参与度广、全省影响力强、全国较有名气的大型品牌文化旅游活动。

全国重大文化活动花落诗城。2017年11月29日至12月1日，中国文化馆年会在马鞍山举办，全国文化领域共有4500多人参加这一国家级文化盛会，为首次在中小型城市成功举办，充分体现了文化部、中国文化馆协会对该市文化工作的肯定。此外，马鞍山市文化馆还举办了2018年全国数字文化馆培训班、“礼赞新中国、奋斗新时代”安徽省第12届皖江八市群艺“朗诵”大赛，充分展现了该市文化事业发展成果，为展示该市文明城市形象增添了新的窗口。

区域联动，文化共享长三角

随着长三角一体化上升为国家战略，马鞍山市文化馆在融入长三角一体化中更是全面提速、抢占机遇。

2018年10月25日，在上海浦东新区举办的“打响文化品牌，打造文化高地”文化工作推进会上，马鞍山市文化馆被列为“长三角公共文化服务采购联盟”第二批成员单位，同时由浦东新区群艺馆、马鞍山市文化馆等18个长三角地区文化馆共同发起的长三角文化馆联盟宣告成立，为长三角各地文化馆增进相互了解，探索创新服务载体、拓展工作内容搭建了有效平台。2019年7月26日，在长三角城马鞍山市文化馆联盟成立大会上，马鞍山市文化馆当选为副主席单位。

2019年11月27日，在中国文化馆协会指导下，由安徽省文化馆、长三角城马鞍山市文化馆联盟主办，马鞍山市文化馆承办的2019年长三角城马鞍山市文化馆联盟数字化建设培训班在马鞍山市开班，成为该联盟成立以来举办的第一个区域性培训班，为助推长三角地区创新构建现代公共文化服务体系贡献了马鞍山力量。

与此同时，马鞍山市文化馆还积极组织、推荐优秀文艺作品参加2019安徽当涂·长三角地区民歌大展演、“欢歌喜舞523”长三角经典民间歌舞展演、“我和我的祖国”庆祝中华人民共和国成立70周年长三角美术书法作品联展、第四届中国非物质文化遗产传统技艺大展、长三角城马鞍山市文化馆联盟优秀文艺节目展演、长三角地区（杭州）排舞邀请赛、千年水乡等你来——长三角城市非遗精品云展演、长三角公共文化座谈会等活动，在带着自身文化特色融入长三角“文化圈”的同时，取长补短，满足百姓对文化的需求，推动该市文化事业高质量发展。

一个个荣誉，一串串数据，展现出“十三五”时期马鞍山市群众文化蓬勃发展的强劲势头。接下来，马鞍山市文化馆将以习近平总书记考察安徽重要讲话指示精神为指引，以新标杆、新举措、新担当全力推动马鞍山群众文化大发展，筑牢“以人为本”“文化惠民”的理念，积极推动区域文化联动，让文化发展成果更多更公平地惠及全体人民，进一步提升全市人民的文化幸福感，为奋力打造安徽的“杭嘉湖”、长三角的“白菜心”做出新的更大贡献。

中国工商银行绵阳分行

着力聚焦导向、凝聚、激励、约束、辐射“五大功能”

链接：中国工商银行绵阳分行是四川省最佳文明单位和总行重点城市行，现有从业人员1083人，辖5家县支行、2家专属支行、25家城区直管支行，共有营业网点54家。截至2019年11月末，各项存款851.79亿元，各项贷款328.53亿元，服务单位和个人客户总数超过275万户，投入自动柜员机351台，智能设备109台。近年来，该行被总行授予2017年度“零售业务突出贡献单位”，被四川省分行评为2017年度“先进集体”，也是本地唯一一家获得“支持实体经济先进单位”“支持军民融合先进单位”双第一和“绵阳市军民融合服务领军团队资助资金”奖励的金融机构，并荣获“科技金融服务优秀单位”和“企业融资工作先进银行业金融机构”称号，在工商银行全国重点二级分行综合经营业绩考核中位列第四名。2019年3季度，该行在全国工商银行294家二级分行排名第6位、80家重点城市行排名第9位、51家重点二级分行排名第3位。

2019年10月，中国工商银行绵阳分行（以下简称工行绵阳分行）荣获“新中国70年企业文化建设优秀单位”称号，并由中国企业文化研究会颁发获奖奖牌和荣誉证书。

近年来，该行坚持以习近平新时代中国特色社会主义思想为指引，坚持和厚植中国特色社会主义文化自信，深入传承落地中国工商银行企业文化体系，着力聚焦企业文化导向、凝聚、激励、约束、

2019 年 6 月 30 日，工商银行绵阳分行党委组织党员干部在市分行党员活动室开展纪念建党 96 周年“重温入党誓词、坚定理想信念”主题党日活动

辐射“五大功能”，奋力开创文化强行新局面，为新时代高质量发展注入新活力新动力。

聚焦导向功能，开创“奋斗 + 落实”的文化新风尚

工行绵阳分行在坚定中国特色社会主义文化自信和建设文化强国的新征程上，努力营造“奋斗 + 落实”的企业文化新风向。2017 年，该行党委结合企业属性、职能职责、发展定位和经营目标，着力突出文化导向功能，在全行鲜明提出了“五个引领同业”“两个突出”“三要三不要”的企业文化建设新导向，团结带领全行干部员工朝着“新奋斗 + 高质量”的道路砥砺奋进，在复杂多变的经营发展形势下取得了不良贷款余额、占比“双下降”、存贷款规模“超千亿”、人均创利“过百万”的骄人业绩。

聚焦凝聚功能，营造“进取 + 赋能”的文化新气象

工行绵阳分行畅通员工晋升通道，坚持公平公正，在识人、选人、用人标准上坚持不唯年龄、不唯学历、不唯身份，消除员工职业发展要素限制。强化员工培养成长，仅 2018 年就组织开展各类培训 379 次，累计参训 5753 人次，组织各类任职资格考试 32 场，839 人次参考。营造快乐工作浓厚氛围，组织动员全行员工参与读书、演讲、歌咏比赛和羽毛球、篮球、足球、摄影、书法等丰富多彩的员工活动。坚持把关心关爱员工落到实处，使全行员工队伍凝聚力、创造力、战斗力空前增强，风清气正、干事创业的氛围更加浓厚。

聚焦激励功能，形成“担当 + 创优”的文化新格局

工行绵阳分行提升服务文化，服务半径实现对全市 295 个乡镇和街道办事处的全覆盖，服务个人客户总数达到 242.86 万户，服务单位客户总数达到 15120 户，为广大群众机关企事业单位生产生活提供了有力的金融服务保障。强推创新文化，在全市率先开启了离退休人员零资料在网点柜面领取住房公积金服务，率先建成全市首个社银一体化网点，率先创新推出“住房公积金信用贷”、设备仪器贷、技术交易贷、医保信用贷、小微信宜贷以及智慧住建、智慧交通、智慧社保等十大智慧服务场景，金融服务保障能力显著增强。打造创优文化，所辖支行近年来荣获总行级以上荣誉 11 项。

聚焦约束功能，树立“审慎 + 合规”的文化新取向

工行绵阳分行认真贯彻落实新发展理念，充分发挥企业文化在全行改革发展中的引领作用，着力追求速度与规模双高的跨越发展、总量与质量共增的优化发展、当前与长远兼顾的蓄势发展、队伍建设与企业文化同步的和谐发展，不断强化行稳致远、基业长青的发展新取向。重塑审慎信贷文化。始终坚守不发生系统性、区域性金融风险的底线，坚决打好重大风险防控攻坚战。践行依法合规文化，持续强化案防风险管理，深入推进“猎人行动”案防整治工作，切实加强操作风险管理，不断深化网点运营风险分级管理，“一点一策”制定管理措施，2018 年末 A、B 类网点均居全省第一，高风险网点占比均低于全省平均水平；内部可控风险暴露水平低于全省平均水平 0.19 个万分点，确保了经营发展行稳致远。

聚焦辐射功能，掀起“互鉴 + 互促”的文化新热潮

工行绵阳分行高度重视企业文化载体建设与文化交流互鉴，2017 年以来，着力建设宣传橱窗主阵地，在 15 个部门、34 个机构和 55 个营业网点全面建成以部门（支行、网点）为单位的文化墙 103 块，建成职工之（小）家和职工书屋（图书室）59 个，建成职工食堂、健身房及老年活动中心 32 个，企业文化细胞建设形成了对机构网点、在职员工、离退休员工的全覆盖。在当地同业率先建成鸥俊创新工作室后，先后与云南分行、上海分行就创建工作开展了相互交流学习。

近两年来，该行围绕党委中心组学习、重点业务培训、创新项目拓展等，先后采取“请进来”和“走出去”的学习交流、互学互助活动超过 300 人次；围绕加强与地方党政与企事业单位的合作，开展文体联谊活动 538 人次，形成了企业文化对机关、企业的强辐射。围绕打好脱贫攻坚战，深入推进精准扶贫，积极开展“金秋助学爱心陪伴”“精准助脱贫送福迎新春”“脱贫不脱帮”等活动 20 余场次，连续两年携手大型医院深入平武帮扶贫困村开展义诊咨询 324 人次。

中国人寿保险东阳市支公司

探寻文明创建“密码”

连续十多年参加行风热线　摄影：朱敬培

2020 年 11 月 25 日，笔者从中国人寿保险股份有限公司金华分公司获悉，在最近召开的全国精神文明建设表彰大会上，该公司东阳市支公司被评为全国文明单位，是全国保险行业四家获评单位之一，也是两家寿险获评单位之一，而且还是唯一一家县级支公司。

中国人寿浙江东阳市支公司曾两次被评为金华市文明单位，2009 年被评为浙江省文明单位，2020 年又获评全国文明单位。如此骄人的成绩，其文明“密码”在哪里？

文明建设和业务工作并驾齐驱

中国人寿东阳市支公司下设城区 12 个职场、9 个农村营销服务部，在册营销员 2162 人，在编员工 60 人。为了创文明单位，该公司将加强领导班子建设作为核心工作来抓。

认真落实学习制度，将开展党支部学习作为提高班子战斗力的有效途径。贯彻民主集中制原则和班子集体议事规则，坚持集思广益，坚持集体讨论决定，并将有关问题在干部职工中广泛征求意见建议，努力使各项决策符合全局工作的发展方向和要求。

严格抓好勤政廉政工作，公司党支部书记签订了《全面从严治党主体责任书》和《党风廉政建设责任书》、支部书记与部门负责人签订了《党风廉政建设责任书》，将廉政工作落到实处。为确保文明创建工作有领导、有组织、有计划、有步骤、有措施地规范运作，公司成立了一把手为主要负责人的文明创建领导小组，把文明创建列入重要议事日程，把文明建设和业务工作一起抓，真正把文明创建工作落在实干上。

面对新的社会经济大环境和激烈的市场竞争形势，该公司着力推进业务扩量、队伍提质、管理增效，取得了较好的成效：2020 年公司总保费 14.77 亿元，占东阳市寿险市场份额的 67.06%。荣获系统全国县域“双百强”和大短险八星级会员单位，2020 年共计受理理赔案件 28416 件，赔付金额 7999.59 万元。

塑造荣誉感和责任感，打造文明团队

该公司结合开展“不忘初心、牢记使命”主题教育工作，坚持以人为本，旨在培育一大批富有理想、坚韧执着、热爱中国人寿保险事业的销售人员队伍。

用榜样的力量凝聚人心。通过树立典型，塑造团队的荣誉感和责任感，形成一个团队就是一个家的大营销文化理念，努力打造团结奋进、健康向上的工作环境，使公司在激烈的市场竞争中立于不败之地。

在队伍建设中，注重教育培训的过程管理，努力打造一支专业水平高、思想素质高的销售队伍。坚持以诚信守法教育为重点，强化宣导力度，树立业务员的诚信意识，不断提高业务质量。

重视抓好企业文化建设，增强员工向心力。公司积极倡导“创新、拼搏、务实、奉献”的企业精神，培养员工与公司共同的理想、信念和目标，促进员工改进工作作风，把个人前途与公司发展紧密结合起来，最大限度地满足员工的合理需求，调动员工的积极性、主动性与创造性，并将其融入到公司业务发展、日常管理、客户服务的全过程。

开展公益活动，弘扬文明力量

该公司成立了创建工作领导小组，建立责任机制，专门下发方案，分解目标任务，提出具体要求，实行定部门、定领导、定任务、定进度、定责任，做到层层有人抓、环环有人管，一级抓一级，一级对一级负责，真正把创建工作落到实处。

发挥文明单位在文明城市创建中的示范引领作用，结合自身创建任务和职业优势，建立了专业化志愿服务队伍，定期送保险、金融知识进乡镇。通过在各镇村摆放宣传展架、设立咨询台等形式，让广大群众了解金融、保险知识，积极引导群众熟练运用各种金融服务，为社会公众营造了一种懂金融、用金融的良好氛围。

与此同时，该公司积极参与各类公益活动，传递爱心、弘扬正能量。先后与东阳市妇联联合开展“为国为家、为爱狂奔”活动，

为东阳市范围内的白血病患儿捐款。参与东阳市妇联庆“三八”109周年暨“双丝带”健康公益行活动。参与东阳市医疗保障局主办的2019年度“打击欺诈骗保，维护基金安全”宣传活动。连续几年组织“7•8”保险扶贫公益健步走，多年来组织员工参加无偿献血活动，体现社会担当。

2019年还开展了“双百结对、共建文明”活动，与东阳市江北街道永久村签订结对共建文明协议书，组织党员志愿者队伍进入永久村开展“送保险、金融知识”进社区，现场为村民们解答保险、金融知识，宣传诚信保险的重要性。组织员工志愿者队伍为村委送知识刊物及组织员工、业务员、客户农家乐采摘活动，帮助当地农民增加收入。

作者：韦华

山东建筑大学

VR全时空实现“智能+教育”课堂变革

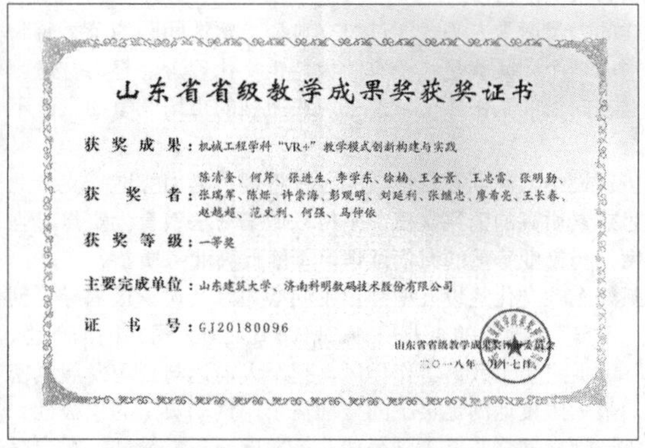
山东省省级教学成果奖获奖证书

获奖成果：机械工程学科“VR+”教学模式创新构建与实践

获奖者：陈清奎、何芹、张进生、李学东、徐楠、王全景、王忠雷、张明勤、张瑞军、陈娅、许崇海、彭观明、刘延利、张继忠、廖希亮、王长春、赵越超、范文利、何强、马仲依

获奖等级：一等奖

主要完成单位：山东建筑大学、济南科明数码技术股份有限公司

证书号：GJ20180096

山东省省级教学成果奖评审委员会

二〇一八年九月七日

“VR+”教学模式荣获山东省教学成果一等奖

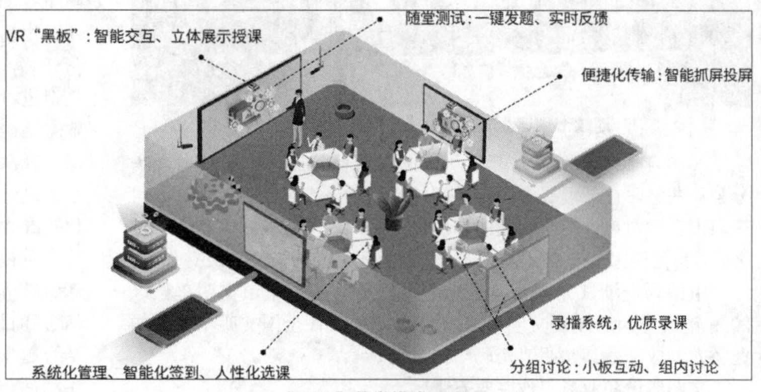

“VR+”教学模式示意图

当前，虚拟现实（VR）技术与教育教学的深度融合已成为时代选择，其打破时空限制、身临其境的叙事方式成为传统教育改革的切入点。2004年，在VR尚未被熟知时，山东建筑大学机电工程学院陈清奎教授便牵头成立了虚拟现实实验室，带领团队开展VR技术研究，并着重在教育教学领域深耕细作，致力于“打造没有围墙的大学”，实现全民“普惠VR”。

2021年，《关于2020年度教育信息化教学应用实践共同体项目的通知》发布，由山东建筑大学作为项目牵头单位、陈清奎教授作为项目负责人，联合山东大学、中国海洋大学、中国石油大学（华东）等16个单位申报的“基于‘VR云平台’的装备制造类专业全时空教学模式应用实践共同体”项目成功获批。基于此项目，陈清奎团队将在全国50余所高校进行VR全时空教学模式应用的推广落地及共建共享，持续推进教育信息化的深度融合和普及发展，这让他们距离实现“普惠VR”的梦想更近了一步。

坚守初心使命，潜心教书育人，创新开拓擦亮教育底色

自1985年以来，山东建筑大学陈清奎教授及其团队一直从事CAD/CAM/CAE、动漫技术以及VR技术研究开发工作。作为高校教师，他们坚守立德树人根本任务，以提升大学教育教学质量为己任，致力于将先进技术深度融入教学，创造灵活多样的教学方法，让教学内容更加丰富、有趣。

知不足则求变。多年的教学实践中，团队成员对传统教育模式，尤其是理工科教育上存在的弊端和不足深有体会：“实验操作和教材平面之间的差距很大，学生没有充分的条件动手实践，只能凭借想象，难以理解实际的实验操作流程和设备组成结构；教师仅凭说教和几个模型，很难教明白知识的难点和重点。”为了破解这一难题，团队将虚拟现实技术、体感交互技术、增强现实技术等与传统教学相结合，完成了教学模式和方法的创新，开发出了“教师宜教，学生易学”的机械工程学科虚拟仿真教学系统，使学生与教师都能够在高度仿真的虚拟场景中进行学习、实验、授课、考核等工作，在提升教学效果的同时节省了大量时间和费用。

深耕VR技术应用，教学科研成果丰硕

VR技术在机械工程学科的成功实践，很快便在山东建筑大学引起了强烈反响，使其应用的脚步逐渐扩展至多个专业，尤其是作为学校特色的土木建筑学科。陈清奎团队开发了建筑工程及装备VR教学系统，不仅能三维展示建筑建设的全过程，还可以可视化互动。在这一成果的助力下，国家建筑工程及装备虚拟仿真实验教学中心在山东建筑大学成功落地，并在2013年的审批中列山东省之首、在教育部门专家打分中列全国第5名。以此为基础建设的国家产教融合项目建筑工程装备虚拟仿真创新实训分中心，助力山东建筑大学成为山东省首所国家产教融合示范工程本科高校。

陈清奎团队在认真完成日常教学工作的同时，努力保持、提高队员科研能力和业务水平，先后主持完成了“基于Solid Edge系统平台的工程机械虚拟设计制造技术开发及应用”等70余个教学科研项目；获2005年山东省科技进步二等奖、全国高校Solid Edge教学大赛一等奖、山东省教学成果一等奖等奖项，获国家发明专利20余项、软件著作权50余项，出版专著《计算机辅助教学研究》，主编出版3D版教材9本，主持获批“机械制图”等5门山东省一流课程；主编教材《液压与气压传动（3D版）》获山东省优秀教材。

同时，陈清奎教授依托其创立的济南科明数码技术股份有限公司，进一步推进多学科的虚拟仿真教学资源开发工作。陈清奎教授说，VR技术与教学可以深度融合，教师和企业家的身份也不矛盾，校企联合协同育人，既有利于教学，也能促进公司发展。

精心打造VR云平台，实现全时空“教”与“学”

打破更多的“围墙”，实现更好的教育。2019年，陈清奎团队受教育部门下属教学指导单位委托，独家承担机械工程学科虚拟仿真实验共享平台的建设。通过VR云平台可以打造全时空的教学、学习模式，保障学生的学习活动不受时间和地点的限制。特别是在先进技术还无法触达的经济欠发达地区，学生没有条件访问昂贵的高科技实验室，基于VR云平台打造的虚拟实验室使其成为可能。

2020年，新冠肺炎疫情防控期间，线上教学成了很好的选择，大年初十，陈清奎团队紧急集结，加班加点，全力加速建设教学云平台，仅用了不到20天，科明365VR教学云平台正式上线，并免费开放1200多个VR教学资源，惠及全国657所学校、10万余名学生。

未来，山东建筑大学陈清奎团队将持续加大在VR教育教学领域的布局，加强科研创新和推广应用，为促进虚拟仿真教学模式的教学应用常态化，以及教育教学向智能化、网络化、信息化的高速发展继续贡献力量！

作者：何文玲　摄影：陈先哲

河池学院

七十恰青春　逐梦正芳华

河池学院西大门

会仙山下，菁菁校园；龙江河畔，冬日朗照。

河池学院，坐落于壮族歌仙刘三姐的故乡——广西壮族自治区河池市宜州区。这里曾是老一辈无产阶级革命家战斗过的地方，红色文化生生不息。这里还是北宋文学家、书法家黄庭坚人生的归宿，是科考“连中三元”、官至副宰相的冯京出生地，明代旅行家徐霞客在此留下了一万多字的旅行游记。抗日战争时期，这里成为全国文化名流西迁途中的精神家园，诞生了浙江大学的“求是”校训和校歌。

根植于这片文化沃土，办学70年来，一往无前的河池学院人筚路蓝缕、栉风沐雨，弦歌不辍、刚毅艰卓，铸就了“忠诚执著，求真朴实”的学校精神。回眸校史，学校始终坚持社会主义办学方向，贯彻落实立德树人根本任务，办好人民满意的大学；俯拾荣光，学校始终坚守着炽热的育人梦想，牢记为桂西北革命老区、少数民族地区发展提供智力支撑和人才保障的重要使命，在不懈探索中书写了辉煌的历史篇章。

而今迈步从头越，奋进路上再出发。进入新时代，在习近平新时代中国特色社会主义思想指引下，学校正奋力开启新征程，朝着建设国内知名区域高水平地方应用型大学的目标砥砺奋斗，绘就出逐梦前行的绚丽画卷。

三次大跨越，奋楫立潮头

乘风破浪七十载，奋楫争先立潮头。

办学70年来，学校历经三次大跨越，从“楼无一栋，地仅半垄，师生百人”的师范学校，逐步发展成为现代化教学楼、办公楼、体育馆、宿舍楼鳞次栉比，校园占地面积达3600亩（含规划用地1500亩），教职员工1000多人，全日制在校学生超过1.5万人，生源来自全国16个省份，并在10多个国家招收留学生，成为具有一定规模和特色的桂西北地区仅有的一所本科院校。

（一）志存高远，艰苦创业

“从建校伊始，我们就和国家命运紧紧连在一起！”每次给青年师生讲校史，河池学院退休老教授们都难掩激动之情。

新中国成立之初，百废待兴、百业待举，为了给祖国边远山区的桂西北培养急需的人才，1951年，河池学院的前身宜山师范学校应运而生。

在那段“激情燃烧的岁月”中，与新中国一道成长的宜山师范学校师生，志存高远、艰苦创业，在瓦房里做学问。先后有两万多名毕业生陆续去到急需教育人才的壮乡瑶寨，他们向下扎根、向上开花，为新中国成立初期桂西北教育体系的建立和完善发挥了重要作用，为国家输送了大批优秀人才。

（二）沐浴春光，砥砺奋进

沐浴改革开放的春光雨露，地处大石山区河池老区的人们，也迎来了用知识改变命运的希望。1978年12月，河池师范专科学校获批在宜山师范学校的基础上建立，1994年更名为“河池师范高等专科学校”。

与国家改革开放同步，走来了河池师范高等专科学校的新一代。河池开始有了大专教育，学子们开创了一片广阔的天地，5万多名毕业生奔赴河池这块红色的土地以及全国各地，奉献青春、建功立业。

（三）厚积薄发，行稳致远

进入新世纪，迎来新机遇。学校牢记初心和使命，解放思想，再次创业，满足了跨越的条件。2003年4月，经上级主管部门批准，在河池师范高等专科学校基础上建立河池学院。从师专到学院，不仅让大山里的学子圆了大学梦，也从这里走出了一大批进入各级教育教学部门、新闻媒体和企事业单位的骨干。

2012年，学校通过了本科教学合格评估；2013年，成为广西新增硕士学位授予立项建设单位；2016年，学校获批成为自治区层面整体转型发展试点高校；2019年，学校通过国家本科教学工作审核评估。

斗转星移，春华秋实。经过70年的发展，学校目前已设有13个二级学院、50个本科专业，并与国（境）外15所高校建立合作关系；拥有校外实践基地236个，校内基础实验室（实训中心、实训室）313个；馆藏图书149.67万册，其中电子图书47万册；教学科研仪器设备总值22614.03万元，生均超过1.51万元。学校的社会影响和声誉不断提高，被称为桂西北的“人才宝库”。

国家教育部门时任领导到校视察时曾说：“没想到广西河池地区这个边远山区还有一所这样好学校！”“河池学院留给专家极为深刻的印象，是一所值得尊重的大学！”

聚是一团火，散成满天星

70年来，河池学院始终把立德树人成效作为检验学校一切工作的根本标准，把思想政治工作贯穿教育教学全过程，坚持“扎根河池，服务地方，面向基层，强化应用，开放合作，突出特色”的办学指导思想，秉承“质量立校、人才强校、特色兴校、文化铸校”的办学理念，在转型发展、创新创业、服务社会、人才培养等方面实现新发展，不断绘就育才新图景、打造聚才新高地、营造引

河池学院办学70周年校庆庆典

才新风气。

聚是一团火，散成满天星。70年来，先后有超过10万名河池学院毕业生怀揣梦想，壮志凌云，在祖国大地上发光发热，既实现着人生价值，又为国家的建设和发展贡献力量。

（一）人才培养，百花齐放

为地方培养“下得去、留得住、用得上、干得好”的基础教育人才和社会骨干，是学校的优良传统。在毕业生中，从事河池基础教育者约占70%，在学校各级领导岗位任职者占比43.84%；也有不少毕业生在政府部门和企事业单位中作出很好的成绩。

学校毕业生中，不仅有全国优秀教师、全国师德先进个人、全国道德模范，还有全国三八红旗手、全国巾帼建功标兵、全国五一劳动奖章和国家特殊津贴获得者，呈现出“百花齐放春满园”的亮丽图景。

升格为本科院校以来，学校坚持以学科建设为引领，不断提升科学研究水平，精准引才、用才、优才。先后承担省部级以上科研项目130项（国家项目32项），市厅级项目600多项，纵向科研项目经费达2653万元，获得自治区级以上科研成果奖14项，获得国家授权专利476项(发明28项、实用新型228项、外观设计220项)，《河池学院学报》被评为全国高校优秀社科期刊。

目前，学校的汉语言文学专业是国家特色专业建设点，电子信息工程、生物科学、电气工程及其自动化等9个专业是自治区级一流本科专业建设点，一批广西重点学科、一流学科、优势特色专业、优势特色专业建设点，以及各级各类重点实验室、科技创新平台、自治区级教学团队，为各类人才的成长搭建了横向发展的“桥梁”和纵向发展的“阶梯”。

（二）作家摇篮，享誉八桂

从“河池师专”办学伊始，学校就确立了“重视校园文化建设，办出特色”的办学理念。升本以后，学校始终坚持“发扬文科优势”，打造办学特色。按照这个思路，韦启良、李果河、银建军、温存超、黄土路等一批又一批写作指导教师薪火相传，在推进文化大发展大繁荣的过程中，学校将办学与当地民族文化深度融合，培养出很多优秀作家。

一大批活跃在广西各地的知名作家和高素质应用型写作人才，从这里起步、成长，被誉为“作家的摇篮”“河池学院文化现象”，使河池学院成为广西一处文学小高地，是广西区域内高校中独具特色的亮丽名片。

其中，广西文联主席兼作协主席、著名作家东西的中篇小说《没有语言的生活》获得首届鲁迅文学奖，打破了广西作家18年来没有获得全国大奖的沉寂局面，根据《没有语言的生活》改编的电影《天上的恋人》获东京第15届国际电影节“艺术贡献奖”；小说作品被影视界评为“中国十大文学现象”之一的广西作协副主席凡一平，有20多部作品拍成影视剧在全国热播，根据其小说《寻枪记》改编的电影《寻枪》创造了2002年度国产电影票房佳绩，根据其小说《理发师》改编的同名电影引起全国反响。

继东西、凡一平之后，同样毕业于河池学院的田湘曾获首批广西文化名家暨“四个一批”人才奖，有“沉香诗人”之誉。何述强摘得广西青年文学奖，黄土路、王卓屡次跻身广西签约作家行列。活跃于广西文化界的河池学院学子不断在广西文坛崭露头角，引起人们越来越多的关注。

广西壮族自治区政府部门时任领导多次称赞河池学院为培养广西写作人才所作出的贡献；广西作家协会原主席罗传洲称赞说，从河池学院毕业的学生占了广西文学界的半壁江山，并且势头越来越好。

学校的文学社团也十分活跃，目前已办有南楼丹霞文学社、堆云文学社、山谷文学社、秘书协会、龙水话剧社、图情协会等和写作密切相关的学生社团，社员遍布各二级学院；连续出版《南楼丹霞》《堆云文学》《视点》等社团刊物，年年举办文学沙龙、征文比赛、朗诵比赛、作品研讨、诗歌节、话剧节等活动。东西、凡一平等作家，就是在这些社团和校内文学刊物中“摔打”出来的。

为不断提升校园文学创作氛围和品质，学校“引水肥田”，组织召开桂西北作家群研讨会、诗歌节等大型研讨交流活动，大力支持在校生组建南楼丹霞等学生文学社团，长期聘请知名作家作为校园刊物的文学顾问，带领学生深入少数民族地区开展创作采风，在校生在文学社团先后发表了300多万字具有民族文化色彩的诗歌、散文、小说，有的获国家文学奖，有的还选入年度文集，成为人们了解桂西北民族文化的窗口。

（三）民族瑰宝，经典永续

作为桂西北文化研究的重镇，学校坚持民族文化研究与服务地方发展深度融合。先后与地方政府部门联合举办了刘三姐文化、徐霞客游记、仫佬族文学、韦拔群精神等全国性学术研讨会，出版《仫佬族史》《韦拔群精神论》等著作（文集）。发挥河池是中国首个村民自治组织诞生地的地缘和历史资源优势，建立农村问题研究中心桂西北调研基地，开展社会调查、进村挂职等实践活动，并首创“村民自治在广西”思想政治教育特色课程。

河池不仅拥有全国仅有的仫佬族自治县、毛南族自治县，还有被称为“人类文明活化石”的白裤瑶，这些民族个性鲜明的音乐、舞蹈，如一颗颗珍珠洒落在桂西北的大地上，浸润着河池学院师生。

师生自编自导自演的大型青春彩调歌舞剧《刘三姐》多次在广西壮族自治区内各地巡演，获得社会好评；根据少数民族文化自编自导自演的《唱山歌》《甜蜜蜜》《白白的裤子黑黑的哥》等民族舞蹈，连续3届荣获全国大学生艺术展演一等奖；根据毛南族民歌创作的多声部大合唱《花竹帽·柳唧咧》，获得中国民歌合唱节女声合唱组金奖；以当地瑶族人民生活为原型编排的舞蹈《背篓·瑶人》，获得中国舞蹈荷花奖校园舞蹈大赛优秀表演奖。桂西北民族文化之花，就这样在河池学院师生的一次次精彩演绎中，由地方走向全国。

河池学院坐落在美丽的龙江河畔

在桂西北少数民族非物质文化资源研究基地支撑下，学校挖掘整理出竹连球、打陀螺等红水河流域民间传统体育运动，编写出教程，引入高校课堂。一系列研究、传承民族体育运动的专著和论文相继问世，引起学界关注。其中，2015年代表广西参加全国第十届全国少数民族传统体育运动会，广西总共夺得3枚金牌，河池学院贡献了两枚；2019年代表广西参加全国第十一届全国少数民族传统体育运动会，广西总共夺得8枚金牌，河池学院贡献了5枚。

民族传统体育项目——独竹漂、板鞋等多次荣获全国全区赛事一等奖。截至目前，板鞋运动代表队夺得全国全区一等奖45项，其中全国5项、全区40项；独竹漂运动代表队夺得全国全区41枚金牌，其中全国7枚、全区34枚，被中央电视台、新华网等多家媒体关注和报道，独竹漂运动队被誉为“梦之队”。

（四）产教融合，应用转型

经过70年的办学积累，学校通过深化教育改革，积极探索产教融合、应用型人才培养新模式，已经与地方各级政府部门、工业园区和重点企业建立了长期战略合作关系，形成服务地方经济社会发展的产学研用融合、校企合作转型发展的特色品牌，成为河池革命老区和少数民族地区高质量发展的强劲引擎。

依托河池的中国有色金属之乡、中国水电之乡、世界长寿之乡、世界铜鼓之乡、刘三姐故乡的“五乡”丰富自然物质资源和民族文化资源，学校通过校政合作，创建了广西现代蚕桑丝绸产业学院、长寿养生旅游学院、桂西北少数民族传统体育传承中心、刘三姐艺术学院、新闻学院、马克思主义学院等平台；通过校行、校企合作，创建了吉翁电子（深圳）有限公司·河池学院技术研发中心、深圳爱汇百变教育集团·河池学院教育机器人技术研发中心等平台；与中国社会科学院民族学与人类学研究所共建广西河池国情调研基地。

在深化人才培养模式改革中，学校已逐渐形成以需求为导向、岗位职业能力紧密衔接的应用型人才培养中心，以校企合作、产学研融合为途径，积极推进协同创新、协同育人的人才培养新模式。

其中，河池学院在对口帮扶点——都安瑶族自治县东庙乡安宁村，率先探索“合作共养”模式，引起河池、都安市县两级政府部门的高度关注。2019年2月12日，国家扶贫部门领导到安宁村视察后，对“合作共养”模式给予充分肯定。如今，安宁村的“合作共养”模式已发展为河池独创的“贷牛（羊）还牛（羊）”全产业链模式，河池肉牛肉羊饲养量及出栏量也稳居广西之首。

学校在桑蚕养殖技术方面的研究一直走在广西全区前列，并受广西壮族自治区教育部门委托，对来宾市忻城县的桑树品种进行改良，用工业化的思维管理农业，带动该县近万名蚕农参与标准化种桑养蚕，成功实践“六纳”和“上浪”养蚕新模式，实现了蚕农劳动生产率提高8倍以上，让古老的桑蚕产业在红水河畔焕发出新生机。国家蚕桑产业技术体系首席科学家鲁成对此评价道：“这是蚕桑产业的一次划时代进步。”

在稀有金属研究领域，学校受有关部门的请求，组织专家团队，仅用一年时间，在大量调研论证工作的基础上，精心撰写研究报告，得到国家领导的重要批示，为国家提高稀有金属战略收储、强化稀有金属进出口管理等提供了重要参考依据。

阔步新征程，同心绘宏图

70年来，一代代河池学院人始终坚持践行忠诚于党的教育方针，秉持“修德、弘毅、勤业、致远”的校训，以求真的科学态度、朴实的赤子之心，立足桂西北，扎根河池，励精图治，艰苦创业，创造了一个个载入校史的佳绩。

学校先后被授予“全国绿化模范单位”、“全国学校艺术教育先进单位”、“全国大学生暑期社会实践先进单位”、国家“语言文字规范化示范校”、自治区文明单位、自治区级“绿色大学”、“广西高校安全文明校园”等荣誉称号，社会影响和社会声誉不断提高。

目前，学校是广西专业硕士学位点授予立项建设单位，其中中国语言文学是硕士学位授予一级学科建设点，教育、体育、旅游管理、艺术专业硕士学位为2017—2020年重点建设点，学校正力争在“十四五”期间至少有3个学科达到硕士学位点授予基本条件，2026年具备申请硕士学位授予单位资格。

以第十三届广西（河池）园林园艺博览会将在宜州新区金山湖举办、河池市行政中心搬迁宜州为契机，学校因势谋绘蓝图、乘势而上开新局，高起点谋划、高质量推进金山湖新校区建设。作为自治区统筹推进的重大项目，金山湖新校区计划投资超过29亿元，主要建设内容及规模包括教学楼、实验实习用房、图书馆、校行政办公用房、院系楼、会堂及学生活动用房、体育馆等教学用房，以及生活用房、学生宿舍、食堂、教工宿舍、后勤及附属用房等；配套建设有体育运动区、水域及景观等室外配套工程。

东风已至，奋健翮而扶摇万里。巍巍河院，正在历史与现实的交汇中，昂首阔步行进。这将是一个新的起点，在习近平新时代中国特色社会主义思想指引下，学校领导班子深入贯彻党的十九大和十九届二中、三中、四中、五中全会精神，集思广益，抢抓机遇，制定了学校“十四五”发展规划和2035年远景目标，学校将努力在2021—2025年间建设成为特色鲜明、基础扎实、优势凸显的区域知名地方应用型大学，在2026—2035年建设成为特色鲜明、基础扎实、优势显著的国内知名区域高水平地方应用型大学，成为优秀的地方人才培养基地、地方技术服务基地、地方技术创新基地和民族文化传承与发展中心。

七十年薪火相传恰是风华正茂，新时代立德树人扬帆再启新程。把爱国之心化为报国之行的河池学院人，正以开拓创新、永不懈怠的奋斗姿态，奏响爱国奋斗的时代强音，奋力谱写无愧于时代、无愧于人民、无愧于党的教育事业辉煌篇章。

广东石油化工学院

弦歌向西报家国

2017 年 11 月 24 日，广东石油化工学院成为广东省高水平理工科大学建设单位　摄影：陈文炯

链接：广东石油化工学院是广东省人民政府与中国石油化工集团公司、中国石油天然气集团公司、中国海洋石油集团有限公司共建的公办普通本科高校，华南地区唯一一所石油化工特色高校，教育部“卓越工程师教育培养计划”试点高校，广东省高水平理工科大学建设高校，广东省硕士学位授予立项建设单位，广东省首批普通本科转型试点高校。学校1954年创校，秉承“因油而生、为油奉献”办学理念和“艰苦奋斗、求实献身”校园精神，培养了大批管理精英、技术骨干及各类应用型人才，遍布全国各地石油化工行业企业和各级政府机关、科研院所、教育行业，为石油石化行业以及地方经济社会发展做出了重要贡献，是石油石化行业人才培养的重要基地之一。

从珠江之滨到小东江畔，54 年前，广东石油化工学院（以下简称广油）的前身广州石油学校师生胸怀爱国之志，坚决响应国家建设南方油城的号召，从千年商都广州昂首西行，日夜兼程至相对偏远落后的广东茂名，“迁人、迁物、迁思想”。

学校自此扎根粤西大地，开启了一段建设粤西科教高地和广东高水平理工科大学的风云岁月，结出万千桃李、科学硕果。虽历经广东石油学校、广东石化高专、茂名学院等校名变动，学校始终坚守初心，逐梦石化人才兴，力撑粤西科教强。学校数十年的筚路蓝缕、几代人的薪火相传，为茂名贡献了一所家门口的好大学，成为华南地区石化人才的摇篮。

广油人献身报国、赤诚为民，铸就了办学史上“西迁茂名”的伟大丰碑，培育了以“听党召唤，为国奉献；艰苦创业，忠诚担当”为内核的“广油西迁精神”。学校一直传承和弘扬西迁精神，接力历史新使命，写好扎根粤西、服务国家的新篇章。

将党的召唤变为西迁办学的报国之行

从花白头发的老人讲述中，在纸张发黄档案的字句间，于过往黑白照片的影像里，尘封的岁月记忆跃动起来，广油波澜壮阔的西迁画卷历历在目。

1951 年，在广州农民运动讲习所这一红色摇篮，广州工农速成中学伴随着新中国的成立而诞生，开枝散叶。1954 年在广州石牌成立的华南工学院附设工农速成中学，正是其播散的一颗红色种子。

“华南工学院工中是我校前身，此后虽历经更名、改校等变动，学校始终传承红色血脉，坚持为国育才，伴油而兴。”在广油党委书记、校长张清华看来，学校为培养德智体美劳全面发展的社会主义建设者和接班人而生，应国家人才培养层次、规模需求而变，紧抓国家高等教育和石油化工产业快速发展机遇而兴。

新中国成立之初，国民经济建设急需石油资源，石油工业发展急需专业人才，华南工学院工中改制为广州石油学校，成为中南地区仅有的一所石油学校。20 世纪 50 年代后期，茂名“从石头中榨油”，崛起为石油化工城市。而当时茂名没有专门培养石化人才的中专、高等学校。1964 年，国家石油主管部门和广东着眼于教育、工业建设布局，作出广州石油学校西迁茂名的重大决定。

20 世纪 60 年代的茂名，发展水平与广州判若云泥，一个是繁华大都市，一个是偏远小县城。要离开亲手建设、山水映照的广州校园，少数教职工思想、生活上有困难。教师沈尧年爱人在广州一所高校工作，有两个孩子，大的三四岁，小的才一岁多，开始爱人思想不通。

学校领导干部、党员教师身先垂范，带动师生把自己当作一块砖，祖国哪里需要就往哪里搬。“听党的话不应停留在口头上。”沈尧年耐心说服爱人，把小的孩子带到茂名。学校 98% 的教职工舍小家为大家，在组织上同意跨越数百公里西迁茂名。沈尧年等带孩子西迁的男教师虽有“鸡公带鸡仔”等诸多困苦，但始终坚信“哪里有事业，哪里就是家”。

肩负无比光荣的使命，脚下的路却极为艰辛。当时学校有 30 多个单位，冲天炉等数十万件物资需要西迁。学校认真研究决定，在安全节约、快而不乱的前提下，确定了家具以水运为主、仪器设备以自运为主、机床等以火车运输为主的运输原则，保证不错、不乱、不漏、不丢、不坏。

师生和教师家属自己动手、厉行节约，编制 8 万多米长的稻草绳，自制 800 多个木箱，捆扎 2600 多箱仪器图书、5000 多件家具，还力所能及地装卸、运输物资，共为国家节约 10 多万元搬迁费。

劳动教育淬炼出了一个个师生典型。石 114 班学生在第一天打草绳、捆扎花阶砖时，加班加点赶工，手磨出鲜血也不愿下火线。经过改进技术、总结经验，他们第二天便超额完成任务。

新校区建设攻坚战也同步打响。起初茂名校区只有 3 栋三层小楼，15 座简陋平房和工棚。很多平房漏水严重、竹搭墙身的墙皮脱落、木柱腐烂、门窗破损，缺乏水电设施。

学校师生配合建筑队，开启了一场伟大的教育拓荒。他们动手安装水电、装卸仪器、绿化校园等。护士王宝莲主动请缨安装水电，她用锤打墙孔时，手臂都累肿了。经过紧锣密鼓的建设，1965 年 9 月，学校举行了具有历史意义的开学典礼，新校区依时开课，没因迁校而延迟一天开学。

教学革命培育“来即能战”的技能人才

1965 年，16 名广油学生在茂名石油公司进行了 6 天 18 班的顶岗生产。虽遭遇两次停电和一次特大台风袭击，他们不但保证平稳操作，还用“金点子”破解生产难题，安全生产 1300 吨沥青。

在艰苦繁重的迁校、建校任务磨砺中，广油积极响应国家要求，开展半工半读等教学改革，千方百计地强化实践，建设校内外实习基地，培养了一大批“来即能战、战即能胜”的大国工匠。

“原以为难的不难，不难的倒很难。”广油教师张锡鹏带学生在茂名石油公司顶岗实习，掌握了原以为高深莫测的沸腾理论。原以为架设支撑管子很简单，他实操后发现比较难掌握。

广油引导教师以知促行、以行求知，当好学生半工半读的领路人。教师们以茂名石油公司等用人单位为师，深入实习工厂，向工人、学生学习。他们发现，生产一线迫切需要实干应用的新型劳动者，而不是眼高手低的技术员。

为让人才培养供给侧无缝对接需求侧，学校不但在校内调查研究，更深入茂名石油公司，向各级领导、工人、历届毕业生等200多人次求教问道。

广油调研发现，旧的教材“错、旧、多、玄”，专业教材滞后于实际生产，教学计划重点不突出，课程门数多、理论教学时数多。广油直面痛点，以少而精、理论联系实际、学以致用为原则，砍掉大量与专业发展联系不密切的课程。改革后，练机专业的专业课从9门减为3门，课时数精简一半。

学校教师授课内容和作业取材于生产实践，运用教具，引导学生大讨论，从感性认知中总结出规律，分析真问题和解决真问题。

广油还精简纸上谈兵的理论课程，给实习等核心课程争取更多时间，让学生真刀真枪练本领。例如，练机专业金属工艺学课程主要教学点搬到工厂，边讲边练。师生利用大瓦缸等废旧物品，创建校内实习基地，创造了“四口大缸”闹革命的佳话。学生求学的一半时间下厂，与工人同吃、同住、同劳动。

出真招见实效。在学校教学观摩、大比武、教改成果展览会中，教改亮点如星火燎原。在国家石油部门所属院校教学观摩座谈会上，广油送选的三个课例都获评样板课，两件教具获奖。全国技术能手李刚、中国大学生自强之星陈发山等闪光的名字，在这习得“金刚钻”，奔向梦想的远方，广油成为粤西重要的人才库、智力库。

用西迁精神照亮新时代前行之路

祖国的需要就是人生的志愿，20世纪80年代，赵东炜等学生主动申请到大西北工作。短短3年，广油就有108名毕业生继承和发扬西迁精神，到新疆等地支边。秉承爱党、爱国、爱人民的高尚情怀，到祖国最需要的地方建功立业，是一代代广油人不变的人生底色。

他们用胸怀大局、无私奉献、砥砺奋进的担当作为，燃亮理想之火。校友邹泽亮在工作中被落石砸成重伤，缝了6针，包扎好伤口后，马上投入工作；校友莫旭波自学成为行业一流专家，为油田创造数千万元效益，他推掉沿海省份企业抛来的高薪“橄榄枝”，坚持留在新疆；原新疆油田公司采油二厂总地质师肖春林等校友因劳累过度，生命就终止在岗位上，风骨就永远地留在了茫茫戈壁滩上。

前行先进给了后来者更大的勇气和力量。今年，广油9名毕业生听党召唤，光荣援疆，用西迁精神火炬照亮前路。西迁精神就是引领广油2019届毕业生陆晓伟放弃珠三角安逸的工作，毅然入疆的精神支撑。临行前，他作了《沙枣核》这首小诗自勉，“任何需要我的地方，不论哪儿，是风，是雨，抑或是沙，便化为一片绿洲”。

西迁精神在薪火相传中历久弥新，并被广油人落实为爱国奉献、崇德博学、求实献身的行动。作为华南地区仅有的石油化工特色本科院校，近年来，广油无缝对接华南沿海石化产业链发展需求。学校通过重点打造五大理工科学科专业群，搭建校地、校企、校校、学镇等石化特色创新服务平台，着力破解行业、产业、企业发展的“卡脖子”技术难关，助力广东做强做优石油化工等支柱产业。

新时代向西再出发，新起点上再腾飞。2019年9月，广油启用占地1500多亩、建筑面积30多万平方米的西城校区。“我们着力将西迁精神内化为学校发展的不竭动力，把‘不忘初心、牢记使命’主题教育落实为守初心、担使命的有力行动，打赢申硕、本科教学工作审核评估、西城校区搬迁和运营三大攻坚战。”张清华强调，今年是学校爬坡越坎的关键期，全校师生将以逢山开路、遇水架桥的智慧和韧劲，勇当“实干家”，敢啃“硬骨头”，为学校建设高水平理工科大学贡献智慧和力量。

54年来，广油西迁茂名后，始终中流击水、昂扬拼搏，凸显了优秀大学在相对落后地区发展进程中的引领作用。时光将学校西迁精神铸就成广东教育史上弘扬传统、艰苦创业的精神丰碑。西迁精神更是耀眼的启明星，引领广油为祖国的需要再出发，用忠诚给粤西发展、石化工业奉献智慧和力量。

江西财经大学统计学院

厚积薄发　以科学理念引领学科建设

2019年，江西财经大学统计学院2015级统计拔尖人才实验班迎来了升学之年。最终全班52名学生中有33名被中国人民大学、中山大学、中国科技大学以及北卡罗来纳大学、佐治亚大学等国内外众多知名院校录取，继续攻读统计学专业硕士、博士研究生人数再攀校史新高。

为什么江西财经大学统计学院能在办学上取得这样令人瞩目的成绩？这与他们脚踏实地，以实际行动积极响应国家号召，努力推进一流统计学科和“双一流”建设是分不开的。

近年来，学校传承“坚定执着追理想，实事求是闯新路，艰苦奋斗攻难关，依靠群众求胜利”的井冈山精神，以建设中国特色、世界一流的统计学科为目标，坚持立德树人核心，瞄准“信、敏、廉、毅”特色人才培养，使一批批“基础宽厚、视野广阔、素质全面”的创新型优秀统计人才走出校门、服务社会。

涵养大格局，让学科建设的时代答卷更加精彩

江西财经大学统计学院源于1923年成立的江西省立商业学校会统科，至今已有96年的悠久历史和深厚底蕴。96年间，江西财经大学统计学院几经波折、分分合合、筚路蓝缕，一代又一代江财统计人初心不改、砥砺前行，植根赣鄱大地，深耕学科建设。如今，江西财经大学统计学科为全国A-学科，是江西省高校统计学科联盟盟主单位，是全国规模较大、发展较快的统计学科之一。江财统计学院人用一流学科建设的生动实践向“培养什么人”“怎样培养人”“为谁培养人”的时代命题交上了一份精彩答卷。

江西财经大学统计学科的高质量发展来自校领导高瞻远瞩地提出“以研究生教育为先导，本科教育为主体，国际化合作办学为补充”的发展大格局。经过学校科学谋划，打造了“以经济统计为龙头，数理统计、数量经济为两翼，突出传统优势、数理数据工程助力发展”的一体化学科架构平台，潜心培养掌握扎实的统计学、数学、经济学理论基础，精通世界主流统计软件操作，擅长编程和数据分析，善于应用统计方法和数据挖掘技术解决社会经济方面实际问题的一流统计人才。

教师是立教之本、兴教之源。好教师哪里来？江西财经大学统计学院把师资建设作为一流学科建设的首要任务，坚持引培并举，厚植人才队伍根基，形成多渠道、多元化、高集聚的人才强校战略。

在师德师风建设上，学校紧抓教师思想政治工作，健全师德师风考核制度，将师德考核结果作为教师年度考核、专业技术职务推荐、评优奖励等方面的重要依据，实行师德“一票否决制”。落实

课程负责人制度，组建高水平教学团队，通过传、帮、带和老中青结合共建共享优质课程，不断提升教师专业素质和课程建设水平。

经过30多年的沉淀和积累，学校集聚了一支德艺双馨的优秀专业教师队伍，会聚了长江学者讲座教授、全国优秀教师、国家特殊津贴获得者、国家社科基金评委、教育部门经济学类教学指导委员、国家百千万人才等一大批高端人才，一支朝气蓬勃、敬业乐群、梯度合理、充满发展潜力的优质教师队伍已成为江西财经大学一流学科和“双一流”建设持久的内生动力。

如何持续推进科研发展，激发学科创新活力？江西财经大学统计学院持续打造各类创新要素和平台，优化学科、人才、科研的互动融合机制，按照分类统筹、一流支撑、奖励牵引、实践强身、创业驱动、生态优化的方针，着力构建了一流引领、综合交叉的学科科研生态体系，推进科研内涵发展，增强核心创新能力。近年来，学校先后承担国家、省部级横向课题共200余项、发表权威论文300余篇、出版专著100余部，获得国家和省部级奖项50余项，建立了国家级别实验教学示范中心“经济管理与创业模拟实验教学中心”。仅2017年，学院立项国家级别科研项目9项，其中“贫困退出考核评估的统计测度研究”获国家社科基金重大招标项目立项；2019年至今，已经立项国家级别科研项目11项，其中国家自然科学基金面上项目5项，另有多项国家社科基金重大招标项目正处在评审环节。

经过长期的探索与实践，学校逐步形成了独具特色的“课堂、校园、社会联动，学会方法、运用方法、创新方法递进，基础理论教育平台、实践演练平台、创新研究平台支撑”的“三联三进三支撑”应用型人才培养模式，取得了卓越的人才培养效果。在学院经济统计学专业毕业生中，已有200余人担任副厅级以上党政领导干部、有200多人成为具有正高专业技术职务的专家学者、有200多人成为优秀企业家。新华网、《中国教育报》《江西日报》等多家媒体先后对学校毕业生“就业质量高、就业率高、考研录取率高”进行了深度报道。

拓展大视野，让江财统计的服务品牌更具成色

发展有担当、育人有活力、事业才有方向。在一流学科建设多点突破的基础上，江西财经大学统计学院立足专业特色和优势，以服务社会的大视野，主动扛起服务学术研究、服务政府部门决策和服务社会发展的大责任，通过打造标志性统计专业学术品牌、搭建决策咨询服务平台和促进成果应用转化，提升学校学术影响力、决策影响力和社会影响力，打造出了成色十足的“江财统计”品牌新型智库。同时积极承担全国经济统计青年教师课程培训、统计学科社科基金选题研讨、统计学科期刊建设研讨、经济统计本科专业数据工程方向课程建设及教材建设研讨、全省“华创杯”市场调查大赛、全国统计建模大赛等，为全国统计学科的蓬勃发展贡献了智慧和力量。

江西财经大学统计学院精准对接地域重大需求，开展持续性、前瞻性、实证性的研究内容。建立了江西省应用统计研究中心、江西省经济预测与决策研究中心、供应链大数据研究中心等高端研究平台，成为江西省高校人文社会科学重点研究基地、江西省哲学社会科学重点研究基地等。

与此同时，学院积极参与国家扶贫事业，2015—2018年连续4年承担江西省贫困绩效考核核查，四川、广西、海南、河南、云南等省（自治区）贫困县退出第三方评估，共计226个县，并组织和安排师生2000余人次，得到了国家扶贫领导小组及各省市的广泛好评。研究成果《实现高质量脱贫亟待关注的问题及政策措施》受到江西省领导肯定性批示，为国家重大战略的实施提供了强有力的智力支持。此外，针对江西省制造业发展“基础差、底子薄、规模小”的问题，江西财经大学统计学院对全省制造业发展状况做了持续跟踪研究，并提出了促进江西省先进制造业发展的若干建议。先后撰写了《破解当前江西省先进制造业发展存在问题的对策与思路》《推动江西省先进制造业高质量发展的思考与建议》《制约我省赣江新区高质量发展的若干问题及其应对策略》《打造美丽中国“江西样板”，实现绿色崛起的若干建议》等一系列关于提升江西省制造业与区域高质量发展的研究报告，先后获得江西省政府部门主要领导的重要批示，以及省发改机构、省工信部门等多部门的重视和采纳。

构建大体系，让党建引擎的核心动能更为强劲

如何让一流学科建设健步如飞且持续发展？实践证明，以党建聚能激活教育教学引擎是关键一步。

江西财经大学统计学院以一流学科建设和一流本科建设为两翼，学院以党的领导体制、人才工作体制、人才培养体制和思想政治工作体制创新为驱动力，建构了一张“一核两翼、四轮驱动”的党建工作大体系，为一流学科和“双一流”建设注入了强劲动能。

创新人才工作体制，“党建＋人才”厚培人才沃土。学校为每个教师人才配备了“一对一”服务的行政人员，在政治、工作、生活上给予教师人才足够的关心与支持，提供必要的保障机制，激发教师人才创新、创造的活力。同时，加强教师的师德师风建设，对教师人才积极进行思想政治教育，锻造了一支有理想信念、道德情操、扎实学识、仁爱之心的一流教师队伍。

创新人才培养体制，“三个突出”彰显党建统领。学校将红色教育与人才培养深度融合，突出人才培养的政治性。以班会、主题教育活动、“悦享经典·红色读书分享会”等形式传播马克思主义、弘扬“井冈山精神”、厚植师生的爱国主义情怀和共产主义信仰；院领导亲自走上讲台给学生上思政课，充分运用互联网等媒介方式，加强对社会主义核心价值观和红色文化的传播，突出人才培养的思想性；在寝室楼建立学生党员活动室，给学生党员提供思想交流的便利及优良环境；学校签订多家实习基地，组织构建“统计学院‘红色家书’寻访团”和“统计学院助力精准扶贫服务队”三下乡实践队，突出人才培养的实践性。学校带领广大学子积极参与志愿服务实践，使广大学子在实践中提高自己、在实践中增长才干、在实践中展示自我。

创新思政工作模式，“大学生党员领航工程”提升育人品质。江西财经大学统计学院构建了“四个引领、八个模范、十个一标准”的党员发展体系，打造了引领优秀大学生从入党积极分子到正式党员的规范化、制度化、流程化的快捷通道。与此同时，学校将党建工作渗透到人才培养、校风建设、服务社会等学科建设的全部领域，使大学生始终心怀责任使命，争当国家建设的“主力军”“排头兵”，这已成为学生党员群体的自觉追求。

初心如磐，使命在肩。新时代呼唤新气象，新征程期待新作为。江西财经大学统计学院将以习近平新时代中国特色社会主义思想为指导，坚持立德树人的根本任务，不断厚植一流学科优势、深挖“双一流”建设内涵，致力打造全国统计学本科教育新高地，为建设教育强国作出更大贡献！

四川省攀枝花纪检监察学院

乘势而上　扬帆再起航

2018 年 11 月，四川省纪委副书记、监委副主任郑东风，攀枝花市委书记贾瑞云为攀枝花纪检监察学院揭牌

链接：攀枝花纪检监察学院成立于 2018 年 11 月，由攀枝花学院、《廉政瞭望》杂志社、攀枝花市纪检监察学会合作共建，全国地市级第一家以纪检监察学科建设为目的的纪检监察学院，四川省首家纪检监察学院。学院以建设“两基地两中心”（党员干部廉政教育培训基地、纪检监察专业人才培养基地；反腐倡廉建设理论与实践研究中心、反腐败交流与合作中心）为目标，坚持“贴近基层，有理论、有实务、有创新、能管用”的办学理念，立足地方特色，采取课堂教学、现场教学、模拟实战融合等复合式教学方式，把纪检监察业务、廉洁教育、传承三线精神作为培训主线贯穿始终。

自 2018 年 11 月成立以来，四川省攀枝花纪检监察学院创新办学思路，坚持“特色立院、专业建院、开放兴院、创新强院”，探索了一条“改革创新、跨界融合、开放共享、合作共赢”的纪检监察教育培训特色之路，已发展成为四川省培养培训纪检监察业务人才的重要基地。

学院建设品牌效应初步形成

攀枝花纪检监察学院应邀参加中国廉政研究 2020 年学术年会、第二届中国廉洁创新奖颁奖典礼暨中国廉洁创新高端论坛，向来自全国各地的专家学者和纪检监察同行推介攀枝花的探索经验；中央纪委、省纪委专家和领导莅临学院指导工作；先后被确定为四川省纪检监察干部培训基地，四川省委省直机关党校党性教育基地，四川省社会科学院“科研教学基地”，以及中国政法大学、北京航空航天大学、湖南大学、江南大学 4 所高校廉政研究中心，西南政法大学等“教育研究基地”；荣获第二届中国廉洁创新奖；成功举办中国廉政研究学术年会暨花城廉政论坛、中国管理现代化研究会廉政建设与治理研究专业委员会“全国高校廉洁教育课程师资培训”。

教育培训影响力辐射力持续提升

坚持以项目化思维推培训，市场化模式促教学，设置了“课堂教学、现场教学、体验教学、影视教学、访谈教学、拓展训练”六大教学模块，实施“聚核”“融圈”“引智”三项工程，建设一批高水平师资队伍和精品课程，挖掘打造一批有特色的现场教学基地，探索总结高效有力的管理模式，不断探索和丰富教育培训模式，强化学院办学特色，增强培训实效性，力争让参训学员变“激动一阵子”到“影响一辈子”。学院自成立以来，先后承办各类培训班 140 期，培训学员 11700 余人次，覆盖全省 61 个省级部门、4 个中央垂管部门、21 个市（州）、137 个县（区），特别是 2020 年以来，学院积极克服新冠肺炎疫情影响，有序推进复学复训，举办市外培训班 56 期、同比增长 22%，培训市外学员 3300 余人次、同比增长 3%，学院教育培训影响力辐射力不断提升。

传承“三线精神”作用有效发挥

始终坚持用“三线精神”建设学院，在业务培训中融合推介“三线文化”、传承“三线精神”元素，组建弘扬“三线精神”和攀枝花精神的微党课师资库 40 名；依托得天独厚的三线建设资源，深入开发“不忘初心、牢记使命”“钢铁是怎样炼成的”等专题课程 10 个，开发本地精品教案课程 10 余类，发掘攀枝花中国三线建设博物馆、攀钢轨梁厂万能生产线、攀枝花开发建设纪念馆等独具特色的“三线精神”教育教学点位 33 个，打造实践教学线路 15 条，形成充满活力的“纪检监察＋三线精神”特色教学体系，引导学员通过聆听“三线建设”故事，探访“三线建设”旧址，寻访“三线建设”亲历者，重温“三线建设”历史，传承“三线精神”，提升党性修养。

服务地方高质量发展效能日益彰显

充分发挥自身优势，主动服务地方经济和产业发展，通过多元化的课程设置，让培训学员在感悟“三线精神”中“强筋壮骨”、在体验阳光康养中润心养肺，在润物无声中把“英雄攀枝花·阳光康养地”城市品牌推介给了来自全国各地的学员，通过这些学员的宣传，促进更多的人前来攀枝花感悟“三线精神”、体验“阳光花城”，加深各地对攀枝花的认知和认同，形成推进攀枝花发展建设

左图为学院第一届领导班子及优秀教师代表；右图为学院受邀参加“中国廉洁创新奖”颁奖典礼暨“中国廉洁创新”高端论坛

的向心力。同时，通过培训教育，促进广大党员干部自觉弘扬“三线精神”，敢担当善作为，全力推动“两城”建设，争创省级新区，全力推动成渝地区双城经济圈建设，为攀枝花市转型升级发展作出积极贡献。

砥砺前行，重整行装再出发

“乘风破浪潮头立，扬帆起航正当时。”站在新的起点，攀枝花纪检监察学院牢记初心使命，着眼建设全国一流的区域性纪检监察学院办学目标，坚持“人无我有、人有我强、人强我特、人特我优”办校思路，以更新的办学理念和更广的办学思维推动学院发展。注重强化联动协作，加强与三线建设干部学院协同发展；注重强化对外协作，持续加强与高校、廉政科研机构合作，稳步推进纪检监察学科建设和廉洁理论研讨，借智借力构建廉洁传播学研一体化平台；注重激活市场要素，坚持项目化思维、市场化模式，增强发展的内生动能，全面提升培训品质。始终坚持正确政治方向引领，力争打造成为一所以增强四川省纪检监察干部马克思主义理想信念和纪检监察业务能力，以纪检监察学科建设、人才培养为目的的纪检监察学院。

文／图提供：攀枝花纪检监察学院

四川省内江职业技术学院

党建引领高质量发展

2020年是“十三五”规划收官之年，是极不平凡的一年，在四川省委教育工委，内江市委、市政府的坚强领导下，内江职业技术学院教育工作者同心筑梦、砥砺奋发，各项工作亮点纷呈，在建设“省内一流，国内知名”的优质高职院校征程中写下了浓墨重彩的一笔。

亮点一：提质创新——党建改革形成新局面

全面贯彻新时代党的组织路线，设立教师党工委、学生党工委，形成上下贯通、横向联动的组织体系、“1+4+N”管理责任体系，深入开展“三分类三升级”，分别制定划类定级标准，提升基层党建整体水平。深化共青团改革，在共青团省委组织的满意度测评中，学生会组织的工作和工作人员两项整体满意率均为100%。艺术与公共服务系党总支成为“全省高校党建工作标杆院系”培育单位，艺术与公共服务系教师党支部、自动化技术系学生党支部成为“全省高校党建工作样板支部”培育单位，农业技术系教工党支部成为“全国党建工作样板支部”。

亮点二：立德树人——思政教育作出新成绩

始终坚持马克思主义在意识形态领域指导地位，成立马克思主义学院、马克思主义读书会，用好“学习强国”“青年大学习”平台，办好《沱江潮》六大讲堂。“33566”全景式思政育人模式入选中青报50个全国高职思政工作创新示范案例，学院党委书记任孝勇受邀代表学院作大会经验交流。

亮点三：凝心聚力——统战工作迈上新台阶

落实党委常委联系民主党派人士制度，支持民主党派自身建设，成立党外知识分子联谊会，开展党外知识分子专题培训班，狠抓民族团结工作，学院荣获第八届四川省“民族团结进步模范集体”。

亮点四：深化改革——教育教学改革书写新篇章

推进“三教改革”，申报省厅级、部级课题31个，取得专利31项，获得省级教学奖8项；“1331”线上教学管理模式，被评为四川省质量年度报告典型案例；“1+X”证书通过省上复核验收，质量诊改模式被教育部评选为优秀示范案例。

亮点五：内涵发展——人才培养再创新佳绩

实践“双核并重、贯通结合”的人才培养模式。198人获得大学生综合素质A级证书，居全省高校13位、高职高专第2位；389名学生升入西南科技大学等本科院校学习。学生获得省级及以上各类竞赛奖项173项，其中国家级奖项11项，创历史新高。

亮点六：深化合作——产教融合取得新突破

深化“六方合作”办学格局，对接华为、吉利、沃尔玛等70余家企业，签订合作协议21份，与华为、联通等共建华为ICT学院，

内江职业技术学院是省内高职院校唯一获人社部批准建设的"国家级高级技能人才培训基地"，左图为学院大门；右上图为学院被授予四川省民族团结进步模范集体荣誉称号；右下图为学院"33566"全景式思政育人模式入选中青报 50 个全国高职思政工作创新示范案例

开设订单班、新型现代学徒制班 8 个。作为唯一一所市属高职院校，成功申报四川省首批产教融合示范项目，获得建设资金 5000 万元。

亮点七：抢抓机遇——融入"双圈"搭建新平台

出台《关于强化对外合作、深化产教融合，在全面投入成渝地区双城经济圈建设中加快发展的决定》，明思路，定目标，强举措，抓落实。与重庆财经职院签署全面战略合作协议，加入成渝地区 12 个产教联盟。

亮点八：持续发力——社会服务取得新成果

推进体制机制改革，服务地方产业，组建内江职院资产经营有限责任公司，全年共计培训各类人才 5188 人次，成人本专科招考 729 人。承办全国会计等各类职业资格考试 5 次，省、市级技能大赛 4 次，成为省内唯一获人社部批准建设的"国家级高级技能人才培训基地"高职院校，获得建设资金 500 万。

亮点九：众志成城——打赢校园疫情防控阻击战

建立线上线下立体防疫体系、"四线"并举的健康信息报送机制，开展应急演练，落实"六早"要求。师生抗疫事迹被中青报等媒体报道，4 名党员获"内江市疫情防控先进个人"，原创作品《抗疫志愿者之歌》登上"学习强国"全国平台，播放量超过 50 万次。

亮点十：精准施策——脱贫攻坚交出满意答卷

突出职教扶贫特色，创新开展"三帮两扶"，圆满完成帮扶任务。扶贫干部曾玉生成为全省六个"全国职教联盟脱贫攻坚先进个人"之一，学院全国高职扶贫学会课题《凉山彝族地区精准脱贫存在的问题、原因及对策研究》顺利结题，学院连续被省委教育工委综合考核评价为"好"，并获评全省高校定点扶贫工作先进单位。

2021 年是"十四五"规划开局之年，是学院强化对外合作、深化产教融合，在全面投入成渝地区双城经济圈建设中加快发展的关键之年，是学院争创省级"双高"的重要一年，我们将按照学院第三次党代会提出的目标，以奋进者的姿态、以实干者的担当，为奋力建设"省内一流，国内知名"的优质高职院校而努力奋斗。

展望未来，内职人将永葆初心、牢记使命，用奋进之笔书写更加辉煌的明天。

文：内江职业技术学院　摄影：汪烁

山东工业技师学院

为成就学生美好人生"兜底"

"我们的主要目标是培养产业工人。让每名学生都拥有美好人生，是我们的责任，也是我们的'底线'。"谈起学校办学理念，山东工业技师学院院长孙众志这样说。

近年来，山东工业技师学院根据实际，提出了"兜底教育"的理念，并将这一理念贯穿教育教学全过程，走出了一条技工教育的高质量发展之路。

"为学生学到一技之长'兜底'，是我们的追求"

山东工业技师学院是一所以培育技师、高级技师为主要任务，集学制教育、社会培训、职业技能鉴定于一体的国办全日制技工院校。目前，在校学生 10903 名，分布在机电工程系、现代制造工程系、汽车工程系、印刷工程系、海洋生化系、信息工程系的 34 个专业中。

"帮助学生健康地度过学龄期，学到一技之长，成为合格的产业工人、技能人才，是我们持之以恒的追求。"孙众志说。

10903 名学生，就是 10903 个家庭的希望。为促进学生健康成长，该校推行"全员值班"制度，每天保持 30 余名干部和教职工轮流驻校值班，实行 24 小时无缝隙管理。同时构建了"三早两课双节"（"三早"即每天早晨升国旗、早操、早课；"两课"即主题教育课、素质拓展课；"双节"即技能文化节、文化艺术节）德育模式，形成了积极向上、比学赶超的内动力，学生的综合素质得到极大提升。

怎样让学生学到一技之长，成为合格的产业工人？该校采用了"做中学"教学模式，各专业实操课程占教学计划的 50% 以上。工业控制专业学生王明辉说："我们比较适应这种教学方式。当我们在实际操作中遇到问题时，再由教师讲解或者自己查找资料，更容易激发我们的学习热情。"该校还大力推广"以赛促学""以赛促教"教学样态，各专业几乎每天都有专业技能比赛。学生在比赛中

校园风光　摄影：刘磊

学习知识和技能，知识和技能水平大幅提升。

“在专业建设上，我们建立了以市场需求为导向的专业动态调整机制，建设了一批‘当地离不开、业内都认同、国际可交流’的优势特色专业，为学生对口优质就业提供保障。”该校副院长张品文说。该校与西门子、一汽大众、潍柴动力、海信集团等国内外200余家知名企业建立了校企合作培养和用人关系，推行用人单位准入门槛制度，校企一体培养急用和即用产业人才。近年来，生均岗位比例保持在1：7左右，学生对口和优质就业率均达98.5%。按照专业与职业工种相匹配的原则，该校对潍坊市规模以上企业的职工进行“金蓝领”孵化培育，累计培养4125人次，合格率在95%以上，在当地打响了“金蓝领”品牌。

“培养顶尖技术人才，也是我们的责任”

2020年12月13日，第四十四届世界技能大赛工业控制项目冠军、山东工业技师学院教师袁强，在广州作为颁奖嘉宾亲手为自己的学生王明辉颁发第一届全国技能大赛工业控制项目金牌。看到王明辉接过奖牌、与教练相拥庆祝时，张品文激动得泪眼婆娑。

作为行业“标杆”院校，该校充分发挥大赛引领作用，对标世界技能前沿理念、技术标准，将竞赛作为加强技能人才教育、选拔、培养的重要平台，推动专业课程改革，采用任务导向一体化教学，在让更多学生受益的同时，为更多优秀学生冒尖“添薪”助力。目前，国家和山东省已在该校设立国家级高技能人才培训基地、第四十五届世界技能大赛工业控制和管道与制暖项目中国集训基地、山东省“金蓝领”技师培训基地、山东省大学生就业创业培训基地、全省技工院校省级工业设计中心、齐鲁技能大师特色工作站、山东省技师工作站等基地（站点）23个，为该校专业内涵发展和顶尖人才培养提供了平台、载体。

如今，山东工业技师学院成为全省闻名的“金牌”院校。该校师生在省级以上技能大赛中获得等级以上奖项395项。2017年，学生袁强作为工业控制项目全国第一名，代表国家出战第四十四届世界技能大赛，斩获我国在该赛项的首枚金牌；在2018年第四十五届世界技能大赛全国选拔赛中，王祥力获管道与制暖赛项第一名，有6名选手进入国家集训队；2020年，该校学生参加第一届全国技能大赛，获得1金、2银、2铜5个优胜奖的成绩，实现了连续3届参加世界技能大赛全国选拔赛必有冠军的骄人成绩。

“培养‘顶尖’技术技能人才与培养合格的产业工人，都是我们的责任和底线。如若不然，对不起国家和社会对我们的支持和信任。”谈起当时的“泪目”时刻，张品文意犹未尽地说。

“技能宝贵”之风吹遍校园角角落落

山东工业技师学院党委书记孙科顺说：“在我校，‘技能宝贵’之风吹遍校园角角落落。”如他所述，该校以“技能”为元素构建了包括环境、活动、制度、标识在内的文化体系，争当技能标兵、大国工匠在该校蔚然成风。

“加工一个法兰盘，涉及直径、高度、平行度等10余个尺寸。学生刚上手的时候仅能加工不到5个合格尺寸，经过1年多的训练，超90%的学生能实现全部尺寸加工合格。”该校精密制造教研室主任张型国说。在他负责的实训车间，企业标准和产品质量意识在日常教学和实训中得到了体现。他说：“我们一方面为技能大赛发现和储备人才，一方面为企业培养技术过硬的产业工人，‘零误差’、满分学生才是‘香饽饽’。”

为发挥好世界技能大赛的高端引领作用，该校推进世赛技术标准与人才培养标准、课程标准有效融通，修订完善了校内工业控制、管道与制暖、3D数字游戏艺术等12个技能大赛赛项标准，开发了《工业控制》《电路设计》等4本指导教程作为实训课程教材。该校专门成立了世界技能大赛研究与成果转化中心，创新开展教练队伍建设。2020年，该校组织了首届教练技能大赛，参加人数达81人次，对标世界技术标准，不同赛项教练跨专业、跨项目比拼，指导教学、训练也更加有了针对性。

如今，该校毕业生遍布全国各工业企业的重点岗位，其技术技能水平获得普遍赞誉。“金牌教练”袁强说：“过去，为了支持我参加世界技能大赛，学校投入2500多万元购买设备、让我外出学习；现在又为我成立了工作室，建设了荣誉展室。”

谈起崇尚技能之风的营造，孙科顺满怀激情地说：“我们培养学生学做人、练技能，他们走向社会后才能实现自己的技能成才理想，才能成为习近平总书记要求的德智体美劳全面发展的社会主义建设者，才能为建设制造业强国作出自己的贡献。”

作者：山东教育社廉德忠

供稿：山东工业技师学院

校园俯瞰图　摄影：刘磊

苏州农业职业技术学院园林工程学院

活化园林技艺　弘扬中华优秀传统文化

左图为园林工程学院教师参加第十届“花博会”江苏室外展园建设工作；右图为该院师生获2021年江苏省职业院校技能大赛两个赛项一等奖

转化创新，是继承和弘扬中华优秀传统文化的关键。近年来，江苏省苏州农业职业技术学院园林工程学院积极寻找优秀传统文化与社会主义核心价值观之间的契合点，多维发力、精准发力，把难点变为亮点，让江南园林优秀传统文化“火起来”。

保护

为了传承发展苏州香山匠人高超的园林修筑技艺，园林工程学院牵头建设了“江南园林及造园技艺传承与创新”国家职业教育专业教学资源库。

示范引领，动态建设，构建了“一馆一库一中心”资源库平台

依托“江南园林文化及造园技艺传承与创新”国家教学资源库项目，学院搭建了线上园林博物馆、江南园林资源库和学习中心，完成了虚拟展园、园林讲堂等栏目建设，开发文本、视频等各类优质资源19000余条。

三元融合，重构体系，开发了传统营造技艺人才培养课程模块

学院建设了造园文化、造园技艺、造园创新课程体系，将非遗传承教育融入院校人才培养，将文化传承类课程融入专业课和选修课教学体系，传播江南园林文化及造园技艺，弘扬中华优秀传统文化。

乐学善教，分类提升，形成了个性化的教学资源使用模式

开发了满足学生、教师、社会学习者和企业员工4类用户需要的资源空间和服务空间，达成了能学、辅教、合作、自助的4类用户目标，支持10万人同时在线。

传承

为了传承园林文化和非遗技艺，园林工程学院探索了一条产业与教育、企业与学校、生产与教学深度融合发展的江南园林人才培养新路径。

互利共赢，成果共享，创新构建“五位一体”校企协同育人机制

学院坚持“优势互补、互利共赢”原则，2019年，由学校牵头，“政、行、企、校、研”五方携手，共同成立“香山工匠学院”，建立人才共育、科技服务、人员互聘、岗位实践、创业就业“五位一体”的工作机制。“香山工匠学院”入选“苏州市优秀企业学院”。

双元协同，校企联姻，不断优化“筑园塑人”人才培养模式

与苏州园林发展股份有限公司全方位合作，入选省首批产教融合型试点单位。不断优化“筑园塑人”培养模式，协同开发“江南园林班”人才培养方案，精心培育高水平园林营造技艺人才。12人获全国技能大赛一等奖。

“三师领衔”，国际合作，强力打造高水平结构化教学创新团队

聘请国家非遗大师陆耀祖、全国技术能手张喜平等12人，高标准建成了3个大师工作室，柔性引进日本知名教授林真由美，每年开展项目化教学。组建了一支由非遗大师、教学名师、技术能手“三师领衔”的高水平结构化教学创新团队，手把手传授苏派造园技艺，进行课题开发和技术攻关。成功入选首批江苏省职业教育教师教学创新团队，团队带头人周军教授是省“六大高峰人才”“333

左图为开展香山古建技艺营造教学活动；右图为苏州农业职业技术学院园林工程学院举行第三届“园林古建英才班”人才选拔赛

工程高层次人才”、江苏省有特殊贡献中青年专家。团队获全国教学能力大赛一等奖5项。

创新

标准引领，“四化协同”，助力行业企业转型升级

学院与中国风景园林学会园艺疗法与园林康养专业委员会合作，筹建全国首个园林康养产学研示范基地和乡村康居庭院4S店。围绕乡村振兴战略，按照“四化协同”理念，建设园林技能赛训一体化基地。牵头编制《江南园林传统营造技艺古建筑工种行业评价规范》和《园林绿化工职业技能实操考核评价规范》，被中国风景园林学会立项为团体标准建设。

校地合作，百村千院，赋能美丽乡村人居环境建设

围绕苏南乡村一二三产业融合发展，学院以打造乡村“美丽庭院”为跳板，因地制宜探索出了“美丽庭院”的生态经济模式、休闲景观模式、旅游民宿模式3种营造模式，并进行推广，涉及100余个乡村，建设1000多个“美丽庭院”，为苏州美丽乡村建设作出了贡献。

融合借鉴，海外造园，提升“苏农筑园”园林职教国际品牌

学院借鉴BTEC国际认证标准，引融国际园艺专业标准，本土化BTEC国际职业证书园林类课程标准，融入双语课程建设。组建校企科技服务联合体，依托世界园艺博览会等高端造园实践平台，主持设计和建造的作品“江苏园”荣获国家奖8项；建造的中国国家展园两次荣获世界园艺博览会奖项。

2020年11月正式授权BTEC HND中英合作项目，园艺(园林规划)和艺术设计（设计实践）两大专业可自主招生培养。先后完成泰国、土耳其世界园艺博览会“中国唐园”“中国华园”等技术管理研修班的苏州园林教学任务，实现了江南园林优秀传统文化的输出。

苏州农业职业技术学院对中华优秀传统文化的创造性转化和创新性发展，体现了创新与务实所迸发出的无穷活力，作出了示范与引领。

作者：潘文明、方佳

广西商业技师学院

耕耘不辍　打造复合型人才

广西商业技师学院院长陆燕春在中国—东盟旅游职业教育论坛上作主题发言

链接：广西商业技师学院是广西第一所开办烹饪专业的技工学校，有“广西烹饪人才的摇篮”之美誉。该校是国家级重点技工学校、教育部首批烹饪专业示范学校、国家高技能人才培训基地，全国职业教育先进单位、国家中等职业教育改革发展示范学校。该校历来重视校园文化建设，融会学院人文历史，煅造“薪火文化”，打造现代职业学校核心竞争力。“薪火文化”的核心理念是“薪火相传烹小鲜，承前启后治大学”，以活力、利他、兼爱为精神内涵，落地“水火相济，知行合一”的校训、“众人拾柴火焰高，海纳百川心胸广”的校风等“一训三风”。近年来，该校学生荣获金砖国家技能发展与技术创新大赛一等奖，全国职业院校技能大赛奖11项，“双创比赛”获金银奖10项；教师荣获OMC世界杯大赛、全国技工院校教师技能比赛等国际、国家级比赛奖29项；学校获得区级教学成果特等奖1项、一等奖3项等。中国—东盟旅游职业教育高质量发展论坛、广西中等职业教育教改成果研讨会等国际国内会议主题发言8次，中国—东盟职业教育联展、中华职业教育非遗成果展示会等国际国内会展推广13次。《中国教育报》《语言文字报》、学习强国、八桂职教网等主流媒体连续报道330多次。

聚焦“以文弘业、以文培元，以文立心、以文铸魂”的百年大计，贯彻“技能中国行动”，广西商业技师学院耕耘不辍把技术型人才打造成传承中华文化的复合型人才，呈现了开放办学的特色和展望未来的格局，走出“技能＋文化”的薪火文化传承之路。

“文化＋技能”夯实学院底气

*历史有底蕴。*广西商业技师学院所在地桂林，诞生了以甑皮岩为代表的史前饮食文化，以灵渠为代表的先秦水利文化，以桂海碑林为代表的摩崖石刻文化，以八路军桂林办事处旧址为代表的抗战文化，以红军长征湘江战役纪念馆为代表的红色文化……每一寸山水都展示桂林冠绝天下的秀美画卷，每一段历史都展示了桂林深邃动人的文化底蕴。广西商业技师学院将丰富的文化资源融入学校肌理，续写千年文脉，构筑丰厚文化根基。

*文化有特色。*广西商业技师学院坚持立德树人，树立“我心如火”的核心理念，建设“星火燎原”课程资源，“一校多品”育人活动如火如荼，打造“火力四射”育人环境，锻造“薪火文化”，赋能学院高质量发展。

*技能有实力。*广西商业技师学院涌现全国模范教师、万人计划名师、黄炎培职业教育杰出奖教师、中国烹饪大师等国家高层次领军人才；建有国家级、自治区级技能大师工作室5个，建成国家级高技能人才培训基地3个，牵头组建广西烹饪职教集团，人力资源、实训资源、集团优势彰显雄厚技术技能实力。

深耕“文化活动＋特色课程”

*文化理念深入人心。*广西商业技师学院以培养德技双馨的高素质技术技能人才为目标，首创“我心如火”文化理念，激发师生火一样的活力，以自身的职能与节奏发光发热；激活师生火一样的能量，以思想的火花点燃激情，照亮前程。文化强心、技能强身。

*文化活动如火如荼。*广西商业技师学院挖掘中华饮食养生、节庆节气文化，打造一节一菜、一季一养文化名片，赋予饮食类非物质文化遗产新的时代内涵和现代表达形式；创新非遗美食油茶米粉，活跃于各类会展征服人们味蕾；创建我们的节日，让孝养美德、劳动教育回归万千家庭；创编五禽健身操让健康观念深入人心、健康习惯涵养一生。创设指尖上的艺术系列活动，国画、艺术设计、布贴剪纸、美容美发美甲技艺，用笔墨刀梳舞动出典雅庄重俏丽时尚的视觉盛宴。“一校多品”文化活动通过社团让学生体验创造的乐趣、见证文化＋技能的魅力，提升学校文化品位，引领健康生活风尚。

左图为校园文化艺术节；右上图为职普融合；右下图为指尖上艺术

特色课程精彩纷呈。广西商业技师学院通过第一、二课堂，传统与网络课堂，社交平台与公众传媒，建成“星火燎原”式融媒体课程。以特色 + 南北、传统 + 时尚、一荤一素一点一饮的标准开发建设《二十四节气现代饮食》系列菜、点、饮专业课程和教材；精选广西独特的民族餐饮文化现象，提炼协调融合五色饭、齐心合力百家宴等 9 个育人专题，开发《感悟民族餐饮文化》通识课程和教材；改革体育课程，以非物质文化遗产五禽戏为原型，加入广西花山壁画中特有的“蛙”元素创编《五禽健身操》。学院多形式多层面多渠道建设特色课程，激活了课堂、变革了教法、锤炼了技能、传承了文化。

职普融合有声有色。广西商业技师学院携手桂林市中小学“职普融合 共育人才 共传文化”，以课程进社团、技艺进课堂、活动入校园、文化入心扉等为路径，提升职业教育认可度和吸引力，贯通人才培养通道，增值赋能职业教育服务社会发展的功能。

展望未来更可期

文化互动频繁。近年来，广西商业技师学院薪火文化互动交流频繁，吸引新加坡酒店协会酒店旅游管理学院、安徽阜阳技师学院、广西交通技师学院、四川省泸州市职业技术学校等慕名来访；文化 + 技能活动推广至本科、中高职院校，遍及湖南、山东、新疆、重庆等 30 省（直辖市、自治区）。学院将坚持“多方协作共生共长”原则，依托海外校友在澳大利亚、新加坡、智利、挪威、美国等开设的中餐馆，搭建校政企行友“五方”平台，“文化 + 技能”带动文化交流，加强同海内外的互鉴、互容、互通，形成职业教育开放格局。

融媒体触发教学多样化。广西商业技师学院积极建设以新媒体为载体的育人环境，通过学院官网、微信公众号、抖音、广西八桂职教网等新媒体满足师生线上线下，课内课外，随时随地的学习需求。学院还将积极寻求多方合作，共同设立线上线下联合实训室、智慧教室，实现远程连线、云端授课。

耕耘不问收获，坚守不忘初心，传承跨越时空，广西商业技师学院“技能 + 文化”之路大有可为，未来更可期。

作者：黄琼、赵颖　摄影：黄甜

贵州交通职业技术学院

聚焦高质量内涵建设　培养交通技能人才

链接：贵州交通职业技术学院是一所以交通为特色的理工类高职院校。创办于 1958 年，走过国家“示范校”、国家“优质校”发展历程后，2019 年成功入选全国 56 所贵州目前唯一的“中国特色高水平高职学校建设单位”。学院目前设清镇、阳关两个校区，占地 1437 亩，全日制在校高职学生 15000 余人。学院先后获得全国职业院校学生管理 50 强、全国职业院校服务贡献 50 强、全国毕业生就业典型经验高校、全国毕业生就业竞争力示范校、全国职业指导工作先进学校、全国交通运输行业文明单位等荣誉。

贵州交通职业技术学院是一所以交通为特色的理工类高职院校。“十三五”期间，学院在省交通运输厅、省教育厅等上级部门的正确领导下，全面深化内涵质量建设，制订实施了“1+8”发展规划体系，凸显喀斯特环境下交通人才培养的办学特色，整体发展再上新的台阶。

坚持立德树人，总体发展开创新局面

作为贵州省唯一一所以交通为特色的高等院校，现有的 30 个专业中 20 个专业直接服务交通运输业。60 多年来，学院累计培养了 10 万余名高素质技术技能人才，贵州交通基层一线技术人员 70% 以上是该院毕业生，多位毕业生参与建设项目获得“鲁班奖”“詹天佑奖”“李春奖”“古斯塔夫奖”等行业大奖，被誉为贵州交通“人才培养的摇篮”。

一直以来，学院始终把握社会主义办学方向，立足交通，面向贵州，辐射全国，致力于服务行业转型升级和师生全面发展。“十三五”期间。学院先后通过了国家级“诊断与改进”试点和现代学徒制试点验收，成为国家“优质校”，并于 2019 年成功入选全国 56 所贵州目前唯一的“双高”建设学校，先后荣获黄炎培优秀学校奖、国家级教学成果、全国高职院校学生管理 50 强、服务

贵州交通职业技术学院校园内茅以升雕像 摄影：陈磊

贡献 50 强等国家级表彰，整体发展打开了新局面。

坚持党建引领，思想建设有了新提高

近年来，学院扎实开展“三严三实”专题教育，持续推进“两学一做”学习教育常态化制度化和“不忘初心、牢记使命”主题教育，扎实开展党史学习教育，坚决把党和国家重大决策部署落实到办学治校全过程，落实立德树人根本任务，为党育人、为国育才。

全面落实党委领导下的校长负责制，不断完善党委领导、校长负责、教授治学、民主管理的治理体系，修订完善学院办学章程，优化学院机构设置，学院学术委员会、教代会、工代会、学代会等民主管理和监督作用得到充分发挥，努力推进治理体系和治理能力现代化建设，党委总揽全局协调各方的能力不断增强。全面从严治党不断深化，通过各种形式不断推进党的十九大及系列全会精神、习近平总书记重要讲话及重要指示批示精神入脑入心。全面实施思政课程和课程思政教学改革和“三全育人”综合改革，思政检评历年优秀，获教育部“劳动教育研究中心”和“贵州省理想信念教育基地”挂牌。思政课教师在教学竞赛和指导学生参加思政课教学竞赛中累创佳绩，充分发挥了思政育人的主阵地作用。

坚持质量立校，办学水平有了新突破

量身打造“通途浸润、铸魂育人”的“三全育人”体系，打造“贵州交通博物馆”等 9 个校园育人场馆，构建“通途文化”特色校园文化，着力培养“岭高不如志气高，山硬不如骨头硬”的贵州交通人。通途文化引领学院走过了国家示范校、国家优质校、“双高”建设学校的奋进历程，实现了让学生通人生出彩之途、学院通产教融合之途，助力贵州通同步小康之途，并将紧紧伴随中华民族通伟大复兴之途的美好愿景。

“十三五”期间，学院大力实施“国家优质校”和“双高”，取得了比较喜人的质量建设成果：35 个项目通过贵州省高职教育人才培养质量提升工程验收，21 个项目获教育部高职创新发展行动计划认定，高居全省第一位。内部质量保证体系建设全面推进，教学诊断与改进试点通过国家复核，国家级现代学徒制试点通过验收。连续两届获得国家级教学成果奖，先后入选全国第一批教育教学“诊断与改进”试点高职院校、全国第一批教育信息化试点优秀学校首批全国教学信息化试点优秀学校等等。

坚持培基固本，内涵建设取得新成绩

以“诊改”试点工作为契机，形成“一中心、二抓实、三建设、四健全”的教学管理体系；开展国家级现代学徒制试点，校企协同育人模式引领高职院校教育教学改革。构建服务综合交通运输体系的专业布局，打造了 2 个国家级中国特色高水平专业群；建成教师发展中心，实施“优智”“引领”“青银”“专兼”“团队”五大工程，打造了一支师德高尚、业务精湛、结构合理、充满活力的高素质、专业化教师队伍。近年来，学院赛训育人实现多项突破，“国—省—校—系”四级赛训育人体系不断完善，全国技能大赛参赛数、获奖数、获奖级别屡创新高，数学建模大赛 2019、2020 连续两年斩获国家一等奖。双创培育项目 70 余个，入驻企业 4 家。近年来，各类大赛获奖近 400 项，获奖学生近 1000 人次，打造了交通职业教育人才培养高地。

坚持服务社会，科研水平迈上新台阶

学院坚持学历教育与职业培训并举，面向全省 46 所高职、全国 139 所中职学校和 416 家交通企业开展社会培训服务，各类社会培训名列高职高专院校前茅。5 年来，学院师生共同完成了上百条，逾 1750 公里的公路勘察设计，其中高速公路 210 余公里，特大桥、大桥 165 座。试验检测中心累计为省内 20 余条各级在建公路提供试验检测技术服务，凤凰村机动车检测站为社会提供 12000 辆的机动车安全检测服务，横向技术服务与培训人数达近 17 万人次。累计完成厅级及以上课题 64 项、专利授权 156 项，省部级及以上教学成果奖 7 项，获得首批国家级职业教育教师教学创新团队课题研究项目，获批全国校长培训培育基地、贵州交通技能人才基地。

坚持职教扶贫，乡村振兴再续新篇章

5 年来，学院累计向独山县、从江县派出驻村第一书记和支教老师 18 人开展驻村帮扶，面向全省深度贫困县相继开设从江班、威宁班、赫章班等 20 余个教育精准扶贫班，累计招收培养教育精准扶贫学生 3000 余人。组织开展各类扶贫培训 25 场次，培训和带动 1300 余贫困劳动力实现就业。累计投入帮扶资金 500 余万元，定点帮扶的 5 个村共计 1291 户 5220 名贫困群众全部实现脱贫，为顺利实现党的第一个百年奋斗目标贡献了交院力量。学院教育精准扶贫典型案例入选《中国高等职业教育精准扶贫发展报告》。继续选派 6 名驻村干部躬耕乡村振兴一线，结合区域经济发展实际将全校专业从 39 个调整到 30 个，制定《专业技术从业人员服务基层管理办法》《教师下企业实践管理办法》等制度鼓励教师到基层一线和行业企业从事技能锻炼和基层服务工作，助力全面推进乡村振兴。

“十四五”期间，学院将遵循“179”发展战略，即：“1”以高质量发展为统领，聚焦“7 个一”的发展思路，围绕“9”大战略重点任务开展建设，聚焦新目标，迈向新征程，为实现“世界眼光、中国特色、贵州元素、人民满意”发展愿景，紧握职教发展奋进之笔，继续书写蓬勃发展的华章。

作者：贵州交通职业技术学院党委书记张静

学院校门 摄影：陈磊

云南省昆明工业职业技术学院

“三力”齐聚 跑出“加速度”

2021 年 12 月 1 日，昆明工业职业技术学院召开国家“双高计划”中期检查暨工作推进会

近年来，昆明工业职业技术学院矢志不渝坚持党的领导，加强党的建设，以内涵建设和质量提升为核心，统筹推进党建与教育教学培训中心工作，不断将党的政治优势和组织优势转化为推动学校高质量发展的强大动力，切实以高质量党建引领学校高质量发展，各项成绩斐然。学校入选第一批国家“双高”建设院校，牵头主办的云南工业职业教育集团跻身第一批国家示范性职业教育集团（联盟）培育单位，成为职业院校数字校园实验校建设样板校，“三区四化六融合”项目获国家级教学成果二等奖，通过教育部现代学徒制第一批试点项目验收，党委荣获云南省国资委党委“先进基层党组织”荣誉称号，支部通过省高校“一流党建”示范党组织创建实地考察调研，并被推荐参评全国高校党建工作“标杆院系”和“样板支部”评选；工会被评为“云南省模范职工之家”。在现代职业教育发展过程中，充分彰显了为社会主义现代化建设服务，为地方经济社会发展服务，为促进人的全面可持续发展服务的价值。当前，学校办学规模、质量、档次、影响跨入云南省职业教育第一方阵，综合实力和办学水平迈上新台阶。

立根铸魂，擎旗奋进，把牢思想引领力

“中国共产党为什么‘能’、马克思主义为什么‘行’、中国特色社会主义为什么‘好’……”2021 年 4 月，一场场党史宣讲活动拉开帷幕。学校成立党史学习教育宣讲团，广大党员干部、马克思主义学院专职思政教师、优秀青年学子加入其中，深入校内、企业、产城区为学校师生、企业职工、社区群众开展丰富多样的宣讲活动，鼓舞大家厚植爱国强国情怀，激励主动担当作为。线下结合线上，校内走向校外，单一形式转向多种形式，自成立以来，学校党史学习教育宣讲团累计宣讲 80 余场，听讲人次超 11000 人。

“知以往才能鉴未来，革命先辈以坚定的共产主义信念，抛头颅、洒热血，才换来我们今天美好的幸福生活”昆钢新村社区红色记忆馆展出的历史图片、文献史料，深深感染着每一位参观同学。每学期，学校马克思主义学院依托本地思政实践教学基地，持续开展爱国主义教育、思想道德教育、法治教育等多种主题实践活动，作为实践育人的一大重要抓手和载体，学校坚持以“思政小课堂”与“社会大环境”的有机统一推动育人模式革新，将思想政治工作和育人场域延伸到更为广袤开阔的“社会大课堂”。

“何其有幸，能生于这样的一个安稳时代，见证这样的百年辉煌，看着学校随处而飘的鲜红党旗，作为一名党员，我深感自豪。”“快来，我们一起和这个可爱的卡通红军合个影吧……”建党百年——“党的盛典、人民的节日”，对于每一位亲历者而言更是一次近距离体验生逢盛世、肩负重任的宝贵机会，学校用随处可见的党旗、庆祝标语，举目能望的党史进程宣传条、设计独特的红军人性立牌献礼建党 100 周年。一道道靓丽的“红色风景线”入眼亦入心，既扮靓了整个校园，又让党的百年历史变得更加鲜活生动。师生们在“打卡”拍照中感悟精神，在重温党史中汲取力量！

“思政课教师肩负着青少年理想信念引路人、立德树人主力军、守正创新开拓者的使命担当，此次择优选拔的思政课专任教师极大充实了学校思政工作队伍力量，充分体现了昆钢公司党委对学校发展的高度重视和对优秀管理人才的关心厚爱。”学校党委书记张晓雷在思想政治理论课专任教师入职仪式上说到。近年来，学校不断选聘企业劳模、先进模范、能工巧匠走进思政课堂，选聘昆钢公司退线干部、学校退线干部继续承担教学任务，在昆钢公司党委的鼎力支持下，大踏步地实现了思政课教师队伍更充分更平衡地发展，为学校思政教育教学工作的开展持续增添新彩。

聚力赋能，共建共享，汇聚发展“新动力”

2021 年，广大师生精神面貌不断焕发，发展动能更加强劲，与学校一道站在了聚光灯下，迎来一个又一个高光时刻。学校《“四双”现代学徒制云南模式的改革与实践》《产教融合、校企一体共建物流高水平技术技能平台“校企命运共同体”的实践》2 项成果荣获云南省职业教育教学成果一等奖、《“1211+N”云南职业院校技能大赛办赛模式的改革与实践》获二等奖；全国职业院校学生技能大赛中，学校学生参赛队荣获团体三等奖；1 名同学同时获评共青团云南省委“百名大学生自强之星”和“云南省青年岗位能手”称号；18 人获得国家奖学金，504 人获国家励志奖学金……所有的佳绩，都是近年工职院“教而有质”的生动呈现。

过去一年，学校与多家企业单位签订校企合作协议、成立人才培养基地，聚焦多种专业的人才培养……这只是一个缩影。近年来，学校主动与政府、企业开展深入合作，从“一体两翼”到“三架齐驱”，开创了“政府搭台、高校育人、企业用才”三位一体产教融合新模式，实现了人才与技术与产业的精准对接，促进了学校发展与企业发展和区域社会发展的同频共振。2021 年 12 月，由学校牵头成立的云南现代物流职业教育集团（联盟）成立暨云南工业职业教育集团换届大会上，134 家成员单位代表共聚一堂，学校代表云南工业职业教育集团，围绕产教融合、校企合作，构建高水平人才培养体系等分享经验，受到与会代表关注。联合共建方式的持续搭建，共建、共享、共育优势的不断扩大，成为昆明工职院进一步深化产教融合、开展校企合作，为中国工业创新发展提供技术技能人才支撑的点睛之笔。

2021 年 12 月 23 日，云南省省级“双高计划”项目评审结果公示，昆明工职院榜上有名，学校成为云南省既是国家“双高”又是省级“双高”的高职院校。在“双高计划”中期检查暨工作推进会上，各责任部门和学院全面展示了“双高”建设在“一个加强”，“四个打造”，“五个提升”上取得的可喜成果。对此，学校校长刘伟指出，“作为云南省三所国家‘双高’院校之一，要进一步提高“双高”建设的重要性认识，加大人力资源投入，重视绩效考核和评价，着力打好‘双高建设’下半场。”纵观建设过程，学校党政领导亲自挂帅，靠前指挥；各部门协同联动，一体推进，共同克服项目统筹管理、人力资源不足等困难，在队伍建设、条件改善、项目达成、治理能力、校企合作、特色办学等方面产生影响力和辐射力，是“双高”建设可喜成果的最佳例证。2021 年，学校在中国高职高专院校竞争力排行榜排名位列全省第 4，全国第 254 位，创历史新高！

“丰富的课程、优秀的师资、贴心的服务，这次培训真的非常

左图为由昆明工业职业技术学院牵头的云南现代物流职业教育集团（联盟）成立揭牌；右上图为昆明工业职业技术学院学生参赛队荣获 2021 年全国职业院校技能大赛团体三等奖；右下图为组织学生参观社区红色记忆馆

有意义，收获颇多。” 中国宝武一线员工全员培训学员在谈起培训感悟时难掩激动。学校作为昆钢职业技能培训中心，坚持职业教育与职工培训并重的中国职业教育发展道路，面向企业职工、社会公众、校内学生开展充分的、多层次的职业培训、鉴定及考试，以高质量的社会培训能力助力社会区域经济发展，培训服务满意度始终保持在 95% 以上。“工职院是昆钢公司的一面旗帜。”是昆钢公司领导到校调研时对学校服务企业和社会作出的极高评价。

学校 2021 届毕业生离校前双选会上，一位毕业生激动地说道：“学校双选会参会企业多、招聘岗位多，我们的选择和机会也更多，这让我信心满满。”截至 2021 年 12 月 31 日，2021 届 4404 名毕业生毕业去向落实率达 98.14%，就业单位多为国企及上市公司。近年来，学校已连续六年荣获 “云南省就业创业工作目标责任考核一等奖”。面对新冠疫情的持续影响，学校充分发挥现有资源，创新搭建智慧就业平台，开展线上招聘活动；分批分阶段组织线下招聘、积极开展就业育人活动、建立“一对一”就业帮扶机制……学校一直将就业作为一块金字招牌，为学校高质量发展保驾护航。

建强队伍，夯基垒台，激发组织战斗力

“站在新的历史起点，我们要以“四新”目标为统领，以“双高”建设任务为驱动，以“九大工程”建设为载体，坚持走内涵发展道路，努力开创学校发展新纪元。”2021 年 10 月 12 日，学校第四次党代会胜利召开，全体党员代表肩负着全校共产党员和师生的重托，在这里共话发展成果、共商发展大计。谈到内心感受，一名参会党员代表真诚地表示到“能参加学校第四次党代会倍感荣幸，作为学校的一名党员，我们必须要以强烈的担当精神发扬工职好传统、提振工职精气神、展现工职新风。”

选好“领头雁”、递好“接力棒”，推动学校“两委”班子顺利交接，是本次换届选举中的关键任务。此次换届选举产生的新班子，年龄结构、专业结构得到进一步优化，能力素质得到进一步提升，整体合力得到进一步增强。“我们将带头做好表率，忠诚履职担当，埋头苦干实干，在新时代新征程中奋勇争先、建功立业。”全校上下从他们身上看到了党和学校事业后继有人的信心与希望。

“正确的入党动机，是正确行动的精神力量，作为一名入党积极分子，必须主动在学习工作和社会生活中起到先锋模范作用……”2021 年 7 月，结束扎西干部学院培训之旅，计算机信息学院党支部学生入党积极分子返校归来，在学院作交流分享，引发强烈共鸣。如今，大学生党员作为党组织中具有影响力的一个优秀群体，着实成为了优化党员队伍结构的新生力量和加强党的建设的重要力量，昆明工职院坚持严格抓好在优秀青年教师、优秀学生中的发展党员工作，积极把忠于党、忠于人民、爱岗敬业、乐于奉献的优秀人才吸收到党内来，并教育引导其在政治上、思想上、行动上带动身边同学共同进步。2021 年学校新发展党员 86 名，其中学生党员 72 名，增长率 200%。

“工职院机械学院和建筑工程学院两个党支部党建基础工作扎实，融入中心工作成效明显，支部特色较为突出，起到了示范辐射带动作用。”2021 年省委教育工委第八调研组实地考察学校一流党建示范党组织创建工作时给予了充分肯定。两个党支部最终顺利通过考察，并被推荐参评全国高校党建工作“标杆院系”和“样板支部”。近年来，各党支部大胆创新和尝试，不断深化党建与“双高”建设、教育教学深度融合，创新打造出符合实际、特色鲜明的党建品牌，基层党组织建设质量和工作水平得到进一步提升。

岁末年初这几天，辅导员们稳居朋友圈步数排行榜前列，和他们步数相当的，基本都是驻守疫情防控一线，每日每夜穿梭在教学区、宿舍区巡查的老师们。面对安宁市域内突发疫情，全校上下闻令而动、积极响应，24 小时值班值守，“一对一”包保……“我坚守是因为我的学生需要，在这种时候，我们一定要陪伴在学生身边，让他们安心。”31 日晚，学校全体党员干部、辅导员教师们与在校学生共度跨年夜时，一位值班干部这样说到。在这场没有硝烟的战“疫”中，全体党员干部及师生把疫情“战场”作为考验党性观念、检验初心使命的“考场”，心往一处想、劲往一处使、拧成一股绳，让鲜红的党旗在疫情防控一线高高飘扬，让初心使命在疫情防控一线熠熠生辉。

“持续努力提高师生在学校学习、工作、生活的归属感、获得感和幸福感。”这是铿锵承诺，也是一以贯之的理念。在党的全面领导下，学校工青妇组织以独特的优势力量，缔造维系着群众的桥梁和纽带。学校工会不断延伸群建服务触角，满腔热情服务职工群众，被评为“云南省模范职工之家”；团委充分发挥组织育人功效，青年志愿者协会敬老志愿服务项目荣获全国铜奖；2021 年成立妇女联合会，“半边天”们有了主心骨。学校党委以“建”为核心，以“带”为关键，依托党建力量促进群团组织的政治优势及组织优势得到进一步发挥。

历史经停处，百年交汇点，高质量发展的激越新曲响彻工职大地。站在这个大有可为的时代，昆明工业职业技术学院将坚定不移高举中国特色社会主义伟大旗帜，以更坚定的信念、更昂扬的决心、更坚实的足迹，抢抓机遇，迎接挑战，汇聚合力，朝着建成特色鲜明、国内一流的中国特色高水平高职学校的发展目标鼎力前行！

作者：唐琳琳、韩倩

山东省烟台市体育运动学校

拼搏逐梦写华章 扬帆远航铸辉煌

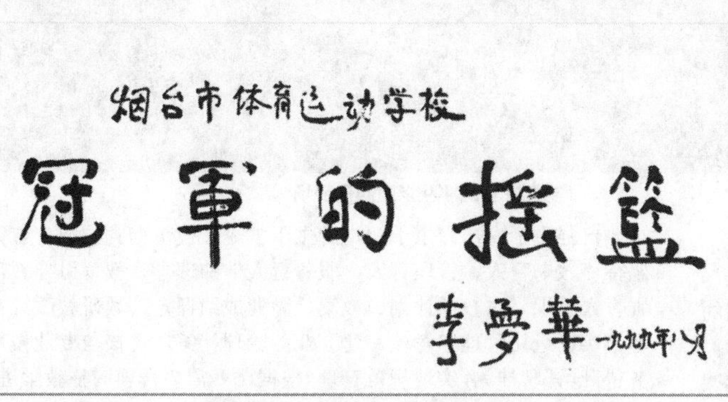

原国家体委主任李梦华为学校题字

学校获得的部分重要荣誉

这是灿烂辉煌的一刻，闪烁金色荣光。

这是值得铭记的日子，梦圆奥运赛场。

2021年8月6日，在东京奥运会女子标枪决赛场上，烟台籍名将刘诗颖以有力的助跑、流畅的投掷，一气呵成，首掷就以66.34米力压群芳，一掷定乾坤，为中国体育代表团夺得东京奥运会的第36枚金牌。这枚金牌同时是山东省获得的第6枚金牌、烟台市获得的第3枚金牌。

山东省烟台市体育运动学校（以下简称烟台市体校）沸腾了！烟台体育沸腾了！这枚金牌含金量之高，超乎想象，因为它创造了诸多的第一：烟台市体校、烟台市第一枚田径奥运金牌和第一枚女子标枪奥运金牌，山东省第一枚女子标枪奥运金牌，中国第一枚女子标枪奥运金牌。这枚金牌创造了中国田径、山东体育和烟台体育在奥运会上新的历史，实现新的突破，向中国共产党建党100年献上了优秀的答卷。

征途历尽艰辛，成绩浸透汗水。

中国田径协会2021年8月6日向山东省体育局发出感谢信。信中说，热烈祝贺刘诗颖在东京奥运会女子标枪决赛中获得冠军，为中国体育代表团夺得一枚宝贵的金牌，创造了中国田径在奥运会上新的历史，为祖国和人民赢得了荣誉，极大地鼓舞和振奋了中国田径界。谨向山东省体育局及山东田径运动管理中心、烟台市体育运动学校表示衷心感谢。

8月7日，山东省威海体育训练中心向烟台市体校发出感谢信。信中说，热烈祝贺烟台市体育运动学校输送的运动员刘诗颖在东京奥运会上勇夺冠军，这是山东省田径田赛项目的第一枚奥运会奖牌，为祖国和家乡赢得了荣誉。成绩的取得离不开烟台市体育运动学校对山东省威海体育训练中心田径项目、尤其是投掷项目重点队伍、重点运动员长期以来的大力支持和无私帮助。谨向烟台市体育运动学校表示衷心感谢。

拼搏奥运，为国争光。从悉尼奥运会到东京奥运会，从邢傲伟、刘春红、唐功红、周璐璐、孙一文、张常鸿到刘诗颖，烟台所获得的7枚沉甸甸的奥运金牌中，有4枚是烟台市体校培养输送的运动员夺得的。

冠军的摇篮——这是原国家体委主任李梦华的由衷赞誉。

六十三年风雨兼程，一路拼搏一路欢歌。

六十三载孜孜以求，砥砺奋进铸就辉煌。

党和政府的正确领导和殷切关怀是学校砥砺奋进铸就辉煌的根本保证

春秋易序，风雨兼程。烟台市体校从1958年始建以来，栉风沐雨，勇往直前，已经跨越了六十三年。薪火相承、铿锵前行的历程中，烟台市委、市政府和烟台市体育局党组的坚强领导和殷切关怀是学校茁壮成长、发展壮大、成为冠军摇篮的根本保证。

学校现设田径、篮球、羽毛球、乒乓球、举重、摔跤、柔道、跆拳道、拳击、武术散打、空手道、三人篮球、攀岩等13个运动项目，并建有设施良好、功能齐全的训练、办学设施和设备。近几年来，在烟台市体育局、市财政局和市教育局等部门的关怀下，学校先后投入2600多万元，对田径、篮球、举重等项目的训练基础设施、设备进行了升级扩建、改造更新，训练和办学条件不断得到改善，为培养高水平体育后备人才提供了硬件保障。

滋兰树蕙，求索进取。学校始终坚持“以训练为中心，以教学为基础”的办学指导思想，以“团结、拼搏、求实、进取”为校训，贯彻“奥运争光计划”战略，遵循“选好苗子、打好基地、系统训练、积极提高”十六字训练指导思想，科学选材、科学训练，多出人才、出好人才，积极向上级优秀运动队输送高水平体育后备人才。多年来，学校先后向省以上优秀运动队输送优秀体育后备人才690名。截至目前，学校培养输送的优秀运动员在国际国内大赛中，分别夺得奥运冠军4人次、世界冠军85人次、亚洲冠军71人次、全国冠军220人次，“冠军的摇篮”称号实至名归。

光荣与奋进同行。泪水与汗水铸就的辉煌，得到了党和人民的肯定。学校先后11次被国家体育总局授予“全国业余训练先进单位”和“全国群众体育先进单位”称号；多次荣获“山东省业余训练先进单位”“山东省青少年体育工作先进单位”“山东省五一劳动奖状”“山东省职工体育标兵单位”等称号；2019年、2020年均被评为“山东省精神文明单位”。学校多次被烟台市委、市政府授予“教书育人先进单位”“精神文明先进单位”“振兴烟台体育突出贡献奖”“参加第十一届全运会突出贡献单位”等称号。学校1996年、2005年、2009年和2013年均被国家体育总局认定为“国家高水平体育后备人才基地”，1996年和2013年被山东省体育局认定为“山东省高水平体育后备人才基地”。学校2017年被国家体育总局和山东省体育局分别认定为“国家重点高水平体育后备人才基地”和“山东省重点高水平体育后备人才基地”。2009—2013年学校的田径、举重、篮球、羽毛球项目分别被评为全国高水平后备人才基地，2015年拳击项目被中国拳击协会授予后备人才基地；2007—2015年田径、篮球、举重、武术散打、跆拳道、羽毛球、柔道、拳击8个项目先后被山东省体育局命名为山东省优秀运动队后备人才基地，学校已经成为烟台市培养高水平奥林匹克体育后备人才和合格体育专业骨干的“体育航母”。

县市区体校、中小学的大力支持是学校砥砺奋进铸就辉煌的坚实基石

竞技体育是一个地区综合实力的象征和体现。烟台体育在历届市委、市政府和市体育局的坚强领导下，构建并不断优化了以市级体校为龙头，县市区基层体校、中小学校为基石的体育人才选拔、培养、输送的竞技体系。这一体系的有效运转，使烟台市体校得到各县市区基层体校、中小学校的有力支持，他们源源不断地为学校高水平体育后备人才的培养输送注入新鲜的血液和生力军。其中奥运冠军刘春红、唐功红、周璐璐、刘诗颖，以及入选中国军团参加本届东京奥运会比赛的冯彬、李缘、边通达、王瑞、于丽萍都是这些新鲜血液和生力军的杰出代表，他们取得的辉煌成绩和荣誉也属于基层体校。

功能齐全的400米塑胶田径场

为此，学校校长尹连斌由衷地表示："沧桑砥砺，携手奋进，烟台市体校摘金夺银，不断为烟台竞技体育事业的发展做出贡献的坚实基石就是各县市区基层体校、中小学校的大力支持。感谢你们向学校培养和输送了每一名运动员，每一个优秀的体育苗子，感谢你们的辛勤付出！"

全面加强和建设四支队伍是学校砥砺奋进铸就辉煌的中流砥柱

初心如磐，笃行致远。党的十八大以来，在市委市政府、烟台大学党委、市体育局党组的坚强领导下，学校坚持以党建为统领，按照市体育局党组关于建设"团结型、实干型、廉洁型、创新型"钢班子、铁队伍的要求，全面加强四支队伍的建设，锻造出不忘初心、牢记使命、开拓创新、无私奉献、敢打敢拼、勇攀高峰的体育团队，同心同德、共育英才。

按照好干部20字标准和"四有"要求，打造明大事、想干事、会干事、干成事、不出事、好共事的干部队伍

学校坚持党建为统领，认真学习贯彻党的十八大、十九大会议精神，与时俱进深入学习领悟习近平总书记系列重要讲话精神，树牢"四个意识"、坚定"四个自信"、做到"两个维护"。扎实开展党的群众路线教育活动、"两学一做"学习教育、"不忘初心、牢记使命"主题教育和党史学习教育，不断强化学校党支部的凝聚力、战斗力和向心力，不断强化以领导班子队伍为核心的管理队伍的建设，紧紧围绕学校训练、教学和管理等方面工作，求真务实，开拓创新，一级带动一级，一级监督一级，调动广大干部职工的工作积极性，建设一支勇于担责，团结协作，令必行、行必果，规范高效的干部队伍。

按照"能打胜仗、敢打硬战"的要求，打造业务精湛、无私奉献的高水平专业化教练员队伍

学校始终把教练员队伍的建设放在重要的地位。一是"强本领"。建立学习机制，做到培训"走出去"，经验"引进来"，促进教练员开拓视野、学习和掌握最新最前沿的竞技体育技术和发展形势，不断提高执教水平。二是"强精神"。始终教育教练员把爱岗敬业、无私奉献、勇攀高峰作为自己带队的出发点和落脚点。学校坚决贯彻市体育局党组"金牌战略"要求，在量化省运会金牌指标，压实教练员担子的同时，加强思想教育，对标和学习先进典型，传承革命优良传统，使教练员树立爱岗敬业、敢为人先、奋勇夺金的使命担当。三是"强保障"。全校树牢"以训练为中心"的服务和保障意识，做到优先研究训练工作、优先保障训练经费、教练员评聘职称和评先进优先的"四个优先"，解除教练员后顾之忧，激发他们干事创业的积极性、主动性，涌现出如董家广、沙建侃、张忠春、向东、张铮、郭庆仙、李维宾、张文卿、孙光红、由春田、赵丕国、李宏、尚乔大等为代表的"能打胜仗、敢打硬战"的业务精湛、无私奉献的一代又一代的优秀教练员。

按照"学为人师，行为世范"的标准，打造师德高尚、能力突出的高素质教师队伍

自强生于力，力生于智，智生于学。学校贯彻党的教育方针，坚持"教书育人、管理育人、服务育人"的理念，教育引导教师增强育人意识。对教学计划、教案、学业成绩评定、教研教改等业务环节实行量化管理和考核，建立业务管理档案，考核与专业技术职务晋升、评聘挂钩，实现规范管理。根据比赛需要合理调整教学进度，采取复式教学、赛后补课、爱心教学等方式为运动员补课，做到服务育人。学高为师，组织教师进行远程研修和培训，选派业务骨干参加全省青少年运动员文化教育研讨会，学习先进的教学理念，提升教师的整体素质。2010年以来，学校先后有11人次分别获得"山东省青少年体育工作优秀教师""山东省业余训练工作优秀教师"和"山东省中专教学能手"的荣誉称号。

按照"精兵战略"和"全面发展"的要求，培育训练有素、品学兼优的高水平体育人才

学校的办学特色在于训练与学习一体化，在校每一个孩子都有着双重身份：运动员和学生。多年来，学校坚持走精兵之路、实施"金牌战略"的指导思想，贯彻选好苗子、打好基础、瞄准未来、系统训练、积极输送的工作方针，以夯实体能和心理素质为基础，突出实战对抗能力，向上级优秀运动队培养输送又多又好的优秀运动员。如奥运会冠军刘春红、唐功红、周璐璐、刘诗颖，奥运会亚军隋新梅，奥运会第五名丛艳霞、于格丽、车志红，奥运会第六名任瑞萍，奥运会第八名冯彬，奥运会第九名丛玉珍、李少杰，奥运会第十二名张兆旭；世界冠军刘东风、孙天妮、宋兆梅、张少玲、柳海龙、李杰、蔡宗菊等；亚洲冠军丛玉珍、肖红岩、李少杰、栾志莉、张兆旭、宋建凤、王旭涛等；全国冠军张跃进、秦强、赵艳妮、李玲蔚、姜晓丽、苏冠宇、姜杰、马汇婕、车新港等以及参加奥运会的郭春芳、王向荣、赵艳妮、李玲蔚、张国伟等都是从学校起步走向全国、亚洲和世界体坛的。

同时，学校坚持以学生为"中轴"构建适合体校学生特点的培养模式，深化体教结合，发挥"体育+文化+思政"的育人功能，通过训练、教务、学生、团委、保卫等部门齐抓共管、相互联动，教育学生刻苦训练、努力学习、立志成才，促进学生全面发展。十年来，学校通过高水平、体育单招等途径向北京体育大学、西安体育大学、武汉体育大学、沈阳体育大学、山东农业大学、鲁东大学、烟台大学等高校输送了456名毕业生，为他们的全面发展，提供了学习深造的良机。

坚持"科技兴体"战略是学校砥砺奋进铸就辉煌的有力保障

体育科研是竞技体育提高、创新的动力。体育科研对于指导教练员有效选材、合理制定体能训练方案、赛后快速恢复、伤病及时治疗有至关重要的意义，为此，学校始终坚持"科技兴体"战略。2009年以来，招考2名研究生学历的专业人员提升科研力量。2014年以来，总计投入约800多万元，用于实施更加周密的生理生化监控计划和更加全面的营养补剂计划，来指导和保障训练工作有效展开，提高训练的科技含量。持续推进"科、训、医、管"一体化服务保障，日常监测、康复理疗跟踪服务等与训练紧密配合，为训练提供强有力的科研保障。

鲲鹏展翅九万里扬中华体育精神，宝剑锋芒千百炼皆烟台健儿雄风。行而不辍，未来可期。在烟台市委、市政府和市体育局党组的坚强领导下，烟台市体校将乘着奥运健儿东京夺冠的东风，在全校师生中掀起向奥运健儿学习的热潮，刻苦训练，顽强拼搏，勇攀高峰，全力备战第25届省运会。并以此为新的起点，在新的机遇与挑战面前，烟台体校人将以海的心胸、山的信念，牢记使命，高瞻远瞩，意气风发，阔步前行，为烟台体育事业的蓬勃发展，为加快建设体育强市贡献力量。

作者：滕刚　摄影：滕刚、高安娜

安徽省阜阳工业经济学校

大笔壮怀著鸿篇　挚爱情深育栋梁

总人口超千万、劳务输出300多万人……作为农业人口大市、劳务输出大市的安徽省阜阳市，如何把人口优势转化为人力资源优势，助推地方经济社会加快发展？一个重要的途径就是：大力发展职业教育，打造职教大市品牌。

由于当地政府的高度重视，近年来，阜阳市职业教育的影响力和吸引力越来越强，全市职业院校在校生目前已达48万余人。在这蓬勃发展的职业教育大军中，阜阳工业经济学校以其优异的教育教学质量受到社会各界的广泛关注，吸引越来越多的学子来此求学。

阜阳工业经济学校隶属阜阳市财政局，正县级建制。其前身是始建于1981年的“阜阳财政干部培训班”，1985年更名为“阜阳财税干部学校”，1987年成立“阜阳地区财税职工中等专业学校”，1995年经省政府批准成立“阜阳工业经济学校”，2016年1月与阜阳商业学校合并。现学校（三个校区）占地面积256.6亩，建筑面积11.86万平方米；全日制在校学生6000余人；教职工248人，其中高级讲师66人，讲师71人，双师型教师达90%以上。

学校开设会计电算化、计算机应用、制冷和空调设备运行与维修、数控技术应用、汽车运用与维修、美妆形象设计、高星级酒店运营与管理、综合音乐、中餐烹饪等23个专业，各专业学生分布均匀，依托市场需求，设置合理。拥有6个设备总价值6126万元的校内实训车间和6个校外市内实训基地，基本满足了在校生实训需求。学校已按国家标准完成了“三中心、七平台”的数字化建设和校园文化建设。设立了“教育部财税专业技能等级考试培训中心”“安徽省会计电算化培训基地”“国家职业技能鉴定站”等培训鉴定机构。拥有1个联办驾校、1个联办上海大众4S店、1个校办工厂、1个校办培训酒店。学校建有相对稳定的市内市外等数十家实习、实训、就业基地。多年来为社会培养了近6万名优秀的中等专业技能人才。

近年来，阜阳工业经济学校在市财政局、市教育局的正确领导和大力支持下，认真学习贯彻落实党的十九大精神和习近平新时代中国特色社会主义思想，按照党建和发展并驾齐驱的总体布局，全面加强党的领导，大力推进教学改革，着力推动内涵发展，切实提升办学水平和服务社会的能力，使学校进入了一个崭新的发展阶段。

加强党的领导，促进学校健康发展

中等职业教育担负着培养高素质劳动者的重要任务，中职学校的党建工作是提升教育教学质量、高标准完成工作任务的坚强保证。阜阳工业经济学校高度重视党建工作，始终把党建工作作为学校日常工作的重要组成部分，特别是党的十九大以后，学校以习近平新时代中国特色社会主义思想为主旋律，以党的建设为核心，深入推进反腐败工作，坚定不移地坚持从严治党，不断提高党建引领发展水平和办学治校水平。

*扎实推进学习型党组织建设。*通过中心组、党员大会、党支部大会、党员远程教育等多种形式，组织党员认真学习党章党规、党的十九大精神、习近平系列重要讲话精神，努力提高广大党员干部的政治修养和理论水平。

*认真做好支部标准化建设。*按《学校关于推进党支部标准化建设的实施方案》的要求，坚持以解决问题为导向开展教育活动，组织支部高标准完成基层党组织标准化建设任务和系统填报工作。

*全面加强党风廉政建设。*把党风廉政建设工作与教育教学工作同部署、同落实、同检查、同考核，将主体责任分解到位、落实到人，签订逐层次、可量化、全覆盖的党风廉政建设责任书。严格执行《党内监督条例》，选举产生纪律监督委员，强化纪律监督。积极开展党建文化活动，组织开展“两学一做”专题学习、“严转提促”活动、“讲看齐、见行动”活动、“讲重作”学习教育等活动。针对中秋、国庆、春节等节日开展纪律专题教育；开展“严惩微腐、规范微权、管好微官”专项整治，强化不敢腐的震慑，扎牢不能腐的笼子，增强不想腐的自觉。

*多举措丰富党建活动载体。*利用QQ群、微信平台宣传党的路线、方针、政策；组织赴渡江战役纪念馆、千里跃进大别山纪念馆等开展“红色教育活动”；学习《中国共产党纪律处分条例》并进行专题讨论，参加安徽纪检监察组织的在线测试；利用校园广播宣传先进人物事迹，解读时政要闻；组织召开组织生活会；开展“文明创城，党员先行”倡议活动。

适应市场需求，培养社会实用人才

阜阳工业经济学校紧紧围绕市域经济发展和社会需求，秉承“适应市场求发展，围绕经济育人才”的办学特色，恪守“互相合作、互惠互利、实现双赢、共同发展”的基本原则，扎实推进课程改革，不断优化人才培养方案，积极探索多元化校企合作模式，培养了一大批适应社会发展的高素质劳动者。

*推进课程改革。*学校根据市场需求调整课程知识结构，增设了促进相关专业能力拓展的核心课程。改进评价方式，建立完善的考核体系综合评价学生。由校内专业带头人、骨干教师及来自企业的专业技术人员共同组成课程建设小组，整合教学内容，修订专业核

心课程标准，开发专业核心课程建设与特色校本教材建设。利用现代化教学手段，完成7门校级以上精品课程。结合教学资源开发成果，通过深入企业研究，邀请合作企业专家参与，根据工作任务所需掌握的知识点调整了课程知识结构，共同完成了11本校本教材及19本实训指导书。

优化人才培养方案。通过国家发展改革示范校项目建设、质量提升工程项目建设，在“校企合作、工学结合”的人才培养模式下优化了校内五大专业群的人才培养方案，使之更贴近市场、贴近教学。如：数控技术应用专业：全面实施“做中学”人才培养方案；制冷和空调设备运行与维修：深化“工学结合、理实一体”的人才培养方案；汽车运用与维修：改革传统的技能人才培养方案，建立以“工学交替，教学做结合”为基础的人才培养方案；会计电算化：“多证+多能，有才+有德”的人才培养方案。

深化校企合作。目前学校已经与64家企业建立了多种形式的合作，拥有校外实训基地47家，每年有1000余名学生在校内外企业顶岗实习。与相关企业的合作，不仅为学生在实训方面提供了保障，而且为学校毕业生就业开辟了一条绿色通道。近年来，该校毕业生“双证率”达97%，初次就业率在97%以上，对口就业率在75%以上，深受企业和社会欢迎。

坚持成人教育与学历教育均衡发展。现在的阜阳工业经济学校共有南、北、东三个校区，南校区和东校区（原阜阳商业学校）承担中职学生的教学管理工作；北校区系“安徽省财政厅全省基层财政干部培训基地”，同时承担成人教育，每年完成成人专本科学历教育、会计继续教育、财政支农政策培训、皖北四市乡镇财政干部培训、公共职业技能培训等4000余人。

为发挥职业教育学校的骨干、引领、辐射作用，建立学校、企业和社会在信息、人才、资源等方面的互动联结，从而为地方经济发展提供稳定的人力资源支撑，2010年8月，阜阳市教育局正式批复了由阜阳工业经济学校牵头组建的阜阳工业经济职教集团。该集团吸纳了阜阳市5家企业、5所职业学校参与，有效助推了当地职业教育的统筹发展。学校每年都承办阜阳市大中专职业学校学生技能大赛；每年都有省内外学校及有关领导来该校考察、学习、交流；《中国教育报》《中国职业技术教育》《安徽电视台》《安徽职业与成人教育网》《安徽青年报》《阜阳日报》《阜阳电视台》等多家媒体先后对该校改革发展的成果进行报道，彰显了阜阳工业经济学校作为国家级示范校的“骨干、引领、辐射”作用。

丰富校园文化，全面推进素质教育

校园文化是社会主义精神文明在学校的体现，是一所学校独特的精神风貌。作为一种环境教育力量，先进的校园文化对促进学生良好品质的养成，全面提高学生素质有着十分重要的作用。为全面推进素质教育，阜阳工业经济学校坚持以优化、美化校园文化环境为重点，以丰富多彩、积极向上的校园文体活动为载体，使学生在日常学习生活中接受先进文化的熏陶和文明风尚的感染，陶冶了学生情操，提高了学生综合素质，促进了学生健康成长。

德育是素质教育的灵魂。该校高度重视德育工作，始终坚持立德树人，强化思想引领，教育引导学生培育和践行社会主义核心价值观；发挥德育课、思想政治理论课程的主渠道和主阵地作用，将德育、思想政治教育融入教学、实习和社会服务等环节；构建学校、家庭、社会等紧密协作的教育网络，引导学生不但要知德，更要行德和守德。

为进一步推进素质教育，学校积极开展有利于学生学习成长并具有本校特色的各种文化活动。开展“五四青年节”系列纪念活动，通过校园广播、宣传栏、黑板报、志愿者服务及文艺汇演等，吸引广大学生积极参与；围绕校园文化艺术节并结合全国文明城市创建开展丰富多彩的文化娱乐活动，包括学雷锋、“文明礼仪我先行”“文明创建月”“读书与文明”“经典诵读”、歌手赛、播音员选拔赛、综合才艺、演讲、征文、书画、篮球、拔河、班级文化布置等个人、团体赛事；学校注重学生的社会责任感培养，积极开展形式多样的志愿者活动，活动涉及慰问演出、大型社会活动和服务、扶贫宣传等；积极搭建社团活动平台，开展社团交流活动，相继成立了文学社、中国舞社团、曳步舞社团、吉他社团、微宣讲社团、美术和传统吟诵两个兴趣班等，进一步丰富了学生课余文化生活。

同时，学校还创建了校园文化墙、文化走廊，建成了校史馆、活动室、舞蹈房等，并在学校重要的场所、路段添加了一些文化标牌，把经典名句、廉政文化、文明用语和谐地融入到校园文化之中。

近年来，在全校广大师生的共同努力下，阜阳工业经济学校取得了显著的教育教学成果，连续多年在阜阳市中职学校技能大赛中获团体第一名；实现了阜阳职教史上国家级技能大赛中职组三等奖、二等“零”的突破；特别是2018年在安徽省4年一次的教学成果评比中获得一等奖两项、二等奖三项的优异成绩，在全省中职学校排名第三。

学校先后被授予“全国中等职业学校德育先进集体”“全国绿化模范单位”“全国青少年普法先进单位”，第六、九、十届“安徽省文明单位”“全国国防教育特色学校”“全省中等职业学校德育和校园文化建设工作先进集体”，第五、六、七、八、九、十届“阜阳市文明单位”等称号。目前是阜阳市唯一一所“国家中等职业教育改革发展示范校”，唯一一所“国家中等职业学校数字化校园建设实验校”。

工作剪影。左图为阜阳市委副书记、市长孙正东等一行人到学校南校区调研指导工作；右上图为学校第九届校园文化艺术节汇报演出；右下图为学校东校区承办阜阳市中职学校技能大赛新娘化妆赛场

浙江省衢州理工学校

跨越式发展结硕果

学校创新创业团队 2021 年 1 月获得全国创新及创业大赛一等奖和三等奖

链接：近年来，浙江省衢州理工学校先后获得国家级重点中等职业学校，国家级示范性职业教育集团培育单位，浙江省现代化学校，省改革发展示范校，省一级中等职业学校，省计算机应用和竹炭工艺高水平专业建设学校，省现代学徒制试点单位，省中小学智能制造劳动实践基地，省“三育人”先进集体，被授予全国“文明风采”竞赛“卓越组织奖”，“竹韵”党建被评为浙江省中职优秀党建品牌。在光明日报主办的“2016 寻找中国好校长”活动中，校长舒明祥获“2016 中国好校长提名奖”；教师徐慧萍 2017 年荣获全国第二届班主任基本功大赛三等奖、2019 年浙江省中职学校“最美教师”；教师徐慧琴 2019 年 12 月荣获全国教学设计和说课大赛一等奖；衢州理工代表队在 2018 年 10 月全国职业院校技能大赛网络搭建与应用大赛中获得团体三等奖；学校组建的两个团队 2021 年 1 月分获全国“亚龙杯”第三届全国机械行业职业院校教育教学创新及创业大赛创新创业赛项一等奖和三等奖。

浙江省衢州理工学校（原衢江区职业中专）又一次站上了时代的风口！

浙江省人民政府教育督导委员会办公室下发文件，公布 2020 年浙江省现代化学校名单，衢州理工学校名列其中，再次实现跨越式发展。

创办 38 年来，衢州理工学校紧跟时代的步伐，先后被确认为国家级重点中等职业学校、省一级中等职业学校、省中职教育改革发展示范校。牵头成立的衢江区职业教育集团荣获国家级示范性职业教育集团（联盟）培育单位。学校紧扣服务地方经济和社会的宗旨，为社会培养了 3 万多名技能型人才，有力地助推了当地经济社会发展。学校以办人民满意的现代化职业学校为愿景，以国家、省、市职业教育改革方案为主线，全力抓好中职生核心素养培育、选择性课改、现代学徒制试点、教学诊断与改进四项主体工作，打响了“就业在本地，创业在家乡，升学圆梦想”的职教品牌。

投资 3.92 亿元，实现硬件现代化

驱车从衢州火车站沿浙西大道往东，十多分钟后，就有一座现代化的校园映入眼帘。高大的校门、一排排拔地而起的教学楼、标准的 400 米运动场、现代化的实训楼等一应俱全，让很多人误以为这是一所大学，彻底改变了人们对中等职业学校的传统印象。

这所现代化的校园，投资 3.92 亿元，建筑面积近 11 万平方米，2020 年 9 月投入使用，是我市目前投入使用单体投资最大的中小学之一。

走进校园，一种现代化的气息扑面而来。在这里，各种先进的教育教学设备随处可见，充分体现智慧化。在这里，校园网络全覆盖，共有 100 多个云终端，为信息化教学保驾护航；教室、专用实训室配置最现代化的智慧教育教学系统，助力远程教育、空中课堂、教学互动；学习场所全方位安装感光式智能灯，可以根据外界的光线自动调整亮度，达到最佳的照明效果，呵护学生视力。

不断探索，实现教育教学现代化

硬件的现代化，只是现代化学校的基础。教育教学的现代化才是根本。

衢州理工学校积极摸索、引进现代职业教育教学理念，把培养服务地方经济的高素质应用型技术技能人才作为学校的使命。学校根据当地特色产业共开设信息技术、智能制造、康养休闲旅游服务 3 大专业群，共 10 个专业：计算机应用、电子商务、计算机平面设计、机电技术应用、电梯安装与维护保养、园林技术、竹炭工艺、康养休闲旅游服务、中医康复技术、物流服务与管理。

实施“五个对接”（专业对接产业、课程对接岗位、课堂对接车间、师资对接师傅、校长对接厂长），深化产教融合、校企合作，构建并实施“三进工程”（企业进学校、师生进车间、师傅进课堂），推倒学校“围墙”，不断推进开放办学、合作办学，建制“校企一

左图为师生在“蜜之源”实训基地直播带货；右上图为深化产教融合、校企合作——校中厂；右下图为百家企业进校园招聘会

体”模式，实现特色育人、全面育人。

学校常态化开展“三让”（让一切遵循规范、让规范成为习惯、让习惯改变人生的养成教育）、“三记”（让老师记得住学生、让学生记得住老师、让毕业生记得住母校的乡愁感恩教育）、“三性”（释放学生天性、激发学生灵性、发展学生个性的特长教育）特色德育，努力让每一位学生成为有技术专长、文化内涵、完整人格的现代人。

近几年来，衢州理工学校的学生频频在各类大赛中获奖。最近，学校两个学生团队分别获得全国创新创业大赛一等奖和三等奖，引起社会各界广泛关注。近5年来，师生共取得国家专利29项。在省职业素养大赛中，获团体最高奖6个，单项奖263个。近3年，学校高考录取率均在99%以上，本科上线120余人，一大批学子从这里走向大学殿堂，圆了大学梦。

名师辈出，人才保障学校现代化

现代化关键是人的现代化。对于一所学校而言，关键是教师的现代化。

衢州理工学校现有在校生2442人，教职工162人，“双师型”老师占专业课老师比例92.18%。有市名校长和市劳动模范1人，市、区名师5人，市、区学科带头人8人，省网络学科带头人2人，市“115”人才培养对象2人，省市“百千万”高技能领军人才3人。

学校制定了《教师下企业锻炼实施意见》《教师外出学习培训制度》等制度，根据教师的类型、年龄、专业等进行分类培养，全方位提升教师综合素养；《教学科研奖励办法》《师徒结对管理办法》等鼓励教师积极实现自我提升，促进教师可持续发展。学校以名师引领、团队成长的结构模式，建有名师、名班主任工作室5个，专家工作站、博士工作站、技能大师工作室4个。广大教师恪守《中小学教师职业道德规范》，专业发展成效显著。近3年，教师获全国奖16项，省市奖63项。其中，徐慧琴老师获全国赛课一等奖，徐慧萍老师被评为省“最美老师”并获全国班主任基本功大赛三等奖。

同时，学校通过校企合作，长期聘请社会能工巧匠担任学校老师，成为学校教师队伍的有益补充。

长风破浪会有时，直挂云帆济沧海。

获评“浙江省现代化学校”是对学校过去工作的肯定，更是未来发展的新起点。浙江省衢州理工学校始终牢记立德树人的根本任务，坚守办学定位，深化办学理念，不断探索，辛勤耕耘，为打造衢州职业教育“桥头堡”贡献力量！

作者：汪培坚、杨斌旺　摄影／供图：衢州理工学校

浙江省永康卫生学校

倾力打造高技能应用型人才培养基地

四十年风雨兼程，四十年自强不息；四十年砥砺奋进，四十年春华秋实；四十年春风化雨，四十年英才广布。从1980年到2020年，栉风沐雨40年，浙江省永康卫生学校（以下简称永康卫校）贯彻“以人为本、以服务为宗旨、以岗位需求为导向”的卫生职业教育办学理念，坚持“围绕目标、注重方向、强化技能、厚重人文”的指导思想，立足于专业的建设与发展，注重“人文·创新·特色”三项品牌建设，致力于培养具有“基础知识扎实、核心技能过关、人文素质全面”的高技能应用型卫生专业技术人才。

坚守四十载，桃李满天下。永康卫校记录着时代进程的点滴，也收获了累累硕果，为众多莘莘学子圆了大学梦、职业梦，为健康服务从业人员的技能和学历提升拓宽了渠道，探索了“永卫模式”，奉献了“永卫智慧”。

文化铸魂，德育为先，筑牢学子人生长跑新起点

9月24日，永康卫校举行了2020年军训开营仪式。永康卫校2019级、2020级全体学生分成18个连队开展为期五天的军训。师生们身着迷彩服，精神抖擞、斗志昂扬地坚守在训练场上，接受人生历练。

永康卫校党支部书记、校长徐向明介绍，学校组织开展学生军训，重在通过严格的军事训练，促使学生继承军队优良的作风和传统，提高组织性纪律性，培养吃苦耐劳精神，激发爱国热情和集体

白衣天使的摇篮——浙江省永康卫生学校　摄影：沈慧聪

主义精神，增强国防观念，同时通过军训强化内务管理，培养学生良好的生活、卫生习惯，养成良好的学风和生活作风，使学生树立正确的世界观、人生观、价值观，全面提升学生的综合素质，为学生今后的学习和工作打下坚实基础。学校的目标是，把学生培养成为能够适应新时期社会发展要求的具有高素质的新型人才，为走上医疗卫生工作岗位、为升入高校继续深造奠定坚实的基础。他希望全体学生要以修德为先，提升新境界；要以笃志为基，筑梦新起点；要以勤学为要，锤炼新本领；要以力行为重，奋进新时代。

一直以来，永康卫校以军事训练为平台，以军事化管理为手段，把国防教育融入学校教育体系，把部队管理融入学生管理模式，把军营文化融入校园文化建设。

多年来，永康卫校充分发挥校园文化教育的主渠道作用，营造专业氛围、融入专业特色，使校园文化成为素质教育、培养学生核心素养的一大特色：连续十五届开展纪念“5·12”国际护士节校园文化节系列活动已独具品牌特色，为护生加冕燕帽、举行宣誓仪式表达护生从事护理事业的决心和勇气；护理礼仪风采大赛充分展示护理工作者良好的职业形象；岗位技能比武能检验和展示学生的专业学习成果；走进福利院、特教学校及参加“五水共治”等志愿服务活动进一步提升社会服务职能；书画名家进校园、书画比赛、诗社活动等推动“书香校园”文化建设；“热血正能量，爱心成人礼”无偿献血活动承担对社会、对生命的责任；职业生涯规划专题讲座提升学生角色转换的适应能力、促进临床与教学的有效对接。另外主题团日活动创新教育仪式，唱响礼赞新中国、奋进新时代的青春主旋律，主题演讲比赛、主题征文比赛讴歌党、讴歌祖国、讴歌人民、讴歌时代楷模主题班会、主题黑板报评比发挥宣传阵地的作用，提升班级文化建设魅力，举办校运会、元旦晚会等充分展示师生艺术风采和精神风貌，学校以开展内容丰富、形式多样的文体活动为契机，将职业精神和“工匠精神”的文化内涵融入人才培养的全过程，进一步强化思想政治教育，弘扬爱国主义为核心的民族精神和传统文化，培养师生正确的职业观、人生观、价值观，促进专业学习和人文素质教育的深度融合。

今年校园文化节，永康卫校“疫路前行、使命担当”主题活动别样致敬护士节，“抗击疫情、有你有我”征文、书画、手抄报等文化作品征集评选，活动不断；优秀毕业生专题讲座、视频、日记等分享援鄂体验，以医务工作者坚守初心使命诠释着新时代的医者仁心强化职业价值教育；“战‘疫’青年说”激励学生奋发图强，进一步强化在校学生理解疫情当前、责任在肩、义不容辞、请缨出征的“白衣天使”奉献精神……如今，独具永卫特色的校园文化品牌已打磨成形，“人道·人性·仁爱·仁术”的人文素质教育理念、“南丁格尔为榜样·救死扶伤为天职”的精神文化已厚植人心。

革故鼎新，服务区域，擦亮健康服务培训金名片

随着经济的发展，生活水平的提高，“二孩”生育热的到来，金牌母婴护理员（月嫂）处于供不应求状态。同时，月嫂群体也呈现年轻化、专业化趋势。自2011年起，永康卫校就开展了初级、中级月嫂培训。其时，家政服务专业人员数量少、素质不高，家政服务供需矛盾凸显，市场供不应求。随着“单独二孩”“全面二孩”政策的实施，我市出生人口逐年递增。近两年，口碑好、服务优的金牌月嫂十分抢手。

永康卫校社会培训部相关负责人介绍，卫校主要开展初、中级月嫂培训，传授实战型的知识。其中，初级月嫂培训内容主要有母婴护理员岗位认知、职责要求及基本礼仪；分娩前、产前护理和分娩时呼吸指导；产后常见疾病的预防和护理；母乳喂养和挤奶办法；新生儿的生长发育特点，护理的基本要求，喂养、大小便护理；清洁卫生、专业护理、接种、新生儿的意外伤害和护理等。而中级月嫂培训是对有多年工作经验月嫂的知识再强化，增加了营养学、心理学、产妇产后形体恢复、催乳技术等内容。今年，“一站式母婴护理”家政培训已成功申报为金华市终身学习品牌。

除了月嫂培训外，永康卫校还开展护理员、养老护理员、西药药剂员、救护员等职业技能培训。学校拥有一支具有丰富临床实践工作经验并取得护理员、母婴护理员等职业技能考评员资格的专业师资队伍，执教教师均具有中高级以上卫生专业技术职称。该校具有省级护理实训基地的先进实验设备和管理措施，建设有妇儿实训室、“理实一体化”实训室等模拟实训室。该校还进一步开发并运行包括教学软件、管理软件在内的实训室一体化软件系统，实现实

人文校园、护生风采　摄影：沈慧聪

训中心的现代化管理及教学。实训基地满足开展家政服务人才培训的专业技能培训和考核需要。多年以来，永康卫校以服务于“大卫生”“大健康”为宗旨，实施“健康服务类人才素质提升工程”，满足了区域人民群众日益增长的多样化、多层次的学习需求，在提供高质量教育服务培训的同时，进一步提升了家政服务人员的整体素质，促进劳动力的二次就业，进而提高劳动效率和社会文明程度，为推进“健康永康”“健康金华”的建设提供强有力的健康服务人才支撑。

示范引领，同频共振，铸就浙中卫生教育里程碑

“今年的新冠肺炎疫情，让我感受到了医护人员的伟大。身为一名护生，我要打好基础、学好本领，当祖国需要时也能像学姐们那样支援前线为母校争光！”在校学生徐菡接受采访时，满怀激情地道出了自己从医的信念。卫校现有在校生1600余人。他们来自全省各地，就读护理、药剂等不同专业。他们有一个共同的名字——白衣天使，有一个相同的梦想——救死扶伤！

建校40年来，在上级部门的正确领导和大力支持下，在永康卫校全校教职员工的共同努力下，全面推进教育教学改革、深化产教融合、加强校企院校合作、加强实训基地建设、促进教师专业化发展等，永康卫校已逐渐打造成为省内教学质量过硬、专业特色明显的品牌学校。历年来开设有医士、妇幼保健、卫生保健、护理、助产、药剂、中医骨伤等专业，其中护理专业为省级示范专业、省级骨干专业；药剂专业为市级重点专业。建校40年，永康卫校走出了近万名理论知识扎实、专业技能精湛、综合素质全面的医护人员，他们工作在医疗卫生事业的各个工作岗位，分布于全省各处，他们在各自的岗位上救死扶伤、仁心济世，其中一部分已成为单位的业务骨干和行政管理人员。永康市各医疗卫生单位中护理人员60%为卫校毕业生，有效解决了区域护理人员紧缺问题。据了解，卫校每年招生报名异常火爆，招生录取分数普遍高于全省同类学校，生源质量明显优于其他学校。每年毕业季，卫校毕业生就成为各地卫生医疗单位争抢的香饽饽。近年来，永康卫校护理专业毕业生参加全国护士执业资格考试合格率达99%以上，双证书取得率100%，毕业生综合素质高，社会声誉好，在深化医改中发挥了不可替代的护理人才支撑保障作用。

近年来，随着国家加快发展现代职业教育步伐的稳步推进，新医改的全面实施，加之基层卫生专业人才的紧缺，永康卫校积极扩大办学规模、拓展办学途径，先后与杭州医学院、宁波卫生职业技术学院、金华职业技术学院、舟山旅游与健康职业学院、浙江医药高等专科学校等高等院校联合办学，全面加强中高职一体化“五年制”高职护理、助产、药剂专业人才培养。同时依托温州医科大学函授教学站、浙江中医药大学继教学院教学点、浙江省卫生计生行业职业技能鉴定点、永康市继续医学教育培训中心、永康市康复护理培训中心、永康市职业技能鉴定站等平台，开展临床医学、护理、药剂等专业的成人大专、本科等学历提升教育，承担永康市继续医学教育培训和养老护理、母婴护理等社会培训职能，积极服务地方经济。

弹指四十年，芳华满人间。一代代永康卫校人薪火相传，在奋斗中砥砺前行，在发展中成就梦想。“我们将不断创新活动载体，全面推进人文特色素质教育。希望广大师生坚定理想信念，练就过硬本领，锤炼高尚情操，抓住一切时间努力学习，为创造一个美好未来而努力奋斗。”徐向明说。未来，永康卫校将在市委、市政府的高度重视下，有望加快实施校园整体迁建的建设目标，全面实现转型升级的改革步伐，以更加开阔的视野，更加高远的追求，高扬科学发展的新航帆，努力探索现代医学教育新理念，培育广大医学生发扬刻苦钻研、精益求精的工匠精神，提高医护人员的服务质量，锻炼医护人员职业能力，投身医改实践，服务人民群众，为推进“健康中国”“健康永康”发展、增进人民健康福祉做出应有的贡献。

山西省一二〇师学校

这里是老区孩子精神成长的家园

强大红色基因是一二〇师学校最鲜明的特色，图为校园一景　摄影：乔磊

链接：山西省一二〇师学校是在八路军一二〇师后代、晋绥儿女关注下由兴县县委、县政府出资兴建的一所农村九年一贯制义务教育学校。学校位于号称“小延安”的革命圣地蔡家崖，西距“晋绥边区革命纪念馆”不到两公里，用一二〇师部队番号命名，校名由贺龙元帅夫人薛明同志题写。学校占地面积140余亩，建筑面积76000多平方米。办学以来，学校将“团结、勤奋、诚实、感恩”校训精神一以贯之，秉承“立德树人，为老区孩子成长奠基”的办学理念，结合办学实际情况形成并不断充实完善为“思想引领、全面育人、收获成绩、人民满意”的办学思路，致力于打造“求真、务实、向善”的校风，“尚教、善教、乐教”的教风，“勤学、好学、乐学”的学风。先后被评为“山西省足球特色学校”“山西省国防教育示范校”“山西省文明学校”“全国教育系统先进集体”“教育部美育浸润行动计划试点校”。

地处吕梁山脉深处的山西省兴县，在抗日战争和解放战争时期，曾是晋绥边区的首府所在地，中共中央晋绥分局、晋绥边区人民政府、晋绥军区司令部均驻扎在此地，因阻敌西进、屏障陕北、拱卫党中央等原因，被称为“小延安”。无数黄河儿女在这里谱写了一段段气壮山河的革命史。

2015年，在一二〇师英雄的后代以及晋绥儿女的热切关注下，兴县县委、县政府创建了一所高标准的九年一贯制学校——一二〇师学校，即以抗战时期驻守兴县、开创晋绥革命根据地的主力军——贺龙、关向应率领的八路军一二〇师冠名。贺龙的夫人薛明为学校题写了校名。

2015年建校以来，兴县一二〇师学校——这所具有强大红色基因的学校坚持立德树人办学方向，尤其注重从身心健康、爱国情

一二〇师学校校园远眺　摄影：乔磊

怀、国家认同、国际视野等方面培养学生的品格。在2019年教师节期间，获得“全国教育系统先进集体”荣誉称号。

构建舒适又富有艺术美感的高质量学习场所

沐浴着深秋午后的暖阳，我们驱车前往位于兴县新区的一二〇师学校，远远地就被学校那具有独特造型的高大建筑群所吸引。到了校门前，真有种迫不及待欣赏一番的冲动。副校长李小林出来迎接我们，他说，冯冬生校长正在给学生上课，先由他带大家走走看看。我们来到学校的地标性建筑——一座高27.81米的钟塔前，据介绍，这是喻义1927年8月1日中国共产党打响了武装反抗国民党反动派的第一枪，与校园南北门象征抗日战争胜利的4.593米高的校牌形成姊妹塔，遥相呼应。我们看到，学校建筑设施齐全，教学楼、餐厅、公寓、足球场、篮球馆错落分布，标准化教室配以各种多功能教室，计算机室、图书阅览室、礼堂、美艺体专业教室等等一应俱全。学校与四周的地理环境相呼应，主体建筑从地面缓缓升起，通过屋顶台阶及斜坡处理手法，建筑屋顶与地面融为景观一部分。

学校的外墙采用了山西的传统建筑材料青砖。据介绍，这种材质的表层不仅突出了鲜明的地域特色，中间空气隔层还能有效避免常年温差较大对室内舒适度造成的干扰，给师生创造一个良好的学习环境。

课外活动空间在现代教育中尤为重要，因此学校为学生设计了充足的活动空间。学校的教学楼每层都有通向屋顶的开口，让学生在有限的休息时间内能够便捷地到达户外活动空间。

教室内采用简约设计，纯白的墙面配上木质地板，营造出了整洁大气的室内环境，简约的设计减少了外界对学生的干扰，让学生能够全身心地投入学习中。

这样一所外观美轮美奂的学校，有着怎样的内涵呢？带着疑问，记者见到了刚给学生上完思政课的一二〇师学校校长冯冬生。冯校长谦和儒雅、风趣幽默，讲到自己的办学思路和学校的发展的时候，他侃侃而谈、如数家珍。

保证国家精准扶贫政策的阳光普照到每个孩子身上

谈及冯校长亲自教课时，他笑着说：“我和我们学校的党员干部都教课，我教九年级的‘道德与法治’。只有亲自走进课堂，才能和老师们保持某种心照不宣的默契，也能更真切地了解学生的学习状态，跟他们有更多情感的交流。其实，教室和讲台也是我实现个人教育理想最接地气的地方。我喜欢那种感觉。”

2016年，冯冬生带着兴县县委、县政府办好老区人民满意教育的重托来到一二〇师学校担任校长，心怀教育理想和情怀的冯冬生校长到任后，抓住学校当时的两大核心矛盾——先进的硬件设施和相对落后的软件建设之间的矛盾，新时代家长对教育的高要求和学校刚刚起步、教学水平相对落后之间的矛盾，并努力在两者之间寻找平衡。此后，冯校长在遵循“立德树人”大政方针的基础上，提出了“为老区孩子成长奠基，为贫困家庭致富树人，为优秀学子成才引路”的办学思想，经过三年时间，现已形成独具一二〇师学校办学特色的鲜明风格。

“形成这样的办学理念主要是由这所学校的生源决定的。”冯校长说，一二〇师学校招收的几乎都是农村学生，学校不仅有大量建档立卡的贫困生，还有许多来自单亲家庭的孩子和父母不在身边的留守儿童。仅以初二年级的一个班级为例，全班53个学生，只有16个学生的父母陪伴在身边。2016年，国家开始实施教育精准扶贫政策，“可以说，这所学校就是因为教育精准扶贫而发展起来的学校。”说到国家提出的教育精准扶贫，冯校长提得最多的两个字就是“落实”，要把国家的政策精准地落实到每个孩子身上，不浪费国家的每一分钱。学校不折不扣地贯彻落实国家义务教育“两免一补”政策、营养餐计划，他们从2018年5月起，实行所有学生的生活费全免，把营养餐和“一补”资金整合到伙食费中，保证初中每人每天11元、小学每人每天10元，不足部分由财政补足；详细准确摸清了全校贫困学生家庭情况，并为其建立了个人档案，跟踪实施扶贫计划；学校对全校建档立卡寄宿生生活补助发放实现了全覆盖，每学期初中每生625元、小学每生500元。同时，还为建档立卡贫困户学生全部免费发放春、秋季节校服和冬季棉衣一件。

除了生活方面的保障与补贴，一二〇师学校更注重对贫困学生内在精神品质的培养，即扶贫先扶志，要让学生生发出自强不息、艰苦奋斗的信念。学校专门把建档立卡的贫困户家庭召集在一起开会，为他们详细讲解国家的教育扶贫政策，让学生懂得珍惜和感恩。为了不让接受扶贫帮助的学生产生自卑感，校长告诉他们：“党和国家关心每一位学子，学校是一个大家庭，无论家庭条件好坏，在这里吃得一样，穿得一样，住得一样，大家只要无忧无虑地学习、健康快乐地成长就可以了。”

与此同时，教育扶贫还有一项工作就是保证学生不辍学。因为县里没有特殊学校，所以学校的每个班级里都会有个别特殊儿童，比如患有多动症、自闭症、有智力障碍的孩子，等等。学校将这些学生的情况挨个调查清楚，分门别类，并指定学校教师作为帮扶人，给予这些学生特殊的关爱。冯校长认真地说，办学四年来，学校没有让任何一个特殊儿童辍学。

学校被评为山西省足球特色学校　摄影：乔磊

学校劳动教育　摄影：乔磊

一二〇师学校的留守儿童之家承载着党和政府的无限关爱。2017 年 4 月 25 日，原国务院总理温家宝专程来到一二〇师学校，为孩子们作了地理讲座，讲述了自然地理有关知识和中外科学家勇于探索自然奥秘的事迹，并与孩子们一起交流；2018 年 4 月，国务院副总理孙春兰来学校看望孩子们；2019 年 1 月，胡春华副总理也来到这里看望孩子们；贺龙元帅之女贺晓明更是常常来到孩子们中间，教导孩子们："一二〇师的学生要树立自信，要有集体主义精神，这是一二〇师的精神，大家要把这种精神更好地传承下去"；罗章将军之子罗海曦曾来过多次，勉励学生要继续发扬一二〇师"特别能吃苦、特别能奉献"的精神；省、市和县级领导以及许多企业和爱心人士也经常看望孩子们，并向他们伸出援助之手。

接受爱，传播爱，爱正在留守儿童之家开花结果，孩子们在爱的包围下茁壮成长。该校学生孙煜翔表示，自己一定会努力学习，立志成才，将来好好报效祖国。

培养拥有自强不息、艰苦奋斗革命精神的红色后代

学校将爱国主义作为教育的核心，以培育具有自强不息、艰苦奋斗的革命精神的红色后代为己任，构建了主体性、体验式的德育模式，让学生在丰富多彩的活动中体会幸福生活的来之不易，培养责任与担当意识。

"红色就是跟党走，以人民为中心。"在红色校园文化建设方面，学校不断强化这一思想，充分利用一二〇师战史陈列馆红色资源库，开展常规爱国主义教育；邀请一二〇师八路军老战士讲革命故事、讲党史及革命战争历史；聘请晋绥边区革命纪念馆资深讲解员担任校外辅导员，为学生讲授生动鲜活的爱国主义教育课；在清明节、建党节等节日，组织全校师生参观四八烈士纪念馆、晋绥边区革命纪念馆，追忆历史，缅怀先烈，从价值构筑和思想引领层面让红色基因、爱国情怀代代相传，进而使校园内处处洋溢着红色教育的气息，让红色精神浸润孩子的心田。在参观了四八烈士纪念馆后，学生任俊华在日记中写道："在那个混乱的年代，国家危难的时刻，是革命先辈的无私奉献、不怕牺牲、舍己为人，才铸就了新时代新中国。我们应该学习他们那顽强斗争、勇于拼搏的崇高品质，争取早日成为国之栋梁，为实现中华民族伟大复兴贡献力量。"

红色教育正逐步化为学生的实际行动。在法制宣传日，学校师生都会走进社区，为群众宣讲宪法、普及法律常识；2019 年 3 月 3 日至 15 日全国"两会"期间，一二〇师学校组织学生进行"两会"常识调研实践活动，随后又组织学生进行"两会对当地居民的影响"实践活动；学校在每年 3 月 5 日"学雷锋日"，都要组织学生走出去，争做"小小雷锋"，宣讲雷锋精神；每年的"世界无烟日"，学校留守儿童在志愿者的组织下开展以"烟草与公共空间"为主题的公益宣传活动。孩子们走在兴县的大街小巷，宣传吸烟及二手烟暴露的危害，提倡健康文明的生活方式，倡导无烟校园、无烟教室、无烟办公室、无烟餐厅、无烟家庭。孩子们在自己的同学间宣传吸烟及二手烟对青春发育的危害。正如学生白静怡所说："我要做一个文明社会的建设者，用我学到的东西造福他人、服务社会。"

打造遵循教育发展规律的全面育人模式

基于基础教育的形势，如果只有成绩可能会失去学校的明天，但如果没有成绩可能就会失去学校的今天。为此，学校提出"收获成绩"的理念，把工作重心放在"收获"上，而不是"成绩"上。为了有针对性地提高学生中考成绩，帮助学生树立自信，校长冯冬生和年级主任先后和九年级部分优生、弱科生、转化生进行座谈。对于弱科生，冯校长强调："有弱科不怕，怕的是对弱科失去信心。只要同学们自强自立，学校可以考虑安排专门教师进行弱科的补救。"对于优生，冯校长提出要求："要不厌其烦地问老师；不要对自己的成绩有丝毫满足感；要形成合作互助小组，提升弱科成绩；在班内起模范带头作用，带动其他学生共同进步。"建校短短四年来，学校的生源质量没变，但中考成绩却令人欣喜，印证了学校办学思路的正确性。

学校连续四年举办课本剧大赛，"把课本搬上舞台，把舞台还给学生。"不仅丰富了学生课余文化生活，锻炼了他们的舞台表现力，更有力地发扬了舞台课本剧的魅力，丰富了校园精神文化。值得一提的是，学校和太原师范学院签订"美育浸润行动计划"后，2019 年的课本剧大赛前夕，太原师院派出了四名舞蹈系的专业教师对学生的表演活动进行了专业点评和指导，大大提高了活动水平。

学校还邀请全国学校联盟机器人工委会的领导、老师为学生讲授了无人机课程，让学生体会到了科技的魅力。

作为农村学校，开展生态主题教育和劳动教育有着得天独厚的优势。2017 年，学校利用操场东南角的空地，建立了校内劳动教育教学实践基地，包括小动物养殖园、光伏发电示范园、温室大棚栽种园。学生喂养兔子、白鸽、鹦鹉等小动物，了解其成长过程，感受生命的力量，体悟生命的美好；200 多平方米的温室大棚，学生除草耕作，亲身感受自己种植的花卉在温暖的大棚肆意绽放的美丽，享受劳动和收获的喜悦；光伏发电完全可满足两个棚舍照明，实现基地能源的自给自足，同时让学生感受到科技的力量，培养其科学探究精神；大棚内的菜叶、草籽等可以喂养小动物，其粪便正好是天然肥料……校内劳动教育教学实践基地，成了一二〇师学校孩子们课余劳动生活的乐园。

为了使全面育人的理念得以落实，学校开展了社团活动。社团活动课程明确指向优秀传统文化传承，学校聘请了校外专业人士担任兼职教师，设置了经典诵读、书法、武术、体操等项目的课程，促进了学生全面而有个性的发展。

地处革命老区的兴县历来缺乏足球传统，一二〇师学校为了更好地开展足球教学，冯校长首先要求所有的体育老师每月用一节体育课来训练足球操，目的是让学校的孩子都能有机会拿起足球、触摸足球，足球操既有统一的规定动作，也有老师们根据自己所带年级的特点加入的花样。随后，学校选出一些有体育运动天赋的学生组成了一支足球队，和"足球名校"——太原市双塔北路小学达成了帮扶协议：一二〇师学校提供免费的吃住条件，请太原市双塔北路小学的师生来此研学并帮助他们提高足球素养，开展教练对教练、学生对学生的一对一训练。根据协议，2019 年暑假期间，太原市双塔北路小学特别派出 28 个学生和 6 个教练来到一二〇师学校进行足球帮扶训练，经过 20 天的训练，一二〇师学校的男队和女队基本成型。此外，学校还特别邀请二青会的亚军队伍来学校和同学们踢了一场友谊赛，检验了足球队的水平，也开阔了孩子们的眼界。

2019 年，教育部发文公布太原师范学院联合一二〇师学校实施"体育美育浸润行动计划"，随后，两家成功签约协同育人计划，太原师范学院开始充分利用高校资源优势，全力支持一二〇师学校的发展。经协议，太原师范学院将从文学、审美、艺术等方面对一二〇师学校进行浸润，以提升学校整体人文生态环境和办学品位；紧紧抓住暑期大学生社会实践活动，从多方面提高一二〇师学生的学科素养；充分利用校园文化艺术节等活动，互派师生学习交流；实施顶岗实习支教方案。目前，帮扶计划正在稳步推进。英语素来是山区学生的短板，于是太原师范学院外语系在暑期选派了 11 名优秀大学生来到大山里的一二〇师学校进行志愿者服务和教育教学实践体验，每名大学生带领 7 个孩子，在暑期进行面对面口语交流和训练。一个紧张而充实的假期结束，一场渗透着足球文化和红色文化的双语晚会如期举行，太原师范学院副院长赵怡和音乐系主任韩晓丽等领导亲临学校助阵导演，晚会搞得有声有色。一二〇师学校的学生表示，这种学习方式不仅提高了他们的英语成绩，也让他们收获了用英语表达的勇气，更在和大哥哥大姐姐一个月的共同生活中结下了非同寻常的友谊。

冯冬生校长坚定地说："办教育，就是要遵循教育规律，教育规律就是全面育人，按照育人规律来说，高分数不一定素质就高，但是只要素质高，升学率就差不了，我们要做的就是要寻找应试教育和素质教育之间的契合点。德智体美劳，五育并举，一二〇师学校的每一项活动都是一种载体，我们是要通过这些活动，让学生得到全面发展，从而落实国家立德树人的大政方针。"

三年前，冯冬生初来一二〇师学校担任校长的时候，学校正面临着招生困境，学校为此专门召开了招生座谈会，但是只来了 16 个初一学生的家长，他苦口婆心地讲了一个下午，但是效果并不理想。所以那一年入学的学生普遍基础较差，260 个学生几乎全部来自贫困家庭。但是在所有人的努力下，2019 年中考中，贾晶晶同学在全县排名第六，前 100 名占到 15 名。这大大激发了老区百姓的选择热情，2019 年秋季招生座谈会，学校迎来了 500 多名学生家长。冯校长感慨地说："只要家长愿意让孩子来，我们就要。我们会继续坚守让贫困家庭的孩子都能接受良好教育的初衷，把学校做大做强，让每个孩子得到全面发展。"

目前，学校正在不断创造机会，让学生放眼世界。如 2019 年六一儿童节来临之际，学校派四名学生代表和两名教师代表参加了在辽宁举办的第五届亚洲儿童画展。一二〇师学校学生的画作与全国小朋友和亚洲其他六国小朋友的画作同时展出。大家还与亚洲六国的绘画界老师进行了交流。2019 年 9 月，学校派师生赴日本参加了为期五天的"第 9 回日中韩国际青少年书道绘画交流展"，日中韩三国的孩子们在一起生活的五天时间里，共同表演节目、打乒乓球，离别时，都能用简单的三国语言进行交流了。

在一二〇师的大门前，挂着一副对联，上面写着"扬正气，树新风，传承红色基因，教育精准扶贫；守正道，讲科学，遵循教育规律，人民真正满意"。办学 4 年来，一二〇师学校的师生一步一个脚印，取得了令人满意的成绩。学校先后被评为"山西省足球特色学校""山西省国防教育示范校""山西省文明学校"，2019 年又成为吕梁市唯一荣获"全国教育系统先进集体"称号的学校，彰显了这所带着红色基因出生的学校不一样的风骨。

去一二〇师学校采访时，时值深秋，学校的风景如画般美丽，金色的银杏、红色的枫叶、苍翠的松柏，树木间是错落有致的花坛，映衬着地上的鲜花小草，构成了多层次、立体化的校园景观，一派生机勃勃的景象。相信在未来的日子里，一二〇师学校的师生将继续坚守初心，让教育之花在革命老区绚丽绽放。

山西省临汾市第一中心学校

厚植文明于细微

"我最喜欢上皮影课了""几个牵线的'纸片人'，居然可以演绎出精彩的故事，真是太神奇了！"……2020 年 9 月 15 日下午，临汾市第一中心学校社团皮影课上，五年级学生兴奋不已，纷纷道出自己的感受。

近年来，该校以文明校园创建为载体，秉承"立德树人、传承文明、科学管理、和谐发展"的办学思想，紧扣领导班子建设好、思想道德教育好、活动阵地建设好、教师队伍建设好、校园文化建设好、校园环境建设好的"六好"创建标准，推进文明校园建设，助力学生成长成才。

2019 年，该校入选了山西省文明校园，2020 年正在全力创建全国文明校园。

加强德育教育，增强文明高度

"这个暑假真充实""我们一起去农村体验生活""还跟奶奶学会了编扫帚"……2020 年 9 月 12 日下午，临汾市第一中心学校初 340 班热闹极了，德育老师赵春云在本周班会上以"劳动最光荣"为题，让同学们讲述暑假劳动趣事，吴一诺等同学分享起他们的劳动故事。

利用暑假，赵老师组织部分同学到蒲县山中农场进行了短期的学习与生活尝试。同学们感触很深，"我们住在潮湿简陋的窑洞里，晾晒被褥就成为每天必做一事。""我们还了解了果园农田知识，跟爷爷奶奶学习编扫帚，一起扭秧歌、敲花鼓，体验了劳动的艰辛与快乐。"……孩子们在劳动实践中，懂得了"幸福都是奋斗出来的"，收获满满。

人生的第一粒扣子从一开始就要扣好，这就像穿衣服一样，如果第一粒扣子扣错，剩余的扣子都会扣错。为此，该校把"扣好第一粒扣子"作为文明校园创建的重要抓手，成立了精神文明建设领导小组，加强教师队伍建设，设计出一系列主题教育活动。

"我们学习围绕扣好'理想信念扣''道德素质扣''阳光心态扣''实践能力扣'，开展了'传承红色基因'等系列教育活动，加强学生们的思想道德建设。"该校校长高洪山表示，学校利用清明、"七一""十一"等节日，组织学生开展祭奠革命先烈、"童心向党"新时代优秀童谣演唱会、"向国旗敬礼"等形式多样的活动，增强了青少年的爱国情感，滋养善美学子。并以核心价值观 24 字为主题词进行国旗下的演讲；根据考评月月颁发流动红旗。评选"文明礼仪标兵""文明班级"，树立身边的学雷锋标兵和新时代好少年典型。

学校党支部书记、校长高洪山主讲道德大讲堂　摄影：林延霞

学校大门　摄影：林延霞

打造校园文化，增加文明厚度

“咚咚咚！咚咚！”2020年9月14日，在该校社团美术教室里，《红孩儿》的故事正在上演，10多名同学手持皮影舞动正酣。

当天下午的皮影课堂上，在该校德育主任、美术老师林延霞的指导下，同学们设计出一个个憨态可掬的卡通人物，制作出“纸片人”，通过精心编排、配音等，大家便兴高采烈地表演起皮影戏来：神气的孙悟空，憨厚的猪八戒，顽劣的红孩儿……五四班学生张诗雨在日记中写道，几个牵线的“纸片人”，居然可以演绎出精彩的故事，真是太神奇了！我从中了解了非遗，感受到中华优秀传统文化的艺术魅力，并将弘扬非遗、传承非遗，提升自己的素养。

这堂特色课是该校校园文化建设的缩影。近年来，他们推进社团活动，先后开设皮影、剪纸、泥塑、篆刻、武术等非遗教学和体验课程，篮球、啦啦操等已成为该校特色。他们还在语文等课堂开展微型屏风、创意书签等活动，浸润仁义礼智信观念，将古诗词植入到同学们的脑海中，潜移默化到行动中。

根据学生年龄特点，学校举办开学典礼、升旗仪式，小学一年级开展“入学礼”“拜师礼”，各班开展开学第一课、第一节班会等，以典型事例、鲜活教材让学生感受到生活开启了一种新的模式。军训、艺术节、运动会等特色活动都举行隆重的启动仪式和总结仪式，增强文化的感知与认同，同时也享受获得成功的幸福感。同时通过评选“文明礼仪标兵”“文明班级”，树立身边学雷锋标兵和新时代好少年典型，营造温馨的班级文化环境，涵养文化特色，积淀文化底蕴，营造文化氛围。坚持开展主题月活动，积淀文化底蕴。设置图书角图书柜提高图书利用率，设置“校园香径”，推荐优秀书籍，浓郁读书氛围。校报设有心理专栏，心理辅导教师每学期举办专题讲座，如《从心启航，点亮梦想》等，塑造学生健康心理。

美化校园环境，增添文明温度

一个班级一个特色，各班老师都对教室环境进行了精心的设计。渗透着浓郁传统文化气息的主题墙，丰富多彩的学生作品，别具匠心的走廊文化，让各个班级焕然一新。

2020年9月15日下午，临汾市第一中心学校开展了文明班级文化建设评比活动。评审小组从班级卫生、黑板主题墙、文明礼仪宣传栏、班级风采栏及走廊文化墙等方面进行了评比，优秀者获得了流动红旗。

漫步校园，整洁有序，美化绿化到位。“做人、求知、健身、尚美”等校训、校歌在教学楼大厅展示，校史室、荣誉室完善健全，广播站、校报搭建展示交流平台。校内墙面充分展示地域文化、红色文化、党团队活动、学校发展成果和学生风采；电子屏内容简洁生动，随时关注社会及身边大事小情，加强家国情怀教育；校园网、学校微信公众号发布学校重大信息，广泛宣传文明创建。

临汾市第一中心学校加强了教学设施建设，完善了多媒体教室、录播室、实验室等一系列现代化教学设备，为学生提供了良好的学习环境，校园环境得到全面改善和提升。

“校园里，有花有草有树；走廊里，名人名言牢记心间。学校环境好，学习氛围浓，孩子在这里学习，一定会成长为一名新时代的文明少年！”张女士是名一年级新生家长，她的话道出了众多家长们的心声。

如今，文明之花已在该校盎然盛开，文明在这里扎根、发芽、开花、结果，濡润浸染着校园的每一寸土地。

作者：林延霞、郭秀婷

左图为非遗课程皮影戏　摄影：郭秀梅；右上图为学校教研团队在教师节受到表彰　摄影：田文昌；右下图为刘力萱、张诗雨同学参加“学宪法讲宪法知识竞赛”获得山西赛区第一名　摄影：张前疆

辽宁省沈阳市第九中学

全方位发展艺术教育　打造“润德文化”

参观沈河区教育学校红色基地　摄影：李斌

辽宁省沈阳市第九中学（以下简称九中）的教育者始终坚持追寻学校的育人价值，在不断摸索和沉淀中，九中“拼搏成就幸福未来”的办学理念应运而生，即遵循教育规律，教育学生“学会做人、学会学习、学会生活、学会创造”，真正成为社会所需之人才。如今的九中，已成为沈阳教育界一道独特风景。在办学之路上，九中开发了音乐特色课程，带动了艺术教育的全方位发展，成为“全国学校艺术教育先进单位”“沈阳市中小学艺术教育特色学校”“沈阳市优质特色普通高中”。

“润德工程”，培养人格健全的青年

“育人为本，以质立校，幸福教育”是学校办学理念的细化。在这样的理念指导之下，九中根据不同学情的不同特点形成了适合不同教育阶段的教育理念，即：能力为重，品德为先，文理并重，多元成才。九中的德育以“敏毅诚朴，至贤至德”为精神发端，以培养身心健康、生活朴素、心地善良、脚踏实地、专心学习的具有健全人格的有为青年为目标，大力实施“润德工程”。

“润德工程”来自九中的校园文化——“润德文化”。“润德”是九中“幸福教育”的特色，文化在潜移默化中循序渐进地浸润人、感染人、熏陶人。九中的校园里，高一年级每个班级的墙上都悬挂着《朱子家训》和《曾国藩家训》，高二年级每个班级的墙上呈现的是“诸子百家”主题，高三年级每个班级的墙上则是《道德经》中的名句。走廊中随处可见的是“‘四有’好老师”“四个引路人”“四个相统一”“扣好人生第一粒扣子”“俭成德”“静修身”等诫勉师生立德树人的名言。九中通过“润德文化”，把中华民族几千年来修身、成人、立业的优秀传统文化转化成校园内无处不在的可视化教育。

“润德工程”的根基在于主题教育课程，落实到各个年级，便形成了高一年级以“正心”为核心、高二年级以“立信”为核心、高三年级以“善行”为核心的格局。学生每天进行晨诵和午读。5分钟的晨诵以《古文观止》中的经典文句为主，引导学生正确认知人生的意义；5分钟的午读以高考背诵的古诗文为主，让学生快乐学习、熟稔高考篇章。学校把社会主义核心价值观与日常的德育管理有机结合起来，结合时政热点，开展主题团日、校园之星等活动，实现日常德育精细化管理；利用重大节日，开展生活教育、生命教育、爱国主义教育等。

以艺为品，让所有学生享受艺术教育

九中与艺术教育结缘，怀揣着“激活历史，点燃未来”的文化理想和“兴于诗、立于礼、成于艺”的教育理想，扎扎实实地培养学生对艺术的热爱，让更多的学生接受艺术熏陶，把艺术教育打造成了业内知名的金字招牌。

花开时节动京城，九中在全国首届中学生艺术展演上获得了二等奖；须上高峰八百盘，在2007年全国第二届中学生艺术展演中，九中再次以原创民乐合奏《满乡情》获得一等奖和创作奖……一次次的成功体验，让九中更加坚定了将艺术教育之路走下去的决心。学校继交响乐团之后，又创建了民乐团，招收的学生多数是具有演奏基础的特长生；同时，学校继续丰富特色项目，开展校园剧、课本剧演出，学生共同创作剧本和音乐，在排练中滋养着内心艺术的种子；在语文、英语、政治、历史等科目的课堂上，也时常上演精悍短小的小品。

“一体两翼”，构建整体化艺术成长课程体系

除了不断探索多彩的艺术教育形式以外，九中始终在深耕艺术教育的内核——课程。“特色高中建设要求立足课程、厚积文化，以国家课程为基础，以特色拓展课程为延伸，以丰富的社团活动课程和假期实践课程为补充，来构建学校整体课程体系。”秉持这样的思路，九中构建了“一体两翼”的艺术成长课程体系。

“一体”即以音乐课程为核心课程。音乐能够启迪智慧、放飞心灵，使人身心愉悦；能够帮助学生形成健康、向上的情感意识，使学生向善、向美，具有同情心、同理心；能够提高学生的审美能力，增进学生对生活的理解。“两翼”指人格成长的“拼搏课程”和智慧启迪的“幸福课程”。“拼搏课程”包括生涯规划与活动体验两大类课程，开发学生的个性和潜能，为学生搭建体验学习的舞台；培养学生健康的情趣爱好，提升学生感受美的能力，健全学生人格，达到丰富生活、陶冶情操、修心养性的目的。“幸福课程”包括科学拓展与能力培养两大类课程，力求在学科专业的基础上帮助学生拓展视野、储备充足的知识与生活能力，并引导学生在科学探索、自动实践、大胆思考与快乐动手的过程中，形成创造幸福的能力。

针对艺术教育的各个分支，九中研发了精细化的课程体系。其中，音乐学科设置两个选修系列课程，每个系列下设不同侧重的模块。比如音乐创作，是培养学生艺术想象力和创造力的园地，也是让学生进一步获得音乐基础知识和学习音乐基本理论的模块；又如西洋管弦乐合奏，让学生初步掌握西洋管弦乐器，共同演奏简单乐曲，都有登台表演的机会。

成功心理学社、魔术社、影视社、小作家记者社……通过不断丰富的社团内容，九中开启了社团活动课程建设。为了持续激活学生社团建设，九中的社团课程按学年计算，每学年两个学分，一学年分为两个学期。从2013年3月起，每名学生都必须参加一门社团活动课程。学生根据兴趣选择适合自身发展需求的社团，课程以学生自主管理为主要模式，教师给予相应的指导。

除了特色拓展课程和社团活动课程，九中还注重全时驱动，以主题活动课程和实践活动课程保证艺术教育的连续性、稳定性、深入性。因此，九中的校园一年四季都是学生活跃的舞台：每年3月的“学雷锋”美术展览，展出手工制作、文化衫设计、绘画、十字绣等作品；“夏之声”系列主题活动，包括校园卡拉OK比赛、主持人大赛、个人才艺大赛；“秋之颂”主题活动，包括中华经典诵读和“班班有歌声”班级合唱节；“冬之韵”主题活动，用一年一度的“迎新元旦文艺汇演”掀起高潮……

“继续开展以声乐为特色的课程群、开展以美术教育为特色的课程群、构建以播音主持为特色的课程群”，这是九中近3年的计划。围绕艺术教育这一特色开展校本课程，九中依然“在路上”，未来将继续以传统项目合唱乐团特色为生长点，建立以不同特色课程为依托的课程群，构建“一主多从”的办学模式。

综合工程，把艺术特色铸成优质品牌

如何将艺术教育办得有声有色？细数九中走过的路程，从艺术特色雏形到将艺术教育铸成优质品牌，学校开展的是一项综合工程。

在深化艺术课程校本实施方面，九中紧紧围绕“艺术教育”这一特色开展校本课程的实施工作。注重学生的美术、声乐、播音主持等特长，充分利用社会资源，开发本校和本地的文化艺术教育资源，逐步实现办学模式和社团活动内容的个性化、多样化。

在艺术课程教学评价方面，九中不仅评价学生，也对教师的教学行为和学校的教学决策进行评价。不仅评价学生对艺术技能的掌握和认知水平，更重要的是评价学生在情感态度、审美能力和创新精神等领域的发展状况，把静态地评价教学结果与动态地对课程实施过程进行分析评价结合起来，通过改革逐步建立促进学生素质全面发展的艺术课程评价体系。

开展公益活动　摄影：李斌

在校内外艺术活动方面，九中始终加强品牌活动引领，开展课外与校外艺术活动，做到有计划、有措施、有师资、有制度。除了单项艺术活动和学校定期举办的综合性校园艺术节，学校还把艺术活动和校园文化建设、社区文化建设相结合，面向全体学生，鼓励学生积极参与、大胆表现和创造，并在普及的基础上，尽可能满足学生自我提升的愿望。争取社会各界和家长的支持，积极开展艺术教育方面的比赛、演出、展览等活动，为学生健康成长创造良好的社会文化环境。

在艺术教师队伍建设方面，九中推广艺术教学的成功经验，进一步探索培养复合型艺术教师的新模式、新途径。“建设一支以专职教师为主、数量和质量都能够满足学校艺术教育需要的艺术教师队伍，争取在未来的3年中，培养出市级特色学科带头人。”这是九中希望达成的目标。

九中的艺术教育，顺势而为，脚踏实地。不忘初心，方得始终。让每一名学生都享受艺术教育的高远理想，以及在艺术教育课程、教学评价、校内外艺术活动等众多领域的深耕，共同成就了九中的特色品牌。

作者：佟凤华、郝美君、马晓东、白俊、陆晓玲

黑龙江省鸡西实验中学

弘道明德人文兴校　务实创新特色育人

鸡西实验中学校长焦玉萍　摄影：郜和胜

中国石墨之都——鸡西，是黑龙江省东南部一座有着百年历史的综合性工业城市。城市发展，教育先行。近年来，鸡西市委、市政府高度重视教育，把教育放在优先发展的战略地位，这一决策极大地激发了教育发展的内驱力。鸡西实验中学便是其中的典型代表。

鸡西实验中学是一所拥有423位教师、6059名学生的省级示范高中。2014年获评“黑龙江省首批普通高中多样化特色化发展试点单位”，再次确立了以中华优秀传统文化创建人文特色校的发展策略。2015年聘请孔子第七十五世孙、国学专家孔海钦教授为学校顾问，力学笃行，精准定位，逐渐探索出一条以中华优秀传统文化促学校发展、以人文精神提升德育工作内涵的实践路径，取得了阶段性成果。

定位人文德育发展方向

办学理念决定着学校的发展愿景，是办学灵魂之所在。党的十八大提出，把立德树人作为教育的根本任务。基于此，鸡西实验中学结合学校实际，拟定“明德、致知、务本、日新”人文核心理念，提升育人境界，引领人文德育方向。

明德：《大学》“大学之道，在明明德”。挖掘学生仁善之本心，引导学生依礼而行、厚德载物，培养其弘道明德的担当精神。

致知：《大学》“致知在格物”。格除物欲、私欲，使内心澄澈光明，进而激发学生的求知欲，促其成长成才，培养其求索精神。

务本：《论语》“君子务本，本立而道生”。孝与悌为人之本，亲于师、忠于国亦为人之本。德育就要使学生孝顺父母、亲师爱友、热爱国家，铸就君子人格，培养学生的家国情怀。

日新：《大学》“苟日新，日日新，又日新”。今日之我必强于昨日之我，让学生学会自省，修养品格，勇于创新。

中华优秀传统文化教育历来不乏修己安人的家国情怀，这奠定了鸡西实验中学人文办学的底色。在该理念的基础上，学校建设“智慧的领导文化”，即化修养为品德——明德、化知识为智慧——致知、化理念为行动——务本、化创新为制度——日新。以“四化”建设人文队伍，提升教育工作者社会主义核心价值观和中华优秀传

统文化的素养。

为使人文德育落地生根，鸡西实验中学确立了“一三五”人文德育工作体系，即“一条主线”：“三爱”教育——爱家、爱校和爱国；“三大载体”：德育实践课、德育实践活动、中华优秀传统文化教育；“五项机制”：科研先导、队伍建设、精细管理、家校共育、素质评价。“一三五”人文德育工作体系的构建，为“德才双馨”的育人特色奠定了坚实的人文基础。

打造人文德育师资团队

上下同欲者胜。学校致力于打造一支“厚于德、诚于信、敏于行”的既有凝聚力又有战斗力的教师队伍。

（一）领导率先垂范，引领人文路径

领导干部身正为范，涵养精神品格。校领导班子带头研习国学经典，从《论语》中提炼出十六字政风：“先之，劳之。不迁怒，不贰过。无伐善，无施劳。”以此衡量干部的日常行为，并作为群众评价干部的标尺。校领导“先之劳之”，每天从6：30到21：00全面检查学校各项工作，确保各项工作有条不紊，发现问题立行立改。中层领导以十六字政风自勉，自觉研习经典，提升自身素养，形成一支风清气正、勤勉务实的团队。

为推进学校人文德育持续纵深发展，学校特邀孔海钦教授每年两次开坛讲学，指导人文德育向深层推进。

（二）培养人文师资，营造研学氛围

为培养壮大人文师资力量，学校组建9个“线上+线下”群，全面推进教师队伍建设。

2015年创建国学微信研习社，学校老师们每天6：00、19：00诵读经典，临摹楷书，熏习研讨，提升内涵。

学校书院定期举办“文儒雅集”、经典学习分享会、国学知识竞赛等活动，丰富教师对中华优秀传统文化的认知。

全校语文教师成立“《论语》教学研讨群”，在微信群内轮流讲课，线下上公开课、集体听评课，打磨《论语》精品课，营造浓厚的《论语》研学氛围。

（三）打造精英团队，升级育人品质

为促进人文德育的升级发展，从人文师资团队中择优选拔20余位教师，打造了一支素质过硬、功底深厚的精英讲师团。精英讲师团承担并完成一系列工作：

精读《论语》6年，2020年开始借助“荔枝微课”平台面向师生家长及社会友人开设线上品牌课“一周一《论语》”，深耕国学经典。

组织承办大型的礼乐文化节，总结人文德育办学成果并诚邀兄弟学校切磋交流。经典诵读、六佾舞等彰显中华优秀传统文化的魅力，使教师在教育之路上不断精进。

研发系列校本教材《一日一〈论语〉》《中华传统礼仪读本》《〈千字文〉精读》《风雅之韵》《古诗词赏析》等，提升教师专业水平，推动教学品质迈上新台阶。

构建人文德育课程体系

课程建设是构建人文德育的实施载体，开发好、设计好相关课程决定着学校人文德育的水平。

（一）打造德育实践课

人文德育基础课程体系完备。结合社会主义核心价值观、《中小学生守则》和《中华传统礼仪读本》，将德育实践课系统化。每月按主题确定德育实践课内容，成立研讨小组，成员轮流上德育引领课，培养学生的家国情怀，提升人文素养。

（二）开展校本课程讲座

人文德育校本课程内容丰富。学校鼓励教师开发与中华优秀传统文化相关的各类专题讲座。初高中7个学年每学期为学生开设两场专题讲座。“细节之礼”等系列讲座成为品牌课程，深受师生好评。

（三）开展德育实践活动

开设研学旅行课程，继承和发展传统游学“读万卷书，行万里路”的人文精神，让学生在实践中接受德育教化。打造“行走的课堂”，福建传统文化游学和虎头要塞红色研学成为两大经典品牌路线。学生在研学过程中，或记录当地风土人情，或联系相关文史知识，或采访代表人物，通过社会调查、参观访问、亲身体验、资料收集、同伴互助、文字总结等形式，充分认识自然和社会，在教师的指导下，用脚步丈量、用眼睛观察、用心灵感悟。

（四）构建空中课堂体系

利用教育新技术，开启“互联网+”家校共修模式：开辟“空中课堂”，线上线下互动学习国学经典；定期开办讲座，有效利用资源，拓宽学习渠道。

营造人文校园育人环境

作为一种环境教育力量，高雅的校园文化对陶冶学生情操、塑造学生健康人格、促进学生全面发展等具有重要意义。学校充分发挥环境育人作用，以中华优秀传统文化装点校园，体现出重视内涵发展的精神底蕴。

（一）文化建设

以书香墨色为底色，格言楹联等为背景，弘扬中华优秀传统文化，建设文化校园。

门廊文化：学校门廊两侧墙壁上有40余位中外先哲的肖像、生平简介和至理名言，学生每天抬头即见，先哲们的叮嘱仿佛就在耳畔。

雕塑文化：标志性建筑“大展宏图”正面浮雕为孔子行教像，其旁为《论语》经典章句。背面浮雕为鸡西实验中学校史，让学生熟知母校风雨历程。

格言文化：灯柱上是师生、家长创作的教育格言，只言片语尽显哲思。

楹联文化：各楼前楹联既体现该楼功能，又激励学子奋发向上。如艺体楼前的对联：“书画韵体魄健他年俱进声名达四海，纤歌凝舞翩跹今日并肩德艺臻双馨。”

井盖文化：井盖上有美术特长生绘制的作品，内容涵盖我国传统的瓦当纹样、青铜器纹饰、山水画、剪纸等。

（二）书院文化

学校创办了东北三省仅有的一所文儒书院。文儒书院环境古朴典雅，宁静清幽，可容纳200余人阅读、听课，集书画、茶道、琴艺等古典文化元素于一体，让师生在学习的同时受到中华优秀传统文化的熏陶，周末面向社会开放。文儒书院现已成为学校人文德育实施的优质平台。

（三）书香校园

打造书香校园，丰富师生的文化底蕴是校园文化建设的根本。学生每周上一节读书课，定期开展班级读书分享会。教师开展读书“四个一”工程：每学期读一本国学经典、写一万字读书笔记、写一篇有质量的读书心得、开展一次读书分享会。图书馆面向师生全天开放，幽雅的环境非常适宜读书。

家校联动深化德育实效

家校合作是实现家校社协同育人、促进学生健康成长和整体提升教育质量的必然之举。学校积极开展家校联动，打造良好的教育生态，深化德育实效。

一是倡导推行“五个一”德育工程（学生与家长共读一部国学经典、共赏一部经典影视、共拟一条治家格言、共同参加一次社会实践、学生每月为家人做一天饭），推广中学生与父母共读、共写、共成长的亲情成长教育途径，促进书香家庭氛围，涵养优秀家风。

二是开展家长学校讲座。校领导长期开设家长学校系列课程“完善育人理念，做幸福的家长”“换个角度做父母”“关爱教育，助力高考”等，专家名师、优秀班主任轮流作讲座，提升家庭教育水平，推广中华优秀传统文化教育的理念。

三是“文儒清音·公益国学诵读堂”每日金声玉振、书声琅琅。节假日诵读不辍，数年如一日带领师生家长吟诵《论语》《大学》《中庸》《诗经》等典籍，成为师生、家长共同学习成长的线上平台。

新时代新征程，鸡西实验中学大力开展人文教育，以中华优秀传统文化教育铺染德育工作底色，以礼乐文化滋养学生性情，以传统艺术教育促进美育实效，丰富德育工作内涵，提升德育工作质量。2018年9月，焦玉萍同志在全省中小学党建暨德育工作会议上作了题为“传统文化促党建 人文精神育良才”的经验汇报。学校先后获得“鸡西市首批德育特色示范学校”“鸡西市首批书香校园”等荣誉称号。

“积力之所举则无不胜也，众智之所为则无不成也。”依托上级领导的支持、专家的引领，好古敏行的鸡西实验中学将秉承着“守正笃实，驰而不息”的信念，踔厉奋发，努力走出一条弘道明德的希望之路！

作者：焦玉萍

上海市闵行中学

开展生涯教育 护航学生成才

2019年11月6日，全国教育科学“十三五”规划2019年度教育部重点课题“普通高中生导师队伍建设机制研究”，在闵行中学顺利开题 摄影：张勇

链接：自十八大以来，闵行中学先后获得上海市文明单位（首届文明校园）、上海市行为规范示范校、上海市科技特色示范校，上海市体育（田径）传统项目学校、上海市教师专业发展示范校等荣誉称号。

作为联系学生与成才的载体，生涯教育以其独特的人才引领作用、促进作用、激励作用而日益受到重视。它能够促进学生发展，使学生了解自己的需要、能力、兴趣、性格和价值观等特质，提升以选择能力为核心的生涯规划能力，提高学生的专业和职业认同感。同时，它能够帮助学生在充分认知自己、专业和教育信息的基础上，建立起自己和世界、未来的关联，明确对自己而言“学什么、为什么要学、如何学”的问题。

2016年9月，《中国学生发展核心素养》提出中国学生发展核心素养的三方面六素养，培养学生适应个人终身发展和社会发展需要的必备品格和关键能力。生涯教育的目的是指引学生更好地发展，与中国学生发展核心素养的价值追求相吻合。

正是基于这样的背景，上海市闵行中学构建起基于核心素养培育的生涯教育，逐步形成特色化的生涯发展教育模式，提高生涯指导的实效性，助力学生终身发展。

上海市闵行中学始创于1928年，是上海市实验性示范性高中。自开创以来，学校以“实者慧”为座右铭，秉承“勤诚礼爱”的校训，坚持“健康、责任、求实、创新”的校风，锐意进取，追求卓越，为闵行、上海乃至国家培养了一批又一批的优秀人才。

近年来，在教育综合改革的大背景下，学校坚持立德树人和核心素养培育，以学生为本，有效推进服务学生终身发展的生涯教育实践。

构建生涯教育课程体系

新高考制度将高中生涯教育推到了前所未有的重要位置。因此，架构生涯教育课程体系及实施体系的任务摆在了以何美龙校长为首的闵行中学人面前。学校通过几年的实践，将生涯教育融入学校的课程体系中，整体上规划学校的生涯教育课程。构建“学业规划”“自我发展”“生涯探索”三大体系，通过拓展课程、基础课程、社团课程使学校的生涯教育与原有的课程有机地衔接，在抓住课程的核心素养的前提下，进行整合和融合，建构起具有学校特色的生涯教育课程。

*在学业规划中培养人文底蕴和科学精神。*在国家课标的指导下，开设国家统一规定的人文基础课程，并开设人文拓展课程和社团课程，举办各类主题鲜明、丰富多彩的文化活动，让学生感知更多书本知识外的人文素养。此外，开展丰富的拓展型课程，如媒体应用、环境科学、机械传动、高新材料、科研探究五个领域的科创课程。在人文底蕴和科学精神核心素养培育过程中，提高学生的学习动力，激励学生明确学习目标，开展学业规划，使学生完成初步的学业和升学选择。

*在自我发展中学会学习和健康生活。*一是开设生涯课程，引导学生自我管理。高一阶段是生涯唤醒与探索期，学校开设了驶向生涯的彼岸——认识生涯、寻找人生的灯塔——价值观探索、激发成长动力——兴趣探索等课程；高二是模拟规划与调整期，学校开设了心中的象牙塔——了解大学、专业万花筒——了解专业、穿梭行里行外——行业探索等课程；高三是向大学生活过渡期，学校对应地开设了院校志愿填报、专业志愿填报、志愿选择时的冲突和协调等课程，帮助学生在每一阶段适应当下的学习生活。二是组织生涯测试，帮助学生认识自我。学校面向学生设置职业兴趣六方图、卡特尔人格测试、价值观与职业方向匹配度、能力与能力倾向测试四大生涯测试方式，帮助学生对自我的人格、兴趣、能力、价值观、需求有更清晰的认知。三是开展生涯讲堂，榜样激励生涯规划。学校邀请社会各界知名人士和校友为学生开设系列“实者慧讲堂”，分享求学求职人生经历，帮助学生发现自我兴趣和发展方向。3年期间，开设生涯讲堂达42场。

*在生涯探索中增强责任担当和实践创新意识。*一是搭建多元生涯实践平台。学校通过开展生涯讲堂、社团活动、创新孵化基金、校园狂欢节、南京生存实践、志愿者活动等方式充分挖掘校内资源。此外，学校与社会资源联动，比如走进上海航天设备制造总厂、上海市第五人民医院、上海交通大学兽医研究所、伯克利大学、中国银行、上海市群益职业技术学校等，鼓励学生走进更广阔的天地、探索更精彩的世界，从而对自己的生涯规划有更清晰的指导。二是基于信息化平台的科创探索。实施“3+1”课程，也即“拓展课、选修课、社团课＋少年科学社”，通过“创新孵化五部曲”（同伴

榜样激励，启发创新意识；多元课程开设，满足个性需求；资源平台支撑，提升科学素养；实践活动体验，锻造创新人格；创新孵化机制，成就创新人才）提升学生创新意识与实践能力。三是打造宽领域国际海外课堂。闵行中学与澳大利亚斯考茨公学、美国加州大学伯克利分校、法国科技学院联盟、德国曼海姆大学等多家海外院校建立合作关系，每年超过100名学生能够“走出去”。同时，学校迎接来自澳洲、德国、法国的学生“走进来”，开展中国文化学习活动，推动中外青少年国际文化交流。

每年9月，闵中优秀学子走进清华大学，开展为期一周的大学体验生活。图为闵中学生参访清华大学物理实验室，与导师沟通交流　摄影：章含楚

以特色助推学生个性成长

“要让特色课程助推优秀学生个性成长。”何美龙说。

高中学生综合素质评价作为高招的重要参考依据，已传递出教育有利于学生终身发展的价值导向，给基础教育带来了重大变化——更加关注学科素养和实践能力。为此，闵行中学针对部分高一新生的个性特长，设置了“综合素质评价课程”，旨在通过基础学科、实践探究、开拓眼界等三方面途径进行综合素质的能力培养。在强化高中各基础学科知识为实用技能工具的基础上，学校同时采用与学习和生活息息相关的各类研究性课题和项目，引发学生的学习兴趣，并以此为学习载体，运用跨学科、多领域合作的教学模式，实现高中学习方法的快速转型，培养学生发现问题、提出问题并随之能够解决问题的综合能力，以及永不满足、追求卓越的工匠精神，探索一套适合闵中学生特质的教育模式。

课程分三阶段推进。

基础课程阶段：以高中基础科学知识为切入点，将基础学科理论与科研课题相结合，并针对与之相关的英语、数学、物理、化学、生物、历史、地理等学科展开知识梳理与强化教学。

进阶课程阶段：通过科研课题与所涉及的各学科知识相结合，进一步加深高中学科知识的综合应用，同时通过请进来、走出去的学习方式，使学生对高校的相关专业领域课程和研究方向有所了解，并整理制作相关的课题资料，最终形成一份个性化的研究性学习报告，以此来反映该阶段的整体学习过程。

科创研究阶段：综合学生个人兴趣与前两个阶段的研究学习情况，秉承“好中选优、优中选适”的原则，联合国内外知名高校的专家学者，为适合的学生量身定制个性化的深入研究课题，并让这部分学生有机会直接参与全球尖端高校、科研机构的科研项目，从而为向国内外顶尖高校输送人才做好储备。

学校还开通了国内、国际教育交流渠道，不断拓宽“课堂”的范畴，给有需求、有兴趣出去看看的学生搭建一个多元平台。学校先后与澳大利亚斯考茨公学、美国加州大学伯克利分校、德国曼海姆大学和加拿大宝迪学院合作开展了海外课堂的课程学习。随着各类课堂惠及更多学生，学生对待学习的态度正变得更开放、更多元。学生感受到了卓越的国内外教学，这样就能够用更宽阔的视野去审视自己的未来。

打造“三阶段五化”生涯实践模式

课程构建、教材研究、实践体验在闵行中学各年级之间纵向衔接、横向贯通，不仅积极应对了学生阶段性发展的变动特点，同时将理论性教育与实践性教育结合，有助于学生对自身生涯发展的系统性认知。一系列的成果促使闵行中学在实践中形成了“三阶段五化”生涯实践模式。

所谓“三阶段”，即“生涯准备、生涯觉醒、生涯模拟”，学校开展每周1课时团体辅导，对学生实施生涯规划所需的素质拓展训练；通过科学测试，引发学生对自我的深层认知与思考。同时，学科教学融入生涯教育，在知识学习中激发生涯意识；在生涯课程中进行生涯榜样示范，引导学生明确生涯目标；通过生涯实践，初步体验角色实现。此外，积极帮助学生生涯模拟规划，在实践中形成了生涯模拟规划的教育流程：人生价值观澄清—职业确认—专业或大学确认—成绩确认—三年学业规划—个人成长—学习能力。

所谓“五化”，即：公益劳动课程化，引导学生进入社会初步体验，通过设置综合实践课程，帮助学生在实践活动中了解社会，培养学生的责任意识、规则意识和奉献精神；生涯讲堂系列化，引导学生感悟他人成长经验，通过生涯榜样研究、自我兴趣领域聚焦和研究等环节，引导学生从“树榜样”到“明自我”“做榜样”；暑期实践个性化，引导学生探索专业明确方向，交大科创夏令营、微软女生夏令营、清华营、中日韩历史论坛、德国文化探访……丰富多彩的暑期实践项目，让学生在实践中收获成长；海外课堂学术化，引导学生放眼世界追求卓越，并有机会与国内、国外知名高校的专家学者近距离接触，直接参与全球尖端高校、科研机构的科研项目；孵化基金系统化，引导学生敢想敢做脚踏实地。基于毕博系统，鼓励学生开展以论文、调查报告、小课题研究、发明创造为主要形式的“创新孵化基金”项目。

通过“三阶段五化”生涯实践模式，闵行中学对学生开展更系统化、分层次、多元化的生涯发展教育，收效颇佳。2018年，由该校宋凌浩、姚成捷、金希源、沈佳晨、施宸淤、谢雨轩6名学生共同撰写的论文《Study of the effect of osmotic pressure on the water permeability of carbon-based two-dimensional materials》（《碳基二维材料渗透膜中孔径和渗透压对水渗透性影响研究》）在国际传媒巨头Elsevier旗下工程材料学专业期刊《Computational Materials Science》的官网上正式发表。而该论文的灵感来源于他们在加州大学伯克利分校的寒假游学经历。

导师制助推学生成长

如今，虽然闵行中学已经有了日趋完善的生涯规划教育体系，但生涯规划团队的教师本着精益求精的育人理念，依然站在生涯教育一线进行积极的探索。

如何更好地贴近孩子的成长？如何给予孩子更专业的生涯指导？基于这样的关怀，“导师制”的新的生涯教育制度正在闵行中学逐渐孵化成形。

根据学生生涯规划的学科倾向，学校指定对应学科的专人教师对接学生的生涯规划教育，负责学生的全面成长，负责为孩子提供专业的指导。在保证每个学生都有一个导师的前提下，学校还定期组织生涯导师团队进行全面培训，不断拔高导师团队的专业性，充分发挥教师团队的生涯导向作用。

闵行中学的生涯教育指导从高一起步。

第一阶段：与学生交流未来目标与职业想象。这一阶段主要在高一第一学期完成，在进行霍兰德职业兴趣测试之前。这一阶段的学生因为生涯课程的唤醒，已经有了对自我发展的初步想法。作为生涯辅导教师，在这一阶段的任务是让学生把自己的想法充分表达出来，并且尽可能了解学生更多方面的情况，比如家庭背景、家长期待、自身性格、兴趣爱好等。然后，仔细分析学生各方面的背景资料，从中梳理出学生生涯发展方面面临的主要问题，从而为第二阶段的指导打下良好的基础。

第二阶段：指导教师和学生一起分析生涯兴趣测试报告。这一阶段在高一第二学期完成，以霍兰德职业兴趣测试的结果作为实践的切入口。根据以往经验，学生对测试报告的结果会有不同的态度和理解，他们很需要具有一定专业知识的教师予以解释与指导。测试的结果虽然具有一定的科学性，但也不是万能的。因此，有必要结合学生的具体情况客观地分析测试的结果，帮助学生更好地认清自身的兴趣指向和职业匹配度，从而有利于学生更好地规划未来的发展。

反思阶段，旨在实践的基础上总结个别化辅导中的经验与教训，思考生涯教育个别化指导的基本原则和主要策略。本阶段，首先对个别化指导的案例进行分析和思考，总结每一次辅导的得与失。其次，在不同的案例中去发现共性问题，如学生普遍的困惑，自身在指导中存在的不足，指导中会出现的常见情况等。在此基础上，梳理出生涯教育个别化指导中一些需要注意的核心问题重点研究，最终对生涯个别化指导的原则和策略形成有价值的思考。

高二学生小向说，自己在学校生涯教育提供的资源条件下，树立了报考复旦大学医学院的梦想，“在创新孵化基金的帮助下，我们有能力、有资源取得非常专业的高校教授指导课题，还有机会赴美国加州大学伯克利分校与尖端的教授完成高水平课题，并有机会把研究成果发表到美国学术期刊。没有生涯教育的环境，就没有我们的今天。学校生涯教育的大平台，让我们的梦想有机会早早播种、成长，长成参天大树的模样”。

家校联动促进生涯教育发展

随着生涯教育的实施推进，闵行中学整体的生涯教育水平有了长足的进步，师生日益增强的生涯教育需求与生涯教育教材之间产生了不匹配，倒逼学校研发更适合校本实际的新生涯教育教材，2017年8月，学校正式出版了沪上首本成熟的生涯校本化教材《生涯与发展》。该本教材凝结了全体闵行中学人的心血，按照年级划分，总共一套三册。高一教材中包含认识高中生活、时间管理、思维训练、选课决策等课程；高二教材包含自我效能、情绪管理、人际沟通等课程；高三教材则包含志愿填报、决策冲突与协调、在大学中的多元发展等课程。不同阶段不同的课程内容，契合每一个学子不同阶段的成长需求，为他们提供更适合的生涯教育。

“生涯与自我意识”心育模式的学校、家庭、社会联动机制，对正处于自我认同整合关键期的高中生来说，其父母和周围可信赖的“重要他人”的认可与信任十分重要。闵行中学通过各种形式引导家长以相互尊重的态度积极参与其中，保护孩子可贵的积极性，与之平等交流、共同探索；并把这一过程当成深入了解孩子、密切亲子关系的契机，与孩子共同成长。其结果不仅帮助学生探索了生涯方向，还密切了亲子关系，为学生度过危机期提供源源不断的心理营养。

一是将家长纳入生涯发展课程培训对象，生涯辅导前对家长进行讲座培训；生涯访谈邀请家长协助孩子完成；生涯实践建议家长发动自身资源给孩子创设平台。

二是举行大型模拟生涯规划展示活动，邀请家长参与学生模拟生涯规划展示活动，在模拟生涯规划体验和展示中实现亲子互动和沟通。家长纷纷感慨自己人生几十年都不曾有过什么规划，今见孩子已经长大，愿意成为孩子成长发展的陪伴者，愿意全力支持。

三是引进生涯陪伴系统，记录成长过程。

绽放生涯教育之花

在学校一路求索、精益求精的不懈努力下，闵行中学生涯教育近年来一路领航，取得了丰硕的成果，生涯教育的硕果已经遍地开花。

一是推动了学生核心素养的培育，促进了学生多元发展。学生在多元平台获得潜力的更大化发展，每年一批学生在中国（上海）国际发明创新展览会、上海市青少年明日科技之星评选活动、上海市青少年科技创新大赛等活动中荣获奖项。

二是推动了课堂教学从理论知识转向实际生活，提高了教学品质。课堂教学关注学生核心素养的培育和生涯意识的激发，凸显人文和科学的社会价值，教学抽象理论知识时，结合职业导向的经验，以生活社会实际问题的解决为导向，开展项目化学习和专题型学习，建立了知识与实际生活、学习与未来生涯发展的联系，转变了课堂教学方式，提升了教学品质。

三是推动了教师角色向生涯导师转变，促进了教师专业化成长。学校通过建立生涯导师制，开展生涯导师培训，推动了教师角色向生涯导师转变，为教师专业成长创造了良好的条件。近几年，学校在上海市优秀班主任、闵行区金牌班主任、上海市班主任基本功比赛、长三角班主任基本功比赛等评比中连获大奖，闵行区仅有的高中班主任工作室主持人也连续三届落户该校。

四是推动了人才培养模式转变，提高了学校办学成效。学校人才培养模式由单一走向多元，最终提高了学校办学成效，学校连续被评为闵行区办学绩效优秀一等奖。学校每年进入“985”高校的学生数明显持续增长，海外升学人数、科创大赛获奖数量均持续突破。

路漫漫其修远兮，吾将上下而求索。生涯教育任重道远，但全体闵行人将怀着奋斗不止的斗志继续前行。我们真诚地期待闵行中学的生涯教育助力更多的学生成就精彩人生，祝福闵行中学的生涯教育绽放华丽光芒！

华东理工大学附属闵行科技高级中学

以数字化信息教育　打造特色品牌名校

随着经济的发展，教育的重要性日益凸显。数十年来，我国在教育中越来越多的投入，使教育的数量和规模已经得到长足发展。然而，我们也不得不面对一个现实，即教育质量还有待提升。全国教育大会强调，坚持中国特色社会主义教育发展道路，立足基本国情，坚持改革创新，以凝聚人心、完善人格、开发人力、培育人才、造福人民为工作目标，培养德智体美劳全面发展的社会主义建设者和接班人，加快推进教育现代化、建设教育强国、办好人民满意的教育。因此，建设高质量教育是时代对教育改革发展提出的新要求、新使命，是建设高质量的教育的客观要求，是教育适应新科技革命和产业变革的必由之路。在全球化、信息化、智能化迅速发展的时代，如何实现高标准的教育现代化目标，建设具有国际一流水平和竞争能力的世界教育高地，增强中国教育在国际上的影响力、吸引力和竞争力，成为所有学校共同思考的问题。

华东理工大学附属闵行科技高级中学（以下简称“华理科高”），

数字化学习

原名上海市闵行第二中学，创建于1964年，是上海市闵行区首批区实验性示范性高中之一。学校位于建设中的上海市“未来人工智能小镇”核心区内，占地50亩，建筑面积5万多平方米，一期设施设备总投资超亿元，校内智能图书馆、科创长廊、现代化体育场馆、信息化心理教室等智能化设施设备一应俱全。学校现有24个教学班，其中有6个科创实验班。1100余名在读学生，116名教职员工，中高级职称的教师占全校在岗教师的75%。学校校长兼书记乔长虹说，学校有先进的教学设施，有一流的师资队伍，这为学校进行优质教育改革、打造高效课堂，奠定了牢固的基础。

多年来，学校以“成就每一个师生生命的精彩”为办学宗旨，在校训“敦品励学，以品养慧”的引领下，朝着“一所高起点的未来学校、一所高品质的科技高中、一所内涵丰富的特色高中”创建目标迈进。近年来，华理科高在市、区政府部门的关怀下，在乔长虹校长的带领下，在全体师生的共同努力下，以课程建设彰显育人特色，以课堂改革提升教学品质，以精彩教师成就学生精彩，以信息化、科技特色打造学校品牌，为学校实现现代化建设、打造一流品牌科技高中注入了新的发展活力。

面向未来，紧抓机遇，打造信息化教学基础

“没有信息化，就没有现代化”，加快教育现代化，需要教育信息化的质变发展。以教育信息化带动教育现代化是历史发展的必然趋势，也是人才培养的迫切要求。为此，华理科高深入学习上海《2018基础教育信息化蓝皮书》，明确技术支持下深度学习未来发展的趋势，以学习平台与学习资源再造、沉浸技术与多维学习体验、人工智能与学习范式重构为抓手，探索未来教师人技协同教育模式，以信息化助推教育现代化实现。

我国近30年的教育信息化发展，主要是教育手段的信息化，而信息技术对教育发展的革命性影响越来越近。云计算、大数据、人工智能……几乎所有先进的互联网创新技术，都能在学校里见到其身影，但这些仍然只是教育手段的信息化，是展示方式和传播方式的生动化与形象化，并没有对教育本身带来实质改变。要想实现质变，就要实现教育信息化应用常态化，而这需要依托强大的信息化设施设备。华理科高以新校搬迁为契机，以超亿元的投资，使学校软硬件技术基础建设再上新台阶。

基于技术条件的升级，AI赋能的PST数智校园体系建设得以实现。学校有线网络采用万兆主干、千兆到桌面，通过3层架构（核心层、汇聚层、接入层）互联，满足学校管理、办公、教学的要求。无线网络实现校园全覆盖，满足行政楼、教学楼、实验楼等各地方设备的接入，实现随时随地学习的要求。无线网络满足管理、安全、QOS、漫游等功能要求，通过无线访问控制器（AC），实现对学校内所有无线访问接入AP的管控。在此基础上，学校开发了智慧校园综合管理平台，围绕“以学生为中心”这一理念，以满足学生的切实诉求为目标，将平台分为业务能力共享中心、数据能力共享中心、学生应用管理中心三大中心。业务能力共享中心和数据能力共享中心共同实现业务组件和数据的通用管理和调用，提高了系统的扩展性。学生应用管理中心则进一步将学校原有数智空间、知识管理、互动家园三大平台与新建设业务的应用管理进行统一集成，实现了数据的统一管理、统一存储，避免了信息孤岛现象的产生。不仅如此，学校还建设统一身份认证，以“校园一卡通”为载体，以学生应用管理中心为机制，通过对学生日常行为轨迹的捕捉和数据采集，实现教师、学生、家长实时数据共享，及时进行针对性的行为干预以及多元评价的激励，促进学生良好行为习惯的养成，实现个性化教学管理。

华理科高在“互联网＋”背景下构筑的“人工智能＋教育”，引发学校结构性变革，通过空间、课程与技术的融合，形成个性化的学习支持体系，为每一个学生提供私人定制的教育。最终目的是构建一种新的教育生态，打破整齐划一的工业化教育形态，创造符合学生需求的个性化教育，进而促进学生的终身发展，使学生成为能够适应未来社会不断发展的未来之人。

“四维”评价，帮助学生科学规划未来

培养什么人、怎样培养人、为谁培养人，是新时代教育的根本问题。解决这一问题，需要从学生的角度出发进行思考，“想成为什么样的人？想接受什么样的教育？我的人生价值为何而实现？”回答好这个问题，根本问题也就迎刃而解。但现实情况不容乐观，长期的应试教育，让学生学习时间有余而思考时间不足、应试能力有余而实践能力不足。随着个体和社会发展的实际需要，国家也日益关注到高中开展生涯发展教育的必要，明确要求学校开展学生生涯发展教育。

为了实现学生的科学生涯规划，帮助学生对自己有更全面、更

纳米黑板教学

清晰的认知，华理科高坚持立德树人，树立科学人才观，依托教育信息化优势，重构学生发展评价。根据国家、市区相关文件精神，在闵行区创建智慧教育示范区、区生涯教育一体化项目的引领下，学校研制了由“学业表现、核心能力、信息素养、职业倾向”四个维度组成的“四维”评价体系，详细记录学生的成长轨迹，对学生的数据进行记录和评价，旨在通过数据深度的挖掘，教师、家长、学生都能根据个性特长量体裁衣，定制一条未来成长的路径。

1. 加强教师培训，提高教师规划技能

“四维”评价大数据的形成，需要大量的前期工作，在这其中，教师素养的培养无疑是至关重要的。他们作为学校与学生连接的桥梁，作为学生非常信任的人，在引导学生进行生涯发展规划中起着核心作用。管理平台各项数据要及时准确输入是前提，但更重要的需要依靠教师时刻注意每一个学生“四维”雷达图的变化，及时进行数据分析，对学生及时进行介入指导。为此，华理科高从增强教师的教育意识，提高教师的辅导技能开始，对全员进行有计划的培训。

为了给教师进行更专业的培训指导，华理科高聘请了 3 名具备 NCDA 国际生涯辅导师资质的指导师，接受个案咨询辅导，并定期对导师团队开展督导。学习生涯发展教育的理论方法，认同“四维”评价指标，掌握数据录入的途径和要求是学校进行教师培训的基础。为了更好地达成培训效果，学校充分利用社会各种资源，开展了“塑造阳光心态，成就生命精彩”和“生涯辅导”两门校本培训，在“四维”评价指标学习和探讨的过程中调整心态，提升自身技能。在培训过程中，学校要求全员参与，并成立党员、教师、班主任 3 个团队，每个团队设一个团队长，师生双向选择，结对辅导“四维”雷达图的分析。通过培训，教师们的生涯发展教育水平得到明显提高，技能得到稳步提升。

2. 校本课程开发，助推学生生涯发展

为促进学生生涯觉醒，实现学涯与职涯的展望与连接，华理科高从学生生涯发展需求及学校生涯发展指导课程现状出发，研究制定生涯发展指导课程的目标与内容模块，整体设计建设系列课程，现已形成生涯发展核心（生涯规划指导）与生涯发展支撑（高中学业发展、生活发展指导）两大模块。

核心模块主要帮助学生了解自己的性格兴趣、能力、价值观，了解大学专业、职业、留学及其社会发展需求，以帮助学生确立近期学业生涯目标和较长远的人生目标与理想。支撑模块旨在对学生进行高中阶段的学业、生活指导，帮助他们适应学校生活，提高对自己学习的自我认知、监控、评价、调节的元认知能力，从而使他们会学、乐学，使其顺利完成高中学业，达成生涯发展规划阶段目标，进入理想的适合自己的大学与专业。不仅如此，学校还建立提升学生素养的“叁三”课程体系（三一课程：参加一个社团、争取一次全校亮相、完成一项研究课题；三十课程：阅读 10 本名人传记、聆听 10 场报告或讲座、观赏 10 部经典剧目；三百课程：欣赏 100 首名曲、赏析 100 幅名画、了解 100 个名人）与增强学生体验的社会实践课程体系（高一：暑期军训、东方绿舟国防教育、南京爱国主义教育；高二：学农学工综合实践、沙家浜红色之旅、大明山拥抱自然；高三：鲁迅故里成人仪式、大学校园行、职业体验），帮助学生通过学习与体验培养个性、发现兴趣。

多年实践证明，学校的生涯发展指导课程，能够有效提升学生的自我探索、规划、实现生涯发展的意识与能力，培养他们对自身高中阶段生涯、学业、生活发展的元认知能力以及做事的科学思维方法、实践能力，为学生的终身发展奠定良好的基础。

3. 引导自我规划，让生涯发展指导事半功倍

“四维”评价最终的服务对象是学生，学生的核心地位不容动摇。因此，在利用“四维”评价进行学生生涯发展时，必须调动学生的积极性，让他们充分参与其中。为了提高学生的生涯规划参与度，华理科高在每学期第 4 周左右，以班级为单位举办生涯规划发布会，将每学期期末录入“四维”评价数据所形成的雷达图发放到每个学生手中，引导学生调整自我规划。

学校针对各个年级学生的不同特点及任务目标的不同，制定了更有针对性的生涯规划主题。高一：我的大学——3 年后我将在哪里，以就学情况、自身优缺点、人格因素测试结果、梦想的大学等基础信息为主，帮助学生更好地了解自身，并对未来有初步规划。高二：我的生活——20 年后我的生活是怎样的，更深入地思考自己现在的生活、交友、兴趣、对自身的看法及对 20 年后生活的想象，深度挖掘自己的想法现状。高三：我的理想——一年后我的专业、4 年后我的职业，主要认识自己目前的学习情况、了解学习中的优势与不足、明确自身职业倾向，以更好地帮助毕业班学生调整心态、积极面对考试、明确努力方向。不仅如此，学校还积极搭建各种校园舞台，鼓励学生参与活动与评选，亮出自己的特长与优势，让他们在活动中绽放自己的光彩，助力人生发展。

缔造数智特色课程，做“未来课堂”的先行者

1. 以数智教学模式为指导打造特色课程

学校课程体系是一个系统性、开放性、长期性、螺旋上升的系统工程。要实现大规模因材施教、个性化学习，必须打破现有实体课堂的限制，打破学校围墙，加强虚拟教室和实体课堂的有效融合，拓展学习时空。华理科高为实现全员、全学科、全过程推进教育信息化，带动教育现代化，创建特色学校，大胆实践，依托国家教育部门重点课题“AI 赋能的未来学校数智教学模式研究”，积极寻找与学校办学思想相匹配的课程，从学校信息化特色出发，实现学生的个性化学习和深度学习。目前，学校以“品字”文化为引领，从文化科学、科创信息、社会参与 3 个方面培养学生人文底蕴、科学精神、实践创新、数字生存、健康生活、求品立德六大核心素养，构建了“智・学、智・行、智・品”3 类数智特色课程，在保证全面贯彻国家规定的课程标准的同时，充分尊重学生的个性差异，促进学生多元个性发展。

“智・学”课程：立足基础型课程的优化、拓展延伸和深化。各学科践行数字化环境下课堂教学形态变革有 5 个核心理念，即倡导少教多学、融合数字学习、实现深度探究、坚持开放原则及重建教学流程。这一变革在本质上是利用数字化技术、构建数字化资源，引导学生利用开放的数字化学习环境进行自主学习、合作学习和探究学习。教师在课堂上遵循“少教多学，精教善学”的教学原则，以学生的学为中心，为学生提供有效的学习支架，并引导学生利用丰富的数字化课程资源、互动平台、各种信息技术手段、虚拟学习空间等开展线上线下、虚实结合、拓展探究的数字化学习模式，实现学生的系统化学习和个性化学习。

“智・行”课程：立足信息科技知识技能的拓展延伸、深化运用、实践创新。这一课程主要是在普及信息科技基础知识、前沿发展的基础上，依托创新实验室增强学生的体验、实践、创新学习，弥补国家基础学科教学中一般顾及不到的高阶信息素养培养的短板。学校利用内部及校外各级各类创新实验室资源开设相关课程，让学生体验新技术、感知新科技、了解新发展。学校以校园科技节和主题活动开展为课程主要实施阵地，自课程实施以来，学生的信息技术应用能力、创新变革能力和数字化意识都有了很大提升。

“智・品”课程：立足德育、艺术类课程，培养学生良好的个性品质、生活品位。“智・品”课程包括实践活动、主题教育、社团节日、生涯规划、艺术审美等五大类。学校根据各个年级的不同特点，实施不同的体验课程，帮助学生基于数据开展职业能力、职业兴趣、职业性格专题指导与教育，引导学生认识自我、剖析自我，了解社会，对自我发展初步定位。学校还通过开设 VR 职业体验在线虚拟课程和视像中国在线课程两类自主拓展课程，引导学生走进名人的精神世界，让学生感受艺术的熏陶，提高全员的艺术修养、审美能力以及文化生活品位。

2. 柠檬课堂，打造未来课堂模式

信息化的高度发展必然带来更高效的问题解决方案。课堂教学中善用数字化技术不仅能提高课堂效率，也更能通过新事物激发学

生的学习兴趣，可谓一举多得。近年来，华理科高积极探索课堂教学形态变革，利用数字化技术、构建数字化资源，引导学生利用开放的数字化学习环境进行自主学习、合作学习和探究学习，并将信息技术无痕地融于教学内容、教学方式、学习内容及学习方式中，形成了独具特色的数字化环境下的柠檬课堂及“三步五环”课堂教学模式，从而构建了一个以教育活动为纽带的技术环境与人和谐共生的教育信息生态。

新版柠檬课堂（LEMON），是英文 Less-standardization、E-learning、More-interaction、Open-interspace、New-pattern 首字母的缩写，集中体现了未来化课堂教学的个性化学习、在线学习、更多的互动、新的教学模式、开放的空间等五大核心理念。新版柠檬课堂，在传承“成就每个学生生命的精彩”这一柠檬课堂根本理念的同时，借助人工智能等信息技术，继续立足于将课堂打造成学生生命成长的精神家园。依托学校的 OPS 纳米黑板以及 CD-CAT 认知诊断辅导、知识管理平台、互动家园、自建的数字化教学资源、笔记本电脑、平板电脑等数字化学习环境，分析学生个体认知、性格、情绪等，进而满足学生个性化学习和发展的需要。依托学校“数智空间”平台的教学互动、评价分析、资源中心等板块，教学内容从教材延伸到网络、从教室扩展到校外，创建更开放的学习环境和学习方式，为学生提供更开放的学习内容，实现线上线下的混合式学习，进一步构建教室内外的联合空间，构成突破时空的立体多元学习场。柠檬课堂的教学，教师借助信息技术创建智能化学习环境，引导学生在新的环境下进行数字化学习，学生是知识意义的主动建构者；教师是教学过程的组织者、指导者，是学生学习的支持者、促进者。教师与学生除了实现人机互动、互相学习外，进一步实现人与技术工具、技术工具与资源、技术工具与空间、 实体空间与虚拟空间的互动，从而打造出一个各种学习要素高度互动的活动社区，让学生获得超越课堂和书本外更实际的感受与生活经验。

华理科高多年保持的稳定的教学质量，为其赢得了良好的社会口碑。学校先后荣获国家教育部门未来学校建设项目校、全国国防教育示范校、全国生态文明教育特色学校、上海市文明单位、上海市数智化特色高中项目学校、上海市教育信息化应用标杆培育校、上海市行为规范示范学校、上海市科技教育特色示范学校、上海市知识产权教育示范学校、上海市心理健康教育示范学校、上海市绿色学校、上海市安全文明单位、闵行区德育实践研究基地、闵行区“电子书包项目”整体推进优秀学校等称号。

面向未来，以信息化教学育未来学子；立足当下，借数字化课堂造高效课堂。近60载年华，数代人的努力成就了今日的华理科高。在这样一个时时变、日日新的历史时期，相信每一个华理科高人都能拥抱变化，成就未来。

正如乔长虹校长所说：“如果今天的教师不生活在未来，未来的学生将生活在过去！站在‘现在’时间节点的我们，需要对‘未来’做一些必要的筹划和准备，以未来引领教育。”相信在未来的 5 到 10 年间，我们就能在这黄浦江边看到一所卓越的信息科技高中！

江苏省盐城市明达初级中学

“主动发展”激活提质增效新动力

明达初级中学党总支书记、校长徐芬

链 接： 徐芬，1966 年 1 月出生，大学文化，理学学士。2003 年至 2019 年，先后担任盐城市文峰中学、盐城市明达中学副校长；2019 年 8 月起，担任盐城市明达初级中学党总支书记、校长。2013 年被盐城市政府表彰为“盐城市名教师”，2014 年被评为“江苏省中学数学特级教师”。曾获盐城市初中教育改革和发展先进个人、市先进教育工作者、市新长征突击手等荣誉称号。多次担任江苏省“蓝天杯”初中数学会课观摩活动评委组长，先后担任江苏省第三届、第五届乡村骨干教师培育站主持人并获评优秀指导老师，担任盐城市直新教师初中数学培育班主持人。

“袁野这孩子从小爱好广泛，喜欢阅读、武术和足球运动等，进入明达初中以后，不论是学习成绩，还是实践能力，都得到了全面的发展……”盐城市明达初级中学初三（12）班袁野同学荣获 2019 年“江苏省十佳少先队员”称号，他的爸爸在家长会上自豪地介绍自己的育儿经验。

“主动发展高于一切”，这是盐城市明达初级中学党总支书记、校长徐芬上任伊始提出的办学理念，目前已成为全体师生的共同追求，并盛开朵朵芬芳的鲜花。中考成绩连年攀升，特色建设成效卓越。在 2020 年全区教育高质量发展大会上，明达初中被盐城市亭湖区人民政府表彰为“教育高质量发展先进集体”。

围绕“优学在亭湖”品牌创建，明达初中坚持拓展课程内涵，促进学生高品位发展；打造“四有”好教师团队，引领教师高层次发展；创塑优学品牌，助推学校高质量发展。

丰富课程内涵，促进学生高品位发展

近年来，明达初中积极响应“构建德智体美劳全面培养的教育体系”的新要求，着力构建基于学生个性差异和全面发展的“一纵两横”课程体系。“一纵”，即尊重教育规律，开齐开足所有课程，夯实学生成长基石；“两横”，即开发特色校本课程和开设各种社团活动，让学生充分展示个性。

该校副校长李建明说：“学校通过建立校本特色课程，让每一位学生都能找到适合自己的发展方向。”得益于此，在盐城市 2020 年“三独”比赛、“盐渎风”读书征文比赛、“守望春天，共同战‘疫’”主题征文等活动中，该校均取得好成绩。顾伟玉、武芙瑶等被评为“江苏省最美中学生”，顾胧月、刘梓成等被评为“江苏好少年”，施雯焓同学被评为“盐城市节水大使”。在 2020 年度全国青少年校园足球联赛（亭湖赛区）中，男子足球队勇夺亚军。

该校团委通过开展“青年大学习”线上团课、“积分入团”、主题实践等系列活动，大力推动“团队一体化”工作进程。顾伟玉获得 2019 年盐城市中职学校“微团课”大赛评比学生组一等奖，叶红、杨媛媛获得 2020 年亭湖区中学“微团课”大赛教师组一等奖，

丰富多彩的校园生活。左图为首届校园文化艺术节文艺汇演 摄影：李海波；右图为第二届秋季体育运动会开幕式 摄影：邹东

束恬恬获得学生组特等奖。

拓宽成长路径，引领教师高层次发展

2020年11月27日，明达初中面向全市举办“主动发展，高效生成”大型公开教学观摩活动，邀请南通名师来校执教，校内17名骨干教师开设观摩课。这是该校教师队伍建设的缩影。

徐芬认为，教师是学校发展的主体力量和关键所在。教师培养需要平台、需要路径，更需要智慧。明达初中探索出了“集中培训”“专家引领”“学习沙龙”“课堂比武”四大培养路径，开发了“青蓝结对”“名师讲堂”“智慧课堂”“分层教学”四大教育工程，促进了教师快速成长、共同成长、全面提升。全校现有206名专任教师，其中硕士研究生学历2名，在职教育硕士20名，省特级教师1名，高级教师74名，一级教师124名，市学科带头人6名，市教学能手37名，市直学科带头人4名，市直教学能手5名，市教坛新秀8名。

2020年，教师队伍建设再传捷报，以省初中数学特级教师徐芬校长领衔的教师团队，成功入选盐城市“四有”好教师重点培育团队。

学校以课堂研讨为主要着力点，切实提高教师的课堂“实战”能力，加快教师专业化成长步伐。学校每学期开展一次“智慧课堂”教学竞赛，每学年开展一次“明达杯”优质课竞赛，每年开展一次大型对外公开教学，立足课堂，研究教学，发现问题，改进策略。学校注重骨干教师的引领，实施“青蓝结对”工程，师徒共学共进，助推年轻教师更快成长成熟。

近几年来，教师中有41人次在省市级基本功大赛、优质课竞赛中获奖，论文发表和获奖113篇，省、市级课题结题或立项共计17项。其中，唐修虎副校长获得2020年江苏省物理实验创新设计一等奖，商建波、仇荣亚获得省教学基本功大赛一等奖，吕春波获得省“蓝天杯”教学设计一等奖，马赛汉、刘国成、曹腊梅等获得市信息化教学特等奖、一等奖。

该校教科处主任张慧说：“作为教师，就要扎扎实实去教学，认认真真做研究，关爱每位孩子，在成就自我的同时，推动学校高质量发展。”

创塑优学品牌，助推学校高质量发展

明达初中在教育改革的历史转折中，抢抓机遇，瞄准目标，追求高质量发展。“盐城市优秀教育工作者”、2021届初三年级主任沈磊磊说，全体老师必须认清教育发展的新形势，咬定目标，进位争先；提高站位，以德立人；聚焦课堂，全面发展，确保中考取得更佳的成绩。

明达初中人正是凭着这股奋勇向前的拼搏精神，取得了优异的办学业绩。学校先后被授予全国青少年校园足球特色学校、江苏省最具影响力学校、省基础教育前瞻性教学改革实验重大项目先行示范校、省青少年科技活动五星级学校先进集体、省体育教育工作先进学校、省平安校园、省中小学健康促进校金牌学校、省五四红旗团委、省首批“六个一”团建项目示范学校、省优秀中学共青团组织、省中学少先队工作示范学校等荣誉称号。

“作为顺利划转到亭湖教育的新成员，明达初中能在快速发展中主动变革，在新的管理体制下，奋进担当，进位争先，必将在‘优学在亭湖’品牌建设中散发出更加耀眼的光芒。”盐城市亭湖区教育局局长卢瑞祥说。

雄关漫道真如铁，而今迈步从头越。在奋力推进教育高质量发展的征程中，徐芬表示，全体明达初中人将同心同德，同心同向，同心同行，努力践行亭湖教育“奋进担当、强教为民”的宗旨，以办人民满意的教育为根本，不断提升教育教学质量，为“优学在亭湖”品牌建设贡献明达智慧，发挥明达力量。

作者：徐荣、施哨春

学校大门 摄影：施哨春

浙江省慈溪中学

高起点 高站位 高目标

2020年9月8日教师节前夕，慈溪市委书记杨勇（中）、慈溪市教育局局长王建成（左）来慈溪中学慰问，校长高峰（右）汇报有关工作

链接：慈溪中学始建于1956年，现有校园面积208亩，36个教学班级，1700余名学生，教职工179人，其中高级教师85人，正高级教师3名，省特级教师4人，宁波市名师8人。近年来，有多人先后被评为全国模范教师、全国优秀教师、浙江省功勋教师、浙江省师德楷模、浙江省优秀教师等。建校60年来，累计为社会培养了三万名各类人才，2010年至2020年考入北大、清华学生117名。慈溪中学先后被评为省一级重点中学、省特色示范学校、省文明单位、省首批文明学校、省首批绿色学校、省首批依法治校示范校、省首批和谐校园等。

浙江省慈溪中学创办于1956年。60多年来，学校三易其址，办学规模不断扩大，发展势头强劲有力。在长期的办学实践中，逐步形成了“爱国、求真、执着、创新”的校训、“以人为本、合作创新、自主发展”的办学理念以及“培养自主、合作的创新拔尖人才”的学校特色。

在长期的发展历程中，学校形成了“区域领头，省内一流，全国知名”的发展态势，先后被评为宁波市文明单位、浙江省文明单位、省首批文明学校、省首批绿色学校、省首批和谐校园、省师资扶贫优秀学校，成为清华、北大、复旦大学、上海交大、浙江大学等名校的优质生源基地。

慈溪中学的招生对象是慈溪市内顶尖的优秀初中毕业生，旨在为清华、北大、复旦、交大、浙大等国内一流大学输送更多优秀学生，为将来成为高层次的自主合作创新拔尖人才打下坚实基础。近年来，学校狠抓师资队伍建设和教风学风建设，“高起点、高站位、高目标”的教学理念吹响了新时代学校发展的集结号。

学生拔尖素养发展成效显著

打好高水平全面发展的基础，拓宽个性特长发展的渠道，全面提升创新拔尖素养。

高考成绩稳居高位。

近三年，该校被清华、北大录取的学生25人，一段上线率维持在96%左右的高位运行，全省前100名学生人数稳步上升，每年被复旦、上海交大、浙江大学、中国科学技术大学、南京大学等高水平大学录取的学生超过1/3。

学科竞赛屡创佳绩。

近三年，在数学、物理、化学、生物、信息学五大学科竞赛中获得全国一等奖39人次、二等奖89人次，获奖人数和层次在省内同类学校中处于前列。物理竞赛成绩稳步攀升，2019年3人获得全国中学生物理竞赛（浙江赛区）一等奖；信息技术竞赛成绩连年维持高位，9人在全国青少年信息智能创新大赛中获3金3银3铜；语文、英语、地理等学科竞赛也取得优异成绩，2019年5月，黄政同学在国际地球科学奥林匹克竞赛选拔赛中荣获金奖。

体艺特长初露荷角。

学校邀请国家队田径队教练陶剑荣（曾是国家队短跑名将谢震业的教练）指导体育特长生进行日常专业短跑训练，构建专业的训练体系，挖掘每个特长生的隐藏实力。近年来，慈溪中学体育成绩节节攀升，获2019年全国体校U系列田径锦标赛100米第一名，浙江省田径运动会跳远第一名、标枪第一名。

综合素质增添自信。

近年来，学生发展更加全面。2018年，涌现了“全国最美中学生”和“全国优秀共青团员”，校学生会被评为浙江省优秀学生会组织。2018年12月，3名同学参加央视大型益智类节目《极智少年强》，接连战胜河北衡水中学等全国名校，斩获全国亚军，取得节目开播以来浙江省参赛学校的最好成绩。

文化引领充实教育内涵

文化是助推学校发展的无形力量。随着新校园投入使用，校园文化建设成为慈溪中学重要而紧迫的工作任务。为此，学校主要从三个方面推进校园文化建设，打造慈中一流文化品牌。

聚是一团火，散是满天星——校友文化。

慈中办学60多年，培养三万学子。如今，慈中校友遍布世界各地。他们继承了慈溪人的传统美德，也弘扬了远志、躬行、实干、创新的慈中精神，为国家和民族建功立业，成为母校和慈溪人民的

慈溪中学远眺

骄傲。如今的慈溪中学承担着把更多慈溪学子输送到国内外著名高校的历史重任，承载着为未来慈溪经济社会发展提供所需强大人才和智力支撑打下扎实基础的光荣使命。作为慈溪中学的学生，第一课便是学习慈中历史，秉承慈中精神，向杰出校友学习，求真知、练就真本领，干大事、立大德。

学校的发展离不开各地校友的大力支持。2020 年，学校筹备建设的百米校友文化长廊竣工，一甲子的办学历史与辉煌成就、60 年来一届届毕业学子的照片名录都镌刻在长廊之中，希望以此传承勤奋务实的“慈中精神”，弘扬重教兴学的“慈溪文化”。

2019 年，学校举办第七期青春分享会，邀请慈中优秀校友、现任华为技术有限公司无线网络产品线首席营销官周跃峰博士，分享心路历程。周博士作了《逐梦，永远向前》的演讲，鼓励同学们以勤勉的姿态不负韶华，在实现中国梦的生动实践中绘就多彩青春。99 届校友积极组织由博士、教授、主任医师、高级经济师、著名企业高管、成功创业人士、国家公务员等参加的慈溪中学教育、教学工作研讨交流会，共同研讨新时代人才培养方面的理念与做法。

校友文化带动乡贤文化，引来更多在外的慈溪人关心慈溪中学，支持慈中办学。同济大学党委书记方守恩应邀来到慈溪中学，对学校的育人工作进行指导，并对慈中发展给予高度肯定，鼓励同学们树立远大志向，奋斗成就青春。

呦呦鹿鸣，食野之苹——国学文化。

根据中共中央办公厅、国务院办公厅《关于实施中华优秀传统文化传承发展工程的意见》，慈溪中学积极实施中华优秀传统文化进校园工程。依托方太国学馆，举办成人仪式、金秋诗会、班主任培训等活动，让核心思想理念、中华传统美德、中华人文精神牢固地扎根在师生的心灵深处，落实在言行举止上，体现在日常学习和工作要求中。

“诗意赋风雅，金秋颂中华。”读古诗、演古事的金秋诗会也是慈中一大国学传统，旨在引领慈中学子怀古明理，感怀古诗之义，展望未来之情。成人仪式旨在贺成长之乐、感父母之恩、明成人之责。诵《大学》，明儒家之义；戴成人帽正衣冠，晓成人之礼；家长孩子互赠家书，表感恩之情，下奋斗之决心，用青春和奋进铸成大美人生。

博采众长，多方问道——开放文化。

现代化是教育发展永恒的主题，进行现代化改革的目的在于始终走在事业发展的前列。慈溪中学在全省范围内深化与优质高中学校的合作交流，积极开展宁波市九校联盟、C9+1 联盟、北斗星盟、Z20 等教学联盟工作，全方位开展教学研讨、合作活动，取长补短，确保课堂教学水平持续保持在省内领先。

要实现学校现代化就必须面向世界，把培养学生具有国际视野作为教育的一项重要任务。学校获评宁波市第二届千校结好特色学校。每年聘请优质外教，组织师生出国研学、拜访名校、探访名企，开阔学生国际视野，为学生赴国际名牌大学修习本科拓展途径。

积极打造高端学生培养平台

将学校建设成为省内一流、全国知名的现代化高级中学，必须以学科建设为主要推手，培养、造就一支足够数量的教学业务精湛、师德高尚的教师队伍为前提。为此必须筑高学科建设的平台，为教师的高端发展创造更为有利的条件。慈溪中学学科建设的基本思路是：突出高考和竞赛两个重点，以学科活动为载体推进学科建设，学科活动必须邀请省级以上教研部门有关专家进行指导，并积极创造条件，努力建设国字头的学科教研、教师发展平台，并在此指导思想基础上加大师资培训和教师奖励力度。

为保证竞赛质量，学校积极对接高等院校、科研院所、竞赛强校，寻求专业指导。学校专程拜望中国工程院院士、清华大学计算机科学与技术系教授郑纬民教授，达成支持慈溪中学信息竞赛的意向，并形成明确方案；邀请北京大学信息技术学院副教授、浙江招生组长陆俊林，到慈溪中学指导信息技术竞赛小学、初中、高中一体化培养模式；与中山大学计算机学院建立战略合作关系，聘请林翰博士为慈溪中学信息技术竞赛兼职教练。在数学、物理等学科方面，聘请北京、上海、湖北等地的竞赛教练助力慈溪中学的学科竞赛。同时，加大本校竞赛教师的培养力度，增加教师培训的经费投入和时间投入，提高竞赛辅导教师的奖励力度，要求每个新入职教师将竞赛辅导作为自我修习必修课。

随着核心素养理念在课改中的不断深入，新的课程标准、新教材也开始实施。高考改革的进一步深入紧逼课堂教学不断调整，只有积极主动、站得高看得远，方能抓住发展的机遇，化挑战为发展。为此，学校积极承办高端学术活动，为教师发展寻求更多契机。如 2019 年生物学科核心概念单元教学研讨会、浙江省语文学科优质课评比活动在慈中进行。对接省教研专家、高考命题专家，邀请他们对青年教师进行课堂教学和命题指导，以快速提升学科建设水平和教师发展水平。欧阳凯老师在 2019 年浙江省语文优质课评比活动中开设展示课，戎杰老师在 2019 年浙江省高中物理年会中开设展示课，均获广泛好评。一年一度的课堂教学展示活动，各个学科均由省教研员进行点评、主持交流、开设讲座。

长期以来，慈溪中学始终遵循教育规律和学生成长规律，积极顺应教育发展趋势，探索新模式，寻求新发展。今后，慈溪中学将进一步明确“高起点、高站位、高目标”的办学定位，构建以课堂为核心的校本教研新模式，搭建以教师发展为核心的对外交流新平台，建设并完善以培养拔尖、领军人才为指导思想的校本课程新体系，全面培养高层次创新拔尖人才，辅之以学校三大文化教育，倍增“精气神”，争先树品牌，努力打造“高质量、有特色、示范性”的百年名校，真正把慈溪中学建设成为“办学思想先进、师资力量雄厚、管理机制科学、校园文化高雅”的全省一流、并在全国有较高知名度的现代化高级中学。

浙江省金华市艾青中学

不忘初心　努力奋进

链接：艾青中学始建于 1951 年春，占地 228 亩，建筑面积 7 万平方米，拥有一流的硬件设施，融自然环境和人文精神为一体，是金华市直属的一所省一级重点中学。2018 年 12 月被确定为浙江省首批中小学校党组织领导下的校长负责制试点单位，是金华市唯一一所高中阶段试点学校。近年来荣获：全国中小学和谐校园先进学校、全国青少年校园足球特色学校、第二十一届全国青少年“五好小公民”主题教育活动示范学校，浙江省文明单位、浙江省文明学校、省中美“千校携手”示范校（首批项目学校）、省综合治理先进单位、省三育人先进集体，连续 3 年被金华市委组织部评为“五星基层党组织”。学校足球场是 2022 年第 19 届亚运会足球比赛训练专用场馆。

自 2018 年以来，浙江省金华市艾青中学接二连三地收获了金

艾青中学最美教师颁奖典礼　摄影：王志刚

艾青中学组织全校师生毅行　摄影：王志刚

华市级荣誉：2018—2020年五星基层党组织，市清廉学校示范校，市优秀党建品牌，“五心”党委获市星级党委称号，市先进基层党组织，市创建第六届全国文明城市工作表彰集体，市教育局直属单位2019年、2020年度工作综合考核优秀单位；获得的省级荣誉也不少：省三育人先进集体、省文明单位；教育部则把金光灿灿的“全国中小学和谐校园先进学校”称号授予艾青中学，《党组织领导下校长负责制工作探究与实践》获省规划课题立项，党委书记陈章弟被评为浙江省担当作为好支书。

学校——试点试出新气象

艾青中学近几年来每年上一个台阶，发展势头强劲，金华市民有目共睹。2018年10月，艾青中学成为金华市浙江省首批三所党组织领导下校长负责制试点学校之一，也是金华市唯一一所高中试点学校。两年多来，通过探索和完善新的管理体制，建设科学规范的制度，制订了《艾青中学党组织领导下的校长负责制试点工作方案》，并得到省厅的核准，按试点工作方案运行，进一步完善依法治校的机制。学校建立了党委决策、校长负责、校监会与工会小组民主监督的管理体制。

2019年7月，学校党组织升格为党委，选举产生新一届委员会和中共艾青中学第一届纪检委，随后又完成支部改选，将支部建在学科组上，保证党对学校工作的全面领导。

“德育是抓手。”系列“晒拼创”活动开展得有声有色，“最美教师”“优秀班主任”等评比让老师们业务快速提升，在争先进位中找差距，在对标比拼中强根基。

怎样做有形的德育、如何让老师和学生从中受益？艾青中学首推了主题教育，比如创建全国卫生文明城市、新冠疫情防控等。学生老师执勤积极热情高，因为，他们思想发动做得到位，还每日都拍摄执勤照片，让认真创建的师生笑脸及时发布在校园网上，赋能悦纳，进入了快乐比拼的状态。“多些正面的引领，大家都很开心。”书记陈章弟说。光盘行动也是如此，不仅有引导，还有奖励，光盘次数多的，可以到食堂兑换奖品，学生参与的积极性自然就高了。疫情防控除常规措施外，艾青中学请来曾经援鄂的校友来讲座，学生对学长的经历和故事都很听得进去。

“责任教育重在行动。”在陈章弟书记看来，学生在做事过程中得到的锻炼和教育比口头讲讲更有效，艾青中学学生一到节假日就去当志愿者，传统节日都会组织活动，周末还与父母一起线上上青年大学，学法制，听心理讲座。每次家长会，学校都会邀请几位家庭教育的专家做讲座，引领家长孩子共同成长。积极组织高一阶段各行业的杰出家长给学生当职业导师，让学生了解社会、找到目标、提前规划……艾青中学的创文做得实实在在，收获满满，三年创文，有两年被列为国测点位学校，为金华文明城市的创建作出了应有的贡献。

艾青中学的老师中有近一半是党员，他们就设了党员辅导岗，不但免费为学业困难的学生辅导功课，也跟他们谈心聊思想。后来，很多非党员老师也积极加入，成了一个温暖的地方。学校放假，家长不能进学校，学生行李多，党员志愿者、青年教师志愿者不约而同当起了搬运工，帮学生一趟趟地搬行李，校园里充满欢声笑语。

2020年，艾青中学师生共同投入新课程改革，线上教学紧锣密鼓，家校携手到点到位，战疫复学“五育并举”喜获丰收，高考成绩再创新高：高三考生515人，一段上线243人，二段上线493人。学校男子足球队在浙江省第十一届中小学校园足球联赛获男子甲组总决赛获亚军，体艺类高考成绩喜人，参加考试学生35人，一段上线30人。中美班学生全部考上全美排名前100的学校。

书记——党委班子要带好头

艾青中学党委共7个委员，个个都是在学校中成长起来的，从普通老师走到领导岗位的。党委书记陈章弟，在艾青中学从教30年，从一个化学实验员到现在的学校党委书记；党委副书记、校长潘德明，高中三年就在艾青中学就读，工作后一直在艾青中学任教，从一名普通老师成长为现在的校长。其他的党委班子成员也都是多年在学校工作，大家都因为热爱这个学校而紧紧地团结在一起，为学校努力奋斗，他们的初心实实在在：“就是想着如何干好该干的事，当实验员时想着让学生每个实验有收获，当老师就想讲好每堂课，当班主任就要让每个孩子有出路，当书记、校长就想让艾青中学成为师生们实现梦想的地方。”在接到省试点工作任务后，书记陈章弟带着党委领导班子结合校情，凝心聚力，研讨制订了试点工作方案等一系列制度，并对学校机构设置开展改革，在摸索探究中克服困难和压力，稳步推进试点工作，确保了党组织把方向、管大局、作决策、抓班子、带队伍、保落实的领导作用。

学校党组织创建“五心”党委，践行党委建设，永葆党性，得到上级领导的高度赞赏，学校全体党员、教职工在学校党委的带领下，爱生、爱校、爱国、勇挑育人使命，诠释了“对党忠心、对党的教育事业热心、对学生充满爱心、对岗位工作专心、对自己廉洁清心”，“五心”党委获市星级党委称号。

“何为上？师生至上！”闻悉有学生腿部患病，上蹲厕不便，学校立即整改出一个坐便厕所；巡查宿舍时发现女生洗头后吹风不方便，马上吩咐后勤添加插座和吹风机。

学校党委非常重视学校师资队伍建设，对优秀教师总是如数家珍，采访时，记者问起艾青中学教师队伍情况，书记陈章弟对学校老师的各种情况、各种进步津津乐道：何钰泱老师善解人意，最擅长激励学生，从早到晚跟班，班风正学风好；傅向荣老师管理班级有方法，学生积极性特高；施海治老师从教32年，每一届毕业生都成绩斐然，是艾青中学的常青树；潘文亚老师腰椎间盘突出起不了床的时候还担心着三周后高考的学生，贴上膏药、扎上绷带回到学生身边；最美教师郑挚特别善于钻研，多次获省市教学评比一等奖，多篇论文获奖及发表，辅导学生竞赛，一届就有30余名学生获奥赛省、市级奖项；毛丽丽老师的微笑里有耐心、细心、恒心、爱心，擅长与家长沟通，带的国际部中美班学生对她个个都满意。

校友——援鄂归来真英雄

“大家好，我是金华中心医院呼吸内科二区的护士，叫丁筱好，是金华市首批援鄂医护人员，与大家分享援鄂的58个日日夜夜……”艾青中学校友丁筱好，去年1月25日，正月初一出发武汉。在武汉，要身着13层的防护装备，佩戴外科口罩+N95口罩、面屏+护目镜，丁筱好自称“洋葱宝宝”，半走半“滚”，每做一个简单的动作都比平时笨拙数倍。长时间穿着防护服，高强度的工作和紧绷的精神状态，让她经常出现中暑的症状，恶心难当，但她都一次又一次硬着头皮不让自己吐出来。

陈秀华，艾青中学校友、浙江省第三批援助武汉医疗队成员、金华市中医医院肺病科副主任。去年2月9日，在儿子生日的当天出征武汉。为了能在数量众多的患者中识别出危重症患者，他运用多年在呼吸科及急诊科锻炼出来的危重病识别能力，并结合新冠肺炎患者的疾病特点，总结出一套行之有效的病情鉴定方法。他连续工作49天，带领院队累计接诊、管理新冠肺炎患者1282人，累计治愈出院1067人，检测核酸标本2680人次、肺CT检查2200余人次，完成咽拭子采样1500余人次、采血1200人次，组织方舱医院疫情防控培训25场，他所在的院队荣获了“全国卫生健康系统新冠肺炎疫情防控工作先进集体”称号。在武汉时，他开心地期待着回家时刻的到来：“我要回家给儿子补过一个生日。”

他们说，从母校感受的温暖，从母校学会的担当，在母校学会的专注、根植了爱与责任，让他们做什么事都感到有力量。

浙江师范大学附属上虞初级中学

让生命之花更灿烂

“爱满天下”校训石　摄影：陈斌

链接：浙江师范大学附属上虞初级中学，现有1100余名学生，教工113人，其中高级教师占比50%，中级教师占比44%，有浙派名师培养对象2名，绍兴市名师1人，绍兴市学科带头人2名，上虞区名优骨干教师约40名。学校曾获教育部国防教育特色学校、教育部网络学习空间普及优秀学校、浙江省示范初中、浙江省标准化学校、浙江省绿色学校、浙江省体育特色学校、浙江省阳光体育后备人才基地、绍兴市数字校园示范建设学校、绍兴市教科研基地学校、绍兴市文明校园、绍兴市现代化学校等荣誉。学校传承原有“厚德载物、敬业乐群”的校训，紧跟新时代进一步提炼办学核心思想，并以人民教育家陶行知先生的“爱满天下”为校训，旨在以“爱”承袭校史，以“爱”奠基未来，以“爱”滋养师生，彰显学校以培养“致远有爱”学生为己任，坚定为党育人、为国育才的办学信心和决心。近年来，学校综合办学实力得以提升，2017年被列入浙江省数字教育资源建设与应用基地学校，2018年被列入浙江省教师发展示范学校建设学校，2018年申报成为北京师范大学牵头的生命教育实验学校，2018年申报成为全国阳光体育设备创新和发展实验学校，2019年申报成为浙江省智慧教育联盟实验学校，2019年被列入浙江省网络学习千校结对学校。

“生命教育”的两层目标：

初级目标：让学生懂得“何以为生”，使其认识生命、欣赏生命、尊重生命、爱惜生命，学习内容主要为“生命的孕育与成长”“生命的健康与安全”。

终极目标：强调生命教育的发展性，让学生理解“为何而生”，使其理解生命的意义，提升生命的涵养，体验生命的价值，成为社会有用之人和幸福之人，学习内容主要为“生命的责任与价值”。

“生命教育”缘起

浙师大上虞附中地处城北新区，主要生源为原城郊村和新进城区居民家庭的子女。由于城市框架扩展、周边自然村拆迁等原因，学生家庭情况较为复杂。加之初中学生从认知特性上讲，即使是同一年龄段，他们的心理年龄和自我认知能力也是高下不一。这都给学校教育带来了不少新课题。

如何确立贴近又有效的德育载体，引导学生健康、快乐、全面成长？学校启动探索“基于绿色理念的学校生态德育模式构建”，组织部分德育骨干开展了课题研究。经过一段时间探索实践，课题组成员体会到：学校德育需要贴近学生实情，需要践行可持续发展的德育观，需要引领每位学生培育起尊重生命、尊重他人、尊重自然的价值观。

在集思广益基础上，学校于2016年始提出“生命教育”理念，凸显“人本至上”理念，并将之逐步纳入整个德育体系中。自此，学校进一步强化学生生命安全意识，根据《中学生守则》和《中学生日常行为规范（修订）》的要求，加强日常管理，渗透生命教育主题，引导学生从身边小事做起养成良好的行为习惯；创设教育氛围，采取广播宣传、讲故事、做游戏、知识竞赛、文艺演出、辩论会等形式，充分调动学生参与的积极性、主动性、创造性。

“在探索‘生命教育’中，我们拟设两个层级的目标：第一层级是初级目标：让学生懂得‘何以为生’，使其认识生命、欣赏生命、尊重生命、爱惜生命，学习内容主要为‘生命的孕育与成长’‘生命的健康与安全’；第二层级是终极目标：强调生命教育的发展性，让学生理解‘为何而生’，使其理解生命的意义，提升生命的涵养，体验生命的价值，成为社会有用之人和幸福之人，学习内容主要为‘生命的责任与价值’。”校领导对记者如此介绍。

多措并举，打造特色德育品牌

“生命从哪里来？

人为什么活着？

我们该怎样生活，才能使生命之花开放得更加鲜艳？

让我们不断探求，去把握生命的真谛。

让我们共同努力，去增添生命的色彩。

让我们一起携手，去享受丰盈而灿烂的生命！”

学校生命教育工作剪影：左图为校长陈斐在全国 70 节生命教育好课活动中展示本校生命教育成果　摄影：董辉；右上图为新生军训活动　摄影：陈斌；右下图为舞动青春　摄影：陈斌

……

翻开浙师大上虞附中《生命教育》校本教材，“前言”很吸引人眼球；教材“目录”下，分别设置了生理基础、安全需要、社会情感、自我尊重、自我实现、社会实践等章节，感觉编排有序、内容丰富、可操作性强。

据悉，学校精心设计生命教育校本课程，一学年为一主题，七年级为“生命的孕育与成长”，八年级为“生命的健康与安全”，九年级为“生命的责任与价值”；围绕主题，每学年设计多个课时作为生命教育课进行活动、体验和分享，并辅以其他一些学科渗透课程以及社会综合实践活动、班团队活动等方式进行，从而确保了教育效果。

这是该校在开展“生命教育”课程中的新探索。

如何打造“生命教育”品牌，达成立德树人目标？学校多措并举，通过文化教化、环境感化、过程内化等基本途径，建构生态德育模式，引领学生获得符合德行发展和自身生长需要的情感品质、思想道德和行为习惯，进而实现身心的健康和谐全面发展。

——*注重规划设计*。组织专门力量，开展“生命教育”规划和阶段性目标制定，同时构筑生态德育理论体系、目标体系、策略体系、评价体系；组织人力编写《生命教育》校本教材，确保生命教育进课表；开展课题研究，已有多篇论文获市区一等奖。

——*加强团队建设*。学校构建起生命教育阶梯团队，由校领导担纲、德育副校长具体分管、政教处策划、班主任落实、任课教师主题教学、所有学科渗透教育，自上而下，分层细化，确保生命教育落在实处；对教师团队进行培训，促进教师树立以人为本、尊重生命的教育理念；加强对班主任和任课教师生命教育观念培训，开展各年级班主任例会、学科交流会，尝试采用班主任工作差异性评价机制，提高班主任工作积极性等。

——*巩固课堂教育主阵地*。充分发挥课堂教学主渠道作用，在生命教育课中，有重点、有系统地安排相关内容；精心选聘生命健康教育专（兼）任教师，通过课堂教学使学生全面了解生命安全的重要性；语文、数学、英语、科学、社会、思政、艺术、体育等其他课程根据本学科特点，进行生命教育的渗透和强化。

——*组织特色活动*。围绕生命教育主题，精心创设并开展社会主义核心价值观教育、《大禹纪念歌》传唱、“弘扬长征精神，争做红军传人”主题队日活动、《我心中的抗日英雄》故事会、“向国旗敬礼，圆我中国梦”等活动，激励学生锻造核心价值观；组织“励志远足·助我成长”踏青、“放飞理想、拥抱春天”风筝节、“经典与我相伴，家风引领成长”读书活动、“上虞话讲文明，我用方言庆六一”故事比赛等，培养学生爱国爱乡爱自然等良好情感；定期组织礼仪之星信诚之星励德之星评比、绿色班级评比、“美德少年”评比等活动，创树身边典型，带动同学共同进步。

——*延伸教育网络*。发挥学校、家庭、社会的生态德育网络的优势，对青少年进行全面渗透和熏陶；全面启动家长学校教育工程，使家庭教育与学校教育相结合，取得广大家长的支持与配合，提高家长生命教育的意识和水平。

通过系列教育教学活动，学校“生命教育”品牌特色日显，学校已跻身全国生命教育实验学校行列，荣获全国级零犯罪学校、全国国防教育特色学校、浙江省示范初中、浙江省标准化学校、绍兴市消防安全教育示范学校、区级文明交通示范学校、5A 级平安示范校园等荣誉。

华中师范大学福建省厦门海沧附属中学

逆袭之路

2021 年 5 月 8 日，福建省厦门市海沧区刚刚因为大力培育发展战略性新兴产业被国务院通报表扬，将享受国家政策、资金等系列奖励支持。拥有信息产业园、生物医药港、电商产业园等诸多产业的海沧新城临港片区，由此迎来发展新机。

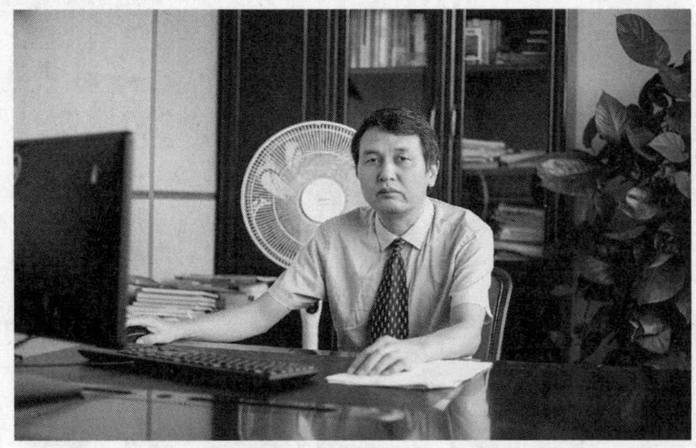

华中师范大学厦门海沧附属中学校长叶甲友

新城发展，教育先行。特别是华师海沧附中、附小所处的临港片区，未来将成为海沧高新技术产业区、高端人才聚集区。在此背景下，临港片区的教育资源更受关注。

过去五年多，海沧区通过高位嫁接，引进华中师范大学合作办学，在片区内打造了华师海沧附中、华师海沧附小两所品牌学校。这两所学校以惊人的速度在短短几年间创造了奇迹，实现了黑马逆袭。

海沧教育质量稳步提升，学区化办学成效凸显

有必要先来说说海沧教育这些年的发展。近年来，越来越多的人选择在海沧买房居住，其中的原因，除了优越的人居环境、蓬勃的产业发展之外，也与海沧成熟优质的教育资源和稳步提升的教学质量备受认可有关。

2019 年，海沧区被省教育督导委员会正式认定为福建省"教育强区"。同年中考，海沧区中考均分超过全市均分。义务教育均衡发展，优质资源不断扩大，教育质量稳步提升，海沧区教育已经呈现蓬勃发展态势。

成绩的获得，得益于海沧区委、区政府对教育的重视，坚持引进优质教育资源合作办学；当然，也与海沧区对一流师资的引进和教育人才的自主培养有关。海沧教育积极引进本地名校厦门一中、双十、外国语的落地，高位嫁接教育部直属"师范巨头"北师大、华中师大等国内优质资源，有效提升了教育质量。得益于海沧区推进"学区化办学"，这些名校还可以用优势的教育资源带动片区内的其他学校，以解决不同区域教育发展的不均衡问题。

经过多年发展，沿海沧湾的南部生活区已经成为岛外新城标杆。作为海沧新城的延伸，临港片区近年来获得的关注度持续攀升，片区也迎来了新一轮的发展契机。"办好一个学校，盘活一个新城"，正是海沧新城临港片区高规格嫁接华中师范大学优质教育资源的初衷。"随着众多重磅企业的进驻，高技术人才的随迁子女也陆续到来，这也要求临港片区必须有一个与之相匹配的好学校。"华中师大附小校长何国强告诉记者。

华中师大合作办学"三高"模式，引领基础教育改革与发展

2015 年 5 月，华中师范大学与海沧区人民政府签订合作办学协议，决定从当年 9 月开始，合作举办华师海沧附中、华师海沧附小。2016 年 12 月，叶甲友受华中师大委派，只身一人从湖北老家来到海沧，担任华师海沧附中校长。叶甲友毕业于华中师大，曾担任过湖北黄石七中校长、三中校长。

作为教育部直属的六大师范院校、全国"双一流"的高校，华中师范大学历史悠久，其前身之一的文华书院始创于 1871 年，迄今办学历史长达 150 年。2012 年，华中师范大学成立基础教育合作办学部，立足武汉，辐射全国，依托雄厚的教育资源和成熟的办学经验，在全国各地积极探索合作办学模式，全面覆盖学前教育、小学、中学全龄教育层。数据显示，目前，华中师大合作办学区域遍及湖北、广东、江苏、福建、四川等约 10 余个省区，已开办学校约 50 所。其中，华中师大龙岗附校、华中师大珠海附校等多所合作校，均是当地首屈一指的顶尖名校。

"海沧是改革开放的产物，其发展方式就是高起点定位的高速发展。"华师海沧附中校长叶甲友说，他理解的海沧文化就是发挥后发优势，后来居上，敢于超越，追求卓越。海沧教育，合作办学是其最大特点，这种发展模式体现为"三高"，即高起点定位、高位嫁接、高品质发展。这也是海沧教育实现弯道超越、跨越发展的奥秘所在。

在叶甲友看来，合作的目的是通过引入优质教育资源提升海沧教育品质，并引领区域教育的优质均衡发展，建设区域性名校。华师海沧附中、附小作为师范大学的附属学校，无疑要传承华师理念，并贯穿于办学的全过程。而且，随着学校所处的临港新城的发展，特别是高科技工业园的建设，学校要努力建成与区域经济社会发展相适应的区域性名校，应该体现基础性和引领性。

叶甲友认为："作为师范大学与地方政府举办的合办校，我们既要服务于地方基础教育的发展，又要追求教育的高品质发展。那么我们的办学理念既要立足于学校实际，又要把追求卓越作为我们根本的价值追求。"

办学六年，华中师大海沧附属中学和小学实现华丽蜕变

经过几年合作办学，华师海沧附中、华师海沧附小两校均实现了华丽转身。2020 年 11 月，华中师范大学基础教育合作办学创新

左图为庆祝建党 100 周年悦读节朗诵比赛；右上图为李璟璜老师智慧课堂；右下图为学校英语知识竞赛

发展论坛暨2020年基础教育合作办学工作会在华师海沧附中举行。之所以选择在海沧举行，与两校的发展变化有关。一定程度上，可以说是两校实力得到肯定的一个佐证。

华中师大海沧附小校长何国强说，合作办学将近六年了，华师海沧附小的发展可以归结为三句话，即“学生争着来”“老师愿意回”“学区共成长”。合作办学前，学校有14个教学班，539名学生30名教师；到2020年9月，学校已有38个教学班，1821名学生，教职员工106人。办学规模的迅速扩大，既是因为海沧区人口快速增长，也有学校办学质量提升增加了吸引力的原因。如今，该校新生入学和插班生都是由海沧区教育局统一组织摇号派位。学校获得了长足的发展，在各级各类赛事中频频获奖。最近，该校就有三大喜讯。在海沧区“鹭岛花朵”舞蹈比赛中，该校获得全区第一名。在海沧区小学语文试卷编制说题比赛中，该校2名老师参加，分别获得一等奖第一名，一等奖第二名。在第二十二届福建省学生信息素养提升实践活动区级比赛中，全区7个一等奖，该校就占了2个。

附小的成绩有目共睹，附中的进步更是十分抢眼。合作办学以来，华师海沧附中教育质量综合排名提升30名，成为海沧区乃至厦门市进步最快的学校之一；学校体制机制创新、课堂教学改革、青年教师成长、体育传统项目建设等办学特色初现，受到各方关注。从2015年到2020年，华师海沧附中中考总分大幅增长。更加让人欣喜的是，该校毕业生进入高中校后，自主管理能力、自主学习能力强，发展后劲足，表现很突出。

作者：厦门日报赛豫龙

供图：华中师范大学福建省厦门海沧附属中学

江西省丰城市第四中学

打造艺教新高地　培育自信自强好少年

丰城市第四中学校长章广华

链接： 丰城市第四中学2016年被江西省教育厅遴选为“江西省第二批普通高中特色发展试验学校”，2019年被评为“江西省美育实践基地”和“江西省艺术教育特色学校”。现任校长章广华，系江西省第三期名校长高研班学员，曾多次被评为丰城市优秀教师、丰城市优秀党务工作者、丰城市优秀共产党员、丰城市优秀德育工作者、宜春市优秀教育工作者，宜春市优秀后备人才。撰写的论文《关注教师群体，加强教育教学管理》获全国教育教学优秀论文大赛暨教育科研成果评比一等奖，主持省级课题《活动性班会》及省级龙头课题《教育扶贫之学生自强自立教育模块探究》，主持“十三五”国家科研规划重点课题《学校美育与人生发展的实验研究》子课题《中学音乐、美术、舞蹈、传媒、书法等艺术课程改革的理论与实践研究》获得国家课题科研成果一等奖。

“扶贫先扶志，扶贫必扶智。让贫困地区的孩子们接受良好教育，是扶贫开发的重要任务，也是阻断贫困代际传递的重要途径”，为学校做好教育精准扶贫工作指明了方向，提供了遵循。

江西省丰城市第四中学作为城乡接合部的矿区学校，学生一半是矿工子弟、一半是农村子弟。“留守儿童”及家庭经济困难学生情况比较突出，学校历来非常重视，尤其自“教育扶贫”成为国策以来，学校在发挥教育扶贫的基础性、先导性、根本性上，做出了一系列有益探索。

用该校章广华校长的话说，教育扶贫任务仍然艰巨，在打好打赢这场硬仗中，我们将进一步改革创新、真抓实干，描绘丰城四中教育扶贫的新篇章。

丰城市第四中学始创于1960年，前身为丰城矿务部门子弟学校，1988年被评为宜春市重点中学，1998年被评为国家煤炭工业部门标准化学校。学校教育成果辉煌，恢复高考以来被北大、清华、复旦、浙大等名校录取了许多学生，曾是宜春教育系统的一面旗帜。学校20世纪90年代高考成绩曾连续夺得丰城市理科“五连冠”。多年来，学校以“同体成长，共构幸福”为办学理念，致力于师生的共同成长，共同提升，是丰城市教学质量先进单位、教研工作先进单位，有着良好的教学改革与研究基础。

扶贫先扶智，自强少年在行动

近年来，丰城四中积极响应党的号召，开展教育扶贫工作。俗话说“治贫先治愚，扶贫先扶智”，教育扶贫是治本之策，是扶贫很有效的方式之一，但是教育扶贫具体怎么做，也有一个精准施策的问题。从学生个体角度看，留守儿童、家庭经济困难学生等更缺什么，更需要什么，更难获得的又是什么？根据丰城四中教师的调研和观察发现，这些孩子缺乏的是学习的动力和远大的理想抱负，这是他们所处的环境及眼界所限造成的。如何帮助这些孩子走出困境，发挥自身潜能，走向更广阔的人生舞台？丰城四中开展了《教育扶贫之学生自强自立教育模块研究》，以60名符合条件的学生（建档立卡学生、留守儿童、特殊家庭学生，在校表现有一定代表性学生）为核心对象，以“自强少年在行动”作为活动主要内容，围绕中国学生发展核心素养，以社会主义核心价值观为导向，以励志教育（启志、磨志、明志）为抓手，结合身心健康、学习生活、人际交往、社会实践、艺术素养、生命态度等课程体系，创新性地按照军队建制分班排开展学生小组活动，用“军衔晋升制”激励和培养学生自强自立精神。

自2018年“自强少年在行动”活动开展以来，已历时一年多，60名自强少年在导师团的带领下，参与了丰富多彩的各项活动。例如，诵读活动：诵读文学经典作品至少5篇，如谭嗣同的《少年中国说》、孟子的《生于忧患死于安乐》、文天祥的《过零丁洋》、王湾的《次北固山下》、北朝民歌《木兰诗》等。唱歌活动：军训期间学会演唱军歌，如《打靶归来》《我是一个兵》《战友战友亲如兄弟》等；

爱国主义、励志歌曲至少5首，如《学习雷锋好榜样》《中国少年先锋队队歌》《阳光总在风雨后》《我的未来不是梦》《飞得更高》《明天会更好》等。读书活动：寒假读励志书籍至少1本，阅读书目《不抱怨的人生》《将来的你，一定会感谢现在拼命的自己》。观看电影活动：看励志电影3至5部，如《厉害了我的国》。写作及讲故事活动：能写1篇读后感或能讲书中1至2个小故事。走入名校名企：如到南昌大学参观，到东鹏陶瓷参观体验等。学生们在活动中收获成长，变得更加自强自立，在身心健康、学习生活、行为习惯、生命态度等方面都有长足进步！

美丽校园　摄影：潘浪峰

“自强少年活动开展以来，围绕着如何让我们成长进步，学校开设了一系列自强自立的教育课程，我们曾经多少次热血沸腾、齐声诵读梁启超先生的《少年中国说》：‘少年智／则国智，少年富／则国富；少年强／则国强，少年独立／则国独立；少年自由／则国自由；少年进步／则国进步；少年胜于欧洲，则国／胜于欧洲；少年雄于地球，则国／雄于地球！’军事体能课程的磨炼、文学艺术课程的熏陶、生活自理课程的锻炼、社会实践课程的拓展，队友的陪伴、导师的教诲、社会的关爱，让我们这一群留守儿童、这一群懵懂少年开始明白了：在这改革发展的新时代，自爱自强自立精神的可贵！”这一番掷地有声之语来自该校二排一班费雅静同学。“自强少年在行动”给了她和她的同学们一个焕然新生的机会，一个磨炼己身、提升自我的平台，她说，她的理想是——自己将来能成为一个自尊自爱自强自立的人！我们坚信这个理想定然能实现！

打造艺术教育特色，实现个性多元发展

丰城四中的发展史是一部改革求变的拼搏史。创办59年以来，学校的发展也并非一帆风顺，2008年金融危机以来，学校因城镇化建设大潮和煤炭企业不景气等影响，大量优质生源向矿区外流失，丰城四中办学日显艰难，生源素质越来越不理想。如何求得生存发展再创辉煌，是摆在学校决策层面前的一个重大课题。学校经过数年的探索，植根于丰城矿区企业文化艺术沃土，紧跟国家深化考试招生制度改革文件中关于“综合素质评价”的要求，以提高学生艺术素养为抓手，文化高考和艺术高考“两条腿走路”，逐步形成“艺术教育”办学特色。2016年12月，学校以艺术教育为特色发展方向入选全省第二批普通高中特色发展试验学校。如何办好艺术教育？经全校上下研究决定，通过倾力打造“艺术+”课程体系，实现多元化特色发展。

一是课程体系改革。在课程设置上：首先，整理开发初高中衔接的艺术教育课程，开设入门课程、普及课程、欣赏课程、活动课程、专业课程和预科课程等层次、阶段性的课程，从培养学生的艺术兴趣爱好着手，逐级引领学生探寻艺术的魅力。其次，根据江西省深化考试招生制度改革实施方案及相关配套政策，对国家必修、选修课程进行分级、分类整合。包括高考必考的学科，也包括体育、艺术、技术等课程。最后，开发职业体验和大学先修课程。

在课程内容上：坚持按照国家新课程方案的要求，把音乐、美术课作为艺术教育的主渠道，实现艺术教育课程化，固定课时，排入课表，有规定的自成系统的教学内容，并要求音乐、美术课开足开全，不挤不让，严格按课程规定传授知识、训练技能。同时根据学校与学生的实际情况，开展独具特色的校本艺术选修课，音乐类规划开设好声乐、钢琴、视唱练耳、音乐欣赏课；美术类规划开设好素描、速写、色彩和美术欣赏以及硬笔、毛笔书法课；传媒类规划开设好播音与主持、编导、摄影课。

二是教学模式改革。班级模式：探索实验班+平行班+艺术特长班的分班模式，同时进一步探索“学科分层走班”、音美分科走班等教学模式。学生可以根据自己的能力、兴趣等选择不同的班级就读。

学习方式：学生的学习方式分为三类，一是在分层走班基础之上的面向全班学生的集中授课，二是学生自主学习，三是教师面向部分学生的小团队辅导。学生可以根据自己的学习规划和能力程度选择学习方式。

学习时间：逐步调整为“统一课时+自主课时”的模式，即在统一课时中，丰城市第四中学教师面对所有的学生授课。在自主课时中，学生根据自己的需要选择相应的教师学习。同时，学生还可以根据自己的学习规划，在初二、初三和高一年级自主选择所要学习的艺术课程。

三是校本特色课程建设。校本课程：建设“艺术+”专题系列校本课程，并配以教材。其中，有全体学生限定选修的“艺术+”综合概述内容；还有“艺术+”其他学科（艺术+语文、政治、历史、地理、物理、化学、体育）的若干选修内容，供学生根据自身兴趣爱好特长进行选择。

实践课程：一是以校园环境为中心，向外延伸到社区、其他学校，开展艺术教育交流活动；二是引进高校、校外专业力量，丰富学校艺术课程，提升学生艺术鉴赏能力。

此外，为营造浓郁的艺术氛围，丰城四中积极鼓励学生加入艺术社团，参与艺术节等主题活动，在活动中体验成长。如今，学校共有合唱团、管乐队、舞蹈队、演绎社、播音主持社、书法协会、摄影协会、绘画创意社等十多个学生艺术类社团。每周规划两个课时为学生社团活动时间，每月按计划开展一次社团展示日活动，每学期开设一次艺术活动周，继续开展好每学年一次的“校园文化艺术节”及每年一次的元旦文艺汇演。创造条件举办或让学生参与校内外各类文艺比赛和演出活动，为学生搭建多样的艺术展示空间与平台。如今，丰城四中艺术教育成果突出。

在教育工作中，学校深刻体会到：个体的人生成就和幸福与其家国情怀的浓厚程度高度正比；在多样化特色办学中，不论走哪条特色之路，红色必须是基色。无论是“自强少年在行动”，还是艺术特色教育，我们看到的是丰城四中人不懈奋斗、孜孜以求的精神面貌，是迎难而上、敢于突破的气魄。相信在章广华校长的带领下，丰城四中的办学成绩必然能迈上新台阶，续写新的辉煌篇章！

作者：章广华、潘浪峰

江西省湖口县第二中学

亮丽的成绩单

湖口县第二中学班子成员朗诵《红船从这里起航》　摄影：周晓峰

链接：湖口二中系江西省重点中学。近年来，学校先后荣获“全国教育系统先进集体”“全国创先争优先进基层党组织”“全国青少年校园足球特色学校”“江西省文明单位”“江西省教育系统提升质量年活动先进单位”“江西省现代教育技术示范学校”“江西省廉政文化建设示范点”“江西省绿化模范单位”“九江市文明校园”“九江市中小学德育工作先进单位”等数十项国家、省市级荣誉。

创大业千秋鼎盛，展宏图再铸辉煌。在湖口县委、县政府坚强领导和县教育局直接指导下，2019年，江西省湖口县第二中学（以下简称湖口县二中）以“办人民满意教育”为宗旨，秉持“依法治校、以德理校、科研强校、文化兴校”的办学思想，大力贯彻“一二三四”工作思路，全面推进素质教育，不断迈开内涵发展新步伐，逐步提升教育教学质量和人民群众的满意度，学校各项工作取得令人欣喜的成绩。

被评为“全市重点中学高中教学质量管理单项优胜单位”

2019年12月6日，2019年全市教育教学管理工作会议召开。会上，湖口县二中以2019年高考“特优段生源录取‘985学校’”全市排名第四、“低进高出”成绩显著等突出业绩，被评为“全市重点中学高中教学质量管理单项优胜单位”。这也是该校在九江市高中教学质量管理评价机制改革后连续第二年获此殊荣。

2019届高考，全县600分以上共10人，湖口县二中占4人。其中，付彬彬、李子麟同学当年中考6A，本次高考分别以630、629分的显著成绩，进入湖口县理科前三名。柳钢、刘铭均以609分的出色成绩，跻身全县理科前十名的行列。文科全县前十名中，该校占半壁江山。陈集满、徐灿文、周子豪、王雨晴、杨岚同学分别以580、578、577、575、571分的优异成绩，名列全县文科前十名。按照教育主管部门规定的优质生源进一本、重点生源进二本、普通生源进专科的要求，2016年，该校高一开学时仅有优质生源3人，2020年高考应届一本上线35人（不含艺体类），完成市县下达任务目标数的1167%。

在2019年11月4日至8日，由市教科所组织的全市重点中学高中教学常规专项调研活动中，湖口县二中与九江一中、市同文中学、市三中、瑞昌市一中、修水县一中等学校一起，被评为“2018—2019学年度全市重点中学教学常规调研评估综合先进单位”。

被评为国家级课题“先进科研学校”

2019年12月初，湖口县二中被评为“全国教育科学‘十三五’重点科研课题‘中华优秀传统文化与现代语文课堂教学实践研究’课题先进科研学校”。这是该校在教育科研领域取得的重大突破。本课题自2017年立项以来，全校6个年级共有60余人参与课题研究。在近三年的研究中，共提交教学实录、调查报告、教研论文、教学课件等课题成果近400项。其中，被评为一等奖的达136项。近年来，该校共有30多项国家、省市级课题已成功结题，目前尚有在研课题12个。

一年来，教师获奖频频。青年教师郑影在第四届语文教师教学基本功大赛中表现出色，获诵读、书法组一等奖。屈乾伟、张丹静、熊炜宏老师代表共青团湖口县参加九江市第三届学校共青团“微团课”决赛，荣获一等奖。秦景华、罗超老师分别获得九江市优质课、命题竞赛一等奖。何松娣老师获得市优质课竞赛二等奖。王志、曾长斌老师分别入选九江市高中地理、政治中心教研组核心成员。龙王强、曾长斌老师被评为第四届“湖口县名师”。目前，该校共有8名老师获得县名师头衔。这一年，饶志老师被评为国家级轻（气）排球导师。美术教师姚博被省文联聘为江西省美术考级考官。另有数百人次在省市县基本功大赛、综合素质比赛等活动中获奖。

获评“国际楚才杯作文竞赛”优秀生源基地

2019年4月，从第34届武汉国际“楚才杯”作文竞赛全国高中生总决赛中传来好消息，湖口县二中曹翼、刘超、陈玉娟、李博轩同学获得全国一等奖，刘桃梅、王文超、李翔等36名同学获得二、三等奖。在2019年1月举行的国际“楚才杯”作文竞赛高中组颁奖典礼上，该校被评为该项比赛“优秀生源基地”，并有近80位同学获得该项赛事省级一、二、三等奖。

这一年，学校积极组织学生参加各级各类竞赛。曹健健同学获“第十二届世界华人学生作文大赛”全国一等奖，程月华、曹新宇等11位同学分获二、三等奖。学校被推荐为“世界华人学生作文大赛优秀示范学校”。欧阳晓东、沈阳同学在全国“奥赛”中表现突出，分别获得生物、数学联赛国家级三等奖，叶子等十多位同学获省级一、二、三等奖。另有760多人次在省市征文、听力、综合实践、电脑制作等比赛中获得奖励。

荣获九江市第二届“九译杯”中小学生英语技能大赛团体一等奖

2019年5月上旬，九江市第二届“九译杯”中小学生英语技能大赛总决赛举行。湖口县二中获得该项比赛全市最高荣誉，并且是全县唯一一块奖牌——团体一等奖。同时，该校沈梦丽、刘涵文同学获得个人一等奖，王家格、李仁逸、王悦等7名同学分获二、三等奖。

本次大赛由九江市科协九江翻译协会主办、九江双语实验学校协办。2019年4月7日，该项大赛湖口赛区决赛在湖口县二中举行。来自湖口中学、湖口县二中的100多名经过笔试脱颖而出的佼佼者参加本次决赛。

荣获九江市青少年校园足球联赛总决赛高中男子组季军

2019年5月中旬开始，九江市2018—2019年度青少年校园足球联赛总决赛暨夏令营最佳阵容选拔赛高中男子组比赛在湖口四中举行。比赛强手云集，共有来自14个县区、58所学校、77支代表队参加。湖口县二中代表湖口县参加比赛，取得了优异成绩。

本次总决赛由九江市教育局、体育局主办，九江市校园足球工作领导小组办公室和湖口县教体局承办。湖口县二中和金砂湾学校、湖口四中、湖口五小等学校一起，成为5所协办学校之一。这次比赛和协办工作，既是对湖口县二中体育工作的一次大检阅，

学校大门　摄影：王先斌

也是对全体师生积极参与全民运动、进一步提高身体素质的一次总动员。

喜获全县教育体育系统两项殊荣

2019 年 4 月 25 日，湖口县二中被评为 2018 年度全县“学校目标管理考评综合先进单位”和“竞技体育工作先进单位”。

近年来，湖口县二中不断创新工作思路，坚持把学生和学校安全工作放在重要位置，在落实常规举措的基础上，设立强化管理周和安全教育月，坚持两个“安全 5 分钟教育”。通过“把纪律和规矩挺在前面，树立二中教育良好形象”主题教育活动的持续开展和“七节一讲坛”文化建设项目的深入推进及阳光体育、多彩社团等活动的蓬勃进行，学校得到长足发展，各项事业获得全面丰收。

师生共同唱响《我和我的祖国》，献礼新中国成立 70 周年

为热烈庆祝新中国成立 70 周年，进一步激发全体师生的爱国热情，扎实推进“不忘初心、牢记使命”主题教育，2019 年 9 月 27 日，湖口县二中发起“唱响同一首歌，献礼祖国母亲 70 周年华诞——《我和我的祖国》快闪拍摄”活动。学校 2000 余名师生参与拍摄。7 月底，组织学校领导、教师参加全县庆祝新中国成立 70 周年大合唱比赛。

一年来，学校继续坚持立德树人，在扎实抓好德育常规的基础上，坚持以活动促成长、以育人促成才，不断创新教育形式，丰富德育载体。精心设计、编辑德育校本教材，大力开展“感动二中年度人物·五好家庭”评选和“高三学生十八岁成人典礼”“告别十四岁·青春起航”等大型主题教育活动。经过全体师生的共同努力，整个学校继续保持了平安稳定、朝气勃发的良好发展态势。

举行“青春心向党建功新时代”纪念五四运动 100 周年合唱决赛暨湖口县上海商会捐资助学仪式

为纪念五四运动 100 周年，缅怀革命先驱，弘扬“五四”精神，2019 年 5 月 16 日，湖口县二中“青春心向党建功新时代”合唱决赛暨湖口县上海商会捐资助学仪式在青少年体育俱乐部举行。湖口县有关部门领导出席活动。湖口县上海商会副会长梅涛、理事鲍建和湖口县二中班子成员及师生参加活动。

演出过程中，举行了捐资助学仪式。湖口县上海商会副会长梅涛为 35 名学生当场发放了助学金。受助学生代表表达了对商会的感激之情，也作出了努力奋斗的庄严承诺。据了解，该商会 2016 年至今，已累计为该校贫困学子捐款近 20 万元，资助学生 100 多人。

著名校友杨刚道大型公益励志演讲会暨标杆杨刚道奖学金颁奖仪式举行

2019 年 9 月 4 日，“湖口县二中著名校友杨刚道大型公益励志演讲会暨标杆杨刚道奖学金颁奖仪式”举行。湖口县二中著名校友、深圳市标杆教育科技有限公司 CEO、标杆商学院院长、阿里巴巴专家讲师杨刚道再次回到母校，为师生们作励志公益演讲。

杨刚道系湖口县二中 2002 届高三毕业生，高考文科第一名，录取江西财经大学。本次演讲是他以学长身份为学弟学妹们所作的第二次大型公益演讲。2018 年 12 月 14 日，在该校庆祝建校六十周年前夕，他曾来校作专题讲座，并一次性捐资 20 万元，成立“标杆杨刚道奖学金”，用于奖励母校每年高考第一名。

在湖口县上海商会和杨刚道校友的示范带动下，一年来，湖口县二中师生为高一（3）班魏思玉、高一（11）班梅黎同学捐款 3 万多元。一股股爱的暖流，一次又一次温暖了整个校园。

“不忘初心、牢记使命”主题教育专题读书班开班

2019 年 10 月 14 日，面对鲜红的党旗，湖口县二中全体党员干部紧握右拳，认真重温入党之初的铮铮誓言。在掷地有声的誓言声中，学校“不忘初心、牢记使命”主题教育专题读书班正式开班。

主题教育活动开展以来，湖口县二中坚持规定动作不走样、自选动作勇创新，认真抓好理论学习、调查研究和问题查摆、整改工作。在校长杨健、校党总支书记徐亿虎的带领下，全体班子成员深入一线调研，认真听取教职工意见建议，梳理出“十大重点问题”，并切实抓好问题整改，促使主题教育活动取得实实在在的成效。

“雄关漫道真如铁，而今迈步从头越。”面对即将到来的崭新征程，湖口县二中人将不忘初心、牢记使命，顽强拼搏、砥砺奋进，以更加饱满的热情、更加昂扬的斗志、更加充沛的精力投入新的使命中去，力争取得新的更大成绩，为学校教育事业的进步和湖口经济社会的发展作出自己的应有贡献！

浙江省永嘉第二高级中学

传承耕读文化　发扬致真教育

书记兼校长金优胜在校庆 80 周年庆典上致辞

浙江省永嘉第二高级中学前身是“永嘉县私立济时初级中学”，创办于 1938 年 7 月，徐石麟先生为首任校长，校址设在县立枫林小学内。其后，三迁校址，八易校名，1998 年定名为“永嘉第二高级中学”。学校承担着岩头片区（包括岩头、岩坦、鹤盛、枫林、云岭、溪下六大乡镇）高中教学任务。近年来，学校坚持党和政府的正确领导，在金优胜校长的带领下走内涵发展道路，以科学管理为保障，深入实施素质教育，不断深化课程改革，为办好人民满意的学校而不懈努力。教育教学质量逐年提高，学校声誉日益提升。

永嘉第二高级中学曾先后荣获浙江省二级普通高中特色示范学校、温州市德育示范学校、浙江省教育科研“百强学校”、浙江省体育特色学校、温州市普通高中特色示范校、温州市文明学校。

先进理念，绘制蓝图

2014 年以来，为进一步秉承校训精神、提升办学品味、实现跨越发展，永嘉第二高级中学认真总结历史经验，提炼出“致真教育”办学特色，以培养“立真志、尚真学、铸真品、践真行”的“致真学子”为育人目标，构建了“真人师”“真课堂”“真课程”“真环境”的教育四大支柱。同时，学校以其得天独厚的地理位置与深厚的文化底蕴孕育出的“红色文化”“耕读文化”和“老黄牛精神”助力推进致真教育，构建四位一体管理，践行“砥砺奋进，追求卓越”的二中精神，最终实现“为学生的人生着色，为学生的幸福奠基”的理想信念。

优化师资，构筑平台

永嘉第二高级中学现有教学班 31 个，学生近 1400 人，在职教职工 148 人，其中专任教师 143 人，省、市、县“三坛”与骨干教师 30 余人，硕士研究生 10 人，师资队伍不断优化。学校对内搭建平台，积极开展教师间的师徒结对，有效实现了新旧力量的大融合；对外始终采用“走出去、迎进来”的策略，最大限度地拓宽教师眼界，推动教师专业化发展。2019 年下学期以来，学校教师就凭借扎实的基本功、过硬的教学能力，不断突破自我。其中，郭继勇老师被评为浙江省教坛新秀，朱清雨老师被评为温州市教坛中坚，林佩棋老师被评为永嘉县教坛新秀，蒋宪国老师被评为温州市 2020 年瓯越情教育基金优秀教师。获奖级别较往年有很大突破，人数也有所增加。

立足教研，夯实质量

耕田可以事稼穑，以立性命；读书可以知诗书，达礼义，以立高德。永嘉第二高级中学教师正是在不断的实践中尝试，在自我学习中成长，在教学中知困惑与不足，秉持着“实践出真知”与“教学相长”的原则，自我进步，以其“追求不息”的“耕读”精神与魅力，造就了永嘉二中的幸运。其中，“一点读书会”吸引了校内外一批有思想的人在分享中不断求索求新。教师县、市级论文获奖喜报频频，戴柏葱等多位老师更是在市、省乃至国家级刊物上发表文章。

高考、学考、联考、征文比赛、学科竞赛等各个环节成绩喜人。2019 年下学期虽然受到疫情的影响，但永嘉第二高级中学师生在做好防疫工作的同时积极参加各级各类竞赛及其他活动。其中，学生获奖 55 人次，教师科研成果获奖 72 项；2020 年高考成绩出炉，一段人数大幅提升，二段人数显著增长，三段实现全员上线。

“雄关漫道真如铁，而今迈步从头越”，永嘉第二高级中学将秉承“铸造致真品质，开启幸福人生”的办学理念，发扬“砥砺奋进、追求卓越”的学校精神，打造校园“耕读”的文化氛围和“老黄牛”精神的师资团队，把办成一所县内一流、市内上乘、省内知名的省特色示范普通高中作为现阶段努力的目标。

摄影：金志欣、戴自力

左图为永嘉县教育局局长黄金锡视察永嘉二中；右上图为浙江省夏向荣名师网络工作室送教永嘉二中；右下图为学校教职工在 80 周年校庆文艺晚会上演出

山东省莒县实验高级中学

创新奉献育桃李　实干担当铸辉煌

莒县实验高级中学党总支书记、校长马瑞峰　摄影：厉周吉

链接：马瑞峰，男，高级教师，中共党员。现任莒县实验高级中学党总支书记、校长。曾荣获莒县优秀教育工作者，日照市高中教学工作先进个人，日照市教学能手，日照市爱岗敬业优秀校长等殊荣。

莒县实验高级中学成立于2001年。学校现有33个教学班，在校生1700多人，教职工167人。自2013年连续七年被评为"日照市高中教学工作先进单位"，并先后荣获"日照市教育系统先进集体""日照市平安和谐校园""日照市文明校园"等多项荣誉。

成立于2001年的山东省莒县实验高级中学（以下简称莒县实验高中），历经19年的栉风沐雨、开拓奋进、同心筑梦、聚力前行，经过不断奋斗，闯出了一条适合学校特点的创新发展之路。值此建校20年之际，学校发展再上新台阶，高考成绩实现历史性突破，乘着莒县春季高考集中办学的东风，学校走上更广阔的发展平台，一所特色鲜明的普通高中正以靓丽的姿态走在创新发展的大路上……

春夏高考，皆创佳绩

在莒县县委、县政府的坚强领导下，在日照市教育局、莒县教体局的精准指导下，莒县实验高中近五年来，在每年毕业生不足600人、全县中考前4000名的学生总共不足200人的情况下，为高校输送本科生1152人，其中陈明祥同学获2016年机电专业全省高考第一名，文秘专业刘相花、纪丙芬、张晨昊分别获得2017年、2018年、2020年文秘专业全省高考第一名。2020年高考更是取得进一步突破。本科过线373人，实际录取304人。192人参加夏季高考，本科过线150人，本科过线率为78%，实际录取107人，其中5个"双一流"（1个"985"，3个"211"），1人通过女足升入本科院校。春季高考过线223人，实际录取197人。

自迁址办学以来，学校针对生源基础，在"办适合的教育，做更好的自己"的办学理念指导下，坚持"春夏高考并重，特色办学鲜明"的方向，不断探索"一次入校、多次分流，两种高考、多元成才"的学生培养模式，教育教学质量全面提升，高考成绩稳步提高，创新发展的教育模式越来越彰显出强大活力。

精准分流，奠定基础

让每一名学生成人成才是学校教育的最终目的，对每一名学生负责是学校义不容辞的责任。对任何一名到莒县实验高中学习的学生来说，都可能会面临几次重要的选择，选择的过程可能是艰难的，但对以后的发展来说，却是事半功倍的。因为只有找到最适合自己的发展之路，才能更加茁壮成长。

为更大程度上实现因材施教，全体教师凝心聚力，协同攻关，以搞好分流为前提，以悉心关注为手段，以开放办学为助力，以全员育人促成才。在对每一名学生现状及潜质全面了解前提下，本着对每一名学生和每一位家长高度负责的精神，对学生进行科学指导，努力让每一位学生找到最适合自己的发展方向。教学过程中注重夯实基础，做到"夯实文化课，突出专业课，强化技能课"。加强"关注生"教学与管理。对重点关注学生，做到分类教学，分层指导。将学生分配给各位教师，形成"千斤重担众人挑，人人身上有指标"的局面。

学校本着有利于升学与后续发展的原则设置专业，在春季高考方面设置机电、幼教、文秘、信息技术、旅游服务5个专业，在夏季高考方面重点设置美术、体育两个专业。为了给英语基础薄弱的学生解决外语学习难题，学校开设日语、俄语两个小语种。本届高三美术班在高二下学期将外语科目转为日语。当时英语平均分仅为35.5分，转型后日语高考平均分为72分。为学生们升入理想的高校奠定了坚实基础。

团队协作，同心筑梦

为共同目标努力，朝同一方向聚力，成就了莒县实验高中的教育奇迹，也托举起了一个个来实验高中求学的孩子的人生梦想。

"我能够取得全省第一的成绩，与文秘专业教师的团队协作有重要关系，对我的努力方向和学习重点，各科老师的分析与指导虽然略有侧重，但根本上都是一致的，不是各位教师只管自己的学科，这为我的学习提供了很专业的指导。同时，文秘专业的任课教师团队新老结合，有丰富的教学经验和成熟的教学模式，老师命制模拟试题很用心，题型覆盖面广，与真正的高考试题相似度高，这大大提高了我的学习效率。"文秘专业全省高考第一名张晨昊这样说。

成功培养出3名全省高考第一名的文秘专业教师团队只是莒县实验高中众多强有力战斗团队的一个缩影。在学校，高三是一个大团队，春考教师、夏考教师又分别在各自级部的带领下形成小团队，每个专业、每个班级的任课教师都形成各自团队，各个团队以强化集体备课为纽带，以密切关注学生为抓手，以有效提高学生综合素质为目的，密切协作，统一行动，战斗力大大增强。

为了更好地指导学生，学校采取"加强关注生管理"的策略，经过学校领导、年级主任与本班全体任课教师集体研究之后，确定关注生的存在问题和改进方向，由责任教师具体指导落实。这就解决了个别教师对自己所教学科了解而对学生整体学习存在问题掌握不够全面的问题，避免了对学生指导的片面性，正是这种团队意识促成了学生学习成绩的集体蝶变。

全程陪伴，用心教学

领导率先垂范，落实陪伴教育。在学校管理中坚持班子成员、学校、年级、党员干部四线并行，同时值班，无缝隙管理。在日常教学管理中，校长率先垂范，深入处室、年级、教师、学生各个团队中，关心师生的生活、办公、教学的方方面面。分管年级领导每天多节点检查督促，从不间断。班主任从早到晚对学生全程陪伴。

克服疫情影响，抓好网络教学。停课不停教，停课不停学。全体师生一手抓疫情防控，一手抓日常教学，将疫情对高三备考影响降到最低。上网课期间，各位教师根据学科、专业特点"八仙过海，各显神通"，努力寻找最适合专业特点的软件进行直播授课。采取"教师盯学生，班主任盯家长"的"人盯人"战术，确保教学效果。学校特别注重师生心理调控，通过多种方式疏导师生心理，努力让

自信满满踏上考试征程　摄影：厉周吉

师生达到"面对疫情不紧张，面对考试不慌张"，最大程度上保持了学校师生心态平稳。

突出专业教学，实现弯道超车。美术教师针对专业课比重加大的情况，加大专业课教学的时间比重。通过以考代练的方式，对学生进行经常性的检测和诊断，认真分析学生的优势和不足，精确确定下一步努力方向。体育教师克服学校训练场地受限的困难，采用借用场地、利用公共活动场所等方式，创造了"没有运动场，却培养出全市第一个足球本科"的实验奇迹。春考教师针对实训设备不足的现状，充分利用现代化的教学手段，采取网上操控、模拟实训与真实训练相结合的方式进行训练，大大提高了训练的有效性。

无悔奉献，托举梦想

任何成功都不是一蹴而就的。个性化、专业化的培养要比一般教学方式付出更多的时间与精力。一大批无悔奉献、埋头苦干的教师的辛勤付出创造了莒县实验高中教育事业的奇迹。

学校学生基础普遍薄弱，本届毕业生高中入学时前4000名的学生不足30人，这样的基础用一般的教育方式进行培养很难升入本科院校。学校坚持精细化、个性化培养，在对学生准确把脉的前提下，细化目标，分解任务，手把手教，点对点学，小步子，快节奏，逐步提高。这样做，教师需要付出的精力格外多，高三教师身上闪耀着无私奉献的熠熠光辉……

老教师克服年龄因素认真学习现代化教学手段进行教学；青年教师虚心求教，边学边教，迅速成长为能够独当一方的有经验教师；以教师王会艳为代表的学校小语种教学开拓者，创新教学模式，用一年半的时间教完日语高中三年课程并取得优异成绩；以教师陈丙艳为代表的青年女教师，虽然结婚了但全天住校一心扑在教学上；春考学生去日照参加文化课考试期间，教师高世锋的爷爷过世，教师吴秀民的爱人生孩子，两人照常带队，坚持工作。以徐厚华、徐常法为代表的后勤教师，为了给学生创造更好的学习环境，超负荷工作，无悔奉献……

在充满奉献精神的高三教师团队中，有一个孕妇教师群体，她们用敬业精神为学校树立起了精神灯塔：郭玮苹、张峰等教师担任高三班主任，她们克服怀孕期间的种种生理和心理上的不适，坚持早起晚眠抓班级教学与管理，教师郭玮苹在怀孕8个多月时，仍陪伴学生去潍坊参加技能考试。幼教专业技能课教师的工作量特别大，技能考试前集中训练阶段，更需要教师全天辅导，而教师刘元琴与王淑荐承担的弹唱任务尤其需要一对一具体辅导，教学任务特别重，两位教师克服怀孕期间的各种困难，坚持认真指导学生，为幼教专业技能考试取得优异成绩奠定了坚实的基础……

还有另外一个群体，同样令人动容，他们带病坚持工作，创造了教师红烛精神的新境界：蒋金利是幼教专业舞蹈教师，2019年末因严重腰突住院治疗，医生建议手术治疗，因为手术治疗会耽误很长的上课时间，她选择了带病坚持工作，等学生技能考试结束后再进行手术。可是2020年初因为新冠肺炎疫情加重，考试时间一再拖后，本来3月的考试拖到了7月，她就一直带病坚持工作，舞蹈专业辅导学生的难度特别大，蒋金利忍着病痛，给学生认真示范，精心指导，很多时候她只能靠拐杖支撑才能站立……教师侯竹和是高三夏考年级主任，同时也是高三美术班的班主任，对整个夏考教学起着至关重要的作用，因为长期超负荷工作，他的身体渐渐透支，但他却硬是坚持着，高考前夕，他再也坚持不住了，只得住院治疗，住院期间不顾医生必须认真休息的嘱托仍旧坚持工作，打完点滴就往学校跑……像他们这样，带病坚持工作的还有阚常芳、相文菊、崔金收等一大批教师，他们以工作为重，为学校教育事业呕心沥血，为教师的红烛精神做了全新注释……

内涵发展铸辉煌，特色办学结硕果。唯改革者进，唯创新者强，唯改革创新者胜。在改革创新的路上，莒县实验高中攻坚克难屡创佳绩，在全体师生的共同努力下，莒县实验高中必将会把更多的学子送上成功的康庄大道，莒县实验高中的明天必将更加灿烂辉煌。

作者：马瑞峰

山东省东平高级中学

不忘初心育桃李　励精图治谱华章

链接：东平高级中学2018年被授予"全国国防教育示范学校""国防教育特色学校"；2017年被评为"山东省文明校园"，2015年被评为山东省德耀齐鲁道德示范基地；2013年、2015年、2017年被评为泰安市教书育人先进单位，2013年被评为泰安市教育科研工作先进单位，2013年至2019年被评为泰安市高中课程与教学工作先进学校。

学校现任党委书记、校长赵景喜曾荣获"山东省优秀教育工作者""泰山名校长""泰山功勋校长""泰安市人民满意的校长"，连续十届"泰安市高中课程与教学工作管理先进个人"，连续十届"东平县优秀校长"，连续四届东平县"高中教育教学特殊贡献先进个人"等荣誉称号，并获得首届泰安市中小学校长办学风采展示金奖。

山东省东平高级中学始建于1977年，学校占地129亩，建筑面积7.7万平方米，现有教职工388人，教学班73个，学生3600人，2004年7月被评为山东省规范化学校。2017年被评为首批省级文明校园。2019年，学校深入学习贯彻习近平新时代中国特色社会主义思想，以"勇做泰山挑山工"的精神，不忘育人初心，牢记使

东平高级中学党委书记、校长赵景喜

命担当，持续谱写立德树人新篇章。2019 年学校被评为“泰安市教书育人先进单位”，被东平县委、县政府授予“教育教学质量成绩突出学校”“高考特殊贡献单位”等荣誉称号。

坚持党建引领，坚定不移强素质

学校拥有一支政治素养好、管理能力强，年龄结构合理的领导班子。班子团结进取，求真务实，清正廉洁，敢于担当，勇于创新，在学校各项工作中发挥着先锋引领作用。班子成员坚持深入教学一线，搞调研、抓落实；坚持深入班级、宿舍、食堂，发现问题，解决问题，以实际行动实践教学、研究教学、服务教学、决策教学。2019 年，东平高级中学党委被评为“东平县先进基层党组织”，党委书记、校长赵景喜同志被评为“泰安市人民满意的校长”。

教育大计，教师为本；教师大计，师德为本。学校把师德建设摆在首位，大力弘扬高尚师德，以大爱大德大情怀培育时代新人。学校建立了政治理论学习制度、师德师风建设制度，每周一次政治理论学习，每月一次师德教育，每学年两次教师集中学习培训会，强化教师育人初心，弘扬新时代泰山挑山工精神，鼓励教师不忘使命、担当有为；规范实施“青蓝工程”，推进教师专业素养提升。全国模范教师李曙光班主任工作室影响良好，泰山名师韩筱华被推选为山东省党代表，周涛等三位教师被评为市优秀共产党员，全校教师以他们为楷模，不忘初心，砥砺奋进，争做“四有”好教师。

牢记使命担当，追求卓越创辉煌

东平高级中学站在现代教育的制高点，坚持文化引领、质量立校，秉承“弘毅砺志，自强不息”的校训，坚持“以人为本，德育为首，质量为重，促进师生幸福发展”的办学理念，凝心聚力抓教学，千方百计提质量，努力打造高效课堂，既尊重个性差异促进学生全面发展，又注重优秀生培养造就高层次人才，学校进入飞速发展的快车道。2019 年高考，学校文化课一本上线 493 人，本科上线 935 人，600 分以上高分段 96 人。其中，位列全市理科前七名的陈子扬同学、徐文德同学，分别以 709 分、691 分的成绩，被清华大学理科试验班、工科试验班录取；名列全市文科第一名的谷雨同学以 653 分的成绩，被北京大学录取。综合素质评价招生成绩显著，居山东省百强高中第七位，实现了教育教学质量新突破！2019 年 9 月 7 日，县委、县政府对东平高级中学予以高考特殊贡献嘉奖，对党委书记、校长赵景喜同志予以高考特殊贡献嘉奖！

2019 年 9 月 3 日，在第 35 个教师节来临之际，泰安市委副书记、东平县委书记曲锋一行来到高级中学走访慰问教师，希望广大教师，牢记使命，坚守职业道德，做一个优秀的教师，一个称职的教师，一个人民满意的教师，一个让党委政府放心的教师。9 月 24 日，在新中国成立 70 周年之际，市委副书记、县委书记曲锋走访慰问省级劳动模范以及省部级以上表彰奖励获得者，在李曙光老师家中，曲锋亲切地询问了他的生活及工作情况，并送上慰问金，殷切希望李曙光老师保重好身体，继续发挥模范的示范引领作用，努力做“四有”教师，为全县广大教育工作者做出表率。

聚焦课堂改革，多措并举促教学

围绕学生核心素养培养和主体地位落实，学校深入推进课堂教学改革。一是倾力打造“规范 + 特色”的高效课堂，形成符合学校实际的“三段六环节”高效课堂教学模式。二是扎实开展“半天无课日集体教研”活动，促进教师专业成长，教学水平不断提升。三是坚持质量核心、教学中心地位不动摇，充分利用学科网、“班班通”等现代教育教学技术手段，加大课堂教学改革力度，不断深化教育信息技术与课堂教学的深度融合。四是重视教学反思与总结，学校组织教师认真撰写教学反思，将之纳入教师考核。在 2019 年优课展评活动中 2 节被评为省级优课，14 节被评为市级优课；2019 年，2 人分获市创新课一、二等奖；1 人获省中华优秀传统文化课程教学比赛教学课例二等奖；9 人分获市德育优质课一、二等奖；1 人获市级新道德教育优秀主题班会展评活动一等奖。在 2019 年全县高中优质课比赛活动中，38 人获一等奖，16 人获二等奖。

重视自主招生，助力名牌求飞跃

坚持“名牌战略”，重视高校自主招生，形成质量提升新亮点。一方面，坚持精准培训。学校总结近年自主招生、综合素质评价招生、农村专项招生等各类专项招生工作经验，加大五大奥赛学科培训力度，精选优秀教师参加国内金牌教练高端培训，实现科学、精准、有效指导；充分利用节假日邀请高校专家、教授为学生作专题辅导，提升优秀生五大奥赛和语文、英语学科竞赛获奖名次，为清华、北大等名校输送更多优秀学生。2019 年东平高级中学在“叶圣陶杯”“世界华人”“科普科幻”全国中学生作文大赛中，学校荣获优秀组织奖，76 名同学分获全国特等奖和一、二等奖。在第 36 届全国中学生物理竞赛复赛中，东平高级中学徐大伟同学荣获全国一等奖，另有两名同学荣获全国二等奖，19 名同学荣获全国三等奖，李永老师荣获全国中学生物理竞赛优秀教练员称号；在第 33 届全国化学奥林匹克竞赛中 1 人获全国二等奖，2 人获全国三等奖。在 2018 年全国青少年信息学联赛中获重大突破，有 2 人获全国一等奖，2019 年学校新增了初中生培养，在李栋梁、于翠平老师的辛勤培养下，2019 年 11 月有两名同学获得联赛全国一等奖，位居山东省 50 名，泰安市第二名，同时，高一年级有 4 名同学获得联赛二等奖。学校先后荣获全国中学生物理学、生物学、信息学竞赛金牌学校和全国中学生

党委书记、校长赵景喜和清北学子合影

作文创新实验学校。另一方面，坚持分层培养。健全完善优秀生三年统筹培养机制，制订“三步联动”培养策略：高一“选好苗”，拓展知识的广度和深度，形成参加自主招生的良好心理预期；高二“养好苗”，强化优秀生的学科素养和竞赛参赛能力；高三“收好果”，实行学校、家长、教师、学生四方联动机制，力争在自主招生培训、考核、志愿填报上做到“方向精准”，最大限度提高过关率，增加名校录取人数。自主招生综合效益排名连续三年位居全国县级中学第一名。2019 年 11 月 21 日，山东省学生发展生涯规划指导现场会在东平高级中学召开，收到良好的社会效果。

幸福都是奋斗出来的，发展永远在路上。新的一年，东平高级中学将围绕县委、县政府提出的教育发展新目标，按照教体局党组下达的工作新要求，只争朝夕，不负韶华，为东平教育事业发展做出新贡献！为东平发展培养更多更好的栋梁之材！

推进素质教育，立德树人书新篇

学校坚持立德树人，大力实施德育课程一体化，丰富活动载体，创新德育实践形式，积极开展社会主义核心价值观、传承红色基因、道德法治、理想信念等主题教育活动，促进了学生思想道德修养提高和全面和谐发展。重视学生心理健康教育，积极开设心理健康教育课，2018 年 12 月学校被评为山东省心理健康教育特色学校。科学设置并落实德育课程，实现了德育教育系列化和规范化。在 2019 年度泰安市“时刻听党话·永远跟党走”青少年爱国主义读书教育活动中，东平高级中学荣获“泰安市先进学校一等奖”，卜德权同学获全国三等奖和泰安市一等奖，两人获泰安市二等奖。学校积极组织学生多读书读好书，在全县第七届“暑假读一本好书”活动中取得优异成绩，4 人荣获“阅读大王”荣誉称号，26 人荣获“读书明星”荣誉称号，6 人获征文特等奖，39 人获征文一等奖。2019 年 4 位同学被评为“齐鲁环保小卫士”。学校先后荣获“山东省德耀齐鲁道德示范基地”“泰安市新道德教育先进学校”，2019 年学校团委荣获“泰安市五四红旗团委”称号。

作者：陈国梁

山东省聊城三中北校

用爱心和责任托起有温度的教育

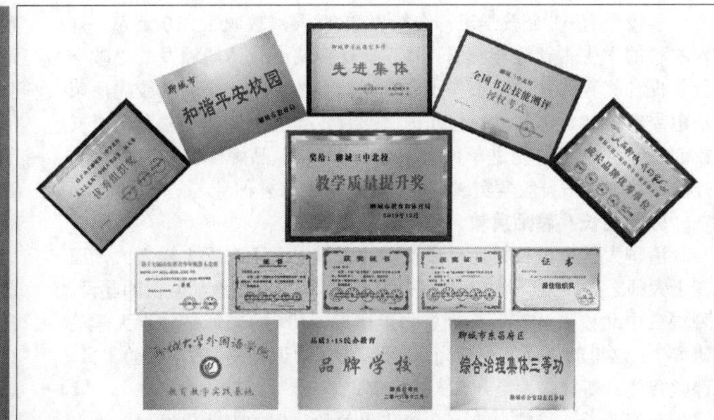

聊城三中北校获得聊城市 2019 年教育教学质量提升奖，校长梁珺作先进代表发言　摄影：姜培；右图为学校获得的荣誉奖牌

2019 年本科上线 356 人，比 2018 年增加 168 人，是聊城市增加人数最多的学校。

让中考成绩未达到重点高中的同学，考上“211”“985”重点大学。

在市委、市政府召开的教师节座谈会上，校长梁珺作典型经验发言。

在全市高中教育教学工作会上，荣获聊城市教体局颁发的“教学质量提升奖”，并作典型经验介绍。

新建成 12000 平方米的综合教学大楼，宿舍安装了淋浴设施，学生每天可洗热水澡。

践行“一年起步、三年突破、五年名牌”的发展目标，打造“精细管理、智慧课堂、激情感恩”教育品牌。

聊城三中北校是山东省重点中学、省级规范化学校——聊城三中按“名校办分校”模式创办的一所完全中学。这里环境优美，书卷飘香；这里春风化雨，润物无声；这里追求卓越，彰显特色。

在教育的田野上，只要我们怀揣着梦想，就可以随时随地播下希望的种子，放眼望去，到处都会有春天。学校秉承“立德树人，知行合一；追求卓越，超越自我”的精神，践行“一年起步、三年突破、五年名牌”的发展目标；以追求社会效益第一、社会价值第一为己任，用智慧和汗水打造“精细管理、智慧课堂、激情感恩”教育品牌。

在 2019 年高考中，聊城三中北校本科上线 356 人，比 2018 年增加 168 人，是聊城市增加人数最多的学校。在市委、市政府召开的教师节座谈会上，聊城三中北校校长梁珺做了典型经验发言。厚重的文化、雄厚的师资、骄人的教学成绩使聊城三中北校享誉全市。

环境优雅：强基固本，一园景色尽芳菲

仲夏时节，万物并秀。风格别致的校门、鳞次栉比的校舍、宽敞明亮的教室……走进聊城三中北校，优美的校园景色、优雅的教学环境让人眼前一亮，浓厚的教育气息扑面而来。

学校坐落在交通便利的财干路 5 号，新建成 12000 平方米的综合教学大楼，努力为学子们打造舒适、洁净的学习生活环境。校内绿树成荫、环境幽静；书声琅琅、文化底蕴深厚。教学楼、宿舍楼、餐厅装饰一新，安装了名牌空调；新建了图书馆、微机室，理化生和创新实验室；各个教室配备了校园智能管理系统和多媒体一体机教学设备；学校拥有高标准的塑胶操场、篮球场、羽毛球场、乒乓球场；学生宿舍有专职生活老师，实行半军事化管理，设施齐全，

2019 年教师节表彰大会，学校领导班子与优秀教师合影　摄影：姜培

安装了淋浴设施，学生每天可洗热水澡；学生餐厅是市级A级餐厅，配备专业餐饮团队，三餐荤素搭配，营养均衡，对少数民族学生专设窗口。

这是一所环境优雅、景色宜人的现代化学校，入目间蓝天碧树，郁郁葱葱，优雅的环境与琅琅书声相得益彰，焕发出青春的色彩。环境幽雅的校园里，每一朵鲜花都绽开了希望，每一片绿叶都摇曳出生机，每一扇门窗都放飞着梦想。

学校现有 61 个教学班，在校生 2800 人，教职工 210 余人。升入本科的学生占比连年提升 10%，荣获聊城市教体局颁发的“教学质量提升奖”，并向全市作了典型经验介绍。近年来，学校先后荣获市委宣传部、市教体局授予的“德育工作先进集体”“和谐平安校园”“党建工作先进单位”“品质 3·15”品牌学校和聊城大学外国语学院“教育教学实践基地”等一系列荣誉称号。

教师成长：尊师重教，化作春泥更护花

清华大学原校长梅贻琦曾说过，大学之大不在于大楼之大，而在于大师之大。一所学校办学水平的高低，根本在于教师队伍的建设。聊城三中北校人才荟萃，师资力量雄厚，40% 的老师是重点大学的研究生。这里的老师品德高尚、敬业奉献、学识渊博，教学经验丰富，课堂智慧、高效，为提升育人质量奠定基础。

花若芬芳，蜂蝶自来。学校注重教师队伍的专业化发展，为老师们搭建好了展示自我才华、实现人生价值的舞台。学校每年评选“十佳师德标兵”，努力打造一支德才兼备的教师队伍。在“市优质课”和“水城最美教师”等评选活动中，学校均取得优异成绩。学校多项课题荣获省、市大奖。

教学是学校的中心任务。聊城三中北校持之以恒严抓教学常规，坚持“低重心教学”理念，从最后一名学生抓起，让学生全面增强自信心。倡导“共生高效课堂”教学模式，为广大教师搭建成长平台，培养学生自主学习能力。

强化师德师风建设。学校开展“以人为本”教师职业道德主题培训，使师德师风建设融入培养创新性、开拓性、实践性人才等丰富的内涵。从提高教师队伍教学能力出发，不断创新工作模式，积极完善教师评价体系，精心组织开展名师论坛、读书报告会、班主任基本素质大赛、示范课等活动，让广大教师在多样化的教学活动中丰富知识、提高本领，更好地为教师搭建展示才华、实现人生价值的舞台。

桃李不言，下自成蹊。一批批名师学者在聊城三中北校辛勤耕耘，默默传承着师者仁心。学校连续两年在八县市区联考中位列第一名，在全市统考中取得优异成绩，赢得了社会和家长的认可，“低进优出”已成为社会共识，树立了三中北校优质教育品牌。

特色教学：立德树人，春风化雨润无声

习近平总书记曾说过：“教育是民族振兴、社会进步的重要基石，是功在当代、利在千秋的德政工程。”

成材先成人，育人先育德。聊城三中北校坚持把“立德树人”放在首位，积极探索创新德育途径和方法，通过丰富多彩的活动，让学生感受生命的尊严，用正能量引导学生。

学校形成了“知行合一、超越自我”的校园文化，拥有一支高素质的管理团队，做到精细化科学管理。通过特色主题班会、激情跑操、课桌文化、“三零”（零抬头、零交流、零出入）自习、文明进出校园、课间文化、文明就餐等加强养成教育；通过“目标导师制”“师生连心桥”搭建师生心灵沟通的桥梁；通过“五个一”工程感恩教育、国学经典教育、社会主义核心价值观教育塑造学生健康人格，关爱学生心灵成长；利用班级文化园地、立志誓词、班级正能量、学生明星榜等激励学生，培养学生的核心素养；动态考核班级，每周评出明星班主任、每月评出模范班集体；通过家校联动、展示家长正能量语录促进学生奋发图强。学校积极组织丰富多彩的人文、科技社团活动，举办成人礼、艺术节、体育节、科创节等，让学生感受到集体的温暖，体会到成功的喜悦；引导学生做好职业规划，为成功的人生奠基。这些都彰显着三中北校“管理严、校风好、成绩优”的办学特色。

求木之长者，必固其根本；欲流之远者，必浚其泉源。教育是阳光事业，它的活力来自教育过程中对人的尊重和关爱，来自通过创造性的教育活动，激发孩子们对世界的好奇和探索，以“润物细无声”的方式启迪心灵、健全人格，使他们在成长中追求“有灵魂的卓越”。

校园文化：勇立潮头，一流名校再启航

理论是实践的先导。聊城三中北校创新实施特有的“1315”教育理念：“1”是坚持“培养引领社会发展的卓越人才”的育人目标；“3”是导学案、限时检考一体化，“6+1”高效课堂模式和目标导师制；另一个“1”是施行“低重心”教学；“5”是倾力发展学生的“阳光心态、爱心担当、创新思维、中国灵魂、世界眼光”5种素养。教育理念面向未来，全面发展。

学生是学校发展的主体，也是学校一切工作的核心。学校全力打造“6+1”高效课堂教学模式，坚持“导、思、议、展、评、检和考”，实现了自主、合作、探究的课堂改革；严格做到当堂检测，堂堂清，弱者变强，优者更优；为适应新高考的要求，制订并实施“海量精准阅读”计划和“培优纠偏”方案，突出“实验操作”教学；落实集体备课制度，首创动态学科带头人机制；实施导学案一体化教学，做到每堂必“用、收、改、评、纠”；重视“限时检考”，坚持“当天有课，当天考试、批改、反馈”；每周公示教学常规考核；每学期举办“共生高效课堂”教学大赛，从达标课到示范课，让青年教师成为教改的先锋。

豪气搏击凌云志，天道酬勤佳音来。在全国中学生数学测评竞赛中，林雨欣、赵保硕、魏晓通3名同学斩获全国二等奖，13名同学荣获全国三等奖；在语文作文创新大赛中，陈明雅等27名同学分获全国一、二等奖；在全国中小学生经典阅读行动中，郑天月等5名同学分获国家级二、三等奖；在语文报杯全国中学生作文大赛中，魏铭齐同学荣获省级二等奖；夏文琪同学在中国职业模特大赛全国总决赛中荣获季军；在中韩国际舞大赛中，宋子彤同学获得一等奖；在世界机器人大赛中，安建楠、王泽旭同学荣获高中组一等奖；在机器人创意比赛中，郑可心、梁作睿、汪乐雯同学获得省一等奖；在山东省青少年科技创新大赛中，王泽旭、孙文业、汪乐雯同学荣获一等奖；在大书法“羲之杯”比赛中，陈莹等10名同学分别获得全国一、二等奖，三中北校成为全国书法技能测评授权学校。

如今，三中北校校园中到处散发着文化的气息，茁壮的绿树展示着无限的生机，肥沃的土地孕育着未来的希望。这艘新时代的教育航母，正在水城大地上乘风破浪、全力远航！

山东省滨州市滨城区三河湖实验学校

小足球　大教育

三河湖实验学校获评全国青少年足球特色学校　摄影：李富营

校园足球联赛　摄影：李富营

链接：滨州市滨城区三河湖实验学校始建于2004年，是一所农村义务教育初级中学。现有24个教学班，1100余名学生，92名教职工，其中市区级学科带头人、教学能手47人，市区级教坛新星、“三名”人物16人。近年来，学校始终坚持走内涵发展之路，先后荣获全国课改名校、全国语文教改示范校、全国零犯罪示范校、教育部国防教育特色学校、省规范化学校、省语言文字规范化示范学校、市教学工作先进单位、市教科研工作先进单位、区模范管理学校等荣誉称号。学校体育教育办出特色，足球队、排球队、皮划艇队等分别组队参加了市区级比赛，2018年获滨州市“京博杯”校园足球精英争霸赛U15女子组季军，排球队获得滨州市级中小学排球联赛两个组别冠军、一个组别亚军。2019年获滨城区足球联赛第三名，滨州市十九届运动会排球联赛一个级别冠军、一个级别亚军和两个级别季军，皮划艇队获得金牌12枚、银牌10枚、铜牌11枚。

日前，山东省滨州市滨城区三河湖实验学校传来捷报，该校被教育部正式批准为“全国青少年校园足球特色学校”。这是对该校七年来一以贯之地执行“小足球，大教育”校园足球理念，持续开展“阳光体育、快乐足球”教学活动的充分肯定。

2013年起步阶段，该校足球运动教学没有专业老师、专业场地，仅能讲解足球知识。学校逐步加大投入，购置配齐足球及训练器材。到了2014年，学校有了专业教师、标准足球场，建立了班队、年级队、男女校队，体育课把足球教学作为重点组织教学，聘任了校外辅导员，就这样一年一个台阶、一年一个进步，学校足球教学和训练逐步走向了正轨。

牢固树立足球育人思想，引领校园足球健康发展

“加大青少年校园足球发展，其核心在于推进素质教育，落实以足球育人的任务，实现培养全面发展人才。其本质在于以足球运动项目为抓手，以校园足球特色学校建设为载体，通过足球特色学校大力普及和逐步提高，探索学校体育教育教学改革，培养学生的爱国主义、集体主义、顽强拼搏的精神。”该校负责人介绍。

该校在推进校园足球实践过程中，坚持正确的人才观、质量观、教育观，引导学生认识到校园足球既是体育范畴内个人意志与智慧的体现，也是团队乃至国家精神文化的体现。

通过建立完善的校园足球组织机构，形成纵横畅通的校内外联动机制。学校建立了以校长为组长，以各处室主任为成员的领导小组，负责校园足球工作的顶层设计和发展规划、年度计划的制订。德育处、教务处、体育组、总务处、安全办、宣传办围绕校园足球教学各负其责，开展各项指导、督导、保障等工作。

提升足球教师专业素质，构建复合型教师团队

足球教师队伍建设是一项长期系统工程，针对校内无足球专业教师的现状，学校注重对足球教师的选拔与培养，让热爱足球事业、有良好师德、有专业素养的教师，尽快成长为一专多能的复合型教师，建立一支适应“足球之乡”发展需要的师资队伍。

近年来，学校鼓励体育教师主动学习足球相关知识，提高足球教育教学能力；支持教师参加各级各类足球教练员培训，提高教师的足球专业素质；通过足球专家、教练的引领，帮助教师解决训练中的困惑，提高训练水平。体育教师经过个人学习、校外培训、专家引领，实现了足球专业与教育专业的整合。

另外，学校成立了足球教学帮扶指导小组，邀请当地宝辰足球俱乐部教练定期到学校进行指导；成立了专家教练组，定期对学校教师进行培训。为进一步推动校园足球活动健康有序发展，学校每年对为校园足球工作作出突出贡献的班级和个人进行表彰奖励。

以足球课堂教学为主线，开展丰富多彩校园活动

完善学校足球测评方案，开发校园足球课程资源。为满足学生个性发展需求，培养学生创造精神和实践能力，学校参考教育局配发《足球教材》以及有关资料，自编或选编足球校本课程教材，形成符合学校实际的校本课程体系。

为了保证全校每个学生都能踢上球，学校将校园足球纳入学校校本课程与多彩课程中，并要求体育教师每周除任课班级上一节足球课外，课外活动时间分年级、分时间组织进行足球活动。学校立足实际，成立了班级足球队、年级足球队和学校足球队，设置了足球课程，出台了校园足球活动实施方案，通过多种形式，让学生了解足球、喜欢足球、参与足球活动。

学校每个班都建立了足球队，现有班级足球队26支，年级足球队3支，校级足球队2支。学校创建了班内比赛、班级联赛、校级比赛三级赛制。班内比赛，利用足球课和足球课外活动时间，开展以足球游戏、足球趣味赛、足球对抗赛为主的班内比赛；班级联赛，以班为单位，每学期组织1次，每周都有班级联赛，形成常态机制。

为了普及足球知识，培养学生的足球兴趣，营造浓厚的校园足球文化氛围，学校每年确立一周为“足球特色周”，开展一系列足球活动。如足球运动动员大会、学生足球才艺展示、足球啦啦操展示、年级明星对抗赛、师生足球交流、足球知识讲座、嘉宾来校指导、评选各类先进等。此外，开展以足球为主题的校园文化活动，建立基于互联网的校园足球信息平台，动态报道足球活动、交流工作经验、展示特色成果。

作者：滨州市滨城区三河湖实验学校薛玉江、王玉华

河南省新乡市铁路第二中学

而今迈步从头越

学校获得的部分荣誉奖牌

阅读提示：以习近平同志为核心的党中央坚持问题导向和科学思维，注重理论创新、实践创新、制度创新，不断完善治国理政、治党强军顶层架构，引领中国特色社会主义进入新时代，创立了习近平新时代中国特色社会主义思想，对决胜全面建成小康社会、开启全面建设社会主义现代化国家新征程作出了全面部署。各地区各单位迅速行动起来，深入开展“不忘初心，牢记使命”主题教育，增强“四个意识”，坚定“四个自信”，做到“两个维护”；充分发挥党组织的战斗堡垒作用和共产党员先锋模范作用，打赢“防控战”，夺取“双胜利”；积极探索“精准脱贫”途径，决战决胜全面小康；贯彻新发展理念，建设美丽中国；坚持以人民为中心的发展思想，不断增强人民群众获得感、幸福感、安全感。“省级文明校园”——河南省新乡市铁路第二中学就是其中的先进典型，他们建设新时代中国特色社会主义的具体措施、成功经验和突出成就，都具有较强的示范意义和推广价值。

日前，一个振奋人心的好消息在河南省新乡市铁路第二中学（以下简称铁二中）欢快地流传——学校荣获“省级文明校园”称号啦！再往前数，好消息亦是接二连三：学校荣获2019年度“市中小学德育工作先进集体”“市级平安校园”及“市学校卫生先进单位”称号；学校射箭队李中原同学代表河南省参加全国第二届青运会，一举夺得混团金牌，取得河南省在该竞技项目上的最好成绩；2019年9月，学校恢复普通高中教育，让昔日的传统体育、艺术名校，再次扬帆起航……

以上省、市级荣誉的获得和办学档次突破所带来的喜悦，可能很快会在稳健前行的铁二中人的脑海里一划而过，但取得这些荣誉和进步背后所付出的汗水，必将长久地转化为滋养铁二中人继续闯关夺隘的精神力量！因为铁二中的老师们越使劲前行，越感觉到脚底板虎虎生风，眼前景美不胜收；因为铁二中的同学们越用功学习，越认识到沧海水能渡云帆，万卷书可登长天！

这里是一片潜心教书育人的沃土，这里是一方追逐梦想和远方的乐园。连日来，记者慕名走进这所美丽学校，一步一景地欣赏它，一点一滴地感悟它，力争深层次、多角度探析铁二中悄然崛起、重振雄风的内在奥秘。

三封“家书”寄真情，教育情怀“一脉”承

“竹外桃花三两枝，春江水暖鸭先知。”事物内在的发展变化，往往是离事物最近或最关心该事物的人首先感知到的。毫无疑问，铁二中近年来发生的可喜变化，是学校师生员工以及身虽退但心常在的老教师最先看在眼里、记在心头的。

2020年春节放寒假前，三封寄给学校的书信，引起铁二中人强烈的心灵共鸣。这三封用钢笔写就的来信，字字饱含深情，句句发自肺腑，激发起全校师生莫大的自豪感和深深的使命感。

写这三封书信者来自何方、姓甚名谁呢？第一封信，是铁二中的建校元勋、年近九旬的第一任校长王善律写的；第二封信，是见证了铁二中上个世纪一段风云激荡历史、75岁的老教师贝月华写的；第三封信，是铁二中发展壮大征程的重要参与者和见证人、73岁的原副校长杨新生写的。哦，原来他们都有一个共同的名字——人民教师，原来他们都有一个共同的家园——铁二中！

他们在信中回顾了铁二中办学历史上曾经的辉煌与落寂，对于新领导班子上任以来多方谋划、锐意进取所取得的成就表示赞

高中生多元培养之艺术课堂——书法　摄影：刘正刚

叹——近两年学校建设突飞猛进，并且一举恢复了停办长达10年之久的高中教育，上符合国家教育政策，下顺应学校发展根本，于国于家，功莫大焉！现在，无论是育人环境、队伍建设，还是教学管理、师生精神状态，学校都呈现出跨越式发展的良好态势。作为老铁二中人，他们看在眼里、喜在心头，对未来的铁二中充满了信心和希望。

是什么因素拨动起三位老人如此欣喜而激动的心弦呢？唯物史观告诉我们，每个现实生活中的人，都是时代的产物，也必然会跟随时代的节拍而起舞，追随时代的梦想而高歌。出生于20世纪三四十年代的知识分子，因为亲历了新中国成立前战乱频仍、受人欺凌的那段历史，所以更懂得读书的重要，心底更怀有强烈的家国情怀。

墨已干，情未散；人虽非，志不移……

今天的铁二中人，怀着献身教育的炽热情怀，扎根教坛，辛勤耕耘，涌现出一批批有责任、敢担当、乐奉献的“最美教师”，如：“醉心莲台暮与早，勤耕勇攻自成蹊”的千玉娥老师；“身兼数职不言苦，管理授课两相宜”的原牡荣老师；“寓教于乐几十载，杏坛专心育桃李”的刘兆娣老师；“淡泊名利执教鞭，启道明理育英才”的刘正刚老师；“默默耕耘廿五载，不待扬鞭自奋蹄”的朱玉君老师；“真诚博爱无私利，淬炼党性挑重担”的樊利萍老师；“甘向班级洒母爱，‘生本’课堂放异彩”的孙永莉老师；“最是坦诚无私心，浇灌铁二桃李妍”的王鑫老师；“以梦为马驰天地，百折不回执画笔”的贾锐老师；“刚柔相济爱永随，不雨棠梨满地花”的王丽老师……他们犹如一串串美丽的珍珠，璀璨在铁二中美丽的校园！

今天的铁二中，青年教师像春蕾悄然吐蕊，中年教师似夏花激情绽放，老年教师如秋果淡然飘香。现年59岁、教初三（6）班的数学教师陈和平，深受学生爱戴，被学生私下亲昵地称为“俊哥”。“俊哥”陈和平教坛一站几十年，从不说苦，更不言累，师德高尚，成绩斐然，多次受到上级表彰，在平凡的教学岗位上做出了不平凡的业绩。面对学校今天的变化，他豪情满怀地表示：如果学校需要，我明年决定推迟退休，作为一名中学高级教师，我愿意为铁二中再立新功，一直干到65岁再退休！

更加让人欣慰的是，随着铁二中《三年发展规划》的顺利实施，现在与陈和平一样乐意为学校教育奉献更多心血和汗水的教师越来越多。他们虽处在铁二中不同的教学岗位，却脚踏牧野同一片教育沃土，正在无怨无悔地书写学校发展史上新的传奇故事。

西居偏僻铁路旁，“苔花”照样吐芬芳

1965年，为解决铁路职工子弟上学难题，当时的新乡铁路分局决定在郑州铁路局已创办新乡铁路中学（即现在的铁一中）的前提下，再自办一所中学。学校最终选址于铁路西一家占地19.67亩的废弃的车马店，时年33岁的王善律从铁一中调往铁二中。他在以教导主任身份（实际主持学校全面工作，在后来原铁道部教育分局编辑的全国铁路系统中学概况一书里，最终确认了王善律的首任校长身份）走马上任时，上级党组织对他说了一句沉甸甸的话：秋季务必开学，莫负莘莘学子！

功夫不负有心人，春光不负赶路人。20世纪80年代初期，学校在同类高中群体里，教学成绩名列前茅，一大批文化基础薄弱的学生，通过铁二中走进了全国重点学府。21世纪初，更多的铁二中学子屡屡考入清华、人大、浙大、央美、国美等全国一流大学，向新乡人民证明了“苔花如米小，也学牡丹开”的不凡壮举！

作为当初校园建设的“点睛”之作，一方三亩大小、含珠吐玉的人工湖，以它清澈秀美的灵气，苍翠欲滴的意趣，恬卧校园西北方向，见证了铁二中屡经挫折、几经风雨的办学历史。人工湖是铁二中时代变迁的见证，更是历史文化的积淀。

秀染碧湖映校美，情注教苑育花红。今天的铁二中人立足学校发展实际，赋予人工湖以新的文化内涵，提炼出合乎时代要求的美文化，它也由此拥有了一个全新的名字——秀美湖。秀美湖居北望南，与其对面的钟美廊相映成趣。这条呈东西走向、长达50余米的廊亭充满了浓厚的文化气息：一块块诠释着“仁”“义”“礼”“智”“信”“德”“廉”的文化展板挂满南墙，一副副名人楹联分列廊柱两侧，彰显着中华传统文化之美，使得校园自然环境与人文景致相得益彰。秀美湖与钟美廊之间的绿茵操场，掩映在绿树丛中，学生们在此或健身锻炼或静坐读书，构成了一幅美丽的动人画卷。

站在宽畅的绿茵场东望，臻美楼、谐美楼、济美楼呈“U”字形排列：崭新的多功能报告厅和录播教室静卧谐美楼一隅，二楼办公室到处可见老师们讨论教学的场景，三楼随处可见领导忙碌的身影；分列两旁的臻美楼、济美楼，早晨到处都能听到学生琅琅的读书声，上下午教室里老师们用粉笔书写教育篇章，晚上教室里映照着学生们刻苦读书的身影。

师之所指，生之所向；形之所立，神之所聚。身处美的环境、美的理念、美的文化熏陶中的铁二中学子，人人都尊师、笃学、明德、尚美，个个都阳光、乐群、坚毅、向上。

秀美湖畔，写满了诗情画意的自然美；文化长廊，充溢着沁人心脾的文化美；三尺讲台，流淌着教书育人的师德美；教室内外，张扬着昂扬向上的青春美。这些美的大合唱，将整个校园环境融为一体，把铁二中独有的环境美、育人美、奋进美提升到了一个全新的高度，恰到好处地演绎出“大美铁二特色名校”的绚丽华章。

“一体两翼”绘蓝图，铺就条条成才路

党的十八大以来，以习近平同志为核心的党中央高度重视教育事业，把教育摆在优先发展的战略位置，并提出一系列办好教育事业的新理念、新思想、新观点。我国的教育事业，借助一系列新的党的教育理论，也进入一个新的加速发展期。

如何积极响应党的号召，顺应时代要求，办好让党放心、让人民满意的教育，成为摆在新的学校领导班子面前的一道必答题。2018年春，沐浴着新时代党的教育春风，以校党支部书记、校长杨新宇为首的铁二中新一届领导班子，在市教育局的正确领导和大力支持下，以饱满的教育情怀、坚实的教育举措，擎起了学校铿锵前行的旗帜。

为了答好“让党放心、让人民满意的教育”这道时代命题，校领导班子多次深入学习习近平总书记有关教育工作的系列讲话、论述，领会其深刻的精神内涵；走到一线教师中间，同大家面对面谈心，交流办好教育事业的体会和做法；倾听部分学生及家长的心声和意见、建议，最终集“小智”为“大智”，绘制出铁二中新的以文化教育为主体、以体育教育和艺术教育为特色的“一体两翼”发展蓝图。

群雁高飞头雁领。铁二中的“头雁们”，是如何带领全体教职员工，合力做强“一体”、擦亮“两翼”的呢？

在做强“一体”方面，学校领导班子出奇招、想妙招、用实招，接连打出一系列“组合拳”。

结合学校实际，参考兄弟学校做法，大力实施包班行动。即全体任课教师深入班级，开展包班、包小组、包学生活动，对学生的思想、纪律、卫生和安全进行跟踪指导，充分体现了全员育人理念。

推进课堂教学改革，打造“尚美课堂”，引导学生自主学习、小组合作、深入探究。转变课堂评价标准，从传统的“教师教得怎样”转移到新课改“学生学得怎样”上来。通过中层以上领导听评课，教研组磨课、赛课等活动，促进课堂教学改革不断深入、优化。

扎实开展集中教研活动。每周的“两大三小”教研活动，为教师切磋教学内容及方法提供交流平台，切实提高教研活动的有效性。

开展师带徒活动，注重青年教师培养。定期举行青年教师基本功大赛、青年教师汇报课、青年教师座谈会等活动，使青年教师逐步提高了能力，站稳了讲台。

入职不到一年的青年教师马建民深有感触地对记者说，校领导非常关心青年教师的成长，我们感觉收获很大，成长很快。

加强课堂教学常规管理，加强日常教学巡查，引导教师实现“尚美”课堂教学模式走向规范化、科学化。实施周测制度，通过周测评比，极大地调动学生的学习积极性，营造热烈的学习氛围，加强教学效果的检测。

近两年来，铁二中先后规范出台了《领导干部参加教研活动工作方案》《规范教师教育教学活动及包班行动方案》《小组合作学习建设指导意见》《中层以上领导干部听评课制度》《集中教研活动方案》《师带徒活动方案》《周测制度》《巡课制度》等一系列行之有效的规章制度。这些规章制度，既有广泛的相互联系性，又有独立的可操作性。

在擦亮“两翼”方面，铁二中更是在原有雄厚实力的基础上，超常布局，提前发力，打造更具时代特色的体育、艺术金字招牌。特别是2019年恢复了高中招生以来，学校根据国家教育相关政策，并结合发展实际，放眼学生未来，确定了多元培养、特色引领的办学方向，为学子们铺就了一条更为便捷的升学及未来择业的重要路径。多元化、个性化的特色培养，全方位的育人理念，为铁二中的莘莘学子赢在高考起跑线上，提供了广阔的发展空间。

如今，铁二中和市体育局合作，建立了全市面积最大、实力最强的射箭训练基地和宽敞明亮的武术训练馆，室内排球训练中心也正在规划建设中；学校的重点体育训练项目如排球、射箭、拳击、空手道、足球、篮球等，正在高中特长生中如火如荼地进行。艺术教育更是未雨绸缪，学校现在已从初中年级里去发展、挑选苗子，并着手进行专业的、全方位的艺术培养。

记者在采访中获悉，针对体育及艺术培训，铁二中的领导走出去、请进来，遍邀行家里手，力争为学校体艺生打造全市一流的上升通道。

“墙上画马不能骑，光说不练白费力。”铁二中的领导班子明白，再具体的措施，再完美的制度，如果在工作中得不到切实执行，也难以取得任何实际效果。于是，校长杨新宇带头执行各项规章制度及工作纪律，以身作则；副校长张临平每天早早到校，组织学生跑操锻炼，守护学生日常生活；副校长邹曦坚持一线上课，每天巡视课堂教学，关注教学效果；副校长王东文每天巡视校园，细心发现、及时整改存在的一切问题。校领导的身体力行，老师们的携手跟进，有效地促进了全校教育教学工作的跨越式发展。

习近平总书记强调，要全面加强和改进学校美育，坚持以美育人、以文化人，提高学生审美和人文素养。如今，在国家教育事业飞速发展的大背景下，适时提出“美文化”“铁精神”理念的铁二中，已然伴着激情澎湃的交响乐，走向了跨越发展的阳光大道。

“雄关漫道真如铁，而今迈步从头越。”记者经过深入采访，终于找到了铁二中悄然崛起的奥秘，其实它就镌刻在砥砺奋进的征程上，流淌在炽热鲜红的血液中，涌动在时代发展的大潮里……

湖北省武汉市建港中学

助力学生筑梦未来

链接：作为一所拥有64年校龄的武汉市级示范高中，武汉市建港中学现已发展成为一所具有30个教学班、140余名教职员工、近1600名在校生的现代化优质高中，先后被授予“湖北省卫生文明单位”“湖北省五好基层关工委先进集体”“湖北省平安校园”“湖北省绿色学校”“武汉市文明单位”“武汉市群众满意中小学校”“武汉市师德建设先进单位”“武汉市语言文字规范化示范校”“武汉市心理健康合格学校”“武汉市体艺特色学校”“武汉市园林学校”“武汉市卫生先进单位”“汉阳区名学校”“汉阳区高考达标学校”“汉阳区防疫先锋堡垒”等光荣称号。

现任校长罗功成，先后荣获“十三五教育科研工作作业绩突出十

武汉市建港中学校长罗功成　摄影：林四海

佳校长”“汉阳区管拔尖人才”“汉阳区十佳教育工作者”“汉阳区名校长”“汉阳区名教师”“汉阳区学科带头人”等荣誉称号，多次获得“高考突出贡献奖”，受到武汉市汉阳区委、汉阳区人民政府表彰。

长江烟波荡漾，汉江沧浪悠悠，坐落在江汉朝宗之地的湖北省武汉市建港中学（后简称建港中学），是一所拥有60余年办学史的市级示范高中。南临长江、北面墨水湖、东靠龟山、西望国博……在这片25478平方米的土地上，一个拥有无限可能的品质学校在此孕育。

“奠基学力，奠基人生”，在强有力的办学理念引领下，建港中学正稳步驶入文化、艺术“双引擎”发展的快车道。

双擎驱动　这里用特色“育”人

步入建港中学，你即将看到这样的景象，宽广的校园空间，耗资1.5亿元改造的全新校园环境，即将完工的新教学楼和地下停车场……这些，都是助力建港中学成为功能融合、多元开放、环境怡人现代化校园的实招。

面对新高考，学校确定“大文大理和艺体特色双引擎”发展战略，为不同类型的学生提供了多元的升学途径，高考成绩屡创新高。2020年高考，建港中学再创辉煌，一本率高达52%，在市级示范学校中遥遥领先，作为学校特色的美术班，成绩更是斐然。艺体生一本率接近95%，一大批学生被中央美术学院、中国美术学院、武汉大学、武汉理工大学、华中师范大学等名校录取。成为家长心目中名副其实的“家门口的好学校”，“2020届高三（4）班学子李一凡、高三（1）班学子汪达以600多分的好成绩，创造了学校历史最高分，考取国家双一流建设高校。”建港中学校长罗功成介绍道，这些都是学校行稳致远的“硬实力”。

为了满足学生的个性化发展需求，学校还开发了游泳、篮球、舞蹈、美术、篆刻、播音等丰富多元的校本课程，通过课程理念创新、课程资源整合，满足学生个性化发展需要。

名师兴校　这里以“质”胜人

师资，是学校最宝贵的力量。为形成“高飞雁阵”的教师群体，建港中学于2019年成立汉阳区符晓文语文名师工作室，通过内培外引，充分发挥名师和优秀教师的帮带辐射作用，让每一名老师都得到成长。

目前，学校拥有市区学科带头人15人、区名教师5人、市“百优”班主任1人、市区优秀班主任25人、高级教师34人，骨干教师68人，52名教师加入了特级名师工作室。学校现有的140余名在职教师，近半数教师具有研究生及以上学历。

以教师队伍建设为引领，加快建设一支理想信念坚定、道德情操高尚、专业知识精干、教育智慧丰盈的高素质教师队伍……建港中学紧扣党史学习教育，举办追寻党史足迹等活动，打造“四有”教师队伍。通过“青蓝工程”“名师培养工程”，为学校“品质教育”推进提供根本保障。

近来，学校抢抓契机，全面更新电子白板，VR/AR虚拟实验室建成并投入使用，被授予为“中央电化教育馆中小学虚拟实验教学实验校”，让建港中学的每一名学生在一流的教学环境当中成长。

生态德育　这里成风“化”人

“教育是农业不是工业，成长要感悟不独说教。”近年来，积极、和谐、阳光、温馨的德育生态氛围在建港中学孕育而生。每周一次的国旗下讲话、数月一次的艺体节、校园美食节，每年一次的高三毕业生成人礼、诗歌朗诵等活动，都助力学校形成良好、和谐、健康的氛围。

近年来，学校一直致力于打造“书香校园”，鼓励师生通过阅读好书提升素养。同时以市级卫生合格校复检为契机，在常态化疫情防控背景下，全校范围内深入开展“爱国卫生运动”，营造干净、优美、舒适的学习环境，着力打造文明校园、绿色校园、制度校园。

为拓宽学生视野，学校坚持聘请政府、企业领导为学生授课，带领学生走进企业，走进社区，广泛开展研学活动。艺术小人才、湖北省电脑制作活动等学生竞赛屡结硕果。

将“三生”教育贯穿于教育教学，把立德树人延伸至家庭。学校依托心理健康发展中心，对学生实施心理疏导、学业指导、家务劳动、疫情防控、亲情教育、家国情怀等个性化指导，引导学生从生活点滴里汲取营养。

立足新的历史起点和新的发展机遇，武汉市建港中学将继续践行“至善厚德　笃学敏行”的校训，坚持立德树人的根本任务，积极实践“品质教育”，着力提升学生核心素养，以特色绽放精彩，为学子筑梦未来！

作者：罗功成

校园一瞥　摄影：林四海

湖北省孝感市第一高级中学
在改革中奋进

校长梅建辉（前排右三）向前来视察的省、市领导汇报2020年秋季新学年开学准备工作　摄影：齐白鸽

悠悠澴水，激荡千年；

东汉董永孝行感天，演绎孝德文化；

北宋陈颐格物致知，开启儒家理学；

孝感文化厚重，弦歌悠扬，学风斯盛，英贤辈出——

这是一方文脉绵长，新韵不绝的圣地；这是一块文脉绵长，新韵不绝的圣地，孝感，注定是个书写传奇的地方。

孝感市第一高级中学（以下简称孝感一中）位于“孝文化名城”——孝感城区东端，北枕孝武大道，东临槐荫公园，南瞰毓秀澴河，交通便利、环境优雅；一幢幢红墙灰瓦的建筑，构成了学校独具特色的建筑风格，昭示着历经百年的孝感一中愈发充满创新的热情与奋进的活力。

时代发展，学校办学规模不断扩大，软硬件环境不断改善。今天的孝感一中，教学区、生活区、运动区、绿化区、行政区布置合理，现代教学设施设备齐全，奠定了优质办学的基础。

一代代一中人紧跟时代步伐，艰苦求索，文脉传承，成就了一中的辉煌——

一批又一批才俊在这里磨炼成教育行家，一批又一批学子从这里奔向高等学府深造成国之栋梁。学校“崇孝、尚美、博学、文明”的校园文化也在磨砺中积淀、升华，成为孝感一中顽强拼搏，改革创新的力量源泉。

今天的一中，已经从初创时的县立高等小学逐步发展成为“湖北省示范高中”，学校办学成果丰硕，先后被评为“湖北省绿色生态校园”“湖北省平安校园”“湖北省文明校园”。

曾几何时，孝感一中陷入了发展的瓶颈，教育质量逐年下滑，领导班子苦闷，教师队伍彷徨，家长不满，社会评价不好。如磐的重责扣压着每个一中人的灵魂，是向困难低头，成为时代的弃儿，还是直面困难，向死而生？一中人给出了响亮的回应——直面问题，用改革求生存，以创新谋发展。

改革始于2017年10月，新一届领导班子经过深入的调查分析，完成了学校近期发展的顶层设计，制定了《孝感一中学校章程》，出台了《孝感市第一高级中学五年发展规划（2017—2022学年）》《孝感一中教师发展五年规划》。通过两个规划，明确了学校发展理念，建构了学校发展目标体系——内容包括学校发展战略、发展目标，教师发展目标，学生发展目标和学校其他工作目标。指明了学校重点发展项目——内容包括课程建设、教学改革建设、教师队伍建设、学校德育工作和学校文化建设。为学校阶段发展指明了努力方向。

为了保证学校发展规划的落实，学校领导班子通过党代会、教代会，集思广益，实现了制度层面的变革。首先是《孝感一中教职工全员聘任制试行办法》，紧接着是《孝感一中结构工资分配办法》，通过聘任和结构工资分配，将责、权、利与全员工作紧密挂钩。教职工绩效工资，按照工作量和学期考核实绩，重新分配，拉开差距。绩效分配制度的实施，创设了公平竞争的环境，修正了部分教师的职业价值取向，学校各校工作呈现出良好的发展态势。

责、权、利与教职工利益挂钩，关键是过程管理。为此，孝感一中新一届领导班子在广纳民意的基础上，从学校、教师、学生充分优质发展的战略高度，制定、完善了《部门、干部、教职工实际考核实施办法》《结构工资分配办法》《年级自主管理责任制》。

制度文化建设的创新，集中体现了新一届领导集体肩负起在困境中求生存、在挫折中谋发展的历史担当。他们转危为机，把新时代的荣辱观——以干事创业为荣、以因循怠惰为可耻植入每一个教师的灵魂，并使之成为每个教职员工的实际行动。

改革与创新的脚步，从来就是奋力向前的。顶层设计、制度建设、考核评价体系改革，只是开始。为实现教师发展和办学质量的双赢，为学校可持续发展蓄积动能，孝感一中实行了过程管理的改革与创新——实行“年级班组长组阁制”和“教职工考评积分制”。年级组长直接对校长负责，人员实行自主、优化组合，将学校所有教职员工变成年级人，管理重心下移到年级，突出年级管理的中心地位，突出年级以教育质量为中心的目标，提高了管理的效能。教师考评积分制的实施，给每一位教师干事创业的空间，解决了人浮于事的顽疾，也为教师可持续发展指明了方向。

为有效实施学校发展战略，凸显学生发展的主体地位，学校实行了管理部门的改革。从尊重教育管理规律和人才发展的角度，确立了“两办四中心”的管理机构，规定了部门职责。部门职责明确，联动发力，精准施策，为实行年级组为中心的扁平管理模式提供了强大的支撑。

教师发展是学校教育教学质量发展的原动力。学校为谋求教师发展，实施了一系列举措。一是落实专家引领工作，请省内外教育专家来校进行专题辅导，助力教师成长。二是组织、安排教师外出学习、访问，开阔教师视野。三是建立“教师成长档案”——内容包括教师初始学历、职后学历晋升、辅导学生、教学管理、“四优”成果等，为每一位教师成长画像、引路。四是有序开展教研活动。每周教研组、年级组以“二个明确，三个表格，四个环节”为抓手，开展集体备课，共同研究教学工作；每月以“指定教学内容，确定中心发言人，靶向初始个案，群体智慧聚合，研磨成熟精案”为推手，开展全校同科教师参加的“智慧风暴”集体备课活动，贯通教师业务研习工作。

探索实施人工智能技术与教、学、测、评、管等教育教学主要环节的融合创新。充分运用“智学网”“e网通”等大型云平台，充分运用“智学网”等大数据平台，聚焦学生作业和考试两个痛点问题，实行多维度、立体的实时数据索源，记录和分析课堂教学数据和学生作业数据，向教师和学生推送个性化教情、学情报告，帮助教师调整教学目标，优化教学设计和教学方法，促进学生针对性、自主性学习，补齐学科知识短板。主办《课程研究》校刊，搭建平台，助力教育教学提升。

学校还重视特色校本课程的研发，内容涵盖学校管理、课程研究、德育工作等。

学生全面发展是根本。各项改革最大的红利是学生的全面发展。虽然没有刻意的实行学生行为习惯养成教育，但是，以学生全面发展为己任的“学生发展中心”的成立，为一中的全封闭管理、丰富的学生活动和德育品牌打造倾尽智慧。实行全封闭式管理，狠抓学生自主教育管理，学生的学习状态和精神面貌明显好转；打造了特色德育品牌，高三成人礼活动社会影响巨大，艺术节、元旦晚会广受社会好评，足球校园建设获得“全国中小学足球特色学校”称号，各类兴趣社团活动深受学生喜爱，逐步构建了多元育人机制，促进了学生的全面发展，开创了学校德育工作新局面。

三年来，教学教研质量跃上新台阶。

2019年高考过一本重点线312人，增长率居孝感市第一位；2020年学校克服了疫情带来的不利影响，高考过一本线359人，其中大文大理301人、体艺飞58人、312班张明珠同学摘得孝感市高考文科第一名桂冠，赢得社会的广泛赞誉。在2021年新学期高一、高二开学考试、期中考试及高三“市二统”中，该校高三、高二、高一三个年级在一本过线率、本科过线率分居全市各县市重点高中前列。2021年高考过特殊招生线（原一本线）412人（不含体育艺术），比上一年增111人；本科过线1073人，过线率达92.6%，再创历史新高。这一切得益于学校对新高考探索，精准把握政策，管理严格规范，教学质量跃入全市中上等水平，真正实现了换道超越。

2020年9月3日，孝感一中举行新学年开学典礼　摄影：齐白鸽

三年来，教师论文获奖100余篇，“四优”获奖284人次，其中省级奖达35人次；学生奥赛获奖超300人次，其中国家奖25人次。

作为百年名校追求的永恒主题，赋予“孝德”文化新的时代内涵，使之与社会主义核心价值观紧密融合是一中人的追求。

孝感一中校长梅建辉在孝感市高考总结交流大会上如是说：历史赋予我们一中人以责任和使命，我们将不忘教师初心，牢记教育使命，不负历史，不负人民，继续坚持弘扬学校光荣的办学传统，与时俱进创新学校管理。

紧紧围绕学校发展蓝图，始终践行“一切为了学生，努力办适合每个学生充分发展的人民群众最满意学校”的办学宗旨。

全力打造“质量＋特色”的两大战略品牌。

坚定不移地走“健康发展、特色发展、内涵发展”三条可持续发展之路。

大力涵养“科学、民主、尊重、自主”四大校园文化。

努力做到让我们的学校“学生满意、教职工满意、家长满意、社会满意、政府满意”。

高中教育已进入普及和高质量发展新阶段。新高考改革给我们带来无限发展机遇，只要我们勠力同心，抢抓机遇，学校“振兴梦”就一定能够实现！

作者：宁威宏

湖北宜昌英杰教育集团

致广大　尽精微

英杰教育集团董事长吴于宽

英杰教育集团副董事长付弘林

一年一小步，十年一大步，展开英杰集团第三个十年的发展蓝图，从创办之初的“永争第一永不言败”到第二个十年的“孝雅文化德佑一生”，直至第三个十年“致广大尽精微”的办学精神的点滴熏陶与层层递进，其背后映射的是英杰人对教育链接时代的深层思考与探索，是英杰人对“应该办什么样的学校？应该培养什么样的孩子？学校之于孩子的一生应有什么样的给予？”这三个时代之问答卷的赓续书写。

教育之妙，妙在潜移默化，妙在润物无声。对于湖北宜昌英杰教育集团来说，好的教育探索孕育在明确的目标追求和不断丰富目标的多样化实践中，在其成长为参天巨木的岁月中留下一圈圈年轮印记和故事。

破“唯成绩论”，立生态育人风

英杰坚守：拔苗种不出好“庄稼”

“如果不顾实际一味加压，那么我们一点一点加之于孩子的，

校园生活剪影。左图为师生和谐；右上图为植树献花；右下图为到养老院探望老人

可能不是锦绣上点缀的花朵，而是压垮骆驼的稻草。”

枝江英杰小学部校长李敏的一席话，道出了英杰人咬牙顶住“唯成绩论”的畸形风向标的巨压，合力营造一片生态健康育人沃土的教育坚守。

立志将教育的影响扩大至孩子的一生的英杰教育集团从培养学生人文底蕴、科学精神、学会学习、健康生活、责任担当、实践创新等核心素养出发，通过构建适合学生发展和满足学生多样选择的校本课程，使核心素养具体呈现在校本课程体系，让每个沐浴英杰洗礼的学子都具备独特的“英杰气质”。

枝江英杰学校把校本课程分为情商教育、科学教育、生活教育、审美教育、健身教育5个二级主题，设置正品雅行、身心和谐、科普知识、实践能力、生活能力、社会实践等15个三级主题，共有礼仪规范、心理健康、国学、武术等65个专题，基本涵盖学生成长需要的方方面面。创建由“适量必修课”（如一年级的《小牛顿》、二年级的《趣味英语》等）与“多领域选修课”相结合的校本课程框架，满足不同层次、不同类型学生的要求。

就读于武汉大学的黄盼盼说，在英杰学校最难忘的是各类特色校本课程的学习活动。

课堂认知课本，课外心向远方

英杰坚持：画好课业“延长线”

每年3月，宜昌英杰高中部的学子们都会利用周末时间，投身“三峡蚁工”志愿服务活动，用实际行动来守护长江。而这一实践活动也是对《长在宜昌》《生态小公民》等地方性课程的延伸拓展。

课程设置的科学性和体验性是英杰校本课程开发的特色。为了避免学生兴趣不浓、效果不实等问题，英杰教育集团大力倡导活动化课程，尽可能地增强课程体验性，创设条件、营造情境促使学生主动参与，从而达到核心素养的综合提升。

“在玩中学，在学中玩，我们希望学生动手的多，接触社会的多，面对现实的多，切合生活实际的多，把学生从课堂引向课外的多。”英杰教育集团董事长吴于宽说道。

为此，宜昌英杰学校开设多样化的实践活动课程，如“戏剧大赛”“英杰好声音”“我爱记单词”“模型制作大赛”“跳蚤市场”等，高中部更是专门设立校本活动课“五礼四节”，即“国旗礼”“开学礼”“尊师礼”“成人礼”“毕业礼”“读书节”“艺术节”“社团节”“体育节”。

既要充实广大，又要穷尽精微。英杰集团在教会孩子学问的同时，更加注重教会孩子尊重德行；既要认知课本，也要心向远方。

为优质教育赋能，为人工智能“圈粉”

英杰坚定：智能教育“飞入”寻常百姓家

在借助特色校本课程培养学生核心素养的同时，英杰教育集团紧跟时代步伐，积极探索“互联网+教育”发展模式，率先将人工智能引进课堂，引入上海义学自主研发的松鼠AI课堂教学系统，开启宜昌智能教育新时代。

人工智能进课堂意味着什么？

宜昌英杰学校902班学生李长山用亲身体验告诉记者，疫情期间，学校给我们初三学子免费提供松鼠AI在线账号，通过AI智能教育系统，我可以精准地查找出来自己各学科方面的知识遗漏点，通过全面详细讲解，进行针对性强化练习，复习起来效率更高。

精准检测查漏补缺，学生们提高了学习效率，节约了学习时间。对于老师来说则是实现了因材施教，提高了教学实效。

“进行AI课程辅导与教学，提高课堂容量与效能，通过‘智能分析’‘即时诊断’‘一人一策’，优化了老师批改、辅导教学环节，有效减轻了老师的负担。”枝江英杰学校胡春雪老师说。

当“月薪一万撑不起孩子的一个暑假”成为工薪阶层的普遍尴尬，英杰教育集团决定从2020年起，对所有英杰学子开放周末人工智能辅导平台，进行免费AI课程辅导与教学，并安排专职老师线上指导，课时费全额由集团承担，此举可为每个英杰家庭节约近两万元的课外辅导费。

英杰，浸润于为学生、时代、民族负责的教育实干中，开启第三个十年。

供图：宜昌英杰教育集团

湖北省阳新县第三中学

丹心绘蓝图　风劲好扬帆

校长肖龙飞和学生们在一起

链接：阳新县第三中学创建于1980年，现有教职工200余人，48个教学班，学生3000余人，是城区规模化初中学校，占地面积60亩，绿化率达到40%。

现任校长肖龙飞，1969年11月出生，大学文化，中学高级教师，中共党员。曾任龙港镇彭杨中学教师、主任、副校长；龙港镇中心校（教育组、学区）基教干事、勤工俭学干事、办公室主任、教育督导员；龙港镇列宁小学校长、星潭中学校长；洋港镇中心学校校长；龙港镇中心学校校长；2019年9月起，担任阳新县第三中学校长。多年来，肖龙飞所带领的学校雄踞阳新县初中教育峰顶，曾荣获阳新县劳动模范、阳新县优秀教师、黄石市优秀教育工作者、黄石市优秀思政教师、黄石市教育系统信访慰问暨平安法治建设工作先进个人、黄石市名校长等殊荣。

厚重的红色文化，赋予了阳新大地丰盈的滋养；蓬勃的现代化气息，给这片充满革命情怀的土地注入了奋进的豪情。美丽的莲花湖畔，繁华的阳新大道旁，有一所青春美丽的学校——湖北省阳新县第三中学。她始建于1980年，历经40年风雨，培养了无数优秀毕业生，2004年被评为黄石市市级示范学校。2018年整体搬迁到现址——阳新一中老校区。在阳新县委、县政府、县教育局的关心和支持下，拨付2000万元对校园进行了改造，新建了一栋雄伟的综合楼，标准田径运动场、篮球场和食堂；各种功能室一应俱全；按高标准安装了校园监控系统、广播系统和班班通工程，完全是一所现代化的中学。学校师资力量雄厚，现有教职员工249人，教师学历达标率100%，有国家省市县专家骨干教师多名；在省级以上刊物发表论文100多篇，荣获国家省市县优质课堂教学比赛奖累计100人次。学校办学规模日益扩大，现有教学班48个3079人，是城区规模化学校。

序曲：栉风沐雨为求索

如今，厚重的三中条件改善越来越好，社会期许越来越多，各项工作迅猛发展。面对这些，黄石市名校长肖龙飞经过充分调研，结合校情确立了新的改革与发展目标：学校规范、规矩、安全运行；向内挖掘潜力，落实教师待遇，提振教师士气，调动教师工作积极性。围绕"变体制、转机制、促规范、讲规矩、增活力、聚人心、抓管理、提质量、深改革、促发展"的工作思路。内抓管理，外树形象，全面提高教育教学质量；把三中办成让老师安心，学生开心，家长舒心，社会放心的优质品牌初中，成为百万老区人民满意的阳新第三中学。

有着丰富管理经验的肖校长说，我们学校又一次站在了新的起跑线上，这就要求我们思想要改变，措施要出新，量化要求精，执行要问责，效果要提质。我愿与大家同心同德同力同行，共谋大计共创新辉煌。让我们用开阔的思路打通广阔的出路，用得力的措施创造给力的业绩，用有温度的管理书写有高度的教育。

第一乐章：文化育人有特色

三中人将紧扣"尊重教育"的核心理念，遵循"尊异重特人人出彩"的校训，遵从"存仁于心见礼于行"的校风，"因材施教长善救失"的教风，"尊己尊人自主自立"的学风，构建"学校——规范 + 特色，学生——合格 + 特长"的办学格局，走适合学校发展的教书育人、环境育人、活动育人的新路子。办师生喜欢、百姓满意、社会认可的尊重教育精品学校，建尊重人、理解人、关心人、成就人的幸福家园。我们将对"尊重"教育思想进行深入挖掘，进一步弘扬、传承，让文化积淀得以产生新的生长点、教育点，让学校各项教育教学活动都呈现出"尊重"的内涵。一所学校有了文化底蕴，就有了永不枯竭的发展动力和永放光彩的发展前景。让"尊重"教育的旗帜在校园飘扬，让每一面墙、每一条路、每一棵树都说话，让师生都拥有属于自己的精彩。尊重教育吐芳蕊，异彩纷呈入眼来。

第二乐章：党建引领促提升

结合上级党建工作要求、标准，围绕学校教育教学工作中心，学校创新和丰富党建工作的内容和形式。用党建引领思想，让所有党员干部在学习党的历史、理论、制度、纪律中净化心灵，提升能力，转变作风，更好起到模范带头作用。在全体教师中树立起形象，定格成标杆，进而带动全体教师以饱满的热情参与到学校改革发展中来。继续开好、开实总支组织生活会、民主生活会，开展好支部主题学习活动。做好、做实学、查、改，提高政治认识和站位，守初心、担使命、找差距、抓落实。要联系实际学、紧扣目标学，并不断拓展学习的外延，真正做到学习有计划、有进展、有担当、有标准、有力度，让学习常态化。制度化，从学习中吸取养分。

第三乐章：干部队伍提素质

学校有一支业务能力强和发展愿望强烈的干部队伍，面对新的发展形势、发展格局，学校将从六个方面来打造更优质的干部队伍。

强化责任意识。干部的职能要更明确化，要提升执行力，形成想干事、能干事、干成事、好共事的局面，学校将从德、能、勤、职、责等方面来考核干部业绩。

强化表率意识。火车跑得快，全靠车头带。干部要吃苦在前，能挑重担；既当指挥员，又当战斗员；既是管理者，又是参与者，工作在第一线处处做示范。

强化合作意识。人心齐，泰山移。干部队伍要凝心聚力，要相互补台不拆台，必然会好戏连台。只有合作才能发展，才能共赢，才能兴旺。

强化学习意识。要加强政治理论学习，业务素质学习，用学习获得的智慧、方法去引领教师发展，指引学校发展。

强化大局意识。每个人要有以学校发展为荣，以学校落后为耻的荣辱观，坚决抵制、反对影响和制约学校发展、声誉的言论，要充满正能量的去站好位。特别是在大是大非面前要顾大局，涵养顾大局的境界，形成顾大局的习惯，保持顾大局的姿态，坚定顾大局的信心。

强化监管意识。在职责范围内按计划开展落实工作中要有监管的意识，要抵制不良的作风，发现问题立查立改，履好职尽好责，让工作在体制机制中运行，在规范规矩中开展。

第四乐章：建章立制求真效

随着社会的大发展，办学需求从学生有书读的低层次转变为学生读好书的高层次，这决定了我们要强化规范管理，全面提升格局，规范办学行为，规矩运行过程，以老师专业发展，学生健康成长为中心。其目的就是通过规范提升进一步强化管理，提高质量，使全校上下形成干事创业的浓厚氛围，实现专业成长更快、创新劲头更足、付出力度更大、质量提升更高的局面。把学校各项工作推向正确轨道，把三中塑造成阳新人民称道、学生向往的名校。为实现这一美好愿望，要做好以下工作：⑴学校运行体制要健全、完整，要抓好班子建设、处室设置；⑵管理机制要规范、完善。各项工作由校委决策、年级推行、班级落实，形成处室、年级双重管理模式，双管齐下，密切配合，共同发力，提高办事效率，优化办事效果；⑶各项制度重推行、落实。制度建设是老师、学生发展的需要，是学校正常运行和可持续发展的需要，是学校文化建设的重要内容，是学校致力于为师生共同成长营造优雅大气、生动活泼、人文诗意的校园文化的保证。一切好的制度都是正义的、公平的，它既是一种刚性的管理，又是一种人文的关怀，这种有机的统一必将带来集体意识、竞争意识，最终实现学校的跨越式发展。管理是生命，规范出效益，在高起点规划、高标准建设、高质量达标的管控中，学校各项制度建设和管理工作将更加民主、科学、高效，最终定会实现和谐的教育境界；⑷提振教师的精气神。给予信心，培植爱岗敬业的精神；给予激情，提升干事创业的干劲；给予理念，激发教师职业的荣誉感；给予鼓励，增强教师自觉工作的责任感和使命感；⑸组建家长委员会。各年级、各班级都组建起家长委员会，家长们直接参与到学校管理中来。学校、年级、班级的许多决策和措施都邀请家长代表来商议，他们认可了就执行，真正使学校工作公开、透明、公正、科学。

学校校训：尊异重特人人出彩

第五乐章：安全建设筑堡垒

安全无小事，安全就是幸福。安全重于泰山，健康大于一切。学校也多次获得县综合治理先进单位荣誉称号，是零犯罪学校。为给师生创造一个和平宁静的成长环境，学校将更注重安全网络的建设，健全校园安全管理网络。⑴从校长到校委会、政教处、综治办、保卫室、班主任，层层签订责任书，层层压实职责，层层督查督改；⑵成立督促式联动护校队，校领导全天候巡视校园，安装 360° 无死角监控系统；⑶实行全封闭管理，上课上班期间学生老师不准随便外出。学生统一在食堂就餐，是为了学生不购买周边流动摊贩的三无食品，让他们吃得健康。同时可解决放学时段因拥挤而造成的交通堵塞所带来的极大安全隐患；⑷严格执行进出校园登记核查制度，加强门禁卡使用管理，一人一卡，不能他借；⑸定期排查校园安全隐患，利用广播、板报、宣传画等形式进行安全教育；⑹定期邀请卫生、防疫、消防、公检法、国防等部门负者人宣讲，丰富学生的安全知识，增强安全责任；⑺上好生命教育课。时刻提醒学生学会交友，要多交益友，不交损友，在网络上谨慎交友，坚决不到工地、偏远地方、有危险水域玩耍，谨防意外。上下学要遵守交通规则，放学及时回家，不在外逗留。不购买三无食品；⑻制定好各项安全管理应急预案。安全网络形成了，师生成长的道路就平坦了，顺畅了，校园就成了快乐的家园。

第六乐章：德育立品方致远

旧岁已展千层锦，今朝又登百步楼。阳新县第三中学将不断探索和完善德育工作新途径，形成颇具特色的德育工作新模式，力争班班有特色，人人有特长，事事有特点。⑴提升师生的成长意识，规范成长行为；⑵树立师生成才成功的目标；⑶拓宽育人发展环境：开齐功能室，对学生进行人文素养提升，学科知识拓展，兴趣特长培养。开展形式多样、内容丰富的活动，如：国旗下讲话、校园之星评选、清洁卫士评选、主题班会、聘请公检法负责同志担任法制副校长，举办法制教育讲座，增强学生安全意识和防护能力。从而构建生命可持续发展的育人体系；⑷加深育人发展的深度：创新德育载体，依据不同学段分层实施德育目标。让学生在研讨中体会，在活动中实践，在创新中探索，从而实现德育教育的纵向功能；⑸发挥优势扩大影响。三中是黄石市篮球教学优质基地，在市县教育系统师生篮球比赛中均取得过骄人的成绩。2019 年又喜获教育部颁发的“全国青少年校园篮球特色学校”荣誉称号。在近几年省市县中学生文艺活动、文学征文、演讲比赛中屡获大奖。2019 年，学校获得县科技创新学校的称号，我们将以这些为载体设计、开展有益身心健康的活动，继续强化学生各方面的能力和素质，坚定他们长远发展的基石；⑹活动紧扣校训主题。各种活动的开展，将以兴趣爱好发展线、行为养成发展线、文化积淀发展线、意志品质发展线，多线联动的方式进行，如：诗词表演唱、阅读经典滋润心灵、书画才艺展示、科技创新大赛等，形成全方位高素质育人的模式。

第七乐章：教学教研树新风

教学质量是学校的生命线，教研教改是不断提高质量的基石。为了学校的高质量、高素养、高速度的发展，阳新县第三中学将从下面入手：⑴继续强化教育教学常规管理。在”精“上抓好备教批辅改各个环节，建立月查月考制度，一月一查，一月一考，一月一通报，一月一奖惩。以查促教，以考促教，真正实现以“教”育人的宗旨；⑵建立多种评价机制。用多把“尺子”评价学生，分层管理，分层育人，分层评价，张扬个性，以亮点提信心，以特长促优秀，让学生在评价中认识自我、肯定自我、完善自我、发展自我、成就自我；⑶注重青蓝工程、阳光工程、名师工程。为优化教师结构，学校将制定“以老带新”“以新促老”的青蓝工程计划，采取多种形式的进修培训的阳光工程来打造优秀青年教师，从骨干教师打造富有三中特色的市县校名师。为了激活这些机制，将通过请进来，引来源头活水充实教师理念，走出去，用它山之玉推动自身发展。用指路子、结对子、压担子、创牌子的思路去形成良性合作竞争的氛围。这样定能造就更多的学科带头人和名师，有了学科名师，就有了精品学科，名师积淀的学养就赋予了学生更多的发展可能，给予了学校更多的提升空间。一所学校有了自己的名师就有了自己的品牌，就有了广泛的影响力和公信力，进而助力三中品牌学校健康快速成长；⑷继续做好课题研究。制定激励机制，鼓励教师积极参与国家省市县教研课题，在团队组织、研究过程各环节学校都给予大力支持。同时致力于探索适合三中实际的校本课程。双向课题同时建构，相互融合走出一条既有学识涵养，又有本土特色的教研教改体系。这样一来，课堂高效了，教师又向学习型、研究型、专家型发展了，相信这种智慧管理、艺术管理终将换来桃李满园香。

第八乐章：后勤保障有力度

后勤是大本营，是学校各项工作顺利开展的动力源。源头能量大，事业后劲就足。规范资金管理、物资采买。严控出口，扎紧口袋，开源创效。提高就餐质量，在统一就餐管理模式下，学校将进一步探索就餐制度，成立高效后勤服务专班，改进工作作风，细化饭菜每一个流程，优化饭菜营养套餐，真正做到让学生安全就餐，健康饮食，快乐成长。

尾声：笑看前路尽锦绣

如今的三中汇聚了潮水的激荡，青山的秀美，融合了乡村的纯朴，都市的华美。阳新三中人将不忘初心做教育，牢记使命育桃李，用匠心铸魂，忠心逐梦，把一系列改革举措注入的动力、活力化为东风，弦歌而进，蹄疾步稳。蓝图已绘就，扬帆再启航。阳新县第三中学正朝着梦想盛开的方向，执着前行，三中必将打造成硬件超前、设备齐全、理念先进、名师荟萃的精品学校。

作者：邢廷军

湖北省英山县孔家坊乡中学

立足"心"的方向　压实"定"的责任

蓝天白云、绿树掩映下的孔家坊中学　摄影：叶莹莹

链接：英山县孔家坊乡中学位于毕昇故里英山县西河中部，地处巍巍羊角尖西南麓，是一所农村寄宿制学校。现有在校学生近500人，开设9个教学班，在职教师32人。近年来，该校曾荣获"课程改革——异步教学法"国家级实验学校、省级实验教学先进单位、市级平安校园、市级绿色生态校园、县级先进党组织、县级教育教学先进单位等荣誉称号。

2020年初夏，走进湖北省英山县孔家坊乡中学，只见校园内古木参天，花团锦簇，环境优美，整洁卫生；教室里书声琅琅，老师和学生都在为即将到来的中考紧张备战中。

初三复学已有20余天，孔家坊中学采取了哪些周密的疫情防控措施？如何做到防疫和备考两不误……该校立足"心"的方向，压实"定"的责任，做到了细化举措，全力以赴。经多方合力，各项工作安全有序推进，呈现疫情防控、复学复课"两手抓两手硬"的新常态。

立足"心"的方向，全方位护航

学校全体党员定岗定诺，依据各人特长确定各自的服务岗位，并按照"一句话承诺"履职尽责，充分发挥支部战斗堡垒作用，党员先锋模范作用。学校各处室各司其职，责任上肩，用心服务，贴心照顾，全方位护航。

以防控为重心——为最大限度地确保师生健康安全，孔家坊中学全体师生员工实行全封闭式管理，统一在校住宿，无一例走读走教；并依据周密的复学工作方案，强化值班值守，加强对校园及周边巡视力度，及时做好隐患排查工作，严格门禁，维护全校师生的健康安全；同时，学校组建安全检查工作专班，针对宿舍、教学楼、食堂等要害部位和重点场所进行全面细致的检查，对校园监控、消防栓、灭火器、一键报警装置、电灯开关和插座进行复查更换，确保无安全隐患；严格认真做好常态化校园环境卫生整治和消杀工作，配备足够数量的洗手池、消杀设备和洗手液，满足师生的使用要求。

以学生为中心——全体教职员工以学生为中心，从生活起居、学习状态、心理调节、精神面貌等多维度给予学生必要的关心与帮助。5月25日早6：30，在校长、支部书记、各班主任及全体初三教师、乡派出所警卫、卫生院驻守校医、消杀人员的守候中，全校初三学生经等候区、测温区、消杀区、登记区有序经过校园安全通道，正式进入校园。

以服务为核心——后勤总负责人从食堂卫生、配送食品的检验到员工的规范操作都亲力亲为。学校设有教师试餐、陪餐制度，菜品新鲜，营养搭配。"不辞辛苦，用心服务"的食堂阿姨们早已把师生当成了自己的家人，体贴入微，一粥一饭皆温暖！做到及时开窗通风，认真清洗炊具、餐具，并对炊具、餐具进行消毒、消杀。

爱心助力复学。孔家坊乡政府、乡镇中心学校及社会各界爱心人士纷纷慷慨解囊，捐赠口罩、消毒液等防疫物资，爱心家长、校友为寄宿生捐赠电扇及降温物资等，助力复课复学。

压实"定"的责任，织好防护网

为织密复学安全网，孔家坊乡中学校长挂帅，严把"防控关"，建立"五定"制度，将防疫和复学准备工作再细化、再落实，职责到人，分工明确，环环相扣，步步为营，为全面复学打下坚实基础。

*定目标定方案。*为保证平安顺利复学，学校政教、安全、宣传、教学、后勤各处做到"三早"统筹，有计划、有安排、有落实。环境卫生、消毒消杀、防控演练、防疫物资储备、应急处理、食宿安全、师生健康上报等面面俱到，职责明确，层层压实。

*定岗位定内容。*学校成立专门的疫情防控领导小组，各组分工明确，责任到人，并及时认真做好各种防控演练。强化疫情动态监测，学校专人负责师生员工每日健康信息上报，严格落实人员健康及疫情防控日报告、零报告制度，师生晨、午、晚检已形成常规。

*定床位。*按学校提前分配的床位，学生在教师的指导下有序进入宿舍，整理床铺。

*定课桌。*为降低聚集风险，营造安全的学习空间，经校委会全面谋划、慎重思考，将现有的160人3个班级平均分配成6个班，实施小班教学制。学生单人单桌，保持防疫距离。

*定餐位。*全体学生分三批错峰进入食堂指定的地点洗手、就餐。整个就餐过程都在相关责任教师的指导下按座位号码就座，做到单人单桌，定向就餐。就餐中不交流，就餐结束后立即佩戴口罩并离开，整个就餐过程井然有序。

做好六个"第一"，打响攻坚战

接近百天的居家网课学习，难免会使部分学生产生倦怠。如何

孔家坊乡中学防疫复学两不误。左图为暖心第一面　摄影：段清扬；右上图为 AB 小班教学　摄影：叶莹莹；右下图为阳光体育　摄影：叶莹莹

快速做好线上线下衔接，让学生迅速进入学习状态，提高课堂效率，给社会交一份满意的答卷？该校从“心”出发，做好六个“第一”，打响复学复课攻坚战。

开学第一课——为做好学生的生命安全教育和爱国主义教育，各班班主任利用教室多媒体组织学生开展开学第一课，了解新冠肺炎疫情防控知识。校值日领导从抗疫英雄英勇大无畏精神角度，语重心长地对学生们进行爱国主义教育，勉励学生弘扬真善美，增强正能量。

防控第一宣——学校通过宣传栏、海报、LED 屏幕等对卫生防疫知识进行宣传。各班班主任通过班会、夕会时间围绕新冠疾病防控知识、口罩使用及回收处理等进行专题卫生健康教育，提高学生的疾病预防意识。学校医务室专职医生不仅为师生宣传卫生防控知识，而且一旦学生稍有不适，他能及时帮助就医，为师生健康安全提供有力的医护保障。

开“心”第一讲——学校成立专门的心理健康咨询室。以心理健康师查胜炎老师为组长，各班主任为组员，密切关注教职工、学生身心健康状况。以集中讲座和个别座谈两种方式对学生进行心理健康疏导，并建立学生心理健康档案。从卫生防控知识、减压、高效复习提分、树立社会责任感等多维度集中展开；心理健康师对学生单独进行心理疏导和干预，做好学生的情绪稳定工作，对疏导和干预的学生作定期回查，并作好相关记录，做到科学预防。

挑战第一“考”——提前进入备战状态；返校后，依据学生实际情况，结合与学生沟通的结果，以年级组为单位召开研讨会，同科同组、异课异组教师共同商量复习对策，师生合力打好知识衔接、梳理组合拳，按下效率快进键；为使优质教学资源与师资整合达到效率最大化，且缓解师少班多的局面，教师采取上课与照课相结合进行分时、分班授课。除了面授班级，一批教师还以“旁听生”身份进入课堂参与听课，及时发现课堂问题并给予面对面反馈；经有效过渡衔接后，考验师生组织入学摸底考试，并要求教师和学生作考后分析总结，教师召开以“找问题、探方法、明方向”为主题的总结会，查漏补缺，搞好分层教学，继续落实“培优、促中、转差”。

减压第一乐——劳逸结合，寓教于乐。师生坚持每日“阳光体育一小时”，篮球、羽毛球、乒乓球、跳绳，应有尽有。锻炼、学习两不误，既提高了师生身体素质，增强抵抗力，并能适当减压增效。

提效第一策——见缝插针，搞好“一对一”帮扶，不再孤“读”。学生充分利用各种排队时间缝隙，带上便利贴，背上几个单词；鼓励同学之间相互分享学习方法，突击抽测快速提效；充分发挥教师集体备课的优势，相互探讨，信息互通，资源共享。及时掌握学情，搞好日清一周理一月结；及时与学生沟通，回归调整，评价方式多样化，多鼓励、少批评，尽全力将学生因疫情带来的影响降到最低。

“不忘初心，时刻待命，胸怀大局”，孔中人誓言铮铮，他们将全力以赴打一场高质量的复学复课攻坚战，时刻接受复学复课实践的检阅，期待书写一份复学的满意答卷。

作者：袁盛龙、方红星、叶莹莹、段建设

湖南省长沙市第六中学

百年老校　青春绽放

链接：长沙市第六中学创建于 1905 年，原名“湖南私立兑泽中学”，中华民国政府第一届民选总理兼财政总长熊希龄担任首任董事长。学校现为长沙市教育局直属公办完全中学，湖南省示范性普通高级中学。学校名家英才辈出，无产阶级革命家林伯渠、原教育部副部长林汉达曾执教于此。学校文化底蕴深厚，办学成就卓越，为国家和社会培养出了陈明仁将军，彭司勋、向达、黄祖治、戴元本院士等一大批杰出人才。仅 2020 年，该校就获得了全国生态环境教育百强学校、全国青少年篮球特色学校、湖南省信息化创新试点学校、湖南省文明校园、长沙市未来学校创建校、长沙市篮球后备人才基地校等殊荣。

浏阳河边，跃进湖畔，“隐藏”着一所百年老校——长沙市第六中学。这所始建于 1905 年的学校原名“湖南私立兑泽中学”，在长沙乃至湖南教育史上曾有着重要地位，民国时期著名教育家、北洋政府第四任国务总理熊希龄是首任董事长，学校先后培养了彭司勋、黄祖洽、向达、戴元本 4 位院士，林伯渠、陈明仁等曾在此任教或求学。

2009 年，长沙市第六中学与长郡中学签订合作办学协议；2016 年，长沙市第六中学正式成为长郡教育集团初、高中课程中心盟校之一；2019 年 7 月，长郡教育集团麓山国际实验学校副校长向雄海调任长沙市第六中学校长。自此，这所百年老校正式开启办学新模式，走上了复兴之路。“两年内，把六中初中部办成区域内人人向往的优质初中，把高中部办成高品质的省级示范性特色高中。”向雄海

长沙市第六中学校长向雄海为即将迈入高三的学子鼓劲加油 摄影：石祯专

谈起学校复兴时信心满满。

动起来：培养有灵气的健康中学生

怎样让这所百年老校“古树发新芽”？怎样激发师生活力，让学校走向复兴、重回荣耀？“学校的振兴，首先是人的振兴。”向雄海认为，要激活一所学校，先要激活校园精神，也就是学生的精气神。

“一所学校的活力很重要。”向雄海说，学生要有活力，先要动起来。上任伊始，他就在六中搞了一项变革——调整学生作息时间：将每节课45分钟调整为40分钟，每天“挤出”一节课，安排学生搞文体活动。与此同时，寄宿生每天晨跑，高三恢复正常的体育课。

最初，还有老师担心孩子们运动过多，会玩“野”了，但很快，大家看到同学们的眼睛亮了、脸上红润了，精气神出来了。

上学时不能关在教室里，放假后也不能关在家里。“社会实践活动是促进中学生健康成长的重要形式，社会实践活动开展的好坏，在中学生成长过程中有着重要作用。”长沙市第六中学党委书记崔泽文说，学校鼓励学生在节假日和寒暑假走出家庭，走进社区、走进社会，参加各种有意义的社会实践活动。

每个学期，学校都会组织各班开展一次研学活动。不同于别的学校，六中的每次研学活动，都要按课程要求提出详细方案。如2021年中国共产党百年华诞之际，学校组织开展了“习民族文化，传红色基因”的春季主题研学活动。课程内容包括习周礼，正衣冠，立宏志；观青铜，寻国宝，学历史；铸青铜，共协作，展风采；寻伟人，系伟人，学伟人；敬伟人，怀伟人，忆伟人等。课程具有序列化、多样性的特点。学生充分参与活动，学科素养、综合素质得到了一定程度的提高。

随着新课程改革的不断深入，学生的学习方式也随之发生了改变，由过去“灌鸭子”的被动式学习转向主动学习。学校开展基于大数据分析的精准教学，积极探索互动式、启发式、探究式、体验式、合作式等课堂教学。“发挥每个孩子的潜能，重视培养每个孩子主动参与学习的意愿。”向雄海认为，教育活动重在促进学生的发展，发展的核心是激发学生发展潜能。学校实行“激潜教育”，极大地调动了学生的学习积极性，形成了浓郁的学习氛围。

早自习激情站读，校园内书声琅琅，也是长沙市第六中学的一大特色。“早自习是一天上课的开始，如果孩子们充满激情，那么这一天都会激情满怀，学习效率大大提高。”崔泽文说。

活起来：身边榜样激发教师积极性

“学校要发展，首先要做到‘干部动起来、老师活起来’。”向雄海说。

向雄海鼓励老师们“走出去”，学习经验、展示自我。一次，学校老师董文斌受省教育厅邀请去湘西送课。面对重任，他有点忐忑，犹疑不决，于是来请校长拿主意。向雄海一听，马上拍板：“一定要去，必须搞好。”董文斌送课回来后，直言“很有收获”。

向雄海鼓励老师们积极参与长郡教育集团、麓山教育共同体的教研教学切磋。蒋顺梅老师在长郡教育集团青年教师片段教学比赛中，获一等奖；廖靖老师参加麓山教育共同体青年教师“MIFE高效课堂”片段教学比赛，获特等奖……这几年，越来越多的老师走出去参加活动，与外面的学校展开交流。

与此同时，学校多位中层干部被长郡教育集团看中，交流到外校任职。2020年3月，办公室主任徐海波受集团委派，任长郡芙蓉中学副校长；4月，教育处主任叶法彬受集团委派，任长郡开福中学校长……而在学校内部，也推选出了5位新的中层干部。

随着一批批干部、老师走出去，原本封闭的“教育孤岛”被更多人看到、认可，外面的先进经验也被带回学校。这所百年老校逐渐“活”起来，师生对学校发展的信心更足了。

对学校发展有了信心，师生也就有了参与学校管理的兴趣。“从基层中提炼出来的规章制度最有效。”从事学校管理工作10多年，向雄海悟出了一个朴素的道理，“管理就是沟通，作为学校领导，就是要和老师、学生多沟通，多了解大家的需求。”

在向雄海的办公桌上，有一叠信件，全是老师、学生写给他的，一些来自校长信箱，一些直接塞在他办公室的门缝里。“食堂太拥挤，能不能建大点？”“下雨天自行车会被淋湿，能不能建个单车棚？”老师、学生的很多合理要求，很快得到了学校的落实：食堂的二楼也被改成了食堂，增加了1000多个座位；校门口建起了一个单车棚，学生的自行车、电动车可停在那里……

曾在麓山国际实验学校担任多年教学副校长的向雄海，对教学

左图为人才辈出的百年名校长沙市第六中学坐落在美丽的浏阳河畔 摄影：李定华；右上图为活力四射、激情对抗的篮球赛引得同学们围观 摄影：付文倩；右下图为学校一大特色——早自习激情站读，校园书声琅琅 摄影：付文倩

管理自然有自己的一套。来到六中后，他就提出“实行多元智能化管理评价，多元评价学生，全方位评价老师”。为此，在倾听各方意见后，学校制订、完善了《教职工评优评先奖励办法》《教职工绩效工资分配方案》《教职工考核评价实施办法》等方案，建立起了一整套对于教师的评价体系。目前，学校还正在为学生发展综合评价建立一套完整的评价机制。

在多元评价的改革下，人人都与校园深度融合，个个都是学校的主人。学校出台了《兑泽月度先锋人物评选方案》，每个月评选“先锋人物”，每个学年评选“十佳教师”。2020年以来，119名教职工获得学校“优秀教师”等荣誉称号，75名教职工获评“月度先锋人物”。身边的榜样就是无声的教科书，感染、带动着教职工团队敬业奉献，昂扬向上。

火起来：一切为了师生美好发展

长沙市第六中学的发展和变化，家长们看在眼里。在学校发展低谷期，很多家长不愿把孩子送到六中来，而现在，家长们争着让孩子填报六中。前不久，向雄海去芙蓉区一所初中走访，这所初中的校长对他说：“前几年我们学校的学生，就算老师再怎么做工作，他们都不填报六中。这两年，主动填报六中的学生越来越多。”这位校长还提出，要成为六中的生源基地，并派老师去六中学习、取经。

置身于六中美不胜收的校园，别具一格的教学楼里，墙壁上随处可见名人名言，令人顿生励志之感；丰富多彩的班级文化，五光十色的育人平台，让同学们时刻受到智慧的启迪；“兑泽书屋”、校史馆、校歌墙、校址变迁墙、校训石等，更是凸显了“让每一面墙壁都会说话”的育人实效……

“茶颜悦色”无疑是近年来风靡全国的一个茶饮品牌。然而，很多人并不知道，该品牌的创始人吕良从1991年到1997年，在长沙市六中度过了6年中学时光。

5月6日下午，吕良回到母校，与学弟学妹们对话教育与成长，学校为吕良颁发了“兑泽形象代言人”和“学长导师”聘书。“在校园中所得到的爱与滋养，给了我充足的成长空间，对我的一生有很大的影响。这是一段很美好的青春。”吕良表示，将在学校设立“茶颜悦色”专项助学金奖励优秀学子，为学弟学妹作生涯规划指导、励志教育等。

“吕良为六中学子树立了很好的榜样，那就是以平和的心态面对困境和挫折，积极上进、乐观坚强，在不断进取中实现人生梦想。”向雄海表示，这些优良品质，正是学校教育留给他更有价值的东西，

“爱心义卖＋吉他演奏”，学子们将公益活动玩出创意　摄影：付文倩

“吕良开创茶颜悦色茶饮品牌，其创新意识、创新精神也是我们新一代中学生应该学习的重要内容。”

在向雄海看来，吕良的成功并非偶然。“让学生学会发展，一切为了师生‘美好发展’，这正是教育的价值追求和根本任务。”他表示。

2020年2月，长沙市六中提出了“推动百年兑泽伟大复兴”的目标。这一年，学校举行115周年校庆，举办了校运会开幕式文化展示、建校115周年文艺汇演等系列活动，海内外33万校友相聚云端共享盛典，致敬百年兑泽，献礼青春六中。

在社会评价、口碑越来越好的同时，学校的各类荣誉也接踵而来。仅2020年，学校就获得了全国生态环境教育百强学校、全国青少年篮球特色学校、湖南省信息化创新试点学校、湖南省文明校园、长沙市未来学校创建校、长沙市篮球后备人才基地校等殊荣。

“一切为了师生的美好发展，是一种理念，坚守这个理念，教育行动必将更加美好，才能真正办好人民满意的高质量教育；一切为了师生的美好发展，是一面旗帜，高举这面旗帜，我们的教育才会始终有方向，不迷失，豪情满怀，走向未来。”向雄海满怀豪情地说，如今，全校师生正在朝着努力实现百年兑泽伟大复兴的宏伟目标奋勇前进。

作者：陈良、石祯专、杨礼

湖南省常宁市第一中学

杏坛百年树　今朝更著花

新时代赋予新使命，新目标开启新征程。在中国特色社会主义进入新时代、中国教育进入现代化建设新阶段的大背景下，历史悠久的百年名校如何在新时代焕发新的活力？如何传承和创新？湖南省常宁市第一中学（以下简称常宁一中）做出了有益探索。

这是一所文化底蕴深厚、办学成绩卓著的百年名校。创办于1902年（清光绪二十八年），由清末翰林王良弼倡办，始称“合江学堂”，虽几经更迭、数易其名，却不改先锋本色，始终见证并推动着地方教育事业的发展，培养了一批批国之栋梁、名人名家。

这是一所让人称奇和点赞的省级示范性普通高级中学。高考成绩持续位居常宁市前列，素质教育全面开花，不断创造“低进优出”的教育奇迹，是当地当之无愧的“教育排头兵”。特别是2019年，在生源质量不占优势的情况下，本一、本二录取率遥居常宁市第一，其中雷石林同学以668分夺得常宁市理科第一名，常宁市理科前10名该校独占8席，2人单科成绩位于全省前万分之一，音体美特长生录取率创常宁历史新高。

忆往昔，岁月峥嵘，令人自豪；看今朝，风华正茂，豪情满怀。头顶“百年名校”光环、身处教育改革洪流的常宁一中，是如何在传承与创新中找到平衡点？有哪些成功之道？我们深入常宁一中，见证变化，寻求答案。

坚持依法治校，实行民主管理

创建和谐校园

常宁一中坐落于宜水与潭水交汇处，因为有水而分为两江校区、

常宁市第一中学校长张永康（右）与书记肖贻华（左）为优秀教师代表颁奖　摄影：周龙

谷家洲、合江校区三部分，又因为有桥而浑然一体，是国内不可多见的拥有"一洲两桥三地"格局的学校。校园内楼舍巍然、古木参天、亭台掩映、书香氤氲，处处散发着浓厚的文化气息，彰显着独特的人文魅力。逸夫图书馆既是目前省内中学中规模最大、功能最全的图书馆，又是常宁市标志性建筑之一；矗立的百年校庆纪念碑，记录了学校百年发展的辉煌历程，激励着后来者们不断奋发向上……

一百余年的沉淀与传承，使常宁一中不仅拥有厚重的历史文化，还拥有明晰的办学思路、鲜明的办学特色。

"教育既需要传承，也需要创新。传承是百年名校的历史责任，创新是百年名校持续发展的不竭动力。"面对新时代的新要求和人民群众的新期待，2016 年，现任校长张永康在学校原有的办学理念基础上提出了"创和谐校园，做幸福一中人"的工作目标，树立了"教师第一、学生至上"的教育观，并在 2017 年延伸出了"生本理念下的出彩教育"的办学理念，让师生在聚光灯下成长，遇见更好的自己。为落实学校办学目标的达成，他为学校每年制定了一个发展主题，即 2016 年为规范管理年、2017 年为教育教学质量提升年、2018 年为课程建设年、2019 年为师德师风建设年，每年实现一个突破，每年跨上一个新台阶。

同时，他还积极推进依法治校、民主管理，从法治建设与现代学校制度建设的高度，对学校的办学思路、各项规章制度等进行了全方面的梳理，使学校领导班子形成了"变管理为服务"的理念意识，学校重大事项、重大开支、重要制度的建立，都有教职工的参与，均会征求教职工的意见。规范议事程序和办事程序，实行阳光办事，切实保证学校各项重大决策、发展建设规划都在全校师生的监督之下进行。每年至少召开一次教代会，研究、讨论、表决学校的各项重大管理制度。

据学校副校长李志刚介绍，依法治校、民主管理一直是常宁一中的优良传统，被历任校长所推崇和传承。"近年来，张校长更是将其推进到了极致。全校教职工干事创业的激情和活力得以充分释放，呈现出目标一致、人人奋勇争先的良好发展态势。"

"创建和谐校园，我们所提倡的'和谐'并非'千篇一律'，而是孔子所讲的'君子和而不同'。"张永康说，鼓励百花齐放，百家争鸣，允许不同意见的表达。

2019 年 7 月，学校一名老师突发脑溢血，生命危在旦夕。学校发起募捐倡议，得到全体教职工的积极响应，仅半天时间，就捐款 9 万多元。之后大家又帮助其家属进行"细雨筹"，筹集到 10 多万元。由于病情较为严重，暑假前夕，学校再次发起捐款倡议，仅一个多小时教职工们就又捐款 4 万多元……"什么是和谐校园，幸福的'一中人'？我觉得这就是鲜活的印证。"张永康在谈起教职工们慷慨解囊、相守相助的举动时自豪地说。

创新德育模式，落地核心素养
构建出彩教育生态

走进常宁一中宿舍楼，箱子、桶子、鞋子、牙刷杯子等物件摆放整整齐齐，各呈一条直线；不同样式的被子统一折成豆腐块，毛巾挂得一样长短，地上一尘不染……很难想象，这样井然有序的地方，竟然是男生宿舍。

在常宁一中的食堂里，学生们自觉排队、相互礼让，秩序井然。用餐后，餐碗几乎个个"光盘"，餐桌周边无食物残渣，卫生干净整洁。

学生们的这种自律、自觉从何而来？

"高中三年要培养学生的良好习惯、优秀品质、健全人格。我们教孩子三年，就要为孩子想三十年。"张永康经常跟老师们这样强调。为筑牢立德树人这个"根本"，学校践行"生本理念下的出彩教育"，不断拓展德育空间、丰富德育内涵、创新德育形式，让学校德育生动起来、鲜活起来。

实行分阶段管理模式。高一年级，做好常规管理，把学生培养成有良好习惯的人；高二年级，抓好思想教育，把学生培养成有思想的人；高三年级，做好心理引导和前途理想教育工作，把学生培养成一个身心健康的人。

推行学生自主管理。通过民主选举产生学生干部，建立学生会、团委校园值日制度，班级推行"人人有事做，事事有人管"的管理模式；组建了 20 多个学生社团，实行教师指导、学生自主管理的模式，培养学生自我教育、自我发展的主人翁意识，提高学生的自律能力。

开展多元活动。每个学期的第一个月固定为学生日常行为规范竞赛活动月，活动前有方案，活动中有检查评比，活动后有总结表彰。定期召开主题班会，每年举办校园文化艺术节、社团文化艺术节、演讲比赛等活动，并利用重要节庆日、纪念日等契机，开展特色主题教育活动，引导学生以德润身，个性化发展。

创新文化育人模式。要求各班要有班级口号、班训、班歌、班规、班级誓词，致力于培养学生爱班、爱校情怀，增强班级凝聚力。

"守教育初心，担课改使命"教学比武　摄影：周龙

学校文化艺术节　摄影：周龙

学校逸夫图书馆，图右为百年校庆纪念碑 摄影：周龙

举办图书漂流活动，营造书香校园氛围。高一新生一进校，便开展励志教育、学法指导、校规校训教育及考试，举办“唱校歌、唱红歌”合唱比赛，使学生很快融入学校环境，引导学生厚植爱国主义情怀。

针对留守学生较多的情况，学校创设了心理辅导室，开设了心理健康教育课程，对学生进行心理疏导。

“常宁一中是最有集体公德心的地方，我经常怀念那个世外桃源般的地方……”近年来，许多毕业校友纷纷感慨。教师处处以身作则，譬如被学生亲切地称为“弯腰校长”的学校副校长胡绳，弯腰捡垃圾、随手护环境成为他的日常行为习惯，给学生们做出了良好的榜样。如今，这种行为已然在学校深入人心，蔚然成风。

“入学前让人向往，就学时让人流连，毕业后让人怀念。”这便是常宁一中魅力育人的真实写照。

坚持师德为先，强化校本研训
谱写教师出彩新篇

教师是立教之本、兴教之源。学校以“生本理念下的出彩教育”为引领，坚持把师德师风作为评价教师队伍素质的第一标准，引领他们做一名促进学生品行、品格、品位健全发展的“大先生”，并注重从教研的视角提升教师的专业能力，让教师们充分去施展、去创造。

“为了更好地应对教育信息化的未来，学校积极创新教研活动形式，在信息技术应用促进教师教学改革创新方面做了一些积极有益的实践和探索，并取得了显著的成效。”学校副校长詹先文说。

倡导“一师一空间，一生一空间”。学校利用空间建设的契机，促进教师深入学习现代教育技术，整理共享教育教学资源，搭建家校教育教学平台，全面促进教育教学平台创新。其中“高中语文优质空间课堂云空间”被省教育厅授牌为省级优秀等第优质空间课堂。

积极申请省教育信息化试点项目，经过两年的探索，该项目顺利通过终期评估，并获得“优秀”等第。该项目重构了课堂结构，继针对高三年级打造的“五个一”高效课堂模式之后，探索了“翻转课堂”教学模式，实行先学后教，以学定教，形成了“三步”“两阶段”“八环节”的教学模式。“三步”是指教师的微课设计、微课录制、学习任务单的编写和复印；“两阶段”是指学生课前自学质疑阶段和课堂释疑拓展阶段；“八环节”是指学生学习过程的“目标导学”“微课助学”“合作互学”“课前自测”“学生质疑”“合作探究”“课堂检测”“总结提升”。目前该模式已成为学校特有的“课改”品牌。

借助教育信息化的东风，学校集众人智慧，建设了教学资源库，助教育教学资源更新。目前该资源库既有各年级、各学科的教学课件、微视频、教学设计及省市名师的课堂实录、专题讲座等丰富而优秀的教学资源，又有省市、全国教育名家开发的教育教学软件和动画，并配备了全国相关知名教育教学网站，为教育教学保驾护航。

不拘一格的教师专业发展模式，迎来了精彩纷呈——

三年来，学校先后有3名教师获评正高级教师、33名教师获评副高级教师，19名教师获评衡阳市首届名师、中小学学科带头人、骨干教师、十佳教学能手，在其他论文评比和各级各类的教学比武中，获奖教师达430余人次。衡阳市目前唯一的中学语文名师工作室——“刘卫东语文名师工作室”花落学校。物理、政治教研组荣获“省优秀教研组”称号。

同时，每一位名师又独具特色、各有所长，于是，在教育教学教研上呈现出百花齐放的壮美景观——

刘卫东，潜心学术、倾心教学。衡阳市学科带头人、衡阳市首批“教学名师”、衡阳市刘卫东中学语文名师工作室首席导师、衡阳市名师工程学术委员会委员、湖南省首批正高级教师。指导的学生在各项竞赛中获国家级奖项10余人次。2019年高考，他所带班级学生全部考上了一本，常宁市理科前十名，他班上独占8席，其中雷石林同学以668分夺得常宁市理科第一名。他创作了上百首教育诗歌，把诗词歌赋融入日常教学中，用诗歌美化课堂的同时升华学习主题。

陈京龙，不忘初心、潜心研习。正高级教师、湖南省特级教师、衡阳市学科带头人、享受衡阳市政府特殊津贴专家，曾荣立省、市人民政府二等功各一次。他将教学视为鲜活的艺术，并提出“养心语文”的教学理念，教学效果显著，有多名学生被清华大学、北京大学录取。他曾担任省市级专家评委10余次，指导学生参加各级各类竞赛获国家级奖项10余人次，先后主编或参编图书17本。

尹露，全力以赴、永不止步。衡阳市优秀班主任。从教20余年，在班级管理方面颇有建树，有“化腐朽为神奇”的魔力，注重学生的养成教育和品德教育，充分尊重和发扬学生个性特点，全方位倡导自主管理。她所带的班级，不管之前成绩如何，均可以全部逆袭，最终成为优秀班级，高考成绩能在同类班级中名列前茅。

王磊，修身立德，践履笃行。衡阳市骨干教师、衡阳市最美湘女、衡阳市教育科研先进个人、湖南省第一批优质空间课堂建设的首席导师。20年前，她以“湖南省特别优秀毕业生”的身份，签约来到常宁。作为教研室主任，她率先垂范、亲身笃行，在教学比武、课件制作、论文写作、课题研究、教育管理、业务考试等方面，获得了100多项荣誉。为了适应新的高考改革形势，参加生涯规划培训，获得了“生涯规划师（高级）和MBTI生涯施测师（中级）”，并组织编写了生涯规划教材。

实施素质教育，重视实践教学
绘就学生出彩画卷

“不同于有的学校只重视分数成绩，常宁一中把素质教育放在第一位，注重抓好素质教育以助推学校教学质量的提高。”学校高三年级组长廖常明说。

“在常宁一中每位同学都有机会培养自己的兴趣爱好，展示并发展自己的特长和才能。”1601班学生雷石林说。2019年高考，他以668分的成绩夺得常宁市理科第一名，并在第35届全国中学生物理竞赛、全国英语能力大赛中分别荣获二等奖。平时他大量的时间和精力，不是花在刷题上，而是在兴趣爱好上。他虽是个理科生，却很喜欢文学，喜欢玩魔方。“特别感谢学校和老师，不仅给了我追逐梦想的平台，也教给了我追逐梦想的能力。”

雷石林的故事，不过是常宁一中搭建多样化、高质量平台，引领学生“人人都出彩”的一个缩影。这种激发学生多元化的发展潜能，是教育的大势所趋，也是未来人才的优势所在。

学校以新的课程观为指导，开齐开足了所有的必修课程和选修课程，高度重视音、体、美、信息技术、通用技术、综合实践等课程的开设；积极开设了如素描、化学与健康、科技活动、电影文学欣赏、古典诗词教育等学生感兴趣的选修课程；并在2018年秋季学期，率先开设了“生涯规划课”，让学生明确人生目标和努力方向。

为激发学生学习兴趣，提升学生的学科核心素养，学校每年都举行“学科节”。为了增强集体荣誉感，形成良好学习氛围，学校每天都开展班级小组对抗赛和班级对抗赛。

一系列举措，学校办学内涵不断深化，办学质量显著提升，三年来，先后荣获“湖南省教育信息化试点项目示范校”“衡阳市心理健康示范校”“衡阳市教育教学先进单位”“衡阳市十三五教育科研先进单位”等多项荣誉。参加数、理、化、生全国奥赛，获国家级奖励47人次；参加全国中学生语文素养大赛10人获奖，其中2018年荣获全国决赛团体一等奖；参加全省科技创新大赛，获奖11人次；参加“全国体育项目传统学校田径联赛（南部校区）”24人次达到国家二级运动员水平。2019年，学生刘强代表衡阳参加全省科普大赛荣获二等奖，王婉婷参加省“三独”比赛，荣获高中阶段独舞一等奖。

彩云长在有新天。在奔向教育现代化的征程中，常宁一中正以喷薄的活力，豪迈的姿态，奋力书写着“让人民满意、让人人出彩”的教育答卷。

湖南师大附属五雅中学

青春飞扬

湖南师大附属五雅中学校训石　摄影：魏琴琴

2017年，新成立的郴州市湖南师大附属五雅中学迎来了自己的第一届初中生。因为是新学校，即便实行划片入学，许多学生与家长仍持观望态度。这届初中生进校时成绩普普通通，历经三年奋斗，2020年中考，800分以上1人（800分以上全市仅40人，北湖区位列第三），800分以上比率全区第一，730分以上36人，700分以上65人，7A学生45人。其中，初1705班班级平均分722.75分，7A学生23人，6A学生15人。

厚积薄发，鱼跃龙门千重浪；大鹏翱翔，一飞冲天展雄姿。五雅骄人的中考成绩背后，是五雅少年奋勇前行的飞扬青春，是老师们殚精竭虑的悉心栽培，是生机勃勃的校园、昂扬上进的校风学风……

校准航向，雏鹰展翅

五雅初三1705班学生王禹博今年中考成绩781分，他的物理考了108分，是单科全市第二名。鲜为人知的是，如今众人眼里的“学霸”，其实有过一段“沉沦”的低谷。

“我常常想，如果我不是在五雅读初中，不是遇见了我的班主任毛兴荣老师，也许我的人生是另一番景象，绝对不会在中考取得好成绩。”谈及自己的经历，王禹博十分感慨。

入校时，王禹博成绩在全年级排十几名，是班主任毛兴荣老师眼里的“好苗子”。然而让人意外的是，初二那年，王禹博步入叛逆期，不仅无心学习，还打架、翻墙、违反校纪玩手机，成绩急速下滑。毛兴荣老师看在眼里、急在心里，对他讲道理甚至训斥都毫无效果。在王禹博又一次犯错时，毛老师痛心地对他说：“我不想要你这个学生了。”之后，便把他调入了另外一个班级。

这样的惩罚让王禹博非常难过。他想起入校两年来毛老师关爱他的点滴，又怀念1705班这个团结上进的班集体，懊悔不已。“犯了错就要改正、弥补，我还是想回毛老师的班级！”下定决心后，王禹博不再胡闹，开始收心认真学习。

王禹博不知道的是，对他的“惩罚”其实是毛兴荣老师用心良苦的教育方法，为的就是让他痛定思痛、改过自新。虽然王禹博离开了1705班，但给他制订学习计划、辅导功课的还是1705班的科任老师，毛老师也时刻关注着他的变化。一个学期后，王禹博又回到了1705班。

“我原以为是因为我的成绩上升了，毛老师才让我回来。后来我才知道，不管我的成绩有没有进步，毛老师都会让我回来，因为他不舍得我这棵‘好苗子’废了。那一刻，我懂得了老师的苦心与爱心，更加发奋学习，想以此来报答自己的恩师。”王禹博说。

毛兴荣老师不仅是1705班班主任，同时也是初三年级年级主任。在他看来，初中学生正处于青春期，容易任性、叛逆，初中老师的工作除了提高学生学习成绩，还要狠抓“养成教育”，帮助学生校准人生的航向。

“初一这批学生刚入校时，我拿着入学考试成绩直发愁。不难的试题，很多人只能考四五十分，他们的学习基础很差。还有一批学生行为习惯不好，有自残倾向的，跟父母打架的，沉迷网络游戏的……有些孩子家长管教不了，送到学校时无奈地对老师说，孩子成绩如何都不作要求了，只要人能长大就好了。”毛兴荣老师回忆道，“三年来，我们的老师没有放弃任何一个学生，哪怕深夜到网吧找人，哪怕突击查寝凌晨不睡，我们都咬牙坚持，用爱心与耐心

左图为校园一角；右上图为高效课堂；右下图为学校田径场　摄影：魏琴琴

去感化学生，用严厉的管理去约束学生。三年后，这些孩子进步特别大，不仅学习成绩提高了，不良习性也得到了纠正，家长很满意。作为老师，这是最让我们感到欣慰的，再苦再累也值了。”

师道至诚，诲人不倦

五雅初三1706班的刘湘玲同学今年中考考了800分，总分位于北湖区第三名。刘湘玲的成绩一直在年级名列前茅，但中考前的几次模拟考试中她发挥失常、失误颇多，让她备受打击。

“我清楚地记得那个早晨，得知模拟考试成绩后我的情绪都崩溃了。班主任蒋小平老师发现了，她跟我谈心，温柔地安慰我‘塞翁失马焉知非福’，告诉我模拟考是对我的一个警示，让我可以发现自己的问题，从而汲取教训。最后，蒋老师还给了我一个鼓励的拥抱。”刘湘玲说，和蒋老师谈完心后，她走出了情绪的泥沼，及时调整心态全身心地投入学习，终于在中考一鸣惊人，实现了自己的预期目标。

蒋小平老师所带的1706班学生层次差距大，一批尖子生非常优秀，而大部分学生成绩比较差。蒋老师接手该班级后狠抓班风学风，营造了积极向上的学习氛围。解决了“想读书”的问题后，就要有针对性地解决怎么“读好书”的难题。因为1706班聚集了一批“学霸”，这些同学老师把知识点一讲就能懂还能举一反三，而大部分成绩一般的同学老师讲几遍还不懂，这样的反差容易让人丧失学习信心，所以蒋老师就从提高这部分同学的学习自信心入手。她挨个找同学谈心，告诉他们不要和别人比，因为“人最大的敌人是自己”，只要今天比昨天好，明天比今天进步，时日一长，量变就会引起质变。在她的鼓励下，成绩普通的同学也树立了学习信心，他们以超越自我为目标勤奋学习，终于在中考实现了蜕变。

蒋小平老师心思细腻，是一位“妈妈老师”，她时刻关注着同学们的学习状况、心理波动和生活细节。在教育学生的过程中，她注意因材施教，不同的学生脾气性格迥异，她的教育方法也因人而异。

刘湘玲同学敏感自尊，蒋老师对她的教育多为和风细雨的劝导，而面对班上另一位“学霸”李晨阳所犯的错误，蒋老师则以敲打为主，让其学会自我反省。

有一段时间，蒋老师发现一贯上课认真的李晨阳上课时精神不济、时不时打瞌睡。蒋老师猜测李晨阳违背校规玩手机，透支了时间精力。她多留了个心眼，下课后离开教室，不到一分钟又杀个“回马枪”，把偷偷玩手机的李晨阳逮了个正着。

蒋老师没收了李晨阳的手机，但没过多批评。之后，李晨阳发现蒋老师对自己有点“冷淡”，失落之余他深刻反省了自己的错误，写了一封道歉信偷偷放到蒋老师办公桌上，从此更加认真刻苦地学习，努力表现以求老师对其印象改观。

“对这种平时表现就不错的学生，让其内心触动、自我反省，比狠狠骂他一顿效果更好。”蒋小平老师笑着说。

2020年中考，李晨阳没有辜负蒋老师的期望，取得了781.5分的高分。李晨阳在回忆自己的初中生涯时，对心细如发的蒋老师充满了感激。

温馨学园，书声琅琅

告别青涩懵懂的初中生活，王禹博、刘湘玲和李晨阳自信满满地筹划着各自高中学习的目标。相同的是，他们都庆幸自己三年前选择了五雅中学，是这座书声琅琅、生机勃勃的校园为他们的人生奠基，让他们的青春梦想扬帆起航。

在生源欠佳的情况下，郴州市湖南师大附属五雅中学能够将第一届初中生培养得如此优秀不是偶然，该校中考的成功，得益于强大的师资力量和先进的教育教学理念。

五雅中学现有研究生学历教师35人，本科学历251人；其中，正高级教师2人，特级教师3人，高级教师5人，中级教师113人，教师队伍年龄、职称、学科结构不断优化。

面对生源主要为中等生的实际，五雅中学围绕“以人为本，兼容并蓄”的教育思想，在承认差异、和谐发展的基础上，把湖南师大附中先进的教育理念与学校情况相结合，全面育人，多元发展，涵盖德智体美劳等方面，通过优差互补，让中等生与优等生共同进步。

习惯差非一日之寒，积重则难返；习惯好也非一日之功，需久久为功，不能一蹴而就。为培养学生良好习惯，提升学习成绩，促进全面发展，五雅中学以雅文化为依托，将“养成教育”作为重中之重。

——*学习习惯培养*。从学生提前预习、课中认真、课后作业与复习抓起，重点放在课堂，尤其是抓课堂不听课、讲小话、打瞌睡的学生，让学生学会遵守学习规则。严格的管理让学生的学习态度大为好转，上课违纪的学生大面积减少，绝大多数学生成绩提高了不少。在全国物理能力大赛中，五雅中学有100多名学生进入复赛，有10名学生获省级一等奖、17名学生获省二等奖、25名学生获省三等奖；在全国中小学生“创新杯”作文大赛中，该校3名学生获一等奖、4名学生获二等奖、6名学生获三等奖；在全国中学生英语能力竞赛中，该校有22名同学获国家级奖项，其中一等奖2名，二等奖8名，三等奖12名；在全国中学生数学能力测评决赛中，该校有4名同学获全国一等奖，13名同学获全国二等奖，23名同学获全国三等奖……

——*生活习惯培养*。从学生起床、跑操、吃饭、就寝抓起，从学生的寝室内务、教室卫生、校园环境卫生抓起，实施军事化管理，让学生学会遵守生活规矩。五雅中学宿舍实行军事化管理，“激情跑操”“文明就餐”“争做五雅文明好少年”等活动的开展，使得学生行为习惯、学习成绩、自控能力都有明显改观。

——文明礼貌习惯的养成。从规范学生的升旗集会、文明用语的使用、与人相处的方式、穿戴仪表的要求、公共秩序的遵守、公共财产的爱护、不良嗜好的远离等内容入手，全员教育和引导学生成为一个有文明素养的人。为了让学生学有榜样，五雅中学在全校学生中开展了“首届五雅十佳好少年”评选活动，评选出了十位学生榜样。该校初中部1705班的曹禹同学还荣获郴州市2018年第四季度“新时代好少年”。

——学生核心素养的提升。五雅中学以“有感恩心、有责任心、有进取心；讲文明、讲礼貌、讲道德”为内容，以提升学生核心素养为重点，创造性地开展德育活动——“学雷锋主题教育”“祭英烈系列活动”“爱学习、爱劳动、爱祖国教育”“爱读书”“习惯养成教育”“诚实守信教育”“法制安全教育”“理想前途教育”“心理健康教育”等。该校有针对性、代表性、教育性地组织好每周一次的升旗仪式和国旗下的讲话活动；结合重大节日和纪念日，积极开展形式多样的班、团、队主题教育活动；定期召开家长会、家庭教育讲座，科学指导家长对孩子的教育，构建学校、家庭、社会三结合教育网络。

风正劲，扬帆正当时；路虽远，笃行则必达。五雅少年，乘风破浪，志在千里，他们青春飞扬，未来可期！

湖南省武冈市城东学校

“三心”育人结硕果　“四苦”精神见成效

武冈市城东学校校长邱盛登

这是一次凤凰涅槃，
这是一次浴火重生，
这是一次再续辉煌的奋斗历程。

2020年10月26日，武冈市城东学校1600余师生举行集会，庆祝该校首届高二学考大捷，一批优秀教师和学生受到表彰。这所2002年由15名农村贫困大学毕业生自主创业创办的民校，2018年才开始创办高中，在2020年的首届高二学考中迎来辉煌一刻：全校高二198名学生人人参考，科平91.4分，九科合格率高达100%。会上，前来学校指导工作的该市招考办负责人感慨地说：“城东学校的学生入校时基础那么差，两年后能够取得如此优异的成绩实属不易，一切出乎意料之外，一切又在意料之中。”

武冈市城东学校创新教育教学工作取得如此优异成绩的秘密何在？

用青春和汗水浇筑希望

武冈城东学校继2002年成功地创办了初中教育后，2018年，为顺应国家教育发展的潮流，学校审时度势，又创办了高中，新建了现代化高中教学楼、学生公寓等一批硬件设施，从市内外又引进了一批优秀的教师担任高中教学。2018年，该校首届高一新生入学，报到校长邱盛登手中的198名新生入学成绩单，令邱盛登的心情格外沉重。这批新生入校的成绩，大部分排名在该市5000名以后，前3000名的寥寥无几，且大多数是被其他高中学校筛选后才来到城东学校的，入学基础之差超出了他的想象。

2020年4月，该校组织第一次高二学考模拟考试，全校高二198人，九科及格的仅7人，数学、英语两课十几分，二三十分的多达32人，看到这一忧心的成绩，校长邱盛登如坐针毡，他立即组织召开全体教师会议，问诊把脉教学问题根源，破解学生成绩落后的难题。随后召开全校师生大会，在校风、教风、学风上掀起了一场教学改革风暴，号召全校师生放下包袱，轻装上阵，推出了“领导苦抓、教师苦教、学生苦读、家长苦送”的“四苦精神”，将其作为核心动力武装全体师生，全校师生以极大的热情投入教学和学习之中。

“四苦精神”在城东学校已成为师生们的教育灵魂。高1803班主任雷明伟，原在广东从教，因家庭原因，2016年来到城东学校工作，刚来时，看到学校各方面条件比较落后，对学校能不能壮大发展，心里没底。他说，自己是吃苦过来的，认定了的事必定坚持，工作累点、苦点没关系。自踏入城东学校大门的第一天，他的心就交给了这里的学生。刚来时，没有压力是假的，凭借吃苦耐劳的奉献精神，将接手的一个落后班级成功改造成年级先进班级。熟悉他的人说，你没日没夜地工作在学校，待遇又不高，图的是什么？他总是付之一笑，妻子戏说他现在已经是“嫁”给城东学校了。进入高中部，面对首届高中学生，他勇于挑起重担，担任教务副主任和班主任，与同事们精诚团结、相互支持，努力让每一个学生都能找到成功的方向。他班上的林成同学性格较内向，父母长期在外务工，成绩不理想有准备弃学的念头，雷老师发现后经常找他谈话，多次与他的家人沟通，帮助他重拾学习的信心，硬是将他从弃学的路上拉了回来。在雷老师和其他任课老师的耐心教育下，他从高一入学时在班上倒数几名，期末考试总分跃居全班第一，现在基本稳居班上前三名。“只有把工作当作自己的事业来干，才能有满满的幸福感、获得感”，面对采访雷老师发出肺腑之言。

高1801班的小郑同学家住偏远乡村，父母长期在外务工，家庭经济条件不是很好，她从小在外婆家长大，和表姐一起在城东上初中，中考两人顺利考上了高中，当时，家人强烈建议她报考省示范性高中，因为城东学校高中部是新办的，担心没有经验，选科的机会少，而她毅然选择了城东学校高中部，自进入高中学习以来，学校重视学生的基础知识和教学方法的衔接，教师主动利用自修和休息时间无偿给学生“开小灶”，为学生答疑解惑，他们火一样的工作热情激发了学生的学习激情，小郑同学不但自己的学习成绩名

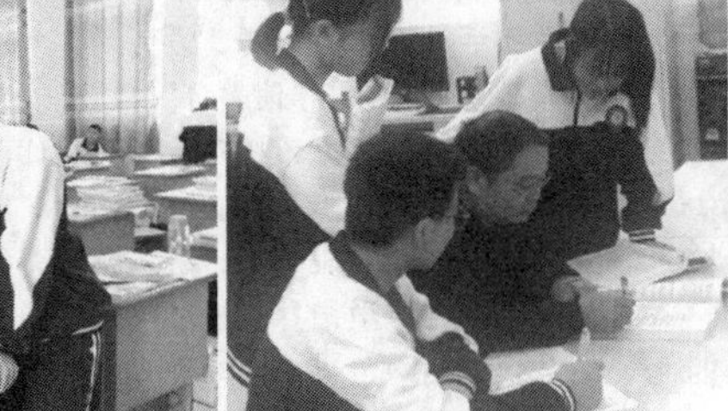
累！却富有成就的雷明伟老师

唐启友老师带领学生攻关难题

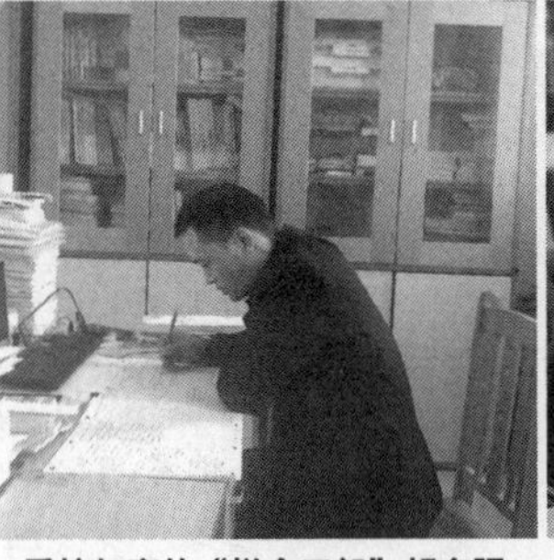
爱校如家的“拼命三郎”胡名强

赵林老师耐心为学生答疑

列班级前茅，她还帮助班里其他基础差的同学提升了成绩。在城东中学校园里，有小郑同学一样成长经历的同学，还有很多很多……

用执着和爱心塑造未来

历年来，城东学校十分注重教师教学方法探索创新，要求教师从成绩最差的学生抓起，采取“官教兵、兵教兵”的方法，通过错题重考，面批面讲，人人过关等举措，进行方法引导和难题攻关，不让任何一个学生掉队。

高 1804 班班主任唐启友对班里每一个学生的基础和学习动态了如指掌，与学生贴心交朋友，在办公室他经常利用课后零散时间对后进学生进行个别辅导，对学生的错题触类旁通进行讲解。父亲重病住院几个月，由于心中放不下学生，没有耽误一节课，2020 年高二学考唐老师所教的全校化学科校人平均 97.7 分，雄踞武冈市第一名。该班的黄林（化名）同学因初中有不良学习习惯，父母拿他没办法，对他的学习逐渐失去了信心，高一进入唐老师班级，在他的感化和爱心引导下，像变了一个人似的，坏习惯也改了，学习主动性也提高了，成绩也一路攀升。家长逢人便说：“我家孩子遇上了最好的学校和最好的老师。”

校长邱盛登尽管有繁重的校务缠身，工作千头万绪，但他仍然带头扎在教学一线，并亲自兼任高 1802 班班主任。他倡导因材施教，因人施教，针对不同的学生制订不同的个性化教学方案，学校里他每天起得最早，睡得最晚，长年累月，一门心思扑在每个学生身上。他年迈 90 岁的老父亲身患多种老年性疾病，长期一个人居住在偏远的乡下，他有时几个月下来都难得回去看望一次，去年爱人患病在长沙做手术，因放不下学校的工作，不能去照顾陪护，只好请家里姐妹前往照顾，尽管内心有愧疚，他只能坦然面对。在他的带动下，全校师生充分释放活力，思想得到了大解放，教学得到了大改进。

副校长胡名强既是高三班主任，又是宿舍管理员，一直以来，他和妻子潘玲主动担任了宿舍管理员工作，每天与学生同吃同住，两个孩子和他们一起住校，一年到头很少回家。班上学生中每个月有过生日的，他们都自掏腰包购买生日蛋糕为孩子们过集体生日。

高 1801 班小杨同学的家长说：“从没见到过这么敬业奉献、拼命教学的老师，再不努力学习，就真的对不起老师的辛勤付出了。”付出总有回报，“四苦精神”有效地激发了学生们学习的动力，通过师生们的同甘共苦，共同努力，本次会考成绩得到了突飞猛进也并非偶然。

用理想和信念点燃梦想

“成长路上不落一人，让每个孩子都能出彩”，是城东学校创新教育教书育人的目标。针对该校生源底子差，农村留守贫困生较多的特点，学校积极倡导“爱心教育、细心引导、耐心管理”的“三心”育人原则，让每个学生都能体验到付出的艰辛和成功的喜悦，让“钢铁般的团队精神、永不服输的创业精神、不怕吃苦的拼搏精神、不计较个人得失的奉献精神、勇争一流的进取精神”凝成的“城东精神”和“硬考硬、不做假”的校训渗入每一个学生的骨髓里。

英语老师赵林，2004 年从湖南师大毕业就加盟城东学校，如今从初中过渡到高中，一干就是 16 年。她坦言 16 年来城东学校的办学精神，深深地感染了她，上自校长和老师，下自学生个个都是够拼的，虽然每一个学生的潜力不同，但是他们满怀期待和憧憬；尽管每个人都有差异，但是都有潜能，服从意识强，在这里，老师只要带着情感和温度去教育学生，就会有获得感。高 1802 班的小罗同学，家庭条件不是很好，一段时间赵老师发现她成绩波动很大，细心的她感觉不对劲，心想小罗同学肯定有心思，赵老师和她交流谈心，找原因，心病解除了，思想问题解决了，学习方法改变了，学习效果自然立竿见影，这次会考，不但英语考了高分，其他各科成绩都跟上来了，在对她的采访中，不时有学生主动带着学习上的疑问和她探讨，赵老师都会耐心给予解答，时不时还开上几句玩笑，师生之间没有丝毫距离感。说起师生情深，赵老师分享了一个故事：她的学生现就读于另一所高中学校，因怀念自己在城东学校的难忘时光，假日里温情地发给她电子邮件说：“赵老师，我想你了，现在想想你越来越像我的妈妈，我后悔自己没有选择在城东学校读高中。”赵老师动情地说着，心怀满满的喜悦和温暖。正是这份感动，这份爱与付出，城东学校将有温度的教育传递给了家长和社会，点燃孩子的成功的梦想。

每一个进入城东学校的学生，不管他在以前的学校表现怎样，只要进入城东学校，就会迅速融入城东这个大家庭。18 年来，学校对每个学生都有意识地展开“四能五会”的目标培养，即“能吃

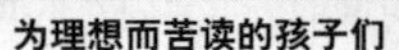
为理想而苦读的孩子们

学考中受表彰学生露出灿烂的笑容

苦、能奉献、能感恩、能进取”；“会做人，会求知、会办事、会生活、会创新”，着力塑造学生“自尊、自强、自律”的“三自”意识，让每一个学生人人有理想，个个有方向。

“成功的花，人们总惊羡它现时的明艳，然而当初她的芽儿，浸透了奋斗的泪泉，洒遍了牺牲的血雨。”18 年来，城东学校的师生们所付出的艰辛和努力，非常人难以知晓。他们无愧于“武冈市优秀民办学校”“邵阳市德育工作先进单位”“湖南省高校毕业创业示范基地”“湖南省最具魅力校园”的光荣称号。

湖南省新宁县崀山培英学校

让每个学生都有出彩的舞台

高考百日誓师　摄影：许志明

2020 年高考、中考、小六质量检测等考试成绩揭晓，新宁县崀山培英学校又传捷报，再创辉煌。

首届培英班（179 班）一本上线率 70%，二本以上上线率 91%，学校高考各项指标稳居全县第二。

初中学业水平考试，575 人参考，上普通高中最低录取线 545 人，普通高中上线率高达 94.8%，在新宁县 2019—2020 学年义务教育发展水平评价中荣获一等奖。八年级质量监测，荣获全县二等奖。

小学六年级质量检测，304 人参考，全县前 250 名，46 人；五科评价合格人数 293 人，合格率 96.4%；语文单科合格率 99.7%；数学单科合格率 98%；英语单科合格率 99%；道德与法治单科合格率 100%；科学单科合格率 99.3%，六个班级包揽全县前六名。继 2017 年首届毕业生在新宁县义务教育发展水平评价中荣获总评价第一名以来，连续四年蝉联全县第一名。四年级质量监测，荣获全县一等奖。

崀山培英学校再一次用踏石留印、抓铁有痕的实干、苦干，向广大家长兑现了“低进高出、低进优出”“薄田出高产”的庄严承诺。

关注每一位学生，不放弃每一位学生，让每个学生都有出彩的舞台，崀山培英学校优质均衡育人特色发展之路已成为社会关注的焦点。

良好的育人环境

新宁县崀山培英学校是经市教育局批准的民办学校，创办于 2005 年 3 月。占地面积近 200 亩，建筑面积 80000 多平方米，总投资 3.5 亿元人民币。涵盖小学、初中、高中三个办学层次，现有在校学生 5580 人，教职员工近 400 人。

学校设施设备一流，办学条件优越。小学、初中、高中三部教学区、运动区、生活区等相对独立，布局科学，利于管理。共有教室 187 间、功能室 25 间，标准篮球场 9 个，排球、羽毛球场各 3 个，乒乓球场一个（16 台球桌），400 米塑胶跑道标准运动场和 200 米塑胶田径场各一个，校园电子监控系统、校园局域网、校园广播系统完备，医务室、心理健康咨询室、阅览室、图书室等设施配备齐全。教室、宿舍都安装有空调。所有设施设备均按省示范性高中建设标准高档配置。

学校以“三路两园”为轴心布局，环境幽雅，景色宜人，四季鸟语花香，置身校园，手捧书卷，心旷神怡，是莘莘学子求学问知的好去处。学校先后获得了“中国民办教育百强学校”“全国民办学校守诚信·重教学质量双保障示范单位”“湖南省骨干民办学校”“湖南省民办教育优秀学校”“湖南省规范民办学校”“湖南省民办教育特色实验学校”“湖南省中小学安全文明校园”“邵阳市最美校园”“邵阳市民办教育十佳学校”等 70 余项荣誉称号。

雄厚的育人师资

学校现有教师 280 名，其中 34 名教师获得省、市优质课大赛一、二等奖；现有公办骨干教师 61 人，其中高级职称教师 12 人，中级职称教师 35 人。2019 年，罗忠良获评邵阳市骨干教师。唐吉林、李小雄、肖扬帆、李放稳、谢小玲、刘海燕、罗忠良、姚湘英获评县骨干教师。舒予被评为“邵阳市德育工作先进个人”，唐吉林被评为新宁县“优秀教育工作者”，李中彬被评为新宁县“优秀班主任”，龙爱明被评为邵阳市“优秀班主任”。

教师队伍中有集几十年教学经验于一身的各学科带头人；有敬业爱生、为人师表的省市级优秀教师和优秀班主任，也有各级各类优质课大赛和教学技能大赛获奖的学科骨干教师。

近年来，学校高薪从华北电力大学、华中科技大学、湖南师范大学等“双一流”大学招聘了一批优秀毕业生来校任教，并安排到长郡中学、湘郡铭志等名校进修学习。

教师踊跃参加各级各类教学比武并屡创佳绩。仅以 2020 年上学期为例，李娟娟执教的课获教育部“一师一优课，一课一名师”二等奖，王海云执教的课获邵阳市“一师一优课，一课一名师”优秀课；周蕾等三十余名教师在邵阳市微课大赛中获奖；李欣芝、李云、张红兰、李娟娟、王海云等老师在第一届湖南省中小学青年教师教学竞赛新宁县选拔赛中，荣获一等奖；彭雄波老师在湖南省物理教师实验教学比赛中获一等奖。

教师积极开展课题研究。近三年来在学校各学部开展省级课题《智乐课堂教学模式的创建和实践的研究》研究工作，教研教改成绩斐然，教学质量提升明显，赢得了良好的社会反响。20 余篇论文获省级奖，40 余篇获市级奖，100 余篇获县级奖。肖扬帆、陈庚等老师的论文在国家级或省级刊物上发表。陈庚老师受湖南省教育科学研究院的邀请参加 2019 年中学地理教学研讨活动，并作了题为《历届高考文综第一个题目分析初探》的教学研究报告，深受与会者好评。省十三五规划课题《智乐课堂模式的创建及实践的研究》中期验收成果获新宁县一等奖。

先进的育人理念

走进崀山培英学校，你很难发现行动“羞怯”的学生。每当老师提问，孩子们高高举起的手像田野里昂然生长的向日葵；每当操场上开展“国旗下的讲话”，孩子们清亮的演讲声回荡在校园。每当大课间活动，武术操、跑操、手语舞、英语演讲……孩子们积极参与的活泼身影更是让校园呈现一派生机。“学生这么活泼积极，和我们学校大不一样啊！”其他学校的老师来崀山培英学校观摩学习时常这样惊叹。这里的学生为什么这么High? 他们是怎么突破自己，摆脱“羞怯”的心理，拥有一个快乐而健康的精神世界的呢？这与崀山培英学校“让每一位学生都有出彩的舞台”的优质均衡育人理念是分不开的。

孩子是每一个家庭的希望，在所有的母亲眼里，每一位孩子都是天才！所以，作为崀山培英学校的教师，都有慈母般的情怀：把每一位孩子都当成天才来看待。在崀山培英学校教师的眼里，从来就没有差生和优生之分，每一位学生都有“无穷潜能”。所以，在行动上，崀山培英学校的教师总是想法设法搭建平台，为学生提供展示特长的机会和舞台。文体艺术节、五四青年节、六一儿童节、养成教育成果展示月、作文大赛、书法大赛、科技大赛、经典诵读、英语沙龙、拓展课堂等等活动，都必须面向全体学生，力争让每一个学生都有出彩的舞台。每天不少于 1 小时的阳光体育活动和激情跑操，为每一位学生体能训练提供了时间保证。

学校大门　摄影：许志明

在培英，每一位学生至少能够拥有一门艺体特长；在培英，每一位学生至少在人格修养方面是健全的；在培英，每一位学生至少在身体素质方面是健康的。

高效的育人课堂

“传统课堂，老师是演员，学生是观众，老师怎么说，怎么安排，学生被动地接受，主动权很少。崀山培英学校通过课改，极大地调动了学生的主观能动性，学生参与教学全过程，积极表达自己的观点，并互动学习经验。这样的课堂，老师是导演，学生是演员。孩子们突破了传统的‘乖学生’角色，思维更为活跃，行为更为主动，学习劲头也更足！”崀山培英学校初中部校长唐吉林表示。

新宁县崀山培英学校把“智慧课堂、扬长教育、快乐学习”的教学观念融入课堂，颠覆传统教学课堂模式，引入或开展“6+1”高效课堂模式。老师真正把课堂还给学生，让学生充分展示个性、知识与才能，让学生乐学、好学。实现“人在课中、课在人中、人如其课、课如其人”的课堂境界，让“潜能”得以激发。推行的高效“6+1”课堂教学模式，以“导、思、议、展、评、检”6 个课堂教学环节和课后练习将金字塔理论中的各种高效学习方式扎实地贯穿于每一课堂与课后作业中，使得课堂教学有章可循，学生学习积极参与，自主高效。

课改就是要把学生从传统教育的束缚和压抑中解放出来。“一种解放往往带来的是一种重塑、一种转型，一种新生，”崀山培英学校初中部陈高凤老师分析道。众人拾柴火焰高，学校坚持“学校—教研组—备课组”三级教研模式，采取“集中讨论—资源共享—个人微调”的备课模式，导学案先发到每个学生手中。这种“先学后教，双主互动”的教学模式，解放了学生，也解放了老师；促进了学生，也促进了老师。

学生带着课前导学案中没有解决的问题来到课堂，质疑声此起彼伏，高潮不断。教室里，各小组组成各自的团队小方阵，在小组长带领下，热烈地讨论，甚至发生激烈地争执，各小组之间轮流上场，一比高低，老师关键处点拨、引导，把正确结论展示给每一位同学，照顾到全体，课容量大，省时高效。在精讲多练的同时，突出学生的主体地位，发挥教师的主导作用，在每一节常态课中寻求高效。教师的每一节课把智乐课堂的“预习、展示、反馈”的三个关键环节运用自如，让每一个学生激情的火花在课堂处处闪光。在崀山培英学校的每一个课堂上，孩子们画、圈、点、勾、涂，已成为他们最大的乐趣；难点问题争得面红耳赤已是家常便饭；小组展示时的争先恐后，更是司空见惯，学生真正成为认识的主体，学习的主体，发展的主体，在生生互动与师生互动中，在组内与组间互动、竞争学习过程中，通过导、思、议、展、评、测，学生学得真实、质朴、自然、快乐。学生主动参与合作探究，变得会学、善学、爱学、乐学，变得大胆自信。

课改激发了学生的学习兴趣，如今在崀山培英学校的学生中出现了“五多一少”现象，即：自主预习的多，大胆质疑的多，善于展示的多，乐于动手的多，勤于思考的多，牵强接受的少。无论那门学科，学生都能根据学习内容，在老师的引导下积极主动地思考、动手操作，一个个问题在学生的合作探究、动手实验中，找到了答案。课堂气氛活跃，学生兴趣高涨，并将课内知识拓展到了课外。学生爱读书了，课外阅读量增加了，语文、英语教学的听、说、读、写目标落到了实处，学生的习作水平较前有大的提高。

同时，该校致力于加大力度做实激情教育和精细管理，每天 15 分钟的激情跑操和 30 分钟的激情早读，为课堂教学改革激发激情，提振精神，增添动力，提供保障。

精细的育人管理

学校始终坚持专家治校、名师执教的办学方略，办学理念先进，管理科学规范。现任校长陈维凡是全国优秀教师、特级教师、正高级教师、全国优秀校长、“中国好校长”提名奖获得者。其他行政人员、一线教师也都是经过学校从全市，乃至全省范围内精心挑选、公开招聘的名优骨干教师。

“让每个学生都有出彩的舞台。”这是崀山培英学校的铮铮誓言。为了实现这一誓言，该校狠抓常规管理。管理严格才能出成绩、出效益。学校实行所有教职工上下班指纹登记制度，上班期间教师除上课外都在办公室备课、阅卷、学习。学校专门设立了督导室，对教师上班期间工作情况进行检查，定期公布检查结果。班主任每天学生起床时到校，学生就寝安静后离校，全天候对学生进行管理。学校对学生的管理要求十分严格，实行封闭式管理，减少了学生与外界接触受不良风气浸染的机会。

教学质量是学校的生命线。学校制订了详细的教学质量奖惩方案，每学年对每一位老师所教的每一个班级的教学质量进行量化评价，与绩效工资挂钩。学校为每一位老师建立了业务档案，每学年将教学质量评价结果、业务考试成绩、学生满意率测评结果存入教师的业务档案，作为教师任用的重要根据。

悉心呵护每一位学生的成长，为每一位学生的美好未来奠基。“小学最后一名学生合格，初中最后一名学生上普高线，高中最后一名学生上大学。”这是崀山培英学校对每一位学生的承诺。在行动上，崀山培英学校也是这样做到的，学校为每一位学生都建起了独立的成长档案。每月、每学期、每学年，学校都会从思想表现、操行评定、学习成绩、社会活动、艺体特长等方面对学生进行全面评价，并将评价结果记录到成长档案。

优质的育人成果

崀山培英学校生源较差，大部分学生来自偏远农村，留守儿童居多，学生入校前的学业成绩和行为习惯都普遍较差。但是通过在崀山培英学校短短几年的教育和熏陶，每一位学生的潜能都能得以开发，短板和拐脚得以修正，每一位学生都变得自信阳光，都能进入高一阶段的理想学校就读，“低进高出、低进优出”“薄田也能出高产”的育人成果，不能不说创造了教育的奇迹！

仅仅以2019—2020学年为例，学校排演的舞蹈节目《盛世欢腾》参加湖南省民办教育庆祝新中国成立70周年文艺晚会，获省一等奖。学生代表新宁县参加邵阳市第三届青少年科学技能竞赛，获1金6银7铜；代表新宁县参加邵阳市第二十七届中小学生田径运动会，获小学组团体总分第五名，初中组3金1银，共计15个名次；参加邵阳市第四届机器人竞赛小学组比赛，获8金4银4铜，获优秀组织单位奖；参加邵阳市首届青少年科技体育节，获13金8银8铜；参加新宁县教育局举办的“三独”比赛，获一等奖6名，二等奖8名，三等奖15名。

“十年树木，百年树人。”崀山培英学校一批批教育人根植于崀山脚下这片热土，潜心教育，用心血浇灌每一颗种子，努力让每一颗种子都开出鲜艳的花朵，努力让每一位学生都有出彩的舞台，致力于“一切为了学生的美好未来”，打造新宁县优质均衡教育示范校园，并朝着三湘名校的宏伟目标阔步前行！

作者：谭贤伟

湖南省洞口县第四中学

“雪峰之珠”耀山乡

洞口县第四中学党支部书记、校长李玉群　摄影：周友龙

链接：洞口县第四中学始创于1958年，坐落在“护国名将”蔡锷将军的出生地——洞口县山门镇，占地面积120余亩。2001年授牌为“邵阳市重点中学”(2004年改为邵阳市示范性普通高级中学)，在4次市示范性普通高中督导评估中，均被评为优秀单位。学校先后被评为湖南省现代技术教育实验学校、湖南省花园式学校、湖南省文明卫生单位、邵阳市绿色文明学校，邵阳市示范性普通高中优秀单位。

雪峰山下，蔡锷故里。一所农村高中学校犹如一颗璀璨的明珠闪耀在青山绿水之间，这就是被誉为“雪峰之珠”的湖南省洞口县第四中学。

经世纪风云，历岁月沧桑，创建于1958年的洞口四中始终坚持“立德树人，为国育才”的办学宗旨，举旗播火，砥砺前行，傲然挺立于教育改革的潮头，犹如一面高扬在大山之门的大旗。一代代四中人焚膏继晷，哺英育华，演绎了一曲史韵流芳的育才兴学之歌。

一棵挺立乡村的教育大树

走进洞口四中，举目四望，但见院内树木葱茏，鸟语花香，一座座高楼黉宇，巍然耸立；一条条校园小道，花木掩映……徜徉校园，那一面面古朴的文化墙、一幅幅精美的名言画框、一尊尊栩栩如生的名人雕像，让人感受到浓厚的文化氛围。

“携卷登山唱，流韵壮东风。”六十载的艰苦创业，一甲子的传承创新，洞口四中，这棵植根于乡野的教育之树，如今参天挺拔，枝繁叶茂。

良师荟萃，实力雄厚。一代又一代教职员工在这片热土上，耕心种德，传道授业，他们用青春热血谱写了一曲曲感动学生、感动社会的园丁之歌。学校现有44个教学班，在校学生2400多人，教职员工146人，其中，中学高级教师37人，中学一级教师42人，已形成了一支师德高尚、业务精湛、结构合理、充满活力的教师队伍。

设施完善，环境优美。近年来，校园建设步伐进一步加快，学校面貌日新月异。目前，学校校园面积120余亩，建筑面积1.4万平方米。拥有科教楼1栋，教学楼3栋，后勤大楼1栋，学生公寓、教工宿舍7栋，标准篮球场6个，大型田径运动场1个，教学设备先进，楼馆功能分明，各种设施一应齐全。

群山环抱，千岩竞秀；一江如练，碧波荡漾。学校位于古镇山门之东，毗邻秀云南岳风景名胜区，黄泥江环校而过，这里钟灵毓秀、人杰地灵，这里天赋异禀，风景绝美。

教书育人，花红果硕。学校以“立志、勤奋、文明、守纪”为校训，大力推行“三个圈子一起抓，两个轮子一齐转”的教育教学指导思想，积极实施素质教育，倡导“求实创新”的校风，培养创新型人才，教育教学成绩斐然，高考屡创佳绩。40余年来，学校为国家培养出数以万计的杰出人才和合格的社会主义建设者，其中，从这里走出去的博士生达120余人，他们或为学术泰斗，或为商界精英、政界要人，成为当今经济社会建设的中流砥柱。

声名鹊起，享誉邵阳。学校先后荣获“邵阳市市级示范性普通高级中学”“湖南省文明卫生单位”“湖南省花园式单位”“湖南省现代教育技术实验学校”，被冠以“博士生摇篮”“雪峰山下的明珠”的美誉。

一张尊重个性的育人摇篮

“育人为本、尊重个性、开发潜能，发展特长”“用尊重的态度对老师，用欣赏的眼光看学生”……在洞口四中校园内，这样的温馨标语随处可见，环境育人，让每一面墙壁会“说话”。

为了让每个孩子都成才，学校因材施教，精准教学，以“德智发展”为基石，以“特长发展”为依托，以“社团建设”为驱动，尊重每一个孩子的个性与兴趣，为之提供尽可能多的发展空间。

“其实，每一个孩子都是闪亮的星星，我们应该从不同的角度发现孩子的闪光点，并让其绽放出璀璨的光芒。”洞口四中党支部书记、校长李玉群深有感触地说。

开发潜能，发展特长，让每一个孩子都有枝可依，有一展所长的机会。李玉群校长根据学校实际情况，创新提出“三个圈子一起抓，两个轮子一齐转”的教育教学指导思想，发挥优势，集中力量，加大音乐、体育、美术、传媒等专业生的培养。按照教学有特色、

左图为典致的校门；右图为团结奋进的领导班子 摄影：潘磊

学生有专长的思路，突出音、体、美课堂教学，大力开展第二课堂活动，成立舞蹈、声乐、美术、书法、播音主持等学生社团，举办各种文艺演出、竞赛活动；成立校园各类体育运动队，常年训练，逐鹿各种赛场……

一个个活力四射的学生社团，一场场别开生面的文体盛会，给孩子们提供展现自我、超越自我的舞台，让他们迎风而立，绽放最美芳华。

春风育桃李，满园尽芳菲。四年来，该校音体美考生在高考中异军突起，大显身手，一大批专业学生走向了知名艺术院校。2018年专业考生本科上线27人，2019年19人，2020年22人。挖掘潜能，扬长避短，圆了许多农村学子的"高考梦"。

一座助学圆梦的智慧殿堂

洞口四中地处雪峰腹地，生源地多为偏僻山区，学生中贫困家庭居多。"不让一个孩子掉队！"为此，学校想一切办法、尽一切力量帮助他们解决学习生活上的困难，通过扶贫助学让孩子们走出大山，圆梦大学。

制订了切实有效的扶贫计划。对建档立卡的贫困户学生，严格按照规定兑现助学金、落实帮扶政策；对家庭经济困难学生，采取多种资助措施；广泛引进社会扶贫力量，大力提高扶贫助学的覆盖面和帮扶力度。近年来，除了国家助学金和学校奖学金外，学校先后争取了大邵公益、泛海计划和国家彩票公益金等扶贫助学项目。同时，每逢假期，学校组织教师对贫困学生家庭进行家访，了解学生家庭近况及学生学习情况，便于精准落实扶贫政策和措施。

"竹密不妨流水过，山高岂碍白云飞。"3年来，学校没有一名学生因家庭贫困而失学，也没有一名学生因家庭经济困难而影响学习和生活。在这些受资助的学生中，2017年有6人考上大学，2018年有16人上一本或二本大学，2019年有10人圆了大学梦。

2017年、2018年学校被评为"洞口县教育扶贫工作先进单位"，肖镇桥老师被评为2017年、2018年洞口县"教育扶贫工作先进个人"，驻村扶贫干部向志军副校长被评为"洞口县教育系统抓党建促扶贫攻坚先进个人"。

作者：周友龙

湖南省麻阳苗族自治县锦江中学

"京湘教育合作"开出苗乡幸福花

湖南省委常委、长沙市委吴桂英书记一行视察麻阳苗族自治县锦江中学，遴选京湘教育合作参与学校

链接：麻阳苗族自治县锦江中学属初级中学，现有正式教职工261人，在籍学生4268人，班级81个。学校建设投资达2亿元，占地面积约168亩，建筑面积约42200平方米。学校拥有完善的教学区、运动区、生活区，拥有96个先进的多媒体教学室、标准齐全的功能室及多处馆所。近年来，先后获得了诸多荣誉及称号：怀化市先进基层党组织、怀化市教育质量先进单位、怀化市基础教育课程改革样板校、怀化市教育教学质量先进集体、怀化市安全工作先进集体；湖南省中小学教师培训基地学校、湖南省文学艺术特色学校、湖南省文明标兵校园、湖南省平安校园、湖南省生态示范校、空军青少年航空学校招飞工作先进单位；北京市陈经纶中学结对合作学校；全国国防教育特色学校、全国青少年校园足球特色学校、全国青少年校园篮球特色学校、全国零犯罪学校等。

美丽大湘西长河悠悠，育苗连京城花开朵朵。

京湘两地教育各有特色，为实现优势互补、密切协作、互利共赢、共同发展，湖南省委常委、长沙市委书记吴桂英大力倡导并推动省教育厅与北京市朝阳区政府、北京市教委达成教育战略合作协议和合作框架协议。搭乘"东风"快车，2018年6月，湖南省怀化市麻阳苗族自治县锦江中学作为结对帮扶点，开始与北京陈经纶

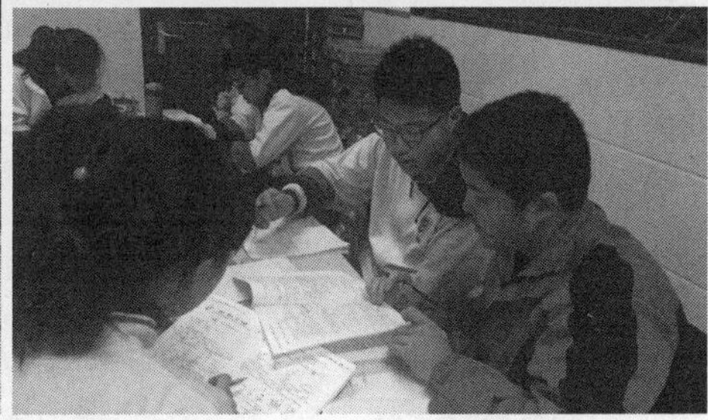

左图为麻阳苗族自治县锦江中学—北京陈经纶中学开展交流活动双方领导、老师合影；右上图为北京陈经纶中学送教专家团语文特级教师冯淑娟给麻阳苗族自治县锦江中学学生上作文课；右下图为麻阳苗族自治县锦江中学研学学生在北京陈经纶中学课堂与经纶学生同上课同学习

中学本部初中连线，开展结对合作交流，从此步入了发展“快车道”。

近四年来，麻阳苗族自治县锦江中学依托京湘教育合作帮扶的力量，围绕校训“忧天下、强体魄、启心智”，全面推行“互动式”教育，实现“教”“学”深度融合，培养学校、老师、学生自主意识和创新能力，让老师爱教、会教、善教，让学生爱学、会学、善学。该学校先后被评为怀化市教育教学工作先进集体、湖南省文明标兵校园、湖南省生态文明学校、湖南省平安校园、空军青少年航空学校招生工作先进单位。

“走出去”“请进来”，老师、学生在研学互动中悟思想、强本领

“比我们优秀的人，比我们更努力！”2019年8月，麻阳苗族自治县锦江中学九年级学生田彬在参加北京陈经纶中学研学结束后发出了这样的感叹，写下了一篇观后感，当时在校园引起强烈反响，并作为青少年励志教材组织全校师生深入学习、广泛宣传。

从2018年到2019年，麻阳苗族自治县锦江中学先后派出四批次110多人次到北京陈经纶中学本部开展跟班研学活动，实地学习他们的教育理念和教学方式方法，现场感受、体验、参与他们的文化氛围、课堂教学和精彩活动。每批次研学团有老师也有学生，为期一周，研学老师与陈经纶中学老师同上班下班，在教研组、备课组及相关年级课堂跟班，参加了陈经纶中学行政会、教研组会等各种管理、教育研讨论坛会议；研学学生分散安排到陈经纶中学相应班级，参加陈经纶中学学生正常的上课及班级活动，与陈经纶中学学生同生活同学习，切身体验北京名校的优质教育。

参加完研学的黄丽老师感触很深，很快将学习到的宝贵经验运用到教学工作中，多次被评为市县“教学能手”、全县优秀教师，与陈经纶中学冯淑娟老师合作的《〈记承天寺夜游〉教学设计》入选教育部《全科阅读教学》丛书。

“‘走出去’是第一步，我们还要‘请进来’，建立更深层次的长期交流互动，构建起稳固持久的培育桥梁。”麻阳苗族自治县锦江中学校长滕树有有感而发。

2019年，北京陈经纶中学两批次派驻50多名骨干教师进入麻阳苗族自治县锦江中学，开展了“党团队建设”“课程建设”“人生远足研学”“初三备考”等交流活动55场次，进行了精彩纷呈的教育教学研究课交流、备课组说课、双方教师上示范课及评课研讨等交流分享。疫情发生后，两校线上交流学习全面铺开，北京陈经纶中学通过网络直播、腾讯会议等形式，向麻阳苗族自治县锦江中学分享了各种大型有影响力的学术年会、研讨会、文化论坛、讲座、建校百年创新发展大会及其他优质教育教学资源，让苗乡师生获得了更多的学习机会。

通过一系列的交流研讨，麻阳苗族自治县锦江中学4600多名师生“踏实做人、用心做事”的思想更牢、“让每一个师生有成就感、幸福感和归属感”的目标更明、“创办特色化、优质化、品牌化的一流学校”的信心更足，学校高效管理、教育教学质量、教师队伍建设、校园建设、校园活动等各项工作都有序朝着高质量发展方向推进。

“链条式”“心连心”，学校、老师、家长在连线互动中共振

“俯下身子服务学生，与学生建立‘朋友式’关系，开展心连心对话”，这是张凤老师在陈经纶中学研学时取得的“第一桶金”。

“关注孩子的心理成长，有时候比关注学习成绩的提升更重要，特别是我们山区的孩子留守在家的比较多，他们更需要朋友式的关注和帮助。”在与北京陈经纶中学的老师交流后，张凤得到了更多的启发。

张凤老师坚持“一月与学生谈一次心，两个月与学生家长通一次电话，三个月向学生家长发一封公开信”“与学生同自习、同劳动、同活动”，融入学生队伍中，与学生做朋友。同时，她还注重培养学生的责任感，实行民主选举班干部，把管理权交给学生，让每个学生都成为班级管理的主人；设立“勤奋之星”“课堂之星”“学科带头人”奖项，组织开展读书会、青春寄语、游戏竞赛等形式各样的集体活动，调动每一位学生的上进心。一学期后，班级的班风、学风明显好转，凝聚力更强了，沉默寡言、情绪消极的学生没有了，扑面而来的是歌声、笑声和琅琅的读书声。

把校园变为“花园、学园、乐园、家园”。麻阳苗族自治县锦江中学建立健全了“学校、家长、老师、学生”的联系链、互动链，利用公众号、微信群等平台，活用家访、家长班会、致家长一封信等多种形式，加强学校与家庭的“心连心”对话，加强老师与学生的“心与心”对话，变负担为享受，变单一“教”为多方“学”，促进学校、家庭、老师、学生同步发展。

“楼长制”“推门听课”，科学精准管理激发校园活力

“细节决定成败，精细精准化管理是提高教育教学质量的关键环节。”校长滕树有直言，他到北京陈经纶中学学习体验感触最深的就是学校管理的精细精准，这种用心体现在学校的细微角落和学生的素质表现上，比如上下楼梯靠右行，见到陌生老师也会主动打招呼，这些自然而然成为校园文化和学生精气神的一部分。

从细节上下功夫，麻阳苗族自治县锦江中学把精细精准管理理念贯穿于学校管理和教学，以党建推动校建，以支部引领党员，确保党的科学教育理念在学校落地生根，迸发活力。

孙本林是一名老党员，也是博雅楼的楼长，该楼有七年级24个班近1300名学生。孙本林任楼长以来，天天开展楼栋巡查，查看班级的学习情况，老师的教学情况，仔细记录楼栋班级学生的动态、老师的动态和楼栋的安全情况，工作格外认真。孙本林介绍，麻阳苗族自治县锦江中学8栋楼，每一栋楼都有一名楼长，包括学生公寓、食堂楼，实行责任、安全、绩效挂钩，实行定期考核。

以78位党员带领306位教职工为全校4300多名学生、4300多个家庭做好网格化精准服务，这种贯穿于教育教学日常的言传身教，也影响了班级内、校内，以及校内和校外的“互动”能动性。

初三14班(C1914班)针对学生来自不同乡镇的实际，实行“人人都当班干部”的班级互动式管理模式，大力开展“竖笛兴趣课”“书法练习课”“朗读者活动”“班歌拍拍唱”等第二课堂活动，提高学生在校幸福指数，让学生从学习中收获更多的快乐。麻阳苗族自治县锦江中学整个学校也形成了健康活泼、独具一格的校园文化、教室文化、宿舍文化、餐桌文化等，以“国防教育”“校园足球活动”“校园篮球活动”为平台，形成了浓厚的国防教育、校园足球、校园篮球文化教育特色，被评为了“全国国防教育特色学校”“全国青少年校园足球特色学校”“全国青少年校园篮球特色学校”。

“一对一”帮扶发展成了“一对多”的辐射影响，星星之火欲成燎原之势。麻阳苗族自治县锦江中学以支部主导、连线帮扶、合作共赢为主线，搭建城乡学校结对合作平台，先后与县域内偏远农村薄弱学校舒家村学校、长潭学校、江口中学等达成“结对帮扶”伙伴关系，开展送教下乡、优质教学共享等活动56次，通过校际之间互派学习培训、座谈交流、示范引领、评课议课等方式，积极将自身合作成果在全县学校内推开。2021年4月7日，麻阳苗族自治县锦江中学又与长郡双语实验中学、长郡双语洋湖实验中学、怀化郡永实验学校、怀化二中、麻阳各初级中学开展了八年级语数英三科“同课异构”大型联合教研交流活动。如此，从首都北京捧回的种子落地生根，蓬勃生长，在苗乡竞相绽放出幸福和希望之花。

巧借大江千斛水，研为翰墨绘蓝图。如今，麻阳苗族自治县锦江中学在各级领导的亲切关怀下，在北京陈经纶中学的热情帮扶下，教育发展的方向和目标更明确，办好苗乡优质教育的信念更坚定。京湘教育，携手同行，苗乡教育，志在腾飞！

作者：滕树有、滕吉阳、舒俊　供图：滕吉阳

湖南省常德市第十三中学

智慧赋能向阳生　笃行致远向未来

校长李永祥（左）查看电子班牌

链接：常德市第十三中学是市教育局直属的城区公办初级中学，先后被评为“全国五四红旗团支部”“全国足球特色学校”“省文明卫生单位”“省教育技术能力培训基地学校”“湖南省级文明校园”“湖南省心理健康教育特色学校”等。现有特级教师1人，中学正高级教师1人，中学高级教师13人，研究生学历5人，国家级二级心理咨询师3人，市级学科带头人7人，市级骨干教师7人，省、市级优秀教师27人，省、市级优秀班主任，师德标兵21人。近三年来，学校在研或结题的国家省市级课题10个，有40多位教师在国家省市级赛课中获奖，有400余篇论文在国家、省、市级教学论文评比中获奖。近三年来，学生参加各类竞赛获国家级奖励62人次，省市级奖励311人次。

阳春三月，微风徐徐。湖南省常德市第十三中学九年级学生龙芳步行上学，看着路旁的柳枝吐出嫩芽，她的心情也随之清新起来。和往常一样，7时2分抵达校门，她排队通过无感考勤人脸识别系统，入校信息秒传至家长手机。

课间，龙芳发现教室门口的电子班牌上有她的“小气泡”。往班牌屏幕前一站，刷脸读取妈妈发来的信息：“今天放学爸爸来接你，校门右侧等。”中小学“五项管理”规定，学生手机禁止带入校园，而常德市第十三中学的家长和学生并不担心因此“失联”，他们已拥有专属且私密的联系方式。

正午时分，年轻教师刘思思把一沓校本作业放进办公桌上的高速扫描仪，不到两分钟，全班41名学生的作业扫描完毕，信息同步进入电脑，每个知识点的掌握情况等数据一目了然。她帮学生逐一打印出“错题集”，待下午课后服务时间精准辅导。

17时50分，信息技术老师程化用手机打卡下班，随后径直走向学校的“智慧中心”。他娴熟地打开服务器，处理极课大数据。上传课件资源的间隙，他在工作群里扫取了一个二维码，回放了一位老师的授课视频，参与线上评课。

每天学生离开校园，校长李永祥会习惯性地点开“希沃云班”，翻阅当天23个班的作业内容、预估用时，以及前一天家长上报的睡眠时间、书面作业完成时长。初中生家庭作业总时长不超过90分钟，“双减”之后，这条“红线”不能逾越，智慧平台跟踪管理。

……

近日，记者走进常德市第十三中学，“刷脸”“AI评价”“空中教研”等科技气息扑面而来。未曾想，在发展中的西部城区竟有如此独特的存在——智慧校园建设在全市首屈一指，且引领全省98%的学校。一则喜讯也传开——学校与相隔不过1公里的湖南文理学院成功牵手，挂牌附属中学。在这个孕育梦想的季节、开启创造的时代，期待智慧校园里生出更多的“智慧”。

振兴护城老校，办老百姓家门口的好学校

学校前身为常德市护城中学，始建于1986年，2000年由武陵区区属学校收归市办市管，更名为常德市第十三中学。

成为市直学校后，一批区县（市）优秀教师进校任教，该校质量督导室主任袁继红就是其中一位。

袁继红回忆，2002年，他第一次来学校试讲时，长庚路上坑

左图为常德市第十三中学智慧中心；右上图为学校悦智楼；右下图为学校人工智能教室

坑洼洼，路旁停满大货车，他以为附近的常德烟草机械有限责任公司、湖南五强溪水力发电厂后方基地办公楼是学校的教学楼，感觉“很气派”。他从南边的老校门进校，却发现“当时学校只有一栋教学楼，正在建食堂”。

一晃20年过去了，学校的变化，他都看在眼里。音、体、美、理、化、生等功能室，书法教室、棋苑、心理咨询室、人工智能教室等一应俱全，还建起了全省初级中学中首屈一指的“智慧中心”；操场由煤渣跑道步步升级为塑胶跑道、环保橡胶跑道；教学设备更是经历四代更替：黑板+幻灯机、背投电视机、短焦投影仪、希沃一体化智慧黑板……

近年来，城市西部的发展突飞猛进，学校的硬件和软件建设稳步提升，而学校的美誉度却未能跟上发展和建设的步伐，周边的居民常常舍近求远，千方百计把孩子送往市城区的其他学校。

2020年5月6日，校长李永祥到常德市第十三中学报到的日子，他清晰地记得，调任前的“五一”假期，整整5天，他在学校周边走访调研，汇集的信息是——周边居民并非不认可学校，更多的是从众心理。这一点也在当年秋季招生中得到印证：义务教育阶段全面落实免试就近入学，但还是有部分属地生源没有按时报到。

在8月召开的新生家长会上，李永祥以《适合的就是最好的》为题开讲，介绍了常德市第十三中学得天独厚的地理位置优势、学识渊博的优秀教师队伍和独具特色的教育教学举措，并郑重表示“就读家门口的十三中是最明智的选择”。

他说，学校处在湖南文理学院和大学城的正中间，学校周边优质楼盘林立，家长群体对孩子的教育越来越重视。教学楼挂上“博学弘文百名园丁丹心润物传道中，明理求真千名学子矢志成才今日起”的巨幅对联，拉开了挂牌湖南文理学院附属中学的序幕。学校5位校领导来自市四中、五中、十一中，都是市级学科带头人和相关学科的首席专家，其中4位校领导在新生年级任教；班主任带班方法得当，每届有一批学生升入名优高中。学校行政部门向服务部门转变，设置了教师发展中心、学生发展中心、课程部、质量督导室、后勤保障服务中心……

李永祥在新生家长会上还公布了自己的手机号码，“随时欢迎家长就孩子的成长、学校的发展和我保持交流和沟通。不管是孩子的困难，还是家里的困难，只要在我能力范围内能够解决的，义不容辞！”

公布电话号码的当晚，一位新生的奶奶拨通了电话，述说着家事：儿子在外地务工，媳妇是本地环卫临时工，由于工作时间不固定，孙子常常吃不上一口热饭。代开家长会后，她已经回乡照顾年迈的老伴，种点蔬菜自给自足……

第二天，副校长陈冲和班主任就走进这名新生家中。几次沟通得知该生妈妈李友华的厨艺不错，便提供了来学校食堂面试的机会，李友华如愿上岗。“每天早上和儿子一起来学校，下午两三点，食堂工作结束，可以回家打个盹，再给儿子准备晚饭。”帮厨的工作轻松不少，陪伴儿子的时间更多。一年多来，看着儿子学习状态越来越好，性格也开朗了，李友华很是满足。

建设智慧校园，科技赋能“双减”落地落实

学校文化底蕴还不深厚，生源结构还没得到根本改善，学校发展进入瓶颈期。大数据时代怎样突围？学校党支部一班人将智慧校园建设提上日程。

2021年1月，常德市第十三中学启动智慧校园第一期信息化建设，完成了中心机房应用数据服务器、高标准人工智能教室、人脸识别门禁系统等建设，教学楼所有班级的信息化教学设备也全部更新。

硬件到位，软件跟上。2022年1月，智慧校园进入二期建设，寒假期间，智慧校园综合性管理平台、极课大数据常态化分析平台、智慧校园指挥中心等搭建完毕。

什么是智慧校园的高质量发展？学校绘制的蓝图是：在学校里，师生是一个个鲜活的生命体、一个有责任担当的社会成员和一个具有高度智能水平的个体。学生、教师、学校都有一个数字画像；每位教师都有一个人工智能助手；每一门课程都有知识图谱，知识图谱嵌入学习系统，让大规模的因材施教成为可能；每一场教育都注重协作共生，呵护好奇心、宽容好玩心、善用好胜心，学习从竞争逐渐走向共生；每一个家庭都形成独特的教育场……

“双减”来了！中共中央办公厅、国务院办公厅2021年7月印发《关于进一步减轻义务教育阶段学生作业负担和校外培训负担的意见》。智慧校园建设先行一步，有了信息化技术支撑的常德市第十三中学自信作答——走出“内卷的剧场”、打破“分数的茧房”、跨越“教室的围墙”、清除“沟通的屏障”，让“双减”政策真正落地落实。

如今，常德市第十三中学“双减”正当时——

清晨，师生走进教室前，能看见电子班牌上显示一天的课程表、校园资讯、学生综合素质评价等信息。教室里，朗读声洪亮，当堂老师会在“班级优化大师”小程序里给某些突出者加分。在一天的校园生活中，各科老师可根据学生表现给出关键词点评，如“帮助他人”“作业工整”“运动健儿”“关心集体”……分数不再是唯一标准，抓住每一个孩子的闪光点，期末学生评语可“一键生成”，评价绝对“独一无二”。

上课了，老师打开智慧黑板，拿出电子笔，并开启录屏模式。

课堂以“图文＋音频＋视频”的多维形式展现。物理课堂上，一男生受命拿着老师的手机直播实验过程，体验了一把“直播带货”，不过课堂里带的是“知识干货”。

“叮……”教师办公室里，正在备课的老师们收到二维码，相关科目老师、老中青结对老师等随即扫码听课，讲得好的、需要改进的，点对点留言。相较进教室听课，线上听课避免了课堂干扰；相较开会面对面评课，线上交流更能放下情面。

午间，针对学生提出的共性问题，老师着手制作“知识胶囊”上传到学校管理平台，孩子们回家可点击观看。短短几分钟的视频，提炼知识点，加深理解和记忆。

第七节课还剩 10 分钟，看学生精神有点疲倦，老师启动游戏模式。对当堂所学的内容现场设计游戏闯关，两两竞赛、组组对抗，教室里瞬间气氛热烈。

……

从“一支粉笔”到“一网互通”，从“要我用”到“我要用”，从心动到行动再到习惯，袁继红说，这一过程的转变，全校老师仅用了半年时间。作为常德市首批参加湖南省中小学教师信息技术应用能力提升工程 2.0 考核的单位，该校全面推进学科与信息技术融合。学校人性化规定，近两年退休的教师可不参与考核，没想到老师们自觉全员参与，且 100% 通过考核。

谈及信息化建设，该校教师发展中心主任张婷坦言，改变了“备、教、改、辅、评、研、学”全过程。她列举道：教师备课，打开校本资源库，整合课程理念与设计，发备课组讨论，得到修改意见后，形成备课方案和课件；教师对学生的作业和试卷进行在线批改和分析，借助大数据平台，学生重复刷题的历史一去不复返，师生齐齐减负；每名教师可随时随地进入专递课堂、名师课堂、名校网络课堂“三个课堂”学习研讨，与全国各地的教师线上交流……

“智慧校园存储容量有 200T，以现在录制收纳教学教研数据资源的进度，10 年内不用扩容。”程化是学校智慧校园建设的首席教师，他一言以蔽之：通过智慧赋能来分担大量繁琐的、机械的、简单重复的教学和学习及管理任务，实现了日常办公自动化、无纸化以及资讯即时共享。

学校管理者可通过智慧教室集控平台直观了解教育资源配置，可查看任意时间段任意班级的教学画面，全面筑牢校园安全网。家长可及时查收教学、出勤等信息，了解孩子在校表现，家长还可将孩子的家庭作业完成情况拍照反馈给教师。学校开放月，家长能通过直播实时查看书声琅琅的教室、明厨亮灶的悯农堂……

信息化应用让教育教学效果看得见摸得着，师生们尝到了甜头，干劲十足。更可喜的是，学校智慧校园五年建设周期可能减半，目前非教学区域的扩充与经验推广等三期建设正在规划中。

实施阳光工程，助力孩子向阳而生

培养什么人、怎样培养人、为谁培养人，一直是教育工作者思考的根本问题。全国教育大会明确：“坚持把立德树人作为根本任务，培养德智体美劳全面发展的社会主义建设者和接班人。”

一所学校如何围绕“五育并举”促进学生全面发展？学校班子成员和班主任教师展开全员大家访，广泛征集建议。顺应家长“让孩子在阳光下健康成长”的夙愿，学校慎重决策——实施阳光工程。“阳光礼仪”“阳光诵读”“阳光课间”“阳光社团”等系列活动随之展开，师生徜徉在洒满阳光的校园。

阳光礼仪，全校学生在仪表之礼中讲究庄重整洁大方，待人之礼中重在诚恳主动聆听，行走之礼中要求遵规谦让文明，仪式之礼中注重爱国心存敬畏，餐饮之礼中看重节俭珍惜文雅，观游之礼中贯穿环保友善律己。

阳光诵读，让每个学生自信表达，饱含激情地放声朗读，体验、感悟、积累语言，养成喜欢读书的习惯，营造浓厚的学习氛围。

阳光课间，树立健康第一的教育理念，帮助学生在体育活动中享受乐趣、增强体质、健全人格、锤炼意志；坚持以美育人、以文化人，搭建“尊重阁”“幸福苑”，提高学生审美和人文素养，助力人人出彩。

“我的社团我作主”，尊重学生兴趣，学校开设 30 余个社团。每天课后服务时间，孩子们在篮球社、欢唱团、文学社等社团里放飞自我、愉悦身心。

心育社团成立 9 年，深受追捧。心育社团主理人刘光顺老师 2022 年 3 月 7 日办理了退休手续，但他认为“教育是一项永不退休的事业”。这些年，他见证了学校心理教育的发展。作为湖南省和常德市心理健康教育特色学校，全校 87 名教师中，有 7 名教师考取了二级或者三级心理咨询师证，学校《“互联网＋”环境下的初中心理健康教育研究》课题获省级优秀课题。学校心理健康公众号“十三中心海导航”办得有声有色，《爱自己，从接受不完美的自己开始》《如何控制自己的脾气》《孩子喜欢什么样的父母》等推送文章被不少家长收藏转发。

家长们都知道，常德市第十三中学的《入学通知书》有些不一样，通知书上通常加了个二维码，孩子们会在扫码游戏中完成入校心理健康水平测试，这也是“阳光分班”的依据。

李永祥道出两个数据和多项成绩：近 3 年，特异体质学生比率从 24% 降低到 9.8%；2021 年，学校捧回“湖南省文明校园”“湖南省心理健康特色学校”“市级语言文字规范化示范学校”等奖牌，师生的存在感、归属感、幸福感、荣誉感在不断提升。

湖南文理学院附属中学即将挂牌，初级中学链接高校资源，在教育教学上实现互通共享，推进教育优质均衡发展，这在常德教育发展史上具有里程碑的意义。城市之西，一所智慧校园正在崛起，未来可期！

作者：韩冬

摄影：程化

广东省中山市东升求实学校

塑造健全人格　奠定人生基石

链接：中山市东升求实学校是 2003 年经中山市教育局批准成立的一所九年一贯制的民办学校，也是南方求实教育集团旗下规模最大的一所学校。目前，学校占地面积 120.6 亩，124 个教学班，6330 名学生，教职工 365 人，校车 28 辆。办学至今，学校师生在各级各类比赛中共获得国家级奖项 287 个，省级奖项 421 个，市级奖项 864 个，镇级奖项 7712 个。学校先后被评为“广东省教育科学规划重点课题协作与示范学校”“广东民办教育特色学校”“广东教育学会民办教育专委会理事长单位”“广东省义务教育规范化学校”“广东省义务教育标准化学校”“广东省四星级民办学校”“全国先进艺教单位”“全国先进民办学校”“中国民办教育百强学校”“教育家办学示范基地”等荣誉称号。

中山市东升求实学校创建于 2003 年 7 月，是经中山市教育和

总校长兼董事长朱明照

学校全景图

体育局批准成立的一所九年一贯制民办学校。

教育是什么？学校创办人兼总校长朱明照认为，教育是传授知识，激发兴趣，培养习惯。好的教育，能“因材施教”（医者叫“对症下药”）；好的教育认为学生都是优秀的，只有差异化的学生，没有差生；好的教育，能让学生越学越有兴趣，越学越有信心，越学越想学。为此，他提出“全人格教育”，坚持文化知识、兴趣爱好和行为习惯三项内容有机融合，德智体美劳“五育”并举，塑造学生健全人格，奠定他们的人生基石。

在“全人格教育”理念的引领下，求实学校秉承“一切从实出发”的校训，坚持“质量、特色、创新”的校风、“认真、公正、责任”的教风和“健康、高尚、智慧”的学风，锐意改革，大胆创新，培养了一批又一批人格健全、对社会有用的优秀学子。18年来，占地面积从只有9亩到120.6亩，学生人数从470名到6330名，学校也从一所偏居一隅的乡村学校成长为“广东省义务教育标准化学校”“广东省四星级民办学校”。

朱明照说：“民办学校不应只看成绩，把学生整体素质提起来了，自然什么都会有的。”东升镇文体教育局相关负责人认为，求实学校正是不只在乎分数，才取得了如此优秀的成绩。

而今，求实学校搭上了镇文体教育局启动的区域推进学校发展规划的“东风”，在镇文体教育局的统一指导下制定五年发展规划，目标更明确了、管理更规范了，在更专业的指导和更强力的支持下，必将迎来新的发展机遇和提升空间。

把好“方向盘”，确立先进办学理念

求实学校刚成立时，只有9亩占地面积、10个教学班、470名学生、30个教职工、4辆校车，是名副其实的“三最”学校，即中山市民办学校中地理位置最偏、占地面积最小、硬件设施最差的学校。

现在，这所学校有了120.6亩占地面积、124个教学班、6330名学生、365个教职工、28辆校车，克服了地理上的劣势，从小变大，由弱变强，成为当地的品牌学校。

“这么多年来，你认为学校取得的最大的成功是什么？”踩着学校操场上特意留下的“9亩分界线”，看着远超学校当年占地面积的运动场，记者问道。

朱明照毫不犹豫地回答：“最大的成功肯定是我们提炼出了‘全人格教育’的办学理念。”

在他看来，办学理念是一所学校的灵魂，不仅能帮学校厘清办学方向，更让全体教职工明晰这所学校“要培养什么样的人”，劲往一处使，助力学校高质量发展。

“全人格教育”办学理念，可说是朱明照40年从教生涯的经验、思想与情怀的凝练。“全人格教育”的内涵是健康、高尚、智慧，本质是提高人的质量，目标是培养有用的人，方针是全体、全面、全程，内容是文化知识、兴趣爱好、行为习惯，途径是显性课堂和隐性课堂，格局是大、宽、正、爱、勇，标准是自觉、知识、艺术、孝心、爱心、善心、礼仪、诚实、勤劳、勇敢。他从初中一线教师做起，先后担任初中教务主任、校长、教办负责人，对于教育，他有一番自己的思考。

“义务教育阶段是人格形成的重要时期，这一时期，学校的工作重点不是学生专业的培养，而是学生健全人格的培养。”

当前，一些学校对于如何实施素质教育感到迷茫困惑、甚至束手无策，“全人格教育”的提出与实践可说是一种有益的尝试。

升级“发动机”，积极践行“全人格教育”

一路走来，学校取得了良好的办学成效。此次在镇文体局启动的区域推进学校发展规划中，求实学校认为，接下来五年，首要是积极践行“全人格教育”，力促学校高质量发展，创办一流、优质的民办学校。

坚持“三项内容”有机融合

文化知识教育。文化知识教育是智力发展的重要途径，它为兴趣爱好培养和行为习惯教育提供了重要的智力支持，是人格发展的重要内容，也是衡量学校教育教学质量的主要指标之一。

兴趣爱好教育。兴趣爱好教育是发掘学生艺体潜能，让其掌握一技之长的主要途径。兴趣爱好教育能够让学生树立自信和自尊，重拾学习信心，坦然面对困难和挫折，可以间接地促进学生文化知识的学习。

行为习惯教育。行为习惯教育是一个人成人成才的前提条件，也是文化知识教育和兴趣爱好培养的基础。叶圣陶先生曾说：“教育就是培养习惯。”由此可见，行为习惯的培养非常重要。

文化知识、兴趣爱好和行为习惯三项内容是培养学生健全人格、推动素质教育的重要载体，既通俗易懂又具有可操作性。这三者有机统一，既相互联系又相互促进。通过这三项内容的实施，学生在义务教育阶段奠定的教育基础更宽广、更牢靠，未来不管是走上社会还是继续学习都会飞得更高、走得更远。

坚持“五育”并举培养有用的人

2018年9月10日，习近平总书记在全国教育大会上明确提出：“我们的教育是培养德智体美劳全面发展的社会主义建设者和接班人。”德智体美劳五育相互联系，相互促进，共同构成了人格发展的五个主要方面。德育是根本和灵魂，为其他四育奠定基础和方向；智育传授知识与开启智慧，为其他四育提供智力支持；体育能强身健体、增强规则意识，是实施其他四育的载体；美育培养审美情趣和审美能力，渗透到其他四育中，可以辅德、益智、健体；劳动磨炼意志，创造价值，提升自我，助力其他四育更好发展。

左图为学校全人格教育培训会；右上图为开展国庆活动；右下图为初一新生国防教育

德育培养学生道德人格。为了培养学生的道德人格，学校从“孝、爱、善、礼、诚、勤、勇”7个方面入手开展校内、校外、家庭等不同场所、不同形式的主题教育活动，培养学生具有孝心、爱心、善心、礼仪、诚实、勤劳、勇敢的优秀品质。同时，为了深化学生的爱国意识和国防观念，学校每年对初中新生进行为期7-10天的军训，并聘用专职教官参与学校德育管理，指导学生的生活起居，培养学生良好的行为习惯，不断完善道德人格。

智育培养学生知识人格。在知识人格的培养上，学校积极推动学段课堂教学改革，培养学生良好的学习习惯，提升学生自主学习的能力。比如，小学低段（1-2年级）积极实践写字教学改革，小学中高段（3-6年级）积极参与“爱种子”项目和语文主题学习活动，初中段（7-9年级）积极探索“白板5”教学和“先学后教，精讲多练”教学模式。

体育培养学生身体人格。为了培养学生的身体人格，学校严格按照体育课程标准的要求开足开齐体育课，配齐体育教师，认真组织学生做好广播操和眼保健操，丰富大课间的形式和内容，保障学生每天在校活动时间不少于1小时。同时，为了保障每一位学生至少掌握两项体育技能，学校根据学生年龄和身心发展特点选择适合不同学段的体育技能项目，比如小学1-2年级学生学习跳绳，3-4年级学生学习呼啦圈，5-6年级学生学习篮球操，7-9年级学生学习队形队列、擒敌拳或匕首操，全校学生普及武术操。

美育培养学生艺术人格。美育旨在让学生具备一定的艺术感知和欣赏能力。为了培养学生的艺术人格，学校积极为艺术教育普及和提高创造条件，完善艺术设施设备，配齐艺术师资力量，做到艺术教师全部专业化，让每一位学生至少掌握一项艺术技能。同时，为了进一步挖掘学生的艺术潜能，学校免费开设了书法、声乐、器乐、舞蹈、绘画、手工制作等十多个艺术社团，供学生选择参加。

劳动培养学生劳动人格。为了培养学生的劳动人格，学校组织不同学段学生开展四类劳动教育实践。(1) 生活劳动教育。利用学校和家庭资源，开展“小小保洁员”“我的房间我做主”“我是家务小能手”“我们都有两件宝”“我是一名小厨师”等主题教育活动，培养学生最基本的生存劳动技能。(2) 服务劳动教育。利用校内和学校周边资源，开展“孝亲敬老，从我做起”“垃圾分类绿色行”“绿色在我身边”“义务写春联”及社区自愿者服务等活动，培养学生的服务意识和劳动习惯。(3) 实践劳动教育。利用校内劳动教育实践基地的便利条件，分年级组织学生有目的、有计划地参加实践劳动，让学生体验劳动成果的来之不易，树立劳动光荣、劳动伟大的意识。(4) 创新劳动教育。学校与安徽师范大学合作开展“创新教育：创客教育进校园”的系列主题活动，为初中生的创新劳动教育搭建平台，深受学生喜爱。

踩稳“制动器”，营造良好校园风气

采访过程中，朱明照提起近来新闻报道中的校园欺凌现象，表示不能理解，甚至十分愤怒。他说，教育的成功莫过于培养人性的自觉。学校不仅要关注教育结果，更要关注教育过程。学校的一切活动都包含着教育，活动的一切过程都是教育。孩子的行为习惯好了，变得自觉了，就不会有欺凌现象发生。

多年来，在学校急速发展的过程中，朱明照始终认为，踩稳“制动器”，营造良好的校园风气是办一所学校最基本的要求。

他提出的“全人格教育”理念，源于社会上出现的一些怪现状，有人为了追求眼前利益不惜破坏生态环境，有人为了获取暴利在食品中掺杂有毒物质，有人因个人恩怨不惜危害他人……

在朱明照看来，凡此种种，归根结底是由人造成的，这些人有一个共同的特点，就是丧失了最基本的人格。

他发现学校教育也存在一些问题：我们一边培养出大量高分学生，一边却出现不少“问题学生”，这样的悖论怎样才能打破？

朱明照引用了扁鹊的故事进行深刻思考。扁鹊是古代名医，善治疑难杂症。当有人称赞他时，扁鹊却说跟他大哥相比，差得远了，他大哥可以“治未病”，意即在人还未生病时防患于未然。

他认为：“教育何尝不是如此？我们为什么不提前预防‘问题学生’的出现呢？”

求实学校实践的“全人格教育”，就是希望通过教育，培养学生健全人格、守住做人的底线。

多年来的实践表明，求实学校的学生不管是在校内还是走出校园，都能保持一种积极、向上、阳光的心态，懂礼仪、守法纪、肯吃苦、敢担当，学校毕业生普遍受到家长和社会各界的好评。中山市知名校长谢柏芳曾直言，求实学校把学生基础培养的比较“宽”、比较“正”，发展潜力大。

这是求实学校办学成功的重要标准之一。在谋划学校新发展的阶段，营造良好校园风气仍应是学校工作的重点。学生在中小学阶段基础打得“宽”、打得“正”，能够为将来继续学习或参加工作，提供可靠的保证。

建校18年来，求实学校在党的教育方针的指引下，在“全人格教育”理念指导下，锐意改革，大胆创新，披荆斩棘，砥砺奋进，取得了丰硕的成果。而今新一轮发展规划的到来，于学校而言，是挑战，更是腾飞的机会，相信经过五年之后，求实学校必会上一个新台阶。

广东省台山市怡霖学校

丰富“第二课堂”内容　让每位学生都出彩

怡霖学校校长陈佑民

台山市教育局副局长吴振文、台山市教师发展中心副主任甄伟章来校调研第二课堂

链接：台山市怡霖学校于2011年成立，是一所集学前教育、中小学教育于一体的全日制民办学校，实行全寄宿制管理（幼儿园除外）。学校占地3万多平方米，建筑面积1.2万平方米，现有在校学生550人，教职工60人。学校2015年6月被台山市教育局确认为“台山市国学教育特色学校”；2016年5月被确认为台山市工业新城附属学校，同时被台山市教育局先后授予“德育教育先进学校”“安全文明学校”等荣誉称号，2020年11月被中共台山市委宣传部授予“台山市精神文明建设品牌培育工程——少年中国梦”品牌推荐单位，2021年10月被广东省象棋协会确认为象棋特色学校。2016年、2017年、2019年、2020年先后获台山市教育局颁发的教育教学综合评价良好奖和教学质量进步一等奖。学校校长陈佑民被评为台山市优秀校长。

教育是国之大计，党之大计。“双减”政策是党中央从实现中华民族伟大复兴的战略高度，构建教育良好生态的重大安排。广东省台山市怡霖学校坚决拥护并全面落实“双减”政策，于2021年12月10日举办“教学开放日”，优化“第二课堂”成果展示模式。这正是怡霖学校全力推动落实“双减”政策的缩影。为了真正做到减负提质，提升学生综合素养为成长赋能，怡霖学校以多年来坚持举办的“第二课堂”为抓手，倾力打造出符合学生全面发展的兴趣特长课程、聘请专业名师授课、组织多元化展示活动，以一系列有力措施，为学生提供优质的课后服务，为家长减轻负担，真正做到关怀学生身体健康，润育学生美好心灵，为党育人、为国育才。

关注每位学生的成长，打造全面育人“新天地”

“吃好住好玩好学好”是怡霖学校的办学理念，如何让每一位学生都能够身心健康、全面发展？怡霖学校校长陈佑民认为，在兴趣爱好活动上“玩好”，也是能让学生身心健康发展的重要内容，作为课后服务的“第二课堂”，是不可或缺的好举措。

“七年前，为了全面提升学生素养，作为全日制的寄宿民办学校，怡霖学校特意为学生开设了‘第二课堂’，学生可以在每个学期初，选择自己喜欢的一门兴趣课程来学习，利用课后的时间丰富课外知识。我们希望通过‘第二课堂’激发学生潜能，丰富校园文化生活和学生精神文化生活，促进学生个性发展、全面发展，为提高学生综合素质和实践能力打下坚实基础。”陈佑民介绍，“第二课堂”是怡霖学校的办学特色项目，以学期为单位，学生可以在一周内接受4节兴趣课程教学，课程时间均安排在下午第四节课。

2021年以来，为积极落实“双减”政策，该校更是立足长远发展，不断改革创新，把国家教育发展目标与学校健康发展目标紧密结合，优化改善校园“第二课堂”模式，充分利用舞蹈室、计算机教室、象棋室、球场等资源场所，结合优质的师资资源开展课后服务。目前，该校已成功开设包括少儿主持、中华传统武术、少儿书法、绘画、手工剪纸、中国象棋、古筝、竖笛、古典舞蹈、篮球、排球、乒乓球、少儿电脑编程等在内的十多个课外课程项目，涵盖科学、艺术、运动等丰富内容，既尊重学生个性，又实现了全体学生人人参与。

“我们从孩子的变化，就能看出来学校的用心培养。表演很精彩，孩子好棒，学校也很棒！”学生家长杨文雅在“教学开放日”当天，被孩子练习古筝专心致志的样子所感染，她认为怡霖学校是一个真正培养孩子全面发展的好地方，让家长很安心。

来自铜鼓片区的家长陈小生为孩子的变化感到欣慰，他说：“孩子从老家江苏转到这里学习已经有两年了，发生了很大变化，尤其是在待人接物、文明礼仪上有了很大进步，孩子的学习成绩也明显提升，越来越懂事，我感到心里很欣慰、很满意。”

怡霖学校的“第二课堂”让学生对未来充满憧憬，对科学充满兴趣，对艺术充满热爱，对劳动充满干劲，成为了学生向内探索、向上而生的“新天地”。

名师授课多元平台，精彩展示助学生自信成长

在兴趣课堂的选择上，怡霖学校注重需求导向，通过专业的课程指导，为学生源源不断注入自信感、获得感、幸福感，也让学生对学习充满动力。

在教师安排上，怡霖学校聘请各领域的名家、名师，组成一支高质量教师队伍为“第二课堂”授课，给学生以专业的引导，并为有特长的孩子提供专业发展的指导。

有了完善的兴趣班课程，有了名师授课，如何全面推进素质教育，彰显学生个性特长，让每个孩子都能出彩呢？怡霖学校整合利用年度校园大型活动，结合办学实际，一年内多次组织多元化的校园活动，为学生提供展示才华的平台。

2021年，除了举办“元旦汇演”“六一儿童节汇演”“教学开放日”等活动外，怡霖学校还在11月开展了“扬风采，显特色”为主题的兴趣班期中成果展示活动。根据兴趣特色，活动共设置两场项目内容，第一场由篮球班、排球班、象棋班、编程班、乒乓球班进行现场展示，第二场由主持班、美术班、书法班、古筝班、竖笛班、舞蹈班、武术班进行现场展示。值得一提的是，第二场展示活动十分热闹，内容包括诗朗诵《请党放心，强国有我》、现场剪纸及硬笔字展示、古筝合奏《春节序曲》、舞蹈表演《浪漫樱花》以及武术表演《武动乾坤》等，俨然是一台文艺演出。丰富的校园文化，精妙绝伦的表演，让学生们备受鼓舞，信心十足。

素质教育显成效，促进学生全面发展个性发展

“我很喜欢学校的‘第二课堂’，每个同学都可以选择自己喜欢的项目。这个学期我选择的是古筝，学校还为我们提供了很多表演的机会，古筝的学习不仅缓解了我平时课堂学习的压力，也激发了我学习音乐艺术的兴趣，我觉得自己性格都变得开朗了。”六年级学生王怡丹告诉记者，通过在学校兴趣班的学习，她变得更自信了，学习也进步了不少，期待学习更多的特长，成为更好的自己。

在学校全体人员的努力下，怡霖学校的“第二课堂”逐渐成为促进学生全面发展、个性发展，提升学生人文素养的优质平台，优秀的怡霖学子综合素质越来越高，纷纷展现出别样的青春风采和精神风貌。

六（1）班学生王瑞超选择了武术课程，并多次参加比赛，锻炼了胆量，树立了自信，“武术可以强身健体，经过一段时间的学习，我感觉自己的身体素质越来越好了，一些不好的习惯也改变了。我很爱我的学校、老师和同学们。”他说。

“我学习的是中国象棋，学象棋培养了我的逻辑思维能力和应变能力，也培养了我的竞争意识和大局观念。”五（1）班学生马素莹认为，“第二课堂”为她带来了思维模式的改变，让学习更加高效。

怡霖学校“第二课堂”课程丰富且专业，让每位孩子都能在轻松愉快的环境中学习成长。“让每一位孩子身心健康地成长，是学校、家长的共同期盼。下一步，我们将根据每个学期‘第二课堂’的课程情况，总结完善下一年的课程设置，努力让每位孩子都能在提高综合能力的同时找到适合自己的兴趣爱好，让每位孩子在学校‘玩好’。”陈佑民期盼，未来有更多就读怡霖学校的孩子，健康成长、全面发展。

作者：李嘉敏

广东省深圳市桃源居中澳实验学校

着眼未来　让生命闪光

2019 年，中共深圳市桃源居中澳实验学校总支部委员会成立　摄影：李龙

链接：郭云峰，男，深圳市桃源居中澳实验学校党支部书记、校长。系中国教育学会个人会员、中国教育学会中小学整体改革委员会学术委员、中国人生科学学会家庭教育研究院副理事长、深圳市民办中小学校长培训兼职专家、宝安区民办教育协会副会长。2017 年被评为深圳市先进教育工作者，自 2011 年起连续两届担任宝安区人民政府督导室督学。

党的十九大报告指出：“要全面贯彻党的教育方针，落实立德树人根本任务，发展素质教育，推进教育公平，培养德智体美全面发展的社会主义建设者和接班人。”教育的目的，在于发现人、发展人、成就人。智慧学校、生命教育、以学生为关注焦点，发现每个学生身上的亮点，并使之成为人生更闪光的价值，是教书育人的根本使命。

深圳市桃源居中澳实验学校成立于 2002 年，是一所十二年一贯制的现代化、国际化民办学校，广东省一级学校。学校位于深圳市宝安区西乡桃源居社区，占地近 20 万平方米，建筑面积 14 万平方米。校园环境格调雅致、美如画卷，被誉为“公园里的学校”。在美丽家园中成长的学生气质高雅、阳光上进，有修养有品位，有诗意有情怀。

学校科创信息中心效果图

建校以来，学校董事会锐意进取、改革创新，取得了显著的办学成果。在 2019 年高考中，文理类考生本科上线人数和上线率均创历史新高。2019 年，该校中考成绩亦再创新高。

由于教育教学成绩优异，中澳实验学校得到了上级领导以及学生家长的充分肯定，社会声誉大幅提升，先后获得高考工作先进单位、初中教学管理先进单位、阳光体育先进学校、“未来教育示范校基地”、深圳市民办中小学规范优质办学奖、“2018 年深圳市教育工作先进单位称号”、宝安区民办教育质量奖等一系列荣誉。

自 2016 年更名以来，学校董事会制定创新发展战略，以“智慧学校，生命教育”为办学理念，以文化传承推动素养教育为纽带，以社团教育公益化发展为保障，弘扬“自立、博爱、包容、奉献”的校风，以实现“发现每个孩子身上的亮点，将其培养成人生更闪光的价值”的使命，以达成将学校办成深圳环境更好、质量更优、素质教育成果更好的民办学校之目标。

创客教育，着眼未来

近年来，“未来学校”概念兴起。在学术界尚未对此概念有明确定义的前提下，桃源居中澳实验学校作为“未来学校”的先行者和实践者，在践行过程中，形成了对“未来学校”独特的认知和见解：

未来，学习将逐渐走向个性化和终身化，定制化的“精准教育”将成为一种趋势，不可逆转。传统教学方式将逐步告别历史舞台，屏读、综合学习、合作学习和群智发展将成为必然，甚至传统的知识记忆都可能因植入芯片技术的成熟变为一种可能。因此，以知识理解和记忆为特点的学习方式终将告别。

未来，学校仍将存在，但是承担的任务会发生巨大变化。互联网给未来的学生提供了一个更加强大而丰富的学习空间，但它是虚拟的。在真实的世界，人们必然还需要一个充满人性关怀的精神家园、道德养习所，这个地方必然是学校。

未来，学制的淡化和学习方式与途径的丰富将会改变目前学校教育遇到的大问题，也是迄今被广为诟病的问题，即学习的功利性和学习结果的学历替代化。功能性学习和德行修炼将成为两大主要内容。因此，教学评价和学校评估将会发生颠覆性改变。

基于上述对未来教育的认知成果，可以预见：在未来，教室和课程将是以面对未来的不确定性而存在的。可能是以创客空间为主要特点的学习空间和平台来呈现，以整合和跨界为主要特点的课程来呈现。正因此，桃源居中澳实验学校发力于创客教育，以此作为践行未来学校的重要一步。

“创客教育”是指创客文化与教育的结合，基于学生兴趣，以项目学习的方式，使用数字化工具，倡导造物，鼓励分享，培养跨学科解决问题能力、团队协作能力和创新能力的一种素质教育。2016 年 9 月，学校董事会决定投资兴建一座面积达 5570 平方米的创客信息中心。自此，桃源居中澳实验学校开始了对创客教育的了解与探讨，并形成了相对完整的认识：工匠精神的传承、创客能力的习练、产业知识的启蒙，是未来社会和未来学校教育中的核心内容。而创客教育的课程内容不仅仅是科技创客，还应包括文化创客、艺术创客、金融创客、公益创客和综合产业创客等。各种创客不是一种孤立的存在，创客间的跨界、融合、整合将是一种常态。课程开发与建设的目的不再是追求课程的种类和形式，而是把关注点放在学生核心素养的培养和社会综合能力的提升，关注学生走向社会后的可持续发展力。

同时，创客课程还具备建设性、前瞻性的特点，为未来而生，因未来而新，在追求中创造未来。创客教育所需课堂的建设除应遵循创客精神的本质“开源、共享”以外，可课程化、高信息化支持以及项目学习和充分的动手空间等方面都必须包含在内。

智慧学校，生命教育

创客教育并不是少数精英学生的“私家花园”，浮夸和奢华并非它本色，而应该是面向全体学生的普及普惠教育。学校需要做的不仅仅是“提供”，还要“精准提供”，因人而异、量体裁衣。在这种认知的基础上，基于“智慧学校、生命教育”的办学核心理念，桃源居中澳实验学校开展了面向未来的创客教育实践，投入 3.8 亿元用于办学环境与条件的升级换代，将打造一所代表未来教育发展方向的学校作为主要追求。

然而，创客教育的实施，绝不仅限于办学环境的幽雅、硬件设施的完善。让软件和课程达到与办学条件、硬件设施同样的标准和高度，是发展的重中之重。为此，该校进行了深入调研，并基于调研结果，确定了发展创客教育的具体举措：

第一，着力打造学校的网络信息平台，积极构建技术领先的无界限课堂。积极探讨构建智慧校园，即以智慧管理、智慧教育、智慧评价、智慧服务和智慧生活为主要内容和基本分类，形成“一站式”服务平台，实现一体化追踪服务。

第二，把以“三网合一”为基本结构，以精准教育为基本特点的教育改革作为主要选择。所谓“三网合一”就是将学生的基础信息网、学业素质网、发展规划网有机地整合在一起，让学校实现对学生的精准分析、精准定位、精准发展、精准教育。“发现每个学生身上的亮点，将其培养成更具人生价值的闪光点。”这恰恰是中澳实验学校教育观的核心。

第三，把核心素养的全面培养和课程建设的全面对应作为主要办学目标，把学习方式变革作为主要抓手，把以 STREAM 为主要特征的课程建设作为未来学校创建中的主要选择。将“三部九级”

的课程结构和覆盖 STREAM 各方向的九类课程建设作为学校下一步或更长一段时期的主要工作，并力求形成全面突破。所谓“三部九级”就是基于学校十二年一贯制的特点，在每个学段均以三级课程结构的形式整体构建学校的课程框架，以满足所有学生素质教育的需求和学有专长的学生“个性培养、优先发展”的可能。学生多种智能潜能的发展，需要学校提供相匹配的多样教育资源。该校提出构建三大教育运营中心、九大素质教育中心和八类课程的设想，并以此为基础构建学校课程体系。

第四，把创客教育作为人才培养的主阵地和突破口。学校在建设创客教育空间的同时，大力发展文化创客空间、艺术创客空间等激发孩子创新活力的其他领域，通过学校的传媒教育体系、文化教育体系和艺术与文化创造实践，培养学生多种能力与素养。

中澳女子素养中心学员　摄影：李龙

第五，教育删繁就简，进入“极简时代”。该校提出了“可课程化”概念，环境规划与建设、场馆规划与建设、技术引进与推广等都以“是否具备课程价值”“是否可以开发和实施相关课程内容”作为必须具备的条件，任何不具备课程资源和条件的建设都不允许存在。

精准教育，个性成长

在创客教育的原则指导下，根据“基于学生、为了学生、发展学生、成就学生”的基本定位，该校实施“精准教育”，设立了“可定制化的课程”和“全个性化的成长方案”。尊重学生个体生命，尊重学生生命个体的智能差异、兴趣差异、素质差异和发展差异，积极探索素质教育类课程的全面开发，实施“国家课程校本化改造，校本活动课程化体现，校本课程精品化呈现”的课程建设。

各学部积极构建符合社会和家长需求的、尊重学生个体差异和发展需求的课程体系，重点落实校本课程的开发与实施，构建学部特色校本课程。促进学生个性化发展，构建“三部九级”课程体系。在艺术与体育方面，学校以 C 类课程覆盖所有学部、所有学生，实现省、市提出的艺术体育“1+1”的基本要求；以 B 类课程作为兴趣选择、自主发展的对应落实；以 A 类课程作为突破，以俱乐部、代表团队的形式，满足学生特长与专业的发展需要。

学校国际部先后与国家教育部门赛尔教育集团、美国麻省国际学院、美国五月花高中、美国盖琳大学预备高中、加拿大哥伦比亚国际学院、英国培生教育集团旗下英国爱德思国家考试中心等单位合作，通过开展 A-Level 高中、美国高中、加拿大高中、外籍留学生班等项目，将传统教育与国际教育相融合，打造一个疏通国际国内两个毕业通道的平台。

在学生管理方面，学校亦实施了多种举措。实施“三网合一”精准教育学生成长方案，将学生的健康信息档案、素质评价网、生涯规划网有机整合。从关注学生的基本信息和基本成长记录，调整为关注学生身体健康与发育、关注学前受教育程度、关注学生未来发展规划与指导，通过基本信息收集，实现精准分析和定位；通过素质教育的全程化设计与管理，实现精准的规划与设计；通过发展规划的全程介入和监控实施，实现精准的教育与发展。

学校以学生的适性发展为核心，重视“三涯”规划，从学业规划、职业规划、人生规划三个维度考量，通过课堂教学、社团活动、实践探索、专业访谈、生涯咨询五种方式推进高中学生生涯规划；为学生提供适合的课程，以课程智慧引领学校变革。开展“分层教学”，根据个体差异选择适合的班级，进行分层教学，以提高能力、培养创造性，注重基础，培养兴趣，树立信心，培养习惯，让学生走进更适合自己的教室。学校通过课程重整，让教师成为课程的创建者；通过课堂重构，让学生成为课程的探究者；通过文化重建，让学校成为生成的大课程。

学校引入智慧管理系统，让教学与管理插上智慧的翅膀。电子班牌、电子档案系统、电子排课系统；打造智慧教学平台：为每个教室安装嵌入式一体机，每个学科打造兼容性教室；通过网课系统、云系统、微课平台，拓展智慧教学空间，打造智慧课堂，助力学生智慧学习。

素质教育，公益领航

学校实施素质教育社团化管理，举办者捐资成立深圳市桃源居教育基金会，为学校输血造血，实行公益办学，全面开展学校社团素质教育，实施社团化管理、项目化运营、公益化支持、社会化评估，开启了民办学校素质教育公益化支持的先河。目前，学校有九大社团素质教育中心，以男、女子素养课程为特色代表，设立男、女子素养中心，以“阳刚男儿，自信人生”“睿智女孩，幸福人生”为学生素养培养目标，开发并实施 300 多门素养课程；以“懂规矩，知善恶，会感恩”为育人目标，依托学生模拟法庭，开设道德与法治教育校本课程。

向美而生，睿智成长。中澳实验学校女子素养中心以“智慧学校，生命教育”办学理念为指导，基于生命发现和生命尊重为目的，为女同学制定了多种女子素养生命教育的校本课程，按照学生年龄层次和素养课程内容分为小学、初中、高中三个学段，每个学段分为初级、中级、高级三个等级，全面普及，分类推进。课程体系既含琴棋书画、诗酒茶花传统八雅，也有现代女性所需多种礼仪、艺术修养和生活技能等内容，帮助女同学丰富知识结构、拓宽人生视野、优化思维模式，最终让女同学成为气质与修养、内涵与品位、理性与智慧、情感与艺术相结合的现代版完美女性。

女子素养中心开设了“女生素养”系列课程，以中国学生发展核心素养及“立德树人”根本教育任务为总指导思想，以当代学生发展的六大核心素养——人文底蕴、科学精神、审美情趣、健康生活、责任担当、实践创新、核心素养为主线，以“睿智女孩，幸福人生”为课程总体培养目标，围绕中国传统文化“琴棋书画，诗香茶花”设置学习内容，培养与发展学生的核心素养，让学生在这锦瑟年华感受书香、茶香、墨香、花香，潜移默化中提升自我破茧成蝶。而男子素养中心以“阳刚、责任”为培养目标，以“诚砺”为行为准则，培养走向世界的小绅士。

精彩中澳，华彩未来

在创客教育具体思路的引领下，为实践“创新、实践、分享”的创客精神，桃源居中澳实验学校开展了一系列“未来学校”的创新举措，极大地开拓了学生的视野，提升了学生的精神境界。

走进桃源居中澳实验学校，宛若走入了未来的科技空间。该校建立了科创信息中心，是目前中国较大的中学生创客实验空间及科技孵化器，内部设有教学监控中心、人工智能中心、电子绘画中心、传媒艺术多功能课室、国际会议厅、校园电视演播大厅等智能科技功能场馆，集智能、创新于一体，以培养新世纪的创新型精英。

走进桃源居中澳实验学校，又像走进了多彩的艺术乐园。学校建立了影视演艺中心、校园电视台、录音棚、艺术中心、儿童剧场、儿童音乐室等场馆，为艺术特长生打造绽放生命精彩的舞台，在这里学生可以展现他们的艺术风采。

学校开设了都市田园课程，针对一至三年级设置不同内容，让学生体会大自然里的学习、生活中的教育。通过亲自体验农作物的生长过程，使学生们感受生命成长的喜悦；园艺类环境主题课程通过生活废弃物再利用，培养学生们的环保意识，激发他们珍爱生命与热爱大自然的情感。

人文艺术类田园主题课程和自然生活类田园主题课程，旨在培养和提升学生的人文素养，让他们感悟诗人对田园生活的热爱和向往，理解田园意境与美感，培养其独立吟诵田园诗歌的能力，以诗歌吟诵为桥梁，以文学艺术滋养生命，培养想象力，学会描写心中美好的世界。

公益项目生态链主题课程，通过认识公益生态链，体会公益活动，可以培养孩子们的公益意识、公益精神，并帮助提高他们的组织协调能力和社会交往能力。深圳市桃源居教育基金会捐资开展公益劳技教育，学生的劳动成果收获由大家享用，公益农家乐收入归学生社团所有。

同时，中澳实验学校还开设了国画课、艺术美食课、书法课、古风社、梨园京剧俱乐部……各种活动异彩纷呈，极大地提升了学生的人文素养，将艺术创客的思维潜移默化地根植于学生心中，他们形成的价值观与价值追求，也更加能够适应未来生活的发展要求。艺术教育是一个潜移默化的过程，也是一个储存能量的过程，是在培养孩子的修养、审美、品行、素质，让学生慢慢学会欣赏生活的美好和生命的可贵，从而丰富他们的生命，成就他们的人生。

桃李不言，下自成蹊

中澳实验学校设公办部、桃李书院部、高中部和桃李国际实验部，即“高中是龙头，国际出品牌，桃李出特色，公办是基础”。

桃李不言，下自成蹊。学校以“桃李书院”命名，其意即为期望桃李书院能以桃源之地，育天下英才；以桃李之愿，成百年梦想；以书院为体，探民办教育之征途；以公益为实，行素质教育之宏愿。

桃李书院引入国际教育项目化管理模式，精准实施以学生核心素养发展为目标的“亮点教育”，做到“素质教育，公益融合基础教育全覆盖；亮点教育，公益支持培优助学”，倡导基于桃李云课程的无边界学习，打造“未来学校”新样态。

通过国际教育与课程的融合创新，桃李书院致力于打造中外名师团队，形成双语特色的桃李校本融创课程体系。在“优质的国家课程体系 + 国际领先的语言课程体系 + 公益化素质教育课程体系 + 社会综合实践类课程体系”基础之上，桃李书院形成了三类课程结构：国家基础课程、桃李特色校本课程、桃李校本融创课程。

桃李书院部小学是实施亮点教学、推进特色课程的民办学部，根据学生素养和生涯规划，设有桃李素养班、桃李英语班、桃李艺术班等。国家课程开足开齐，公益课程全面普及，公益社团课程培优助学。充分发现学生的亮点，培养学生的素质，促进其全面发展，让生命教育为全人教育奠定良好基础。

桃李书院部初中引入国际教育项目化管理模式，精准实施以学生核心素养发展为目标的“亮点教育”，做到“素质教育，公益融合基础教育全覆盖；亮点教育，公益支持培优助学”，倡导基于桃李云课程的无边界学习，打造“未来学校”新样态。

学校与宝中结为姊妹学校，宝中组建名师团队到中澳开设课改先锋班，与中澳骨干教师、名师和外教共同组成名师团队，探索基于桃李课程体系的教学改革，发掘每个学生更闪光的价值。

桃源居中澳实验学校，着眼现在，放眼未来，在探索未来学校的路上孜孜不倦，全方位提升学生素养，将更多的中澳学子培养为复合型人才，让每个学生都尽情绽放。在学校的倾力培养下，中澳骄子向美而生，睿智成长，快乐奔跑在人生路上，让未来多彩，让生命闪光！

作者：郭云峰

广东省佛山市顺德区乐从中学

砥砺奋进创佳绩　风劲帆满正远航

智慧课堂助力教学改革

链接：佛山市顺德区乐从中学始建于1956年，是顺德北部片区核心承载体中的核心学校和标杆学校。校园占地面积240亩，按照国家级示范性普通高中标准建设，现有教学班66个，在校学生3000多人，教职工300余人，是顺德区办学规模最大的普通高中。近年来，学校获得的主要荣誉有：全国中小学心理健康教育特色学校，广东省国家级示范性普通高中，广东省普通高中教学水平优秀学校，广东省依法治校示范校，广东省安全文明校园，广东省心理健康教育特色学校，广东省心理健康教育示范学校，广东省德育示范学校，广东省现代教育技术实验学校，广东省绿色学校，广东省交通安全文明示范学校，广东省一级学校，全国地理教学先进单位，华南师范大学联合培养研究生基地，华南师范大学卓越教师协调培养基地。

2016年高考上重点线105人，2017年上重点线154人，2018年上高优线173人，2019年上高优线224人……一组组不断增长的数据有力印证了乐从中学近年来飞速发展的轨迹，也充分体现了该校强大的人才培养能力。丰硕的办学成果，源自学校的名师团队，和谐课堂五环节教学模式、智慧课堂改革等创新举措，同时也源于乐从中学坚持“全方位树人，多元化成才”的育人机制。当前，乐

从中学正以一颗不惊不扰、不骄不躁的心在高品质教育的道路上大步迈进，培养出一批又一批具有国际视野和能跻身一流高校深造的高素质学子。

荟萃名师引领，开启高质量领跑模式

广东省中小学名校长工作室主持人、广东省百千万人才培养工程培养对象、南粤优秀教育工作者……乐从中学校长曾盛华身上有数不清的光环。但在他看来，自己最大的成就是10多年来带领教师团队在课堂教学和课程教学中一路披荆斩棘，将乐从中学从一间默默无闻的普通中学，打造成为一间跻身全区前列、备受瞩目的标杆学校。

2020年2月底，高三全面开启线上复习，但受疫情影响，不少学子无法返校拿复习资料。心系学子的乐从中学高三科任老师戴炳旺、黄林华自发返回学校给学生“逐一找书”“送书上门”。正如2018届毕业生黄钰雯所言：“为了让我们成人又成才，整个学校的老师都费尽了心思。”

“乐从中学一直以来将教师队伍建设作为学校发展的重中之重，培养了一大批优秀的教师，他们是学校发展的重要保障。”曾盛华说，校以人兴，教以人立，名校之为名校，更在于它是人才的摇篮、名师的荟萃地。乐从中学从教师的思想境界、教学理念、教学技能三方面，着力打造一批学科带头人和优势学科群体，形成了以曾盛华校长为主持人的广东省名校长工作室和以谭瑞娟、戴炳旺、费贞元等教师为主持人的名师工作室。

浓厚的教研氛围，让学校涌现出了一批名师。目前，乐从中学聚集了来自北京师范大学、华中师范大学、华东师范大学、陕西师范大学、东北师范大学等国家级重点师范院校毕业的精英，其中不乏特级教师、全国优秀教师、南粤优秀教师、佛山市骨干教师等，部分教师闻名区域内外。学校获全国、省、市、区优秀教师荣誉称号有90多人，覆盖全部学科。近年来，乐从中学教师获得省级以上奖项达160多人次。

植根教学改革，领航学生全面成长

早上7时早读、下午4时50分放学、晚上7时晚自习、晚上10时30分准时熄灯。在当前高中学校加班加点埋头苦读的大环境下，乐从中学却大力实施“9+1”制度，确保学子每天9小时睡眠时间、1小时体育锻炼时间。在这背后，乐从中学独具特色的和谐课堂五环节教学模式成为学子高效学习、实现弯道超车的秘诀。

“课后保持充足的睡眠，学生才能更高效的投入学习，课上把课堂还给学生，让学生走在老师的前面，才能促使学生做最好的自己。”作为和谐课堂五环节教学模式的创建人，曾盛华深谙教学育人之道。课堂上，结合信息化平板教学，学子在老师引导下通过“导、学、研、展、评”五个环节，开展自主合作学习。学校则按照《和谐课堂教学评价表》，从学生参与度、能力度、动态生成、延伸度、达标度等指标来评价课堂，把课堂还给学生，进一步激发学生学习潜能，促进学生养成自主管理时间的良好习惯，全面提高教与学的效率。

教学改革撬动学校变革，先进理念引领师生成长。乐从中学突出的教育教学模式，不仅让其一跃成为闻名全国的改革标杆学校，学校高考上线率也连年攀升，连续5年高优线及本科线上线人数以两位数增长，连续15年被评为“顺德区先进学校”，一大批学子在乐从中学圆了大学梦、名校梦。2019年，乐从中学获颁“顺德区高中教学质量卓越奖”，并作为区唯一代表在市教育教学质量总结会议上分享高考备考经验。

精准个性培养，一流学校愿景可期

丰富的校本课程、社团活动以及读书节、社团节、体育节、艺术节、宿舍节、青年节、班主任节和心理节，再加之心理健康教育、职业生涯规划讲座等丰富多彩的生涯规划教育……如果说优秀的教师队伍、良好的教风学风为学校教学质量的提升奠定坚实的基础，那么，“全方位树人、多元化成才”的育人机制，则是乐从中学持续发展的秘诀。

本着“让每一个学生都成功”的育人目标，乐从中学针对生源结构精准化培养，搭建各类学生成长平台，形成“规范 + 自主，全面 + 特长”的育人特色。2009年至2019年，乐从中学连续10年均有学生获得广东省宋庆龄奖学金，每年均有大批学子在各级竞赛中脱颖而出。“3年前，我很羡慕那些进了重点高中的同学，但3年后，乐从中学让我跟他们站在了同一起跑线。”面对母校跨越式的发展，2018届优秀毕业生何咏琳道出了所有乐中学子的心声。

面对市民更高要求的教育需求，乐从中学2020年招生规模扩大至1100人，比去年增加44人，其中创优实验班和创新实验班共招生320人，提升教学规模和教学质量。近年来，通过强力推行“卓越人才培养计划”，乐从中学实验班每年高考本科上线率达100%，重点上线率达80%—100%，形成辐射整个佛山市的优质生源吸引力，成为培养全国“双一流”院校尖子人才的摇篮。

如今，乐从中学正成中兴之势，个性教育硕果累累，各大高校名榜频添。未来，乐从中学将以更加激情澎湃的育人状态，朝着打造科研引领、教育优质、特色鲜明的一流现代化示范学校的目标继续出发，为顺德乃至佛山打造高质量基础教育增添优质底色，让每一个学生乘教育改革的东风实现梦想。

广东省深圳市龙华区万科双语学校

用多元课程激发学生内驱力

广东省深圳市龙华区万科双语学校（Vanke Bilingual School，简称VBS）是由世界500强企业万科斥资10亿元打造的创新型民办九年一贯制学校，于2018年9月3日正式开学，现有学生900余名。

建校以来，学校秉承“为未知而教，为未来而学，让孩子站在未来中央”的办学理念，采取国际化的小班模式（小学25人／班，初中32人／班），基于国家课程内容，吸收国际教育先进理念，追求教育创新，致力于培养人格健全、学力卓越，具有国际视野和家国情怀，敢于创造美好未来的中国公民。

万科双语学校杨帆校长表示：面对人工智能时代的到来，未来的世界变幻莫测，因此，学校基于国家课程标准，引入国际优质课程，创造性开设中西融合、线上线下结合的多元一体的万科双语学校课程体系，满足学生个性化全面发展需求，因材施教，形成面向未来的核心能力。学校重点培养能够面向未来的有全局性理解能力的学生，关注21世纪技能养成所提到的批判性思维、创造力、沟通能力、团队协作能力，积极培养学生好奇、乐观、包容、坚毅、创造性与多元化发展六大核心素养。

学校倾力研发三大系列课程，助力学生成长。“源动力课程”，把国家课程校本化实施，满足学生升学需求；“加力课程”，国际优质课程多元融合，由外教授课；“推力课程”，个性化必修、选修课程，帮助学生个性化发展。

源动力课程——满足学生升学需求

深圳市龙华区万科双语学校校长杨帆，以立德树人为根本任务，牢牢把握国家教育理念和教育方针。为了确保国家课程的全面实施，带领教师切实转变教育理念，及时研究解决教学中遇到的问题和困难。通过标准课程的落实，以差异化、回应式课堂激发学生学习内驱力，积极创导自主、合作探究的教学模式，培养学生自主学习、主动探究、合作交流的可持续发展的学习能力。学校不断探究与国家课程相适应的教育方式、教学管理制度，探索评价与考试制度，建立适应学生全面发展的课程与评价体系。在保证国家课程实施质量的基础上，努力开展地方课程和校本课程，逐步形成国家、地方和学校三级课程管理制度。

加力课程——开阔国际视野

学校除了开齐国家课程外，还同步开设了外教全英文授课的数学、科学、艺术、戏剧、体育、音乐、英语阅读等加力课程。同时，多元化升学路径、沉浸式的中西融合双语教学、现代化高标配的学习环境、信息化的自然学园，充分激发学生潜能，形成中英文思维和运用系统，获得开阔的国际视野。

推力课程——激发学生学习潜能

人工智能课——基于STEAM教育理念，从小学一年级开始开设，以“智能家居”为主题，跨学科融合方式实施，让学生触摸未来，走进人工智能时代。在广东省教育“双融双创”行动暨2019年教师教育教学信息化及新媒体新技术教学应用活动中，该课程获信息技术创新教学案例评比一等奖。目前，人工智能课已成功与科学、语文、数学、音乐、建筑等开展跨学科融合体验，学生学会制作光控窗帘、用橡皮泥弹奏音乐、自制太阳能热水器等，并在学习中展现出惊人的创造力，学习兴趣浓厚。学生在省、市、区大赛中多次获奖。

人生规划课——学生必修课，融合心理健康教育、社会情感培养、生涯教育与实践，促进学生人格的健全发展。该课程每学年32课时，共288课时。包含18大主题，涵盖一至九年级。课程引导学生更加全面地认识自己，探索外部世界，为人生成长打下坚实基础。在实际教育过程中关注全体，对特殊学生给予特别关注。整合家校资源，形成教育合力。比如，家长应邀为学生进行职业分享，开阔学生眼界。学生从一年级开始学习规划自己的时间，学会如何控制自己的情绪，学会用成长型思维模式思考，相信通过自己的努力能获得成功。

万双云课——学校通过平板电脑等开展教学，寻找优质网课资源，以多样的课程形式满足学生个性化学习需要，培养学生终身学习理念。

建筑课——以万科集团“做美好生活的场景师”为理念，与社会、历史、美术、地理、艺术等知识产生关联，提升学生的动手能

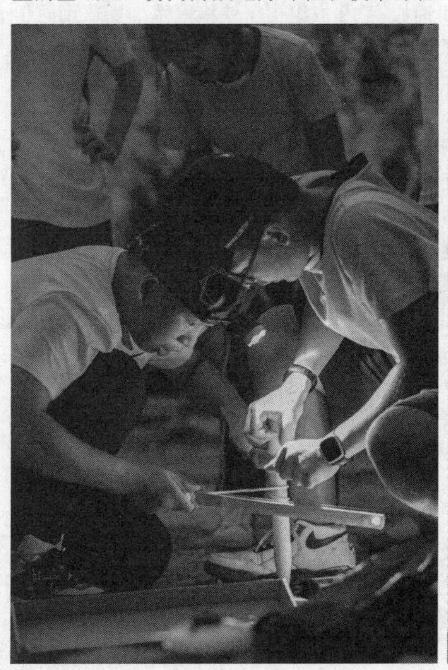

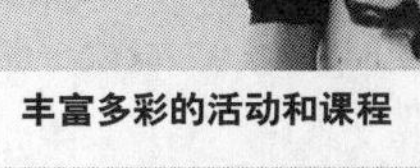

丰富多彩的活动和课程

力和创造美的能力。

小学历史课——“以史为镜，可以知兴替”“欲知大道，必先为史”……学校重视历史教学，从小学一年级开设历史课，培养学生正确的历史观和家国情怀。

多样化的选修课和社团活动——学校用丰富多彩的推力课程助力学生全面发展。目前，学校开设选修课43门，其中包括国学经典吟诵、烘焙、手工、篮球、足球、国际象棋、攀岩、人工智能、3D打印、羽毛球、小记者、合唱、乐队、武术、生物小实验、英文电影配音、艺术绘画等，由学生自主创立的社团有94个，涉及自然科学、体育、文学、艺术、生活技能、学科思维拓展等方方面面，满足了学生个性化全面发展需求。万科双语学校拥有长25米8条泳道的地下恒温游泳池、符合国际青少年赛事标准的攀岩墙、4个地下篮球馆，确保学生风雨无阻开展体育锻炼。其中游泳、足球、攀岩为学生必修课，游泳课由世界冠军授课。学校每天安排一小时户外活动，积极控制近视率，经常性开展足球联赛、篮球联赛、校队训练，学生的体育素养得到全面提升。

体验式综合实践课程——学校还研发体验式综合课程，开展省外研学、新生训练营、荒岛求生拓展体验、航海体验等综合实践活动，让学生全方位体验具有生活价值的学习。如2019年7月，全体小学生前往厦门开展为期5天的研学体验活动，同年9月，八年级全体学生走进湖南长沙，全面了解一代伟人的一生。实践活动采用项目式小组学习方式，让学生了解中国近代历史，激发学生爱国情怀。2020年10月，VBS学子登上“深海一号”暨“蛟龙号”“天鲲号”，零距离感受“国之重器”的超强实力，在活动中培养了家国情怀。2020年11月，学生们参观了深圳国家基因库，开阔了科技视野。

PBL 项目式学习——培养学生的创造力

学校通过PBL项目式学习，培养学生高度的社会责任感和自主探究能力。如“万小双银行建设”“零废弃生态园打造”“新型冠状病毒的研究”“牛主题研究”等PBL项目被列入课表，在实践探索中取得卓越成果。如学生们设计了万双币、节电程序、可以用芯片追踪的“饮料回收售卖一体机”，实现了变废为宝，学会了造纸，开始在校园种植，懂得了关于牛的各种知识，并进行了反思、总结、演讲。学校举行了优秀“零废弃生活”PBL项目展示会、优秀社团、选修课展示会、班级E—Talk、“牛主题研究”、游泳课体验、科学实验探究、体育比赛、校队展示、艺术沙龙……琳琅满目，精彩纷呈。

丰富多彩的活动和课程让学生乐在其中，为在复杂多变的世界中培养学生的好奇心，启发学生的智慧，增进学生的自主性和责任感，涵养学生乐观、自信、包容的品格提供了平台，并让学生在活动过程中获得了闯荡未来世界的激情和力量。其中，“万小双银行建设”项目被评选为“第三届STEM教育＆创客教育学术论坛”2019年度第一季度PBL项目一等奖。学生为创造美好未来而勇于创新、敢为人先的探究精神，卓越的思维力、创造力与高度的社会责任感在活动中得到充分体现。

成果——学生素养全面提升

建校仅两年多，万科双语学校赢得了良好的社会口碑，荣膺第四届南方都市报教育改革创新大奖——最具未来特色学校奖、梅沙教育年度优秀学校奖，被广东省棋类协会授予广东省国际象棋特色学校称号，成为龙华区10个首批示范校之一先行部署5G网络，成为深圳市首批4所预防近视试点校之一，被评为中国登山协会攀岩特色学校。杨帆校长被聘为第六届深圳市督学。

学生在龙华区青少年科技创新成果竞赛、广东省第十一届攀岩锦标赛、第十五届“外研社杯”中小学生英语大赛等赛事中屡屡获奖。在由广东省教育技术中心主办的广东省教育“双融双创”行动暨第二十届广东省中小学电脑制作活动中，万科双语学校4名学生喜获初中组VEX机器人工程挑战赛二等奖；任益百同学荣获2020广东省青少年国际象棋锦标赛12岁组男子快棋冠军；夏玖玥同学应邀参加中国少年先锋队广东省第七次代表大会；张新雨同学参加香港渣打马拉松赛闯入前十名；古炜铭同学荣获深圳市“最美少年”（才艺好少年）称号。2020年10月31日，在由院士领衔、名人齐聚一堂的第十五届国际基因组学大会（ICG—15）科学嘉年华上，八年级学生、理工社社长姚俊熙作为中学生代表作了“基因未来的可能性”主题演讲，得到了广泛称赞。

以成长型思维构建学习型学校

每天清晨，杨帆校长都会微笑着在校门口迎接学生，与学生亲切交流。唯有对学生无私的爱，才有学生脸上荡漾着的灿烂笑容，才有教师们桌上学生们送的形形色色的心意卡。

万科双语学校是一个充满爱的校园。学校以“成长型思维模式”构建学习型学校，以终身成长为核心价值观，学生通过以“人生规划”必修课为主线的课程学习和参与丰富多彩的活动，教师通过“教师职业发展学院”学习，家长通过“家长成长学院”学习，让学校成为学生、教师、家长共同成长的学园。

在这里，每一位教师的生日都会收到祝福，每一位家长都可以参与学习，每一名学生都登上了闪闪发光的舞台；在这里，学校以未来智慧的视角看待教育，努力创办面向未来的国际化新型学校，成就学生精彩未来。

作者／摄影：刘燕

广西玉林市玉州区第八初级中学

让校园文明根深叶茂

玉林市玉州区委书记吕燕梅、副书记陈天宁、主任李志到玉州区第八初级中学检查开学工作　摄影：刘丹

2020 年 12 月 2 日 17 时 15 分，广西玉林市玉州区第八初级中学（以下简称玉州区八中）放学的铃声响起。学生从教室里鱼贯而出，他们纷纷前往操场运动或参加社团活动。1809 班的陈同学收拾好书包，几名同学合力把他放到一名同学的背上，背着他下到一楼，然后把他放到其母亲的电车上。

这一幕，每天都在上演。陈同学患有渐冻症无法行走，从初一开始，玉州区八中给家长开通绿色通道，让家长每天送该学生到教室楼下，然后 1809 班的学生轮值背该同学上下楼进出教室，这已经坚持了两年多了。

没有歧视、没有欺凌，班级团结和谐、友爱互助、文明进取，学生积极向上。玉州区八中以培育“四有”新人为落脚点，帮助学生扣好“人生第一粒扣子”，走出了一条校园文明建设、理想信念教育和学校内涵发展同步提升的道路。在今年 11 月底，玉州区八中获评全国文明校园荣誉称号。

创建智慧团队，推行课改连创佳绩

全国文明校园、全国中小学国防教育示范学校、全国零犯罪学校、全国青少年足球示范学校、自治区文明校园、广西青少年科学调查体验活动优秀示范学校……玉州区八中的荣誉簿上，各种荣誉称号都沉甸甸的。

玉州区八中创办于 2013 年，是一所年轻的学校，为何能在众多学校中脱颖而出，创下佳绩？玉州区八中校长唐宁还记得，学校投入使用的前两年，很多人包括同行学校都不知道玉州区八中，就连百度都搜索不出来。

唐宁说，玉州区八中以“立德树人”为根本任务，以党建为引领，创建了“智慧·团队”文化核心，践行社会主义核心价值体系教育。通过依托有效教育课改引领，通过思维导图载体训练学生思维，在课堂实践“一节课为一张图”“一本书为一张图”的理念，把每节课的知识用思维导图贯穿表现出来。同时注重培养名师，打造名师效应，提高学校的实力和影响力。

“进入广西‘十三五’规划课题研究，申报广西基础教育教学成果，思维导图经过几年的课堂应用取得很大的成果。”唐宁告诉记者，课堂思维拓展开来，学习氛围浓厚，学生学习热情高，心态积极向上，教师凝心聚力、踏实肯干，学校的教学质量有了质的变化。近年来，玉州区八中中考成绩名列前茅；玉林高中和玉林一中的定向生指标逐年提升。名校长工作室、玉林市最美教师、百佳名师……各种荣誉纷至沓来，给这所年轻的学校增添厚重感、增强知名度。

五育并举，培养新时代美少年

玉州区八中是玉林市青少年校园法治示范基地，依托该基地，学校积极开展丰富多彩的法制、禁毒、国防教育活动，同时利用国旗下的讲话、每周主题班会等活动，对学生的行为习惯、思想政治、语言举止等进行规范。学校设有欺凌举报信箱、邮箱等，全校师生齐抓共管，杜绝校园欺凌事件的发生。此外，学校还配备了专业的硕士心理咨询师，设立设备齐全的心理咨询室，开设心理健康课程，为缓解学生学习、生活等方面的焦虑提供了平台机会，真正为学生身心健康快乐成长着想。同时把禁烟、禁毒作为一项长期不懈的工作来抓，学校先后获得全国零犯罪学校和全国中小学国防教育示范学校称号，名声在外，吸引多地的学校和政法机构前来参观。

“培养新时代美少年，就要德智体美劳五育并举，让学生全面发展。”唐宁表示，学校尊重学生的个性化发展，在学习之余让他们的兴趣爱好也得到长足的发展。为此，学校创建了龙狮社、剪纸社、创客社、文学社、足球社、滑板社等 20 多个社团，举办运动·文化·艺术节等丰富多彩的校园文化活动，让每个学生都成为校园活动的参与者，各施所长，得到锻炼。学校还积极开展进社区做帮扶、捐款、福利院慰问等活动，把社会主义核心价值观渗透到各类活动中去。

玉州区八中现有学生近 3000 人，在校园中行走，干净整洁，没有一处卫生死角。“学校只有一名清洁工而已。”原来，学校将校园所有的公众场地划分给各个班级，坚持每日三小扫、每周一大扫、每月彻底再打扫，把劳动教育渗透到日常的清洁工作中，靠师生的全员参与、互相监督。

榜样教育，让学生快乐向上发展

榜样宿舍、星级班级、文明班级、每学年“美德少年评比”……玉州区八中注重榜样的引领和带动作用，通过树立典型开展榜样教育，在学校营造出了积极向上、争先创优、你追我赶的浓厚氛围，树立学生的自信心和进取心，在学校快乐向上发展。

“自从新学期发起‘拒绝浪费，节约粮食’的倡议活动后，全校师生都积极响应并行动起来，现在食堂的剩饭剩菜很少，一个潲水桶都没装满。”唐宁说，学校坚持安全、绿色的食品，食堂不采购任何速冻品，如热狗、饺子、肉丸等，每天用新鲜食材设计符合学生所需营养的菜谱。此外，外卖不让进校，考虑到学生成长所需，学校为学生增设了宵夜。

心理教育，让学生身心健康成长

心理健康教育不再是我们片面认识的学生心理，它是教师和学生共同需要加强的一种教育。尤其是中小学心理健康教育，因为学生在成长中缺乏一定的判断能力和自我意识，所以关键在于教师，在于教师的积极引导和有效解决自身、学生以及师生之间的关系。

学校还配备了 1 名心理健康教育硕士、国家二级心理咨询师专职心理老师和 4 名兼职心理老师。周一至周五开放心理咨询室，接待学生个体心理辅导。制定了学校心理危机预案，通过心理测量和日常观察谈心等开展学生心理筛查评估，对于筛查发现的个别严重心理问题学生，立即启动学校心理危机预案，由政教处领导、专职心理老师、班主任共同合作，约谈学生家长，反馈学生心理问题的现状，并积极商讨应对措施，明确学校、家长和学生三方责任，共同努力维护学生的心理健康。必要时予以转介，我校与精神卫生医疗机构玉林市第四人民医院建立了学生心理危机转介“绿色通道”。

开设心理健康教育课程，如面对 2020 年突如其来的疫情，积

左图为创文明城市现场观摩；右上图为教师风采展示活动；右下图为班主任沙龙 摄影：刘丹

极开展线上心理健康教育，我校根据各年级班主任对学生心理状态反馈的情况，共同研讨，确定心理微课主题，由心理老师录制心理微课。如录制《从自由到自律》等微课，观看量达约3148次；学生观看率覆盖面达到了全校的百分百，学生反馈居家学习期间，心理微课是一场及时雨，让自己居家学习焦躁不安的心情得到了缓解。玉林日报记者对此采访了我校专职心理老师，并在玉林新闻网和玉林发布上进行了相关报道，此次报道宣传的心理健康教育理念，加强心理健康教育的正面宣传和舆论引导。

建立家校合作机制，使心理健康教育更加完善有效。学校通过家长会、家长心理讲座或心理课堂等形式向家长提供亲子教育的相关心理知识，指导家长有效开展家庭心理健康教育。如疫情期间，为缓解家庭亲子矛盾的加剧，提高家长的家庭教育能力。我校通过心理老师录制《如何有效沟通，了解孩子心事》等微课推送给家长共同学习。观看量达到4001次，家长反馈受到启发，受益匪浅。

积极引进社会力量参与学生心理健康教育，如2020年11月27日，玉城街道社区卫生服务中心、玉林市五官科医院吴英主任给我校女生开展了青春期专题讲座。活动过程中，女生积极提问互动，并表示此次讲座年内容让自己获益良多，知道该如何爱护自己。

“获评全国文明校园，不是一个终点，而是一个起点。让更多的孩子获得更优质的教育，这才是我们最终的目标。我们将继续用高标准严格要求自己，努力向前向上，争创更加优异的成绩，把学生培养成五育并举、综合素质过硬的学生。”玉州区八中校长唐宁说。

重庆市南川中学校

聚焦教育改革提质 引领学生全面成才

学校艺术节

链接：重庆市南川中学校创建于1940年，现占地248亩，学生7000余人，教师近500人。学校跻身全国自主招生500强，成为20余所“双一流”大学优秀生源基地。近年来，每年高考重点本科上线500余人，近200人考入“双一流”大学。先后荣获全国“文教系统先进单位”“未成年人思想道德建设先进单位”“和谐校园建设先进集体”“艺术教育先进集体”“图书馆建设先进集体”“节约型公共机构示范单位”“零犯罪学校”“和谐校园”和重庆市“文明校园”“依法治校示范学校”“德育工作先进集体”“校风示范学校”“课堂建设先进集体”“艺术教育先进集体”“绿色学校”“最美校园”“最美书屋”“卫生示范学校”等荣誉称号。

现任校长任国君，男，汉族，1966年6月出生，大学文化，西南大学在职研究生，中共党员。曾荣获“重庆市特级教师”“重庆市优秀共产党员”“重庆市骨干校长”“重庆市职工信赖的好书记”“重庆市百佳人文校长”和“名校长工作室主持人”等荣誉。

作为南川大地上一所历史悠久、文化底蕴深厚的老牌名校，南川中学校始终以校风正、学风浓、质量高而闻名远近。在过去80年薪火相继、教泽长流的教育传承中，培养出一批又一批具有“家乡情怀、中国眼光、国际视野”的优秀学子，以丰硕的办学实绩树立起南川教育一面迎风飘扬的旗帜。

近年来，学校坚持“立德树人”根本任务，把持“质量强校”基本目标，积极投入课改实验示范区建设，强力推进“三课”联动，扎实开展“基于标准的教学”的课堂改革，有力探索“学本课堂”，深化教学教研工作，积极搭建育人平台，提升师生素质水平，在与时俱进、内涵发展的道路上迈出更加坚实的步伐。

转变育人方式，让“教本课堂”成为自主学习探究的“学本课堂”

“这道题是不是可以换个思路解答呢？”“我认为这段话的背后还有另一层隐喻……”在南川中学高三的一堂语文课上，孩子们带着老师课前提出的10个问题，在课堂上展开了激烈的讨论。

教室里，学生不再是以往工整的排排坐，而是划分成几个小组，每个小组成为一个独立的“自主学习群”；课堂上，教学关系不再是传统的“老师讲、学生听”，而是学生成为教学的主体，在老师的情景创设与引导下，分组讨论、自主探究，达成学习目标。

从以教为主转变成以学为主，这样的教学场景，在南川中学的课堂上并不鲜见。

学校艺术节开幕现场

“随着时代的发展，学生获取知识的途径增多，以前的传统教学模式已经不能完全适用于当今教育发展的时代特征。”南川中学校长任国君认为，要提高新时代背景下的教育教学品质，探索新型的高效课堂教学模式势在必行。

课堂改革的风向很快便转化为行动。2019年9月，在区教委统一部署下，教育部课程中心推荐中国教育科学研究院韩立福教授来到南川区展示“学本课堂”教学研究成果。对接探讨后，南川中学确定引进“学本课堂”的“课堂建构”，于初期在高三年级进行试点教学，并在短时间内取得了阶段性实践成果。

“以前的课堂上，孩子们‘脑筋会转’，但是‘嘴巴不会讲’。”语文教师胡琴在实践运用“学本课堂”的过程中，惊喜地看到了学生们的变化，“现在，他们不仅会思考，还通过频繁的探究交流，学会了如何表达。”

教学模式改革产生的效果，不仅仅只体现在学生成长上。

“以前我讲课只讲结论，导致学生知道如何学，却不知道为什么要这么学。现在我会花更多时间去提出问题，给学生更多自主思考的空间。”历史老师强宝香说。

事实上，创建问题导学型“学本课堂”只是南川中学贯彻“质量强校”、推进课堂改革的一个缩影。近年来，学校严格落实国家课程计划，打造化学创新基地和市级精品课程体系，提升课程领导力，统筹规划高中三年教学计划，实现“挂图作战”，同时深化基于标准的教学，做到“三讲三不讲”，逐步改变课堂生态，让课堂真正“活”了起来。

创新教研形式，让讲台成为教师专业提升的舞台

2019年4月，校长任国君带队，学校相关部门负责人和教师一行4人远赴山西忻州一中考察学习。其间，南中教育人通过参观校园、观摩示范课、聆听讲座报告、交流探讨对如何打造有效课堂，以课改管理、优生培养等方式推动学校高质量发展有了更深刻的理解。

返校后，参与此次活动的教师们很快便将学习到的优秀经验做法转化到日常的教育教学实践中。以教研改革为例，学校根据“先学后教、先研后教”的理念，在教师群体中大力开展集体备课活动，物化统一课件、教案和考练题，使教研工作更具针对性和实效性。

“以前是为了教研而教研，现在是真正为了教学而教研。”南川中学分管教学的副校长张竞表示，教研改革使教师的备课工作聚焦到每一堂课、每一个知识点和每一道试题，有力提高了备课活动的学术水平。

南川中学深知，教师是学校发展的核心竞争力，有好的教师才有好的教育。长期以来，学校一直深耕教学研究，致力于打造一支专业性强、学术味浓的精英之师。

一方面，学校广泛开展课题研究，完善课题激励机制，并积极组织教师随考、解题能力大赛和学科学术月，投入教师培训经费300余万元，邀请市内外名校专家上门培训，提升教师专业水平。

另一方面，学校还坚持课例研究，抓实主题备课活动，做到示范课常态化、常态课示范化。同时，积极搭建“集团化办学”“重庆好教育联盟”“渝东六校共同体”等联合教研平台，为教师成长创设良好环境和发展空间。

如今，多措并举之下，南川中学教研改革卓有成效。数据显示，近年来全校教师成功申报国家级、市区级课题100余项，其中市级重点课题3项；开展校级小课题研究，立项68项，结题46项；参加优质课竞赛、技能大赛、论文评选获全国、市级一等奖、二等奖300余人次……人人有课题、人人有提升的教育教研氛围已经在学校里逐步形成。

拓宽培养渠道，让校园成为学生全面发展的乐园

新时代背景下，如何推进普通高中育人方式改革，给学生多元化发展的选择，全面提升学生的综合素质？

“学校要破除‘唯升学’的桎梏，多渠道探索分类考试、综合评价、多元录取路径，力促高中教育育人方式的转变。”校长任国君表示。

在南川中学，我们看到这样一本实用的自主招生手册，上面收录了全国中学生各类竞赛科目、报名方式、考试内容、时间节点等内容。自2015年编订以来，该手册便在校内广泛使用，为全校学生及时带去了大量可供参考的招考信息。

南川中学充分重视拓宽人才培养渠道，不仅编制了自主招生手册，还多次邀请名校专家来校进行公益讲座，每年80余位学生通过清华大学、复旦大学等名校自主招生，学校成为全国自主招生500强，自主招生的道路走得越来越宽广。

学科竞赛方面，学校扎实开展各学科奥赛培训，学生积极参加各类竞赛。近年来，累计有15位同学获清华大学“登峰杯”决赛一等奖，100余位同学获“语文报杯”“全国中小学生经典阅读行动”“全国创新英语”特等奖、一等奖，600余人次获数理化生信息学科竞赛获国家级、市级奖项，竞赛成果丰硕。

“以前想都没想过，原来除了高考，深耕自己在其他学习领域的特长也能成为进入理想大学的重要途径。”不少学生纷纷表示获益良多。

值得一提的是，学校还推行了“六年一贯制”课程改革，打破初中、高中学制，实行小班教学，并采用参与式、启发式、研究式教学，大力开展各类素质提升活动，保障了中学阶段学习的连贯性，提高了塔尖人才培养效率。

广泛搭建平台，构建更利于学生健康成长、全面发展的人才培养体系——南川中学始终走好全校师生创新改革、内涵提质的特色引领之路，不断用实际行动兑现着为学生成长护航，为学生发展奠基的美好承诺，充分尊重学生个性选择、自由生长的权利，让校园真正成为学生全面发展的乐园。

四川省成都市中和中学

人本中和　向善向上

成都市中和中学系四川省一级示范性普通高中、四川省文明单位、四川省校风示范校、四川省阳光体育示范校、四川省艺术教育特色学校、四川省实验教学示范校、四川省青少年科技教育示范校，全国科普教育基地学校、全国青少年校园足球示范学校、全国人工智能活动特色单位、中国教育学会首批“现代联盟学校”、中国科学院大学基础教育研究院首批“卓越学校联盟校”、成都市拔尖创新人才早期培养基地学校、成都市教师发展基地校、成都市中小学心理健康教育特色学校、成都高新区青少年科学院成都市中和中学电子信息工程分院。学校坚持“全面育人、个性成才”的办学思想，秉承“允德允能”校训，践行“中和位育，崇德力行”办学理念，崇尚“修身、务本、大气”教风和“明礼、好学、有为”学风，遵循“文化引领、制度规范、质量检验”的管理思想；以“全面＋特长”为培养模式成就大批学子的理想大学梦。

成都市中和中学创建于1931年，19世纪60年代，成都市中和中学（华二中）被誉为成都教育“四朵奇葩”之一，时任校长汪莉受邀参加全国教育群英会，受到领导接见；20世纪90年代，学校作为双流教育“三驾马车”之首；2018年，成都市中和中学被四川省教育厅命名为四川省一级示范性普通高中。站在新的起点，中和中学顺应新时代的发展需求，聚焦“优良传统与现代理念相融合的品质名校”的办学目标，深化潜能教育办学特色，开启了一段“转型发展”的蝶变之路。学校占地195亩，现有高中部初中部两个校区，80个教学班，3896名学生，341名教职员工。

近年来，学校办学质量节节攀升，办学特色不断彰显，发挥了极大的示范引领作用，受到社会各界的高度赞誉。2018年，被遴选为“成都市拔尖创新人才早期培养基地学校”“成都市中小学心理健康教育特色学校”；连续20年被成都市教育局评为“高中教育教学优秀学校”。学校凭借求真、求实、奋进的精神，大写了低进高出、高进优出的教育奇迹。

贴心服务，高效管理

学校的初中部和高中部两个校区，实行封闭式教育教学管理，受到学生、家长及社会各界的广泛赞誉。初、高中部6栋学生公寓可容纳3000多名住校生，德育处专职干部负责管理，配有专业生活老师。政府采购的高标准物业管理，舒适的学生公寓，为学生提供高品质服务。学校与腾讯和中国电信进行战略合作引进全国领先、省内首例的学生智慧校园卡系统，集成了进出校门、进出学生公寓、消费、充值、行为管理、医院就医、借书、考勤、成绩管理等功能，家长可以通过微信实时查看学生在校的各种信息，实现了家校共育无缝衔接，为学生在校三好“吃好、睡好、锻炼好”提供了精准数

青春激扬的中和学子

据支撑和贴心的服务。特别是学生们全部在宿舍里午休，这里中午校园内一片静悄悄，家长和社会好评如潮。

学校充分利用各种资源，成立了方军奖学金、向日葵工程等爱心奖学助学基金。对特优生、贫困学生除了提供各级各类国家奖学金和国家助学金外，还全面实行“两免一补”政策及各种专项奖励。比如：每学期开学典礼上发5万元红包雨，凭上期期末考试成绩和本期入学考试成绩综合奖励特优生、优生。精心营造学生刻苦学习的良好条件，真正办让家长收获幸福的教育，充分挖掘学生潜能的教育，让学生有长足进步的教育，也就是办人民群众满意的教育。

潜能教育，母校情深

追求“师生人人都出彩”的潜能教育，是“人本中和向善向上”核心文化的内化和彰显。学校始终坚信，每一位学生都有巨大的潜能，学校教育就是要发现学生的潜质，充分激发学生的潜能，激活学生的创新精神；这种教育，是旨在发展学生能力的教育，通过潜能教育助力学生做最好的自己，成为适应未来发展的人。

学校成立拔尖创新人才早期培养中心，初、高中部都建设有创客中心，开设了数学、物理、化学、生物、信息学奥林匹克竞赛项目班，同时初高中均开设了人工智能、创意设计、电脑制作、机器人、科创发明、美术、乒乓球、射击、软式棒垒球、合唱团、管乐团等特长班，为学有余力的优秀学生提供就读强基计划一流高校的良好发展平台，为培养拔尖创新人才提供一流条件。仅2018年，学校参加全国青少年信息学奥林匹克联赛就获得国家级3个一等奖、13个二等奖。近两年，学科类竞赛、科创类竞赛等获奖百余次，获奖人数居全省前列。

高2020届考入清华大学的张心语同学感慨万千，“翻开我高中生活册的扉页，多感谢在那一段繁忙的日子里能遇见这样一所学校和这样一群可爱的人……”走出学子，心回母校，点点滴滴，师恩难忘。原来，在成都市中和中学的学生眼里，学校，不再是人生旅途中的一个站台，同学、老师也不再是过客，而是他们生命中最温暖的回忆。

沐时代风雨，育中和英才。中流砥柱，和谐发展。面对新时代、新机遇、新挑战，中和中学一班人而今在校长陈伦全的带领下，秉承悠久的办学历史和校园文化底蕴，以奋进的风貌和蓬勃的精神，构建起一座追求梦想的求学殿堂，朝着更高的目标助推学生圆梦，做一个有理想有道德的追梦人！

供图：成都市中和中学

四川省中江实验中学

立德树人育桃李　“三子”工程铸大器

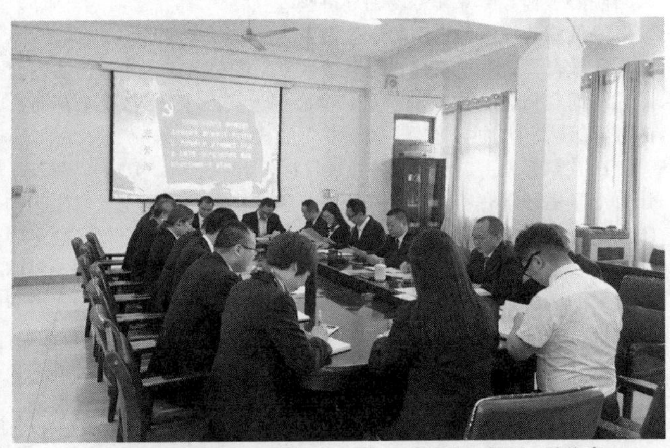

中江实验中学领导班子讨论“三子”工程建设　摄影：陈俊宇

链接： 十八大以来，四川省中江实验中学获得了四川省校风示范学校、省绿色模范单位、省阳光体育示范学校、省档案工作一级单位、省百科知识竞赛先进集体、省餐饮服务食品安全量化分级A级单位、中国好教育联盟联合体巴蜀联盟理事单位，德阳市文明单位、市卫生先进单位、市校务公开先进集体、市依法治校示范学校、市防震减灾科普示范学校、市书法教育优秀学校、市艺术教育特色学校、市特色高中项目试点学校、市生涯教育示范学校，中江县高考教学质量特等奖等殊荣。

百年大计，教育为本，而育人之本，在于立德铸魂。四川省中江实验中学始终坚持把落实立德树人作为学校发展的根本任务，在上级领导的关怀指导和学校各部门的大力支持下，学校领导班子严密部署，科学谋划，精准施策，以“加强针对性，注重实效性，富于创造性”为指导思想，践行“人皆可以为尧舜”的办学理念，带领全体教职员工务本求实，立足岗位，锐意进取，全面推进各项工作，并取得了一定的成绩。近三年高考统计数据显示，学校高中新生入口为A 段的学生，高考本科上线率高达100%，B1段达72%，B2段达31%。学校自2000年由中师转向办普高以来，年年荣获德阳市高中毕业班教学质量一等奖，也是县内唯一一所获县教育局自2015年设立的高中毕业班特等奖的学校。学校的发展赢得了社会的广泛赞誉，被誉为德阳市普通高中的一面旗帜，创造了实验中学发展的新高度，实现了新的跨越。

问渠那得清如许，为有源头活水来。实验中学跨越发展，源自于学校以“三子”工程建设明方向，大力创建省二级示范高中的结果。

“三子”工程明方向，践行理念育桃李

中江实验中学依据县域特色和学校的历史基因，在党政班子的带领下，认真分析学校现状和未来教育发展趋势，制定“建设特色示范高中”的学校发展战略。学校以“秉承素质教育传统，打造优质高中品牌”为办学目标，践行“人皆可以为尧舜”的办学理念，全面实施“三子”工程，明确了学校发展的方向。

其一，塑好 “面子”工程，倾力打造 “实”文化品牌。文化引领发展。学校非常重视文化机制的建设，把文化主题定位于“实”文化，把学校视作能孕育实文化的聚宝盆，紧紧围绕实验中学所具有的精神品质，深挖“实”文化内涵，用因“实”而形成的坚持不懈、沉着务实、从容求真的价值状态与能力，彰显实验中学发展建设的文化核心之光华。

其二，建好“里子”工程，稳健迈进新高考改革。长期以来，学校秉承百年中师名校的底蕴，规范管理、特色发展，不断创新育人模式：以对信心的呵护和士气的提振为首要前提；以目标激励、和谐竞争为机制保障；以优质发展为工作主线；以学生为着力点，坚持分层分类不分“等”，以兼顾各类各层学生发展；坚持勤奋实干，以坚守陪伴助力学生健康成长。学校将坚持以特色教育为突破口，抓住艺体教育这个增长点，稳健迈进新高考改革，为学生铺设成长、成才的“立交桥”，使学校的教育成为学生喜欢的教育，家长满意的教育，教师有幸福感的教育，同行佩服的教育，社会认可的教育。

其三，铸好“芯子”工程，聚力创建省二级示范高中。学校党政围绕“凝心聚力，和谐发展”的铸魂工程主题，践行“一线工作法则”，把“为师生满意而工作”作为工作目标，领导干部率先垂范。学校造就了一支讲奉献、讲团结、理念先进、业务熟练、责任心强、表率作用好、协作意识强的领导干部队伍；建立了一支有崇高的职业理想、良好的职业习惯，师德高尚、业务精良、观念先进、结构优化的师资队伍。由此形成的和谐、高素质的干部、师资队伍就是实验中学的“芯片”。

中江实验中学 2020 级生涯教育工作启动仪式　摄影：陈俊宇

叩问良心归本源，以爱为心润无声

作为教育存在的常态，在德阳市甚至全省范围内有很多这样的一般中学，还有不少是薄弱学校：这些学校C、D等级的问题学生多，学困生更多，升学率更是麻绳拴豆腐——提不起来，谁都是没办法才上这样的学校。于是一个能把人噎死的逻辑由此产生：你只能收最难教的学生，你就是最差的学校；但这些学校没有选择。学生进校后习惯差，成绩差。多数学生学无理想，活无目标，只打算到此一游。面对生源有量无质，综合竞争力不强的实际，学校的态度是：岂容青春尽成灰，不信东风唤不回。

学校引领老师们以 “爱”的名义，从职业道德的角度全心投入对学生的转化工作，并结合实际采取苦管苦教换来学生的“乐学”。学校坚信“每一个学生都具有极大的潜能”，学校千方百计帮助学生建立自信。同时，在老师们的内心建立“悦纳、唤醒学生”的思想， 相信每一个学生都有开花的梦想。

学校坚信“无限的期盼与足够的耐心绝对是一种强大的引导力量”，学校想方设法让后进生“每天进步一点点”，让每个学生始终感到“老师信任我”，学校努力让期盼的力量和无处不在的引导伴行在学生成长的道路上。

学校坚信“每一个学生是如此的不同”，学校承认个性的差异，敏感学生的个性，学校力求“让每一个学生高扬着头生活与学习”。

学校坚信“每一个学生（哪怕他是后进生）都是一座金矿”。学校姑且把这种认识叫作“金矿石理论”吧！现在，学校以“金矿石理论”来引领所有教职员工，从教育良心出发去追寻学校一直坚持的“让优生拔尖，让中档生上档次，让后进生有进步”的办学目标。

著名教育专家李镇西曾举例“好医院都是医治疑难杂症”，“而所有一流中学却不招最差的学生，招收的都是最好的学生”。学校作为一般高中，无法与其他学校比清华北大，但学校可以转化后进生。学校可以在教育均衡发展中打出一片天，体现出学校的担当。这就是学校作为教育工作者的良心。

夯实细节实管理，阳光心理助学习

学校始终将班主任和科任老师的责任意识及全体师生的目标意识和竞争意识强化放在首位。结合学校开展的学生生涯规划和学校学生发展中心建设，指导学生根据自己的学习现状合理定位，科学制订自己的阶段目标、高考奋斗目标及计划、措施。班主任和任教教师多措并举，引导学生在学习上开展生生、班班之间的良性竞争。

强化班级常规管理。采取“双线并行”的方式加强班级常规管理。一条线是年级组—班主任—班干部—学生，配合学校正在全面推进的“教室寝室规范化管理”工程，注重对学生日常行为规范要求的落实。一条线是年级组—学生会—班干部—学生，配合学校正在大力推进的“学生自主管理体系”建设，充分挖掘学校学生自主管理能力，落实对学生出勤、清洁、跑操、自习晚睡纪律等常规管理的量化考核。力求通过德育的精细管理，为冲刺高考提供思想保障，营造和谐、有序的学习氛围。

注重学生心理建设与疏导。学校学生心理压力大，特别是每次考试前后，心理起伏波动更加明显。除每次考试前后班主任都加强学生个体的学习分析指导与心理疏导外，学校还多措并举，主动出击，建设学校学生强大心理。一是学校教学楼悬挂励志标语，教室内张贴升学目标、班级口号等，结合学校开展的教室寝室文化建设，以文化文明其精神；二是精心组织学校年级大课间跑操活动，以体育强健其体魄；三是创新开展励志活动；四是心理健康咨询室适时介入，对学校学生作群体心理建设与个体心理疏导，还适时邀请市教科院心理辅导专家作专场辅导讲座。

降低重心抓实效，引导学生做主人

在教育界普遍追求建设“高效课堂”的风气下，学校没有盲目跟风，而是依据本校生源特点，全面探索实践了 “低重心运行”的教学策略，大力实施“有效课堂”的建设。

在教学管理上，学校坚持“大目标，小步子”，实施分层教学，让每个学生都学有所获，学有所成。学校建立了面向全体学生、向学困生倾斜的“低重心运行”教学体系，坚持“面向全体，立足中下；夯实基础，突出能力；注重差异，分层推进；狠抓薄弱，整体提高”的教学指导思想，把“过高、过难的教学要求降下来，把学生思维，应考的能力提上去”，低起点，缓坡度，勤反馈，有计划，将学生分层推进。在教学过程中，不盲目赶进度，也不盲目搞综合复习，尤其是C层次班级，需要更多的耐心、爱心、信心，悦纳、唤醒，这是使学困生转化和少产生或不产生新的学困生的一条最为有效的途径！

在教学活动中“悦纳、唤醒学生”，实现“三个转变”，落实“五个要让”，做到“七动”。实中教师上课的“三个转变”就是：把原来强行灌输的课堂教学转变为启发引导；把教师单向的讲授、学生被动的听课转变为学生主动参与；把单纯的知识传授，转变为知、能、德并重。落实“五个要让”就是：能让学生思考的要让学生自己去思考；能让学生观察的让学生自己去观察；能让学生表述的要让学生自己去表述；能让学生动手的要让学生自己去动手；能让学生总结的要让学生自己推导出结论。在教学活动中，学校让学生做到“七动”，即动手做、动耳听、动嘴说、动眼看、动口议、动脑思、动情读。总之，要让学生全身心投入，主动地学习，积极地探究，真正成为学习的主人。

“潮平两岸阔，风正一帆悬”，四川省中江实验中学坚信，只要学校依法办学，本真办学，就一定能实现“让学生热爱，让家长满意，让社会认可”的办学宗旨，创建省二级示范高中将指日可待！

作者：邓荣康

贵州省贵阳市白云区南湖实验中学

德育春风化雨　学生麻雀变凤凰

贵阳市白云区南湖实验中学校长李望林　摄影：程圣忠

链接： 南湖实验中学是贵阳市白云区委、区政府面向全国公开海选引进优质教育资源打造的一所能代表白云、辐射全市、引领贵州的全日制、寄宿制、全封闭式高端民办完全中学。学校由具有民办教育先进理念与丰富实践经验且创造过民办基础教育卓越业绩、来自基础教育状元之乡的湖北省专家型校长李望林先生率专家型团队承办并兼任校长。在创办不到三年的时间里，该校已经获得了"中国硬笔书法协会规范字发展教育基地""白云区语言文字规范化示范学校""智慧教育创新校"等荣誉称号。

没有优质生源，借用他校场地办学，甚至连理化生实验设备都不齐全……这曾是贵阳市白云区南湖实验中学三年前创办伊始的真实写照。而今，这已是一座洒满阳光的校园，梦想的种子在这里生根发芽，稚嫩幼苗在这里茁壮成长；这已是一艘起锚扬帆的航船，满载着莘莘学子，遨游于知识的海洋；这已是一片放飞理想的沃土，爱心和责任成就未来，智慧和勤奋托起希望。

正是这所学校，把那些入学分数很低的学生一举从"麻雀"培养成了人人称羡的"金凤凰"——2019年，白云、水城两地66所中学12546名学生参加初中毕业质量检测，学校综合排名和语、数、英三门学科均居首位，总分前10强包揽6席；在高三应届毕业生参加的2018年8月全市统测以及2019年的"一模"考试中，学校一本率分别达到63.7%和62.5%，一本提升率为全市之首。

麻雀变凤凰的秘诀是什么？就在于学校校长李望林提出并践行的"春风化雨"德育理念。"学校教育的成功，不在于选择适合的教育对象，而在于创造适合教育对象成长的环境和条件，使其在自身基点上进步，在自身特长上发展。"李望林介绍说，"春风化雨"就是要坚持用校风感染学生，用制度规范学生，用环境熏陶学生，用活动影响学生，用博大的爱心温暖学生，让学生学会"低头拉车，抬头看路，仰望星空"。为此，学校向社会公开三项承诺：学生进校"三天改变对南中的看法，三周改变对学习的态度，三个月改变一切不良习惯，三年改变人生"；南中教师"对每一名学生负责，不放弃任何一名学生，从最后一名抓起"；让家长相信"学生进了南中无须再在社会上请家教"。

"人生是一种责任，优秀是一种习惯"。走进南湖实验中学的校门，映入眼帘的便是这则醒目镶嵌在教学大楼墙壁左右的校训。学校紧紧扣住校训主题，对学生进行志气、骨气、毅力、耐劳、进取、拼搏、勤奋、遵规、守纪、孝心"20字品德自律"教育，并将这些教育始终贯穿和渗透到学校教育教学的全过程：每一批新生入学，首先开展理想与信念、人生与责任、励志与成功、感恩与奉献、习惯与方法等成就人生的"五大教育"主题活动。"优秀习惯教育"：每名新生进校后通过这种专题教育，迅速改掉一切学习及生活不良习惯。"人生责任教育"：让学生明白，学习是对自己、对家庭、对社会的一种不可推卸的责任，必须克难奋进，担当起努力学习的责任。"心理健康教育"：各班根据学生的个性特征，进行攻心战术，校长亲自与后进生谈话，经过反复的谈心交心，打开学生心结，使其端正学习态度，树立向上目标。"阳光励志，战胜自我教育"：激发学生坚韧不拔、刻苦学习、拼搏向上的意志。"知书达理，回报与感恩教育"：让学生不辱家国使命，用优异成绩回报父母、感恩社会。

"好学校的标准：教风严、学风优、校风好、质量优。"在南湖实验中学的教育名言栏里，李望林校长的名言可谓字字珠玑。由于学校的学生来自全省各地，因各地教育质量的差异、本身潜能的差异以及家庭条件、社会负面因素等影响，所以思想状况和学习成绩参差不齐、悬殊较大。对此，学校充分发挥班主任的作用，推行"班主任负责制"，要求班主任不仅要对学生的思想、学习、日常生活负责，还要对在本班任教的所有教师的教书育人工作进行协调，达到步调一致。同时，学校各科教师还根据学生基础的好坏、接受能力的强弱，确立A、B、C等多层次的教案，教案以中间层为基础，对中层以上成绩的学生出拔高题拓宽训练面，对中层以下成绩的学生降低训练难度，实行帮辅、答疑、解难，每位教师采取定时间、定地点、定学科、定对象、定目标、定考核等措施，扎实开展培优、治偏、补差工作。因此，在南湖实验中学，看不到沉重的作业负担，只有精选的习题练习；看不到偏科的情景，有的是丰富多彩的兴趣培养小组；这里没有厌学、弃学和逃学的现象，取而代之的是能学、

美丽的校园　摄影：程圣忠

善学、乐学的学习氛围。

如果把社会比作钢铸的摩天大厦，那么学校就是炼钢的熔炉，把顽石提炼成纯钢并铸造成栋梁。为此，学校让所有的领导成员、班主任、科任教师和全体教职工都成为思想工作者，使学生思想教育工作形成"学校教育、家庭教育、社会教育"齐抓共管的格局。

建立导师制、定期召开家长会、发放"家校联系卡"、为学生举办励志与成功教育讲座、举办矫正不良行为习惯学习班、在学生中开展演讲比赛等，使学生明确人生目标，增强人生信念。学校强化对学生良好行为习惯的养成教育，注意矫正学生中的各种不良行为习惯，组织学生认真学习并贯彻执行各种法规，增强学生的法治观念，教育学生时刻用校规、法纪严格约束自己。利用学生会、青年志愿者服务队、各种社团组织，让学生接受自我教育、自我训练，并实行自我管理。大力推广和普及优秀校园歌曲，建设好具有本校特色的学生社团和第二课堂，活跃学校气氛，陶冶师生情操。

李望林经常告诫教师们："家长把子女送到学校，期望他们沐浴教育的阳光、健康成长，我们就要担当起教书育人的神圣责任。"在思想教育中，学校坚持用爱心去感化教育对象，把思想教育变成"爱心行动"，使思想教育能真正做到"晓之以理、动之以情、导之以行、持之以恒"。尤为值得一提的是，李望林对每届新生和新生家长都有一堂必修课，即由他亲自倡导的"向昨天告别，做知书达理、阳光励志新人"的专题讲座。讲座以富有哲理且叩人心扉的例子，以生动活泼的语言，诠释理想与信念、人生与责任、励志与成功、感恩与奉献、习惯与方法的深刻内涵，春风化雨般地感化学生与家长的心灵。

在"春风化雨"德育理念的推动下，学校已从当初的几百名学生发展到现在涵盖初一到高三 32 个班 1000 多名学生，在 130 多名教职工中，特级、高级职称和硕士研究生以上学历的教师达 70% 以上，实实在在地践行了贵阳市白云区委、区政府为使优质教育惠及民生、实施教育扶贫而不惜重金打造学校时确立的"代表白云区、辐射贵阳市、引领贵州省"的初衷。如今，学校教风严、学风优、校风好、质量优，正在成为贵阳市基础教育的亮丽名片。

贵州省六枝特区第七中学

培根铸魂　启智润心

六枝七中校长刘代娟（右）与泰国格乐大学校长杨金泉（中文名）签约留影

在六枝中心城区牂牁大道，一所依山而建、环境优美的学校屹立在眼前，这里就是贵州省六盘水市六枝特区第七中学。走进校园，环境优美，教学设施先进。学校占地面积 153732 平方米，建筑面积 85128 平方米，绿化面积 69162 平方米，拥有计算机 740 台，藏书 15 万册，电子图书 25 万册，德育领域图书 8000 册，报刊杂志 90 余种，资料室、阅览室能够满足师生需求。学校建有标准 400 米环形跑道、100 米直跑道足球运动场，14 个篮球场，8 个羽毛球场，5 个排球场，20 张乒乓球台，理化生实验室 12 间，通用技术实验室 3 间，音乐专用教室 2 间，美术专用教室 2 间，体育教室 4 间，食堂 2 个，就餐座位 2746 个，可同时供 3000 学生就餐。学校现有学生宿舍 4 栋，房间 720 个，床位 4976 个。

为进一步深化教育改革，推动教育创新，学校全面实施素质教育，不断提高学校办学水平和办学质量，充分展示办学特色和经验，发挥示范引领和辐射带动作用。

学校秉承"做适合的教育，因你而精彩"的办学理念，以"礼"文化为核心，立足"十礼"维度，构建和发展"弘礼养德，五育并举"的德育特色体系，形成了"博学于文，约之以礼"的校训；"礼真、礼善、礼美"的校风；"因材施教，诲人不倦"的教风；"学而不已，知行合一"的学风。学校将"礼"文化在理想信念、治理体系、课程系统、文化建设等活动中多元渗透，将"十礼"浸润学生德智体美劳全面发展的全过程，学校教育教学质量不断提升。

学校现有 61 个教学班，在校学生 2993 人，教职工 188 人，学历合格率 100%，硕士研究生学历 11 人，高级职称 9 人，中级职称 53 人，能胜任德育教育师资 80 人。学校从西南大学、安徽大学聘请具有正高级职称的知名教授 2 人，市内外各类德育指导专家 22 人，长期对学校师生进行全方位、多角度指导和培训。

目前，全校师生正以饱满的精神，向着省级德育特色示范性普通高中的奋斗目标大步迈进。

厚积文化底蕴，形成办学特色

2011 年，在充满荆棘的茶山村老虎大坡上，七中教学楼建设正在如火如荼进行。2012 年 4 月，六枝特区第七中学成立，2013 年 9 月招生。由于校舍尚未建好，第七中学先后在特区第三中学、特区第九中学借校办学，虽然条件艰苦，但七中师生发扬艰苦奋斗、吃苦耐劳的拼搏精神，秉持扬帆远航的斗志，拨云见日的执着，勤奋耕耘，刻苦努力，奋力拼搏，厚积了磅礴发展的力量，铸就了吃苦耐劳、永不言败的七中崭新形象。2016 年 9 月，七中师生到新校区开展教育教学工作，在基础设施尚未完善的情况下克服困难，全身心投入到教育教学中。2017 年以来，全体师生持续精诚团结，凝聚共识，锐意进取，战胜一个个困难、开创一个个新局面。

学校全面贯彻党的教育方针，落实立德树人根本任务，加强对学生政治引领、思想引领、价值引领、品德引领，引导学生树立正确的世界观、人生观、价值观，努力培养担当民族复兴大任的时代新人。

学校狠抓"礼"文化教育，管理制度化、育才人文化，由管理育人向思想育人、文化治人迈进，传承"三线"精神，提炼办学特色，制定《六枝特区第七中学"十四五"发展规划》《弘礼养德五育并举六枝特区第七中学创建"礼文化"德育特色示范性普通高中实施方案》，狠抓教育教学，努力为党育人，为国育才，培养有大爱情怀、德才兼备的时代新人。积极创建省级德育特色示范性普通高中，努力将七中建成传承中国优秀传统文化、融合世界先进文化、与国际教育接轨的智慧高级中学。

六枝七中庆祝第37个教师节暨表扬大会教师合影

强化内涵发展，德育全面渗透

六枝特区第七中学德育以党的教育方针为引领，以“礼”文化为核心，立足“十礼”（礼党、礼国、礼乡、礼亲、礼师；礼义、礼智、礼信、礼勇、礼严）维度，大力筑牢新“五伦”新“五德”办学思想，积极构建“弘礼养德，五育并举”德育特色体系。把特色建设作为实施素质教育的重要内容，辐射到学校的各个领域，渗透于教育教学工作的各个环节，落实到学校各项日常工作。

学校将“礼”文化渗透到教学各项工作中，取得了良好的教育教学效果。加强管理营造礼好风气。学校制定了一系列文明礼仪规范制度，做到制度规范，管理科学，形成了言行举止得体，礼节礼貌优雅的良好风气。

礼育文化建设浸润校园。学校以“礼”文化为统领，进行了系统的校园文化建设，在理念文化、制度文化、物质文化、行为文化等方面着力，重点将“一训三风”“十礼”等传统经典“礼”文化符号上墙，打造校园优美、德育特色鲜明浓郁的德育氛围，形成特色鲜明的校园文化；对办公室墙面、楼梯间、备课本、作业本、档案袋及师生校服等进行“礼”文化设计制作；“博学于文，约之以礼”的校训石、“礼”字浮雕墙，懋德楼、锁钥楼、岱山苑等楼宇冠名，从道路标识到校园内井盖文创，从校园风貌到班级文化，从课堂教学到日常行为，处处彰显“十礼”。

班级管理渗透礼育教育。学校开展“礼”文化进班级活动，在班级文化建设、主题班会、寝室文化建设、行为习惯教育等方面全方位渗透。

“礼”文化活动丰富多彩。学校多种形式开展“礼”文化进社区活动，建立健全学校与社区的合作交流机制，组织学生到社区服务、实践锻炼；邀请社会各行各业劳模、业务楷模到学校进行“礼”文化相关主题讲座、宣讲、培训活动。

爱国主义铸牢理想信念。学校通过升降国旗、主题班会、黑板报、班级风采展示栏、习语进班级、“礼敬祖国”朗诵比赛、演讲比赛、远足体验等方式，深挖爱国主义教育资源，铸牢师生理想信念和爱党爱国教育共同体意识；积极开展法治教育、国防教育、环境保护教育、社会公德教育等各类丰富多彩的活动。

深入推进宣传宣讲活动。学校组织各班重点就“十礼”“弘礼养德，五育并举”“博学于文，约之以礼”等开展主题班会、知识竞赛和各种宣传教育活动，利用校园广播站、国旗下讲话、选修课等开展文明礼仪等宣讲活动；引导学生加强在仪容仪表、人际沟通、校园、家庭和公共场所等方面的文明礼仪培训；通过“十礼”文化主题月活动、“党建＋特色教育＋家访”活动，让“礼”文化深入课堂、深入家庭、深入社会，真正达到育人效果。

开发校本课程凸显特色。学校整合开发了《红心向党，七中有礼》《时代英雄－个个有“礼”》等15门“礼”文化系列特色校本课程，在课程中渗透“礼”文化；通过挖掘教材中的德育渗透点，编写《六枝特区第七中学礼文化学科渗透指导手册》；开展“礼”文化渗透学科教研活动，将“礼”文化有机渗透到课堂中；充分利用各名师工作室平台，开展“礼”文化德育特色进课堂活动，开展“礼”文化示范课、观摩课，并将“礼”文化校本课程在六枝特区多个兄弟学校推广。

多措并举创新，教育特色显著

学校“以人为本”，积极培养学生综合素质和兴趣爱好组建七彩文学社、诗友社、趣味编程社、晨曦朗诵社、MF舞蹈社、汉服社等61个社团，缤纷社团百花齐放，学生特长和个性特点得到充分发挥。开展“书画进校园”“三笔字培训”、校园文化艺术节、摄影大赛、科技文化艺术节、校园器乐大赛、校园十大歌手比赛、校园舞蹈大赛等一系列文化艺术活动，在活动中铸就学生良好品质。

智育教育成效凸显。全校学生各类智力特长得到发展，学习能力和学习品质得到极大提升，合作意识和创新精神增强，学生多人次获各级较多奖项，参加青少年科技创新大赛获区级以上奖44项，参加科技节项目大赛获区级以上奖26项，参加学科竞赛区级以上奖42项；学校获“六盘水市第16届青少年科技创新大赛特殊贡献奖”。

铸就体育特色品牌。学校按课程计划开足体育课时，每年举行特色田径运动会，开展以武养德武术操，以文养性礼仪操等特色校本课程；组建学生足球队、篮球队、排球队、田径队，并坚持开展常态化训练，在市、区比赛中多次获奖，奖项涉及六枝特区第三届田径运动会荣获高中组团体第一名、六枝特区第四届学生运动会中荣获高中组男女篮球第一名、六枝特区第四届校园足球联赛高中男子组第一名。学校已成功申办为全国青少年校园足球特色学校。近三年高考录取率逐年提高，2020年体育高考33人参考，双上线12人，2021年体育高考37人参考，双上线16人。

美育教育硕果累累。全校学生具备音乐、美术方面的基本常识，多数学生在音乐、美术方面具备一定的表演能力。杨翰老师的美术作品《青年教师》获贵州省首届中小学书画大赛一等奖、油画作品《守望》入展贵州省第七届青年美展，获六盘水市中小学美术教师技能大赛高中组一等奖、六盘水市中小学教学成果美术技能培训一等奖、六盘水市中小学美术教师素养提升一等奖，辅导学生获六盘水市书画大赛一等奖，辅导青年教师获六枝特区美术优质课一等奖。

学生作品多人次获市级书法一等奖、绘画摄影区级各奖次。2020届美术特长生叶文杰被中央美术学院录取，音乐教师王永峰自主创作的曲目《爸爸妈妈》被第十四届“公益中国”中国青少年电视艺术新星暨关爱留守儿童爱心义演展播活动组委会采用，于2015年春节期间在北京温都水城演出成功并获全国金奖，2015年在新加坡第三届国际华人器乐大赛中竹笛独奏获银奖；2016年，学校“七彩学生合唱社团”在六枝特区纪念红军长征胜利80周年长征组歌青少年演唱活动中荣获一等奖，MF舞蹈社团节目在六枝特区第五届校园文化艺术节中荣获一等奖；2019年“七彩学生合唱社团”参加六枝特区庆祝中华人民共和国成立70周年青少年“腾飞中国·辉煌70年”红歌合唱比赛获一等奖；2021年器乐社《霍元甲》节目在2021年教育系统庆祝建党100周年活动暨第八届民乐展演获一等奖。

劳育促进三观发展。学校开设劳动必修课程，将劳动实践贯穿家庭、学校、社会各方面，与德育、智育、体育、美育相深度融合，重点开展以“礼严”为主题的劳动教育实践活动，通过劳动教育基地、植树节、38.5公里远足、假期社会实践、职业体验等活动，培养严谨细致、勤奋踏实、精益求精的精神，实现知行合一，促进学生形成正确的世界观、人生观、价值观。此外，学校充分利用校园场地和校企合作，大力建设劳动教育实践基地，满足学生多样化劳动实践需求。

德育科研并重，教育成果喜人

学校大力弘扬“弘礼养德”德育特色，紧抓“五育并举”教育教学，助推教育教学稳步提升，2019届、2020届、2021届11科学业水平考试中，合格率均高于90%。2019年学校获六盘水市教育局高考奖励，2020年获六盘水市教育局“学校质量建设特别贡献奖”之“全市高考本科上线率全市第一名”奖励及“进出口综合质量奖励”。2020届、2021届学生巩固率分别为98.90%、99.50%。

学校现有贵州省“巾帼建功标兵”1人，市级各类名师9人；区级各类名师40人。教师参加优质课、录像优质课获奖154项；教学技能大赛含实验创新技能大赛获奖24项；申报并获各级立项课题100项，省级以上论文发表22篇；论文、教学设计获各级奖68项；学生各类各级科技大赛获奖112项。学校先后获“六盘水市先进职工之家”“贵州省‘新时代好少年’主题教育读书活动‘我为祖国点赞’示范学校”“六盘水市‘五四红旗团委’”“六盘水市文明校园”“六盘水市第16届青少年科技创新大赛特殊贡献奖”等称号。学校还获“全国青少年校园足球特色学校、市级德育实践示范基地学校、中美千校携手项目第四批项目学校”美誉。此外，学校积极与泰国格乐大学、黑龙江八一农垦大学、大连十一中等多家高校高中签订合作协议；积极开发德育特色资源，与六枝特区图书馆、“三线”建设博物馆、职业技术学校等30多家合作建立社会实践基地，互助办学，互相促进、相得益彰。

创建德育品牌，打造示范标杆

学校全面贯彻党的教育方针、实施素质教育，在教育教学、办学体制、办学模式、管理体制、师资水平、学生培养、课程建设、教研科研等方面得到师生认同和社会的赞扬。特别是学校德育特色、教学质量、社会综合实践、综合素质评价、校本教研受到社会的高度评价。以“弘礼养德，五育并举”育人，赢得家长和社会的高度认可，问卷调查显示，近三年学生家长对学校办学满意度均在90%以上。

学校拥有一批师德高尚、知识渊博、年轻有为、爱岗敬业、教学教研水平高的名师。有省级乡村名师工作室、市级高中英语名师工作室、区级名班主任工作室各1名主持人。50余人次在省、市优质课、技能等比赛中获一等奖；成功申报市级课题《贵州省普通高中学生综合素质评价实施方案行动研究－以六枝特区第七中学为例》，论文《贵州省普通高中学生综合素质评价政策实施现状调查报告－以六枝特区第七中学为例》在贵州省教育厅主办杂志《贵州教育》发表。市级课题《高一年级班级管理中学生特殊心理个案研究》成果推广到全区各兄弟学校。论文《诚信考试对学生人格塑造的校本课程资源开发》获贵州省教育学会科研论文二等奖。2020年，学校评为区级校本研修示范校，2021年评为市级德育实践示范基地学校。利用名工作室平台，充分发挥引领辐射作用，通过教育结对帮扶，送培送教到区内各兄弟学校，推广德育特色研究成果。2019年12月，刘代娟校长在贵州省教育科学院组织的“全省普通高中综合素质评价工作会议”上作交流发言；2021年3月，学校参与贵州省教育科学院组织的《贵州省普通高中学生综合素质评价实施办法》的修订工作，同时参与《学生综合素质评价毕业标准》制订。

不忘初心，牢记使命。六枝特区第七中学以“礼”铸魂，行稳致远。学校全体师生将聚焦目标，心无旁骛，笃定前行，努力朝着德育特色“礼”文化示范性标杆持续发力，以豪情满怀、壮心不已的信心勇于担当、开拓创新、乐于奉献，乘风破浪，扬帆远航。

作者：六枝特区第七中学党总支书记、校长刘代娟

摄影：肖翔

陕西师范大学锦园中学

办一所师生共同成长和谐发展的学校

6月19日至20日，2021中国民办教育领导峰会在京隆重召开，会上，陕西师范大学锦园学校被授予“2021民办教育典范学校”称号，校长樊锁强被授予“2021民办教育领军人物”称号，这是对该校乃至陕西民办教育事业的肯定。建校17年来，陕西师范大学锦园中学已经走出了一条特色办学之路，成为一所学生向往、家长放心、社会满意的北城名校，成为西安市乃至陕西基础教育的一面旗帜。

先进的办学理念，引领学校创新发展

学校以“和”文化为引领，坚持科学化、多元化、现代化、国际化办学方向，着力打造“四个一”特色教育，即“和谐文化一亮点、学本课堂一特色、学生发展一专长、一个学生不掉队”，本着“以质量求信誉、以精品为发展、以人才求回报”的办学目标，以国际化视野、现代化视野、多元化教育和全新的管理，把培养人、激励人、发展人和成就人作为一切工作的切入点，把创建一所适合学生全面发展的教育环境作为落脚点，办成了一所师生共同成长和谐发展的学校。

教学设施精良，教育英才荟萃

陕西师大锦园中学创建时总投资近亿元，校园设施齐全。目前学校所有教室安装先进的86英寸交互式教学设备、课堂录播系统；装备了云计算教室、创客实验室、机器人实验室等创新实验室，被评为“西安市创客教育实践示范学校”“西安市智慧化校园”。学校环境优美，三季有花、四季常青。教学楼顶层建有西安市学校中

独一无二的屋顶花园。

陕西师大锦园中学依托陕西师范大学基础教育的资源优势，荟萃了一批优秀教师，一线教师93人，学历全部达到本科以上，其中硕士占46.9%，中高级职称占85%。教师人人参与校本研修以及省、市课题研究。近年来，学校培养了陕西省学科带头人、陕西省教学能手、骨干教师20多人，教坛新秀15人，形成了一支年富力强、积极进取的高素质教师队伍。

创新教研形式，营造浓厚的教研氛围

学校每学年都开展“六课工程”“青蓝工程”“名师工程”，举办形式多样的赛教活动，使不同层次的教师都得到锻炼和提高，有效地促进了教师的专业化成长，提出“以和育人，建设特色课程体系”，以思政课为核心，建立了和德致为、和睿致新、和健致远、和序致行的课程体系。近年来，学校教师开设校本课程45门，编写校本课程教材80余种，教师教研氛围浓厚，学校作为“西安市十三五”科研规划重点课题实验校，有近50位教师承担了省、市各级课题研究。

学校努力构建德育教育体系，积极开展社团建设，努力打造特色教育品牌。学校倾力打造6大类共35个特色社团，全方位提升学校的文化内涵，每年组织开展“庆元旦文艺汇演”“艺术节”“英语月”等主题教育。我校学生多次在全国中学生英语竞赛、作文竞赛、物理联赛、化学联赛中获奖。

学校优异的办学成绩也赢得了良好的社会声誉，学业水平考试、高考、中考质量均在未央区名列前茅。

开展国际交流与合作，兼容并蓄拓展师生视野

近年来，学校接待了来自美国、新加坡、澳大利亚等国师生来访，并和多所学校缔结友好学校。学校积极选派优秀学生出国深造。该校目前有数十名学子留学于英国曼彻斯特大学、美国纽约州立大学、英国哈德斯菲尔德大学等英美名校。今天，英、美、澳、新等国家著名大学都有陕西师大锦园中学学子的身影。

“器大者声必闳，志高者意必远。”陕西师范大学锦园中学已成为越来越多莘莘学子成长成才的乐园，选择陕西师范大学锦园中学就是选择明天的辉煌！

陕西省西安市第三十八中学

坚守信仰　逐梦远航

西安市第三十八中学党总支书记、校长马宏图

链接：马宏图，男，1968年出生，西北大学化学系化学专业大学本科毕业，在职进修陕西师范大学教育经济与管理研究生，中学高级教师，中共党员。现任西安市第三十八中学党总支书记、校长。系西安市新城区第12届、13届党代表。曾获得中央教科所首批“全国科研型骨干校长”，教育部“全国高中骨干校长”；西安市首批骨干教师，西安市优秀教师和先进党务工作者；新城区“十佳青年”“优秀教师”“优秀党员”和党务工作先进个人等殊荣。

陕西省西安市第三十八中学前身为河北保定育德中学，是孙中山先生为发展同盟会会员于1905年创办的一所革命学校，是河北省最早中共支部所在地。老一辈革命家刘少奇、李富春、李维汉等都曾在该校就读。抗战爆发后，1944年迁到西安，迄今已有百余年历史。

百年风雨砥砺，造就了学校深厚的文化底蕴和光荣的爱国传统，新时代学校将坚守“教育报国”的办学初心，坚守第一任校长郝仲青先生所提“不敷衍、不作弊”的百年校训的教育价值，坚守“朴素、温暖、有信仰的教育”的教育追求，在薪火传承中寻找符合时代要求的突破，进而实现成功教师、幸福学生、卓越学校的梦想。

以人为本，好老师成就好学校

自20世纪90年代起，西安市第三十八中学借助新城区教育“三足鼎立”发展规划，先后晋升市级、省级重点中学，同时肩负引领城北教育发展的重任。目前，初、高中两个校区占地47亩，43个教学班，师生2100人。学校西靠大明宫遗址公园，南邻火车站北广场，是教育对外展示交流的极佳窗口。

目前，学校拥有教职工159人，硕士学历达到42%，特级、高级和一级教师占87%，拥有省级教学能手2名、新城区教学能手3名，形成了老中青结合的“三级三类”名师队伍梯度体系。学校教研室以《教师队伍梯度建设规划》为抓手，建立教师成长档案，实施教师个性化成长的“私人定制”。通过搭建制度、活动、评价三大体系，引领教师专业成长。学校成立“名师”工作坊，实施师徒结对“名师+”工程，加快青年教师成长；坚持“走出去”策略，每年安排40%的教师赴国内名校，80%的教师在省内外出学习培训。近三年来，教师教学设计、论文、课题、优质课赛教获国家级成果奖励53人次、省级66人次、市级150人次。

四大特色，传承百年荣光

西安市第三十八中学以“做朴素、温暖、有信仰的教育”为教育理念，相信“每一个孩子身上都具有独特的天赋”，以公正诚信、唯真唯实、家国情怀、躬行以力的精神，温润如玉，滋养着校园里的每一个学生，让他们在学校的怀抱中自由生长、自我发展、自我成就，为国家培养更多守信担责、怀有家国情怀的视野开阔的建设者和接班人。

学校始终坚持“教育报国”的办学宗旨，以创建大明宫区域优质特色教育品牌为目标，构建并彰显学校文化、管理、课程、教学四大办学特色。文化特色以校史文化、红色传承为底蕴，把“育德育才，家国情怀”作为校园文化建设的核心，结合大明宫区域大唐文化内涵，树立“大气、开放、包容”的办学形象。管理特色采取

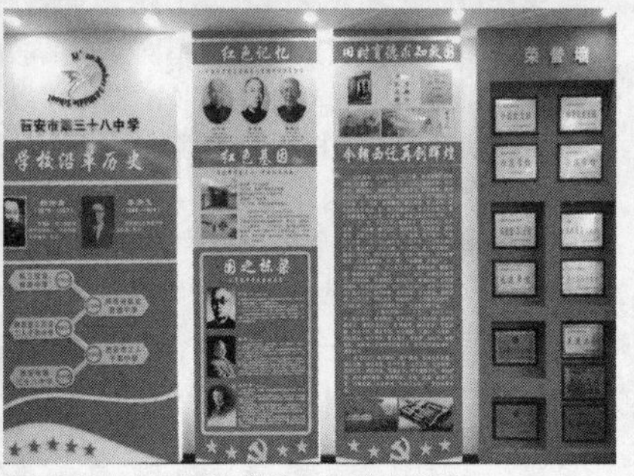

左图为美丽校园，蓝天白云映衬着学校办学目标“育德育才、家国情怀”；右上图为学校育人成果丰硕；右下图为学校百年校史长廊

分部制管理、项目制管理等手段，实现条块结合、重点推进，在实现学校管理精细化、标准化的基础上，向现代学校民主化、智能化和师生自主化管理迈进。课程特色：2016年获教育部首批“全国校园足球特色学校”，在西安市足球联赛中多次荣获奖项。借助学校20多年的足球发展优势，做大做强校园足球特色品牌，辐射带动周边学校。教学特色：在义务教育学段积极推行“携手互助、活力课堂”教学改革，构建学生主体、师生互动、分类指导的课堂教学格局，实现教学手段信息化，课堂教学高效化。

展望未来，追逐时代之梦

近年来，结合西安市《基础教育三年行动计划》、大明宫遗址公园和火车站北广场建设、城北经济板块崛起的历史机遇，学校立足自身资源优势和历史底蕴，胸怀“优质教育品牌及对外交流窗口”的自我定位和建设“具有历史底蕴和国际视野的现代化名校”的远景目标，确立了内涵式发展，创建“特色学校”的发展战略，让更多家门口的孩子享受到更好的教育。

作者：马宏图

甘肃省武威第九中学

创新德育工作方式 促进学生和谐发展

学校德育工作室 摄影：武威市摄影者协会副主席刘忠

链接：武威第九中学是一所市级示范性独立初中。学校占地面积10505平方米，建筑面积10387.7平方米。现有教学班40个，在校学生2277人，教职工152人。学校秉承“以人为本、全面发展，立德树人、追求卓越”的办学理念，注重内涵发展和特色创建工作，现开设有艺术教育、体育舞蹈、发明创作、文化素养四大类24门校本课程，教育教学质量多年来稳居区属初级中学榜首。学校先后被评为武威市“校园文化建设示范学校”、甘肃省“教育系统先进集体”“全省‘两基’先进单位”“省级语言文字规范化示范校”“甘肃省中小学心理健康教育特色学校”“甘肃省中小学德育示范学校”“甘肃省‘金色教苑’乡村教师影子实践研修基地”等90多项荣誉称号。

悠悠丝绸古道，巍巍祁连雪山，孕育了河西丝绸之路上的教育“明珠”——武威第九中学。走近学校，校门口的“二龙戏珠”花坛青翠碧绿，生机勃勃，寄托着“望子成龙”的美好期待；校园东西墙爬满藤类植物，构成绿色屏障，成为武威市区一道靓丽的风景线。九根红色花岗岩立柱构成的学校校门威武大气，造型独特，左“六”右“三”，寓意走进武威第九中学的学子在六学期三年的学习生活中一步一个台阶，步步登高，由小小幼苗成长为参天大树。进入校门，右侧中西合璧的门楼顶上的六个鎏金大字——“诚、爱、真、勤、勇、和”首先映入眼帘，这是武威九中严谨的校训。正前方雨棚顶上的“以人为本，全面发展，立德树人，追求卓越”彰显了学校的办学理念。“凉州区未成年人健康指导中心”“凉州区未成年人心理健康辅导中心”“德育厅”“文化长廊”“绿色文化墙”“文化阅读走廊”，教学楼前设置的“爱心点燃希望，梦想成就未来”的校园文化花坛……无不向世人展示着这所陇原名校的独特魅力。

学校大门　摄影：武威市摄影者协会副主席刘忠

以人为本，构建德育网络

“关乎人文，以化成天下。”近年来，武威第九中学着力全力打造“人文教育”的品牌。学校各项目标的制定、各种规章制度的健全，都是从有利于学生、教师、学校、社会发展的角度去考虑。“人文教育”为学生做人、求知、做事、审美等奠定了基础。

“人文教育”的核心就是坚持立德树人，德育为先。对此，校长顾维祖有自己的认识：“立德树人是学校的根本任务，发展素质教育要把德育放在首位。学校德育工作是长期的、全方位的工作，不是靠几个人，短期内就能取得成效，全校上下必须形成合力，齐抓共管，某种意义上说，全校员工人人都是德育工作者。”正是基于这样的认识，学校建立德育领导机构，切实将德育工作摆上首位（从德育机构设置、人员配备、经费投入都能体现德育的首要位置）。结合本校实际，还建立了由党总支、政教处、团委、少工委、综治办、班主任、学生会 7 个部门组成的德育领导机构，通过班主任培训会、主题班会、心理健康辅导、教师例会、集会、竞赛活动等各种形式，坚持不懈地对学生进行全方位教育，使学校形成了统一领导、全员德育、分层管理、务实高效的德育网络。

多措并举，打造德育队伍

在培养德育队伍方面，学校领导以身作则，带头结合工作实际畅谈学习体会、进行学习辅导；经常组织开展专题性理论学习，周密安排，按时检查，保证效果；大力支持教师参加各类外出学习活动，积极为教师搭建各种教学教研科研平台，全面提升教师的业务素质，为教师搭建了良好的成长平台，通过学“铸”师魂。

学校还以“创建全国文明城市”“基层组织建设年”等为载体，组织教职工开展争优创先、落实干部作风整顿、创建先进基层党组织等活动。通过全面动员，扎实学习，梳理主要问题，进行深刻剖析，制定整改措施，增强了团队的凝聚力、向心力和战斗力。凡涉及教职工切身利益的重大举措，如岗位设置、绩效考核、职称晋升、评优选先等，学校都坚持公平、公正、公开的原则，在广泛征求教职工意见的基础上通过行政会、年级组长会、教职工大会讨论决定，不论资排辈，严格按照教代会审议通过的考核方案执行，通过改“正”师风师德，调动了教师的工作积极性。

学校在安全管理和法制教育上，创新推行“网格式”管理。成立了安全卫生督察办公室，定期召开安全工作专题会议，落实校园安全责任，通过签订《安全责任书》，安全工作做到了精细化、常规化。坚持依法治校，依法执教，严格治理“四乱”（乱补课、乱办班、乱订教辅、乱收费）行为，积极化解师生、家校矛盾。学校还聘请检察院同志做法制副校长，定期来校对师生进行法制与安全教育。还定期召开“学法、守法、懂法”“法就在我身边”等为主题的班会活动；定期举办“珍惜青春，远离犯罪”“珍爱生命，远离毒品、远离艾滋”宣传画张贴和万人签名教育活动，通过法“约”校风，取得了明显成效。

立足课堂，渗透德育

特色之一：课程教学——德育与智育并重。

学科教学中蕴藏着丰富的德育资源。对此，英语课教师赵冬梅深有感触：“老师不仅是经师，更要做人师；课堂不仅是传授知识的殿堂，更是塑造学生灵魂的圣地。”在人文学科教学中，学校将把世界观、价值观、道德观、审美观教育放在首要地位，同时有意识地发掘武威悠久的人文传统和丰厚的文化积淀，激发学生热爱祖国、热爱家乡、热爱学校的美好情感。在自然科学学科教学中，教师在传授科学知识、培养学生能力的同时，根据学生特点让学生在探索中获得真知，在实践中品味成功，在思索中激活思维，使学生在提高科学素养的同时获得人文素养、道德素养的提升。

特色之二：课程设置——单一向多元转变。

首先是把传统班会课改为活动课，引进辩论会、演讲竞赛、研讨会、知识竞赛、“实话实说”、座谈会等形式，一课一主题，贴近学生的生活实际和心理需求；其次是开设了人文阅读鉴赏课，引领学生博览中外名著，品评文学佳作，感悟多彩人生；最后是开发校本课程。学校依据实际情况开设了文化素养、艺术教育、体育舞蹈、发明创作四大类共计二十四项校本课程。文化素养类有国学经典诵读、主持与演讲、英语沙龙、作文辅导、钢笔书法、毛笔书法等，旨在对学生进行传统文化教育和国家基础课程拓展性教育。艺术教育类有管弦乐、合唱、绘画、篆刻等，重在为学生提供良好的艺术训练机会，创设适合学生的个性化展示平台，培养学生的艺术兴趣。体育舞蹈类有篮球、乒乓球、羽毛球、排球、棋类、舞蹈等，重在培养学生强身健体、顽强拼搏的精神。发明创作类有创客机器人、十字绣、手工制作、科技小发明、电脑制作、烹饪厨艺、真爱梦想等，使每一位学生都能从中受益，努力做最好的自己。

在校本课程成果展示活动中，学生的变化非常明显：平日里对基础课程厌学情绪很严重的学生能积极主动地把自己的摄影作品拿来参展，他们优秀的作品受到了广大师生的称赞，自信心和学习积极性逐渐增强了；对语文数学等课程不感兴趣的学生，不能很好地遵守传统课堂纪律，却在球场上学会了遵守规则，团结协作。学生陈亮说：“在武威第九中学的三年时间里，我参加了学校的器乐班，也爱上了萨克斯演奏。今天我能走上音乐之路，都是那时候打下的基础。”另外，学校还开设了校外课堂，带领学生走出校园，到邱少云烈士陵园、红色旅游基地、驻武部队、青少年文化馆、科技馆、武威文庙、白塔寺、雷台公园、国防教育基地、敬老院等单位参观体验，让学生在特定的环境中接受道德教育。

特色之三：教学评价——凸显人文教育功能。

学校还把教学民主、教学细节等内容作为重要的评课内容，主要看教师在教学过程中对教学方法的选择、教学细节的处理，是否尊重爱护学生，是否符合课改要求。通过课堂评价的导向最大限度地凸显课堂教学的人文教育功能，在科学、民主、和谐的课堂氛围中培养学生的人文素养。

多方合力，提升育人品位

在班主任培训座谈会上，班主任孟文元老师曾说："班主任要做学生的引路人，我们的一言一行都深刻地影响着学生，我们的精神面貌直接影响着班风、学风，要引导学生始终保持积极向上的人生态度和昂扬向上的精神状态，这对学生的一生发展都是有益的。"在班级育人方面，学校加强了班主任队伍的建设与有效管理，通过举办班主任培训班、班主任论坛、主题班会公开课、班团评优活动，着力打造了一支乐于奉献、务实创新、朝气蓬勃、团结拼搏的班主任队伍。学校还通过定期组织全体教师观看《名师启示录》《优秀教师风采》，聆听优秀教师讲座，举行师德演讲比赛等形式，使教师牢固树立了为学生成长服务、为家长服务、为社会服务的理念。

同时，积极为学生搭建平台，通过班委会、团组织、学生会等组织实现学生自主管理、自我发展的目标。通过开展以"为国成才、为校争光，为我成功"为主题的政治思想教育，弘扬爱国主义精神；通过校报、校园广播、班校会、观看专题宣传展板，通过观看安全教育影片、召开安全教育主题班会、安全讲座举办安全演练等形式，增强学生的安全意识，提高学生自我保护和防范的能力。还建立了心理咨询室，设立心理交流信箱，对个别学生经常开展心理咨询，疏导、解决学生的心理障碍，缓解心理压力。狠抓德育细胞建设工程，在学生中开展深入具体、生动活泼的养成教育，感恩教育，励志教育，安全教育，文明礼仪教育，道德法制教育，优良传统教育，民族团结互助教育等，以及通过开展"文明班级体""校园之星"校园"三十佳"等评优活动，促进学生品德素养的提高，实现了班级育人与活动育人相结合。

学校还将文化育人与实践育人相结合，在校园各个角落都能感受到文化的熏陶：学校坚持开展每周一次的主题班会课与国旗下的演讲不动摇；还利用校园宣传栏、班级标志牌、文化长廊、警示语、黑板报、校园网、广播室等，营造了处处教育人、时时激励人的文化氛围。同时，还通过校园广播、宣传栏等形式发布校内新闻，关注社会动态，推介师生优秀作品，展示师生风采，形成学校德育的文化特色。此外，每学年举办两次"献爱心，捐资扶困"活动，募捐善款，救助帮扶"双困"学生，真正做到了"以文润校，润物无声"。

家庭、学校、社会对学生的成长教育都发挥着不可替代的作用。武威第九中学正是抓住了这一点，将家庭育人与社会育人有效结合。通过家长会、家长开放日、主体社会实践活动、印发致学生家长的公开信、发放征询意见表、师德教风活动调查表等形式，学校诚恳征求学生家长对学校各项工作的意见和建议，并就他们反映的问题进行认真整改，形成了家庭、学校、社区三位一体的育人格局。有位学生家长如是说："武威第九中学的家长委员会搞得很好，给我们提供了了解学校和老师的机会，就学校管理我还提了不少建议，有些还真被采纳了。"

四十载薪火相传，弦歌赓续，一代代九中人书写了辉煌的教育历史。进入新时代，武威第九中学以"以课堂改革为抓手，以精细管理谋发展，以文化建设为主线，以提升师生素养为核心，用卓越质量创品牌"为强校策略，以"为学生的全面发展负责，可持续发展负责，终身发展负责，努力打造武威市一流品牌学校，争创陇原名校"为办学目标，正劈波斩浪，奋力书写新的辉煌篇章。

作者：赵国基

甘肃省宕昌县哈达铺中学

用心留下每一位学生

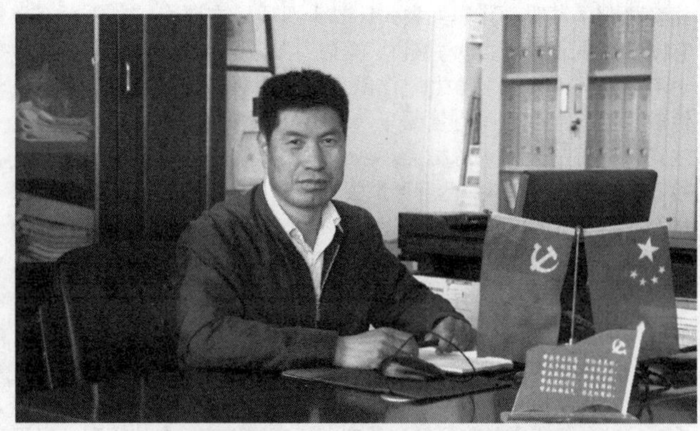

哈达铺中学党支部书记、校长张胜忠　摄影：乔长青

近年来，甘肃省宕昌县哈达铺中学坚持以习近平新时代中国特色社会主义思想为指导，以"弘扬长征精神，构建和谐校园，创建农村特色学校，努力办人民满意的教育"为办学思想，坚决落实脱贫攻坚"3+1"冲刺清零行动，按照"依法执教，以防为主，防治结合，综合治理"的方针，扎实开展控辍保学工作，提高义务教育普及程度，确保全面决胜脱贫攻坚任务。

责任心——撑起人生的风帆

师者仁心，香远益清。作为一名教育工作者，其责任心不是能严格落实上级分配的任务，也不是要求教师填几份表、照几张相就能体现出来的，而是伴随着一个教育者一生的育人生涯，宕昌县哈达铺中学校长张胜忠和他的团队就是一个典范。

在张胜忠担任哈达铺中学校长的5年时间里，哈达铺中学发生了巨大的变化。走进哈达铺中学，校容校貌、人居环境、办公条件、校园文化、班风学风等方面的变化是随处可见，而这一切的变化得益于哈达铺中学全体教师对教育的责任心。

在教育脱贫攻坚上，张校长说："个人荣誉事小，孩子一生重要。"处于中学阶段的孩子正是思想最不稳定的阶段，如果这一时期，我们作为教育者没有尽到自己的责任，让学生辍学，那损失的不仅是现在的一个学生，而是将来的一个家庭。在教育上他始终把"一个都不能少"作为自己的办学的信念。

2018年8月26日，开学的第一天，学校根据教育局安排，对未报到学生进行摸底，哈达铺中学有8人没有报道注册，得知这一数据，学校随即召开校务会议安排部署，确保让这8名学生一周内全部返校就读。

为了确保实现"一个都不能少"，哈达铺中学创新工作方式，实行网格化管理办法，校长任总网格长，包级领导任年级组网格长，各班班主任和科任教师为网格员，实行班主任"包班制"，教师"承包制"，每个老师负责固定的学生，如有辍学迹象，包级领导、班主任、教师第一时间做工作，确保无一人漏掉。

三天时间，全体教师出动，利用放学后的时间走村串户，克服重重困难，完成了8名学生的摸底劝返工作。在劝返中发生了很多感人的事迹，赵小军老师开着自己的新车，在去撮布村劝返的路上被石头扎破了轮胎，随同劝返的老师都觉得心疼，而他却说："只要能把学生劝回来上学，付出一辆车也值得。"

美丽的校园　摄影：王小同

2019年7月8日，新一周的开始，教务处核对人数准备期末考试，班主任反映有三位学生连续三天请假未到校，得知这一消息后，学校马上安排相关人员核查，根据李玉辉等教师反映，原来是家长不听班主任劝阻，把孩子带到新疆打工去了。

经校务会研究，安排负责控辍保学的高学文副校长和政教主任刘鹏老师前去新疆做三位同学的劝返工作，7天时间，行程6000多公里，辗转新疆五市圆满完成了学校交给的任务，刘某雪、冉某龙、后某娥三位同学在8月开学时如期返校。至此，哈达铺中学实现了"一个都不能少"的控辍保学目标。

爱心——抚慰孤独的灵魂

学校是一个人道德的孵化园，一所有温度的学校才能培养出一个有爱心的学生，一个有爱心的学生才能成就一个和谐的家庭，千万个和谐的家庭就是社会。

如果说劝学生返校就读是一件困难的事，那么难上加难的是如何让劝回来的学生留得住、学的好？为了让劝回来的学生留得住，学得好，哈达铺中学想了很多的办法，其中行之有效的就是成立学生社团，开展丰富多彩的社团活动。

据了解，哈达铺中学现有社团11个，分别涉及书法、电子琴、象棋、篮球、乒乓球、阅读、舞蹈、英语角等，学生可以根据自己的兴趣爱好选择，每周三、周四下午最后一节课参加社团活动。

后某娥是从新疆劝回来的学生，她自从参加了阅读社团后发生了很大的变化，本来性格内向的她变得越来越开朗了，不仅在同学中有说有笑，而且上课的时候也敢于回答问题。她说："我本来不敢和人说话，自从参加了阅读社团，刘鹏老师一次次地鼓励我，让我敢站起来，敢走上讲台，敢开口发言，社团活动让我发生了变化。"

祁某琳，一个性格特别内向的女孩，小时候因发生意外，大脑受到创伤，智力受到影响，经县级医院检查鉴定为智力残疾。学校安排专人负责，制定帮扶目标和措施，在生活起居上给予了她极大的关怀，从不认识一个字到会写简单的常用字，正是班主任邱小花老师的爱心让祁某琳发生着一点点的变化，一颗爱心拯救了一个孤独的灵魂。

信心——照亮成长的道路

春蚕到死丝方尽，蜡炬成灰泪始干。作为现代教师要为学生点亮自信的灯，照亮前行的路。爱默生说，"自信是成功的第一秘诀"，如果一个学生缺乏自信，必将导致厌学，厌学是辍学的最大根源。

于是，帮助厌学学生树立自信，成了班主任面临的主要问题。每周二的班会课上，除了召开相关主题班会外，班主任都会留一定的时间给劝返回来的学生，找他们谈心，和他们做朋友，关心他们的学习和生活，给他们进行个别心理辅导，给他们信心，让他们感受到老师的爱和集体的温暖，重获自信，爱上学校，爱上学习。

在采访时，冉某龙说："之前，我特别讨厌学习，觉得学习差，老师看不起，学生看不起，觉得自己没有任何希望。因为班主任张慧慧老师的一节班会课——《信心，照亮前行的路》，让我顿时醒悟，对学习，生活有了信心。"一节节别开生面的主题班会，一次次触碰心灵的谈话，改变了一个个顽固的少年，让他们有信心继续接受九年义务教育。

扶贫先扶智，治贫先知愚。对于贫困地区来说，教育扶贫是从根本上阻断贫困代际传递的治本之策、关键之举。多年来，哈达铺中学用心做好控辍保学，在"劝得回、留得住、学得好"上取得了扎实成效。下一步，学校将继续按照省、市、县的要求，带着爱心、带着感情、带着责任、带着希望抓好教育教学，提升教育发展质量，为孩子们点亮梦想，照亮前行的路。

河北省内丘县职教中心

崇德尚技　砺志成才

河北省内丘县职教中心是一所融普通中专、职业中专、职业高中、短期培训为一体的综合性国家级重点中等职业学校。学校占地105亩，教职工160人，全日制在校生2200多人。主要开设幼儿保育（学前教育）、计算机应用、旅游服务与管理（含高铁服务方向）、电子商务、绘画（含邢白瓷方向）、中医康复技术、运动训练、作物生产技术（现代农艺技术）等专业。

近年来，学校秉承"崇德尚技、砺志成才"的校训，坚持"特色立校、质量强校、开放兴校"的办学思路，开拓进取，奋勇争先，推动中职教育实现更好更快发展。先后荣获国家级重点中等职业学校、全国校园法制安全教育示范基地、河北省园林式单位、河北省教育系统先进集体、河北省质量提升工程"特色学校"、河北省中职学校德育工作先进集体、邢台市"十优"中职学校创建先进单位、内丘县教育工作创新进步先进单位等称号。

坚持内涵发展，持续提升办学水平

幼儿保育专业学生技能训练

学校教学设备先进，生活设施完善。建有办公楼、实训楼、综合实验楼、现代农业综合楼、图书馆、学生公寓、多功能餐厅。投资2200万元新建了综合教学楼，可同时容纳3000名学生就读；装备计算机房10个，近500台电脑；旅游服务与管理实训室、电子商务实训室、舞蹈厅、琴房、语音室、录播室等实训场地和设备齐全；建有标准塑胶跑道田径运动场，各种体育设施齐全；建立了校园网络系统，实现了教学与管理现代化。学校图书馆藏书13万册，各类报刊杂志128种。良好的校园环境，是莘莘学子求知成才的理想场所。

学校持续加强教师队伍建设，为给教师搭建一个展示自我、锻炼自我的舞台，营造一种积极竞争、勇于探索、挑战自我的氛围，坚持以赛促教研、促学习、促业务，实现教师的专业成长。学校积极督促、支持和帮助教师进行各类课题的申报，鼓励教师参加省、市、县各种比赛。2016年以来，共有30余名教师在省市教学基本功大赛中获奖。学校通过强化内涵建设，加大职教宣传力度、整合职教资源、开放职教校园、开展职业教育宣传周活动等措施，不断增强学校的影响力，学校在校生数量逐年增加，毕业生质量逐年提升，受到社会和家长的认可。

学校不断深化产教融合，积极探索"校企合作""定向培养""工学结合""订单培养"人才培养模式。为实现以教促产，产教融合，学校投资兴建了"大盈众创空间"，使用面积3000多平方米，设计目标工位300个；先后与北京金诺时代科技发展有限公司、天津中教高科科技有限公司、河北新龙集团、河北襄珺教育科技集团有限公司等行业龙头企业开展联合办学，建立专业实训基地；近年来，学生就业率达96%以上。该校特色办学的做法，多次被人民网、新华社、中国教育报、河北日报等主流媒体予以报道。

坚持政治站位，加强党的全面领导

学校全面贯彻党的教育方针，坚持社会主义办学方向，落实立德树人根本任务，努力培养担当民族复兴大任的时代新人，培养德智体美劳全面发展的社会主义建设者和接班人。在上级党委和县委教育工委的正确领导下，学校始终突出政治学习，开展党性教育，不断推进党的思想、组织和作风建设，在学校各项工作和疫情防控中发挥党组织的战斗堡垒作用和党员先锋模范作用，有力地促进了学校整体工作再上新台阶。

坚持立德树人，落实好根本任务

学校积极创新德育方法，结合《中等职业学校德育大纲》和《中等职业学校学生公约》等要求，纵向挖掘邢白瓷器型的文化底蕴和德育内涵，纵横交错，开展丰富多彩的德育活动，架构起内丘县职教中心的"大盈德育"模式。《"大盈德育"模式下邢白瓷文化传承与交流项目》案例经省教育厅遴选，成功入围"全国奋进新时代中华传统美德职教行"职业教育中华传统美德优秀成果展。

坚持技能育才，打造特色优势专业

学校始终以抓好专业建设来培养技能型人才，增强社会服务能力。学校现有8个专业，幼儿保育专业是省级特色专业，计算机应用专业是省级骨干专业，该校是全国计算机应用水平（NIT）考试考点，旅游服务与管理（含高铁服务方向）、电子商务、作物生产技术、运动训练等专业是学校传统优势专业，为助力内丘县"中医药强县"建设，新申报了中医康复技术专业，现有在校生近百名，学生和家长以及社会反映良好。绘画（含邢白瓷方向）专业是适应内丘邢白瓷文化建设，为培养邢白瓷基础性人才开设的特色专业，依托该专业，学校先后两次申报成国家艺术基金项目，一个是"邢窑白瓷工艺传承与创作培训"项目，一个是"邢窑白瓷作品巡展"项目，成为全国唯一一个两次申报成国家艺术基金项目的县级中职学校。

坚持校企合作，助力学生创新创业

学校始终以促进就业、创业为导向，以服务区域产业发展为宗旨，成立了由企业、行业专家和专业骨干教师组成的专业建设指导委员会；定期召开工作会议，进行专业发展方向论证，不断适应市场需求。为实现"大众创业、万众创新"，结合县域经济特点，投资兴建了"大盈众创空间"。目前，已引入河北卡明电子商务有限公司、北京金诺时代科技发展有限公司、河北襄珺教育科技集团有限公司、石家庄新龙之翼电子商务有限公司、天津中教高科科技有限公司、内丘邢定瓷业有限公司等11家符合国家要求的企业和团体。

作者：内丘县职教中心常务副校长牛占奇

大型实景剧《白瓷魂》

浙江省温州市瓯海职业中专集团学校

传承针尖上的非遗技艺

日前，浙江省温州市瓯海职业中专集团学校（以下简称瓯海职专）学生蓝思文的瓯绣创意作品《竹》的设计版权被瓯海当地一家服装企业以3万元收购，后续企业将把作品设计理念与创意元素融入到产品设计之中。“这是对学校瓯绣人才培养工作的一种肯定，同时也进一步深化了产教融合、校企合作。”瓯海职专党委书记、校长刘胜早说道。

近年来，瓯海职专服装设计与工艺专业积极探索非遗传承与职业教育的协同发展，以校企合作为依托、以产教融合为抓手，根植地方文化、对接市场需求、打造办学特色，让瓯绣这门针尖上的非遗技艺在新时代焕发新生机、展现新魅力。

破解传承难题，瓯绣纳入教学焕发新生机

瓯绣，因温州古称“东瓯”而得名，是流行于温州一带的传统民间刺绣艺术，2008年入选第二批国家级非物质文化遗产名录。但由于瓯绣定位较高、耗时长，技艺复杂、较难掌握，曾经一度只有老一辈传承人仍在坚守着濒临失传的瓯绣技艺。

“在打造学校特色的同时也是想把我们温州的瓯绣发扬光大。”瓯海职专金盾校区校长胡进盛说，为了更好地“护”好瓯绣，让瓯绣“活”起来，2014年该校与温州瓯绣研究所开展校企合作，将瓯绣“搬”进校园、纳入教学，培养具有瓯绣技艺和创新能力的专业人才。

学校引进温州瓯绣研究所所长林媞、温州工艺美术大师程云云、黄香雪等非遗瓯绣传承人授课，构建“服装专业教师+非遗传承人+专家”的教学团队。将瓯绣设计元素融入到《服装设计与制作》《创意立裁》《服饰品设计与制作》等核心课程中，开发瓯绣特色集成式教学项目。在研究刺绣珍品及其传统工艺精髓的同时，研讨编写具有非遗特色的瓯绣教材《瓯绣服饰设计与制作》。

经过多年的教学改革和社会培训，学校先后培养了数千名校内外瓯绣学员，学生作品荣获中国工艺美术精品博览会创新设计大赛金奖、全国中职服装毕业联合发布会最佳原创风格奖等数项国家级奖项。“我们还会挑选一些好苗子送到瓯绣研究院进行深入学习。”瓯海职专服装设计与工艺专业带头人叶君表示，该校将一直致力于传承瓯绣、延续非遗薪火。

打造共建格局，校企联手谱写瓯绣时代新篇章

“瓯绣创意作品《竹》是由学生与林媞、程云云两位非遗传承人共同设计制作的。”胡进盛告诉记者，之后企业将把作品元素运用到产品设计之中，以提升产品附加值、开创市场新增长点。这是瓯海职专在探索校企合作、促进产教深度融合之路上迈出的更为坚实的一步，亦是推动非遗瓯绣“飞入寻常百姓家”的积极探寻。

早在2014年，瓯海职专就与温州瓯绣研究所开展合作，让瓯绣技艺得到延续与创新。合作至今，校企双方就《瓯绣研究所瓯海职专分所建设实施方案》、人才培养方案的调整优化、课程的重构等方面组织多次研讨会，以进一步明确瓯绣教学的发展方向和目标。通过对行业企业人才技能需求调研，并结合瓯海职专服装设计与工艺专业实际，温州瓯绣研究所在瓯海职专内系统设计了“瓯绣工坊”“3D设计工坊”“高级定制工坊”三个非遗特色工坊。

通过建设校内瓯绣研究所，学生得以在教学环境与生产环境相互融合的课堂中更好地学习瓯绣、创新瓯绣。“其实我们现在也在开发文创产品，像是杯垫、环保袋、口罩等等，上面都会融入一些瓯绣元素。”叶君告诉记者，在秉承传统的基础上，该校鼓励学生结合时代元素，在内容、载体、形式、手段上对瓯绣文化及技艺进行创新创作，设计并研发符合市场需求的产品，让瓯绣真正融入生活、走进百姓家中，推动瓯绣在新时代绽放异彩。

凝聚振兴力量，宣传开路展现瓯绣新魅力

延续非遗瓯绣生命力，既要传承创新，也要宣传振兴。“除了在学校里授课，我们还会带着学生走进文化宫、社区，面向社会大众更好地宣传普及瓯绣知识。”叶君表示，希望能够通过开设公益培训、参加博览会等多种形式，让公众直观形象地了解瓯绣、感受瓯绣，带动更多社会力量关注、保护瓯绣技艺，共同振兴地方非遗

温州市瓯海职业中专集团学校产教融合基地

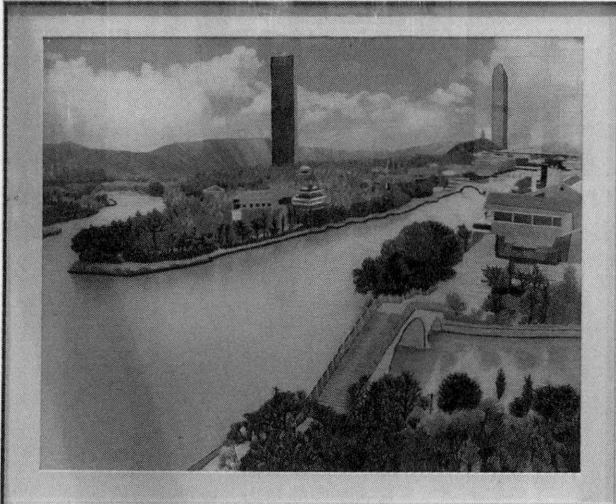
瓯绣作品——南塘秀景

文化。

瓯海职专秉承“不忘初心、传承非遗、服务社会、造福百姓”的理念，将校内的“瓯绣工坊”“3D设计工坊”以及“高级定制工坊”三个非遗特色工坊面向中小学、社会和公众开放，并作为传统文化宣传教育的载体和平台，开设以瓯绣为主题的《团扇手工艺制作》《瓯绣茶巾》《瓯绣服饰品制作》等系列公益培训，引导社会大众在与非遗的亲密对话和躬身实践中，加深对本土非遗文化的认知，进一步激发非遗传承的新活力、凝聚非遗振兴的新动能。

近几年，瓯海职专服装设计与工艺专业还以瓯绣为特色数次参与温州时尚博览会、工艺美术博览会等各类博览会，并联合政府、行业、协会、企业共同举办瓯绣展示活动，在瓯绣知识普及中展现非遗文化魅力，提升瓯绣的辐射力和影响力，促进其与地方文化产业乃至社会发展的深度融合，并以之反哺瓯绣的传承教育，助力瓯绣教学和研究工作更好地开展，为瓯绣这一非遗技艺注入源源不断的生命力。

作者：温州市瓯海职业中专集团学校金盾校区校长胡进盎、金盾校区教学科研处副主任陈洁

摄影：陈伟标、姚秀肖、李云文

统筹：温州市瓯海职业中专集团学校金盾校区教学科研处主任郑秀超

浙江省金华实验中学

职教领头雁　振翅再高飞

金华实验中学党总支书记、校长俞秀玲

从建校初期112名初中新生、两名专职教师，到一度全国知名的“万人大校”，再到如今近4000人的高质量育人教育体系；

从建校初期租用民房、师生同心建校舍，到建立30亩学农基地、蔬粮自给自足，再到投资4000多万元的现代化实训基地启用、投资9000万元的附属幼儿园破土动工；从社会上有口皆碑的初中、高中到高复班，再到普高、职高共存向职高全面转型，如今的金华实验中学已是国家级重点职校，并获得了2020年金华市唯一职业教育技能教学突出贡献奖。

得方寸之地，载育人之职。金华城西、白沙溪畔，几度更名的浙江省金华实验中学，是婺城新区一众学校中最为特别的一所名牌老校。65年来，在不同的发展阶段，一批批师德高尚、教艺精湛的教育工作者，秉承“人人有才、人尽其才”的理念，培养出数以万计的各行业人才。65年来，师生情系菁菁校园，从硬件到软件再到办学理念，他们都以自己是“实中”人而自豪。

栉风沐雨开新局，奋进创新续华章。近年来，金华实验中学通过“三名工程”（名校、名师、名专业）建设，提炼出“德技融通·情智并重”的校园文化，探索“良工360”人才培养模式，进一步优化专业结构、提升办学质量，吸引越来越多的师生一起追梦，共创“实中”新辉煌。

白沙溪畔：令人留恋的梦想起航地

北京大学建筑与景观设计学院教授、建设部海绵城市技术委员会副主任俞孔坚已和金华实验中学商定，今年5月5日他回到家乡，回到母校，与校友一起庆祝母校65周年华诞，届时他还与母校合作，授牌开办共育基地。

俞孔坚是白龙桥镇东俞村人，是金华实验中学80届高中毕业生，同年被北京林业大学录取，从此开启了他在城市景观设计中“反规划理论”的探索与实践。1995年，他成为获得哈佛大学景观设计学博士的第一个中国人，1997年他放弃美国绿卡和优厚的待遇，举家回国。2016年，俞孔坚当选美国艺术与科学院院士，这是金华籍学者继何炳棣之后再次入选。

“为什么我的眼里常含泪水，因为我对这土地爱得深沉。”俞孔坚特别喜欢艾青的诗，这位金华老乡的诗句准确地表达了他的情怀。俞孔坚是一个家乡情结很重的人，时时关心家乡的发展。他和他的团队直接参与了金华数十个景观设计项目，用自己创立的景观理念改变家乡面貌。

最近，在与校长俞秀玲的交流中，俞孔坚多次回忆起当年的学习过程，提及对母校及老师的怀念和感谢。“我的梦想源于白沙溪畔，起航于金华实验中学。在时任（让长中学）校长许金祥、徐金德的影响下，在付时才、申兰春、毕丽霞 、俞湘玲等老师的无私关心和培养下，我愈发坚定了刻苦学习、建设家乡的信念。自身的努力，老师的辛勤，最终为梦想插上了翅膀。”

跨越65载奋勇前行，金华实验中学涌现出一批又一批优秀校友：中国科学院院士、东南大学附属中大医院院长滕皋军，西南政法大学副校长商文江，同济大学心理学系主任、学科带头人胡耿丹，浙江省信息产业厅原党组书记曾浩明，全国著名中医陈炳旗，全国“五一”劳动奖章获得者、浙江巨龙管业有限公司总工程师倪志权，浙江尖峰集团股份有限公司党委书记、董事长蒋晓萌，省人大代表、省劳动模范、省特级教师、东苑小学原校长夏美丝……他们的青春从这里起航，他们对母校有着最难忘的深情回忆。

从这里走出去的毕业生，更多的是平凡岗位上的建设者，最近学校收到了很多校友的怀念文章。

金华实验中学首届（1959年）毕业生章克难，其妻子徐小琴是第四届毕业生，其女儿章胜笑1986年从该校幼师班毕业，全家人对母校有着无限的眷恋。“记得在校三年，每周有两节劳动课，校舍西边那一片荒冢野地就是劳动课的‘战场’，人人参与，个个出力，挖坟砖、搬石头、挑泥沙、建跑道、平球场……母校每一寸土地都浸染着‘老三届’师生的汗水。”

市区江南碧云路上有一家网红餐饮店“婺家小菜”，老总徐磊是白龙桥人，他是金华实验中学2004届烹饪班毕业生。从学生到配菜小工，从厨师到主厨，再到现在多家企业的负责人，徐磊走出

了不同寻常的职校生发展之路。“我们的工作和生活，就像烹饪美食，其中固然有酸甜苦辣，会历经辛苦与奋斗，但最终能享受到美食和幸福的生活。”

说起自己的创业经历，徐磊认为，忙碌和拼搏，是奔向梦想的“垫脚石”；坚持和执着，是追逐梦想的“加油站”。这也是无数“实中”毕业生的缩影与心声。

专业集群：造就一大批行业佼佼者

65年坚实办学，造就一所老牌名校；65岁美丽校园，依然朝气蓬勃。从1984年开始逐步转型职业教育，金华实验中学办出了一批全省知名的示范专业，造就了一大批行业佼佼者和社会急需人才。

金华七成左右幼儿园的园长毕业于金华实验中学，这话一点都不夸张。

该校的学前教育专业于1984年开设，是浙江省首批示范专业、浙江省品牌专业，金华市重点建设专业、金华市公共实训基地、中职与应用型本科一体化培养试点单位；2016年，该校开设了浙江省首个学前教育男生特色班。近几年，学前教育专业录取分数线逐年提高，甚至出现了排队报名的火爆情况。

学校大门

单庆是“实中”首批学前教育专业的毕业生，曾在浙师大附属幼儿园当了11年老师，在南苑小学附属幼儿园当了22年园长，两年前刚刚退休，之后又受聘到其他幼儿园担任园长。单庆表示，她同班同学大多一直坚持在幼教岗位，多数当了园长、副园长。“我在母校获得了很好的培养，一直感恩于心。幼教专业让我始终接触到最可爱的孩子，始终保持年轻的心，太幸福了。”

2021年3月，总投资9000万元的学前教育实训基地（附属幼儿园），在原让长初中校区开工建设。未来，这里将成为金华市幼教专业的新航母。

“实中”的药剂专业也很有名，并且是浙江省高水平专业。2017年、2018年，浙江省高职院校单招单考药剂专业的高考第一名刘雅慧、周翔都曾在该专业就读，现在两人就读于浙江农林大学食品药品类专业。

创办于1993年的电子专业经历过起伏，现在“实中”的电子专业已成为浙江省示范专业和省级实训基地。该校电子专业毕业生选择创业的人占到近四成，像吴正雄、吴姜宏等都是创业拼搏的优秀代表。除了电子专业外，实验中学2017年还开设了首批无人机专业，让学生紧跟时代发展步伐。

2021年2月6日，该专业组织开展了2021年春节留婺员工技能培训，47名婺城企业的外地员工参加了营养餐制作、茶艺等项目培训，培训内容涉及健康饮茶、专业泡茶、有礼品茶等方面，风格优雅，深受学员欢迎。旅游专业老师何晓玲、刘景艳的茶艺课让受训学员感到很实用，两人也经常受邀外出讲课。2020年，金华实验中学为社会培训5698人，涉及学前、旅游、烹饪、电子商务等专业。

专业建设对接地域产业需求，不断优化做精做强。金华实验中学有3个项目被列入浙江省“三名工程”项目建设，分别是学前教育省级品牌专业项目、王志勇大师工作室项目、3+X德育品牌项目。该校的学前教育3+4中本一体化项目备受青睐，录取最高分达到555分；学前教育3+2班受欢迎，金职院特意增加了一个班。

2020年6月，金华实验中学高职考试本科上线14人，总上线人数为216人，全校所有专业（药剂、学前、财会、旅游、电子、电商、数控、计算机、工美）的考生全部上线，本科率、上线率连续3年实现“三连涨”。

美好教育：奋斗在最美丽的校园里

2020年12月14日，金华实验中学举行隆重的“国赛省赛表彰大会”。一批匠心优师接连斩获重量级奖项，不仅创造了校史纪录，也为全市中职学校教师技能赛增添了浓墨重彩的一笔。

其中，夏珊珊老师在2020年全国职业院校技能大赛中等职业学校班主任能力比赛中，获全国二等奖；刘鹭丹老师在2020年浙江省中等职业学校职业能力大赛教师技能比赛“幼儿园教育教学活动设计”比赛中，获全省一等奖；张瑾瑾老师在省教育厅主办的2020年浙江省工美教师信息化教学设计和说课大赛中，获全省二等奖。参赛老师“不是一个人在战斗”，会上，学校同时对备赛团队进行表彰。

校长俞秀玲2020年1月返校“掌舵”，此前她曾在这里奋斗过10年。时隔7年后，她再度回到该校，她说：“总感觉我与职业教育还有一段未了的情缘。”作为教育界的从业者，她希望学生们都能勇敢追逐自己的梦想，成就最美好的自己。

2020年疫情期间，校长俞秀玲的战疫思政课《一场疫情，一堂人生大课》登上学习强国，全体学生通过云课堂认识了新校长。复学时，学校以“让美好从校门口开始发生”为主题，迎接学生回校学习，这就是“情课程”的体现。“学生经历了两个多月居家隔离的学习生活，心情有些沉闷，我们希望让他们进入校园就有阳光温暖的体验，尽快从疫情的阴霾下走出来，焕发出孩子们应有的青春与阳光。”

俞秀玲说，美好生活的实现离不开美好教育，教育就是向美而生的事业。“德技融通·情智并重”就是围绕美好教育而行，就是把学生培养成具有美好品德、美好技能、美好情智和谐共生的新时代良工巧匠——这也是他们对浙江省中职学生核心素养的个性诠释。

美好教育还要环境好，师生们在温馨优美的大花园里心情舒畅，乐教善学。学校围绕白沙校园文化内涵，以“花满校园”的思路提升校园环境，新建校门口绿化景观带，布置校门口景观小路、石景、草坪、景观树等，大大美化了校园环境。此外，学校还在实训楼升级、办公室文化、老水塔改造、绿化带提档等方面，全面提升环境育人的覆盖面。

2020年12月，金华实验中学被评为“金华市创建第六届全国文明城市工作精品文明示范学校”。学校的艺术教育教学成果汇报演出，师生们一个个原创节目精彩纷呈，场面震撼，全程直播引来线上近52万人次点击“围观”。

德技融通：职教“春天里”打造新时代工匠

1月21日，2020年度金华市职业教育年会在金华实验中学召开，市教育局党委书记、局长楼伟民出席并讲话，指出要加快形成具有金华特色的现代职业教育体系，继续提升我市中职学校美誉度与竞争力。会上，金华实验中学获得年度唯一一个“职业教育技能教学突出贡献奖”。

在国家层面，习近平总书记近日对职业教育工作作出重要指示，强调在全面建设社会主义现代化国家新征程中，职业教育前途广阔、大有可为。要深化产教融合、校企合作，稳步发展职业本科教育，建设一批高水平职业院校和专业，推动职普融通，增强职业教育适应性……

对团结上进的“实中”人来说，一个个好消息传来，都是莫大的激励与鼓舞，“职业教育的春天已经来临”。

讲到育人实践，俞秀玲特别赞同这样一个观点：课程育人才是回归教育本真的路径。学校根据“德技融通·情智并重”育人理念构建四大课程，分别是“德、技、情、智”课程。“弘扬劳动精神，传承劳动基因”为主题的劳动教育课、值星班特色管理、“白沙文化”为主题的30公里研学毅行等，都是“德课程”的体现。学校还努力为学生创设多种平台，让他们尽可能多地展示技能，增加社会实践，增强“德技情智”素养锻炼与培养。

俞秀玲说，学校这几年注重办学质量提升和内涵发展，努力实现“从数量到质量，从规模到内涵”的转变。特别是在高职考试、专业建设、职业能力大赛、校企合作、产教融合等方面，都取得了优异成绩。

这两年的招生季，实验中学备受青睐。俞秀玲认为，职校招生火爆主要原因有几个：一是国家对职业教育越来越重视，提出了一系列改革举措，支持力度空前；二是现代社会对职业教育观念转变，“职业教育与普通教育是两种不同的教育类型，具有同等重要地位”，职业教育社会认可度逐年提升；三是学校重视质量提升、内涵发展，“教育是让每一个孩子做最好的自己，职业教育更是如此”。

职业学校是培养新时代“大国工匠”的摇篮，是新时代中国制造、中国智造、中国创造的“压舱石”。金华实验中学以“良工360”人才培养体系为核心，培育学生素养，带领学生成为德技融通、情智并重的当代良工，同时为“优学婺城”建设添砖加瓦。

作者：叶骏　摄影：吕京河

浙江省天台县职业中等专业学校

融合·共赢　成就高水平名校竞争力

吉利集团人才培养基地授牌仪式

产教融合是职业教育融入国家创新体系建设的关键环节，深化产教融合，提升服务国家和地方经济社会发展的能力，适应新时代企业发展和产业转型升级需求，提高育人质量和针对性，创新管理制度和技术技能人才培养模式，是每一所职业学校的根本生命力和竞争力所在。

这其中，浙江省台州市天台县职业中等专业学校以“名校”建设为契机，坚持立足地方、融入地方、服务地方，通过校企多元化合作促进产教融合，以理与实的和谐互动、产与教的和谐融合、校与企的和谐共赢，充分彰显“名校”建设的智慧与风范。

理与实的和谐互动

“产教要实现真融合、深融合，需要学校将职教改革融入产业转型升级各环节，贯穿人才培养全过程，形成校企一体育人，这才是职业教育的生存之道。”天台县职业中等专业学校校长季瑞强的话掷地有声。

在此理念的指引下，学校紧密围绕区域经济发展产业链，精准对接机电、汽修、生物制药等六大支柱产业需求，探索产教融合下的校企一体化，围绕天台县对高素质技能人才的需求，积极开展现代学徒制试点建设，由校企双方共同制订人才培养方案，共建招生招工、建设课程体系、组织实践教学、加强师资建设、整合实训资源、改革评价模式，形成“共建、共享、共育”的局面。

产与教的和谐融合

近年来，天台县以高质量发展为引领，培育六大百亿产业集群。这使得学校在探索产教融合上有着得天独厚的优势，天台县职业中等专业学校根据不同专业自身优势，创新校企多元化合作模式，与企业实行协同育人。

汽车应用与维修、生物制药、机电一体化三个专业开展现代学徒制试点，分别与浙江银轮机械股份有限公司、天台县生物医药行业协会、吉利集团等一批知名企业签订了合作育人协议，开设“银轮机电班”“生物医药定制班”“吉利汽修班”。通过建立“人才共育、过程共管、成果共享、责任共担”的合作机制，构建校企“双元育人”体系。坚持“实用性”原则，“定制”与企业生产标准相对接的专业课程体系。开发《机械基础》《银轮文化》《产品质量检测》等校本教材，并推行项目教学法，公共基础课、专业理论课由学校负责，实习模块、技能课程由企业负责，改革以往学校自主考评的评价模式，将学生自我评价、教师评价、师傅评价、企业评价、社会评价相结合，积极构建第三方评价机制，由行业、企业和中介机构对实习生岗位技能进行达标考核。实现教学过程与生产过程、教学标准与生产标准、学校育人与企业用人的无缝对接，共育高素质高技能人才。

学校通过“引企入校”，共建实训基地，共享实训资源，为企业打造人才培养和技术研发基地。汽车运用与维修专业创新“双元三岗”校内实训教学体系。“双元”指学校和企业“双主体”，学生和学徒“双身份”，“三岗”指“跟岗”“试岗”“顶岗”三个阶段。校企共同承担人才培养任务、制订人才培养方案、设计顶岗实训计划。“双元三岗式”形成了具有特色的中职专业课实训与生产教学一体化的教学模式。通过引企入校，项目参与教师通过企业生产实景来进行实训与生产教学，大大提升了教育教学质量，专业组教师的教育教学能力也得到提升，多位教师分获省教坛新秀、省教育黄炎培奖、浙派名师培养对象等荣誉。

机电技术应用专业创新“双向育人”的培养机制，建立学生与学徒、教育与培训、考试与考核的“双重培养”模式，实现教室与岗位、教师与师傅、考试与考核、学历与证书四个融合。实施共同制定人才培养方案、共同开发现代理论课与岗位技能课教材、共同组织理论课与岗位技能课教学、共同制定学生评价与考核标准、共

同做好“双师”教学与管理、共同做好学生实训与就业的“六同”计划，形成了“通识教育课程”+“职业基础课程”+“专业课程”+“专业拓展课程”的课程体系。共建实训实习基地，认真筛选实训场地，供学生轮岗实训和顶岗实习。

此外，学校与天台县生物医药行业协会联办生物制药定制班，以学徒(学生)的技术技能培养为核心，按照“学生—学徒—准员工—员工”四位一体的人才培养总体思路，构建校企双主体多元化人才培养模式。按照“专业对接行业、专业课程对接职业岗位、教学过程对接生产过程”的思路，在真实的企业环境下，按照企业相关工作项目进行学习，实现专业对接产业链的拓展延伸，推动“校企合作、工学结合”人才培养模式的转型；按照“学生、学徒”合一人才培养总体思路，开展岗位化管理模式，分化学习小组，由1个师博带2—3个徒弟，确保学生掌握岗位必备的知识、技能。构建以“岗位能力”为主线的“公共基础课 + 专业核心课程 + 专业项目课程 + 专业选修课程”的课程体系，并以教师、师傅的培养、评聘和考核为核心，强化“双师型”队伍建设，实施学校与企业管理人员双向挂职锻炼，提高专业教师的实力和教学水平。

定制班使学校实现了人才培养与市场需求的零距离对接。尤其是采用招生与招工一体化，实行“招生即招工、入校即入企、校企联合培养”，企业、学校和家长共同签订三方协议，采取企业文化进校园、企业骨干做讲座、技术人员共同参与培养目标、教学计划的制定等切实有效的措施，使企业有了“量身定制”的后备人才，激发企业参与合作育人的动力，真正实现校企合作“双赢”。

至此，学校扎扎实实走出了一条产教融合校企一体化之路，充分彰显了学校谋求互利共赢的办学智慧。

校与企的和谐共赢

产教融合校企一体化，有效地将理论与实践、方法与内容紧密结合在一起，使教育教学改革与产业转型耦合，实现了人才链与产业链的无缝对接，充分释放各类资源和要素活力，实现合作共赢。

校企的深度融合使学生的技能水平、实战经验、素养提升等方面得到全面提高，就业质量显著提升。同时校企的深度融合也倒逼教师不断“自我提升”，全程参与课程、教学、技术研发等实践，能力水平显著增强。如与浙江银轮机械股份有限公司合作，在校内成立“校企合作工作室”，共同进行“爱科”结构件开发，教师队伍受到系统训练，学生通过参与项目开发掌握了技能，实现了企业、学校、学生的三方共赢。

学校积极参与企业技术攻关，每年至少开发两个以上项目，并已有两项技术获国家专利。同时，学校与浙江银轮机械股份有限公司、天台县生物医药行业协会旗下企业等数十家企业达成加工协议，年产值100多万元，将消耗型实习转变为生产型实习，创造了效益。

今后，天台县职业中等专业学校将继续发扬开拓创新、与时俱进的时代精神，积极谋划，使学校的育人机制更有效、校企合作更深入、教育资源更优质，向着“示范全省、影响全国”的奋斗目标前行。

作者：陈朝飞、李达镯

浙江省杭州市良渚职业高级中学

精雕良渚文化盛宴　孵育地方现代工匠

浙江省杭州市良渚职业高级中学创办于1958 年，前身为余杭县农业技术中学，1983年开始创办职高， 现为浙江省二级中等职业学校。学校紧邻“中华文明圣地”良渚文化核心保护区，伴随良渚文化新城崛起，在办学实践中逐步构建起逐步构建起与地方产业发展相契合的“三大专业集群”格局，即化工环保类、烹饪类、财经商贸类的专业结构。学校师资力量雄厚，专任教师88人，其中硕士研究生15人、博士研究生1人；高级讲师35人。各级各类名优教师34人，其中中国烹饪大师3人、浙江省技术能手3人、杭州市教坛新秀10人。

学校致力于打造一所“良渚特色，浙江知名”现代化职高，努力践行“精雕细琢，成就良匠人生”办学理念，积极提升技能人才培养质量。曾荣获全国零犯罪学校、国家级重点课题中职科研共同体基地学校、浙江省课程改革责任学校、浙江省中小学心理健康教育示范站、华师大实验学校、杭州市人民满意学校、余杭区规范化

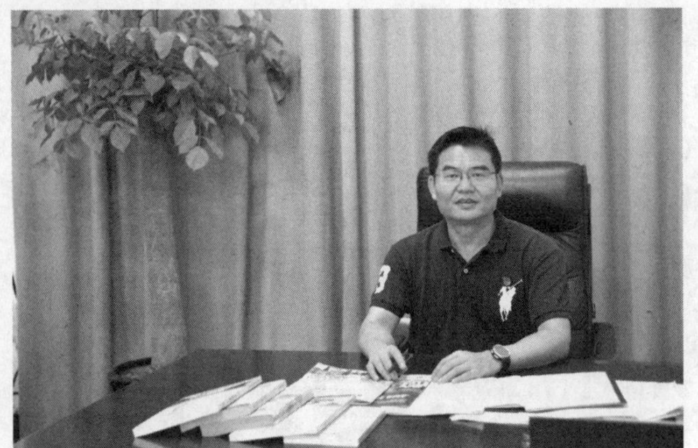

良渚职业高级中学党总支书记、校长贺建谊　摄影：陈中柱

管理示范学校、余杭区美丽学校等殊荣。2017 学年、2018 学年连续两年获得余杭区学校发展性评价考核优秀级。

深挖文化资源，传承良渚文化

文化是一个民族的灵魂，蕴含着中华民族的精神内核。杭州市良渚职业高级中学地处良渚文化核心区域，学校始终将文化的传播视为己任，将职业学校的专业发展、特色建设和地域文化开发有机结合，成功实现职业学校文化传承功能的拓展。目前，学校已经构建起"良渚文化宴"三层级阶梯式文化育人平台，且不断充实着其内涵与功能。

学校教育教学基于专业特质，积极融入良渚文化元素，以"立足传承、融合创新、传播文化"为出发点，开拓学生实践空间，培育学生文化创造力，全力打造"良渚文化传承宴"，推动地方特色文化的继承与发展。文化来源于实践的积淀，实践是职业教育的鲜明特征。近年来，烹饪专业师生通过参阅历史、亲近文物、遍访乡邻、请教专家等方式，不断挖掘良渚传统民风民俗，还原整合良渚民间故事。并携手杭州餐饮界行家里手，历经多年的探索和研发，精选良渚本土特有食材，巧妙融入良渚故事精神和现代健康理念，精雕细琢，推出了具有"地方味、健康味、文化味"特征的玉宴、陶宴、四季宴三季良渚文化宴席。开发出广济桥边琵琶肉、径山茶香烟熏鸡、三家村藕节、野芦湾茭白、梦栖古镇蝉蛹酥、折桂桥头小方糕等18道色香味形俱佳的冷热菜与糕点点心，成功吸引浙江卫视、《浙江日报》等多家媒体关注。同时通过打造良渚文化宴课题，展现其"产学研践"于一身的综合效应功能，阶段性成果显著，课题"宴遇良渚：基于地域特色的中职'3453'文化育人模式探究"获杭州市政府部门成果一等奖，并入选浙江省中职教育教学精品化教科研成果项目。华东师范大学职成教研究所所长石伟平教授评价本成果为"文化育人润物细无声，利用地域文化特色精准对接育人标准，具有很高的研究价值与很强的操作性"。学校同时编写了《余杭味道》《良渚味道》《良渚文化宴面点篇》《西餐烹调实训教程》《良渚故事》等十余本校本教材，通过及时的经验总结，提升传承良渚文化的实践厚度。

2020 年，为保护和传承良渚文化遗产，大力宣传良渚古城遗址作为实证中华五千年文明史圣地的突出价值，一场在新浪微博、今日头条等多个媒体平台同时在线直播的"遇见良渚，味里乾坤"饮食良渚直播节目在校园内举行。学校烹饪教师团队潜心思考良渚时期饮食文化特征和食材来源，对良渚当地食材进行合理搭配，巧用古今交融的烹制方法，展现良渚美食的特色，挖掘良渚特色味道，呈现古法创新菜肴，网络好评不断，"良渚文化宴"的知名度得到进一步提升。

此外，学校还积极开展"良渚文化进校园"系列活动，如"《良渚文化》进校园"授书、"传承良渚文化，共筑青春梦想"火炬传递、"良渚文化系列讲座"等活动，让更多的青年学子感受良渚文化，厚植爱国主义情怀、激发民族自豪感。

融入社区农村，活化良渚文化

为立足本土资源，挖掘良渚文化和地方特色文化中更多的衍生育人功能，实现地方文化的"物化、深化、转化"，培养学生文化自信力、文化创造力，学校推出了"良渚文化创意宴"。通过良渚大陆花灯社、良渚文化义务讲解团、良渚故事会、良渚黑陶坊等一批学生兴趣社团的建设，将育人活动融入社区农村，将地方文化元素渗透到校园活动，培育学生的文化理解力，让地方文化和传统技艺在校园内生根发芽，展现新活力。

杭州市良渚职业高级中学作为余杭区非物质文化遗产良渚大陆花灯传承实践基地，于 2012 年成立了良渚大陆花灯社团。学校大力开展良渚大陆花灯非物质文化遗产宣传工作，邀请专家学者与民间艺人前来指导，为学生参与学习良渚大陆花灯舞蹈提供条件和平台。近年来，花灯姑娘们积极参与文化下乡、送文化进社区、社会义演等活动，如亮相浙江省农村文化礼堂建设成果展演、西博会展演、"玉见良渚"大型文艺汇演等。在练习和表演的过程中，学生对良渚大陆花灯舞蹈的认同感和对地域历史文化的保护意识和活化使命感大大增强。学校坚持文化育人的实践得到了社会各界的肯定。2019 年，第三届"传承的力量"学校体育艺术教育弘扬中华优秀传统文化成果展示节目摄制组进驻学校，现场记录大陆花灯文化情况。学生们用优美的舞姿，将良渚大陆花灯演绎得淋漓尽致。学校另外一个"义务讲解在良博"社团，至今也已走过 20 余个春夏秋冬。悠悠岁月里，一批批富有激情与使命感的青

学校文化育人工作剪影。左图为"如玉良小匠"风采；右上图为烹饪专业师生探讨"良渚文化宴"菜品开发；右下图为中央电视台"传承的力量"节目组进驻学校，拍摄大陆花灯姑娘　摄影：陈中柱

春少年见证着良渚文化的传播与发展，也用实际的志愿服务讲解让良渚文化历久弥新。

以生为本的育人理念让学校成为孵育工匠的摇篮。精诚之至的工匠又为活化良渚文化坚守着，学校化工专业优秀毕业生罗洪文就是其中之一，作为余杭区非物质文化遗产项目“越窑烧制”技艺传承人，他多次参与余杭区文广系统组织的“非遗进学校、非遗进社区、美丽非遗”等活动，并在学校建立良渚陶文化艺术馆，开设“良渚黑陶的制作”课程，讲解良渚黑陶文化，传承黑陶制作技艺，传承工匠精神，活化良渚文化。

学校近年新开设农村经济综合管理专业，开发和形成了以农业劳动体验为核心的“田野课堂”，包括校外涉农专业实训基地、校内食用菌培植基地、匠心盆景园、农产品检验工作室等。在开放式的教学实践中，学生得以近距离接触良渚本土食材，深刻体会地方文化基因，从而增强文化认同意识、传承能力与创新动力，使文化内化于心、外化于行，转化创新，生机不断。

服务地方经济，传播良渚文化

学校与政府部门联合建立服务中心，组织文化活动，开展文化培训，推广文化信息，丰富文化体验，提升学生文化认同感和文化服务意识，倾情打造“良渚文化服务宴”。一直以来学校自觉融入地方产业发展，按照“需求导向、文化链接、站点为营、成果驱动”的思路，将良渚文化渗透到烹饪、化工、农经等专业，设立种植、美食、检测、流通四大站点，建成按国家标准配备的化工环保、烹饪等五大专业实训区和50余个现代化实训场室。专业装备水平位居省市专业前列，通过将专业与地方产业对接，实现地方优秀传统文化的现代表达。

首先，学校积极参与地方特色餐饮标准化建设，以此助推学校烹饪专业发展，扩大专业品牌效应，服务地方产业，如参加“诗画浙江 百县千碗”等系列美食推广活动。其次，学校新建职业体验中心和创业中心。集“参观、体验、教学、实训、展示”等五大功能于一体的“良渚文化宴”职业体验中心整体升级迁入，并且正在积极争取浙菜展示中心入驻。“良渚文化宴”职业体验中心既弘扬中国烹饪文化，展示浙菜文化，又推广良渚文化及余杭本地饮食特色文化。同时学校将建成“良渚文化进校园”参观基地、中小学生美食制作体验中心、学子创业中心。其中学子创业中心结合特色专业及学生实践基地的原则，兼顾市场风向，提供社会配套服务，为学生提供创新创业能力培养平台。

产教融合的成功实践带来了显著的效益。近3年，学校烹饪专业在浙江省中职“优势特色专业”项目建设年度考核中名列全省前茅。同时学校联合塘栖法根传统糕点食品公司开发的“良渚文化二十四节气糕点”赢得网络热销，企业年利润增值400余万元。2018年，学校将“良渚文化玉宴”部分产品投入市场试运行，将“味道·余杭”酒店作为文化主题餐厅，迅速受到市场的青睐。学校积极与余杭知名餐饮企业百年老店糖栖王元兴酒楼开展校企合作，合力开发文化餐饮市场，不断擦出创意火花。同时，学校对口支援贵州省台江县职教中心推广成果经验，为西部职教发展提供了新的发展思路，助推当地民宿产业有序、健康、创新发展。另外，学校积极开展社会培训，2015年至今，与杭州多家精品民宿、农业企业建立合作关系，开展培训服务人数达6000余人次，深受社会好评。办学至今，莘莘学子受益于学校“精雕细琢，成就良匠人生”的办学理念，用开拓与创新回报着社会，涌现出一大批像董鲜生创始人董荣娣一样的优秀餐饮人才。

厚德修身，博能立业。杭州市良渚职业高级中学在坚持职业教育地位的基础上，实现了文化教育与职业发展的有机融合，实现了学校育人与地方经济发展的有机融合，实现了学校教育、社会、学生多元主体的同频发展，这些都是职业教育育人模式的创新实践。小学校有大职教情怀，老学校有新发展样态，良渚职高办学彰显了独特的教育智慧。学校正向着“余杭职教模式窗口学校”“现代农业农民基地学校”“良渚文化传承传播学校”目标迈进，接续奋斗，努力打造现代职业学校发展的鲜活样本。

作者：姚永正

浙江省宁海县西店镇成人中等文化技术学校

用一个支点撬动乡村大发展

左图为学校精益品质管理培训班开班授课；右图为企业全面质量管理现场调研 摄影：何菊平

链接：西店镇成人中等文化技术学校创办于1987年，现校舍面积3402多平方米，教职工14人，另有兼职教师67人。现为中国成教协会第六届理事单位、长三角街镇级发展共同体组长单位、浙江省现代化学校试点单位。先后被评为全国职工教育培训示范点、全国农村优秀学习型部门、全国区域学习共同体项目实验点、浙江省示范性乡镇成校、浙江省中小企业职工培训示范基地、浙江省社区教育示范学校、浙江省基层党校示范点、首批浙江省现代化社区学校等。

现任书记、校长卢继青，男，1970 年 10 月出生，副研究员，中共党员。系中国成人教育协会理事、宁波市省现代化学校评估专家。致力于基层社区教育与农村成人教育研究多年，多项课题与多篇论文在全国、省、市获奖，多次受邀在全国社区教育与成人教育工作研讨会上交流与授课。

承办宁波市职工技能精英赛模具工（注塑模）比赛　摄影：何菊平

古希腊物理学家阿基米德曾说：“给我一个支点，我就能撬起整个地球。”在浙江省宁波市宁海县西店镇，西店镇成人中等文化技术学校（以下简称西店镇成人学校或西店成校）正作为这样一个神奇的支点，撬动起了乡村的大发展。

企业职业经理人俱乐部，累计培训企业员工近 10 万人次，为全镇企业实现产业振兴提供精细化职业服务；与镇党校联合办学，全新阵地打通党员与基层干部教育培训“最后一公里”，人才振兴有了崭新平台；“6G 星空”社会治理服务中心整合全方位资源，社区教育走进乡镇文化礼堂深受村民喜爱，多个文艺公益社会团体成为引领社会新风的主力军……一所海边的乡镇成校，为何能在乡村振兴中释放出如此充满活力的能量？

抓关键化解企业转型“痛点”

西店镇是浙江省宁海县的工业重镇，2018 年，西店镇规模以上企业工业总产值首次突破百亿元大关，正式迈入“百亿俱乐部”行列。一方面是工业经济的快速发展，另一方面，西店的民营企业却经历着转型升级的“阵痛”——家庭作坊起家导致管理水平不高，普通工人居多、专业技工紧缺，同质化竞争严重、企业间相互“提防”，长此以往必定不利于高质量发展。

浙江省内首家职业经理人俱乐部就是在这样的背景下探索成立的。“人才是高质量发展的关键。”西店镇成人学校校长卢继青说，“为企业培训职工，既帮助中小企业解决了成长之痛，也解决了成校一直以来缺少精准职业教育服务的尴尬。”

面对庞大的企业需求，师资哪里来、场地哪里找都成为具体的问题。俱乐部创新提出了校企合作办学的“连锁经营式”培训模式，西店成校作为“旗舰店”，负责培训企业管理人员，这些骨干学员回到俱乐部会员企业内部的职工学校后，摇身一变成为内训教师，进一步培训普通职工，扩大辐射面。借助这种垂直分级培训体系，从开办俱乐部至今，已累计培训职工近 10 万人，开展技能培训的考证合格率达到 86%，其中中级工及以上的获证比例达 35%。

俱乐部成立后，企业之间发生了从“竞争对手”到“会员兄弟”的角色变化。俱乐部会员们都在同一个微信群，哪家企业碰到难题、哪家企业急需资料，俱乐部会员都会在第一时间提供帮助。如俱乐部会员单位协助宁波兴伟刀具科技有限公司提出的自动化解决方案，帮助企业人均效率提高了两倍，一年可降低成本 65 万元。

“企业想的，员工要的，就是我们做的。”俱乐部邬会长质朴的话语里透着坚定。

全方位打通乡村生活“堵点”

乡村振兴不能仅富“钱袋子”，更要富“脑瓜子”。“不管哪种教育形式，它最本质、最核心的功能在于育人。”卢继青说，乡镇成校的办学对象具有广泛性，不同的年龄层、不同的职业、不同的受教育程度，都考验着乡镇成校的办学效果。怎样才能打通这些“堵点”？

“火车跑得快，全靠车头带。”在乡村，基层党员干部发挥着至关重要的作用。“自当选村干部后，明显感觉到文化程度不高，乡村治理能力不强，在处理某些事情上有些力不从心。”西店镇岭口村党支部书记舒迎春道出不少基层党员干部的心声。为此，2021 年 5 月，西店成校作为镇级党校教学点，开办了首个农村干部学历提升班，拉开了党员干部教育培训的帷幕，为扩大继续教育覆盖面提供有力支撑。

在这个倡导终身学习的时代，学习的课堂并不仅限于教室，学习的素材也不仅来自课本。西店成校积极主动形成与政府、社区之间的联动共同体，依托“6G 星空”社会治理服务中心等综合服务平台，将更广阔的“课桌”放在了社区里、邻里间、礼堂中，从而带动学习共同体的形成。

农村老人不会使用智能手机，一堂堂“数字扫盲”课送到他们身边，帮助他们适应新科技，避免成为“数字贫困户”；培育成功的回澜书画社、木兰舞蹈队、群艺戏曲社等文艺社团，发挥引领作用成立了子社团，组织村民开展各类文艺活动；“山花烂漫”公益服务中心等社会公益组织，用实际行动传递社会正能量，感动、带动了更多人参与其中。

一粒“草籽”爆发成大片“草地”，一棵“树苗”蔓延出茂密“树林”，在西店镇，“立德树人”已潜移默化为日常生活的一举一动，“文明新风”更是大家积极践行的自觉行动。

多元化打造办学模式“亮点”

“西店成校是我见过的发挥成人教育功能最好的成人学校之一，它把很多社会功能结合起来了。”这番热情洋溢的赞美来自国际农村教育研究与培训中心副主任王力。2020 年 10 月，包括联合国教科文组织驻华代表处教育官员裴伯庸在内的 30 多位教育专家走进西店成校，对学校的办学模式给予了高度评价。

这些肯定给了卢继青莫大的鼓励。被同行评价为“点子多、肯钻研、不怕苦”的卢继青，一直走在推动成人学校办学模式不断创新的道路上。

从紧跟时事、吃透政策，了解党委政府的需求，到扎根一线、深入调研，倾听基层百姓的心声，“上接天线、下接地气”的卢继青带领全校教师，打破了成人学校“边缘化”的尴尬处境。西店成校秉承“立德树人办学校，开拓创优育人才”的办学宗旨，坚持“平台化办学、项目化运作、多元化服务”的办学理念，充分发挥“一器五站”的办学功能效应，通过教育引领、教育培训、教育服务，助力当地党委政府的各项中心工作。

如今，西店成校的新校区正在规划建设中，包括多个功能区块的新校区，为学校的全新发展提供了广阔舞台。“未来，西店成校将充分借助‘长三角社区教育服务乡村振兴’发展共同体这一平台，继续探索实践‘以党建为引领、社区教育为阵地、社团培育为突破’，力争把学校办成一所省内知名、全国有名的浙江省现代化典型社区学校。”面向未来，卢继青斗志满满。

作者：舒立权

浙江省慈溪市掌起镇成人中等文化技术学校

立足四大特色项目　办好百姓身边教育

学校大门　摄影：汤芳玲

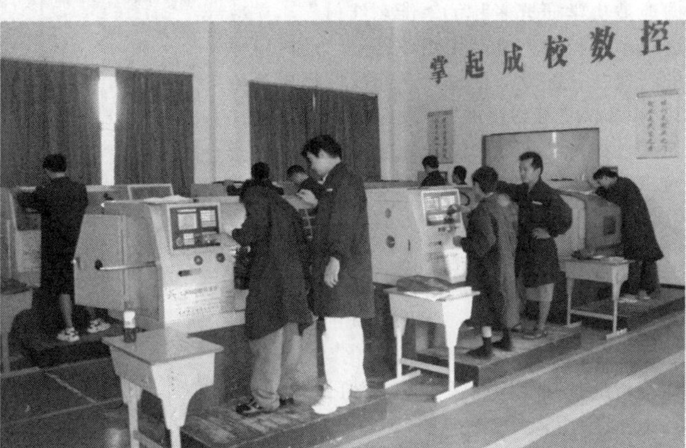

学校数控车工实训室　摄影：汤芳玲

链接：慈溪市掌起镇成人中等文化技术学校近年来曾荣获：全国优秀成人继续教育院校（培训机构），浙江省现代化社区学校，浙江省乡镇级社区教育示范学校，浙江省企业职工培训示范基地，宁波市标准化社区老年大学，宁波市十佳基层党校，宁波市优秀农村劳动力培训基地，宁波市特色示范成人学校，宁波市五星级基层党组织等荣誉称号。

近年来，浙江省慈溪市掌起镇成人中等文化技术学校紧紧围绕“服务社区，推动全民学习、终身学习，助力乡村振兴”的办学宗旨，秉承“与时俱进，优化服务”的办学理念，整合各类教育资源，广泛开展公民素养、人文艺术、职业技能、生活休闲等教育活动，以大力促进社区教育发展，提升社区居民素质。

为办好百姓身边的教育，学校始终坚持社区为根、特色发展，结合教育需求，不断创新教育模式，丰富教育载体，开发形成四大社区教育特色品牌，长期为社区居民提供高质量、接地气的教育活动。

精心开发数控车工培训项目

掌起镇及周边地区制造类企业集聚，长期以来数控车工需求量大。基于这一区域经济特点，2005 年，掌起成校创新教育载体，精心开发数控车工培训项目，创建数控车工实训室。多年来，从校企合作办学到独立运作，学校已探索出“随到随学、学会为止、推荐就业”的培训策略，形成“模块滚动”培训模式，深受历届学员与企业的认可。

为培养合格的应用型人才，学校着眼教学软件，着力于提升培训质量、增强办学实力。在行业专家指导下，学校自主开发了数控车工培训教材，并通过自主培养和校外聘请等方式组建起一支专业师资队伍，例如两名教师曾至山东蓝翔技校和宁波技师学院进修获得高级工技能，并外聘从事教育培训的技师。学校采用“订单式”、自主报名方式及“滚动式”教育模式，解决了工学矛盾，还多次同慈溪职高合作举办高级工培训班。

在市教育局与镇政府的关心支持下，学校不断改善硬件设施，投入百万元添置各类培训设备。学校改造了面积达 160 多平方米的数控实训室，创建了机电一体化数控编程实训室以及 CAD 制图实训室，共有 8 台数控车床、3 台机床等专业设备供学员实操训练。

为更好地拓展数控车工培训项目，学校还专门成立课题研究组，深入开展课题研究，课题《成人学校“模块滚动”培训模式的实践与研究》曾获宁波市人民政府教学成果奖三等奖。数控车工培训作为学校亮点，曾被评为全国农村成人教育（社区教育）特色品牌项目、宁波市优秀培训项目、宁波市终身教育品牌项目。

截至目前，学校已累计培训学员 2990 人，其中 2542 人获得中高级技能资格证书，80% 以上的学员实现了就业或再就业，为本地企业输送了大批优秀技术人才。同时，依托数控车工培训室，学校扎实开展后备劳动力预备教育，已培训学员 393 人，其中 95% 以上的学员毕业后均已顺利走上工作岗位，学校也因此被评为浙江省后备劳动力预备教育优秀基地。

积极探索“融合式”社区矫正教育

多年来，学校致力于社区矫正教育，创建了掌起镇社区矫正教育培训基地，长期与镇司法所及相关规模企业合作。依托学校教育、培训两大基地与镇社区矫正工作室，学校积极探索集人性化教育、个性化培训、适宜性就业于一体的“融合式”社区矫正教育之路。

结合社区矫正对象的需求与特点，学校创新社区矫正教育的形式、内容与方式，将集中教育与分组教育、个别教育结合，一改以法制为主的内容，增加时政教育与心理健康教育；在开展常规课堂教育之余，以“自主式”“菜单式”教育提高社区矫正对象的学习主动性；以“圆桌夜谈”形成双向互动，发挥家庭成员的亲情感化作用；通过社区服务、团队活动，增强社区矫正对象的社会责任感。

基于原先职业、今后就业意向，学校为社区矫正对象免费提供各类劳动技能培训——“双证制”成人高中、普网培训、育婴师、家政服务、面点师和农业实用技术等教育培训项目，只要有意愿即可随班与其他学员一起参加培训。至今，已有 156 人参加学习，其中 36 人获得职业资格证书，29 人通过培训找到合适工作。

为帮助社区矫正对象顺利适应社会生活，学校利用网络、宣传单等媒介，广泛宣传社区矫正的理念，增强公众的接纳度与帮扶热情；引导社区矫正对象树立正确的就业观念，组织各类培训以提高他们的劳动技能；对处于劳动年龄阶段的矫正对象，根据个体情况鼓励创业，或帮他们在设定为就业基地的规模企业找到适宜岗位。截至 2020 年底，已有 242 人如期解除矫正，其中 37 人在就业基地安置就业，其余矫正对象也已拥有一份工作。

“融合式”社区矫正教育已成为学校的教育品牌之一，其实践成果收获了许多荣誉：“融合式社区矫正”被评为浙江省成人教育品牌项目和宁波市社区教育特色品牌项目，“基于‘教育·培训·就业’相融合的社区矫正实验”被评为宁波市社区教育优秀实验项目，《乡镇成校参与“教育·培训·就业”相融合的社区矫正研究》

获得浙江省成人教育与职业教育优秀成果三等奖等。

精心培育“红村精神”进农村文化礼堂活动品牌

作为一个红色乡镇，掌起镇有着丰富的红色资源，以洪魏村、古窑浦村为典型的抗日根据地被史学研究者称为“浙东红村”。立足这一本土特色，掌起镇组织开展“红村精神进农村文化礼堂”活动，掌起成校积极参与其中，助力“红村精神”传承与红色文化传播，“红村精神”进农村文化礼堂活动项目被评为2020年浙江省社区教育进农村文化礼堂学习品牌。

活动中，学校主要负责“红村精神”教育活动方案策划、读本编写、讲解员招募等。为确保活动有序开展，学校组织宣讲员培训班、专题讲座等。为夯实红色文化宣讲基础，学校与红色文化宣传工作室等部门整合红色文化资源，开发读本《洪魏1944》《红色古窑》和视频课程《洪魏往事》；建立“教育+参观+体验”课程模式，开发建设古窑浦、洪魏红色精神、慈溪改革开放经验启示等系列专题课程和现场教学基地以及“不忘初心·四个一”体验式教学项目等。

红村精神红色教育　摄影：汤芳玲

近两年来，学校实验项目《立足本土资源，弘扬“浙东红村”精神的实验》成效显著，通过农村文化礼堂这一有效载体，不仅进一步挖掘了红色历史，提炼了“浙东红村”精神，还以研促建，加强了红色基地建设，以弘扬红色文化，让无形的红色精神可看可感，该项目被评为慈溪市社区教育实验项目一等奖、宁波市社区教育实验项目成果奖三等奖等。

做优做强“亲子教育”进农村文化礼堂活动项目

为创新家庭教育新模式，继承中华民族优秀传统文化，以“好家风”引领新风尚，掌起成校联合镇妇联、镇玫瑰公益志愿服务队，发挥社区教育与群团组织的优势，开展“亲子阅读进农村文化礼堂”实践活动。

近年来，该活动项目在陈家村、厉家村、戎家村、任佳溪村等文化礼堂设立了各式各样的“亲子学堂”，其中，在陈家村文化礼堂“车子屋民俗博物馆”开设亲子国学馆、亲子诗词诵读营，在厉家村、戎家村文化礼堂开设亲子阅读绘本营，在任佳溪村开设亲子教育实践基地。国学课堂每年举办两期，每期8课，绘本营每半月一次，课程内容主要围绕传统礼仪、经典诵读、绘本故事等，并安排有家风讲堂、素质拓展、全能表现力大赛、亲子阅读绘本展演等活动。

通过夯实亲子学堂基地建设，加强亲子阅读课程开发，优化亲子阅读师资队伍，构建“亲子阅读进农村文化礼堂”长效机制等，目前，掌起镇已打造出独具本地特色的亲子阅读活动品牌。自2017年启动以来，该活动大受社区居民欢迎，参与人数期期满额，至今已开展5期亲子国学教育，累计200余人参加，举办97场亲子阅读绘本营，共2500余人次参与。

作者：陆铭铭、周巧丽

山东省泰安市岱岳区职业中等专业学校

办好有标准有质量的中等职业学校

链接：泰安市岱岳区职业中等专业学校是“国家中等职业教育改革发展示范学校”“山东省产教融合示范单位”。2020年在《求是》主管主办的《小康》杂志社公布的“2020中国职业教育百佳县市”榜单中，岱岳区位列全国第17位，全省第四位。同年，山东省副省长于杰、教育部青年干部卢昊先后来学校调研职业教育创新发展情况。“十四五”以来，该校积极对接区域经济，调整专业设置，组建机电智能制造和幼儿护理两个专业群，开展计算机应用和数控技术应用两个现代学徒制试点工作，着手建设智能财税、建筑识图等6个“1+X”职业等级证书试点，着力打造3个省级品牌专业和9个市级“校企一体化育人”示范专业；扎实推动课堂革命，创新开展“理实一体、自主合作”“361”等教学模式，申报立项了2门全国性在线精品课程、9门省级精品资源共享课程，26门市级精品课程，建成了山东省大汶口陶文化研究传承平台和《珠宝玉石加工与营销专业》技艺技能传承创新平台，涌现出了“全国技术能手”王刚等优秀骨干教师。大力促进产教融合，与省内外70余家企业深度合作，建立产教集团。与山东特检、青岛海尔共建产教综合楼，投资5200万元，打造集培训、发证、就业为一体的机电仿真实训基地。2021年3月26日，山东省化工专项办来该校产教综合楼调研并给予了高度评价。

山东省泰安市岱岳区职业中等专业学校是一所集中等职业教育、高级技工教育、社会培训于一体的“国家中等职业教育改革发展示范学校”。在国家、省、市有关职业教育发展标准与要求的指引下，学校聚焦办好有标准有质量的职业教育，不断探索创新、开

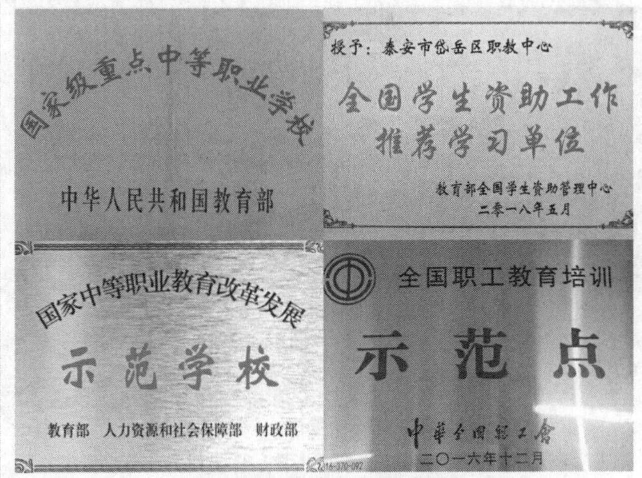

学校获得的部分奖牌 摄影：李伟

拓进取，驶入了高质量发展的快车道。

实施特色德育工程，厚植质量底蕴

做好学生思政工作和德育工作是学校教育实现高质量发展的基本前提。山东省泰安市岱岳区职业中等专业学校以习近平新时代中国特色社会主义思想为指导，牢固树立“五育并举”和“三全育人”理念，紧紧围绕社会主义核心价值体系，实施了“蓝领泰山”“1+4”特色德育工程。即坚持“立德树人、博能强技”1个中心目标；抓住4个关键环节，以“蓝领课堂”为主阵地，在传授知识与技能的同时，强化职业素养和工匠精神培养；以“蓝领英才”诚信积分管理为常规抓手，采取正面激励和负面惩戒举措，狠抓养成教育；以“蓝领泰山”志愿服务队为引领，开展特色德育实践活动，增强学生社会责任感；以“蓝领梦翔”校园宣传媒介为平台，弘扬优秀育人文化，打造积极上进的育人环境。“蓝领泰山”“1+4”特色德育工程实施以来取得了显著的育人成效，产生了强烈的社会反响。“蓝领泰山”志愿服务队荣获“山东省最佳志愿者组织”称号等。

落实教学标准要求，夯实质量基础

山东省专业教学指导方案和国家专业教学标准颁布后，学校积极选派骨干教师参加各级培训，邀请专家进校开展全员培训，全面深入学习研究国家和省级教学标准。在此基础上，学校制定了《关于推进“三合作”教学改革的意见》，深入推进以学生为中心、与社会生产紧密衔接、与高等教育相贯通的“三合作”教学改革。在学校“三合作”教学改革活动的推动下，各专业基于校企合作不断强化专业人才培养方案和课程标准的修订完善工作，共有10个专业获批市级“德技并修”人才培养方案建设项目；学校牵头开发了山东省《环境教育》中高职课程标准，共有15名教师参与了省级课程标准的开发，36名教师参与了规划教材的编写工作，开发校本教材55门，申报立项全国性在线精品课程2门、省级精品资源共享课程9门，建成市级精品课程26门。

抓住三条办学主线，明晰质量路径

学校积极落实“育训并举”要求，紧紧抓住升学、就业、培训三条办学主线，研究政策，探索规律，理清了服务于人才培养多元化成才和社会人员技能提升的高质量办学路径。按照学生意愿，分别组建了升学班和就业班。升学班围绕“一个高质量升学目标”，做到理念、管理、教学、教研、师资、设备、成绩“7个提升”，让职教高考成为学校高质量发展的新引擎；学校应届毕业生的高考报名率已达80%以上，高考录取率达98%以上，均高于全省平均水平。就业班以订单、定向培养方式，实施校企“双主体”育人模式。在社会培训方面，广泛开展学历进修培训、岗前入职培训、岗中技能提升培训等；同时面向企业、农村（社区）等设立了10余种技能提升培训项目，年均培训各类人员超过8000人次，形成了“开放式服务型”社会培训格局。

注重内涵项目建设，打造质量品牌

以职业教育创新发展高地建设、提质培优行动计划和省级示范性中职学校建设为抓手，立足区域经济社会人才需求，深入对接当地产业、企业、工作岗位，为地方发展培养千名有积极贡献的优秀技能人才，全力建设职业教育创新发展高地。目前，学校有4个专业获批省级品牌专业建设项目，有2个专业获批省级现代学徒制试点项目，有7个专业被评为市级品牌专业，有9个专业被评为市级“校企一体化育人”示范专业。机电技术应用和计算机应用2个专业教学团队被认定为“山东省职业院校优秀教学团队”，《中国古玉与玉文化》课程团队被立项为山东省职业教育课程思政创新团队，2个省级名师工作室在建，建成了22个市级名师工作室。“蓝领泰山”育人品牌已在社会叫响，近年来，毕业生中涌现出了“全国向上向善好青年”马广超等优秀学子及30余名创业典型、几百名企业优秀员工。

推进人才强校战略，强化质量保障

人才是推动创新发展的第一资源，高水平的师资队伍是实现学校高质量发展的重要保障。学校抓住“招、聘、培、练”四个关键环节，重点招录学历合格、有实际工作经历的高技能人才来校任教；从合作行业企业中高薪聘用骨干工程技术人员、高技能人才来校兼职任课；鼓励教师参加学历提升进修，推荐中青年教师参加省级、

学校环境优美，设施先进 摄影：李伟

国家级师资培训，派遣专业教师到企业顶岗锻炼，参与社会生产实际，参与生产工艺技术研发；立足课堂教学主阵地练兵，深入推进“课堂革命”，建立标准体系。近年来，学校新招聘教师45名，新录用26名高技能兼职教师，派遣278人次赴企业顶岗锻炼。完成校级创新课题研究120项，承担省级以上教学改革项目11项，获得山东省教学成果奖一、二等奖各一项，连续两年获得泰安市“匠心育人”特色示范课堂比赛团体第一名。教师王刚获得“全国技术能手”称号并享受国务院津贴，王东军等2名教师成为“齐鲁名师”培养对象，王海红等2名教师成为山东省青年技能名师培养对象，贾慧文等3名教师的课被评为山东省学习贯彻十九大特色示范课堂。

产教融合，校企合作　摄影：李伟

构建监控评价体系，提高质量效益

构建“四监控、四评价”教学质量监控评价体系，即对课堂教学、实训教学、实习教学、教研活动4个方面实施常规教学运行过程性监控，对办学思想创新性、专业与课程发展性、教学质量诊断性、办学效益增值性进行年度质量效益综合性评价。教学质量监控评价实行校部二级落实制度，学校职能处室按照工作分工对专业部进行监控评价，专业部对教师和学生进行监控评价。监控评价结果作为学校对专业部和教师进行年度考核、评优树先、奖励晋级的重要依据，以形成有效的激励奖惩机制。

学校教学质量监控评价工作已连续实施了5年，办学行为日益规范，办学质量逐年提高，办学效益更加彰显。学生、家长、用人单位和社会对学校办学的满意度明显提高，学校在泰安市教学质量综合评价活动中多次名列第一，“有标准有质量”的办学追求得以稳步实现。

作者：刘智、张连波、孟宪松

四川省剑阁县职业高级中学校

千锤百炼　树秦巴职教“标杆”

全国教育系统

先进集体

中华人民共和国人力资源和社会保障部
中华人民共和国教育部
二〇一九年九月

学校获评“全国教育系统先进集体”　摄影：王华南

时代前行的脚步，永不停歇，无可阻挡；教育发展的潮流，浩浩荡荡，勇往直前。

2019年9月，四川省剑阁县职业高级中学校（以下简称剑阁职中）被国家教育部、人社部联合授予“全国教育系统先进集体”，这不仅是剑阁职中办学历史上获得的最高荣誉，也是剑阁职中举办中等职业教育近40年来取得成就的见证。该校为广元职教事业的蓬勃发展做出了应有的贡献。

近三年来，剑阁职中高考升学人数逐年攀升，省市技能大赛奖牌总数居全省全市前列，为社会经济发展和脱贫攻坚培养了大批中高级技能人才。学校先后荣获“全国国防教育特色学校”“四川省法治教育示范基地”“校园足球特色学校”“学校质量管理工作创新奖”“省教育厅纪念改革开放四十周年竞赛活动优秀组织奖”、广元市“投身主战场、当好主人翁、建功新时代”创先争优优胜单位、2019中职学校技能大赛“优秀组织奖”“特别贡献奖”“学校安全管理工作先进集体”“学校食品安全管理先进单位”等众多荣誉。

这些荣誉的获得，得益于该校在长期的办学过程中，内涵积淀，特色发展，开拓出一条“地方性、技能型、特色化、合作式”具有剑阁职中特色的成功之路。

“教学做”合一，让每个孩子拥有一技在身

“家有千金，不如薄技在身。”学校紧扣产教融合、校企合作内涵，搭建融合高效的平台载体，政行校企共同发力，助力区域经济发展和脱贫攻坚。以“运行有机制、建设有标准、融合有平台、育人有协同、集团有内涵、试点有成果”统领产教融合工作，初步形成了“3个1”的运行体系，搭建了“3个1”的融合平台，“六共一体”，实现“三个服务”。

自2009年起，剑阁职中代表队在全国、省、市职业技能大赛中，获得团体奖、一等奖数量以及获奖总数、获奖率均居全市第一。2018年全省中职学校学生技能大赛上，该校取得了全省126所中职学校代表队中奖牌总数排名第二、综合排名第五的骄人成绩。

系列成绩的取得，源自全校教职工“构建多元实践教学体系，技能强校，培养‘剑阁工匠’”的明确共识。

该校基于产教融合平台，成立了剑门豆腐产业发展研究院，打造剑门豆腐文化陈列室，组织编撰剑门豆腐菜品文化册，举办剑门豆腐烹饪等活动，研究、开发剑门豆腐新产品，促进旅游服务与管理、烹饪专业改革发展，打造专业特色，提升剑门豆腐的产业竞争力和影响力。成立世界技能大赛冠军工作室，以服务教学和科研生产为原则，以提升人才整体素质和技能为核心，通过工作室的组建，加快培养一批青年高技能人才骨干，建立高技能人才技术技能创新成果和绝技绝活的传承机制，并将技术技能革新成果和绝技绝活加以推广。

充分发挥学校的教师资源、教学设备资源，形成了参与社会服务的运行机制与较为完善的制度体系，实现惠农、惠企、惠学三服务。组建农学、汽修、旅游服务团队，举办农村实用技术培训、扶贫专项培训、劳务品牌培训等实现惠农服务；开展企业员工技能培训及鉴定，实现惠企服务；借助学校的教学设备、教师资源、实训环境条件，开展研学旅行，实现惠学服务。

校园远眺　摄影：李晓霞

"我将要干什么，岗位是什么，工作是什么？"面对学生刚进入学校后十分迷茫的情况，学校通过加强对学生社会认知和专业认知的引导，夯实基础能力，促进职业素养。实行专业基础实训，每年至少组织一个轮次的学生走进企业、拥抱行业，体验岗位与工作，使学生逐渐认清自己，并对将来有一个实际性的规划，激发技能学习的信心；对专业技能进行分析解构，遴选编制适合学生技能成长的实训项目，从零开始，夯实基础技能，达成认知实践教学目标，搭建步入"工匠"大门的第一个阶梯。

"在剑阁职中学习的一年中，我逐渐找到了学习的自信，专业知识和文化知识方面都有很大提升，现在又有幸到丽水职高去学习，我觉得自己太幸运了。"剑阁职中汽修专业学生王跃超欢喜地说。

2018 年秋季开始，剑阁职中为落实浙江省莲都区与剑阁县人民政府共同签署的东西部教育扶贫框架协议，分期分批组织建档立卡学生共计 76 人赴浙江丽水职高进行了为期一年的技能提升培训和顶岗实习活动。学生赴浙江学习期间，交通费、食宿费全部由东西部扶贫专项资金支出，学生及其家庭不承担任何费用。

剑阁职中安排专门人员对这些学生实行"保姆式"管理。该校借鉴浙江地区职业教育发展的先进经验，在技能教学全面改革与贫困家庭子女技能提升、实现高质量就业等方面创立了可借鉴、可操作的模式。

完善实践教学，发展技术技能。学生对专业知识教学和专业技能的训练，由简单到复杂，由单一到组合，逐步向岗位看齐，并持续施加"工匠"标准和精神的要求，年年举办专业和学校两个层面的技能比赛，以赛促练、以赛促学，"小组工匠""班级工匠""年级工匠""专业工匠""学校工匠"，实践教学得以升华，能力得到进一步发展，达成专业实践教学目标，学生站到"工匠"的第二阶梯。

强化岗位训练，提高职业能力。良好的实践能力，为综合实训的开展奠定了坚实的基础。学校依据岗位需求，与合作企业一道创新实训项目，逐步加强综合实践训练，让学生"走出去，上岗位"，从而拥有了"底气"。要求学生从二年级开始实施分段分散实习，实习结束回校，由第三方在实训室进行现场考核，不合格必须"回炉"重修，岗位在学生心目中逐渐清晰。严谨的工作态度、精湛的技术技能、良好的职业素养……学生职业技能得到全面提升，在全市技能竞赛几乎囊括全部一等奖，省级竞赛成绩逐年攀升，直至获全国二等奖。

多元化人才培养模式，让农家儿女圆大学梦

2018 年 7 月初，国内前十强电梯企业与杭州职业技术学院的用人签约图片新闻，在剑阁职中内部群中传递，大家都为学校丁聪聪学生高薪就业感到高兴。

"感谢母校的培育，让我学有所得，综合素养得到很大提升，毕业就实现高薪就业。"剑阁职中电子专业学生丁聪聪感激地说。

在剑阁职中，像丁聪聪一样高薪就业的学生数不胜数。该校结合学生实际情况，把从电子专业毕业的学生送到杭州职业技术学院开展为期 2 个月的集中电梯结构标准、电梯安全操作、机械调整与维修、电梯电气维修、电梯季度保养、扶梯结构与标准等 8 个模块的高强度、高水平专项培训。

丁聪聪也参加了集中培训并担任班长，两个月的参训让学生们收获不少。丁聪聪实习阶段的工资就达到了 8000 余元。

高薪就业仅是剑阁职中构建学生成才的多种平台，圆家长"望子成龙"梦及学生成才梦的一个缩影。

学校开设建筑工程施工、机械加工技术、物联网技术应用、计算机技术、学前教育、旅游管理与服务等 10 多个专业，为满足学生及其家庭个性需求提供了可能。近三年，学校参加高校招生考试的人数、升学率逐年上升，有 1200 余名学生通过高职单招、技能考试、普通高考等渠道升入四川农业大学、宜宾学院、四川建筑职业技术学院、四川工程职业技术学院等高职院校学习深造。

学校还同绵阳职业技术学院、宜宾职业技术学院等五所高职院校签订了合作协议，开通了"3+2"五年一贯制、"3+3"中高职衔接成长平台，为学生直接进入国家示范高职院校、骨干高职院校架设了桥梁。体育、舞蹈等特长生通过特长考试、技能大赛获得成绩优异者，可以免试进入高职院校学习。

对于立志成为优秀技术工人的学生来说，学校也为他们提供了畅通的就业渠道。一方面依托国家职业技能鉴定所开展 17 个工种的中、高级职业技能等级鉴定和 6 个工种的"1+X"证书试点工作，为学生就业提供资格保障。另一方面与广东盛威尔、吉利汽车集团、上海地铁、眉州（北京）东坡等企业建立稳定合作协议，为学生在北京、上海、广东、浙江等沿海经济发达地区就业架设了桥梁。

剑阁职中通过中华职教社携手开展师资培训、专业建设、合作办学、信息化建设等合作，签订 6 个校校合作、校企合作协议。实施"星火计划"特种技能型人才定向培养，星火计划由西奥电梯与杭州职业技术学院联合举办，采用"免费培养，定向就业"的模式，培养的学员全部在西奥电梯国内各服务站点就业，协议起薪 4000 元，通过资助一人、就业一人，致富一家、带动一方，助力脱贫奔康。

据统计，全县先后选送了三批次 10 名建档立卡贫困户学生和 2 名老师参训，结业学生顺利就业，真正实现了"培养一个学生，脱贫一个家庭"的目标，受到社会各界广泛赞誉。

注重个性化教育，让每个学生人生出彩

"蜀道科普大讲坛"让学生了解家乡、热爱家乡；禁毒教育走进校园，让学生了解毒品、畏惧毒品；人民法院巡回审判活动，让学生知法、懂法、守法；剑阁旅外人士以"生命健康，圆梦理想"为主题举办讲座，强化学生生命意识，引导学生树立正确人生观……剑阁职中开展丰富多彩的活动，以活动为载体，落实课程育人、文化育人、活动育人、实践育人、管理育人相结合的原则，尊重学生个体差异，让每个学生人生出彩。

2019 年 4 月，学校男子篮球队荣获市青少年篮球比赛中职组第一名，女子篮球队获得第六名。同年 11 月，学校荣获市青少年学生田径运动会（中职组）第四名及体育道德风尚奖。

丰富的校园活动，旨在着力培养学生学习兴趣、爱好特长，让学生实现差异化成长。学校坚持德育为首，不断完善德育管理和工作体系。秉持“一中心、两基点”德育理念，采用“三结合、五并举”育人方法，形成了“一室五线、三层四方”的运行模式，法治教育“四法”特色、“微笑服务岗”模式在全市推广，使立德树人根本任务得以落实。

学校坚持理想信念教育、社会主义核心价值观教育、中华优秀传统文化教育、生态文明教育、心理健康教育“五育并举”。研学旅行活动，使学校课程、德育体验、实践锻炼有机融合；每月一次的专业部学生教育例会、内务卫生督查、仪容仪表检查，规范了学生言行，让他们养成了良好的学习生活习惯，懂得了遵章守纪，实现了活动育人、实践育人、管理育人的有机结合。

剑阁职中优秀毕业生代表石洪康，是学校2011届机械加工专业学生，学习期间，成绩一直名列前茅，以优异的成绩考入四川农业大学机电学院农业机械化及其自动化专业，并荣获2011年四川省优秀毕业生，2018年考入西南大学机电控制系统专业硕士研究生。

在四川农业大学读本科期间，石洪康曾荣获“优秀学生干部”“暑期社会实践校级优秀个人”等荣誉。工作期间，石洪康成为国家蚕桑产业技术体系机械化研究室业务骨干，荣获“2017年南充市科技进步二等奖”“2017年四川省科技进步二等奖”“2018年四川省科技进步三等奖”。作为项目主持人，主持四川省科技计划项目1项、四川省创新能力提升工程项目1项。作为主要研究人员，参与国家蚕桑产业技术专项、四川省科技计划项目、南充市科技计划项目多项。申报国家发明、实用新型专利10余项。读硕士期间，石洪康研究方向为机电一体化技术、智能控制技术以及物联网技术在农业领域的应用，累计发表论文3篇，荣获“2019年全国高效人工智能创新创业大赛全国二等奖”。

星星之火必将“燎原”。近年来，剑阁职中专业布局日益完善，人才培养质量全面提高，学校先后被评为“全国德育工作先进单位”“国防教育特色学校”“四川省文明校园”“四川省中等职业学校内务管理示范校”“四川省法制教育示范基地”“四川省五四红旗团委”“四川省法治教育示范基地”“广元市安全管理先进集体”。

四川省大竹县教师进修学校

研训促进发展　开放成就未来

大竹县教师进修学校校长郭健在全县校本研修培训中讲话　摄影：王卫东

2020年10月19日，在四川省大竹县教师进修学校四楼会议室举行了大竹县公安局教育培训基地授牌仪式，标志着大竹县教师进修学校迈出了从单一的针对教育系统的培训到开放的社会办学的坚实一步。

近年来，大竹县教师进修学校以“引领教师成长，服务基础教育”为立足点，求变创新，同时拓展学历教育和非学历教育的版图，取得了良好的社会效益，书写了学校发展的新篇章。

从“输血”到“造血”，提升整体教学水平

大竹县地处川东丘陵地区，境内成“三山两槽”的平行岭谷地形。三山之间为宽阔的槽谷，槽谷东西称为“山前”“山后”，山脉的阻隔，造成教育发展总体不均衡。怎样加大教师培训力度，培养更多的优秀教师，满足和服务好不同层次学校的需求？大竹县教师进修学校的培训工作从调研开始。

在2019年的“不忘初心、牢记使命”主题教育中，学校校长郭健通过培训班问卷调查、基层学校座谈会和校长交流会，写出《大竹县教师培训的现状与对策研究　》的调研报告，带头为大竹教育把脉问策。

“我们要把培训融入县域内的校际教育联盟体系，从单一到多维、从孤立到融合提升整体教育水平，同时加大对校本研修的培训力度，兼顾校园文化共性和个性的。”2020年，在谈到中小学课程培训指导标准时，郭健强调，“师德修养、班级管理和专业发展三个教研室要做好课程的设计和编排，提升我校教师研究问题、解决问题的能力，让教师培训从满足需求，到引领需求。”

这种“基于需求、满足需求、引领需求”的新型教研教学模式，通过学习、研究和实践，激发了培训者的教学活力。

针对高中教师对高考最新热点的把握不够，每年5月聘请了成渝的一线名师做“全国卷高考信息与复习策略”专题培训；为解决薄弱学科的师资问题，不定期开展了书法和信息技术等薄弱学科的强化培训；关注中小学生的心理健康问题，聘请一线心理治疗师为心理健康教育教师提升咨询能力；为提升干部的教学管理水平，采取了讲座和跟岗的形式组织校长和副校长培训。

创新的形式和丰富的课程让一线教师把培训学习转化为教学能力。

在2021年的退休教师座谈会上，曾经参加“送教下校”活动的老大竹进修校人，对当前进修学校的变化，用了从“输血”到“造血”这一个形象的比喻。

为稳固好教育传承，规划出“125”的教师发展蓝图，即用5年时间，培养1000名青年骨干教师、200名卓越教师、50名竹乡名师，把“造血干细胞”播撒在山前山后，以带动全县教学水平的整体提升。

从“线下”到“线上”，提高教师培训效果

“这次培训，急学员之所需，想学员之所想，不仅在网上为我们送来了初中数学空间与几何教学的‘营养大餐’，而且还现场指导我们如何进行有效的空间与几何课堂教学，具有很强的操作性，我的收获颇丰。”2019年国培项目结束后，周家中学数学教师潘松不禁感慨道。

在大竹，像潘松一样获得快速成长的老师还有很多。

校长郭健给新教师做专题讲座　摄影：王卫东

学员在心理健康教育骨干教师培训中做团体沙盘实操练习　摄影：王卫东

近年来，针对乡村学校“远、散、小”等现实情况，大竹县教师进修学校结合乡村教师底子薄、能力弱、任务重等现状，纵横对比资源薄、平台差、体系弱等现实，打破常规传统培训模式，尝试将“送教下乡培训项目”与“乡村教师工作坊研修项目”进行有机整合。参培教师既能在网上学习，也能在培训现场集中观摩，前沿理论和高标准示范的结合，使培训效果得到显著提升。

与“国培”一样，从2019年的中小学教师全员培训开始，大竹县进修学校和继教网等专业培训网站合作，开始了线上和线下同时培训。这种项目的整合实施，不仅弥补了本土优质资源的不足，而且让本土资源与远程资源得到了互补互鉴，实现了“想学能学、随时可学、处处有学”的常态化。

2020年3月，在中小学心理健康教育教师骨干教师培训中，首次邀请教育系统外的临床医生为学员讲课，并在培训结束后，安排专人在线上跟踪和指导培训学员在日常心理咨询的情况和工作，做到学习不散场。

从“包容”到“开放”，助力全民终身学习

大竹县刘保华副县长在出席大竹县公安局教育培训基地的授牌仪式后，参观了学校校园，非常感慨地说道，进修校可以把围墙全部推倒，办成一所没有围墙的大学。

拆掉“围墙”，在面向教育系统的师培干训基础上开放教育，服务县域文化教育，是大竹进修校人在与时俱进、深入思索中做出的准确判断。

20世纪90年代以来，随着中小学教师学历达标任务的基本完成，县级教师进修学校的发展走入低谷，其地位被边缘化、功能被淡化、业务被分化。面对这些现状，大竹进修校人在不断地思索：在完成教师学历提升的这一历史任务后，怎样更好地利用现有平台为学校谋求长远的发展呢？为此，大竹县教师进修学校整合现有资源，拓展教学服务领域，提出了“一体两翼”的发展战略，即在做好教育系统的师培干训的同时，加强学历教育和非学历教育的教育服务功能。

一是扩大学历教育的规模。学校利用四川开放大学大竹分校和四川文理学院大竹函授站的“三块牌子、一套人马”，面向社会招生。设立招生服务中心，扩大社会影响力；全员参与招生和班主任工作，做好班务管理工作；更新教学设施，为学员提供良好的学习和考试的环境。目前，在册在读大学本专科近2000人，其中2019和2020年全年学历教育招生达600余人，学员来自社会各个领域。连续三年被省电大表彰为“先进县级电大”，被四川文理学院表彰为“继续教育先进集体”。

二是做好非学历教育的培训。学校和社区开展合作，进行家庭教育；和财政及组织部门合作，进行相关培训；聘请专家对高三学生进行考前的针对性集体辅导；和四川省家庭教育专委会达州分会合作，为教师提供心理辅导；2020年，和大竹县公安局合作，为公安系统提供学历教育和理论培训。

通过几年的探索，大竹县教师进修学校构建了上挂高等教育机构，下联中小学校的立体化教师教育培训模式。同时在师培干训中采用“请进来、走出去”的工作思路，把成渝地区的教育专家请进来开展讲座，把干部和教师送到教育发达地区跟岗学习。

资源的整合与开发，准确定位县级教师培训机构教育服务立校的方向，消除教育信息的壁垒，联结教育教学的需求，大竹县教师进修学校踏上了立足长远又根植现实的新征程。

作者：郭健、陈莉娟、王卫东

天津市南开区西营门外小学

润心，建设一所有温度的学校

“教育最深层的还是人性的东西，这是我多年教育实践最大的心得。学校应追求教育本质回归，让学生在获取知识和能力的同时，获取向上、向善的情感体验和心灵感悟，成为一个真正的人。”天津市南开区西营门外小学校长张伟感慨地说，教育是浇灌、滋润、等待的过程，“润心”是教育的本质，以人为本，维护人的尊严。从“润心”的维度理解课程的深层内涵，能给课程的开发带来新的视角。

近年来，西营门外小学在传承“播种希望的种子，为师生的幸福人生奠基”办学理念的基础上，逐渐形成以“润心”为核心的办学特色，以“小公民润心课程”体系为根本，逐步建立学校课程建设基本框架，注重养成教育，努力办一所有情怀、有温度、有故事的老百姓信任的好学校。

整体建构，撬动学校育人模式变革

在“润心”办学理念引领下，学校确立了“办一所具有南开内涵、南开特色的示范小学”的办学目标，确定了学校的质量灵魂、师生的仪表格言以及治校方略等。

校园外景

在总结办学经验的基础上，校长张伟专门提出了师生"源动力"发展的两个目标：一是教师"常怀仁心有善术"，二是学生"为了成长而读书"，凸显了"弘扬中华传统文化，为孩子们种上价值的种子"的办学特色。

"这样的整体性建构，实质上是反复找'魂'、用'魂'和强'魂'的过程，这个过程使我们在学校文化建设过程中多了实践的自信。"张伟如是说。

围绕办学目标，学校大力开发润心学堂校本课程，以学生发展为本，切实开发心理课程、活动课程、社团课程、班会课程、家长会课程等，构建了一套完备的课程文化。

一方面，学校着力创建"五环导学"课堂文化，强调教师反思要在学生上课后的感受和收获上下功夫。另一方面，确定了要具备"育德、启智、健美、怡心"等功能的环境建设思路。

学校大力弘扬以"尊重、责任、仁爱"为核心的价值引领，并将其落实在日常教育教学等各项管理工作中；努力营造职业情怀感召下的教师自觉，以教师专业化发展课题为引领，建立完善价值引领机制、读书学习机制，风采展示机制、研修提高机制、青年成长机制等。

精准定位，确定办学方向和培养方向

学校把培养合格的小公民作为办学方向和培养目标，概括为"有文化，懂生活，善交流，强健体，有爱心，敢担当"18个字，并且以"润心学堂"为载体，坚持内涵发展，文化办学，构建"小公民润心课程"体系，探索现代化管理模式，逐渐形成独具特色的"爱JING"文化。

"学校润心校本课程的开发，不仅弥补了国家课程开发的不足，而且有利于形成学校办学特色，满足个性化的学校发展，还有利于教师专业水平的提高和学生主体性的发展，真正满足学生生存与发展的需要。"据张伟介绍，学校结合"爱JING"文化、德育的"五日学"、教学的"五环节"、党建的"五个一"模式、后勤的"五真行动"，践行社会主义核心价值观，培养师生美好品质。

在"互联网+"时代，教育更加呼唤课程的丰富性、多样性和选择性。为此，学校本着时时处处皆课程的理念，从德行、知识、礼仪、体魄、审美五个维度，构建了"小公民润心课程"的基本结构。

据该校副校长邵云静介绍，学校课程的五大类：学科+活动特色课程、小公民生活常识课程（传统节日、礼仪、公德与私德等）、一日常规课程、专题聚焦课程（如生命教育、安全教育、挫折教育等）和兴趣爱好课程（社团、兴趣小组），每周活动2次，每次1小时。为了让评价多元立体，学校放手让学生参与学校管理，修订班级五项评比标准和方法，期末以"游园会"的形式展示学生成果。

经过六年的学习，使学生成为有远大志向、有规范意识，诚实守信，拥有丰富的科学文化知识，热爱生活，善于交流，身心健康，充满朝气的快乐的现代小公民。

立足实际，积极构建学校课程体系

"小公民润心课程"体系，遵循了儿童身心发展的阶段性、顺序性和不平衡性三大特点。在办学宗旨和育人目标的指引下，学校打造出基础性课程、经验性课程和拓展性课程三级课程，实施过程就是对学生润心教育的过程。

张伟解释说，"小公民润心课程"为学生的发展提供了多种可能性，促进了每个学生的个性发展；"小公民润心课程"是与美好相遇的过程，让每个学生都成为最好、最美的自己；"小公民润心课程"是在润物细无声中逐渐渗透教育，让学生获得身心的成长。

围绕"润心"这一目标，学校开发了多种校本课程，如《古诗文读本》《走近伟人周恩来》《播种安全的种子》等。邵云静介绍，"小公民润心课程"体系在实施过程中，将课程融合与独立设置相结合，关注学生终身发展的内在需要、着眼于学生个性的全面发展，这也是课程实施的根本价值追求。

随着课程建设的深入开展，学校初步形成了"1+多一点"课程体系："1"就是国家课程标准，"多一点"是教师对课程建设的构建，教师把各个学科课程标准，结合学生已有的经验构建，落实到每节课。

谈到学校课程建设未来的发展，张伟表示，下一阶段，学校将主要探讨"1+多一点"课程模式如何在学科建设上发挥指导作用，学校将组织课程小组骨干教师撰写"1+多一点"补充学习资料，学科涉及语文、数学、英语、体育、美术5个学科，使"1+多一点"思想在课堂上落地生根，促进学生综合素养的提升。

在课堂教学中，教师为学生设计、创设一定的情境，或者唤起学生对以往情境的回忆，帮助学生在知识与现实生活间建立起某种联系。

例如，语文教师董玉娟讲授《自然之道》一课，在学习第三自然段时，她抓住"欲出又止、踌躇"这两个关键词语帮助学生理解幼龟的心理活动。学生借助工具书找到这两个词语的解释，但从课堂朗读环节可以看出，学生对这两个词的理解仅仅停留在字面上，因为学生的朗读做到了正确、流利，却无法让听者体会到"欲出又

思政教育进校园

老劳模为孩子们上"四史"教育课

止、踌躇”。

董玉娟启发学生：“想一想生活中你有没有举棋不定的时候，当时你的内心是怎样的？”在老师的引导下，学生成功地表达了幼龟试探的心理。“在读中理解，在读中感悟”成为教师们的共识。教师要恰当而准确地利用“朗读”这一媒介深入文本，在情境中运用多种方式练读。很多时候，教师在教学中运用‘1+多一点’的思想，往往会收到事半功倍的效果。

供稿：张伟、孙彬　供图：西营门外小学

山西省吕梁市离石区水西小学

“破茧”而出　逆势而上

离石区水西小学校长 冯宝荣
我们努力地抓住这次特殊的教育机会

水西小学支部书记、校长冯宝荣接受媒体采访

链接：冯宝荣，女，汉族，大学文化，中共党员。现任吕梁市离石区水西小学党支部书记、校长。曾获山西省优秀班主任、山西省教学能手、山西省学科带头人，吕梁市教学能手，离石区名师、离石区学科带头人、离石区先进工作者等荣誉称号，2016年获“山西省小语会理事”、山西省“三优工程”二等奖。曾承担研究多项课题，省级课题《培养学生数学实践能力的研究》已结题；申报的国家级课题《素读经典对激发学生学习兴趣的积极作用》，已被列入中国陶行知研究会“十三五”教育科研重点课题《素读经典在中小学立德树人实践中的应用研究》子课题，正在研究实施中。

她，曾经是一所村办小学，也是典型的城郊学校，教学环境简陋、教学设施设备落后。学校离城区只有一河之隔，但教育质量却差之千里，本村的孩子不愿意留村就读，外边的学生更不愿意进来，学校学生人数在逐年下降。

现在，她吸纳了更多的外来务工人员子弟，学校办学规模、学生数量开始逐年增长，“五子登科”的队伍管理理念、“1361”式的课堂教学模式，早已经让这所城郊学校名声在外，“若水课堂”、经典素读、社团活动亮点频现……

她，就是山西省吕梁市离石区水西小学。今昔对比，用“破茧”来形容这所学校的发展最合适不过。2017年以来，学校在全力盘活优化学校教学资源配置的同时，注重加强学生核心素质的培育，正打破城郊学校发展中的固有格局和陈旧理念，在义务教育优质均衡发展的路上，“破茧”而出，逆势而上。

立足“朴素”理念，办出内涵教育

“刚来学校那一年，学校教学环境确实不行，只有一栋教学楼，学校操场也是破烂不堪，其他教学设备更是跟不上，教师们精神状态也不是很好。”2017年8月，面对硬件、软件、师资、生源都很薄弱的状况，冯宝荣来到离石区水西小学担任校长，她把眼前看到的一切归纳为两个字“朴素”。

作为一名从教学一线成长起来的教师，冯宝荣总觉得，“最朴素的，往往是最美丽的。教育亦如此。”来学校那一年，离石区水西小学也从一所村办学校成为了离石区教育部门直管学校。学校提出了“德为根，爱为魂”的“若水教育”思想，把“上善若水　心暖花开”作为校训，通过创建“若水管理、若水教师、若水课堂、若水课程”来营造“若水校园”文化，培养学生具有“水性”般高尚的人格，塑造学生不畏艰险、勇往直前的进取精神，与人为善、海纳百川的气度和胸襟。

与此同时，学校依托中华优秀传统文化破解学校教学难题，秉承“用朴素的教育，教育出朴素的人”的办学理念，“成就最好的我，让他人因我而幸福”作为师生终极成长目标，用中华优秀传统文化打造一所有灵魂的学校。

“优美的校园环境能陶冶性情、规范行为、启迪心智。”走进水西小学，从围墙到专栏、再到橱窗，处处传递着校园文化精神：教学楼一到四层分别以“诚信、书法、国学、体艺”为主题进行设计，潜移默化中对师生进行社会主义核心价值观及中国传统文化的传承与教育，每个成语、每则故事、每幅画面都传递着学校对师生的美好期待，让师生铭记历史、懂得感恩、学会传承、勇于创新，师生得到熏染、陶冶，浸润着每一个学生的成长！

现在，或漫步在校园，或走进学校文化长廊，无不让这所学校传统文化的氛围所震撼所感染。

创新“五子登科”方式，构建“学习型”教师队伍

一支业务水平高、政治素质好、有创新活力的教师队伍，是一所学校实现内涵发展的根本。“只有使教师人尽其才、各施其能、精诚团结、分工合作，才能更好地让学生获取知识、养成品格，全面发展。”作为学校的“掌舵人”，冯宝荣更懂得教师培养工作的重要性。

离石区水西小学要求每位教师把自己培养成一门“经典课程”。从言传身教，到最基础的课程教学，再到学科素养的形成与提升，都要让学生敬其师，效其行。学校在教师培养方面，采用“五子登科”的方式，构建“学习型”教师队伍。“五子登科”，即骨干教师“压担子”，学习培训“打底子”，青蓝教师“结对子”，专家引领“架梯子”，教学比武“搭台子”。

学校的每位骨干教师、中层领导除了要代课外，还得兼任班主任，不仅要做好学校的学科研究、教学管理工作，更要在教学任务上起到学科带头作用，让学校教学质量在“传帮带”中提升；学校多次组织教师队伍远赴长沙、北京、江苏、厦门、太原等地参加教学业务培训，不仅拓宽了教师队伍的教学视野，而且提升了教学业务水平；2017年以来，学校主动对接离石区东关小学，多次组织“同课异构”活动，使得优质学校和后起学校资源能够均衡共享，真正起到了助推发展的效果；2018年3月，学校加入“中国新样态学校联盟”第二批实验校，同年12月，加入国家社会科学基金教育学一般课题研究联盟组块教学实验校。2019年5月，学校加入全国学校体育联盟（教学改革）实验学校，同年11月，加入中国陶行知研究会“十三五”教育科研重点课题《素读经典在中小学立德树人实践中的应用研究》

实验校，通过“专家效应”“名课带动”，来推动学校教育教学改革；在平常的教学教研活动中，学校注重为每一位教师提供施展平台的机会，公开课、教学大比武等活动激发了每一位老师的教学热情，提升了学校的教学活力。

推行“1361”教学模式，打造高效课堂

教学改革的关键在课堂，离石区水西小学从转变教育观念抓起，积极倡导教师找学生特长、优点，多赏识少批评。用“放大镜”找学生的闪光点，让学生在鼓励中找回自信。要求教师在教学中大胆放手，把课堂还给学生，从根本上转变“灌输”与“接收”的传统教学观念，变“要我学”为“我要学”的新样态，充分尊重每一个学生，做到循循善诱，润物无声，时刻关注学生的学习状态，适时调整自己的教学行为。

在教育教学中 ，学校推出“1361”课堂教学模式。“1”是指一个教学理念：“润物无声”。“3”是指三个为主：以教师为主导，以学生为主体，以问题为主线。“6”是指六个环节：激趣导入—问题引路—互动合作—展示汇报—点拨释疑—达标巩固。“1”指一个教学目标：提高学生核心素养。

“创新教学方式，让课堂变得有活力有生机，不搞‘满堂灌’，让学生成为主体，激发学生学习兴趣，真正做到提升学习核心素养。”冯宝荣认为，一个优质的课堂，教师应该是一个导演，让学生尽情发挥扮演好自己的角色，这样的课堂才会更高效更有质量。现在，在离石区水西小学，每一位教师的课堂，都在全面开展灵动、和谐课堂创评活动。活动中，积极创造师生互动、生生互动、合作交流、和谐共生的课堂教学氛围，从而实现教学相长。

近年来，学校还大胆探索和创新德育工作，构建出文化铸魂、活动修身、继承传统、推陈出新的“若水课程”。晨读课上，学生们素读经典；周五的社团活动中，开设有健体、才艺、主题、节日、修身、典礼、班本等课程，基本实现了“一班一品”，每节课有特色、每堂课能出彩的效果。

没有“破茧”的阵痛，就不会有蝴蝶色彩斑斓的双翅。今年夏天，离石区水西小学迎来了又一次大好发展机遇：2020 年秋季学期，离石区教科局推行集团化办学模式，整合优化教育资源配置，将离石区水西小学和龙凤小学组建为龙凤小学教育集团，破解了学校发展不均衡，不充分的问题，以此来扩大优质教育资源覆盖面，整体提升学校办学水平，让每一个孩子都能享有公平而有质量的教育。

破茧而出！

随着办学模式的改革，离石区水西小学必将实现学校改革发展和推动全区义务教育均衡发展“双丰收”。

安徽省合肥经开实验高刘小学

借道超车 打造优质教育

合肥经开实验高刘小学新校启用仪式，合肥市委常委杨伟与师生家长代表按动启动球

链接：合肥经开实验高刘小学由合肥经济技术开发区管委会举办，经开区社会发展局负责管理。学校始办于1938年，委托“乐达教育”阮厚广、邵忠德专家团队全面管理，更名为“合肥经开实验高刘小学”，服务人口约6万，是经开区学区最大的小学。学校以育人为核心，彰显学校飞翔文化特色，培养有梦想的师生；以课程建设为抓手，构建适合学生发展的“梦想”课程体系；依托课程建设全面实施素质教育，培养“志高行远”的高小好少年；朝着“让学生享受最优质的教育，让学校成为崇尚美德、勇于创新、书香飘溢的美丽校园，成为江淮基础教育的一颗璀璨明珠”的办学目标逐梦前行！

安徽省合肥经开实验高刘小学始办于 1938 年，2018 年 9 月迁入投资上亿元的新学校，委托乐达教育专家团队全权管理，秉承“把每一个孩子都放在心上”的办学理念，遵从“志高行远”的校训，朝着“让学生享受最优质的教育”的目标，致力于将学校打造成为崇尚美德、勇于创新、书香飘溢的美丽校园。

合作办学，借道超车。两年来，借助经开教育强劲东风，全体高小人凝心聚力、规范办学，实现了空港居民圆梦优质教育的华丽蜕变：养成教育初见成效、少年宫课程丰富多样、主题活动精彩纷呈、家校合作和谐共融、教研教改成果斐然、教学质量稳步提升，办学成果得到周边群众广泛认可。

抓德育、抓活动，落实立德树人根本任务

育人先育德，德育是学校工作永恒的主题。近年来，该校以人为本，不断开拓德育新思路，发挥德育整体效益，对学生教育爱之以德、育之以德，营造出既有生活气息，又富有个性化、人文化的育人氛围，培养学生良好的思想道德品质。

凭借德育教育实施主题，充分利用开学典礼、升旗仪式、班队会等常规教育课程，组织开展多元化活动，让学生成为小主人，发挥学生的主观能动性，将中华美德、爱国教育、理想教育、感恩教育、劳动教育、文明礼仪教育等落到实处。

在德育中渗透传统文化，丰富德育内涵，通过将小学生必读古诗张贴走廊、师生共读“童心诗语”、校园广播播放古诗等，让孩子们在潜移默化中被传统文化熏陶。

德育对孩子更多的是养成教育，如何落实养成教育？合肥经开实验高刘小学利用橱窗、板报、墙报、讲座等形式，宣传文明礼仪要求，内化中小学生守则和小学生日常行为规范；以“服装礼仪”“课间安静不追逐”“进出校门列成队”“文明就餐，光盘行动”等为主要内容紧抓学生行为习惯，以“文明礼仪在行动”为主线设计示范视频，以班队会为主阵地正面规范文明行为；发挥少先队文明监督岗、图书角执勤岗的示范引领作用，实行学生自主管理、自我约束。

此外，学校先后开展了“我心中的好老师”绘画展、“中秋佳

左图为学校主题雕塑——初心；右上图为胡亮老师获得 2019 年合肥市小学数学苏教版课堂教学评比一等奖；右下图为合肥电视台采访合肥好人解凌云老师

节画报展”“国庆 71 周年合唱比赛”“入队仪式暨校少工委成立活动”、爱国主义观影等多种文化活动，以此丰富校园文化生活，让孩子们拥有更多展示自我的机会，在活动中增长见识、锻炼能力。

关爱特殊儿童、关注学生心理健康是学校今年的一项重点工作。学校成立了心理辅导站，由 6 名兼职心理教师轮流在岗，班主任为学生心理健康第一责任人；先后开展一系列青春期讲座；邀请合肥经开区心理专家团队到校讲座和团辅；校党支部牵头半年组织两次大家访；积极帮扶贫困儿童，如库尔兹公司连续三年资助 20 名孩子、刘成玲女士捐赠整个童装店、联想科技公司捐赠 50 台新款电脑和 7 套儿童编程套装等，受助儿童满怀感恩之情，立志将来回报社会。

引资源、引理念，合作办学助推教育均衡

三年来，以新优质学校创建为契机，在合肥乐达教育团队的专业引领下，学校以学生发展、教师成长为根本，大力推进教育科研、创新开展校本教研，不断提升丰富课程内涵，着力向课堂要质量，仅 2020 年全校师生在各级各类比赛中获奖达 492 人次。

优化课程，推动学生全面发展。学校在落实国家课程的基础上，紧扣“知行合一”的课程理念，开设了体现“梦想飞翔”文化内涵的校本课程，生动有趣的校本课程包括乡情系列、航天航空、民俗器乐、文明礼仪、劳动素养五大类，所有课程进入课表，并建立一套统一的评价体系。

学校为了实现每位学生的个性化发展，联合特色社团组织机构，精心打造“快乐时光”“精彩三点半”“多彩少年宫”三大学生选修课程品牌，并开设“趣味编织”“乐动魔方”“巴乌声声”等各类社团 40 多个，让学生以走班形式进行选修，受到学生、家长们的普遍欢迎。

搭建平台，促进教师专业成长。学校从每一位教师的切身利益出发，制定促进教师专业成长相关制度，用制度推动、以氛围拉动，实施常态化教研工作。其中，每周半日的高质量学科教研活动，由学科组集体备课，落实“122”评课模式等，在全校形成了乐学、肯学、比学的良好学习氛围；借助南北联动和支教共研等形式提升专业水平，靠引领促动，实行“青蓝工程”，新老教师结对帮扶、优势互补，发挥明珠人才、骨干教师团队的榜样示范作用，打造一群思想先进、业务精湛的“领头雁”，激励全体教师积极向前。目前，学校正在落实“双培养”机制，即把优秀教师培养成党员教师，把党员教师培养成学校领导；以活动带动，通过外出学习、交流、赛课、展示等活动，让每位教师都有实现自我的舞台和前进的动力。

当前，学校教师工作热情高涨，合肥市数学课堂竞赛一等奖获得者胡亮老师、“庐州最美教师”（提名奖）荣誉称号获得者解凌云老师等一批优秀年轻教师脱颖而出，一支业务精良、师德高尚、充满活力的高素质教师队伍逐步形成。

学科技、学艺术，少年宫绘就萌娃七彩梦

高刘小学乡村学校少年宫自 2011 年 9 月创办，现有 14 个项目，26 个教学班，73 节周课时，17 名校内外辅导老师，活动内容涵盖艺术、德育、体育、科技和传统文化五大类，600 多名孩子入班学艺。

每当下午放学，参加少年宫活动的学生按课程安排有序步入各自活动室，在轻松愉悦中度过美好的一天。双休日和节假日，少年宫更是留守儿童的最佳去处。九年多来，学校少年宫提供全免费、全方位服务，深受学生家长的好评，先后获得“安徽省优秀乡村学校少年宫”“合肥市第二届优秀社区‘教育活动品牌’”荣誉称号，并连续五年被评为“合肥市优秀学校少年宫”，少年宫“天之韵”民乐社团还被评为“合肥市优秀学校社团”。

更高平台，更优团队。如今，毗邻新桥国际机场，学区包括十三个行政村和四个居委会的合肥经开实验高刘小学，拥有学生 1576 人，教师 112 人，其中安徽省特级教师 1 人，高级教师 5 人，合肥市骨干教师 7 人，合肥经开区名班主任 1 人、名教师 1 人、学科带头人 3 人、骨干教师 11 人、教坛新星 1 人，在外支教教师 7 人。

合作办学两年来，学校先后获得全国“走进新时代、争做好少年”主题教育先进集体，“安徽省近视防控示范校”“安徽省阳光大课间活动一等奖”，合肥市第三批“新优质学校”、合肥市“百姓身边的好学校”以及市区级“平安校园”“优秀学校少年宫”等十多项荣誉称号。

作者：吴化国

山东省济南市制锦市街小学

探索基于真实生活的三全育人路径

开学第一天，每一位制锦学子种下自己的微习惯

链接：济南市制锦市街小学坐落在风光秀丽的大明湖畔，始建于1905年，至今已有116年的历史。学校自1988年连续获“省级文明单位”称号，被评为“首批省规范化学校”“首批省教学示范校”“首批省文明校园”“全国红旗大队”“山东教育系统先进基层党组织”“济南市教育系统先进集体”“济南市首批领航学校”“济南市十大书香校园”。学校秉承和谐教育的传统理念，以创建学生喜欢、教师幸福、家长满意、社会信任的花园、书园、乐园“三园式”学校为目标，培育具有“国家标准、国学根基、国际视野”的未来社会建设者。

开学第一天，每一位制锦学子种下自己的微习惯。

你见过这样的学校么？不管是门卫、保洁，还是任课教师、班主任，只要出现在问题发生的现场，都会第一时间进行询问、教育引导；这些看起来简单的“小事”没有被一带而过，而是成为系列化、多层次教育的契机；学校教研团队还一起研究、分析这类问题，梳理共性的教育要素，找准课程实施的切入点……这就是山东省济南市制锦市街小学的“首育制”。

首育制德育课程，是制锦市街小学的“生活德育课程群”的内容之一。自2018年以来，在学校校长吕丽丽的带领下，制锦市街小学传承“说真话、办真事、做真人”的学校精神，积极构建立足真实生活的德育课程，并于2019年正式提出“首育制”概念。在“影子儿童”“礼仪专注力”“红领巾议事堂”“锦悦戏剧”“滋养型家庭”和“文明社区”等课程群的积极作用下，“首育制”已在制锦市街小学落地生根、开花结果。

可以说，在求真的路上，制锦市街小学打造出了制锦特色的课程群，构建了包含学校、家庭、社区等在内的育人场域，探索出了一条基于真实生活的全员、全程、全方位的教育路径，提供了生活德育的“制锦样板”。

读书、微习惯中探寻育人路径，生活德育课程群轮廓初显

提到制锦市街小学的“生活德育”，就不得不提一个重要的时间节点。2018年7月，学校被正式确定为领航学校市级培育校。作为一所百年老校的校长，吕丽丽心里一直在苦苦思索一个问题：百年老校到底该以什么领航？最终，她将答案落脚在生活德育上。“儿童生活是否具有意义，并不需要太高深、太复杂的自我反省，而在于他们有没有生活感觉，所以我们理解的生活德育，是关注人的内心感受的教育，关注冲突和矛盾的教育，关注真实体验的教育。”吕丽丽说。

如何推进“生活德育”？自2018年起，吕丽丽带着全体教师从“读书”和“微习惯”中找答案。学校通过系列书单推荐、撰写读书笔记，组织线上线下交流分享会，以及图书漂流、好书推荐、读书打卡、读书辩论等多种形式推进读书活动，让教师重构知识体系。三年来，教师精读图书20余册，撰写读书笔记2万余篇，举行分组读书会600余场，全校读书会30余场。在各级各类报纸杂志发表文章50余篇。“说实话，教师读书不新鲜，但是真的有效。老师们通过阅读，更加热爱生命，更加关注生命的丰富感与完整性，并不断进行自我整合与内在认同，个性、健康地完成着每一次自我成长。”读书项目负责人张洋表示。

在读书工程推进的同时，全校师生开始了21天“微习惯”打卡。有的老师选择“每天对孩子微笑”，有的老师选择“陪孩子上好每个大课间”，还有人选择健身。通过持续的21天微打卡，一个个好习惯外化于行、内化于心。

通过丰富的阅读，老师们的各项能力有了提升，对教育有了更深的理解。为了守好课堂主阵地，学校趁机要求每位教师至少展示一节校级“邀请课”，邀请课的最终目的不是对照教案呈现“精彩的课”，而是重建师生之间的关系，还原课堂本真的模样。老师在课堂上不再追求“发言热闹”，而是关注每一个学生的情绪和反应，与学生真实互动。

在阅读、交流、倾听、碰撞中，“基于真实生活的教育”成为制锦教师的共识。也正是基于这种认识，老师们开始了课堂研发探索之路。“影子儿童”“锦悦戏剧”“礼仪专注力”等课程开始萌生。

在诸多课程中，“影子儿童”课程是非常特别的存在。据学校教科室主任刘欢介绍，“影子儿童”是一种角色体验活动，最初主要由教师体验儿童，后来发展为教师、家长、学生之间的多角度体验。比如，身为大宝的学生可以体验“父母的一天”，接过照顾二宝、买菜做饭的重任。家长可以进校体验一天教师岗位，教师可以到学校领导岗位体验相关工作。此外，学校甚至还主动邀请教师家属体验一下“教师到底在忙什么”……自课程开展以来，已有60多位教师、104位学生、56位家长体验角色互换。

正如刘欢所说，不同立场上的体验、感受与思考，带来的是活力、理解、默契与能量。同样，戏剧课的开设，让学生通过角色扮演，体验不同的人生境遇，引领他们在“润物无声”中不断成长。

正是在这些课程的萌生、发展、壮大的过程中，制锦市街小学的生活德育课程群也开始有了最初的轮廓。

人人时时事事育人，“首育制”彰显“三全育人”本色

在诸多课程中，“红领巾议事堂”是比较特别的存在。这是一个早在2012年就成立的组织。它重视参与和体验，敢于直面一些尖锐敏感的话题。从如何评优、过六一、制定班规这样的大事，到图书角管理、队干部的烦恼这样的小事，都可以搬到红领巾议事堂来说一说、议一议，为学校培育了浓厚的民主氛围。

在前期课程不断深入的基础上，全面体现全员、全程、全方位教育的“首育制”课程应运而生。道德与法治学科市级名师盖永生介绍，首育制的实施主要有两个层面。首先，面对问题发生、矛盾出现时，教师“第一时间”进行关注、询问，并抓住时间教育引导，让学生感受到在学校里有一种基本的承诺：不管发生什么，我都在这儿，这是“首”的含义。

第二个层面，则是育，即将遇到的事件作为一种资源，由教研团队对其进行分析，并针对不同年级的课程内容，梳理共性的教育

“从小学党史 认真听党话 永远跟党走”系列活动启动仪式

少先队员向退休老党员献礼

要点，做到真正立足于学生真实的生活实际，解决成长中遇到的不同问题。在随后的发展中，“育”也被逐渐赋予了更多层次的含义。

在首育制推进的过程中，学校的育人界限被打破，体现出“全员参与”特点。以学校五年级语文教师谭晓婷的经历为例。前几天，她课堂上发现有个男生趴在课桌上。简单询问后，她发现这位小男生宇轩（化名）是因为被同学起了绰号而伤心。这时候，谭晓婷原本有两种常规选择：一是课后再处理这件事情，二是把起绰号的同学训斥一番了事。但她没有选择其中任何一种方式，而是开起了“微班会”，让大家探讨一下“怎样面对别人的缺点和优点”。课后，谭晓婷又一对一约谈几位男生，对其进行了有针对性的引导。随后，谭晓婷又跟宇轩进行了交流，引导他反思自身缺点，并教给他一些化解问题的妙招。

一件看似不起眼甚至可以直接“跳过”的小事儿，都是教育学生的切入点。同样，在制锦市街小学，不管是任课教师还是班主任，抑或保洁员、门卫，都主动承担起育人功能。比如，学生早上入校时热情地与门卫打招呼时，门卫会在热情回应的基础上及时肯定学生的行为，说一句“孩子，你真有礼貌！”当学生在校内捡起纸片往垃圾桶里扔时，目睹这一幕的保洁员会为学生竖起大拇指；在课堂上，不管是不是班主任，任课教师会积极关注学生的成长变化，第一时间做好他们的引领者。“在校园里，我们人人都是教育者，人人都是学生的同行者。”谭晓婷说。

与“人人是教育者”相对应的是“时时是教育时机”“事事是教育素材”。四年级班主任庞宁表示，不管是在课堂，还是在操场，抑或线上教育时，任何一件真实生活中的事件、任何一处场景都可以成为教育素材和教育时机。“这正如吕校长所说的，孩子眼中无小事，所有事背后都有德的因素。”庞宁说。

人人、时时、事事，这一理念所体现出的，是制锦市人对教育的深入理解，也体现了他们对教育界限的打破与重建。

将家庭社区纳入育人阵营，实现教育时空再度拓展

在学校实现“人人、时时、事事”育人体系后，制锦市街小学又将教育场域拓展到了家庭和社区。

在实施生活德育的过程中，学校借助了“影子儿童”的工具。随着研究不断深入，将“影子”的对象和内容进行拓展，其中，教师与家长的角色互换体验很好地帮助老师建立起针对家长的同理心。

实践证明，当教师成为家长才会意识到：每次应邀到校，“我”最期待的是看到“我的”孩子的表现。但学校往往善意地准备了“尖子学生挑大梁”的各类文艺汇演或学习经验介绍，然而，“我的”孩子却始终置于自己的盲区。当教师成为家长的时候，才真正察觉到那些“工作忙顾不上照顾孩子”真的不是托词，人生有太多的身不由己，无论在老师的眼中这个孩子的家庭教育水平有多差，很多家庭都已经尽到了教育卷入的最高水准。

除了联合家长资源，学校还拓展学生的教育时空，更好地挖掘社区教育资源，与社区建立良好合作，让学生在更广域生活领域中接受更加丰富、多元的教育引导。“我们在教书育人的同时，应该成为社区乃至全社会的精神文化核心引领者，为区域构架健康良好的教育生态。”吕丽丽表示。

为此，学校以深挖制锦市街精神内涵为主题，带领学生开展主题式学习，将整个社区作为学生学习教育的育人场，深入探究“街巷故事、实业寻踪、文苑回眸、景观掠影、革命风云、口传文化、制锦名人”等主题内容，利用好“百年制锦”这本活志书。将所有与制锦息息相关的人、事、物充分链接和融合，形成独具制锦特色的教育场和育人圈。

在社区里，学校学生教师志愿者、文明宣传员、公益活动参与者随处可见。在创城活动中，有学生的身影；在社区敬老院里，有师生们留下的足迹；在市少年宫和GT健身中心，常有上下课的班级队伍……在更广域的生活场景中，每个人的感受都是丰富的、美好的，而隐含在其中的教育也成为他们生活的一部分，缓缓流淌，润物无声。

生活德育课程在交叉融合中深化，搭建起系列化层次性育人体系

在育人界限的打破中，在各项课程的完善与发展中，课程群之间相互交叉、融合，在持续深化的过程中组成了一个紧密的整体。

学校大队辅导员赵泽菲表示，前段时间济南多雨，家长在接孩子的过程中发生拥堵现象。如何有效缓解这一问题，老师们将这一问题带到红领巾议事堂让同学们讨论。有的同学提出设立“雨衣站”，让每位同学在此放一件备用雨衣并提前与家长精准沟通的提议。对于这一提议，赵泽菲在全校进行推广。推行当天，果然没有再出现拥堵现象。

戏剧课上，老师让学生通过表演《下雨了，怎么办》强化了公共规则意识。更值得一提的是，有的班级向社区发起避免交通拥堵的文明倡议。一件不起眼的小事儿，最后被开发成有学生、有家长、有教师、有社区的丰富、多元的教育引导，也让学校发挥出应有的社会功能，制锦生活德育课程体系的育人价值得以彰显。

在生活德育课程的浸润中，制锦学子心里被埋下了一粒又一粒真善美的小种子。四年级六班徐亦阳的妈妈说，去年国庆节时，当国歌声响起时，女儿站了起来，走到电视机前，对着国旗敬起了少先队队礼，一直到国歌结束，整个过程迅速、安静，却没有丝毫的犹豫。“感恩今天遇到制锦，遇到制锦每一位心有爱、教育法的老师们。老师早已在孩子们的心中种下了真善美的种子，慢慢地生根发芽、枝繁叶茂，向着太阳，尽情绽放！”徐亦阳妈妈的这番话说出了众多家长的心声。

这正如吕丽丽所说，教育的赋能，在孩子们一次次通过学习与支持，在找到认知、参与、改变世界的力量与方法中得以实现。生活德育课程群将“生活德育”倡导的教育“来源于儿童生活、发展儿童生活、引领儿童生活”理念贯彻始终并切实落实；它让每一个曾经“应该”的，被我们错认为“不应该”的个体，都主动成为促进儿童品德发展的“重要他人”；让儿童生活的所有场域形成一个庞大而完整的、积极的教育场域；让儿童接受的教育是一致的、系列的、有层次的、不断提升的，在课堂中接受的教育于生活中行得通的，真正落实知行合一。“未来已来，我们需要按下‘教’的暂停键，开启‘育’的总开关，在全员、全程、全方位的教育过程中，发掘学生的真实天赋，让他们拥有解决真实问题的核心素养，真正拥有未来。”

山东省聊城市东昌府区堂邑镇中心学校

厚植爱国情　为党育英才

校长杨印祥为同学们上红色文化课　摄影：李文苑

链接：聊城市东昌府区堂邑镇中心学校始建于1945年，现有幼儿园学生614人、小学生2657人，教师222人。先后被评为聊城市教学示范学校、聊城市规范化学校、聊城市教科研示范学校、聊城市绿色学校、聊城市德育教育先进单位、聊城市少先队红旗单位，山东省教学示范学校、山东省教育系统先进单位，并被命名为山东省综合实践活动基地。2020年学校党支部荣获“东昌府区优秀基层党组织”称号，2021年9月在东昌府区“奋进新时代、学习再出发”学习强国线上知识竞赛中获得“优秀组织奖”。

教育是国之大计、党之大计，更是民生之基。

作为山东省聊城市东昌府区农村唯一一所山东省教学示范化学校，堂邑镇中心学校在东昌府区教体局的带领下，紧扣立德树人根本任务，全力传承红色基因，持续推进学校治理体系现代化，以优异的成绩庆祝中国共产党成立100周年。

红色基因薪火传，党建引领促发展

聊城市东昌府区堂邑镇是孔繁森同志的故乡，理想信念的火种在这里熠熠生辉。

学校全体党员、团员和优秀少先队员代表在东昌府区中小学校外思政课堂——堂邑文庙，聆听常持启老党员讲解孔繁森等优秀党员干部事迹　摄影：曹戬

依托这一红色资源，堂邑镇中心学校确定了“红色教育”主题，以红色“三润”——“润校”“润教”“润学”为目标，坚持将红色教育纳入学生德育工作中，形成以“视”（组织学生参观孔繁森故居、观看红色文化展板）、“听”（听革命故事）、“唱”（小学段组织唱红色歌曲比赛、幼儿园举行“童心向党、快乐成长”六一文艺会演等）、“读”（读红色文化读本）、“研”（红色文化研学）为主要内容的立体红色文化育人模式。

党建引领下，学校大力传承红色文化，帮助学生坚定理想信念，在校内营造了感党恩、听党话、跟党走的浓厚氛围。

党员教师勇担当，以身作则当表率

近期，疫情防控常态化下，学校严格遵守上级要求，组织开展了科学有力的防控工作，党员教师更是以身作则，带领全体教师共同筑牢校园安全防线，保障全校师生健康。

共产党人的初心是全心全意为人民服务，在堂邑镇中心学校的党员教师看来，党员教师的初心就是教好每一名学生。

学校全面贯彻执行党的教育方针，坚持以教育教学质量为中心，强化教育教学研究和常规管理，深入改革，推动各种准则、理论、规章、制度落实落地，持续加强教师队伍建设，调动全体教师、学生的积极性和热情，党员教师更是带头发扬优良的校风、教风、学风，以认真务实的工作作风，加强教学研究，不断解决教学中的新问题，全面提升教学质量。

稳抓学科创特色，五育并举育新人

教学质量是学校的生命线，也是教育的永恒主题。

为提升教学质量，学校严抓作业批改、课堂教学等常规工作，并举办各类校级公开课，组织教师参与教材培训、信息化培训、项目式学习等区域教研活动，引领教师在专业培训中获得成长，在育人实践中提升自我。

在提升教学质量的同时，学校扎实贯彻“立德树人”理念，对少先队活动课程、劳动教育、立规养习、家校、艺术等多个项目组进行深入研究，并开发了“六艺”校本课程，让所有孩子都能好其所好，长其所长。如今，学校学生不但可以学到扎实的文化基础知

学生展示科技小制作　摄影：王娜

识，更实现了各有特色、个性发展。

在全体师生的共同努力下，学校办学水平逐年提升，堂邑镇辖区学校先后获评聊城市教学示范学校、聊城市规范化学校、聊城市教科研示范学校、聊城市德育教育先进单位、聊城市少先队红旗单位、山东省教育教学先进单位、省级教学示范学校等称号，堂邑镇第一、第二中心幼儿园被评为省级示范性幼儿园、省级乡镇中心幼儿园、东昌府区规范管理示范园，堂邑镇中心小学党支部荣获“东昌府区优秀基层党组织”称号。

路是一步一步走出来的，成绩是一点一点干出来的。今后，堂邑镇中心学校将继续坚持以党建为引领，大力发展农村教育，造福农村孩子，打造红色办学特色，推动堂邑教育再上一个新台阶。

作者：堂邑镇中心学校李文苑

山东省东平县第二实验小学

见证！健雅教育前行的步伐

“我和校长有个约定活动”　摄影：陈辉

快乐跑步前站军姿比赛　摄影：王红云

链接：东平县第二实验小学始建于1991年，交通便利、环境优美、师资雄厚、设施齐全，是一所现代化高标准小学。现有43个教学班，在校生2534人，教职工120名，其中：小学高级教师70人，中学高级教师7人，教师学历达标率100%。近年来，学校在校长吴绪柱的带领下，秉承“崇健尚雅”的办学理念，谨遵“光明磊落做人，勤勉扎实做事”的校训，以“把常规不断地做向极致就是创新，把创新不断地做向常规就是发展”作为工作信条，全面构建健雅文化体系，努力走特色办学之路。学校先后荣获“全国青少年科普创新示范学校”“全国红旗大队”“全国国防教育示范学校”“全国中小学科学教育体验活动示范学校”“山东省文明校园”“山东省教学示范学校”“山东省语言文字示范学校”“山东省绿色学校”“山东省创造教育重点实验基地”“山东省优秀家长学校”等荣誉称号。

2018年，山东省东平县第二实验小学在省文明校园提名评选中以遥遥领先的成绩获全市第一名。2020年1月，山东省教育厅发布了山东省第二届文明校园表彰名单，东平县第二实验小学作为全县唯一一所学校上榜。

信手拈来的从容，都是厚积薄发的沉淀。成绩的背后，凝聚的是全校师生的智慧与力量……

一体规划，构建健雅文化体系

“一体”是学校以崇健尚雅为办学理念，顶层设计，努力把第二实验小学建设成为一个师生人人向往、乐在其中、人人健雅并蓄的特色鲜明学校。学校用“一体两翼五措”的思路引领办学实践，不断完善健雅文化体系，大力提升学校的办学水平，努力走优质特色发展之路，实现内涵发展的新跨越。

健雅理念的提出源于三个原因：一是古希腊哲学家柏拉图的教育思想：一个人在20岁以前只消有两种教育工具，一是体操，一是音乐。体操讲究好了身体就会和谐，音乐讲究好了心理就会和谐，身心都达到了理想的状态，还愁有什么学不好或是做不好？学校由体操联想到“健”，由音乐联想到“雅”；二是源于对当前的孩子身体素质普遍不强、身心发展不健全的焦虑和立足于这种状况的改变；三是源于对学校师生爱健身尚品位的热情。确定崇健尚雅的办学理念后，全体教师在具体实践中不断摸索、不断打造发展特色的历程。形成了“健身、健心、健习、雅言、雅行、雅趣”的对健雅理念的解读。“健雅”教育遵循教育的发展规律，以健培智，以雅育德，让学生先拥有健康的体魄、心理、习惯等基本素质，进而不断丰富自己的学识，培养各种技能，提升人生品位和档次。

两翼齐驱，丰富健雅文化载体

两翼是音体两翼。学校充分利用“健雅”教育所依托的体育与音乐两个重要载体，培养师生健康的体魄和高雅的人格，引领学校教育教学工作全面开展，进而打造师生喜欢的学校。

围绕音乐课程一是将口风琴、葫芦丝等小乐器引进了课堂，提高学生的艺术修养；二是组建舞蹈队、鼓号队、平板乐队、合唱、版画、手工等社团。2019年10月学校合唱团以全县第一名的成绩赴泰安参加了山东省2019年中小学生校园艺术节合唱专项展示活动。11月，学校鼓号队在全县鼓号操大赛中荣获“金号奖”。

围绕体育课程一是学校每天用上午和下午课间操时间安排两次“快乐跑步”，学生伴着欢快的音乐，以班级为单位绕成环行跑步已成为学校一道靓丽的特色风景线；二是给学生发放“亲子健身家长卡”，号召家长陪孩子共同健身，每天将健身项目、时间、效果进行实时记录，得到家长的高度好评；三是学校成立了篮球、乒乓球、羽毛球、鬼步舞、飞盘等各种体育社团，锻炼学生的身体，发展个性特长。在近几年泰安市学生体质监测中，学校连年取得优异成绩。

五措并举，践行健雅文化建设

学校经过摸索改进，目前已形成了一个有组织保障，有氛围浸润，有课程支撑，有活动促进，有评价引领的健雅教育实施体系。

一是努力加强组织保障。学校成立了以校长为组长的健雅教育领导小组和工作小组，成立了体卫艺办公室，同时加强音体美教育教学力量。

二是浓厚健雅教育氛围。学校通过校歌的创作并传唱、通过增加校园文化图板、运动器械和增设教师书吧、舞蹈房、心理咨询室等多功能室等形成浓厚的健雅文化教育氛围。

三是夯实健雅课程实施。除了国家课程地方课程之外，学校编辑并开设了《健雅课间》《健雅教育之文明伴我行》《健雅教育之好习惯伴我成长》《健雅少年规范歌》《一路脚印一路歌》《健雅课堂礼仪》等大量的校本课程。通过健雅课程落实各项常规要求，促进学生全面发展，使学校的国家、地方、校本课程体系日臻完善。

四是丰富健雅活动载体。学校不断丰富活动载体，让师生在体验中成长。

学校葫芦丝社团在山东省中小学生艺术节上演奏《荷塘月映我和你》 摄影：王红云

健雅论坛：学校常年坚持开展健雅论坛活动。论坛分崇健尚雅之“开讲啦”、青年教师成长、班主任管理三个版块。通过多种论坛活动开展，有效提升了教师业务水平。

我和校长有个约定：学校每月在全校选取十名优秀同学和校长约定成长梦想、与校长合影留念，在升旗仪式上为参加约定的学生颁发证书，并用作家签字的书籍作奖品。这项活动不仅为孩子们插上了理想的翅膀，更是为孩子们写下了一笔珍贵的记忆。自2015年9月以来，已经有300多名学生参加了该项活动，《大众网》曾报道了这一做法。

我为健雅代言：学校每学期发起“我为健雅代言”的活动倡议，学生们个个热情高涨，纷纷为健雅代言。

此外，学校每学年举办一届读书节、艺术节、体育节和成童礼仪式，每学期举行一次朗诵比赛和演讲比赛、更换一次健雅榜等健雅系列活动。2019年国庆节前夕，学校开展了庆祝新中国成立70周年诗歌朗诵比赛活动。“东平手机台”对学校的朗诵比赛进行了现场直播，中华泰山网、泰山晚报、今日东平报社等多家媒体对此进行了报道，取得了较好的效果。

五是搞好健雅工作评价。学校定期评选“健雅教师”“健雅学生”“健雅班级”“健雅路队”“健雅办公室”等。同时，学校开创多元评价机制赏识激励学生，巩固健雅文化的成果。落实健雅少年系列之星——“礼仪之星”“环保之星”“阅读之星”“智慧之星”“艺体之星”“进步之星”的评比，每学年各个层次的学生都能获得表彰。因为学校实行达标表彰机制，孩子只要能达到标准，就能获得奖项，无名额限制。丰富多彩的活动以及这种赏识激励让孩子兴奋快乐，给其一个幸福的童年。

作者：吴绪柱

山东省济南市莱芜高新区滨河小学

和风沐浴创辉煌 桃李满园达心悦

链接： 莱芜高新区滨河小学2006年6月由高新区管委会投资兴建，是莱芜市委、市政府为民办的十件实事之一。校园占地125亩，建有心理咨询室、实验室、图书室、微机室、舞蹈室等十多个功能室，实现了班班信息化、网络化多媒体教学。现有省级教学能手1人，省优质课奖获得者2人，市区级教学能手、学科带头人30余人，市优秀班主任3人，学校省级重点课题《提高课堂教学实效性的研究》取得了国家一等奖成果，百余篇研究论文发表和获奖。先后荣获全国生态文明教育特色学校，全国青少年校园足球特色学校，全国特色语文示范校，全国新教育实验学校，山东省文明校园，山东省规范化学校，山东省教学示范校，山东省绿色学校，山东省少先队工作规范化学校，山东省体育传统项目学校等荣誉称号。

弹指一秩，风华正茂，十三年来，全体滨河人始终担负着耕耘智慧、播撒真知、传承文明的历史使命，同舟共济，形成了校风纯、教风正、学风浓的良好校园氛围，赢得了家长和社会的充分肯定。学校先后被评为先后荣获全国生态文明教育特色学校、全国青少年校园足球特色学校、全国特色语文示范校、全国新教育实验学校、山东省文明校园、山东省规范化学校、山东省教学示范校等荣誉称号。

兴教必兴师，学校所有荣誉的取得都离不开一个优秀的教师团队。

筚路起航，砥砺前行

济南市莱芜高新区滨河小学于2007年11月建成，由原莱芜高新区4所小学合并而成，地处城乡接合部，学生来源复杂。当时的老师们面对的除了一座美丽略显空旷的校园和一群素质参差不齐的学生外，几乎一无所有。但是这群创业者并没有被困难吓倒，他们在冬寒夏热的宿舍里挑灯备课，他们在室外的虫鸣声声中集体教研，他们啃着馒头就着咸菜批改作业……所有的一切都是为了实现自己的教育梦想，都是为了将这所新生的学校尽快带入正轨，都是为了那一双双 渴求知识与进步的眼睛。

明德惟馨，笃行致远

古往今来，教师都是学生前行的引导人、栽培者，教师的世界观、人生观、价值观将对学生心灵的塑造产生深远的影响。教师尽好“传道”的责任，就要坚持修师德、铸师魂，坚守住自己的初心，严谨笃学、立德树人。像学校的教书育人楷模高芳老师，有一次周日她上五年级的大儿子阑尾炎手术，对象正巧那天单位安排去泰安学习培训，家里的老人又在乡下，妊娠7个多月的她只能独自面对，一刻不停地忙碌到深夜。第二天是星期一，还要上课，但她只想两

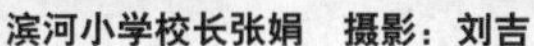
滨河小学校长张娟　摄影：刘吉

学校全景　摄影：刘吉

不误，宁可自己累一点。问她的时候，高芳老师只是说：自己的孩子是孩子，别人的孩子也是孩子，将心比心。虽然大部分老师没有高老师这样的经历，但是他们却同样拥有一颗爱孩子的心。也正是这样的爱心，让滨河的老师在学生和家长中树立了学校教师的良好形象，改进了师生关系，让每一位学生都能够感受到教师的爱，让这些含苞待放的花朵悄然绽放。

淑质英才，校之大梁

为了加快教育发展的步伐，造就一批高素质的教育骨干，充分发挥名师在教育教学工作中的作用，提高教师队伍整体素质，推动学校教育事业的稳步发展，学校制定了“1369”（即1年合格、3年优秀、6年骨干、9年名师）名师工程。为保证名师的快速成长，针对各位教师的具体情况，学校加大倾斜力度，采取优先外派学习、为名师订阅刊物，开展教育教学研究，与年轻教师结对帮扶等措施。同时学校给名师提供互相学习、交流的机会，但是名师必须积极执教示范课、举办专题讲座、为年轻教师评课等，要承担青年教师培养和所在教研组的教研工作，与年轻教师结对子，充分发挥示范辐射作用，带动学校教师队伍整体素质的提高。通过对名师的培养，学校铸造了一支师德高尚、业务精良的学者型名师队伍。

薪火相传，玉汝于成

青年教师是学校教育未来的希望，学校本着“培养教师专业化成长”这一目标，针对青年教师多、骨干教师力量雄厚这一有利条件，从滨河小学未来发展出发，制订了《滨河小学青蓝工程实施方案》，加强对青年教师的理想信念教育，使青年教师树立正确的世界观、人生观和价值观，把握正确的教育观、人才观和质量观。为使青年教师快速成长学校每年都组织“师徒同研一堂课”和“青年教师课堂展示”活动，并且每年评选一次“教坛新秀”。尤其让人感动的是很多前辈教师在辅导新教师的时候真的是不遗余力，为了让徒弟讲一节成功的课，我们曾看到高芳老师晚上十点半还在学校和徒弟一起教研，曾看到苗自云老师的家属把一顿很晚的晚饭直接送到了学校里，曾看到唐仁红老师半夜一点还在跟徒弟交流……每次过后，我们都能看到徒弟们感激的泪水，但看到更多的却是师父们的理所当然。在骨干教师的带动下，许多年轻教师的课堂教学逐渐成熟起来，课堂教学效率明显提升。

戮力同心，溪达四海

一枝独秀不成林，万木葱茏才是春，教育教学的发展离不开教研，学校非常重视教研团队的打造。为此，学校定于每周三下午分教研组、备课组进行学科教研，分管教育干部组织、教研组长主持，教师人人参与、个个发言，从听课评课、课堂教学、作业布置、青年教师的成长、新教育理念的学习，等等，无不作为老师们教研的课题。得益于团队教研战略，学校省级重点课题《提高课堂教学实效性的研究》取得了国家一等奖成果，国家课题《家长委员参与班级管理研究》已提交结题，截至本学期，学校已有近两百余篇研究论文发表和获奖。教研的发展带动了教师队伍整体素质的提高，学校现有省级教学能手1人，省优质课奖获得者2人，市区级教学能

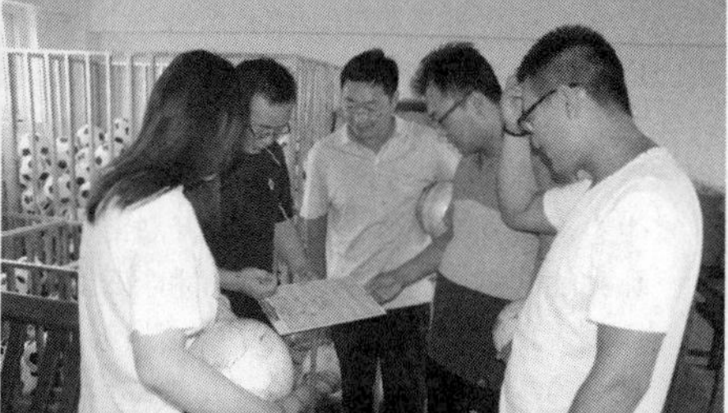
左图为学校艺术节；右上图为师徒教研；右下图为体育组集体教研　摄影：刘吉

手、学科带头人 30 余人，市优秀班主任 3 人。

“春风吹绿白桦林，今日更要发新枝。”全体滨河人未来会在更广的领域、更深的层面开展教育教学研究和实践，以高尚的人格感染学生，以文明的仪表影响学生，以和蔼的态度对待学生，以丰富的学识引导学生，以博大的胸怀爱护学生，努力打造人民满意的品牌名校，构建和悦滨河，打造辉煌滨河，以更加优异的成绩向建党 100 周年华诞献礼！

作者：刘吉

山东省青岛市晨星实验学校

让每一个孩子都绽放光芒

青岛市晨星实验学校校长郑芳和孩子们在一起 摄影：于风亮

美丽的校园 摄影：于风亮

2020 年 11 月 4 日，青岛市晨星教育集团正式揭牌成立，这是全国首家以孤独症儿童为教育对象的教育集团。该集团由青岛市晨星实验学校担任核心校，成员校有青岛城阳区特殊教育中心、青岛西海岸新区特殊教育中心、青岛胶州市特殊教育中心三所区属公办特教学校和民办公助的青岛祥泰学校，以聚合型办学的方式，在孤独症师资联合培养、教育教研、课题研究、课程资源集成与共享等方面进行“牵手”合作，旨在推动孤独症教育康复城乡一体化高质量发展，打造孤独症教育的“青岛品牌”。

青岛市晨星实验学校于 2017 年 4 月正式成立，是我国北方地区首所公办孤独症儿童教育学校。学校的成立是青岛市深入贯彻落实“办好特殊教育”、对特殊教育“特事特办”的重大举措。办学之初，看到整洁、优美、温馨、安全的现代校园，不少孤独症儿童家长喜极而泣：“我们的孩子终于有了属于自己的学校了！”

学校成立至今，以“生态教育思想”为引领，尊重孤独症儿童的特殊性与成长规律，以开放的、面向未来的视角，采取多元教育策略，实施全员、全程、全方位育人，通过创设生态课堂、创建生态化学习环境，引导其建立并提升自我意识、劳动意识、独立意识、社会意识，使其具有恰当的社交沟通能力、自我服务能力及社会适应能力等，有效改善孤独症儿童核心障碍，促进其全面发展，提升其生命质量。

晨星实验学校认真学习研究《培智学校义务教育课程标准》和《3—6 岁儿童学习与发展指南》，参考《幼儿园教育指导纲要》《普通小学学科课程标准》等，结合孤独症儿童核心障碍改善及发展需要，围绕生活自理、情绪行为改善、社会交往、技能培养、知识学习、兴趣拓展、潜能开发等设置社交沟通、健康、生活、艺术、科学等领域课程，构建起基础性课程、康复性课程与发展性课程相结合的学校生态课程体系，编制实施了《青岛市晨星实验学校课程方案》。

孤独症儿童由于受高度异质性和社交沟通核心障碍的影响，普通的入校流程和班级授课模式不能满足其学习需求。学校着眼于学生的发展需求，经过不断摸索与完善，初步形成了“入学—评估—定班级—定 IEP—定教学模式—定家庭康复内容—效果监控—评估调整”的闭环式生态教学流程，建立了“集体课 + 小组课 + 个训课 + 主题实践 + 家庭康复”课程组织形式。

在实施生态课程的过程中，学校研究开发了适合孤独症儿童身心发育特点的多样化课程资源。目前已开发完成学前孤独症社交沟通、生活自理、美术手工、运动游戏，义务教育低段生活语文、生活数学、情绪管理等 60 本校本教材；为孤独症儿童量身编写了 10 本社交故事绘本；录制了教育教学、教育康复微课视频 1000 余个。2020 年居家抗疫期间，学校主动作为，组织教师开展线上教研，系统筹划、制作了系列宣讲防疫知识、家庭教育康复指导课程资源，其中 100 多个视频案例通过山东省特教资源平台、《现代特殊教育》微信公众号、学校微信公众号等向特教同行推广分享。

在做好校内课程资源开发的同时，学校还高度重视开发家庭、社区、社会等校外课程资源，拓宽渠道，努力创造让孤独症儿童在真实情境中学习的机会，使校内课堂所学得到有效泛化，助力孤独症儿童的成长发展。在这里，许多孤独症儿童第一次独立上学、第一次参加升旗仪式、第一次参加运动会、第一次进行消防演习、第一次集体外出郊游……诸多的“第一次”都是在学校的精心设计组织、教师的耐心专业指导下完成的。看着孩子点点滴滴的进步与成长，家长感叹道：“是晨星让我们的工作和生活慢慢步入正轨，孩子也能够有质量、有尊严地生活，由衷地感谢学校、感谢老师的用心与付出。”

为帮助家长提升家庭康复技能、纾解负面情绪、调适亲子关系，学校还开设了“晨星大讲堂”，对家长进行系统的专业培训和心理疏导；学校创造性实施了“停课不停康复”策略，平日使用《每日家校联系册》进行一日一总结、反馈、指导；节假日期间，为每个学生配备“一对一”指导教师，有针对性地设计《假期个别化家庭教育康复计划》并定期开展线上线下交流指导。在全校教师的共同努力下，学生的康复训练在家庭及假期生活中延伸、泛化，进一步巩固了教育康复效果。家长普遍反映，有了教师的系统指导、视频的示范，家长的焦虑情绪大大减少，学习到了许多科学的方式方法，开拓了思路，孩子们居家康复的效果得到大大提升。

高素质教师队伍是高质量开展孤独症教育康复工作的首要保障。学校针对新教师居多且绝大多数教师的孤独症教育零基础这一困难与挑战，积极通过建立“专家智库”和构建“开放式”“研究式”“实战式”“靶向式”“分享式”相结合的“五式一体”教师培养模式，系统开展了“订单式”教师培训；学校坚持“科研立校、科研兴师”，以“孤独症幼儿家园共育的问题与对策研究”“孤独症儿童生态课程的构建与实施研究”“社交故事在孤独症儿童教育康复中的应用研究”“全人教育视角下孤独症儿童社会性课程的设计与实践研究”等“省—市—校”三级课题研究为引领，鼓励引导教师开展行动研究，多渠道、全方位、高效率地提升教师的孤独症教育专业化素养；学校高度重视师德教育，组织开展了“弘扬高尚师德，用爱心点亮星儿未来”系列教育活动，精心塑造晨星教师的高尚师德与特教情怀。目前，晨星实验学校已形成专业化评估、教科研、运动康复、言语治疗、心理治疗、艺术康复等专业团队，4位教师获得C-PEP-3评估资格证书，9位教师获得国际RBT培训结业证书，2位教师已完成国际应用行为分析课程，10位教师正在研修国际应用行为分析课程；多位教师在市级各类教学评比活动中获奖或开设市级公开课，在省市特殊教育会议上作经验交流；3位教师分别荣获“青岛市教书育人楷模”“青岛市优秀教师”“新时代青岛向上向善好青年”荣誉称号。

全校教师着眼于每个学生的个性需求，用关心、细心、耐心、恒心的“四心”育人，将“爱”浸润到教育康复全过程。课上，教师为了引导学生参与互动交流、学习技能动作、稳定情绪行为而费尽心思；课下，教师带着学生运动、游戏、就餐、午休、劳动……放学了，教师紧锣密鼓地开展专业学习、实操演练、课程研讨、课题研究、教学反思……教师的努力，换来的是学生可喜的变化：学生的情绪更加稳定了，能够高高兴兴地自己背着书包走进校园，能够按照一日流程有序地上课、活动、劳动，有的会主动表达诉求了，有的可以上台表演了，有的就餐时能够大口吃饭了，有的可以开心地参加体育活动了，有的更喜欢和小区里的小朋友一起玩耍了……家长发自肺腑地表示：“感谢晨星，为孩子提供这样一个专业、包容、有爱的成长环境，让我们感受到了晨星教师的专业与敬业。是晨星，让家庭充满了希望。”

“晨星模式”的建立，“晨星经验”的积累，已成为促进青岛市孤独症儿童学校教育模式不断探索与完善的宝贵资源。为使区域内更多的特教学校快速提升孤独症教育康复水平，青岛市晨星实验学校将携手教育集团成员校一起秉承“开放、共享、合作、共赢”原则，解放思想，大胆实践，充分发挥核心校的专业引领作用，创建孤独症教师成长平台，建立教师层级培养机制和“挂职”交流机制，实行“订单式”培训，培养一批覆盖全市的孤独症教育专业师资队伍；搭建孤独症课程研究平台，加强对孤独症教育的课程研究，定期举行各种学术交流或网络教研活动，探讨不同安置方式下孤独症课程的设置、课程目标及课程内容，开发并实施特需课程，完善特色课程，打造孤独症精品课程；建设教育科学研究平台，开展课题研究，形成集团内的研究氛围，提升各校教师教育科研能力；构建孤独症教育资源平台，集团内教育资源集成共享，促进各校孤独症教育教学质量的提升，带动孤独症教育优质均衡发展，逐步打造“理念先进”“队伍专业”“协同发展”的特殊教育集团，造福更多的孤独症少年儿童，让特殊的生命绽放出独特的光芒！

作者：郑芳

湖北省黄石市武汉路小学

点亮学生心灯　描绘出彩人生

武汉路小学校长陈笑萍

链接： 黄石市武汉路小学创建于1957年，地处市中心，占地面积近1.4万平方米，建筑面积近7000平方米。现有高级教师3人，省级名师、省特级教师1人，“荆楚教育名家”两名，省骨干教师3人，黄石市有突出贡献专家1人，黄石名师1人，市级骨干教师近20人，区级名师5人。学校先后被评为“全国小学国际象棋传统学校”、教育部“中小学传统文化教育实践研究”全国先进单位、“新时代好少年”主题教育读书活动“我为祖国点赞”全国示范学校、全国青少年“五好小公民”主题教育读书活动“红旗飘飘，引我成长”示范学校、湖北省法治建设示范学校、湖北省依法治校示范校、湖北省教改名校、湖北省现代教育技术实验学校、湖北省语言文字示范学校、湖北省绿色学校、湖北省第三批中小学知识产权教育试点学校、湖北省示范家长学校、湖北省少先队工作示范学校、湖北省教科研课题“健康课堂”先进单位、黄石市文明单位、黄石市首批现代化学校、黄石市首批“十星级”学校、黄石市文明校园等荣誉称号。

长江南岸，磁湖之滨，有一所办学历史悠久的小学——湖北省黄石市武汉路小学。这所学校校园布局合理、环境优雅、设施完备、功能齐全，文化特色鲜明，育人氛围浓厚。近年来，武汉路小学着力打造“点·趣”教育文化品牌，努力创造让同学们感受到“有点趣”的校园生活。学校创生课堂改革显成效，“童心德育”品牌立特色，走出了一条特色育人之路。

凝练“点·趣”学校文化，为特色办学添翼

近年来，学校以习近平新时代中国特色社会主义思想和党的十九大精神为指导，坚持内涵发展，凝练出“点·趣”教育品牌，努力以优质教育、高效管理服务于学生、贡献于社会。着力把学校办成一所学生开心、家长放心、政府安心的“学生有品位、教师有品质、学校有品牌”的黄石市名优窗口示范学校。

在办学实践中，武汉路小学形成了独具特色的学校文化。逐步

左图为团结奋进的领导班子；右上图为“追梦”教师工作坊研修活动　摄影：陈前芳；右下图为学校开展动感中队国旗下展演活动

完善了制度体系，修订完成了《黄石市武汉路小学章程》，制定了《黄石市武汉路小学发展规划（2018—2020年）》，设计完成了校旗、校徽、学校LOGO，创作完成了校歌《做有趣少年》。

同时，武汉路小学确立了“点激童趣 生发梦想”的办学理念，提出了“办有念想的学校”的办学愿景，提倡“点亮心灯　出彩人生”的学校精神，以“貌文雅，和相处，学知趣”为校训，以“博学有故事，育人有志趣”为教风，以“学好学会学得有滋味”为学风，努力培养有“生活品位、乐观豁达、勇于探索，具有关键核心素养”的新时代少年儿童。

打造“童心德育”品牌，为幸福教育增值

作为“课程融合幸福育人项目”试点学校，武汉路小学积极落实“健康育人、快乐育人、幸福育人”教育理念，通过德育常态化、特色化、创新化、活动化、课程化、课题化、案例化等方式，推进“幸福德育”实践与研究。结合学校“点·趣”文化建设，在前期研究实践的基础上将学校的德育品牌定位为“童心德育”，即让每一名学生童真童趣地快乐成长，让“童心德育”为幸福教育增值。

“童心德育”确立了“1118”体系，搭建德育校本课程支架。“1118”体系，即：围绕一个中心——立德树人，认同一种理念——童心德育，突出一个口号——童心德育育幸福人；八大主题活动——心中有梦、生活有爱、学习有趣、成长有力、娱乐有时、取舍有度、引领有格、环境有善。学校倡导教育回归儿童本体，关注儿童生命价值，结合主题活动的开展，依托校本课程建设，着力构建生动、丰富、满足学生成长需要的德育课程内容。如以“童心德育”规划课程为重点，将德育课程融入学校“点·趣”课程体系，在玩趣课程中开设了食趣、球趣、游趣、乡趣等课程；在雅趣课程中开设了礼趣、艺趣、书趣、读趣等课程；在智趣课程中开设了棋趣等课程，以适应儿童发展的内在需要和个性特点。

自主生活、实践拓展、特色研究，是武汉路小学践行“童心德育”的三大途径。自主生活以“有效德育”为核心，重在学生行为习惯的养成和品格的塑造。学校的实践拓展课程从学生的实际体验出发，接近学生、接近现实生活，充分激发学生学习的积极性和热情，给学生更多自觉感受的机会。学校的德育特色活动主要有棋趣、创趣、扎染等社团活动，同时开设了足球、篮球、泥塑、合唱、少先队活动课等特色课程。通过不断地努力，学校被授予“全国小学国际象棋传统学校”，学校的博弈社团和“流光溢彩”扎染社团都被评为黄石市“十佳艺术社团”。

构建“点·趣”课程体系，为办学质量护航

基于国家新课程改革理念，武汉路小学针对国家课程地方适切性不足、校本课程儿童需求关注不够、教师课程开发能力及专业发展滞后问题，以“课程创生·学校转型·学生生长·教师发展”为学校课程建设目的，开发并实施了以生为本、差异优化的“点·趣”课程及“点 ·趣”课程管理体系与运行机制。

作为湖北省教改名校、湖北省现代教育技术实验学校，武汉路小学一直致力于课程改革。学校构建3.0版“点·趣”课程体系，包括国家课程、师本课程和生本课程三级课程。三级课程并行发展，互相补充，在课程开发中体现“学科统整”，由低到高分别是单学科统整、多学科统整、跨学科统整，全面架构学校“点·趣”课程体系，积极开发“点·趣”特色课程群。

构建“三型六级”教师雁阵团队。武汉路小学开发了基于“点·趣”课程的教师职业素质评价工具。对教师的职业素质，从师德素养、专业能力、工作状态、工作业绩四个方面进行考核评定。“三型六级”雁阵团队，即：雏雁——胜任型教师；飞雁——骨干型教师；头雁——名师型教师。将教师职业素质评价作为杠杆，制定头雁、飞雁、雏雁不同发展目标，使教师找寻到适合自己的最近发展区，为教师提供专业成长的最佳路径，实现阶梯式发展态势。学校现有两名教师先后被湖北省教育厅评为“荆楚教育名家”。

武汉路小学还建立了基于“点·趣”课程下的“创生课堂”教学模式。“创生课堂”是让学生创造属于自己的学习生活的课堂，是一切为了学生发展的课堂。在教学中，按照“三个阶段”（课前自主预习—课中导学互动—课后测评反思）、“四步”课堂教学流程（激趣导学—生疑互学—合作分享—点拨悟理），以“三案”（课前预习学案、课堂教学案、课后检测案）为载体，采用“三精”（精学、精导、精测）教学方法实施教学。

一路探索，一路芬芳。以“点·趣”课程为依托，武汉路小学办学成果显著：教师自主开发教材近百册，开设社团20多个，“流光溢彩”扎染社团、博弈社团、布堆画社团、武术社团、足球社团等社团都深受学生欢迎，合唱社团、舞蹈社团等多个社团曾在黄石及北京、武汉等地参加20余场演出，多名学生在各级国际象棋大赛中获奖。同时，武汉路小学作为湖北省教育厅的国培影子教师和校长的培训基地，在教育交流方面作出了突出贡献。武小人正以“点亮心灯，出彩人生”的学校精神，点激童趣，生发梦想，实现跨越式发展，迎接更加辉煌的未来。

供图：黄石市武汉路小学

湖北省蕲春县漕河镇李嘴小学

为学生的幸福人生奠基

漕河镇李嘴小学教学楼上镌刻着学校校训和办学理念，右侧为该校校长李立春

链接：蕲春县漕河镇李嘴小学校情小贴士

建校时间：1950 年 8 月

现任校长：李立春（第 12 任，黄冈市骨干教师，蕲春县优秀教育工作者）

学校规模：现有教学班 12 个，学生近 500 人

特色亮点：环境宜人，底蕴深厚，教师乐教，学生乐学。

获得荣誉：蕲春县文明学校、蕲春县十佳美丽校园、蕲春县特色学校

办学理念：“诚信、明礼、博学、进取”

未来愿景：办人民最满意的学校，育社会最需要的人才。

深秋时节，步入湖北省蕲春县漕河镇李嘴小学，耳闻校园广播传出的一首首红色经典歌曲，眼见一张张鲜花般灿烂的笑脸，润物无声的教育氛围让人身心愉悦。

李嘴小学地处城乡接合部，在校师生 500 多人。在两年前，全校学生人数都不足 100 人，教师和生源流失严重。自 2018 年春季学期以来，该校以“行好礼、讲好话、审好美、唱好歌、读好书、写好字、创好新、劳好动、动好手、健好身”为抓手，大力推行“十好”教育，改革和探索新时代育人新模式，进一步规范学生言行，丰富校园文化，让核心素养落地生根。黄冈市骨干教师、蕲春县优秀教育工作者、李嘴小学校长李立春这样解读“好教育”：“好的教育就是要让学生眼里有阳光，心底有幸福，脚下有力量。”

“十好”教育引领学校走出了一条内涵式、特色化发展之路，师生面貌焕然一新，教育教学质量显著提高，学生呈现回流趋势。“在家门口也能接受这么好的教育，把孩子送回来读书，我们放心！”学生家长黄女士说。

行好礼、讲好话、审好美，规范言行养习惯

每天清晨或傍晚，李嘴小学校门口都是秩序井然：校门外，无论是幼儿，还是小学生，都自觉排队；校门内，大家都排队上下楼。

好教育从培养好习惯开始，而好习惯从行好礼、说好话、审好美开始。

该校把文明礼仪养成教育作为培育社会主义核心价值观的切入点，在学校开设文明礼仪课堂，培养学生文明的举止、高尚的情操和勇于担当的主人翁意识。深入挖掘儒家经典中文明礼仪教育元素，充分发挥校园文化的熏陶感染作用，精选道德经典，将《弟子规》《三字经》《论语》等道德经典镌刻在走廊里、墙壁上，让学生时刻受到经典礼仪文化的熏陶和启发。同时，利用国旗下讲话、班队活动，对学生进行各类礼仪的强化训练；通过致家长一封信、召开家长会等形式，构建家校一体的德育网络，使文明礼仪教育实现学校和家庭全覆盖，形成了教育合力，实现了文明礼仪的“墙内花开墙外香”。

学校还结合各自实际，积极开展“文明礼仪之星”评选、利用节假日和主题队日开展助残助困、植绿护绿、礼仪宣传等志愿服务活动，让文明礼仪内化于心、外化于行。

大手牵小手，同说普通话。该校将普通话确立为校园语言，明确提出“两个不得”，即不讲普通话的班级不得参评“优秀班集体”；推普工作不力的班主任和科任教师，年终不得评先评优。该校还积极开展“五个一”活动，将普通话推广工作不断引向深入。各班张贴一条自拟的推广普通话宣传标语、办一期专题墙报、开一次专题班会，营造“人人学讲普通话”的良好氛围；每学期举行一次普通话演讲或经典诗文朗诵比赛，评出“普通话十佳小明星”，对评选出来的十位小明星，学校将照相张贴，并给获奖学生和其班主任以物质奖励；每学期开展一次“我是小小宣传员”社会实践活动，组织“普通话义务宣讲团”走村串户，将推普工作由校园延伸至家庭、社会，提高公民语言文字的规范意识。

如今，“说普通话，讲文明语，用规范字”在李嘴小学已成风尚。

普通话的普及和推广，提升了师生的综合素养，促进了校园文化活动的蓬勃开展，赢得了社会的广泛赞誉，也点燃了家长学普通话的热情，六（2）班学生家长陈燕说：“以前不会讲普通话，在外打工处处碰钉子，现在，学校要求孩子用普通话和家人交流，我就拜儿子为师，虽然学起来比较吃力，但是我很高兴，感谢学校给我培养了这样一位‘好老师’！”

以美育人，育人以美。该校加强美术课堂教学管理，规范美术绘画培训和指导，着力培养学生审美认知、审美情趣、绘画技巧等能力。该校鼓励美术教师创造性地备好美术课，深入挖掘蕲春本土资源，丰富美术课程内涵，激发学生的创造精神，陶冶高尚的审美情操，完善人格。每个学期定期举行绘画比赛，对获奖的作品以展板的形式进行展览，提高学生的成就感和幸福感。

唱好歌、读好书、写好字，传统文化培育人

时下，李嘴小学校园里流行一股“追星热”。不过，学生们追的不是娱乐明星，而是“唱歌小明星”“读书小明星”“书法小明星”。众“星”拱月，铺就了一条“星光大道”。

该校配齐配优音乐教师，开足开齐音乐课时，利用好已有的音乐器材，培养学生的音乐素养。通过“班班有歌声、处处是好歌”、校园红歌比赛等合唱活动，引导青少年树立正确的审美观念，培养健康的审美情趣，促进学生艺术素养的提升。今秋学期，该校结合国庆 70 周年这一重大节庆活动，开展全员参与的校园歌唱活动，坚持“每天一歌”，讴歌祖国和中国共产党，赞美家乡。

腹有诗书气自华。为了进一步打造“书香校园”，李嘴小学开展了独具特色的读好书活动，采取“课内保底、课外保量、活动保质”的做法，让阅读滋润师生的心田。

“课内保底”就是要求学生不仅把每篇课文读正确、读流利，还要读出文章所蕴含的情感。“课外保量”就是学生在教师的指导下，有计划、有选择、有甄别地进行阅读，将阅读内化为一种自觉行动和精神追求。“活动保质”就是通过开展形式多样的活动，确保学生读书的质量。该校开展“我和书的故事”主题演讲比赛，举办读书主题黑板报，分享阅读成果。如今，该校学生的读书热情达

到了前所未有的高度，好读书、读好书已经成为一种不用督促的好习惯。

行走在李嘴小学，驻足于一块块展板前，一幅幅工整俊秀的书法作品引人注目，这些书法稚嫩中透着灵气，苍劲中显现出老练。学校通过评比展示活动，促使每个同学把字写好。每两周一次小展示，每月一次大展览，将评选出来的书法作品张贴在大展板上，供全校师生赏、阅、评。“以前我的字歪歪扭扭，现在我写的字是一笔一画，爸爸夸奖我的进步很大哩！”三年级学生王庆武兴奋地说。

创好新、劳好动、动好手、健好身，丰富“好教育”内涵

在大力推进养成教育的同时，李嘴小学结合全镇特色学校创建目标，从教师成长、学生成才、学校发展等多维角度出发，提出“创好新、劳好动、动好手、健好身”的思路，着力办好人民最满意的教育，培养符合新时代要求的社会主义现代化接班人。

李嘴小学学生在植物实践园开展实践活动

——创好新，提升教育教学质量。该校致力于打造一支德艺双馨的教师队伍，充分发挥学科教研组的团队作用，着力加强教学教研工作，推进高效课堂改革。每学期组织1次青年教师教学比武活动，各学校每学期至少组织1次学科教学教研活动，开创“走出去、请进来”的教研思路，加强校内教师和校际教师之间的教学交流。两年来，该校先后有12人次在各级各类公开课大赛中摘金夺银。

——劳好动，培养学生劳动技能。该校加强对学生的劳动教育，将学生劳动教育内容分为“学校教育、家庭教育和社会教育”三个板块，并根据学生年龄特征，分级部细化学生劳动内容。例如，低年级主要以学系鞋带、整理书架、包书皮等简单的劳动为主；中高年级主要以学套被套、缝衣服、美化教室等难度相对较大的劳动为主。为了让学生们在劳动中体验到为人服务的光荣，激发他们参加劳动的积极性和能动性，该校积极开展扫街道、扫社区、植树造林等社会实践活动，让学生们在劳动中树德育美。

——动好手，培养学生创新精神。深度挖掘和整合教育资源，三好实验课、科学课和信息技术课，指导学生动手操作，激发学生对科技的兴趣，培养学生的科技创新能力。学校运用鼓励式和启发式教学，消除学生畏难心理，激发他们大胆探索的热情。每个学期，学校还开展剪纸、手工、手抄报或小发明、小创造等制作大赛，为学生的全面发展搭建舞台。

——健好身，强健学生体魄。该校以“每天锻炼一小时，健康生活一辈子”为中心，以“丰富学生业余生活，全面增强学生体质，创设校园健康向上的体育文化氛围”为宗旨，常态化开展大课间体育活动。每个学期组织开展跳绳、健身操、广播体操、乒乓球等体育赛事，激发学生参加体育锻炼的兴趣，养成良好的锻炼习惯，为终身体育奠定基础。

作者：李立春、毕传高

广东省深圳市龙岗区石芽岭学校

精诚所至　金石为开

广东省深圳市龙岗区石芽岭学校创办于2013年9月，占地面积达2.8万平方米，建筑面积为2.2万平方米，学校各类功能场馆和多媒体教室齐全，是一所硬件配备标准高、社会期望值高、政府重视程度高的学校。

石芽教育，根植学校内在发展的现实追求

如何办好这所新学校？龙岗区教育局高度重视，面向全国公开招聘校长。时任九江市第一中学副校长的王书斌脱颖而出，成为首任校长。如何办好一所建在石头岭上的学校？考验着校长办学智慧。

作为一位新来的校长，面对新的学校，新的时空，王书斌提出“一年保稳定，两年具规模，三年求发展”的开局思路，起步坚实稳当。在此过程中，学校管理团队根据九年一贯制学校的特点，以及在石头岭上办学的实际情况，因地制宜，研究“石、芽、石芽”之间的内在关系，以“石芽岭”的文化内涵作为办学核心理念的逻辑起点，提出“石芽教育”。7年多的办学实践，初步形成了学校发展的“石芽”样例，具有鲜明的特色。

石德芽智，体现学校优质发展的高位内涵

学校以“厚德如石，大智若芽”为校训，具有重要的昭示作用。石有玉石，具有保价保值作用，也有装饰修饰作用。石有沙石，粗细都有价值，粗一点可与水泥一起做成混凝土，是重要的建筑材料，小沙子可以是沙画材料，一种重要艺术形式的载体。石有岩石，坚硬坚实，可为大厦之基，可为墙砖之饰。石有湖石，可以做形象石，可以做人造景。石，无处不在，山中有石，水中有石，地下不论深浅，无地不有石。石，形态各异，大小粗细，多姿多色。石，不管处于何种境遇，都有自己的独特价值。石为体，芽为形，石芽一体型。石芽之石，乃石芽之本体。石芽之芽，乃石芽之功夫。石芽是石芽（本体），石芽生石芽（功夫）。石芽岭学校的每个人，都是一颗独特的石头，有独特的形态，有独特的价值，有独特的追求，有独特的使命。教育要有一种石芽的智慧，石德芽智，石芽德智，德智石芽。因为每个人都可以成为一块好石头、一种好材料，成就一个好人生。

精诚石开，新办学校人才培养的独特方法

“石”在什么情况下会“开”？“石”什么情况下会生“芽”？“精诚所至，金石为开”，这是我们的传统智慧。“诚”在中国文化中意蕴深厚，既是哲学概念，也是道德概念，具有重要地位。诸

石芽岭学校校长王书斌

霞光中的美丽校园

子百家都有关于“诚”的论述体系，仅以《中庸》为例。

《中庸》第二十至第二十六章有重要篇幅阐释“诚”。《中庸·第二十章》有“诚者，天之道也。诚之者，人之道也。诚者，不勉而中不思而得：从容中道，圣人也。诚之者，择善而固执之者也”。释意为：诚（真诚）是一种天道，是天自然运行的原则。诚之（追求诚）是人道，是做人的原则。天生真诚的人，不用勉强就能做到，不用思考就能拥有，自然而然地符合上天的原则，这样的人是圣人。努力做到真诚，就要选择善（美好）为目标执著追求。《中庸·第二十一章》：“自诚明，谓之性；自明诚谓之教。”释意为：“从本性真诚而明晓道理，称之为天性；从明晓道理而生发诚心，称之为教化。”《中庸·第二十二章》：“唯天下至诚，为能尽其性；能尽其性，则能尽人之性；能尽人之性，则能尽物之性；能尽物之性，则可以赞天地之化育；可以赞天地之化育，则可以与天地参矣。”意为：至诚能将天性、人性、物性联系贯通，人若做到“至诚”，则人可与天地比肩。《中庸·第二十三章》把“诚、形、著、明、动、变、化”之间的关系融通，“唯天下至诚为能化”，至诚能化天下万物。《中庸·第二十四章》讲述了“最高境界的至诚可以预知国与家的未来”，诚被赋予治国持家的价值。《中庸·第二十五章》讲的是诚与人的关系，通过“诚”把成人成物、成仁成德、知性内外时宜等关系得以融通。“诚者自成也，而道自道也。”就是做人要以诚为贵，诚能帮助人自我完善。《中庸·第二十六章》讲“故至诚无息”，即至诚能行久远。把诚与博厚、高明、悠远的关系融通。

《中庸》详细阐述了至诚之天理道理、地理物理、真理原理、人理事理等，至诚则无所不至。诚具有最重要的育人隐喻与意蕴。诚是学校育人的唯一哲学，诚是做人的世界观、价值观和方法论。因此，办“石芽教育”，培育“石芽文化”，要做好“诚”的文章。

芽壮花芳，石芽学子青葱年华的美好样态

石芽之歌唱起来。校歌《石芽之歌》接地气，有丰富的文化内涵，通过描绘“石芽”的生长轨迹来折射人的成长规律，呼唤学校要遵循教育规律，顺应孩子天性，为学生营造宽松、快乐的成长环境。校歌节奏明快生动、寓意深刻、浅显而不失大气，是全校师生团结友爱、明礼励志、厚德博学、追逐梦想、超越自我、享受成长的心声，每一颗石芽的心声。

石芽精神长起来。石芽教育是一种“生长教育”，寓意学校教育要遵循事物的客观规律，遵循人的成长规律，不断挖掘“石”和“芽”的教育元素，助力孩子们的成长。不管何时何地、何境何遇，每一颗石头都会长成一颗属于自己，自己喜欢的“石芽”，都能让石芽成长、成就石芽独特的故事。

石芽文化立起来。石，无问境地，无处不有，无问用途，无所不能。石，普通得很独特，朴实可随遇，何时何地皆显其能、显其用，显其与众不同。石开为芽，石本为芽，石芽虽异，石芽一体。顺应石性应然生长，超越自我茂盛生长，生机勃勃至诚花开，根深芽壮花自芬芳，石芽文化，基于石芽岭，具有独特的个案样例意义。

石芽成岭，高端学校创校发展的支撑体系

规划决定发展格局。学校能够敏锐抓住《深圳市实施东进战略行动方案（2016—2020年）》，对接《龙岗区教育发展“十三五”规划》，以此来研制《深圳市龙岗区石芽岭学校五年发展规划》，从而规划学校优质发展、内涵发展、特色发展，并以此来确定学校品牌发展战略定位。该《规划》从学校发展背景分析、发展目标、发展思路、推进举措、保障机制等要素进行了系统设计科学谋划，让学校发展进入预定轨道。

制度规划管理行为。制度面前人人平等，要用制度来规范管理，新学校特别需要制度建设。学校能够在开办初期就进行《学校章程》建设。从管理总则、组织管理制度、学校基本制度、教育教学管理、安全与健康管理、资产与财务管理、教师职工管理、学生管理、管理附则等方面进行制度安排，规范学校与政府、学校内部、学校与家长、学校与社区等各种关系，为学校平稳、优质发展提供制度支持。几年来，学样全体师生职责分明、分工不分家，精诚合作，大事集体研究，小事相互通气，难事相互支持，有功不揽，有过不推，追求务实高效、作风严谨、朝气蓬勃、奋发有为。

课程教学丰富多彩。围绕“每个孩子都是一块宝贵的石头”培养目标、“品位高、情趣雅、视野宽”的课程定位目标，建设多元课程框架，聚焦学科课堂、打造社团课堂、创设第二课堂，充分挖掘和整合校内外资源。开设的校本课程覆盖了品德、学科、人文、艺术、科学、体育、国际、生活等方面的素养，有国际象棋、国际跳棋、景泰蓝工艺画、书法、文学社、播音主持等，让每位学生掌握一两项运动技能、精通一两项乐器、写得一手好字、说一口流利好话，促进每个学生积极主动、生动活泼地发展。校本课程《话说石芽》作为五年级必修校本课程，要求每个孩子都参与课程成为“小小讲解员”，在介绍石芽景观的同时传播学校石芽文化。

环境营造石芽生境。学校特别强调校园环境建设，重点打造以“石”和“芽”为元素的主题景观，校园布局合理，动静相宜。每一栋楼、每一面墙都是生动的文化教育场。廊前驻足、亭下漫步、梯上行走，都有得看，有得思。其中不少好景点，如小眼看世界、润雅泉、怡心园、国学园、地理园、生物园和成功广场等园地阵地，徜徉其间，石芽文化扑面而来。

家校社区共建共育。学校高度重视家长、社区资源开发和利用，让家长、社区人员参与学校的教育工作，真正行使自己的知情权、参与权和监督权，构建新型的社区关系。成立家长委员会，问计于家长，坚持家委参与学校管理，通过“班级—年级—学校”三级家长委员会，采用座谈会、调查问卷、电话调查等方式，对学校的教育教学等工作进行评议。组建“石芽岭学校家长义工队”，开展家长义工间的交流活动和亲子活动，增强孩子的社会实践能力；为学校组织的各种文体活动（如校庆、校运会、六一活动、趣味运动会等）的举办提供协助；为学校的家长开放日和学生的上学放学提供指引。

石芽故事，新建学校品牌发展的精彩样例

石芽岭学校以规划谋划发展格局，以章程规范学校行为，以课程培养独特“好石头”，以环境建构“石芽”成长空间，七年来的办学实践探索，展现了良好的发展态势和办学效益，学校先后被评为全国国际象棋特色学校、深圳市首批制度建设先进校，承办了多项全国级、省市级竞赛活动。石芽岭学校的特色办校实践，成为新建学校快速发展、优质特色发展的好样例，具有重要的启示意义。

一是学校发展要有核心理念引领。石芽岭学校办学开始就决定依托“石芽岭”的区位方位特点，把“石芽”作为学校教育发展的意义隐喻，挖掘“石、芽、石芽”的教育价值，办“石芽教育”，引导孩子们“做一颗独特的石头”，一颗有自己独特价值的石头。学校由多姿多彩、可能性无限的“石头”组成，每颗石头都有自己独特的样貌，这对于破解当前学校教育同质化的难题，具有重要的启示意义。

二是学校发展需要办学思想引领。学校管理，首先是思想的管理。思想决定路线方向。石芽岭学校创校过程中，校长十分重视教育思想的统一，通过先进的教育思想武装头脑，心往一处想，劲往一处使，精诚所至，金石为开，用传统的教育思想立德树人，为国家培养合格人建设者和接班人，让我们的事业后继有人。

三是学校发展需要制度的顶层设计。学校特别重视“学校章程”的科学制定和运用，通过制度来管理人，通过制度来激活师生活力。学校不是校长的学校，是大家的学校，是全社会的学校。只有在全体师生认可的制度下，学校才可能平稳发展、安全发展，才能在此基础上实现优质特色发展。

我们相信，在“让每一颗‘石头’都是建设国家的有用之材（才）”的理念引领下，这所建设在“石头岭”上的学校将发展得更具特色、更优质、更美好。

摄影：李科军、罗胜钦

广东省江门市紫茶小学

“文明”浇灌 “茶蕾”吐艳

紫茶小学正门 摄影：钟友

链接：谭国池，小学数学高级教师，中共党员，现任江门市紫茶小学党委书记、校长，江门市第五批名校长培养项目对象。系粤港澳大湾区中小学校长联合会主席团成员、广东省青少年科技教育协会理事、广东教育技术专业委员会理事、广东教育学会教师继续教育专委会理事。曾荣获教育部 IBM 基础教育创新教学项目优秀教师、南粤教坛新秀和江门市优秀教育工作者、优秀教育科研工作者、侨乡建设突击手、优秀青年科技工作者等荣誉称号。曾主持“应用数字化学习工具，构建探究式的互动课程”“小学数学开放式课堂教学研究”等 7 项国家、省级立项课题，研究成果在全国中小学信息技术教学应用展览会上展示。

子曰：不学礼无以立，人无礼则不生。自古以来，中华民族就有崇尚文明、注重礼仪的传统，而学校则是立德树人、铸魂育人的主阵地，学校文明折射着社会文明。

基于这样的认识，侨乡百年名校广东省江门市紫茶小学（简称紫茶小学），带领南北两个校区、100 多个教学班、5000 多名学生以及近 300 名教职工，践行文明礼仪，扎实推进文明校园建设，培育了一方文明的沃土，浇灌出芬芳的文明之花。

1991 年获评“中国名校”，2017 年荣膺“全国文明校园”……紫茶小学的一朵朵“茶蕾”在“文明”的滋养下灿然绽放。

生根——党建引领促发展

一颗种子落地，就会拼尽全力发展根系，并以最快速度钻进土壤，吸取养分，固定植株。党建工作无疑就是学校的“根”。

紫茶小学规模大、校区多、教师多、学生多，为使学校得到更科学、有效的管理，紫茶小学实行“统一管理、条块结合、分区负责”的管理模式，建立由党委书记（校长）—党支部书记（校区副校长）—支委委员（校区主任）—党员骨干（年级组长）为主线的党政管理体系，织就了一张党建引领下的行政管理工作网。

有了这张“网”，紫茶小学确立了“党建引领阵地建设、队伍建设、课程建设”的工作方向，实施了“三个三”党建工程：即筑牢三个“红色堡垒”，规范三个校区的党建工作；建设三支“红色队伍”，一支方向坚定、锐意改革的管理团队，一支德能兼备、爱岗敬业的教师队伍，一支红心向党、博学创新的学生队伍；打造三门“红色课程”，积极探索“红色 + 科技创作”“红色 + 诗歌创作”和“红色 + 绘本教育”三门特色课程。

此外，紫茶小学充分发挥党员教师的先锋模范作用，加强党风、校风、教风、学风建设，让党员教师才有所用、力有所值、德有所长。

发芽——多彩德育润心田

如何更好地培育有理想、有担当的社会主义接班人？是紫茶小学一直在思考的问题。自创建全国文明校园以来，紫茶小学逐步形成了以融合素质教育为主线，以师德建设、学生行为规范养成教育为重点，以主题鲜明的少先队活动为载体，以国学渗透提升学生的思想素养为德育特色的文化氛围，学生在学习中感悟，在实践中成

左图为粤港澳台暨海外华裔青少年阅读公益行分享会；右上图为学校科技园；右下图为宪法晨读活动启动仪式　摄影：钟友

长，文明的种子在学生的心中悄然萌芽。

紫茶小学的教育教学素以“严、实、活、新”而闻名，以德育为首，注重培养学生的创新精神和实践能力。本着“全面发展，学有所长，善于创新”的培养目标，百年紫茶逐渐建立了适合学生发展的课程体系，打造了省内外闻名的品牌学科，并把德育、智育、体育、美育渗透到各种活动中，开展创新教育，让学生在丰富的体验中收获学习的快乐，让文明行为在一次次具体的生活情境、生活事件的熏陶中入脑入心。

一颗心，一片天地；一颗心，一份力量。为让学生在阳光下成长，紫茶小学甘当学生们的“心灵守门员”。开展心理健康课；聘请心理专家定期对老师进行辅导；学校心理咨询室定期开放倾听学生心声……“一招一式”间，为孩子们的健康成长撑起了一片蓝天。

前不久，该校五（5）班的关智浩、关智洋两兄弟的《大中国大工程》还入选了“学习强国”上的“强国征文”栏目。他们的老师区卫芬说，“丰富多彩的德育活动像火种一样，点燃了孩子们的家国情怀。”

开花——文化阵地竞风流

环境对人的成长具有潜移默化的影响，尤其是青少年对所处环境的影响则更为敏感。走进紫茶小学，校园内绿意盎然，繁花似锦。布局合理的教学楼，秀美玲珑的紫茶苑，充满现代气息的科技园……立体折射出了该校深厚的文化底蕴和文明之美。

紫茶小学总建筑面积53710平方米，利用优越的硬件优势，该校建设了科技实验室、综合实践室、器材室等8个功能室，生物园2个，紫茶庄园1个，科技特色长廊5条，核心价值观教育长廊1条，专用社科普及宣传栏5个，红领巾电视台及广播站各1个，大型图书馆2个，电子阅览室4个，数学园和科技园各1个，还有流动书柜、红领巾读书角，风雨球场、操场、走廊、园区……处处体现着“花木有声，墙壁说话”的环境育人理念，让一切看得见的和看不见的都成为教育力量，成为文化和文明的滋养。

值得一提的是，该校还拥有一个可容纳500人的报告厅，以及2个可容纳200人的阶梯室，和全校师生一起见证着全校、全市各种大型活动的精彩瞬间。

在创建文明校园的过程中，江门市紫茶小学还将学校资源和家长资源相结合，成立了班级一年级一校级的“三级家委会”，开发了以“家长开放日、家长讲坛、亲子活动、亲子义工队、家长社团”五大课程为主的家校共育课程，不仅拉近了家校距离，还促进家长和孩子一起共成长、共进步、共文明。

前段时间，五年级学生黄于桐和妈妈一起参加了学校组织的“给广西三江县两所小学捐赠图书”活动，“我了解了什么叫精准扶贫，很愿意把我的图书和那里的孩子一起分享。”黄于桐说。她的妈妈也表示，陪孩子一起成长，就是最好的教育。

飘香——师者育人守匠心

师风如春风，桃李自飘香。三尺讲台上，紫茶小学培养了一批又一批怀揣初心、守护匠心的优秀教师，形成了一支师德高尚、业务精湛、充满活力的高素质教师队伍。

紫茶小学是培养名师的摇篮。该校共有省市级以上学科带头人、骨干教师、名班主任、名教师、名校长等32人，另有全国少先队工作室1个、省名教师工作室2个。为加大名师的辐射范围，该校定期开展“紫茶名师大讲堂”活动，并对骨干教师、青年教师以及三年教龄以内的新教师提出不同的发展目标和要求，同时注重引导教师发现职业之美，鼓励教师创造教育之美，支持教师享受生活之美，让教师获得职业幸福感。

经过不断的打磨和历练，许多青年教师拔节成长：2019年，陈国柱老师在第二届全国中小学青年教师教学竞赛中斩获小学组全国一等奖第二名的好成绩；同年，周丽娜老师被评为“全国模范教师”；在2019年江门市蓬江区“工匠杯”教师技能大赛中，紫茶小学参加10个学科比赛夺得7个科目的第一名，获奖教师数目占全区之冠。

“每次比赛，大家都以‘工匠’精神，深入钻研教材，对教学设计集体研磨、精雕细琢，全体教师在赛课和听课中积极参与、相互学习，很有收获，教师成长也很快。”紫茶小学校长谭国池说。

结果——守正创新谱华章

百年的积淀和自我更新，已使紫茶小学的文明之风内化为一种教育气质，掩映在校园的一草一木，彰显于师生们的一言一行。

1991年获评“中国名校”；2009年被评为“广东省红领巾示范校”；2015年被评为“广东省书香校园”；2016年获评中国少年科学院“小院士”科普教育示范基地；2017年被评为全国足球特色学校，更荣膺“全国文明校园”……一块块“金字招牌”彰显了紫茶小学的实力和丰厚底蕴。

仅2018年以来，该校获得的省级以上荣誉就有14项，包括全国优秀少先队集体、全国青少年校园网球特色学校，广东省第一批全省基础教育党建示范校、广东省少先队先进学校、广东省中小学艺术教育特色学校、广东省青少年科技教育创新团队……

“天道酬勤，力耕不欺。”百年紫茶，在素质教育探索过程中，培育了一批批充满活力和创造力的新人，也浇灌出了一朵朵芬芳的文明之花。如今，依然在实现“紫光耀四海，茶蕾绽千姿”的道路上大步向前，谱写文明校园新的华章！

供稿：江门市紫茶小学

东北师范大学附属益田小学

保护孩子天性　促进健康成长

东北师范大学附属益田小学执行校长马方原

链接：马方原，1982年出生，吉林长春人，毕业于吉林师范大学，2011年取得东北师范大学教育学部教育管理硕士学位，中共党员。2011年8月从东北师大附小选派到广东东莞参与益田校区筹建工作，现任东北师大附属益田小学执行校长。系教育部“国培计划”特聘导师，吉林省骨干教师，吉林省第二届班主任综合素养大赛冠军，长春市骨干教师，长春市教学能手，长春市优秀辅导员。曾先后赴日本、美国中小学校访学、交流。主持开展“小学高年段学生自主管理的实践探索”等课题研究，有多篇教育案例、论文发表在国家、省、市级期刊。

近年来，东北师范大学附属益田小学在“率性教育”理念的指引下，强调小学教育要保护天性、尊重个性、培养社会性，遵循儿童身心发展规律和特点，促进儿童发展，取得了显著成绩。

“率性教育”源于《中庸》开篇的三句话——“天命之谓性，率性之谓道，修道之谓教”。长江学者特聘教授、东北师范大学附属小学校长于伟从中提炼出了保护天性、尊重个性、培养社会性三个关键词。

保护天性就是保护儿童愿意探究、愿意想象、好问好动的特点。尊重个性，即尊重学生的差异，其中有性别的差异，各方面能力的差异，管理方式、教育教学评价方式都要力争打破完美主义。培养社会性，就是让学生学会学习、自主发展，培养学生的合作精神、规则意识和责任观念，为学生未来成为社会主义建设者和接班人奠定文化与价值的基础。

“率性教育”需要通过“率性教学、率性德育”来实现。东北师大附小在解析“率性教育”时用了保护天性、尊重个性、培养社会性三个关键词，在落地“率性教学”时也提出三个关键词，分别是有根源、有过程、有个性。

于伟校长解释说，有根源是指要挖掘本源，让教学有据可依。举个例子，一位语文老师，他不仅要会语文，还要懂《说文解字》，针对汉字讲解时，他要能讲清楚来龙去脉，追溯知识的本源，厘清知识发展的过程，即知识线索上的“根”；要遵循儿童学习的规律和特点，发现儿童学习与成长的根源，即教学对象上的“根”；要把握“教”的规律，了解不同教学方法、教学模式、教学组织形式的本质和特征，为教学寻找本源上的依据，即教学方法上的“根”。

有过程是指教学应体现学生的学习和成长过程，是全面的成长和发展，而不仅仅是学习分数的提高。

有个性是尊重学生差异、基于学生差异展开教学，不搞完美主义，充分考虑学生学习的兴趣、学习的速度、学习的适应性和认知的类型等，在教学方式方法上也允许各有千秋和百花齐放。

“率性教学”改变传统教学中“重演绎轻归纳”“重结果轻过程”等倾向，实施“有过程的归纳教学”。“率性教学”是遵循知识经验、能力和智慧发生规律、儿童成长发展规律与阶段性特点，促进儿童在共同体中成长的教学。“率性教学”是指向经验与知识教育、抽象能力和想象能力的培养、智慧教育的开发。

“率性教育”同时还坚持围绕培养德智体美劳全面发展的社会主义建设者和接班人，坚持围绕立德树人，探索有过程、有尊重、有道理的“率性德育”。在近年探索中，益田小学在“率性德育”方面根据儿童好动的特点探索了“健康跑”活动。“率性教学”则是围绕阅读改革作了探索。

健康跑，跑出健康

在“率性教育”理念指导下，东北师大附属益田小学积极响应“让孩子们跑起来”的号召，推出“阳光体育伴我成长”健康跑活动，全校师生积极参与，走向操场、走进大自然、走到阳光下，通过跑步锻炼身体，强健体魄。

精心筹备，从激发兴趣着眼。

跑步是一项“周而复始”的枯燥运动，如何提高学生跑步的积极性成为这个活动的关键。

东北师大附属益田小学地处深圳和东莞交界处，在以往的社会实践活动中，老师们了解到学生对深圳、东莞两地景点以及地标性建筑很感兴趣。兴趣是最好的老师，学校首先制作了巨幅深圳、东莞地图，将其放在显眼的架空层内。这张地图上呈现了20余处深圳、东莞景点和地标建筑缩略图。体育老师在缩略图中标注了其距离学校的公里数，将20余处缩略图制成海报的尺寸，粘贴在架空层的四方柱上。学生在每张海报上不仅可以看到景点的简介和景点距离学校的公里数，还可以看到相应的跑步圈数。如果学生累计跑到了某个缩略图上的圈数，这名学生就相当于从学校跑到了该景点。同时，为了让学生们在跑步活动中展现自己的风采，激发他们的荣誉感，学校给全校1200余名学生分别制作了率真的跑步“大头贴”，如果学生完成指定景点上的圈数，便可以将自己的“大头贴”粘贴在此景点上。

实施推广，动员评价两手抓。

活动筹备就绪后，学校利用升旗仪式、红领巾电视台、班会课等德育阵地对学生进行动员和宣传。在升旗仪式上进行“健康跑”启动仪式和表彰仪式；在班会课上进行阶段总结，取长补短；在校园电视台对学生出现的问题进行指导和总结。体育组长深入班主任会、组长会、全校教师大会，从活动的准备到活动实施，加强参与教师的沟通和协调作用，聚集多方力量，助力活动顺利开展。

创造机会，提高参与度。

依据学生身心发展的规律，考虑到学生体育课和大课间跑步时间有限，学校为学生积极创造跑步的机会：在不耽误早自习的情况下，学生每天早上可在操场上跑步；大课间增加跑步的时间，由每天6分钟逐渐增加至8分钟、10分钟；体育课和体育类社团课，将慢跑作为学生课前热身活动；学生放学后可以在操场跑步，还可以带动家长一起跑步；为每个年级设置其他运动项目替代跑步的计算标准，只要达到强身健体、愉悦身心的目的，允许学生用跳绳、游泳、轮滑、篮球等运动项目替代跑步。

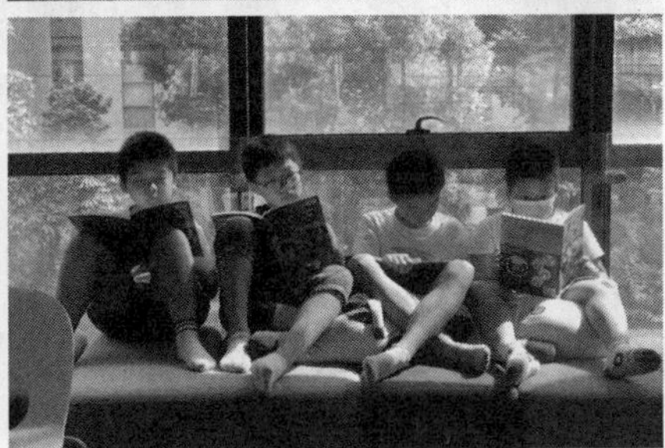

左图为学校全景；右上图为课堂教学；右下图为率性阅读

精准记录，及时评价。

为了准确记录学生每天跑步的距离，体育老师为每个班级制作了表格。记录的过程需要协调多方力量，并不是一件容易的事。学生每天自主在"打卡记录表"上记录；为避免有些学生忘记记录，充分调动班级干部的作用，每天轮流督促提醒；班主任发动家长对学生进行督促和提醒；体育老师责任到年级，每天定时到班级检查；在每月最后一周班会课上，班主任组织学生总结，同时引导学生准确填写、公平公正、诚实守信。

学生把自己实际跑步的距离换算成圈数，在缩略图上粘贴自己的头像。一个月下来，跑步圈数少的学生及时调整，加强运动，争取跟上其他同学的脚步；跑步圈数多的学生继续保持，并想办法合理利用时间，适度加大运动量。

学期末，学校利用升旗仪式对在"健康跑"活动中表现突出的个人和班级给予表彰，颁发个人证书和"运动达人"勋章，并授予班级"领跑班级"称号流动红旗，鼓励大家向榜样学生和榜样班级学习。

总结反思，德智体全面发展。

"健康跑"活动的开展带来了学生的变化。学生长时间站立，几乎不出现晕倒的情况了；在五、六年级的国家体质健康测试 50 米 ×8 折返跑中，学生的成绩明显高于上个年级；据校医室每日晨检统计，学生每周生病人数比例明显下降。

"健康跑"活动的开展不仅增强了学生的身体素质，而且实现了德育、智育、体育全面发展。学生在记录跑步圈数的同时，要坚持诚实、公平的原则，这无疑是一次非常好的道德教育；地图上所呈现出的景点可以让学生更好地了解深圳、东莞两地的人文、地理、历史知识；各种运动场地、运动项目的距离换算，加强了与数学学科的联系。一个小小的"健康跑"活动，实现了德智体全面发展。

阅读，开启智慧之门

书籍是知识和智慧的源泉。新教育发起人朱永新教授提出，"一个人的精神发育史就是其阅读史"。阅读素养是一国公民素质很重要的指标之一，也是个人终身学习的必备能力。语文教育家吕叔湘先生指出："我们的知识有 70% 是从阅读而来的。"小学生阅读对学生综合素养的形成起着至关重要的作用。

对于小学生来说，阅读是学好各门学科的基础。苏联教育学家苏霍姆林斯基指出，小学阶段学生应具备的各种能力中，阅读能力居于首要的地位。学生如果不能完善地掌握阅读这个工具，就不能顺利地学习，如果你的学生具备了良好的阅读能力，你就不必担心会出现落后生。

在"率性教育"理念的引领下，近年来，东北师大附属益田小学立足于保护儿童的好奇心与爱学习的天性，遵循不同年龄阶段的学生阅读水平和能力的差异，通过营造阅读环境、开展阅读活动、设置阅读课程、开发阅读卡片等一系列举措，培养了学生热爱阅读的习惯。

*营造阅读环境，健全层级网络。*近年来，学校逐步建立了中心图书馆—班级书吧—开放空间阅读角"三位一体"的书香校园网络。目前，学校中心图书馆有图书 28000 余册，各班级书吧有 100—300 册图书，开放空间阅读角新增图书 3000 余册。学校积极拓展阅读空间，为营造书香校园提供有力保障，让学生们处处有书读、时时有书读，让书籍遍布校园的各个角落，全面满足师生的阅读需求，形成了浓厚的书香氛围。

*开展阅读活动，充溢书香童年。*学校自 2015 年起，针对不同年级的学生特点，先后开展了校园读书节、亲子阅读、班级读书会、童话剧创编、阅读百科知识擂台、阅读存折等丰富多彩的读书活动。这些活动的开展，进一步彰显学校"率性教育"的办学理念，对学生真正起到了激发阅读兴趣、陶冶人文情操、充实文化底蕴、提高读写能力的作用。

*设置阅读课程，开展课题研究。*学校根据学生年龄特点，在一到四年级开设了每周一节阅读课，用于培养学生阅读兴趣，指导学生阅读方法。通过一段时间的尝试，学生有了长足的进步。在高年级，学校以语文统编教材为依托，从"阅读要有一定的速度"为切入点，以课题形式对学生阅读速度的培养进行研究。

*开发阅读卡片，指导方法运用。*学校通过构建阅读理解的层级、设计阅读理解的问题，设计了归纳提炼式、线索梳理式、观点表达式三种阅读卡片。通过指导学生对阅读卡片的运用，为学生的语文阅读学习提供了有效助力，引导学生与文本、作者、同伴之间展开深度对话，促使学生对文本产生个性化的理解。教师也能根据学生填写的阅读卡片，判断学生所达到的阅读理解程度层级，了解他们对文本的理解程度以及存在的问题，并辅以针对性指导，从而实现教学、指导与评价的一体化。

阅读活动的开展开阔了学生的视野，促进了学生思维的发展，为学生开启了智慧之门。

跑步，是一种信仰、一种精神、一种坚持；读书，是一种态度、一种习惯、一种修行。跑步和读书就像车之两轮、鸟之两翼，不可或缺。越跑步越健康，越读书越充盈。未来，东北师大附属益田小学将深入践行"率性教育"办学理念，继续开展"健康跑"和"阅读活动"，引导学生在活动中享受乐趣、增强体质、健全人格、锻炼意志、增长智慧。

作者：马方原

供图：东北师范大学附属益田小学

广东省河源市源城区下城小学

弦歌不辍八十载　薪火相传谱华章

河源市源城区下城小学党支部书记、校长刁景新
摄影：潘玉娇

链接： 刁景新，男，1978年12月出生，2001年7月加入中国共产党，华南师范大学行政管理专业本科毕业，管理学学士。历任科组长、年级长、团委书记、政教主任、教导处主任、分管教学、德育、后勤副校长、校长，源城区委、区政府派驻源南镇风光村第一书记兼乡村振兴战略工作组长；现任河源市源城区下城小学校长。

你也许常听到这所学校的名字，但你不一定知道她被誉为"河源教育的根"；你也许知晓这所学校的前身是槎城中心小学，但你不一定了解她的历史底蕴。她就是毗邻鳄湖公园的广东省河源市源城区下城小学。作为源城区的一所老牌小学，已有80年历史的下城小学，不仅见证了河源教育的变革，也培育了遍布海内外的数万名优秀学子。这里，不仅是繁华都市中难得的宁静港湾，更是莘莘学子读书向学的好去处。

历史悠久，星光熠熠，槎城名校，英才摇篮

八十载春风化雨，记录着代代薪火相传。始建于1941年的槎城中心小学（现源城区下城小学），已走过八十年的风雨历程。岁月变迁，名校风采依旧。该校曾5次荣获"全国红旗大队"，7次荣获"广东省红旗大队"，少先队代表分别出席第一、第三、第五届全国少代会和第二、第四届广东省少代会，教师代表刘丽娜出席全国第七届全国少代会，学校曾先后3次获广东省文明单位称号，学校党支部先后2次获"广东省先进基层党组织"荣誉，学校先后3次被广东省人民政府评为普教系统"先进集体"，是广东省第一批百所中小学现代教育技术"实验学校"之一。多年来，该校先后获得"广东省一级学校""广东省文明单位""广东省依法治校示范校""广东省诗歌教育示范学校""广东省交通安全文明示范校""广东省首批书香校园""广东省首批朝阳读书活动先进集体"等荣誉。教师中也涌现了一批先进典型，比较突出的有：全国劳模1人，全国教育系统劳模3人，全国优秀教师8人，全国优秀班主任2人，全国优秀辅导员3人，全国"三八红旗手"1人。

岁月不居，时光如流。2021年，下城小学迎来80周年华诞。如今，该校拥有37个教学班，2000余名学生，100余名教师，其中高级教师16人，一级教师52人。近几年，全校教师获得国家级奖项7人次，省级奖项106人次，市级奖项103人次，区级奖项253人次。学校教师队伍中，既有教研方面的领头人，又有中青年骨干教师，更有优秀青年教师，他们传承下城小学优良传统，在风雨兼程中辛勤耕耘、砥砺前行，继续成就下城小学的辉煌业绩。

沧桑巨变，薪火相传。下城小学以其深厚的文化底蕴、过硬的教育教学质量，锻造成为市区名校，培养输送了一批批人才。它犹如一卷书写不尽的山水诗篇，焕发着青春的蓬勃朝气，呈现出一派勃勃生机。

人在书中，书在手中，全面打造图书馆式学校

下城小学注重校园文化建设，突出"书香"特色，促进学校向更高品质跨越。走进下城小学，处处散发着浓厚的书香气息。该校致力打造"小而优"学校，营造书香满园育人氛围，让教育"润物细无声"。

该校坚持以社会主义核心价值观引领文化建设，校园及教室内的布置处处都注重"美"和"育"。漫步校园，书法精品、名家对联、经典诗词等的布置恰到好处。该校每一个角落、每一面墙壁的布置都凸显育人文化，"新时代好少年长廊""文明之星""新时代好少年""作品秀"无声地滋润学生的心灵。上下楼梯"轻声、慢步、礼让、右行"，温馨提示着孩子们的行为。该校的"红领巾"广播站，每天组织学生颂咏经典美文，让师生身心浸润书香文化。

该校以"凝聚人心、激发潜能"为目标，实施"全人格"教育，形成特色教学，努力让进入下城小学读书的孩子成为"好读书，做一个手不释卷的人。读好书，做一个品德高尚的人"。近年来，该校一直致力于以大阅读推动学校图书馆式学校创建。如今，在该校操场旁、教学楼中厅、走廊，随处可以看到孩子们静心读书的身影。

在校园图书角，孩子们沉醉在幽幽书香里。多年来，该校以丰富多彩的思想道德教育活动为载体，坚持开展“红领巾跳蚤书市、好书漂流、经典诵读”等一系列活动，营造浓厚的读书氛围。在创建书香校园活动中，该校屡获佳绩，其中2017年至今，获得市、区组织的中华经典诵读比赛“三连冠”；在2019年广东省第六届中小学生艺术展演活动中，该校的朗诵作品《爱的赞歌》荣获一等奖和优秀创作奖。

以质量立校，以科研兴校，把学校打造成名校长、名教师成长摇篮

自20世纪80年代初，下城小学从丁氏教材教法实验开始课题研究，相继开展了国家级课题《小学生创新意识、创新精神、创新能力的培养》、全国教育科学“十五”规划教育部重点课题《团体心理辅导的理论、应用与推广研究》子课题《团体心理辅导与学生全面素质的提升》、省级课题《信息时代的学生德育和心理健康教育的现状、问题与对策研究》、“十二五”教育部规划课题《传统文化与中小学生人格培养研究》子课题《经典诗文诵读与小学生人格培养的实践研究》以及市、区级课题研究，打造出一支懂理念、精业务、善管理、肯钻研、具有科研能力和创新精神的一流教师队伍。

该校非常重视校本教研培训，实行“个人备课，集体研究，形成精品课”的做法，积极开展多层次、多形式的上课活动，如“一课多论”“同课异构”“有效课教学”及“精品课”展示等活动。相继开展“青蓝工程”“名师工程”等培训工作，积极举办各项竞赛及展示活动，为青年教师提供展示风采的舞台，打造一支理念新、教艺精、底蕴厚的创新型教师队伍。

近两年来，在校长刁景新的带领下，下城小学持续聚焦课堂教学，通过各类教学活动深化校本教研。该校积极为教师职业成长铺路搭桥，创设平台，注重发挥名优教师传帮带作用，教师积极参加教学研究、教学竞赛，学校教研氛围日益浓厚。

发展教育抓党建，抓好党建促教育，政治素养和业务能力互促互进

抓教育先抓党建，抓党建先抓学习。河源市源城区下城小学将行政班子、党员干部称为“新时代文明实践干部”，要求他们做到“想干事”“善谋事”“能成事”。在下城小学，一个干部就是一个榜样，一名党员就是一面旗帜。

目前，下城小学有党员25人（其中在职党员教师22人，退休党员3人）。该校以办人民满意教育为宗旨，严格抓好党员教育。坚持“三学”（学理论、学党章党史、学楷模）、“四抓”（抓方向、抓纪律、抓服务、抓质量），积极开展各项主题教育，通过学习教育，使每一位党员更新观念，坚定信念，不断完善自我、发展自我、超越自我，从而全面提升党员的思想素质、文化素质及能力素质。使全体党员始终展现时代性，始终维护纯洁性，始终保持先进性，使党支部始终充满生机和动力。

同时，该校坚持开展“党建带队建”工作，做好少先队日常工作，推进良好校风的形成；广泛组织学生开展社团活动，组织教职工开展丰富多彩的业余活动，不断激发学校内部活力。

作者：陈小文

左图为下城小学开展“学党史，颂党恩，跟党走”庆祝建党100周年活动；右上图为学校老师刘丽娜（前排左一）参加中国少年先锋队第七次全国代表大会，所属广东代表团在北京人民大会堂东门外广场合影；右下图为下城小学朗诵社团参加广东省“我爱你·新中国”经典名篇诵读总决赛　摄影：潘玉娇

广东省龙川县第一小学

师生成长的幸福家园

与泰国联华学校结对姊妹学校

阅读提示

党的十九大以来，广东省龙川县第一小学坚持走内涵发展之路，以立德树人、幸福教育为核心文化，以培养追求幸福的阳光少年为育人目标，坚持“用爱和智慧营造师生成长的幸福家园”的办学理念，加强校园环境建设，为师生发展提供良好平台，创新教育教学管理模式，让师生成长在幸福家园里。2016 年以来，龙川县第一小学被教育部认定为首批“全国青少年校园足球特色学校”，被评为广东省毒品预防教育示范学校，广东省义务教育标准化学校，广东省依法治校示范校；河源市平安校园，河源市交通安全文明示范学校，获得了河源市中小学德育论文评选优秀组织奖，龙川县学校、幼儿园年度工作综合督导考评三等奖，学校朗诵小组荣获龙川县中小学“弘扬传统文化传承中华美德”经典诵读比赛二等奖。

近年来，龙川县第一小学办学特色鲜明，坚持“用爱和智慧营造师生成长的幸福家园”的办学理念，积极创建“自主、合作、探究”的教学模式，打造足球特色品牌，开展校园小交警活动，举办教师元旦联欢晚会，为师生提供发展平台，促进幸福家园建设。一直以来，该校认真执行《龙川县第一小学章程》《龙川县第一小学五年发展规划》，以全面落实素质教育作为抓手，引领学生用社会主义核心价值观端正自己的品行向善向美，把培养学生良好行为习惯作为学校素质教育的主题。

龙川县第一小学按规定开齐开全各门课程，深化教育教学改革，创建“自主、合作、探究”的教学模式，突出教学特色。该教学模式本着以学生为主体，教师为主导的新课程理念；以学生“自主学习、自主管理、自主发展”为抓手，搭建小组合作学习平台；着眼于学生的参与和发展，培养学生独立自主、团结合作和积极创新的精神，形成新型的“自主人格”。学生们都乐学、会学、爱学，养成了良好的学习习惯。

龙川县第一小学还认真落实“阳光体育锻炼 1 小时”活动方案，继续保证良好的教学质量，同时注重发展学生的体育、艺术等，打造数字校园特色，抓实学校文化传承工作，巩固义务教育均衡发展成果，实现了办学条件进一步优化，精细化管理进一步加强，素质教育进一步丰厚，教育教学成绩稳步发展。

该校既要文化教育，也要特色教育。近年来，龙川县第一小学确立了“以体艺促德、以体艺促智”主题特色教育，设有语文、数学、英语、书法、电脑、美术、舞蹈、篮球、田径、足球等 10 多个课外活动小组。

龙川县第一小学最吸引学生的就是足球课外活动，每逢大课间，学生们都会拿着足球，到球场练习踢球，展示了学生朝气蓬勃的精神面貌。近年来，该校努力打造足球特色品牌，开展了师生足球赛，积极与其他足球特色学校结盟，在 2018 年 3 月，与广州渔沙坦小学结为足球姐妹学校。在姐妹学校智囊团队的协助和引领下，该校积极开展足球文化课程，并安排教师到广州渔沙坦小学跟岗学习。该校还组建了学校足球队，该校男子足球队荣获 2018 年我爱足球“明源·翡翠城杯”广东省五人足球争霸河源赛区暨河源市足球五人赛少年组冠军和 2018 年龙川县中小学生足球赛亚军。

此外，该校还创新管理，与龙川县交警大队合作，举办上下学交通安全系列模式校园小交警培训班。龙川县第一小学自 2017 年 10 月起，每月都会从一年级至六年级，在每班挑选 2 名学生作为当月的校园小交警，并邀请县交警大队法宣科的交警为这些小交警上课。通过培训指导，训练了一批小交警，管理校道，提高自护、自律能力。

团结奋进的行政团队

学生在校园里提升了幸福感，教师们也同样能够感到工作上的愉悦。每逢元旦，该校就会举办教师元旦联欢晚会，由学校音乐科组负责编排节目，并邀请优秀家长义工代表和社会热心人士参与。晚会中，还穿插进行年度十大最美教师表彰活动。通过教师共庆元旦，该校进一步推进素质教育全面实施，丰富了教师的文化生活，活跃了工作氛围，加强教师之间的沟通，增强了学校的凝聚力。

提高教师素养，打造优良教师队伍。教师是一所学校发展与进步的灵魂。龙川县第一小学在教师队伍建设中，坚持以德为先，规范教师的职业道德，铸就教师的高尚品格，提高教师的人文素养，通过扎实有效的师资培训，促进全体教师整体素质的提高。

一直以来，为了营造一支团结奋进、求真务实、开拓进取的领导班子，着重抓领导班子的思想建设、作风建设。建立和健全了领导班子的学习制度，定期组织学习有关教育的政策法规，了解新时期教育发展的新动向、新理念和学校管理新办法。通过学习，增强领导班子的管理能力，提高管理水平，也为全校教师树立了榜样，带动了全校教师积极学习，努力提高自身素质。

持之以恒地开展以“三心”（事业心、责任心、进取心）铸师魂，“三爱”（爱学校、爱岗位、爱学生）立师德，“三养”（师德修养、理论修养、专业修养）树师风和“五种精神”（不计较得失的牺牲精神、不甘落后的拼搏精神、爱生如子的园丁精神、认真执教的敬业精神、终身从教的献身精神）为主题的师德师风教育系列活动，通过学习校内外师德典型事迹，开展征求家长、学生意见活动及自查自纠等系列教育活动，激励教师、警醒教师。

龙川县第一小学还鼓励青年教师参加进修学习，通过优秀教师与青年教师、骨干教师结成对子，青年教师参加学校的课题组，选送骨干教师到省、市、县开展业务学习等方式，提高教师专业水平和学历水平。

建立健全“人人上汇报课，人人参与评课，人人参与课题实验研究”的教研制度，要求教师们围绕学校研究课题，结合平时的教学实践进行研究。为此，该校定期开展了“教师公开课教学大赛”活动，让每位老师都有机会上公开课，以课堂教学的形式汇报自己的课题实验成果，展示自己的课堂教学水平。

公开课要求每位教师边听课要边做好评析，保证听课时认真听、认真记，评课时人人有发言，发言有条理、有重点。在评课中，促进全体教师思想上和业务上的交流，互相学习，取长补短，从理论上和实践上提高教师的教学水平。要求教师在教学中不但要能教会评，还要会写，引导教师形成“理论—实践—理论”的良性循环，认真总结教学经验、撰写教学论文和教后感，上交教案、说课材料和教学论文。最后，学校从课堂教学、业务档案和评课三方面对教师进行综合评价，并评选出一、二、三等奖，提高教师的积极性。

供图：龙川县第一小学

广东省台山市培正小学教育集团

集聚力量　构建教育发展共同体

台山市培正小学教育集团举行揭牌仪式　摄影：梁翠芳

链接：台山市培正小学，是台山市培正同学会筹建的公办学校，于1998年秋季开始招生，与培正谢林宝珠幼儿园、培正中学形成从幼儿园至高中“一条龙”的办学特色，开台山教育之先河。学校占地16073平方米，建筑面积4704平方米。现有“邝道祖父子楼”“三友楼”两幢教学大楼，并设有音乐舞蹈室、美术室、电脑室、科学实验室、综合电教室、图书阅览室、电子阅览室、心理辅导室等多个功能场室。教学设备先进，教室、功能场室均配备多媒体电教平台、电教设备。现有26个教学班，学生1170人，教职员工64人，其中专任教师58人，专任教师学历达标率达100%，本科学历55人占95%。学校先后获得“全国优秀家长学校”、广东省“书香校园”“省级档案综合管理单位”“广东省排球后备人才基地”“江门市学历提升工作先进学校”“江门市义务教育规范化学校”“江门市安全文明学校”“江门市体育传统项目（排球）学校”“江门市武术特色学校”“台山市优秀学校”“台山市德育示范校”等40多项国家级、广东省级、江门市级、台山市级荣誉称号。师生获台山市级以上奖励1000多人次。学生排球队、鼓乐队多次问鼎比赛冠军，学生书画作品被选送韩国丽水世博会展出。2015年10月六（1）中队被授予全国优秀少先队中队，学校少先队大队曾三次被授予广东省少先队红旗大队。

集团化办学目的在于促进教育优质均衡发展，通过强校牵手薄弱学校模式，提升集团成员学校办学质量，从而推进教育水平的整体提升。

2019年11月13日，广东省台山市在已实施了近三年的义务教育教研联盟的基础上进行提升和拓展，成立了18个教育集团。

同日，台山市培正小学教育集团举行了挂牌仪式。从此，台山市培正小学、李星衢纪念学校、城北小学、三社小学4所学校，以及李星衢纪念学校桂水分教点、河北分教点、北坑分教点，组建成了培正小学教育集团，积极推进学生共育、文化共建、教师共享、共同进步的集团化发展模式。

集聚多方优势，形成发展共同体

一所学校的办学质量，很大程度取决于管理水平。台山市培正小学教育集团在挂牌成立后，就迅速讨论确定了集团成员校的管理制度，并让这些制度变成每一所学校的常规。

培正小学教育集团自成立以来，充分发挥教育集团的作用，共同向着“提质量、促均衡、塑品牌”的目标奋进，集团内学校开展校际合作，实现管理互通、资源共享、研训齐动、质量同进、文化联建、特色发展，想方设法提升教育整体水平及学校管理水平。

这种设定，既尊重每一所学校（分教点）的办学思想、办学特色和校情，集团内各校又紧密联系、互通有无，尤其面对教育管理中的瓶颈问题，注重创新“协商研讨、扬长避短，互促共进”的管理模式，在相互借鉴的基础上，采取移植再造、合成创生等策略，

培正小学教育集团积极开展研训活动，打响教研品牌　摄影：梁翠芳

提升学校管理水平。

2019 年 11 月 15 日，培正小学教育集团依托台山市雷炳权名教师工作室，在培正小学开展以“小学英语语音教学”为主题的英语研修交流活动；11 月 18 日，培正小学教育集团依托台山市孙凯名班主任工作室，在培正小学举行班主任研修活动，邀请了广东省名班主任、江门一中杨青兰老师进行班主任工作指导；11 月 21 日，台山市教师发展中心在培正小学教育集团举行“南粤名师大讲堂•走进江门台山”送教活动；11 月 21 日，培正小学教育集团在台山市培正中学学术报告厅举行 2019 年数学教师说课比赛……为了让定下的管理制度得到迅速落实，培正小学教育集团在成立这一个多月以来，已多次举办各类型的研训活动。

培正小学教育集团领衔学校、培正小学校长苏金练说：“各所学校地理位置相近，培正小学教育集团的成立，将我们重新凝聚在一起，成为理念的共同体、愿景的共同体、学习的共同体、成长的共同体和发展的共同体。”苏金练表示，接下来无论是各所学校的领导、老师，都将以培正小学教育集团的整体发展为目标，集聚各方优势，实现有机有效对接。

共享优质资源，破解发展难题

教师是教育的核心资源，要实现教师的优质资源共享，就要提升教师的整体水平。教师们以学科为单位，进行集体备课、集体研课、集体讨论，从而推进各个学科教育的进步。

“一个学校就好比一棵树，可以嫁接但不能无限嫁接，不能改变其生态。教育集团更多的应该是考虑资源的共享，以不伤筋动骨的方式实现教师流动。”苏金练说。

培正小学教育集团成员学校间，实行青年教师、骨干教师师徒结对，充分发挥骨干教师的引领辐射作用，进一步促进优质教师资源校际共享，激活教师资源，借助“鲶鱼效应”带动其他教师。充分调动教师工作的主观能动性和创造性，实现教育教学资源分享、推广和创造，促进教师专业化发展。

目前，培正小学教育集团研训活动已覆盖教育集团每一所成员学校。培正小学副校长罗慧卿、总务主任朱源彬、大队辅导员梁晓妍主动承担体艺研讨课的任务，李星衢纪念学校副校长郑保华主动承担数学复习研讨课和专题讲座的任务，深受培正小学教育集团领导、老师好评。

培正小学教育集团还加强教研联动、整合文化资源，通过邀请省名师上课、专家讲座、上课研讨、说课比赛等形式，并依托台山市雷炳权名师工作室、郑保华名师工作室、李清清教师工作室的示范引领作用，邀请台山市名师工作室成员走进培正小学教育集团开展研训活动，推动集团内学校迅速成长。

此外，培正小学教育集团还借助城北小学“江门市深化中小学课堂教学改革行动计划第一批项目”《利用校本教研提升小学教师专业素养的行为研究》，在教育集团内开展课题集中研讨，各成员学校根据自身的实际和条件确立本校的课题，多管齐下进行研究。

学校抱团发展，家长大力点赞

“如果在家门口的是相对薄弱的学校，家长肯定会不甘心，但是，如果纳入了名校的教育集团，各种资源可以共享了，对于家长来说肯定是利好。”三社小学学生的爷爷吴应群表示，对于家长来说，自家孩子能否接受好的教育是他们最关心的问题。

“虽然这里的老师也很好，可是跟其他好学校比，还是有差距，毕竟资源上比不过。”居住在桂水社区的伍先生说，很多抱有这样想法的家长为了下一代的成长，最终选择买学区房，让孩子接受更好的教育，这也导致一些普通学校社会声望越来越低，生源越来越少。

“像桂水分教点、河北分教点、北坑分教点，都已经算是农村学校了，大家对优质教育资源的需求太大了。现在推行集团办学，引进培正学校好的办学经验，能让我们这些家长安心。”居住在桂水社区的居民李女士说。

市民刘先生是三社小学学生的家长，通过网络，刘先生得知学校在办学上有了变化。“把三社小学纳入培正小学教育集团，这个变化对孩子们来说是个好事，也让家长看到教育部门在努力。”刘先生坦言，从孩子上学开始，自己对教育的大小事情都非常关注。“大家抱团发展，共同进步，这对学校、学生都是一件大好事。”刘先生说。

广东省化州市第七小学

培养人才 发展学校

恢宏、大气的学校大门 摄影：李翁辉

广东省化州市第七小学，坐落于化州市下郭街道办梅桔小区。学校规划用地54亩，现占地面积14000平方米，约21.2亩，预留教学用地33亩，按省级规范化学校标准建设，于2014年9月正式开学招生。

学校以“培养人才，发展学校”为使命，确立了“办合适的教育，让孩子健康、快乐、全面地发展”的办学理念；形成“党建引领，四一一”管理模式；构建“一四八”德育模式；打造“构建幸福课堂，成就幸福人生”的教学理念；凸显足球与阅读写作特色；弘扬信文化和感恩教育；力推实在教育、实惠教育。

“党建引领，四一一”管理模式

学校自立校以来，通过党建不断凝聚学校内涵发展的强大动力，紧紧围绕“为谁育人、育什么人、怎样育人”的根本问题，始终坚持立德树人总目标，以“培养人才，发展学校”为主题的党建思路引领发展。

在党建引领下，学校采取“四一一”管理模式，即四常规（安全工作、德育工作、教学工作、体卫工作），一特色（自主课程是特色，大力开展社团活动），一规范（财务资金使用规范）。学校管理常规化，七大部门分工明确，各大负责人尽职尽责。在校长把握、统筹好，分管领导指导、督促好，中层干部组织、安排好，各教师实施、配合好的基础上，大胆做、用心做、创新做。取得了一系列荣誉：学校先后被评为全国青少年校园足球特色学校、广东省足球特色推广学校、广东省实验学校、广东省重点课题实验研究学校、茂名市义务标准化学校、化州市外出务工人员子弟学校、化州市健康促进学校、化州市诚信教育基地、化州市校园爱护人民币和反假货币宣传教育基地、化州市文明校园、教育教学先进单位、化州市教育系统宣传工作先进单位、化州市学生资助先进单位等；少先大队多次被评为化州市、茂名市红旗大队、多个学生小社团被评为茂名市“优秀红领巾小社团”；一大批师生获得省、市各级奖励，办学成效显著。2020年，学校成为广东省支援（优质）学校之一。

“一四八”德育模式

学校把立德树人作为中心环节，把思想政治工作贯穿教育教学全过程，实现全程育人、全方位育人。学校着力构建“全员育人、全过程育人、全方位育人”长效机制，形成了特色鲜明的“一四八”德育模式。“一”是一节卓有成效的德育主题班会课，固定在每周星期二举行。“四”是四个主题活动：节日主题、阅读主题、养成活动主题、体育文化艺术节主题。“八”是八德八礼。以学年度为单位，根据月份及节气的特点，拆分成每月一德一礼进行教育。学校重视感恩教育和“信”文化教育。每学期初都会举行隆重的拜师礼，教师布置学科作业的同时，更额外增加“特殊”作业的设置，让孩子每天回家帮助父母做一件力所能及的家务，通过每学期进行“我是家庭小能手”活动的评比，在孩子幼小的心灵播下感恩的种子。学校突出“信”文化教育，校园内矗立着一尊巨大的“信”文化石头，成为校园一道亮丽的风景。学校在倡导传统“诚信”文化的基础上，更创新培养学生的“自信”。每周的升旗礼皆由学生主持，升旗仪式完毕后，会有各个社团或班级进行特色表演，从而培养学生的自信心。学校更编辑出版了校本德育课程《实施一四八模式，培养时代新人》。在“一四八”德育模式培养下，学生个性得以全面发展，朱建铭、柯艺敏等一批同学被评为茂名市优秀少先队员，陈睿轩等同学被评为茂名市自强好少年，黎城泽、温俊博、张洋滔、陈柏壮等一大批同学被评为化州市优秀少先队员。陈远、苏运勇、叶伟明等一大批老师被评为化州市德育工作先进者。陈虹静、王锦淇、廖梓杰等一批同学在践行社会主义核心价值观主题教育活动中分别获得茂名市、化州市奖励。董林梅、邱家玲、李燕娇等一批老师德育论文获得化州市奖励。叶伟明老师家庭被评为广东省百户“最美家庭”，陈玉怡老师家庭获得化州市“五好文明家庭”荣誉称号，梁月容老师被评为化州市“最美媳妇”。学校德育课题《学校德育创新工作研究》荣获2020年广东省中小学教育创新成果三等奖。

构建幸福课堂，成就幸福人生

学校坚持走课改兴校、教研强校的办学之路。学校以“构建幸福课堂，成就幸福人生”为教学理念，通过自主学习、小组合作、导学案、信息技术与教学深度融合为四大抓手，深化课堂教学改革，成效显著。近年来，学校在市、区的质量监测中，成绩一直名列前茅。学校陈文希、陈欣婷、温俊佳等8位同学在全国“清玄杯”朗读大赛荣获优秀朗读者奖，朱建铭、杨思慧、陈洁瑜等同学在广东省征文比赛中获奖，语文科组、数学科组、英语科组组织学生参与省、市级学科比赛，多人获奖并获优秀组织奖。不仅学生取得巨大成绩，老师收获也斐然。在省、市、区级教学技能大赛及论文评比中，学校获奖教师达40多人次。其中，朱方伦、梁康贵的教学论文获得广东省三等奖。李翁辉获得广东省优课奖励，梁康贵获得茂名市优秀课例奖，张诗宁获茂名市班主任专业能力大赛三等奖。曾一晓、李兴云、曾德珍等一批教师获得茂名市微课大赛奖励，王冬梅、王剑平、陈海娟、苏笑莹等大批老师获得化州市微课大赛奖励。杨燕、黎华容等20余位教师在化州市2020年“双融双创”教育教学技能信息文化交流展示活动中获奖。

特色教育，全面发展

足球特色

学校一直以来非常重视学生的特色发展，学校倡导“快乐足球，全民足球”，并与富力足球青少年培训俱乐部合作，培养了大批优秀的足球特长生，刘名锋、邱炜逵、黄浩华等一大批同学通过足球选拔，最终以体育特长生身份被特招进市实验中学、二中就读。2020年，学校足球队成员杨家豪、黄国炀等7名同学代表化州市被抽调到茂名参加茂名市“市长杯”青少年足球联赛。学校被评为全国青少年校园足球特色学校，广东省足球特色推广学校，学校足球队多次在“市长杯”足球比赛中名列前茅。

阅读与写作

学校提倡学生多阅读，每层设立图书吧，每天坚持半小时的阅读时间，一学期4—6本书的阅读量；设立了阅读与写作的第二课堂社团，成立了茂名日报社·全媒体学生记者站，鼓励学生积极写

左图为感恩老师，每学期初的拜师礼 摄影：李兴云；右图为校园雕塑“构建幸福课堂，成就幸福人生” 摄影：陈玉怡

作。2019年，学校在茂名市举行的五年级语文写作素养测评中，取得了七人参赛，六人获奖的好成绩。其中一等奖1人，学校荣获化州市集体一等奖（全市仅两个单位或一等奖）。自去年成立小记者站以来，学生们多次参与征文活动，积极投稿到茂名日报或晚报；陈虹静、陈洁瑜、黎城泽等一大批同学作品被茂名日报、晚报刊登。学校于2019年10月正式成立了化七小文学社，并成功连续出版了9期刊物。抗疫期间，学校不仅出版了《师生抗疫作品集》，朱方伦、张诗宁、张萍、李静、李志玲、李镇伶、曾德珍等一大批老师相继在《橘州文艺》《茂名文苑》《茂名晚报》《茂名日报》《粤西文苑》等报刊发表了大量的文学作品，以笔抗疫。

社团特色

学校自立校初期，便建立了足球、篮球、排球、跳绳、阅读与写作、美术、电脑、奥数、口琴、舞蹈、演讲与口才、象棋等一系列社团，学生在活动中掌握了技能，阳光了心态，培养了信心。学校社团组织学生参加广东省中小学生创客大赛茂名赛场小学组，获得奖励的20余份，组织学生参与自制学具展评活动荣获奖励的有5名，其中一等奖获得者2名。

学校美术团队组织美术科学员在市小学组“与绿色同行”青少年绘画比赛中获得茂名市奖励的有4人，化州市奖励的5人；参与茂名市中小学践行社会主义核心价值观主题活动荣获美术比赛奖的有2人，参与化州市教育局组织的“预防溺水、交通安全”手抄报中获奖的有6人……

培养人才，发展学校

学校坚持把培养高素质人才作为学校发展的核心使命，始终不渝地把人力、物力、财力和精力投入人才培养中去，始终不渝地把人才辈出作为学校不懈的追求。学校先后输送了陈新风、钟月兰、李翁辉、李兴云、马碧妍、张平、何仲思、杨婵丹、李小容、王剑平、卢建国等一批教师到珠三角等先进地区进行学习培训，汲他人之所长，克己之所短。其中，李翁辉成为省名师工作室学员，梁康贵成为茂名市区域教研团队成员，蒙誉成为化州市德育联盟工作室成员，张诗宁、陈观连成为市德育联盟工作室学员，李兴云成为下郭科协副主席。学校领导班子更是在“做什么，为什么做，怎样做，如何做得更好”的思考、反思、实践中，不断成长、成熟。

在学校党支部书记、校长朱方伦同志的率先垂范及教导处、政教处的组织下，学校兴起课题研究之风，教师积极参与各级课题研究：3个省级课题11人次，7个市级课题49人次。教师以研究促发展，以发展促成长。各科组通过集体备课、同课异构、兵带兵的方式，集合全体教师的智慧，很好地构建了幸福课堂，成就了师生的幸福人生。

“培养人才，发展学校”，不仅学生全面发展，事事争优，老师在专业成长中也力争上游。朱方伦被评为茂名市、化州市优秀校长，梁康贵、李兴云被评为茂名市教坛新秀，李翁辉被评为茂名市优秀班主任，李兴云被评为茂名市百姓学习之星，董志武、陈玉怡被评为化州市教坛新秀，钟月兰被评为化州市优秀教师，曾德珍、马碧妍、董林梅、黎华容、陈观连等一批教师被评为化州市优秀班主任，李静、李志玲等一批教师被评为广东省优秀指导教师，黎波卫、陈志委、李海欧、李洁、张平、张湛红、陈小妹等一批教师被评为茂名市、化州市优秀指导老师。近年来，教师们的市级优秀课例、微课和优秀论文获得奖励累计逾百次。

十年树木，百年树人。学校一直坚持“名校铸名师，名师造名校”的发展理念，全体化七小人一直牢记“培养人才，发展学校”的使命。学校更是在化州市委、市政府，市教育局，下郭街道党委、办事处的正确领导及大力支持下，在下郭中心学校的精心指导下，树立起化七小人的观念，构建了化七小命运共同体。全体化七小人同心同德，攻坚克难，实现了一间学校从无到有的根本转变，从弱到强的伟大蜕变。很好地树立了形象，留下了口碑，造福了人民。同时制订了化州市第七小学三期发展规划。第一期：332工程（已完成）；第二期：东教学楼的建设（建设中）；第三期：后期33亩地的征地及项目的配套建设（规划中）。全局规划，美好可期！

未来，化州市第七小学将在朱方伦校长的带领下，继续怀揣着阳光的梦想与激情，不忘初心，牢记“培养人才，发展学校”的使命，砥砺前行，努力寻找更美的诗和远方！

作者：廖庆东、朱方伦、张诗宁

重庆市巴南区鱼洞第四小学校

奏响“五育并举，全面发展”美妙乐曲

链接：龚胜利，男，汉族，西南大学教育管理研究生毕业，中学高级教师，中共党员。现任重庆市巴南区鱼洞第四小学校教育集团党委书记、校长。系巴南区十四届政协委员，重庆市教育学会理事、区教育学会副理事长，市教育评估、教师资格、教育科研等专

“我与校长面对面共话文明学雷锋”活动　摄影：何昌海

家库成员。曾获得四川省德育先进个人、重庆市基础教育科研先进个人、巴南区优秀专业技术人才、区优秀党务工作者、优秀教育工作者，全国科研型校长、重庆市创新型校长、巴南区名校长等荣誉称号。

如何在学生心中播种下“五育”种子，引领学生感受生命的精彩，拥抱美好与阳光？

近年来，重庆市巴南区鱼洞第四小学校（以下简称“鱼洞四小”）秉承“润泽生命，静待花开”的办学理念，把立德树人作为教育的根本任务，以师生生命发展为目标，围绕生命教育办学主轴，以深化学校治理，推进课程改革，加强队伍建设等关键举措，助力学校实现高质量发展。

全国青少年校园篮球特色学校、重庆市艺术（书画）特色学校、重庆市科技特色学校、重庆市心理健康教育特色学校……这些“金字招牌”的背后，折射的是鱼洞四小依托生命教育，将德智体美劳具化为“文明正行、勤学正志、健体正格、知美正容、劳动正品”行动，构建“正”能量养成教育体系，培养孩子具备人文底蕴、科学精神、学会学习、健康生活、责任担当、实践创新等必备品格和关键能力，奏响了“五育并举，全面发展”的美妙乐曲。

以德铸魂润泽生命，为孩子品行培养夯实根基

2020 年 12 月，主题为“经典润泽生命，科技引领未来”的第三届“科技·文化实践活动月”活动，在鱼洞四小有声有色地举行。

此次活动月由“故事启迪，播撒种子”“诵读润心，审美熏陶”“智慧火花，星星燎原”“动手实践，锤炼本领”“科技之旅，点燃希望”共 5 个主题组成，包含银杏娃绘故事、朗读达人、速算大王、机器人比赛、参观科技展馆等类型多样的活动。

孩子们在这场科技与文化碰撞的饕餮盛宴中，提升了文化素养，获得了科学启迪，锻炼了动手能力。

这是鱼洞四小开展“体验式德育”，为每一个生命赋能的一个生动实践。

五育并举，德育为先。鱼洞四小创新德育工作机制，以“体验”“实践”为主要载体，多渠道、多维度开拓德育途径，序列化开展“体验式德育”，点燃孩子对真善美的向往，为他们“扣好人生第一粒扣子”。

鱼洞四小遵循“去空洞说教，重行为养成”的原则，聚焦课程活动化、活动主题化，并渗透进劳动教育的基因，创造性地实施“体验式德育”，开展了“同是追梦人，共筑中国梦”“表白祖国，四小有我”等节庆活动，举行了“新年乐淘淘”庙会、“2021，红动我心”新年音乐会、“我是四小种植家”“交通规则记心间”等特色活动，还以入队礼、成长礼、毕业礼贯穿一至六年级……培养学生科学素养、高尚人格、探究能力，促进孩子“知情意行”和谐统一发展。

以“我是四小种植家”为例。孩子们来到学校蔬菜种植基地，按照班级管理、学生参与、教师指导的原则，进行种菜、浇水、施肥、翻土。收获后，打包送往学校食堂烹饪，再分班品尝“劳动果实”，以此体会劳动的乐趣、丰收的喜悦，懂得珍惜劳动成果。

此外，鱼洞四小打造“拾来识趣”文化墙、“大富翁学交通”游戏体验园、中国象棋和国际象棋大棋盘等寓教于乐的景观，让学生在“玩中学习、玩中体验”。建造生命文化长廊、师生风采墙、理念文化墙等蕴含德育元素的环境文化，潜移默化、润物无声地滋养着学生的心田。

以体树人强健生命，促进孩子人格体格齐发展

时光倒回两年前，在全国篮球特色校青少年篮球赛（U13）女子组比赛上，鱼洞四小女子篮球队与其他省市的 11 支球队展开激烈角逐，以过硬的实力、精湛的球技夺得冠军，再一次书写了鱼洞四小篮球运动项目的新成绩。

篮球是鱼洞四小一张响亮的“体育名片”，有着亮眼的“成绩单”：女子篮球队先后夺得重庆市小学生小篮球赛 19 次冠军、9 次亚军，全国比赛 3 次冠军、2 次亚军、2 次季军，男子篮球队先后夺得巴南区小学生篮球赛 5 次一等奖，在重庆市小学生篮球赛中名列前茅。鱼洞四小的篮球“秀”参加重庆市“2+2”项目展演获一等奖。优异的比赛成绩为鱼洞四小篮球项目“锦上添花”，在重庆乃至全国的影响力持续增强。

这与鱼洞四小制度健全、措施得力、训练科学等因素密不可分。

在鱼洞四小教育人看来，体育是教育体系中不可或缺的一环，

摄影：梁萍

是实施素质教育、促进学生全面发展的重要途径。

为帮助学生在体育锻炼中享受乐趣、增强体质、健全人格、锤炼意志，鱼洞四小树立健康第一的理念，坚持普及与提高并重，从场地设施、师资配备、课程设置、活动开展、竞赛举办等方面着力，做到“教会、勤练、常赛”，深化体教融合，促进学生健康成长。

学校开齐开足体育课，开设篮球、滑轮、跳绳、羽毛球等体育活动课程，确保学生每天至少1小时的体育锻炼时间。实行独具特色的大课间体育活动，既有小篮球操，又有拍球活动；既有分组篮球活动，又有篮球竞技比赛。在“2+2”项目实验中积极推进篮球特色训练，分为全面培养项目和重点训练项目，形成了“天天参与篮球训练、周周都有篮球教学、人人都是篮球小达人”的格局。

以美塑心升华生命，提高孩子审美和人文素养

栩栩如生的绘画，苍劲有力的书法……前不久，鱼洞小学开展了“童心手绘向未来，牛年幸福带回家”迎新书画展暨现场送福活动，全校师生赏画品书接福迎接新年的到来。

此次活动的开展，丰富了师生的校园生活，开阔了学生的审美视野，提高了学生的审美修养和动手能力，为“书韵飘香画满园”的文化氛围营造增添了色彩。

这是鱼洞四小开展美育工作，提高学生品位和格调的一个缩影。

迈入新时代，如何引领学生发现美、感受美、欣赏美、创造美？鱼洞四小给出了答案。

学校以发展学生个性、陶冶学生情操为目的，加强学生艺术实践活动，发挥书画在儿童生命发展历程中的重要作用，将课程、活动、师资、竞赛为作为实施美育的重要途径，提升学生的文化理解、审美感知、艺术表现、创意实践等核心素养，引导他们去追求一种更有意义、更有价值和更有情趣的人生。

鱼洞四小在开好音乐、美术、书法课的基础上，开设了舞蹈、戏剧、影视、戏曲、工艺等艺术课程。打造儿童油画室、农耕文化社、智慧书法室等特色鲜明的功能室，升级智能的书画展厅，为学生日常练习、展示开辟广阔场地。6名专职美术教师承担学校艺术社团指导，课外活动、课后服务等第二课堂指导和走教任务，培养学生成为心灵美、形象美、语言美、行为美的时代新人。

为让学生掌握一项艺术特长，该校组建了涂鸦创意、趣味线描、色彩魔方、古风新韵、线编造型、少儿油画等学生社团，有计划、有组织地开展社团活动，积极参与各项校内校外的竞赛活动，既为学生与美相遇搭建了舞台，又拓宽学校美育工作的广度和深度，提升了知名度。

一系列美育工作落实有效，鱼洞四小不断刷新着美育成绩“记录册”：近年来，学校组织学生积极参加巴南区每一届少儿才艺大赛荣获一等奖若干；2018年线编工作坊代表巴南区参加重庆市第八届中小学艺术展演活动；书法绘画组参加“最美中国·大美巴南”现场书画大赛获团体一等奖；2019年参加巴南区中小学“童心童画新中国”书画现场展示获一等奖……

作者：龚胜利

四川省广安市广安区厚街小学校

戏曲艺术进校园　传统文化润童心

链接：本文作者雷雪松，男，1970年4月出生，广安市广安区厚街小学校语文高级教师、特级教师。主要研究小学语文方向，发表论文《小学语文试卷编制策略》《小学语文课情景创设之我见》《浅谈小学班级文化建设》等20余篇，课题《小学班级文化建设探究与实践》《城镇小学高段个性化班级文化建设的探究》《小学川剧特色文化研究》《合力推进川剧优秀文化在小学传习与发展的研究》等7个课题获省市级一、二等级奖。付群力，男，1976年11出生，大学文化，小学高级教师。王汉军，男，广安区厚街小学校一级教师，中共党员。发表论文有《浅谈班主任如何管理学生》《浅谈小学数学教学中的情境创设》等。

荣誉证书

广安市广安区厚街小学校

参加四川省第五届中小学川剧传习普及展演

作品《战金山》荣获

二等奖

四川省精神文明建设办公室　四川省文化和旅游厅　四川省教育厅

2019.11.10

在四川省广安市广安区城北厚街，有一所历经九十年风雨历程的学校——广安区厚街小学校。走进校园，浓厚的历史底蕴和文艺气息顿时扑面而来，明亮的教室里天真可爱的孩童认真学习，在这里岁月的印记与现代化教学相得益彰。当独具川剧特色的课间铃声响起，端坐在教室内的孩子们便一涌而出，在传统文化的浸润中自由玩耍，享受着快乐时光。

校园之美，美在特色。近年来，该校在促进每位学生身心全面发展，提高综合素质的基础上，形成了以“川剧传习”为特色的校园文化品牌。通过加强川剧普及教育，增进学生对优秀传统文化的了解和体验，引领他们树立正确的审美观，陶冶高尚的道德情操，培育深厚的民族情感。该校也先后被确定为广安区川剧传习普及基地、广安市优秀川剧表演艺术团、广安市优秀传统文化传承学校、国家非物质文化遗产（川剧）中小学传习普及基地、四川省优秀传统文化艺术传承学校等。

落地——让川剧文化融入校园

漫步在曲转悠回的校园长廊，一面面图文并茂的川剧宣传栏映入眼前，通俗易懂的川剧名人故事，生动精致的脸谱剪纸与绘画作品，无不体现出师生校园生活的多彩多姿。

“早年，我们学校与广安区川剧团仅一墙之隔，梨园戏韵浸润了师生数十载，耳濡目染中也种下了川剧的种子。”说起与川剧结缘，学校艺术老师道出了其中缘由。为此，该校从2011年开始着手构思将川剧文化引入校园、引进课堂，将川剧艺术融入学校艺术教育之中。

川剧是国家级非物质文化遗产，是我国戏曲宝库中的艺术瑰宝。学校将川剧作为特色教育进行打造，既可以让学生感受到川剧艺术的魅力，又能使传统戏曲文化得到弘扬与传承。该校依托省文联、省教育厅组织开展的“戏曲进校园”系列活动，看演出、听讲座、

左图为厚街小学校《战金山》剧照；右上图为特聘教师杨昌菊指导孩子们开展川剧形体训练；右下图为师生做川剧操　摄影：曾云霞

现场学……孩子们通过各种方式与川剧有了“亲密接触”，也进一步推动了本校特色文化活动的开展。

川剧这一传统文化以何种形式扎根校园，又将如何提升学生的道德品质和文艺素养呢？2015年1月起，在广安区委、区政府的领导下，学校与相关部门联合开展了多次座谈和调研，并前往具有“川剧之乡”美誉的重庆九龙坡区白市驿镇的驿都实验学校学习考察。经过反复论证，形成了符合自身实际的探索路径。当年4月，厚街小学校被确立为广安区川剧传习普及基地，组织开设川剧特色课程，把继承弘扬本土川剧传统文化作为学校艺术教育和校园文化建设的突破口。

生根——让川剧文化走进课堂

“一、二、三、四、五……”2020年12月29日下午，在厚街小学校的操场上，川剧操的比赛正如火如荼地进行着。同学们以班级为单位，在领操员的带领下，和着欢快的戏曲韵律舞动身姿，将川剧的“手、眼、身、法、步”一一展示，自然流畅的动作和自信阳光的神情浑然一体，赢得阵阵掌声。

这套川剧操是厚街小学校在推进川剧艺术教育中自主创编的，将传统文化与现代运动完美结合的体操动作融入孩子们的大课间活动中，是戏曲文化传播的绝佳创意，为培养更多的川剧艺术爱好者和受众奠定了坚实的基础。

“起初，考虑到将传统川剧文化纳入常规教学对于孩子们来说确实有难度，我们才决定把川剧的一些简单动作与广播体操相融合，这样既能让孩子们的身体得到锻炼，也能在无形中让他们了解川剧文化。”该校负责川剧文化传习活动的教师童娜介绍，目前学校三年级以上的学生都会跳川剧操。

为进一步弘扬和推动川剧文化，学校还为学生统一印制了川剧校本教材，将川剧课程纳入音乐、美术等教学计划中，坚定传承国粹经典的决心。同时，校园广播系统每天定时播放优秀川剧曲目，鼓励并带动学生学唱川剧曲目，学习川剧知识，进一步提升学生们的知识面和艺术鉴赏能力。

此外，该校还多渠道争取川剧传承专项经费，为传统文化的普及与发展提供了有力保障。学校用专项经费建设了川剧传习阵地，布置了川剧民乐室、川剧剪纸室、川剧绘画室等活动场地，逐步配齐川剧特色教育所需的音频视频资料、多媒体教学设备、乐器、表演服装等。

硬件基础有了保障，软实力也在不断提升。2017年起，学校组织该校艺体教师多次赴外地参与戏曲培训，系统学习川剧基本知识、川剧分解技巧等。此外，该校还申报的《小学川剧特色文化研究》《合力推进川剧优秀文化在小学传习与发展的研究》等课题，使川剧文化研究更好地运用于教学实践。

该校用环境育人、文化润人，让每一个学生都能热爱家乡，受到本土文化美的熏陶，从而提升学校的办学品质，让师生得到全面的发展。

发芽——让川剧文化成为校园品牌

“手和脚的动作是咱们学习川剧基本功的基础，要做到‘指有指法’‘站有站相’”“手轻轻发力，注意神态，你看，像老师这样……”2021年1月15日下午，在厚街小学校教学楼前，该校川剧表演班的特聘教师杨昌菊正认真指导孩子们开展形体训练。

今年78岁的杨昌菊是原广安区川剧团的退休职工，从业38年的她参过大大小小的演出，是一位名副其实的川剧老艺人。2015年，受学校之邀，她和原川剧团内的几名同事，每周来给学生上川剧兴趣课。

“能来教孩子们是我的荣幸，这是传承和推广川剧的最好方式。”杨昌菊说，“这些娃娃大多是零基础，日常训练着重基本功，经过长期的练习，孩子们的各项技能有了明显提高，一招一式有模有样。”

五年级学生陈彦灵算得上是杨昌菊的“得意门生”，2018年10月，在成都举行的四川省第四届中小学川剧传习普及展（汇）演上，她和同学们表演的川剧《金山寺》获得全省二等奖，陈彦灵也凭借女主角“白蛇”一角，受到评委和观众肯定。

“刚开始学川剧的时候，我只觉得好玩，加上自己本身也喜欢唱歌、跳舞，所以就报名兴趣班。”陈彦灵说，现在川剧已成为她生活中不可缺少的一部分，她希望能将这项传统艺术坚持学下去。

加强特长学生和有浓厚兴趣的学生的培养和训练，是该校推动川剧文化走出校园、走向大舞台的有力举措。为此，学校成立了川剧表演班、川剧绘画班、川剧剪纸班等特色社团，经过自主报名、筛选，在全校三至五年级的学生中培养了一批川剧“小戏迷”。在聘请川剧专业老师授课的同时，该校川剧传习活动还得到了四川省艺术研究院、四川省川剧院的大力支持，每年都派多位名家到校指导学生的节目编排。通过抓好川剧特色社团建设，学生的川剧艺术表演水平有了明显提高。

人人有舞台，个个有才艺。只有创造更多的机会，让学生登台表演，才能更好地激发他们学习川剧的内生动力。该校积极依托传统川剧节目打造特色品牌，经过师生的共同努力，学校编排的《川剧童韵》《水漫金山》《碧波红莲》《金山寺》《战金山》等节目，在省市展演中屡屡获奖，取得了良好的社会反响。

作者：雷雪松、付群力、王汉军、尹姮

陕西省西安市碑林区铁五小学

向善向美　知行合一

学校管乐团受邀至维也纳金色大厅演出

走进陕西历史博物馆

特色鲜明，硕果累累

2020年11月20日，在全国精神文明建设表彰大会上，陕西省共有172个先进集体及个人入选表彰名单。其中，西安市碑林区铁五小学入选“全国文明校园”。

铁五小学始建于1958年，前身为西安铁路局第五职工子弟小学，2005年移交碑林区教育局后更名。2012年，与铁五第二小学形成西安市首例紧凑型大学区，也是西安市首个“名校+”教育联合体，两所学校一个校长，两套班子，形成“一长多校”的管理模式。两校现有77个教学班，学生4200多人，教职工200余名。

在办学理念引领下，形成了特色校本课程《知行乐校本课程》体系架构。从“乐动、乐艺、乐研、乐文、乐行”五个纬度，设置必修、选修、定制三类课程，开设了乒乓球、足球、书法、管乐、版画、机器人等90余门课程。为了让课程开展的更加持续有效，学校设计实施了《知行护照》综合评价手册，以五个维度培养方向为评价指标，对学生进行综合评价，致力于培养“爱学习，会生活，敢担当”的五乐阳光学子。2020年底，此项德育案例在全国260个典型案例中脱颖而出，入选教育部首批“一校一案”落实《中小学德育工作指南》典型案例。

经过60余年的发展，学校积极探索、认真试验、勤奋耕耘、收获了可喜的成绩和宝贵的经验。学校先后被授予“全国文明校园”称号、被国家教育部命名为“现代教育技术实验学校”、全国“校园足球特色学校”，被团中央、少工委授予全国“读书育人特色学校”“全国红旗大队”；先后荣获“陕西省示范小学”“陕西省艺术示范校”“陕西省平安校园”“陕西省绿色校园”“陕西省电教化教育试验学校”“陕西省红领巾示范学校”“优秀素质教育学校”“体育传统项目学校”“优秀体育人才后备基地”等称号；荣获“西安市先进集体”“西安市一级小学”“西安市优秀学区长学校”“西安市科技示范学校”等多项荣誉称号。

弘扬精神文明风尚

据该校校长赵建中介绍，为推动社会主义核心价值观进校园、进课堂、进教材、进头脑，学校成立了《社会主义核心价值观》教材编撰组编写校本教材、将课程纳入课表、走进课堂；利用每周一次的国旗下讲话和主题班队会，对师生进行爱国主义教育和文明教育；落实思政课堂，进一步加强学生思想政治教育；结合元宵、清明、端午、中秋、重阳等中华传统节日，开展节日主题活动；同时，学校在学生中开展扣好人生第一粒扣子、传承红色基因、志愿服务和美德少年评选等活动，加强未成年人思想道德建设。

打造“四有”好老师队伍

教师队伍是文明校园创建工作的奠基石，学校致力于打造一支有理想信念、有道德情操、有扎实学识、有仁爱之心的“四有”好老师队伍，坚持将师德考核纳入教师考核评价体系，建立师德师风建设长效机制。同时，在青年教师与骨干教师中开展影子培训、师徒结对、青蓝工程，每学期进行教师基本功过关测试、青年教师专业成长汇报；学校不断推进“名校+”名师工作室、“名师+”研修共同体的共建辐射作用，引导教师加强教学基本功训练与提升。安排优秀教师赴农村学校支教、利用假期开展大家访活动、疫情期间安排教师志愿者为抗疫一线家庭服务，充分发挥教师的责任担当；每学期开展师德标兵、阳光教师等评选活动，形成立足岗位、比成绩、比贡献的良好氛围。

优化校园文化建设

对于铁五小学如何优化校园文化建设问题，赵建中介绍说，学校不断深化校园文化主题，大力践行“向善向美 知行合一”的校训，积极营造“文明、勤奋、健美、自强”的校风，倡导教师形成“匠心育人、爱心筑梦”的教风，引导学生形成“乐学乐行”的学风，不断优化校园文化建设，促进学校内涵发展。

同时，学校将劳动教育纳入立德树人教育体系，通过各种活动渗透尊重劳动、劳动最光荣、劳动最伟大、劳动最美丽的理念；带领学生走进社区开展擦亮碑林卫生清扫活动、走进敬老院开展志愿服务活动、开展研学旅行等活动；此外，还经常召开以“节水、节电、节粮”为主题的班会课，宣传餐桌文明，珍惜粮食、鼓励学生们杜绝舌尖上的浪费；并定期开展环保进校园活动，培养学生积极参与生态文明建设的自觉性和主动性。

在学科教学中，渗透勤俭节约理念，让勤俭节约成为校园风尚；利用宣传栏、公众平台、校园广播等，开辟“网络文明”宣传阵地，引导学生形成文明上网的好习惯，开展“网络文明进校园”主题班队会，充分发挥网络违法行为典型案例的警示作用，组织学生开展绿色上网承诺活动，自觉践行《全国青少年网络文明公约》，定期开展网上祭英烈、向国旗敬礼等活动，每月组织学生开展网络文明活动，引导学生积极承担社会责任传播正能量；定期开展环保进校园活动，“低碳生活从我做起”开学第一课、“环保时装秀”、邀请专家进校园进行“保护秦岭”专题讲座，开展环保手抄报评比、垃圾分类等活动，把生态文明教育融入教育教学活动中，培养学生积极参与生态文明建设的自觉性和主动性。

营造良好育人氛围

坚持以优美的环境教育人、塑造人，学校传承铁路文化内涵，打造以"旅程文化"为主题的特色校园环境，在走廊墙面展示铁路文化发展历史、悬挂学生书画作品、名言警句、文明提示；在校园内展示中小学生守则、核心价值观、垃圾分类等专题内容；校史馆内展示有学校发展历程、三风一训、学校荣誉、校歌等；荣誉墙上对好老师、好学生进行展示，充分发挥环境育人功能，真正实现"每一面墙都会说话，每一个角落都能育人。"

学校重视垃圾分类工作，通过主题班队会、情景剧、知识竞赛等形式进行宣传教育，组织党员教师走进社区进行垃圾分类知识宣讲，提高全民环保意识。定期邀请法制、消防、交通、禁毒等专家到校进行安全教育，成立"家长护学岗"，做到社会、学校、家庭三方联动，形成齐抓共管的良好局面。

促进学生全面成长

学校是精神文明创建的主阵地，是培育和践行社会主义核心价值观的主渠道。学校以日常管理作为培育文明行为的主要途径，以《铁五小学一日在校八礼行为规范》贯穿管理全过程，开设"每日知行时刻"广播栏目、设置知行监督岗、知行服务岗，利用校园广播集中反馈校园内外学生养行问题及成效，每月评选"八礼最佳班级"，做到日日有检查、周周有评比、月月有表彰，有效督促学生养成文明言行举止及良好行为习惯。

此外，铁五小学设置每日艺抒时刻，每天下午利用课前 20 分钟进行钢琴、琵琶等乐器演奏，为乐器爱好的同学提供展示的舞台；利用微信公众平台每周推出阳光学子、心课堂、乐课程、做身边的朗读者、痴迷小书童等栏目，培养学生积极阳光，向善向美。每年一次的入学典礼、模拟法庭、少先队入队仪式、为期一周的军事训练、语文学科节等活动，为学生搭建了成长平台，助力学生全面发展。

校长赵建中表示，下一步，学校将进一步认识新时代文明校园创建工作的新使命新要求，紧扣全国文明校园创建标准，切实提升创建工作水平，落实立德树人根本任务。

陕西省安康市汉滨区培新小学

尽培育之责　鼎生命之新

校长陈大安在《培新小学校志发布会》上发言　摄影：张荣安

办学历史悠久，办学成效斐然

安康市汉滨区培新小学始建于 1929 年，校址位于老城三义庙隔壁，校名为安康县第二高等小学。1930 年迁至南井巷（现培新街）万寿寺轩辕庙，更名为南井小学。1938 年更名为西城一小。1940 年复更名为南井小学。1949 年更名为西城第一小学。1951 年西城二小、信义小学、新城小学并入西城第一小学，更名为城关第三完全小学。后设两所分校。1955 年将西片分出，成立康阜小学（现石堤小学）。1961 年更名为安康县培新小学。1964 年将东片分出，成立红旗小学。1970 年学校附设初中班。1979 年撤销初中部，恢复为完全小学。1988 年更名为安康市培新小学。2001 年 1 月更名为汉滨区第一小学。2002 年 9 月更名为汉滨区培新小学至今。

现任校长陈大安，大学文化，高级教师，中共党员。系汉滨区政协委员，安康市教育学会常务理事。先后荣获陕西省师德标兵、安康市教学能手、小学骨干校长、阅读领航校长、"十佳"青年、先进教育工作者、优秀党务工作者等称号。

为存史资政，教化育人；青史留痕，感召后人，学校开始编纂校志。自 2013 年学校成立校志编纂委员会，至 2019 年，学校老领导、老教师、老校友、现任领导、各编委同志及社会各界仁人志士精诚协作、同心共度，编纂出版《汉滨区培新小学校志》。全书共 56 万字，详细真实地记述了培新小学自 1929 年建校至 2019 年学校发展的辉煌历程和成功经验，是安康市首部小学教育专业志书。

学校占地面积 10252.7 平方米，校舍建筑面积 12072 平方米，现有教学班 61 个，学生 3439 名，教职工 186 人。学校现有国家级骨干教师 1 名，全国优秀语文教师 1 名，陕西省特级教师 1 名，安康市骨干校长、安康市支持少先队好校长 1 名，省、市、区级教学名师、学科带头人、教学能手 70 余人。

近年来，安康市汉滨区培新小学先后被评为 2019"阅读改变"中国年度书香校园、"全国新教育实验优秀学校""陕西省文明校园""陕西省平安校园""陕西省基础教育国家级教学成果孵化校园""陕西省家长示范学校""陕西省课程改革先进单位""陕西省红旗大队""陕西省优秀少先队集体""陕西省未成年人思想道德教育工作先进单位""陕西省体育、卫生、艺术和国家防护教育先进学校""陕西省中心小学德育工作先进集体""陕西省实施素质教育优秀学校"。

"三级三类"和谐共生

学校充分发挥骨干教师榜样示范作用，促使青年教师与榜样共成长。组建多个"三级三类"（即省、市、区级教学名师、学科带头人、教学能手）骨干教师专业发展团队，引领教师专业成长。目前，学校有省级特级教师工作室 1 个，省级学科带头人工作坊 4 个，市级名师工作室 5 个，市级学科带头人工作坊 4 个，区级名师工作室、工作坊 4 个。17 个专业发展共同体带动安康市范围内近 40 所学校的 100 余名成员定期开展室、坊活动，在省、市、区级"名师大篷车"和各级各类培训活动中讲授示范课，作专题讲座，承担教学辅导及教学研究指导任务。

对于已经取得省、市级"三级三类"称号的骨干教师，学校给其定目标、压任务，与青年教师实行"青蓝工程"师徒结对。师傅为徒弟量身定制培养方案，签订"师徒结对"协议。学校定期考核，助力青年教师与名师捆绑发展，共同成长。

播撒于行成长于研

做精做实规划课题，是提升学校教科研水平的关键。目前，该校共有区级以上课题 52 个。其中，国家级 1 个、省级 11 个、市级

16个、区级24个。目前，85%以上的老师参与了各级规划课题研究，课题研究成果在教学中普遍推广运用。学校被评为省级“十二五”课题研究先进集体。

潜心育人硕果累累

培新小学先后被评为“全国新教育实验优秀学校”“陕西省示范小学”“陕西省德育工作先进单位”“陕西省未成年人思想道德建设先进单位”“陕西省文明校园”“陕西省基础教育国家级教学成果孵化校园”“陕西省家长示范学校”“陕西省红旗大队”等多项殊荣。学校的办学经验和亮点工作多次被《中国教育报》《教师报》《陕西教育》《陕西素质教育》《安康日报》《安康教育》等媒体专题报道。

如今，培新小学正以厚积薄发之势，抢占教育发展的制高点，以家校共育为突破口，形成学校、家庭、社会三位一体的教育合力，构建教育命运共同体，为培养具有传统情怀、国际视野、独立思维的人而不懈努力。

亮点工作，精彩纷呈

培新小学扎实落实国家教育部国定课程任务外，还创新性地开展新教育实验工作。2013年6月开始积极践行朱永新教授倡导的“新教育实验”理念，结合校情，创造性地开展“共读共写共成长”活动，为全区各学校打造“书香校园”提供了范式。在实施新教育实验工作中，成立阅读银行、举办读书节、诗词大会、跳蚤书市、班级阅读交流活动、亲子共读交流会等形式，通过每年举办一届新父母征文及书香家庭、书香班级、书香父母评比活动，激发和调动师生、家长的共读共写积极性；同时，学校邀请曹文轩、张之路、童喜喜、殷健灵等11位作家为师生讲学，让优秀的文学滋润着孩子们美好纯真的心灵；通过实施“晨诵、午读、经典诵读”3个项目，开发阶梯阅读书目，促进了“共读共写共成长”活动持续深入开展；2019年4月，培新小学在中国教育新闻网、亲近母语研究院、心和公益基金会和新教育基金会联合主办的2019“阅读改变中国”年度评选活动中被评为“年度书香校园”。

2019年9月，培新小学校长陈大安创造性地提出开展“让世界听见儿童的声音——写父母，叙老师”主题征文活动。这一活动与作家童喜喜的喜阅说写课程核心理念不谋而合。征文活动后，学校组织学生开展喜阅说写课程学习。在2020年疫情期间，学生认真参与线上学习，撰写习作投稿。有3602人次获“全国说写小明星”奖，120人次获“全国说写进取奖”。校长陈大安还带领领导班子成员深入思考，总结疫情期间学校线上教育教学工作经验，创新推出大德育、大研讨、大活动、大教学的模式，探索出疫情下的教育教学新路子。

引领辐射，共谋发展

培新小学将新教育实验十大行动巧妙融合，取得卓越成效。2015年7月，培新小学成为陕南首家新教育实验挂牌校。在培新小学的引领下，汉滨区50多所学校积极加入新教育实验，2016年7月，汉滨区成为新教育实验区，培新人用自己的行动带动和引领着一个区域的新教育实验蓬勃开展。同时，学校认真贯彻落实“大学区、督学责任区、教研协作区”三区一体化管理改革试验，促进学区内成员校之间资源共享、交流合作和共同发展；组织名师团队帮扶汉滨区乡镇学校及外县学校发展，先后帮扶勇敢小学、瀛湖小学、袁庄小学和平利县老县中心小学，充分发挥优质教育资源辐射带动作用，提升安康教育综合实力。

如今，培新小学迎来了一个崭新的发展时期。培新小学正以“九以九开启”的工作思路，开启教育新征程。在“让世界听见儿童的声音，让儿童听见世界的声音”的办学理念引领下，拓展汉水文化领域为龙舟文化，凝聚培新精神；扎实落实“五育并举”办学主张，坚持立德树人的根本任务，深入推进新教育实验工作，持续打造“共读共写共成长”特色品牌，创造性地开展“英文共听共说”活动，全面实施“喜阅说写”“财商素养”等特色课程，实现科科有龙头课程、课程有鲜明特色、特色彰显卓越品牌的新追求。培新人继承前辈宝贵遗产，留存浩然风范，传承教育薪火，恰逢良辰，正当其时。

陕西省太白县咀头小学

“十大行动”推进教育事业高质量发展

扎实开展党史学习教育

链接：太白县咀头小学位于太白县城北大街，始建于乾隆八年（1743年）。学校占地面积14007平方米，建筑面积6010平方米，设22个教学班，在校学生1059人，教职工70名。近年来，学校先后获得“国家节能型公共示范单位”“2020中国人工智能机器人大赛优秀组织单位”“陕西省德育先进集体”“陕西省卫生先进单位”“宝鸡市文明校园”“宝鸡市课后服务示范学校”“宝鸡市文化建设示范校”等40多项国家和省市殊荣。

改革号角起，奋进正当时。2021年，陕西省太白县咀头小学全力推进教育“奋进之笔”，持续深化“1235”工作举措，加快推进“双减”改革，深入推进“三大”战略，努力提升教育品质，深入实施“十大行动”，全面推进教育事业高质量发展。

党史教育，厚植奋进基因。坚持党建领航，全员扎实开展党史学习教育，“党史故事我来讲”“童心向党”大合唱、“礼赞百年”大庆祝、“红领巾心向党”“我们的节日”“建党百年大庆祝”“千人合唱共产党”等系列活动，打出组合拳，唱响主旋律，赓续红色血脉，厚植奋进基因，激励广大师生员工，从容应对“疫情防控”“双减改革”“316评估”等重大风险与挑战，有力续写了咀头小学“励精图治奋发图强”的优良传统、“低调务实永不懈怠”的厚重文化和“追求卓越精益求精”的校园精神。

德育行动，坚持培根铸魂。紧紧围绕“立德树人”根本任务，以思政课创优行动为契机，持续深化爱国教育、感恩教育、心理健康、诚信教育。抓实德育常规管理，持续加强班级管理，狠抓学生养成教育，持续深化家校共育。以丰富多彩的主题活动为载体，为孩子们培根铸魂，德育工作有力有效推进。2021 年，学校被陕西省教育厅授予“陕西省中小学德育工作先进集体”。

双减改革，聚力启智润心。深入实施“质量立校”战略，抢抓发展机遇。认真落实“双减”改革，坚持“两少三优四提升”工作思路，聚焦课堂教学主阵地，持续优化课堂教学结构，探索形成“X+10”课改模式；紧扣作业革命突破口，形成“154”管理机制；强化课后服务保障线，逐步形成了“1+X”服务管理，坚守初心解民忧，启智润心促发展，逐步形成了学校自己的特色，教育质量稳步提升，学生笔头作业基本校内完成，家长经济负担明显减轻，教育生态逐步好转，教育改革有力有效推进。

创新师训，锻造优秀团队。深入实施“人才强校”战略，打造“四对”师德文化，注重师能提升，强力推动骨干体系建设，依托信息技术 2.0，全员参训实施整校推进，努力锻造优秀教师团队，为学校发展夯基垒土。一年来，1 名教师获得省“教学能手”，3 名教师被评为“市级学科带头人”“市级教学能手”；5 名同志在市县“少先队教学能手”“思政课标兵”“信息技术大赛”中获奖；26 名同志省市县评为“优秀辅导教师”。

美丽校园

科研兴教，践行强国有我。深入实施“科研兴校”战略，持续深化校本研修，举办“第二届学校科技节”，开展“科技节暨作业展评”，学校主持和教师参与的 132 项教育科研成果获得国家和省市奖励。“第 37 届宝鸡市青少年科技创新大赛”中，学校综合获得 20 个奖项。新组建的航模社团、滑轮社团首战告捷，机器人社团在“第六届宝鸡市青少年机器人大赛”中，再获嘉奖。11 名学生先后被市县评为“新时代好少年”红领巾奖章“读书之星”，100 余名学生的各类竞赛作品在国家和省市县获奖。

加大投入，夯实基础装备。一年来，学校累计投入资金 150 多万元，希沃智慧黑板全校覆盖，全面加快了学校教育信息化进程，为教育现代化奠定了坚实的基础。安装护眼灯 22 套，更换学生桌椅 450 套，全面改善学生视觉环境。粉刷教室 1000 余平方米，积极响应太白县委、县政府号召，实施楼顶立体改造提升。建设“护苗”工作站，更新录播教室、书法教室和会议室桌椅，大力整治校园环境，持续开展“爱国卫生”运动，学校外美内实，装备水平全面提升，办学条件全面改善。

健康第一，呵护光明未来。秉承“生命至上健康第一”育人理念，守牢校园安全防线，坚持“优化环境、养成教育、作业减负、体质监测、体育锻炼、营养改善”六大行动，抓防近视，呵护眼睛行动中，常态坚持“两增两减三个一”，持续深化“三操两活动”，结合疫情防控，全面推进室内“手语操”，学生防近视工作有力有效推进。师生接受专题采访，工作案例《专业筛查，精准干预，努力给孩子们一个光明的未来》，被县局推荐至省厅，学校被推荐创建省级“健康学校”。

强化宣传，讲好教育故事。制作《奋进正当时》专题片，修订学校宣传彩页，持续强化教育宣传。2021 年撰写学校简报 60 多期，学校微信公众号年内推送 83 期 160 余篇，惠及师生家长 1400 多人。积极向国家和省市媒体投稿，《党史故事我来讲》《上好开学第一课，开启学期新征程》等工作被市局连续两期刊载，《“两少三优四提升”助推“双减”工作落地落细》、《咀头小学精心抓好课后服务落实》分别在市局网站和“今日头条”专题刊载。

勇于担当，助力乡村振兴。成立工作专班，坚持“六项举措抓控辍确保学生不失学”，狠抓控辍保学工作。认真落实学生资助政策，123 名脱贫家庭学生应助尽助，全校 1059 名学生营养改善全覆盖，破解难题，提标助力，应享尽享。结对帮扶、送教上门，真诚关爱，课后服务免除参与脱贫家庭学生 107 人 42630 元，勤勉担当解民忧。尽锐出战，风雨兼程，顺利完成了包抓四个行政村的教育扶贫任务。用笃实的行动，尽显教育担当，助力乡村振兴。

持续发力，提升教育品质。2021 年以来，学校获得省市县奖项 16 个。先后获得宝鸡市“红领巾奖章”先进集体，“宝鸡市义务教育学校文化建设示范校”“宝鸡市成志教育示范校”“宝鸡市健康学校市级示范建设单位”“宝鸡市 2021 年课后服务示范校”“宝鸡市文明交通示范学校”和陕西省中小学德育工作先进集体，陕西省第十一届宋庆龄少年儿童发明奖优秀组织单位等多项殊荣。学校代表太白顺利接受了陕西省人民政府教育督导委员会“第三轮 316 工程——教育质量提升”专业督导评估。先后承办了多项重大活动，经受了上级组织的考验，学校教育实力持续增强，教育品质不断提升。

作者：武辉、谢志斌　摄影：伏永恒

甘肃省定西市临洮县第一实验小学

办好人民满意学校

始建于 1915 年的甘肃省定西市临洮县第一实验小学，现有教学班 41 个，在校学生 2263 人，教师 109 人。学校党支部成立于 1987 年，现有党员 28 人。近年来，临洮县第一实验小学坚持贯彻党的教育方针，推动党建工作与学校建设目标融合、与教育教学改革融合、与师生成长成才融合，坚持党建与教育教学同向发展、同心聚力、同质提升，以高质量党建引领教育教学高质量发展。学校先后荣获“全国中小学公民思想道德教育实验学校”“第二届全国文明校园”“甘肃省文明单位”“甘肃省文明校园”“甘肃省教育

2020 年 11 月，临洮县第一实验小学荣获“全国文明校园”称号　摄影：李效民

系统先进集体”“甘肃省中小学德育示范校”“甘肃省科普教育基地”“定西市示范性小学”“定西名学校”“临洮县教育教学先进集体”“临洮名学校”“科技创新先进单位”等荣誉称号。学校党支部先后荣获“全市先进基层党组织”“全县先进基层党组织”“全县教育系统先进基层党组织”等荣誉称号。

以思想建设为统领，保证高质量发展方向

学校始终把政治建设摆在首要位置，突出政治属性，站稳政治立场。把党的政治领导力、思想引领力、群众组织力、社会号召力转化成引领和带动学校高质量发展的核心竞争力，正确履行“把方向、管大局、保落实”的职责，让党支部作用在决策层、执行层和监督层得到有效发挥。

学校严格执行党组织领导下的校长负责制，以习近平新时代中国特色社会主义思想为指导，以思想政治建设为统领，牢固树立“抓好党建是最大政绩”理念，坚持“围绕教育抓党建，抓好党建促发展”的工作思路，推动党建工作和业务工作深度融合。结合教育教学实际，扎实开展理论学习，严格落实党组织生活，定期开展专题研讨、参观教育基地等活动，筑牢思想信仰根基。结合党史学习教育，组织全体教师认真学习党史知识，举办党史读物推介、党史知识演讲、党史知识竞赛和参观党的精神谱系等系列活动，引领教师感悟党的光辉历程和伟大成就，汲取奋进力量。组织开展读红色书籍、讲红色故事、唱红色歌曲、看红色影片、上红色课程、“红领巾心向党”主题系列活动，引领师生传承红色基因，赓续红色血脉。

学校始终聚焦“培养什么人，怎样培养人，为谁培养人”的根本性问题，引领全体教师不忘立德树人根本任务，牢记为党育人、为国育才的使命，用习近平新时代中国特色社会主义思想铸魂育人，培养德智体美劳全面发展的社会主义建设者和接班人，办好人民满意的教育。

学校始终把建设高品质文化，坚定文化自信，丰富文化内涵，提升学校品质作为永恒的追求。秉承“给人生最坚实的起步”的办学理念，坚守“做人求真，学问求实”的校训，努力为把学生培养成“健康又自信、知书且达理、好奇爱探索、全面有个性”的时代新人而砥砺前行。学校的文化，弥漫在校园的各个角落和学校教育的各个层面，它直接影响师生的价值判断和价值追求，影响着全体师生的工作态度和学习状态、思维习惯、人际交往方式等。学校每年都会组织教师学习、重温学校文化管理理念，育人育已有方向、有目标，让全校师生烙上自己的文化印记。学校研究的课题《临洮县第一实验小学实施文化管理，创建学校品牌的实践研究》被列为甘肃省十二五规划课题于 2020 年通过鉴定结题。反映学校发展纪实的长篇报道《走向教育胜境的坚实起步》在《中国教育报》刊发，学校教师丁月的论文《实施文化管理，创建学校品牌》刊于《甘肃教育》。

以专业成长为抓手，凝聚高质量发展动力

教师是第一生产力，是教育高质量发展的不竭源泉和动力。临洮县第一实验小学以提升党支部建设标准化为依托，以教师专业成长为抓手，深入推进“名师成长俱乐部”“名师领航工程”和“两推一开”工程，强化党员队伍和教师队伍建设，激活高质量发展的动力源泉。2017 年，学校以“引领成长　激励成名　共享成功”为宗旨，成立 10 个“名师成长俱乐部”，全体党员教师参与俱乐部活动，培养党员教师成为学校教学骨干。各俱乐部结合学校教育教学实际，以学科教学中的弱项、困惑、难点、症结为切入点，确定 10 个研究主题，分为“潜心学习——开讲啦！教学实践——开课啦！专题研究——开题啦！”三个阶段，历时四年的实践研究，取得了丰硕成果。名师成长俱乐部研究课例参加各级各类优质课竞赛，有 14 节课获一等奖，还有 5 项俱乐部研究主题成功申报为省市级课题，其中《核心素养背景下小学数学基本活动经验积累的策略研究》《以“名师成长俱乐部”为载体促进教师专业成长策略的研究》被确定为甘肃省“十三五”教育科学规划课题。

2020 年 9 月，学校再次开启名师成长第二个三年计划——“名师领航工程”，通过“教学主张演讲”“课堂教学展示”“师德师风民主测评”“学科素养竞赛”四项活动综合评选出校级名师 16 名，其中党员教师 5 名，成立 10 个校级名师工作室，14 名党员教师成为工作室成员。

2021 年 3 月 20 日，学校“名师领航工程”正式启动，学校为名师工作室的成立举行了隆重的授牌仪式，并给予各工作室充分的自主权及资金保障。各工作室在名师的引领下，确定研究主题，制定研究计划，每学期按照自己的工作计划有序开展教学教研活动，形成学校各具特色的学习研究共同体。

近年来，临洮县第一实验小学还积极推进“两推一开”工程，发展优秀教师为党员，培养党员为优秀教师。2020 年有 2 名骨干教师发展成为党员。党员教师中涌现出甘肃省“园丁奖”获得者 3 名、省级骨干教师 4 名，定西名校长、名教师 4 名，临洮名校长、名教师 5 名。设立党员示范岗，采用“青蓝工程”结对帮带机制，带领教师岗位建功、立标树榜。

以课程建设为载体，筑牢高质量发展阵地

学校始终坚持社会主义办学方向，全面贯彻党的教育方针，以课程建设为载体，以生本课堂为阵地，落实立德树人根本任务，实现五育并举。

构建课程体系。为服务于学校办学理念，服务于学生培养目标，学校积极落实“三级”课程建设。在全面开齐开足开好国家课程的基础上，认真落实地方课程，努力建设和开发校本课程。德育课程，坚持以“少年向上，真善美伴我行”为主题开展系列活动，始终弘扬时代主旋律，彰显新时代少年新风尚，如走进军营、锤炼意志，召开少代会、当好小主人，从小学先锋、长大做先锋等。社团活动，彰显一技之长，尤其是近几年开发的海模、航模、陶艺、创客等社团活动深得孩子们青睐。读书工程，书法工程，传承和弘扬中华民族优秀文化。科技教育，培育爱科学、学科学、用科学的新时代好少年。艺术教育，给孩子发现美、欣赏美的眼睛，表现美、创造美的能力。体育教育，借鉴北师大体育教育联盟的理念，坚持以“文明其精神，野蛮其体魄”的体育教育理念开展活动、开展教学。

建设生本课堂。学校积极建设“生本课堂”，把课堂的主动权交给学生，把思考的时间和空间交给学生，把交流展示的舞台交给学生。让儿童站在课堂正中央，发展学生的终身学习能力、可持续发展能力及创造性发展能力。为了让这一思想更具实用性、适用性，体现本土化，学校确定了生本课堂的基本理念是以学生为主体，以学习为核心；生本课堂的实施原则包括自主性原则（给学生提供独立思考和学习的时间，让学生亲历知识的形成过程，培养学生自主学习的能力和习惯）、低控制原则（充分相信学生的能力，少一些牵制，多一些尝试，鼓励学生主动思考、深度思考、解决问题、积极创造、获取能力）、参与性原则（引导学生全员参与、全程参与、有效参与整个学习活动）、教学相长原则（教学体现师生积极参与、

左图为临洮县第一实验小学邀请县领导为学校全体党员讲党课；右上图为临洮县教育局负责人为学校语文名师工作室授牌；右下图为学校机器人代表队在全国竞赛中获一等奖 摄影：李效民

交往互动、共同发展的过程）；生本课堂的追求包括真实而自然、朴实而灵动、扎实而简约；生本课堂的评价维度包括儿童的视角、优秀思维品质的培养、学习共同体的建设、学生的成长与进步。

以特色教育为途径，拓宽高质量发展渠道

学校注重特色化发展，以“学科教育特色化，特色教育学科化”，大力发展赏识教育和科技教育。

建立多元评价体系。多一把尺子就多一批好孩子。借鉴多元智能理论，学校坚持“文化育人、习惯育人、活动育人”思路，实施赏识教育，落实教育部学生发展绿色评价指标体系。

赏识教育的落实坚持多元性原则、定向性原则、灵活性原则。各班老师们根据学生在学习、生活、卫生、文体活动、心理健康、意志品质、情感态度等各方面的表现，赏识学生的点滴进步。面向全体，既关注显性的行为表现，更激发隐形的品质表现。

赏识教育的口号：赏识自己，我能行！赏识同伴，你能行！赏识团队，我们能行！

以“金拇指队员”的评选为抓手，激励每个孩子全面而有个性的成长。每周的班会课上，民主评选班级金拇指队员（一颗星），每月晋级年级金拇指队员（两颗星），每学期两次晋级校级金拇指队员（三颗星）。学校每学期隆重表彰校级金拇指队员，在结业典礼上颁发证书，让他们心有目标，学有榜样，传递正能量，是培养一小好少年的重要举措。

每学期的三好学生评选，并非唯成绩论英雄，而是从品德发展水平、学业发展水平、身心发展水平、兴趣特长养成四个方面综合考量。

大力发展科技教育。学校每学年都要组织开展“科技活动周”系列活动，开展“四小一画”活动，开设机器人、四驱车模、航模、海模魔方、科技小制作、科技小发明、创客等丰富多彩的科技活动，普及科学常识，发展科学思维，培养创新能力。目前，在青少年科技创新大赛中，学生科技作品先后有6项获全国奖励、77项获省级奖励、179项获市级奖励。教师科技作品先后有2项获全国奖励、3项获省级奖励、6项获市级奖励。学校机器人代表队连续14年参加全省比赛，获一等奖21次，在全国机器人比赛中获1金5银5铜。学校航模、海模、车模在参加2020全省第20届“我爱祖国的海疆”和第21届“飞向北京”航海、航模比赛中，分别取得了全省第2名和第6名的好成绩。

以教育联盟为依托，延伸高质量发展路径

临洮县第一实验小学将党建引领工作延伸到高质量发展的各个方面，充分发挥辐射引领作用。依托教育联盟、学科区域教研中心，组织党员教师、学科骨干教师先后赴周边的衙下学区、南屏学区联盟学校，开展以“联盟联动，共享共进”为主题的教育教学教研活动，活动以学校管理、课堂教学、班级管理、学科教学、德育教育、教师成长等为主要内容，搭建联盟校教师交流提升的平台，促进联盟校之间的业务互鉴和深度交流，带动联盟学校高质量发展。

百舸争流，破浪者才能领航；千帆竞发，奋勇者方可当先。面对教育改革发展的新形势、新任务，临洮县第一实验小学将继续牢记教育理想，立足教育原点，遵循教育规律，涵养专注力，久久为功，答好高质量发展的时代命题，共创高质量发展的新未来。

作者：定西市临洮县第一实验小学校长丁月

甘肃省礼县特殊教育学校

办好特殊教育 助推脱贫攻坚

链接：礼县特殊教育学校创建于2015年，是该县专门为各类特殊儿童实施早期教育、义务教育和职前培训的学校，主要面向全县招收聋哑、盲、低视力、智力障碍、行为障碍、自闭症、脑瘫、多动症、情绪障碍等类型学生，实行免费的义务教育。校园占地面积5767平方米，建筑总面积3514平方米。学校现有学生64名，有11个教学班。有教职员工17人，专职教师9人，其中校聘6人。

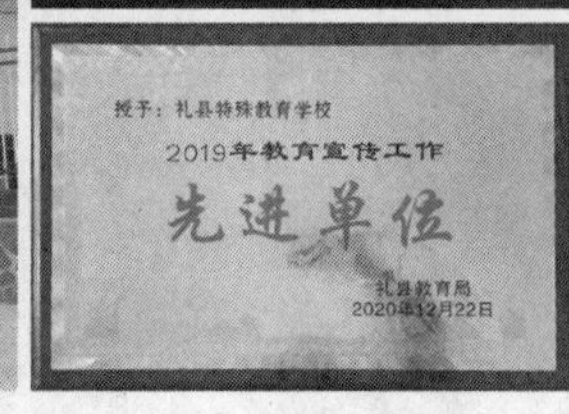

学校大门和获得的荣誉奖牌　摄影：刘璐

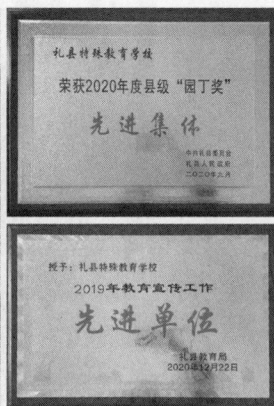

礼县特殊教育学校创建于2015年，校园占地面积5767平方米，建筑总面积3514平方米。学校现有学生64名，专职教师9人、校聘教师6人，配备了全套蒙氏教具、可视音乐治疗仪、启音博士等现代化康复设施。该校面向全县聋人、盲人、低视力、智力障碍、行为障碍、孤独症、脑瘫、多动症、情绪障碍等特殊学生群体，主要提供早期教育、义务教育和职前培训等各类教育服务。

现任校长刘马红，男，汉族，大学文化，中小学高级教师，中共党员。参与多项课题研究，撰写的关于特殊教育及学校管理方面的多篇论文在《甘肃教育》等省级刊物公开发表。

近年来，甘肃省礼县特殊教育学校始终践行立德树人根本任务，不断强化常规管理，深化校本教研，以爱的教育为主线，主抓教育教学和康复训练两大重点，精心培育，让不同程度、不同层次的特殊儿童各方面都能得到发展，赢得了学生家长和社会的一致认可。

家住礼县三峪乡董山村的马某强由于智力、视力的问题，10岁的他自理能力还很差。不过让他和家里人欣慰的是，特教学校的老师经常会到他家来，与他交流沟通，做游戏、做康复训练，提高他的认知和生活自理能力，一年多的坚持让他有了很大的变化。马某强姐姐高兴地说：“每次老师大老远地拿着上课的桌椅、电脑，还教他洗脸、刷牙，谢谢老师们，让像我弟弟这样的孩子在家里也能上学。”

礼县桥头镇麻元村大坪组的薛亚某、薛爱某兄弟二人患有先天性的聋哑，他们出生后不久妈妈改嫁别处，爸爸在宕昌县组建了新家，留下他们与爷爷奶奶相依为命。懂事的他们，除了放牛、帮爷爷奶奶干农活外，一有空闲时间就对着课本，练习老师教的手语，认真完成老师布置的作业。

薛亚某的爷爷告诉记者，每次送教活动，老师们都很耐心地对孩子进行教育引导，精心进行康复训练，真诚地对话沟通，详细询问孩子的身体状况、饮食起居、康复治疗和学习情况。

礼县特殊教育学校相关负责人说，为了让重度残疾儿童能够在家正常学习，学校组织全体教师定期深入离县城近百公里的桥头、三峪等边远乡镇，为这些折翼天使们开展送教上门活动，将课堂延伸到残疾孩子家中，并为孩子们带去了铅笔、作业本、书包、文具等学习用品。

目前，礼县适龄残疾儿童少年共有545人，已入学安置394人，经评估无接受义务教育能力的有109人，初中毕业42人，其中建档立卡户有260人。

像马某强、薛亚某这样由于身体原因不能到校就读的中重度残疾儿童全县共有45名，分布在20个乡镇。礼县特教学校和辖区内学校将这些孩子全部纳入学籍管理，并依据每个孩子的残疾程度，分别制订了详细的个性化送教计划，有针对性地对他们开展认知、生活自理、语言和运动康复等训练，确保让每一个孩子都受到最适合的教育。

礼县教育局基础教育股相关负责人表示，在中央、省、市、县和社会各界的大力支持下，礼县特殊教育工作形成了“以随班就读为主体、以特教学校为龙头、以送教上门为补充”的特殊教育发展格局，全县适龄残疾儿童义务教育入学率达到98.1%。

礼县特殊教育学校校长表示，将来特殊教育要接轨职业教育，学校会尽最大的努力，让更多的特殊儿童学有一技之长，能够自食其力，融入社会。

作者：刘马红

山东省济南市历下区保利华庭幼儿园

“孩子的成长，我们不‘缺位’”

链接：济南市历下区保利华庭幼儿园隶属于济南市历下区教育和体育局，成立于2017年9月，山东省省级示范幼儿园，占地面积7205平方米，建筑面积6482.26平方米，24个教学班规模，目前在园幼儿1100余名，教职员工124人，学历达标率100%，任职资格达标100%。幼儿园党支部荣获四星级党支部，团支部荣获历下区红旗团支部，幼儿园被评为山东省“食安山东”示范食堂、济南市最美幼儿园，幼儿园足球队先后荣获教育部“足球特色幼儿园”称号、济南市足球协会颁发的“幼儿足球发展贡献奖”，先进经验在全省推广介绍。幼儿园在“弘扬和传承中华传统文化 培养创新思维儿童”特色发展方向的引领下，通过不断探索、实践、研究，研发并形成了《爱的浸润——中华传统文化园本课程》。

自疫情发生以来，山东省济南市历下区保利华庭幼儿园党支部以“抗疫有你有我，让党旗高高飘扬”为旗帜，在党支部书记徐晓同志的带领下，全体党员高度重视疫情防控工作，按照相关要求，第一时间成立了疫情防控工作小组，迅速制订了《历下区保利华庭幼儿园关于新冠病毒感染的肺炎开园后传染病防控应急预案》并根据要求层层落实各项工作，为防控工作做好保障。

“应急演练到位，物资准备充足，细节安排到位……幼儿园从孩子的视角出发，为欢迎孩子们回归做足了‘功课’。”2020年5

保利华庭幼儿园党支部书记、园长徐晓

重温入党誓词

月27日，由济南市教育局和历下区相关部门组成的复学核验组，来到历下区保利华庭幼儿园进行复园复学条件验收，幼儿园事无巨细的准备工作，得到了核验组成员的一致认可和高度评价。

“孩子返园时间推迟了，但孩子成长我们不能‘缺位’。孩子居家期间，老师们一直在‘线上’陪伴，为了迎接孩子们归来，老师们更是早早开始了准备工作。”保利华庭幼儿园党支部书记、园长徐晓告诉记者，孩子的健康无小事，幼儿园一直在细化各种方案，生怕忽略掉哪一个细节，“有了这些前期准备工作，迎接孩子们‘回家’，我们底气十足。”

时刻将幼儿健康放在心上，畅通四级防控衔接渠道

短短两个小时，将全园120余名教职员工和1100余名幼儿近期的活动轨迹及身体情况全部统计完成，并且有针对性地对特殊情况进行提醒、汇报、落实……孩子们的健康始终是保利华庭教育人最为牵挂的事情，疫情发生初期，幼儿园便第一时间启动了摸排工作。

“每一位幼儿都是我们的宝贝。我们要做到对每位幼儿的情况心中有数，摸查清楚。”徐晓同志表示，第一次摸排时间紧任务重，家长的高效配合令老师们动容，“有了老师们高效的落实和家长们的积极响应与支持，我们有信心打赢这场战役。”

自此，每天早上8点前在群里汇报个人情况、班级情况成为每一位老师的自觉行为。

与此同时，从1月21日开始，保利华庭幼儿园便开始通过微信公众号、班级微信群、QQ群等多种渠道向幼儿和家长宣传普及疫情防控知识和防控要求，引导教师和家长做好防控工作，不传谣、不信谣，做到早发现、早报告、早隔离、早治疗。

幼儿园非常重视疫情防控工作，共制定各种情况下的应急预案6个，梳理工作流程36个，明确疫情报告岗位5个。同时还建立了幼儿园、教师、班级、家长四级防控工作联系网络，将全园各岗位124名教职员工全部纳入幼儿园防控工作网络，强化家园无缝隙衔接，取得非常好的效果。

特殊时光党员教师身先士卒，线上陪伴孩子

在特殊时期，党支部书记徐晓自觉带头，组织探讨“爱在线上”针对教师和幼儿不同的开展形式；高鑫同志针对教师通过线上进行了师德培训并录制《地震小常识》《幼儿疫情防疫歌》等微课视频；辛伟伟同志绘画并录制了为“武汉加油”的原创小绘本和诗歌；任娟同志针对教师通过线上进行了科学活动教研分享；任子菡同志带领宣传组完成一个又一个高质量新闻，历下区保利华庭幼儿园全体党员走进社区开展“亲师活动”并拿起共同战“疫”的画笔，为幼儿谱写更加丰富多彩的活动；还共同创作并录制了《青春礼赞——致敬坚守疫情后方的幼教人》《听，勇士们的故事》《我为什么要入党》等。

幼儿园复园时间延期，孩子的成长不能延期。在这个“非常”的假期里，保利华庭幼儿园开展了一系列“宅”家活动，引领家长和孩子一起拥抱亲情，收获成长，真正地“宅”出快乐、“宅”出乐趣。结合幼儿园实际，从孩子的角度出发，保利华庭幼儿园积极搭建线上公众号推送平台。从科学小故事、安全小常识，再到防疫小能手……老师们亲自录制视频，结合网络上和防疫有关的优质资源，推送给园内孩子们。

拍手游戏、纸杯创意玩、动物扑克牌、小球过河、套杯子……为了丰富孩子们的假期生活，保利华庭幼儿园还通过微信公众平台在线推出小爱叮“爱在线上”系列游戏活动。每期与家长分享一个游戏，让孩子们在做一做、动一动、讲一讲中，调节身心，快乐游戏，一起携手安全度过这个特殊的假期。

老师也要进行“线上学习”，共研共学助力专业成长

“保利华庭幼儿园在幼儿自主游戏开发上，把握住了正确观念和方向，不仅观念到位、行动不脱节，而且坚持以幼儿为主体，实现了让幼儿充分地玩、尽情地玩。”在参与完保利华庭幼儿园自主游戏教研组本学期的第三次线上教研后，济南市教育教学研究院学前教研员张慧玲给出了这样的评价。

此次教研围绕“教师在户外建构自主游戏中的角色定位和教师在游戏中适时地介入和指导”这一主题开展。当天，在教研组长带领下，各级部老师就户外建构自主游戏中不同年龄段幼儿的建构技能进行了分享，并展开了热烈讨论。

而像这样的线上教研与分享，成为保利华庭幼儿园最近一段时间的“新常态”。

假期中，每位教师通过线上对《3—6岁儿童学习与发展指南》更翔实的解读，对于不同年龄阶段的幼儿应该达到的某一能力或水平有了更详细的了解。幼儿园还开展了“不忘初心，为爱前行”师德师风培训，老师们以高昂的学习热情，从听到说、从读到讲、从悟到写，在一次次群策群力中，一个个教学设计被理清思路，一句句教学语言越来越规范。

宝贝归来，安全不掉“线”，一周进行4次“实战”演练

按照错学号、错级部、错时间的原则，家长带领幼儿在园门外按照一米间隔有序排队，入园时，幼儿沿地下“小脚丫”标识接受远红外测温及保健医生一次晨检。随后，幼儿进行足底消毒和手部消毒后，依次走到班级门口进行二次晨检，班级老师用塑封袋收起幼儿口罩，由幼儿存放到自己的格子橱中……这是2020年5月22日，记者在保利华庭幼儿园举行的防控模拟演练现场看到的情景。

在演练过程中，老师们从“入园篇”“在园篇”“离园篇”，全面生动地展现了幼儿入园环节、进餐环节、应急环节、午睡环节、离园环节的处置流程和规范操作。

“最近一段时间，我们在不断推敲演练过程中的多种可能性与科学可行性，不断改善细节，分级部分流程熟练掌握各环节重点。”徐晓告诉记者，短短一周时间，全园进行了4次完整演练，每次演练结束立即总结反思，充足的准备让每一位老师都做到了全园“预案记于心，演练践于行”。

幼儿园在入、离园环节、晨间活动、盥洗、进餐、午睡等环节时间安排上合理搭配，班级四名工作人员合理站位有机配合，确保幼儿安全。幼儿园还将采用心理健康疏导等形式，携手家长提前对幼儿进行心理疏导，合理疏解幼儿长时间居家生活带来的不适应。

“复园第一周，幼儿园将开展疫情防控主题教育活动，内容涵盖五大领域，各级部已经制定了周计划表并提前备课。”徐晓介绍，幼儿园将增加户外活动时间，并制定错时户外活动安排表，以自主、自由、自选的区域活动为主要教学手段，避免聚集活动。

一名党员就是一面旗，大家都在自己的岗位上努力践行着自己入党时的初心，将“初心”体现在行动上，将“使命”彰显在岗位上。以行动践行入党誓言，以足迹践行初心和使命，以坚定的意志和行动，彰显“疫情就是命令，防控就是责任”的政治自觉。

作者：徐晓、高鑫

山东省聊城经济技术开发区蒋官屯街道中心幼儿园

用心描绘七彩童年

链接：聊城经济技术开发区蒋官屯街道中心幼儿园是山东省第二期学前教育三年行动计划中严格按照省乡镇示范园标准建设的一所乡镇中心幼儿园，于2017年9月投入使用。幼儿园占地4500平方米，建筑面积3491.94平方米。现有教职工37人，9个教学班。独特的幼儿园文化、课程与环境相辅相成，相得益彰，不仅功能用房齐全，充足的游戏场地极大满足幼儿全面发展的需要。该园基于园情创设了独特的园所文化——“象文化”，创生了《炫彩童年》系列园本课程，形成了“美时美课，尽善尽美”的教风，“和谐、文明、健康、尚美”的园风，为培养着有审美情趣的灵动的幸福儿童提供了有力保障。近年来，幼儿园荣获了聊城市示范家长学校、开发区幼儿园特色操评比活动一等奖、开发区幼儿园环境创设评比活动一等奖、开发区第四届少儿文化艺术节优秀组织奖。先后被认定为中国第二批新样态学校、省级一类幼儿园、省级学前教育游戏活动实验园、山东省多元协同育人共同体实践基地。

南京师范大学虞永平教授说：适宜性是幼儿园园本课程的基本特征。自2016年以来，山东省聊城经济技术开发区蒋官屯街道中心幼儿园致力于探索出一条适合农村幼儿发展的园本课程之路，不断探索实施路径，从最初单一的集体教学到多样化的游戏化教学，从园内课程阵地发展到家园共育模式，走出了一条富有实效性的课程实施路径。

构建丰富的课程体系

《炫彩童年》系列园本课程是蒋官屯街道中心幼儿园申报的一项市级课题，在2019年已成功结题。该系列课程遵循“游戏课程化，课程游戏化”的课程理念，适宜农村幼儿的全面发展，有效填补了农村幼儿在成长与发展中的薄弱环节。

比如为了发展幼儿语言，使其形成良好的阅读习惯，该园的《童话童年》园本课程模块应运而生。“农村幼儿语言发展较为迟缓，词汇量严重缺乏，并且大多没有阅读的习惯。”业务主任高岩伟说。为此创生的富有实效性的课程实施路径——“情境绘本教学”+“小书象跟我回家”+“小书象”金话筒集体分享，这三个学习环节形成一个学习闭环，这个具有时效性的学习闭环中，后面的两个环节都有家长的介入，使每个学习环节环环相扣，活动目标发展层层递进，促使幼儿的语言素养与阅读习惯在这种常态化的家园共育模式中得到有效发展。

《游戏童年》是该园的另一项特色园本课程。“这张图是我们幼儿园手绘的游戏平面分布图，共涵盖了20多种游戏类别，我们把它们分成了五个大区。”该课程负责人陈宁用一张图来介绍了该园的游戏环境，遵循开放性、探索性、自然性、审美性等原则创设的游戏环境大大满足了幼儿个性化发展的需求。同时从自主游戏到表征记录再到游戏分享三个环节促进了幼儿优秀学习品质的形成。

打造专业的教师团队

要想给予幼儿高质量的教育，需要高效的学习型教师团队。“教师是幼儿园的第一生产力。”业务园长乌卉珠说，蒋官屯街道中心幼儿园结合教师现有专业水平，借用维果斯基“最近发展区”理论，用三级教研理念带领教师开展园本教研，以研代训，分级向教师提

左图为蒋官屯街道中心幼儿园象文化、课程与环境相得益彰；右上图为幼儿在沙水区游戏；右下图为幼儿玩“过家家”

蒋官屯街道中心幼儿园教师风采

出发展目标，打消了老师们的畏难情绪，提高了教师工作积极性。

无论是幼儿成长还是教师专业发展，都离不开有“爱”的人文环境。因此，该园通过开展丰富多彩的团建活动，加强教师间的情感沟通，并引导教师体悟幼教工作给予教师重塑自我的人生价值。

培育家园共育的良好氛围

“三岁看大，七岁看老”，学前教育对孩子影响之大毋庸置疑。学前阶段是孩子成长过程中最有效干预的一个学段。因此，蒋官屯街道中心幼儿园十分重视家园共育工作，除了把家长引入课程外，该园还在线上创建了“早期教育公益群”，线下成立了“种子教师宣讲团”，通过资源投放与专家讲座等方式，引领辖区准妈妈与学龄前儿童家长科学保育，大大推进了辖区学前教育质量的提升。

一分耕耘，一分收获。2017 年 10 月，该园被评为市级示范家长学校。2020 年 11 月，该园被山东省科学研究院认定为多元协同育人共同体实践基地。

此外，该园还发挥发挥中心园的带动力，引领各分园通过课题研究，促进保教质量提升。通过成立教研共同体，开展丰富的联动、教研活动，来盘活辖区园所的互动力，推进了辖区学前教育优质均衡化发展。

旭日东升，其道大光。“我们正蓄势待发，继续向个性化办园方向迈进，力争实现‘一所幼儿园一个样，园园都有自己的样’的个性化发展目标。”谈及园所未来的发展，园长高沛国满怀信心地说。

作者：乌卉珠、高岩伟

摄影：吴凤娇、付莉

海南（海口）青少年活动中心

点缀多彩童年　成就“幸福港湾”

“椰青杯”2021 年海口市青少年文化体育赛事活动启动

走进海南（海口）青少年活动中心（以下简称活动中心），欢动的气息扑面而来。室内球场，孩子们你追我赶，热闹非凡；活动室内，书法、绘画令人目不暇接……一座三层楼的活动中心内，有舞蹈室、实验室、室内球场、艺术专业室等，共88间功能各异的教室。这里是加强青少年思想道德建设、丰富课外文化生活的重要载体和阵地。

近年来，活动中心紧密围绕服务青少年健康成长，精心策划一系列富有创意特色和广泛社会影响的青少年校外教育活动；全面开展以提高青少年综合素质、兴趣特长为特点的教育培训；以“椰城童趣汇”等系列公益活动为抓手，以提高青少年艺术修养、培养艺术人才为目标，开展了丰富多彩的青少年艺术实践活动，逐渐形成规模优势、品牌优势，不断丰富青少年的精神文化生活，点缀孩子们的多彩童年。

童心向党，童声唱响主旋律

“今年，恰逢中国共产党建党 100 周年。鲜艳的党旗，历经 100 年的洗礼，在华夏上空自豪飘扬。”5 月 30 日上午，由共青团海口市委员会、少先队海口市工作委员会、活动中心联合举办的“红领巾心向党　献礼建党 100 周年”六一主题队日活动在活动中心举行。

一首轻快振奋、热情洋溢的架子鼓表演拉开了此次活动的序幕。孩子们通过歌曲《蓝色丝路》、舞蹈《三字经》、朗诵《我们是中国的少年》、相声《吹牛》等精彩节目，展示出新时代少年儿童健康向上的精神风貌和绚丽多姿的艺术风采，赢得了现场观众的阵阵掌声。

活动现场，一对对手拉着手、兴高采烈的孩子们引起了大家的注意。原来，为促进城乡少年儿童交流，为乡镇少年儿童带来关爱和祝福，活动中心还特别邀请了海口市云龙镇中心小学与海口市滨海第九小学的少先队员进行互动交流。他们互赠礼物与节日的祝福，共同度过愉快、温暖的节日。

“我收到的礼物是一个绿色的笔袋，谢谢海口市滨海第九小学的同学给我带来的文具。”来自海口市云龙镇中心小学五年级二班的符美娇高兴地说，她送给结对小朋友的礼物是一个手工自制的许愿池，“我觉得手工制作的礼物比较有意义，所以亲手制作了一个许愿池送给新认识的朋友，希望她能够喜欢。”

“红心少年学党史”党史知识转盘、“童心向党·献礼建党百年”百米画卷共绘、“小小能手　保护湿地”展览园、活力少年“三向”拔河赛、“致敬红军　重走长征路”闯关比赛……一个个极具互动性和趣味性的活动紧扣主题，以寓教于乐、轻松愉快的活动形式吸引着孩子们争先参与。

“六一儿童节不仅是欢乐的节日，也是加强爱国主义教育、人文精神培育的良好契机，结合建党 100 周年，中心积极组织爱国主

题教育实践活动，通过舞蹈、美术、声乐、器乐等多种形式引导广大少年儿童抒发爱国情怀，让红色血脉在青少年群体中澎湃涌流。”据活动中心主任张岩介绍，6月至8月期间，活动中心还将陆续推出青少年公益系列活动，通过欢庆节日、手工绘画、寻觅百年足迹等多种形式活动，引导广大青少年用实际行动献礼党的百年华诞。

"不忘初心 童心向党"建党100周年主题系列活动
之"点亮爱党之心"活动
海南(海口)青少年活动中心

多维发力，品牌公益显活力

为拉近家长与孩子之间的距离，搭建亲子沟通的桥梁，2月27日上午，由共青团海口市委员会、少先队海口市工作委员会主办的2021年“椰城童趣汇”暨“我们的节日·元宵”之“张灯结彩挂灯笼，喜气洋洋过牛年”主题亲子公益活动在活动中心举办。

制作灯笼的过程中，孩子们和家长共同参与，互相交流、相互分工、合力制作。在一片欢声笑语中，一只只五彩缤纷、精美可爱的灯笼闪亮登场。

“通过这个活动，我们之间的默契又增加了。”活动后，每个家庭脸上都洋溢着幸福的笑容，兴高采烈地拿着灯笼进行拍照留念，留住美好瞬间。

此次活动是活动中心开展“椰城童趣汇”品牌公益活动项目的其中一项。近年来，活动中心始终坚持公益性发展的战略定位，持续开展“椰城童趣汇”“快乐课堂”等品牌公益活动项目。2020年，除开展原有品牌公益活动外，活动中心还设计全新的品牌项目，如开展“以爱为名，抗疫防控”主题书法、诗文、美术、摄影作品展，“抗疫亲子线上课堂”“六一线上公益活动”等。

除此之外，活动中心始终坚持以爱国主义、民族精神、理想信念、公民道德建设、法制教育等主题为重点，积极开展丰富多彩的青少年思想道德公益教育活动。“疫情防控知识健康教育”“社会主义核心价值观教育”“垃圾分类环保教育”“抗美援朝爱国主义教育”“心理疏导进校园心理教育”等主题教育“多点开花”，不断加强青少年思想道德建设，营造青少年健康成长良好氛围。

“2020年，中心举办各类公益活动逾300场，超过50000人次参与。其中，线上公益活动38场，参与达15192人次。”张岩介绍，2020年以来，公益活动的数量和规模远超2019年；公益活动的范围，从只限于线下，延伸至线下线上同时进行。

全面发展，素质教育扎实推进

舞蹈班、绘画班、书法班、器乐班、素描班、文学班……近年来，活动中心扎实推进素质教育，稳步扩大教学培训规模，开展青少年科技、艺术、文化、体育、劳动、技能等特色培训，加强品牌课程、校本课程研发建设步伐，依托办学特色，着力开发深受青少年青睐的全新品牌课程，形成满足青少年个性需求的课程体系，挖掘青少年的无限潜能。

“您好，进入活动中心请先测量体温。”为向广大青少年提供舒适、安全的活动环境，活动中心不断筑牢安全防线，要求参训学员、办事人员、职工进出活动中心需进行体温检测、卫生消毒、登记排查等措施；对主体大楼的消防设施、防雷设施等进行大规模的检修，杜绝消防和雷击的隐患；加大对主体大楼内地板清洗、加密垃圾清运频次、加强公共区域通风换气等，严防卫生死角……

走进活动中心，崭新的桌椅、配置齐全的教学设备、文化氛围浓郁的宣传布置……孩子们不仅拥有安全的活动阵地，更拥有优良的教学环境。活动中心基础设施逐步更新完善，添置课桌椅、投影仪等教学设备及设施，进一步改善教学条件；结合“社会文明大行动”工作的要求，通过宣传栏、LED的布置，文化墙设计等自然和人文景观的建设，不断丰富少年儿童的精神世界。

坚持主体，构建成长“大本营”

唱歌舞蹈、美术书法、器乐管乐、足球篮球、口才朗诵等形式多样的课外活动，深深地吸引着孩子们，浸润心灵舒展天性，护航成长放飞梦想，活动中心俨然成为未成年人思想道德建设的“大本营”。

“从无到有，从点到面，活动中心的覆盖面越来越广。”张岩介绍，现在，活动中心形成了以公益展览为先导、以公益讲座为基点、以公益培训为渠道等系列活动的有机整体，使活动中心真正成为青少年健康成长的乐园、学习创造的大课堂、校外教育的主阵地、人才辈出的摇篮、对外文化交流的窗口。

今后，活动中心将在团市委的正确领导下，在社会各界的关心支持下，继续坚持以公益活动为抓手，广泛开展青少年喜闻乐见的主题教育实践活动，满足青少年多种多样的兴趣爱好，并把思想道德建设内容融于其中，使公益活动逐步完善为参与面广、内容丰富、形式新颖、精彩纷呈的品牌，让活动中心真正成为青少年放飞希望的田野和传承文明的阵地。

作者：曾楚媛　摄影：李鑫

吉林省白山市关工委

关爱无疆

30年来，他们围绕中心、服务大局，为党的事业薪火相传，作出积极贡献；

30年来，他们用优良的作风、高尚的人格、丰富的经验，感染、教育和培育青少年；

30年来，他们想青少年之所想，急青少年之所急，积极配合、主动作为，用不懈的努力和无私的奉献关爱青少年，谱写了一曲又一曲退休不退责、退休不褪色、精心关爱培养下一代的动人赞歌……

他们，就是白山市各级关心下一代工作委员会及遍布城乡的"五老"。

1991年3月，伴随着改革开放的步伐，经市委批准，成立了浑江市关心下一代协会。1993年6月更名为浑江市关心下一代工作委员会，1994年随着市名的更改又改为白山市关心下一代工作委员会。30年来，白山市关工委组织由小到大、由弱到强，不断发展壮大，工作逐步走向正规化，并在不断创新发展的过程中，有条不紊地将关工委工作推向一个又一个新的高度。从建关工委之初，仅有市、县两级关工委，到现在按照应建尽建的要求，已延伸至乡镇、街道、社区和村屯。全市现有关工委组织1189个，参与关工委活动的"五老"达1.5万余人。2008年，由白山市关工委组织创作的，也是全国关工委系统唯一的歌曲——关工委之歌《夕阳映着朝阳红》，在各级关工委组织中争相传唱，为关工委组织增添了生机与活力。

谱写人间大爱，建设"绿色家园"

青少年是祖国的未来和民族的希望，做好关心下一代工作，关系到中国特色社会主义的发展方向和中华民族伟大复兴。

自成立之初，白山市关工委就十分重视发挥老干部、老战士、老专家、老教师、老模范参与关心下一代工作的政治优势、能力优势、经验优势、情感优势和时间优势，将帮教帮扶青少年纳入工作重心。秉承从生活上关心照顾、情感上关爱沟通、思想上开导教育的理念，对特殊的青少年和困难家庭的学生及留守儿童进行有针对性帮教帮扶。1993年开始配合学校创办家长学校，走向社会帮教特殊青少年，关爱农村困难学生。1996年2月，白山市关工委开展了"矫正人生座标，走好人生之路"的大讨论，收到良好的社会效果。1996年11月，白山市关工委负责同志出席了在南京召开的农村关心下一代工作经验交流会，并在大会上作了经验介绍。1998年，白山市关工委编写了《青少年思想道德教育知识问答》，印发成册发放到基层关工委，对青少年广泛开展教育活动。

2006年3月，"绿色家园"在抚松县松江河镇成立。今年已经80多岁的毛文珍时任松江河镇关工委常务副主任，是"绿色家园"最早的志愿者之一。她不顾自己年老体弱，同民警、委主任经常到特殊青少年和留守儿童、家庭困难的学生家里走访，与他们结成对子、送去慰问金，不厌其烦地做思想工作。国辉是高中一年级学生，由于斗殴被派出所拘留，回家后感到在家人和同学面前抬不起头，便自暴自弃，学习成绩一路下滑，对老师的帮助教育也产生逆反心理。毛文珍得知这个情况后，便与帮教小组一起，多次进行家访，与国辉推心置腹谈心，给他讲人生道理，帮他明理解惑，树立自信。国辉由抗拒到接受，学习成绩很快赶了上来，后来以优异的成绩考上了大学。现如今，他已在山东省济南市成家立业，并成为一家技能培训机构的行政主管。他说，是"绿色家园"的毛奶奶挽救了我，没有毛奶奶就没有我的今天。多名特殊青年在毛文珍的帮教下，逐步树立起了正确的人生观，走上了健康成长之路。人称刘大妈的刘淑英是松江河镇退休教师，为加强社会治安，她组建的义务巡逻队在松江河镇闻名遐迩。巡逻队密切配合当地政法部门，既有力震慑了犯罪分子，同时对有一定劣迹的青少年结对子进行帮教。2006年以来，松江河镇"绿色家园"先后接受了7批入园的特殊青少年70人，通过"五老"和社会各方力量的亲情关爱、合作帮教，绝大多数解除了帮教，改好率达85.7%。其中为27人安排了就业，升大学5人，为28人申办了低保，11人自己创业。全镇青少年违法犯罪下降了85%。2009年11月，时任省关工委主任汪洋湖实地察看了松江河镇"绿色家园"帮教失足未成年人档案建设情况，并题写了"绿色家园好"。

靖宇县已故"五老"郭喜林在自己家里建起"绿色家园"爱心基地，经常给孩子们讲红色故事、谈理想信念、办主题展览。每逢重大节日，都在自家院子里组织孩子们升国旗、唱国歌。不仅如此，还拿出离休费6万余元资助贫困儿童。如今他帮教帮扶的孩子有的考上了大学，有的参加了工作，有的成了单位的先进工作者。靖宇县政法系统关工委自2010年起将每年的8月确定为"绿色家园"

白山市"绿色家园"已成为关心下一代工作全国知名品牌。左图为2018年，白山市关工委及各县市区关工委驻会班子联合调研"绿色家园"青少年教育基地；右上图为抚松县开展"绿色家园"大讲堂活动；右下图为靖宇县"绿色家园"进校园 摄影：史永久

青少年帮扶月。11年间，共帮扶青少年5732名，帮扶资金和物品价值370万元。白山市关工委自2015年起，资助市十八中学朱同学和郜同学。从初中到高中，共资助资金3.4万元。2020年，两名学生以优异的成绩考入大学。据不完全统计，全白山市关工委系统“绿色家园”帮教帮扶共投入资金、物品价值1000余万元。

2011年9月，《中国火炬》刊发了白山市关工委主任徐世明撰写的《建设“绿色家园”，传承红色基因》的文章。之后，他又与关工委的同志陆续撰写了《“五老”撑起“绿色家园”》《让“绿色家园”满园春色》《创新思路 完善机制 白山“绿色家园”实现科学化系统化规范化制度化》《学习“枫桥经验”创新“绿色家园”》等一批重要文章，先后在《长白山日报》等报刊发表。

白山市关工委还通过召开“绿色家园”经验交流会、转发“绿色家园”工作创新做法、与市委政法委联合巡检，进一步推动了“绿色家园”向深度和广度发展。徐世明又在全国关工委会议上介绍了创建“绿色家园”的工作经验。中国关工委专题向全国转发了白山市创建“绿色家园”的经验，并将“绿色家园”确定为全国关工委工作品牌。同年11月，省政法委、团省委、省关工委联合在靖宇县召开了全省推广“绿色家园”经验现场会。2014年7月，由白山市关工委组织创作了“绿色家园之歌”，此歌曲在关工委引起强烈反响，极大地鼓舞了为“绿色家园”奋战的广大五老和志愿者。同年9月，市政法委与白山市关工委联合在抚松县松江河镇召开了白山市“绿色家园”创新经验交流会。省关工委副主任游德元到会并作重要讲话，对白山市“绿色家园”工作给予全面肯定。在这次会上，白山市关工委主任徐世明提出：要以抓铁有痕，踏石留印的精神，把“绿色家园”精心打造成叫得响、立得住、推得开、可复制的白山市名片。2015年9月召开了全市“绿色家园”工作理论研讨会，围绕健全领导体制、完善工作机制、丰富教育方式、建立考评机制等方面开展研究，为推进“绿色家园”工作创新发展提供理论支撑。2016年6月在庆祝中国关工委成立25周年时，白山市关工委召开了全市关心下一代“绿色家园”工作先进集体、先进个人表彰大会，出版了《绿色家园文集》。

全市“绿色家园”的成功实践，得到了中央、省、市领导和各级部门的充分肯定，也引起了中宣部、中央文明办、最高人民法院、最高人民检察院的高度关注。全国先后有20多个省、100多个市、超过万人次来白山市考察学习“绿色家园”经验。

目前，全市“绿色家园”工作已形成了党委领导、政法委牵头、关工委实施、多部门共同参与的帮教失足青少年和帮扶困难青少年的工作格局。健全了有工作对象、有工作队伍、有活动场所、有工作流程、有活动经费的“五有”工作机制。对失足、失管、失学、失业、失亲的青少年实行了由1+1到2+1、3+1直到n+1的工作模式。落实了帮解困、帮助学、帮矫治、帮扶志、帮就业“五帮”任务。制定了看青少年辍学率、犯罪率是否下降“两率”工作绩效考核标准。全市“绿色家园”工作已步入了科学化、系统化、规范化、制度化的轨道。

传承红色基因，培育时代新人

红色基因是信仰，引领人们薪火相传，血脉永续；红色基因是忠诚，激励人们不忘初心，爱党爱国；红色基因是追求，鼓舞人们奋力拼搏，自强不息。为引导广大青少年从红色基因中汲取前行力量，听党话、颂党恩、跟党走，成为中国特色社会主义事业合格建设者和可靠接班人，白山市关工委早在2011年就提出了“建设绿色家园 传承红色基因”总体工作思路。在此基础上，又在靖宇县杨靖宇将军殉国地举行了“传承红色基因 争做时代新人”主题教育启动仪式。

历史底蕴厚重，红色资源丰富，白山市有着悠久的爱国主义光荣传统。各级关工委充分利用当地红色资源，现已建立青少年爱国主义教育基地12处。关工委经常性地联合有关部门组织广大青少年参观红色教育基地，讲述革命历史。组织“五老”建立红色讲堂，进学校、进社区，讲党史、新中国史、改革开放史、社会主义发展史，讲社会主义核心价值观，传唱红色歌曲，编写红色教材等。

在活动中，各级关工委不断创新活动载体，江源区关工委组建百人红色故事宣讲团，进社区、入村屯，宣讲红色故事。靖宇县政法系统关工委与教育系统密切配合，组成“培根铸魂，立德树人”少儿宣讲团，登台讲述红色故事。浑江区雷锋小学作为全国为数不多的以雷锋名字命名的小学，在白山市关工委协调配合下筹措资金，于2020年底建造青少年教育基地。

疫情就是命令，防控就是责任。2020年突如其来的新冠肺炎疫情，打破了关工委的正常工作秩序。面对紧迫的新冠疫情，“五老”积极参战。年近耄耋的江源区城墙街道关工委主任刘桂云不仅自己到社区村屯发放防疫宣传单，而且还带领儿子和孙子老少三代冒着严寒在卡点值守。白山市关工委、临江白山市关工委全体工作人员带着慰问品到卡点慰问值守人员，各级关工委还运用快板、数来宝、诗歌等文艺形式开展以艺抗疫活动，在线上宣传疫情防控常识等。2020年抗疫期间，全市各级关工委为抗疫共捐款50余万元。

“五老”倾情关爱，助力脱贫攻坚

助力脱贫显身手，大爱无疆竞风流。根据中国关工委和省关工委的部署，白山市关工委积极开展“五老”关爱活动。从2018年到2019年底，确立了“十百千万”行动目标，在全市选树一个关心下一代帮扶先进品牌、十个优秀儿童之家、百名带领群众共同致富的农村优秀青年人才、帮助千名困境青少年解决实际困难。

在开展关爱行动中，白山市关工委坚持扶贫同扶志、扶智相结合，助力脱贫攻坚。同时打造可复制、可推广、具有一定影响力的先进品牌。江源区关工委1500余名“五老”筹措资金20余万元，资助360名困境中小学生。长白县关工委发起建立的“鸭绿江爱心助学资金协会”捐款170万元，资助困境学生，被评为全省最佳志愿服务项目。临江白山市关工委成立了“关爱留守儿童志愿者之家”，为留守儿童创造了温馨的课后学习生活和娱乐场所，并动员社会各方力量筹集资金10万余元资助困境学生和留守儿童。浑江区关工委组织“五老”为困境青少年捐款捐物价值4.46万元，动员社会力量筹措资金5万元，为求学困难和面临辍学的学生送去了“及时雨”。靖宇县关工委开展了“暖春行动”，80余位“五老”和社会爱心人士，组织帮扶活动30余次，捐献帮扶资金和学习用品价值8.2万元。抚松县关工委与有关部门协调，争取资金帮助4名贫困大学生完成了学业，为10名贫困儿童完成了初中学业，还为280余名特困学生送去崭新的服装。抚松县万良镇关工委依托“五老”和民营企业家及爱心人士共同打造了“参苗爱心协会”，为45名大、中、小学生捐资3.15万元。

党建带关建，“四同”促发展

多年来，白山市委、市政府始终将关工委工作纳入党委、政府工作日程。早在1998年市委就制定了党委定期研究关工委工作制度、党委领导联系关工委制度和纳入精神文明建设总体规划等多项工作制度。市委、市政府主要领导多次听取关工委工作汇报，将关心下一代工作纳入党建总体部署，同党的建设一起抓。并把关心下一代工作纳入党建“未来工程”，做到“同谋划、同部署、同推进、同考核”。

抚松县关工委成立了在县直机关党工委直接领导下的由关工委、老干部局管辖的退休“五老”党员共同组建的党工委，关工委主任兼任党工委书记，有效地提高了关工委和“五老”党员的活力，激发了关心下一代的工作热情和积极性。这一做法得到了中国关工委和省关工委的充分肯定。靖宇县关工委与组织部门一同对全县基层关工委进行考核，同时，对县直机关工作考核时也将对支持关工委工作情况纳入考核内容，实行一票否决。全白山市关工委在各级党委和政府的关心支持下，从关工委工作人员到办公设施的配备都有了很大进展，关工委事业也迈上了一个新的发展台阶。

建功新时代，关工筑华章。成立30年来，白山市关工委获得中国关工委、省关工委多次殊荣。1995年、2005年、2015年三次被评为全国先进集体；自2009年至2019年，10年连续4次被评为全省精神文明先进单位；2014年、2020年分别荣获省、市青少年思想道德建设先进集体。抚松县关工委先后两次被评为全国先进集体。2020年在中国关工委成立30周年时，白山市关工委主任徐世明、江源区关工委主任冯玉华、抚松县松江河镇关工委常务副主任毛文珍、靖宇县政法系统关工委主任孙晓红被评为全国先进工作者。

开启新征程，再谱新篇章。全市各级关工委、“五老”将继续发扬“忠诚敬业、关爱后代、务实创新、无私奉献”的“五老”精神和孺子牛、拓荒牛、老黄牛“三牛”精神，服务青少年、关爱青少年、教育青少年，初心如磐、砥砺前行，为关心下一代工作作出新的更大的贡献，谱写更加辉煌的篇章。

作者：贺胜花、刘勇、蔡冲春

福建省三明市关工委

一枝一叶总关情

中国关工委主任顾秀莲（左二）调研三明永安市忠义社区，福建省关工委主任刘群英（右二）、三明市关工委主任林纪承（右一）等陪同　摄影：张艰

30年初心不改，30年砥砺前行。

30年来，福建省三明市关心下一代工作委员会（以下简称三明市关工委）经历了初创、起步、艰辛探索、逐步发展的历程。从1989年7月，正式成立三明市关心下一代协会，到1994年4月更名为“三明市关心下一代工作委员会”，再到目前全市12个县（市、区）、144个乡（镇、街道）、1886个村（社区），以及学校、机关、厂矿建立了3118个关工委组织，三明市已基本形成关工委组织全覆盖的工作格局。

十年树木，百年树人。

按照习近平总书记对关心下一代工作的重要指示，三明市关工委坚持服务青少年的正确方向，弘扬主旋律，激发正能量，夯实基层基础，关爱特殊青少年，做了大量的好事实事，使广大青少年充分感受到了党和政府的浓浓关爱之情。

30年栉风沐雨，30年春华秋实。

三明市参加关心下一代工作的人员现有8.98万人，他们积极投身关爱事业，接力爱心火炬、传承红色基因，得到了各级党委、政府的充分肯定，赢得了社会各界和人民群众的广泛赞誉。三明市关工委6次被评为全国关心下一代工作先进集体，6次被评为全省关心下一代工作先进集体，2次荣获全国“中华魂”主题教育活动先进集体。

提升政治站位，坚持立德树人

打铁还需自身硬。

党的十九大召开后，三明市关工委对照习近平总书记提出的一系列新思想、新观点和新论断，积极探索新时代关心下一代工作的新思路，进一步增强老同志的政治担当。

2017年，三明市关工委创办了《阳光》内刊，并得到省关工委的肯定。同年组建了全省关工委系统第一支关心下一代志愿者艺术团，以丰富多彩的形式，宣传习近平新时代中国特色社会主义思想。

各级关工委积极开展“学党史、颂党恩、跟党走”“中华魂主题教育读书活动”“传承红色基因，争做时代新人”“向军旗敬礼，向英雄学习”“纪念改革开放40年”和“家教大讲堂”等系列教育活动，在青少年中广泛培育和践行社会主义核心价值观。

近五年来，全市有近20万名青少年参加“中华魂”读书活动，有49名学生获得全国“中华魂”读书活动一、二、三等奖。三明市开展“中华魂”主题教育活动的经验做法，多次得到全国“中华魂”主题教育活动经验交流会的充分肯定。

全市开展“传承红色基因，争做时代新人”活动377场次，参加活动的青少年达10.2万人次。全市各地3700名“五老”人员，组成108个报告团，开展以社会主义核心价值观教育为主要内容的主题教育活动2058场次，受益青少年达75万人次。

着眼服务实精准，关爱成长成才

少年兴则国兴，少年强则国强。

按照急党政所急、想青少年所需、尽关工委所能的工作思路，三明市各级关工委广泛开展关爱青少年工作。

积极开展“关爱明天、普法先行”青少年普法教育活动，创建“青少年普法教育示范区”和“未成年人零犯罪学校、村、社区”活动。五年来，三明市举办普法教育1770场次，受教育青少年48万人次。在创建“未成年人零犯罪学校、村、社区”活动中，首届全市有195个学校、村、社区受到市综治委表彰命名。

认真做好关爱帮教青少年工作，形成“二龙合一”关爱帮教青少年工作机制，并多次得到省关工委的表扬，成为三明市关工委工作品牌。近五年来，三明市561个关爱工作团（组）积极为青少年开展法律咨询，给予法律援助，关爱“五失”青少年1.9万人次，帮教失足青少年2195人。

加大扶贫助学力度，三明市各级关工委千方百计扩大捐资助学渠道，加大助学力度，从资助贫困学生为主，到扩大到奖励品学兼优的学生。目前，三明市建立关心下一代基金307个，金额9367万元。五年来，市、县两级关工委资助大中小学生8996人，金额达1217万元。

加强海峡两岸青少年交流融合，拓展关心下一代工作领域。三明市关工委和省关工委联办“两岸青少年朱子文化研习营”和台湾青少年“客家文化夏令营”“客家之旅夏令营”“青少年夏令营福建三明营”等活动，共有5批310名台湾籍青少年参加活动，扩大了两岸青少年交流交往。

积极探索创新，夯实基层基础

创新赢得发展，创新开辟未来。

三明市在永安开展“党建带关工委建设”工作试点以来，全市开展“党建带关工委建设”工作单位已达587个，走在全省前列。

各地积极建立、完善以党政为主导、老同志为主体的关工委组织体系，着力建立“党建带关建”的长效机制。

各地按照“哪里有党组织、有老同志、有青少年，哪里就有关工委组织”的要求，进一步完善关工委组织体系，积极探索在村民小组、居民楼栋等地方成立关工小组。全市机关事业单位建立关工委243个。目前，全三明市关工委组织达到3118个，比2014年增加70个，组织网络基本实现全覆盖。

各地十分重视发挥“五老”骨干作用，积极发动更多“五老”参加关心下一代工作。目前全市参加关工委的“五老”人员达到32425人。

通过基层工作创新，推进“五好”达标活动。目前，全市达标“五好”关工委2420个，占关工委总数的77.6%。三明市关工委分别获得中国关工委和省关工委“创建五好基层关工委优秀组织奖”。

摄影：张艰

各地坚持创新，精心打造了一批关心下一代工作品牌。其中三明市关工委的“中华魂”读书活动、“二龙合一”工作机制，永安的“网上关工委”建设、将乐县肖坊村“夕阳红·红花朵”工作模式、大田县第二集美学村爱国主义教育活动得到中国关工委和省关工委充分肯定。

突出党建引领，加强自身建设

紧跟时代要求，不断学习提升。

三明市各级关工委坚持关工委的政治性、先进性和群众性，努力把关工委建设成为学习型、服务型、创新型的群众性工作组织，建设成为关心下一代工作的坚强堡垒。

紧紧依靠党委、政府，把“党建带关建”作为基层工作创新年的重中之重的任务，不断完善“党建带关建”工作机制，不断增强关工委的组织力和凝聚力，促进了各项工作的有效开展。

班子建设不断加强，三明市新加入各级关工委班子成员2930人。县级关工委班子得到充实，12个县（市、区）关工委全部做到由党政主要领导兼任关工委名誉主任，组织部长兼任关工委第一主任。

加强作风建设，各级关工委下基层开展调研2114次，形成调研报告106份。2018年，三明市关工委《立德树人，任重道远》的调研报告，被省关工委评为一等奖。

砥砺耕耘结硕果。全市有106个关工委组织评为全国、全省关心下一代工作先进集体，曹秀芬、兰德明、林纪承等341位同志被评为全国、全省关心下一代工作先进工作者和突出贡献者。

点滴都是爱，枝叶总关情。

新时代，新担当。在三明市委、市政府的领导和省关工委的指导下，三明市工委不忘初心，牢记使命，积极引导青少年培育和践行社会主义核心价值观，帮助青少年扣好人生的“第一粒扣子”，切实谱写全市关心下一代事业的新篇章！

广东省韶关市关工委

“五老”倾情奉献20载

全省关工委山区创业青年培训工作经验交流座谈会给优秀单位颁奖，韶关市关工委被评为优秀奖 摄影：丘爱兰

链接：韶关市关工委成立于2000年11月20日，先后两次被评为省市家庭教育工作先进集体，省“朝阳读书”活动先进集体；2010年6月、2020年10月，两次被中国关工委、中央文明办授予全国关工工作先进集体；2013年9月及同年12月，被中国关工委和省关工委授予创建“五好”基层关工委优秀组织奖；2016年1月，被省关工委、省文明办授予广东省关心下一代工作先进集体；2017年至2020年连续四年被中国关工委、教育部关工委评为“中华魂”主题教育活动先进集体。

20年栉风沐雨，20年执着守望，20年不懈奋斗。20年来，全市各级关工委的“五老”情系青少年健康成长，发挥余热，用实际行动践行“五老”精神，演绎了一曲老有所为、“五老”不老的动人篇章。

壮年时期，他们意气风发，用信念、热情和智慧奏响人生的华美乐章；离退休后，他们退而不休，以强烈的社会责任感和无私奉献的精神投身到关心下一代工作中，他们就是韶关市关心下一代工作委员会（以下简称韶关市关工委）的老干部、老战士、老专家、老教师、老模范。

2020年是广东省韶关市关工委成立20周年，经过多年的努力，在2020年11月17日至18日于北京召开的纪念中国关心下一代工作委员会成立30周年暨全国关心下一代工作表彰大会中，韶关市关工委被评为全国先进集体；仁化县关工委执行主任邓昌文和浈江区关工委执行主任余石怡被评为全国先进个人，这群仍怀揣着梦想

左图为韶关市关工委执行主任李石保带领班子一行在翁源县委常委、组织部长熊亮陪同下参观江尾镇仙鹤农村创业青年兰花基地；右上图为韶关市关工委办公室三团“五老”在战时省委旧址广场，重温入党誓词；右下图为韶关市关工委艺术团开展“戏曲进校园”活动，在韶关市十五中学演出　摄影：丘爱兰

的“五老”骨干队伍收获了一份喜人的成绩单。

创品牌，搭平台，提升关工工作聚合力

十年树木，百年树人。已有37年党龄的仁化县关工委执行主任邓昌文，近年来全身心投入农村创业青年培训工作中，积极培育脱贫攻坚农村“双带”新人，撰写调研报告，为当地有关部门工作提供决策依据，为仁化精准扶贫工作贡献余力。

“榜样的力量是无穷的，扶贫攻坚工作需要创业典型来激发贫困户脱贫的信心和决心。”邓昌文告诉记者，通过培训与技能教育，与发展“一乡一品”相结合，使农村创业培训更符合当地的实际，促进生产的发展。在他的多年努力下，仁化县农村创业青年创业热情高涨，涌现一批又一批创业典型。

邓昌文只是众多韶关市关工委“五老”们日常工作的一个缩影。近年来，韶关市关工委深入开展“讲政治、育新人、学科技、奔小康”活动，坚持和创新农村创业青年培训工作，努力培养农村“双带”人才，助力脱贫攻坚和乡村振兴。

“我们创新工作思路，在原有的韶关市关工委讲师团、艺术团两个团的基础上，于2018年上半年成立了农业科技专家顾问团。”韶关市关工委有关负责人告诉记者，成立这个团的目的，主要是加强农村创业青年培训工作，利用专家指导和帮助农村创业青年创业发展，培养一批热爱“三农”，讲政治、有理想、懂技术、会经营、能带头致富、带领群众致富的“双带”农村创业青年优秀人才。

“实”字落地果然见成效，去年12月，乐昌市创业青年李仁斌、南雄市创业青年刘炳、翁源县创业青年李德财、曲江区创业青年冯武明、新丰创业青年陈真兴5位农村创业青年被中关工委评为“双带”农村致富青年先进个人。2020年5月，张发开、龚健林、吕志秋等20名农村创业青年被评为韶关市关工委“双带”农村创业青年先进个人。2020年11月，韶关市关工委命名了乐昌市华翔木业有限公司、丹霞女农业科技有限公司、翁源县得宝家庭农场等10个单位为“韶关市农村创业青年培训示范基地”。

抓活动，促教育，提升关工工作生命力

年逾八旬党龄60多年的韶关市关工委常务副主任肖志雄，自1998年3月从工作岗位上退下来后并没有闲下来。20多年来，他像往常在职时一般，为韶关市青少年的健康成长做了大量、具体和卓有成效的工作，并先后多次被授予全国、省、市“关心下一代工作先进工作者”。从2003年办试点班起，在韶关市关工委的领导下，肖志雄主持筹办的全市农村创业青年培训班近200期，培训农村创业青年一万多人次。通过培训，涌现一批致富奔康带头人和发展农业产业化的领头人，他们逐渐成为农村固本强基的一支力量。

“眼看‘蜜香李’和‘红线李’长势良好，我心里备感欣慰。”曾获得全国退休干部先进个人及“广东省关心下一代工作先进个人”荣誉的始兴县退休干部、县关工委执行主任邓国祥，如常地培养当地年轻农户种植“红线李”技术，年过古稀的他仍然十分关心乡村振兴事业。邓国祥告诉记者，他能有如此广阔展示自我的平台，离不开韶关市关工委对他工作的一贯支持。据他介绍，韶关市关工委充分发挥讲师团、艺术团、农业科技专家顾问团“三团”作用，通过讲课、座谈、调研等形式向广大青少年进行社会主义核心价值观和努力实现中国梦的思想教育，用社会主义核心价值观培育和激励青少年。据统计，目前共开展各类讲座、活动、咨询155场次，听课人数达20多万人。韶关市关工委艺术团还进行了中国梦等主题的文艺创作，演出60多场次，观众达10多万人，深受广大师生的认可和赞扬。

韶关是一片红色的热土，有着丰富的红色文化资源。各级关工委充分利用韶关市的红色文化优势，通过开展“中华魂”“传承红色基因、争做时代新人”“党史国史教育”等主题教育实践活动，组织“五老”结合亲身经历对青少年进行革命传统教育，积极推动青少年爱国主义教育向网络空间延伸等方式，着力提高未成年人思想道德素质，不断引导未成年人增强爱党、爱国、爱社会主义意识，取得明显成效。

强队伍，抓党建，提升关工工作引领力

随着各级关工委的不断壮大，越来越多的“五老”投身到关心下一代工作事业当中。截至目前，全市已建立关工组织3899个，参加关工组织成员及志愿者33108人。并已建立起纵到底、横到边的关工组织网络，通过把关工委管理列入当地党委组织工作序列，建立激励和人员进入退出机制，以及坚持以“五好”基层关工委、“六有”基层关工小组创建工作为抓手，使基层关工组织建设出现了良好 的局面，达标率达91%以上。

为扎实做好党建带“关建”工作，韶关市各级关工委通过党建带“关建”工作实现了层层有人抓、层层抓落实、上下齐抓共管的良好工作格局。其中，南雄韶关市关工委按照“党的基层组织建到哪里，基层关工组织就发展到哪里”的工作要求，不断完善关工组织自身建设，通过提高机构覆盖和加强关工队伍建设，形成广泛覆盖的组织网络和工作网络。

筹资金，助扶贫，提升关工工作爱心力

在韶关辽阔的土地上，总能看见各级关工委“五老”同志们忙碌的身影穿梭在山野乡村之间，他们为韶关市捐资助学、扶贫帮教工作贡献一己之力，在帮扶失学、失业、失足青少年和禁毒、戒毒方面，在关爱留守儿童工作上做了大量工作。2004年以来，韶关市各级关工委先后选送617名贫困家庭初中毕业生到深圳德昌电机技术学院免费就读，其中毕业后安排在该公司工作的学生有264名。

值得一提的是，各级关工委还积极协调妇联、民政等部门重点打造以行政村、社区、学校为依托的“儿童之家”，目前已建成“善美儿童之家”33个。2019年12月，南雄市雄州街道黎口村“四点半学校”、仁化县丹霞街道官口村“儿童友好社区”、浈江区启明北路社区“儿童之家”等被省关工委评为全省“优秀儿童之家”。

作者：肖志雄

山西省隰县关工委

托起爱的希望

隰县关工委主任解绍亮曾荣获“隰县最美共产党员”“感动山西十大人物”称号；2015年国家关工委予以表彰，在北京人民大会堂受到国务院副总理刘延东和中宣部部长刘奇葆接见。图为2013年解绍亮在“感动山西十大人物”颁奖现场 摄影：亚明

链接：隰县关心下一代工作委员会（以下简称隰县关工委）现任班子自2011年4月组建以来，急党政所急，想青少年所需，尽关工委所能，坚持“不让一个孩子失学，不让一名学生失落，不让一位青少年失足”的目标，声誉倍嘉，成绩斐然。2013年10月，山西省关工委在隰县召开了关心下一代工作现场会。隰县关工委先后3次受到国家关工委嘉奖，3次受到山西省关工委表彰。2019年12月又被中关工委授予“全国关心下一代工作先进关工委”。2020年5月在临汾市召开的关工委工作会议上又被确定为“关心下一代工作标杆单位”，并做出《关于向隰县关工委学习的决定》。隰县关工委主任解绍亮同志先后20多次受到国家和省、市关工委的表彰，并获得“隰县最美共产党员”“感动山西十大人物”“身影全国榜样人物”等荣誉称号。

近几年，先后三次受到中国关工委嘉奖，三次受到省关工委表彰，2019年12月又被中国关工委授予“全国关心下一代工作先进关工委”称号，2020年4月，临汾市关工委发出《关于向隰县关工委学习的决定》。

这就是隰县关工委在关心下一代工作中取得的主要成绩。

这份成绩单是一支由老战士、老党员、老专家、老教师、老模范（五老）组成的队伍交出的。他们怀揣着一颗赤诚之心，立德树人、扶贫助困，不断发挥余热，围绕着“孩子健康成长需要什么，我们就努力提供什么；孩子欠缺什么，我们就弥补什么”的工作理念，积极动员和引导各部门及社会各界参与服务青少年健康成长工作，让青少年在成长道路上走得更稳更远。

党建引领，健全机制

自2011年4月新班子组建以来，隰县关工委坚持定位于当好党委、政府在培养教育青少年方面的参谋与助手，着力形成齐抓共管、社会参与的长效机制，使全县关心下一代工作步入制度化、系统化、规范化、社会化的发展轨道。

隰县关工委一方面积极争取党委、政府和社会各界的支持和帮助，一方面力争形成工作大格局，即党委统一领导，党政齐抓共管，成员单位率先垂范，县直单位密切配合，关工委积极作为，社会团体融合，志愿团队共建，全社会广泛参与的大关工格局。

他们通过建立健全领导、经费保障、督查考核、部门协调配合、“五老”关怀等机制，同时在组织机构的上下贯通、运作有序上做文章。经过努力，不仅建成了纵横交错的关工委网络，还实现了关工委组织全覆盖。

目前，隰县共建起各级关工委259个，其中乡镇关工委8个，农村关工委91个，社区关工委3个，机关事业单位关工委86个，企业学校关工委71个；“五老”人员已发展到5545人，充分发挥广大“五老”的独特优势，在讲好中国故事、弘扬中国精神的同时，为青少年的思想政治建设作出了积极的贡献。

特别是在县委的支持下，隰县掀起了关心下一代工作热潮：共有68个单位和个人参与救助关爱活动，58名各界人士慕名而来，其中既有社会各界爱心人士，还有隰县籍在外地工作的、曾在隰县插队的，形成了一个扶贫关爱救助集团，累计筹措资金1500多万元，受助对象12000多人次。近年来，隰县关工委累计收到感恩者送的锦旗88面、牌匾112块、感谢信400多封，互赠慰问品价值10000多元。

打造亮点，传承美德

怎样让广大青少年在成长的征途中，既有充足的体能营养，又有丰富的精神之钙？

隰县关工委结合革命老区丰富的红色故事和英雄人物的独特优势，把“中华魂”读书和“传承红色基因，争做时代新人”主题教育深度融合开展爱国主义教育系列活动，为青少年的思想“充电”、行为“充能”。

隰县关工委通过依托红色基地，传承红色基因。先后开展传承红色教育活动80多场次，受教育青少年10000多人次；并组织“五老”收集红色资料，编辑成讲稿、故事和教材，通过“五老”宣讲团巡回给青少年宣讲，先后给青少年宣讲15场次；举办具有红色教育意义的故事会68场、演讲赛59次、书画展15次；征集优秀书画作品400多幅、征文280多篇；向全社会征集优秀家风家训，以此作为校园文化建设的一项内容，镶嵌在橱窗版面，装饰在走廊墙壁，培养青少年的文化自信，丰富下一代的教育内容；在传承红色基因活动中，全县共聘任红色宣讲员389人、“五老”校外辅导员288名、优秀家风家训宣讲员23人。

同时，隰县关工委针对一些孩子因各种原因情绪低落，思想消沉的问题，通过参加“中华魂”读书演讲赛，带领有服刑父母的孩子去监狱探视亲人，安排专人为孩子辅导作业、补习文化课等方式，千方百计激发孩子们的兴趣，引导他们积极向上。

通过这些主题鲜明、形式多样的活动，不仅丰富未成年人精神文化生活，而且引导广大未成年人积极向上，养成高尚的思想品质和良好的道德情操。

办好实事，倾心帮扶

为了更好地为关心下一代工作注入更多力量，隰县关工委通过办好事、办实事，为下一代的健康、顺利成长提供“动能”。

——加大联合，撑起温暖家园。积极与民政、妇联、团县委、工会、文明办、扶贫办等单位共同协作，为58名孤儿和事实孤儿办理了每月600元的民政救助手续，为385名考入大学的困难新生联系了320多万元的扶助资金。同时，发动爱心企业，联络爱心人士，搭建救助平台，沟通救助渠道，千方百计为孩子寻求爱心救助资源，每生每月300至900元不等，按月打入关工委为孩子开设的专用账户，直至完成学业。截至目前已发展救助者123名，被救助对象128名，救助时间最长的已达8年。

摄影：石志文

他们发动机关、学校、工商户、小企业，为孩子们捐款捐物，省市县驻村工作队及驻村干部踊跃参加；武装部、妇联、团县委带头捐赠被褥、书包等学习生活用品；日常生活中，有的捐助皮鞋、衣物、眼镜，有的义务理发，既有免费读书卡，还有新华书店赠送的工具书。不仅如此，县医院也开通孤儿就医绿色通道，城建部门对符合条件的家庭解决廉租房，帮助维修房子等。万佳福超市一次捐助150名孩子15万元，中国银联两次捐助119名残疾贫困儿童3万多元，临汾金百丰新能源公司5次捐款8万多元。

——着力建立完善家庭、学校和社会三结合教育机制，发挥多方作用。隰县关工委通过“五老”网吧监督员队伍，配合有关部门取缔无证网吧，对违规接受青少年上网的网吧进行处罚。同时，建立了88个校外辅导站，创办了29个儿童管护中心。

此外，隰县关工委还结合实际，与农、林、果等农业部门联手，为县职教中心关工委与乡镇村关工委牵线搭桥，开展对农村“双带”青年的职业技能培训，帮助农村青年建创业园，并联系农村信用社关工委帮助资金扶持；依托电商科技公司关工委的互联网平台培训农村青年创办产业合作社，在网上推销农产品。通过这种方式培养了“双带”青年110多名，获得表彰的优秀“双带”青年28名。

我们既可以看到，隰县的青少年在成长中，总有一双“温暖的双手”在呵护，帮助他们在思想、道德、品行等各个方面有着良好的助力，也希望他们在自身的发展、对社会的贡献中绽放芳华。

江西省分宜县关工委

用满满爱意滋润幼小的心灵

袁茂英在泗水路社区给青少年讲革命先烈小故事　摄影：严伟平

链接： 分宜县关心下一代工作委员会（以下简称分宜县关工委）成立于1993年6月4日，27年来，在县委、县政府的正确领导和新余市关工委的精心指导下，全县各级关工委和广大“五老”弘扬“忠诚敬业、关爱后代、务实创新、无私奉献”精神，坚持“急党政所急、想青少年所需、尽关工委所能”的工作方针，与广大青少年携手前行，积极配合党政部门及群团组织，在培养教育青少年工作中相互支持，通力合作，共同为青少年健康成长做出了自己的努力。分宜县关工委主任易荣秀、原县关工委常务副主任李岳华被评为全国关心一代工作先进个人，分宜镇关工委、原新社乡关工委被评为全国关心下一代工作先进集体，分宜县关工委多次被评为全省关心下一代工作先进集体。

在江西省分宜县城乡，活跃着近千名老干部、老战士、老专家、老教师、老模范，他们开展公益讲座、心理辅导、上户走访、结对帮扶帮教……脚步深浅，话语短长，用满满爱意滋润幼小的心灵。

2019年5月，分宜县关工委联合县妇联启动“千人帮万家”活动，800多名“五老”人员，对接5900多户家庭、7300多名青少年。截至目前，这些“五老”人员已走访调研1.6万人次，举办家长或监护人培训班287期、青少年培训班363期、家训家风培训班386期，为青少年健康成长营造了良好的氛围。

我是农民，还是老兵，更是一名党员

8月11日，见到分宜镇角元村关工委专职副主任袁柱国时，他刚从水库巡查回来。“现在正值暑假，村里24座山塘水库，我

摄影：严伟平

们每天都要巡查，防止小孩玩水。”

今年68岁的袁柱国，从2011年起负责村里关心下一代工作。角元村旁有一棵古樟，抗日战争时期，村民常在这儿放哨。以前村里修石坑水库时，一名老党员因公牺牲。古樟树、石坑水库，成了袁柱国的特殊课堂，每年他都带孩子们到实地接受教育。“最近，就带了一批孩子过去，不光讲抗战故事、革命故事，还讲生态文明、防溺水知识。小孩了觉得新鲜，都喜欢。”

学雷锋纪念日、清明节、儿童节、国庆节、暑假……袁柱国每年按时间节点规划活动，并从不多的养老金里挤出钱，买些小零食、学习用品发给孩子们。

村里留守儿童多，袁柱国关心每一个。父亲去世，母亲改嫁后，小林（化名）跟着爷爷奶奶生活。上小学后，袁柱国带他报名，给他买学习用品，经常询问学习情况。今年9月，小林就要上初中了。村民都说，没有袁柱国，这孩子早辍学了。

2019年，袁柱国结对帮扶了10户家庭、14名留守孩子。他说“我在部队入的党，又当了29年村干部，应该发挥余热。只要还能讲、能走，就会一直做下去。”去年7月，袁柱国获“新余市共产党员示范岗”荣誉。

党培养了我，我更应该生命不息、奋斗不止

没想到，87岁的袁茂英，同时担任分宜二小关工委专职副主任、钤东街道泗水路社区关工委专职副主任两个职务。

从分宜二小退休26年来，袁茂英走遍了全县各乡镇，向青少年作思想道德教育讲座100多场，撰写讲课稿16万多字，听课学生1万余人次。采访中，袁茂英从提袋里捧出厚厚一摞稿纸。“这都是我备课的资料，每一堂课的主题都不一样。”从字迹遒劲的讲稿中，不难看出一位老教师的执着和大爱。

“党对我恩重如山。”袁茂英说。从农村小学老师，到县城小学校长；从地区模范教师，到全国教育系统劳模，袁茂英常说，党培养了我，我更应该生命不息、奋斗不止。

如今，袁茂英脚步依然，入社区、进学校，给孩子们讲课。她还每年拿出退休金，给孩子们买字典、保温水杯等，一买就是数十、上百份。

2017年，袁茂英认了一个读高中的“孙女”。双林镇的小萍（化名）出生两个月时，父亲去世，母亲改嫁外地，一直跟爷爷奶奶生活。袁茂英把她当亲孙女，思想上鼓励，学习上指导，生活上关心。今年高考，小萍取得了不错的成绩。

袁茂英表示，小萍读大学后，会继续资助她。“希望她永远把我这儿当自己家。”

新家训、家规，是一本生动的传统美德教材

在湖泽镇尚睦村柳家村小组柳氏宗祠里，男女老幼围坐一团，笑声一片。

宗祠墙上，书写着柳氏新家训、家规和柳家人才简介。湖泽镇关工委专职副主任易江雅告诉记者，柳家村小组历来崇文重教，“千人帮万家”活动开展以来，镇、村关工委挖掘、整理柳氏家训家规，将柳氏宗祠打造成了“湖泽镇青少年家教家训家风教育基地”。

“镇里每月组织学生，到柳氏宗祠开展家风教育活动，由‘五老’当讲解员。目前已组织了15批、300多名孩子前来参观学习。”易江雅说，湖泽镇有21个祠堂实现了家训家规上墙，并经常性开展活动。

在柳家村小组旁边的邓家村小组，建于清朝嘉庆年间的邓家围屋保存至今，是省级文物保护单位。依托围屋，湖泽镇成立了“湖泽镇爱家乡教育基地”，通过组织学生开展活动，让他们了解邓氏家族历史，接受良好家训家风熏陶。

“家训家规进祠堂，是一本生动的传统美德教材。通过这种教育，可以从小培养孩子们勤奋上进、崇文尚德、爱国爱家等优秀品格。”易江雅说。

第四章

打赢防控战 夺取双胜利

天津市静海区政协

“协”手聚力 在抗疫一线履职担当

静海区政协委员、疾控中心免疫规划科科长孙红梅（右二）和同事一起开展流行病学调查 摄影：刘磊

疫情期间，静海区政协委员、天津百业商贸有限公司工会主席孙建梅（右）坚守在门店一线，确保市场供应 摄影：刘磊

抗击疫情有政协声音，服务大局见委员身影，履职尽责显委员情怀。面对突如其来的新冠肺炎疫情，天津市静海区区政协委员积极投身到这一场没有硝烟的战斗中，在火线抗疫、在一线防控、在后方支援……以实际行动凝聚起政协战“疫”力量，展现当代政协委员新风采。

新冠肺炎疫情发生后，静海区政协闻令而动，第一时间召开专题会议、发出倡议、下沉督导、组织捐赠等多种形式，发动全体政协委员踊跃投身战“疫”，在这场没有硝烟的战争中践行初心和使命。全体政协委员积极响应，有的挺身而出，有的默默奉献，有的积极呼吁。“疫情面前，只有参与者，没有旁观者，我们是命运共同体，也是责任共同体，理应积极参与！”这是全体政协委员共同的心声。

防控一线，践行初心使命

疫情就是集结号，岗位就是主战场。在抗击疫情前沿，静海区政协各界别委员充分展现责任担当，合力筑起维护群众健康安全、社会和谐稳定的坚固堤坝。

医药卫生界委员在突如其来的疫情面前，迅即投入防控工作，担任区疾控中心免疫规划科科长的孙红梅委员，关键时刻冲在一线，全力做好流调排查、病原检测、疫情监测等工作；在区防控指挥部工作的孟宪民委员，积极参加方案制定、统筹协调等工作，经常忙到深夜；曾经的城关医院院长、现任子牙镇三呼庄村党总支书记、村委会主任马云刚利用掌握的医疗卫生知识加大疫情防控宣传，并结合本村实际不断创新防控措施。

社会福利与社会保障界委员主动为疫情防控做好保障，陈红梅委员从大年初一开始，带领工作人员对养老机构开展登记排查管控工作；张建伟委员为在防疫中涌现的“爱心企业”无偿提供法律援助；孙建梅委员组织百业配送中心职工加班加点，全力保障超市粮油和副食品供应。

农业界委员赵振文、张作民每天坚持在村卡口值班，张作民自己坚守值班的同时，还鼓励支持妻子援助瑞安森防护服生产；郝建委员积极购买蔬菜种子，组织人员种植油麦菜、生菜、小白菜、菠菜等叶菜，全力保障百姓的“菜篮子”。

文化艺术新闻出版界委员姚新、祁丹为《静海感动》作词、作曲，MV在学习强国平台播放；李峰委员积极组织广大书法家用爱研墨，以心为纸，创作以抗击疫情为主题的书法作品，凝聚起众志成城、全力以赴、共克时艰的强大正能量。

企业界委员胡克清、张春龙积极落实相关要求，抓好复工复产；陈金城委员在抓好企业复工复产的同时，积极为医疗防护生产企业瑞安森提供包装上游产品。

共克时艰，彰显责任担当

“岂曰无衣？与子同袍。岂曰无衣？与子同泽。岂曰无衣？与子同裳。”《国风·秦风·无衣》唱出了战友间团结互助、同仇敌忾的高昂士气和乐观精神。而今，面对疫情，静海区政协委员众志成城，守望相助，用爱心奏响了一首阻击疫情的“大合唱”。

一方有难，八方支援。政协委员主动担当社会责任，委员和委员企业踊跃捐款捐物，用真情义举驰援防疫一线。经济界委员发挥带头作用，胡克清委员捐助19万元、周文军委员捐助11万元、张茂强委员捐助6.4万元、王峰委员捐助1万元和口罩。民族宗教界委员积极发挥爱国爱教优良传统，释普济委员组织信众向本市佛教慈善功德基金会捐献28万元、释照正委员捐献19.3万元；林贵泼委员组织道教信众捐献2.7万元。其他委员也尽力而为捐助款物彰显委员爱心。

一笔笔捐款、一批批物资，凝聚着政协委员的爱心。据不完全统计，到目前，全区政协委员已累计捐款100余万元，捐助口罩、消毒液、食品、军大衣等，用实际行动诠释了委员的爱心、责任和担当。

双向发力，履行委员责任

建言资政、凝聚共识双向发力。静海区政协委员深入联系界别群众，科学解读疫情防控知识，及时反映社情民意信息，协助当地党委、政府做好解疑释惑、化解矛盾、理顺情绪、增进共识的工作，把中央关于疫情防控的决策部署和市委、区委工作要求化为群众的安心暖流和必胜信心，把群众所思所盼所愿第一时间传递到党委、政府，汇聚起万众一心抗疫情的正能量。

根据疫情防控出现的新情况、新问题，静海区政协党组及时调整年度重点协商计划，将进一步提高突发公共卫生事件应急处置水平作为重点协商内容，动员政协委员围绕当前疫情防控中心工作，认真履行职能，积极建言献策。

广大政协委员积极响应，紧紧围绕全区疫情防控的难点重点问题发挥专业优势，提出针对性对策、意见建议。大家既关注如何打赢疫情防控阻击战，更前瞻性地关注疫情对经济、社会带来的后续影响。宫克柏委员、李文奎委员、刘成慧委员针对疫情防控期间统筹推进企业复工复产，提出《简化审批手续，加快复工进度》《加大帮扶力度，帮助企业尽快复工》等建议；朱洪和委员、马富英委员、王春林委员针对企业复工后持续做好疫情防控提出《分类登记造册，做好外来务工人员排查》等建议。截至目前，共收到委员有关疫情防控的社情民意 40 多条、意见建议 30 多条，反馈到相关部门后得到推动落实。

党委有号召，政协有行动；委员有担当，政协有力量。政协委员是荣誉，也是责任，在疫情面前，天津市静海区政协委员们各尽其责、各施其能、各展其才，体现了责任和担当，践行了初心和使命，倾心倾力谱写着动人的政协战“疫”诗篇。

广东省江门市新会区政协

以行动展现担当　交出有力“答卷”

政协第十五届江门市新会区委员会第五次会议，政协党组书记、主席林社攸在开幕大会上作报告　摄影：武有

链接：江门市新会区政协成立于 1956 年 8 月 11 日。历经 64 年的建设和发展，从首届 82 名委员增至目前第十五届的 259 名，委员涵盖23个界别和7个民主党派。64年来,新会区政协始终坚持贯彻“长期共存、互相监督、肝胆相照、荣辱与共”方针，积极履行政治协商、民主监督、参政议政职能，为新会区不同时期经济社会发展作出重要贡献。进入新时代，新会区政协紧扣区委、区政府决策部署和工作中心，在协商中促进广泛团结、推进多党合作、实践人民民主，取得一系列新成绩和新进展，在省、市会议上作经验交流发言。在 2020 年的疫情防控阻击战中，新会区政协坚持“区委有号召、政协有行动，区委有部署、政协有作为”，通过强化政治责任担当，发挥统一战线作用，充分展现了政协作为。

动员党员积极参与村（社区）值班值守、发动委员捐款捐物抗击疫情、组织党组成员深入厂企开展暖春行动……自新冠肺炎疫情发生以来，广东省江门市新会区政协把思想和行动统一到习近平总书记重要讲话精神和区委、区政府的工作部署上来，把疫情防控作为最重要最紧迫的一项工作来抓。新会区政协党组第一时间部署、机关党支部迅速响应，党员委员积极投身疫情防控工作，以最快的速度、最有力的行动将党旗插在战“疫”最前线。全体政协委员以实际行动展现委员的责任与担当，在这场没有硝烟的阻击战中交出了一份有力的“政协答卷”。

强化政治责任担当，彰显党旗本色

疫情就是命令，防控就是责任。新会区政协党组坚决执行区委、区政府关于疫情防控的部署安排，立足本职，积极投身疫情防控。2020 年 1 月 31 日，新会区政协向全体政协委员发出倡议，动员政协委员和政协机关干部积极参与爱心捐赠，全力以赴投入疫情防控，在疫情防控一线展现政协作为，以疫情防控工作成效检验和深化“不忘初心、牢记使命”主题教育成果。

新会区政协机关党支部充分发挥党支部战斗堡垒作用和党员先锋模范作用，全体机关干部提前返岗上班，年轻党员积极响应区委号召，积极参与所属村（社区）的值班值守、外来人员信息摸查、防疫知识宣传等疫情防控值守等工作，为居家隔离观察人员提供日常生活协助，把初心践行在行动中，把使命落实在岗位上，做到“疫情在哪里，党旗就插到哪里、支部和党员就战斗到哪里”。“在这种关键时候，我们作为党员干部，必须冲锋在前，没得商量。”一位参加疫情防控值守的区政协机关党员用短短的一句话，道出了大家的心声。

政协委员陈万齐既是新会海关关长，也是新会区疫情防控指挥部办公室成员。他充分发挥政协委员的桥梁纽带作用，在上级党委的领导下，加强海关与地方的联动，提升疫情防控物资通关保障合力。除主动加强与地方政府及统战、侨联、卫健、科工商务等部门的沟通，为地方提供疫情防控进口物资和捐赠物资通关的政策指导外，还尽力统筹协调与海关职责相关的工作，派员参与地方物资保障组，负责具体对接疫情防控物资的通关保障工作，在通关现场设置“进口救援物资快速通关专门受理窗口”和绿色通道，及时协调解决疫情防控物资通关环节的问题。2020 年 1 月 31 日以来，在江门海关职能部门与广州白云国际机场、港珠澳大桥等口岸海关的对接下，新会海关共办理和协助办理一般贸易和捐赠进口疫情防控物资 21 批，货值约 250 万元，全力保障新会区急需的疫情防控物资得以快速通关。

此外，陈万齐还坚持疫情防控与支持企业复工复产并重，通过电话、微信等多种方式与维达、亚太、李锦记、中集、冠华针织、大昌和华贸等重点进出口企业的管理层沟通，通报海关支持企业复工复产、促进地方稳外贸的措施，了解跟进企业复工复产后通关方面的问题与需求，保障企业进出口业务正常开展。

为全面配合新会区委、区政府开展“促企业复工、促项目动工”暖春行动，区政协党组成员及主席会议成员深入厂企开展“深调研、送政策、解难题”主题活动，了解疫情对企业经营状况和重点项目开工建设产生的影响、企业和重点项目面临的困难和政策诉求，支持企业有序复工复产，确保防疫、生产“两手抓、两不误”。

发挥统一战线作用，齐心共克时艰

愈是艰难险阻，愈显担当作为。在战“疫”过程中，新会区政协积极发挥党组织政治引领作用和政协自身优势，通过党组成员联系民主党派制度和党组成员联系相关界别党员委员、党员委员联系党外委员制度，多措并举凝聚抗击疫情的强大合力，把一切有助于防控疫情的积极因素充分调动起来，构筑起疫情防控的人民防线。

2020 年 1 月 30 日，新会区政协向全区政协委员发出倡议，号召委员深刻认识做好疫情防控的重要性和紧迫性，自觉遵守区委、区政府关于疫情防控的部署安排，立足本职积极投身疫情防控。1月31日，新会区政协再次向全体政协委员发出号召，呼吁充分发挥政协委员的资源优势，体现委员的责任担当精神，积极响应区红十字会、区慈善会关于募集新会区疫情防控工作资金和物资的倡议，参与爱心捐赠。

自爱心捐赠的倡议发出后，港澳委员、各党派团体、各界人士和海外侨胞勠力同心，积极响应。2020年1月31日当晚，政协委员们在委员微信群里通过区政协提供的捐款二维码踊跃捐款。200元，250元，277元，333元，2000元，3000元……委员们捐款热情高涨，集腋成裘，积少成多。当天22：39，委员群里传来好消息："港澳委员简健光先生捐款10万元！林兰英小姐捐款5万元，刘俊贤先生捐款1万元……"短短的4个小时里，委员们慷慨解囊，累计捐资近20万元。2月1日，新会区政协第十四届名誉主席马观适先生闻讯，当即打来电话认捐10万元。

新会区政协开展新春暖企行动　摄影：武有

此后，吴国荣以新会陈皮村的名义向武汉市捐赠10000罐柑普茶；罗爱平向区红十字会捐资50万元；李伟乐向区慈善会和区红十字会合计捐款20万元；尹国荣全力联系海外华侨及国外供应厂商，提供政府紧缺防护医学用品，协助采购一次性口罩、防护衣、护目镜等物资13批，协助区侨联及区卫健局办理海外侨胞捐赠物资运输、入境手续，并向政府捐赠价值10万元的战"疫"物资……全区政协委员积极参与爱心捐资赠物。

"面对疫情，区政协委员忠实履行职责，积极投身疫情防控和一级响应保障工作，特别是医疗卫生领域的委员，他们不惧风险、逆风而行，随时听候指令，在防疫战线上恪尽职守，彰显了委员在关键时刻靠得住、站出来的责任担当。"新会区政协党组书记、主席林社攸表示，广大委员积极响应政协号召参与爱心捐赠，为抗击疫情奉献力量，充分体现了委员们的高尚情操和道德品行。

上下一心聚力量，众志成城抗击疫情。新会区政协党组、机关党支部、各专委会和各镇街联络组，以及参加人民政协的各党派团体，在抗击新冠肺炎疫情的战斗中风雨同舟、万众一心，从逆行冲锋在前，到群防群治筑牢防线，再到有序推进复工复产，以实际行动诠释政协委员的责任与担当，践行政协委员履职为民的初心，助力打赢疫情防控阻击战。

浙江省舟山市卫健委

严密筑牢疫情防控屏障

浙江省卫健委主任张平调研舟山海港疫情防控情况

2020年春天令人难忘，一场没有硝烟的战争突如其来——

自新冠肺炎疫情发生以来，浙江舟山坚决落实省委、省政府决策部署，全市卫生健康系统迅速进入战时状态，担当作为、科学防控。舟山市卫健委机关领导干部和重岗人员主动取消春节假期和双休日，带头日夜坚守一线，积极为市领导决策当好参谋，抓紧抓实抓细各项防控工作，交出"病例数全省最少、患者清零较早、无院内感染发生"的优异答卷。

随着冬季来临，流感等呼吸道疾病高发，疫情防控工作面临更大挑战。作为国际海港城市，舟山是浙江省"外防输入"的重要防线，更需时刻绷紧疫情防控这根弦，狠抓精密智控落地闭环。全市卫生健康系统在做好服务保障、复工复产工作的同时，采取一系列积极有效的创新举措，营造秋冬季疫情防控和经济社会"双促进、双发展"的良好格局，奋力交出疫情防控高分报表，为建设"四个舟山"、全面展示"重要窗口"海岛风景线提供坚实保障。

精准健康指导，助力复工复产

2020年2月26日起，舟山市卫生健康系统全面启动助企进村（社区）健康指导行动。全市卫生健康系统抽调741名机关干部和专业人员，组建6个健康指导团队，为6472家企业特别是涉外企业量身制订防疫技术指南，并开展"一对一"现场健康指导。

据悉，舟山市健康指导服务在规上企业和小微企业园区的服务覆盖率均达到100%，企业反映的问题处理率达到 100%。

渔业是舟山市支柱产业，远洋渔业又是其中重要一环，全市目

全市秋冬季疫情防控工作会议

前有600艘远洋捕捞渔船。“在做好疫情防控的同时，也要最大限度维护远洋渔业的正常生产。”舟山市卫健委相关负责人说。

作为全国最大的远洋自捕水产品输入专业码头和远洋物资补给渔场配送的主要口岸，2020年初，舟山国家远洋渔业基地远洋渔业生产工作受此次疫情影响较重。

健康指导员往返于企业和单位之间，通过现场指导、分发复工防控技术手册，帮助企业及时整改在生产过程中存在的防控漏洞。远洋渔业基地在积极复工复产，提升产能的同时，按照舟山市防控办关于做好疫情防控期间企业复工复产工作各项要求，积极筹备远洋渔业专用码头停泊船只卸货及冷链仓储相关事宜。经周密部署，在严防死守疫情防控阵地的前提下，稳步复工。

目前，远洋码头实行24小时巡查监督，及时抽查值班人员对靠泊船员点名，出入港区登记、亮码、人脸识别等制度落实情况，对远洋船号、外籍船员、靠离时间等掌握情况进行监督，督促守好“第一扇门”。对所有回港的远洋捕捞渔船和船员落实专用锚地、专用码头、专车转运，离船人员一律实行两次核酸检测和一次血清检测，并集中医学观察14天，合格后方予以放行。

在保障远洋渔船外籍船员身体健康方面，舟山市卫生健康委加强援助。坚持“确有必要、安全可控、体现人道”原则，制订《舟山市新冠疫情期间远洋渔船外籍船员入境工作方案》，严格落实“应收尽收、应治尽治”要求，组建医疗救治专家组和重症病例救治专家组，全力做好病例救治和重症病例抢救工作。同时，建立伤病船员应急救助机制，及时开辟“绿色通道”，保障船员生命安全。

坚持关口前移，严守关键防线

守严守牢输入疫情防控关键防线，舟山市卫生健康委将关口前移，确保核酸检测全覆盖。

在海上疫情防控方面，按照“先检后换”“先检后上”“先检后修”要求，主动扩大核酸检测范围，对所有抵港维修外轮、远洋渔船、换班货船、外贸转内贸船只和境外换班时间不足14天船只这5类国际船舶，实行全船船员核酸检测全覆盖，无异常后方可进行作业。从5月16日起，舟山市对已在舟修理未超过14天和新抵港修理的国际航行船舶上的所有船员进行核酸检测。这些船包括外省与外国船只，往往高达十几层楼，对于初次爬梯又“全副武装”的医务人员来说，是巨大的挑战。

据一些医务人员介绍，在夏季，最高温超过35℃，他们穿上笨重又密不透风的防护服，拎上药箱，带上采样工具，一级一级登上台阶。登顶后早已经全身冒汗，而因疫情防控需要，他们无法擦汗、喝水，就要立即投入核酸采样工作中去。由于基层医院里男医生缺乏，女护士也跟着男同事们一起爬梯，全程不敢往下看，双手紧握护栏，咬牙坚持。

正是通过“全员检测”“一对一”闭环服务等举措，舟山构筑起疫情防控“海上长城”，截至目前，全市未发生一起海上疫情传播扩散事件。

强化能力建设，严防秋冬季疫情

随着呼吸道疾病高发季节到来，舟山市卫生健康委进一步细化完善秋冬季疫情防控工作方案、应急预案和相关工作指引，提前谋划做好应对工作，建设大规模流行病学调查和消杀能力。全市组建了11支流行病学小分队，48支流行病学后备梯队。同时，在每个乡镇政府（街道办事处）和社区（村）居委会，至少组建一支流行病调查协查员队伍，每支队伍2—3人规模，并组织多层级、多形式、多情形的应急演练和培训。

舟山市防控办海上疫情防控指挥部和疾病防控组联合举行了国际航行船舶船员紧急处置演练，其中舟山市卫生健康部门综合演练1次、专项演练2次，县（区）综合演练3次；并举办覆盖全市医疗卫生机构的防控知识技能培训，累计组织培训200余次，累计培训达5万余人次。

加强核酸检测能力建设。据舟山市卫健委相关负责人介绍，通过前阶段建设，全市现有14家公立医疗卫生机构和1家第三方检测机构具备核酸检测能力，日最大检测能力达到市防控办要求。全市现有核酸检测人员过百人人，不断提升平均日检测量，目前已具备5—7天内完成辖区内人口最多的县（区）全员筛查能力。“将依托舟山医院建立市级核酸检测基地，力争到年底进一步提升我市日最大检测能力。”该负责人说。

加快提升医疗救治能力。舟山市现有定点救治医院5家，均按照国家定点医院标准设置收治床位数量，配备足量的负压床位，同时所有收治床位均按重症救治床位进行改造，占辖区内二级以上综合医院床位总数的11.1%。目前，相关医院正抓紧隔离病房负压系统改造。市及县（区）均已落实后备定点医院和方舱医院，组建成立重症医疗队和后备救治人员储备库。计划年内再增配负压救护车，进一步缓解转运压力。

2020年10月10日下午，舟山市召开秋冬季疫情防控工作会议。会上，舟山市政府与各县（区）政府、部分功能区管委会签订责任状，市卫健委等主要负责人作表态发言。

“我们必须始终清醒认识境内外疫情的复杂严峻形势和舟山市输入疫情防控面临的巨大挑战，筑牢防疫的‘铜墙铁壁’。”舟山市卫健委相关负责人说。

南方医科大学第三附属医院

携手同心战疫情 冲锋在前勇担当

南方医科大学陈敏生书记与凯旋的第二批医疗队员亲切握手 摄影：赵荟宇

南方医科大学第三附属医院（以下简称南医三院）党委积极响应党中央抗击新冠病毒肺炎全国一盘棋的号召，落实习近平总书记指示精神，迅速启动疫情防控，科学决策、周密布局、严防严控。在这场没有硝烟的战役中，南医三院一个个共产党员冲锋在前，逆行而上，一个个战斗堡垒坚不可摧，巍然矗立，鲜红的党旗在疫情防控第一线高高飘扬，誓做疫情防控的“排头兵”，守好疫情防控的“责任田”，做群众信赖的“主心骨”；南医三院的两支精锐医疗队伍驰援武汉，奋战在汉口医院、武汉大学中南医院ICU病区、协和医院西院ICU和雷神山医院ICU病区，在救治患者的同时，保证了医护人员零感染、零事故；面对疫情防控进入常态化，为助力复工复产复学，该院多措并举，真正做到“不获全胜决不收兵”，为全国打赢疫情防控阻击战、保障人民生命安全和身体健康贡献了南医三院的智慧和力量。

闻令而动，彰显责任担当

疫情发生后，南医三院党委团结带领全院医护人员全员上阵、全程参与、全力以赴做好疫情防控工作。第一时间成立了疫情防控领导小组，20余次召开疫情应对紧急会议，成立了医院新冠防治指挥部，连续发出40个指挥部决定，不断研究制定和完善医院新冠防控制度、应急预案和各岗位人员的防护指引等共计20余项，绘制院内制度流程图60余个，包括预检分诊工作流程图、发热门诊工作流程图等，纳入新冠防治指挥部文件及汇编手册，快速建立起医院新冠肺炎疫情防控体系基础。医院紧急开通发热门诊及疑似病例隔离病区，制定预检分诊筛查、隔离观察和报告机制，对医疗用房进行调整布局，先后共紧急调配4批约300名医护人员参与预检分诊、发热门诊、隔离病区、发热观察病区工作。抗疫期间，采取网络、现场、实操演练等培训方式，分批次、分部门对全院员工进行新冠防控制度、知识、防护穿脱流程培训，累计25场12067人次，还组织开展了28期院内线上培训考核及12期广东省平台培训考核，为打赢疫情防控阻击战提供坚强的保障基础。

为避免群众就医产生不必要的感染风险，南医三院开通了由283名专家组成的新冠肺炎互联网免费网上门诊，数万名群众在线接受了义诊咨询、心理安抚等远程诊疗指导服务。医院还组织各专科98名专家参加广东省“空中医疗队”驰援荆州，为荆州居民提供免费专科线上诊疗咨询及处方开药援助，其中新冠咨询累计接诊2630例，复诊咨询接诊1227例，处方开单113例。急诊科作为疫情防控的“前沿阵地”，医护人员24小时待命，每一名党员和医护人员都在用自己的行动践行着“不忘初心”的诺言。作为天河区卫生健康局指定的妊娠合并疑似新型冠状病毒感染孕妇定点分娩机构，妇产科成立了以党员为核心的疫情防控小组和党员先锋队，仅用半天时间就建成符合院感防护标准的三区及两个缓冲带，既达到一患一间，又保障了医务人员的安全。医院团委积极响应团省委“行动令”，迅速吹响青春“集结号”。短短一天时间内，341名（含青年党员109名，共青团员168名）青年主动报名、迅速集结，组建了赴湖北医疗队、青年文明号、爱心关怀等10个院级青年战疫突击队和26个科室青年突击小分队，分别投入支援武汉、预检分诊、关爱保障等疫情防控第一线工作中。

火线淬炼，凸显英雄本色

南医三院第一、第二批援鄂医疗队非党员队员积极申请火线入党，希望以党员的身份与病毒作斗争。2020年3月19日，医院与两批援鄂医疗队通过远程视频，在广州和武汉“两地三院区”以“云连线”的形式，举行了一场特殊又庄重的入党仪式。医院14名奋战在武汉疫情防控第一线的医疗队员经受住了“战疫”和组织的双重考验，用实际行动写下了对中国共产党的铮铮誓言，光荣入党，在武汉抗疫中发挥了积极作用。

第一批援鄂医疗队长张达成主管的患者方先生那段时间血氧饱和度多次低于临界值，而且重症监护室先后有3位患者死亡，方先生时时刻刻都被死亡的恐惧包围。张达成一边安慰患者，一边到处“刷脸”寻求更多的氧，最后找来制氧机与含储氧袋的吸氧面罩辅助方先生治疗。经过十几天的治疗，方先生转出重症监护病房。

一名护士确诊后，感觉自己要扛不下去了，提出要给家里有个交代。支部书记李慧敏和同事们一边及时给予了镇痛镇静、高流量面罩吸氧和积极的对症支持治疗，一边细心开导，加油鼓劲，使该护士从容应对，转危为安。

作为第二批援鄂医疗队长，程远雄率队辗转征战武汉大学中南医院、雷神山医院及协和西医院ICU病房，采用最精湛的技术，发扬最拼搏的干劲，救治最危重的病人。78岁的李伯原本已经脱离了呼吸机，有一次查房时，程远雄发现他突然出现呼吸困难，血压不好，血氧饱和度下降到非常危险的程度。由于身穿防护服，无法给患者听诊检查，程远雄根据经验判断，患者可能出现了气胸。眼看有多种合并症的李伯命悬一线，程远雄立即俯身对患者进行床边简单查体，结合胸片检查结果，指导队员给患者行胸腔穿刺置管，引出大量气体，李伯的血氧饱和度逐渐上升，最终转危为安。

副队长王晓锋曾经一个晚上展开三场惊险抢救。刚为83岁患者气管插管上呼吸机，57岁患者床旁血气分析就报来危机值。过了一会儿，又有一名患者病危，需要进行透析治疗。考虑到同事经过两轮紧急抢救都很疲惫了，王晓锋主动留下为患者进行右下肢股静脉穿刺置管术，这是一个高感染风险操作。在防护服下，眼镜和护目镜又容易起雾，两层手套使触觉变得非常迟钝，但他仍不忘安慰紧张的患者，凭借丰富操作经验，顺利地完成了穿刺。

心血管内科医生刘挺榕在雷神山医院ICU遇到一例危重患者突发室颤，他第一时间对患者进行心脏按压。穿戴着N95口罩和厚重的防护服连续按压3分钟左右就感觉喘不过气来，原本一起参与抢救的护士想接替他，但想着心脏按压会产生大量气溶胶增加同事感染的风险，他自己咬牙坚持按压，保住了患者生命。

两支援鄂医疗队中，护士占比超七成，“80后”“90后”成为中坚力量，她们直面病毒，用实际行动展现了新时代青年的责任和担当。第一支援鄂护理队伍星夜驰援武汉，立即投入一个完全陌生且充满诸多不确定因素的环境里工作，邓佩瑛护士长内心充满了焦虑和忐忑，她一边身先士卒，和医生一起查房，深入了解情况，一

抗疫难忘瞬间：左图为院领导到机场迎接第二批援鄂医疗队凯旋，右上图为第一批援鄂医疗队临时党支部书记李慧敏正在查房，右下图为第二批医疗队 ICU 护士吴小慧借助书写与患者沟通　摄影：赵荟宇

边给队员鼓劲，有序安排队员进入病房。梁秋菊护士长带领的第二支援鄂护理队伍先后辗转三个院区重症病区负压病房工作，队员面对危重症气管插管病人，脑子里想的都是患者，没有时间，也没有精力顾忌其他，坚持奋战到雷神山负压病房最后清舱。

3 月 22 日，医院第一批援鄂医疗队圆满完成支援任务平安返回广州。在武汉汉口医院的 55 天中，他们累计收治病人 189 人，其中危重患者 159 人（危重型 28 人，重型 131 人），治愈出院患者 148 人。医院第二批援鄂医疗队辗转征战武汉大学中南医院 ICU、武汉协和西医院 ICU 病房、雷神山医院 ICU 病房，坚持奋战到最后一刻，在 4 月 10 日平安返粤，是广东省最后一批撤离武汉的队伍。

全院联动，构建最强后盾

“兵马未动，粮草先行。”南医三院药学部主任陈文瑛深知要让患者得到及时救治，要保障医护安全，就得有充足的药品和防控物资。疫情发生后，她一边着手清点库存，回收各临床科室防护用品，一边紧急联系相关医药公司、发动平时储备的资源提供货源信息，通过各种渠道为医院采购了一系列急需的防控物资，有力地保障了医院疫情防控工作顺利开展。

为有效应对疫情防控，医院迅速组织保洁管理人员及员工对全院公共区域进行高位、墙面、天面的全面清洁消毒，保证每天按规定实施消毒。食堂取消餐厅就餐，提前准备好饭菜供职工打包，并为疫情防控一线医护人员及住院患者配送营养套餐。除了多方面紧急采购各类保障物资之外，医院还通过各种途径联系相关组织、单位捐赠抗疫物资，截至目前共收到来自 22 家单位的物资捐赠。

疫情防控期间，为了确保安防到位，保卫科及时调整安保方案，将原来的 8 小时 / 每天的工作制调整为 12 小时 / 每天工作制，规范就诊患者及员工进出管理，真正做到员工与病人分流、发热病人与普通病患分隔，阻断可能存在的感染风险。

疫情期间的学生管理也是重中之重，科教科及三个研究生党支部全面摸查“四生”去向信息，多角度、多层面、全方位掌握全体研究生情况，要求各导师对社会学员全方位把控，全面摸查在院轮科社会学员的培训和防护物资配备情况，加强学生管理服务，确保学生身心安全。采取线上学习的方式，加强“四生”人员疫情防控知识培训及考核，开展线上教学活动，确保“延期不延教，停课不停学”。

目前，疫情在国内得到了有效的控制，但医院绝不轻言胜利。身处南粤，职责在肩，南医三院先后派出了两批医疗队共 12 人支援天河区新冠肺炎密切接触者隔离酒店，全力保障市民生命健康安全。随着复工复产及中学开学复课，医院又派出医疗小分队进工厂、校园，指导工厂和学校的疫情防控工作，助力复工复学。

虽然广东疫情防控降至三级响应，并不意味着可以歇歇脚、松口气，全院党员干部将进一步落实和完善常态化的疫情防控措施，在战斗中始终如一，在冲锋中勇拼向前，继续发扬武汉抗疫精神，为保护好祖国南大门，为奋力夺取抗疫最终胜利战斗不息。

作者：孙健、游华玲、王永星

辽宁省大连市中心医院

在疫情防控中“检阅”医疗服务质量

2020 年年初，新冠肺炎疫情肆虐，我国的公共医疗卫生体系面临着严峻的压力与考验。

在突发的疫情面前，医疗服务质量的意义和价值变得更加重要，现有的服务内容与形式要接受现实的检验，持续进行的医疗服务改善与提升，需要与疫情防控同步推进。

如何去做，效果如何？辽宁省大连市中心医院交出了优异“答卷”。

全人群考虑不漏掉一个群体，全方位落实不放过一个细节

为方便患者就医，大连市中心医院目前已开通多种预约挂号途径，包括大连市中心医院官方网站、手机 App 客户端、微信公众号、支付宝、电话预约、自助机、分诊台现场预约等。所有号源全部开放，各种预约途径使用同一号源池，有效避免号源流失；为实现精准预约，患者可参考预约时间，提前 30 分钟到达医院，减少排队等候时间。

大连市中心医院中国医科大学教学医院、研究生培养基地签约仪式

为帮助无智能手机和智能手机使用不熟练的老年人预约挂号，医院鼓励他们使用电话预约的方式进行预约，并将预约电话号码印刷在门诊病历上，方便随时查找。

针对部分已经到达医院，但没有预约的老年人，医院还在楼外空旷位置设置了预约挂号自助机，安排志愿者协助老年人预约，将患者进行有效分流、减少楼内人员聚集。

自 2020 年 3 月开始，医院门诊全部启用电子病历，有效提高了门诊病历的书写质量。

自 2020 年 3 月 18 日开始，医院门诊患者全部实行实名制、全预约挂号，限号管理。

为进一步满足患者需求，自 2020 年 11 月 1 日开始，医院门诊已逐步增加下午和周末主任医师专家门诊，相应的辅助检查同步开展。至今，医院新增出诊专家近百人，增设专科门诊 35 个。

结合新冠肺炎疫情的发展形势，以及国家、省、市各级相关部门的要求，医院率先将电子版《预检分诊流行病学调查表》导入预约挂号系统中，有效避免了需要到发热门诊筛查的人群到门诊就诊。

针对需要进行核酸检测人员增多的情况，医院门诊部联合信息科、财务部对核酸检测门诊流程进行优化，利用一周时间，实现了线上流调、预约、开单、缴费等操作，全部在手机上完成的功能，大大方便了患者。采样结束后，患者不需要再到医院领取报告，可通过医院手机 App、微信公众号等进行查询，极为便捷。

服务无小事，质量在细节。为减少患者在多个检查科室间往返登记的现象，医院预约检查系统即将上线。患者可通过多种途径进行检查预约，合理安排时间。

不断丰富日间服务内容，继续优化急诊急救服务

自 2015 年开展日间医疗服务以来，医院日间手术病种范围不断扩大，患者等待住院和手术的时间不断缩小。

目前，医院已开展日间手术术式 40 种，有效缩短了平均（术前）住院日，加快了床位周转。2020 年日间手术开展率为 7.33%，2021 年 1—4 月日间手术开展率 8.69%。为进一步缓解住院压力，降低医疗费用，提升医疗服务水平，在保障医疗质量安全的前提下，2021 年 5 月 6 日我院成立日间手术中心，采取集中管理和分散管理相结合的模式，提高床单元使用效率，惠及更多患者。

急诊急救能力是对一个医院综合实力最直接的检验。2020 年，医院将急诊区域进行了整体改造，建成了更加畅通的绿色通道，真正做到了在抢救生命过程中分秒必争的服务理念。作为大连市卒中急救地图管理单位，2021 年初，医院再次牵头成立大连市脑血管病专科联盟，联盟共 20 家单位，覆盖大连市内各区三级医院以及周边县区二级医院，大幅提升大连市卒中整体救治水平。

同时，医院严格落实《急诊科院前急救制度》，要求做好院前、院内的衔接工作，并做好电话记录、出诊记录。医院实行急诊医师轮转制度，使急诊门诊—急诊观察室—急诊病房—急诊 ICU 合作更加紧密。

根据国家、辽宁省以及大连市卫生健康委员会指示精神，医院积极开展五大中心学科建设工作，创伤中心与急危重症救治中心趋于完善，卒中中心、胸痛中心以及危重孕产妇救治中心的发展建设工作持续推进；同时，为了全面贯彻落实《大连市急救医疗管理办法》，医院与通用航空公司签订专项协议，建立陆地、空中立体救援模式，扩大医院急救服务范围。2020 年至今，医院先后对伽马刀肿瘤治疗中心、患者服务中心、门诊采血室、门诊化验室进行全面升级改造，实现一站式通柜服务，同时成立甲状腺结节中心、创伤与组织修复外科、未成年人保护工作站等全新部门，细化亚专科特色服务，打造便捷化百姓就医。

目前医院达芬奇手术机器人已经启用，分子影像中心建设项目已经进入尾声，新的改扩建项目即将启动，医院正按照“十四五”规划既定目标全速启航！

不断优化重点服务内容，持续打造特色服务体系

医院以循证医学为依据，为住院患者提供多学科诊疗服务，已将麻醉、医学检验、医学影像、病理、药学等专业技术人员纳入多学科诊疗团队，促进各专业协同、协调发展，提升疾病综合诊疗水平和患者医疗服务舒适度。

医院成立急诊卒中专项 MDT 小组，以卒中急诊作为依托，以神经内科、神经外科、介入科为主体，形成了急诊卒中 MDT 医疗小组，探讨开发急诊多学科综合治疗的“一站式”服务模式，为急诊脑血

左图为大连市中心医院甲状腺结节中心；右上图为日间手术中心；右下图为组织与创伤修复科成立

管病患者提供多学科诊疗服务。据悉，截至目前，医院已开展重症MDT讨论239次，涉及科室20余个，共百余名医生参与讨论，已基本形成常态化模式。

护理服务是医疗服务的重要组成部分。医院护理部每季度一个主题，开展优质护理经验交流，旨在助力医改，把优质护理服务做实、做细。同时，医院对“患者最满意护士”和“微笑服务新秀”予以专项奖励，充分调动护士积极性，在医院内形成了良好的工作氛围。

2020年，新冠肺炎疫情暴发，大连市中心医院成立发热门诊、发热病房；为保证护理质量安全，护理部制定了《发热门诊／病房质量评价标准》及《楼宇管控护理质量评价标准》，已在三级质控中使用，并持续改进。

截至2021年5月末，医院发生护理不良事件共计103例（不含压力性损伤）,2020年全年护理不良时间较2019年下降49.59%。

医院还致力于提升公众健康素养。截至2021年3月末，医院为82891名患者进行健康教育，出院随访约34067次；我院的护理管理人员／护理骨干走出医院、深入基层36次，使得约928人受益，发挥了优质护理资源的辐射效应。全院心理抚慰师为患者进行心理指导3664人次，为护士心理指导1981人次。

成立科普讲师团，开展讲师团教师遴选，并组织相关培训，保证师资水平，提高护理人员科普能力。建立固定对接模式的健康科普活动，以需求为导向，为对接单位、学校等持续提供健康科普讲座与义诊活动。举办院内健康科普大赛、参与全国科普日等活动，全院各科室积极参与，不仅自发制作了不各类型的宣传模板，还积极举行线上与线下活动，推广健康理念，受益群众有几万人之多。

疫情防控不忘人文关怀，智慧医院更显大爱无疆

新冠肺炎疫情防控期间，医院及时制定并更新《新冠疫情期间楼宇管控工作要求》《外来人员准入制度》等；随着重点地区的调整，对住院患者及家属进行排查共计45次；截至2021年5月共为住院的患者家属，护工以及门诊透析的患者和陪护人员，免费检测核算33次，总计为62702人次；每日深入病房查房，重点关注各科室核心制度的执行、人文护理情况；医院实行24小时门禁管理，以及住院病人及陪护人员管理；在病房管理方面，确保及时通风换气，保持环境整洁，发现问题，现场纠偏，并跟踪落实整改情况……

为实现“患者少跑腿，信息多跑路”的服务目标，医院实行“一键式”退挂号费服务，2020年，已为179人次退费；为便于管理，方便患者取报告，医院更换8台自助设备，楼宇外增加自助挂号机、检验报告机、自助取片机、共享轮椅等；医院行业作风办公室通过规范医护人员的医疗执业行为，让患者通过医务人员的一言一行感受到优质医疗服务，弘扬新时代职业精神。

服务患者，首先要倾听患者声音。大连市中心医院健全并落实患者投诉、接待、受理、处理、反馈制度，规范处理程序，建立投诉及纠纷事件登记管理工作程序。

医院在门诊设立投诉举报箱和患者意见簿，在病区设立患者意见簿，定时查收、回复患者留言；医院认真受理群众来信、来访、投诉，虚心听取群众意见、建议。

医院在醒目位置对接待部门、投诉电话和处理时限做了明确公示，确保群众反映的问题“件件有着落、事事有回音”。

医院做好反腐倡廉工作，维护患者和群众利益。将医务人员医德医风与晋升晋级、评先评优挂钩，从而激励和提高全院干部职工的工作质量，满足群众日益提升的医疗服务需求。

医院注重畅通与社会监督员、市民等人员的沟通渠道，重视患者反馈，积极了解他们对医院的意见和建议，并加以改进。

作为大连市卫健委直属最大的公立医院，在市委、市政府的关怀支持下，在市卫健委的正确领导下，大连市中心医院始终坚持以人民健康为中心，秉承“匠者功成，大医心诚”的核心理念，坚守“红色基因、长子情怀”的医院精神，深入开展全委“四抓”主题活动，推动落实系列布局调整与提升患者就医感受相关工作，业已取得良好的社会反响和美誉度。未来，医院将不断加强硬件配置，优化诊疗流程，提升服务水平与能力，让广大患者在家门口就能享受到国内外最先进的医疗技术和诊疗理念，从而为滨城百姓提供最优质、高效、便捷、有温度的医疗服务。

文／图：大连市中心医院

甘肃省临夏市人民医院

全力以赴阻击疫情　坚定不移守护生命

院党委、班子安排部署疫情防控工作　摄影：王海燕

链接：临夏市人民医院始建于1954年，目前已成为全市规模最大、医疗设备先进、就医环境舒适、医疗技术水平逐年提高的综合性二级甲等医院，担负着全市及周边人民群众的医疗、预防保健及急救工作。新建医院占地92.3亩，一期总建筑面积87490平方米，由门诊、急诊、医技、服务中心、传染病区、住院部、六部分组成，共设置13个住院科室，10个医技辅助科室，于2020年9月14日完成整体搬迁并投入使用；二期总建筑面积27200平方米，预计于2021年12月投入使用。现床位编制数650张，实际开放床位350张。近年来，相继成了一个省级县级医院重点专科，一个州级重点专科和五个薄弱学科建设，成立了五个县域内区域中心和临夏市新生儿救治中心、危重孕产妇救治中心，创伤、脑卒中、胸痛三个中心正在建设当中。近三年来，医院党委连续获得“全州卫生系统先进基层党组织”“全市先进基层党组织”，2021年临夏市人民医院被授予全省抗击疫情先进集体荣誉称号。医院科室和个人在全省技能大赛中获得一等奖2次，二等奖2次，三等奖5次。

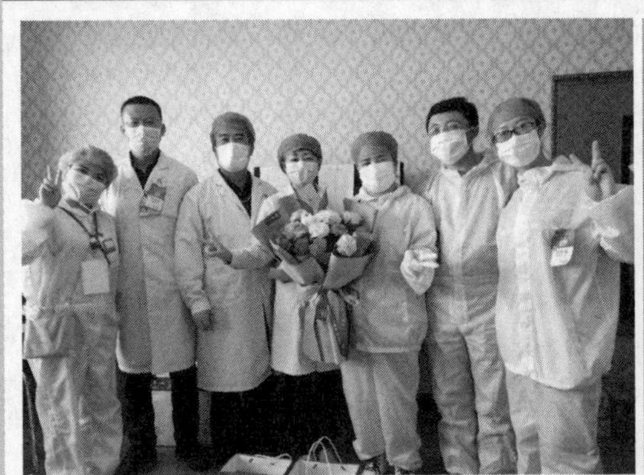
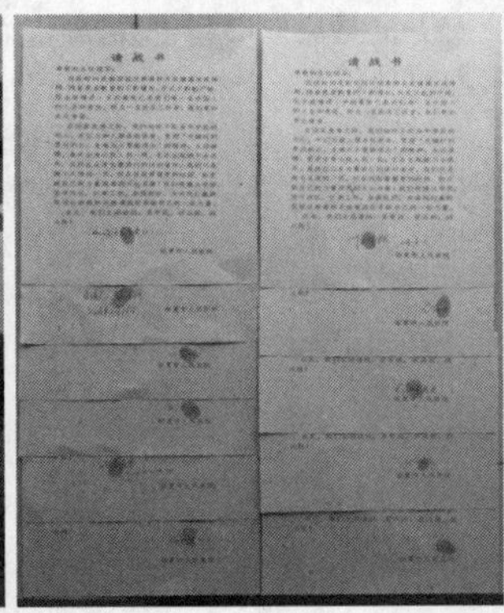

临夏市人民医院疫情防控工作剪影。左图为院领导班子及第二集中留观点医护人员；中图为该院医护人员请战书；右图为该院何彩红、谢文娟、范琨、陈阳四名援鄂队员 摄影：王海燕

这是一场突如其来的灾难，更是一场考验意志的战争。作为一所二级甲等综合医院，临夏市人民医院第一时间组建发热门诊，全体医务人员不畏艰难、逆行而上，为各族群众筑起了一道坚实的防护屏障，用实际行动诠释了“敬佑生命、救死扶伤、勇于奉献、大爱无疆”的医者使命。

疫情发生后，临夏市人民医院被确定为该市发热门诊定点医院、全州新型冠状病毒肺炎疑似或确诊孕产妇住院分娩定点医院，承担着临夏市第二集中隔离点留观任务、境外省外返临人员接送任务及协助相关单位采购防疫物资的任务。

面对艰巨的任务，临夏市人民医院迅速成立了疫情防控领导小组，下设发热门诊管理、医疗救治、信息宣传等 8 个小组，从预检分诊、人员培训、应急管理、值班值守、物资储备等方面进行全面安排部署。并号召全体医务人员放弃春节休假计划，积极投身到打赢疫情防控的阻击战中。“为保障防控工作稳步推进，医院制定完善各项防控措施，党员干部带头 24 小时值班值守。每天上下班前后召开会议，对当天的防控工作进行全面总结、查找问题、商量对策、查漏补缺，对各类应急事件随时召开会议，对上级决策部署及时传达，确保了各项疫情工作落实到位。”医院党委书记牟永山说道。

疫情期间，在场地不足、空间狭小的困境下，临夏市人民医院多科协作，充分调动现有资源，全力改造防控基础设施。2021 年 1 月 27 日开始，用两天时间将原急救中心改建为发热门诊；2 月 15 日，将原风湿骨病科改建为新冠肺炎疑似或确诊孕产妇专用隔离病房、专用手术室、新生儿观察室；2 月 26 日，在发热门诊前设立了返临、复工人员 检测点；3 月 2 日在医院入口处快速搭建了独立的预检分诊点……在生死考验时，身为共产党员和骨干力量的梁永涛、陕鹏、井巧龄、马学燕、魏志、马金萍、杨玉霞等主动申请到发热门诊开展工作。期间，他们默默坚守岗位，及时学习最新疫情防控治疗方案，缜密梳理防控流程，承担起留观人员生命体征检测、排泄物处理和隔离区终末消毒等工作，认真细致的工作，确保了团队救治工作“零感染”。

他们跟我们一样，也是别人的孩子、爱人、父母，他们中有一些医护人员的父母已经年迈、孩子还很小，但因为职责所在，疫情发生的第一时间就奔赴了抗疫一线，在防控疫情的战场上，充分发挥着战斗堡垒和先锋模范作用。他们说：“作为党员、作为医生，守护人民健康，保护我们的家园，是义不容辞的责任。”

为贯彻落实“外防输入，内防反弹”的要求和“应检尽检”“愿检尽检”的疫情防控目标，临夏市人民医院经过 25 天紧锣密鼓的筹备和建设，核酸实验室通过验收投入使用。“医院设立了预检分诊点、发热门诊、新冠肺炎隔离病房和手术室、重症监护室、产房，配备了相应的设备，配强了医护人员，设立了患者通道、职工通道、发热门诊通道， 加强了分诊工作人员的筛查能力。在急救科、各临床病区内设立了缓冲区、隔离病房。”发热门诊主任井巧龄说道。

面对日益严峻的疫情防控任务，临夏市人民医院向全院发出倡议书，200 余名医务人员主动递交了“无论生死、甘于奉献”的请战书。经过严格的筛选，一支支心理素质强、业务技术精湛的医务团队齐心协力、团结奋战在抗疫一线。截至 2020 年 12 月 31 日，预检分诊点共排查人员 50.5 万多人次，发热门诊接诊发热人员 851 人次，拍摄胸片 993 人次、检测血项 998 人、疫情专用车出车 1472 次，运送来临检查核酸人员 2616 人次，采集咽拭子 2.4 万人次、采集血标本 35 人次、核酸检测 2.4 万人次。

在接到承担临夏市第二集中隔离点留观任务后，临夏市人民医院连夜召开会议商讨举措，当夜对第二集中留观点进行改建，并选派人员进驻隔离点展开工作。期间，医务人员对所有境外返临人员进行集中医学隔离观察。对留观人员测体温、发放宣传手册、口罩，按转入批次填写《监测情况统计表》，按时发放三餐，严格进行 24 小时食品留样。

“留观点分层建立了‘医警患’微信群，随时视频连线留观人员，观察大家的身体状况和情绪状态，对部分高龄老人及情绪焦躁的留观人员，我们的医务人员会进入留观室面对面交流，陪他们聊天、拉家常，鼓励大家以平稳的心态度过留观期，同时对解除留观人员进行跟踪回访。”牟永山说道。

疫情面前，临夏儿女全力出战。在疫情防控最严峻的关头，临夏市人民医院何彩红、范琨、谢文娟、陈阳先后逆行出征，前往武汉开展疫情防控工作。到达武汉后，4 名援鄂队员努力应对工作和生活上的困难，克服身体和心理上的压力，在严格做好自身防护的同时，认真救治患者，历时 33 天，取得了全队人员零感染、安全生产零事故、进驻人员零投诉的成绩后载誉而归。

疫情防控工作进入常态化后，临夏市人民医院慎终如始，继续把疫情防控作为头等大事和最重要的工作，完成了住院部 23 套人脸识别系统，对住院部的医护电梯、病患电梯、医废电梯的人脸识别系统进行了独立管理，真正实现了“一患一陪护”的疫情防控要求和医患分类管理。同时，按照“一医一患一诊室”的要求，在门诊安装了排队呼叫系统，减少了人员聚集，有效降低了防控风险。

莫道春光难揽取，浮云过后艳阳天。在抗击疫情的斗争中，临夏市人民医院广大医务工作者白衣执甲、逆行出征，始终把人民群众生命安全和身体健康放在首位，全力以赴做好疫情防控各项工作，为全州推进疫情防控和经济社会发展“双胜利”做出了积极贡献。

作者：杨萍

湖北省黄石市结核病防治院

坚守在两个战场

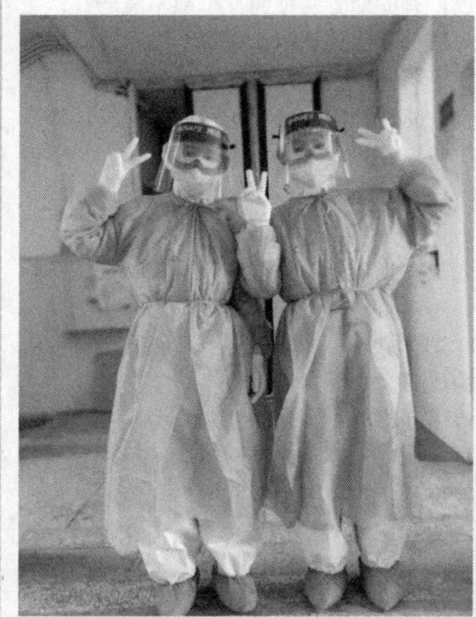

左图为黄石市结防院驰援黄石“小汤山”医院的护士王汇、徐点　摄影：朱志松；右图为2019年黄石市3·24世界防治结核病日宣传活动　摄影：秦本翔

链接：黄石市结核病防治院是湖北省黄石市唯一一所集预防、治疗、管理及研究为一体的专业结核病防治机构，承担着黄石市两百多万人口结核病预防与控制规划的实施、科研培训、业务督导和健康促进等重要任务，负责全市结核病人的发现、诊断、报告、登记、治疗、管理等工作。十八大以来，医院连续4年荣获“湖北省疾控文明号”，连续多年被评为“全市文明单位”，医院党总支荣获黄石市卫生系统“先进基层党组织”，在职党支部被评为黄石市卫生健康系统“红旗党支部”。党总支书记、院长李珍香被评为2019年“全市三八红旗手”，肺科主任徐永红被评为2015年全市“最美公卫人”并荣获2017年“全市五一劳动奖章”，肺科护士长李娜、门诊部医生王欣荣获“湖北省群众满意医务人员”荣誉称号。

2020年新年伊始，一场史无前例的新冠肺炎疫情突然来袭。

疫情就是命令，防控就是责任，生命重于泰山。武汉保卫战、湖北保卫战同时打响，防控新冠肺炎疫情的人民战争、总体战、阻击战在中华大地无比壮烈地打响。

黄石市结核病防治院（以下简称结防院）同样也是参战单位之一。在已经持续60多天的防疫、抗疫战役中，医院党总支充分发挥战斗堡垒作用，团结带领全体干部职工，听从市疫情防控指挥部安排，服从市卫生健康行政主管部门调度，尽心尽力、无怨无悔地做好各项防疫工作，完成各项抗疫任务。

非常时期，作为全市结核病防控定点专业机构，黄石市结核病防治院的白衣天使们坚守在院内、院外两个战场，肩负着防疫、防痨两项职责，在不同的岗位上履行着相同的使命——为结核病患者和人民群众的身体健康生命安全保驾护航、无私奉献。

主动请战，驰援一线

“院领导，我申请去一线，和新型冠状病毒面对面战斗！”事情已经过去许多天了，黄石市结核病防治院职工始终难以忘记朱志松医生请战的那一幕：灼热的眼神，坚毅的面庞，铿锵的表白。

疫情防控战打响之初，新冠病毒来势凶猛，黄石确诊病例数量不断增加。黄石市疫情防控指挥部一声令下，市域医疗机构纷纷抽调精兵强将驰援一线，增加定点收治医院的医护力量。

该院的朱志松一直是一位关心爱护病人的好医生，收到过不少结核病患者感谢的锦旗。这次为了能够如愿去一线，他还提前做好了家人的思想工作，同为医务工作者的母亲和妻子十分支持他的选择。在请战中，他恳切地说：“我是呼吸内科医生，专业对口，请领导给我这个机会。”

事实上，只需要抽调3名医护人员到黄石市中医医院（市传染病医院）参与新冠肺炎患者救治工作，然而，包括朱志松在内，踊跃报名的医护人员有20多人。既有科室主任、护士长，也有年轻的医生、入职不久的护士。最后，经过医院党政班子综合考量，选派朱志松医生和王汇、徐点两名护士完成这项既艰巨紧迫又光荣神圣的任务。

2020年2月8日，带着全院同仁的叮嘱和祝福，朱志松、王汇、徐点准时到黄石“小汤山”——市中医医院报到。他们都带上了几个月的换洗衣物，作好了打持久战、拉锯战的思想准备，正所谓：疫情不退，我们不退！

在谈话中，黄石市中医医院相关负责人说：“都是从事呼吸专业的，我知道你们的能力，安排你们去重症病房怎么样？”话音刚落，朱志松立即表态：“服从安排。”就这样，他实现了自己的愿望，到了与新冠病毒面对面战斗的“前沿阵地”。王汇、徐点也愉快地接受安排，双双到确诊患者病房开展护理服务。

救死扶伤，夜以继日，不计安危，心系患者……市结防院的白衣战士，用自己的实际行动兑现了“全心全意为人民服务”的誓言！

下沉社区，当“四大员”

新冠病毒肺炎和结核病，都属于呼吸道系统的乙类传染病，前者是急性传染，后者是慢性传染。对于多年从事结核病防治的黄石结防人来说，对新冠肺炎疫情的危害和可怕，他们更为敏感和警惕，做好社区层面的管控，预防疫情的传播扩散，及时发现并控制传染源，切断传染链，这是与医院救治确诊患者同等重要的急事、大事。

以医院党总支书记、院长李珍香为首的党政班子，多次召开会议，部署安排党员干部和职工下沉社区参加防疫防控及志愿服务工作，要求大家到社区后，发挥结防人的经验和优势，做好疫情防控知识的宣传教育，为广大居民守好健康门，把住安全关。

2020年1月24日，大年三十，一大早，结防院的全体党员来到医院包保的八泉社区，逐户上门发放宣传单，号召居民戴口罩、勤洗手、不聚集、少出门，自觉做好个人防护，远离新冠病毒侵袭。

2月上旬，黄石市委组织部发出“双报到”通知后，医院30

多名党员干部第一时间到各自居住地社区报到，单位、社区两点一线，在确保医院各项工作正常开展的同时，积极投身社区防疫工作。2月26日，医院调兵遣将，重新调配各岗位人手，留下30余名职工坚守岗位做好结核病防控，其余16名党员干部放下工作全职、全岗、全身心投入社区工作，除了参加小区哨卡的防疫值班外，还以楼栋为单位开展了居民包保服务。

与此同时，医院所在地师院社区、医院长期包保帮扶的八泉社区，同样活跃着结防院志愿者的身影。

“下沉社区防控疫情，决不能走形式，搞应付，要带着感情为居民做好事、办实事。”李珍香书记不仅这样要求医院党员干部，而且处处以身作则。她下沉青龙山社区后，很快就摸清了包保户的最新情况，保持着与居民的“热线”联系。小区实施封闭隔离管理后，由志愿者代购肉、菜、水果等生活物资，但有些老人不会在网上下订单，李珍香就一家家上门，教老人使用微信、在包保楼栋群里发送需求信息。她耐心地教，老人们认真地学。很快，她包保的居民都能够及时、准确地报送家庭订购采买信息了。

在这个史上最严格措施防控疫情的非常时期，从结防院下沉到社区的党员、非党员志愿者同样一心为民，不甘落后，与社区居民建立了深厚的友谊，成为包保户无比信赖的“四大员”——宣传员：向居民讲解疾病预防知识，敦促居民做好防护，同时开展居家健身锻炼；卫生员：上门排查、进出监测，全面掌握居民的体温情况，在居民身体不适时陪医送药，老人洗澡不小心摔倒时进行急救；配送员：为居民代购代送各类日常生活必需品，为困难居民发放救济物资；家政员：在居民家管道堵塞需要疏通、天然气卡需要充值、家用电器需要维修、水电路故障停水停电时，立即上门排忧解难……

黄石市结防院党员干部志愿者，经受住了各种考验，成为社区疫情防控的中坚力量，也成为广大居民的贴心人。

坚持诊疗，上门送药

新冠肺炎疫情防控阻击战期间，黄石市结防院的各项工作都在有序进行，门诊部、住院部均在正常诊疗，行政后勤人员也在正常上岗办公，防疫抗疫中没有出现一例肺结核并发新冠肺炎病例。探索根源，从一开始，市结防院就是防疫、防痨两手抓，两不误。

疫情发生后，该院在第一时间成立了工作专班，制定了防控预案，综合协调、疫情防控、病人管理、后勤保障四个工作小组迅速围绕诊疗中心工作运转起来。

机动车禁行令发布后，后勤保障组的党员干部马上到市交巡警支队为医院业务用车办理了通行证，合理规划了五条路线，每日接送职工上下班。与此同时，主动与相关街道办事处及社区居委会衔接协调，为职工办好出入证明，确保每一名职工上班能顺利出小区，下班能平安回家。除两辆业务用车外，医院还有三名干部职工分别承担起一条路线，用私人车辆接送职工上下班。

非常时期，要想正常诊疗，要想避免疫情在医院内发生传播和扩散、最大限度地保护全体患者和医务人员，医院内感染的预防和控制是重中之重。在严峻的防疫形势下，医院院感办多措并举，感控培训学习“入脑入心”、防护物资“不等不靠”，防护策略“严防死守”。每日对上班人员测量体温进行健康状况监测；加强诊疗、办公场所和公共区域洒药消毒；严格规范处置医疗废弃物；除引导患者有序就诊外，所有进入门诊的患者及家属，均先测量体温、询问症状并进行流行病学调查记录。

全天候、全覆盖、无死角的院感防控工作，无形中增加了结防院干部职工数倍于以前的工作量，但没有一个人叫苦埋怨。因为这是非常时期的必要之举。

防疫抗疫战役打响至今，黄石市结防院始终保持着良好的诊疗秩序，上门的结核病患者得到了有效诊治，医院防护物资分发与保管规范合理，院内感染控制措施得力，医护人员及患者新冠肺炎疫情的感染率一直保持零纪录。

结核病是一种慢性传染病，病人需经过至少6个月的规范治疗才能康复。但随着交通管制及人员限行，结核病患者面临着不能外出到医院问诊开药、治疗中断、药品短缺的困境，怎么办？面对难题，黄石市结防院果断向社会承诺：隔离病毒不能隔离爱！开辟出一条结核病绿色通道，送医送药上门服务，确保每一位结核病患者在疫情期间不中断治疗！

从2月5日开始，黄石市结核病防治院送药“小分队”出发了，穿过一个个哨卡，把一盒盒专用药送到患者手中。这场爱心接力赛过程非常曲折，因道路封锁，有的地方防疫通行车都不能通行，工作人员只能步行把药送到哨卡再让病人到哨卡来接，走小路、蹚过河、翻过山、搬石头这些都经历过。甚至，由于有的地区属于两市交界，中间设置了双重哨卡，两边都不能放行，往往都是经过多次迂回辗转才能把药“接力”传递到患者手中。患者笑脸相迎，千恩万谢，我们的结防人简短、淳朴地回应道：“特殊时期，应该做的！”

抗疫佳话，层出不穷

防疫抗疫，既是一场大战，也是一轮大考。黄石市结核病防治院的干部职工、医生护士，用站得出来、冲得上去、豁得出去的出色表现，经受住各种挑战和考验，展现了黄石结防队伍特别能战斗、特别能奉献、特别能牺牲的风采。

在黄石“小汤山”抗疫一线，黄石市结防院肺科护士王汇除了值夜班，还负责护理30位轻症患者和5位重症患者，为了轻装上阵，毅然剪掉了美丽的齐腰长发。她每天不停地在几间病房来回穿梭，常常八九个小时不能喝水、不能上厕所。除了患者的治疗护理、生活护理外，他们还有很多角色：心理咨询师、病房清洁员、物资搬运工……累不累？值不值？王汇说：“累！值！当看到病人重症入院，经过精心救治慢慢清醒好转出院，那种帮助生命失而复得的成就感，还有患者的支持理解和关爱呵护，这一辈子，我都会记得。”

另一名护士徐点，在奔赴“小汤山”驰援的时候，宝宝刚刚断奶，正处于需要妈妈精心喂养照料的“烦躁期”。在家庭和抗疫的天平上，徐点毫不犹豫地把砝码移向了后者。她名字叫“点”，其实个头也不大，身高不到一米六，但面对那些危重的或生活不能自理的患者，她从未退缩， 为病人端屎倒尿、擦身洗脚、喂饭喂水，帮助患者定时翻身移动。许多时候，她下班不下岗，继续在病房观察巡视，为病人做着各种护理服务。面对患者确诊的不安、恐慌、自卑的情绪，徐点会“一对一”做好心理疏导，耐心解释病情治疗和预后情况，努力消除病人的焦虑，她那些轻言细语就如同温柔的春风吹进了患者心田，增强了患者服从治疗战胜疫病的勇气和信心。

朱志松、王汇、徐点，带着结防人的重托，冲上了医疗救治一线。他们是战士，也是英雄。为了让他们在前线心无旁骛全力以赴，结防院上上下下，都在关心帮助3名医护人员的家人，努力排除他们的后顾之忧。

肺科医生朱志松奔赴“小汤山”后，70多岁的老母亲一个人在家。医院党总支书记、院长李珍香和政工科长刘芳买好菜送到老人家里，既是解决生活所需，也借此和老人说说话、谈谈心。

门诊医生王欣，扎根防痨一线30年，工作兢兢业业，本已到退休年龄，凭着对结防工作的热爱和不舍，毅然选择留在岗位。防疫抗疫期间，科室另外一名医生因封城不能到岗，她主动承担门诊各项工作。见她一个人连续多日上班太辛苦，医院决定协调住院医生替班让她休息一天，她说：“没事，我还可以坚持。现在医院人手本来不够，他们也辛苦啦，我们还是各司其职，守好岗位吧！”

还有办公室司机杨金明，驾车接送医护人员上下班、配合防治规划科给患者送药、运输防护用品，等等，做得多，做得杂，每天早出晚归，从正月初四开始，一天都没有停歇过……

沧海横流，方显英雄本色；疫魔横行，见证结防人忠贞。自正月初四开始，全院干部职工停止休假全部到岗，临床一线、医技科室、院感防控、行政管理、后勤保障等全部高效运转，切实保障疫情防控期间黄石正常的结核病患者诊疗、管理及防控等各项工作井然有序，最大限度地降低了因新冠肺炎疫情对结核病防治工作造成的不良影响。

如今，经过全市人民的共同努力，黄石疫情形势出现重大转折，夺取最后的全面胜利已是指日可待，毋庸置疑。请记住，在这段抗疫历程载入黄石发展史册的同时，不屈不挠、慎终如始的结防人也留下了浓墨重彩的篇章！

展现“专科防治”担当，助推“健康黄石”建设

过去20年来，由于不断加强结核病患者的诊断、治疗和管理工作，我国结核病的患病率和死亡率大大降低。但与此同时，由于防治意识不强、人口流动频繁等原因，仍有一部分结核病患者没有被发现，加上耐多药肺结核、双重感染（艾滋病合并结核病）、糖尿病合并结核等难治病患的存在，导致部分患者未能完成全面治疗，造成疾病无法痊愈，其中最严重者，不但会延长治疗周期，增加医治费用，甚至还会产生多脏器衰竭之类的并发症。

作为市级唯一的结核病防治专业机构，黄石市结核病防治院在过去的一年里，围绕湖北省结核病防治工作总体要求，创新防控手段，强化医疗措施，紧盯发现、治疗、管理这三个重点环节，切实加强质量管理、健康促进、疫情分析、督导检查、队伍建设等工作，建立健全了“政府领导、多部门合作、全社会参与”的防治工作机制，编织了一张抗击结核病的“天网”。医院坚持以结核病防治为中心大局，充分发挥业务指导作用，全面履行防治结合职能，克服客观困难，真诚服务患者，为我市结核病防治事业拾薪添火。在各级结核病防治专业人员共同努力下，黄石市结核病疫情上升势头得到有效遏制，众多结核病患者的疾患和困难得到有效治疗和帮扶，结核病防治工作再次取得阶段性成果，有力推动了“健康黄石”建设。

2020年，因为史无前例的新冠肺炎疫情“搅局”，黄石结核病防治工作面临新挑战、新考验。黄石市结核病防治院全体干部职工和医护人员有信心、有决心、有勇气，继续发挥“龙头”作用，进一步提高专业技术水平和管理服务效能，不断加大全市结核病防控力度，推动黄石市结核病防治事业再创新辉煌，在全面建设小康社会、深入实施“健康黄石”战略的新时代，展现城市“防痨卫士”的担当和风采！

湖北省随县疾病预防控制中心

众志成城战“疫”魔

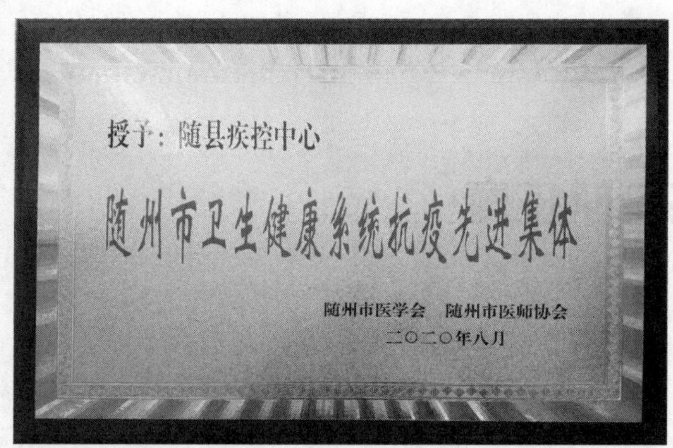

随县疾病预防控制中心被授予“随州市卫生健康系统抗疫先进集体”荣誉称号　摄影：程兴容

2020年新冠肺炎疫情来势汹汹，在疫情防控最吃紧的关键时刻，湖北省随县疾病预防控制中心（以下简称随县疾控中心）全体干部职工，放弃春节假期全员到岗到位，奋战在疫情防控的主战场上，发扬疾控人特别能吃苦、特别能战斗，英勇顽强的工作作风，在疫情防控工作中发挥着中流砥柱的作用。

共克时艰，让党旗飘起来

面对严峻的防控形势，主持工作的随县疾控中心党支部委员、副主任张小勇一马当先，其他班子成员积极配合，成立防控工作小组，设立疫情信息组、流行病调查组、采样组、消毒杀菌组、健康教育组和后勤保障组，同时成立疫情处置随南、随北两个应急小分队，分工到人，责任明确，各负其责，以战时状态迅速开展各项防控工作。

在疫情防控最吃紧的关键时刻，随县疾控中心放弃春节假期全员到岗到位，奋战在疫情防控的主战场上，一连60多天不休息，24小时“连轴转”吃住在单位，充分发扬特别能吃苦、特别能战斗，英勇顽强的工作作风，在疫情防控工作中彰显着疾控人的使命与担当。

使命所在，把责任担起来

为扼住病毒传播的“咽喉”，党支部委员、副主任潘义斌挑起负责流行病学调查的重任。通过流行病学调查，摸清确诊或疑似病人发病前在潜伏期内的活动轨迹，将密切接触者充分排查出来，通过采取必要的隔离措施，从源头上彻底切断传播链，从而阻止人与人之间的相互传播。哪里有病人，哪里就有流调人员的身影，他们不惧危险，与时间赛跑，与病魔较量，既有奔忙的脚步，又有细致的询问，还有与各乡镇工作的紧密对接和指导，无处不体现出疾控人对党对人民高度负责的精神。

党支部委员、副主任卢晓斌，肩上挑的却是另样的重担。来自全国各地捐赠到县红十字会物资，都要通过他接收、分配，然后再通知分发到各单位。面对一片片爱心，卢晓斌丝毫不敢懈怠，合理地配发，让有限的物资发挥最大的作用，并按照要求对物资进行统一保管，统一调配，他克服人手少的困难，亲自上阵，一天到晚忙个不停，经常工作到深夜，有时忙得连饭也顾不上吃。担当不曾缺位，战斗还在继续，他总是不声不响，无怨无悔，默默地工作着。

抗疫前线，把身份亮出来

疫情就是敌情。在这个没有硝烟的战场上，随县疾控中心充分发挥共产党员和青年骨干的中流砥柱作用。党员，不仅有党旗下的庄严宣誓，更有危难时刻的冲锋在前。共产党员、医学检验专业本科学历毕业的疾控中心检验科负责人聂富，当时休假在家照顾月子中的爱人和孩子，当听到了单位的一声号令，义无反顾踏上抗击疫情的征程。王皓霖是火线入党的新党员，他们团队担负着对全县确诊病人、疑似病人的流行病学调查和排查，以及对密切接触者的及时追踪。病人的诊断需要采集咽拭子，要到病房、到留观点与患者“零”距离接触，当采集标本刺激患者咽喉部时，很可能引起呛咳，这样一来危险性就可想而知，但是他们不仅没有退却，往往还要对患者进行耐心的心理疏导，安慰患者克服恐惧心理。为了加快流调采样、取样、送检速度，缩短医疗机构诊断时间，他们风雨兼程，饿了，就在路边简单吃点盒饭，再匆匆赶往下一个标本采集点，在他们的心中，“不知是谁”“知道为谁”。

疫情信息报送是另一条看似不显山不露水的战线，这条战线同

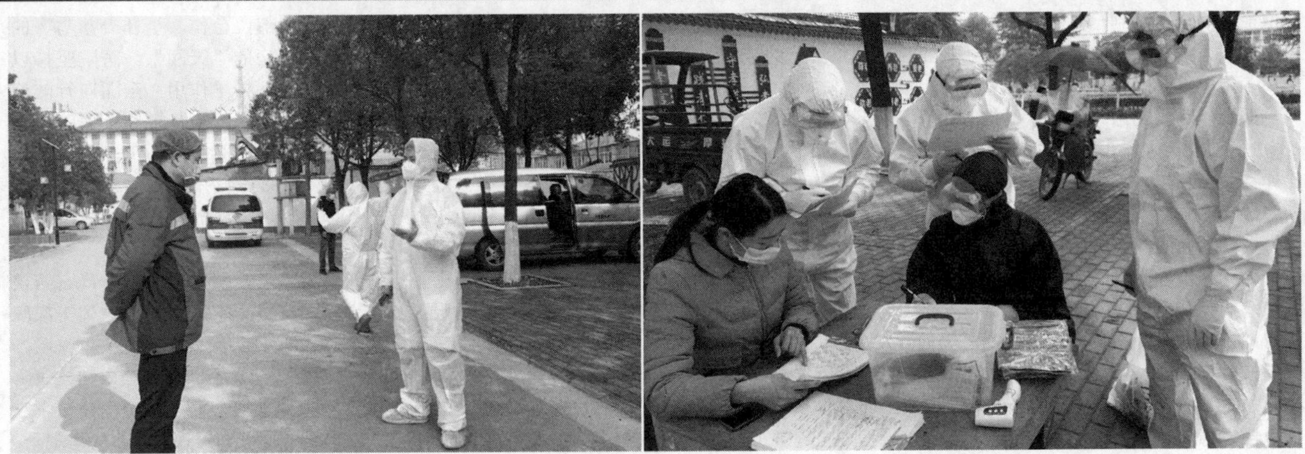

2020 年 2 月 3 日，随县疾控中心应急小分队队员到随县养老院对疑似病例开展追踪、排查、流调、采样工作。左图为随县疾控中心党支部委员、主持工作的副主任张小勇现场听取情况汇报　摄影：陈洪英

样显得重要，甚至对它的真实性、时效性要上升到法律的高度，因此不得错报、漏报和瞒报。临时成立的疫情信息报送 4 人小组，4 个青年人中，就有 3 名是共产党员，他们每天要等到晚上 12 点以后，从传染病疫情网中导出全天随县报告的所有病例信息，进行审核分析筛选，确定当日确诊和疑似病例，第一时间反馈到流调组进行流行病学调查；同时反馈到各医疗卫生单位，对密切接触者进一步摸排，再根据摸排到的最新密切接触者的信息，进一步整理并进行综合分析订正，最终形成上报的内容。要做到这些，工作人员必须具备认真负责的工作态度，严谨扎实的工作作风，一份好的报告，会对决策者对整个局势研判提供重要技术支撑。

战“疫”期间，主持工作的副主任张小勇临危不乱，谋划布局，统筹安排，亲临一线，颇有大将风度。据不完全统计，到目前为止，随县疾控中心累计采集（收集）患者咽拭 / 血清样本 6 万余人份，每日往返于随县各乡镇、市区累计行程 4.4 万余公里，对 62 家单位和部门，约 220 万平方米疫点或公共区域进行了消毒。全体干部职工团结一心，工作中相互配合，做到“人在岗位在，人不在有人替岗”，涌现了一大批先进典型，防控工作得到了上级领导的充分肯定。

湖北省房县中医院

“岐黄”亮剑斩疫魔

岐黄之术展身手，抗疫有“方”显担当。

中医药是中华民族的瑰宝，中华民族悠久历史上，中国人民依靠中医药治疗了很多疫病。2003 年抗击“非典”，中医药就功不可没。新冠肺炎疫情发生后，党中央、国务院多次强调要发挥中医药作用，探索中西医结合治疗。古老的中医焕发出新的生命力，成为抗击疫情的利器。

房县地处神农架北坡，山清水秀，人杰地灵，中药资源丰富，孕育出了优良的中医药传统文化。房县中医院传承发展中医药事业，积极发挥中医药优势，将中医智慧和力量挥洒在抗疫一线，为坚决打赢疫情防控阻击战做出了重要贡献。

闻令而动，“岐黄”出击

疫情就是命令，防控就是责任。

疫情发生后，房县中医院高度重视，及时成立了以书记、院长李兴伟同志为组长的防控工作领导小组，统筹部署疫情防控工作；改造扩大了发热门诊，对所有来院患者进行严格筛查；成立了新冠肺炎专家组，对特殊病人及时会诊。同时，医院业务副院长组织医务科、护理部、院感办等科室，及时深入一线督导检查病员周转、消毒防护、危重病患查房会诊、临床治疗等工作；腾空了六个病区，专门收治发热患者，并进行 24 小时守护；对病房每天采用紫外线照射消毒 1 小时，地面及人员密集场所每 2 小时消毒一次。

疫情伊始，成立了以房县中医院为主的房县新冠肺炎中医药防治专家组，抽调名中医黄志虎、鲁海兵、胡志刚等组成的中医专家组，负责在疫情防控期间开展中医药防治技术指导与咨询，在全县范围内巡回各医疗机构及疑似病人留观点，查看病人使用中医药情况及收治动态，收集《房县新冠病毒肺炎中医药防治方案》执行过程中遇到的问题，并及时反馈指导。抗疫期间，专家组共巡诊 9 次，优化治疗方案 2 次，并在巡回过程中开展接触病人会诊 11 人次。

针对房县民营医院设施、设备及技术力量薄弱的情况，房县中医院通过派出专业医护人员及管理团队，提供呼吸机、彩超机、血压计等设备，免费支持价值近 5 万元的防护物资及中药制剂等方式，着力提升其中医药应急防控能力。

扶正祛邪，抗疫有“方”

面对新冠肺炎疫情，中医药的深度介入成为各地打赢疫情防控

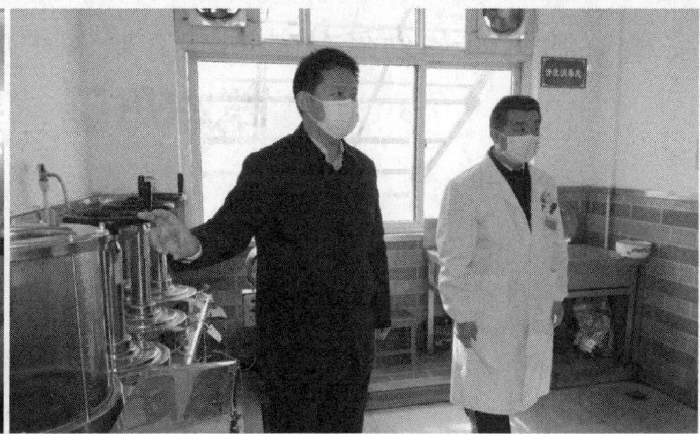

左图为县委书记蔡贤忠调研指导房县中医院防治新冠肺炎汤剂生产情况；右图为县委副书记、县长纪道清在该院现场督导抗疫制剂加工

阻击战而采取的重要举措。在房县，得益于房县中医院的努力付出，从治疗到预防再到经验输出，中医药在该县不断贡献“根脉”的力量。

房县中医院中医药防治专家组根据国家卫健委、国家中医药管理局《关于印发新型冠状病毒感染的肺炎诊疗方案的通知》和《房县新型冠状病毒感染肺炎中医药防治方案》等文件精神，经湖北中医药大学吕文亮教授指导，结合房县证侯特点研制了该县防治新冠肺炎系列中药汤剂，即：适合健康人群预防使用的新冠肺炎预防汤；适合发热患者使用的新冠肺炎治疗汤；适合疑似及确诊患者使用的清肺排毒汤；适合新冠肺炎患者康复后调理机体使用的新冠肺炎康复方。

房县县委、县政府特划拨专项资金用于中医药制剂生产，并及时送往全县发热留观病区、隔离区、预警区域及疑似、确诊病区，保证了“确诊病例、疑似病例、密接人员、发热病人、预警区域”五个群体中药防治全覆盖。该县并构建了县乡村三级防治网，实施全民采用中药预防，形成了人人主动服用中药预防的良好氛围。

房县中医院在抗疫实践中进一步彰显了中医药在疾病预防、治疗、康复中的独特优势，中医药也成为房县打赢疫情防控阻击战的有效手段之一。在房县新冠肺炎预防与治疗中，中医全程参与，中医药应用临床治疗超九成以上，助力房县较早实现了确诊病例、疑似病例和住院病例清零。

医者仁心，“疫”线无惧

没有硝烟，却有生死；没有战壕，却有战场。抗击新冠肺炎疫情是一次大战，也是一次大考。房县中医院医务人员主动请战，或坚守医护岗位，或下沉扶贫村，在大考中交出了合格答卷。

疫情发生后，该院彭莹、刘芳、邓玉琴等同志纷纷递交请战书，主动投身疫情防护一线。在他们的带动下，全院申请在预检分诊值守的医护人员越来越多，他们或对每一例来院病人详细询问病因接触史，检测体温、详细登记、逐一核对、分类疏导；或在CT室、检验科加班加点，对患者检查甄别排除新冠病例。

在临床科室，医护人员也团结一致积极抗疫。身穿厚重防护服坚守的背后是他们连续数小时的不吃不喝，是护目镜后的汗水、脸上深深的压痕、干裂的嘴唇以及反复汗湿又捂干的衣服。每天处在被消毒液笼罩的环境中，多数人员出现眼部及皮肤不适症状，但他们依然忍痛坚持工作；还有的医护人员夫妻双方都在抗疫一线，家里几个月大的宝宝只能交由年迈的父母照顾……

医院精准扶贫驻村工作队 3 名医生也第一时间奔赴姚坪乡白石村，从一个战场转向另一个战场，变身白石村疫情防控突击队员。从喇叭播报和锣鼓提醒，到入户全面认真排查，他们奋不顾身、坚守一线。在房县中医院的支持下，工作队还筹集到近 200 副中草药药包，在白石村组织开展“中医药预防新冠肺炎进农户”活动，精心熬制的“新冠肺炎预防汤”每天定时分片为全体村民送上门。这一碗碗预防药汤体现的是帮扶干部对群众“不是亲人胜似亲人”的无私关爱，彰显的是白衣天使精心守护村民生命安全的无疆大爱。

“岐黄”仁心，奋力抗疫。在抗击新冠肺炎这个没有硝烟的战场，房县中医院的白衣战士们用无所畏惧的勇气、敢打必胜的信念，经受住了考验，显示出了担当。他们用行动诠释了医者的使命与担当！

作者：李兴伟、陈士军

摄影：陈士军

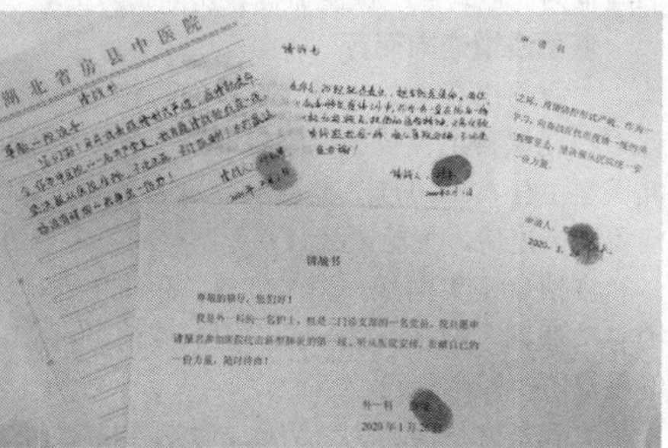

房县中医院抗疫工作剪影：左图为 2020 年 2 月 28 日，湖北省政协副主席、十堰市委书记张维国调研房县中医院疫情防治工作；右上图为该院医务人员纷纷请战，投入一线抗疫；右下图为深入扶贫村向群众免费发放中药制剂

安徽省滁州市妇幼保健计划生育服务中心

筑牢母婴“安全屏障”

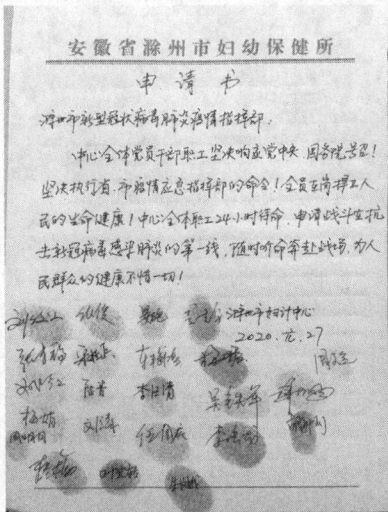

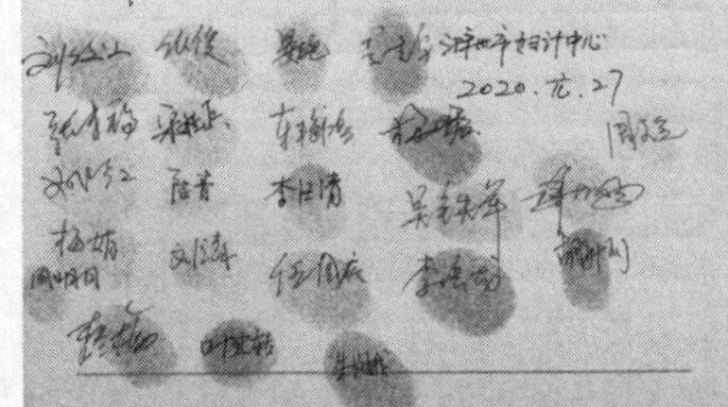

安徽省滁州市妇幼保健所

申请书

滁州市新型冠状病毒肺炎疫情指挥部：

中心全体党员干部职工坚决响应党中央、国务院号召！坚决执行省、市疫情应急指挥部的命令！全员在岗捍卫人民的生命健康！中心全体职工24小时待命，申请战斗在抗击新冠病毒感染肺炎的第一线，随时听命奔赴战场，为人民群众的健康不惜一切！

滁州市妇计中心

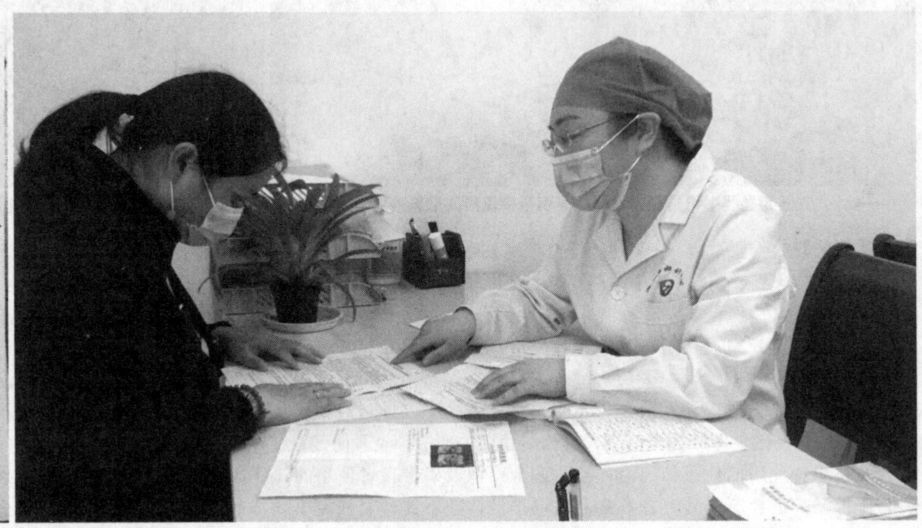

面对疫情，中心职工纷纷按红手印，主动请战（左）；疫情期间，中心为服务对象提供产前筛查服务（右） 摄影：叶宜转

链接：滁州市妇幼保健计划生育服务中心是隶属于滁州市卫生健康委员会管理的正科级财政全额拨款一类事业单位，是集医疗、保健、预防、科研、技术指导为一体的医疗保健机构。创建于1974年，原名滁州市妇幼保健所，2016年更名为滁州市妇幼保健计划生育服务中心。核定编制51人，现有工作人员41人，其中：在编在岗35人，聘用6人。内设办公室、财务科、孕产保健科、儿童保健科、妇女保健科、计划生育技术服务科、新生儿疾病筛查中心、产前筛查中心、检验科、信息管理科、健康教育科。

2020年的春节，注定会在人们心中留下不平凡的印记和感动。

新冠肺炎疫情发生，儿童和孕产妇是易感人群，需要格外呵护。安徽省滁州市妇幼保健计划生育服务中心（以下简称滁州市妇计中心）为有效保障孕产妇、儿童身体健康和生命安全，多措并举、精准施策为他们筑起一道生命健康安全“防护墙”。

直面疫情逆向而行

“我要用我学的专业技能，为防控疫情尽一份力。”滁州市妇计中心儿保科主任车艳鸿坚定地说道。车艳鸿，是滁州市妇计中心儿保科主任，2020年3月就到龄退休了，面对突如其来的新型冠状病毒肺炎疫情，主动请战、义无反顾地投入疫情一线。

疫情就是集结号。面对疫情，滁州市妇计中心全体干部职工取消春节假期，冲在一线，全力应对疫情，用实际行动构筑起孕产保健疫情防控紧密防线。

“我是党员，我先上！”危难时期，共产党员冲锋在前，吃苦在前。该中心共产党员纷纷主动请缨，向单位递交 “请战书”，申请加入疫情防控工作队伍，听从指挥，服从派遣。

1月底，接到市政府疫情防控任务后，中心6名工作人员奔赴高速收费站、社区、工厂、定点收治医疗机构开展疫情防控指导，只要疫情防控需要，他们就第一时间奔赴现场。

同样，在这场没有硝烟的战“疫”中，还有千千万万“小人物”，立足自身岗位、履职尽责，为打赢疫情防控阻击战贡献着一己之力。

张军，滁州市妇幼保健计划生育服务中心工作人员，在滁州确诊病例密切接触者的集中隔离点“垃圾清运工”岗位上，用无声的付出，书写属于他不平凡的战“疫”。“能为这次疫情尽一份力，就感到很光荣。”张军这样说。

科学有序做好防控

疫情就是命令，防控就是责任。为科学有序做好疫情防控，滁州市妇计中心第一时间组建疫情防控领导小组，分项落实，责任到人，保证疫情防控工作与出生缺陷筛查环节工作畅通。

在医疗物资短缺的情况下，滁州市妇计中心实行医疗物资统一调配，严格管理，确保预检门诊和筛查一线人员的防护用品到位。组织专家和技术人员认真学习疫情防控和技术方案，结合工作实际制订全市筛查工作应急方案，在科学防控和精准施策的基础上，全力保障全市孕产妇筛查工作有序的不间断开展。

采用多种方式开展疫情防控知识培训。滁州市妇计中心邀请市疾控中心专家就新型冠状病毒肺炎医院感染与防控进行了全员培训，同时利用全市妇幼保健QQ群、微信群，加大防控政策和相关知识的推送。第一时间指导各县（市、区）妇计中心，利用网络视频形式组织学习国家卫健委就新型冠状病毒感染的肺炎疫情防控工作中孕产妇和儿童的健康防护知识。

滁州市妇计中心还积极组织志愿者深入创业北路社区、滁州北站、预检门诊处等公共场所进行体温检测和安全防护知识宣传等工作，严格把好疫情输入关口，用实际行动守护着百姓平安。

隔离病毒不隔离爱

孕产妇是新型冠状病毒肺炎的易感人群，一旦感染，救治不仅棘手，母婴都会面临生命安危。为此，滁州市妇计中心积极利用信息化手段统筹做好儿童和孕产妇疫情防控工作。

滁州市妇计中心提供线上线下“无缝式连接”服务。在门户网站开通孕妇产筛报告查询“24小时在线直通车”，让孕妇足不出户，便能了解筛查结果，为孕妇及家属排忧解难，让他们吃下“定心丸”。对线下就诊，严格执行预检分诊、单室单医单人就诊制度、控制孕产妇陪同人员数量等措施，尽可能缩短孕产妇等候和就诊时间，维持就诊区域内次序和环境卫生，尽可能减少交叉感染，为广大孕产妇提供一个安全、安心的环境。

中心还安排专人负责消杀，定时开窗通风，就诊人员较多时，及时对诊室进行消毒。中心后勤保障小组统计全中心防护用品数量，统筹管理防护用品发放，保障了预检分诊、产前筛查、孕检、新生儿疾病筛查等重点科室物资供应。

同时，滁州市妇计中心根据新生儿分娩情况和筛查结果实施分类管理，精准指导，帮助高危儿做到“早诊断、早治疗”；对于确诊患儿提供电话咨询，根据病情及时调整治疗方案，并利用微信、短信、App、视频等新媒体加强对孕产妇健康教育和咨询指导。截至目前，市妇计中心共为917名孕妇和1156名新生儿提供线上服务，接收筛查样本14453份，门诊安全接诊1346人次，疫情防控科普宣传知识12篇。

安徽省宿州市埇桥区褚兰镇卫生院

吹响“集结号” 甘当“逆行者”

褚兰镇卫生院领导班子部署疫情防控措施，右二为院长马良开　摄影：王荣辉

院长马良开每天坚持带队到卡点检查落实防控措施　摄影：王荣辉

一场突如其来的疫情牵动着全国人民的心。安徽省宿州市埇桥区褚兰镇卫生院全体人员没有恐慌、没有退缩，毫不犹豫地冲锋在前，视疫情为命令、以防控为己任，以更高的政治站位、坚定的信心、务实的作风、科学的精神、过硬的措施，全力做好防控救治工作，奋力投身疫情防控阻击战……他们匆匆安排好家人，舍小家为大家，日以夜继、废寝忘食的工作，只为防治病毒、守护家园，战胜病魔、呵护生命。他们是白衣下的热血天使，是疫情中最美的“逆行者”。

果断决策，第一时间吹响疫情防控“集结号”

疫情如火，刻不容缓，褚兰镇卫生院在接到通知的第一时间，迅速应对，及时成立了以院长马良开为组长的疫情防控领导小组，召开防控紧急会议，部署疫情防控和医疗救治工作，要求医院全体人员迅速进入“战时状态”。先后出台了各种防控应急预案、工作流程、防控流程、防控物资管理办法等一系列方案，做到工作有条不紊。卫生院聚全院之智，举全院之力，上下一盘棋，各科室既相互协作配合，又各尽其职各负其责，形成了强大的工作合力。同时，及时召开培训会，全面部署村卫生室人员参与对疫区返乡人员测量体温、指导隔离等具体工作。

为避免辖区老百姓恐慌，褚兰镇卫生院指导大家减少不必要的外出活动，尽量避免人员大规模聚集，对疫情信息不信谣、不传谣。积极为老百姓讲解医学知识和防护措施，通过悬挂条幅、发放明白纸、医生讲解等形式，积极宣传新冠肺炎疫情防控知识，指导大家勤洗手、勤开窗通风、尽量少出门、出门要戴口罩、不走亲访友。

疫情发生以来，卫生院在门口设立预检分诊处，作为疫情防控第一线的“蓝色哨兵”，预检分诊处的医务人员，实行24小时值班制度，天天在岗，认真负责。当患者来院就诊，首先要经过预检分诊，她们会询问患者来院的原因，哪里不舒服及接触史、近期旅居史等，帮每一位来院人员进行体温的测量，并做好记录。

医务人员们穿起防护服，不畏艰苦、不惧寒冷，在路口、村口疫情监测点，对过往车辆、人员进行登记排查，体温监测，尤其是对外来人员重点询问，防止疫情输入。

全院职工放弃春节与家人团聚的机会，全员取消休假，上到院领导、下到后勤保安保洁人员，全院职工齐上阵。他们舍小家、为大家，投身于这场没有硝烟的“战疫”中。

身先士卒，在履职尽职中践行初心使命

面对来势汹汹的疫情，马良开院长亲临一线，靠前指挥，把防控疫情第一线作为初心使命和责任担当。

马良开院长和院领导班子充分发挥“头雁效应”，既当指挥员、又当战斗员，夜以继日奋战在疫情防控第一线。医护人员每天见到马院长的时候，总能感觉到他神态疲惫、声音嘶哑。据了解，他从“战疫”打响以来，一直奋战在防控第一线，没有回过家，更没有一天在凌晨一点前休息。他对全镇疫情防控情况实时掌控，布置各村卫生室人员实行网格化梳理排查，掌握防控工作实际情况，有针对性地做好重点人员管控工作，坚决做到早发现、早报告、早隔离、早治疗，不留死角、不留盲区，做到底数清、情况明，及时发现防控工作的不足与短板，便于迅速采取有效措施改进，不断提升防控工作的实效性。

面对疫情，他不断提升政治站位，切实树立“四个意识”，坚定“四个自信”，做到“两个维护”，把疫情防控工作作为讲政治、顾大局、保群众健康的头等大事。每天要到急诊室、预检分诊处、各村防控卡点等地进行检查，统筹协调落实防控措施。他坚守岗位、吃住在院，常常累得筋疲力尽，但还怕疫情防控有疏漏。全镇辖区内10家卫生室，是镇卫生院一体化医疗机构，肩负着全镇防疫工作的重任。马院长则重点进行督导，查看防疫记录，检查是否做好

褚兰镇卫生院坚持早晨召开例会、晚上汇报总结，充分发挥疫情防控主力军作用。图为该院疫情防控领导小组疫情防控例会　摄影：王荣辉

筛查、追踪、分诊和转诊等工作，是否落实好日报告及健康宣教工作，特别是加强对重点疫情发生地区返回人员排查、登记、随访，做好健康状况监测，落实居家医学观察措施。巡防群众的健康意识、防疫知识，防病能力等情况。

为确保防疫工作扎实有效开展，院领导班子带头深入一线，深入到科室，发现问题及时整改，坚持问题每日清零、整改不过夜。马院长身先士卒，带领工作人员到村检查入户摸排情况，督导对返乡人员隔离观察措施，了解群众所需。他和临床一线医护人员一起吃住，同甘共苦，为全院医护人员树立了榜样。他沧桑疲惫的面容写满的是责任与担当。

由于他过度的劳累操心熬夜，累病了。但他带病坚持和医护人员奋战在“战疫”最前线，决心打赢疫情防控阻击战。直到疫情得到有效控制时，他才于 2020 年 5 月 20 日去上海的胸科医院做了手术。

马良开院长是一个平凡的人，却带给我们无数的感动，他舍小家顾大家，用扎实工作筑牢疫情防线。

党徽闪耀，勇做忠诚与担当的“先锋队”

一名党员就是一面旗帜，疫情在哪里，党员就战斗在哪里。在疫情防控关键时期，褚兰镇卫生院广大党员干部不忘初心、牢记使命，纷纷请战到最苦最累最危险的抗疫一线，以共产党员先锋模范带头作用动员群众、组织群众、凝聚群众，筑成了一道疫情防控的铜墙铁壁。广大党员干部、医务人员心存大局，勇于担当，主动请缨，医护人员纷纷向院党支部递交了一封封让人泪目的“请战书”，请求到“战疫”一线，清晰的名字、鲜红的指印成为捍卫人民群众生命安全的最强防线。这些党员、医务人员没有思考，毫不犹豫，冒着被感染的风险。隔离病房穿戴防护设备的辛苦，他们没有害怕，透过护目镜，是他们坚强的“微笑”。

疫情面前，全院医务工作者勇于开拓进取，甘当“逆行者”。“作为一名党员，我责无旁贷，更应首当其冲。我自愿放弃春节假期，听从医院安排，严阵以待，准备随时出发……”他们置个人困难和危险于不顾，无私无畏，坚守着全镇人民的健康防线。

这场没有硝烟的战斗，既是对广大党员的一次严峻考验，也是一次深刻的党性洗礼，“我是党员我先上”已成为全院广大党员医务工作者的共同誓言。

护士长韩立影、主治医师李超主动请战到桃园一线参加“战疫”，誓与疫情相始终，把党旗插在抗击疫情的最前沿和第一线，插在群众最需要的地方，以实际行动践行初心使命，以担当作为给党旗增辉添彩！

防保所长郝大鹏，在他的身上充分体现了医务工作者的优良品格和党员的高尚情操。郝大鹏在抗击疫情战斗的过程中，在最困难的时刻，在最危险的地方，处处可以看到他的身影，他把危险带给了自己，把安全留给了别人，他用自己的实际行动，诠释着“不忘初心，牢记使命”的情怀。

“我不知道你是谁，但我知道你为了谁！”这是一个勇敢的团队，这是一个精诚团结的团队！褚兰镇卫生院全体职工一个个挺身而出，勇敢担起医务人员的职责与使命，守护一方平安，他们不仅是天使，更是勇士；他们为了抗疫，可以不顾个人小家；他们始终没有任何怨言，只是咬紧牙关坚守着，默默无闻奉献着……

四川省巴中市巴州区平梁中心卫生院

党建支撑　守好辖区“健康大门”

链接：四川省巴中市巴州区平梁镇位于东经 106°，北纬 31° 85′，因始建于三国时的场后平梁城而得名，清嘉庆二至十年(1797—1805)州治曾迁于此，距川陕革命红色根据地——巴中市 4.5 公里。全镇辖 12416 户 47238 人，其中农村居民 11378 户 41936 人，城镇居民 1038 户 5302 人，场镇常住人口 6500 人，流动人口 12360 人。平梁中心卫生院为一级甲等综合非盈利性公立医疗机构，城乡居民医疗保险及商业保险定点医疗机构，占地面积 38 亩，建筑面积 4000 余平方米，有门诊综合楼、住院楼、中医馆

平梁中心卫生院疫情防控党员先锋队 摄影：陈定干

及脑卒中现代康复大厅，床位 50 张。2018 年度开始筹建巴中市巴州区医养结合试点医院。拥有先进的全自动生化分析仪、DR、彩超、颈腰椎牵引床、康复理疗仪、心电监护仪、动态血压监测仪、动态心电监测仪、救护车等多种医疗设备。开设有内、外、妇、儿、中医等常规科室，重点建成了中医骨伤科、中医康复理疗科、现代康复科、老年病科等科室。现有职工 38 人，其中专技人员 36 人，大专及以上文凭 21 人，高级职称 1 人，中级职称 7 人，初级职称 21 人，全科医师 6 人，执业护师（士）11 人，专（兼）职公共卫生人员 4 人，检验士 1 人，工勤人员 1 人。平梁中心卫生院党支部 2013 年 6 月被巴中市巴州区卫生局党委授予“先进基层党组织”，2014 年 6 月被巴中市巴州区卫生局党委授予“基层服务型党组织”，2020 年 7 月被平梁镇党委授予“先进基层党组织”称号。平梁中心卫生院 2015 年 1 月被巴中市巴州区卫生局授予“全区 2014 年度妇幼卫生工作先进集体”称号，2018 年 3 月获得“2017 年度全区卫生健康宣传科教工作先进单位”“巴州区 2017 年度妇幼卫生计生工作先进单位”，2019 年 8 月获得“巴州区 2018 年度儿童营养改善项目工作先进集体”，2020 年 1 月 17 日获得国家卫生健康委“优质服务基层行”，2020 年 3 月获得“巴州区 2019 年度妇幼卫生工作先进单位”等殊荣。

2020 年 7 月 1 日，四川省巴中市巴州区平梁镇举行了庆祝建党 99 周年暨“七一”表彰大会。大会上，平梁中心卫生院党支部被表彰为“先进基层党组织”，医院陈定干、刘军兵、杨朝东、叶玲、辜天军 5 名共产党员被评为“优秀共产党员”。初心不改，使命不移，今年以来，平梁中心卫生院一手抓疫情防控，一手抓发展，取得了良好的成效，支部全体党员以实际行动践行了入党时的庄严誓言，为平梁百姓健康保驾护航，为平梁脱贫奔康添砖加瓦。区域医共体试点一年来，探索了有益的经验，为全区医共体建设作出了表率。

举全力，抓好疫情防控

“在这场特殊的战役中，一名党员就是一面旗帜，必须冲在前线，下到基层，守住辖区每一道疫情防线。”回想起前几个月的新冠肺炎疫情防控工作，院长陈定干感慨很多，今后疫情防控将成为常态化，每名党员时刻都要紧绷这根弦。

平梁卫生党支部全体党员干部职工牢记全心全意为人民卫生健康服务的宗旨。疫情期间，平梁卫生党支部的党员干部职工冲在疫情一线，火车站、高速路口、医院、村卫生站、居民家中、田间地头随处可见白衣卫士的身影，医生、护士、村医不分昼夜，“二盯一”、测体温、设卡点、转诊发热病人，随处可见医院党员先锋队、党员先锋岗，同辖区广大党员干部一道，为平梁疫情防控尽平梁卫生人的绵薄之力。

“今天，我们授予平梁卫生党支部‘先进基层党组织’称号，当之无愧。平梁中心卫生院带领广大党员干部在这次疫情防控中，守好了辖区防疫大门，保障了群众身心健康。”“七一”表彰大会上，平梁镇党委书记李小河说。

出实招，抓好医院发展

为全面落实“健康巴州”建设，加快巴州区基层医疗机构卫生健康工作转型和发展，平梁中心卫生院在区委、区政府、区卫健局党组的周密部署下，巴州区平梁片区区域医共体于 2019 年 5 月 10 日在平梁镇青山卫生院挂牌成立。2020 年 1 月 17 日，全国基层卫生健康工作会在北京召开，平梁中心卫生院被表彰为 2019 年度“优质服务基层行”单位。

平梁卫生党支部下设 4 个党小组，分别为平梁中心卫生院党小组、青山卫生院党小组、福星卫生院党小组、东兴卫生院党小组。医共体建设一年以来，平梁辖区各卫生院业务得到大力发展，院容院貌得到改善，村民就医得到实惠。

抓管理，带队伍。医院成立了平梁片区区域医共体管理委员会，委员会采用平梁中心卫生院的管理模式，解决医共体工作中出现的问题。医共体班子精诚合作，齐抓共管，不定期召开会议，重点抓人员培训、岗位设置、医疗质量、医疗安全、公共卫生、乡村医生管理。

抓培训，派精兵。在创建之初，安排青山分院各科室人员到中心卫生院学习，医院安排一名中层业务骨干任青山业务副院长，负

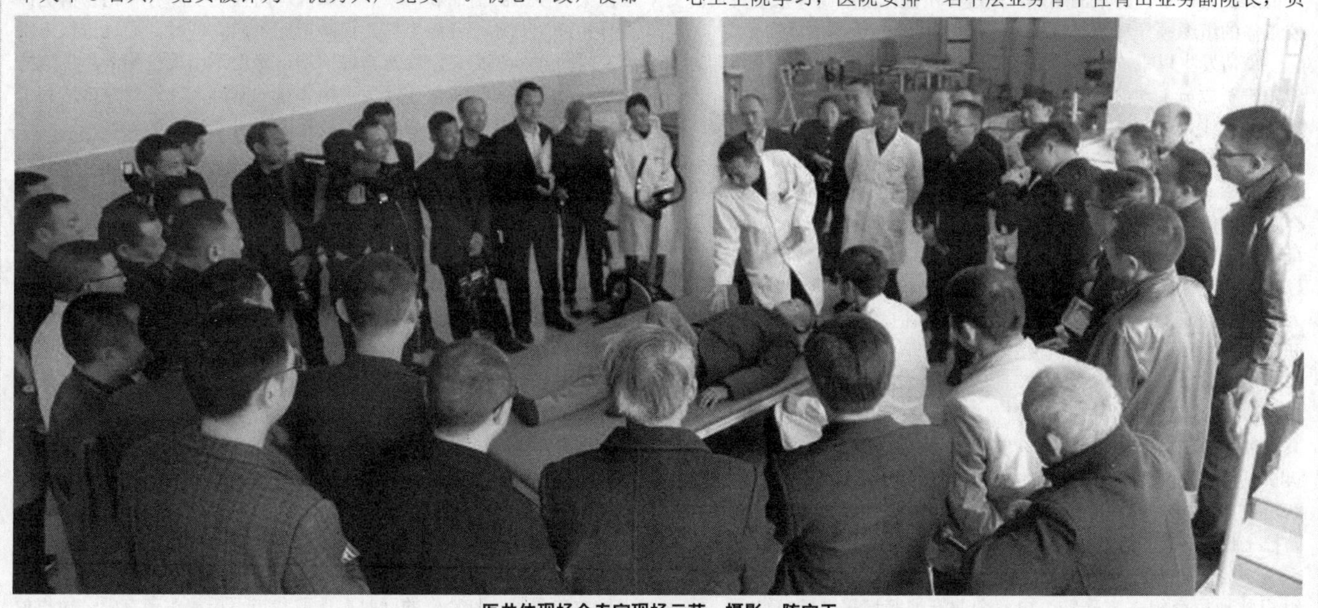

医共体现场会专家现场示范 摄影：陈定干

责医疗业务管理，派业务骨干逢场天到分院上班。班子成员及相关科室人员不定期培训指导分院相关业务，形式多样化，通过远程、QQ、电话、微信等方式予以指导。

抓作风，出活力。医共体建立以来，医院党委班子通过多次召开会议、时常考勤、突击查岗等多种手段，狠抓作风建设，严格值班值守，狠抓医疗安全，辖区各卫生院医德医风、院容院貌、医务人员及乡村医生的工作作风发生根本性改变，得到广大居民称赞。

作者：罗金成、叶玲

河南省开封市商务局

全力以赴战疫情 勇于担当促发展

新冠肺炎疫情发生以来，河南省开封市商务局在市委、市政府的坚强领导下，认真落实党中央、国务院的重要指示精神和省委、省政府、省商务厅工作部署，按照市委、市政府、市新冠肺炎疫情防控指挥部的工作安排，把市场保供稳价工作作为首要政治任务，深入贯彻落实复工复产的工作要求，开拓创新招商引资新模式，实现了疫情防控期间全市市场供应平稳有序运行、复工复产有序深入推进和招商引资新突破的显著成效。

在新冠肺炎疫情防控期间，从义无反顾冲向保供稳价的第一线，到昼夜不分奋战在复工复产战线，从不忘初心创新招商引资新手段，到牢记使命落实精准扶贫新举措，每一个场景，都有开封商务人的身影；每一项工作，都彰显着开封商务人的使命担当。

疫情防控，诠释商务担当

疫情就是命令，防控就是责任。

2020 年 1 月 23 日，开封市商务局印发《关于做好全市商务领域新型冠状病毒感染的肺炎疫情应对工作的紧急通知》，要求全市商务部门把做好商务领域新冠肺炎疫情应对工作作为当前一项重要任务来抓；

1 月 24 日，印发《关于新型冠状病毒感染的肺炎疫情防控工作应急方案的通知》，制订了针对性的疫情防控工作应急方案；

1 月 27 日，印发《关于做好全市新型冠状病毒感染的肺炎疫情防控期间生活必需品市场稳价保供的紧急通知》，积极应对和做好全市疫情防控期间的生活必需品市场保供稳价工作，维护社会秩序稳定；

1 月 29 日，印发了《全市商贸领域新型冠状病毒感染的肺炎疫情防控工作总体方案的通知》，进一步强化全市商务系统疫情防控工作的组织领导和统筹协调……

疫情发生以来，开封市商务局全局总动员，该局主要负责同志带领班子成员主动深入基层，全体党员干部停止休假返岗，坚守疫情防控一线。

在做好疫情防控和物资供应两手抓的工作中，开封市商务系统多措并举，狠抓行业场所防疫监管。通过成立综合协调保障组、综合监测保供信息组、综合督导检查组，每天不间断对市内大型商超、星级以下宾馆、饭店、大型农贸市场等重点场所的疫情防控进行督导检查；在全市各县区设立 25 个定点宾馆（其中兰考县 15 个），为湖北、武汉籍及外地滞留我市人员提供住宿；指导酒店宾馆暂停开展一切群体聚餐活动，积极采取推迟订单、送餐上门或暂停营业等措施，减少人员聚集带来的不利防控因素；认真落实“日督导、日报告、零报告”制度，指导大型商超、农批市场等商贸流通场所共同做好疫情防控工作，组织“三外”企业做好疫情防控工作；在火车站、宋城路站、开封北站安排值班人员，该局驻村扶贫工作队队员深入杞县高阳镇王桥村驻村帮扶，指导帮助村民全面做好疫情防控工作。

防控需要物资，物资亟须调配。开封市商务局提早谋划，通过组织驻地招商组多方采购、电商企业开展跨境采购防疫物资，为全市 86 家企事业单位联系签订口罩采购合同 880 余万只、测温仪 2000 台。其中，通过佛山康菲特医药、汴欧跨境电商平台、深圳跨境电商协会等途径采购到一次性医用 KF94 口罩 10 万只、N95 口罩 1.24 万只、一次性医用口罩 100 万只，订购美国杜邦防护服 1 万套，极大缓解了全市疫情防控物资需求的紧张状况。

保供稳价，彰显商务作为

手有余粮，心中不慌；供应有序，百姓安居。

疫情发生之后，按照省市工作部署和要求，开封市商务局迅速行动、研判形势、制订方案、全局动员，第一时间深入商超、农批市场，紧盯群众的“菜篮子”和“米袋子”，收集疫情防控期间供销信息，全力部署落实市场保供稳价工作。

通过建立政企联动机制，与各商贸流通企业和生活必需品供销企业建立市场保供工作联系制度，协调解决企业在用工、采购、物流、配送、销售等方面存在的问题。为畅通生活必需品运输渠道，通过省商务厅积极争取 50 张 B 证通行证，和市交通局积极协调为全市大型商超印制应急物资通行证 60 张、市内通行证 C 证 100 张，后期又印制普通通行证 500 余张，全部发放给有关企业，共发放各类通行证 700 余张，累计运送各类生活必需品 3 万多吨，切实确保了供销渠道畅通、货源充足、价格稳定、市民安心。

通过创新督导检查机制，成立了由副县级干部带队的工作组，每天进驻各大商场、超市和农批市场，检查指导疫情防控和生活必需品保供措施落实情况，确保企业生活必需品不断档、不断供，严禁囤货居奇、哄抬物价，切实维护市场秩序。

通过建立监测协调机制，全面掌握重点企业及大型商超米面油、肉蛋菜等生活必需品和口罩、消毒液等防控物资库存和销售情况，指导帮助企业加强货源组织，保障市场供应。同时，通过日报告制度及时公布供销信息，稳定市民情绪，确保不出现抢购潮。疫情防控期间，在保障进货量连续大于销售量的基础上，开封全市达到了价格稳中略降、市民放心满意的效果。

调整全市农产品产销对接机制，及时发布产销信息，实施农超对接。为做好生活必需品市场保供稳价工作，开封市商务局及时建立由三毛、永辉、大润发、丹尼斯、鲜风等各大商超、农批市场、电商企业等蔬菜采购商和全市蔬菜种植基地、农民专业合作社和大型冷库参与的蔬菜供应平台。通过高效的产销对接渠道，减少中间环节，降低流通费用，为疫情防控期间我市蔬菜保供稳价发挥了重要作用。截至 3 月 22 日，全市农批市场、农贸市场共有 2124 家商户开业，开业商户占商户总数的 80%，日交易量 2416 吨，全市米、面、油、蔬菜等生活必需品货源充足、价格稳定，市场供应情况良好、无异常波动。

除此之外，开封市商务局通过做好药店防疫商品稳价供应，保障民生医疗物资的供应。选取开封市百氏康大药房、开封仲景堂和乐仁堂总店 3 家定点零售药店作为疫情防控医疗用品监测点，对相关医药卫生用品供应情况及价格波动情况加强监测和供应督导。在省投放口罩等防疫物资的同时，选取我市百氏康医药有限公司投放

50万只一次性医用口罩，缓解了口罩防疫供应短缺情况，促进了防疫物资市场供应秩序稳定。

招商引资，展现商务智慧

疫情防控限流动，招商引资靠活动。在严抓疫情防控工作的同时，创新方式积极推进招商引资工作，不仅需要非常的责任担当，更需要超常政策智慧。面对严峻的疫情防控形势，开封市商务局一面以疫情防控为突破，一面以政策创新打基础。

在疫情防控急需的口罩等防护用品上，开封市商务局对外抓紧采购、对内推动生产。截至目前，通过招商引资新投建一次性医用口罩生产项目6个，分别是设计日产能10万只民用口罩的开封汴康医疗器械有限公司、设计日产能25万只一次性医用口罩的开封市安和医疗器械有限公司、设计日产能为1.5万只民用口罩（N95）的河南优迈思健康科技有限公司、由开封制药（集团）有限公司转产设计日产能80万只的开封谊康医疗器械有限公司、设计日产能20万只一次性医用口罩的佛山康菲特医疗保健用品有限公司开封分公司以及日产15万只一次性医用口罩的河南凯昌服装有限公司项目。

在政策创新中，印发《关于进一步明确县域主导产业梳理报送产业链招商图谱的通知》，要求各县区明确1—2个主导产业，围绕主导产业梳理产业链招商图谱，实现精准产业招商。同时，创新招商方式积极主动作为，快速启动“线上招商”活动，确保招商引资工作不打烊。

疫情防控期间，开封市商务局先后与香港荔园集团、韩国大韩贸易投资振兴公社、广东河南开封商会、北京开封企业商会等客商利用电话、微信、邮件等形式推介开封投资项目。截至目前，全市共征集拟网上集中签约项目41个，投资总额223.85亿元。其中，10亿元以上项目6个，投资额131亿元；5亿—10亿元项目7个，投资额53.9亿元；1亿—5亿元项目20个，投资额35.8亿元；1亿元以下项目8个，总投资3.15亿元。如总投资20亿元的炭素新材料产业园项目、总投资20亿元的毛纺厂片区商住开发项目、总投资15亿元的世合建材物联网新零售展示中心项目、总投资15亿元的智慧冷链物流园项目。此次签约项目中，针对疫情引进一次性口罩生产项目6个、消杀洗涤剂类项目1个，总投资2.2亿元，随着这些疫情防控物资生产项目的建设投产，全市的疫情防控物资供应将得到切实有效保障。

招商引资有效果，还要在落实上要效率。作为全市双招双引的重要成果之一，全国藜麦项目示范基地在2月底我市疫情防控逐步好转的时刻，落地祥符区半坡店乡省级龙头扶贫企业——木易牧业有限公司牧场。与此同时，开封市商务局积极作为，多措并举指导外资外贸企业复工复产，确保招得来、能开工、见成效。

复工复产，贡献商务力量

截至2020年3月23日15时，全市规模以上商贸流通企业已复工300家，复工率90%，企业复产人数10841人，复产率86%；正常经营有进出口业绩的外贸企业已经复工272家，复工率87.1%；正常经营的外资企业、外经企业已经全部复工，复工率100%。

抗疫保供是底线，促进发展显初心。

为切实做好商贸流通企业复工复产工作，开封市商务局多措并举、统筹推进。按照省、市复工复产工作部署和要求，结合开封实际，出台《开封市商贸流通企业复工复业方案》《关于做好商贸流通企业复工复产的通知》和《开封市商务局关于贯彻落实〈开封市积极应对新冠肺炎疫情促进全市经济社会健康运行的二十条政策措施〉的实施意见》等文件，为复工复产企业做好服务指导；强化组织领导，市县两级商务部门成立了由主要领导任组长的商贸流通企业复工复产工作领导小组，建立例会和定期研判制度，确保全市商贸流通企业复工复产有序推进；成立服务专班，加强对全市商贸流通企业复工复产工作的跟踪指导服务，在达到复工复业条件、确保防疫安全基础上，指导企业应复尽复；建立反馈协同工作机制，加快引导服务企业员工返岗等。

在外贸企业复工复产工作中，前期进行充分摸底调研、宣传稳外贸利好政策，加大政策支持力度，将出口信用保险补贴政策写入开封应对疫情促进经济社会健康运行“二十条”，对企业投保出口信保缴纳的保费，依据省厅支持金额，给予同等数额的支持，降低企业投保门槛，为企业收汇提供保障，同时为企业出具新冠肺炎疫情不可抗力事实性证明，协调解决企业复工复产实际困难。

对于外资企业复工复产，先后出台《致全市外经贸流通企业的一封倡议书》《关于积极应对新冠肺炎疫情加强外资外贸企业服务和招商引资工作的通知》等文件和措施，号召全市外经贸企业在做好疫情防控的同时做好线上招商与贸易工作，做到疫情防控与招商引资两不误，稳定利用外资工作开展。

与此同时，将疫情防控期间商务部、省政府、商务厅和市政府、开封市商务局出台的一系列支持企业复工复产和加快发展的支持政策汇编成册，发放给外贸、外资、外经、电商和大型商超、农批市场等商贸流通企业，积极做好政策宣传和发展服务指导工作，确保把政策用足、用好、用活，支持商贸企业复工复产、加快发展。

广东省阳江市市场监督管理局

众志成城抗疫情保民生促发展

链接：十八大以来，阳江市市场监督管理局荣获广东省文明单位，被授予“阳江市脱贫攻坚突出贡献集体”荣誉称号，登记注册窗口被评为“阳江市文明窗口”，下属海陵分局被评为全国市场监管系统先进集体和第五届广东省“人民满意的公务员集体”，下属高新分局登记注册窗口荣获“广东省巾帼文明岗”称号。该局1名同志荣获“广东省五一劳动奖章”，1名同志被评为“广东省三八红旗手”；该局主要负责人2020年被评为“阳江市优秀工会之友”，下属登记许可注册分局荣获“阳江市先进职工小家”“阳江市先进集体”称号。

2019年底2020年初，新冠肺炎疫情突然暴发，严重威胁着人民群众的身体健康和生命安全。阳江市市场监督管理局干部职工放弃春节假期，在疫情汹涌的时刻逆行而上，多方奔走寻找货源，引导企业转产扩产，满足市民群众对口罩等防护物资的需求。

他们不畏危险，哪里人多就赶往哪里，哪里有违法经营就出现在哪里，到商场超市、医院药店、农贸市场、餐馆酒店执法检查，坚守市场监管一线。

他们走基层、入企业、进校园，提供计量检定服务，开辟商事登记“绿色通道”，统筹、协调、调拨防护物资，为复工复产复学保驾护航。

疫情当前，民生为先，市场稳则人心稳。阳江市场监管人始终冲锋在前，上下一心抓监管、稳物价、保供应、护民生、助复工，

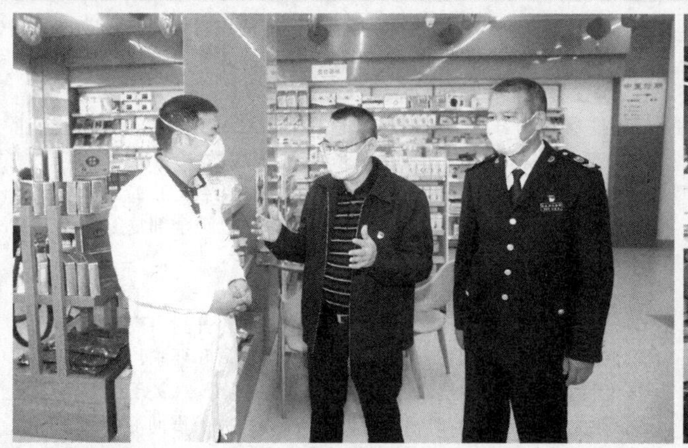

左图为党组书记、局长李仕鹏（中）带队到药店检查医用口罩、消毒药剂和防护类药品质量、供应和价格变动情况；右图为李仕鹏带队到农贸市场，检查市场开办者和经营者履行主体责任情况，了解全市食品供应和物价情况　摄影：李孟鸥

全力做好市场监管领域各项疫情防控工作，协力推进各行业安全有序复工复产，努力保障人民群众健康安全和社会经济健康发展。

早部署快行动，迅速打响疫情防控战

“疫情防控是一场战斗，更是一场考验，我们一定要讲政治、担责任，守纪律、勇作为，切实当好战‘疫’冲锋队，守好监管责任田，以实际行动诠释市场监管人的责任与担当。”疫情发生后，市市场监督管理局党组书记、局长李仕鹏深刻认识到防疫形势的严峻和肩负责任的重大，早早成立市市场监管领域防疫领导小组，制定应急工作预案，吹响战“疫”集结号。

在这期间，阳江市市场监督管理局争分夺秒、抢抓调度，先后部署开展了活禽和动物经营市场专项检查，建立农（集）贸市场全员挂点督导机制，召开疫情防控专题会议、防疫药械质量和价格约谈会，发布《价格提醒告诫书》《餐饮服务食品安全责任告知书》，成立野生动物市场监管、食品经营监管、餐饮监管、市场价格监管、药品医疗器械保障等八个专责小组，以一系列措施筑起市场监管领域疫情防线。

2020 年 1 月 23 日晚，全省启动一级响应。阳江市市场监督管理局迅速行动，紧急召开疫情防控领导工作小组会议，对防疫工作进行再动员、再部署、再推进。党组书记、局长李仕鹏带头取消春节休假，全系统实行 24 小时值班值守，全员下沉到市场监管第一线、生产供应大后方，全面落实各项防疫措施，切实做好物资保障工作，严管严控野生动物违法交易和哄抬物价行为。

短短的几天“春节假期”，该局先后召开了 4 次领导工作小组会议，下发了 7 份疫情防控相关文件，一项又一项防疫措施连夜出台，为打赢市场监管领域疫情防控阻击战夯实了坚实基础。

破常规反常态，硬核管控源头卫生风险

从源头上管控重大公共卫生风险是遏制疫情扩散蔓延势头的一大关键。为阻断可能存在的传染源和传播途径，阳江市市场监督管理局把管控野生动物违法交易作为防疫工作的重中之重，开展野生动物市场专项整治行动。

局领导带头率队到各县（市、区），特别是城乡接合部和偏远乡镇等监管薄弱地区，明察暗访野生动物交易情况，现场查办违法行为。针对餐饮服务单位经营特点，组织执法人员“5+2”“白加黑”开展突击检查和“回头看”，全面禁食野生动物，在全市营造高压态势。

“要戴口罩、手套屠宰。”“要及时清理屠宰垃圾。”“要注意场所清洗消毒。”……各科室、干部一一挂点农贸市场，实行市局、分局、基层所三级联动和驻场督导机制，每天督促活禽交易市场开办方严格执行活禽产品市场准入制度和“1110”制度，开展活禽经营摊档“夜巡”工作，逐户督促落实收市“零存栏”规定。同时在家禽经营限制区内实行家禽“集中屠宰、冷链配送、生鲜上市”，逐一签订《禽类、畜类经营主体防控承诺书》，确保活禽产品来源可溯、去向可追。

一系列破常规、反常态的“硬核”管控下，阳江市市场监督管理局有力防范化解市场监管领域重大公共卫生风险。防疫期间，共检查活禽经营市场 12080 个次、活禽经营者 98672 户次、餐馆酒店 37842 家次，立案查处违法行为 15 宗，整改落实问题 220 个。

保供应稳物价，积极解决群众所需所盼

疫情防控初期，市场上一罩难求。为稳民心，大年三十晚，阳江市市场监督管理局紧急部署，由分管副局长关勇强带队火速前往阳江唯一一家防护用品生产企业——阳西县金宇星防护用品制造有限公司，组织 30 万只防护口罩，连夜调配至各县（市、区）。随后开通绿色通道，完成该公司医疗器械备案工作，推动提前复工、扩大产能，并出台全省首个《鼓励企业采购口罩若干意见》，为防疫初期提供了宝贵的物资保障。

为避免群众排队购买引发交叉感染风险，该局与阳江大参林连锁药店有限公司推出网上口罩预约服务，会同阳江电信、阳江邮政重建并不断完善预约系统，将抢购时间由每天早上调整为晚上，由拼手速、网速变为预约登记、公开摇号，新增线上支付、邮政快递、网点自提等系列支付提取方式，尽最大努力满足群众需求，共预约发放口罩 451 万只，受到市民群众广泛好评。

解决口罩短缺问题，关键在于扩大本地供给。阳江市市场监督管理局积极发动和指导广东一片天医药集团、阳江市金彭制衣发展有限公司等本地企业转产、生产防护口罩。如今，全市共有 16 家企业先后转产、扩产防护口罩，日产量由早期的 4 万只飙升至百万只。

在保供应的同时，该局大力加强市场价格监管，召开防疫医药用品提醒告诫会，广泛发布《价格提醒告诫书》，畅通投诉举报渠道。截至目前，共受理价格投诉举报 848 件，立案查处价格违法案件 108 宗，其中 2 宗案例被列入全省疫情期间价格违法典型案例。

当前哨做勤务，多措防范疫情扩散传播

疫情发生以来，阳江市场监管人肩负重担，尽职尽责当好市场监管的“铁卫士”，又积极做好疫情防控的“前哨兵”和“勤务员”。

利用监管网络资源覆盖优势，特别是注重发挥餐馆酒店、农贸市场、零售药店等重点场所的探头作用，阳江市市场监督管理局加强对疫情的早期监测和线索摸排，及时发现、阻断疫情扩散蔓延，要求确需营业的各大、中型餐馆落实防控措施，农贸市场落实围闭和体温检测措施，并在全市药品零售药店实施疫情防控期间购买发热咳嗽药品登记报告制度。截至目前，共监测发现发热人员 359 人，上报疫情线索 340 条，为全市防疫工作提供了监测支持。

值得一提的是，该局在全市范围开展疫情防控体温计免费检定校准工作，对不能及时送检的高速公路出口卡点、地方公路卡点、集贸市场、大型超市、住宅小区、大型政府机构等人流密集重点监控场所的红外体温计，提供现场比对修正服务，同时加强公共场所电梯卫生安全管理，切实防止电梯等相对密闭场所成为病毒传播新渠道。

据统计，全市共检定校准红外体温计 6122 个，其中检定校准学校（幼儿园）使用红外体温计 5246 个，为高速路口卡点等场所的 107 支红外体温计进行了现场修正，确保全市通行、准入体温检测数据准确，为阳江市打赢疫情防控阻击战提供坚实的计量技术保障。

给政策优服务，全力支持复工复产复学

疫情防控事关大局，复工复产关乎生计。随着疫情防控形势不断向好，支持企业和个体工商户复工复产、加快恢复生产生活秩序，成为了当务之急。

阳江市市场监督管理局迅速行动，积极作为，于 2 月 19 日、2 月 23 日先后发布餐饮服务行业有序复业通告和工作指引，提炼九步法，指导餐饮服务经营者落实防控措施、履行防疫责任，在全省范围较早开放堂食，支持企业开展无接触送餐和外带、外送业务，稳步推进全市餐饮行业安全有序复业，最大限度保障企业正常经营和群众健康安全。

同时，阳江市市场监督管理局成立推进复工复产工作指导组，出台支持企业复工复产 16 项措施和支持个体工商户复工复产 20 项意见，联合相关部门，对便利登记审批、用工对接、减税降费、融资支持等个体工商户复工复产优惠政策进行宣讲和解读，帮助个体工商户用足用好各项政策。

据统计，截至 2020 年 5 月 26 日，阳江市实有各类市场主体 158754 户，比 3 月底增长 0.71%。4-5 月全市新登记各类市场主体 5314 户，月均登记 2657 户，与第一季度月均登记 1970 户相比，增幅达 35%。这表明在阳江市新冠肺炎防控取得重大成效、疫情零增长后 105 天，阳江市市场主体活跃度大幅提升。

为保障复学期间学生就餐安全，该局联合有关部门印发了《关于开展阳江市 2020 年学校校园及周边食品安全专项检查工作的通知》和《关于加强 2020 年春季学校食品安全监管工作的通知》，加强对学校食堂食品安全及防控工作落实情况的监督检查，联合“南方+”开展“你点我查”走进校园的现场检查直播行动，向广大市民实时直播学校食堂检查情况，有力保障校园食堂就餐安全。

截至目前，全市大型餐馆复业率达 88%、医疗、药品、食品等行业企业和个体工商户复产复工率均超过 94%，农贸市场、大型商场超市全部正常经营，复学校园食堂检查全覆盖。

广西南宁市青秀区南湖街道凤翔社区

抗疫一线展担当

凤翔社区工作人员到小区张贴预防新冠肺炎疫情宣传资料　摄影：陈锋华

自新冠肺炎疫情暴发以来，全国上下紧急动员开展防疫工作，作为城市社会治理的最基本构成单元，社区成为阻击疫情的重要“战场”。南宁市青秀区南湖街道凤翔社区管辖人口接近 4 万人，辖区内有小区 23 个、单位 13 个及企业 3 千多家。面对复杂的疫情防控形势，自 2020 年 1 月 24 日起，社区工作人员放弃节假日休息，日夜坚守岗位，多措并举，筑起疫情防控的坚强战斗堡垒。

网格化管理让疫情防控“无盲区”

凤翔社区地处南宁市人流密集商业区，辖区人口流动性大，外来人口数量多，给社区防疫工作带来了不少压力。疫情防控期间，凤翔社区以“大数据＋网格化”的管理模式，联合社区民警、物业管理工作人员、卫生服务站医务人员一起，借助公安大数据系统，逐个小区逐户进行地毯式排查，精准摸排从疫区和重点地区返邕人员以及与确诊病例有密切接触史人员，登记造册，确保“不漏一户、不漏一人”。

据凤翔社区党委书记、居委会主任雷新颖介绍，凤翔社区共划分为 5 个网格，每个网格配备 1 名党员和 1 名工作人员，分别管理 2360 多户人家，约 7000 多人口。网格员每天从早到晚与所属小区物业一起，实施动态巡查，实行封闭式管理，严格落实进出门登记备案、体温检测制度，尽可能有效切断疫情扩散蔓延渠道。

构筑群防群治的严密防线

凤翔社区多措并举在辖区内广泛开展各类防疫工作，提升公众对疫情发展和防控的重视程度，推动全民防疫意识深入人心，构筑起群防群治的严密防线。

春节期间，有 8 个外地人拖着大件行李住进了永凯春晖花园，居民误以为他们是从疫区来的，要求社区上门排查，但没有说明房号。雷新颖去了该小区两次，敲了无数家的门，终于找到这 8 个人，了解到他们不是来自疫区。随后，她通过电话跟居民解释，大家紧张的情绪才缓解下来。

2 月 17 日，凤翔社区接到辖区某药店反馈，有一名外地男子到药店买药，问店员能不能刷外地医保卡，店员回答说不能刷后，男子离开了药店。店员当即将情况告知社区网格员，通过监控截图进行比对，发现买药男子走进附近某小区。为准确核查可疑信息，雷新颖第一时间赶到该小区物业监控室查看监控记录。通过监控视频信息锁定该男子的房号后，雷新颖便和小区物业主管上门对其进行详细的了解和信息登记，并要求其做好居家隔离。

让重点居家隔离人员享受贴心服务

做好社区重点人员居家服务工作是社区疫情防控的一项重要工作。面对疫情，“90 后”黄星瑞主动承担重任，为居家医学观察人员提供“跑腿”服务。他每天进出管辖的小区数十次，走访到户，排查登记小区住户人员相关信息，发放疫情宣传材料，还经常帮助居家隔离观察人员倒垃圾、送生活必需品。

1 月 24 日，一辆挂有疫区牌照的小汽车驶入某小区，居民和物业立即向凤翔社区反映。雷新颖立即与凤岭派出所联系，查明车主信息，可拨打其手机号时对方却是关机状态。雷新颖随后协调派出所和物业调取了监控，得知疫区来的魏先生一家五口人已入住该小区一民宿。雷新颖和派出所民警即刻上门了解情况，并要求他们做好居家隔离。隔离期间，雷新颖和其他社区工作人员为魏先生消毒住所，帮他们送食物和生活用品。当知道他上初中的儿子上网课

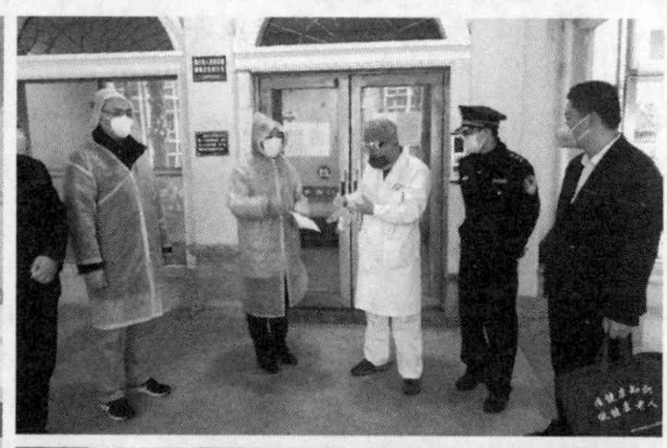

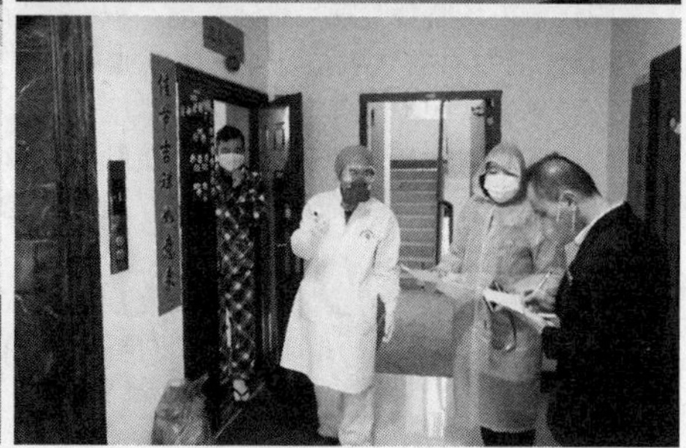

左图为社区工作人员指导商铺店员使用扫码抗疫情小程序　摄影：黄岳珍；右上图为社区工作人员、民警、卫生服务站工作人员为入户排查做准备工作　摄影：韦杏梅；右下图为到小区登记排查重点人员　摄影：韦杏梅

需要打印学习资料，他父母每天服用的慢性病药快用完后，雷新颖又安排工作人员帮他们送资料和药物。

身为大学教授的魏先生很受感动，隔离期结束后，他在返鄂前写下了一封感谢信《疫情战中最可爱的人》，信中说道："始料不及的疫情让我们一家人滞留南宁。雷书记找到我们后，询问了我们的行程，为我们测量体温，讲解防疫政策。隔离期间，雷书记和社区工作人员给了我们无微不至的关怀，让我们在异乡感受到了春天般的温暖。"

发挥基层党组织战斗堡垒作用战疫情

疫情防控期间，凤翔社区党委充分发挥基层党组织战斗堡垒作用，积极组织辖区怡佳花园成立了临时党支部，由业委会主任担任临时党支部书记，社区党员、派出所民警、小区党员志愿者、物业党员工作者30余人加入临时党支部，共同为小区居民开展服务工作，以党建引领有力地推进了疫情防控工作的开展。

凤翔社区党员积极行动支持疫情防控工作。社区老党员——69岁的何女士义务为进入小区的居民测量体温，每天在小区门口一站就是几个小时。曾有留学经历的小陶得知社区需要疫情防控英语翻译志愿者时，立即报了名。春节期间，小陶和社区网格员一起挨家挨户排查外籍人士的家，利用英语口语流利的优势，协助外籍人士与网格员进行沟通，了解他们是否需要帮助。另外，凤翔社区党员积极自愿捐款，以实际行动支持疫情防控工作，截至3月2日，已有113名党员累计捐款10449元。

社区工作人员的齐心协力，感动了辖区群众。在得知社区面临防疫物资短缺的现实问题后，辖区众多爱心企业、爱心人士纷纷伸出援手，有的利用自有平台为社区居民推送10000多条防疫短信，有的免费给社区提供"零接触"登记系统，有的给社区捐赠口罩、酒精、消毒水、护目镜和方便食品等物资，为疫情防控汇聚爱的力量。

云南德宏边境管理支队

决战国门边境

德宏边境管理支队广大民辅警听党指挥、守边担责，坚守岗位、严防死守，持续深入开展严防境外疫情输入人民战争、阻击战、总体战，在祖国西南边陲筑起一道坚固防线。

五位一体，合力强边固防

"紧紧依靠人民群众！"新冠肺炎疫情暴发初期，习近平总书记就以言简意赅的八个字，道出了疫情防控的关键。

德宏边境无天然屏障，多以竹篱、村道、水沟、土埂为界，非法便道、渡口、小路众多，边境管控任务繁重艰巨。随着境外新冠肺炎疫情扩散蔓延，能不能守住边境，实现"零输入、零感染、零传播"总目标，成为支队党委和全体民辅警的头等大事。

"这是历史和人民交给我们的光荣艰巨任务，边境是否守得住，直接关系到全国战'疫'的最后胜利！"时间进入2020年3月，支队党委第一时间启动一级勤务，向全体民辅警及家属发出了严防境外疫情输入决战动员令。

支队党委先后7次向州委、州政府汇报请战，主要领导12次列席州委常委会、政府专题会议，联合涉边部门20余次深入边境一线踏查走访、调研督战，全州各级各部门分别建立"一县一策、一乡一策、一村一策"和边境线"一段一策"的段长、片长、路长管控机制，搭建了集"指挥调度、日常办公、视频会议、信息发布、一线监控、综合研判"等功能于一体的党政军警民五位一体防控平台，形成"党委政府统领指挥、军警民合力群防群治、分类分区分段封控、国际合作联防联控"的工作格局。

"大家的防护装备和安全措施是否到位、人员是否24小时坚守、还有没有管控死角盲区？"支队党委始终坚持问题导向和底线思维，建立"支队、大队、所（站、队）"三级视频巡查中心，24小时对边境一线进行无缝巡查，派出由党委委员带队的工作组和选派机关工作人员蹲点基层一线，推行派出纪检督查专员常态化开展疫情防控督导，一项项管用实用的防控举措在边境一线落地生根。

召开防范境外疫情输入誓师动员大会 摄影：龚建新

立体防控，筑牢坚固防线

“我自愿战斗在疫情防控第一线，以疫情为命令，以防控为责任，坚守初心，勇担使命，恪尽职守，冲锋在前……”4月15日，德宏边境管理支队首支“应急快反队”60余名队员授旗出征边境疫情防控一线。

为建立精准高效的指挥体系，支队联合公安、卫健、交通等部门设立了81个边境一线执勤点、37个辖区治安查控点、11个二线双向查缉点、11个流动查缉点和32支巡逻防控队，调整280名应急力量随时准备支援一线，全面筑牢“抵边查缉、二线拦截、辖区管控”三道防线，确保实现“全员、全方位、全链条”精准防控、闭环管控。

“我们每天组织护边员、村社队干依托新建抵边警务室，开展边境巡逻管控，实现了边境一线巡逻、管控、防范常态化！”瑞丽边境管理大队姐相边境派出所教导员胡文武介绍。

疫情不分种族，防控没有国界。针对辖区部分外籍务工人员看不懂汉字、听不懂汉语等情况，姐相边境派出所联合卫健部门、工业园区和乡镇政府，精选4名缅语、傣语翻译人员组建“胞波防疫队”，深入外籍务工人员宿舍、厂区开展防疫知识宣传，发放双语防疫宣传资料；引导缅籍工人不走亲访友、不出门，出门戴口罩，出现发热、咳嗽等及时报告。

同时，支队充分发挥群防群治作用，在边境辖区部署开展了“村寨守护、同心同行”行动，按照一个社区（村寨）1名民警、1名村社干、1名群防队员、多名群众的模式组建了105个疫情防控工作队，在边境一线便道、小路和入村道路口设立执勤点，形成了村村是哨所、户户是堡垒、人人是哨兵的边境群防群控格局。

从严打击，整治跨境违法犯罪

面对边境一线少数不法分子搭建非法便桥、当“黑摆渡”、界河非法采沙、充当违法分子千里眼顺风耳等治理难点、痛点问题。支队党委迎难而上、果断出击，坚持疫情防控和边境治理两手抓，部署开展了打击整治跨境违法犯罪、“边境狩猎1、2号”专项行动和“法治宣传固边防”活动，建立完善疫情期间违法犯罪分子轨迹筛查、核酸检测、分流转运、讯问收押等工作规范，确保不让违法分子“潜在风险源”成为“移动传染源”。

为提高边境群众法律法规意识，支队联合州司法局、普法办深入开展了以普法宣传“六进”、建立普法教育实践基地为主的“法治宣传固边防”活动，在边境一线重点路段和非法便道、渡口等，分别安装了以打击偷越国边境、走私、贩毒、电信诈骗、赌博等为内容的宣传案例警示牌300余块，并公布了举报奖励措施和电话。

一块块宣传警示牌、一幅幅案例警示图、一个个举报奖励电话成为边境线上一道特殊的“风景线”。

“有两次，我看见有人想从小路出境，当看到宣传案例警示牌上一个个活生生的案例后，他们就回去了！”家住边境一线的瑞丽市姐相乡小等喊村民喊旺如是说。

支队突出联合整治，先后联合涉边部门清理整治界河12.8公里，收缴拆解船只56艘、拆除竹筏14个，采取挖断非法便道、设立拦阻墙拦阻桩等方式，对边境117条重点非法便道实现全面封堵，做到既严厉打击跨境违法犯罪，又有效阻断和防范境外疫情输入风险。

3月30日，支队和公安机关联合组成的拉相武装查缉点民警，在依法对一辆客运车进行重点检查时，当场从车上查获涉嫌偷越国边境的违法犯罪嫌疑人49人，经延伸侦办、多点收网，一举抓获蛇头5人，成功斩断一条内外通联的偷渡通道。

“报告指挥员，各抓捕小组已到达畹町边境一线指定位置！”“猎鼠行动开始！”2020年4月24日7时许，支队抽调百余名精干警力，在瑞丽市畹町边境一线开展“猎鼠”行动，先后抓获涉嫌组织、运送他人偷越国边境犯罪嫌疑人13人。

自开展疫情防控工作以来，支队全体民辅警日夜坚守在边境一线，先后走访摸排30余万人次，查堵、劝返重点地区人员2800余人；查获走私案件1800余起，案值9000余万元；破获毒品案件390余起，抓获犯罪嫌疑人430余人，缴获各类毒品1280余公斤；侦破组织运送他人偷越国边境案件130余起，抓获组织运送者80余人、偷渡人员500余人，在边境一线筑起一道坚固防线，以实际行动向党和人民交上了一份沉甸甸的答卷。

疫情期间，德宏边境管理、防控工作剪影。左图为巡逻边境线 摄影：肖林；右上图为向边境村寨少数民族群众宣传防疫措施 摄影：杨积嫒；右下图为开展空中巡防 摄影：张继军

山西省太原市城区农村信用合作联社

助力“六稳”“六保” 彰显“金融力量”

太原市城区农村信用合作联社党委书记、理事长薛保龙（前排左一）在山西九州世纪农副产品有限公司了解融资需求　摄影：尔帅

链接：太原市城区农村信用合作联社（以下简称太原市城区联社）是经中国银行业监督管理委员会山西监管局批准，以发起方式设立，实行民主管理，具有独立企业法人资格的地方性金融机构，于2008年11月正式挂牌开业，现有分支机构155个，共有在职员工2600余名。成立以来，太原市城区联社始终坚持为“三农”服务的根本宗旨，结合省会城市的地域特色，积极为太原市六城区的“三农”以及地方经济发展提供金融服务，有力地推进了农产品加工、经济种植及农村经济的迅猛发展，对促进太原市构建小康社会作出了积极贡献，实现了“百姓受益，政府满意，信用社盈利”的显著成效。多年来，太原市城区联社连续被山西省直机关精神文明建设委员会授予“文明和谐单位”“省直文明标兵单位”荣誉称号，被山西省信用企业协会等42家单位联合授予“山西省第四届信用示范企业”荣誉称号；被中国金融（专家）年会组织委员会等6家单位联合授予“2012中国城市金口碑服务银行”荣誉称号；被中国企业文化研究会授予“改革开放35周年企业文化竞争力优秀单位”，被中国企业联合会授予“服务中小企业先进单位”荣誉称号，被广大客户称之为一心一意为农民，实心实意为农业，全心全意为农村的最具社会责任感、最有发展潜力、最可信赖的现代金融企业。

2020年以来，山西省农信社太原市城区农村信用合作联社（以下简称太原市城区联社）始终筑牢防控疫情和支持复工复产的政治责任，助力“六稳”和“六保”，为在常态化疫情防控中全面推进复工复产、市场消费加快复苏、促进全市经济运行态势持续向好提供了有力的金融支撑。

多策并举，助力重点企业

重点企业是经济发展的“压舱石”，也是产业链中的龙头。龙头昂起来，才能带动产链条活起来。太原市城区联社严格落实省联社各项安排部署，推出了让利返息、调整结息方式、完善展期续贷、适度降低贷款利率、优化征信服务等差异化政策，对旅游、房地产、餐饮、交通运输等受疫情影响较大的行业制定针对性举措，应贷尽贷、应延尽延、应降尽降，最大限度地支持企业运转。

疫情期间，积极对接山西九州世纪农副产品有限公司、山西美特好连锁超市股份有限公司、山西九牛牧业股份有限公司、太原市裕吉经贸发展有限公司等企业，及时了解企业资金需求，确保重点企业“金融活水”不断流。

坚守本源，普惠小微经济

金融支持中小微企业就是保就业、保民生。太原市城区联社在关键时刻通过建立机制、创新产品、搭建平台、开通绿色通道等手段，积极对接山西智泽食品有限公司和太原市金大豆食品有限公司两家民营食品企业，了解生产经营现状、资金状况等，并向太原市金大豆食品有限公司发放贷款1800万元，为其开足马力复工增产、保障社会民生物资供应输送“金融力量”。该社还面向中小微企业及个体工商户推出了“复工贷”产品，全力帮助中小微企业、个体工商户恢复生产经营，第一时间为太原市罗塞塔石生物技术有限公司发放贷款200万元，支持企业加快生产，有效增强了太原市防疫供应能力。

为了不断激发市场主体的活力，太原市城区联社通过提升存量客户授信额度、新增客户放宽准入等措施，强化信贷支持力度。在全区“四大战役”和“六进全覆盖”工作的推动下，加大产品营销力度，研发并完善了融耀卡、便易贷、富民贷、个人住房贷款、商铺按揭贷款、个人经营贷款、农户联保贷款、商易贷、租金贷等各类信贷产品。截至6月末，支持小微企业贷款余额23.71亿元，较年初增加投放0.78亿元。

创新发展，丰富线上金融

疫情以来，太原市城区联社抓住传统业务向创新业务、线下业

太原市城区联社做实做细金融服务，纾解企业困难。左图为联社向太原市金大豆食品有限公司发放贷款1800万元　摄影：马彦伟；右图为在全省农信系统推出首家“视频营业厅”　摄影：单静

务向线上业务转型的契机，充分利用数字化金融技术，打造线上服务竞争优势。

疫情期间和复工复产中，该社着重推出包括手机银行、网上银行、微银行、“视频营业厅”“电子保函”“晋享生活”等线上金融服务，让用户实现足不出户即可完成理财购买、生活缴费、社保缴费、商城购物等。

在太原市政府组织的“活力太原、乐购晋阳”消费券投放活动中，太原市城区联社通过线上渠道发放300万元消费优惠券，助力太原市百货零售、家居建材、家用电器、餐饮住宿、商超便利、水果蔬菜等8类线下实体商家，促进消费回补、带动市场复苏。

该联社党委书记、理事长薛保龙表示，太原市城区联社将坚定信心、锐意进取，持续做实做细金融服务，加大重点领域信贷投放，纾解小微企业困难，助力“三农”消费扩容，不断畅通金融“活水”流向实体经济的渠道，促“六稳”、助“六保”，为山西在转型发展上率先蹚出一条新路来贡献农信力量。

作者：薛爱红

山西太原白鸽服装有限责任公司

党建引领抗击疫情　担当作为共克时艰

董事长秦敏坐镇抗击疫情防护口罩生产一线

链接：太原白鸽服装有限责任公司现任党委书记、董事长、总经理秦敏，女，1981年5月参加工作，高级政工师、会计师，中共党员。历任太原劳保用品公司业务员、干事、团总支书记、党办主任、机关支部书记，先锋劳保用品公司副总经理、超市经理等职，2007年调入太原白鸽服装责任有限公司任董事长助理，2009年起任现职。秦敏带领公司一班人坚持改革创新，发挥工匠精神，努力提升白鸽品牌知名度，带动企业发展，壮大公司实力，白鸽品牌获得山西省首批三晋老字号称号，白鸽服装获得了包括山西省优秀企业、太原市功勋企业、部级3A级诚信企业、优秀基层党组织、太原市三八红旗单位等称号。

2020年新春伊始，新冠肺炎疫情突如其来。一时间，疫情告急，物资告急。

面对来势汹汹的疫情，面对防护用品紧缺的状况，山西太原白鸽服装有限责任公司积极响应，迅速行动，在太原市委、市政府，太原市工信局的安排部署下，果断转产，承担疫情防护品生产任务。

疫情就是命令，命令就是责任。该公司在党委和董事会的统一指挥下，全体职工逆向而行，果断迎战，全力投入疫情防护紧急物资生产。从2020年1月28日接到任务，29日就开始试产并全面转产，一直到3月7日为止，历时40余天，跨越3个月，共生产防护口罩17.45万只、轻型防护帽980只，以实际行动驰援疫情防控一线，为抗疫贡献“白鸽力量”。

响应号召助力战“疫”，勇于担当“跨界”生产

战斗在接到任务的那一刻就已经打响。

恰逢庚子新春，在大年初四接到任务后，太原白鸽立即行动，一方面通知所有职工复岗生产，另一方面做好生产准备工作。

召之即来，来之能战，战之能胜。正月初五，太原白鸽员工主动放弃春节假期，返岗率90%以上，立即进入战斗状态，克服原材料工厂企业停产、物流车队停运等困难，加班加点生产防疫口罩。

虽然白鸽是山西省服装生产规模型企业，但转型做起口罩，却也算是“跨界”生产。时间紧、任务重，太原白鸽没有退缩。

经过公司生产部门的研究，发现口罩的工艺并不复杂，凭借着数十年工装、特种劳保服装、职业装生产经验和技术，尽管是第一次加工口罩，在拿到生产任务之后，一个小时之内职工们就全面掌握了新工艺。就这样，白鸽人加班加点、开足马力，把车间当战场，公司领导带头走进车间，与一线工人一起战斗，撸起袖子加油干，下定决心打赢这次疫情防控阻击战。

缝制、配料、修边、归类、整理，整个车间井然有序、忙而不乱，大家拧成一股劲儿，确保完成生产任务。“这段时间再苦再累都要咬紧牙关，多生产一件防疫物资，就多一个人得到保护，减少一份风险。”每天，董事长秦敏都会用这句话鼓励员工。

技术问题解决后，还有一大问题是职工们如何安全及时到岗。因为很多职工家在山西省外，再加上部分高速公路封闭等因素影响，短时间内一些职工无法按时返回到岗。为了尽早开工生产，公司安排车辆连夜将在山西省内的员工全部接回厂。

与此同时，太原白鸽还在第一时间成立疫情防控领导组，制定了疫情防控应急预案，争做企业抗击疫情排头兵；同时加强了厂区、小区安保工作，厂区、车间每日定时消毒。为了赶进度，加班人员下班时已经没有了公共交通工具，公司又安排车队，每天把职工安全送回家，董事长的车也成了公车。

从2020年1月28日复工起至3月6日，太原白鸽由公司领导牵头，各部门通力协作，车间精心组织，任务分工明确；技术质检严格把关，每一只口罩从生产源头到最后产品出厂，都严格把控，进行消毒及有关杀菌处理，经过包装以后最终出厂，确保质量与安全。每天加工制作口罩5000只，公司全员参与制作防疫情口罩。作为山西省首批疫情防护品生产企业，太原白鸽累计生产口罩17.45万只，全部交由政府部门统筹。“白鸽人”打响了山西疫情防控阻击战的“第一枪”。

党建引领凝心聚力，岗位平凡事迹感人

在这场战“疫”中，太原白鸽党委主动作为、共克时艰，服从指挥、恢复生产，充分发挥党组织战斗堡垒和党员先锋模范作用，齐心协力抗击疫情，防控生产“两手抓”，以实际行动践行初心使命。

一名党员就是一面旗帜，在这次的抗击疫情生产中，白鸽的党

全力以赴投入生产 坚决打赢疫情阻击战

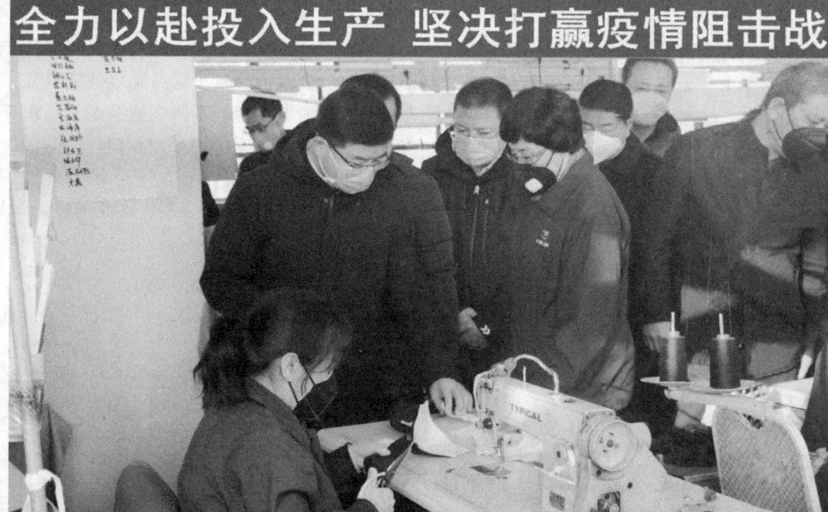

2020 年 1 月 29 日，太原市委常委、常务副市长王立刚来到车间慰问生产口罩的一线工人；右上图为在党旗前宣誓；右下图为 2020 年 3 月 7 日，公司圆满完成防疫物资生产任务

员们凝聚成了战斗堡垒，用自己的行动践行了誓言，党旗在生产一线高高飘扬。

公司党委书记、董事长秦敏亲自坐镇，班子成员、支部书记、党员在生产中充分发挥先锋模范作用，主动放弃休假时间冲在一线，开足马力，加班加点，确保最大量生产，奋战在“疫”线。

车间主任、党支部书记张金华在复工第一时间就召开了党员会议，她强调党员们思想觉悟要积极、政治站位要高，要在这场疫情防控阻击战中做中流砥柱、做先锋模范、做所有人的表率。诚如她所愿，在时间紧、任务重的压力下，没有一个党员掉队，没有一个党员喊累，每名党员都吃苦在前、无怨无悔，她自己也是带病坚持工作，不顾颈椎疼痛，吃点药就接着上一线，哪个工序上缺人就顶上去，一低头工作就是一整天。

疫情期间，该公司宣传科郭主任在母亲病危的情况下，三次退掉回去的火车票，就为了让公司的宣传和媒体能顺利对接；生产能手宋娟心系生产，从清徐返岗的她急匆匆地只带了几件换洗的衣服，一干就是 40 天……

2020 年 2 月 3 日，太原白鸽党委为奋战在生产一线的两名预备党员举行了党旗下的宣誓仪式，参战的 30 多名党员现场见证并重温了入党誓言。鲜红的党旗在车间高高飘扬，铿锵有力的入党誓词回响在车间，党员的先锋模范作用为抗击疫情添上了浓墨重彩的一笔。在这种精神的影响下，车间也涌现出很多感人的事迹。

生产车间里 2 组与 4 组一直是“对手”，2 组组长李小英与 4 组组长陈国丽在这次抗击疫情中依然在比拼。从接受任务开始，两位组长连夜通知组员复工消息，确认复工人员人数，再到转产口罩从技术层面的研究，接着投入生产后，提高效率，提升产量……正是有了她们的比拼，才有全员到岗的复工率，才有日产量由 1000 只到突破 5000 只大关的提升，才有了车间职工团结一心，加班加点的干劲。很多员工由于担心产量跟不上，主动早到，中午匆匆吃了饭就接着干活，晚上还要和别人比比今天的生产数量，如果落后了主动加班赶超，大家都是任劳任怨，从不抱怨只谈奉献。

技术部主任史晋安与裁剪车间主任黄伟共同负责口罩技术质检的工作，虽然是临危受命，没有经验，但他们以一贯的高标准、严要求保证着疫情防护用品的合格率，他说这就是“白鸽人”严谨、勇于挑战的精神。

这些天，谁也没有喊累；这些天，谁也不计报酬；这些天，大家拧成一股劲，确保完成生产任务，一切为了防控疫情，一切为了责任担当。同事之间，互相补台，每个人都是一块砖，哪里需要就去哪里，尽己所能，一心为疫情而战。缝纫机械有规律的声响，匆忙扎实的脚步声，简短的沟通声在数百平方米的车间内回荡，交织成一片和谐的音符。

2 月 8 日，庚子元宵节悄然来临，公司特意采购了元宵，由领导亲自送到车间一线工人手中，同时送去亲切问候，感谢他们在特殊时期坚持生产与全身心的付出。

同心合力相守相望，心有大爱战无不胜

沧海横流，方显英雄本色。在打赢这场疫情防控的人民战争中，“白鸽人”敢于担当、勇于突破、善做善为的精神得到了充分的体现。在战斗的过程中，“白鸽人”的身边还有各界的力量作坚实的后盾，正是大家同心合力相守相望，才有了这场战“疫”的伟大胜利。

在疫情期间，太原白鸽的防护品生产得到各级政府的大力支持，先后有多个部门的领导来公司进行看望并给予支持和鼓励。2020 年 1 月 29 日下午，太原市委常委、常务副市长王立刚，市工信局局长薛新福，调研员胡春根及卫健委等相关领导一行来到车间看望一线生产工人，并参观了疫情防护用品口罩生产的流程，对加工完成的口罩成品表示满意。2 月 7 日至 3 月 3 日期间，山西省中小企业局、山西省女企业家协会、太原市小店区市场监督局、太原市市场监督局、市妇联等单位陆续到太原白鸽考察，并提供支持，对该公司疫情期间的生产给予了精神鼓励。

自 2020 年 1 月 29 日正式加工生产疫情防护品以来，太原白鸽受到了数十家媒体全方位的报道，极大地提升了白鸽服装的社会知名度。

“诚信和担当是企业最好的名片，疫情面前，更要积极承担社会责任”，这就是全体“白鸽人”的心声。疫情期间，太原白鸽不忘公益责任，积极履行“对股东负责，对职工负责，对企业负责，对社会负责”的企业责任，不仅体现了三晋老字号的社会责任与担当，更体现了白鸽人的奉献与大爱精神。

从 2 月 25 日至 3 月 2 日先后向山西交控集团、太原公交总公司、营盘街道办事处、营盘派出所捐赠防护口罩 1.7 万只，所有捐赠口罩的原料全部由该公司自费购买。3 月 3 日，太原白鸽党委积极响应上级党组织的号召，发起向武汉疫情防控一线捐款的爱心行动。公司领导带头，党员职工积极响应，全体职工争先恐后献上自己的一份爱心。“众志成城、万众一心，‘白鸽人’始终相信任何困难都难不倒团结的我们。”

2020年3月7日上午，一场特殊的“三八节”活动在太原白鸽缝制车间举行。在这场表彰活动中，秦敏代表公司党委、董事会、经理班子向大家表示亲切的慰问，并致以崇高的敬意。同时她指出，虽然至3月7日起公司的疫情防护品生产暂时告一段落，已逐步转入服装生产，但全体“白鸽人”一定要不松劲、不懈怠，在接下来的工作中按照上级要求，高质量发展，精心制作每一件产品，坚持科学防控，加强自身防护，严格执行疫情期间的规章制度，打好决胜疫情防控最后的战斗。

2020年4月29日，太原市发布首季“最美时代新人榜”，山西省功勋企业家、太原白鸽服装有限责任公司董事长秦敏作为奋战在抗击新冠肺炎疫情一线的先进典型，被评为“最美时代新人”。在她的评语中这样写道：“她是白鸽服装掌门人，勇敢接受挑战，跨界转产口罩，只为更多人得到保护，减少风险。她心怀爱与责任，让诚信和担当成为百年老字号的最好名片。”在个人的荣誉背后，更是一个老字号企业的情怀，责任与担当。

江苏省沭阳县保安服务公司

“联”结最美同心圆　“防”出最牢安全线

沭阳县保安公司负责人魏健向沭阳县副县长、公安局长许尔斌，副局长张金龙汇报公司保安联勤联防工作情况

沭阳县保安公司联勤联防应急队员对城区治安重点区域进行巡逻

“贵公司保安员主动担当、履职尽责，及时帮助我们学校避免了一起意外风险，有你们的守护，我们很放心！”日前，江苏省沭阳县保安服务公司收到了一封来自该县扎下镇扎下九年制学校寄来的表扬信。不久前，沭阳县保安服务公司驻校保安员程克北在执勤时，发现一名学生突发疾病晕倒在路边，立即伸出援手。由于抢救及时，该学生转危为安。

新冠肺炎疫情发生后，沭阳县保安服务公司千余名保安员全力投入疫情防控，针对突如其来的疫情给社会发展带来的影响，公司迅速调整工作部署，着力在保稳定、保增长、保民生上发力，扎实推进开展保安联勤联防，为沭阳的社会稳定和发展筑起了一道坚不可摧的安全防线。“统筹做好疫情防控和经济社会发展，是一次大战，也是一次大考，我们要通过联勤联防，‘联’出最美同心圆，‘防’出最牢安全线。”沭阳县副县长、公安局局长许尔斌说。

拧紧“安全防护阀”

“这次疫情让本来就发展困难的企业更加举步维艰，实在经不起折腾，更不能出任何事故。”落户在沭阳经济技术开发区的某纺织企业负责人说。据了解，该纺织企业受疫情影响，2020年的订单与往年同期相比接近“腰斩”，产销量下降了，人员并没减少，无形中就增加了企业的生产成本，为此，沭阳县保安服务公司始终把拧紧“安全防护阀”，作为最大限度防范风险隐患保企业稳定的头等大事。

“服务好企业是我们保安公司的本职，我们只有不遗余力地做好企业安全防范，才能维护企业的稳定，促进我们保安行业的健康发展。”沭阳县保安服务公司负责人表示。

据介绍，为了维护企业稳定，他们在每天安排驻企保安员常态化对企业工人开展体温检测、内部环境消毒的同时，时刻把企业安全生产抓在手上，组织企业保安员和企业安全生产主管部门人员重点对水电气和火灾隐患等领域全面开展安全风险隐患排查、整改。

截至目前，该公司派驻企业的保安员共为企业集中开展内部消毒8000余场次，开展集中安全风险隐患排查200余场次，排查出的65处安全风险隐患点已经全部整改到位。

织密“联防巡逻网”

沭阳县保安服务公司在实施联勤联防勤务模式过程中，积极细化工作措施，织密“联防巡逻网”，及时制止和防范了一批侵害企业案事件的发生，有力护航了企业发展。为了确保涉及企业的案事件及时发现、快速处置，保安公司积极与辖区派出所对接，形成联动高效的勤务模式，最大限度压降案事件发生空间，为企业避免了不法侵害，营造了良好的发展环境。

保安公司时刻保持警惕，挤压不法侵害企业空间。2020年5月1日15时40分，该公司派驻某纺织企业的保安员在企业外围巡逻时发现，两名骑电动三轮车的男子疑似正在盗窃企业内的钢梁。保安员在监视的同时，立即向辖区义乌路派出所汇报。按照联勤联防工作机制，值班民警迅速出击，并与保安员一起对可疑男子形成了合围之势。两名可疑男子慌忙之中弃车逃跑，被前来增援的民警和保安员当场抓获，并在草丛中发现被弃电动三轮车及被盗钢梁，案件移交辖区派出所立案处理。

“企业发展不容易，我们巡逻密度大了，防范漏洞就少了，让

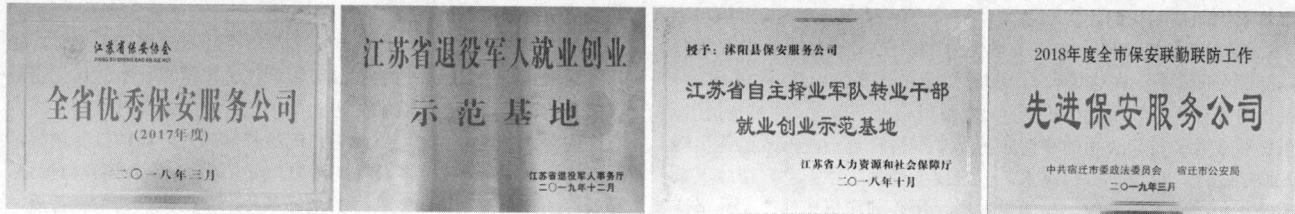

公司获得的部分荣誉奖牌

不法分子无机可乘，让企业多一份平安。”该公司驻企保安中队中队长、退役军人陈志红说。据介绍，他们定期与辖区派出所开展联勤演练，加强合作，发生在企业的可防性案件明显下降。

答好“联勤服务题”

沭阳县保安服务公司始终把群众事放在心上，把责任扛在肩上，把工作岗位作为服务民生的重要“阵地”，把服务送到群众的心坎上，受到了服务单位和群众的高度评价，树立了“保一方平安、服务一方群众”的良好形象。

“服务群众只有更好没有最好，群众利益无小事，做好服务不光关乎群众利益，还事关保安队伍的良好形象。”公司负责人说。为此，该公司在服务岗位中设立了党员示范岗，开展亮身份、亮服务、亮承诺的“三亮服务”，为公司增了光添了彩。

吴军是沭阳县保安服务公司驻京沪高速沭阳服务区的一名保安员。6月3日12时30分，吴军在服务区广场巡逻时发现，有两个包裹在服务区广场上，迟迟没有人领走，而包裹内分别是价值上万元的万能线等贵重物品。由于没有客车司机的联系方式，又不记得车牌号。吴军立即将包保存到保安值班室，并上报服务区。

经过多方打听，吴军了解到卸货的客车是上海崇明岛开往山东临沂的。随后，吴军连续三天在广场询问过往临沂站客车司机，并留下了自己的联系方式。终于在6月6日晚上，卸错包裹的大客车司机联系到吴军。6月7日中午，大客车司机来到保安值班室认领了物品，并对吴军忠于职守、心系群众的服务精神连声夸赞。

据统计，2020年以来，该公司保安员先后服务、救助困难群众79人次，收到感谢信12封、锦旗15面。

河南省信阳市慈善总会

彰显新时代人间大爱

信阳籍爱心人士、河南省疫情防控突出共产党员、河南铁军文化传媒有限公司党支部书记魏永祥，在疫情最严峻的时刻，从大年初一到3月初，一直在武汉志愿服务　摄影：胡豫海

曾经，大别山革命老区信阳是中华慈善总会和河南省慈善总会重点倾斜和大力支持的地方。

如今，大别山革命老区信阳在疫情防控捐赠工作中践行初心使命，彰显新时代人间大爱。

在新冠肺炎疫情防控阻击战中，河南省信阳市慈善总会在中华慈善总会和省慈善总会的大力支持下，积极为信阳疫情防控捐赠款物，得到省人大常委会副主任、市委书记乔新江和市长尚朝阳的充分肯定。2020年3月12日，市委副书记、常务副市长、市委统战部部长王新会称，“这次市慈善总会为我市防疫工作做出了重大贡献”。

时间回转到2020年新春佳节，当人们正沉浸在喜庆的节日氛围之时，信阳市慈善总会会长姚铁璜接到了新冠肺炎疫情防控的紧急通知，他立即对信阳的慈善捐赠工作作出专项动员，呼吁慈善组织上下一盘棋，竭尽全力为祖国加油、为湖北加油、为信阳加油。

信阳市慈善总会副会长兼秘书长蔡秀芝，全天候上下协调并及时安排市慈善总会办公室全体员工，遵循信阳市委、市政府、市疫情防控指挥部、市民政局的部署，服从大局、取消休假，即刻返回工作岗位，迅速投入这场没有硝烟的战役中。

主动担当，快速行动

疫情就是命令，工作刻不容缓。2020年1月27日，信阳市慈善总会报经市民政局备案，紧急发起了“防控疫情、共克时艰”慈善募捐项目，并在“慈善中国”网站进行公开，通过官方微信公众号发布了《防控疫情，共克时艰，信阳市慈善总会抗击新型冠状病毒感染的肺炎疫情募捐倡议书》，呼吁社会各界人士共同奉献爱心、积极捐款捐物，以实际行动支持疫情防控工作。同时，依据相关规定制定《信阳市慈善总会抗击新型冠状病毒感染的肺炎疫情接收捐赠管理办法》，从捐赠形式、捐赠接收、捐赠咨询、捐赠款物使用、捐赠公示和监督等方面作出安排，确保疫情捐赠工作有序、依规开展。

新冠肺炎疫情暴发后，社会各界爱心人士和组织纷纷慷慨解囊，一笔笔援助善款、一批批救助物资，源源不断地汇往市慈善总会，支援信阳市打赢疫情防控阻击战。

大年初一，主动请缨赶到武汉支援的河南铁军传媒党支部书记魏永祥，边开展志愿者工作，边动员企业奉献爱心。他拿出自己所有积蓄先后两次共捐款15.1万元，尤其他第二次捐款的5万元是用来还房贷的。此外，他还采购了医用酒精600斤和部分测温枪，用于家乡学校师生测温和消毒。

6年来低调行善不留姓名的退休职工崔女士，2020年不仅像往年一样慷慨捐赠善款1000元，还动员了两名亲属另捐善款1500元。

截至2020年3月19日，信阳市慈善总会累计接收善款1153.63万元，拨付1023.07万元；接收捐赠物资价值1399.04万元，已全部拨付疫情防控使用。

依法依规，公开透明

习近平总书记强调，疫情防控越是到最吃劲的时候，越要坚持依法防控，在法治轨道上统筹推进各项防控工作，保障疫情防控工作顺利开展。信阳市慈善总会始终把依法行善理念贯穿于此次抗击疫情募捐工作的始终，在市疫情防控指挥部的统一部署下，做好捐赠款物接收工作。

捐赠款物接收手续齐全。信阳市慈善总会严格区分定向捐赠和非定向捐赠，所有大额定向捐赠均有捐赠人出具《捐赠意向书》，明确捐赠款物的种类、数量、用途等。所有捐赠款物，都及时向捐赠人开具《公益事业捐赠统一票据》、捐赠证书和感谢信。

捐赠款物拨付及时规范。信阳市慈善总会在主管单位市民政局的指导下，加快工作节奏，在接收捐赠款物后，第一时间向指挥部请示报告，除定向捐赠外，其余由指挥部统筹安排使用。市指挥部批复后，信阳市慈善总会及时按程序拨付相关单位。按照民政部门要求，积极引导有渠道有捐赠医疗防护物资意愿的组织或个人，直接与疫情防控定点医院对接，确保捐赠的物资符合医疗标准和用途，减少无关物资的堆积和不必要的浪费。

捐赠款物信息公开透明。信阳市慈善总会高度重视信息公开工作，接收的每一笔款物都做到“四报送”，即每日10时前向市民政局、18时前向市疫情防控指挥部、20时前向省慈善总会、每周向市审计局等四部门报送捐赠款物接收情况；“四公开”即在市慈善总会微信公众号、市民政局网站、市疫情防控指挥部、“慈善中国”网站分别公示。所有款物接收及使用情况均做到有明细、有记录，以便公众监督。

志愿服务，逆行向前

疫情发生以来，信阳市慈善总会工作量大、人员少，近两个月时间里他们加班加点、夜以继日，吃住在办公室，从接收善款，核对数据信息，开具捐赠票据，到捐款信息汇总，与捐赠者及时沟通，向捐赠者发送捐赠公益票据回执；收到防控物资后不辞辛劳当天务必将捐赠物资运送到市指挥部仓库，有时每天运送往返数次……这些烦琐的工作，充分彰显了社会组织在疫情防控中的重要作用，为打赢疫情防控阻击战贡献了慈善人的力量。

疫情防控期间，居民出行面临困难，信阳市慈善总会专门成立志愿服务队，在确保自身防护安全的前提下，提供登门服务，设身处地为奉献爱心的个人和企业提供便利。

中华慈善总会通过信阳市慈善总会向信阳捐赠血滤机抗击新冠疫情

2020年2月12日，信阳突降大雪。市慈善总会办公室接到爱心人士尹宏基的电话。尹先生是本市一名普通退休职工，他想捐赠善款2000元，因不会操作手机银行且出行不便，一时无法为疫情防控献爱心，十分焦急，急切地表示一定要为抗击疫情贡献一份自己的力量。得知这一情况后，3名志愿服务队工作人员立即行动，冒雪驱车十几公里，专程赶往老人所在社区，现场办理了捐赠手续，并对老人的无私奉献精神表示感谢。

2月23日，信阳市疾控中心物资仓库，一车车由中华慈善总会、河南省慈善总会、牧原集团捐赠的价值500余万元的医疗物资正在紧张入库中。为保证这批急需物资及时送往疫情防控一线，信阳市慈善总会工作人员兵分两路，一组负责协助物资的卸装、清点，另一组则现场与捐赠企业和市疾控中心办理交接手续。

3月1日，信阳市唯一一家市级新冠肺炎定点医疗机构——信阳市第五人民医院院内，一场爱心捐赠仪式正在举行。北汽集团、中华慈善总会、省慈善总会向信阳市捐赠3辆负压救护车和货运车。为提升效率，信阳市慈善总会简化工作程序，工作人员先后直奔高速公路出站口和医院，现场办理接收手续，确保了捐赠车辆尽早投入使用。

经过信阳市慈善总会的申请报告和努力协调，中华慈善总会通过省慈善总会不仅为信阳捐赠了3辆价值79万元的疫情防控专用车辆，而且还捐赠了重要的疫情防控医疗设备——价值60万元的两台血滤机。

东风带雨逐西风，大地阳和暖气生。大别山革命老区信阳是一片红色的沃土，孕育了众多的爱心人士，在这场不见硝烟的战“疫”中，信阳市慈善总会全力以赴，不辱使命，用自己的行动书写着战“疫”中的人间大爱。

河南利盈环保科技股份有限公司

在战“疫”中守住最后一道防线

链接：河南利盈环保科技股份有限公司成立于2014年11月，是一家集医疗废物处置技术研发与设备制造、项目投资运营为一体的新型环保企业，是国家高新技术企业，经批准设立了三个省级研发平台，获得了3项发明专利，17项实用新型专利，入选工信部疫情防控重点保障物资生产企业名单。MDU型微波消毒设备通过了环保产品认证，董事长张中魁获得了“中原创业领军人才”荣誉称号。

核心提示

“回家啦，回家啦！”2020年3月29日上午10时许，在河南省民权县高新区河南利盈环保科技股份有限公司（以下简称利盈公

摄影：董春华

司）大院内，人声鼎沸。这是公司员工欢迎援鄂英雄们凯旋的感人场面。

在经历了33天的日夜鏖战之后，驰援湖北孝感进行医疗废物处置的利盈公司3名员工回到了自己的家，他们在进行14天隔离后，重返工作岗位。

记者了解到，早在2020年1月25日，利盈公司就开足马力加班加点生产，2月3日，公司就无偿向武汉雷神山医院捐赠一台市场价格300多万元的大型医疗废物处置设备。该设备的启用，为彻底阻断医疗废物处置环节传播的风险发挥了巨大作用，在战“疫”中守住了最后一道防线。

克服困难早达产，严格防控保安全

利盈公司是一家疫情防控物资生产企业。在本次新冠疫情全国阻击战中，利盈公司提高自身政治站位，自觉履行社会责任，坚持复工复产与奉献社会两手抓原则，取得了良好的社会效果。

利盈公司是民权县甚至商丘市最早复工复产的企业之一。在疫情防控关键时期，公司克服重重困难，在严密做好疫情防控工作的同时，开足马力扩大生产，保障医疗废物处置设备供应。

在疫情防控方面，他们成立了疫情防控工作领导小组，制订了《防范应对新冠肺炎疫情工作实施方案》，提前采购防护口罩、84消毒液、医用酒精、红外体温测量仪、防护服等疫情防控物资；出台了内部管理文件，为参加新冠肺炎疫情防控工作员工发放临时性工作补助，充分调动疫情防控相关岗位员工的工作积极性；积极宣传防控知识，使员工及时了解新冠肺炎疫情的特点、传播渠道、防治措施等相关知识，强化个人防护意识，自觉参与公司组织的各项疫情防控活动；在复工前，他们对员工假期内的去向和健康状况进行摸底调查，从源头上保证返岗员工的身体健康，号召员工在厂里集中吃住，避免与陌生人员的接触，有效切断感染途径，降低疫情传播的风险；认真落实各项日常防控措施，设立了疫情监测点，实行专人负责，24小时值班制度，所有进入厂区人员必须佩戴口罩、测量体温、书面登记等；公司职能部门人员采用居家办公等灵活出勤模式，减少厂区人员数量和密度，同时复工以后提倡采用电话、网络等沟通方式，减少面对面开会的次数和时间，提倡无纸化办公、减少纸质文件传递；实行分餐制、餐具一用一消毒、错峰就餐等措施，减少人员聚集，降低交叉感染的风险；对工作场所按照每天上午、下午各1次，喷洒含氯消毒液，进行彻底消毒；要求所有人员在上岗前、餐前、下班前、传递工具前后，做好手部消毒，避免手口传播和人与人之间的交叉传播；车辆每次使用前后，对车内外喷洒消毒液，门把手、方向盘等部位用酒精擦拭；严格做好外来人员管控，尽可能避免员工与陌生人员的不必要接触，防止输入性病例入厂。

在复工复产方面，他们实行政企联合协调原材料供应。公司董事长张中魁说，受疫情影响，许多上游供应商春节期间还没有复工复产，关键配件不能及时到位，原材料供应的问题严重制约了生产进度。民权县政府、县防疫指挥部和高新区在了解到这一实际情况后，书面向新乡等地疫情防控部门沟通，协调关键供应商紧急加工配件，帮助企业解决了供应短缺问题；科学安排生产提产增效，动员生产一线的全体员工，在保证质量和安全的前提下，充分发挥工作主观能动性，提高生产效率，加班加点赶进度，从其他部门抽调一部分员工，临时进行转岗培训，补充到一线生产部门，大大地解决了一线人员的短缺问题；延长产业链缩短生产周期，考虑到疫情期间订单量将会持续增长，利盈公司决定提高原材料合理库存量，购入一批生产设备，部分外协加工配件转为企业自给自足，进一步缩短了加工周期，提高了产量。从复工复产以来，两个月内累计生产医疗废物微波消毒设备16台（相当于平时半年的产能），有力支持了多地的医疗废物无害化处置工作。

捐赠设备搞服务，千里驰援抗疫情

张中魁说，医疗废物无害化处置工作是新冠肺炎疫情阻击战的关键一环。疫情暴发期间，各地医疗废物产生量激增，日产生量增长至平时的5—10倍，各地医疗废物处置工作尤其是疫情重灾区湖北省火线告急。疫情面前，利盈公司自觉提高政治站位，牢记环保使命和社会责任，积极捐赠设备、援助服务，助力湖北抗疫工作。

202年1月25日，公司接到了武汉市环保局的电话，准备筹建雷神山新冠肺炎疫情定点专科医院，计划向利盈公司采购1台设备，

援助孝感工作队出征仪式 摄影：董春华

用于该院医疗废物的就地无害化处置。董事长张中魁当即表态："在这种危难时刻，企业不应该把经济利益当作第一要务，必须胸怀大爱支援武汉的疫情防控工作。我们不能像白衣战士一样救死扶伤，但是我们可以捐赠设备，为疫情防控做一点力所能及的事情。"2月4日，利盈公司捐赠的医疗废物消杀设备准时运到武汉雷神山医院，在疫情期间保障雷神山医院产生的全部医疗废物得到了安全无害化处置，切断了新冠肺炎疫情通过医疗废物传播的风险。

孝感是新冠疫情的重灾区，当地的医疗废物处置能力严重不足，积压了大量的医疗废物。公司总经理杜峰说，2月26日，在河南省生态环境厅、河南省固体废物管理中心的协调下，利盈公司组织了两台医疗废物处置设备驰援孝感，免费为当地处置医疗废物，并派了3名技术人员一同前往，全力协助孝感的医疗废物应急处置工作。3名员工历时30天，协助孝感处置医疗废物共计1770桶，需支出费用100多万元，这些都是利盈公司无偿支援。为了尽快处置堆积的医废，3名工作人员克服水土不服等各种不利因素，24小时轮流值守，两台设备开足马力不停运转。他们吃苦耐劳，爱岗敬业的奉献精神赢得了孝感市生态环境局和孝感中环环境公司的高度赞赏。3月28日驰援工作结束后，孝感各界在当地为他们举行了欢送仪式，并颁发了荣誉证书，赠送了一面锦旗："千里驰援抗疫情 危难时刻显担当"。

捐款捐物献大爱，支援抗疫勇担当

为支持民权县抗疫工作，利盈公司还向民权县慈善总会捐助现金10万元，向民权县褚庙乡捐助现金2万元，得到了当地政府和社会各界的好评。

利盈公司主动作为，敢于担当的精神得到了各级领导和社会各界的广泛认同。河南省人大常委会党组书记、副主任赵素萍，商丘市委副书记、市长张建慧，商丘市委常委、常务副市长吴祖明，商丘市人大常委会副主任、民权县委书记姬脉常，民权县长张团结，河南省生态环境厅固废中心主任郭春霞等省、市、县领导多次到利盈公司考察指导工作，《人民日报》《河南日报》《商丘日报》、河南卫视、商丘电视台、大河网、映象网、"学习强国"平台等多家媒体对利盈公司抗击疫情、复工复产、驰援湖北的典型事迹进行了报道。

"在这次抗疫中，我们只是尽了企业应该尽的社会责任，党和政府以及社会各界给予了我们高度认可，我们是一个懂感恩的企业。下一步，我们一定不负众望，精益求精，做出好产品来回馈社会，报效祖国。"张中魁坚定地说。

作者：张沛、翟慧

湖北清朗物业管理有限公司

"湘宜"相偎 披甲执锐向"疫"行

湖北清朗物业管理有限公司创始人、总经理何晴朗

链接：湖北清朗物业管理有限公司于2002年12月成立，前身为宜昌市清朗物业管理有限公司，是国家三级物业管理企业。现有管理人员30多人，基层服务人员近500名，其中高级技术人员10人，中级技术人员15人，专业技术人员50余人。管理人员均获得了国家人力资源社会保障局和专业培训机构颁发的高级、中级、初级《职业资格证书》，国家住建部颁发的从业资格证书。2007年，公司通过了SA8000社会责任稽核认证、ISO9001质量管理体系、ISO14001环境管理体系、OHSAS18001职业健康安全管理体系认证。目前物业服务、保洁服务、劳务服务在管项目25个，总服务面积335.3多万平米。项目涉及住宅物业服务、办公写字楼、外资工业园、医疗卫生机构、大型商业卖场5个业态。近五年来，公司曾荣获湖北省清洗保洁行业协会先进企业和优秀服务商、湖北省2016—2017年度守合同重信用企业，宜昌市物业管理协会2016年度优秀会员单位和2019年度优秀会员单位，宜昌市巾帼脱贫示范基地、宜昌市"最美巾帼家政师范企业"等殊荣。

冬春交替之际，一场突如其来的新冠肺炎疫情席卷着宜昌的万家灯火。一时间，锁城门，封小区，闭家门。

受命于病毒肆虐之际，湖北清朗物业公司全体物业人冲到了小区防疫的最前沿。公司"掌舵人"何晴朗女士带领500多名员工逆行而上，以湖南人"敢为天下先"的精神和气魄，用50多个日日夜夜守护了宜昌市5000多户业主的健康平安，书写了"湘宜"相偎、共赴战"疫"的新篇章。

"铁娘子"挂帅，办公室"安家"24小时战疫情

2020年1月23日，何晴朗回到湖南老家过年，探望年迈的父母。然而，一场突如其来的新冠肺炎疫情，打破了新年应有的祥和与热闹。

1月26日，何晴朗接到来自宜昌的紧急电话，以最快的速度联络、采购、调集防护物资。

1月29日，经过一番周折，何晴朗赶回宜昌和一线的物业人共同抗击疫情。

面对来势汹汹的新冠肺炎疫情，何晴朗虽然身在湖南，却心系着宜昌的小区业主和员工们的生命安全。在她的主持下，公司第一时间召开紧急电话视频会议，讨论布置物业小区的疫情防护工作。

"在疫情面前没有局外人、旁观者，物业人要做好本职工作，为阻击疫情守住第一道防线"……

言必行，行必果。正月初六、初七的一大早，何晴朗带领公司行政部经理朱璐及保洁部经理宋必双，亲赴运河佳苑、星运城等各个物业小区以及各保洁项目慰问一线员工，并现场调研各项目防疫工作。从2月开始，为了便于防疫工作，何晴朗收拾简单的行李把家"搬到"了办公室，24小时值守，而这一住就是一个多月。

针对此次疫情，何晴朗投入近20万元资金采购了一批批的应急药品、口罩、温度计、防护服等。并强调所有一线工作人员，必

左图为公司给一线员工发放抗击疫情补贴；右图为总经理何晴朗现场调研公司各项目防疫工作

须佩戴口罩，保障自身安全，切实做好自身防护措施。

抗击疫情，你我共责。何晴朗向宜昌市女企业家协会捐款10000元用于防疫；作为湖北省清洗保洁行业副会长单位，她率先带头为宜昌保洁行业的会员单位捐助防疫物资近7000元。

"先锋队"担当，吃泡面守岗、做保洁补位

在疫情面前，何晴朗身为老总率先垂范，事必躬亲。受此影响，公司的管理团队个个身先士卒、奋勇争先，他们用实际行动诠释了"先锋队"的责任与担当。

物业部经理周文河，公司在组建临时疫情防控小组时第一时间主动加入。在疫情期间，他住在公司的集体宿舍，连续20多天一日三餐以泡面为食。他白天接员工返岗上班，一人身兼数职不辞辛劳，带头完成所辖小区公共消杀、配送物资等各项物业服务工作。到了晚上，他还要将当天的防疫情况进行讨论、总结并整理汇报。

保洁部经理宋必双在物业小区缺少保洁人员的情况下，填补一线员工空缺的岗位，背上消杀药箱，穿好防护服，奋战在抗疫一线；为确保公司各项目一线人员的防护及消杀物资得到供应，配送部主管刘勤每天发信息、找渠道，他甚至不顾个人安危，冒着被感染的风险奔走在采购物资的路上和配送物资的途中。

他们身为管理人员，却冲锋在前，勇挑重担，为公司抗击疫情作了应有的贡献。

"逆行者"齐心，以血肉之躯护业主家园

众人拾柴火焰高，齐心并肩向"疫"行。疫情防控，离不开每一位基层员工的奉献与支持。

谭志付保安班长，自2009年进入公司，至今工作十余年。在疫情防控初期，他第一时间返回工作岗位，从过年到解封一直没休息。他既要负责保安值守工作，项目负责人隔离在外，又要主动挑起大梁，参与碧水林茵小区的日常管理工作。他每日根据掌握最新疫情动态，落实上级领导工作部署，以保障项目的正常运行。

张圣志是五医院一名内科保洁员工，疫情时期该科室属于重点科室，他坚守岗位勇敢地站在抗击疫情的第一线。每日定时对医院各个楼栋公共区域进行消毒，对废弃口罩进行消毒、清洁。

此外，像徐红波、秦明秀、张庆、夏发勇等一线项目抗疫负责人，以及秦冬梅、肖丽华、李凤、肖友文、杨述田、李新民等许多一线公司员工，他们不惧危难，任劳任怨，以血肉之躯守护业主们的美好家园。 他们身上或许没有光环熠熠的勋功章，但他们就是湖北清朗物业公司"最美的逆行者"。

"物业人"求索，提升服务品质当仁不让

在这场疫情的冲击下，小区成为最后一道防线，"物业人"当仁不让成为护佑居民安全的关键角色。

"这次疫情是一个试金石，物业行业的价值被重新定义，提高了物业从业人员的职业荣誉感，加强了与业主的黏性，也得到了政府主管部门的认可与重视。"湖北清朗物业管理有限公司总经理何晴朗认为，行业的服务质量和标准将会得到提升和改变，可能成为品牌物业和普通物业的一道"分水岭"。未来，公司将进一步提升物业服务品质，优化管理团队，塑造一支在任何时期都能"打硬仗打胜仗"和"会服务优服务"的优质物业队伍。

何晴朗表示，作为物业服务企业要去研究业主在新形势下的需求，让公司的服务更加贴近和融入居民的生活，成为他们的好帮手、好朋友，彼此之间凝心聚力为了小区环境优美、业主幸福指数高的共同目标而努力奋斗。

湖南省锡矿山闪星锑业有限责任公司

疫情防控处处情

链接：本文作者袁育文，笔名闻之。毛泽东文学院第七期高级散文研讨班学员，冷水江市作家协会、摄影协会和中国民俗摄影协会会员，企业报总编。有文学、摄影作品及新闻稿件散见于国家、省、市各级报刊和网络平台并多次获奖，连续五年获冷水江市"十佳记者"称号。

当新冠肺炎肆意蔓延，一场疫情防控的阻击战在全国打响。联

公司召开紧急会议，对疫情防控和复工复产进行再部署再深化

防联控积极应对，致力打赢疫情防控与复工复产两大战役成为湖南省锡矿山闪星锑业有限责任公司（以下简称锡矿山或公司）工作的重中之重。

众志成城战疫

兵来将挡，水来土屯。面对新型冠状病毒肺炎疫情，锡矿山在从严落实上级疫情防控各项措施的基础上，切合实际明确了特殊时期“疫情防控为主，复产工作稳步跟进”的整体工作思路，成立了战“疫”领导小组，设立了疫情防控办公室与复工复产督查办公室，出台了包括严格实行“没戴口罩不上岗、身体异常不上岗、心情异常不上岗”等“三不上岗”制度在内的六项措施，以“内抓防护、外切输入”的防控总原则科学布控，做到两手抓、两不误，为疫情防控和有序复产保驾护航。

锡矿山五个督查小组立即行动，深入基层一线工作现场督查督导，推进落实。大年初一，公司党委书记张夫华顶风冒雨驾私车来到了节日依旧生产的锑冶炼厂，叮嘱员工严防疫情，时刻绷紧安全环保之弦，努力夺取首月生产开门红。2020 年 2 月 5 日，公司总经理刘跃斌、副总经理曾永志来到公司离退休管理中心并深入社区了解疫情，要求该中心以党支部为单元，党员干部齐上阵，守好员工及家属的健康防线，坚定信心打赢疫情防控阻击战。

对照六大举措，锡矿山二级单位综合自身环境和工作特点，相继制定了战“疫”措施和复工方案。2020 年 2 月 9 日，公司机关、南矿、锑冶炼厂、精细冶金厂及运输公司对各生产车间和运输车辆进行了全面的消毒，迎接节后复工复产。此时防护物资紧缺，湖南金玖亿化工贸易公司近两顿的消毒液等防护用品的捐赠解了公司复工燃眉之急。

2020 年 1 月 30 日，锡矿山中心医院向全院职工发出招募防控志愿者倡议书，第二天防控志愿队成立。50 名医务人员的请战书里，几乎众口一词的一句是：“不计报酬，不论生死！”2 月 11 日，锡矿山中心医院接到省新冠肺炎防控指挥部紧急命令，重症医学科副主任李海被抽调驰援湖北黄冈，逆行勇士从接到命令到出征只用了短短 20 分钟。

勇士无处不在，他们活跃在生产一线的各个岗位。精细冶金厂安环科主办、共产党员刘益凡依靠专业知识利用漂白粉配置含氯消毒液和配制 84 消毒液成功，并进一步将消毒液配制成 1% 和 4% 两种溶液分别消杀轻重污染区域，解决了市场缺货影响疫情防控的难题。1 月 31 日起，他主动放弃节假日，尽职尽责开展疫情排查，杀菌防控守护厂区安全，是精细冶金厂战疫一线的“逆行者”。

弹性复工生产

强敌面前不退缩，也不盲目。面对依然严重的疫情，锡矿山因地制宜推出“两步走”复工复产方案并报请五矿稀土批准对复产实行弹性安排。第一步是 2020 年 2 月 10 日，根据生产需要部分单位、生产线复工生产；第二步是 2 月 24 日，视复产后疫情防控情况有序启动采选厂、南矿选矿和其他单位部分生产线，逐步恢复全面生产。

2 月 10 日一大早，公司总经理刘跃斌，副总经理曾永志与公司办公室、党群工作部、武装保卫部等相关人员在公司办公楼前迎接节后报到上班员工，代表公司表示问候并发放防疫口罩。

这一天清晨 6 点 30 分，公司复产复工第一趟工作车出发，司乘人员和工作人员提前半小时到岗，对当班车辆进行消毒处理和卫生清理。公司党委副书记、纪委书记、工会主席康东升率相关部门负责人会同运输公司役情防控小组现场检查并指导工作，安排测温通道对上班乘车人员进行体温测量，分区域上车井然有序。到 8 点 30 分，分 4 个批次发车，安全正点完成复产复工员工的接送。在南矿，领导班子监督返岗员工通过《返岗员工安全知识》考试后，又和该矿“女子义务服务队”成员为返岗员工端上热气腾腾的“抗新型冠状病毒肺炎感染中药汤”，递上疫情防控知识宣传单，既送温暖又作宣传，强化员工防控技能；在锑冶炼厂厂门口，返岗员工排成两队，冒雨毫无怨言地等待检测体温进厂走上岗位；在精细冶金厂乙二醇生产现场，员工有的在给生产场地消毒，有的穿戴整齐在精心操作设备，节后开工生产线全面进入正常轨道。

战疫仍在继续

疫情不止，战斗不息。针对来势汹涌的疫情，锡矿山南矿启动了由党政领导为第一责任人的疫情防控工作机制，形成了从矿党委班子成员到工区党支部再到班组、一线员工的“横向到边，纵向到

公司举行欢迎仪式迎接援鄂战疫医生李海凯旋；右上图为开工报到第一天，向员工发放医用口罩；右下图为疫情期间公司党员先锋队在行动

底”的疫情防控全员责任体系，以扎实推进疫情防控为前提抓生产，展现国企的使命和担当。矿班子成员深入生产前线督导安全环保、施工质量、工程进度等情况，并根据疫情合理调配上班员工，确保各个环节安全、平稳、有序进行。

锑冶炼厂党委在按照公司党政要求落实疫情防控工作的前提下，全面恢复了黄金湿化生产线的运行。从员工搭乘上班工作车起到下班下车全过程跟踪检测体温情况，并注重抓好班前安全学习和疫情防控知识培训，提高员工疫情防控和安全生产意识。黄金生产车间主任李建辉在防控物资紧缺的情况下，多方努力为员工筹集防控口罩和消毒液等物资，确保疫情防控和生产工作两不误。

精细冶金厂党委突出发挥各党支部堡垒和党员先锋模范作用，做到“守土有责、守土担责、守土尽责”，确保各岗位履职尽责。在全面开展疫情排查后复产复工，以打造无菌厂房为标准组织党员先锋队进行全面消毒，进行员工安全教育和疫情防控教育，加强防控政策及防控措施的宣传和引导等，稳步组织复工复产，复产当日生产乙二醇锑 4.5 吨，实现首日开门红。

面对疫情依然严重的形势，公司上下一刻也没懈怠。为确保复产员工身体健康和企业稳定，新年报到第一天，公司党委发起倡议，号召公司全体党员坚定不移抓落实、不忘初心做表率、群策群力抓防控，众志成城战疫情，在打赢疫情防控阻击战中，让党旗在战役第一线高高飘扬。

公司党群工作部响应号召即时发出通知，要求各级党组织成立疫情防控和复工复产党员先锋队，认真贯彻落实中央和上级公司决策部署，落实公司和地方政府部署要求，服从服务单位疫情防控和复工复产工作需要，承担各单位所在工作区域、员工家属区域的急难险重疫情防控和复工复产任务。强调各先锋队在工作中要佩戴党徽亮明身份，做坚强的战斗堡垒，每名队员都要成为一面鲜红的旗帜。

通知下达后，各二级单位先后成立党员先锋队并发挥作用。他们按照要求统一开展宣传工作维护大局稳定，检查工作区域、员工家属区域的疫情防控应急值守情况，协助各单位做好疫期防控物资的后勤保障及相关服务工作，积极参与地方政府统一部署的疫情防控工作，加入公司疫情防控领导小组安排布置的疫情防控以及其他急难险重任务。他们出入在基层单位生产现场，活跃在社区街头巷尾，为锡矿山的疫情防控和复工复产增添了一道坚固的防线。

作者：袁育文

陕西咸阳百姓乐大药房连锁有限公司

“绿衣”坚守尽显担当

2020 年 5 月，咸阳大地，万物复苏，生机勃勃，春暖花开的日子正快步走来。在咸阳百姓乐大药房总部，办公室电话、手机铃声此起彼伏，各种信息确认、汇聚、梳理和登记正在有条不紊进行；身穿“绿衣”的营业员正坚守岗位，为排队购买口罩或消毒剂的市民提供便利。

全员出动，保障防疫物资持续供应

疫情公布当天，百姓乐大药房连锁有限公司董事长王篪紧急召开总经理办公会议，就物资供应问题进行了充分讨论和全面部署。一是要求采购部紧急行动，立即联系口罩及抗病毒系列商品和消杀类商品的货源，做好医用防护物资的储备，并保障各门店的药品和防护物资供应，为抗击疫情拼尽全力。二是要求原定春节关门的门店全部开业，以方便市民购买防疫用品。三是要求物价科做好价格监控，严禁涨价；同时要求各区域经理配合物价科做好检查，不得让门店私自囤货，高价售卖。四是安排商品部及信息部做好限购政策，确保更多市民能买到急需的防疫用品。五是动员全体后勤人员，协助采配中心做好物资转运及配发工作，确保门店不断货。

当疫情碰上春节，这无疑极大增加了百姓乐大药房的采购难度和成本。王篪说：“面对批发商放假、政府管控防疫物资资源的艰难情况，公司采购和配送的员工们，经常开着货车在批发商的仓库外彻夜守候，反复沟通说服批发商派人临时复工给我们开货。连续数十个昼夜，负责购进的人都是天没亮出发，凌晨三四点才拉着一点点可怜的防疫物资回来入库。也正是这一点一滴的坚持不懈，才使得我们在整个疫情期间从未断货。”

与此同时，百姓乐大药房的整个后勤系统，反应迅速，保障有力，几乎全员按时返岗。甚至在疫情公布当天就从各地购回口罩 8 万余只，板蓝根 1.9 万盒，抗病毒系列 4.5 万盒，后勤人员加班加点第一时间将防疫物资投放到各门店。

据统计，疫情发生至今，百姓乐共购进口罩 1125 万个，抗病毒 15.8 万盒，板蓝根 10.78 万盒，连花清瘟 19 万盒，84、酒精等 156 万元。

狠抓防控，保证疫情期间营业秩序

自疫情发生以来，百姓乐大药房连锁有限公司先后组织为全体

咸阳百姓乐大药房员工坚守岗位，奋力抗疫　摄影：安鸿桃

摄影：安鸿桃

上班员工配发价值210472元的防护用品及消杀用品两次，用于日常防护及门店消毒。在额温枪价格飞涨“一枪难求”的状况下，不惜以高于平日市场价数倍的价格，通过各种渠道为门店配发额温枪，在短时间内保证了开业门店全部配有额温枪。此举在保证员工生命安全的同时，为顾客营造了放心的购药环境。

此外，百姓乐大药房连锁有限公司积极配合政府的防控工作，要求门店员工必须按照要求做好进店顾客测温登记工作。对于疫情期间疑似病例接触者，百姓乐大药房连锁有限公司也全部如实上报，并积极配合政府的隔离措施。先后有二十多家门店，因疫情原因暂停营业，该公司积极为员工提供隔离场所，供应必需物资，并做好员工的思想引导。

在物资分配上，王篪提出了“要尽最大可能保障更多门店的供给，我们不能靠口罩赚钱，我们不能发国难财，我们要看得更长远。虽然此时此刻我们增加了运输成本，没有挣到钱甚至是赔钱的，但长远来看，顾客信任了我们，就一定会选择我们，我们以后才能服务更多的顾客，才能走得更远，站得更高。”

把健康和快乐带给每一个人

事实证明，“把健康和快乐带给每一个人”，不只是百姓乐大药房的一句口号，更是这家企业的自始至终践行的经营理念。

2020年2月是抗疫最艰难、最关键的时刻，面对客流下滑，士气受挫，许多药店选择了提早下班甚至是暂停营业来及时止损。但百姓乐大药房连锁有限公司通过调查研究，一方面依据实际情况调整部分门店的营业时间减轻员工负担，重拾士气；一方面积极调整，转线下为线上，通过建立顾客群，并利用接龙小程序为顾客提供购药服务，同时鼓励员工利用闲暇时间送药上门等措施有效保证了客流。

“在疫情当下能取得如此成绩，这充分说明了我们公司的基础管理工作是经得起检验的，我们的质量管理工作是经得起考验的。没有因为疫情的原因而放松，也没有因为疫情带来的困难而打折扣。”王篪说。

中国农业发展银行普洱市分行

见“疫”勇为显担当　金融支农显情怀

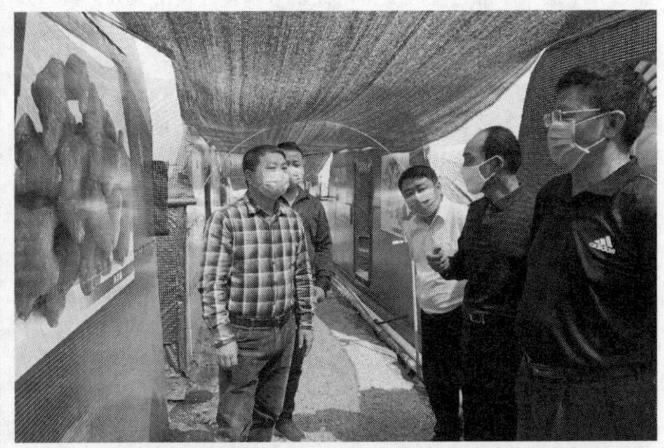

党委书记、行长张太明疫情期间实地调研中药材加工信贷项目　摄影：张理

新冠肺炎疫情发生后，中国农业发展银行普洱市分行（以下简称农发行普洱市分行）深入学习贯彻习近平总书记关于新冠肺炎疫情防控工作的重要指示批示和讲话精神，全面贯彻落实中央和省、市关于疫情防控的重大决策部署，在农发行总行和省分行的坚强领导下，坚持一手抓疫情防控不放手，一手抓金融服务不动摇，充分发挥政策性银行“当先导、补短板、逆周期”作用。面对疫情，农发行普洱市分行党委班子临危不乱，考虑深远，制定出了贷款申报“双通道，齐发力”的作战思路。一方面积极作为、快速行动、高效服务，及时对接辖内企业抗疫资金需求，为采购抗疫物资提供资金支持，保障人民身体健康和生命安全；另一方面谋划超前，思虑长远，紧跟政府指挥棒，精准扶持，积极为企业复工复产提供信贷资金，为保障民生、维护普洱经济社会平稳发展提供了金融支撑。面对疫情，农发行普洱市分行充分体现了一个政策性银行应有的家国情怀与政治担当，在普洱市金融机构中率先发放抗疫情、促复工、保民生各类应急贷款资金，为普洱市疫情防控提供优质高效的政策性金融服务。截至2020年4月初，该行已累计发放应急贷款4.134亿元，应急贷款审批额、投放额、支持企业个数均位居普洱金融同行前列，为打赢疫情防控阻击战贡献了金融力量，得到了市委、市政府和社会各界的充分肯定和高度赞誉。

跑出抗疫“加速度”

面对突如其来的疫情，农发行普洱市分行切实提高政治站位，深刻认识疫情防控的重要性和紧迫性，把疫情防控工作作为重大政治任务，认真落实农发行总行党委和普洱市委、市政府的工作要求，坚决服从服务大局，将打赢疫情防控阻击战作为践行初心使命的“试金石”，认真落实“疫情就是命令，防控就是责任”的总要求，确保“思想认识、组织领导、金融支持”三到位，以最快捷最优质的服务与时间赛跑，全力以赴为防疫物资采购和重要农产品保供稳价提供优质高效的政策性金融服务。

农发行普洱市分行党委第一时间成立疫情防控工作领导小组、建立联络指挥体系，多次研究部署全行疫情防控工作，同步确定了“坚决服从市委、市政府的工作部署，竭力履职发挥作用，全力支持全市打赢疫情防控阻击战”的工作方针，迅速抽调在思茅城区休假人员组成疫情防控应急贷款攻坚小组，积极组织辖内各支行迅速与地方政府、疫情防控有关部门对接，宣传农发行信贷政策，主动与疫情防控部门及政府确定的疫情防控物资采购实施单位对接资金需求。同时，多次向省分行请示汇报，积极争取信贷政策支持和工作指导。

为充分发挥农发行政策性银行的作用，切实保障金融支持到位，农发行普洱市分行围绕市委、市政府有关疫情防控的部署要求，迅速启动应急办贷“应急通道”，省、市、县三级行办贷人员放弃休息，真正发扬“攻坚克难我当先”的战斗精神，“白+黑”苦干作为，多环节同步运行，多线程协同作战，争分夺秒与时间赛跑，仅一周内便快速申报审批投放两笔应急贷款2.4亿元，全力确保人民群众生命安全和身体健康。

在疫情防控初期，普洱市多家定点医院防护物资和设备告急。农发行普洱市分行通过及时对接，当了解到普洱市政府指定防护物资采购企业普洱交通建设集团有限公司资金紧缺的情况后，第一时间向省分行进行了汇报，并迅速启动办贷“应急通道”，成立了疫情防控应急贷款办理专业团队，建立省、市、县三级行联动、信贷

农发行普洱市分行防疫和支农工作剪影：左图为该行支持的药品供应项目企业，让疫情期间当地居民日常用药不缺货、不断供，其连锁药房每日为市民免费提供防疫"大锅药" 摄影：宋晓艳；右上图为该行支持的春耕备耕防疫物资采购项目，让当地农户不误农时春耕作业 摄影：周晓；右下图为该行支持的传统中药企业抗疫项目，为当地各医疗机构提供优质优价中药材 摄影：柴骏

前中后台联合办贷机制，全力以赴为疫情防控重要物资生产、采购和重要农产品保供稳价提供政策性金融服务，跑出了金融驰援抗疫一线的"加速度"。农发行总行、省分行和市分行多级联动，同步通过视频方式为该笔应急贷款远程把脉，全力加速办贷流程，与时间赛跑、与生命赛跑。通过多线程协同作战，首笔1.9亿元应急贷款仅用了2天时间就实现了全额投放，全面缓解了企业采购资金压力，大量医疗物资、应急设备及疫情防控物资火速驰援普洱市医疗救治和疫情防控一线。

这既是农发行云南省分行在抗击新冠肺炎战"疫"中打响的"第一枪"，亦是普洱市内首家第一时间支持抗疫的金融机构，更是刷新了全省农发行系统的办贷速度纪录。

精准对接助复产

为缓解疫情造成的物资紧张，及时支持企业复工复产，农发行普洱市分行主动加强与多家疫情防控有关企业精准对接，及时了解企业生产经营状况、资金需求等，强化金融服务。

普洱淞茂滇草六味制药股份有限公司是普洱市的一家集珍稀药材保护、开发、科研、加工、销售为一体的中药高科技企业，被列为普洱市内疫情防控重点保障企业。当了解到普洱淞茂滇草六味制药股份有限公司急需药材原辅料采购资金需求后，农发行"特事特办、急事急办"，果断开启信贷"绿色通道"，全速加快放办贷流程，并充分用足优惠政策，千方百计按相关规定给予企业一定的利率优惠、减免相关手续费用，降低企业融资成本。通过"绿色通道+优惠政策"的"硬核"双管齐下措施，确保第一时间为企业授信1600万元的应急贷款，该笔贷款及时得以成功投放。

"农发行在疫情防控特殊时期，特事特办，急事急办，切实帮助公司解决了资金紧缺的后顾之忧，对此我们表示万分感谢！"普洱淞茂滇草六味制药股份有限公司负责人说，农发行贷款的及时到位，有效弥补了企业资金短板，极大地缓解了企业经营压力，对企业加速药剂生产加工及原材料采购，为普洱辖区各医疗机构提供疫情防控优质优价的中药材供应有着巨大的助推和保障作用。

主动出击保民生

受新冠肺炎疫情影响，2020年2月，普洱市内各类物资特别是部分不耐贮藏的生鲜果蔬及特色优质农产品出现了严重滞销的情况，部分涉农中小微企业的生产经营举步维艰；同时，受疫情检测卡点管控影响，导致普洱市场部分果蔬供应不足。

为保障居民生活物资供应，帮助辖内涉农中小微企业共渡难关，农发行普洱市分行再次出击，严格按照中国人民银行等五部委《关于进一步强化金融支持防控新冠肺炎疫情的通知》，以及农发行总行《关于强化小微企业政策性金融服务助力打赢疫情防控阻击战的通知》要求，主动对接服务，认真落实"五减免"降低融资成本，急事急办提高服务质效，再次体现了"农发行速度"。2020年2月6日，向市政府指定企业普洱市产业投资有限责任公司投放0.5亿元应急贷款，支持疫情防控期间滞销农特产品的统购统销，在稳定市场生活物资供应的同时，持续为实体经济和社会稳定保驾护航。

"农发行用足用好高效的优惠信贷政策，落实限时办贷、保证额度、优化条件、简化流程、利率优惠、优质服务、一事一议的应急办贷措施，用'农发行速度'与时间赛跑，展现了政策性银行听指挥、讲奉献、能攻坚的家国情怀和责任担当。"普洱市产业投资有限责任公司负责人评价说。

事实上，农发行普洱市分行做的不仅仅是这些。为不错过春耕备耕的最佳时机，在疫情防控初期，农发行第一时间与普洱市绿色工业投资有限责任公司对接，细致了解存在困难和资金需求，再次集结前期成功办理2.4亿元应急贷款的原班人马，前中后台办贷部门同心协力、同频共振，灵活采取电话、短信、微信、视频、邮件等非现场方式，竭尽全力加速调查审批工作。2020年2月19日，在这个传统农耕节气最重要的"雨水"时节，该行全部完成绿色投资公司2400万元授信手续，并根据企业用款计划先期投放900万元应急贷款，支持企业紧急采购医用一次性防护口罩、劳保防护口罩、丁晴乳胶手套、消毒片剂等必要农作防护物资，全力支持广大农民群众抢抓时令保春耕。同时，持续助力企业加大化肥、农药、种子、农膜等农资物品的采购供应，努力降低疫情对当地农业生产的影响，确保疫情防控和春耕生产两不误。

金融活水润"三农"

"农发行普洱市分行政治站位高，责任担当意识强，对边疆民族贫困地区感情深，一直以来十分关心支持普洱发展，特别是在这次新冠肺炎疫情防控中，农发行普洱市分行快速投放4亿多元应急贷款支持全市防疫物资采购和农产品保供稳价，对普洱市的疫情防控工作作出很大贡献。"农发行普洱市分行快速反应、主动出击助力普洱市抗击新冠肺炎疫情的重大举措，得到了市委、市政府的高度赞誉。

此后，普洱市金融办下发了《关于号召驻普各银行业金融机构向农发行普洱市分行学习的通知》，号召辖内金融机构向农发行普洱市分行看齐，继续坚决贯彻落实市委、市政府各项决策部署，积极主动作为，加大金融支持力度，全力支持疫情防控及企业复工复产工作。

“愈知前路有艰辛，愈是艰辛愈向前。普洱市委、市政府的高度赞誉，既是对我们工作的认可，更是对我们进一步做好工作的鞭策。在疫情防控的各个时期，农发行普洱市分行与全市人民一道共克时艰，举全行之力扛起疫情防控政治责任，以‘守土有责、守土尽责’的责任担当，在支持疫情防控保安全、物资采购稳供应、复工复产添动能、防疫体系补短板、脱贫攻坚奔小康等方面发挥了重要作用，跑出了农发行政策性银行的‘加速度’。”农发行普洱市分行行长张太明深有感触地说，越是关键时刻，金融越要发挥助推器、稳定器、压舱石的作用。在此次疫情防控工作中，农发行普洱市分行始终坚持“特事特办、急事急办”原则，用足用好国家和总行、省分行差异化支持政策，推出更贴心、更暖心的特殊举措，让企业得到更多实惠，切实做到思想不懈怠、工作不放松，以优质快速的金融服务助力打赢疫情防控阻击战。

张太明介绍，农发行属于国有农业政策性银行，执行国家意志，服务“三农”需求，遵循银行规律，是农发行的办行理念。作为普洱市唯一一家政策性金融机构，多年来，该行始终以服务“三农”为己任，紧紧围绕中央、省、市的决策部署，按照总行和省分行的要求，突出重点、主动作为，加大贷款力度，服务经济发展，支持的范围从粮食收购，到市政民生、农田水利、基础设施，以及农业产业化龙头企业和小微企业，形成了多方位、宽领域的业务格局。目前，农发行普洱市分行有下辖市分行营业部以及澜沧、景东、江城、墨江支行5个营业机构，业务服务覆盖普洱市10县（区）。

农发行普洱市分行始终坚持以习近平新时代中国特色社会主义思想为指导，全面贯彻党的十九大和十九届二中、三中、四中全会精神，认真落实各项决策部署，坚持高质量发展总要求，坚持农业农村优先发展，全力服务乡村振兴；以党建为统领，以创新转型为路径，以改进作风为动力，立足普洱实际，围绕“发展立行、创新兴行、管理强行”的工作思路，积极响应中央关于打赢脱贫攻坚战的决策部署，深入践行以服务脱贫攻坚统揽经济社会发展全局的战略部署，认真落实精准扶贫、精准脱贫战略，累计投入政策性信贷资金166亿元，全力服务普洱“五个一批”脱贫攻坚工作，全力支持普洱“三农”工作，全力助推普洱乡村振兴战略，有效发挥了政策性银行不可替代的作用。农发行普洱市分行党委书记、行长张太明荣获农发行全系统“2019年脱贫攻坚贡献奖”。

路漫漫其修远兮，吾将上下而求索。张太明表示，农发行普洱市分行将始终践行政策性银行的初心使命，在支持打赢疫情防控阻击战的同时，紧紧围绕全市交通、水利、脱贫攻坚、乡村振兴、特色产业等重点农业农村基础设施项目和民生领域，一如既往在信贷规模、金融服务等方面积极主动勇作为，真抓真干实担当，以新的业绩为普洱经济社会高质量发展作出更大贡献。

章 决胜脱贫攻坚 推进乡村振兴

脱贫攻坚奏凯歌

乡村振兴开新篇

美好生活的建设者

（下册）

主 编：王 争

线装书局

图书在版编目（C I P）数据

美好生活的建设者 ： 全 2 册 / 王琤主编． -- 北京 ：
线装书局， 2022.3
ISBN 978-7-5120-4954-3

Ⅰ．①美… Ⅱ．①王… Ⅲ．①新闻报道－作品集－中国－当代 Ⅳ．① I253

中国版本图书馆 CIP 数据核字（2022）第 025747 号

美好生活的建设者·下册

MEIHAO SHENGHUO DE JIANSHEZHE · XIACE

主　　编：王　琤
责任编辑：曹胜利
出版发行：线装书局
地　址：北京市丰台区方庄日月天地大厦 B 座 17 层（100078）
电　话：010-58077126（发行部）010-58076938（总编室）
网　址：www.zgxzsj.com
经　　销：新华书店
印　　制：北京联兴盛业印刷股份有限公司
开　　本：889mm×1194mm　1/16
印　　张：78.5
字　　数：2200 千字
版　　次：2022 年 3 月第 1 版第 1 次印刷
印　　数：0001—3000 套

定　　价：950.00 元（全 2 册）

线装书局官方微信

目　录

（下册）

第六章 守初心 担使命 当先锋

第七章 学思悟行

推动经济高质量发展

促进社会主义民主政治

建设社会主义和谐社会

繁荣文化教育事业

美好生活
的建设者

第八章 当代“三牛”

创新发展拓荒牛

美好生活
的建设者

美好生活
的建设者

第五章

决胜脱贫攻坚 推进乡村振兴

广西南宁市

脱贫攻坚精准布局 扶贫尽显“绣花功夫”

南宁市马山县加方乡龙开村党组织第一书记毛鑫（右一）与村民在桑园采摘桑叶 摄影：陆丽红

明亮的教室里欢声笑语，崭新的房屋里其乐融融；延绵的供水管道滋润着山区群众的心田，新修的乡村卫生室缓解了群众看病难题……五年的攻坚奋战，五年的沧桑巨变；成功脱贫的欢喜，迈入小康的幸福，洋溢在广西首府南宁乡村的每一处。

4个贫困县区、421个贫困村、40.6万贫困人口……这是2016年初南宁市所面临的贫困现状。带领40多万贫困群众脱贫奔小康，是市委向广大市民作出的庄严承诺。

在“不获全胜、决不收兵”的铮铮誓言中，自治区党委常委、南宁市委书记王小东带头扛起“一把手”责任，重抓力推“书记引航担使命”主题活动，团结带领全市各族干部群众，集中力量攻克深度贫困堡垒，真正精准到户、帮扶到人，决胜全面建成小康社会取得了决定性成就。

五年来，南宁市坚持精准扶贫、精准脱贫基本方略，坚持“核心是精准、关键在落实、确保可持续”，落实“跟上、盯住、办好”的工作要求，落实市、县、乡、村四级书记抓扶贫，全力打好“四大战役”和“五场硬仗”，以非常政策、非常举措、非常力度，为这场波澜壮阔的脱贫攻坚战贡献出了“南宁经验”“南宁智慧”。

“精准识别”树靶心

脱贫攻坚贵在精准，重在精准，成功在于精准。

自南宁市吹响脱贫攻坚战的动员号角，市委就保持专注发展定力，勇立争先之志，善谋破题之举，提出把脱贫攻坚作为推进全面建成小康社会的重中之重，以“舍我其谁”的勇气和担当，确保全面打赢脱贫攻坚战。

在推动脱贫攻坚过程中，南宁市始终把握“精准”二字，坚持精准施策，因户施策、因人施策，扎实解决“扶持谁？谁来扶？怎么扶？如何退”的问题，盯住靶心绷紧弦，坚守扶贫主战场，确保贫困人口如期脱贫。

精准脱贫，精准识别是前提。2015年底，南宁市有4个贫困县（区），421个贫困村，406466名建档立卡贫困人口，贫困发生率为9.33%。因病致贫、因残致贫，产业不强、交通落后、饮水困难、住房不安全，严重阻碍着贫困群众迈向小康的步伐……“万万没想到，离首府这么近的地方，还有这么多贫困村。”曾经的第一书记杨修凯第一天驻村时便发出这样的感慨。

贫困地区生活环境恶劣、经济发展脆弱，扶持谁？扶哪里？便有了答案。

找“病因”，开“药方”，五年来，南宁市下足绣花功夫，精细谋划作战图，举全市之力，集众人之智，全面发起义务教育保障、基本医疗保障、住房安全保障和饮水安全“四大战役”，打响围绕产业扶贫、易地扶贫搬迁、村级集体经济发展、基础设施建设、粤桂扶贫协作“五场硬仗”，切实解决“两不愁三保障”突出问题，让每一个贫困地区、每一户贫困家庭脱贫出列经得起历史检验。

为确保政策落到实处、不漏一户、不落一人，南宁市还成立脱贫攻坚战前线指挥部，选派精兵强将到脱贫攻坚最艰苦、最难啃的地区，扑下身子调查研究，运用“解剖麻雀”的方法，带领群众搞产业、搬新家、开拓致富路，以“非常政策、非常举措、非常力度”，扎实推进精准扶贫、精准脱贫，为全市脱贫攻坚工作探索出了一批可借鉴的“扶贫经验”。

“四大战役”显成效

义务教育、基本医疗、住房安全、饮水安全，能否解决这4个群众最关心的民生问题，关乎着能否高质量打赢脱贫攻坚战。2019年以来，南宁市集中力量，统筹资源，印发《打好义务教育基本医疗住房安全“三保障”和饮水安全“四大战役”实施方案》，进一步加大倾斜投入；成立了“四大战役”总指挥部，通过制定作战方案，挂起“作战图”统筹指挥，定期调度，研究解决重大问题，全力推进各项工作落实见效。

教育先行拔穷根——持续开展控辍保学攻坚行动，实现建档立卡贫困户学生资助政策从学前教育到高等教育阶段的全覆盖，建档立卡贫困户学生享受从学前教育到高中教育阶段的免除学杂费（保教费）政策，不让一名学生因家庭困难失学辍学。南宁市全面完成控辍保学工作“双清零”目标任务，并持续保持动态清零。

带着健康奔小康——南宁市五县二区（武鸣区、邕宁区）实现县域医共体建设全覆盖，其余城区全面形成市级医院集团化管理模式。全面消除了基层医疗卫生机构和人员“空白点”，并于2019年7月在全区率先将政府兜底保障接入医保结算系统。贫困户（含2014年、2015年退出户）参加医疗保险比例达100%。

住有所居解民忧——打破贫困危房户无力自筹资金的瓶颈，逐年提高农村危房改造财政补助。截至目前，南宁市共完成农村危房改造11.11万户，约40万农村困难群众喜迁新居。

百姓喝上放心水——全力打好贫困人口饮水安全歼灭战和大石山区农村饮水安全巩固提升工程建设大会战，南宁市2016至2019年共建设贫困村农村饮水安全项目2195处。2020年1月至10月19日，实施农村饮水安全巩固提升项目和农村区域集中连片供水工程776个，受益人口143.63万人。

“五场硬仗”传捷报

为确保脱贫攻坚成效的可持续，五年来，南宁市围绕产业扶贫、易地扶贫搬迁、村级集体经济发展、基础设施建设和粤桂扶贫协作，全力以赴打好“五场硬仗”并取得了新进展。

南宁市因地制宜选准适合贫困地区发展的特色产业，各县区按照自治区有扶贫任务县（市、区）特色产业目录和认定标准，每个县区确定“5+2”个特色产业，每个贫困村选定“3+1”个特色产业，发挥龙头企业、农民专业合作社等新型农业经营主体带贫益贫作用，推动产业扶贫持续深入。

“十三五”时期南宁市计划搬迁建档立卡贫困人口63133人。截至2019年12月31日，全市易地扶贫搬迁住房建设及搬迁入住任务全面完成，搬迁入住率达100%。

南宁市坚持把壮大村级集体经济作为衔接乡村振兴的重要衡量

《石山种梦》——南宁市隆安县城厢镇东信村，大山里劈山开石而建的肉鸭养殖基地大棚　摄影：潘浩

指标来推动，按照贫困村100万—150万元的标准扶持村级集体经济发展，为推动村级集体经济收入全面达标注入强劲动力。目前，全市脱贫村特色产业覆盖率全部达90%以上，全市共有农民专业合作社5620个；全市1559个村（社区）集体经济收入全部达5万元以上，全面完成了自治区下达的10万元、20万元、50万元的村级集体经济指标任务。全市有就业扶贫车间276家，吸纳劳动力23089人，其中建档立卡劳动力4512人。

加快补齐基础设施短板。目前南宁市已实现全市贫困村20户以上自然村（屯）通硬化路；实现全部行政村及自然村（屯）通生活用电，达到贫困户“有电用”的脱贫标准，圆满完成贫困村脱贫摘帽通电任务；所有行政村都已通宽带网络和4G网络信号。

粤桂协作携手奔小康。茂名市共援助南宁市3个贫困县财政帮扶资金4.1132亿元，帮助实施扶贫项目69个，共同孕育出了打赢脱贫攻坚战的胜利果实。

作者：黄长志、刘小卫、叶友良、汪峰屹、李世文

供图：南宁市扶贫办

黑龙江省绥化市

脱贫攻坚当先锋

绥化市扶贫开发工作办公室荣获全国脱贫攻坚先进集体荣誉称号后合影留念

链接：绥化市扶贫开发工作办公室成立于2017年，是绥化市政府工作部门，行政建制为正处级。现有在岗人员16人，均具有大专以上学历，其中具有研究生学历的5人、本科学历的10人，中共党员13人。2021年，绥化市扶贫开发工作办公室荣获全国脱贫攻坚先进集体荣誉称号，所属扶贫开发信息中心荣获黑龙江省脱贫攻坚先进集体称号；绥化市扶贫办副主任韩英超被评为2019年度“黑龙江省人民满意公务员”并获得“全省脱贫攻坚奖”，2021年绥化市扶贫办副主任张宪民荣获黑龙江省脱贫攻坚先进个人荣誉称号。

2021年2月25日全国脱贫攻坚总结表彰大会在北京人民大会堂隆重举行，黑龙江省绥化市扶贫开发工作办公室（以下简称绥化市扶贫办）荣获“全国脱贫攻坚先进集体”光荣称号。消息传来，绥化市扶贫办工作人员激动万分、百感交集。

全市6个贫困县、429个贫困村到2019年底实现高标准、高质量脱贫出列，167532名建档立卡贫困人口全部脱贫。国贫县望奎成为全省首批摘帽县之一；国贫县兰西、明水以零漏评、零错退成绩，顺利摘掉贫困帽子。兰西以99.07%的群众认可度高居2018年全省脱贫摘帽县榜首；深度贫困县青冈、海伦在2019年脱贫摘帽第三方评估中，也取得了零漏评、零错退的优异成绩，分别以99.68%和99.53%的群众认可度在全省最后一批贫困县退出中领跑。

脱贫成效进入全省一流行列，夺得饮水安全、贫困户危房改造、扶贫小额贷款发放、贫困劳动力务工就业、产业项目形成扶贫资产总量等多个全省单项第一。

成绩见证光荣。光荣的背后，凝结着这个集体中每一位扶贫人的汗水和付出。

立足全市脱贫攻坚整体上水平、提质量，践行“打高分才算及格”“好成色才算满意”的总体要求，绥化市扶贫办充分发挥工作职能，当好脱贫攻坚“参谋部”、问题整改“领头羊”、攻坚克难“先锋队”，为全市高标准、高质量决胜脱贫攻坚做出了突出贡献。

强化考评调度，压实落靠责任

2016 年绥化市扶贫办新班子组建后，在市委市政府的坚强领导下，认真贯彻落实“五级书记抓扶贫、市县抓落实”的领导体制和“落靠党委政府主体责任、行业部门分工责任、驻村结对帮扶责任”等责任机制，注重发挥主要领导带头示范作用，精准督导落实市县乡村各级书记带头“遍访贫困对象”要求，市委主要领导完成 43 个重点乡镇遍访任务，解决实际问题 120 多件。

绥化市扶贫办副主任韩英超在兰西县指导乡村脱贫攻坚工作 拍摄：兰西县委宣传部

用好考评指挥棒。通过在内容上突出扶贫开发，在分值上加大考核权重。在具体考核过程当中，坚持问题导向，敢于较真碰硬；坚持结果导向，实现奖优罚劣；坚持目标导向，树立质量至上。使脱贫攻坚成为评价工作实绩的主阵地，争先创优的主战场。

用活工作调度制。通过召开市委常委会、政府常务会、扶贫开发工作领导小组会、市委重点工作调度会、脱贫攻坚专题推进会、调度会等，层层传导压力，调度推进工作。实行日常工作“月调度”、重点难点工作“周调度”、临时问题“随机调度”，确保重大决策部署、重点难点问题及时全面落实解决到位。2020 年全市共召开专题研究部署脱贫攻坚会议 22 次，解决实际问题 58 件。

用实整改工作法。贯彻市委“清单制链条式”工作法，结合大数据分析，精准用好“提示单”“督办单”“成绩单”，实行“专班制”“调度制”“日报制”“督查制”，环环相扣，闭合链条，让“清单链条”到底到边，让“指挥调度”有用管用，在排除风险、推进落实、补齐短板、解决难题等方面起到了积极作用。全年共下发提示单、督办单 52 次，指导解决问题 736 项，切实把问题导向贯穿脱贫攻坚全过程。

牢牢把握“正面宣传引导”的主动权。2020 年绥化市在省级及以上媒体开展脱贫攻坚各类典型宣传报道达 456 条，在国家级媒体和新闻平台报道 254 条、在省级媒体报道 202 条。

强化政策举措，推动精准落地

绥化市扶贫办聚焦“两不愁三保障”，督促重点行业部门履职尽责，推动各项扶贫政策举措精准落地，最大限度地释放政策红利。

农村饮水安全是“两不愁三保障”重要指标之一，关系群众切身利益和身体健康。全市累计投资 16.06 亿元，用于农村饮水安全工程建设，大力推进农村饮水安全工程规范化管理，无故障运行，农村饮水安全率达到 100%，实现饮水安全有保障。

累计投资资金 56.97 亿元，改造“四类人群”危房 15.3 万户，其中建档立卡贫困户 4.1 万户，所有贫困户都住上了“安全房”“暖屋子”，住房安全有保障。

严格落实建档立卡贫困人口医保待遇倾斜政策，将贫困人口及时纳入“三重保障”制度覆盖范围，建档立卡贫困人口基本医疗参保率达到 100%，全部实现市域内贫困人口基本医保、大病保险和医疗救助“一站式服务、一窗口办理、一单制结算”。2020 年全市贫困人口享受医保报销及救助 38 万次、3.4 亿元。有一个县级市开展了贫困人口医联共建远程诊疗，让患有重病和疑难病的农村贫困人口享受到了北京协和医院等国内国际顶尖专家的亲自会诊和治疗，降低了贫困患者医疗费用、提高了诊疗效果，实现了“小病不出村”“大病不出县”。

全市累计投资 18.85 亿元，农村办学条件明显改善，全市 9453 名建档立卡义务教育阶段适龄学生全部得到精准安置，实现义务教育有保障。

兜紧筑实民生底线，2020 年全市为贫困户发放低保、五保、养老保险、残疾补贴等近 4.25 亿元。

助推产业发展，带贫致富增收

按照绥化市委提出的“决胜全面小康、决战脱贫攻坚、巩固脱贫成果、提升带贫能力、实现共同富裕”的部署要求，始终坚持“脱贫攻坚、乡村振兴、县域发展”三位一体，锛住“人均增收千元”目标，指导各县（市、区）创新实践“做强主导产业、壮大集体经济、推进‘三变’改革、强化科技支撑、培育合作主体、发展庭院经济、扩大消费需求、组织劳务输出、生态经济双赢、文化滋养民风等“十带贫十致富”长效机制，让更多贫困群众在供应链、产业链、价值链上增收致富。

绥化先后与广东恒大、浙江新和成、浙江金达、山东诸城兴贸、福建象屿等一批知名企业进行战略合作，投资建设了一批重点产业项目，积蓄县域经济发展动能。

到 2020 年底，全市共建成扶贫产业项目 643 个，形成扶贫资产 30.5 亿元，扶贫小额贷款累计发放 19.45 亿元，光伏扶贫电站投入 17 亿元，完成并网光伏扶贫项目 238 兆瓦，占全省 39.5%，实现了产业扶贫和项目到户全覆盖。贫困人口总收入达到 19.16 亿元，人均纯收入由 2016 年的 4416 元增长到 2020 年的 11949 元。其中，工资性收入 5.86 亿元，占 30.5%，收入结构更加优化。

精研政策业务，全程指导服务

绥化市扶贫办派出一名副主任常年驻县、进村、入户，点对点指导，成了扶贫干部的“老熟人”、贫困群体的“贴心人”、解决难题的“大能人”、家庭生活的“局外人”、脱贫攻坚的“关键人”。4 年来，他共走访了 3700 多个农户，为贫困群体解决实际问题 2100 多件，开展各类专业教育培训 350 多场（次），培训人员近 6 万人（次），实现了县、乡、村都有脱贫攻坚政策和业务的明白人。绥化市扶贫办还组织业务骨干经常深入基层进行指导，查找问题、狠抓整改，开展培训、普及政策。

积极应对新冠疫情影响，绥化市扶贫办协调相关部门为贫困户送服务。采取包机包车形式，组织开展“点对点”劳务输出，全市贫困人口 2020 年外出务工人数达到 5.35 万人，比上年增加了 0.77 万人，其中省内务工 4.25 万人，省外输出 1.1 万人。通过组织开展“消费扶贫大集”等，拓宽扶贫产品销售渠道，认定扶贫产品 805 个，销售额 8.76 亿元。

紧盯内生动力抓“志智双扶”，共开展各类实用技术技能培训 2627 期，培训农民近 5.6 万人次，全市实现自主创业就业 1.9 万人。全市培育和树立脱贫攻坚各类典型 524 个。牢牢把握“正面宣传引导”的主动权，2020 年绥化市在省级及以上媒体开展脱贫攻坚各类典型宣传报道达 381 条，在国家级媒体和新闻平台报道 213 条、在省级媒体报道 168 条。

盯住重点人群防返贫牢牢把住贫困对象退出关、年终成效考核关，紧紧扭住脱贫质量这一核心内容，对标对表抓整改、抓落实。建立健全了监测预警和帮扶机制，切实保证边缘易致贫户不滑入贫困，脱贫不稳定户不返贫，为巩固脱贫攻坚成果、推进乡村振兴奠定了坚实基础。通过大数据筛查、乡村干部走访排查、相关行业部门预警、农户申报等途径实时监测，根据风险原因和等级，因人因户分类施策，及时开展针对性帮扶。对于脱贫不稳定户，认真分析其“易返贫”原因，强化帮扶措施，加大帮扶力度，增强其收入的稳定可持续性；对于边缘户，仔细研判其“易致贫”风险，有针对性采取小额贷款、安排公益岗位、组织外出务工等措施；因病因残因灾等引发刚性支出明显超过上年度收入的，加大兜底保障扶持力度。

组织开展入户普查，确保脱贫完成质效。从 2020 年 3 月份开始，组织指导各县（市、区）提升国网数据信息质量，做到“账账相符”“账实相符”。7 月，绥化市 5 个国贫县和 1 个非贫困县北林区，869 个村、60689 户建档立卡贫困户接受普查。经过入户核实普查，顺利完成了建档立卡贫困户脱贫攻坚普查工作任务，所有贫困户一收入、两不愁、三保障标准、“两不愁三保障”“三通三有”等核心指标实现账实相符，达标率均为 100%。

黑龙江省有 22 个单位获得全国脱贫攻坚先进集体荣誉称号，有 7 个先进集体进京参加全国脱贫攻坚总结表彰大会。绥化市扶贫开发办公室党组书记、主任刘晓光作为黑龙江省先进集体代表之一，在庄严雄伟的人民大会堂万人大礼堂里目睹了大会盛况，亲耳聆听了习近平总书记的重要讲话。会后，他在接受采访时满含深情地说：“下一步，还有巩固拓展脱贫成果、有效衔接乡村振兴的艰巨任务等着我们去完成，我们一定要咬定青山不放松、撸起袖子加油干，脚踏实地，不懈奋斗，继续精心描绘乡村振兴波澜壮阔的历史画卷！”

作者：张宪民

安徽省蚌埠市

深耕乡野　产业富农

扶贫扶长远，长远看产业。在精准扶贫的 N 种路径中，产业扶贫是稳定脱贫的根本之策，是增强贫困地区造血功能、帮助群众就地就业最直接、最有效的路径，也是实现脱贫效果可持续性的长远之计。

“把产业扶贫作为脱贫攻坚的重中之重”“把产业扶贫当作经济工作来抓”“围绕产业扶贫这项造血工程用劲发力”，一直是安徽省蚌埠市近些年的坚持，该市立足本地资源优势和产业基础，做好红黄绿白黑“五彩”特色产业文章。

——以“绿色”线主导，聚焦蔬菜增产增收、林业增绿增效，全市蔬菜扶贫产业基地 25 万亩，创建市级以上蔬菜标准园 60 家，带动 5000 户以上贫困户增收。

——以“黄色”线增彩，通过“企业＋贫困户”利益联结机制，推进秸秆综合利用，已建成 17 个秸秆收储中心，村集体增收 193.57 万元。瓜蒌种植面积达 3000 多亩，带动 120 余名贫困群众增收。

——以“红色”线点缀，出台政策扶持稻渔综合种养，2019 年稻渔种养面积翻一番，总面积达 9 万亩，亩均产值 3000 元左右，通过流转土地和吸纳就业带动 1000 余户贫困户，户均增收 1000 多元。发挥“怀远石榴”品牌效应，壮大石榴饮品等深加工规模，已建成 6000 亩石榴扶贫基地，带动 1.8 万人增收。

——以“黑色”线搭配，采取“合作社＋基地＋贫困户”模式，带动贫困户发展黑色水产品、黑花生等“黑色产业”，实现增收脱贫。

——以“白色”线打底，依托全省最大的现代牧业奶业生产基地，吸收贫困户到企业务工。怀远县发展“白莲坡贡米”、优质高效节水抗旱糯稻等“白色产业”，带动 6528 户贫困户增收。

如今，从授人以鱼到授人以渔，“产业之花”已经开遍这片皖北大地，产业发展正在成为贫困群体增收致富的“金钥匙”，领跑蚌埠脱贫“加速度”。

究竟，蚌埠市贫困群众脱贫致富的动力是如何一点点被激发的呢？

把致富能人留在村子里

“火车跑得快，全靠头来带。”一个村在脱贫攻坚中取得好的成效，离不开精明能干的致富带头人。把致富能人引到村子里或留在村中也许就已经成功了一半。

如果不是翻看了电脑里留存的那几张老照片，你可能很难想象，眼前这个触网不过三年便已成“网红”的蚌埠市固镇县陡沟村在 5 年前还是个“三无”贫困村：无主导产业、无集体收入来源、无致富带头人，建档立卡贫困户 104 户 263 人，是蚌埠市 88 个贫困村之一。

一切的改变源于两个人，一个是被组织派驻陡沟的驻村扶贫工作队长童俊杰，另一个是生于斯长于斯成于沪的职业新农人黄计亮。

2016 年春节期间，在上海闯荡多年已小有成就的黄计亮回到老家陡沟村探亲，被童俊杰“逮”个正着。

这个“逮”，事实上有点守株待兔的意思。童俊杰坦言，自从 2014 年 7 月正式派驻陡沟村，便一直为村里的“三无”犯难，直到从村民口中得知黄计亮的名字和目前发展情况后，就开始“算计”上了他，希望他能参与到家乡脱贫摘帽工作中来，为村里打造一支“不走的扶贫工作队”，实现脱贫奔小康的目标。

于是，两人的第一次见面，在简单的寒暄和自我介绍后开始了“一对一”灌输式洗脑：国家扶贫政策都有哪些，蚌埠和固镇各有哪些扶贫具体工作，陡沟村面临的脱贫和发展难题，在哪些方面可以大有所为……

说者有心——“家乡的发展希望你能参与”；听者有意——“一个‘外人’尚且用心如此，我一个村里人有什么理由拒绝付出？”一来二去，黄计亮返乡创业的事就这么定了下来。

人才是最大的资源，黄计亮的留下让童俊杰酝酿开展的“智志双扶”工作最终有了落笔。两人说干就干！先是成立安徽绿鑫生态农业有限公司，通过流转土地、订单采购、整合资源等方式，实现农业生产、加工、统销的组织化和规模化。后又引入现代企业经营理念，将农业和电商深度融合，成立“农粮驿站”电商平台，架构起“兴农扶贫”板块，在网上架起了联系消费者和贫困户的桥梁，将社会扶贫的爱心“点到点”更加精准地传递到贫困户家庭。

“将贫困村走出去的 80 后青年从城市召回农村，从市民变成农民，从企业老板做回农村致富带头人，黄计亮的回归既是扶贫扶智的成果，也是打赢脱贫攻坚战的重要保证。”固镇县委书记吴永彬告诉记者，固镇县在脱贫攻坚工作中大力实施“凤凰回归、人才

蚌埠市固镇县陡沟农粮驿站

蚌埠市人大、市政府、市政协领导为消费扶贫联盟授牌

回家”战略，吸引在外从政、经商、就学的固镇籍成功人士为家乡精准扶贫事业提供信息、贡献力量。截至目前，固镇全县引进培育农村致富带头人 84 人，他们在脱贫攻坚、美丽乡村和乡村振兴工作中发挥着重要作用。

不止在固镇，蚌埠市的怀远县、五河县脱贫攻坚主战场上，也同样用“温情牌”不断向已经飞到村外的“金凤凰”们发出邀约。

2014 年被选派到怀远县龙亢镇韩庙村出任党总支第一书记、扶贫工作队长的蒋泽瑞，通过各种渠道与在上海从事蔬菜大棚生产的“双培双带”致富带头人韩友兵联系上，积极鼓励他返乡创业，并靠前服务提供全方位支持。几年下来，韩庙村在韩友兵的带动下，成立了“蓝兵蔬菜种植专业合作社”，把蔬菜产业做成了村里的主导产业，合作社和扶贫科技示范园为主的优质大棚蔬菜基地达到 600 多亩，带动贫困群众数十人增收脱贫。

2019 年获全国“万企帮万村”先进民营企业表彰的五河县泓隆农业有限公司领头人祝宗龙，也曾是一名从黄盆窑村“出走”的青年，是浙江省嘉兴生意场上的风云人物。一人富了不算富，大家富了才真富。2012 年，带着浓浓的家乡情结，祝宗龙毅然返乡，铺路修沟、整田下肥，将村里的低洼地改造成高效农田和养殖水塘，带领村民一起种植优质水稻、专用小麦，养殖小龙虾、甲鱼。到目前，他以每年每亩 600 元的标准先后流转土地 4000 余亩，改造了 12000 亩高标准农田和稻虾、稻蟹、水稻甲鱼连作基地。在他的引领下，当地 1000 多户 4000 多村民走上致富之路，7 户贫困户 16 人获得常年务工岗位。

把贫困户嵌在产业链里

蚌埠市在帮助贫困户脱贫时尽力再带出一个产业，把贫困户牢牢嵌入其中，让贫困户实现稳定脱贫、高质量脱贫。

如今，年轻农民大多外出谋生，留守农民缺乏致富门路更缺乏致富的内生动力。

固镇县陡沟村秦声宝就是其中一位。他是一名患有癫痫病的贫困户，因无法外出务工，只能在家种地过着贫穷的生活。2016 年驻村扶贫工作队介绍他到绿鑫生态农业公司农产品生产基地务工，在这里，他每月能领到 1000 多元的工资和每年 5000 多元的土地入股收益。

随着组织化的农业生产，像秦声宝这样在家发展产业或就业，既能照顾家庭还能挣钱的贫困户越来越多。而随着电商平台为那些自愿发展家庭种植养殖产业和手工加工产业的贫困户打开了一扇窗，不仅提振了他们脱贫的信心，内生动力也被进一步激发。

“‘农粮驿站’带贫减贫模式的成功之处不仅在于帮助农户售卖农产品，更关键在于它形成了从产品的生产、加工、包装和销售全产业链带动贫困户参与发展的模式。”陡沟村第一书记、扶贫工作队长童俊杰直言，把贫困户嵌到产业链里，产业带贫效果才会更好。

在陡沟村，花生、蔬菜、土鸡等户均产业订单达到 3 个，能干的贫困户都成为“农粮驿站”的供货人，全村有 6 名贫困劳动力成为“农粮驿站”的专职快递配送员，接受技能化培训的残疾人魏松在“农粮驿站”开设了自己的花茶网店。

在蚌埠市扶贫办副主任方晋峰眼里，“农粮驿站”探索的组织化、规模化、技能化带贫发展方式，让贫困户成长为农业产业工人、贫困村变为大货仓，特色农产品成为网红商品，具有较高推广价值。2019 年，“农粮驿站”模式入选全球 110 个最佳减贫案例、联合国南南合作减贫知识分享案例和全国电商精准扶贫案例。

现在，“农粮驿站”不仅带动陡沟村贫困户通过劳动脱贫致富，溢出效应也已初步显现，将全县 11724 户贫困户农产品信息全部纳入其网络销售系统，为贫困户自种自养农产品对接市场销售提供兜底保障。2019 年通过“农粮驿站”线上线下带动销售农产品金额达 1800 万元，参与生产经营贫困户 2254 户，户均增收约 1920 元。

如果说，蚌埠市借力电商平台带动贫困户发展家庭产业这种“扶上马，送一程”的现代化带贫模式已经经受住时间考验，那么，通过上门收购打通农产品上行最后一公里这种“以购代捐，产销对接”的创新性消费扶贫模式，正走在路上。

一直活跃在公益前沿的安徽亿发久集团董事长张玉洁，在 2019 年的一次慰问贫困户活动中，突然被贫困户一句“产品好有什么用，又换不成钱”所刺激，继而产生一个想法，传统农业中的农产品销售短板让贫困群众脱贫无门、致富无望，亿发久作为供应链公司，不正好可以为他们做点什么吗？

于是，张玉洁带着团队数次深入乡村走访村支书和扶贫工作队长，了解当地的特色农副产品，调研脱贫增收路径。2019 年 10 月 17 日，她再次走进蚌埠市五河县新集镇李八村，与村委会签下了第一单农副产品采购意向书，一举扛起消费扶贫大旗。11 月 25 日，她又赶赴蚌埠市怀远县龙亢镇关庙村，与村带贫企业翔龙米业签订了大米产销对接协议。在连续的进村入户走访调研中，她又对五河县的水鸭、怀远县的黄牛以及散见于田间地头的蔬菜瓜果产生兴趣，希望以统购统销的方式，把贫困户“家门口”的优质农副产品推销给本市制作团餐的企事业单位，通过打通小农生产的农产品销售难瓶颈，省略中间流通环节，使贫困户获取更多收益。

思路是有了，但工作推进起来却十分艰难，需要打破团餐单位现有的利益藩篱，需要服务千家万户零散的贫困户。面对“万事起步难”，张玉洁常常这样自我打气：“履行社会责任，在帮助贫困户脱贫时再带出一个产业，把贫困户牢牢嵌入产业链中，实现稳定脱贫、高质量脱贫，何乐不为？”在蚌埠市扶贫办、市商务外事局等部门的支持下，经过积极运作，2019 年 12 月 29 日，安徽亿发久集团第一家扶贫超市正式揭牌，发动安徽财经大学、蚌埠学院、市女企业家协会等 32 家单位成立了全市第一个“消费扶贫联盟”，团结社会各界朋友，为扶贫解困工作贡献更多的热情和力量。

眼下，“以购代捐”扶贫模式已经成功走进蚌埠市高校食堂，“扶贫米”一天卖出几百袋，平均每斤为贫困户增加收入0.08—0.12元。

把特色种养植进泥土里

蚌埠市立足本地资源优势、产业基础、市场需求和技术支撑，深化“四带一自”产业扶贫模式，做好红黄绿白黑“五彩”产业扶贫文章，创新带贫利益联结机制。

农村最大的特点是“农”，如何打好“农”字牌，以“农”助跑贫困地区脱贫摘帽？通过多年探索与实践，蚌埠市各地结合自身资源优势、产业基础、市场需求和技术支撑，在发展壮大石榴、小龙虾、绿色蔬菜等特色产业方面做出了自己的选择，得到了理想的答案。

五河县朱顶镇陈台村在坚守传统的蔬菜种植基础上，把红泡椒作为主打产品，推动全村泡椒种植规模由原先的几十亩发展到现在的1800亩，亩产泡椒超万斤，成熟季时，村里平均一天要往周边省、市输送泡椒十几万斤。沱湖乡大岗村已建成稻虾共作生态养殖基地1万亩，通过土地流转、帮助就业、指导贫困户自种自养统一销售等途径带动贫困户增收，项目全部建成后将直接带动3000贫困户增收。漴南村则以国家级农民专业合作示范社、农业产业化龙头企业为依托，打造出一个集500亩白萝卜、100亩香瓜、80亩优质西瓜和30亩特色优质水蜜桃等特色瓜果蔬菜产供销一体化的产业扶贫示范基地。

怀远县韩庙村结合“两河”水资源优势和村民养殖小龙虾的技术优势，成立了东方红小龙虾养殖合作社、夕阳红小龙虾养殖基地及150亩的优质莲藕种植公司，并以大户带动、贫困户参与、以土地入股等多种参股模式让水产养殖初具规模。双桥集镇金银花产业扶贫基地积极发展订单农业，探索出一条以金银花产业发展助推脱贫攻坚和乡村振兴的新路子。陈集镇与北京国昊树莓农林科学研究院合作，积极打造“特色树莓小镇”，采取“公司+贫困户+合作社”及合作社代种代管等运作模式，建设树莓基地850余亩，带动贫困户821户，让树莓成为农民的“致富果”。

固镇县连城镇禹庙村依托陈塘关种植专业合作社，流转1000亩土地，建立了禹庙村莲藕扶贫基地，采取“合作社+基地+贫困户”模式，发展莲藕采摘及观光项目。同时，以狼湖河蟹养殖专业合作社为依托，发展养蟹户36户，规模达到1500亩；实施有机水稻项目种植面积达2000亩。湖沟镇马楼村的蓝孔雀养殖扶贫项目已经建立了以基地、农户、贫困户为主体，集观光、加工、销售合作的模式，养殖规模已经达到4500只。仲兴乡争华羊业有限公司义务为贫困群众开展养殖技能培训、吸收贫困户贴息小额贷款入股、保价回收贫困户所养湖羊进行扶贫，目前公司建起养殖和育种基地4个，直接带动1000余户农户致富，合作社总饲养量达30余万只。

来自蚌埠市扶贫办的信息显示，全市750个有扶贫开发任务的村全部因地制宜制定了村级产业发展规划，把发展“一村一品”同产业扶贫有机结合，目前已有88个特色种养业扶贫村产业发展达标，自种自养贫困户产业发展达标16584户、人均净收入1343元。“怀远县石榴、树莓、特色西红柿规模化种植，五河县稻虾共作、黑木耳，以及固镇县朝天椒、瓜蒌、黑花生等具有长期性、稳定性的扶贫产业，正成为带动贫困群众稳定脱贫的新引擎。”蚌埠市扶贫办副主任施建宾表示，为打好脱贫攻坚收官之战，全市下一步将继续大力推广“四带一自”产业扶贫模式，继续绘好红黄绿白黑“五彩”特色扶贫画卷，通过发展壮大特色产业，创新带贫利益联结机制，打造出产业发展好、示范带动好、利益联结好、增收效果好，贫困群众内生动力强的“四好一强”特色扶贫系列产业。

因村施策，靶向投入，用“五彩”产业链编织贫困群众致富梦，由稳定脱贫到逐步致富的道路，辛苦但很甜蜜。

陕西省咸阳市

以脱贫攻坚“六四四”工作法 汇聚硬核力量　攻克贫困堡垒

陕西省农村危房改造“四清一责任”工作推进现场会在咸阳召开

党的十八大以来，特别是2015年中央扶贫开发工作会议以来，咸阳市自觉把脱贫攻坚作为全面建成小康社会最紧迫的底线任务，全市动员、全民出击、全面推进、全力保障，举全市之力向贫困发起“总攻”，闯出了一条贯彻上级部署、富有咸阳特色的“六四四”脱贫攻坚新路子。

“今年，我要扩大养殖规模，带动大家和我一起搞养殖，一起脱贫致富。”三原县陂西村村民常中富讲起自己的脱贫故事，脸上写满了幸福与满足。“看到他通过养殖山羊实现了脱贫，我们也感到特别欣慰。”帮扶干部高创说。

如今行走咸阳，看不完田园美景，品不尽瓜果甜香，住不够农家民宿，听不厌史诗秦腔，数千年风云传承精神，新时代气魄谱写华章，处处可见干部群众齐心协力拔穷根，时时可闻乡村振兴高歌猛进唱辉煌。截至2019年底，咸阳全市13.34万户46.72万名建档立卡贫困人口，已脱贫12.23万户44.77万人，773个贫困村全部退出，4个贫困县全部摘帽，贫困发生率从2014年底的10.53%降至0.63%。

近年来，咸阳全市上下创新思维、砥砺奋进，探索形成的“四有四连兴产业、四增四创促就业、四通四建夯基础、四扶四送添活力、四帮四促聚合力、四抓四查强保障”脱贫攻坚“六四四”方法路径，体现着“马上就办”促脱贫的效率作风，彰显着“办就办好”

脱贫工作剪影：左图为村级总队长和帮扶队员一起研究扶贫工作；右上图为黄花菜产业助力脱贫 摄影：李军朝；右下图为就近就地稳定就业

保脱贫的责任担当，凸显着“集聚众智”抓脱贫的强大合力，有效解决了全市脱贫攻坚中的诸多困难和问题，为全面建成小康社会、奋力谱写新时代乡村振兴新篇章奠定了坚实基础。

“四有四连”兴产业，拓宽脱贫增收新渠道

泾阳县船头村贫困户贾文革2016年进驻雅泰奶山羊养殖基地时有奶羊19只，奶羊资产约3.5万元，经营一年后，便已发展到30只奶山羊，纯收入2万元左右，奶羊资产增加到5.5万元左右，实际收入接近4万元，不但摆脱贫困，更有了长远而稳定的收入来源。

产业兴旺是实现稳定脱贫和长久致富的保证，咸阳市按照“县有主导产业、镇有产业基地、村有合作组织、户有脱贫项目，产业链接、基地连户、股份连心、责任连体”的“四有四连”实施路径，把大力发展农村生产力放在首位，围绕产业兴旺下功夫，精准施策，对标落实，夯实脱贫致富产业基础，带动经济、政治、社会、文化、生态等各方面的发展，为实现乡村的全面振兴奠定了坚实基础。

咸阳市培育县域优势主导产业，抢抓省上实施“三个千亿级”全产业链项目机遇，因地制宜，错位发展，各县市均形成2—3个主导产业；打破镇域、县域界限，建设集中连片产业基地，规划建设5000—10000亩规模产业扶贫基地，建成现代农业园区270个、千亩以上连片种植基地36个、规模化养殖基地（场）1200多个；采取村企联建、村村联合、基地连村等方式，壮大农村集体经济组织，成立集体经济组织及合作社、互助资金组织935个，1885个村成立集体经济组织，773个贫困村实现村级集体经济组织全覆盖；落实产业到户扶持措施，推广“一长一短、一大一小”“四个一”产业扶贫模式，全市建档立卡产业脱贫户基本实现中长期产业全覆盖；建立益贫带贫联接机制，探索出了一大批园区引领型、企业带动型、基地示范型、股份合作型的益贫带贫新模式新亮点。

“四增四创”促就业，铺设增收致富新路子

陕西浩泽环保科技发展有限公司投资200余万元，在乾县阳裕镇太平村建设村镇工厂，首批就直接吸纳28名贫困群众就近就地变身企业产业工人。乾县太平村浩泽工厂务工者李美玲深有感慨：“从这个车间建好以后，我就一直在这里干活，离家近又方便，家里的啥事都不耽误。”

就业是民生之本，更是稳定脱贫的关键所在，咸阳市按照“转移就业增岗、公益岗位增岗、扶贫基地增岗、社区工厂增岗，创业培训、创业服务、创业信贷、创业帮扶”的“四增四创”模式，以提升贫困人口就业创业能力、帮助贫困户实现稳定就业为重点，不断开辟新的就业途径，让困难群众靠自己的双手脱贫致富，确保“一人就业、全家脱贫”。

咸阳市采取定向招聘、校企对接、异地劳务协作等方式，推进农村劳动力转移就业，累计转移适龄贫困劳动力就业16.67万人，人均年收入超过4万元；按照“就近上岗、一户一人”的原则，进行兜底安置，全市开发公益性岗位安置贫困劳动力13699人，做到安置一个人，解放一群人，致富一家人；鼓励支持农业龙头企业、农民合作社、家庭农场、农业园区等新型经营主体，通过纳贫入社、就业带动、股份合作、结对帮扶等方式，把贫困群众嵌入产业化链条；利用乡镇和村集体闲置土地、房屋，创办不同形式的扶贫车间和社区工厂76家，吸纳3453名贫困劳动力就业；积极落实创业培训、创业服务、创业信贷、创业帮扶等就业扶持政策，全力促进贫困群众创业增收，扶持创业1058人，累计发放小额扶贫贷款8.49多亿元，受益贫困户达2万多户。

“四通四建”夯基础，共建宜居宜业新家园

“以前舍不得拆老房子，觉得可惜。现在生活水平提高了，需要干净、漂亮的居住环境，不拆就落伍了。”三原县张家坳村贫困户郭有才说，2018年，他从危房搬进新居，住上安全房，圆了安居梦。

咸阳市按照“通路、通水、通电、通讯，建好‘两房’、卫生室、幸福院、文化活动中心”的“四通四建”方法举措，把农村基础设施建设作为农业调结构、农村促经济、农民稳增收的“基础工程”，夯实脱贫基础，共建宜居宜业新家园，确保在推动实施乡村振兴战略的进程中“留下人、引来人、丰富人”。

咸阳市按照国道、省道、县道、乡道、村道“五道并进”思路，打通“便民路”，实现村村通沥青（水泥）路目标，形成了以农村公路为分支，多方辐射、相互贯通、高速便捷的“扇形”区域性公路交通网络；按照“生活用水安全化、生产用水集约化、生态用水循环化、发展用水长远化”的思路，引来“润民水”，治理水土流失、做好节水灌溉，农村自来水普及率100%，饮水安全全部达标；按照“供电服务全覆盖、供电能力大提升、中心村电网改造全面升级、贫困村全部实现通动力电”的思路，点亮“光明灯”，贫困村电力入户率100%；完成农村信息化建设，联通“信息网”，行政村光纤覆盖率100%、4G覆盖率100%；全力抓好配套建设，构建“幸福家”，完成易地移民搬迁5141户17855人、危房改造4775户，建成贫困村标准化卫生室123所、农村互助幸福院1064个，贫困村文化活动中心覆盖面100%。

“四扶四送”添活力，激发自主脱贫新动能

“我是依靠党和政府的帮助、群众的信任才能有今天的脱贫致

咸阳市美丽乡村　摄影：赵天瑞

富，我希望能多贡献一点力量，带动更多人一起往前走。”永寿县五星村贫困户胡根选通过发展养殖实现脱贫后，多次请求协调土地和资金，提出让群众的扶贫资金入股，大家共同发展致富。有关部门经过充分考察研究，为其协调筹措产业发展资金80万元，建设了可存栏600只的羊舍2栋，成立了养殖合作社。

贫困群众是实现脱贫的主体力量，必须持续激发其内生动力，咸阳市深入开展以“扶心、扶志、扶智、扶技，送政策、送技术、送温暖、送服务”为主要内容的“四扶四送”活动，以激发贫困群众主体意识和角色意识为抓手，用尊重催生内生动力，用信任促进创新创造，用科教优化从业结构，不断增强其致富奔小康的责任感和认同感，实现贫困群众由“要我脱贫”向“我要脱贫”的转变。

咸阳市通过开展多种形式文化宣讲活动，把党的声音传递到基层，使贫困群众真正感受到党和政府惠农政策的温暖；全面推广落实“扶志六法”“一约四会”“一评三治”等扶志新举措，鼓励和引导贫困群众自强自立，涌现出残疾创业能人李芳龙和全国脱贫攻坚奋进奖得主、无臂脱贫能人刘斌等先进典型；创新建立教育扶贫“三卡三台账”制度，实现贫困学生从幼儿园到大学补助政策全覆盖；学习借鉴贵州经验，系统整合各方面培训资源，针对性开展订单式、委托式技能培训，全市完成贫困劳动力技能培训7.29万人次；以开展“送政策、送技术、送温暖、送服务”活动为载体，让贫困群众享受更多改革发展红利。

“四帮四促”聚合力，构建脱贫帮扶新格局

赢脱贫攻坚战，必须举全社会之合力，共同扛起脱贫攻坚的历史使命。咸阳市坚持政府主导，健全动员机制，扎实推进“定点帮扶、对口帮扶、结对帮扶、社会帮扶，促奉献、促支持、促合作、促共建”的“四帮四促”方法举措，坚持项目支撑、分类指导，形成了最大价值和效益，努力构建各方出力、齐心用力的大扶贫格局。

咸阳市充分发挥中国银行、国家交通运输部定点帮扶作用，中国银行向“北四县”累计投入超过3亿元，实施扶贫项目400多个，惠及贫困群众达10万余人；国家交通运输部投入5.35亿元实施了一大批道路畅通工程。建立咸泰扶贫协作常态化联系机制，举办劳务协作专场招聘会，确定各类产业和民生项目超过200个，总投资超过2亿元，惠及贫困人口超过10万人。实施结对帮扶，469家非公企业累计投资5.38亿元，覆盖全市653个行政村，帮扶贫困人数75804人；国企合力团13家企业在北四县确定产业项目11个、投资总额5.64亿元。全市200余家社会组织累计投入资金超过1.5亿元，实施脱贫项目300多个，惠及贫困群众2万多人次；市慈善扶贫协会建成黑小麦种植加工基地等扶贫项目16个，带动1000多户贫困群众增收致富。市慈善扶贫协会联合中国银行通过举办定点扶贫爱心活动，募集善款3232万元，用于“北四县”扶贫事业；联合中银香港5户爱心企业设立2000万港元的“北四县”奖教助学基金；中国银行联手“北四县”推出“公益中行”App精准扶贫平台，签约贫困户超过4万户，爱心消费累计金额达2.8亿元，带动5万多户贫困群众受益。

“四抓四查”做保障，建立责任落实新体系

脱贫攻坚，贵在落实。咸阳市建立健全了“抓队伍、抓制度、抓管理、抓考核，检查、巡查、暗查、自查”的“四抓四查”责任落实体系，抓住重点部位，聚焦薄弱环节，以精准细致的工作措施、主动作为的工作态度落实脱贫工作持续为打赢脱贫攻坚战提供有力保障。其中旬邑县探索提出并推行脱贫攻坚的“报账制工作法”，推动脱贫攻坚工作迈上了再巩固、再深化、再拓展、再提升的新阶段。

咸阳市狠抓队伍建设，强化组织保障，建立了横向到边、纵向到底的责任体系；把落实能上能下、容错纠错、鼓励激励“三项机制”与脱贫攻坚有机结合，全面推行扶贫政策精准告知、协办帮办、全权代办、上门服务、集中办理、监督核查6项服务制度，层层压实职责，提高群众的获得感和满意度；高标准开发精准扶贫大数据平台，抓管理增强绩效保障，形成横向到边、纵向到底的信息数据一体化机制，咸阳市精准扶贫大数据服务平台及智慧扶贫案例被中央网信办、国家发改委、国家工信部联合授予“2018数字中国示范案例”；坚持日常考核和年度考核相结合，以考核传导压力、激发动力，将脱贫攻坚任务盯牢扛实，形成一级抓一级、层层抓落实的考核落实体系；建立健全“检查、巡查、暗查、自查”常态化督查机制，组建督查、纪检、媒体3支队伍，成立11个督查巡查组，综合运用明查、暗访等形式，将检查反馈问题、隐性存在问题、潜在苗头问题等消除在基层镇村，解决在萌芽状态，确保脱贫攻坚工作务实、过程扎实、结果真实。

“鸟下绿芜秦苑夕，蝉鸣黄叶汉宫秋。行人莫问当年事，故国东来渭水流。”作为中国首个封建王朝——秦的都城，在历史的烽烟中，写下过壮美的史诗。而如今的咸阳，又在脱贫攻坚的战场上写着华丽的篇章。无论历史的辉煌，也无论当前的成就，咸阳怀着一往无前的信心和勇气，全力以赴决战决胜脱贫攻坚，切实巩固脱贫成果，持续推进全面脱贫与乡村振兴有效衔接，继往开来，谱写着咸阳高质量发展的新篇章。

作者：唐世斌

甘肃省陇南市

减贫路上　步履铿锵

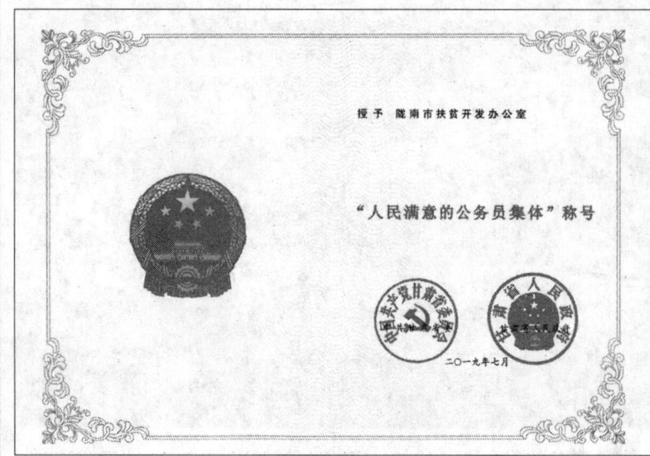

贫困，一直是限制陇南发展的最大难题。"守着绿水青山过着穷日子"这一现实困境，像一副千斤重担，压在陇南人的肩头，也沉甸甸地压在历届陇南市委、市政府和广大干部职工的心上。

"决不能让贫困阻挡发展，决不让贫困代代相传。"党的十八大以来，甘肃省陇南市委、市政府把摆脱贫困作为最大的政治任务，以"弱鸟先飞、至贫先富"的勇气向贫困发起总攻，步履铿锵地探索出片区扶贫、产业扶贫、电商扶贫、生态扶贫、旅游扶贫等多条有效路子。

一分耕耘，一分收获。经过不断努力，陇南全市130.46万贫困人口全部脱贫，1707个贫困村全部退出。脱贫攻坚以来，平均每年减贫14万人以上，贫困发生率从2011年的53%下降到0，年均下降5.9个百分点，年底将彻底解决区域性整体贫困问题，如期完成脱贫攻坚任务。2019年农民人均可支配收入从2011年的2621元提高到2019年的7734元，年均增速位居秦巴山特困片区18个市州之首。陇南市先后荣获"2015中国消除贫困创新奖""全国电商扶贫示范市""全国十佳精准扶贫创新城市"等荣誉称号，成县被国扶办确定为全国3个脱贫攻坚成就经验总结示范县之一，脱贫攻坚取得了决定性进展。

过筛子，扎实推进"3+1"冲刺清零

陇南市紧紧围绕"两不愁三保障"目标和贫困退出指标任务，采取"过筛子"方式，对全市义务教育、基本医疗、住房安全和安全饮水等方面存在的问题进行全面拉网排查，全面摸清了底数，消除存在问题，如期实现了轧账清零，"三保障"基本解决，各级干部真正做到了用"拼命指数""辛苦指数"换取贫困群众的"幸福指数"。

住有所居——坚持因地制宜、因户施策，采取拆除重建、加固维修、房屋置换、政府统建等方式，对农户危房进行改造，做到了"应改尽改"，累计完成农村危房改造10.17万户，受益人口49万多人，基本实现了"危房不住人、住人无危房"的目标。

幼有所育——全面落实各项教育资助优惠政策，建立健全控辍保学机制，持续推进冲刺清零阶段性成果的巩固提升，全市义务教育阶段适龄儿童入学率100%，持续加大控辍保学力度，严格落实"一生一案"要求、防止反弹，九年义务教育巩固率97.64%。提高对家庭经济困难学生的资助力度，有效阻隔了贫困的代际传递。

病有所医——9个县区综合医院、1万人以上的乡镇卫生院和村级卫生室全部达到标准，村级卫生室均配备了合格村医。建立了"基本医保+大病保险+医疗救助"三位一体的医保扶贫兜底保障机制，确保医保扶贫不落一人。全面落实了大病集中救治，贫困人口基本医疗保险、大病保险、养老保险、家庭医生签约服务实现全覆盖，"先看病、后付费""一站式"结算制度全面落实到位。农村低保基本实现"应保尽保"。

安全饮水——通过完善供水管网、建集中供水点、安装集雨水窖净水设备等措施，全市累计建成农村饮水安全及巩固提升工程3467处，解决了全市197个乡镇3201个行政村230.5万农村人口饮水安全问题，并建立健全饮水工程长效运行管护机制。2020年以来，积极开展"农村供水工程管护质量提升年"活动，健全完善管护运行机制，落实千人以上供水工程机构，全力推进饮水安全后续工程建设任务，确保水源稳定、水管不冻和水质达标。

下功夫，扎实开展"5+1"专项提升

陇南持续推进产业和就业扶贫，千方百计增加群众收入，扎实推进农村村组道路建设和易地扶贫搬迁，强化兜底保障，用好东西扶贫协作和中央定点帮扶力量，通过扎实开展专项提升行动，着力提升脱贫质量。

产业扶贫专项提升行动——以"宕昌模式"为牵引，持续推进脱贫产业，花椒、核桃、苹果、油橄榄"四棵摇钱树"，中药材、食用菌、苗木、茶叶"四个特别特"，养鸡、养蜂、养猪、养牛"四个特色养"已大见成效。2019年以来，全市农业特色产业规模稳定在1000万亩左右，产值180亿元，对陇南农村居民人均收入贡献达3200元。

就业扶贫专项提升行动——加强劳务技能培训，提高组织化输转水平，通过乡村大数据为外出务工人员的健康"背书"，推行点对点、一站式输送。2020年，全市外出务工贫困劳动力达34万多人，做到了有输转意愿的贫困劳动力应输尽输。全市创建扶贫车间401家，吸纳劳动力1.1万人，认定创业孵化示范基地16家，带动就业5000人以上，累计开发乡村公益性岗位5万多个。

易地扶贫搬迁专项提升行动——"十三五"期间，全市共实施易地扶贫搬迁建档立卡贫困户1.49万户6.18万人，2019年底已全部搬迁入住。加快补齐大型集中安置区配套设施短板，着力推动后续产业扶持和群众就业工作，落实兜底保障等政策措施。目前，已搬迁的1.49万户已落实后续产业扶持，剩余全部落实兜底保障等政策措施。

生态扶贫专项提升行动——2014年新一轮退耕还林启动以来，全市退耕农户直接得到国家政策补助资金18.63亿元。积极争取落实生态补偿政策，每年兑现农户生态效益补偿资金5000多万元。

着眼解决深山林缘地区贫困群众增收问题，聘用生态护林员等13982人，在有效保护森林资源的同时，实现了贫困人口就地就业。

村组道路建设专项提升行动——聚焦农村公路基础设施补短板，2015年至2018年以每年3000公里的速度推进农村公路建设，新修改建农村公路1.3万公里，所有行政村全部通硬化路，外连大市场、内接千家万户的交通网基本形成。

兜底保障专项提升行动——特别关注"老、病、残"等特殊困难群体的脱贫问题，全市共保障农村低保对象17.7万人，保障农村特困供养人员1.75万人，临时救助、残疾人补贴政策全面落实，做到了"应保尽保""应救尽救""应补尽补"。

东西扶贫协作和中央定点帮扶专项提升行动——建立"脱贫共抓、资源共享、市场共建、合作共赢"的体制机制，青岛市区两级财政累计落实帮扶陇南资金15.67亿元，落地项目48个，援建扶贫车间340家，培训各类专业技术人员3.5万多人次，陇南农特产品在青岛累计销售额达9.35亿多元。8家中央定点帮扶单位投入帮扶资金2.35亿元，实施帮扶项目777个，引进各类资金3.23亿元，有力助推了全市脱贫攻坚。

陇南市扶贫办党组班子深入基层调研产业扶贫之"双椒模式"发展情况　摄影：石富全

出实招，不断探索脱贫攻坚新路

立足实际，创新思路，陇南在实践中积极探索出上承中央省委精神、下接陇南地气的电商扶贫、拆违治乱、旅游扶贫等脱贫攻坚新路子，不断拓宽扶贫渠道，贫困地区"造血"功能显著提升。

电商扶贫成为经济社会发展的"衣领子"——推进互联网、大数据、物联网等在农业种植养殖、加工、物流、营销等各环节的应用，形成了陇南电商产品卖到全国、卖到境外的"大循环"和自产自销的"小循环"互补发展格局。陇南从"藏在深山人不识"的贫困小城，变成了电商尤其是西部农村电商的领航者。截至目前，全市共开办网店1.4万多家，累计销售200多亿元，2019年电商对贫困群众收入的贡献额达到了840元。依托电子商务，采取政府引导、市场运作、社会参与的多元模式，多措并举，积极开展"陇货入青""陇货入羊城""山珍进鹏城"等消费扶贫活动，打造了20多种知名农产品品牌。

"拆危治乱"重塑乡村治理——发挥党组织的组织力、政府的执行力、群众的内生动力，从2019年3月开始在全市范围内开展"拆危治乱"集中行动，按照"一保、二建、三修、四拆"的原则，对古村落、古民居、古建筑应保尽保，对新建房屋落实各项农村住房补助政策，对有使用价值的旧房通过维修加固改造为生产用房，在保障有安全住房前提下，拆除长期闲置的危旧房、"空心房"、废弃圈舍和残垣断壁，推进房屋拆除后的土地复垦植绿，引导群众告别烟熏火燎的落后生活方式，从根本上解决了住房不安全问题，改善了农村人居生活环境，重塑了乡村治理。截至目前，共拆除危房旧房56万余间，拆除残垣断壁74.57万多米，复垦土地1.59万亩，9个县区基本实现"清零"目标。

旅游扶贫改变了群众守着"金山银山"过苦日子的现状——践行"绿水青山就是金山银山"理念，依托良好生态，挖掘利用优势资源，积极打造乡村旅游品牌，大力实施"旅游富民"工程和"百村千户万床"工程，积极探索"公司+合作社（协会）+贫困户""帮扶单位+公司+农户"等模式。全市累计建成农家乐、农家客栈2437户，打造国家级乡村旅游模范村2个，省级乡村旅游示范村9个，省级旅游扶贫试点村12个，市级乡村旅游扶贫示范村105个，280个村被列入全国乡村旅游扶贫重点村。2020年1—9月，全市累计接待游客1092.3万人次，实现旅游综合收入50.8亿元，同比增长27.35%，其中乡村旅游接待人数607.5万人，收入15.4亿元。

聚合力，坚决攻克最后贫困堡垒

决战决胜脱贫攻坚，陇南市委、市政府以高度的历史责任感和使命感，拿出真招实策，投入真金白银，坚决攻克最后的深度贫困堡垒——

把全市贫困程度最深、贫困人口最多、帮扶难度最大的地区，划分成25个特困片区，以1707个贫困村为重点，聚焦人力、物力和财力进行集中攻坚。制定下发了《陇南市关于打赢脱贫攻坚战三年行动实施意见》《进一步加强深度贫困地区脱贫攻坚的实施方案》等指导性文件，对脱贫攻坚提出符合实际的针对性举措。全面启动挂牌督战，制定"一村一方案"，明确了攻克最后贫困堡垒的任务书和时间表。加大深度贫困县资金投入，累计安排五个深度贫困县区财政专项扶贫资金69.97亿元，占省上下达资金的80.46%。着力补齐了水、电、路、房等短板，特困片区贫困群众生产生活条件发生了历史性变化，公共服务能力得到提升。

责任比山高，使命担在肩。脱贫攻坚开展以来，陇南各级干部用心用情用力帮扶，取得了实实在在的效果——

坚持把选优配强县乡党政班子和扶贫干部队伍作为抓党建促脱贫的关键环节，一大批奋战在脱贫一线的干部得到提拔重用。着力加强村干部队伍建设，公开选聘185名专职村党组织书记，3167个行政村中共有1600多名农村致富带头人成为村党组织书记，1832个村实现村党支部书记和村委会主任"一肩挑"，通过公开招考等形式选聘700多名未就业高校毕业生担任村文书。从严加强村干部队伍管理，严格执行村干部轮流坐班制，实行村干部"绩效月考评报酬月发放"制度，建立村干部审查备案和动态调整机制。精心选派驻村帮扶队伍，全市选派贫困村驻村帮扶队1707个、县以上单位选派队员5218名，覆盖了所有贫困村；向非贫困村选派驻村工作队（组）1234个3645人，锻造了一支敢打硬仗、能打胜仗的扶贫铁军，确保尽锐出战。

山西省石楼县

只争朝夕不负韶华 啃下脱贫硬骨头

调研脱贫攻坚工作

2017年6月23日，习近平总书记在山西太原主持召开深度贫困地区脱贫攻坚座谈会，石楼县委书记油晓峰参加了这次会议。在这次会上，他不仅亲耳聆听了总书记“攻克深度贫困堡垒，是打赢脱贫攻坚战必须完成的任务，全党同志务必共同努力”的重要讲话，而且有幸同总书记握了手。至今回忆起这段经历，油晓峰都激动不已。他说，当总书记同他握手，叮嘱他的时候，他感到肩头的担子变得更重，但心中的信念却更坚定：“一定牢记总书记的嘱托，打赢打好脱贫攻坚这场硬仗，以实实在在的工作成效，让这块红色土地的老区人民，过上幸福的日子！”

凭着这样的信念，石楼县委坚决扛起脱贫攻坚主体责任，日拱一卒、寸功寸进，圆满完成了各项刚性指标任务，取得了脱贫攻坚的决定性胜利。2020年2月27日，当山西省人民政府发布通知，批准包括石楼县在内的16县退出贫困县，全县广大党员干部群众争相转发、互相点赞，共同分享这一份来之不易的喜讯。

一串串数字的飞跃，是贫困群众幸福指数的快速提升

春华秋实，付出总有回报。从直观数据看，石楼脱贫攻坚各项刚性指标任务实现了量变到质变的大飞跃，到2019年底，全县累计脱贫17480户52655人，贫困发生率从54.76%下降到0.31%。

村集体收入从无到有，从仅有13个村有集体经济，到全县所有行政村集体经济突破5万元，村集体经济逐渐发展壮大。

农民收入增幅连续三年排名吕梁全市第一，从2015年的2727元，增加到2019年的4333元，群众的钱袋子渐渐鼓起来了。

农村人居环境全面改善，贫困群众户户住上了安全房，易地移民搬迁工程全部建成并投入使用，4654户15473人搬迁群众实现入住；17450户危房改造完成并全部入住。农村群众人人喝上了安全水，卫生室、综合文化活动场所、自然村通动力电比率、互联网覆盖率、无线电波村村通覆盖率等均达到100%。以PPP融资模式建设完成了96条503千米，彻底打通乡村道路堵点，实现了村村通。

一个个模式的创新，是全县上下攻坚深贫的生动写照

几年探索、几年艰辛，全党动员、全县奋进、全民参与，走出了石楼攻坚深贫的新路子。

石楼县委创新实施了“党支部+造林合作社”模式，深化拓展党建促脱贫，把支部建在生态产业链上，建设绿水青山促群众脱贫增收、促村集体经济“破零”，形成了“资源共享、生产互助、利益共沾”的合作社规范运行机制，被誉为“吕梁生态脱贫的升级版”。全县各村党支部共领办组建造林合作社137个，所有行政村全覆盖，涉及贫困户9800余人，占到社员总数的87%，贫困户人均实现增收3090元。聘用护林员1366人，其中贫困户1261人，占比92.3%，人均增收6000元，5万多贫困人口享受到生态脱贫的政策叠加红利。

创新实施了“金鸡产业”扶贫计划，推动形成“稳长清”产业带贫减贫机制。投资兴建存栏100万只蛋鸡的规模养殖场，北京德青源公司以固定资产10%的租金租赁经营，并聘用贫困人口入场工作，每年所得租金850万元，用于贫困户资产收益分配，带动3800余名贫困人口实现长期稳定脱贫。目前，北京德青源公司与石楼县签订了15年的合作协议，已完成资产收益分配570万元。

创新推动了“光伏产业”扶贫，让贫困村贫困户稳定享受“阳光收入”。以“高起点建设、高标准运维、高精准分配、高效率利用”为目标，筹资5.7亿元，建成村级光伏电站56.3MW，集中式光伏电站30MW，惠及全县113个贫困村9600户贫困户，贫困村光伏电站分配规模平均数达到500KW，村集体光伏收益平均达到50万元以上，关联贫困户的户均光伏收益达到6000元以上。在全省范围内取得了村级光伏电站规模平均数最大、村集体光伏收益最大、贫困户受益

石楼县部分扶贫产业

最大的成绩。

创新推动了“银狐产业”扶贫，为贫困群众增收“加码”“加量”。在小蒜镇王家畔村建设种貂场，该种貂场2.5万只水貂，平均产子高达6.5只，超过全国平均水平。在小蒜、龙交、裴沟3乡镇发展了5个村集体特种养殖场，辐射6个乡镇10个村集体组织，带动1331户贫困户4104口人脱贫。

一项项政策的加码，是巩固提升脱贫成效的决胜号角

脱贫摘帽不是终点，而是新生活、新奋斗的起点。石楼县围绕脱贫成果巩固，聚焦“两不愁三保障”问题，精准发力，为群众增收“加码”，为群众获得感“加量”。

今年，石楼县积极克服疫情影响，牢固树立“交总账”“军令状”意识，确定了“1927”脱贫计划，选派县委常委和人大、政协主要领导下沉乡镇担任第一书记，发挥“关键少数”的牵头作用，树立“干在一线”的鲜明导向，打造“县乡一体”的责任体系，形成“响鼓重槌”的总攻态势；成立九个督战队，对各乡镇现存问题进行挂牌督战，问题清零。加快推进扶贫项目开复工，2020年全县扶贫项目库项目136个，已安排开工项目111个，开工率81.62%；积极组织农产品网络销售，销售额达1600余万元。吕粮山猪20万头生猪产业扶贫项目在龙交乡奠基开工。

“3+6+X”产业增收计划成为群众稳定增收根本支撑。培育绿色种植业、特色林果业、生态养殖业三大主导产业带贫增收，实行直接帮扶、村集体帮扶、委托经营帮扶、政策性帮扶、合作社引领、社会帮扶“六种”产业精准帮扶模式连村到户，推行“X”多元化发展产业和多样化产业帮扶模式助农增收，推出“塬谷石楼”区域公共品牌，统一营销策划和品牌运营，打响小米、红枣、核桃、红薯、蜂蜜等有机特色农产品品牌。

驻村帮扶“三个五”制度，真正让各级干部沉到一线。要求帮扶干部做好所联系贫困户生病住院必访、婚丧嫁娶必访、突发事故必访、重大节假日必访、家庭有矛盾纠纷必访“五个必访”；袋中装的、墙上挂的、贫困户嘴上说的、系统里录的、客观有的要做到“五个一致”；党的政策最好、农村面貌变化最大、农民收益最大、干部作风最实、基础设施建设最好“五个讲清楚”。

村集体有收入之后，如何分配花好这笔资金，使其发挥出积极的带富效果和社会效应。石楼县委坚持“12345”分配支付原则，围绕通过劳务获得这一个宗旨，关注贫困户和边缘户两类群体，注意泛福利化、一发了之、优亲厚友三种行为；处理好贫困户与非贫困户、干部与群众、常住人口与在外人员、勤劳者与懒汉这四种关系，通过公益性岗位、小型公益事业劳务支付、公德乡风奖励救助、入股助力产业发展、扶持易地搬迁后续发展这五种分配途径（简称“三公一业一扶持”），将村集体收益按月支付到村到户到人。

狠抓民生福祉改善。住房保障方面。专门设立移民中心，实行日检查、日督办、日汇报，倒排工期，抢抓进度，实施入住奖励，旧村拆除复垦、强化搬迁后续保障，4654户15473人搬迁群众实现入住。创新土窑洞改造模式，被省住建厅采纳在全省推广，解决了危房改造现实问题。医疗方面，着力构建“六道防线”，贫困群众入院救治自付比例保持在10%以内。教育方面，除了精准落实各项教育扶贫政策，2019年普通高考达线率达到49.9%，连续十多年高考成绩排名吕梁山区九县前列，充分发挥职中教育资源优势，为每个贫困家庭免费培养培训一名劳动力。兜底方面，农村低保制度与扶贫开发政策有效衔接，农村低保线提到4188元，共3762户5777人受益，群众拥有了实实在在的获得感。

为有牺牲多壮志，敢教日月换新天。2020年，决战完胜脱贫攻坚，“小康路上，不落一人”军令如山。石楼人民正以“只争朝夕，不负韶华”的劲头接力冲刺，以不获全胜决不收兵的意志，誓要啃下脱贫硬骨头，以一鼓作气、乘势而上的姿态，准备夺取全面建成小康社会的新胜利……

江苏省丹阳市

精准发力　多措并举
“四轮驱动”开创扶贫大格局

丹阳市扶贫办近年来获得的主要荣誉　摄影：朱智俊、王晶

链接：丹阳市扶贫办始终坚持以精准识别为基础，精准帮扶为手段，精准脱贫为目的，切实做到“扶真贫、真扶贫”。至2020年年底，全市77个经济薄弱村村年集体经济收入都能达到80万元，达标率100%；3144户建档立卡户5688人年人均收入已达到8000元，达标率100%。丹阳市扶贫办获得2016—2017年度镇江市先进集体、2018年获得江苏省和镇江市先进集体。丹阳市农业农村局扶贫科科长、推广党支部书记庄英，先后获得全省农工办（扶贫办）系统先进工作者、全省脱贫攻坚奖、全国农业系统先进个人等殊荣。

“珥陵镇黄埝村不断探索村民增收新模式，引领村民阔步迈上小康路；杏虎村通过做大水蜜桃产业，点亮了杏虎村的幸福路；皇塘镇张埝村通过打造电商村，去年该村电商销售额逾5亿元……”

2020年立冬时节，行走在丹阳大地，稻谷飘香，丰收景象处处跃动，幸福笑脸随处可见。面对如此幸福的日子，江苏省丹阳市珥陵镇黄埝村80多岁的村民陆云芳无限感慨：“当了一辈子农民，做梦都没想到能过上如今的好日子！”

2020年，是全面打赢脱贫攻坚战的收官之年。江苏省丹阳市扶贫办主任聂晴介绍，自2016年开展“扶村帮户”达新标精准扶贫活动以来，通过采取“跟踪扶贫、精准扶贫、产业扶贫、消费扶贫”四轮驱动的举措，经过四年多的努力，丹阳77个经济薄弱村，

工作剪影。左图为召开全国扶贫日活动暨决战脱贫攻坚决胜全面小康推进会；右上图为市扶贫办、延陵镇政府和太平洋保险公司丹阳支公司工作人员到韦春来家送去防贫保险救助金；右下图为消费扶贫展会　摄影：朱智俊、王晶

3144 户（5688 人）建档立卡户如期完成脱贫目标，齐心协力跑出小康新气象。

跟踪帮扶，"扶"出脱贫攻坚新底色

延陵镇韦甲村低收入农户马荣英今年患淋巴瘤完成六次化疗后需长期服药治疗，但单一盒药的价格就要 8300 元，且只能吃三周，丈夫前几年也因胃癌做了两次手术。就在她家因病致贫陷入困境之际，丹阳市扶贫办、延陵镇政府和太保产险丹阳支公司专程送来了 14585.16 元防贫保险补助，原来，这是在该镇试点的防贫保发放的首笔大病保险救助。马荣英动情地说："经医保大病医疗结算补助和实施慈善救济后，我看病自费部分还能进行防贫保特别救助，缓解了我的生活压力，真的感谢政府的关心！"

"2020 年 6 月份，我市已对 628 户建档立卡户和 77 个经济薄弱村以及 51 个扶贫项目进行回头看和绩效评估。"聂晴介绍，2020 年以来，丹阳坚持防疫战役与决战脱贫攻坚统筹推进，深入开展脱贫攻坚"回头看"，进一步巩固提升脱贫攻坚成果。"通过专项检查，对发现的问题抓好整改推进落实，擦亮脱贫攻坚底色。"

在不断织密低保、医疗、教育、住房"保障大网"，确保扶贫路上不让一个困难群众掉队的基础上，丹阳认真开展"两不愁三保障"专项核查，并且对两类人员 80 户、158 人（其中：脱贫不稳定户 77 户、边缘户 15 户）进行动态监测，跟踪帮扶政策落实情况、后续帮扶需求情况、家庭收支变化情况，分析脱贫稳定性，制定"一户一策"进行有效帮扶，建立落实防返贫机制。

精准帮扶，"扶"出"两类"群众新生活

每天上午，在延陵镇东皇村后蒙组，低保户周兴志推着一辆清理车在村道边清理垃圾，作为村里的一名保洁工，他对村"两委"安排的这一保洁岗位感到很开心。他说："现在我通过从事力所能及的工作，每月也能拿到一份工资报酬了，有政府和各级领导的帮扶，我现在生活有盼头，奔小康更有信心了！"

在决战脱贫攻坚工作中，丹阳要求各地积极主动地对建档立卡户进行就业扶持，优先安排有劳动能力的建档立卡户从事绿化养护、森林养护、治安巡逻、环境保洁、社区服务等工作岗位，同时将摸排出的脱贫不稳定户、边缘户"两类人员"全部录入全国扶贫开发信息系统，并从政策帮扶、岗位帮扶、社会帮扶三方面对他们实现动态管理，采取精准措施，有效防范化解返贫致贫风险，不断巩固脱贫成果。目前，"两类人员"中落实岗位帮扶 20 户。

结合"高水平小康·丹阳在行动"活动，2020 年，丹阳上线"万善丹阳"App。通过政府引导，搭建社会参与平台，号召党政组织、党员干部、民营企业、社会组织等广泛参与，创新帮扶方式，积极捐款捐物、志愿服务、结对帮扶等多形式开展。截至目前，丹阳各单位志愿者共填报审核 455 户建档立卡户已录入"万善丹阳"App，其中两类人员达 21 户，现已认领或部分认领 302 户。

产业扶贫，"扶"出乡村振兴新气象

眼下，位于陵口镇折柳村的花木园内一片忙碌：村民有的在栽种小苗，有的进行育苗管理，这些基地务工的农民大多是低收入边缘户。王新娣说，近几年来，该村在全力打造"柳旺大米"品牌的同时，还利用大力发展鲜切花产业，变输血为造血，进一步厚实了村集体经济的"家底"，通过村集体经济反哺贫困户精准脱贫，逐步形成了"支部引导、村干部带头、群众参与、贫困户全覆盖"的产业扶贫格局。折柳村也因此甩掉了贫困村帽子，村集体经济稳定性收入达到 80 万元以上。"下一步，我们还将扩大花木种植规模，努力打造集生产、采摘、休闲、观光旅游为一体的花木园区。"

产业扶贫是促进经济薄弱村发展、增加贫困户收入的有效途径。2020 年以来，丹阳继续稳步推进项目建设，共落实省级扶贫项目 6 个，市级扶贫项目 15 个，其中：增收类项目 9 个、民生类项目 12 个，共涉及省、市、县三级扶贫资金 766 万元，预计增收 53.16 万元。目前，21 个扶贫项目已及时在"阳光扶贫"监管系统根据项目的实际进展情况进行了录入，做到项目立项、项目建设、项目竣工、项目验收等一个环节不少，扶贫资金流向环环跟进，做到有据可查，规范运作。

作为珥陵镇的农业龙头企业，勇挑社会责任重担，全力助推产业扶贫。镇江丹和醋业有限公司负责人史荣炳介绍，2017 年，丹和醋业和全球最大的调味品龙头企业海天味业牵手，不仅迎来了企业的大发展，还辐射带动了区域内种植户合作社和家庭农场的进一步发展，累计新增订单农业 1000 余亩，亩均增收 300 余元。"同时为 300 余名群众提供了灵活便利'家门口'的就业岗位，切切实实帮助群众增收致富。"史荣炳说。

消费扶贫，"扶"出群众增收新路径

在决战脱贫攻坚中，丹阳把实施消费扶贫作为精准扶贫、精准脱贫的一项重要举措，一方面政府搭建平台，促进消费扶贫；另一方面多方结对帮扶，广泛动员党政机关、统一战线、行业协会商会等各方力量，开展产销对接，积极购买经济薄弱村农产品，参与消费扶贫，扩展消费渠道。

2019 年 7 月，为引导经济薄弱村做大做强产业规模，加快推进流通服务网点建设，完善产销互联增进方式，丹阳在该市眼镜城市场内成立了"丹阳特产馆"。通过特产馆对经济薄弱村产品的展示和销售，实现本土 + 对口支援 + 网络多元化的销售模式，着力提升了跨地域、跨行业供给，推动了乡村旅游消费扶贫提质增效。此外，为架设消费扶贫产销对接桥梁，汇聚社会爱心，促进经济薄弱村、低收入农户脱贫致富，丹阳还开展公益直播带货，助力消费扶贫。2020 年，水蜜桃上市季节，除了各级老促会帮销，南京、苏州的丹阳商会也到司徒镇杏虎村开展结对帮扶签约助销，架设了消费扶贫产销对接的桥梁，汇聚了社会爱心，促进了经济薄弱村、低收入农户脱贫致富，杏虎村总计38万多斤杏虎水蜜桃也很快找到了“婆家”，缓解了桃农卖桃难题。

决战脱贫，筑梦小康。当前，丹阳正抓紧做好“扶村帮户”达新标精准扶贫活动验收各项工作，确保高质量打赢脱贫攻坚收官战。聂晴表示，脱贫摘帽不是工作终点，而是新征程、新发展的新起点。接下来，丹阳要建立稳定的扶贫脱贫长效机制，持续扶持集体经济薄弱村发展，促进脱贫人口长效稳定增收，强化防贫责任监督与预警，着力推进脱贫攻坚与乡村振兴有效衔接，确保脱贫不返贫，不断提升群众的“幸福指数”。

供稿：丹阳市扶贫办

湖北省竹山县

上庸大地脱贫攻坚结硕果

链接：竹山县扶贫办成立于1988年4月，现与县扶贫攻坚领导小组办公室合署办公，有干部职工50人，下设“一办十九组”。2016年，被人社部、国务院扶贫办授予“全国扶贫开发工作先进集体”荣誉称号，连续5年被县委、县政府授予“全县综合目标考核优秀单位”“全县党建工作优秀单位”“全县党风廉政建设优秀单位”“文明单位”等荣誉。

本文作者明昌根，男，汉族，1965年2月出生，大学文化，中共党员。曾任竹山县三台乡乡长、竹山县环保局副局长、竹山县农办副主任、农业战线工委书记；现任竹山县扶贫攻坚领导小组副组长、办公室主任、县扶贫办党组书记、主任。

本文作者陆龙和，男，汉族，1974年7月出生，大学文化，中共党员。系十堰市作协会员、竹山县作协副秘书长。现任竹山县扶贫办综合科长。

稻浪起伏，瓜果飘香，田间道路水渠纵横；白墙黛瓦，高楼耸立，安置区里蝶变新生；机器轰鸣，产销两旺，脱贫群众干劲十足……时下，走在上庸大地这片沃土上，47万竹山儿女步履铿锵齐心战贫困奔小康，脱贫攻坚硕果累累。自2014年实施精准扶贫以来，截至2019年底，湖北省竹山县61个建档立卡贫困村已全部出列，14.56万余建档立卡贫困人口已脱贫，贫困发生率由36%降至0.07%，脱贫攻坚战取得决定性成效。

上下同心战贫困，扑下身子察民情

决战深度贫困，党组织是核心，干部是关键。面对复杂、沉重的脱贫任务，自脱贫攻坚战打响以来，竹山县各级党政主要领导牢固树立“首位”意识，立下军令状，挂帅出征，连续奋战在脱贫一线。先后成立以县委书记龚举海为组长的扶贫攻坚领导小组，组建产业、金融、易迁、驻村管理等“一办十九组”。43名副县级以上领导干部分别担任各乡镇脱贫攻坚战指挥长和常务副指挥长。全县组建239支驻村工作队，选派239名第一书记并调整充实426名机关干部任队员深入一线开展精准扶贫精准脱贫工作，至今已有近万名干部驻村开展“四双”帮扶，一张扶贫大网织就。

为确保脱贫攻坚一线下沉干部能够全身心投入到战场中，竹山县专门制定《打赢脱贫攻坚战重点战役实施意见》《竹山县易地扶贫搬迁“十三五”规划》《竹山县产业扶贫规划》等一系列政策，启动“五个一批”工程，落实“十个到村到户”举措。

上下同欲者胜。打赢脱贫攻坚战，也离不开社会各界的参与和支持，在推进精准扶贫工作向纵深推进的大潮中，一支由13家对口帮扶单位、500家民营企业、200户产业大户、120家社会组织、2.3万名爱心人士等为中坚力量的“社会扶贫大军”也参与进来，形成了强大的攻坚合力。

“脚上无泥，手上无力。”在主要领导苦干、实干、亲自干的务实作风带动下，在全社会共同参与到扶贫工作的推动下，近年来，全县累计入户走访10万余户，先后召开场院会、小组会、群众会1200多场，收集村民意见建议万余条，拟定帮扶措施2万余条，解决实际问题和困难7000余条，核查调出建档立卡贫困人口3528人，调入建档立卡贫困人口2946人，对靶向开展脱贫攻坚工作奠定了基石。

因地制宜壮产业，增收致富惠民生

如何让当地群众致富不返贫，增强群众自我发展能力？竹山县始终把产业培育作为脱贫攻坚的根本之策和长久之计，坚持片区推进与精准到户培育相结合，大力提升产业发展水平，为群众稳定增收提供有力支撑。

产业的发展离不开资金的支撑。从2014年开始，竹山县就确立了以茶叶、食用菌、中药材和光伏为主导的扶贫产业，并出台产业发展实施意见，通过采取“三分一统”模式，统筹落实各类扶贫资金68余亿元，累计发放扶贫小额贷款7亿元，惠及贫困户1.5万余户。在扶贫惠民政策带动下，五年间，全县累计建成茶叶基地27.7万亩（其中2017至2018年发展12万余亩）、发展食用菌2000余万棒、种植中药材4.7万亩、烟叶2.5万亩、发展光伏69.9兆瓦，推动产业与贫困户精准对接，有劳动能力贫困人口特色产业实现全覆盖。

在产业的带动下，农民在家门口务工不再是梦。近年来，竹山县通过减免房租、政策奖补、贴息贷款等方式，带动了一批扶贫工厂、扶贫车间和扶贫作坊的发展，提高了贫困人口就业率，解决了贫困人口增收问题。目前，全县扶贫车间和作坊有电子加工、手工编织、服装加工、农副产品加工、汽车驾驶五大类，已建成623家扶贫作坊、32家扶贫工厂、113家已经规范运营的扶贫车间，培植

竹山县脱贫攻坚工作剪影。左图为广山村月亮湾易地扶贫搬迁集中安置点　摄影：陆龙和；右上图为红岩村蔬菜基地　摄影：邵义龙；右下图为竹山县专业合作社带动贫困户养殖郧巴黄牛脱贫致富　摄影：袁平凡

和发展各类农业经营主体 3128 家，累计带动 8000 余人就业（包括 5000 余名建档立卡贫困人口在内）。

美丽乡村换新颜，真帮实扶暖民心

基础设施建设是脱贫攻坚的重要基石。近年来，竹山县整合行业部门扶贫项目，加快各乡镇贫困村公路、水利、电网、通信等基础设施建设，全力配置 “硬件”，夯实贫困群众致富根基，让贫困村民增收致富有 “底气”。

以此为思路，全县按照 “依山就势、随湾就片、显山露水、错落有致”的策略，已经建设扶贫安置点 733 个，实施易地搬迁 15058 户 41053 人。共建成 1500 余处农村饮水安全工程，有效解决了 14.5 万余建档立卡贫困人口饮水安全；完成农网改造 12 万余户；累计完成 1257 公里县乡道 “生命安全防护工程”，新建通村水泥路 780 余公里，实施提档升级 750 公里，硬化 20 户以上通自然村道路 326 公里，全县农村公路总里程达到 4313 公里；完成农村危房改造 31298 户，惠及人口近 10 万人。加大生态扶贫补偿，兑现贫困户生态公益林 78844 户，新一轮退耕还林覆盖贫困户 76260 人，户均增收 2375.76 元。

真帮实扶，为百姓幸福感 “加码”。从就业到教育，从医疗到住房……紧紧抓住农村公共服务体系建设这个基本保障，竹山县大力编织了一张兜住困难群众基本生活的安全网。截至目前，全县已建成安幼养老服务中心 55 所，托管 2750 人。2016 年，竹山县被列为全国 27 个留守儿童健康教育试点县之一。组织中国社会扶贫网注册爱心人士 2.3 万人、贫困对象 4.5 万人，累计发布需求信息 2000 余条。通过发放低保金、集中救助看护、职业技能培训等方式，将 20959 名贫困对象纳入农村低保和特困人员救助；13742 人次残疾人享受“两项补贴”；建立健康扶贫 “一站式”结算服务体系，贫困户住院费用报销比例达 90% 以上；为 4605 名农村留守儿童、2043 名留守妇女、2583 名留守老人全面建立关爱服务。

房子新了、路通了、水净了、乡村美了……一条生产发展、生活富裕、生态良好的发展道路，在上庸大地渐次铺开。当前，竹山县脱贫攻坚与乡村振兴一线的战场上鏖战正酣，广大党员干部群众同心协力，全力开展脱贫攻坚收官与乡村振兴有效衔接工作，为全面实现脱贫奔小康而冲刺！

作者：明昌根、陆龙和

湖南省华容县

决战脱贫　“华”丽转身焕“容”光

2020 年 10 月 12 日，华容县首个消费扶贫馆开馆，线上线下销售超 1089 万元。

10 月 17 日，华容县“点亮万家灯火”就业扶贫专项招聘会上，145 个建档立卡贫困户找到工作。

10 月 18 日，华容县首个网上众筹项目入驻中国社会扶贫网，有望众筹助学助医资金 200 万元。

……

深秋时节，行走湖南东北边陲华容县，脱贫攻坚捷报频传。华容干群共奏一曲“决战脱贫”交响曲，交出高质量答卷。截至 2020 年 10 月底，华容县 28 个贫困村整体退出，8500 户 21921 人建档立卡贫困户摘了“贫穷帽”，贫困发生率降为 0.26%，曾连续两年获评全省脱贫攻坚工作先进单位，剩余 682 户 1631 人已全部具备脱贫条件。

发扬“长工精神”攻坚克难

金秋，洞庭之滨，华容县禹山镇，老一辈无产阶级革命家何长工的故乡瓜果飘香。迎着朝阳，砂山村贫困户胡先华荡桨开船，来到自家的低洼田收芡实茎，通过合作社卖给上门收购的人，每天有 300 多元收入。

在砂山村，种植芡实已成为“支柱产业”之一，村里有 14 户贫困户因此脱了贫。谈起脱贫致富，大家几乎异口同声提到一个人：58 岁的老党员、村委委员李云甫。

砂山村虽地处偏僻，但是华容解放初期第一个红色党支部诞生

华容县梅田湖镇友谊村华顺蔬菜合作社向贫困户发放务工工资

地。围湖而居的村民以前以养鱼为生，而传统渔业之路让“一方水土养不起一方人”。5年前，正当村党总支书记魏祥云一筹莫展时，靠种植芡实成为全村首个万元户的李云甫自告奋勇：“作为党员，我来带着大家致富。”

说干就干。李云甫决定成立洞庭碧绿专业种植合作社的想法，得到了村总支“两委”和县驻村工作队支持。党员代表大会上，党员作出“3年变样、率先脱贫”承诺：要不忘初心，发扬“为人民扛一辈子长工”的精神，党员“一对一”帮扶贫困户，共同脱贫奔小康。

许下承诺，就要兑现。李云甫与党员同帮扶，14户村民靠种芡实成功脱贫，40多户村民先后入合作社，流转水田近500亩，全村种植芡实年总收入超200万元。

党建引领，形成了示范效应。砂山村动员党员变成致富带头人，因地制宜发展优质水稻、湘莲、棉花、小龙虾等种养产业，全村率先在全县脱贫出列。

砂山村的嬗变，是基层“强党建、转作风”的真实写照。打响脱贫攻坚战以来，华容县委、县政府将抓党建促脱贫攻坚，作为最大政治任务和第一民生工程，将党的政治优势、组织优势转化为发展优势、脱贫优势，深耕扶贫“责任田”。

一项项“决战脱贫”举措，也随之付诸实施。

坚持“派重兵”。成立县委书记、县长任县扶贫开发领导小组双组长，县委副书记任脱贫攻坚指挥部指挥长，分管副县长任常务副指挥长。指挥部下设14个分指挥部，由各分管副县长任分指挥长；明确了27名在职县级领导联点包村；抽调239名县乡干部组成110支驻村工作队，安排7000多人结对帮扶，实现了领导力量、驻村帮扶和结对帮扶3个全覆盖。

坚持“花重金”。2017年起，该县财政预算安排扶贫资金逐年递增，2019年达到8035万元，相当于省级专项资金的223.8%，远超“90%”的省定要求。截至目前，包括项目资金在内，该县已累计投入各项扶贫资金10多亿元。

坚持“下重手”。对涉及“三保障”及饮水安全问题，送交县长批示和指挥部指挥长亲自督办；县纪委监委以“一季一专题”专项整治为抓手，开展扶贫领域形式主义突出问题等7个专题集中治理。5年来立案116起，结案98起，已处理98人，追缴资金77.67万元，退还群众资金29.25万元。

坚持政策优化、政策培训、政策执行“三管齐下”，着力解决政策落实“最后一公里”的问题，让“管用”的政策更好用，提升政策的知晓度，把政策“含金量”转化为群众“获得感”，得到省委副书记乌兰的肯定。

决战脱贫，华容闯出的到底是一条什么的脱贫路？面对前来交流学习的人们，县委书记陶伟军总会这样回答：华容的脱贫实践，展现了共产党人始终不变的初心和使命，全县上下形成了“领导带头干，部门抢着干，干部忙着干，群众跟着干”的干事创业新气象！

大兴“绿色产业”带富一方

脱贫攻坚伊始，华容人扪心自问：华容为啥穷？答案近乎一致：交通不便，产业不旺，保障不多，经济搞不上来！

脱贫致富，华容最大优势在哪？在农业，在农村，得靠农民自己！县委副书记、代县长刘世奇介绍：“华容将脱贫攻坚与农村人居环境整治、农业供给侧改革相结合，因地制宜找准特色产业，建起‘扶志富智’机制，‘一户一策’精准扶贫，让贫困户在家门口就能脱贫致富。”

致富快不快，全靠产业带。在三封工业园规划建设占地1000亩的芥菜产业园，开口爽食品等10多家芥菜龙头生产企业满负荷生产，产品销往全球。20多公里外的插旗镇大湾村，李建军趁着晴好天气赶种芥菜。3年前，李建军与镇上腾祥蔬菜专业合作社达成订单收购协议，一年靠种30多亩芥菜收入4.8万元，成功脱贫。

像李建军这样靠种芥菜脱贫致富的贫困户，在华容有5100多户。龙头企业带动，合作社引领，种芥菜、流转土地、搞运输、办农家乐，甚至做电商卖芥菜产品，都成为当地村民增收的“快车道”。

秋日暖阳下，梅田湖镇友谊村华顺蔬菜合作社种植基地上，连片的白色大棚在金浪翻涌的田野间格外醒目。“有专业人员专门教种菜，家门口赚钱还能顾家。”贫困户谭大海笑着说，“我早就脱贫了，日子越过越有奔头。”

“合作社+基地+致富带头人+农户”，让华容农业产业方兴未艾，给贫困户带来了“真金白银”。华顺蔬菜种植专业合作社是全县产业扶贫重点项目基地，也是省级示范扶贫车间，通过土地托管、土地流转、直接帮扶、委托帮扶、劳务用工等方式，已帮扶

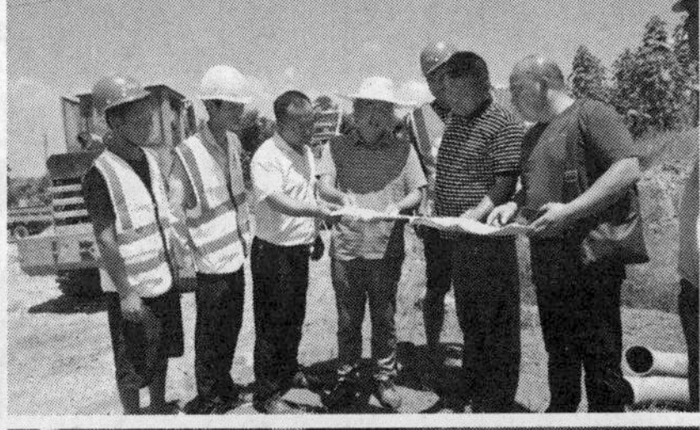

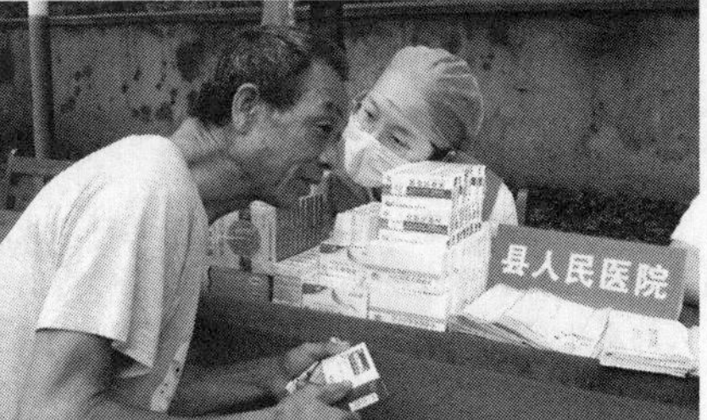

华容县扶贫工作剪影。左图为该县东山镇桃花山村易地搬迁安置点；右上图为该县东小墨山村补短板饮水安全工程施工现场；右下图为医疗队走进华容县贫困村长宁垸村

207户584人稳定脱贫。

遇到懒汉，或因病因残致贫的“兜底户”，华容不光给补助，更要扶出精气神。梅田湖镇友谊村年过花甲的残障夫妻严若斌和范阳春，曾属于典型的“兜底户”，老两口也总觉得抬不起头。

“不能出门打工，可多养点羊试试。”几年前，县驻村扶贫工作队得知严若斌家的情况，进行“一户一策”帮扶，帮其在后院修了新羊圈，还争取了5万元免息信贷资金。县里送养殖技术下乡，范阳春每次都去听。凭着一股韧劲，给羊配种、接生、配料、治病，她“门儿清”。谈及收入，范阳春眉头一扬：“如今年收入3万多元！”

脱贫攻坚战以来，华容县坚持以“扶志富智”为主线，重点落实产业、金融、就业等扶贫政策。县委副书记、脱贫攻坚大会战指挥长钱丹青介绍称，全县已累计发放免息小额信贷2.29亿元；新型经营主体由最初的16个增至144个，对接贫困人口2万多人，带富了一方。2019年，该县城乡居民人均可支配收入分别达31988元和21187元，连续3年增长率超过8%。

激活“内生动力”逐梦小康

“修出幸福的路，盖好舒适的房；播撒丰收的希望，点化黄土成金；每一个家庭都充满温暖阳光；每一个乡村都走上大道康庄……”三封寺镇莲花堰村，白墙青瓦的徽派建筑前，贫困户身着汉服排练“脱贫奔小康”文艺节目，准备到岳阳去演出。

2014年，该村村民人均年收入仅2650元，被评为省级贫困村。在党委政府帮扶下，莲花堰村人共同作为，兴起油茶、优质稻、蔬菜、旅游产业板块，人均收入不断提高，村貌焕然一新，社会事业也全面发展，先后获评“湖南省美丽乡村示范村”“湖南省文明村场”等荣誉称号。贫困户江波如今住上了“小洋房”，很自豪：“莲花堰村不再羡慕城市！”

“脱贫不是终点，小康才是方向。”华容县扶贫办党组书记、主任方小雷介绍，近年来，该县紧扣“两不愁三保障”，坚持问题导向，从机制上强保障，推进14项脱贫攻坚行动，深化住房保障、健康扶贫、教育扶贫、政策兜底、社会扶贫等帮扶措施，帮助贫困户改善生活质量、树立生活信心。

2016年以来，该县共投入资金2.37亿元，完成易地扶贫搬迁1432户4163人，贫困户危房改造4388户，发放各类教育助学金7082万多元，特别是对特殊贫困户医保缴费实行政府全额买单，并在全市率先建立门诊统筹保障基金和大病救治兜底专项基金，为贫困患者量身打造了精准救助办法。

2020年，该县财政拿出了200万元，重点奖励了一批自主脱贫星级贫困户和脱贫攻坚中表现突出、成绩显著的116名一线扶贫干部、61个先进单位。近3年来，全县共提拔重用基层一线干部26人，激发了基层干群干事创业的激情。

近年来，该县7000多名结对帮扶干部年均走访8次以上，为贫困对象落实政策，树立正确观念；加强教育引导、技术培训、表彰激励，累计举办以蔬菜种植加工、病虫防治、苗木栽培、电工基础等为重点的培训班450多期，不断激活干群内生动力。

乘着决胜脱贫东风，“华”丽转身焕“容”光。桃花山、禹山上，乡亲牢记绿水青山就是金山银山，正发展绿色产业；集成垸区，乡亲已告别水患之苦，易地扶贫集中安置实现就业；秀美三封、魅力治河、幸福鲇市，集中建房显出了崭新气象；红色东山下，乡亲们挺起腰杆，在脱贫奔小康的路上越走越稳。

华容大地上，贫困渐行渐远，幸福越来越近！

作者：方小雷、徐典波、曾浩、王洪治、蔡建业

摄影：吴巍伟、蔡建业

陕西省山阳县

打造易地扶贫搬迁全国标杆

山阳县户家塬镇移民搬迁配套产业服装加工厂

“每当跟亲戚们聊起过去的生活时，我总是感慨，没有国家的好政策，哪有现在的新生活。”说起如今的生活变化，陕西省山阳县的王小英打开了话匣子。一系列易地扶贫搬迁政策，让王小英走上了创业致富路，过上了现在的幸福生活，她的心里充满了感恩之情。

据了解，“十三五”以来，山阳县按照“遵循规律、系统谋划、四化同步、统筹推进、一举多赢”的总体思路，建成易地扶贫搬迁集中安置点55个，实施易地扶贫搬迁12472户52785人，圆满完成了易地扶贫搬迁目标任务。2020年11月3日，国家发改委发布全国“十三五”期间易地扶贫搬迁典型案例，山阳县作为全国100个工作成效明显县之一入选。

立足长远，系统谋划全面推进易地搬迁

2021年3月16日早上，王小英的裁缝店一开门就迎来了顾客。

“搬迁前，我住在离镇政府20多公里的靳家河村，一家4口挤在3间土房里。那里山大沟深、道路不畅通，孩子上学要走几里的山道，要是遇到家人生病，就要背着或抬着到山下就诊。”王小英说。

脱贫攻坚开始后，王小英一家被识别为建档立卡贫困户。2019年6月，她全家搬到了宏祥小区。从那时起，她的生活发生了翻天覆地的变化。

随着贫困群众搬迁入住，山阳县委、县政府将易地扶贫搬迁工作的重心转入如何让贫困群众尽快融入新环境、谋求新发展上，并按照“搬得出、稳得住、能脱贫、可发展、逐步能致富”总体目标，把后续扶持作为巩固脱贫成果、提升脱贫质量的重要内容强力推进。山阳县成立了后续扶持工作领导小组，发布了易地扶贫搬迁后续扶持工作实施方案和后续产业支撑体系、贫困劳动力就业服务等七方面实施意见，从基本公共服务设施、配套产业、劳动力就业、社区治理四个方面对后续扶持工作进行清单化、责任化管理。

山阳县移民搬迁安置点——漫川龙湾小区

后续扶持工作的开展，让王小英迎来了发展机遇。经过考察后，2020年5月14日，她在政府的扶持下，拿到了个体工商户营业执照，做起了电商，成立了山阳县木之然日用品护肤品销售工作室，当起了老板。王小英说，促使她下决心自主创业的，是县委、县政府一系列措施的有效落实。

为了让群众在收入稳定的同时享受到制度保障，山阳县发改、民政、公安等部门分别从社区治理、公共服务和权益保障等方面制定了26项管理制度，编制了易地扶贫搬迁后续扶持政策汇编。同时，该县按照“试点先行、示范引领、全面推行”的工作思路，创建了城关街办丰东新区社区、高坝店镇富桥社区、漫川关镇板庙移民小区三个易地扶贫搬迁后续扶持工作示范点，形成了规范化、标准化的后续扶持和社区服务管理体系，探索出了一些可复制、可推广的经验和做法。

落实措施，让搬迁群众没有后顾之忧

山阳县充分发挥党组织和党员先锋模范作用，成立了安置小区党支部20个、党小组20个，实现党组织全覆盖。同时，他们为跨镇、跨村安置后未办理户口迁移的易地扶贫搬迁对象办理了居住簿，确保农合疗、养老保险等各项扶持政策能有效接续，保障搬迁群众权益。

山阳县在千户以上移民安置点新设立丰东新区、富桥社区等5个独立社区，其余易地扶贫搬迁安置点纳入当地村（社区）管理，成为融合型社区，推动全县所有移民安置点实现规范化管理和服务全覆盖。在建好配套服务项目的同时，山阳县严格执行“一户一宅、搬新腾旧”政策，可腾退的1.1万余户已全部腾退，可拆旧复垦的1万余户也已全部复垦。

该县建立了易地扶贫搬迁联络员、信息员帮扶工作机制，扶贫联络员负责联系搬迁安置点“四支队伍”和扶贫信息员；扶贫信息员负责掌握所联系的易地扶贫搬迁户的生产生活情况，协助做好信息采集等工作，确保了易地扶贫搬迁户帮扶工作可持续、不断档。

助力产业发展，完善群众自我造血功能

政策落实了，搬迁群众的积极性起来了。山阳县委、县政府抓住时机，帮助群众完善自我造血功能。

山阳县结合强药、扩菌、稳果、优畜“四大工程”，实施后续扶持产业项目15个，同时狠抓社区工厂建设，新建社区工厂6个、扶贫车间16个，实现了所有移民安置点社区工厂或扶贫车间建设全覆盖。他们积极挖掘县内外就业潜力，“点对点”输送搬迁贫困劳动力523人，并开展技能培训，同时发挥返乡创业优势，带动搬迁群众就业创业2.38万人，开发公益岗位4440个，落实公益岗位1163户，推动实现有劳动力搬迁群众家庭就业全覆盖。

就业、创业措施的进一步落实，让搬迁群众的生活发生了变化。王小英也没闲着。“去年，我发现大家裁个裤脚啥的还要跑去城里找裁缝。我有缝纫技术，于是向工商局申请创办了裁缝店，有了第二个个体工商营业执照。”在国家发改委发布的全国“十三五”期间易地扶贫搬迁典型案例中，王小英入选“‘十三五’励志易地搬迁群众”名单。

山阳县移民（脱贫）搬迁工作办公室主任毛警说：“‘十三五’山阳易地扶贫搬迁人口占全县脱贫人口的一半，让搬迁群众挪了穷窝，拔了穷根，安了新家，过上了新生活。”“十四五”开局之年，山阳县坚持目标导向和问题导向相结合，坚定不移抓推进，克难攻坚抓创新，持续用力、提升质量，认真研究探索、采取过硬措施，持之以恒推进易地扶贫搬迁后续扶持工作迈上新台阶。

作者／摄影：山阳县移民（脱贫）搬迁工作办公室

甘肃省康县

摆脱贫困　走向物阜民丰

链接：近年来，康县先后获得了中国最美绿色生态旅游名县、中国最佳生态宜居旅游目的地、国家全域旅游示范县、国家级生态建设示范区、全国休闲农业和乡村旅游示范县、国家农村一二三产业融合发展示范县、全国村庄清洁行动先进县、全国农村人居环境

康县王坝镇何家庄村农民喜庆丰收 摄影：青美玉

整治成效明显激励县、第二批国家全域旅游示范区创建单位、2018中国最美县域、第一批全省医养结合示范先行县和最具生活环境竞争力的县等荣誉；2018年3月被中央文明委提名为2018—2020年全国文明城市创建城市，2019年11月“一带一路”美丽乡村联盟论坛会址落地康县。2013年至2019年在康县陆续召开全省乡村旅游精准扶贫、全省贫困村整体提升工程等20多次现场会，中央电视台庆祝改革开放四十周年特别节目“改革开放再出发”推介宣传了康县美丽乡村建设的经验，人民日报先后两次对康县美丽乡村建设和乡村旅游作了报道，《农民日报》以《乡村环境治理的西部先锋》为题进行了典型报道。陇南市委、市政府先后出台两份《决定》号召陇南各县区向康县学习，推广了康县美丽乡村和乡村舞台建设经验。

地处秦巴山区的甘肃省康县，辖21个乡镇350个行政村，全县20.1万人中农业人口占了近九成。

“石山插在云中间，碎田挂在林里面。”受自然环境、经济、文化、条件的制约，长期以来，康县农业产业化商品化程度低，农村贫困面大，贫困程度深，扶贫难度大，群众生活环境脏、乱、差，是第一批国列贫困县和甘肃省58个特困片区县之一。

2013年底，康县全县贫困村203个，贫困人口65960人，贫困发生率高达37.04%。

康县县委、县政府坚持立足“山大沟深耕地少”的劣势，挖掘“绿水青山特产多”特色优势，坚持走绿色生态可持续发展之路，按照“生态为基、发展为要、民生为本、党建为先”的发展理念和“统筹城乡一体发展，建设小康美丽康县”的发展思路，因地制宜施策，持续推进大扶贫工程，全面开展脱贫攻坚“3+1”冲刺清零行动，加压定责，尽锐出战，合力攻坚。

汇聚力量，夯实脱贫基础

脱贫攻坚效果好不好，先要看基础牢不牢。近年来，康县着眼打基础惠民生利长远，统筹兼顾贫困村与非贫困村、贫困户与非贫困户的关系，建设生态宜居美丽乡村，大力改善农村人居环境和产业发展环境。

“家有一间房，出门心不慌。”住房是农村贫困群众最重要的基础保障。但对于康县这样一个深度贫困县而言，自身财力薄弱，传统项目星星点点，要保障农村安全住房十分不易。对此，康县提出“集中财力办大事”的思路，累计整合各类涉农项目资金22亿多元，撬动社会投资65.4亿元，完成“三改一建”4.6万户25万间。

“住了几十年黑旧房，如今终于有了像样的家。”王坝镇何家庄村建档立卡贫困户孙红梅说，村里不仅为像她这样的危房户改造了房屋，还配套建设了水、电、路等基础设施。如今庭院、巷道都硬化了，家门口还修起了花园，“下雨天出门再也不发愁了。”

真金白银的投入，让康县农村面貌发生了翻天覆地的变化。“十三五”期间，康县易地扶贫搬迁1330户全面完成搬迁入住。与此同时，21个乡镇共实施建设350个村垃圾处理和41个村污水处理项目，治理河谷195条，新建乡村卫生厕所1312座、垃圾屋1764座。

“再难也要修好路。”脱贫攻坚以来，康县围绕建制村通硬化路的贫困村退出指标，实施建制村通畅工程和“畅返不畅”整治等农村公路项目698项，累计建设里程2850公里，新建便民桥127座，全县350个建制村已全部通畅，1641个自然村100%通达。

“要夯实基础，就得实实在在解决山区群众的迫切期盼。”康县扶贫办主任李江涛说，康县依托“先建后补”统筹实施县乡道路改造、危桥、安全防护工程等交通项目1646.5公里，实现了乡村社道路互联互通，为贫困群众脱贫致富打开了一扇明亮的窗。

因地施策，提升攻坚质量

对于长坝镇花桥村村民来说，连绵的大山一直是他们无法逾越的“天堑”，在这样八山一水一分田的环境里打造致富产业比登天还难。

“产业增收是脱贫攻坚的主要途径和长久之策。”康县县委、县政府主要负责人意识到，全省各地的自然条件、发展水平、致贫因素千差万别，如果简单模仿、照搬照抄，就会与实际脱节。

绕不过这片大山，就做“山的文章”！康县立足县情，因地制宜，按照“生态建设产业化、产业发展生态化”的发展思路，持续培育壮大特色种养、乡村旅游、电子商务等多元富民产业，创新发展扶贫车间、田园综合体等新兴业态，推动农村生产生活生态同步、一二三产融合发展。

在脱贫攻坚实践中，康县坚持把全域旅游作为调结构、促转型、惠民生的新业态，聚力让呼吸新鲜空气、观蓝天白云、游美丽乡村、住特色民宿、玩山水田园，成为康县最具竞争实力的发展优势。

几年间，康县依托建成的342个美丽乡村和生态旅游文化风情线，建成70个乡村旅游示范村，发展农家乐和农家客栈317户，建成2个国家4A级旅游景区，形成了南有阳坝，北有花桥，中有

康县岸门口张家河美丽乡村 摄影：青美玉

王坝景区、岸门口景区和城关白云山森林公园生态旅游大景区。

旅游发展势头猛，群众脱贫信心足。依托全域旅游发展，康县3924名外出务工人员实现了“不离土和乡，就地奔小康”的愿望，引资约6.5亿元，带动全县5500多名劳动力实现就地转移就业。2019年底的全县旅游综合收入14.4亿元，2468户贫困群众依托全域旅游大景区实现高质量脱贫。

补齐短板，常葆幸福成色

脱贫攻坚进入冲刺阶段，必须保证目标不变、靶心不散。康县紧盯“一达标两不愁三保障”标准，全面推进基础设施、公共服务、环境改善、产业发展，深入推进“3+1”冲刺清零，强弱项补短板添成色。

一直以来，吃水问题困扰着康县大山里的贫困群众。为了下大力气补齐“短板”，康县对21个乡镇350个行政村实施饮水安全工程，解决了17.72万人的吃水问题，成立了康县农村饮水水质检测中心，开展检测390余次，全县农村人口安全饮水覆盖率达100%。

出门就是自来水，孩子就近有学上……对于中节村村民何定兰老人来说，这样的日子就跟做梦一样。

不仅如此，为了确保像何定兰一样的农村老人“老有所依”，康县全面落实建档立卡贫困人员和特殊群体人员基本养老保险保费代缴政策，建档立卡贫困人员和特殊群体人员参保率达到100%。

“日子越过越红火了。”何定兰老人告诉记者，如今儿子外出务工，儿媳种植的6棚香菇一年下来有5万多元的收入，自己和儿媳、孙子一起住在新盖的2层小楼里，不光有了自己的小汽车，还专门盖起了自家的车库。

2019年，全县农村居民人均可支配收入达到7240元，同比增长9.9%，贫困人口人均可支配收入均稳定超过3800元。

在全县干部群众不懈的努力下，康县累计退出贫困村200个，脱贫64875人，贫困发生率降至0.61%。2019年，康县实现了整县脱贫摘帽，城乡面貌焕然一新、经济社会持续发展、干部作风明显转变，打赢脱贫攻坚战、决胜全面建成小康胜利在望。

西藏改则县

久久为功　实现全方位脱贫

美丽改则　摄影：曹枝清

在决战决胜脱贫攻坚工作中，西藏阿里地区改则县委、县政府严格落实“1个目标、2个着力点、5个知道、8大行动、脱贫0遗漏”的“12580”扶贫工作思路，成立由县委书记任组长的扶贫开发领导小组，精心编制“十三五”脱贫攻坚、产业精准扶贫等4个规划。制订深度贫困地区脱贫攻坚实施方案、3年行动实施意见等3个专项方案和统筹整合财政涉农资金使用方案等13个专项年度方案计划，为打好打赢脱贫攻坚战提供了行动指南。

有了行动指南，改则县立即行动。

——投资2.6亿元大力实施扶贫物流配送中心、牦牛养殖基地等14个产业扶贫项目建设，与3675名贫困人口建立利益联结机制，扶贫物流配送中心项目分红受益群众达720人，年人均增收1000元以上。积极探索“党支部+合作社+贫困户”的集体经济发展模式，培育壮大农牧民专业合作社37个，实现分红354.82万元。2016年以来，产业辐射带动6504名贫困群众增收致富。

——投资2497.62万元建设圆梦新居安置点，搬迁安置贫困群众44户199人，实施配套产业扶贫项目2个，实现搬迁群众就业分红全覆盖，部分群众通过开办茶馆、洗车场，每月收入2万元左右。搬迁至狮泉河镇康乐新居255户1086人。

——2019年落实生态岗位7427个，2016年以来，累计兑现补助资金9455.2万元。制发《改则县生态补偿脱贫转移就业岗位管理考核办法（暂行）》，开展岗前培训，发放上岗证，规范履职行为，让贫困群众吃上了“生态饭”。

——严格落实教育“三包”、十五年免费教育等政策，资助贫困大学生220人次，发放资金144.65万元。

——2016年以来，累计兑现低保金7324人次1069.74万元，104名“五保老人”和55名孤儿实现集中供养收养，家庭医生签约服务1957户7833人，开展大病集中救助139人。

——开展农牧民培训87期3057人次，实现转移就业5277人次、其中贫困人口2318人次，劳务创收6040万元。

——大力实施“党员干部结对帮扶”“县直部门定点扶贫”等行动，干部结对帮扶贫困户1957户7833人。2016年以来，累计落实帮扶资金390.35万元，实施帮扶项目20个，理清发展思路305条，制定帮扶措施569条，办实事206件。

——大力实施水电路讯网、教科文卫保“十项提升工程”，发放户用光伏电源1501台，实施新改建农村公路项目39个1542.22公里、幼儿园10所、安全饮水点317处、卫生室49所，全面加强环卫设施建设，实现村村通硬化路或砂石路、组组有水吃、户户用上电、网络全覆盖，牧民群众生产生活条件得到极大改善。

——坚持市场导向，推进草场和牲畜流转，全县流转草场面积306万亩，流转收入达到1145元/户/年，每年牲畜出栏和畜产品收入户可达7000元以上。投入760万元用于合作社基础设施建设，整合涉农项目资金328万元用于标准化牛羊圈、人工种草等牧业基础设施建设，投入835万元用于牧区改革专项工作，完成草补资金整合试点5个村，整合资金595.6万元用于发展壮大合作社、建立育肥基地等特色产业。截至目前，全县牧区改革已覆盖32个村（居），参与群众11273人，其中，建档立卡贫困群众3600人，牧民人均增收2863元。

——实施扶贫产业项目14个，总投资2.6亿元，形成了集养殖、种植、加工、物流、仓储、销售为一体的大产业格局。通过健全完善利益联结机制，对接就业岗位273个，实现全县建档立卡贫困群众受益全覆盖，户均年增收1000元以上，2016年以来，通过产业

改则县脱贫攻坚工作剪影。左图为贫困农牧民圆梦新居 摄影：索朗仁青；右上图为新的操场、新的校园，孩子们快乐成长 供图：改则县教育局；右下图为牦牛养殖基地 摄影：曹枝清

脱贫达2671人。森郭公司采取“公司+合作社+牧民”经营模式，与内地厂家合作开发牛羊绒、牛羊皮、羊毛等各类产品近百种，改则镇糌粑加工、洞措乡扶贫馒头店、麻米乡艾草加工、先遣乡民族手工艺等扶贫产业产品走向市场。

2016年以来，改则县累计实现减贫1921户7772人，截至2019年8月，贫困人口减少至22户86人，贫困发生率降至0.39%，建档立卡贫困人口人均可支配收入达到7500元，基本实现“两不愁三保障”目标。

辽宁省北票市哈尔脑乡

立下愚公志 脱贫勇向前

机关党员干部入户结对帮扶 摄影：邹健楠

链接：十八大以来，哈尔脑乡获得了众多殊荣：2014—2015年度辽宁省优秀人民调解委员会，2015年度省级基层平安示范单位，朝阳市先进党委，2014—2015年度文明乡镇，2018年度发展飞地经济先进乡镇，农村电商示范乡；北票市2013年度、2014年度、2015年度机关岗位目标红旗单位，2013年度征兵工作先进单位，2014年度案件检查工作先进单位，“六五”普法先进单位，2016年度领导班子和领导干部工作实绩考核红旗单位，2016年度、2018年度脱贫攻坚先进集体。

五年来，乡村面貌完成嬗变；
五年来，各类产业持续发展；
五年来，群众生活极大改善；
五年来，小康之路渐行渐宽……
五年来，辽宁省北票市哈尔脑乡奋力书写出全面建成小康社会的优异答卷。

怀着对美好生活的无限向往和憧憬，哈尔脑乡按照市委、市政府脱贫攻坚工作的要求，始终把脱贫攻坚作为最大的政治责任和头等大事来抓，牢牢地把握“两不愁、三保障”和“685”脱贫标准，紧紧围绕“扶持谁”“谁来扶”“怎么扶”和“脱贫销号”开展工作，以持续增加农民收入为核心，将产业扶贫、教育扶贫、健康扶贫、危房改造、就业扶贫等综合措施作为重要抓手，主动靠前，攻坚克难，求真务实，精耕细作，一张蓝图绘到底，久久为功抓落实，实现了贫困群众劳有所得、病有所医、老有所养、住有所居、学有所教、帮有所需。

花开千树，硕果自现。2016—2020年，经过近五年的不懈努力，哈尔脑乡632户贫困户共1330人，全部实现脱贫，脱贫率100%，大部分贫困户摆脱了贫穷，踏上了富裕的坦途。

狠抓精准识别，着力解决“扶持谁”的问题

哈尔脑乡在对全乡建档立卡贫困户精准识别的过程中，乡村两级牢牢把握国家、省、朝阳和北票市委对贫困户、贫困村精准识别的程序和标准，严把“入口关”。乡村两级干部通过“逐户核实、逐人验证、逐组评议、代表通过、乡里审定”的工作程序，做到全过程“阳光公开”，最大限度地杜绝“人情户”“关系户”等现象。同时，严格按照“一户一档”“一村一册”的要求进行分类建档，对贫困户信息实行精准的动态管理，对贫困户的基本情况、家庭动态变化及时更新，确保与省、市系统信息保持准确一致。通过“精准识别”，清晰地掌握了全乡建档立卡贫困群众致贫的总体结构。从致贫的“核心原因”来说主要致贫原因是因病致贫，在全乡贫困户中有411户是“因病致贫”，占总量的65%；其次是因残致贫，在全乡贫困户中有185户是“因残致贫”，占总量的29.3%；最后是其他综合因素致贫，如子女上学、突发性天灾人祸等等，全乡共有36户，占总量的5.7%。

哈尔脑乡脱贫工作剪影。左图为包乡单位帮助发展母鸡代养项目 摄影：张友鑫；右上图为贫困户危房改造 摄影：蒋百杰；右下图为辣椒栽植 摄影：蒋百杰

强化责任落实，着力解决“谁来扶”的问题

精准扶贫工作开展以来，哈尔脑乡党委始终把脱贫攻坚作为乡、村“一把手”的“1号工程”，签订责任状，明确任务，细化责任，狠抓督导，从严问责，构建了“乡村一把手亲自抓，党员干部群众共同抓”的工作格局。

*乡党委书记对脱贫攻坚工作负总责。*乡党委、政府组织成立了以党委书记、乡长为双组长，乡副职以上领导为副组长，各站办所长和各村书记为成员的脱贫攻坚领导小组，统筹推进全乡脱贫攻坚各项工作。乡领导干部拿出一半以上的时间和精力服从和服务于脱贫攻坚一线，每月进村入户督导检查2次以上，发现问题第一时间解决。

*村书记是脱贫攻坚“第一责任人”。*村“两委”班子成员、第一书记和驻村工作队“以村为家”，全天候在基层一线，逐户逐人分析贫困群众的致贫原因，研究脱贫举措，想方设法帮助贫困户脱贫致富。

*机关干部人人助力脱贫攻坚。*乡党委要求扶贫办、建设所、民政办、农业站、卫管办、文化站等19个站办所对接好市部、委、办、局交办的各领域脱贫攻坚工作；各站办所均承担包村任务，主要负责人亲自挂帅，驻村工作队员牵头负责，每名干部职工都有帮扶对象。乡党委向每个村派驻包村1名领导、1名包村组长，包村干部28名，与村“两委”班子和村级党员群众一起合力攻坚，形成了“人人都帮扶，户户有帮扶”的良好局面。

坚持精准施策，着力解决好“怎么扶”的问题

习近平总书记说，开对了“药方子”，才能拔掉“穷根子”。脱贫攻坚要取得实效，关键要“开对方子，找准路子”。在实际工作中，哈尔脑乡党委、政府紧盯上级的扶贫政策，结合自身实际，明确了精准脱贫的“六大举措”，全面开展精准帮扶、精准施策。

*产业扶贫工程，让贫困群众全覆盖、得收益。*全乡始终坚持将产业扶贫作为“第一抓手”，引导和扶持贫困群众通过直接参与发展、入股、务工就业等形式实现稳定增收，做到“户户有增收项目、人人有脱贫门路”。主要通过“1+4”宏发扶贫农场、“442”扶贫农场、养蜂合作社寄养扶贫、“光伏扶贫”“金融扶贫”、种植养殖“项目到户”等好项目，帮助贫困群众实现稳定地增收。2016年，该乡整合资源在平洼村建设了宏发“1+4”扶贫农场。组织符合条件的贫困户成立“哈尔脑成江肉鸡专业养殖合作社”，实现了“哈尔脑成江肉鸡专业养殖合作社”与宏发公司密切合作。在合作帮扶过程中，全乡贫困户有327户651人积极参与，并享受到了每户每年500—1500元的产业收益分配。2017年，该乡整合资源在刘杖子村新建了“442”扶贫农场，栽植“金丝王大枣”300亩，该项目带动了全乡50户89人实现稳定脱贫。2017—2018年，哈尔脑国盛养蜂专业合作社采取寄养蜂箱模式带动全乡74户150人实现稳定脱贫。2018年，该乡在下杖子村新建“宏发1+4”扶贫农场1处，带动全乡236户487人实现稳定脱贫，户均增收500—1000元。同时，该乡与华子炉村高军家庭农场合作，建设“442”扶贫果园300亩，栽植苹果、梨等10多种果树，带动全乡100户271人实现稳定脱贫。2020年，该乡重点围绕“四区两基地”创新实施乡镇街经济扶贫模式，整合全乡扶贫资金638.14万元，在刘杖子村建设温氏养猪基地1处，带动贫困户510户，安置村级公益岗332户，实行了全乡贫困户新一轮项目全覆盖。与此同时，该乡通过种植养殖“项目到户”、创业扶贫、金融扶贫、光伏扶贫等项目，带动全乡贫困户实现稳定脱贫。到2020年末，全乡所有贫困户产业扶贫覆盖率达到352%。

*教育扶贫工程，让贫困群众转命运、存希望。*该乡坚定不移地把扶志和扶智作为精准扶贫的“希望工程”，不折不扣地落实上级教育扶持政策，帮助贫困户家里的学生均能够“上得起学”“念得起书”。基础教育方面为494名贫困学生申请免除学杂费；高中教育方面严格落实“三免”政策和职业学校“雨露计划”，其中雨露计划受助学生48人次，资助资金14.4万元。

*健康扶贫工程，让贫困群众看病易、不返贫。*在落实上级基本医疗保险、大病保险、医疗救助政策的基础上，该乡积极主动帮助贫困户中低保对象、丧失劳动能力的残疾人、未成年人、60周岁以上老年人等全面参加基本医疗保险。帮助贫困人口得到“大病救助”，提高报销比例，减少因病致贫或因病返贫现象的发生。五年来，全乡贫困户新农合参保率达到100%，乡政府为建档立卡贫困户、低保户、残疾人贫困户代缴保费34.832万元；大病保险参保率100%；接受医疗服务率100%；接受家庭医生签约率100%；享受慢性病补贴417人；住院兜底报销签约率达到100%。

*危房改造工程，让贫困群众住新房、安新家。*该乡坚持按照危房改造指标优先安排建档立卡贫困户，符合条件的危房应改尽改。不折不扣地落实上级优惠政策，对建档立卡贫困户修缮C级危房补助为5000元/户；对建档立卡贫困户翻建D级危房补助为40000元/户。5年来，全乡有126户贫困户实施了C级危房改造，有173户贫困户实施了D级危房改造。全乡贫困户住房安全率全部达到100%。

*就业扶贫工程，让贫困群众得实惠、稳增收。*该乡采取多种形式拓宽就业渠道，对有劳动能力且符合条件的贫困人口优先推荐就业岗位，着力帮助贫困户实现稳定脱贫；安排乡民企服务站、乡护林大队、村级保洁员、村级水利信息员等公益岗位76人，实现了“一人就业、全家脱贫”。

*政府兜底工程，让贫困群众心有底、有保障。*全乡有438户建档立卡贫困户为“低保户”，五年来累计发放低保金730万元，今

年又将 202 户一般贫困户新调整为“低保户”。

提升基础设施，着力解决好“贫困村”销号问题

经上级统一核准，哈尔脑乡有 4 个村被列为“省级贫困村”，有 1 个村被列为“朝阳市级贫困村”。在全力以赴“脱贫销号”的过程中，该乡一方面通过村领办合作社、土地流转、服务创收等方式，着力增加村集体经济收入，实现自立自强；另一方面，全力向上争取专项资金扶持，完善村内基础设施建设，提升基本公共服务，让贫困群众增强“获得感”和“幸福感”。

通过近五年的努力，全乡 5 个贫困村均实现脱贫销号，实现了“一率、四有、三通”，各项指标均能够达到“685”中 8 项指标的要求，使得贫困发生率均远低于 2%；有宏发“1+4”、养蜂合作社、土地股份合作社等新型农业经营主体全覆盖；有标准化村级卫生室；有达标的综合性文化服务中心；有“村组通、组组通”的沥青（水泥）路面；贫困户安全住房率 100%；贫困人口饮水安全率超过 98%；贫困人口新型农村合作医疗参合率达 100%。

脱贫摘帽不是终点，而是新的起点。哈尔脑乡在取得脱贫攻坚阶段性成果的基础上，按照脱贫不脱政策、摘帽不摘责任的要求，做到力度不减、工作不松，持续巩固和扩大扶贫成果持续深化产业扶贫促稳定增收，持续推进农村基础设施再提质，持续落实各项政策促稳定脱贫，持续激发贫困群众的内生动力。

走进新时代，哈尔脑乡正一步一个脚印、一步一个台阶向着全面推进乡村振兴、全面建成小康社会的目标奋勇前进……

湖南省双峰县三塘铺镇

稳就业 促脱贫

“多亏刘老板帮扶，我儿子在她厂里做事，包吃包住，每月还有 2000 多元工资。”2020 年 8 月 13 日，家住湖南省双峰县三塘铺镇鸡公塘村的 75 岁贫困户邓某文说起现在的生活，感慨万千。

邓某文口中的刘老板，指的是本村的刘红兵。2018 年前一直在外办厂的她，响应政府号召，毅然返回家乡，投资 2000 多万元创立双峰县宏欧机械有限公司，投产 1 年多来，产销两旺，解决当地劳动就业 58 人。现年 50 岁的邓某林是邓某文的独子，属于二级智残，出门分不清方向，在刘红兵厂里做事。记者打开她厂里的员工手册看到，58 名工人中，有建档立卡贫困户 12 人，其中 3 人属于智残。

“邓某林进厂第一天，我们就安排老员工手把手教他，一个工序教了不下百次，正常工人 3 天学会的工作，他硬是 3 个月才学会的，目前已熟练从事清砂、装卸等工作了，像他这样的厂里还有两个，刘老板是个好人啊！”师傅邓义芳介绍。

三塘铺镇是全国重点镇，湘中工业重镇，境内拥有各类工业企业 110 余家。全镇有建档立卡贫困户 1133 户 3342 人，共识别确定贫困劳动力 1282 人，再就业达 890 人，其中残疾人就业 270 余名。

近年来，三塘铺镇在优质服务企业的同时，积极引导企业吸纳更多贫困劳动力就业，企业为贫困劳动力提供适应的就业岗位，宏欧机械只是其中的一个缩影。如长江耐磨、丰新农业等企业优先提供贫困户就业、接收残疾人就近就业在当地成为美谈。据统计，该镇 110 余家工业企业，为全县解决农村劳动力就业近 1 万人，接收周边乡镇贫困劳动力就业 1100 余人。

三东村贫困户邓某强，一家 5 人，妻子患尿毒症需要定期透析，母亲年老体弱，还有两个孩子在读书，家人都需要照顾。7 年前，他无奈从广东回家，县政协委员、正德耐磨有限公司负责人戴方清了解情况后，优先安排他进厂工作，上班时间给予宽松，方便他照顾家人。因肯干善学，不到一年，邓某强从一名普工干到技工，现在月工资收入近 7000 元，原来紧巴巴的日子也一天天好了起来。

据该镇镇长邓函提介绍，三塘铺镇是全国有名的铁路劳务输出镇，从 20 世纪 80 年代的“铁路游击队”不断做大做强，到现在三塘铺人在娄底范围内创建的铁路工程公司达 40 多家，还创办了镇属专业公司，培养了大量的管理技术人才，每年组织劳务输出达 20 万人次，触角延伸至全国各地及非洲、中东等地区，每年为周边农民创收 10 多亿元，为贫困人口创收 6000 余万元。

“贫困户劳动力只要勤劳肯干，我们都能提供就业岗位，帮助贫困户脱贫奔小康。”宏达铁路工程公司创办人、县政协委员刘伟初说。

2020 年 3 月 7 日，该镇针对疫情导致用工和务工两头难的阻点，组织 1400 名务工人员乘坐复工专列火速赶往广州驰援铁路建设，其中贫困户有 128 人。

通过多年的集聚发展，三塘铺镇已形成水泥建材、铸造、民用铁锅、铁路建筑、劳务输出、物流等七大支柱产业。2008 年被评为娄底市十大魅力乡镇，2012 年中组部授予“全国创先争优先进基层党组织”荣誉称号，2014 年确定为全国重点建设镇，2016 年获市社会管理综合治理、人口与计划生育工作先进乡镇，荣获 2017 年度“中国最具特色魅力乡镇”荣誉称号，2018 年荣获市级安全生产乡镇、

左图为疫情期间三塘铺镇开通复工专列点对点护送务工人员就业，右图为三塘铺镇铸造企业吸纳劳动力务工，实现家门口就业 摄影：阳醉文

平安乡镇等3项市级荣誉，2018年荣获全县绩效评估优秀乡镇、优秀领导班子等15项县级荣誉，连续4年脱贫攻坚工作获全县先进。

“我们精准摸清贫困劳动力务工就业底数，强化技能培训，不断优化营商环境，充分利用7大产业优势吸纳贫困农村劳动力就业，确保进得去、稳得住、留得下。”双峰县副县长、该镇党委书记李双红表示。

广西天峨县岜暮乡

山旮旯变身金疙瘩

天峨县山旮旯旱藕产业核心示范区游客中心航拍图

核心提示： 广西天峨县岜暮乡曾经是右江苏区的重要组成部分，是红七军北上前开展革命活动的主战场之一。全乡共有14个行政村3578户14076人，其中有9个贫困村，其中深度贫困村6个，极度贫困村2个，“十三五”建档立卡贫困户共1021户4292人，2015年全乡贫困发生率为31.85%，是河池市唯一一个深度贫困乡镇，是天峨县贫困村第一多、贫困程度第一深、贫困面第一广的乡镇。俗话讲“靠山吃山”，山还是原来的山，可是“吃山”的方式发生了变化，结果就会截然不同。2016年，新一届岜暮乡党委、政府提出了“建好一支队伍，打赢一场攻坚战，培育四大基地，打造红色生态旅游名乡”的发展思路，经过近五年的艰苦奋斗，成功探索实践并总结形成“党企联手、政企联姻、村企联合、能人联动、农企联营”的深度贫困石山地区精准扶贫“岜暮经验”以及脱贫攻坚和乡村振兴有效衔接“岜暮样板”，取得了“235”成果。即成功打造“两张国字号名片”（全国无邪教乡、第九批全国“一村一品”产业示范村镇）、创建“三个自治区级现代特色农业核心示范区”（天峨县六美休闲农业核心示范区、天峨县布菇山食用菌产业核心示范区、天峨县山旮旯旱藕产业核心示范区）、培育“五大基地”（柑橘、红心蜜柚、旱藕、食用菌种植基地和肉牛养殖基地），是全县第一个获得“国字号”招牌的乡镇，是全区、全市、全县自治区级示范区最多的深度贫困乡镇，是全县第一个2000头肉牛养殖基地。

“靠山吃山”，换个吃法

“村里建有山旮旯公司，曾经无人问津的旱藕，现变成了抢手货，每年种植的旱藕都能卖出个好价格。”2020年7月12日，天峨县岜暮乡公昌村尧山屯脱贫户张俊华坐在自家门口一边悠闲地抽着香烟，一边向记者介绍，“去年，我种植的旱藕卖了26000元，看今年的长势也会有一个好收入。”

张俊华所在的公昌村，全村共有257户1090人。其中，建档立卡贫困户共135户597人，是广西100个极度贫困村之一。

地处大山深处，抬头是山，低头还是山。公昌村生存环境恶劣、基础设施落后、发展资源匮乏，深居这里的村民们日子过得紧巴，他们只有一个共同夙愿：脱贫，致富！

可是，如何克服诸多“先天不足”？如何踏上一条脱贫致富路？

当日，记者从县城驱车近30公里来到这个极度贫困村。记者发现，在当地干部群众、上级帮扶单位的共同努力下，这里已经发生了天翻地覆的变化。映入眼帘的是平坦干净的水泥路，灰瓦白墙的小洋楼，排列整齐的果蔬基地，到处都是欣欣向荣的景象。

看到眼前这些实实在在的变化，张俊华感慨地说，共产党真的好啊！做梦也没想到活了大把年纪，还能享受到党和政府诸多好政策，从此苦尽甘来、过上幸福生活。

“靠山吃山，换个吃法。”该村党支部书记李承相介绍。2017年以前，公昌村群众主要靠种植玉米，无其他特色产业，产业结构单一，传统产业经济收入不高，农民致富难。针对这一现状，当地党委、政府围绕以公昌村为中心的石山地区制定了长、短期扶贫产业规划，“短”的有增收快的家禽、土猪、旱藕、生姜、食用菌、中药材等；“长”的考虑到可持续增收，有油茶、李、核桃等。如今，村里的70个山弄场，均分布了旅游山庄、高山酒窖、高山蔬菜、生态跑山猪、山野葡萄等20多种产业。

2019年，村里的山旮旯旱藕产业核心示范区成功创建自治区三星级现代特色农业核心示范区，公司采取“企业+基地+农户”的模式，通过产业帮扶、入股分红、就业帮扶等形式，流转贫困户土地1000多亩，还吸纳周边贫困群众短期、长期就业112人。在产业的强力带动下，公昌村贫困发生率由55.93%下降至2019年的0.85%。

“挂图作战”，探索“岜暮经验”

公昌村巨变的背后，是该乡打响脱贫攻坚战役取得成效的一个缩影。5年来，该乡抢抓历史机遇乘势而为，把脱贫攻坚作为首要的政治任务、头等大事和“一号工程”来抓，聚焦“两不愁三保障”目标，举全乡之力、集全民之智，全力以赴补短板、强弱项、促提升，全乡脱贫攻坚取得了决定性进展。截至2019年底，全乡实现4个贫困村脱贫摘帽，989户4191人脱贫，全乡贫困发生率降至0.73%，全乡农民人均纯收入达6846.18元，同比增长10%，群众获得感和幸福感大大提升。

“挂图作战，全乡制定了全面打赢脱贫攻坚战的作战计划，以石山和土坡划分产业发展区域图。突出特点，从产业扶贫、基础设施建设、组织劳务输出等多方面发力。”该乡党委书记张飞说。针对全乡14个行政村的特点，制定了“以短养长，长短结合”的产业扶贫发展思路。在土地上“绘图案”，在石山上“篆花纹”，成功创新探索出了“党企联手、政企联姻、村企联合、能人联动、农企联营”的深度贫困石山地区精准扶贫“岜暮经验”和“岜暮样板”。

七月的天气，显得闷热。在该乡大甲村红心蜜柚示范基地里，硕大的柚子挂满枝头，将树干压弯了腰，漂亮的果实甚是喜人。“如今种植有150多亩红心蜜柚，2019年总收入达150多万元。”该村红心蜜柚科普示范基地负责人韦刚笑哈哈地说。大甲村地理条件好，归属土坡地带，全村适宜大力发展种植红心蜜柚、砂糖橘等柑

岜暮乡脱贫产业剪影：左图为位于岜暮乡的天峨六美生态休闲农业示范园 摄影：杨通标；右上图为位于岜暮乡森里村的布菇山食用菌产业核心示范区的食用菌产业 摄影：潘树红；右下图为岜暮乡大甲村红心蜜柚产业 摄影：王明福

橘类水果。目前，按照乡党委、政府的规划，该村170户农户种植红心蜜柚，面积达500多亩。

如今，全乡以土坡和石山区域发展特色产业，产业形成有面积、有特色、有示范的发展局面。公昌村有旱藕粉、森里村有砂糖橘、拥里村有百香果、大甲村有红心蜜柚等多个品牌产业……

该乡旱藕面积达3800余亩、核桃面积达21036亩，柑橘类水果面积3180亩、柚类面积4860亩，油茶面积4170亩；肉牛、羊、土猪、土鸡等成为群众短期收入主要增长点。“5+2”产业覆盖率达90%以上，并建成3个（天峨县六美休闲农业核心示范区、天峨县布菇山食用菌产业核心示范区、天峨县山旮旯旱藕产业核心示范区）自治区级现代特色综合农业示范区，以及5个村级“三特”水果示范点、1个食用菌栽培基地，建成岜旮旯2000头肉牛养殖基地。该乡是全区唯一拥有3个区级示范区的乡镇，3个示范区辐射带动全乡逾60%农户，其中贫困户633户2715人，带动每户每年增收5000元以上。

“生态引客”，乡村振兴前景阔

都说绿色是乡村旅游的底色，只要能坚守住绿色发展的理念，就一定能实现生态引客、环境聚财。该乡依山傍水，山清水秀，在当地党和政府的精准扶贫政策引导下，正在逐步实现脱贫致富奔小康的宏伟蓝图。

“回归自然，体验乡村”成为旅游的新时尚，新追求。该乡紧紧抓住山清水秀、空气清新、林地葱郁以及拉号岩红色旅游景区和公昌村现代农业观光旅游景区环境优势，大力发展乡村旅游业。同时，加快基础设施建设，引导各村面上发展“短平快”农旅项目，如草莓采摘、摸鱼、农家乐体验等旅游项目，打造集“花海欣赏”“餐饮服务”“休闲娱乐”为一体的民俗旅游项目，全力把岜暮打造成红色生态旅游名乡。

“旱藕、高山蔬菜、生态土猪、山野葡萄、山旮旯酒、鸵鸟、锦鸡、孔雀……都是山旮旯里的致富宝。”天峨县山旮旯实业有限公司董事长张秀光介绍。生态种养提升了休闲观光游的吸引力，增加了群众的收入。

张秀光透露，自从公昌村打造出山旮旯示范区后，依托优美的自然生态环境，整合卡梁子革命遗址红色旅游资源，打造出集红色生态旅游文化为主题，辅以浪漫的休闲观光、丰富的民间小吃、鲜明的主题活动等构成了该村独有的旅游娱乐项目，吸引着区内外游客到此观光旅游。

山旮旯示范区开业以来，吸纳贫困户稳定就业68人以上，年人均收入3万元以上；并辐射带动周边贫困户259户，惠及贫困人口预计超1300人，人均年增收1万元以上，比当地未参与的贫困户收入高约35%。2019年以来，示范区共接待游客1.8万人次以上。

“通过发展旅游，培育生态游、乡村游、观光游、休闲游、农业体验游等农旅融合产业，促进了农业产业链延伸、价值链提升、增收链拓宽，带动了农民增收、农村发展、农业升级。”该乡人民政府乡长韦联阳说。现在通过发展生态旅游，解决了我们村民收入难、无主导产业的问题，现在村民们不仅吃上了“旅游饭”，还有了稳定的收入来源，大家的日子以后会过得越来越美。

跑出脱贫攻坚“加速度”，开启乡村振兴“岜暮模式”。该乡针对各村情差异化特点，积极探索创建“党建+公司+基地+特色产业+务工”的发展模式和“合作社公司化、村民股东化、土地入股化、劳力入股化、收入股份化”的利益分配模式，按照“短平快、中长远，长短结合、以短养长”两手抓村级集体经济工作。2019年，14个行政村全部实施有自主项目，村集体经济收入均达4万元以上。

“写好民生文章”，让百姓获得感、幸福感满满

家住该乡平石村贫困户罗彩鸾，丈夫2014年意外去世，留下她和三个读书的孩子。自开展脱贫攻坚以来，她被纳入建档立卡贫困户，从2016年以来，获得国家各类扶持资金共5.77万余元。不断提高她和孩子甩掉“穷帽”的意志，在乡党委、政府的帮助下主动发展产业，种养结合，2018年全家人均纯收入7968元，当年成功摘掉了“穷帽子”。

据了解，自开展脱贫攻坚以来，全乡临时救助82户320人，医疗救助487人次，91位残疾人正常领到补贴，562户低保户正常领取低保金。

桩桩件件、点点滴滴，该乡将民生放在突出位置。从2016年开始，全乡累计投入1.36亿元，涵盖医疗、教育、交通、人饮等与群众密切相关的各个领域。

基础设施建设得到进一步完善。全乡实现村村通水泥路，通屯道路水泥硬化率100%，建成教育、卫生、文化、体育等一批设施，有卫生室、文化活动中心、村级服务中心。危房改造201户，易地扶贫搬迁302户1393人，建设水柜164个，集中饮水11处，解决1806人饮水困难问题；硬化道路37条，里程累积377.1公里，有效改善了群众的生产生活条件。

“大手笔”的投入承载着的是该乡浓浓的民生情怀，一件件民生工程，变成群众看得见、摸得着、感受得到的惠民实事，转化为老百姓心中满满的获得感、幸福感。

只争朝夕，不负韶华。向往美好生活的岜暮人民，以众志成城、永不言弃的精神，攻克了一个又一个“困中之困”“艰中之艰”，在巩固脱贫成果的同时，加快实施乡村振兴战略，向党和人民兑现小康路上“不落一户一人”的庄严承诺，确保每个岜暮人不掉队。

重庆市潼南区群力镇

“一村一品”成为脱贫致富新引擎

链接：群力镇位于重庆市潼南区西北部，东临龙形镇，南接桂林街道，西连玉溪镇，北靠古溪镇，距城区17公里。全镇幅员面积48.5平方公里，总耕地面积21301亩，辖8个行政村，62个村民小组，总人口21700人。在历届党委政府努力下，全镇特色产业持续快速发展，形成了花椒、龙虾、小麦等优势农业产业。

近年来，重庆市潼南区群力镇在精准识别、精准施策基础上，创新扶贫方式，通过养殖小龙虾、发展中药材等，打造“一村一品”特色产业，开出精准脱贫的新“药方”，全力拔掉“穷根子”，实现自我发展能力和脱贫造血功能持续增强，走出了一条脱贫攻坚的新路。

养虾种药材，撂荒田地“土生金”

2019年10月下旬，记者来到群力镇白兔村，只见养殖小龙虾的水田星罗棋布，捕虾工人正在忙碌，争分夺秒地在入冬前进行最后一捕。这些四散分布的小龙虾水田，正是该村按照“一村一品”思路打造的小龙虾水产养殖业，负责人是白兔村有名的致富带头人刘珈所经营管理的。

刘珈，35岁，家住群力镇白兔村7社，以前在中国电信潼南分公司上班。2018年，市级国土整治项目，把刘珈家旁边的一片撂荒小田整成了大田，手勤心细的他看到了发展的机遇，便决定利用这次土地整治的机会返村创业“搞事情”。经过考察市场，刘珈发现虾的生长周期短，市场价却比不少水产品要高，他觉得这是个商机，于是开启了他的小龙虾养殖之路。

说干就干，刘珈自己掏腰包把田坎扩宽成1.8米，把池子挖深至1.6米，把整治后的水田改建成小龙虾养殖池，然后购进虾苗，投喂绞碎的屠宰场下脚料及米糠、豆饼、麸皮、南瓜等，进行绿色饲养。

“我养殖小龙虾的想法得到了村里的大力支持，村‘两委’希望我把小龙虾养殖办成村里的特色品牌产业。”刘珈告诉记者，他去年流转土地65亩，2019年增加了25亩，以虾为主，鱼虾共养，按照国家绿色产品标准进行养殖，喂养的饲料十分绿色环保，目的就是要将小龙虾做成远近闻名的无公害水产品。”刘珈兴奋地说，“虾的生长周期为3个月，每年可出虾两茬，亩产可达250公斤。小龙虾目前市场价每公斤卖40多元，效益非常可观。”

小龙虾富含虾青素、硒、钙等人体所需元素，营养十分丰富，市场需求量大。良好的养殖效益和市场前景，激发了刘珈的创业热情，2018年，他成立了重庆市潼南区珈颖兴水产养殖场，并利用便利的交通优势，将产品广销潼南、遂宁、重庆主城等地。

“本地饲养的小龙虾相比外地小龙虾有得天独厚的竞争力。”刘珈说，“因为气候原因，本地小龙虾上市的时间，比部分小龙虾产区提早了1个月左右，能充分利用时间优势打价格战。”2019年3月，第一批养殖成功的小龙虾上市，活蹦乱跳的鲜虾送到主城区时，很受市场欢迎，刘珈抓住机遇，与好几家餐馆签订了长期供货合同。

仅2019年上半年，他的养殖场就实现初产小龙虾7000余斤，产值15万余元，提供季节性岗位10余个，带动6户贫困户务工增收。

随着龙虾进入盛产期，初步估计，到2020年，将实现年产优质小龙虾2万余斤、产值50余万元。届时将为更多贫困户提供就业岗位，带动贫困户增产增收。

“刘珈承包水田，一年400元/亩。季节性用工时每天多达10余人。一般从事田间除草、喂食、捕虾等工作，实行8小时工作制。这样村民离家近，兼顾增收和生活，家里可以喂鸡喂鸭等。现在村里的村民年纪大了，劳动量大的做不了，相比以前，现在在珈颖兴水产养殖场打工，做的是手头上的活路，挣点儿零用钱，改善了自己的生活。”白兔村村主任说，“刘珈的成功，再次说明，只有走好‘一村一品’的路子，实施产业扶贫，才能带动村民就近务工、增收致富。”

刘珈在办好虾场的同时，还带头在白兔村流转撂荒土地，在山坡上种植中药材黄精，目前已形成20余亩的规模，2019年有10余万元的产值，为周边群众提供季节性用工20余人。贫穷的“伤”，产业来治。刘珈说，下一步，他将继续流转坡地和水田200余亩，进一步扩大水产和中药材养殖规模，通过提升产品品质，带动更多贫困户增产增收，脱贫致富。

“合作化＋农户”，小麦种出致富新思路

在组织发展“一村一品”经济中，群力镇呈现出百花齐放、百

群力镇以“一村一品”特色产业走出脱贫新路。左图为小龙虾养殖　摄影：熊湫；右上图为种植中药材黄精　摄影：熊湫；右下图为打造优质小麦产业链

业齐兴的喜人局面，各村都出奇招、高招。不仅白兔村的小龙虾羡煞旁人，逐渐形成产业和品牌，莫家社区的小麦产业也通过产品外销，较快融入了迅速发展的山外世界。

记者来到群力镇莫家社区6组，走进重庆市潼南区明镜寺恒丰种植专业合作社院坝，满院坝几百斤干面正在太阳下晾晒。几个务工农民有条不紊地把机器里出来的新鲜水面，一摞一摞地端到外面晒干面的架子上搁好。面房里，工人有的在加工小麦，有的在机器里添加面粉，一派热火朝天的劳动场面。

随行的重庆市潼南区群力镇莫家社区主任莫建光告诉记者，潼南区明镜寺恒丰种植专业合作社成立于2010年，合作社现有成员320户，注册资金50万元，现年产值60余万元。自产小麦加工“干面、水面、面粉”等产品，广销潼南城区、遂宁、重庆主城区等地，产品供不应求。

同时，合作社以带动当地农民发展致富为己任，为当地提供季节性岗位20余人，贫困群众务工每月能收入1500—3000元。农忙季节，合作社还调用社区内机械设备，帮助贫困户收割水稻、小麦等农作物，指导贫困户加强农作物田间管理，平价为其代购农药、化肥等农耕物资，有效地促进了当地贫困群众增收。73岁的困难群众、莫家社区居民莫一光就是在明镜寺恒丰种植专业合作社务工的群众之一。

莫一光告诉记者，他有三个子女，其中小儿子因车祸，成为肢体残疾人；老伴体弱多病，他家属于当地的困难群众。莫一光只能靠自己到“一线”务工挣钱养老。

“我有三四亩土地，包给了明镜寺恒丰种植专业合作社，小麦收获后，一年合作社称三四百斤麦子给我。小麦有的自己做成干面，自己一家人吃，剩下的都卖了出去，补贴家用。”莫一光说，“他在专业合作社的面房打工，一天50块钱，一个月有1000多元的收入，比自己在家种粮食卖、喂几个猪卖划算。家庭收入比以前提高了很多，家里的经济状况，也有了很大的改善。”

群力镇扶贫办负责人陈钦钊告诉记者，合作社在群力镇党委政府的帮助与支持下，新修近10公里生产要道，整修近5公里水利灌溉设施，并通过区级有关单位扶持、镇政府投入、自筹资金等方式，筹资近100万元，新建加工房、养鸡场、库房，购置收割机、旋耕机等设备，扭转了以前技术设备陈旧、道路不通、水利设施落后等局面。

此外，合作社还以代耕代种，入股分红的经营模式发展，小麦种植规模已超过1000亩，并成功注册“彤渝裕”商标，绿色食品正在有序认证中。

在脱贫攻坚中，群力镇按照“一村一品”的产业发展模式，强基础、抓特色、建标准、抓示范、出精品，做好小麦等特色产业的同时，还做优做绿花椒、柚子特色产业，做大做强龙头企业，以产业扶贫为带动，促进农民增收致富，努力实现产业富镇，全力打造农业产业特色镇。

安徽省涡阳县标里镇团结村

“土货”巧梳妆　脱贫致富忙

2019年8月24日，“团结坊”项目荣获亳州市创新创业大赛创新组金奖

干豆角、南瓜笋、玉米面……这些农产品在农村司空见惯，却是很多城里人青睐的美食。安徽省涡阳县标里镇团结村这个昔日的贫困村，将农家南瓜笋、干豆角等“土货”，一番“梳妆打扮”后，做成精致的小包装产品，搬上电商平台后，“土货”一下成“俏货”，成了广受欢迎的“网红”产品。

农村土特产，不再“裸着卖”

涡阳县标里镇团结村的贫困户宋徐氏老人怎么也没想到，家家户户都晒的干菜也能卖上好价钱。如今，她每隔几天都要往村部跑几趟，去送自家生产出来的农产品。

“不出村、不摆摊，东西在网上就卖出去了，真好。”2020年6月12日，在涡阳县标里镇团结村的生产车间里，宋徐氏带着自家晾晒的干菜，交给村里代为销售。

东西交接好了，宋徐氏却没有离开，而是做好消毒后，穿上工作服，戴上头套和一次性手套，在车间里工作起来。她的任务是把绿豆、黄豆、红皮花生等杂粮进行分拣、称重、打包装盒。除了销售土特产的收入外，宋徐氏在这里还可以获得一天50元的工钱。

“发展电商扶贫，还真是受到了宋徐氏老人的启发。”团结村党总支第一书记、驻村工作队长王芬说。

宋徐氏今年76岁，丈夫早在40多年前就去世了，生育的两个孩子中，大儿子是聋哑人，小儿子在一场车祸中去世，留下一个孙子。经过这几年的帮扶，老人一家已于2017年脱贫，但王芬还是会隔三岔五和驻村工作队员一起到老人家里走访看望，及时帮助解决生活困难。

2018年的一次走访中，王芬偶然看到了宋徐氏老人制作的清扫案板的扫把，因为没有销路囤积在家里。于是，王芬就把信息发到朋友圈尝试帮助她销售。没想到50把扫把很快被抢购一空。不仅解决了老人的燃眉之急，也让工作队和村“两委”成员达成了共识：整合全村资源，打造团结村的特色农产品品牌，把“养在深闺人未识”的优质土特产放到网上销售，带动村集体和贫困户实现持续、稳定增收。

说干就干。王芬带领大家成立了产业扶贫项目工作组，采取“村集体＋合作社＋贫困户和农户”模式，把村民自种的杂粮和加工的干菜进行一番“梳洗打扮”后，变成了精致小包装的特色农产品，并注册“团结坊”商标，2019年 5月份开始利用电商平台进行销售。

“俺每年晒的干菜都是自己吃点，送给亲友一点，吃不完的就

2019 年 5 月 23 日，“团结坊”淘宝店铺开始试运营，团结村生态农产品广受消费者青睐。左图为 2020 年 5 月 10 日，亳州广播电视台宋续博抖音直播介绍团结村和“团结坊”有关产品；右上图和右下图分别为村民晒制干豆角、晒制红薯干

扔了，真没想到包装包装，城里人也愿意买。”宋徐氏告诉记者，这段时间她销售干菜的收入加上在车间干活的工资，已经有两千多元。

新的思路、新的销售模式，不仅让闭塞的村庄了解到更多的信息，也让更多人看到脱贫致富的新希望。

自己晒的干菜、手工做的粉丝、编织的手工艺品，都可以放在网上卖钱的消息，很快在团结村传开了。来找王芬的村民也越来越多，团结坊店铺销售的产品种类越来越丰富。

土货有销路，收入有保障

在团结村土特产展示区，记者看到陈列柜上摆放着玉米粉、红薯粉、全麦面粉、南瓜笋、黄花菜、干豆角、香油、粉丝以及各种杂粮等数十个种类的土特产，这些都是由团结村的村民们自己生产、加工而成。不仅绿色健康，还保持着最原汁原味的农家味道。这些产品，只要在淘宝网上搜索“团结坊”店铺，都可以下单订购。

“我家里有 6 亩地，种的有小麦、玉米、红薯，粮食收成后除了卖给粮食收购站外，我还可以送到村里的工厂，加工成玉米面、红薯片上网卖。”72 岁的贫困户刘媛贞告诉记者，家中除了她和丈夫外，还有 90 多岁的婆婆需要照顾。自从村里开通了电商平台后，不仅种植的农产品有了销路，她也多了一份工作，就是在工厂里将加工后的农产品分类、挑选、打包、装箱，每天可以挣 50 元的工资。

在团结村的生产车间里务工的，大都是像刘媛贞这样的贫困户。

“村民们在生产加工自家农产品的时候会特别用心，他们知道这种销售模式能把产品方便快捷地卖到全国各地，又能带来务工就业机会，所以大家都很自觉地保证产品质量、保护好‘团结坊’品牌。”

脱贫“金点子”，结出“金果子”

脱贫不能等靠要，勤劳打拼最重要。2014 年团结村建档立卡贫困户 129 户 377 人，贫困发生率 9.31%。经过几年的努力，2017 年，团结村顺利完成贫困村出列任务。到 2019 年底，全村所有贫困户全部脱贫。

团结村采取“村集体＋合作社＋贫困户和农户”模式，持续推进“团结坊”产业扶贫项目，抢抓消费扶贫政策机遇，利用电商平台、抖音直播及商超展销、食堂采购、单位认购、现场采摘等线上线下多种渠道进行推广销售。

“现在加工的就是即将销往上海的 20 份礼盒订单。”王芬说，不少从农村走出去的城市人都会怀念家乡的味道。前几天一位在外创业的亳州老乡，专门订购了 20 份装有各种土特产的扶贫产品大礼包，准备送给上海的朋友尝一尝。

截至目前，“团结坊”项目共帮助贫困户及合作社销售农产品价值 80 多万元，通过帮助代销、提供就业等方式带动 100 多人次贫困人口增加收入，惠及合作社及家庭农场 8 家。在亳州市 2019 年创新创业大赛中，“团结坊”产业扶贫项目荣获创新组金奖。2019 年 5 月，团结村被安徽省委组织部列为集体经济扶持重点村，获得 50 万元扶持资金。2020 年 1 月，团结村党总支被亳州市委组织部授予“五星基层党组织”荣誉称号。同年 6 月，以反映团结村驻村工作队先进事迹为主要内容的党员教育电视片《咱们团结有力量》被市委组织部评选为党员教育微视频一等奖。同时，在市委组织部、市总工会、市扶贫局组织开展的“抓党建促脱贫攻坚争当十大工程先锋”劳动竞赛中，团结村党总支被授予“先进集体”荣誉称号；亳州市总工会授予团结村党总支“亳州市五一劳动奖状”。

王芬介绍，和走访式、救济式、慰问式扶贫相比，这种产业扶贫、电商扶贫模式更加注重强化贫困村和贫困户的“造血”功能，在提高村民收入的同时，也带动了村民们自力更生，依靠双手增收致富的积极性、主动性，更进一步历练了村“两委”班子成员，为巩固脱贫成效、助力乡村振兴作出了有益探索和积极贡献。

村级收入有保障，咱们团结有力量

脱贫攻坚，产业扶贫是重点；乡村振兴，发展产业是关键。团结村靠着大胆创新，不断探索，逐渐走出了一条具有“团结特色”的致富新模式，形成了村级集体经济“1+N”收入格局。

“1”是指一个村级集体经济股份合作联合社，“N”则包括村级光伏发电站、温室养殖场、隆茂集团、振兴公司、“一村一品”、团结坊项目等多个村级集体经济收入项目。

2020 年 4 月，团结村引进的国家级合作社——恒洲农业合作社的有机水果“金星苹果梨”种植项目正式落地，未来将为团结村产业结构调整和村集体经济增收注入强大动力。

“我们村正面临千载难逢的发展机遇。”王芬说，当前团结村发展优势主要表现在三个方面，一是脱贫攻坚、乡村振兴的政策优势，二是亳州机场和附近高铁、高速建设的区位优势，三是社会各界的关爱帮扶和镇村同事团结协作的团队优势。借助这些优势，村里将大力推进智慧农业、生态农业、休闲农业建设，力争带领村民们过上更加幸福更加美好的生活。

作者／摄影：李锦文、魏军

江西省永新县委组织部

让党旗在脱贫一线高高飘扬

链接：十八大以来，永新县委组织部获得省级以上荣誉8项，获得市级荣誉12项。其中主要荣誉有江西省组织部门宣传工作先进单位、江西省组织部门信息工作先进单位等；吉安市“六好”基层党组织、吉安市文明单位、吉安市党员教育电视片观摩交流二等奖、创新奖、吉安市组织工作综合先进单位等。永新县委常委、组织部部长郭道经曾在中国组织人事报、人民论坛、当代江西、江西组工微讯、江西组工信息、江西党建微平台、吉安组工微讯等平台刊发文章数十篇。

永新县委常委、组织部部长郭道经

2017年来，江西省永新县高溪乡下雨村贫困户段新忠，在党组织和乡村干部的帮扶下，从无到有，从有到好，发展散养黄牛70多头，被评为全县脱贫攻坚典型示范户；在党的感召下成长为预备党员，他在思想汇报中写道：我要向优秀党员学习，像他们一样，带领其他人脱贫致富。目前，段新忠从“被帮扶”到帮扶3人务工，向其他养牛户传授养殖技术，“学习强国”学习平台以《“今天我给别人发工资！”》为题报道其脱贫事迹。

正当脱贫攻坚争分夺秒之时，又遭遇新冠肺炎疫情影响，脱贫攻坚时间紧、任务重、压力大。为防止因疫返贫致贫，科技部派驻龙田乡花汀村第一书记张硕通过挂点单位采购、市场洽谈订购、网络直播促销等方式，帮助贫困户推销滞销农产品，销售总额40万余元，贫困户人均增收3600元。

“脱贫攻坚越到最后越要加强和改善党的领导。”自擂响脱贫攻坚战鼓以来，永新县各级党组织紧紧围绕“抓好党建促脱贫、检验党建看脱贫”，坚持让党旗在一线飘扬，让党徽在一线闪耀，推动基层党建和脱贫攻坚深度融合，实现帮扶由“被动输血”向“自我造血”转变，让越来越多的脱贫群众“站起来”“走得远”。

创新方法机制，下好脱贫“一盘棋”

永新县始终坚持把脱贫攻坚作为头等大事和第一民生工程来抓，锚定脱贫攻坚总目标，创新工作方法，压实工作责任，完善工作机制，切实增强党员干部的政治自觉和行动自觉。

为下好脱贫攻坚“一盘棋”，首创“443工作法”，即坚持“四个围绕”，让各项工作围绕脱贫攻坚转、党员干部围绕贫困群众转、扶贫举措围绕产业发展转、工作机制围绕巩固成效转；设立“四大战区”，构建作战体系，由县委、县政府主要领导亲自部署推动；同时，组建“三大机构”，综合协调、培训管理、督查巡查，保证作战能力，提高工作实效，力戒形式主义、官僚主义。

在压实工作责任上，构建抓书记促书记抓、级级传导、层层落实的工作格局，统筹抓好基层党建责任清单和任务清单，把抓党建促脱贫作为基层党建工作以及抓基层党建述职评议重要内容，推动党建扶贫联席会议制度落地落实。

为确保“结对”帮扶的质量和效果，全面实行“321”结对帮扶制度，各部门单位与贫困村“捆绑成对”、党员干部与贫困户“结亲成对”，深入开展“万名党员干部访贫思廉”、志智双扶“三个一”行动、“三讲一评”等活动，切实察民情、解民困、暖民心，不断激发脱贫内生动力。

注重选贤任能，打好脱贫“组合拳”

在艰苦卓绝的脱贫攻坚战中，永新县形成并发扬“真心为民、精心绣花、沉心苦干、一心求变”的永新脱贫精神。

海阔凭鱼跃，天高任鸟飞。为营造干事创业的浓厚氛围，永新县通过选优配强村“带头人”、精准选派帮扶干部，吸纳集聚各方人才，推动党员、干部、人才在扶贫一线集聚。

着眼村级“两委”换届，永新县深入推进“头雁工程”。从政治素质高、工作能力强、有责任感、有号召力的党员中选出群众公认的带头人，104个行政村实现村党支部书记、村委会主任双岗“一肩挑”；同时，持续推进“青苗培育工程”，全县储备村干部860名，

永新县推动基层党建和脱贫攻坚深度融合，左图为澧田镇枧田村发挥党支部堡垒作用，依托产业合作社，带领群众大力发展酱制品产业　摄影：盛明；右上图为莲洲乡蔬菜基地＋新农村建设　摄影：李平；右下图为在中乡葡萄基地工人正在修整支架　摄影：李平

其中贫困村储备355人。

在选派帮扶干部上，永新县坚持选准人、派准村；沉得下、干得好，配齐配强238名驻村第一书记，其中党群部门到弱村67人、经济部门到穷村45人、涉农部门到产业村31人、政法部门到乱村7人，并组建106个驻村工作队334名队员吃住在村，让帮扶干部与群众想在一起、干在一处。

为加快集聚各方人才，永新县推动“永新英才”计划落实落地落细，持续深化与西南大学等高等院校产学研合作，引进各类人才295人，建立了蚕桑富民产业院士合作站；通过“引凤归巢”行动，永新县吸引李小江、危云云等50余名成功人士返乡兴办实体产业28家，直接经济效益过亿元；同时，永新县加强以党建为统领，组建专业技术“百人服务团”，开展送医、送技下乡等专项服务5600余人次。

夯实战斗堡垒，种好党建“责任田”

党的执政基础在基层，活力源泉也在基层。

“基础不牢，地动山摇。”永新县坚持在建强支部堡垒、强化组织保障、壮大村集体经济上下功夫、见成效，让党建“责任田”开花结果。

县委组织部以“三化”建设和“六好”基层党组织创建为主要抓手，结合年度基层党建述职考核，按照不设比例、不定指标、应纳尽纳、应整尽整的要求，完成26个软弱涣散党组织整顿提升，基层党组织发动群众、组织群众、带领群众的“主心骨”作用重新焕发生机和活力。

组织运行，保障先行。近4年来，全县共投入300余万元，改造提升村级组织活动场所40余个，全面推进各基层党组织标准化、规范化、信息化建设，不断提高村干部待遇，村级正职平均报酬达到全县上年度农民可支配收入的2.5倍以上。

在壮大村集体经济、增强“造血”功能上，全县推行“一村一品、一品一社”以及“村集体+合作社+农户”“村集体+企业+基地+农户”“村集体+联建光伏发电站+农户”等模式，建立农民专业合作社559个，带领群众“抱团”发展井冈蜜柚、珍稀楠木、种桑养蚕、大棚果蔬等“四个千万工程”，形成现代农业产业规模26.1万亩，吸纳带动2.2万户农民受益。

作者：郭道经

共青团文昌市委

给贫困家庭孩子一个彩色童年

“爱心妈妈”与贫困家庭儿童观影留念　摄影：陈小敏

“逐梦课堂”　摄影：林春妙

共青团文昌市委在扶贫工作中，根据团委工作特点，充分发挥团委的职能作用，开展丰富多彩的活动：组织“爱心妈妈”和贫困家庭儿童结对帮扶，让孩子们真真切切地感受到来自社会各界对他们的关爱和帮助，一起共享快乐；开展“逐梦课堂”活动，让贫困家庭儿童免费参加内容丰富的课外辅导课程，帮助贫困家庭的孩子拥有一个彩色的童年，也为更多贫困家庭的孩子带去了关怀和希望举办脱贫攻坚青年学校，给贫困家庭的青年们一个学习与提高劳动技能的机会，解决他们的就业问题，拓宽增收渠道，促进文昌市贫困人口脱贫致富。

关爱贫困家庭儿童，“爱心妈妈”在行动

为了加强对贫困家庭儿童的关心关爱，帮助他们健康成长，共青团文昌市委、文昌市妇联联合开展“爱心妈妈”结对帮扶系列活动，为文昌市贫困家庭儿童送去关怀与帮助。

2020年10月18日，在第一期“爱心妈妈”结对帮扶活动中，来自清澜海事局的吕女士、海南文昌泰邦单采血浆有限公司的魏女士、罗女士等6位“爱心妈妈”主动参与，为昌洒镇彰善小学6名贫困孩子进行结对帮扶，通过手工制作饼干、共进午餐、观看电影、参观青少年海洋文化教育基地等内容丰富的项目，让孩子们真真切切地感受到了来自社会各界对他们的关爱和帮助。

在手工制作曲奇饼干趣味课堂上，小朋友们和“爱心妈妈”进行一对一结对，共同体验了手工制作曲奇饼干的乐趣。在制作的过程中，每个小朋友与自己的“爱心妈妈”沟通配合、协作互助，不断拉近了彼此的距离，从最初的拘谨逐渐变得放松活跃，整个活动氛围温馨美好。完成了曲奇饼干的制作，小朋友们心满意足地拿到自己的专属饼干后，有些小朋友舍不得把饼干吃掉，打算拿回家和家人分享，“爱心妈妈”们给他们竖起大拇指，直夸他们懂事。

接着是美食分享活动，队伍来到了小朋友们期待已久的“美食基地”肯德基。在浓浓的美食香味中，小朋友们与“爱心妈妈”同餐共饮，一起分享美食带来的快乐。小朋友一边品尝美食，一边和“爱心妈妈”们分享自己学习和生活中遇到的趣事，场面热闹非凡，无比和谐。

吃饱喝足后，到了集体观看电影的时间。在“爱心妈妈”的带领下，小朋友们来到电影院，观看动画电影《姜子牙》。一部动画电影《姜子牙》，将小朋友们带进了极富神奇色彩的世界。无论是动画制作，还是故事内容，都极大地满足了小朋友们对于神话故事的幻想，影片中姜子牙的善良、小九的执着、申公豹的义气深深感动了孩子们。在观影结束之后，小朋友们意犹未尽。这次电影之旅，小朋友们既收获了快乐，又收获了感动。

走出电影院，小朋友们从刚才的虚拟世界，回到现实中来，他们来到海南岛东部第一个海洋文化教育基地——海巡“1105”艇参观。“哇，好大的船啊！”小朋友们连连惊叹，他们第一次近距离地参观海事巡逻艇。在艇长和艇员的解说下，小朋友们了解了很多海洋文化知识。同时，通过阅读《水上交通安全教育读本》，有效提高了自身的水上安全防范意识。有的小朋友说，长大后要当一名光荣的人民海军战士，保家卫国。

当天活动结束后，小朋友们聚集在一起，共同分享了当天参与活动过程中收获的快乐和体会。

“这是我第一次亲手制作饼干，而且成功了，实在太有成就感了！”

“这是我第一次看电影，那么大的屏幕、那么神奇的画面，真是太有趣了！”

“这是我看到过的最大的船，好了不起啊！”

在小朋友的欢呼和笑语中，此次“爱心妈妈”结对帮扶活动迎来了尾声。共青团文昌市委、市妇联通过联合开展系列活动，为贫困家庭孩子送去关怀和帮助，让他们真真切切地感受到了来自社会各界对他们的关心和爱。“爱心妈妈”结对帮扶行动仍在进行中，希望有更多人加入“爱心妈妈”行列，一起用青春助力扶贫！

“逐梦课堂”关爱贫困儿童，爱心辅导员在行动

为深入贯彻文昌市委、市政府脱贫攻坚工作部署，在精准脱贫中发挥团委的职能作用，共青团文昌市委决定开展爱心辅导员“逐梦课堂”系列活动。2020年10月14日至15日，共青团文昌市委积极发动文昌市各校辅导员，为该市贫困家庭学龄儿童提供免费的课程辅导，通过音乐、舞蹈、诗歌、体育技能等内容丰富的辅导课程，帮助贫困家庭孩子拥有一个彩色的童年。系列活动将持续开展下去，为更多贫困家庭孩子带去一份关怀和希望。

在第一期活动中，来自文昌市7所小学的10名老师开展的音乐、舞蹈、体育、诗歌诵读、读书分享、汉语拼音等“逐梦课堂”，共计覆盖贫困家庭学龄儿童72名。

这次活动都有哪些有趣的课程呢？

文城中心小学辅导员韩丽为小朋友们开设了少先队员音乐兴趣班。在兴趣班上，韩丽带领小朋友们重温了《中国少年先锋队队歌》，并通过集体合唱的方式，增强了小朋友们身为少先队员的光荣感，也让他们在歌声中，感受到来自社会各界的关怀和爱护。

在东郊中心小学音乐教室里，大队辅导员云雪指导小朋友们识读音符。通过普及基础的乐理知识，激发了小朋友们学习音乐的兴趣。

云雪向小朋友们普及了柯尔文手势，并指导小朋友们用刚学会的柯尔文手势表演了一首完整的曲目《小星星》。在云雪的悉心教导下，小朋友们收获了许多与音乐有关的知识，并纷纷表示：这真是一节有趣的音乐课啊！

在文昌市第一小学老师杜雨雨的带领下，小朋友们体验了一次与众不同的音乐之旅。小朋友们不仅将歌曲大声地唱出来，还通过手势动作将歌曲表达出来。声音与手势的配合，一首《A ram sam sam 》在小朋友们的反复努力下，被完美地诠释了出来。

当小朋友徜徉在音乐的海洋中时，在公坡中心学校舞蹈教室里，少先队辅导员云菊秋带领着8名贫困家庭学龄儿童进行舞蹈训练。在训练中，云菊秋亲身示范，指导小朋友们规范训练动作。

云菊秋表示：整个训练过程虽然辛苦，但小朋友们都坚持了下来，并且在指导下都能够标准地完成各个训练动作，非常值得鼓励。

来自联东中学（小学部）辅导员韩惠卿为贫困家庭的孩子上了一节舞蹈兴趣课。整齐的队形、划一的动作，无一不体现了老师对孩子们的关怀和孩子们对舞蹈训练的专注。

在文昌市联东中学（小学部）校园里，翟业伟老师为贫困家庭的孩子进行排球技能指导，讲解了垫球、传球、发球等排球基本技巧。

在翟业伟示范和鼓励下，小朋友们拿起了排球，两两组队，进行排球练习。

同样是在联东中学（小学部），莫济源老师向小朋友们详细介绍了传球、控球等足球基本技能。

在认真听完讲解后，小朋友们一人一球，跟着老师的示范动作，开始进行踢球练习。对于小朋友们来说，训练的时间或许很短暂，能够掌握的新知识不算多，但是在他们的欢笑声中，能够深切地感受到球技训练带给他们的快乐。

对于刚接触汉语拼音的一年级学生而言，汉语拼音复习巩固尤为重要。会文中心小学辅导员梁虹霓为来自贫困家庭的6名一年级学生讲解基础拼音知识，帮助小朋友们复习巩固学习。

在讲解过程中，小朋友们全神贯注，认真听讲，充满了对知识的渴望。对于他们而言，这是一堂非常及时的汉语拼音复习课，即使过程短暂，但却能真正帮助他们解决在汉语拼音学习方面所存在的问题。

来自文昌市第一小学老师陈汝娇为小朋友们准备了一场诗歌诵读会。在诵读会上，陈汝娇诵读了与秋天相关的诗歌，应时应景，营造了浓厚的诗歌学习氛围。

在静静聆听了老师的诗歌诵读后，小朋友们学习诗歌的热情空前高涨，纷纷踊跃上台展示自己的学习成果。此次诗歌诵读会在老师和小朋友们的相互配合下，成效显著。

来自树芳小学的欧丽媛老师则和小朋友们一起分享读书带来的愉悦，她与小朋友们一起分享了《爱的教育》中关于用一颗宽容、真诚、进取、善良的心去爱祖国、爱家长、爱老师、爱同学、爱弱小的故事。

小朋友们认真倾听分享、领会爱的意义，在温馨的氛围中享受爱的教育。

共青团文昌市委负责人介绍，“逐梦课堂”爱心辅导员系列活动将持续开展下去。在此，他希望更多的辅导员加入到爱心队伍中来，为更多贫困家庭的孩子上一堂逐梦之课，给他们送去一份关怀与希望！

开办脱贫攻坚青年学校，让年轻人学习致富技能

为帮助建档立卡户解决就业问题，拓宽增收渠道，促进文昌市贫困人口脱贫致富，在文昌市脱贫攻坚工作发挥出团的职能作用，共青团文昌市委决定举办脱贫攻坚青年学校暨“重见阳光”扶贫技术技能培训班，持续性开展贫困户职业技术技能培训工作。2020年10月16日，第一期扶贫技能培训班走进文城镇文岭社区，对社区内建档立卡贫困户20余人进行专业技能培训。

在培训班上，来自文昌市中等职业技术学校的蔡亲鹤老师就如何选择合适的职业这一话题与参训人员进行了深入探讨，并分享了自己多年以来创业成功的经验，以鼓励参训的年轻人要勇于创业，为自己的未来谋发展。在分享的过程中，蔡老师更以“放牛娃”“千里马”等寓言小故事提醒参训人员“人穷志不穷”，只要踏实肯干，无论自己从事什么职业、处于什么岗位，都能通过努力不断成就自己。

随后，蔡老师邀请两位参训人员与自己配合，通过示范和讲解相结合的方式向参训人员详细地介绍了关于美发的基本技巧，并一一解答了参训人员提出的各个问题。

在培训过程中，参训人员专注投入、认真倾听，将培训内容牢记于心的同时，纷纷表示经过此次培训感触颇多，在今后的生活和工作中，会更加脚踏实地，靠自己的双手发家致富，做到不给党和政府添麻烦。

“重见阳光”扶贫技能技术培训班是共青团文昌市委助力推进文昌市脱贫攻坚工作、发挥团的职能作用的重要举措。在今后的工作中，共青团文昌市委将持续深入开展扶贫技能技术培训工作，不断丰富培训内容，不断扩大参训队伍，切实将扶贫先扶志、扶贫必扶智落实于行动。

丰富多彩的活动，让年轻人感受到了社会的善意和爱心，让他们体会到新时代社会主义的温暖和幸福感，让他们从小就树立起自强不息勇于担当的信念；经过在脱贫攻坚青年学校学习，把年轻人的那种不服输的劲头鼓动起来，他们纷纷表示，一定要用自己的双手去改变家庭的命运！

共青团文昌市委负责人表示，在市委、市政府和共青团海南省委的正确领导下，他们将结合共青团工作特点，继续加大工作力度，创新工作方法，深入开展精准扶贫，帮助贫困家庭的儿童健康茁壮成长，帮助贫困家庭的年轻人提高自己的劳动技能，助力文昌扶贫工作，为海南自贸港建设添砖加瓦！

广西防城港市人民检察院

真心真招出真力　扶志扶智真扶贫

2019 年 9 月 5 日下午，防城港市人民检察院党组书记、代检察长黄世根率队到防城区滩营乡六用村座谈调研，面商脱贫大计　摄影：温伦军

2018 年 3 月 20 日，六用村自发向防城港市人民检察院及驻村第一书记赠送锦旗，感谢对六用村扶贫工作的关心与支持　摄影：温伦军

广西防城港市人民检察院党组始终把脱贫攻坚作为最大的政治任务和第一民生工程，结合“不忘初心、牢记使命”主题教育工作，把做好扶贫工作作为践行司法为民的重要抓手，以服务和改善民生为出发点，在脱贫攻坚的“最后一公里”铆劲发力，为夺取脱贫攻坚战的胜利贡献检察力量。

送“真经”解生产之苦

精准扶贫，重在精准，因户施策。院党组书记、代检察长黄世根身先士卒，带头深入挂钩联系点，详细了解主题教育开展情况和村党支部、党员发挥作用情况，实地察看村民生产生活情况，与村“两委”干部共谋脱贫攻坚、乡村振兴、村集体经济发展大计，增强责任感和使命感，助力脱贫攻坚、乡村振兴。院领导以上率下经常带头进村入户，组织 42 名帮扶干部上门走访与贫困户“面对面”进行沟通交流，了解他们的思想动态、生产生活情况，帮助制定帮扶措施，开展就业帮扶和生活困难扶助，鼓励贫困户要从思想上主动脱贫，根治贫穷。

送“真金”解住房之难

凡是特困户，大家共同帮。市检察院组织市信访局、防城海关、防城公路局、防城区检察院等帮扶单位为六用村筹集善款 25 万多元，积极帮助 88 户困难群众解决住房困难。创新“统建”模式，为 20 户极度困难群众“统建”或修缮住房，圆了他们多年的“安居梦”，使全村的住房保障率从年初的 95% 提高到目前的 99%。

送“善款”解燃眉之急

开展“不忘初心、牢记使命”主题党日暨“慈善一日捐”活动，2019 年 10 月 17 日国家扶贫日，在院领导示范带动下，全体检察干警纷纷慷慨解囊，主动献出爱心，以实际行动支持帮扶贫困村和贫困户。短短时间内，全院干警累计捐款 8848 元，捐款所得均用于改善挂钩的帮扶贫困村、贫困户的生产生活条件。主动为贫困户做实事好事，在做好日常精准扶贫工作的基础上，检察干警坚持“雪中送炭”，节假日还自觉自掏腰包为贫困户购买猪肉、大米和食用油等慰问品，让他们时刻感受到检察的温暖。

送“食粮”解文化之“渴”

把文化扶贫作为推进精准扶贫重要抓手之一，为切实解决建档立卡贫困户看电视的困难，丰富群众精神文化生活，2019 年 11 月 22 日，市检察院在六用村举行帮扶捐赠仪式，集中为 8 户家里无电视的每户贫困户捐赠了一台海信牌电视机，实现了家家户户有电视看的目标。领到捐赠电视机的贫困户开心地表示，有了电视机，可以更好地了解外面的世界，既丰富了我们的业余文化生活，又为学习科技知识、掌握方针政策创造了条件，增强了脱贫的信心和决心。

六用村是防城区滩营乡最大的贫困村，脱贫攻坚难度较大。全村 18 个村民小组，总人口 685 户 3271 人，劳动力 2151 人。主要经济来源以种植甘蔗、水稻、玉米以及家庭养殖、劳务输出等，无村级集体经济，村“两委”无力担负起农村经济社会发展和农民持续增收的坚强后盾。在市检察院和各帮扶单位的大力帮扶下，贫困发生率由原来的 4.45% 下降到目前的 0.31%，所有指标均已全部达到贫困村整村脱贫摘帽的认定标准。

用真心动真情出真力，真扶贫扶真贫真脱贫。每张扶贫照片的背后都有着特别的故事，每一面锦旗的背后都是真情的流露。脱贫攻坚战打响以来，市检察院坚持输血更造血，确保农户脱贫不返贫。当地群众为了表达他们对市检察院的感激之情，自发给市检察院送来了一面面锦旗。脱贫攻坚，检察人一直在路上！不获全胜，决不收兵！

作者：防城港市人民检察院政治部主任苏桂荣、检务辅助人员江文源

安徽省芜湖市总工会

弘扬劳模精神 凝聚智慧力量

安徽省劳动模范俞洋现场为村民讲解茶叶种植技术 摄影：刘德华

链接：近年来，芜湖市总工会以习近平新时代中国特色社会主义思想为指导，在芜湖市委和安徽省总工会的领导下，积极探索实践中国特色社会主义工会发展道路，围绕中心、服务大局，全面履行工会的各项职能，努力当好党联系职工群众的桥梁和纽带，当好职工利益的代表者和维护者，为决胜全面建成小康社会、打造现代化创新之城作出了积极贡献。“小三级”工会组建、“三方四家”协调劳动关系机制、“四个精准”困难职工帮扶、跟着劳模去扶贫、工会消费扶贫等工作成效显著。先后荣获全国市级工会财务工作先进单位、全国工会经审工作先进集体、安徽省文明单位、全省工会系统先进集体、全省工会帮扶工作先进集体。

“劳模”——这个闪光的称号，在新中国的历史上曾写下无数绚丽篇章。时下，在如火如荼的脱贫攻坚一线，也活跃着劳模们的身影，“劳模精神”光彩熠熠。

为大力弘扬劳模精神，充分发挥各级劳动模范在脱贫攻坚中的示范引领作用，按照工作部署，2019年以来，安徽省芜湖市总工会通过开展技能扶贫、健康扶贫、教育扶贫、产业扶贫、结对帮扶等五项专题活动，建设一支劳模扶贫志愿服务队，实施“5+1”劳模扶贫工程，为打赢脱贫攻坚战贡献智慧和力量。

劳模先锋吹响集结号

6月的天空飘着小雨。南邻县三连村的水稻田里，小队的村民正围着安徽省劳动模范汪根火，仔细地听他讲解着最新的水稻种植技术。不远处，两面红色的“劳模扶贫支援服务队”队旗正迎着细雨飘舞，在绿色的稻田间，显得格外鲜艳。

榜样是最好的说服，示范是最好的引领。2019年4月3日，芜湖市总工会向全市1022名劳模发出《倡议书》，倡议年龄原则上在65岁以下身体健康、有一技之长的农业、卫生、教育等系统的劳模和企业家、农业专家劳模以及其他行业（类型）的劳模自愿参加“跟着劳模去扶贫”活动。6月21日，在芜湖市总工会、南陵县总工会的共同组织下，首批5位劳动模范带着各自的团队，分别走进南陵县三连村的田间地头、蔬菜大棚、幼儿园和小学教室，通过技能扶贫、健康扶贫、教育扶贫、产业扶贫、结对帮扶等形式，助力脱贫攻坚行动。

2019年，芜湖市总工会劳动和经济工作部对全市劳模进行系统分类，根据其技术技能、专业专长、个人意愿，围绕扶贫攻坚需求，建立了962名全市劳模扶贫资源数据库。通过在全市劳模中招募志愿者，成立了1支市级劳模扶贫志愿服务队和4支劳模扶贫志愿服务分队。每支志愿服务（分）队下设技能、教育、健康、产业和结对扶贫小组，通过阵地战、支援战、联合战等方式，为全市打赢脱贫攻坚战和实施乡村振兴战略贡献智慧和力量。

坚持对口帮扶，“支援战”层层推进

蜀山镇石岗村位于无为县西南，全村3472人，现有耕地4200多亩。全村仍有12户28人未脱贫。贫困户是因病、因灾、因残和缺劳动力致困，现政府实行兜底保障。村集体经济薄弱，农业产业结构单一，土地产出效益低下，农产品难以销售。

“众人划桨开大船”，了解情况后，在芜湖市总工会的组织下，劳模先进的带动引领，多家企业集体主动承担了联村帮扶责任，谋

芜湖市2019年“劳模新贡献奖”颁奖现场 摄影：刘德华

划帮扶项目，助力贫困村脱贫摘帽。2019年10月10日，安徽省劳动模范、全国学雷锋最美志愿者、芜湖耿福兴餐饮管理公司董事长高述红，安徽省劳动模范、安徽华能电缆集团董事长盛业华，芜湖市劳动模范、安徽华宇电缆集团董事长叶明竹分别委托代表与蜀山镇石岗村农民专业合作社签订消费扶贫协议书，企业采取“以购代捐”“以买代帮”的方式，采购石岗村贫困群众农产品大米、菜籽油，协议消费金额达到12.24万元，受到了石岗村贫困群众的一致欢迎。

其间，安徽省劳动模范、安徽兴乐茶叶制品有限公司总经理俞洋向村民讲解了茶叶种植、加工、销售等技术；安徽省劳动模范、芜湖青弋江种业有限公司董事长汪根火讲解了《紫云英种子高产栽培技术》，全国劳动模范、繁昌县宏庆水稻专业合作社理事长曹仁宏，安徽省劳动模范、繁昌县华园米业有限公司总经理彭宗武还与贫困户结对帮扶，现场向蜀山镇石岗村贫困群众捐款，奉献一片爱心。

强化周边帮扶，“阵地战”步步为营

刘东村地处陡沟镇西北角，有49个村民组，全村2014年以来建档立卡贫困户134户256人，其中2014—2019年已脱贫123户239人。目前尚未脱贫7户，11人，其中一般贫困户2户4人，低保贫困户4户6人，五保贫困户1户1人。

2019年7月18日，陡沟镇刘东村“跟着劳模去扶贫”活动技术咨询展台前，两位农业领域的劳模、专家被乡亲们围了个严实。当天，首届无为工匠选树人选、无为江十月生态农业有限公司总经理胡宝讲解了稻田养虾技术；市五一劳动奖章获得者、县农业农村局吴小鹏同志讲解了优质水稻种植夏秋季病虫害防治知识。他们用多年实践的案例进行分析，通俗易懂，非常接地气，培训效果非常好。

除现场培训外，劳模们还走进陡沟镇田桥圩丽鲜稻家庭农场，现场指导稻田养虾，从稻田水质、养虾饲料、龙虾繁殖等进行了全方位技术讲解，并主动与现场稻田养虾户建立微信群，以便及时联系、技术指导和相关产业服务发展对接。

在田间地头聆听的2018年刚脱贫的贫困户许成东高兴地说：“这样的扶贫是实实在在的扶贫，劳模同志都是好样的！感谢工会为我们办了一件好事。”

拓展组团帮扶，“联合战”屡屡建功

“劳动模范是民族的精英、时代的楷模。组织‘跟着劳模去扶贫’活动，就是要学习劳模精神、劳动精神，弘扬劳动最光荣、劳动最崇高、劳动最伟大、劳动最美丽的社会风尚，发挥劳模的示范引领作用，激发内生动力，带动贫困群众依靠诚实劳动实现脱贫。”

芜湖市总工会相关负责人告诉记者，2019年以来，芜湖市总工会开展4场次“跟着劳模去扶贫”活动，其中：技能扶贫4场次，受益群众400人；教育扶贫2场次，受益群众180人；健康扶贫2场次，受益群众120人；结对帮扶2场次，帮扶14户，接受捐赠1.6万元；消费扶贫1场次，帮助贫困村销售价值8万元的农产品。

劳模风范永远光鲜，劳模精神永不褪色。一场场“5+1”的组团帮扶，让不少困难群众发现，“精英”和“楷模”离自己并不遥远。这些培训活动不仅为贫困户们解决了一个个实际问题，更重要的是增强了他们克服困难、抓好生产的信心。扶贫活动现场，一双双渴望脱贫的眼睛格外明亮。不少群众感到口头指导“不解渴”，竭力邀请劳模到自家的田间地头、养殖场里实地看看，现场指导，好抓住这次难得的机会学到劳模的“看家本领”。

“跟着劳模去扶贫”活动，是突出工会工作特色的一项扶贫新举措。为将这项举措抓紧抓实，芜湖市总工会党组高度重视，并依托全市资源成立了“5+1”劳模扶贫专项活动小组。在此基础上，芜湖市总工会还把“跟着劳模去扶贫”活动开展情况作为重要依据纳入年度工作考核，对于组织工作成绩特别突出的先进集体，按程序向安徽省总工会推荐申报省五一劳动奖状。对于贡献特别突出的劳动模范，在同等条件下优先推荐参评上级荣誉称号，优先安排参加劳模休养、交流等活动，大力宣传活动中涌现出的先进典型和事迹。2019年11月26日下午，9位老劳模再获颁奖表彰，被芜湖市总工会授予“劳模新贡献奖”，其中5位“三级”劳模获此殊荣。

安徽省合肥市庐阳区工商联

全面巩固脱贫攻坚成果
高质量推进乡村振兴发展

合肥市工商联副主席王宏与庐阳区工商联会员企业负责人一同在临泉县考察扶贫工作

党的十九大报告指出，要动员全党全国全社会力量，坚持精准扶贫、精准脱贫，确保到2020年我国现行标准下农村贫困人口实现脱贫，贫困县全部摘帽，解决区域性整体贫困，做到脱真贫、真脱贫。结合全国“万企帮万村”精准扶贫行动和省、市“千企帮千村”精准扶贫行动的要求，自2016年起，安徽省合肥市庐阳区工商联启动“百企帮百村”精准扶贫行动，以11个基层商会为依托，积极投身脱贫攻坚工作，引导民营企业共同参与到精准扶贫工作中，积极开展形式多样的扶贫工作。在2020年“决战决胜脱贫攻坚、全面建成小康社会”收官之年，如期完成脱贫攻坚目标任务，帮助临泉县顺利脱贫摘帽。

2021年中央一号文件《中共中央国务院关于全面推进乡村振兴加快农业农村现代化的意见》正式发布，庐阳区工商联在回顾历年脱贫攻坚工作成绩的同时也正谋划着如何从巩固脱贫攻坚成果向推进乡村振兴发展转移。

让数百名学生上学有了着落。“治贫先治愚，扶贫先扶智”，习近平总书记曾在多个场合强调教育扶贫的重要意义。区工商联每年都会与临泉县工商联进行对接，摸排临泉县建档立卡的贫困家庭

庐阳区工商界“送温暖 献爱心”慈善活动暨区工商联（总商会）四届五次常执委（扩大）会议

学生并广泛发动会员企业力量，伸出援手。

会员单位合肥伟巍钢结构有限公司董事长郑怀松在多次前往临泉县贫困村开展帮扶活动时，关注到临泉县张新镇马大村的贫困学生马继峰的家庭情况，已经辍学的马继峰和患有白内障的母亲生活在堆满垃圾，只有两张铁床的小房子里，父亲患有精神病，已经去世，家里没有一点经济来源，每天只吃一顿没有油盐的面糊。合肥伟巍钢结构有限公司董事长郑怀松看到他们这么贫困，伸出了援助之手，从2017年开始，每隔几个月就会和妻子专程从合肥来到马继峰家里，帮着打扫卫生、洗衣做饭、补给生活用品、承担他的上学费用等。2018年5月，郑怀松出资帮助马继峰家进行了危房改造，如今，马继峰不仅重新回到校园读书，家里也焕然一新。

在会员企业积极响应区工商联的号召下，借助“百企帮百村”捐资助学活动，帮助的贫困学子已近400位，捐助的助学善款近百万元。

让临泉特色农产品的销售有了新路子。消费扶贫是社会力量参与脱贫攻坚的重要途径。为了帮助临泉县农产品拓宽销路，打响知名度，庐阳区工商联连续三年常态化承办“临庐一家亲·临泉县名特优新农产品展销会”，邀请近百家会员企业现场参展，刺激消费，多家会员企业现场签订采购合同。市民在展销会现场品尝农产品，对临泉农产品口味赞不绝口，纷纷表示，买点儿东西，为扶贫作点儿贡献，感觉挺好。三年来累计共销售临泉特色农产品556万元，为市民购买农产品提供便利的同时，也让消费扶贫观念深入人心。

让贫困户走向富裕的道路。区工商联多次深入临泉县贫困村走访调研，实地考察贫困情况，因地制宜不断探索发展优势特色产业，创新产业扶贫举措帮助贫困村找寻致富之路。

2017年，庐阳区工商联副主席单位安徽菜大师农业控股集团有限公司在当地成立了合作社，按照“公司＋合作社＋农户”的模式与临泉当地农民合作社共建特色农业产业园、供港蔬菜基地，为临泉蔬菜种植等经营实体寻求销售机遇。

截至2020年底，合作社累计销售额3.25亿元，通过园区产业直接带动贫困户476户，累计带动贫困户超过2000余户。

通过线上、线下结合的模式，建立线上电商平台和线下首个实体消费扶贫馆，截至2020年底，已有90余家临泉县农业企业入驻，销售额354万元。

基层商会扶贫让贫困村得以摘帽。自2017年起，各乡镇街道基层商会就开始对口帮扶临泉县11个贫困村，齐心凝聚更多社会力量参与精准扶贫工作，开展“百企帮百村”帮扶活动。11个基层商会分别帮扶11个贫困村的扶贫项目，从产业扶持、医疗救助、公益帮扶等方面，全面精准对标贫困村需求，找准病根，对症下药，助力贫困村摘帽。捐助资金已有200余万元。

几年来，伴随着脱贫攻坚战进程，庐阳区工商联不遗余力，奋力开拓，针对不同致贫原因，因户施策，精准发力，补齐产业短板，建强临泉县的产业弱项，实现农业增效、产业兴旺、农民增收，切实解决贫困群众的脱贫致富难题。

在此期间，区工商联分别在2017年、2019年被授予临泉县脱贫攻坚特殊贡献奖。2020年荣获安徽省“千企帮千村”先进集体的荣誉。

习近平总书记说过：“脱贫摘帽不是终点。”临泉县在顺利摘帽后，也正在向全面实施乡村振兴战略迈进。庐阳区工商联在做好本职工作的同时，在新时代农业农村改革发展的征程中，应成为助推乡村振兴的一支重要力量，巩固拓展脱贫攻坚成果同乡村振兴的有效衔接。

广泛发动民营企业。发动好、宣传好，引导民营企业积极投身乡村振兴发展中，共同为实现农业强、农村美、农民富的乡村全面振兴，努力贡献智慧和力量。

多形式助力乡村振兴。通过积极带动、各方企业联动的方式，引导、鼓励企业结合自身发展优势，在产业帮扶、消费帮扶、医疗帮扶、公益帮扶等方面激发临泉县增收致富的内生动力，防止返贫问题、脱贫不稳定的问题以及相对贫困问题。

真情真意服务民企。工商联作为民营企业的“娘家”，进一步引导民营企业投入到乡村振兴发展中来的同时要关心企业，鼓励、支持民营企业，才能召唤着民营企业家继续拿出更多的实际行动，全面、全心、全力参与乡村振兴。

实施乡村振兴战略是一项需要凝聚各方力量同心同向发力的世纪伟业。在庐阳区加快融入长三角一体化发展的历史机遇，加快建设“一核一地一中心”，奋力打造全省高质量发展示范城区的关键时期，庐阳区工商联将与广大民营企业家一同为推进庐阳区高质量发展、实施乡村振兴战略作出新的贡献！

供图：合肥市庐阳区工商联

湖南省新宁县人力资源和社会保障局

就业扶贫路子多

新宁县就业扶贫工作推进会现场　摄影：曾海波

剪鞋垫、缝鞋面、上鞋底……2020年9月23日，湖南省新宁县黄金瑶族乡二联村扶贫车间内，王红梅正在忙着加工鞋子。“我家离车间很近，在家门口务工，每月不但可以挣到2000多块钱，还可以照顾孩子。”王红梅满脸笑着说，有了稳定收入，不但顺利摘掉了贫困户的帽子，日子更是一天比一天红火。

就业，一头连着经济，一头连着民生。近年来，新宁县把就业创业扶贫摆在重要位置，大力实施就业扶贫，着力唱好就业扶贫重头戏，铺就了一条条就业脱贫奔小康的新路，让贫困群众就业有门路、能挣钱、真脱贫，过上稳稳的幸福生活。

授人以“渔”，脱贫致富不再愁

“家有良田万顷，不如薄艺在身。”近年来，新宁县以就业培训为抓手，以产业扶贫为重点，致力于管长远、见效益，不断改进技能培训方式，鼓励贫困者习得一技之长，练就增收本领，让贫困群众端上“金饭碗”，实现“一人学技就业，全家脱贫致富”的目标。

2019年，新宁县高桥镇中房村的贫困户邓艾明参加了县人社部门组织的果树工下乡培训。“通过这次培训，我学会施肥打药、修枝剪叶、治理病虫的方法，为我种植脐橙指明了方向。”邓艾明激动地说，2019年他种植的400棵脐橙挂果，收入有5万元。通过学习培训，今年的500棵脐橙全面挂果，预计收益9万元以上。

脐橙是新宁县的支柱产业之一，也是贫困户脱贫“法宝”。近年来，新宁县重视贫困群众的“造血功能”，探索“脐橙+旅游+扶贫”模式，依托“脐橙”“崀山”两大品牌，让贫困户吃上“脐橙饭”“旅游饭”。2016年至2019年，新宁县4.92万贫困人口通过发展脐橙产业稳定脱贫，占全县总脱贫人数的52.4%。

学得一门手艺，在家就能把钱挣，这是新宁县金石镇石云村村民李茂林一直梦寐以求的。2019年8月，李茂林的梦想成真了。她参加了新宁县茗韵职业技能培训学校举办的第一期美容化妆培训，掌握了美容化妆技能，被培训学校留校并被聘为管理员。每月工资4000多元，李茂林从农民变成了每月领工资的“工薪族”。

2019年8月正式开学以来，茗歆职业技能培训学校对全县贫困家庭子女、困难下岗职工和农民群众免费进行美容、美甲、化妆、纹绣、按摩等专业培训，免学费、免教材费、免中餐费、考试合格者颁发国家认定的职业资格证书，并推荐就业。

“2018年3月，我参加友乾家政培训中心高端月嫂免费培训班，考试合格后立即上岗就业，目前年薪已经达到8万元。”高桥镇烟村贫困户林顺华喜滋滋地说。与林顺华一样，金石镇李家塘村的贫困户陈艳方也通过友乾家政培训中心培训，成功实现了就业。

2013年，因为年迈的父母需要照顾，在广东东莞闯荡了10年的陈艳方毅然决定回到家乡新宁。儿子上学后，闲下来的陈艳方决定找一份稳定的工作，这样既能实现自己的人生价值，又能帮助丈夫减轻经济负担。之前，陈艳方对母婴行业有过初步了解，十分看好这个行业的发展前景。

“二孩政策放开后，对月嫂的需求在不断增加，因此月嫂是一个热门行业，越来越多的人想加入这个行业。我喜欢小孩，而且母婴行业的薪资待遇还不错，所以想往这一块发展。”后来，在朋友引荐下，她参加了友乾家政培训中心月嫂免费培训班，考了育婴师证，正式成了一名月嫂。

做月嫂后，陈艳方接到的第一单是5000元一个月，最高的月收入做到了1万多元，这让她的生活有了很大改善。但陈艳方并不满足于此，她考了保健按摩师、母婴讲师证，学习月子餐制作，并决定向讲师方向转型。转型后，陈艳方成为友乾家政培训中心的一名讲师，为参加月嫂培训的学员们进行培训。

2017年5月，在广州工作的刘艳艳放弃优厚的工作待遇，返回家乡新宁，开办了新宁县友乾家政服务培训中心。为了满足偏远地区女性的学习要求，2018年，该中心走进农村，开展了巾帼创业家政扶贫免费培训，先后在黄龙、水庙、高桥等乡镇开班，每期参加的学员超过百人。通过培训、就业，不少贫困家庭脱了贫，还让很多农村妇女找到了人生价值，学员栗梅花、于丹就是其中的优秀代表，她们凭借扎实的技术和优质的服务脱颖而出：栗梅花获得“湖南省首届最美育婴师奖”、于丹获得了长沙县“育婴师百优工匠奖”。

截至目前，经友乾培训走上家政岗位的已有3000多人，培训合格后全部推荐就业，众多学员的月薪超过6000元。“很多女性通过家政培训，不仅找到了生活的方向，也得到了价值认同，真正实现一人就业、全家脱贫。”刘艳艳满怀信心地说，她还要继续通过免费培训的方式，带领更多的家乡姐妹学习技能，实现脱贫致富梦。

开展了“点亮万家灯火职业技能培训进村”活动，先后在靖位、丰田、黄金、麻林等边缘乡镇村开展700人的农村职业技能培训，让农村转移劳动者在家门口就享受到培训“大餐”，授之以鱼，亦授之以渔。51岁万塘高峰村建档立卡贫困户罗艾芳通过育婴员职业技能培训，找到了2600元每月的家政服务工作，真正实现“培训一人，就业一人，致富一户”的目的。

新宁县人社局局长林睦强介绍，该县积极构建终身职业技能培训体系，重点开设育婴员、家政服务员、果树工、餐厅服务员等实用技术培训，并把培训现场搬到田间地头，把园区企业带到培训现场，力促培训结业后就能实现转移就业。同时，有效整合分散在扶贫、农业、科技、人社等部门的培训项目，通过群众“点菜”等形式开展免费就业创业培训，确保每个贫困家庭劳动力接受培训1次以上，掌握1至2项实用技能，实现建档立卡贫困劳动力培训全覆盖。

创业就业，托起脱贫致富梦

新宁县鼓励高校未就业毕业生、下岗失业人员、贫困劳动力等重点群体的创业，加大就业扶贫政策扶持，树立创新创业典型。开展金融支持，对就业人数达20人、吸纳贫困劳动力5人以上的参赛企业，实行银行授信，提供20万以上的创业贷款和1万元创业奖励。

家住新宁县万塘乡桐木冲村的伍换香是一名残疾人，荣获2018年湖南省最美阳光致富带头人（示范户）荣誉称号。受电视节目里各种各样的致富案例启发，2014年，在新宁县残联的帮助，以及“中国残联就业保障金资助项目”的支持下，伍换香开始养鱼，走上了自主创业之路。

2014年9月，伍换香创办了小伍种养专业合作社，如今已有社员102人，主要以甲鱼、团鱼、鳙鱼，鲢鱼、桂鱼等特种养殖和脐橙、水稻、萝卜、玉米等农产品种植为主，解决农村劳动力就业50余人，示范带动周边农家31户，实现了“一人创业，带动全村发家致富”的目的，2020年11月，被评为湖南省劳动模范。

军田生态助残农民专业合作社创始人李方友，属贫困户，是一名残疾人，在县人社局扶持下，创建了就业扶贫车间，并对其放宽创业担保贷款条件，积极落实创业担保贷款和实地解决创业瓶颈，开设“绿色”通道，在政府的扶持下他带领村级26名残疾人、贫困户从事养殖事业，以开拓创新的发展理念、诚信务实的企业精神，打造生态、环保的农业种养品牌。

新宁县人社局组织贫困劳动力参加省劳务协作市场 摄影：曾海波

大多时候，贫困群众和用人单位之间缺少畅通的信息对接渠道。为此，新宁县组建农村劳务经纪人队伍，建立村级就业帮扶微信群299个，及时收集和发布个人信息、培训求职意愿，实行动态跟踪管理和更新。农村劳务经纪人深入基层开展招工招生、扶贫服务工作，推进农村劳动力有序化、组织化、规模化转移就业。组织开展“春风行动招聘会”、就业援助等招聘活动，促进3512人就业，其中建档立卡贫困户720人；对有就业意愿的贫困劳动力开展“一对一帮扶送岗”服务，做好了26435名贫困劳动力就业后续稳岗工作，稳岗率达到98.7%。

该县还积极推进与省内外发达地区劳务协作对接7次，组织有意愿到长沙就业的112名贫困劳动力分批次到企业现场参加对接，现场了解企业用工需求、薪酬、社保等待遇。贫困劳动力杨兴华、徐芳艳等在蓝思科技现场签约，找到适合自己的工作。

扶贫车间，巧筑群众脱贫路

为确保易地搬迁贫困群众“搬得出、稳得住、能致富”，新宁县在各易地扶贫搬迁安置点附近建成多个扶贫车间，实现贫困群众在家门口脱贫增收。37岁的徐莉是金石镇白沙易地搬迁移民点居民，以前一直在广东打工，家里两个小孩逐渐长大需要人照顾，扶贫干部就帮她介绍到附近的扶贫车间务工，每个月的收入达到3000元。徐莉说，扶贫车间离家很近，每天来回只要10分钟，挣钱顾家两不误，她和家里人都很满意。

“以前农闲没事干，心里干着急。现在‘扶贫车间’进村里，家门口就业赚钱，脱贫有盼头。”说起在村口开办的新宁县崀山裘革分厂上班，新宁县清江桥乡清江村贫困户陈鲜艳一脸笑意。陈鲜艳年近六旬，因身体不适不能从事体力劳动，她的丈夫李超文因中风完全丧失劳动能力，且需要长期服药。80多岁的母亲曹荣芳是精神病患者，加之身患多种疾病，需长期住院治疗和服药，孙女现正在上学，儿媳妇李海玉需长期在家照料老人和小孩，全家依靠儿子李健劳动力输出维持一家的生计。在“扶贫车间”务工，陈鲜艳不但学会了一门手艺，而且能够每月为家庭补贴家用2000余元。

新宁县以提升贫困劳动力转移就业能力、实现稳定就业为核心，通过引入适合精准脱贫路子的“扶贫车间”，在全县以“厂房式”“居家式”“合作社式”等多种模式，全力推进就业扶贫车间开发建设，把扶贫车间建在了乡上、村上、贫困户家门口，开启了家门口就业的“直通车”。

统计数据显示，2020年新宁县已建成就业扶贫车间91家，其中厂房式75家，居家式、农村合作社式16家。一人就业，全家脱贫。“扶贫车间”帮助贫困人口在家门口就近就地就业，让贫困户脱贫致富有盼头，如今已成为新宁县各个村镇一道别样的风景线。

就业是民生之本、脱贫之路、扶志之策，新宁县通过技能培训、扶贫车间、扶持创业等多种促就业模式，使越来越多的贫困群众通过勤劳的双手鼓起了自己的钱袋子，过上了有尊严、有盼头的日子，一张张充满信心的笑脸绘就了脱贫路上最美的风景。

作者：林睦强、刘礼军、唐飞跃、杨坚、阮礼科

江西省遂川县教体局

一个山区贫困县的教育脱贫总攻战

两年校建投入10亿元，实现“五搬十扩十新建”，打响了学前教育普惠、义务教育大班额化解、高中教育普及、师资队伍建设、志智双扶的教育脱贫五大战役，这是一个国贫县交出的成绩单。

遂川县地处江西西南部、罗霄山脉腹地，是井冈山革命根据地的核心部分，是吉安市国土面积最大、人口最多的县和原国定贫困县、原中央苏区振兴县、罗霄山脉集中连片扶贫开发县。2014年，遂川县建档立卡贫困户2.2969万户8.5682万人，均超过全市的三分之一，全市仅有的8个深度贫困村全在遂川县。

扶贫先扶智，教育是阻断贫困代际传递的最有效途径。遂川县委、县政府充分认识到教育在脱贫攻坚中的基础性、先导性作用，将“义务教育有保障”作为决战决胜脱贫攻坚战的关键环节，针对教育发展中的重点难点问题，从学前教育普惠、义务教育大班额化解、高中教育普及、师资队伍建设、志智双扶等五个方面入手，让贫困地区的孩子接受良好教育，确保贫困家庭子女在各个阶段都能接受公平而有质量的教育，在遂川县打响了一场教育脱贫的总攻战。

学前教育——打好解决入园难攻坚战

几年前，遂川县城区只有机关保育院、龙泉幼儿园2所公办园，城区更多的是高收费的民办幼儿园，农村更多的是低收费低质量的

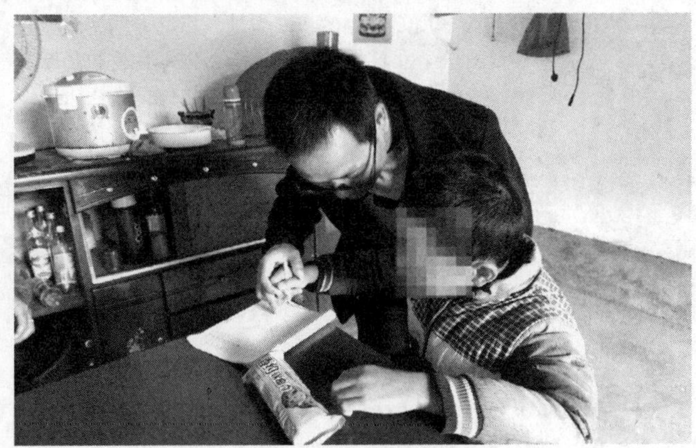
教育扶贫，送教上门

无证幼儿园，入园难、入园贵的矛盾十分突出。

城区是难点。遂川县委、县政府高度重视，及早谋篇布局，印发了《关于遂川县“十三五”城区学校布点规划的批复》。2018年上半年完善了城区学校幼儿园的规划和预留用地，在城区2所公办幼儿园的基础上，规划布点了7所公办幼儿园。2019年城区新增公办幼儿园3所（水南幼儿园、荧屏幼儿园、工业园东区幼儿园），增加学位1790个，3所（城东新区幼儿园、城北幼儿园、遂兴幼儿园）已完成征地、立项审批工作，1所（西南幼儿园）已列入规划、启动征地工作，预计2020年底将新增学位1440个。同时，将县城周边已经撤并的4所闲置小学改建为公办幼儿园，向城镇服务人口每1万人设置1所幼儿园的标准又推进了一大步。

遂川县荧屏幼儿园是在中央电视台捐建的原荧屏希望小学基础上改建的，规划9个班、270个学位。荧屏希望小学新建整体搬迁后，校舍空置。这里地处105国道旁，地理位置优越，开发价值高，有房产老板看中了这块“宝地”。县里赶紧做工作，村民听说是办公办幼儿园，都很支持。2020年春季顺利开园，为城区又新增1所公办幼儿园。2020年疫情过后一开园，就供不应求，开了4个小班、1个中班，接收148个幼儿。

农村是重点。2016年顺利通过国家义务教育发展基本均衡县审核认定后，为补齐学前教育发展短板，遂川县2018年实现了每个乡镇至少新建1所高标准公办中心幼儿园的目标。2019年新增公办乡镇中心幼儿园1所、村级园58所，同时拨付731万元专项资金用于村级公办幼儿园建设，9所农村幼儿园被评为市一级一类幼儿园。

2019年6月，遂川县对2000人以上的村进行了调查摸底，并制定了《遂川县2000人以上村级公办幼儿园建设实施方案》；9月，对一村一园情况再次进行了调查摸底，并制定了《遂川县“一村一园：山村幼儿园计划”项目实施方案》，向中国教育研究基金会申报73所村级公办幼儿园的建设项目，目前已经完成47所，剩余的26所2020年内完成。

截至2019年底，遂川县共有幼儿园327所，其中公办幼儿园140所，占比42.8%；普惠性幼儿园288所，占比88.1%。对照“2020年底学前三年毛入园率达到85%、普惠性幼儿园覆盖率达到80%、公办在园幼儿数占比达到50%”的工作目标，遂川县学前教育发展还有一定的差距。根据省市要求和遂川县实际，城区仍需配套建设8所公办幼儿园，90个2000人以上行政村仍需两年完成49个村级幼儿园建设。预计到2020年底，全县公办幼儿园在园幼儿占比可达50.1%，学前教育三年毛入园率可达89.07%，达到或略高于省市标准。

义务教育——打好化解大班额攻坚战

化解大班额是义务教育均衡发展的必然要求，也是最难啃的硬骨头。

遂川县按照“两个只增不减”（确保一般公共预算教育支出逐年只增不减、确保在校学生生均一般公共预算教育支出逐年只增不减）的要求，持续加大教育投入力度。2017年至2019年，教育经费预算分别为6.5亿元、7.7亿元、9.6亿元，分别增长12.5%、18.5%、25.8%。2018年县本级财政投入教育资金9900万元、2019年投入1.27亿元。

2018年秋季，遂川县泉江小学新校启用开学，近4000名学生告别了狭小的老校。如今，泉江小学教室宽敞明亮，校内书声琅琅，飞檐式的建筑散发出浓郁的文化气息，新辟的劳动基地内蔬菜品种丰富、生机盎然。黄某康是这里的第一批毕业生，所在班级学生人数已经大大减少。

在乡镇，实现义务教育“两搬六扩”（高坪中学、禾源中心小学整体搬迁，新江中心小学、碧洲中心小学、大汾中心小学、枚江中心小学、堆子前平安希望小学、上坑中心学校进行了校园扩建），为农村义务教育阶段资源的配置优化打下坚实基础，农村孩子不用进城也能享受优质教育资源。正因如此，遂川县没有出现农村学生大规模进城的现象，也间接缓解了城区学校的大班额压力。

高中教育——打好提高普及率攻坚战

2018年前，遂川县有2所普高、1所完全中学和2所民办高中。遂川中学是省重点高中，占地170亩；遂川二中是省重点建设高中，占地75亩；瑶厦中学是完全中学，占地只有27亩。3所学校的校园都偏小，容量有限，管理难度大，发展受限。

近年来，遂川县将高中教育发展列为县委、县政府重点工程，让群众享受高中教育普及成果，对遂川中学、遂川二中进行校园扩建，对瑶厦中学进行初中、高中剥离，县职教中心启动二期工程建设，竣工后全县高中增加6580个学位，为普及高中阶段教育提供了有力保障。

2018年8月，设计规模90个班、4500个学位的燕山中学动工兴建。这是一所全新的高级中学，位于县城西北方向，与文化公园隔岸相望。学校占地192亩，总投资达2亿元。校名取自嘉庆年间创办的“燕山书院”，学校将“厚德正己、博学亮人”作为校训，旨在打造具有书院内涵的高品质名校。建设燕山中学是县四套班子

改建后的荧屏幼儿园

荧屏小学新貌

组织心理健康教育骨干师资培训

直接挂点项目，他们靠前指挥，攻坚克难，共迁坟1800余座，保证了项目建设的顺利如期完成。2019年9月瑶厦中学高中部剥离迁入燕山中学，燕山中学现有学生2090人，教学班41个，教师141人，极大缓解了遂川县高中入学难、学位少的矛盾。

目前，全县普通高中招生计划数已由2015年的3800人提高到现在的5500人，职业教育招生数由2015年的2300人提高到3600人，全县高中阶段教育毛入学率达到92.18%。

师资队伍——打好素质提升攻坚战

教育大计，教师为本。乡村教师是发展更加公平、更有质量教育的基础支撑，是推进乡村振兴、建设社会主义现代化强国、实现中华民族伟大复兴的重要力量。乡村特别是贫困地区，学校招聘教师难、留住教师更难，师资总量不足、结构不合理，严重影响了乡村教育质量。当前，脱贫攻坚战进入收官阶段，需要进一步加强乡村教师队伍建设。

首先是在数量上做加法，多渠道补师资。遂川县在原有教师编制十分紧张的情况下，创新思路，打破常规，采用“备案制”管理办法，通过全省统一招聘、特岗教师招聘、高中教师自主签约、“三定向”师范毕业、“三支一扶”、政府购买服务、继续开通“绿色通道”、实施音体美支教志愿服务试点工程、安排社会公益性见习岗位、实施“银龄讲学”计划等十条渠道补充教师。2018年补充教师733人（其中政府购买服务300人），2019年补充教师1014人（其中政府购买服务200人），是吉安市教师补充渠道最广、力度最大、人数最多的县。在2015—2017年实施贫困学生“三定向”加20分参与招录政策、2016年完成“三定向”计划招生92人的基础上，争取省教育厅增加建档立卡贫困户子女招生计划84人。从2017年开始划出40%“三定向”指标专门招收建档立卡贫困户子女，积极实施“本土化”乡村教师定向培养，取得了贫困户稳定脱贫和贫困村稳定师资的“双稳双赢”实效。

一个好校长就有一所好学校。2019年遂川县委托中国教育科学研究院培训中心启动校长培养项目，利用暑假分批组织校长赴井冈山、厦门、北京等地参加培训。计划利用两年左右时间，通过集中面授、乡村教育成功案例调研、影子培训、名校考察、精英拓展培训等途径，提升中小学校长素养。

教师素质提升是教育教学质量提高的根本保障。遂川县加大教师培训力度，2018年、2019年分别拨付教师培训专项经费330万元、339万元，支持教师参加各类培训。2018年以来，通过“请进来、走出去”组织教师参加各类培训达2.8万人次。

为搭建学术讲座交流平台，遂川县首创推出“龙泉教育论坛”，按校长论坛、班主任论坛、学科论坛分校级、片级、县级举办，为校长、班主任、教师提供分享学校、班级管理、教研和教师素质提升的平台。“龙泉教育论坛”以县教体局班子成员和县域内特级教师、名校长、名师、学科带头人、骨干教师以及优秀校长、班主任、教师为主体，不定期邀请省内外知名学者、专家，举办学术讲座、讲课或点评，促进师资队伍在学习中研究、在研究中实践、在实践中成长。2018年2月4日，以“标准引领幸福成长”为主题的首届龙泉教育论坛有360余人参加活动，至今县级举办的校长论坛有6期、班主任论坛有4期、学科论坛有5期。

教师待遇是保障师资队伍稳定的经济基础。遂川县坚持优先全额保障到位，让教师有更多的获得感、幸福感、安全感，真正成为让人羡慕的职业。教师绩效工资、住房公积金按最高标准(12%)执行，山区教师特殊津贴、乡村教师生活补助、乡镇工作补贴、教师绩效工资全部落实，全部列入县财政预算，由财政兜底，保障力度排在全市前列，将乡村教师住房纳入城镇住房保障范围，明确每年从省下达的新建保障性住房计划中安排6%的房源用于解决乡村教师住房，其中2017年安排了20套、2018年安排了49套。

遂川县逐步形成了“越往基层、越是艰苦、待遇越高”的激励机制，农村教师“下得去、留得住、教得好”。草林镇蕃溪小学的老校长朱金生，依然还记得多年前在教学点江氏宗祠里上课、用火炉子做饭的情景。如今，乡村教师的生活条件已有了极大改善，村小食堂的开办让教师不用再为一日三餐发愁，每人一间宿舍，安装了热水器，配备了笔记本电脑、新办公桌，班班通已接入教室，高速网络通了，农村山区已可共享校外的优质教育资源。

占地192亩、总投资2亿元的遂川县燕山中学

志智双扶——打好教育扶贫攻坚战

扶贫先扶智。遂川县通过建立健全联保联控、校长和乡镇属地双负责制、“控辍保学”督导机制，实施“责任控辍”；结合“大走访”活动，做好学生及其家长或其他监护人的动员复学工作，实施依法控辍；进一步完善以学生为中心的精准化帮扶政策，对劝返的辍学学生，分析失学、辍学原因，因家因人施策，采取各种关爱措施，确保返校学生留得住、学得进、能进步，实施情感控辍；对确实因残无法到校接受教育的适龄少儿，印发了《关于做好残疾儿童少年“送教上门”工作的通知》，制定送教上门实施方案，教师每周不少于两次到家送教、辅导，做到有教案、有作业布置与批改、学生有教材教辅资料，已累计为全县153名义务教育阶段适龄儿童“送教上门”3.67万人次，并为全部适龄儿童补建学籍，做到应补尽补、一个不落，实施关爱控辍，确保无一人因残辍学。

2017年，遂川县印发了开展教育脱贫攻坚大排查、大走访、大数据、大宣传、大帮扶、大巡查工作的通知，每学期组织教育扶贫“六大”活动。全县所有教师落实“点对点”帮扶措施，与结对帮扶干部一道，逐村逐户、双线摸排适龄儿童少年就学和家庭贫困学生教育资助落实情况，查缺补漏，做到资助政策不漏一项、贫困人口不漏一人、国内就学不漏一地，既确保了无一人因贫辍学，又确保了无一户因学致贫。

“鸡叫已出门，灯亮未归家”，这是“六大”活动以来的新常态。从干部到员工，从机关到学校，从校长到老师，都没有人将路程放在眼里、被天气阻住脚步，贫困户与帮扶者的心越走越近。党得民心，民得实惠，教育战线上的扶贫干部和老师们，没有停下脚步。

2016年以来，遂川县资助家庭经济困难学生9.6万人次、8200多万元。2019年秋季学期，全县在异地就读学生就读地未落实资助的有729人，已由县财政安排专项资助金35.7万元并发放。

2019年4月28日，江西省政府正式批复同意遂川县脱贫退出，标志着遂川县脱贫摘帽成功。

教育是阻断贫困代际传递的治本之策。遂川县把教育放在优先发展的战略地位，以办人民满意的教育为目标，推进全县教育事业又好又快地发展，努力为老百姓提供更加公平、更加均衡、更加优质的教育资源。全县教育教学质量位列全市前列，2018年获全市党政领导干部履行教育职责督导评价优秀等次，2018、2019年连续两年获得全省县级党政领导干部履行教育职责督导评价优秀等次。遂川县交出了“建档立卡贫困户家庭适龄子女零辍学、其他适龄儿童少年不因贫困辍学”的合格答卷。

供图：遂川县教体局

甘肃省通渭县教育局

教育扶贫结硕果　春风化雨育桃李

链接：李富忠，男，汉族，1970年7月出生，1992年7月参加工作，2008年9月加入中国共产党，在职大学学历，中小学高级教师，中共党员。曾在通渭县榜罗中学、通渭县第二中学任教，曾任通渭县第一中学教务主任、副校长，通渭县马营中学校长，通渭县第三中学校长；2018年11月至2019年9月任通渭县教育局副局长，现任通渭县教育局党组书记、教育党工委书记、局长。

通渭县接受教育部民族教育发展中心捐赠活动

“再穷也不能穷教育，再苦也不能苦孩子。”在脱贫攻坚工作中，通渭县将教育作为阻断贫困代际传递的治本之策和打好脱贫攻坚战的重中之重，紧盯“义务教育有保障”目标任务、紧扣“精准”二字，将脱贫攻坚同教育扶志、扶智相结合，着力从改善城乡尤其是贫困村学校办学条件、优化城乡师资队伍和抓好扶贫济困助学等工作入手，不断提升办学水平，促进城乡教育均衡发展，为全县如期打赢脱贫攻坚收官战提供了有力支撑。

精准扶贫，教育先行。脱贫攻坚工作开展以来，通渭县在教育精准扶贫工作中采取多种措施，加快补齐教育基础短板，破解学生就学难题，创新工作方法和举措，让更多的孩子通过教育走出贫困，点亮每一个孩子的前程。

在通渭县各乡镇和行政村，最美、最漂亮的地方是学校，这是教育扶贫给人留下的深刻印象。走进通渭县马营小学，窗明几净、书声琅琅，该校坐落于马营镇东关村，2020年4月，依托通渭县“两类学校”建设项目，学校新建1828平方米的三层框架结构教学楼，现有12个教学班，学生469人。

“今年我们建了新学校，我非常喜欢新学校，教学楼里有非常多的功能室，有计算机室、舞蹈室、象棋室等，我在这里学习得非常快乐。”通渭县马营小学五年级一班学生景望龙说。

2016年以来，通渭县全面推进义务教育标准化学校建设，共投入资金6.3亿元，实施了一大批校安工程、全面改薄、温暖工程等项目，完成县职专、姜滩小学迁建，建成县思源实验学校、温泉路学校和各级幼儿园122所，改善246所学校办学条件，建成教师周转宿舍154套，配备教学及生活设备7.03万台（件、套），各级各类学校办学基础条件得到极大改善，标准化水平得到进一步提升。推进“互联网+教育”和联盟办学改革，深化学前教育集团化办园和“阳光课堂”联盟教学，推动城乡义务教育一体化发展。

“要让每一个孩子享有受教育的机会，不让一名孩子因贫失学。”这是教育精准扶贫的基本目标。通渭县把保障每一个适龄学生“有学上”作为扶贫的前提，建立县教育、扶贫、公安、民政、残联等职能部门信息共享机制，动态夯实教育基础信息、健全工作台账，认真落实义务教育“两免一补”、农村义务教育学生营养改善计划、学生资助等惠民政策，确保贫困学生优先保障、资助对象精准确定、资金补助到户到人。

从庆阳远嫁到通渭县马营镇营滩村的张云已经是两个孩子的母亲，虽然正是打工赚钱的年纪，但两个孩子的生活学习常常让她焦头烂额，无力务工补贴家用，就连马营镇并不高昂的住房租费也成了她一笔不小的开支。但是，当她忐忑地将孩子送入学校后，她家孩子享受到了国家和学校一系列教育扶贫资助政策，这给了她意想

通渭县教育扶贫工作剪影。左图为教育部副部长孙尧到思源学校调研督导教育扶贫情况；右上图为改薄后的陇川学校 ；右下图为东西部扶贫协作，福清市教育局开展送培送教开班仪式

不到的惊喜。

“我有两个孩子，一个在四年级，一个在一年级。从入学开始，我们一直在享受国家‘两免一补’的好政策，书本费、学杂费都免除了，每年还给我们500块钱的生活补助，这样我很开心。孩子到学校之后还能吃到美味营养的早餐，让我们家长很放心。”张云告诉笔者。

“我们学校严格落实‘两免一补’政策，对所有四类家庭经济困难学生进行生活补助，并全面落实农村义务教育学生营养改善计划，辖区内无一人因贫困而失学、辍学。”通渭县马营小学校长何卫翰说。

通渭县思源实验学校是一所高起点设计，高标准建设的九年制公办寄宿制学校，2016年秋季开始招生以来，有效缓解了城区中小学入学压力，进一步优化了城区中小学布局结构，特别是思源实验学校学生全部为进城务工人员子女，全部享受营养早餐和寄宿生生活补助，基本上达到了免费食宿，有效解决了他们上学难、上好学难的问题。

“今天食堂给我们做的是青菜炒肉，还有菜花和包菜炒粉条，味道很不错。”该校初二(4)班学生袁小虎说。

“我们严格落实国家教育扶贫政策，学校自主承办食堂，严把食材进口关，规范操作流程，精打细算，我们在办学之初就要求学生‘三干净’：盘子里吃干净、桌子上擦干净、地面收拾干净，从小养成文明就餐和勤俭节约的良好习惯。”通渭县思源实验学校校长马宏元告诉记者。

2016年以来，通渭县落实各类资助政策3.4亿元、惠及29万人次，其中建档立卡贫困学生18万人次。同时，落实曹德旺励志助学金、顺丰公益基金会助学金、金徽正能量公益基金会、定西·国镜资助资金等各类社会资助资金376.55万元，资助贫困学生1454人，帮助寒门学子完成学业、摆脱贫困。

作者：李富忠

供图：通渭县教育局

辽宁省彰武县后新秋镇中心卫生院

健康扶贫惠民生

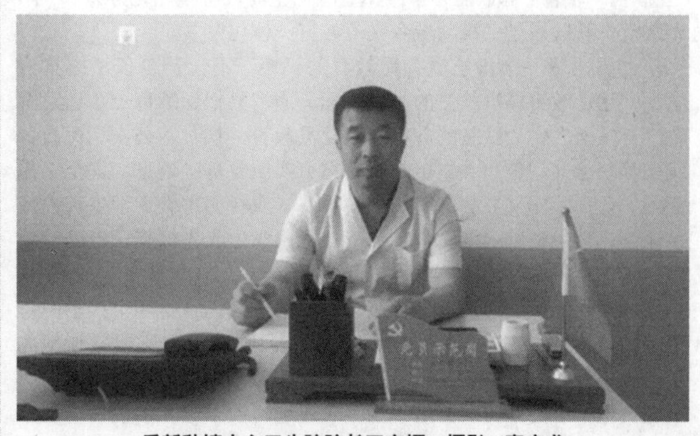

后新秋镇中心卫生院院长王宗辉 摄影：李庆龙

自健康扶贫工作开展以来，辽宁省阜新市彰武县后新秋镇中心卫生院充分发挥自身职能，在所辖村镇积极落实健康扶贫各项惠民政策，进一步完善公共卫生基础设施建设，补齐医疗服务短板、提高医疗保障水平、发挥公共卫生和家庭医生签约作用，积极帮助建档立卡贫困户协调解决看病就医等问题，从源头上预防贫困群众因病致贫、因病返贫。

两年前，后新秋镇中心卫生院的医生和白音皋村的村医在进行家庭医生签约走访时，正遇上白音皋村村民谭某刚的母亲患了急重病，大家立即对患者进行抢救，让患者口服速效救心丸并立即通知120急救转运到医院进行救治，7天后患者痊愈出院。

通过这件事，后新秋镇中心卫生院的医生们深感家庭医生签约对村民健康的重要性。之后，他们积极推进家庭医生签约服务，走遍了镇上所有的贫困家庭，整理出每户的扶贫档案，筛查出许多慢病和大病患者，详细了解其用药情况和治疗进展，全程跟踪、动态观察与治疗，家庭医生签约服务使村民的健康指数大幅提高。

从 2018 年起，后新秋镇中心卫生院组建了 11 个家庭医生服务团队，由全科医生、护士、村医共 29 人组成，对全镇 11 个行政村的建档立卡户、低保户、五保户、残疾人、优抚、特扶人员进行家庭医生签约，对每个病患设计了个性化体检与治疗方案。这些家庭医生利用休息时间，挨家挨户走访，向群众讲解家庭医生的意义，真正成为群众的健康贴心人。

落实好国家公共卫生服务政策是做好健康扶贫的重要一环。为此，后新秋镇中心卫生院组建了健康体检小分队，将公共卫生服务体检工作做在实处。在民家村体检时，健康体检小分队通过检查发现建档立卡贫困户杨某清甲状腺肿，因为家庭困难，没有条件治疗。小分队回到医院后，将杨某清的情况向院里做了汇报，考虑到患者实际情况，医院同意减免贫困患者部分费用，并邀请阜新市中心医院的专家来为其进行手术，整个治疗过程杨某清花了极少的费用就康复出院了。

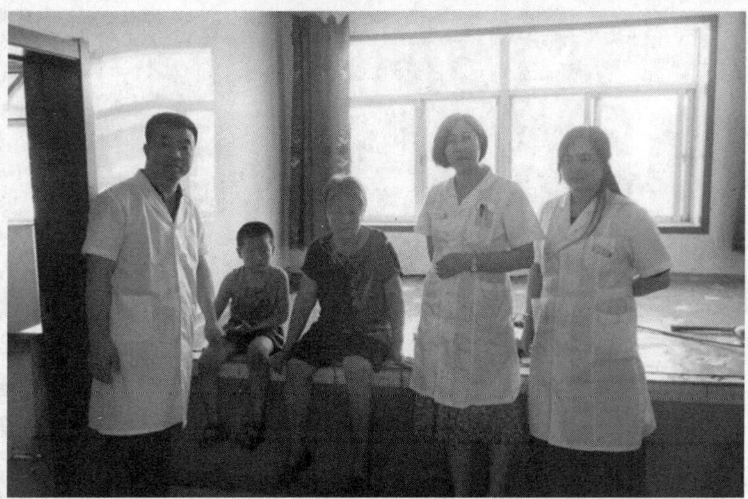

后新秋镇中心卫生院家庭医生王宗辉、张春梅、张伟丽走访白音皋村未脱贫户吕某春家（患大病咽喉癌已死亡），妻子刘某梅患脊髓联合病变、孙子吕某航智力障碍，针对病情制定干预方案，帮助办理报销事宜，解决孙子吕某航上学问题（特殊学校）　摄影：李庆龙

后新秋镇中心卫生院通过为村民提供基本公共卫生服务，开展健康教育，不断提高贫困人口健康意识，促进其健康生活习惯养成，从源头上降低因病致贫、因病返贫的发生，为贫困村民健康脱贫打下了坚实基础。

保障已脱贫的患者不再因病返贫，同时保障建档立卡贫困患者看病不因经济困难受到影响，是后新秋镇中心卫生院开展健康扶贫工作的重中之重。

后新秋镇中心卫生院通过走访询问病情，发现平顶山村赵某龙、白音皋村吕某春两户建档立卡贫困户除了有大病，其家属还患有高血压、冠心病等慢性病，于是针对病情给他们制定了干预方案，并帮助他们根据扶贫政策办理报销事宜，让他们真正享受到扶贫政策的利好。

目前，后新秋镇共有建档立卡贫困户 683 户、1706 人。已脱贫人口中 670 人患慢性病，其中 563 人患高血压、92 人患糖尿病、87 人患大病。

后新秋镇中心卫生院通过大力推进建档立卡贫困户大病、慢病签约服务政策，对所有患大病和慢病的患者进行“一病一诊疗”签约，制定“一病一方案”的救治办法，定期对高血压、糖尿病患者进行随访，防止他们因慢病不及时治疗而变成大病。

通过强有力的健康干预和精准施治，后新秋镇的大病患者都得到了有效救治。患者生病了第一时间会想到自己的家庭医生，家庭医生已经成为村民健康的活字典、看病时的主心骨，为健康扶贫工作注入了新的活力。

后新秋镇中心卫生院院长王宗辉说，镇卫生院在健康扶贫工作中的多项举措得到了村民的认可，成为彰武县乃至阜新市健康扶贫工作的缩影，也展现了基层卫生工作者的责任和担当。

辽宁省宽甸县人民武装部

架起“连心桥”

援建种植大棚，助力脱贫攻坚

链接：宽甸满族自治县人民武装部党委 2019 年 10 月被军委国动部评为先进师旅团级单位党委；宽甸满族自治县人民武装部 2020 年 4 月被评为辽宁省民族团结进步模范集体，2020 年 10 月被评为全国拥政爱民模范单位。

在 2020 年 10 月 20 日召开的全国双拥模范城（县）命名暨双拥模范单位和个人表彰大会上，辽宁省宽甸满族自治县人民武装部（以下简称宽甸县人武部）被授予全国拥政爱民模范单位荣誉称号。多年来，宽甸人武部全体官兵与辖区各民族群众一起谱写了一曲守边、扶困和民族团结之歌，架起了一座拥政爱民的军地“连心桥”。

精准扶贫，铺就致富路

宽甸山高林密，九沟十八岔，岔岔有人家，由于交通不便，很多乡村都发展缓慢。民生连民心，民心不稳，团结就难以巩固。为此，县人武部在丹东军分区的指导帮助下，把帮助当地少数民族群众脱贫致富作为重要工作抓紧抓实，不让一个村在致富路上掉队。

地处偏僻的牛毛坞镇小城子村位于丘陵地带，自然条件恶劣，土壤瘠薄，不适合农作物生长，因此经济发展水平低下。全村有建档立卡贫困户 160 户、430 人，无劳动能力的占到 25%。为了开展

为牛毛坞镇小城子村送去农用物资

帮扶工作，宽甸县人武部与丹东军分区和驻丹部队紧密配合，让一个贫穷的山村变了模样。

“过去从来不敢想，俺们还能住上这样好的房子。”住进翻修一新的家已经一年了，但是王兴红仍然感觉像做梦一样。在村扶贫产业蘑菇种植基地，每一天她都干劲十足，好像身上有使不完的劲儿。“现在真浑身都是劲儿，口袋鼓了，日子有奔头，心里甜滋滋的。”在这里，通过“土地流转+股份分红冲务工收益”，王兴红家一年保底增收2万余元，生活质量大幅提高。 如今，王兴红对生活信心十足，去年她还对房子进行了更新改造，换上铝合金门窗、加装粮仓、修建了水泥院面。

村里的贫困户马庆发老人，过去独自一人住在破土房里，常年过着“夏天一阵雨，冬天一阵风”的苦日子。了解他家的情况后，宽甸县人武部积极协调军分区，为老人申领了低保，落实了农村危房补助政策，并联合驻军帮老人干农活、收庄稼，组织人员不定期走访慰问，义务送诊送药、送钱送物，如今老人的生活得到了极大改善。

小城子村所在的牛毛坞镇及周边乡镇，蓝莓产业发展势头迅猛。宽甸县人武部聘请专家团队前来解决技术难题，并根据小城子村的生态优势、资源优势，推出了“绿色农产品”产业一条龙服务，积极争取资金，大力打造“军字号”种植产业品牌。如今，仅蓝莓基地一项，每年可为村集体增收7.5万元，使这个贫困村和贫困户的经济收入由以往的“依靠输血”变为“主动造血”，小城子村也从一个贫困落后的村庄变成了一个有产业支撑的小康村。“这多亏了人民子弟兵。”小城子村村委会主任胡仁智激动地说。

铁打的营盘流水的兵。尽管帮扶干部换了一茬又一茬，但拥政爱民的接力棒却一路传递了下来，汗洒宽甸大地、情注宽甸人民。截至目前，宽甸县人武部先后协调驻军筹措资金389万余元，援建了三个蓝莓大棚、28个菌类大棚和一个冷库项目，帮扶村160户、430人全部实现脱贫摘帽。

发挥作用，民兵当好后备军

为解决边防部队兵力员额少与边境管控任务重的矛盾，宽甸县人武部于2012年6月在绿江村建立民兵协勤班，协助边防部队进行边境管控。在长期的民兵训练中，宽甸民兵逐渐呈现出身体素质强、思想政治觉悟高的特点。为使民兵在协勤过程中更好地掌握边防政策法规，及时发现问题、处理突发状况，宽甸县人武部多次组织民兵学习《边防执勤条令》《边境管理条例》《边境情况处置方法》等相关内容，使协勤班的民兵熟练掌握相关政策法规，在具体工作中充分发挥了得力助手的作用，涌现出许多感人的事例。

“不为工资待遇，我想着能为家乡出点力，就答应了！”协勤民兵管立财回忆往事，朴实的脸庞泛起笑容。为了身后祖国和家园的安宁，他毅然走上哨位。哨所常驻民兵和现役的工作差不多，半个月才能回家一次，家中事务根本顾不上。好在妻子窦云清理解他，平时操持家务、照顾父母，农忙时下地干活。有了妻子的全力支持，管立财在哨所扎了根，一干就是八年，他也因此被评为全国边海防先进个人。

几年来，在宽甸县人武部的领导下，分散在200多公里边境线上的协勤民兵以维护一方平安、稳定社会治安、边境安全为己任，积极投身经济建设、生产创建、社会治安等工作，逐渐成长为一支守边稳边、解民困、帮民富、保民安的队伍。

多措并举，民族团结促稳定

走进宽甸，不管是城区的大小街道，还是乡村的文化广场，随处可见内容丰富的民族团结灯箱橱窗、横幅标语和文化墙。

“人民群众的思想阵地，不输送爱党爱国的正能量，就会被别有用心的人蚕食占领。”每逢盛会，宽甸县人武部都会第一时间编印宣讲手册，组织民兵宣讲小分队走进社区街头、田间地头，宣讲民族团结奋斗史以及国家惠民政策。

每年当地少数民族举办“金达莱歌会节”“朝鲜族农乐节”等节庆活动，宽甸县人武部都要组织民兵维持秩序、确保安全，营造了良好的民族团结氛围。

利用“互联网+”等现代媒体，宽甸县人武部建立“边防家园和党群E家保平安”平台，点对点、一对多推送教育要点、传递信息，让“民族团结”进入每一个信息终端，让更多人参与其中，使民族团结工作遍地开花。

在人们不轻易到达的偏远之地，总有等待探寻的绝佳风光。振江镇绿江、东江等地，山高岭大、土地稀少，但这里自然风光秀美，民风淳朴，由于交通所限，村民们不仅出行困难，山里出产的各种山珍也无法运出，村里经济难以发展，村民无法摆脱贫困。了解到这一情况后，宽甸县人武部多方协调，为绿江、东江分别修通了边防公路，彻底解决了当地的交通问题。通路当天，百姓们奔走相告，如逢盛事！“这回路通了，咱们这里的山货不愁卖了，我马上联系上回嫌弃咱们路不好的那个客商，他给的价格真不低。”一位村民兴奋地说。自2011年起，宽甸县人武部武部持续协调地方边海防办，推进边防路建设，截至目前，共建设边防路220公里。

一手牵着地方、一手拉着部队，宽甸县人武部充分发挥桥梁纽带作用，携手奋进、共建和谐边关，用行动书写拥政爱民的壮丽篇章！

中国工商银行汉中分行

打好金融“组合拳”　决战决胜脱贫攻坚

中国工商银行汉中分行党委书记、行长宋联海

在党和国家的号召下，中国工商银行汉中分行（以下简称工行汉中分行）情系贫困群众，扛起大行责任，积极参与扶贫工作，从各方面与贫穷落后打响了战斗，修路架桥、整治村貌、捐资助学、培植产业发展，扶贫长路不歇，一路风雨一路歌。

健全体制机制，担当帮扶责任

自2014年开始，工行汉中分行根据市委、市政府统一安排，对全市7个县的7个村（贫困户538户1843人）开展了定点扶贫工作。该行党委坚决听党指挥，将定点扶贫工作视为政治责任和使命担当，仅2019年就在扶贫工作上投入资金近90万元。党委班子高度重视、大力支持扶贫工作，组成金融扶贫工作领导小组，研究规划扶贫部署，数度深入帮扶村，对扶贫工作进行调研和指导。2019年8月，该行党委书记、行长宋联海一行赴南郑区黎坪镇七鸭子村开展定点扶贫工作调研，慰问贫困群众，看望扶贫干部，调研扶贫项目，并组织扶贫队党员干部与村“两委”召开“不忘初心、牢记使命”主题教育定点扶贫工作座谈会，与扶贫干部和当地同志深入研究扶贫举措，筹划提升脱贫成效。在深入调研的基础上，向定点扶贫村提出了整合发挥金融力量、找准产业发展方向等意见建议，并帮助扶贫村销售农产品，积极开展消费扶贫。

为严格落实扶贫责任，工行汉中分行坚持精锐出战，班子“一把手”挂帅，组建7支工作队、80余名工作队员，派驻了4名驻村第一书记。制订《中国工商银行汉中分行关于村包村帮扶工作计划》《中国工商银行汉中分行联户扶贫实施方案》，确定精准扶贫主攻对象，落实具体责任人，挂牌结对帮扶，坚持“一户一策”，一锤接着一锤干扶贫，扫清了扶贫路上一个又一个障碍，让乡亲们朝着美好生活的梦想大踏步前行，谱写了一曲坚韧不拔、人定胜天的动人乐章。

牵住脱贫攻坚的“牛鼻子”

在多年的探索中，工行汉中分行坚持因人因地施策，对症下药、精准滴灌、靶向治疗，切实提高了精准扶贫、精准脱贫实效。聚焦深度贫困，加大帮扶力度。针对各帮扶村主导产业以劳务输出、养殖业、种植业等为主，无任何支柱企业的具体情况，按照市委、市政府《打赢脱贫攻坚战实施方案》“1+19配套支持计划”选定重点，结合各扶贫村气候、土壤等特点，各工作队制定《帮扶工作实施计划》《脱贫产业规划》，以养殖家禽、家畜，种植烤烟、猕猴桃、香菇等经济作物为突破口，发展特色经济，有针对性地开展帮扶脱贫工作帮助村民解困增收。

持续扶植产业，提高造血能力。“工行+公司+农户”的产业扶贫模式是工行汉中分行在精准扶贫工作中摸索出来的一条新路子。通过该行牵线搭桥，促成帮扶农户与食品、药品购销、加工企业达成产销合同。2019年，该行向宁强县青木食品有限公司投放贷款600万元支持该县郑家坝村“高菜种植”扶贫合作项目，不仅有效满足了公司融资需求，还带动了全村24户贫困户参与种植，为贫困户提供就业岗位、增加收入，推动扶贫由输血式向造血式、单点式向集中连片式转变。该项目作为“扶贫工作典范”在宁强县推广。此外，该行推动金融支持的城固县四户种植企业与本县8个贫困村3269户农户签订《带动贫困户增收脱贫协议》，通过有机产业发展带动了建档立卡贫困户53户159人，使贫困户户均增收1000元以上。

左图为党委书记、行长宋联海带队赴七鸭子村督导扶贫工作，并向当地小学、村卫生室、村爱心超市捐赠物品；右上图为宋联海深入扶贫村，考察由工行汉中分行帮扶的猕猴桃种植产业；右下图为宋联海深入贫困户家中调研

坚持引导资源，加强合力扶贫。工行汉中分行协同南郑区文化馆，帮扶南郑区黎坪镇七鸭子村村委会成立“南郑区黎坪镇七鸭子村扶贫互助协会”，吸纳全村59名农户加入合作社，为贫困村村民产业发展提供资金保障。建立南郑区黎坪镇七鸭子村“爱心超市”，方便村民购物。聘请陕西嘉盟律师事务所和勉县曙光救援队，举办“智志双扶法律讲堂暨减灾自救知识讲座”，提高村民法律意识和自救能力，开展反假币及普及金融知识宣传活动，提升村民反假币、防诈骗能力。

架牢金融扶贫的“支点”

金融企业开展扶贫工作，优势在于金融支点，特色在于金融价值。工行汉中分行坚持把定点帮扶“责任田”打造成“金融政策落地、金融普惠实现、信用价值彰显、风险防控有效”的金融脱贫“示范田”。实施特惠金融政策、推广普惠金融产品、创新金融扶贫模式，更好发挥金融的撬动作用。2020年9月末，该行精准扶贫企业贷款余额6554万元、个人精准扶贫余额7968万元。2019年累计为涉农、雇佣贫困农户就业、收购贫困农户农产品等小微企业发放贷款9368万元。其中为陕南绿茶有限公司发放800万元扶贫贷款，带动153户贫困户增收；2020年前三季度，为44户贫困户发放1810万个人精准扶贫贷款。

在将扶贫工作做深做实的过程中，工行汉中分行立足自身优势不断创新扶贫模式，电商扶贫即是近年来在扶贫工作中大有作为的创新举措。“融e购”是工行自建、银行系最大的电商平台，围绕打造“扶贫电商”，该行将茶叶、木耳等品种送上“融e购”电商平台，有效推动区域小微、涉农企业扩大了产品的销售渠道。目前，带动陕南绿茶、大咸德、谢村黄酒、汉源油脂等10余家企业入驻“融e购”电商平台。

持久的付出收获了可喜的成果。2020年2月，随着陕西省人民政府发布的一封脱贫退出公告，工行汉中分行帮扶的7个村所在的县（区），迎来了“脱贫摘帽”的喜报，这则好消息让整个汉中分行都沸腾了。多年来，工行汉中分行在定点帮扶中所付出的努力和作出的贡献，已被一封脱贫退出公报所诠释。

面对刚刚摘下贫困帽子的7个帮扶村，汉中分行仍在思考，如何进一步推动扶贫村更快更好更高地走生态效益与经济效益、社会效益并重的绿色发展之路，站在新生活、新奋斗的起点上，做好乡村振兴这篇大文章。

供图：中国工商银行汉中分行

中国农业发展银行巴中市分行

助力“老区”摘“穷帽”

农发行巴中分行行长董湛涛（前排中）考察调研重点项目　摄影：何华容

链接：中国农业发展银行巴中地区分行成立于1997年1月。2000年6月，国务院批准撤销巴中地区和县级巴中市，设立地级巴中市，巴中地区分行随之更名为中国农业发展银行巴中市分行。23年来，该行始终坚持政策性银行的办行方向，始终坚持以服务“三农”为己任，全力支持巴中老区粮食生产和收储、易地扶贫搬迁、棚户区改造、重大农田水利设施、农村交通、人居环境、城乡一体化、旅游、健康和教育扶贫等重要项目和重要领域，有效发挥了农业政策性银行在农村金融体系中的主体骨干作用和战略支撑作用，补短板功效明显。曾先后获得“全国文明单位”、全国精神文明建设先进单位、全国创建文明行业工作先进单位及全国农发行系统“先进基层党组织”称号。

“十三五”以来，中国农业发展银行巴中市分行（以下简称农发行巴中市分行）作为四川省巴中市唯一农业政策性金融机构，主动提升政治站位，积极践行“支农为国、立行为民”的初心和使命，以脱贫攻坚统揽业务发展全局。5年来，该分行累计向120余个贷款项目发放各类信贷资金200余亿元。截至2020年12月末，扶贫类贷款余额136.42亿元，占贷款总额的82.46%；扶贫贷款余额及占比在市内金融机构中位居前列。2020年7月荣获全市脱贫攻坚工作先进集体，是全市79个获奖机构中唯一的金融机构。2020年12月被中国人民银行成都分行、四川省总工会、四川省金融局、四川省证监局授予“2019—2020年度金融精准扶贫先进集体”称号。

让群众居住环境好起来

“房子修得很漂亮，公路通到了家门口，吃水也有保障了，村上还开了小商店，比以前方便多了，没想到这辈子还能住上这么好的房子。”搬进新房的巴中市恩阳区明阳镇何家坝村78岁的周老太脸上洋溢出幸福的笑容。

改善农民居住环境是农发行巴中分行金融扶贫的亮点之一。2015年8月，农发行总行《易地扶贫搬迁贷款管理办法》出台后，巴中分行第一时间向地方党政、监管机构及扶贫移民等部门汇报沟通，迅速建立起贷款项目库，积极参与当地“十三五”易地扶贫搬迁规划编制和融资方案设计，反复组织学习中央、省、市党政及总行相关文件，对政策要点进行解读，对业务操作环节进行模拟演练，为易地扶贫搬迁贷款营销打下了坚实基础。

在城区，助力“城中村”和棚户区居民“出棚进楼”也是中国农业发展银行巴中市分行脱贫攻坚工作的一大重点。“告别老旧瓦房，住进宽敞明亮的楼房，这是我一直以来的梦想，没想到这么快就能实现。”居住在巴中市恩阳区马鞍御都小区的拆迁户刘女士说道。恩阳区城西片区棚户区改造项目是恩阳区投资金额最大、受益人口最多的棚改项目，拆迁涉及3个地块，拆迁面积731229平方米，在该分行10.5亿元贷款资金的支持下，与刘女士有同样梦想的4000多户居民陆续搬进了环境优美、生活设施便利的马鞍御都小区。

左图为平昌县白衣镇民族文化特色镇建设项目　供图：农发行平昌支行；右上图为农发行巴中分行支持的茶叶基地　供图：农发行南江支行；右下图为巴中市农发行信贷支持易地扶贫搬迁聚居点方山新村　供图：农发行通江县支行

"十三五"期间，农发行巴中分行累计向巴中市三县两区投放易地扶贫搬迁和棚户区改造贷款超过100亿元，支持修建易地扶贫安置点184个，改造老旧棚户区13个，近4万户超13万人口实现"挪穷窝"的梦想。

让群众生活方便起来

平昌县是巴中唯一拥有百万人口的农业大县，公路等级低、通行量小、路面质量差等落后的交通基础设施直接制约了县域经济的发展。为助力改变这一落后面貌，农发行巴中分行通过"望""闻""问""切"四步法为地方农村交通建设把好"脉"，找准"痛点"，开好"药方"，确保"药到病除"，助力打通"毛细血管"。

其中向平昌县白衣镇等43个乡镇村社道路改造扶贫项目投放贷款2.9亿元就是一个实实在在的例子。据悉，该项目总投资4.14亿元，覆盖全县43个乡镇、63个行政村，共改造、加宽道路982.5公里，极大改善了项目区内2.5万多户9万余人的生产、生活条件；也为农产品进城、工业产品下乡提供了便利。

平昌县澌岸镇新民村80多岁的杜奶奶见人就说："自来水安到了家门口，龙头一开就有水了，我们还修了冲水式厕所，安装了热水器，洗澡也方便了。"

新民村是农发行巴中分行投放5亿元贷款支持的解决农村"饮水难"问题项目受益村之一，也是该分行信贷支持村庄"蝶变"的一个缩影。

"十三五"以来，农发行巴中分行聚焦农村公路、健康医疗、农村饮水等农业农村重点领域和薄弱环节，累计投放各类贷款近90亿元，全市近50余万贫困人口直接受益。

让群众腰包鼓起来

农发行巴中分行始终坚持粮油主体业务不动摇，履行"粮食银行"职能，激发粮食企业入市收购积极性，守护好"老区粮仓"。自2016年以来，该分行先后投放粮油购销储等各类贷款4.34亿元，累计支持四川南江县油脂有限责任公司等15家粮油企业收储、轮换粮食27000万斤，油脂1120万斤。

近年来，农发行巴中分行按照"产业兴旺"要求，积极落实"藏粮于地、藏粮于技"战略，发放农地类贷款19亿元，先后支持了南江县城乡建设用地增减挂钩项目（三期）、巴州区古楼山村等50个村城乡建设用地土地增减挂钩等多个项目建设。

除了支持高标准农田建设外，该分行还把目光聚焦在特色实体产业项目上，通过支持实体产业发展壮大助力贫困群众增收，让农民的"钱袋子"鼓起来。

"受新冠肺炎疫情影响，我公司的开工时间有所推迟，春茶的大批量生产也面临着巨大困难。在这个特殊时期，2000万元贷款犹如一场'及时雨'，既为我公司复工复产提供了资金支持，也解决了以茶为生的广大茶农的后顾之忧。"四川金枝玉叶茶叶有限公司总经理姜德武说道。

近5年来，农发行巴中分行围绕粮食、生猪等实体产业投放产业扶贫贷款超8亿元，确保数十万百姓脱贫致富有持续稳定的收入来源。

"成绩代表过去，未来任重道远。巴中分行将始终秉承'智勇坚定，排难创新'的红军精神，统筹做好脱贫攻坚和乡村振兴战略的有效衔接，为川陕革命老区的振兴和发展作出新的更大的贡献。"农发行巴中分行负责人表示。

中国农业发展银行资阳市分行

交出脱贫攻坚的时代答卷

毗河工程造福桑梓，农村公路提质升级，天府花溪筑梦扶贫，基本农田高标准改造，以及阔步振兴的贫困村……年根岁末，2020年进入倒计时，一场场乡村蝶变，一次次点亮"十三五"资阳答卷，而在这些亮眼的成绩单背后，是农发行四川资阳市分行"44.45亿元"金融扶贫的信贷支撑。"十三五"以来，该分行累计投放各类扶贫信贷资金44.45亿元，截至2020年10月末，扶贫贷款余额37.31亿元。

决战决胜脱贫攻坚是一场必须打赢打好的硬仗，农发行资阳市分行是如何用这44.45亿元，"引爆"资阳乡村蝶变的呢？

兴水利，助圆"吃水梦"

资阳属于川中老旱区，"十年九旱"，近50多年来，发生

阳化河示范段生态绿廊及水系治理扶贫项目3亿元

全面干旱频率高达78%，吃水问题成为制约资阳经济发展的重大瓶颈。

毗河供水工程是国家172项重大水利工程之一，是四川省腹部经济区“五横四纵”水资源战略配置体系的大型骨干工程，也是川中旱区群众期盼了近半个世纪的重大民生水利工程。

为圆资阳人民的吃水梦，农发行资阳市分行自2015年毗河工程正式开工建设以来，累计投放扶贫贷款20亿元支持项目建设；“十三五”期间，累计投放水利扶贫贷款23亿元助力工程建设。工程灌溉面积141.35万亩，惠及资阳地区27.9万人。

打通路，解决“行路难”

脱贫攻坚战打响以前，农村公路建设的发展滞后，成为资阳广大乡村脱贫致富的“拦路虎”，严重制约了农村特别是贫困村的发展。

“要致富，先修路！”如今，农发行投放2.4亿元的安岳县农村公路（一期）项目，已成为名副其实的“致富路”，在安岳县决胜脱贫攻坚中发挥出举足轻重的作用。

近年来，农发行资阳市分行扶贫过桥贷款、PPP项目贷款，累计投放8.58亿元资金，全力支持贫困村提升工程和农村公路提质改造，新建、改建农村公路561.667公里，让60.46万人直接受益，有效解决全市农村出行难问题。

助农旅，扶贫“网红地”

一跃成为资阳旅游“网红”打卡地的天府花溪风景区，坐落于昔日的贫困村——雁江区保和镇黄谷村，是阳化河示范段生态绿廊及水系治理扶贫项目先期开发点位、四川省重点文旅项目，通过发展乡村旅游带动贫困群众增收及产业发展。

为圆资阳人的“花溪梦”，2017年底，农发行就批准了阳化河示范段生态绿廊及水系治理扶贫项目融资贷款，累计投放扶贫贷款3亿元支持项目建设，带动保和镇黄谷村等13个行政村1万余人直接受益。

同时，项目的实施，有效治理了阳化河水域环境污染和水土流失，修复了森林植被和生态环境，保护了雁江区乃至资阳市的生态安全。

造新绿，建“生态家园”

围绕省委“推进绿色发展建设美丽四川”的重大决策部署，加快推进农村生活污水处理设施建设，改善农村人居环境质量，农发行资阳市分行采用“业主主导、公司运作、综合收益覆盖”的运作模式，投放生态环境建设与保护贷款3亿元，服务乐至县放生乡、佛星镇、高寺镇等25个乡镇的27个贫困村、83个非贫困村“生态家园”建设，8.96万人直接受益。

为建设宜居帅乡（陈毅故里），打造绿水青山，投放扶贫过桥贷款2.96亿元，用于乐至国家林业科技示范园区扶贫建设项目，服务乐至县10个乡镇的9个贫困村。

改新田，重建“米袋子”

产业扶贫是稳定脱贫的根本之策，保障好群众的“菜篮子”“米袋子”，才能真正实现稳定脱贫。而实施“藏粮于地、藏粮于技”战略，推动中低产农田改造，则是保障老百姓“菜篮子”和“米袋子”有效途径。

农发行根据雁江区“1+1+10”乡村振兴工作思路，按照“政府授权、公司运作、综合收益覆盖”自主经营模式，促成城东新区7.1亿元中低产田改造、农田环境整治及生态体系建设项目落地，目前已投放扶贫贷款4.7亿元。

该项目优化土地利用结构与布局，增加有效耕地面积，提高高标准基本农田面积比重，完善田间基础设施，稳步提高了粮食综合生产能力。

助脱贫，倾力“真扶贫”

除了融资，农发行资阳市分行把结对帮扶作为全行服务脱贫攻坚的窗口和标准，积极向贫困村融智，通过“送温暖下乡”“摸底大排查”“以购代扶”“同吃农家饭、同干农家活”等活动，组织员工捐赠4万元帮助建立村“儿童之家”和“幸福超市”，全力实施“真扶贫”。

2016年以来，先后选派4人分别到乐至、安岳4个定点帮扶村开展工作，共结对帮扶贫困户88户；农发行资阳市分行领导带队前往结对帮扶村走访看望贫困户，向结对帮扶村捐赠了铁皮柜、复印传真一体机、打印纸、沙发、办公椅和空调等办公室设备物品，帮助贫困村和贫困村民实现“真脱贫”。

作者：张月 供图：农发行资阳市分行

四川省都江堰灌区毗河供水一期工程项目20亿元

中国农业发展银行永州市零陵支行

扶贫在路上 “三员”显担当

2019年12月9日，农发行永州市分行行长付昌国指导零陵支行主题教育专题民主生活会 摄影：王霖

中国农业发展银行永州市零陵支行系2018年度湖南省分行“合规管理标杆行”，支行党支部为省分行“十佳党支部”，经营业绩出类拔萃，党建工作特色鲜明。作为扶贫攻坚工作的重要金融银行，近年来，中国农业发展银行湖南省永州市零陵支行担负起零陵区、双牌县农业政策性金融业务，在脱贫攻坚工作中认真履行职责，从农村实际出发，敢于担当扶贫责任，注重发挥银行的最大优势，动员全行干部职工，积极投入到脱贫攻坚战场上去，开展了争当困难群体的送炭员、产业发展的辅导员、农副产品的推销员活动，受到广大农户群众的一致点赞。

心系农民，争当贫困群众的“送炭员”

2018年10月，农发行零陵支行收到了一封来自零陵区富家桥镇灵仙观村强强的感谢信。强强，1996年出生，父母因车祸去世，被叔叔婶婶收养，2014年考上了长沙理工大学，2016年叔叔的女儿考上中南大学，为了筹集孩子们读书的费用，这个家庭已借款15万元。今年叔叔的儿子上高中读书，又是一笔不菲的费用。得知情况后，零陵支行派驻村工作队员蒋邓，向行长汇报，组织爱心人士捐款1.1万元，解决了学费问题，强强全家深表感谢。

农发行零陵支行按照零陵区扶贫开发领导小组的安排，联系帮扶1个省级贫困村灵仙观村，3个面上村石角塘村、茶叶湾村、荷叶塘村的脱贫攻坚工作。为扎实开展脱贫攻坚工作，行领导班子成员规定，每月做到扶贫进村一天、住宿一夜、开一次座谈会、办一件实事、帮扶一个贫困对象的“五个一”行动，落实扶贫脱贫政策，雪中送炭，帮扶贫困户解决生活生产中遇到的实际困难。2020年端午节，行领导率领干部职工深入到零陵区4个帮扶村走访慰问贫困户，为他们送去粽子、米、油等物资。

该行在“户帮户亲帮亲，互助脱贫奔小康”活动中，开展元旦、春节、端午、中秋等节日送温暖活动20次，累计捐款10多万元，为贫困户捐赠米、油、棉被、衣物等生活物资700多件。2020年“7·13”洪灾，全行干部职工为零陵区省级贫困户灵仙观村开展抗灾救灾主题党日活动，发动党员为受灾贫困户捐款1万元。

拔掉穷根，争当产业发展的“辅导员”

村子贫困的一个重要原因就是没有主要产业，没有群众致富的实体，发展主要产业是贫困村拔掉“穷根”的重要措施。

为帮扶省级贫困村灵仙观村，在夯实农业基础设施建设上，农发行零陵支行为王何水库出险加固争取资金150万元，修缮道路4公里，窄道扩宽1.8公里，新修机耕道1公里，改造农田灌溉水渠9公里，实现村民通电、通水入户等民生工程。动员村民入股投资，整合财政资金100多万元，先后建成蔬菜大棚30个，培育了4800平方米的西瓜种植基地、20亩的黄秋葵种植基地和200亩的杉树种植基地，解决贫困户就业20多人，每年为村级集体经济增收5万元以上。

农发行零陵支行利用与双牌县茶林镇党建扶贫共建为契机，以支持乡村旅游产业扶贫为突破口，积极争取全省农发行系统发放首笔旅游扶贫中长期项目款1.5亿元，支持桐子坳村和新老院子村自然风光开发建设，打造集仙人湖、浪漫花海、户外拓基地、隐形培育基地、水上乐园等于一体的休闲旅游度假区，面积4.99平方公里，项目建成可解决茶林镇片区贫困人口800人就业增收。

一道攻坚，争当农副产品的“推销员”

2019年10月，灵仙观村贫困户魏某跃，看见猪肉价格上升，打算养猪增加经济收入。行长何镇华了解到情况后，出钱购买10头小猪仔给魏某跃饲养，至今已为魏某跃增收2万多元，确保脱贫不返贫。

2020年是脱贫攻坚收官之年，疫情突发而来，当了解到灵仙观村的农产品滞销后，行长何镇华动员全行广大干部职工通过现场采购进行消费扶贫，促进扶贫产品销售和贫困农户增收。目前，全行帮助该村贫困户销售土鸡、土鸭、鸡蛋、鸭蛋等农产品2万多元，结对帮扶党员干部帮助村民和村级合作社销售农产品5万元。

一份辛劳，一分收获。2019年，农发行零陵支行结对帮扶的4个贫困村全部摘帽，91户315人实现脱贫，至今没有一人返贫，脱贫攻坚工作取得实实在在的成效。

作者：何镇华、王霖

慰问帮扶贫困村灵仙观村洪涝灾害受灾群众 摄影：王霖

中国农业银行安徽省石台县支行

金融支农结硕果 石山开出致富花

中国农业银行石台县支行党总支书记、行长朱永慧

石台县位于安徽省南部，曾是皖南唯一一个贫困县，且属深度贫困县，面积1403平方公里，仅占全省总面积的1%。耕地2568公顷，林地88000公顷，“九山半水半分田”的典型高山地形，孕育出7个国家4A级景区，享有“中国原生态最美山乡”的美誉。

近年来，农行安徽省石台县支行全方位、多渠道“助力全县脱贫摘帽，支持乡村振兴战略”，体现出国有大行的社会责任和使命担当。一方面通过金融服务助力脱贫攻坚，一方面又通过金融扶贫促进业务发展，全行各项工作都取得了优异成绩。2019年在总行金融扶贫专项考核中评价等级为A，总得分125.43分，列全国832个贫困县第86名、安徽省第1名；在安徽省分行服务乡村振兴存贷“双第一”提升计划考核、池州市分行三农金融事业部考核中均获第1名。该行行长朱永慧荣获中国农业银行2019年金融服务脱贫攻坚先进个人，支行青年突击队获评中国农业银行2019年优秀青年志愿者组织。

党建引领“智志双扶”

“长这么大，第一次听到这么好的党课。”仙寓镇竹溪村一位70多岁的老党员发出这样的感慨。该行紧紧围绕“城乡共建、资源共享”的思路，按照“优势互补、互帮互助、城乡联动”的原则，深入开展城乡党组织“1+1”结对共建活动，进一步促进精准脱贫的进程，2019年10月，该行党总支与扶贫联系村仙寓镇竹溪村党支部及仙寓镇珂田村党支部、安徽世界村功能饮品有限公司党支部在该县竹溪村开展了“不忘初心、牢记使命”主题党日活动，邀请市委党校彭冬莉副教授为60多位党员讲授《党的初心使命及其践行路径》主题党课，重温革命历史，增强党的信仰，珍惜幸福生活，不忘复兴使命。

该行还组建以党员为主体的宣讲团队，协助扶贫联系村开办扶贫夜校，依托村民小组开展活动，向农户宣传扶贫政策、教会脱贫方法，重点从创业思路、政策咨询、信息介绍、项目争取、融资贷款、销路指引等方面提供帮扶，帮助帮扶对象增强自身“造血”功能，加快脱贫致富步伐，把扶贫故事讲到家里户外，把脱贫声音传到堂前屋后，全面提升群众的政策知晓度，进一步凝聚脱贫攻坚合力，密切党群干群关系，践行农行“面向三农、服务城乡”的最美初心。

群众看党员，党员看干部。支行党总支始终坚持党的建设和经营工作两手抓，坚定不移抓好金融扶贫和服务“三农”、支持实体经济、推进经营转型、防控金融风险。支行组建以青年党员干部为组长和入党积极分子为组员的“党员先锋队”“青年突击队”，奔赴金融扶贫一线，组织服务“三农”和外拓营销，设立优秀党员服务示范岗3个，要求每位党员亮出身份，擦亮党员的牌子，在落实工作措施和服务群众上，干在先，走在前，主动接受群众监督，时时处处发挥党员的模范带头作用。党员带头作用增强了队伍的凝聚力和战斗力，为业务发展提供了坚强的组织保证。

惠农e贷贷出希望

客厅里，客人们正推杯换盏，不时有服务员穿梭其中，一盘盘农家菜是生活的滋味；院子里，孩子们正嬉戏打闹，绚烂的灯光点缀着亭台，闪闪的星星是儿童追逐的梦；田野里，友人们正翩翩起舞，初秋夜幕下的篝火正红，时唱时闹歌颂着不散的青春。这是村民徐基成的家，同时也是他创建的农家乐——徽派农庄云里居。作为徽菜大师的他，多年来从事餐饮行业，优美婉约的徽派建筑，配合健康传统的农家菜，使得“云里居”多年来被评为安徽最美农家乐。

万事开头难！2016年农庄开始投入，功能区占地超过5000平方米，耗资近千万元。由于一期项目都是自有资金投入，这也让农庄日常运转捉襟见肘。正当他一筹莫展时，是农行一款信贷产品——旅易贷（惠农e贷）带给他希望。“开始是当地农行2017年底下乡宣传，有针对我们办农家乐的贷款，2018年初我们开始接触，无需抵押一下子贷款20万元，2019年增加了10万元，2020年续贷45万元，利息比别的银行都低，办理的速度又很快，多亏了农行，解了燃眉之急。”提起贷款创业，徐基成满心感激。凭借资金支持，农庄的发展也走上了快车道，同时也带动了当地贫困户增收。

“带动贫困户脱贫是党员的责任，一方面是我们农庄大部分的食材都是从当地老百姓手里购买，老百姓吃不完的、种的多的都送到我这来；另一方面我们也招一些贫困户到农庄务工。3年来，我们光扶贫户工资就发放48万元，蔬菜收购也有十几万元，还有其他的参股土地入股，这些都有带动效应。”

家住农庄附近的贫困户舒勤女说：“以前就在家里务农，每年就趁茶叶季卖点茶叶挣几千块钱，后来到农庄上班，一个月有3000多元，对我来说，这样的收入已经很好了，我家对脱贫也有了很大的信心。”

云里居农庄北面有大量荒地，这些无人耕种的荒地在徐基成眼里却大有作为。“我们把贫困户那些荒废的土地流转过来，划分区域做采摘蔬果、夜晚烧烤、篝火聚会的娱乐基地，主要是为了把游客留住，年底按股分红贫困户也得到实惠，一举三得。目前经营的主要难点就在如何留住客户，更好地服务客户。”

有了农行的支持，心里就有了底气。说干就干，5月份设施基本完工。现在云里居又成了当地儿童夏季避暑纳凉、游玩嬉戏的新去处。

2018年以来，该行累计投放惠农e贷387笔共4553.6万元，惠及277户农户，其中向贫困人口75人发放549万元，通过向75户专业大户发放惠农贷款1650.7万元，带动贫困人口43人。

惠农助农电商扶贫

近年来，随着农村经济的快速发展，农民对金融服务的需求也在不断增加。为了填补农村金融服务的空白，石台县支行贯彻总分行的工作要求，积极推进农村金融网络建设和“金穗惠农通”工程项目，加快POS机等电子设备进乡村。为了农户能够更早更快更好地享受到农行金融服务，自2019年4月8日开始，该行集中力量加大新型电子机具布放力度，以党员为主力的“三农团队”克服“任务重、营销难、人手少、路程远”等困难，加班加点，上山下乡走进行政村，选择“家庭农场”“农贸超市”“卫生室”这类消费较

2019 年 11 月 12 日，中国农业银行安徽省分行党委书记、行长刘加旺到石台县支行指导金融扶贫工作　摄影：唐启胜

密集的联系点布置惠农机具。两个月内下乡出勤 200 余人次，行程近 1 万公里，走访行政村 60 余个。截至 2019 年 6 月 10 日，电子机具行政村覆盖率达到 100%，将服务触角延伸到全县所有行政村，成为全省首家达到电子机具行政村全覆盖的国家贫困县支行。惠农 POS 机和惠农智付通的陆续布放，构建了农村金融服务"互联网 +"新模式。

横渡镇河西村的"晶晶超市"经营者许晶晶，一开始并不太配合工作，嫌金融机具使用麻烦，有手续费占用了成本，有后顾之忧。为此，支行三农服务团队专门耐心讲解惠农机具布放的必要性，细心解说惠农 POS 机的操作要领，手把手指导经营者使用掌银，并告知横渡镇即将新增 ATM 取款点，可解决农行卡取现的问题及后期刷卡扫码费用全面上报减免政策，许晶晶欣然接受了惠农机具的布放。

仙寓镇"天下一家"农家乐老板吴玉成深情地说："我接待的客户大多数使用银行卡和扫码付，农行新装的 POS 机使用很方便，操作很简单，能够满足收支需求。过去，在村镇的农业银行柜台，每天有很多人排队存取钱，现在有了 POS 机，再也不用去银行排队了，既省时又省力。"

大演乡新联村的汪赛群说："机具怎么用，我现在会了，但是以后如果忘记了或者机子出问题了，我怎么找你们呢？"面对这一问题，支行组建了"石台农行机具建设群"，日常答疑机具使用问题。

2012 年 4 月，该行建立的石台县矶滩乡洪墩村长青商店惠农服务点，被安徽省人行作为样板金融服务室推广。该服务点不仅提供小额助农取款、存款服务，还提供转账、扫码支付等惠农服务。如该村 60 岁以上老人每年国家发的养老补贴，村民每月支取几十元都可以通过服务点办理，既安全又方便。服务点业务量呈逐年递增态势，2012 至 2013 年月均交易 5 笔左右，2014 至 2015 年月均交易达 10 笔，2016 至 2017 年月均交易达 20 笔，随着石台县旅游热的升温以及洪墩村村民对该服务点的认可，2018 年月均交易达 40 笔左右，2019 年月均交易达 50 笔，金额 70 万—90 万元。2018 年，农行依托先进的"互联网 + 物理网点"，打造扶贫商城，为国家级贫困县搭建特色产品展销平台，提供"公益、开放、精准、共享"的电商扶贫服务，布局乡村振兴战略，促进贫困县企业和商户加速经营转型。2018 年，该行推动县内最大的农业产业化龙头企业暨扶贫龙头企业天方茶业入驻农行扶贫商城，也是全省首家上线的扶贫商城。2019 年天方扶贫商城全年线上累计交易笔数 6900 笔，金额 88 万元，交易笔数、金额在全省的占比均超过 50%，2020 年 1—6 月扶贫商城线上交易客户数 13736 人，交易金额 193 万元。

精准扶贫项目先行

近年来，农业银行对县域经济的信贷政策发生很大变化，尤其是针对深度贫困县制定了专项信贷政策，配备了专项信贷规模，实施了专项考核方案，鼓励县支行在风险可控的前提下大力发放贷款，支持地方脱贫攻坚、助力县域经济发展。

借此东风，在省市分行的帮扶下，2019 年该行一举囊括全县 3 个重大扶贫项目，先后为石台县牯牛降景区基础设施建设项目、石台县城乡污水厂网一体化 PPP 项目、华能（安徽石台）风力发电有限责任公司石台小河 25MW 风电项目分别授信 0.5 亿元、2.2 亿元、1.7 亿元，2019 年当年投放 10946 万元，2020 年上半年继续投放 9828 万元。通过项目扶贫已支持和带动脱贫人口 8301 人，有力地支持了石台县高质量脱贫摘帽和地方经济发展。

大演乡新农村原有的村庄道路坑坑洼洼，村内环境脏乱差，但自从 2018 年村里实施牯牛降景区基础设施建设和美丽乡村建设以来，村庄道路平整硬化，农户屋后绿化美化，新增基础健身设施，村庄环境和景区环境焕然一新。村民组长唐世才开心地说："景区建设和美丽乡村这件惠民实事让村里人都有了幸福感，许多贫困户参与到景区工程建设中，增加了个人收入，依靠牯牛降这个金字招牌，农家乐的开办也给我们农户带来新的收入增长点。"

石台县城乡污水厂网一体化 PPP 项目的建成运行有效地保障了高温季节全县居民生产、生活正常用水。项目服务范围可覆盖 78 个行政村、8 个居委会、10 所学校，将解决周边 10 多万人的安全饮水问题。项目建成后，将大大缓解目前该县的供水紧张局面，对完善城市功能、提高城市承载力、保障人民群众生活品质、促进经济社会可持续发展具有重要意义。

该行还积极推进龙头企业带贫、小微企业带贫等金融扶贫模式。2018 年以来，向龙头企业安徽天方茶业（集团）有限公司累计发放精准扶贫贷款 6000 万元，带动贫困人口 572 人；向石台县最大的商贸企业东柱商贸累计发放 700 万元抗疫贷款，带动贫困人口 5 人；向特色产业惠诚科技累计发放 450 万元贷款，带动贫困人口 10 人；向优质矿山企业创亿矿业发放 500 万元贷款，带动贫困人口 5 人。在支持实体经济发展的同时，带动贫困人口增收脱贫。

乡村振兴谋划幸福

"这真是太好了！上门为我们农户建档服务，以后农户贷款就不用来回跑路了，只要信用好就能贷到款，这才是做实事做好事。”2020年3月8日，石台县七都镇六都村党支部书记施国亮给前来开展农户信息建档工作的农行三农服务团队一行点赞。

为积极克服新冠肺炎疫情影响，切实巩固全县脱贫摘帽成果，维持精准扶贫脱贫成效，夯实乡村振兴战略基础，农行石台县支行认真贯彻落实总行对农户信息建档“一号工程”部署，全面实施农户信息建档工作，努力打通乡村振兴“最后一公里”。

该项工程是通过以行政村为单位、经营农户为主体，建立“一村一表”“一户一档”的信息化档案，将个性化的农户数据转化为授信参考，利用大数据平台模型考量生成预授信额度，并为农户提供“掌银式自助化”投放，有效解决广大农户“贷款难、程序慢、利息高、抵押难”的融资问题，切实满足农户群体低成本融资和高效便捷金融服务的需求。自农户信息建档“一号工程”实施以来，支行上下高度重视，组织专业团队，倾斜人力资源，凝聚金融服务力量，为广袤农村做贡献，为广大农户谋福祉。主动与县政府有关部门及乡（镇）、村分层对接，结合贫困县实际情况，充分发挥农行“面向三农、服务城乡”的政策优势，以营业网点为轴，以“三农”服务客户中心为纽，全方位地推进整村建档工作。

该行创新开展工作，联合村委为潜在客户精准“画像”，并进行农户数据信息批量采集，进一步提高工作效率。通过整合人力资源，该行组建网点负责人和客户经理进村入户，持续调研走访，对农户生产经营情况、负债情况、个人信誉状况进行多方面核对信息，组织党员突击队、青年突击队员利用晚间导入建档信息，以“白+黑”的持续作业连贯推进，确保建档工作的时效性。在该行全体员工的共同努力下，建档工作涉及的行政村中，凡是真实经营、信用良好的农户都有信用贷款额度，有效解决了农户产业发展的资金问题。截至2020年8月10日，该行农户信息建档已覆盖石台县66个行政村，已建档农户达600余户，预授信农户130余户，系统核定预授信额度6912万元，预授信担保额度27650万元。同时，银行卡、掌上银行、理财等一揽子金融服务也随着建档工作被送到了农户家里。“未来三年，我们将为全县3000户以上经营农户建立信息化档案，为1000户以上经营农户预授信，让农行的普惠之花在石台这片土地绚丽绽放、结出扶贫硕果。”该行行长朱永慧如是说。

国网湖北省电力有限公司恩施供电公司

大山深处　精准扶贫的央企担当

土苗山乡网改忙　摄影：王美洲

链接：恩施土家族苗族自治州位于国家确定的14个集中连片特困地区之一——武陵山片区腹地，是湖北省脱贫攻坚的主阵地。作为扎根贫困民族地区的央企，国网湖北省电力有限公司恩施供电公司（以下简称国网恩施供电公司）全面贯彻落实党和国家关于打赢脱贫攻坚战各项决策部署，主动肩负起责任央企的社会担当和时代使命，将脱贫攻坚工作与主要业务深度融合，全力服务恩施经济社会发展和400万各民族群众生活改善；为全州如期打赢脱贫攻坚战和全面建成小康社会贡献了“国网力量”、彰显了“央企责任”。国网恩施供电公司先后荣获国务院“全国民族团结进步模范集体”表彰，国家民委“第六批全国民族团结进步创建示范区（单位）”表彰，获“全国文明单位”殊荣。

恩施土家族苗族自治州位于武陵山腹地，是全国最年轻的少数民族自治州，也曾是湖北省贫困面积最大、贫困人口最多、贫困程度最深的地区。过去全州2市6县均为国家级贫困县，贫困人口总数约占全省贫困人口总数的五分之一。

贫困是一座山。国网恩施供电公司响应党中央号召，在精准施策上出实招，在精准推进上下实功，在精准落地上见实效，把“央企担当”写在恩施州脱贫攻坚主战场，用心用情助力贫困群众翻越贫困的大山，在小康路上阔步前行。

充足电能，夯实脱贫基础

打赢脱贫攻坚战第一要务，是完善基础设施。而农村电网建设，是基础设施中的基础。

鹤峰县中营镇韭菜坝村地处林海深处，过去村里仅有3台20千伏安的变压器，加上供电线路长，只能满足村民基本照明。

“粉碎机、电饭锅等电器根本带不起，40瓦的灯泡跟萤火虫差不多，还经常停电。”说起过去家中的用电情况，韭菜坝村年近七旬的养羊户吴昌罗唉声叹气。他曾一赌气剪断自己家的用电线路，买了一背篓手电筒来照明，村民都叫他“电筒老汉”。

让群众用好电，是扶贫工作的基本要求，也是经济社会发展和人民生产生活的迫切需要。2016年，国网鹤峰县供电公司实施动力电覆盖工程，10千伏线路架设到每个小组，韭菜坝村新增4个台区，改造3个台区。由于吴昌罗家太过偏远，单为改善他家供电质量而架设的低压电杆就有63根。

“现在电好了，冰箱、冰柜也买了，日子越过越红火。”说起现在的用电情况，吴昌罗高兴不已。

脱贫攻坚，电力先行。国网恩施供电公司深入推进新一轮农村电网升级改造工程，着力解决农村低电压问题，为打赢脱贫攻坚战奠定坚实电能基础。

“供电可靠，茶叶加工品质有保障，2020年的茶叶产量比2019年提高了5%。”盘点全乡一年的茶叶收成，宣恩县万寨乡产业办主任李荣峰笑了。

万寨乡有6万多亩茶园，全乡从事茶产业的农户达6800多户，占农户总数的85%以上。过去，电压不足，茶农加工茶叶时时刻担心跳闸停电。茶叶品质提不上去，李荣峰也十分苦恼。

电网改造后，供电质量提高了，茶农用电有保证了。全乡茶叶加工企业从2016年的60多家增加到现在的70多家。茶叶加工季节，供电部门组织专班对全乡两个35千伏变电站，7条专供茶企的10千伏线路、26台茶厂专变进行巡视检查，供电网格员分片分茶厂

恩施供电公司共产党员服务队开展直播带货助力消费扶贫　摄影：杨志英

服务茶企，确保茶叶加工生产用电无忧。

稳定电能，促进茶产业快速发展，万寨乡成了远近闻名的“贡茶之乡”，入选农业农村部“第八批全国一村一品示范村镇”。“现在我们生产的高端茶，每公斤价格比中端茶高出 200 多元。伍家台贡茶、乌牛早等茶叶远销国内外。”李荣峰说，截至 2020 年 9 月底，全乡茶叶产量 5000 余吨，产值 1.4 亿元，带动全乡 24 个脱贫村 2512 户脱贫户增收。茶产业因电而优，村民们因茶而富。

“十三五”以来，恩施电网投资总额达 130 亿元，累计新建与改造高压供电线路 9778 公里、低压配电线路 16224 公里，新建与改造高压变电站 46 座、新增主变 70 台、容量 177.78 万千伏安，配电台区 1.1 万个、容量 121.2 万千伏安。恩施州整体供电可靠率、电压合格率、户均容量等指标提升幅度居全省前列。

一条条银线在高山峡谷飞架，一座座铁塔在乡野山村联通。清洁电能点亮了土苗山寨，成为恩施州脱贫攻坚和经济社会高质量发展的强劲动力引擎。

驻村扶贫，激活内生动力

党有号召，必有响应。国网恩施供电公司积极响应党中央脱贫攻坚工作要求，选派 152 名专职人员奔赴驻村扶贫一线。他们岗位在村、工作在村、吃住在村，用实实在在的行动，让村民有了更多获得感、幸福感。

田凤坪村位于恩施市屯堡乡朝东岩绝壁之下，朝东岩组、青树脚组、大坪组 800 多名村民祖祖辈辈受尽缺水之苦。

2018 年，国网恩施市供电公司驻村扶贫工作队员杨文清等 4 人，下到位于朝东岩绝壁中部的天宝洞中，找到了水源。经过大家共同努力，将水从朝东岩绝壁引到了村子里。

天宝洞洞口距离崖底 100 多米，水源位于洞穴内部逾 1 公里深处，要将可口的清泉送入百姓家，需要电能带动增压泵。为确保清水畅流，国网恩施市供电公司投资 50 多万元在绝壁之上安装专用变压器，供电施工人员乘坐吊篮上下悬崖近百次，将供电线路架设到了绝壁洞穴中，为增压泵提供稳定电力供应。

电通了，水来了。田凤坪村脱贫攻坚的最后一块“硬骨头”被啃下，村民彻底告别了连续天干就要借水吃、讨水吃、偷水吃的历史。“水通了，整个村容村貌好了，精神状态都不一样了。”田凤坪村支书李纯乾说。

海拔 1600 米的建始县官店镇八垭寨村山高路陡，祖祖辈辈吃水全靠天河水。“一天不解决这里 190 户村民吃水问题，我们一天不下山！”国网建始县供电公司驻村扶贫工作队承诺。

扶贫工作队进树林、钻荆棘、攀山崖，通过 8 次寻找，终于在黄花坪村一个叫吴氏大沟的地方发现了一条清澈小溪。经多方争取，饮水工程项目批下来了。但要从 7 公里外的邻村引水进村绝非一件易事，协调征地工作复杂，为此，扶贫工作队磨破了嘴皮。

国网建始县供电公司驻村工作队和村支“两委”一道，通过 3 个多月的努力，争取饮水资金 40 多万元，铺设供水管道近 2 万米，实现了一管清泉进农家的梦想。捧着清甜的山泉，村民们欢呼雀跃。

怎么让乡亲们的口袋鼓起来？这是国网恩施供电公司驻村工作队日思夜想的大事。他们发挥优势，为所在村“把脉开方”，推进扶贫产业发展。

平均海拔 1200 米的建始县高坪镇土岭村，过去是典型的高山贫困村。村民从 2012 年开始种植水晶葡萄，但由于种植管理水平不高、销路不畅，葡萄产业效益不好，一些村民因此失去了信心，部分葡萄园也因无人管理杂草丛生。

国网恩施供电公司驻村扶贫工作队组织土岭村的葡萄种植大户外出学习种植经验，又聘请农技专家进村讲授技术，在村里培养了 50 名葡萄种植能手，培训村民 300 多人次。葡萄成熟季节，工作队积极争取国网湖北电力和国网恩施供电公司支持，通过“以买代帮”，开展消费扶贫，助力葡萄产业发展。

在驻村扶贫工作队的努力下，村民种植积极性高涨，种植葡萄 600 多亩。2020 年，全村葡萄产量达 4 万多公斤，比 2019 年增加了 1 万公斤。3 年来，累计实现销售收入近 100 万元。

在利川市忠路镇黑林村，国网利川市供电公司驻村扶贫工作队助推花卉种植专业合作社发展，带动 38 户脱贫户致富。在来凤县旧司乡龙桥村，国网来凤县供电公司驻村扶贫工作队和村支“两委”一道，大力发展油茶、种植生姜，协助村支“两委”成立绿之源农业公司，用工优先考虑在村贫困户，既增加村集体经济收入，又增加了在村贫困户收入。国网咸丰县供电公司驻村扶贫工作队与金洞司村、石人坪村村支“两委”一道，帮助村民发展茶叶、花卉、药材等，带动 765 户贫困户脱贫出列，惠及村民 1232 户 3836 人。

驻村扶贫无小事，一枝一叶总关情。国网恩施供电公司及各县市供电公司驻村扶贫工作队协助村支“两委”，共争取饮水资金 1458 万余元，改造水源 129 处，实现 8539 户村民安全饮水目标。争取电网改造资金 30015 万余元，新增配电变压器 2524 台，村民用电质量大幅提升。争取公路改造资金 6413 万余元，硬化道路 1194.74 公里，解决了 18041 人出行难题。因地制宜发展茶叶、药材、花卉、猕猴桃等 17 种产业，带动 3861 户 15745 人增收。

与此同时，国网恩施供电公司大力开展消费扶贫。2020 年以来，通过国网电商平台帮助巴东县销售农产品 1035 万元，配合国网湖北电力后勤部采购 174 万元恩施滞销农产品，国网恩施供电公司各级食堂、工会及干部员工购买贫困村农产品 226 万元。

定点扶贫，助跑小康之路

脱贫攻坚重在精准。国家电网公司高度关注恩施地区脱贫工作，1995 年以来，对巴东开展了长达 26 年的定点帮扶。

光伏照亮扶贫路。2016 年，国家电网公司投资 6580 万元，在巴东捐建集中式光伏扶贫电站 3 座。2017 年，国家电网公司投资 2.32 亿元，在巴东捐建村级光伏扶贫电站 118 座。截至 2020 年 9 月底，121 座光伏扶贫电站累计上网电量 10822.17 万千瓦时，累计发电收入 9863 万元，有效解决了巴东 118 个贫困村集体“空壳经济”问题，惠及全县 118 个重点贫困村 6120 户贫困户。

“光伏电站收益为我们解决了很多难题。”东瀼口镇宋家梁子村支书宋发明介绍，宋家梁子村光伏电站 2017 年 3 月 17 日建成投运。3 年来，年利用小时 1088 小时，超可研平均值 181 小时，累计收益超过 70 万元。

除光伏扶贫电站建设外，26 年来国家电网公司累计为巴东捐赠定点扶贫资金 6350 万元，实施定点扶贫项目 156 个，援建项目涵盖农业产业、基础设施、道路交通、医疗卫生和文化教育等方面。

巴东县沿渡河镇罗溪坝小学是一所农村寄宿制小学，88 名住校的学生均为贫困生。山区学校没有空调，没有暖气，厚被子是过冬的必备之物。由于家庭贫困，有的孩子从家里带的铺盖因为太旧，睡着不暖和。

2018 年 10 月，国家电网公司捐资 20 万元为罗溪坝小学购置了 1434 件床上用品和 1 台大型洗涤设备，床上用品不仅有夏天用的薄被、冬天用的棉被，还有 30% 的富余量可供换洗，彻底解决了贫困学生的生活难题。同时，捐资 100 万元，按照省级示范标准改建学生食堂，并购置了制作餐食和学生就餐所需设备。

“发的被子漂亮，睡起又软又暖和！”罗溪坝小学一学生说，同学们都很喜欢发的被子。

国网湖北电力大力支持恩施脱贫工作。2017 年，国网湖北电力作为鹤峰县走马镇红土村“616”对口帮扶单位进驻红土村，开展帮扶工作。几年来，累计投入电网改造资金 517.53 万元，新增配电变压器 6 台；捐赠 98 万元建成光伏电站一座；捐赠 10 万元支持支部阵地建设；捐赠 12 万元支持村级经济建设；捐赠 7.8 万元进行广场路灯建设；捐赠 13.45 万元修建村办公楼，增添办公设施。捐赠 60 万元启动村茶厂建设。累计带动 242 户贫困户脱贫出列，惠及村民 413 户 1543 人。

交通以前一直是制约红土村发展的“瓶颈”。国网湖北电力以交通项目为硬支撑，投资 86 万元补齐短板，修通了连接红土村委会的通组公路。

“修通这条路，是我当了 10 多年村民组长的心愿。现在路修好了，一年的发展比以前几十年都要快。”55 岁的刘兰青说起这条水泥路就满脸笑容。如今，饭后在公路上散散步，成了不少村民的爱好。

漫漫扶贫路，拳拳为民情。从光伏扶贫到定点扶贫，从电网扶贫到驻村扶贫，从产业扶贫到教育扶贫，从“输血”扶贫到“造血”扶贫……在国家电网公司和国网湖北电力的大力支持下，国网恩施供电公司用心用情用力，在恩施脱贫攻坚史上写下了浓墨重彩的供电华章。

“我们将继续发挥电网企业优势，高效完成精准扶贫工作任务，用可靠的电力保障和一流的供电服务，继续奋力为恩施州决战决胜脱贫攻坚、全面建成小康社会贡献国网力量。”国网恩施供电公司总经理宋全清坚定地说。

安徽省安庆市交通投资有限公司

坚决夺取脱贫攻坚战全面胜利

公司党委书记张乾在帮扶村举办主题党课　摄影：张小伟

打赢脱贫攻坚战、全面建成小康社会，是我们党对人民的庄严承诺。面对新问题、新情况，安徽省安庆市交通投资有限公司（以下简称安庆市交投公司）压实责任，精准施策，全力以赴做好各项工作，坚决夺取脱贫攻坚战全面胜利。

安庆市脱贫攻坚领导小组 2020 年 5 月下发《安庆市 2020 年脱贫攻坚夏季攻势实施方案》后，为高效完成实施方案的各项工作，全面实现“夏季攻势”预期的各项目标，安庆市交投公司以“重谋划、抓落实、强效果”为宗旨，开展了“抗疫情、补短板、促攻坚”系列专项行动，为桐城市青草镇铜锣村、望江县高士镇毛安村两个结对帮扶村顺利完成 2020 年各项脱贫任务奠定了坚实基础。

一家一户走，走出一条条幸福江大路

“其作始也简，其将毕也必巨。”攻势开始之初，安庆市交投公司全面排查两个帮扶村剩余未脱贫户，了解各户实际困难，同时安排全体帮扶责任人进行结对大走访，围绕“两不愁三保障一安全”全面了解贫困户情况；告知贫困户扶贫政策，让贫困户应知尽知、应享尽享；帮助贫困户打扫、整理庭院、卧室、厨房，详细询问他们生产生活中所面临的困境。安庆市交投公司针对此次调研结果，指导贫困村建立人口分类管理系统，重点监测“三户一体”人群，做到早谋划、早发现、早处置。

铜锣村作为桐城市青草镇唯一的贫困村，地处深山，村里仅有一条公路（江大路）通往山下，公路路面狭窄，多年无人养护，公

公司扶贫工作剪影。左图为在帮扶村查看道路；右上图为帮助销售滞销农产品；右下图为慰问防汛一线人员　摄影：张小伟

路路况差，也满足不了现在的交通安全需求，对乡村经济发展构成了很大的制约。

安庆市交投公司董事长张乾一直牵挂铜锣村百姓出行安全问题，多次和村"两委"商议改造江大路一事。与此同时，市交投公司多次会同交通主管部门调研、会商江大路改造方案。

在安庆市交投公司不懈努力下，2019 年底，江大路改造实施方案出台。根据方案，改造分两期实施，一期实施 6 公里，从江岭村三岔路口至铜锣村村部，按照现有路形选择一边拓宽硬化 1 米的水泥路，同时完善配套设施；二期实施铜锣村部至唐湾镇蔡畈村，全长 10.1 公里。

为保障江大路改造顺利实施，安庆市交投公司拨付改造一期工程经费 30 万元。目前，一期改造已实施完毕，改造后的江大路极大地改善了通行条件，受到了周边群众的一致好评。

一天一天访，解决一桩桩困难愁心事

2020 年夏季降雨量接近历史极值，长江水位逼近 1998 年洪水水位，各大江河湖泊均超警戒水位，防汛压力异常艰巨。安庆市交投公司自防汛工作开始，一直与贫困村保持 24 小时防汛信息共享，多次实地走访贫困村、贫困户查看受灾情况，排查险情，并为贫困村送去防汛慰问物资。

2020 年 7 月 23 日，江大路路基在持续遭受洪水冲刷后出现塌方，接到铜锣村险情报告后，安庆市交投公司帮扶组第一时间奔赴受灾现场，查看水毁路段，商讨维修方案，并积极与交通主管部门沟通，争取水毁维修资金支持。为支持铜锣村尽快修通公路，保障村民通行需求，市交投公司紧急调拨 10 万元支持铜锣村水毁路段修缮工作，目前水毁路段已恢复通行。

一箱一袋卖，销售一村村滞销农产品

"以购代买""以购代捐"是安庆市交投公司始终坚持的帮扶措施。2020 年 5 月 29 日、6 月 17 日，市交投公司分别在毛安村、铜锣村组织开展滞销农产品集中认购活动。认购的农副产品包括菜籽油、黑芝麻、土鸡蛋、玉米、红薯等。这里的农产品外表虽不比大商超里的包装整齐精美，但全是村民们自家种植、绿色无污染的健康农产品，很受市场欢迎。

此次"夏季攻势"，安徽省安庆市交通投资有限公司通过各种途径累计为贫困村销售农产品 12 万元，并促成采购单位与贫困村建立长期合作关系，为农户提供了稳定的销售渠道。消费扶贫鼓了贫困户的钱袋子，暖了贫困户的心窝子，让贫困户更有干劲，生活更有了奔头。

一课一席讲，描绘一幅幅未来振兴图

精准脱贫的过程，实际上也是脱贫对象观念再造的过程。精神脱贫，关键要改变其思想心理和意志。安庆市交投公司坚持"输血"与"造血"并举，扶贫与扶志、扶智、扶技、扶德结合，提升自主脱贫能力。

2020 年，安庆市交投公司党委与贫困村支委举行联合共建庆"七一"建党九十九周年活动，活动主题为"推动乡村振兴"。通过开展多形式活动，大家对乡村振兴有了更深的理解，工作思路也更加清晰。

党课上，公司党委书记张乾以《协调推进脱贫攻坚与乡村振兴》为主题，对如何做好脱贫攻坚到乡村振兴的转变，从针对性与整体性、特惠性与普惠性、福利性与效率性提出了自己的思考与建议，并以解读乡村振兴政策、梳理乡村振兴工作重点为主线，为贫困村送去理论大礼包。

扶贫夜校上，公司副总杨胜平就《乡村振兴战略规划（2018—2022 年）》对贫困户进行了解读，从规划目标梳理、总体部署两方面展开，为大家描绘了一张蓝图，更为大家说清了路线图，深入浅出地阐释了乡村振兴要干什么，怎么干的问题。

一帮一扶助，打赢一场场决胜攻坚战

脱贫攻坚是乡村振兴的基础，乡村振兴是脱贫攻坚的动力，二者相辅相成，互为因果，互补互助。如何做好脱贫攻坚"后半篇文章"，写实乡村振兴"前半篇文章"，安庆市交投公司正在积极探索，推动脱贫攻坚与乡村振兴有机衔接，坚决夺取收官之战全面胜利。

为提升乡村发展后劲，安庆市交投公司积极借助自身及专业咨询机构的技术力量优化方案，为贫困村项目实施提供技术支持。此次"夏季攻势"期间，安庆市交投公司聘请北京赛瑞斯国际工程咨询有限公司专业咨询人员到贫困村调研乡村振兴规划工作，实地察看贫困村状况，帮助完善整体规划编制内容，凸显规划的合理性、前瞻性和专业性。

为保障贫困村顺利推进脱贫攻坚工作，安徽省安庆市交通投资有限公司还提前拨付 10 万元帮扶款，为其顺利完成各项脱贫工作提供资金支持。

脱贫攻坚，不获全胜，决不收兵。一项项惠民实事正在落实，一个个富民产业正在蓬勃兴起，一幅幅干群合力、久久为功的脱贫攻坚战斗场景仍在继续，随着扶贫举措精准注入，安庆市交投人带领着贫困村正加足马力在奔小康的征程上全速行进！

安徽菜大师农业控股集团

巩固脱贫攻坚 助力乡村振兴

习近平总书记强调，脱贫摘帽不是终点，而是新生活、新奋斗的起点。安徽菜大师农业控股集团（以下简称“安徽菜大师”）在脱贫攻坚时期始终坚守“义利兼顾，以义为先，自强不息，止于至善”的信念，坚持助力打赢脱贫攻坚战与企业发展齐步走，积极创新拓展“公司 + 基地 + 合作社 + 农户（贫困户）+ 农商产业园”农业发展模式，现已发展成为覆盖土地面积突破400万亩、链接合作社8000余家、带动农户10多万户的省级农业产业化重点龙头企业和农业产业化联合体牵头单位，位居安徽省民营企业服务业百强前50位。

凝心聚力，砥砺前行。在安徽菜大师逐渐发展成为全国“万企帮万村”精准扶贫行动先进民营企业、安徽省级示范农业产业化联合体的同时，安徽菜大师董事长谭祖辉也被授予全国抗击疫情民营经济先进个人、全国模范退役军人、全国向上向善好青年等多项荣誉称号。谭祖辉出生在湖北恩施一个世代传承绿色农业梦的家庭，自退役之后谭祖辉就依靠自主创新，以在军队练就的果敢、坚毅和对党忠诚的信念，创办了“菜大师”品牌，并把这个品牌越做越响亮，不仅带领企业发展成为华东地区现代农业企业的标杆，在企业做强做大的同时，还把履行社会责任、为百姓脱贫致富当作终身事业去追求。

安徽菜大师农业控股集团董事长谭祖辉被授予全国抗击疫情民营经济先进个人、全国模范退役军人、全国向上向善好青年等多项荣誉称号

发展产业签订单，稳定渠道保畅销

安徽菜大师农业控股集团自2015年成立以来，始终坚持将“蔬菜”作为主导产业打造农民“金扁担”，因地制宜发展蔬菜产业编制农户帮扶链。安徽菜大师农业控股集团率先以安徽阜阳、亳州、淮南等地市相关贫困县为试点，相继成立临泉菜大师、阜南菜大师、蒙城菜大师、寿县菜大师等24个分公司和运营中心，以“龙头企业 + 基地（园区）+ 农民合作社 + 农户（贫困户）”为扶贫模式，流转贫困村土地，建立“一村一品”蔬菜产业示范园区，以园区带动合作社、大户及农户，实现蔬菜产业规模化、订单化、标准化生产，同时以服务农校对接、夯实军民融合为市场渠道优势，将稳定的高校、部队市场订单反哺到上游产业基地，以稳定的订单促产业、助脱贫。

以临泉菜大师“供港小菜芯”产业园区为例，2016年百企帮百村——临庐县域对接过程中，安徽菜大师作为首家落户临泉的庐阳帮扶企业，于2016年7月20日成立了安徽菜大师润泉农业发展有限公司（以下简称临泉菜大师），按照“公司 + 合作社 + 农户”的模式与临泉当地农民合作社共建特色农业产业园、供港蔬菜基地，为临泉蔬菜种植等经营实体寻求销售机遇，截至2020年底累计销售额3.25亿元，通过园区产业直接带动贫困户476户，累计带动贫困户超过2000余户。通过线上、线下结合的模式，建立线上电商平台和线下首个实体消费扶贫馆，截至目前已有90家临泉县农业企业入驻，销售额354万元。

通过蔬菜产业项目实施，不仅可以促进规模化、园区化、设施化、标准化生产和产销一体化，还可以利用蔬菜产业发展，带动农户养殖增收。2016年以来，公司分别在蒙城、临泉、寿县等地以基地园区为指导点，共计向贫困户下放山羊养殖订单29570只，并免费提供仔羊给养殖农户，年底以800—1000元不等的价格和现金结算的方式回购，同时还联合政府相关部门提供兽药、疫苗配送和技术免费指导等服务，受益农户2750余户，户均稳定增收8000元，为村级集体经济增收220余万元。

打造园区建体系，融合三产树标杆

近年来，安徽菜大师立足自身在农校对接、部队后勤保障等渠道的资源优势，积极发挥农业领域的专业优势，以“农场 + 工厂 + 市场”建立起产销高效对接的供应体系和产业平台，构建上下游市场产品流通基地和服务平台，打造区域性军民融合、农校对接一体化保障中心、农副产品集散基地、区域性产业扶贫示范基地，以园区产业融合助力地区乡村振兴，农民脱贫致富。

目前，集团公司投资近20亿元的湖北硒都农商智慧产业园正在抓工建设，项目建成后，可带动就业1万人，三年内年交易额可突破100亿元，三产融合可带动产业交易300亿—400亿元，带动农户20万户。

线下线上双联动，消费扶贫解难题

近年来安徽菜大师积极响应国务院办公厅关于深入开展消费扶贫助力打赢脱贫攻坚战的指导意见以及安徽省“千企帮千村”精准扶贫行动号召，以产业平台为基础，采取“线下 + 线上”双联动，“1+1”精准对接，以市场消费切实帮助贫困地区农产品走出来。

2016年以来，安徽菜大师以临泉为示范点，线下连续多年举办“百企帮百村——县域对接暨贫困地区农产品展销推介会”，通过线下展示展销，累计帮扶临泉等地销售农产品约1.2亿元；线上通过搭建“中国特产—消费扶贫产品馆”，以临泉馆为例，有效推动临泉优质农产品进城约100余种，上线优质商79余家，累计帮扶带动线上销售约2000万元。尤其在当前战贫战疫大环境下，安徽菜大师积极响应各级政府抗疫助农扶农号召，融入地方民生与经济需求，主动对接政府与滞销农户，采取“线下 + 线上”双联动开展助农扶贫工作，以实际行动践行“做扶贫路上勤务员”的责任担当。2016年以来菜大师累计帮助滞销农户约2000余户，并通过滞销对接，与贫困户达成长期合作关系，让贫困群众进一步精准对接市场行情，做到种植农产品不盲目、有标准、有市场，让农产品不断向外输送并形成长效供应组织链，让南瓜走出去不再“难”、生姜销售局面不再“僵”、咸鸭蛋生产不再“闲”。

精准培训转思想，致富开路强本领

安徽菜大师一方面通过积极开展捐资助学、扶持贫困学生教育深造等公益活动，累计帮扶贫困学子37人；另一方面公司通过基地产业示范发展，以产业园区为核心，政企携手开展百人百次专题讲座、电商培训等活动，尤其今年以来受疫情影响，围绕农产品买卖难问题，组织开展“农产品直播专题电商培训”，通过培训，不仅教会农户拓展新渠道，更要教会农户自身发展能力，同时通过菜

左图为积极参与教育扶贫；右上图为开展党建活动；右下图为产业扶贫

大师的产业发展模式和市场平台，激发贫困户内生动力，形成当地产业发展推动助力。多年以来公司通过技能培训累计助力转型新型农民32200人，培育致富能手3600余人。

积极战役推动复产复工，助力打赢脱贫攻坚

新冠肺炎疫情发生以来，安徽菜大师充分发挥平台优势，带头采购贫困地区330家农民合作社滞销农产品2200多吨，捐赠抗疫防护物资153余万元，并义务组建物流团队将安徽民企共同捐赠的250吨价值约225万元的扶贫产品，从全省各地迅速调拨，驰援湖北及武汉，为全国打赢疫情防控阻击战贡献了安徽力量。

思考与建议

无论是精准脱贫还是乡村振兴，产业是核心，市场是关键。产业扶贫需要企业深入研究市场需求，走特色发展之路，走产业融合之路，需要良好的市场环境拓宽扶贫路径。

1. 着力培养要素市场。建议通过财税、信贷保险、用地用电、项目支持等政策，引入民营企业，培育更多民营企业成为农业经营主体，构建企业发展与农民利益有机统一的合作机制。

2. 加强产业融合。坚持因地制宜，分类指导，探索不同地区、不同产业融合模式。建议加大鼓励支持综合性农业产业园区建设运营，为农业产业“补链”“强链”，激发融合发展活力。

3. 稳定扶持政策。要保持扶贫协作、定点扶贫等现有政策的稳定，对已经完成脱贫攻坚任务的地方，在一定时期内确保优惠政策不变、扶持力度不减，防止出现政策性返贫。建议把精准扶贫与乡村振兴发展结合起来，不断完善产业链条，壮大各种新型经营主体，以经济社会持续发展巩固脱贫攻坚成果。

下一步打算

安徽菜大师站在全面建成小康社会目标实现及全面打赢脱贫攻坚战收官之年。“十四五”期间壮志凌云，以深挖企业“三农”短板重点任务，推动乡村振兴战略落实落地，扎实推进产业扶贫工作为目标，做出了明确战略规划。

公司明确了以产业园和消费扶贫馆（乡村振兴馆）为抓手，建成产业园2个，建设消费扶贫馆（乡村振兴馆）50个，实现营收创300亿元的目标。其间，公司将完成恩施硒都产业园及阜南产业园项目建设，实现产业园覆盖100万方，覆盖管理土地面积1000万亩，带动10000户合作社经营。同时，计划“十四五”期间服务高校1000所以上，并努力培育一家上市公司，为企业高质量、可持续发展注入良性力量。立足安徽，扩展到湖北、甘肃、西安、四川、河南、广西等省区，助力巩固拓展脱贫攻坚成果同乡村振兴的有效衔接。

决战脱贫攻坚，助力乡村振兴都如逆水行舟决不能松劲。安徽菜大师将继续秉承“发展企业、振兴乡村”的使命担当，为助力高质量打赢脱贫攻坚战、助力乡村振兴而努力奋斗！

作者：朱霞员

陕西省佛坪县慈善协会

让慈善阳光洒满“熊猫家园”

地处秦岭南麓国家级自然生态保护区的陕西佛坪，只有3.5万人，是陕西全省人口最少的一个县。境内峰岭叠嶂，自然生态原始独特古朴，林木葱郁，山花堆聚，溪水清澈，是秦岭“熊猫、金丝猴、羚牛、朱鹮”四宝的故乡，有“秦岭之窗”“熊猫家园”的美名。同时，佛坪也曾是陕西扶贫开发重点县，至2017年，全县1329户贫困人口、35个贫困村达到脱贫退出标准，从而成为陕西56个贫困县中第一批脱贫摘帽县。在与贫困的斗争中，佛坪县慈善协会主动作为，尽锐出击，充分发挥慈善组织作用，为佛坪脱贫攻坚作出了积极贡献。

耕云播雨，数易春秋。佛坪县慈善协会于2020年10月27日迎来17岁生日。17年来，在县委、县政府以及陕西省、汉中市慈善协会的关心和支持下，在以曾主管过民政扶贫等工作的常务副县长叶联兴为会长、有县扶贫办主任工作经历的罗贵春为副会长的领导班子带领下，佛坪县慈善协会逐步发展壮大，行稳致远，不断在实践中摸索和积累，慈善工作成效显著。先后获得汉中市慈善协会“先进项目”奖，被佛坪县委、县人民政府授予“老有所为先进集体”等荣誉。

佛坪县慈善协会成立以来，广辟渠道多方筹集资金，持续拓宽募集善款思路，积极开展形式多样的募捐活动，实施突发性灾难紧急募捐，接收企业单位和个人定向和非定向捐赠，开展众多慈善活动。截至目前，县慈善协会共募集资金1502万元，为实施慈善项目提供了坚实的物质保障。

精准实施慈善项目。共投入善款1500多万元，惠及贫困群众2.8万多人，真正做到了为政府分忧、让困难群众得到真正实惠。

10多年来，共筹集资金600多万元，修建慈安桥120座，解决

会长叶联兴（左）、副会长罗贵春（右）和镇上领导验收新建慈善便民桥工程质量　摄影：蒲朝清

了1万多名村民生产生活和孩子上学过河的困难。

2009年，在县各镇（办）卫生院灾后重建中，从省慈善协会争取资金650万元，分别用于资助栗子坝、陈家坝、大河坝、西岔河镇等7乡2镇的卫生院修建。

2015年6月29日，佛坪遭受特大暴雨灾害后，佛坪县慈善协会为袁家庄东岳殿村关沟和岳坝镇栗子坝村争取了房屋损毁建房款210万元，共为70户灾民重建家园。当年，还得到城固酒业助老助困项目捐赠资金7万元，为全县70名特困、残疾和孤寡老人及家庭遭遇不幸、生活困难的边缘群体每人发放1000元的特困老人慈善救助金。“三大节日”是县慈善协会多年开展的品牌项目。每年在春节、六一儿童节、重阳节慰问或救助城乡孤寡老人、留守儿童、贫困家庭1.5万多户，共投入资金164.6万元。

资助大、中、小学贫困学生800人，共投入助学款40多万元。先后对县初级中学、5所镇中心学校实施筑巢项目，投入资金30万元，用于添置学习、住宿、用餐和体育用品用具，惠及师生千余名。同时，争取资金80万元用于中心幼儿园建设。另外，在县城成立了佛坪县慈善老年大学。

17年来，慈善组织体系初步形成。佛坪县慈善协会持续构建上下联动的慈善组织架构，推进慈善网络建设，初步形成了“县—乡镇—村”三级慈善网络体系。目前共发展慈善志愿者292名，经常走进社区、乡村，上门为贫困人群服务，受到社会各界广泛的称赞。

17年来，佛坪县慈善协会严格遵守《慈善法》，并通过慈善网络平台公开慈善信息，让慈善在制度阳光下运行，不断提升了县慈善协会在全社会的公信度和感召力，保持了县慈善协会在群众中的崇高声誉和良好形象。

17年来，佛坪县慈善协会持续加大宣传力度，宣传慈善理念，传播慈善文化，彰显慈行善举。县慈善总会采取多种形式，开展《慈善法》学习和宣传工作，运用微博、微信公众号、电视广播宣传《慈善法》相关内容，使爱心捐助、慈善救助活动家喻户晓、人人皆知，使社会越来越多人理解支持、积极参与慈善事业。

17年间，佛坪县慈善事业的稳步发展离不开历届党政领导的全力支持。历届县委、县政府领导高度重视慈善事业发展，不仅给予资金支持和政策扶持，而且党政主要领导和主管领导还多次听取专题汇报，参加重要慈善活动并带头捐款，以实际行动支持县慈善总会工作。广大爱心人士也积极通过捐款捐物、志愿服务等多种方式积极奉献爱心，履行社会责任，为佛坪慈善事业的发展添砖加瓦。

通过17年的辛勤耕耘，慈善的阳光洒满佛坪“熊猫家园”。朴实的佛坪人民，为了保护秦岭四宝和“一江清水送北京”工程，践行“绿水青山就是金山银山”理念，他们退耕还林，少种粮食蔬菜，不用农药，保护环境，为国家做出了贡献。该县也得到了各级党委和政府高度重视与关怀，一举甩掉了贫困县的帽子，步入了小康生活。

新故相推，日生不滞。佛坪县慈善协会将在党的阳光照耀下，携手社会各界爱心人士，以更精准的目光、更昂扬的姿态、更稳健的步履，开创新局面，谱写新篇章，为建设美丽富裕和谐文明佛坪再立新功。

会长叶联兴（台上左三）和副会长罗贵春（台上左四）和镇上领导重阳节慰问老党员、老模范和贫困户，发放慰问金　摄影：蒲朝清

广东省阳江市

绘就农业强农村美农民富的新图景

阳春市岗美镇潭簕村红色展馆

链接：阳江市农业农村局在阳江市委、市政府的正确领导下，坚持把解决好“三农”问题作为全市工作重中之重，坚定不移推进农业农村优先发展，采取有力有效措施，大力实施乡村振兴战略，坚决打赢脱贫攻坚战，为把阳江打造成为沿海经济带重要战略支点、宜居宜业宜游的现代化滨海城市提供有力支撑，取得了显著成效。在2016年至2019年广东省对各地级以上市党委和政府扶贫开发工作成效考核中，一年被评为“综合评价较好”档次，三年被评为“综合评价好”档次，脱贫攻坚工作持续走在全省前列。在全省首届“乡村振兴大擂台”竞赛活动中，阳江市喜获5个奖项。在第二届“广东十大美丽乡村”系列评选活动中，阳江市获得4个奖项。阳江市土地承包经营纠纷调解仲裁工作在国家和省组织的考核中连续三年位居全省第一。

农业强不强、农村美不美、农民富不富，决定着全面小康社会的成色和社会主义现代化的质量。“十三五”期间，广东省阳江市委、市政府始终把“三农”工作置于重中之重，以科学的决策、有力的举措，扎实实施乡村振兴战略，书写了农业强、农村美、农民富的“三农”新篇章。

“十三五”期间，在阳江市委、市政府的正确领导下，全市农业农村部门深入学习贯彻习近平新时代中国特色社会主义思想，按照中央、省、市的部署，对标全面建成小康社会必须完成的硬任务，按照党的十九大提出的乡村振兴战略20字总要求，深入推进农业供给侧结构性改革，大力推进农业高质量发展，持续抓好农业稳产保供和农民增收，全力以赴打赢脱贫攻坚战，加快推进农业农村现代化，各项工作取得显著成效。

“十三五”期间，阳江市粮食生产连年丰收，农业农村发展持续稳定向好，脱贫攻坚战成绩亮眼，农民收入不断增加，幸福感显著提升，为经济社会发展大局提供强有力的基础支撑。

农业强取得新成效——

粮食生产连年丰收，产业结构不断优化

“十三五”期间，阳江市粮食产量保持连年增长。尤其是在2020年，各地和各级农业农村部门统筹做好疫情防控和农业生产，让粮食产量再创新高。2020年全市粮食播种总面积180.48万亩，为6年以来最高，粮食总产量63.12万吨，为8年以来最高。其中水稻总产量达57.41万吨，为14年以来最高。

畜牧业保持健康发展，2020年全市畜牧业产值约59.38亿元，年均递增约3%；肉类总产量约20.61万吨，年均递增约2.0%。渔业结构调整加快，全市已建成三个深水网箱养殖基地，投入使用的网箱达800多口。水产良种体系发展迅猛，鳜鱼（桂花鱼）苗种和饲料鱼苗种占全国总产量的70%以上。大力推进渔船钢质化工作，是全省钢质渔船发展最快、数量最多的地级市。

渔港建设工作成绩显著。阳江市闸坡、东平、溪头等渔港分别获得或持续获得省级资金的重点支持，渔港的各项功能不断地得到提升。水产品总产量平稳，水产养殖产业连年保持着良好的增长势头，2020年全市水产品总产量118.97万吨，比上年同期增加约0.25%。

创建7个省级现代农业产业园，增加一批国字号粤字号品牌

“十三五”期间，阳江市现代农业发展步伐加快，农业产业化水平显著提高，初步形成了9大农业产业群，成功创建7个省级现代农业产业园和4个市级现代农业产业园，带动5万多农户增收。省级产业园计划总投资13.26亿元，目前已投入资金9.3亿元。

新型农业经营主体不断做大做强。全市各级重点农业龙头企业达121家，其中国家级2家，省级以上31家。11个镇和79个村获省级“一村一品、一镇一业”专业镇村认定，阳西县程村镇入选农业农村部、财政部2020年农业产业强镇建设名单，创建了一批省级休闲农业和乡村旅游示范镇、示范点。

品牌农产品影响力不断提升。全市“三品”企业39家，农业类品牌农产品108个；地理标志农产品有6个；20个农产品入选全国名特优新农产品名录，13个农产品入选全省名特优新农产品名单；81个农产品进入2020年“粤字号”农业品牌目录；阳春春砂仁被认定为广东省第一批特色农产品优势区；阳春春砂仁获批“粤字号”2019年度最有价值十大农产品区域公用品牌。

“菜篮子”产品稳产保供工作平稳发展。在2017—2018年度全省“菜篮子”市长负责制考核中，阳江市被评为“优秀”等次。

培育一批新型职业农民队伍，开展一批数字乡村试点

农业科技化程度显著提升。全市农业农村部门广泛开展农业科技、农机、农资“三下乡”活动，2016年以来共培训各类农技人员5万多人次，培训新型职业农民1500多人次，农村实用人才总量达到7.5万人次，造就一支爱农业、懂技术、善经营的新型农民队伍，其间涌现出一批引领阳江市农业发展的典型领军人物，获得国家、省、市的嘉奖表彰。

数字农业建设加快推动。阳东区在全省率先打造“智慧乡村”，工作成效分别得到了省领导的充分肯定。阳西县被认定国家、省数字乡村发展试点县，是全省仅有的三个试点县市之一，闸坡镇、春湾镇被认定广东省数字乡村发展试点镇。阳西县入选农业部“互联网+”农产品出村进城工程试点县。

农业绿色发展扎实推进，质量监管体系不断健全

“十三五”期间，阳江市农业农村局制定了种养循环发展规划，全面推动农业绿色发展。大力推进畜禽养殖粪污资源化利用，全市规模养殖场粪污处理设施装备配套率和畜禽养殖粪污综合利用率均超过省定目标。加快推进秸秆综合利用工作，2020年阳江市农作物秸秆可收集量为62.81万吨，综合利用量为58.01万吨，全市秸秆综合利用率为92.36%。持续推进化肥、农药减量，全市化肥、农药使用量逐年减少。推广绿色水产健康养殖，目前已经建成省级以上水产健康养殖示范场8家、良种场4家。农业机械化水平不断提高，科技含量高的农机具不断增加，到2020年全市农业机械总动力达110.71万千瓦。

阳江市三农工作掠影。左图为省级现代农业产业园江城区绿箩产业园；右上图为“广东文化旅游名村”那蓬村；右下图为阳西县长角水库扶贫光伏发电项目

“十三五”期间，全市农产品质量安全例行监测合格率保持在98%以上，农产品质量安全风险防控能力逐年提升，监管体系、检测体系和执法体系建设进一步完善，全市无发生重大农产品质量安全事故。目前全市有175家农产品生产经营企业进驻了国家农产品质量安全追溯信息管理平台；“十三五”期间，年均出动执法人次6000余人次，年均检查生产经营企业2000余家，共查处违法案件221宗。

农村美开启新篇章——

连线连片建设生态宜居美丽乡村，完善基础设施提升公共服务水平

“十三五”期间，阳江市全面推进4个省级新农村示范片建设、88个省定贫困村创建新农村示范村，打造15条连线连片精品线路，全域推进农村人居环境整治。打造了阳东区渔家风情浪漫小镇、阳春潭簕、阳春春北山水画廊、阳西县滨海风情等连线连片精品线路和江城那蓬村、阳东北环村、阳春高村、阳西鸡乸村、海陵南村、高新周村等美丽乡村。

乡村基础设施建设和公共服务更上一层楼，乡村面貌焕然一新。目前，全市710个行政村全部完成“三清理三拆除三整治”，建立了“一县一场、一镇一站、一村一点”的农村生活垃圾收运处理体系，村庄保洁员配备实现全覆盖，村道硬底化完成率100%，集中供水完成率100%。

阳江市还在全省率先提出了“镇村同治”思路，从2018年起连续三年，市政府投入3亿元，遴选15个镇同步开展人居环境整治。

擂台比武荣誉满满，美丽乡村评选又添4项大奖

乡村振兴工作屡获荣誉。在全省“乡村振兴大擂台”竞赛活动中，阳江市喜获五大奖项，其中阳西县谷围村被评为全省“十强村”“产业发展优秀村”，江城区那蓬村被评为“优秀村”“农房管控和乡村风貌提升优秀村”，阳西县红光村被评为“产业发展优秀村”。

在第二届“广东十大美丽乡村”系列评选活动中，阳江市又获得4个奖项，其中阳西县滨海风情精品线路获得“广东美丽乡村精品线路”奖项、江城区那蓬村获得“广东文化旅游名村”奖项、阳东区瓦北村获得“广东贫困村创建名村”奖项、阳西县双鱼城村获得“广东农房风貌提升名村”奖项。

农民富迈上新台阶——

高质量完成脱贫攻坚工作，多次被省评为“好”档次

“十三五”期间，阳江市农村居民人均可支配收入大幅提升，从2015年的12543.2元，到2020年达19853.4元。

“十三五”期间，阳江市紧紧围绕“到2020年如期完成脱贫攻坚任务”的总体目标，建立健全脱贫攻坚各种机制，狠抓责任落实、政策落实和工作落实，深化精准施策，全市累计投入各类扶贫资金37亿元。

阳江市坚持疫情防控和脱贫攻坚两手抓两不误，全面完成了贫困人口退出工作。全市建档立卡的3.6万多户贫困户7.5万多名相对贫困人口全部脱贫、88个省定相对贫困村全部出列。

在历年省扶贫开发工作成效考核中，阳江市多次被评为“好”档次，工作成效持续走在全省前列。

盘活农村资源资产，激发乡村振兴活力

“十三五”期间，阳江市坚持向改革要活力、向改革要红利，积极稳妥深化农业农村改革，进一步盘活农村各类资产要素，为推进阳江市乡村全面振兴注入了新动能。土地确权工作基本完成，农村集体产权制度改革试点全面完成。

全市各级农业农村部门积极协调推进扶持村级集体经济发展试点，2020年底，全市所有行政村年经济收入都超过5万元。大力推动农村土地流转。市农业农村局出台了促进土地流转的政策性文件，加大对农村承包地流转的宣传引导，激发农民土地流转的积极性，目前全市承包地流转总面积达63.38万亩。

浙江省龙游县

打造新时代美丽城镇新样板

举目满眼绿，白云伴蓝天，城镇展新颜！走进地处浙西的龙游，呈现在眼前的便是一幅幅功能便民环境美、共享乐民生活美、兴业富民产业美、魅力亲民人文美、善治为民治理美的现代版“富春山居图”。

近年来，龙游抓住美丽城镇建设“服务城市、带动乡村”牛鼻子，大胆实践绿色生态、共享共治、产镇融合、5G智慧赋能工作，全速推进“活力新衢州，美丽大花园”大通道建设，扛起“窗口”使命担当，创新“绿水青山就是金山银山”转化多项工作，奋力谱写美丽新经济，实现了小城镇整治向美丽城镇靓丽转身。

共享共治，幸福邻里生活美

建设美丽大花园，美丽城镇建设与乡村振兴不可或缺，浙江提出，创建未来社区作为浙江高质量发展的重要抓手和重大民生工程。在龙游县溪口镇的乡村版未来社区，它的创建与美丽城镇建设就一直相辅相成。

为了让城镇居民更安心创业生活，溪口镇的乡村版未来社区在“共享共治”上下足功夫。“以前黄铁矿区的招待所，如今改造成溪口镇政府。开放式的镇政府不设围墙，村民能时常到镇政府的会议室开会，空余的房间改造成回乡创业人士和微小企业的办公场所，距离近了能更好地服务大家。”溪口镇党委书记刘洪刚介绍道，黄泥山小区是几十年前建造的企业生活区，20世纪七八十年代的厂房、公建和宿舍，通过“立面改造＋环境整治＋功能置换”方式，焕然一新，变成具有现代化气息的共享图书馆、共享食堂、共享礼堂、智慧篮球场。只要不下雨，在新建成的智慧篮球场上总是不乏篮球赛，附近居民自发前来呐喊助威，孩童在一旁嬉闹玩耍，这里的温度让人羡慕。存量铁塔与智慧灯杆加上5G设备，靓丽转身成为5G站点，为民提供网络保障。

在进行未来社区建设的同时，溪口镇政府也注重历史街区复活，依山傍水的溪口老街集美食、文化传承、农民创业功能于一体，吸引了大量周边的乡亲、旅客和创客。大学毕业生高雅婷回乡后在老街开了一家商铺，售卖自产的葱花馒头、麻糍等美食。她说，除了这个实体街区，镇里还打造了“一盒故乡”的电商平台，商家店里的商品都可以在这个平台上销售。现在，她的店铺一年销售额达20多万元。

“自交付之日起，小区内没有一例毁绿种菜，没有一例防盗窗出墙，更没有一例违法搭建。”离溪口老街不远，有一处大体量徽派建筑小区翠竹小区，很难想象它其实是个农民异地搬迁小区。针对集聚小区居民来源广、集聚管理难等通病，当地牵头成立了小区党支部和业主委员会，组建了红色物业联盟，通过组团联社、支部联格、党员联户，推广社情通，实现三联一通，推进小区“三治融合”。

住得起、融得进，更要富得起。在小区内有一处来料加工点，经营户、员工基本上是小区业主。另外，通过政府搭桥、“社情通”发布招聘信息，265户业主也实现了在本地企业就业，户年收入达12万元左右。通过美丽城镇的建设提升，如今小区的房价从原来的1900元／平方米涨到了4000多元／平方米。

把共享共治融入美丽城镇的创建，溪口打造了集优良宜居、有源有脉、创新创业、共治共建、邻里和睦、智慧治理于一体的居业协同人居模式，更好满足了人们对美好生活的向往。如今的溪口镇，古街、古建、古巷、古码头，交相辉映，再现商帮繁华，老街复活，乡村振兴。

三产联动，产业兴旺底气足

建设新时代美丽城镇，核心在产业。

如何实现“产业美”？龙游以美丽乡村为基础，以小城镇提档升级改造和美丽城镇转型为主抓手，通过发展三产联动，走出“乡村振兴”的新路子。

古堰灵溪水清幽，禾满新田稻叶齐。位于龙游县西郊的詹家镇是当地的农业大镇，这里是世界灌溉遗产姜席堰的主灌区之一，农业产业链完备，多年来形成了省级田园综合体、红专粮油、泰丰农资等优质农业项目。今年，詹家镇创建农业型美丽城镇省级样板镇。当地紧紧抓住这一契机，科学规划，精准发力，做活做实做优做精农业文章，奏响一二三产农旅致富曲。

其中，詹家镇的浙江红专粮油有限公司被誉为浙西人民的天然“粮库”。目前，红专粮油实现经营粮田复种面积8600亩，为种粮户从育秧到加工全程服务2万亩，实现年销售大米1.2万吨，是省内颇具影响力的粮食基地。作为农业大镇，农资就是农业的“发动机”，是粮食产业中重要的环节。位于詹家镇新安村的泰丰农资合作社，为詹家镇5600亩大田水稻、茶叶、柑橘提供植保服务，同时辐射衢江柯城等周边地区。

建设新时代美丽城镇，不只是小城镇环境综合整治的升级版，更是小城镇高质量发展的现代版。詹家镇运用智慧5G赋能传统农业升级，采用手机应用数字化管理的正伟蔬菜专业合作社获得省级“机器换人”示范单位称号；红专粮油“无人机飞行种植”也富有成效；泰丰农资引进新型植保器械，建立飞防服务队，优化生产效率，年服务面积达3万亩以上。

打造“龙游城西后花园，诗画田园金名片”是詹家镇的目标，当地以农业带动第三产业发展，农业农村各项事业不断发展，农、林、文、旅资源深度融合。浦山村是詹家镇的少数民族特色村，全村畲族人口占65%以上。作为美丽城镇建设的主战场，浦山村不断壮大美丽经济多维度建设，通过引进“凤凰部落”亲子游、亲子民宿等一、三产业，发展特色产业经济，打响“凤凰部落，有礼畲乡”品牌。

农业振兴大有可为，詹家镇好事连连。省级田园综合体试点项目已落户詹家镇。核心区包括花海、浦山村“凤凰部落”与山后村“蓝白小镇”等。詹家镇引进旅游公司运作，一批高端民宿逐渐兴起。

数据显示，目前，詹家镇共有从事农业生产方面22189人，从事农业旅游方面3200人，有效带动农民增收致富。

深度融合，多元发展内外美

新时代美丽城镇，既要有魅力，更要有活力；既要宜居，更要宜业。在美丽城镇建设中，龙游整体统筹谋划，在规划布局、要素配置、产业发展、公共服务、生态保护等方面相互融合、共同发展。

在钱塘江源头的衢江之滨，龙游红木小镇从一家红木工厂开始，从无到有几经蝶变，形成了一个“生产、生活、生态”三生融合的特色小镇。

龙游县湖镇镇红木小镇

这个用“红木”来命名的浙江省特色小镇，由年年红家具（国际）集团投资开发创建，计划总投资71.9亿元，总占地面积约3.5平方公里，建筑面积260万平方米，打造集家具制造、旅游休闲、文化创意、商业服务、生态居住五大产业于一体的小镇，建成后可容纳2.5万人居住，真正实现“山水相依、村镇相融、产业联动”的独特空间。

“原本这里都是荒山，什么都没有。”红木小镇副总经理杨振指着现在的红木家居文化园介绍，经过几年多的精心建设，红木小镇英姿初展。如今的年年红集团在龙游发展得顺风顺水，连续15年处于国内同行领先位置，还被誉为红木家具“黄埔军校”，仅研发团队就有500余人，产品出口东南亚和欧美等国家和地区。

“特色小镇既重产业发展，更注重历史文化传承，以红木家具为载体传承民族文化，赋予了红木产业更大的生命力。”杨振表示，小镇的特色在红木产业，小镇的灵魂在红木文化，这种精神与物质的双重结合，正好符合特色小镇的定义，也为小镇长久发展注入了生命力。

此外，红木小镇还与中国美术学院艺术设计研究院等13家省级以上文化艺术团体单位合作，开展禅文化舞蹈公益演出、《鲁班学艺》研学公开课、全国闪小说大赛、国学感恩夏令营等体验活动，策划祭祀活动、“七夕寻爱之旅”“全国百家旅行社走进龙游”等系列文化活动30余场，陆续推出水上演出、室内演艺、国学培训、民俗表演、祭祀、中式婚礼、中医理疗、影视基地等内容丰富的产业项目，在推进文化产业自身不断发展的同时，为旅游产业提供有力支撑。

龙游通过美丽城镇建设正在华丽转身、美丽蝶变，彰显出现代大气、活力四射的新形象，极大地激励了龙游奔跑崛起的信心和志气。

供图：龙游县美镇办

浙江省海盐县

探寻乡村振兴的“共富密码”

海盐县美丽乡村　摄影：彭前锋

海盐县党建引领美丽乡村精品线发布　摄影：黄鑫涛

2006年1月，时任浙江省委书记、省人大常委会主任习近平来到海盐，开展主题调研宣讲活动，对海盐寄予殷切嘱托，希望海盐在提高县域经济实力上当好示范、在建设社会主义新农村上当好示范、在党的先进性建设上当好示范。

16年来，牢记“三个示范”嘱托，忠实践行“八八战略”，海盐走出了一条独具特色的乡村振兴之路，展现出一幅幅美好乡村的生动画卷。农村居民人均可支配收入连续多年位居全省前列，全县村集体经常性收入150万元以上实现全覆盖。近年来，海盐县先后荣获国家农产品质量安全县、全国县域数字农业农村发展水平评价先进县、全国农村承包地确权登记颁证工作典型地区、浙江省第三届“河姆渡杯”粮食生产先进银奖、浙江省农业绿色发展先行县、浙江省稻渔综合种养重点示范县、“千村示范、万村整治”工程和美丽浙江建设突出贡献集体浙江省新时代乡村集成改革试点县等众多殊荣。

站在新的历史起点，海盐正勇立时代潮头，勇当共同富裕示范样板，谱写全面展现“富裕幸福文明美丽和谐”美好社会基本图景的崭新篇章。

壮美画卷徐徐铺展，共同富裕路上缺不得乡村。聚焦产业发展、乡村建设、农村改革三大关键领域，浙江省海盐县正深入探寻乡村振兴“共富密码”，高质量创建乡村振兴示范县，不断增强农民群众的获得感、幸福感、安全感和认同感，为实现农业高质高效、乡村宜居宜业、农民富裕富足提供海盐样本、海盐经验，让乡村成为人人向往的诗和远方。

2021年，海盐县农业增加值实现20.23亿元，增长2.9%，增速位列嘉兴第三；农村居民人均可支配收入增速达10.3%，居嘉兴第二。

产业支撑

构筑高质量发展新格局

产业兴旺是乡村振兴的核心要义，大力发展产业能有效激活乡村造血功能，为乡村集聚发展所需的人才、资金等要素，持续带领农民走向增收致富。

稻虾产业报告——《飘香》发布，“小龙虾千人宴”开启美味狂欢，“虾在海盐”短视频比赛精彩纷呈，钓虾大赛满满的儿时回忆……2021年5月，海盐县第三届“稻田龙虾文化节”活动上演，诚意满满的十六项活动嗨翻全城，让市民和游客在满足味蕾的同时，与这座城市的稻虾文化撞了个满怀。

在海盐希望的田野上，稻虾产业正向着一二三产联动发展的

左图为粮食丰收　摄影：彭前锋；右上图为海盐县第三届稻田龙虾文化节　摄影：黄鑫涛；右下图为海盐葡萄农产品地理标志发布会　摄影：黄鑫涛

方向迈进。除文化节外，2021年海盐还引进了蓝龙虾全产业链项目，共建小龙虾旗舰店，在嘉兴首推政策性稻虾保险，创新推出"小龙虾繁养分离模式"，一项项实打实的全链发展举措，加速海盐稻虾飘香长三角。目前，海盐稻虾面积累计推广至3.2万亩，居嘉兴首位，约占浙江省稻虾总规模的1/6，建成百亩示范基地93个，"小龙虾＋晚稻"亩均效益是传统种粮的8倍。

粮食安全事关国计民生，必须稳定粮食种植面积，但传统种粮方式收益较低，农民积极性不强，稻虾种养模式则有效解决了这一问题。"每亩可增收3000元。"从传统的水稻种植升级为稻虾综合种养，华星农场的农场主许玉君尝到了甜头，同时他还积极推动农业领域"机器换人"，在2021年引进了嘉兴市首条智能化水稻育秧流水线，在完成自己稻田的育秧量后，还帮周边农户完成了近2000亩水稻的育秧。

稻虾产业的探索推进，蹚出了一条极具海盐特色的，以虾稳稻、稻虾双赢、低碳高效的农业绿色高质量发展之路，也为海盐粮食产业增产增收提供了新动能。2021年，海盐还成立了优质稻米产业联盟，建立优质稻米绿色高产高效示范基地6331亩，全县粮食储备有效仓容迈入10万吨级，借力机械化提升大豆采摘效率，青莲10万头省级标杆猪场建成并投产，全面托稳农业"基本盘"。

8月是海盐葡萄的销售旺季，惠众农场农场主周卫中忙个不停，在当月举办的海盐葡萄擂台赛上，惠众农场的"阳光玫瑰"一举斩获了金奖，知名度更响了。早在2018年，周卫中凭借对市场的敏锐判断力，率先种起了"阳光玫瑰"，打破了葡萄种植大户种不好、管不好、品质差、效益低的局面，并积极带动周边农户种植，实行"五统一"管理方式，携手奔向共同富裕。

作为海盐农业的一大特色产业，"海盐葡萄"已成为该县农民致富的一个亮点。依托10家精品阳光玫瑰葡萄百万产值示范基地，海盐积极引导农户标准化生产、智慧化管理、抱团化营销，标准化生产率达85%，绿色优质农产品认证率覆盖面达50%，加快形成万亩亩产值3万元"黄金产业带"。2021年，"海盐葡萄"国家农产品地理标志正式发布并授权，完成"海盐葡萄"质量安全风险管控（"一品一策"）工程，创建省级精品绿色农产品基地8110亩。

绿色为底

绘就美丽宜居新画卷

望得见山，看得见水，这是海盐县秦山街道丰山村给人的第一印象。一踏进这儿，仿佛乡愁思绪都一下子涌了进来，丝竹环翠、茶香满山，也将"绿树村边合，青山郭外斜"的美景一并映入眼帘。

原来，丰山村还是个传统的采矿村，靠山吃山，但积年累月的开采，弥漫整个矿山的粉尘和不绝于耳的开采噪声，给村庄带来了严重的环境"伤疤"。"以牺牲环境为代价的发展，要不得。我们下定决心，关停矿山。"丰山村党委书记马惠良说，在不断的探索中，村庄转变发展理念，以"乡村＋旅游"积极探索乡村振兴新路径。

美丽升级后，丰山村依托修复后的山林、景观资源，打造了一条美丽乡村精品线，构建了山地、竹林、田园、矿坑、村庄等多层次的全景式乡村景观。如今的丰山村，已经成为嘉兴乃至长三角地区游客喜爱的乡村旅游打卡地，每到节假日，游客络绎不绝。

丰山村就像是一颗水滴，折射出海盐美丽乡村赋能乡村振兴、推动共同富裕的生动实践。2021年，一条"美好记忆·丰山溢水"党建引领美丽乡村精品线惊艳亮相，将丰山村在内的5个村庄串点成线，点上有故事、线上有体验、面上有风景，线路长度约21公里。挖掘时光深处的古镇、古道、古井，"古韵画乡·山水线"美丽乡村精品线同样让人期待，目前已全面建设完成，在嘉兴市美丽乡村精品线评比中获得最佳人文奖。

擦亮乡村美丽底色，海盐从未止步。2021年，依托新出台的《海盐县2021年农村人居环境考核办法》《海盐县2021年农村人居环境全域秀美"三大攻坚十项硬招"实施方案》，海盐更是深入实施新时代"千万工程"，推进农村垃圾分类、农村生活污水治理、农村厕所管理三大攻坚行动，推出"秀美晾晒"月度比拼、媒体曝光宣传等十项硬招，切实促进农村人居环境全域提升。

在打造美丽田园方面，海盐持续深化农业面源污染防治，加强农业废弃物综合利用，推进"肥药两制"改革，同时实施"清洁农场"专项行动，累计整改家庭农场70家，深化美丽统筹建设，完成2020年高标准农田续建项目8000亩，完成美丽田园示范创建3000亩，促使广袤田园加快变美丽风景。

"现在村里环境好了，最明显的一个变化就是，游客多了起来，这得感谢美丽乡村建设。"海盐县雪水港村小卖部老板孙雪红说，游客多了，生意也火了，日子过得越来越好。

绿水青山是实现农村共同富裕的本钱。在海盐，一个个美丽乡村新样本为乡村振兴添活力、增动力，美丽风景正持续释放美丽经济效应。

改革驱动

打造数智乡村新标杆

2021年8月，浙江省政府发布关于同意绍兴市等新时代乡村集成改革试点实施方案的批复。根据批复，浙江省共有18个市县区纳入乡村集成改革试点，海盐为其中之一。

所谓"集成改革"，是系统性改革的意思。站在全省试点这一起点，海盐正加速推动新时代乡村集成改革试点任务，从深化土地改革、抓平台建设、强培育主体、促融合发展等四个方面改革集成，加快农业现代化，为浙江省乃至全国实施乡村振兴战略探索路子、积累经验。

浙江省新时代乡村集成改革试点的落地，是对海盐大力推动农村改革的回应。自被列入全国第二批农村改革试验区、全国农村综合改革示范试点县以来，海盐持续深化农村改革先行先试，先后开展了农村产权制度改革、健全城乡发展一体化体制机制、创新一二三产融合发展模式、第二轮土地承包到期后再延长30年等改革试点，以改革有效激活农村资源、要素、市场，形成了一批“海盐经验”，农业农村发展、质量变革、效率变革、动力变革走在前列。

数字化改革是推动共同富裕的利器，它撬动着农村改革，也激活了农业农村发展的一池春水。

点击手机“口袋牧场APP”，工作人员可远程监测猪场内温湿度、氨气量等，精准掌控牧场环境；依托猪脸识别等技术，构建全自动饲喂系统，精准到每头猪的饲喂；数据跑代替人工跑，每养殖1万头猪仅需3名员工，仅过去的十分之一……在浙江青莲食品股份有限公司，依托数字化改革，传统养猪工厂已转型升级为现代化智慧牧场，实现百万生猪产能“一舱”管控。2021年，该案例还入选浙江省农业高质量发展大会“十佳”实践案例。

在海盐“三农”领域应用中，数字技术正绽放出耀眼光芒。2021年，海盐专门成立了“三农”数字化改革工作专班，印发《2021年度海盐县数字化改革暨数字“三农”工作方案》，积极开展数字化改革“先行先试”，绿色优质农产品生产服务（“肥药两制”改革）、数字畜牧、农村集体“三资”管理服务等三项被列入省厅多跨应用场景第一批“先行先试”应用名单，建成数字农业工厂2个、数字农业基地6个。

未来已来，“万物互联”的数字时代已然开启；未来可期，以数字化改革为引领，海盐农业农村发展正迎来重大机遇。依托党建引领美丽乡村精品线，海盐正在谋划推进雪水港、丰山丰义“一体两翼”乡村数字改革示范区，探索建设数字乡村实验室，打造多维数字应用场景“未来乡村”，树立数字乡村新标杆。

作者：杨颖慧、黄鑫涛

山东省烟台市福山区

希望的田野　托起甜蜜的日子

闻名遐迩的福山大樱桃　摄影：潘丹丹

链接：烟台市福山区农业农村局2015年获评山东省农业系统先进集体，2018年获评山东省畜牧技术推广工作先进集体。近年来，福山区农业农村局以大樱桃产业为抓手，推动福山乡村振兴走在前列。福山区先后被授予“中国大樱桃之乡”“国家级大樱桃标准化示范区”“中国优质大樱桃基地重点区”“中国樱桃产业最具国际竞争力十强区”“中国特色农产品优势区”等荣誉称号，福山区张格庄镇被授予“中国大樱桃第一镇”荣誉称号。2020年，福山大樱桃区域公用品牌入选《中国品牌果品地图——中国优质果品采购和消费指南》（第一辑），品牌价值达到21.48亿元。

烟台市福山区回里镇解村的葡萄熟了，引来客商纷纷抢购；老官庄黄澄澄的小米即将摆进商超柜台……初秋的阳光洒满希望的田野，映照着收获的喜悦。

脱贫攻坚稳妥推进，乡村振兴步履铿锵，一曲美丽乡村的时代之歌，正在福山广阔田野间激昂响起。

“领头雁”带来甜蜜好日子

又是一年葡萄成熟季。独有的“香甜”，弥漫回里镇解村的空气中，也浸润在村民的心坎里。

回里镇解村党支部领办合作社葡萄种植基地迎来了一年中最热闹的时候，一串串玛瑙般的巨峰葡萄，泛着红光，吸引了众多客商。“葡萄刚到成熟期，目前合作社每天能产2000斤左右，等到了10月份以后，每天就能产出3000斤，预计今年总产量在150万斤左右。”合作社法人于明修笑得合不拢嘴。为进一步引领解村产业发展，回里镇解村流转400亩土地，建设了巨峰葡萄规模种植示范园。在党支部引领下，经过精心培育、规范化管理，目前解村葡萄供不应求，广受好评，已成为解村集体经济发展的重要组成部分。

不仅帮忙建项目，还负责找销路。2020年9月15日，福山区党支部领办合作社农产品电商超市，一派热闹景象。在这里，党支部领办合作社产品进商超、进小区、进企业“三进”交流会正红红火火进行中，100多种合作社农产品现场展示，40多家合作社和企业负责人面对面洽谈。“我们与家家悦超市签订了供销协议，产多少就能销多少，社员增收有保障啦！”福山区高疃镇西村党支部书记、合作社负责人王传昭高兴地说。一场交流会，在搭建起城市与农村之间直通互联桥梁，让合作社产品更便捷地走近市民、拓宽销路，推动集体、农民“双增收”。

近年来，福山区把党支部领办合作社作为推动乡村振兴的主路径，以组织力提升推动强村富民，有效激发了农村集体经济发展活力，凝聚起推动乡村振兴的强大动能。

福山区把党支部领办合作社作为三级书记抓党建“一号工程”，开荒山、造梯田、修水库、通公路，整理流转土地1.3万余亩，新增用地1950余亩，党支部领办合作社村居占比达到78%，新模式、新业态不断涌现，构建起党建引领、抱团发展、合作共赢的发展格局。实施品牌驱动、电商推动、订单拉动“三大战略”，签约阿里、京东等电商企业16家，大樱桃电商销售额突破2亿元；46家合作社和镇街联合社与大型商超“牵手”，订单农业规模年均增长20%以上，合作社规范高效发展之路越走越宽。解决服务体系不健全、规模发展受制约等问题，成立农业社会化服务中心，划分生产指导、政策服务等5大部门，统一流转土地、招引项目、兜底服务，推动形成资源集聚效应。成立片区和镇域联合社、建立特色农产品电商超市，汇聚全域优质资源，推动合作社“组团”闯市场，打造网络营销的“福山军团”。深化村企合作、龙头带动，吸引投资5000多万元、建设生态种植园1400余亩、打造5个大规模订单种养殖基地，产值突破7000万元，带动社员平均增收2.4万元。

连线成片，美丽乡村入画来

位于张格庄镇楼子口村的蓝湾民宿，浓浓的田园风切中了游客的情怀。篱笆围起来的院子里种上了不同品种的花草树木，一路之隔就是蓝湾蔬菜，可以采摘到纯天然的有机果蔬，如百香果、火龙果、桑葚、无花果、板栗等等。

从民宿出发，去姜家夼的开心农场享农家耕种乐趣，然后去门楼镇周家岘村品尝蜂蜜……福山聚力打造的“魅力南庄”美丽乡村示范片，闯出了乡村振兴新模式。

“魅力南庄”美丽乡村示范片确定了“康养研学+休闲农业+乡村旅游+禅意田园+民俗文化”+“特色产业”的“5+N”产业发展模式。筛选7个村庄，集中连线、成方连片、突出特色、一体打造，创新提出一个组织架构、一张概况图、一个策划方案、一个挂图作战表、一套奖惩机制的“五个一”工作模式。按照“一村一产业、一村一特色”的发展思路，深挖资源，壮大产业。7月21日，烟台市农村人居环境整治暨美丽乡村样板示范片建设现场会议在福召开，经过观摩与评比，福山区取得了四区第一的好成绩，展现了福山特色、体现了福山亮点。目前，“魅力南庄” 美丽乡村示范片共完成投资7000万元，立项项目113个，其中产业项目67个，完成28个，预计年实现集体增收500万元，形成集“享采摘乐趣”“游山水田园”“住特色民宿”“品禅意文化”于一体的城郊型文化旅游圈。

福山区坚持把农村人居环境整治作为推进乡村振兴的重要抓手，以“拆旧、建新、改厕、治污、提质”为抓手，着力构建“组织保障网”“全域整治网”“宣传引导网”“制度体系网”，四网联动、无缝衔接的工作架构，全区农村人居环境迈向新台阶，广大群众获得感、幸福感持续提升——

全面推进“垃圾革命”。招标2家保洁公司对福山区进行全域保洁，农村生活垃圾无害化处理覆盖的村庄比例达100%，生活垃圾无害化处理率超过90%，农村生活垃圾实现“日产日清”；稳步推进“厕所革命”。全区农改厕累计完成2.6万户，改厕率达90%，超额超前完成上级分配任务；高效推进“道路革命”。农村公路“三年集中攻坚”专项行动任务已全部完成，2020年计划新建改造农村公路52公里，实施通户道路硬化行政村145个，总里程325公里、总面积120万平方米；加快推进“水体革命”。全区205个村已有53个进行了农村生活污水治理，2020年再完成三个镇9个村的污水治理；统筹推进“风貌革命”。坚持把改善农村人居环境与培育乡风文明有机结合，大力开展家教家风家训主题活动，倡树健康文明新风尚。

脱贫攻坚敲开“幸福门”

秋日里，福山大樱桃产业扶贫基地的树苗正在休养生息。来年，这些2—3年生的壮苗将运往各村，发放到村民手中，种下美好生活新希望。

近年来，福山区坚持扶贫开发与特色产业发展相结合，保障性“输血”与持续性“造血”相结合，立足“壮大产业、产业扶贫”的发展定位，助力贫困户敲开“幸福门”。 目前，福山区1015户建档立卡贫困户已全部实现脱贫，人均可支配收入均达到5000元以上，贫困群众的致富信心和幸福指数得到全面提升。

脱贫攻坚战不仅要打赢，还要打好。福山区在因地制宜发展乡村产业的同时，还趟出了一条依托大樱桃产业，发展“庭院经济”的扶贫新路子。

福山区成立了大樱桃产销联合社，统筹负责全区苗木基地繁育、贫困户种植、肥料供给等工作；依托各村居党支部领办合作社，发挥贫困户和帮扶责任人双主体作用，具体进行大樱桃产销的日常管理。通过区级联合社、村级合作社、帮扶责任人的组织架构，为发展大樱桃庭院经济奠定基础。为推动贫困户帮扶工作的制度化、常态化，福山区委开展了帮扶责任人月度“主题党日”活动。帮扶责任人通过每月定期走访贫困户，进行劳动帮扶和技术帮扶，全过程参与贫困户庭院种植大樱桃的日常管护，实现了贫困群众脱贫情况的即时监测。把樱桃卖出去，而且卖出好价钱，才能真正让贫困户得实惠、谋富裕。为此，福山区依托大樱桃产销合作联合社，建立了实体市场、农村合作社和电子商务三条销售渠道，帮助农户增收。

一枝春果暖千家。通过实施以大樱桃“庭院经济”为主导的产业扶贫战略，发挥合作社的统筹引领作用，打通了贫困户大樱桃种植、管理、采摘和销售各个环节，促进了贫困户高质量脱贫。庭院大樱桃种植第二年，平均每户即增收1400元以上。既为帮扶责任人定期走访提供了制度设计，也激发了贫困户内生动力，为贫困户主动脱贫提供了路径。在实现自身脱贫的同时，福山区还主动与对口帮扶的德州市夏津县建立扶贫协作机制，累计免费为夏津县提供优质大樱桃苗木2300株，推广特色脱贫模式，并提供专业技术指导，帮助夏津县优化农业产业结构、实现脱贫摘帽。2020年3月，福山区又向重庆市巫山县对口援助樱桃苗4.8万株，跨越山海对巫山县进行扶贫产业帮扶，助力巫山村民增收增产。

作者：余彬、杨春娜、郭晓伟

烟台市福山区美丽乡村 摄影：于永本

江苏张家港经济技术开发区（杨舍镇）

高位突破　奋进农业农村现代化

张家港市委书记潘国强带队调研经开区（杨舍镇）乡村振兴工作

链接：张家港经济技术开发区（杨舍镇）地处长江下游南岸，位于“全国文明城市”张家港市，是全市政治、经济、文化中心，也是闻名全国的张家港精神发源地。区行政区域面积153平方公里，人口53万，下辖4个城区街道、5个城郊办事处，管理23个行政村和18个涉农社区。近年来，经开区（杨舍镇）切实履行“五级书记抓乡村振兴”的政治责任，坚持党管农村、优先发展、规划引领、因地制宜的原则，走现代产业＋都市农业＋文明城市“三位一体、典型引领”之路，扎实推进农业农村现代化不断攀登新高峰。2020年，实现地区生产总值793.4亿元、公共财政预算收入57.59亿元，杨舍镇综合实力始终保持全国前列，先后获得中国乡村振兴示范镇、中国法治政府奖、国家级绿色园区、国家知识产权示范园区、国家优秀科技企业孵化器、省文明镇、省和谐社区建设示范乡镇、苏州率先基本实现农业农村现代化示范镇、苏州农村人居环境整治示范镇等一批荣誉。

41个村级组织的集体总资产达83.58亿元，净资产56.67亿元，村级可支配收入7.57亿元、村均1847万元，农民人均纯收入4.35万元……一组亮眼数据，标注张家港经济技术开发区（杨舍镇）强村群体的“硬核”实力。

作为苏州市率先基本实现农业农村现代化示范镇之一，张家港经开区（杨舍镇）是“三农”发展的“先行军”和“老典型”。站在新的发展坐标系，“老典型”如何成为“新模范”？

突出“一村一品”，深化“万企联万村”，打造“幸福杨舍”……近日，张家港经开区（杨舍镇）召开农村发展大会，吹响争当率先基本实现农业农村现代化排头兵的集结号，也给出了新型城镇化背景下，“三农”工作转型升级、高位突破的解题思路——推进率先基本实现农业农村现代化行动与各项规划有效衔接，加快健全完善城乡一体融合发展的体制机制，把实现农业农村现代化的宏伟蓝图率先变成现实的模样。

突出“一村一品”建设“三特乡村”，让村村成为“单打冠军”

黄灿灿的外衣，甜蜜蜜的果肉。来到张家港经开区（杨舍镇）善港村的农业基地内，今年刚试种的20亩水果番茄新品种“皇妃”迎来了丰收季。

“‘皇妃’亩产能达1万斤，市场价格比普通水果番茄能高出15%左右。”基地技术员刘灿光介绍。

锚定特色农业精雕细琢，善港村在农田里种出了真“黄金”。善港村党委副书记徐国忠介绍，2013年，善港村逐步整合土地资源，通过成立农民专业合作社，大刀阔斧向特色农业进军。不仅与南京农业大学、江苏省农科院等建立了产学研合作关系，善港村还积极走出去，到日本、韩国等地引进优质培育技术。“7年来，已陆续建起无花果、葡萄、蔬菜等9大基地，农业产业规模扩大到4000多亩，优质农产品品种超60个，年产值达3000万元。”徐国忠说。

农业产业化、特色化、多元化的发展路子，不仅做大做强了“菜篮子”“果盘子”经济，还带动了村民增收致富。目前，善港村已有300多名村内闲散劳动力实现了在“家门口”就业。在第十批全国“一村一品”示范村镇公示名单中，善港村榜上有名，成为苏州市唯一上榜的村。

因地制宜，发展特色产业，把资源优势转化为发展优势，善港村的成功实践，为张家港经开区（杨舍镇）推进农业农村现代化打开了思路。

目前，张家港经开区（杨舍镇）大力度推动“三特乡村”建设，即特色田园乡村、特色精品乡村和特色康居宜居乡村，进一步丰富乡村产业形态，打造“农旅、农养、农创”融合发展的特色产业化项目。“构建具有杨舍特色的乡村建设体系，让村村成为‘单打冠军’。”张家港经开区党工委副书记、管委会副主任、杨舍镇党委书记卢懂平说。

此外，张家港经开区（杨舍镇）将扶优培育一批成长型特色农产品品牌，到2021年，绿色优质农产品比重达90%；大力支持各村集体经济参与由各类新型农业主体建设的产地分拣包装、冷藏保鲜、仓储运输、初深加工等经营设施，农产品加工业与农业总产值之比达到12.5∶1；结合闲置农房利用，因地制宜建设共享农庄，

百家桥再头巷美丽村庄全貌

善港村蔬菜基地

建成沿晨丰公路、沿高速环路两条都市休闲农业精品线路，推动各类休闲农业营业收入超过6000万元。

“万企联万村”引来源头活水，从村企联建到村企双赢

来到福前村，7000平方米的农旅一条街已破土动工，800亩的生态采摘园也迎来了丰收季……一座千亩“农旅融合示范园”承载着富民强村的新希望。

这个示范园区的从无到有，离不开福前村本土农业企业神园葡萄的鼎力支持。神园葡萄不但投资3000万元与福前村结对共建“农旅融合示范园”，还依托自身多年在葡萄种植生产领域的技术经验和产业配套资源，帮助村里引进6家农业企业落户园区，一个集休闲、采摘、农事体验、垂钓娱乐、康养观光、科普教育等为一体的农旅融合园区初见雏形。2021年，福前村村级可支配收入有望突破2600万元。

村级集体经济是建设农业农村现代化的重要支撑，也是实现农民共同富裕的根本保障。

张家港市人大常委会副主任、经开区党工委副书记、管委会副主任、杨舍镇党委书记卢懂平带队检查乡村振兴工作

如何进一步做大做强村集体经济，夯实农业农村现代化的基础？张家港经开区（杨舍镇）抢抓江苏“万企联万村、共走振兴路”行动的有利时机，推进张家港首批村企联建签约，为乡村振兴引来源头活水。

张家港经开区（杨舍镇）农业农村局局长徐建军说，通过建立“政府搭台、村企唱戏”的市场化运作模式，在“准”上做文章，在“精”上求突破，确保村企谈心有“温度”，联建意向有“深度”，项目推进有“力度”，将企业的资本、技术、现代生产要素注入乡村，将乡村资产、资源、生态文化要素融入企业，最终实现合作共赢。

城东村与苏州广丰新能源公司联建屋顶电站发电项目，累计收益达137万元，既提高了村级可用资金数量，又提高了城东工业区的可利用率，实现了“村企双赢”；东莱村与江苏申港锅炉有限公司结对后，公司通过有效整合资源，腾出52亩土地3.2万平方米标准型厂房优质资产转让给东莱村，每年可增加村级可用财力600万元；塘市办事处辖区6个村成立抱团发展村联公司，与天合汽车合作建设仓储物流项目，项目建成后每年可增加塘市片区村级可用财力600万元，年收益率超10%……截至目前，区镇23个村已全部与企业签订村企联建意向书，共涉及联建项目16个，投资金额达5.39亿元。

以“幸福杨舍”为引领，带动“颜值”“气质”双提升

走进东莱村连丰三圩，绿树成荫，道路平坦，村民的农房外墙还绘制了以乡村振兴和乡风文明为主题的手绘画，给恬静的田园风貌增添了一抹亮丽的文化色彩。

“现在我们老百姓的生活水平提高了，村容整洁，村风文明，道路宽敞畅通，家家户户都有小轿车，可以直接开到家门口了。”村民黄安石说。

作为苏州市三星级美丽乡村示范点，东莱村积极向上争取了500万元的美丽乡村建设专项资金，对连丰三圩的路面进行黑色化改造，安装路灯。同时疏浚河道、修建驳岸，打造“亲水”长廊。东莱村党委副书记、村委会主任刘兵介绍，东莱村在美丽乡村建设过程中，充分听取村民意愿，与现代元素有机结合，体现了乡土元素和地域特点，形成了村庄生活、生态、生产空间的合理布局。

改善农村人居环境，提升百姓的幸福感和获得感，是乡村振兴的题中之义。

目前张家港经开区（杨舍镇）正全域推进垃圾分类、公厕革命、集贸市场、道路等工程，推动农村基础设施建设进一步完善，大力实施“光网乡村”工程，推动农村5G全覆盖；对区镇集聚提升类、特色保护类和城郊融合类三类长期保留村庄实施三星级康居乡村建设，打造功能完善、形态优美、各具特色的升级版美丽乡村；结合城郊办事处实际需要，新建学校、安置房、养老服务中心，提升群众的获得感幸福感；建设有特色、有品质、有影响力的新时代文明实践站，进一步弘扬移风易俗、推动文化惠民，让群众感受到实实在在的温暖。

杨舍镇党委副书记、镇长赵国锋说，我们将以“幸福杨舍”为引领，抓住惠民这个关键，在完善基础配套、优化公共服务、做美生态环境、培塑乡风文明等方面，出实招、办实事、见实效，让老百姓在家门口共享优质资源。

供图：张家港经济技术开发区（杨舍镇）

江西省瑞昌市

乡村振兴再出发 “长江明珠”绽光芒

瑞昌位处江西北部、九江西郊，北倚长江、东望匡庐，为长江入赣门户，享有“长江明珠、祥瑞之城”美誉。面积1423平方公里，总人口46万，辖21个乡（镇、场、街道）。近年来，该市按照乡村振兴“产业兴旺、生态宜居、乡风文明、治理有效、生活富裕”总要求，接续奋斗，积极探索巩固拓展脱贫攻坚成果与乡村振兴有效衔接之路。2016年以来，瑞昌市连续五年荣获九江市脱贫攻坚先进县市区，在九江市非贫困县市区中排名第一；两次荣获全省脱贫攻坚成效考核“好”的等次。瑞昌市扶贫办2016年以来连续五年荣获九江市扶贫系统先进单位，2017年以来连续四年获瑞昌市高质量（目标管理）考评综合先进单位。

“红黄蓝”谋划振兴蓝图

弘扬红色精神。瑞昌是一片红色的革命热土，西有洪一苏维埃革命纪念馆，那里有先烈的遗物和用生命书写的诗歌，还有烈士墓、烈士纪念碑和镌刻400多名烈士英名的纪念塔；东有武蛟大桥

消费扶贫馆线上直播

铁肩膀展览馆，那里有20世纪60年代劳模胡华先带领大桥人凭借着“两个肩膀一双手，一支扁担两个筐”，开垦荒地、改良土壤、改进栽培技术，铸就了享誉全国的“铁肩膀精神”的历史印记。在乡村振兴道路上，瑞昌市坚定不移传承红色基因，弘扬“铁肩膀精神”，加强红色教育，全力抓好政治建设，进一步建强基层党组织，充分发挥基层党组织战斗堡垒作用，确保乡村振兴在党的领导下有序推进。同时以现有红色资源为载体，通过参观现场、讲述故事、巡演话剧等方式加强对广大群众的教育，改变一些已脱贫群众存在的“等、靠、要”以及脱贫之后“缓一缓”的思想，激发内生动力，实现勤劳致富，过上更好生活。

拓展金色成效。金黄的油菜花海、鱼面、优质稻等，是人民群众期望的收获。为进一步拓宽增收致富之路，提升群众获得感，确保乡村振兴工作成效，瑞昌市把扶贫产业融入“一乡一园、一村一品”产业发展中，重点围绕“北线水乡、南线稻乡、中线林乡”，打造长江鱼原种示范园、溢香农产品产业园、赛湖休闲农业园“三园”建设，通过新型利益联结机制，壮大村级集体经济，带动更多农户持续增收致富。目前，全市农业产业化龙头企业国家级1家，省级7家，九江市级16家，市溢香农产品有限公司获得国家级农业产业化龙头企业。现有省级农业示范园3个，九江市级农业示范园2个。

实现“蓝色”目标。为有效消除脱贫不稳定户和边缘易致贫户返贫致贫风险，建立健全相关部门之间易返贫致贫人口快速发现和响应机制，做到早发现、早干预、早帮扶，不断巩固脱贫攻坚成果，切实防止出现规模性返贫，瑞昌市创新推出“12345”防贫工作法。“1”即广泛宣传一个平台。即防返贫监测系统农户自主申报平台，通过村组公示、发放宣传单、入户上门等方式开展瑞昌防贫“码上办”二维码使用宣传，最大限度掌握实际情况，确保不落一户，不漏一人。“2”即持续关注两类人群。持续关注脱贫不稳定户和存在致贫风险边缘易致贫户，及时录入全国防返贫监测信息系统，落实帮扶措施，开展持续帮扶。“3”即精准实施三色管理，将未消除致贫风险的脱贫不稳定户、未消除返贫风险的边缘易致贫户、因病因灾因意外事故等刚性支出较大或收入大幅缩减导致基本生活出现严重困难户、家庭无劳力低保户列为红色户，为重点监测帮扶对象；对因病因突发事件等造成生活困难但有发展能力和意愿的临界“两类户”列为黄色户，实施黄色预警；对较稳定脱贫户列为蓝色户，实行蓝色跟踪，确保帮扶政策不变，力度不减。“4”即严格落实四道程序。按照农户申请、乡村核实、部门比对、村级评议的规范程序进行实地核查，分析评估农户存在的返贫致贫风险，对不符合条件的做好解释说明，符合条件的确定为重点监测对象，经小组审定后录入全国防返贫信息监测系统进行精准帮扶，动态管理。“5”即重点采取五项举措。对纳入监测的困难农户，及时由行业部门和乡镇根据家庭情况制订“一户一策”帮扶计划，因户施策开展结对帮扶，有针对性地叠加产业扶持、稳岗就业、行业政策、兜底保障、扶志扶智五项举措，实行动态清零，实现“全蓝”目标。

“一二三”产业融合发展

产业扶贫稳定增收。扶贫扶长远，长远看产业。瑞昌市紧紧抓住产业这个“牛鼻子”，积极探索“百社联百村带千户”产业扶贫发展新路子，在坚持“一村一品”“一乡一园”模式的基础上，谋划联村发展、抱团取暖等规模化发展模式，注重健全合作组织和利益联结机制，因地制宜打造了一亩茶园、一筐菌菇、一亩红薯、一棚鸭子、一座电站“五个一”发展能持续、投入效益好、利益可联结、带动能力强的扶贫产业，培育102家合作社和23家农业公司，带动2100户贫困户脱贫增收、102个村发展壮大集体经济。夏畈镇采用联合成立股份制公司的模式，让全镇12个村集体成为公司股东，通过“强村带弱村、先进带后进、能人带穷人”联村发展模

瑞昌市夏畈镇铜源剪纸文化园

式，发展年产60万包的秀珍菇扶贫产业，打造出联合实施的创新式“党建+扶贫”产业扶贫发展新模式。截至目前，此项目销售额达180万元，增加12个村村级集体经济共计30万元，直接带动全镇170户贫困户每户平均增收1500余元，有效促进了贫困户的增收脱贫。2020年，瑞昌市集体经济经营性收入“空壳村”全部消除，所有贫困村集体收入达10万元以上。

就业扶贫稳岗稳收。近年来，瑞昌市建立就业帮扶长效化机制，借打造“LED照明产业之都”契机，增加就业机会，强化技能培训，培养产业工人，全市5000余名农村劳动力在LED照明行业上下游实现了就业。为促进村民就地就近就业，该市鼓励乡村创办就业车间，引导园区企业到乡村设立代加工点，让村民在“家门口”增收致富。据悉，全市共有就业车间20多家，帮助400余名村民在家门口实现就业增收。在洪一乡双港集镇就业车间，村民们正在忙着自己手上的针线活。村民吴秀钗由于家中有老人和孩子需要照顾，不方便外出务工。在得知就业车间上班时间灵活，她第一时间就来车间上班。“在家门口既能打工挣钱，又可以照顾一家老小，真要感谢乡村领导，为我们找了一个好出路。”村民吴秀钗说。该就业车间自2020年6月开工投产，主要进行鞋面加工生产运营，目前经营状况良好，村民每月收入可达2500至3000元。洪一乡就业车间负责人谈刚表示：“从开始到现在就业人数达35人左右，准备下半年扩建到就业人员达60人。”

消费帮扶助力增收。扶贫产品不仅要“产得好”更要“卖得好”。2020年，瑞昌市通过“六进”对接承销、“志愿服务”代销、“电子商务”营销、“以花为媒”促销、“对接节会”展销等方式，深入推进消费扶贫，实现销售总额达1.1亿元。建立健全市乡村三级消费扶贫平台，通过线下直购、网络直播开展专卖活动，利用团团助农直播，聘请网红、组织年轻党员干部、邀请市领导直播带货，搭起“干群互联网络”脱贫致富直通车，让贫困户家里的“山里货”成为城里人餐桌的“香饽饽”，有效解决扶贫产品销售难题。截至目前，共直播20余场，销售额500余万元。南义镇、洪一大畈村成立专业合作社，收购老百姓自家的“土货”，通过线上线下同步推广运营。每年在全市“五朵金花”节上，还组织展销山药、猕猴桃、油豆腐、红薯粉、香椿、土蜂蜜等扶贫产品或贫困户自产自制农副产品，以及剪纸、竹编、粑印等手工艺品，有效带动了贫困群众脱贫致富。横立山乡第三届梨花节上，节目中穿插着现场签约、果树认养等仪式，现场与北京、上海、泉州、厦门等商会签约销售鲜梨订单19万斤约80万元，而且江西一声喊供应链管理有限公司还捐赠10万元进行扶贫助学。

产业融合持续增收。瑞昌市突出农村田园景观、农村风土人情，强化“一江一湖、两山一水”生态保护格局，以赛湖城郊休闲、武蛟油菜观光、夏畈剪纸小镇、洪一红色文化为重点，依托“农民丰收节”“农民趣味运动会”的成功典范，高标准打造农耕文化、乡土文化和民俗文化为特色的农旅结合示范点。形成以中心城区城乡融合发展示范核，沿瑞码区域三产融合示范轴、沿301省道生态旅游轴、沿220国道产业发展轴，及红色文化旅游片区、生态农业休闲区、森林休闲度假区、高效农业示范区、历史文化体验区、产业融合示范区于一体的“一核三轴六片多点”的产业融合发展布局。有“赤湖明珠，生态武蛟”之称的武蛟乡，油菜花海傍依丘陵地势、背山面湖，河流沟壑穿越其间，万亩梯田花海连绵密布、漫山遍野，每到春暖花开时节，金灿灿的花、黑亮亮的柏油路、白晃晃的路标线、碧蓝蓝的天……一处处美景，吸引着千万游人到此。据武蛟乡党委书记冯龙兴介绍：近年来，武蛟乡因地制宜，大力发展油菜产业，积极引导农民利用冬闲农田集中连片种植油菜，让“闲田”变成“休闲”胜地，打造特色观光农业，促进农民增产增收。“金色花海”催生了油菜花经济，每年前来观赏油菜花的游客多达2万余人次，有效地带动当地餐饮、垂钓、休闲服务等产业的发展。还专门成立乡农业发展有限公司，购设备、建厂房，致力发展油菜种植、油菜花观光、油菜籽加工、菜籽油销售一条龙产业链，将金花变金油，“吃干榨净”油菜产业，并通过乡村旅游，将相关产品进行销售，打造金色旅游武蛟。目前，观光旅游业已成为武蛟乡的主要产业之一，油菜种植每年产生附加经济效益达1000万元以上。

“精气神”面貌焕然一新

展现宜居宜业“幸福色”。春色新，春意浓。江西省瑞昌市“铜源剪影文化园”景区成为网红打卡地。景区将剪纸之乡、铜矿之源与旅游观光、休闲度假相结合，打造集文化博览、乡村休闲、美食体验、旅居度假等功能为一体的原乡型传统艺术文化园。整个景区占地面积2.59平方公里，主要分为5大板块，分别为剪纸小镇、剪影乐园（剪纸艺术生态休闲园）、生态田园（农业科技园）、矿山公园（夫山铜文化矿山公园）和艺术家园。剪纸小镇主要以公共综合服务和艺术博览为主，建有游客中心、停车场、剪纸博物馆、剪纸艺术街区、华夏大戏台等；纸韵春风——剪纸艺术生态休闲园结合剪纸文化，以民俗体验、文化拓展、青春研学为主，建有纸韵广场、下沉式影院、漫坡花海、光影剪纸长廊、阳光草坪等景点；生态田园为农业科技园主要是稻田景观，以农业科研、风情火车、大地艺术为主；铜鉴春秋——夫山铜文化矿山公园集铜文化和矿山修复为一体，转型成生态观光、休闲运动等功能于一体的矿山休闲运动公园。夏畈镇党委副书记李松兵介绍：“铜源剪影文化园”从开始打造流转土地有固定租金、到建设中提供就业岗位吸纳群众务工、再到景区建成后促进周边群众发展“吃、住、游、玩”相关第三产业，均可带动周边或沿线群众增收致富。这是该市巩固脱贫攻坚成果与乡村振兴有效衔接的一个剪影。如今，走进瑞昌市乡村，一幅幅美丽的乡村锦绣画卷映入眼帘：古朴的景观亭阁、欢乐的农家墙画、干净的乡村道路、群众的幸福笑脸，秀美的乡村画卷随处可见……行走其中，宛若置身画中，入目皆是风景。

落实惠民政策“暖民心”。扶贫开发铺富路，幸福乡村惠民生。近年来，瑞昌市逐步加大民生投入，解民困，消民忧，构建“百花齐放”社会扶贫新局面。开展“百企帮百村惠千户”社会帮扶活动，组织102家爱心企业对78个贫困程度相对较深的行政村实行结对帮扶，惠及贫困人口2600余人。为解决偏远山村学生午餐难题，通过“政府+基金”推行免费午餐项目，截至目前，全市共有6个乡镇3000余名学生吃上了“免费午餐”，可以说，它带给山区孩子们的不仅仅是一顿午饭，更是播撒了一颗爱的种子。既暖了孩子们的胃，更暖了家长们的心。横立山乡设立“连心楼”，为家住偏远、不便带孩子上学的贫困户9户35人提供免费居住，并配备爱心活动室、爱心书屋、爱心帮教室、爱心超市、幸福食堂等，将连心桥架到了贫困群众的心里。

提振乡村振兴“精气神”。扶贫先扶志，扶贫必扶智。“十三五”期间，瑞昌市从家庭环境好、脱贫路子好、政策掌握好、道德风尚好、工作配合好等方面开展“感党恩、早脱贫、争当五好贫困户”评选活动，采取每月评选、季度评选、年度评选相结合，科学制定评比办法，以“爱心扶贫超市”为载体，以表现换积分，用积分换物品，引导贫困群众克服“等靠要”思想，提升困难群众的精气神，增强脱贫信心，激发内生动力，实现稳定脱贫。如洪一乡长坑村何忠旺身体肢残，还需照顾聋哑妻子和多病的母亲、上学的女儿，承受巨大的生活压力。如今，他和妻子共同照管“爱心超市”，他还养殖了一些鸡鸭，闲暇时外出打零工，家里收拾得也是井井有条，何忠旺全家精神面貌显著改善。开展“感党恩、早脱贫、争当五好贫困户”评选活动，坚持过程和结果并重、物质奖励和精神激励并重，对达到“五好”标准贫困户授予“五好贫困户”称号，由帮扶单位予以隆重表彰并发放帮扶资金，既建立起助推脱贫正面激励机制，又避免以往简单“送钱送物”做法，把资金用在“刀刃上”，起到一举两得的效果。评选活动充分激发了广大贫困户脱贫致富的内生动力，让贫困户的家庭境况更好了、参与劳动的积极性更高了、知党恩感党恩跟党走的情感更深了、帮扶干部的工作劲头更足了，起到了激励一批、教育一片、带动一群的效果。

作者：曾宪利、肖智

四川省旺苍县

百亿茶产业链 助力乡村振兴

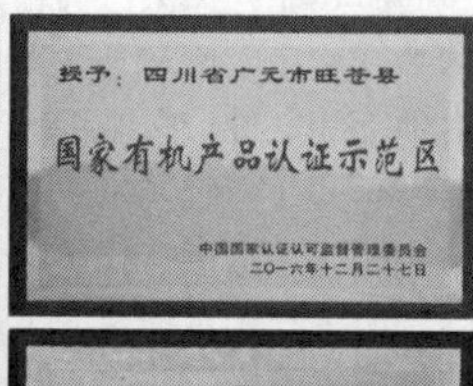

旺苍米仓山有机茶示范基地

红色旺苍，中国茶乡。

四川省广元市旺苍县，地处四川盆地北缘、米仓山南麓，是川陕苏区后期首府和中国名茶之乡，境内生态良好，盛产米仓山茶，特别是广元黄茶被誉为“茶中黄金”。

2021年四川省“川茶”手工制茶职业技能竞赛暨旺苍县第十一届米仓山采茶节系列活动在旺苍成功举办，吸引了国内多名茶叶专家、数百名茶商等嘉宾相聚在此，开始了一段特别的茶香之旅。

百亿茶叶全产业链助力乡村振兴

在四川省星级农业园区——旺苍县东凡现代农业园区的核心区三合村，园区茶叶翠绿一片，一梯梯茶园错落有致，村民们正在忙着采茶，欢声笑语打破了山间的宁静。

“如果没有茶叶就没有园区的建设，更没有我们的幸福生活。”提起茶叶产业的发展，青龙村6组村民邓会兰一边采茶一边介绍：采摘的黄茶鲜叶，300块一斤，一亩差不多能采50斤，每亩就能挣1万多，比传统种植收入高多了！

旺苍产茶始于商周，兴盛于汉唐，至今已有三千余年历史。从20世纪90年代至今，茶产业就是旺苍县农业支柱产业。截至2020年末，旺苍全县茶园面积22.5万亩，其中黄茶面积3.1万亩，茶叶总产量达到7200吨，综合产值实现25.5亿元，带动茶农人均增收4000元以上，已建成全国最大黄茶生产基地，是地地道道的中国“茶叶新势力”。

旺苍县城往东30公里的木门镇，三合现代农业园以茶叶为主导产业，以米仓山茶业集团和龙山茶叶专合社为龙头带动，建成有机茶叶标准化生产基地1.1万亩。

龙山村茶叶专业合作社负责人石义良说，合作社集茶叶基地、生产加工、销售于一体，还融合发展农家乐，带动发展3个合作社、5家家庭农场和2000多亩茶叶微庭园。

“茶叶丰产后，能年收入10多万。”该村4组的脱贫户何全仁带动发展了3亩微庭园，他测算了一下收入笑开了花，但提到以前，他直摇头说，“完全没法比，现在娃儿有学上，家属看得起病，关键是致富在望。”

2020年，三合现代农业园区助力700脱贫户人均增收9000元。

近年来，旺苍县释放出大量的政策红利：制定并出台了《推进米仓山茶产业高质量发展建设全链条百亿产业集群的意见》《推进米仓山茶产业高质量发展建设全链条百亿产业集群发展三年规划》等系列文件。政策红利的不断释放让旺苍县域茶产业的发展跑出“加速度”。

旺苍县创新提出了“突破性发展黄茶、优先发展有机茶、巩固提升绿茶、全面开发夏秋茶”的工作思路，成功创建为国家有机产品认证示范区，四川米仓山茶业集团有限公司成功创建为农业产业化国家重点龙头企业，广元黄茶成功注册为地理标志证明商标，米仓山茶创建为中国驰名商标。

“种业是农业的‘芯片’，旺苍坚持种业优先，做大黄茶产业。”旺苍县茶产业技术研究所所长鲜勇介绍，近年来，旺苍县开始黄茶种苗繁育，成立了茶叶种业专家工作站，构建了“1+N”茶叶种业科技创新联盟的合作机制，重点培育了米仓山茶业、广茶集团和木门茶业等3家育繁企业，建成商品化育苗基地200亩、工厂化育苗基地2个2500平方米，年出优质黄茶种苗3000万株以上。

近年来，旺苍县以“茶业”为本底，因地制宜开辟出符合全县各镇、村特色的农业产业发展之路。目前，全县220个村集体经济组织全面建立，集体经济收入达到641.0247万元，人均收入达到1831元，84个贫困村集体经济经营性收入498.81万元，人均收入达到6176元。全县9个村集体经济收入达到10万元以上。全县集体经济的迅速发展，为促进全县人民增收致富、推动与乡村全面振兴的有效衔接打下了坚实基础。

“茶产业是兼具社会、生态和经济效益的富民、绿色产业，是贯彻落实‘绿水青山就是金山银山’发展理念的一个重要载体。”该县相关负责人说，旺苍将用两三年时间在中部河谷走廊建成5万亩的黄茶产业示范带，加快建设米仓山茶博园、川东北茶叶交易市场，早日建成米仓山茶百亿产业集群和黄茶产业强县。

“三园联动”发展模式让青山变金山

“去年把3亩土地流转给专合社，并在园区务工，收入已达到5000多元。”旺苍县东河镇凤阳村4组脱贫户冯鸿这两年尝到了甜头，前两年还办起了农家乐，收入又增加了4000多元。

近年来，旺苍县按照全省加快建设现代农业“10+3”产业发展的决策部署，加快构建现代大农业“1+3”产业体系，着力提升特

旺苍东凡现代农业园区

色农业产业脱贫能力，创新形成了“三园联动”发展模式、“五联五带”减贫增效机制，走出一条“各环节升级、全链条增值”的产业脱贫奔康、乡村产业振兴有效路径。预计2021年底，全县农业增加值增长4.5%，农民人均可支配收入增长10%。

曾经的旺苍，因煤而兴，一度是“一煤独大”的“光灰城市”。

面对产业转型升级的宏观经济形势，旺苍县实施由“黑”转“绿”，全力抓好“大工业、大农业、大文旅、大城镇”四大结构调整和“大开放、大振兴”两大发展格局。

旺苍立足生态禀赋，突出建设米仓山茶全链条百亿产业集群，重点发展优质核桃、道地药材、生态养殖三大优势产业，切实构建特色鲜明、优势互补、结构合理、链条完整的现代大农业“1+3”现代农业绿色产业体系，创新推行“万亩亿元现代农业园区＋千亩千万元一村一品产业示范园＋每亩万元户办特色微庭园”联农带农的“三园联动”模式，走出了一条“各环节升级、全链条增值”的山区特色农业产业发展路径。

“2021年，结合县域实际，科学规划了中南部片区‘一带四园’和北部山区‘一轴四区’乡村振兴示范带，引领带动全县农业产业集群发展。”该县农业局负责人介绍，以白水—木门乡村振兴示范带为依托，重点建设黄洋—东河万亩黄茶标准化生产示范园、旺苍茶叶种业园区、东凡茶叶现代农业园区和米仓山茶业公园。以北部山区旅游环线为轴，重点打造以五权、高阳为核心的2个有机茶叶示范区和以国华、英萃为核心的2个优质核桃、道地药材生产示范区。截至目前，已建成稳产丰产有机核桃示范基地6万亩、道地中药材基地3.2万亩，高阳大茅坡茶叶现代农业园区、英萃核桃现代林业园区均创建成为市级现代农（林）业园区，五权茶叶现代农业园区创市级园区、英萃核桃现代林业园区创省级园区工作已全面启动。

目前，旺苍县已建成现代农业园区8个、村产业示范园137个、户办特色产业微庭园2.8万个。

该县负责人介绍，旺苍县将按照“生态优先、创新驱动、转型发展、富民强县”的发展思路，围绕“3691”重点工作布局，聚焦“大农业”“大振兴”重点工作，突出米仓山茶、生猪全产业链“双百亿”产业集群建设，按照“优化布局、壮大规模、提升品质、促进融合”发展思路，加快构建现代大农业“1+3”产业体系，有力促进全县特色农业产业发展，为巩固拓展脱贫攻坚成果、衔接推进乡村振兴发挥重要作用。

供图：旺苍县农业农村局

浙江省嘉兴市湘家荡区域（七星街道）

一颗璀璨“明珠”

蓝天碧水、绿树婆娑的湘家荡　摄影：谢洋洋

俯瞰湘家荡，如诗如画　摄影：俞永华

链接： 湘家荡区域（七星街道）位于嘉兴市区东北部，地处上海、太湖、杭州湾三大经济圈交汇点、沪杭两大城市中心点、长三角都市圈和沿海经济带重要位置。辖区面积45.25平方公里，下辖江南新家园、三家浜、湘湖、湘南、湘城、湘都6个社区，总人口约6.7万。先后获得国家级生态镇、国家4A级旅游景区、省级生态旅游区、小城镇环境综合整治省级样板镇、省级森林城镇、省级卫生街道、省级书香城镇等荣誉。站在新的历史起点上，湘家荡区域（七星街道）党工委、管委会坚持“一体化、高质量”发展理念，锚定“产业＋旅游，科创区＋风景区”发展定位，抢抓长三角一体化重大发展机遇，全面推进大通道、大花园、大平台建设，以高质量发展推动湘家荡区域“二次腾飞“，使湘家荡这颗“明珠”更加璀璨夺目！

人勤春来早，奋进正当时！一场突如其来的疫情，打乱了2020年的开局，更激励着广大干部群众以时不我待的紧迫感，在追梦奔跑的道路上只争朝夕、不负韶华。

对于浙江省嘉兴市湘家荡区域（七星街道）来说，2020年，是抢抓长三角区域一体化发展上升为国家战略、嘉兴实施全面融入长三角一体化发展首位战略、嘉兴加快中心城市品质提升打造国际化品质江南水乡名城、嘉兴奋力打造长三角核心区全球先进制造业基地机遇，奋力打造嘉兴的一颗璀璨“明珠”的关键一年。

“2020年以特殊的方式登场，我们要提振信心、迎难而上，鼓足干劲念好‘快字诀’，以创建美丽城镇省级样板为契机，全力以赴交出‘两手硬、两战赢’高分答卷，奋力推动区域经济社会向更高质量发展。”砥砺前行启新程，连日来，在抗疫一线、在生产车间、在田间地头，南湖区委常委、湘家荡区域党工委书记周小明这样勉励区域干部群众。

追梦奔跑结硕果，争先创优书写“1+4+3”精彩答卷

回望2019年，湘家荡区域上下凝心聚力、勇猛精进，全力推动经济社会各项事业发展，多项经济指标增速领跑南湖区。

一份“1+4+3”精彩答卷，擦亮高质量发展底色——2019年，湘家荡区域奋勇夺取了南湖区工作目标责任制考核“一等奖”。此外，湘家荡区域还收获了乡村振兴、社会治理、小城镇环境综合整治和公共文化服务4个单项“一等奖”，以及科技人才、财政税收增速和“五气共治”3个优秀奖。

*持续唱响党建强音，党群干群关系日趋融洽。*2019年，湘家荡区域全程高质量推进“不忘初心、牢记使命”主题教育，在全市总结大会上作为唯一的乡镇代表作经验介绍。湘家荡区域的“网格连心、组团服务”“1355”社会治理试点经验在全市推广，“连心一张网全覆盖、服务一盘棋全统筹”备受肯定。此外，湘家荡区域还高标准完成了25个新时代文明实践所、站、点的建设。

*全面提档区位优势，大通道的格局基本绘就。*2019年，湘家荡区域以大思路大手笔构建大通道，全力打造“四横四纵”高品质路网格局，撑开了区域发展骨架，激活了区域发展空间，更赢得了区域百姓的点赞：全面改建、提升的亚太路贯通区域南北，获评浙江省市政（优质工程）金奖示范工程，成为南湖区乃至全市的“最美公路”；总投资3.8亿元的角里街延伸段贯通完善工程紧张推进中；总投资5亿元的全市首条穿河隧道庆丰路（南溪东路—角里街）隧道工程开工……

*始终聚焦生态建设，大花园的面貌崭新呈现。*湘家荡区域始终牢牢守住全域秀美的生态底线，从独一无二的三个“一万亩”资源出发，打好“三改一拆”“退散进集”“五水共治”组合拳，扎实开展美丽乡村、四美社区建设，长效推进小城镇环境综合整治，唱响厚植生态底色好声音。尤其在全域旅游方面，从投资7000万元的湘家荡农业公园开园迎客，到投资1.2亿元建设湘家荡森林公园，再到投资1.5亿元整体提升环湖景区，湘家荡区域已形成“一核两翼”的旅游新格局。

*坚定优化营商环境，大平台的优势更加凸显。*作为嘉兴东部新城三大主平台之一，湘家荡区域承载着南湖区乃至全市的重点开发任务。湘家荡现代农业园区入列省级现代农业园创建对象；百亿项目敏华未来汽车智慧产业园开工建设；欧洲产业园、布劳恩电梯等一批高精尖项目相继签约；中国电子科技南湖研究院科研团队顺利入驻；打造完成嘉湘集团和湘投公司2家AA级融资平台；湘家荡君澜酒店喜迎宾客……2019年，伴随着高端要素加速集聚，该区域发展动能日益强劲。

只争朝夕绘新景，聚力“1234”奏响高质量发展最强音

与时间赛跑，与挑战过招！全力以赴交出“两手硬、两战赢”高分答卷，湘家荡区域已经厘清思路、锚定方向。

据悉，2020年，湘家荡区域将以美丽城镇省级样板创建为契机，坚定“科创区＋风景区”双轮驱动的路径不变，坚定“1234”的举措抓手不松，奋力将湘家荡区域打造成为嘉兴的一颗璀璨“明珠”，以更高质量发展实现区域“二次腾飞”。

聚力“1234”奏响高质量发展最强音，具体来说，“1”是指狠抓文旅特色型美丽城镇省级样板创建“一条主线”，“2”是指坚持科创区和风景区“双轮驱动”，“3”是指聚焦项目、平台、民生“三大建设”，“4”是指稳固队伍、要素、生态、平安“四大保障”。

举一纲而万目张，解一卷而众篇明。在“1234”高质量发展“指挥棒”指引下，2020年，湘家荡区域将开展六大重点工作——聚焦美丽城镇省级样板创建不放松；聚焦东栅片区高标开发建设不放松；聚焦三次产业加速发展不放松；聚焦科技人才创新引领不放松；聚焦社会治理能力提升不放松；聚焦要素保障支撑有力不放松。

围绕文旅特色型美丽城镇省级样板创建“一条主线”，2020年，湘家荡区域将多措并举抓落实——

*规划先行，下好“先手棋”。*湘家荡区域已聘请南京大学城规院院长作为驻镇规划师和首席设计师，全程指导参与文旅特色型美丽城镇省级样板创建规划制定。据悉，湘家荡区域将坚持高标准定位、高起点规划，深入整合独具特色的生态、产业与人文要素，以“五美”为旗打造小城镇2.0版治理标杆。

*建设共进，打好“组合拳”。*2020年，湘家荡区域将排定项目26个、总投资6.6亿元，不断完善现代化美丽七星的产业架构，提升智慧治理水平。比如，实施320国道湘家荡段拓宽提升工程，美化亮化镇区两侧“天际线”。

*内外兼修，唱响“好声音”。*2020年，在全力推进基础设施提升的同时，湘家荡区域还将从文化、医疗、养老等多个领域出发，综合提升社会治理服务效能。比如，计划建设湘家荡城市空间规划馆和文化展览馆，全面对外展示区域规划成果与历史文化积淀。

美丽城镇的美好蓝图令人向往，高质量发展的鼓点催人奋进。“事在人为，经过这一‘疫’，我们更有底气和理由相信，湘家荡区域拥有这样一支‘召之即来、来之能战、战之必胜’的队伍，一定能迎来高质量发展的春天，实现‘二次腾飞’的美好梦想！”湘家荡区域管委会相关负责人表示。

浙江省龙游县詹家镇

扮靓龙游精品园“最美门户”

2019年，浙江省龙游县詹家镇党委政府聚焦重点难点，抢抓机遇、创新实干、奋勇争先，加快建设“诗画田园、花海詹家”，全力打造龙游精品园的“最美门户”，为建设浙西新明珠城市贡献了更多的詹家力量和詹家经验。

坚持党建统领，夯实基层基础

全面学习贯彻上级党委政府部署工作的精神，牢牢把握“事业发展，关键在人；以人为本，抓人促事”的指导思想，扎实推进清廉詹家建设，积极营造心齐气顺的人文生态、风清气正的政治生态，全力打造一支敢打必胜的詹家铁军。

*高标准推进模块化机构改革。*通盘掌握各模块和各科室职能分工及人员力量配备，完成10个科室的改革和四大模块重组，平稳撤并工作站等科室，结合机构改革人员转隶，通过中层干部选拔，16名新的中层干部上任履职。

*扎实有效开展主题教育。*抽调精干力量成立了4个主题教育工作小组，由班子成员带头做好“两书一章”的“读、学、悟”，指导26个党支部1063名党员开展主题教育活动。结合乡村振兴讲堂活动，成立2个中心讲堂和13个教学点，开展主题教育等相关活动40余次。

*牢固树立实干实绩用人导向。*以开展村干部“三色”管理“回头看”为抓手，对照合格村干部标准和九种整顿情形，3名“灰色干部”给予责令辞职、6名“黄色干部”进行警示教育、6名“红色干部”进行宣传示范，全面实施村党支部书记县级备案管理制度，

詹家镇领导班子“衢州有礼”手势，左六为镇党委书记陈建生，左七镇长卢泉

培养村党组织书记后备人选42名，班子成员后备56名，全部进行压担任职，村级后备人才梯队初步形成。开展不合格党员“大扫除”行动，开展党群服务中心“挂靠党员”清理行动。

全力营造良好政治生态。充分运用好监督执纪“四种形态”，提高党员干部廉政风险防控的认识。扎实开展年度巡察及问题整改工作，共查办案件16起。收到群众来信来访48件（次），办结率100%。

深化社会治理，打造平安詹家

开展扫黑除恶“全民战”。全镇累计发放扫黑除恶宣传册20000余份、《致全镇人民一封信》13000余份、张贴海报 500余张、横幅标语1700余张、LED屏24小时全天候播放、两辆流动宣传车覆盖镇村两级。“亮剑”八大行业领域乱象，共排摸出涉黑涉恶线索119条，已办结线索108条，共收回资金27.1万元。

推进“信息治理＋智能防控”。多方筹措资金进行“四平台一网格”建设，投入50多万元，新安装100余个视频监控，新增15个点位视联网设备。已排查调处各项矛盾纠纷217起，调解成功216起，信访积案2起，成功率达99%以上。受理各类信、访、电232件，办结率、反馈率均达100%。深化“龙游通＋网格治理”。结合组团联村、党员联户、“两委”连格等载体，打通服务群众“最后一米”。

突出绿色发展，产业提质增效

生态农业蓬勃发展。发挥林业种植优势，新增薄壳山核桃种植面积120亩、油茶良种新造林60亩、香榧新造林80亩。加速推进“一村万树”平原绿化项目。推进全镇21个行政村土地确权赋权颁证“回头看”，完成任务93%。新增种植嫁接新品种示范基地1个，完成夏金村试点新型柑橘改良新品种甜橘柚150亩，打造休闲观光农业。

工业经济稳步提升。全年实现工业企业产值6000万余元；新增3个入库项目，提前完成县下达任务目标。现代服务业稳中向好。2019年1至10月，全镇所有服务业企业产值实现正增长，其中和米电子科技有限公司增速达136.7%，龙游志康医疗科技有限公司增速达1589.1%。以花海为核心，辐射山后蓝白小镇、浦山泉井垄七彩部落、浦山美丽村区域和姑蔑城生态园“一核四区”的乡村精品旅游线，举办龙游花海第一届郁金香文化旅游节、浦山村畲族民俗节等旅游节庆活动，接待游客18万余人次，营业额达1000万余元。与省民宗委对接，为打造浦山国家级特色村寨争取专项资金120万元。

聚力大干项目，增强发展后劲

项目推进持续发力。继续推进龙游花海田园综合体、姑蔑城生态园建设，按照“一核四区”的思路，开展“蓝白小镇”为主题的田园综合体项目村庄改造建设区，以本土品牌“龙游飞鸡”等为基础的有机农业示范区，以“远山”生态民宿为特色的综合旅游建设区，花海田园综合体产业布置规划方案已完成，“花海二期”如期开工。加速启动浦山乡村未来社区建设，联合成立“浦山乡村未来社区”运营公司，与联众集团就“浦山乡村未来社区试点项目”签署合作协议，基本完成泉井垄自然村民宿建设，开工建设村级综合办公楼。

要素保障更加有力。全域土地整治试点项目全县走在前列，年底前可提前完成省级验收。花海及周边区域农村生态环境明显提升，山后蓝白小镇、浦山泉井垄七彩部落大放异彩，大批量吸引省内外游客前来参观，相关做法得到市委书记徐文光批示肯定。

招商引资激发活力。持续推进产业招商、资本招商、以商招商，依托现有产业发展基础和资源优势，以存量引增量，引进增量激活存量，按照“盘活存量、优化结构、提升效率”要求，花海“花归居”度假区项目筹资10.5亿元、联众集团亲子研学基地项目0.5亿元。

推进全域统筹，环境持续改善

瞄准建设龙游“后花园”的精准定位，优化人居环境。巩固维护S33龙丽高速最美南入口，杭长高铁龙游花海、泉井垄七彩部落、龙游姑蔑城等一批集旅游、景观为一体的亮丽节点。完成G320国道、杭长高铁、S33龙丽高速等自查自纠。超额完成年初县下达的7万平方米三改一拆任务，完成比例达102.3%。

城乡面貌全面提升。浦山、山后全村实现“无围墙、全开放”，“七彩部落”和“蓝白小镇”广受好评。农房管控和风貌提升中，芝溪家园及7个行政村在全县率先完成清零任务。在综合整治中推进花海田园综合体、浦山乡村未来社区、集镇安置小区、美丽庭院等，目前正在申报省级美丽城镇样板镇。

基础设施日趋完善。加快推进2019年农村饮用水工作，十都、西方、山后3个村主体工程全部完工通水。全面提升农村公路养护质量。持续推进高标准农田和灌区改造工程项目建设。推进农贸市场改造提升，詹家农贸市场获评三星级和放心市场。

聚焦民生福祉，提升幸福指数

便民服务优质高效。通过减环节、提效率，创新服务体制机制，

詹家镇浦山村“凤凰部落”

詹家镇山后村“蓝白小镇”

詹家镇远眺

完善一窗式办理服务，政务服务中心全年星级考评均在四星以上，进一步完善和提升便民服务功效。该镇获得“浙江省民间文化艺术之乡”称号。以文化便民为依托，组建镇三团三社、村级及学校45个分团，每村至少组建2支文艺团队，参训人数达1000余人。

惠民政策公平公正。继续做好社会救助工作，全镇现有低保对象508户、586人，每月发放补助金额33余万元，实现动态管理下的“应保尽保”。推行“公建民营”敬老院模式，保障特困供养老人44人，提供12个村农村居家养老助餐、送餐服务，覆盖率达57%，全面提升养老管理服务水平。按照“多层次、广覆盖”的总体要求，合理安排社会救济金，发放临时性救助353户28余万元，发放春节“送温暖”资金96户7.24万元。

富民强村成效显著。持续推进、实施、监督2019年度移民扶持项目，现已完成11个移民扶持项目，完工率达91.6%。精确规划结对帮扶“路线图”，夏金、马叶2个村参加县级发展壮大集体经济项目创新创业大赛分别荣获50万元补助，省“村企结对”帮扶项目马叶农产品交易物流中心获批用地指标2亩。全镇在全县消薄工作排名中位列第一。

2020年，詹家镇将聚焦项目建设、“双招双引”、乡村振兴、社会治理、民生实事等重点，咬定目标、一抓到底、务求全胜，奋力谱写“诗画田园、花海詹家”新篇章。

安徽省怀宁县平山镇

发展现代农业 促进增产增收

左图为平山省级现代农业示范区，右图为平山镇胜天圩绿色稻米种植基地 摄影：王宝廷

扬优势，舞“农”头

平山镇是随2004年乡镇区划调整而成立的新的建制镇。地处皖西南长江北岸，皖水之滨，潜水之末，东连江镇，南抵皖河，北接黄龙，西与潜山市王河镇隔河相望。全镇总面积76平方公里，耕地面积3.6万亩，山场面积2.5万亩，水面5000余亩，辖有9个行政村、3个社区，总人口3.8万人。皖水、潜水、长河在平山交汇形成皖河，并以皖水为界，自然形成大洼、平山两片。大洼片有全县第三大圩胜天圩，是优质稻谷种植基地；平山片则为浅山丘陵地带，山场、林业资源丰富。全年四季分明，气候温和，阳光充足，雨量充沛，土地肥沃，水源清洁，自然环境及地理条

平山镇区远眺　摄影：王宝廷

件得天独厚。

平山镇是省级现代农业示范区所在地。示范区总体规划面积42平方公里，计划总投资10.54亿元，目标年产值20亿元。示范区自2009年启动建设以来，紧紧围绕“全省一流，全国先进”的建设目标，按照“一轴带动、六星闪耀”的产业布局，即以省道212线为产业带动轴，布局建设绿色稻米、畜禽产业集群、特色林业、特色水产、农产品精深加工和美好乡村建设6大示范区，整合各方资源，加快园区建设，于2012年12月被省农委批准为省农业产业化示范区，2013年6月被省政府认定为省级现代农业示范区。

在此基础上，依托示范区良好的建设基础和钵盂湖生态农业示范园建设，平山积极谋划申报总面积67.9平方公里，规划布局“一轴、两核、六区”为核心内容的省级现代农业产业园，并于2018年5月成功获批成为全省第一批省级现代农业产业园，获得首笔财政奖补资金600万元；2019年7月，又成功申报获批创建第二批国家农村产业融合发展示范园。全国政协原副主席李金华、省委书记李锦斌、省委原副书记孙金龙等各级领导以及来自国外和省内外团体先后来平山参观考察，均给予充分肯定和高度评价。

抓载体，强基础

近年来，怀宁县平山镇按照“强基础、调结构、增效益”工作目标，狠抓园区提质升级，做大做强特色品牌，持续增强发展后劲，全力推进现代农业高质量发展。

平山镇按照“园区建设美丽化、生态农业经济化、产业发展集群化”目标定位，紧扣“一区两园”即平山省级现代农业示范区、钵盂湖生态农业示范园和怀宁县现代农业产业园建设平台，多方整合农发土地治理、小农水、粮食提升工程、渡改桥、环保、林业等项目，优先向园区集中，对胜天圩、长滩圩、合保圩、彭家大畈等基础设施进行改造提升，镇域内建成高标准农田3万余亩，占总耕地面积90.9%，基本实现了“田成方、树成行、渠相连、路相通、旱能灌、涝能排”，农业生产基础条件达到一流水平，为农业增收提供了基础保障。

2019年，平山省级现代农业示范区成功入选国家农村创新创业园区，并成功申报获批创建第二批国家农村产业融合发展示范园。安徽省水稻新品种展示安庆片现场会连续五年在平山镇召开。园区内已集聚张晓毛食品、皖山食品、康之味食品3家中国驰名商标企业，福宁米业、正旺食品2家省著名商标企业，省级农业产业化龙头企业4家、市级8家、县级10多家，家庭农场36个，县级以上农业专业合作社43个，种养大户90余户，其中从事稻虾、稻鸭生产的新型经营主体15家。

稳增产，调结构

平山镇坚持以农业供给侧结构性改革为主线，推进农业由增产导向转向提质导向，以产业培育和品牌建设为抓手，依托现代农业科技，坚持“稳粮增效、稻渔结合、生态优先、质量安全”的发展思路，积极开展绿色增效、品牌建设、科技推广、主体培育、改革创新“五大示范行动”，取得明显成效。全镇共建成1个万亩、2个5000亩粮食绿色增产模式公关示范片，建立优质绿色稻米基地2.8万亩，其中稻渔综合种养基地达到1.5万亩，远远超出了“亩收千斤粮、亩增千元钱”的“双千”目标。

平山镇坚持做大做强农业特色品牌。由怀宁县七彩水稻种植专业合作社领办创建的稻渔综合种养基地，于2017年7月被省农委认定为省级稻渔综合种养示范区，成为目前安庆市唯一一家省级稻渔综合种养示范区。2018年全市稻渔综合种养及绿色渔业工作现场会在平山镇召开。2019年，安徽省福宁米业有限公司“闽福宁”牌福宁香米荣获第十七届中国国际粮油产品及设备技术展示交易会金奖和安徽名优农产品暨农业产业化交易会金奖；怀宁县久爱水稻种植专业合作社“皖丰六月”牌稻虾米荣获第三届中国国际现代渔业暨渔业科技博览会金奖。安徽皖山食品有限公司“有机含硒大米”荣获“安徽百佳好网货”称号。

强融合，增效益

按照“政府工作项目化、项目工作具体化、具体工作责任化”的思路，围绕“农业增效、农民增收”目标，平山镇积极推进平山稻渔（虾）综合种养特色小镇、优质粮油绿色生产加工、康之味蓝莓花青素生产，加快推进“三产”融合、生态循环农业、互联网+智慧农业等重点项目的谋划包装提升、申报推进实施工作，着力做好产业融合文章，持续增强现代农业发展后劲。

平山镇积极引导村集体经济组织与新型农业经营主体合作，探索“资源变资产、资金变股金、农民变股东”的发展模式，综合有效利用村级集体资源，实现村级集体经济不断发展壮大。2019年12个村（社区）村级集体经济收入均超过5万元，其中10万元以上村4个，50万元以上村1个。通过“新型农业经营主体+基地+贫困户”的发展模式，大力推进产业扶贫，带动贫困户从产业化经营中实现增收。2019年全镇建立产业扶贫基地29处，带动977户贫困户通过“四带一自”模式发展到户产业，户均增收超千元。

2014年怀宁县乡镇分类考核以来，平山镇连续6年获评全县综合目标绩效考核先进乡镇，2017、2018、2019年怀宁县年度目标绩效考核中连续三年取得二类乡镇排名和20个乡镇综合排名“双第一”的优异成绩，并连续五年获“五星级乡镇党委”。先后荣获“第四届全国文明村镇”“安徽省生态镇”“安徽省卫生镇”“安徽省特色乡镇”“安徽省美丽宜居小镇示范”“安徽省产业集群专业镇”和“安徽省电子商务示范镇”等称号，并成功蝉联“安徽省卫生镇”荣誉称号。

安徽省望江县雷池乡

美丽乡村入画来

雷池乡双新村党群服务中心 摄影：项守兵

安徽省望江县雷池乡坚持以新发展理念为统领，保持和增强生态本色、产业发展特色，呈现出产业兴、农业强、乡村美、居民富的崭新局面。

治理显成效，乡村靓起来

在雷池乡双新村境内，蜿蜒曲折的幸福河穿村而过，清澈的河水、干净的河道、仿木的栏杆……一派江南"小桥流水人家"的画面。双新中心村居民秦启旺拿着一根鱼竿，步行到幸福河边，开始钓鱼。"没治理以前，这里就是一条臭水沟，水体浑浊，岸边长满青苔，还有许多生活垃圾，我们都不愿往这里来，自从这条河开始整治，环境好了，水变清澈了，在河边散步的村民也多了，像我喜欢钓鱼直接在这里就可以钓。"秦启旺说。

双新村党总支书记程结根介绍，像秦启旺这样的老人不在少数。"我经常看到村里的老人们拿着鱼竿在这条河边钓鱼，在幸福河没有整治以前，这种现象是看不到的。幸福河在双新村境内总长2.1公里，目前治理好的有1.1公里，还有1公里左右正在治理中，仅幸福河治理投入了近300万元，包括前期的清淤、清理垃圾、护坡等。"

4月25日，在雷池乡雷江村五湖现代农业发展有限公司内，几名工人正在分拣小龙虾。"将小龙虾分成大中小三个档次，大的现在批发价都有30多元一斤。"公司负责人王业斌介绍说，采用稻虾共作方式，公司承包的5000亩水田一年通过养小龙虾的收益在1000万左右，种植水稻的收益在600万左右。

"今年的小龙虾目前才刚刚开始打捞二十天左右，每天的产量也比较少，大概有3000斤，全部供应到厦门，等到5月10日以后，预计每天的小龙虾产量能达到30000斤。"

从2008年开始，王业斌不断扩大种养殖规模，带动农户就业也越来越多。王业斌说："目前公司里有50个工人，每年公司在人员工资方面的支出在60万到100万左右。"

雷江村的汪升奇2008年开始便在王业斌的公司上班。"每个月有5000元钱，之前我还是村里建档立卡贫困户，现在早就脱贫了，在这里上班挺好，也不想再外出务工了。"汪升奇说。

此外，雷池乡还大力推广反季节养殖，投资500余万元在青草湖新建112亩特种水产温控大棚，实现了一年多季养殖和反季节养殖，极大地提高了养殖的效益；同时，全面推广和普及粮食生产新品种、新技术，水稻、小麦、玉米品种实现了更新换代，良种覆盖率达95%以上，水稻平均亩产由2016年的556公斤上升到2020年的591公斤，实现了粮食生产的连年丰收。

雷池乡通过积极优化发展环境，大力发展实体经济等一系列举措，工业经济也实现转型发展，顺利完成了4家企业的关停搬迁和1家企业的环保升级；财政收入从2016年的896.8万元到2020年的2045万元，增幅高达125%。2020实现规模工业产值达10.65亿元。

改善基础设施，增进民生福祉

在雷池乡莲花洲村农民文化乐园内的居家养老服务中心，老人廖善斌正在活动室内看一本故事书。"平时来这里玩耍的老人还挺多的，村里的老人喜欢到这里看看书，打打扑克，也会跟我们村干部聊聊天谈谈心。"莲花洲村党总支副书记蒲仕凤介绍。

蒲仕凤说，莲花洲村总人口有4182人，60岁以上老人有890余人，"我们的居家养老服务中心给村里的老人提供了一个活动的场地，老人们都很开心"。

近五年来，雷池乡投入近3000万元改善中小学校教学条件；新建改建了7个村级卫生室和12个村级文化广场，新建了1个日间照料中心和2个居家养老服务站。随着人居环境整治工作不断深入，农村"脏、乱、差"混乱不堪的局面得到有效遏制，全乡569户农村危房进行了修缮或重建，72户老人成功解决了住房安全等问题，群众生产生活条件明显改善。

同时，雷池乡积极改善农田水利基本条件，先后实施了总投资近5000万元的东兴圩农业综合开发项目、总投资9000余万元的西联圩防洪工程、总投资1400万元的宝塔河雷池大沟治理工程、总投资2000余万元的宝塔河上段治理工程、总投资1600万元的向阳河整治工程和总投资1200万元的农田水利"最后一公里"工程，全乡农田水利基础设施得到了大幅度提升。

作者：童小兵

雷池乡莲花洲村迷人风光 摄影：项守兵

山东省沂南县朱家林田园综合体

乡村振兴的“样板田”

乡村生活美学馆　摄影：李长坤

阅读提示

“田园综合体”是高起点打造乡村振兴的重要载体，自2017年中央“一号文件”提出以来，这个全新的概念便迅速引起关注。

当人们对“田园综合体”的内涵还不是很清楚的时候，沂南县朱家林已经在探索。2016年起，朱家林先后获得国家级、省级众多殊荣：中国乡村旅游创客示范基地，全国“能人带户”旅游扶贫示范项目，3A级旅游景区，全国巾帼文明岗，全国美好环境与幸福生活共同缔造活动第一批精选试点村，中国最美乡村，全国百佳旅游目的地，富强之路——新中国成立70周年十大案例村庄，山东省巾帼居家创业就业脱贫行动大姐农家乐，山东省14个田园综合体项目评比第一名，山东省第二批特色小镇，山东省社会科学普及示范村（社区），入选第一批山东省新旧动能转换重大项目库，首批山东省电商小镇，山东省精品乡村文创服务基地，山东省龙头骨干企业，全省乡村振兴典型实例，山东省精品旅游促进会先进单位……如今，朱家林又有了新标签——山东省首个国家级田园综合体，是独具特色的“创意型田园综合体”的代表。全国首个田园综合体建设地方标准在这里发布实施，国家标准也在这里立项启动。原山东省委副书记、省长龚正三次到朱家林进行调研，对这种因地制宜的建设模式给予充分肯定：“朱家林模式要复制、要推广。”

朱家林是乡村振兴的一个缩影，是田园综合体建设的探索与实践者。在这里，传统农业“面朝黄土背朝天”的景象得以彻底改变，展现给人的是一幅绚烂的乡村画卷。

让我们一起走进沂南县朱家林田园综合体，去看看朱家林版的“富春山居图”。

走进山东省沂南县朱家林，眼前，是乡土氛围浓郁的干插墙、茅草屋，数栋老屋改建而成的充满艺术气息的精致民宿、书吧；近处，是漫步在青石板路上面带惊喜的如织的游人；远望，是青翠的山峦、绿色的田畴、袅袅的炊烟……好一处秀美的“世外桃源”。

谁会想到，几年前这里还是个只有留守老人、妇女和孩子的空心村、穷山沟，年轻人走出大山后就再也不想回来，村里一半房屋无人居住。

朱家林的巨变，要从朱家林田园综合体项目说起。朱家林田园综合体总规划面积28.7平方公里，覆盖23个自然村1.6万人，以“创新、三美、共享”为发展理念和总体定位，以“五大振兴”为发展目标，建设“脱贫攻坚、新六产融合发展、美丽乡村供应商、特色小镇”四个样板。

共建生态美

朱家林田园综合体建设从一开始就立足突出当地特色，体现风土人情，结合山、水、林、田、路、湖的自然空间，按照“产业、生活、景观、休闲、服务”五大功能分区要求，制定“一核两带五区”的整体规划。“一核”即朱家林创意生态核，“两带”即小米杂粮产业带、优质林果产业带，“五区”即创意农业区、田园社区、电商物流区、滨水度假区、山地运动区。

初夏雨后，顺着石板路前行，再拾阶而上，就来到一处叫“老屋茶馆”的地方。这是一个典型的北方石头构造的四合院，房屋古朴整洁，院内地面铺了小石子，几棵老树也被用小栅栏围了起来，老榆木板搭建的木棚下，摆着几张门板做成的茶桌，家具、日用品等很多物件全是朱家林及周边的老石匠、老工匠们手工“打磨”出来的，质感十足。村民公茂英说，这里原来曾住过3户村民，后来相继搬走了，房屋缺乏管护，几近倒塌，如今经过修缮，成了经营茶馆的场所，又焕发了新生。

村里像这样的老房子，除了被打造成茶馆，还有的被打造成了民宿、创客工作室、咖啡馆、创意餐厅……朱家林坚持“建园区更是建社区，建风景更是建环境”的理念，不搬走一人一户，不破坏一草一木，让所有建筑留住原有村落格局，留住传统石屋风格，留住特有乡土味、人情味、民俗味。建设的方式是老手艺与新创意结合，采用当代乡村的建筑理念，整个空间设计和建筑形式，从当代人的审美出发，同时遵循本土特色，打造极具沂蒙风格的典型村落。

在园区建设方面，朱家林坚持生态优先，走绿色可持续发展之路，引领多规合一，完成《朱家林生态环境保护规划》，统领“一核两带五区”建设。治水种树、建桥铺路、修缮房屋等，生态规划是第一步。统筹实施山水路林田湖草生态修复治理工程，积极实施生态修复，对河湖沿岸进行退耕还草、还林，打造循环水体，区域内实行绿色种植。

打造循环农业，对生活垃圾、污水进行无害化、资源化处理。建设150吨污水处理厂，对生活垃圾、污水进行无害化、资源化处理。完成水系修复、水肥一体化工程，绿化彩化山体4000余亩，栽植树木160万株。同时根据水资源的容量、生态环境的承载量来确定产业的容量，出台产业准入负面清单。

生态为基，主客共享，居游一体，朱家林山水田园之间，无处不透露着自然脉搏、乡野农趣。

景美了，人来了，“空心村”也就不空了。“晨读诗三首，晚观架上花。”这是作家、诗人武眉凌在朱家林写下的一句诗。在她眼中，朱家林是古典和时尚相结合的梦里老家。为此，她租下了两处民宅，和朱家林乡建集团合作建设“沂蒙书院”，并为自己搭建了一个“躲起来小院”。

人多了，商机也就多了。陈方伟，24岁，他给人的初见印象是皮肤黝黑，略显成熟。他是朱家林第一个回村创业的大学生。2013年大学毕业后，他选择了城市。2017年春节回家，陈方伟看到了村里的变化，萌生回村创业的想法，立志不能守着“富饶的生态资源过穷日子”。春节之后，他选择留了下来。陈方伟说服父母，用工作几年攒下的积蓄，将父母原先经营的小饭店进行了升级改造，建起了富有特色的乡村菜馆，一年下来纯收入8万多元。

村里的整体规划让陈方伟看到了更大的商机，他又投入20多万元，对原来的老屋改造升级，打造精品民宿。对于将来，陈方伟还有长远规划：“家里还有果园、桃园，下一步将考虑开发采摘游……”

朱家林一景 摄影：刘笃龙

共创生产美

走进朱家林村的燕筑工作室，高世亮正在手绘图画，一笔一画间，一座古朴而韵味悠长的篱笆小院跃然纸上。

这样一幅手绘图画印制在普通的茶具、陶罐等器具上，就会让那些在农村最常见的物件儿身价倍增。

项目发起人宋娜，此前在杭州、深圳等地从事创意设计多年，回到家乡后，致力乡村旅游设计与乡村生态环境建设，打拼出了一番自己的事业。

为了心中的那个乡土理想，2016 年她来到朱家林，创立了山东省燕筑生态旅游开发有限公司，致力于深度挖掘乡土文化，秉持"共建共享"的模式，为朱家林村引入文创+旅游+生态建筑的理念，激活了沉睡的古老村庄。

朱家林这个当初留不住年轻人的空心村，如今正有源源不断的新鲜力量涌入，汇聚在朱家林乡村振兴的大旗之下。"政府累计投入了 7 亿元，撬动了社会资本 16.9 亿元，朱家林这个由政府搭建的乡村振兴平台，'聚集'和'输出'效应逐步显现。"山东朱家林乡建集团有限公司党支部书记、董事长徐从江说。

沂南县在没有成熟经验的前提下，创新发展思路，构建崭新的运作模式，建立了指挥部、管委会、乡建公司、镇、村"五位一体"工作推进机制，成立朱家林田园综合体党委，建设社区服务中心，并出台了 16 项激励政策。

"我们培养了很多人才，但很多都在外面发展。乡村振兴关键在人才，要通过搭建平台，吸引返乡人才和本土人才前来创新创业。"沂南县委书记姜宁说，朱家林田园综合体项目就是要聚人才之力，共同打造一个开放的平台。

政府负责阳光雨露，企业负责茁壮成长。朱家林坚实的农业农村发展方向和平台保障，以及在创业空间、孵化基金、土地资源等方面的巨大吸引力，让国内外知名企业接踵而来，小山村俨然成了热度持续攀升的人才"高地"。

目前，朱家林项目区内，已有合作社 31 家、龙头企业 3 家、专业大户 8 家、家庭农场 7 家、创业团队 18 个，吸引 30 多家公司和研究机构落户，涉及文创、设计、农业等领域。

山东朱家林乡建集团致力于搭建该平台，主要以市场化方式进行资产运营，提供基础设施等资金支持，发挥创新创业孵化器作用。通过几年的创新实践，该公司整合各类资金 7 亿元，搭建了科技支撑、数字孪生、人才培训、标准化研究、电商物流、金融支持六大平台，逐渐完善了食宿、娱乐、道路、停车、购物等配套设施。

上海乡伴文旅是田园综合体的开创者，他们带着无锡田园东方、莫干山原舍的实践经验，再次聚焦朱家林田园综合体内的柿子红理想村，立足生态原色，激活原乡文化，构建乡村新业态。柿子红理想村作为朱家林田园综合体的重要组成部分，将通过"朱家林上柿子红"的品牌打造，为朱家林 IP 打造助力。

百年企业法国安德鲁集团，是世界知名的水果制品、糖果、奶制品和冷冻甜点加工企业，去年携两亿元成功入驻朱家林。

……

众多企业来到朱家林，"农业新六产"之路也开始展现。陌上田园过去是一家以养蚕为主的企业，随着园区建设的完善，游客的增加，该企业不仅开发了和蚕、桑叶等有关的系列产品，还拓展出游览、科普、采摘等项目。企业负责人戚瑞磊说，从今年五一开始，几乎每个周末都有人来参观体验采购。

如今，在朱家林，像这样围绕农业增效、农民增收、农村增绿，以农业创客、农民专业合作社、家庭农场等为主体，以创意农业、休闲农业、文创产业为核心的一大批"三产"融合型项目正如雨后春笋般成长。目前共有沂蒙大妮、天河本草园、十六庄园等15个"农业新六产"项目进驻园区。

共享生活美

与很多乡村开发项目不同的是，朱家林田园综合体的建设并没有把村民迁出村庄，而是让村民成为建设的主体，共建、共享、共富。

"没想到撂弃多年的手艺还有了用武之地，现在我这个院子都成了样板啦！"73 岁的村民公丕省是村里的老石匠。头一年，他有 200 多天参与村里的民宿改造，用自己的双手建设着生活了一辈子的家园。村民刘萍原本只是个地地道道的家庭主妇，朱家林田园综合体建成后，她在家里开起了民宿，端午节期间最多一天净赚 6000 多元。她说："村子变化大，前来旅游的人多了，我现在月收入 1 万多元，以前怎么也想不到。"客人多，家里人手不够，她索性将在外打工的儿子叫回来一起打理农家乐，还打算投资 60 万元在自家桃园里建 10 座小木屋，扩大经营规模。

首位回乡创业的"博士农民"邵长文在朱家林的知名度很高。"我是做农业科研的，想把科研带到乡村来，做成一个有真正实用性的科研。我家就是沂南的，想把自己所学的东西用到家乡的建设中去，让朱家林变得更美好。"邵长文说。2017 年，邵长文回乡到朱家林成立了"邵博士自然农场"，建设集自然农法新技术推广、农夫市集、田园牧场及微农场体验等多功能为一体的创意性田园空间。近 20 名村民（原贫困户 9 名）在其农场长期务工，每月有近 2000 元收入。

现在朱家林的村民已从单一种植发展到农产品加工与服务、工艺品加工销售、配套公共服务，采摘、餐饮、娱乐产业等也搞得风生水起，村民从中分享到更多二、三产业的增值收益。现在，村里人人有活儿干，农民人均可支配收入比去年增加了2000余元，村集体收入也达到20余万元。

随着朱家林田园综合体的日益推进，过去以传统村落为主的管理模式逐渐不适应新的形势，各种关系的调整也对社会治理带来了新课题。朱家林田园综合体强化“园区+村居+群众”利益联结，促进村强民富，适时推出了“行有所止，礼有所规”信用考核制度，让每一名村民成为建设文明乡风的主人翁。通过手机中的“村村有福App”，村民们的积分榜名次一目了然。该App核心内容是奖分和扣分，记录村民在日常生活和行为上的综合表现。积分项共有七大类40多项细则，涉及道德建设、环境改善提升等多方面内容。给老人洗脚加30分，给老人订报纸加10分，给老人买新衣服加10分，给老人过生日、拍全家福加10分，长期照顾家里病人加30分，网上发正能量帖子加5分，义务种植花草树木美化环境加10分，捡拾村庄街道垃圾加10分，拾金不昧加20分……信用积分管理，实现了好人好事多发现，积分奖励常常相伴，让农村管理更加轻松，村民生活更加高效。

如今的朱家林村，已是焕然一新。

共建、共创、共享让古老村庄走向新生，生态美、生产美、生活美让乡村田园风采再现。好日子是一点点干出来的，朱家林这方水土正在绽放乡村振兴的最美容颜。

广东省东源县漳溪畲族乡

加快建设富饶美丽幸福畲乡

漳溪畲族乡黄龙岩景区内新建成的广东畲族宫　摄影：杨坚

链接：近两年来，漳溪畲族乡人民政府于2020年9月被评为“广东省民族团结进步模范集体”，漳溪畲族乡2021年5月获得“河源市文明村镇”称号，2020年12月漳溪畲族乡下蓝畲族村成功入选首批“广东省少数民族特色村寨”。

美丽的广东省东源县漳溪畲族乡大地，处处洋溢着盎然生机——汶水塘岸边的垂柳青翠欲滴，日光村玫瑰种植基地的玫瑰含苞待放，中联村蓝莓标准化种植基地的蓝莓结出丰硕的果实……

过去的一年，漳溪畲族乡在决战决胜脱贫攻坚的同时，贯彻落实“产业兴旺、生态宜居、乡风文明、治理有效、生活富裕”的总要求，按照中央和省、市、县实施乡村振兴战略的部署，统筹推动乡村振兴战略实施，充分挖掘畲乡的资源禀赋，全力推进项目建设提速增效，加快产业振兴；充分挖掘和弘扬畲族特色传统文化，整合境内旅游资源，推进文旅融合发展；大力推进生态环境整治和乡村基础设施建设，提升群众获得感、幸福感，全力建设富饶美丽幸福畲乡。

加快产业振兴，建设富饶畲乡

乡村振兴、产业先行。在漳溪畲族乡日光村玫瑰种植基地的玫瑰育苗大棚内，整齐排列的2万多株玫瑰苗长势喜人，为基地今年扩大玫瑰种植规模打好了基础。据了解，该基地现种有玫瑰69.51亩，2020年为日光村集体和贫困户增收15.9万元。

玫瑰种植基地只是漳溪畲族乡推进特色产业、实现产业兴旺的项目之一。

产业兴旺，是乡村振兴强大的物质基础。漳溪畲族乡立足自身的区位、生态环境等优势，大力推进特色产业发展，努力构建彰显地域特色、体现乡村气息、承载乡村价值、适应现代需要的现代乡村产业体系，带动当地经济发展繁荣。目前，该乡具有一定规模的农业种植产业包括板栗（种植面积约2500亩）、油茶（种植面积约2700亩）、蓝莓（种植面积约1000亩）、玫瑰（种植面积约70亩）。其中，位于中联村的一村一品蓝莓标准化种植基地计划种植蓝莓500亩，现种有300亩，另种有250亩火龙果。该基地负责人介绍，蓝莓市场价格好，经济效益显著。基地集示范、加工、培训、销售于一体，以点带面可供周边农户现场观摩、学习先进的标准化蓝莓种植技术，促进蓝莓标准化种植技术推广，提高农民和技术人员的现代农业知识与技能，带动一批农民走上现代化农业生产道路。

位于漳溪畲族乡嶂下村的生态旅游观光农业项目——东源县绿地美生态农业发展有限公司（以下简称绿地美），是一家集绿色生态产业发展、农业休闲旅游观光、高附加值农产品科技研发及精准扶贫于一体的现代生态农业公司，是省产业扶贫示范基地及市县农业龙头企业，项目规划面积5000多亩，已开发面积2000多亩，目前建有“千亩山楂花观赏园”、大型澳洲淡水龙虾垂钓场、“百香果采摘园”。基地工作人员介绍，澳洲淡水龙虾是新引进的品种，具有体大肥厚、肉质鲜美、胆固醇含量极少，生长快、产量高等特点，当年放养可当年收获，市场需求量大，目前收购价在每斤50—60元，亩产值可达3万元至3.5万元，除去成本纯利润可达1.5万元。该公司负责人介绍，公司将充分利用周边的环境资源优势，加快观光配套设施建设，打造一个自然生态与科技模拟种植示范园、观摩式深加工产业链、采摘体验馆及健康养生谷等。

接下来，漳溪畲族乡将加强农业产业发展，深化农业供给侧结构性改革，优化农业生产体系、产业体系和经营体系。全面整合涉农项目，推进小型农田水利、高标准农田等项目建设，改善耕地质量，增强农业抗灾能力，提高粮食产量。大力发展蓝莓、玫瑰、苗圃等种植产业，逐步改变传统种植模式，支持企业、合作社、家庭农场、农户流转土地用于适度规模种植。加大招商引资力度，继续围绕本地资源和区位优势，招引具有长远发展前景的项目。重点做好群星村高效生态养殖基地、日光村玫瑰种植及深加工产业基地、东华村滑翔伞基地、鹊田村飞灰脱氯水洗处理项目、中联村汶水塘

左图为漳溪畲族乡倾力打造的下蓝畲族特色村寨，2020 年底成功入选首批“广东省少数民族特色村寨”；右上图为日光村玫瑰种植基地的育苗大棚；右下图为嶂下村生态旅游观光农业项目的“千亩山楂花观赏园”，每到花开季节都会吸引众多游客前来打卡 摄影：杨坚

农业休闲综合区和腾讯为村嶂下画屏项目建设，夯实发展后劲。

推进文旅融合，建设美丽畲乡

从东源县城驱车上粤赣高速公路，从灯塔出高速公路后转入省道 229 线，看到道路两旁顶上带有畲族图腾凤凰标志的路灯，即意味着进入了漳溪畲族乡的地界。

走进漳溪畲族乡下蓝畲族村寨，沿街两排整齐的具有畲族特色的民居，白色的外墙上绘有身着畲族服饰的畲族儿女和畲族特色图腾凤凰，民族风味浓厚。2020 年底，下蓝村入选首批“广东省少数民族特色村寨”，这是该乡开展畲族特色村寨建设取得的重要成果之一。

2020 年，漳溪畲族乡投入 1200 万元，以下蓝畲族村寨项目建设为示范点，充分挖掘和弘扬畲族特色传统文化和生态旅游资源，将畲族村寨建设与全域旅游资源开发、当地传统种养业发展融为一体，推进文旅融合发展，打造集游览、商贸、住宿于一体的环境优美畲族特色村寨，建设美丽畲乡。

漳溪畲族乡文化、旅游资源丰富，“畲族蓝大将军出巡节”是广东省非物质文化遗产，汶水塘“捕鱼节”正在申报省非物质文化遗产，境内有黄龙岩畲族风情旅游区。每年的农历四月初九，是畲族蓝氏的传统节日——蓝大将军出巡节，当天该乡上蓝村、下蓝村，以及异地蓝氏宗亲数千人会回乡参加节日庆典，家家户户杀牛宰猪、敲锣打鼓巡游村寨，以纪念祖先、祈求平安，场面非常热闹，吸引众多游客参与。

2020 年，该乡完成了广东畲族宫、畲乡文体活动广场、下蓝村特色村寨和乡文化展览馆等畲族文化项目建设，掀起新时代文明实践站所宣讲热潮，实现乡级和 11 个行政村（居）全覆盖。其中，漳溪畲族乡文体活动中心举办了“贺中秋、庆国庆”“到人民中去”、送戏下乡等 8 场慰问演出活动。该乡依托综合文化服务中心及各村农家书屋等现有资源，积极探索并初步形成网络健全、结构合理、发展均衡、运行有效、惠及全民的公共文化服务体系。

走在群星村村道上，昔日的泥泞路变成了平整的水泥路，村主干道两旁的太阳能 LED 路灯与改造好的民居交相辉映。村里的客家围屋“泰兴围”保存完好，留住浓浓乡愁，沿着乡间村道漫步，随处即景。近年来，借助各方面力量，群星村建设硬化村道 5.5 公里，增加文化围栏 400 米，栽种植被 160 平方米，加装 50 盏太阳能路灯，修建了一批文化村标、村碑，优化村文化服务中心等文体基础设施，建成村新时代文明实践中心，完善村民小组运动健身器材等，丰富群众文化活动。目前，该村计划开发利用“泰兴围”等百年客家围屋的艺术价值，挖掘朝阳楼等红色资源，发展乡村旅游。

落实民生项目，建设幸福畲乡

投资 260 多万元完成圩镇自来水改造工程，解决圩镇及周边村庄 5000 多人的饮水难问题；启动村村通饮水工程，解决全乡 2 万多人的饮水安全问题；开展漳溪河流域整治，建设上蓝村至下蓝村河道碧道工程，作为群众休闲健身的生态廊道；投入 400 多万元开展新农村建设，实施“三清三拆三整理”，推进“四小园”和“厕所革命”等项目建设，改善群众生活环境……2020 年，漳溪畲族乡通过落实一批民生实事重大项目，完善基础设施，提升人居环境，建设幸福畲乡。

漳溪畲族乡鹊田村党总支书记、村委会主任吴伟恩说：“这几年村里环境好了，经济收入提高了，村民生活质量大大改善，大家的日子过得越来越红火。”据了解，近年来，鹊田村深入实施乡村振兴战略，投入 1331.8 万元完成了村道硬化工程、自来水工程、文化广场建设等 21 个民生项目，统筹生产、生活、生态三大布局，稳步推进农村人居环境整治工作，狠抓生态环保建设，努力打造生态宜居的美丽乡村，走出了一条生产发展、生活富裕、生态良好的发展道路，真正提高广大村民在乡村振兴中的获得感、幸福感。

同时，该乡全力推进漳溪 110 千伏变电站项目建设，完成农村电网改造，安装路灯 460 多盏，解决群众夜间出行问题。加强农村“四好农村路”建设，新增硬底化村道建设 19 公里，完成 9 公里砂土路硬底化，推进行政村道扩宽和升级改造（铺设柏油路），省道 229 线至黄龙岩旅游大道、日光村和下蓝村行政主村道提升改造成双车道柏油路。完善村级公共服务中心、文化站和卫生站建设，解决了群众娱乐难、健身难、看病难等问题。投入 196 万元，聘请有资质的专业清洁公司负责全乡垃圾清扫清运工作；投入 2500 多万元，建设漳溪生活污水收集管网及污水处理厂，全乡区域内自然环境和空气质量明显改善。深入开展农村人居环境整治，落实好“五清一改”工作，拆除危旧无人居住的泥砖房 1218 间、面积 22.65 万平方米，清除房前屋后堆积垃圾、污水、杂草等，全乡各村达到干净整洁村；持续推进农村改厕、农村生活污水治理、农村生活垃圾分类处理 “三大革命”。大力实施农村道路畅通工程，持续改善偏远地区群众的出行条件。

接下来，该乡将进一步加强基础设施建设，积极争取各类惠民、惠农资金支持，重点做好“四好农村公路”、饮水和农业灌溉工程以及人居环境整治等民生项目，进一步完善乡村路网，进一步推进饮水安全全覆盖，进一步完善垃圾治理，切实改善农村生产生活条件。全力保障和改善民生，加大就业援助和技能培训力度，鼓励创业带动就业，着力新增就业；健全城乡社会救助体系，提高低保、五保保障水平，加强城乡医疗救助、重度残疾人护理、孤儿生活保障等工作；继续实施全民参保计划，基本实现社会保险全覆盖；用好危房改造、村级公益事业财政奖补等各项民生工程，确保政策惠民、措施利民。

作者：李东成

来源：河源日报

湖南省长沙市望城区桥驿镇

以“三色”绘就乡村振兴壮美画卷

桥驿镇党委、政府经常在红色基地开展品牌活动干群“屋场夜话”，架起干群“连心桥”

行走在湖南省长沙市望城区桥驿镇，文明乡风拂面，美丽乡村入画。黑麋峰上层峦叠翠，沙河岸边绿树成荫，一个个农家屋场如明珠镶嵌，一处处红色景点正悄然蝶变，干部队伍带头向前，党员群众快步跟上。一支饱蘸“绿、红、蓝”的巨笔，正在桥驿大地上浓抹细描，徐徐绘出一幅以生态、美丽、活力、幸福为主色调的乡村振兴新画卷。

“我们的初心和使命就是为桥驿人民谋幸福、为加快桥驿高质量发展作贡献。”桥驿镇党委书记毛斌表示，要以习近平新时代中国特色社会主义思想为指导，大力贯彻落实省委“三高四新”战略，护好“生态绿”底色、深挖“革命红”资源、营造“风气蓝”氛围，让“千年古驿、红色沃土、生态福地、旅游强镇”的美名响起来，为奋力建设现代化新湖南和建设美丽强盛幸福现代化新望城贡献桥驿力量。

善用“绿色”资源，激活农旅融合引擎

绿色，是乡村振兴的鲜明颜色，更是桥驿镇最美的奋斗底色。

“白云将犬去，芳草任人归。”唐代大诗人刘长卿的一首《洞山阳》让黑麋峰闻名遐迩。桥驿境内的这座山峰，面积4079公顷，主峰海拔590.5米，森林覆盖率达80.2%，自古号称“洞天福地”，神仙彭祖、书法家怀素、八仙之一的吕洞宾都曾在这里留下动人传说，山顶“黑麋古寺”的香火千年不绝，山间秀美宜人的景色吸引各方游客探幽寻芳。如今，这个长沙近郊海拔最高、面积最大、植被最丰富的国家级森林公园，被誉为“长沙城北后花园”“天然大氧吧”，2016年晋升为国家4A级景区，2020年荣膺湖南省十佳森林公园。

对于这份上天的厚爱、自然的馈赠，世世代代桥驿人倍感珍惜、悉心呵护。近年来，桥驿镇党委政府牢固树立生态优先、绿色发展理念，善作善成，久久为功，让天蓝地绿水清的生态之美从理想照进现实，让绿色发展理念不断浸润美丽家园。

漫步桥驿集镇，只见临街商铺统一青瓦白墙，古色古香，道路宽敞洁净，没有污水残留，沙河环集镇而过，清澈的水面倒映着岸边的婆娑树影。“原来可不是这样。”在街上住了20多年的82岁老党员徐正华透露，以前一到雨天就污水倒灌，且周边商铺、企业、生活污水均直排进河，河面又脏又臭，大家都是捂鼻快步走过，“现在集镇干净文明又整洁，我们生活舒适，游客也更多了！”

为全面提升桥驿人居环境，桥驿镇精准实施沙河流域截污治污三年行动计划，配合“洞庭清波”专项行动，以及杨桥市级小微水体管护示范片区创建，以桥驿、杨桥、文星三个集镇为核心，投入资金6744万元，共铺排截污治污项目31个，包括桥驿污水处理厂提质扩容、20公里污水管网、4台污水处理一体化设备、清淤疏浚、黑臭水体治理、人工湿地、三级化粪池等，以“网格化”为基础建立截污治污长效管理机制。功夫不负有心人，如今的沙河桥驿段实现了污水全收集、全处理，排放达到一级A标准，14公里流域水清、河畅、岸绿、景美，切实提升了两岸居民的幸福指数。

2020年，该镇以美丽屋场建设为抓手，大力开展农村人居环境整治，累计投入100万元进行绿化美化亮化，开展60余次禁渔专项执法行动，严厉打击非法采砂、非法砍林和渣土入河等行为，定期开展“全民齐动员，共建卫生家园”清洁行动，全面推行生活垃圾分类和农村改厕，每次检查评比坚持对党员、村干部、贫困户、生产队长以及乡贤实行“五必到”，定期公布“红黑榜”，村容村貌整体跃上新台阶。

一年来，白石村莫家庄、杨桥村新屋湾2个市级美丽屋场，禾丰村伞家坳、民福村雅玩山、白石村湾田垅3个区级美丽屋场竞相绽放，该镇获评省级卫生镇，桥头驿社区、禾丰村、群力村获评市级垃圾分类示范村，黑麋峰村成功创建国家森林乡村。

“农村变美了，农民还得变富，才是真正的乡村振兴。”桥驿镇党委副书记、镇长郑文艺介绍，该镇依托全镇生态优势，探索生态产业、土地合作、乡村旅游等多元化模式，围绕农旅融合，做强“绿色经济”，让群众增收致富。

该镇精准制定国土空间规划与农业产业规划，出台支持现代农业发展“桥九条”，筹资100余万元，创建“桥驿生态农合会”，全年共完成早稻种植面积2.49万亩、晚稻种植面积2.61万亩，稻虾养殖2000亩。特色水果种植多点开花，在芙蓉路、公园路、黄桥大道等交通主干道两厢种植近千亩葡萄、草莓、西瓜、蔬菜等，在黑麋峰上种植近600亩古巴桃、板栗、脐橙、猕猴桃等高山水果，2020年7月举行的“高山水果采摘节”火爆星城，每年果品产量达到15万公斤，带动40多户贫困户共184人创收，户均增收1.8万元，解决了山上农民就近就业。

“一枝独秀不是春，百花齐放春满园。”各村比学赶超，因地制宜发展特色产业：黑麋峰村的黄金茶香气扑鼻，民福村的油茶树漫山遍野，禾丰村的油菜花灿烂芬芳，群力村的向日葵刷爆长沙人的朋友圈……绿色在桥驿大地蔓延，生长成为一座座“绿色银行”，

左图为干净整洁、文明有序、古色古香的桥驿集镇；右上图为中南地区最具体验感、最具人气的滑翔伞基地落户桥驿镇黑麋峰；右下图为全球领先的长沙市生活垃圾清洁焚烧科技项目全景

以“绿”生“金”，带领着全镇人民一同奔跑在农业农村现代化的阳光大道上。

2020年，桥驿镇各村（社区）集体经济收入均突破20万元，全镇707户1863名建档立卡贫困户稳定脱贫，一幅农业强、农村美、农民富的美好画卷在这片土地纵深铺展。

传承“红色”基因，铸就文旅精神内核

美丽乡村既要“塑形”，更应“铸魂”，以厚重的历史文化和人物榜样凝聚起的那一抹红，不仅是时间积淀下最醇厚的底色，更是乡村振兴的强大精神力量。

桥驿地域源头可追溯至秦汉时期。此地人杰地灵、英才辈出，明清时期，仅杨桥塘冲周氏就走出了14名进士和52名举人，至今传为佳话。

此地古时还是长沙北上的第一个驿站，红色资源丰富，红色家底深厚，近代以来更是长沙革命最活跃的区域之一，具有光荣的革命传统。

1926年，中国共产党即在桥驿杨桥建立支部，开展了轰轰烈烈的农民运动。1930年7月，湖南省委将机关从益阳迁至长沙县杨桥照霞村（今桥驿镇群力村），三个月时间极大发展了省内党组织，打通了至苏区的交通线。抗日战争中的三次长沙大会战，桥驿一带是主要战场，至今群力村一带的山头上保留的战壕仍清晰可见。湖南和平解放秘密电台曾设于此，搭起了中共中央与国民党湖南当局联络的秘密天线，为湖南乃至大西南和平解放作出了巨大贡献。

此外，桥驿还走出了我党的新闻事业开拓者、红中社（新华社前身）第一任负责人、《红色中华》报主编、被誉为“新华英烈第一人”的周以栗；曾任中共湖南省委委员、省委宣传委员会主任等职，带领工人斗争、从事农民运动，被捕后英勇就义的周炳文；在长沙、岳阳一带组织青年运动，坚守机密、壮烈牺牲的罗养真；以及周应铭、周绍生、周之翰等25位烈士。革命先烈们舍身忘我、拼搏奋进，其光辉历程与英勇事迹激励着一代代桥驿儿女奋勇前行。

为传承红色基因、讲好红色故事、发展红色旅游，近年来，桥驿镇党委自加压力、主动作为，新挖掘修缮红色革命遗址15处，重点对湖南和平解放秘密电台旧址、周炳文故居进行保护性修复，将其打造成党组织活动阵地、红色教育基地，出版《周以栗》《桥驿红色故事》等乡土教材两本，让更多桥驿人就近开展革命乡情教育，吸引了数万游客来此进行红色研学。

2020年7月31日，在湖南和平解放71周年纪念日前夕，湖南和平解放秘密电台旧址更是迎来了一位特殊的“客人”——时任湖南水上保安总队督察长，担任秘密电台保卫工作，如今已年近百岁，是秘密电台唯一健在的见证人任培宇。面对一张张老照片、一段段记录历史的文字，任老又忆起了生命中的那段峥嵘岁月，还饶有兴致地向周围的人讲述了那场惊心动魄的“暗战”中许多不为人知的小故事。

2020年10月，望城区出台《“传承红色基因 建设幸福望城”五年规划（2021—2025）》，决定通过深入实施红色资源普查、红色阵地建设等七大工程，把红色资源利用好、把红色传统发扬好、把红色基因传承好。桥驿镇迅速行动，成立由镇党委书记毛斌任组长，镇党委副书记、镇长郑文艺任第一副组长的红色文化工作组，下设协调组、修缮组、布展组、宣传组四个小组，全镇联动开展红色资源普查行动，立即启动周以栗陈列馆、周之翰故居、中共省委旧址三处红色文化阵地的修缮、提质和陈列布展。

“修缮过程中要坚持‘修旧如旧’原则，保持原生态风貌，依托自然村落的资源禀赋，营造乡土风情与田园风光结合的美感。”按照这一理念，工作组在省委旧址铺设小青瓦屋面，以麻石做暗水沟，用生态绿篱做围栏，使遗址与周围民居和景致相映成趣。而为了“深入挖掘红色文化资源的精神内涵和故事，真实反映红色历史”，工作组前往洛阳、北京等地收集周之翰烈士生平资料，又与其生前所在部队取得联系，对其生平事迹及牺牲时的英勇故事进行整理；邀请了新华社、省党史研究室专家多次现场踏勘指导，对周以栗生平事迹陈列布展方案把关审定。

如今，桥驿已成为驻长单位主题党日、工会、老干等活动的热门首选之地，2020年共有省委办公厅、省委组织部、省委宣传部等600多个团队2万余人次来此开展主题党日与研学活动，取得良好社会效益的同时，红色旅游也带火了当地农村发展。“旧址修缮后，来参观的人多了，村里的农家乐、水果采摘园生意也跟着好了起来。”湖南和平解放秘密电台工作站旧址位于洪家村，该村党总支书记代远深有感触，“更关键的是，村民的思想认识进一步提高了，大家作为烈士家乡人都倍感自豪，村里各项建设工作推动起来顺畅多了。”

一场场乡村干群“屋场夜话”在一处处红色阵地展开，在镇村干部的带领下，党员群众聆听红色故事，追忆烈士英灵，共同为美丽屋场建设、垃圾分类减量、脱贫攻坚、文明创建等中心工作出谋划策、筹资筹劳，在“红色基因”的磅礴推力下，形成了共治共享的基层治理新格局。

培育“蓝色”风气，加快乡村建设步伐

“廉政建设抓思想，拒腐防变第一桩，行为准则共八条，条条做到是好样……”2020年10月12日，长沙市望城区廉政文艺下乡首场巡演在桥驿镇白石村的莫家庄美丽屋场拉开帷幕，精彩纷呈的主题节目为乡亲们奉上一道贴民心、接地气的廉政文化大餐。

快板舞《清正廉洁记心间》以活泼轻快的语言帮助党员干部算清政治账、经济账、亲情账“三笔账”；提醒把好权力关、金钱关、享乐关、名利关、人情关“五道关”；现代花鼓小戏《礼》通过生动演绎父女之间的生活故事，引导党员群众新事新办，狠刹大操大办、收受红包礼金之风……“这几年，党的政策越来越好，党员干部也越来越得力，多亏他们的帮扶，我这日子才有了盼头、有了奔头，更有了劲头。”白石村一位贫困户看完节目后感动不已。

这只是近年来桥驿镇大力加强党风廉政建设、打造清廉务实干部队伍的一个缩影。面对日趋繁重的稳定改革发展任务和乡村振兴这篇大文章，桥驿镇突出政治建设，坚持把选拔培养忠诚、干净、担当的好干部标准放在首位，号召广大干部爱岗敬业，争先创优，必须尽力而为，做到有为者有位、为担责者担当。扎实推进党风廉政建设和反腐败工作，督促推动党员干部增强“四个意识”、坚定“四个自信”、做到“两个维护”，强化监督执纪问责，出台《桥驿镇村（社区）纪检小组考核细则》等文件，重点围绕脱贫攻坚、蓝天保卫战、个人建房、节假日期间作风建设等工作开展“一月一主题”专项监督。该镇率先全区创新组建“清风讲师团”，邀请区纪检监察系统干部、区委党校老师、区法院、检察院负责审判、公诉的工作人员担任讲师，通过“廉政微讲堂”的形式，为镇村组三级干部敲警钟、传经验，实现廉政教育全覆盖，为加快发展提供了坚强的政治和纪律保证。

干部过硬，作风过硬，工作过硬，才能赢得群众认可。作为省会城市生活垃圾处理中心所在地，由于固废填埋和建设的影响，过去一段时间内在桥驿看到的是垃圾、闻到的是臭味，听到的是骂声怨声，镇村干部把主要精力都放在处理维稳和信访事项上，桥驿干群关系曾一度十分紧张。清洁焚烧项目投产后，桥驿镇在市区支持下，迅速启动了固废场 1.5 公里范围搬迁，累计筹措资金 12 亿元，仅用了一周时间就顺利实现了 394 户 1652 人的签约倒房，整个过程公正公平，无一人信访上访。领先启动城管体制改革，强有力拆除违建别墅，全面落实最严个人建房政策，打造桥驿“大城管”铁军，公正公开公平的治理深入人心，桥驿从过去有名的信访大镇转变为全市“三无”街镇，社会公众满意度和民调指数显著提升。

面对两个省定贫困村 707 户 1863 名贫困人口的艰巨任务，镇村干部始终坚持带着责任、带着感情、带着办法抓好精准扶贫，认真面对历次巡查自查检查，真正做到真排查、真整改、真通报，针对突如其来的疫情影响，9 个村社的 18 名党总支书记及驻村第一书记主动化身“网红主播”，以自己的信誉为村里扶贫产品“代言”又“带货”，桥驿脱贫攻坚工作连续两年全区第一，并获市记功奖励。

近年来，清洁焚烧二期、灰渣填埋场、桥汨线 S213 公路、电力 630 攻坚等重点工程加快推进，中巨机械、中阀二期顺利投产，2020 年该镇完成固定资产投资 22.2 亿元，规模工业产值 22.4 亿元，完成财税收入 1.04 亿元，提前 7 个月完成全年目标任务，桥驿镇成为区内首个税收过亿乡镇，绩效考核连续多年荣获一等奖。依托良好的生态环境和红色旅游资源，积极推进全域旅游，中南地区最具体验感、最具人气的滑翔伞基地、玻璃漂流、山居半亩民宿、星空茶园等一大批体验感强、聚人气的文旅休闲项目目纷纷落户，2020 年全镇游客同比增长 56%。

乡村振兴，教育为本。桥驿率先设立桥驿教育基金 180 余万元，连续两年重奖优秀师生，营造尊师重教的良好风气。全面推进集镇治理，文明村镇面貌焕然一新。“以前在我的印象里，桥驿总弥漫着垃圾发酵的味道，环境也乱糟糟的，我从来不敢喊外地的朋友来家里做客。但这几年回家，一次比一次变化大，现在的桥驿不但天蓝水绿，处处洁净，还成为了很有名气的旅游景点，今年夏天，我准备邀请我的同学们来家乡走走看看， 体验下滑翔伞，在百米高空看一看我美丽的家乡。”桥驿教育基金的受惠学生、2019 年考取复旦大学的白石村大学生易婵娟说道。

桥驿乡村振兴的“大合唱”中，党员干部对群众的“有求必应”，换来了群众对党组织的“一呼百应”。刚刚结束的支村“两委”换届，所有村社全面实现一肩挑，新当选的 23 名成员全部具有大专以上学历，整体年龄比上届下降 7.8 岁，全过程圆满做到了坚持党的绝对领导、依法依规讲程序、尊重基层顺民意，“风清气正换好届、乡村振兴开好局”的口号和要求深入人心。

党风清正，民风淳正，桥驿这片好山好水好地方，不断涌现出更多好人好事好风尚，党群用心用情绘就的乡村振兴壮阔长卷还在继续向前延展。

重庆市潼南区花岩镇

万亩经果林　百姓“摇钱树”

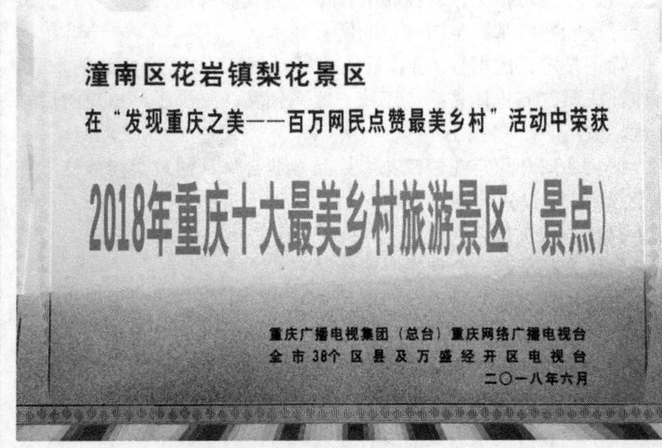

潼南区花岩镇梨花景区

在“发现重庆之美——百万网民点赞最美乡村”活动中荣获

2018年重庆十大最美乡村旅游景区（景点）

重庆广播电视集团（总台）重庆网络广播电视台

全市38个区县及万盛经开区电视台

二〇一八年六月

花岩镇梨花景区获得的荣誉铭牌　摄影：张斌

“快点快点，你看这里的李子又大又多……”眼下正是李子成熟的季节，在重庆市潼南区花岩镇花岩社区晋唐人家农业发展有限公司的水果基地内，上百亩的茵红李已陆续成熟，一颗颗李子形态饱满圆润，挂满枝头，引来众多游人前来体验采摘乐趣。

近年来，花岩镇大力发展特色效益农业并与旅游业融合发展，全力打造全区优质水果生产示范基地，在突出自身优势的情况下，因地制宜适度增加水果种植品类，努力做到“四季有花开，季季有果采”。同时，通过连续举办梨花节、水果采摘节，既推动了镇域经济的快速发展，也让老百姓走上了增收致富的康庄大道。

发展万亩果林，致富一方村民

“茵红李想要保证品质和产量，首先要培育丰产树型，树枝向四周扩散，充分利用空间，达到光合作用最大化。”晋唐人家农业发展有限公司负责人唐文博向记者介绍他的种植经验。“我来自合川区，几经考察，发现花岩这个地方有适宜的地质、气候条件和产业发展优势，镇政府也大力支持，正倾力打造全区优质水果基地，

位于花岩镇的潼南区宝峰农业科技有限公司水果基地 摄影：张斌

所以我选择在这里发展水果种植。”

平均海拔约300米，地处北纬30度附近，为亚热带季风性湿润气候，四季分明，日照充足，平均气温17.7摄氏度，四季均有适合种植的水果。详细考察了解情况后，唐文博说干就干，投资200多万元，流转土地450亩，大力发展茵红李、密梨、桃子、柠檬等水果种植。

“本来我在家照看孙子，一开始是想到基地来打点零工，没想到一个月干十几天活儿能收入一两千块钱，家里面也能照看得到了。”村民曾尚芳说，唐文博的基地采取优先聘请贫困户和在家留守的妇女务工，并对他们进行了技术培训，前几年，要么在外地打工，要么务农，现在年纪越来越大，希望能就近挣点钱补贴家用。

记者了解到，目前该基地种植的蜜梨年产量有七八十吨，茵红李等水果的产量也达到十多吨，实现利润20余万元，带动10余户贫困户就业增收。唐文博表示，接下来还将着力提升收益能力和产业化水平，大力发展更多水果品种的采摘游，带动社区周边的老百姓增收致富。

近年来，花岩镇坚持从整合资源、盘活资产、释放资金活力、转变增收方式入手，以“公司+大户+集体经济+合作社”模式，引入社会投资3500万元，流转土地2000亩，大力发展优质水果种植产业。同时，立足水果采摘和鲜销，形成了以矮珠密梨为主的万亩优质水果基地。

花为媒节会友，果园升级变景区

花岩社区村民自20世纪70年代就开始种植梨树，从最开始的几株到上百株，每家每户种植数量不等，种植的品种也不同，大多是以单家独户的形式分散存在，没有实现规模化种植。在技术方面，村民也是根据自己种植梨树的老旧经验来管理，没有引入科学系统的果树种植技术，品质一直不高。

一棵小小的梨树，看似简单容易，但要促成其规模化发展，也绝非易事。从品种的选择，到田间管理；从交通条件的改善，到销售网络的建立，都是摆在当地党委、政府面前的一道难题。

“我镇有近6000亩的密梨资源，但是过去密梨并没有给梨农带来喜悦和财富。基础设施缺乏就是制约发展的关键。”花岩镇党委书记代卫东介绍，从基础设施建设入手，为产业发展补齐短板，是近些年镇党委、政府考虑得最多的事。通过政府搭台，发展乡村旅游，连续举办梨花节和水果采摘节，花岩的密梨才走出深闺让人识，既推动了特色产业发展，又取得了良好的社会效益和经济效益。

通过整合资源和对上积极争取，处在核心种植区的花岩社区的产业基础日渐完善。5个蓄水池和6个山坪塘，解决了灌溉的大问题3公里主干道和13.5公里的生产便道，为游客采摘和观赏提供了便利；30千米的自来水管网、人工湖泊和公厕的修建，更为群众生活和游客出行所需提供了基础保障。

“公路修到家门口，便道直入景区里！现在不论是来赏梨花还是采梨的游客，都能实现直达，游客不再‘望而却步’。成熟的梨子要向外运送，车辆可直接开到果树边，再也不用肩挑背磨了！”家住梨花景区的果农黄有成笑呵呵地对记者说。

甜蜜产业“抱团”，成立专业合作社

随着基础设施的不断完善，为开展梨花节和水果采摘节等系列节会活动奠定下了坚实的基础。如何将产业从漫无目的的粗放式经营走向精细化生产，花岩镇花岩果品专业合作社应运而生。

“每年冬、夏两季是修枝的最佳时期，对于突长枝、病枝、弱枝，要进行修剪，以免影响来年果子口感。”花岩果品专业合作社负责人黄永清介绍，每年合作社都要组织技术人员为村民们传授修枝技术。

“你别小看这矮株密梨，它的管理可有讲究了，每个环节都特别重要，不能马虎。”黄永清介绍，盘枝是保持树枝外观和保证产量的最重要环节。在修枝后，要将这剩余的主枝弯曲、造型、捆绑，确保整株梨树不超过1.5米。来年的梨树高矮一致、排列有序，不仅利于游客观赏，而且方便采摘。

“加入专业合作社，对于梨树的种植、修枝、盘枝、疏花、疏果、防疫等专业技术再也不用担心了。这都是因为合作社会定期组织人员进行技术指导，教授相关技术，为我们解疑答惑。”村民黄万全已经能熟练掌握梨树种植的所有技术。

除了技术上的指导，合作社还倡导互帮互助。果子成熟的季节，合作社成员共同集体采摘，还统一联系销路，减少了种植户的后顾之忧。

据黄永清介绍，花岩镇花岩果品专业合作社通过梨树入社，目前已经带动了200户农户参与，达到了近千亩的规模。现在，仍有不少农户正积极报名入社。

名优果品荟萃，产业振兴谱新篇

日前，花岩密梨种植核心区枝繁叶茂、满目苍翠，累累果实已经挂上枝头。随着连续几年梨花节和水果采摘节的成功举办，通过生态梨园风光，生态水果采摘，花岩镇通过整合乡村旅游资源，吸引更多游客走进花岩，关注花岩，知名度和美誉度大大提升，促进花岩经济发展，又推进美丽乡村建设。

“有了成功举办梨花节和水果采摘节的底气和名气，当前，我们正在立足水果的采摘和鲜销，建设以矮珠密梨为主的万亩优质水果基地，形成了‘1+6’名优果品格，全力打造全区优质水果生产示范基地。”代卫东说。

在花岩镇水桥村，种植大户范比望着沿着地形起伏，一排排的晚熟柑橘果树，脸上洋溢着开心的笑容。他介绍说：“在镇党委、政府大力宣传发展优质经果林的感召下，我们回家承包了600多亩地，主要种植晚熟柑橘和凤凰李，今年春天，这里变成了葱绿一片，结下了累累硕果。”

在花岩镇石马村，林果种植户史生强对自己的果园非常乐观。他种了十几亩优质枇杷，5月刚采收完，卖了七八万元。“我的果园从来不用化肥、农药，都是在镇上的温氏猪场购买的有机肥，将来可以开发有机果品。4月份，每天要雇用五六个人采摘枇杷销往周边地区。”史生强说，“明年也干劲十足！”

这两个村的发展，只是花岩镇大力打造优质水果基地的缩影。目前，该镇从政府到企业，都在通过多方渠道，不断发展提升优质水果。今年，全镇优质水果种植面积达到近万亩，形成了以密梨为主，李子、柑橘、柠檬、樱桃、枇杷、桃子为辅的“1+6”名优果品格局。占耕地总面积的60%、坡耕地总面积的95%。

“我镇在供给侧结构性改革这条主线的引领下，加快由追求量向追求质转变，从多方面提质增效，通过紧盯源头、打造品牌等举措，努力把‘优质水果生产示范基地’的美誉变为发展优势、竞争优势。”代卫东介绍说，同时，花岩镇将把特色产业发展与旅游有机融合，与精准脱贫和乡村振兴相结合，通过电商等形式改变传统交易方式，拓展销售渠道，拓宽销售范围，带动更多老百姓增收致富。

花岩镇农旅融合的发展，是潼南农业产业优质高效发展的积极探索。同时，通过节会的举办，有力促进了区域优势资源的开发和生态旅游业的兴起，为区域经济社会发展注入了新的生机和活力。

作者：夏培直

宁夏吴忠市利通区高闸镇

奋力奏响乡村振兴高质量发展新乐章

高闸镇庆祝中华人民共和国成立70周年暨创建全国文明城市文艺演出　摄影：马小林

链接：马小林，男，1976年5月出生，大学文化，中共党员。曾任吴忠市利通区党工委副主任、党工委农村工作部副部长，利通区委办公室副主任，利通区政策研究室主任，利通区金积镇党委副书记、镇长，利通区商务和经济技术合作局局长，利通区林业局党组书记、局长；现任利通区高闸镇党委书记。

镂空的雕花窗棂透入斑斑点点细碎阳光，民居陈设温馨典雅。从宁夏吴忠市区沿慈善大道南行12公里，廊道翠绿、产业兴旺、街容整洁的生态文明小镇——高闸镇映入眼帘。这里文化底蕴深厚、交通四通八达、黄河水浸润滋养、村容村貌美美与共。吴忠市利通区高闸镇党委、政府主动担当作为、积极探索创新，迎着新时代高质量发展的铿锵鼓点，真抓实干大力实施乡村振兴战略，努力实现“农业强、农村美、农民富”，奋力奏响乡村振兴高质量发展新乐章。

奏响“融合曲”，产业结构进一步优化

农村强不强，关键看产业。高闸镇围绕罗山大道、慈善大道等主干道，主攻农村一二三产业融合发展，打造以拱棚西瓜、露地蔬菜、优质饲草、特色菌菇等为主的农业产业带，培育“一村一品一业一特色”的发展模式。

*巩固品牌西瓜种植产业。*充分发挥“马家湖西瓜”全国名特优新农产品地标优势和“马兴西瓜”品牌优势，2020年，在周闸村3队建设500亩集中连片西瓜种植基地，在郭桥、朱渠、高闸村建立100亩以上集中连片拱棚西瓜种植方点4个，全镇种植大小拱棚西瓜共计2600亩。全国劳动模范、高闸镇西瓜种植致富带头人马兴欣喜地说：“2020年，大棚西瓜亩产值达10000元，小拱棚西瓜亩产值可达7000元，瓜农的钱袋子是越来越鼓。”

*壮大万亩露地蔬菜种植产业。*依托吴忠市茂鑫通冷藏运输有限公司，继续完善建设现代农业产业物流园，在万亩标准化蔬菜基地种植基础上，扶持吴忠市红燕家庭农场建立以本地香菜、菠菜、西芹等品种为主的露地蔬菜基地，建设三联动全钢结构蔬菜育苗大棚6座，以李桥村7、8、9队为中心，建设露地蔬菜特色产业村。

*发展优质饲草种植产业。*在高闸村、韩桥村新增苜蓿种植1700亩，2020年全镇苜蓿种植达到5800亩，全镇饲草（青贮+牧草）种植面积达2万余亩，全面提高了粮经饲比例，有效推动该镇种植业合理发展。

*打造高标准菌菇种植基地。*以高闸村为中心，借助200万元扶持壮大村集体经济项目资金，新建高标准菌菇种植大棚8座，与现有的65座菌菇棚形成菌菇种植基地，种植有平菇、秀珍菇等特色菌菇，形成了菌菇种植产业链。

*建立草畜产业化联合体。*采取“公司+合作社+家庭农场+农户”的运作方式，形成联农带农的规模化经营模式，构建适应现代农业发展的智慧化生产技术体系。与宁夏农林科学院合作共建“宁夏农林科学院动物科学研究所草业博士（专家）指导工作站”，在高闸村建立了500亩牧草种植试验示范园区，为利通区大农业可循环发展做出积极贡献。

奏响“治理曲”，基层基础进一步夯实

走进高闸镇政府民生服务中心，高标准硬件软件设施引人注目。尤其是该镇2020年新打造的标准化乡镇司法所，成为帮助群众、服务群众、教育群众的法治基地。2020年以来，高闸镇为夯实乡村振兴基层基础，加快推进乡村治理体系和治理能力现代化，结合农村实际情况，勇于创新、大胆实践，探索走出了一条乡村善治的新路子——“加减乘除”乡村治理模式。

*“加”强党建引领，逐渐完善乡村治理长效机制。*通过抓班子、

左图为高闸镇怡和人家小区和美风广场；右上图为工人们正在田间采摘港菜；右下图为高闸镇志愿者开展文明实践宣传活动 摄影：马小林

带队伍、建阵地、提服务、强监督等举措，确保党组织在更大范围、更宽领域、更深层次上激发出乡村治理“人人参与、人人尽责”的强大活力。2020年，高闸镇建成李桥村200平方米社区服务站，打造出1500平方米党建领航馆及小镇记忆馆，公开考选村党支部书记1名。

“减”少脏乱污差，进一步优化农村人居环境。2020年是高闸镇农村人居环境整治巩固提升年，该镇将继续推行环境卫生“笑脸”积分制，通过笑脸评比、积分兑换的方式，充分调动村民积极性，营造人人爱干净、户户争先进的良好氛围。

“乘”倍和谐稳定，持续推进基层法治化水平建设。依托530平方米标准化法治阵地，强化法治宣传，倡树法治理念，提升法治素养，营造依法行政、公正司法、全民守法的良好法治环境。2020年高闸镇重新进行了网格划分，新聘任了86名基层网格员，以网格化管理，促进基层社会和谐稳定。

“除”去陈规陋习，积极倡导乡村文明新风尚。该镇以社会主义核心价值观为引领，持续推进移风易俗，成立了红白理事会、修订了村规民约，不断提高群众自我教育、自我管理、自我服务水平，努力形成崇德向善、诚实守信、互助友爱的良好社会风尚。

奏响“提升曲”，乡风文明进一步改善

2020年以来，高闸镇坚持以人民为中心，牢固树立新发展理念，持续巩固自治区文明单位，深入探索推动农村精神文明建设提档升级、出新出彩。

借助环境卫生“笑脸”积分制管理成功经验，将文明实践、环境卫生、志愿服务、移风易俗当前重大工作任务有机结合起来，探索创新出了乡风文明建设“笑脸”积分制。

通过开展文明实践、环境卫生、志愿服务、移风易俗四张“笑脸”评比活动，充分动员广大群众参与乡风文明建设，发挥榜样的示范带动作用，激发群众争当先进、勇于奉献的内生动力，着力推动乡风文明美起来，为决胜全面建成小康社会提供有力的精神支撑。在朱渠村怡和人家、周闸村3组建成了2个乡风文明广场，在对村庄进行绿化、亮化、硬化的同时，用彩绘将“社会主义核心价值观”“中华传统美德”“二十四孝”“家风家训”等内容在墙面上展现出来，让村民的文明意识在潜移默化中得到提升。

借助高闸村阵地建成了镇新时代文明实践所，构建起了镇村两级文明实践体系，定期开展文明实践活动，紧密联系群众、凝聚群众、服务群众。截至目前，共开展文明实践活动120余次。在韩桥村，80多岁的独居老人梁有高兴地说：“儿女不在身边，这些穿红马甲的孩子经常来看我，我很感谢！”

奏响“发展曲”，乡村文化进一步繁荣

文化是农民过上美好幸福生活的重要内容，是社会文明程度和群众生活质量的重要标志。高闸镇享有“全国文化之乡”美称，借助乡村文化源远流长、民俗风情绚丽多彩的独特优势，积极顺应农民群众对精神文化的热切期盼，把文化惠民、文化乐民、文化育民、文化富民结合起来，完善农村公共文化服务网络，丰富农民精神文化生活。

聚资源、强阵地，夯实基层文化管理。扎实推进基层公共文化服务标准化建设，改造完善350平方米镇综合文化服务站，全天候对外开放，为群众提供休闲文化场地。全镇现共有农民文化广场25个、村级文化活动室7个。

汇人才、强团队，文化理念沁人心脾。借助商科农民文化艺术团队，广聚各类民间文化艺人，培育一批富有农村特色的社火展演队、健身操舞蹈队等农民文化艺术团队。将社会主义核心价值观、文明城市创建、移风易俗等内容进行有机融合，创作推出一批符合新时代发展的文艺作品，让农民群众“长见识、富脑袋”，实现了由单纯文化活动向丰富精神追求的转化，增强群众的文化归属感。

转观念、强活动，文化事业新跨越。将乡村文化复兴作为乡村振兴的重要内容，借助节假日及扫黑除恶、文明实践等，广泛开展各类文化汇演。坚持以乡村为舞台，以农民为主角，以“弘扬优秀文化精神、建设文化大镇”为宗旨，大力推进文化事业健康发展，举办“美丽高闸・文明利通”农民文化旅游节，开展文艺汇演、社火展演、农民运动会、读书观影、书画摄影、手工艺品展览等形式多样、内涵丰富、特色鲜明的系列群众文化活动，满足广大群众追求美好生活的愿望，高质量推动群众文化发展和繁荣。

政贵有恒。近年来，高闸镇党委、政府以实施乡村振兴战略为抓手，以镇域经济社会发展为主线，以建设‘国家农业生态公园特色镇’为目标，调整产业布局、夯实基层治理、推进乡风文明、发展乡村文化，举全镇之力逐步打造文明、和谐、美丽、富裕的新高闸。

“岁月不语，唯石能言。”新时代新气象，在高闸镇一草一木一楼一景的沉淀中，“笑脸”盈门，文明拂面，正以乡风文明助推乡村振兴和高质量发展，既有“颜值”，也有“气质”。

河北省衡水市桃城区东明村

东明市场大发展 服务城乡做贡献

链接： 肖同豹，中共党员，现任衡水市桃城区河东街道东明村党总支书记，衡水东明村企业管理集团有限公司总经理。系衡水市第一届党代会代表、衡水市第三届人大代表、衡水市桃城区第二届和第四届人大代表。2001年荣立一等功，受到了时任总书记江泽民同志的亲切接见；曾获得"全国商品交易市场终身贡献奖"，曾被河北省委评为河北省优秀党组织书记、被河北省授予"河北省创业功臣"称号，获评衡水市"2005年度经济人物"，多次被市、区授予"优秀共产党员""优秀党组织书记""优秀企业家"等荣誉称号。

东明村党总支书记肖同豹

从河北省衡水市桃城区河东老城的东明市场传来消息：2019年，东明市场集群就业人员超过2万人，纳税超过3500多万元，东明物流园日均进出车辆超过7000辆次，市场绿化面积超过10%……

"对东明村集团而言，2019年是发展的一年，超越的一年，更是为社会服务、踏上新台阶的一年。"东明村党总支书记肖同豹深情地说。

冬季的凌晨三四时，多数人还在温暖的被窝里酣睡时，东明蔬菜批发市场、东明果品批发市场已经热闹起来了。满载新鲜果蔬的大车一辆接一辆地进场占位，小商小贩们一阵讨价还价后匆忙装车走人。批发商欢喜地数着票子，瓜果蔬菜经小商贩、大超市走进千家万户……

待天亮，东明陶瓷建材城、石材市场、金座建材商场、京衡大街建材城、银座建材商场开门迎客。东明物流园和仓储中心也开始活跃起来——整个东明市场开启了繁忙的一天。

看着充满活力的市场，如织的车流，东明村70多岁的肖福春感叹道："20多年前，这一片可都是荒地啊。臭水、垃圾遍地，大坑小洼连片。谁能想到如今会变得这么繁华？村'两委'班子带领大伙儿发展集体经济，让村民变成了股民，把满满的幸福攥在手心里！"

往事不堪回首

话说20世纪90年代初期，地处城郊接合部的东明村是附近有名的落后村。那时候的东明村人均耕地只有0.45亩。一个五口之家，才有两亩多地。虽说靠近主城区，但村民的思想观念普遍保守，仍旧以土地收入为主要经济来源。然而，耕地太少，地头又长，分到每家每户的土地大多是条形的，根本无法实现机械化作业，耕种、收割都比较困难。面朝黄土背朝天地劳作一年，掰着手指头算算账，还赔钱。老百姓种地的积极性连年下滑。"种地，赔钱；不种，又觉得可惜。种地反倒成了村民的一种负担！"聊起20多年前的情况，东明村70多岁的离退休老干部徐保成感叹道。

放弃种地进城当壮工的村民越来越多。于是大片的好耕地闲置下来，成了荒地。本村村民拉土垫宅基，外村村民半夜偷土的事时有发生。短短两三年，东明村的耕地成了一条宽二三十米、深三四米、长达400多米的大坑。有的村民在荒芜的土地上私搭乱建，在大坑里养猪养羊，垃圾、污水遍地，臭气熏天。村民们都盼着村集体能早日把土地收回，统一规划、统一使用、统一经营。

摸着石头过河

1996年，37岁的肖同豹众望所归担起了东明村党支部书记的重任。这位军人出身，退役后干过个体运输，当过副食品店经理、摩托维修技校校长、纸箱厂厂长的老党员，始终保持着军人爱党爱民、雷厉风行的作风。"我认为基层干部的工作不能仅仅是给老百姓盖盖章、开个介绍信、调解邻里矛盾，更重要的是要带领乡亲们共同致富！"年过花甲的肖同豹坦诚地说。

顺应村民的意愿，肖同豹带领村"两委"班子顺利地将土地收归集体，对土地开始了治荒治乱，拆除砖窑厂，使土地连方成片，统筹规划、统一耕种，并事先约定好，按每亩700公斤小麦以市场价格补贴村民。让无心种地的村民能踏踏实实到城里去做小买卖或打工。那时候，村集体勒紧裤腰带购买了大型农业机械，准备大干一场。连续忙活了两季，庄稼收成虽尚可，然而按市场价格一算，乡亲们的收入还是偏低，与之前预想的相去甚远。

当过兵的肖同豹有一种不服输的劲头。他深知任何一种经济形式都不可能一试即成，但也不能把鸡蛋都放在一个篮子里。他思前想后决定再次大胆尝试，摸着石头过河。

1996年下半年，东明村利用城乡接合部的地理优势，先后开发建设了农产品蔬菜果品批发市场、建材家居市场，开始了向商品贸易批发市场开发建设作为东明村发展集体经济的探索。

正当"山重水复疑无路"的时候，肖同豹发现蔬菜市场越来越热闹，周边十几公里，甚至更远的农户都会赶到东明蔬菜批发市场卖菜，而市区的很多饭店经营者、单位食堂、小商小贩都来东明蔬菜市场采购。"实践出真知！当时我就觉得我们已经摸到了过河的石头——充分利用区位优势，把农产品市场做大做强，成为衡水及周边县市的菜篮子，为集体增收！"肖同豹激动地说。

东明市场大发展

明确了奋斗方向的东明村乡亲们，在村"两委"班子的带领下，干劲十足。很快扩大了蔬菜市场规模，同时加强管理、提升服务水平、完善各项制度。东明村的蔬菜市场很快成长为叫响衡水、辐射周边多个地市的大型市场。

进入新世纪之后，东明村村民依靠蔬菜市场的收入补贴，日子明显好了起来。但村"两委"班子并没有小进即满、小富即安的思想。"比起南方经济发达地区的城乡接合部农村来，咱确实还有差距。必须乘着改革开放的东风，借着党的好政策，快马加鞭搞发展。"肖同豹说。从1996年到2015年十几年间，东明村先后发展建设了东明蔬菜果品批发市场、农产品冷链物流仓储批发中心、陶瓷建材城、京衡大街建材城、建材金座、银座家居、物流园区、仓储中心、石材市场，丰富了市场商品种类，初步形成涵盖农产品、建材、石材、物流、仓储为一体的现代化大型综合市场。为了使集体企业更加规范，走上现代化高效管理、运行之路，2002年，在上级政府的大力支持下，东明实业有限责任公司成立，全体村民都成了公司的股民。同年成立东明村党总支，壮大了党员队伍，加强了党建工作，使党的好政策在东明村落地生根。

随着"东明"品牌的金字招牌越来越亮，四方商户纷至沓来，东明市场的繁华与日俱增，市场的软硬件远远不能满足现实需求，加之紧邻衡水中学，一到放假的日子，方圆5公里之内拥堵不堪。

基于此，东明村党总支经过周密研究，决定将市场向南、向东搬迁。在市政府、区政府有关部门的大力支持下，2013 年 7 月，东明蔬菜批发市场和果品批发市场完成了搬迁工作。在此之前，东明实业有限公司更名为东明村集团公司，总资产实现 20 亿元，标志着东明村的集体企业踏上了一个新的台阶。

如今的东明村集团每年为集体创收 6000 多万元，集团公司和入驻商户每年为国家纳税 3500 多万元。东明市场的发展也一定程度上拉动了相关产业的发展。云集的近 2000 户商家创造了 5000 余个就业岗位，同时也带动了运输业、餐饮业、旅游业等的发展。

东明市场全景

近年来，东明村利用先天的区位优势，借助国家相关政策，大力发展城乡接合部集体经济也得到了相关部门的认可和肯定。东明村被中国村社发展促进会授予“中国特色村”称号，被农业部授予“定点市场”“农业部农产品价格信息发布指定单位”，东明村集团公司被河北省授予“三星级诚信市场”、河北省“农业产业化龙头企业”，被衡水市政府评为“百强村”“发展集体经济先进村”；东明村党总支被省委评为“全省优秀党组织”。

村民幸福乐心田

“说一千道一万，村民共同致富是关键！”肖同豹坦诚地说，老百姓收入的增加，是干好基层工作的基础。这些年，东明村村民的日子着实地好了起来，乡亲们把幸福结结实实地攥在了手心里。

从 1999 年至今，东明村为 55 周岁以上的村民按年龄段每月发放补助金；村里的孩子上学，从小学到大学也都有补助金；全村村民的新农合医疗费用村集体统一承担，不仅如此，对大病、重病，新农合报销完后，村集体再报销 50%；对丧失劳动能力的村民，也有一定的补助金；不管谁家遇到红白喜事，村集体都补贴 2000 元；每年村里都会安排大伙儿旅游、定期体检，每到春节、中秋等重要节日，村集体给每家每户送去米面油。最让乡亲们津津乐道的是由农民蝶变成股民后，每年都能从集团公司分到让人心动的红利……

今天的东明村早已失去了面朝黄土背朝天、失去了破房屋烂房檐旧农村的面貌，今天的东明村高楼大厦，绿树成荫，市场繁荣，家庭和睦，呈现出了村风气正、和谐的新景象。东明村的村民一致感谢党的好政策，感谢各级党委对东明农村经济发展的关心和支持。

“倒回 20 年，哪敢想象这样的好日子？这多亏了我们村‘两委’班子的带动……”村民肖书林在宽敞干净的客厅里看着小孙子高兴地说。

谈及东明村的成功蝶变，当了 20 多年村党支部书记的肖同豹深有感触地说：“东明市场不仅是东明村村民的，更是衡水市人民的。我们要拥抱更多的人，不仅给东明村创造财富，还要承担更多的社会责任，稳定就业、确保食品安全，满足市场供应，丰富居民‘菜篮子’，促进全市农村、农民种植积极性，为乡村振兴做出更大的贡献……”

供图：衡水市桃城区东明村党总支

上海市浦东新区航头镇长达村

乡村振兴按下快进键

上海市市级美丽乡村示范村——长达村村口　摄影：钱晶晶

链接：长达村位于上海市浦东新区航头镇西部，村域面积 5.04 平方公里，耕地面积 3808 亩，由 35 个自然村宅组成，全村总户数 1670 户，户籍人口 3797 人。长达村夯实农业生产基础，发展高质量农业产业，创立了农夫果园、大地种苗、技丰塘、古鹤、喜地等专业合作社生产基地，已形成有影响力的金牌大米、猕猴桃、水蜜桃、翠冠梨、花卉等特色农产品。长达村 2011—2018 年连续四届被评为上海市文明村，2019—2020 年上海市健康村（居）委试点单位，2016 年被授予上海市美丽乡村示范村，2017 年被授予上海市农村社区建设试点示范村，曾获得 2014—2016 年浦东新区一级党支部、浦东新区老年教育居村示范学习点、浦东新区第三次农业普查先进集体、浦东新区市民健康自我管理小组、浦东新区平安小区、浦东新区村庄改造优秀村、浦东新区科普示范村（居）委等殊荣。

春暖花开、草木葱茏，在上海市浦东新区航头镇长达村的田间地头，机器轰鸣，勤劳的人们争分夺秒，一片热火朝天的施工景象，百果园基地土地平整工作正如火如荼地进行着。移步村中，白墙黑

深受市民喜爱的长达村金牌大米基地（左）、猕猴桃（右） 摄影：钱晶晶

瓦、红花绿树、小桥流水，处处春色撩人。

"现在，伲村环境越来越好，我们住得更加舒服、开心。"长达村 19 组村民笑着感叹长达村这几年来的巨大变化。

自 2018 年乡村振兴战略实施以来，长达村始终以美丽家园、绿色田园、幸福乐园的"三园建设"为引领，以生态好环境美、产业好生活美、治理好乡风美的"三好三美"为目标：充分发挥江南水乡的肌理优势，深化"农居焕彩"计划，科学规划村庄布局，寻找乡村色彩，描绘江南农村天际线，在农旅融合上做足文章；积极引入阿里巴巴数字农业产业基地、盒马高标准果蔬基地和生态民宿等产业项目，扩大深化以地域品牌为联结的农业产业联合体发展，推动一二三产融合发展，以产业兴旺引领乡村振兴；持续完善村民自治共治制度体系，进一步发挥基层党组织的战斗堡垒作用，传承文明乡风、激发百姓活力、唤醒乡土智慧，真正做到"伲老百姓的事，自己想、自己干、自己管"。

党群齐参与，村庄环境大变样

行走在长达路上，只见道路两侧开阔、清爽、敞亮，清澈蜿蜒的河水傍村而过，处处绽放美丽风景。一些家门口上的"美丽庭院星级户"的牌子更是耀眼夺目。

在促进乡村内外兼修中，长达村以"美丽庭院"创建为切入点，积极发挥"一委三会六平台"自治议事体系作用，充分发挥村民自身的主体作用，一人带一宅、一宅带一组、一组带一村，实现了村庄环境的"大变样"，为美丽乡村建设打下了扎实的基础。

通过自治议事体系，村民们积极响应，纷纷建言献策，共同商议村里的大事小事，把"村中事"变为"家中事"。党员干部入户走访收集意见建议的同时，村民也结合村情提出很多缔造"醉美长达"的"金点子"、好办法，比如在沿河点缀建造景观步道，方便村民休闲散步。

长达村党总支充分发挥党员干部在凝民心、聚民智、谋发展、促和谐等方面的先锋模范作用，有效构筑村级党组织—党员—村民三方"共谋、共建、共管、共评、共享"社会治理格局，形成了"党员跟着干部走、群众跟着党员行"的良好氛围，使党员和群众更加紧密地团结在一起，党群一心积极投身到巩固"美丽庭院"建设成果、建设美丽新农村的大潮中，全面助力乡村振兴。

与此同时，长达村在打造"醉美长达"的过程中，依托政府的政策支持和资金扶持，实施"五连通"工程，道路连通成网、河道连通成系、林绿连通成片、污水纳管成带、灯光连通成线，并且在河边路边，嵌入"小菜园""小花园""小果园"，营造出优美的田园风光，绽放出了别样的风情。在持续推进垃圾分类工作中，长达村还购置了 10 辆智能垃圾车和 1 套智慧云系统，借助智能垃圾车和智慧云系统，全面开启了生活垃圾的智能化分类，做到了垃圾减量率 65%，分类覆盖率 100%，真正实现了"湿垃圾不出村"的目标。

撬动新支点，释放产业新动能

乡村振兴，产业发展是关键。在提升人居环境的同时，长达村注重产业发展。该村保留着较好的江南水乡肌理，呈现南林北田、宅随浜就的村落布局，林地覆盖率 21%，153 条河道呈鱼骨状辐射，流淌着浦东的过去、今天和未来。

借助良好的自然生态环境，长达村因地制宜地积极探索"土地向规模集中、经营向品牌集中、服务向专业集中"的"三集中"战略：（1）加快实施农民集中居住的"上楼计划"，推动土地规模化种植；（2）发展壮大农夫果园、技丰塘等专业合作社生产基地，形成有影响力的金牌大米、真一牌猕猴桃、水蜜桃等特色农产品品牌；（3）建立农机服务中心，推动冷链物流仓储、烘干机房等生产配套服务共享，引入盒马鲜生，通过深度集成阿里物联网技术，打造数字农业基地，试点订单农业发展，建立从农业基地到盒马产业基地再到盒马门店的全链路，实现农业生产的智能化转型。

与此同时，为拓宽农民增收渠道，长达村将农户纳入现代农业经营体系，扩大深化农业产业联合体发展，形成"龙头企业 + 合作社 + 家庭农场"的新型农业经营主体联合发展模式，让农民和土地参与到农产品流通环节的二次分配。

美丽庭院 摄影：宋平生

航头镇乡村振兴推进办有关负责人介绍说，按照规划，在壮大良元稻米联合体的基础上，还将积极培育"红美人"良橙、花卉等特色产业，提高单位土地产值，同时利用闲置村宅引入民宿项目，打造生态旅游的文旅综合体，实现生态农业与旅游的完美结合，带动实现农民增收。

如今，在乡村振兴的大潮中，长达村人居环境持续改善，乡村"颜值""气质"不断提升，逐步构建起独具特色的"田园新里"。

点上出彩、线上成景、面上透美，长达，这个"江南乡愁小村"每天都在发生着蜕变，绽放出美丽新颜！一幅处处呈现出生产发展、环境优美、村风淳朴的浓墨画卷在长达大地上正徐徐展开，处处有新的希冀！

江苏省苏州市相城区渭塘镇盛泽荡村

一条“彩虹路” 凝心又聚力

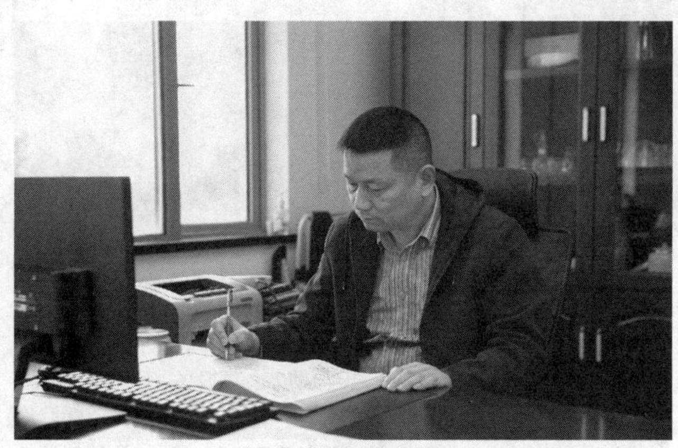

盛泽荡村党委书记宁林元

链接：苏州市相城区渭塘镇盛泽荡村位于盛泽湖西侧，东临524国道，南至渭中路，北至北雪泾河。目前常住户籍人口共2403人，共有共产党员108人。近年来，盛泽荡村党委不断创新工作举措，全力推进人居环境从“脏”到“净”、从“乱”到“齐”、从“黑白”向“彩色”的转变，实现了村容村貌的提升和村风民风的改善。先后获评苏州市人居环境整治示范村、苏州市“三清一改”亮点村、苏州市文明村等荣誉称号。

夏天的傍晚，退去白天炽热的暑气，晚霞映照下的村庄，每一条小河浜、每一块田园都透着宁静和安详。每当此时，村民徐秀凤总爱约上四五好友，沿着村里的红黄蓝三色健身步道走一走。

在盛泽荡湖西侧，有着渭塘东大门之称的盛泽荡村由李浜、中南两个小村庄合并而成，辖区面积约5000亩。在这个不起眼的小村庄里，一条串联起村庄内93户村民的“彩虹路”，不仅让村民们更有获得感、幸福感，更把党员干部和居住在村内的200名村民、动迁居住在外的2000余名村民的心凝聚在一起。

翻开盛泽荡村党委书记宁林元的笔记本，上面密密麻麻地记录着村内的大小事务，“小村庄也可以很精致，通过党员多跑腿，为群众办好事实事，齐心协力绘就小村庄的新图景。”宁林元说。

道路“白”变“黑”，村民心里更舒坦

“从家里出来，沿着‘彩虹路’走一圈回到家，大概半个多小时，不仅可以锻炼身体，沿路遇到老邻居了，还能聊聊天。”提起这条“彩虹路”，徐秀凤赞不绝口，“我现在虽然住到钻石家园去了，可就是爱回村里走一走，看到村里环境越来越好，心里别提有多高兴。”

徐秀凤所说的“彩虹路”，是一条1500米长的红黄蓝三色健身步道，依屋傍水而建，环绕桥头、小娄角、田肚浜三个自然村庄。沿河岸边的步道用红砖砌了花坛，栽种各色花草树木，美观之余，也为村民健身拉起“安全防线”。村里还在桥头、小娄角、田肚浜三个自然村开辟了近50亩地，供村民种植蔬菜。

在盛泽荡村，很多自然村落都已动迁，目前仅剩桥头、小娄角、田肚浜三个自然村庄，居住在这里的村民以老年人为主。“村庄里现有本地村民93户约200人，其中只有20多户是老少同住，老年村民占80%。”盛泽荡村党委副书记徐红琴介绍，村党委号召20家企业共同出资修建了这条健身步道。

“以前是泥巴路，坑坑洼洼的，后来变成了石子路、水泥路，现在变成了柏油路。”徐秀凤说，抬抬脚，走出家门就能锻炼身体，日子越过越舒坦。

道路“白”变“黑”，不仅让村庄换新颜，将路修到了群众身边，更让村民们生活更舒适、更安全，这条路通向了群众的心里。

道路两旁，村民屋前院后的杂物彻底消失了，村庄干净整洁；蔬菜地规划齐整，全村93块“美丽菜园”已全部完工，实现现存未动迁自然村农户全覆盖；桃林、梨园、橘园、枇杷园、月季园、桂花园、樱花园等，成了村民身边的最美风景；村里还配备了十余种健身器材，打造出一处处休闲健身场地……

这两年，这个不起眼的小村庄荣誉不断，短短一年时间，盛泽荡村所有提升村庄均已入围相城区人居环境整治红榜。

参与村庄建设治理，一个村民也不能少

2021年年初，“老朱议事室”在老党员朱雪根家的客厅挂牌，成了朱雪根家最亮眼的背景墙，也是渭塘第一个设在党员家中的议事厅。

今年70多岁的朱雪根已有近40年党龄，退休前曾任盛泽荡村

苏州市文明村——盛泽荡村远眺

经济合作社社长。他的家正位于“彩虹路”沿线的桥头自然村，村民们生活中遇到的大小事，都爱去朱雪根家讲一讲。

“前两年村里推进违章建筑整治、‘散乱污’企业淘汰的时候，村民们来反映问题的比较多，有些事大伙想不通。”朱雪根告诉记者，早在20世纪80年代，渭塘的村级集体经济就得到了快速发展，“当时要发展，大伙就忙着盖房子，不管是厂房还是住房，都很好出租。”

当年发展起来的集体经济产业落后，在环境保护上存在问题，且不少厂房不规范、不标准，需要拆除，“老百姓总觉得‘建是好事，拆不是好事’。”朱雪根便挨家挨户上门做工作。

近三年来，盛泽荡村共淘汰“散乱污”企业（作坊）56家，拆除违章建筑3万余平方米。“从2021年开始，来反映问题的村民少了很多。”村民们的“麻烦事儿”少了，朱雪根明白，不是村民们不信任他，而是大家都想为村庄建设出力。

“盛泽荡村还有2000名动迁居民，分散居住在玉盘、钻石、翡翠、珍珠湖等社区，虽然不住在村里了，但村里的大小事务，他们从不缺席。”徐红琴说。

2021年6月，盛泽荡村召开村民代表大会，针对《盛泽荡村村庄环境长效管理提升方案》《2021年度盛泽荡村重点工作计划》等事项进行商议、表决，身为村民小组长的徐秀凤参加了会议，并投出宝贵的一票。

会后，徐秀凤立刻将会议情况发布在“李家浜父老乡亲群”里。“每次开完会，我都会立即把情况发布在群里。这个群里一共有71个人，涵盖了原来李家浜自然村15组的54户村民。”徐秀凤告诉记者，村里大小事务，都要召集15个村民小组长回村开会，一个都不能少。

“人不在身边，心还在身边。通过‘四议两公开’，广大村民共同参与村内事务、村庄治理，心在一起了，什么都能干，什么都能干成。”宁林元说。

党员、村民、企业，携手共塑文明新风

一条“彩虹路”，不仅串联起了自然村庄、凝聚了人心，更让文明之风遍地开花。

2021年3月，盛泽荡村辖区内的欣业塑料、苏文电器等4家企业通过镇慈善会向困难群众周熙龙送去善款25000元，全部作为周熙龙小孩医疗救助的专项帮扶资金。

原来，2021年3月，周熙龙5岁的儿子不慎落水，由于落水时间过长，孩子至今没有恢复意识，日复一日，高额医疗费让这个本就不富裕的家庭面临着更大的困难。

盛泽荡村古城墙

周熙龙家位于“彩虹路”的小娄角自然村，在走访中得知周熙龙的情况后，党员们纷纷发起捐款，共募得款项8150元。在全村党员的带动下，周边的村民也自发来到周熙龙家里慰问捐款。

“我们是从村民那里知道这个事的，也听说了党员和村民在捐款，作为我们盛泽荡村的企业，也该出一份力，这是我们企业的社会责任。”欣业塑料厂党支部书记赵国荣说。

盛泽荡村民政条线工作人员为周熙龙家申请了临时救助和困境儿童两项临时救助款5000元；渭塘镇慈善机构拨付10000元慈善款；太平洋保险公司支付救助款30000元……截至目前，在各方力量的帮助下，这家困境家庭共获救助款85000元。

党员、村民、企业三方联动帮扶困难家庭，“善美之风”让乡风民风美起来。

“从去年开始，通过党员与村民结对帮扶，在精准服务群众的同时，带动了乡风文明。”宁林元说。目前，盛泽荡村共有党员108名，除了70周岁以上的年老体弱党员不要求结对外，其他74名党员每人结对7至8户农户，通过走访填报《党员、村民结对活动联系表》，定期为村民送去服务，打通与群众之间的“最后一百米”。

“我们村老人多，谁家有老人去世，我们会在群里喊一声，每家每户派一个代表，去这家人家帮忙，‘送一送’老人。”徐秀凤说。

不乱扔垃圾、不随意停车、不散养家禽、遛狗要牵绳……在盛泽荡村，“村庄十大文明”正号召全体村民共建美丽乡村，同塑文明新民风。

来源：《苏州日报》

左图为盛泽荡村庆祝中国共产党成立100周年党员大会上少先队员和年轻党员为50年以上党龄老党员献花；右上图为村党委书记宁林元上党课；右下图为彩虹路边的“老朱议事室”

江苏省昆山市巴城镇龙潭湖村

题在画上的一首诗

龙潭头自然村航拍　摄影剪接：钱建忠

链接：近几年来，龙潭湖村经过全体干部群众的共同努力，先后获得江苏省卫生村、江苏省生态村、江苏省水美村庄、江苏省健康村、江苏省创业型村、苏州市美丽村庄、苏州市十佳最美乡村、苏州市康居特色村、苏州市文明村、苏州市农村人居环境整治工作示范村等省、市级荣誉称号。

在每个人心中，都有一片世外桃源，那里有炊烟袅袅、有柳绿桃红、有良田稻浪、有婉转鸟鸣、有亲情守望。

位于巴城镇的龙潭湖村就是这样一处让人心灵回归本源，望得见山、看得见水、记得住乡愁的世外桃源。如果说，水乡古镇巴城像一幅画，画出了三生花草、红思绿愁、烟波柳月，那美丽乡村龙潭湖则是题在这幅画上的一首诗，吟诵着千古传奇、青瓦白墙、菱虾荷鱼、词话书茗。

人文之美——处处润心灵

龙潭湖村地处巴城镇南部，村域面积3.8平方公里，下辖11个自然村，现有村民家庭503户，户籍人口1826人。地理位置优越，水陆交通便利，古城路、祖冲之路、城北西路越村而过，距离苏州、上海车程均在1小时之内，古塘河、傀儡湖水系充沛，洪旱可控。村级经济以特种水果种植销售，打工楼、村级存量资产出租为主。

说起龙潭湖村名的由来，还有一个美丽传说。据《巴城镇自然村图志》记载：“相传一条犯错之龙被斩首落地成湖，湖曰龙潭，村以湖名，曰龙潭头。”据村民反映，龙潭湖早年曾经干过湖，发现湖中有潭、潭中有井、井中有鱼，西北岸有瓦罐陶器若干。

漫步在龙潭湖村，映入眼帘的是粉墙黛瓦的民居楼，清澈如翡翠的河水，蜿蜒的健身步道，精致的苏式路灯，飘香的果园……

环境好，风景美，村民守着“绿水青山”端上了“金饭碗”。立足新农村建设，龙潭湖村按工作计划和目标，全力做好村级资产管理、村级经济增收、村庄环境整治和长效管理工作。打造现代化农业园（葡萄休闲观光基地），在300多亩的果品基地里，种植优质水蜜桃、葡萄、枇杷、日本甜柿等特色水果，着力推出生态果园和绿色果品，赢得市场青睐，提高了经济效益。

经过全村干部群众的共同努力，近年来，龙潭湖村先后获得江苏省卫生村、江苏省生态村、江苏省水美村庄、江苏省健康村、江苏省创业型村、苏州市美丽村庄、苏州市十佳最美乡村、苏州市康居特色村、苏州市文明村、苏州市农村人居环境整治工作示范村等省、市级荣誉称号。

环境之美——宜居怡人地

由于村庄周边工业企业多，外来人口多，龙潭湖村具有管理上的先天不足。

乡村振兴的质量和成色，既要靠美丽乡村打底色，以良好生态为支撑，又要以长效管理为保障。

按照先造人、再造物的思路，龙湖潭村在各村庄主要路口安装治安监控。以清洁家园、清洁村庄、清洁河道，整治违法建设、整治乱堆乱放，绿化提升“三清两整一绿”为目标，以“改造、整治、拆除、增靓”为路径，落实“一户一宅”责任制，项目化推进村庄环境综合治理，做到汽车开得进、污水排得出、垃圾出得清、绿化种得美、路灯照得亮、健康有场所。村安全小组每周定期在村内检

北家库自然村航拍　摄影剪接：钱建忠

查安全工作，确保辖区内无安全事故发生，保障村庄、河道的平安和美丽整洁。

龙潭湖村共投入2000多万元，对北家厍、龙潭头等几个自然村进行整治改造，拓宽村庄道路、设置健身路径、布置绿化景观等，把农房变为漂亮的“别墅”，提升了村民居住、生活的舒适度。目前，龙潭湖村4个保留村庄的农房翻建率已达到90%以上，吸引年轻一代纷纷回乡居住，共同享受“水清岸绿、河畅景美、宜居怡人”的幸福家园。

产业之美——现代化农业园

围绕“产业兴旺、生态宜居、乡风文明、治理有效、生活富裕”的总要求，龙潭湖村在尽可能保留乡村原始风貌的基础上，让乡村更美，让村民更富。

龙湖潭村拥有300多亩品质优良的葡萄、枇杷、水蜜桃、日本甜柿等特色果品基地的现代化农业园，引导多数农户在家门口从事各种特色水果的种植、销售工作，以及大闸蟹养殖销售、农家乐经营、羊绒产业经营等，每年获得较大的经济效益。村级经济保持持续、稳定、健康发展，呈现结构优化、效益提升、民生改善的良好态势。

在“乡美村红”特色党建品牌创建中，党员“亮身份、受监督、树典型”，在村里果蔬专业合作社种植户、市场经营户、特色水果行业三个层面抓种植户典型示范、抓经营规范管理、抓行业品牌效应，创建了绿色、无公害食品品牌。同时，整合葡萄、枇杷、水蜜桃等水果资源，注册了“古塘靓果”“巴城葡萄”商标。

经过努力，龙潭湖村获得巴城镇“葡萄休闲观光基地”“江苏省五好农民专业合作社”“全国早、中熟优质葡萄评比优质奖”，“晚白凤”水蜜桃获“苏州市第五届地产优质果品金奖”等美誉。龙潭湖村以党建文化推动行业良性竞争，打造特色文化品牌，以党建品牌促进了“巴城葡萄”等水果产业的健康发展。

最是好风凭借力，乡村振兴正当时。“望得见山、看得见水、记得住乡愁……”这个诗意盎然的乡村振兴梦，如今在巴城龙潭湖村变成了现实。相信，随着乡村振兴战略的稳步推进，以龙潭湖村为代表的美丽乡村，将在昆山的土地上不断涌现，一个令人振奋的“农业强、农村美、农民富”的新时代、新乡村和新图景将逐步呈现在人们眼前。

作者：陈林、王慧鑫、王娟

浙江省台州市路桥区路南街道方林村

在追逐梦想的大路上飞奔

方林村方林小区全景图

链接：十八大以来，台州市路桥区路南街道方林村先后获得全国先进基层党组织、全国创先争优先进基层党组织，全国文明村、全国民主法治村、全国首批生态村等18项国家级殊荣和20项省级荣誉，村党委书记方中华，荣获了全国劳模、中国功勋村官、省千名好支书、省优秀共产党员、浙江省治村名师等荣誉称号，是第十一届、十二届、十三届全国人大代表。

小康生活是个什么样子？

对于浙江省台州市路桥区路南街道方林村73岁村民谢文元来说，生活富足、笑口常开，就是小康生活。“村里的股份分红、退休金加起来，我们老两口每年能拿到7万多元。吃住有保障，看病旅游不用愁，平时还能打打太极拳、跳跳广场舞。现在的日子，真好！”

谢文元见证了祖国的繁荣昌盛，也目睹了方林村的“脱胎换骨”。

40多年前的方林村是一个贫穷落后的小村，村民人均年收入仅147元。沐浴改革开放的春风，在时任方林村党支部书记方中华的带领下，全村人进取拼搏，走出了一条以市场兴村、全民创业、共同致富的创业创新之路。2004年和2005年，时任浙江省委书记习近平两次莅临方林村视察指导，给方林人带来了极大鼓舞。

2019年，方林村市场总成交额208亿元，1136位村民的人均纯收入超11万元，人均股权分红及各项福利达3.5万元。“吃粮有保证、上学奖学金、看病能报销、养老有保障、资产变股权、社员当股东、家家住别墅、户户生态园”的梦想成为现实。

方林村先后获得全国先进基层党组织、十佳中国美丽村庄、全国首批文明村、全国小康村、全国首批生态村等荣誉。

半村皆市场，方林人钱包鼓了

1968年，李仙琴从路桥新桥镇嫁到方林村。

“家家户户都种田，住土瓦房。衣服是大人的破了，改了给小孩，小孩的小了给弟弟妹妹穿，一件衣服能穿多年。”李仙琴感叹，那时能维持温饱就已经很幸福了。

改革开放前的方林，村里连一条像样的路也没有。一下雨，路上坑坑洼洼，被人戏称“石路窟”，坊间都流传“嫁囡不嫁石路窟”。

改革的春风吹进了“石路窟”，激发了方林人对美好生活的向往。

1983年6月，年轻的村书记方中华上任了。当时，国家提出“无农不稳，无工不富，无商不活”的发展思路。方中华抓住发展契机，多次召开党员、村民代表会议学习相关文件精神，着手谋划村庄发展。

方林村紧靠全国闻名的商品集散地路桥市场，104国道穿村而过。不少村民在国道两边建起旧机械设备马路市场。一个大胆想法在方中华脑海中迸发：兴办市场是条好路子！

1984年10月，路桥旧机械设备市场在方林村挂牌开张。村干部们一心想办好市场，只要客户能来，不管白天黑夜、刮风下雨，大伙一起上车卸货，当起经营户的免费搬运工。

当年，这个规模仅0.6亩的小市场，实现了45万元的成交额。方林村挖到了第一桶金，兴办市场的热情便一发不可收拾。随后，路桥客运南站、货运南站等市场次第兴起。

1994年，方林村集体收入扭亏为盈，收入达207万元。彼时正逢台州撤地设市、路桥建区，村“两委”又提出一个大胆想法：重塑新方林！

村里请来上海同济大学规划设计院对全村经济社会、村庄发展

方林村全家福

进行全面规划，把方林规划为四个区块——工业区、商业区、住宅区和农业区，并对各个区块进行科学定位，确立了近期、中期和远期发展规划。这是新中国农村的第一个村庄规划，开创了村庄建设规划先行的先河。

2002年，短短100天的时间，方林汽车城在180亩的空地上拔地而起。二手车消费理念的深入和新车保有量的增长，为国内二手车市场提供了良好机遇。2009年，方林村又建起了二手车市场。

半村皆市场，三产唱主角。靠集体经济的滚动发展，方林从小到大，从弱到强，开辟了一条市场兴村的新路。目前，已形成了汽车、摩托车、制冷配件、花卉、房产、机电、灯具等多个产业集群格局，拥有浙江方林汽车城、浙江方林二手车市场、浙江方林二手机械设备交易市场等五大市场。方林村从一个贫瘠小村，一跃变成了富甲一方的小康村。

户户住别墅，方林人生活美了

夏日清晨，阳光明媚，草木青葱。方林村村民王妙根早早起床，换好装备，准备去泳池里游上几圈，“生活什么都不愁，身体健康最要紧”。

不远处，路南中心幼儿园的老师正带着孩子们跳手指操。7岁的王思博小朋友差点迟到，他拎上书包飞奔进教室，赶上快乐暑假班。

临近中午，方林老年公寓内，沈仁森老两口买菜刚回来，就开始在厨房忙活。“中午儿子儿媳要来，包点饺子给他们尝尝。”

傍晚时分，结束一天忙碌工作的叶利芬夫妻俩坐在院子里陪父亲喝茶聊天，拾掇花草。

夜幕降临，方林公园小广场上，喷泉随着音乐翩然起舞，村民们带着儿孙逗趣散步，或三三两两闲聊家常，或组团跳广场舞。

恬静安逸的生活，是方林人平常的每一天。“好，真的很好。生活很幸福！”这是记者与村民聊天时，他们说得最多的话。

幸福感是一种主观感受。在方林村，村民的“幸福”可观可感。

方林苑内，绿荫满目、花香鸟鸣，整齐排列的花园别墅格外亮眼；免费的老人公寓、游泳池、网球场、篮球场、幼儿园、生态公园、文化礼堂、医疗服务中心等配套设施一应俱全。村庄花木覆盖率达60%以上，无烟尘、无噪音、无废水污染，不愧为全国首批生态示范村。

随着村集体经济发展，方林村让每位村民共享发展成果，形成“吃粮有保证、上学奖学金、看病能报销、养老有保障”等多达16项福利保障体系。

村里统一给村民缴纳农医保、养老保险、房产保险，全村村民可免费到市级医院体检；该村男60岁、女55岁以上的老人免费入住老年公寓；实行村民退休制度，每月发放1000元退休金；每年举办敬老节，发放寿星奖，每两年组织全村老人外出旅游；村庄还完成经济合作社股份制改革，合作社首次量化3.3亿元，总股份1100股，每股30万元。

生活条件越来越好，村民的精神家园也越发丰富。先后成立了农民大鼓队、合唱团、舞蹈队、篮球队、老年门球队等；2004年6月方林图书馆向全村人开放；2009年10月方林报双月刊发行；2018年又开放了文化大礼堂。

30年来，方林村还坚持开展“一张红榜促敬老”的“好公婆、好儿子、好媳妇、好女儿、好女婿、好孙子（女）”评选活动、“十星级文明道德新家庭”评比，以“最美榜样”“家风家训”来传承文明。

奋力求突破，方林村品牌响了

2020年7月2日，特斯拉中国公司业务代表赶赴方林汽车城，完成入驻签约，并于10月份开始对外营业。这是特斯拉中国在浙江设立的第三家集销售、售后、交付于一体的直营店，前2家分别在杭州和温州。

“我们与特斯拉的‘牵手联姻’绝不仅是一次简单的合作，这是我们携手拥抱未来的起点。”方林汽车城总经理周建林说。

方林村兴办的各类市场成了村庄发展的“燃油剂”。凭借“买车到方林、方便又诚信”的口碑，方林汽车城与方林二手车市场组合而成的路桥方林汽车产业服务集聚示范区，成为国内行业翘楚。

浙江方林汽车城俯瞰

2019年，方林汽车城市场成交额88.6亿元，方林二手车市场成交额105亿元。2020年2月17日，两大市场克服疫情带来的重重困难，率先实现复工。短短几个月里，销量全面回升。

方林二手车市场内，不少商户的门口悬挂着“党员经营户”“诚信经营户”的匾牌。党建引领、诚信经营是市场的制胜法宝。作为台州市首家破百亿市场、浙江省五星级专业市场，方林二手车市场打造诚信二手车市场样板，在转型升级的过程中总结出“方林模式”，这样的模式还得到了国内二手车行业的复制。

几年前，一批来自内蒙古的客人找到方林二手车市场，对方表示当地有意将一块土地打造成二手车交易市场，苦于没有相关经验，希望寻求合作。

2019年7月，由方林二手车市场与内蒙古国泰集团联手打造的内蒙古晨泰二手车市场盛大开业。方林二手车市场以技术、管理输出的方式参与经营，这也标志着方林村打响了品牌输出的第一战。

2019年9月，方林二手车正式进军国际二手车市场。首单二手车出口波兰、比利时，货值5.6万欧元。“我们以浙江为基础，辐射全国，迈向全球。将在目的国建立自己的营销网络，努力成为中国二手车出口产业龙头企业，助力浙江打造汽车出口大省，成为汽车国际贸易集散中心。”方林二手车市场总经理方崇奇说。

为进一步加快打响方林品牌，方林汽车城还在玉环建设了一个占地180亩的玉环方林汽车城，开业至今获得了较好销售成绩。

这些年，方林村犹如快速奔跑的列车。在“乡村振兴”的大潮中，方林村根据“产业兴旺、生态宜居、乡风文明、治理有效、生活富裕”的二十字方针，书写出了“新农村建设路桥样本”。

“如今，方林汽车城品牌走向了全国，更走向了世界。成就见证了市场发展，更体现了艰苦创业、干净干事、团结协作、奋进创新的方林精神。”方林村党委副书记、方林汽车4S党总支书记林荣辉说，方林村紧扣发展村集体经济这一关键，树立了“基本保障靠集体，勤劳致富靠自己”的致富理念，村民的获得感、幸福感、安全感全面提升。

作者：葛星星

供图：台州市路桥区路南街道方林村

浙江省淳安县屏门乡金陵村

一条山路承载的“金陵梦”

地处浙江西北山区的淳安县，以千岛湖而闻名。而在淳安的西北山区，竟也藏着一个以“云中千岛湖”而闻名的地方——金陵村。这个地处两省交界、最高海拔1000多米的小山村，因云雾缭绕，而形成了峰峦为岛、云海为湖的“云中千岛湖”景象，与山脚的千岛湖相映成趣，其日出金陵、石板屋顶、红茶山樱等，共同塑造了金陵网红村的美名。

但是正如韩愈在《游褒禅山记》中所说：“世之奇伟、瑰怪，非常之观，常在于险远，而人之所罕至焉。”作为淳安海拔最高、最为偏远的山村，金陵村从除村民外“人所罕至”到成为网红胜地，一条蜿蜒15公里的盘山公路，是这一转变的关键。也是顺着这条山路，记者将带着大家一起，来探寻小山村的追梦轨迹。

一个村的“愚公”，挖出了9公里山路

对金陵村的第一印象是什么？无论记者问哪位刚到金陵的游客，得到的答案都出奇的一致，那就是盘山公路的九转十八弯。实际上，当记者自己坐在车上时，几乎没有哪一次身体可以笔直不动超过五秒的时间。尤其是从山脚下到水竹坪自然村的9.3公里山路，更是名副其实的“盘山”路，落差极大，弯多且急。而金陵村“愚公开山”的故事，也正是由这条山路开始。

买袋米要一整天、下山必须要过夜，曾经的金陵村，因为没有公路，村民出行靠的都是两条腿和石板路，大山既是村民们赖以生存的依靠，却也成了改善生活、发展生产的阻碍。为了改变这一状况，1991年，金陵村的党员带领村民们想出了一条“愚公开山”的笨办法：自己动手、挖山修路！

没有路就造路，金陵村这一帮“愚公”，就这样凭着如此简单的理念，开始了自己的征程：没有人怎么办？全村18岁以上、60岁以下村民，无论男女均要每年投入四个月时间参加挖山修路，全员投入毫无例外；没有钱怎么办？村里担保，村民贷款，在那样一个贫穷的年代，平均每户都向银行借贷近万元！就这样，扛着锄头、背着负债，金陵村以一整个村子“愚公”的汗水和四年的时间，硬是在大山之中开出了一条9.3公里的盘山公路，将下山时间缩短了2/3。

今年已经80岁的老人罗桂花，在回忆当年那段岁月时，也忍不住感叹，那是她这辈子最辛苦、最劳累的日子：“那时候我还带着孩子，农忙的时候要下地，农闲的时候就每天在山里用锄头挖山，簸箕挑土，一天十多个小时，也不知道怎么熬过来的。”

“那么苦，你们都没想过，有没有其他法子，或找找其他帮助什么的？”

“我们村里人笨嘛，就用笨法子咯，自己的路靠别人怎么行，一锄头一锄头挖，总能挖出来的呀！”罗桂花笑着说道。

笨人就用笨办法，这样的回答，让记者也不禁感叹村民的“愚”。但也正是这样的“愚公”精神，不仅帮助金陵村开出了第一条盘山公路，也在日后的发展中，一直推动着这个山村的发展。

“轮胎书记”的朋友圈，让金陵有了第二条“出山路”

路有了，人没了。交通条件的改善，为金陵带来了出行的便利，也开启了乡村的凋敝。随着大量劳动力的外流，金陵村和大部分其他乡村一样，成为了游子们偶尔思念、却常年不归的故乡。加上自

左图为俯瞰“云中千岛湖”——金陵村；右上图为金陵村盘山公路；右下图为村民们正在修建盘山公路　摄影：方高庆、余诗祥等

身的区位劣势和仍然不算优越的交通条件，金陵村成为了全乡有名的贫困村。直到2017年，“轮胎书记”的出现，才让村子的发展再次迎来转机。

作为金陵村新任党支部书记，原本在杭州打拼的项家龙对于回家当村干部，其实也有过犹豫：“那时在杭州发展得不错，家庭和事业重心也都在那边。”项家龙说。而促使他下定决心回归故里的，是屏门乡党委同志的一句问话：“你入党的初心是什么？”这一句追问，让他摆脱了对现有舒适生活的眷恋，也克服了对困难和挑战的畏惧。“不忘初心，牢记使命，回来当村干部，看似是回归家乡，其实也是回归初心，回归使命。在这样的认识下，我才下定了回来的决心。”项家龙说。而在上任1月多月里，项家龙就踏遍了全村的每个角落。别看仅仅是一个村子，可自然村之间的距离远的有十几公里，几个月下来，项家龙就跑破了7个轮胎，也因此，让他得到了“轮胎书记”的美名。

“汽油当水用，轮胎当鞋换，之所以这么拼命，其实就是因为心里虚，”一边开车，项家龙一边与记者袒露了心声，“刚来的时候，村子的发展让我心痛，也让我迷惘，我这个村书记怎么干、村子未来怎么发展，老百姓能不能过得更好，肩负的初心和使命能否实现，一想到这些，我心里就急，就忍不住去多跑、多看、多问。”

不过，让项家龙自己也没想到的是，解决他迷惘和焦虑的，仅是一条朋友圈：原来，为了更好地与村民沟通了解情况，因村民们出工早，项家龙经常早上四五点起床，去山上林间找已经开始劳作的村民交谈，而在这一过程中，项家龙偶然发现了日出云海的壮丽景象，并立即拍下图片，发了朋友圈。也是这一条朋友圈，立马在他杭州打拼时结识的外地朋友之间传开。一时间，各种询问的消息就“轰炸”了他的手机，其内容则大多无外乎三个：这是哪里？如何去看？能否招待？

这样强烈的反响，让项家龙突然开了窍。接下来的日子里，项家龙的朋友圈，俨然成了“金陵图片展”：日出金陵、千岛云海、红花油茶、野山樱花、石板瓦屋、峡谷飞瀑……沿着盘山公路，无数美景和未经开发的淳朴乡风、简朴村貌，通过朋友圈的传播，吸引了大量驴友、登山客和摄影爱好者前来，也带来了广泛的商机。

“朋友圈传播的成效，让我对金陵的发展一下子有了思路，”项家龙说，“以往我总觉得，要致富，就是要卖货，可金陵地处偏远，山路崎岖，东西运出去都很难，更别说卖得好了。可看着山路上这些游客的车子，我就想，既然东西出不去，那我干脆就让顾客走进来。通过朋友圈传播，我们的旅游资源等于有了一条出山路，把顾客引进来，我还担心什么卖不出去呢。”

老路翻新，金陵村的涅槃再次从路开始

“厕所在哪里？”“能不能过夜？”“网络好不好？”“中巴车去不去得了？”正当踌躇满志的项家龙打算借朋友圈的威力大干一番时，游客们的一个个问题给了他当头一棒。别说搞什么农旅融合，村子的基础设施供应首先就给他泼了一盆凉水。而这其中最大的问题，还是在路。

“投资了近30万元，拓宽道路9公里，增加会车点41个。”站在盘山公路的一个拐弯处，记者边听项家龙介绍，边观察这一新开挖出来的会车点，不仅让出了足够中巴车调头的空间，更对外拓展出了一块观景平台和摄影点，而这个利用少量资金实现的一举三得的功效，是用脚步一步一步盘算出来的。“我们这次拓宽道路，还同步增加了41个会车点，不仅方便车辆来往，尤其是满足中小型团队的游览需求，更是以路为基础，设置了长达5公里的观景飘带，让游客在上山途中就能随时看到金陵美景。”

而由路开始改变，村里不仅新建了露营基地和摄影基地，项家龙更是带头投资40万元开发民宿，大幅提升村子的旅游服务内容和接待水平，从2018年游客接待量的5000余人，到今年仅半年就已破万，其中更是在红花油茶花季期间接待游客5000余人。红火的市场也引领着金陵村村民投入其中。今年5月，红花茶油花季期间，有超过5000的游客来到金陵村，家门口一排排的帐篷和络绎不绝的游人，让村民詹仁生坐不住了，立马联系在杭州打工的儿子，要开民宿、搞旅游。而当记者来到村里时，看到其家门口已经堆满了各种建材，五六名工人忙得不可开交。詹仁生告诉记者，他这次投入了20多万元，打算在明年三月花季前必须投入营业：“这么好的机会，去年项书记和我讲我错过就已经很后悔了，决不能明年再后悔一年”。

目前，金陵村已开民宿、农家乐2家，在建3家，筹建20多家，预计来年可提供床位100多个，形成可达一两百人的接待能力，彻底解决基础设施不足、旅游接待不强的问题。

而打开思路的项家龙，除了发展旅游经济，心中也有着更大的算盘：结合金陵村高山村的现有资源，项家龙规划了一张金陵村农旅融合的田园综合体的蓝图，目前带领全村发展高山红花茶油1000多亩，年产茶籽15万斤，可收益150万元左右；发展茶园1200亩，年收益100万元左右；新发展50亩种植高山蔬菜，预计年收益10万元。在项家龙眼里，除了已经完成的一年时间摘掉贫困帽的目标，他还计划用三到五年时间，把全村建设成以经济作物为主，乡村旅游为辅助，农旅融合的体验式田园综合体，全面带动全村农户整体致富。

作者：杨奇

山东省新泰市新汶街道大河村

建设生态宜居村庄　绘就乡村振兴画卷

召开党支部会议　摄影：李玉凤

生态宜居是乡村振兴的基础。暮春时节，山东省新泰市新汶街道大河村绿茵渐盛、花香袭人。生态宜居村庄美，兴业富民生活好，乡村美丽兴旺的图景，正在这个省级文明村徐徐展开。

在新泰市新汶街道大河村，不管是房前屋后，还是道路上空，都不见了昔日的“蜘蛛网”，整个村子显得格外整洁。这便是大河村改造村内电力线路、宽带线、有线电视、电话线等，变架空式为地埋式产生的良好效果，大河村也因此成为全省第一个实现“四网”入地的村庄。

“四网”入地让大河村的村容村貌发生了新变化。新泰市新汶街道大河村村民王成银说：“过去，在村里走几步就有一根电线杆，遇到刮风下雨天气，经常短路停电，行人路过时也存在安全隐患。经过改造后，村里所有线路都埋到了地下，既美化了环境，又保障了安全。”

为了创建生态宜居的美丽村庄，大河村在硬化、绿化、亮化、净化上也下足了功夫。自乡村文明行动开展以来，该村加大投入，完善村内基础设施，先后投资 760 多万元，硬化道路 2 万余米，种植各种绿化苗木 20 万株，安装铁杆路灯 105 盏，建文体广场 4 处，安装健身器材 67 件、大型电子显示屏 1 块、高杆照明灯 4 盏、不锈钢护栏 617 米，建公墓陵园 1 处，为保障群众出行安全修建过路地下涵洞 120 米，电力整网由原架线全部地埋，网线有线电视、电线、电话线各 2 万余米，全村硬化、绿化、亮化、净化效果显著。

每当夜幕降临，新泰市新汶街道大河村的文体广场上就热闹起来，欢快的秧歌、优雅的交谊舞、劲爆的广场舞……文体广场成了满足村民休闲娱乐需求的大舞台。“村里环境改善了，村民对文化娱乐的需求也越来越高了。顺应群众需求，大河村修建了 4 处文体广场，全部配备了健身器材和高杆照明灯。”新泰市新汶街道大河村党支部书记王公安告诉记者，为了弘扬中华传统美德，大河村不仅修建了画有中华 24 孝图的 300 米长文化宣传街，还在村口设立善行义举“四德榜”，加大对村内好人好事的宣传和鼓励，引导村民争当好人、争做好事。

抬头见绿、出门见青，这是大河村村民的居住环境。生活在秀美环境中的村民养成了好习惯，形成了好风气，文明蔚然成风。大河村借助“好媳妇”“好婆婆”“五好文明家庭”“道德模范家庭”等评选活动，大力宣传好人好事，弘扬中华传统美德。“我们每季度更新宣传榜上榜人员，每年举行道德讲堂和文艺演出，用身边事教育身边人，加强道德思想教育，提高村民素质。同时，实现移风易俗纳入村规民约和红白理事会全覆盖，大力倡导喜事新办、丧事简办，让文明新风走进千家万户。”王公安说。

乡风是乡村振兴的重要内容和有力保障。“大河村坚持民主法治教育，经常开展群众性法律法规宣传教育，组织群众收听收看法制教育片，积极开展法治文化阵地建设和法治文化活动。”王公安告诉记者，村里有 300 米长的文化宣传一条街，经常开展科普活动。在村“两委”的努力下，大河村实现教育入学率 100%、养老保险参保率 100%、医疗保险参保率 100%，党员干部带头学法、用法，村民法制意识明显增强。

“幸福是奋斗出来的。我们将继续按照省级文明村标准要求，深入开展文明村巩固活动，捍卫省级文明村荣誉，带领全村干部党员群众讲文明、树新风，再上一个新台阶。”王公安说。撸起袖子加油干的大河村，将按照生态宜居、乡风文明、治理有效、生活富裕的总要求，立足自身优势，积极探索创新，力争在省级文明村这张大考卷上，留下别样的精彩。

作者：王公池

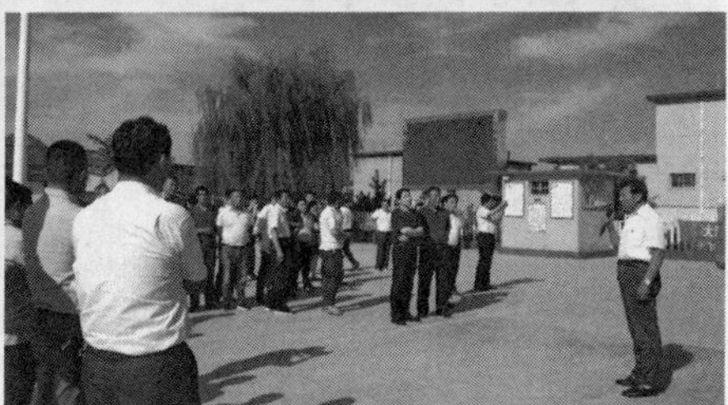

左图为大河村东大门牌坊；右上图为党支部书记王公安检查汽车销售 4S 店；右下图为泰安市委组织部在大河村召开过硬党支部建设现场会议　摄影：李玉凤

福建省福州市晋安区新店镇汤斜村

头雁领航　一泓活水兴乡村

福州市晋安区政协委员韩禹参政议政

福建省福州市晋安区新店镇汤斜村，原本是北岭最偏僻的地方，村里没有一寸水泥路。如今，贫瘠的土地上挖出了“致富泉”，不仅建起了产值过亿元的水科技产业园，退休农民的收入也节节攀升。

“村委会里能人多，村里才有希望。”说起转变，村民将其归功于村“两委”掌舵有方。近年来，汤斜村强化党建引领，扩宽用人视野，实施头雁领航，为贫瘠的乡村注入汩汩清泉，滋润着村民的心田。

企业发“红包”，村民好福气

2019年的重阳节，汤斜村部照例热闹非凡，老人们的兜里揣着红包，手里提着米油满载而归。一些老人按捺不住喜悦的心情，当场点起了钱。

“红包”来自村内10多家企业每年给老人的“压岁钱”。“这些年，村‘两委’帮了我们不少忙，这些钱是我们的一点心意！”福州海峡饮品厂负责人罗燕娇说。

除了逢年过节的“红包”，福建省福州市晋安区新店镇的老人每月还能领到村里发放的1000元退休工资、510元的失地农民基本养老保险金。村里实行股份制改革，村民以土地入股，每人每股年分红达3900元，这三笔账算下来，退休农民坐在家，每月就能稳稳拿到1835元的生活补贴。

村里还为所有村民缴纳了城乡居民基本医疗保险，减轻了村民的经济负担。考上大学的学子，村里给每人发奖励金1000元，村民生病住院还能给予补助，碰上儿童节、妇女节等节日还会发慰问金、慰问品。

“这些年，我们赶上好时候，村子发展好了，退休金从100元涨到1000元！”新店镇退休老人黄金莲说。

这份令人眼红的福气，要追溯到2015年村里将第一家企业引入磨里工业区，挖通了“致富泉”。

挖通“致富泉”，产业有活力

汤斜村山泉水源自鼓岭山脉，资源丰富、水质优良，汤斜溪上游至今还留存2座利用水动力脱谷壳的旧磨坊。

2015年，村委将在外经商的能人韩禹“请”回来，担任股份经济合作社董事长。后来，韩禹当选为汤斜村村主任。一次偶然的机会，韩禹了解到海峡饮品厂正在物色新厂址，他立刻主动对接，热情的服务和优质的水源，最终让企业决定在村里落户，韩禹又趁势引进相关上下游企业，打造出占地58亩，建筑面积近3万平方米的水产业园。

目前，水产业园入驻了福州海峡饮品厂、鼓山涌泉水业、三江正牌、水中水塑料制品、小黑子等5家企业。去年投产的鼓山涌泉水业公司，今年又打算增资扩产。

“村庄环境和谐，企业有问题都及时帮忙解决，我们也有信心增加投资。”鼓山涌泉水业杨总经理表示。

目前，福建省福州市晋安区新店镇水产业园固定资产投入达1.5亿元，预计年产值达5亿元，税收3000万元，收益由村集体和企业按约定分成。“这些企业既环保，税收又高，村里就像抱住了金蛋。”韩禹说。

在村里大面积拆迁的情况下，股份经济合作社又利用补偿款购买店面，用租金补助村财，2020年全村村财收入达1110万元，人均收入22530元，成为战坂片区的领头羊。

党建引领治理，乡村有朝气

“乡村要发展，党建是龙头。”近年来，汤斜村通过加强班子建设和党员队伍日常管理，完善“四会”及股民代表大会，成立汤斜村青年突击队，对村干部定岗定责，增强了队伍的战斗力。

2017年，汤斜村遇上大规模拆迁，但现房紧缺，600多户仅提供40套现房，僧多粥少，上下几百双眼睛都盯着村“两委”。村“两委”立即召开村民代表大会，共商共议，最终决定把机会让给80岁以上老人和重残重疾村民。同时，村里做好信息公开，村集体厕所、牛栏的拆除面积都一一张榜公示，让村民一看即知。针对过渡困难的老人，村委又顶着压力申请建设了临时过渡房，看到装修后的过渡房，老人家都很满意。

支部共建活动

“两委”干部学习巩固脱贫成果，探索乡村振兴之路

从2017年至今，村里共完成6个征迁项目，交地800亩，每次都能做到和谐征迁，按时完成任务，汤斜村也脱掉了新店镇“上访村”的帽子，还连续完成了股份经合社新增人员认定、产业园升级改造、公益陵园扩容建设、村道硬化、安装路灯、修建文化活动场所等大事。

看到村庄的发展，在外工作的大学生小黄回到村里，在水科技产业园内的企业担任厂长助理。“饮水思源，在这里，我既能陪伴父母，也能建设家乡。”小黄说，有头雁领航和这一脉水源，汤斜村的前景肯定会越来越好。

供图：新店镇汤斜村

湖北省黄石经济技术开发区章山街道龙山村

强工业　富产业　美村庄

“全国乡村治理示范村”——黄石经济技术开发区章山街道龙山村

习近平总书记强调，“乡村振兴，要夯实乡村治理这个根基。”

乡村治，百姓安。没有乡村的有效治理，就没有乡村的全面振兴。近年来，湖北省黄石经济技术开发区章山街道龙山村在乡村治理方面主动探索，通过聚焦党建引领、产业振兴、环境治理、文明法治，走出了具有鲜明地方特色的乡村治理之路，群众的获得感、幸福感、安全感明显增强。

2021年9月6日，农业农村部公示了第二批全国乡村治理示范乡镇、示范村名单，开发区·铁山区章山街道龙山村入选“全国乡村治理示范村”。

龙山村凭什么摘得这个国字号荣誉？记者带着这一疑问，于2021年9月9日来到该村一探究竟。

初秋的龙山村，草木依旧葱茏，偶有鸟语轻鸣。湾组里，一幢幢房舍错落有致，院落干净整洁，平坦笔直的硬化路延伸到各家各户，道路两边的草坪绿植散发着清香……沿村而行，目之所及，皆是安居乐业的和谐图景。

党建引领，为乡村治理强身

夯实党建，发挥基层党组织和党员的作用，就是给乡村治理装上了一个动力强劲的火车头。

“您好！这是党建学习资料，请查收！”“您好！最近有一批求职人员需要跟企业对接一下”……2020年10月份，龙山村创新成立红色园区服务站，28名党员志愿者组成4支服务小分队，通过定期走访、座谈交流等方式，了解辖区企业经营现状及遇到的困难，为企业开展一对一帮扶服务。

章山街道党工委书记、办事处主任冯烨说，龙山村乡村治理最大的特点之一，就是以党建为引领，通过打造“红色传动链”，改善村党组织“单兵作战”局面，治理方式由“闭合型”向“开放型”拓展，让红色服务“最后一公里”得到高质量延伸。

2021年元月份，华盛新人造板有限公司设备进入安装阶段，急需机修工，但当时招不到合适的人。园区劳务服务小分队成员卢加宝了解到这个情况后，利用自身做机修工积累的人脉，帮助企业招工12人，解了企业燃眉之急。

截至目前，服务站累计为企业送工300余人。

华盛新人造板有限公司负责人表示，企业落户在龙山村，像是回到了家一样，特别安心，特别亲切！

此外，龙山村因地制宜全覆盖设立了湾组理事会，不断完善和拓展“四议两公开”“一事一议”制度，推进村务民主自治，畅通群众监督渠道，发挥自治章程、村规民约的积极作用，实现小事不出湾、大事不出村，村民满意度不断提升，邻里小矛盾大幅度减少。

抓好产业，为乡村治理壮骨

乡村要振兴，治理要有效，产业是支撑。

在龙山村瓜蒌基地，只见藤蔓沿着铁丝网铺展开来，藤蔓下，挂满了一个个圆圆滚滚、肥硕的瓜蒌，一派丰收景象。

“这120亩瓜蒌，一亩收益在3500元左右，年利润可达40万元。”龙山村党总支部书记张宝山说，最重要的是，每年可吸纳200名闲置劳动力务工。

种植瓜蒌的那片地，原先其实是一片荒地，没人来种植，几百亩土地都长满了芦苇。

闲置弃耕的土地怎么利用？村“两委”就商量，把土地流转，发展农业种植，既解决了土地闲置的问题，又可解决村民就业的问题。同时，采取党员带路、产业辅路的策略，构建“支部+合作社+农户”产业链条，发展“黄石市两湖专业种养合作社”。

然而，很多村民担心土地流转后，就不是他们自己的了。

于是，村“两委”干部走家串户向村民宣传土地流转政策。在党总支会议上，鼓励村“两委”干部和党员做表率，先行先试。

“我是党员，这个时候必须站出来，不能继续让村里的土地荒废了。”党员刘松林第一时间站了出来，率先承包了30亩土地，搞起了稻虾养殖；党员冯加宝也先行先试，承包了120亩土地，建起瓜蒌基地……

有了党员的现身说法，村民的思想开始转变了。

一花引来百花开，500多亩土地在流转中焕发活力，白茶基地、瓜蒌基地、稻虾养殖等多点开花。村里还投资200多万元建设高品质淡水鱼养殖基地，发展高品质鲈鱼、桂鱼等高档鱼类养殖，整个项目建成后，年产值可达400万元。

2021年，龙山村抢抓“十四五”时期辖区“街园一体化”规划，大力推进城乡融合，利用临港、临城、临工业园的区位优势，发展以园区生活配套为主的第三产业和市民供给为导向的现代农业，出资建立了新材料产业园区生活配套服务中心，满足来往客商用餐出行需求；成立的黄石茂恒农业综合开发有限公司流转土地550亩，发展蔬菜大棚种植、柑橘种植、朝天椒套种三大特色农业，2021年8月还携手零里生鲜，采取订单式合作模式，全年可增加村集体纯收入110万元。

树好风气，为乡村治理铸魂

村民乐开颜，幸福生活看得见。

走进下刘湾，只见房前屋后绿树掩映，屋檐下色彩鲜艳的手绘宣传画，让原本单调的墙面有了灵气……在这里，处处都能感受到美丽乡村文明发展的浓郁气息。

“过去，我们湾垃圾都是乱倒乱丢，家门口也都堆满了杂物，环境卫生那是一个‘脏乱差’。”村民刘青山说，“2021年村里搞环境整治，把又脏又臭的旱厕都拆除了，建了新公厕，村委会还安排专人对公厕进行打扫，方便又卫生。”

“创新乡村治理体系，重心在基层，关键在引领，路径在整合。”基于这样的判断，龙山村坚持重心下移、力量下移，在加强基层党组织建设、完善村民自治机制、发挥群众主体作用等方面狠下功夫。

“刘元旱、刘恒闯、刘元山评上清洁模范户了，嗯，他们确实做的不错。”“他们家清洁卫生，我家也不差呀。”自从开展清洁模范户评比后，村民就经常聚在一起“攀比”，争做模范。

龙山村远眺

“我们就是要通过这样的评比活动，调动村民的积极性，让大家都自觉参与环境整治中，共建美丽乡村。”张宝山说。

村规民约已成为村民行为规范，而通过培育、选树、宣传文明户、文明家庭、好人好事等，用身边榜样激励、凝聚向善力量，树立文明新风尚。如孝顺媳妇马凤十年如一日照料卧床婆婆、模范丈夫刘元林寸步不离照料瘫痪妻子的模范事迹成为全村佳话，不仅弘扬了中华民族传统美德，更让邻里和谐，崇德向善的风气蔚然成风。

乡村治理有序，百姓安居乐业。如今的龙山村，处处体现着奋发向上的精气神，一幅工业强、农业兴、村庄美、农民富的乡村振兴画卷正徐徐展开。

广东省连平县油溪镇富乐村

产业振兴助推乡村振兴

富乐村驻村第一书记何锐（右一）与党建指导员谢勇来（左一）入户走访贫困户 摄影：韦小洋

链接：4年多来，连平县油溪镇富乐村在深圳市南山区城市管理和综合执法局、区规划土地监察局、区政府采购及招标中心三部门共同对口帮扶和河源技师学院挂钩党建指导下，实现党建和扶贫同频共振、掷地有声，迈开党建促脱贫攻坚坚定步伐。4年多来，村集体经济取得了268万元的增收，村集体经济年收入翻了二十几倍，为全村贫困户发放分红61万元，逐步形成了从“输血”到“造血”的可持续发展模式，前后推进了近30项民生项目落地。2019年12月经国家林草局考核认定，富乐村评定为国家第一批国家森林乡村。产业兴旺、生态宜居已经成为了富乐村的标签。

“村里不仅有了公共休闲场所等配套措施，还建了一座‘城市化’的公厕，帮助村民们解决了如厕难问题。”广东省连平县油溪镇富乐村村民们说，是产业让富乐村摘掉了贫困的帽子、甩掉了后进的形象，成为百姓富、邻里和的美丽乡村。

近年来，在深圳市南山区城市管理和综合执法局、规划土地监察局、政府采购及招标中心的对口帮扶下，连平县油溪镇富乐村发生了翻天覆地的变化。富乐村以产业促发展稳就业，带动村民脱贫增收，不断壮大村集体经济，昔日山多田少的省定贫困村焕发新颜，成为广东省首批“国家森林乡村”。

多元化产业助力脱贫攻坚

富乐村地处连平东南部，基础设施落后，中青年外出务工，老人留守务农，受历史、环境、政策等多方面因素限制，既无像样的实体经济，又无村集体产业，是典型的传统农业村。

据富乐村第一书记、扶贫工作队队长何锐介绍，在刚驻村时，工作队就走家串户，与贫困户讲政策、找路子、谋发展，通过走访调研探索脱贫致富的新路子。他在富乐村驻村期间，先后办起了富乐村裕民养殖场、富乐村利民线材厂、富乐村益民自来水厂等扶贫产业项目，聚集村里的能人，搭建产业发展平台。

“以前家里真是很穷，也没有什么赚钱手艺，真愁死我了，幸亏扶贫干部们的帮忙，才解决了我的大难题。”说起产业帮扶项目，黄志辉十分满意。2018年3月前，黄志辉和家人仅靠低保金及做散工维持生活。驻村工作队鼓励他发展养兔，并安排他到裕民养殖场负责鸡舍管理工作。黄志辉工作踏实肯干，吃苦耐劳，他养出来的鸡个个品质优良，2019年还拿到了近万元的奖励金。近日，他

左图为富乐村裕民养殖场；右上图为富乐村健身公园公厕；右下图为贫困户在富乐村利民线材厂务工　摄影：何锐

刚把家里的旧三轮车换成了一辆二手小轿车，生活质量慢慢变好。

据了解，2017年初，富乐村创办了裕民养殖场，该项目采用“温氏集团＋村集体＋贫困户劳力分成和投资收益”的模式，稳定带动34户贫困户实现分红增收，截至目前，裕民养殖场销售总利润168.7万元，给贫困户发放分红款31万余元，同时增加村集体经济收入137.5万元。2018年7月，投入95万元帮扶资金与村民合作创办线材厂，承接手机数据线来料加工，每年保底收益11.4万元，解决本地就业人数180余人，其中贫困户10人。截至2020年11月，线材厂分红50万元。2018年7月，调动社会力量参与脱贫攻坚，发动5家爱心企业捐款117.76万元，建成富乐村益民自来水厂项目，2018年11月正式通水后，不仅解决了全村村民饮水难问题，每年还可以为村集体创造经济收入8万余元。

在一个个产业助推下，经过4年时间发展，村集体经济共获得了275万元的增收，主导产业及投资项目共为全村贫困户家庭发放分红款61余万元。村集体经济年收入增长了20多倍，逐步形成了从“输血”到“造血”的可持续发展模式。目前裕民养殖场已经发展到4栋养鸡大棚，预计每年出产成鸡20万只以上的规模，可为村集体带来90万元左右年收入，带动34户贫困户增收。

乡村公厕引导文明新风尚

走进富乐村，村道宽敞明亮，房前屋后干净整洁，一盏盏路灯整齐地排列在村道两旁。新修建的党群服务中心、公共文化服务中心、文化广场、健身公园、村口小景、自来水厂等一批民生工程，让村民生活更方便……这些新变化，让村民津津乐道。

随着村民生活水平的不断提升，希望公园旁有一个像样的厕所，成为村民的心愿。何锐介绍，对于村民的愿望，他一直铭记于心。能否借鉴在深圳南山区建成的马家龙智慧公厕、招商路“朗读亭”艺术公厕等一批网红公厕，有没有可能输送到富乐村？何锐找到了设计南山网红公厕的设计师唐勇。唐勇非常热心公益事业，一听说此事后，立马提出自己的公司——深圳有向空间设计公司向该村捐建一座现代化公厕。2019年，在南山爱心企业的支持下，该项目总投入20万元，2019年12月初动工，在2020年4月底建成投入使用。

如今，新建成的公厕美观大方，远远望去仿如一栋独立的小洋房，红白相间。在蓝天白云映衬下，公厕与周围树林完美相融，成为一道亮丽的风景线。公厕里，设置了残疾人专用的无障碍通道以及专用卫生间，安装了风扇、洗手池等便民设施，处处突出人性化服务，满足不同人群的如厕需求。“傍晚来广场跳舞唱歌，不用再跑回家上厕所了。”村民黄大叔说，厕所干净整洁、现代时尚，无论是老人，还是小孩，都对这个“洋厕所”赞不绝口：“‘方便’更方便了。”

“多年来，厕所文化缺失及一些陋习，制约着农村发展。”何锐说，这所现代化公厕，成为农村人居环境整治的一个样板。如厕难、如厕卫生环境差的老大难问题得到了根本性解决，农户也养成了良好的卫生文明习惯。

近年来，富乐村扶贫工作队和村“两委”大力围绕“精准扶贫、乡村振兴”两大目标，发挥党建引领精准扶贫产业发展作用，实现党建和扶贫同频共振、掷地有声，迈开党建促脱贫攻坚坚定步伐，村集体经济发展取得了长足的进步，社会稳定，村内基础设施显著改善，村民生活水平明显提高，社会主义新农村、新风貌已经在这里落地生根、结出丰硕成果。2019年12月，经国家林草局考核认定，省林业局核准，富乐村被评定为广东省首批“国家森林乡村”。产业兴旺、生态宜居已经成为富乐村的标签。

广西藤县太平镇陈垌村

创新“三变”改革模式　摁下“三农”发展快进键

链接：近年来，藤县太平镇陈垌村获得了广西农村基层党组织评星定级五星级党组织，广西壮族自治区卫生村，梧州市“十佳发展模式”示范村，“美丽梧州”乡村建设示范村，藤县先进基层党组织等荣誉称号。陈垌村党总支部书记韦灿基先后荣获梧州市优秀党务工作者，藤县2016—2018年、2018—2020年优秀党务工作者，藤县“群众身边最美党员”等殊荣。

“陈垌村以前青壮外流，土地荒芜，楼房低矮，老幼独守。”提起以前的状况，广西壮族自治区梧州市藤县太平镇陈垌村党总支书记韦灿基感慨万分。

藤县太平镇陈垌村和党总支书记韦灿基获得的部分荣誉奖牌

陈垌村坐落在太平镇东面，全村 261 户 1164 人，远离城镇，处于大山之中。由于地理位置偏僻，过去被当地人称为“山旮旯”。入村道路弯多狭窄，交通不便，无支柱产业，经济方面一穷二白，村民所住大部分是陈旧的土瓦房，是典型的“空壳村”。

如今，昔日无人问津的穷山村摇身一变，成了产业兴旺、生态宜居、乡风文明、治理有效的网红村。这得益于该村“穷则思变”，积极进行农村领域改革，化生态优势为产业优势，盘活闲置资产，唤醒沉睡资源，摁下发展“快进键”。

“道路宽、楼房新，还有水厂、酒厂、种养基地、文化长廊，荒芜的土地变成了充满希望的田园。”谈及陈垌村现状，村民们十分激动。

共化资金为股金

陈垌村有一山，名为凤凰山。村民护林有道，远观此山蔚然深秀，入林则见鸟鸣林幽、古木参天之象。好木养好水，山中有两眼泉水，当地人称之为“凤凰泉”，水形清澈，水味甘醇。如何以水善物、以水兴业，如何转青山为银山、化绿水为金水，成了陈垌村村民思考的问题。

要盘活这些“沉睡”的自然资源，离不开有力的团队以及资金。2016 年 4 月，陈垌村党总支勇为“领头雁”，牵头成立了合作社。为了募集资金和争取支持，合作社开通入股渠道，实施抱团发展战略。为调动全体村民参与，韦灿基把自家 2 亩土地无偿捐给专业合作社创建腐竹厂，同时还毫不犹豫地联合玉振基、韦标基等二人用个人资产到银行抵押贷款 50 万元作为合作社的启动资金。村民被他的真诚深深打动，都开始积极支持。

通过协商，合作社所发的股份为每股 1 万元，合作社所贷的 50 万元贷款折成股份，由村民自主认领。村民还可以现金、劳务、土地等生产要素入股。55 名村民以自家承包的土地折价入股，1 亩水田按 500 元 / 年折价，签订 20 年合同，以每亩折价 1 万元的方式入股。最终，有 30 多亩水田折股参与经营，带动发展 200 多亩砂糖橘种植基地、100 亩鱼塘的集体经济项目。

目前，该合作社共吸引股金 603 万元，其中村民入股 383 万元，全村 90% 的农户都加入了专业合作社。

产权改革定股东

在村民基本都加入了股份合作社后，陈垌村开始推进农村集体产权改革。

*确定成员边界并量化股值。*出台《陈垌村集体经济组织成员界定办法》，把全村 1164 人全部过渡为陈垌村股份经济合作联合社的股东。

*保障村民集体资产股份权利。*建立集体资产股权登记制度，记载集体经济组织成员持有的集体资产股份信息；健全集体收益分配制度，把村民集体资产股份收益分配权落到实处；研究制定集体资产股份抵押、担保贷款办法，研究制定村民持有集体资产股份继承的办法。

*深入推进集体资产清产核资。*从 2017 年开始成立资产清算组，次年第一季度开始对上年集体资产进行清算，到目前已连续 4 年开展清查活动。资产清算组严格按照清查、登记、核实、公示、确认、建立台账、审核汇总 7 步操作流程推进清产核资工作，做到明晰资产，明白家底，投资更有方向，让资产在阳光下运行。

截至 2020 年 12 月 31 日，陈垌村集体资产总额达 500 万元，其中净资产 495 万元，长期投资 100 万元；陈垌村股份经济合作联合社可量化资金为 1045425 元，按每人 1 股计算，量化到每人的股值为 898 元。

共变资源为资产

攥指成拳，聚沙成塔。分散的小钱汇成了整合的大钱，孤立的农民变成合力的股东，增强了发展的后劲。陈垌村结合本地资源，上马特色经济项目，打造了矿泉水、酿酒、腐竹加工、生猪养殖等四大特色产业。

*兴建凤凰矿泉水厂。*变一文不值的优质山泉水为热销自治区内外的凤凰牌矿泉水，年产量 30 万桶、经济效益 60 万元。

*兴办凤凰泉特醇酒厂。*泉香而酒烈，在陈垌村党总支的带领下，村民利用泉水的天然优势，打造了自己的拳头产品“凤凰泉特醇”——勤洞泉酒。“用此泉水酿酒，只需用最传统、最简单的酿酒工艺，即可酿出美味可口、香甜浓郁的白酒。”韦灿基言语中散

左图为江苏省政府研究室顾问、“三变”改革专家卢水生教授来陈垌村指导乡村振兴工作；右上图为陈垌村股东大会；右下图为藤县村集体投资有限公司举行揭牌仪式

陈垌村航拍图

发着自豪。酒厂日产600斤酒，远销粤港澳，每年的经济效益可达50万元左右。

打造腐竹厂。由于水质和工艺好，陈垌村产的腐竹成为深受当地群众喜爱的舌尖上的美食，月销量约6吨，年经济效益约30万元。

建成生猪养殖场。通过延长酒厂和腐竹厂的副产品产业链，利用腐竹厂生产后剩下的豆渣、酒厂米酒发酵后的米渣作为猪饲料，降低了养殖成本，年利润约30万元。

“资源变资产、资金变股金、农民变股东”的改革路子，壮大了村级集体经济，增加了村民收入。陈垌村集体经济收入由2017年的2万元增至2019年的15.5万元，村民人均收入从2017年的4800多元迅速增长至2020年11500多元，昔日的“空壳村”变成当地的经济强村。

陈垌村的改革发展是藤县农业农村领域改革发展的一个缩影。藤县近年来不断推进农业农村体制改革，创新探索三变模式，摁下三农发展快进键。

推行抱团投资模式，拉动资金变股金。为了推进村集体经济市场化运作，2021年1月，藤县成立了县村集体投资有限公司，注册资金为人民币1.12亿元，17个乡镇以各村为股东，各自成立乡镇级村集体投资有限公司，探索多种集体投资方式。

村企合作共建农贸市场。县国有企业城投公司、龙源公司合作携手294个村（社区）集体经济组织，探索村企合作发展物业经营模式，新建、拆旧建新和改造升级农贸市场共10个。国企负责合作项目建设用地落实、工程建设及项目建成后的经营管理，村民合作社负责投入资金7000多万元参股合作项目的建设，项目建成后土地、建筑物及相关的配套设施权属归各方共同拥有，并按投资比例折股分配经营收益、承担债务，既提升了国有资产效益，又增强了村级集体经济发展的内生动力。

集体投资朝阳产业。村“两委”瞄准市场有前景的行业，投资朝阳产业，分享投资收益。如藤县藤州镇谷山村投资“共享洗车”项目，通过在加油站安装24小时无人洗车机，一个站点能为集体经济每年增收6万多元，项目投入小、收益稳定、可复制性强。

集体投资产业园。由乡镇整合资金着力打造村级集体经济示范园。藤县金鸡镇整合资金300多万元，与中恒集团合作打造3000亩中药材基地，每年增加村集体收入18万元以上。藤县和平镇整合中央和自治区财政资金512万元，建设和平镇果蔬保鲜冷库、粉葛产品展示和技术培训中心、扶贫超市等项目，打造村级集体经济粉葛产业示范园，每年增加村级集体经济收入30多万元。

探索媒体赋能模式，拉动资源变资产。藤县和平镇都坡村留村组利用几百亩黄花风铃树发展生态旅游业。每到春天三月，风铃花黄遍山野，极具视觉冲击力，中央媒体和地方媒体以及各路自媒体争相报播，目前阅读、播放、点赞、转发等数量已经过亿，成为实实在在的网红村，远近网民为了一睹花容，慕名前来，每到花季，村道车来车往，村中人声鼎沸，车水马龙。巨大的流量变成了巨大的人流量，拉动了消费，增加了当地村民的收入。花季，村民通过提供住宿和买土特产，人平均日收入约500元。如今，该村乘势发展，推动土地流转，成立旅游合作社，做起“花文章”，谋划发展四季花海，将荒山变花山，村道变花道，山村变花村，打造生态宜居美丽富饶诗意的桃花源。

实行强村带弱村模式，拉动村民做股东。为了改变村与村之间发展不平衡的局面，藤县推行强村引领共做股东共奔富裕模式。如藤县太平镇陈垌村在发展自己的同时，充分发挥传帮带作用，带领周边贫困村共同发展。当地党委、政府鼓励引导周边6个贫困村各投入20万元入股陈垌村合作社，依托陈垌村的产业优势共同发展集体经济。2018、2019、2020三年，入股的6个贫困村分别获得1.44万元、1.56万元、1.68万元的集体经济分红。陈垌村合作社还积极吸纳本村17户贫困户加入合作社，并优先从贫困人口中聘请工人，解决了20多名贫困人口的务工问题，为打赢脱贫攻坚战、实施乡村振兴战略作出积极贡献。

藤县推动“资源变资产、资金变股金、农民变股东”，转青山绿水为金山银水，改荒芜为沃土，变散弱的农民为有组织的股东，化稀散的资金为股金，农村改革的路子越来越宽，村级集体经济壮了起来，村民钱袋子鼓了起来。2020年，藤县村级集体经济收入总量达2403万元，较上一年度同期增长31.74%，298个村（社区）年集体经济收入全部达5万元以上，其中10万元以上收入村66个，占比22.15%。2021年藤县被广西壮族自治区确认为6个自治区级“三变”改革示范县之一。

作者：李定森、邓炎森

供图：藤县县委组织部、藤县县委改革办、藤县融媒体中心

重庆市巫溪县凤凰镇木龙村

蝶变的秘密

重庆市巫溪县凤凰镇木龙村环境优美，干净整洁，先后获得全国宜居美丽村庄、全国首批绿色村庄，市级科普示范村、最美乡村、文明村镇等称号，是巫溪城的后花园。

然而，就在五年前，木龙村人居环境杂乱、邻里纠纷不断、经济发展停滞，是当地出名的“穷乱差”村。

是什么让木龙村发生巨大变化？“重建家风，我们找到了乡村文化振兴的‘金钥匙’。”2020年8月31日，木龙村党支部书记胡述奎向笔者揭开了木龙村蝶变的秘密——

“扫”不掉的陋习

胡述奎今年70岁，当过电站厂长、乡党委副书记、乡人大主席。

木龙村三潮溪典好农家乐感恩一路有您慰问活动　摄影：胡述奎

2010 年，他退休回到了老家木龙村。

当时的木龙村，柴草粪土乱堆、垃圾遍地、污水横流、畜禽散养，村民赌博成风、邻里纠纷不断，许多村民还养成了软、懒、散的毛病。

2013 年，胡述奎高票当选木龙村党支部书记。上任伊始，胡述奎就提出，要把木龙村打造县城的后花园，着手整治年久失修的道路，实施危旧房改造项目提升人居环境。

很快，木龙村变了个样儿：白墙红瓦、树木林立，房屋错落有致、院落干净整洁，城里人也来休闲观光。

但好景不长，院落的环境卫生因缺乏维护，又变得脏乱差。

“门前放把扫把，谁不空打扫的，我来帮你扫！”随即，胡述奎要求村干部带着扫把下村，见到哪家不干净就帮忙打扫，同时叮嘱村民自备两把扫把，男人忙时女人打扫、女人忙时男人打扫。“实在忙不过来，我们村干部来帮你扫。”

村民柯某卫生习惯差，胡述奎就提起扫把上门帮他打扫清洁。房前屋后、里里外外、旮旯角落，他帮忙扫了个遍。柯某坦言，胡述奎第一次上门扫地，自己是抱着看笑话的心理，看他能坚持扫多久！一次、两次、三次……柯某不好意思了，自己养成了每天打扫清洁的习惯。

但人居环境不仅仅是打扫清洁，胡述奎发现，诸如乱丢、乱堆、乱排、赌博等陋习还不能一时改掉，只要一忙起来，很多村民又忘了打扫清洁。

“村干部也不可能随时进院入户代劳扫地。”面对这些“扫”不掉的陋习，胡述奎有些伤脑筋——他意识到，没有群众的彻底觉悟，就不可能具备建设美丽乡村、打造后花园的持续动力，“必须挖掘村民的内生动力，让文明习惯成为村民的自觉行动！”

“捡”起来的家风

在后来的入院走访中，胡述奎发现，很多村民家中收藏有家谱、族谱，并把爱卫生当成家风家训写在了里面，其中还包括邻里团结、勤俭持家、敬老孝道、诚信友爱、尊师重教等内容。

天下之本在家，村支“两委”决定重新把尘封在柜子里的家风家训“捡”起来。

木龙村有 426 户村民，有胡、王、江等 41 个姓。村支“两委”商议决定，开展“树家风、传家训、立家规、扬家德”活动，动员村民把家谱、族谱中关于家风家训的内容截取下来，同时每个姓氏推选有威望、有文化的村民组成专门队伍，结合时代特色和社会主义核心价值观，提炼、完善新的家风家训，从家风入手，引导村民培育良好的文明习惯。

后来，全村 41 个姓氏对家风家训进行了梳理、规范、提炼，并制作成牌匾固定在村民家门口的墙上。其中部分家风家训内容如下：

胡氏：仁爱兴家，义德齐家，奋发荣家，勤俭持家，清廉保家，诗礼传家。

谭氏：广交良友，普惠乡邻，恤寡怜孤，敬老怀幼。

宋氏：和待乡邻，宽厚谦虚，谨言慎行，洁身自好。

……

“悬挂家风牌，既是村民自我提醒，又能邻里互相监督。”凤凰镇党委书记冯克林说，家风家训既要展示出来，也要落实在行动上。

为此，木龙村立足家风家训内容，在全村开展道德星、卫生星、守法星、计生星、学习星、诚信星、风尚星、环保星、公益星、团结星等“十星级文明户”评选，引导广大村民积极参与，实现群众自我教育、自我约束、自我管理、自我提高、培树典型，不断提升文明程度。

与此同时，木龙村将家风家训建设与打赢脱贫攻坚战结合起来，用家风家训激励和鞭策贫困户克服“等、靠、要、懒”思想，树立

全国宜居美丽村庄、全国首批绿色村庄——巫溪县凤凰镇木龙村俯瞰　摄影：田由波

自力更生、主动脱贫的意识，评选脱贫光荣户培育带动贫困群众立脱贫之志、谋致富之路。

截至目前，木龙村共评选“十星级文明户”71户、“脱贫光荣户”56户，带动了全民学习践行家风家训。

“孕育”出了文明

过去，木龙村在水拦沟（土地名）修建过河桥，很多村民不愿投工投劳，更不愿意出力出钱。这两年，木龙村修建公路、广场、观景台、休闲步道等先后占地80余亩地，但没有一个村民要过一分钱的土地补偿金。

家内满室馨香，里巷必然和美。注重家庭、注重家教、注重家风，家风家训已成为木龙人为人处世的“引路牌”，不仅让忠孝、和睦、勤俭等家族文化代代相传，同时汇聚成淳朴的民风，点燃了乡风文明、助推了乡村治理。

“十星级文明户”谭学清的两个儿子结婚后，加上儿媳、孙子和孙辈们，全家共10口人，在家风家训的熏陶影响下，尊老爱幼、和睦相处、勤俭持家、勤奋创业，三世同堂，是远近闻名的文明家庭。

“家庭和睦，重礼谦让，与人为善，与人为友。”谭氏的家风家训，谭学清早已铭记于心，她不但操持好自己的大家庭，还主动帮助外出不在家的邻居杜发珍打扫清洁卫生，成为村民学习的榜样。

此外，木龙村顺势而为，又推动村规民约和村训的建立完善，并在全村多个显目的位置挂牌展示。村训具体内容如下：

爱党爱国、遵纪守法、敬业奉献、诚信礼让、产业兴村、勤劳致富；村风文明、邻里团结、家庭和睦、尊老爱幼、绿色环保、宜居木龙。

“乡村治理，群众是主体。”胡述奎称，家风家训建设，立足于每个家庭的践行与传承，由点带面“孕育”出了文明乡风，夯实了乡村治理的群众基础，保证了木龙村村规民约、村训的顺利实施。木龙村因此也焕发出美丽乡村的文明新气象。

据介绍，在开展“洁净家园、文明家风”行动中，木龙村建立农村生活垃圾治理长效机制，要求农户对房前屋后实行“三包”，对垃圾实行“日清日运”，全体村民积极响应，在全县率先实现了垃圾分类。

建起了“后花园”

在农村人居环境综合整治中，国家投入仅有500万元资金。资金有限！怎么办？村干部有些为难。

很快，全村老百姓主动自筹1000多万元钱，280户村民很快就完成了危旧房连片整治，同时还打造出了龙潭大院、白赶大院、胡家大院等3个人居环境示范大院。

木龙村村主任刘啟选称，家风家训建设激活了群众谋致富、奔小康的内生动力，促进了村域发展，让美丽乡村既有面子，又有里子。

近年来，木龙村考上本科以上院校学生达57人。风正、气顺、心齐、劲足的群众基础，助推了木龙村的发展。截至目前，全村硬化村级公路16.5公里，全村扩宽6.5米村级道路7.31公里，新修田间便道12公里、田间沟渠3100米，基本实现了到户有水泥路、田间耕作有便道。新建山坪塘22口，铺设到户管道4100米，建成1800亩经果林基地高效节水灌溉系统，为产业发展夯实了基础。

依托不断完善的基础设施，木龙村采取“合作社+农户”的发展模式，种植琯溪蜜柚1800亩；引进龙头企业流转土地，打造1000亩花卉苗木基地；建设68千伏光伏发电，培育生态农庄5家，年接待游客8000人次。到2019年底，木龙村建档立卡72户216人全部脱贫，全村农民年人均纯收入达到10431元。

“环境美了、乡风好了、产业也起来了。”村民向家权不再在外地打工，回村带头开起了农家乐。向家权说，“村子变美了，离县城这么近，游客会越来越多，生意也会越来越好。”

云南省安宁市县街街道雁塔村

文旅融合助推乡村振兴

雁塔村已成为昆明市和中国农业大学共同打造的都市驱动型乡村振兴实验村
摄影：赵文勋

链接：雁塔村位于安宁市县街街道南部，距离安宁市区15公里，国土面积7.91平方公里，平均海拔1892米，年平均气温14.7摄氏度。全村426户1167人，共产党员30人。拥有千亩梨园和慈云古寺，风光秀丽，生态良好，是昆明周边一个历史形态保留较为完好的古村落。滇中民居较为集中，村民以种养两业为主，有确权后耕地1600亩，林地10706亩，2019年农民人均收入约1.55万元。主要产业为：畜牧业规模养殖户45户，年产值2251万元；特色农业为“安宁红梨”种植面积800亩，果农加入安宁礼义红梨合作社，社员种植户269户，集体经济收入50万—100万元／年，2019年8月被选定为昆明市都市驱动型乡村振兴创新实验村。

2021年4月16日11时，昆明一家旅行社的两名旅游体验师已在雁塔村委会雁塔村居民小组的老村里转悠一个多小时，他们说“由于雁塔村在抖音上很火，我们就过来看看能不能做一个昆明一日游景点推荐。”

作为云南省安宁市县街街道的一个传统村落，雁塔村可用“名不见经传”来形容，然而近两年来已吸引成千上万人前来考察。2019年，雁塔村更是成为昆明市都市驱动型乡村振兴实验村，成为乡村发展基金会、中国农业大学等机构的“研究实践对象”，在昆明及周边地区形成新的发展焦点。

雁塔村里有什么如此吸引人？10条以花为名的巷子，百余座“一颗印”老民居，还有数百亩梨园……

花甲之年的村民谢美英说，以前，村子里的路又烂又窄，曾有村民家里着火，连消防车都进不来。但是，现在，村子变得越来越干净，住起来也越来越舒服，“这两年，天天都有人来村里耍。”

这种转变是怎么发生的？

左图为游人如织的雁塔花巷；右图为雁塔村修旧如旧的老宅中国农大专家工作站　摄影：赵文勋

昔日光阴——

“土里刨食”的传统村落

炮仗花、三角梅、金银花、灯笼花……漫步在雁塔村，在错落有致的巷子里都能看到开得正艳的鲜花，给人以美的感受。

4月16日，当听说记者来采访雁塔村的发展情况时，谢美英打开了话匣子：“我们村以前很穷，进村里的路都不像样……现在好了，有了水泥路，村里还搞起了旅游。我觉得我们村会越来越好。”

雁塔村距离安宁城区仅10公里，但是发展一直滞后。“村民以前是靠种菜，后来是靠种红梨，有富余劳动力的家庭就外出打工，经济发展相对滞后。”雁塔村党委副书记赵文勋说，尽管这些年经济有所好转，但雁塔村一直没有摆脱“灰头土脸、土里刨食”的传统农村形象。

为了改变村庄面貌，赢得更多发展机会，2019年，雁塔村整合资金和人力物力，组织86户村民搬迁至统一规划建设的新村，打通老村消防通道和交通干线，为老村改造、整治奠定基础。同时，集中开展人居环境整治，拆除村内旱厕74座，填埋沼气池15个，新建、改造公厕6座，铺设生活污水收集管网和雨污分流主管道、人畜饮水管道，村内沟渠整修并加设沟盖板，环境由“脏乱差”变为“整洁美”。

环境质量提升后，雁塔村的发展步伐明显快了。通过连续举办红梨节、梨花节、梨叶节、大地艺术节等活动，雁塔村的知名度不断提高，不但让特色产品“安宁红梨”卖出了好价钱，也逐步吸引安宁、昆明及周边游客的注意力，越来越多的人到这里体验乡村生活，寻找“乡愁”。

如今景象——

文旅融合的美丽乡村

“雁塔村没有工业企业，没有污染，环境质量好；距离安宁城区和昆明主城区较近，交通优势明显；村里出产的‘安宁红梨’是获得国家地理标识认证的特色经济林果，在昆明周边小有名气；村里的‘一颗印’民居集中，有发展乡村旅游的优良载体……一句话，我们村发展乡村文旅的基础是很好。”雁塔村党委书记赵刚说，2019年8月，雁塔村被选定为昆明市都市驱动型乡村振兴创新实验村，之后在中国农业大学、云南农业大学相关专家团队的指导下，制定了一产支撑三产、三产带动一产的“花巷雁塔，农旅雁塔”发展规划。

昆明市乡村振兴特别顾问、中国农业大学教授李小云认为，雁塔村的农耕文化承载着乡村文化、历史和记忆，在发展中需要关注乡村文化变迁，改变传统文化发展路径，所以要在雁塔村建设农耕文化历史博物馆；保留并修复“一颗印”民居，要让每一座房子都有故事，每一条巷子都有风景。

这样的建议，充分考虑到了雁塔村的实际。雁塔村党委书记赵刚说，雁塔村党委已开展闲置宅基地、附属用房盘活及小型田园综合体、花巷雁塔、基础设施建设等8个方面的创新实践。当下，雁塔村正全力以赴推动“农村发展博物馆”和“花巷”建设，已成功打造出6条花巷，改造多座“一颗印”民居。雁塔村将按照“一轴两翼一片区”产业布局推进建设，做到产业培育与村庄环境综合整治、基础设施建设同步进行。未来的雁塔村，将是一个集乡村变迁历史展示、农村文旅融合示范、城市休闲后花园建设、特色乡街子经营等于一体的魅力新农村。

在村民张保友看来，这个愿景是触手可及的。现在，他正忙着打造自己的“农庄”，一个以红梨为主导的乡村庄园：“春天来赏梨花，夏天来避暑，秋天来摘红梨，冬天来露营，一年四季都可以来玩，也就一年四季都有收入。”张保友说，雁塔村会成为安宁人的后花园、昆明人的周末度假村。

作者：赵书勇

云南滇中新区党工委委员、安宁市委书记张勤勋，中国农业大学教授李小云和街道村社干部群众交流探索雁塔乡村振兴工作　摄影：赵文勋

安宁市市长毕绍刚、中国农业大学教授李小云实地指导雁塔村乡村振兴工作　摄影：赵文勋

西藏谢通门县卡嘎镇卡嘎村

一泓温泉水　家家幸福长

卡嘎村党支部书记次仁　摄影：索朗多布拉

卡嘎温泉酒店　摄影：索朗多布拉

链接： 次仁，男，藏族，1968年9月出生，初中学历，中共党员。2011年9月到谢通门县卡嘎镇卡嘎村工作，曾担任村党支部副书记、村委会主任、副主任；现任卡嘎村村党支部书记。曾荣获2019年度和2020年度谢通门县优秀党务工作者，卡嘎镇优秀人大代表、优秀共产党员、优秀村干部等荣誉。2012年以来，卡嘎村曾获得西藏自治区民族团结进步模范集体，日喀则市"五星村居"，谢通门县先进基层党组织、党员模范示范村、县级民族团结进步示范点等殊荣。2015年，卡嘎村被中国农业银行日喀则分行授牌"信用村"。

位于雅鲁藏布江北岸的西藏谢通门县，不仅有大江的滋润，沟壑纵横，水源充足，还得到大自然额外的馈赠——温泉。谢通门县卡嘎村辖区内共有规模较大的泉眼6处，泉水水温常年保持63摄氏度，含铜、锌等多种对人体有益的矿物质。

一直以来，虽然守着丰富的天然温泉资源，卡嘎村村民却未能找到正确的致富方向。如今，在卡嘎，潺潺流动的天然温泉水，已成为促进农牧民群众增收致富奔小康的"幸福泉"。

政府引导：资源禀赋变产业优势

脱贫攻坚要稳定可持续，离不开产业扶贫这个"火车头"。

2012年，谢通门县委、县政府聚焦卡嘎村温泉资源，以"建一个景区，富一方经济"为目标，投资5千多万元，在卡嘎村规划实施集住宿、餐饮、洗浴、娱乐为一体的卡嘎村温泉度假基地建设项目，将卡嘎村的温泉资源禀赋变为产业优势。

"周末一个人100元，周内一个人80元，如果您带孩子一起来，我们这里还有游泳圈……"周末，卡嘎温泉度假村前台，收银员德吉面带微笑，向游客们介绍收费标准。中午12点刚过，德吉已接待游客128人次。为促进卡嘎温泉旅游业迅速发展，谢通门县坚持以改善村容村貌，优化环境为主，对卡嘎村棚户区进行改造，修通县城至卡嘎温泉的道路，完善温泉旅游度假村停车场等基础设施。

设施完善了，各方游客也纷至沓来。据统计，2019年，卡嘎村温泉度假基地全年接待区内游客4万余人次，实现旅游收入1584万元，解决53名贫困户就业问题，人均增收2.8万元。

"是党的好政策让我们过上好日子。大家在家门口就能实现就业，守着温泉眼，我们就能依靠自己的双手增收致富。"说起现在的生活，卡嘎村党支部书记次仁难掩言语里的喜悦。

党建引领：脱贫路上一个不少

近年来，卡嘎村发生的翻天覆地变化，离不开村级党组织的带领。2017年，卡嘎村"两委"班子换届，原村委班子成员次仁当选为卡嘎村党支部书记。

上任第一件事，次仁就带领村干部启动2015年村集体创办的家庭温泉——农村惠民温泉的改造升级项目，改造后的村集体经济软硬件、接待能力都有极大改善。

与此同时，卡嘎村"两委"班子积极打造特色产业合作社。2019年，由全村所有建档立卡贫困户、边缘户、党员、残疾人、村"两委"班子入股成立的卡嘎村旅游度假农牧民专业合作社组建起来。如今，合作社投资200多万元的温泉酒店正在修建中，预计6月底投入运营，可实现年收入30万元，贫困户每户可分红2290元，并可解决6名建档立卡贫困户的就业问题。

心往一处想、劲往一处使，党员群众拧成一股绳。依靠党和国家的好政策，凭借勤劳的双手，卡嘎村走上了脱贫奔小康的道路。2019年年底，卡嘎村267户1027人，人均收入达到17000余元，62户建档立卡贫困户全部脱贫摘帽，并被评为自治区级民族团结进步模范村。

群众参与：幸福生活靠奋斗

清晨起床，打扫完庭院，卡嘎村69岁的村民尼玛次仁和爱人次珍回到厨房。炉火上，酥油茶飘出阵阵香味，崭新的藏式家具上，摆满风干牛肉、奶糖、各种饮料，尼玛次仁一家的生活富足幸福。

可是两年前，尼玛次仁家还住在一个小山沟里。没有土地，两口子挤在不足40平方米的土坯房里。

2018年，尼玛次仁搬进村委会附近的易地搬迁安置点。新房面积有50多平方米，厨房、卧室、客厅、卫生间、储物间分布合理，有水、有电、有网络。2019年，尼玛次仁自掏腰包，为自己家里搭建了10多平方米的阳光房。"阳光房里暖和、光线好，次珍织卡垫时不费眼睛，还能快一点完工，拿到报酬。"尼玛次仁告诉记者。

卡嘎村旅游度假农牧民专业合作社组建成立后，尼玛次仁第一个拿着2000元入了股。"生态岗位3500元，一条卡垫手工费4000多元，还有我在县里、村里合作社的分红，今年我们家的收入更高了。"客厅领袖像前，尼玛次仁和我们分享着他内心的喜悦，"我现在没有别的想法，就是希望日子越过越好。我相信在党的领导下，靠着勤劳的双手，更好的日子还在后头呢！"

2015年，卡嘎温泉小镇被评定为国家3A级旅游景点，卡嘎的温泉旅游事业已经初具规模。未来，这里将发展成为集藏医理疗、休闲娱乐、民俗演艺、传统手工技艺创意体验等多功能为一体的特色旅游小镇。

站在卡嘎村通往县城的主交通要道上，放眼望去，农田里，卡嘎人正在肥沃的土地里播下一颗颗希望的种子。这里，未来可期，这里，洒满希望。

中国农业银行平凉分行

惠农助企情暖城乡 扶贫促富泽润陇原

脱贫攻坚添贡献，乡村振兴再发力。2020年以来，中国农业银行平凉分行（以下简称农行平凉分行）紧紧围绕政策导向、监管要求、群众期盼，净投放贷款49.4亿元，在巩固拓展脱贫攻坚成果同乡村振兴有效衔接中积极贡献农行力量。2021年，全行县域贷款净增18.85亿元，增速26.31%，高出全行各项贷款增速8.25个百分点，其中庄浪、静宁2个国家级重点帮扶县贷款净增6.35亿元。2022年以来，农行平凉分行持续加大金融支持力度，一季度贷款增量22.15亿元，增幅17.49%，增量份额占平凉市所有金融机构的45.18%，增量、增速均居全市第一位，有力支持了地方经济社会发展。

企业向中国农业银行平凉分行赠送锦旗

“三强化”，聚焦职责使命发挥金融职能

农行平凉分行将金融职能发挥作为助推乡村振兴、服务区域发展的政治任务。

强化组织保障。深入贯彻落实党和国家重大决策部署及平凉市委市政府工作要求，成立金融服务乡村振兴领导小组，设立乡村振兴金融部，选配6名业务骨干专司乡村振兴金融服务，层层压实工作责任。

强化机制保障。先后印发《关于全力做好巩固拓展脱贫攻坚成果同乡村振兴有效衔接金融服务的意见》《关于坚持做好定点帮扶工作的实施意见》《服务乡村振兴和“三农”县域业务工作实施方案》，明确五年工作目标、重点任务，确定119项金融服务措施。

强化督导保障。制定《行领导包行督导帮扶工作责任清单》《乡村振兴金融服务监督工作方案》。市行班子成员定期赴包挂县支行开展乡村振兴督导帮扶工作，市行纪委对66项服务内容跟踪监督。在2020年平凉市银行业金融机构服务乡村振兴考核中，农行平凉分行被评为优秀等次，并荣获“2020年度市长金融奖”。2021年，各项贷款增长18.07%，增量占全市新增贷款的36%，有力支持了乡村振兴、巩固脱贫攻坚成果和重大项目建设，在平凉市金融机构综合评价中评价结果为A级。

“三加大”，聚焦实体经济强化金融支持

农行平凉分行将服务实体经济作为助推乡村振兴、服务区域发展的关键抓手。

加大重点项目支持。围绕全市重点投资项目，主动对接金融服务。2020年以来，为甘肃公航旅集团、彭大高速、S28灵华高速项目等重点项目提供信贷支持50多亿元。坚决落实国家相关政策，县域贷款、乡村建设贷款、粮食安全贷款、民营企业贷款、制造业贷款余额分别达到108.86亿元、9.58亿元、1.43亿元、5.9亿元、1.38亿元。

加大重点产业支持。紧扣金融支持平凉市“九大产业链”延链、补链、强链这条主线，在深入分析地方主导产业、重点客群的基础上，精准绘制目标客户图谱，制定产业振兴贷方案26个，努力打造“一县一策”“一县一方案”服务模式，进一步提高金融服务的精准性、有效性。

加大重点企业支持。通过提供跨境参融通服务、国际商业转贷款，支持平凉市重点涉外企业“走出去”发展。苹果产业是静宁县特色和优势产业。农行平凉分行通过支持辖内农业产业化国家重点龙头企业常津果业公司，以“公司+农户”等模式带动农民增收和脱贫致富。通过多年支持，常津果业公司的业务不断发展壮大，先后成立静宁云翠果品专业合作社，建成集约化优质苹果示范基地，逐步形成“公司+农户”“公司+基地+农户”“公司+合作社+基地+农户”等多种合作、经营、管理模式。

“两推进”，聚焦服务“三农”优化金融供给

农行平凉分行将深化“三农”服务作为助推乡村振兴、服务区域发展的头等大事。

深入推进便民化作业，提升惠农服务便捷性。市、县行联合组建作业团队，进村入户开展农户信息建档，加班加点推进农户贷款投放，为农户提供“足不出村，贷款到家”的便捷服务。大力推广“惠农e贷”、农户信用贷等特色产品，积极解决农户贷款来回跑、办贷成本高的头疼事。2020年以来，累放农户贷款29亿元。

深入推进个性化服务，提升惠企服务精准性。根据小微企业、烟草、医药经营商、农产品仓储保鲜冷链商、创业人员等客群资金需求，精准提供小微企业中期e贷、烟商e贷、药商e贷、农产品仓储保鲜冷链贷、创业担保贷等；根据客户纳税信息、交易结算、担保条件、账户开立等情况，精准推介纳税e贷、结算e贷、抵押e贷、账户e贷等线上普惠信贷产品，不断满足中小微企业多元化融资需求。同时加强普惠金融事业部建设，成立普惠金融服务团队，优化普惠金融服务模式。进一步放宽贷款担保方式、贷款期限，大力开办农户信用贷款、小微企业信用贷款，对符合条件的小微民营企业贷款采取“一次调查、一次审查、一次审批”作业模式。2020年以来，累放普惠贷款28.32亿元、普惠法人贷款5.88亿元。严格落实“减费让利”政策，小微企业贷款利率较2020年初下降0.26个百分点。

“两紧跟”，聚焦“金融赋能”加快创新实践

农行平凉分行将金融创新作为助推乡村振兴、服务区域发展的新引擎。

紧跟政策导向创新，打造前沿服务平台。积极服务农村集体产权制度改革工作，大力推广“三资”平台项目，有效满足村集体资产管理、财务管理、资金审批、支付结算、股权管理、产权交易等乡村治理需求，为全市70%以上县（市、区）提供治理支持。将智慧政务建设作为助力乡村振兴的突破点和深度参与数字政府建设的着力点，深入推进智慧党建、智慧医疗、智慧校园、智慧商超等项目建设，为全市一大批机关企事业单位提供智慧金融服务。

紧跟地方产业创新，开发本土金融产品。根据平凉市产业发展需求，创新推出养牛贷、苹果贷、药材贷、玉米贷、农资贷等；根据专业市场经营需求，创新推出餐饮行业客群贷、中小超市客群贷、建材贷等。倾力打造“兴农商城”服务平台，助力平凉市特色产业、产品拓宽线上销售渠道，2020年以来帮助12家农产品生产加工企业入驻平台，带动客户交易1.4万人次，交易金额268万元。

中国农业发展银行邵阳市分行

好风凭借力　正是扬帆时

农发行邵阳分行信贷支持的邵阳高铁新城产业园区绿色家居产业中心项目施工现场　摄影：周一中

链接：中国农业发展银行邵阳市分行成立于1997年，是邵阳市唯一的政策性银行。近年来，该行坚定贯彻执行党中央、上级行党委和市委、市政府系列决策部署，坚持用好用活各项强农惠农政策，在乡村振兴、易地扶贫搬迁、秀美乡村建设、棚户区改造、城乡一体化、产业扶贫、民营小微企业提升、区域发展等“三农”重点领域、关键环节，切实发挥好政策性金融“补短板、当先导、逆周期”的职能作用。截至2019年末，该行累计投放各类支农贷款315.84亿元，贷款余额143.97亿元，有力促进了邵阳市农业增效、农民增收、农村增绿，为地方社会经济发展作出了积极贡献。

东风好借力，正是扬帆时。2018年11月，国家批复《湘南湘西承接产业转移示范区总体方案》，湖南正式启动湘南湘西承接产业转移示范区建设，邵阳迎来首个国家级层面的最大平台和历史上最大的发展机遇。

作为全市唯一的政策性金融，中国农业发展银行邵阳市分行（以下简称农发行邵阳分行）自觉担当服务地方战略、推动区域发展的职责使命，把“走在前列、干在实处”落实到强基础、活产业的实际行动中。

“栽下梧桐树，引得凤凰来”，一年来，该行倾斜资源配置，全力支持邵阳市筑巢引凤，为承接产业转移注入源源金融活水。

搭平台：建设贸易快捷通道

2019年12月10日，寒风阵阵，但新邵县保税仓监管仓建设工地却热火朝天，项目组正抢抓有利天气，尽力加快施工进度。现场挖掘机的轰鸣声不绝于耳，施工人员来回穿梭，一派繁忙景象。

“项目建成后，企业在‘家门口’就可以办理通关，再也不用绕远路去别的市借道了。”项目负责人谢羽华对“两仓”的建设充满信心，“有了‘两仓’平台，企业可以享受国际采购、国际运输、通关、报检、保税、仓储、配送等一条龙的完整服务，时间成本和资金成本大幅降低，我们的商品走出国门将更容易。”

新邵县“两仓”建设进展能如此迅速，离不开农发行邵阳分行的全力支持。在项目立项之初，该行就密切关注、专人跟进，提前介入，将其作为支持承接产业转移的重点项目主动对接、全程培育，并用好用足农发行信贷政策，一举为项目争取到6000万元信贷资金。

打通贸易通道是补齐邵阳产业发展短板，提升招商引资吸引力和竞争力的关键环节。项目建成后，将吸引更多国内外企业入驻产业园区经营，带动相关配套、协作产业兴起，新邵县对外开放和产业转型升级将迎来新机遇。

“我们组织精锐骨干，用不到一个月的时间就完成了从项目准入到贷款投放的全部流程，为的就是资金尽早到位，工程尽快开工。后续，我们将一如既往为两仓平台建设提供最坚实的资金保障和最优质的金融服务。”农发行邵阳分行负责人向建国坚定表示。

建园区：厚植企业集群优势

“135”工程升级版建设是邵阳市建设沪昆百里工业走廊、承接产业转移的重要抓手，旨在通过特色园区建设，形成企业集群，实现产业“建链”“强链”“补链”“延链”。而充足的资金支持，则是保障“135”工程升级版建设顺利实施的关键一环。

“原来的标准厂房已无法满足入驻企业的生产经营需要，也难以容纳更多企业落户。”邵阳县工业集中区负责人肖卫东对纳入

农发行邵阳分行信贷支持的新邵县严塘镇白水洞易地扶贫搬迁集中安置项目　摄影：戴方晴

“135”工程升级版计划既喜也有忧——修建更多新的标准厂房势在必行，但投入资金巨大，钱从哪里来则是个“老大难”的问题。

很快，肖卫东的忧虑烟消云散。农发行邵阳分行成功投放4亿元现代农业园区固定资产贷款，用于支持邵阳县承接产业转移示范区标准厂房建设项目工程建设。这意味着，该县51栋标准厂房及配套设施建设资金有了着落，未来，近百家企业迁入也将梦想成真。农发行邵阳分行相关人员表示，该行将帮助邵阳县逐步建成以新能源、新材料、农产品精深加工产业、电子信息产业等为重点主导、轻工纺织产业等为辅助的承接产业转移示范区。

这只是农发行邵阳市分行全力支持“135”工程升级版建设的一个缩影。自“135”工程升级版发布以来，该行成立专门营销小组，深研政策，深入各县市走访、调研、摸底，积极向地方党政领导宣讲农发行政策，宣传农发行贷款优势，推介农发行信贷产品，对接项目融资需求，全力支持地方推进标准化产业园区建设。在邵阳县的率先突破，打响了该行支持“135”工程升级版的第一枪。截至目前，该行已获批“135”工程升级版项目贷款18.6亿元，累计投放14.5亿元，支持建设了家居产业园、球类产业园、智能产业园区等多个类型的产业园区。

筑高地：打造绿色发展增长级

承接产业转移，既要依托地方特色，也要坚持生态优先。位于新邵县的邵阳市高铁新城，木材资源丰富，配套产业链齐全，交通便利，为承接广东家居产业提供了有利优势。环保与经济效益兼具的绿色家居产业，成为有效突破口。

打造绿色家居产业中心，对邵阳市高铁新城来说，是从无到有的过程，也是从蓝图到实践的过程。18118.00平方米环保科研大楼、72448.75平方米创新科技厂房、121386.00平方米生态生产厂房、88361.41平方米智能生产厂房、4937.52平方米绿色通道服务用房、12024.00平方米生态企业员工公寓……把规划纸变为施工图，少不了金融为其“通脉活血”。

不忘初心，必有所成。近日，农发行邵阳分行争取省市县三级行联动，开辟绿色办贷通道，优先受理、优先审查、优先审批，为邵阳市高铁新城绿色家居产业中心项目提供了4.5亿元的信贷支持。在农发行强有力的资金后盾下，佛山经典开元酒店家具有限公司、佛山新加利家具有限公司、佛山市祥源家具制造有限公司等企业已与园方签订入园租售协议，占整个项目租售面积的35%左右，还有更多家居企业正在接洽商谈。在该项目施工现场，绿色“增长极”正在加速成型。

“梧高凤必至，花香蝶自来。”邵阳承接湘南湘西产业转移的卷轴已然诗意展开，不尽春潮定将滚滚而来。在这其中，农发行邵阳分行的积极作为必将成为这滚滚春潮中最光彩夺目的一朵浪花。

作者：阳俊、潘菁

中国农业发展银行白银市分行

为地方经济高质量发展注入新动能

中国农业发展银行白银市分行党委副书记、副行长（主持工作）付平

链接：付平，1979年7月出生，西北师范大学经济学硕士，资产评估师，中级经济师，中共党员。先后在中国农业发展银行民勤县支行、天水市分行、甘肃省分行、敦煌市支行、白银市分行工作，现任中国农业发展银行白银市分行党委副书记、副行长（主持工作）。多次获得中国农业发展银行甘肃省分行专项奖，荣获甘肃省第五次金融科研优秀成果奖，被敦煌市委、市政府评为“首届文博会先进个人”。

一条路串起沿线六个景点，为白银的乡村旅游增色添彩；治理一条渠，成就一座城；扶持特色产业，致富一方群众；兴修水利发展产业，造福一方百姓……在甘肃省白银市各县区，一个个落地建设的重大项目快速推进与完工，与中国农业发展银行白银市分行（以下简称农发行白银市分行）的政策性金融强有力的支撑是密不可分的。

服务国家区域重点战略，助力地方经济发展。农发行白银市分行认真贯彻落实总行和省分行的工作部署，牢牢把握高质量发展总要求，调整发展策略，优化营销模式，通过“全面营销+地域特色”，突出“一县一品”，在黄河流域环境治理、水利建设、农村人居环境、棚户区改造等领域精准发力，做到在创新中谋发展，发展中保质量，充分发挥政策性金融引领示范、补短板、逆周期调节等特殊职能，为助力地方经济增长、实现高质量发展注入源源不断的金融活水。

网红路助推旅游发展

一年建成通车的白银至青城古镇旅游公路，架起了黄河两岸、金沟沿岸乡村的致富桥梁。2020年6月28日，白银至青城古镇旅游公路正式通车。这条公路串起了白银区全力打造的“六朵金花”，让市民去水川和青城古镇休闲度假更便捷了。“六朵金花”是白银区实施乡村振兴战略，立足区情打造的花村顾家善、水乡大川渡、乡坊强湾村、石村萱帽塔、桃园罗家湾和大坪国家农业示范园乡村旅游示范工程。

现在，从白银到水川的时间压缩了一半，沿途的群众出行更方便更快捷，白银至青城古镇旅游公路是白银市完善路网的重要基础设施，也是白银至青城古镇旅游发展的基础设施。

在这条路通车前，白银到青城的道路是四级路，路面破损严重，通行质量差，沿线排水设施少，部分边沟淤塞，排水不畅，路基防护使用现状较差，大部分防护受雨水冲刷，导致砂浆脱落，墙体损坏严重。随着青城古镇和水川乡村旅游的发展以及周边村民发展经济致富奔小康的需要，这条路急需扩建。

该项目于2019年6月28日开工建设，项目沿既有的老路布线加宽，对局部路段进行裁弯取直。由于沿途村庄多，道路建设是边施工边通车，有效工期不到9个月，最多的时候是600多人同时施工。

这是农发行白银营业部16500万元贷款支持的交通扶贫项目，目前已投放贷款9700万元。这条路通车后对加快水川镇和榆中青城古镇旅游资源的开发整合、提升水川镇土地资源开发利用水平、打造沿河特色风情小镇具有重要的战略意义。

现在，这条路一开通，就成了白银市的网红路，沿途的美景在网络上广为流传，已成为网民的打卡之地。同时也是一条扶贫路、惠民路、旅游路，这条路的通车让白银市民到水川休闲旅游更方便，对带动当地乡村旅游产业发展意义重大。

与此相对应的是，游人沿着这条路前往休闲娱乐好去处的水川湿地公园建设也是农发行白银营业部鼎力支持的项目。由农发行白银营业部贷款 5900 万元修建的全长 5.6 公里的水川镇湿地公园产业道路是白银区水川湿地公园基础设施建设的重要部分之一，是水川镇和黄河湿地公园通往沿黄快速通道的主要道路。这一通道的建设进一步加强了湿地公园道路网与白银市道路网的联系，完善区域内道路交通网络，为提升水川湿地公园建设的发展水平提供便利的交通条件。

白银市靖远县靖乐渠环境治理项目效果图（部分）

目前，农发行白银营业部贷款 1200 万元建设的“黄河假日城”湿地公园二期工程（休闲园）正在实施中。这一项目的实施能够改善周边区域居民的居住环境，为周边办公及生活的群众提供休闲娱乐的空间，为带动区域经济发展提供良好的条件。环境好了，游客就多了，周边村民的特色农产品销售会更好，收入也就增加了。

旅游扶贫比给钱的效果更好。景泰黄河石林是甘肃省著名的旅游景点，为发挥旅游对脱贫的带动作用，2018 年以来农发行景泰县支行向景泰黄河石林文化旅游开发有限公司累计发放旅游扶贫长期贷款 20000 万元，用于黄河石林一期项目建设。通过新增饮马沟木栈道、豹子沟木栈道及灯光秀场、滨河路景观大道，新增游客接待中心、公共卫生间、公共停车场，改善南湾至河堤排洪设施等基础设施，有力地支撑了龙湾村村民脱贫致富，达到旅游扶贫的目的。农发行的信贷支持让景区面貌焕然一新，项目建成后，带动当地建档立卡贫困人口 47 户 184 人就业或增收，辐射带动景泰县中泉镇 7 个贫困村建档立卡贫困人口 1875 人实现增收。

“黄河明珠，魅力白银。”从水川湿地公园到景泰黄河石林，农发行政策性金融积极支持旅游产业和农村新产业新业态，促进区域产业优化升级，让白银乡村旅游蓬勃发展，为乡村振兴注入了新活力。

治水兴水开启新征程

黄河流经甘肃 900 多公里，其中流经白银 258 公里。白银位居黄河流域泥沙治理和全国“两屏三带”生态安全屏障的最前沿，是黄河上游甘肃段高质量发展的重点区域。在黄河流经白银市的 258 公里中，流经靖远达 154 公里，流域面积 100 平方公里，是甘肃省黄河流经里程最长的县份。

治理一条渠扮靓一座城。靖远县抢抓国家推动黄河流域生态保护和高质量发展的契机，奏响黄河大合唱，靖远县靖乐渠环境治理 PPP 项目应时而生。靖乐渠环境治理项目工程横穿靖远县城，东起乌兰镇河靖村虎豹口红军强渡黄河纪念碑，西至东湾镇金滩大桥，全长 13 公里，总投资额 20.3 亿元。该项目采用政府与社会资本合作（PPP）模式，以 BOT 方式进行运作，合作期限为 15 年，其中建设期 3 年，运营期 12 年。该项目作为甘肃省重大项目工程，以靖乐渠环境治理为切入点，对沿渠周边盐碱地、污染区域进行生态恢复，并利用该渠穿城而过的特点对于沿渠周边荒地进行深入开发。工程从西向东划分为四个功能区，分别为湿地修复生态体验区、郊野风光休闲游憩区、城市公园文体乐活区、历史文化传承创新区。该工程的建设对于靖远县生态修复、经济发展、社会人文繁荣等各方面有着十分重要的意义。靖乐渠环境治理项目 2020 年计划完成文体乐活区投资 5 亿元，其中七馆一中心完成 3.5 亿元，靖乐湖公园完成 1.5 亿元。七馆一中心年底实现主体封顶，玻璃幕墙、金属幕墙完成。项目建成后，将进一步完善区域城市功能、提高城市品位，为广大群众营造出一个青山绿水相映、鸟语花香袭人的美好人居环境。

作为贯彻落实黄河流域生态保护和高质量发展的一项重要工程，靖乐渠环境治理工程项目集生态修复、乡村振兴、田园综合体于一体，项目建设的投融资备受社会各界关注。农发行平川支行充分发挥政策性金融的引领示范、补短板作用，对该项目实施全额贷款 16.20 亿元，有效解决了靖乐渠环境治理工程的建设资金需求。

从启动调查评估到项目落地仅 40 多天，这是省分行批复的最大的一个 PPP 项目。在全省没有成熟模式先例的情况下，完成了靖乐渠环境治理项目 16.2 亿元水利建设贷款的审批工作，已投放贷款 4.6 亿元。此外，2020 年以来农发行白银分行已累计向污水处理、乡村环境整治等黄河流域环境治理生态保护方面投放贷款 4.82 亿元。靖乐渠环境治理 PPP 项目稳步推进的同时，农发行景泰县支行积极介入景泰县永泰川灌溉引水工程，成为农发行扶持 PPP 项目的又一个典范。景泰县永泰川灌溉引水工程总投资为 58566.41 万元，采用 PPP 模式，由政府和社会资本方共同出资成立项目公司——甘肃永泰川水务有限公司，由永泰川公司承担项目的工程投资、建设管理、运营和维护等，合同期满后项目资产及相关权利等移交给政府。

永泰川灌溉引水工程主要从引大东二干渠末端引水，通过新建输水骨干工程，向景泰县寺滩乡永泰川规划发展戈壁农业提供灌溉用水。

农发行景泰县支行为甘肃永泰川水务有限公司提供水利建设固定资产贷款 22000 万元，期限 20 年，目前已投放到位 9500 万元。这一项目最大的特点是工程效率高，三年见效，先引水再建设后段工程，让项目建设当年就见成效。通过支持该项目，农发行的社会和品牌形象得到显著提升，社会责任与担当得到充分展现。

景泰县永泰川灌溉引水工程建成后，年供水能力可达 3000 万方，将发展节水灌溉 30 多万亩，不但助力干旱山区老百姓脱贫致富，而且对改善本地生态也将发挥积极作用。景泰县计划在该项目区建设景泰县国家现代农业产业园，着力打造百亿级循环农业产业链和集生态修复、精准脱贫、三变改革、文化旅游、丝绸之路节点于一体的“五位一体”乡村振兴示范区，为发展现代农业、深入实施乡村振兴战略奠定坚实的基础。

特色产业拓展致富路

培育一个产业，致富一方群众。从靖远到平川，从景泰到会宁，近年来农发行白银市分行加强与地方政府的联系，紧盯各县区特色产业发展，提供政策性金融支持。

靖远羊羔肉是靖远县特产，也是中国国家地理标志产品。为进一步做大做强靖远羊羔肉品牌，靖远县招商引资甘肃阿西娅农业产业发展有限责任公司打造“阿西娅全产业链产业扶贫项目”，以此来带动靖远羊羔肉产业和水果蔬菜产业的健康发展。

到国庆节这一项目建设就将完工了，主要建设内容有活畜屠宰、肉制品加工、仓储物流、废弃物综合处理等方面的车间、仓库、设备、设施以及研发中心等。这是靖远县首家针对农业产业开发及农产品商品转换而打造的绿色产业园区，园区占地188.09亩，计划投资2.4亿元，园区建成后是优质靖远羊羔肉和特色农副产品的集散辐射基地、一级供应基地和甘肃最大的“靖远羊羔肉”采购中心。项目的建设离不开农发行平川支行1亿元的金融信贷支持。

平川黑驴养殖历史悠久，据史料记载，自汉代“丝绸之路”开拓以后，平川境内的先民们就有养殖毛驴的历史记载。近年来，平川区立足区位优势，坚决把黑驴产业作为一项脱贫致富的主导产业来推进，探索推进“1+X”黑毛驴产业扶贫模式，走出了一条市场主导、政府主推、企业主营、农户主产的产业脱贫之路。农发行平川支行发放的5000万元贷款就用于支持甘肃恒玉万头黑毛驴生态养殖及现代农业产业园建设项目，是全省第一笔驴产业贷款。

万头黑毛驴生态养殖及现代农业产业园项目总投资5.6亿元，占地面积1万亩，目前已完成基地核心区建设，养殖黑毛驴1000头，与全区15家养殖专业合作社签订养殖带动协议，并向农户投放黑毛驴200多头，带动合作社养殖和贫困户养殖黑毛驴1200头。

“景泰川，米粮川。”依托景泰良好的农业资源优势，集饲料加工、养猪生产、屠宰加工为一体的大型现代化农牧企业，牧原股份有限公司在景泰县投资建设年出栏50万头全线规模的生猪养殖场，总投资63879.76万元，占地面积约2666亩项目。企业6月上旬获批农发行景泰县支行贷款45000万元，目前已全部投放到位。农发行信贷资金支持及时，达到了企业的需求。粮食收购是农发行的主要业务。为支持甘肃省长城粮油储备库有限公司收储粮食，保障市场粮食供应，2020年2月，在疫情防控的关键时期，农发行景泰县支行向甘肃省长城粮油储备库有限公司发放购销企业粮油收购贷款5000万元，全力保障疫情期间收购资金及时足额供应、不断档，助推农民手中余粮及时变现，切实做到“钱等粮”，以实际行动践行“支农为国、立行为民”的家国情怀和使命担当。

干旱贫困的会宁种植小杂粮闻名全国。为落实白银市政府大力发展“好中优、特中特”的粮油产业要求，农发行会宁县支行创新提出小杂粮“产购销供应链订单模式”，全力支持会宁县小杂粮走“精品化”发展路子，为当地民营企业甘肃发滋瑞小杂粮食品有限公司贷款500万元支持其发展。利用这笔贷款，该公司正在实施小杂粮产业融合新经营模式，采取“公司牵头、合作社参与、农民入社、耕地入股、劳动合作、分红返利”的办法，探索小杂粮实现产业化经营的创新道路。截至目前，已有5个农民专业合作社组织2000多户农民参与到产业经营中，正逐步形成新型的农业经营主体。“产购销供应链订单模式”成功落地，并获省分行推荐，为全行下一步支持地方特色产业全产业链发展形成了有益探索。

近年来，会宁县把蔬菜产业作为助农增收的主导产业之一，通过贫困户自种和经营主体代种等多种方式，逐步实现农民增收、农业增效。作为会宁县蔬菜产业销售龙头企业的甘肃依禾商贸有限责任公司全力服务贫困户种植蔬菜的收购销售，助力贫困户脱贫增收。农发行会宁县支行了解到甘肃依禾商贸有限责任公司急需流动资金后，2019年9月根据企业实际资金缺口和行里的信贷制度向甘肃依禾商贸有限责任公司发放农业小企业产业扶贫短期流动资金贷款1000万元支持企业发展。公司销售建档立卡贫困户果蔬2200吨以上，使每户建档立卡贫困户每年增收13500元，平均每人每年增收3000元，同时推行农村超市对接、直供直销，对推动贫困地区产业发展起到了重要作用。

产业兴旺是乡村振兴的关键和压舱石，产业增收是农户增收的根本之策和源头活水。聚焦深度贫困地区，农发行白银市分行制定了支持靖远县、会宁县脱贫攻坚金融服务方案，签订“千企帮千村”精准扶贫行动合作协议，全面落实总行48条信贷差异化支持政策，支持脱贫攻坚。累计向会宁投放产业扶贫贷款6205万元、项目扶贫贷款3.15亿元，2019年末会宁扶贫贷款余额87704万元，增长35.57%；向靖远投放扶贫贷款23780万元，2019年末靖远扶贫贷款余额86489万元，增长18.33%，两县扶贫贷款增速均高于全省平均增速。通过一个个实打实的项目，树立了农发行支持脱贫攻坚的品牌形象。

创新担当中奋力作为

创新中谋发展，发展中保质量，让农发行白银市分行在服务地方经济建设中发挥了金融先锋队的作用，彰显了政策性银行的使命和担当。

2019年，由会宁县兰能投热力有限责任公司负责实施的会宁县城市集中供热改造项目建设中遭遇资金难题。为保证这一项目供暖，让会宁县易地扶贫搬迁2万多名贫困户寒冬不受冻，农发行会宁县支行主动与企业沟通对接，了解项目实施情况，经过三级行的努力，2019年9月成功向会宁县兰能投热力有限责任公司发放城乡一体化中长期项目扶贫贷款31500万元，用于会宁县城市集中供热改造项目。

资金到位后，根据项目建设的特殊性，农发行会宁县支行特事特办，第二天运用托收承付向甘肃省安装建设集团公司支付工程款约6000万元，用于建设安置小区供热管网铺设和换热站建设，真正地承担了扶贫攻坚的社会责任，2020年，这一民生工程将全面完工。

会宁是全国的状元县，教育是会宁的一张名片。为助力会宁教育扶贫，2020年3月，会宁县政府与甘肃省建投签订框架协议，由甘肃省建投负责会宁县域内4个教育扶贫项目的基础设施建设。农发行会宁县支行以此为契机，与负责四个学校建设项目的省建投子公司甘肃第六建设集团股份有限公司协调对接，最终确定了以项目建设的乙方——甘肃省第六建设集团股份有限公司为融资主体，20000万元的教育扶贫中长期项目贷款已全额投放。这4个学校建设项目为易地扶贫搬迁后续扶持公共服务设施配套项目，主要服务会宁县钟鼓楼易地扶贫搬迁安置区和天润嘉园易地扶贫搬迁安置区服务人口4020人。

在创新中力求成效。农发行白银市分行按照“发现现金流、设计现金流、创造现金流”思路，创新推出自营模式支持公益性项目的新路径，审批白银银恒建业4.11亿元农村人居环境综合整治、农村公路中长期扶贫贷款，还向白银区、会宁县棚户区改造项目投放贷款27.06亿元，有效改善白银区和会宁县城中村群众居住生活环境，助推白银市城镇化建设。

围绕业务拓展，农发行白银市分行确立了“一加大、两巩固、四拓展、三探索、六结合”的业务发展思路，及早召开政银企业务洽谈会，先后开展“春天行动”“秋果行动”“冬储行动”，切实加大项目营销、储备、审批、投放力度，“农业发展银行、服务乡村振兴银行”的品牌打造有序推进。

2019年，农发行白银市分行全年累放贷款15.51亿元，年末余额57.54亿元，创建行以来历史新高。白银市有关领导对农发行的评价是：“农业发展银行白银分行在过去的一年为白银经济发展做出了贡献。望再接再厉，不断做出更大更好的成绩，使白银经济和农业发展银行共同发展。”

蓄势发力再跨越，金融活水添动力。2020年上半年，农发行白银市分行累放贷款29.79亿元，其中，投放扶贫类贷款17.51亿元，贷款余额达到83.83亿元，贷款规模再次刷新历史新高。

在高质量发展的大潮中，农发行白银市分行围绕白银市委、市政府的需求，以服务脱贫攻坚统揽业务全局，全力服务乡村振兴和国家区域发展战略，突出支持疫情防控、保障粮食安全和重要农产品供给、补上“三农”领域短板，深入推进全面从严管党治行，统筹推进创新转型、风险防控、合规经营、队伍建设等工作，在高质量服务白银经济社会发展上不断地探索实践。

山西省翼城县农村信用合作联社
发展持续向好

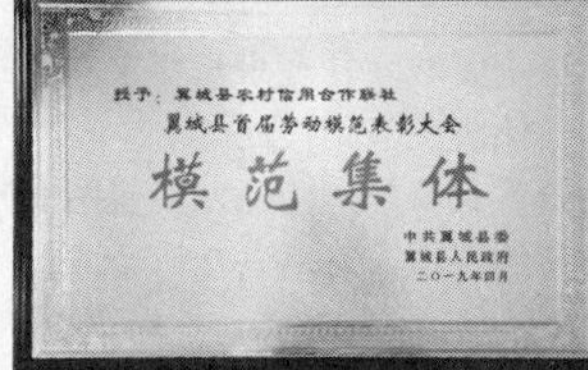

授予：翼城县农村信用合作联社
翼城县首届劳动模范表彰大会
模范集体
中共翼城县委
翼城县人民政府
二〇一九年四月

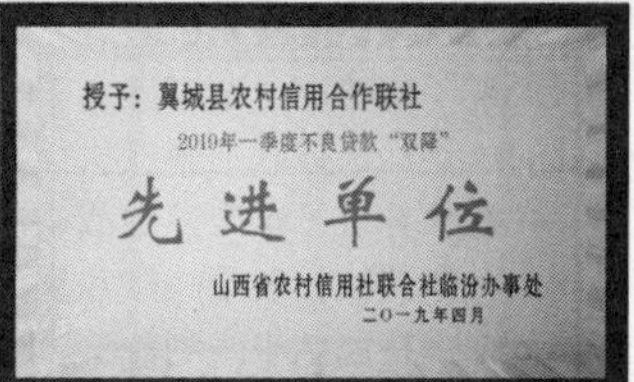

授予：翼城县农村信用合作联社
2019年一季度不良贷款"双降"
先进单位
山西省农村信用社联合社临汾办事处
二〇一九年四月

在自信坚韧、爱拼敢赢的领导班子带领下，翼城县农村信用合作联社不断取得新成绩，获得新荣誉

链接：翼城县农村信用合作联社是翼城县机构员工最多、业务规模最大、服务区域最广、支农力度最强的金融机构，营业网点遍布全县各个乡镇，共有分支机构25个，其中营业部1个、信用社15个、信用分社6个、储蓄所3个，共有在册员工386人。截至2019年8月末，各项存款余额达45.6亿元，占全县金融机构市场份额的35.51%；各项贷款余额达32.07亿元，占全县金融机构市场份额的64.28％，其中农业贷款余额18.8亿元，支持地方中小微企业贷款余额9.01亿元，各项主要业务市场份额均居翼城县第一位。

2019年8月初，山西省翼城县农村信用合作联社（以下简称翼城联社）业务数据新鲜出炉：截至7月末，该联社各项存款余额45.44亿元，较年初净增 4.51亿元；各项贷款达到31.42亿元，较年初增加8.99亿元，创7年来历史同期新高；实现总收入11130.57万元，较2018年同期提高2017.65万元，增幅22.1%……这一组组数据显示翼城联社的业务发展态势持续向好。

2019年以来，面对当前经济下行压力仍然较大、同业竞争更趋激烈的现状，翼城联社迎难而上，狠抓各项基础工作，一改以往的状态，取得了不俗的业绩。

党建引领，提振士气

翼城联社牢固树立"党建领社"原则，以党建工作为主线，推动各项工作持续引向深入。该联社严格落实"1+3"岗位责任，联社党委、各党支部和各网点党员干部以"关键少数"引领担当，大胆负责、敢抓敢管、主动推进各项工作，以过硬的责任担当，成为所在部室、网点的中流砥柱。全体党员发挥先锋模范作用，成为本单位工作的典型、样板，以优良作风和人格魅力感染员工、凝聚员工，切实摆正位置做事，沉下身子担当。

为充分调动干部职工干事创业的干劲和活力，翼城联社扎实开展"提士气、树形象、促发展"专项基础工作，引领联社各项工作深入推进。全体干部职工人人参与，把活动融入学习、工作、生活的方方面面，协调并进、整体推进，在全联社营造起"干事业、有作为"的良好氛围。为进一步激发员工干劲，该联社调整薪酬计发标准，真正让干活多的、责任重的、效益高的员工多拿工资，做到薪酬向一线员工倾斜、向业务技能水平高的员工倾斜、向业绩好的员工倾斜、向山区员工倾斜、向不良贷款清收倾斜。同时，该联社积极采取各种措施维护员工权益。进一步改革带薪休假制度，在规定休假期限内，全年可以分两次休假，真正做到劳逸结合；进一步完善基层网点"五小建设"，在坚持重大节日送福利的基础上，继续对基层员工实行就餐免费、洗衣免费、体检免费、职业装免费政策，不断提升员工的幸福感；重点关注员工心理健康，达到在工作上适度加压，活动中快速降压，最大化释放全员压力，使大家更好地投身于"农信家园"建设，促进联社新发展目标的圆满实现。

一系列举措的执行，有效激发了员工的工作积极性，全员以更加饱满的热情投入到农信工作中。

提升业务，促进发展

农信发展归根结底要靠业务来体现。翼城联社抓住业务发展这个龙头，大力推进发展。

提升各项存款市场份额。存款是提速联社各项业务的"发展之本"。翼城联社在营销定期存款、提高存款稳定性的基础上，全力加大对公存款、代发工资等业务营销，持续引回财政、涉农、社保、医疗、通信等各类行业大户资金，并积极捕捉项目信息，渗透大项目、对接大客户，拉回全县各级各类对公账户。各网点逐户对服务辖区内商铺门店和企业上门摸底调查，掌握资金动态，建立工商企

翼城联社全面启动"百村示范、千村推进"整村授信工作，助力乡村振兴

为加快回归本源，翼城联社党委书记、理事长深入田间地头进行调研

业户基础信息档案，使活期存款持续增加，确保联社各项存款不仅在规模上持续扩大，而且在结构上不断优化，逐步降低资金成本。

提升信贷资产规模质量。翼城联社坚定"服务三农"的办社宗旨，以小额信贷产品为重点，采取"逐户评定、重点培养、集中项目、分批支持"的措施，择优扶持一批诚信意识强、履约保障强、经营能力强、发展前景好的"三农"客户，牢牢占据"三农"市场。贷款投向上，紧抓全县经济转型机遇，加大支持全县传统产业改造升级、战略性新兴产业，以及教育医疗、养老健康、文化创新等领域贷款，抢抓机遇，抢占市场。

提升不良贷款清收质效。该联社集中一切资源对不良贷款"火力全开"，采用法律手段强力打击恶意赖债贷户，用行政手段严惩失信公职人员，用曝光手段施加舆论压力，进一步采取社会公告、媒体曝光等举措，制造舆论热点，引起社会关注，通过公众谴责，让失信贷户成为众矢之的，寸步难行，从精神上给借款人施加强大压力，激发其还款积极性。

提升非信贷业务创利能力。重点精抓资金业务、中间业务、财务核算、处置抵债资产等业务，精心打造"智慧银行"网点，精益完善中间业务产品，精密营销特定客户群体，重点加大晋享 e 付、晋享生活、手机银行、微信银行的营销力度，使客户逐步从传统物理网点的接触方式迁移分布到各个渠道。稳步加大以社保卡为重点的各类代收代付业务的营销力度，并做好个人理财产品、安贷宝业务的营销，努力增加代理业务手续费收入，使联社客户群体持续扩大，市场覆盖率持续提升，中间业务收入持续提高。

狠抓执行，落实到位

"说了就要算，定了就要干。"这是翼城联社理事长黄宝安经常说的一句话。该联社狠抓执行力，确保决策落到实处。

联社领导班子谋定发展战略，决策重大事项，确保发展蓝图变为现实。事关联社发展战略和重大决策的事项，每名联社班子成员都要坚定坚持民主集中制，以共同的责任感，互相支持，求同存异，顾全大局，不断提高议事决策水平，切实把联社班子打造成为一支相互信任、相互欣赏、相互包容、相互维护的坚强组织。

全体中层干部发挥本条线、本网点业务精英的作用，主动做好领导的助手，协助领导制定工作目标，并努力把目标转化为基层员工的实际行动，确保各项工作按时分解、落实到人。

联社每名员工都盯住自己手中的活，心无旁骛地关注正在做的具体事情。客户经理，眼睛紧盯即将营销的优质贷款和正在清收的不良贷款；柜员时刻关注周围的客户有什么金融需求；授权人员瞄准员工的操作是否合规……每一名员工都紧紧盯住自己的工作，认真去执行。

千淘万漉虽辛苦，吹尽狂沙始到金。翼城农信人以众志成城、迎难而上、披荆斩棘、砥砺前进的精神状态，向着既定目标奋力迈进！

山东曹县农村商业银行

电商大县背后的金融力量

链接：山东曹县农村商业银行股份有限公司（以下简称曹县农商银行）下设 13 个职能部室、3 个公司部、1 个营业部、38 个基层网点，干部员工 523 人，是全县营业网点最多、资金实力最强、服务范围较广的县域金融机构。近年来，曹县农商银行以党建文化引领业务发展，以科学发展观统揽全局，紧紧围绕"转方式、调结构""新生态、新零售""全力推动移动办贷"和电子银行建设，不断创新工作思路，改进工作方法，强化内部管理，加强科技、队伍、企业文化等各项建设，真抓实干，全力推动各项业务全面迅速发展。至 2019 年末，该行各项存款余额 213.68 亿元，较基数增长 34.24 亿元，乡镇增量市场占比 60.37%；各项贷款余额 111.94 亿元，较年初新增 21.44 亿元，各项贷款户数 36994 户，较年初新增 7262 户，零售类贷款余额 77.59 亿元，较年初新增 16.42 亿元，零售占比 71.23%，居全省第五位、全市第一位；资本充足率 12.04%，拨备覆盖率 141.5%，不良占比 3.21%；借记卡发卡量 214.8 万张，居全省第一位，社保卡发卡量 83 万张，居全省第一位；手机银行客户数 22.6 万户，居全省第三位；电子银行替代率 93.33%，较年初增加 11%，居全省第三位、全市第一位。该行荣获连续 7 年省级文明单位，连续两年县域经济领军银行，全县"企业重大贡献奖""金融支持曹县经济发展优秀单位"等荣誉称号。

面对电子商务星火燎原般发展壮大，山东曹县抓住"互联网 +"

党委书记、董事长谢彬到淘宝商户调研　摄影：刘鹏

发展机遇，一举成为全国知名农村电商大县，其中大集镇被阿里集团授予中国"淘宝镇"称号，其下辖的25个行政村全部被授予中国"淘宝村"称号。

如今，发展电子商务已成为曹县推进乡村振兴工作的重要举措。作为地方金融主力军，曹县农商银行党委多次带队进村入户，实地调研电商发展实际情况，通过采取提升服务、创新"电商贷"产品等举措，有效解决了电商发展资金需求短、频、快的问题，充分发挥了农村金融主力军服务乡村振兴冲在前、干在先的引领作用。

调研摸底，夯实服务基础

在淘宝商户发展初期，曹县农商银行进行了多方了解，认为电商虽是新生事物，但发展潜力大、前景好，需提前介入，加大信贷支持力度。

只有切实掌握大集镇及周边乡镇服饰加工、淘宝贸易发展情况以及发展过程中存在的问题，才能制订有针对性的扶持方案。

为此，曹县农商银行安排业务骨干对大集镇主要生产加工村进行全面走访摸底，了解加工户的生产加工情况、销售情况以及进货渠道等，掌握了第一手资料，为后期支持奠定了基础。

2012年，曹县农商银行以商户联盟的方式，为大集镇16位商户提供了第一批贷款，共150万元。随着淘宝商户不断发展壮大，资金需求也在逐步增加，目前得到曹县农商银行支持的商户已发展成大集镇最大的表演服饰加工厂。

截至2019年8月上旬，曹县淘宝镇达到13个，淘宝村达到124个，淘宝村数量占全省三分之一，成为全国第二、山东省第一大淘宝村集群。

突出优势，加快创新步伐

淘宝电商产品销售季节性强，信贷需求具有短、频、快的特点，曹县农商银行在前期调研的基础上，将商户网上交易情况作为一项重要依据，把交易记录、交易流水、交易量以及在淘宝等交易平台的信用等级作为主要考察内容，灵活降低信贷准入门槛，对淘宝商户实行看得见、摸得着的利率优惠政策，切实降低了商户的融资成本，量身打造了"电商贷"信贷产品，有力地推动了淘宝村淘宝产业发展。

2019年，曹县农商银行结合全县电商发展呈现的新变化及产业融资新需求，围绕县委、县政府更大力度发展电商产业的决策部署，适时推出"电商贷2.0版"，以更合理的额度、更优惠的利率、更灵活的期限、更多样的担保和还款优势，全面满足电商客户融资需要。

一是借款期限更灵活。根据借款人贷款用途、资金回笼时间和还款能力综合确定，最短1天，最长达3年。二是担保方式更多样。结合借款人实际情况，可采取保证、抵押、质押和信用方式或组合担保方式，借款人可自主选择。单户年销售总量100万元以上可直接申请信用贷款。三是贷款额度更合理。根据借款人的经营收入、净资产、信用等级、生产经营项目、综合还款能力等因素确定贷款额度，单户最高额度200万元。四是贷款利率更优惠。按照中国人民银行规定的基准利率和农商银行利率浮动幅度，以及有关利率定价管理制度要求合理确定。截至目前，曹县农商银行发放"电商贷"9.2亿元，有力地支持了辖区电商产业的发展壮大、优化升级。

曹县人任庆方2007年毕业后，到了江苏无锡工作，其间和几位朋友做起了淘宝第三方服务，边打工边创业，积累了丰富经验。2009年国庆节，他休假回家，发现老家的演出服装及其网销市场潜力巨大。2010年6月，他辞去原来公司工作，回乡做起了淘宝生意。

网店刚创办时，任庆方资金很紧张，曹县农商银行大集支行客户经理了解情况后，及时授信60万元，帮他渡过了难关。在农商银行支持下，任庆方创办了曹县侨尚服饰有限公司，申请了侨茵轩商标，注册了4个天猫商城、2个淘宝网店，带动了大批农村妇女就业。

目前，曹县已形成以大集镇、安才镇、闫店楼镇为中心的电商产业集群镇，电商商户达5.5万户，共带动周边20万人创业就业。

多管齐下，助力乡村振兴

在全面服务乡村振兴过程中，曹县农商银行还结合当地产业经济状况，推出"返乡创业贷""新型农业专项贷""家庭农场贷""乡村旅游贷""党员先锋贷"等多款服务乡村振兴的信贷产品。

为更好地服务县域经济，曹县农商银行牢记习近平总书记关于"扎实实施乡村振兴战略，打造乡村振兴的齐鲁样板"的重要指示，大力推行"三位一体"营销工程，即：乡村振兴"村村通"、行政服务"政银通"、微企商户"银商通"，实现了金融服务全覆盖、一体化，将普惠金融落到了实处。

曹县农商银行与辖区所有乡镇、街道办事处对接、召开金融服务乡村振兴现场会，累计与96个科局单位签订"政银通"战略合作协议，召开25次银企对接会，收集500余家小微企业信息，采集28959户客户信息。积极开展驻村调研工作，每名员工选择1个行政村，定期开展入户走访，详细掌握村情信息，为村民提供方便、快捷的金融服务，将金融产品和服务送进村、入户。

此外，曹县农商银行积极开展金融干部挂职交流。经县委发文，选派挂职金融干部31人，其中挂职科局副局长4人、金融办副主任1人、街道办事处副主任2人、乡镇副镇长24人，成为全省农商系统首批实现金融挂职全覆盖的农商行。不断深化银行服务内涵，以更加精准的服务破解农村金融需求的痛点难点，打通了信息壁垒，形成了相互信任、互通有无的良好局面，为金融支持乡村振兴奠定了坚实基础。

作者：刘鹏、沙蕊

菏泽审计中心党委书记崔玉光、菏泽银保监分局副局长（主持工作）黄波，曹县农商银行党委书记、董事长谢彬到电商企业实地调研　摄影：刘鹏

四川省农村信用社联合社资阳办事处

民有所需 农信有为

四川农信资阳办事处党委书记、主任钱永洪，党委委员、副主任贾勇到安岳查看支持地方企业情况

乐至农商银行工作人员为小学生讲解网络安全的重要性

学史力行，实干为民，民有所需，农信有为。

自党史学习教育以来，“我为群众办实事”实践活动在四川省农村信用社联合社办事处（以下简称四川农信资阳办事处）如火如荼开展，各单位部门创新工作举措，紧盯群众（客户）、员工的烦心事、揪心事、忧心事，瞄准“急难愁盼”问题精准发力，全方位支持“三农”发展，全面助力乡村振兴和农业农村现代化建设，不断优化金融服务模式，提升金融服务效率，进一步增强服务全市“三农”和地方经济发展能力，切实将金融服务送到群众家门口，在为民便民惠民上见实见效，有效提高了人民群众的获得感、幸福感、安全感。

创新金融产品，办实事还得出实招

乡村振兴之路需要磅礴的青春朝气，好风凭借力，在省农信联社统筹部署下，为了让更多的青年俊杰在乡村大有作为，一款针对有志建设乡村的青年贷款产品应运而生。

2021 年 6 月 10 日，四川农信资阳办事处党委与共青团资阳市委签订“蜀青振兴贷”战略合作协议，协议以助力乡村振兴为统揽，围绕青年就业创业、金融知识宣传、青年人才培育等重点领域，充分发挥地方金融机构优势，为乡村金融知识普及提供专业支撑，为青年创新创业提供资金支持，引领广大团员、青年积极投身乡村振兴事业，这款产品一经推出便吸引了众多青年创业者。

“‘蜀青振兴贷’最高 100 万元的贷款额度，不仅能解公司资金需求的燃眉之急，还能够进一步扩大业务规模，稳定发展信心。”雁江区从事跨境电商的创业青年刘家豪表示，“这款金融产品就是为青年创业者‘量身定制’的。”

对此，乐至创业青年林海燕同样深有感触，她坦言，“比起其他贷款业务，‘蜀青振兴贷’利息优惠得多。”她准备对自家农场进行乡村旅游设施升级，有了这笔资金支持，可以更快启动建设。

“蜀青振兴贷”担保方式灵活、还款方式多样、申请方便快捷，让更多有志青年回归农村，在乡村振兴中挑起大梁。有了新鲜血液的回归，乡村振兴才会有朝气、人气和底气，农业农村现代化建设才会充满活力与生机。截至 2021 年 12 月底，全市发放蜀青振兴贷 44 笔，共 1048 万元。

“蜀青振兴贷”只是四川农信创新推出的众多金融产品之一。在省农信联社的统筹指导下，四川农信（资阳）进一步贯彻落实“坚守定位，回归本源”的工作要求，提出“党建+”党组织共建、整村授信、乡村金融服务站（点）建设、金融联络员和农民夜校金融宣传等五大重点工作，制定下发了四川农信资阳办事处《全面推进乡村金融建设的指导意见》，打造独具特色的四川农信资阳地区乡村金融服务体系。辖内各农商银行围绕乡村金融建设工作，构筑乡村金融服务网络，实现“城乡阵地有管控，金融服务无缝隙”的目标。

以党建为引领，充分发挥基层党组织战斗堡垒作用，逐级对接地方党政，从组织共建、经济共谋、党员共帮、平台共建着手，推动基层党组织与乡镇、村（组）两级党组织融合共建，精准获取政策信息，形成市、县、乡（镇）、村“四级”服务网。通过“整村授信”模式，深入了解乡村金融需求，不断增强金融服务乡村振兴的能力；通过开展“一村一座谈”活动，深入对接农村金融需求，统筹抓好“三农”和农户小额信用贷款投放；推广“惠生活”农村电商平台，通过直播带货等形式免费帮助涉农企业、农户销售农副产品；通过与党政部门签订《双基共建 · 富民强基合作协议》，试点“金融 + 党建”阵地建设；上线“三资平台”，打通金融服务“任督二脉”；借助三资平台、“一卡通”监管平台、“指尖家园”以及开办农民夜校金融分校等，开展村（社区）、社会团体，机关企事业单位的金融政策、农商银行金融产品宣传，搭建起了农商银行与老百姓联系的桥梁。

截至 2021 年 12 月末，全市共与 6 个乡镇党委、53 个村委党支部开展党支部共建；开展整村授信行政村共计 789 个、244924 户，授信金额 132.49 亿元，用信 11.19 亿元；已建成标准化农村金融综合服务站 702 个，全年累计交易笔数 125.17 万笔；在 376 个村举办农民夜校金融分校，宣讲 654 期。支农支小再贷款余额 17.5 亿元，全辖普惠涉农贷款余额 85.91 亿元、普惠小微贷款余额 137.25 亿元。

智能化升级改造，办实事还要有效率

服务无小事，细微显真情。2021 年以来，为提高普惠金融获取便利度，四川农信（资阳）积极协助各农商银行扎实开展系统智能化升级改造，全面提升服务质效，坚持把客户需求放在首位，让服务不仅有“速度”更有“温度”，切实解决百姓的困难和金融需求，争做百姓身边的“暖心银行”。

四川农信资阳办事处按照省农信联社系统智能化升级改造项目上线工作部署，用心用情“耕耘”主责主业，加速“线上 + 线下”金融服务提质扩面。上线渠道智能化系统，提升网点运行效能；开通“校园通”业务，避免了学生现场排队缴费，简化缴费手续，构筑“农信、学校、家长”“三位一体”的综合网格，截至年末，“校园通”业务已经与 293 所学校签约合作协议；针对全市公职人员、国企职工、个体工商户推出“蜀信 e · 贷”产品，针对农户推出“蜀信 e · 小额农贷”，实现无纸质全线上办理贷款，让数据多跑路、

左图为安岳农商银行帮扶南熏镇田寨村"走基层，聚群力，决战决胜脱贫攻坚"动员大会；右上图为乐至农商银行农民夜校金融分校专题培训；右下图为资阳农商银行丰裕支行员工与老乡一起察看果树长势

群众少跑路；通过智能平台搭建和设备升级改造，将人社信息查询、社保卡自助办理、业务凭证打印等业务向银行智能自助终端延伸，最大限度方便群众就近办理人社事务；深入对接政府、保险、物流等部门，将政务服务、便民生活服务等内容整合到农综站，不断优化拓展"农综站"的功能，拓展农综站非金融服务，建立了多层次、立体式、全覆盖的农村金融综合服务体系，基本延伸全市88个乡镇963个行政村，让村民足不出村，就可办理现金业务。

聚焦"急难愁盼"，办实事还需暖民心

日前，中华全国总工会办公厅下发的《关于确认2021年"最美工会户外劳动者服务站点"名单的通知》中，资阳农商银行天宇支行站点荣登在列。

资阳农商银行在资阳主城区的雁江区支行营业部、天宇支行、周祠支行等7个人流量较大的支行网点，设立了7个户外劳动者驿站。通过在网点大堂一隅，辟出了休息区，并配备电视、饮水机、应急医药箱等物品，主要为环卫工人、出租车司机、城管人员、快递员、志愿者等户外工作者及其他劳动者提供服务，方便他们歇歇脚、热热饭菜。

这样小小一隅，营造的是"人人尊重劳动，人人关心劳动者"的浓厚社会氛围，也彰显了四川农信（资阳）为群众办实事的初心。

全市农信系统建立的户外劳动者驿站已累计向环卫工人、城管职工、交警同志等免费提供服务2万余人次，有效满足了户外工作者的日常工作和生活需求。

为提升一线员工的获得感，四川农信（资阳）还聚焦"急难愁盼"，为一线员工赋能减负，激发内生动力，切实把党史学习教育成果转化为为民服务实效。

2021年，四川农信资阳办事处党委主要负责人为切实解决乐至农商银行通旅支行基层网点办公用房破旧、环境潮湿、办公及服务场所环境差等问题，多次深入网点调研，倾听员工意见建议，共同商讨改善办公场所方案，切实为员工解决工作生活中的实际困难。

同时，为让员工感受到农信大家庭的温暖，弘扬"在农信、爱农信、干农信"主旋律，2021年以来，通过扎实开展慰问活动及职工体检活动，关爱职工身心健康；成立篮球、足球、羽毛球等兴趣小组，提供必要的物质和经费保障，规划休闲娱乐健身场所，不断丰富员工业余生活；成立市级远程监控中心，落实远程异地值守，解决职工因长期守库而与家人团聚少、团聚难的现状，提升员工的幸福感、归属感。

一线活则干劲足。资阳市农信系统上下戮力同心，乘势而上，为建设"成渝门户枢纽、临空新兴城市"，助力乡村振兴和推进农业农村现代化贡献新的力量。

作者：冯勇、朱丹

四川富顺农村商业银行

党建引领　争做乡村振兴"主力军"

盛夏的富顺，骄阳似火。一支支富顺农商银行队伍，正抱着一腔如火的热忱，走乡串户、评级授信，收获着助力乡村振兴发展的累累硕果。截至2019年11月末，已完成140个村、62056户农户的评级授信，评级授信面为100%，授信总金额达259863万元。

自2018年3月与富顺县政府联合开展"银农合作•双基共建•乡村振兴"活动以来，富顺农商银行通过加强基层农商行和基层党组织"双基"的深度合作，创新信贷服务，千方百计解决"三农"产业发展、生活改善、共同致富的各种需求，助力富顺乡村振兴和精准扶贫深入开展，探索形成了"党建与业务融合发展"的"富顺模式"。

"以党建引领，将'乡村振兴'作为'双基共建金融普惠'行动的落脚点，争做乡村振兴的'主力军银行'。"总结全行正顺利推开的"银农合作・双基共建・乡村振兴"活动，富顺农商银行党委书记、董事长欧彬在接受记者采访时，点出了"富顺模式"的精要所在。

他一再强调，"要转变思路，放大格局，从单纯的'金融服务

富顺农商银行党委书记、董事长欧彬

提供者'转型为'乡村振兴主力军'！"

银农合作，共绘乡村振兴大图景

实施乡村振兴战略，为涉农金融机构特别是立足县域、服务"三农"的农商行指明了经营方向，带来了更多的市场空间和发展机遇。但如何才能找准切入点，以更好的担当与作为，服务乡村振兴和促进自身发展？

"首先必须做到思想统一，方向对路，增强服务乡村振兴的自觉与自信。"欧彬告诉记者，2018年初，富顺农商银行在全行展开了大学习、大讨论，全行上下从国家政策所向、时代大势所趋、转型发展所迫、自身发展所需进行全面分析，把服务乡村振兴作为根植"三农"沃土、推动永续经营的必然选择。

全行员工统一思想，做到上下齐心，步调一致。跑政府、下乡村、进企业，经过反复的调查研究，形成了"银农合作·双基共建·乡村振兴"活动方案，得到富顺县委、县政府的肯定与大力支持。

2018年4月，富顺农商银行在古佛镇、福善镇正式试点，以"支部共建"为抓手，以金融支持为支撑，以"三大活动"建设为载体，有力地推动"双基"共建试点落地。

一是共建党建活动室，为共建支部完善必要的设施设备及党务、金融、种养殖技术等书籍，加强阵地建设。

二是深入开展"金融村干部"走基层活动，通过积极对接"三农"，农业产业化龙头企业、专合社、新型农村经营主体，完善产业规划，落实信贷帮扶计划，支持产业发展。

三是深入开展"结对共建"活动，通过基层支部结成帮扶对子，签订《基层党建深度融合共建共享协议书》，协助加强基层组织建设。做到党建共抓、党员共管、活动共办、难题共解，实现农商银行党建和农村党建深度融合，提高共建支部履职能力、服务能力。通过强化组织领导、建立服务平台、挂职"金融村干部"等措施，形成政府主导、农商银行推进、乡镇配合、农户参与"四位一体"的联动共建格局。

在成功试点的基础上，2018年9月，富顺农商银行与富顺县政府正式签订协议，联合启动"银农合作·双基共建·乡村振兴"活动，并开始在全县复制推广。双方本着"资源共享、优势互补、惠民利民、共同发展"的原则，以服务群众为中心，全面推进普惠金融工程，努力创建党建工作新格局，以"党建+金融"助力乡村振兴和精准扶贫。

启动大会之后，富顺农商银行党委、基层支部积极对接全县26个乡镇，扎实有序开展"双基共建"各项工作，与首批次推广的95个村级党组织签订党建深度融合共建共享协议，共同开展党建共建和集中评级授信等工作。

与此同时，中共富顺县委组织部下发《关于聘任"金融村干部"的通知》，83名首批来自富顺农商银行的"金融村干部"以最快时间对接到位。

"以双基共建为关键点，以金融普惠为抓手，以乡村振兴为落脚点"，一时间，富顺县迅速形成了"政、银、农"三方合力，共绘"乡村振兴"大图景。

统筹推进，践行普惠金融高质量

方向对了，路子通了；但开展"双基共建"，金融普惠又如何高效推动？

"关键是要下沉服务重心，不断创新机制、产品和服务，做到服务跟着客户走、跟着市场走。"欧彬介绍，富顺农商银行不断创新思路，以"三个结合"统筹推进普惠金融高质量发展。

一是与完善农村基础金融服务相结合。以"双基"共建支部为前沿阵地，大力实施"农信村村通"提升工程，创新打造手机银行服务新平台，实现村民足不出村即可享受"存、贷、转"等现代化金融服务。

二是与推动农村信用体系建设相结合。通过全面开展评级授信，探索建立农村守信激励和失信惩戒机制，强化村民的诚信意识，使诚实守信观念深入人心。

三是与服务实体助力乡村发展相结合。充分发挥金融"主力军"作用，因地制宜帮助贷款对象制定产业发展规划，协调解决产业信息、技术、信贷扶持等优惠政策。

在具体工作实践中，富顺农商银行多措并举，切实改进金融服务。

一是开展联合评级授信。共同建立"联合评级授信小组"，由村支部书记、村民小组组长、组员代表组成"评级授信初评小组"，由村主任、村支部书记、农商行支行贷审小组成员组成"评级授信审定小组"，按照"条件公开、公平公正、集中评级授信、简化流程"的原则，对辖内村组、社区所有居民开展集中评级授信，并公示公告评级结果，全覆盖"三农"信贷服务。联合评级授信小组人员全面调查农户的资信程度和资产状况，建立农户经济档案，为评级授信提供可靠依据，实现信息采集与"卡贷通"贷前调查同步进行，有效精简贷款流程，缩短了审贷时间。如客户通过"手机银行卡贷通"申请小额贷款，从最初的申请到最终拿到贷款，仅需要不到1天的时间。

二是实现贷款利率优惠。为进一步减负让利，对双基共建的辖内村民，通过手机银行办贷，利率低至4.791‰，享受支农再贷款利率，比在农商银行柜面贷款利息更优惠。如使用手机银行办理贷款5万元，1年可省贷款利息806元。据了解，自活动推广以来，该行发放卡贷通贷款5624万元，年优惠贷款利率达91万元。

三是创新优化信贷产品。对共建村社辖区内符合条件的中小微企业（包括农业产业化龙头企业、专合社、新型农村经营主体），

富顺农商行开展联合评级授信

农商行开展集中评级授信，创新贷款产品，及时满足企业流动资金、固定资产、项目融资需求。在总结“富农贷”业务成效的基础上，扩展客户支持范围，优化担保方式、风险分摊机制、办理流程、细化操作可行性，推出“乡村振兴贷”业务。通过“乡村振兴贷”等方式，加大对无抵押担保“龙头企业+农明专业合作社+农户”“龙头企业+家庭农场”“家庭农场+农民专业合作社”等各类“产业链金融”支持力度，满足其融资需求等。

“‘双基共建活动’不是一阵风式的运动，是助推脱贫、振兴乡村，利国利民的大好事。”欧彬肯定地说，正是怀着这样的责任感和使命感，富顺农商银行全体员工将这份沉甸甸的重任根植在心中，扛在肩上。所有员工拧成一股绳，鼓足干劲，加班加点，开展地毯式地摸底调查，掌握每一家、每一户的资信状况，认真开展评级授信工作。确定一个村就必须完成一个村，一个村一个村整体推进，确保共建取得“看得见”的成效。

深度融合，聚焦产业发展促共赢

然而，不仅仅是整村授信。“产业兴旺是乡村振兴的关键。已经形成一定特色产业的村，要扶持其发展壮大；对于还没有形成特色产业的村，要帮其发掘、培育。”欧彬强调说，“更要因地制宜帮助制定产业发展规划，协调解决产业信息、技术、信贷扶持等。”

凤仪村、韩嘴村作为“双基共建”试点村，为了帮助其发展产业，富顺农商银行积极开展“参观农业产业园—泥鳅王国”活动，开办“农民夜校”，邀请农技专家为村民讲解水稻、高粱、再生水稻和高粱的种植技术，养殖羊、龙虾、泥鳅的养殖技术，提高创新创业积极性。

全面推广党员创业、青年创业、农民工返乡创业等贷款产品。通过“公司+农户”、示范户引领等方式培育支持了聚农生态橘园、淑琴种养殖家庭农场等农民专业合作社、新型农村经营主体。先后贷款570万元支持自贡市天池湖农业综合开发公司产业化发展，带动当地农户发展渔业养殖、开办农家乐10余家，带动了乡村旅游发展。

与共建单位共同推进区域农产品品牌打造，支持做响本地农产品品牌。通过丰富和完善四川农信社区电商服务平台，发挥“社区电商服务平台”的载体和客群优势，拓展农产品营销渠道。先后帮助蜂农邓大志、陈永宗销售蜂蜜480余斤，带动增加收入3万余元，有效解决农产品进城“最后一公里”的问题，助推地方特色农产品走出去。

始终将助推脱贫攻坚，实施金融精准扶贫作为“双基”共建的重要任务，着力抓好产业扶贫促进贫困群众增收。累计发放贷款67018万元，支持富顺“高粱+再生高粱”基地建设，优先流转贫困户土地、优先收购贫困户粮食作物以及优先安排贫困户就业，推进订单农业，使周边农户增收500余万元。同时，做实“志智”双扶，防止脱贫返贫。试点期间，帮扶了试点乡镇6户贫困户（折合帮扶资金6000余元），通过生产、生活扶贫，帮助贫困户树立起致富发展的信心。

一系列党建与业务发展深度融合措施的落地生根，促进了富顺农商银行“双基共建”从“共建”到“共赢”。截至2019年11月末，涉农贷款余额为528752万元，较年初增加42259万元，增速8.69%。累计发放扶贫小额信贷1674户、6948万元，累计发放产业扶贫贷款90笔、60070万元，贷款余额11970万元，带动贫困户1355户。先后荣获全县“2018年度金融精准扶贫综合先进集体”，“四川省金融精准扶贫劳动竞赛先进集体”称号。

陕西省渭南市临渭区农村信用合作联社

乡村振兴中的金融担当

金秋十月，秦东大地硕果累累。下邽镇的葡萄、官道镇的冬枣、南塬的核桃、猕猴桃……群众脸上挂着丰收的喜悦。而前几天，渭南市经开区龙背办事处青龙村的闵社教也刚刚出售了40多头肉牛，减去养殖成本，一头净赚3000多元。在位于村口的牛场，还有35头被喂得油光水滑的牛悠闲地吃着草料。

闵社教因家人生病以及缺乏技术致贫，为了走出贫困，2015年，他在龙背信用社扶贫小额信用贷款支持下开始养牛。但随着养殖规模的逐渐扩大，金额较小的扶贫小额信用贷款资金已经无法满足其生产需要，龙背信用社第一时间了解到该情况后，主动上门与闵社教沟通，指导他归还了扶贫小额信用贷款，并给他发放了30万元的养牛产业贷款，支持他扩建了养牛场。经过几年发展，他的养殖规模扩大到了60头，很快就将“贫困帽”摘掉。2020年肉牛涨价，养牛前景颇好，闵社教瞅准机会，准备扩大养殖规模，龙背信用社又给他追加了20万元信用贷款。“过几天再买些小牛，规模扩大至100多头，规模大了才能占住人。养牛利润还可以，咱又肯下苦，又有信用社贴心支持，日子肯定会越来越好。”闵社教笑得满脸褶子，“这褶子以前是穷日子愁出来的，现在是幸福日子笑出来的。”

作为支农主力军、党中央定位的“乡村振兴主办行”，陕西省渭南市临渭区农村信用合作联社（以下简称临渭区农信联社）始终秉持“服务三农”的办社宗旨，深情根植“三农”沃土，积极贯彻落实党中央乡村振兴号召，坚持支农支小支实市场定位，持续加大信贷资金投放力度，对涉农贷款“快受理、快调查、快审批、快发放”，肩负起支持全区产业兴旺、农村发展、农民致富的神圣使命。截至2021年9月末，临渭区农信联社各项存款余额137.5亿元，各项贷款余额74.7亿元，涉农贷款占比80%以上，仅2021年前9个月累计发放涉农贷款20亿元。正是有临渭区农信联社多年来对辖内“三农”领域持续不断地金融“输血”，才让像闵社教这样肯下苦、爱钻研、守诚信的群众生产发展有了“造血”功能过上了生活有奔头的好日子。

倾力支持“三农”，让临渭产业更兴旺

官道镇武赵村因种植冬枣远近有名。“我村80%以上的群众都种冬枣，官道信用社每年都给我们武赵村授信四五百万元，在信用社的大力支持下，我村冬枣面积已发展到1500多亩，年人均纯收入3万余元。”武赵村党支部书记刘新法说道。

乡村振兴，产业兴旺是重点。被当地老百姓称为“群众身边的银行”“最接地气的银行”“新农村建设的社区银行”的临渭区农信联社，落实陕西省农村信用合作联社（以下简称省联社）“一县一园、一镇一业、一村一品”的金融乡村振兴规划，加大信贷资金投放，拓宽金融服务领域，提升金融服务水平，把金融支持乡村振兴的重任扛在肩上，放在心中，落实到了行动上。

在支持产业发展中，临渭区农信联社瞄准优质客户、潜力客户、区域特色产业、优势产业，不断加强信贷资金精准投放，在加大涉农资金投放的同时，充分发挥农业产业化融合效益，粮经饲统筹、农林牧结合、种养加一体、一二三产业融合发展，促进农业布局区域化、经营规模化、生产标准化、发展产业化。他们紧扣区域产业规划，大力支持农业特色产业"3+X"工程，重点支持以葡萄、猕猴桃、核桃、樱桃等产业为代表的果业；以肉牛、肉羊、水产养殖为代表的畜牧业；以芽菜、棚菜、花卉棚室盆栽为代表的设施农业，因地制宜支持打造"渭北葡萄""南塬核桃""巧娘草编""咨店茶菊示范园"等"一镇一业、一村一品"特色产业发展格局，推动优势主导产业扩面提标。

目前，临渭区渭北葡萄、南塬核桃和猕猴桃种植业以及"南石羊、北希望"养殖业发展格局日趋壮大。"临渭葡萄"产业园入选上海合作组织农业技术交流实训基地；"临渭核桃"荣获国家地理标志证明商标；"临渭猕猴桃"区域公用品牌对外发布，获评"2020年最受欢迎100强"。现代农业园区和规模养殖场更是蓬勃发展，目前已分别达到65个和159个。"在每个产业里，都能看到临渭区农信联社支持的身影，能让这些优势产业发展得越来越好，我们也很骄傲。"临渭区农信联社业务部井奔虎说。

与此同时，临渭区农信联社按照"以点带线、以线联片"的思路，发展链条金融模式，一批具备农业特色的产业化基地、农业专业村逐渐涌现出来，"户户相通、村村相连、互帮互助"的链条金融模式已成为农民发家致富的重要支柱。

粮食安全始终是关系我国国民经济发展、社会稳定和国家自立的全局性重大战略问题。八百里秦川号称"粮仓"，渭南是八百里秦川"白菜心"，粮食生产举足轻重，作为传统产粮大区，这几年临渭区粮食产业稳中向好，种植面积稳定在103万亩以上，其中高标准主粮产田43万亩，这其中离不开临渭区农信联社的一路支持。2012年建在临渭区官道镇小什村的阳光利民小麦种植专业合作社是渭北重要的粮食产销大户，"前几年因为资金不够，我们只能在家收粮，3间平房最多只能存放100万斤。"合作社负责人温暖慧说道，"后来，官道信用社多年跟踪支持，从前些年的二三十万元贷款到现在的两百多万元授信，我和丈夫及其他合伙人在村口建起了新的粮食收储点，现在我们库存储能力在1000多吨，存储能力大大提升了，周边群众卖粮方便了，种粮积极性也不断提高。"在临渭区农信联社多年持续信贷支持下，像阳光利民合作社这样的从小到大发展起来的粮食收储销售大户，在临渭区还有30多家。

新型农业经营主体，是在完善家庭联产承包经营制度的基础上，有文化、懂技术、会经营的职业农民和大规模经营、较高的集约化程度和市场竞争力的农业经营组织，是农业实现高质量发展的重要力量。临渭区农信联社在支持产业发展中，积极培育专业大户、家庭农场、农民专业合作社等新型农业经营主体，大力支持农业产业集约化、专业化、组织化、社会化相结合的新型农业经营体系，发展多种形式的农业规模经营和社会化服务。并以农产品精深加工为牵引，大力支持现代种植业、养殖业向附加值高的产业链下游延伸，提升壮大现代粮油产业、现代畜牧业、特色农业，大力培育农业产业化龙头企业，打造一批全链条、全循环、高质量、高效益的农业产业化集群，尽自己的力量推进农业产业化由粗放型发展向精细化发展转型。目前，在临渭区农信联社支持下，临渭区新型经营主体多元化培育成效显著，已认定龙头企业19家、专业合作社633个、家庭农场278个，获评"中国十佳现代农业示范城市"称号。

做实普惠金融服务，让群众生活更富裕

下邽镇川王村的闫小军听说工资发了，端着饭碗拿着信合卡就往村部那边的临渭区农信联社金融惠民服务点走，"刚好下午有事得用点现金。"3分钟走到服务点，用卡在助农e终端刷一下，查询、取钱，用时不到1分钟，连吃饭也没耽搁。"我们村周边有3家信用社，距离最近的镇上有5公里路，以前去信用社取个钱，骑车得要15分钟。后来信用社在村部这边的商店设了惠民金融服务点，平时取钱、交合疗、交话费，甚至贷款都能办，不用排队还能谝闲传，方便得很！这真是家门口的银行。"闫小军笑着说。

负责这个金融惠农服务点的席学亮告诉记者，由于年轻人外出务工，现在村上留下来的大多数是老年人，下吉信用社在他的商店设立了惠民金融服务点后，办业务的群众特别多。"这确实是给村里的老人们办了一件大好事。"他并不在乎每笔业务信用社付给他的一笔5毛钱的报酬，"咱也不费啥，有了这个惠民服务点后，感觉这几年咱在群众中口碑更好了，商店也慢慢成了大家聊天谝闲的聚居地，店里生意跟着也好了。据下吉信用社主任王磊介绍，仅下邽镇，就有惠民金融服务点14个，月均业务量在1万笔以上。

惠民金融服务点，只是临渭区农信联社做实普惠金融、助力乡村振兴的措施之一。近年来，临渭区农信联社认真贯彻落实中省关于发展普惠金融的部署，主动对接群众日益增长的现代金融需求，下沉金融服务重心，强化服务创新，提升服务水平，着力填补农村地区金融服务"空白"，打通了金融服务"最后一公里"。

在开展普惠金融服务中，临渭区农信联社始终将便民利民作为重要标尺。他们扎实推进"阳光信贷"工程建设，提升信贷服务水平，让贷款像存款一样方便。辖内各信用社均设置了阳光信贷大厅，推行"首问负责制""一站式信贷服务""一次性告知制度"等服务方式。通过"三公开一监督"，即：公开贷款产品、公开申贷条件、公开办贷流程以及设立监督投诉服务热线，畅通服务渠道，提高办贷效率和透明度，自觉接受社会监督，提高客户办贷便利度；通过开设绿色服务通道、专柜专人办理、延长信贷服务时间、开展"点对点"包片帮扶、现场集中授信，靠前跟进服务等措施，优化办贷流程和服务模式，加快审批和放款速度，不误农时，全力保障农业生产资金需求。据相关资料显示，截至2021年9月末，临渭区农信联社普惠性涉农贷款28768户余额24.23亿元，普惠性小微企业贷款余额11.17亿元。

临渭区农信联社始终秉持服务"三农"的办社宗旨，坚持支农支小支实的办社方向和市场定位，以"双基联动"为抓手，主动融入农村各类经济生活场景，加快农户小额信贷投放。临渭区向阳办赤水村大樱桃这几年名气越来越大，村民也因为种植樱桃日子越来越富。而谈起樱桃发展过程，该村党支部书记张东庆直言，从零星发展到整村推进，这个产业发展过程中，临渭区农信联社的支持一直都在。"以前贷款需要去营业室办，程序啥的都很简单，现在就更方便了，临渭区农信联社的人提前上门给咱每家每户授信，授信情况在村委公示，大家都能看见。啥时候需要钱，随时刷卡就能拿到，资金不用的也不产生利息。"他这样对记者说。

切实抓好金融精准扶贫，是临渭区农信联社近年来主要负责人抓在手上的重要工作之一。从2016年开始，临渭区农信联社组建基层信用社、镇、村帮扶干部和客户经理队伍"三支力量"对建档立卡贫困户实地调查摸底，精准实施了"光伏贷""草编贷""葡萄、猕猴桃、核桃"果业贷、"棚瓜、蔬菜、花卉"特色产业贷、"猪、鸡、牛"养殖贷，药材种植加工贷等10个扶贫项目。截至9月末，临渭区农信联社累计投放脱贫巩固专项贷款11217笔、金额3.01亿元，平均每100户已脱贫户中就有37户在信用社办理了脱贫人口小额信用贷款，临渭区农信联社以渭南市辖区13.5%的贷款市场份额发放了辖内100%的脱贫人口小额信用贷款。

做优金融创新，让农村更美更宜居

这段时间，家住阳郭镇的小周家里盖新房。"预算了10万元，但多盖了几十个平方，准备的钱就不够了，整整差了5万元。咋办？"小周想到了贷款。他跑到临渭区农信联社阳郭信用社一问，营业人员让他打开手机扫了个二维码，3分钟后就收到了6万元的授信信息。"这贷款比买菜还方便，而且需要的时候再把钱取出来，既不用多掏利息也不耽误事。"他感慨道。

听着小周的讲述，记者也亲身体验了一下。通过微信扫客户经理出示的二维码，输入身份信息，真的是3分钟后就拿到了授信额度。信用社客户经理告诉记者，小周和记者体验的这项业务叫"市民e贷"，授信成功后需要多少钱可以随时到信用社营业厅办，也可以自己在手机上操作，随用随借。而在临渭区农信联社，这样的创新金融产品还有针对小微企业主和个体工商户的“秦V贷”“V商贷”，针对群众消费需求的“e享贷”“装修贷”等。

创新是发展的不竭动力。近年来，临渭区农信联社始终坚持与地方经济发展同频共振，深度融合，不断加快产品服务创新，围绕“三农”特色，地区差异、个性需求、为广大客户提供“喜闻乐见”“量身定制”的高质量、多元化产品服务。

不断丰富完善金融服务产品体系。在省联社支持下，临渭区农信联社的服务能力持续提升，目前已形成较为完善的“三农”信贷产品体系和线上线下一体化信贷服务模式。为了给群众提供更好更切实的金融服务，临渭区农信联社坚持以客户为中心，针对“三农”产业多样性发展需求，细分客群为客户量身打造相应的信贷产品，有效满足信贷资金需求。在持续加大农户小额信用贷款投放力度的基础上，进一步推广和应用“三秦兴社贷”“职业农民贷”“三秦农经贷”“脱贫巩固贷”“创业担保贷款”等“乡村振兴”系列信贷产品。金融产品更加完善，金融服务更趋精准。

大力构建电子银行服务平台。随着社会发展，手机等移动通讯工具越来越普遍。为了让群众更加便捷地办理存贷款业务，临渭区农信联社投入大量精力，搭建起包括网上银行、手机银行、微信银行和网上支付在内的电子银行产品服务体系。他们先后推出“秦e贷”“市民e贷”等线上贷款业务，让群众足不出户可以办理贷款。

构建线上线下一体化服务模式。临渭区农信联社积极作为，充分发挥了“秦e贷”“市民e贷”“秦V贷”线上线下一体化模式在营销获客、客户体验、产品匹配、风险防控等方面的渠道优势和产品优势，有效利用批量预授信客户“白名单”主动邀请等营销手段，提高了客户签约授信率和覆盖面，截至2021 年9月末，累计授信签约40707户、累计授信签约金额22亿元，累计用信金额8.75亿元。线上贷款余额5.06亿元，较年初净增4.31亿元；其中纯线上贷款2.89亿元，线上线下一体化贷款余额2.17亿元，为满足“三农”资金需求提供了更快捷、更高效、更便利的金融服务。

主动融入“三农”经济活动各种应用场景。2021年临渭区农信联社立足辖区经济特点，主动围绕客户需求，拓展商户资源，丰富产品种类，合理布局“金融服务工作站”，布放助农e终端，推动金融服务向乡村和社区延伸，不断提高网点覆盖率和服务便利度，实现了信用社对城市社区和乡、村、组提供金融服务的全覆盖。截至2021年9月末，临渭区农信联社在辖内已设立金融工作站256个，开通手机银行18.59万人；设置助农服务点205个，布放助农e终端205台，累计交易49.16万笔、金额5.77亿元；为辖区商户开通聚合支付业务10789户，发生交易2852.28万笔，金额34.42亿元。

滔滔渭河作琴弦，秦岭北麓谱壮曲。作为群众公认的支农主力军，联系农民最好的金融纽带，临渭区农信联社的身后，是一串串熠熠闪光的足迹；在她前方，延伸的是一条无比宽阔的康庄大道。在党中央吹响乡村振兴号角的重要历史时刻，临渭区农信联社将秉承支农宗旨，不忘支农初心，深耕“三农”沃土，响应号召，主动作为，真抓实干，倾心打造临渭百姓的良心银行、放心银行、贴心银行，为促进实现区域农业发展高质高效、乡村宜居宜业、群众富裕富足贡献更大的信合力量……

作者：周海燕、边浩

贵州江口长征村镇银行

以“党建+”为引领　探索助力乡村振兴新路径

江口长征村镇银行董事长田龙为客户讲解乡村振兴发展前景　摄影：田捷

纪念新中国成立70周年，共唱《我和我的祖国》　摄影：田捷

为巩固拓展脱贫攻坚成果与乡村振兴有效衔接，持续为乡村振兴提供坚强金融支撑，2021年以来，贵州江口长征村镇银行以“党建+”引领业务发展，着力在组织建设、产业发展、金融宣传上下功夫，积极探索金融助力乡村振兴新路径，取得了良好的社会效益和经济效益。

在组织建设方面下功夫

自江口长征村镇银行党支部成立以来，该行始终把党组织规范化建设作为推动企业发展壮大的重要抓手，严格按照要求，创新工作措施，扎实稳步推进党组织建设，为探索助力乡村振兴策略提供坚强的政治保障、组织保障。该行严格落实“三会一课”制度，定期召开支部党员大会、支部委员会，和“读好一本书、上好一堂党课、搞好一次交流”党组活动。认真执行党内政治生活制度，贯彻落实“三会一课”制度和组织生活会制度，将“三会一课”活动开展时间、参会人员、会议内容、会议效果，做到“四到位”。为充分发挥全体党员的先锋模范作用，该行根据工作岗位及活动范围不同，把全体党员分布在各部（室）及支行不同岗位，设立党员目标管理责任区，充分调动全行党员的积极性，进一步巩固党组织的战斗堡垒作用。

左图为江口长征村镇银行党支部主题党日活动，右图为江口长征村镇银行荣誉墙 摄影：高常

在产业发展方面下功夫

乡村振兴，关键是产业要振兴；产业要发展，经济支持是基础。工作中，江口长征村镇银行大胆试点、示范，通过不断扩宽渠道建设、优化金融服务产品及业务审批流程等方式，积极支持乡镇“坝区产业”和“四小经济”，不仅实现贷款资金“一键到底”，也解决了农户取款“一卡通取”的自由。目前，该行已在县域内布放“离行式 ATM 机”11 台，分别在闵孝镇、德旺乡增设乡村振兴金融服务站并以“整村评级授信”工作为抓手，盘活金融渠道，扩大金融服务半径。立足乡村振兴需要，该行坚持以市场为导向、以需求为基础，创新推出“税惠贷”“创业担保贷”“党员引领贷”“林下经济贷”等系列产品，支持农业产业链发展，延伸金融服务链条；率先推出企业“辅助记账”，辅助县域企业建立健全财务记账、企业入规入统、企业税务申报，使银行账目与企业账目实现同步。该行还积极把支持产业发展的触角延伸到第一线，将信贷资金投放至县域“3+2”产业、500 亩大坝、以农家小院房前屋后发展小庭院、小养殖、小作坊、小买卖的“四小经济”及小微企业。截至 2021 年 11 月末，该行累计发放“一县一业”农担产业贷款 374 笔，金额 10287.9 万元；生态茶、特色水产、中药材、蔬菜及水果特色产业贷款共计 12032.9 万元。

在金融宣传方面下功夫

为巩固脱贫攻坚成果，全面推进乡村振兴，江口长征村镇银行强化金融知识普及的广度与深度，以方式多样、内容丰富，提高社会公众金融知识素养与风险意识，营造良好的金融生态环境。线上，该行充分利用微信公众号、视频号、网页、抖音等新媒体向社会公众大力宣传新冠肺炎疫情防控及金融服务知识。线下，该行通过 LED 电子显示屏滚动播放疫情防控及金融服务相关宣传标语，设立咨询台发放宣传材料，并向客户讲解金融知识。分别在闵孝镇中炼村、太平镇梵净山村、凯德黑岩村、德旺社区、木根坡红色革命区开展金融知识讲座，宣讲金融政策，讲好红色故事。同时，该行工作人员走进田间地头，与群众拉家常，开展“一村一阵地”“金融夜校”等宣传活动，切实把支小再贷款的优惠政策、存款保险、反假币、反洗钱、反诈骗等金融知识向群众“厘清楚，讲明白”，提升群众的的安全感、幸福感和满意度。

近年来，江口长征村镇银行始终紧紧围绕服务地方经济发展的基本思路，坚持“立足县域、立足支农支小、立足基础金融服务、立足普惠金融”的基本原则，坚持服务“三农、服务社区、支持个体工商户和城乡居民”的市场定位，坚持“做小、做散、做特、做精”的经营理念，以“不怕苦、不怕难，敢于挑战”的“长征精神”，把创建优质银行作为目标，把服务县域经济社会发展为己任，结合“本土化、涉农化、多元化”特点，积极投身乡村振兴战略之中，主动走访企业，下沉农村，访企所需，解民所求，以实实在在的行动为群众办实事，解难题，为进一步巩固脱贫成效和金融助推乡村振兴探索新路径。

作者：田捷、罗莉娟

安徽省六安市裕安区永裕农村水利专业合作社

发挥乡贤引领作用 推进乡村现代治理

安徽省六安市裕安区永裕农村水利专业合作社坐落于裕安区江家店镇华祖村，六安市裕安区的西北部，属江淮分水岭丘陵地区。全村耕地面积 6323 亩，辖 16 个村民组 857 户 3742 人。几年前这个村子还是典型的国家级贫困村，2018 年摘帽。由于地理环境的局限，当时村级各项硬件设施非常落后，空心村危房户 300 多户，贫困户 199 户 604 人。农业生产以传统水稻、小麦种植为主，农民收入微薄。而如今的华祖村，一跃成为省级美丽乡村建设示范村，一个产业兴旺、生态宜居、乡风文明、治理有效、生活富裕的乡村振兴裕安样板。翻天覆地的变化与出生于华祖村的乡贤成功人士刘永发同志密不可分， 2012 年，在外成功创业的他秉承一颗赤子之心回到家乡，创办成立了安徽首家以水为媒的合作化组织“六安市裕安区永裕农村水利专业合作社”，合作社党支部与该村党支部共同携手，积极融入美丽乡村建设、引领产业发展、助力脱贫攻坚、推进乡村治理等，不仅为家乡建设注入了强大活力，同时在乡村振

安徽省委书记李锦斌，由六安市委主要领导陪同，视察永裕农村水利专业合作社

兴实践中进行了很多成功的探索和创新，树立了乡贤能人参与乡村治理的先进典型。

民资领建幸福美丽中心村

2013年10月，华祖村在裕安区委、区政府指导和支持下，根据江家店镇党委政府精心规划设计的永裕美丽中心村建设蓝图，开展美丽乡村建设，并决定由合作经济组织负责人刘永发领头，按照增减挂项目推进，政府、社会、农户“三个一点”资金投入机制运行，即政府增减挂项目投资2000万元，乡贤能人刘永发同志资助800万元，农民自筹700万元。共拆迁131户，迁坟265座，老宅复垦净增土地400多亩，新建两层徽派建筑楼房131套2万多平方米，配套道路和管网10余公里。微动力污水处理泵站2座，华祖村党群服务中心729平方米，农民文化乐园386平方米，一场两堂，三室四墙，配套齐全，家家屋顶光伏发电与国家电网并网，每户年收入2500—2800元。户户有微田园，既体验乡野农家生态优雅风情，又成为省级美丽乡村生态宜居示范村。社会资本与民间资本参与美丽乡村建设，创新了美丽乡村建设新模式，成为首创民资领建“实验区”、土地治理的“样板区”。

产业融合培育发展新动能

产业兴旺是乡村振兴的基础，是农业强、农村美、农民富持续有力的保障。为此，华祖村以刘永发为首的永裕水利合作社为龙头，村“两委”大力支持配合，按照乡村振兴战略二十字的要求，优化资源配置，美化人居环境，规模化绿色生态种植，科技引领智慧农业生产、市场化经营，走一二三产业融合发展之路。依托国家农业综合开发、全省节水减排智能信息化示范区等项目推进现代农业、高效农业、观光农业发展，建成了号称“绿色银行”的苗木花卉及经果林2000亩， “绿色生态粮仓”的智慧农业绿色生态种植基地1000亩，成为“省级现代农业示范核心区域和精品区域”。经过自动化烘干、智能化储藏、精细化加工生产出的大米顺利通过环境、水、土壤、大米检测绿色认证，大米销售达到16元每公斤，亩产收入可达1万元以上，远远超过传统农业收益。此外，永裕合作社带动农户种植绿色生态水稻，农户以土地入股方式参与合作社经营，共享发展红利，许多村民在他的合作社实现了脱贫致富，产业引领和融合发展为乡村振兴提供了源源不竭的动力。

党建助力消费扶贫新模式

习总书记指出产业扶贫是稳定脱贫的根本之策，为了不断增强“造血”功能，形成产业帮扶的长效机制，永裕水利合作社党支部书记刘永发牢固树立“扶贫抓党建、抓好党建促扶贫”意识，携手中国太平保险集团六安临时党支部、永裕水利合作社党支部、产业延伸基地汲河村党支部成立联合委员会，以党建“软实力”，促产业扶贫“硬建设”。手拉手共同打造“稻虾共作产业扶贫示范基地”2000亩，其中太平集团注资100万元，永裕合作社注资20多万元帮扶示范基地田间基础设施建设和汲河村党群服务中心基础设施建设，进一步增强基层党组织的凝聚力和向心力。通过“公司+合作社+基地+贫困户”的利益联结机制扶持特色产业，带动汲河村贫困户摆脱贫困致富增收。生产出的绿色优质农产品，进入中国太平保险集团内部金服商城网、太平惠汇网、太平集团集采网，每市斤大米团购8元，从每斤大米拿出1元钱做慈善救助，现已集聚资金将近40万元，成立“太平永裕禾叶香慈善救助基金”，帮扶特困边缘户、特别困难户37户，支出将近10万元慈善救助基金。救助基金由村、乡镇申报，区扶贫开发局、区农业农村局联合把关，程序规范，帮扶救济真实，做到公平、公正、公开，得到各级党委政府认可、贫困户好评和社会广泛关注和赞许，创新了一条产业扶贫+消费扶贫新模式。

参与教化治理引领乡风文明

华祖村村民安居乐业的同时，永裕水利合作社党支部携手华祖村党支部开展乡风文明大行动，利用本村设施齐全优势，连续五年举办“红红火火过大年”“金猴贺岁迎新春”“优美永裕、优良家风——金鸡贺岁”农民春节晚会，群众唱、群众演、群众看、群众评等形式丰富文化娱乐活动，引导农户勤劳致富、邻里和睦、尊老爱幼、知事明理，传统美德不断弘扬光大，形成了健康向上，欢乐祥和的美好家园新风尚。永裕美丽中心村在管理运行中，真正做到群众的事群众议、群众定、群众办、群众管的美丽乡村模式，坚持自治，法治和德治相结合。充分发挥农民群众的主体作用，尊重农民群众的知情权，决策权和监督权，引导农民群众有序参与乡村治理，提升农民自我管理和自我服务的水平。大力传承弘扬乡村乡土文化，广泛动员农村家庭挖掘、整理、编写家训，开展常态化的“五好五比”，表彰一批又一批“最美永裕人”好公婆、好媳妇、美好少年”。打造一批以“慈孝文化”“善文化”“德文化”为主题的品牌活动，永裕水利专业合作社为美丽乡村精神文明和综合治理及长效管理注入了不竭的动力。

社会化服务构建生产共赢新机制

永裕合作社为了提升服务能力，完善服务功能，创新服务业态，共享共赢。成立“裕安农事服务中心”，下设永裕农机智能信息化服务中心农业科技，农业机械培训中心，为裕安区种植大户及农户、农业经营各类主体提供一站式便捷高效服务平台，服务涵盖农业产前、产中、产后各个环节，把农业经营主体各种需求、生产资料信息、资源整合集聚于平台，开发裕安农事服务信息网和手机App农丰宝，线上收集种植大户及农户需求，线下整合涉农资源、订单粮食生产、金融、保险全方位服务体系，成为现代农业发展全周期社

荣誉证书

授予：刘永发

“六安市劳动模范”

荣誉称号

中共六安市委　六安市人民政府

二○一六年四月

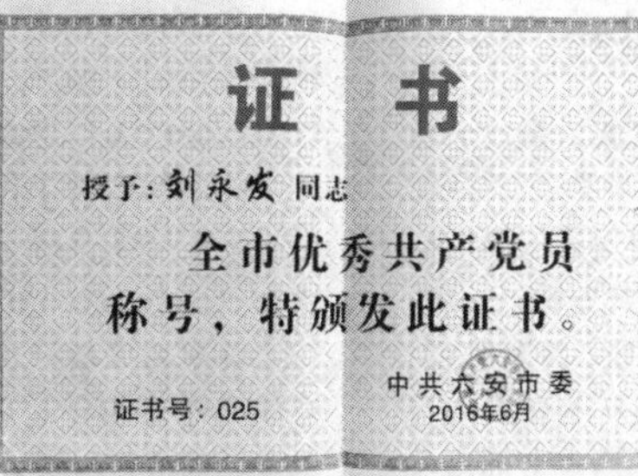

证书

授予：刘永发 同志

全市优秀共产党员

称号，特颁发此证书。

证书号：025

中共六安市委

2016年6月

证书

NO:20160933

六安市裕安区永裕农村水利专业合作社

经农业部、国家发展和改革委员会、财政部、水利部、国家税务总局、国家工商行政管理总局、国家林业局、中国银行业监督管理委员会、中华全国供销合作总社联合审定，你社（协会）为全国农民用水合作示范组织

特发此证

（有效期至2018年12月）

二○一六年十二月

六安市裕安区永裕农村水利专业合作社和理事长刘永发获得的荣誉证书

会化服务平台。2019年合作社还利用省农业农村厅水稻生产社会化服务平台，吸纳整合全区范围内机械化作业服务的农机手及农机具120台套，组建农业生产托管社会化服务组织，第一阶段机械耕作服务12万亩，落实社会化服务奖补资金，使农机手、农户、合作社经营主体实现了利益共享共赢。

热心公益促乡村善治

合作社在产业收益中，捐资建立慈善救助基金，帮扶更多的特困边缘户。协助村"两委"开展产业扶贫攻坚，深入走访贫困户，帮扶贫困户93户，带动劳动就业169人；帮扶两名特困户池塘养鱼资金资助1万元，资助4万元帮扶一名尿毒症患者开起服装加工；对中心村内60周岁以上老人，参照国家标准按月发放生活补助。合作社在产业扶村、文化治村、道德育村三个层面助推乡村振兴和治理，不仅是发展产业的开拓者，热心公益的服务者，还成为乡村治理的参与者。政府在其引领产业发展、助力乡村振兴、参与乡村治理中，除了在政策、资金、项目等方面给予支持外，在精神和荣誉层面给予了激励和鼓舞，作为永裕合作社理事长刘永发同志，也先后被获评"六安市优秀共产党员""六安市劳动模范""第十三届省人大代表"，永裕水利合作社被国家九部委授予"国家级示范社"。

在乡村振兴的过程中，乡贤正在日益成为乡村建设的有生力量。2018年中央一号文件提出明确要求：要积极引导发挥乡贤能人在乡村振兴、特别是在乡村治理中的积极作用，引导乡贤力量有序参与乡村治理，营造农村共建共治共享的社会治理格局，为乡村振兴提供重要保障。眼下，乡贤能人的引领带动对乡村治理的重要意义逐渐彰显，华组村乡贤能人刘永发参与乡村治理的生动实践，为乡村振兴创新发展提供了新的思路，树立了样板和先进典型。

四川省巴中市巴州区供销合作社联合社

创新"三引"合作模式　提升为农服务能力

2018年8月，巴中市巴州区三江供销社、三江供销惠农服务超市正式开业

链接：巴中市巴州区供销合作社联合社下设5个公司，16个基层供销社，全区系统资产总额为1.5亿元，在职员工共72人，退休职工1300人。2016年1月4日被四川省供销合作社评选为2015年度安全工作先进单位，2018年被四川省供销合作社评为2017年度监事会建设先进单位；被巴中市供销合作社评为2017年综合业绩考核一等奖。巴州区供销社立足"为农、务农、姓农"，积极探索出"三引三创三帮"供销合作模式，为促进贫困山区"三农"转型发展提供了有益的实践经验。该经验得到市委、区委等领导的肯定，要求全市供销、农业系统学习借鉴，同时被收录到《省委改革办、省委农工委农村改革40年案例集》一书中。

新时代，供销社作为促进农村经济社会发展的重要力量，肩负着服务"三农"的重要使命。

在深化供销社综合改革中，位于大巴山南麓的四川省巴中市巴州区供销合作社联合社（以下简称巴州区供销社）始终坚持"为农、务农、姓农"的初心，深入实施"服务立社、产业兴社、经营强社、联合合作"的发展战略，以"做给农民看、带着农民干、帮助农民赚"为目标，依托其长期紧密联系群众、经营服务网络点多面广等独特优势，不断完善供销社组织体系和服务机制，深入巩固提升传统业务和创新拓展新型业务，造就了一支既忠诚干净担当又"懂农业、爱农村、爱农民"的高素质供销社队伍，展现了供销合作社的责任担当，喊出了供销合作社"不忘'三农'初心、牢记服务使命"的时代最强音。

抓实党建工作，树立风清气正新形象

通过加强新时期党建知识学习，巴州区供销社机关党委、各党支部班子成员迅速进入"角色"，抓党建、聚人心、促改革；紧紧围绕深化供销社综合改革、城乡融合发展综合改革试点等重点工作，充分发挥党支部战斗堡垒作用，在推进城乡融合发展先行区建设中贡献出了供销力量。

全面落实党建工作。在党建工作中，巴州区供销社有效推进全面从严治党、依法治社工作，切实落实党委主体责任和领导班子成员"一岗双责"，制度化常态化地扎实开展"两学一做"学习教育工作，深入推进党风廉政建设。经过不懈努力，干部作风建设持续深入，领导班子建设、职工队伍建设进一步加强，党员干部职工政治思想建设、意识形态工作、组织人才、精神文明建设、村社党组织共建等都取得了新的进展。

树立供销清风正气。巴州区供销社机关党委、各党支部班子成员带头讲政治、讲规矩、讲纪律，始终坚守底线、筑牢防线、不越红线，始终严于律己、以身作则、率先垂范、勤俭办社、开拓创新，不断发扬"背篼精神"和"扁担精神"，深入基层了解实情，摸清党员队伍情况，强化党员教育管理，以问题为导向，及时加以解决，树立了供销人的清风正气。

以党建引领工作开展。按照"不忘初心、牢记使命"主题教育活动"守初心、担使命，找差距、抓落实 "的总要求，巴州区供销社强化组织领导、明确方向任务、突出问题导向、落实责任担当，以更创新的工作思路、更有力的组织领导、更动态的工作机制来推动党的思想建设工作有效开展，为做好供销合作社综合改革重点工作打下了坚实基础，为巴州乡村增添了更多的供销元素，擦亮了供销社"服务三农"的金字招牌。

日常监督进一步强化。巴州区供销社通过开展督查指导、召开党建工作专题会、开展党员干部反腐倡廉警示教育活动、举办廉政讲座、到挂包村"讲党课"、召开党支部书记党建工作约谈专题会、开展廉政谈话等形式，进一步让党建工作的成效呈现在阳光下。

左图为巴州区大茅坪镇百合农机专业合作社开展“代耕代种”“机种机取”和“统防统治”工作；右图为巴州区供销社收购羊肚菌带动当地农民就业

建强网络体系，记忆中的供销社又回来了

供销合作社是覆盖最广泛、体系最完整的农民合作经济组织，然而，在发展过程中，依然面临基层组织多而不强的现状，巴州区供销社在推进综合改革中，本着资源共享、优势互补、互利共赢的合作理念，坚持开门开放办社、合作联合办社，加快推进基层社改造，强化基层合作社经济组织属性，通过劳动、资本、土地等多种合作方式，稳步扩大基层社的覆盖面，供销社基层组织的发展质量迅速提升，基层基础得到不断巩固，为服务“三农”拓展了领域、完善了功能，群众记忆中的供销社又回来了。

近年来，巴州区供销社按照中央、省、市、区“关于深化供销合作社综合改革”的总体要求，稳步推进组织体系建设，恢复提升基层供销社，新建农产品收购站（点）、惠农服务超市、市外巴食巴适产品专营店和加盟店、专业合作社，新建农村资金互助组织，持续提升供销社为农服务实力。

在恢复、新建基层组织的同时，巴州区供销社还积极构建农产品流通网络体系，引导农特产品走向市场，破解产销和增收难题。

培育壮大流通企业。巴州区供销社加强与加工企业合作，与已初具规模的加工企业合作，共同扩大规模增强实力，加工更多的注册品牌商品，同时，与流通企业合作，已建成化成、曾口日用品配送中心，对已建成的乡镇供销网点，实行酒水、生活日用品配送全覆盖；成立巴州区农产品流通公司，进一步解决农特产品卖难问题；做强电商平台。继续与四川省供销社“云背篓”电商公司深化合作，利用“云背篓绿生源”微信商城进行线上销售，大力发展淘宝、微信等新媒体平台。改革以来，新建农村电商服务站（点）19个，浩邦、绿生源等供销电子商务公司销售特色农特产品近2460万元；完善市场网络。充分发挥供销社的独特优势，逐级形成市、区、乡镇和村社全覆盖的三级农产品流通市场网络。截至2019年，新建农产品（巴药）收购站（点）26个。

做好为农服务，新旧业务共同发展

在基层组织恢复、新建的同时，巴州区供销社始终不忘为“三农”服务的初心，在深入巩固提升传统业务的同时，创新拓展新型业务，供销社经营实力显著增强，经济指标全面完成。

在供销合作社综合改革中，巴州区供销社坚持抓好传统业务，为提升为农服务能力夯实了坚实基础。一是抓烟花爆竹。为拓宽经营领域，巴州区供销社积极组织召开相关会议，进行烟花爆竹安全、业务知识培训、讲解销售业务知识，并将烟花爆竹业务纳入年终考核，要求各基层社迅速对接。二是抓再生资源。再生资源回收是一个传统业务，也是一个收入比较稳定、无风险的业务，巴州区各基层社积极与再生资源公司对接，在业务开展上取得了显著成绩。三是抓农资（种子、农药、化肥、农膜等）销售。农资产品销售是与群众联系较为紧密的业务，巴州区各基层社充分发挥农资商品经营的主渠道作用，积极做好农业生产资料的储备和销售工作，确保农民群众买到质量上乘的农资产品，进一步提升了供销社知名度、美誉度。

新时期，巴州区供销社在抓好传统业务的同时，也积极做好新型社会化服务。一是抓农产品流通。为切实解决农产品卖难问题，打通农产品进城最先一公里，各基层社积极与“绿生源”电商公司对接，与农产品流通企业、专业合作社和零售网点合作，形成“上下贯通，横向联合”的农产品流通机制，不断完善销售终端体系建设，做到线上线下融合发展。二是抓电商。各基层社深入开展电商业务，不断进行电商集中培训和现场指导学习，进一步发展壮大基层供销社电商服务。三是抓社会化服务。各基层社积极创新农业生产服务方式和手段，采取土地托管、代耕代种等多种方式，为农民和各类农业经营主体提供系列化服务，推动农业适度规模经营。四是抓领办引办专合社。各基层社充分发挥供销社的示范引领作用，围绕各地特色农业产业（巴药），积极领办引办专业合作社，与发展前景好的、有朝阳产业的专合社合作，为其争取资金、技术、政策支持，提供产前、产中、产后的有偿服务，为下一步组建“农合联”打下基础。五是抓资金互助社发展。为破解农民“融资难、融资贵”的问题，支持有条件的基层社成立资金互助社。六是抓保险业务开展。各基层社积极与保险公司对接，继续抓好“三农”保险业务，截至2019年，已新建14个“三农”保险服务站。

创新合作模式，推动农村实现“三活”

巴州区供销社积极创新以引人入社、引资入社和引业入社为抓手的“三引”供销合作模式，为促进贫困山区农村繁荣提供了有益的实践探索，基层供销社长期薄弱的局面得到扭转，为农服务能力明显增强。

*引人入社，用活农村人才。*紧扣“人”这个核心，鲜明选人导向，灵活用人方式，推动供销综合服务有人能用、有能人用。一是广泛吸纳社会精英，引入村“两委”班子带头人、新型农业经营主体负责人、回乡创业能人等“三类能人”，入社联合组建股份制新型乡镇供销合作社，领办创办农民专业合作社。二是创新培育内部骨干，积极探索具有合作经营组织特点的“双向流动”人事管理模式，在不改变身份性质的前提下支持供销社机关干部到社属企业兼职、社属企业职工到供销社机关任职。三是在原基层供销社改制转变身份后仍在从事生产经营的群体中，回引口碑好、能力强、经验多的老职工再入社，有效集聚了一批农民感情深、合作热情真、经营管理精的社会能人参与发展供销合作事业。

*引资入社，盘活农村资源。*抓住“钱”这个关键，通过盘活供销社可使用的资金、可重组的资产、可利用的资源，带动更多资本投向农村。一是撬动资金，采用定向费用补贴的方式，吸纳符合条件的农民专合社资金，试点设立鑫禾农民资金互助社，有效填补了

金融服务农业产业化的“盲点”。二是重组资产，与百合农机专合社按比例组建大茅坪镇供销惠农服务公司，利用其在农资、农机、农技以及农村市场等方面的优势，开展机种机收、统防统治、烘干仓储等社会化服务。三是整合资源，将农资供应、农副产品购销经营等八大社属企业资源有效整合，共同出资成立巴州区现代农业综合服务股份有限公司，开展产、供、销一体化农业经营服务，建设“智慧供销”网络平台，打造新时代巴州区现代农业综合服务的“巡洋舰”。

*引业入社，激活农村业态。*夯实“业”这个根本，不断开拓新产业新业态新业务，推动资源要素向农村有效配置。一是发展主导产业，与四川一丘田农林科技有限公司合作，采取供销社主导、企业主体、专合社主办的方式，在平梁镇建设千亩油橄榄产业示范基地及苗圃基地，预计带动本地农民户均增收1000元以上。二是盯准新兴业态，与种植大户和家庭农场合作，按照“生态农业＋乡村旅游”的思路，在大茅坪镇和三江镇建设“百花百果”农业休闲观光体验园，发展道地巴药、有机果蔬、优质粮油、生态畜禽等特色产业，打造星级农家乐、休闲居、农家小院，初步形成生产、生活、生态融合共生的现代农业农村新业态。三是开展新型业务，在人口大镇清江、经济强镇化成、旅游新镇三江等地建设乡镇供销综合服务平台，与人保财险合作增加金融保险新业务，新建设乡（镇）“三农”保险服务站，新增金融和保险新业务，满足农村多样化、个性化需求。

埋头苦干不忘初心，脱贫攻坚成效明显

巴州区供销社精心组织，成立了由党委书记、理事会主任为组长、工委主任为副组长、其他社领导为成员的精准扶贫攻坚工作领导小组。在调查摸底的基础上，研究制定了“挂包驻帮”实施方案、年度工作计划和开展结对共建帮扶活动方案，持续深入推进脱贫攻坚工作。

*党建帮扶，为贫困户送去温暖。*巴州区供销社班子成员分别带队开展蹲点调研及结对帮扶工作，在“两学一做”学习教育期间，支持帮扶村远程教育升级费用1.5万元，阵地建设制度上墙帮扶5000元，支持帮扶村香菌产业道路资金2万余元，同时，在节日期间为贫困户、五保户等困难群众送去米、面、油及慰问金计4万余元，在春耕生产中送去所需化肥20吨，送去鸡苗3400只共计4.5万余元，还组织职工为白血病患儿捐款5600元，资助贫困大学生1万余元。

*大力帮扶，努力发展产业。*在脱贫攻坚工作中，巴州区供销社制定了详细的帮扶措施，并付诸实施。为拓展增收渠道，巴州区供销社帮助挂包村铁炉垭村成立专业合作社，在铁炉垭村流转土地种植（巴药）川佛手、黄花等农产品，收购黄花，实现了助农增收的目标。同时，努力发展庭院经济。投入资金为贫困户购买肥料、鸡苗、鱼苗、川佛手药材苗、大雅橘子树。

乘风破浪会有时，直挂云帆济沧海。巴州区供销社将继续坚持为农服务的初心使命，把供销合作社打造成为与农民联结更紧密、为农服务功能更完备、市场化运行更高效的合作经济组织体系，成为服务农民生产生活的生力军和综合平台，成为党和政府密切联系农民群众的桥梁纽带，切实在乡村振兴战略中发挥更好更大的作用。

陕西省安康市汉滨区供销合作社联合社

立定“三农”成“龙头”

汉滨区供销合作社联合社主任刘自阳接受媒体采访

链接：刘自阳，男，汉族，1964年12月出生，大学文化，中共党员。现任安康市汉滨区供销合作社联合社党委书记、主任。近年来，获得陕西供销合作经济年度成就奖，被评为全市十佳合作经济人物，全区脱贫攻坚重点行业部门工作先进个人。自担任供销社党委书记、主任期间，汉滨区供销社先后获得市委、市政府“脱贫攻坚先进集体”荣誉称号、荣立“集体二等功”；汉滨区供销社消费扶贫经验模式被中华全国供销合作总社、财政部推选为消费扶贫优秀典型案例；在全区脱贫攻坚工作成效考核中，被区脱贫攻坚领导小组评为“2020年综合评价优秀等次”；区供销社综合改革工作和消费扶贫经验模式先后被央视、省电视台采访，并在央视直播间、陕西电视台、陕西农林卫视等栏目系列报道。

改革，风起云涌；发展，浴火重生。

从退出历史舞台到蝶变升级，从淡出人们视野到重新焕发活力，从运营体系几近瘫痪到效益提升，从职工信访不断到历史遗留问题解决，安康市汉滨区这个昔日的深度贫困区，目前已建成300余家镇村供销服务网点，推出400余种名优农产品，全区消费扶贫总额达34800万元，位居省市前列，先后两次被国家级媒体央视、新华社、中华合作时报等关注。

近年来，陕西省安康市汉滨区供销社紧扣“为农、务农、姓农”的初心，以综合改革为使命，以滚石上山的勇气、爬坡过坎的韧劲、锐意创新的执着，聚力创新，舍力求变，给力搞活，实现了华丽蝶变，走出了一条具有汉滨特色的综合改革之路。

“汉滨区供销社牢记为农服务宗旨，深入推进供销合作社综合改革，着力在改‘准’发展取向、改‘顺’体制机制、改‘活’服务方式、改‘强’带动能力上下功夫，创新推出供销服务‘三农’‘135模式’，初步打通了乡村产业对接市场的通道，为全区三产融合发展和农业农村持续发展贡献了供销力量。”汉滨区委书记王孝成说。

围绕“一个核心”，筑牢农村供销基层组织体系

2020年年初，面对突如其来的新冠肺炎疫情，身为汉滨区供销合作社联合社党委书记、主任的刘自阳心急如焚，“人误地一时，地误人一年。时值春耕，农业生产资料、防疫防控物资、群众生活用品保障不了，后果不堪设想”。

左图为汉滨区供销社主任刘自阳（左一）陪同区人大常委会主任李森文（左二）视察扶贫 832 平台体验馆；右上图为刘自阳（右）陪同汉滨区区长范传斌（中）视察茶叶产业发展情况；右下图为刘自阳（中）调查市外农产品窗口销售情况

危急时刻，刘自阳迅速组织供销系统党员干部，逆行而上，联系区生产资料公司、基层供销社，科学调度用种、用肥、用药、饲料等生产资料，把 6000 余吨尿素、碳铵、复合肥，500 公斤农药、5000 公斤地膜、10000 余件农机具储备到位。积极组织镇村基层供销社与当地农资供应点、超市开展合作，每镇落实 1 个商品供应点，主动送货上门，延长营业时间，确保疫情防控期间农业生产资料、生活必需品保障到位。及时将价值 63 万余元的汉滨优质农产品送往西安市第四医院，受到医护人员好评。

曾几何时，提起“供销社”，人们感到既熟悉，又陌生。尤其是改革开放后，受到市场经济浪潮洗礼，供销社这个计划经济年代的“宠儿”，逐渐淡出历史舞台。在岁月洗礼中，供销社资产变少了，人员变老了，矛盾问题变多了。

面对重重难题，汉滨区供销社在区委、区政府的领导下，主动作为，积极争取多方支持，化解历史遗留债务，通过对下属企业资产存量进行摸底，建立管理台账，出台《汉滨区供销社系统社有资产管理制度》《汉滨区供销社系统资产转让、出租管理暂行办法》《企业职工调资管理办法》等规章制度，规范企业管理，激发系统内干部职工内生动力，让供销社焕发新活力。

“汉滨区供销社紧紧围绕服务‘三农’这一核心，加强基层组织体系建设，深化综合改革，争做农民的贴心人、农产品产销对接的领路人、乡村振兴的护航人，基层基础更加牢固，为农服务体系更加健全。”刘自阳深有感触。

供销改革，蹄疾步稳。汉滨区成立供销综合改革领导小组，印发《关于深化供销合作社综合改革的实施意见》《加强供销合作新型基层组织体系建设实施方案》系列改革文件，以区、镇、村三级为单元，按照“自主办社、联合办社、开放办社”的思路，建立健全新型组织体系、新型经营服务体系、新型农村合作经济组织联合社体系，基层组织网络实现全覆盖，分散在全区各地的产业大户、农业企业、农民专业合作社等经营主体全部纳入供销网络系统。

目前，汉滨区供销合作社联合社建成 5 个直属公司、26 个镇级基层供销社、300 余个村级供销网点、5 个农民专业合作社联社、1 个区级电商运营中心、1 个扶贫 832 平台线下体验馆，改造提升基层供销社 3 家。在安康市外建设汉滨农产品直营店 3 家，销售点 40 个。开展土地托管农业综合服务，培育土地托管经营主体 4 家，托管土地面积 2 万余亩，供销社又开始活跃在“乡村大舞台”。

搭建“三大平台”，推动农业现代化发展进程

2018 年，汉滨区坝河镇村民崔世满结合当地气候温润、草木茂盛、绿色资源丰富的情况，投资 300 万元建起了世满科技开发有限公司红（紫）薯粉条加工厂和生猪养殖场，流转土地 700 亩，年产红薯 170 万斤，粉条 30 万斤，产值 400 余万元，又用红薯蔓、红薯渣和粉条的下脚料喂猪，变废为宝，出栏生猪 500 多头，带动 200 余户贫困户增收，贫困户最高年增收 2 万余元。

在城东新区供销社的冷链物流中心、农产品分拣中心，工人们正忙着分拣、包装、搬运核桃、香菇、木耳，“通过统一收购、统一精选、统一包装、统一 SC 认证后，我们把千家万户的农副产品变成消费者放心购买的商品，不仅解决山区农副产品销路难问题，还能卖个好价钱。”柯愈鑫介绍。

为了深化农业社会化服务，汉滨区供销社牵头设立汉滨区农民专业合作社联合社，吸纳欣盛茶叶、忠诚蔬菜等 19 个农民专业合作社抱团取暖，建成安康富硒茶叶基地 5097 亩、蔬菜基地 6000 亩、年出栏商品猪 5000 头的现代养殖场 1 处。新建农民专业合作社联合社 4 家，组建 5 个茶叶、核桃、魔芋、生猪、水产五大产业发展战略联盟，吸纳 130 余家农业公司、农业园区、合作社加入。供销社为全区农民专业合作社提供技术培训、信息咨询、资金互助、产品开发、商品购销等综合服务，和农民的利益联结更加紧密，村级供销综合服务社逐渐在村里扎下了根。

“现在，农民只管种，供销合作社保底价收购。”在大竹园镇正义村，村民韩昌兵靠着发展辣椒等产业，供养出 3 个大学生。不过，最让韩昌兵引以为豪的却是他家种出的辣椒，做成了老干妈辣椒酱。

2019 年以来，大竹园镇供销社组织社员开展“订单种植”，从育苗、移栽、管理等方面，为农户提供“保姆式”服务，通过电商渠道，把绿色、生态的富硒辣椒，卖给老干妈供应厂商，双方签订种植合同，农户吃下“定心丸”。全区建成集农资供应、农产品收购、订单农业、电商服务经营等功能于一体的电商网点和为农服务中心 11 处，在茨沟、紫荆、大竹园等镇引导社员发展辣椒订单种植 3000 余亩。

汉滨区构建城乡现代化流通网络，开拓城乡市场，形成农业社会化服务、优质农产品流通服务、电子商务服务 3 大为农服务综合平台，建立以供销合作社主导的行业指导体系和社有企业支撑的经营服务体系，以企业转型发展和培育新的经济增长点为突破口，为巩固脱贫成效，有效衔接乡村振兴开辟新路径。

截至目前，汉滨区共投资 1000 万元建成汉滨区供销电子商务有限公司，线上拥有供销 e 家、供销 e 通、供销 e 批、陕西供销网 4 个自主平台，与京东、拼多多第三方销售平台协同发展，线上集中营销富硒茶叶、魔芋、核桃等 400 余种名优农产品；线下建成电子商务运营中心、电商综合服务中心以及集农副产品冷藏保鲜、储存、加工、销售为一体的仓储物流配送中心，建成镇级电商综合服务站25个、村级综合服务网点258个，成为中国供销电子商务联盟成员单位和安康农产品电商龙头企业。2020年，汉滨供销电商实现销售额4933万元，其中线上销售额3130万元。

汉滨区区长范传斌说："汉滨区供销社立足实际，深化改革创新，着力打通为农服务'最后一公里'，在基层组织体系建设，化解不良债务、消费扶贫、供销电商等方面，推出一系列新举措，取得了明显成效，为脱贫攻坚强化支撑，为乡村振兴夯基固本。"

开展"五进五销"，拓宽为农服务产销渠道

"汉滨供销社消费扶贫、农产品加工、直播带货、线下推介活动的持续开展，让汉滨区山货成为俏货，为老百姓带来了实实在在的红利。"分管供销工作的副区长王诚说。

2020年5月15日，在区政府广场举办的消费扶贫进机关活动中，22家企业展销出120个农产品，大部分来自当地贫困村，现场销售500余万元。

"土鸡蛋、蜂蜜、辣椒酱、手工挂面等各种农家美味和特色手工艺制品，琳琅满目，应有尽有。"农业农村局郝女士购买了300元浓郁乡土特色的商品后欣喜地说。

2019年以来，汉滨区供销社通过预算单位承销、社区结对联销、商场超市直销、电子商务营销、社会爱心助销等方式，有序组织农副产品进机关、进学校、进社区、进超市、进企业"五进五销"活动，开展汉滨农产品进西安消费扶贫活动2次，举办全区第一书记农产品推介会及西安、武汉、长春、吉林、北京、兰州、深圳等农产品展销推介会15场次，推销汉滨名优农产品3000余万元。

通过建立专区、专柜、专馆展销汉滨农副产品，在北京、西安、武进等城市建立农产品直营店3个、销售点39个。在雁塔区设立汉滨区富硒产品展销中心，在安康城区万友、盛裕祥等大型超市开设专柜专区30个，37个社区与深度贫困村共驻共建共享，在37个社区设立农副产品直销点，点对点直接营销农副产品。

汉滨区还先后制定出台了开展消费扶贫、推进政府采购农产品等政策措施，明确消费扶贫工作内容和奖补政策，按照"应推尽推"原则，择优确定入选企业和产品，精准服务西安市雁塔区、航天基地、江苏武进区等对口帮扶地区，推动重点采购单位上平台采购汉滨农产品。筹集资金360万元，建立集线下体验、线上采购于一体的消费扶贫832区域平台线下体验馆、农产品收购、加工设施、农产品溯源体系和短视频直播带货等项目建设，利用实物展示、业务洽谈、产品溯源、短视频直播带货等方式，集中展示汉滨名优特产。积极组织区内企业入驻全国"扶贫832平台"，上线供应商230家、农产品411种，实现成交额3000万元，位居全省前列。

供销改革，硕果盈枝。汉滨区组织社会各界参与消费扶贫，促进贫困户农产品变商品、收成变收入，扩大消费规模，延伸扶贫触角，巩固脱贫攻坚成果。全区供销企业实现消费扶贫销售额6939万元，其中线上5139万元、线下1800万元；推介会销售及合同订购5866.3万元。

不忘为农初心，牢记服务使命。采访中，安康市供销社主任蒋平告诉记者："近年来，汉滨区供销社坚守为农、务农、姓农的根本宗旨，紧扣区域经济社会发展和脱贫攻坚战略全局深化供销综合改革，健全经营服务体系，在融合大产业发展、服务城乡一体化上做出了积极贡献，特别是在消费扶贫领域做了大量工作，带动了一方百姓持续稳定增收，在攻克贫困堡垒、决胜脱贫攻坚主战场上发挥了供销生力军作用，树起了全市供销扶贫的一面旗帜。"

作者：罗先理

摄影：唐力夫、侯靖、王慧娟

广东忠良环境卫生管理有限公司

"智慧环卫"建设美丽乡村

总经理陈金光主持召开管理层工作会议 摄影：伍庆华

链接：广东忠良环境卫生管理有限公司积极探索农村生活垃圾收集运输处理的持续可行的办法，优化农村生活垃圾治理结构空间，以群众满意的服务质量为基础积极宣传垃圾治理知识和环境卫生意识，以智慧环卫＋奖补形式迅速实现了农户参与和监督垃圾治理的工作，践行乡村振兴发展的社会责任。

干净整洁的水泥路通往家家户户，农居错落有致，房前的小苗圃种植着各种绿植，与四周摇曳生姿的花草、绿树交相辉映。谈婆婆坐在屋子前，乘着徐徐微风，看着屋子前的干净的村道，骄傲地向记者炫耀着，"我们村不仅风景好，还干净卫生，一点都不输城里"。

让谈婆婆骄傲的村庄叫金林村，位于广东省德庆县旅游专业镇——官圩镇，该村于2007年被评为广东省旅游特色村，也是四届肇庆乡村马拉松的终点站，还曾举行"南方诗歌节"等活动。

这是德庆县推进乡村振兴过程中取得的显著效果。近年来，德庆县通过不断完善乡村垃圾清运模式、提升群众卫生意识、加强垃圾分类等措施，推动乡村环境不断变好。

做好环境保洁工作，打造宜居乡村

天刚亮，住在金林村的李阿姨就来到了保洁站，和伙伴们分配好工作后，各自前往自己的责任区开始忙碌起来：清扫路面、捡拾垃圾、养护绿化、清运垃圾……她告诉记者，村里还有小型的垃圾收集车，大家轮流开着车子在村内巡逻，及时把散落的垃圾收集起来，保证村道的整洁。约下午3点，垃圾清运车会到达村的垃圾转运点，把村里的垃圾运到镇上的垃圾处理中转站，再统一转运到市进行处理，确保"垃圾不过夜"。

这种"村收集点＋镇转运站"的组合模式是广东忠良环境卫生管理有限公司（以下简称忠良环境）积极探索城乡环境卫生综合整治的方法。其是肇庆市第一家率先引入"智慧环卫"平台的保洁公司，该公司建立了成熟的城乡环卫一体化管理系统、垃圾分类收运

摄影：伍庆华

处理系统以及餐厨垃圾收运处理系统。2018年，该公司开始服务德庆乡村环境整治工作，两年多以来，在提升当地环境卫生工作的管理效能方面取得了明显成果。

提升民众卫生意识，维护村庄环境整洁

德庆县金林村良好的乡村环境，是忠良环境助力德庆县推动人居环境整治提升的一个缩影。

谈及如何推动卫生乡村的打造时，忠良环境总经理陈金光表示，公司除了采用村垃圾直运的处理模式，还积极向群众宣传保护环境知识，通过举办活动、入户宣传等方式提升群众的卫生意识以及对于美丽乡村的认同感。

"以前村道两边容易堆积垃圾，村民从而养成随手扔垃圾的习惯，村容村貌得到提升后，加上我们不断的宣传，村民舍不得破坏眼前的美景。"陈金光告诉记者，他们在给保洁员做培训时，卫生知识宣传也是培训的内容之一，而在推广"智慧环卫"的时候，也会利用保洁员以及村委会，向村民科普环卫知识，逐渐把村民的卫生素养提升起来。

每到节假日，农村垃圾激增，尤其一些零散的垃圾点，信息反馈会出现延迟，容易出现不能及时收集处理的情况。但是经过近年多次的宣传，村民的意识得到提高，"遇到没有及时清理的垃圾点，他们会主动联系到村委会以及我们公司的联络员。"陈金光表示，现在德庆县的村民都成了美丽乡村的保护者。

创新工作方式，加快垃圾分类走进乡村

官圩镇金林村、武垄镇双象村等是德庆县率先开展垃圾分类首批试点村。金林村村口的显眼位置放置了一台农村生活垃圾智能分类积分平台设备，村民在设备旁互相分享着个人垃圾分类投放获得的积分以及利用积分置换回来的生活用品。

自官圩镇金林村成为试点后，数月以来，岑永梅与家人坚持做好垃圾分类工作，如今她的账户上已有将近2000分的积分。刷卡—在平台界面选择投放的垃圾种类—投放垃圾，岑永梅熟练地操作设备，不到一分钟便完成了垃圾分类投放，她的个人账户上又增添了10多分。"坚持了几个月，垃圾分类都变成家里人的习惯啦！"她说。

忠良环境的项目经理郭水明介绍，公司在村里放置垃圾分类收集桶，并引导村民分类投放。公司按照垃圾的分类分派专职处理车辆运送到市有毒有害处理中心进行处理。

目前，德庆农村生活垃圾有效处理率为95.49%，农村保洁覆盖率100%，在多方努力下，2017年、2018年连续两年，德庆县被肇庆市委、市政府评为全市唯一农村生活垃圾治理先进县，并每年获得市奖励1000万元。2018年，德庆县还获得广东省农村生活垃圾治理示范县称号并获得省奖励1600万元。2020年，德庆县成功创建国家文明城市。

作者：伍庆华

第六章

守初心 担使命 当先锋

安徽省池州市委党校

在“学”上出实招 在“事”上见成效

举办青年读书分享会

链接：中共池州市委党校（池州行政学院）创建于1949年5月，历经两撤三建，2011年2月，安徽省编委批准升格为大专体制规格（副厅级建制），是池州市委领导的培养党的领导干部的主渠道、理论建设的重要阵地、科学研究的重要智库。2020年8月总投资近3亿元的新校区投入使用，集教育培训、会议服务、住宿餐饮等功能于一体。新校区“智慧校园”系统，为培训办学、教学科研、后勤服务等提供全智能化支撑，综合办学条件位于全省前列。近年来，校（院）深入学习贯彻习近平总书记关于党校办学治校系列重要指示精神，坚持服务大局，聚焦主责主业，全面从严治校，先后荣获第六届全国文明单位、第十二届安徽省文明单位、安徽省卫生单位等称号，在全省办学质量评估中不断提档争优，为加快建设“三优池州”贡献党校（行政学院）力量。

自党史学习教育开展以来，安徽省池州市委党校（池州行政学院）紧紧围绕“学党史、悟思想、办实事、开新局”总要求，四措并举，将党史学习教育融入日常、抓在经常，推动党史学习教育走深走实。

在“谋”上下功夫，做到心中有数

提高政治站位，第一时间成立校（院）党史学习教育领导小组，抽调专人负责综合协调、日常落实等工作，形成上下贯通、执行有力、衔接有序的学习组织体系，确保事有人干、责有人负。

明确党史学习重点，对照省市委总体部署，立足校（院）工作实际，一盘棋做谋划，制定党史学习教育实施方案和工作任务清单，明确3个阶段34项具体任务，每项任务明确责任部门、完成时限，切实做到党史学习教育有规划、有目标、重实干、求实效。

突出以“看、说、听、读、写、行”为切入点，开展“八个一”党史学习教育系列活动，做到每月有主题、有重点。按月制定支部工作提醒，常态化调度推进党史学习教育开展，做到党委抓支部、支部抓个人，层层抓落实，确保党史学习教育各项任务落实落地。

在“学”上出实招，做到胸中有墨

领导带学促推动，领导干部先学一步、学深一层，县处级以上领导干部带头聚焦党史学习教育作专题交流发言。潜心自学促深化，举办全市党校（行政学院）系统庆祝中国共产党成立100周年理论研讨会，引导校（院）全体党员干部职工读原著、学原文、悟原理。聚焦青年群体，面向全市党校（行政学院）系统“90后”干部职工举办“读史·承志·砺行”读书分享会主题征文，20名青年同志谈感受、谈心得。举办党史知识测试，59名党员干部职工参加测试，切实以考促学，以学促行。

集中交流促增效，各党支部依托“微党课”“微交流”等载体，开展主题突出、特色鲜明的专题学习研讨；主体班次开设“学员讲堂”交流平台，聚焦党史学习教育与各自工作实际，分享交流学习心得，持续营造互相学习、学学相长浓厚氛围。

专家讲学促提升，发挥“党校公开课”品牌示范带动作用，邀请党史专家作“学习百年党史 坚定理想信念”党课报告，扩大报告辐射面，市直机关党员干部、主体班学员、全校教职工共200余人参学。

在“教”上见真章，做到手中有策

突出党性教育学科建设，指导校（院）教师围绕党史学习教育

全体教职工赴池州革命烈士纪念馆接受革命传统教育

开发完善课程内容，通过“老带青”“传帮带”等加强业务指导提升，通过集中试讲、反复打磨，为校（院）春季学期主体班教学提供新课程，目前既有《中国共产党一百年的光辉历史与基本经验》《加强“四史”学习 坚定理想信念》等党史学习教育通史课程，也有《中国革命史是最好的营养剂》《学习百年党史，坚定初心使命》等结合党史热点的特色课程。

突出党性教育模块，针对县处级干部进修班、中青年干部培训班等主体班次设置中共党史（“四史”）学习课程，严格按模块安排教学时间，做到长班有单元、短班有模块、班次全覆盖。

突出实境教学，提升党史学习教育实效。高定位、高标准打造市委党校党性教育馆，充分发挥党性教育馆现场教学基地、理论宣讲红色阵地作用，组织全体干部职工、主体班学员分别开展“重温红色历史 赓续红色基因”红色主题教育现场课，引导党员干部在重温党史中锤炼党性修养、感悟信仰力量。聚焦“清明祭英烈”活动要求，组织全体干部职工、主体班学员赴池州烈士陵园开展“祭先烈学党史感党恩”主题党日活动，引导党员干部缅怀革命先烈，传承红色基因。

在“事”上见成效，做到肩上有责

精心设计“我为群众办实事”活动载体，面向主体班学员、联系社区发放征求意见表百余份，筛选意见建议5类20项。结合收集的意见建议，重点明确校（院）委班子成员领办事项。

聚力推进县级党校分类建设。制定县级党校（行政学校）分类建设计划，按照建设达标类、优化发展类、特色示范类3类建设标准，明确4所县级党校建设任务；建立校（院）委班子成员和教学科研部门联系县级党校工作机制，强化全市党校（行政学院）系统教育培训资源统筹。完善县级党校（行政学校）办学质量评估办法，明确10类57项具体办学质量评估指标，以评促改、以评促建。开展办学质量评估实地考评，反馈评估整改意见12条，常态化督促整改提升。

聚力推进文明城市创建。池州市委党校（池州行政学院）组织全体教职工，常态化深入联系社区、包保小区及路段开展清洁垃圾、劝导飞线充电、文明养犬宣传、规范车辆停放等活动。党史学习教育开展以来，校（院）组织开展文明创建、疫苗接种等志愿服务活动70余场次。

聚力推进党史学习教育宣讲。充分发挥党校（行政学院）理论宣讲主渠道、主阵地作用，选派2名政治素质好、理论水平高、宣讲能力强的理论骨干教师参加市委党史学习教育宣讲团，分赴东至县、石台县面向300余名基层党员干部、青年干部、学生等群体开展1+1专题宣讲；选派多名骨干教师赴县（区）、市直单位及基层党组织开展党史学习教育宣讲80余场，受众达9500余人，切实引导党员干部在学党史中悟思想、办实事、开新局。

作者：杜文娟

湖南省益阳市委党校

梅花合让柳条新

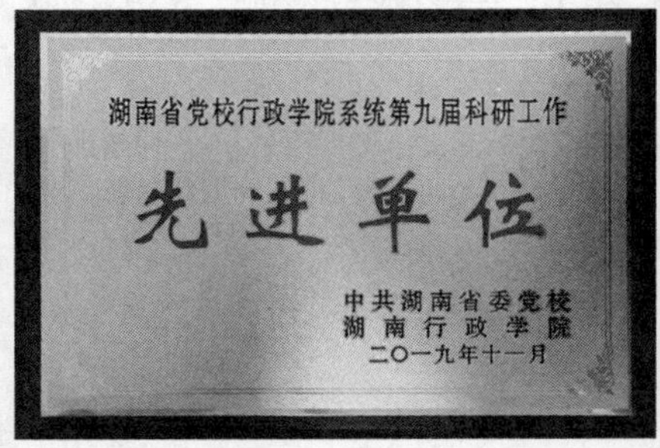

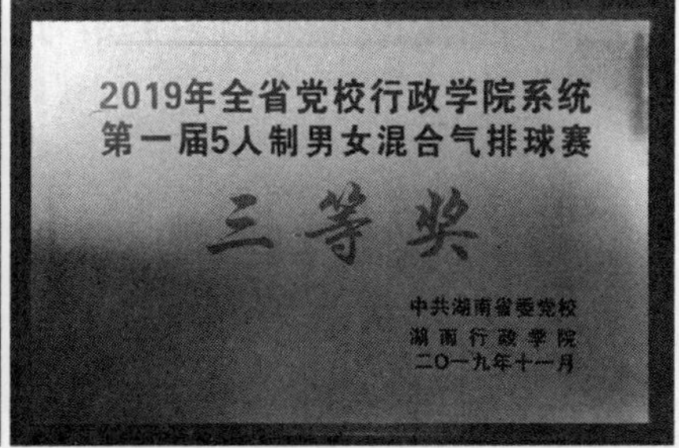

学校获得的荣誉奖牌

惊蛰过后，万物复苏。湖南省益阳市委党校的樱花树，经历了一冬的酝酿后，开始竞相吐出红的粉的白的花朵来。

3月1日，正是党校春季干部培训班开学的第一天，闻着这早春的气息，回想2019年春季开学第一天的情形，有人不禁吟起了宋代诗人王镃的诗句：“从此雪消风自软，梅花合让柳条新。”

2019年春季开学，益阳市委党校拉开了一场前所未有的改革大幕。

抓稳定，夯实改革之基

改革就像新生儿的诞生，总要经历分娩时的阵痛。深化体制改革，刚开始时，各种情绪交织在一起，像行进当中的人们陷入了迷途，两眼茫茫。如何稳定人心，指明方向，是党校改革发展的第一道难题。

党校人首先要做到的是“降格不降党性”，“职务不在岗位在、职务不在职责在”，要旗帜鲜明地把讲政治贯穿到学习、工作和生活的全过程，把鲜明的政治属性融入每个人的血液。党校姓党，必须以党的旗帜为旗帜，以党的意志为意志，以党的使命为使命。

鲜明要求提出来后，产生了一系列鲜活的行为举止。两年来，党校人开展专题宣传教育、学习讨论共50多次。市委书记、副书记和常委们相继来党校讲话、讲课和座谈，省委党校常务副校长也来专题辅导。通过突出党校的政治属性，激发个人鲜明的党性，大家的情绪顺了，人心稳了。

党校是熔炉，教职员工如果没有铁的纪律、钢的意志，就经不起烈火锻造。借深化改革时机，党校推出了全面从严治校的举措，出台或重新规范了《中共益阳市委党校关于推进全面从严治校的规定》等系列的制度和规定。当时有人不理解，党校降格了，干部降职了，为什么还要这么严地抓纪律，连考勤一天都要刷三次脸？“强调纪律约束，做到行为不偏，要在危机中争先机，变局中开新局。”常务副校长李振华这样说。校委成员默默带头履行，政令得以畅通，全校上下步调一致了。

在目标引领下，党校力量重聚。前年和去年，他们陆续在改革大考中创造了佳绩：教学比赛获全省一等奖，荣获全省国防教育先进单位、全省科研工作先进单位，还有多项市级先进。

争主动，创造革新局面

市级党校改革，没有文件作依据，没有模式可对照，没有经验供参考。是摸着石头过河，还是撸起袖子加油干？一等、二看、三拖，是最没有风险的做法。但益阳市委党校决定争取主动，率先破局，抓住机遇。

2019年，在全国和全省党校工作会议后，益阳市委党校从三个方面大刀阔斧地进行了改革：一是创新学术理念，不以权威论英雄，而以成果比实力；二是优化年龄结构，大胆起用年轻干部；三是围绕发展大局，重新科学、系统地布局各项工作，确定指标。世上无难事，大胆作为、纾困解难的效果显现了出来，仅2020年度，全校科研成果就有108项，公开出版专著1本、编著1本。编印首期《决策咨询参考》，决策咨询成果获市委书记瞿海肯定性批示。2020年全省市州党校工作会议上，益阳市委党校作典型发言，岳阳、常德等六个市级党校纷纷来益学习交流。

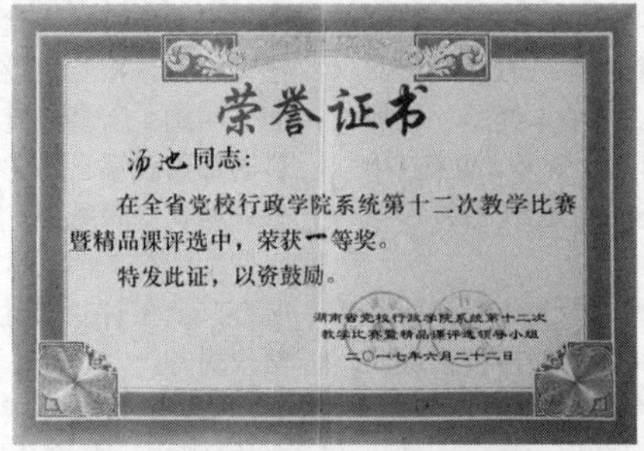
荣誉证书

沛池同志：

在全省党校行政学院系统第十二次教学比赛暨精品课评选中，荣获一等奖。

特发此证，以资鼓励。

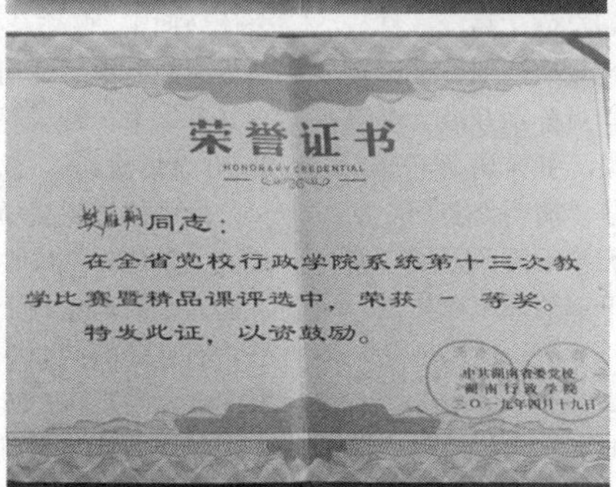
荣誉证书

同志：

在全省党校行政学院系统第十三次教学比赛暨精品课评选中，荣获一等奖。

特发此证，以资鼓励。

学校教师参加全省教学比赛获得优异成绩

在改革中，总要有人奉献，有人付出。益阳市委党校6名待岗的参公处级干部都没有安排进校委班子，13位原处室长都没有安排兼任科室长，他们都为深化改革侧身让步，为了党校长远发展送新人上路。“志不求易者成，事不避难者进。”益阳市委党校撤了13个处室，新设立了20个科室，改革所涉及人员75人，人员异动超过80%。2020年6月，每一个人的去留，每一项事的交接，都顺顺利利地得以完成。

暖人心，盘活深改棋局

如何下好深化改革这盘棋？益阳市委党校的做法是，要让改革有温度，人在党校很温馨，遇到困难有温暖。

改革如果只讲奉献和付出，那是不成功的改革。它像一把利剑，既有刚性和锋利，也有柔情与光芒。对为改革让位还未安置好的人，党校力争组织的支持，最大限度给予关怀和帮助。在这次改革中，分四个批次晋升二级调研员5人，三级和四级调研员7人，外调任职1人。

建设温馨校园也是益阳市委党校改革的一项内容。几年来，益阳市委党校致力打造红色校园文化，以文化人，滋润心灵；以美感人，耳目一新；以情动人，沁人肺腑。2020年在经费紧张的状况下，安排资金近100万元，解决了教职员工反映多年的行车行路问题。争取市委重视，解决了事业编制人员的车补问题。把食堂四楼装修为单人宿舍，解决了引进人才的临时住宿。去年一位职工的母亲身患绝症，校领导带头捐赠，缓解了救病之难，体现了拳拳爱心。

重激励，凝聚发展之力

改革的目的是以人为本，化解阻力，挖掘潜力，激化活力，为发展凝聚合力，增添动力。益阳市委党校立足长远，力争从体制机制留住人，从制度奖励措施来激励人。

改革后，市委常委会专题研究党校工作2次，市委组织部考察和研究党校干部5次。2020年市委常委会第25次会议专题研究党校工作，破解了制约党校高质量发展的一系列难题，同意提高益阳市委党校教学科研奖励专项预算，启动党校事业编制人员参照参公人员标准发放车补的方案等。党校出台《教学科研优秀人才评选表彰办法》《决策咨询与调研报告奖励办法》《“学习强国”学习平台推广使用奖励办法》等。

在市委组织部、市委编办、市人社局等相关部门大力支持下，益阳市委党校制定了适合党校长远发展，将干事创业的舞台让给了年轻人的“三定方案”。在市委组织部的指导下，依据“三定方案”，按照“事业为上、任人唯贤、人岗相适、人事相宜”的原则，分类、分批、稳步、有序推进改革。打通事业编制与参公的身份通道，从事业编制人员中提拔8人转任参公岗位的副科长。

为强化党建引领，发挥工会作用，激发员工热情，益阳市委党校专门为省级比赛一等奖获奖选手召开专题报告会；为全市教学比赛一等奖选手，颁发市级“五一劳动奖章”；为疫情防控逆行出征的志愿者，授予特别荣誉证书；为学习标兵、科研明星，颁发物质和精神奖励。

海到尽头天作岸，山登绝顶我为峰。改革之路没有退路，没有终点，目前，益阳市委党校立足新起点，在“十四五”目标鼓舞下，在“三高四新”精神指引下，同心协力再出发，奋发有为续写新篇章。

作者：陈哲，周鹏

广东省清远市直机关工委

高质量机关党建助推高质量发展

机关党的建设是党的建设新的伟大工程的重要组成部分，是机关建设的根本保证，对其他领域党建具有重要风向标作用，必须走在前、作表率。

当前，在深入学习贯彻习近平新时代中国特色社会主义思想上作表率，在始终同以习近平同志为核心的党中央保持高度一致上作表率，在坚决贯彻落实党中央各项决策部署上作表率，切实做到讲政治、守纪律、负责任、有效率，建设让党中央放心、让人民群众满意的模范机关创建活动正在市直机关如火如荼开展。

为切实深化模范机关创建，推动新一轮加强党的基层组织建设三年行动计划落地落实，2021年以来，中共清远市直属机关工作委员会（以下简称清远市直机关工委）大力推动开展机关基层党建工作和党员教育活动阵地“双示范”创建活动，深化模范党支部创建，切实推动机关党建工作全面规范、质量全面提高、表率作用全面发挥，以高质量党建推动清远高质量发展。

清远市直机关工委坚持以习近平新时代中国特色社会主义思想为指导，深入学习贯彻党的十九届六中全会精神，以党的政治建设为统领，聚焦主责主业，主动担当作为，全面加强机关党的建设，不断探索促进机关党建与业务工作深度融合的途径，着力提升机关党建工作质量，为清远高质量发展提供坚强的政治保证。

把好“方向盘”，强化政治建设和理论武装

加强机关党的建设，把讲政治放在首位，不断强化党员干部的理论武装。

清远市"行风热线"上线现场　摄影：潘一丹

清远市直机关工委始终把讲政治摆在党的建设首要位置。深入学习贯彻习近平新时代中国特色社会主义思想。严格执行省委坚决落实"两个维护"十项制度机制，把坚决做到"两个维护"贯彻到机关工作的全过程各方面。严格落实请示报告制度，严格落实第一议题制度，深入学习习近平总书记系列重要讲话和重要指示批示精神。严格落实意识形态工作责任制。严肃开展党内政治生活，严格执行《关于新形势下党内政治生活的若干准则》，督促指导各级党组织开好民主生活会、组织生活会，落实好"三会一课"、谈心谈话等组织生活制度，切实提高党内政治生活质量。

*注重建章立制，让理论学习责任立起来。*以抓好理论学习中心组理论学习为重点，深入推进学习型党组织建设，修订该委《理论学习中心组学习制度》《干部学习制度》，促进党员干部网上学习、集体学习和自学活动。自党史学习教育开展以来，清远市直机关工委立足早部署、早行动，第一时间成立党史学习教育领导小组并设立办公室，迅速召开党史学习教育动员会，压紧压实党史学习教育主体责任，制定该委党史学习教育实施方案、机关党支部党史学习教育实施方案、党史学习教育任务清单等，实行清单管理、挂图作战，有序有力铺开清远市直机关工委机关党史学习教育。同时，精心谋划推动市直机关党组织开展党史学习教育"十个一"活动，即落实第一议题制度、自学一系列指定学习材料、开展一次瞻仰参观活动、重温一次入党誓词、讲一次专题党课、开展一次全员轮训、学习一批身边榜样、走近一批"五老"听故事、为群众办一批实事和召开一次专题组织生活会，力促市直各级党组织迅速"动起来"。

*注重搭建载体，让党史学习教育走深走实。*创新打造清远市直机关工委"1+4+N"党史学习教育新模式，把全体干部职工分成5个学习小组，围绕党史四个历史时期，每次选定1个专题，通过集中学习、轮番宣讲、交流研讨等"N"种方式开展党史专题学习。共开展专题学习研讨会4次，18名党员干部轮番宣讲。通过人人学党史、人人讲党史，扩大党史学习教育覆盖面，全体党员干部由被动学转为主动学，既"输入"又"输出"，取得了良好的学习效果。以主题党日活动为抓手，学"活"本土党史。组织该委党员干部到向秀丽纪念馆、秦皇山革命根据地、红七军纪念馆、连山鹰扬关革命遗址、刘禹锡纪念馆等清远本地红色基地开展党史学习教育，学"活"清远本土党史，汲取奋进力量。组织参观"百年恰是风华正茂"主题档案文献展，观看爱国主义教育电影《长津湖》。迅速传达学习贯彻党的十九届六中全会精神，通过召开干部职工大会、班子会、支部会学深悟透党的十九届六中全会精神；召开理论学习中心组扩大学习会议专题学习《中共中央关于党的百年奋斗重大成就和历史经验的决议》；清远市直机关工委常务副书记杨蔚宁带领该委机关党员干部深入该委乡村振兴重点帮扶村清新区浸潭镇大陂头村宣讲党的十九届六中全会精神，调研指导基层党建和乡村振兴工作；在"清远机关党建"微信公众号持续宣传报道市直各单位学习贯彻党的十九届六中全会精神的好经验好做法，营造浓厚的学习氛围。拍摄"馆长讲清远党史"视频，把清远本土党史"亮出来"。会同市史志办、市档案馆、清远广播电视台，邀请省、市、县档案馆馆长、文化馆馆长、博物馆馆长，组织拍摄两期共20集《馆长讲清远党史》专辑视频，如《浴火凤凰向秀丽》《红色雄鹰冯达飞》《石板开出"五朵金花"》等。视频结合清远历史人物故事，深度挖掘本土红色资源，以"主持人探访+馆长说"的方式，讲述中国共产党党史中的清远故事和英雄人物，让身边人身边事感悟人教育人，使党史学习教育接地气、有实效。有关专辑视频在新媒体推出后，浏览量达40余万，在社会上引起良好反响。同时开展"开学第一课之《馆长讲清远党史》进校园"活动，教育引导青少年强信念、跟党走，厚植爱党、爱国、爱社会主义情怀，自觉做中国特色社会主义的坚定信仰者、忠实实践者，受众学生达到70余万人。

*注重提升感染力，让理论学习"飞入寻常百姓家"。*组织开展市直机关庆祝中国共产党成立100周年"永远跟党走"系列群众性活动，联合市文明办举办清远市直机关"奋斗百年路启航新征程"主题创作文艺晚会，联合市委组织部、市委宣传部举办全市党史知识竞赛活动，举办"永远跟党走·北江春潮涌"党员书画作品展和"永远跟党走逐梦新时代——广东省第十四届'百歌颂中华'歌咏活

"永远跟党走·清远市直机关庆祝中国共产党成立100周年主题创作文艺晚会"现场　摄影：潘一丹

动”，该委选送的3支参赛队伍获得歌手类1个银奖及合唱类2个铜奖，营造出市直机关党史学习教育和庆祝中国共产党成立100周年热烈浓厚的氛围。

注重宣传阵地和宣传队伍建设。开设“清远机关党建”微信公众号和“清远+”机关党建频道，组建了百名机关党建通讯员队伍，联合清远日报社开展百名机关党建通讯员“百日大练兵”活动，努力讲好清远机关党建故事，为推动清远高质量发展营造浓厚舆论氛围，开创机关党建宣传工作新局面。两个平台择优选用党建稿件近500篇，其中被学习强国广东学习平台和“南方+”等省级媒体采用146篇，被中国小康网、国家新闻周刊网等国家级媒体采用9篇。其中《突出党建引领，掀起机关党史学习教育新热潮》被《清远调研》评为2021年度优秀稿件。

激活“新动能”，锻造坚强有力基层党组织

党的基层组织是党在社会基层组织中的战斗堡垒，是党的全部工作和战斗力的基础。

清远市直机关工委结合清远实际，制定《市直机关加强党的基层组织建设三年行动计划工作方案（2021-2023年）》，分别以“完善组织体系开启新征程”“提升党建引领基层治理效能”“高质量党建推动高质量发展”为主题，不断扩大机关基层党的组织覆盖和工作覆盖，不断提升机关基层党组织建设制度化、规范化、科学化水平，不断增强机关基层党组织的政治领导力、思想引领力、群众组织力、社会号召力，推动机关党建表率作用出得来。三年行动计划将深化模范机关创建、机关基层党建工作和党员教育活动阵地“双示范”创建等工作纳入实施方案，整体推进，通过三年努力，使大抓党建、大抓基层的氛围更加浓厚，全面从严治党主体责任更加落实，党组织领导的基层治理体系更加完善，基层党组织和党员的作用发挥更加充分，党在基层的执政基础更加牢固。

深化基层党组织规范化建设。清远市直机关工委紧紧围绕市委“十大行动方案”目标任务，印发《清远市直机关2021年党建工作要点》，每季度印发重点工作指引，为市直各单位加强机关党的建设指明方向。印发《中共清远市直属机关工作委员会关于做好2021年党支部规范化建设工作的通知》，明确2021年机关党建工作和党支部规范化建设工作重点，加强市直机关党支部规范化建设。指导基层党组织开展“一支部一品牌”创建工作。加大吸纳优秀人才力度，严格发展党员工作程序，严肃工作纪律，切实提高发展党员质量。在第九届广东省市直机关“先锋杯”工作创新大赛中获得“优秀组织奖”，选送的作品获服务群众项目三等奖。

加强党务工作者队伍建设。深化基层党组织“头雁”工程，建立健全党建（党务）工作者培养培训机制，组织举办机关党委书记（专职副书记）培训班1期、培训60人，举办党支部书记培训班6期、培训党务干部977人次。

加强党内激励关怀。做好“光荣在党50年”纪念章颁发工作。向困难党员、老党员、因公牺牲党员家属发放慰问金，向党内关爱扶助对象发放扶助金。

树立新形象，狠抓作风建设强化担当作为

机关作风关乎机关工作效率、服务水平和群众满意度，加强机关作风建设，至关重要。

通过抓好“行风热线”栏目，推动市直机关作风建设。自2016年清远市直机关工委主办“行风热线”栏目以来，共直播节目243期，安排上线单位139个，上线嘉宾972人次，其中单位一把手134人次。累计接听受理群众的咨询、投诉、建议共3369件，做到件件有回应、事事有回音，问题答复率100%，电话回访率100%，社会关注度和群众信任度逐年提升，收视率调查稳居清远广播电视台新闻综合频道自办栏目前三名。2021年“行风热线”推出“我为群众办实事”栏目，督促市直机关及时收集处理好群众反映的热点难点问题，以党风促政风行风，打通党史学习教育服务群众“最后一公里”。

深入开展机关作风督查。2021年，为推动市直机关各级党组织党史学习教育不断走深走实，清远市直机关工委根据市委工作部署，坚持问题导向，开展“学党史、强作风、提效能”市直机关作风建设专项督查工作。首先对委机关自身自查自纠，推动清远市直机关工委自身作风建设在市直机关单位机关作风建设中走在前、作表率，同时通过对77个市直机关单位的作风建设进行实地督查，对存在问题进行通报并督促整改落实，促进市直机关以新的风貌、新的形象、新的作为落实好市委“十大行动方案”。

强化机关党建督查功能。清远市直机关工委建立机关党建双月督查机制，聚焦市委巡察反馈机关党建工作存在问题，深入开展专项整治工作和督查工作，推动机关党建工作全面规范、质量全面提高、表率作用全面发挥。

扎实推进机关单位全面开展禁烟控烟工作。与有关部门联合印发《关于进一步加强市直单位禁烟控烟工作的通知》，牵头对市直机关单位开展两轮禁烟控烟实地督查，着力构建文明、洁净、健康的工作和生活环境，助力清远创建全国文明城市。

当好“助推器”，推动机关党建与业务工作深度融合

清远市直机关工委坚持围绕中心大局找准基层党组织发挥作用的切入点，进一步明确机关党建工作目标、工作内容、工作措施，促进机关党建与业务工作目标同频、部署同步、工作同力，将机关党建工作融入疫情防控、安全生产、创建全国文明城市、防灾减灾、“六稳”“六保”、广清一体化、乡村振兴、优化营商环境、生活垃圾分类和反诈等重大任务，不断探索促进机关党建与业务工作深度融合的途径。

“我是党员，我先上！”市直机关党员干部切实做好常态化疫情防控的各项工作，在核酸检测、疫苗接种和健康管理工作中充分发挥先锋模范作用。2021年6月，清远市直机关工委组织市直各单位、中央和省驻清有关单位85个党组织的2220名党员迅速组成党员突击队，紧急支援清城区大规模核酸检测工作，协助做好8个街道乡镇的111个核酸采样地点开展志愿服务，让党旗在疫情防控第一线高高飘扬。

清远市直机关工委联合有关单位发出《关于在“八小时以外”开展“五个一”活动的倡议书》，倡导市直机关各级党组织和党员干部围绕党风廉政建设、深化模范机关创建、机关文化建设、家风建设、创建全国文明城市，以及市委部署的违规吃喝专项整治等工作，坚持“六个结合”，积极开展“五个一”活动，即每周读一本好书，每月观看一场主题影片，每周开展一次文体活动，每季度开展一次志愿服务，每半年开展一次家访，推动形成风清气正、昂扬向上、干事创业的机关文化。

同时，积极推动市直单位在创建全国文明城市中发挥带头表率作用。与市文明办联合组织开展“文明劝导集中行动月”“全员文明劝导”“每天一小时”等活动，发动市直机关单位和党员志愿者深入社区和公共场所积极开展文明交通、卫生保洁等文明劝导活动。

一项项具体的举措，一个个崭新的局面，一项项喜人的成绩，彰显着市直机关党的建设取得的成效。

登高望远擘画新篇，脚踏实地阔步前行。下一步，清远市直机关工委将以习近平新时代中国特色社会主义思想为指导，进一步深入学习贯彻党的十九届六中全会精神，持续深化拓展党史学习教育，用党的创新理论凝心铸魂。以“党建引领，我作示范；百年赶考，我争先锋”为目标，认真学习贯彻清远市第八次党代会精神，一体推进深化模范机关建设和加强党的基层组织建设三年行动计划，在新的赶考路上笃定前行，努力交出一份优异的机关党建答卷，助推清远高质量发展，喜迎党的二十大召开。

作者：中共清远市直机关工委杨杰

广西贺州市纪委、监委

坚守初心使命 忠诚履职尽责

2019 年 11 月 12 日，贺州市委常委、市纪委书记、市监委主任黎云到平桂区黄田镇开展漠视侵害群众利益专项整治工作调研 摄影：袁月

召开“不忘初心、牢记使命”主题教育工作会议。黎云出席会议并讲话。市委“不忘初心、牢记使命”主题教育第二巡回指导组组长到会指导 摄影：袁月

“贺州市钟山县清塘镇大同村党总支部书记曾凡欢违反工作纪律，未核实有关人员生存状况，以村委会名义给仍健在的一低保户开具死亡证明，致使该村民被注销户口、取消低保待遇，造成不良影响。2019 年 10 月，曾凡欢受到党内警告处分。”这是广西贺州市纪委监委结合开展“不忘初心、牢记使命”主题教育中向全市通报的一则典型案例。

“在主题教育中，我们通过读原著、学原文、悟原理，切实提高政治站位和政治能力，提振了斗争精神，增强了斗争本领。”贺州市纪委副书记、市监委副主任蒋锋说。

不忘初心，方得始终。贺州市各级纪检监察机关以开展“不忘初心、牢记使命”主题教育为契机，聚焦决战决胜脱贫攻坚和建设广西东融先行示范区“两大主战场”，忠实履行党章、宪法和监察法赋予的职责，聚焦主责主业，强化责任担当，坚持依规依纪依法，坚定不移正风肃纪反腐，全面从严治党取得新成效，推动全市党风政风持续好转，政治生态进一步改善。

学以致用 增强本领

贺州市纪委监委机关通过理论中心组（扩大）学习会议、读书班、支部“三会一课”“主题党日 +”等形式，围绕必读篇目，认真学习习近平新时代中国特色社会主义思想、习近平关于“不忘初心、牢记使命”重要论述等原文原著，在学懂弄通做实上下功夫。组织全市纪检监察干部专题学习中央纪委国家监委纪检监察干部培训系列课程，同时进行了 3 次闭卷考试，以考促学。在认真做好市委要求开展的专题研讨会的基础上，结合纪检监察工作实际，自主增加一个“学勤廉榜样·争岗位先锋”专题研讨会，在学习中找差距、查原因、促整改，强本领。

同时，该市纪委监委在办案点成立临时党支部，组织抽调的党员进行学习；为离退休党员干部寄送相关学习资料，开展送学上门，做到学习全覆盖。组织党员干部观看《血战湘江》《百色起义》等系列红色革命历史影片，观看张富清、张大年、黄文秀等先进典型事迹专题片，到中共广西省工委历史博物馆和“不忘初心、牢记使命——广西党组织成长光荣之路”主题展厅，聆听革命历史和英雄故事，重温入党誓词，教育引导党员干部铭初心、悟初心、守初心，践初心。

对标对表 全面检视

“知不足，然后能自反也。”在主题教育中，贺州市各级纪检监察机关干部通过检视剖析，在自己身上找差距，发现不足。通过实地走访、召开座谈会、谈心谈话等形式，收集梳理各单位、委机关各部门和广大党员群众意见建议，建立委机关领导班子及成员、支部及党员“检视问题清单”。同时，召开班子成员检视问题专题分析会，逐条找准找实问题，防止“大而空”“小而碎”现象。对中央和自治区巡视组、扶贫领域督导和扫黑除恶督导等方面反馈的问题，也一同进行了对照检查，切实把自己摆进去，从工作问题中查摆思想问题、作风问题。

主题教育期间，共征求涉及班子的意见建议 60 条，涉及处级党员领导干部意见建议 70 条，梳理涉及班子问题数 44 个，涉及处级党员领导干部问题数 39 个，查摆出涉及班子问题数 64 个，涉及处级党员领导干部问题数 82 个，对查找出来的问题，全部动态建立领导班子、班子成员和党员个人《检视问题和整改落实清单》，制定整改措施 22 项。坚持一项一项盯着改，对单销号，逐条逐项推进落实，做到问题不解决不松劲、解决不彻底不放手、群众不认可不罢休。

调查研究 求真务实

贺州市纪委监委机关（巡察机构）在开展主题教育中，结合纪检监察工作实际，坚持问题导向，围绕“8+3+1”专项行动，以及市委部署开展的脱贫攻坚“5·8”行动，聚焦巡视反馈问题、扶贫领域问题、漠视侵害群众利益问题等干部群众反映集中的问题，明确调研重点方向，深入组织开展调研。

2019 年 10 月 24 日，贺州市委常委、市纪委书记、市监委主任黎云为纪检监察机关全体党员干部上一堂《坚守初心使命 忠诚履职尽责 全力推动纪检监察工作高质量发展》专题党课，教育引导全市纪检监察干部牢记纪检人的初心使命，践行忠诚干净担当，在服务战决胜脱贫攻坚和建设广西东融先行示范区“两大主战场”上积极作为。委机关（巡察机构）领导班子成员和其他处级干部均联系当前纪检监察工作，全部深入基层一线、深入工作现场、深入干部群众，主动听取各方意见建议，查找制约纪检监察工作发展的难点问题，共撰写 25 篇调研报告，共发现梳理汇总问题 91 个，提出有针对性的对策建议 107 条，在此基础上，班子成员带头上专题党课 11 场（次）。

立查立改 整改落实

贺州市纪委监委机关坚持把主题教育和纪检监察工作结合融合起来，重点围绕漠视侵害群众利益问题专项整治、扶贫领域腐败与作风问题专项治理、扫黑除恶专项斗争、违反中央八项规定精神突

出问题专项整治，形式主义、官僚主义专项整治，整治领导干部配偶、子女及其配偶违规经商办企业等重点工作，强化监督执纪问责，推动主题教育取得实效。

真刀真枪抓专项整治，向人民群众交出了一份份满意的“答卷”：

把准牵头抓总职责定位，会同16个市直单位组织开展漠视侵害群众利益问题专项整治，有效解决一批群众身边的操心事烦心事揪心事，目前漠视群众利益问题专项整治15项任务均已完成，各单位共整改解决突出问题101个，建立完善制度机制35个。

在扶贫领域腐败和作风问题专项治理工作中，2019年，共查处扶贫领域腐败和作风问题273件，给予党纪政务处分257人，移送司法机关11人。

深挖彻查涉黑涉恶涉赌涉黄等腐败和“保护伞”问题，共立案41件，给予党纪政务处分36人，组织处理9人，移送司法机关8人，严肃查处了市公安局原副局长龚晖等一批“保护伞”。集中开展人防系统专项治理，全市共排查问题155个……

“真没想到，我这个证能那么快办下来，我都做好打持久战的准备了。我这几天在电视上看到了市纪委监委公布的漠视侵害群众利益问题专项整治成果，一个个数据表明，他们真的是在为老百姓做实事，解决我们的难题。”市民王先生在市市民服务中心办理完成业务后连连称好。

民心是最大的政治。报纸、电视台、广播电台、网站……各级媒体陆续分5批次向社会亮出全市开展漠视侵害群众利益问题专项整治工作的成果，获群众纷纷点赞。

作者：贺州市纪委监委盘诗云、黄日煌

山东省菏泽市委办公室

党徽闪耀　文明花开

2020年8月26日，菏泽市委书记张新文到市委办公室调研指导

链接：中共菏泽市委办公室是菏泽市委的中枢机关，承担着参谋服务、督导协调和后勤保障的重要职责。近年来，菏泽市委办公室牢记习近平总书记“五个坚持”要求，围绕建一流班子、带一流队伍、创一流业绩、树一流形象的“四个一流”目标，在全市率先实施机关内部流程再造，开创性地构建起“3111”制度体系，全面提升“三服务”水平，在服务全市发展大局中创新实干、走在前列。先后获得全市担当作为先进集体、全市绩效考核先进单位、全市“百优”人民满意的公务员集体、全省机要密码工作先进单位、山东省党委系统信息工作先进单位、山东省保密系统先进集体等称号，连续6年保持“省级文明单位”称号，2020年被中央文明委授予第六届全国文明单位称号。

文明是什么？

“对市委办公室来说，文明就是忠诚、担当、奉献，就是像市委书记张新文同志参加市委办公室第一党支部主题党日活动时强调的那样，以更高境界和标准对待学习工作，努力在服务全市发展大局上走在前、创一流、作表率！”山东省菏泽市委副秘书长、办公室主任时圣恩如是说。

围绕打造市委的坚强前哨和巩固后院，菏泽市委办公室按照“讲政治、守纪律、负责任、有效率”的要求，大力加强机关规范化建设，在全市率先推行机关内部流程再造和绩效考核，全面提升“三服务”水平，各项工作迈上新台阶，机关风貌发生显著变化，源自理想信念的力量成为文明创建工作的强力引擎。

党建领航，忠诚铸魂

菏泽市委办公室始终把党建工作摆在突出位置，把加强理论武装作为开展文明创建的基础性工作，以习近平总书记“五个坚持”的重要指示为根本遵循，努力在运用党的创新理论武装头脑、指导实践、推动工作方面走在全市前列。

坚持把学习贯彻习近平新时代中国特色社会主义思想作为重大政治任务，把党的十九大和十九届二中、三中、四中全会精神以及习近平总书记重要讲话精神纳入办公室理论学习中心组和党支部集体学习的重要内容，学思践悟，融会贯通，推动学习贯彻习近平新时代中国特色社会主义思想不断往深里走、往心里走、往实里走，切实做到以理论上的清醒保证政治上的坚定。

把旗帜鲜明讲政治贯穿于市委办公室工作各方面、全过程，永葆绝对忠诚的政治品格。持续深化“不忘初心、牢记使命”主题教育，班子成员带头上党课，分专题开展集中学习研讨，将习近平总书记关于精神文明建设的重要论述作为重要学习内容。积极推广“学习强国”“灯塔——党建在线”等新媒体学习平台，引导干部职工常态化开展自学，增强理论学习实效，市委办公室被评为“菏泽市书香机关”和“全市优秀学习组织”。组织赴鲁西南战役纪念馆、重庆红岩魂革命纪念馆、长春电影制片厂旧址、曹县“红三村”、鲁西南革命烈士陵园等红色教育基地和市廉政教育基地，开展形式多样的党性教育、警示教育和主题党日活动。组织观看《周恩来在延安》《泰山挑山工》等主旋律影片，开展理想信念教育和社会主义核心价值观教育，切实筑牢绝对忠诚的思想根基。菏泽市委办公室被评为“红旗高扬”示范党支部创建工作先进单位。

全面创建，强基固本

将文明单位创建作为机关建设的重要内容摆上议事日程，列入年度计划，制定创建方案，将创建任务细化分解落实到科室、岗位和具体工作人员，强化调度，合力推进、狠抓落实，引领全室上下奋力争先创优，营造了人人关心文明创建、人人参与文明创建的浓厚氛围。

*大力创建学习型机关。*持续深化核心价值观宣传教育，多次开展国学经典文化学习，弘扬中华优秀传统文化成为机关新风尚。广泛开展“共读一本好书”“强业务、提素质”讲堂等活动，形成了比学习、比能力、比奉献的良好氛围，干部理论水平、道德素养、

文化素质大幅提升。

大力创建服务型机关。聚焦提升机关运转实效，制定实施《工作人员守则》《科室服务规范》，加强参谋服务、统筹协调、狠抓落实能力建设，扎实推动“三服务”工作上水平，近两年参与组织国际牡丹文化旅游节和中国林产品交易会、第五届中国淘宝村论坛、两届世界牡丹大会及每年两次全市经济社会发展现场观摩等重大活动60余次。围绕乡村振兴、脱贫攻坚等重点工作，室务会成员和科室干部深入开展帮扶工作，积极协调项目资金，有效解决所帮扶村产业发展、基础设施等问题。大黄集镇红色资源保护开发有序推进，吴店镇贾胡同村顺利通过美丽乡村验收，沙土镇辛庄村蔬菜大棚示范基地建设全面启动。

大力创建法治型机关。将党章党规、法律法规作为干部日常学习的重要内容，举办“法律六进”活动，广泛开展“国家宪法日”宣传教育和国家安全、保密、密码、档案管理普法教育，组织参加党纪法规知识测试，持续提升干部学法用法的能力水平，努力实现“人人知法守法、事事有法可依”。

大力创建诚信型机关。制定干部诚信考核评价办法，建立三级信用制度体系，深入开展诚信教育，组织签订诚信承诺书，干部诚信意识有效增强，机关公信度显著提升。

大力创建生态型机关。坚持厉行节约、反对浪费，严格执行节能管理规定，绿色办公理念蔚然成风。市委机关餐厅改造一新，广大干部纷纷点赞。积极开展机关环境卫生整治，市委机关更加文明整洁、规范有序、绿色舒适。

团结进取，争创一流

建一流班子。突出强化政治信仰、政治担当、政治能力、政治自律，严格执行新形势下党内政治生活若干准则，认真落实“三会一课”、民主生活会和组织生活会等制度。坚持民主集中制、重大问题请示报告制度，“三重一大”议题全部提交室务会集体研究决定，主要领导末位表态，选人用人、资金使用等更加民主科学。认真履行全面从严治党政治责任和党风廉政建设责任制，领导干部个人有关事项规范上报，干部监督管理更加全面细致。

带一流队伍。在全市先行先试实施内部流程再造，开创性地构建起“3111”制度体系，即市委办公室工作制度、党建制度、保密制度3个制度汇编，一套内部科室工作规范，一个机关绩效考核办法，一个文明创建工作方案，大大提高了市委办公室工作规范化制度化水平。探索实施机关内设科室绩效考核，考核总分1000分，考核指标分公共项目、业务项目、内部综合评价、第三方评估，并明确了6种加分情形、8种减分情形和10种一票否决事项，量化考评、季度计分、年度汇算、排出名次、奖先惩后，有效调动了干部的工作积极性创造性。

创一流业绩。围绕全面从严治党、重点项目建设、产业集群培育、乡村振兴、脱贫攻坚、营商环境等重要课题加强调研，近两年形成18篇调研成果，起草市委重要决策性文稿46篇，充分发挥了以文辅政作用，得到市委主要领导肯定。围绕推动市委决策部署落地，严格执行督查工作规范，跟踪调度、实地督查，促进了工作落实和有关问题解决。强化服务保障，市委常委会会议实现无纸化，党委信息中办直报点工作列全省第二，机要保密、档案管理、值班值守、文件流转、接待服务、机关保卫等工作均取得新成绩，先后荣获全省机要密码工作先进单位、全省保密工作先进单位、全省信息工作先进单位、市直机关绩效考核先进单位、全市担当作为先进集体、全市招商引资先进单位等称号。连续6年保持“山东省文明单位”称号，2020年获评全国文明单位。

树一流形象。下大气力推进精文简会，整合压减督查事项，规范“一票否决”，控制签订责任状。今年上半年以市委、市政府名义印发的文件、举办的会议同比分别减少35.7%、24.3%。督查事项减少41%，“一票否决”和签到责任状事项均控制在省定标准以内，减轻了基层负担，提高了工作效能，树立了党办队伍务实形象。疫情期间，第一时间启动战时值班值守机制，全面动员、全员参与、全力以赴服务疫情防控和经济社会发展大局，彰显了党办队伍担当形象。充分发挥志愿服务队作用，广泛开展“双城同创”、义务植树、交通劝导及援助灾区捐款、“慈心一日捐”等活动，展现了党办队伍奉献形象。严格落实中央八项规定，持之以恒纠治“四风”，捍卫了党办队伍廉洁形象。

潮平岸阔风正劲，奋楫前行谱新篇。菏泽市委办公室将始终牢记习近平总书记“五个坚持”的重要指示，进一步提高政治站位，强化责任担当，积极主动作为，勇于争创一流，全面提升“三服务”工作水平，努力在突破菏泽、后来居上的新征程上迈出更加坚实步伐，为谱写菏泽高质量发展新篇章作出新的更大贡献。

辽宁省营口市鲅鱼圈区人大常委会

以党建引领履职　以创新助推发展

近年来，辽宁省营口市鲅鱼圈区人大常委会围绕中心，依法履职，始终保持一线状态，追求一线作为，不断创新举措，持续激发活力，推动人大工作与时俱进，各项工作成绩斐然。

铸根塑魂，在发挥党建引领上做大文章

鲅鱼圈区人大常委会在探索和创新党建工作上下大力气、做足功课，将党建引领作用发挥到最大化。鲅鱼圈区人大常委会让年轻

鲅鱼圈区“读原著、学原文、悟原理”知识竞赛决赛现场，鲅鱼圈区人大常委会机关代表队以优异表现夺冠

重温入党誓词　摄影：杨光

党员走进支委担任职务，增强了党支部建设的蓬勃朝气与工作活力；完善党建活动，高标准建设党员活动室，并推选知识丰富、群众威信高的老同志当党小组组长，发挥其会做思想工作、示范作用强的先进作用；与群团工作有效对接，把非党群众组织起来，实现了党组织对本单位工作的全面领导。成立党建工作办公室，明确专职人员，为人大机关工作开展提供组织保证。

*强理论武装，夯实干部队伍水平。*守住“学习强国”主阵地。鲅鱼圈区人大常委会积极号召全体机关干部合理利用时间，积极参与学习平台各项活动。目前，在鲅鱼圈全区46个机关支部中，区人大机关支部“学习强国”积分排名始终居于领跑地位。在积极参与“学习强国”平台各类征文活动的同时，充分利用“学习强国”进行党课教育，特别是在疫情期间，运用学习强国平台视频会议系统举行视频会议和线上党课教育23次。抢占媒体融合制高点。创建“鲅鱼圈人大”网站、“鲅鱼圈人大官微”微信公众号，发挥新媒体作用，促进与人大代表和人民群众的联系；利用微信群、QQ群辅助人大机关工作、代表工作，快捷有效传播信息的同时增强了人大工作的协同力。开展“比武竞赛大练兵”。除定期开展党建知识闭卷考试，还经常开展各种主题演讲和知识竞赛活动。2020年6月份，组织了机关“学习强国”挑战答题竞赛。70、80年龄组分别有2名同志达到500道题上限，60年龄组1名同志达到700道题上限而被终止答题。相关报道登上了“学习强国”主平台，点击量超过10万人次。

*重文化引领，营造党员干部成长氛围。*2019年，在鲅鱼圈区委开展“我为开发区发展献良策”的活动中，区人大机关干部职工全员参加，形成发展“良策”51条直报区委。鲅鱼圈区人大常委会高度重视年轻干部的培养选拔任用。两年多时间里，机关有6位同志调出任职，有9位同志调入任职，机关内部2位80后年轻干部提拔为委办室主任。重视团队意识培养，营造团结和谐氛围。2019年11月，鲅鱼圈区委开展主题教育，组织了一场“读原著、学原文、悟原理”知识竞赛，区人大机关以压倒性优势挺进决赛并取得冠军。

注重质效，在创新监督方式上狠下功夫

*创新开展云监督、云视察。*在利用好常规监督手段的同时，鲅鱼圈区人大常委会充分利用“互联网＋人大”，将“云监督”作为人大监督的有力补充，不断推向深入。2019年，鲅鱼圈区人大常委会利用微信公众号向全社会征集对交通管理的建议，在短时间内收集到的226条意见建议，经过梳理总结，向区政府公安交通管理部门交办了7大项21个问题。仅半个月时间，全区交通拥堵情况便得到了有效治理。此外，组织域内6个营口人大代表工作站、120名五级人大代表联动开展“云视察”活动，通过微信群图文直播学校开学实况，了解监督疫情期间校园各项管理工作，保证复学复课防疫工作更加规范有序。

*全面开展述职评议。*为切实发挥人大监督职能作用，鲅鱼圈区人大常委会制定了述职评议考核办法。目前，已对由区人大常委会通过任命产生的、并向人大及其常委会负责的88名“一府两院”相关部门负责人进行了述职评议，测评结果作为评价“一府两院”依法履职满意度的重要依据。通过面对面“交账”，增强任命干部的责任意识和履职意识，取得了良好的社会反响。

*人大代表旁听庭审常态化。*鲅鱼圈区人大常委会出台《鲅鱼圈区人大常委会关于人大代表旁听区人民法院庭审的办法》，将人大代表旁听区人民法院庭审活动制度化、常态化，对人大代表监督司法，促进司法公正发挥了积极的推动作用。疫情期间，常委会组织代表对区人民法院庭审开展网络旁听，运用大数据和互联网开展“云监督”，保证了疫情期间人大监督工作不间断。

拓宽平台，在激发代表活力上推深做实

鲅鱼圈区人大常委会始终把做好代表工作作为人大工作提档升级的关键，牢固树立为代表服务的意识，全力支持和保障代表依法履职，重点突出在搭建服务平台、提升服务水平方面上做实做细，力求实效。

*强化代表工作站建设。*为畅通闭会期间代表履职渠道，营口市人大常委会提出了建立“营口人大代表工作站”，切实发挥五级代表联动作用。鲅鱼圈区人大常委会认真落实，高质量完成首家营口人大代表工作站（熊岳站）的建设工作，并在全区推广复制了熊岳站建站工作模式，6个乡镇、街道均建立了代表工作站并正式运行。

为保证代表工作站的持续稳定高效发挥作用，鲅鱼圈区确定了“十有”标准（即有阵地、有组织、有制度、有计划、有活动、有督办、有反馈、有考核、有保障、有档案），对人大代表提出了“六员”要求（即进站代表要努力成为政策法规的宣传员、推动工作的监督员、社情民意的联络员、为民办事的服务员、矛盾纠纷的调解员、促进发展的战斗员）。 在建站过程中，积极开展五级代表活动，污染治理、扶贫攻坚、海洋开发和保护等各项工作五级人大代表均积极参与，拓宽了履职渠道，高质量解决了群众反映强烈的系列问题。

*建立三级督办制度。*对代表建议办理工作实行常委会督办、各专委会督办、各代表团组督办的三级督办制度，实现了三级联动，整体发力。所有代表建议按督办层级组织不同形式的调研视察，常委会全程跟踪建议办理工作，实现了督办制度创新。鲅鱼圈区人大常委会对重点建议的办理落实情况进行实地督查，并逐条进行满意度测评，使建议办理做到了件件有着落、事事有回音。

*建立“三个联系”代表工作机制。*鲅鱼圈区人大常委会领导班子每人联系常委会组成人员4—5名，每名常委会组成人员联系4名基层代表，基层代表定时定点接待选民，与选民“零距离”交流，

使鲅鱼圈全区人大代表形成高效联动的代表网络体系，有力推动了全区人大代表工作水平的整体提升。

守正创新，在讲好人大故事上持续发力

鲅鱼圈区人大常委会坚持把加强宣传工作作为创新人大工作的先导，不断创新宣传方式，为推动人大工作创新发展营造了良好舆论氛围。

*多措并举拓宽宣传渠道。*充分发挥鲅鱼圈人大网站和鲅鱼圈人大微信公众平台在人大宣传工作中的“阵地、窗口、平台”作用，加强系统管理，规范信息发布，保证网站、微信公众平台高效、安全、稳定运行；同时，积极向上级媒体推送区人大工作好的经验做法，及时传递鲅鱼圈区人大及其常委会重要工作动态，反映基层人大工作创新特色，不断拓展影响力。

*凝神聚力诠释宣传重点。*综合运用消息、通讯、侧记、专访等体裁，凸显人大工作亮点。2020 年至今，在新华网、《人民代表报》《辽宁日报》《辽宁人大》杂志、辽宁人大网站等媒体发表作品 73 篇，市区媒体刊发 264 篇，学习强国辽宁平台发表 17 篇，学习强国全国主平台推送 3 篇，其中《合拍同步共进：讲好新时代人大故事》被收录 2020 年《党的建设与思想政治工作优秀成果汇编》。做到了用新时代人大语言讲好人大故事、展现人大风采。

作者：聂启俊、杨光

陕西省宝鸡市凤翔区

学史力行办实事　担当作为开新局

优化服务

在党史学习教育中，陕西省宝鸡市凤翔区注重“学”，更注重“学”“用”结合、学以致用，精准对接发展所需、基层所盼、民心所向，把“我为群众办实事”实践活动贯穿全过程，把谋划地方经济增长、促进高质量发展作为学习教育的着力点，把优化作风，提升整体效能作为出发点，学思用贯通、知信行合一，惠民生，强项目，聚动能，优作风，千方百计解决群众各种操心事、烦心事、揪心事，切实打通干群之间的“最后一公里”，以实际行动开创新局面。

惠民生，打造高品质生活

3 月 4 日，凤翔区 2021 年度 10 件政府民生实事票决产生，区医院 3 号住院楼项目、城区公厕建设项目、城区第二污水处理厂建设项目……一批涉及公共教育、医疗服务、住房保障等多个民生领域的惠民项目尘埃落定。

笔者在凤翔区关中路的关中社区老旧小区改造项目施工现场看到，原来的砖头墙面已焕然一新，变成干净整洁的真石漆墙面，工人们正忙碌地进行屋顶防水和消防设施安装等基础设施建设。

“几个月的改造，地面平整了，楼房变漂亮了！”关中小区 22 号楼的张玉侠对改造后的小区环境赞不绝口。

据了解，关中小区供热管道改造和供气管道改造工程，部分道路、绿化、给水、污水、雨水管道改造都已完成，电力改造工程和节能改造工程正在按计划有序实施，该项目累计完成总投资 6506 万元，将惠及居民 851 户。

“这些天虽然很热，只要能保证大家今年冬天暖和过冬，我们就是累点，心里也高兴！”在凤翔区供热二期管网扩建项目工地，正在进行蒸汽管道安装的陈永兵师傅一边干活一边说道。

目前，总投资 2.6 亿元的集中供热二期管网工程已完成总工程量的 80% 以上，蒸汽管网 7 公里已敷设完成，正在保温……

城关镇纸坊街 B 段道路拓宽改造工程，在原街宽 15 米的基础上，将拓宽到 32 米……

凤翔区突出民生福祉，坚持以人民为中心的发展思想，加快民生项目建设，下功夫为群众办实事，真正让民生愿景成为幸福美景。

强项目，支撑高质量发展

自党史学习教育开展以来，凤翔区党员干部坚持学史力行，强化责任担当，把重点项目建设作为党史学习教育的“大熔炉”，全力跑出项目高质量发展加速度。

3 月 31 日，深圳·凤翔产业项目招商推介暨地域特色产品展销会在深圳市宝安区举行，投资 18 亿元的 9 个招商引资项目当会签约。

5 月 7 日，宝鸡市凤翔区举行二季度重点项目暨长青铁路专用线Ⅲ场集中开工仪式，总投资 10.37 亿元，年度投资 7.69 亿元的 15 个项目集中开工。

5 月 24 日，总投资 9.48 亿元 5 个项目在宝鸡市 2021 年第二批总部企业暨招商引资项目集中签约仪式上成功签约。

日前，在凤翔区项目一线掀起了“比、学、赶、超”施工热潮，真正把党的组织优势转化为推动项目建设的强大动力，让党旗在项目建设一线高高飘扬。

全区各级党组织把党史学习教育课堂搬到项目攻坚一线，让广大党员干部在学习教育中悟思想、增才干，在项目一线“论英雄、比好汉”，凝聚党员集体智慧，推动项目建设开新局。今年以来，凤翔区开展项目谋划指导上门服务 4 次，指导各镇、各部门新谋划项目 97 个，确保全区项目接替有序。2021 年计划实施区级重点项目共五大类 170 个，总投资 353.1 亿元，年度计划投资 130.1 亿元。1 至 8 月份，累计开工项目 145 个，开工率为 84.7%。

聚动能，加速高新区崛起

蓝图变为现实，关键在实干。

高新区是凤翔发展的主引擎、创新创业的主阵地、转型升级的主战场，凤翔区以谋准招、抓实项目十条措施为引领，严格落实“四个一”专班责任制，教育引导广大党员干部发扬孺子牛、拓荒牛、

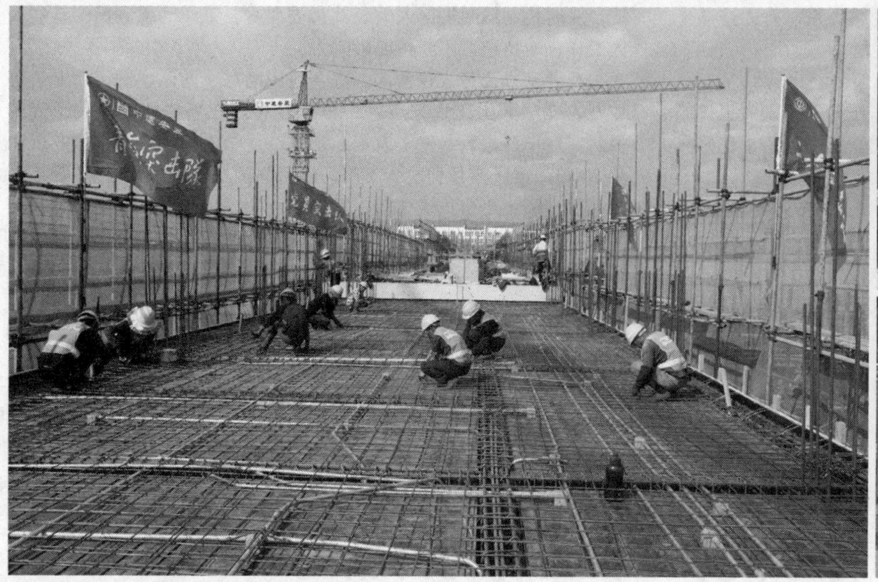

凤翔区把学史力行作为党史学习教育的落脚点，不断锤炼党性，真诚为民服务，推动高质量发展。左图为项目施工工地；右上图为实施老旧小区改造；右下图为工业生产技术改造

老黄牛精神，进一步提升境界、拉高标杆，知难而进、迎难而上，对认准的事情盯住不放，把学习教育成果转化为干事创业的强大动力，争做抓落实的实干者，奋力开创高水平现代化园区新局面。

"生产运行怎么样？""订单多不多？""还有什么困难？"……连日来，凤翔高新区结合党史学习教育"我为企业办实事"活动，以联企帮扶为着力点，以帮助企业解决"急难愁盼"问题为落脚点，以"高科技、智能化、绿色化"为主攻方向，通过分类引导、线上举办政策宣讲会等方式，指导9户企业开展科技型中小企业评价、高新技术企业认定工作。

今年以来，凤翔高新区锚定"121目标"（千亿白酒产业、二百亿能源化工、百亿高端制造），坚持五大定位（产业聚集、产城融合、转型升级、创新驱动、绿色发展），突出工业技改项目建设，着力促投资、提动能、稳增长，助推高质量发展。截至目前，园区第一批已上报9个项目，其中设备更新类7个、新建项目2个，申报金额3787.64万元，项目数、申报金额分别占全区的60%、74.51%，帮助企业最大额度享受政策红利，有力地促进产业链供应链持续稳定。

优作风，提升群众幸福感

凤翔区注重把党史学习教育成果转化为办实事、开新局的工作实效，优化作风、聚力推动"我为群众办实事"实践活动，提升了群众的幸福感。

"这个为群众办实事示范岗的服务真的好呀，没想到这么快就把营业执照办理好了。"到凤翔区政务服务中心领到企业执照的刘先生高兴地说道。5月28日上午，宝鸡新园物业管理有限公司咨询有关增设营业场所方面的问题，窗口工作人员详细讲解了"一照多址"的优惠政策，企业随即在工作人员的帮助下，填写了表格，提交了使用证明材料，并在窗口领取了新的标注"多址"的营业执照，成为凤翔区就"陕西省推进市场主体登记便利化改革、实行同一登记机关开设营业场所免办营业执照政策"后的首家受惠企业。

凤翔区行政审批服务局持续开展行政审批和政务服务"进园区、进企业、进重点项目现场"活动，推出"引导办""帮代办""下沉办"等服务，增设"党史学习教育示范岗""办不成事反映窗口"，为办事群众和企业提供了便捷、优质、高效的办实事新体验。截至目前，全区开办企业392户，同比增长18.3%，办理行政审批政务服务事项1789件，服务效率大幅提高，得到了社会各界的高度肯定和赞扬。

凤翔区政法队伍教育整顿始终在解民困上下功夫，以人民满意的实绩检验政法队伍教育整顿成效。全区政法机关走访群众1465人次，排查化解各类矛盾纠纷39件，以诉前调解方式化解基层纠纷83件，民商事案件调解结案343件，依法确认人民调解司法效力4件，人民调解员调处各类矛盾419件。群众安全感明显增强。

……

明所从来，知所将往。

从党的百年伟大奋斗历程中汲取继续前进的智慧和力量，凤翔区广大党员干部勇接历史接力棒，坚守初心，实干为民，在学党史、悟思想、办实事、开新局目标指引下，奋力开创新时代凤翔高质量发展新局面。

作者：范宝军、王晓凡 供图：凤翔区委宣传部

广东省开平市委组织部

传承红色精神 打造红色品牌

广东省开平是一片拥有深厚革命历史传统的红色热土，涌现了黄花岗七十二烈士劳培、李雁南，著名革命烈士周文雍等一批革命英雄人物。这些革命先烈的英雄事迹、侨乡先辈的动人故事，至今还在激励着开平人民不断奋勇前进。

一代代开平人赓续红色基因，以实干传承革命精神，走出一条高质量发展的"开平路径"：开平市始终坚持在党的领导下谋篇布

革命烈士周文雍、陈铁军全身铜像

局、推动工作、开创新局，通过“全域长期抓系统，造形铸魂起作用”的党建工作思路，打造“总有党员在身边”党建品牌，实现了党的建设水平持续提升，全面推动开平经济迈上新台阶，城乡面貌发生新变化，各项事业焕发新活力，把“为人民谋幸福”写满侨乡开平每个角落……

追梦前行，砥砺奋进。开平市委书记庞正华表示，开平将强化机遇意识，充分挖掘和发挥自身地域特色与比较优势，深化与大湾区城市互利合作，实现差异化发展。

传承红色精神，从党史学习教育中汲取奋进力量

2021 年 4 月，为进一步推动党史学习教育走深走实，用好用活开平市红色资源，助力推进华侨华人文化交流合作重大平台建设和创建国家级全域旅游示范区，继续擦亮“两山”理论实践创新基地招牌，开平市围绕“碉楼”和“侨”文化，组织开展“寻找碉楼红色故事，传承侨乡爱国精神”暨全国高校大学生走进开平微拍大赛，吸引了清华大学等 35 所高校 200 多名专业师生走进开平，制作了 110 部微拍作品。

微拍活动地点覆盖开平市 15 个镇（街），围绕红色故事、爱国华侨故事、碉楼之乡故事、开平碉楼故事、5A 级旅游景区、“两山”实践创新基地、乡村振兴示范点等七大主题 65 条故事主线进行微拍，此举对推广碉楼里的红色故事、传承侨乡爱国精神产生了良好的效果。

2021 年以来，开平市结合本土红色资源，用好群众家门口的红色教育基地，用一堂堂生动的党课、一场场震撼人心的电影、一件件实事……引领广大党员和群众学党史、感党恩、跟党走，推动党史学习教育走深、入心、见实效，厚植党员干部爱党爱国、砥砺奋进的情怀。

开展好党史学习教育，也需要有好的教育载体，开平市修缮一批革命旧址、革命先辈故居，打造一批红色教育基地，振兴一批红色村，让开平红色文化的金字招牌更加鲜活靓丽。

在开平市百合镇茅冈村，该村入选中组部 2021 年推动红色村组织振兴建设红色美丽乡村试点，系江门唯一试点村。开平市委书记庞正华同志亲自挂帅，成立领导小组及其办公室，统筹、协调、推动试点工作开展。开平市委组织部牵头开平市农业农村局、市文化广电旅游体育局及百合镇党委政府等对该村的红色建筑进行修复改造。

“百合茅冈宝顶村是‘刑场上的婚礼’主角周文雍的故乡，他与陈铁军革命先烈的英雄事迹，至今还在激励着开平广大党员群众砥砺前行，我们要用好这些红色资源，传承好红色基因。”开平市委常委、组织部部长余文锋说，将整合本土红色资源，充分展示开平革命文化特别是周文雍的革命精神，将茅冈村一带打造成为我市红色文化高地；坚持以文化人、以文育人，常态化开展理想信念教育，打造侨乡党员精神家园；通过发展红色旅游，打造乡村振兴示范案例。

2020 年，面对突如其来的疫情，在开平市委、市政府的坚强领导下，在党史学习教育的助推下，开平市广大党员干部团结带领 75 万群众和分布在 79 个国家及地区的 78 万旅居海外华侨、港澳台同胞，共同战“疫”，守护美好家园，各项事业实现逆水行舟、稳中有进。

截至“十三五”期末，开平完成地区生产总值 391.15 亿元、一般公共预算收入 28.98 亿元、固定资产投资 277.73 亿元，分别比“十二五”期末增长 35.1%、34.6% 和 32.82%。

打造红色品牌，激发基层党建新活力

“现在村里的大小事务，我们都会参与进来，村子也因为大家的共同建设，变得越来越好了。”日前，长沙街道平冈村村民吴华锐来到平冈村党群服务中心办事，说起近年来村里的变化，他竖起了大拇指。

锐叔的评价，正是近年来开平市实施的“总有党员在身边”党建品牌工程取得的显著成效。开平市把强化党组织的领导核心地位作为提升基层党组织向心力的落脚点，凝聚和引领基层党员。

党的基层组织是党在社会基层组织中的战斗堡垒，是党的全部工作和战斗力的基础。铸魂强基，方能凝聚磅礴力量。

开平市创新推出“总有党员在身边”党建品牌工程，拓展各领域党员发挥先锋模范作用的载体和平台，构建多层次、全方位、广覆盖的党员发挥作用平台体系，通过把党员组织起来、把群众联系起来、把党员作用真正发挥出来，逐渐形成了“全域长期抓系统、造形铸魂起作用”的基层党建工作思路，推动基层党组织全面进步全面过硬。

开平市如何实现组织“造形”？

据了解，开平市坚持全域统筹推进基层党组织锻造提升，聚焦规范化标准化建设，精心指导稳步推动，实现组织“造形”目标。

“其中，我们重点抓好基本组织、队伍、制度、活动、保障五个方面。”开平市委组织部相关负责人介绍，开平市通过以全域党建地图为抓手，精准指导各级各领域党组织规范化标准化建设；坚持用“四张问题清单”工作法持续整顿软弱涣散党组织；完善村党组织书记“小微权力清单”，全面实施“四议一审两公开一监督”制度，健全村（社区）党组织领导基层治理工作体系；继续实施“千万

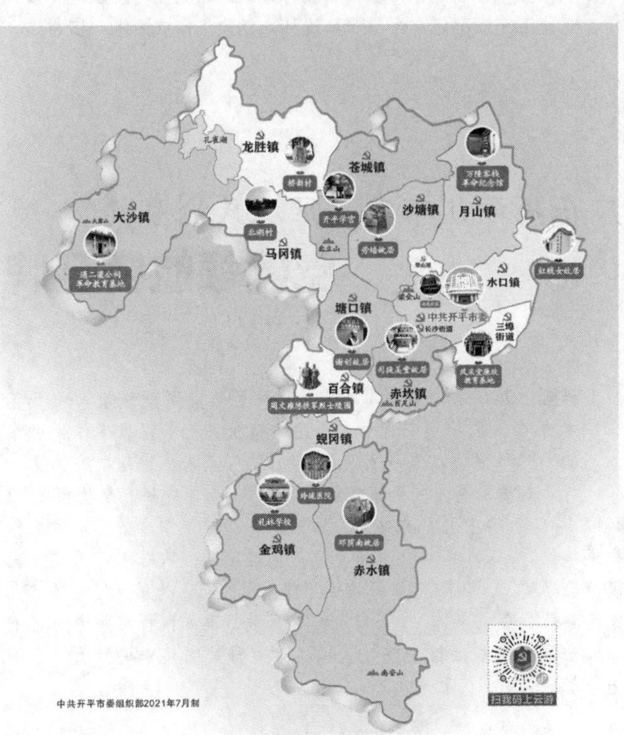

开平市全域党建地图

碉楼下的党课

大沙镇“双培双带”

元保障计划”，突出对牵引性、突破性工作的保障，加大对态度积极、措施实在、成效明显的镇（街）和市直单位党建工作的扶持力度。

造形实现夯实基础，强化思想引领还需“铸魂”。

来到开平市月山镇梁嘉、梁寒光故居，这里正在被打造成红色教育基地，一张张珍贵的历史照片将被展出，讲述当年的激荡岁月。记者了解到，为了把红色资源利用好、红色精神发扬好、红色基因传承好，月山镇党委结合新时代党员干部教育的要求，将梁嘉、梁寒光兄弟故居打造成为红色教育基地，该计划也得到了开平市委组织部、梁氏后人家属的大力支持。“梁氏故居的打造，将为开平红色教育再添一个有分量的节点，丰富红色教育内容。”月山镇党委书记冯我占说。

充分挖掘开平本地红色资源，打造开平初心广场等一批红色教育基地，抓好革命先辈和侨乡先贤故居修复升级正是开平市“铸魂”的重要举措。记者了解到，开平市将坚持全面持续加强党员理论武装，聚焦先进典型争先创优建功新时代，实现思想“铸魂”目标。

近年来，开平市紧扣组织“造形”、思想“铸魂”、党员“起作用”3个关键点发力，深入推进省委基层党建三年行动计划和江门市委“十大专项行动”各项工作，取得了显著成效，抓党建的意识进一步强化、党建工作规范化水平进一步提升、党建工作成效进一步彰显。

例如：开平市深入实施“民生微实事”项目，431件群众的操心事烦心事揪心事得到集中解决；总结提炼“两带一包”“双培双带”等19个可复制可推广经验做法，7个镇（街道）获评江门市基层党建示范镇（街）。一批先进党支部获评江门市“双强双优”党建示范点称号，形成了一条具有开平特色的红色教育“精品路线”。此外，涌现出一批优秀党员，如董淑猛获评全国优秀共产党员称号、梁庆宁获评全国劳动模范荣誉、胡桂影获评全国巾帼建功标兵等。

为表彰先进、弘扬正气，充分发挥先进典型示范引领作用，激励全开平市各级党组织和广大党员不忘初心、牢记使命，奋发进取、创先争优，推动开平各项工作不断向前发展，在中国共产党成立100周年之际，开平市委决定表彰开平市优秀共产党员90名、开平市优秀党务工作者90名、开平市先进基层党组织120个。为全开平市2243名党龄满五十年的老党员颁发“光荣在党五十年”纪念章。

展望未来，开平市委书记庞正华表示，将坚持充分有效发挥党对中心工作的引领作用，以党建全面引领经济发展、推进乡村振兴、增进民生福祉，聚焦“十四五”规划开好局起好步，实现“起作用”目标。

作者：胡涛

广东省潮州市潮安区人民检察院

党建领航铸品牌　勇立潮头显担当

链接：近年来，潮州市潮安区人民检察院屡获殊荣：2015年12月被最高人民检察院评为“全国检察机关检务保障工作先进集体”，2016年1月被广东省人民检察院评为“全省先进基层检察院”，2016年5月被最高人民检察院评为第六届“全国先进基层检察院”，2017年1月10日被广东省委、省政府评为“广东省依法治省工作先进单位”，2018年11月被最高人民检察院、人社部评为“全国模范检察院”，2019年6月被中组部、中宣部评为第九届全国“人民满意的公务员集体”，2020年10月被最高人民检察院评为第七届“全国先进基层检察院”，2021年6月被中共中央授予“全国先进基层党组织”称号。

在2021年6月28日召开的全国“两优一先”表彰大会上，广东省潮州市潮安区人民检察院党总支被党中央授予“全国先进基层党组织”。这是继荣获全国“人民满意的公务员集体”“全国模范检察院”“全国先进基层检察院”等称号后，潮安区检察院获得的又一殊荣。

一个县级基层检察院，为何能取得如此亮眼的成绩？为何能在全国众多检察院中脱颖而出，屡屡收获国字号金牌？

近年来，潮安区人民检察院以实现“党建一流、队伍一流、业绩一流、服务一流”为目标，全力打造潮安检察党建品牌，推动检察工作高效发展，用优异的业绩诠释新时代检察人坚守司法为民、维护公平正义的初心和使命。

激活力，先锋模范善作为

“作为一名老党员、老检察人，见证了潮安检察的发展，特

潮州市潮安区人民检察院党组中心组学习扩大会

别是近些年来一年一个台阶，一年一项省级、国家级的荣誉。这些成绩的取得，都离不开我们党的正确领导，离不开全体潮安检察人追逐梦想的信念。”提起此次参加全国“两优一先”表彰大会，潮安区人民检察院党总支书记刘福平字里行间仍透露出无比幸福和自豪。

近年来，潮安区检察院聚焦党建之本，持续加强组织建设、队伍建设，固本强基，推动党建工作与业务工作同频共振、共同促进，让“党旗红”和“检察蓝”深度融合。始终把党组织建设牢牢抓在手里，不断加强对党员教育管理监督工作，开展“三好两强”模范党支部创建活动，把习近平新时代中国特色社会主义思想作为“三会一课”的“必修课”，创新开设“一月一主题”“一季一专题”学习活动，组织党员进行集中学习、集体劳动，接受革命教育、党史教育，引导党员干警坚定理想信念，锤炼忠诚干净担当的品格。

同时，立足“上传下达”定位，党总支对上级和党组的决议第一时间传达到支部，第一时间组织党员落实，把院党组中心工作与机关党的建设同研究、同部署、同考核，在推动中心工作中抓好党建、锤炼党员，使一批干警在完成中心任务中脱颖而出，近三年来从成绩突出的党员中提拔干部 42 人次。原侦查监督科党支部被广东省检察院记集体二等功，该支部书记苏剑龙说：“检察业务干得好，都是抓党建的结果。”

作为一个党员占比超过 85% 的基层机关单位，潮安区检察院党总支注重发挥党员先锋模范作用，带动全体检察官和干警担当作为，用实际行动维护一方改革发展稳定。

2018 年，潮安区检察院党总支部党员检察官陈植在办理一起重大涉黑案件时，面对 60 多卷案卷、23 名被告人，没有畏难推诿，而是迎难而上、啃“硬骨头”，连续一周吃住都在检察院里，审阅完全部案卷，提审被告人 50 余人次，核对证据近千份，完成了 500 多页、30 多万字的审案报告，在庭审中从容面对被告人律师团队，依法、依理、依情把这个全省十大扫黑除恶典型案件办成“铁案”，对违法犯罪行为形成强力震慑，让当地社会风气为之一清，人民群众拍手称快，被广东省检察院记个人二等功。

像陈植这样的党员检察官在潮安区检察院还有许多。长年来，潮安区检察院党员检察官年均办案都超过 180 件，办案数占全院总数 9 成左右，以实际行动带动全院干警向党员看齐，激发争先创优热情。2016 年以来，潮安人民检察院批捕 3272 件 4620 人，起诉 4021 件 5453 人，办案数量占潮州市案件一半以上，有力有效推动潮安区实现社会和谐稳定。

办实事，凝心聚力优服务

自开展党史学习教育以来，潮安区检察院切实聚焦民生痛点难点，打通服务堵点断点，用心用情用力为民办实事。从人民群众普遍关注、反映强烈的“小切口”入手，推出 10 项惠民便民重点项目，开展为民办实事活动，推动民生建设水平实现“大变化”，做到学史明理、学史增信、学史崇德、学史力行，努力让人民群众的获得感成色更足、幸福感更可持续、安全感更有保障。

潮安区检察院多次到案发地召开案件听证会，在方便当地社会各方参与听证的同时，也为犯罪嫌疑人重新融入社会创造便利条件，有利于化解社会矛盾，提升基层群众的法律意识。为了让检察办案更有温度，潮安区检察院贯彻落实“少捕慎诉慎押”司法理念，今年来，该院不批准逮捕 32 人，不起诉 4 人，办理羁押必要性审查案件 8 件，变更强制措施 8 人，切实降低逮捕率、起诉率、审前羁押率。

“突出扫黑除恶，净化市场环境”“依法惩治犯罪，保护民营企业”“加强民事检察监督，维护民企权益”“加强非诉执行监督，助力民企发展”……近日，潮安区检察院结合工作实际，制订出台十项推进法治化营商环境建设工作措施，护航经济社会发展。此外，该院还在全区设立 10 个法律服务工作站，深入民企开展法治宣传，通过建立检企对接联动机制，助推民企创新发展。

为加强未成年人司法保护，做好未检工作，潮安区检察院开展涉罪未成年人社会调查 43 人次，举行不公开听证会 5 场次，对涉罪未成年人依法作出附条件不起诉决定 2 人；同时对附条件不起诉考验期满的 2 名涉罪未成年人作出不起诉决定，促使涉罪未成年人顺利回归家庭、回归社会。此外，启用“一站式”询问救助区，对涉性侵未成年被害人开展心理安抚和疏导，帮助未成年被害人走出

工作剪影。左图为开展主题党日活动；右上图为智慧机器人“小白”与学生互动；右下图为发放司法救助金

阴影，恢复正常学习生活。创建法治教育“一长一员”机制，多次开展法治进校园活动，助推平安校园建设。

“今年来，受理群众来信来访30件，信访答复率100%。”针对群众办事难问题，潮安区检察院建立了一站式“12309检察服务大厅”，对群众信访事项马上办、一次办。同时，设置律师阅卷室，接待律师134人次，接收传递律师意见33份，保障律师诉讼权利。完善驻看守所检察官接待日工作制度，细化工作指引，设置检察信箱，为到看守所办事群众提供法律咨询17人次。

解民忧，司法救助暖人心

“谢谢检察院的同志，多亏你们的帮助，让我的生活重燃希望。”2020年7月13日，一起案件的受害者家属为潮安区检察院送来了“人民检察为人民，司法救助暖人心”锦旗，表达了对该院和党员检察官的感激之情。

原来，2020年潮安区检察院办理了一起交通肇事致死刑事案件，承办案件的党员检察官了解到，该案被害人系家庭的唯一经济支柱，81岁高龄父亲重度贫血，妻子半身瘫痪生活无法自理，子女均为未成年在校学生，而加害人没有赔偿能力，被害人家庭已是室如悬磬、举步维艰。

承办人立即向党支部汇报情况，在党总支的协调下，启动快速办案机制，急事急办开展司法救助，最终按最高标准向受害者家属发放司法救助金近10万元，缓解了燃眉之急。同时，院党总支又多方联系民间慈善机构、发动党员和干警捐款、帮助解决孩子就学问题，实现“司法救助+”多元救助模式，形成救助合力。

“不忘初心、司法为民”要求检察机关要始终坚持以人民为中心，在司法办案中最大程度彰显检察温情、司法温度。据了解，2019年以来，潮安区检察院通过心理疏导、教育帮扶、社会救助、专项救助等，帮助11名司法救助对象走出困境。同时，探索多元化救助模式，发放救助金40多万元，切实将司法为民情怀贯彻到实际办案中，让群众感受司法温暖。

文／图：潮州市潮安区人民检察院

江苏省淮安市农科院

“红色引擎”激发澎湃动力

党建联系点上重温入党誓词　摄影：王礼伟

2020年，江苏省淮安市农科院党委以党建为引领，结合科研工作实际，精心打造“支部建在科研链上”党建品牌，既加强了党的建设，又促进了农业科技事业高质量发展。

党建品牌引领党支部标准化建设

农研党支部积极唱响“四季之歌”，通过对植物新品种的选优、示范和推广，为农民增收提供“四季服务”，助推农民增收致富；农化党支部通过“科技大篷车”，宣传推广科技新产品、新技术，深入田头巡查植物病虫草害，及时指导农民防治防控；机关党支部全力部署“布谷鸟”行动计划，人人争做问题诊断员、科技服务员和产品推销员，千方百计把农民的产品送到消费者手中……

2020年，淮安市农科院结合实际，从基层组织建设、党内组织生活、党员教育管理、党组织功能建设、活动阵地建设、档案台账资料六方面入手，提出“六推进六强化”标准化建设的内容与规范，构建“基层党支部建设标准”，编写《基层党支部标准化建设工作手册》，形成具有特点的支部标准化建设体系。

结合学科方向，合理设置党支部，把党小组建在创新团队上，将主题党日实践活动与科技创新服务无缝对接，通过到示范基地、龙头企业开展指导服务，帮助企业解决技术难题，使党建工作更规范、科研成果更显著。该院还制定《关于在全院基层党组织中深入开展主题党日活动的通知》，每月固定一天作为党员活动日，着力打造“一支部一主题、一支部一课题、一支部一特色”“一强四带”党建模式，增强活动对党员职工的吸引力，使党建工作真正成为科研工作的助推器，擦亮“支部建在科研链上”党建品牌。

党建品牌引领农业科学研究工作

2020年9月17日，国家自然科学基金委员会公布2020年度国家自然科学基金集中受理期项目评审结果，淮安市农科院“豆科绿肥对水旱轮作系统土壤N20排放的响应机制”项目获批国家自然科学青年基金资助。这也是该院首次获批国家自然科学基金青年基金项目。

据了解，2020年以来，该院党员干部在本职工作岗位上奋发有为、干在实处，发扬“干事创业敢担当、攻坚克难韧劲强”精神，科研工作及成果转化推广工作不断取得新成绩。数据显示，2020年，该院共承担国家、省、市下达和自主课题65项，省级以上课题24项。其中，“基于EMS诱变技术的矮秆抗赤霉病小麦新材料创制”获江苏省农业自主创新项目立项资助，另有5项市地方标准项目获得立项。

与此同时，该院全年累计审定作物新品种7个；申请植物新品种权3项，授权3项；申请专利12件，授权11件，其中澳大利亚革新专利授权4件；制定并发布省级地方标准2件和市级地方标准6件，入选市主推品种和主推技术23个。“淮麦33”成为江苏淮北麦区种植面积最大品种，通过田间现场测产，亩产达827.5公斤，实现了江苏省小麦亩产超800公斤的历史性突破。

此外，该院不断加强人才队伍建设，2020年招聘引进博士5名、硕士研究生29名，全院研究生学历以上科技人员达80名。设施蔬菜创新团队被省农科院评定为“四星团队”，水稻育种团队和小麦育种团队被认定为省农科院“三星团队”，多名党员获全国“三八红旗手”、第二届江苏省乡土人才“三带能手”和“三带新秀”、第三届江苏农业科技奖杰出人才奖等称号和荣誉。

党建品牌引领农业科技服务工作

2020年，淮安市农科院开展“支部建在科研链上”主题实践系列活动，由党员业务技术骨干组成“党员技术攻关突击队”，通过多种党员型科技载体，推动农业科研成果落地生根，不断惠及广大农民群众。

开展帮扶结对共建活动。在淮阴区马头镇泗河村，向困难党员、帮扶对象发放生活物资2.23万元；投入生产性资金11万元，帮助该村提升香瓜种植产量和品质；支持购置厂房资产，该村年获租金4万多元；协调争取现代农业机械化资金50万元，购置4台高速插秧机和3台植保无人机，有效解决水稻机械化插秧和农作物防虫治病问题，有效提高了村集体收入；投入民生类资金1.5万元，为该村2公里道路安装路灯，使村民告别摸黑行路的历史。与32527部队签订双拥协议，送科技、送人才、送产品，并帮助退伍转业军人发展蛋鸡、食用菌产业和蚯蚓养殖业等。

组织党员赴西柏坡开展党性教育活动 摄影：王礼伟

大力建设特色示范基地。在清江浦区、淮阴区、淮安区、盱眙县建设羊肚菌栽培示范点12个，推广冬闲蔬菜大棚转产羊肚菌300余亩。该院还承担江苏省现代农业（食用菌）产业技术体系盱眙示范推广基地项目，建设食用菌基地1个、示范点5个，辐射带动种植户10户，推广示范羊肚菌134亩，利用冬闲蔬菜大棚种植羊肚菌，每亩收益5000—8000元。

全力推进新冠肺炎疫情防控工作。该院党员技术骨干成立了11支助农战“疫”先锋队，累计开展线上答疑以及微信、视频指导农资经营户260多户（次），编写农业生产指导课件和生产技术方案75件。与农资头条、中农普罗丰禾合作，面向江苏、安徽、湖北、四川等地用户开展线上直播，日均线上培训近万人。

党建品牌引领单位社会影响力提升

2020年12月25日，由淮安市农科院组织发起的“淮河农科大讲堂”正式拉开帷幕。此次活动以“淮河农科大讲堂——生物育种专场”为主题，重点围绕现代生物技术、分子育种与性状精准改良以及商业化育种等进行授课。“感谢农科院专家为我们‘传经送宝’，他们讲的技术就是好，有不懂的问他们准没错。”聆听讲堂的新型农业经营主体、种植代表高兴地说。

数据显示，2020年，该院累计深入家庭农场、农民合作社、种植大户开展技术指导和技术服务30多场次，开展田间技术指导和农业科技培训50场次，印发各类技术资料2万余份，接受咨询及培训干部群众1万人次。

2020年以来，该院以“内强素质、外树形象”为目标，不定期编发《农科故事》，展现真实、立体、全面的农科新形象，社会影响力不断提升。该院积极打造党建活动宣传载体，在重大成果培育、重大项目实施、领军人才培养、科技服务“三农”等方面策划新闻宣传重大选题，发出农科院“好声音”。全年累计在“学习强国”学习平台、《农民日报》《淮安日报》以及该院网站、微信公众号发布各类信息超200篇次。

如今，在江苏省淮安市农科院，从办公大楼、党员活动室到文化长廊，从学习资料印刷品到活动宣传资料，随处可见党建活动的“身影”。

作者：吴传万、陈富平 摄影：王礼伟

浙江省永康市看守所

强化党建引领 创建“红色示范所队”

“2021年，我所1人荣获全国公安监管部门成绩突出个人，荣立集体三等功，4人荣立个人三等功，1人被评为金华市公安局疫情防控先进个人等荣誉。”2021年11月25日，浙江省永康市看守所教导员周刚毅就加强党建工作后取得的成绩这样介绍。

2021年以来，永康市看守所强化党建引领，创新思维，数字赋能，深入实施阳光警队、阳光展台、阳光管教、阳光服务、阳光监督为核心的“阳光党建”工程，积极构建监所特色党建阵地，着力创建“红色示范所队”。

永康市看守所坚持将政治建警作为队伍建设的主基调，有效运用各类平台开展理论知识教育，通过开展“学党史、悟思想、办实事、开新局”专题组织生活会、“立信义 弃陋习 扬正气”专题教育整治活动，组织队伍到红色革命基地等形式，扎实推进初心使命教育，通过家访、过政治生日等暖警惠警活动，提升队伍“凝聚力、向心力、战斗力，打造思想阳光、队伍阳光、作风阳光”的阳光团队。

工作重心在哪里，文化宣传就延伸到哪里。永康市看守所发挥文化铸魂作用，构建永康胡公“为官一任、造福一方”，陈亮“义利观”和历史典故为主题的“一所一品一主题”特色监所文化。构建图文并茂的办公区“初心使命、领导关怀、法治廉政、党员风采、服务基层、监所微事”为主题的六大板块特色廊道党建文化墙。依托传统黑板报，微信群等新传媒和所网页等宣传平台，多渠道全面宣传监所工作争先晒拼创业绩，及民警、辅警中涌现出来的先进典型和感人事迹，通过搭建阳光展台多维度纵深展示监所队伍建设成就。

为实现监管效果、法律效果、社会效果的有机统一，永康市看守所对在押人员实施两个“四色”管控，按照案件性质、刑期、表现、心理状态、身体状况等多项指标划分四个等级，以着红黄蓝绿识别服实施“四色预警”网格化分类分级列管，将表现每日通报，实施红黄蓝绿“四色开账奖罚”管控，每周召开狱情分析会，每月进行动态调整，精准智治，闭环管控。创新“三三五七工作法”，深化人文管教、法治教育、心理干预动能，运用“摸、谈、学、询、教、联、化”七字诀，开展教育感化矛盾调处工作，进一步落实宽严相济、“少捕慎诉”司法政策和认罪认罚从宽制度……一系列阳关管教措施有效提升了在押人员教育感化率，矛盾调处率，认罪认罚率，2021年已成功化解调处各类矛盾476人起，受到在押人员及家属的称赞。

做好阳光服务工作，永康市看守所研发智能提讯系统，通过大厅系统可自主操作、优化流程，破解提讯送押等候时间难题；运用“互联网+”，推行线上线下并行服务，开通业务咨询、预约专线，对疑难病情送医检查项目一次性告知；开展政法系统法务代办，推行“政法一体化”协同办案，创新线上审判；打通家属会见“堵点”，实行家属线上会见，分类推行节假日、错时延时会见等延伸服务；与银行深度合作，打造金管家系统账务管理平台，开通存退款业务办理及余额查询，方便在押人员家属办理，解决刑释人员余额无人领取的顽疾性问题……2021年已为基层群众办实事36件，如暖心搭桥开心门，为在押人员出具领取工资委托书。

同时，永康市看守所注重强化监督制约，阳光运行权力，推动执法管理向透明化转变，服务群众向主动化转变，工作作风向敬业化转变。制立常态化自查自纠制度，对民（辅）警的意见建议记录在案，严格落实层级责任管理机制，对问题清单逐一落实整改，妥善解决，通过民主生活、每周点评、“曝光台”等途径跟进提醒，监督整改到位。实施智能交互终端使用，实现家属送物存款、管教分发、在押人员终端确认，家属查询送物、消费记录全流程闭环。设置阳光信箱和专用热线，自觉接受群众监督，正确处理群众来信来访，及时做好引导和化解工作，增强执法透明度、提高执法公信力。

广西北海市合浦水库工程管理局

党建领航促发展　凝心聚力保民生

开展党史学习教育主题党日活动

北海市合浦水库工程管理局（简称合浦水库）下辖小江水库、旺盛江水库、清水江水库及湖海运河等主要枢纽工程，于1958年10月动工兴建，1960年3月建成通水，总集雨面积1183平方公里，总库容12.5亿立方米，有效库容5.53亿立方米，兴利库容6.5亿立方米。合浦水库灌区是广西最大的水库灌区之一，范围跨越钦州市浦北县、玉林市博白县、北海市一县三区，节水改造规划为70.1万亩，有效灌溉面积50.85万亩，肩负着向灌区、铁山港（临海）工业区、北海市市区及周边乡镇等城乡工农业生产生活供水职责。

2021年开展党史学习教育以来，北海市合浦水库工程管理局认真贯彻落实中央、自治区党委和北海市委、市水利局决策部署要求，深入学习领会贯彻习近平新时代中国特色社会主义思想，坚持党建领航促发展、凝心聚力保民生，在全市率先创建美丽幸福河湖试点，两个在建除险加固项目建设投资完成2.29亿元，实现水库历史上年度投资之最，真正把党史学习教育成效转化为服务北海市社会经济发展的强大动力，实现了党史学习教育与推动水库工作双促进，成效显著。

强化政治引领，在“学”字上求真务实

结合基层水库管理单位实际，把党史学习教育作为强化思想引领、提高党员干部素质能力的重要平台，采取党委理论中心组学习研讨与支部“三会一课”“党员活动日”等相结合的举措，通过举办开展党史回溯、金句讲读、专题授课、专题培训、集中研讨等多种学习培训活动，组织全体党员干部深入学习党史学习教育材料、十九届六中全会精神、习近平总书记在党史学习教育动员大会上的重要讲话精神、习近平总书记“4•27”视察广西时的重要讲话和重要指示精神、“七一”重要讲话精神等内容，引导全体党员干部学党史、强信念、跟党走，深刻领悟“两个确立”的决定性意义，确保了党史学习教育高标准、高质量、全覆盖、有实效。在开展党史学习教育中，党委理论中心组开展专题学习研讨4次，党委班子成员深入基层党建工作联系点讲授专题党课6次，管理局开展领导干部上讲台活动3期，组织党员干部到市委党校开展专题培训46人次；各支部分别组织开展专题学习、专题党课、收看《十场名家云直播》党课等140多次。

传承红色基因，在“思”字上入脑入心

融入合浦水库特色，丰富活动载体，让广大党员干部从党的百年波澜壮阔历程中传承红色基因、赓续共产党人的精神血脉，坚定理想信念；引导全体党员干部“思行合一”，讲好水库故事，从水库建设发展历程中传承水库精神文化，不忘管水治水的初心，牢记管水治水的使命。结合庆祝中国共产党成立100周年系列庆祝活动，深化“感党恩　跟党走”主题系列活动，引领党员干部回顾党的历史、思考党的历史，感悟共产党人的初心使命。组织党员干部到钦州市浦北县大成镇钦廉四属农村第一个党支部、合浦县革命烈士纪念馆、公馆镇南山革命老区纪念馆等红色教育基地开展重温入党誓词、参观革命史展馆、开展现场座谈会等活动；机关和各支部组织开展了“感党恩　跟党走”红色歌曲大家唱活动；管理局机关联合十字社区组队参加石康镇“学党史　唱红歌　跟党走”合唱比赛荣获一等奖；选派于蛟同志参加全市“感党恩　跟党走”红色故事大赛，并荣获二等奖等。同时，组织制作《南国丰碑——合浦水库建设者之歌》在合浦电视台播放，制作《开启水库新时代》专题纪录片并组织集中观看，组织编撰《合浦水库志》等，让党员干部在回顾水库建设发展的历史、讲好水库故事中 ，增强自豪感、归属感和认同感，激励党员干部坚定为推动新时代合浦水库高质量发展而努力奋斗的决心和信心。

坚持为民宗旨，在“践”字上见行见效

围绕中心，服务大局，始终坚持把“我为群众办实事”实践活动和“牢记嘱托、爱党为民”专题活动作为开展党史学习教育的落脚点，推动党史学习教育成效转化为实践成果。

——*认真贯彻新发展理念，实现了“十四五”良好开局。*一是在全市率先创建美丽幸福河湖试点。按照标准系统推进湖海运河（廉州镇青山村委河段）、清水江（清水江水库）美丽幸福河湖建设，

左图为广西水利厅领导到清水江水库除险加固施工现场指导工作；右上图为合浦县石康镇十字中学向管理局赠送锦旗；右下图为旺盛江除险加固工程南流江大渡槽建设现场

流域面积共 57.3km2，河流长度共 15.5km，经自治区河长办组织验收，该两段河湖已获批确认为美丽幸福河湖。二是“四乱”问题清理整治成效显著。全面完成北海市范围内 438 座违建鱼塘土坝的清理整治工作，并经自治区河长办组织通过验收，累计清理土方 50 万立方米，恢复水库水面 4000 亩。协调小江水库博白、浦北县辖区，完成自治区河长办下达整治任务，治理成效得到了自治区党委政法委、自治区河长办的充分肯定。三是跨界河道非法采砂专项整治取得历史性突破。主动配合博白、浦北县等各相关单位，共打击清理小江水库库区非法采砂点 6 处，清理抽沙设施一批。四是加强水资源管理保护，确保水质良好，水质达到国家地表水 III 类标准，部分水域水质达到 II 类标准。

——*强力推进三大水库除险加固，民生水利项目建设成绩显著*。加快推进总投资约 10 亿元的小江、旺盛江、清水江三大水库除险加固项目建设，三座水库除险加固项目均超额完成年度计划任务。特别是旺盛江、清水江水库两个在建除险加固项目建设，2021 年共完成投资 2.29 亿元，是水库历史上完成投资最多的一年。一是旺盛江水库除险加固项目总投资 3.66 亿元，累计完成投资 3.4 亿元，其中年度总投资 1.919 亿元，完成投资 1.82 亿元，占计划 95%；二是清水江水库除险加固项目总投资 8200 万元，年度落实项目投资 5000 万元，于 2021 年 7 月开工建设，完成投资 4750 万元；三是小江水库除险加固工程项目初步设计已通过水利部珠委专家组审查，确保今年下半年开工建设。

——*主动融入大局，为发展向海经济和乡村振兴提供供水保障*。2021 年，库区降雨量比多年平均降雨量少 30%，是水库历史上比较干旱的一年。年内供水调度受到防汛安全、水下工程施工、保障供水等因素叠加影响，经受了严峻考验。全局党员干部切实提高政治站位，通过开展实地调研，科学统筹做好供水调水工作，累计供水 4.53 亿立方米，其中，农业供水 2.75 亿立方米，确保了灌区 50 多万亩农田用水；工业和城乡供水量 1.78 亿立方米，其中，向铁山港工业区供水 7910 万立方米，向北海市主城区补水 5438 万立方米，沿途乡镇生活供水 4500 万立方米，为北海市经济社会发展和乡村振兴提供了有力保障。

——*坚持建管结合，工程规范化管理水平持续提升*。邀请水利部专家授课不断提高管理水平，组织制订完善工程检查巡查、水工水文观测、工程管护等规范化管理制度，特别是工程面上管理，坝坡平整，护坡整洁，水沟畅通，合浦水库工程外观质量管理在全区水利系统连年保持前列，多次得到自治区水利厅、水利部珠江委员会西江局领导的充分肯定，2021 年度工程管理考核被水利局评为优秀档次。

——*厚植人民情怀，为群众办实事解难题得到好评*。组织党员干部进社区访“三事”逛“解忧超市”，结合实际共为群众办实事好事 26 件。对十字社区牛芦岭桥头至十字中学渠堤路段进行了路面硬化并安装了防护栏；修复湖海运河十字社区新村、银海区方屋、高岭桥等 4 座交通桥；修复旺盛江水库库区浦北县、合浦县交界处合坝村至新渡村坏烂道路共 1.5 公里，消除了当地群众出行安全隐患，得到了群众的一致好评。合浦县石康镇十字中学专门向管理局赠送“修建路桥办实事、振兴教育惠四方”的锦旗表示感谢。

作者：韦晓敏　摄影：杨斌

广西玉林市残联

党旗领航　为残疾人群体撑起一片蓝天

党史学习教育开展以来，广西玉林市残联全面贯彻落实习近平总书记关于残疾人事业的重要论述和中央、自治区、玉林市决策部署，把开展党史学习教育作为重大政治任务，坚持学做结合，把残疾人对美好生活的向往作为奋斗目标，切实解决残疾人最关心、最直接、最现实的问题，办实事、做好事、解难事，巩固拓展残疾人脱贫攻坚成果，大力提高联系、凝聚、服务残疾人的能力和水平，做到学党史、悟思想、办实事、开新局。

推动党史学习教育落地生根

为实现党史学习教育的制度化、常态化，玉林市残联党支部迅速制定 2021 年理论学习计划，组织党员开展专题学习。2021

有关领导看望慰问残疾儿童

年以来，分别开展了党史学习教育专题学习会、党史学习教育主题党日活动、“我为群众办实事”实践活动、进园区促服务活动、“感党恩、跟党走”主题系列活动等主题活动，有效引导党员干部全面系统学好党史，不断增强“四个意识”，坚定“四个自信”，做到“两个维护”。

为了推动党史学习教育生根落地、入脑入心，玉林市残联印发了《玉林市残联开展党史学习教育活动实施方案》《玉林市残疾人联合会“感党恩 跟党走”活动实施方案》，深入开展形式多样、通俗易懂的学习教育活动。成立了党史专题宣讲工作领导小组，通过邀请优秀残疾人代表作专题报告、开展“学党史、感党恩、跟党走”暨“缅怀先烈 追随初心”主题党史宣讲等方式，共开展20多场宣讲活动。同时，组织开展“党群服务进基层办实事”系列活动；开展红色教育，组织党员干部打卡红色教育基地和唱红歌，组织党员干部和残疾人积极参加党史知识竞赛；举办“永远跟党走”庆祝中国共产党成立100周年暨残疾人文化周艺术汇演（南流欢歌）；走访探望老党员等，多举措推动党史学习教育走深走实，在残疾人群体当中掀起了学党史热潮。

结合第31个全国助残日活动，玉林市残联联合玉林市肢残人协会、玉林市聋人协会开展“学党史、感党恩、永远跟党走”主题活动。组织残疾人群众代表一起唱响《没有共产党就没有新中国》等红色歌曲，用歌声表达对党的百岁生日的祝福。集中学习党史知识，回顾中国共产党百年奋斗光辉历程。举办庆祝中国共产党成立100周年文艺演出活动，残疾人朋友载歌载舞，演绎出党的伟大、党的关爱，展现残疾人朋友“自尊、自信、自立、自强”昂扬向上的精神风貌。

2021年以来，玉林市残联开展重温入党誓词活动7场次、打卡红色教育基地13场次、党课5场次、专题教育讲座3场次、党史知识竞赛286人次、红色歌曲3场次，拍摄制作快闪视频1部。

党建引领，凝心聚力助发展

2021年5月16日，玉林市残联结合“学党史见行动，我为群众办实事”活动，组织党员干部上门走访或委托各县（市、区）残联，慰问残疾人代表共500人，将党和政府的关怀送到残疾人家中。同时，组织党员志愿者来到容县开展第31个全国助残日活动，为残障人士送政策、送义诊，用实际行动鼓励残疾人树立信心，克服困难，勇敢自信地面对工作、生活。2021年以来，玉林市残联坚持党建引领，实施“凝心聚力”工程，充分发挥党组织战斗堡垒作用和党员先锋模范作用，努力推动残疾人事业高质量发展。

实行服务联动，加强志愿服务队伍建设，以“党群服务联盟”为抓手，深入开展“党群服务进基层办实事”“党员团员1+1百项便民服务进社区”“三清三拆”等系列服务活动，把实事办到群众心坎上。

聚焦服务改善民生，参与社会治理，开展法律维权、“青春自护”“法治文化基层行”“建设法治中国·巾帼在行动”等系列服务活动，切实帮助群众解决生产生活难题。

推行队伍联培模式，开展“双培双带双提升”活动，选派群团组织优秀干部到重大项目、脱贫攻坚、疫情防控等吃劲岗位经受考验，在改革发展第一线建功立业。

巩固拓展残疾人脱贫攻坚成果

“我免费学种植技术后，种了3亩多蔬菜，一年有3万多元的收入。”在玉州区仁厚镇道良村“阳光助残扶贫基地”务工的残疾人周秀英介绍道。

为了让残疾人在小康路上不掉队，玉林市推进巩固拓展残疾人脱贫攻坚成果同乡村振兴战略有效衔接，持续实施“阳光助残扶贫基地”等项目，助力残疾人增收致富。

玉林市残联严格落实玉林市委、市政府部署要求，成立了以理事长为组长的工作领导小组，制定工作方案，明确目标任务，全力确保残疾人边缘户不致贫、脱贫户不返贫。

持续推动阳光助残基地建设，辐射带动残疾人家庭就业增收。结合实际，择优选择适合残疾人的种植、养殖业、手工加工业等扶持项目，全年筹措资金270万元，建立9个“阳光助残基地”，共帮扶1080名残疾人。目前，已建成3个“阳光助残基地”，还有6个正在备案招标采购。

推进实施“阳光家园计划”项目。全年筹措资金763.2万元，

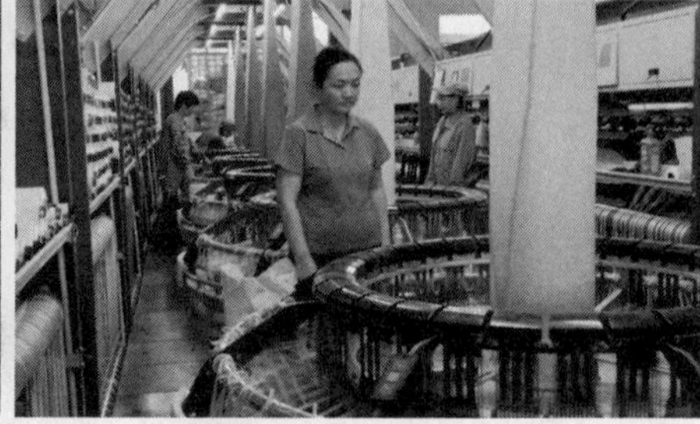
多措并举，促进残疾人就业

为全市5088名16岁以上智力、精神和重度肢体残疾人提供托养服务补助，提高残疾人的生活质量。目前，已落实扶持对象5089人，拨付资金258.71万元。

用心用情，改善残疾人民生

近日，玉林市残联领导分别带队到龙潭产业园区、玉柴工业园区，对玉柴仓储物流服务有限公司、广西银亿新材料有限公司等10个企业安排残疾人就业情况及残疾人用工需求开展调研，为园区企业提供了残疾人就业需求信息和开发残疾人就业岗位提供了服务。

据了解，玉林市残联结合“我为群众办实事”实践活动，把党史学习教育成效转化成“为残疾人办实事、解难题”的内生动力，着力解决残疾人在就业、康复、教育、无障碍建设、权益保障等方面的多样化需求和特殊困难。

中高等院校残疾学生资助项目

玉林市残联不断完善就业助残政策措施，先后出台多项就业助残惠企政策措施，为残疾人就业创业提供制度性保障。上半年，玉林市按比例安排残疾人就业情况审核505个单位，按比例安排残疾人就业1371人。

持续开展精准康复服务行动。玉林市进一步做好残疾儿童康复救助工作，实现“应救尽救”，目前已审批通过服务儿童1114人。进一步培育定点机构，加强规范化建设，有效减轻定点机构的运营压力。进一步做好基本康复服务，增强残疾人的获得感，目前已开展服务5437人。提升基本辅具适配服务水平，目前各县（市、区）都已完成服务对象的筛查工作，将陆续为有辅具适配需求的残疾人完成适配。

积极推进残疾人教育工作。玉林市残联配合教育部门做好未入学适龄残疾儿童少年义务教育问题。至2020年底，玉林市适龄残疾儿童少年接受义务教育比例达99.71%。组织开展“阳光助学计划”项目，为就读特殊教育学校的932名残疾学生提供资助。组织开展中高等院校残疾学生资助项目，符合条件的147名残疾人学生获得资助。

全力加强无障碍设施建设。目前，玉林城区新建和改造的办公、医疗康复、购物、政务、营业厅等大中型公共建筑，均设置有无障碍通道、电梯、停车位、轮椅坡道、盲道、卫生间等设施。大力实施重度残疾人家庭无障碍改造，玉州区、福绵区已提前完成第一批残疾人家庭无障碍改造任务。2021年2月，玉林市获评为全国无障碍环境示范市。

积极推进残疾人文体工作。举办玉林市第六届残疾人文艺汇演，推选了包括声乐、舞蹈和戏曲三个类型共6个节目参加全区残疾人文艺汇演评比。其中戏曲《雏凤新声颂伟人》和声乐《玉林民谣》获自治区推荐参加第十届全国残疾人艺术汇演。大力发展残疾人体育。由玉林市残联派出的旱地冰壶参赛组代表广西参加全国第十一届特殊奥林匹克运动会。

坚决维护残疾人合法权益。加强残疾人法律救助工作，市残联和各县（市、区）残联均成立残疾人法律救助工作站共8个，并按要求聘请法律顾问。制定印发《玉林市残疾人法律救助工作站管理规定（试行）》，推进全市残疾人法律救助工作站规范化建设。通过购买服务方式落实法律顾问、值班律师以及工作人员各1名。认真排查和化解涉残矛盾和纠纷，开展领导下访接访、残疾人矛盾纠纷排查、信访积案化解工作，化解矛盾，维护社会稳定。2021年上半年，玉林市残联共接待处理残疾人来电14次，来访6次，来信6件，做到件件有着落，事事有回音。

用心用情，学史力行，玉林市残联将进一步把市委、市政府关心残疾人工作落到实处，不断夯实残疾人事业发展基础，为广大残疾人撑起一片蓝天。

甘肃白龙江插岗梁省级自然保护区管理局

以“党建+”为林场改革发展添动力

茶岗保护站党员先锋队重温入党誓词　摄影：刘江林

链接：甘肃白龙江插岗梁省级自然保护区管理局前身为甘肃插岗梁省级自然保护区，2005年底经甘肃省人民政府批准建立，与原白龙江林管局舟曲林业局实行“一套人马、两块牌子”的管理体制。2018年新组建甘肃白龙江插岗梁省级自然保护区管理局（加挂舟曲生态建设局牌子），是以大熊猫及其栖息地为主要保护对象的森林和野生动物类型的自然保护区，为省白龙江林业管理局所属事业单位，处级建制，核定岗位总人数722名。全局经营总面积194.13万亩，其中有林地面积121.28万亩，活立木总蓄积量809.334万立方米，森林覆盖率63.22%。

本文作者刘江林，男，汉族，1968年2月生，在职大学学历，高级工程师，中共党员。现任甘肃白龙江插岗梁省级自然保护区管理局党委工作部副部长。先后在省级以上刊物发表论文30多篇，在《中国绿色时报》《中国林业》《甘肃林业》《甘肃工人报》等业内报刊刊稿超过1000篇，图片100余幅，有多篇作品在全国和省级征文大赛活动中获奖，多次被评为白龙江林区宣传报道优秀通讯员等称号，2020年，荣获甘肃省直机关优秀党务工作者称号。

左图为沙滩林场远眺；右上图为憨班林场天然牧场；右下图为茶岗林场苗圃秋色如画　摄影：刘江林

“十三五”以来，甘肃白龙江插岗梁省级自然保护区管理局（以下简称插岗梁保护局）抢抓天保工程二期和国有林场改革机遇，始终坚持“围绕中心抓党建、抓好党建促发展”这一总体思路，突出党建引领和“三保一促”（保生态、保民生、保稳定、促改革），充分发挥党委政治核心作用、基层党组织战斗堡垒作用和党员先锋模范作用，全力打造“党建+”品牌，构建组织融合、工作融合、机制融合的“大党建”工作格局，推动党建工作与中心工作深度融合，为林区各项事业高质量发展提供了坚实的组织保障。

党建＋生态，下好“生态棋”

生态是林区发展的“根”和“魂”。多年来，牢固树立和践行“绿水青山就是金山银山”的绿色发展理念，像保护眼睛一样保护生态环境，像对待生命一样对待生态环境。坚持“党建先行”，把“党建+”作为最好的融合剂，切实把党的政治、组织、人才优势转化为保护生态环境的优势，实现抓党建与抓生态相统一、互促进，推进生态环境质量持续提升。强化森林资源管护和林地“一张图”，严厉打击破坏生态环境等违法行为，确保生态安全。突出抓好森林防火和禁种铲毒工作，落实好预防、扑救等各项措施，减少森林资源消耗。组建森林消防队和4支半专业消防队，成为保护林区生态环境的“防火禁毒尖兵”。“十三五”期间，共完成人工造林2.34万亩、封山育林1.9万亩、森林抚育22.7万亩，林业有害生物防治31.3万亩，义务植树52.4万株，育苗1275亩，实现了森林面积、森林蓄积量和森林覆盖率逐年增长的良好态势。

党建＋产业，跑出“加速度”

“十三五”期间，坚持把项目建设作为支撑发展的有效途径，把向上争取、招商引资、项目投资放在重中之重，抢抓政策机遇，依托林区资源优势，大力发展后续产业，培育经济增长点，初步构建了集房地产、森林旅游康养、小水电、油橄榄种植、种苗培育、宾馆、物业管理、种养殖业和职工自营经济为一体的富有活力的特色产业体系，不断激发产业发展活力。把支部建在产业链条上，以高质量党建引领促进特色产业深度融合，使党建“软实力”成为林区发展的“硬支撑”。2019年，全局产业经营收入达870多万元。

党建＋民生，增强“幸福感”

插岗梁保护局坚持以人民为中心的发展思想，优先考虑民生发展，优先落实民生事项，优先保障民生投入，着力办好普惠性、基础性、兜底性民生实事，满足人民群众对美好生活的向往，围绕群众关切和期盼，切实解决好住房、收入、养老等结构性民生问题，重点解决信访、棚改建设等历史遗留问题，实施好就医、就学、社会保障等普惠性民生工程，办理好职工“五险一金”等民生实事，不断增强职工群众的获得感、幸福感和安全感，真正让改革发展成果惠及于民。

坚持以改革创新为导向，全面完成国有林场改革任务，管理体制初步理顺，经营机制不断创新，遗留问题初步解决，实现了机构瘦身、人员精简、财政减压、管理高效的目标。全局700多名职工纳入事业单位编制管理，职工工资得到大幅提升，职工“五项保险”参保率均达100%；不断加大民生投入力度，林区棚户区改造、管护站点、林区道路、环境美化亮化等基础设施建设得到加强，职工生产生活条件有效改善，林区面貌发生了翻天覆地的变化，增强了职工群众的获得感、幸福感，保民生、保生态的改革目标如期实现。

持续开展“一助一”“多助一”“夏送清凉”“金秋助学”“冬送温暖”等帮扶慰问活动，引导党员干部主动亮身份、践承诺、作表率，为职工群众办好事、解难事，帮助困难职工、困难党员坚定信心、克服困难，提升了职工群众的幸福指数。

作者：刘江林

山东水泊梁山风景区

红帆领航　全面争先

链接：水泊梁山风景区位于山东省西南部的梁山县境内，是中国古典文学名著《水浒传》故事的发祥地，系山东省政府首批公布的省级风景名胜区、山东省级森林公园、山东省级地质公园、国家4A级旅游景区。

近年来，山东水泊梁山风景区党支部在上级党委的坚强领导下，认真落实国有企业党建工作会议精神，按照“固根强魂”的要求，以实施“红帆领航”行动为抓手，结合景区发展实际，全面争先创品牌，积极探索党建与景区工作有机融合、相互促进的新模式，以党建引领景区高质量发展，全力打造“党建＋旅游”新模式。

党建＋政治建设，指引战略

水泊梁山风景区认真贯彻上级党委重大决策部署，深刻认识到为“水浒”注入时代精神、塑造梁山旅游核心优势的重要价值，创造性提出以“红帆领航忠义之旅”党建品牌为抓手，以打造水浒忠义文化5A景区为目标，以项目建设和产品创新为动力，启动“党建＋旅游”模式，走出了一条党建引领下的科学发展路径。

面对近年来全国文旅行业新形势、新常态，景区党支部提出了“完善景区规划、丰富文化内涵、拓展发展空间、延伸产业链条、提升配套设施、争创国家5A级景区”的工作思路，以提升业态能级增强新动能，引导梁山旅游由观光向休闲体验转型，促进了资源整合开发和产品创新，“梁山＋”的区域合作覆盖100多个优秀景区、2000多家旅行社；借助各类营销宣传新媒体，以微信公众平台、今日头条、抖音、快手等新媒体平台为突破口，吸粉35万余人，观看量累计达1.6亿人次，取得了良好的宣传效果。

水泊梁山

为提升了梁山旅游品牌的知名度和影响力，每年举办梁山好汉过大年、中国（梁山）水浒文化旅游节等品牌节会活动，其中第十二届中国（梁山）水浒文化旅游节活动入选“好客山东游品荟”旅游宣传推广典型案例。

党建＋思想建设，打造团队

水泊梁山风景区从“思想建设”切入，实行职工代表列席组织生活制度，共同研讨党建和发展中的重点问题，及时统一思想，凝聚合力。对照党组织阵地“六有”标准和党支部“六好”标准，展开过硬支部和党建示范点创建工作；坚持“党员责任区”“党员示范岗”等制度，以“亮身份、掏清单、践行动”为抓手，实行党员“帮促带”制度，每名党员分别带动培养本部室、班组职工，从工作上指导支持，从生活上关心帮助，营造团结协作、奋发向上的工作氛围；带动职工人人争当先进、个个争做标兵，在承接的重大文化旅游活动中，党员干部带头加班加点，冲锋在前，连续作战，形成一支思想过硬、业务过硬的战斗团队。

按照“活动月月有、主题时时新”的思路，先后在党员中开展“创文明岗位・做服务明星”“文明旅游・从我做起”“创文明城市・优化环境”等服务大比拼活动，引导党员做出示范，广大员工对标党员争先进；坚持一月一次“流动红旗手”、半年一次“服务标兵”等评比活动，让比学赶超、争创一流的理念落地生根、形成常态；党支部组织各部室班组每月开展一次员工“照镜子”活动，党员带头自我剖析，查摆个人和班组存在问题，深入进行工作作风和纪律整顿，明确整改措施，不断改进创优。

党建＋组织建设，完善管理

水泊梁山风景区创造性将“三会一课”写入公司章程，实现了党建和管理的双向进入。

将“组织建设”植入公司体系建设，按照5A景区标准和旅游标准化建设文件，先后建立健全了月绩效工资、薪酬挂钩管理、明码标价管理、举报和投诉受理、游客满意度测评、年度考核等规章制度30多项，促进了景区管理的科学化、规范化。

把“组织观念”渗透到公司的机构创新，以提高管理效能为目标，推行扁平化组织设置，合并科室班组，精简后勤人员，充实一线演艺力量，打造了《好汉迎宾》《扈三娘招亲》等特色演艺品牌。依岗定人、量才而用，能者上、庸者下，“党建＋”激发了公司管理活力。

党建＋作风建设，提升服务

近年来，梁山景区游客满意度测评多次名列全市第一。党支部书记、总经理刘成法获得“山东旅游十大风云人物”提名奖、“山东省旅游企业优秀经理人”“济宁市劳动模范”“梁山县优秀共产党员”等荣誉称号；3名导游员先后入选全市“十佳导游员”。

在服务提升、客户满意的背后，是景区以“党建＋”促作风转变、促理念转变的不懈努力。景区在游客中心设置“红帆驿站”，充分发挥党员加油站、政策加油站、游客服务站的作用，实行“一个核心、两站联动、一口受理”服务机制，打通服务游客的“最后一公里”；定期邀文旅行业精英大咖以及专业院校讲师授课，加强员工服务技能培训；“党建＋”在全公司营造出勇于担当、甘于奉献的良好作风，在全省文旅业树起一面旗帜。

文／图：水泊梁山风景区

左图为《忠义梁山泊》舞台剧；右上图为忠义堂；右下图为水浒剧场

河北省秦皇岛市山海关区角山景区

基层党建引领红色旅游发展

河北省文化和旅游厅党组副书记、副厅长、一级巡视员翟玉虎调研角山景区，秦皇岛市山海关区区长王战胜汇报景区建设和发展工作 摄影：赵建萍

秦皇岛市山海关区角山景区发展中心党支部依托自身的旅游资源和红色文化优势，深入实施“党建＋旅游”战略，坚持以党建促旅游，以旅游强党建，充分发挥党建工作在提升现代旅游功能和旅游产业素质中的主导作用，全面促进角山景区旅游服务水平和发展环境的整体升级。角山景区发展中心坚持把党建工作摆在突出位置，走出了一条以基层党建引领和促进旅游服务高质量发展的路子，为山海关区创建国家全域旅游示范区作出了贡献。

学习榜样，充分发挥基层党组织的战斗堡垒作用和党员干部的先锋模范作用

角山是明长城跨越的第一座山峰，素有“万里长城第一山”的美誉。角山景区1961年即被确立为全国首批重点文物保护单位，同时又是国家4A级景区和国家森林公园，面临的工作非常繁重，既要落实好日常的疫情防控任务，又要紧抓森林防火和防气象灾害工作。为此，角山景区发展中心党支部提高政治站位，强化责任担当，把确保景区安全作为工作的重中之重。全体党员干部身先士卒，按照要求将护林防火和防气象灾害应急预案落实到位，并主动增加巡查和监控点位，加强景区的内部巡查，做好人防、物防、技防等工作，角山景区未发生一起安全事故。在筑牢景区自身防线的同时，角山景区发展中心党支部还积极支援山海关区的疫情防控工作，大家深入社区，入户登记，加强外来人员监测，圆满完成了上级交办的防疫任务。

强化服务，落实“工作全覆盖、服务零距离、诉求全响应”的党建工作目标

秦皇岛市山海关区角山景区发展中心党支部坚持党组织为党员服务、党员为游客服务的原则，按照行政、售票、检票、车场、卫生等不同职能的业务股室，分别成立了5个党小组，将党建工作与景区的业务运营深度融合，并把党员活动阵地设在景区一线的服务链条之上。现在，角山景区发展中心的每名党员都组建了自己的服务小分队，党员服务岗遍布在景区的各个服务环节，真正做到了全覆盖、零距离、全响应，有力推动了角山景区旅游事业的持续快速发展。

突出特色，讲好景区故事，丰富红色旅游内涵

面对现代旅游新特点，特别是“十四五”时期旅游业发展的新变化和新挑战，角山景区发展中心在深挖、丰富、活化、创意和载体等环节上狠下功夫，将红色文化渗透到景区建设之中，赋予景点有自身特色的思想和文化内涵，从而给游客留下深刻印象，让大家不仅记得住，而且还想来。角山长城是1945年解放战争时期山海关保卫战的主战场，在当年的激烈战斗中，角山景区附近的北营子村村民积极参战，涌现出很多可歌可泣的感人故事。为此，发展中心党支部积极谋划，深入周边农村实地走访，挖掘红色故事的同时也把党的温暖送到了百姓身边。此外，发展中心党支部还组建了多支宣讲小分队，以快板等群众喜闻乐见的形式介绍景区相关的红色故事，使游客在身心愉悦的同时，对党的发展历程、优良传统和英雄事迹等也有了潜移默化的了解，进一步增进了游客们的爱国爱党情怀。

党建工作的深入开展和扎实推进，令角山景区发展中心的领导班子更加团结、职工队伍更加稳定，大家的工作思路更加清晰、工作干劲也更加高涨，角山景区的经济效益也获得了显著提升。2021年3月1日至5月5日，景区的旅游人次和收入较2019年同期分别增长了20%和8%。

作者：角山（长寿山）景区联合党支部书记付旭

内蒙古鄂托克前旗总工会

打造“智善服务·仁德使者”党工共建品牌

千里大草原，亮丽内蒙古，内蒙古鄂托克前旗总工会积极响应上级工会和托克前旗委、旗人民政府的号召，以党工共建品牌为引领，以综合提升年建设为抓手，围绕推动全旗经济社会高质量发展，紧密团结带领全旗各族广大职工，用自己的勤劳与智慧，推动鄂托克前旗各项工会工作取得了可喜成绩，为打造模范自治区工会作出了积极贡献，踏着沧桑巨变的足迹，谱写出新时代的华美篇章。

党工共建品牌引领，职工活动丰富多彩

以全年十二个月主题党日活动为载体，每月举办一次践行《“智善服务·仁德使者”党工共建品牌主题月党日活动》，明确每月党建品牌活动主题，以贴近生活、贴近群众，不断把党建品牌建设活动引向深处，进一步推进全旗工会工作再上新阶梯。累计举办文艺汇演、主题党日活动等形式各样的大型活动40余次。

一月开展以“善”为大美，防贫问寒主题党日活动。一是走访慰问我旗困难职工、困难劳模、老党员 3158 人，累计发放慰问金 118500 元，米、面、油慰问品 3000 套。二是在新春佳节即将来临之际，发放对联 800 副、窗花 400 幅。

鄂托克前旗总工会被授予“全区工会系统先进集体”

二月开展以“智”创才艺，职工书香主题党日活动。一是联合前旗老干局党工委等单位举办“腾飞中国奋进鄂尔多斯”——庆祝中华人民共和国成立 70 周年老少书画摄影展。二是联合团旗委、残联等八个群团组织举办“分享喜悦四十载•满怀激情迎新春”联谊活动。

三月开展以“仁”促和谐，创业就业主题党日活动。一是与旗人力资源和社会保障局、旗工商业联合会联合举办工资集体协商“要约行动季”启动仪式，签订合同共 53 份，并组成督查组，深入各镇各企业就《集体合同》、集体协商、厂务公开、民主管理等工作进行了专项督查和调研。二是开展“金秋送岗位 就业暖人心”专场招聘会。

四月开展以“德”继传统，小康爱民主题党日活动。一是新建 500 平方米榨油厂和冷链储存库 500 平方米。二是协调市总工会注入了 30 万元集体经济滚动资金。三是新修水泥路 600 米，农畜产品交易市场内部硬化 16100 平方米，绿化沙漠 4000 多亩，种植精品果林区 150 亩。四是进行户厕改造 126 户，建设水冲式厕所 1 处（60 平方米）。五是组织全村妇女外出，参观种养殖业。六是改造农户自来水 9300 米。七是拨款 10 万元，组织部分农民赴临河等地参观种养殖大户。八是协调项目资金 1000 万元，用于推进实施防沙治沙、果林种植、绿化硬化等项目。九是认真落实旗委九届十二次全会和旗委书记调研指示精神，积极探索建设“红色研学 + 农耕文化”研学点。

五月开展以“仁德”赞劳模，颂工匠精神主题党日活动。一是广泛开展“五一劳动”评选活动。二是在全旗 231 家在企业开展“六比一创”劳动技能大赛，参与职工 1 万余人。三是开展“十佳五小”职工技术创新成果评选、培育 1 个职工创新工作室。四是建成后备劳模数据库并举办全旗关爱劳模关爱职工健康讲座和后备劳模结对活动。五是申报建成“市级职工疗休养基地”。

六月开展以“仁智”抓安全，企地共建主题党日活动。一是经常深入企业开展安全生产宣传活动，并下发了《鄂托克前旗总工会关于开展安全生产有奖活动的通知》。二是举办了“安康杯”知识竞赛。

七月开展以“德善”庆建党，党群联谊主题党日活动。一是联合团旗委、旗妇联旗举行“践行十九大•联谊迎新年”职工趣味联谊会。二是组织部分劳模和团旗委、妇联赴陕西定边县开展联谊暨“学劳模促研学工青妇做表率”主题党日活动。三是开展“智善惠民 仁德为民”主题党日活动 暨包扶村“扫黑除恶”宣传日活动。

八月开展以“仁善”送爱心，八进企业主题党日活动。一是与旗就业局共同开展就业季送岗活动。二是深入生产一线为 9000 名职工、环卫工、农牧民工人共送出西瓜 129000 斤、绿豆 2210 斤、白糖 1460 斤、矿泉水 770 件。三是举行“夏送清凉•7•20 关爱园林工人日”活动，为一线的园林工人送去消暑慰问品。四是为 7 名困难职工家庭大学生发放助学金 45500 元。五是联合旗委组织部开展“不忘初心，牢记使命”主题教育系列活动暨关爱驻村干部夏送清凉慰问活动。六是举办全旗工会干部培训班，特邀内蒙古工会干部学校教授曹光专题培训，230 余人参加培训。七是召开 2019 年职工医疗互助保障工作部署会和培训班，并特邀自治区总工会职工医疗互助保障协会会长杨章虎进行主题培训，共有 400 余人参加。注册会员单位 122 家，5626 人，450080 元，并为全旗 800 名女职工购买特病保险，共计 28000 元。八是协调劳动关系三方联合召开了工资集体协商业务培训班，特邀劳动关系学院教授范韶华进行讲授。

九月开展以“善智”谋发展，党工共建主题党日活动。一是慰问中秋、国庆两节期间值班单位 28 个，送去了月饼、糖果等慰问品，共计 1.4 万元。二是深入各镇中小学、为全旗 2344 位老师送去慰问品，并对全旗 200 名优秀教师进行了集中慰问。三是联合普惠合作商家麦优蛋糕店开展“不忘初心，牢记使命”主题教育系列活动暨普惠服务情暖职工“四季惠•秋季惠”慰问环卫工人活动。

十月开展以“德善”为发扬，尊亲敬老主题党日活动。一是为包扶社区的困难户和残疾老人送去了米、面、油等慰问品。二是重阳节走访慰问了孤寡老人、老党员和退休老干部。

十一月开展以“使者”促服务，惠普共建主题党日活动。一是新建工会 10 家，新增会员 546 人，规范化换届 13 个基层工会。二是开展了货车司机集中入会宣传活动，为入会实名制登记的农牧民工 150 人每人给办理保费 15 元。三是改扩建 8 个“爱心驿站”。四是开展送文化下乡活动培育职工书屋示范点 11 家，自建 1 家。

十二月开展以“服务”展普法，法制宣传主题党日活动。一是累计上传工会动态 173 条，其中有 156 条被《工人日报》《内蒙古工会》《鄂尔多斯日报》等各级媒体采纳发布。二是通过手机微信创办了《工会之声》、在《今日鄂前旗》报创办了《工会之家》。三是开展“心系职工情•普法进万家”活动，发放各类法律维权宣传资料、宣传品 400 余份。四是开展女职工“维权行动月”活动，发放各类宣传册 3000 份，举办法律宣传 13 场。五是积极开展创城活动，经常组织开展责任区和包扶村进行垃圾清理，并形成长效机制。

加强政治思想武装，筑牢工会工作基础

一是创新“单周学理论，双周学业务，促进知识水平，促进工作能力，促进廉政意识”的“双学三促”的学习新模式，累计开展集中学习 32 余次，讲党课 2 次。二是开展“不忘初心•牢记使命”主题教育集中学习 15 次，研讨会、先进事迹报告、攻坚克难典型案例、警示教育各 2 次，开展调研 3 次。三是召开党风廉政建设部署相关会议 10 次，开展廉政约谈 5 次，观看廉政警示教育片 4 次，并签订党风廉政责任状。四是年内荣获“全区工会工作先进集体”“全市工会系统运动会团体总分第一名”“全旗学习强国优秀组织奖”。五是开展了六项创新亮点工作。六是鄂托克前旗总工会八届四中全委会胜利召开。七是全面落实意识形态工作责任制，召开意识形态部署会 2 次，专题学习会 3 次，分析研判会 1 次。八是下发了《鄂前旗总工会开展“智善仁德显真情•服务职工献爱心”暨 2019 年“两节”送温暖慰问活动的通知》《关于实施“树劳模形象、促红色研学”工程暨“我为鄂前旗做贡献”系列活动工作方案的通知》和《鄂托克前旗总工会关于开展“最美”系列活动评选的通知》等重点工作文件 10 余份。

新时期在新的起点上，工会工作也在社会经济转型升级中，不断创新发展，磅礴大气地迈上更新的台阶。荣耀已成过去，创新不断向前。我们要在百舸争流，千帆竞发中以新的努力与创新，不断探索拼搏，继续发扬“智善服务 仁德使者”党工共建品牌的引领作用，在鄂前旗经济社会繁荣发展中谱写着更加辉煌绚烂的篇章，为自治区工会十一次代表大会提出的建设和打造自治区模范工会做出更大贡献。

作者：赵方伟、刘晓宇

内蒙古察右中旗审计局

践行“四个一” 推动党史学习教育见实效

察右中旗审计局中心组理论学习组织观看嘉兴学院话剧《初心》

链接：察右中旗审计局2020年被内蒙古自治区党委审计委员会办公室、人力资源和社会保障厅、审计厅授予“全区审计机关先进集体”称号；该局实施的2018年察右中旗某单位预算执行及其他财政收支情况审计项目，荣获2020年度全区优秀审计项目二等奖，被乌兰察布市审计局评为旗县一等奖，连续三年获评区、市“优秀审计项目”表彰。党组书记、局长梁永平被乌兰察布市审计局评为2020年度“优秀审计局长”；副局长安少敏被内蒙古自治区审计厅、乌兰察布市审计局表彰为2020年度“先进工作者”。2021年7月，该局党支部被察右中旗旗委表彰为“先进基层党组织”。

党史学习教育开展以来，内蒙古察右中旗审计局注重实效，以党史学习教育为契机，着力践行“四个一”，充分激发党员干部干事创业的积极性，努力营造勇担当、有作为、办实事的新局面。

学党史悟思想，凝心聚起“一股奋进力量”

察右中旗审计局坚持把党史学习教育与主题党日相结合，依托“主题党日＋”活动，做实规范规定动作，做活创新自选动作，以“主题党日＋参观红色教育基地”“主题党日＋党史专题学研”“主题党日＋支部书记讲专题党课”“主题党日＋廉政警示教育”“主题党日＋重温入党誓词”“主题党日＋我为群众办实事”多种形式，深入开展党史学习教育，使全体党员干部进一步坚定了理想信念，深化了对党的性质宗旨的认识，增强了党性修养，凝聚了奋进力量。

学党史开新局，高高树起“一面鲜红旗帜”

该局从实施审计业务工作实际出发，以开展党史学习教育为抓手，开展了“党小组建在审计项目、党旗飘扬在阵地、党员学习在审计一线”活动，建立了“党小组＋审计组”的组织设置模式，在一线的4个审计组建立党小组，使每名党员时刻都处于党的组织、管理和监督之中，着力找到了机关党建和业务工作的“无缝对接”点。坚持党史学习教育向审计一线延伸，开展“晨学一小时”，统筹安排学习时间和工作时间，切实做到党史学习教育与开展审计工作“两手抓、两不误、两促进”，推动党史学习教育走深走实，开创审计工作高质量发展。

学党史勇担当，躬身修炼“一种素质能力”

在党史学习教育中该局注重吸收“理论之氧”、补足“精神之钙”，提升个人能力素质、清除“本领恐慌”。创新“审计讲堂”培训模式，利用视频学习、读书看报等学习载体，定期开讲授课，以干部职工轮流讲课、互动学习的形式，努力提升全体审计干部职工的素质能力。同时，为强化审计服务意识，还将“审计课堂”延伸到各个审计单位，为各单位健全规范制度、加强管理提供帮助，取得良好成效。针对年轻审计干部特点，该局以“项目带队伍”，以“项目练队伍”，以老带新、“传帮带”相结合，放手让年轻干部担任主审，鼓励创新审计思路，在审计实践中锤炼能力素质。

学党史办实事，深入开展“一次调研活动”

局领导班子成员带领全体党员、干部、职工，结合“不忘初心、牢记使命”主题教育成果，扎实开展“我为群众办实事”实践活动，坚持做好联系点帮扶工作，进村入户，深入群众进行座谈调研，尽心竭力多办实事好事，解决群众“急难愁盼”的突出问题。4月中旬，该局组织党员干部深入帮扶点黄羊城镇广昌隆村开展“学党史、办实事”主题党日活动，为该村帮扶户捐赠春耕化肥4.5吨，同时发放党史学习教育社情民意调查问卷80余份，受理群众反映的问题16条，找到了“我为群众办实事”的着力点，为脱贫攻坚与乡村振兴有效衔接奠定了基础。

8月中旬，深入推进在职党员进社区开展服务，建立“工作在单位、服务在社区、奉献在岗位”的在职党员管理机制，组织党员干部开展“亮身份、比素质，亮职责、比形象，亮承诺、比服务，亮业绩、比贡献”的“四亮四比”服务活动，充分发挥了在职党员参与社区建设、服务群众的先锋模范作用。

作者：吕天明 摄影：高海燕

左图为赴绥中抗战纪念馆开展主题党日活动；右上图为副局长安少敏“七一”前夕慰问离休老党员；右下图为联合广昌隆党支部开展“学党史办实事”主题党日活动

湖北省大冶市统计局

以党史学习教育促统计服务水平提升

2021年3月5日，传达学习全市党史学习教育动员大会精神　摄影：严晗

自党史学习教育开展以来，湖北省大冶市统计局认真贯彻落实党中央决策部署和上级要求，紧扣学习贯彻习近平新时代中国特色社会主义思想主线，聚焦“学史明理、学史增信、学史崇德、学史力行”的目标要求，不断在学党史上下功夫，在悟思想上出硬招，在办实事上见实效，在开新局上求突破，以更加昂扬的精神状态和奋斗姿态，建功新时代，奋进新征程，不断开创统计事业新局面。

下好理论学习“先手棋”

坚定理想信念，凝聚思想共识。

3月5日，大冶市统计局召开党史学习教育动员大会，传达学习了全省党史学习教育视频会议精神，并结合大冶市统计工作实际，研究部署贯彻落实工作，制定了《关于成立大冶市统计局党史学习教育领导小组的通知》《关于在大冶市统计局开展党史学习教育的实施方案》《大冶市统计局庆祝中国共产党建党100周年活动方案》等文件，通过加强组织领导，严密组织实施，狠抓任务落实，不断推进党史学习教育走深走实。

先学一步，学深一层，切实发挥表率作用。大冶市统计局制定了党组理论学习中心组、党支部、全局学习计划，着眼学思用贯通、知信行统一，班子成员紧紧围绕党史内容，在党组中心组学习会上进行专题集中研讨，党组书记、局长张伯承带头交流发言，各党组成员积极发表学习感悟，做到学有所思、学有所悟、学有所得，切实把学习成效转化为推动统计工作高质量发展的生动实践。

在党支部学习中，大冶市统计局各党员代表选定主题展开交流研讨。把学习宣传贯彻习近平总书记在党史学习教育动员大会上的重要讲话精神作为局党组理论学习的主要内容，深入学习了习近平总书记在十九届中央政治局第二十六次集体学习时的重要讲话精神、习近平总书记在参加十三届全国人大四次会议内蒙古代表团审议时重要讲话精神、习近平总书记在广西考察期间的重要讲话精神、习近平总书记在中共中央政治局第二十九次集体学习时的重要讲话精神，切实在把准政治方向、保持高度一致上走在前列。

唱响党史教育“协奏曲”

党史学习教育，走“新”更走“心”。

“党史如明灯，照亮前行之路；党史如清泉，洗涤心灵之尘；党史如号角，激发奋进之力。”6月2日上午，在全市统计系统“百年党旗红逐梦统计蓝”主题演讲比赛现场，21位参赛选手立足统计科学发展的所思、所想，回顾党的百年征程，歌颂党的丰功伟绩，结合统计发展变化和身边故事展开激情澎湃的演讲，真实地展现了统计干部守初心、担使命的无悔追求和主动作为的新时代风采，为中国共产党百年华诞献上最深、最美的祝福。

7月1日上午，大冶市统计局组织全体干部职工通过电视同步收看庆祝中国共产党成立100周年大会。当看到空中护旗梯队悬挂党旗和巨幅标语飞过，聆听习近平总书记的重要讲话，大家内心激动不已，对我们伟大的党取得的辉煌成就感到无比骄傲和自豪。

这仅仅是该局创新开展党史学习教育的一个缩影。

自党史学习教育开展以来，大冶市统计局精心谋划、创新形式、丰富内容、力求出新，亮点纷呈。

结合党史宣讲活动，党组书记带头讲党课，其他党组成员结合分管工作分别进村下基层，到群众家里去讲党课。

利用节点，多形式积极开展党史学习教育，“五四”青年节举办了“讲红色故事做红色传人”读书日，清明节开展了“学党史，祭英烈”活动，端午节举行了“浓浓端午情，永远跟党走”主题知识竞赛等活动。

灵活多样组织参观学习活动，充分利用当地红色资源，先后赴刘仁八镇红三军团旧址、大冶兵暴旧址等处参观学习，以实地实物、互动体验等方式推动党史学习教育走深走实。

每一次向历史回眸，都是一次精神洗礼。大冶市统计局广大党员干部职工在学习过程中，不断擦亮先锋本色，汲取奋进力量。

夯实统计服务“基础桩”

抓好党史学习教育、强化理论武装是提升统计服务的“源动力”。

大冶市统计局始终坚持以党建为引领，以文化建设为抓手，以“同、高、新、精、清”五个字为方向，充实大冶统计的“精气神”，增强了统计人的文化自信，为干事创业注入源源动力。

5月10—12日，大冶市统计局受邀作为县级统计基层基础工作典型，在全国统计基层基础规范化建设业务培训班上作经验交流，受到国家统计局社管司高度肯定。

近年来，大冶市统计局积极构建市级“综合统计、乡镇统计、部门统计、企业统计”四位一体的“大统计”格局，以加强企业星级管理、分局规范管理、部门协同管理为切入点，进一步建立完善统计监测体系、加强统计分析编撰，不断丰富智库建设，把全市统计基础规范化建设推向纵深发展，争取打造统计基层基础规范化建设“全国样板”。

学史力行，知行合一。大冶市统计局按照“想企业之所想，急企业之所急”的服务理念，深入“双千”包保企业秀山英俊水泥、秀嘉水泥和申兴粉体，详细了解企业生产经营状况，认真梳理企业反馈问题，着力解决企业生产经营难点堵点问题，助力企业生产跑出“加速度”。

4月16日，大冶市统计局积极谋划、主动作为，召开全市单位进规进限和投资项目入库培训会，该局业务骨干对工业企业进规、投资项目入库、商贸与服务业进规进限业务知识进行详细讲解，对申报入库中存在的问题进行逐一梳理，并向各行业主管部门和各乡镇（场）、街道、高新区参会人员具体介绍了国家统计局的最新制度要求，全面推动大冶市统计工作的制度化与规范化建设。

人才是第一生产力。今年5月，大冶市统计局主动申请党组书记领办人才工作项目，充分发挥统计工作优势，调研分析钢材、水泥、铝型材行业研发人才情况。同时组织专业股室开展基层大调研活动，张伯承亲自带队深入企业调研，对相关企业研发人才的情况进行分析，为企业人才引进工作提供助力。

岁月峥嵘百年路，砥砺奋进新征程。站在“两个一百年”的历史交汇点，大冶市统计局将充分发挥统计“数库”“智库”作用，以党史学习教育不断推动统计工作高质量发展。

作者：陈瑜

国家税务总局朝阳市税务局

以党性之根筑税收之基

国家税务总局朝阳市税务局党委委员、局长孟德柱带队到辽宁一诺集团环保水处理设备产业园调研　摄影：丛龙洋

朝阳市税务局志愿者团队到朝阳华兴万达轮胎有限公司上门送政策　摄影：丛龙洋

树高千尺，源于根基；党性之根，植于人心。近年来，国家税务总局朝阳市税务局党委带领全市税务系统1927名党员干部，秉持“干好税务，带好队伍”的工作理念，以党建为引领，务实创新，以党性之根筑牢税收之基，不断开创税收工作的新局面，谱写出了税收事业科学发展的新篇章。

凝思聚力，把好政治“总开关”

朝阳市税务系统14个党支部分别被地方党工委评为“五星级党支部”、所属8个县（市）级税务机关全部获得“省级文明单位”称号、市局机关连续6年保持“全国文明单位”称号……朝阳市税务系统党建工作荣誉墙一片“红彤彤”。

千人的党员队伍要扭成一股绳，统一的政治思想是关键。作为全市税务系统的政治“火车头”，在发挥党建引领作用中，市局党委的身影从未缺席。党史学习教育活动开展以来，市局各党委委员到基层联系点，结合“便民办税春风行动”“人人都是营商环境、个个都是开放形象”实践活动做深入调研，通过与联系点党组织开展座谈交流、党建共建、专题党课、现场教学等活动，推动党史教育入脑入心。“助企纾困、税务先行”“春风办税解难题”等实践活动让上下一心的政治氛围更进一步，党委委员以身作则，将过硬的政治信仰根植到基层，推动全面从严治党工作取得新成效。

当“为人民服务”的理念深入人心，每一身税务蓝的里面都是一颗向党的红心。在辽宁省喀喇沁左翼蒙古族自治县老爷庙镇的果木树村，全市税务系统1957名干部对接3187户贫困户，投入资金550余万元、协调资金1830余万元，帮扶8382人实现脱贫。朝阳市税务局帮助协调资金建成的神农中草药园，年产值已经达到20万元，为乡村振兴送上了“致富经”。

有着16年党龄的市局驻村“第一书记”苑鹏，自2018年3月来到朝阳县胜利镇东山村，就将一颗初心扎根这里。驻村3年来，他帮助村里的172亩土地优先流转，配合胜利镇党委通过“飞地经济”项目引进辽宁维健公司在胜利镇东山村投资水果玉米厂和冷链物流基地，总投资5000多万元。而他自己也因为开直播倾情带货，将本地玉米端上了外国人的餐桌，成为了远近闻名的“网红书记”。苑鹏却说：“驻村工作做得好，不是我一人功劳，我身后是党的支持和全体党员干部的倾情奉献和勇于担当。”

履职尽责，当好工作“先锋官”

朝阳果菜发展有限责任公司在朝阳市中心经营着一家大型的果蔬批发市场，作为该市“菜篮子”工程中的重点企业之一，董事长王海峰谈及他的“降费”感受时说：“税务部门第一时间将新政策送上门，企业减免社保费42万元，有效缓解了资金压力，帮助公司度过了难关。”

企业所盼正是税务部门努力的方向。近年来，朝阳市税务局党委坚决贯彻党中央、国务院重大决策部署，认真谋划和扎实做好各项税收改革发展工作。将落实减税降费政策作为全市税收工作重中之重，建立健全“一揽子统筹、一竿子到底”的高效统一指挥落实工作机制，创新推出“听、实、督、早、通”五步工作法。2021年，该局开展线上培训超30万人次，通过简化退税手续流程、全覆盖式宣传辅导、上门退税等举措，提高企业政策“尽享率”和“退税率”。截至2021年上半年，全市新增减税降费超过17亿元，政策红利得到全面释放，直达市场主体。

助力企业发展，不仅要“扶上马”，更要“送一程”。2020年以来，面向全市企业的“百名局长包百户”专项帮扶行动如火如荼地开展起来。由市局党委班子带队成立的市级帮扶团队，到凌源钢铁集团有限责任公司为其开展“税务体检”，帮助其查出并清除了12个潜在风险“病灶”。在市局党委的示范引领下，全市系统109名局长帮扶企业934户，解决问题377个，并积极发挥咨政献言作用，将调研走访情况形成了55篇经济分析报告，13篇获得市委、市政府主要领导表扬性批示，为全市经济发展再添助力。

创新驱动，用好智能“指挥棒”

“现在，逛街路上就把税办了，‘空中客服’24小时在线”，省心又省力！”在朝阳市兴隆大家庭商城内，朝阳长河科技有限公司的张翠翠熟练地在一台智能自助服务平台上操作，成功领取了10组增值税专用发票，并且完成了POS机“云闪付”缴税，全程不到5分钟。在为群众办实事、解难题的过程中，朝阳市税务局充分发挥出了“智慧税务”的力量。

建一流营商环境，就要让纳税人缴费人少周折、少等待、少跑腿。2018年，朝阳市税务局在深入实际开展基层调研的基础上，针对纳税人、缴费人反应最强烈的“办税最后一公里”等难题，创新推出了智能办税服务平台，并实施了“城乡一体化”的平台分布。在全市各重要商圈、网点、乡镇，设自助办税服务点100余处，将农村和乡镇的纳税人办税时间缩短至少2倍以上，配合“空中客服”服务体系，让纳税人、缴费人真正实现家门口办税24小时“不打烊”。

同时，该局还将自助办税终端、“涉税中介讲税政”直播和魏国升纳税服务志愿者团队、“纳税服务体验官”等内容结合，形成线上线下一体化的服务体系，为纳税人、缴费人带来了高效、便捷的办税体验。

“我现在也算是咱这片儿数得上的‘办税通’了！”今年65岁的张淑杰在辽宁省朝阳市龙城区经营着一家小商店，最近她逢人就会谈起，龙城区税务局的人员帮助她学会了使用自助办税终端机。除了在构建新型智能办税服务体系上做“乘法”，朝阳市税务局党委还坚持在“智慧税务”建设工作中，践行“为群众办实事”的党员先锋作用，积极推行“智慧助老”。2020年，朝阳市局党委将龙城区税务局办税服务厅作为试点窗口部门，推出的一系列创新举措，通过增设咨询引导服务人员、志愿者服务队上门辅导等措施，兼顾“效率”与“普适”，不断提升“智慧助老”服务质效。2020年，龙城区税务局办税服务厅被国家卫健委、全国老龄办评为“全国敬老文明号”。

务实笃行，当好学海“领头雁”

立身百行，以学为基。完成100多个文件和近30万字的学习笔记，李世彪只用了一周时间。凭着自己的“较真儿”劲，他每天坚持学习12小时以上，最终取得2019年全省业务竞赛第一名。而李世彪仅仅是的朝阳税务系统“学霸”军团中的普通一员。2016年—2020年，朝阳市税务局获得全省税务系统“岗位大练兵、业务大比武”五连冠。能够有这样的骄人成绩得益于该局党委一直将建设学习型机关作为目标，以党建引领全面提升干部素质。

该局党委树立了“学是基础、练是关键、比是手段、用是目的”的工作理念，提出了“学习兴税、比武强局”的工作目标。比学赶超的学习氛围在系统内蔚然成风，朝阳税务系统累计培养的业务骨干300余人，进入省局人才库的数量居全省第一。除了深耕税收业务，广大党员干部在党委班子的带领下，坚持把学习习近平总书记系列重要讲话和批示精神，作为个人学习、集中学习、支部自主学习的重要内容，加强用政治理论武装头脑。全系统举办多期专题讲座，建立“学习强国”通报督促制度，组织开展干部教育培训，大力推广“学习兴税”平台，全年组织各类网络学习56次、直播23场，开展培训14期。

砥砺奋进，聚力合成。2019年，国家税务总局朝阳市税务局机关党委被中共辽宁省委宣传部授予“2018年度辽宁省学雷锋学郭明义活动示范点”，2020年被中共朝阳市委宣传部授予“朝阳市第三届学雷锋学郭明义活动先进集体”称号，2020年被中央精神文明建设指导委员会授予“全国文明单位”称号；2021年，被中共辽宁省委评为辽宁省先进基层党组织。该局党委书记、局长孟德柱表示，朝阳市局党委将继续带来全体党员干部，以党性之根夯实税收之基，以初心之炙擦亮税徽之光，守正创新、聚力合成，推动税收现代化建设高质量发展。

作者：刘书怡

江苏省南通市崇川区财政局

党建引领　推动财政高质量发展

一名党员就是一面旗帜，一个支部就是一座堡垒。江苏省南通市崇川区财政局深入贯彻以人民为中心的发展思想，牢记初心使命，勇于担当作为，充分发挥党建“龙头”引领作用，统筹推进稳增长、促改革、调结构、惠民生等各项工作，有力推动财政事业高质量发展。

“党的基层组织是党的全部工作和战斗力的基础，是推动地方财政发展的动力源泉。”崇川区财政局党组书记、局长曹龙兵说，要坚持把党的建设纳入财政工作通盘考虑，着力推动党务、业务、服务深度融合，以党建引领发展，以实干彰显担当，以创新谋求未来，为全区经济社会平稳健康发展提供坚实的财力支撑。

夯实信仰之基，激发队伍活力

党的十九大报告指出，把党的思想政治建设摆在首位，是对新时代党的自身建设提出的新要求。崇川区财政局坚持初心不改，多举措打牢思想根基，增强“四个意识”，坚定“四个自信”，全体党员干部坚守“信念之门”、锁牢“意志之门”，充分发挥党组织的战斗堡垒作用和党员先锋模范作用。

丰富思想内涵。该局深入学习贯彻习近平新时代中国特色社会主义思想，把坚定理想信念作为从严治党、从严治队的首要任务，制定了党组中心组学习计划，落实集中学习日、专题教育培训等多项学习制度，引导党员干部树立正确的世界观、权力观、事业观；规范党内政治生活，开展“重温党的历史、牢记党的宗旨”“永远跟党走”等主题党日活动，通过“三会一课”、上党课等多种形式，组织党员干部学习党章党规以及财政工作的新理论新观点新论断，提高党员干部思想理论素质。

永葆党员本色。该局以开展“争当财政先锋，争做合格党员”“坚持理想信念，保持党员本色”等活动为契机，推进“两学一做”实践教育活动常态化制度化，增强机关党员的思想自觉、政治自觉、行动自觉；组织党员干部走进新四军革命纪念馆、苏中七战七捷纪念馆等开展革命传统活动，走进南通监狱、预防职务犯罪警示教育基地开展警示教育，补足精神之钙，补牢规矩防线。

提升履职能力。该局加大党员干部培训力度，依托南通市财政、“财政大讲堂”等培训平台和交流阵地，组织党员干部参加各级各类教育学习培训，并邀请党校教授、相关专家为党员干部授课讲学，把“请进来”和“走出去”有机结合，全面提升党员干部业务能力素质，补齐能力短板，激发新活力，提升新标杆。

引领作风之变，诠释“情暖百姓”

“党的作风就是党的形象，关系人心向背。作风建设是干成事的重要保障，是攻坚战，也是持久战。”崇川区财政局全体党员干部对此达成共识，持续加大作风建设力度，诠释“公共财政，情暖百姓”的内涵。

强化制度约束。该局从制度建设入手，在规章制度的建设上下足功夫，对党员星级评定、“三重一大”等制度不适应实际情况的，逐一进行修改完善，确保制度内容科学、程序严密、切实可行。每年年初，机关各科室、下属事业单位均签订党风廉政建设责任书，建立了制度执行考核和监督机制，形成了对执行制度的正向激励。

突出创先争优。该局深入开展“星级科室”“优秀财政所”等考评活动，分层级对科室、党员干部设立考评指标，选树先进典型，在全系统形成你追我赶的良好氛围。同时，向社会公开服务承诺，严格事项首问负责制、限时办结制，在综合治税、会计窗口开展“文明窗口”创建活动，打造“最美窗口”，提升窗口工作效率和服务水平。

服务基层需求。该局把党的温暖传递到百姓心坎，把党的服务延伸到“神经末梢”，深入开展与城山、陆洪、南郊、园林4个社

区和如皋市吴窑镇陈家村文明城乡结对共建活动，结合“精准扶贫”“邻里志愿服务”工作，每年挤出经费帮扶社区建设，用于帮贫解困。自2013年以来，开展“爱心成才”“成才关爱”两大爱心志愿助学资学活动，结对帮扶困难学生380余名。

担负使命之责，服务发展大局

党建与业务犹如“车之两轮、鸟之双翼”。崇川区财政局认为抓党建就是抓业务、强服务、促发展，党建做实做细，就能担使命、谋福祉、创未来，从而抢抓新机遇，展现新作为。

助力产业发展。该局把培育税源、促进经济发展作为第一要务，每年安排服务业、工业发展、科技进步等企业发展扶持资金不少于1.2亿元；制定出台产业扶持专项资金管理办法，先后参与研究制定促进工业经济转型升级、加快服务业发展、促进建筑业发展等财政支持经济发展政策措施；设立政府产业母基金30亿元，构建“1+N”运作模式，投资通富微电等项目，为科技创新发展、产业转型升级和城市建设发展提供支撑。

增进民生福祉。该局坚持把改善民生作为工作的出发点和落脚点，提高百姓“幸福指数”，通过完善社会保障和医疗卫生体系建设，低保标准、优抚标准、基本公共卫生服务人均补助等各类救助保障经费持续提标；近年来先后投入5亿元用于义务教育学校标准化建设，完成区内学校的新建、迁建、改扩建等基本建设工作，特别在“智慧校园”建设方面，每年投入不少于400万元提升全区教育信息化水平。

发力改革创新。该局启动了非税收入电子化征缴改革试点，部分罚没款和行政性收费实现网上电子征缴，后期试点范围将逐步扩大到教育收费、其他行政事业性收费，进一步提高便民服务水平；按照“事权财权统一、保证基本财力、强化激励引导、财力统筹平衡”的原则，实施新一轮财政管理体制，完善街道城市维护事权，建立激励性转移政策，发挥引导作用；创新资金绩效管理，每年选择涉及重大民生项目、社会关注度高的重点项目纳入绩效目标管理，累计开展16个项目绩效评价与跟踪，强化资金使用跟踪问效……一系列创新工程将崇川区财政“创新亮点”变成可以复制推广的“崇川经验”，书写崇川区财政工作高质量发展新华章！

江苏省泰州引江河管理处

党员先锋队领唱引江河高质量发展之歌

疫情期间党员捐款　摄影：王建春

2020年以来，江苏省泰州引江河管理处通过强化基层党建，继续深化“一支部一特色一品牌”，让党建与业务工作实现深度融合、同频共振，充分发挥党组织的战斗堡垒作用和党员的先锋模范作用，唱响高质量发展之歌，为实现“六稳”“六保”目标、保障人民群众生命财产安全、促进经济社会发展，贡献引江力量。

汛期的党员之歌，是“我是党员我先上”的冲锋曲

2020年以来，苏北地区干旱少雨，里下河地区水位持续下降，高港枢纽实施了闸泵联合运行，首次在长江水位不满足节制闸自引时，开启泵站抽水，向里下河地区引调水。2020年上半年，高港枢纽引水153天，累计引长江水33.1亿立方米，创历史新高。高港泵站向通南地区开机送水0.54亿立方米，向里下河地区开机送水196万立方米。处管工程拉马河闸和北箍江涵洞也全力运行，服务地区工农业发展和城乡居民用水。

然而随着进入梅雨季，江苏省遭遇大强度降雨的侵袭。江淮地区的多轮强降雨，让兴化水位逐日攀升，随时可能发生旱涝急转。6月15—21日，高港枢纽根据省水旱灾害防御调度指令开启9台机组，抽排里下河地区涝水1.76亿方，预降兴化水位。6月28日，习近平总书记对防汛救灾工作作出重要指示，要求全力做好洪涝地质灾害防御和应急抢险救援。坚持人民至上、生命至上，切实把确保人民生命安全放在第一位落到实处。

进入防汛关键期，省泰州引江河管理处党员先锋队迅速响应总书记号召，全力以赴投入防汛战斗，对每一次雨情、水情、汛情、险情严防死守，枕戈待旦。

6月28日，大雨下了一整天，兴化水位节节攀升，直逼警戒水位2米，大家的心也跟着悬了一天。“不打无准备之仗，我们应该主动出击。”在高港泵站管理所所长、泵站党支部书记樊锦川的组织带领下，泵站党员突击队密切配合、分头行动，有人检查定子、转子绝缘，有人调试闸门联动情况，还有人时刻关注天气和雨水情变化，做好堤防巡查……29日清晨，接开机排涝的调度指令后，尽管还没有到上班时间，泵站党员们立刻从家中赶往单位，本该交班休息的党员也留了下来，齐心协力，上下一心，高港枢纽于当日9时15分开启全部9台机组，以约340立方米每秒的流量，全力抽排里下河地区涝水。

防汛期间一次次的风雨就是一次次考验，一场硬仗接着一场硬仗。加班加点、半夜开机乃至通宵达旦、连续作战都是常有的事儿，引江河党员冲锋在前，扛起防汛职责，用担当筑成坚强堤坝。

船闸的党员之歌，是“用责任和真情服务”的协奏曲

引江河高港船闸是泰州地区最大的船闸，是江苏水利行业对外服务的窗口。在服务南来北往的船员过程中，船闸党支部凝练出“零距离、零缺陷、零障碍”的“三零”党建工作法，并随着工作实践不断深化其内涵。

2020年疫情形势紧张期间，在职工分组轮值、人手受限的情况下，船闸党支部的党员们挺身而出、坚守一线、担当作为，保障了水上交通不中断、物资运输无阻碍。

4月中旬以来，高港船闸上下游的水面上，时常出现这样一些人，他们身着救生衣，面戴口罩，在高矮不一的船头翻上爬下，他们不是跑酷爱好者，他们是来自船闸管理所的党员志愿者，正在开展安全专项检查。2020年高港船闸先后开展了吊拖船队集中安全整治和救生衣专项检查，并将作为长期任务常抓不懈。高港船闸管理所副所长、船闸党支部支委委员何平介绍说："开展多种形式的安全检查，有利于维护水上交通秩序，营造安全、有序且更加高效的过闸环境，同时也有利于维护船员生命财产安全。"

由于汛期雨情、水情和高港枢纽工情不断变化，船闸党员志愿者及时通过高港船闸微信公众号、短信平台和高频等方式宣传高港枢纽引水、排涝期间船舶过闸安全事项，提醒船员合理配载、加强值守、防止发生搁浅或者碰撞。此外，船闸所有业务岗位均对外公布了服务电话，分别涉及船舶调度、航道管理、船队过闸申报、诚信分查询、违章举报等方方面面，由船闸党员志愿者为过闸船员提供业务咨询，提升过闸效率和船员满意度。

疫情期间船闸保通航　摄影：王建春

2020年上半年，高港船闸开闸16415闸次，放行船舶73815艘次，过闸船舶吨位达7497.73万吨。尽管受到疫情影响，船闸放行吨位与去年基本持平，有力促进了区域物资流通和地方企业复工复产。引江河党员冲锋在前，传承"三零"精神，用服务支持地方发展。

防疫的党员之歌，是"党员志愿者默默奉献"的主题曲

"突击队同志们，今天来相会，
戴起小口罩，拿起额温枪，
红袖标，红马甲，执着最迷人，
一防三保任务高于天。
啊，亲爱的同志们，
光荣的使命属于谁？
属于我，属于你，
属于我们引江河党员突击队！"

这首《引江河党员突击队战疫之歌》是引江河党员突击队员以《年轻的朋友来相会》曲调重新填词创作的。欢畅的曲调、有力的歌词，鼓舞了大家的士气，成为抗疫期间引江河党员口口传唱的"主题曲"。

疫情形势紧张时期，引江河广大党员在管理处党委的领导下，充分发挥先锋模范作用，闻令而动、勇挑重担，既冲在疫情防控斗争最前线，又冲在"三保（保供水水源、保春耕灌溉、保度汛安全）"工作最前锋。党员突击队带头落实防控措施，58名党员突击队员实行"承包责任制"，两个月的时间内对在职、退休职工开展人员信息排查共3.1万人次；带头参加战"疫"献血，35名符合献血要求的干部职工成功献血10100毫升；带头开展爱心捐款，138名党员共计捐款24750元；带头做好工程管理、防汛防旱、船闸通航、河湖管理等工作，真正做到担当作为到一线、全面防控到一线、关心关爱到一线、宣传教育到一线。

在这场凝心聚力的防疫抗战中，涌现了一批表现突出的党支部突击队和优秀突击队员。他们中有"全力保障重要物资通行，助力企业复工复产"的船闸党支部突击队，有"与社区联防联控，扫除战疫盲区"的机动抢险队党支部突击队……有"舍'小家'为'大家'，勇当抗疫先锋"的办公室副主任何健峰，有"主动递交请战书，争当社区防疫志愿者"的泵站管理所党员周荣才……

如今，常态化不代表疫情的结束，低风险不等于零风险，防疫"主题曲"仍在传唱。"啊，亲爱的同志们，愿我们自豪地大声唱，听指挥，讲纪律，胜利必属党员突击队！"引江河党员冲锋在前，持续抗击疫情，用坚持杜绝防疫死角。

作者：王昕炜

江苏省测绘工程院国土测绘分院党支部

26名党员26面旗帜

链接：江苏省测绘工程院是江苏省自然资源厅直属全额拨款事业单位，主要承担基础地理信息数据的采集、加工处理和开发利用等相关业务，是国家首批授予的甲级测绘资质单位。国土测绘分院（海洋技术分院）是江苏省测绘工程院9个生产和开发服务单位之一。国土测绘分院党支部由国土测绘分院（海洋技术分院）和江苏省连续运行卫星定位参考站综合服务系统（JSCORS）中心联合组成。两部门共同承担江苏省现代测绘基准建设和运维服务、海洋生态文明建设服务及重大工程建设服务等，是省自然资源调查中重要的一支野外队伍。现有共产党员26名，其中本科以上学历占92.3%，平均年龄33岁。党支部以习近平新时代中国特色社会主义思想为指导，以习近平总书记给国测一大队老队员老党员的回信指示精神为行动指南，围绕省级测绘基准建设和维护等中心工作，不忘初心、牢记使命，发挥支部的战斗堡垒作用和党员先锋模范带头作用。支部多次被评为省级机关"先进基层党组织"、省自然资源厅"先进基层党组织"，连续18年被授予江苏省"青年文明号"，2018年支部书记方位达荣获江苏省"五一劳动奖章"。

如何创建支部品牌、创新党建工作特色，从而引领业务发展？江苏省测绘工程院国土测绘分院党支部探索形成了"一品牌、两平台、三学、三组、多旗帜"工作机制，给出了一个明确的答案。原

江苏省测绘工程院国土测绘分院党支部开展爱国主义教育

支部党员冒雪测量

江苏省测绘地理信息局号召全局系统党组织向该支部学习。

建机制，抓学习，树旗帜

江苏省测绘工程院国土测绘分院党支部共有党员26名，从事的业务工作以建设和维护全省测绘基准为主，还有海洋测绘、重大工程建设、地方自然资源测绘服务等。由于大部分党员长年出差、年龄跨度大、年轻高学历党员占多数，党支部面临业务多样、党员难以集中、管理要面向不同年龄和文化层次等难题。支委成员探索形成了"一品牌、两平台、三学、三组、多旗帜"工作机制，用"树党员旗帜，立基准标杆"这一支部品牌明确目标和职责，以党小组形式灵活机动地管理党员，用"三会一课""互联网+党建"平台和领学、促学、送学活动教育党员，用"26名党员26面旗帜"夯实先锋模范作用，建成了一支听党话、能战斗、善取胜的新时代测绘先锋队伍。

"要高度重视信息化发展对党的建设的影响，做到网络发展到哪里，党的工作就覆盖到哪里。"党支部主动探索基于"互联网+党建"的党员教育管理模式，把因长年在野外测量而流动分散的党员队伍集中起来，结合"三会一课"制度，实现线上与线下的有效结合，改变了以往"党员教育要开展，业务工作就中断"的现象。随着全面从严治党向基层推进，党员们花在计划、学习、思考、总结上的时间增加了，但工作业务却没有因此停滞，相反，工作实绩更加突出了。近年来，该支部完成了全省1万余公里的精密水准测量任务，建成和维护的JSCORS为全省2000余家企事业单位提供精确的位置服务；在盐通、苏南沿江、宁淮等铁路建设中，该支部在530余公里的铁路沿线上布测了1100余座测量标志，为江苏省高铁建设贡献测绘力量；徒步900多公里精确调查江苏省海岸线空间位置和属性……

"26名党员26面旗帜"，党支部每一名党员都用"八个字"的承诺书写出他们的初心底色，并以此为准绳，扑下身子，踏实苦干。"不畏艰辛、无怨无悔"的熊晋健，为了减小测量船的航行阻力，带头拆掉遮阳棚，顶着炎炎烈日开展湖泊水下地形测量；"不畏困苦、敢闯敢干"的吴波，带队住帐篷、啃干粮，把最难测绘的海岛点留给自己，圆满完成江苏省B级GNSS网点测量复测任务；"刻苦钻研、勠力创新"的徐振堂，自学软件开发并解决了一系列技术问题难题，带领身边的技术人员共同进步……每名党员的思想逐渐统一到上级党组织的决策部署上来，行动逐渐统一到服务全省自然资源管理上来，充分发挥了"一名党员一面旗帜"的先锋模范作用。

强示范，重关怀，促发展

"一级做给一级看，一级带着一级干。"支委班子团结协作、干事在前，坚持工作上与职工同吃、同住、同劳动，边生产边学习，每逢重大项目、节假日加班、出海作业等，他们都冲锋在前。支委4人中1人获国家青年测绘地理信息科技创新人才奖、2人获省"五一劳动奖章"，充分发挥了"头雁引领、群雁高飞"作用。每当有紧急任务或重大任务时，支委班子成员都会牵头成立党员突击队。2019年，这种临时性的突击队就出现在海岸带开发利用变化监测、徐州似大地水准面精化、宁淮高铁精测网等一系列重大任务中，实现高质量、高效率测绘地理信息服务的有效保障。

支部大部分职工长年出差在外，如何强化做好党组织服务功能成了摆在支委班子面前的难事。为此，该支部坚持问题导向，积极营造测绘"家"文化氛围：一是发扬"传帮带"传统，把"传帮带"制度化，每年都号召职工自发组建"师徒结对子"，带业务技能、传工作经验、教做人做事；二是强化民主管理，坚持事务院务公开，在公开、公平的氛围中激发团队正气，给职工以"主人翁"的感觉；三是体现人文关怀，量身裁衣，为职工搭建教育、成长平台，给职工"家"的感觉，充分发挥了党建工作"大磁场"作用。

2018年以来，该支部先后获江苏省省级机关、江苏省自然资源厅"先进基层党组织"荣誉称号，被确定为省级机关"党支部书记工作室"。同时，该支部聚焦全省自然资源高质量发展目标，对标要求，科研攻关，共取得3项发明和实用新型专利，获国家优秀测绘工程白金奖1项，编写国家和行业规范6项，开展省级以上科研课题3项，并获江苏省科学技术一等奖1项、省部级测绘科技进步奖3项。

福建省莆田市涵江区住建局

守初心聚民心　勇担当解民忧

福建省莆田市涵江区住建局以"践行木兰溪治理重要理念，聚焦美丽莆田找差距促落实"为重要实践载体，以正视问题的自觉和刀刃向内的勇气，以解决群众关注的民生问题为切入口，着力攻坚行业中"硬骨头""老大难"问题，做好为民服务大文章，推动主

局长凌文东带队督导望江河源头（东南香米业段）上游雨污分流改造项目　摄影：陈强

题教育深入开展。

初心在担当中体现，使命在实干中践行。

在第二批“不忘初心、牢记使命”主题教育中，涵江区住建局把主题教育与各项中心工作相结合，以“践行木兰溪治理重要理念，聚焦美丽莆田找差距促落实”为重要实践载体，把“改”字贯穿始终，坚持边学边查边改，抓重点、强落实，把主题教育成效落到为民办实事上，致力解决群众所急所需所盼问题，提升群众获得感、幸福感和安全感。

坚持深学细悟走在前

近日，涵江区住建局党组书记、局长凌文东以《弘扬实干精神，强化责任担当，全力推进城市建设高质量发展》为题，为机关全体党员干部上了一堂专题党课，激励广大党员在主题教育中增强使命担当，锤炼党性，激励斗志。

9月中旬以来，该局聚焦主题教育根本任务，按照“守初心、担使命，找差距、抓落实”的总要求，真抓实干，积极推动主题教育深入开展。

*抓实学习教育，牢记初心使命。*围绕“6个专题”，该区住建系统党员干部进行集中学习研讨，认真学习了《习近平关于“不忘初心、牢记使命”重要论述选编》等书籍；集中观看了微视频《初心·入党申请书》、专题节目《榜样4》等；开展“忠诚爱国、清廉为民”主题党日活动，重温入党誓词；参观莆田监狱廉政警示教育基地，接受廉政清风洗礼；召开领导班子对照党章党规找差距专题会，以正视问题的自觉和刀刃向内的勇气，逐一对照、全面查找差距和不足，真刀真枪解决问题。

*注重调查研究，深入检视问题。*结合实际及分管工作，该局领导班子就安置房回迁办证、园林绿化提升、公共停车场建设、木兰溪流域污水治理等热点难点问题，开展深入细致的调查，并研究制定对策和措施，形成有针对性的调研报告。“作为住建系统的领导干部，要打好调查研究的基本功，用脚步去丈量城市各个角落，弄清‘城市建什么、怎么建’的问题。”凌文东说，主题教育开展以来，该局以解决群众关注的民生问题为切入口，深入一线，开展调查研究，用初心凝聚民心，以真心换民心。

*坚持结对帮扶，共学共建共促。*主题教育期间，该局领导班子多次带队前往挂钩帮扶的庄边镇尚书桥村，调研指导软弱涣散村集中整顿工作，并与村“两委”干部座谈交流，深入学习领会习近平新时代中国特色社会主义思想、党的十九届四中全会精神、习近平总书记治理木兰溪重要理念等，赠予村党支部《习近平扶贫论述摘编》等书籍，捐助2万元用于该村建设党史教育基地，促进支部“三会一课”扎实开展。

该局还用好专项整治这个抓手，对住房租赁中介机构乱象、贫困户基本住房安全等漠视损害群众利益问题，制订专项整治计划，明确整治责任、进度时限和标准要求，打好集中整治的攻坚战。

攻坚木兰溪水质提升

木兰溪流域水质提升攻坚是深入学习贯彻习近平生态文明思想和习近平总书记治理木兰溪重要理念的重要工作。结合开展主题教育，涵江区住建局党员干部积极投身治水一线，以实际行动践行初心。同时，结合环保污染防治百日攻坚战和污水治理三年提升行动计划，紧紧围绕污水截污、黑臭水体等攻坚重点，进一步细化目标任务，分步骤、分阶段推进木兰溪流域系统治理工作。

涵江不少地下管道年久失修，存在堵塞、破损等问题。为此，涵江区住建局联合市水务集团，对城区道路雨污水管道进行全面疏通清淤。目前已完成福厦路、东环城路、高林街、苍林路等17条道路污水管道疏通清淤约30公里，总造价约1000万元。该区污水流向闽中污水处理厂日处理量增加约2万吨。

针对管道断头问题，实施木兰溪沿岸乡镇污水断头干管接通工程。目前已接通南环一标段至总泵站、茶业市场段至总泵站、福厦路新港桥至涵港大道污水管道等，污水拉管约7公里。

涵港大道溪游安置房小区污水管道因施工未修复，成为断头管，造成污水经常溢出路面，流入梧梓河，汇入木兰溪。该局投资50万元，通过拉管的方式将污水接入主干管，并新建1座检查井，解决生活污水排放问题，小区居民迎来洁净的生活环境。涵梧路段因属于公路性质，无设置污水管网，造成污水经常溢出路面流入河道。该局投资约100万元，在梧塘段解放桥处溪口河两侧设置污水末端截污提升泵站，建设约150米污水管道，解决了生活污水排放问题。

为顺利完成“两院”迁建，确保莆田学院、湄职院正常入学，该局迅速启动荔涵大道湄职院新址段污水管网改造工程，全力推进项目建设，累计投资约160万元，完成约750米污水管道建设，完成约150米污水排放口接入市政管道拉管；积极协调梧塘镇完成征地工作，督促市水务集团实施完成华佳彩至溪游泵站污水管网工程，并完成污水管道CCTV检测，实现湄职院新址污水接入排放。

望江河源头（东南香米业段）上游雨污分流未到位，为解决暴雨时雨污合流涵污水溢流问题，涵江区住建局对周边工业街污水管道进行清淤疏通检测；投资200万元，建设修复污水管道约150米，提升泵站1座。东南香米业等周边企业先后陆续接入污水干管。

左图为涵江区住建局“不忘初心 牢记使命”专题学习研讨会；右图为涵江区住建局西河公园绿道　摄影：陈强

从根本上控源截污。目前已完成赤港片区污水收集管网、东港路、华佳彩至溪游泵站污水管道工程、保利污水收集管网、望江河源头污染（东南香米业段）污水管道改造约10公里污水管网铺设，有效解决各片区污水直排问题。

在治理黑臭水体方面，宫口河黑臭水体整治已顺利通过国家黑臭水体整治环境保护专项行动第二批专项督查，并连续14个月通过市水质无超标检测，水面保洁工作列入日常多位一体工程包实施。

结合水环境综合治理一期工程PPP项目，启动城区12.5公里黑臭水体整治。目前正在实施望江河、塘头河、群英河、海岑河等河道截污工程施工，并全面开始老旧小区雨污分流改造施工。

有效破解群众操心事

人民群众的获得感，是检验主题教育成效的试金石。主题教育开展以来，涵江区住建局坚持边学边查、边查边改，奔着问题去、对着问题改，聚焦群众反映强烈的热点、难点问题，着力攻坚行业中“硬骨头”“老大难”问题，做好为民服务大文章。

安置房不动产权证办理是征迁群众的操心事。最新统计数据显示，涵江区纳入历史遗留安置房办证项目有44个16686套，每个项目都是一本“旧账”，办证涉及面广、时间跨度长、解决难度大，是难啃的“硬骨头”。为推进安置房遗留办证力度，该局发扬钉钉子精神，积极协调各方力量加快推进。按照“一盘一议”的思路，针对共性问题、个性问题进行逐一分析研究，分类施策，全力打通安置房建设回迁工作的“中梗阻”问题。已完成初始登记（总证）13个项目8503单元，首登率达50.96%；正在办理初始登记（总证）31个项目。

城区停车难，是群众普遍头疼的突出问题。该局结合调研开出“处方”：在有条件的地方建设一批停车场。今年计划建设兴涵水都溪游停车场、水韵城公共停车场等15个项目，目前已建成13个项目，投入使用泊位数1130个，有效缓解市民停车难。

园林绿化、路灯维护也是关系民生的重要“小事”之一。该局按照“300米见绿、500米见园”的理念，大力推进城市公园、特色景观带和绿道建设。今年建成2个城市综合性公园、4个口袋公园及6公里绿道，新增公园绿地约13.9公顷，种植时令花卉约6.4万株，实施主要节点花化彩化提升改造。今年共排查提升改造赤港路、涵庭路、迎宾路、后郭路、联十一线连接线等道路路灯、护栏、标志标线、标志牌8公里。

下一步，涵江区住建局将继续把主题教育中激发出的热情转化为攻坚克难、干事创业的实际行动，加快推动全区住房和城乡建设高质量发展。

山东聊城高新建设管理部

突出党建引领　打造执法铁军

开展主题党日活动

链接：聊城高新建设管理部，成立于2018年1月27日，为正科级行政单位，配备科级领导职数1正2副。负责聊城高新区区域内除市场监管、安全生产领域外的综合行政执法工作；主要承担劳动保障监察、文化广电新闻出版、商务、价格、民宗、旅游、体育、教育、卫生计生、农业、林业、水利、城市管理、建设、城乡规划、交通等领域法律法规规定的行政执法权。以上领域整合的行政执法职责正在经省政府批准，待批准后由综合行政执法局全区行政区域内集中行使。此外，承办高新区党工委、管委会和上级有关部门交办的其他事项。

2018年度，聊城高新建设管理部获得经济社会发展综合考核二等奖，党建工作考核二等奖和城市管理工作先进单位、环境保护工作先进单位、文明城市创建工作先进单位、平安高新区建设先进单位；2019年度，获得经济社会发展综合考核二等奖，党建工作先进单位、城市管理工作先进单位、生态环境工作先进单位、文明创建工作先进单位、聊城市“学习强国”优秀学习组织等殊荣。

山东省聊城高新建设管理部党支部秉承党建工作和队伍建设高度融合的理念，通过“加”强管理、“减”化矛盾、“乘”以合力、“除”弊革新，全力打造一支“忠诚担当、依法高效、清廉为民”的综合行政执法铁军。

管理方式上做“加”法，推行精细化管理模式

按照“抓党建强队伍”的工作思路，结合山东省聊城高新建设管理部工作职能特点，在管理方式上做创新，推出精细化管理模式。在日常执法中，创新推出“一线路面工作法”，党员干部带头上路面执勤，发挥先锋模范作用，路面见员率显著提高，对于管理问题快速发现、有效解决。2019年以来，一般程序共立案10起，案件办理力度增强。在党员政治生活中，聊城高新区综合行政执法支部积极谋划主题党日活动，丰富载体。在完成规定动作的同时，结合部门的职能特点设计自选动作，内容包括重阳节免费义诊、“百岁老人”暖心慰问活动等。通过系列主题党日活动的开展，教育引导机关党员“不忘初心、牢记使命”，进一步增强了党员的党性。

化解矛盾上做“减”法，提升群众满意度

为有效提高执法质量，最大程度化解执法管理中的矛盾，山东省聊城高新建设管理部不断更新执法理念，转变工作方法，通过实地走访和征求意见，对于群众的每一个投诉，执法队员除了到场处置和反馈外，还与投诉人保持电话或微信沟通联系，直至投诉问题彻底解决为止。2019 年通过市长热线接到的投诉件从 2018 年的 372 件下降至 352 件，同比下降 5.4%。针对执法中存在的问题，逐条查摆当前工作中存在的问题，共梳理综合执法领域目前权责清单 48 项，规范细化自由裁量权，减少当事人抵触情绪，执法过程更公开、透明，城市管理更规范。

凝聚合力上做“乘”法，党建业务齐发展

为提升山东省聊城高新建设管理部执法工作的质量，聊城高新区综合行政执法支部与“双报到”社区建立了社情民意联络机制，定期走访社区，与社区干部、辖区内企业代表、小区业主代表等通过座谈、现场会等方式沟通交流，变被动接受不满投诉为主动倾听群众心声。目前，高新区综合行政执法局开展“法治宣传进社区”活动以来，共沟通协调居民问题 6 次，解决问题 5 件。为进一步优化服务质量，综合行政执法支部还对群众强烈反映的民生问题进行调研，就华建壹街区提出的便民车棚事宜，采取座谈、实地勘察的方式进行探讨解决，制订切实可行的措施，有效推进了难题的解决。

除弊革新上做“除”法，重塑队伍新形象

在队伍建设中，山东省聊城高新建设管理部突出党建引领，在日常“三会一课”活动中强化廉政教育，通过“开展思想讨论、参观廉政教育基地、组织专题讲座”等形式，共开展廉政专项检查7次，签订党风廉政建设责任书、党风廉政承诺书共 43 份。同时强化廉政制度建设，加强日常监督，把员工的廉政表现与年终绩效奖、评先评优挂钩，有效构建了不能腐的防范机制。自强化队伍廉政建设以来，进一步转变了工作作风，提升了工作效能，提高了执法队伍素质，树立了执法铁军的新形象。

重庆市江津区滨江新城建设管理中心

党旗飞扬下的新城嬗变

重庆江津滨江新城双拥广场

“党政军民学，东西南北中，党是领导一切的。”党的十九大报告中，这一论断深刻诠释了新时期中国共产党工作的重要性。

对于江津区经济社会发展主战场之一的滨江新城来说，这一论断格外具有现实意义——蓬勃发展的新城中，“党政军民学”几乎一应俱全，“东西南北中”更是汇聚于此，因此“党的领导”作用完全可以彰显到新城发展的任何领域。当前，正值中国共产党成立 100 周年特殊历史时期，在区委、区政府的坚强领导下，在滨江新城建设管理中心党委的统筹指挥下，新城全体党员以更加饱满的热情投入到建设大局中，在飞扬的党旗下，滨江新城正以一种前所未有的状态发生着嬗变。

“小队伍”带出好局面

截至2020年年底，滨江新城建设管理中心党委下属党组织3个，包括机关党支部、中建桥梁党委、滨江集团党委，共有党员 631 人。

对于区县的基层党组织来说，这个数字已经不算少。

然而，放到滨江新城这样一个特殊的环境里，这完全是一支不起眼的“小队伍”：经过 11 年的发展，滨江新城入住人口已经突破 13.5 万，而且由于新城建设如火如荼，建设者的比例在入住人口中更是相对较高。

“党组织要成为战斗堡垒，党员要发挥先锋模范作用”，如今这已是一句让人耳熟能详的话。

但要让区区数百人在 13.5 万人中成为“堡垒”和“先锋”，却是一个不得不深入思考的话题。

“以政治建设为统领，全面加强党的领导；以党风廉政建设为抓手，推进全面从严治党；以党建活动为载体，凝聚新城发展活力；以人才工作为突破，提供持续发展支撑；以意识形态为重点，夯实思想政治基础；以党的建设为引领，大力推动开发建设”，经过深入思考，滨江新城建设管理中心党委班子对党建与发展有了系统的认识。在这一理念指导下，新城基础设施建设不断加快，城市配套不断完善，营商环境新高地效应逐步显现，“重商”“亲商”“扶商”“安商”的氛围有力营造，为高质量发展孕育新动能，构筑新优势。

统计显示，目前滨江新城建成核心区已达 13 平方公里，“三区三高地一中心”基本形成，累计启动项目超过 300 个，总投资约 900 亿元，地产项目累计开工 850 万平方米，完工 430 万平方米，累计销售 400 万平方米，入驻商务、金融、休闲购物、餐饮娱乐等商业主体超过 600 户，先后拿下“2017 年中国最具幸福感城市·生态宜居新城”“2018 年绿色发展示范开发区”“2019 年绿色发展优秀城市”“点赞·2021 优化营商环境示范园区”等颇具含金量的荣誉称号。而在这些“成绩单”的背后，更多的则是共产党员先锋模范作用的充分彰显，数百人的“小队伍”带出了可喜的好局面。

“三点服务”泛“活水”

可喜的局面，源于行之有效的工作机制。

“共产党员必须坚持群众路线，从群众中来，到群众中去”，党的群众路线在这里得到了充分运用。

“三点服务”就是这一运用在滨江新城的集中体现。

“所谓三点，即静止的服务点、流动的服务点、项目的服务点。”滨江新城建设管理中心党委书记、主任梁其凯介绍：静止的服务点为“党群便民中心”，在工作日上午，党员领导干部带头轮流到滨江新城机关大楼一楼“党群便民中心”接待来访企业、群众，认真做好群众意见的收集工作，提供相应服务。流动的服务点为“党群直通车”，以政务值班组为基本单位，以党员为主体，每季度以及重要时间节点前，将“党群直通车”开进还房小区、在建项目、

滨江新城“五馆三中心”

企业、帮扶困难村等，通过走访、座谈、采访等方式，宣讲最新政策、会议精神，收集和解决群众、企业、困难村等遇到的问题、难题，并为他们的未来发展献策、支招。项目的服务点为“党群联络站”，与规划区范围内部分建设单位共同成立滨江新城“党群联络站”，站长、指导员、联络员沉下心、沉下身，认真宣讲党的政策、复工复产政策，高质高效解决企业遇到的难题，切实畅通党群服务“新渠道”。

“三点服务”的开通，不仅让滨江新城的每一个党组织与群众之间原有的“鱼水关系”更加牢固，更为重要的是，群众与党组织、党员之间实现了“零距离”，群众的心声与党组织所领导的发展融为了一体，泛起了“活水”。

仅 2021 年以来，通过 “党群便民中心”“党群直通车”“党群联络站”，滨江新城党组织就收集企业、群众意见建议 114 条，这些建议涉及项目建设、民生福祉、交通发展等方方面面，为推动新城发展提供了重要参考，目前已有 27 条建议得以采用或解决，其余正在积极推进中。

从“内”至“外”的嬗变

党群之间泛起“活水”，涟漪自然会波动到新城的每个角落。

2021 年 6 月 21 日，位于滨江新城的江津万达项目部传出喜讯，该项目自去年 7 月开工以来加快建设步伐，项目主体现已完成 80%以上，预计 2022 年 6 月将全面竣工开业。

作为 2020 年 7 月开工的人文旅游商业新地标，在不到一年时间里取得迅速进展，背后离不开滨江新城的全力推动。早在商务谈判阶段，滨江新城就协调区级有关部门、圣泉街道成立工作专班，同步推进土地征迁、房屋搬迁、土地挂牌等相关前期工作，为该项目落地提供全程保姆式服务，使江津万达项目从签约到动工只用了 1 个月，从动工到 8000 平方米展示中心投用只用了 3 个月，创造了“新城速度”。

“万达”的到来与快速建设不仅实现了江津这一品牌的从无到有，更将滨江新城乃至整个江津的商贸推向了全新的台阶。

至此，在滨江新城范围内，已经有居然之家、红星美凯龙、永辉超市、万达广场等知名商贸企业。

正是伴随着这些知名企业入驻的步伐，在过去五年时间里，新城建设者们积极推进“同城、扩容、提质”建设目标，实现了从“内”到“外”的嬗变——累计启动城市品质提升项目 73 个，总投资约 52.62 亿元，完成圣泉公园、市民广场等 41 个道路与公园绿化项目，绿化面积合计约 104.66 万平方米；完成五馆两中心灯饰、几江长江大桥灯饰等城市亮灯工程，新城夜景亮化更是实现提档升级。

如今，走进这片热土，随处可以感受到令人振奋的沸腾景象：一幢幢现代别致的建筑，一条条舒展纵横的街道，一个个如诗如画的广场，一盏盏美轮美奂的灯饰，一个个漂亮洁净的小区，一处处暗香浮动的花园，一片片青翠欲滴的绿地，一个个紧张建设的工地……包括全体党员在内的滨江新城建设者们用双手绘出一幅又一幅美丽的画卷。未来，在科技创新引领支撑江津高质量发展的历史进程中，作为西部（重庆）科学城江津园区重要组成部分的滨江新城，必将在江津园区加快建设西部（重庆）科学城南部创新中心、科创中心、科技成果转化基地和高品质生活宜居地的美好征程中，勇于担当、大放异彩！按照滨江新城“十四五”规划，未来五年滨江新城将实现 19.4 平方公里核心区全面建成，形成 100 亿元建材业产业集群和 500 亿元建筑企业集聚，打造 10 亿元级一站式高品质家居消费城；新增城市公园绿地面积 30 万平方米，入住人口达到 15 万人，将滨江新城打造成为西部（重庆）科学城江津片区公共服务城市典范，推动江津建设重庆中心城区同城化发展先行区、成渝地区双城经济圈重要战略支点，让这座生态宜居山水人文新城在党旗的指引下绽放出更加夺目的光芒！

文／图：袁孝椿、曹冀川、何妍

福建省上杭县森林消防大队

锻造刀山敢上火海敢闯的应急救援铁军

“我志愿加入中国共产党，拥护党的纲领，遵守党的章程……”2021 年 3 月 13 日上午，福建省上杭县森林消防大队全体党员干部在古田会议会址前面，对鲜红的党旗，重温入党誓词，这是该大队指战员开展党史学习教育的一幕。

2020 年 10 月 21 日，上杭县森林消防大队大队长张贵良代表总队参加森林消防局组织的“火焰蓝”灭火专业技能尖子比武取得大队级指挥员第一名，并荣立个人二等功

自 2018 年转制以来，福建省上杭县森林消防大队始终牢记习近平总书记重要训词精神，传承红色基因，矢志铸魂育人，把传承古田会议精神作为指战员坚定改革信念、聚力转型强能的实际举措，加强基层党组织建设，在固本培元、守正创新中，全面锻造过硬的应急救援铁军。

坚定理想信念，汲取奋进力量

队伍改革转制之初，少数指战员认为自己已经不是现役军人了，对国家综合性消防救援队伍缺乏认同感、归属感，对队伍改革转制缺乏信心，不同程度出现了理想信念弱化、集体荣誉感淡化、牺牲奉献精神虚化等现象。在指战员来源多样、价值观多元、思想多变的新背景下，大队党委发现部分指战员理想信念没有树立起来，价值取向出现了偏差。面对这种状况，该大队党委组织全体指战员到古田会议会址寻根溯源，了解我党、我军凤凰涅槃、浴火重生的历史，让指战员在思想的碰撞中，在灵魂的洗礼中找到前进的方向。

上杭县森林消防大队驻守在福建省龙岩市上杭县，辖区内有古田会议会址、毛主席才溪乡调查纪念馆、蛟洋暴动旧址等红色资源。改革转制以来，该大队抓住新队员下队、“七一”以及重大专题教育活动举办等有利时机，组织指战员到古田会议会址、毛泽东才溪乡调查纪念馆等地参观见学，重温入党、入队誓词；开展主题党（团）日活动，让指战员在红色文化熏陶中不断汲取精神信仰的力量，激发工作热情。

传承红色基因，点亮思想“灯火”

“成长在红色摇篮，奉献在将军之乡。”步入上杭大队驻地，首先映入笔者眼帘的是一块醒目的景观石。景观石左侧是“长征路”，右侧是“红军路”，中间设有“古田大道”，营造了浓厚的红色文化氛围。

漫步在“长征路”上，青年队员谢建聪想起了入队之初的情景——“长征期间，6000 多名闽西儿女组成的红三十四师作为红军的后卫部队，听从党的号令，掩护红军主力部队突围，在湘江战役中几乎全体壮烈牺牲……”这是该大队四中队政治指导员侯巍在进行革命传统教育时常引用的事例。谢建聪起初不明白，都已经脱下了军装，为什么还要讲部队的故事，还要落实“两严两准”？转制后，有谢建聪这样想法的消防员不在少数。

“古田会议的召开给了我们一个启示，就是如果队伍没有纪律约束，就没有战斗力可言！我们脱下‘橄榄绿’，穿上‘火焰蓝’，身份虽然变了，但职责使命没变，我们仍是党绝对领导下的队伍，必须按纪律部队要求建设队伍……”课堂上，侯巍给出了明确回答。

该大队还邀请上杭县“星火”讲师团成员、古田纪念馆专家以及老红军、老战士等来队为指战员讲解闽西红色文化精神，让指战员在学习闽西儿女为了革命前赴后继的精神，赓续优良传统，强固信念支撑。在“不忘初心、牢记使命”主题教育中，该大队还将革命战争年代发生在闽西地区特别是上杭、古田的红色故事整理汇编成册，发到指战员手中供大家学习。同时，该大队开展了教唱红色歌曲、宣讲红色故事、研读红色书籍、观看红色电影、争做红军传人“五红”系列活动，指战员在学思践悟中点亮思想“灯火”，激发使命感责任感。

“闽西红色文化跨越时空，历久弥新，是我们思想政治建设的宝贵财富。”该支队政委王忠良介绍，近年来，上杭大队以红色历史、红色文物、红色故事为载体，通过回顾长征历史、聆听英雄故事、重温入党誓词、创演红色节目等方式，让红色基因融入指战员血脉，转化为投身应急救援事业的政治热情。

淬炼救援本领，党员攻坚克难

“上杭大队是上杭县战斗力最强的应急救援力量，不管是森林火灾还是台风侵袭、洪涝灾害现场，都能看到他们的身影。”上杭县应急管理局局长傅晓刚说。

训练场上，该大队大队长张贵良以身作则，带领指战员进行 10 公里负重长跑、综合体能竞技、器械等训练，不断提高队员身体素质，以适应各种救援任务需求。2020 年，备战第二届“火焰蓝”灭火专业技能尖子比武时，张贵良对自己要求更严，负重登山训练，每天第一个起床，身背装备器具、腿绑沙袋，一趟下来，衣服被汗浸得能拧出水来；对水泵架设与撤收项目，为了节省几秒，只一个收水带的动作他就能反复练习上百次；为了完成好综合体能竞技项目训练，他“承包”了一个假人，训练时一背就是一上午……凭着这股不服输的劲儿，最终张贵良不负众望，斩获了大队级指挥员项目第一名，荣立个人二等功。在他的带动下，该大队训练水平快速

左图为指战员到古田会议会址开展“学训词、铸忠诚、创新业、立新功”主题教育配合活动；右上图为指战员转战火场；右下图为跨区增援广东佛山森林火灾佛山市凌云山攻坚战

提升，先后有5人次参加比武取得好成绩，荣立三等功。

一个支部就是一座堡垒，一个小组就是一道防线，一名党员就是一面旗帜。2019年5月16日，福建省连城县揭乐乡发生洪涝灾害。灾情就是命令，上杭大队奉命前往现场救援。因山体滑坡，机动道路被堵塞。大队立即成立一支总共20人的党员突击队。张贵良带领党员突击队以徒步方式奔赴受灾地。一开始，不断有群众劝说他们放弃，说"道路不通，又危险又远，明天你们也到不了"。但队员们克服种种困难，仅用了不到4个小时就徒步前进20余公里，抵达受灾最为严重的魏寨村。到达魏寨村后，他们立即展开救援行动。队员们先后转移群众32人，清理淤泥沙石约2吨，清理塌方点20处，疏通道路14公里。

2019年12月5日，广东省佛山市发生森林大火，该大队在上级统一调度下实施增援任务，55名指战员纷纷请战。7日6时30分，在乘车11个多小时到达现场后，队员们穿着厚重的灭火服，背着30多斤的灭火装备，手脚并用艰难爬行3个多小时才抵近火线。由于林内可燃物较多，树冠火、地表火交错燃烧，火头达2米多高，距离火线10多米就能感到热浪灼人。面对熊熊烈火，大队果断采取"远程接力供水""单点突破、接力推进""分段合围"等战法展开扑救，并成立党员攻坚突击队。张贵良带领突击队员打火头、攻险段，为夺取火场西线胜利起到决定性作用。四天三夜的战斗，大多数队员没洗过一次脸，没睡过一个安稳觉，手和脚都磨出了血泡，防火服上挂着一层厚厚的盐渍，被烟火熏成了黑灰色。

2021年1月14日晚，福建省龙岩市新罗区东宝山发生森林火灾。该大队35名指战员负责扑打火场西北线。根据火场态势，大队党委决定采取以水灭火和常规风力灭火方式，全体党员干部带头到一线靠前指挥，打火头、攻险段。指战员们经过4个小时的鏖战，成功将大火扑灭，守护住了他们身后的青山绿树。

"实践证明，只有在实战中'淬火'，才能锻造一支刀山敢上、火海敢闯的应急救援铁军。"张贵良说。

作者：黄敬棋　摄影：童鹏程

四川省眉山市消防救援支队

奋进新时代　书写新答卷

指导社会单位消防安全工作　摄影：袁吕

链接：20多年的建队历程，眉山消防曾先后高质量承办了全省消防救援队伍资产与预算规范化管理、基层党建工作和规范执勤战备工作三个省级现场会，"眉山会议"和"眉山经验"成为全省消防救援队伍闪亮的名片。圆满完成了各项急难险重任务，持续确保了火灾形势和队伍管理"两个稳定"，多次受到上级表彰。2004年、2011年、2018年被市政府荣记集体二等功；2009年被公安部消防局评为全国勤政廉政先进单位；2011年被公安部评为全国公安现役部队先进基层党组织；2012年被公安部评为全国"清剿火患"战役选工作成绩突出公安消防支队；2013年在四川芦山"4·20"7.0级强烈地震抗震救灾中被公安部荣记集体三等功；2013至2016年支队在省政府消防工作考核和省厅、总队领导班子考评中连续4年取得双先进。特别是2017年4月，省政府通报表扬眉山成为"全省首次、全省第一、全省唯一"的连续四年消防工作目标考核为"优秀"的市州。

2018年11月9日，一个具有划时代意义的特殊日子。原公安消防部队、武警森林部队转制组建国家综合性消防救援队伍。这天，习近平总书记在人民大会堂为这支队伍授旗并致训词。消防队伍作为应急救援的主力军和国家队，承担着防范化解重大安全风险、应对处置各类灾害事故的重要职责，"对党忠诚、纪律严明、赴汤蹈火、竭诚为民"，这"四句话方针"是党对包括消防队伍在内的国家综合性消防救援队伍的严格要求，指引着这支全新的人民队伍举旗定向、踏上征程。

2018年12月29日，眉山市消防救援支队举行迎旗、授衔和换装仪式，市委书记慕新海出席仪式并讲话，60名身着新式"火焰蓝"制服的消防救援指战员整齐列队接受检阅并振臂庄严宣誓，眉山消防救援这支全新队伍再受洗礼、践行使命、砥砺出征。

从"橄榄绿"到"火焰蓝"，眉山市消防救援支队蹄疾步稳地推进消防队伍改革，圆满完成了身份转改、职级套改、授衔换装与职责交承。沐浴党的关怀，肩负人民重托，眉山消防救援队伍以"四句话方针"为指引，在各类灾害事故救援中扛起主力军大旗、担起国家队重任，锤炼经得起各种考验的过硬消防救援队伍，书写出无愧于党、无愧于人民、无愧于新时代的崭新答卷。

对党忠诚，夯实根基吹响"集结号"

始终对党忠诚就是要坚持党的绝对领导，增强"四个意识"，坚定"四个自信"，全面贯彻新时代中国特色社会主义思想，坚定理想信念，坚决维护党中央权威和集中统一领导，坚决听从党的号令，永远做党和人民的忠诚卫士。

眉山消防救援队伍来自于特别能战斗的消防部队，有着光荣的传统和优良的作风，历经无数次消防救援战斗洗礼，为保障人民群众生命财产安全、促进眉山经济社会发展作出了突出贡献，他们在各种生死考验中印证了对党的无限忠诚。

眉山市委、市政府高度重视消防救援队伍建设，市委常委会、市政府常务会多次专题研究。市政府常务会审议通过了《眉山市化工企业专业应急救援队伍建设和运行管理方案（送审稿）》，市政府例会专题学习2019年全省消防工作电视电话会议精神。市目标绩效办首次将全市消防工作目标任务纳入市委、市政府目标绩效考核。

市委书记慕新海调研柳江古镇消防站建设，市委副书记、市长罗佳明调研支队消防转制，市人大常委会主任刘十庆调研支队队伍建设，市委副书记黄剑东慰问一线消防救援指战员，市委常委、常

川西战区（眉山）化工灾害事故处理演练现场　摄影：袁吕

务副市长祝云专题听取消防工作汇报，副市长唐宏、罗毅率队开展消防安全检查，省消防救援总队总队长刘赋德来眉检查指导工作，省消防救援总队政治委员农有良慰问抗震一线指战员……

这一切，无不凝聚着各级党委政府和消防救援总队对眉山消防救援事业和全体指战员的关心关怀，一大批涉及消防规划、队站建设、装备配备、火灾防治、应急救援等重大事项得到有力解决。

眉山市消防救援支队党委始终以习近平新时代中国特色社会主义思想和“四句话方针”为引领，认真贯彻“敏锐研判、主动预防、实力应对”工作理念，以健全体制机制、培养人才队伍、提升能力素质、夯实基层基础、推动信息化建设为重点，全面提升防范化解重大安全风险、应对处置各类灾害事故的能力水平，全面实现“两个稳定”目标，切实推动了全市消防救援工作和队伍建设实现新发展。

走进抗战烈士纪念馆开展“不忘初心、牢记使命”主题教育党日活动，走进红色革命基地学习“红军精神”，走进烈士陵园祭奠革命英烈，走进虞允文丞相墓开展爱国主义教育；重温入党誓词，表彰“两优一先”（优秀共产党员、优秀党务工作者、先进基层党组织）……眉山市消防救援支队在持续加强党的建设中锻造忠诚“压舱石”，在夯实理想信念根基中吹响忠诚“集结号”。

以“防风险、保平安、迎大庆”为主线，眉山市消防救援支队持续开展了文物古建筑、电动车、高层建筑等消防安全专项整治行动，先后部署完成了春节、元宵、两会、2019 东坡国际半程马拉松、“文化 2030 城乡发展：历史村镇的未来”国际会议、春节央视“东西南北贺新春”分会场、首届“百舟竞渡迎端午”集中展演以及消防运动会的消防安保任务。

仅 2019 年上半年，眉山市消防救援队伍共检查单位场所 4548 家，发现并督促整改隐患 9483 处，办理行政处罚案件 167 起，临时查封场所 34 处，罚款 104 万元，责令“三停”单位 41 家。

眉山市消防救援支队多次就职能拓展、装备建设同财政部门进行沟通，并就有关情况进行汇报，进一步夯实基层基础建设。目前，东坡区崇礼、仁寿县黑龙滩和视高一级消防站，彭山区青龙特勤消防站等已经陆续启动建设。

纪律严明，改革大考书写“满意卷”

做到纪律严明就是要坚持纪律部队建设标准，弘扬光荣传统和优良作风，严格教育、严格训练、严格管理、严格要求，服从命令、听从指挥，集中统一、步调一致，用铁的纪律打造铁的队伍。

眉山市消防救援支队党委面对消防改革转制这场政治大考、作风大考、纪律大考、能力大考，始终将学习践行训词作为贯穿全年的首要政治任务，采取中心组学习、书记上党课、专家作辅导、典型讲事迹等形式抓好学习贯彻，组织干部前往浙江、贵州考察学习智慧消防、信息化、石化专业队、山岳救援队建设。

为了进一步锤炼应急救援能力，眉山市消防救援支队 2019 年年初就制订了全年训练计划和奖惩办法，设立专项奖励经费，实行全员训练成绩全年拉通排名，定期对机关和大队干部、中队全体指战员进行考核。同时派出 10 名队员赴浙江、青岛参加山岳、水域救援培训，建立了高层、水域、地震、化工等 5 类专业攻坚班组，成立了为期 3 个月的尖兵集训队和达标集训队，聘请专业教练全程跟训。

国家综合性消防救援队伍“实行严肃的纪律、严密的组织，按照准现役、准军事化标准建设管理”，这“两严两准”始终是眉山消防救援队伍的行动标准，军人的雷厉风行深入骨髓，“服从命令，严守纪律”的铮铮誓言响彻耳畔，过硬的作风、严明的纪律，保证了每一名消防指战员步调一致、忠诚履职。

2019 年 9 月 13 日 20 时 18 分，东坡区消防救援大队万胜专职队接到指挥中心通知，东坡区三苏乡伏龙佳源菜市场与原省道 106 线交叉路口发生车辆碰撞交通事故，有人员被困。接到警令后，万胜专职队出动一辆消防车和 7 名消防救援指战员，不到 10 分钟就赶到事发现场展开救援。

事故出租车驾驶员被困驾驶室，车头严重受损，车门严重变形无法正常开启，指战员经过勘察，对驾驶室车门采取液压多次多角度扩张，车门被一点点打开，不到 9 分钟就将被困驾驶员救出，成功快速完成整个抢险救援任务。因为消防救援指战员的快速反应、协同作战以及熟练运用抢险救援器材，挽救了驾驶员的生命。

像这样的救援行动对于指战员来说如同家常便饭。化工企业灭火救援实战演练，大型综合体实战演练，油库和国家粮库灭火实战演练，交通事故处置演练，横渡救援实战演练，地震狭小空间救援实战演练，高桥救援实战演练，水域救援实战演练，地震垮塌现场实战演练，全市综合性消防救援队伍业务技能大比武，全省首批新招录消防员无齿锯训练和体能训练，消防员职业技能鉴定赛，全省精英对抗赛……

眉山消防救援队伍在各种急难险重救援任务的考验中扛起如山使命，在改革的大考中书写满意答卷！

赴汤蹈火，抢险救援绽放“火焰蓝”

敢于赴汤蹈火就是要时刻听从党和人民召唤，保持枕戈待旦、快速反应的备战状态，练就科学高效、专业精准的过硬本领，发扬英勇顽强、不怕牺牲的战斗作风，刀山敢上，火海敢闯，召之即来，战之必胜。

赴汤蹈火、追求卓越是眉山消防救援队伍不变的誓言，哪里需要就奔向哪里！

他们说，不论消防体制如何改，但是消防队伍灭火救援的职能绝不会变。

2019年6月17日22时55分，宜宾长宁6.0级地震发生后，眉山市消防救援支队快速反应，日夜兼程赶赴灾区驰援。凌晨1点52分，行进途中的眉山市消防救援支队接到最新指令：赶赴地震受灾严重的长宁县梅硐镇救援。救援队伍随即从银昆高速宜宾南出口驶离高速，继续向目的地进发。经过6小时疾驰，早上6点20分抵达指定地点。

上午10点，当地居民黄亚秋为眉山消防救援指战员送来矿泉水和食品，她说："我在眉山工作，这次回家休假，正好遇上地震。今天天不亮就看见眉山消防救援支队前来救援，让我十分感动，感到格外亲切！"

黄亚秋此举温暖了一线的眉山消防救援指战员，激发了他们全身心投入地震救援和抢救灾民生命财产，同时也折射出眉山市消防救援队伍在广大人民群众心中的"忠诚卫士"形象。

此次救援是改制后眉山消防救援队伍参加的第一次大型地震救援，支队在第一时间快速响应，迅速集结全勤指挥部、通信前突分队、地震救援队、宣传分队、战勤保障分队等13车67名指战员连夜奔赴灾区，把伤亡和损失降到了最低。

地震无情，人间有爱。在水与火的救援现场，眉山消防救援队伍活力四射绽放"火焰蓝"。

2019年7月22日凌晨开始，丹棱县境内普降大暴雨，其中张场大田坎村最大降雨量达243.3毫米。暴雨导致安溪河水暴涨，仁美、张场、双桥等场镇进水被淹，部分群众被困。当地紧急启动的防汛应急响应从Ⅳ级升为Ⅲ级。眉山市消防救援支队闻讯而动，出动4台冲锋舟、2只皮划艇等防汛救灾物资投入抗洪抢险战斗。

"好多年没有发过这么大的洪水了，太吓人了！"仁美镇张姓村民焦急地说，他家就在公路边上，如今房屋已被淹，家里还有卧病在床的老母亲，两头生猪也在嗷嗷嚎叫。

消防救援指战员迅速用冲锋舟载着张姓村民驶向他家抢险救援，淌过齐胸恶臭的洪水，从被淹的房屋里背出老母亲后，两头生猪也被转移到了安全地带。随后，消防救援指战员在张姓村民的感谢声中乘着冲锋舟驶离，驶向洪水较深的区域转移群众和物资。

当日10点过，安溪河洪水持续暴涨，仁美镇中心村积水达1.5米深，20多名群众被困家中。眉山市消防救援支队和丹棱大队指战员紧急赶往并救出被困群众。"洪水涨得太吓人了，真的感谢消防救援的同志把我救出来，没有他们的救援我肯定无法逃出来，因为洪水都涨到齐肩膀了，真的好吓人！"被救的中心村村民罗申慧说道。

7月24日上午，因连续强降暴雨，仁寿县视高镇5名群众被困家中，其中一名婴儿突发高烧需紧急送医。市消防救援人员接到报警后到达现场分成两组，一组搭成人墙护送婴儿，另一组将4名被困群众护送至安全地带。由于洪水过大，消防救援人员只能手牵手靠近被困群众。随后又将泡在洪水中的群众车辆转移至安全地带。

2019年1月6日，眉山市消防救援支队彭山大队接到群众报警称水印长滩小区发生火情，立即出动2车12人前往处置。指战员到场后，发现实际火情地点为临近小区南湾风景。由于道路堵塞，消防车辆无法通行，消防队员携带救援装备奔跑前往火场施救，火情迅速被成功处置。就在处置接近尾声时，一名消防救援队员因运动量过大体力透支，出现低血糖现象导致昏迷，后经救治脱险。

"火焰蓝"，火焰燃烧的极品之色，它是改制后消防救援人员的制服之色，代表着消防救援队伍追求卓越的品质。急难险重，眉山消防救援队伍冲锋在前；赴汤蹈火，眉山消防救援队伍在所不惜！

竭诚为民，当好人民群众"勤务员"

永远竭诚为民就是要自觉把人民放在心中最高位置，把人民褒奖作为最高荣誉，在人民群众最需要的时候冲锋在前，救民于水火，助民于危难，给人民以力量，在服务人民中传递党和政府温暖，为维护人民群众生命财产安全而英勇奋斗。

2019年9月上旬，眉山市消防救援支队白马专职消防队，一面印着"危难之时显身手，使命牢牢记心中"的鲜红锦旗成了最为耀眼的景色。这是白马镇万坡村村民为感谢消防救援人员专程送来的。

8月28日上午，万坡村一位六旬老人不慎跌落深井，白马专职消防队先行赶赴现场进行救援，随后协助百坡路消防中队指战员经过一个多小时的紧张救援将其救出。

9月中旬的一天中午，东坡消防救援大队白马专职消防队接到119调度指挥中心警令称，多悦镇思维村四组一村民家中液化气着火，情况十分危急。群众生命财产安全危在旦夕，白马专职消防队迅速出动一辆水罐消防车赶赴火场。

到达现场后经过勘察，该户村民家中液化气泄漏着火，火势正处于猛烈燃烧状态，虽无被困人员，但随时可能发生爆炸，严重威胁着周围群众的安全。为防止险情扩大，指挥员果断下达战斗命令。

说时迟那时快。只见一名消防救援人员全副武装、徒手拎起着火的液化气罐瓶；另一名消防救援人员协同一起，将着火的液化气罐转移至田间空旷地段；另外两名消防员在道路上警戒，制止群众进入危险地段，直至液化气罐内的气体彻底燃烧，将存在的隐火完全浇灭，确认无复燃后才全员返回。

在这起火灾扑救战斗中，白马消防队参战队员英勇顽强，发扬不怕苦、不怕死、连续作战的作风圆满完成任务，保护了群众生命财产安全，避免了因爆炸导致群众伤亡和财产损失，受到干部群众的交口称赞。

一句感谢看似平淡，一面锦旗看似简单，却凝聚着百姓对消防救援队伍莫大的鼓励。在感谢和锦旗的背后，是更多指战员肩负的重任。这面极具鼓舞士气、振奋人心的锦旗，不仅是对消防救援工作的褒奖，更是对转制后消防救援队伍的肯定。

收到同样锦旗的还有眉山消防救援支队彭山大队。9月5日中午，彭山李密大道一家牛肉馆的女工因操作不慎，手被卡在柴油灶内，彭山消防救援人员立即前往救助，发现该女工被卡的右手臂肘部以下全部伸入柴油灶内已经红肿，经过紧张营救，该女工成功脱险，后送来一面"抢险救危，真情为民"的锦旗表谢意。

竭诚为民不仅体现于人民群众处于危难之际的抢险救援上，还体现于消防救援队伍日常工作中的消防监督以及对人民群众消防安全宣传教育、对灾害事故预防的提醒上。

宜宾长宁地震发生后，市消防救援支队针对地震期间市民防火意识淡薄、火灾隐患加剧等情况，结合消防安全知识编发短信"消防常识永不忘，遇到火情不惊慌，人人把好防火关，有备无患保平安"提醒群众，将消防关爱传送给千家万户，切实提高人民群众消防安全意识。

眉山市消防救援支队联合市市场监管局开展"防风险、保平安、迎大庆"消防安全大检查，深入商场市场、公众娱乐、易燃易爆、人员密集等场所，每到一处均叮嘱单位负责人要全面落实消防安全管理责任，做好每日巡查及疏散逃生，针对发现的隐患立整立改。

更多的还是创新消防安全宣传教育形式并且做到常态化。丹棱县百名萌娃进"红门"，消防体验"零距离"；东坡区消防培训进银行，做好安全"防火账"；洪雅县百名外卖小哥集体摇身一变，个个成了"火灾隐患观察员"；开展消防网格化工作业务培训，开展网格员消防E通培训，消防安全宣传教育"七进"活动在眉山更是如火如荼……

根据《四川消防"放管服"改革十五条措施》，简政放权"做减法"、加强监管"做加法"、优化服务"做乘法"，更好地满足人民群众对消防救援服务的新期盼新需求，眉山消防救援支队在执法为民的道路上积极探索；推进“放管服”改革，眉山消防救援支队当好企业和百姓的“勤务员”。

“新时代开启新征程，新使命呼唤新作为。作为消防救援的主力军，我们将继续发扬对党绝对忠诚、对人民高度负责的优良作风，忠于职守，奋勇争先，奋力书写新时代消防救援事业新答卷，为眉山建设开放发展示范市作出新的更大贡献。”眉山市消防救援支队支队长冉轶表示。

作者：袁吕

四川省雅安市消防救援支队

不忘初心跟党走　牢记使命再出发

到天全县红军纪念馆开展主题党日活动

四川省雅安市消防救援支队（以下简称雅安消防支队）沐浴着改革春风，蒙恩党和人民，扎根巴蜀，立足川西，扬旗蒙顶，荡桨青衣、一路风雨同舟、星夜兼程。用听党指挥践行忠诚誓言，以热血青春谱写着一曲曲红门赞歌。

“对党忠诚、纪律严明、赴汤蹈火、竭诚为民”“四句话方针”是党对包括消防队伍在内的国家综合性消防救援队伍的严格要求，训词凝聚领袖嘱托，旗帜指引前进方向。初心如磐，使命在肩。雅安消防人谨记“四句话方针”，秉持“严肃的纪律、严密的组织，准现役、准军事化”建队标准，内练精兵，外谋打赢，主动化解各类风险，快速应对处置“急、难、险、重”任务，新征程上不言山高路险，新时代里再创辉煌佳绩。

牢记使命勇担当

2019年至今，全市消防救援队伍共出动2106次，出动车辆2624台次，出动救援人员13814人次，火灾扑救486次，抢险救援442次，社会救助774次，救出人员503人。

两年来，雅安消防人始终践行“四句话方针”精神，主动对标“主力军”“国家队”定位，披荆斩棘、乘风破浪，始终保持枕戈待旦、快速反应的备战状态，狠抓“全灾种、大应急、大救援”新背景下的应急救援能力建设，用崭新的面貌，全新的姿态，优异的业绩，书写新时代消防救援事业的“雅安答卷”。

在历次洪涝灾害、泥石流垮方、危化品事故等重大灾害事故抢险救援中，雅安消防服从命令、听从指挥、守正初心、扛旗奋进，出色完成了“2019·6·17”长宁地震增援、“2019·7·7”石棉液苯槽车泄漏、“2019·7·30”石棉轻质油槽车泄漏处置、“2019·8·22”特大暴雨抢险救援、“2019·9·3”二郎山隧道口液化天然气槽车侧翻救援、“2020·3·30”西昌森林火灾增援、“2020·8·11”“8·17”“8·22”雅安特大暴雨抗洪抢险、“2020·8·21”汉源山体滑坡等重大险情任务，用一场场硬仗胜仗，翻开了忠诚担当，涅槃重生的改革篇章。

凝心聚力谋发展

坚持以党建为统揽，始终把加强政治建设、提高政治能力、强化政治领导摆在首位，突出支队党委“主心骨”作用，不断增强斗争精神、积极提升成事本领。

雅安消防支队党委坚持用习近平新时代中国特色社会主义思想和党的十九大精神浇灌队伍、指导前行，紧紧围绕时代主题，通过开设理论培训班、思想政治教育基地化教学和战时政治鼓动等途径，在队伍中不断突出职责使命的时代性、紧迫性，培树队伍职业荣誉感，核心价值观，增强队伍向心力、凝聚力，确保队伍在丰富涵养和提纯信仰中守正初心、定好心神。树立“研究工作必先研究队伍、研究队伍必先研究班子”思路理念，固化“三严三实”“两学一做”活动成果，以推动汉源、芦山等经济相对落后县（区）消防站建设、彻改严道、九襄镇等区域性火灾隐患，科学准确完成城市消防安全评估等为工作重点，将冲出发展建设瓶颈、破解历史遗留问题、化解重大风险难点等作为检验党委班子是否担当作为的唯一标准。

始终坚持“守正创新、跨越发展”工作总基调，牢固树立“敏锐研判、主动预防、实力应对”工作理念，全力推进“两大建设”，上下狠抓“三项攻坚”，努力实现“四个目标”，在接续拼搏中“擦亮初心”、在攻坚克难中“勇担使命”，为地方经济建设贡献消防智慧力量。

强化保障促打赢

综合培训基地、同贯路、和平路等消防站建成使用，壮大了支队基础设施；消防移动指挥车、模块化运输车、快反突击车、宿营车、餐饮保障车等新型救援保障车辆的配备，大幅提升了支队应急处突能力；地震搜救、山岳绳索、水域救援等专业救援队的打造，使雅安消防支队在应对地震、洪涝等自然灾害时更加从容。

雅安消防支队始终坚持“补短板强弱项”练兵方针，树立“外派内引”理念，采取“重点突出，对点帮扶”策略，党委班子带头，开展全员大练兵，分战区、分岗位、分阶段覆盖全体指战员和贯穿全年工作。出台《执勤训练工作奖惩规定》，开设《执勤训练监察通报》平台，每月举办战训大讲堂，开展全员岗位大练兵活动，实行周计划、月测试、季普考，以考促训、以训促管、以考择优，结合各类综合实战拉动演练，有效破解制约战斗力生成的瓶颈问题。

综合治理出新招

雅安消防支队着力构建“政府统一领导、部门依法监督，单位全面负责，群众积极参与”的消防工作体系，推动政府建立完善约谈和问责机制，全面将消防工作纳入地方目标考核和政务督导范畴。

分别与市综治办联合出台《雅安市消防安全网络化管理以奖代补实施办法》《雅安市消防安全网络化管理线索信息奖励市级专项资金管理办法》，创先打造市级应急消防救援科普教育基地，全面开启物联网远程监控、电气化火灾监控、网格化动态管理等物防技防管理新模式。联合8部门开展10类重点行业、9类突出风险专项整治，积极推动重大和区域性火灾隐患的整治。全市连续28年

左图为 2020 年 7 月，雅安市人大对各区县消防工作开展调研；右上图为雅安市消防救援支队消防指战员进行常规性队列训练；右下图为 2019 年雅安市普降暴雨，全市 6 县 2 区不同程度受灾，洪灾中消防指战员在芦山大川徒步 18 公里对游客进行疏散转移

未发生较大以上亡人火灾事故。

雅安消防支队严格按照中央“简政放权、放管结合，优化服务”要求，坚持“以人民群众为中心”原则，创新出台“10 条便民服务措施”和 9 项配套制度，通过精简办事流程出台便民举措，提升服务质效，改进窗口人员形象作风，提高群众满意度好评。不断扩大消防行政审批（备案）事项社会化宣传，人性化监督执法以及透明阳光办事程序，让人民群众充分明白办事途径、信赖办事时效、满意办事服务。利用意见箱、反馈表、电话回访等倾听、搜集群众意见心声，积极改进工作不足，检视整改群众反映的突出问题，切实做人民群众的好公仆、贴心人。

队伍建设显成效

全市 8 个思想政治教育基地领跑党史军史教育，机关队史馆、消防站荣誉室用身边人身边事激励队伍献身使命，基层党员活动室又为组织生活开辟阵地。基层星级俱乐部，主题书吧充实队伍精神文化生活，“学习强国”“消防之家”、网络读书班等学习平台进一步打牢指战员思想理论之基。市委党校前沿党课班，夹金山干部学院培训以及各业务部门岗位练兵比武初见成效。队伍上下主动追寻理想之光，始终紧握信仰之力。

全市 4 个大队、2 个站分别创成市级（最佳）“文明单位”、市级“青年文明号”，和平路特勤站成功创建省级“青年文明号”并获得 2019 年度四川省抗击重大自然灾害先进集体，宝兴县消防救援大队承办的“夹金山下的应急通信轻骑兵”项目在第五届中国青年志愿服务项目大赛全国赛中获得省赛金奖、国赛铜奖。推动市委、市政府出台《关于贯彻落实＜国家综合性消防救援队伍职业保障实施细则＞若干措施》，进一步拓宽我市全体消防救援人员（含政府专职队员及消防文员）享受到各项优待政策。

历年来支队先后高规格承办全省消防“361”党建工作现场会、后勤工作现场会、火灾事故调查案例研讨会、川西片区化危品泄漏交通事故处置拉动演练，“利剑 -A”和“蓝色使命”地震救援拉动演练、全国消防应对大震大灾极端条件下应急通信保障力量建设现场会和“2020·6·1”省级“轻骑兵”前突小队和志愿消防速报员队伍建设工作推进会等重大活动，消防员指战员创作的微电影《初心》《烈焰青春》《歌唱祖园》《国庆我在岗》主题 MV 及主题大型文艺汇演引发社会关注，极大促进了专业提升和多维展示了雅安消防品牌。

建队以来，雅安消防支队共荣膺集体一等功 1 次，二等功 3 次，三等功 2 次，指战员获个人荣誉称号 1 人，一等功 9 人，二等功 20 人，三等功 141 人。基层干部吴小波曾被央视提名“最美消防员”；罗川滨当选共青团十八大代表；朱曾华研发的救援设备获全国消防部队发明创新一等奖；李佳被评为“火凤凰杯”全国优秀科普工作者；消防员亢杰救人视频点赞刷爆抖音和朋友圈。

昂首阔步再出发

积极抢占综合性消防救援事业“发展元年”历史先机，切实凝聚精力到谋事创业，坚持领跑争先的制胜策略，筑牢风险化解铜墙铁壁，打赢急难险重时代战争，在守护雅州百姓安宁和绿色发展示范市创建中再立新功。

风劲帆满正起航，重任千钧再奋蹄。雅安消防支队将继续以习近平新时代中国特色社会主义思想为指引，深入学习贯彻训词精神和党的十九届二中、三中、四中和五中全会精神，忠诚履行党赋予我们的职能使命，不断巩固深化“不忘初心、牢记使命”主题教育成果，提升为民办事解难本领，科学研判辖区火灾形势，以队伍安全和善谋打赢确保“两个稳定”，切实增强人民群众获得感、幸福感和安全感，积极探索一条特色引领的“雅安路子”和追寻一个稳中求进“雅安速度”，在内涵发展中打造“雅安品牌”。全面落实总队党委决策部署，团结带领全体指战员以新的发展理念引领发展、以新的改革举措牵引发展、以新的奋斗姿态推动发展，推动雅安消防救援工作和队伍建设在正规化、专业化、职业化方向上实现新发展、开创新局面。

作者：雅安市消防救援支队纪保督察科干事李铭峰，雅安市消防救援支队司令部办公室主任朱曾华

供图：雅安市消防救援支队

雅安市消防救援支队指战员驰援宜宾长宁“6·17”地震灾区安全归建后合影留念

云南省昭通市水电移民工作办公室

为移民群众建一个温暖的家

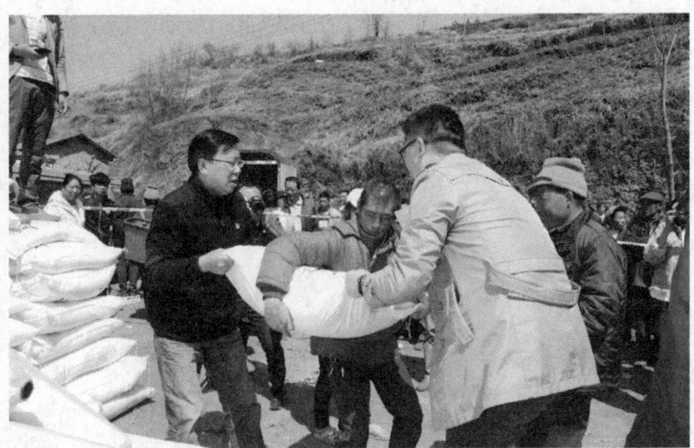

党组书记、主任王军（左一）一行为昭通市巧家县炉房乡炉房社区困难群众发放春备耕物资　摄影：张长艳

“移民的事，就是我们的事，作为移民群众、作为移民干部为国家重大工程建设，舍去小家，舍去乡愁，让人感动不已。”走进暖意融融的市水电移民工作“移民之家”接待大厅，云南省昭通市水电移民工作办公室党支部宣传委员罗明丽深有感触地说，“党支部就是一个温暖的‘家’，要让每一位进来办事的移民群众或移民干部感受到家一般的温暖。”

把移民装进心里

昭通市水电移民工作办公室党支部现有在职党员22人，因单位名称变更，于2019年6月选举产生了新一届支部班子。

立足于“支部是我家”的理念，昭通市水电移民工作办公室结合自身环境场地优势，充分彰显移民文化内涵，把党建工作与文明单位创建工作有机融合。以蓝色为主色调，划分区域设置不同主题，打造院墙文化、楼梯文化、楼道文化、室内文化，让一桩桩感人的事迹、一张张温情的笑脸，一次次零距离的碰撞，把空白墙变成了亮丽的风景线。

建好移民之家、党员之家、职工之家等功能性活动场所，充分利用发挥好各类场所作用，把移民文化根植于心，让党员在耳濡目染中接受党的教育，感受身为移民干部的自豪感和幸福感，真正实现了视觉有色彩、单位有温度、干群有活力。

大家都深切地感受到移民部门是一个温暖的大家庭，支部党员干部与群众的凝聚力进一步得到增强，干事创业的工作热情进一步得到提升，特别是白鹤滩移民搬迁安置协议仅用一个多月的时间就完成总量的99.73%，溪洛渡、向家坝水电站移民项目设计变更报告送审率达94.9%。

围绕“移”字做文章

昭通市水电移民工作办公室围绕移民抓党建、抓好党建促发展的思路，着力打好学习宣传、服务管理、移民文化、支部活动“四张牌”，围绕“移”字做文章，思想上亲近移民，行动上靠近移民，用组织凝聚人心，用榜样鼓舞力量，用苦水、汗水、泪水换得移民群众搬进新区，确保搬得出、稳得住、能致富，用实实在在的行动推翻了干群之间如城墙般结实的“心墙”，真正实现依法移民、政策移民、阳光移民、和谐移民。

2003年，随着向家坝、溪洛渡水电站云南库区封库令的下达，移民搬迁安置工作正式拉开序幕。全市克服时间紧、安置任务重和移民实施规划滞后、移民安置政策迟缓等重重困难，创造了1年完成绥江新县城和5个新集镇300多万平方米房建，2个月完成6万移民搬迁、1个月完成库底清理的移民工作奇迹，按时完成了向家坝、溪洛渡水电站11.18万移民的搬迁安置，确保了两站如期下闸蓄水发电。

服务管理网格化

16年来，昭通市已建成和在建的各型水利水电工程共计481个，已实施移民搬迁安置20.42万人，移民任务之艰巨，居全省第一，如何破解移民这个天下“第一难事”。

工作剪影。左图为网格长华卫国副主任带领网格党员深入一线与乡、村干部及天麻种植合作社群众开展座谈交流　摄影：张树华；右上图为王军主任一行调研C区滑坡治理工程　摄影：何吉友；右下图为支部书记带领党员深入珠泉社区开展法治宣传　摄影：罗明丽

移民搬迁安置工作是移民工作的开局，是后期扶持的基础，也是库区维稳的源头。为方便开展学习宣传，党支部在用好云岭先锋APP、学习强国APP等学习平台的基础上，积极创建属于自己的“一群一公众号一平台一视频”，即微信群、昭通移民公众号、昭通水库移民信息平台、视频作战系统。利用“微信群”对党员干部定期推送学习内容；利用“昭通移民公众号”对全市移民系统党群干部定期推送移民安置政策、后期扶持政策、学习资料等；利用“水电移民信息平台”收集移民信息、宣传移民政策；利用“视频作战系统”定期召开视频会议，实时切换画面了解安置点建设进度，并与移民干部和移民群众进行互动交流学习，既节省了时间又缩短了空间距离，实现了全方位、多角度宣传移民政策，充分营造了良好的学习氛围。

为充分发挥移民部门的“服务、管理”职能，昭通市水电移民工作办公室通过建立“党建引领、服务保障、溪洛渡电站、向家坝电站、白鹤滩电站、中小水利水电、脱贫攻坚”等7大网格，服务移民安置、后期扶持、脱贫攻坚等工作。实行网格化服务管理，配备了7名网格长，网格长由分管领导兼任，党员根据职能分布于不同的网格中。同时，根据职能把非党干部也划入网格中，做到网中有格、格中有人，人在网中走、事在网中办，充分发挥党建引领作用，确保了各项工作有条不紊地推进。

“一切为了群众、一切依靠群众，从群众中来，到群众中去。”在昭通市水电移民工作办公室大楼的前院里，用蓝色基调布置着溪洛渡水电站、向家坝水电站等全市重要水电站磅礴大气的图画。每一幅图片上都有一句经典名句，激励着全市20多万移民群众及移民干部奋勇向前。

作者：彭念敏、罗明丽

甘肃省嘉峪关公路局

扎根戈壁　筑就通衢大道

除雪保畅　摄影：张艺坤、叶秦显

嘉峪关阳关路，通往著名景区“嘉峪关关城”城楼

“八棵树精神”是深入践行习近平总书记生态文明思想，牢固树立“绿水青山就是金山银山”理念的典型案例，是甘肃省嘉峪关市推进生态文明建设的生动实践，是与“不忘初心、牢记使命”主题教育深度融合的鲜活教材，是一代代养路职工发扬“默默无闻、无私奉献”的“铺路石精神”创造的宝贵精神财富，也是以嘉峪关公路局生动的创业实践为基础，以公路人为代表的群体精神的高度概括与升华。

作为嘉峪关市三大城市精神之一，“八棵树精神”为西北工业、经济社会的发展，为酒钢公司的建立发展提供了强大的智力、动力支持。它不仅是力量和智慧的凝结，更是嘉峪关全市各级单位和广大市民高尚的思想取向和价值选择，是推动甘肃省公路事业发展和加快甘肃交通运输融入“一带一路”建设，打造文化枢纽技术信息生态“五个制高点”的巨大精神动力。

八棵树，栽下第一抹绿和希望

1952年，以养路工郑占乾为代表的新中国养路工人，在戈壁深山开路、护路、养路。工作之余，他们在嘉峪关干旱、少雨、土地瘠薄的荒漠戈壁，种下了十几棵杨树。这些杨树顶风冒雪、顽强生长，最终成活了8棵，成为嘉峪关这个新兴的现代化工业旅游城市的第一抹绿，也象征着嘉峪关公路人顽强不屈的性格与品质。

经过一代又一代嘉峪关人不懈奋斗、艰苦创业，嘉峪关市生态文明建设取得丰硕成果。截至2018年，嘉峪关市绿化覆盖率达到40.3%，人均公园绿地面积达到了36.56平方米，人均水域面积达到了27.7平方米，近年来更是相继荣获全国文明城市、中国优秀旅游城市、国家旅游标准化示范城市、国家卫生城市、国家环境保护模范城市、国家园林城市等殊荣。八棵树正是绘就家园建设蓝图中的第一笔。

历经60多年的艰苦创业和奋力拼搏，嘉峪关公路人以“开路、负重、奋斗”的坚定信念，孕育、创造和提炼升华了“扎根戈壁、艰苦奋斗、无私奉献、甘当路石”的“八棵树精神”，在戈壁沙漠上筑就了通衢大道，书写了丝路新辉煌。8棵杨树枝繁叶茂，风华不减，如同矢志不渝的公路人，把青春扎根荒漠，用汗水守卫畅通。这8棵树，是甘肃公路人在恶劣环境中逢山开路、砥砺负重、拼搏奋斗的精神概括，更是建设幸福美好新甘肃的精神写照。

一条路，锻造强大根系与坚固基石

1955年，为适应镜铁山矿的勘探工作需要，甘肃省交通厅根据交通部指示和地区实际，集中力量修建了民众路至镜铁山全长84公里的专用公路（215省道嘉峪关至二指哈拉公路）。祁连山区寒风刺骨、地冻如铁，其中吊大坂地段海拔4000米以上，空气稀薄，气温更低，许多人都不能适应高原反应，而当时的修路工具只有洋镐、铁锹、抬筐等。

八棵树公路文化广场　摄影：张艺坤、叶秦显

面对困难，嘉峪关公路人发扬大无畏创业精神，战严寒、掘冻地、炸石方，不惜忍饥受冻、流血牺牲，仅仅历时两个月就奇迹般地完成了修建任务。1973年嘉峪关公路段成立后，他们又积极参加“民工建勤”、公路施工会战等活动，坚持对辖养公路进行改造和修建，处治翻浆、抢修水毁、保通保畅，为保障酒钢建设、服务嘉峪关经济社会发展方面作出了积极努力和贡献。

在自然条件恶劣、生态环境脆弱的嘉峪关市，新中国第一批嘉峪关公路人扎下根来，不畏艰辛、顽强拼搏，筑就了连接城市和矿山的多条道路，为城市建设与发展默默奉献了毕生精力和心血。这是老一辈公路人筚路蓝缕、艰苦创业的时代缩影，更是一代代公路人所传承和坚守“八棵树精神”的强大根系。

三代人，不改接续奋斗初心使命

几十年来，一代代嘉峪关公路人始终传承“八棵树精神”，秉持无私奉献、甘当路石的初心，本着扎根戈壁、艰苦奋斗的坚定执着，在戈壁荒漠筑就了通衢大道。

近年来，嘉峪关公路紧紧围绕“科技兴路”战略目标，重视“四新技术”在公路养护作业中的推广应用工作，推动日常养护、预防性养护、养护维修工程等各项生产任务按时优质完成，不断在技术革新、技术应用、技术转化上持续发力，着力解决夯实公路养护中的生产重点、技术难点和控制弱点。在路面养护中推广应用了微表处、碎石封层、开普封层、雾封层、SMC温拌改性沥青混合料等6项新技术，在桥涵养护中逐步探索应用了桥梁无缝伸缩缝处治技术、公路桥梁伸缩缝快速修复技术、碳纤维处治裂缝等8项新技术，在维修工程中广泛应用就地冷再生、路肩墙滑模、SMA沥青路面、Su-perpave高性能沥青路面、水泥砼路面快速修补技术等11项新技术。同时研发了降尘式路面吹扫车、车载式锥桶自动收放机、道路防眩网除尘清洗车等新设备。伴随着新技术、新材料、新工艺的应用，公路节能减排、材料循环利用、生态保护等技术的推广，绿色环保养护的意识深入人心。

几十年来，甘肃高速公路从无到有，横贯全境，国省干线公路等级不断提升，路况通行条件不断改善，各类养护机械设备广泛使用，职工生产生活条件显著提高，现代化信息技术应用快速推进，“四新技术”“互联网+公路养护”“养护+保险”等养护新模式日新月异，公路养护事业发展突飞猛进，发生巨大变化，取得丰硕成果。

数十载，见证事业发展祖国富强

20世纪50年代，原西北地质局645队进山找矿的一次远行，在共和国的地图上添加了一个新的地名——镜铁山。由于镜铁山矿的发现，215省道生活物资补给线的打通，才有了西北钢铁基地——酒钢公司的建设发展，才使得丝绸之路上诞生了一座年轻的城市——嘉峪关。这一时期，正是“八棵树精神”的孕育期和成长期。

68年间，从“八棵树”出发，一条条道路通往四面八方，一座座楼房高高耸立，一排排厂房拔地而起。在“八棵树”的映衬下，嘉峪关的戈壁滩上发生了日新月异的变化。

68年来，一代代嘉峪关公路人积极传承发扬“八棵树精神”，精心打造“八棵树精神”公路文化品牌，坚持做到用精神力量引领公路养护事业高质量发展，不断强化“八棵树精神”对于公路养护事业发展的“助推器”作用。

2015年，在8棵树原址修建了公路文化广场，撰写了“八棵树”碑文，初步丰富了“八棵树”的精神内涵。2018年，从领导批示到十论“八棵树精神”，从38家媒体采访团报道到多个专题新闻宣传，再到参与“改革开放40年甘肃交通运输发展成就展”，“八棵树精神”影响力持续扩大。2019年，八棵树公路文化广场被确立为嘉峪关市新时代文明实践爱国主义教育基地，宣传教育功能不断增强，文化软实力不断提升。除此之外，还确定了“八棵树精神”主题宣传日，组建宣讲团为省、市等交通运输系统单位和嘉峪关市委常委会、市属相关单位作“八棵树”先进事迹报告。通过全局干部职工的共同努力，“八棵树精神”被嘉峪关市列为嘉峪关城市精神之一，并在全省交通系统引起较好反响，成为推动嘉峪关公路养护事业向前发展的重要精神力量。

“八棵树精神”，不仅是嘉峪关公路人一直以来传承弘扬的宝贵精神财富，更是嘉峪关公路人深入学习践行社会主义核心价值观，深刻汲取行业精神所提炼升华和一直遵循的价值取向。这样的精神会为公路人、交通人推动交通运输事业高质量发展、加快建设交通强国注入源源不断的精神动力，为全国交通运输行业乃至社会各行各业、各地区所借鉴、学习和参考。

安徽广播电视大学池州分校

坚持不懈抓党建 规范服务促发展

2019年4月，安徽广播电视大学池州分校召开思政课教师专题座谈会 摄影：周昕瑞（安徽广播电视大学池州分校教师）

安徽广播电视大学池州分校（以下简称池州电大）在市委、市政府和市委教体工委的坚强领导下，以习近平新时代中国特色社会主义思想为指导，全面贯彻党的教育方针，认真落实立德树人根本任务，坚持学历教育与非学历教育并重，为地方经济社会发展做出了应有贡献。2020年获评省第十二届文明单位，2019年获评省卫生先进单位，多次获评全省电大系统办学先进单位。

领导组织有力，理想信念坚定

按照推进基层党组织标准化建设要求，制订党支部年度工作计划，落实“三会一课”、主题党日活动等日常工作，坚持做到按计划实施，组织过程有记录，及时建立档案。认真开展“不忘初心，牢记使命”主题教育。加强意识形态工作，开展每季度一次的新时代文明实践活动，通过短信平台向全体学生开展社会主义核心价值观宣传教育，通过思想政治课传递正能量，积极营造向上向善的氛围。持续开展“扫黑除恶”和防范校园传教工作。多人次获评市“优秀共产党员”“优秀党务工作者”。总结出做好党建工作必须过“五关”的经验：一要过“境界”关，即境界引领；二要过“规范”关，即规范操作；三要过“结合”关，即学做结合；四要过“创新”关，即守正创新；五要过“坚持”关，即坚持不懈。

助力脱贫攻坚，携手同奔小康

按照市委、市政府要求，安排一名副校长和一名工作人员驻东至县塘和村开展脱贫攻坚工作。中层以上干部坚持开展常年走访贫困户活动。累计为塘和村发展村办企业和莲湖村修路资助近30万元。为张溪镇村干部免费进行计算机培训，并免去塘和村干部参加开放教育的学费。开展党课送村活动，以《新时代党员农民的追求》为主题的讲座受到农民党员的欢迎。对患慢性病的贫困户徐桂林进行救治并承担了大部分医药费，现已基本康复。

积极开展创建，展现文明形象

持续开展文明创建工作，通过职工政治学习传达上级指示精神，通过短信平台向学生宣传文明创建相关知识。积极开展创建全国文明城市省级卫生城市活动，宣传并组织开展垃圾分类工作。倾情做好双拥工作，向市武警机动中队开展开放教育上门服务活动，组织开展读书交流、课件制作项目培训服务，为即将退伍士兵举办职业规划讲座，为军人及其配偶参加学历教育提供优惠。

建设校园文化，营造育人环境

校领导既注重文化理念的选择设计，又注重宣传和落实，确立了“有教无类，学无止境”的办学理念、“开放无限，求知有我”的校训。持续开展面向师生的时政宣传活动；开展红色基因传承教育、八一拥军慰问、九九重阳敬老等活动；参加省校职工体育比赛、市绿色运动会马拉松比赛等；参加市志愿者活动、义务献血等；在校园网开设“校园文化”栏目，2019年，校网站被评为市文明网站。

围绕教学中心，保持招生稳定

开放教育招生维持较高水平，年招生数占全市常住人口比平均达16‱，位于全省电大前列，远高于全省8‱的水平。教学管理稳步推进，坚持以学习者为中心，以问题为导向，深入开展守底线防风险教育；重视师资培养，先后多批次安排教师参加国家开放大学等相关培训；组织师生参加省校的各类比赛活动，多人次获奖；积极开展网上教学，国开学习网运用持续推进；教研工作同步开展，完成多项课题研究，发表学术论文多篇；开展经常性业务培训交流，多次获评省电大系统招生先进单位，2018年荣获省电大系统首届先进教务集体称号；奥鹏教育及与安徽农业大学合办的“一村一名大学生”工程同步开展。

发挥平台优势，开展培训服务

普通话测试每年约2000人次，与安徽大学商学院共同举办税务培训每年约400人次，承接生殖健康咨询师国家职业技能鉴定网上考试每年约100人次。根据县区需要不定期开展社区工作培训，承办市教体局主办的“池州市全民终身学习成果展”活动，承担并完成省老年教育协会、老年教育开放大学老年教育研究课题1个。

加强内部管理，改进工作作风

坚持以教学工作为中心，规范服务促进教育教学质量提升。适时建立并不断完善各项管理制度，党建工作严格按照每月上旬职工政治学习、中旬主题党日、下旬党小组学习顺序依次进行。信息发布工作责任到人，公务盖章实行按程序签名登记备案，学历招生及普通话培训报名采取方便措施，让考生只跑一次。

2018年10月，学校关工委考察城北花园幼儿园 摄影：周颖（池州市城北花园幼儿园教师）

重视群团工作，全面协同发展

工会常态化开展节日慰问和各项文娱活动。校团委经常性开展社区文明创建志愿服务、“青年大学习”网上主题团课、读书交流等活动；校关工委与城北花园幼儿园建立了教学互助关系；保密工作明显加强，保密室配置规范；实施了地下排水管道改造及办公楼外立面维修工程，校园面貌焕然一新；信息化水平再提高，网上教学、发送考试信息已成为开放教育常态；宣传工作力度空前，新闻出稿动作快、质量高、数量大。

上海市嘉定区中心医院

党建领航增效　构筑高质量发展优势

党建共建签约　摄影：顾玉连

链接： 上海市嘉定区中心医院是一所集医疗、教学、科研、预防为一体的二级甲等综合性医院。创立于1947年，2005年成为上海交通大学医学院附属仁济医院嘉定分院，2008年成为上海医药高等专科学校附属医院，2010年成为嘉定区红十字医院，2013年成为山东省潍坊医学院上海第一临床学院，2015年成为上海健康医学院附属医院，2018年成为上海健康医学院直属附属医院，2019年成为上海市首批区域性医疗中心。医院占地面积82235平方米，建筑面积73818平方米，医院核定床位800张，设有31个临床科室，9个医技科室。胃肠外科、麻醉科、心血管内科先后入选市重点专科，放射科为上海市卫健委智慧影像重点实验室，中医康复科为市中医临床优势专科。近3年，获得国家自然科学基金面上项目1项，国家自然科学基金青年项目1项，省部级资助科研课题10余项，国家级教学成果二等奖1项，上海市教学成果特等奖1项，区级以上科研进步奖近10项。医院先后获得“中国医疗机构公信力示范单位”“全国优质服务示范单位”“全国人文管理创新医院”等称号，蝉联“上海市文明单位”五连冠，荣获第二届嘉定区区长质量金奖。

上海市嘉定区中心医院作为区域性医疗中心，承担着嘉定辖区内群众为主的医疗健康服务，按照新时代加强公立医院党的建设总要求，在区委、区卫生健康工作党委的有力指导和正确领导下，院党委始终坚持公立医院公益性，以改革创新精神落实医院党建各项任务，为实现医院高质量发展蓄能攒劲，党建与业务的融合作用充分彰显。医院先后荣获“中国医疗机构公信力示范单位”“全国优质服务示范单位”“全国人文管理创新医院”“上海市志愿者服务基地”等称号，蝉联“上海市文明单位”五连冠。2018年成为上海健康医学院附属医院，2019年成为上海市首批区域性医疗中心。

坚持对标对表，全面加强党对公立医院的领导

*从运转机制上体现党的领导。*在区委及区卫健委领导下，将开展全市首批现代医院管理制度试点工作作为加强公立医院党建工作的重要抓手，通过把党建工作要求写入医院章程，健全细化党委会和院长办公会议议事决策规则、书记和院长沟通制度，对议事决策范围、程序、监督等进行全面梳理和界定，充分发挥党组织把方向、管大局、作决策、促改革、保落实的领导作用。

*从班子配备上强化党的领导。*2019年，院党委严格按照市委文件精神开展党委委员增补工作，保证医院行政班子成员中的党员全部进入党组织领导班子，通过进一步明确职责分工、细化责任清单，确保党的领导真正融入医院管理的各个方面。

*从责任落实上突出党的领导。*健全党建工作责任体系，压紧压实管党治党责任，将公平可及、群众受益作为医院改革发展出发点和立足点，把缓解群众看病难、看病贵问题与推动党风廉政建设与医德医风建设融合渗透，以责任项目化、项目责任化方式深入推进全面从严治党“四责协同”机制，以管党治党的“严、实、硬”转化为补齐医疗卫生工作短板，提升群众健康获得感的有形成果。

聚焦改革重点，着力建设高素质专业化干部人才队伍

*选优配强党支部书记。*优化调整医院二级党支部设置，按照应建尽建原则，使党的工作有效覆盖各类党员群体。选优配强内设机构党支部书记，树立“像培养学科带头人一样培养支部书记”的工作理念，要求班子成员定点联系党支部，实施党务干部全覆盖轮训，完善党建目标责任考核机制，细化支部建设责任目标和任务清单，实行党建、业务工作双重交叉考核，推动党建与业务工作深度融合。

*加强内设机构负责人队伍建设。*根据《党政领导干部选拔任用工作条例》等有关规定，制订中层干部选拔任用办法，健全干部聘任工作全程纪实，党委从制定方案到动议提名、组织考察、讨论决定、公示谈话，各个环节层层把关，注重“德”的甄别、业绩的评价、民意的把握，切实将政治素质过硬、专业技术拔尖、敢于负责担当、乐于奉献服务、具有一定管理能力的优秀同志提拔到中层管理岗位上。

突出党建引领，抓实四个工程推动医院创新发展

*以“支部堡垒”工程激发组织活力。*深化支部亮牌工程和示范点创建，形成“三融三合”等与中心工作深度融合的党支部工作法。在持续深化“护航生命‘救’在身边”等上海市创新医疗服务品牌的同时，充分运用“党建+互联网”模式，实现区内医疗资源的共享，利用远程诊断、远程会诊、远程教育平台和强大的互联网，架设“云端帮扶平台”，实现了与云南德钦县人民医院、青海久治县人民医院的互联互通，开创了精准帮扶的新模式，每年实现云端CT会诊4000多例，并荣获首届“上海医改十大创新举措”提名奖。

*以“素质提升”工程强化党员作用发挥。*深入实施“岗位建新功、党员见行动”活动，创新党员工作室建设，涌现出“医嘉亲”党员工作室等一批市、区级医疗服务品牌及优秀党员志愿服务项目。在疫情防控阻击战中，成立疫情防控党员突击队，全体党员以实际行动践初心、担使命，在援鄂医疗一线、区内医疗救治和标本采样等战“疫”最前沿勇挑重担、英勇奋战，让党旗在疫情防控斗争第

医院党建工作剪影。左图为主题党日活动——援鄂事迹宣讲；右上图为医院“医嘉亲”党员工作室；右下图为医院党建品牌——护航生命“救”在身边 摄影：顾玉连

一线高高飘扬。

以“多维共建”工程实现基层党建内外融合。打造“1+1+X”区域化党建品牌，即1个党支部至少结对1家共建单位，开展“X”种党建共建活动。先后与辖区内30余家单位建立共建关系，形成众多“群众家门口”的党建服务项目，如“健康家园行”“健康加油站”等，有力推动优质医疗健康服务资源下沉。同时，着力建成区域胸痛中心、卒中中心、心衰中心、危重孕产妇救治中心、多发伤救治中心等临床救治中心，及区域放射影像诊断中心、医学检验中心、超声诊断中心、心电诊断中心等集约化医疗服务中心，辐射全区13个社区卫生中心及部分区级医院，整体提高了全区的医疗诊治水平，提升了百姓医疗服务的可得性，助推分级诊疗。

以“文化聚心”工程推动区域医疗服务发展。院党委以落实“改善医疗服务行动”为抓手，通过建立6S管理长效机制、推动叙事医学融入伦理查房等推进医院精细化管理。作为区域性医疗中心，积极构建医联体党建文化共同体，通过党员联学、活动联办、事务联议、服务联抓，更好地服务区域经济社会发展和广大群众健康。

医院党委将以习近平总书记新时代中国特色社会主义思想为指导，更好地发挥党委的领导作用，为建设好让人民满意的医院提供坚实的政治保障。

江苏苏州永鼎医院

一抹红色点亮健康之路

苏州永鼎医院党总支

敬佑生命、救死扶伤，甘于奉献、大爱无疆！在中华人民共和国成立70周年之际，在庄严的党旗下，苏州永鼎医院的医务工作者代表宣誓，铮铮誓言，既是永鼎人的初心，也是永鼎人的坚守，并化作实际行动成为护航吴江人民健康的一股坚实的力量。

“健康是人民幸福和社会发展的基础，是全国人民对美好生活的共同追求。十九大报告中强调要进一步实施‘健康中国战略’，这是以习近平同志为核心的党中央从长远发展和时代前沿出发，坚持和发展新时代中国特色社会主义的一项重要战略安排。”苏州永鼎医院党总支书记黄春富介绍，作为一家民营综合性医院，永鼎医院始终将公益性放在首位，在坚持“服务、促进、引导”的非公有制基层党组织党建理念的基础上，不断健全完善医院“尊重生命价值，崇尚仁爱精神，坚持以人为本，共创和谐未来”的核心价值观，以党建带动医院全面发展，将“全心全意为人民健康服务”的宗旨落到实处。

以党员先锋为核心，打造新时代医务工作者队伍

2007年，苏州永鼎医院正式营业。2008年，医院党支部成立。2016年9月6日，医院党支部荣升为党总支部。经过10多年发展，目前，苏州永鼎医院党总支部共有党员60名，分布于医院发展的各个重要环节和岗位上。

“把骨干发展成为党员，把党员培养成骨干，把骨干培养成学科带头人。这是医院将党建与院建深度融合的重要举措。”黄春富表示，经过近几年的发展磨砺，全院分布在医疗、护理、医技、行政、后勤部门的党员们“亮身份、亮职责、亮承诺”，在政治学习、医疗服务、学术研究、医院改革和建设中充分发挥了先锋模范作用，受到了上级领导部门的表扬和地区百姓的认可，为医院持续跨越发展提供了坚强的组织保证。

尤其是2016年医院将党建品牌纳为医院六大品牌战略的组成部分后，苏州永鼎医院党组织确立了“服务、促进、引导”的非公有制基层党组织党建理念，以“不忘医者初心，牢记健康使命”为党建主题，牢牢抓住“党建”“院建”两条主线，以党建促院建，以院建强党建，发挥党组织的战斗堡垒作用。

苏州永鼎医院现有在职职工858人，其中医生402人，护士339人。在与医院同成长、共发展的过程中，一批优秀的共产党员脱颖而出，成为医院发展的中坚力量。他们不仅带动医院学科发展，也引领全体永鼎人勇担新时代医者的使命与担当。

重温入党誓词

以党建品牌为抓手，打造多元化健康公益服务平台

作为一家医疗机构，苏州永鼎医院自建院之初就承担着区域内医疗健康保障的重要职责。与此同时，自成立党组织以来，医院充分发挥自身医疗资源优势，积极承担社会责任，组织一批医疗专家定期前往各区镇、社区、学校、企业、老年大学等开展爱国卫生、健康义诊、专家讲堂、慢病防控、疾病筛查等志愿活动，以实际行动践行为人民服务的宗旨，也顺应了上级党委提出的党建工作应遵循“发挥行业优势、培育党建品牌、服务百姓健康”的要求。

十多年的坚守与付出，“百名医生下基层”“天使先锋岗”等党建品牌深入人心。其中，“百名医生下基层”活动为党建对外服务品牌，苏州永鼎医院的党员和优秀的医护骨干积极参与志愿者活动，根据受众需求，量体裁衣，推出了自选式健康讲座套餐和义诊等活动形式服务居民。目前，医院与各区镇、社区、学校、企业、老年大学等建立了长期服务关系，确定周期稳定开展“百名医生下基层”公益服务活动。每周，松陵居家养老服务中心都将迎来永鼎医院的医护团队，为这里的老人开展义诊和健康教育活动。每次活动，医院都安排副主任医师和高年资的主治医师各1名、护士2名，开展测血压、血糖和各科医疗咨询，各类义诊活动集中围绕老年人的常见病和多发病，如心血管科、消化科、内分泌科、呼吸科、普外科、泌尿外科、康复科、妇科等，受到老人的欢迎。另外，“百名医生下基层”活动的足迹遍布吴江各区镇，医护人员们走进各区镇老年大学、社区（村），为老年人普及各类保健知识，每季不少于一次为居住在滨湖新城乐龄公寓的成员提供义诊和健康讲座活动。自创立以来，“百名医生下基层”年均保持80余次的活动频率，受益基层群众1万多人次，连续两年被松陵居家养老服务中心评为“松陵居家养老服务中心优秀志愿者团队”。而“天使先锋岗”为党建对内管理品牌，苏州永鼎医院党组织对所有党员实行积分制考核，通过“亮身份、亮职责、亮承诺”，开展了“党员先锋岗”评比；并要求全体党员签订党员服务承诺书，做到带头学习强素质、带头履诺树标杆、带头服务比贡献、带头创新谋发展、带头自律做表率的“五带头”。

“‘百名医生下基层’和‘天使先锋岗’作为我院的非公党建品牌，与中国共产党全心全意为人民服务的宗旨高度契合，深受广大群众的关注与信赖。”黄春富表示，党建品牌建设的过程，同时也是医院医疗水平高超、人才队伍优秀、硬件设备优良的一种体现，党建品牌深入人心，也促进了医院品牌的传播推广，促进了医院品牌知名度和美誉度的提升。党建品牌活动的开展也团结了医院内部各部门、各级的员工，培养了团队的集体荣誉感，激发了内部员工对工作的积极性和热情，加深了员工对工作单位的认可和忠诚度，丰富了医院的内涵建设。

以党建文化为硬核，营造学习型、服务型的医院文化氛围

党建文化作为党建工作的重要内容，在党总支的各项工作推进过程中发挥着重要作用。苏州永鼎医院党总支积极构建党建文化，强调“以党建文化引领医院文化”，通过以学习文化塑造积极与先进、以人本文化促进规范与主动、以阵地文化强化自律与自信，将各支部党员培养成医院核心价值观的践行者、先进医疗技术的佼佼者、优质医疗服务的模范者。

如今，走进永鼎医院，“海棠花红”党建先锋示范阵地格外引人注目。先锋示范阵地建设既装点了医院环境，又弘扬了正能量，

宣传了党建知识，有效提升了党总支的工作自信。与此同时，党员在耳濡目染中也可以不断增强党性修养，推动党员加强自律，营造了“处处是课堂、时时受教育”的浓厚氛围。“先锋示范阵地竣工之后，不仅提升了我院品牌形象，更助力我院党总支与太湖新城所属大型企业开展合作共建的活动。”黄春富介绍，这为推动医院党组织共建工作实现“双促进，共提高”提供了交流的场所与平台。

在党员的思想建设方面，苏州永鼎医院党总支每年按照学习计划，加强理论学习，做好思想党建。通过上党课、专题培训、自学等方式，保持党总支在工作中的先进性。另外，秉承“请进来，走出去”的学习思路，选取不同的红色阵地，每年按计划出行，丰富党员思想，提升党员群众的积极性。

另外，医院党组织还开展一系列人文关怀的活动，强调对人性的理解，坚持以人为本的党总支管理理念，以实现党员的全面发展为目标，从而在党总支的工作中理解人，尊重人，依靠人，培养人，成就人，使得党员在组织生活中感受到自豪与幸福感，进而激发党员的主观能动性与自我约束、自我规范。

值得一提的是，目前，苏州永鼎医院党总支还充分发挥苏州智慧党建信息平台和学习强国App的信息化技术优势，对现有2个党支部的基本信息管理、组织生活纪实以及党员的自我学习进行了精细化、规范化的管理，促进各支部落实“三会一课”、主题党日、组织生活会、谈心谈话等各项制度。在苏州智慧党建信息平台和学习强国App等信息技术的支持下，医院党总支积极开展每年“读一本书、写一篇心得、举办一场演讲比赛”等活动，充实党员的学习内容，丰富党组织的学习形式，建立了积极向上的学习型党组织，以党建文化促进医院学习型、服务型文化建设，强化医院优质品牌。

作者：黄强

广西梧州爱尔眼科医院

党旗领航发展　爱心成就光明

梧州市民营医疗机构党委正式揭牌成立，梧州爱尔眼科医院党支部书记、CEO陈杰当选新一届梧州市民营医疗机构党委书记　摄影：张宝健

链接：梧州爱尔眼科医院成立于2016年5月22日，是爱尔眼科集团设立在梧州地区的一所二级眼科专科医院。曾荣获2020年广西“万企帮万村”精准扶贫行动先进民营企业、广西壮族自治区“爱国拥军模范单位”、梧州市AAA级劳动关系和谐单位、梧州市五一劳动奖状、2019—2020年度脱贫攻坚先进集体、梧州市爱国拥军模范单位。医院党支部曾荣获2016—2017年度梧州卫生系统先进基层党组织、梧州市两新组织党建工作示范点、2019—2020年梧州市卫生健康系统“先进基层党组织”、梧州市“2021年五星级党组织”、“梧州市先进基层党组织”等荣誉称号。医院白内障科先后荣获梧州市“工人先锋号”、广西壮族自治区“工人先锋号”。

医院党支部书记、CEO陈杰梧州市首届新的社会阶层先锋人物、梧州市五一劳动奖章、2015—2019年梧州市“光彩之星”、广西壮族自治区五一劳动奖章、2019—2020年度脱贫攻坚先进个人、梧州市爱国拥军模范、广西壮族自治区优秀退役军人。梧州爱尔眼科医院还培养了一大批先进模范：2016—2017年度梧州市卫生系统优秀共产党员、“梧州市优秀医师”韦志伟，“梧州五一劳动奖章”获得者、“梧州市优秀医师”、2020—2021年度“梧州市卫生健康系统优秀共产党员”李国梁，2016年度“梧州市优秀护士”黎月娟，2017年度“梧州市优秀医技人员”王翠连，“身边最美党员”陈奋勇，2019—2020年度“梧州市卫生健康系统优秀共产党员”江伟玲，爱尔集团2021年“护理服务明星”卢从杰等。

由社会资本、民营上市公司爱尔眼科医院集团股份有限公司投资兴办的广西梧州爱尔眼科医院，成立之初就同步组建了党支部，并由医院CEO陈杰担任党支部书记。广西梧州爱尔眼科医院在发展的同时，始终将党建工作与中心工作紧密、生动地融合在一起，充分发挥专业优势，不断提升医疗服务能力，改善医疗质量，积极开展眼健康扶贫，广泛参与社会公益活动，为梧州的父老乡亲提供专业的眼科诊疗服务。

加强党建工作，党医协同发展

梧州爱尔眼科医院始终坚持党建工作与医疗服务两手抓，以党建促发展，以服务提升医疗质量，党医协同发展。

一是不断夯实各类组织建设。医院成立至今先后组建了党支部、共青团、工会等组织，广大党员和团员同志在各个岗位上主动发挥模范带头作用，共同促进医院向好向上发展。

二是坚持党旗领航促发展。医院党支部始终坚持把党建工作摆在突出位置，进一步完善各类硬件设备，建立党员活动室、党建文化室、远程电教室；定期开展党的组织生活，不断健全“三会一课”、发展党员、民主评议党员、党费收缴管理、党员思想汇报等10余项党内制度；按照“八有”标准加强活动阵地建设，建立基本情况台账，做到“家底清，情况明”。

三是党建工作和医疗服务中心工作紧密结合。医院创建“党员模范先锋岗”，成立党员志愿者服务队，在医院内部开展一系列“以病人为中心”“病患一家亲”等公益活动，积极发挥党员先锋模范带头作用，热情周到为患者提供更加优质的服务，进一步加强党的引领作用，推动医院健康快速发展。

发展是满足病人需求的根本，梧州爱尔眼科医院的目标是成为梧州地区疑难眼病治疗中心，成为梧州地区眼科行业的典范。医院党支部通过学习贯彻党的十九大精神，以及积极参加上级党组织举办的各种学习培训会、专题报告会等活动，不断提高党员干部的政治素养和决策水平，在此前提下努力提升他们的业务素质和技能，有计划地挑选有培养前途、基础比较扎实的党员医师到大医院和爱尔眼科集团进一步深造，使他们成为医院的技术骨干和学科带头人，充分发挥党员在一线服务中的战斗力、凝聚力。

致力公益事业，践行责任担当

医院的发展，靠政府关怀，更靠群众口碑。梧州爱尔眼科医院党支部联合政府有关部门及社会各界共同开展系列爱心公益活动，回馈社会支持。医院与市两新组织党工委、梧州日报社党委共同开展“党旗领航·点亮微心愿”健康扶贫光明行活动，向贫困村认领60户贫困家庭的“微心愿”；参加2018年、2019年梧州市“爱心汇聚温情暖冬”捐赠活动，每年为贫困中小学生捐赠100个价值200元的“爱心暖包”等；经常组织党员和入党积极分子为主的志愿者服务队，深入学校、工厂、社区和农村开展眼健康讲座和眼病筛查，进行服务帮扶，累计开展眼健康讲座7000余场次，惠及群众30万余人，受到了广泛好评；每周二在医院开设“眼健康大讲堂”，周末开展“妈咪课堂”“小小眼科医生体验”“青少年近视防控”“老年人白内障知识普及”等一系列公益宣教活动。宣教活动开展以来，共开设讲堂400余场，受益群众10万余人；通过一系列青少年近视防控公益活动，总共捐赠了4700副近视眼镜，总价值240万元。

紧跟党的步伐，助力健康扶贫

爱尔眼科医院集团作为国内规模极大的眼科医疗连锁机构，在2016年来到梧州后，就勇挑使命、勇担职责。“为光明而来！我们带着先进的眼科仪器和国际水平的先进技术而来，就是要为更多梧州有眼疾的群众，带来康复，带来光明。”梧州爱尔眼科医院CEO陈杰说。

坐言起行！在立足日常业务之余，在梧州市委、市政府和各级各部门的大力支持和帮助下，梧州爱尔眼科医院先后参与了一系列健康扶贫惠民项目：一是由梧州市红十字会牵头，联合多个部门团体共同开展的梧州市“爱眼扶贫送光明联合公益行动”；二是梧州市总工会开展的“职工爱眼光明康复行动”；三是梧州市退役军人事务局开展的“关爱退役军人‘你守护国家，我守护光明’白内障光明康复行动”；四是梧州市民政局联合市扶贫办开展的“白内障光明康复行动”。

自开业以来，通过一系列项目和活动，爱尔眼科医院的爱心洒满了梧州的每个角落！他们用行动践行党的十九大精神，用爱心开展健康扶贫，用实实在在的行动助力脱贫攻坚。截至2021年5月，梧州爱尔眼科医院共开展眼病筛查7000余场次，筛查人数30余万人，其中民政救助患者8058人，救助资金740余万元，市红十字会项目救助患者12843人，救助资金2700万余元，医院减免1250余万元。

爱军拥军优属，共叙军民鱼水情

爱尔集团很多领导都有从军经历，拥军优属是爱尔眼科集团的一贯传统，陈杰便是从部队转业的军医，一直以来都把拥军优属工作摆上重要位置。医院与梧州军分区缔结为“军民共建单位”，积极开展军民共建活动。医院优先安置复转军人6人、随军家属3人，对军人军属开通“依法优先”诊疗通道；在每年的建军节到来之际，到梧州军分区和各县（市、区）人民武装部、武警、消防、工兵团等部队走访慰问，开展军民座谈交流，共叙军民鱼水情谊；与梧州市征兵办联合开展“热血铸军魂、爱尔助从戎”活动，与三个城区建立了征兵初检站，对符合近视手术的应征青年给予大幅度的费用优免。凡属市扶贫办和高校认定贫困青年，凭《入伍通知书》享受免费近视手术；对经过近视手术批准入伍的青年，医院发放“军旅慰问金”每人1000元。医院共为2500余名应征青年开设绿色通道，优先实施了近视矫正手术，减免费用150余万元（其中为40名贫困大学生优免手术费用30余万元），发放军旅慰问金55万元。

各项业绩突出，赢得认可赞誉

这些实实在在的项目活动，展现了梧州爱尔眼科医院技术和服务的优质，普惠到了大众，体现了党委政府对弱势群体的呵护、关心和关爱，是践行“不忘初心、牢记使命”的具体表现。因此，医院得到了党委、政府的信任与认可，得到广大群众的好评。广西梧州爱尔眼科医院党支部于2017年荣获市卫生系统优秀党支部，2018年荣获梧州市两新组织党建工作示范点，2020年荣获2019—2020年梧州市卫生健康系统“先进基层党组织”，2021年荣获五星级党组织称号；梧州爱尔眼科医院党支部书记陈杰被市委统战部、市委宣传部和市两新组织党工委联合评选为“梧州市首届新的社会阶层先锋人物”，荣获2018年“梧州市五一劳动奖章”，荣获2015—2019年梧州市“光彩之星”称号，荣获2020年“广西壮族自治区五一劳动奖章”，荣获2019—2020年度脱贫攻坚先进个人，荣获2020年梧州市爱国拥军模范，荣获2020年广西壮族自治区优秀退役军人；医院荣获梧州市五一劳动奖状，白内障科荣获梧州市“工人先锋号”荣誉。2018年，广西梧州爱尔眼科医院获得梧州市AAA级劳动关系和谐单位，获自治区残联评定为视力残疾鉴定机构和残疾儿童康复救助定点机构；2019年，医院白内障科室荣获广西壮族自治区“工人先锋号”称号；医院荣获广西壮族自治区“爱国拥军模范单位”荣誉称号；2020年，医院荣获2019—2020年度脱贫攻坚先进集体，荣获广西“万企帮万村”精准扶贫行动先进民营企业，荣获梧州市爱国拥军模范单位，连续四年医保质量检查均评为AAA级。

不忘初心奋进，实现爱尔使命

爱尔眼科以爱心致力于人类的眼健康事业，本着责任、协作、创新、奉献的精神，与眼科同行、合作伙伴一道，不断提高医疗技

左图为2018年1月12日上午，梧州市“爱眼扶贫送光明联合公益行动”启动仪式在梧州爱尔眼科医院隆重举行；右上图为蒙山县患者送锦旗；右下图为梧州爱尔眼科医院党支部书记陈杰带领医院慰问团到梧州军分区走访慰问　摄影：张宝健

术水平，创新医疗服务模式，持续开发和满足患者的需求，使所有人，无论贫穷富裕，都享有眼健康的权利。

“民营企业更要把社会责任放在第一位。我们秉承着‘使所有人，无论贫穷富裕，都享有眼健康的权利’的爱尔使命，不忘初心，充分发挥眼科医院的专业优势，把医院打造成为梧州地区群众满意、同行认可、政府放心的高品质的眼科专科医院，全心全意为梧州老百姓提供更专业、更高效、更舒心的眼科诊疗服务！为助推医疗扶贫和近视防控等工作做出更大的贡献！造福梧州，回报百姓。”医院党支部书记陈杰铿锵有力地说。

作者：李金萍

河南省焦作市马村区人民医院

党建引领“蝶变”路

2021年6月26日，马村区人民医院党委书记、院长李武军被授予河南省优秀党务工作者称号 摄影：徐帅帅

核心提示

这是一片红色记忆的土地，毛主席称赞的“特别能战斗”精神在这里传承、发扬。

这是一片写满荣光的土地，开出“0.19元良心药方”被《人民日报》、新华社点赞，当选全国“白求恩式好医生”的赵飞琴；带父出嫁感动全网、荣登中国好人榜候选人的王帆等一批出彩“马医人”在这里孕育、成长。

秉承“特别能战斗”精神，河南省焦作市马村区人民医院始终坚持“以高质量党建引领医院高质量发展”的理念，围绕“一切以病人为中心、一切为了人民健康”的宗旨，不断深化党建与业务工作互促融合，努力打造焦作东部百姓信赖的区域性医疗中心。

近年来，马村区人民医院获得了众多殊荣：中国白求恩精神研究会第二届理事会理事单位，河南省卫生先进单位，河南省基层工会规范化建设示范点，焦作市深化医药卫生体制改革先进单位焦作市首批“廉洁从家出发”示范单位，焦作市第二届廉洁组织管理创新奖，焦作市组织工作创新项目优秀奖，焦作市卫生健康系统先进集体，焦作市群众满意医院，马村区先进基层党组织。

2021年6月29日，马村区人民医院国家二级甲等综合医院正式揭牌。这是焦作市首家通过二级甲等综合医院评审的城市二级医院，更是马村区人民医院发展史上具有历史意义的大事喜事。这是该院服务病患水平提升的标志，更是为庆祝中国共产党成立100周年献上的一份特殊礼物。

党建引领——从小到大，从弱到强

“坚持党的领导、加强党的建设，是公立医院健康发展的根和魂。”马村区人民医院党委书记、院长李武军这样说。

近年来，马村区人民医院党委始终坚持“以高质量党建引领医院高质量发展”的理念，运用“党建+”思维，坚持业务和党建“一盘棋”，不断深耕党建与业务工作互促融合，把党组织优势转化为医院发展优势，为医院发展注入强大动力。6月26日，在河南省“两优一先”表彰大会上，李武军被授予河南省优秀党务工作者称号。

马村区人民医院创建于1956年6月，只有几间房几个人。2009年5月，医院因南水北调工程搬迁，新址开工奠基。2011年9月，新医院建成投用，建筑面积33000平方米，游园式设计幽雅舒适。2019年11月，该院在焦作市城市二级医院中首家启动二级甲等综合医院创建工作。2021年4月29日，马村区人民医院二级甲等综合医院现场评审通过。6月29日，市卫健委授予马村区人民医院二级甲等综合医院称号。

65载峥嵘岁月，“红色基因”像一座灯塔，引领该院厚植“仁心大爱、廉医为民”土壤，培育良好院风医德，持之以恒地提升为民服务技术和本领，为周边群众就医提供便民、惠民、高效、优质的医疗服务，赢得了良好口碑。

近年来，该院学科建设取得明显成效，先后建起层流净化手术中心、心血管介入治疗中心等十大中心。今年年初，该院自筹资金180余万元建设PCR实验室，为辖区及周边群众开展核酸检测1.5万余例。该院神经内科被市卫健委评为“市级重点培育学科”，中医康复科被市中医管理局评为“市级重点中医专科”。

疫情防控期间，全院职工用责任担当铸就抗疫力量。2020年，发热门诊就诊人数达2950人次，排查出确诊病例1例、高度疑似病例1例，实现医护人员和住院患者“零感染”，被评为“全区抗击新冠肺炎疫情工作先进单位”。

马村区人民医院先后引进西门子1.5T超导磁共振、大型医用血管造影X射线机等数十台大中型医疗设备，为辖区及周边20余万人民群众提供高质量的健康保障和医疗救治。

医者仁心——从“一角九分”到“六角八分”

在当下医患关系多有龃龉的环境中，马村区人民医院何以涌现出很多让患者感念在心的好医生，在群众中赢得很好口碑？以高质量党建引领医院高质量发展无疑是一剂良方。

儿科医生赵飞琴开出“0.19元良心药方”引发全国媒体广泛关注；医院收费处主任王恩泉帮助患者垫付0.68元药费，《焦作日报》连续5天在头版进行跟踪报道。从“0.19元”到“0.68元”，看似微不足道的数字，却是马村区人民医院良好医风医德的最好见证。

且看马村区人民医院“好医生群像”：市优秀共产党员、内科党支部书记、眼科主任魏建房，把患者的眼当成自己的眼，用双手为白内障患者送去光明和希望；市优秀共产党员、焦作市“身边的榜样”、妇产科主任焦秀琴一次次开出几毛钱的便宜药方为患者解除病痛，一次次用私家车送患者出院，成为患者及其家属口口相传的“贴心仁医”；医院派驻马村区演马街道魏村第一书记、优秀共产党员张家甫为早日建成扶贫车间，自己动手装修，手上磨出厚茧

左图为2021年6月29日，马村区人民医院国家二级甲等综合医院正式揭牌；右上图为儿科医生赵飞琴荣获全国第三届"白求恩式好医生"荣誉称号；右下图为良好的就医环境　摄影：徐帅帅

和血泡也无怨言。疫情防控期间，耳鼻咽喉头颈外科主任杨剑脚踝骨折不下火线，右腿跪在矮凳上，单腿站立90分钟为患者完成手术，被称为"最美背影"；小儿内科主治医师葛晶晶给小儿子提前断奶，作为第一梯队进驻该院发热门诊封闭式工作；护士苏倩倩把2岁的孩子交给老人看管，主动请缨到市第三人民医院疫情防控救治一线工作，荣获2021年"出彩焦作人"和焦作市第六届最美护士称号。

马村区人民医院的工作微信群叫"博爱群"，群里每天都会被医患之间的暖心事刷屏。长期以来，该院形成了晒成绩、比奉献的医风院风，全院职工学先进、比先进、当先进成为常态。

该院有一个优良传统，就是多年坚持开展住院病人满意度调查、护理满意度调查，召开医患恳谈会、工休座谈会等，及时改进服务质量，连续多年住院患者满意率达96%以上。

悬壶为民——守护一方百姓健康

2021年1月，马村区人民医院在全市率先建设开通居民电子健康卡，实现群众就医信息互联互通，让群众跨机构就医更便捷。

2018年6月，马村区人民医院投资100万元在7个社区服务中心和30个村医室，免费建设马村区远程云心电网络诊断中心，心电图及时发送到马村区人民医院诊断中心，值班医生及时作出诊断，如发现患者心梗，马上通知120直接去接诊。2年多来，共远程会诊4210例，有20余名心梗患者因为诊断抢救及时在该院获得新生。

该院与辖区卫生服务中心的医共体建设，已逐步形成"基层首诊、双向转诊、急慢分治、上下联动"的分级诊疗格局。派驻两名主任到基层卫生院协助建立专科门诊，并兼任第一副院长，每周两天坐诊。眼科主任魏建房到安阳城社区卫生服务中心协助建立眼科门诊，医务科主任赵龙武到待王社区卫生服务中心协助建立耳鼻喉科门诊，切实缓解基层医疗资源不足和群众看病难、看病贵等问题。

马村区人民医院先后与省人民医院、郑大一附院、市人民医院等建立医联体合作关系；与郑大一附院、省人民医院等建立脑血管病专科联盟、血液透析合作联盟等10多个专科联盟；建设远程会诊中心，实现了省、市、区、乡远程医疗会诊、医疗教育的互联互通，让群众足不出区即可享受到省、市级专家的诊疗服务。

马村区人民医院成立以党员为主体的党员医疗服务队，为全区建档立卡贫困户患30种大病的困难群众，每月免费提供上门医疗服务。在每年春秋两季，到辖区贫困村开展健康义诊、送医送药、健康宣传教育等活动，让村民在家门口就能享受到优质、便捷的医疗服务。

作者：张蕊

浙江省玉环市档案馆

党建引领聚合力　学习党史促提升

档案发挥着记录历史、传承文明、服务社会的重要作用，2021年，浙江省玉环市档案馆以党建为引领，围绕中心、服务大局，不断加强自身建设，引导全体党员干部更好地履行"为党管档、为国守史、为民服务"的神圣职责，通过开展党史学习教育，用党的奋斗历程和伟大成就鼓舞斗志、明确方向，教育引导广大党员干部坚定理想信念、牢记初心使命、赓续精神血脉、传承红色基因，以"党建+"模式为引领，联动开展党史学习教育"我为企业解难题""我为群众办实事"等实践活动，将党史学习教育成果有效转化为为民服务、干事创业的成效，以切实成绩庆祝中国共产党成立100周年。新馆建成后，玉环市档案馆充分利用良好的软硬件条件打造市民满意的数字档案馆。2019年顺利通过省级数字档案馆测评，2020年通过省级示范档案馆业务评价，同年荣获台州市中小学生研学实践教育基地、玉环市爱国主义教育基地、玉环市新时代文明实践点等多项荣誉。

党建统领，凝聚发展合力再迈新台阶

今年是建党百年，站在"两个一百年"的交汇点，玉环市档案馆切实加强党建基础工作，认真落实"三会一课"、民主生活会、组织生活会、民主评议党员等党内生活制度，按要求定期组织召开

玉环市档案馆全景 摄影：叶开兵

党员大会、民主生活会暨组织生活会和上好党课。

组织发动党员干部开展党史学习教育，学习了习近平《论中国共产党历史》《毛泽东、邓小平、江泽民、胡锦涛关于中国共产党历史论述摘编》《习近平新时代中国特色社会主义思想学习问答》和《中国共产党简史》等内容，全面提高全体党员干部的政治理论素养，加强党员干部廉洁自律建设，建立了一支能战斗、能吃苦、能奉献的档案特色党员干部队伍。开展“社区吹哨，党员报到”服务和志愿活动，增强党员廉政意识，提高党员的责任意识和服务意识，增强党组织的影响力、凝聚力和战斗力。开展“忆党史·守初心·建窗口”专题宣传教育活动，深情礼赞建党百年。

为党管档，在档案创新发展上展现新作为

档案工作数字化改革是贯彻落实习近平总书记考察浙江重要讲话精神、践行档案工作“三个走向”重要论述的客观要求。玉环市档案馆找准档案工作数字化改革定位，提升档案治理能力水平，把档案工作融入全市中心工作大局。早在2018年玉环市档案馆就已铺展数字化转型的路程，大数据时代，聚焦数字化转型，为“档案窗口”建设凝聚智慧力量。2019年12月，玉环市档案馆以84.35分通过省级数字档案馆测评。

一方面，玉环市档案馆积极开展馆藏新接收档案数字化工作。加强档案数字化成果接收力度，建立了涵盖全部馆藏的文件级目录数据库，馆藏档案除950卷民国档案、会计凭证、案件外，已全部实现数字化，馆藏纸质档案数字化率超过90.45%，构建了“三网隔离”的局域网馆藏基础平台、政务网数据共享平台、因特网公众服务平台。另一方面，加快推进政务数据电子化归档工作，联合市大数据局，强化电子文件归档的监督指导，于2018年9月正式上线政务服务网电子文件归档接收系统，完成“最多跑一次”政务服务网电子文件归档模块部署和电子档案管理统一平台开发，完成政务服务网电子文件归档和电子档案管理统一平台的对接。截止到2020年底已接收20个全宗单位的数据，总共接收14950个包，13543个包合格，合格容量是111.5G。

全市数字档案室建设也在有条不紊进行，加快存量档案数字化和增量档案电子化步伐，积极推进档案大数据建设，根据《浙江省数字档案室建设测评标准》要求，截至2020年底，玉环市创建数字档案室单位84家，完成创建率100%，其中示范数字档案室17家，规范化数字档案室41家，数字档案室39家。

为提升优质档案服务，抓好民生档案工作，在推进“最多跑一次”改革工作中，结合工作实际以服务发展、服务群众、服务社会为宗旨，着手推出民生查档出证一体化平台服务，计划在行政服务中心及各乡镇（街道）的便民服务中心设置民生档案查阅点，让群众和百姓在家门口就能查阅所需要的民生档案资料。2020年10月，玉环市档案馆档案智慧运维服务平台正式上线，属台州首家。在运维过程中，根据预警类型、频率和有效性，不断优化预警阈值和规则库组合，形成了一套无缝衔接的专属玉环市数字档案信息资源个性化预警体系，真正实现智能运维。

为国守史，在档案资源体系建设上实现新发展

走进玉环档案馆的大厅，人们的目光立刻就会被大厅内的大型浮雕所吸引，千年玉环脉络清晰可见，改革发展历程震撼人心。

“玉出东方”文化展厅位于玉环市档案馆一楼大厅，总面积约367平方米，内容包括玉环沧桑历史与创业故事，展示改革开放后经济发展和城市建设成就，继承和发扬爱国主义教育传统。展厅内容共分为千年玉环、烽火玉环、崛起玉环、今日玉环、文韵玉环、愿景玉环六大板块，表现形式包括LED屏、浮雕、挂图、实物、照片等，并融合了传统展示技术与现代化多媒体互动、VR视听技术于一体。展厅运行一年多，接待来自省内外企事业单位参观学习人员2000余人。这是玉环市档案馆为进一步加大全市本土文化和红色档案资源宣传力度，重点打造的展厅，被列入玉环市党史学习教育基地，影响力与知名度得到极大提升，让档案馆社会功能发挥上了一个新台阶。二楼设叶尚青名人专题展厅、特藏馆和珍藏馆，面积约290平方米。展示了叶老从青年时代到老年的创作历程和个人荣誉，包括书画作品类、信函类、收藏类、照片类、荣誉类等。

本土文化的传承和保护与民生档案的齐全完整是玉环市档案馆工作重心，尤其是对玉环民生档案的保护与收集。近年来，玉环市档案馆建立民生档案监管机制，对民政、社保、卫生、教育、农业等重点民生档案进行监督指导，保证民生档案齐全完整，切实从源头上加强管理。目前玉环市档案馆有14大类民生档案，分别是婚姻登记、土改房产、建房审批、出生证、二轮土地承包、楚中学籍、

左图为玉环档案馆“玉出东方”展厅；右上图为查档服务；右下图为2020年专家开展业务评价工作 摄影：毛黎媛

移民、招工、就业管理、独生子女、知青（支边、支农）、退伍军人安置、土地承包、山林确权等。另一方面重视到期档案接收，围绕国家档案局第 8 号令、第 13 号令、机构改革后的档案处置等内容，2020 年完成到期档案接收单位 86 家，共接收档案 4897 卷，111236 件。不断加大档案的收集力度，努力向基层延伸、向新载体延伸，确保做到应收尽收、应藏尽藏。

为民服务，在档案利用体系建设上取得新成效

在档案馆，来自芦浦的曾阿公正缓步向查档大厅走去，“现在档案馆的环境好了，对我们这些上了年纪的人也考虑得很周到，我们拿一个号码牌，在周围逛逛转转，时间差不多到了就过去，不用干等”。据了解，一年以来，玉环市档案馆查档服务能力全面提升。一方面简化档案服务手续，优化档案窗口服务，利用电话预约、浙江档案服务网、浙里办 App、微信小程序“掌上查档”等方式实现跨馆查档、网上查档，不断拓宽档案服务渠道。另一方面优化查档环境，查档大厅设置叫号机、饮水机、等候椅、寄包柜、自助查档电脑终端等便民设施，并对原馆藏系统进行了全面升级，配置了高拍仪、手写板等设备，缩短了档案查阅利用登记的时间，档案检索查询效率大大提升。2016 年至今，档案馆共接待档案利用者 8000 多人（次），查阅档案 12000 多卷（册）。

为确保档案资源完整与安全，玉环市档案馆不断完善档案在征集、接收、保管、鉴定、利用等各环节的管理制度，配备了档案馆库房“八防”综合智能监控管理系统，坚持每年开展一次全市档案执法大检查，进一步完善消毒室、档案开放鉴定室等档案业务和技术用房基础设施建设，实现档案规范化、科学化、智能化、精细化管理。除做好档案接收管理工作之外，玉环市档案馆为加强企业档案工作，促进民营企业档案规范化建设，使档案工作更好地为企业发展服务，业务骨干人员多次来到苏泊尔公司、双环传动有限公司、浙江易宏等民营企业，与企业一起研究探讨外出学习取经，对公司中高层及档案员进行档案业务培训，从档案的收集、保管、鉴定、统计、编目与检索、提供利用等内容进行理论和实际操作培训，向公司领导和员工宣传档案工作的重要性和必要性，提高领导和员工的档案意识，为下一步规范管理企业档案打好基础。

骐骥驰骋征万里，重任千钧再奋蹄。玉环市档案馆坚持加强政治引领，夯实责任担当，以“三个走向”为标杆，以提升档案公共服务能力为立足点，不断夯实档案业务基础、不断提高档案馆的安全保障能力，以新馆建设投用为契机，真抓实干，在档案法治建设、资源建设、馆库建设、信息化建设、服务利用方面取得了成绩，之后还将积极打造玉环特色“档案窗口”建设，推动档案事业高质量发展。

供稿：玉环市档案馆

广东省江门市江海区天鹅湾小学

师生心向党　薪火代代传

全体党员教师到江海区图书馆开展党史学习实践活动　摄影：陈旻斌

链接：天鹅湾小学于 2016 年 9 月开办，是江门市提出“三二一工程”后首所完成建设并使用的标准化、示范化、现代化优质品牌学校。占地 31 亩，建设面积 13000 多平方米，设立六个年级 36 个班，共 1800 个学位。现已招生 6 个年级 32 个班，共有学生 1584 名，在职教师 78 名，研究生学历 14 人，高级教师 4 名。先后获得“广东省信息化中心学校”“广东省劳动教育特色学校”“广东省文明校园先进学校”“广东省绿色学校”“广东省依法治校达标学校”“广东省信息化中心学校建设成效优秀项目学校”“广东省基础教育信息化融合创新示范培育推广项目建设成效优秀项目学校”等称号。师生取得国家、省、市、区级各类奖项已达 1540 项，国家级奖 50 项，省级奖 312 项，市级奖 534 项，区级奖 644 项。在江门市级教师技能大赛中获 12 项一等奖，原创科普剧荣获广东省一等奖。

初夏时节，走进广东省江门市江海区天鹅湾小学，校园处处洋溢着青春、热情、祥和的气氛。清爽的早晨，琅琅的书声在校园回荡，此起彼伏，悦耳动听；温暖的午后，老师们讲课神采飞扬、孜孜不倦，胸前的党徽熠熠生辉……

作为全市第一所建成并启用的“三二一”工程学校，高新区（江海区）建设的第一例“交钥匙”工程，天鹅湾小学积极探索“学在江海”新范式，以“立鸿鹄远志，育江海情怀”为办学理念，培养学生爱党爱国爱乡的情怀，短短 4 年多时间取得了令人瞩目的成绩，成为市、区示范性优质品牌学校。

在中国共产党建党 100 周年之际，该校通过开学第一课学“党史”、支部书记上党课、参观红色教育基地、新建学校党史墙、庆“六一”红色文化节等系列活动，营造出良好的党史学习教育氛围，让师生重温红色经典，传承革命精神，将爱党、爱国、爱社会主义的情怀厚植于心。

天鹅湾小学积极探索“学在江海”新范式，以“立鸿鹄远志，育江海情怀”为办学理念，培养学生爱党爱国爱乡的情怀，短短 4 年多时间取得了令人瞩目的成绩，成为市、区示范性优质品牌学校。

党史为镜，学史力行践初心

党史天天读、党史周周讲、真情诵党史、参观党史长廊……今年 3 月，天鹅湾小学党支部召开主题为“党史为镜，映照初心”的党史学习教育动员大会，将党史学习教育融入学校日常活动、融入校园文化建设当中，掀起了全校师生党史学习教育的热潮。

每天，党支部推送党史学习内容至党员微信群，确保学习的持续性；每周，在教师大会上开展党史学习大讲堂；校外，支部书记、校长胡洁兰带领党员教师参观江海区“红色光辉”党史知识长廊；以江海区图书馆为阵地，全体党员教师读红书，聆听胡洁兰以“弘扬红船精神”为题的党课，让党员教师在重温党史中感悟“红船精

左图为在学校党史墙前，老队员为新队员讲述“红船精神”背后的党史故事；右上图为庆祝建党 100 周年创编红色课室操；右下图为校队表演原创课本剧《超级英雄》 摄影：陈昱斌

神”，在教育工作中不忘初心、牢记使命。

以党建带领团建，唤醒青年成长的渴望。胡洁兰以“学好党的历史，点燃青春激情”为主题讲授专题党课，带领青年团员教师在校内的“爱国主义长廊”重温党的光辉历程，勉励全体青年教师坚定理想信念，做奋斗新时代的青年人。此外，通过每周线上的共青团学习党史，线下的红色经典阅读等形式开展党史学习教育，忆峥嵘岁月，不忘初心；唱青春之歌，永跟党走。

学史力行践初心。党支部与少工委联合江南街道永明社区开展“我为群众办实事”党史学习教育实践活动，党员教师和学生分批走访探望孤寡老人，亲自下厨给长者做美味午餐。教师利用红色资源上好思政课，讲授《开天辟地的大事》《学“四史”之改革开放史》等课程，并在各科课堂中渗透红色文化，激励学生从中汲取成长的力量。

童心向党，红色基因薪火传

“卫国戍边战士们誓死捍卫祖国领土，同学们要向这些英雄学习，现在好好读书，将来报效祖国！”在开学思政第一课上，通过观看视频《致敬卫国戍边英雄官兵》，胡洁兰带领同学们了解英雄事迹，参观江海区国防教育主题公园，为他们推开“学党史、感党恩”的大门。

读红色经典、讲党史故事、诵红色诗歌、开展红色文化节、访红色教育基地……2021 年来，该校“据时而行，随机而唤”，以红色教育为着眼点、以艺术教育为突破，多元化地开展党史学习教育，让同学们感受厚重的红色文化，知史爱党、知史爱国。

在少先队新队员入队时，党员教师、老队员带领他们到学校新建的党史墙打卡学习，讲述“红船精神”“长征精神”“抗战精神”“南泥湾精神”背后的党史故事，老队员讲得激昂慷慨，新队员听得全神贯注。从“老”到“新”，红色基因将代代相传。

在庆“六一”红色艺术节中，校队原创课本剧《超级英雄》讲述了 80 多年前红军战士靠着顽强的毅力登上雪山之巅，是真正的“超级英雄”，让同学们懂得了现在要好好学习，做党的好儿女，做未来的超级英雄。红歌《不忘初心》、动感啦啦操《中国，加油呀！》、手语舞《中国字中国人》……同学们用一个个精彩的节目，向建党 100 周年献上真挚祝福。

“我还是从前那个少年，初心从未有改变，百年只不过是考验，美好生活目标不断实现……”随着歌曲《少年》旋律奏响，同学们欢快地跟着节拍做起课室操。这是该校“七一”前夕举办的“身随律动，心怀党恩”庆建党 100 周年活动，全校师生齐跳新创编的红色课室操。

此外，该校还组织同学们到红色研学基地开展“红色研学映初心，童心向党担使命”红色主题研学活动，追寻红色印记，感悟红色情怀。

向党献礼，砥砺前行创佳绩

建校之初，在区委、区政府和区教育局的大力扶持和构建信息化智慧校园方向引领下，天鹅湾小学开创了多个第一：建有全市第一个智慧信息化课室、第一个智慧速写班、第一个无人自助借阅书吧；全区第一个自动多媒体录播室、电子书包班。该校广泛应用智慧校园“天鹅云”服务平台，推进信息化与教育教学的深度融合，不仅校园管理更安全高效，教育教学手段也更新颖有趣。

短短 4 年多时间，该校先后获评广东省信息化中心学校、广东省劳动教育特色学校、广东省绿色学校、广东省依法治校达标学校、广东省信息化中心学校建设成效优秀项目学校、广东省基础教育信息化融合创新示范培育推广项目建设成效优秀项目学校、第九届“小小科学家”少年儿童科学教育体验实验学校、江门市抗击新冠肺炎疫情先进集体、江门市巾帼文明岗等荣誉，师生取得各级各类奖项 1540 项，其中国家级 50 项，省级 312 项，市级 534 项，区级 644 项。教师在市各学科教学比武囊括 12 项一等奖、小学教师基本功比赛 8 人次获一等奖；获奖论文 48 篇，发表论文 26 篇，课题研究共 8 个，其中 6 个省级课题已结题。学生在全国“小小科学家”中小学科学教育体验活动中获小学低年级组一等奖，省科普剧大赛（表演赛）获一等奖，江门市劳动教育优秀成果评选获一等奖，江门市、江海区中小学生合唱比赛分别获一等奖；同时参加省中小学英语朗读能力在线展示活动、第二届江门市小学生现场写作大会总决赛、江海区英语口语大赛、中小学规范汉字书写大赛、中小学民乐独奏比赛、校园足球赛等，均获优异成绩。

习近平总书记指出：“一切向前走，都不能忘记走过的路；走得再远，走到再光辉的未来，也不能忘记走过的过去，不能忘记为什么出发。”在回顾历史、展望未来中，天鹅湾小学将继续与党同心，为党育人。

作者：胡洁兰、谢英斌

湖北省荆门市城市公园管理处

“红色引擎”助力“绿色荆城”

荆门市城市公园管理处党员干部参与新冠肺炎疫情一线防控消杀工作

链接：荆门市城市公园管理处2015年7月经荆门市编委批准，由市园林局所辖的原东宝山公园管理处、龙泉公园管理处、广场游园管理处整合成立的正科级（高配副县级）公益一类事业单位。主要负责城区3万平方米以上公园、广场的绿化管养、设施维护、安全管理、文化挖掘、古树名木保护等管理工作，现管护面积共448.26万平方米，共有干部职工551人，共产党员114名，管理处党总支下设4个党支部。自成立以来，荆门市城市公园管理处先后荣获中国公园协会先进单位、湖北省文明单位、湖北省档案管理省一级单位、荆门市社会治安综合治理先进单位等荣誉称号。

常年绿树成荫，四季百花交替，钢筋水泥丛林在越来越多的绿树红花掩映中变得柔美可亲……

近几年来，荆门城区公园、广场上一道道秀丽的园林景观点亮了城市的生态之美，荆门市也相继荣膺了国家园林城市和国家森林城市，作为绿色之城的主要创造者，荆门市城市公园管理处也获得了省级文明单位、市级最佳文明单位等荣誉称号。

短短几年，荆门市城市园林绿化突飞猛进，为市民营造了优美舒适的生态和人文景观，荆门市城市公园管理处是如何有效推进园林工作的？记者日前在该处采访中了解到了大家的一个共识：通过抓党建促发展，让党建与各项工作深度融合，充分发挥党支部的战斗堡垒作用和党员先锋模范作用，有力带动了全体员工干事创业，有效推动了该处的每一项工作。

打造“红色引擎”，让大家讲政治

火车跑得快，全靠车头带。怎样打造好“方向正、动力足”这样的一个“火车头”呢？

思想决定行动，认识决定高度。2015年7月，刚刚成立的荆门市城市公园管理处领导班子就将党建作为源头工程来抓。让党的理论武装大家的头脑，提高每个人的思想站位。

荆门市城市公园管理处目前设有1个党总支，下设4个党支部，有中共党员114人。

该处确立了每周四党建理论学习制度，深入学习十八大、十九大精神，深刻领会习近平新时代中国特色社会主义思想内涵，树牢“四个意识”，坚定“四个自信”，做到“两个维护”，在思想上、行动上与党中央保持高度一致。

坚持每月开展形式多样的“党员主题活动日”活动，通过升国旗、唱国歌、交党费，党总支书记、副书记等班子成员轮流为全体党员讲党课等形式，让大家的思想得到洗礼和升华。

在学习中，该处力戒形式主义。讲党课中，班子成员事先做好备课，将党的高深理论同自身园林工作实际结合，提出问题和思考。并让每个党员在学习过程中谈心得体会，剖析自身的问题，对单位的工作提意见和建议。如今，正在开展的“不忘初心牢记使命”主题教育，更是扎扎实实，不走过场。

筑牢思想防线，让大家讲纪律

纪律，是维护集体利益并保证工作进行而要求成员必须遵守的规章。如果不讲纪律，各行其是，对个人来说，就如同无缰之马，会迷失方向，对组织来说，就如同一盘散沙，难以形成合力。把纪律挺在前面，是以习近平同志为核心的党中央提出的全面从严治党治本之策。

为此，该处通过开展党建学习教育活动，筑牢干部职工的思想防线。

深入推进“两学一做”学习教育活动制度化、常态化，系统学习新党章、《准则》《条例》，落实“三会一课”等组织生活制度，坚持正反两方面的典型教育。进行“五星”党员评定，表彰先进党员。抓好“两整”工作，不定期对处属各中心和处机关上下班工作

荆门市龙泉公园大门夜景　摄影：朱俊波

荆门市天鹅湖水上公园　摄影：朱俊波

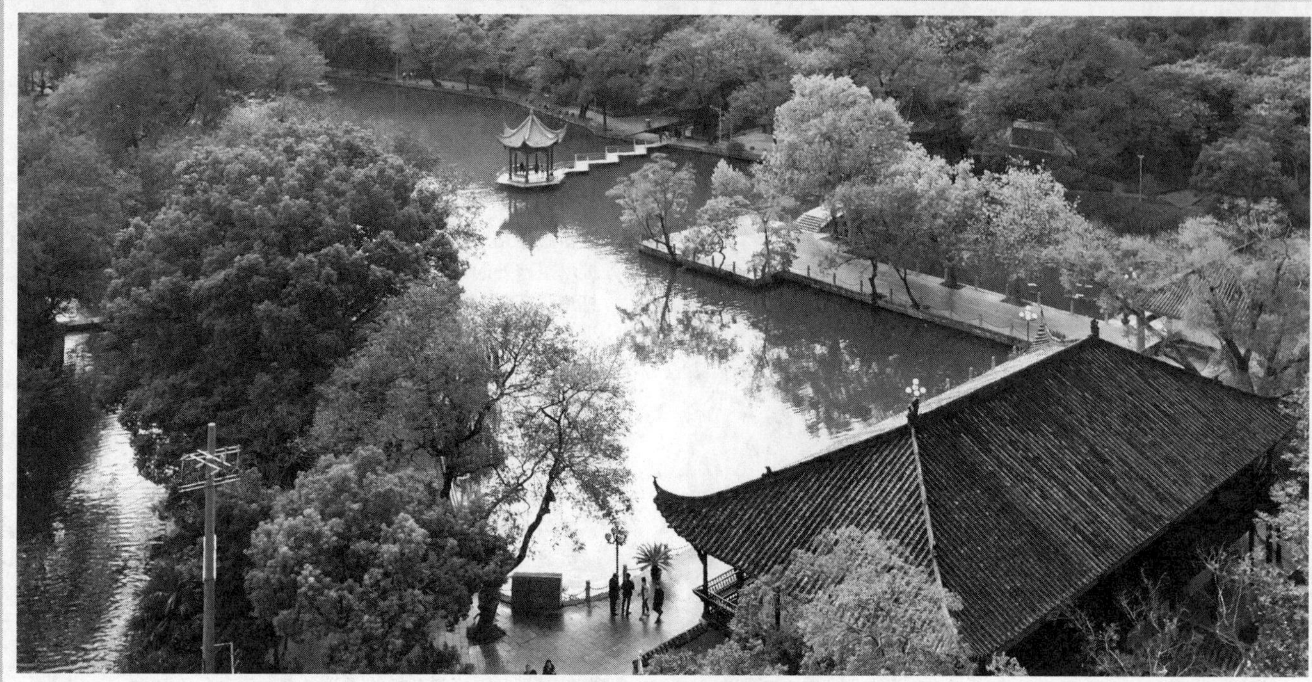

荆门市文明湖　摄影：朱俊波

纪律情况采取不打招呼的方式进行明察暗访，通过查看考勤打卡和签到记录、巡查在岗情况的方式督导检查，促进工作作风的转变。

该处还组织党员干部集中观看禁毒、反贪等廉政教育片，带领他们走进仙居乡红九师政治部旧址、陈士榘将军故居、西宝山革命烈士纪念碑等红色教育基地开展现场教学，参观沙洋县陈家山监狱、东宝区党风廉政教育基地等，进一步坚定理想信念，增强拒腐防变意识，让大家真正做到守规矩、讲纪律。

该处自成立以来，无论是领导干部，还是普通党员和职工，大家严格遵守各项纪律，营造了风清气正的良好工作和生活环境。

发挥先锋作用，让大家讲奉献

雁飞千里靠头雁，羊群走路靠头羊。近年来，荆门市城市公园管理处通过狠抓党建工作，让大家树立了较强的政治意识和纪律意识，领导干部和党员也始终走在队伍前面，从思想上和行动上发挥了很好的引领作用，带动每个公园人做好自己的本职工作。

在公园、广场的每一处学习场合，或是工作场地，你看到的都是公园人饱满的激情和一丝不苟的工作状态。大家不仅仅是完成本职工作，不仅仅是爱岗敬业，更多的是比担当、比奉献。

在该处机关，你很难在办公室找到班子成员，因为他们十有八九都奔波在公园广场建设一线检查或现场指导工作。

哪里有困难，哪里有危险，哪里就会有该处的领导干部。这几年，每次遇到暴雨或冰冻等极端天气，党总支书记、党总支副书记等班子成员会第一时间出现在“两山”山体脆弱地段，会出现在天鹅湖、凤凰湖湖岸，他们及时巡查，掌握灾情第一手资料，做好山体滑坡和游客坠湖等险情防范和处置工作。

在他们的示范带动下，全处模范党员和先进工作者与日俱增，单位的向心力、凝聚力、战斗力不断增强。

共产党员吴小兰，凤凰湖湿地公园管理中心主任，她始终全身心投入到工作中。大树上有她修剪枝丫的灵活身影；打捞垃圾的湖畔，有她撑船的矫捷身姿；园区道路上，有她与游客耐心讲解的笑容。清晨，她总是第一个出现在园区，总看到她跟保洁员一起捡垃圾的画面；白天，每个角落总能发现她的身影，拿着笔记本，细致记录园区的绿化情况；夜晚，她又在园区内肩负起保安的职责，检查各种设施设备是否完好。

共产党员万松，龙泉公园管理中心副主任，负责西山公园日常管理、雨梁山护林防火管理工作。作为一名15年党龄的老同志，能够始终以高度的责任感、使命感积极负责地开展工作。每天清早当市民都还在梦乡中时，山林中已留下他黝黑干练的身影，他用自己踏实的双脚巡查山林的每一条道路，哪里的树枝被大风折断，他第一个知道；哪里的山石松动，他第一个发现；哪里有火灾隐情，他第一个到达现场处理。

共产党员赵秦风，是东宝山公园管理中心的一名普通职工，也是一名退伍军人。40多岁的他一直刻苦钻研学习园林专业植物栽植技术和管理方法，把自己磨炼成了园林战线的行家里手。在第十二届中国（荆门）菊花展和第24届、25届荆门菊展的准备阶段，面对繁重的菊花的生产任务，在克服不利天气和生产条件的情况下，他带领同事一起以花圃为家，放弃双休等节假日，加班加点，加强常规管理，研究新的技术……高质量完成了数十万盆菊花的生产任务。

老党员杨爱华、青年党员张菁凌等20余名同志在抗击新冠肺炎疫情中，主动请缨，将铺盖行李搬到包联社区，24小时值守，与社区人员“肩并肩”战斗，为市民守好疫情防控的“大门”。吴艳红一名一线女党员，克服重重困难，带领职工在龙泉公园13个主要出入口张贴疫情防控有关通知、通告、温馨小提示，加班加点填报资料，每天严格落实园区消杀工作，用实际行动诠释了巾帼不让须眉；青年党员严岩想方设法通过同学、朋友，在防疫物资紧缺的情况下为市第一人民医院筹集防护服和护目镜；另外，全处党员积极踊跃为抗击疫情捐款2.4万余元。

大家的高度觉悟和党员干部的表率作用，促进该处各项事业的发展。短短几年，新增景点数十处，新增绿化面积100余万平方米，从数量到质量有了很大的提高，使市民的获得感和幸福感有了很大提升。

2015年，邻水而建的凤凰湖湿地公园，重点打造滨水岸线等四条环线和柳浪风荷等十个合乎大众审美和游乐的景区，不出所料给了市民一个惊喜。

2016年，依托千佛洞国家森林公园而建的荆门植物园，迎来了第十二届全国菊花展。除了精彩纷呈的各类菊花让市民兴奋外，而首露“尊容”的举办地点荆门植物园也因自身的优雅和壮美让大家欣喜不已。

2017年，位于西宝山的老莱子文化创意产业园第一期建设完工。这里又成为象山景区的一处热点。因为，这里有传统厚重的历史文化，有传颂不衰的经典故事……

2018年，“两山”改造中的龙泉公园改建一期工程顺利完工。

以象山文化为主体的历史文化长廊、以荆门方言为主体的本土文化墙，以方便市民健步游览的登山栈道，加上恢宏大气的园林格局，让市民为之惊艳、点赞。

2019年，石化公园在该处接管一年后，经过精心规划和建设，一改原来的衰败颓废之气，重新焕发出了生机与活力，恢复了应有的青春容颜和气质。

2020年，在抗击新冠肺炎疫情的战斗中，该处临危不乱、立足园林工作实际，通过党员干部身先士卒、率先垂范，以高度的责任感、使命感抓细抓实每项防控细节，严格落实防控措施，有力遏制病毒在公园广场的传播和蔓延。

此外，在围绕市委、市政府中心工作中，荆门市城市公园管理处也紧紧依靠党建抓手，将党的声音传递到每个角落，将党员的先锋作用发挥到最大效应。

几年前，荆门市成功创建全国森林城市、全国卫生城市，以及当前正在创建全国文明城市，精准扶贫等工作中，该处以党支部为主体组织开展"践行核心价值观、青春共筑中国梦"主题演讲比赛，开展"勇于担当、敬业奉献"道德讲堂等活动，选派优秀干部驻点指导，选派党员团员进行志愿者服务，克服了重重困难，把工作做得有声有色。

感言：党建也是生产力

与荆门市城市公园管理处的园林干部职工们打了多年的交道，给笔者的一个深刻的印象是，他们每个人时刻都充满着激情，浑身好像有使不完的劲儿。

这种饱满向上的精神力量从何而来？经过探访和寻觅，笔者找到了答案，那就是他们有着坚定的理想信念，有着正确的世界观、人生观、价值观，这样才有了奋勇前行的不竭动力。而这些又来自于该处常抓不懈的"党建"工作。

思想是行动的"总开关"。有积极的思想，才会有积极的行动；有思想上的"破冰"，才会有行动上的"突围"。党建正是解决思想问题的总抓手。因此，该处在抓党建过程中突出一个"实"字，不搞形式主义，不走过场，切实让党的理念在干部职工脑海中打下烙印，让党支部开展的活动在各项工作中"扎根"，让党员作为一粒粒种子在各自岗位上"发芽"，让每个人的思想和行动都统一到党的决策和部署中来。

人心齐，泰山移。有了这样一支忠诚、干净、担当的高素质队伍，做任何事，都会水到渠成。今天，"推窗见绿、出门进园、抬头望山、举足亲水"，已成为荆城园林环境的真实写照。荆门城市公园人取得这骄人成绩的背后，党建引领起到了看得见、摸得着的作用。

我们相信，荆门市城市公园管理处利用党建这个法宝，传承"红色"基因，在推动荆门高质量发展，奋力争当江汉平原振兴发展示范区排头兵，在进一步绿化、美化、优化城市园林环境中，一定会取得更大的业绩。

作者：荆门市城市公园管理处党总支书记、处长钟贤华

内蒙古呼和浩特供电局

旗帜领航干事创业　牢记使命履职尽责

220kV 旗东线改造　摄影：李顺鹏

2019年，内蒙古呼和浩特供电局在集团公司的正确领导下，面对复杂多变的经济新形势和高质量发展新任务，全局干部职工凝心聚力、锐意进取，以"打造全新责任蒙电建设亮丽首府供电"为目标，充分发挥党建的引领作用，攻坚克难、担当尽责，全年各项生产经营指标均创历史新高，在稳定中保安全，在改革中谋发展，以高度的责任感和使命感守初心、担使命，持续打造坚强可靠电网、优化电力营商环境，高效推进首府地区政治、经济和社会发展，彰显了首府供电良好的国企形象。

履职尽责，大力推动地铁配套电源点建设，圆满完成各类重特大保电任务

为切实履行首府供电政治、经济、社会责任，服务地方经济社会发展，全力保障地铁项目和地区电力供应，在集团公司大力支持下，呼和浩特供电局全力推进呼市地区电网建设，将攸攸板、金海工业园、秀水、胜利、丰州、东五里营共六项220千伏输变电工程列入2019年固定资产投资，建设沙良、佳园两项220千伏输变电工程，用以满足重点工业新增用电负荷需求，建设多座110千伏输变电工程，从而提高地区供电可靠性。

为保障地铁等重大项目用电需求，呼和浩特供电局党委领导班子带领干部职工勠力同心，攻坚克难，以强烈的责任心和使命感，主动向市委、市政府请示汇报，积极同市直有关部门、单位对接沟通，全力争取理解与支持，重点协调解决青赔、清障、手续办理等问题，千方百计推进项目核准批复，保证项目按期开工建设。2019年，地铁配套6座220千伏输变电工程全部实现"破冰"建设。其中，东五里营220千伏变电站站址问题，涉及中石油加油站，受阻约3年，经与各级政府反复对接协调，终于在2019年4月完成拆迁。

攸攸板220千伏输变电工程，历经15个月的艰苦努力，在2019年9月16日凌晨2点18分顺利投产送电。项目建成投产为呼和浩特地铁一号线通车提供了有力的电力支撑和保障，为圆满完成庆祝新中国成立70周年重大保电任务奠定了坚实基础，工程线路部分荣获集团公司"2019年度标准工艺示范工程"荣誉称号。

秀水220千伏变电站现已建设完毕，线路停电切改顺利完成，已正式送电；金海工业园220千伏变电站工程正在全面进行电气设备安装；胜利220千伏变电站主建筑已封顶；丰州和东五里营220千伏线路工程已开工，变电站工程正在紧锣密鼓推进土地手续办理。

为适应保电工作新常态、新要求，充分学习借鉴国网、南网先进经验，呼和浩特供电局从组织机构、方案编制、应急预案、后勤保障、现场演练五个方面持续完善制度建设，加强组织领导，将保电工作纳入全局安全生产管理。

2019年，呼和浩特供电局圆满完成自治区、呼和浩特两级政府各类重要会议、首府地区各项重大活动保电任务205项、516天·次。其中，完成国家领导考察内蒙古期间特级保电任务1项；完成庆祝中华人民共和国成立70周年系列活动等国家级重大活动保电任务3项；完成重要会议、重要活动自治区级保电任务62项；完成自治区主要领导专项活动保电任务4项；完成集团公司重要活动保电任务9项。

强基固本，助力首府市政工程建设，高效推进道路中央电杆移位任务

2019年，首府地区大规模市政工程共计11项，涉及电力配套改造工程总投资约15.2亿元。呼和浩特供电局承担建设任务4.61亿元，工程规模创历年来之最。

呼和浩特供电局领导带队深入施工现场督导调研，同市直有关单位开展密集对接，结合道路施工实际情况，及时优化迁改方案，密切跟进项目实施，协调解决项目资金、合同签订、设备材料供应等系列问题，累计配合完成各条道路相关主网线路迁改66条，配网线路迁改131条，新敷设电缆310千米，拆除、架设杆塔1120余基，架设35千伏及以上线路47千米，安装箱变台变160台、环网柜235台。

为助力首府道路畅通，呼和浩特供电局主动履行社会责任，建立由主要领导、责任部门、供电分局、施工单位协同联动、闭环管理的工作体系，广大干部职工放弃了节假日休息，昼夜多点作业，超额完成第一批迁改任务基础。2020年初以来，又陆续完成12处电杆移位，拆除电杆80基，有效解决了道路中央电杆占位现象，消除了安全隐患，获得了首府广大市民的好评，市委、市政府给予高度认可。

对标对表，周密做好各项重要迎检工作，不断取得脱贫攻坚新成果

按照集团公司统一部署，呼和浩特供电局充分提高政治站位，履行首府供电责任，全力做好自治区、市委、市政府主要领导调研检查、国家能源监管部门督查等各项重要迎检任务，配合完成自治区审计厅审计调查和经济责任审计两项检查任务。

呼和浩特供电局深入贯彻落实各级关于精准扶贫各项工作部署，多措并举，持续加大电力扶贫力度，着力做好定点帮扶县、乡贫困人口的脱贫巩固工作，取得了实质性成果，荣获全区定点帮扶优秀单位荣誉称号。2019年，呼和浩特供电局投资电力扶贫农网改造2.5亿元，涉及土左等5个旗县区和鸿盛工业园区及玉泉、赛罕两个行政区，新建及改造10千伏线路528千米、0.4千伏线路391千米；新增配电变压器218台，容量2.66万千伏安，通电机井972眼，受益农田14.16万亩，实现全市贫困村全部通动力电、贫困户生活用电全部达标。同时，呼和浩特供电局上下党员干部率先垂范，组织开展定点帮扶，捐资助学、节日慰问等各项帮扶资金总计9.45万元，承担扶贫任务共计90户178人，年底全部实现正常脱贫，现已转入巩固期。

牢记初心使命，全面落实党的建设总要求

近年来，呼和浩特供电局党委领导作用得到有效发挥。通过强化引领"把方向"，深入学习贯彻习近平新时代中国特色社会主义思想和党的十九大精神，把理论学习视为"一把手工程"，并由局党委书记亲自选题把关；强化领导"管大局"意识，严格执行企业集体决策党委会程序前置；强化整改"保落实"，组建3个调研检查组，以半年为节点，局党委书记带头深入40个基层党组织、近200个班组进行督导检查，现场反馈情况，现场督促问题整改。针对集团公司两次巡察、一次督察，均建立了整改方案及整改台账，并组织巡查工作"回头看"，确保将巡察反馈的每个问题都整改落实到位。

扎实开展"不忘初心、牢记使命"主题教育。呼和浩特供电局党委深入贯彻落实中央、自治区及集团公司党委的部署要求，构建"六位一体"学习体系，创建"633"工作法；坚持问题导向，将主题教育与"三会一课"、主题党日、党建活动相结合，将19项重点工作，细化时间安排，明确责任任务。同时，呼和浩特供电局强化督导检查，派出4个指导组定期深入基层开展督导检查，确保主题教育取得实效。

"大党建"工作格局初步形成。呼和浩特供电局党委既强调夯实基础，又注重载体创新，实现了"四个提升"。一是理论武装提升思想认识。二是夯实基础提升整体水平；三是创新载体提升党建活力。通过开展"党建+基建"建设，将临时支部建在施工现场；通过开展"党建+创新"建设，探索工作新思路、新办法，让骨干党员带头开展技术工艺创新；通过开展"党建+扶贫"工作，党员干部深入扶贫工作一线，确保了扶贫工作精准到位。四是经验交流提升示范作用。呼和浩特供电局顺利承办了集团公司党建工作经验交流会，打造"智慧大党建"阵地和联合党建阵地片区。五是支持群团工作，激发党建强大活力。呼和浩特供电局全面加强局党委对群团工作的组织领导，把群团建设纳入党建工作总体部署，完善党建带群建、党建带团建制度机制。

推进从严治党落细落实。强化制度，全面推进责任落实。狠抓作风，着力营造良好氛围。加强教育，筑牢廉洁思想防线。监督执纪，充分发挥纪委职能。从严从实，强化干部队伍建设。从严干部选拔任用，从严干部教育培训，从严干部日常监管，树立了正确的用人导向。

加强思想宣传文化建设。筑牢意识形态屏障，全面推进意识形态网格化管理。加大主题宣传，连续推出"不忘初心、牢记使命"主题教育、"庆祝新中国成立70周年""精准扶贫""班组文化"等系列报道，营造了良好的宣传声势。"创新开展党建+引领企业文化建设"荣获新中国成立70周年企业文化建设典范案例奖。集团公司2019年文艺汇演期间有6篇文学作品获奖，涵盖所有参赛作品类别，是集团公司所属单位获奖最多的一家，也是历届文艺汇演呼和浩特供电局获奖最多的一次。与此同时，呼和浩特供电局扎实开展第五届"蒙电杯"竞赛活动，3名职工荣获"青城好人"荣誉称号，1名职工家庭荣获市级文明家庭荣誉称号，1名职工荣获市级道德模范荣誉称号，1个志愿服务项目荣获市级"十大公益项目"荣誉称号。

2020年，这个承载了近百年发展史的特大型供电企业，即将翻开崭新的一页。在新的时代进程中，在集团公司的正确领导和大力支持下，呼供人将一如既往地体现首府供电强大的执行力和战斗力，展现首府供电服从大局、勇挑重担、吃苦耐劳、一往无前的履职精神，不忘初心，牢记使命，牢牢把握发展机遇，加快完善地区网架结构，完成电网转型发展，为首府地区经济社会发展提供有力保障，实现安全、质量、效益、服务全面提升，为集团公司实现高质量发展作出新的更大的贡献。

台阁牧220千伏变电站更换11千伏电流互感器 摄影：李顺鹏

国电内蒙古东胜热电有限公司

以红色动能打造“金品质”

公司被授予“中央企业先进基层党组织”荣誉称号　摄影：苏晓慧

公司外景　摄影：苏晓慧

链接： 国电内蒙古东胜热电有限公司于2005年12月8日在鄂尔多斯市东胜区成立，是原国电集团在内蒙古建设的第一个火电项目，注册资本金5亿元，现有在职员工262人。近年来，公司先后荣获国家科学技术进步二等奖、全国“模范职工之家”、中央企业先进集体、全国企业文化建设优秀单位、内蒙古自治区文明单位标兵、国家能源集团安全环保一级企业等荣誉称号，公司党委荣获中央企业先进基层党组织、国家能源集团“先进基层党组织”、鄂尔多斯市“先进基层党组织”等荣誉称号。

2008年，坐落在内蒙古鄂尔多斯的国电内蒙古东胜热电有限公司（以下简称东胜热电）正式投产发电。这个装机容量仅66万千瓦的企业，投产当年即实现赢利4800万元。此后10年，该公司一直保持赢利，累计实现利润15.86亿元，上缴利税12亿元，连续7年荣获全国30万千瓦级火电机组竞赛一等奖、连续五年蝉联集团五星级企业，以及荣获中央企业先进基层党组织、中央企业先进单位等诸多荣誉。

筑根铸魂，凝聚“红力量”

坚持党的领导、加强党的建设，是国有企业的光荣传统，也是国有企业的独特优势，更是国有企业的“根”和“魂”。思想政治工作要走心、管党治党要有恒心、融入中心要同心、党群工作要暖心、服务员工要贴心……在从办公楼到集控室的走廊上，最惹眼的是一块“五心”工程的标识牌，上面的图片是丰富多彩的党建文化活动的剪影，积极向上的“精气神”扑面而来。这是东胜热电党建工作的“缩写”。

该公司党委在对外委项目部进行全面摸底之后，成立6个外委项目部党支部，选派80后骨干任“第一书记”，开展“两联两促一实现”活动，组织该公司党支部与外委项目部党支部联点，双方支部书记定期交流党建工作经验、深入项目部现场办公等，业务水平得到“双提升”。

而这不过是该公司在“党建+”的引领下，全力打造高质量发展“金品质”的冰山一角。党建+外委项目部管理、安全、经营……一系列的“党建+”创新载体将党建工作融入企业生产经营的方方面面，“红色力量”在该公司的发展中折射出越来越强大的光芒。

培绿守蓝，点燃“红能量”

为了守护“鄂尔多斯蓝”“鄂尔多斯绿”，东胜热电党委勇挑重担，在全对标、上台阶、提质量上下功夫。建设初期，该公司引入离子点火、直接空冷等先进技术，成为全球首家取消燃油系统的火力发电厂，年节约燃油约4000吨、生产用水百万吨以上、自来水210万余吨。

投产以来，该公司进行低氮燃烧器改造，该项目获得国务院颁发的国家科学技术进步二等奖；率先引入直接空冷乏汽余热回收集中供热技术，年减少二氧化碳排放21.6万吨、二氧化硫排放0.41万吨，年节约标煤约7.3万吨。

该公司自我加压，全面开展深度减排，先后实施超低排放改造、煤场全封闭改造、废水零排放等改造项目，不断向“零”排放标准迈进，提前两年达到国家新的大气排放标准，全额取得超低环保电价，成为行业内的绿色明星企业。

绿水青山就是金山银山。在企业发展的漫漫征途中，党的新理念转化为脚踏实地的创新实践，爆发出磅礴能量。

创新争优，凸显“红分量”

求木之长者，必固其根本。作为国电电力集团公司在运火电智慧化企业建设试点单位，东胜热电党委在对企业创新人才全面盘点之后，成立“赵俊杰博士党员创新工作室”，构建“1+6”创新工作室格局，高起点、高标准地打造产、学、研深度融合的创新平台，全面推进智慧企业建设。

截至目前，该公司已完成人员定位、燃财一体化、日利润预测、智能DCS报警等高级功能，智能巡检机器人等项目也按照建设节点稳步推进。

为充分发挥党员创新工作室的创新力辐射效果，该公司定期邀请厂内外技术专家讲课、开展“点将”公开课、劳动竞赛等，帮助党员开拓思维、提升创新能力。

该公司将创新成果纳入员工职业生涯，发展积分体系，为优秀创新人才培养、提拔开“绿灯”，实现了党员、群众参与创新工作和实现自我价值的紧密结合。

在党员创新工作室的带动下，2018年该公司累计获创新优秀成果奖55项，党员群众先后发表论文130篇。创新带来的一系列新旧动能转换组合拳，让“红色分量”持续加码，推动该公司从“速度领跑”向“质量领先”迈进。

作者：武兴卓、苏晓慧

吉林省华宇集团

党建“同心圆” 构筑社区治理“共同体”

2020年6月5日，华宇集团幸福地产品牌暨华宇城·熙和园新品云发布会在房天下等直播平台耀世登临，幸福地产多城战略布局震撼启幕，华宇集团董事长赵洪新发表热情洋溢的致辞，开启幸福华宇澎湃乐章 摄影：唐亚江

2020年7月23日，习近平总书记考察吉林来到长春市宽城区团山街道长山花园社区，了解社区党建、基层治理、为民服务工作情况，对他们创建的“四级”社区党建网络工作体系和“三长”社区管理体系表示肯定。习近平总书记视察吉林期间，深入社区、企业，就保障和改善民生作出重要指示，要求我们要牢固树立以人民为中心的发展思想，着力解决重点领域民生问题，不断增强人民群众的获得感、幸福感、安全感，为我们进一步做好民生工作指明了方向。

此后，吉林省副省长阿东率队到四平调研。在铁西区华宇社区和华宇幸福汇，阿东实地察看了老年康复中心、老年大学、老干部活动中心、华宇书房、社区图书馆、幸福食堂等社区配套建设情况，详细了解党建引领、为民服务、社会组织培育、社工队伍建设有关情况，对华宇社区依托华宇集团创造性开展便民惠民活动、丰富居民精神文化生活的举措给予充分肯定。

2021年“两会”期间，四平市人民政府市长胡斌向大会作政府工作报告时指出，推广华宇新型社区建设成功经验，再创建30个“幸福小区”，提升城镇居民的幸福感、获得感，充分肯定了“华宇幸福汇”在加快城市建设，精心打造幸福家园的示范引领作用。

吉林省华宇集团以“华宇幸福汇”模式为核心的幸福社区建设理念，与省委、省政府的文件精神高度契合。通过“华宇幸福汇”的理念和体系建设的华宇幸福社区，为全国的城乡社区建设提供了可复制、可推广、可借鉴的经验。

强化组织体系，让党的领导“实”起来

华宇集团党委以加强政治建设为统领、以提升组织力为重点、以扩大全面有效覆盖为基础、以发挥实质作用为根本，充分发挥非公企业党建新动能。大力实施党建“同心圆”工程，按照“组织共建、党员共管、社区共治、活动共办、资源共享”的原则，有效推进了基层党建与社区治理深度融合，互促共进。

华宇集团党委共有5个党支部，党建工作犹如一股跳动的“红色”脉搏，饱含着科学发展、促进和谐的丰富营养，汇聚了企业创新发展的正能量，成为非公企业实现转型升级的强劲动力。他们突出抓好“组织覆盖”和“工作覆盖”这两个核心，充分发挥党在非公企业的政治核心和政治引领作用，用党的行动体现党的声音，用党的理念主导多元文化，开创“党建也是生产力”的全新理念，推行“党建+发展”“党建+治理”“党建+服务”的全新工作模式，实现了党建工作与企业协调发展、互促共赢的良好局面，现已形成了“党建引领、三社联动、同向发力”的大党建格局。

2015年，华宇集团董事长赵洪新在国内率先提出“打造华宇全龄化宜居社区”的伟大构想和先进理念，以“家”文化为主题，对0到100岁居民从生活细节到精神追求，给予全方位关爱与呵护，通过社区配套、全龄教育、社区文化、社群活动、全龄健康、社区公益、社区商务等七个层面构建了完善的社区服务运营体系，为居民提供精准化、精细化、亲情化的全方位服务。

“华宇幸福汇”是华宇集团基于20年人居产业发展实践创造的社区服务模式，以“健康、爱、分享”为价值理念，“以幸福人生、幸福家庭、幸福社区、幸福社会”为宗旨，以“党建引领、政企融合、三社联动、居民自治”为核心，将家庭义务履行、社区公益参与、社会责任担当相结合，这一“幸福地产”模式全国首创。

2019年8月，全国工商联房地产商会在四平召开了“首届房地产长白山论坛暨幸福社区发展大会”，并成立了全联房地产商会幸福社区分会，董事长赵洪新当选幸福社区分会会长。第二届长白山论坛暨幸福社区发展大会于9月5日启幕。本次会议以“聚力·引领·焕新”为主旨，以“后疫情时代幸福社区建设的重要性与发展趋势”为主题，务实推进幸福社区的高质量发展。

华宇幸福汇社区服务模式不仅高度契合国家提升人民获得感幸福感的努力方向，更是与党中央、国务院关于加强城乡社区综合治理的具体要求相一致，被誉为中国全龄化幸福生活领创者，中国幸福社区建设典型和标杆。不仅实现居民美好生活理想的有效途径，更是通过整合社会资源、集合各方面力量，共同解决教育、医疗、康养、就业等社会问题的积极探索实践，对于中国城乡社区综合治理、房地产行业转型升级、城市未来建设与发展都极具借鉴意义。

强化服务体系，让党的旗帜“飘”起来

董事长赵洪新带领团队成员步履铿锵抓项目、抓落实，坚定不移扛起四平全面振兴全方位振兴历史使命，扎实推进制度创新和治理能力建设，现已形成“一平台、三中心”体系建设，坚持“三社联动”运营机制。一个平台，即华宇全龄化幸福生活运营平台；三个中心分别是：幸福汇居民生活体验中心、华宇社区管理服务中心和幸福汇运营展示中心；三社联动，即社会组织培育、社工队伍建设、社会力量参与。华宇社区通过社会组织培育、社工队伍建设、社会力量参与的“三社联动”运营机制，已经孵化30多个社会组织参与实践着多样化的活动，不断深化而持续发力。

2020年8月21日，华宇幸福汇第五届菁英计划成人礼在四平壹盛雅歌文化产业园举行，学生观看了成人礼主题视频，有温馨的家庭生活，有学习的场景，分享了自己的成长故事，进行“青春告白”。

华宇倡导“人人为我，我为人人”的大爱情怀，真正实现了教育场景化、生活情境化、社区生态化，用奉献精神保持社区大家庭的炙热温度， 用人文关怀伴随生命的每一个精彩瞬间。

华宇爱心公益志愿者协会成立于2016年6月25日，将每月25日定为华宇社区公益日。成员们经常走进社区空巢老人家中擦玻璃、打扫卫生。每个月，华宇幸福汇都会举办各种公益活动，如：清扫白色垃圾 、美化小区环境、关爱弱势群体、敬老助老……实现社区居民的需求在哪里，党组织的服务就紧跟到哪里。华宇爱心公益志愿者用自己独特的方式奉献社会，为身处迷雾中的人们带去光亮。

华宇集团党委通过这些活动载体，把华宇“幸福地产”的党建工作打造成为党员干部加强党性和提升素质的“红色学府”、构筑

华宇幸福汇针对儿童的兴趣培养，免费开设插花、彩绘、舞蹈等公益课堂，营造健康快乐的幸福童年，多元化课堂促进了孩子全面成长　摄影：唐亚江

社区居民的精神家园。

赵洪新说："企业的成功离不开国家和人民，兼济天下、回报社会是不变的初心。通过自己的绵薄力量造福社会、积极传播慈善理念、促进社会和谐发展是企业家义不容辞的责任。心中有祖国，爱才会更深；做事为祖国，劲才会更大；奉献给祖国，人生才更有意义和价值。"发自肺腑的人生感悟、历经实践的商业智慧、寄望社会的倾情述说，让人从中领略到赵洪新的真诚、坦率与智者心态。

强化宣传体系，让党的声音"响"起来

通过"幸福汇"这一平台载体，董事长赵洪新建立起社区文化机制，同时推动建立了30多个社群组织，如党员红色艺术团、京剧社团、太阳花艺术团、拉丁舞团、民族舞团、春晖合唱团、太极拳社群、乒乓球社群、乐居堂书法社群、鸿鹄诗歌协会、养生小组等，构建有效的华宇社区文化单元。

在实践中，华宇大步向前，全力推动文化艺术进入社区生活。在华宇城，每年举办数场社区文化活动，为居民献上了一场场精彩的文化盛宴，送来了丰富的精神食粮。

2020年，华宇将吉林省顶级文化艺术引入社区，吉林省舞蹈家协会华宇社区舞蹈培训基地揭牌。中国舞蹈家协会副主席、吉林省文联副主席、吉林省舞蹈家协会主席王小燕为华宇社区舞蹈爱好者现场培训；国家一级演员金勇结合自己数十年来的声乐学习和艺术实践经验，生动讲述声乐学习的正确途径，讲解了声乐歌唱艺术的技巧；省文联辅导艺术家冯宝强详细讲解葫芦丝的起源、发展、学习的手法、重点技巧的练习方法等方面知识；省文联辅导艺术家、书法名家李树君用通俗易懂的语言，重点围绕书法的"方向与方法"进行讲解，现场挥毫泼墨，展示书法技艺，让书友们深受启发；中国曲艺家协会副主席、著名二人转表演艺术家闫淑平，国家一级演员佟长江等艺术家和著名演员为华宇居民带来精彩的表演。

以文化人，以文聚力，以文兴业。省文联艺术家志愿服务团队和华宇幸福汇各文艺社群组织纵情歌唱祖国，和华宇社群组织一道深情歌唱，抒发了对党和祖国的美好祝福。

华宇集团自2015年结合企业自身开发项目落地实施以来，极大丰富了社区居民的业余文化生活，构建了和谐、舒适的华宇幸福社区大家庭，居民的获得感、幸福感、安全感得到极大提升。国家民政部领导多次到华宇集团考察，省、市民政部门对此也给予高度关注。四平市人民政府更是将推广华宇幸福汇社区服务模式、在全市建设幸福社区列入政府工作报告。由此，华宇幸福汇荣获全国房地产行业最高奖项"精瑞奖·人居运营品牌奖"；华宇社区被评为吉林省首批"幸福社区"。

国内权威专家、学者、各级主流新闻媒体纷至沓来，华宇幸福汇"值得学习、值得研究、值得借鉴、值得宣传、值得推广"，来访者都不吝给出这样的高度赞赏和评价。

强化队伍体系，让党的力量"强"起来

为构建"大党建"格局，形成以党建带群建，以群建促党建良性互动局面，华宇集团党委建立了党工团妇"四位一体"工作网络，在园区形成党组织和群团组织"阵地联建、人才联培、活动联办、事务联商"的工作氛围。整合"党员活动室""党员之家""党员志愿者服务队""党员帮贫服务队""党员送餐服务队"，有力提升了非公企业党建工作成效。

华宇将党建工作融入企业项目经营、融入企业品牌文化建设、融入民企社会责任。通过开展儿童成长课堂、青年价值取向、老年大学、国学课堂、国学夏令营等系列化课程等主题实践活动，打造富有时代特征、企业特点、展示风采的特色载体。

党建做强了就是竞争力，做细了就是凝聚力，通过一系列扎实有效的举措，非公党建犹如给华宇插上腾飞的翅膀，"红色引擎"赋能非公经济高质量发展。

华宇集团为幸福家园打扮，用节律、用刻度、用仁义礼智信、用温良恭俭让等修为要素，滋养着中国全龄化宜居社区的每一寸沃土，培植出幸福生活的现实意义。形成了基于"幸福地产""民生地产"的主流思想，最大化地挖掘城市价值，完善城市功能，提升了城市形象，推动了城市更新，实现了价值分享，受到各级党委政府和社会各界的广泛认同。

华宇城·熙和园、华宇·幸福小镇作为华宇集团创新升级产品代表，完美契合城市对于幸福生活的落点，匠筑经典，筑造四平、公主岭两地全新城市封面，诠释了幸福华宇城市更新领域的创新成果。华宇集团审时度势，科学决策，抢抓发展机遇，把握市场主流需求，朝着高质量发展大踏步迈进。

华宇集团以促进城市发展为己任，努力践行城市美好生活服务商和运营商的角色，致力为城市提供一体化的综合基础配套服务，不断兑现"中国全龄化幸福生活领创者"的品牌承诺。

如今，华宇集团党组织的政治优势正在转化为促进企业发展的经济优势，党员的先锋模范作用正在转化为促进企业发展的榜样力量。迎着建设新时代"美丽四平、幸福家园"的铿锵号角，鲜红的党旗正在华宇集团高高飘扬，指引着四平最具竞争力和发展潜力的首席房地产开发企业一路搏击商海，阔步前行。

每月25日是华宇社区爱心志愿者公益日，他们通过清扫白色垃圾、美化小区环境、关爱弱势群体、敬老助老等公益活动扮靓幸福华宇美丽家园　摄影：唐亚江

强化治理体系，让党的色彩“亮”起来

在幸福社区综合治理中，华宇聚焦人本化、生态化、数字化3大价值坐标，包括邻里、教育、康养、创业、服务等幸福社区场景包罗万象、功能强大。华宇以自治激发活力，以共治多方参与，业主共享共建。对应共治组成了服务队，由社区居委会、物业公司、社会组织、驻区单位、党群服务中心五个为民服务主体组成，五者联合为一体，共同为社区居民服务。进一步完善治理体制、创新治理机制，提高社区治理社会化、法治化、智能化、专业化“四化”水平，构建共建共治共享的社会治理新格局，不断提升社区居民的获得感幸福感。

华宇集团一脉相承幸福华宇对于品质的追求，怀着对美好人居的责任与担当，对中式居住文化的深刻理解，秉承初心，以深耕姿态战略布局铁西区核心板块，臻心打造华宇“府系”产品，筑就府系臻作熙和园，以华宇式品质人居范本，致敬四平城市菁英。

有多大的视野，就有多大的胸怀。有多大的胸怀，才能成就多大的事业。华宇，是一家学习力极强的房企。这些年，社会各界纷纷点赞华宇之变：华宇，一直在超越自我；华宇，一直在深耕厚植。比如产品力、服务力、幸福力的显著提升；比如几大超级IP蓝山系、园系、府系、小镇系等产品走红四平、走红公主岭。华宇，用品质和担当助力城市繁荣幸福再升级，向市场提供高品质产品。

赵洪新把“发现幸福、守望幸福、传递幸福”作为企业使命，为四平、公主岭两地城市建设发展和城市人居生活品位的提升作出了突出贡献，树立了三、四线城市房地产转型升级的标杆。

2020年，华宇集团将全周期综合竞争力的核心凝练为“一率四力”，从高效率、品牌力、产品力、服务力、幸福力等5个维度发力，进一步夯实发展根基，确保增长规模与增长质量的齐头并进。

抚今追昔，历经22年风雨洗礼，幸福华宇城市更新硕果累累。

华宇集团通过华宇城·熙和园、华宇·幸福小镇等又一批经典作品的呈现，续写新的辉煌与荣光。

华宇23年，是弄潮时代、引领创新、使命在肩的23年。宛若手执时代巨笔，泼墨挥洒出一幅气势磅礴的奋斗画卷。书写生活的绚烂，书写城市的地标，书写英雄的文化，书写宏伟的梦想，书写时代新篇章。

作者：唐亚江

交通运输部东海航海保障中心上海海事测绘中心

蛟龙探海　勇当先锋

链接：交通运输部东海航海保障中心上海海事测绘中心自1998年开始，连续十一届22年获评上海市文明单位；2016—2020年被授予上海市平安示范单位；2017年，《2013—2016年长江口航道养护工程水文泥沙与河势演变综合观测》项目获评全国优秀测绘工程金奖；2018年，《东海大桥桥墩冲淤状况专项监测》项目获评中国水运建设行业协会“水运交通优秀勘察二等奖”；2019年，《东海海区北斗地基增强系统建设关键技术与应用》项目获评中国测绘学会测绘科技进步二等奖；2019年，《长江口潮汐精细化预报数值模拟关键技术研究与应用》项目获评中国航海学会科技进步一等奖。

他们是航路安全的“先遣队”，是未知海域的拓荒者，也是海难事故后的“清道夫”。未知的水域要测绘，暗藏的礁石要探明，水下潜在的危险要排除，把危险留给自己，将安全带给船舶。他们就是“探海先锋”——交通运输部东海航海保障中心上海海事测绘中心（简称上海海测）。

在海测人长期参与急难险重任务的历程中，上海海测注重文化传承，从厚重历史和深厚文化中挖掘先锋特征、提炼先锋精神，逐步创建形成了“探海先锋”这一文化品牌。

近年来，在“探海先锋”品牌感召和先锋精神引领下，上海海测不断超越自我，全面提升履职能力和服务水平，被评为“全国测绘质量优秀单位”“上海市质量标兵企业”，并连续十一届被评为“上海市文明单位”。

提炼先锋精神，激发奋进力量

海上测绘有着悠久的历史，古人为发展水利，就开展过大规模的测绘活动。20世纪初，上海设立浚浦局，对黄浦江潮位进行观测记录。1955年，交通部海运总局筹建成立海港测量队，历经变迁，在新时代呈现新发展。

上海海测事业伴随着新中国对海洋的探索和开发而成长、发展，在各个阶段都担当了先行者的重任。新中国成立初期，上海海测人率先深入祖国海疆岛礁，为一条条航道的打通提供了基础支撑；改革开放后，上海海测人的身影活跃在沿海港口大开发的第一线，扫清障碍、发现价值，投身外高桥“摘帽”工程、杭州湾序列图测量工程、长江口深水航道工程、洋山港建设……有力支援了上海国际航运中心建设和东海沿海水运经济发展；进入新世纪，上海海测人积极服务国家重大战略，一路向南，逐梦深蓝，丈量大海，彰显了海测担当。

“纵观历史可以看出，‘先锋’是海测历史的鲜明特征。海洋测绘、应急扫测、水文服务、高精定位……无一不展现出上海海测人开疆拓路的先锋形象。”上海海测党委书记刘谨说，在海测发展历史中把握文化脉络，上海海测逐步创建了“探海先锋”文化品牌。

文化品牌培育过程中，上海海测积极挖掘提炼文化精髓，形成了包括海测精神、海测形象、海测价值观、行业使命、共同愿景五个内容的核心价值体系：“尺幅千里追求卓越”的海测精神，“航路先锋，探海致真”的海测形象，“严谨坚韧务实奉献”的海测价值观，“精确测绘江海蓝图、精心服务海洋经济”的行业使命，“成为海事测绘行业的排头兵”的共同愿景，具有鲜明的行业特色。

应急扫测

随着上海海测核心价值体系宣贯行动的深入推进，“探海先锋”文化品牌深入人心。无论是服务国家战略和地方经济建设，还是为港航单位、海事监管部门提供优质的技术支撑和服务产品，上海海测人无时无刻不在用实际行动践行“先锋”精神。

拓展文化载体，彰显先锋形象

多年来，上海海测不断丰富“探海先锋”文化品牌的内涵和外在展示形式，打造了丰富的文化产品和文化活动形式。

围绕探海先锋形象的打造，上海海测先后制作了《探海先锋》宣传片、“桑吉”轮应急扫测、“5·10”落江集装箱应急扫测等专题片，完成了海测画册、海测报、文化墙、动漫形象、动漫宣传片、系列文创产品等设计制作，每年举办海事测绘文化周活动，打造健康向上的职工文化；利用行业主流媒体，开辟了“探海先锋”专栏，对重大应急扫测、服务洋山港四期等重点工程、改革开放40年发展成就、科技研发等进行专题报道，打响海上测绘国家队的品牌；确立争创全国文明单位的工作目标，制定了《创建全国文明单位实施方案（2018—2020）》，明确了14项51条创建措施，统筹推进两个文明创建。

上海海测建立了反应快速、协作顺畅的测绘应急反应机制，近三年，年均实施应急扫测任务14次，1545.31换算平方公里，在2017年“顺港19轮”落江集装箱应急扫测中，为上海港恢复通航和国际邮轮安全进出港提供了及时、精准的沉箱点位数据。

2019年，上海海测参与东海海区的“碧海行动”，在对苏北五指沙附近“先锋1号”沉船、“吉利来”轮等沉船进行打捞后的扫测中频创奇迹，尽管受到“米娜”“浣熊”等多个台风的影响，但他们乘风破浪，连夜作战，为海洋经济建设贡献了力量，得到了各方的赞赏。

2020年疫情防控期间，上海海测坚持战“疫”和航保履职“两手抓”。及时做好上海港辖区内港口航道的测绘工作，保障重点通航水域海图数据及时更新，为船舶安全航行提供准确可靠的水深数据。探海先锋们千里驰援、日夜兼程，高效完成了舟山水域“神洲19”轮沉没和长江口外“浙普渔23911”轮沉没两次沉船应急扫测，得到了广泛赞扬。

凝聚文化共识，服务国家战略

随着“探海先锋”文化品牌影响力不断扩大，“先锋”精神深入人心，海测职工干事创业的劲头更足了。

2020年6月23日，国家重点工程长江口南槽航道治理一期工程交工运行。作为“探海先锋”，上海海测对航道进行的多波束扫海及交工验收测量，为该工程如期交工、航标的调整以及开通试运行提供了数据支撑，助力上海国际航运中心建设。

同时，上海海测为中国（浙江）自贸试验区建设提供了全面的测绘保障，先后完成附近海域《鼠浪湖岛码头》《虾峙门及附近》等10幅港口航道图的更新测绘；主动服务该区“国际石化基地、国际油气储运基地”等核心产业发展，实施了配套航道、锚地、港池的通航尺度核定测量。

探海先锋们还投身于江苏沿海大开发中。2017年以来，他们实施《通州湾》两幅1∶35000的首版海图测量，填补了通州湾没有专用海图的空白，直接服务于通州湾开发示范区建设；实施盐城大丰港深水航道二期工程、LNG外锚地、洋口进港航道等重大港航工程的通航尺度核定测量；逐步推进江苏沿海航道扫测工程，为江苏沿海大开发战略的实施提供了专业、全面的保障。

在此过程中，上海海测涌现出了一批先进典型。“海巡166”轮获评全国工人先锋号，陈正伟获评“感动交通”年度十大人物、直属海事系统十大杰出青年、上海“城市之光”优秀人才。同时，先后有6名干部职工获评省部级劳动模范、先进工作者称号，多人获评上海市质量标兵、上海市技术能手、上海市青年岗位能手、全国交通系统技术能手等荣誉。

“上海海测将继续以习近平新时代中国特色社会主义思想为指导，以核心价值倡导行动、道德模范引领行动、文明主题创建行动、文化品牌培育行动和行业形象塑造行动等五大行动为宣贯载体，奋力推动核心价值体系落地生根，使‘探海先锋’文化品牌的影响力不断扩大，为推动新时代上海海事测绘的高质量发展奠定坚实的文化基础。”上海海测主任史晓平表示。

全国工人先锋号——海测旗舰“海巡166”轮

江苏省如皋水务集团

党建引领 锻造新时代“水务铁军”

如皋水务集团党建馆一角

水务管理一体化加速推进，九大改造工程建设全面提速，安全供水保障能力大幅提升；党风廉政建设更加严实，企业质量和效益稳中趋优，人民群众获得感、安全感不断增强……2019 年 3 月挂牌成立的如皋市水务集团有限公司，为何能在短短半年时间多项工作实现新突破？

“这是企业加强党建的结果，也是企业深化改革的见证。”江苏省如皋水务集团党委书记、董事长卢晓剑充满激情地说，“只要坚持党的领导和全面从严治党，锻造出一支‘讲政治、聚活力，谋发展、争先锋，守规矩、作表率’的党员队伍，汇聚起集团上下改革创新、奋发有为的磅礴力量，就一定能打造如皋水务新优势、新动力、新形象。”

强根铸魂，筑牢根基树样板

强党建之“根”，铸信仰之“魂”。从组建第一天起，如皋水务集团党委就旗帜鲜明把加强党的政治建设摆在首位。习近平总书记每发表一次重要讲话，党委班子成员都在第一时间及时组织传达、深入学习领会、抓好贯彻落实，推动形成了领导带头、以上率下、层层跟进的良好局面。

“我们要坚持思想建党、理论强党，坚持学思用贯通、知信行统一，不断增强‘四个意识’、坚定‘四个自信’、做到‘两个维护’，筑牢信仰之基、补足精神之钙、把稳思想之舵。”卢晓剑表示，如皋水务集团将“不忘初心、牢记使命”主题教育作为重大政治任务，科学筹划、严密组织，上下合力、稳步推进，确保主题教育与中心工作紧密结合，取得扎扎实实的成效。

让红色基因滋养灵魂，把理想信念之火烧得更旺。在中共一大纪念馆重温忠诚的信仰，在红十四军纪念馆体验战斗的热血，在海军诞生地纪念馆回顾光辉的历程，40 多名党员干部走进红色教育基地，缅怀革命先烈，重温入党誓词；领导干部讲党课、专家辅导、座谈交流，原原本本学、全面系统学、结合实际学，“5·10 思廉日”廉政教育、“七一和党说句心里话”红色征文、“学党章守纪律”党性教育……一次次主题教育活动，让广大党员党性越发坚强，信念越发坚定。

过好“政治生日”，增强党性修养。2019 年 6 月 24 日上午，如皋市水务集团党委一支部全体党员在龙泉楼六楼党员活动室，为 3 位同志过了一个有意义的集体“政治生日”。建立一本“政治生日”台账、赠送一份“政治生日”礼物、重温一次入党誓词、开展一次谈心谈话、组织一次集中学习、进行一次观摩点评、生日党员整改一个存在问题、办一件实事好事，这“八个一”导向鲜明，已成为水务集团党员过“政治生日”的标配。

党内政治生活是党的建设的基本实践活动，水务集团党委扎实开好民主生活会，全力搞好政治体检。民主生活会中，大家坦诚相见，敞开心扉，认真查摆在理念学习、思想洗礼、干事创业担当、为民服务等方面的突出问题，深刻剖析存在的原因以及今后改进措施，每个整治项目列出问题清单、任务清单和责任清单，建立工作台账，明确时限要求，实行销号管理。第一支部书记鞠福华说，开好民主生活会，提高政治站位，以问题为导向，提高行动自觉，标本兼治抓整改，奋发进取抓实干，培塑从严治党新形象。

整改落实“实打实”，反腐倡廉“硬碰硬”。“奋力走好水务工作新的长征路，我们不仅要搞好政治体检，还要深入反腐倡廉，锤炼忠诚干净担当的党员队伍，用清正廉洁保驾护航，必将始终走在进步前列，永立时代潮头。”集团纪委书记孙爱民的话铿锵有力。以党风廉政建设为抓手，切实抓好教育、制度、监督、改革、纠风、惩治等各项工作，从开展守纪承诺到排查防范廉政风险，从行风测评到聘请监督员，从“一月一进行”到“一月一重点”集中宣讲，一项项“软要求”转换成一道道“硬约束”，形成反腐倡廉建设工作整体合力，营造出风清、气正、劲足的干事创业环境。

实践证明，作为如皋国企党建的一面旗帜，如皋市水务集团党委打造“红色堡垒”，牵引“发展动车”，不断用实效生动诠释“党建强、发展强”的理念。

提质增效，服务民生勇担当

坚守人民至上的拳拳赤子心，担当“着力保障和改善居民用水”的使命。自觉把习近平总书记以人民为中心的思想植根心底、见诸行动，想百姓所想，急百姓所急，忧百姓所忧，解决人民群众“供足水、供好水”的愿望，让如皋人民生活更幸福更美好。

竭诚为民，以“人民满意”为标准，必须体现到抓改革、促发展、保民生等一件件实际工作中。集团总经理许益飞说：“坚定理想信念，不负人民重托，就要把坚定信仰转化为对本职工作的不懈进取、对高尚情操的笃定坚持、对艰难险阻的勇于担当，以永不懈怠的精神状态和一往无前的奋斗姿态，肩负起新时代共产党人的历史使命。”

牢固树立“安全是第一保障”理念，落实安全生产主体责任，健全安全生产管理机制，推进安全网格化管理和安全标准化建设，强化应急管理工作，全力抓好水源、水质、泵站、管线、防火、网络等安全工作，保障施工安全、水质安全、运行安全。

敢于负责、勇于担当，狠抓安全生产不松懈。集团党员干部在履行岗位业务工作职责的同时，积极履行安全生产工作职责，做到同研究、同规划、同布置、同检查、同考核，做到业务工作与安全生产工作“两手抓、两手都要硬”。领导干部带头深入一线，力量沉到基层、心思放在基层、功夫下到基层，现场抽查、飞行检查、定期排查，实地查落实、当面作点评，现场解难题……他们以“踏石留印、抓铁有痕”的工作作风，防风险、除隐患、遏事故，筑牢如皋城乡供水安全生产“长城”。

让群众用水无忧！如皋市水务集团全面打响夏季供水保卫战：供水中心加大设施巡检力度，对查出的设备故障和隐患及时进行整改，切实保障高峰供水期间不发生任何责任事故；水质检测中心加强对应急水源水质监测，应急制水时安排 24 小时值班，确保夏季高峰供水水质安全；管线中心着重维修及时率和服务质量的提高，提高服务技能，打造高效率和高技能的服务队伍；二次供水设施管

如皋市委领导来集团指导工作

理科定期对泵房机电设备进行全面检修、维修，使供水设备处于最佳运行状态……党员干部用知重负重、攻坚克难的实际行动，诠释对党的忠诚，对人民的赤诚，确保维修及时率100%、设施完好率100%，为市民输送源源不断的汩汩清泉。

为信念而执着，为奉献而发光发热，巾帼不让须眉。客户服务中心的45名女同志，每天现场勘察、水表抄录、用户回访，城区的大街小巷穿行着她们的身影；统一着装、挂牌上岗、文明用语，窗口服务员无时无刻不展示着热情、规范的服务态度；皋水热线、报修热线、市长公开电话，她们无数个日日夜夜对岗位的坚守，只为能第一时间解决用户的难题。永葆先进本色，客户服务中心先后获得全国青年文明号及全国巾帼文明岗荣誉称号。

积极主动作为，直面风险挑战，如皋水务集团着力强化反恐应急支撑，不断提升安全供水保障。集团反恐应急队每周三、五下午常态化开展军训和应急预案演练，聚焦实践、对接实践，大抓反恐体系对抗训练，大抓复杂环境下训练，大抓极限条件下训练，锤炼随时能战、战之必胜的过硬本领，增强科学施救和事故灾难应急救援能力，提高从业人员防灾、避灾和自救互救水平。扎扎实实做好斗争准备，加大人防、技防、物防力度，全力打造供水防恐反恐之盾，他们枕戈待旦、攻坚克难，面对急难险重，时时刻刻准备冲锋在前。如皋水务集团严格反恐训练考核和监督督导的经验做法，获得有关部门的充分肯定。

勠力同心，奉献社会谱华章

道德讲堂树新风，红色基因永传承。以“提振精气神铸就水务魂”为主题的第二期道德讲堂内容精彩纷呈，令人难忘。朗读者徐丽丽通过《一个人要像一支队伍》，告诉所有奋斗在路上的年轻人，不煽情，不做作，要以坚定的方式学会自律、高效地生活，遇见最好的自己。情景剧《查水》，让大家在欢笑声中明白，踏踏实实做事，清清白白做人，才是正道。诗朗诵《我们骄傲我们是如皋水务人》，歌颂“创业、创新、务实、争先”如皋水务精神，激励职工为公司的辉煌明天贡献力量。

以文化人、以德育人，集团党委通过“道德讲堂”讲好先进典型故事，传播榜样精神，让广大职工从中汲取精神养分、感悟道德力量，推动形成浓厚的尊重、学习先进典型的社会氛围。广大职工纷纷表示：学先进典型就要学习他们的精神、品质、情怀，学习他们立足平凡、追求崇高的美好情怀，学习他们爱岗敬业、忠于职守的职业精神，学习他们乐于助人、无私奉献的高尚品格。

“白日不到处，青春恰自来。苔花如米小，也学牡丹开。”为了更好地营造充满社会关爱的校园文化，增强九华“春雷班”孩子们积极向上的学习、生活态度，2019年6月13日下午，如皋市水务集团在九华小学大礼堂举办了以“雉水情暖，苔花盛开，最美的遇见”为主题的捐资助学活动。参加活动的嘉宾向九华“春蕾”班的20名学生捐赠了爱心助学金和学习用品，爱心妈妈们则给孩子们送上了精心挑选的礼物。一份份关爱让孤困儿童沐浴在爱的阳光下，浸润在爱的雨露里，朵朵花蕾将绽放熠熠光彩。

用大爱善举，生动诠释社会主义核心价值体系的精髓。2019年6月2日，水务集团下属石庄水厂负责人严强感染病毒住院，ICU、进口药品……高额的诊疗费让家属犯了愁。集团党委了解这一情况后，及时将其列为重点帮扶对象，提前支付其工资薪酬，并积极帮助联系南京、南通三甲医院的专家教授分析病历，提出行之有效的治疗方案。干部职工更是自发地轮流值班，守护在严强病床前。如今已全面康复并走上工作岗位的严强感动地说：“我将牢记党的恩情和同事们的关爱，用实际行动诠释不变的初心，担当起为民服务的使命。”

让关爱常在，让温暖永存。集团党委通过开展“关爱套餐”四个“一”活动：每月开展一次义务劳动、每月开展一次部门谈心谈话会、每月开展一次访贫问苦、每月开展一次部门联谊等活动，把构建和谐劳动关系和服务职工工作做得更加精准、更加优质，提升了企业主人翁的获得感、幸福感，让职工群众真正感受到集团大家庭的温暖，从而不断增强党的政治领导力、思想引领力、群众组织力、社会号召力。

勠力同心，共同奋斗。如皋市水务集团党委切实担负起政治任务，发扬自我革命精神，全力锻造新时代“水务铁军”，积极寻求可持续发展，拓展水务产业链，不断攀登新的高度，确保国有资产保值增值，谋划更广阔的城市未来。

江苏省宜兴市烟草专卖局（分公司）

用党徽的光芒照亮前路

时任无锡市烟草专卖局（公司）主要负责人到宜兴调研指导疫情防控和复工复产工作　摄影：孙镜桐

链接：宜兴市烟草专卖局（分公司）内设办公室（安全管理科）、法规科（监察科）、专卖管理科（内管派驻组）、客户服务科、财务委派室5个科室，另外，代管无锡市公司物流中心宜兴中转站。全市卷烟零售户5582户。辖区共设宜城、丁山、和桥、张渚、官林5个基层服务站（包括片区稽查中队和客户服务部）和1个机动中队。宜兴烟草是无锡全市系统4个单位中第一家被评为省级文明单位和“五星级档案”的单位。2019年获得国家级荣誉5项、省级荣誉13项、市级荣誉21项，各类个人荣誉32项。其中，1个奖项以总分第一的成绩荣获行业一等奖，1个课题以总分第四的成绩获行业一等奖，1个QC小组荣获“国优”小组称号，1个课题成果以总分第一的成绩获全省一等奖。

庚子年初，一场突如其来的疫情给各行各业造成了巨大冲击，也给居民生活带来了诸多不便。此时，千千万万个党员站了出来，他们冲在疫情防控第一线，忙碌在疫情最危险的地方，以无私无畏的勇气诠释着党员的忠诚与担当，用实际行动践行了党员的初心与使命。

在这场与疫情赛跑的过程中，宜兴烟草以果断有效的措施迎战，以迎难而上的勇气出击，全体党员总动员，通过具有开拓精神的党建架构创新和强有力的组织保障，进一步激发了党建活力，充分发挥了党支部的战斗堡垒作用和党员的先锋模范作用，打了一场漂亮的阻击战。在党员的带领下，宜兴烟草统筹做好疫情防控和复工复产工作，与时间赛跑，做到两手抓、两手硬，不仅实现了本单位疫情防控和生产经营“双胜利”，还为当地的疫情防控工作作出了积极贡献，赢得了系统内及属地领导和百姓的交口称赞。这支迎难而上、敢于攻坚的队伍是如何炼成的？

防疫复工先锋队

年后，疫情最严重的时刻，美丽的苏南小城宜兴，风声鹤唳。时不时有谣言在当地人的社交群里传播，人们对出门唯恐避之不及。但单位要有人值守，防疫措施要有人落实，社区志愿服务要有人参与，谁能顶上去？在宜兴烟草，这个问题并不难解决：领导带头，党员先上！为给抗击疫情增添信心和力量，宜兴烟草的领导和党员率先垂范、身先士卒，干部和员工积极参与、发光发热，展现了全局上下热心公益、爱国爱民、和谐诚信的企业形象。

疫情发生后，江苏省宜兴市烟草专卖局（分公司）党组书记、局长、经理王宗亮第一时间要求办公室在单位工作群发布通知，提醒大家做好个人防护，并牵头成立了单位疫情应对工作领导小组，亲任组长，统筹调度全局（分公司）的疫情防控工作。领导小组及时制定、实施单位全方位消毒、员工全方位防护等一整套防控方案；安排办公室采购防护用品，做好发放和储备；制定值班制度，明确每一名局领导轮流值班。在这最困难和最危险的时刻，党员挺身而出，没有一个人退缩，人人身先士卒，争做先锋。

疫情缓和后，复工、复送提上日程。如何将卷烟及时安全高效地送到零售客户手里？如何打通各个环节保证卷烟配送畅通无阻？做到这些，不仅需要领导的统筹调度，更需要基层一线员工的全面落实。去年以来，宜兴烟草着力扩大党组织的影响力，不断激发基层组织活力，积极打造“宜烟·陶冶”党建品牌，创新采取“点线面体”，即“优化党员基层分布点、延伸组织建设到一线、扩大党建工作覆盖面、党业工商零消一体建”的特色做法，进一步优化党员在基层的分布，使每个稽查中队、客户服务部、基层服务站都有党员，解决个别基层团队没有党员、党员基层分布存在空白点的问题，同时也解决有的基层团队党员相对较多、扎堆集中的问题，做到关键岗位有党员领着、关键环节有党员盯着、关键时刻有党员撑着，不断放大党员辐射效应，充分发挥党员先锋模范作用；延伸组织建设到一线，在基层服务站创新设立二级党小组，充分发挥二级党小组的微型战斗堡垒作用；扩大党建工作覆盖面，充分发挥党建工作对其他工作的引领作用；深化党建与业务的深度融合，积极打造党建业务发展共同体，强化专卖与营销协同联动，积极打造专卖营销发展共同体，成立壮大烟草工商零消党建联盟，积极打造工商零消发展共同体。特殊时期，特色做法取得了上下联动、左右协同的显著实效。

在春节后复工第一周，受疫情影响，宜兴各主路口设立临时检查站，车辆出入必须凭当地社区开出的通行证才能放行。身为党员的丁山客户服务部市场经理鲍迪迪，积极作为、主动担当，在服务区域送货的前一天，他深入镇区多个疫情防控检查站点了解情况，到单位办公室办理复工复产证明材料，再到镇疫情防控指挥部办理通行证手续，最后返回办公室按要求加盖单位公章。经过丁蜀、宜城两个乡镇的几个来回，鲍迪迪终于在送货前，把9张刚办好的送货车通行证交到了送货人员手中。“鲍主任，谢谢你，今天送货你办的通行证可帮了大忙了！”看着手机微信群里送货员发来的感谢信息，鲍迪迪脸上露出了会心的微笑。

和桥客户服务部市场经理沙滨，自复工后，每天坚持到服务部上班，与居家办公的客户经理利用信息平台加强工作协调和沟通。他要求客户经理采用网上和电话拜访等形式，及时与零售客户进行沟通，开展服务指导、信息采集等工作，促使大家有条不紊落实好各项工作要求。和桥服务部负责的周铁镇服务区域是宜兴第一例新冠肺炎确诊病例所在乡镇。病例确诊后，当地居民比较担心，因此周铁镇及周边乡镇封村封路的情况比较普遍，道路通行困难重重。公司复工后，和桥服务部又是第一个卷烟配送的区域，交通不畅对卷烟配送带来不可预期的影响。为此，沙滨主动谋划、统筹安排，一方面让客户经理与零售客户加强沟通，事先了解每一个零售店周边的道路通行情况，做好记录，并与无法送货到店的零售户协商好交接地点和时间；另一方面与送货部门配合，及时把了解到的信息第一时间传递给送货员，做足送货前的准备工作。送货当天，他带领客户经理积极协调，在送货车到达前提前到每个交接路口通知零售户接货，并维持秩序，确保人员不聚集、不给当地防控人员添麻烦。在他的不懈努力下，当天所有卷烟安全及时地完成了配送任务，赢得了零售客户和配送人员的交口称赞。

党建领航：左图为复工后基层党小组会议，右上图为抗“疫”先锋队，右下图为共产党员亮身份、做表率　摄影：曹庆贵

在做好服务的同时，宜兴烟草始终保持对卷烟市场监管的高压态势。随着复工复产的加快推进，卷烟市场逐步回暖，违法经营卷烟大户开始蠢蠢欲动。鉴于此，专卖监督管理科副科长兼和桥基层服务站站长黄世琦加强线索收集，强化对和桥片区卷烟市场的掌控。经过一个星期的蹲点守候，在摸清规律后，黄世琦带领和桥稽查中队人员，利用中午违法零售户警惕性降低的时机，对盘踞在和桥镇区的某违法大户实行突击检查，当场查获违法卷烟956条，案值24万余元。对于违法违规大户，黄世琦敢于硬碰硬、出重拳，硬打狠打，对一年内被处罚两次以上的违法违规户坚决予以取缔，形成了“取缔一个、震慑一片”的效果。

防疫期间，宜兴烟草有很多像鲍迪迪、沙滨、黄世琦一样活跃在抗疫一线的党员同志。平日里简单的日常工作，在特殊时期变得艰难又充满风险，这些党员以个人的负重前行、默默奉献、带头闯关，维持着整个公司的运转。记者了解到，疫情期间，宜兴烟草卷烟配送连续工作21天，七个送货周期保持卷烟送达率100%；卷烟销量同比增长2.43%，结构同比增长4.54%，实现销量和结构“双提升”。

战“疫”一线冲锋员

全民防控，最缺的是人。在事关人民群众生命安全的紧急时刻，每个党员都是人民的勤务员。疫情就是命令。1月底，宜兴市委组织部发布《关于抽调市级机关部门、市直属单位、市属国企工作人员充实疫情防控一线的通知》，号召各部门、各企业积极报名，共同守卫百姓安全。《通知》在宜兴烟草企业微信群发布后，周和平、沈强、黄世琦三人第一时间报名，他们是退役老兵，是优秀员工，更是多年的老党员。“我坚信有伟大的党的领导，有我们每一位党员的坚守，必定能够极快地划破黑夜迎来光明。”周和平对打赢新冠肺炎疫情防控阻击战充满信心。

2020年2月2日，首批103名来自27个市级机关的“陶都先锋”党员志愿者们佩戴党徽，穿上“红马甲”，火速投身于疫情防控阻击战当中。他们被分为10个志愿服务小组，奔赴宜兴宜城街道文峰、宝东等9个社区。参加志愿者服务的党员同志，按时定点到各社区、街道、菜场、道路卡口等公共场所，配合做好小区出入登记管理、体温测量、防疫知识宣传等工作，并引导群众克服麻痹大意思想，主动佩戴口罩、积极做好安全防护措施，为打赢疫情防控阻击战作出了积极的贡献。

志愿工作并不轻松。周和平在菜场劝导一位老人戴口罩时，老人伸手去抢夺他的口罩；在小区引导群众不要聚集时，被个别人士推搡、出言不逊。周和平理解群众的焦躁和惶恐，总是耐心劝解，小心引导。他迎难而上，主动认领任务，自荐担任组长，带领团队，深入疫情防控一线小区，张贴通知、排查外来车辆和人员，对普通居民进行防疫宣传、对隔离居民提供上门服务……

在积极参与宜兴市“陶都先锋”志愿服务队的同时，宜兴烟草又组建了本单位“‘尚德同心·家’志愿服务队”，划分成6个小组，由党员干部任各小组组长，佩戴党徽，身穿“红马甲”，分赴3个社区，协助做好排查登记、体温测量、小区管控、居家隔离管控、上门宣传等工作，共参与志愿服务活动481人次。闪亮的党徽，火红的马甲，成为社区一道亮丽的风景线。在返工潮来临的关键时刻，宜兴市局又迎难而上，主动尽责参与政府防控行动，积极作为，承担交通卡口防疫工作，协助交警对入宜车辆进行分流排查，协助医护人员对入宜车辆司机和乘客逐一进行体温测量、情况询问，有条不紊地协助有关部门做好防疫防控工作，助力交通卡口发挥联防联控作用，齐心协力构筑疫情防控城墙。

“我们在微信工作群里发出成立志愿服务队的通知时，领导班子成员和全体党员带头报名，有的党员为了参加志愿服务花几十块钱从乡下打车赶到市里。”谈及当初的场景，王宗亮依然感动万分。

大疫面前，“党员”二字意味着担当与奉献，意味着危险与挑战，但宜兴烟草许许多多的年轻员工积极向党组织靠拢，踊跃递交“火线”入党申请书，褪去稚嫩，换上坚强，为抗击疫情默默坚守，用实际行动诠释着自己的入党决心。

“关键时刻党员们挺身而出、冲锋在前、勇于担当、甘于奉献，从他们身上，我看到了党的优良传统作风，激发了我加入中国共产党的坚定决心，我要像党员一样去战斗。”财务委派室会计钱莉琳在递交的入党申请书中这样写道。自疫情防控以来，钱莉琳和身边的党员一道，主动“请战”投入到防疫战斗一线中去，无比坚定、无比自豪。

开拓创新先行者

疫情当前，宜兴烟草各项工作都受到挑战，在努力做好疫情防控和生产经营的同时，他们不忘以创新的视角审视工作，以精益求精的态度深度挖潜。宜兴烟草党员先锋队把疫情防控作为锤炼和考验党性的“试金石”，作为巩固和拓展“不忘初心、牢记使命”主题教育成果的“主战场”，争做创新路上的先行者，为宜兴烟草高质量发展贡献自己的光与热。

特殊情况，需要创新的工作方法。为了更好地保障员工和零售客户的健康安全，最大程度降低传播风险，宜兴烟草认真贯彻落实行业和地方部署要求，统筹安排、精心布置，创新采取“四到位、不入户、无接触”的卷烟配送服务模式，开展疫情防控期间卷烟配送工作。为做好防疫期间的客户服务工作，宜兴烟草充分利用微信客户群、QQ等线上工具，开展网络指导服务。通过网络平台，宜兴烟草提醒客户根据地方政府部门的要求，配合开展疫情防控工作，对政策做好宣传，并将官方发布的防疫知识和信息推送给客户，让客户掌握知识信息的同时，做好自我防护，避免受到一些谣传信息干扰。通过线上平台向客户了解经营情况，以及各镇、村的道路交通情况，并将其及时反馈给送货部门，为送货部门开展卷烟配送提前做好准备。

一系列的创新举措，保证了疫情特殊时期服务不中断，为客户保质保量完成各项服务工作。在这些探索中，党员干部总是冲锋在前，先试先行。

QC 小组（质量控制小组）是由相同、相近或互补之工作场所的人们自发组成数人一圈的小圈团体，全体合作、集思广益，按照一定的活动程序来解决工作现场、管理、文化等方面所发生的问题及课题，是一种得到广泛认可的创新组织方式。在QC小组的探索中，宜兴烟草取得了实实在在的成效和重大突破。去年，为推动档案管理信息化、规范化、标准化建设，宜兴市局（分公司）以党员为主力的“突破自我QC小组”，瞄准问题，以打硬仗的决心、钉钉子的韧劲，加班加点全力攻关，最终在预期时间内顺利结题。通过应用档案集成管理系统，宜兴烟草档案整理在行业内外率先基本实现了文书档案的全自动化整理，大大提升了档案整理效率，显著提高了投资采购、烟草专卖管理行政处罚和行政许可等行业特有档案的规范管理水平。在去年7月召开的烟草行业第三十届优秀质量管理小组成果发布会上，《档案集成管理系统的研发》课题荣获一等奖。该系统目前已在无锡烟草系统各县级局（分公司）和江苏烟草商业系统部分地市局（公司）推广应用。

疫情期间，QC 小组的工作没有中断。宜兴烟草坚持党建工作和业务工作“两手抓、两不误、两促进”，实现党建工作和业务工作深度融合，形成党建促业务、业务助党建的工作新格局，积极打造党建业务发展共同体。小组成员在家办公，及时联络，共同学习，课题研究再次结出丰硕成果。3 个 QC 课题在无锡烟草系统分别获得一、二、三等奖，其中《“五员”协同办公移动工作平台的研发》课题荣获全省系统一等奖。

党建模式上的创新也在继续。宜兴烟草秉承“互动互促、互补互学、共建共赢”理念，发展壮大宜兴烟草“工商零消”党建联盟，打造工商零消发展共同体。先后与四川中烟、安徽中烟、上海烟草等卷烟工业企业相关服务区域党组织，宜兴岳堤社区、溪隐社区、马庄村、路庄村等基层社区（村）党组织，富连珠烟酒销售有限公司、苏南商厦、宜客隆连锁超市等卷烟零售企业党组织成立“工商零消”党建联盟，构建了“资源共享、优势互补、凝聚共识、共同提高”的党建共建新模式。他们成立的“专销联动党小组”，为专卖和营销之间增加了一个联系纽带，促进了专销协同一体化，助力打造专卖营销发展共同体；通过深化基层服务站试点工作，聘中层副职为基层服务站站长，发挥专卖与营销之间的桥梁和纽带作用，强化沟通配合，促进专销联动，树立“团结协作、互爱互助、亲如一家”的团队形象。

“我们充分发挥党建引领作用，紧紧依靠党的政治优势和组织优势，持续夯实党建工作基础，发挥好国有企业党组织把方向、管大局、保落实作用，将党员分布、组织延伸、党建覆盖、工作融合的‘点线面体’有机结合，形成了组织有活力、党员起作用、工作有实效的生动局面。”王宗亮说，宜兴烟草以“紫砂·三色”为文化内涵的“陶冶”党建品牌，就是要让党员践行“红色文化”、做“勇当先锋、争走前列”的标兵，践行“绿色文化”、做“科学发展、无私奉献”的模范，践行“紫色文化”、做“精益求精、追求卓越”的表率。“我们党员队伍在抗疫期间得到了淬炼，未来这支队伍将更加坚强有力！”

作者：沙滨、曹庆贵

希诺股份有限公司

以党建为引领　精耕细作杯壶品牌

希诺股份有限公司总经理陈金国荣获南通市五一劳动奖章

希诺股份有限公司是一家集设计、开发、生产、营销为一体的杯壶行业标杆企业，主要生产玻璃、不锈钢、塑料和钛四大系列制品，产品涉及玻璃器皿、真空器皿、保温容器、密封容器、厨卫用品等多个领域。目前有两座生产基地和3个研发中心，共有员工1500余人。希诺股份有限公司一直非常重视党建工作，以党建为引领，精耕细作杯壶品牌。

一只杯，装下民族的品位。希诺股份有限公司自2007年落户海门余东镇以来，坚持党建引领、党工共建，以“做精品杯壶，创民族品牌”为使命，精准定位、自主创新，不断提高产品竞争力，品牌认可度、美誉度显著提升。

杯壶行业，卓越标杆

希诺股份有限公司是中国工艺杯和精彩杯的创始者，纳米银抗菌真空杯的发明者，中国“双层口杯”“双层玻璃口杯”“不锈钢真空气压壶”“不锈钢真空保温容器”等行业标准和国家标准的起草者，杯壶行业协会副会长单位。公司获得专利207项，其中发明专利有9个，外观专利167个，实用新型专利31个；被评为“南通市认证的园林式单位”，江苏省高新技术企业，江苏省亲生物纳米涂层工程技术研究中心。

公司先后获得“中国轻工业百强企业”“中国轻工业日杂行业十强企业”“全国产品和服务诚信示范企业”“全国双爱双评先进企业工会”“全国模范职工书屋”“江苏省五统筹一创争示范单位”“江苏省民营企业文化建设示范单位”“江苏省五一劳动奖状”“江苏省文明单位”“江苏省模范职工之家”“江苏省全省厂务公开民主管理先进单位”“南通市‘纳税十强’文化企业”“南通市党建工作示范点”“南通市十大绿色发展示范民营企业”“南通市巾帼科技创新示范基地”“南通市质量管理先进单位”“南通市退役军人就业示范基地”等荣誉称号。

公司党建馆

坚持创新驱动，党员当好模范

对民企来说，党建工作与业务发展相融互促。希诺于2012年成立党支部。近年来，希诺积极引导企业党组织在转型升级、技术攻坚、提高效益等方面发挥作用，结合“书香企业”创建、“爱岗位、明责任、守纪律”教育等活动，认真制订年度学习计划，定期组织开展理论、业务“双提升”学习，提升支部整体战斗力。坚持创新驱动，完善奖评机制，激发创新活力，鼓励职工积极开展技术革新，举办劳动技能大赛，引导党员职工在公司生产经营工作中发挥主心骨和顶梁柱作用。

特别是今年来，希诺抢抓市场机遇，加大研发力度，新推出十多款杯壶产品，其中，茶水分离杯、钛杯广受市场好评，成了公司利润的主要增长点之一。

建强红色阵地，激发企业活力

“任何企业的发展必须要有凝聚力。”希诺将党员活动中心、职工之家与企业文化载体相融合，拨亮党工元素，让党工文化成为企业文化的重要组成部分。党工组织还牵头建设了员工茶餐厅、爱心超市、托儿所、健身房以及集电影院、剧院为一体的多功能职工大礼堂，多方位全面关心职工生活，让职工在公司有家的归属感，更能全身心投入生产中。此外，希诺每年开展员工运动会，组织公司年会，每月举办员工生日会，每周开设职工大讲堂，还组织员工书画展览、知识竞赛、青年联谊会等活动，丰富员工的业余生活，营造健康和谐的人文氛围。

希诺商学院培训项目经理杨佩娟说：“就在刚刚过去的七一建党节，党支部带领我们共同解读了中国共产党的简史，我们还一起观看了建党100周年的庆祝大会直播。通过参加一系列的党建教育的活动，我们深刻领悟到了中国共产党的初心和使命。我们也将会把先辈们这种百折不挠的精神运用到我们的工作当中，为我们企业的发展和中华民族的伟大复兴贡献我们的青春和力量。”

党建引领发展，迈向新的未来

近年来，希诺公司紧紧围绕“一杯一产业、一壶一人生”主题，以强化组织力为保证，立足企业竞争力、凝聚力、创造力，推进三创争两提升融入生产经营、文化建设、长效管理。党支部充分发挥“红色导航仪”作用，与工会组织共同开展“我与企业共发展大讨论”“我为企业献一策”“职工技能大比武”等活动，形成了“责任为魂，创新共赢”的核心价值观。企业还经常到社区、敬老院等开展结对帮扶、志愿服务等活动，整治周边环境，协助抗洪排涝，实现村企互融共进的良好局面。多年来，公司先后获得“南通市十大绿色发展示范民营企业”“全区党建工作示范点”等荣誉，形成了“真实有爱有梦想”的核心文化品牌。

“建党百年之际，希诺将踏上一个新的征程，肩负新的使命，迈向一个新的未来。”希诺党支部书记、工会主席邢宏洋表示，希诺将始终与党的使命同步，与国家同频，做负责任的时代企业。

紫金农商银行镇江分行

筑牢红色堡垒　争当农商先锋

链接：近年来，紫金农商银行镇江分行曾荣获镇江市“2018年度银行业非现场监管统计报表先进单位”“2018年度镇江银行业金融机构优质服务网点”“2018年度镇江市内部单位治安保卫工作先进集体”“2019年度镇江市银行业金融机构科技工作先进单位”“2019年度镇江市放心消费先进单位”“镇江市绿色金融示范单位”“2020年度镇江市内部单位治安保卫工作先进集体”“2020年度镇江市放心消费创建活动示范单位”“2020年镇江市银行业金融机构科技工作先进单位”。

2017年5月26日，为积极响应江苏省委、省政府宁镇扬一体化建设的号召，紫金农商银行将分支机构延伸至镇江地区。4年深耕细作，紫金农商银行镇江分行坚持党建引领，推进党建与业务深度融合发展，坚守“服务三农、服务中小、服务城乡”的市场定位，实现与镇江地区经济发展同频共振。

抓实党建主线，传承红色基因

紫金农商银行镇江分行高度重视党建工作，将新思想学习作为提升员工思想觉悟、提高政治站位、激发干事创业热情的关键抓手，坚持以习近平新时代中国特色社会主义思想为指引，带领全员学百年党史、悟奋斗精神，不断强化思想理论武装。

*红色教育增强党性意识。*通过“学习强国”等线上媒介及时跟进学习习近平总书记重要讲话、重要指示批示精神，组织红色基地学习教育活动，开展参观“句容茅山新四军纪念馆”“赵亚夫事迹

紫金农商银行镇江分行为京口区正东路街道一线防汛志愿者送上慰问物资
摄影：谢静

馆”“许杏虎、朱颖革命烈士纪念馆”等党性实践活动，在学习中传承红色基因，增强全员党性修养，提高政治站位，汲取前进力量。

磨砺功底提升综合素质。采取“自学+培训”“线上+线下”“内训+外训”“理论+实践”等形式开展专业能力培训，让理论学习更具丰富性、动态性；开展“晨会微党课”“主题党日”“人人讲党课”“紫金讲堂”“主题辩论赛”等活动，组织全员围绕党建和业务经营知识，深入学习、认真分析、积极探讨，实现思想武装升级，大力营造出比学赶超的浓厚氛围，让全员在理论学习中勤思考、长才干、提本领。

公益奉献践行社会责任。创新“党建+公益+品牌”工作方式，以党建牵手公益活动，以公益塑造品牌形象，定期开展公益助残、爱心书包捐赠、孤寡老人慰问活动，在防疫防汛期间多次为一线防疫防汛志愿者送上慰问物资，积极践行社会责任，传递“紫金温度”。

强化队伍建设，点燃奋斗火种

紫金农商银行镇江分行现有员工69人，其中中共党员32人，占员工总人数的47%。为进一步发挥党员干部先锋作用，镇江分行党总支强抓党员执行力提升，引领党员干部带头展示良好的精神面貌、职业素养和行业形象，营造奋斗文化氛围，号召全员重合规、干事业，种好转型发展“责任田”。

压实责任增强全员战斗力。组织开展“亮身份比贡献转作风整纪律”“对标找差创先争优”“奋战开门红党员在行动”“我是党员我先上”“对照五融四强找差距”等专项活动，设立“党员示范岗”“党员先锋岗”“党员责任区”，号召党员干部带头做到“承诺有声、践诺有行”，在疫情防控和转型推进过程中勇担责任，在网格化推进、支农支小、“六稳”“六保”等工作中多认领10%指标任务，奋进加压，展示风采，引领全员落实执行力、战斗力全面提升。

优化考核塑造人才队伍。围绕镇江市委、市政府“产业强市”战略、“4+8+3”行动，纵深推进“产业+金融”服务模式，着力开展“792”金融服务中小企业行动方案（围绕镇江市7条产业链，打通9个小微企业批量化获客渠道，每年产品创新不低于2个），着力服务地方经济，解决小微企业融资难、融资贵问题。梳理了数千户小微企业名单，开展“情暖紫金行”走访活动，强化考核执行，落实精细化管理，让效率提升成为镇江分行发展新引擎，深刻践行“首问负责制”和“限时办结制”要求，将绩效收入的10%与执行力考核挂钩，引导全员工作不推诿、主动承担工作责任，坚持党管人才，将能干事、干成事的干部员工充实在关键岗位、一线岗位。

细致关怀营造和谐家文化。将“狼性文化”与紫金“同分享共成长”家文化结合，引导全员将个人理想抱负融入发展实践中，在工作中充分发挥主观能动性；强化党团工会的凝聚带动作用，组建乒乓球、羽毛球、歌舞等各类社团，开展丰富多彩的业余活动；注重打造学习型队伍，在员工休息室设置“读书角”“员工风采墙”“意见箱”等专栏，努力打造紫金家园文化，使员工在紧张繁忙的工作之余更好地放松身心。

坚持融合带动，力促转型升级

面临新形势新要求，紫金农商银行镇江分行深入分析党组织对高质量发展的政治引领、推动和保障作用，稳步推动“党建+”项目建设，把党组织的政治优势转化为业务的引擎动力、发展优势，确保各项工作有成绩、出成果，进行了一系列“共融共建共享”探索及努力，党建及经营成效明显、特色鲜明。

“一岗双责”助推转型提速。将党建工作与经营工作同步规划、同步实施、同步推进，以融合式党建促进高质量发展，以特色化经营引领内涵式提升，围绕转型发展谋思路、定措施、出实招、破难题；建立党建联系点制度，党总支定期深入支部联系点蹲点了解支部工作情况，帮助解决实际问题，大力推进“行业银行”“场景银行”“智慧银行”建设，致力回归农商本源，服务地方经济发展。

共建共联打通服务渠道。正值建党100周年之际，该行积极推进“同心圆联村共建”活动，以党建共建推进业务发展，推进政银企战略合作，牵头促成紫金农商行总行与镇江市京口区政府签订“党

紫金农商银行与镇江市京口区政府签订战略合作协议 摄影：谢静

建引领金融赋能紫金百亿助力京口加速跑”战略合作协议，在楼宇经济、乡村振兴、园区招商、人才创业等六大重点领域持续强化金融赋能；搭建红色党建联盟，与镇江市国资委、京口区委组织部、京口区正东路街道、镇江太平财险、句容市地方金融监督管理局开展党建共建，打通银政企交流合作平台，精准把握企业金融需求；落实青年干部挂职，与镇江市国资委、镇江市京口区正东路街道实现互派青年干部挂职，以双重身份推动党建共建、业务合作；打通商会协会服务渠道，与镇江南通商会、东北商会签订服务“党建共建”合作协议，为镇江南通商会158家会员单位、东北商会400家会员单位提供金融服务。融入式党建有力地破解了“两张皮”难题，党组织抓发展的力度得到不断提升，截至2021年4月，该行贷款余额114.64亿元，不断为镇江地方经济发展提供金融支撑。

*场景活动优化客户体验。*积极开展丰富多样的金融服务活动，邀请网点周边街道居民参与“翰墨迎春”送春联、“走进紫金关注口腔”义诊、“道德银行”积分存折、“小小银行家”金融知识分享会、“红色联盟”运动会、“3月女神读书会”等活动；组建金融志愿服务队融入社区网格，协助社区开展人口普查、防疫宣传工作，加强与社区居民互动黏性。通过一系列特色场景活动，有效增强了与街道、企业、居民的密切联系，2021年4月，该行金融志愿者小分队为镇江市京口区就业人员3212人提供预授信6.31亿元，致力向小微企业及居民提供便捷、实惠的金融服务。

4年砥砺奋进，紫金农商银行镇江分行以党建引领战斗力提升，以饱满的精气神践行社会责任，专注服务三农主业，回归支农支小本源，干部员工整体战斗力、团队协作力、工作联动力均得到明显提升，先后荣获“镇江市放心消费示范单位”“镇江市内部单位治安保卫工作先进集体”“镇江市京口区服务社区最佳银行”“镇江市京口区网格化示范单位”等多项荣誉。

依托4年发展积淀，紫金农商银行镇江分行将继续以服务地方经济发展为己任，奏响金融创新的时代强音。

作者：赵磊、谢静

浙江万松电气有限公司

“党建＋生产”相融共生提升竞争力

公司党支部开展党史学习教育

在瑞安，有这样一家企业，始终坚持将党建工作与企业发展相融合，将红色基因深植到企业发展壮大中。在这里，所有技术骨干都是党员，每一次党员会议也是企业发展会议……

多年来，浙江万松电气有限公司（以下简称“万松电气”）高度重视党组织建设，坚持把党建工作融入企业管理体制、员工成长中，探索出非公有制党建工作的成功之路，有效促进企业健康发展。如今，浙江万松电气有限公司已成长为国家高新技术企业、浙江省科技型中小型企业。

“党建＋生产”，发展之路越走越宽

3月份的一个晚上，“万松电气”会议室内灯火通明，8名党员技术骨干召开党员例会，除了党建交流和主题分享外，还讨论了企业智能化改造项目“新增年产5万只自动转换开关电器智能工段技改”在改造过程中碰到的相关问题。据悉，这是“万松电气”党支部会议的常态。

“党建＋生产”是“万松电气”的一大亮点。在这里，党建与生产骨血相融。

“从事任何岗位都需要有钻研精神，党员需要有奉献精神，当员工同时拥有钻研精神与奉献精神，企业也就有了健康持续发展最大的源动力。”“万松电气”党支部书记、董事长潘贻春说。

“万松电气”创办于1972年，原属国有集体企业，前身是瑞安市农械厂的家属厂，后更名瑞安县机电配件厂、瑞安县电气控制设备厂；1994年，作为现代企业改制试点企业，改名万松电子电气有限责任公司；2013年，更名为浙江万松电气有限公司，专业研发、生产各类低压电器及成套电器产品。

2013年，公司技术骨干、党员潘贻春正式接手“万松电气”，担任党支部书记、董事长。这一年，公司明确了发展方向，在行业内走“中高端订制”路线。也在这一年，公司打出了“把党员培养成骨干、把骨干吸收成党员”的口号，开启了员工双向培养道路。

实践证明，“党建＋生产”不但提高了企业的凝聚力，也让企业的发展之路越走越宽。潘贻春表示，通过党支部凝聚力，公司各条线上的资源得到有效整合，实现了全公司“同搭一台戏、共唱一支曲”。

“在这里上班，我对中共党员身份的认同感更强了！”公司技术副总、党员王重胜说道。

2005年，刚刚大学毕业的王重胜成为“万松电气”一名普通员工。10多年来，他在岗位上兢兢业业、勤勤恳恳，受到领导的一致认可，并于2010年成为共产党员。在党支部的引领下，他和公司的成长之路高度重合：2018年他被任命为技术副总，所带领的技术团队快速成长，近三年来，企业先后被评为国家高新技术企业、科技创新企业、温州市企业研究开发中心。

党员带头，销售收入创历史新高

在党支部“火车头”的带动下，“万松电气”涌现出一大批爱岗敬业、乐于奉献的员工，企业高质量发展凝聚起强大合力，近年来企业销售收入年年增长。

2020年春天，新冠肺炎疫情打乱了企业的生产步伐，“万松电气”也是如此。

2月初，收到瑞安市关于复工复产的通知后，潘贻春心情复杂，喜忧参半：喜的是终于可以复工了，忧的是复工的筹备工作不知如何入手。

不过，当公司内部信息群发布复工的消息后，潘贻春的精神为之一振，因为全体党员发出“请战书”，要求参与复工前的准备工作。

随后几天时间，党员全员到岗，筹备防疫物资，并对企业内部

进行全方位消毒。2月22日正式复工后，大家还没来得及缓解防疫“准备战”带来的疲惫，企业就接到了一批新订单，8名党员二话不说，带头加班加点工作。在他们的带动下，全体员工投入战斗，努力帮助企业追回因疫情遗失的“春光”。

2020年，“万松电气”在全体党员的带动下“逆势突围”，销售收入创历史新高，达4000多万元，同比增长30%。

“这些成绩不仅是全体党员的辛勤付出，也是全体骨干潜心研发、深耕市场带来的。”潘贻春说，“万松电气”十分重视新产品的开发，并于2019年取得了多个产品的软件著作权、专利权，这些软实力是助推公司去年“逆势突围”的主要因素。

2021年春节假期来临前，“万松电气”接到了大量订单，而且许多订单时间非常紧迫。

往年，“万松电气”的假期都是两周时间，眼看这次客户看样机的时间越来越近，公司技术部党员主动带头，将假期缩短一半，全身心投入到研发中。在他们的带领下，该部门提早结束假期，早早到岗，2月17日（农历正月初六）已是一派热火朝天的工作场景。

“今年我们企业势头发展良好，目前订单已经排到下半年。”潘贻春笑着说。

在党员的带头下，比学赶超的氛围浓厚，无论是办公室，还是在生产一线，人人争当先进，企业党建与企业发展实现了“目标同向、互动共赢”。

“在党建引领下，公司发展驶上快车道，每年销售额持续增长，今年有望增长50%以上。现在我们正通过智能化改造等方式积极转型发展，争取未来有更大的突破。”对于未来，潘贻春信心满满。

作者：吴传万、陈富平

摄影：王礼伟

浙江杭州西湖文化旅游投资集团有限公司

党建引领　夯实发展“压舱石”

杭州市西湖区文体中心夜景　摄影：张闻涛

链接： 2018年6月，杭州西湖文化旅游投资集团有限公司经西湖区人民政府批准，由原杭州西溪湿地经营管理有限公司更名组建成立，是西湖区区属大型国有企业，注册资本10亿元，员工160人。集团主要任务是优化全区国有文化旅游资源配置，统筹经营区内国有景区、酒店、文体等物业资产，并以投资、参股、控股、并购等多种方式进行资本经营；建立和发展文化旅游产业基金，深度引导开发文化旅游资源，充分发挥文化旅游产业融合发展的带动作用，打造全区文化旅游产业投融资、运营管理平台，实现国有资产经营效益最大化。2020年，集团被授予杭州市2019年度“最美绿道”建设集体称号，集团西湖文体中心列入国家体育服务综合体典型案例，集团兰里景区被评为国家4A级旅游景区、杭州市2019年度“最美绿道”，集团西溪宾馆、兰里景区被授予杭州市“青年安全生产示范岗”，集团灵山风情小镇、兰里景区被评为2020年杭州市中小学生研学旅行基地，集团西溪宾馆被授予杭州市“青年文明号”称号，集团农旅公司被授予杭州市巾帼文明岗。

开展系列云直播，商圈亮灯提升改造……近期，西湖文旅集团创新打造的“旅游+”理念，“吸睛”且“吸金”。

亮眼成绩的背后，是浙江杭州西湖文化旅游投资集团有限公司（以下简称西湖文旅集团）党建引领的一盘棋局。2020年以来，该集团党委在抓好党建文化品牌建设的同时，围绕“做特做精做强”目标，持续深化党建引领，夯实发展“压舱石”，推进党建与经济“双强双促进”。

坚持站位抓投资，强化“腾笼换鸟”

据介绍，疫情防控进入常态化后，西湖文旅集团借势经济复苏抓项目投资，确保国有资产保值增值。

“领导班子和干部队伍建设是党建引领的重中之重，是发挥党组织的领导核心作用的关键。”集团党委相关负责人表示。

为此，集团党委积极参与项目投资决策，始终把项目投入产出比作为投资的唯一衡量标准，集团建立战略投资委员会，各子公司建立项目投资工作领导小组，成立8个项目专班，从项目立项、尽调、可研、决策、建设、管理和运营等实施全过程管控，确保投资安全。

西溪十景之秋芦飞雪　摄影：陈寿灿

集团党委积极参与生产经营活动，发挥支部凝聚力战斗力，引导广大党员干部投身经营运营实践，认真挖潜，打造“高地”，立足现有旅游资源，创新“旅游+”发展路径，以完成灵山4A景区提升、“四名”项目攻关、“两老”商圈亮灯工程等重点工作为抓手，突出重点创新文旅和农旅项目，形成“引流吸金”的旅游价值高地。

为了打造九曲党建品牌，集团积极利用灵山景区厚重人文、历史文化、茶史渊源，以助推旅游项目产品开发为前提，综合打造灵山公司党支部传统历史文化品牌，以“九曲灵山”为主题，梳理铜鉴湖历史资源，挖掘“湖埠十景”文化背景，在引领开发传统文化产品基础，进一步发挥党建助推主业作用。

集团党委还一直注重发挥思想引领作用，培塑“跳出文旅发展文旅”理念，以大格局大视野探寻项目投资“飞地”，特别是加快推进山海协作综合体建设，积极协调出资1亿元，综合考量当地文化、资源禀赋和旅游生态，一期打造华东红色旅游第一目的地、“绿水青山就是金山银山”思想传承地和红色旅游融合发展创新示范第一村，快速推动集团做精做强。

坚持创新抓品牌，强化“花开蝶来”

如何让党的创新理论深入人心？西湖文创集团党委以“大创新、大发展”活动为载体，坚持把创新思维融入血脉，进入思想和工作，从思想层面引领广大党员干部从僵化老思维、管理老经验、说话老套路中解放出来，引导形成“干任何工作都用创新尺子量一量”的行为习惯，推动西湖文旅产业纵深发展。

针对经济下行压力，为最大减轻疫情影响，积极引导调整市场策略，形成新产品开发氛围，集团引导开发了农耕夏令营、网红清风山房等五大系列特色产品，开展了农耕、美食、科技等六大主题周末亲子游活动，并挖掘国家领导人视察西溪湿地、云栖小镇及下姜村联系点等红色资源，打造红色研学精典线路，拓展经营效益。

其中，为了挖掘爱国元素，集团以绕城村柴家坝的明代爱国将领柴车为主要人物，制作“党建先锋”“建设历程”“最美家庭”“最美庭院”“军人榜”等红色党建内容，结合兰里景区美丽乡村游线设计，开设图书馆、舞蹈室、兰里讲堂等功能，打造爱国主题党群基地。

为了拓展新的产品渠道，集团党委带头加强大数据、人工智能等知识学习，引导充分利用物联网大数据资源，在稳固传统渠道的基础上，积极借助区主要领导云推介、网红直播带货等手段，助力构建线上线下立体营销网络体系，上半年完成了杭州市及周边1小时经济圈渠道网络建设。

党建引领全域提升，创新激发内生动力。西湖文旅集团加强在地文化引领，积极拓宽思路，结合非遗文化和当地特色，引导开发“九曲红梅茶”“双浦土烧酒”“西湖莼菜”“兰里非遗手作”等旅游纪念品。

集团还积极发挥党建宣传优势，通过整合全媒体、智媒体、融媒体资源，实施新媒体传播为主、传统媒体宣传为辅的宣传手段，推动各支部举办了“云上游灵山”“悦动灵山”历险季等主题活动，提升了品牌知名度。

坚持清廉抓建设，强化“凤凰涅槃”

周边农村商铺从28家增至173家，农家乐从8家增至97家，民宿从3家增至15家……自西湖文旅集团成立两年多以来，一幅幅“村在花园中、花在村庄里”的乡村美景，正从蓝图一步步变为现实。

而这一系列变化，得益于西湖文旅集团在加速推进景区景点等五大业务板块基础上，把产业发展与助推振兴相结合、把美丽建设与垃圾治理相结合、把业态布局与引导经济相结合，助力提升乡村美丽度，促进乡亲文明度，带动经济热度。

集团协调推进美丽乡村建设，加大旅游基础设施建设力度，为景区建设增加了美丽元素；加强对旧厂房整治提升，提高经营效益，有力提升乡村环境；强化乡村交通动线布局，进一步提升美丽度；以活动化、配套化、智能化服务民生，打造文体党支部民生文化品

杭州西溪宾馆

牌，为百姓提供便捷服务。

随着集团“美丽乡村景区化建设、景区资源整合提升和资产保值增值”三大任务的全面铺开，项目多、任务重，重点领域、重要岗位、关键环节的廉政风险逐步增加。

为了做好廉政风险排查防控，集团按照岗位、部门、公司三个层面，以理清岗位职责为突破口，自上而下，逐人排查在行使权力、履行职责过程中存在的廉政风险点。纪检监察突出加强元旦、春节、中秋等重要节假日的督查，下发通知提出要求，编发廉政信息提醒，不定期赴一线岗、工程建设现场开展敏感时段督查，确保过廉洁节。对工程建设管理、招投标管理和物资采购人员则进行定期的培训、督查、谈话，充分运用监督执纪“四种形态”，使“咬耳朵”“扯袖子”成为常态，对工程建设方面的相关信访事件采用集体问询、个别谈话等形式，严肃处理，充分发挥警醒、诫勉作用。

而这仅是文旅集团以推进清廉国企建设为主线，扎紧制度笼子，压实监督责任，不断推动工程建设风险防控工作落地见效的一个方面。集团将制度建设作为首要防控举措，全面制定和完善工程项目变更管理办法、工程建设验收等制度，以“建管并举”的工作思路，针对工程招投标、施工组织管理等不同环节，强化事先讨论、事中监管、事后追责程序，把权力关进制度笼子。同时，把思想教育作为首要防控措施，不断探索多层次、多维度、立体式教育体系，从源头削弱滋生腐败的温床和土壤。

作者：西湖文旅集团党委书记、董事长、总经理张文炬

浙江省湖州市特种设备检测研究院

鞭策奋进 筑强堡垒

湖州市特种设备检测研究院领导班子在研究部署工作 摄影：赵霞

链接：湖州市特种设备检测研究院是经国家市场监管总局核准的甲类综合检验机构，现有职工 124 人，建有 4000 平方米的实验大楼以及 1000 平方米的电梯职业技能测试培训基地，拥有各类仪器设备原值超 3000 万元。

浙江省湖州市特种设备检测研究院（以下简称湖州市特检院）承担着该市辖区内所有特检设备的检验检测、技术支撑、风险评估、特种设备安全预警等事项。随着监管力度的加大，特种设备多乱杂及“人机比矛盾”日益突出。自 2017 年以来，湖州市特检院党支部着力优化制度建设，将党员管理、重点任务、党建活动、廉政建设等逐一整理细化并形成制度，创建了“365 工作法”党建品牌，受到市直机关党委的肯定。该院党支部先后获评湖州市特色党支部、示范党支部。

以“特”自警，夯实思想根基

“我院党支部以‘特’自警，着力夯实思想根基，始终正视支部建设面临的现实挑战，切实重视思想政治工作，强基固本、立心铸魂。”湖州市特检院党支部书记、院长陈本瑶说。

面对日渐突出的“人机比、薪酬比”等客观矛盾，该院党支部坚持把“塑心”放在首位，在党员干部中深入开展习近平新时代中国特色社会主义思想大学习、特检价值观大讨论、初心使命大演讲活动。党支部成员每季度围绕政策宣讲、党纪解读、案例剖析、热点辨析轮流授课，建立党小组会、专题学习会 30% 随机发言制度，促真学真思，持续强化特检党员对党忠诚、敬业担当、恪守底线的信念。

近年来，湖州市特检院党支部通过优良传统教育、身边典型引领、攻坚任务锤炼，将特别能吃苦、特别能战斗、特别能奉献、特别能忍耐的“四特”精神扎根在每个党员心中。今年疫情防控初期，特检院党员干部 24 小时连续作战，克服种种困难，助力医疗物资消毒企业最短时间投产，有力保障了湖州市乃至整个浙北地区防疫口罩的供给。

湖州市特检院党支部尤其注重特检文化熏陶，坚持党支部出专刊、党建办专栏、党小组配专员、党员练专长。2017 年以来，党小组专员供稿 158 篇，宣传各类典型及事迹 70 余个（篇），2019 年新增“特讯”内刊，开辟党建专栏，建成特色党建文化长廊，党建文化影响力持续提升。

以“检”塑形，锻造先锋队伍

以“检”塑形是湖州市特检院党支部推进全院党建工作又一高招。该院党支部始终聚焦核心能力建设，以“三化”检验党员队伍先锋指数。

注重能力检验标准化，突出质量管理和党务管理两个能力检验。该院党支部把特检质量体系建设理念与方法引入党建工作，编印质量管理手册和党支部标准化手册，通过集中培训、以会代训、换岗轮训和质量抽查考核，让 13 名年轻党员走上骨干岗位，成为政务的“管理通”、党务的“活字典”、业务的带头人。

注重作风检验常态化。针对紧急任务多、作业环境差、危险系数高、安全责任重以及“人机比矛盾”十分突出等实际，该院党支部组建党员先锋队和任务攻坚组，建立重点时段、重点场所、重点设备支委带班制。近 3 年来，党员干部主动请战高空、高温、高危“三高”任务 1 万余个，占危险任务数的 70%。

注重业绩检验规范化。该院党支部坚持党建与业务深度融合，将党员个人绩效纳入先锋指数评比，把党建工作纳入部门考核，通过月评“党员示范岗”“部门流动红旗”、季评“特检最佳服务窗口”，做到党建与业务同筹划、同部署、同推进、同考评。

以“院”为家，合力凝聚力量

“近年来，我们始终坚持以‘院’为家，通过不断固堡垒、强素质、育品牌，有效汇聚起党员干部开拓进取、争先创优的不竭动力。”陈本瑶深有感触地说。

建“学院”迸发创新力。该院党支部在内网开辟学习专栏，每

工作剪影。左图为接待大厅热情服务；右上图为迎着朝霞，工作人员开始了新的一天工作；右下图为检测现场　摄影：赵霞

月固定抽出一天时间集中组织理论学习，每半年邀请市委党校、湖州师院和支部共建单位来院授课，围绕市场监管总局、省市场监管局、市科技局科研项目实施研究专班培养。3年来，共完成科研项目8项。该院党支部还鼓励党员干部到各类平台历练，选送6人到市局机关挂职、选调2人进入市政府办公室，营造了创新有为、实干成才的良好氛围。

*建"合院"强化组织力。*该院党支部注重发挥支部核心作用，重大事项必向党员干部征求意见、必经支委会集体研究、必向上级党组织请示报告。根据区域产业特点，该院党支部划分成覆盖三县两区的5个党小组，建立支委联系小组机制，过好双重组织生活，持续强化组织力、凝聚力，培养了"全省万名好党员"陈本瑶、湖州"十佳安全卫士"周雪峰等许多优秀党员干部。

建"场院"展示品牌力。"365工作法"中，"3"指"三有"标准，即党建工作有标准化手册、服务企业有标准化模式、自我监督有标准化流程；"6"指全方位服务全市重大项目、重点工程、重大平台、重点产业、重大政策、重点企业等"六重"工作；"5"指支部引领、打造五个特检："忠诚、先锋、创新、智慧、清廉"特检。该院党支部围绕"六重"工作，落实"三有"标准，紧扣"五个特检"，带领党小组争分夺秒、攻坚克难，在助力龙之梦开业、商合杭高铁运行、浙北医学中心竣工等重大项目中，均发挥了积极作用。

"党建有力，党员给力，'365工作法'作用的充分发挥，'四特精神'的高度发扬是我院疫情阻击战取得阶段性胜利的关键，也是3年来我院党建成果转化成发展动力的生动实践。"陈本瑶说。

浙江省温州市鹿城区城市发展集团有限公司

实干巧干筑美城

"请出示温州防疫码！"连日来，温州动车南站各个出入口，工作人员严格开展疫情防控检查。在这个构筑温州安全屏障的群体中，浙江省温州市鹿城区城市发展集团有限公司（以下简称鹿城城发集团）的一批员工正参与默默付出。

近期浙江省疫情防控工作繁重，人员集散重点区域难免人手吃紧。2021年12月以来，鹿城城发集团组织员工主动参与动车南站疫情防控检查，协助动车站指挥中心与辖区街道开展疫情码异常对象转运。

诸如参与车站疫情防控这样的事，2021年鹿城城发集团已经干了好多回。自党史学习教育开展以来，温州鹿城城发集团党委认真贯彻落实"学党史、悟思想、办实事、开新局"总要求，创新方式方法，汲取奋进力量，聚焦"我为群众办实事"，以实干巧干投身温州城市建设和发展。

用活红色资源，汲取奋进力量

2021年12月10日下午，温州鹿城城发集团"6×8大学堂"又如期开课。这次安排的是集团党委书记宣讲十九届六中全会精神，鹿城区委党史学习教育巡回指导组有关负责人和集团全体党员一起参加。

每周一早晨开展一刻钟学习活动、组织集团本部全体员工统一学习形式、召开10多次专题学习会议……从2021年二季度以来，温州鹿城城发集团以"一个都不能少"的坚决态度，持之以恒开展党史学习教育。集团党史学习教育工作小组制定的实施方案，详绘党史教育"任务书""活动图"及"时间表"，持续全面得到落实。

心有所信，方能行远。学习教育过程中，集团专门组织党员干部赴洞头红色基地，开展"走进红色基地，追寻革命精神"主题党日活动；结合疫情防控实际，对照战"疫"先锋学精神、找差距……理论联系实际，促使国企团队对革命斗争的艰难历程有了深刻的认识，对和平年代的党员使命有更多思考，从而对传承红色基因、赓续红色血脉有了更加坚定的决心。

怎么办实事？如何开新局？鹿城城发集团党员干部立足集团职责和工作实际，倡导发扬"干在实处、走在前列"的优良作风和"孺子牛、拓荒牛、老黄牛"精神，努力在工作之中多献良策，在任务之外自我加码。

立足集团职责，办好群众实事

沿江快速路项目

2021 年 12 月 8 日，温州沿江快速路一期（西段）工程第一标段中的鞋都大道军用光缆完成迁改割接。这距离 11 月 26 日该标段开标才 12 天。

温州沿江快速路由老城段、滨江段、状蒲段、科技城段、机场段组成，是温州中心城区总体形成“环 + 放射 + 联络线”快速路网中重要的一横，能极大缓解东西向交通拥堵的现状。鹿城城发集团代建的沿江快速路一期（西段）工程第一标段，虽然只是整条道路中的一小段，但是集团上下勠力同心，以时不我待的态势推进，力求能在 370 天的计划工期中为城市畅通多争抢一些时间。

学思悟践，温州鹿城城发集团不断把学习成效转化为工作成效，办好群众实事，迄今已先后聚焦温州沿江快速路、东屿农贸市场、污水零直排等项目，提升建设力度和进度，推动温州城市基础设施完善，让市民更有获得感。

该集团党委书记、董事长、总经理戴志光介绍，四季度以来，结合温州市安全生产“百日攻坚”行动，围绕“学党史 办实事 保安全 促发展”主题，集团全面做好安全生产专题部署，切实把党史学习教育成果转化为安全生产实效。集团根据项目情况分组，对各重点项目进行大检查、大排查、大整治，明确整改责任人及时限，形成闭环管理。

例如，在东屿农贸市场装修工程管理中，集团直接将安全宣传贯彻到相关装修、空调新风系统安装、智能化施工、监理单位。集团人员全程参加零直排工程各标段监理例会，及时解决工程施工过程中遇到的问题，确保工程项目高质量、高效率完成。

如何满足城区老龄事业发展需求，改善老年人群生活质量、破解养老设施严重不足的难题？ 11 月 15 日，鹿城城发集团与“百城康养”建立战略合作，瞄准 153 亩的双岙一地块，专门用于养老机构及医疗等养老服务配套设施建设。双方将发挥各自在项目、平台和运营管理等方面的经验，落实温州打造“区域医疗康养中心城市”的总体规划，助推鹿城区康养产业发展。

传承红色基因，打造特色品牌

近期，市、区相关领导多次到温州鹿城东屿农贸市场进行现场检查，要求在保证安全和质量的前提下，推进施工进度，确保 2022 年元旦开业。鹿城城发集团东屿市场项目组积极对接设计单位、监理单位、施工单位，对照计划核查施工进度，及时解决施工存在问题，确保进度、质量、安全、疫情防控都不放松。

学史向未来。温州鹿城城发集团聚焦“首城”“老城”“主城”“大城”，传承红色基因，发扬国企担当，全力攻坚纾困，打造“大美鹿城建设排头兵”特色品牌。

如何更好整合资源推动温州主城区基础设施和民生工程有机更新？为确保完成“十四五”期间温州主城区老旧小区改造建设任务，更好地发挥国有平台优势，鹿城城发集团密切衔接温州市现代集团下属的温州市现代锦华置业集团。双方开展通力合作，已于 11 月 17 日完成了江滨单元片区改造项目合资主体——温州鹿锦城市开发有限公司的组建。

如何更加精准有效解决工程项目建设过程中存在的具体问题？鹿城城发集团成立了工程决策委员会，健全重大事项的决策程序，提高决策质量和效率，加强工作规范化。工程决策委员会每周定期组织召开会议，研究讨论项目建设相关问题，确保工程建设安全有序进行。同时，建立和完善了集团工程决策委员会的运行机制、议事规则，加大监管力度，加快推进基础设施、民生工程等重大项目建设。

党史学习教育悟初心，为群众办实事践使命。鹿城城发集团一如既往地用党的历史经验启迪智慧、砥砺品格，从学深悟透党史中汲取奋进力量，在新征程上创造新辉煌，让红色基因迸发出不竭动力。

鹿城城发集团开展主题党日活动

浙江交投浦新矿业有限公司

奏响“企地和谐”乐章

公司全景

全面打造“五型”绿色智能矿山

“我要为浙江交通集团浦新矿业点赞，他们修缮的道路极大地方便了我们的出行，让我们的葡萄外销也更通畅了。”日前，金华市浦江县葡萄种植户蒋师傅指着延伸至村里的混凝土道路笑着说道。

蒋师傅口中的这条道路，是浙江交通集团交通资源公司下属的浙江交投浦新矿业有限公司（以下简称“浦新矿业”）开展“红E先锋”活动的一个缩影。

位于浙江省中部的浦江县是东部地区经济较为发达的县，由于其独特的自然气候，这里盛产葡萄。葡萄种植面积超过7万亩，产值近12亿元，葡萄成了当地群众致富的主要经济作物，浦江也被称为“江南吐鲁番”。

生态保护下狠心

浦江县不仅农业资源较为发达，地下也蕴藏着丰富的矿产资源，尤其是在这里加工生产的中高档骨料及机制砂，产品广泛应用于机场、高铁、地铁、高速公路等领域。2019年，浦新矿业取得了浦江县黄宅镇张官村建筑石料矿采矿权。自入驻以来，浦新矿业以发展当地经济、服务老百姓为宗旨，围绕“高起点规划、高标准建设、高质量发展”要求，不断强化担当意识，加大投入力度，助力当地经济发展。

在浦新矿业周边，分布着4个自然村，如何降低开采石矿对周边环境的影响，与附近村民和谐相处，是摆在矿区所有工作人员面前的头等大事。“作为国企，要拿出国企的担当，企业发展，必须坚持以人为本的原则。”该公司董事长曹根富表示。为降低石矿开采过程中对周边环境的影响，该公司相关人员积极对接当地村民，做好沟通，并根据村民反馈和实际情况，不断调整和优化爆破、降尘等措施，力求做到最好。

在矿山建设伊始，该公司就采用国际先进的设备与工艺，提高矿山的能源使用效率，减少排放。在生产过程中，随着产品的不断更新迭代，该公司不断完善生产线上的环保设施设备，从源头抓起，全方位开展环保工作。5个生产车间，每一个车间都实施了全封闭作业，并配备了水洗、吸尘以及污水处理等环保设施，最大限度地减少对环境的影响。

不仅是车间实施全封闭作业，在石料的输送环节，浦新矿业也采用了全程封闭作业。从石料倒入进料口一直到出料，这中间全程封闭，避免了扬尘，大大降低了噪音对当地群众的影响。

服务群众用真心

浙江作为我国经济发达省份，在道路建设方面可谓排在了全国的前面，但随着时代的变迁，个别村公路已跟不上经济的快速发展。

在浦新矿业公司进驻浦江四联村之前，四联村的乡村道路存在坡度较陡、路面狭窄以及由于缺乏养护、道路平整度欠佳等问题，每到葡萄销售季节，狭窄的乡村道路被挤得水泄不通，严重影响了村民的出行。浦新矿业公司进驻后，第一件事就是对当地乡村道路进行摸底查排，并结合实际，促使矿产运输通道与便民利民有机结合。在施工图设计阶段，他们高标准地规划了通道的建设，或新建，或拓宽，力求做到完美。

“我们是按照永久工程标准建设的，一方面服务矿产资源的运输，另一方面要方便群众出行，实现企地和谐。”浦新矿业综合管理部负责人鲍杰说。

在修整道路的过程中，浦新矿业按照三级公路标准，对原村道的低洼地段进行回填处理，并用压路机进行压实，使村道坡度由原陡坡变为不超过5度的缓坡。此外，浦新矿业还在通行道路上每隔150米设置车辆“礼让区”，确保居民出行安全。

来自江苏的货车司机李师傅告诉记者：“前年来过一次运输葡萄，路很难走，跑过一次就不愿意来了。现在路修好了，我今年已经拉了三趟。”

企地和谐践初心

为了更好地服务地方，浦新矿业党支部积极拓宽企地共建渠道，提炼出公益联脉、座谈联心、活动联通的“三联渠道”共建机制。同时，在“三联渠道”模式的基础上，浦新矿业党支部还以“红E先锋”为主线，聚焦消薄扶贫和乡村振兴等群众关心问题，党工团同频共振，党员先锋主动靠前，先后帮助当地村民推销葡萄、慰问驻地居家老人、开展公益联脉活动、组织党员和“星火”青年团寻访慰问抗美援朝英雄，为村民写春联送祝福，进一步巩固村企和谐发展成果。

与此同时，浦新矿业党支部扛起生态环保责任担当，组建了“映山红”党员先锋队，深入探究解决矿山开采过程中引起的水土流失问题，设置蓄水池10余处，实现资源循环再利用。同时，他们还不断完善矿山排水系统，对周边村庄3个水塘进行清淤工作，委托专业监测机构对池塘水质、水土保持、噪声影响、粉尘分布情况进行定期检测，确保周边村民居住质量。

值得一提的是，浦新矿业树立“红E先锋”党建品牌，积极发挥党建联盟作用，设立驻村办事处和党员服务窗口，及时了解群众难题，收集群众意见，想方设法为当地群众办实事、办好事、解难题，新建洗衣房2处，为周边村民提供工作岗位20余个，帮助周边村民实现在家门口安心上班的愿望。

目前，浦新矿业党支部与“万年上山”遗址所在的渠北村党支部、浦江县黄宅镇四联村党支部达成共建协议，充分发挥党员先锋模范作用，让党建成为引领和谐矿山建设的指南针。

浦新矿业立足地方，服务一方百姓，得到当地百姓的高度评价，成为老百姓心中受欢迎的企业。

作者：鲍杰　摄影：徐乾

河南省南阳市保安服务有限公司

忠诚履职心向党 保安护航新征程

重温入党誓词

召开党史学习教育动员部署会

链接：南阳市保安服务公司组建于2002年9月，是南阳市唯一一家经市人民政府和省公安厅批准成立，南阳市公安局监管的国有独资企业。现有从业人员突破10000人。内设业务管理部、人力资源部、督查队、财务管理部、办公室，下设五个人防分公司26个勤务大队、5个特勤大队，一个押运分公司20个押运大队、一个保安技防中心、职业培训学校、保安服装厂及保安汽修厂，率先在保安企业引入并通过ISO9001国际质量管理体系认证。多次受到公安部治安管理局、中国保安协会、省公安厅、省保安协会、市委、市政府、市委政法委、市总工会和市公安局党委肯定和表彰。曾屡获殊荣：第四届全国优秀保安服务公司、全国疫情防控表现突出保安集体、第七届全国农民运动会保障工作贡献奖、全省再就业先进企业、河南省第一届先进保安公司、河南省2015年度十佳优秀保安服务公司、河南省实施工岗快递转移就业促进计划先进单位、全市维稳工作先进单位、全市社会治安综合治理工作先进单位、全市劳动用工诚信单位等等。并涌现了全国第三届优秀保安员、“全国身边好人”王国胜，“全国无偿献血贡献金奖”获得者范聚敏，默默无偿献血近百次、捐献造血干细胞救助生命的李刚等为代表的先进典型。总经理张建国现为第四届中国保安协会理事、河南省保安协会副会长、南阳市保安协会常务副会长，被南阳市人民政府荣记个人二等功一次，2017年被评为“首届南阳十大法制人物”。

他们是一群熬更守夜之人，无论在城市哪个角落，无论在什么时候，当你身处危难之地，当你需要伸手帮扶，总能见到他们的身影，他们便是为民而保、伴民平安的南阳保安。肩负着全市3500多家人防、技防和武装守押客户安保任务的河南省南阳市保安服务有限公司（以下简称南阳市保安公司），始终牢记保民平安的初心使命，以党的建设为统领，切实履行协助公安机关维护社会治安、深入推进社会治理创新的职责，以高质量党建推动高质量发展，不断开拓南阳市安保事业新局面。

高擎党旗，砥砺奋进开新局

学史明理，可从中汲取智慧力量；学史更能明志，可以更好提升服务质量。在党史学习教育“动员令”吹响之时，南阳市保安公司迅速行动，通过高标准高质量开展党史学习教育，促进各项工作的有效开展。

2021年3月26日，南阳市保安公司召开“迎接建党100周年，开展好党史学习教育”动员部署会，严格按照中央和省、市党史学习教育实施方案要求，立即成立学习教育领导小组，由公司党组书记、总经理张建国担任组长，其他党委成员任领导小组成员，领导小组下设党史学习教育办公室，选调核心骨干担任办公室主任，具体协调解决党史学习教育的具体事宜。相继购买了数万元《习近平新时代中国特色社会主义思想学习问答》《论中国共产党历史》《中国共产党简史》等相关书籍，制订学习计划，落实学习内容，同时采取以会代训的方法，或以学习强国为平台，或以公司职工书屋为载体，或在微信公众号上开设党史栏目，不断推动党史学习教育深入开展。

2021年5月，在“学党史·跟党走·守使命”全市职工党史知识竞赛中，南阳市保安公司工会代表队在32支代表队中，以总分第一名的成绩荣获本次大赛一等奖。“学好党史，补足精神之钙，激发奋进之力。”作为主力选手的南阳市保安公司驻市中级人民法院安保勤务大队女中队长李琳如是说。

近年来，南阳市保安公司在加强党的建设中按照学懂弄通做实的要求，扎实推动学习贯彻习近平新时代中国特色社会主义思想往实里走、往深里走、往心里走，使“两学一做”学习教育常态化、制度化，并以学党史学习教育为契机，不断强化内部管理，提升服务质量，公司开展的“迎接建党100周年‘保安杯’书法比赛”“迎接建党100周年第四届道德模范评选活动”以及“迎接建党100周年保安技能及预案演练观摩活动”等，正是结合保安工作实际，创新党史学习和促带保安工作发展的有效措施和载体。

南阳市保安公司党委书记、总经理张建国告诉记者：“保安公司要将学习成效转化成推动各项工作高质量发展的具体行动，在各自的岗位上掌握新方法、增长新才干、解决新问题的同时，推进党史学习教育不断向纵深发展，打造出政治坚定、思想进步、业务精炼、作风过硬的保安队伍，高质量发展南阳保安事业。”

防汛抗疫，积极备战迎“大考”

学史崇德，学史更要力行，学习党史的落脚点在于实践、实干，南阳市保安公司积极转化学习党史成果到工作生活中。在抗击新冠肺炎疫情和防汛救灾工作中，南阳市保安公司锐意进取，攻坚克难，积极备战，用自己的担当和奉献在“大考”中不断赢得社会各界的赞誉和尊重。

在疫情防控最关键时期，数千名保安员按照公司统一安排，全员上岗，积极协助客户单位投入疫情防控之中，并成为这场阻击战的重要力量。全体党员积极发起了“我是党员我先上”“我是党员当先锋”“哪里危险我先去”等誓师活动，主动深入最艰苦、最危险的服务岗点、社区卡点及治安防范重点单位站岗执勤，抗击疫情，还积极响应号召为武汉灾区捐款，用实际行动践行“不忘初心、牢记使命”的责任和担当。2020年12月初，公安部通报表扬保安行业抗击疫情表现突出的105个集体和500名个人，南阳市保安公司榜上有名，市政府驻勤大队保安中队长辛丰良被评为先进个人。

2021年“五一”期间，南阳市保安公司结合保安工作点多、面广、线长、防范任务重的实际情况，以“四涉五防”为重点，认真制订工作方案，及时进行节前安全教育，积极开展形式多样的安全大检查，充分发挥“四级管理”职能作用，不断强化预案处置快速反应能力。不仅确保了现有3500多家人防、技防和武装守押等客户单位的内部安全，还积极服从社会治安大局需要，先后投入1300余人次参与了“第十二届南阳月季花会”“达士营美食文化节”等大型活动的安保工作。5000多名保安员舍弃休息时间、坚守岗位，以实际行动和辛勤劳动确保了保安责任区一方平安，同时实现无重大违纪、无盗抢案事件、无重大责任事故等，涌现出一批爱岗敬业、恪尽职守、拾金不昧、抓获盗贼、救死扶伤等先进典型。

2021年进入夏季以来，持续的降雨天气，引发了不同程度的河流涨水、山体滑坡等地质灾害，境内部分省道、县乡道路不同程度受损。这给每天向西峡县各金融网点接送款押运的南阳市保安公司西峡押运大队带来了不少难题，也让负责守押工作的保安员们经受着一次次风雨考验。8月30日早上，持续强降雨导致西峡境内国道312线、208线和省道331线等多处出现塌方和道路受损情况，致使5个乡镇无法按原计划送款，该大队第一时间与农商行保卫部门联系，及时改变押运线路，车组人员争分夺秒，饭都顾不上吃，最终历时五个多小时将各网点款箱依次安全送达，获得了客户单位领导的好评和赞赏。9月14日，车长张凯带领组员前往陈阳网点执行押运任务，路遇小范围塌方，张凯第一时间报告给大队，并拿出事先从银行借来的铁锨、镐等工具，清理路上的碎石，积极实施自救，经过抢修，车辆终于安全通过。

“南阳市保安公司将以学习党史作为队伍建设及业务拓展的重要抓手，队伍建设同步提升，积极服从服务于治安大局需要，坚持军事化管理、企业化经营和高质量发展的经营理念，不断创新工作思路，创新服务理念，创新发展举措，持续保持全省、全国优秀保安服务公司荣誉称号。”张建国告诉记者。

传承引领，整装逐梦新征程

为迎接中国共产党建党100周年，南阳市保安公司举办了为期三个月的押运技能大练兵活动，充分发挥党组织这一“红色引擎”作用，树立模范党员形象，强化整体素质养成。2021年6月10日，南阳市保安公司组织10个检查小组深入20个押运大队进行队伍建设现场观摩。来自各大队共计1000余名保安员分别从岗位规范建设、实战技能演练等方面展现了良好的精神风貌。大家仪表仪容良好、服务岗位整洁、登记记录规范；队伍整齐划一，格斗拳虎虎生威，棍术刀术动作精湛，消防盗抢故障解除等预案演练策划严密、行动迅速……检查小组成员在观摩的过程中对各项检验内容不时发出肯定的称赞。

党旗领航风帆正，南阳市保安公司寓党建工作于党史学习教育和企业文化建设之中，不断增强党建活动的吸引力和感召力。

5月20日，在由南阳市总工会、中共南阳市委市直工委主办的“‘永远跟党走’南阳市庆祝中国共产党成立100周年职工合唱比赛”（市直赛区）中，南阳市保安公司代表队以满腔热情和嘹亮的歌声用一首《没有共产党就没有新中国》在市直31个参赛队伍中一路闯关，荣获二等奖。6月25日，在建党100周年即将到来之际，南阳市保安公司“保安杯”书画作品展暨获奖作品颁奖大会隆重举办。参展的238幅作品，紧紧围绕“以歌颂党的丰功伟绩，我为保安事业作贡献”为主题，歌颂了党的英明领导、国家的繁荣昌盛、人民的安居乐业，展示了保安事业蒸蒸日上的喜人景象。

文化而润其内，养德以固其本。南阳市保安公司大力推进思想道德建设，着力挖掘队伍中的先进事迹，先后举办十余场“道德讲堂”、四届“十佳保安道德模范”创建评选活动，还编辑出版了记录公司两届道德模范事迹的《南阳保安队伍中的凡人善举》一书。涌现出一批像“全国道德模范”“全国无偿献血贡献金奖”获得者范聚敏，第四届全国优秀保安员王国胜，默默无偿献血近百次、捐献造血干细胞救助生命的李刚等一大批见义勇为、爱岗敬业、助人为乐、孝老爱亲的道德模范，有力地推动了党建工作和企业文化建设的有效开展。同时，南阳市保安公司还适时组织党员到延安、韶山、井冈山等红色教育基地重温党史，重走红色印迹，进一步增强队伍的党性修养和宗旨意识。

2021年是“十四五”规划的开局之年，也是“两个一百年”奋斗目标的历史交汇点。张建国表示：“南阳市保安公司将抓住机遇、迎接挑战，围绕中心工作，整装出发，再踏新征程，使企业党建与经营活动贴紧靠实，丰富企业文化内涵，实现党建工作与企业文化的双赢，增强党建工作的时代性和创新性，努力开拓党建工作的新局面，不断满足人民群众对美好生活的向往和追求。”

福建省招标采购集团

“融合式党建”凝聚创新发展活力

链接：福建省招标采购集团有限公司为福建省管国有企业，是具有10家国家高新技术企业的综合性科技集团。集团拥有福建省招标股份有限公司、福建省环境保护设计院有限公司、福建巨电新能源股份有限公司等20多家权属企业，主营范围包括项目管理与服务、新能源电池、科技成果转化及产业基金三项主业，和现代物流园区投资建设及运营管理一项辅业。

在党史学习教育中，福建省招标采购集团（下简称“招标集团”）党委结合各业务板块特点，坚持党建与经营在“目标、队伍、措施”三方面的深度融合，探索“融合式党建”新路，发挥党委引领作用、党支部战斗堡垒作用、党员先锋模范作用、员工创先争优作用，凝聚创新发展活力，引领和推进企业高质量发展。

如今，集团各权属企业在招标代理板块树起“诚信之帆”，在监理板块竖起“匠心筑梦·先锋领航”党建品牌，在科技成果转化服务板块形成“‘三创’加速器”，在勘察板块建成“地下啄木鸟”品牌……“1+9”十大特色党建品牌体系逐渐成形，在深化改革、促进发展、提高党员素质等方面发挥重要作用。

“海丝”升空，凌云“问天”

2021年6月11日，由招标集团联合厦门大学、三明市投资发展集团等共同发射的“海丝二号”卫星成功升空，这是继2020年12月“海丝一号”发射成功后，“海丝”星座第二颗卫星又一次畅游天际。“海丝”卫星的发射，也让福建卫星实现了从0到1的突破，将对近海及流域生态环境观测，尤其是精细化监测赤潮和溢油起到重要作用，助力“海上福建”建设，为践行碳中和贡献基础

海丝卫星

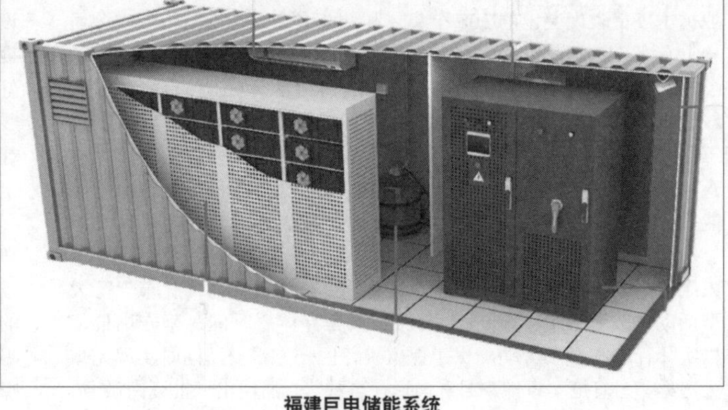
福建巨电储能系统

数据。

参与“海丝”卫星项目的省招标集团团队来自权属企业福建经纬测绘信息有限公司的“凌云战队”。“凌云战队”是一支以党员为表率，以服务新时代新福建“四个一流”（一流职业素养、一流业务技能、一流工作作风、一流岗位业绩）为目标的空间信息技术服务团队。自创建以来，“凌云”党建品牌与空间信息业务同推进、同落实，有效破解了党建业务“两张皮”的瓶颈。团队创新成果先后入选福建省技术创新重大项目、福建省卫星应用产业化项目、数字福建人工智能应用，并荣获测绘科技进步奖、中国地理信息产业优秀工程奖、厦门市科学技术奖等各类奖项7项。

红色新动能，助力新能源

2021年6月18—20日，在第十九届中国·海峡创新项目成果交易会上，福建巨电新能源股份有限公司展出的“充储一体分布式移动储能站”，让潜在客户切身体验到产品的独特技术优势，吸引广泛关注。展会期间，福建巨电和华为公司签署合作协议，将重点在储能领域和绿色矿山领域开展深入合作，省招标集团还聘请华为高级副总裁郑宝用为福建巨电公司发展总顾问。福建巨电同时与莆田市秀屿区、国电电力福建新能源开发有限公司在光储等新能源项目上达成合作意向。此外，福建巨电还与华北电力大学檀勤良副校长一行就进一步深化产学研合作进行了座谈对接并达成一系列合作意向。

福建巨电公司是招标集团于2016年通过“海创会”平台对接引进技术后投资设立的新公司。近年，公司创建“红色新动能”党建品牌，引导干部职工树立红色思想，推动党建工作和企业发展同频共振，长循环寿命、高倍率、高能量密度固态电池的研发生产取得新突破，成为大容量固态锂电池的领航者。公司固态聚合物锂离子电池相关技术、生产项目先后入选国家发改委、科技部等4部门发布的《绿色技术推广目录》、省科技计划项目、省战略性新兴产业重点项目、省重点技术改造项目、省级技术创新重大项目，公司产品获得《电力储能用锂离子电池》国家标准认证证书和中国船级社（CCS）正式颁发的500AH电芯认证证书，公司获评国家高新技术企业、福建省科技小巨人领军企业。

蓝天有我，绿色飞扬

2021年4月，福建省环境保护设计院有限公司职工李锦铜获国家生态环境部表彰，鼓励其在2020—2021年蓝天保卫战重点区域秋冬季监督帮扶工作中表现突出；5月，省环保院海洋事业部党支部“虎鲸突击队”克服时间紧、环节多、任务重的困难，发挥党员突击队先锋作用和专业水平，通过实地踏勘、无人机航拍、在线专家质询、养殖户调访咨询等方式，对福鼎已提交审查的围海养殖图斑进行突击检查，顺利核查了9处误判区，完成海域司新一轮技术整改要求；近期，环保院获得环境损害司法鉴定资质、环境咨询（环保管家）服务一级认证，公司“污水处理智能耦合控制系统构建及节能优化控制”被列入省级科技计划……

2016年加入福建省招标采购集团大家庭来，福建省环境保护设计院践行“绿水青山就是金山银山”理念，以塑造“红心向党、

福建省环境保护设计院有限公司仅用15个月时间便高质量完成福州江阴工业集中区污水处理厂环保提升“方案设计—可研—初步设计—施工图设计—施工—试运行—通水”全过程，出水稳定达到《城镇污水处理厂污染物排放标准》一级A标准

忠心报国、匠心建企、潜心做事、诚心待人”文化为抓手，创新学习模式，强化典型引领，凝聚团队合力，引导广大党员干部职工当好生态文明建设和环境保护的宣传队、工作队、战斗队、突击队，打造“蓝天有我、绿色飞扬”党建品牌，公司先后获评国家高新技术企业、省科技小巨人领军企业、省级新型研发机构等，完成了由环保咨询企业向环保综合型企业的转型升级，为我省生态环境高水平保护提供有力支撑保障。

招标集团有关负责人表示，特色党建品牌创建以来，招标集团广大党员干部进一步强化了责任担当意识，干部队伍整体素质明显提升，基层党组织活力大为增强，在引领集团二次创业、深化改革、高质量发展中彰显了党组织的核心作用。

文／图：福建省招标采购集团办公室

厦门大学后勤集团

争创一流服务　全力保障复工复学

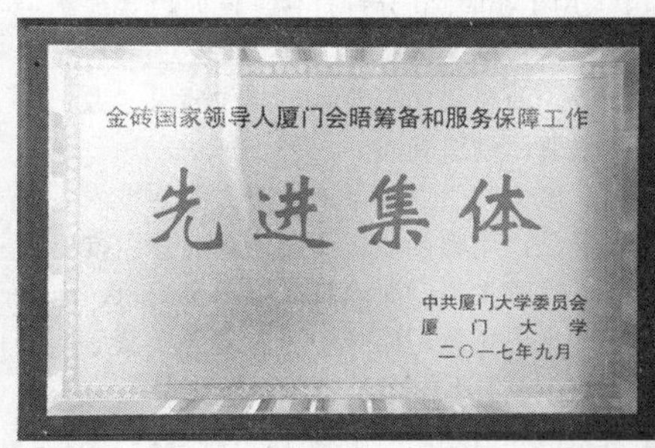

厦门大学后勤集团获得的荣誉奖牌

“深化大学习、提振精气神”专项活动开展以来，厦门大学后勤集团通过读党报等形式开展“提振精气神、爱岗敬业、争创一流”主题活动，持续掀起大学习热潮，切实把思想和行动统一到习近平总书记重要讲话重要指示批示精神上来，集团上下始终保持团结奉献、昂扬向上的精神状态，学以致用，真抓实干，把学思践悟的成果转化为干事创业的强大动力，为推进集团一流后勤建设，为夺取疫情防控和保障生产双胜利作出新贡献。厦门大学后勤集团总经理林公明表示，通过读党报等主题活动，提升了党员干部职工的思想认识，激发了党员干部职工的爱国爱校情怀和干事创业精气神，员工感恩回馈，立足岗位做奉献，担当作为，共克时艰，以实际行动践行初心使命，夺取疫情防控和保障生产双胜利。

亮点 1

主题活动大学习，激发干事创业精气神

此次开展“深化大学习、提振精气神”专项活动，厦门大学后勤集团党委根据厦门市委和校党委的通知要求，以集团部门工会、团委、妇委会为抓手，在2020年6月份开展“提振精气神、爱岗敬业、争创一流”主题活动。

“只要大家心往一处想、劲往一处使，就可以努力把不可能变成可能。”“提振精气神，关键要做到政治强、专业精、敢担当、善作为。”在“提振精气神、爱岗敬业、争创一流”主题活动中，集团群团组织、各党支部充分利用党报这一学习主阵地，利用岗前一刻、组织生活等机会学党报，学习厦门日报《党建园地》有关习近平总书记重要讲话重要指示批示精神和“深化大学习、提振精气神”学习体会文章，学习厦门日报有关垃圾分类经验做法的文章，学习厦门日报刊登集团筑牢校园疫情防控防线、助力复工复学的系列文章；在集团网页开辟“提振精气神、爱岗敬业、争创一流”专栏，选登一批防控工作中“最美后勤人”的图片、防控保障工作中体现员工家国情怀的小视频、员工爱校爱岗的工作感悟，大力宣传后勤保障复工复学工作中的先进事迹，传播正能量，引发好反响。

在深化大学习的过程中，迸发党员干部职工抓防控抓生产的干劲激情。通过学习，使集团员工及时了解党中央的重大方针政策，提升党员干部职工的思想认识，对总书记亲自指挥亲自部署疫情防控、改革开放40多年来国家实力大幅提高有了更深刻的体会，对我国疫情防控取得阶段性成果有了更深刻的认识，更加坚定对建设中国特色社会主义伟大事业和战胜疫情的信心，更加增强“四个意识”，坚定“四个自信”，坚决做到“两个维护”；激发了员工爱国爱校情怀，大家的主人翁意识增强了，归属感、自豪感、责任感提升了，深刻体会到“管好自己的人，做好自己的事”的重要性，激发干事创业精气神，迸发“生产自救”的强大动力，不等不靠，自觉在疫情防控和保障生产工作中展现新担当新作为。

亮点 2

发挥员工特长，积极投入防控志愿活动

在这次疫情防控中，厦门大学后勤集团党员干部职工坚守岗位，在做好保障生产、校园防控的同时，响应集团党委号召，积极投入群团组织的各项防控志愿活动中。集团妇委会发动有缝纫特长的100余名妇女职工积极参与口罩缝制，历时两个月，参加人数达3300多人次，解决了内部员工口罩使用紧缺问题；集团部门工会发动全体员工献爱心，为湖北武汉捐款25万余元；集团团委组织“省级青年文明号”水电中心维修组员工，主动为学校援鄂医护人员家庭提供免费上门水电维修服务；集团各党支部发动党员志愿加入社区防疫一线，展现厦大后勤人与国家、湖北武汉、学校共克时艰的家国情怀。

厦门大学后勤集团党委副书记邓泽君说：“针对后勤职工服务岗位容易接触病毒的特殊性，面对疫情，集团充分发挥群团组织优势，关心了解爱护员工，为员工排忧解难，让员工感受到组织的温暖。”集团妇委会主任高美芸、团委书记沈靓带领各中心、部门人员，迅速摸排集团4200多名员工的具体位置、健康情况，督促员工做好健康日报，特别是对滞留湖北（武汉）和其他重点疫区的职工，加强关心和心理支持，经常打电话询问健康及生活情况，寄送口罩等；集团部门工会主席沈雄晖带领工会人员组织员工健康体检，协调解决员工子女入学入园问题。

“管好自己的人，做好自己的事。”根据开学准备工作检查对

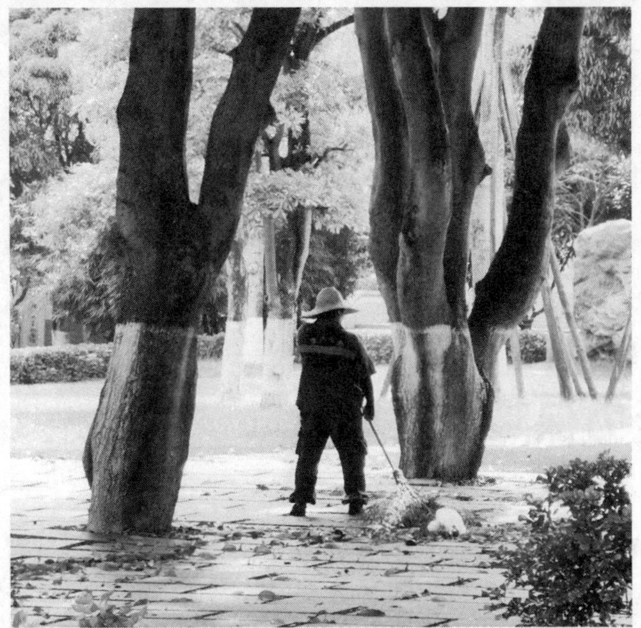
美丽的厦大校园离不开厦大后勤员工辛勤汗水，图为绿化保洁员工擦汗背影

照表，集团党委发挥政治核心引领作用，党委班子成员深入餐厅、宿舍、仓库、车队等后勤一线检查督导，指导各单位一手抓防控，一手抓生产，做好学生返校复学、筑牢校园防控，推进“5D建设”“绿色·节约”活动、安全生产管理等重点工作，确保防控、生产两不误。

亮点3

生产自救不等不靠，提升服务标准推进开源节流

深化大学习，不是为学而学，说到底，要学以致用、用而促学，做到学思用贯通、知信行合一。厦门大学后勤集团将深化大学习与当前抓防控促生产工作紧密结合起来。通过开展“提振精气神、爱岗敬业、争创一流”主题活动，进一步激发全体党员干部职工的精气神，提升攻坚克难的战斗力，全力做好抓防控促生产，推进一流后勤建设。

疫情无情人有情，组织关怀暖人心。截至2020年6月底，受疫情影响，集团经营收入与2019年同期相比大幅减少，由于厦门大学春季学期只有毕业班和部分非毕业班近两万名学生返校，影响最明显的就是厦大餐饮校内各餐厅。但集团党委关爱员工，做到不裁一名员工，确保就业不失业，合理安排复工复产，加大对职工的关心关注，对2000余名在家待岗的职工，按厦门市最低工资标准发放工资，另给27名湖北籍员工再补贴1000元。员工们更加感恩回馈，更加热爱集团。在集团部门工会、团委、妇委会的发动下，全体员工围绕“生产自救，增收创益”献计献策，服务标准也更加提升，受到学校和师生的好评。

“在这次疫情防控中，我充分感受到厦大后勤这个大家庭的凝聚力和战斗力，深刻感受到厦大后勤人团结一致办大事的决心和意志。”5月1日，在厦大、北大等全国11所高校联合开展的“90后”后勤青年职工专题联学活动视频会上，“厦门市五一劳动奖章”获得者、厦大后勤集团勤业餐厅厨师长林庆展代表厦大后勤青年，分享了自己在学校、集团的培养下，从一名普通厨工成长为餐厅厨师长，获得全国、省市级职业技能比赛金奖等荣誉的感想。他用最朴素的方式，怀抱着感恩的心，把自己的所学所长回报给学校、集团，反哺给学校师生，悉心研发菜品，注重营养搭配，保证每天不重样，让师生吃饱吃好。

优化流程，减少浪费。“如何优化组合提高工作效率？”“如何控制成本减少浪费增加收入？”厦大餐饮双十中学餐厅厨师长郑静雄说，餐厅合理安排后厨各班次各岗位人员的工作时间和工作量，避免重复性工作安排，充分调动员工的工作积极性和主动性，提高工作效率。比如，餐厅每天中午大约1400份的打包套餐，根据打饭打汤组就位时间、厨房出菜就位时间、打菜就位时间、装车就位时间等关键时间节点，考虑每条流水线标配人员的打包速度，优化组合搭配人员，从打包到装车的时间大大缩减，由原先18人用2个小时打包，缩短到14人用1小时20分钟打包。同时，合理制定各个菜品主、副配料的配比，根据菜谱制定各个菜品烹制调料的用量，比如盐巴、味精、油等。原材料加工要满足制作要求，做到切配合理，物尽其用，减少浪费，创造利润。

研发菜品，增收创益。厦大学生返校以来，厦大餐饮校内各餐厅都铆足了劲，竞相研发菜品，增收创益。比如，勤业餐厅推出水煮三鲜、酸菜鱼、小龙虾、馋嘴牛肉，海滨餐厅推出金汤鱼、泡椒鸡爪、闽南醋肉，南光餐厅推出烤鱼、卤味……看着各个餐厅推出的新菜品，学生们开玩笑说：“恨不得多长几个肚子来品尝这些美味。”师生员工们的用餐热情和鼓励，给了餐厅师傅阿姨们莫大的鼓舞和动力，提振了精气神，生产自救进入良性循环。据悉，厦大餐饮校内各餐厅一天能多卖出200余份新品特色菜，促进了各餐厅营业额的恢复。

主动作为，再创佳绩。4月21日，鼓浪屿菽庄花园片区卫生保洁项目招标，厦大物业凭借一流物业的口碑，在10多家参与竞标的物业公司中脱颖而出，成功得标。这是继厦大物业海韵北区项目取得思明区513个小区物业星级评定第一名之后，取得的又一佳绩。第二天，厦大物业调集10余名员工前来支援，大家拿起清洁工具，保洁、打扫，每天加班到晚上10时，历经9天。5月1日，菽庄花园正式向游客开放，整个面貌焕然一新，洗手间气味清新、鱼池澄澈干净、地面亮洁如新、垃圾分类井井有条，赢得了项目甲方和游客的一致好评。

不等不靠，争创业务。在5—6月的学生错峰返校运输任务中，厦大运输不靠外车，“大小通吃”，争创业务。5月7日至6月20日，厦大运输共派发大客车165趟次、商务小车接驳164趟次承接返校学生。据统计，5—6月，厦大运输营业额接近2019年同期的50%。

亮点4

保障复学供餐安全，做到价不涨量不减质不降

“下好先手棋、打好主动战。”新冠肺炎疫情发生以来，厦门

校门维序人员训练

餐厅员工利用岗前一刻组织学习厦门日报刊登厦大物业先进事迹的文章

大学后勤集团党委密切关注、研判疫情发展态势，不等不靠早行动，多渠道筹备防疫物资。集团群团组织、各单位发动全体职工申请口罩，主动对接政府申购平台、寻找联络正规供应商，第一时间筹备采购口罩等防疫物资，为筑牢校园疫情防控阻击战打下坚实物质基础。集团饮食服务中心采购组主动出击，多方搜集，截至5月底，共采购消毒片34000片、酒精1000多升、一次性口罩26万多个（含食堂售卖）、一次性餐盒30万套等一大批防疫物资。

由于疫情防控工作的影响，厦大后勤各单位服务保障工作量增加很多，但员工们没有怨言，不断提高服务质量。比如厦大餐饮送餐到教室、宿舍、中小学餐厅，还要测体温、提醒大家按规定用餐等；厦大物业项目单位，尤其是学校校门防控的工作量大大增加，但厦大后勤保障人员依然严格按照防控标准，抓紧抓实抓细。

厦大餐饮双十中学餐厅员工谢婷说："面对突如其来的疫情，作为厦大餐饮人，我们高度重视复学供餐安全，由于采取'自选堂食+打包外送'的供餐模式，上千份的打包数量，沉重的保温箱送往教室、宿舍楼，工作量虽然增加了，但没有降低我们的热情，每天把营养可口的套餐按时送到学生手中，得到师生们的点赞。"

面对疫情影响和物价上涨，集团党委以高度负责任的态度，重视采购渠道畅通、物资供应充足、采购价格稳定，充分发挥食堂规模化采购优势和"农校对接"作用，减少中间环节，厉行节约，多措并举确保厦大餐饮各餐厅物价全稳，做到价不涨、量不减、质不降；严格抓好食品"源头+过程+现场"三管控，加强仓库原材料检查和供应商管理，严格执行5D标准，做好消杀消毒；采取"堂食+打包外带+快速取餐"供餐模式，做好安全就餐宣传引导，确保供餐安全。

"七一"前夕，厦门大学后勤集团党委被厦门大学党委表彰为"先进基层党组织"，集团物业支部书记林振勇被评为"优秀党务工作者"，林洁、朱英广、林佳德3名一线党员被评为"优秀共产党员"，陈杰等13名青年团员也被厦门大学团委评为"优秀共青团员"。实践证明，厦门大学后勤集团不愧是学校师生最靠谱的后勤。

"无论什么情况，后勤人都在你身边。""尽最大努力，做靠谱后勤。"厦门大学后勤集团党委书记刘立荣说，此次开展"提振精气神、爱岗敬业、争创一流"主题活动，对巩固深化"不忘初心、牢记使命"主题教育成果，提振集团党员干部职工干事创业的精气神，具有很强的针对性和现实意义。成功之路无坦途，狭路相逢勇者胜。我们坚信在习近平总书记和党中央的部署下，在学校的统一指挥下，厦门大学后勤集团必将进一步凝聚抓防控促生产的强大战斗力，全力以赴在两场硬仗中提振厦大后勤人的精气神，最终夺取疫情防控和生产自救双胜利。

作者：张世通

供图：厦门大学后勤集团

江西大吉山钨业有限公司

党旗飘扬　党徽闪亮

左图为公司办公大楼；右图为公司党委及时召开党建工作会，部署疫情防控、复工复产保产工作　摄影：谭荣昌

链接： 江西大吉山钨业有限公司前身为大吉山钨矿，是国家"一五"计划156项重点建设项目之一，1918年开矿，1952年收归国有。2004年8月改制重组，成立大吉山钨业有限公司，属江钨集团有限公司骨干企业。公司下设4个二级单位，机关设有"七部一室"，从业人员1041人，其中工程技术人员80人；公司党委共有中共党员184人，下设5个党总支（直属支部）、17个三级党支部。"吉星"牌黑钨精矿荣获江西省优质产品称号，"吉星"注册商标被评为江西省著名商标。

疫情就是命令，防控就是责任。在抗击新冠肺炎疫情的战役中，江西大吉山钨业有限公司（以下简称"大吉山钨业"或"公司"）党委严格落实党中央、江西省委及江钨控股集团党委各项决策部署，切实发挥党的领导核心和党组织战斗堡垒作用，带领全体党员干部讲政治、重担当、勇作为，凝聚了全公司上下众志成城抗击疫情的强大力量，党旗在战"疫"一线高高飘扬。

加强组织领导，扛起政治责任

"近期发现已有疑似新型冠状病毒感染肺炎病例输入江西省，各科室、单位要坚决做好疫情防控工作。当前正值春节假期，人口流动、聚集活动增多，疫情防控形势严峻，要通知员工及家属做好个人防护工作，出门佩戴口罩，如无必要尽量不去人口密集区，减少外出。加强舆论识别能力，做到不造谣、不传谣……”2020 年 1 月 22 日，公司在工作群发出紧急通知。与此同时，公司党委迅速组织各科室、单位党政负责人召开专题会议，对新冠肺炎疫情防控工作进行部署。

2020 年 1 月 24 日，江西启动重大突发公共卫生事件一级响应后，公司党委把打赢疫情防控阻击战作为重大政治任务，班子全体成员提前结束休假，到岗到位，靠前指挥。第一时间成立疫情防控领导小组，发出《致全体员工群众全力做好新型冠状病毒感染的肺炎防控工作的公开信》。建立健全“177”疫情防控工作体系（即一个疫情防控工作领导小组、7 个专门工作小组、7 个矿区督查组），从舆论宣传、人员管理、设施配备、体温检测等 16 个方面精心部署防控工作。建立了“党委、总支、支部”三级联动机制，逐层逐级压实管理责任，确保疫情防控宣传、排查、监测不漏一人，筑牢疫情防控“最后一公里”防线。

公司党委书记、执行董事、总经理陈名瑞对公司各级组织和全体党员提出明确要求：从思想上高度重视疫情防控，把疫情防控作为当前最重要的工作，强化疫情防控科普宣传，不折不扣严格执行科学的制度、流程和方法，形成强大防控合力，坚决遏制疫情蔓延；守土有责，各尽其职，创新组织管理和工作方式方法，确保疫情防控到位，做好联防联控并拿出切实可行的预案；各基层党组织要切实发挥战斗堡垒作用，全体党员干部要充分发挥先锋模范作用，团结带领公司全体员工不畏困难、科学施策、共克时艰。

发挥宣传功效，摸排消杀两手硬

“您好，最近新冠肺炎疫情期间请您少外出、勤洗手，出门请戴好口罩……”由 55 名党员干部组成的 7 个防疫宣传督查小组每天深入到各社区，详细了解在矿员工家属的身体状况，宣传贯彻上级和公司关于做好疫情防控工作的有关精神和要求，教育员工家属一定要遵守《公司疫情期间临时管理条例》，做到不出门、不聚会、不聚集、不串门、不走亲访友、家中不待客、不到人员密集地，发现员工、家属不当行为和做法及时劝阻、制止。

大吉山钨业在职员工 1041 人，员工家属数千人，还有许多春节期间返矿人员。一方面做好员工的摸排，将员工详细的防疫信息体系建立完善，对矿区外返矿人员根据相关要求进行隔离，每日进行入户健康监测，测量他们的日常体温，了解他们的居家隔离状况和生活实际并登记在册。另一方面加强与地方的联防联控，在矿区主要关口增设路卡，设置警示牌，每天对各个关卡进行严格的巡查，对所有进出车辆和人员进行逐一登记。截至 2020 年 2 月 8 日，全矿累计入户摸排 1058 人次，公司报告无新型冠状病毒感染的肺炎重症、危重和死亡病例，无疑似病例。

此外，公司党委根据实际迅速制定了《大吉山钨业新型冠状病毒肺炎疫情防控应急预案》《大吉山钨业防疫、生活安置组疫情防控工作方案》《大吉山钨业消杀防疫工作方案》等 7 个方案，为基层一线的疫情防控提供指导。为了更有利地控制疫情的第一道防线，要求相关单位做好每天的消毒杀毒工作，按比例配置好消毒药水，对矿区进行全面消毒，并安排检查组对消杀区域进行严格的检查，确保消毒区域不留死角、不留盲区。

展现党员风采，贡献矿工力量

公司党委制定下发了《关于在疫情防控中加强党的建设充分发挥各级党组织和党员干部作用的通知》，在防控一线检验干部、锤炼干部、考察干部。动员全矿党员干部充分发挥模范带头作用，践行使命担当，做到“五个走在前”：即对党忠诚走在前、担当作为走在前、冲锋一线走在前、严守纪律走在前、联系群众走在前。广大党员要把投身疫情防控第一线作为共产党员践行初心使命、体现先锋模范作用的试金石和磨刀石，切实做到“五带头”，即带头落实防控措施、带头坚守本职岗位、带头顾全大局、带头做好舆情监控、带头做好群众工作。在抗击疫情的关键时刻，党组织领导有力，守土有责，守土尽责，党员干部冲锋在一线，以实际行动做好疫情防控服务和保障，得到了广大员工群众的坚强支持。

在大吉山钨业疫情防控一线，党员干部带头勇当先锋，主动请缨出战。这些奋战在抗疫一线的党员中，有的放弃了与家人团聚假期，有的夫妻并肩奋战，有的累得直不起腰脚起泡，有的强忍着结石的隐痛，有的连续二十几天没有休息……他们只有一个信念：众志成城，齐心协力，战胜疫情。新冠肺炎疫情牵动着每个国人的心，公司党委向广大员工发出倡议，大家行动起来，踊跃奉献爱心，广大党员干部及员工群众积极响应，累计捐款 5.6 万余元，全力支持疫情防控工作，展现国企担当，贡献国企力量。

坚持线上线下结合，科学防控疫情

公司党委充分利用广播电视、微信公众平台及 QQ、微信工作群，及时准确发布疫情防控有关政策、防护措施及防控动态等，加强对政策措施的正面宣传，引导广大干部职工正确判断疫情形势，增强战胜疫情的信心和决心。截至 2 月 8 日，公司宣传车每日分上、下午时段围绕矿区循环播放新冠肺炎有关防控知识，在醒目位置悬挂标语横幅 39 条、发放《公司疫情期间临时管理条例》《疫情防控告知书》等各式宣传单 1200 份、更换宣传栏 12 块、矿区内黑板报全部更新防控疫情相关内容、制作了一期抗击疫情专题片……持续营造浓厚的舆情引导氛围，确保了防控知识宣传教育到位、普及到位，实现疫情防控人人知晓、人人参与。

同时，按照相关规定延迟复工时间，在此期间创新办公形式，倡导未返岗人员通过电话、网络等在家办公。严格执行领导带班值班制度，带班领导无论是在岗值班还是下班在家，电话必须保证 24 小时畅通，每天通过电话、微信、短信等方式及时汇报疫情防控工作，并每日定时向江钨控股集团及地方有关政府部门汇总上报疫情排查防控相关情况。

没有一个冬天不可逾越，没有一个春天不会到来。下一步工作，公司将进一步激励引导全体党员干部更好地发挥先锋模范作用，凝聚和激发坚决做好疫情防控工作的强大斗志，带领广大干部职工立足岗位、奋勇担当，全力做好疫情防控工作，为坚决打赢新冠肺炎疫情防控阻击战贡献大吉山力量。

国网湖北省神农架供电公司

“电”亮神农架人民幸福生活

2019 年，国网神农架供电公司坚定不移地贯彻落实省电力公司党委和林区党委、政府决策部署，守正创新、担当作为，推动公司和电网高质量发展。截至 11 月底，公司完成固定资产投资 0.65 亿元，其中电网建设投资 0.41 亿元。完成售电量 1.68 亿千瓦时，占年度计划的 95.73%，同比上升 15.41%。累计线损率 9.96%，同比下降 1.74 个百分点。公司实现营业收入 0.95 亿元，上交各类税金 0.36 亿元（不含集体企业），为林区经济发展作出了积极贡献。

2019 年国家电网北京电力医院走进神农架义诊，国网神农架供电公司电靓屋脊共产党员服务队为义诊工作做好后勤保障工作

坚持学深悟透，推动主题教育走深走实

国网神农架公司党委坚持把学习贯彻习近平总书记重要指示批示精神、中央指导意见作为根本遵循，把深入学习贯彻习近平新时代中国特色社会主义思想作为根本任务，按照林区党委、省公司党委意见要求，坚持先动先行、学做在前，确保主题教育取得实效。一是“先”学一步，以上率下；二是“活”化形式，提升效果；三是“真”查不足，精准聚焦；四是“严”抓整改，强化落实。

坚持绿色发展，助力国家公园试点建设

认真践行“绿水青山就是金山银山”理念，深入推进生态文明建设，扎实开展植树节、世界环境日等主题活动。履行护林防火责任，完成 14 座变电站消防器材轮换、电缆井、电缆沟、电缆防护隔离和涂刷防火涂料工作。开展高危及重要用户、直供直管住宅小区安全隐患排查治理，发现并督导用户整改消防隐患 609 处。与林区相关单位、部门联合开展防火、防汛、防灾应急演练。落实城乡垃圾治理“三年行动”计划，公司作为首批试点单位深入推进垃圾分类工作。坚持绿色发展，持续推广电取暖、电气化厨房等项目。投资 440 余万元，配合开展重点结冰路段电热化融雪化冰试点项目建设。在木鱼、红坪、大九湖镇推广石墨基电采暖设备，对大龙潭金丝猴科研基地进行电能替代改造。推动“大旅游”转型升级，服务自驾游产业发展，建成并投运松柏镇、木鱼镇和坪阡古镇内的 4 个电动汽车充电站。

坚持共享发展，推进乡村振兴战略实施

聚焦打赢脱贫攻坚战，2016 年至今，国家电网公司进一步加大定点扶贫投入，4 年累计注入扶贫资金 5652.3 万元，在光伏扶贫工作中形成的政企扶贫标准模式，得到中央领导的批示肯定。2017 年建成并捐建 17 座村级光伏电站，至 2020 年 6 月，已累计发电 1588.44 万千瓦时，累计收入 1252.69 万元（含补贴），平均每村每年获益 20 万元以上，预计可持续受益 25 年。激发产业造血功能，助力“5312”产业扶贫，投入资金 790 万元帮助发展中蜂产业，惠及 494 户、1713 人，养蜂产业成为贫困户脱贫致富的“甜蜜事业”。投入 26 万元，帮助长青村、古水村、落羊河村、后山坪村等 4 个贫困村完成党员活动室建设。加强与宜昌、襄阳、恩施等周边地区电网连接，上划以来，电网总投资达 12.66 亿元，形成了覆盖整个林区的具有强大送受功能的供电体系，为美丽乡村建设提供了强大电力支撑。落实省政府与国家电网有限公司战略合作协议，紧抓新一轮农村配电网改造升级机遇，投资 4.06 亿元，实施小城镇（中心村）、村村通动力电和易地扶贫搬迁配套工程，惠及全区 6 镇 2 乡，“低电压”、供电“卡口”问题得到根本性改善，老百姓真正得到用电实惠，城乡居民用电量从 2015 年的 0.35 亿千瓦时增长至 0.49 亿千瓦时，户均配电容量从 2015 年的 2.3 千伏安/户提升至 3.4 千伏安/户，远远高于全省平均水平（全省为 2.03 千伏安/户），供电可靠率 99.80%，电压合格率 99.84%，有效激发了农村消费潜力和县域经济发展活力。

坚持创新发展，全面提升优质服务水平

紧密对接“两高时代”、机场建设发展需求，积极服务“四镇三区三体一工程”等重点项目建设，建成保神高速第五标段 35 千伏简易变电站，完成 35 千伏新华变电站扩建工程，开工 35 千伏柏杉园升压工程。推进“放管服”改革，加大“互联网 + 服务”建设，公司办电业务窗口进驻政务服务大厅。进一步优化营商环境，持续压降办电时限和接电成本，高压用户平均办电时间压缩至 40 个工作日以内，低压用户平均办电时间压缩至 10 个工作日以内。严格落实降价政策，2018 年一般工商业降价三次，降低 0.087 元，降幅 10%；2019 年一般工商业降价两次，降低 0.0923 元，降幅 12.097%，共减收 1361.19 万元，惠及用户 6251 户。走访林区政府部门、重要企业 62 个，宣传用电政策，了解客户用电困难及建议。上门指导林区劲牌酒业有限公司正确使用无功补偿装置，帮助企业降低用电成本，年节省电费 5 万元。完成松柏村三组 55 户村民下户线改造，切实解决线路老化等安全隐患的问题，不断增强人民群众的获得感、幸福感。深入开展漠视侵害群众利益专项整治，梳理排查供电服务、运行维护、供电质量等方面问题 29 条，及时解决群众关心的现实问题 23 个，做好服务群众“最后一公里”。

坚持协调发展，切实增强民生保障能力

推动“大农林”产业发展。国网神农架供电公司依托国网商城平台，帮助“神农架购”电商平台销售本土农林特产 700 余万元，投入 510 万元解决阳日镇、下谷乡、宋洛乡饮水困难，让广大群众喝上“放心水”。投入 190 万元用于救急难、大学生新长城计划、教育和医疗帮扶。向林区人民医院捐赠 3 台救护车，加强急救能力；向 4 个村级卫生室捐赠 DR 医疗设备 4 台，着力解决偏远乡镇群众

2020 年 2 月疫情防控期间，国网神农架供电公司“电靓屋脊”共产党员服务队为贫困村做好电力供应工作

2018 年 12 月，国网神农架供电公司走进留守儿童学校苦水小学检修线路更换灯泡

就医难问题。国网北京电力医院持续深入林区开展送医送诊送药活动，义诊患者619人次，免费发放5万元药品。坚持将安全作为最大的政治，全面构建以预防为主的安全工作体系，坚决遏制各类安全生产事故。加强输电线路和设备巡视，引入无人机巡视新模式，提升巡视工作效率。圆满完成新中国成立70周年庆祝活动、第七届世界军人运动会、国际慢城文化周、全国职业男子篮球争霸赛、神农架越野森林跑等重大活动保电工作任务。全面推进电力设施保护，配合政府部门开展“打外破、防外损、清障碍”专项行动，梳理整治树障隐患118处，制止电力设施保护区内违法施工22处。大力开展安全用电宣传，发放宣传画册5000余份，提升居民安全用电意识。

作者：李琴、张雯雯

湖北宜昌弘洋集团有限公司

党旗飘飘鼓干劲　凝心聚力促发展

召开七一党建活动大会——重塑“青树垭”精神

近几年来，湖北宜昌弘洋集团有限公司（以下简称弘洋集团）党委在各级党委的指导帮助下，积极探索非公经济组织党建工作，坚持“抓党建、聚合力、促发展、筑和谐”的工作思路，以巩固深化“不忘初心、牢记使命”主题教育成果为抓手，深化党建引领体系建设，积极探索推动红色引擎“一号工程”，带领全体党员职工以更高政治站位、更强责任担当、更实措施行动，全力以赴推动企业持续健康稳定发展。

勇担当，建强红色堡垒

弘洋集团非常重视党建工作，自2003年建立党支部到现在成立党委，战斗堡垒不断健全壮大，如今下设5个党支部共有党员70余名。80%的公司领导岗位和生产重要岗位都由党员担任，80%的党员职工已走上企业各类管理岗位，党员职工已成为增强企业核心竞争力的中坚力量。

2020年3月，在万众一心抗击疫情取得阶段性胜利之际，弘洋集团复工在即，集团党委迅速反应，党委书记亲自牵头，积极协调疫情防控指挥部落实防控措施，申报企业复工复产。弘洋集团党委委员纷纷下沉各党支部、各成员企业督导落实防疫部署和复工复产。积极协调保供防控物资，让员工在复工复产第一时间得到有效防护，为后续各项生产经营有序推进赢得宝贵时间。

亮身份，激活红色细胞

无论是技术攻关、市场营销和节能减排，无论是在企业的平凡岗位还是每一个跨越发展的节点上，都闪现着弘洋集团的党员的身影。党员已成为弘洋集团生产经营管理工作中的主要力量，他们就是公司的一面面旗帜，是企业高质量发展中的一股股热流。

在2020年企业复工艰难时期，弘洋集团党委第一时间发布《“助力企业复工复产，党员先行”倡议书》，号召全体党员职工切实发挥先锋模范作用，亮名党员身份，带头站在疫情防控和企业复工复产的第一线，以实际行动支持企业复工复产，得到了党员积极拥护。机关党支部书记袁启明，积极协调税务部门争取税务优惠政策，为企业减免各项税金400多万元。党员职工皮力，妻子临产在即，但每天仍然坚持最早到岗，主动协助员工体温检测登记、办公区域防疫消杀等防控工作。

在党员职工示范引领下，弘洋集团总部职能部门员工主动放弃双休日，实行“5+1”工作制，加班加点推进企业恢复正常生产经营秩序。

强服务，凝聚红色力量

企业复工复产期间，弘洋集团党委组织全体党员开展全心全意服务企业、服务员工等各项宗旨服务活动。机关党支部为解决疫情期间员工上下班交通不便问题，降低乘坐公共交通感染风险，积极组织党员职工开展“党员顺风车”活动。物业党支部积极开展义务理发、义务磨刀、物资代购、红色小推车等便民服务。每一次力所能及的小事，不仅让员工、群众有了防控疫情的主心骨，更增添了夺取疫情防控、经济发展双胜利的信心。

为深化基层社会治理，弘洋集团物业公司党支部又积极配合夷陵区冯家湾社区居委会、协调业主委员成立香山凤凰城小区党支部，建立小区党群服务中心，在建立共建共治共享的文明社区上实现新突破。

炼能力，筑牢红色屏障

多年来，弘洋集团党委坚持把“三个统一”作为近年来党建工作重点来抓，由集团党委每月统一制订政治学习计划、主题党日活动计划，由集团党委统一编制每月学习材料，并下发各支部。由集团党委统一划定学习期限、学习时间，督促各支部深化落实各项学习活动要求。

多次邀请市、区两级党建指导员开展党务干部履职能力学习提升培训，组织党员前往红色教育基地等党性教育基地开展学习实践活动，引导党支部委员坚定理想信念，立足岗位和实践，展现责任与担当。

在企业外宣平台开通“弘心向党”专栏，通过“空中党课”模式及时为流动党员发布、推送学习内容，确保流动党员实时了解集团党委及支部各项动态。并安排集团党委及支委班子成员一对一的对流动党员进行对接帮扶，及时掌握了解流出党员工作生活情况，通过主动提供就业信息、职业技能培训、劳动权益维护等方式，为他们提供各项服务保障工作，让他们真正感受到党组织的温暖，确保“离职不离党，流动不流失”。

树榜样，打造红色楷模

2020年，弘洋集团党委结合企业实际深耕企业文化建设，挖掘“青树垭”企业精神，通过党建引领积极塑造企业的文化标杆和企业精神支柱，选树了一批先进模范。

工作剪影。左图为重访“青树垭”旧地；右上图为 2020 年复工复产专题会；右下图为开展党建活动

弘盛达支部宣传委员、弘盛达混凝土公司实验室主任陈维凤，一直致力于预拌混凝土质量控制及技术指导工作，大胆创新的组织开展新技术、新材料、新工艺的试验及推广应用，多次参与解决行业技术难题。先后参与《宜昌市预拌混凝土质量管理标准化工作手册》编写及三峡大学、清华大学大体积混凝土裂缝专题研究等重大科研项目技术攻关工作，为行业发展、城市建设贡献着自己应有的力量。

弘洋集团党委委员、统战委员、审计监察部经理刘诗平，始终坚守着一名共产党员的初心和使命，长期在审计监察工作一线加班加点，不辞辛劳，客观公正履职、揭露问题不回避，所经过的财务数目分毫不差，先后多次获得夷陵区优秀财务表彰。她还担任夷陵区政协委员，先后多次参与夷陵区政协经贸活动组调研区房地产、建筑等行业，为全区经济发展建言献策。

像陈维凤、刘诗平这样勇挑重担、甘于担当的党员故事，在弘洋企业里随时都在发生着。“党建工作做实了就是生产力，做强了就是竞争力，做细了就是凝聚力。”宜昌弘洋集团有限公司党委书记李伟如是说。弘洋集团全体党员在工作岗位上“干在前”，在服务创新上“走在前”，在遵纪守法上“做在前”，在急难险重时要“冲在前”，引领全体弘洋人正迎着新时代目标，不断加强企业党组织建设，用党建引领民营企业发展，为宜昌高质量发展贡献弘洋力量！

供图：宜昌弘洋集团有限公司

中房集团湖北荆门公司党委

培根铸魂开新局

荆门市国资委党委书记、主任张先胜（左二）调研中房集团湖北荆门公司铭庭世家项目　摄影：陈霖

2019 年 6 月，中房集团湖北荆门公司党委组建新班子。在此之前，中房集团荆门公司发展已经举步维艰：无土地储备、无流动资金、极少开发项目，干部职工看不到希望，党建创新更是无从谈起。

痛定思痛。中房集团荆门公司党委新班子深知，坚持党的领导、加强党的建设是国有企业的“根”和“魂”。围绕国有企业三年改革行动方案，企业朝哪里走，发展向何处去，必须紧紧扭住根本。为此，党委新班子一上任，马上提出以“务实、高效、创新、发展”为企业核心价值观，践行“买好房、找中房”经营理念，落实“城控系统市场化房地产开发核心和主阵地”定位，以及“一年打基础、两年促发展、三年见效益”发展目标，让公司面貌、企业效益和职工待遇明显提升，彻底打开公司发展新局面。

如何保证发展理念和目标得到落实？中房集团荆门公司党委集思广益、群策群力，一致认为要以党建为引领，围绕党组织服务生产经营、凝聚职工群众，以高质量党建创新推动企业生产经营全面提质，以企业改革发展成果赢得人心。

沿着这一思路，2020 年，中房集团荆门公司党委选取建筑施工、楼盘营销、物业服务三个核心板块，创新推出党建“3＋先锋行动”，以党委为统领，发动所属金茂建设、金盛物业和机关 3 个支部 43 名党员，投身项目工地、市场营销、物业服务一线，让党员打头阵、当示范、树榜样，带动干部职工为公司发展出智出力。

打造“先锋工地”，让一线支部和党员服务项目施工。在金茂公司施工工地，开展“先锋工地”创建活动，组建“红色理论轻骑兵”团队和“党员突击队”“民工关爱小组”，挂牌“党员监理员”“党

左图为公司党建工作经验在荆门市国资委、市城控系统推广；右上图为公司助力 2021 骑遍湖北自行车赛；右下图为捐赠物资，抗击新冠疫情　摄影：陈霖

员质量员”“党员安全员”，管理服务施工现场，帮扶困难农民工。两年来，金茂公司党支部围绕争创“楚天杯”和“优质结构工程”“文明施工现场”创品牌、创效益，共签订工程项目总金额 8.62 亿元。

发动“党员营销”，让“买好房、找中房”口碑深入人心。在市场营销部和龙锦花园二期、铭庭世家营销中心，推行党员挂牌上岗，设定“党员先锋岗”22 个、“党员咨询台”5 处、“党员爱心服务社”3 个、“党员街头营销小分队”6 支，组织党员进学校、进小区、进企业开展营销活动。2020 年以来，中房公司销售总额达到 4.5 亿元。

做优“红色物业”，让一线党组织和党员服务小区群众。在支部建设上，培育多名红色“领头雁”；在党建引领上，党支部和党员带头到一线抓服务、抓管理、抓抗疫；在提升服务上，整合服务资源，集聚服务力量，健全服务机制，着力解决好反映突出的物业问题，打造“红色 365”满意品牌；在组织联动上，召开社区、物业、业委会、居民代表四方会议，完善“红色议事”机制，形成多方会商、联动处置工作格局。两年来，金盛公司党支部在服务 7 个小区 1 万多名群众中，始终坚守一线，淬炼坚强党性，取得小区服务和疫情防控“双胜利”。

党建引领、品牌推动、党委示范，迅速在中房集团荆门公司迸发出改革创新发展活力，党的建设、生产经营“两手抓、两手硬”。两年来，中房集团荆门公司新储备明阳置业等 5 块土地，新开发揽月星辰、铭庭世家 2 个项目，有荆楚理工学院实训楼、民兵训练基地等在建施工项目 6 个，并且通过两年多的运营，资产总额从 2019 年的 5 亿元跃升到 2021 年的 14 亿元。同时，项目融资渠道拓宽，企业面貌大幅改观，职工待遇明显提升，一个全新的中房正阔步向我们走来。

一招鲜则全盘活。中房集团荆门公司党建“3 ＋先锋行动”，推动党建工作从机关部室到下属公司、从营销中心到项目一线全覆盖；还推动党组织为民兴办实事，厚植为民服务底色。两年来，中房集团荆门公司积极承担国企社会责任，主动为政府分忧、为群众解困，加快解决了体制机制遗留问题，广受社会关注和好评。

党建创新，引领未来。我们有理由相信，中房集团荆门公司党委必将在荆门市政府国资委、市城控集团党委的领导下，以党建“3 ＋先锋行动”，进一步贯穿创新发展、为民服务理念，奋力前行，为推动中房集团荆门公司高质量发展铸牢“根”“魂”、再添新力！

作者：张诚　摄影：陈霖

南方电网广东清远供电局

实干奉献担使命　党员先锋在行动

核心提示

“在做好顶层策划的前提下，积极推动基层党建工作落地落实，哪里有困难，哪里就有党员，党旗就在哪里飘扬。”2020 年 1 月，南方电网广东清远供电局从激发“党委、党支部、党员、团组织”四个不同层面组织和人群的先锋作用着力，制定并实施了“先锋行动”计划，打开了“党委引领保障、支部攻坚克难、党员表率行动、团组织创新创效”的生动局面。

“先锋行动”计划推进半年以来，各级党组织、党员先锋在防疫抗灾保供电、复工复产和脱贫攻坚等工作中，作出了积极而富有成效的贡献。

“在做好顶层策划的前提下，积极推动基层党建工作落地落实，哪里有困难，哪里就有党员，党旗就在哪里飘扬。”2020 年 1 月，南方电网广东清远供电局从激发“党委、党支部、党员、团组织”四个不同层面组织和人群的先锋作用着力，制定并实施了“先锋行动”计划，打开了“党委引领保障、支部攻坚克难、党员表率行动、团组织创新创效”的生动局面，把党的政治优势、组织优势转化为发展优势，以实实在在的举措、扎扎实实的成效，巩固和深化了“不忘初心、牢记使命”主题教育成果，为高质量发展提供了坚强的思想、政治和组织保证。“先锋行动”计划推进半年以来，各级党组织、党员先锋在防疫抗灾保供电、复工复产和脱贫攻坚等工作中，作出了积极而富有成效的贡献。

防控疫情——

坚守“疫”线，打赢一场硬仗

南方电网广东清远供电局办公大楼远眺　摄影：周晓

一场疫情，一次考验。面对突如其来的新冠肺炎疫情，清远供电局根据广东电网公司统一部署，对居民用户、防疫重点用户实施欠费不停电；对于疫情防控期间暂不能正常开工、复工的企业，申请变更基本电费计收方式、减容、暂停等业务的客户取消了相关的时间限制。

广东嘉博制药有限公司是清远一家大型药品生产企业，疫情期间加紧为武汉雷神山、火神山医院生产医用物资。为确保该公司顺利生产，清远清城供电局将其纳入防治新冠肺炎重点客户，对生产用电设施进行全面排查，确保该厂在特殊时期的正常用电。同时，还建立应急联系通道，安排专人跟进厂房用电保障工作，确保生产用电无忧。“我们在前方支援武汉，你们在后方支援我们，我们一定能打赢这场战役！”广东嘉博制药有限公司相关负责人对供电工作人员说。

除了全力支持企业复工复产，清远供电局广大党员、员工也奋力投身在抗“疫”一线，用责任和担当彰显央企员工本色。

“我是党员，我先上！”在清远清城供电局飞来峡供电所，当值的共产党员阮桂文主动请战，要求出发加强对广乐高速江口和高田出口检疫检查点用电检查以及涉及的10千伏线路特殊巡视。休班的共产党员朱成礼也默默地留下来作为后备队员，补强值班力量。

抓防控、搞排查、测体温……派驻到英德大洞镇麻蕉村的扶贫干部何镇强，为了做到疫情防控村不漏户、户不漏人，从大年初三开始便驾驶疫情防控宣传车，进村循环播报疫情防控知识，和村“两委”干部分别到498户村民家中开展疫情排查摸底工作，不到半个月时间累计行驶1100公里路程。

全民战“疫”，先锋有我。无论身处何时、何地，作为党员的他们始终冲在一线。

抗灾救灾——

闻“汛”而动，争分夺秒抢复电

2020年6月初，受连日暴雨影响，清远多地出现洪涝现象，超15万用户用电受到影响。在暴雨面前，清远供电局积极行动，保电抢修。

在阳山县七拱镇，部分村庄多处出现水浸，村民的室内电线受到不同程度的损坏。清远阳山供电局七拱供电所党支部得知情况后，立刻组织两支党员服务队，奔赴洞尾村、新陂村、三众村等5个村庄逐家逐户地走访受灾村民，帮助他们排查室内用电设备隐患，修复室内线路，同时向村民们宣传用电安全小常识，提醒家里水浸过的电器要交给专业人员检查后才能使用。与此同时，阳山大崀、阳城、七拱、杜步等多个供电所党支部发挥战斗堡垒作用，党员带头冲往抗灾抢修一线。

6月7—8日，佛冈县多地出现水浸、山泥倾泻塌方等现象，道路中断，为巡线勘灾带来极大困难。为此，佛冈供电局利用无人机开展灾情查勘、线路巡视等工作，并迅速召集全部抢修力量，由党员先锋带队，迎着闪电，摸黑蹚过洪水，连夜开展故障巡视和抢修工作。10千伏龙南线小坑农场支线由于雷击断线，全线跳闸重合不成功，佛冈局石角中心所抢修人员与暴雨打起“游击战”，将断落的高压导线重新驳接，奋战至凌晨3时，终于恢复线路供电。

雨里、夜里、闪电里，他们守护万家灯火，逆行的身影最美丽。

重点工程——

“党建＋基建”精准施策破难题

2020年4月30日晚，随着最后一条启动调度令执行完毕，清远220千伏岭塘输变电工程配套220千伏岭塘至清远线路工程顺利投运，为清远中心城区经济高质量发展注入新“动力”。

但工程建设的背后却充满了艰辛。年初，突然袭来的疫情令建设中的线路工程陷入困境。面对挑战，清远供电局提前谋划、积极部署，在做好防疫措施的前提下，集中可以调配的施工力量，全力加快重点工程复工建设。最高峰时有260名施工人员共同“奋战”，仅仅用时70天完成了工程剩余基础施工和全线立塔架线并顺利投运。

“我们通过与地方政府相关部门开展基层党支部共建，建立了工程建设常态化沟通机制，将双方支部先锋力量汇聚，合力击破难题。”清城供电局工程建设部党支部书记、主任覃伟标说。原来，自该工程开工以来，该局便充分发挥党建引领基建业务作用，深入运用“党建＋基建”工作模式，解决了一大批工程建设难题，及时推进多家经营性餐饮场所及大型花木场的征地拆迁工作。

在此一周前，乌东德电站送电广东广西输电工程18标也全线贯通，历时1年半的开工建设进入了收尾阶段。该工程线路在清远市境内长度149.855千米，是广东段施工范围广和交叉跨越最多的一段，时间紧、任务重。清远供电局作为属地管理单位，成立了以党委书记为组长的领导小组、以分管基建线的副局长为组长的工作小组，多次召开电网建设工作会议，并深入村小组开展民事协调工作，为工程建设提供有力的保障。工程相关环节交付后，南方电网超高压公司广州局先后两次送来感谢信。

面对挑战，集中力量，精准施策，不忘初心在路上。

脱贫攻坚——

助学助农，多渠道助力奔小康

“您成了我的资助者，我感到身上有了一种力量。有时间您来

清远供电局党员服务队、青年突击队到连南千年瑶寨景区开展线路安全隐患排查及整改工作　摄影：黎伟镇

我们的土家山寨做客……"这是清远英德供电局沙口供电所所长助理谭云第一位资助者小邓寄过来的一封信，满满的四页纸里，充满了小邓兴奋和感激的话。

从2001年起，谭云通过公益平台，与贫困学生结对帮扶。20年来他共资助了36名学生。

在清远，许多像谭云这样有爱的志愿者活跃在各地。清远供电局"致远"服务队就是其中一支。2020年，他们分赴帮扶贫困村开展的"青春绽放扶贫村"墙绘活动，用手中的画笔，绘就一条条各具特色的画廊，以实际行动助力美丽乡村建设。此外，"致远"服务队还相继开展了"幸福厨房""温暖村屋""星星合唱团"等系列志愿服务活动，用实际行动助力打赢脱贫攻坚战。

助力打赢脱贫攻坚战的不仅是服务队，还有驻村工作队。2016年起，清远供电局牵头的扶贫队挂点英德寨背村，经过实地考察后，决定在这里发展粉蕉种植产业以及光伏发电，助力村民增收创收。近四年来，通过发展产业、配套设施、人居环境、教育等方面，为寨背的村民带来不一样的生活。2016年，寨背村全村年人均可支配收入7206元，至2019年增至18411元，增幅达155%，接近当年全省农村居民人均可支配收入水平。

广东珠海红塔仁恒包装股份有限公司

党建引领　国有企业组织优势转化为发展胜势的生动实践

公司党委书记任小平讲党课　摄影：黄玉芬

走进广东珠海红塔仁恒包装股份有限公司（以下简称"红塔仁恒"）生产线，巨大的造纸机器正在隆隆声响中快速运转，纸浆在历经多道工序后变身为洁白无瑕的卡纸，切割成卷后再包装为成品。整个生产流程井然有序。

21年前的1999年8月，红塔仁恒1号生产线上生产出的高档涂布白卡纸获得了国家科技进步一等奖，这也是迄今为止中国造纸业所获得的唯一一个国家科技进步一等奖。

21年后，正值战疫情、促生产、稳经济的关键时刻，红塔仁恒坚持党的领导，充分发挥党组织和党员"两个作用"，通过一系列全方位、全覆盖的疫情防控和生产经营举措，在统筹疫情防控和经济社会发展的特殊战场上，发挥了国有企业"稳定器"和"压舱石"作用。

扎根经济特区29年，党建引领企业高质量发展

1980年，经济特区横空出世，社会主义中国以"杀出一条血路"的气魄和胆略，翻开了改革开放的崭新篇章。红塔仁恒于1991年在珠海经济特区成立，是大型纸业央企中国纸业投资有限公司旗下的高端包装纸板研发与生产平台，也是中国第一家生产出高档涂布白卡纸的造纸企业，成功填补了国内白卡纸市场的空白。

红塔仁恒立足国内外烟草、食品、医药与化妆品等高端包装市场，拥有"红塔""云河""银冠""红梅""红松"五大品牌，产品具有出色的印刷与包装适应性。长期为麦当劳、康师傅、统一等著名食品餐饮企业配套工厂提供包装用纸，同时服务于鲁南、江中、达因等大型制药企业。目前，红塔仁恒共有3家生产工厂，3条造纸生产线，年产能规模达60万吨，销售额达40亿元人民币。

"近30年来，红塔仁恒走的就是'敢吃螃蟹、敢为人先'的创新发展之路，是中国制造向中国创造转变、中国速度向中国质量转变、中国产品向中国品牌转变的先行者和实践者。"红塔仁恒负责人说。

二十余载的持续发展，红塔仁恒凭借其技术创新实力，累计获得国家专利36项，其中发明专利19项、实用新型专利17项。与此同时，红塔仁恒依托广东省企业技术中心、国家高新技术企业等平台，陆续成功开发出"烟草纤维白卡纸"等10余款新产品，广泛应用于餐饮、医药、化妆品等各领域。其中，烟草包装专用涂布白卡纸代表中国涂布白卡纸品质的顶级水平；彩色纤维防伪涂布白卡纸等产品可达到"易于识别，难于仿制"的显著防伪效果；液体包装与食品包装系列白卡纸率先打破国外技术垄断。

新冠肺炎疫情发生以来，红塔仁恒党委坚决落实中央关于疫情防控工作的决策部署，团结带领党员干部、全体职工抗疫情、抓安全、稳生产，坚决打赢疫情防控阻击战。第一时间成立疫情防控指挥部，细化防控工作责任和重点任务，压紧压实防护责任。

春节期间，红塔仁恒3条生产线均未停工，为保障客户订单如期交付，红塔仁恒在春节期间多次连续召开抗击疫情稳定生产工作会议。在疫情防控最吃劲的时刻，车间一线工人坚守岗位，连续作业奋战生产；安全防护人员放弃春节休假，守护全厂平安；采购部门连夜行动，调集原料，紧急采购防护物资；后勤部门加班加点，联系协调，提供支持服务。疫情期间，在红塔仁恒党委的号召下，在各党支部的引领下，全体党员和入党积极分子积极行动：有的同志主动舍小家顾大家，在返乡途中折返，回到工作岗位上；有的同志主动为上班员工测量体温，并上报健康信息；有的同志主动为隔离员工订餐，将饭菜送到房间门口……"疫情不退，党员不退，不获全胜，绝不收兵"，党员同志成为红塔仁恒疫情防控的中流砥柱。

面对产业链上下游企业复工滞后、市场需求低迷、物流运力不足等多重影响，红塔仁恒党委坚持疫情防控不松懈，同时积极应对生产经营困难，取得逆势上涨的喜人成绩。2020年上半年产量同比增加5.14万吨，销量同比增加4.19万吨；利润总额更是创2013年以来新高。

不忘初心使命，危急时刻彰显央企担当

疫情就是命令，防控就是责任。面对2020年突如其来的新冠肺炎疫情，红塔仁恒党委深入学习习近平总书记重要讲话和重要指示精神，坚决贯彻落实上级党委工作部署，牢记人民利益高于一切，

左图为红塔仁恒造纸生产线　摄影：蒋迪；右上图为重温入党誓词　摄影：孙杨；右下图为携手属地共同抗疫　摄影：孙杨

全面贯彻“坚定信心、同舟共济、科学防治、精准施策”的要求，不忘初心、牢记使命，责任上肩、工作落地，让党旗在防控疫情斗争第一线高高飘扬。

医药企业是红塔仁恒的重要客户。在抗击新冠肺炎疫情的关键时刻，红塔仁恒党委勇担使命、全力以赴，优先保障医用包装白卡纸的生产，确保下游药企及医药包装印刷企业的原料供应，在疫情面前彰显央企担当。2020 年 2 月 3 日，红塔仁恒华南销售片区接到广州一家企业的订单，需要加急采购生产抗疫药品的包装用纸。订单传回到公司，营销、市场等部门第一时间紧密协作，协调采购、生产等部门，在部分原料供应受阻的情况下，通过优化订单、科学排产等方式，优先保障抗疫药品包装用纸生产。2 月 6 日，红塔仁恒成功完成该批包装用纸的生产，助力医药企业抗击疫情。

“产业链上下游企业之间是分工合作、协同发展的共生关系。产业链各环节协同复工复产，才能上下联动、循环畅通。作为国有企业，我们要发挥主力军作用。”红塔仁恒负责人提到。

疫情发生以后，红塔仁恒始终与属地保持密切联系，认真贯彻落实上级和属地防控要求，与属地、邻企、客户构建联防联控的严密战线，为共同打赢疫情防控阻击战贡献力量。疫情发生后的一段时间里，全国物流运输受阻，红塔仁恒积极沟通协调，调整运输结构，出台系列对应政策，鼓励承运商发挥专业优势与积极性，广泛增加车源，全力确保订单快速送往客户，助力客户复工复产。

受疫情因素等影响，中国纸业对口帮扶宜阳县部分农副产品滞销。为贯彻落实党中央、国务院关于“开展消费扶贫行动”精神，帮助解决销售难题，红塔仁恒党委积极组织购买对口帮扶宜阳县花生、石榴等农副产品，通过工会向员工发出消费扶贫倡议，号召员工积极选购对口帮扶点农副产品，为宜阳带货，为扶贫下单，把扶贫工作作为服务国家、服务社会的重要政治任务，切实为打赢脱贫攻坚战作出应有贡献。

疫情期间，红塔仁恒党委、工会向全体员工发出了《关于开展抗击新型冠状病毒感染的肺炎疫情爱心捐款的倡议书》，党员同志带头捐款，广大职工积极响应，累计收到职工爱心捐款共计 68473.78 元。红塔仁恒向珠海市人民医院捐赠了 1000 副医用护目镜，向中国纸业定点扶贫的河南省洛阳市宜阳县捐赠了 300 副医用护目镜，向辖区属地派出所捐赠了 4000 个医用口罩；面对新冠肺炎疫情对中小微企业的巨大冲击，红塔仁恒认真贯彻落实上级决策部署，对承租公司房屋的中小微企业和个体工商户减免了 3 个月租金。

作为中国白卡纸行业的标杆企业，红塔仁恒党委牢记央企使命与责任，在全力做好疫情防控和复工复产的同时，积极履行社会责任，展现担当作为，充分发挥了国之基石的智慧与力量，在疫情防控和复工复产中发挥央企“顶梁柱”作用。2020 年，红塔仁恒入选全国性疫情防控重点保障企业名单，全资子公司珠海华丰纸业有限公司入选广东省地方性疫情防控重点保障企业名单。

科技力量护航自主研发，创新发展不停步

加强党的建设是国有企业的光荣传统，是国有企业的“根”和“魂”。红塔仁恒始终以党建为引领，将技术创新作为持续健康发展的源动力，坚持走可持续、高质量发展的道路，不断把国有企业党组织的独特优势转化为高质量发展的内生动力和发展胜势。8 月 14 日，广东省工业和信息化厅公布 2020 年广东省智能制造试点示范项目名单，珠海红塔仁恒包装股份有限公司“涂布白卡纸智能制造工厂”项目成功入选。

近年来，红塔仁恒党委通过党建结对、战略合作等形式，以“党建链”引领融入“供应链”和“产业链”，本着优势互补的原则，加强了虎彩印艺、中荣印刷等上下游客户的合作，积极打造新型战略合作关系，切实提高产业链供应链稳定性和竞争力，推动双方共建共创共赢。

作为国内第一家生产高档涂布白卡纸的企业，红塔仁恒始终秉承“纸质包装让世界更环保”的愿景使命，向客户提供绿色环保的包装材料及包装印刷解决方案。围绕“深耕烟草包装、大力开发个性化产品、开发以纸代塑产品”的方向，红塔仁恒陆续成功开发出烟草纤维白卡纸、无塑涂布食品卡、烟用黑卡纸、高档耐晒涂布白卡纸等新产品，继续以产品质量、技术创新引领白卡纸行业的发展。

作为国内食品包装纸的重要研发制造平台，红塔仁恒坚决守护消费者“舌尖上的安全”，成功开发出了一系列安全可持续的食品包装纸。早在 2012 年，红塔仁恒就研发出了一款食品包装解决方案——具有独特防油专利的涂布防油白卡纸，具备不含 PFAS 的特有防油专利技术，彻底消除包装纸污染食品的安全隐患，并广泛应用于麦当劳、肯德基等快餐连锁企业的食品包装。

2020 年，红塔仁恒携手客户成功实现了本色液体包装纸应用场景创新。原本应用于牛奶和饮料盛装的这种包装纸在红塔仁恒技术人员的手中摇身一变，给原本塑料瓶装的山泉水换上了纸质新衣。纸包装打破了消费者对于瓶装饮用水的固有印象，有效实现了减塑降塑功能，为绿色环保包装材料的发展做出了有益的探索。随着消费者对于液体包装纸应用场景需求的增加，红塔仁恒将继续携手优质的纸包装容器客户，在酒类、粥类、调味品等应用场景上做出更多探索。在限塑和禁塑令全球化的推动下，纸包装容器将迎来更多的市场需求和实现空间。从塑料到再生塑料，再到纸质包装，环保包装正在经历变革。红塔仁恒积极响应国家号召、顺应时代变革、引领行业新风。

在创新发展不停步的同时，红塔仁恒党委全面落实习近平总书记“绿水青山就是金山银山”指示精神，秉承“与环境共生、与社会共赢”的发展理念，协同上下游供应商全方面构建绿色供应链，使企业的经济活动与环境保护协调发展，共建生态文明的绿色生活。红塔仁恒还是国内唯一一家使用生物质成型燃料作为能源的造纸企业，2019年被评选为“国家绿色工厂”。

尖端技术离不开尖端人才。红塔仁恒成立了新材料开发与产业技术研究院，引进了一大批造纸专业的博士、硕士等高学历人才。他们立足岗位、刻苦钻研，所在团队在造纸技术上持续突破，所研发的涂布防油白卡纸、无塑涂布食品卡纸、医用白卡纸等产品广泛应用于多个领域，成功替代同类进口产品。

一系列的荣誉见证了红塔仁恒的发展历程。近年来，红塔仁恒荣获“国家绿色工厂”“国家高新技术企业”“环保诚信企业（绿牌）”“造纸行业创新企业”等多项荣誉称号，以及“一种高阻隔涂布白卡纸及其制备方法”等多项国家发明专利。

在红塔仁恒不平凡的29年岁月里，红塔仁恒始终坚持党的领导，坚持以市场为导向，以客户为中心，以产品研发和技术革新为核心之本，以质量和服务为企业发展的生命线，脚踏实地，真抓实干，奋力推动高质量发展。

面对复杂多变的市场形势，红塔仁恒将秉承“纸质包装让世界更环保”的初心使命，充分发扬“勇挑千斤担、敢啃硬骨头”中国诚通精神，贯彻落实“向文明、德载业、竞天择、新致远”中国纸业文化，坚定发展自信、保持战略定力、坚持科学策略、不断转危为机，始终做中国白卡纸行业标杆，为国家经济社会发展贡献力量。

广东中兴液力传动有限公司

坚持党建引领 实现“两个文明”建设双丰收

链接：党的十八大以来，中国特色社会主义进入新时代，广东中兴液力传动有限公司一如既往地稳健发展，先后获得了众多殊荣：广东省战略性新兴产业骨干企业，液压液力气动密封行业技术创新先进单位，广东省守合同重信用企业，广东省企业创新能力500强，全国模范职工之家，广东省名牌产品，广东省著名商标，高新技术企业，广东省企业技术中心，广东省中小企业公共（技术）服务示范平台。2011—2021年评定为纳税信用A级纳税人，2021年被评为中国液压液力气动密封行业协会液力分会先进理事。董事长张斌2019年荣获广东省五一劳动奖章。正是由于公司长期坚持党建引领，实现了“两个文明”建设双丰收。

董事长张斌2019年荣获广东省五一劳动奖章

广东中兴液力传动有限公司是一家生产、销售液力偶合器、液力传动装置的专业厂家，党支部现有党员31人。近年来，在上级党委的正确领导下，公司党支部组织全体党员认真学习党的创新理论和党的路线方针政策，按照上级党委的要求抓好党建工作，积极做好企业生产经营活动；充分发挥党组织的保证监督作用、政治核心作用、战斗堡垒作用和党员的先锋模范作用；团结广大员工围绕公司的生产经营目标而努力拼搏，实现公司“两个文明”建设双丰收。

提高站位，从严治党

——扎实抓好支部建设

广东中兴液力传动有限公司党支部（以下简称公司党支部）把组织建设、思想建设放在重要位置，不断加强自身建设，健全组织生活，坚持“三会一课”制度。2020年以来，按照上级党委的要求开展组织建设，开展好“两学一做”常态、制度化推进工作，广泛开展好“不忘初心 牢记使命”主题教育和党史学习教育，并通过党员推荐、支部考察、参加学习等方法，培养发展5名入党积极分子。

公司党支部积极组织党员干部和员工认真学习上级下达的有关培育有理想，有道德，有文化，守纪律的“四有”新人的员工队伍的要求。积极同公司行政沟通努力创造条件，大力开展“固本强基”建设，加强党的基层建设。大力宣传党的路线方针政策，结合上级有关部门的要求和布置，对毒品的危害性展开剖析，做好员工禁毒宣传工作，公司员工没有吸毒行为及贩毒犯罪现象，进一步净化公司员工“黄、赌、毒”空气，进一步加强稳定社会治安综合治理。

根据上级部署要求，结合党支部实际情况，制订学习计划，落实学习要求。系统学习了《中国共产党章程》《中国共产党廉洁自律准则》《中国共产党纪律处分条例》《习近平总书记系列重要讲话》以及党的历史、革命先辈和先进典型等。特别是今年以来，该公司按照上级开展党史学习教育部署要求，创新学习教育形式，将党史学习教育融入日常、抓在经常，推动全公司上下学史明理、学史增信、学史崇德、学史力行，使公司党员干部从学习教育中深刻感悟初心和使命，以党史学习教育成果激发奋进之力。

坚守初心，勇担使命

——冲锋在抗疫、复工复产第一线

公司党支部根据公司的生产经营需要，抓住各时期的工作重点，在疫情防控、复工复产“战场”上，公司全体党员、领导干部发挥“坚守初心，勇担使命”的大爱无畏精神，发挥特别能吃苦，特别能战斗的光荣传统，冲锋在抗疫、复工复产第一线，坚持织密织牢联防联控和群防群治网格，用措施、执行、坚守，把组织、统计、检测、消毒、宣传、培训、上岗、物流、巡查等各项工作一项一项落实到位，使中兴公司疫情防控、复工复产工作在上级党委、政府的指导下按部就班、有条不紊地开展起来。

四个加强，四个提高

——有效实施“6S”管理活动

公司党支部按照企业生产经营目标，有效地指挥，组织协调各车间和仓库开展工作。主要做法是加强生产过程工序之间运转交接管理工作，使生产过程中各车间和各部门能顺利协调沟通，缩短生

左图为公司成立 18 周年庆典上向优秀员工颁奖；右上图为公司共产党员重温入党誓词；右下图为公司职工运动会之男子篮球赛

产周期，从而提高生产效率。加强生产现场管理，在各仓库和车间开展实施“6S”管理活动，保证生产工作安全运行，提高生产场地使用效率。加强仓库的管理，完善仓库管理制度，避免零部件产品库存过剩，提高公司资金使用效率。加强生产制造质量，提升员工保证质量的自控意识，减少不合格品流入下工序，减少因零部件质量问题而造成安装反复装拆、修复和误工费用发生，提高制造质量降低生产成本。

安全生产，持续发展

——建立安全生产长效机制

为进一步加强安全文明生产和安全保卫管理工作，公司党支部坚持“安全第一，预防为主，综合治理；安全生产，人人有责；全员参与，综合管理；守法经营，持续发展”的方针，认真贯彻执行国家安全生产法律法规以及上级部门有关安全生产规定，强化监管，深化整治，落实基础，细化责任，以法制化、标准化、规范化、系统化的方式推进安全生产，进一步完善职业健康安全管理体系，不断提高企业安全生产管理水平，建立安全生产长效机制，确保企业长周期安全运行。近 10 年以来，中兴公司没有发生过较大的职业卫生事故和生产安全事故。

党建引领，热心公益

——支持建设公益性项目“同心塔”

公司党支部认真贯彻落实县委、县政府创文巩卫要求，将公司责任路段进行整顿、清扫，彻底消灭脏、乱、差现象，并派巩卫义务监督员进行现场巩卫宣传和地段值守。

支部为五个目标管理先进单位，重新布置党建活动室和工会活动室，成功申报云浮市劳模创新工作室和职工创新示范基地，研究开发院荣获“云浮市工人先锋号”称号。

2020 年以来，慰问有伤病等困难员工共 12 人次，联系县总工会对有特殊困难员工江灿凤开展困难职工帮扶活动。公司在党员、省劳动模范张斌董事长的带领下，全体党员、行政干部和工会领导积极支持抗击新冠肺炎疫情工作，向郁南县慈善会捐赠资金 14.8 万元，其中全体党员捐赠 2.5 万元，公司 10 万元，行政干部和工会领导 2.3 万元，用于购买防护物资支援湖北和武汉抗击疫情。公司支部党员通过扫描“云浮市党员自愿捐款官方二维码”向市组织部捐款 7888 元，用于慰问奋战在抗疫一线的医护人员。组织全体党员、行政干部和工会领导开展扶贫、禁毒捐款 1.75 万元。10 月份，值重阳节之际，开展九九重阳敬老活动，向宝珠镇大用村委捐款 6000 元敬老慰问金。10 月底，公司积极参加公益事业，向广东省广仁同心公益基金会捐款 2000 元。12 月向郁南县慈善会捐款 10 万元，用于建设公益性项目“同心塔”。2020 年，广东中兴液力传动有限公司合计共捐款 281388 元。

作者：广东中兴液力传动有限公司党支部书记刘洪仕

广东深圳万泽集团

打造同心文化　共担企业责任

党群同心同行，企业回馈社会。作为一家伴随改革开放而成长的深圳本土企业，创始于 1995 年的万泽集团通过 20 多年的发展，已成长为一家以高科技、医药、地产为核心业务的综合性集团企业。集团的党建工作，伴随和引领了企业的发展。

万泽集团在智慧经营的同时，十分注重企业党建和党群工作的建设。2003 年万泽集团成立党总支，2005 年万泽集团成立党委，党委下设 9 个支部，现有党员 202 名。万泽集团党委领导班子对非公企业党建和党群工作模式进行了积极创新和探索，创新性地将党建工作与企业文化建设、企业品牌建设有机融合，着力打造同心文化，建立起一套富有万泽特色的“3311”党建工作思路。2015 年万泽集团党委被评为深圳市非公党委党建工作示范点，2019 年集团党支部荣获“深圳市非公党委先进基层党组织”称号，2021 年万泽集团党委再次被评为深圳市非公党委党建工作示范点并荣获市非公党委先进基层党组织称号。党建工作已经成为万泽的一张闪亮名片，党建工作带来的荣誉成为万泽品牌的一道亮丽的风景线。

万泽集团党委书记陈岚荣获广东省五一劳动奖章

党建工作成企业科学发展"晴雨表"

"我从2009年开始担任集团党委书记，从那时起，我就在不断思考和探索非公企业党建的思路和方法。在万泽，企业的创始人是致公党党员，是民主党派人士。因此，我常常思考如何正确处理非公企业中共党委书记与民主党派董事长的关系，并取得他的认同和支持；如何处理非公企业基层中共党建与民主党派共建工作；如何让非公党建工作与企业经营工作目标同向，有效融合，而不是形同虚设；如何让非公企业基层党建工作与企业文化建设、组织建设有机接轨，成为干部培养及凝聚员工的重要阵地；非公企业党建工作如何推动企业的升级，如何支持企业的技术创新；非公企业基层党建有什么样的工作模式和方法。"深圳万泽集团党委书记陈岚说。

带着这些疑问，万泽集团不断地探索和尝试，通过实践，证明了在非公企业不仅可以开展党组织建设工作，而且能切实地提升党组织对企业的引领作用，能有效地巩固和提高党的执政基础、群众基础。

在万泽集团20多年的发展历程中，党建党群工作的软实力建设一直伴随和支撑着企业硬实力的发展。企业遇到困难时，集团党委积极发挥党组织作用，做好内外部协调工作。对外积极主动与市工商联、市非公党委汇报情况，取得了上级领导的大力支持和殷切指导；对内召开中层以上管理人员会议，聚焦企业转型，提升内部管理，进一步稳定管理人团队，团结职工共渡难关。成立之初集团就将党建工作纳入公司日常经营管理，每年支持党建党群经费100多万元，有效保障了党建党群活动的开展。

陈岚表示，党的建设工作是企业健康发展的重要条件和根本保证，是促进企业实现可持续发展、跨越式发展的重要力量源泉，是反映企业能否科学发展的"晴雨表"。"党建工作对企业正能量和文化的打造、品牌形象的提升、员工和谐关系的打造做出了积极贡献。只有努力做好企业党建工作，不断将党组织的政治优势、组织优势和群众工作优势转化为企业的竞争优势、发展优势，才能有效促进深化企业体制改革，提升企业综合管理水平。"

党建工作与企业经营管理同行

"集团党委坚持企业经营活动发展到哪里，党的组织和工作覆盖就到哪里。集团党委发挥桥梁纽带作用，积极协调解决项目发展中遇到的困难。"

陈岚回忆，2013年，万泽集团积极响应国家创新驱动发展战略，聚焦先进航空高温合金材料领域，成立万泽中南研究院。突破重重封锁，建成了具有国家级资质的研发中心及中试平台，两个产业化基地。在万泽中南项目筹建工作中，集团党委积极参与，从初期到长沙参与中南大学合作交流签约，到多次与福田区委、区政府及科技局等沟通项目，参与中南研究院基地在福田区选址商谈，中南研究院成立后，第一时间成立党支部，不断凝聚和引领广大党员和职工为项目发展艰苦奋斗。

万泽中南研究院担负着对国家航空业具有重大战略意义的粉末合金研发工作，在2017年和2020年两次高温疲劳试验关键阶段，突然接到深圳供电局停电通知。面对这一紧急情况，集团党委第一时间向福田区委区政府进行了汇报，区委区政府立即召开专项会议，最终得到检修方的支持和理解，调整检修时间，成功确保万泽中南关键试验工作得以顺利进行。

面对深汕精密铸造产业化基地外围环境还在建设，外部配套设施还不足、当地员工生活比较单调的情况，党委到深汕基地调研后，提出了建立党支部、工会组织和关爱员工的建议。2020年10月，深汕万泽精密铸造基地党支部、工会分会正式成立，集团董事长、总经理等领导亲临深汕基地参加揭牌仪式。党委还多次参与国家、省、市各级政府部门领导考察接待和品牌宣传工作。

坚持党建引领，积极履行社会责任

"没有中国特色社会主义、没有改革开放，就没有民营企业发展的今天。企业家的个人前途命运与国家民族的前途命运紧密相连，必须坚定不移地走中国特色社会主义道路。"万泽集团创始人、董事长林伟光这番话，曾多次对员工说起。

万泽集团党委积极推动和引领企业和广大员工参与公益事业，是有目共睹的。汶川地震、青海玉树地震、甘肃舟曲泥石流、雅安地震、河南水灾等自然灾害发生时，集团党委号召全体员工向灾区捐款捐物。截至目前，集团已为社会各界捐款、捐物7000多万元，捐建希望小学两所。

在积极推动和谐社区打造方面，万泽集团也不遗余力。2012

党建工作剪影。左图为深汕万泽精密党支部暨党群服务中心成立揭牌仪式；右上图为万泽集团党委组织召开杰出专家座谈会；右下图为万泽集团党委承办"抗疫情、促发展、当先锋"——机关、药师党员进社区活动

年至2019年，集团党委工会携手华富街道总工会，连续八年开展“共建和谐社区活动”，利用集团医药专业优势，为社区居民提供免费问诊问药等便民服务，得到居民的一致好评。

2020年春节期间，武汉爆发新型冠状病毒肺炎疫情。面对突如其来的疫情，万泽集团党委、工会积极响应党中央的号召，在做好疫情防控的前提下，快速推动企业复工复产。第一时间成立“疫情防控临时应急委员会”，发动党员向疫区捐款，向疫区武汉及相关疫区医院捐赠一批价值约200万元的肠道微生态制剂——金双歧。此外，向湖北、广东、河南、湖南、安徽、江西、北京、上海、陕西、内蒙等十余个省份的七十余家新冠肺炎定点收治医院及相关医疗机构进行了捐赠。难能可贵的是，面对疫情防控期间消费者的迫切需求，集团党委号召万泽医药连锁全体员工在疫情防控期间积极服务社区，春节不关门，不哄抬物价，竭尽全力服务广大市民。

林伟光常说：“我是党和人民培养的大学生，是党的改革开放政策让我在深圳这块热土享受到了特区改革开放的成果，是党的富民政策让我走向了致富道路。”在林伟光的带领下，万泽集团心存感激，用自己的实际行动引导企业坚决拥护和支持党的领导。这是万泽的责任，也是万泽人的工作目标。”

实践与理论结合，形成可推广可复制的万泽党建经验

18年的非公党建实践与探索，万泽集团总结提炼出了一套“3311”党建方法，即三个影响：对出资人思想的影响，对企业主流文化的影响，对企业发展方向的影响；三个融合，党建与企业经营管理融合，党建与企业品牌建设、企业文化建设融合，党建与党群工作、统战工作融合；深化一个主题教育：根据上级党组织的安排，贯彻落实好不同阶段的主题教育活动，如2021年开展的党史主题教育学习；打造一个文化：打造同心文化，建设责任企业。万泽党委的实践表明，在非公企业不仅可以开展党组织建设工作，而且能切实地提升党组织对企业的引领作用，能有效地巩固和提高党的执政基础、群众基础。

集团党委将党建工作作为万泽集团的一个闪亮名片来建设，有效促进了集团品牌的建设与提升，使企业的品牌有了新的高度。党委将“3311”党建党群工作法制作成图文并茂的PPT文件、每年更新内容丰富、装饰精美的党建画册，邀请专业团队拍摄制作集团和集团党委专题视频等，使企业受到了上级党组织、政府及媒体、公众的广泛关注，大大提升了企业品牌的含金量。作为连续三届深圳市党代表及深圳市非公党建示范点党委书记，陈岚同志先后在“全国规模以上非公企业党委书记培训班”“江门市两新组织党委书记培训班”“福田区新成立两新组织书记培训班”以及党代表进基层等活动上对党建工作方法进行分享，2020年，在中国人民大学为深圳市非公党委组织的党组织书记、党办主任培训班授课，得到了上级领导和基层群众的高度肯定和赞扬。

作者／摄影：涂竞玉

广西扬翔股份有限公司

党旗领航企业壮

广西扬翔股份有限公司党委开展七一重温入党誓词活动

2021年7月1日，广西扬翔股份有限公司总部、下属子公司、饲料厂和猪场的万名员工，通过视频连线的方式，同频高唱《没有共产党就没有新中国》，表达对党的感激之情。

一家民营企业，何以如此重视党建工作？该公司党委书记高远飞说：“扬翔公司从20多年前创立，到如今茁壮成长，均得益于这个伟大的时代，得益于党的正确领导，我们要永远跟党走，将党建工作紧紧融入乡村振兴、生产经营和回报社会等各方面。”

近几年，扬翔公司先后获得“农业产业化国家重点龙头企业”“全国就业先进企业”“全国科普惠农兴村先进集体”“全国三十强饲料企业”“全国‘万企帮万村’精准扶贫行动先进民营企业”“建国70周年·推动中国经济发展百强企业”等荣誉称号。

党建与脱贫攻坚相融合

扬翔公司党委按照自治区党委、贵港市委的部署，在脱贫攻坚的号角吹响后，积极构建“公司+合作社+贫困户”的扶贫机制，

位于贵港市的广西扬翔股份有限公司总部

探索实施“一十百千万”精准扶贫新模式。

“一十百千万”精准扶贫新模式即依托一栋猪栏组建一个合作社，每个合作社吸收10户贫困户，每个合作社流转100亩土地，每个合作社年出栏1000头肉猪，每户贫困户至少年增收1万元。这种以“集团作战”的养殖新模式，打破了以往贫困户单打独斗的局面，既有效规避养猪市场风险，又使贫困户同时获得股份分红、土地流转租金、投工投劳工资收入三重收益。该模式从2015年12

月运营至2020年底，已从港南区辐射至广西兴业、田阳、天等、靖西、德保等县。时任自治区党委书记鹿心社在扬翔公司考察时，对该模式给予了充分肯定：“通过龙头公司带动合作社，带动农户，这是非常好的方式。”

党建与经营管理相融合

“人力资源是企业开展经营管理的核心因素，如果要将党建工作融入经营管理的各个环节，党委就要号召党员、激励人才发挥作用，并践行‘双培’理念，把党员培养成为人才，把人才培养成为党员。”高远飞说。

2019年，非洲猪瘟疫情肆虐，博士党支部的12名党员响应扬翔公司党委号召，与华中农业大学等高校的研发人员合作，共同研发生猪养殖“铁桶猪场”防控模式，有效保护了公司的母猪和公猪。扬翔公司防控非洲猪瘟的经验获得农业农村部高度认可，成为全国广泛推广的复养模式。博士党支部书记刘向东说：“党建强则技术强，党员是攻坚克难的突击手。”

公司集群式智能化楼房猪场，被农业农村部专家组评价为“总体处于国际领先水平”

在扬翔公司内部，秉承“能者上、庸者下”的用人原则，依靠“责任、学习、薪酬”3个环节推动人才成长，形成由“情感、事业、物质”三方面构成的激励体系，激发人才实施创新的积极性。目前，40多名党员在扬翔公司担任中层以上管理技术职务，占比达到了30%。

该公司党委设立了远程讲堂，每月组织遍布全国各个省（区、市）的党员开展学习活动，不断增强党性修养，促使他们牢记党员身份，在各自的生产经营岗位发挥积极作用。

饲料检测中心主任黄腾告诉记者：“质量是企业的生命，作为共产党员，要具有担当精神，切实把好饲料质量关。”

“党员就要时刻想着在确保零配件质量的前提下，降低采购成本，提高企业的综合竞争力。”采购中心五金采购经理杨挺说。

党建与回报社会相融合

2021年教师节前夕，扬翔公司党委开展慰问乡村教师活动，派员到贵港市新塘镇、瓦塘镇和木格镇等地的32所小学，慰问750余名乡村教师，为他们送去节日的问候和祝福。慰问乡村教师活动，扬翔公司党委多年前就已在贵港市、百色市的多所小学开展，给乡村教师送上慰问金和礼物。

“‘存于社会、回报社会’是扬翔公司的文化理念，扬翔公司根据不同时期的实际情况，积极承担社会责任。”扬翔公司党委副书记韦勐说道。

在公司党委的推动下，2017年，扬翔公司成立慈善基金会，由党员带头发起“每日一捐”活动，每天选取一个受捐助者进行捐助，不仅向公司内部的经济困难员工提供帮助，也向社会上的经济困难人员施以援手。自慈善基金会成立以来，“每日一捐”逐步成为扬翔人的习惯，累计向社会组织及个人捐款达1300多万元。扬翔公司隔离中心值班员黄品利为了给儿子治白血病，花光了积蓄。2021年春节，她收到了慈善基金会送来的5000元慰问金。她说：“慈善基金会让困难员工感到公司有温暖、有爱。”

2020年，新冠肺炎疫情来势汹汹。扬翔公司党委高度重视，第一时间部署了集团的防疫工作，并向市疫情防控指挥部捐赠了价值200多万元的防疫物资。公司党委在防控疫情方面积极作为，鼓励员工在分公司、猪场过年，减少人员流动，舒缓地方政府疫情防控压力。

2021年3月26日，在广西贵港市“千企联千村 共建新农村”活动启动仪式上，高远飞表示，扬翔公司决策层已经达成共识，将充分发挥自身在农业农村工作中的优势与长期形成的科技力量，全力打造“料、养、宰、商”一体化产业模式，更好地服务乡村振兴工作，努力描绘“扬翔在千村，村村有扬翔，振兴有希望”的美好蓝图。当日，扬翔公司捐款2500万元，助力广西贵港市新农村建设。

作者：安伏岭、韦勐 摄影：罗永强

广西来宾东糖迁江有限公司

党建“1+5”促企业腾飞

链接：广西来宾东糖迁江有限公司始建于1974年12月，原名广西来宾迁江糖厂，2003年10月改制为民营股份制企业，隶属广西东糖投资有限公司，是目前国内最大规模的甘蔗制糖生产企业之一，榨蔗量、产糖量连续多年排名全国前三。公司占地面积58.92万平方米，现有资产总规模20余亿元，员工700多人，各类专业技术人员170多人。主导产品“QT”牌白砂糖，曾先后荣获“国际博览会金奖”“中国农业博览会银奖”“中国名牌产品”，90%以上直销百事可乐、可口可乐、娃哈哈等国内外著名企业，占据了国内食品生产饮料用糖1/3的细分市场。公司荣获了“中国制糖行业十强企业”“全国食品行业质量效益型先进企业”“全国农产品工业示范企业”等荣誉称号。

广西来宾东糖迁江有限公司（以下简称东糖迁江公司）是一家融产品生产经营和服务为一体的民营企业。该公司现有员工700多

公司党委书记、总经理张新天　摄影：彭臣虎

人，其中党员 123 人。

如何发挥好 123 名党员的模范带头作用？作为集团公司的非公企业党建工作示范点，东糖迁江公司围绕“党建强、发展强”的思路，走出了一条党建“1+5”的工作模式，实现了企业的腾飞式发展。2018 年，该公司实现产值 75917. 10 万元，党建“1+5”成为企业成功转型升级的重要法宝。

一个“中心”，抓党建促发展

在企业怎么抓党的建设？东糖迁江公司党委书记、总经理张新天介绍，首先要树立一个中心理念，即抓党建促发展。2019 年以来，公司着重抓好四个方面的工作，实现了党建强、发展强的双赢局面。

*抓思想政治工作。*公司党委把抓思想政治工作作为党建工作的重中之重，以加强阵地建设为突破口，加强宣传教育，强化思想引领。多年来，公司党员、员工队伍稳定，广大员工、季节工、外包工同心同向，全力以赴投入到各项生产经营工作中。

*管好党员，发挥党员的先锋模范带头作用。*通过培训，进一步提高党员的业务技能和综合素质；注重把党员推向重要岗位，为党员发挥模范带头作用搭建平台；开展技能大赛、先进评比活动，党员积极参加；开展党员奉献活动，结成“一帮一”手拉手共进对子，“1＋1”互学互帮对子，党员带领普通员工共同进步。2018 年，公司党员陈文胜获得“来宾工匠”称号，生产技术科计量组获得“广西工人先锋号”称号，党员在各项工作中发挥着关键的核心作用。

*打造特色党支部。*在公司党委的引领下，9 个党支部的创建工作很有创新，各有特色、各有亮点，如：农务党支部的“三个承诺”、保卫科党支部的“十个带头”、行政党工党支部的“三个打造”、制炼车间党支部的“十个模范”、压榨党支部的“四个注重”、动力党支部的“四个创新”等。在创建工作中，各党支部八仙过海，各显神通，充分发挥党支部的示范和带动作用，促进公司和谐健康发展。

*在党员中积极开展“我为迁糖发展献计策”金点子征集活动，活动取得良好效果。*如：生产党支部党员提出生产技术改造，大大节约水资源，降低工人劳动强度和滤泥转光度，各项生产指标都有明显的好转，特别是滤泥糖度降低 1 个多百分点，收效明显，一个榨季多产糖 1000 多吨，增加经济效益 500 多万元。

*抓好党建促生产。*2018 年度，党员充分发挥引领作用，在集团公司遇到生产经营困难时，团结带领广大员工自觉与公司同舟共济，共渡难关。公司蔗区和谐发展，蔗区新增植蔗面积 2 万多亩，总植蔗面积 28. 15 万亩。2018/2019 年榨季，公司生产经营总体保持平稳，榨蔗量、混合糖产率、销售收入、利润等各项生产经济指标在集团公司乃至来宾市均名列前茅。近年来，公司榨蔗量、产糖量连续多年排名全国前三名，产品质量一直稳居全国同行前列。

五个“结合”，凝心聚力搞生产

“党建工作与公司的生产相结合，与培养人才和提高员工素质相结合，与关爱员工凝聚人心相结合，与公司的文化建设相结合，与公司命运教育相结合。”张新天说，通过五个“结合”，公司营造了上下凝心聚力搞生产的浓厚氛围。

*与公司的生产相结合。*公司围绕生产需要，做到生产工作在哪里“用力”，党建工作就在哪里“加油”，在宣传、创新创效助力上尤其下大力气。宣传工作不仅限于公司内部，还普及公司蔗区和市区、乡镇，进一步提高公司的知名度和美誉度。公司 6 个创新工作室在公司党委的大力支持下，持续开展创新创效活动，有效破解了困扰生产工作的多个难题，大大提高公司的经济效益。

*与培养人才和提高员工素质相结合。*2018 年，公司通过引进人才、培养人才、使用人才，把一批优秀的生产型人才、管理型人才充实到公司的各个重要岗位，为公司的持续健康发展夯实基础。

*与关爱员工凝聚人心相结合。*一是关心员工的成长，对员工的职业规划进行有效指导，员工从应聘进厂开始，分公司、部门、班组三个级别对其进行一系列的培养、引导，为日后的人才提拔做好铺垫。二是对困难员工进行精准帮扶，切实解决员工实际困难。党委领导工会努力为员工排忧解难，建立三级帮扶体系（公司级、车间级、班组级）。2018 年，公司共慰问生病住院员工和家属 43 人次，

党建工作剪影。左图为公司党委副书记罗斌带领党员代表到东兰县开展爱国主义教育；右上图为党员“工匠”发挥先锋模范作用，带头开展岗位培训，提高员工综合素质；右下图为成立六个创新工作室，持续开展创新创效活动　摄影：彭臣虎

慰问退休员工24人，慰问直系亲属去世的员工23人，奖励员工子女上大学17人，共发放慰问金、助学金、困难补助共计6万多元。

与公司的文化建设相结合。在公司党委的引领下，通过开展多种形式的文化活动，具有迁糖特色的企业文化已经在公司开花结果，形成了“一班组一特色”的良好态势，员工的凝聚力和向心力进一步增强，幸福感日益增强。

与公司命运教育相结合。目前，食糖市场低迷，制糖企业遇到了经营资金困难，公司党委注重引导员工正视公司面临的挑战和机遇，了解所承担的责任，点亮员工希望之火，以强烈的事业心和工作责任感迎接新挑战，为打造甜蜜事业的百年老店努力奋斗。

“党建‘1+5’模式，加强党建与生产经营工作的深度融合，有力促进了公司生产经营工作。”张新天说，公司党委连年被来宾市、集团公司评为“先进基层党组织”，被自治区评为“创先争优先进基层党组织”，多名党员获得上级党组织表彰。

四川省绵阳市供销合作社

党建引领促发展 服务三农创佳绩

2020年6月28日，绵阳市供销社机关全体党员干部到南充市仪陇县朱德故居纪念馆开展“感悟初心·传承使命”主题党日活动

党的十九大吹响了乡村振兴的集结号，中央、省、市《关于深化供销合作社综合改革》的决定擂响了供销合作社创新发展的战鼓。近年来，四川省绵阳市供销合作社联合社坚持党建引领，牢记“为农、务农、姓农”的服务宗旨，全力服务三农和乡村振兴工作大局，持续深化供销改革，全面夯实为农服务基础，为实施乡村振兴战略贡献了新动能。在全省供销合作社2020年度在综合业绩考核中荣获一等奖，位列全省第3名。

夯实党建基础，筑牢组织堡垒

绵阳市供销社始终坚持把党的领导融入服务过程中，始终坚持把思想政治建设作为供销社及直属企业一项经常性、基础性工作抓实抓细。获得了绵阳市全市“首批作风优良机关”等荣誉。

落实基层党建工作联系制度，建立健全一系列工作机制，明确班子成员党建工作“一岗双责”。坚持分类指导的工作思路，各班子成员深入15个基层党支部开展党建工作专题调研，针对管党治党薄弱环节，结合每个支部的特点和工作实际，探索最准确、最合适、最有效工作方式，强化对基层党建工作的指导。

督促支部严格落实组织生活、“三会一课”、民主评议党员、党员领导干部民主生活会、谈心谈话、党内监督等制度，促进党支部规范化标准化建设，有效提升全系统基层党建工作质量。《党员干部的态度和胸怀》《打好精神家园保卫战 守牢意识形态主阵地》《岗位成就梦想 业绩带来快乐》《疫情防控中的供销情怀》《保持扶贫干劲 再立供销新功》《中国特色社会主义制度优势性》等内容丰富、吸引力强的主题党课，充分展示出供销党员的能力水平和精神风貌，深化了思想认识。

锻造干部队伍，锤炼发展基石

强化政治引领，不断巩固拓展“不忘初心、牢记使命”主题教育成果，通过召开中心组学习会、支部党员大会、青年理论学习小组会，充分利用《学习强国》《汇贤学堂》《绵州先锋》和公务员网上培训系统，围绕学习新时代中国特色社会主义思想、中央对供销工作的重要指示精神和党的十九届五中全会精神等，重点开展党员干部党的创新理论知识、中央和省委重大决策部署、推进中心工作任务、全面提升干部能力素质等学习教育，夯实理论基础。

成立青年党员理论学习小组、青年党员志愿者服务队、青年党员先锋队，定期开展青年理论小组学习，联系学习谈认识、联系思想实际谈体会，通过认真读原著、学原文、悟原理，真正做到触及灵魂、入脑入心，进一步地激发了青年党员全心全意服务三农，努力搞好供销工作的干劲。全年还开展了“感悟初心、传承使命”等主题党日活动、“携手添新绿、人工授花粉、共建生态村级社”志愿服务活动、“不误农时，抗疫保供”“为农解忧，抗疫助销”等主题活动。

突出“既要政治过硬、又要本领高强”的要求，花大力气、下大决心加强干部的培养锻炼，注重在业务一线、脱贫攻坚一线发现、培养、使用干部。在机关经费紧张的情况下，努力创造条件，以供销新型业务为导向，开展干部教育培训，推进干部轮岗交流，加强实践磨砺，加速干部成长。选派工作能力强的党员干部担任关键重要岗位，驻村帮扶第一书记和开展进社区帮扶工作，驻村帮扶第一书记荣获省委表彰，1名党员干部荣获绵阳市新冠肺炎疫情防控工作退役军人先进个人。

坚守初心使命，真心为农务农

充分发挥供销合作社是党领导下的为农服务的综合性合作经济

组织作用。2020年，针对新冠肺炎疫情期间部分农户的蔬菜水果滞销问题，市供销社各基层党支部、党员积极作为，主动为农解忧。通过线上线下广泛搜集掌握、宣传推送全市滞销农产品信息，千方百计打通渠道，积极与农产品收购商对接，为折耳根、儿菜、柑橘等全市种植量大、滞销的蔬菜水果找销路，帮助销售滞销蔬菜3000多吨。供销社直属宝源公司等党支部积极联络爱心企业，及时采购滞销蔬菜捐助社区、福利机构；直属三汇公司党支部为抗疫捐款110万元，市供销社解决疫情防控期间农民出现的“卖菜难”“卖果难”问题典型做法在“学习强国”平台刊载。

2021年春耕备耕期间，供销党员勇挑服务三农“国家队”重任，为春耕顺利开展，充实全市农资库存，规范经营流通，送放心农资下乡进村入户，保障农民备耕春播。 组织党员深入安州区黄土镇新光村猕猴桃产区，帮助当地村级供销社开展猕猴桃头花人工授粉，帮助解决受疫情影响工人紧张的难题，进一步深化供销社联系基层群众最后一公里。

作者：陈朝斌、邓安、赖小蓉　摄影：赖小蓉

国能大渡河大岗山水电开发有限公司

建设一流“智慧电厂”　打造特色党建品牌

开展“永远跟党走，奋进新时代”红歌传唱活动　摄影：刘建华

链接：国能大渡河大岗山水电开发有限公司由国家能源集团、国电电力、大渡河公司和川投能源4家股东投资组建，于2005年10月16日在四川省石棉县注册成立，主要负责大岗山水电站的投资开发、建设、运维及经营管理。大岗山水电站位于雅安市石棉县境内，是国家西部大开发十大重点项目之一，是大渡河干流水电规划调整推荐22级方案的第14个梯级电站，具有世界最高抗震设计指标、210米高拱坝建设、500米级高边坡开挖和地下大洞室群施工的“三高一大”工程特点。电站共装设4台混流式发电机组，单机容量650MW，总装机2600MW；电站坝型为混凝土双曲拱坝，总库容7.42亿立方米，设计年发电量114.5亿千瓦时。工程于2015年全部投产。公司自成立以来，先后荣获四川省首批基层服务型党组织示范点、四川省总工会“劳动竞赛优胜单位”、四川省“五一劳动奖状”等荣誉，先后建成全国安全文化建设示范企业、第六届全国文明单位和国家能源集团首届文明单位。大岗山水电站工程质量被评价为“高质量等级优良工程”，先后获评国家科技进步二等级、“国家优质工程金奖”“中国土木工程詹天佑奖”等奖项。

新冠肺炎疫情期间，国能大渡河大岗山发电有限公司（以下简称大岗山公司）党员主动响应号召，请缨参与疫情防控工作，为保障正常电力生产、确保疫情前线用电顺畅提供强力支持；2020年是全面建成小康社会目标实现之年，是全面打赢脱贫攻坚战收官之年，为给脱贫攻坚贡献一份力量，大岗山公司不仅持续开展爱心帮扶，还组织党员志愿服务队开展走访慰问结对帮扶贫困户……

在工作中，不论面对何种困难，总能看到大岗山公司党员坚守一线、勤勉工作的身影。这些不忘初心的切实行动，也正是大岗山公司不断提升党建工作质量实效的缩影。

近年来，为全面打造“红色大岗山、绿色水电站”靓丽名片，大岗山公司着力推动党建工作与中心工作深度融合，以一流党建引领世界一流示范企业建设，点燃企业高质量发展“红色引擎”，并获得四川省首批基层服务型党组织示范点称号。

党建引领，坚持固本提质

“春种一粒粟，秋收万颗子。”在大岗山公司党委的坚强领导和全体职工的不懈努力下，该公司被授予第六届“全国文明单位”称号，这是对该公司精神文明创建工作的又一肯定。

大岗山公司于2005年10月注册成立，主要负责大岗山水电站的投资开发、建设、运维、经营管理工作。电站位于大渡河干流上，自2015年投产以来安全生产零事故，实现售电收入86亿元，实现利税33.2亿元，为四川经济发展作出了杰出贡献。

该电站的建设，提高了我国水能资源的利用率，对推动水电产业升级、区域经济发展贡献巨大。

由于工程设计水平高、建设质量好，电站建成后运行安全稳定，大岗山水电站2019年入选中国土木工程詹天佑奖、2018年获国家科技进步二等奖、2018年获国家优质工程金质奖。

“党的领导是国有企业最大的优势，在推动企业发展事业稳步向前的过程中，我们要切实发挥好公司党委的领导核心和政治核心作用。”在如何推动公司高质量发展方面，大岗山公司党委书记张建军给出了答案，那就是深化落实国家能源集团党组“四强化六提升”党建工作要求和大渡河公司“坚持一个指导，围绕一条主线，突出一个重点，开展一项行动，强化一个导向”党建工作思路，不断提升党建工作质量实效，为公司圆满完成年度目标任务，实现电量、利润再创新高提供了坚强的思想、政治和组织保证，以优异成绩庆祝中国共产党成立100周年。

目标既定，工作的开展更要有的放矢。为了让政治建设更加有力，该公司提高政治站位，高度重视党建工作，充分发挥党组织在公司发展壮大中起到的核心引领作用。

坚持固本提质，夯实“三基建设”。该公司党委坚持抓基层、打基础、固根本，聚焦基层党委、党支部和党员三个层面发力，

左图为大岗山水电站智能机器人巡检　摄影：刘建华；右图为大岗山水电站库区全景　摄影：杨裕前

不断提高基层党建工作质量实效。不仅以《国有企业基层组织工作条例（试行）》为行动指南，形成了“党政同责、一岗双责、齐抓共管”的党建工作格局，还从党支部“三基建设”入手，提升党支部组织力、战斗力和凝聚力。同时，发挥考核“指挥棒”作用，将党支部工作纳入月度工作绩效，建强支部战斗堡垒，着力解决党内生活质量不高等问题，把党支部打造成团结群众的核心、教育党员的学校、攻坚克难的堡垒。

融合增效，勇担企业责任

党建强则企业强。因为水电站上接泸定桥、下邻安顺场，加之工程建设“三高一大”的特点，具有天然的区域地理优势和红色资源优势，大岗山公司党委践行“抓好党建是最大政绩”理念，树立以党的建设引领企业高质量发展的思想，同时秉承“能源供应压舱石，能源革命排头兵”的企业使命，同步推进“智能自主、人机协同”智慧电厂建设，探索提出“红色大岗山、绿色水电站”品牌建设，深耕红色文化土壤，传承红色基因。

初心如磐，使命在肩。在党建引领下，大岗山公司积极回馈着社会，勇担央企责任。

公司积极参与地方抢险救灾和脱贫攻坚工作，成立抢险突击队、党员志愿者、青年服务队等机构，先后参与了地方救火3次、泥石流抢险10余次、道路塌方保畅通19次；累计在石棉、泸定两县捐建了4所“希望学校”、3所“爱心医院”、1所“爱心诊疗室”和3所“村级活动室”；修建了2条长度为7公里的村级道路，定点帮扶石棉县3个贫困村，结对帮扶12户贫困户，累计资助优秀贫困学生330人次，为当地群众就业提供100余个岗位，累计捐资捐物300余万元，得到了地方政府和群众的广泛赞誉；组织党员志愿服务队，深入开展“学雷锋志愿服务”，连续十余年坚持开展关爱孤寡老人、留守儿童、“双同爱心助学”等系列活动……

公司以文明创建工作总揽全局，以理想信念坚守初心，以合力奋进担当使命，有效体现了企业担当。

“立足地域特色、行业特性、企业特质和工作特点，积极探索孵化‘党建育红’子品牌，通过品牌党建创建，选树先进典型，着力培育国家英模和大国工匠，切实增强企业党建品牌的影响力和‘含金量’。”张建军说。

面对未来，团结一心的大岗山公司必将创造出更多成绩，迎来更好的明天。

作者：周青海、刘建华、周婷婷

甘肃省陇南市陇运汽车运输（集团）有限责任公司

奋发有为　行稳致远

公司党委书记、董事长李永斌深入帮扶村开展送温暖活动

交通运输取得长足发展，道路运输服务水平服务能力显著提升，运输结构日趋合理……“十三五”以来，甘肃省陇南市汽车运输市场不断焕发出蓬勃的生机和活力。

陇南市陇运汽车运输（集团）有限责任公司（以下简称陇运集团）是全市唯一一家国有独资专业运输公司，成立于1961年，为原甘肃省第十汽车运输公司。党委下属9个党支部，现有正式党员121人，公司共有各类营运车辆1100多辆，在册职工788人，从业人员2000多人。下辖26个生产经营单位，经营范围包括旅客运输（班线客运、定制客运、网约车）、客运站服务、城市公交、旅游服务、驾驶员培训、商贸市场等，为推动公司高质量发展奠定坚实基础。

强化党建引领，全面加强党风廉政建设

抓紧抓好基层党建工作，实现了“党建+业务”相融合。开通陇运集团公司官方网站，建立学习教育QQ群，开设陇运集团公司

左图为公司党委第十二次集中学习；右上图为组织武都片党员、入党积极分子赴哈达铺长征纪念馆开展“缅怀革命先烈，传承红色精神”主题党日活动；右下图为公司大力发展新能源电动公交车

微信公众号，企业党建和工作动态发布已实现常态化，创建文明示范岗23个、党员示范车16个、文明示范车83个。全面加强党风廉政建设，以贯彻民主集中制和“三重一大”为重点，积极推进科学决策、民主决策，维护了企业和职工的利益；层层签订《党风廉政建设责任书》，将企业重大决策、重大问题及时公开，不断完善党委参与企业重大问题决策的机制。

夯实安全基础，严格落实安全生产主体责任

按照“党政同责、一岗双责、齐抓共管、失职追责”原则，深化源头治理、系统治理、综合治理，全面提升企业本质安全水平，连续多年没有发生一起安全生产责任事故。逐级签订安全目标责任书，全面推进安全生产专项整治行动向纵深发展。认真开展隐患排查和安全生产大检查，针对性开展演练活动。更新车辆动态暗箱监控终端设备，变数字监控为可视化管理，全面提升安全管理的有效性和服务性。以事故案例、技能教育等方式，提升员工安全生产的防范能力和自主能力。

加强基础管理，努力实现企业转型发展

延伸乡村客运班线、公交车线路、增加配客站点、开展“点到点、门到门”包车，全面提高客运服务功能。同时，变“定线客运”为“公交客运”，充分发挥道路旅客运输服务社会的职能，提升企业市场竞争力。积极探寻发展空间，开展跟踪调研、公交车资源整合、拓展旅游产业，有力促进了公司转型发展。2020年，公司扭转被动局面再创佳绩，实现利润87万元，解决社会就业120多人。

多年来，陇运集团党委始终以强烈的政治责任感，争创一流的工作标准，领先的服务理念，带领全体职工创先争优。2008年被交通运输部评定为道路客运二级企业；2016年、2017年被交通运输部、公安部、应急管理部、安全监管总局评为“道路运输平安年”活动成绩突出运输企业。站在新的历史起点上，陇运集团将牢牢把握新阶段国家实施重大战略政策的历史机遇，在新征程上再创辉煌业绩，谱写全市汽车运输行业高质量发展的新篇章。

作者：赵晓春　摄影：褚贵鹏、李春晖

贵州省公路开发公司黔南营运管理中心

为高质量发展增添活力源泉

链接：贵州省公路开发有限责任公司黔南营运管理中心成立于2015年12月，主要承担公司在黔南州境内的营运管理工作，管养着世界第一高混凝土塔桥平塘特大桥。世界山区最大跨径上承式钢管混凝土拱桥大小井特大桥，也是贵州省首条品质工程示范路，包含首个桥旅融合示范点，是通往中国天眼的主要交通要道、贵州省南部交通旅游大通道。黔南营运管理中心党支部始终坚持党建引领，创建了“七星天眼”党建品牌，以品牌标准来开展工作、以品牌形象来接受监督、以品牌服务来赢得群众；建立“党员创新工作室”，开创“党员领题”工作机制，党员认领生产经营中存在的问题，并创新解决；以品质服务作为工作的出发点和落脚点，为司乘和群众提供七星品质服务。荣获贵州省省直机关标准化规范化示范党支部、省交通厅标准化规范化星级党支部、贵州省文明单位，管养路段被评为省级“养护示范路”，荣获县级以上荣誉30余项。

抓好国有企业党的建设，确保国有企业始终保持正确方向，推动国有企业始终践行以人民为中心的发展理念，是国企党建的关键所在。

贵州省公路开发公司黔南营运管理中心（以下简称黔南营运中心）在公司党委领导下，坚持党建引领，践行天眼精神，创建“七星天眼”党建品牌，经过近一年的努力，“七星天眼”党建品牌理念、机制、体系得到党员群众认可，具有一定的号召力、凝聚力、影响力。

贵州省公路开发有限责任公司黔南营运中心党支部结合地域和工作实际，将“天眼精神”融入党建，创建“七星天眼”党建品牌，以“七星先锋”“党员领题”“七星服务”锻造党员先锋队伍，促

党员突击队 摄影：索剑

创新谋发展，提升服务品质，形成敏学笃行争先锋，领题创新谋发展，用心用情抓服务的良好工作氛围。

黔南营运中心的党建品牌LOGO以党建红和璀璨金为主色，由党徽、圆环、星星、特大桥元素构成的“七星天眼”党建品牌标识格外耀眼，蕴含着丰富的内涵。

党徽代表坚持党的领导，党建引领，圆环代表天眼和“天眼精神”，以及党建工作360度全覆盖；七颗星代表七星先锋队，力求打造七星级品质服务，从敏学笃行、履职敬业、突破创新、脱贫攻坚、清正廉洁、融合发展、服务群众七个评价指数去考核七星先锋队，达到对司乘人员的高品质服务七方面提升；特大桥代表高标准、高质量、品质工程，党徽正对最高塔寓意党建引领高质量发展，七星闪耀，党徽、天眼、特大桥交相辉映，熠熠生辉。党建品牌与企业文化、地域特色、服务理念相融合，展现品牌生命力。

在“七星天眼”党建品牌创建中，七星标准是锻造先锋队伍的“硬标尺”，黔南营运中心党支部坚持学习教育“523工作法”，即五化学习、推动两个转变、做到三个示范；科学制定党员“七星标准”，细化“学习教育、履职敬业、突破创新、脱贫攻坚、清正廉洁、融合发展、服务群众”七个方面考核，并与月度绩效挂钩，使优秀党员添动力、落后党员有压力，让党员成为推动中心高质量发展的中流砥柱。

搭建工作平台，党员领题推动高质量发展。

黔南营运中心党支部党员领题创新化解矛盾，找准党建和业务的切入点，推动中心工作高质量发展；开创“党员领题”工作机制，党员认领在党的建设和工作、生产、生活中存在的问题，创新解决，达到提质提效的目的，提升基层治理能力和水平。

党员领题坚持“234工作法”，即双导向、三方式、四破解。同时建立“党员创新工作室”为党员领题工作开展提供保障。目前20余项领题相继推出，各项领题靶向精准，直击痛点难点，在领跑中增强了突破的勇气，拓展了创新的思维，探索了科学的方法，形成了一批实践成果和制度成果。

一直以来，黔南营运中心延续品质工程理念，践行天眼精神，将品质工程延续到养护运维中，把提供品质服务作为一切工作出发点和落脚点。

“敏学、担当、匠心、创新、探索、服务、卓越”则是黔南中心坚守的天眼精神企业文化，坚持为司乘群众提供暖心的、贴心的便民服务、无忧心的应急处置、舒心的通行环境。

礼貌用语、规范动作、微笑服务解答司乘询问；开水、针线盒、工具箱、充电器、药品、雨伞提供服务群众，真情“119”应急救援机制高效无忧心，养护运维精益求精，路容路貌干净美观，驾乘体验安全平稳，通行道路舒心通达，以品质工程理念打造品牌运维，同时做职工群众的贴心人，真心听、真心帮、真心做。

真心听，温馨谈心谈话室，倾听职工心声，化解职工困难，及时疏导工作、生活、心理负面问题；真心帮，工作关心到位、兴趣指导到位、职业发展规划到位，领导班子联系到位，四到位将“一对一”帮扶机制落实落地，特别是中心扶贫对象，让他们融入中心，提升自己；真心做，对涉及员工切身利益问题帮助解决，执行好“群众点单、党员执行、群众评单”工作机制，做好跟踪、落实和反馈。实现好、维护好、发展好职工群众利益，提高职工群众获得感、幸福感、安全感。

黔南营运中心通过“七星天眼”品牌创建，使党员先进性成为推动高质量发展的强大动力，全心全意为人民服务作为高质量发展的出发点和落脚点，凝聚了队伍，提振了职工精气神，党建与业务融合更加有力，攻难关、破难题、强创新，把党的组织力转化为实现高质量发展的内在活力，进一步提升党支部影响力和号召力，凝聚向前发展新动能。

党建品牌建设绝不是一蹴而就，而是一个系统工程、长期工作，必须持续培育、不断完善。黔南中心将增强品牌自信，坚决执行品牌创建机制，加强品牌理念宣传，持续推出“党员领题创新”“七星服务”“主责主业文化”“站所特色文化”等品牌打造，不断丰富品牌内涵，进一步推进党建品牌理念融入业务工作，进一步提升服务品质，推动新时代基层党组织高质量发展呈现新面貌新局面，以初心守路、以潜心管路、以匠心兴路，通过党建连线，将收费、养护、救援、安全等串联，将人才、制度、管理、技术、设备等资源聚合，将独平高速、平罗高速打造成一条品质示范路、一条畅安舒美路、一条科技智慧路、一条绿色生态路、一条最美小康路、幸福路，进一步推进党建品牌理念融入业务工作，进一步提升服务品质，引领各项工作高质量发展。

作者：刘芳、索剑

超薄沥青罩面技术

文明礼仪服务 摄影：谭鑫

陕西玉华酒业有限责任公司

党建领航“四变转型” 铺就创新发展路

公司获得的部分荣誉奖牌 摄影：马永洁

链接：陕西玉华酒业有限责任公司，位于铜川市宜君县宜阳北街，占地50亩。注册资金685万元，注册商标“玉华牌”，在册职工87人，年设计生产能力600吨，宜君县国有资产管理局控股，是宜君归延安管辖时期（1975年）北京援建的老牌酿酒企业。公司研发生产的“玉华牌”十年古同官白酒是在传统工艺的基础上，延长窖池发酵时间，四粮纯酿。“老五甑”蒸馏、酒海储存熟化、六级除杂过滤，其色晶莹透明，其味醇香秀雅。公司荣获国家AAA级信用单位，陕西省著名商标，陕西名牌产品，陕西最具成长力品牌，西北地区创新产品，2016年“博胜杯”西北五省白酒质量感官鉴评金奖，西北五省第八届酒类质量鉴评“进步奖”，陕西食品行业贡献企业，省、市3·15质量信用双优企业，省、市重合同守信誉企业，2018年获铜川质量提名奖，市质量管理先进单位，铜川市消费者满意单位等称号。

陕西玉华酒业有限责任公司是一家国有控股、全员参股的公司制企业，年生产能力600吨。了解其发展历程的人会都给出一个定论，“这个企业不简单”，其“四变转型”成功案例在业内广为流传，赢得业内人士的一致认可和赞许。

“党建也是生产力，也创造价值。”玉华酒业公司党支部以“一个支部一个堡垒，一名党员一面旗帜，一个岗位一个标杆”为理念，铺设了玉华酒业创新发展之路，使得其在竞争激烈的市场浪潮之中逆流而上成为一支新秀。

党建领航，促企业改制

职工变“股东”，增加凝聚力

陕西玉华酒业有限责任公司的前身是宜君县五里镇酒厂，2001年宜君县五里镇酒厂濒临关门倒闭，宜君县委、县政府为了“保住玉华商标，救活五里镇酒厂，盘活牧工商资产，实现宜源矿业地下向地上转移安置”，对五里镇酒厂进行了改制重组，成立了陕西玉华酒业有限责任公司，杨浩敏同志任酒厂厂长。

面临七零八散的烂摊子，在公司党支部和董事会的领导下，通过股份制改造，国有企业不仅注入了大量的资金，改善了生产经营条件，更重要的是实现了企业制度的创新和经营机制的转换，使国有企业的生机和活力明显增强。

公司始终坚持一个方向：就是国企控股、员工入股、全员参与、收入共享、风险共担、退休退股、内部转让、利益捆绑的经营机制。转变一个观念：职工变股东、股东变主人、共同改造、共同提高、共同发展、共享成果的身份转化机制。整合一个目标：按劳分配、底薪加提成；按股分红、打造铁交椅；人人不下岗、个个量力做贡献，干群分配较平等的全员共享目标。

改制提高了凝聚力，使得企业越过了“死亡期”，度过了“风险期”，进入了“发展期”，转亏为盈，实现了盈利。

党建领航，促技术进步

“股东”变主人，增加向心力

在党支部的领导下，玉华酒业在改制工作中职工摸清了公司“家底”，明晰了公司产权，主人翁地位明显增强了。职工由“纯员工”身份变成了公司的主人——股东，这不仅可以在团队成员中更加安心地发挥着中流砥柱的作用，更让具有“潜力股”特质的团队成员“秒”增了爆发力，实现人生价值的大提升。“我入股了！”“我也是股东了！”入股者自己感到充实、自信和自豪。

重组改制企业，员工文化水平和业务技能参差不齐，思想意识、责任意识、竞争意识不强，精神状态不佳。为适应行业要求和市场挑战，陕西玉华酒业有限责任公司连续三年分批组织员工赴西凤、太白、杜康酒厂实际参观学习，每年“五一”“国庆”开展两次技能竞赛，每年组织两到三次职工法律法规、质量管理、安全防火全员培训，参加一次宏显大舞台活动，使员工的精神面貌发生了新变化，工作能力和技能水平有了提高，工作主动性、积极性空前高涨、责任意识、竞争意识显著增长。近年来，陕西玉华酒业有限责任公司先后涌现出市人大代表、市政协委员、县党代表、县政协委员各一名，省部级、市级劳模各一名；铜川好人、宜君好人各一名。

党建领航，促科技创新

主人变“专家”，增加创新力

玉华酒业公司在发展中始终把好安全生产“方向盘”，系好产品质量“安全带”，用质量安全统揽提速发展大局。2019年一季度呈现出“两高、三专、四快、五好”的良好态势，即：市场占有

坚持传统工艺酿制，研制生产的系列产品深受社会各界好评 摄影：马永洁

率高、生产效率高；产品开发专一、包装设计专业、成装技能专注；思路调整快，产品研发快，外观设计快，包装定制快；好班子带出了好队伍，好产品占领了大市场，好质量带来了好效益，好风气涌现了好团队，好思路迎合了好机遇。

严格精细管理、明规知纪、不断提高企业管理水平。近几年来企业员工工资增加，股本增值。企业先后投资550万元，扩建了库房，更新了灌装设备，水处理机、粉碎及化验设备。始终把“质量是命，品牌是天，用户是神，我是服务员”贯穿企业目标责任始终。从原材料进厂检验入手，严把质量关，从酒池发酵到蒸馏出酒；从原浆液勾兑到散酒入库；从设备处理灌装到成品酒检测；从出库验收到出厂销售；从走访用户到售后服务，形成了层层把关，人人关注质量监管的闭环回路。

经过不懈努力，企业现已自主研发形成了“三个香型、五大系列、40多个单品”，获得了“纯粮固态发酵”认证，开发了两个省级品牌，五个市级品牌，十一个地域品牌新品。产品的升级转型为拓展市场奠定了扎实基础。企业生产一线三人获国家品酒师、四人获酿造师称号。古同官、铜川福、铁盒铜川福包装获国家外观设计专利。

党建领航，促品牌建设

产品变“文化”，增加竞争力

企业文化是企业的核心竞争力所在。近年来，玉华酒业有限公司党支部和董事会把“思想上合心、工作上合力、行动上合拍”的“三合目标”和发扬“牛的精神、牛的干劲、牛的业绩”的“三牛精神”贯彻在企业文化树立和发展的始终。

为了改变销售模式，董事会提出了“企业支持，市场运作，先要品牌，后要效益”发展思路，公司引进专业人才，成立独立销售公司专门负责产品营销、市场网络建设和销售渠道铺设。销售模式的改变转型使得玉华酒业产品市场份额占有量逐年扩大，销售额逐年攀升。玉华牌三次获陕西省著名商标和省市名牌产品。被陕西糖酒副食流通协会认定为全省“最具有成长力品牌”，获西北五省2016年“博胜杯”金奖。被评为陕西省著名商标、陕西十大珍品白酒；铜川市消费者满意单位。电子商务网上销售颇有知名度，铜川福、旗袍缘酒免费赠送活动有588人报名参加、142525人浏览关注，点击人数遍布全国各地。

“四变转型”造就了今天的玉华酒业。目前，前来陕西玉华酒业有限责任公司洽谈合作联营的客户较往年翻番，呈现出“企业不关门、经营不亏损、职工不下岗、工资福利连年涨”的良好局面。企业既无外债，又无内债，不拖欠职工工资、统筹及各种福利待遇。玉华酒业每年为社会公益事业捐款捐物二三十万元，既承担了国企责任又履行了社会义务，成为竞争激烈的市场浪潮之中逆流而上的一支新秀。

宁夏西北骏马电机制造股份有限公司

大力加强党的建设 不断提升企业综合治理能力

董事长马树成

宁夏西北骏马电机制造股份有限公司的前身为西北煤矿电机厂（原煤机三厂），1966年开始筹建，1970年建成投产，2005年企业整体改制为非公民营企业，公司股东121名，现有员工890人，其中共产党员220名。

多年来，公司坚持以党建引领企业发展方向，保障了企业健康稳定发展。公司目前已经成为我国大型煤矿综采设备电机的配套生产基地，是国家级高新技术企业，各项经济技术指标位居全国同行业前列，产品行销全国29个省、自治区、直辖市的601个客户。产品的国内市场占有率为30%以上，部分产品出口俄罗斯、澳大利亚、匈牙利、土耳其、印度等国。公司生产的“煤友”牌商标电机为中国驰名商标。改制16年来，共纳税8亿元人民币。目前投资5000万元、即将竣工的绿色智能车间，代表着全国同行业的先进水平，它的投入使用必将为企业的高质量发展插上腾飞的翅膀。

公司自改制以来传承了原国有企业的好传统、好做法，企业党委及其党群部门组织机构健全，人员配备齐全，各项工作有条不紊地进行，党建工作引领企业发展方向。公司党委委员、纪委委员参加总经理办公会议，参与企业重大问题的决策。公司党委对党支部的工作推行目标管理，将党建工作纳入到了对各单位的绩效目标考核之中，使党建工作与行政工作目标同步制定、考核同步进行。对党员领导干部要求每月以表格形式报告一次工作、学习和社会生活情况，考核结果纳入到了年终对中层干部的考核之中。公司党委多次荣获党建工作示范点、先进基层党组织等荣誉称号。

公司坚持民主管理、民主决策，始终把工会工作作为党联系群众的桥梁和纽带，对涉及职工利益的重大事项召开职工代表大会讨论，广泛征求职工代表的意见。积极提高员工福利待遇，签订工资专项及女职工权益保护专项集体合同，足额缴纳员工五险一金，坚持为员工进行健康体检，按时发放各种劳动保护，让有病的员工能够看得起病，让家庭困难的孩子不失学。每年中秋、春节等传统节日，向困难职工及时发放慰问金。自2021年4月份开始为全厂员工每月人均增加了460元工资，让广大员工共享企业改革发展的成果。公司积极开展技术创新、五小成果评选，每月组织员工开展一次有意义的文体活动，提升了企业的凝聚力和向心力。企业先后被评为全国先进职工之家、自治区五一劳动奖状获得单位。

深入开展党的纪律和企业普法教育，不定期在公司广播站举办党建知识、普法专题节目，利用电子屏幕、悬挂标语、知识竞赛等形式大力宣传党的路线、方针、政策和法律常识，着力提升党性观念和全员守法诚信经营意识。每年年初公司与各单位签订普法综治责任书，要求各单位管好自己的人，看好自己的门，层层落实、责任到人。在生产经营活动中，规范管理，依法经营，多次被上级单位命名为重合同守信用单位、诚信经营单位。

公司始终把安全环保作为提升企业治理能力的出发点和落脚点，全面落实安全环保主体责任。实行公司级领导带班制度，全面负责

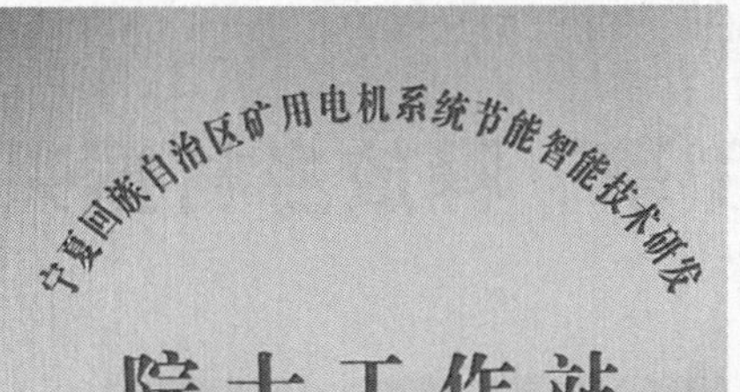

当天企业安全生产运行情况，协调组织好当班的安全生产，及时消除安全隐患，坚决制止违规违章现象。公司以6S管理为抓手，努力做到整理、整顿、清扫、清洁、素养、安全，天天有检查督办、有通报奖惩。公司坚持每个职工要负责栽活1-2棵树，整个工厂空地已被树木覆盖，大大地改善了企业环境，公司一度曾被评为全国绿化先进单位、全国环保先进单位。

在庆祝建党100周年之际，赋诗《骏马腾飞 煤海争辉》，以此献给为党的事业、为三线建设、为企业发展做出贡献的人们。

（一）

西北骏马，人杰地灵：
巍巍贺兰雄风，
滔滔黄河蛟龙。
始建一九六六，
投产一九七〇。
五湖四海爱国心，
战天斗地赤子情。
立足宁夏，献身煤城，
煤机三厂，应运而生。
我之电机工人，
创业精神永恒！

（二）

难忘九三寒冬，
企业一片凋零：
生产经营停顿，
濒临破产绝境……
新任法人，马到成功。
上下一呼百应，
奋力扭转乾坤。
愚公移山、延安精神，
咬紧牙关支撑，
拓展市场求存。
西北电机，绝处逢生。
时光倒转，二〇〇〇，
总厂不再续存，
各厂自负亏盈。
我之电机工人，
自强不息图存！

（三）

世纪沧桑，岁月峥嵘。
二〇〇五，改制成功。
员工扬眉吐气，
企业浴火重生。
九大生产车间，
二十三个部门。
八百六十员工，
一二一名股东。
注册资本金，
二一六八〇（万）。
十亿产能，九百品种：
采煤、刮板、掘进，
绞车、风机、变频，
乳化液泵，绿色智能。
电机配套，样样都行。
国内市场超三成，
行销三十区市省。
海外矿山亦扬名，
出口俄、奥、匈、土、印。
技术领先，设备精准：
院士工作之站，
企业技术高新；
高压真空浸漆，
检测西部先进。
西北骏马，遐迩闻名：
全市一级功勋，
纳税十佳有份；
全区五一奖状，
基层党建标兵；
全国煤机驰名，
绿化环保先进。
精品创造未来，
核心价值永存。
不忘初心使命，
牢记党的恩情。
我之电机工人，
与时俱进前行！

作者：宁夏西北骏马电机制造股份有限公司党委书记贾杰文

左图为开展主题党日活动；右上图为公司大门；右下图为公司开展质量演讲比赛

内蒙古林西县十二吐乡
“红色引擎”释放乡村振兴澎湃动力

团结进取的领导班子　摄影：郭贺

2016年，内蒙古赤峰市林西县十二吐乡农民人均收入是5000元，而2019年这个数字增长到15000元，短短4年间人均收入为啥能增长2倍？这得益于十二吐乡创新了一个好机制，选准了一批好产业。一个好机制，就是党建引领产业一体化发展的新机制，能够集中力量办大事。一批好产业，就是以设施农业为代表的高效农牧业，1头牛的收入能抵5亩庄稼，1亩大棚胜过种10亩田。当融合党建的组织优势和高效农牧业的产业优势相互叠加时，就产生了乘数效应，为乡村振兴提供了强大的产业支撑。

坚持党建引领，把关定向谋全局

“党建引领产业化发展共同体=党建联合体+产业联合体！”在十二吐乡党委书记谢艳丽看来，在党建联合体的引领下发展产业联合体，是党建搭台、经济唱戏的具体表现。从2016年开始，林西县在十二吐乡规划建设总面积为2万亩的达康扶贫产业园，作为党建引领产业发展的“实验田”。经过几年的探索实践，逐步形成了“基地联动联建、生产联种联营、服务联接联办、市场联创联销”的“一园四联”发展模式，实现了“集中、集聚、集约”发展。

打开达康党建引领产业化发展共同体架构图，党建联合体引领下的产业联合体，覆盖了7个行政村，吸纳了农牧、交通、财政等12个涉农部门，9个合作社和1个联合社，电力、金融、农资等17家企业。党建联合体下设基地建设、社会服务、生产经营、市场营销4个功能性党组织，通过联席会议、供需对接、考核评价等机制，对园区实现全领域、全时空、全产业服务。党建联合体还实行清单管理和动态瘦身制度，每年各成员单位为园区办的实事，清单上都记得清清楚楚，对不发挥作用的成员单位，将定期淘汰出局。

在关键问题的决策上，党建引领凸显了把关定向作用。园区建设之初，有人对发展大棚蔬菜有顾虑，怕担风险。在县委的支持下，园区党建联合体组织干部、群众七赴松山区，学习大棚种植管理经验，组织党员干部带头示范，试种终获成功，打破了“西拉沐沦河以北不能发展设施农业”的论断。党建联合体还注重平衡企业、客商与农民间的利益关系。建大棚时，建棚企业能沾利就走，把更多的实惠让给百姓。卖菜时，公道的菜价让买卖双方都满意，实现本地市场的可持续发展。

基地联建联动，集中布局成规模

西山根村有水，十二吐村有地，如何打破村与村之间界限，连片建设达康扶贫产业园？俗话说“房产土地不让人”，过去别说是村和村之间，就是户与户之间也不能随便动一块地，占一点水。园区成立党建联合体后，这个难题迎刃而解。基地建设党组织召开联席会，各村党支部书记、村委会主任一起商议。最后决定：把西山根村的水抽到山顶的蓄水池，园区共用；用十二吐村的土地建园区蔬菜收购市场各村共享。西山根村党总支书记刘占林感慨地说：“现在7个村抱团取暖、联建园区，你中有我，我中有你，成了一家人！”

园区项目的市场化运作，加快了大棚的建设速度。林西县民悦农业科技发展有限公司是大棚的代建企业。企业建设1座百米长的棚室，建筑和安装成本为9万多元，再加上企业的合理利润，总造价为10万元。而农民在购棚时，每个棚要扣除政府给的4.7万元补贴资金，农民只需花5.3万元就能把大棚买到手。这种代建制的好处在于，政府把补贴亮在明处，企业把账算在明处，不与民争利，让公共财政的阳光真正普照百姓。

在大棚基地建设中，实现了“村、政、企”联动。基地建设党组织协调各村、帮扶单位、龙头企业党组织互相配合，共同商议解决土地流转、工程立项、规划设计、三通一平、基础设施建设等问题。行政村负责在大棚建设中流转土地、统计购棚农户信息。建棚企业负责垫付地租和建设成本，建成后由企业发售，并为购棚户做贷款担保。从2016年至今，达康扶贫产业园连续5年每年都组织春夏季大棚建设战役。如今，大棚面积已从最初的744亩增加到9300亩，整个棚区银波涌动，蔚为壮观。

生产联种联营，同频共振兴产业

大棚建好了，可是收益如何？农民心里没有底。关键时刻，各村党支部发挥了模范带头作用。西山根村发展大棚蔬菜时先从试点开始。一试市场行情，二试蔬菜立地条件，三试农民的接受程度。2016年，村里先拿出18个大棚，免费租给松山区的种植大户，让他们给村民做示范，当老师。当年村民看到了示范棚的效益后，积极性空前高涨。村党支部抓住政府财政奖补的政策机遇，乘势在村里流转土地4000亩，发展大棚750个，成为全乡发展设施农业的先行者。

大棚有人种，还得要种好。在联合社的统筹下，各村的种植合作社实现了规划设计、农资采购、秧苗栽植、技术服务、教育培训、

十二吐乡新村光伏产业　摄影：臧金

十二吐乡乌兰沟村党群服务中心　摄影：王宏丽

开展文明创建活动　摄影：杨卓

市场销售“六统一”。在乌兰沟村，绽丰种植合作社理事长赵秀宏正在组织农民进行技术培训。“咱们要统一茬口，越冬茬要在11月22日左右定植，这样在第二年5月1日前果就能卖完，避开山东、河南番茄上市高峰……”赵秀宏介绍，现在棚区里有2个“技术保姆”，一个是县农业技术推广中心蔬菜办主任赵亚波，一个是乡政府高薪聘请的技术员廉德正。农民大棚里有啥问题，打个电话就能上门服务。

统一采购农资，让农民尝到了规模经营、集约经营的甜头。乌兰沟村大棚种植户黄明算了一笔账：以一个棚一茬番茄的用肥量和用药量为例，如果散户购买需要2200元，而合作社集中购买仅需要1600元，一茬番茄就能省600元，一年两茬就能省1200元。一个棚一年需要两茬苗、药、肥，棚膜需要一年一换，棉被需要三年一换，这些农资综合算下来，一个棚一年集中购买比散户购买能节约成本3000元左右。按此标准计算，整个园区一年就能节本增效480多万元。

服务联接联办，保驾护航动力足

眼下，达康扶贫产业园总面积为700多平方米的综合服务中心正在建设中。中心建成后将相继开设金融、农技、农资、政策等服务窗口，对园区生产的全程服务将实现联接联办。党建联合体下的政府职能部门党组织“八仙过海，各显其能”，为园区提供公益性服务。在大棚建设中，自然资源局、水利局、交通局、国网供电公司等部门党组织，按照党建联合体要求，主动做好用地规划、水利设施配套、园区道路硬化、电力设施配套。今年，扶贫办、农牧业局、林草局等成员党组织又为园区投入资金4000万元，这些真金白银的投入，为园区的发展强筋壮骨。

党建联合体下的5家金融机构党组织，为园区注入了金融活水。乌兰沟村农民高振明贷款“贷”出了好日子，去年他从邮储银行借了7万元贷款，买了2个大棚，一茬越冬番茄就卖了9万多元，他当年就还上了贷款。目前，农业银行、农商银行、邮政储蓄银行3家银行累计为园区协调贷款560万元。人保财险、太平洋保险2家企业为园区800栋大棚上了自然灾害险，为全乡1102户贫困户上了防贫险，总计保额达100万元，让农民再无后顾之忧。

过去，园区农资服务商多而杂，大到国有企业的分支机构，小到骑着自行车的游商走贩。为了从源头上保障农产品安全，党建联合体从抓农资质量入手，对农资服务商去劣存优，通过筛选，确立了中化集团、沈阳谷雨、赤峰和润、祥棋农业等一批品牌企业，秧苗和有机化肥、农药等技术农资服务更加完备，推动形成一条生态循环链，让农药、化肥减量50%以上。今年，投资500万元的中化集团技术服务平台项目建成后，水肥一体化等先进技术将在园区内推广。

市场联创联销，销路畅通奔小康

这几天，正是达康扶贫产业园大棚栽秧的时候。番茄苗刚刚在棚内定植，中国500强企业永辉超市股份有限公司就派业务代表来园区订购了36万斤918大红果番茄。“林西县的昼夜温差大，番茄养分转化和糖分积累得好，口感自然就好！”业务员说，这里的番茄耐储存、质量好、数量多，来到园区的蔬菜交易市场，很快就能组织完一车货。如今，在园区党建联合体的引领下，达康专业种植合作社联合社，已经和9个村级合作社上下联动，实现了番茄的统一销售。

联合社统一分级分等、差别定价销售，让大棚蔬菜实现了价值最大化。今年春季，大棚户种植番茄的二门、三门精品果，通过“农超对接”合作，销到永辉、大润发、地利生鲜、物美4家大型连锁超市，每斤价格4.4元左右；四门、五门的普通果，通过山东、河北等9个省市的蔬菜客商群体和销售团队，销售到全国，每斤价格3.7元左右；其他的尾果则以每斤0.5元左右的价格销售到有需要的行业和地区。

“在市场营销中，联合社的作用像个天平，总在农民与客商间寻找价格的平衡点！”达康专业种植合作社联合社党支部书记李武臣说，把番茄的收购价压得太低，就会菜贱伤农，影响农民种菜的积极性，把收购价抬得太高，就会给外地客商留下营商环境不好的印象，很难长久地留住客商，因此，维护公平、公正的市场，是联合社党支部的首尽之责。在联合社党支部的引领下，园区蔬菜交易市场实现了健康发展，让百姓不用再为蔬菜“卖难”问题发愁了。2019年，联合社蔬菜交易量达到2.4万吨，销售额达到5500万元。眼下，县里与北京岳各庄合作的市场项目建设如火如荼，这个市场建成后，产业园为首都供菜的通道将豁然打开。

十二吐乡党建引领产业一体化发展的“一园四联”发展模式，快速推动了园区“菜、果、牛”产业的发展。目前，全乡已发展日光温室1600栋，种植蒙古野果等经济林7700亩，肉牛存栏8000头，年出栏量突破10000头。随着中能国电一期40兆瓦太阳能发电项目、利拓矿业项目、德青源金鸡扶贫等项目的落地投产，十二吐乡农民能得到的生产性、财产性、劳务性和资产性四种收入不断增加。

赤峰市人大常委会副主任、林西县委书记田向存说：“达康扶贫产业园一体推进党建联合体与产业联合体融合发展，探索模式创新、载体创新，把党组织建在产业链、党员聚在产业链、群众富在产业链，让农村基层党组织在兴产富民的实践中提升了影响、树立了威信，进而夯实了党在农村的执政基础，形成了振兴乡村的澎湃力量。”

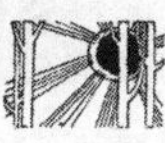

江苏省睢宁县金城街道

织密服务“一张网” 下活平安“一盘棋”

在江苏省睢宁县金城街道有这样一支队伍:他们承担着听民声、解民情、化民忧、暖民心职责。只要群众有困难、邻里有矛盾，他们就会立即行动起来，第一时间出场解决问题，努力做到“琐事不出网格、小事不出社区、大事不出街道”。他们有一个共同的名字——网格员。

金城街道将13个社区按照300—500户一个网格的标准划分为54个小网格，每个网格配有一位网格员和一名驻格辅警，打破过去条块分割、各自为政的被动局面，让每一个地方都有人管理，每一户人家都有人服务。“有事就找网格员”，已经成为辖区居民的一句流行话。自实施网格化社会管理以来，该街道将管理与服务的触角不断向基层延伸，使小网格激发出大活力，为百姓织就了一张平安幸福网。

大党建强力引领，小网格活力支撑

“您休息吧，我明天再来看您！”金城街道王营社区第一网格员魏敏轻轻地关上魏国兴老人家的大门。今年初，网格员魏敏在日常巡查中了解到，王营小区一名80多岁的老人因儿女都在外地工作，常年独自一人生活。老人患有多种慢性病，日常生活只能勉强半自理。“我就经常过来给他说说话，解解闷，同时帮忙做些力所能及的事，像买点米面油什么的。”道路不平、路灯不亮、下水道不通、房屋漏水、垃圾死角、消防隐患等民生问题和邻里矛盾，空巢老人、精神病患者等重点人员的日常关爱，黑恶势力等日常排查……都是魏敏这些网格员的“眼中活”。每天，他们穿梭在各自网格里，摸排着各类情况，解决着群众需求，上报反馈着疑难问题。

位于睢宁县西大门的金城街道，是典型的城乡接合部。辖区总面积63.98平方公里，人口5.4万，面积大、范围广，又是2016年新组建成立的街道，人口组成复杂，事项繁多，管理难度大，传统的社区管理模式已难以满足群众需求。“要切实让小网格发挥大作用，打破社区管理困局，让辖区群众安居乐业、提高老百姓的安全感和满意度，这是我们义不容辞的责任。”金城街道党工委书记侍子昂在多个场合强调着他们的工作理念。发挥基层党建作用，破除基层管理困局，金城街道创新管理模式，2018年初开始着手推行网格化社会管理工作。以系统化思维推动资源整合，充分整合社区“两委”等现有资源，变“单打独斗”为“合力出击”。构建“网格+党建”治理模式，将支部建在网格上，由社区书记担任网格长，街道班子成员担任网格指导员，将社区“两委”、党员群众择优纳入网格员队伍。同时将党组织向下延伸，在网格上建立网格党小组，网格员为网格党小组长，规范网格党组织活动，充分发挥基层党组织在网格化管理服务中的领导核心作用，实现社会治理与党建目标同向、措施同步、资源共享，真正将党的领导体现在社会治理末梢。每名网格员既是社会隐患的排查员，又是党和群众的联络员，还是矛盾纠纷的调解员，充分利用“人熟、地熟、社情民意熟”的优势，将党组织服务群众的触角延伸到网格、楼道乃至每家每户。网格员通过走访，努力做到网格内“家庭情况清、人员类别清、区域设施清、隐患矛盾清”，网格员成了网格的“活户籍、活档案、活地图”，彻底打通服务群众的“最后一公里”。辖区群众袁勇笑言：“网格化社会管理就像政府给每家每户都配上了贴心的保姆。”为确保网格化社会管理工作成效，激励网格工作人员发挥最大的工作效能，街道建立了考核奖惩制度。按照“权随责走、费随事转”的原则，建立“基础工资+工作绩效+一案一奖”的待遇保障制度，明确了奖优罚劣的考核机制，在网格员中形成“比学赶超”的工作氛围。百姓的幸福感、满意度得到大幅度提升。

惠民实事无巨细，联动指挥保稳定

“你好，在幸福小区二期，有大量煤气罐放置于小区内，里面都灌有液化气，有重大安全隐患，已多次警告家主，但对方仍置之不理，不仅他自家有危险，住在他周遭的邻居每时每刻都感觉到害怕，请街道办抓紧派人来处理啊，谢谢。”12月18日，街道综合指挥中心接到金城社区网格员及一名群众同时举报内容后立即流转交办于街道执法局，安监执法人员火速赶至现场调查处理。检查过程中，发现被举报人祁某家车库内确实挨挨挤挤存放有几十个液化气罐，多数气罐充满气体，不足十平方米的车库内并未安装任何防

金城街道网格员王行金深入社区开展扫黑除恶专项斗争宣传

爆安全设施，消防安全不符合要求，根本不具备储存液化气等易燃易爆物品的条件，且存放地点与生活场所混合，存在严重的消防安全隐患。安监工作人员当场向祁某解读了《城镇燃气管理条例》，指出违法存储液化气罐的危险性和利害关系，对其进行了严肃批评教育，并当场将私存的气罐取缔处理，及时消除掉这颗藏匿于小区的“定时炸弹”。

金城综合执法一体化平台建立以来，很多这样的群众“急难愁盼”具体或琐碎的问题得到及时有效解决。

中心分管领导魏国义说：“居民生活中的烦心事最怕诉求无处表达，小事悬而不决，矛盾加深纠缠不清，干扰到正常生活，建这个平台的初衷就是要直面群众生活痛点，实打实倾听群众心声，解决群众烦忧。”

为切实提升社会治理效能及辖区群众幸福感和满意度，金城街道建立了综合一体化指挥中心，目前整合了指挥调度、事件上报、视频监控、视联网、智慧党建、审批服务、综合执法、12345政府热线于一体的实战实效型综合指挥中心。自去年10月份中心成立以来，平台共录入各项基础数据80000余条；处理12345工单1369条，办结率为百分之百；办结网格员上报及群众反映事件400余条，办结率为98%；办结县级相关部门流转的疑难协办事件17条。

网格齐心又聚力，树立清风与正气

5月22日，一条消息传遍了睢宁大街小巷，刷爆睢宁人手机的朋友圈：为害一方、恶名远扬的高塘社区王姓涉黑涉恶家族势力被连窝端掉，人民群众无不拍手称快！“扫黑除恶的宣传资料，我每天都带在包里，有时候一天能发出五六百份……”“我宣传的时候发现很多群众表示有线索想举报，又担心举报后会遭到打击报复，我就告诉他们这些信息是怎么保密的，鼓励他们要敢于亮剑、敢于揭发，自觉参加到与黑恶势力斗争的行动中来。目前在我这里陆陆续续就收到不少有效线索，社区门前的举报箱里也有……”高塘社区网格员王行金坐在他自己的扫黑除恶宣传小车里，疲惫又自豪地说。和王行金一样，高塘社区另外几位网格员在走村入户时，主动向群众进行扫黑除恶的政策宣传和讲解，并鼓励揭发检举黑恶势力和社会乱象的线索。他们还用浅显易懂的语言自编自唱扫黑除恶应知应会顺口溜，通过手持扩音小喇叭和社区的法制宣传车在辖区各网格里巡回播放宣传，为高塘社区开展扫黑除恶专项斗争营造了浓烈的氛围。金城街道按照“有黑扫黑、有恶除恶、有乱治乱”的要求，以网格化社会管理为切入点，充分发挥“小网格、大能量”，宣传排查扫黑除恶专项斗争线索，全力助推专项斗争深入开展。“网格员是群众与政府之间的纽带，他们在专项斗争中既是侦察兵，又是政策宣传员，他们发挥人熟、地熟、情况熟的优势，拓宽了情报信息和涉黑涉恶线索来源，变被动等线索为主动找线索。”街道政法委员史志强这样说。

据了解，专项斗争开展以来，街道成立了由党工委书记侍子昂、街道办事处主任叶朋任双组长，班子成员即网格指导员任副组长的扫黑除恶领导小组和专项斗争宣讲团，由侍子昂带队分组包片扎入社区、网格、学校、企业等开展扫黑除恶专项斗争主题宣讲。5月26日，党工委书记、金城街道总网格长侍子昂走进高塘社区，“打头阵”进行扫黑除恶专项斗争宣讲。宣传过程中，居民吴大爷不住赞许点头说：“好！这个书记讲得非常接地气，什么是‘黑’、什么是‘恶’，以前真搞不清，现在弄清楚喽。现在知道扫黑除恶有多么重要了，我们全家一定响应党中央号召，坚决支持扫黑除恶专项斗争。”“说得对，就得把那些‘霸’扫除干净，老百姓才能过好日子，才能有安全感。”“你们说老百姓一年到头赚点钱容易吗？我在市场风吹日晒卖一天菜，还得交‘保护费’！这下好喽，那些无赖无处逃窜，对于咱广大群众真是天大好事！”他身边几名群众也议论纷纷，形成了扫黑除恶的共识。该街道还充分利用广告牌、横幅标语、公众号、微信群、公告、宣传单、扫黑执法宣传车、社区广播等进行广泛深入宣传。同时组织党员干部、辖区企事业工作人员、社区网格员，包括一些领域的重点人员等进行扫黑除恶应知应会培训和测试，并签署《不涉黑不涉恶承诺书》。

6月3日，苏源社区居民曹桂华正在组织老年人在小区树荫下排练广场舞。问及是否知道扫黑除恶专项斗争，曹桂华笑着说：“怎么可能不知道呢！现在大街小巷都张贴着宣传标语，社区喇叭每天都在播放，网格员一天几遍上门发放告知书、宣传单，晚上他们巡逻时小喇叭还一路宣传，放的那个应知应会内容我都能背下来几条了。大家也都很关注扫黑除恶进展，微信上也经常能看到哪里又打掉了涉黑涉恶团伙，真是振奋人心啊。没有这些黑恶乱象，群众才能放心舒心地生活。”平安生活，是群众心里最大的渴望；追求幸福，是群众心里最美好的生活。正如街道办主任叶朋所说：“我们一定坚持打好、打漂亮这场持久战，让广大人民群众过上有更多获得感、更强幸福感、更大安全感的新生活。”

依法依规做信访，网格温情化矛盾

“这九年的大好时光，自己也没有享受到，一个劲往南京、北京疯跑，给家庭、父母、孩子、丈夫、自己都带来很大的伤害。真是后悔死了，等出来以后一定好好相夫教子，过正常人的生活，好好孝敬父母亲。”这是红光社区鲍某某面对《热线1890》镜头，抹着眼泪作出的忏悔。鲍某某本有一个幸福的家庭，可因贪念越级缠访、闹访长达9年之久，前不久被睢宁县检察院以涉嫌敲诈勒索罪和寻衅滋事罪批准逮捕。近期，在街道社区的每个网格里，党员集中学习或教育宣传时，都会组织收看《热线1890》这段新闻短视频。看到镜头里熟悉的“主角”，群众纷纷唏嘘感叹之余，更多的是提醒和警示。“违法上访真的不能学，会付出惨痛代价的！”看到鲍某某案例，红光社区的朱某内心受到了极大震动，随之朱某思想也渐渐发生了转变，不仅本人不再上访，还告诫身边亲友依法维权，成了社区“正能量”的传播者。教育挽救是化解信访积案的手段，和风细雨、细致入微的群众工作，是化解信访积案的“杀手锏”。

11月11日，金城社区居民孙存领一行人将一面写有“初心使命勇担当、廿载遗疾今朝毕”的锦旗送到了街道副书记、金城社区网格指导员魏国义手中，以表达对街道领导、信访办及社区网格工作人员的勇于担当、积极主动服务群众的感激之情。这面锦旗诉说了一起20年前孙庄组承包土地纠纷案。面对群众诉求，党工委书记侍子昂4个月内多次召开专题会议认真听取了孙庄组群众的诉求及意见；信访处置工作组下访农户家中，了解该案演变过程。他们去档案馆调阅翻找历史资料，研读土地承包政策，帮助居民们将法规政策理解透彻后，多次召开居民会议逐一剖根溯源、商讨解决办法。通过网格员“知心大姐”多次“晓之以理”、亲人家属“动之以情”，街道领导及社区干部关心他们的生产生活，想方设法帮助解决实际困难等一系列做法，在11月9日信访处置会议上，对孙庄组2014年18户新增人口土地分配方案采取投票表决的方式解决矛盾：全组在场的340人中316人同意给予新增人口0.6亩/人的土地补偿，让这件长达20年的“老大难”土地纠纷案终于圆满解决。

对于信访工作，侍子昂提出要注重“一把椅子让座、一杯热水解渴、一句暖心话暖心”的工作方式，坚持以情感人、以德育人、以法管人、以信服人，按照“政策能承诺的及时兑现承诺；对于群众反映的问题答复不了，及时向主管领导汇报，耐心做好解释工作，并将沟通情况反馈给信访人”的原则处理好每一件信访案。

该街道为将信访维稳网格化管理落到实处，建立了网格化管理信息沟通平台，建立“网格化+信访”等基层矛盾纠纷排查机制，按照由下而上的上报渠道和自上而下的化解管理方式，做好信访情况采集和反馈工作，引导群众依法解决信访诉求。

辖区40个网格员及35名驻格辅警每天身穿“红马甲”“辅警蓝”在网格中巡访，实现着“人到格中去，事在网中办，难在网中解，情在网中结”。每一件“红马甲”、每一抹“藏青蓝”就是一个流动的信访服务站，每一名网格员、驻格辅警都是信访员，由13名社区书记担任的网格长，利用他们在群众中的人脉、威望和感召力，第一时间掌握信访信息、介入矛盾调处、开展疏导化解，努力将每个信访案件化解在萌芽状态。

安徽省淮北市相山区曲阳街道

为发展注入“红色力量”

曲阳街道召开 2020 年第 7 次中心组理论学习（扩大）会议，学习《习近平谈治国理政》（第三卷） 摄影：邹聪聪

链接：党的十八大以来，淮北市相山区曲阳街道获得了 2012 年度居家养老工作先进单位，2014 年度省级计划生育依法行政便民维权试点街道，淮北市关心下一代工作先进集体，2015 年度创建全国文明城市工作先进单位，淮北市“充分就业”型街道，安徽省卫生先进单位，安徽省“十百千”工程新家庭计划项目点等殊荣。

党建有活力，发展添动力。2020 年以来，安徽省淮北市相山区曲阳街道围绕发展抓党建、抓好党建促发展，团结带领街道干部群众凝聚发展合力，全力做好防疫情、稳增长、重生态、惠民生等各项工作，为打造社会和谐稳定、人民安居乐业、环境优美秀丽的“山水曲阳”注入“红色力量”，切实提升了辖区群众的获得感、幸福感、安全感。

强基固本，统筹推进基层党建工作

基层党建工作，怎么重视都不过头，怎么加强都不过分。曲阳街道党工委把党建作为首要政治任务来抓，注重以上率下、加强政治引领、束紧责任链条，及时召开街道党的建设和作风建设工作会议，层层推动党建工作落地生根。

街道党工委创新形式抓学习，利用微信、新时代文明实践所（站）、开放式党校、党工委理论中心组学习、周五机关支部学习、党员固定日学习等方式，深入学习贯彻党的方针政策，不断强化党员“四个意识”，坚定党员理想信念，进一步激励党员领导干部新时代新担当新作为。

坚持学做结合，务求实效抓关键。进一步规范了“三会一课”、中心组学习、党员学习制度，定时间、定计划、定内容，组织开展全方位学习。同时以学促做动员街道社区党员参加环境卫生整治、扶贫帮困、医疗保障、法律援助等志愿活动，切实增强了学习教育的针对性和实效性。

党的各项纪律，就是对党员工作、生活各方面提出明确要求。街道进一步加强对党员干部的纪律监督，发现问题及时批评教育，为其上紧纪律之弦，营造风清气正的良好政治生态。

党建引领，让党旗在“疫”线飘扬

一个支部就是一座堡垒，一名党员就是一面旗帜。新冠肺炎疫情发生以来，曲阳街道坚持强化党建引领，推动防控工作重心下沉，构筑群防群治的牢固防线。

在防疫一线和卡点，街道成立 27 个临时党支部，选拔一批政治素质强、思想觉悟高、责任心强的党员充实到临时党支部中，充分发挥了基层党组织的凝聚力和战斗力。街道党员干部和在职党员挺身而出、逆行而上，主动请战到一线值守卡点参与值守，主动承担起入户摸排、疫情知识普及、卡点值守、人员车辆信息登记等工作，用实际行动彰显初心使命，让鲜红的党旗始终在疫情防控一线高高飘扬。

其中，刘庄社区恒大雅苑小区南区出现一例确诊病例后，街道和社区党员志愿者立即成立“运送小分队”，为 167 户居民实行一对一、点对点的服务，帮助居民采购生活物资并送到家门口，有效减少人员接触，减少防控隐患，频频受到群众点赞。

“红色网格”，激发基层治理新动能

2020 年以来，曲阳街道深入构建“街道党工委—社区党总支—网格党支部—楼栋党小组”“红色网格”四级党组织，并把街道“大工委”和社区“大党委”成员单位充实到全街道网格中，切实让党员干部“从群众中来，到群众中去”，把服务群众延伸到最末端，实现了联系群众零距离，服务群众无缝隙。

平日里，“红色网格”四级党组织的党员干部深入所在的片区或者网格一线，走访入户摸清党员、特殊群体、流动人口等信息，听取大家对街道社区建设的意见建议；加深与群众的联系，及时收集反馈安全生产、文明创建、环境整治、生态环保、扶弱助困等各类信息和问题，让群众的问题和困难在网格内第一时间解决，得到群众的理解和支持……“红色网格”四级党组织实施以来，及时排查发现解决了 200 余个民生问题，妥善纾解民怨，让小网格发挥了大作用。

为了使“红色网格”四级党组织在工作中实现资源共享、形成合力，曲阳街道还完善共筑共建工作机制，调整充实街道大工委成员单位，打造党建联盟，为区域化党建工作深入开展注入了新的活力。

社区干部、小区居民共同议事为社区发展献计献策 摄影：邹聪聪

山东省惠民县孙武街道

打造共建共治共享新格局

孙武街道党工委书记付军　摄影：孙新

链接：孙武街道位于山东省惠民县老城区驻地，是我国古代著名军事家孙武的故乡，经济和交通区位优势明显，历史和文化底蕴深厚。孙武街道总面积107.3平方公里，辖14个社区、132个自然村，耕地面积7.6万亩。先后被评为美丽中国最佳康养旅游街道、全省第五批民族团结示范单位、省级农产品质量安全示范乡镇、省级创业型街道、全省消防工作“能力强化年”活动先进单位、滨州市第三批社会科学普及示范乡镇、滨州市社会科学普及示范街道等荣誉称号。

现任党委书记付军获评全县农业农村工作先进个人、全县平安建设先进个人、滨州市安全生产工作先进个人、滨州市十九大安保维稳工作先进个人、滨州市党管武装好书记等殊荣。

孙武街道是山东省惠民县城驻地，共有15万居民，住宅小区195个，其中机关单位小区129个，商业开发小区41个，老旧小区25个。为破解小区管理瓶颈，孙武街道坚持“党建引领、政府主导、社会支持、居民参与”的原则，补短板、堵漏洞、强弱项，实施“五位一体”工程，打造共建共治共享的社会治理新格局。

实施“红色引擎工程”，全面加强党的建设

“我志愿加入中国共产党，拥护党的纲领……”2020年3月2日，惠民县水岸丽景小区，在召开的专属网格党支部全体党员会议上，党员们重温入党誓词。水岸丽景小区专属网格党支部书记李佃明说：“小区内的党员自发参与新冠肺炎疫情防控，不管刮风还是下雨下雪，天天坚持站岗值班，让我非常感动。”

孙武街道实施“红色引擎工程”，把党的建设贯穿基层社会治理全过程，在每一个住宅小区建立专属网格党支部，党员不转入组织关系、不交党费、不选举党代表等，实现党员在工作单位和居住地“双重管理”，引导党员“工作在单位，活动在小区，奉献双岗位”，开辟党员8小时以外监督管理和作用发挥的新渠道。9816名党员主动到专属网格党支部报到，主动担任楼长、单元长，主动参与疫情防控等公益活动。在“红色队伍”的引领下，2600多名志愿者参与到疫情防控的队伍中来。

倾力打造“红色物业”，提升管理服务水平

针对物业公司对业主的深层次管理薄弱问题，孙武街道提出“红色物业”理念，建立“街道党工委—社区综合党委—网格党支部—楼宇党小组（楼长）—楼道单元长”五级网络构架。“党支部建起后，各楼宇都成立了党小组，楼长、单元长多数由党员和志愿者担任，我们每月开展一次义务劳动，车辆乱停乱放现象不见了，小区变得比以前更洁净有序了。”御景家园6号楼3单元单元长蔡学丽说。

推进“全科大网格”建设，创新社会治理体系

孙武街道整合政法、生态环境、卫生健康、信访、社会救助等各系统原有网格，统一归属“全科大网格”管理，逐步建立社区党总支领导下的专属网格党支部、业主委员会、物业服务企业、网格员交叉任职、分工协作的工作模式。各住宅小区的监控探头全部接入“雪亮工程”监控系统，网格长、网格员开展基础信息采集、社情民意收集，参与矛盾纠纷排查化解、政策法律法规宣传等工作，对群众诉求、问题隐患和矛盾纠纷，网格员及时解决、及时报告，切实做到了小事不出社区，大事不出街道，“新时代枫桥经验”孙武综治品牌正在打响。“‘全科大网格’解决了治安排查、关爱困难群众、矛盾调解等问题，增强了小区居民的安全感和满意度。”

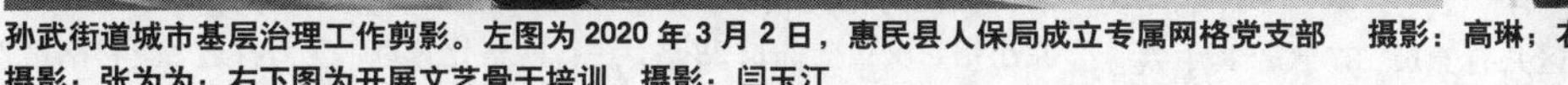

孙武街道城市基层治理工作剪影。左图为2020年3月2日，惠民县人保局成立专属网格党支部　摄影：高琳；右上图为孙武街道古城源著小区“智慧建设”　摄影：张为为；右下图为开展文艺骨干培训　摄影：闫玉江

孙武街道党工委副书记、办事处主任肖军伟说。

打造“智慧城市”，提升保障能力

“非本小区人员，禁止入内。”古城源著住宅小区的人脸识别系统把笔者挡在了门外。不仅在“战时”，平时孙武街道也注重城市的“智慧”建设。智慧停车场、智慧快递柜、智能安防、智能门禁等系列设施正在规划建设。投资120万元自主开发的“社区e家·孙武智慧社区”App，实现了数据分析、网上预约、网上申请等线上服务，构建“一站式、订单式、网格式”服务管理新模式，推进“互联网+”向基层延伸，尤其是小区封闭式管理期间，“网上下单、送货到门”成为时尚。“我家的下水道堵了，找不到维修人员，把问题反映在孙武智慧社区平台上，不到5分钟，维修人员就和我取得了联系，太方便了。”孙武街道中学的苏云辉老师说。

开展新时代文明实践，丰富精神文化生活

“这个善行义举四德榜就像一面镜子，时时刻刻照着我们，也是一面旗帜，时时刻刻引领着我们。”居住在世纪景园的退休老干部徐兴林说。孙武街道强化道德榜样，引领社会风尚，以小区为单位评选出个人品德、孝德、爱德、敬德方面的优秀典型，激励小区居民崇德向善，从一点一滴做起，投身精神文明建设。

截至目前，8个城市社区已组建广场舞队、太极拳队、旗袍表演队、戏曲表演队等专业队伍113支，成立全民阅读读书会、象棋协会、书法协会、摄影协会等36个，聘请县文化局、高校老师等部门单位的专业老师开展技能培训78次，丰富多彩的文体活动让小区居民更好地团结在一起。

“在城市社区规范化建设中，住宅小区专属网格党支部组织带领党员通过疫情联控、环境联治、治安联防、矛盾联解、公益联办、文化联欢、弱势联帮等多种形式服务小区居民，充分发挥党建引领城市基层治理的作用，打通城市基层治理‘最后一米’，打造出共建共治共享的新格局。”孙武街道党工委书记付军说。

河南省宝丰县铁路地区办事处

党建引领　社区共治

宝丰县铁路地区办事处党工委书记马国留

链接：马国留，男，汉族，1974年3月出生，大学文化，中共党员。现任宝丰县铁路地区办事处党工委书记。先后获评“市级优化经济发展环境先进个人”“县级优秀党务工作者”。近年来，铁路地区办事处积极开展社区治理“五个一”工作机制建设，“红色引擎”“全科网格”“枫桥式社区”“民呼必应”“幸福家园”等机制运行有序，先后荣获“全省规范化社区建设单位”“全市社区治理工作示范单位”“县级文明单位”等荣誉称号。

“社区环境越来越好，广场越来越亮堂，出来健健身，心里别提有多舒坦了。”2020年9月15日，在河南省宝丰县铁路地区铁北社区党建广场抖空竹的社区居民王超英说。

2020年以来，宝丰县铁路地区党工委以党建为引领，加强社区治理体系和治理能力现代化建设，构建以“红色引擎”为抓手、以“全科网格”为终端、以创建“枫桥式社区”为载体、以“幸福家园”为内容、以“民呼必应”为目的的“五个一”工作机制，夯实基层治理基础，各个社区呈现出巨大的变化。

夯实党建基础

火车跑得快，全靠车头带。铁路地区共有党员187人，其中铁路单位退休的老干部、老职工就有150余人。如何让这些老党员在社区治理中发挥积极作用？铁路地区党工委做了积极有益的尝试。

“说实话，刚退休那会儿我就想含饴弄孙、养花种草，尽享天伦之乐。”今年71岁的老党员李国均说。

“社区居民大多是铁路职工，对‘火车头’精神情有独钟。我们就着重打社区‘火车头’文化牌，唤起居民的记忆，让党建引领‘火车头’精神。”铁路地区铁北社区党委书记王书奇说。

铁路地区以铁北社区为样板，激发退休党员退而不休、永葆初心的激情，释放老党员先锋模范带头作用，释放正能量。

该社区对普通党员实行“岗位化”管理，结合实际为其设岗定责；对在职党员实行“积分化”管理，组织开展志愿活动、认领服务清单；对流动党员实行“动态化”管理，及时将流入党员纳入网格党支部，通过信息化手段使流出党员“离家不离党”；对国企退管的离退休党员实行“关爱化”管理，定期入户走访，积极排忧解难，鼓励他们参与社区治理，发挥余热。

“我们把老党员紧紧团结在一起，把党的旗帜高高举起来，形成了‘社区是我家，治理靠大家’共同参与、共同治理的和谐氛围。”王书奇说。

目前，铁路地区党工委下辖铁北、铁东、铁西3个社区党委，3个小区党总支，8个网格党支部，14个楼栋党小组，整合网格管理服务人员187人，把各类组织和工作都纳入了有序管理。

如今，在铁路地区，越来越多的老党员主动参与到社会基层治理中，有开展防溺水宣传的志愿者付丽娜，有主动请缨坚守在社区防疫一线的老党员付克辽，有在“清洁家园”中随叫随到的“勤务员”老党员王聚才……他们退而不休，初心不改。

建成“全科网格”

“有困难找片区网格员”，这已经成为铁路地区居民的共识。

今年78岁、有着55年党龄的付克辽，如今义务做起了社区网格党员志愿者，楼道改造、垃圾清扫、疫情防控……他干起活来一点儿也不落后于年轻人。

铁路地区把辖区内83栋居民楼、31个驻地单位和6000余名居民按照每个网格200—300户的标准，分设8个网格，14个楼栋党小组，设立楼栋长28名，进行网格化管理，全力打造“全科网格”

铁路地区 2020 年“春满中原 老家河南”文艺汇演现场观众席　摄影：王克华

为终端的四级服务运行机制。每个网格配备网格长、网格员、楼栋长、党小组长，分别明确职责分工，落实责任，确保党的惠民政策、安全生产、矛盾纠纷排查等工作在网格里得到落实。

“明确了网格，也就明确了责任的区域，各网格长、网格员据此行事，既互相对比、竞争，又实现了责任区域的无缝对接，做到管理全覆盖、资源共分享、管理无盲区、服务零距离的‘全科网格’管理模式。”铁路地区党工委书记马国留说。

人在“网”中走，事在“格”中办。铁北社区 73 岁的空巢老人张永甫有脑血栓后遗症，老伴去世得早，儿女不在身边，平时日常生活存在困难。片区网格员得知后，立即向网格长反馈了这个情况。铁北社区党委随即成立了一支“养老照护”志愿服务队，点对点照护，每月服务时间不少于 20 个小时，解决了张永甫的一系列生活难题。

现在，铁路地区实现全网融合、全能服务，社区楼宇商圈、非公企业、社会组织党组织也被纳入社区管理，通过织密社区治理“网格”，架起了党组织与党员群众之间的“连心桥”。

打造幸福家园

社区是党和政府联系、服务居民群众的“最后一公里”。为了提升居民对社区治理的满意度，2020 年以来，铁路地区的 3 个社区对照先进找差距、查短补弱，围绕基层党组织六星级党支部创建、老旧小区改造和城市社区治理“五个一”机制建设等工作不断完善提升。

我们在铁北社区看到，在儿童服务中心，几名儿童正在开心地玩着积木；隔壁的文体活动中心，老人在里面聊天、下棋；在志愿者服务中心，身穿红马甲的志愿者在值班……铁北社区积极打造“七中心一站”服务阵地，为“五个一”工作机制高效运行提供了保证。

社区治理有深度，服务才更有温度。王书奇介绍说，铁北社区以前是铁路职工家属院，也是铁路地区“楼龄”最长的老旧社区之一。39 栋居民楼中，最老的 50 年，最新的也有近 40 年，2000 多口人中一半以上是铁路退休职工。社区以前污水横流，电线乱扯、私搭乱建严重，环境脏乱差。而现在，社区内道路干净整洁，电线规划整齐，改造过的老房子焕然一新。

现在的铁路地区，坑洼不平的道路消失了，取代的是平坦的柏油路；乱圈乱占的小菜园不见了，迎来的是满目青翠的绿植；裸露的墙体披上了“新装”，颂扬“火车头”精神的墙绘时时激励着社区居民顽强拼搏、奋勇争先……

“通过坚持‘党建引领、社区共治’，实现了社区服务由原来的‘大水漫灌’转变为‘精准滴灌’，打通了联系服务群众的‘最后一公里’，使广大干群的归属感、认同感和幸福感明显增强。”马国留深有感触地说。

湖北省宜城市流水镇

解锁乡村治理“密码”

链接：宜城市流水镇位于湖北省西北部，汉江东岸，属于大洪山余脉，版图面积 582 平方公里，占宜城市版图面积 1/4，东、南、北三面分别与随州市、荆门市、枣阳市接壤，拥有“六横六纵”交通网。全镇总人口 5.5 万人，辖 28 个行政村（含 8 个南水北调移民村），4 个社区，镇党委下设 1 个党总支，共 55 个党支部，2049 名党员。全镇有西瓜、食用菌、生猪和林果四大主导产业，是著名的“湖北省西瓜第一镇”“湖北省特色镇”“省品牌建设示范镇”“中国瓜乡名镇”。2020 年全镇实现工农业总产值 60 亿元，农民人均纯收入 22982 元，连续几年成为宜城市所辖乡镇农民人均纯收入较高的乡镇。近年来，流水镇曾荣获湖北省农村产业融合发展试点示范乡（镇），第一批省级现代农业产业园创建单位，湖北省卫生乡镇（街道），襄阳市“森林城镇”，襄阳市 2020 年度无疫乡镇、2018 年襄阳市作风建设“落实年”先进集体、襄阳市五四红旗团委，宜城市机关党建工作先进单位、固定资产投资工作

流水镇党委书记黄锋在刘台村走访贫困户 摄影：王金波

成绩突出单位、“三访一促”活动优秀单位、“新时代标兵”单位、宣传思想文化工作优秀单位、法制宜城建设工作优秀单位、宜城市计划生育工作成绩突出单位、宜城市食品药品先进单位、全市农业农村工作先进单位等殊荣。

2019年12月18日，农业农村部发布消息，确定115个县（市、区）为乡村治理体系建设首批试点单位。湖北省6地入选，宜城市是襄阳市唯一入选县市。

作为试点乡镇，湖北省宜城市流水镇按照乡村治理体系建设试点工作的要求，坚持党建引领，让乡村有“活”力；以产业为引擎，让乡村有“能”力；以文明领航，让乡村有魅力，积极探索一条富有宜城特色的乡村社会治理新路子。

强基固本，让基层党组织威信立起来

求木之长者，必固其根本。党建引领，是流水镇乡村治理工作的“固本”之策。“不好意思啊，刚刚从工地上回来，百日攻坚在行动，乡村振兴在推进，一刻也不敢歇脚啊。”11月18日，记者来到黄岗村，村党支部第一书记刘汉生比约定时间晚到了一些，他的裤腿和鞋子上沾满了泥土。

过去，黄岗村党组织软弱涣散、集体经济薄弱、发展滞后。如今，它一跃成为产业强、村民富的先进村，这得益于一个坚强的“红色堡垒”。

给钱给物，不如给个好支部。几经考察，2017年9月，退休的刘汉生被请了回来，任该村党支部第一书记。刘汉生上任后首先召开群众代表大会，清理闲置土地。十天内清理出闲置荒地4620亩、230口堰塘，废除110份不合法、不合规的承包合同。所有土地、堰塘的承包重新张榜公示，公平竞争。“公平、公开、公正让群众看到了村党支部的公心，正因为有了公心，才让群众对我们有了信心。”刘汉生说。

一名党员就是一面旗，一个党支部就是一座堡垒。流水镇党建工作激活了乡村治理神经末梢。“在黄冲村当党支部书记可谓‘压力山大’。因为黄冲村是‘老典型’、富裕村，群众衡量书记是否称职，是看大家的日子是否一天比一天好、收入一天比一天多。”黄冲村党支部书记王朝富说，他担任黄冲村党支部书记20多年来，不敢有丝毫懈怠。“所有项目在进行大面积推广前，都由我们村干部先试，试验成功了才普及。”王朝富说，“成功了大家都受益，不成功只是我们村干部遭受损失，不会让群众跟着赔钱，这是我们村的传统。”

在刘台村，村里发展集体经济，党员干部先试先行。这也成为了一种“约定”。

刘台实业有限公司成立，群众都在观望。党员干部带头先入股。村集体出资占比67%，社会自然人33%。这其中，社会自然人中就包括村支“两委”成员和部分党员共13人。

近两年，公司开始赚钱了，公司又吸纳了村里群众入股，目前入股人数已近50人。“在乡村社会基层治理体系建设中，基层党组织只有和群众保持同心同频，只有把群众利益置于头顶，才能厚植党在基层的根基，才能强化党的凝聚力和公信力。”流水镇党委书记黄锋说。

因地制宜，让强村富民的产业强起来

2020年11月18日，刘汉生高兴地告诉记者，黄岗村近期已与深圳一家水果批发公司签订了销售合同，负责销售该村的黄桃等时令水果。

2018年初，刚当上黄岗村党支部第一书记的刘汉生总在琢磨一件事：本村种植的黄桃8月前后上市时，最高只能卖到两元一斤。而附近乡镇的一家种植户的黄桃由于提前上市，价格卖到七八元。

刘汉生动起了“脑筋”。他带着七组种桃大户郭代友专门来到邻村种植户家拜访，“秘密”终于掌握了。于是，先在郭代友的桃园试种了50亩，当年改良，当年收益。第二年扩大规模，增加到了120亩。

2019年底，郭代友种植的120亩共4000棵黄桃树的果子卖了50多万元。他家的黄桃在6月份就成熟，当时的市场售价为每斤7元。两个月后，当黄桃大上市的时候，他家的黄桃早已销售一空。

八组的徐付全同样很“牛”。2019年，他的700棵新品种的大芙蓉李喜获丰收，还长在树上就被经销商预订一空。仅这一个品种就卖出11万元。

襄阳市农村集体经济拉练，流水镇党委书记黄锋现场讲解村集体经济发展情况 摄影：余卓伟

成功扶持了几个种植典型户，让观望的群众不再犹豫，都围着刘汉生和村党支部“一班人”转了起来。

刘汉生开始布局全村的水果产业发展。目前，黄岗村先后成立家庭农场10余个，主要发展林果种植业和畜禽养殖业，平均年收入15万元；注册成立了新农特色产业合作社，网罗种植大户种植黄桃、水蜜桃等精品桃1000亩；成功引进了湖北金肥牛绿色牧业有限公司，投资近4000万元，年出栏成品肥牛600头以上，实现收入1500万元，带动近100人就业。

刘台村的发展几经波折：村企业发展与村集体发展“两张皮”，各自为政，导致资源严重浪费。流水镇党委政府经过分析得出结论，并开出“药方”：成立合作社，将企业串联起来“抱团取暖”，实现企业发展壮大、农民增收致富。

目前，刘台村的优质水稻种植形成了以育苗公司和粮食加工企业为依托、公司加农户的良性发展道路。为改变过去种植品种单一，刘台村紧跟创新步伐，搭上科技快车，与隆平高科公司合作，提高了水稻附加值，使得每亩水稻增收100—200元。2019年，刘台村7000亩地共收割1500万斤水稻，收入达1.25亿元。

共建共治，把党和群众的心连起来

2018年初，黄岗村一村民故意将村里的下水管道打破。刚当上村党支部第一书记的刘汉生找到该村民，严厉指责其破坏公共财产的行为。最终，该村民不得不买了水管并安装好。“村民有矛盾我去调解，村民有委屈我去道歉。答应村民的事情，至多不能超过一个星期，必须回复。”刘汉生说。

为方便群众随时找到他，刘汉生把办公室和宿舍都设在村委会。顾不上回家，就在办公室吃泡面，也坚决不到老百姓家里去吃喝。“遇到村里老年人推车上坡，主动上前‘搭把手’；开车遇到群众时，主动让一让；群众有烦心事，主动靠上去沟通一下。”刘汉生说，就是这样一些小事，让他和群众的心越走越近。“以村规民约规范了村民日常行为，像红白喜事的办理规模，村里评比‘好婆婆’‘好媳妇’，群众之间的小矛盾、小纠纷都是靠村规民约规范的。”刘台村党支部书记赵永东说。

村规民约“约”出了文明新风尚，让乡村文化“活”了起来，村民脸上的笑容多了起来，乡村治理的实效彰显了出来。共商共议，群众代表会开进村民心里。“以党建为引领，以自治增活力，以法治强保障，以德治扬正气，流水镇的乡村社会治理让全镇群众生活发生了巨大变化——老百姓的话语权更多了，邻里间的纠纷变少了，居住的环境更美了。”流水镇党委书记黄锋说。

作者：王金波　供稿：宜城市流水镇

广西灵山县檀圩镇

从“要我做”到“我要做”

檀圩镇党委书记陈恒修在东岸大良埇村乡村风貌提升示范点与全镇各村支书研讨座谈　摄影：滕炜

链接：檀圩镇近年来获得广西壮族自治区和谐乡镇、自治区文明镇、自治区生态村、钦州市乡镇人大规范化建设“十佳乡镇”、市专项工作表现突出集体、市查处发生在群众身边的“四风”和腐败问题专项工作先进单位、市人口和计划生育工作先进单位、灵山县基层组织建设“五个好”红旗镇党委、县征兵先进单位、县民政工作先进单位、县宣传思想文化工作先进单位、县新闻报道先进单位、县信用镇、县平安镇等50多项荣誉称号。

“在镇、村两级党组织指导和党员先锋模范作用带领下，大良埇自然村村民转变了思想，从‘要我做’到‘我要做’，村民自筹经费4万多元，免费投工投劳1200多个工日，现在村容村貌焕然一新，整洁有序。”广西灵山县檀圩镇党委书记陈恒修说。这是灵山县檀圩镇结合主题教育，通过抓党建发挥党员先锋模范作用，带动全镇人民全力推进乡村风貌提升工作的一个缩影。

2019年，檀圩镇紧紧围绕上级党委、政府的决策部署，把推进乡村风貌提升工作作为“不忘初心、牢记使命”主题教育的具体实践，按照“生态宜居·美丽壮乡”乡村风貌提升三年行动总体方略，加快实施乡村振兴战略，不断推进美丽乡村建设，提升乡村风貌，全镇各乡村处处焕发新颜。

党建引领，激发内生动力

檀圩镇党委、政府经研究决定，该镇乡村风貌提升工作坚持规划先行，因地制宜，政府主导，发动群众，模范带动，注重实效，生态优先，争取到2020年全镇各自然村，村容村貌整体提升，逐步打造生态宜居，人文优美的“美丽檀圩·幸福乡村”檀圩乡村风貌。

在全镇乡村风貌提升工作中，该镇东岸村委会大良埇自然村是檀圩镇开展乡村风貌提升三年行动的先行示范村。该镇、村干部带着政策文件，发挥“征地拆迁”精神，多次入户动员、召开村民群众会议，分析政策利害关系，深入解读剖析，积极发动群众，激发群众内生动力，配合镇村干部入户摸底调查、核实登记、分类核实，在征得群众农户同意之后，进场开展“三清三拆三整治”工作。

东岸村委会党支部书记梁朝锋垫资10多万元作为大良埇自然村乡村风貌提升工作经费，在钦州读书刚毕业的大学生谭家汉返回村里免费帮画壁画，村里的退休老师劳创桂免费设计字体，让村民周日盛免费帮凿村碑……在党员先锋模范作用和先进村民的带动下，在镇、村两级党组织指导和带领下，村民们转变了思想，从“要我做”到“我要做”，自筹经费4万多元，团结合作，积极投工投劳，家家户户都投身到整村建设当中。目前该村累计发动村民免费投工投劳1200工日，共计拆除废弃破旧危房2200多平方米，清理乱堆乱放垃圾70多处，清理臭水沟500多米，新增道路硬化400米，新建排污管道200多米，村中绿化面积达2公顷，村容村貌焕然一新，整洁有序。

左图为檀圩镇东岸大良埇自然村乡村风貌提升示范点；右图为示范点“乡愁物品展示长廊” 摄影：滕炜

现在，檀圩镇村党组织的领导、党员的先锋模范带头作用极大激发大良埇自然村村民的内生动力，他们更积极投身建设中，充分发挥自我治理能力，营造“孝”文化氛围，各类古代以孝为先的壁画典故张贴在大良埇民房墙壁之上，达到“以德治理”本村村容村貌的目的，正在逐步踏上“依法治理”的步伐。

群策群力，乡村处处焕新颜

檀圩镇、社岭村“两委”干部及驻村工作队员开展乡村风貌提升宣传发动工作，进村入户发放宣传单1000多份，以及给学生们发放《致群众的一封信》800多份，用通俗易懂的语言向群众剖析乡村风貌提升的相关政策，并做了乡村振兴宣传展板10多幅，借此宣传党的十九大提出的乡村振兴战略规划总体要求及部署，并共召开50余次会议开展工作。

2019年4月29日起，檀圩镇组织村民及党员志愿服务者80余名，以及村女子联防队全体队员，参与投工投劳，共计投工1500多天，持续开展“三清三拆三整理”工作。总结此次自发投工投劳经验，该村决定成立乡村风貌提升机动队，在村党支部指导下开展工作，为社岭村风貌提升工作打下坚实的基础。

檀圩镇通过以点带面，示范引领，乡村风貌提升工作在全镇铺开，取得显著成效。目前，檀圩镇各村走村入户开展乡村风貌提升动员会133次，拉宣传横幅107幅，清理乱堆乱放269处，拆除广告招牌57块，拆除废弃旧危房共计15627平方米，清理池塘、水沟淤泥共计1600多吨，清理沟渠、水渠共计27718米，拆除露天粪坑34个。全镇农村卫生公共厕所数量64座，2017年、2018年、2019年三年共完成改厕数量563座，截至目前该镇共有卫生厕所数量23233座，其中无害化厕所数量22866座。农村各村村内道路硬化共计400多公里，新建农业废弃物可回收、不可回收垃圾池共计24个。全镇23个村委会，都制定有村规民约，共计聘请保洁员57名，2019年收取保洁费140多万元。全镇各村在乡村风貌提升三年行动中计划共投入经费175.26万元，其中已经完成投入金额111.55万元。

如今，檀圩镇各乡村村容村貌整洁美丽，焕然一新：蜿蜒的通村通队公路四通八达，平坦干净；村里村外，水清山秀，房前屋后，微花园、微菜园、微景观随处可见……一幅美丽的乡村画卷呈现在眼前。“现在我们村屋里屋外干净整洁，村民们平日里大力发展生产，闲暇之余浇花除草，乐享田园生活。村民的心情舒畅啦，干活更有劲啦！”说起村容村貌的变化，该镇大垌田村村民李爱凤高兴地说。目前檀圩镇大垌田的乡村风貌提升工作与脱贫攻坚工作齐头并进，已有追赶上甚至超越东岸、社岭两村的趋势。

贵州省黔西县锦绣街道

融入新家园 开启新生活

链接：黔西县锦绣街道于2019年3月经贵州省人民政府批准成立，是贵州省主要针对易地扶贫搬迁后续服务批准成立的首个街道办事处，下辖锦绣、金凤、新民3个城市社区。其中，锦绣社区是黔西县最大的易地扶贫搬迁安置点，2019年获黔西县文明单位；金凤社区是黔西县城市开发中心区域；新民社区位于城乡接合部，资源丰富，发展底蕴厚实。

为切实做好易地扶贫搬迁后续篇章，服务好易搬群众，贵州省毕节市黔西县锦绣街道围绕实现什么目标、谁带领落实、谁具体落实、落实什么、怎么落实、如何激励、怎样保障等问题，坚持党建引领，多措并举，狠抓基层社区治理、环境卫生整治、文明乡风培育、集体经济发展等，着力推进易地扶贫搬迁后续服务，引导搬迁群众转思想、讲文明、树新风、谋发展，着力促进搬迁群众融入新家园、展示新风貌、开启新生活。

密织“三网”，共建智慧小区

锦绣街道探索打造“人网+天网+信息网”“三网”融合，共建共治的智慧小区，不断增强易地扶贫搬迁群众安全感、获得感、幸福感。

“我们在社区治理中织牢人网强保障，努力实现1分钟楼栋长到位、2分钟网格长到位、3分钟警务人员到位的目标，力求及时、高效、更好地服务群众。”锦绣街道党工委书记董霞介绍。

对此，锦绣街道探索出了“片区+大网格+小网格+社区群众”的四级网格治理模式，将锦绣社区划分为3个片区，分别明确一名班子成员任片长；3个大网格，分别明确一名中层干部任大网格长；69个小网格，分别将楼栋长明确为小网格长。该街道初步形成事事有人办、有事共同办，处处可办事、遇事及时办的局面，实现社

介绍锦绣街道社区智脑综治服务平台　摄影：史松

区治理体系精细化，确保人在格中走、事在格中办。

在网格治理工作中，社区织密天网强阵地，整合资源组建综治中心，统筹协调、统一调度社区综合治理和服务群众工作。安装334个人脸识别高清摄像头，实现“探头站岗、鼠标巡查”的全天候、全方位、立体化社区治安防控体系，实现服务易搬群众无盲区、无死角，推进法治社区建设人工智能化。通过开发智慧小区建设平台软件，将所有易地扶贫搬迁群众人口基本信息、就业服务、生产生活等信息纳入人工智能化管理平台。

“三社联建”多措并举，助力群众增收致富

“作为易地扶贫搬迁集中安置的‘两零一多’特殊社区，街道整合所辖3个社区的优势资源，探索‘资金＋土地＋劳动力＋合作社＋公司’的‘三社联建’方式，通过强劲社区帮带后劲社区出资金，形成以强带弱、优势互补，推动社区建设，发展壮大村集体经济。”董霞说。

锦绣街道联合黔西县聚品源农业科技有限公司，通过街道“金凤社区出资＋新民社区出地＋锦绣社区出人”三社区联建模式，创建锦绣铭恩农民专业合作社，在带动群众增收的同时，激励群众感党恩、听党话、跟党走。

在新民社区黑老虎种植基地里，当地农户在技术人员的指导下，分成几个小组紧锣密鼓地栽种黑老虎幼苗。拉线、挖窝、丢苗、覆土……劳动场景热火朝天。

这是新民社区采取“党支部领办合作社＋公司＋农户”模式建设的黑老虎种植基地，由合作社组织群众通过流转土地、在基地务工等方式增加收入，在确保群众增收的同时为壮大村级集体经济打下了坚实的产业基础。

樊廷芬是其中一名种植小组的组长，她一边给小组成员讲解种植要领，一边手不停歇地种着黑老虎苗，她说：“合作社组织栽种黑老虎苗，每天从早上6点半干到下午7点，每人按计件来核算工钱，一天能赚100多元，凡是符合条件的都可以来做。”

“我们还在黑老虎果种植基地沿线修建了一条道路，等连片的黑老虎长起来后，一定能吸引大量游客到这里参观旅游……”想到产业发展的美好前景，新民社区党支部书记李欣高兴地说。

与此同时，在锦绣社区头花寥种植基地里，合作社社员龙明毅穿梭其中，忙个不停，认真查看头花寥生长情况。

锦绣社区采取“支部引领、能人带动、农户参与”的方法，以党支部领办合作社，以合作社为载体，以农户为基础，以群众增收致富为目的，为发展壮大头花寥种植产业提供技术支持和组织服务，助推产业发展，带动群众增收致富。同时，锦绣街道采取“六个一批”就业模式（培训上岗就业一批，劳务输出就业一批，就近自主创业就业一批，公益性岗位安置一批，引进扶贫工厂就业一批，发展合作社就业一批），想方设法、多点突破，着力解决搬迁群众的就业问题，目前，搬迁群众劳动力就业率达84%，达到有劳动力家庭户均1人以上就业。

坚持“七个一”，推进后续服务走深走实

走进锦绣街道“文明储蓄银行”，街道相关工作人员在开展兑换积分工作，为搬迁群众查询登记积分、挑选商品，现场一片忙碌。

“第一次听说‘文明储蓄银行’可以用积分兑换商品时，还不知道怎么回事。在社区干部反复宣传动员下，了解赚取积分的途径后，我积极主动做好家庭卫生、自觉自愿讲文明、维护小区环境、爱护公共财物、遵守社区相关制度。今天我用积分换了洗洁精、大米等好多东西，今后我要多参加社区活动，多挣点积分。”锦绣社区居民夏正国高兴地说。

文明储蓄银行，是锦绣街道书写搬迁后续文章里“七个一”工作中的重要一项。通过绘好一幅“景”、建好一条“链”、铺好一张“网”、立好一篇“规”、建好一个“行”、晒好一张“照”、办好一个“社”的“七个一”措施，锦绣街道不断激发搬迁群众自力更生谋发展的内生动力，推动安置点焕发新动力，搬迁群众生活展现新面貌。

仁朝华也是锦绣社区居民，一家3口人，2018年举家搬入锦绣花都。因要照顾年幼的孩子无法外出工作，社区干部走访排查过程中了解其家庭情况后，便结合美丽社区建设、人居环境整治等工作的需求为他安排了保洁员工作。

“感谢党和政府对我的关怀，不仅让我们搬进新家，还解决了

锦绣街道易地扶贫搬迁后续服务剪影。左图为开展万名易搬群众升国旗·唱红歌·迎国庆　摄影：黄庆松；右上图为群众在基地劳作　摄影：史松；右下图为工作人员查看居民文明储蓄存折积分　摄影：史松

我的就业问题，不仅每月能领1500多元的工资，还能赚取文明积分，为社区建设发展做贡献。”仁朝华一边为社区植被浇水一边说。

“七个一”深入推进，使搬迁群众幸福感、获得感大幅提升，其中满意度提升到98.16%，基本实现了“稳得住、能发展”，搬迁群众过上了幸福的生活，“可致富”的目标正在一步一步地实现。

感恩奋进，搬迁群众变身“保姆干部”

“锦卷文章书写民本初心，绣花功夫担当赤子情怀。”位于街道乐居广场大门处，一副醒目的对联映入眼帘，这是街道干部的座右铭，亦是行动指南。

家住锦绣社区的钱得艳，自2019年5月搬迁过来后，在打理好自己家庭卫生的同时，积极主动地承担起楼栋一楼到六楼楼梯间公共区域的环境卫生。在她的努力和坚持下，楼栋环境卫生得到很大改善，也无形中感染楼栋的每一位居民，后来社区选举居委会干部时，在大家的支持下钱得艳成为社区“两委”中的一员，走上了“保姆干部”的道路。

当选社区干部后，钱得艳主动承担起小区楼栋的帮扶走访工作，入户采集家庭信息、帮助群众化解家庭矛盾、向群众解说自己了解到的相关政策、帮助解决一些住户的实际困难、了解家庭生活情况以及监督小区楼栋环境卫生。工作之余，钱得艳还时常到包保的楼栋中看望留守儿童，辅导孩子功课，给他们带去可口的饭菜。在长期的走访交流中，楼栋里的大部分群众都认识了她，有什么事都愿意主动跟她说。

“很感谢党和政府的好政策，让我们过上了现在的生活，现在就想着做好本职工作，更好地为大家服务，为锦绣的发展奉献一份力量。”钱得艳说。

在锦绣街道和钱得艳一样的保姆干部还有很多，他们在繁重的工作中从未有一声抱怨埋怨，时刻都心怀感恩，因为他们知道这一切都是因为党和国家的惠民政策，他们才搬进住进从未想过的生活环境中，他们每天都不停地穿梭在安置小区的每个角落，处理着各种各样老百姓反映的问题，在工作中尽职尽责，用真诚和实际行动服务着、感动着每一名群众。

“目标都是确保搬迁群众搬得出、稳得住、逐步能致富。”董霞说，接下来，锦绣街道将持续聚焦搬迁群众生产生活所需，严格按照易地扶贫搬迁后续服务“五个体系”建设的要求，持续推进和完善后续服务的各项工作，克服千难万阻，为民服务解难，全力提升搬迁群众获得感、安全感和幸福感。

山西省阳城县凤城镇西关社区

老先进绘就“七彩”党建新篇章

西关社区便民中心

“红橙黄绿青蓝紫，谁将彩练舞秋池？经业济民秉初心，西关社区气象新。”

山西省晋城市阳城县凤城镇西关社区党总支是多年的老先进，但他们没有躺在过去的荣誉簿上，而是紧紧围绕新时代、新任务，结合社区居民的新期盼、新要求，咬定青山不放松，在继承的前提下发展，在守正的基础上创新，坚持“围绕党建抓发展，抓好党建促发展”，成功创建“七彩党建”品牌，使这个老先进活力四射、面貌一新。

“红”帆领航强堡垒

社区党总支坚持党建领航、红色引领，选优配强领导班子，率先成立社区大党委，将辖区内党组织纳入党建网格，实现共驻共建、统筹发展；把党支部建在项目一线，设立“党员示范岗”“党员先锋岗”“党员责任区”，引导党员积极参与社区治理；探索新时期党员管理的新方式新方法，开设“微讲堂”“微交流”“微走访”，提高了理论宣教的感染力、凝聚力和覆盖面；培育孵化了“诚信、互助、创新、图强”的西关精神，先后培树“两优一先”典型40余个，引领创建一大批创业带富典型、志愿队伍先锋、创业引领模范。党史学习教育中，社区党总支聚焦“建强组织筑堡垒、服务中心作贡献、为民办事解难题”，扎实开展“我为群众办实事”实践活动，推动党史学习教育走深走实。

“橙”优服务暖民心

社区致力深化服务内涵、优化服务质量，采取结对帮扶、定单服务，让群众享受更贴心、更便捷的服务。社区党总支以“主题党日”活动为契机，推进党员为残疾人、老党员、低保户、困难党员、特殊家庭5类重点人群解难题、办实事，实现常态化、不间断、不断线。围绕群众安危冷暖，社区多方筹资、多措补贴，实现居民养老、医疗保险、社会救助全覆盖；聚焦社会热点难点，斥资600余万元推进集中供暖，群众取暖告别“煤时代”，过上“温暖冬”。

“金”徽风采聚合力

亮出党员“金徽章”，合奏社区“幸福曲”。社区按照党员专长、志愿岗位、服务半径和群众多元化需求，科学设置便民利民、就业指导、卫生保健、法律援助、矛盾调解等10类服务岗位，总支120名党员对号入座、领岗担责，49家单位961名在职党员向社区报到、向岗位集中；先后组织开展了千名党员志愿服务、结对帮扶联建、健康宣传教育等多次“主题党日”活动，不断密切党员和群众的关系。

“绿”色打底美社区

社区党组织充分利用现代化管理理念，发挥网格化管理体系和制度优势，深入开展爱国卫生运动，拆违建、清积存、美社区，巩固提升了全国卫生县城和省级文明城市创建成果。社区先后完成住宅小区安全门禁、停泊车位、安防监控、绿化补植等10项标准化建设；同时，加强体育场等场地的管理维护工作，新增车位284个，有效缓解了体育场附近停车难等问题；拆除旱厕，新改建标准化卫生公厕，插空补绿、见缝增绿，新增绿地10余处，绿化美化8000余平方米。

“清”廉铸魂扬正气

社区党组织严格执行“三重一大”制度，全面落实“四议两公开”制度，大力推行党务、居务、企务、财务全面及时公开，实现

西关社区第一届文化节

标准化作业、规范化运行；加强正反警示教育和督查问责，引导党员干部讲政治、守规矩、知敬畏、存戒惧；旗帜鲜明支持纪检小组和居务监督委员会履责，以问责倒逼责任落地、流程公开、作风转变，取得了良好的成效。

“蓝”图巧绘促发展

针对社区内企业发展困境，党总支实行了党员企业“手拉手”工程，对闲置企业资产进行科学配置，加强“二次创业”，扶持小微个体及民营企业，有效促进群众致富增收。社区有序推进城中村改造工程；投资3500万元的老年服务中心竣工运行；新建2处社区文化健身休闲广场投入使用，活力西关正在由蓝图变现实、愿景变实景。

“紫”孝善德扬美名

德孝文明是和谐社区的基础工程，社区借“紫”说“子”，引申提出“爱党爱国、敢作敢为、积德积善、立诚立信、克勤克俭、慎独慎微、尊师重教、敬老敬贤、秉公秉廉、戒赌戒毒”十大要素的家风家教建设；坚持为70周岁以上老年人庆生，积极开展“慈爱好公婆”“孝顺好媳妇”“亲密好邻居”等评选活动，引领尊老爱幼、邻里和谐价值风尚，仁善相传、风清气正、干群团结、经济繁荣、社会进步的文化氛围日益浓厚。

如今的西关社区正是“七彩党建做引领，五业兴旺齐并臻，千家万户小康就，百尺竿头再创新”。

作者：王小爱　摄影：张建华、王小爱

上海市金山区吕巷镇太平村

党建引领弈活乡村振兴“全盘棋”

太平村党员志愿者　摄影：单秋思

太平村位于吕巷镇北部，东与和平村接壤，南与荡田村相望，西与姚家村为界，北与朱泾镇五龙村为邻。境内有金张公路、金廊公路2条区级道路穿越，惠高泾、中运河、周河泾、蒋寺港是村域内的主要河道。水陆交通便捷。全村有19个村民小组，户籍797户，人口2728人，区域面积3.86平方公里，耕地面积239.99公顷。该村是一个纯农业村，种植业以瓜果、蔬菜、花卉为主，水稻种植面积逐年减少。太平一名，源于太平兴国禅院，习称太平寺，村以寺得名，太平村有古银杏2株，树龄分别为650年和350年，1987年均被列为上海市级文物保护。太平村党总支现有146名党员，下设四个分支部。

自党的十八大首次提出“建设美丽乡村”的概念以来，太平村为紧跟时代步伐，不断转变工作方式，创新工作理念，近年来，太平村提出基层工作“不走寻常路”的新举措，要求全村干部上下班不走同一条路，利用上下班时间，走遍全村各个角落，掌握全村实时动态，化解工作中的热点、难点问题。自2017年起，太平村紧紧围绕幸福吕巷建设战略目标，以“五镇”建设为己任，明确了“农旅”发展目标，紧紧抓住吕巷水果公园的辐射效应，全村农业定位为“区域特色农产品区”和“蔬菜功能区”两大特色区域，逐步打造以吕新路为主的2公里“农旅产业带”，形成“二区一带”产业特色，逐步打造百亩果园、百亩花园、百亩菜园，努力把太平建设成为吕巷水果公园的后花园。高起点规划农业产业，使得农民生活与农业发展相互协调、相互促进，既促进了村集体效益，也为农村富余劳动力提供了就业机会，带动了地方经济的发展。

2020年，随着疫情防控进入常态化，美丽乡村建设项目陆续在上海市金山区吕巷镇太平村重新启动。全村积极发挥农业产业优势，下好自治“关键棋”和发展“制胜棋”，弈活了乡村振兴的“全盘棋”。

运筹帷幄，下好基层自治“关键棋”

疫情发生以来，太平村党总支坚持党建引领，“两委”班子主体责任落实在一线，党员群众践行宗旨冲锋在一线，驰而不息推进田园党旗下的乡村自治。

红色网格“一带一”。党总支书记统揽全局，全村划分为四个网格区域，班子成员分片包干，一个班子成员带领一个条线、联络一个信息员，做到“小事不出埭，大事不出村，矛盾不上交”。疫情发生以来，每个网格通过电话联系和走访排摸，牢牢掌握村域内所有外地户籍人员出入情况。一发现外地来沪人员，班子成员第一时间隔离人员、上门消毒，扎牢了村域安全的底线。

问题发现“面对面”。构建上下班“不走寻常路”机制，村干部利用上下班时间走遍全村各个角落，将矛盾和问题化解在田间埭头。2020 年以来，班子成员利用每天午休时间多走一遍村里路，建立前端发现机制，做到从“管理者”向“服务者”的转变。

太平村村委会驻地俯瞰　摄影：陈志军

抗击疫情“硬碰硬”。太平村成立“绿行军”队伍参与基层自治，充分发挥乡贤力量在乡村振兴中的作用。肺炎疫情发生后，“绿行军”主动请战一线，在道口开展“白＋黑”三班倒志愿服务，每班工作十二小时，拦车登记、测量体温、隔离人员，用血肉身躯构筑人民生命安全的防线。服务之余，“绿行军”带头捐款捐物，凝聚起众志成城抗击疫情的强大力量。

服务群众“心贴心”。太平村以群众需求为导向，在“巷邻坊”党群服务点开展服务，除党代表接待、知识讲座、节日庆祝等常规功能外，拓展了水电费缴纳、理发修鞋、打磨剪刀、测量血压、用药指导、反映民情等基础功能，服务点接了“地气”，彻底“活”了起来。疫情期间，服务点额外拓展了政策宣传、快递收发、物资采购、矛盾调解的功能，打通了服务群众的“最后一公里”。

举棋若定，下好乡村振兴“制胜棋”

重启的太平村美丽乡村建设以“五镇”建设为己任，明确了“农旅”发展的总目标，把战疫耽误的“春光”抢回来，跑出了乡村振兴复工的“加速度”。

农旅发展“再升级”。太平村高起点规划农业产业，紧紧抓住吕巷水果公园的辐射效应，形成“区域特色农产品区”“蔬菜功能区”和“农旅产业带”“二区一带”产业特色，引进金果梨、红美人柑橘、翠冠梨等水果品种，打造百亩果园、百亩花园、百亩菜园。同时打破单一农业种植局面，坚持走建设美丽乡村与发展农村旅游业有机结合的道路，将农业与旅游业、种植和采摘有机结合，推出水果农庄、休闲农家乐等特色旅游项目，打造“共建园”农耕实践基地，形成科研展示、观光休闲为一体的田园示范区。太平村把本土资源优势转化为经济优势，在抓好村集体经济效益的同时，为农村富余劳动力提供就业机会，实现生产、生活、生态“三生融合”，走出一条属于“太平梨花村”的农旅特色之路。

合作共建“再发力”。太平村先后与上海月财农业发展有限公司签订 238 亩的金果梨特色的农产品种植协议，与惠鑫农庄签订 234 亩红美人柑橘种植协议、200 亩翠冠梨种植协议，通过美丽乡村建设，呈现门前有菜园、屋后有花园、处处有民宿、绿化成荫、路面整洁、景观河道的亮丽风景线。同时，邀请嘉兴大运河公司设计全域远景规划，将全村各个合作社、农业基地的优势资源、项目等串联起来，建设老年日间照料中心、百姓舞台，积极引进社会资本发展康养产业，打造集休闲度假与生态颐养于一体的和谐胜地。

江苏省南京市建邺区南苑街道庐山社区

“红色伙伴”激活社区善治力量

链接：南京市建邺区南苑街道庐山社区是离河西新城中心最近的社区，面积约 0.5 平方公里，现有居民住宅小区 6 个。所辖省、市机关单位 5 家、中小学 3 所、幼儿园 1 所、医院 1 家、银行 10 家、非公企业 200 多家等丰富的驻区资源。组建了阳光乐器艺术团、腰鼓队、万年青舞蹈队、乒乓球队、摄影队、合唱队等民间组织。庐山社区党委设有 6 个支部，178 名共产党员。庐山社区党委把“党建引领有温度℃党群服务更温暖”作为服务理念，整合辖区 20 家省市级机关、企事业单位党组织，联动打造了一社一品“红色℃伙伴”区域化党建联盟。建设了区级“微℃家园”支部书记工作室、“桂香园”教育实践基地、居家养老助餐点、“阳光书屋”、3D 打印室、0—3 岁早教幼儿室、“五微驿站”、健康小屋等功能室。社区先后获得“江苏省和南京市校外教育辅导站优秀活动项目和特色活动品牌一等奖”“南京市百佳区域化妇联建设案例”“南京市总工会五一巾帼标兵岗”和“2016—2018 年度南京市文明社区”等荣誉。

社区是最小的城市单元，小小一个社区能聚合的力量有多大？江苏省南京市建邺区南苑街道庐山社区先后与区域 20 多家机关事业单位结成“红色℃伙伴”区域化党建共建联盟，与超百家商户、企业结成“红领荟”商企联盟。

庐山社区以党建联盟凝聚红色力量，用党建创新引领社会治理，辖区内机关事业单位、企业、沿街商户结成了紧密的发展共同体，各行各业党组织的智慧和资源形成了推动区域发展的最大合力。

庐山社区红领荟爱心餐饮企业为环卫工人加餐

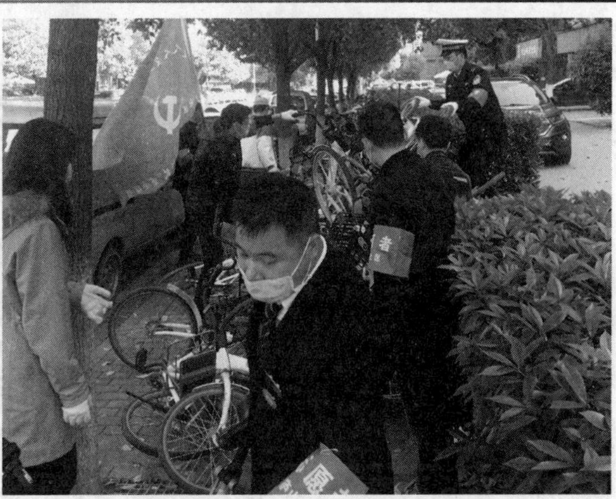

共建单位商企助力松花江东街共享单车清理

党建引领，红色伙伴众筹“五微驿站”

2020年5月15日中午，庐山社区“五微驿站”，几位环卫工人正在吃饭、休息。十几平方米的驿站内，微波炉、电冰箱、饮水机、空调等设施一应俱全。

让记者惊奇的是，驿站内的每件设施，都贴着小纸条，上面写着单位名称。社区工作人员介绍，此前，社区想为周边环卫工人打造一个休憩空间，却苦于经费有限。没想到，项目得到辖区单位鼎力支持，江苏银行河西支行购买了冰箱，新城小学怡康街分校送来了微波炉，南京市交管局交警机动大队捐赠了电磁炉……众人拾柴火焰高，“捐”出了一座“五微驿站”。

辖区单位“一呼百应”的背后，是庐山社区以党建为引领，打造“红色℃伙伴”区域化党建共建联盟。庐山社区位于河西新城中心区域，辖区内汇集了省科协、省文联等众多省、市机关单位。外界看来的优势，曾是庐山的“痛点”。原因在于，这些单位行政级别高，社区遇到事情要协调，联系人都找不到。如何把辖区单位融起来、联起来？“庐山方案”是以党建为抓手，构建区域党建大联盟。

“最开始是通过住在社区的人大代表联系各单位，后来干脆自己找过去。”庐山社区党委书记车卫玲说，身后3700多户居民“推”着她一家家跑，一个个联系，社区先后与省文联、市交管局等20多家党组织达成共建，成立“红色℃伙伴”区域化党建共建联盟，并持续开展党建工作联抓、社区资源联享、精神文明联创、服务难题联解、公益事业联办、生活环境联建的“六联”活动。

联盟成员纷纷拿出优质资源为辖区居民服务。社区与省科协青少年科技、科普中心党支部共同打造了3D打印工作室，与区发改委联手建立“桂香园”教育实践基地，与金陵中学河西分校一起建设“阳光书屋”……党建引领凝聚强大合力，社区的资源更丰富了，服务更多元了。

社建融合，爱心企业发起公益团购

紧握“党建引领”这根主线，庐山社区不断延伸党建联盟的内涵和外延，成立“红领荟”商企联盟，实现企业和沿街商铺红色全覆盖。截至目前，辖区已有超百家企业商户加入“红领荟”。

聚资源优服务，庐山社区“新招迭出”——

2019年10月，庐山社区发动十朝春、好记、大蓉和等一批爱心餐饮企业为辖区范围内所有环卫工人“加餐”；辖区特扶、低保户等困难家庭发布微心愿，鸡包渔、向阳渔港等企业认领心愿，“我搭建平台，你奉献爱心”，社区与爱心企业共同为辖区居民做实事、解难题。

更重要的改变在于，党建引领激发了社会治理活力。以往沿街商户都是自立门户、自我经营，和社区的联系十分松散，导致安全隐患监管、环境卫生治理等多项工作推进困难。“红领荟”成立后，社区与企业商户从被动管理变成了主动融入，从有事才登门的松散联系变成了大事共商的伙伴关系。今年爱国卫生月期间，辖区商户主动配合社区环境卫生整治，还有不少商户积极参与共享单车整理、河道清理等活动。

相关专家评价，以“党建引领有温度党群服务更温暖”为理念，庐山社区串联起辖区单位、企业、九小场所等多方力量，实现民心在基层凝聚、资源在基层整合、问题在基层解决、服务在基层拓展，从而推动了基层社会治理的创新发展。

共建共享，心手相牵共谋高质量发展

疫情期间，辖区商户“梦的烟酒”收到一份特殊“礼包”，里面是口罩、额温枪、酒精等紧缺的防疫物资。更让商户感到暖心的是，“礼包”当中夹了一张社区工作人员手写的字条，“心手相牵，共担风雨”。老板刘斯伟第一时间在朋友圈为社区点赞，“小物资，大温暖，一笔一画都表达了对辖区商企复工复产的美好祝愿。”

链接资源过程中，庐山社区在和联盟成员共同为居民服务的同时，时刻保持“逆向思维”，社区能为联盟成员单位做什么？

疫情期间，社区为联盟单位发放抗疫“礼包”130余份；为推动辖区企业复工复产，社区推荐此前参与公益服务的部分餐饮企业参加“建邺遇见你消费春天里”促销活动；长久以来，地基下陷的安全隐患一直困扰着凯旋丽都北大门沿街商户，社区协调物业公司、商户、居民多次召开座谈会，督促物业申请公共维修基金填平地基……

“对联盟成员而言，社区搭建平台，成员单位在为居民服务中实现了自身价值；对社区而言，通过资源共享、事务共商，社区与辖区企事业单位的联系更紧密了，感情更深厚了，工作开展更顺利了。”车卫玲说。

南苑街道相关负责人认为，庐山从“联”字做文章，在“融”字下功夫，让党建的“服务之手”和群众“需求之手”握得更紧，将区域内的党建“小循环”变为跨行业、跨部门的“大融合”。未来，庐山社区党建联盟的红色朋友圈还将持续扩大，打造深度融合的共同体，构建共建共治共享的多元治理格局。

浙江省余姚市泗门镇小路下村

党建引领 发展富民

小路下村文化礼堂 摄影：栾超

近日，浙江省乡村振兴领导小组办公室公布了2019年度浙江省“善治示范村”认定名单，泗门镇小路下村上榜。这是该村荣获的又一个省级荣誉。

多年来，小路下村党委坚持“党建引领、发展富民”的工作理念，团结带领全村党员群众，锐意进取，齐心协力，按照《小路下村2015—2020年发展规划》要求，圆满实现“二次创业”的良好局面，全村经济社会各项事业取得了显著发展。2019年，全村实现社会总产值91.08亿元，其中工业产值79.57亿元，商贸产值10.59亿元，农业产值0.92亿元，村民人均收入达53680元。先后创建成为省美丽乡村精品村、宁波市首个省生态文化基地、宁波市首批“一村万树”村庄，并成功蝉联全国文明村“五连冠”。

坚守信念，知行合一

党建引领更加凸显

小路下村始终以新时代党的建设总要求为遵循，坚持以“党建引领，发展富民”为主题，以加强党的建设为目标，以稳中求进为总基调，高标准开展党建各项工作，实现多元化格局发展。强化党建责任，增强组织凝聚力，认真贯彻落实“党要党管，从严治党”的要求，签订基层党建工作目标责任书、党风廉政建设责任书、意识形态责任书。定期组织召开党建工作例会和每周班子工作交流会，推动党建工作责任制全面落实。同时，注重信念培养，提高组织号召力。利用前哨支部党教点、家园馆、文化礼堂等活动阵地，积极推进“两学一做”学习教育常态化、制度化，严格落实“三会一课”和民主生活会，优化“联村、联干、联点”的“三联”工作法，每年开展联点党教活动90余次，组织开展党员干部“联六包六”，充分发挥了党员的桥梁纽带作用，进一步密切了党群、干群关系。

绿色发展，生态优先

人居环境持续优化

小路下村坚持走可持续的新农村发展道路，牢固树立“创新、协调、绿色、开放、共享”的生态发展理念，随着村民生活质量的不断提高，村民对生态环境有了更高的要求，小路下村结合“一张网”工作推进，发挥6个网格长管理作用，积极开展整治行动，建立健全长效机制。近三年，共计拨付民生实事专项资金2550余万元，涉及千亩标准化农田建设、电力线网改造、道路改造提升等民生实事工程11件，使绿色发展和生态环境相结合，人居环境得到持续优化。

小路下村认真落实三大举措，整改提升村庄环境。推进“三改一拆”惠民，确保美丽村庄建设持续推进。配合镇行政执法局，对辖区内违法建筑、私搭乱建进行集中整治，强制拆除马场、私搭钢结构棚等19处违法建筑，共计拆违复耕土地面积达到70余亩，拆除建筑物面积4000余平方米。推进“三大革命”利民，深化农村“污水革命”“垃圾革命”“厕所革命”工作，每年在环境整治、田间秸秆和庭院整治中垃圾清运700余车。同时利用《清风》月刊、微信公众号、村民微信群推送垃圾分类宣传信息；开展“厕所革命”，改造或取缔不符合条件的旱厕，带动精品村建设提档升级。推进“整治行动”为民，为进一步提升村庄整体防控能力，保障村庄安定局面。每年组织各企业负责人参加消防培训类讲座、开展安全生产大排查等专项行动。

文明筑基，精神滋养

人文素养不断提高

为扎实推进新时代文明实践工作，作为首批全国文明村的小路下村，一直秉持着“物质精神两手抓，口袋脑袋一起富”的精神理念，

小路下村远眺 摄影：王挺

弘扬社会主义核心价值观，树立社会主义精神文明新风尚。成立新时代文明实践站，不断增强广大群众凝聚力，筑牢共同文明思想。为进一步激发乡贤回归家乡、建设家乡的热情动力，成立了小路下村乡贤联谊会，共建美丽家园。完善各类阵地建设，依托“文明示范线”打造，投资80多万元全面提升村文化公园，建造“一事一议”说事长廊、打造爱国主义教育基地、新风主题园、党建宣传园等阵地。

同时，为更好满足广大群众精神文化生活新期待，进一步丰富文化礼堂活动，促进传统文化与现代文化、本土文化与外来文化有机结合，以文化人、成风化俗，打好文明品牌。小路下村每年开展大型广场活动2次、文艺类演出2—3次，欣赏性曲艺类节目1—2次，让群众在多姿多彩的文化活动中获得精神滋养。

以人为本，普惠利民

民生福祉均衡提升

小路下村党委深入践行以人民为中心的发展思想，积极发挥村“两委”作用，努力打造“四个平台”建设在农村的延伸阵地，做到“事事有回音、件件有着落”，不断完善村里的基础设施，提高民生帮扶普惠力度，不断提高村民的幸福指数。通过多种形式推进关爱服务体系更加完善，坚持开展民生助老帮扶。退役士兵登记工作及退役士兵老年生活补助、高龄补贴生活补助和残疾人两项政策补助等工作得到有效落实。每年针对低保户、边缘户和高龄老人等困难家庭开展助学、助房、助医等帮扶举措。开展80岁以上老年人慰问、失独家庭慰问、老年人春节慰问。

其中，小路下村爱心联谊会成立13年来，共计帮扶580余人，帮扶资金124万元。完善公共服务普惠。充分利用宣传窗、《清风》月刊、村民微信群等有效载体，每年开展计生政策法规宣传、讲座等宣传活动和进企业送政策、进农户送信息、进田头送科技等活动，今年在抗击新冠肺炎疫情中，出台村级集体房屋租费减免政策，有力地推动了企业复工复产，一季度全村工业经济战胜疫情困难，增长6.3%，名列全市村级前茅。

发展是硬道理，小路下村将通过全村党员群众的共同努力，坚持不懈走具有小路下特色的“党建引领，发展富民”之路，谱写更加绚丽的华美篇章！

山东省平阴县榆山街道东南沟社区

“四二一”基层党建引领社区治理新路径

社区党支部书记赵忠木在老年节为80岁以上老年人送祝福　摄影：高庆

东南沟社区位于“玫瑰之乡”山东省平阴县的中心城区，现有居民600余户、2000多口人，其中党员100人。多年来，社区党支部牢牢牵住党建这个“牛鼻子”，以创新“四（政策推动、外部联动、亲情感动、内部互动‘四动工作法’）、二（‘双节双送’活动）、一（每年开展一次美善东沟人评选活动）”工作机制为载体，积极创建基层党建品牌，带领社区党员群众走出了一条党建引领、创新驱动、共建共治共享文明富裕社区的新路子。

推行“四动工作法”促发展

社区党支部以党建为统领，靠“四动工作法”驱动发展。一是政策推动聚合力。深入开展“不忘初心、牢记使命”主题教育，充分利用“三会一课”、主题党日、组织生活会等，深入学习贯彻习近平新时代中国特色社会主义思想，推动党的各项好政策在东南沟落地生根、开花结果。同时，支部一班人与社区群众面对面，通过集中宣讲、进家入户交流学习体会以及利用宣传栏、微信群、发放明白纸等方式，把党的声音送到社区群众心坎里，打通了党的方针政策下基层的“最后一公里”。依托党的好政策，在城中村改造、集体产权制度改革等重大事项上，坚持从群众中来、到群众中去的原则，发扬民主、集思广益，科学制订实施方案，注重发挥村规民约的独特作用，激发了群众参与社区工作的积极性。

二是外部联动补短板。社区党支部注重发挥城中村得天独厚的区位和资源优势，积极扩大对上对外联系，形成了上级职能部门、社区党支部、居民代表以及创业能手等“新乡贤”有效联动的工作机制，利用锯条厂、汽修厂等集体企业作为平台“筑巢引凤”，先后引进了济南钢花锯业有限公司、济南绿宝乳业有限公司等，为集体经济发展注入了新的活力。

三是亲情感动赢民心。社区党支部一班人坚持以人民为中心的发展理念，把群众的事当成自己的事来办，视群众为亲人，做群众知心人，充分发扬不怕吃闭门羹、不怕碰钉子、不怕绕弯子、不怕受委屈的工作作风，既活用政策法规等“大处方”，又采取讲真心、拉家常等“小偏方”，话触及群众心灵，情温暖群众心窝，事办到群众心坎，从而赢得群众满满的感动。

四是内部互动促民主。社区党支部积极推进党务、居务规范化管理，做到“一张村级事务权力清单”规范行为、“四议决策”民主议事和“六个平台”监督运行，真正做到了从群众中来、到群众中去，工作在群众中开展，在全社区形成了良好的内部互动机制。在城中村改造过程中，推出了五户一组联保机制，并注重发挥居民代表的作用，通过内部互动，把各类“疑难杂症”全部化为无形。

坚持“双节双送”惠民生

东南沟社区党支部坚持民生优先，把改善人民生活、增进百姓福祉作为出发点和落脚点，持续开展以“双节双送”为代表的系列惠民活动，不断增强社区群众的幸福感、获得感和满意度。

每年农历九月初九，举办“喜庆重阳”活动，为社区老人们送福增寿；每年春节前夕，开展为老党员送春联增温暖活动，邀请书法爱好者挥毫泼墨，为老党员、老军属描绘新春气象，写下新春祝福；“两委”一班人把一副副春联和大大的“福”字送到老党员和老军人的家中，提前为他们送上新春佳节的祝福。

“双节双送”已坚持多年，每年仅为80岁以上老人发放祝寿金就达2万多元，这些都让社区群众倍感“骄傲”。他们还定期到社

左图为东南沟社区东山口片区城中村改造安置房近景　摄影：孔祥蓉；右图为一年一度的"美善东沟人"评选颁奖现场　摄影：赵秀芹

区居民家中走访，倾听并帮助解决生活难题，用响鼓重槌把社区的精准扶贫与精准脱贫落到实处。

年年评先奖优树新风

社区党支部每年组织开展一次美善东沟人暨善行义举四德榜评选活动，通过培养树立典型，用身边的事迹教育身边的人，弘扬真善美，传播正能量。在评选活动中坚持真评实选，严格按照善行义举榜评选流程，召开动员会，广泛征求意见，深入挖掘身边的好人好事，评选出四德方面表现突出的先进典型，通过公开栏公示并进行表彰，充分激发争当"美善东沟人"的积极性。

目前，社区每年评选四德榜家庭400户，美善东南沟人60人。

如今，党风带村风，村风促家风，家风转民风，民风树新风，在全社区热爱祖国、崇尚科学、诚实守信、辛勤劳动、孝老爱亲、尊师重教、健康向上的社会主义新风尚蔚然成风，东南沟社区日益成为"玫瑰之乡"的新亮点。

"群之所为事无不成，众之所举业无不胜。"社区党支部坚持以创建基层党建品牌为引领，以"四二一"工作机制为载体，切实把党建优势转化为发展优势，通过党建的引领实现跨越式发展，凝聚起党群同心、共建文明和谐新家园的合力。近年来，东南沟社区先后被授予省级文明社区、济南市担当作为"出彩型"好团队等荣誉称号。

湖北省鄂州市鄂城区西山街道华光村

"党员公约"约出最大公约数

华光村总支书记石笔　摄影：邵义明

链接：华光村地处鄂州市西郊，距中心城区2公里，现有12个村民小组712户2769人，土地面积305.95公顷，交通方便快捷，区位优势明显。2013年华光村被西山街道定为软弱涣散组织村，2016年石笔同志上任村党总支书记后，华光村发生了脱胎换骨般的变化，先后获评2016年鄂州市防汛救灾先进单位，2017年西山街道先进基层党组织，2018年鄂州市"五比"考核先进单位，2019年鄂州市"五比"考核红旗单位，2019年鄂城区"四城"建设先进单位，2019年鄂州市信访维稳先进单位，2019年基层党组织红旗示范单位，2020年鄂州市"无疫情"村。

2020年5月10日，湖北省鄂州市鄂城区西山街道华光村刚完成全市"2019年度红旗示范党组织"验收评审。华光村过去年年街道考核都是倒数第一，如今已连续5年入选先进之列。近些年来，华光村创新推进"党员公约"，绘出了党群合力的"同心圆"，破解了由来已久的治理症结。

"党员公约"推行背景

历史证明，乡村稳，基层则稳，乡村是社会治理不可忽视的基础。乡村是最基本的治理单元，既是产生利益冲突和引发社会矛盾的重要源头，也是协调利益关系和化解社会矛盾的关键环节。党的十九届四中全会将"坚持和完善中国特色社会主义制度、推进国家治理体系和治理能力现代化"作为中心议题，标志着党的工作重心和战略发展目标非常明确和坚定。这为乡村治理打开一个全新境界。

华光村地处鄂州市鄂城区西山街道西部，属于城郊村，全村12个村民小组，712户、2769名村民，89名中共党员。多年来，该村基础设施差，群众思想混乱，党组织堡垒作用没发挥，村干部和党员先锋作用不明显，党的强农惠农富农政策"最后一公里"不通导致党群、干群关系紧张，2014年华光村党总支被定为全市软弱涣散基层党组织。

华光村怎么形成这种局面？问题症结在哪里？街道党工委派出

华光村开展党建创新："党员公约"，左图为全区各单位党建负责人到华光村调研学习座谈会；鄂城区委组织部组织全区、各乡镇街道及开发区相关负责人，到华光村学习"党员公约"实施举措　摄影：邵义明

调研组深入华光村各湾组、村民家中开展细致的调查研究，发现问题根源还是出在村党组织，出在村干部，出在党员身上。作为重点整顿对象，华光村创新工作思路，探索农村党员联系包户机制，发挥党员先锋模范作用，推行"党员公约"，强化基层党组织建设，规范党员管理，通过月度评议、季度公示、年度兑现，党组织及党员实现重要精神先学、重要事项先议、实事好事先做"，农村党员培养起参与意识、参与习惯，凝聚起乡村治理"最大公约数"。

"党员公约"建强基层战斗堡垒

完善基层组织体系。坚持党旗领航，在华光村建立起街道大工委—村党总支—党支部—党小组—党员的五级组织体系。街道大工委负责资源整合和督促指导；村党总支负责全面协调及落实；党支部是五级体系中的中间环节和党组织开展工作的基本单元，负责上传下达和具体落实；党小组负责按要求落实是党支部决策部署；党员则是乡村治理的骨干，在村民中发挥着先锋模范作用。五级体系既各司其职又相互配合，形成有机联系的组织系统，实现了群众有矛盾、有困难、有需求主动找党员，党员主动找党小组长、党支部书记的良好局面，做到了"矛盾不上交，纠纷不出村"。

选准末梢"头雁"。火车跑得快，全靠车头带。要想让基层组织发挥作用，首先必须要解决好"人"的问题。在街道党工委的支持下撤换村党总支书记，并对党总支委员进行改选，优化村"两委"班子能力、素质、年龄结构，提升班子战斗力。紧紧抓住五级体系中的神经枢纽——村组联合党支部，整合12个自然湾组，成立3个党支部，建立起覆盖89名党员的基层组织网络，推选村内政治强、素质硬、威望高的党员乡贤担任支部书记。依法依规、公开公正选举政治素质好、群众威信高、奉献精神强的12名党小组组长。通过人员调整、结构优化，激活五级体系中的党总支、党支部、党小组"神经末梢"的活力，按照"民事民提、民事民议、民事民决"的原则，严格落实"四议两公开"，村党总支和党小组组长不定期商议村中各类事宜，严格监督和规范日常事务，凝聚合力共绘华光村治理"同心圆"。让基层组织成为展现党员形象的组织载体，成为密切联系群众，落实党的各项工作任务的"毛细血管"。

激发党员活力。党员是党的肌体最活跃的"细胞"，是党的力量源泉。只有把基层广大党员组织起来，才能形成坚强战斗堡垒。华光村推行"党员公约"，将全村89名党员划分在12个党小组，每名党员自主选择联系包保5—10户村民，具体负责包保户的邻里关系协调、联系户的环境卫生保洁、问题协调解决、政策宣传、遵守法律及"村规民约"等情况，全面引导他们参与乡村共治，不断提升归属感。在创建全国文明城市当中，探索"双牵手"机制，所有党员与包保户"牵手"的同时，党员与党小组、党小组与党支部均同步签订《文明公约》，从屋里屋外卫生、孝老爱幼、邻里互助、文明有礼等方面进行约定，共同守护全村的美好民风和环境。

"党员公约"激活基层组织"细胞"

党员身份亮出来。共产党员理应在人民群众中做出榜样，真正做到平常时候看得出来，关键时刻站得出来，危险关头豁得出去，而党员亮身份恰好是对党员特性的诠释和展示。华光村党总支在每名党员户的门头上悬挂着"党员公约"牌，将党员亮身份、亮职责、亮承诺结合起来，党员公开亮诺承诺，接受群众监督。党员群像图则以党小组为单位，集中在每个小组最醒目的位置展示。通过"党员公约"亮明党员身份，增强党员主动作为的意识，自觉接受包保联系户和群众的监督。每月底包保联系户对包保党员的工作进行评价，评价结果载入党员公约活动记录册。每月支部主题党日活动，党员就当月践诺的事情进行发言，接受支部评议。年终的评诺结果与民主评议党员紧密结合，党员评定有了抓手，更客观公正。

党员管理跟上来。党员管理监督是细水长流的工作，不可能毕其功于一役，必须抓在经常、严在日常。华光村通过"党员公约"规范党员管理，党员身份意识逐渐深入人心。一是规范党员组织生活。组织党员深入开展"不忘初心，牢记使命"主题教育，党员人手一个党员公约学习包，包内配备《党章》《习近平关于"不忘初心、牢记使命"论述摘编》、党员承诺书、党员公约活动记录册、学习笔记本，确保党员标准化、常态化开展学习，强化农村基层党员干部的组织观念、纪律观念。落实组织生活会和"三会一课"等党的组织生活制度，提高民主决策水平，引导党员定期开展批评与自我批评，提高党内政治生活质量。二是强化党员教育培训。推出"红色喇叭"，每天上午8:00准时播放时政新闻、红色党课、诗歌朗诵、红歌欣赏、文明新风、民生政策等内容，将党的理论路线方针政策的宣传融入百姓的日常生活中。每天下午5:00由村干部轮流宣讲党员、村民中涌现的先进故事，及时通报村内存在的不良风气，引导村民树立文明新风尚。三是常态化开展党员活动。每周组织党员集中开展一次义务劳动，每月召开1—2次支部主题党日，贴近党员思想和工作实际，组织党员集中学习、过组织生活、进行民主议事和开展志愿服务等。各支部、党小组结合村民白天劳作，晚间休息的特点，根据工作需要，利用晚间时间适时组织党员召开板凳会议，集中商讨组内邻里纠纷、家庭矛盾、组级发展等问题，在党员的带动下，提升村民自治水平。

党员服务暖起来。树牢一切工作到支部的鲜明导向，以服务基层党员群众为切入点，发挥党员主体作用，把服务作为党员基本职责和自觉追求，组织热心党员成立党员巡逻队，党员利用晨晚练的时间在湾组内开展治安巡逻、消防巡逻、保洁监督、秸秆禁烧等常态化巡防服务。防疫期间53名党员主动请缨，参与到防疫一线，有的不惧风雨，日夜在卡点，严控人员流动，对进村人员严格进行消杀、体温测量、信息登记；有的化身代购员，主动承担起村民生活服务，帮助村民代购生活物资和日常药物；有的化身信息宣传员，每天在湾组内排查返乡人员信息，宣传防疫知识，驱散聚集人群，引导村民正确佩戴口罩。

党员奖惩硬起来。制度的生命力在于执行，推动党员公约的落地生效，除了党员自身的觉悟外还要依靠科学合理的考评作保障。一是一月一评。制定《华光村党员公约奖惩办法》对党员进行推行党员积分管理制，按照一月一评的要求，党支部为每名党员建立积分登记台账。在每月党支部主题党日活动上，以党支部和党小组为

单位，对党员积分情况进行评定。党支部在党员包保联系户评定的基础上根据党员的日常表现和组织生活参与情况，进行综合评定，并为每名党员指出存在的不足，提出改进意见和建议。二是奖惩分明。党员认真履行党员义务，带头示范作用发挥到位，包保联系对象户满意度高的予以加分。遵守兴业持家、移风易俗、文明守礼等村规民约的加分，反之就扣分。对于参加组织生活不积极、党员先锋模范作用发挥不明显、包保联系户不满意的则予以减分。三是即时兑现。每名党员的评定结果在每月的党员大会上进行通报，年终综合考评结果在年底核算之后进行物质兑换。在村级党员活动室内设置红黑榜，通过月评选、季公示，对优秀党员在红榜上进行公示，对表现差的党员则在黑榜上公示，形成比学赶超的良好氛围。

通过教育、管理、监督和服务，党员在思想上认同组织、在政治上依靠组织、在工作上服从组织、在感情上信赖组织，在党员的联系带动下，人民群众被广泛动员起来，成为乡村治理和乡村振兴中最为活跃的因素。

作者：鄂州市鄂城区西山街道党工委委员陈鹏倩

广东省深圳市光明区光明街道光明社区

有事找社区　服务很贴心

社区居民自发向社区法律服务队赠送锦旗

“有事找社区，服务很贴心。”这样的理念在广东省深圳市光明区光明街道光明社区群众的心中已经深深扎下根来，秘诀就在于以下几个关键词：网格党建、“红小二”服务队、综合治理中队、“红管家”物业服务联盟、群众诉求服务大厅……作为广东省深圳市光明区光明街道推进改革的主阵地，光明社区党委坚持党建引领基层治理工作，全面提升社区精准化精细化治理能力和服务水平，切实把群众大大小小的事情办好，群众获得感幸福感明显提升。

红色力量暖心服务——

网格党建打造基层治理服务标杆

“红小二”队伍搭起党群“连心桥”

把党建触角延伸到小区，把党旗插到网格上。群众有需要的时候，就有党员的身影。光明社区党委依托14个居民小区建立16个网格党支部，将原社区居民党员、退休党员及综合治理队员、网格员、平安员等当中的党员按其居住地或工作地划分到小区网格党支部，并吸收物业公司、业主委员会、群团组织、社会机构、“两新”企业等社会力量加入，构建多层次、复合型的网格支部队伍，筑牢“哪里有网格、哪里有党员、哪里就有党支部”的光明堡垒。

“你好，我是和润家园党支部的党员，有居民反映和润家园小区的电动车充电桩不够，麻烦您有时间过来小区看看。”接到群众反映的问题，和润家园党支部第一时间向光明社区党委反馈，问题很快得到解决。和润家园网格党支部还是居民活动的好去处，定期举行议事活动，及时解决群众的急小难事。2020年，光明社区投入190多万元用于民生微实事项目，大部分注入16个网格支部9个阵地中去开展，服务小区居民。

2020年年初，面对突如其来的新冠肺炎疫情，光明社区紧急动员，依托16个网格支部，第一时间组建“红小二”抗疫服务队，光明社区100多名“红小二”火线提交“请战书”，冲锋在社区防疫一线，筑牢社区防疫的“铜墙铁壁”。他们主动加入物业小区、城中村等40多个卡点，穿上“红小二”马甲，不管风吹日晒，始终坚守岗位，按照“六步法”对来往人员、车辆进行测温登记，坚决做到“不漏一人、不漏一车”。

“左阿姨，这是为你买的鞋子。这个款式比较宽大，应该比较舒服，我给你穿上试试。”自从4月与失独老人左铁玉相识，“红小二”刘书敏时不时来到老人家中。疫情期间老人外出不便，她每天送去饭菜；老人因病住院，她常常带上礼品探望。目前，光明社区“红小二”队伍成员发展到256人。同时还建立法律、文体、电工、教育等8支“红小二”特色服务队。党员积极亮身份，争当宣传员、治理员、服务员、调解员、联络员，他们坚持服务到网、到户、到心“三到”服务，在14个小区楼栋和党群互联网公布服务内容和联系方式，派发党员服务群众联系卡，方便居民第一时间找到身边党员。“有问题找网格支部党员和‘红小二’”正逐步成为辖区居民的共识，这小小的网格也成为密切党群关系的“连心桥”。

聚力提升城市品质——

社区综治队伍助力文明城市创建

“红管家”物业服务联盟便民贴心

除了“红小二”这支红色队伍，光明社区还活跃着一支“蓝色队伍”——社区综合治理中队。多亏了他们，光明社区环境焕然一新，辖区一些老大难的问题得到整改，城市品质显著提升，群众幸福感、获得感和安全感不断提高。

为把社区党委锻造成坚强的“红色堡垒”，光明街道还进一步将街道职能部门整治力量下沉社区，成立社区综合治理中队，赋予社区党委统一指挥权。光明社区综合治理中队发挥大作用，中队现有队员79人，共处理网格案件38620宗，整治率99.7%，其中红牌案件58宗；完成旧新围和笔架山城中村片区等5次大型综合治理行动，有效解决一批“老大难”问题，城市品质显著提升。

2020年9月12日，光明社区周末党群便民服务大集市活动在新地中央广场开市。光明社区联盟近10家志愿服务单位，设立义诊、义询、义值、义剪、义检、义宣、义捐7个摊位，提供健康义诊、法律咨询、理发、果蔬农药残留现场检测等便民服务，累计服务居民200余人。接下来，光明社区将根据居民需求联系更多优质的公益服务单位，为社区居民提供更加精准化、精细化的服务。

“不仅如此，社区还在网格党建的基础上，探索推行‘红管家’物业党建，精细化服务小区居民。通过‘红管家’物业党建，发挥党建引领作用，促进小区物业服务水平不断提升。党员8小时外回

创建文明城市工作剪影。左图为整治乱停乱放，右侧图为入户宣传

到小区家中也持续发挥模范带头作用。”光明社区党委书记林海东说。

化解矛盾共促和谐——

构建“一站式”基层诉求平台

切实把群众大大小小事办好

光明社区位于街道中心区域，居民小区13个，人口密集。为夯实基层社会治理，为居民提供精准化、精细化服务，切实把群众大大小小的事办好。光明社区严格按照“1块牌子、2个窗口、3个办公室、4名人员”的标准规范化建设群众诉求服务大厅，就近听取群众诉求，就地化解群众矛盾。

为了配强社区工作力量，光明社区成立群众诉求解决工作小组，由社区党委书记任组长，成员包括社区警长、驻点法官、驻点检察官、调解员及社区网格站长、社工、心理危机干预社工、社区法律顾问等，整合公、检、法、司各方力量，同时吸纳社区老党员、老干部、老教师和本地居民参与，形成行政力量、社会组织、居民共同参与的社区“大调解”格局。同时还建立“社区发令、部门执行”诉求服务工作机制，由社区受理后联系政府相关部门和人员到社区现场协调处理。经过一年来探索，光明社区基层诉求服务方面积累了一定的工作经验，得到了群众的认可和省、市、区领导的肯定。

据了解，以前群众反映问题，社区就向街道相关职能部门反映，街道部门再向区部门反映，一来二去很耽误时间。现在群众诉求服务大厅彻底打破了这个局面。通过赋权社区党委，社区直接发令，区相关部门和街道部门第一时间响应，到社区现场协调处理群众问题，大大提高了解决群众问题的效率。光明社区群众诉求服务大厅自去年投入使用以来，已接待群众352人，受理案件252宗，化解矛盾纠纷252宗，化解成功率100%，有效把矛盾纠纷解决在社区基层和萌芽阶段。

2019年8月，12名工人代表到光明社区诉求服务大厅请求解决劳资纠纷。社区党委书记林海东及相关工作人员马上接访当事人，了解情况后立即启动“社区发令、部门执行”的工作机制，联系区住建局、街道政法办负责人及双方当事人召开协调会议。在多方协力、共同调解下，当事人全额支付所欠工程款31万元，保障了工人的合法权益，迅速解决了劳资纠纷。事后工人代表特地到社区送上致谢牌匾，上面写着八个字：“为民服务 尽职尽责。”

社区工作者面对的是千家万户、千头万绪、千难万难，不忘初心、牢记使命是做实做细党建引领基层社会治理的动力之源。为了实现这个初心，光明社区汇聚红色力量，党员服务来到身边；为了实现这个初心，光明社区积极探索综合治理中队运行机制，使其在打造美好城市环境中更好地发力；为了实现这个初心，光明社区让群众诉求大厅切实发挥应有的作用，使其真正成为走进群众生活的桥梁。

广东省深圳市宝安区新安街道宝民社区

基层治理新模式　和风细雨满园春

2020年3月14日，民政部公布全国100个优秀社区工作法。广东省深圳市宝安区新安街道宝民社区凭借“二三四五”工作法光荣上榜，成为广东省入选的7个社区之一。“全国优秀社区工作法”百强榜评选，旨在总结提炼完善可推广、可复制、可操作的各具特色、百花齐放的社区工作法，引领带动社区治理工作水平整体跃升。

新时代呼唤新作为，新征程期待新气象。新安街道宝民社区深入贯彻落实习近平总书记对广东、深圳的重要讲话和重要指示批示精神，紧紧围绕区委“湾区核心”和街道“首善新安”战略定位，凝心聚力、务实笃行，结合辖区居民多、民族杂居等特点，通过“二三四五”工作法，逐步形成新时代“居民协同参与、共商共议、和谐共处”社区工作新局面，为推动实现“共建共治共享”社区治理新格局成功走出了一条新路子。2019年以来，宝民社区先后接待来自广东、广西、江西、安徽、内蒙古等省内外的学习交流活动共29批次1200多人次。

打造“两个阵地”，促进融合发展

新安街道宝民社区现有壮族、回族等24个少数民族，少数民

宝民社区综合党委书记王永生（左一）慰问困难少数民族家庭 摄影：林安邦

族居民800多人，其中户籍少数民族居民30多人，其他均为常住和流动少数民族居民。长期以来，宝民社区党委高度重视民族工作，十分关心少数民族生活，通过打造“民族之家”“民族园”两个阵地，广泛组织各族居民，凝聚各方力量，为社区和谐、民族团结发挥积极作用。如今，“民族之家”和“民族园”已成为促进居民融合、社区和谐的有效载体和平台。

打造“民族之家”。2013年5月，宝民社区成立了全省首个社区“民族之家”。通过“民族之家”这个服务平台，把各族居民团结起来、凝聚起来、组织起来，促进各族居民交往交流交融。“民族之家”服务中心本着为少数民族居民服务的宗旨，充分发挥联系少数民族群众的桥梁和纽带作用，努力为社区各族居民办实事、做好事、解难事，开展少数民族居民关爱活动，鼓励各少数民族居民积极参与社区各项建设，有力推动了民族团结进步，促进了和谐幸福社区建设。

打造“民族园”。宝民社区在充分了解各少数民族同胞的习俗和需求的基础上，设立“民族园”，内设书法、工艺、健康小屋、民乐、宝民成长馆等7个功能室，为社区各民族居民提供有针对性的服务，让社区各民族居民创业学习、参加公益有渠道，聚会互动、文化娱乐有场地，增进各民族居民交流融合，让各族同胞共建共享和谐美好生活，营造了民族团结的良好氛围。

成立“三支队伍”，惠及民生福祉

成立社区民族工作协调小组。宝民社区民族工作协调小组，现有包含少数民族居民在内8名成员，并将辖区内有少数民族员工的20家企业和社会组织列为成员单位。民族工作协调小组覆盖全社区的民族联络员网络，形成了纵向到底、横向到边的民族工作体系。

成立“民族团结理事会”。理事会坚持把民族团结工作作为日常工作的出发点和落脚点，从解决居民群众最关心、最现实、最迫切的问题做起，协调处理民族关系，增进民族团结，促进社会和谐稳定，进一步巩固提升各民族“平等、团结、互助、和谐”的新风尚。在宝民社区，已形成了民族团结进步的示范效应。与此同时，社区通过“民族团结理事会”把辖区各族群众凝聚在一起，让各族群众心往一处想、劲往一处使，带动辖区民族团结工作健康和谐有序开展，不断开创民族团结进步工作新局面，得到居民群众一致好评。

成立“民族艺术团”。艺术团传承和发扬民族文化艺术，丰富居民精神文化生活。宝民社区“民族艺术团”成立以来，已在多个活动中精彩亮相，歌唱、舞蹈、乐器等多种形式的表演，给深圳市民送上了独具民族特色的文化大餐。

建立“四项机制”，赢得民心民意

适应新形势，创新促发展。建立“四项机制”是宝民社区“二三四五”工作法的重要一环。宝民社区党委通过建立健全“四项机制”，赢得民心民意、汇集民智民力，扎实推动社区方方面面的工作实现高质量发展。“四项机制”的主要内容包括：

一是建立“十个一”活动机制，举办民族团圆会、民族歌唱大赛、民族游园活动，开展少数民族法律知识宣传、走访慰问居民活动，为少数民族居民免费健康体检，举办“民族一家亲”才艺表演、居民家庭亲子活动，组织居民参加劳动技能培训、公益活动。

二是建立“六个必访”关爱机制，即重症病人重点访、生活困难及时访、生病住院随时访、居民病故两次访、天灾人祸马上访、孤寡老人和残疾人定期访。

三是建立“分片包户”工作机制，将社区划分成10个片区，每个片区由1名片区长、3名片区员组成，将联系服务社区群众落实到人，做到责任到岗、工作到位、联系到户、关系到人。

四是建立“双向交流、资源共享”机制，与深圳大学等高校合作，社区设立“大学生社会实践基地”。

“四项机制”显活力，暖心服务新作为。2019年上半年，宝民社区充分发挥“四项机制”作用，为居民提供360度贴心服务，对群众的情况做到“知底、知情、知心”，不断密切党群关系。共开展接访活动共6次、走访活动24次，收集意见建议50条，解决率100%。抓好民生实事，解决居民实际需求。共梳理便民服务、民生服务、消防安全、社区环境、基础设施等5个方面的民生实事11件。目前，5件民生实事项目已顺利完成，其他项目正在有序推进。

宝民社区民族工作剪影：左图为与维吾尔族家庭一起欢度古尔邦节，品尝新疆美食；右上图为举办“民族一家亲”活动；右下图为社区民族艺术团在民族园民乐社功能室进行日常练习 摄影：林安邦

组织慰问困难居民、残疾人、优抚对象、关工委老人等 327 人，落实户籍 70 岁以上老人购买意外伤害和意外医疗保险，申请各类补助救济金 21 万元。开展形式多样的健康宣传活动 31 场、讲座培训 10 多场、青春健康生命之舞培训 14 场，派发健康宣传资料 9000 多份。开展孕前优生健康检查项目，完成 63 对夫妇 1 至 10 月孕前优生健康检查，超额完成进度 114%。联合宝安妇幼保健院，开展关爱女性劳务工健康、防治“两癌”免费筛查公共服务筛查 115 人。关爱计生困难家庭，完成挂钩帮扶家庭 4 户。对病残人士、重症病人家庭、精神障碍患者家庭开展计生帮抚优抚、关爱计生家庭，入户送上慰问金和日用品。

突出“五个主题”，破解民忧民难

良好的社会治理是保持社会和谐稳定、让人民过上美好生活的前提和保障。宝民社区坚持以“尊重、引导、关爱、服务、帮助”为主题开展居民服务工作，完善社区服务设施，开展常态化服务活动。对社区关乎民生的实事、要事、重大事项进行讨论和表决，梳理出 43 项涉及居民居家安全、户外活动、消防、治安、用电、水浸内涝、居民就业、幼儿入学难、小区停车难等热点难点问题，整合政府、社会各方资源，一桩桩予以解决。

针对当前城中村治理进程中面临的实有管理人口总量大、结构倒挂、流动性强，且人员素质参差不齐等突出问题，宝民社区组织社区党员、老年协会成员、楼栋长、青年志愿者等成立“红袖章”新时代宝民社区文明倡导队，定期开展治安巡逻、微型消防、文明倡导、纠纷调解、扶贫济困等社区治理和服务，有力消除了城中村治理的痛点、难点、堵点，促进社区健康和谐发展。截至 2020 年 5 月 31 日，“红袖章”队伍已发展成员 150 名，开展各类活动 52 场，排查安全隐患 80 多宗，调解邻里矛盾 7 宗，规范文明安全行为 100 多次。

按照《2019 年宝安区火灾高风险区域整治工作方案》精神要求，宝民社区结合实际，抓住火灾隐患存在的突出问题，针对治安、消防、卫生、人口信息、主体责任落实等 5 个方面，定期对辖区 261 栋私宅楼 9360 间出租屋进行地毯式扫雷式大整治，以每层楼为单位，根据排查整改情况进行“星级”评定，并将评定情况在楼层显著位置公布。对存在问题及整改方案进行明确说明，对长期表现良好的楼栋给予适当奖励，对长期或多次整改不到位的楼栋进行严肃处理，对相关责任人进行批评教育。已对辖区 110 间企业、673 间“三小”场所、260 栋出租屋开展巡查及整治 3000 多人次，切实维护居民群众的生命财产安全。

坚持开展常态化环境整治行动，整治乱摆卖 900 宗，查处占道经营 450 宗，铲除乱张贴 2000 多处，清理杂物 500 多件，规范垃圾屋管理，全面消除卫生死角。开展户外广告整治，拆除违规户外广告招牌 20 个、乱搭建雨棚 360 处、违法安装停车挡位 15 个。完善市政设施，维修更换路灯 50 多个，修剪存在安全隐患树木 40 多棵。重新升级改造垃圾房 2 个、公共厕所 1 个。尤为值得一提的是，宝民社区引入社会资金投资和建设通信管道将 24 区“三线”下地、将闲置 7 年多的机关幼儿园翻新启用、解决历年逢雨必涝整治等老大难问题，深受社区居民好评。

砥砺前行风帆劲，创新发展谱华章。社区治理是与老百姓生活息息相关的一件大事，是中央高度重视和支持的一件大事。社区治理作为一项系统性、长期性的工程，需要全社会共同参与实施。新安街道宝民社区党委书记、工作站站长王永生表示，宝民社区将以入选“全国优秀社区工作法”百强为新起点，深入贯彻落实习近平总书记视察广东、深圳重要讲话精神，不忘初心、牢记使命，以新实践、新探索，不断丰富社区治理“二三四五”工作法。创新城中村党建，突出党建引领社区治理、突出党员带头、突出社区治理社会化，壮大党群红袖章巡查队、壮大出租屋业主和楼管员队伍、壮大社区综合整治队等 3 支队伍。大力推进城中村综合整治，以建设安全、宜居、宜业社区为目标，以人居环境为抓手，提升公共空间安全与品质，完善基础配套设施，力争将灶下村打造成为城中村综合治理“样版村”、新安新名片。加强消防安全、环境卫生管理，提升社区环境品质，共建宜居社区，切实增强社区居民群众的获得感、幸福感、认同感。

以更高的政治站位、更强的责任担当，充分激发社会活力。共治共享、共建共享的社会治理新格局画卷，正在宝民社区徐徐展开……

海南省三亚市崖州湾科技城大社区

学党史办实事　便民服务“零距离”

崖州湾科技城大社区热诚服务辖区群众，图为整洁有序的便民服务大厅

群众办事“一站式”办结，实现“只跑一趟”；四点半课堂功能室里，小朋友们认真练习书法；社区康养中心里，长者们舒服地躺在按摩椅上享受自动按摩；舞蹈室里，民间舞蹈队欢乐地载歌载舞……自开展党史学习教育以来，这些幸福祥和的场面，群众看得见、摸得着，实实在在的获得感和幸福感在崖州湾科技城大社区里得以体现。

海南省三亚市崖州区崖州湾科技城大社区成立一年多来，不断加强党委自身和基层党组织建设，打造党群、惠民和新时代实践平台，夯实“基层事情基层办、基层权力给基层、基层事情有人办”的基层治理和服务体系。基层治理的痛点和堵点得到有效解决，崖州区行政村建制得到优化，打通了联系服务群众的“最后一百米”，打造便民服务“零距离”。

学党史强思想，传承红色基因

开展专题党课学习、观看红色影片、吃“红军餐”……日前，崖州湾科技城大社区全体工作人员及辖区党员代表、共建单位党员代表等 80 余人上了一堂别开生面的党史课，追忆艰苦岁月，学习老一辈的优良作风，继续发扬吃苦耐劳、艰苦奋斗精神，强化党员的责任担当。自党史学习教育开展以来，崖州湾科技城大社区积极

左图为崖州湾科技城大社区庆祝建党 100 周年系列活动启动仪式；右上图为党建展厅；右下图为“共建共联聚民心·雷锋精神薪火传”义诊义剪义拍活动

开展形式多样、内容丰富的活动，不断推进党史学习教育走深走实。以走一段红军路、听一堂传统教育课、向革命先烈献一束花、吃一顿红军套餐、看一场红色歌舞、学唱一首红军歌谣等活动，为全区广大党员干部群众提供内容丰富、形式多样的党史学习教育，用独特的形式提升红色教育吸引力，常教常新，常学常新。同时，通过线上互动，丰富学习载体。变“固定”党课为“流动”党课，变“灌输式”党课为“体验式”党课，使党史学习教育有“声”有“色”，让党员干部在学习党史中汲取奋进力量，在学习党史中传承红色基因。

崖州湾科技城大社区党委书记周显同表示，大社区将继续扎实推动“学党史、悟思想、办实事、开新局”教育实践，不断从党的百年伟大奋斗历程中汲取继续前进的智慧和力量，永葆“闯”的精神、“创”的劲头、“干”的作风，积极投身海南全面深化改革开放和海南自贸港建设中。

办好实事 ，解决群众实际问题

民生无小事，枝叶总关情。能不能解决群众“急难愁盼”的问题，把惠及民生的实事、好事办好，真正办到群众心坎上，既是对党员干部宗旨意识的检验，也是对其群众工作本领的考验。

据介绍，崖州湾科技城大社区小处着眼，助推学史力行。积极对接市区各局（办），完成下放 55 项、19 项咨询代办服务事项。人才落户、公积金自助服务等 233 项便民服务可在崖州湾科技城大社区便民服务终端机办理，中心工作人员热情且耐心地接待每一位来访办事群众，提供专业知识解答及服务事项办理。在为民办实事上，崖州湾科技城大社区深入各村（社区、居），广听民意，聚焦群众需求，并就居民反映的难点堵点问题及网格化管理难题进行实地调研。同时，以“有事好商量”协商议事平台为契机，积极推进崖州区基层协商民主建设工作，确保人民群众反映的问题事事有着落、件件有回音。

周显同表示，大社区始终将为民服务解难题作为检验党史学习教育成效的“试金石”，切实把党史学习教育成效转化为工作动力和实实在在的工作成果，坚持把人民群众的幸福感和满意度作为衡量和检验实践工作的根本标准，着力解决好群众的“急难愁盼”，真正做到学党史、悟思想、办实事、开新局。通过深入开展“我为群众办实事”实践活动，为民办实事、献爱心、解难题，推动党史学习教育走深走实，将党史学习成果转化为实际行动，搭建起服务群众的“连心桥”。

陕西省西安市碑林区东关社区

合衷共济聚力量 三融五优谱华章

链接：西安市碑林区东关南街街道东关社区位于西安市东门外东关正街，辖区面积 0.16 平方公里，居民 21708 人，社区工作人员 12 名，服务院落 28 个，楼栋 79 个。近年来，东关社区以“民有所呼、我有所行”为宗旨，凝心聚力、开拓创新，先后取得“全国综合减灾示范社区”“省级残疾人康复示范社区”“市级文明社区”“区级美丽家园示范社区”等 30 余项荣誉，迎接中、省、市、区各级视察、观摩学习 35 次；被陕西电视台、陕西日报、西安电视台、西安日报等各级媒体媒介宣传报道 48 次。

西安市碑林区东关南街街道东关社区（以下简称“东关社区”）位于西安市东门外，辖区面积 0.16 平方公里，现有居民 7236 户、21708 人。社区内有 20 个物业管理水平低的老旧小区，需要社区党组织用精细化服务满足不同群体的差异化需求。同时，也有中小企业聚集的楼宇企业，需要社区党组织强化政治引领，引导企业沿着正确健康的方向发展。基于这些考虑，社区党支部经过认真研究、大胆实践，走出了一条“一核、三融、五优”的社区党建新路子。充分发挥社区党组织在基层治理中的领导核心作用，推动区域化党建、居民区党建、新兴领域党建三者有机融合，通过优党建、优共建、优环境、优服务、优文化，着力打造“红色”东关、“同心”东关、“美丽”东关、“互助”东关、“乐和”东关。

优党建，打造“红色”东关

习近平总书记指出，基层党组织要提升组织力，突出政治功

“不忘初心、牢记使命，坚定信念跟党走”中国共产党成立98周年庆祝活动 摄影：李欣

能，为新形势下做好党建工作提供了根本遵循。东关社区党支部一是着力扩大组织覆盖，协助陕西和平地产公司成立全省首家楼宇党委——世贸大厦楼宇党委，建成全省首个楼宇党群服务中心，东关社区党支部专职副书记毛凯担任楼宇党委副书记，实现交叉任职。二是着力将党组织的触角延伸到小区楼栋之中，在辖区成立楼栋党员中心户19个。三是着力强化党员教育管理，定期开展“三会一课”学习和“3+X”主题党日等支部活动。

通过优党建的做法，引导党员群众始终听党话、跟党走。

优共建，打造“同心”东关

共建、共享、共治，是新形势下城市基层党建工作的新趋势、新要求。东关社区党支部主动转变观念、转换角色，主动上门为辖区驻地单位服务，积极协调解决他们急需解决的问题，如：招商局、世贸大厦户口落户等事宜，社区积极联系社区民警，定时定点收取资料，简化办事流程，为他们办理户口落户。又如社区为辖区小区积极协调上级有关部门、申请安装健身器材，保证小区居民的健身与娱乐。社区工作人员全心全意的服务，赢得了驻地单位的认可。现在，世贸大厦楼宇党委、驻地企业、物业、社区民警等单位成员都充实到社区的党建共建联合会中，真正把社区党组织和驻地单位拧成“一股绳”、共唱“一台戏”、同筑“一颗心”。

自党建共建联合会成立以来，先后成功解决了小区停车、物业管理服务、道路难行、小区安全等群众反映强烈的生活难题8个，赢得居民群众的广泛赞誉。

通过优共建的做法，形成了组织共建、资源共享、社区共治的良好局面。

优环境，打造“美丽”东关

在城市治理工作中，东关社区党支部充分发挥战斗堡垒作用，社区党员干部冲在前，党建共建联合会成员单位以及驻地单位和居民群众齐上阵，环境卫生治理、车让人宣传、植树补绿，“党员带头，人人参与”，在每一个角落都留下了他们的身影。

特别是在一次环境卫生治理中，社区党员、工作人员、志愿者奋战在一线，那时还是冬天，大家干到半夜，很多居民看到大家的行动，也自觉地加入到活动中，将楼道、院落内堆积的杂物主动认领，进行清理，一起建设美丽家园。

通过优环境工作中的一点一滴，让居民群众对东关社区有了很大的认可。

优服务，打造“互助”东关

邻里有互助，社区就有温暖。东关社区老年人多、困难群众多，保障好他们的生活，是大家义不容辞的责任。社区党支部结合“大学习、大教育、大排查”和今年的“大调研”活动，组织党员干部进门入户，切实摸清社区各类弱势群众的基本情况，绘制民情地图，建立民情档案。在此基础上，广泛发动在职党员、“两代表一委员”、热心人士、志愿者等，深入开展结对帮扶、认领“微心愿”、“双节”走访慰问、慈善捐助等活动，让他们生活有基本保障。同时，社区实行网格化管理，将辖区划分为七个网格，并设置“三长三员”（党小组长、门栋长、中心户长，民情信息员、文明宣传员、治安巡逻员），提高了社区党建服务覆盖面，也使社区管理效率大大提高。

通过优服务，让生活在东关社区的居民群众感到这是他们的温馨家园。

优文化，打造“乐和”东关

文化能吸引人，更能凝聚人。现在人们生活好了，文化娱乐也多了，很多居民朋友喜欢跳广场舞、喜欢写毛笔字、喜欢唱歌，等等，东关社区党支部根据居民需求，自2017年以来，创新开展“党旗飘扬，乐和东关，四社聚力，五方联动”品牌系列活动，将居家养老、健康促进、文化宣传、传统弘扬、安全稳定等方面融入活动，并通过社区搭建平台，促进社会组织、社工、志愿者等多方参与，多元共治。

全年活动开展20期，同时采取“引入＋合作”的方式，登记备案西安会军民俗文化军民融合部、民乐书画院等13家社会组织，共同策划组织“春联进万家”“6·1红色传承教育”“扫黑除恶专项斗争”文艺汇演、“垃圾分类”大型宣传活动、“礼赞新中国，奋进新时代”庆祝新中国成立70周年等活动，参与人数达3万人次，被陕西电视台、西安电视台、西安日报、三秦都市报等多家主流媒体和新兴媒体宣传报道。

东关社区党支部通过“一核、三融、五优”的社区党建新路子，有效推动了社区治理工作，满足了群众多样化需求，预防化解社区矛盾，从而建设乐和家园、和谐东关，让群众切实感到生活在东关，有归属感、认同感、安全感和幸福感。

“党旗飘扬·乐和东关·庆祝六一儿童节”红色传承教育活动 摄影：李欣

第七章

学思悟行

湖南工业大学客座教授、硕士生导师殷邦

正确认识和处理经济发展五大关系

——论社会主义市场经济中政府和市场的关系

正确处理好政府与市场、不同类型市场主体、不同层级政府主体、国内和国际两个市场、改革和发展与稳定的重大关系，对主动解决好经济发展中各类主要矛盾，从而统筹兼顾各方面利益，充分发挥各方面积极性具有十分重要的意义。

一、我国社会主义市场经济的发展需要正确处理五大关系

（一）坚持“看得见的手”与“看不见的手”共同发挥作用。

我们对于如何认识、处理政府与市场这一对重大关系，经历了长期的实践过程，逐步从社会主义计划经济转向社会主义市场经济，既坚持了社会主义的政治方向，也从根本上改变了资源配置的基本手段。

经济体制改革的核心问题是处理好政府和市场的关系，使市场在资源配置中起决定性作用和更好发挥政府作用。习近平总书记指出：“在市场作用和政府作用的问题上，要讲辩证法、两点论，‘看不见的手’和‘看得见的手’都要用好，努力形成市场作用和政府作用有机统一、相互补充、相互协调、相互促进的格局，推动经济社会持续健康发展。”

“两只手”总比“一只手”要好，无论是政府的有形之手，还是市场的无形之手，并非相互割裂、相互对立、相互排斥，而是相互促进、相互补充、相互配合。

我们要充分发挥“两只手”各自的优势。一方面，要更加注重市场规律，市场机制是经济活力的源泉，是提高企业效率的最佳途径，是配置各类资源的有效方式，要完善现代市场体系，建设统一开放、竞争有序的市场体系，建立公平开放透明的市场规则，完善价格机制，完善金融市场体系；另一方面，要加强政府职能转变，从“无所不管”（越位）转向“适度干预（定位）”，从“缺少干预（缺位）”转向“加强干预（到位）”，加强中央政府宏观调控职能和地方政府公共服务、市场监管、社会管理、环境保护职责。

（二）坚持公有与私有经济共同发展的两条腿走路方针。

我国作为东方巨人，要依靠“两条腿走路”，既不同于传统计划经济体制下只有公有制经济的“一条腿”，也不同于西方自由市场经济主要基于私有经济的“一条腿”。一个人用两条腿走路，总是比一条腿走得更快、走得更稳、走得更远。

我们既不能片面地强调效率而忽视公平，也不能片面地强调公平而忽视效率，必须把公平与效率有机统一起来，舍公有制主体而谈国强，弃共同富裕而论民富，不是社会主义富强观。我国现阶段生产力发展水平多层次不平衡的实际情况，决定了走中国特色社会主义道路必须坚持公有制为主体，多种所有制经济共同发展的基本经济制度。经过近40年的改革开放实践，中国已经成为世界最大规模的市场主体国家，企业总数超过9000万户，形成了独特的多元化主体格局。这就需要坚持“两条腿走路”的方针，激发各类市场主体活力：包括国有经济与民营经济、大中型企业与小微型企业、现代企业与家族企业、国内企业与外资企业、劳动密集型企业与技术密集型企业等，各种类型企业相互联系、相互补充、相互合作、相互竞争。各类企业之间不是“你死我活”的对立关系，而是“共生、共荣、共赢”的并存关系；不是“你高我低”的关系，而是“平等公平”的关系，两者都是社会主义市场经济的重要组成部分，都应享有权利平等、机会平等和规则平等。

（三）坚持充分发挥中央和地方发展经济的两个积极性。

中央和地方的关系从根本上说，是以集权与分权划分为中心的物质利益基础上的国家的一种政治关系。主要表现为中央与地方政府财权和财力划分及其相互关系。纵观中国历史，中央政府和地方政府关系始终是关系国家统一与分裂、社会稳定与动乱、经济兴盛与衰亡的重大命题。毛泽东在《论十大关系》中写道：“我们的国家这样大，人口这样多，情况这样复杂，有中央和地方两个积极性，比只有一个积极性好得多。”“应当在巩固中央统一领导的前提下，扩大一点地方的权利，给地方更多的独立性，让地方办更多的事”。改革开放进程中，邓小平同志强调：“过去讲发挥两个积极性无非是中央和省市，现在不够了，现在要扩大到基层厂矿”“调动积极性，权力下放是最主要的内容”。党的十八大以来，以习近平同志为核心的党中央站在党和国家事业发展全局的高度，对发挥两个积极做出进一步要求部署，提出了推进国家治理任务和治理能力现代建设的改革目标。

随着经济体制改革的不断深入，中央与地方关系越来越制度化、规范化。在一定程度上有效克服了中央和地方的信息不对称、权力不对称和利益不对称的体制弊端，从而有效解决全国利益与地方利益之间的矛盾冲突，充分发挥了中央、地方的“两个积极性”。

（四）坚持有效发挥国内和国外两个市场两种资源的作用。

我国既有世界最大规模的国内市场，又开拓了世界最大规模的国际市场。两个市场总比一个市场大。第一，中国拥有世界最大的人口规模，随着人均收入持续快速增长，成为世界最大规模的国内市场；第二，中国全面对外开放，拓展国际市场发展空间，成为世界最大货物出口国、第二大货物进口国、第二大对内对外直接投资国，也是世界最大的国内旅游市场，还是最大的国际旅游市场客源国；第三，国内国际两个市场相互作用，国内市场需求扩大必然增加进口需求，对外出口规模增加必然提高进口能力，超大规模的国内发展空间，与世界市场形成不断扩大的联系，不断开拓新的空间。

党的十九大报告明确提出，“中国开放的大门不会关闭，只会越开越大。要以‘一带一路’建设为重点，坚持引进来和走出去并重，遵循共商共建共享原则，加强创新能力开放合作，形成陆海内外联动、东西双向互济的开放格局”。开放发展本质是统筹国际国内两个大局，注重“加快培育国际经济合作和竞争新优势”“推动构建人类命运共同体”，引领建立国际秩序更加平衡、安全格局更加稳定、经济发展更加包容、文明成果更加不排他、生态体系更加可持续的“新全球化”。

（五）坚持正确处理改革发展稳定三者之间平衡的关系。

改革、发展、稳定三者之间紧密联系，互为条件、相互作用。把改革的力度、发展的速度和社会稳定程度（社会可承受的程度）统一起来，是我国改革开放取得巨大成功的一条基本经验。不加快改革，长期制约经济持续健康发展的体制机制障碍就难以突破，不加快发展深化改革就没有应对风险的基础条件，社会稳定也将没有根基。社会一旦失去稳定，改革发展的成果都将毁于一旦。只有通过深化改革，高质量发展，才能带来社会的根本稳定。改革、发展、稳定是我国现代化建设的三大支点，无论哪个点受力不均；都会打破“三角平衡”。习近平同志强调“四个精准把握”（准确把握改革发展稳定的平衡点，准确把握近期目标和长远目标的平衡点，准确把握改革发展的着力点，准确把握经济社会发改和改善人民生活的结合点），为我们指明了如何准确把握平衡的支点。坚持抓好发展这个第一要务，必须保持一定的发展速度和发展质量，必须找到改革发展稳定的平衡点，确保改革顺利推进、发展遵循规律、社会和谐稳定。

二、正确处理五大关系需要坚持以发展为核心的辩证唯物主义

辩证唯物主义是关于物质世界发展规律的科学。发展是唯物辩证法的核心内容，唯物辩证法把发展当作对立统一，并认为发展的实质在于事物内部对立着的两个方面又斗争又统一；发展的过程在于对立面的斗争和统一而引起的由量变到质变；发展的趋势在于由于对立面的斗争和统一而促成的螺旋式上升或波浪式前进。按照辩证法办事，最主要的就是运用对立统一规律去观察问题、提出问题、分析问题、解决问题，运用对立统一规律指导我们认识世界和改造世界。

我们必须运用辩证唯物主义对立统一规律，始终坚持辩证思维，打破“非此即彼”的对立思维模式，坚持“你中有我，我中有你”的统一思维模式，运用“两点论”，反对片面性，坚持全面性，牢牢把握辩证法统筹平衡艺术，正确处理好政府和市场关系，中央与地方关系，国有与民营关系，国内市场与国际市场关系，改革、发展与稳定的关系。

经济发展的一个根本问题，就是如何最有效地配置资源。能够对资源进行配置的力量不外乎两种：一种是市场的力量，另一种是政府的力量。市场的力量，主要是通过供求、价格、竞争等机制功能发挥作用，人们称之为“看不见的手”；政府的力量，则主要是通过制订计划、产业政策、财政和货币政策、法律规则以及行政手段，将资源有目的配置到相应的领域，人们称为“看得见的手”。正确处理政府与市场关系既涉及基本经济制度问题，又涉及经济管理体制问题，它是正确处理其他关系的前提和基础。因此，这里着重强调正确认识和处理政府与市场的对立统一关系。

（一）全面地而不是片面地认识社会主义市场经济中市场的决定作用。

市场经济，就是通过市场机制即供求、价格和竞争的作用，来调节资源配置的经济体系。从这个意义上讲，市场的决定作用是市场经济的一般规律和本质特征。但是，在不同的社会制度下，市场的决定作用所发生的范围和条件是不完全相同的。

在资本主义市场经济条件下，市场的决定作用不仅体现在商品生产和商品交换中，而且体现在资本、劳动力和自然资源等生产要素的配置中；不仅体现在微观层面，即市场对生产者和消费者经济活动的调节，而且体现在宏观层面，即对整个社会各部门和各种经济关系的调节；不仅体现在经济领域，而且体现在社会生活的各个层面。而市场的决定作用，归根结底又是资本的决定作用，资本由此成为支配社会经济、政治、文化等各个领域的“普照之光”。资本主义经济的特殊规律如剩余价值规律、资本积累规律、利润平均化规律等成为了市场经济的一般规律。

在社会主义市场经济条件下，从微观经济的角度看，无论是私有企业还是公有企业，都要追求利润最大化，都要接受市场机制的调节，也就是说，市场在资源配置中起着决定性作用。但是，从整个社会来说，生产发展或资源配置的目的已经不是利润的最大化，而是最大限度地满足人民群众的物质文化需要，实现人的全面发展和社会的共同富裕。市场所能实现的需求只能是短期的、私人的和有货币支付能力的需求，满足人民群众共同的和长远的利益，离不开社会的计划和政府的作用。

（二）全面地而不是片面地认识社会主义市场经济中政府的重要作用。

正确处理政府和市场关系的关键，是要科学界定政府的经济管理职能，该管的管好，该放的放开。那么，政府该管什么，该放什么呢？在这个问题上，目前有一些流行的观点是片面的不正确的，需要加以澄清。

一种流行的观点认为，在市场经济中，政府是裁判员，而不是运动员，所以，除了制定市场规则和维护市场秩序外，不应当承担更多的职能。这种观点显然是不全面的，确实，如果只是从市场交易和市场竞争的角度看问题，政府无疑是裁判员而不能是运动员。然而，除了交易和竞争之外，一个社会就没有别的经济问题了吗？如果我们从另外一些角度如经济发展、国际竞争和完善社会主义制度的角度考虑问题，就会发现，政府绝不仅仅是裁判员，而是重要组织者、发动者和参与者，是主导性的力量。

另一种流行的观点认为，政府的作用主要是弥补市场失灵，即在存在着垄断、外部性、公用品和信息不对称等市场机制失效的情况下，对市场进行行政调节或管制，但是，这只是单纯微观经济学的观点。实际上，市场经济主要的缺陷并不在微观方面，而在宏观方面，这就是马克思主义经济学讲的资本主义基本矛盾即生产社会化与生产资料资本主义私人占有之间的矛盾，并具体表现为资本与劳动的对立、贫富两极分化、失业和经济危机以及经济运行的无组织性。这一点，凯恩斯主义和当代资本主义国家的政府干预理论也是承认的。

还有一种流行的观点认为，政府的作用主要是宏观调控，即制定和实施宏观经济政策，保持宏观经济的稳定，这只是单纯的宏观经济学观点。宏观调控只是政府经济职能的一个部分，并不能囊括政府的其他重要经济职能，如微观规制、市场监管、公共服务等。同时，社会主义经济中政府特有的一些经济职能，如计划协调、统筹兼顾、国有资产管理等，以及与中国特殊国情和发展阶段相联系的经济职能，如经济发展、结构调整和制度创新等，也没有在宏观调控这一概念中得到体现。

在社会主义市场经济中，政府主要发挥好三个作用：一是引导性作用。市场配置资源具有一定的盲目性。政府可以通过发挥引导性作用来间接影响资源配置，保持宏观经济稳定、均衡和健康发展，促进经济转型升级。比如通过制定和实施中长期经济发展战略、产业规划、市场准入标准等，引导资源流向某些产业和区域，加快经济转型升级，推动经济协调、均衡发展；通过财政政策、货币政策、产业政策等方式进行宏观调控，有助于保持宏观经济稳定，促进经济均衡、可持续发展。二是弥补性作用。在市场经济中，“市场失灵”是普遍存在的。政府要发挥弥补性作用，通过提供公共服务、促进共同富裕、推动可持续发展等方式来纠正市场失灵。比如政府应主动承担起公共基础设施和公共服务等具有“公共品”属性的建设管理工作；在保持合理初次分配格局的基础上，政府通过优化再分配为低收入群体提供必要保障，保证社会公平和稳定。三是规制性作用。自发的市场机制有时会损害公平和公共利益。政府必须为市场提供公平合理的规则，营造公开有序的环境，实施科学有力的市场监管，维护市场秩序，保障公平竞争，提高资源配置效率。比如保护各种所有制经济的产权和合法利益，建设统一开放、竞争有序的市场体系，反对垄断、市场封锁和不正当竞争，保护和治理生态环境等。

关于社会主义市场经济中政府的作用，三中全会的《决定》有明确概括。《决定》指出：“政府的职责和作用主要是保持宏观经济稳定，加强和优化公共服务，确保公平竞争，加强市场监管，维护市场秩序，推动可持续发展，促进共同富裕，弥补市场失灵。”具体讲，现阶段我国的社会主义市场经济中，政府的经济作用主要是在不断完善社会主义基本经济制度和经济管理体制基础上，为了实现社会总供给与总需求总量与结构平衡的目的；国家通过采取制定和实施战略规划、产业政策、财政和货币政策等经济手段、法律手段和行政手段对人力、财力、物力进行最佳配置，并确保社会再生产过程（生产、交换、分配、消费）顺利进行。具体包括：计划统筹、宏观调控、市场监管、制度创新、公共服务、保障民生、国有资产管理、收入分配调节、促进可持续发展等等。社会主义市场经济中，政府的作用还包括了党领导经济的路线方针政策、规范和调节经济的法律法规和法制保障。特别是我们党是建设中国特色社会主义事业的领导核心，不断提高驾驭社会主义市场经济的能力是党执政兴国的一个主要任务。政府的这些作用既反映了市场经济的一般规律，又体现了社会主义制度的特殊要求。

（三）全面地而不是片面地认识社会主义市场经济中政府和市场的对立统一关系。

在认识和处理政府和市场的关系问题上，计划经济时代我们强调大政府、小市场，这在实践中已经证明了它的局限性。而目前人们仍然强调二者之间的对立，认为市场是有效的，政府是无效的。因此，发挥市场机制的作用就必须弱化甚至取消政府的作用，政府管得越少越好，主张大市场、小政府、私有化。这种观点只看到了政府和市场相互对立的一面，而没有看到政府和市场之间相辅相成的一面。

政府和市场的关系本质上是社会和个人、公共利益和私人利益的关系。市场是商品交换关系的总和，体现了相互独立的商品生产者之间的经济关系，如马克思所说，交换双方“必须彼此承认对方是私有者”。（《马克思恩格斯文集》第5卷，人民出版社2009年版，第90、103页）而政府或国家则是社会的中心和社会利益的代表，在阶级社会，首先是阶级统治的中心和阶级利益的代表。因此，从微观个体的角度看，政府和市场似乎是对立的，它们之间有明确的边界，尊重市场的规律就必须尊重私人生产者和消费者的权益，否则就会破坏市场的规律，压抑市场的活力。正是从这个角度出发，自由主义者提出，自然而然的社会是最好的社会，每个人只要追求自己私人利益，就自然达到了私人利益的总体即普遍利益，政府管得越少越好，政府对经济的干预是不必要的有害的。但若从宏观社会整体角度看，就会发现政府和市场并非对立，而是相辅相成的。在市场经济竞争中，追求私人利益不一定会自动达到社会的利益，相反在一定的情况下会损害社会的利益，政府不是管得越少越好，而是必须积极有为。为什么呢？

从资本主义国家看，资本主义市场经济是以分工和私有制为基础产生和发展起来的。分工和私有制既造成了不同生产者的相互分离，又造成了它们之间全面的相互依赖，这样就产生了市场经济的基本矛盾即私人劳动与社会劳动的矛盾。这一矛盾既为市场经济的发展提供了内在的动力，又内生出了否定市场经济的种种因素：个别企业是有组织的，而整个社会生产却是无政府的，导致生产和消费的脱节和各部门之间的比例失衡；生产具有无限扩大的趋势，而市场需求却由于劳动与资本的对立而相对狭小，导致了生产过剩的经济危机周期性爆发；自由竞争通行弱肉强食的丛林法则，必然导致优胜劣汰、两极分化，加剧社会的冲突和对抗，破坏社会的和谐稳定；商品关系的普遍发展，使生命和健康、文化和教育、自然和环境、安全和自由等人类的基本需要和基本价值，纳入了商品化的范围，成为了资本的附属物和生产的要素，人们的共同利益受到了威胁；自由竞争必然导致生产的集中和垄断，这种集中和垄断发展到一定程度就会妨碍甚至消除竞争，瓦解市场经济的基础。资本主义市场经济所包含的这些深刻的弊端，是其自身所不能克服的，只有依靠政府和社会的调节，这也说明市场的作用不是万能的。

从社会主义国家看，社会主义市场经济是以公有制为基础的，它是社会主义制度与市场经济体制的有机结合。社会主义政府对经济的调节不仅来源于国家外在的行政干预，而且源自于生产关系内在的要求。公有制的生产关系要求必须按照社会共同利益在全社会范围内合理配置资源，克服生产社会化与生产资料资本主义私人占有制的矛盾，社会发展的自觉性和计划性，是社会主义制度的本质特征和根本优越性。在生产资料公有制经济中，全体社会成员是生产资料的共同主人，社会生产的目的是为了满足他们共同的利益。但是，如果没有一个统一的社会中心即国家作为代表，并通过社会的有计划的调节来保证共同利益的实现，而任凭追求各自利益的经济主体自发的市场交换和相互竞争，则不仅不能实现社会的共同利益，还有可能使社会主义公有制蜕化为集团所有制，最后被私有制的汪洋大海所淹没。因此，公有制的产生和发展不可能完全建立在市场的基础上，而必须依靠集体理性或社会的计划作为自己的实现形式。因此，在微观经济领域的市场决定作用与社会发展和宏观经济层面党的领导、政府的积极作用相结合就是社会主义市场经济中政府与市场关系的根本特征。当然，我们也要看到，政府的作用也不是万能的，不能包治百病，而且还有自身的弱点。政府不合理的限制性规章制度和审批程序过多过细、过度运用行政性手段干预市场主体特别是微观经济主体，在一定程度上抑制了市场机制的正常运作。但是，毫无疑问，政府的作用是克服市场经济弊端所不可缺少的最重要的手段。

发展中国家市场经济的落后和不成熟，不仅表现在市场作用比较弱，市场体系不健全，市场秩序混乱，价格信号扭曲等，也表现在政府的作用比较弱，政府无能，法制松弛，腐败盛行等，这样的市场经济必然是缺乏效率的。总的来说，即使是在资本主义市场经济条件下，现代市场经济中政府的作用早已超出“守夜人”的范围，广泛介入经济社会各个领域，政府的强弱已成为决定一个国家国际地位和国际竞争力的决定性因素。

总之，我们既要看到政府和市场的作用不能相互替代，这是因为一方面只有市场发挥决定性作用，资源配置效率才会得到提高，另一方面，市场配置资源方面有其固有缺陷，这种以片面追求经济效率的市场容易引发社会发展的不协调，以价格变化引导资源配置和再配置容易造成经济的波动，以追求个人利益为动力容易导致两极分化，因此，必须发挥政府解决公共产品的生产问题，必须发挥政府解决社会化大生产所要求总供给与总需求在总量和结构方面的平衡问题；需要政府解决市场自发形成的垄断以及不公平分配所造成的贫富差距扩大等问题。同时我又要看到政府和市场的作用不能彼此割裂。在社会主义市场经济中，市场作用和政府作用是有机统一相互促进的。一方面政府发挥作用的依据是市场。政府必须尊重市场规律作用的发挥。根据市场特性、趋势以及变化采取相应的政策措施。另一方面，市场机制也取决于政府的作用的更好发挥。政府为市场竞争提供公平、公正、公开的市场环境，乃是市场机制在资源配置中起决定性作用的重要基础和条件。

（四）正确处理社会主义市场经济中政府和市场的关系。

经过30多年的深入改革，我国的社会主义市场经济体制和与此相适应的政府和市场的关系已经初步形成，但是还不成熟、不完善。党的十八大报告提出：“经济体制改革的核心问题是处理好政府和市场的关系，必须更加尊重市场规律，更好发挥政府作用。”党的十八届三中全会《决定》指出“使市场在资源配置中起决定性作用和更好发挥政府作用”，这一论断反映了社会主义市场经济的本质要求，为进一步深化经济体制改革指明了方向。

在政府与市场的关系上，目前存在两个方面的问题：一是政府对微观经济活动管得过多、市场机制的作用不够充分。如，政府行政审批的范围过大、权力过分集中，一些重要资源的价格还未理顺，国有企业经营管理中行政化倾向严重，城乡体制分割，生产要素市场不完善等。二是一些该管的事情没管好、政府的作用还需要更好地发挥。如，政府宏观调控的计划性、有效性、权威性有待提高，医疗、教育等社会事业发展过度市场化造成利益扭曲，公共服务总量不足，结构失衡，环境污染和食品药品安全等问题突出，市场监管不到位，针对贫富差距扩大的收入分配调节乏力，民生建设和社会保障不完善，基本经济制度不巩固，腐败现象严重等。这两个方面的问题都比较突出，不能只强调一个方面，而忽视另一个方面。

因此，深化经济体制改革、正确处理政府和市场的关系，必须从两个方面入手：一方面，要围绕着更加尊重市场规律和增强市场活力推进相关领域的改革，进一步简政放权，大幅度减少政府对资源的直接配置，加快完善现代市场体系；另一方面，要围绕更好地发挥政府作用和提高政府效率推进相关领域改革，切实转变政府职能，深化行政体制改革，健全宏观调控体系，全面正确履行政府职能，优化政府组织结构，把政府的作用和市场的作用更好地结合起来。

三、正确处理五大关系需要坚持以“人民为中心”历史唯物主义

历史唯物主义是关于人类社会发展规律的科学。“以人民为中心”是它的核心内容，历史唯物主义有一个根本性的命题：人民群

众是历史的创造者，人民不仅是社会物质和精神财富的创造者，而且还是社会变革的决定力量。这是马克思主义历史观在历史主体论问题上的回答。马克思主义之所以具有跨越国界，跨越时代的影响力就是因为它指明了依靠人民推动历史前进的人间正道。自从人类迈入阶级社会以来，任何一种主义、思潮、理论都是特定阶级阶层和社会集团利益的反映，具鲜明阶级烙印。因此为谁服务，以谁为中心作为观察和认识问题的出发点和落脚点、就直接地反映出这种主义与理论的世界观。马克思在《共产党宣言》指出"无产阶级只有解放全人类，才能最终解放自己"。如果说"人类"的概念还比较抽象，那么在特定历史时期需要解放的"人类"，就体现为代表历史前进方向、推动历史进步的绝大多数人。如果说马克思、恩格斯所处的时代，社会主义尚未实现从理论到实践的飞跃，"人类"的概念多少有点抽象的色彩，那么列宁建立世界上第一个社会主义国家后，抽象的"人类"就转化为具体的"人民"，"以人民为中心"就不再是一句抽象的理论口号，而是转化为无产阶级执政党的政治实践。马克思主义政党必须始终坚持以"人民为中心"来观察、分析、思考一切，必须把"人民"作为政策设计与制度架构的出发点和落脚点，这就是我们通常所说的立场问题。"以人民为中心"既是一种世界观，又是一种方法论，是世界观与方法论的有机统一。"以人民为中心"是我们党治国理政的灵魂。从建党以来，党始终将"以人民为中心"作为立党之基、执政之源。以毛泽东同志为代表的中国共产党人把"为人民服务"作为党的宗旨，把"一切为了群众，一切依靠群众，从群众中来，到群众中去"党的群众路线作为党的生命线和根本工作路线。在改革开放的历史新时期，邓小平等党和国家领导人也始终强调要以人民群众赞成还是反对作为各项政策的出发点和落脚点。党的十八大以来，习近平总书记把"以人民为中心"的世界观表达得更充分，在十九大报告中，习近平总书记进一步明确中国共产党的初心和价值使命是为中国人民谋幸福，为中华民族谋复兴。从改革开放之初的"以经济建设为中心"到新时代"以人民为中心"的发展思想的飞跃和升级，充分体现了"五位一体"总体布局的国家全面现代化要服务于全体人民的现代化。

处理五大关系并不是相互独立的，而是有着统一的核心目标，最终目的是为了"不断促进人的全面发展、全体人民共同富裕"，实现"以人民为中心"的全面现代化。

第一，从政府与市场关系看，政府"看得见的手"要始终坚持以人民为中心的经济发展思想，必须把"人民"作为制度架构和各项政策设计的出发点和落脚点，实现资源的最佳配置，最大限度地满足人民群众物质文化需要，实现人的全面发展和社会共同富裕。市场主体"看不见的手"则要始终坚持"以广大消费者为中心"，通过更好地促进有效竞争、产品创新，带来消费者福利，同时政府之手也要更好地规范市场行为、纠正市场失灵，保护广大消费者权益。

第二，从各类市场主体关系看，无论是国企还是民企、大中企业还是小微企业，要始终坚持"以广大劳动者就业为中心"，努力创造各类就业岗位，坚持按劳分配为主多种分配方式并存，切实保障好广大劳动人民的合法权益。

第三，从中央与地方关系看，无论是中央政府还是地方政府，都要始终坚持公共服务"以人民为中心"，促进社会全面进步。

第四，从国内和国际关系看，无论是国内市场还是国际市场，都要按照人类命运共同体的要求始终坚持"消费者福利最大化"，努力实现对内经济关系上劳资两利式的和谐发展与对外经济关系上合作共赢式的和平发展，力避走西方国家对内垄断剥削和对外掠夺扩张的老路。

第五，从改革、发展、稳定的关系看，为人民而改革，为人民而发展，是改革发展的唯一价值目标。改革发展的动力，社会稳定的民意根基，都来自改革红利与发展成果对人民群众的普遍惠及。如果发展的成果只为少部分人拥有，而不是全体人民所拥有，那么我们的改革就失败了，就走上邪路了。我们在发展经济的同时，要更加注重社会公平，切实解决关心群众切身利益的社会问题，让发展的成果为全体人民共同享有，构建人人共享的和谐社会。

附：经济发展的思维导图

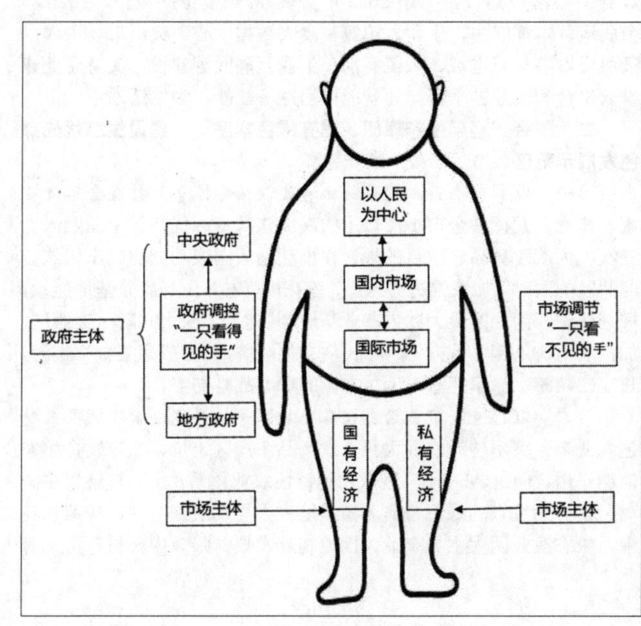

重庆市丰都县委书记徐世国

在渝东北三峡库区城镇群建设中作出丰都贡献

渝东北三峡库区城镇群生态地位突出、区位优势明显、战略地位重要，一体化规划、组团式发展、协同性建设是更好服务成渝地区双城经济圈建设的重要战略选择。丰都紧邻大都市、深处大三峡、背靠大武陵，"融入主城、联动两群"有区位、有优势、有机遇。我们将按照重庆市委、市政府对渝东北三峡库区城镇群的功能布局、产业定位，学好用好"两山论"、走深走实"两化路"，以大数据智能化为引领，联动周边区县，高水平打造"三峡库心"，奋力建设"山水丰茂、物产丰盛、人文丰厚"的美丽丰都。

一、激活沿江通畅动能，建设全市重要的交通枢纽

（一）强化以交通为重点的传统基础设施建设。围绕"发挥沿江通道作用"，加快构建内联外畅、快捷高效的现代综合交通运输体系，着力以大交通带大产业促大发展。打通大动脉，加快建设渝宜渝万高铁、垫丰武高速、通用机场、丰都游轮港—仙女山机场快速通道，提升与主城、万州及支点城市、邻近城市互联互通水平；

徐世国调研基层党建工作

畅通微循环，推动县乡三级路全覆盖、村社产业路全覆盖；推动立体化，加快铁公水空客运换乘中心、旅游集散中心等建设，推动铁路和高等级公路进园、进港，实现多式联运、高效换乘。

（二）加快新型基础设施建设。突出政府牵引，推动渝东北大数据中心落户建设，力争2023年实现5G规模组网应用、2025年全面运营丰都肉牛、生猪、鸡等畜禽大数据中心；突出市场主体，吸引资本参与充电桩、人工智能、工业互联网等建设，支持企业建设云平台和产业链平台，让智能化为经济赋能、为生活添彩。

二、围绕“竖起生态旗帜、擦亮绿色本底”，建设生态优先绿色发展示范区

（一）以创建南天湖国家级旅游度假区为抓手，打造全市度假康养基地。发挥占全市10%以上的高山旅游资源优势，全面融入大三峡、大武陵精品旅游目的地，在推动南天湖成功创建国家级旅游度假区的同时，加快推进雪玉山、莲花山、方斗山等康养基地建设，规划建设西南片区最大冰雪产业基地，共建涪丰武大武陵山度假区，加快名山5A创建、唱响“鬼城”民俗文化品牌，努力成为主城都市游、长江三峡游、渝东北渝东南生态游的重要战略支点。

（二）以打造全市畜禽养殖基地为抓手，共建成渝现代高效特色农业带。突出传统农业大县、农产品主产区定位，充分发挥生态消纳作用，构建“1+4+X”现代山地特色农业体系，全力打造以牛、鸡、猪等为重点的绿色畜禽养殖基地，大力发展红心柚、榨菜、花椒、生态渔业四大主导产业，因地制宜发展龙眼、中药材、烤烟等特色产业，推动农业现代化迈出新步伐。

（三）以打造全市绿色工业基地为抓手，共建全市优势制造业集群。聚焦智能化、绿色化、服务化，坚持一二三产业联动发展，构建高效、清洁、低碳、循环的绿色制造体系，全力打造100亿级清洁能源基地、300亿级食品加工产业集群、300亿级装配式建筑材料产业集群、100亿级医疗用品产业集群、200亿级装备制造产业集群，打造“千亿丰都工业”。

三、突出“近者悦、远者来”，建设国际旅游文化名城

（一）优化城市空间布局。强化“山城风格、江城特色、水城神韵”定位，打造壮丽的“长江盆景”。紧密衔接全市国土空间布局，强化与渝东北城镇群规划协同、联动发展，扩容提质建设“一江两岸多组团”，高标准规划建设北岸高铁新区、名山文旅商融合发展小镇，力争到2035年达到“双40”城市体量。

（二）推动城市提质聚气。坚持产城一体，引进和打造一批商贸物流企业，建设丁庄溪、玉溪等物流园区，发展现代生产性生活性服务业，实现城在产中、以产促城；坚持景城一体，把山水风光、历史文化融入城市建设肌理，推动名山景区与城区互促共融，实现以景靓城、以城助景；坚持港城一体，推动水天坪口岸智慧营运、丰都游轮港提速建设，高水平发展港口物流、港航服务、临港产业，打造临港经济区，实现以港兴业、以业活城。

（三）提升公共服务水平。努力创办大专高职院校，推动县人民医院、县中医院创建“三甲医院”，争创全国县级文明城市、全国生态园林城市，修建长江三桥、博物馆等城市建筑，增强群众获得感、幸福感。

四、围绕“共抓大保护、不搞大开发”，建设“两山”实践创新基地

（一）做好“保护”文章。严格长江生态廊道建设，加快推进龙河全国示范河湖创建与保护，确保长江、龙河丰都段水质总体为优，全县森林覆盖率达到53%以上，空气质量优良天数保持320天以上，筑牢长江上游重要生态屏障。

（二）做好“转化”文章。坚持把“生态+”理念融入经济发展全过程，优化提升“一心两极三带”生产力布局，对接实施长江沿岸“两岸青山·千里林带”工程，积极发展经果林、观光林和林下经济，打造林业产业示范基地，变绿水青山为致富靠山。

（三）做好“协作”文章。积极携手长寿、涪陵、忠县、石柱等周边区县，探索建立完善纵向横向生态保护补偿、数据互通、联合监测、联合执法、跨界处置等机制，推动上下游、左右岸“共担、共建、共防、共治”。

丰都名山景区

浙江省温州市科技局党委书记张崇波

厚植“创新雨林” 打造一流营商环境

2020 年 7 月 3 日，浙江省副省长高兴夫调研温州国家自创区和环大罗山科创走廊建设工作，张崇波（左前三）陪同

链接：张崇波，现任温州市科技局党委书记。先后在多个岗位任职，2011 年以来历任温州市龙湾区副区长、温州高新技术产业开发区管委会副主任；浙江省援藏指挥部党委委员、副指挥长，西藏嘉黎县委常务副书记（正县级），2019 年被西藏自治区授予“第八批优秀援藏干部人才”称号，2020 年被评为浙江省担当作为好干部。

创新是引领发展的第一动力，优化营商环境是推动高质量发展的关键一招。温州市委十二届十次全会审议通过“打造一流营商环境”的决定和“深入实施创新驱动战略”的实施意见，释放了温州致力于服务企业，建设全国民营经济示范城市、发力打造高水平创新型城市的决心和信心。温州市科技局把深化细化落实市委十二届十次全会精神与对标对表建设“重要窗口”新目标新定位紧密结合起来，引领温州打造一流的科技创新营商环境，通过构筑创新大平台、大体系、大环境，厚植生机勃发的“创新雨林”，强力汇聚高端创新要素，加快形成国家自主创新示范区、环大罗山科创走廊、世界青年科学家峰会、瓯江实验室“一区一廊一会一室”创新发展新格局，激发创新主体活力，夯实产业发展根基，加速培育创新发展新动能，让民营经济创新源泉充分涌流，让民营经济创造活力充分迸发。

一、聚力培植科创大平台“沃土”，推动“一区一廊”逆势提速

温州稳步推进国家自创区八大专项攻坚、科创走廊建设“三大会战”，已汇聚全市一半以上科技企业、创新平台、科技人才、科创要素落地生根、开花结果，加快形成“高端要素集聚在自创区、科技孵化在大走廊、成果溢出在全市域”的创新联动新格局。借力自创区先行先试优势，探索科创领域政策突破。围绕“一核两带多园区”规划布局，强化科创走廊重点区块打造，促进科创资源共建共享，全面提升创新联动能力。同步推进交通路网建设和环境整治提升，完善创产城融合的硬环境，依托全省开发区、功能区整合提升的机遇，推进温州国家高新区“一区多园”融合发展，力争温州国家高新区排名进入全国高新区前 50%，2020 年乐清、瑞安省级高新园区排名分别上升 1 位和 4 位，列全省第 6 名、第 9 名。支持平阳县、永嘉县创建省级高新园区。

二、聚力增强创新大体系“效能”，持续赋能创新驱动发展

高标准打造“塔尖”“重器”，加快推进新型研发机构建设，切实发挥国科大、浙大温州研究院等高能级创新平台建设的引领溢出效应。跟进服务科思技术（温州）研究院、光子集成（温州）创新研究院、四川大学温州鞋革产业研究院等项目落地，引进共建高能级创新平台 38 个。完善实验室体系，筹建瓯江实验室，争创浙江省实验室，实施重大科研项目攻关。推进产业创新服务综合体硬件设施建设，争创省级标杆型综合体，强化产业科技赋能。完善“众创空间—孵化器—科创园”创新孵化体系，已建成

2020 年 10 月 9 日，温州市“一区一廊”重大科创项目（平台）集中开竣工仪式

市级及以上孵化平台149家，其中孵化器23家（国家级4家）、众创空间112家（国家级15家）、星创天地14家，促进科技成果转化及产业化。推进政产学研合作，探索“定向研发、定向转化、定向服务”的订单式研发和成果转化机制。加快推进科技开放合作，高质量建设温州（嘉定）科技创新园等“科技飞地”，温州（嘉定）科创园二期年底开工建设，谋划建设温州（浙大）科创园。精准实施科技招商，加快推进大唐5G、天心天思等创新型重大科技项目建成投产，完善产业链条。深化科技企业新“双倍增”行动，今年新增省科技型中小企业2315家，累计突破1万家。638家高新技术企业通过专家评审，加快培育发展创新型领军（瞪羚）企业。

三、聚力营造创新大环境“气候”，纾困惠企举措直达科企

完善科技政策体系，发布实施“科技新政”30条，持续推进科技领域“最多跑一次”改革，打造温州“科技大脑”，科技项目验收“不见面”。推动科技金融融合，依托科创基金引导民营资本投资创新创业，推动技术产权证券化试点，切实缓解科技企业融资难、融资贵问题。强化技术市场建设，开展线上成果常态路演，打响“温州拍”品牌，2020年全市技术合同交易额达到112亿元。深化科技创新“三服务”活动，开展“百名科技干部携手百家创新平台，精准服务企业助推高质量发展”专项行动，建立对口联系服务机制和问题协同办理机制，帮助企业纾难解困，真正提升创新主体的满意度和获得感。打造浙南人才高地，协同推进世界青年科学家峰会，签约落地高能级创新平台15个，引进领军型人才项目136个，签约高层次人才503位。办好温州民营企业人才周、全球精英创新创业大赛等系列活动，加快形成“百万人才聚温州”的生动局面。

营商环境，“优”无止境。全市科技部门将拿出刀刃向内、自我革命的决心和魄力，以核心环节突破带动整体水平提升。吸引高能级创新平台、支撑性产业项目、高层次人才团队等各方跃动的创新因子加速聚合、碰撞、裂变，构建多元共生、协同发展、开放包容、活力四射的“创新雨林”，为每一颗“创新的种子”提供更好的“阳光雨露”，为建设全国民营经济示范城市、打造高水平创新型城市插上科技翅膀。

供图：温州市科技局

安徽省铜陵市科技局党组书记、局长王所宝

科技创新助力经济高质量发展

铜陵市委书记、市人大常委会主任调研皖江新兴产业技术发展中心　摄影：何晓迪

近年来，安徽省铜陵市科技局认真贯彻落实习近平新时代中国特色社会主义思想和党的十九大精神，深入开展“不忘初心、牢记使命”主题教育，增强“四个意识”，坚定“四个自信”，做到“两个维护”；充分发挥党组织的战斗堡垒作用和共产党员先锋模范作用，一手抓疫情防控，主动参与基层社区群防群控，一手抓复工复产，积极承担行业防控任务；坚持以经济建设为中心，搭建一系列科技创新平台，完善创新创业体系，不断集聚创新资源，拓展产学研合作渠道，助推经济高质量发展。

一、聚焦创新平台建设，夯实创新发展根基

（一）深化校地合作。加强与重点理工科高校和技术创新能力强、科研成果产业化基础好的科研院所的合作，全市企业已与全国各地120多所高等院校、科研单位建立产学研合作关系，与中国科学院、清华大学等16家高校院所建立了市校全面合作关系，自主创新的“浓度”不断增加。

（二）组建创新联盟。先后与中国科学院、清华大学、上海交通大学、中国科技大学、上海同济大学等16家全国重点理、工科高校和技术创新能力强、科研成果产业化基础好的科研院所建立了战略合作；先后组建了铜基新材料、凤丹、光电原器件等3个省级产业技术创新战略联盟，吸纳了50多家高校院所、140多家重点企业参加，集聚国内循环经济、涉铜产业等领域一流的科研力量。2019年，铜陵先进结构材料产业集群（铜基新材料产业集群）入列第一批国家级战略新产业集群名单，地方龙头企业铜陵有色控股晋升世界500强。此外，作为全省五大特色化工园区（集聚区）之一，铜陵化工产业以新材料、精细化工为主要方向，产业转型成效初显。

（三）共建研发机构。引入10所高校、院所在铜陵市落地技术转移中心并开展实质化运作。合作共建合肥工业大学（铜陵）工程技术研究院等产学研实体平台。目前，铜陵市拥有省级以上研发平台95个，市级以上各类研发机构206个，研发机构覆盖率达到35.6%。其中，由铜陵市政府、中科院合肥物质科学研究院、安徽省科技厅三方共建了皖江新兴产业技术发展中心，已拥有包括两院院士、中科院“百人计划”在内的科研人员130余名、建成研发分中心14个，研发分中心和3个省级以上研发平台，先后承担了30多项国家、省部级科技计划项目，争取各类项目经费6500万元。与铜陵企业开展技术研发项目130多个，为企业年新增销售收入突破5亿元。

二、精准滴灌实体经济，涵养创新创业生态体系

（一）构建产业政策引导体系。自2014年起，铜陵市开展财政涉企资金整合，设立创新创业专项资金，重点支持应用技术研究与开发、人才扶持等，资金采用以奖代补、后补助和贷款贴息等多种形式。为提高资金的使用效率，铜陵市科技局每年委托第三方机构，对资金支持项目开展绩效评估。

（二）构建科技中小企业融资支撑体系。为帮助科技型企业融资，铜陵组建了天使股权投资基金，以股权投资形式支持各类种子期、初创期企业项目；设立了科技型中小微企业信贷风险补偿资金池，引导商业银行向科技型企业提供小额科技贷款；开展科技创新券试点，通过购买服务的方式重点支持科技型小微企业和创客团队开展科技创新活动。此外，积极引导银行金融机构为科技型企业量身定做金融产品，扩大订单、应收账款、股权质押和企业专利权质押贷款规模。

（三）*构建创新创业人才发展服务体系*。出台“铜都英才计划”及其配套政策11项，梳理重点人才政策清单60条。建立“铜都优才卡”“人才服务专员”等服务制度。多措并举吸引优秀人才来铜创新创业，面向全球招引高层次科技人才团队64个，团队成员393人，其中，具有高级职称的120人，博士学位的193人。共有18个团队顺利入列省级科技团队，共获得省政府1.1亿元资金扶持，省级团队数量、扶持资金居于全省前列。累计柔性引进1000多人（次）高层次创新创业人才来铜开展项目合作和科研攻关。制定市级“1155”创新创业人才团队培养办法，44个团队入选，设立科技智库，300名本土高级专业技术人员入库，邀请院士、中青年专家、博士后等组成科技专家服务团，为企业提供精准服务。

国家技术转移东部中心来铜考察对接　摄影：何晓迪

三、筑牢发展根基，强化产业实体硬支撑

（一）*精确目标*。以主导产业为主攻方向，围绕上下游产业链开展技术创新，壮大整体科技创新实力。各县区政府、开发园区、特色产业龙头企业分别结合自身需求，对接外部资源。2008年和2013年，铜陵分别组建铜产业产学研合作联盟和铜基新材料产业技术创新战略联盟，集聚了国内涉铜产业一流科研力量；结合本地化工产业转型升级需求，铜陵与中科大筹建科技成果转化中心，开展精细化工领域产学研合作；义安区依托国家农业科技园区与江南大学开展农业食品加工项目合作。

（二）*精准对接*。在推动科研成果转化及人才团队引进过程中，以企业需求为导向，坚持“刚柔并济”的原则。一方面发布“科技悬赏”，企业“明码标价”，科研团队“揭榜破题”，开辟了科技成果转化新模式；另一方面坚持“不求所有，但求所用”，柔性引进高层次创新创业人才来铜开展科研攻关、项目合作和成果转化服务。

（三）*精心服务*。各经济职能部门将服务延伸至最后一公里，推动工作下沉。每年年初，由科技部门牵头搜集企业需求，组织高校院所专家，开展“点单式”“定制式”上门服务，推动产学研合作技术需求日常对接与集中对接相结合。此外，调研筛选全市126家具备创新实力或潜力的科技型企业，建立科技型企业数据库，从而分类施策。

（四）*精细管理*。为最大程度发挥创新平台作用，放大政策奖补财政资金撬动效应，铜陵对创新平台开展绩效考核，设定KPI管理指标，将工作逐一分解，工作成效通过数据直观反映出来，使得合作有章可循、有规可依，将力量汇聚到解决科技创新实际问题上来。

内蒙古乌兰察布市审计局党组书记、局长安军

全面履行审计监督职责　努力推动经济高质量发展

习近平总书记高度关注内蒙古的各项工作，总书记对内蒙古关心备至。多次就内蒙古的经济社会发展做专门指示，对内蒙古的经济社会发展给予明确的方向和准确的定位。要求我们，要推动经济高质量发展，把供给侧结构性改革聚焦到补短板上来，坚定不移深化改革开放，增强微观主体活力，提升产业链水平，畅通经济循环，推动农牧业高质量发展。要保持战略定力，要坚持生态优先、绿色发展，在集中集聚集约上找出路，加强草原保护，强化土地沙化荒漠化防治工作，保护好生态环境，筑牢我国北方重要生态安全屏障。要切实保障和改善民生，坚决打赢三大攻坚战，把脱贫攻坚重心向深度贫困地区聚焦，重点攻克“三保障”面临的难题，确保如期全面建成小康社会。内蒙古要筑牢北方重要的生态安全屏障，守好这方碧绿、这片蔚蓝、这份纯净，要坚定不移走生态优先、绿色发展之路。强化“底线思维”即红线不可逾越。我们审计系统广大党员干部职工一定要牢记总书记的教诲，为我们今后工作的开展增强了信心，坚定了决心，鼓足了干劲，提供了根本遵循。

我市地处内蒙古自治区中部，位于环渤海经济圈和呼包鄂经济带的结合部，是自治区东进西出、北开南联的重要枢纽，也是我国通往蒙古、俄罗斯和东欧的重要国际通道，地理位置得天独厚，有极大的发展潜力。保障和推动经济高质量健康发展，是审计工作作为经济社会持续健康发展的“护航员”的主要职责，在未来推动经济高质量发展的工作中，具有重要作用。

一、提高政治站位，强化使命担当

以总书记讲话精神为指引，把思想和行动统一到党中央、自治区党委和乌兰察布市委对形势的判断和决策部署上来，要从国家、自治区、本市的发展大局去想问题，做事情，贯彻以人民为中心的新发展理念，走生态优先绿色发展的路子；增强“四个意识”、坚定“四个自信”、做到“两个维护”，在干部群众中营造谋事创业的氛围，做一个忠诚、干净、担当的好干部；要牢记初心和使命，做好稳增长、促改革、调结构、惠民生、防风险、保稳定各项工作，不断增强各族群众的获得感、幸福感、安全感。

二、加强制度建设，优化保障功能

“三个区分开来”是目前我们审计工作面临的新的课题，作为

中心组集中学习党的十九大精神 摄影：冀龙

乌兰察布市审计局2017年获得国家审计署表彰项目奖 摄影：冀龙

审计机关及其工作人员要认真学习和研究有关政策，应充分考虑到“改革本身要担风险，创新需要不断试错的过程”；充分考虑改革探索的当时的客观实际情况和具体工作人员对事物认识的主客观因素；充分发挥容错机制的导向作用。让担当有为者放下包袱，让违法乱纪者受到惩戒，推动形成想作为、敢作为、善作为的良好风尚，深入推进我市供给侧结构性改革，在调结构、转动能、提质量，推动经济高质量发展上优化审计机关的制度保障功能，使审计部门能更加科学、合理地使用“三个区分开来”，建立纪检、组织、审计等部门的联动协调机制、共同责任认定机制，使责任认定更加客观合理准确，也使认定的结果得到充分运用，从根本上使有为者有位，为担当者担当，为作为者作为。

三、加强审计效能，防范化解债务风险

习总书记在讲话中指出，化解债务风险要同转方式结合起来，平衡好稳增长和防风险的关系，要扩大有效投入，增加优质供给。要防范化解债务风险，我们应该通过发挥预防、揭示和抵御三大“免疫系统”功能作用于经济资源配置效率和政府行政质量，防范化解债务风险，提高政府信誉，进而推动经济高质量发展，做到“梧桐花开，凤凰自来”，吸引更多优质民营企业入驻，延伸产业链，变粗放为精细，改变经济增长方式。

一是要加强债务风险点监督。综合运用政府投资审计、财政预（决）算审计等审计方式，加强对举债行为、债务形成的真实性和合理性、有可能出现的新增债务等重点事项实施严格监督。二是要当好决策管理参谋。充分运用审计在监督政府性债务过程中掌握的情况全面真实优势，深入分析研判情势，提出可供领导参考和行之有效、贴合实际的审计建议。三是要加强经济责任审计。要明确经济责任审计就是绩效审计这一理念，达到节约财政支出、降低财政风险，促进提高财政资金使用绩效，保障党和国家宏观政策和市委、市政府的重大决策部署落地见效的目的。四是要加强对环境资源的审计，把环境资源审计作为重点内容，强化研究实践，为“绿水青山”保驾护航。

四、加强队伍建设，提高审计工作水平

在我们当前的经济工作中要高度警惕“黑天鹅”，也要有效防范“灰犀牛”，这对今后的审计工作做出了新的更高要求。无论是“黑天鹅”查处还是“灰犀牛”的防范，都需要高素质、现代化的审计队伍进行配合，建设这样一支审计队伍已经刻不容缓。

一是要加强学习，加快高素质专业化审计干部队伍建设。当前，随着经济社会的发展和审计地位作用的提升，审计监督的领域越来越宽，审计机关承担的任务越来越重，审计干部队伍专业知识结构比较单一，制约审计新领域的开展，高层次、复合型人才紧缺，审计力量不足与审计任务重的矛盾日益突出。为此，我局招录多领域人才，补足新鲜血液，培养复合型人才，更好地应对今后审计工作的新需求、新挑战。二是以老带新，强化实践锻炼。为了弥补招录的其他领域的审计干部对审计业务不熟悉的缺陷，我局举办了业务培训班，并将新入职的人员分配到各个科室，以老带新、以强带弱，迅速提升新入职审计人员的业务水平，打造一支高素质、现代化、复合型审计队伍。三是推进审计全覆盖，突出审计的抵御功能，有效防范化解经济社会风险，促进各项制度、政策不断完善，推动经济高质量发展。要加大对中央重大政策、自治区党委、市委、市政府有关措施贯彻落实情况跟踪审计力度，加大对经济社会运行中各种风险隐患揭示力度，加大对重点民生资金和项目审计力度，更好发挥审计工作“治已病、防未病”重要作用，促进领导干部自觉接受审计监督、依法秉公廉洁用权。

江苏省海安市地方金融监管局党组书记、局长仲伟平

留得市场主体“青山”　拓展未来发展空间 在助推实体经济发展中跑出金融“加速度”

链接：仲伟平，男，中央党校经管专业毕业，中共党员。曾任海安镇党校副校长、镇政府办公室副主任，海安县政府办公室经济科科长，县政府办公室主任助理，海安县政府办公室副主任，海安县发改委副主任、金融办主任，海安县发改委党组副书记、副主任，海安市发改委党组副书记、副主任等职，现任海安市地方金融管理局党组书记、局长。

习近平总书记在2020年7月21日的企业家座谈会上强调，要

仲伟平近照

千方百计把市场主体保护好，为经济发展积蓄基本力量。在海安众多的市场主体中，中小微企业是稳住经济发展基本盘的力量载体，是“高质量发展争第一，百强排名进二十”的重要支撑。面对疫情的巨大冲击，全市金融系统必须主动靠前，积极作为，强化逆周期调节力度，疏通货币政策传导，保持流动性适度充裕，让金融活水释放巨大动能。

坚持“扛旗夺杯”，务求信贷规模保二争一。“见第一就争、见奖杯就夺、见红旗就扛”是海安干部拼搏向上、追赶超越、争当先锋的精气神。近年来，驻海各银行机构主动融入海安经济社会发展大局，不断优化信贷投向，为实体经济发展提供了强有力的金融支撑，但是空间和潜力仍然很大。要继续弘扬海安干部“精气神”，用足用好国家信贷政策，力争在系统内信贷份额稳中有升，在增量中多向实体经济倾斜，全年制造业贷款总量300亿元、占比23%，均保持南通市各县（市、区）第一。

不忘“初心使命”，务求金融活水精准滴灌。服务实体经济是金融的天职，也是金融的初心使命。对海安而言，制造业过去是，未来也仍然会是推动经济发展的核心产业。要主动跟踪对接省级和市级重大工业投资项目，简化审批流程，着力满足企业制造装备升级、互联网化提升、工业强基和转型升级、优化重组等领域信贷需求。对部分暂时困难的行业和企业，要因业施策、因企施策，尽量满足合理的新增信贷和续贷需求，中小微企业信贷余额不低于2019年同期余额，贷款增速高于各项贷款平均增速。

注重“放水养鱼”，务求困难企业生存发展。疫情冲击经济，压力前所未有。今年以来，全市不少中小微企业受疫情影响，出现了生产经营困难。金融机构要充分认知银企共生共荣的关系，在贷款利率及其他涉企收费项目上减费让利，确保重要防疫物资和重点民生领域的普惠型小微企业贷款综合成本，原则上不高于去年同期融资成本。同时，政府性融资担保公司和转贷服务公司也要适度降低担保、转贷收费标准。

立足“铺路架桥”，务求两链风险有效阻隔。少数企业之间盘根错节的资金链、担保链风险，在经济下行压力下极易滋生蔓延传导。金融机构要在化解处置风险中发挥主体作用，对特殊困难企业，以展期或无还本续贷的方式保障企业资金不断链，防止两链风险的扩散与蔓延。对“能够救、值得救”的企业，采取维持信贷存量、降低利率、债务平移等措施，逐步实行破圈解链，为企业纾困解难求生存赢得时间和空间。同时，加强与政府转贷平台的合作，减轻企业一次性还款压力，助推企业走出窘境。年内转贷总额达18亿元以上。

留得青山在，不怕没柴烧。让众多的中小微企业能生存、有活力，是金融部门的职责所在，也是防范风险的根本举措。全市金融系统将进一步确立“保市场主体就是保社会生产力”的理念，以良好的金融服务助推市场主体迎难而上、破浪前行，为“后疫情时代”经济社会高质量发展积蓄基本力量。

江西省寻乌县发展和改革委员会曾伟朗、江彪

绘就绿色发展蓝图

寻乌县花开了生态旅游景区　摄影：曾伟朗

链接：曾伟朗，男，汉族，1976年9月出生，大学文化，中共党员。现任寻乌县发改委项目管理办主任。曾荣获2016年度、2017年度全县优秀科级副职领导干部，2018年县优秀政协委员，2019年度全县服务“七大攻坚”工作先进个人、招商引资工作先进个人，2020年被县委、县政府表彰为在山水林田湖草项目创建全国示范样板有功人员。论文《让“废弃矿山”重现“绿水青山”》获全省生态文明改革示范经验优秀成果一等奖，撰写的《寻乌县山水林田湖草综合治理案例》于2020年4月入选自然资源部全国第一批生态产品价值实现十大典型案例，视频作品《废弃矿山的绿色蝶变》在中宣部“学习强国”学习平台举办的“我爱我的祖国”作品大赛中荣获三等奖。

寻乌县位于江西省东南部，居赣、闽、粤三省交界处，是东江发源地，属南岭山地森林生物多样性重点生态功能区，是南方生态屏障的重要组成部分。近年来，寻乌县坚持“生态立县、绿色崛起”发展战略，全力做好生态保护和产业发展“双促进”“双转化”文章，在生态文明建设实践上取得显著成绩，获国家生态文明建设示范县、国家造林绿化先进县、省级绿色低碳试点县、省“河长制”先进县等荣誉称号。

一、“三治”生绿，创生命共同体样板

以废弃稀土矿山治理修复为突破点，并在治理修复实践中探索

寻乌县柯树塘废弃矿山综合治理与生态修复项目 摄影：曾伟朗

总结出山水林田湖草治理“三同治”模式，将被称为南方“白色沙漠”的废弃稀土矿山，打造为全国山水林田湖草治理样板工程。治理修复中，坚持规划先行，打破行业壁垒，加强资金整合，统一考核标准，全面推进“三同治”模式，即“山上山下、地上地下、流域上下”同时治理，统筹推进水域保护、矿山治理、土地整治、植被恢复等4大类工程，实现生态治理在空间上全覆盖、时间上全同步，重建了废弃稀土矿山及其下游影响区域的生态系统，使得荒漠换绿装，将昔日的“环境痛点”转化为“生态亮点”。治理修复经验入选自然资源部第一批生态产品价值实现典型案例，并多次作为全国生态文明建设、国土空间修复会议的典型案例材料。

二、“三净”护源，奏生态文明凯歌

做实“河长制”升级优化工作，创建了具有寻乌特色的河道管理养护长效机制。通过“河权到户”改革，激发群众参与治水的积极性，实现政府和群众双赢。实施东江流域上下游横向生态补偿工程项目30余个，对东江源头保护区内的村组开展生态移民，扎实推进桠髻钵山国家级（森林）自然公园和东江源国家湿地公园建设，保护生态，净化水质。经监测，全县出境断面兴宁电站断面按月水质达标率为100%。净土是护水之本，有青山方得绿水。全县以“林长制”为抓手，做好“护绿、增绿、管绿、用绿、活绿”文章，通过建立县、乡、村、组4级“林长”组织体系和“两长三员”源头管理架构，推出“包山、包人”管理制度，启用“赣林通App”巡护管理系统，森林质量大幅提升，森林覆盖率达到82.45%。大力推进工业污水集中治理、农业面源污染治理、农村人居环境整治、“厕所革命”等专项行动，实现地绿水净、美丽宜居。在打赢蓝天保卫战中，抓牢扬尘治理这个“牛鼻子”，净空行动取得显著成效。通过采购先进装备、建立网格化管控机制、项目工地和工程车辆专项治理等举措，全县空气质量优良天数比例达98.9%，PM2.5浓度均值为14微克/立方米，空气质量跻身全省前列。

三、“三产”转化，绘绿色发展蓝图

坚持“一产利用生态、二产服从生态、三产保护生态”的可持续发展模式，生态产业取得长足发展。生态工业方面，淘汰过去以稀土冶炼、陶瓷建材等高污染、高能耗为主导的工业产业，坚持走绿色工业发展路径，确立通用设备制造为工业首位产业，走出一条现代制造业聚集新路。2017年至今，共引进通用设备制造首位产业项目71个，签约金额高达280亿元。生态农业方面，坚持“柑橘为主、多元发展”战略，推动农业产业转型升级，加大对蔬菜、猕猴桃、百香果、蓝莓等产业的扶持力度，加强施肥用药的引导，在推进绿色生态农业发展方面取得显著成效，实现农业增加值近23亿元。生态文旅方面，利用生态旅游优质资源，大力推进全域旅游发展，实现生态文旅“红、绿、古、橙”4色齐辉，青龙岩、东江源温泉、花开了、石崆寨等生态旅游景点竞相绽放，年接待游客数量不断攀升，寻乌县正在成为粤港澳大湾区的旅游后花园。

供图：寻乌县发改委

湖北省黄石市供销社党组书记、主任方朝阳

运用综合改革成果 服务乡村振兴战略

习近平总书记指出，在新的历史条件下，要继续办好供销合作社，发挥其独特优势和重要作用。如何结合供销社综合改革契机，为助推乡村振兴发挥供销人的作用，是摆在供销社系统干部职工面前的一个重大课题。

一、深化综合改革取得的成效

黄石供销系统深入贯彻落实中央、省、市的决策部署，积极参与解决我市三农领域面临的问题与困难，较好地完成了各项改革发展任务。

（一）综合实力明显提升。截至2019年，黄石供销系统完成购销总额157.76亿元，较改革前增长近四倍，年均增长40%，社有资产总额12.2亿元，年汇总利润5500万元，均实现了长足进步。在全省供销系统综合业绩考核中，黄石市社连续两年位列第三名。

方朝阳同志（右二）参加红色主题教育活动

（二）机制体制更加完善。全系统理事会、监事会全面落实，市县两级联合社实现参公管理。人才队伍不断加强，干部队伍逐步年轻化，机关治理能力稳步提高。从严治党主体责任和监督责任全面落实，全系统多年未出现重大违纪违法事件。

（三）基层组织明显增强。全市目前共有基层社 43 家，已创建国家级“基层社标杆社”13 家。“围绕农民办事不出村”，持续推进 804 家村级综合服务社提质升级，覆盖全部行政村，建成三农服务中心 30 家，新建改建庄稼医院 35 家，覆盖重点农业乡镇。全系统目前共扶持领创办农民专业合作社 397 家，较改革前增长了近 6 倍。创建国家级示范合作社 15 家，省级 16 家，获得国家有机、绿色、无公害等认证 83 家。

（四）流通网络更加顺畅。全系统培育发展供销通、颜餐电商、康之堂等 20 多家龙头电商企业，累计建成电商服务中心 12 家、电商服务站 528 家、快递超市 12 家。2019 年全系统实现电子商务销售额 13.01 亿元。

（五）服务能力显著提升。全系统累计完成土地托管面积 28.6 万亩，土地流转面积 7.3 万亩。培育蔡贤桑椹、龙凤山庄、向阳香李、金海白茶、鑫东有机蔬菜等 12 个农旅文龙头示范点，总投资额度约 1.8 亿余元，吸纳从业人员及带动农民近万人，年经济效益约 6 亿元。

（六）开放办社成效显著。全系统牵头成立合作经济组织联合会 3 个，行业协会 9 个，黄石、大冶、阳新农民专业合作社联合会分别通过了市 A3 等级考核验收，黄石农合联被选为湖北省农合联副会长单位，有力促进区域内农民合作经济组织联合发展。

（七）合作金融量质提升。市县两级筹集资金 4400 万元，建立了合作发展基金。与湖北银行黄石分行达成战略合作协议，建立基金托管专户。与建设银行合作，依托三农金融服务中心为 20 余家专业合作社放贷 1000 多万元。

二、助力乡村振兴面临的困难

近年来，我市三农工作取得了显著成绩，但作为老工业基地，农业农村发展仍存在不平衡不充分问题。被中央、省市委寄予厚望的供销社，在深化改革、服务三农的过程中也面临一些困难和问题。

（一）从市级层面看，主要存在“三弱”。

一是农业农村基础设施薄弱。我市农村基础设施如农田水利、交通物流、通信网络等，底子较薄，在教育、医疗、卫生、文化、社会保障等方面也存在投入不足、发展不充分的问题。

二是企业引领带动作用较弱。我市涉农企业数量少、规模小，产业集群效益不强、深加工不够。基于城市固有印象，难吸引到有实力的涉农企业，农业农村产业缺乏龙头带领，经营业态相对落后。

三是产业综合竞争力较弱。我市属于丘陵地带，在农机推广利用上有先天劣势。特色农业产业规模普遍较小，产业链条短、分布零散，缺乏较完整的产业体系，综合竞争力不强，带动发展的作用远未完全发挥出来。

（二）从供销社本身看，主要存在“三不够”。

一是自身实力还不够强。进入市场经济后，供销社传统的主营业务逐步失去竞争力，特别是经历“两转”改革后，留下的优质社有资产不多。同其他市州相比，黄石供销系统“块头”较小，经济总量不大，专业人才缺乏，自身综合实力还亟待加强。

二是与农民利益联结还不够紧。基层社与农民的劳动合作、资本合作、土地合作不够，管理方式普遍传统粗放。全市农民专业合作社有 3600 多家，供销社领创办的仅占一成，产销型、科技服务型合作社数量更少，农民获得感不明显。

三是开拓创新劲头还不够足。为了确保社有资产保值增值，对项目的投入以稳慎为主，虽然进行了自主经营试点等开拓性做法，但主要收入依然以收租金为主。

三、运用改革成果服务乡村振兴的途径

供销社长期服务三农，具有点多面广的综合平台优势和广泛的群众基础，参与实施乡村振兴战略是使命所在。通过总结梳理我社近年深化综合改革的经验成果，我认为，供销社应在助力“五项发展”、打造“五大乡村”上展现担当作为，服务乡村振兴。

（一）助力品牌建设，打造特色乡村

一是谋划拳头产业。乡村振兴离不开强村富民的特色产业，应因地制宜发展油茶、茶叶、中药材、果蔬、水产养殖、家禽养殖、苗木花卉、食用菌等特色产业，扶持、领（创）办专业合作社建立农产品生产基地，形成“一村一品”的产业格局，以特色农业、规模农业为基础，提高农产品标准化、规模化生产水平，帮助农民专业合作社整合品牌、认证，申报无公害农产品、绿色食品、有机食品等。

二是抱团联合发展。充分运用好市县供销社成立的农民专业合作社联合会组织优势，积极打造产业联盟，搭建起市场营销、信息服务、投融资、农资服务、合作交流等“五大平台”，切实解决农民专业合作社单一发展规模小、经营实力弱等问题，提高产品的市场竞争力。强化合作社及其特色农产品的宣传推广，打响品牌知名度。

（二）助力绿色生态，打造美丽乡村

一是加强基础投入。争取资金筹建再生资源回收交易市场，同

方朝阳同志为黄石市“农旅文”示范点授牌

步推进基层社与再生资源回收工作相结合，在现有基层社中建立再生资源回收转运站，支持村级综合服务社完善再生资源回收等功能，逐步构建起以村为基础的逐级回收网络。着力推进再生资源回收利用与农村生活垃圾分类有机结合，与相关部门加强协调联系，从源头治理、收运分类、末端处置等方面进行统筹规划，改善农村人居环境卫生。

二是转变种养观念。牢固树立“增产施肥、经济施肥、环保施肥”理念，依托基层社、农民专业合作社联合会等组织，引导社员种植绿肥、推广有机肥，减少化肥和农药使用量。积极发挥庄稼医院和为农服务中心作用，通过测土配方施肥、统防统治等方式为农民提供科学施肥服务，严格按照国家有关要求，确保实现化肥农药使用量零增长。

（三）助力融合发展，打造文化乡村

一是凸显文化符号。结合美丽乡村建设，坚持因地制宜原则，提炼特色乡村文化元素。要大力挖掘本地的文化蕴藏，特别要注重保护古村落和历史故居等，避免大拆大建，不搞清一色的“现代化”改造。

二是创新文化形式。以市场化、品牌化、特色化为标准，对乡村文化进行包装和产业链延伸，将分散式的景点整合为整体化的景区，大力发展“农旅文”融合发展项目。以乡村文化为依托，举办各类节庆活动，打造沉浸式的文化体验，逐渐形成特色明显的乡村休闲文化旅游品牌。

（四）助力基层治理，打造和谐乡村

一是强化基层组织核心作用。加深供销社系统同村“两委”、政法系统等协同合作，构建“党组织 + 村级服务社 + 农民专业合作社 + 基层网格”的乡村治理共同体。鼓励党支部领办合作社，以村集体资金资产入股，畅通村“两委”成员兼任合作社理事的渠道，通过推进党建带社建、村社共建，进一步发挥合作社和其他集体经济组织的纽带作用，提高基层治理效能。

二是强化人民群众主体作用。通过劳动合作、资本合作、土地合作等多种途径，广泛吸纳农民入股合作社。围绕各地特色，开展农业社会化服务，积极发展农产品市场和农产品初加工等，加快办成以农民为主体的综合性合作社，通过完善利益共享机制，引领和发展农村经济，并在促进乡村治理等方面发挥积极作用。

（五）助力脱贫攻坚，打造富裕乡村

一是推进产业扶贫。以农民专业合作社为依托，围绕地方优势特色产业，在贫困地区培育发展一批新型农业经营主体，指导帮助农民专业合作社品牌整合、认证，支持申请“三品一标”、争创名优农产品商标，提高品牌价值。

二是推进电商扶贫。积极构建农村电商“县级电商运营中心 + 乡镇电商服务中心 + 村级服务站”的运营体系，主动牵线搭桥，促进新型农业经营主体与电商公司的合作，推进特色农产品上网销售。完善城乡物流配送体系建设，将物流快递公司在各乡镇的业务拓展，同供销社的基层网点建设结合起来，控制物流成本，切实打通“工业品下乡，农产品进城”的“最后一公里”。

三是推进金融扶贫。一方面用好国家和地方精准扶贫金融政策，发挥县市落实金融风险补偿金机制，将符合贷款条件的贫困户吸纳到合作社当中，以解决合作社发展资金瓶颈问题，推进合作社良性发展。另一方面进一步壮大合作发展基金，加强同银行合作，通过基金杠杆效应，解决专业合作社等涉农行业融资难、融资贵问题。

湖南省蓝山县林业局局长李明真

蓝山林业产业发展调研报告

李明真（左）调研林业产业发展

链接：近年来，蓝山县林业工作在蓝山县委、县政府的正确领导和上级林业主管部门精心指导下，牢固树立和践行“绿水青山就是金山银山”的绿色、生态发展理念，凝心聚力，扎实工作，实现了全县林业生态建设转型跨越发展。蓝山县现有林地面积 212.75 万亩，占全县总面积的 78.5％，森林蓄积 578.60 万立方米，森林覆盖率 73.16％，是湖南省重点林区县、国家木材战略储备试点县、国家重点生态功能区、湘江源区域国家生态文明先行示范县。蓝山县林业局先后荣获湖南省“中央财政森林抚育补贴试点工作先进单位”“湖南省防护林建设工程优秀单位”“湖南省鸟类保护先进集体”“湖南省打击破坏森林资源违法犯罪专项行动（雷霆一号）先进集体”“湖南省文明卫生单位”“永州市林业目标管理先进单位”等荣誉称号。

蓝山县现有林地面积 212.5 万亩，占全县国土面积的 78.8%。其中有林地面积 140.5 万亩。全县目前种植杉木林 13.93 万亩，经济林 29.7 万亩，松木林 3.45 万亩，竹子 25.12 万亩。纳入国家级省级生态公益林补偿范围 91.53 万余亩；全县活立木蓄积量 555.94 万立方米，森林绿化率达 73.14%。蓝山县丰富的森林资源和得天独厚的自然气候环境为发展林业产业提供了必备的基础条件。全县杉木、松木、竹子的传统种植是有一定的规模和群众基础，林农从中也获得了较好的收益；是林农的主要经济来源。在近 215.2 万亩林地中，除已划为生态公益保护和条件不适林地，可规划用于发展林业产业面积达 100 万亩左右，资源优势很明显，资源开发潜力巨大。

一、全县林业产业发展现状

2009 年以来，蓝山县林业部门依据《中共中央关于加快林业发展的若干意见》为契机，加快了林业产业发展的步伐，实施了广大林业产业项目建设，使林业产业得到了较好的培育。全县已初步形成以鑫旺竹业为龙头的供销一体的竹产业，以湘蓝竹木制品有限公司为龙头的木材深加工产业，以郁葱林业、舜妃油茶为龙头的油茶产业，以景峰林业为龙头的绿化树种经营及木本中药材产业，以永州市舜九嶷生物科技有限公司为龙头的特种养殖产业，以三峰茶业有限公司为龙头的林下经济种养产业，以湘江源森林公园、云冰山、三峰茶叶为龙头的森林旅游产业等都发展较好，截至2018年，全县林业总产值实现24.042亿元，其中规模企业总产值达9.1亿元。

二、蓝山县林业产业发展存在的主要问题及原因

长期以来，受旧体制、旧观念的束缚和影响，阻碍了林业产业的健康发展，制约了林业生产力的充分发挥，致使蓝山县林业“大资源、小产业、低效益”的问题十分突出，规模小、效益低的问题长期得不到解决，主要表现在：

（一）存在的问题

1.产值规模小。蓝山县林地面积占国土面积的70%以上，全县2018年林业总产值为24亿元，亩均林业产值仅为109元。林业产值占全县地区生产总值的11.8%，占比极不相称，对国民经济的发展贡献率低下。

2.支柱产业少。蓝山县虽然将杉木、松木、竹子、油茶、木本药材、林下种养、森林旅游开发等作为林业产业发展的重点来培育，各产业也涌现了一些代表企业，但目前还未形成有效的规模，更未形成林业产业支柱，产业效益作用不明显，带动力不强。从调研情况来看，绝大多数木材加工企业，由于产品单一，没有自己的品牌，虽然质量可靠，但受市场行情冲击，资金短缺的影响，普遍处于半生产状态，甚至很多小型加工企业一夜之间倒闭，加上木材价格同比去年下降15%左右，严重影响了林农的生产、生活，大大降低了林农的造林积极性，大大降低了社本资本投入林业的积极性。

3.产业化程度底。全县省级林业龙头仅5家，且企业规模小，效益低，产业链条短，经营粗放，林业资源综合利用和林产品附加值低，市场竞争能力弱。三个国有林场虽然已改革，但林场主要的生产经营业务仍然是采伐和出售原木，仍属于资源消耗型企业，没有彻底转变为生态林场，抵御市场风险，持续发展的能力十分弱小，生产经营仅维持在日常运转。湘蓝竹木制品有限公司虽然是省级龙头企业，但由于产品没有品牌效应，产品销售要“看脸色吃饭”，造成资金回笼慢，资金运转困难，生产水平得不到提高，市场竞争力不强，只能靠生产中低板材维持企业的基本运转。舜九嶷生物科技公司是省级林下经济示范基地，虽然野生动物驯养繁殖十分成功，并打入了周边省市市场，但由于资金技术等原因未能进行深加工，延长产业链，仅靠变卖孵化的小孔雀维持企业的生存。

（二）存在问题的原因

1.林业体制机制不够灵活。虽然集体林权制度主体改革取得了成效，但相关的配套改革进展缓慢，尤其是森林采伐管理，林木、林地流转等还存在许多障碍，影响了林改成效的充分发挥。特别是现行的森林采伐管理与落实林业经营者处置权的要求和森林经营的矛盾日益突出。集体林权制度改革后，林农及林业生产大户拥有了林权证，林木及林业可以说是自己的私有财产，但现行的采伐管理制度沿袭了计划经济时代的特征，采伐申请程序过于繁多，指标分配及使用不灵活，不及时，林地开发经营制度和林地开发经营制度设立的许可条件太多，不利于林农自我管理和自主经营，不利于林业产业发展，严重影响了正常的林业生产经营。而市场经济时代形势瞬息万变。经营机遇稍纵即逝，失去机遇，林农不一定能得到实实在在的利益。因此出现林业经营受限多，机制不活的现象。

2.科技支撑能力不够强。林业科技成果与林业实际生产脱节，示范基地及林产品的技术含量不高，显示度不够，示范带头作用不大。如木材加工行业，现在还处于20世纪90年代的水平，小作坊生产，家庭作坊加工形式普遍存在，林产品较粗放，基本没有科技含量，市场出现疲软时，基本处于瘫痪状态，抗风险能力弱。

3.林业产业投入严重不足，地方财政支持力度不大，融资困难。近年来，虽然中央、省、市、县加大了对林业的扶持力度，但还存在项目资金配套少，投入远不能满足林业产业发展的需求，可以说是杯水车薪。另一方面，林业企业融资困难，自筹资金远不能满足企业生产的需求，造成不能生产高端产品，不能创品牌、名牌，达不到品牌、名牌效应。如湘蓝竹制品有限公司，是蓝山县的省级深加工板材龙头企业，董事长曾宪朋是土生土长的农民，靠多年打拼成长起来的企业家，虽然近年通过企业自身的努力，无论是产品数量，还是质量都能满足消费市场的需要，同时受到了消费者的青睐，销售市场也相对较稳定，生产技术也较成熟，设备齐全，但由于融资困难，不能扩大再生产，不能生产高端产品，打不出自己的品牌，只能维持企业勉强生存。又如舜九嶷科技生物有限公司，属本地的林下经济省级示范基地，由于资金方面的原因，不能进行食品深加工，只能靠出售孵化的小孔雀维持企业正常运转，得不到更深层的利润回报。

三、今后蓝山县林业产业发展思路

综上所述，虽然蓝山县林业产业发展暂时出现了困难，但林业产业发展潜力巨大，我们有很好的群众基础和成功经验。可以说蓝山县新时代林业产业大有可为，大有希望。在推进蓝山县林业产业发展工作中，建议从以下几方面着手：

1.完善管理机制，加大行业管理制度。林业产业牵涉面广，为确保发展规划的实施，应在县委、县政府的领导下，继续深化林业体制改革，完善全县林业产业管理体系，健全组织机构，加强行业管理。林业主管部门应在森林法及有关规章明确条文下，行使职能，全面加强对森林资源培育、林木种苗与花卉、野生动植物资源培育、木材加工、木竹家具、森林食品药品和油料加工、森林旅游、林产品市场流通产业行业的管理，激发林业产业的活力，推动全县林业产业的发展。

2.扶持支柱龙头企业，实施规模化经营。目前蓝山县仍有许多林业产业企业沿用传统的生产经营模式，企业规模小而散，生产设备简陋，技术落后，营销方式保守，经济效益难以提高，市场竞争力不强，也不利于资源的合理利用。为此，应大力扶持优势产业，扶持支柱龙头企业，走生产规模化、经营集中化的道路。按照湖南省关于发展4个千亿产业的有关政策和林业产业布局，筛选一批具有优势、有实力、有市场潜力的企业，从政策、资金、资源等方面采取综合配套措施重点扶持，支持传统优势产业和龙头企业快速发展，全面实施以龙头企业带动为主的林业产业化经营。形成一批在省内、国内市场具有竞争力的企业群，带动全县林业产业发展向规模化发展。

3.成立林业产业行业协会和经济组织。在当前市场经济条件下，政府要转变职能，企业要加强行业自律。必须成立林业产业协会，通过行业协会实现行业自律的有效管理，规范市场秩序，维护公平竞争，保护合法权益。贯彻国家和行业主管部门的有关政策才能适应市场经济的要求，形成行业合力，建立符合林业产业自身特点的管理体制和运行机制，提升产业的整体素质，推动林业产业的可持续发展。引导林业产业企业和个体经营户按照自愿、互利原则，组成林业专业经济组织，推进集约化、规模化发展经营，才能提高蓝山县林业产业知名度。

4.明确目标任务，科学谋划蓝山县林业产业发展宏伟蓝图。根据自然地理、气候条件以及国际国内林业产业发展趋势，建议按区域建好几大产业，做到一区域一品种：在丘陵地区的楠市、土市、太平、新圩、祠市大力发展油茶产业10万亩；在山区片的荆竹、大桥、所城等发展以杉木林为主的商品林基地，在山区片的浆洞、毛俊、汇源等乡镇大力发展楠竹产业；为竹木深加工提供原料保障。以湘江源森林公园为龙头发展森林康养旅游产业；以三个国有林场为基础大力发展林下经济产业；在塔峰镇建立林业各种林业深加工企业，形成现代特色的林业产业群。

5.牢固树立抢抓机遇意识，为推进蓝山县林业产业发展争取广阔空间。要紧紧用好用活湘江源头在蓝山这块金字牌子，为蓝山县加快推进林业产业发展争取更多的政策保障和项目资金的支持力

度，同时大力宣传蓝山林业，扩大影响力，争取更多的社会资金融入林业产业，做大做强蓝山林业产业。鼓励、支持金融机构对龙头企业信贷业务，确保企业活力。

总之，蓝山县林业产业发展潜力巨大，优势明显，前景美好，只要我们上下统一思想，凝心聚力，敢于创新以强有力的政策引导、扶持和技术服务，充分调动林农和社会各界人士的积极性，林业产业的发展必将为蓝山小康社会全面建设发挥巨大作用，为建设生态蓝山、秀美家园作出应有的贡献。

河北省农村信用社联合社邢台审计中心党委书记、主任张绪东

新形势下农信机构网点智能化发展初探

张绪东近照

链接：张绪东，男，汉族，1968年9月出生，昆明理工大学计算机专业学士，燕山大学公共管理专业（MPA）硕士研究生，中国社科院金融学博士研究生，高级经济师，中共党员。2016年6月任河北省农村信用社联合社（以下简称河北省联社）邢台审计中心党委书记、主任。在张绪东同志带领下，邢台农信始终坚守“立足三农、面向县域、服务中小”定位，截至2020年6月末，各项存款1488亿元、各项贷款987亿元，在4年里翻了一番。农商行改制工作居全省前列；连续多年纳税总额居全市前五名。

邢台审计中心，属河北省联社派出机构，主要代表省联社对辖内18家县级行社履行“审计、监督、评价、指导”职能。在张绪东同志领导下，邢台审计中心2017年至2019年连续被邢台市直工委评为“市直创建文明机关（党委）活动先进单位”、2018年6月被邢台市委、市人民政府授予“文明单位”称号；2019年2月被邢台市人民政府授予“2018年度银行业金融机构服务实体经济发展优秀单位”荣誉称号。

乡村振兴战略和全面脱贫攻坚等工作的大力推进，给农村经济的腾飞带来了良好契机。农信作为助力农村经济发展的主力军，具有网点多、覆盖面广的优势，但是当下的网点建设大多数使用跑马圈地的布局模式，存在着很多问题，网点智能化发展迟缓。为加快实现金融普惠化，深入服务“三农”，农信机构在网点转型的整个过程中不仅扮演着提供资金的角色，更要发挥扎根农村的优势，助力农村产业发展，而这一切都需要通过智能化手段提升网点服务能力，打造线上线下一体化平台，为客户提供更加快捷、便利的服务，从而进一步提高农信机构的金融普惠性与服务“三农”的能力。

一、现状分析

为主动适应普惠金融蓬勃发展的新趋势，农信机构迫切需要借助移动互联网、5G网络、大数据、新支付、生物识别、人工智能等新兴技术，实现前沿科技与银行产品的有机结合，进一步规范服务流程，逐步实现网点无人化、客户自助化、管理数字化、风险可控化。为客户量身定制金融产品，为客户提供面对面、1对1和客户体验型金融服务，提升营销水平，赢得客户，向客户提供泛在化、智能化、增值化的金融服务，塑造新时代邢台农信新形象。

就邢台农信机构而言，要通过构建多平台、全方位、立体式的电子银行服务体系，不断创新网上银行、手机银行、微信银行、电子商务平台等电子渠道建设。据不完全统计，2020年一季度邢台农信离柜交易达865万笔，其中电子银行交易占比达93.02%。截至2020年4月，全辖共有营业网点519个，助农服务点2366个，自助设备934台，其中，取款机252台，存取款一体机682台，自助发卡机18台，网点自助化率为1.79%，基本能满足广大人民群众的金融服务需求。然而，相对于国有商业银行和股份制银行，农信机构网点智能化步伐相对滞后。

二、发展难点

（一）线下布局不合理。线下网点布局缺乏整体规划。农信机构的网点主要形式有营业网点和自助银行，而智能网点的搭建渠道缺少专业的市场调查，布局缺乏规划，多数在设置智能网点的时候采取“先布放后治理”的方式。主要表现为：一是分布不平衡。有的网点周围业务需求大，排队现象严重，客户等待时间长；有的网点周围业务需求小，柜员相对清闲，无法充分利用网点的资源。二是缺少针对性。网点业务功能与周边区域的经济结构不匹配，无法有针对性地满足周边客户的金融需求。三是调整频繁。部分网点由于选址不合理，新建几年后就被迫搬迁、调整，增加了运营成本，造成了银行网点的资源消耗过快。

（二）线上渠道布局不足。随着移动支付业务的不断发展，现金结算不断减少，线上渠道逐渐成为主流，农信机构在线上渠道的布局尚未跟上。一方面农村地区移动支付使用环境存在差距，部分需求无法满足；另一方面业务人员对移动支付的重视程度和变“坐商”为“行商”的观念相对其他银行存在差距，这些都制约着农信机构移动支付业务的发展。

（三）以传统金融业务为主，无法满足客户更高需求。一是农信机构营业网点目前仍为操作处理型，办理卡折开立、通存通兑、批量代理、客户查询打印等基础金融业务多，增值业务少，缺乏智能化金融应用场景，无法为客户提供精确的差异化服务，与同行业相比处于竞争劣势。二是农信机构缺乏对客户识别分级的手段，同时前台柜员由于接待客户办理存取款业务占据了大量时间，只顾埋头于为客户办理低质量业务，导致无法深入挖掘和探索客户的理财业务等需求，错过了很多营销机会。

（四）网点智能化水平低，客户体验度有待提高。一是农信机构的自助设备以存取款体机和取款机为主，只能办理现金类业务，很多基础金融业务仍通过柜台进行办理，表现为柜台业务流程相对烦琐，客户办理业务时间长。二是农信机构由地方政府扶持，重点负责养老金、财政性补助、公务人员开支等财政资金发放工作，由于农村地区老年人居多，且大部分持有存折或存单，只能到网点柜台办理业务，导致网点现有智能化设备使用率不高。三是农信机构

员工年龄结构相对老化，人工业务办理工作效率不高、差错几率大，风险较高。

三、发展措施

（一）*布局优化，推动网点效能立体化*。统筹考虑，综合谋划，完善物理网点建设体系，做好布局优化。根据网点的不同功能进行分层分级，建设“智能化营业网点旗舰店 + 综合型网点 + 新型自助银行 + 金融便民店”模式，并基于周边客户的实际需求，经过充分调研和分析后完成选址和后续建设。智能化营业网点旗舰店以金融体验为主，针对中高端客户，广告示范效应强。综合型网点配备较为全面的智能设备，强化营销，提供有针对性的产品，细分客户差异化服务。新型自助银行主要利用高集成化的自助设备，深入乡镇社区，满足客户的日常业务办理需求。金融便民店作为有力补充，填充农村地区空白金融服务区域，满足客户的基本金融需求，打通金融服务最后一公里。例如那台农商银行率先推出的“儿童银行”“女子银行”，对客户进行细分，有针对性地实现网点分层策略，更好地实现客户需求的深度挖掘，提供针对性的产品营销，从而增加客户黏性和忠诚度。如巨鹿农商银行利用社保卡业务成为当地惠农补贴一卡通”指定代理银行，代理发放惠农补贴资金业务，通过设立乡村金融综合服务站点，为群众提供“中请 + 办卡 + 启用”一条龙服务。

（二）*渠道闭环，助力线上线下一体化*。加强线上渠道建设，完成渠道融合工作，持续提升客户体验度。一是大力发展网上银行、手机银行、微信银行和公众号等线上渠道，不断丰富业务功能，推动传统普惠金融服务向线上迁徙，向小微企业、农户等群体提供线上化的账户管理、存款理财、支付结算、中间业务等综合金融服务。同时，开展多种形式的营销活动，加强客户宣传、提高手机银行和微信银行的开户率和使用率，占领互联网和移动端阵地。二是推进聚合扫码支付业务，加强行业场景建设，开展商户优惠券、满减等多种形式的营销活动，增加业务交易量，提高商户活跃率。三是加强线上线下渠道融合。探索实体网点和线上渠道之间的联系，通过创新金融产品将二者有机结合，如线上预约、叫号、填单，线下实体网点办理业务，降低客户的时间成本。通过提供线上线下一体化服务，打造极致的客户体验。

（三）*科技赋能，推进服务功能多样化*。全方位打造智慧银行，不断提高服务水平。一是推广应用虚拟柜员机、智能机器人、网点移动中孤单（PDA）、自动业务处理设备（自主发卡机）等新型智能设备，提高交易处理效率，为客户节约时间。也可将实体员从繁杂的业务办理流程中解放出来，便于开展理财、贵金属等高增值业务的营销工作。二是丰富业务功能，优化业务流程。通过技术手段，在合规的前提下实现 90% 以上柜台业务的流程标准化和凭证电子化，并逐步引导客户完成分流。三是采用生物识别、大数据分析等新技术，根据客户的资产状况、历史交易等行为习惯构建客户模型，完成客户分级和定位工作。加强客户关系管理，从而提供差异化的服务，同时也可提高风险防控水平。

（四）*理念转变，促进联动营销精准*。转变服务理念，增加场景建设是高客户黏性。一是将网点定位逐步从交易处理型过渡为服务营销型、投资顾问型。优化网点分区设计，增设业务体区、营销服务区，增加柜员同客户的交互、产品和品牌的展示、优质和个性服务的提供，以及复杂业务的处理，不断强化营销智能。二是以客户需求为导向，拓展业务范围，增加场景建设。在标准化金融服务的基础上，与客户实际的衣、食、住、行需求相结合，建设金融消费服务场景，加强“银银”“银保”“银税”“银医”合作，推出特色服务，增强客户黏性。三是加强人员培训，打造专业化团队。一方面要提高业务技能，巩固业务知识，可以引导客户通过自助设备办理标准化的金融服务，也可快速、准确地办理设备无法处理的复杂业务。另一方面要提高营销技能，掌握与客户沟通的技巧，根据客户需求推荐针对性的产品和服务，增强客户满意度，提高客户归属感。

综上所述，农信社机构只有紧跟时代步伐，不断完善线下渠道建设，加强线上渠道布局，通过业务整合形成合力，丰富宣传和营销技巧，才能增强农信机构的综合竞争力，应对日趋激烈的银行业竞争形势，保住农村金融市场的阵地。

四川射洪农商银行行长朱继平

扩面强基探索

射洪农商银行深入乡镇村社对接融资需求

链接：朱继平，男，从事金融工作 32 年，先后任阿坝州小金县农村信用联社党总支委员、副主任（挂职），蓬溪农信联社党委委员、副主任、副行长，四川射洪农商银行党委委员、副行长，现任四川射洪农商银行党委副书记、行长。曾获得四川农信优秀共产党员、遂宁市金融工作年度先进个人、射洪市支农先进个人等荣誉。

“扩面强基”是农商银行巩固夯实客户基础，推进可持续高质量发展的重要抓手。面对逼人的发展形势和客户基础薄弱、客户结构不优的现状，四川射洪农商银行结合实际，采取有效措施进行了创新实践和探索。

一、工作举措

（一）*多措并举，提升存款客户占有率*。一是狠抓机构客户拓展。大力推进“机构客户拓展专项营销活动”，班子成员和前中后台部门对市内 130 家机构客户逐户认领、主动对接。二是狠抓财政客户拓展。目前，射洪农商银行已建成“银村直连暨村级财务审核记账中心”，打通了“三资”管理平台与村级账户之间的互通互联。全市 282 个村委账户及村股份合作经济组织账户已全部开立到银行。同时，“就医通”项目顺利推进。项目建成后将全面深化与全市 44 家基层卫生医疗机构的合作，可实现新增营销医院基本账户 12 个、增加对公存款近 5000 万元，新增代发员工工资 1500 余户。

今年，射洪农商银行已制定并实施《住房公积金缴存账户拓展方案》《“校园通”项目建设方案》，全力争取住房公积金缴存账户、学校和师生账户。三是持续推进“圈链式”营销。在2020年成功实现“永佳超市”“博力多商超”圈链式营销的基础上，今年，已针对城区26家三家门店以上的圈链式商户开展一户一策营销。四是全面抢挖社保卡。目前，射洪农商银行已主动联系社保局、村委、社区，通过邮箱小量销卡和批量销卡开卡的办法加大社保卡发卡力度，同时加快存量社保卡的清理和激活，努力提升激活率。五是狠抓授信客户资金管理，将账户、结算量、经营款归行率等条件纳入信贷方案设计，持续跟踪贷款客户现金流情况，尽最大可能提高贷款客户的返存率，杜绝裸贷现象。

射洪农商银行与射洪市行政审批局、顺丰速运等公司签订战略合作协议，将共建集行政便民、金融服务、生活缴费、快递代收代寄等功能为一体的农村金融综合服务站

（二）强力推进，抓好贷款客户营销。一是狠抓重点客户营销。及时对接政府、发改局，密切跟进重点项目情况，及时捕捉营销信息。今年，全市重点项目共计58个，射洪农商银行已梳理对接其中20个开工在建项目。目前，已与四川美丰高分子材料项目达成合作意向；已推进盛新锂业年产3万吨氢氧化锂项目贷款上报省市风险评估。二是狠抓中小微企业客户营销。按照收集的中小微企业客户名单，对全市限额以上106家商贸企业、118家规上工业企业、47家资质以上建筑房地产企业、18家限额以上服务业企业一一对接。充分利用“天府信用通”等信息平台共享功能，精准对接规下企业以及个体工商户。三是狠抓新型农业经营主体营销。以助力乡村振兴为抓手，全面对接新型农业经营主体和新型职业农民，逐一建档立卡、评级授信，100%满足有效信贷需求。四是狠抓个人客户营销。一方面制定《金融助力乡村振兴工作方案》《2021-2023年整村授信工作专项方案》，分年逐村逐社区推进“整村授信”，力争三年内整村授信达标率100%。用好用活“农e贷”产品，提升农户用信覆盖率。另一方面，重点对接公职人员、国有企事业单位员工、优质企业主、个体工商户、社区居民等群体的消费需求，加强个人综合消费信贷业务拓展。重点强化公职人员客户营销，力争2021年通过“蜀信e贷”VIP名单及白名单导入系统，实现乡镇单位全覆盖，城区政府部门及客户名单内企事业单位导入达70%以上，单位员工授信面不低于单位员工总数的70%，员工用信面不低于授信面的30%的目标。

（三）毫不松懈，做广做多线上客户。一是打造“N通智慧”项目。加强与行业单位、公用资源企业的深度合作，建立应用场景，充分发挥代理缴费、开放银行、行业应用等场景金融服务的作用，打造“N通智慧”项目，在搭建“乘车通、就医通、校园通”的基础上，重点建设“停车通、美食通、商超通”。利用蜀信e缴费功能产品，快速在党费、工会费、摊位费、物业费等各类收费场景中推广。利用开放银行营销社保、医保、房管、公共资源、产业链平台机构。二是全力推广惠支付。对辖内商户应拓尽拓，有营业执照的拓展为惠支付普通商户，无营业执照的拓展为惠支付小微商户，将餐馆茶楼、百货商超、集贸市场、街边摊贩以及农家乐、农资销售点、产业合作社等一网打尽，努力实现“村社全占领、乡镇全覆盖、城区占80%”目标。三是做精做优惠生活。持续营销优质商户，遴选辖区特色餐饮、地方特产、乡村旅游产品等入驻惠生活平台，运用“直播带货”、抖音等新媒体，切实帮助客户销售，形成“买四川特产，就上惠生活”的口碑效应，注重线上线下引流融合，将线下积分、优惠券权益线上化，将线下实体门店的惠生活商户转化为惠支付商户。通过四川农信商户服务公众号提供的线上申贷、开户申请等服务和拟新增的商户进销存管理等增值服务，加快拓展各类商户。四是强化宣传营销。通过品牌宣传、线上线下活动进一步提高蜀信e知名度和美誉度，提升蜀信e用户数量和交易质量。利用线上绑卡等业务功能，通过微信、抖音等社交媒体、本行官网、微信公众平台等开展“病毒式营销”。通过线上开展交易送红包、线上缴费立减优惠返利等特色营销活动，通过线下路演、网点设置小奖品等方式，拉新促活。

（四）加强农村金融综合服务站建设推广。农村金融综合服务站建设及推广是扩面强基的重要举措。要切实在“综合”二字上下功夫，开展银政、银企、银商合作共建，叠加社保、民政、行政事务审批、电信、物流等服务，实现人流、物流、信息流、资金流四流合一，让每个农综站都活跃起来，建设综合服务效能最大化、商业可持续发展的农村金融综合服务站。

二、路径探索

（一）强化组织保障。一是成立扩面强基领导小组。明确职责，统筹研究，细致规划，部署指导，总结研究，做好顶层设计，强化过程管控。二是选强配足人力资源。合理设置网点。将撤并机构的人力资源释放出来，充实前台营销力量。选优配强网点负责人。将一心想干实事、作风硬朗的优秀人才配备到网点负责人队伍中。以党建为引领，实施双基共建。推进“金融专员”选派，密切党政村社关系，站稳农村市场。选任专职金融联络员。充分发挥人熟、地熟优势，增强营销力量。日前，射洪农商银行已与市委组织部共同从全行选拔了24名优秀干部，派驻到全市21个乡镇、2个街道和经开区担任乡村振兴金融专员，协助管理派驻地金融工作。

（二）完善工作机制。一是推行“清单制+责任制”。明确各部门每周工作事项，推进限时办结，加强督查督导，确保“事事有着落，件件有回音”。二是实施“名单制+网格化”管理。对全市69个社区、680个家庭农场、880个专业合作社、3364家企业、27661家个体工商户全面实施“名单制和网格化管理”，根据属地管理原则，按社区、街道、客户分布将名单分配到各个支行，分配到客户经理，分机构分岗位对接目标客户，实施精准营销。三是扎实推进“走千访万”。每周二、周四，主动出击，走访市场，制定走访清单，固化规定动作，逐日统计通报走访效果。四是实行“红黄旗牌”制度。推行红黄旗牌制度，按月通报评比扩面强基完成进度，激励先进，鼓励后进，将压力传导到每个机构。五是开展劳动竞赛PK。分战区、分支部、分机构、分岗位实施扩面强基指标PK，定期通报评比，营造你追我赶、争先创优氛围。六是强化激励约束。对外明确“农综站站长”“金融联络员”的责权利，完善利益和约束驱动，充分激发外部人员营销积极性。对内切块部分薪酬，实施专项考核，按照多劳多得、以效取酬原则，以量计价，及时兑现，充分调动全员积极性。

微众银行党委书记、行长李南青

发挥数字金融优势　助力实现高质量发展

近年来，互联网、大数据、云计算、人工智能、区块链等技术加速创新，日益融入经济社会发展各领域全过程。近日，习近平总书记在《求是》杂志发文强调，发展数字经济意义重大，是把握新一轮科技革命和产业变革新机遇的战略选择。这对于数字金融的发展具有重要的指导意义。

李南青近照

一、数字金融的独有价值

在金融服务领域，数字金融的发展如火如荼，金融科技正在对延绵数千年的金融服务业进行重塑与再造。2022年伊始，央行印发了《金融科技发展规划（2022—2025年）》，为新时期的金融科技发展勾勒蓝图、明晰脉络，并提出了八大重点任务，其中包括：强化金融科技治理、全面加强数据能力建设、建设绿色高可用数据中心、深化数字技术金融应用、健全安全高效的金融科技创新体系、深化金融服务智慧再造、加快监管科技的全方位应用、扎实做好金融科技人才培养。这是继《金融科技（FinTech）发展规划（2019—2021年）》之后，央行再度发布的金融科技发展纲领性文件，将有助于推动我国金融科技和数字金融发展迈上新的台阶。

在过去几年的发展之中，数字金融、金融科技已充分印证了自身的独有价值。从业界实践来看，数字金融、金融科技有效提高了金融服务的效率，改善了用户体验，提升了金融服务的覆盖面和可得性，有力支持了普惠金融的发展，同时还大幅降低了成本与风险。特别是在新冠疫情的特殊时期，数字金融所支持的“非接触金融服务”有效助力疫情防控，加快了金融业的数字化转型。因此，各类金融机构也在不断加大对金融科技的重视和投入，体现在不断提升科技投入占营收的比例、持续加大科技员工占比、纷纷成立金融科技子公司等。

2021年以来，无论是监管部门，还是金融机构和从业人员，都开始关注到金融科技快速发展所带来的新挑战和新机遇，包括绿色低碳、科技伦理、隐私保护和反市场垄断等方面。在立法层面和行业监管层面也针对这些热点问题和重要关切进行了深层次的研究和整肃治理，比如相继出台数据安全法和个人信息保护法、征信业务管理办法，将数据治理纳入监管评级等。而面对宏观环境的变化以及一系列新的监管要求，站在从业者视角，不难发现，未来数字金融的使命将发生根本性的变化，从之前的“提升效率”过渡到“促进公平与可持续”，助力实现高质量发展。

二、数字金融的新阶段：促进公平与可持续发展

因此，我们需要更多思考如何发挥金融科技的能力和价值，为实现一系列的国家战略目标而努力，如推动普惠金融高质量发展，促进共同富裕；发展数字经济，弥合“数字鸿沟”；实现碳达峰、碳中和，向全面绿色低碳转型；加快实现高水平科技自立自强等。

首先，数字金融可以助力共同富裕，服务乡村振兴，精准滴灌小微企业。在数字金融的支持下，2021年末，银行业金融机构用于小微企业的贷款余额50万亿元，其中单户授信总额1000万元及以下的普惠型小微企业贷款余额19.1万亿元，同比增速24.9%。不少银行机构基于前沿技术，挖掘农业核心企业的采购、生产、仓储、物流等环节的数据价值，为其上下游供应商提供服务；还有一些银行基于小微养殖户与核心企业的交易记录、纳税记录等可信数据，为其提供信用贷款服务，有效支持了农村金融服务的发展。我们看到，基于区块链的农产品溯源、基于AI的农业卫星遥感数据等领域大有可为，支持乡村振兴。

其次，数字金融可以促进数字经济发展，有效弥合“数字鸿沟”，让金融服务惠及更为广泛的群体。据统计，目前我国有8500万残障人士，其中1700万视障者、2700万听障者；另外还有1.76亿65岁以上老年人。这些群体的信息无障碍改造受到关注。目前，不少银行开展了移动金融APP的无障碍改造，通过AI语音合成、加速度传感器、人脸边缘检测、光线活体、实时图像处理等技术，为视障、听障及有语言障碍客户提供更切合其体验的服务。包括微众银行在内的多家银行机构在其APP内全面升级适老化功能，让老年用户可以更便捷地使用数字金融产品。在不远的将来，相信还可以通过使用区块链技术，在“个人信息可携带权”的框架下，促进数据合法合规流动；或通过隐私计算、联邦学习等技术，在保护数据隐私的基础上发挥数据生产力；同时提升数据治理能力，进一步保障数据质量和数据安全。

再次，数字金融亦可以助力“双碳”目标的达成。过去，不少银行已将绿色可持续发展理念融入日常运营之中，逐步探索实现业务流程的数字化和无纸化，并尝试从根源上实现绿色环保。以微众银行的实践为例，在实现流程数字化和无纸化的同时，还通过分布式架构提升了服务器资源使用效率、降低功耗，实现低排放。伴随着科技发展和应用场景的增加，金融科技可进一步支持数字化转型，助力金融机构转向更加绿色的经营模式。而随着分布式架构的广泛采用，金融机构还可以考虑发挥分布式架构的资源灵活调度优势，将算力迁移至低PUE数据中心、或是通过容器化等云原生技术进一步提升效能，进一步助力“双碳”战略的落实。

最后，数字金融更可以助力“信创”目标的实现。例如通过推动开源等举措，促进自主可控技术发展。此前，银保监会等五部委联合发布了《关于规范金融业开源技术应用与发展的意见》，鼓励金融机构将开源技术应用纳入自身信息化发展规划，积极参与开源生态建设。以微众银行目前已推出涵盖ABCD（人工智能、区块链、云计算和大数据，我们简称为ABCD）等领域的30多个开源项目，其中最大的区块链开源项目FISCO BCOS已有超过7万社区开发者、200多个标杆应用投入生产。未来，期待越来越多的金融机构将金融科技的核心技术开源，助力缓解机构间数字化发展鸿沟，积极输出开源实践经验助力“信创”工作，并主动参与国际标准制定，促进中国的金融科技技术与应用实践成为国际“事实标准”。

三、不改初心，数字金融助力微众银行高质量发展

作为国内首家成立的互联网银行，微众银行是中国金融业深化改革的产物。7年多来，我们始终坚持普惠金融的定位不变，坚持差异化竞争的特色不变，坚持依法合规经营、严控风险的底线不变，坚持人才、科技、创新驱动业务发展的方向不变，积极运用金融科技构建普惠金融新业态、新模式。通过不懈努力，至今我们累计服务的个人客户超过了3亿人、小微企业法人客户超过270万家。

在服务小微企业方面，针对小微企业“短小频急”的融资需求和“融资难、融资贵”的特点，微众银行在2017年研发推出了国内首个全线上、纯信用的企业流动资金贷款产品“微业贷”，四年来为全国近 60 万家小微企业法人发放贷款，占全国对公有贷户的比例达 6%；累计发放贷款金额超过 1 万亿元，管理贷款余额超过 2600 亿元，不良贷款率仅约 0.9%。“微业贷”推出四年来，我们的普惠型小微企业贷款利率持续降低，累计降幅达到 382BP。

开业之初，我们集中资源进行关键核心技术攻关，搭建起国内首个具备完全自主知识产权、可支撑亿量级客户和高并发交易的分布式银行核心系统。该系统上线以来，实现了 24*365 无间断运转，目前已成功服务了超 3 亿客户，实现了单日交易峰值超过 7.7 亿笔，达到国有大型银行同等规模水平，同时每账户运维成本降低至 2.2 元，不到国内外同业的 1/10。

微众银行的科技人员占全员比例始终保持在 50% 以上，历年科技研发费用占营业收入比重超 10%。我们还积极将金融科技前沿技术运用在风险控制、业务拓展和客户服务等方面。全方位的科技运用使微众银行成为国内首家获得国家级高新技术企业认证的商业银行，也使我们的各项成本持续优化、效率显著提升，从而为践行普惠和服务小微奠定并夯实了基础。

面向全面建成社会主义现代化强国的第二个百年奋斗目标新征程已经启航。未来，微众银行将进一步思考如何更好地发挥数字金融的能力和价值，实现推动经济高质量发展；发展数字经济，弥合“数字鸿沟”；助力碳达峰、碳中和等国家战略目标。

中国宝武安徽马钢矿业南山矿洪振川

践行初心担使命 绿色发展再起航

中国宝武安徽马钢矿业南山矿业公司常务副总经理、建材科技公司董事长洪振川（前排左二）与员工们一起，在凹山地质文化公园参加植树活动

我来南山矿 30 多年了，1990 年我大学毕业工作的第一个地方就是凹山采场。虽然没有亲历凹山大会战那段历史，几十年的学习、成长和感悟，让我深切地感受到，一个中央领导人毛主席、习近平都亲临过的美丽的钢城，与此有着深深的不解之缘，能在此工作，是人生的一大幸事。凹山是百年大矿南山矿的功勋采场，素有“马钢粮仓”的美誉。凹山之于马鞍山，不仅是大自然馈赠的铁矿宝藏，与“因矿兴钢，因钢立市”的马鞍山有了生发之缘，血脉之情。百余年前的民族企业家披肝沥胆、实业救国；50 年前，马鞍山全市干群三次会战，万人汇聚的城市传奇，更是让凹山成为了全市人民砥砺奋进、勇攀高峰的一座精神丰碑。

凹山大会战的壮举，是马钢建设和马鞍山市工业发展史上的一场重要战役，是为当年实现我国钢产量翻番的战略部署，解决矿石开采这个“卡脖子”的问题。其中蕴含、凝练的“勠力同心、产业报国、敬业奉献、勇攀高峰”的奋斗精神，至今仍闪耀着时代的光辉，成为独具马鞍山特色的价值坐标、精神风貌和英雄模范。

勠力同心的价值坐标，产业报国的根本初心，敬业奉献的鲜明底色，勇攀高峰的优秀品格，凹山大会战所展示的精神风貌与中国精神一脉相承，是民族精神和时代精神的具体体现，也是中国共产党伟大建党精神在马鞍山大地上的赓续传承和生动实践。凹山大会战，马鞍山市委在凹山采场召开了“马鞍山市会战凹山誓师大会”，明确指出：“全市要翻番，马钢先翻番；马钢要翻番，凹山先翻番”。市委、马钢党委组成了凹山会战指挥部，市委领导亲自发动、亲自上阵，104 个县处级单位均由书记带队，累计参战人数上万人，每天吃住在山上，干群一样吃、住、干，其外在展现的是全市支援马钢，马钢带动全市，全市报效国家的肝胆相照的城企情怀。其内在更体现的是全市党员干部赤诚报国、勤劳勇敢、自强不息、奉献有我的精神底色，是中华民族精神的传承和弘扬。展现的党同人民群众团结奋斗、同甘共苦，一块过、一块干的人民情怀，是共产党人红色血脉的赓续和涌动。表现的“咬定青山不放松”的目标导向、“有条件要上，没有条件创造条件也要上”的实践品格，是伟大梦想精神的生动写照。彰显的是市委和马钢血脉相连，荣辱与共，万众同心、攻坚克难、争创一流的奋斗姿态，是滋养马鞍山城市精神的力量源泉。

站在新的历史坐标点上，为深入贯彻落实习近平生态文明思想，牢记习近平总书记亲临马鞍山、宝武马钢考察谆谆教诲和殷殷嘱托，打造“后劲十足大而强的新马钢”、新阶段现代化“生态福地、智造名城”提供不竭动力和前进方向。全市召开了向山地区生态修复与绿色转型发展论坛，国内外多位专家、学者，共同为推进向山地区综合整治把脉问诊、出谋划策。一张践行“两山”理念马鞍山样板的美丽蓝图就此铺开，一场新时代的“向山大会战”就此打响。宝武资源马钢矿业积极响应市委市政府的号召，以昔日全市支持马钢建设的热力，积极主动投入到向山地区综合整治中，以更高的政治站位，完整、准确、全面的理解新发展理念来系统策划和有序推动南山区域环境整体性改善和系统性提升，在矿产资源报国的同时，实现矿产业生态化。

近年来，南山矿坚定不移走“生态优先，绿色发展”的道路，特别是 2021 年，按照中国宝武“两于一入”“三治四化”的要求，以“市企一家，矿地同心”的“共同体思维”，极力协同推进向山地区综合整治工作，共计完成了凹山地质文化公园、南山景观大道、代塘体育场等生态提升项目 30 项，累计投入资金 3.65 亿，矿区环境的改善和体育场的开放共享，让矿区周边的村镇居民发自内心的喜悦，凹山地质文化公园成为深受市民喜爱的湖光山色的模样，成为广大市民休闲的好去处。

历史因铭记而永恒，精神因传承而闪耀。继承和发扬大会战精神，关键在实干。凹山地质文化公园的建设就是例证，该项目的规划和设计，首先是得到了区委区政府、市委市政府的批准和积极支持，宝武马钢矿业广大干群克服工期时间紧、建设质量要求高、协调减少参建过程中广大市民参观、学习和游览的影响因素多的矛盾，参战职工充分发扬“凹山大会战精神”，夜以继日奋战了 43 天，以尊重“原址、原貌、原高”的原则，最大限度地保存历史、提炼主题、美化场地。工程累计种植草皮 2 万多平方米，乔木 1100 多棵，灌木 1 万多平方米，总投资约 4000 万元。为更好地展现凹山的厚重

今日凹山风光旖旎，生态优美。左图为如诗如画的凹山风光；右图为凹山地质文化公园一角

历史和人文底蕴，在2万多平方米的设备展示区，按照工艺流程，集中展放了牙轮钻机、矿用汽车、电机车、电铲、推土机等5台套矿山专用设备。在山顶文化广场的中心，当年凹山大会战指挥部的所在地，一棵历经半个世纪的高大松树，如“哨兵”般地守望着凹山。全新建造的观景平台“浮”于湖畔，让人仿佛腾空在湖水之上，在阳光的照耀下，波光粼粼的凹山好似一颗光彩夺目的“蓝宝石”，令人心旷神怡。

半池碧波半坡翠，半城山水半城诗。“向山大会战”的全面推进，再次将凹山与全市的转型与发展紧密相连，成为名副其实的“城市花园”；“凹山大会战精神”的大力弘扬，再次让百年凹山“华丽转身”“涅槃重生”，以更加优美的生态资源、更为丰富的人文资源重新回归自然，回馈市民。

再踏赶考路，奋进新征程。如今，向山大会战的号角已经吹响，绿色生态转型推动矿业产业升级正如火如荼地展开，我坚信，宝武马钢矿业南山矿，在马鞍山市委、市政府和宝武集团的坚强领导和大力支持下，随着项目的系统化落地实施，高质量转型发展的南山，作为新时代“向山大会战”参与者、攻坚者、受益者，将从凹山大会战中汲取经验智慧和精神力量，坚定勠力同心的信念不动摇，坚信产业报国的理想不动摇，坚守敬业奉献的品格不动摇，坚持勇攀高峰的追求不动摇，不忘初心，砥砺奋进，坚定围绕向山地区生态产业协调发展不动摇，通过矿山绿色生态修复、矿区整体颜值提升、物流综合效率改善等一些列项目的落地，一定会合力破除当前向山发展“卡脖子”的生态问题，助力马鞍山市创造无愧于历史、无愧于人民的靓丽业绩，为马鞍山打造长三角“白菜心”提交一份满意的生态答卷、为宝武马钢矿业绿色矿山建设打造一张亮丽的生态名片、为矿区人民畅享有钱、有闲、有趣的“三有”生活营造一片宜居宜业的生态家园。

摄影／供图：南山矿

宁夏石嘴山市烟草专卖局（公司）局长、经理马福明

聚焦目标对标对表　用好管理锻长补短

马福明讲授《读懂精神谱系 坚守精神家园 以优异成绩迎接中国共产党百年华诞》主题党课

近年来，宁夏回族自治区石嘴山市烟草专卖局（公司）坚持以习近平新时代中国特色社会主义思想为指导，全面贯彻落实党的十九大和十九届历次全会精神，认真贯彻落实国家局、自治区局（公司）党组工作要求，大力弘扬伟大建党精神，坚持不懈推动党的建设提标、营销网建提效、专卖管理提质、改革发展提速、队伍建设提档，提升了核心竞争力，开创了石嘴山烟草高质量发展新局面。先后荣获“自治区级文明单位”“让党中央放心 让人民群众满意”的模范机关，被石嘴山市委、市政府授予“支持地方经济社会发展贡献单位”“市直机关五星级基层党组织”等荣誉称号。

提升核心竞争力如何锚定基层定位？高质量发展中如何体现担当作为？石嘴山市烟草专卖局（公司）通过强化内控体系建设，以目标引领、标准筑基、流程固本、精益挖潜和正向激励作为有效抓手，持续探索提升企业核心竞争力的现代化管理路径。

一、锚定目标，发展同向不偏离

（一）搭架子，把稳“方向盘”。方针目标管理，是基层单位从工作大局中找准定位、推动高质量发展的核心举措，是牵一发而动全身的基础工程，是“迟一步退百步”的时效工程，是高质量发展的系统工程。为抓好此项工作，石嘴山市局（公司）形成了以《方针目标管理程序》为基础、若干配套文件为支撑的文件体系，主要包括三个层面内容：一是形成“总体框架”，支撑方针的“4类8维2标”目标管理机制。以“发展目标”锚定全区横向坐标定位，以“业绩目标”衡量纵向指标水平，以“创新目标”凸显工作特色亮点，以“文化目标”促进员工价值认同。在4类目标的基础上将其细分为8个维度和定性、定量两种目标。搭建了以“三高”目标要求为导向的分类分维度目标管理架构。二是抓好“定点突破”，全面承接宁夏区局（公司）二级目标，逐层分解、明确奖惩，确保发展要求传导到“末梢神经”。三是推动“远景规划”，充分筹划

左图为召开庆祝建党 100 周年暨七一表彰大会；右图为组织参观中国共产党历史学习教育馆

"十四五"目标。在对"十三五"充分总结、全面分析内外部环境的基础上，开展三轮次重点目标策划，初步锚定"十四五"时期重点目标 19 项。

（二）理条线，压实"责任链"。程序化推进。以《方针目标管理程序》为基础，将战略目标在市局（公司）、部门、岗位三级间进行策划、实施、检查与提升，按层承接转化、按级分解细化。年初系统策划、月度实时把控、季度动态评估、半年审视调整、年终考核评价，将目标管理作为促进发展的最有力工具。精准化分解。按照职责对照法、流程分析法和标杆管理法全面分层分解目标，以部门初审、企管复审、会议评审方式压实目标责任，以 OKR 目标管理法精减目标，建立起逻辑严谨、支撑坚实的目标体系。以"先有目标再有工作"的导向要求和严谨的工作程序促使岗位员工跳出"舒适区"，拔高目标加压奋进。大幅优化删减无效指标，形成涵盖 7 项公司级发展目标、46 项重点业绩目标、176 项部门目标和 385 项岗位目标的高质量目标图。动态化监督。以关键目标状态"红黄绿"牌机制跟进目标运行质量，党组每月召开碰头会，确定重点任务，以"部门小结 + 分管领导督办"的形式压实重点目标举措。适时进行动态化策略调整和阶段性指标优化，缩小目标策划与计划执行的偏差度。依据年度目标重要性、难易度分级设定奖惩分值，以严肃考核压实目标责任，以正向激励激发完成动力，形成层层负责、人人担责的局面。一体化管控。紧扣"十四五"发展规划要求，以各条线、各部门年度重点工作方案为支撑，年内开展目标评审 3 次、季度目标督察及绩效评审 4 次，上下沟通，充分酝酿，各层级目标和重点举措实现有统筹、有规划、有节点、有指引，纵向有关联、横向有配合，确保全局行动一盘棋、发展同向不偏离。

二、明晰路径，任务落地有特色

（一）突出"重点"，着力加强基础管理。抓好基础管理，不仅需要持之以恒的毅力，还要注意变"大道理"为"大白话"，结合本单位实际开展工作。率先开展标准化良好行为集体月度评定，执行率"滚动式内审"，以"岗位自查 + 部门复查 + 企管抽查"的严格监管，保障规范性文件执行；实施"6 个 1"内审员素质提升活动，培育骨干"以老带新"体现担当作为；制定标准化积分评级机制，实施星级授牌与未达标年末绩效处罚，形成奖优罚劣闭环；坚持开展体系全面内审，以符合性、有效性为导向，对 9 个方面问题促改落实，效能提升"不打烊"；大幅优化流程运行效率，缩减流程等待时间，对 60 个流程实施优化再造，打造审批事项尽量少、办事效率尽力高、流程运转最紧密的业务环境。

（二）找准"堵点"，着力推进问题整改。管理诊断找症结。开展常态化管理诊断，形成四个专业组，分赴各单位（部门）现场诊断把脉，运用 5M1E 法发现问题 30 项，不仅分析基层问题表象，更回溯管理根源，找准制约发展的"症结"，让群众闹心的"难点"、基层工作的"忧虑"，以"机关先行一步"的决心制定上游对策 29 条、下游对策 22 条，有效回应干部群众期盼。对比标杆补短板。促进"数据对标"向"管理对标"延伸，以提高经济效益和发展质量为核心，查找全局性、普遍性的关键短板。用好数据透视表格，研发分层分类对标可视化地图，拓宽对标范围，基层单位以创优指标、考核指标开展业绩对标；机关部门以精益改善、问题管理等开展部门对标；一线员工以关键业绩开展岗位对标，形成"对标、追标、达标、创标"的良性循环。紧盯问题促改善。将方针目标评价和管理效能评价有机结合起来，检查指标及支撑计划完成情况，更关注趋势与波动，评价目标达成质量，更关注数据背后隐含的管理问题。去年以来，应用"三色清单"督察促改了 54 项重点问题、202 项基础问题。

（三）立足"基点"，着力推动创新改善。一是优化创新平台。鼓励首创试点，围绕核心业务和关键领域立项实施 3 项区级创新项目，围绕质量、成本、效率等方面的问题开展攻关，取得 12 项 QC 成果，其中 1 项成果获评全区 QC 成果一等奖。坚持抓好"精益五小活动"，对接线上创新协同共享平台"精益之窗"，实施自主改善 68 项，评选出 3 个"精益工匠团队"、18 名"精益改善标兵"，精益改善参与面持续扩大。征集管理改善建议，开展精益知识线上竞答，各层级员工质量意识和持续改善意识不断增强。二是厚培创新土壤。实施"分管领导领题 + 科级干部组长制"，把好选题关；落实课题"三进、三评"管理模式，开展线上项目管理，为创新人才和创新项目"建档立卡"，把好推进关；建立成果生命周期管理档案，制定诊断师评价考核积分规则及奖励标准，定期监测成果状态，把好应用关。

（四）提升"亮点"，着力落实正向激励。正向激励积分制管理是石嘴山市局（公司）企业管理方面的重点研究课题。通过逐步推进、稳步实施，在目标保障、能力提升、队伍建设等方面产生的积极作用已逐步显现。搭好"台子"，推动同向发力。机制方面，制定了《积分制管理规程》等三个基础制度，从日常行为分、项目激励分和临时激励分三个维度，构建涵盖职业道德、社会公德、业绩能力等多方面的员工积分池。管理方面，通过"软件记录、看板公示，榜单表扬"对员工每日积分增长情况进行公示，让员工切实感受到每一点辛勤付出都能得到"看得见"的成效。监督方面，各小组以积分小结、积分经验分享的形式，改变传统说教、处罚的固化方法，抽取积分相对落后的员工参与积分复验，真正实现"公平、公正、公开"。盘活"棋子"，实现良性竞争。实施正向激励积分制管理以来，通过变"扣分"为"加分"，考核少了，变"下达"为"申报"，积极性高了，变"说教"为"经验共享"，传帮带实了，产生了较好的激励成效。去年以来，启动活动 12 期，10 期取得超预期成效。

石嘴山烟草秉承"狠抓基础、转变作风、补足短板"原则，坚持狠抓管理不动摇，坚持向管理要效益，2021 年，13 项重点对标指标连续两年实现提升，46 项重点业绩目标预期实现率 97.4%，达到了近年来最好水平。

浙江青田县侨乡进口商品城集团有限公司党委书记季泉泉

打造“世界超市” 勇当“一带一路”建设排头兵

侨博会采购商与参展商对接

链接：浙江青田县侨乡进口商品有限公司是国有独资企业，成立于2013年9月9日，2018年1月，提升为比照正科级国有企业，2018年7月公司更名为浙江青田县侨乡进口商品城集团有限公司。公司注册资本3.5亿元，是全县进口商品交易综合体建设、直销展销、物流保税等综合服务的主要运营主体。负责开展进口商品品牌甄选、商铺租赁、加盟展销、电子商务、保税仓储、物流配送、财务金融、质量检测、海关监管、综合配套等10大专项服务。

建设浙江（青田）华侨经济文化合作试验区，是浙江省委、省政府以及丽水市委、市政府赋予青田的重要任务。2018年的浙江省政府工作报告明确提出“实施扩大进口战略，培育进口主体，打造义乌、青田等‘世界超市’”。2019年的浙江省政府工作报告再次提到青田要打造“世界超市”“购物天堂”，把青田上升到全省对外开放的战略高度。随着侨乡进口商品城的加速发展、连续两年成功举办侨乡进口商品博览会，打造连接全球的“世界超市”，正成为推进华侨经济文化试验区建设的最佳切入点和最好载体。

一、以侨乡青田为基点，彰显“华商之窗”特色

作为全国知名侨乡，青田在打造“华商之窗”，及为浙江建设“一带一路”探路先行上具备独特优势，已在全省率先完成试验区建设方案。早在300多年前，青田人就从上海乘船北上到旅顺或营口，经陆路至东北边陲满洲里出境，沿西伯利亚铁路到莫斯科，再转赴欧洲各国。一代又一代人用脚步，踏出一条青田连接世界的路。改革开放后，青田人踏出国门闯世界的步伐大幅加快，现有33万华侨分布在全球128个国家和地区，85%以上华侨活跃在“一带一路”沿线国家。经过几代人的打拼，青田华侨自身实力得到长足发展，爱国爱乡的情怀和本色更加浓厚，目前全球青田籍华侨华人身兼社会职务的有1.4万人，担任主要职务的侨团有314个、华文学校21所、华文媒体12家。

二、以进口商品城为重点，打造青田“世界超市”

2013年以来，青田审时度势，充分把握华侨优势，谋划建设“侨乡进口商品城”。2015年1月，青田侨乡进口商品城一期市场开业。目前，侨乡进口商品城已建成运营一期5个市场，总营业面积9万平方米，共入驻公司248家，现有来自70多个国家（地区）的8万多种进口商品在售，销售额累计突破75亿元。按照“聚起来、强起来、走出去”的要求，侨乡进口商品城正积极推进青田世界红酒中心、保税物流中心（B型）、环球购物中心等“三个中心”建设，着力带动青田进口商贸业快速发展，力争成为“青田人经济”转化为“青田经济”的典范。目前保税物流中心（B型）一期项目已完成可行性研究报告和设计公开招标，环球购物中心项目已与杭商旅宏逸投资集团签约，投资额达10.6亿元，正在进行土地挂牌。

三、以会展经济为支点，撬动区域发展

2018年11月，为承接首届中国国际进口博览会溢出效应，青田举全县之力，成功举办首届华侨进口商品博览会暨青田进口葡萄酒交易会，成为浙江省最早响应习总书记“顺应时代潮流，坚持开放共赢”号召、主动扩大进口的专业展会。2019年11月16日至18日，第二届华侨进口商品博览会暨青田进口葡萄酒交易会如期在青田侨乡进口商品城开幕，来自71个国家的515家进口日化和食品企业、667家境外葡萄酒庄、1182名参展商，以及国内5000余名专业采购商集聚侨乡青田。展会展品囊括21000款进口葡萄酒、70000多种进口商品。短短三天时间，累计达成意向成交额25.3亿元，参观总人数超过25.7万人次。当前，青田正谋划将侨乡进口商品城第五市场打造成为专业展会中心，做大做强展会经济，分季度举办春夏冬主题展销会及侨博会，打造“3+356”永不落幕的“世界超市”博览会。

青田侨乡进口商品城第二市场外景

重庆工商大学党委书记李志雄

在疫情大考中感悟中国治理优势

学校大门

链接：重庆工商大学是国家“中西部高校基础能力提升计划”重点支持高校、全国大学生文化素质教育基地和国家级大学生校外实践教育基地，重庆市国际人文特色高校、重庆市国际交流合作示范校，是重庆市唯一公立的财经类普通本科高校，全国毕业生就业典型经验高校。学校有南岸校区（含兰花湖片区）、江北校区、茶园校区（建设中）等3个校区，占地总面积2390.8亩，有本硕博学生30000余人。重庆工商大学是重庆市“十佳园林式”“文明单位”和重庆市首批“美丽校园”，先后获得重庆市“先进基层党组织”“教育系统先进基层党组织”“五一劳动奖状”等殊荣。

不久前，国务院新闻办公室发布的《抗击新冠肺炎疫情的中国行动》白皮书，全面记录了中国抗击疫情的艰辛历程。中国人民在中国共产党的坚强领导下，众志成城、同舟共济，有效控制了疫情在国内的大规模蔓延，为世界各国疫情防控争取了宝贵时间。中国疫情防控体现了中国特色社会主义制度优势，彰显了社会主义核心价值观的精神力量，续写了中华民族危难时刻英勇不屈的宏伟篇章，让所有人都从中受到了教育、收获了感动、得到了启发。

疫情防控让我们体认了制度优势。“艰难困苦，玉汝于成。”疫情防控工作是我们社会治理体系、治理能力建设的一次大考。这场考试对中国来讲，比世界上任何一个国家都更加艰难，但到目前为止，我们交出了令人欣慰的答卷。我国在较短时间内，有效控制疫情蔓延，把疫情造成的损失降至最低，并始终以开放的心态保持与国际社会合作，及时向国际社会提供力所能及的帮助。中国在疫情防控中的表现得到了世界上多数国家的理解和认同，交出了一份让中国人民满意、让世界人民安心的答卷。中国共产党的领导是中国特色社会主义最本质的特征和中国特色社会主义制度的最大优势。“治国有常，而利民为本。”社会主义制度坚持集体主义，能够集中力量办大事；疫情发生后，在党中央的坚强领导下，疫情防控坚持全国一盘棋，统一指挥、统一协调、统一调度，做到令行禁止。“一方有难、八方支援”，全国各地驰援疫情重灾区，坚持以全局谋划一域、以一域服务全局，创造了人类疾病防控史上的奇迹。

疫情防控让我们领悟了崇高理念。“从来治国者，宁不忘渔樵。”中国抗疫斗争伟大实践，有力彰显了人民至上的执政理念。我们党始终坚持全心全意为人民服务的宗旨，始终坚持以人民为中心的发展思想，努力让全体人民共享社会经济发展成果。疫情暴发后，党中央第一时间明确要求把人民群众生命安全和身体健康放在第一位，并多次强调“人民至上、生命至上，保护人民生命安全和身体健康，我们可以不惜一切代价”。为了疫情防控，我们果断按下了“暂停键”，果断限制人员流动，果断建设方舱医院，果断对感染群体应收尽收，果断对疑似群体应检尽检。只有坚持一切为了人民、一切依靠人民，我们才能凝心聚力，共克时艰，打赢疫情防控阻击战。

疫情防控让我们感受了强大力量。这个力量就是党的领导力量。一是彰显了我们党的领导核心力量。疫情暴发后，党中央第一时间作出“把人民群众生命安全和身体健康放在第一位”的重要指示，领导全党全国各族人民打响抗击疫情的人民战争、总体战、阻击战，取得了重大战略成果。二是展示了各级党组织战斗堡垒力量。各级党组织把党中央的决策部署一竿子插到基层、落到一线，使党的强大政治优势、组织优势和密切联系群众优势转

美丽校园

化为疫情防控的工作优势。三是凸显了共产党员先锋模范力量。“合抱之木，生于毫末；九层之台，起于累土。”我们党的伟大最终是靠每一个党员的努力和奉献成就的。哪里有疫情，哪里就有共产党员。共产党员始终冲锋在前，让我们看到了中流砥柱的力量，这种力量保证我们不断战胜各种困难和险阻。

疫情防控让我们见证了伟大精神。中华民族历史上经历过很多磨难，但从来没有被压垮过，而是愈挫愈勇，不断在磨难中成长、从磨难中奋起。“出入相友，守望相助”是中华民族的优良传统，“天行健，君子以自强不息”是中华民族几千年来绵延不断、砥砺前行的精神基因。在疫情防控中，我们再次见证了同舟共济、守望相助、坚忍不拔、自强不息的伟大中国精神，无数医护工作者坚守抗疫一线，全国各地的支援力量迅速集结奔赴武汉支援战“疫”、无数志愿者最美“逆行”。“沧海横流，方显英雄本色。”14亿中国人民都是抗击疫情的伟大战士，英雄的中华儿女同呼吸、共命运，用团结与坚韧织就抗疫斗争的精神防线，用血肉之躯筑起疫情防控的钢铁长城。伟大的中国精神在抗疫斗争中升华，并为我们取得新的胜利注入强大动力，支撑我们在新的道路征程上高歌猛进。

疫情防控让我们坚定了忠诚态度。天下至德，莫大乎忠。“忠也者，一其心之谓也。”在社会主义中国，即永远忠诚于党和国家，永远忠诚于人民。中国共产党始终代表、维护和发展最广大人民群众的根本利益，人民群众始终拥护中国共产党的领导。越是在国家和民族危难之际，党的领导和人民群众拥护支持的同等重要性就越发凸显。疫情防控中，我们党把人民群众的生命安全和身体健康放在首位，人民群众积极支持、理解和配合党中央的决策部署，从而确保疫情防控能够精准施策、有效发力。通过疫情大考，我们更加坚信中国共产党人“为中国人民谋幸福，为中华民族谋复兴”的初心和使命；“永远跟党走”，绝对忠诚于党和人民是我们鲜明的政治情感和政治态度。我们更加坚定地高举中国特色社会主义伟大旗帜，坚持走中国特色社会主义发展道路，做党和人民的忠诚守护者。

重庆市忠县人大常委会主任陈强

“两清式”“两动式”审议成为监督新常态

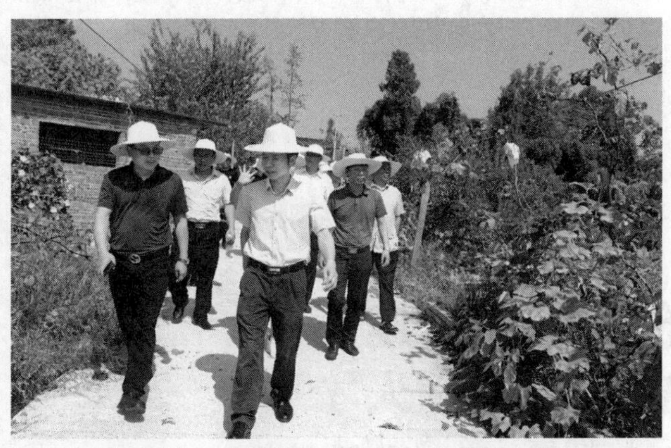

陈强（前排右一）带队开展片区代表活动　摄影：谢承琼

人大的监督既是宪法赋予的神圣职责，也是人民意愿的根本体现。近年来，为让监督落实、整改到位，重庆市忠县人大常委会打破传统监督方式，走出了一条清单式审议、清零式整改和调研推动、审议促动的监督之路。这一创新举措不仅让人大监督变得“实”起来、“硬”起来，也极大提高了人大监督的有效性和权威性，成为忠县人大常委会开展监督工作的新常态。

2019年初，忠县人大常委会通过调研发现，导致人大监督工作不能落地落实的根本症结在于监督软和整改软，从而导致监督工作无法做到细化、量化、具体化。

面对这样的现状，忠县人大常委会坚持问题导向，把脉问诊、靶向施策、对症下药。提出了“两清式”和“两动式”审议监督方式，让人大监督工作更具操作性和刚性约束力。

“清单式审议”旨在通过问题导向，由人大及其常委会相关专委、工委牵头，联动相关部门对所监督事项进行全方位调研和集体“会诊”，对发现的问题进行系统梳理、分析归纳、由表及里、去伪存真，形成初步“问题清单”，再交由人大常委会进行集中审议，集思广益，归纳修正，形成审议意见和客观、详实、准确的最终“问题清单”。

“清零式整改”则是相关责任单位自行“认领”审议通过的“问题清单”，对照问题逐一细化措施、整改解决。对短期内暂不能解决的，要及时梳理，提出问题的处理意见和建议，排出时间表，直至问题全部解决实现清零。在“清零式”整改中，忠县人大常委会并不是将问题“一交了之”，而是坚持全过程、链条式地督促跟进，及时组织专项监督检查，掌握动态，把握结果，确保监督和整改两个到位。事后，再由忠县人大常委会组织开展整改结果审查，对整改满意度测评差的事项，一律要求整改单位重新限时整改。

这样的监督方式与制度设计，不仅让以往“做做样子、走走过场”的监督方式成为历史，也成了推动执行党委决策部署、护卫民心工程、德政工程和民心民意坚不可摧的安全防护网。

在没有“问题清单”以前，整改常出现偏差不清晰，整改不到位现象。“两清式”审议监督启动以来，忠县人大及其常委会监督什么、怎么监督、结果怎样，全都有据可依、有循可查。

以推动水资源保护措施落细落实为例。忠县人大常委会相关委室通过明察暗访、座谈讨论、问卷调查等方式，先后多次对县政府落实县人大常委会《关于进一步加强白石水库水资源保护的决定》的落实情况，及全县78个污水处理厂（站）建设运营情况专题调研，广泛收集问题、听取意见。随后，县人大常委会将发现的问题、收集到的意见和建议进行综合汇总，分别从污水处理厂厂网设施配套建设、运营维护管理、水质实时在线监测、面源污染防控、流域水环境保护等方面清楚地列出了两份“问题清单”共246个问题，交由相关部门落实整改。

在县人大常委会的监督推动下，县政府进一步加大白石水库水资源保护力度，按照“厂网一体、雨污一体、建管一体”原则，修订出台《忠县城镇污水处理建设运行管理办法》等长效管理机制，做到污水管理无盲区、无漏洞。建立财政资金投入机制，把污水管网日常维护、应急经费纳入经常性财政预算予以保障，确保场镇污水处理设施有效运行，形成了全方位、多层次、全覆盖的环保监测体系和以水环境监测为核心的检验检测体系，实现了水质的实时连续监测和远程监控，有力促进全县水生态保护措施落实，推动水环境质量持续改善。

工作剪影：左图为陈强（左四）调研“三峡库心·长江盆景”项目建设规划；右上图为陈强（前排右一）调研农文旅融合发展情况；右下图为陈强（右一）专题调研全县文化旅游工作 摄影：谢承琼

2020年，忠县人大常委会先后对国有资产管理、棚户区改造等多个领域进行了“两清式”“两动式”审议监督，得到人大代表和群众的高度好评。

“自‘两清式’‘两动式’审议监督方式实施以来，县人大常委会的每一次监督都做足了功课，直奔主题。每一条审议意见都切中要害。”有着多年人大工作经验的县人大城环委委员万毅曾多次说，“‘两清式’‘两动式’审议监督有力促进了政府行政效能再提升，让政府清楚地知道自身工作存在的问题和需要努力的方向，促进相关部门积极制订整改方案、落实整改措施，明确承办部门、办理时限和办理计划，增强了整改工作的针对性、计划性和实效性。同时，也提高了县人大常委会组成人员和人大代表的履职积极性。

“两清式”“两动式”审议监督，让人民群众看到了忠县人大常委会实实在在的监督效果，切身感受到县人大常委会依法履职的力量。忠县人大常委会将进一步拓宽监督渠道，延展监督领域，真正践行好“以人民为中心”的发展思想，代民有效发声、替民履职行权。

西南科技大学党委副书记、校长董发勤

主动融入成渝绵创新金三角建设 科教产深度融合培养高端创新人才

——西南科技大学多元协同育人创新探索

打造成渝绵创新金三角，是贯彻落实习近平总书记成渝地区双城经济圈建设战略部署，建成国家经济增长第四极的重要抓手和实践路径。西南科技大学扎根中国（绵阳）科技城，建校近70年，尤其是自2000年组建以来，为绵阳科技城建设和西部大开发提供了坚实的人才支撑和智力支持。新发展阶段，学校在贯彻新发展理念、融入新发展格局的新征程中，再担新时代使命，即：加快培养高端创新人才，为绵阳科技城建设国家科技创新示范区、推动新一轮西部大开发贡献教育智慧和力量。

一、探索“拔尖”+“高端”+“复合”人才培养路径

共建与区域产学研联合办学特色铸就了西南科技大学独特的科教融合、产教融合、军民融合育人模式。作为四川省唯一一所由省人民政府分别与教育部、国家国防科技工业局双共建高校，西南科技大学依托“局省共建”“省部共建”“董事会共建”“对口支援”四位一体的体制机制比较优势，多年来，致力探索科教融合培养拔尖创新人才、军民融合培养高端人才、产教融合培养复合型人才的培养路径，取得良好成效。

（一）坚持校内外高水平科教资源多维引领，培养拔尖创新人才。学校国重实验室、协同创新中心、共建实验室等高水平科研平台全部面向本科生、研究生开放，鼓励导师或班主任带领学生参与课题研究、进入科研团队，支持科研成果进教材进课堂等。推行“拔尖创新人才培养计划”，依托重点学科和优势特色专业，成立了“大数据可视化”“物联网应用技术”“拉美复合型”等创新实践班、科研训练班和拔尖人才培养班29个。汇聚校内外高水平科研单位、科研平台和高校，联合培养拔尖创新型人才。

（二）稳固与超一流科研院所高端协同，培养军民两用技术人才。探索形成了“政府主导，军地协调，多方联动”的军民融合人才培养模式。协同中国工程物理研究院、中国空气动力研究与发展中心等培养战略急需军民两用型人才。学校4个学科方向与中国工程物理研究院等开展联合培养博士研究生；中国空气动力研究与发展中心“大校教学团队”自20世纪90年代开始定期到学校授课。军地共同构建“基础认知—工程训练—综合应用—探索创新”递进式实践育人体系，面向国防军工人才特殊需求实现个性化、订单式

2019 年，国家教育部、四川省人民政府联合发文，批准依托西南科技大学建设“核废物与环境安全省部共建协同创新中心” 摄影：刘芳池

和模块化人才培养。

（三）深化与超大型行业企业双向交互，培养复合型人才。学科与行业实现“无缝链接”，在工程、法学、新闻传播、农林等重点领域，建立学校与行业平台、企事业单位协同育人模式。打通企业参与学校人才培养和人才培养融入地方经济建设的“双通道”，与长虹电子集团、九洲电器集团、铁骑力士集团等打造“长虹班”“工程力学班”等高质量复合型人才培养平台。建立专兼结合“双师型”教师队伍，实施“产业教授”计划、创业导师计划，百余名行业精英和企业高端人才向学校集智。

二、打造成渝绵创新金三角建设“加速器”

依托“一城多园”模式建设西部科学城和成渝绵创金三角，赋予了西南科技大学新的时代际遇。当前，中央赋予成渝地区双城经济圈建设具有全国影响力的重要经济中心、科技创新中心、改革开放新高地和高品质生活宜居地的“两中心、两高地”的重要使命。其中建成具有全国影响力的科技创新中心尤为关键。国内外实践与发展一再证明，谁拥有了一流创新人才、拥有了一流科学家，谁就能在科技创新中占据优势。在哪个区域有高端人才的汇聚集中，哪里就会形成科技创新中心，如：硅谷、新竹、中关村、深圳等等，更会形成各类高端人才的输出地和高地。

“一带一路”倡议的提出使西部从开放“末梢”变为开放前沿，但受到东部发达城市虹吸效应的影响，西部引进高端创新人才的难度越来越大。当前西部尤其是成渝地区在创新人才教育资源方面仍然显著存在布局不均衡、发展不充分的突出矛盾。和国内其他三大城市经济圈相比，成渝地区高校学科布局既存在一流高校和一流学科总量不足的局限，也存在区域性和结构性矛盾。西部高校一流学科体系还不能完全适应和满足区域经济发展需要。

绵阳科技城优势显著，科教创新资源富集，军工资源集聚，创新人才资源丰富，创新能力突出。依托绵阳资源禀赋的优势和成渝双城经济圈的重要地位，西部的高校、大院大所、高技术企业形成创新共同体，共同助力建成双城三角成渝绵科技创新中心，面向服务新时代西部大开发战略和成渝双城经济圈建设培养具有国际视野、未来眼光、家国情怀和创造能力的高端创新人才，是西部地区经济增长的重要支撑点，也是当前西南科技大学人才培养的新着力点。2020 年，西南科技大学等 20 所高校共同发起成立成渝地区双城经济圈 20 所高校联盟（C20），致力于推动实现成渝地区高等教育内涵式、协同发展，和区域经济和高质量发展，成为成渝绵创新金三角建设的又一重要“加速器”。

三、建设高端创新人才融合培养新高地

科教产深度融合，建设创新人才培养共同体，蕴含着西南科技大学未来的无限可能。联合地方政府、企业、科研院所等协同培养人才，既是多年来高校探索的有效经验，也是现代高等教育发展的大势所趋。从大方向看，融合培养高端创新人才的模式，取决于科学平台的布局与学科发展方向、融合培养组织的形态和协同创新的物理空间环境等要素。为此，西南科技大学正努力从三个方面推动

西南科技大学东校区 摄影：刘芳池

协同多元主体共建共治打造高端创新人才融合培养新高地。

（一）依托大学科学装置培养高端创新人才。面向国家战略需求优化学科专业谱系，构建高水平的创新人才培养体系。充分利用西部科学城和绵阳科技城在核科学与核技术、航空航天、电子信息新技术、交通运输高科技技术应用等优势，形成3—4条科技创新与产业链条。加快推进核技术应用、核医学技术应用、核废物处理装置与循环利用产业、机器人、燃烧动力、玄武岩纤维等产业发展。以大科学装置培养高端创新人才，以创新人才研发新一代国之重器。

（二）横向融合创新主体的高端人才培养联盟。建设由院士领衔，科研院所、企业等董事单位与学校共同组建的“高起点、高水平、高质量和高影响力”的未来技术学院，形成高水平的本硕博贯通的创新人才培养体系。依托C20高校、中国工程物理研究院等成渝地区科教资源共建中国（绵阳）科技城融合创新研究生院，探索研究生教育改革特区，实现“7个共”——招生入口共通、培养过程共融、毕业出口共认、导师资源共享、交叉学科共建、一流课程共建、教育管理体系共建等，构建高端创新人才融合培养共同体。

（三）面向区域经济高质量发展要求，共建环高校创新经济圈。学校国家大学科技园目前已经成为科技成果转化、高新企业孵化、创新创业人才培养、服务地方经济的重要平台。学校将发挥知识创新优势，坚持学科会聚和产业驱动，协同地方政府和产业组织的力量，以绵阳教育园区为基础，与城市共同打造创新主体集群、创新要素集聚、创新文化集中的环西南科大创新经济圈，努力实现“创新人才加速自主科技创新的聚变”和“创新人才促进科技成果转化和生产力发展的裂变”，提升区域科技创新能力。

结语：

在加快建设国家科技创新示范区的征途上，西南科技大学正和绵阳市委、市政府一道，以中国（绵阳）科技城建设20周年和西南科技大学组建成立20周年为契机，科学谋划“十四五”事业发展，努力把学校知识创新资源的潜力快速转化为推动区域经济高质量发展的实力，为推进成渝地区双城经济圈建设，服务西部大开发形成新格局贡献共建高校的西南科大智慧和力量。

湖北省钟祥市人大常委会主任王小庆

营造经济社会发展稳定环境

习近平总书记在中央人大工作会议上强调“把各级人大及其常委会建设成为自觉坚持中国共产党领导的政治机关、保证人民当家作主的国家权力机关、全面担负宪法法律赋予的各项职责的工作机关、始终同人民群众保持密切联系的代表机关”，为坚持和完善人民代表大会制度、加强和改进新时代人大工作和建设，指明了前进方向、提供了根本遵循。钟祥市人大常委会深入学习领会、全面贯彻落实，努力打造让党委放心、人民群众满意的“四个机关”，不断把人大制度优势更好转化为工作优势和治理效能，奋力书写新时代钟祥人大精彩答卷。

一、建设绝对忠诚的政治机关

始终坚持党的全面领导这一最高政治原则，旗帜鲜明讲政治，坚定不移把“两个确立”真正转化为增强“四个意识”、坚定“四个自信”、做到“两个维护”的思想自觉、政治自觉、行动自觉，把讲政治贯穿到人大工作的全过程各方面。

一方面，加强政治学习。深入学习贯彻习近平新时代中国特色社会主义思想，学深悟透习近平总书记关于坚持和完善人民代表大会制度的重要思想，严守政治规矩，始终与党委同心同德、同频共振，主动向党委请示报告人大重要会议、活动、决定等事项，确保党的主张经过法定程序成为国家和人民的意志，确保党组织推荐的人选经过法定程序成为国家机关工作人员。

另一方面，落实政治责任。站位全局、服务中心，紧紧围绕党中央决策部署和省委、市委工作部署，围绕建设“四个钟祥”、跻身“四个百强”，从推动主导产业发展入手，动员代表引项目、建企业，汇聚发展力量；从优化营商环境入手，以问题为导向开展工作评议、明察暗访，助力打造钟祥“莫愁+”营商环境品牌；从促进乡村振兴入手，视察调研、建议献策，加快建设农业产业化强县。

二、建设人民至上的权力机关

《习近平谈治国理政》第三卷中，“人民至上”理念贯穿始终。习近平总书记至深至厚的人民情怀，贯穿于治国理政的生动实践，体现在执政为民的全过程、各方面，为全党全国作出了表率。

“人民代表人民选，选好代表为人民。”作为地方人大，必须坚持以人民为中心的发展思想，聚焦人民群众所思所盼所愿，聚焦教育发展、医疗卫生、环境整治、养老就业等与人民群众关系最密切的问题开展人大工作，接地气、察民情、聚民智、惠民生，让人大工作深深植根于人民之中，依法保障人民当家作主。

工作中，搭建平台，畅通渠道，回应关切，保证人民群众的知情权、参与权、表达权、监督权，并落实到人大工作的各方面各环节。创新发展全过程人民民主。实施重大事项网络征求意见制、民生实事项目代表票决制和居民议事试点制度，在重大事项的决策、执行、监督、落实等各个环节听取人民心声、体现人民意愿。

三、建设勤勉尽责的工作机关

《中华人民共和国地方各级人民代表大会和地方各级人民政府组织法》在关于地方各级人大常委会行使的职权中，有一条明确的规定：监督本级人民政府，人民法院和人民检察院的工作……

依法行使监督权，是人大工作的重要内容，要将监督与支持“一府一委两院的”工作紧密结合起来，做到正确监督、有效监督、依法监督。自觉维护宪法法律权威和尊严，重点加强《民法典》《长江保护法》等新颁布法律贯彻执行情况的监督，做好规范性文件备案审查工作，保证政令与法治的统一。开展钟祥政府部门专项工作评议，加强“两院”法官和检察官任后监督，促进依法行政、公正司法。

四、建设能为善为的代表机关

把自身建设和代表工作作为人大工作的基础，打造政治坚定、尊崇法治、发扬民主、勤勉尽责的人大工作队伍。

提升工作素养。完善常委会、代表小组活动第一议题学习机制、读书读报分享制度，全方位组织代表开展初任培训、履职培训，激发履职热情，构建和谐氛围。

完善履职平台。建立代表之家和代表网站等线下线上两个履职平台，坚持双联双走访制度和代表联系群众工作制度，每季度开展一次代表小组活动，每年开展代表行动，让代表工作充满生机和活力。

发挥监督效果。完善人大及其常委会议事规则和代表约见地方国家机关负责人制度，组建经济、法治、社会建设、农业农村等不同类别的代表小组，发挥好各行各业代表的特长作用。引入建议办理第三方评价和全过程网络公开机制，让承办单位有责任感、让代表有成就感、让群众有获得感。

新时代赋予新任务，新征程当有新作为。钟祥市人大常委会将坚持以习近平新时代中国特色社会主义思想为指导，砥砺前行、笃行致远，不断推动新时代地方人大工作高质量发展。

湖南省东安县人大常委会主任张波

坚持“四心”总体要求　提升人大工作水平

链接：目前，东安县人民代表大会及其常务委员会设办事（工作）机构2个，专门委员会7个，副科级事业单位1个，正股级事业单位1个。全县辖区共设有15个代表小组，有省人大代表4人，市人大代表44人，县人大代表237人，乡镇人大代表976人。自2016年11月换届以来，东安县人大常委会认真履行宪法和法律赋予的各项职责，以新担当展现新作为，为推进全县民主法治建设和东安经济社会高质量发展作出了积极贡献。先后被评为永州市精神文明单位，东安县绩效考核先进单位，东安县党建、社会治安综合治理（平安建设）、意识形态责任制、党风廉政建设和反腐败、统一战线、计划生育、精准脱贫、重大事项督查等工作先进单位。

新形势下，东安县人大及其常委会深入学习贯彻党的十九届四中全会精神，全面加强党对人大工作的领导，充分发挥人大职能作用，坚持“围绕核心、服务中心、紧贴民心、凝聚人心”总体要求，依法履职行权，更好担当使命，大力推进依法治县进程，全面提升新时代地方人大工作水平。

一、围绕核心，坚定政治方向

党政军民学、东西南北中，党是领导一切的。坚持党的领导是推动地方人大工作创新完善发展的根本保证。东安县人大及其常委会始终紧紧围绕党委工作大局履职尽责，推进民主法治建设。在重大事项决定方面，认真贯彻中央关于健全人大讨论决定重大事项制度、各级政府重大决策出台前向本级人大报告的实施意见精神，规范常委会讨论重大事项的内容和工作程序，规范政府重大决策出台前向人大常委会报告程序，着力提高讨论决定重大事项的科学化、民主化、法治化水平。在监督工作方面，坚持“议大事、求实效”原则，围绕脱贫攻坚、生态环境污染治理、防范化解重大风险、民生工程安全、农业农村发展、城区学位建设等工作，综合运用听取和审议专项工作报告、视察调研、执法检查、专题询问、工作审议、满意度测评等方式，推动“一府一委两院”依法行政、依法监察、公正司法。在人事任免方面，坚持党管干部和人大依法任免相统一，全面实行任前法律知识考试、颁发任命书、宪法宣誓等制度，不断提高人大选举、常委会任命干部的公信力。

二、服务中心，依法履职行权

“不谋全局者不足谋一域。”东安县人大及其常委会始终坚持把服务发展大局作为第一要务，坚持“既寓监督于支持，又寓支持于监督，重在支持”的监督工作理念，选择社会关注、群众关心的重大问题，不断创新监督工作方式和方法，进行正确监督和有效监督。坚持在大局中定位，正确把握大局，自觉服从大局，坚决维护大局，不折不扣落实中央、省委、市委、县委的决策部署。坚持在大局中谋划，切实把人大常委会工作放在全县工作大局中思考。坚持在大局中担当，在服务大局中明确思路，开拓创新，勇于实践，积极作为，充分发挥人大助力经济社会发展和改革攻坚任务的重要作用。做好对“一府一委两院”监督与支持的协调统一，以依法履职为准绳，督促“一府一委两院”严格履行法定职责。着力深化预决算审查监督和审计监督，重点开展“十大”视察监督行动，听取和审议专项工作报告，开展工作审议和专项审议，开展专题询问，开展执法检查和专题调研，开展规范性文件备案审查、类案监督和信访监督，开展履职监督，统筹推进人大协商。切实抓好代表议案建议办理工作，从“答复满意”向“落实满意”转变，真正做到办理有成效、代表有成果、群众得实惠。

三、紧贴民心，密切联系群众

东安县人大及其常委会树立以人民为中心的发展思想，践行“人民选我当代表，我当代表为人民”的初心使命，充分发挥人大代表来自人民、植根人民的特点和优势，集思广益、群策群力，推动经济社会发展，不断增进人民福祉。充分发挥人大职能，通过执法检查、工作审议、专项审议、专题调研等监督方式了解实情，把脉问诊，提出建议、意见，督促“一府一委两院”依法履职，增强改革创新的勇气和信心。深入开展“双联”和“三走”活动，推行“五个一”代表履职工作模式，继续加强“代表联系群众工作平台”建设，巩固深化“十有”乡镇人大创建工作成果。规范县、乡（镇）人大工作，对代表小组、人大代表联系群众工作室，建管并重，组织代表定期定点接待选民，听民声、解民意、集民智，发挥代表小组、工作室在代表履职中的重要作用。认真落实代表工作“四个办法”，加强代表履职管理监督，健全完善代表述职评议、代表履职档案、不称职代表退出等制度机制，督促代表积极履职尽责，模范遵守法律，自觉接受人民监督。

四、凝聚人心，加强自身建设

东安县人大及其常委会主动适应新形势新要求，牢固树立强烈的责任意识和担当精神，牢记人大工作的使命和职责，不断加强自身建设，努力锻造一支政治坚定、务实高效、团结协作、清正廉洁的人大领导班子和忠诚、务实、担当、干净的人大干部队伍。坚持政治引领，突出党建先行，充分运用“不忘初心、牢记使命”主题教育成果，紧紧围绕“四心”创“学习型、创新型、务实型、廉洁型”人大机关，制定出台“四型”机关建设创先争优考评细则和绩效考核目标管理考评细则。着力加强制度建设，坚持依制度办事、靠制度管人。适时修订完善人民代表大会议事规则、常委会议事规则和人大机关办文、办会、办事等各项规章制度，严格议事程序，规范履职行为，增强工作实效。充分利用各类宣传阵地和新闻媒体，努力营造人大向人民负责、受人民监督的良好社会氛围。

陕西省榆林市委统战部常务副部长杨啸中

充分发挥新时代统一战线法宝作用

榆林市委统战部主办的《永远跟党走》系列访谈节目启动仪式

全市统一战线要深入学习贯彻习近平总书记“七一”重要讲话，在新的征程上，坚持大团结大联合，广泛凝聚共识，广聚天下英才，努力寻求最大公约数、画出最大同心圆。

一、形成“众星拱月”

统一战线历来是党的总路线总政策的重要组成部分。在革命、建设、改革的各个历史时期，我们党始终把统一战线工作摆在全党工作的重要位置。

毛泽东同志指出，统一战线是党战胜敌人的三大法宝之一。在人民解放战争即将胜利之际，各民主党派、各人民团体、各社会贤达积极响应党的“五一口号”，参加政治协商会议，共商建国大业。新中国成立后，我们党在巩固政权、进行社会主义改造和建设、实行改革开放中，充分发挥统一战线功能作用，彰显了统一战线的广泛性、包容性、多样性和社会性，为党和国家事业注入了强大活力。

习近平总书记强调，统战工作的本质要求是大团结大联合，解决的就是人心和力量的问题。我们党运用统一战线这个法宝，围绕革命、建设、改革大目标广泛争取人心和力量，推动统一战线在建立新中国、建设新中国、开拓改革路、实现中国梦中发挥了重要作用。

市委统战部要深入学习贯彻习近平总书记“七一”重要讲话，提高政治站位，不断增强“四个意识”、坚定“四个自信”、做到“两个维护”，增强党在统一战线中的政治领导力、思想引领力、群众组织力、社会号召力，把各方面力量团结凝聚在以习近平同志为核心的党中央周围，形成“众星拱月”的良好局面。

二、统筹协调关系

人心是最大的政治，共识是奋进的动力。全市统一战线系统单位要对标习近平总书记“七一”重要讲话，聚焦榆林新时代追赶超越目标，把加强思想政治引领、广泛凝聚共识作为统战工作的中心环节，以共识促团结，以团结聚力量，积极参与构建大统战工作格局。要坚持市委统一领导、市委统战部牵头协调、有关方面各负其责的工作格局，通过深入细致的工作，加强统筹协调，更好发挥各方面优势和作用，促进政党关系、民族关系、宗教关系、阶层关系、海内外同胞关系和谐，保证统一战线工作始终沿着正确政治方向前进。

三、搭起友好“桥梁”

学习贯彻习近平总书记“七一”重要讲话，要统筹国内国际两个大局、发展和安全两件大事，扎实做好统一战线各领域工作。

要坚持中国特色社会主义新型政党制度，落实《中共榆林市委2021年度政党协商计划》，引导各民主党派围绕市委、市政府中心工作和社会热点难点问题开展调查研究，通过建诤言、献良策、促落实，推动多党合作有新气象、思想共识有新提高、履职尽责有新作为、参政党有新面貌，做中国共产党的好参谋、好帮手、好同事。结合市县换届，加强党外代表人士的发现储备、实践锻炼、培养使用工作。

要铸牢中华民族共同体意识，深化民族团结进步示范市建设，开展“民族微服务”行动，升级改造榆阳区八狮社区少数民族活动室，建设神木市、府谷县少数民族服务窗口，打造全市“民族一家亲”实践基地，实施“进百家门、晓百家情、解百家难、暖百家心”党员干部联系帮扶少数民族群众“四百”活动，不断增强各族群众的获得感、幸福感、安全感。

要推动构建亲清政商关系，引导非公有制经济人士爱国、敬业、

组织“送温暖送健康 关爱社区在义诊”活动

创新、守法、诚信、贡献，落实《榆林市民营经济统战工作联席会议制度》，做好民营经济代表人士综合评价工作，协调落实惠企助企政策，积极破解民营经济发展难题，促进非公有制经济健康发展和非公有制经济人士健康成长。

要不断健全党外代表人士和新的社会阶层人士发现、培养与管理机制，加强对市知联会和市新联会的领导，推动“两联会”向基层延伸，实现县市区“两联会”全覆盖，引导“两联会”成员传承家国情怀，带头明德修身、砥砺品行，发挥坚守正道、弘扬正气的表率作用，积极参与疫情防控、捐资助学等公益事业，履行社会责任。

要加强港澳台海外统战工作和侨务工作，发展壮大爱国爱港、爱国爱澳力量，增强香港同胞、澳门同胞国家意识和爱国精神，深化交流合作，跟踪服务榆林首家台资企业巨皇集团项目建设，加快市侨联换届进程，成立市侨商会，发挥侨联、侨商会等桥梁纽带作用，讲好榆林统战故事。

甘肃省张掖市甘州区政协党组书记、主席薛庆

学习贯彻讲话精神　全面提高政协水平

习近平总书记在中央政协工作会议暨庆祝中国人民政治协商会议成立70周年大会上发表的重要讲话和汪洋主席的讲话，为我们做好新时代人民政协工作进一步指明了前进方向、提供了根本遵循。我们一定要学习好贯彻好落实好，为奋力开创新时代人民政协事业新局面作出积极贡献。

一、加强党的建设

全面贯彻落实习近平总书记重要讲话精神，必须把加强党的建设贯穿政协工作的各方面全过程。要教育引导全体委员和党员干部把增强“四个意识”、坚定“四个自信”、做到“两个维护”，体现在行动上、落实在岗位上 ，始终在思想上政治上行动上同以习近平总书记为核心的党中央保持高度一致，不折不扣地贯彻落实中央和省委、市委、区委的各项决策部署，使政协事业始终沿着正确方向不断前进。要自觉服从党委领导，自觉服务党委中心工作，自觉在党委领导下开展工作，严格执行重大问题请示报告制度，坚决与党委同心同向、同频共振。要充分发挥政协党组的领导核心作用，不断完善区政协党组、机关党组、机关党支部、离退休党支部的党建链条；定期召开政协系统党建座谈会和党的建设工作推进会议，加强机关党组织标准化建设，不断提高党组织的创造力、凝聚力、战斗力。要加强对党员委员的教育管理，全面落实中共党员委员参加双重组织生活会、中共党员常委履职建言点评等8项制度，规范党员委员接受政协党组织教育管理和参加政协党组织活动，有效实现党的领导在政协的“两个全覆盖”。

二、加强思想政治建设

全面贯彻落实习近平总书记重要讲话精神，必须把加强思想政治建设作为首要任务。

（一）切实加强政治理论学习。深入开展“不忘初心、牢记使命”主题教育，组织机关党员干部认真学原著，悟原理，扎实开展调查研究，深刻检视存在问题，切实抓好整改落实。广泛动员全体委员积极参加主题教育，真正做到委员理论学习有收获、思想政治受洗礼、干事创业敢担当、为民服务解难题、清正廉洁作表率。

（二）固牢共同思想政治基础。引导全体委员把坚持和发展中国特色社会主义作为巩固共同思想政治基础的主轴，把服务实现“两个一百年”奋斗目标作为工作主线，把加强思想政治引领、广泛凝聚共识作为中心环节，不断夯实团结奋斗的共同思想政治基础。

（三）发挥思想政治引领作用。采取多种方式，广泛宣传党的基本理论、基本路线、基本方略，不断增进各民主党派及社会各界对中国共产党和中国特色社会主义的政治认同、思想认同、理论认同、情感认同，把党的主张转化为社会各界的自觉行动，为决胜全面建成小康社会汇集磅礴力量。

三、加强协商机制建设

全面贯彻落实习近平总书记重要讲话精神要把发挥好专门协商机构作用作为第一职责。

（一）增强协商内容的具体性。围绕区委确定的目标任务、重大决策部署、社会普遍关注的重大投资项目、人民群众密切相关注的民生问题，积极开展协商议政，坚持协商在决策之前和决策实施之中。

（二）增强协商形式的规范性。完善以全体会议为龙头，以专题议政性常委会会议和专题协商会为重点，以协商座谈、对口协商、提案办理协商等为常态的协商议政格局。以委员队伍建设为平台，大力开展协商议政、协调解决、答复、提案办理、社情民意反映、记录六种方式的协商形式，着力解决委员提出的意见建议，对能够及时解决的采取即知即办的方式督促相关部门及时协商解决，为区委、区政府架通联民桥梁。

（三）增强协商程序的操作性。制定进一步加强政协工作推进人民政协协商民主建设的规范程序，建立区委同区政府、区政协重点协商议题会商机制，形成年度协商计划，围绕议题开展民主协商。四是增强协商成果的实效性。把握协商时机，瞄准协商重点，抓住协商关键，增强协商的针对性。切实抓好调研视察工作，真查实调，提高质量水平；加大提案、意见建议办理力度，采取多种方式，提高办理实效，确保成果得到转化。不断完善“协商议政、协调解决、答复”会议运行机制，丰富协商内涵，充分发挥委员参政议政职能作用。

四、加强履职能力建设

全面贯彻落实习近平总书记重要讲话精神要把提高委员的履职能力建设作为关键。

（一）不断丰富建设内容。通过调研视察、协商议政、提案督

办、民主评议、界别活动和加强委员学习培训等形式，为委员搭建履职平台，拓宽履职渠道，使委员建言有渠道、协商有场所、奉献有目标。

（二）突出建设重点。把提高调研视察的质量水平作为增强履职能力建设的重点，按照“六制”方法，着眼于经济社会发展的重大事项，着力开展调研视察，切实做好资政建言工作。

（三）创新履职方式。按照“八八模式”监督要求，指导委员发挥身份优势、岗位优势，围绕促进经济社会发展和解决民生问题开展民主监督。按照“八有三环节四实效”的提案办理要求，着力开展提案办前、办中、办结三个环节的督办工作；确保提案工作在办理结果上见实效，推动部门工作上见实效，发挥民主监督参政议政作用上见实效，利民惠民促发展上见实效。

（四）增强履职实效。大力实施委员“六常态”，不断提高全体委员的政治把握能力、调研研究能力、联系群众能力、合作共事能力，真正做懂政协、会协商、善议政，守纪律、讲规矩、重品行，着力建设“政治表率、创业先锋、发展能手、法德楷模”政协委员队伍。

五、加强委员界别建设

全面贯彻落实习近平总书记重要讲话精神要加强委员界别建设，充分发挥界别委员的代表性作用。

（一）充分发挥专委会的基础性作用。强化专委会政治功能，发挥思想政治引领作用；加强专委会与区委、区政府对口部门的沟通联系，充分发挥沟通上下、联系左右的桥梁作用；落实“主席会议成员＋专委会”的联系走访委员制度，为委员知情明政、协商议政、民主监督创造条件。

（二）充分发挥委员在各领域各行业的专业优势。教育引导中共界别重点发挥思想政治引领作用，党派团体界别重点发挥团结合作、协商议政作用，专业界别重点发挥专业性强、代表性广的优势作用，少数民族、宗教、台联、侨联等界别重点发挥与所属界别群众的联系沟通和统战作用。

（三）着力开展界别协商对口协商专题协商。加强与专委会对口部门单位的联系合作，组织界别委员认真开展调研视察、对口协商、专题协商、提案办理协商活动，充分发挥政协委员的专业特长，体现专委会的工作特色，为全区经济社会发展献计出力。

六、加强委员队伍建设

全面贯彻落实习近平总书记重要讲话精神要把委员队伍建设作为做好政协工作的重要抓手，围绕“凝聚智慧力量，奉献改革发展”主题，真正践行政协委员的初心和使命。

（一）做到敬重政治。要依托思想政治建设，教育委员始终坚持中国共产党的领导，坚持用习近平新时代中国特色社会主义思想武装头脑，强化理论武装，坚定理想信念，坚决维护党的权威，坚决履行好委员的职能职责，牢记团结合作使命，切实发挥思想政治引领作用，在广大干部群众中争做政治表率。

（二）做到敬守职业。政协委员是党和国家一线工作的重要组成部分，是广大干部群众中的“极少数”，要坚决敬守自己的职业。要不断深化委员队伍建设，引导实体界的委员，立足行业特点，率先执行区委、区政府决策部署，率先发展产业，率先引领创新，率先奉献发展，率先垂范，争做经济社会发展的创业先锋；引导行政事业单位的委员，围绕大局，服务发展、服务群众，敬业奉献、争创一流，在业务岗位、行业领域、勤政为民上争当能手。

（三）做到敬畏法德。引导政协委员时刻把法纪挺在前面，用道德约束自我、塑造形象；积极践行社会主义核心价值观，坚决遵守党纪党规，坚决遵守法律法规，坚决遵守政协规章制度，争做法德楷模。

（四）做到敬爱人民。要坚持以人民为中心的履职理念，积极反映人民群众的所思所想，切实解决人民群众生产生活中的实际问题，尊重人民群众的首创精神，广泛听取人民群众的意见建议，积极参与精准扶贫、环境整治、捐资助学、社会救助等社会公益事业活动，用实际行动爱戴人民。

湖南工业大学客座教授、硕士生导师殷邦

深刻认识社会主义的伟大创举

——兼论社会主义基本经济制度的发展与改革的历程

必然王国是人们尚未认识和掌握的客观必然性，自由王国则是指人们认识了的客观必然性，因而能够运用必然性来改造世界的境界。

感性认识的对象是事物外部现象，理性认识的对象是事物内在的本质和事物运动发展的规律。我们认识事物是从感性认识开始的，同样认识社会制度也是从感性认识开始的，但我们不能停留在感性认识阶段，我们必须上升到理性认识的层面，以历史、现实、未来的视野，从人的本质、人类社会的本质、人类社会发展规律的维度，了解人类社会发展规律，深刻认识社会主义的伟大创举。

人类是怎样产生的呢？人类社会关系是怎样形成的呢？大量确凿的科学证明，人和人类社会是由自然界长期进化发展而来的。在这个进化过程中，劳动起了决定作用。劳动使猿变成了人，并在劳动中形成了各种社会关系（主要包括财产占有关系、劳动成果分配关系、管理与被管理关系，分工与协作关系）。在从猿到人的进化中，有两个相互制约又相互促进的过程，一方面社会是由人的活动创造的，没有人和人的活动，也就没有人类社会；另一方面，人本身又是社会的产物，人只有与同类结合起来，才能从事生产劳动，只有在劳动过程中与同类发生交往才能促成意识和语言的产生，才能使人最终从动物界分离出来。最初的、从动物界刚刚分离出来的人，在一切本质方面和动物本身一样是不自由的。然而，就在这时，人类也已经迈出了向自由王国前进的决定性的一步。他已经是人了，已经从作为自然界一部分的动物界中分离出来，并同自然成了一个对立面，开始了同自然界的斗争。当然，原始人征服自然的能力极低。他们的生产经验很少，劳动技能很低，工具也很简陋。因此人类在原始社会中的自由非常有限。原始社会的人在社会关系上是平等的，那里没有压迫，没有剥削，没有监狱、没有诉讼。不过这并不说明原始人对人的价值有着深刻的认识，从而自觉地以最人道的态度来处理人们之间相互关系。恰恰相反，这种朴素的平等关系是极不发达的生产力所造成的。当时的人类差不多完全受着陌生的不可理解的外部大自然的支配。这时的自由，也仅仅是一种朴素的自由。但是，原始社会中这种极其有限的朴素的自由却有着伟大的意义。它是人类迈向自由王国的历史性开端。在漫长的岁月里，由于人们不断地向自然界进行艰苦的斗争，使得社会缓慢地然而是不停地向前发展。从旧石器到新石器，从火的使用到弓箭的发明，从采集、猎狩过渡到原始畜牧业和原始农业，一直到金属工具的出现，所有这些进步，都是人类为争取自由而取得的胜利成果。随着生产力的发展，人类在实践活动中对自然界的认识越来越深刻，对自然界的支配能力越来越强大。

剩余产品的出现，提供了人剥削人的可能，形成了生产资料的私有制，人类进入了奴隶社会。奴隶社会的到来，是人类在争取自由的斗争中，生产力有所发展而又不太发展的结果。这时的人类争得了比原始人较大的自由，从必然王国向自由王国前进了一步。但是，必须看到，某些人从原始的状态中解放出来，是因为有大批人专门从事繁重的体力劳动。奴隶社会之所以有自由人，正是因为有不自由的奴隶。劳动分工使占人口极少数的奴隶主贵族获得自由，但它的后果却是占人口绝大多数的奴隶受奴役。奴隶们从自然界争来的自由，换来的是社会上的不自由。他们所创造的财富都转化成奴役他们的手段。他们所争到的只是奴隶主的自由；而他们自己不过是奴隶主的一个会说话的工具，无力主宰自己的命运。人类从必然王国向自由王国前进的历史，刚刚开始不久就和阶级斗争联系在一起。

当封建社会代替奴隶社会，是历史发展的又一进步。在地主阶级取得统治权力前后的一段时间内，封建社会的生产关系基本上是适合生产力状况的。它给生产力的发展开辟了道路。广大农民尽管处于被剥削、被压迫的地位，但是，同奴隶相比，他们毕竟有了作为人的一定自由和权利、有了自己的个体经济、自己的生产工具，在生产中也表现出较大的主动性。因此，在封建制度确立后的一段时间内，农民能够在一定程度上发挥劳动的积极性，不断地积累经验，改进生产工具提高生产技术，从而推动封建社会向前发展。

但是，地主阶级毕竟是剥削阶级，它的阶级性决不允许农民同他们一样享有相同的权力。他们凭借土地所有权把农民束缚在土地上，同时利用政治上的种种特权，最大限度地榨取农民的血汗。农民的处境比奴隶好一些，但劳动果实大部分要作为地租交给地主。自己有少量土地的农民虽不交租，但要承担各种苛捐杂税和劳役。他们在经济上受剥削，在政治上、文化上也处于无权的地位。从根本上来说，他们仍是不自由的。

当封建社会成为束缚人们争取自由的桎梏，不再能容纳新的生产力的时候，从封建社会向资本主义社会过渡就成为历史的必然。资本主义战胜封建主义，资产阶级所要求的发展资本主义的自由，即自由地购买劳动力，自由地购买原材料，自由地生产，自由地销售，自由地增殖资本等不再受封建制度的束缚得以确立。资产阶级革命的胜利，给资本主义生产的发展扫除阻碍。从 18 世纪中叶开始，欧美一些主要资本主义国家先后发生了以机器生产代替手工劳动、以机器大工业代替工场手工业的产业革命。产业革命是人类从必然王国走向自由王国历程中具有重大意义的一步。资产阶级在不到 100 年时间里所创造的生产力，比过去一切时代创造的全部生产力还要多，还要大。

产业革命并不单纯是生产技术上的革命，同时也是生产关系的重大变革。它使人与人之间的阶级结构发生了剧烈的变化。整个社会日益分裂成为两个直接对立的阶级：资产阶级和无产阶级。资本主义制度从它建立的那一天起，就患着一种不治之症，即生产的社会化和生产资料私人占有之间的矛盾。资本主义这个基本矛盾，已经包含着现代的一切冲突的萌芽，它是资本主义社会的各种矛盾，特别是经济危机的总根源。资产阶级革命所换来的自由，不是资本主义社会全体成员的自由，而仅仅是资产阶级的自由。不错，在资本主义社会里，比起奴隶社会、封建社会来说，人的权利得到一定的尊重。无产者不像奴隶、农民那样在人身上依附于奴隶主和地主，有了一定的人身自由。实际上，他们的自由也仅仅归结为支配自己劳动力的自由。然而，这种自由与其说“自由”，毋宁说是一种新的奴役。因为，一方面为生活所迫，他们不得不出卖自己的劳动力，所谓不出卖的自由是虚假的；另一方面随时可能被抛入失业者的行列，连出卖劳动力的自由也毫无保障。无产者虽不是有产者个人的奴隶，但却越来越成为机器的奴隶，成为无产者所创造的巨大财富的奴隶。可见，资本主义社会仍然不是人类憧憬的自由王国。

从以上对历史的简单回顾中可以看出，考察从必然王国向自由王国的发展，固然离不开对于各个社会生产力的发展情况的分析，然而也还必须注意分析各个社会中人与人的社会关系的特点。只有这样，才能确定不同历史时期的不同阶段的人们所实际享有的具体的自由。随着生产力的发展，社会在不断进步，然而在阶级社会里，劳动人民所享有的自由是极其有限的，在根本上是不自由的。在这样的社会里，掌握生产资料和国家政权的剥削阶级虽然比起劳动人民来是自由的。然而，由于他们不能认识社会发展的规律，受着社会发展规律这一“盲目作用”的支配，所以，自由也是有限的。新兴的资产阶级虽然能够在空前的规模上支配自然力，然而他们无力支配社会的发展，无力摆脱经济危机所带来的灾难，无法克服社会化大生产与生产资料私人占有之间日益尖锐的社会矛盾。他们唯一所能做到，就是把这种不自由给自己造成的后果转嫁到劳动人民身上，从而使劳动人民更加不自由。

在人类社会进化的过程中，性恶论哲学认为人的欲望与情感的冲突随时发生，人自私的本性时常会在现实利益的驱使下非正义或暴力占有甚至用战争劫取他人（或别的人群）凭勤劳和幸运获得的所有物，造成社会的动乱和人们的痛苦与灾难。在反复的社会动荡中，性善论哲学认为人类理智促使人类采取正义的和平的法则（即稳定财物占有法则，根据自愿转移所有物法则以及履行许诺法则）维护社会的稳定。随着正义法则的传承与进化，这些理智逐渐转化为人类文明进步的动力。人类社会发展到今天，已经经历了原始社会、奴隶社会、封建社会、资本主义社会，一部分已进入了社会主义社会。从奴隶社会到封建、资本主义社会，随着生产力水平不断地向前发展，生产关系也不断地适应生产力水平而向前发展，人类社会的物质文明和精神文明也在不断向前发展。但从制度层面来看，无论是奴隶、封建还是资本主义制度，始终没有改变建立在私有制基础上的剥削和压迫劳动人民的社会制度性质，只是随着劳动人民的革命斗争，剥削阶级为了缓和阶级矛盾，剥削的程度有所减轻而已，一切剥削制度都是非正义的。社会主义制度是建立在生产资料公有制和劳动人民联合劳动基础上，它以生产资料公有制代替了阶级社会私有制，以无产阶级专政代替了阶级社会中少数人对多数人的专政，它实行按劳分配，消灭了人剥削人的现象，它是正义与进步的社会制度。

谈到社会主义制度与资本主义制度优越性，人们很容易从感性认识方面把走社会主义道路的中国和走资本主义道路的美国进行比较。主要是从就业、就医、就学、住房、交通、社会保障、环境等方面进行比较，而很少有人从理性认识的角度来观察。任何一种社会制度都有先进性的一面，同时又有其局限性的一面。资本主义制度较之封建社会制度，无疑是进步的制度，资产阶级在同地主阶级革命斗争中，提出了自由、民主、平等的政治主张，在当时的历史条件下是进步的。虽然资本主义制度极大地促进了人类社会生产力的发展，但资本主义制度仍没有摆脱资产阶级剥削无产阶级的性质，这是不争的事实。

自由竞争资本主义发展到了垄断资本主义阶段。帝国主义即垄断资本主义是自由竞争的资本主义发展到一定程度的必然产物。列宁说：“自由竞争产生生产集中，生产集中发展一定阶段导致垄断。”（《列宁选集》第 2 卷，人民出版社 1995 年版第 588 页）随着私人垄断资本实力的加强，垄断资本必然要把其影响渗透到社会生活的各个领域，这就为垄断资本与国家政权的结合提供了客观必然性。

垄断资本与国家政权相结合形成的国家垄断资本主义即帝国主义作为总资本家，是为整个垄断资本获取高额垄断利润服务的。国家并不完全服务于某个垄断集团，有时候为了整个垄断资本利益，甚至可能牺牲某个垄断组织的利益。因此，各大垄断集团都力图通过各种渠道，采取各种手段，对政府施加影响，以便从政府决策中捞取更大利益。各个垄断集团往往直接选出自己的代表进入政府，控制政权。正如列宁指出的，帝国主义的特点恰好不是工业资本而是金融资本，在垄断资本主义时代除银行同工业的“人事结合”以外，还有这些或那些公司同政府的“人事结合”。金融资本的统治是资本主义的最高阶段。帝国主义最重要的经济基础是资本输出，它使帝国主义成为寄生虫式的食利国和吸血鬼式的高利贷国，世界分为极少数高利贷国和极大多数债务国。

在国家垄断资本主义的参与和推动下，资本已全面社会化。资产阶级国家的社会经济职能空前地扩大和发展起来，资产阶级国家成了真正意义上的“总资本家”，对国民经济实行着全面的控制、干预和调节，在一定程度上为社会生产力的发展提供了空间。在国家垄断资本主义的参与和推动下，不仅国家垄断资本主义是资本最高程度的社会代表体现，而且私人垄断资本也日益社会化，这突出表现在家族垄断资本不断削弱和各种社会、集团资本形式的不断发展上。

为了缓和国内阶级矛盾，防止国内阶级斗争和革命，帝国主义国家对国内采取高福利政策，对外则直接进行国际经济剥削，对落后国家的国际剥削已从过去的抢占殖民地进行超经济剥削转向了更符合资本主义本质的经济剥削，同时进行战争掠夺，帝国主义美国成为人类社会战争的策源地，成为发动非正义战争的罪魁祸首和“国际警察”头子。

我们一定要深刻认识美国帝国主义的本质，深刻认识美帝国主义反人类和平的真实面目，深刻认识美国优先论这一弱肉强食的强盗逻辑。

人类认识和改造世界的一切实践活动都是在处理必然和自由的关系，即客观必然性与主观意志的自由关系。人类对于必然性的认识和运用是一个过程。社会主义也是一个从必然王国向自由王国发展的过程。

以往的经济学家，很少有替穷人讲话的，大多数是替富人讲话。他们研究的经济理论大多数是告诉资本家如何赚更多的钱，即追求利润最大化，更多的是强调效率。

马克思主义政治经济学，是替穷人讲话的。马克思创作的《资本论》揭示了剩余价值产生的秘密，也就是资本家为什么会赚到钱的秘密，即资本家无偿占有工人剩余劳动时间创造的劳动价值，这就为建立公平正义的社会制度奠定了理论基础。马克思主义理论诞生后，给人类社会带来了巨大变化。西方资产阶级依据马克思主义理论，在一定范围内改善了劳资关系，提高了社会保障水平，缓和了生产关系的矛盾。无产阶级在马克思主义理论指引下，在无产阶级政党领导下，建立了社会主义国家，建立了人民当家作主的公平社会，这是人类历史上的巨大进步。但在发展过程中出现了一些“左”的倾向，脱离生产力发展水平的实际，生产关系这只鞋不适应生产力发展水平这只脚，把公平滑向了平均主义，吃大锅饭，走了一些弯路。

从马克思主义创立科学社会主义理论后，社会主义革命和建设的实践既有成功的经验，也有失败的教训。

苏联社会主义失败的教训值得深刻的反思。列宁领导创立的第一个社会主义国家开辟了人类社会的新纪元。苏联在早期曾创造了经济高速增长的惊人奇迹，体现了社会主义制度的优越性。但后来由于没有正确处理生产力与生产关系，上层建筑和经济基础这一人类社会基本矛盾，没有正确处理党和国家改革发展与稳定的关系，没有正确处理好什么是社会主义、怎么样建设社会主义、建设什么样的无产阶级政党、怎样建设无产阶级政党等一系列重大战略问题，一个拥有74年执政地位的苏共垮台了，一个拥有74年历史的社会主义苏联解体了。

中国特色社会主义成功的经验值得认真的总结。我们党创造性地发展了马克思主义，把马克思主义普遍真理与中国建设实际相结合，建设有中国特色社会主义，并进入了新时代，不断探索公平与效率这个最根本的课题。

党的十九届四中全会提出，坚持和完善“公有制为主体、多种所有制经济共同发展，按劳分配为主体、多种分配方式并存，社会主义市场经济体制等社会主义基本经济制度”。将按劳分配为主体、多种分配方式并存和社会主义市场经济体制上升为社会主义基本经济制度，是我们党的重大理论创新。我国基本经济制度的确立，既体现了社会主义制度的优势，又同社会主义初级阶段社会生产力发展水平相适应。

从认识角度，社会主义基本经济制度是我们党的伟大理论创新成果。

马克思关于未来社会的设想是在批判资本主义制度的基础上提出的，他指出社会主义具有三大特征：第一，生产资料全部由社会占有（公有）；第二，生产要素由社会中心统一调配（计划调节）；第三，消费品在共产主义低级阶段实行按劳分配，而进入共产主义高级阶段则实行按需分配。在理论逻辑上，以上三大特征以生产资料公有制为支点，彼此相互依存，是马克思为未来社会构造的科学制度体系。

苏联是世界上第一个社会主义国家。20世纪50年代初，苏联科学院经济研究所编辑出版了《政治经济学教科书》，该教科书根据苏联的经济建设实践对社会主义经济模式作了概括，即“社会主义经济=公有制+计划经济+按劳分配”，这个概括被理论界称为“苏联模式”。新中国成立后，我们开始从新民主主义向社会主义过渡，可当时对如何发展社会主义经济没有经验，而能参考借鉴的只有“苏联模式”。

新中国成立后的最初10年，我们编制并实施了第一个五年计划，完成了对农业、手工业、资本主义工商业的社会主义改造，国民经济得以不断恢复和发展；但同时照搬“苏联模式”的弊端也逐步显现出来。1959年底至1960年初，毛泽东同志在杭州系统研读了苏联《政治经济学教科书》，并结合中国实际与党内有关同志进行了讨论。毛泽东同志批评说，苏联教科书脱离实际，有的观点背离了马克思主义。这表明，从那时起我们党就已经开始了对“苏联模式”的理论反思。

毛泽东同志批评苏联教科书脱离实际和背离马克思主义，主要是指“苏联模式”脱离了社会主义发展阶段的实际。我们知道，马克思所设想的未来社会，是指生产力和生产方式超越了商品交换关系限制的社会发展阶段，而事实上无论苏联还是我国都尚未达到这个阶段。遗憾的是，这种反思由于各种原因并未持续下去，当时也未形成系统化的理论成果。

我们长期沿用“苏联模式”，到1976年“文化大革命”结束时，国民经济已濒临崩溃边缘。国有企业普遍缺乏活力，物质供应严重短缺；国家计划高度集中，农、轻、重比例严重失衡；收入分配平均主义盛行，严重挫伤了劳动者生产积极性。1978年是一个重要的历史转折点。这一年我们开展了“真理标准大讨论”，召开了党的十一届三中全会，并由此拉开改革开放的帷幕。1981年，党的十一届六中全会通过了《关于建国以来党的若干历史问题的决议》，首次提出我国社会主义处于“初级阶段”的判断。

“初级阶段”理论的提出，进一步推动了全党解放思想。邓小平同志在党的十二大开幕词中鲜明指出：“把马克思主义的普遍真理同我国的具体实际结合起来，走自己的道路，建设有中国特色的社会主义。”关于什么是社会主义，邓小平同志明确指出：“社会主义的本质，是解放生产力，发展生产力，消灭剥削，消除两极分化，最终达到共同富裕。”而且明确讲“计划经济不等于社会主义”“过去搞平均主义，吃‘大锅饭’，实际上是共同落后，共同贫穷”“贫穷不是社会主义”。

改革开放40多年来，我们党立足中国实际不断进行理论创新。党的十九届四中全会将“公有制为主体、多种所有制经济共同发展，按劳分配为主体、多种分配方式并存，社会主义市场经济体制”确立为社会主义基本经济制度，是我们党理论创新的重要成果，为推动经济高质量发展、建设现代化经济体系提供了坚实的理论支撑。

从实践的角度，社会主义基本经济制度是我们党和人民的伟大实践创造。

20 世纪 70 年代末，我们的改革从农村起步，随着家庭联产承包责任制的成功实行，改革逐步向城市推进，城市改革的重点是搞活国有企业。1984 年，党的十二届三中全会明确提出，社会主义经济是在公有制基础上的有计划的商品经济。可是国内理论界对公有制基础上怎样发展商品经济却存在不同的看法，而且产生了争论。争论的焦点，是公有制与商品经济能否结合。

传统的观点认为，商品经济是以生产资料私有制为基础的经济，不同所有者之间才能形成商品交换。基于以上判断，人们认为在社会主义公有制条件下，国有企业与集体所有制企业可以进行商品交换；集体所有制企业之间也可以进行商品交换；由于国有企业的所有者是国家，国有企业之间却不能形成交换关系。斯大林在《苏联社会主义经济问题》中也表达过类似的观点，认为国有企业间的生产资料交换并非真正的商品交换，而只是保留了商品的外壳。问题就在这里。我们过去借鉴“苏联模式”搞了几十年计划经济，结果并不成功；而在公有制基础上搞商品经济又无先例可循。为了解决公有制与商品经济的结合问题，我们党进行了伟大的改革，沿着所有制改革——分配体制改革——计划经济体制改革——构建市场经济体制的路径不断推进改革。党的十二届三中全会后我们开始对所有制进行改革。所有制改革主要从两方面展开：一是国有企业实行所有权与经营权分离，推行承包制、股份制（公司制）、混合所有制改革，不断创新公有制实现形式；二是改革所有制结构，鼓励、支持、引导非公有制经济发展。

鼓励发展非公有制经济，其中一个标志性事件是 1983 年处理年广久“雇工”问题。安徽私人企业主年广久雇工 100 多人，赚了 100 多万元，很多人主张动他，而邓小平同志说“不能动”。邓小平同志作这个表态当然不只是要保护年广久，更重要的是借此释放出中央支持民营经济的信号。之后，非公有制经济如雨后春笋迅速发展起来。党的十四届三中全会进一步指出，必须坚持以公有制为主体、多种经济成分共同发展的方针；党的十五大第一次明确提出，公有制为主体、多种所有制经济共同发展，是我国社会主义初级阶段的一项基本经济制度。

所有制形式及其结构的改革，必然要求改革收入分配方式。首先一个不能回避的问题是，国有企业投资主体多元化后，能否允许运用多种分配方式？这一问题不回答好，非公资本不可能参与国有企业股改，而且非公经济也不可能大胆地发展。与此同时，随着我国对外开放的扩大，企业参与全球化竞争需要大量的科技人才与管理人才，若不允许技术、管理等要素参与分配，企业不仅难以引进人才，也难以留住人才。

为了调动全社会生产要素参与现代化建设的积极性，于是我们党着手对分配制度进行创新。其实早在 1985 年邓小平同志就讲过，一部分地区、一部分人可以先富起来，带动和帮助其他地区、其他的人逐步达到共同富裕。党的十五大提出，把按劳分配和按生产要素分配结合起来；党的十六大提出，确立劳动、资本、技术和管理等生产要素按贡献参与分配的原则。党的十八大以来，我们党多次强调要坚持“按劳分配为主体、多种分配方式并存”的分配制度。

非公有制经济发展壮大，原来的计划体制已明显不适应生产力发展的要求。一个重要原因，是非公企业作为自负盈亏的市场主体，生产什么、生产多少不可能听从于国家计划安排。针对这一问题，中央决定先从改革计划体制入手，逐步推动经济体制向市场体制转轨。20 世纪 80 年代启动的政府职能改革以及党的十二届三中全会提出“有计划的商品经济”，其实都是为建立市场经济体制铺路。1992 年召开的党的十四大明确提出，我国经济体制改革的目标是建立社会主义市场经济体制。

经济体制改革的核心问题，是正确处理政府与市场的关系。随着改革的不断深入，党的理论也不断创新。党的十二大提出“计划经济为主，市场调节为辅”；党的十三大提出“国家调节市场，市场引导企业”。从党的十五大到十七大，强调使市场在资源配置中起“基础性作用”。进入新世纪以来，我国社会主义市场经济体制不断得以完善。党的十八届三中全会通过的《中共中央关于全面深化改革若干重大问题的决定》明确提出，使市场在资源配置中起决定性作用和更好发挥政府作用。

改革开放的实践表明，改革实践每前进一步，党的理论创新也前进一步。社会主义基本经济制度作为我们党的重大理论创新成果，直接来自于我国改革开放的伟大实践。从这个意义上看，我国社会主义基本经济制度是我们党和人民的伟大实践创造。

从发展的角度，实现中华民族伟大复兴，必须坚持和完善社会主义基本经济制度。

经过 40 多年的改革创新，我国社会主义基本经济制度已经确立，在实践中已显现出独特的优势与旺盛的生命力。

由于我们坚持“公有制为主体、多种所有制经济共同发展”，到 2017 年底，全国国有企业资产总额和所有者权益分别达到 151.7 万亿元和 52 万亿元，是 1978 年的 209.7 倍和 107.2 倍；上缴税费总额占全国财政收入的 1/4，工业增加值占全国 GDP（国内生产总值）的 1/5。

与此同时，非公有制经济在支撑增长、增加税收、扩大就业、促进创新等方面发挥了越来越重要的作用。改革开放 40 多年来，我国民营经济从小到大、从弱到强，不断发展壮大。截至 2017 年底，我国民营企业数量超过 2700 万家，个体工商户超过 6500 万户，注册资本超过 165 万亿元。民营经济创造了我国 60% 以上的 GDP，缴纳了 50% 以上的税收，贡献了 70% 以上的技术创新和新产品开发，提供了 80% 以上的就业岗位，为我国成长为世界第二大经济体作出了不可磨灭的贡献。

由于我们坚持“按劳分配为主体、多种分配方式并存”，促进了居民收入水平提高和收入分配格局明显改善。从 1978 年至 2017 年，我国城镇居民人均可支配收入从 343 元提高到 36396 元；农村居民人均纯收入由 134 元提高到 13432 元。在收入水平大幅提高的同时，城乡居民的生活质量也显著提升。1978 年至 2017 年，城镇居民的恩格尔系数从 57.5% 下降至 28.6%，农村居民的恩格尔系数从 67.7% 下降到 31.2%。

从收入结构看，改革开放前，我国城乡居民收入来源较为单一，随着分配制度的改革，城乡居民收入渠道拓宽，收入结构也发生了较大变化。总体而言，居民收入中劳动收入仍占主体地位，而要素分配收入在稳步增加。城镇居民收入中，2017 年，工资性收入占比为 61.0%，比 1978 年下降 32.8 个百分点；经营净收入占比为 11.2%，比 1981 年提高 9.9 个百分点。农村居民收入中，2017 年，工资性收入占比为 40.9%，比 1983 年提高 22.3 个百分点；经营净收入占比为 37.4%，比 1978 年提高 10.6 个百分点。

由于我们坚持“使市场在资源配置中起决定性作用和更好发挥政府作用”，有效激发了市场主体的活力。党的十八大以来，我们着力完善重点领域和关键环节价格形成机制，坚决放开竞争性领域和环节价格，市场决定价格机制基本建立。我们以简政放权改革为突破口，坚持不懈推进政府职能转变，大力推进“放管服”改革，政府管理由过去以审批为主向以监管和服务为主转变，减少微观管理事务和具体审批事项，对解放和发展社会生产力、推动经济平稳增长、增进社会公平正义发挥了重大作用。

同时，党和政府在防范化解重大风险、精准脱贫、污染防治等三大攻坚战中发挥了关键性的主导作用。近年来，我国农村贫困人口从 2012 年的 9899 万人减少到 2018 年底的 1660 万人，贫困发生率从 10.2% 下降到 1.7%，建档立卡的 12.8 万个贫困村，有 10 万个已经脱贫。与 2013 年相比，2017 年全国 338 个地级及以上城市 PM10 平均浓度下降 22.7%，京津冀、长三角、珠三角等重点区域

PM2.5平均浓度分别下降39.6%、34.3%、27.7%；2013年至2017年，我国累计治理沙化土地1.5亿亩，全国完成造林5.08亿亩，森林覆盖率达到21.66%，成为同期全球森林资源增长最多的国家。

中国特色社会主义进入新时代，推动经济高质量发展必须坚持和完善我国基本经济制度。要毫不动摇巩固和发展公有制经济，毫不动摇鼓励、支持、引导非公有制经济发展。继续探索公有制多种实现形式，推进国有经济布局优化和结构调整，形成以管资本为主的国有资产监管体制，有效发挥国有资本投资、运营公司功能作用。同时，还要健全支持民营经济、外商投资企业发展的法治环境，营造良好公平竞争的市场环境。

要坚持和完善按劳分配为主体、多种分配方式并存的分配制度。一方面，要坚持多劳多得，增加劳动者特别是一线劳动者的劳动报酬。另一方面，要进一步健全劳动、资本、土地、知识、技术、管理、数据等生产要素由市场评价贡献、按贡献决定报酬的机制；健全以税收、社会保障、转移支付等为主要手段的再分配调节机制；重视发挥第三次分配作用，发展慈善等社会公益事业。此外，还要鼓励勤劳致富，保护合法收入，增加低收入者收入，扩大中等收入群体，调节过高收入，清理规范隐性收入，取缔非法收入。

要加快完善社会主义市场经济体制。建设高标准市场体系，完善公平竞争制度。要健全以公平为原则的产权保护制度；推进要素市场制度建设，实现要素价格市场决定、流动自主有序、配置高效公平；健全现代金融体系，有效防范化解金融风险；健全推动发展先进制造业、振兴实体经济的体制机制；实施乡村振兴战略，完善农业农村优先发展和保障国家粮食安全的制度政策，健全城乡融合发展的体制机制；构建区域协调发展新机制，形成主体功能明显、优势互补、高质量发展的区域经济布局。

福建省福州市马尾区人民检察院党组书记、检察长黄兆苐

把讲政治融入检察血脉

开展主题活动

链接： 近年来，福州市马尾区人民检察院认真贯彻落实习近平新时代中国特色社会主义思想，按照"讲政治、顾大局、谋发展、重自强"的新时代检察工作总要求，坚持以"司法为民"为宗旨，以"保障发展"为核心，以"四大检察"工作为重点，以"品牌创建"为抓手，以全面从严治检为保障，牢固树立"守公正、明善恶、护民生、促发展"的工作理念，明确了"惩恶扬善、善良司法"的法律监督工作思路，忠实履行法律监督职责，创优创新创特检察工作，先后被授予"全国检察机关十大最具影响力新媒体""全国检察宣传先进单位""先进基层检察院""进步基层检察院""福州市综治先进单位"等荣誉称号，连续6届被评为"省级文明单位"，集体和个人60余人（次）先后荣获国家、省、市级荣誉。

政党本质上是围绕一定的政治纲领、按照一定的政治路线，为实现一定的政治目标而组织起来、集中代表特定阶级利益的政治组织。对于我们这样一个拥有9000万党员的世界第一大党，也是当代中国代表最广大人民根本利益的唯一执政党，政治问题更是关乎党和国家前途命运的根本性大问题。

一、作为司法机关的一员，检察机关为什么要把落实"讲政治"作为首要任务呢？

（一）*讲政治是政党的天职，更是马克思主义政党的突出特点和优势*。党的十九大报告强调，旗帜鲜明讲政治是我们党作为马克思主义政党的根本要求。检察机关作为党领导下的人民民主专政的国家政权机关，承担着维护国家政治安全、政权安全的重要职能，本质是政治机关，必须始终把讲政治摆在第一位。我们要不断强化政治意识，坚定政治方向，提高政治站位，善于运用政治思维政治智慧，把讲政治落实到各项检察业务工作中，坚定不移地把检察机关的政治本色打造得更加鲜明。

（二）*讲政治是检察机关的本质属性，更是我们学习贯彻习近平新时代中国特色社会主义法治思想的要求*。政法机关的四个属性中，第一位就是政治属性。习近平总书记在中央政法工作会议上强调，"在坚持党对政法工作的领导这样的大是大非面前，一定要保持政治清醒和政治自觉，任何时候任何情况下都不能有丝毫动摇"。关于"坚持党对政法工作的领导""坚持中国特色社会主义法治道路""坚持党的领导、人民当家作主、依法治国有机统一"，习近平总书记一以贯之、多次强调。张军检察长提出的"十二字"方针，开宗明义就是"讲政治"。因此，我们学习贯彻习近平新时代中国特色社会主义政法思想，首先就是要旗帜鲜明讲政治，就是要把讲政治作为新时代检察工作的根本和第一位的要求。张军检察长在湖北调研时强调："检察工作是政治性极强的业务工作，也是业务性极强的政治工作。新时代检察工作要发展，最根本的就是要讲政治。如果不讲政治，离开了习近平新时代中国特色社会主义思想的引领，检察工作就会失去方向，就跟不上时代步伐，就会被历史所抛弃。"我们对此要深刻认识，要有高度的思想自觉、政治自觉和行动自觉。

（三）*讲政治不是我们的"专利"，西方国家的司法机关也把讲政治放在第一位*。习近平总书记早就指出，西方国家在"司法独立"上说得天花乱坠，实际上其执法司法机构也是为其政治制度服务的，所谓"法官不党"只不过是一种表象。张军检察长在最近的讲话中援引了英国法官丹宁勋爵《最后的篇章》里面讲的一个20世纪60年代伦敦钢铁工人罢工的案例，告诉我们西方国家法官抓业务一样讲政治。这样的例子还有很多。任何国家，在统治治理中都有基本的政治底线，都必须维护政治秩序和政治安全。都必须维护国家治理中所追求的基本政治标准与政治价值理念，而不可能越过底线，都必须"讲政治"。如果说，在讲政治的问题上我们和西方国家有

区别，那就是西方国家司法机关讲政治是遮遮掩掩的，而我们是理直气壮、旗帜鲜明的。在这一问题上，我们始终要有清醒深刻的认识。

二、作为业务性极强的政治机关和政治性极强的业务机关，我们该怎样把“讲政治”落实到具体的检察工作中呢？我认为至少要做到以下几点：

（一）*检察机关讲政治，就是要坚定政治方向，坚持党对检察工作的绝对领导。*这就要求检察机关和检察人员在政治上不仅要增强思想自觉，还要增强行动自觉，切实把坚决维护以习近平同志为核心的党中央权威和集中统一领导作为根本政治任务，把坚定维护习近平总书记在党中央和全党核心地位作为神圣使命，确保在政治立场、政治方向、政治原则、政治道路上同以习近平同志为核心的党中央保持高度一致。面对重大原则问题，必须旗帜鲜明、立场坚定；面对各种错误思潮，必须敢于亮剑、坚决斗争；面对各种风险考验，必须豁得出、顶得上、经得住磨砺；对中央、高检院、省委的各项决策部署，必须坚决执行不讲条件。对中央的各项重大部署，特别是涉及本系统本单位本人的利益问题时，要坚决执行不讲条件。

（二）*检察机关讲政治，就是要坚持宪法定位，坚定走中国特色社会主义法治道路。*在这个问题上，张军检察长多次重申、反复强调：当前，社会上有人对中国特色社会主义检察制度及其作用产生质疑，若仅仅是学术研究，我们要善于倾听各方面声音，但若以西方法律、司法制度对标，则我们的政治定力、战略定力一定要有，“四个自信”始终要有！我们讲坚定“四个自信”，其中就包括坚定中国特色社会主义检察道路自信、检察理论自信、检察制度自信、检察文化自信。当前检察工作正处在转折发展关键时刻，这一点尤为重要。检察机关、检察干警在这一问题上要旗帜鲜明，理直气壮地坚持和捍卫中国特色社会主义检察制度。

（三）*检察机关讲政治，就是要坚守初心使命，深入贯彻以人民为中心的思想。*什么是政治？民心是最大的政治！习近平总书记深刻指出：“政法机关是老百姓平常打交道比较多的部门，是群众看党风政风的一面镜子。如果不努力让人民群众在每一个司法案件中都感受到公平正义，人民群众就不会相信政法机关，从而也不会相信党和政府。”“坚持以人民为中心的发展思想，就是要保护好人民群众人身权、财产权、人格权，增强人民群众获得感、幸福感、安全感”；“要从让人民群众满意的事情做起，从人民群众不满意的地方改起，为人民群众安居乐业提供有力法律保障”。

什么叫讲政治？把总书记强调的以人民为中心的发展思想落实到检察工作中就是讲政治。在全面依法治国的时代背景下，许多法治问题的背后往往蕴藏着为党分忧、为民造福的政治问题。检察机关要从政治大局出发、从人民关切出发，全面加强和改进各项检察工作，充分运用法律智慧和政治智慧提供高质量的检察产品，努力让人民群众在公平正义等方面有更多的获得感、幸福感、安全感，同时把人民拥护不拥护、赞成不赞成、高兴不高兴、答应不答应作为衡量一切工作得失的根本标准。比如，改革发展中的民生问题和民生诉求，有许多关乎法治、关乎检察，同时也关系到团结稳定的政治问题，需要从政治的角度多想一点、深想一些，才能看到这些问题背后的政治要求和政治属性。比如，要把办理每一起案件、接待每一个上访人，都与以人民为中心的要求理念联系起来、结合起来，看看言行所为是不是体现了这个根本价值，是不是真正为人民群众着想。福州市马尾区检察院倡导的“善良司法”理念，就是将“以人民为中心的发展思想”落实到检察工作中的具体举措，是新时代检察事业发展的根本立场和价值追求。

（四）*检察机关讲政治，就是要提升政治站位，把讲政治落实到各项检察业务、融入到检察业务工作的每一个环节。*检察工作是政治性极强的业务工作，也是业务性极强的政治工作。离开业务讲政治，政治就是空的；离开政治讲业务，业务工作就缺乏一个贯穿其中的灵魂。在讲政治和抓业务的关系问题上，马列主义经典著作中有很多深刻论述。比如列宁指出：“一个阶级如果不从政治上正确地处理问题，就不能维持它的统治，因而也就不能解决它的生产任务。”毛泽东同志在《关于正确处理人民内部矛盾问题》中明确指出：“没有正确的政治观点，就等于没有灵魂。”在《工作方法六十条》中指出：“不注意思想和政治，成天忙于事务，那会成为迷失方向的经济家和技术家，很危险。”这些深刻论断历久弥新。因此，在检察工作中，我们必须把讲政治融入具体的业务工作中，把检察业务时刻置于政治引领之下。

（五）*检察机关讲政治，就是要立足检察职能，把检察工作与党和政府形象联系起来、与厚植党的执政基础联系起来、与中国特色社会主义事业建设者捍卫者的职责使命联系起来。*这要求我们在观察分析形势时要把握好政治因素，策划推动工作时要落实好政治要求，处理解决问题时要防范政治风险。要强化政治思维，注重从政治上看大局想问题，遇事多想政治要求，办事多想政治规矩，处事多想政治影响，成事多想政治效果。要把检察工作放在“四个全面”“五位一体”中来认识，结合职能找准服务经济社会发展的切入点，用法律监督的实际行动承担起服务大局的政治责任。要运用政治智慧和法律智慧，把讲政治和抓业务辩证统一于各项业务工作中，统一于司法办案中。在具体案件处理上，既要有法治思维、法治方式，也要有政治思维、政治智慧，通过办案最大限度实现政治效果、社会效果、法律效果的有机统一。要通过我们每一名同志的一言一行、一举一动，通过优质高效的办案，通过忠诚履行宪法法律赋予的法律监督职责，把讲政治的要求落细落小、落到实处。

（六）*检察机关讲政治，就是要严守政治纪律，严明全面从严管检治检的政治要求。*习近平总书记指出“党要管党、从严治党，就要靠严明的纪律和规矩”。对广大党员来说，纪律和规矩就是行为的底线，是一个不可逾越的硬约束。党的纪律包括政治纪律、组织纪律、廉洁纪律、群众纪律、工作纪律和生活纪律等六大纪律。每个党员在入党誓言中，都庄严承诺过遵守党的纪律，谁破了这个底线，谁就要受到纪律的追究与处罚。检察机关是政治机关，也是纪律部队，必须严格执行请示报告制度，严格自我约束，无论是办案还是其他工作，决不允许自说自话、自作主张，这是检察机关基本属性和领导体制决定的，同时也是保证检察工作健康发展，实现“三个效果”统一的必然要求。检察机关干警都要牢固树立底线思维，时刻绷紧纪律这根弦，按照总书记指示的那样，“把做人做事的底线划出来”，始终警醒自己坚守底线、不越红线。

供图：福州市马尾区人民检察院

江苏省启东市人民检察院党组书记、检察长陈新建

让法治成为民营企业最大定心丸

启东市人民检察院办理一起串通投标案件，对 11 家企业法制教育后依照相关法条作出相对不起诉决定　摄影：陈荣、韩晨

链接： 近年来，启东市人民检察院连续多年获得“全国检察宣传先进单位”“全国文明接待室”“江苏省文明单位”“南通市检察机关民事行政、职务犯罪先进院”“启东市五星级机关”“启东市模范机关”等荣誉称号。

党组书记、检察长陈新建荣立“江苏省检察机关个人二等功”，参加南通市检察业务技能竞赛获得“团体一等奖”“优秀组织奖”；办理的一起串通投标案件被最高检认罪认罚从宽制度专项报告“点名”，在第二届民营经济法治建设峰会上获评最高检服务民营经济典型案例，相关新闻宣传被检察日报头版头条刊登，最高检影视中心、新华社、清风苑等多家媒体争相报道；办理的企业破产领域虚假诉讼监督系列案获评江苏省检察机关保障民生十大典型案件，并于 2019 年作为江苏省检察机关民事虚假诉讼典型案例在新闻发布会中公开发布。办理的一起企业员工挪用资金案件入选江苏省检察机关服务保障民营企业发展典型案例；办理的一起假冒商标案件入选“江苏省检察机关保护知识产权典型案例”；办理的一起诈骗案入选“江苏省检察机关优秀监管案例”。

从古至今，商贾云集、货畅其流，一直是社会繁荣兴盛的表现。民营经济作为国民经济的重要组成部分，在推动发展、促进创新、增加就业和改善民生等方面发挥着不可替代的作用。当前，抗疫情、稳经济、保民生任务艰巨，“六稳”“六保”关键是保企业，企业“留得住”“活得好”，社会才有稳的基础。

我们在司法办案中准确把握宽严相济司法政策，尤其在疫情防控关键时期，将依法打击和平等保护的尺度拿捏得恰如其分，对组织策划围标的人员依法起诉，对被动参与的企业和个人依法不起诉，为民营企业复工复产提供良好的法治服务，实现了政治效果、法律效果和社会效果的有机统一。

主动“问诊”，优化企业发展法治环境。 每一起涉企案件呈现在我们面前时，往往已经暴露出企业风险防范、内部监管存在的问题，这就需要我们更新监督理念、主动“出诊搭脉”。我们每年通过实地走访企业、检察开放日等方式，听取民营企业的司法诉求和代表委员的意见建议。2020 年两会期间，市政协委员通过政协向我院提交了一份《关于进一步推动检察工作保障和推动民营经济发展的建议》提案，针对该提案，紧密结合疫情防控期间企业复工复产的相关诉求，全面阐述了检察机关如何保障民营企业和经营者合法权益、如何提供法律服务优化营商环境等方面工作，最终以提案答复函的形式送到政协委员手里，获得认可。

精准“开方”，宽严相济区分罪与非罪。 检察护航民营企业发展，既要铁腕“除虫”，又要柔情“护花”，关键是把依法惩处与平等保护结合好。采取“宽严相济、轻轻重重”的办案思路，首先综合评估犯罪情节，充分考虑民营企业经营现状，对涉嫌犯罪的企业经营者，依法慎重适用强制措施。坚守法治思维，强化起诉必要性审查，准确区分行为人在共同犯罪中的地位作用，综合考量犯罪手段、危害后果、量刑情节及企业生存发展实际等因素后，根据认罪认罚从宽制度，作出分类处置。在对部分涉案企业和个人做出不起诉决定之前，依法召开不起诉公开听证会，主动听取人大代表、政协委员、人民监督员的听证意见，自觉接受监督，把不起诉权置于“阳光”下，保障企业恢复正常生产经营活动，维护企业员工就业和正常生活。

真情“呵护”，搭建护企法律服务平台。 法治是最好的营商环

左图为启东市人民检察院成功办理的一起企业员工挪用资金案，检察开放日检察官与代表委员回访该企业；右上图为在办理一起假冒注册商标案过程中，检察官与企业负责人了解情况 ；右下图为疫情期间，检察官走访企业　摄影：陈荣、韩晨

境，这就需要我们寓监督于服务之中，既要不失法度，更要体现温情和善意。为此，建立了知识产权保护工作机制，护航民营企业自主创新，办理的高某某等人假冒注册商标案入选江苏省检察机关保护知识产权十大典型案例；为遏制企业破产领域虚假诉讼乱象、捍卫司法权威和社会公平正义，还建立了虚假诉讼打击防范机制，办理的企业破产领域虚假诉讼监督系列案获评江苏省检察机关保障民生十大典型案件，并于去年作为全省检察机关民事虚假诉讼典型案例在新闻发布会中公开发布。此外，与工商联等部门共同设立了“民营企业家法律服务工作站”，向民营企业家提供专门的政策咨询、法律宣讲、诉求受理、沟通协调等服务，呵护民营经济优质发展。

法治是民营企业成长的最大定心丸。新形势下，更要把服务保障民营经济健康发展，作为义不容辞的政治责任和司法责任，作为忠实履行法律监督职责的重要方面，努力为优化法治营商环境作出检察贡献。

太原铁路公安局大同公安处政委巨志宁

为维护民警执法权益撑好“四把伞”

到西柏坡参观学习　摄影：薛晓东

链接：太原铁路公安局大同公安处管辖大秦线、张大客运专线、北同蒲线、京包线、韩原线、准朔线6条正线，还有3条支线、9条联络线和8条路产专用线，共计1297.475公里，线路跨越1个直辖市、4个省、7个市、25个区县、98个乡镇和593个村庄社区。大秦铁路是中国华北地区一条连接山西省大同市与河北省秦皇岛市的国铁Ⅰ级货运专线铁路，也是中国境内首条重载铁路兼煤运通道干线铁路，年运量达4.6亿吨。大同公安处管辖大秦铁路287公里，10个车站，其中湖东站为全国最大重载单元列车编组站，站长8.67公里，宽1.5公里，日均接发列车480余列，铁路运营密度、运输重载、运输效率三项均创世界之最，被誉为世界载重最重的铁路。张大客运专线是一条连接张家口市与大同市的高速铁路，是国家“十三五”规划“八纵八横”高速铁路网京兰通道的重要干线，也是连接晋北地区与京津冀蒙地区的重要交通枢纽，全线正线起讫里程134.016公里，建有桥梁77座，长大隧道大梁山隧道长度为13395米，设大同南、阳高南、天镇3个车站，2019年12月30日正式开通投入运营。太原铁路公安局大同公安处现有党员民警636名，因管理服务成效突出荣立公安部集体二等功2次，被公安部授予“全国优秀公安局”“全国廉政爱民优秀公安基层单位”荣誉称号，被公安部铁路公安局评为“全国铁路公安局机关执法质量考评优秀单位”。

作为党和人民手中掌握的“刀把子”，公安机关担负着捍卫政治安全、维护社会安定、保障人民安宁的使命任务。在决胜全面建成小康社会、实现“两个一百年”奋斗目标和中华民族伟大复兴中国梦的新时代，公安机关使命光荣，责任重大。习近平总书记在全国公安工作会议上指出：“和平时期，公安队伍是牺牲最多、奉献最大的一支队伍。对这支特殊的队伍，要给予特殊的关爱，政治上关心、工作上支持、待遇上保障，全面落实从优待警措施。”习近平总书记的重要指示传递出对公安队伍的浓浓关怀，广大公安民警深受鼓舞。

近年来，暴力袭警、抗法和辱警、扰警等侵犯民警执法权益的违法犯罪频发，公安民警的执法权威屡受挑衅，不仅影响了公安机关的战斗力，而且危害了法律的尊严和法治的公信力。人民警察是法律的忠实捍卫者和执行者，只有切实维护民警的执法权益，才能保证民警更好地担负起依法打击犯罪、保护人民的职责使命。因此，维护民警的执法权益是维护人民群众合法权益、保障社会公平正义的现实需要。

2019年2月1日，公安部施行《公安机关维护民警执法权威工作规定》，2020年1月10日，最高人民法院、最高人民检察院、公安部联合印发《关于依法惩治袭警违法犯罪行为的指导意见》，这顺应了新时代全面依法治国的大势，体现了对民警依法履职的保护和支持。公安机关要适应新时代要求，抓住发展机遇，在维护民警执法权益上做实文章、做强堡垒，为民警依法履职尽责撑好“四把伞”，切实维护民警执法权益，营造“敬畏法律、尊重执法者”的良好氛围。

一是从提高民警执法素质和能力入手，撑好“自身本领伞”。各级公安机关要树立对侵害民警执法权益行为“零容忍”的理念，建立常态化执法维权教育机制，始终把对民警的执法教育摆在重要位置，通过各种方式，常态化做好民警的执法理念和维权意识的教育工作，让民警切实消除执法特权思想，树立执法风险防范意识，形成职业风险观念，真正做到敢于执法、善于执法。要适应新时代执法环境需要，创新民警教育训练模式，扎实、深入、常态化开展全警实战大练兵，让民警能够从容应对各类复杂的执法工作，切实满足民警实际执法工作需要。特别要在提升民警单警作战能力和单元配合作战能力上下功夫、在提升民警易发常见侵权警情处置能力上下功夫、在提升民警现场处置和化解危机的能力上下功夫、在提升民警在维权工作中调查取证和事后依法打击处理涉案人员上下功夫，让民警能够切实担负起保护一方平安、维护人民群众合法权益和社会公平正义的职责使命。通过提升民警的执法素质和本领，解决好民警执法“硬气不够”的问题，真正做到严格规范公正文明执法。

二是建立健全民警维权保障机制，撑好“组织保障伞”。公安机关要切实保障装备经费，为民警执法活动配备必需的执法装备和防护装备，并明确警务装备的规范使用，为民警敢于积极作为提供保障。要建立健全督察、政工、法制、警察协会及相关业务部门组成的民警维权组织机构，保障民警的执法权益，解决好“底气不足”的问题。要建立各级维权“一把手”负责制，一方面建立民警维权

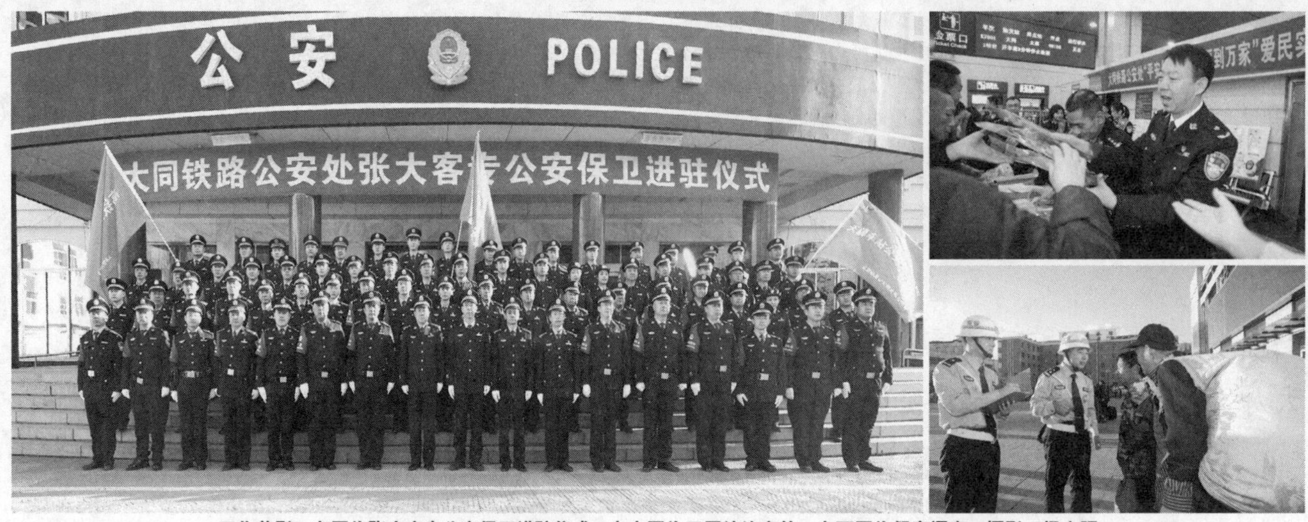

工作剪影：左图为张大客专公安保卫进驻仪式；右上图为开展法治宣传；右下图为督察调查 摄影：杨立强

热线、典型案件剖析、维权预警研判、查办侵权案件工作机制及侵权案件责任倒查机制，并纳入绩效考核和领导干部政绩评定；另一方面建立医疗救助、抚恤慰问、心理疏导、法律援助、表彰奖励等维权后续工作机制，真正做到关心关爱民警，不让民警流汗流血又流泪。

三是营造良好的执法环境，撑好“群众保护伞”。各级公安机关要加强舆论引导，充分利用网络媒体等各种宣传阵地，加大对打击侵害民警执法权益案件的宣传力度，加强对公安民警先进事迹的报道，树立良好形象，明确诬告陷害民警、恶意投诉、妨碍执行公务以及扰乱公安机关办公秩序等违法行为应承担的法律后果，树立民警执法公信力和权威性。引导民警在执勤执法及公益活动中时刻践行人民公安为人民的根本宗旨，为群众多做好事，树立良好的警察形象。要注重沟通，广开言路，通过多种途径和渠道，建立民警执法权力约束和监督体系，加强警务公开和开门评警，大力推行阳光执法，开展民意测评，力争取得良好的法律效果和社会效果。

四是积极主动与有关部门协调配合，撑好“联动协调伞”。当前，经济社会发展经历深刻变革，社会主要矛盾的新变化对司法领域产生了深刻影响，矛盾涉及面广、相互交织、情况复杂，需要司法部门联合执法，根据法律法规、政策权限规定，既相互配合，又各司其职，实现无缝对接，保证合理高效执法。公安机关要明确联合执法的程序及规范，出警组织指挥部门或人员要明确权力范围和职责，取得联合部门的理解和支持，切实履行好执法权，让人民群众在每一项执法活动中都能感受到公平正义，积极回应人民群众的法治需求。

山西省古县公安局政委刘勇辉

营造经济社会发展稳定环境

习近平总书记指出，“一个国家治理体系和治理能力的现代化水平很大程度上体现在基层。”基层强则国家强，基层安则天下安。近年来，山西省古县公安局始终坚持以习近平新时代中国特色社会主义思想为指导，坚持党建统领、坚持改革赋能、坚持以人民为中心、坚持共建共治共享，紧紧围绕“矛盾不上交、平安不出事、服务不缺位”的基层治理模式，扎实推进“枫桥式公安派出所”建设，不断提高履职尽责能力、服务保障能力、社会治理能力，持续增强人民群众的获得感、幸福感、安全感和满意度。

一、聚焦党建统领，打造最强战斗堡垒

古县公安局始终坚持把党的政治建设放在首位，突出建设标准化党支部，努力打造最强战斗堡垒，以党建统领公安工作。

（一）认真总结党史学习教育的成功经验，建立常态化长效化制度机制，不断巩固拓展党史学习教育成果。通过健全党史学习教育和队伍教育整顿制度机制，持续学习博大精深的党史，领略党领导人民历经苦难辉煌，在胜利中取得更大胜利的卓越成就，引导全局民警深刻理解“两个确立”的决定性意义，切实增强政治自觉、思想自觉、行动自觉。

（二）认真落实“党日活动”“三会一课”、谈心谈话和民主评议工作以及全面从严管党治警责任。坚定不移把捍卫“两个确立”的思想认识转化为坚决做到“两个维护”的行动自觉，进一步严明工作纪律、严守禁令条规、严肃警容风纪，永葆绝对忠诚、绝对纯洁、绝对可靠的政治本色。

（三）深入推进“和美古岳·平安守护”党建品牌创建工作，确保“党建促队建、党务促警务、党风促警风”。成立党员先锋队，密切党群警民关系，推进支部党建与社区警务相融合，和社区支部结对子，定期组织党员民辅警开展反诈宣传、扶贫帮困、疫情防控、社会管理、服务群众等活动，充分发挥党支部战斗堡垒和党员先锋模范作用，以实际行动让党旗高高飘扬在社区治理的方方面面。

二、深化警务改革，提升整体效能

（一）敢为警务改革“急先锋”。加快推进城市派出所“一室二队”改革、全面推行“一区一警”和“一村一辅警”社区警务战略长效机制，进一步推动机关民警充实到基层和民警轮岗交流及实名制警务室工作，实现了警务前移，第一时间解决群众需要公安机关处理的急、难、愁、盼问题。

（二）争当基层治理“践行者”。强化宣传，营造古岳治理浓厚氛围。主动抓好重要时间节点宣传和日常巡逻防控宣传，依托传

统媒体和新型媒介，以群众喜闻乐见的方式，大力宣传法律法规知识，灌输防骗、防盗、防毒等知识，不断提升群众安全防范意识；积极落实“三会一通报”制度，坚持打防并举，确保管控到位，全面排查内部安全责任落实，强化群防群治，持续推进平安建设取得实效。

通过全面深化警务改革，在有效激活警务效能的同时，破解了警力不足、基础工作薄弱等问题，提升了公安基础工作服务实战的能力和驾驭社会治安大局的能力，为有效提升基层治理能力和水平提供根本保障。

三、搭建优质平台，创新基层治理

（一）以“三调联动”实现“矛盾不上交”。“公调对接”一直以来是古县公安局的一项亮点工作。在创建“枫桥式公安派出所”的过程中，继承和发展“公调对接”好的做法，本着“联动融合、多元共治”的思路，充分整合社会力量，建立以“人民调解、司法调解、治安调解”为主要内容的“三调联动”机制，打造“多元一体调解室”，建设“公调对接”的升级版，努力将矛盾化解在基层。

（二）以“三防联创”实现“平安不出事”。积极推行“社区警务网格防+智慧警务线上防+哨兵警务流动防”为主要内容的“三防联创”综合治理模式，推动实现治安防控社会化，整合资源、防控风险、精细治理，着力构建共建共治共享社会治理新格局。社区警务网格防。在城区建立四个警务室，推进警务工作前置，细分最小警务单元，实现“警格+网格”的两格融合，最大程度减少管控盲区，努力实现社区警务城区全域覆盖和社会治理网格的深度融合。智慧警务线上防。扎实推进立体化信息化社会治安防控体系建设，重点推进“智安小区”建设，着力探索“智慧单位”“智安小区”“智慧企业”建设。哨兵警务群众防。坚持走群众路线，全面整合具有古县岳阳派出所亮点特色的“宝贝要回家”“好邻居公社”等社会自发公益组织、公交车出租车驾驶员、环卫保洁员、自行车骑行以及健步走爱好者队伍，发展建立“警情消息树”“岳阳哨兵”等公益性平安守望群众组织，推动治安防控社会化、群众化。

（三）以“三通联办”实现“服务不缺位”。始终坚持以人民为中心的发展思想，采取“串百家门、知百家事、解百家难”的群众工作方法，常态化开展“大走访”“向人民汇报”等活动，建设高效便捷的岳阳派出所综合办事大厅，利用手机“微信警务室”，实现“一网通办”“一门通办”“一次通办”。依托社区警务，探索民警“代跑腿”。充分发挥“网格警务”的基础优势，将网格民警和网格员作为“最多跑一次”服务触角，探索实施按群众需求提供代办、约办、上门办、自助办、容缺办等服务，实现网格代办“代跑腿”。借助“三通联办”，实现群众“零跑腿”。岳阳派出所建立网上办事大厅钉钉群和“微信警务室”，网格员在走访过程中将群众需要办理业务的审批材料通过手机上传至网上办事大厅或“微信警务室”，窗口工作人员核实后即刻受理，办理完成后，由网格员送证上门，实现“人未到，材料先到。人未来，证件已来”的“零跑腿”。

提升基层治理能力，关键是看党性，根本是靠党性。古县公安局将进一步完善党建引领基层治理机制，推动治安防控社会化、群众化，努力实现多元化化解矛盾、全时空守护平安、零距离服务群众，开创基层党建引领基层治理新局面。

河北省张家口市机关事务管理局党组书记、局长张永波

落实“三改”要求 主动担当作为

链接：张家口市机关事务管理局为市政府组成部门，负责全市机关事务工作管理，在保障机关正常运转的同时，担负党政机关公务用车、办公用房、国有资产以及公共机构节能降耗等职能。张家口市机关事务管理局2016—2019年连续4年被张家口市委评为实绩突出领导班子，2019年被省委、省政府授予“河北省先进集体”荣誉称号。

2020年，河北省张家口市机关事务管理局在市委、市政府的坚强领导下，以习近平新时代中国特色社会主义思想为指导，认真落实市委“改造思想、改变习惯、改进作风”要求，抓管理、强保障、提服务、保安全，有力保障了市直机关正常运转，不断推进新时代机关事务工作高质量发展。

一、以政治建设为统领，激发机关党建工作活力

始终把思想政治建设摆在首位，以提升执行力、锤炼精气神为目标，学理论、抓班子、带队伍，激发机关党建活力。

（一）加强政治建设。领导班子将学习贯彻习近平新时代中国特色社会主义思想作为一项重要的政治任务和做好一切工作的前提，班子成员带头学理论、做调研，带头讲党课、搞研讨，定期组织开展理论中心组学习，不断增强“四个意识”，坚定“四个自信”，坚决做到“两个维护”。深入开展应知应会理论测试，通过以考促学、宣讲领学、立规促学等方式，推动理论武装不断往深里走、往心里走、往实里走。领导班子严格落实民主集中制，保证了决策的科学性、民主性和权威性。

（二）加强基层党建。优化机关党支部设置，加强对党员的管理，增强党组织的创造力凝聚力战斗力。指导、督促购买服务企业健全党的组织，把企业中的党员全部吸纳到党的组织中来，解决企业党组织弱化、虚化等问题。大力推动党支部建设标准化、规范化、制度化，创建“五好党支部”，提升基层党组织生活质量，增强基层党组织活力。

（三）持续精准扶贫。支持驻村工作组扎根基层，在巩固提升脱贫成效基础上，接续协助实施乡村振兴战略，帮扶实施自来水工程、村委会建设、街道亮化等工程，联系市第四医院开展扶贫义诊，

多渠道帮助贫困村。全局58名党员干部与181名基层群众结对联亲，入户走访开展暖心活动。

二、以疫情防控为重点，确保机关大楼安全有序运行

新冠肺炎疫情出现后，我局高度重视、迅速行动，严格落实中央和省市决策部署，压实责任、细化措施、联防联控，着力保护干部职工身体健康，保障市直机关安全运转。

（一）细化防疫措施。疫情发生后，局党组多次召开专题会议安排部署防控工作，制定了市机关办公楼防疫期间后勤保障26项工作措施，全面布防。同时利用公众号加强宣传，帮助干部职工正确认识和科学防范疫情。加强机关大楼人员出入管控，加大对办公区域通风和消毒力度，对相关设施设备进行检修、更换和清洗。每天对干部职工进行体温测试，做好保安、保洁、厨师等重点保障人员的消毒和防护，完善公务用车检查、清洁、消毒制度，筑牢疫情防控防线。

（二）保障机关运转。在机关餐饮供应方面，根据疫情形势变化及时调整就餐方案，疫情严重时采取分时分点供餐、自带餐具打餐；疫情防控进入常态化以后，采取公众号分时段预约就餐的模式恢复了自助餐。统筹市直机关事业单位非医用防护物资申领和分配工作，保障了市直单位物资需求。

（三）创建卫生机关。以深入开展爱国卫生运动为抓手，结合新冠肺炎疫情防控，加强公共区域环境维护，着力营造整洁、卫生、安全的工作环境。做好机关办公楼生活垃圾分类，因地制宜配备垃圾分类收集容器200余个，设置废弃口罩专用垃圾桶，打造绿色机关，提供洁净工作环境。

（四）强化安保措施。以奥运安保的标准，实施安保软硬件改造升级，在原有门禁系统基础上，安装人脸识别与体温测试系统，通过人脸识别测量体温合格后方可进入大楼，保障了疫情期间大楼安全运行。

三、以规范化建设为抓手，管理效能充分显现

积极推进“转职能、转方式”，将机关的主要职能转移到对全市机关事务工作的管理、指导和监督上来，推进集中统一进程，形成资源高效利用、管理高效规范、保障高效运转的工作格局。

（一）加强机关事务制度建设。制定《张家口市党政机关办公用房管理实施办法》《张家口市党政机关公务用车管理实施办法》《张家口市市级党政机关国有资产管理办法》，组织“三项制度”业务培训，推进办公用房、公务用车、国有资产管理法治化、规范化、长效化，着力提升全市机关事务管理水平。

（二）科学调配办公用房。在市直机关房产的使用调配工作中，严格执行办公用房标准，建立了办公用房清理整改工作常态化督促检查机制。优化市直单位空间布局，为市水务局、团市委、市邮管局等单位调整安排办公用房。积极推进办公用房精细化管理，对机关办公楼房间门牌号统一进行调整，精准对接消防报警系统。

（三）切实加强车辆管理。深入各县区对公车改革后乡镇公务用车配备使用情况和乡镇机构改革后车辆保障情况开展深入调研，针对乡镇车辆运行费保障不足、车辆严重老化、乡镇机构改革后综合执法车辆缺失等问题，制定了合理确定车辆运行费与购置费、明确乡镇公务用车使用范围、新增乡镇业务用车等措施，为乡镇公车改革提供数据支撑和政策支持。对超编制公务用车进行统一处置，保证国有资产溢价增值。积极推广新能源车辆。

（四）规范国有资产管理。开通资产信息系统，实行动态化管理。认真开展资产清查、登记、统计、汇总，2020年以来，对市政府办、市纪委、市扶贫办等近20个部门和单位的闲置资产进行规范处置。

（五）深化公共机构节能。制订《张家口市节约型机关创建行动实施方案》，组织开展省级节水型单位创建工作，强化公共机构节能示范引领作用。开展形式多样的节能宣传活动，推进公共机构垃圾分类，营造了浓厚的节能氛围。

四、以高效优质为目标，服务水平显著提升

把保障机关正常运转作为一项基础性工作来抓，坚持在提升服务品质上下功夫，完善服务方式，规范服务行为，着力保障机关高效、有序、安全运转。

（一）完善基础设施建设。加大设施设备检修力度，今年实施了中心广场安全出口防水维修、机关大楼外墙检测、办公楼2至6层低区办公室电线路开关改造、更换餐厅燃气报警控制系统等项目，确保大楼安全运行。更新部分会议室设施设备，利用互联网技术建设云视频会议室，达到保障世锦赛、冬奥会各类视频会议要求，大幅度提升了会议效率。

（二）提升机关服务水平。在餐饮服务方面，引进智能蔬菜柜，方便干部职工购买蔬菜水果，引入智能餐厅，提供了特色餐饮服务。受有关单位邀请，进一步承接了市民中心员工餐厅，提供优质餐饮服务。出行保障方面，制订《突发事件车辆保障预案》《重大应急车辆保障预案》，高效保障全市大型活动公务用车。医疗服务方面，完善市属医院驻楼服务工作机制，对接市属医院医生驻楼坐诊，提升医疗服务水平。组织驻楼单位干部职工代表开展健康知识讲座，培养兼职急救员，确保关键时刻顶得上。

（三）健全标准体系。在推进机关标准化管理的同时，把下属企事业单位作为标准化建设的主阵地，对接市标准化研究所，根据企事业单位岗位实际和工作特点，突出操作性和实用性，完善流程、明确标准，通过不断修改、试行、完善，初步建立了具有较强操作性的工作标准体系，以“标准”来指导工作，以“标准”来考核评价。同时，加强对购买服务单位的监督考核，定期对下属企事业单位进行审计和考核。

五、以“互联网+”为载体，创建智慧后勤新模式

顺应信息化时代机关事务发展的新趋势，将“互联网+”技术的创新成果与机关事务工作相融合，创建智慧后勤新模式，实现机关事务管理、服务、保障动态化、可视化、智能化。

（一）筹建信息化大数据平台。充分利用“互联网+”、大数据等手段，依托公务用车信息化管理平台，将各类公务用车统一纳入平台管理，统筹调度使用，通过加装卫星定位系统，实时监管车辆使用；建立能耗监测平台，实时监测50家重点用能单位的能源消耗情况，为用能管理和节能改造提供了准确依据；加快推进办公用房信息化管理，完善信息数据库，升级管理系统，建立上下一体、互联互通、动态管理的房产信息平台。通过整合公务用车、办公用房、节能监测等平台和系统相关数据，推进各平台、子系统的集成与整合，机关事务工作的信息化水平明显提高。

（二）*创建"互联网＋后勤"模式*。深度开发公众号，在建立会议预订、餐费充值、线上报修等"一站式"在线服务平台的基础上，新增电子期刊、楼层指引、微视频、医院挂号、快递发件、生活播报六个版块，增加游客功能，所有人可通过关注公众号了解机关事务工作动态，将公众号打造成为了信息宣传的前沿阵地、提供公共服务的有效平台。入驻抖音、今日头条、百度App等宣传平台，全方位立体式抓好机关事务政策宣传与解读。

（三）*推进智慧平安大楼建设*。充分利用已有的视频监控、人脸识别、车辆识别、智能门禁等感应设备，与公安部门视频图像智能应用平台和"雪亮工程"平台联网对接，加强对治安重点人员、高危人员动向的提前管控，提升预测、预警、预防能力。逐步推进智慧消防、周界入侵报警、电子巡查等智能系统建设。实施智慧停车项目，利用办公楼周边及地下车库停车资源，科学规划空间，实时监测车位，引导院内车流，科学高效管理停车场。

浙江省绍兴市住房公积金管理中心新昌分中心主任陈竹进

公积金贷款结清抵押注销"零跑腿"的实践与思考

链接： 绍兴市住房公积金管理中心新昌分中心十八大以来先后荣获浙江省一级档案管理达标单位、浙江省住房公积金管理先进单位、浙江省巾帼文明岗、浙江省工人先锋号、浙江省文明单位等5项省级荣誉，19项市级荣誉，连续14年荣获市岗位目标责任制考核优秀、连续5年荣获新昌县绩效考核A类、连续3年被评为新昌县行风评议优胜单位、连续6年被评为"县服务基层十大工作亮点"。

市民向绍兴市住房公积金管理中心新昌分中心服务窗口赠送锦旗

住房公积金事关群众切身利益，是与群众联系最紧密的部门之一，辐射广，影响大。绍兴市住房公积金管理中心新昌分中心在"三服务"工作中，把群众需求作为"指南针"，把社会满意度作为"试金石"，接地气，转作风，以问题为导向，自加压力改革创新，在今年4月份正式推出公积金贷款结清抵押注销"零跑腿"服务，原本需半天时间，跑三处才能办结手续，现在客户只需在网上提交申请便可由专人全程代办，真正用"数据跑"和"代跑腿"实现公积金贷款结清抵押注销"零跑腿"，属全市首创。实施以来，代办注销业务量占公积金结清业务的70%以上。该做法得到分管副县长方维炯批示"公积金中心围绕为民便民宗旨，因地制宜创新服务措施，探索出一套全市首创的工作亮点，为公积金中心的三服务工作点赞！"县长黄旭荣批示"县公积金中心落实最多跑一次工作要求，实现公积金贷款结清抵押注销零跑腿的做法值得肯定！希业务有关部门借鉴学习。"

一、实施背景

目前，我县住房公积金正常缴存人数54584人，应缴城镇职工覆盖率达到77.87%。面对如此庞大的群体，如何丰富服务内容、方便缴存群众，怎样打造优质服务金名片，已经成为公积金中心最关心最迫切的课题。

（一）*职能转变之需*。随着住房公积金管理体制的改革，管理中心作为政策制度的执行主体和资金管理的职能主体，从行政审批后台被推向了公共服务前台，从管理型向服务型转化，把管理中心打造成服务中心，成为迫切需要解决的新课题。通过解决群众反映强烈的住房公积金服务方面存在的突出问题，打造便民服务窗口，成为公积金自身发展之需，政府发展之需。

（二）*"三服务"之需*。"服务群众、服务企业、服务基层"三服务活动是常态化、制度化开展"大学习大调研大抓落实"活动的重要载体，是落实以人民为中心的发展思想的实际行动，这就要我们带着责任、带着感情、带着办法，实实在在地融入群众当中，面对面了解和研究解决群众反映的实际困难和问题。对于住房公积金管理者来说，就是要以群众呼声为第一信号，千方百计创新方法，为缴存群众解决"最后一公里"问题，提供优质高效便民服务，使之成为公积金中心的金名片，缴存群众点赞的新亮点。

（三）*效能建设之需*。2019年1月底，县公积金中心业务窗口入驻县行政服务中心新大楼，而该中心已达省一级标准的档案室无法搬入，公积金业务窗口与档案室分处两地。住房公积金贷款结清和抵押注销是分属公积金中心和不动产中心两个单位的业务。按常规流程，客户申请办理抵押注销，需先跑公积金窗口结清贷款，开具贷款结清证明，并填写不动产窗口所需的抵押注销表单，再跑公积金中心档案室领取抵押权证，最后跑不动产窗口办理抵押注销手续，需近半天时间，跑三处才能办结手续，往返跑腿，耗时费力。我们应该不断加强机关效能建设，创新方法解决抵押注销难题。

二、现实基础

近几年来，新昌公积金中心在业务建设、服务管理、文明创建等方面有了长足发展，为推出公积金贷款抵押注销"零跑腿"积累了优质服务经验，但也面临不少压力。

（一）*有利条件*。一是"主动"服务的理念。前几年成功创建了省一级档案达标单位、省级巾帼文明岗、省级文明单位，全体党员干部已经把"一切为了缴存人，为了一切缴存人"的服务思想渗透到每项工作中，把主动服务变为每位职工的自觉行动，为开展抵押注销"零跑腿"服务提供了思想基础。二是"优质"服务的流程。窗口考核制度、一次性告知制、首问负责制、AB岗等制度的严格实施，为该项服务提供制度保障。

（二）制约因素。一是人手少代办难。由于编制有限，人手相对不足，业务科室只有8名工作人员，推出抵押注销专人代办业务的确难度较大。二是环节多易出错。代办业务环节较多，要代跑两个部门三个地方，稍有不慎容易出错，对代办人员要求较高、压力较大。

三、主要做法

（一）收集意见，优化办事流程。一是倾听民声。公积金中心坚持"客户无小事，发展稳当先"理念，2月份，通过"心贴心，手拉手"的交流方式，深入走访三花、万丰、新龙实业等10多家规上企业，听取和征求缴存职工对深化"最多跑一次"改革方面的意见建议。同时，发动办事群众利用窗口等候时间参与"公积金服务我建议"口头或问卷调查，及时掌握群众办事阻点的第一手资料。二是梳理流程。公积金中心从群众需求出发，倒逼疏通贷款结清抵押注销流程，重新梳理办事节点，精简办事手续，落实责任分工，窗口负责线上结清审核和信息转递，后台专人负责线下代办业务，做到审核传递零差错，代办跑腿高效率。三是部门对接。在入驻行政服务中心之前就积极与不动产中心沟通协调，探讨注销办理流程，为推进线上线下"零跑腿"代办业务打下基础。公积金中心刀刃向内自我改革，延伸服务打通行业壁垒，抵押注销从跑三处变为"跑零次"，与普通银行办理抵押注销要跑三四处，甚至历时几天才能完成相比，极大提升了客户的满意度。

（二）数据代跑，线上提速增效。一是网上申请结清。实现公积金业务系统与浙江省住房公积金综合服务平台的对接，客户只需在还贷银行卡转入足够结清的金额，就可以通过"浙里办"App或者浙江政务服务网申请住房公积金贷款结清，无需再跑公积金窗口，公积金窗口前台工作人员在公积金业务系统就能收到客户申请。二是实时审核扣款。实现公积金业务系统与建设部住房公积金银行结算应用系统的对接，为提高办事效率，公积金中心要求前台工作人员在业务系统上对客户申请进行即时审核，完成后通过银行结算应用系统向委贷银行系统发起结算指令；进一步完善委托银行工作协议，要求委贷银行系统实时扣款并返回结清数据，前台工作人员打印结清证明移交后台专人代办。数据跑代替客户跑，从网上申请结清、窗口审核、银行扣款到打印结清凭证，整个办事过程仅需5分钟，极大提高了办事效率。

（三）专人代跑，线下打破壁垒。一是抽调专人代跑。住房公积金贷款结清抵押注销工作涉及两个单位三个地方，需转手移交多次，为防止各环节出现资料丢失风险，县公积金中心重新梳理《抵押注销内部办理流程》，制订《抵押注销代办工作职责》，克服人员紧张的困难，安排专人代办。二是代跑办理业务。窗口后台专人代跑公积金档案室领取抵押权证，填写抵押注销表单《授权委托书》《房地产抵押注销证明》《不动产登记申请表》，代跑不动产窗口办理抵押注销业务，真正实现住房公积金贷款结清抵押注销"零跑腿"，改变了贷款结清客户跑公积金窗口、金融大厦档案室和不动产窗口两个单位三个地方的现状，至少为客户节省半天时间，属全市首创。

四、努力方向

为了使公积金贷款结清抵押注销"零跑腿"服务可持续发展，要做好三方面工作：

（一）做好两个促进。"逼"出效率：严格落实"目标倒逼进度、时间倒逼程序，客户意见倒逼举措"的工作机制，以制度促进效率提升，切实"逼"出效率，"逼"出满意。"激"起干劲：我们将建立绩效管理业务指标分档考核机制，分档次予以考核加分奖励，与年终评优评先挂钩，真正调动促进高效优质服务的工作激情。

（二）做好一增一减。要自增压力：一方面要走到群众身边，搜集合理化建议并加以落实，才能让抵押注销"零跑腿"服务走出一条更加符合群众期盼的路子；另一方面自身要创新拓展便民服务内容和改进服务方式，让该项服务真正便民利民。要减少环节：对法律、行政法规没有规定必须提交和没有实际意义的申报材料予以取消，减少环节，压缩时限提供快捷服务。

（三）做好两个提升。一要提升员工素质。在创新服务、快速服务、解决实际困难等方面，公积金队伍不仅需要有扎实的专业知识，还需要懂经济，懂心理，懂创新，所以提升公积金队伍素质是便民服务可持续发展的根本。二要提升作风效能。不断改进工作作风，不断提升工作效能，不断增强工作责任感，才能让抵押注销"零跑腿"成为公积金便民服务品牌，引领全县便民服务走上一个新台阶。

服务永无止境，追求更上新高。公积金中心将继续用真诚和热情擦亮每个窗口，扎实做好"三服务"工作，以实际行动践行"不忘初心、牢记使命"主题教育。

内蒙古鄂托克前旗总工会党组书记张布仁

关于落实职工医疗互助保障工作的调查与思考

随着社会保障制度改革的逐步深入，为了缓解职工养老、医疗、意外方面面临的经济负担，缓解改革带来的社会问题，工会从其基本职责与新时期维权要求出发，通过工会互助组织，以中低收入群体为主要对象，利用市场机制，积极开展与职工生、老、病、死、伤残等有关的各类互助保障活动。职工医疗互助保障系职工互助保障中一项重要内容，配合基本医疗保险的改革，不断进行医改后，职工自负部分医疗费用补充保障的探索与研究，成为基本医疗社会保障的有益补充，有助于完善多元化、多层次的社会保障体系。通过组织开展职工医疗互助活动，可以帮助职工减轻住院医疗负担、提高医疗保障水平。

一、基本情况

职工医疗互助保障工作是新时期工会组织开展维权帮扶、服务职工、服务大局的重要载体，是工会组织为职工群众办好事、办实事的一项重要举措。鄂前旗总工会以开展"不忘初心、牢记使命"主题教育为载体，在旗委、旗政府的高度重视和各级部门的大力支持下，坚持做到认识、宣传、措施、服务"四到位"，多层次、多角度、多渠道宣传职工医疗互助保障工作，激发全旗职工的参保热情，全旗职工医疗互助保障工作扎实向前推进。

职工医疗互助保障是新时期工会工作的创新，是一项有别于社会保险与商业保险的重要保障，是工会履行维护职能的重要体现，也是保障职工自身利益的有效手段。它具有保费低、受理快、理赔高等特点，通过三次报销，患者的医药费用基本可以达到零负担，极大地减轻了就医职工的生活压力。

为了让每位职工了解到职工互助保障活动的好处，鄂前旗总工

鄂托克前旗总工会党组书记张布仁讲党课

会进行了大量宣传，举办了职工医疗互助保障工作动员部署会和职工医疗互助保障工作基层工会代办员培训班，并将参加条件和报销方式等内容印制成宣传手册，要求基层工会下发到每一位职工手中。通过几个月的运行，全旗参与互助保障活动的单位有112家，惠及职工2155人次，上缴保障费172400元。为了保证大病职工的及时救助，职工互助保障还专门给一些大病职工送去慰问金，帮他们减轻大量医疗费用的压力。对于一些困难职工因就医时使用超范围药品而未能报销的，鄂前旗总工会计划对他们实施困难救助。

二、具体做法

（一）*成立工作机构*：召开旗总工会职工医疗互助活动联合体（以下简称医联体）成立会议，由成员单位签订合作协议书，正式启动旗总工会职工重大疾病医疗互助活动。

（二）*建立协调机制*：成立旗总工会职工医疗互助工作协调委员会，其日常办事机构设在旗总工会职工医疗互助办公室（以下简称职工医疗互助办）。协调委员会一般每半年召开一次工作会议，交流各成员单位医疗互助活动进展情况，研究解决合作过程中出现的各种新情况、新问题。

（三）*组建工作督查组*：成立由主要领导负责的工作督查小组，切实把各项工作任务落到实处。指定专人负责，加强对实施工作的跟踪指导，做好对参加单位和职工的互助服务，确保职工医疗互助活动健康顺利地开展。

（四）*广泛宣传发动*：各基层工会集中精力和时间，把宣传发动工作放在突出位置，利用多种渠道、采取多种方式大力宣传开展职工重大疾病医疗互助活动，帮助职工增强自我保障能力和互助意识。通过向职工发放宣传资料、开办宣传栏、举行宣传讲座等形式，深入宣讲职工医疗互助的优越性、互惠性，使广大干部和职工了解参加医疗互助的必要性，提高参加互助的自觉性。

（五）*搞好业务培训*：开展职工重大疾病医疗互助是鄂前旗总工会保障工作的新拓展，是直接涉及职工利益的重要工作。各基层工会积极选派有能力的人员参与此项工作，为开展互助工作提供必要办公条件，对从事这项工作的人员进行了专业知识培训，使他们熟练掌握参加互助的相关程序和规则，为开展工作打好基础。

（六）*筹集互助经费*：职工重大疾病医疗互助费的筹集可采取职工个人负担、本级工会经费结余部分列支、单位福利费开支（按照有关文件规定，企业补充医疗保险费在工资总额4%以内的部分，从职工福利费中列支）。有条件的单位可由行政全额出资，也可以采用“行政拿一点、工会出一点、个人交一点”的方式。总之，由单位、工会与职工按照自愿、互助的原则，自主商定缴费办法。

三、存在问题及解决措施

（一）*存在的问题*：

1.覆盖面不够广。有些单位未能与员工建立合法规范的劳动关系，没有为职工缴纳城镇基本医疗保险；有些单位对职工医疗互助保障不予经费上支持；有些单位规避全员参保，将临时工、劳务派遣工、农民工排除在参保范围之外；还有些单位未建工会组织。

2.认识不够到位。有些单位认为职工享受社会统筹医保体制的报销比例已经足够，工会没有必要再搞医疗互助保障。一些年轻的职工对开展职工医疗互助不热心，存在一些片面的理解。还有些非公企业考虑更多的是企业的经济效益，对工会组建意识淡薄。

3.宣传力度有待加强。有些单位没有及时将职工医疗互保政策宣传到位，造成职工不知晓、逾期未报销等问题。有些参保单位从参保到报销的手续全交单位部门代办，使享受到医保互助的职工没有切身感受，也因此遗忘了职工医保互助的存在。

（二）*解决措施*：

1.加大工会组建力度，实现职工医疗互助基础保障。要加强依法建会的宣传力度，通过各种宣传形式扩大工会组织的影响力，要探索工会组建新模式，针对一些工会组建工作较难开展的企业，要改变传统的组建方式，让更多职工加入到工会组织中来，通过工会组织切实保障职工合法权益。

2.构建部门联动机制，形成职工医疗互助推进合力。由于职工医疗互助保障工作起步时间不长，仅通过工会单一渠道的宣传和政策引导，力度不够，扩面工作整体进展较慢。因此，要与各相关部门建立联动机制，形成职工医疗互助保障扩面工作合力，动员更多的非公企业职工参加医疗互保。

3.加大政策宣传力度，确保职工医疗互助工作成效。各级工会组织要充分发挥推进职工医疗互助保障中的主导作用，要运用多种方法、多种渠道、多种形式加强宣传，做好职工医疗报销的备案工作，把工会服务职工体现在具体行动中，使职工医疗互助保障政策家喻户晓、深入人心，使互助政策惠及更多职工。

职工互助保障是一件关系到每位在职职工切身利益的好事，各系统、单位工会组织和工会干部要把此项工作列入重要议事日程，增强职工的互助保障意识，及时掌握职工的健康状况，维护好职工权益，确保每位在职职工都能享受到党的好政策，都能感受到工会组织的温暖。

内蒙古自治区人大常委会副主任、总工会主席吴团英在鄂尔多斯市人大常委会主任祁毕希日勒图、鄂托克旗人大常委会主任刘渊、鄂托克旗旗长布仁其木格的陪同下，深入鄂托克前旗总工会调研指导党工共建工作

陕西省汉中市医保局党组书记、局长宋毅

营造经济社会发展稳定环境

国家医疗保障信息平台陕西汉中市上线启动仪式 摄影：武莹

汉中市六次党代会擘画了"加快汉中现代化区域中心城市建设"的宏伟蓝图，目标愿景催人奋进。全市医保系统将深研细悟党代会精神，把会议部署扎实贯彻到医疗保障改革发展各项工作中，纵向跨越、横向进位，推进医保事业高质量发展，为现代化区域中心城市建设贡献医保力量。

一、认识上再提升，用大会精神武装思想指导实践

全市医保系统将咬定市第六次党代会和市"两会"确定的蓝图愿景，围绕"13469"发展战略、"四个在汉中"总抓手，紧盯"干好135，实现翻一番"奋斗目标，用大会精神武装头脑、更新理念，指导实践。对标现代化区域中心城市建设，巩固既有成绩，着力强弱补短，把党代会有关医疗保障工作的安排部署落实落细，把全市医疗保障改革发展稳健推上新高度，人民群众医疗保障安全感、获得感、幸福感不断提升。

二、谋划上再站高，着力打造区域一流医保

全市医保系统将以市第六次党代会和市"两会"明确的今年乃至今后五年汉中发展的思路、目标、任务和部署为重点，对标对表查找医保工作的差距不足，校核医保工作目标方向上的偏差，围绕中心站位大局，着力打造区域一流医保，助力区域中心城市建设。科学把握全省各市和周边地区改革发展的时与势，辨证分析面临的危与机、客观看待自身的优与劣，结合汉中实际，干出在全国医保系统挂上号的业绩，在全省有示范引领价值的创新，努力做到周边城市没有的我有，周边城市有的我优，奋力实现汉中医保工作区域内一流位次，为实现党代会提出的区域中心城市建设添彩。

三、行动上再加压，用情用力抓改革惠民生

市第六次党代会提出，要坚持保障改善民生，让全社会共享高质量发展崭新成果。全市医保系统将秉持以人民健康为中心理念，把人民群众满不满意作为医疗保障工作唯一目标，在解决群众急难愁盼事项和集中关注的热点焦点问题上下硬功夫，在便民利民和提高医疗保障水平上啃硬骨头。

一是加快完善医保制度体系。尽快调整职工基本医保和门诊共济、医疗救助等制度和运行规则，进一步完善大病保险制度和重大疫情医疗保障机制。

二是确保医保基金安全可持续。进一步完善医保基金市级统筹机制。加大打击欺诈骗保工作力度，减少基金"跑冒滴漏"。以基金总额控费为基础，持续推进按病种付费为主的多元复合式医保支付方式改革。

三是形成"第六险"汉中模式。完善职工长期护理保险制度试点体系，发挥长期护理保险在实施"医养在汉中"、应对老龄化战略中的助力支撑作用。

四是稳步推进重大惠民改革。持续落实药品耗材集中带量采购和使用，挤出药品耗材价格虚高水分。加快调整理顺医药服务价格，落地落实医保药品、耗材、医疗服务目录。

五是全面提高经办服务水平。尽快实现全市医保系统与全国医保信息平台各项业务"一张网""一码通"正常运行。进一步完善镇（街道）村（社区）基层医保经办服务体系，提升"家门口办"水平。加快推进异地就医直接结算的扩面和便利化、电子化。加快医保经办服务机构改革调整。持续实施全民参保计划。

六是常态化抓好疫情防控和衔接乡村振兴。扎实履行疫情防控医疗保障工作职责，严格落实医保扶贫与乡村振兴有效衔接，构建防范因病致贫返贫自动触发机制。

左图为庆祝建党100周年文艺展演；右上图为全国医保基金监管信用体系创新试点培训会；右下图为全省长期护理保险试点工作培训会 摄影：武莹

海南省海口市见义勇为奖励基金会

大力弘扬正气匡扶正义　推进精神文明建设

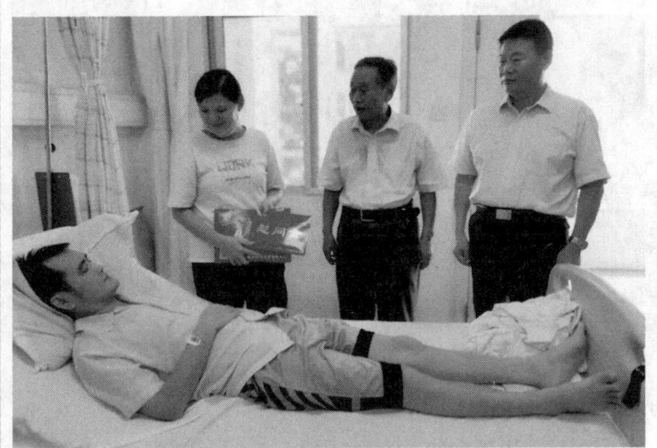

理事长李新富到医院慰问病重的见义勇为人员

海南省海口市见义勇为奖励基金会成立10年来，以“弘扬正气，匡扶正义，惩恶扬善”为宗旨，以“服务见义勇为人员”为中心，以“发展壮大见义勇为事业”为目的，以“有为换有位，有位促有为”为动力，更新思想观念，丰富工作内涵，扩大服务外延，在建立为见义勇为人员服务的长效工作机制，做好帮扶、维权、立法等方面进行积极探索，不断加强自身建设，加大宣传工作力度、大张旗鼓地表彰奖励，实实在在地帮助他们解决实际困难，扎实有效地做好服务保障工作，广泛发动群众，大力弘扬正气，取得了显著成效，推进了海口的精神文明建设，维护了社会和谐稳定。

一、加大宣传力度，广泛发动群众

见义勇为，匡扶正义，是中华民族的传统美德，是社会主义核心价值观的集中体现。要加强社会主义精神文明建设，实现中华民族的伟大复兴，特别需要大力倡导这种精神。我市深入开展全国文明城市创建活动，尤其需要弘扬社会正能量，激发广大市民勇于扶正祛邪、敢于伸张正义的积极热情。十年来，我们对宣传发动工作高度重视，采取多种形式，在广度和深度上狠下功夫，紧抓不放，常抓不懈，声势浩大，成效显著。

（一）精心组织集中宣传，大造声势形成氛围。我们利用基金会揭牌、七次表彰大会、贯彻省人大《海南省见义勇为人员奖励和保障规定》和全省“见义勇为宣传日活动”等机会，精心策划、认真组织全市性大规模的宣传活动。先后在明珠广场和望海国际广场举办文艺汇演，利用小品、相声、歌舞、诗朗诵等形式宣传身边的见义勇为英雄事迹，并开展现场捐助和向见义勇为困难人员发放救助金活动，参与群众多，社会影响大。先后三次各绘制12大版见义勇为事迹及有关政策法规，由志愿者到繁华街道、学校、社区、车站、码头和公园、广场搞大型图片巡回展览。2012年和2016年的宣传日，我们各印发60万份宣传资料，20多家理事单位和各区（街、镇）上街设点宣传；参与群众40多万人次，产生了巨大的社会效应。

（二）重点宣传英雄事迹，组织开展学习活动。几年来，我们协调新闻媒体，对见义勇为的突出典型和主要事迹，进行八次系列报道和重点专访，《海南日报》《海口日报》和省、市电视台、广播电台、《法制时报》《南国都市报》及《海南特区报》等媒体，都大量刊、播，整版报道，对李忠定、傅友芽、梁其生、李松梅、李润富、林健等一大批见义勇为先进分子的感人事迹进行了深度宣传。尤其是对三闯火海英勇献身的黄明同志，追授“见义勇为英雄”荣誉称号，市委办公厅、市人民政府办公厅联合下发了《关于开展向黄明同志学习活动的通知》，市委、市政府号召全市向他学习，市直各部门和各区认真组织，在全市深入开展宣传学习活动。

（三）建立网站系统宣传，面向公众一直开通。2012年11月，基金会建立了见义勇为网站，有关见义勇为的政策法规，领导讲话，活动信息，工作动态，见义勇人员的主要事迹、个人信息，兄弟省市基金会的工作经验及社会各界的捐助情况，全部上网，及时更新，面向公众，一直开通，广大市民可随时了解我市见义勇为的有关情况。

（四）组织基层广泛宣传，动员群众积极参与。我们协调各区、各有关部门，把宣传发动工作在社区居（村）委会及社会团体、学校、企事业单位等基层组织开展，通过墙报、板报、广播、标语、传单、宣讲、座谈等多种形式，动员广大群众，关注、支持和参与见义勇为工作。全国见义勇为模范李忠定，多次组织见义勇为人员到中、小学校作报告，现身说法，教育青少年懂善恶，主正义。我们还选择最繁华的CBD中心区国美电器楼体LED电子显示屏进行见义勇为视频画面、宣传标语发布3000多次，并选择了市区电梯媒体发布200多幅宣传画面和标语，使见义勇为的宣传工作形式多样，影响面宽。

由于宣传力度不断加大，广泛深入地层层发动，激发了广大市民的积极热情，调动了全社会的积极因素，见义勇为、匡扶正义的时代风尚正逐步形成。基金会成立以来，我市新涌现出1名全国见义勇为模范，8名全国见义勇为英雄司机，205名见义勇为先进分子，他们为维护社会稳定发挥了重要作用。

二、隆重表彰奖励，大力弘扬正气

见义勇为人员，面对邪恶，无恐无惧，不顾安危，勇于献身。他们的英雄气概，源于强烈的正义感，对社会对群众的真诚挚爱，对邪风恶魔的切齿痛恨和甘愿自我牺牲的崇高精神，值得全社会敬仰、学习！我们要倡导见义勇为精神，首要的重大举措，就是要对见义勇为行为实施大张旗鼓地表彰奖励，在坚持以精神鼓励为主的同时，实施物质重奖。

（一）隆重进行表彰，激励勇士斗志。基金会成立以来，我们先后召开七次高规格的表彰大会，对新涌现的205名见义勇为人员

见义勇为宣传日活动

海口市第十次见义勇为人员表彰大会合影

进行隆重表彰。每次表彰大会，都由市级领导参加、主持并讲话，尤其是基金会刚成立时首次表彰大会，市四套班子一把手全部参加，亲自给受表彰人员发放荣誉证书和奖金，并和他们合影留念。受表彰的见义勇为人员披红戴花，受到领导的接见和赞誉，非常激动，深受鼓舞。各新闻媒体对表彰大会的情况进行重点报道，大造声势，不仅激励了见义勇为先进分子的斗志，而且产生了强烈的社会反响，激发了广大市民关注、支持、参与见义勇为行动的热情，推动见义勇为工作深入开展。

（二）提高奖励标准，实施物质重奖。我们把对见义勇为人员实施物质重奖，作为倡导见义勇为精神的重大举措，在千方百计筹措资金的基础上，大幅提高奖励标准。我市对见义勇为人员的奖励标准，已由原来的 1000 元至 10000 元，提高到 10000 元至 50000 元以上，2012 年和 2014 年我们已给两名见义勇为人员各奖励 80000 元，前年又对 4 名见义勇为人员各奖励 10 万元。基金会成立后，我们已向 205 名见义勇为人员发放奖金 361 万元。奖励标准的提高，使获奖人员备受鼓舞，社会反响大，推动作用强。

三、认真组织选拔，推荐上级表彰

对我市涌现的见义勇为突出典型，我们都不失时机地推荐参加全省和全国的评选表彰活动，使 141 名先进代表受到了更高层次的表彰奖励。一是认真选拔突出典型，挖掘整理事迹材料。我们对见义勇为人员的先进事迹，在普遍进行核查的基础上，对特别突出、影响较大的作为推荐对象，重点组织力量，采写充实的先进事迹，为他们参加上级评选打好基础。二是按时呈报有关资料，主动联系争取名额。我们严格按照上级的评选要求，提前整理好全部资料，及时呈送有关部门。并与评选机构主动联系、汇报，使重点推荐人选能够入围。三是多措并举发动社会，认真组织网上投票。当拟受表彰人员公示开始网上投票前，我们都向各区发出通知，并协调《海口日报》、海口电视台和海口广播电台、《法制时报》《南国都市报》等媒体发布有关消息，动员社会为我市入选人员投票支持。由于我们采取以上措施，我市受全国表彰 20 人，受全省表彰 112 人。2012 年我市推荐的“三闯火海、英勇献身”的见义勇为人员黄明，被授予第十一届全国见义勇为模范称号。2011 年至 2014 年，海南受全国表彰的 7 名全国见义勇为英雄司机，全部由我市推荐。2013 年，我会荣获第十届“昆仑奖”全国十大见义勇为英雄司机评选活动组织奖，理事长荣获评选活动先进个人荣誉称号。2014 年我市又荣获第十一届“昆仑奖”全国十大见义勇为英雄司机评选活动城市奖。

四、加大帮扶力度，解除英雄困扰

见义勇为行为的实施，面临极大的危险。见义勇为人员最可贵的不仅是他们有很强的正义感，而且在于他们不惧邪恶勇于牺牲的精神。见义勇为人员，不仅精神可嘉，而且付出巨大，不少见义勇为人员都是由于他们的义举而使自己和家庭陷入了困境。我市历年来涌现的见义勇为人员，就有 10 名同志英勇献身，使家人失去了顶梁柱；130 多人受伤致残，后续治疗难以负担；有的见义勇为人员身患绝症，急需大笔医疗费；150 多户住房和生活困难，需要帮扶。要确保“英雄流血不流泪”，就必须把对见义勇为人员服务、保障和帮扶工作做好。按照市政府《海口市见义勇为人员奖励和保障办法》第八条的规定：“市级见义勇为专项资金用于对见义勇为人员的奖励；区级见义勇为专项资金用于对本辖区见义勇为伤残人员的后续保障”，我会只负责对见义勇为人员的奖励。但是各区由于未设专门机构，有的专项资金又不落实，我会就把对见义勇为人员的服务保障作为重要工作，全力狠抓。

（一）加强基础工作，摸清帮扶底数

1991 年以来，我市受中央、省市表彰的见义勇为人员，已达 325 人，由于时间跨度长，没有专设机构管，人员流动性大，致使对见义勇为人员的个人及家庭信息掌握的不多，一些外省、外市县的已经失去联系，跟踪帮扶底数不清。于是我们组织人员，深入基层全面调查了解；到省、市有关部门，查阅资料；请各区、各有关单位提供情况，协助摸查；将失联人员名单多次登报，请知情者提供联系线索；多措并举，开通渠道，对搜集到的信息认真梳理，建立见义勇为人员的个人、工作、家庭状况的资料档案，为做好帮扶工作提供依据。

（二）筹措严管资金，打好帮扶基础

要做好见义勇为人员的跟踪服务和帮扶工作，最关键的就是要筹措严管资金。由于基金会成立时间短，基金数额小，需求资金多，筹措难度大，而且基金会工作人员不是退休的，就是新招聘的，无职无权，化缘很难。但是我们不怨天尤人，不叫苦畏难，主动想办法，积极找门路，千方百计采取措施，锲而不舍攻关克难，多渠道募集筹措资金。一是吁请领导重视，争取财政支持。虽然各级党委政府，对见义勇为工作高度重视，采取一系列保障措施，推进见义勇为工作健康发展。但我们还是抓住各种机会，采取多种形式，向有关领导汇报情况，反映问题，提出建议，使各级财政不断加大对见义勇为的投入。市财政预算已把每年 50 万元的见义勇为专项资金增加到每年 170 万元；中央财政先后 5 次给我会支持资金共 172.5 万元；省财政、省见义勇为基金会也给予我们不少帮助。二是采取有效措施，发动社会捐助。我们约请各新闻媒体专访报道，市综治委发募捐通知，各理事单位联合倡议，各区（街、镇）层层发动，组织全

中央财政支持社会组织项目发放救助金

社会“关爱英雄”捐助，市委办、市政府办、秀英区和琼山区领导、不少爱心企业和广大市民踊跃捐款近400万元。三是严格监督管理，确保基金安全。我们制定并修订了《财务管理制度》并认真执行，坚持重大收支集体研究，各项开支严格审批，规范入账。每年都向理事会报告财务收支情况，向参加春节慰问座谈会的全体见义勇为人员通报财务状况，并通过新闻媒体和网站公布募集资金和支出情况，坚持公开透明原则，接受监事会和社会监督，接受省民管局和审计部门每年的年度审计，确保了基金安全。四是节俭合理开支，发挥基金效能。基金会的办公经费坚持按照规定，精打细算，勤俭节约的原则，一再压缩开支，把筹措的资金主要用于对见义勇为人员的奖励、救助、慰问和见义勇为的宣传。我们想方设法筹集资金，采取措施严管基金，正确合理使用基金，不仅大大提高了公信度，而且主要是为做好见义勇为困难人员的帮扶救助打下了坚实基础。

（三）实施困难救助、落实帮扶措施

我会认真贯彻国务院办公厅《关于加强见义勇为人员权益保护的意见》和海南省委办、省政府办《关于进一步加强见义勇为人员权益保护工作的实施意见》，想方设法精心组织对伤、残、病患的见义勇为人员及困难家庭的救助帮扶活动，为他们精准扶贫，排忧解难。

一是实施医疗救助，解除见义勇为人员的后顾之忧。我们的具体做法是：开辟绿色通道，确保见义勇为伤残人员及时救治。对受伤住院的见义勇为人员，我们都在第一时间赶到医院，协调院方全力救治，再按照有关规定联系相关单位解决医疗费用；组织免费体检，及时掌握见义勇为人员的健康状况。我们先后四次为见义勇为人员免费体检，使见义勇为人员及时发现病情，抓紧对症治疗；发放医疗补助，保障见义勇为伤残人员的后续治疗。先后五次向159名见义勇为伤残人员发放医疗补助金2025000元，基本保障了他们的后续治疗；购买康复器材，帮助病患的见义勇为人员减轻痛苦。先后为6名见义勇为人员购买轮椅、拐杖等康复器材，使他们减轻了出行痛苦；上门看望慰问，鼓励伤患的见义勇为人员早日康复。先后对26名住院病重的见义勇为人员上门慰问，共送慰问金171000元，使他们增强了战胜病患的信心；及时申报理赔，为牺牲的见义勇为人员家属争得补偿。我们为4名牺牲的见义勇为人员家属申报获得了240万元见义勇为人员意外伤害无记名保险理赔，使见义勇为牺牲人员的家属得到了补偿。

二是精准帮扶贫困，力助见义勇为困难家庭走出困境。我们的主要做法是：争取中央财政支持，为见义勇为困难家庭发放救助金。我们先后三次，争取到中央财政支持社会组织参与社会服务试点项目专项资金1225000元，加上配套资金，先后3次为256人次见义勇为困难家庭发放救助金1777000元，帮助见义勇为人员解决了不少实际困难；联系扶贫项目，为见义勇为特困家庭争取困难救助。我们先后三次联系参与中华见义勇为基金会和海航的见义勇为人员安居工程项目和慈航的见义勇为人员困难帮扶项目，先后为8名见义勇为人员争取到60万元住房补助，为5名见义勇为特困家庭争取到24万元困难救助，为50名见义勇为困难人员争取到30万元困难救助。此外，我们还协调有关部门，帮助10多名见义勇为人员解决子女入学和就业等实际困难。

几年来，我们千方百计采取措施，实实在在为见义勇为人员排忧解难，使他们不仅为社会做出贡献而自豪，更为得到社会的承认、肯定和关心、帮助而感动，纷纷表示要珍惜荣誉，再立新功！

五、组织慰问活动，亲切关爱英雄

省人大《海南省见义勇为人员奖励和保障规定》第四章第十八条要求“省和市、县（区）、自治县人民政府建立见义勇为人员慰问制度”。各级领导亲自上门看望慰问见义勇为人员，体现了党和政府对见义勇为工作的重视、支持，对见义勇为人员的关心、关怀。多年来，我市对见义勇为人员慰问工作高度重视，认真组织，受到了见义勇为人员的一致好评。我们主要坚持做好三项工作：一是陪同领导慰问。中华见义勇为基金会和省、市领导，每年都进行多次慰问，每次的陪同工作我们都做得很细，事先踩点布置、购买慰问品、准备慰问金、联系新闻媒体和交通安保，慰问时带路、介绍情况，对领导讲话的记录，慰问活动结束后抓紧协调有关部门落实领导交办的事项。二是及时登门慰问。对重病住院的见义勇为人员和特别困难的家庭，我们都安排上门慰问，多次到定安黄明家、临高翁昌雄家、邱裕新家和傅友芽、李忠定、陆诗精、郑胜文、李润富等家共进行40多次登门慰问，了解他们的具体情况，帮助解决实际困难。三是春节集体慰问。每年春节前，我们都组织召开春节慰问座谈会，历年来受中央、省、市表彰的见义勇为人员及牺牲人员家属全部参加，向他们通报一年来的见义勇为工作及资金收支情况；请他们发言交流，听取大家的意见和建议；给他们发放慰问品、慰问金（共230多万元），送上节日的祝福，使他们倍感温暖。

六、加强自身建设，高效务实工作

几年来，我们一直把加强自身建设作为首要任务，把弘扬正气，维护稳定作为主要目标，把高效务实作为基本要求，采取以下措施全力狠抓。

（一）建章立制，实行规范化管理。基金会一成立，我们就制定了会议、财管、职责、考勤、请销假等一全套制度办法，后来又进行两次修订，不仅要求人人熟悉、遵守，而且经常检查、考评，及时发现问题，大胆批评处理，严肃处罚8人次，辞退2人，确保存在问题认真纠正，做到了制度健全监督到位，管理规范工作有序。

（二）加强教育，增强政治责任感。我会经常组织工作人员，认真学习贯彻十八大历届全会精神，开展政治、政策、优良传统和遵纪守法教育，联系实际，正确引导，使大家不断增强使命感、责任观和紧迫感，牢记宗旨，尽心尽责，适应形势大胆创新，弘扬正气勤奋工作。不少同志带病加班无怨言，扎扎实实地做好本职工作。老同志不顾年老体弱，亲历亲行，年轻的主动靠拢组织积极要求进步。几年来，党支部对3名团员列为重点培养对象，有1名同志光荣入党。2012年7月党支部被省社会组织工委授予“先进基层党组织”称号。深入扎实的政治教育，使全体工作人员精神振作，基金会充满活力。

（三）抓好调研，高起点开拓创新。几年来，我们把培训、调研工作作为重要的基础性工作，紧抓不放，我们把全套业务资料印发给所有工作人员，重点辅导，强调自学，并多次组织座谈交流；组织参加民政部和民政厅的业务培训，外出考察，专题调研，请专家指导，大大提高了业务素质。为了更好地开展见义勇为的调研、培训、交流、咨询、宣传、保障、维权和推动等活动，我们成立了全国首家“见义勇为服务中心”。特别是对见义勇为人员的后续保障、跟踪服务等方面，采取了不少新的举措，并取得了显著成效。2013年，我会被省民政厅评为“先进社会组织”。

（四）加强协调，形成齐心抓合力。基金会虽然是社会组织，但它承担的是政府职能，理事会由23个党政部门和社会团体组成，每项工作都涉及多个党政机关，综合协调，至关重要。我们先后召开7次理事会议，并经常到理事单位了解情况，征求意见，协同工作，寻求支持。在市综治办的指导帮助下，通过大量的个别磋商和联合协调，基金会的各项工作都得到了各理事单位的积极协助，大力支持，特别是市委政法委（综治办）、市委宣传部、公安、民政、财政、人社、卫生、司法、住建、文体、国资委、工、青、妇和各区综治办等部门，认真履行职责，全力支持配合，确保了基金会各项工作的顺利进行，推动了我市见义勇为事业的健康发展。2015年8月，我会被省民政厅评定为中国社会组织“AAAA社会组织”。2020年3月，我会被省民政厅评为“3A级社会组织”。

几年来的实践使我们深刻认识到：领导的重视、关心和支持，是见义勇为工作取得成效的关键；大力宣传见义勇为英雄的感人事迹，大造声势，弘扬正气，是搞好见义勇为工作的基础；大张旗鼓地表彰先进，并对伤、残的见义勇为人员及牺牲、困难的见义勇为人员家庭慰问、救助，是搞好见义勇为工作的强大动力；多渠道筹措并严管基金，是见义勇为工作持续发展的基本保证；不断加强基金会自身建设，开拓高效扎实工作，是见义勇为事业健康发展的基本要求。社会组织，就是在不同的社会领域，采取多种形式，组织社会力量，利用社会资源，挖掘社会潜能，努力提供社会服务，维护社会和谐稳定，推动社会发展进步！社会组织能够做社会需要，但只靠一个单位根本做不到的事；做市场需要却又没人牵头去做的事；做政府组织实施需要社会支持配合的事；其优势不可或缺，不可替代。社会组织是我国社会主义现代化建设的重要力量。社会组织健康有序发展，有利于完善社会主义市场经济体制，有利于加强和创新社会管理，有利于激发社会活力，巩固和扩大党的执政基础。我们要在市委、市政府的重视和支持下，采取有效措施，强化自身建设，在促进我市经济发展，繁荣社会事业，创新社会治理，深入开展“双创”活动中充分发挥积极作用。

基金会成立以来，虽然做了大量工作，取得了一些成绩，但仍存在不少问题：一是资金筹措力度不大，社会捐助数额较少，造血功能未很好地发挥。二是服务保障长效机制不健全，配套保障措施不落实。三是宣传的力度不够，广度、深度亟待加强。对以上问题，我们要认真研究，采取措施，积极主动地尽快解决。在省见义勇为基金会的正确指导和大力支持下，努力开创我市见义勇为工作的新局面，为维护海口的和谐稳定和加快海南自由贸易港区建设做出新的贡献！

港华集团副总裁、徐州港华燃气有限公司总经理高庆余

推进互联互通　提升储气能力　改造危旧管网　坚决打赢保障市民使用清洁能源的“淮海战役”

高庆余近照

链接：高庆余，2009年4月至2013年3月，任河北省天然气有限责任公司总经理；2013年3月至2017年4月，任新天绿色能源股份有限公司总裁；2017年4月至今，任港华集团副总裁、徐州港华燃气有限公司总经理。2018年10月，被港华集团授予“年度风云人物”大奖；2019年6月，被江苏省燃气热力协会授予江苏省燃气热力协会成立三十周年突出贡献个人荣誉称号。

淮海经济区中心城市就该有淮海经济区中心城市的风范，清洁能源使用也不例外。

近年来，徐州港华作为徐州市清洁能源保障的领军企业，相继采取推进互联互通、提升储气能力、改造危旧管网等一系列举措，全力构建区域内一体化天然气管网，就是为了让市民用气更安全、更可靠。这就是一场提升民生福祉、保障市民安全使用清洁能源的“淮海战役”，我们必须坚决打赢，让港华紫荆花完美绽放。

一、全力推进互联互通，砥砺实现共享共赢

自2007年我市引进管道天然气以来，大大改善了市民的居家环境，提高了市民的生活质量，推动了市内工业企业使用清洁能源的进程，有效地控制了大气污染，创造了良好的投资环境，带动了区域经济发展，增强了城市的综合实力，城市居民天然气用户也从最初的十几万户发展到现在的70万户。

但是，在天然气利用呈高速发展的趋势下，其储备供应能力却无法满足人们渴望使用管道天然气的迫切需求。就目前而言，徐州市仍有铜山区、沛县、丰县部分、睢宁县全部未拥有管道天然气，管道天然气未到达的地区则均采用槽车运送CNG或LNG气源。

槽车运送弊端多，罐装气存在安全隐患，且供气不稳定，同时，

会出现季节性气源紧缺及价格波动，供需矛盾突出使地区天然气市场需求受抑制。因此，为使管道天然气在徐州地区实现全覆盖，加速实现高度物质文明和精神文明的现代化城镇，必须推进区内天然气管网建设步伐。

2017年，徐州港华为使管道天然气在徐州地区实现全覆盖开始实施互联互通举措。互联互通其实就是气源的互联互通，徐州地区除邳州和新沂外，有管道燃气经营企业12家，连接三处上游管道气源。因这三处气源互不统属，互不连接，各自为政，所以每家都存在气源得不到充分利用、管网利用率较低、调峰能力不足、应急能力较差、建设成本较高、运行风险较大、管理成本较高等一系列问题。

为保证市场供气稳定可靠，天然气高压管道在我市互联互通势在必行。2017年，徐州港华燃气有限公司联合丰县、沛县、铜山、睢宁四家兄弟港华公司，做了五家公司高压管网互联互通规划并实施；2018年，在市委、市政府指导下，五家公司的互联互通规划上升到了淮海经济区的高度；2019年，港华集团把徐州地区高压管网互联互通工作列为集团年度重点工作进行推进；2020年，徐州地区高压管网互联互通规划完成，规划以徐州港华门站及城区高压管网为中心，向西北、西南及东南辐射，与铜山、睢宁、沛县、丰县高压管道相连通，并向周边辐射，构建管网一体化。

2017年启动至今，徐州港华已建成高压DN600高压B管道19公里、DN400高压A管道22公里；铜山港华已建成DN400高压管道50公里，沛县港华已建成高压管道33公里，加上济宁唐马分输站至丰县门站30公里，和宿迁中石油BX18#阀室至睢宁门站23公里，我们已完成高压管道170多公里。在此基础之上，联通铜山至沛县的37公里高压管线，以及铜山张集至睢宁61.5公里高压管道，目前都已经开工建设，预计年底贯通，届时将形成以徐州城区为中心，连接徐州西北、西南及东南的供气格局。

按照市政府的安排，徐州港华门站将要搬迁，届时还将与岳庄新门站形成互通新建高压管线45千米。届时，徐州片区已建及在建高压管道将达到312千米，投资金额达到86650万元。预计2022年管线全部完成后，徐州片区互联互通高压管道长度将达到644千米。

构建区域内一体化天然气管网，将为徐州市乃至淮海经济区的经济发展具有巨大意义。一体化天然气管网全面建成后，将为徐州市民带来更安全、更稳定、更足够、更集约、更便宜的燃气服务。互联互通高压统一规划，一张网，有利于集约土地，避免重复建设，减少资源浪费。届时可进入徐州互联互通管网的气源点达到四个，随着上游气源的采购的市场化，可以有效提高企业的议价能力，降低我市民用及工商业用户使用管道天然气的费用支出。

二、大幅提升储气能力，提高安全运营指数

也许很少有人知道前两年徐州港华以壮士断腕的勇气宁愿亏本也要保障居民用气的付出，但却有很多人知道家中冬季用气时气压不稳的无奈。

为了让这无奈成为过去式，徐州港华致力大幅提升储气能力，提高安全运营指数。2018年4月，国家发改委发布《关于加快储气设施建设和完善储气调峰辅助服务市场机制意见》，要求到2020年，供气企业（上游）要拥有不低于其合同年销售量10%的储气能力；城镇燃气企业要形成不低于其年用气量5%的储气能力；县级以上地方人民政府至少形成不低于保障本行政区域日均3天需求量的储气能力。

徐州港华2020年计划总用气量将达到4.2亿方，根据国发发改委要求，年用气量的5%应该是2100万方。2011年，徐州港华已在现门站建成应急备用气源站一座，有效储气容积72万方。为了积极响应国家发改委号召，为了尽最大可能保障徐州地区安全可靠用气，徐州港华在努力推动徐州地区高压管网互联互通的同时，将气源应急储备建设列为公司目前的头等大事，不仅与港华集团下属天然气储气库签约应急保供协议，满足其自身应急设施建成之前的应急储备需求，同时，徐州港华投资近2亿元收购改造柳泉镇易高LNG储气设施，并将其改建为“徐州港华液化天然气储备基地”，并计划在现有LNG储存5000 m^3（水立方）的基础上，随着市场的需求实施扩容扩建，最终将达到近1400万m^3的储备规模，届时，将较大程度地满足除极端情况下的应急供气需求。

徐州港华金山桥天然气门站

LNG应急储备基地的建设和徐州地区高压管网互联互通互为补充，对保障徐州地区天然气安全可靠供应、保证徐州地区经济和民生、促进徐州地区可持续健康发展具有积极和深远的意义。

三、完成危旧管网改造，降低管网安全风险

为市民提供源源不断、安全的清洁能源，提升城市天然气管网安全运营指数，始终是徐州港华追求的目标。徐州地区清洁能源使用的不断改善、进一步提升和继续强化保障作为一场新的“淮海战役”，足以证明港华集团对徐州地区安全供气工作的重视，这重视不仅体现在推进互联互通方面，体现在提升储气能力方面，还体现在改造危旧管网方面。

徐州市区地下燃气管网始建于1984年，目前已经形成1300多公里、覆盖城市新老城区范围的地下燃气管网系统。然而，当年由于受到建设材料的限制，早年铺设的地下燃气管网均为机械接口的铸铁管和镀锌管，现在已无法满足天然气输送的特性。同时，因为我市地质结构以沙土层为主，受不均匀沉降和侵蚀的影响，此类老旧管网的运行状态堪忧，极易产生因锈蚀和地面沉降导致燃气泄漏的险情，对全市燃气管网安全运行构成重大安全隐患。

随着经济发展、城市扩张及燃气气化率不断提升，老旧地下燃气管网改造成为我国大中型城市普遍遇到的难题。2007年，随着徐州市天然气置换工程的开展，我市开始全面实施危旧管网改造工程，将原有老旧铸铁管、镀锌管统一更换为符合输送天然气的PE材质燃气管。然而，因为此类管网大多分布在我市老城区，居民和各类建筑、道路密集，同时受周边环境、城市规划、市容管理和道路开挖的限制，剩余的工程改造难度异常巨大，徐州港华每年的改造里程始终徘徊在20—30公里左右。随着我市经济的快速发展，市委、市政府对城镇燃气的安全运行标准提出了更高要求。2015年，为了加快危旧管网改造工作进度，徐州港华提高政治站位，专门成立了危旧管网改造专项工作小组，加大改造投资力度，加强与政府沟通协调。经过徐州港华全体员工不懈努力，公司以每年近100公里的改造速度快速推进此项工作，徐州市危旧管网改造工程进入全面提速阶段。

2018年底，危旧铸铁管网剩余20余公里，改造工作进入攻坚阶段。最后剩余的20余公里铸铁管网主要集中在中山北路、夹河街、建国路、青年路、丰储街等市区主干道或拥挤的小街巷，改造工作面临着交通压力大，地下可用空间小，沿街居民楼密集等一系列困难。

为了攻坚克难，徐州港华首先根据不同改造环境制订有针对性的施工方案，同时积极引进“管中穿管”的新型改造工艺，既减少对地下有限空间的占用，也大大减少了对市政道路的破坏，为手续获批起到积极的促进作用．施工中，克服大气管控不利因素，合理安排工期，最大限度减少噪音对居民生活和对道路交通的影响，每天清晨对路面进行清扫并铺设钢板，设置缓冲机构和交通警示，保证通行安全。

2020年1月，经过13年的不懈努力，徐州港华累计投资近5亿元，全面完成464公里铸铁管网危旧管网改造工程，大幅提升徐州市区管网运行安全指数，开创徐州港华管网建设新的里程碑。

苏州工业职业技术学院党委书记王新华

打造高质量文化 推动高质量发展

王新华近照

链接：王新华，男，1965年2月出生，汉族，江苏省委党校研究生学历。曾任苏州市委副秘书长、苏州市档案局（馆）党组书记（兼）、苏州年鉴总编、苏州市政协提案委副主任、苏州市机构编制委员会办公室主任等职，现任苏州工业职业技术学院党委书记。曾荣获苏州市勤政廉政好干部、苏州市优秀县处级干部、全国机构编制先进工作者等荣誉。

作为首批历史文化名城之一，文化一直是苏州的优质品牌和形象特色。近年来，苏州致力于打造古今融合的文化生态，凭借内涵和特色形成了优秀的文化形象，对经济社会发展产生了很强的聚合力和辐射力。

一、苏州文化发展的现状

（一）*突出地域特征和精致审美，彰显历史文化名城特色。*一直以来，苏州通过传统文化资源和民间特色工艺的保护传承，使博大精深和厚重深邃的文化遗产更具有独特的魅力，古典园林、苏州丝绸已经成为苏州的“金色名片”，昆曲和“非遗”手工艺、吴门画派等特色优秀传统文化走出国门。在保护和挖掘历史文化遗存的基础上，打造了山塘街、平江路、民国风情街等特色街巷，保持了“小桥流水人家”的传统水巷风貌，结合旅游、非遗、传统产业业态的发展，沿街特色文化空间、绿化景观的设置，让苏州历史文化生动呈现在城市生活中。

（二）*聚焦公共文化服务体系，打造现代文化品牌。*近年来，苏州将公共文化服务改革纳入了供给侧结构性改革总体部署，先后出台《苏州市关于推进现代公共文化服务体系建设的实施意见》《苏州市公共文化服务办法》《苏州市村、社区综合性文化服务中心服务规范（试行）》和服务指导目录等政策法规，构建“政府主导、社会参与、市场配置”的公共文化供给模式，苏州交响乐团、苏州芭蕾舞团、苏州民族管弦乐团的作品已成为苏州特有的文化符号。打造“世界遗产城市”“吴文化中心”“手工艺与民间艺术之都”等多个独特标识的苏州文化名片，建成苏州非遗馆等一批大型项目，“10分钟文化圈”在苏州已然形成。

（三）*融合科技与金融，助力文化产业发展。*围绕“产业文化化”和“文化产业化”，以文化与科技、金融融合为抓手，推动文化资源与市场整合，聚焦影视制作、动漫游戏、创意设计、文化“走出去”等重点领域，积极对接现代文化元素，借助高科技发展的技术和创意，以文体旅融合发展为重点，强化国际大都市和引领新潮文化发展的形象，实施文化产业发展质效提升行动，为城市发展注入可持续活力，促进文化创意与旅游、科技、商务、会展等融合发展，形成了有特色、有规模、有效应的多门类文创产业体系，并成为推动苏州经济和社会发展的重要引擎。

（四）*解码“三大法宝”，弘扬新时代创新文化精神。*改革开放以来，以爱国主义为核心的民族精神与改革创新为内核的时代风尚被苏州人民具体化为“爱拼”的“张家港精神”“敢闯”的“昆山之路”和“融合”的“园区经验”等区域文明成果，被形象地概括为苏州发展的“三大法宝”。在新时代苏州开放再出发、挺进现代化的新征程上，“三大法宝”的精神传承成为苏州改革开放和创新发展过程中激情燃烧、干事创业的强大精神动力，成为苏州推动思想大解放的精神之钙和推动作风大转变的奋斗动力。“三大法宝”在各个领域、各个层面的弘扬创新，成为苏州高质量发展理念的精神动力和具体实践。

二、苏州文化高质量发展面临的短板

近年来，苏州在历史文化名城形象塑造、文化品牌建设、文化产业发展、文化创新等方面取得了不少骄人的成绩，但对照国内先进城市文化建设的要求与国际化大都市的标准，还存在一定的差距。主要表现在以下方面：

（一）*内涵认知“不够深”。*文化高质量发展要融合新时代进步和社会发展大势，立足于区域发展一体化大局。对于苏州文化高质量发展，目前还处于初步探索阶段，存在着对时代内涵和建设内容认知不足，对建设重要性和紧迫性认识不够，尤其是如何从城市文化软实力的战略提升、塑造等角度来推进文化高质量建设认识不够深。

（二）*品牌载体“不够响”。*一个文化内涵丰富的大都市，亟须有一些支柱性、代表性、创新性的活动品牌，尤其是享誉国际、国内一流的龙头产品、拳头品牌。然而从具体实践情况来看，苏州文化品牌建设存在科技含量不高、精品力作数量不多、国际辐射力不足等问题。

（三）*功能服务“不够强”。*文化建设既需要文化内容的支撑，也需要产业资源的助力。苏州承办的国际展览与国际会议数量不多，引进外资、融入跨国公司为主体的全球体系等方面的步伐不大，除旅游之外的会展、文体、金融等功能服务不强，这也在很大程度上影响着资源集聚的广度和深度。

三、打造文化高质量发展典范的对策思考

长三角一体化为苏州建设国际化大都市提供了契机，作为苏州的新目标，“国际化大都市”要体现出苏州的特色、文化内涵、城市品位，在传承弘扬江南文化等优秀传统文化和城市发展中展示“苏州精神”，打造高质量文化发展的典范城市。

（一）*积极保护与传承体现苏州文脉的江南文化遗产*。苏州是江南文化的中心、江南文化的策源地和归属地，是长三角地区文化的源泉。要坚持整体保护与有机更新协调并进，做好古城保护这篇大文章，使历史文化街区、古建老宅、历史文物有机串联。像爱惜生命一样保护好历史文化遗产，系统梳理保护传统文化资源和民间特色工艺，让古典园林的“金字招牌”更加闪亮，苏州丝绸的“金色名片”更加靓丽，非物质文化遗产的“拿手绝活”更加抢眼。赋予新时代江南文化内涵，建设江南文化传承交流中心，弘扬书画、玉雕、铜雕、丝绸、评弹、苏帮菜等特色江南文化，促进江南文化与文化产业有机结合，促进文化设施和文化资源互补互促、共生共荣，促进传统文化资源的转化效益最大化，把苏州建设成为江南文化国际交流的中心城市。

苏州工业职业技术学院思政教师前往张家港，学习“三大法宝”之“张家港精神”　摄影：姚遥

（二）*强力打造提升城市能级的世界级文化品牌*。把文化品牌作为苏州国际化品牌战略的重要组成部分，充分发挥历史文化名城优势，进行整体策划和宣传塑造，开展全方位、多层次并且独特有力的文化品牌培育。坚持整体保护与有机更新协调并进，高定位、高标准建设运河文化带，大力实施历史文化名城保护和提升工程，全力打造“手工艺与民间艺术之都”“世界遗产城市”“吴文化中心”三大品牌。加快推进部市共建匈牙利布达佩斯中国文化中心项目，力争江南水乡古镇和海上丝绸之路申遗早日成功，不断增强苏州文化的国际影响力和品牌竞争力，推动文化品牌的不断完善、创新，促进文化品牌实践的提升、飞跃，将打造世界级文化品牌及其核心价值，作为新常态下提升苏州美誉度和知名度的有力抓手和核心竞争力。

（三）*建设具有世界影响力的中国特色社会主义文化名城*。加强对优秀文化的保护和传承，促进城市建设与文化发展深度融合，让江南文化与苏式精致生活交融并进、传统文化与社会主义文明深度融合，把争先创优、敢为人先精神融入新时代发展，使传统文化与现代文明交相辉映，古城之美完整留住，风貌韵味实现活态保护，社会主义核心价值体系融入文化城市建设，成为新常态下提升苏州美誉度和知名度的有力抓手和核心竞争力。城市更新凸显匠心细节，拥有一流的社会文明水平及生活品质，镕古铸今的“双面绣”城市特质得以充分展现，在当代世界级历史文化名城中占据重要一席，成为充满人文魅力和水乡特色的国际休闲消费中心和全球重大影响力的世界文化名城。

（四）*积极推动文化产业国际化*。突出文化产业供给侧改革，增强基于本源性的原始创新，以创意的高渗透性、高带动性推动协同创新，从大规模生产转向大规模定制，促使文化产业创新发展、融合发展、开放发展。推动园林、昆曲和“非遗”手工艺、吴门画派等特色优秀传统文化与产业深度融合，解决文化产业供给与需求之间的不平衡，促进传统文化资源的转化效益最大化。系统设计视觉识别系统，通过立体全方位宣传推介，让更多的中外游客更直接地认识苏州，提升国际化水平。推动文化设施和文化资源互补互促、内外交流，不断提升城市文化设施和文化景观的“产品附加值”。引进和培育国际一流的演艺经纪公司，打造和培育一批电视节、戏曲节、动漫节、音乐节、舞蹈节等重大文化活动，做大做强文化创意产业。以文化产业园区为载体，促进文化产业企业集聚发展、集群发展，建设文化产业生态系统，提升区域集聚功能。

浙大宁波理工学院信息科学与工程学院党委书记应中元

高校二级学院治理的逻辑机制

链接：应中元，男，1980年3月出生，中共党员。曾任浙大宁波理工学院团委书记、机关党总支副书记、校办副主任等职，现任浙大宁波理工学院信息科学与工程学院党委书记。曾获浙江省优秀团干部、浙江省高校优秀党务工作者等荣誉。在《中国青年研究》《中国共青团》《高校共青团研究》等杂志公开发表论文20余篇。

推进教育治理体系和治理能力现代化，是新时代深化教育改革的重大命题和核心任务。高校二级学院是高校的基层办学主体，承担着人才培养、科学研究、社会服务、国际交流与合作、文化传承与创新的具体任务，是推进高校治理现代化的基础性工程。高校二级学院治理现代化，涉及治理理念、治理体系、治理机制等多个方面，在具体过程中应着重构建和实施好权力配置、内涵发展、评价考核、资源整合等基本逻辑机制。

一、以高效协同为特征的权力配置机制

当前，高校二级学院在民主集中制的基本原则下普遍实行党政共同负责制。在该体制下，高校二级学院内部权力结构主要体现为以党组织会议为核心的政治权力、以党政联席会为核心的行政权力、以各学术委员会为核心的学术权力，以及以教职工代表大会、各群

应中元近照 摄影：王媛媛

团组织为核心的民主权力。其中，党组织在二级学院管理运行中起政治核心和监督保障作用，通过党组织会议决定干部队伍建设和党的建设等相关问题，并在人才队伍建设、课程建设、教材建设、学术活动及奖惩考核等方面把好政治关。党政联席会作为二级学院主要的最高决策议事机构是院长行使行政权力的主要形式，讨论决定二级学院“三重一大”相关事项及常规的人才培养、科学研究、社会服务等有关问题。学术委员会是教授治校的具体表现形式，是学术权力的核心载体，在二级学院的人才队伍引育、考核奖惩、职称评聘、教育教学、学科专业建设等方面发挥专业的决策咨询作用。教职工代表大会、各群团组织是二级学院民主管理、民主监督的主体力量和基本形式。政治权力、行政权力、学术权力、民主权力的高效协同，以及由此衍生而来的各种规章制度，共同构建了二级学院治理现代化的权力运行体系。要达到高效协同的目的，最为关键的是要按照分工协同的原则处理好党组织会议和党政联席会议之间的关系，分别制定议事规则，界定议事范围，做到协调一致，相互配合，共同促进。要制定实施权力清单、责任清单制度，理清各权力机构间议事决策的逻辑程序和内部关系，做到责权利统一。

二、以学生成才为导向的内涵发展机制

立德树人，培养德智体美劳全面发展的中国特色社会主义建设者和接班人是高校的根本任务。作为高校教育教学主体的二级学院，检验其事业发展的根本标志是人才培养的成效。因此，二级学院科学研究、社会服务、国际交流合作、文化传承创新等事业发展的立足点和归属点是人才培养。习近平总书记在全国教育大会上强调，高校要在坚定理想信念、厚植爱国主义情怀、加强品德修养、增长知识见识、培养奋斗精神、增强综合素质等六个方面下功夫，习近平总书记的重要讲话为新时代高校加强人才培养指明了方向，是高校立德树人工作的行动指南。具体来说，高校二级学院就是要不断更新办学理念，把立德树人融入思想道德教育、文化知识教育、社会实践教育，贯穿学科体系、教学体系、教材体系和管理体系；就是要不断加强学科专业建设，并以社会需求为导向持续强化学科专业特色和品牌建设，努力把学科建设和科学研究的成果运用于人才培养的具体实践，不断提升学生的创新创业能力和专业实践能力；就是要持续推进“三全”育人综合改革，努力营造干事创业的和谐氛围，着力打造特色文化，积极搭建特色育人平台，构建高水平人才培养体系。

三、以创新发展为目标的评价考核机制

评价与考核是现代大学治理的基本手段，在保障大学办学目标的实现过程中起到了强力的牵引与指导作用。对于二级学院来说，绩效评价的对象为下属各系、所、实验中心等内设机构和教职工个人。对于各内设机构的绩效评价与考核应以二级学院年度发展目标为依据将相关任务进行分解，并在对基础性指标进行常规分解的基础上，可在评价指标体系中加大相关标志性和发展性指标的权重，或专门实施“一所一策”“一系一策”的评价考核方案，从而引导各内设机构创新发展。对于教职工的评价考核，主要抓手有职称职务晋升、聘岗和年度考核。二级学院应积极争取学校层面下放人事考核管理权限，在关注常规教学、科研、社会服务等工作的同时，增加教职工评价考核指标与二级学院学科专业特色化发展及高质量人才培养目标的契合度。

四、以多方协同为途径的资源整合机制

高校学科专业建设及科学研究应以国家及区域经济社会发展需求为导向，人才培养的目标应服务于国家及社会发展的需要，人才培养的过程依托于外界的多方协作。高校二级学院只有加强与政府、行业企业、其他各层次学校之间的联系与合作，不断深化国际交流与合作，组成产教集团或产教联盟，才有利于构建现代高等教育体系，有利于实现校地资源共享、互利共赢和协同发展。在具体进行资源整合的操作过程中，可以建立以服务专业特色化发展为导向的行业企业实习实训平台，并与就业创业工作相承接，不断提升学生实践动手能力，增长学生专业核心技能，为学生打造实习、就业一体化的快速通道；可以搭建以科学研究项目为桥梁，以现实需求为导向，校地学科资源、实验资源、人才资源等共享互促的协同创新中心，积极促进科研项目的转移转化；可以积极依托政府及学校自有国际合作资源，不断开拓国际交流合作渠道，开展国际科研项目和教学项目合作，促进人才国际交流互动，不断拓展办学的国际视野。

浙大宁波理工学院体育馆 摄影：王媛媛

贵州省遵义职业技术学院党委书记、教授李凌

坚持立德树人　优化职业教育

遵义职业技术学院通过 2020 年贵州省高水平高职学校现场评审　摄影：胡志刚

链接： 近年来，遵义职业技术学院获得了众多荣誉：贵州省优质校和“双高”学校建设立项单位、贵州省“三全育人”综合改革试点校、贵州省首家成立红色教育培训中心的高职院校、贵州省家庭教育科研基地；全国高职高专党委书记论坛主任委员会长征精神实践研修基地、全国职业院校校园文化“一校一品”建设学校、全国高职联盟“红色文化教育基地”、全国高职院校思想道德建设研究中心理事学校、全国高职院校红色文化研究与教育联盟首批成员单位；打造了贵州省委教工委省级示范党总支，有教育部全国样板示范党支部一个，2020 年获得“贵州省脱贫攻坚先进党组织”称号。

中共中央总书记、国家主席、中央军委主席习近平近日对职业教育工作作出重要指示：在全面建设社会主义现代化国家新征程中，职业教育前途广阔、大有可为。

一、立德树人，是职业教育之根基

习近平总书记强调，在全面建设社会主义现代化国家新征程中，职业教育前途广阔、大有可为。要坚持党的领导，坚持正确办学方向，坚持立德树人，优化职业教育类型定位，深化产教融合、校企合作，深入推进育人方式、办学模式、管理体制、保障机制改革，稳步发展职业本科教育，建设一批高水平职业院校和专业，推动职普融通，增强职业教育适应性，加快构建现代职业教育体系，培养更多高素质技术技能人才、能工巧匠、大国工匠。各级党委和政府要加大制度创新、政策供给、投入力度，弘扬工匠精神，提高技术技能人才社会地位，为全面建设社会主义现代化国家、实现中华民族伟大复兴的中国梦提供有力人才和技能支撑。

近年来，遵义全市上下深入贯彻落实中央和省委、省政府关于职业教育的决策部署，紧扣全省“十四五”时期“一二三四”工作思路，全力推进新型工业化、新型城镇化、农业现代化、旅游产业化，按照“奋力建设红色传承引领地、绿色发展示范区、美丽幸福新遵义”的目标要求，推动办学条件持续改善，遵义职业教育教学质量稳步提升，服务地方发展成效显著，走出了一条职业教育创新融合特色发展之路。

办好职业教育是持续巩固脱贫成果、推动乡村振兴的必然选择，是推动地方经济高质量发展的现实需要，是给予学生更多人生出彩机会的重要平台。坚持立德树人，是职业教育的根本任务；优化职业教育，是赋技赋能、促进就业的根本导向；深入实施“双培养”工程，培养更多既懂政策、又会技术的实用型、高素质技能人才，服务地方经济发展，是加强职业教育的最终目的。

二、赋技赋能，是职业教育之导向

遵义职业技术学院以培养德才兼备的技术技能型人才和服务地方经济发展为己任，勤耕不辍，砥砺奋进，实施“质量立校、人才强校、文化活校、特色兴校、双技亮校”发展战略，不断开创新的发展局面。

党建引领把方向，思政贯穿凝聚力。遵义职业技术学院始终将立德树人贯穿教育教学全过程，以“立修身之德、授就业之能、育创业之才”为办学理念。坚持党委领导下的校长负责制，强化基层党组织标准化建设，充分发挥党建引领作用，牢牢掌握意识形态和思政教育主导权，把加强思政引领、广泛凝聚共识，作为推动学院发展的力量源泉。

三、创新育人机制，成就出彩人生

春风化雨，润物无声。作为文化的传承地、技术技能的开发地和人才培养的集散地，遵义职业技术学院围绕中央战略部署和现代

遵义职业技术学院全景　摄影：胡志刚

职业教育精神，紧扣“遵义红”和丰富多彩的遵义文化，遵循“产教融合、校企合作、工学结合、知行合一”的整体要求。结合学院的实际，于2014年提出“红色塑魂、蓝色致用、绿色出彩”的校园“彩虹”文化建设。

“红色塑魂”，弘扬传统文化，传承红色基因，坚定理想信念；“蓝色致用”，塑造工匠精神，培养职业素质，提升双创能力；“绿色出彩”，加强身心锻炼，实现知行合一，成就出彩人生，构建了独具特色的“彩虹文化”育人机制。打造“红色故事红在遵职、红色信仰红满遵职、红色文化红遍遵职、红色精神红动青春”的“四红”工程，探索形成了红色文化融入思政课程的课赛融合、校馆融合、理实融合体验式教学模式。

*红色塑魂，“彩虹文化”育新人。*近3年来，学院200余名师生递交了入党申请，50余人加入了中国共产党；91%的学生都加入了各种社团，52%的师生参加了志愿者。

*蓝色致用，德技并修育人才。*围绕地方经济社会发展需求培养人才，确立了“立足黔北、服务城乡、强农兴工、助推‘三宜’”的办学定位。在学院“双高”建设的发展转型中，通过职业技能提升，培育工匠精神，树立了职业教育自信。近年来，师生荣获省、市科技发明、创新创业奖20余项，国家级别奖项26项、省级技能大赛奖85项、市级技能大赛奖200余项；毕业生专业对口率达80%以上，就业满意度达85%以上。

*绿色出彩，培育人生方向。*随着职业教育内涵建设的深入推进，人才培养质量得到极大提升，催生出一批教学科研成果，造就了一批职业教育教学专家和优秀教学团队，学院社会知名度和美誉度得到极大提升，吸引大量优质生源。在校学生人数也由2014年3000余人猛增到2020年的12000余人；连续三年，实现就业率96%以上，为遵义经济社会发展累计贡献了上万名专业技能型人才。

“彩虹文化”将学生职业、就业、创业教育需贯穿于整个大学过程，通过生涯教育、社团活动、文化建设、社会实践、日常服务管理等，引导学生树立了正确职业观和价值观，让职校学生在树立自信中找准人生方向。“彩虹文化”获得2018年贵州省教学成果一等奖。

近年来，遵义职业技术学院主动融入乡村振兴战略，瞄准遵义“现代山地特色高效农业”发展之路，调整专业结构，“做强财经类专业、做特农业类专业、做实工程类专业、做活服务类专业”，形成了优势突出、特色鲜明的专业结构体系。围绕遵义辣椒、花椒、竹产品、黔北麻羊、中华蜜蜂等特色产业，建设了植物组培实验室、种子资源库、食品保鲜研究实验室，形成研究与种植、加工的全产业链结合。

在转变办学思想、办学模式、办学机制，不断提升职业教育现代化水平的同时，立足资源禀赋，发挥比较优势，结合遵义产业发展实际，纵深推进校企结合、产教融合，持续推动教育链、产业链、人才链有机衔接，真正把职业院校打造成为培训产业工人的“摇篮”，全面提升人才培养和服务地方的能力水平，努力实现职业教育高质量发展，为力争遵义当好全省经济社会发展“火车头”和重要增长极提供坚强有力的人才智力支撑。

大连理工大学左颀、韩轶、郑铎

构建四维育人体系　学生公寓优质发展

西山学生公寓服务中心负责2020年寒假离校工作　摄影：何萍

链接：左颀，系大连理工大学西山学生公寓服务中心主任；韩轶，系大连理工大学后勤处处长；郑铎，系大连理工大学后勤处副处长。2020年以来，西山学生公寓服务中心获得大连市高等学校联合寓专会2020年度管理创新奖，西山学生公寓服务中心主任左颀获得全国高校学生公寓疫情防控先进个人、大连高校公寓管理先进个人、大连理工大学抗击新冠肺炎疫情工作先进个人等荣誉称号。

“十四五”期间，大连理工大学持续推进高等教育纵深改革，进一步将制度优势转化为教育的现代化治理效能。将学生公寓作为第二课堂，是学校践行立德树人根本使命的重要育人阵地。加强学生公寓建设，丰富和提升学生公寓育人的工作内涵，聚焦师生关切，统筹教育目标，植根学校发展实际，坚守为党育人、为国育才的初心使命，才能获得高水平、高质量、高层次的发展。

“00后”学生作为互联网诞生后崛起的一代人，具有鲜明的自我意识，单纯依靠提供优质住宿服务已经无法满足学生成长的需求。大连理工大学西山学生公寓立足“十四五”期间高等教育发展要求，开展高质量育人工作，坚定学生理想信念追求，在引导学生成长的同时实现一流学校的建设目标。

一、以红色基因推进高质量党建，做好政治育人

坚持党的领导，是学生公寓工作之要。做好党建工作，是推动学生公寓高质量发展的保障。大连理工大学学生公寓把党建工作放在首位，推动业务工作创新发展，实现“双提升”。以党员的先锋模范作用带动职工贯彻新发展理念，营造干事创业的氛围。

（一）*发挥战斗堡垒作用，使党支部成为提升服务的力量源泉。*

学校学生公寓党支部强化组织建设，确保从严治党要求在高校基层的“最后一公里”完全覆盖。打铁还需自身硬，党支部坚持政治理论学习，凭借扎实理论素养做好公寓的思想政治工作。以待遇留人、感情留人、事业留人，都不如以马克思主义信仰留人更有吸引力。公寓党支部坚持每周三政治理论学习，提升主动为学生服务的水平，满足学生对未来发展筹划的需求。

（二）*发挥先锋模范作用，使党支部成为落实服务的中流砥柱。*

讲政治、讲担当、讲奉献、讲守纪是学校公寓党员的基本要求。党支部始终践行为师生服务的宗旨，保持共产党人的朝气和活力，

西山学生公寓服务学校新冠疫苗接种信息录入工作

率先垂范，带动群众实现党的工作目标。2020年寒假离校工作期间，学生公寓党支部负责学生寒假离校送站工作，在零下20摄氏度的天气下，以每天18小时的工作长度，在3天时间里以零误差、“点对点”方式将近2.2万名学生平安送到机场、车站、渡口。疫情防控期间多名党员被评为校级防疫先进个人和全国高校公寓防疫先进个人，他们的事迹也得到相关媒体的广泛报道。

（三）发挥组织宣传作用，使党支部成为活跃于师生中的信仰灯塔。

学校公寓党支部是服务学生、团结群众的纽带，是推动公寓创新改革的动力。及时宣传国家政策，让先进理论飞入每间寝室。大力开展教育宣传，发挥正向引领、正向推动作用，以此提升学生政治素养，培养政治能力。今年是中国共产党成立100周年，学生公寓党支部自本学期开学起在微信公众号上推送党史百年百件大事记和历史上的今天，并精心筹划七个一工程的主题方案献礼建党百年，即推送党史故事，党员讲述党史，重温历史进程，党史解密体验馆，建设思政园，参观革命基地，经典歌曲传唱等。

二、以“全周期管理”提升现代化治理，做好服务育人

随着学校一流高校建设的推进，研究生的招生规模也逐年增加。校内的活动增加，为学校公寓管理工作带来更高挑战。信息流和生产力要素在生活区爆发巨大发展潜力的同时也带来更高的风险。学校学生公寓加强自身治理体系建设，建立全周期管理意识，消除治理隐患。

（一）完善协作机制，成为公寓现代治理体系的有力支撑。

学校学生公寓作为属地化管理部门，组织构建包含多元治理主体，层级清晰、机制联动的工作小组，以微信群的形式随时汇报各方面进展，发挥集体智慧，研究决策。有效加强资源的集中调配和工作分配，解决“上面千条线，下面一根针”的种种矛盾。定期与学生组织开展工作恳谈会，强化学生动力，内外结合铸就强大的组织能力，将协作效能转化为公寓的治理效能。2020年大连连下7场大雪，学生公寓全体人员连续奋战在清雪一线，感动得学生们也加入扫雪大军，西山生活区成为学校率先完成扫雪工作的区域。

（二）加强团队建设，成为公寓现代治理体系的核心驱动。

高校学生家庭文化素质提升，对学生公寓的精细化服务要求也更高。近两年学校学生公寓通过提高招聘条件，增加高学历服务人员数量，引入社会化服务标准等方式，全方位提升服务人员素质。每周对服务人员的学习能力、执行能力和协调能力进行培训指导。以定期检查和飞行检查的方式关注每个服务环节，全流程体验，服务人员的语言、态度、技能、行为习惯、沟通技能是否能够达到优秀标准。根据需要不断规范工作流程，建立精准管理体系，量化要求，明确责任，层层压实。同时注重与学生群体沟通，确保服务执行有力，贯彻到底。

（三）提高智慧建设，成为公寓现代治理体系的基础保障。

用科技手段支撑服务手段、服务理念、服务方式的创新，纵深推进学校学生公寓的智慧化服务体系建设。灵活运用大数据、人工智能、云计算等技术推动学校公寓治理体系与新技术的融合，逐步实现生活区的智能化管理目标，做到服务的精准化、高效化，有效应对危机和挑战。学校学生公寓与网信中心整合资源，形成服务数据库，挖掘数据潜力，增强管理决策能力。与校规办、资产处等优化生活区的生态规划建设，兼顾以师生为本的服务理念和发展要求，注重生活区可持续发展潜力。

三、以全媒体手段推进意识形态管理，做好文化育人

学校学生公寓作为思政教育阵地之一，主动承担起举旗帜、聚民心、育新人、兴文化、展形象的使命，充分运用全媒体手段做实做细学生公寓的意识形态工作。强化正确价值导向，利用科技创新手段赋能增效。线上、线下协同统一，形成“1+1>2”的合力，扩大传播效应。充分倾听师生意见，真抓实干，为扎实推进高质量发展发挥积极主动作用，营造良好的舆论氛围，打造激情创业的奋斗平台。

（一）牢固树立意识形态工作的主体责任。

学校学生公寓始终将意识形态工作纳入日常工作中，认真履行意识形态工作的主体责任，加强党对意识形态工作的领导权和主动权。一则公寓一把手主动靠前指挥，亲自抓问题，抓解决，抓反馈。二则加强职工对意识形态工作要求的学习，学深悟透，达到统一思想，知行合一，提高政治站位。三则与党中央要求保持一致。边工作，边总结，边反馈，加强检查、督办、反思、复盘。四则开展定期专题研究，讨论工作思路方法，找准着力点和突破口，不给错误思想和歪理邪说以时间、空间，迅速消灭于萌芽中。

（二）意识形态工作守正创新凝聚人心。

互联网、手机 App 已经成为各种思想竞相争夺的焦点，也成为意识形态领域的主战场。学校学生公寓有效利用各种新媒体手段，如微信号、抖音等渠道，以喜闻乐见的方式吸引学生，因势利导，强化正面舆论宣传。使互联网和 App 成为弘扬主旋律、传播新时代中国特色社会主义思想的重要阵地。学生公寓汲取基层工作经验和智慧，不断运用创新手段，形成意识形态工作的大合力、大宣传。

（三）全方位推动意识形态工作深入发展。

过去学生公寓工作是单方向输出要求，学生被动接受。现在学生善用自媒体等渠道表达诉求，学校学生公寓尊重学生的平等对话要求，倾听学生想法，积极为学生排忧解难，赢得学生的真心理解。在“i 大工”“知乎”等媒体上及时跟踪学生诉求，用风趣幽默的语言回复并予以解决。利用生活区的宣传广播、公寓楼多媒体电视、LED 展示屏、条幅、海报、宣传栏等形式开展意识形态教育培训工作。每周三设立公寓服务接待日，全员职工深入一线为学生切实解决难题。

四、以创新理念推进总体安全观，做好安全育人

新形势下高等教育发展面临诸多挑战和风险，全方位加强教育安全体系建设，推进公寓新型安全观，是高校学生公寓高质量发展的前提。除持续聚焦传统安全体系，如人身安全、财产安全、消防安全、公共卫生安全外，学校学生公寓也将新型安全要素纳入学生公寓总体安全观，包括心理安全、信息安全和信仰安全。积极布局新型安全观既是学校学生公寓在新时代落实安全责任的担当作为，也是谋划新发展的集体智慧。

（一）心理安全体系建设。

2018 年《高等学校学生心理健康教育指导纲要》发布，坚持育德育心工作有机结合，学校规定教职工均需承担教育引导学生健康成长的责任。在关注学生心理健康教育的工作上，学校学生公寓具有先发优势，通过建立网格化的心理安全体系，将公寓的宿管员、保洁员、维修师傅纳入到心理育人队伍中，按照业务特点进行培训指导，为学生解决生活问题的同时，将育心工作润物细无声地落实到位。中心规定宿管员与学生同吃同住，发现问题苗头主动关心学生；维修师傅、保洁员驻楼为学生随时随地解决生活难题外，通过聊家常灌输正确的生活理念，消弭学生烦恼，从而达到防患于未然的效果。学生公寓对学生敏感情绪的捕捉是一种主动调节的方式。宿管员、维修师傅、保洁员以家长的身份关心爱护学生，容易建立信任感，也容易获得学生的接纳。

（二）信息安全体系建设。

随着云计算、物联网、人工智能等技术的出现，拥有熟练互联网经验的大学生对公寓信息化手段的进步起到快速推动作用。泛数字化时代，学校学生公寓不断完善云端住宿服务体验，统筹宿舍系统管理、线上会议、门禁系统、人脸识别系统、自动贩卖机等各类生态数据。加强数据安全和网络安全工作，正确运用和保护学生数据足迹，是学校学生公寓工作的重中之重。学校学生公寓拥有完备信息的安全体系已经成为保护学生健康成长的避风港，不断提升信息安全体系的发展也成为学校学生公寓高质量发展的内缘动力。

（三）信仰安全体系建设。

学校学生公寓坚持弘扬社会主义核心价值观和中华优秀传统文化教育的传播，时刻为学生提供暖心、贴心服务，让学生感受关爱一直在身边。对于培养学生健康良好的品格意义重大。学生公寓坚持每天巡查公寓楼内外，安排专人清除生活区广告，发现不良宣传及时处理并上报，时刻纯净生活区的信仰建设。

“十四五”期间，我国高等教育发展正经历重要的战略机遇发展期，学生公寓立足当前工作，着眼未来发展，积极主动作为，于危机中育新机，在变局中开新局，笃定前行。

供图：大连理工大学西山学生公寓服务中心

河北省石家庄市博物馆馆长刘茂利

新发展理念下博物馆文化资源的开发与利用

开发机器人识图少儿教育　摄影：田庆忠

在新时代创新、协调、绿色、开放、共享的发展理念下，针对青少年作为博物馆的参观与瞻仰体验主角，文物文化资源应营造创新互动趣味氛围，运用青少年习惯的语言和感兴趣的方式，展现展品所承载的文化魅力、内涵和价值；寓教于乐以趣促学，与各个学校建立长效合作机制，选择青少年学生更易接受的方式，促进博物馆资源与课堂教学相融合、相促进。

博物馆是保存文物、传播文明的文化殿堂，是文化继往开来的连接桥梁，在促进文化传播、文明交流等方面具有不可估量的作用。我国具有 5000 年的悠久历史，博物馆里的文物资源是中华民族灿烂文明的见证，可以很好地对青少年进行家国情怀教育，夯实他们做人的根基，提升他们的文化素质及美学素养，更有利于培养他们对于传统文化的兴趣，形成对社会生活方方面面的正确认知。

近几年，青少年参观博物馆的人次，每年以超过 20% 以上的速度增长，博物馆所蕴含的教育功能，尤其是针对青少年的教育功能也越来越重要。在新时代创新、协调、绿色、开放、共享发展理念下，针对青少年作为博物馆的参观与瞻仰体验主角，文物文化资源应如何开发和利用，进行价值活化及传播，已经成为众多博物馆迫切需要解决的问题。

一、营造创新互动趣味氛围

我国是四大文明古国之一，每一家博物馆内的文物藏品，种类多样，数量繁多，具有一定的价值和历史传承意义。目前，在许多馆藏文物中，虽有一部分会伴随展览陈列展出，但更多的却是被束之高阁。即使是展出的文物，也会因保护不能被损坏等需要，常常是放置在冷冰冰的恒温恒湿的玻璃展柜中，虽然有一定的背景及价值等文字介绍，却不能引人注意，更不能引起人们的高度关注。这样的展览形式，文物中所蕴含的文化价值传播效果就会大大减弱，影响文物本身厚重深远的时代意蕴。

而现在的青少年，具有独立的思想和品格，他们喜欢新奇，热衷于创意，愿意用自己更感兴趣的方式去认知世界、接触世界、感受世界、思考世界。因此博物馆应从创新、互动等方面开发自己的文化资源，摒弃以往仅仅用图文展板来进行陈列展览的方式，运用青少年习惯的语言和感兴趣的方式，展现展品所承载的文化魅力、内涵和价值，实现文物存在与传播的本质意义。

文物陈列数字化。就是利用领先的三维激光扫描设备、科学化的采集流程，多角度、精细化对文物或文博场景进行全方位数据信息扫描采集的一种服务，并形成数字档案，包含采集对象的形状、结构、纹理、色彩等数据。文物陈列数字化通过获取文物完整的结构、图案、文字等文化元素和数据信息，更准确、更完整地为文物陈列留下高精度的永久数字化档案。依托文物陈列数字化，利用互动性的触控显示设备，如液晶电视、手机屏幕、平板电脑等，借助VR、AR等创新性的技术，对文物模型、场景进行生动化的演示，激发青少年的学习兴趣。

文物陈列趣味化。在内容上，可以采用青少年喜欢的故事方式进行展示；在形式上，可以采用动漫、幻灯、绘本等生动化形式进行展现。例如在石家庄市博物馆的“农耕与民俗展厅”，为方便青少年对农耕器用工具的了解，专门制作了视频动漫，以更加生动化的形式，吸引青少年的眼球。

文物陈列活动化。创新博物馆的表现形式，用符合青少年认知规律、广受欢迎的活动形式，突出参与性、融入性，让他们在活动中，润物细无声般去感受文物的魅力和价值，从而引发思考，深入认识文物背后所承载的文化内涵。

文物陈列细分化。博物馆可以在展览陈列中清晰标识适合未成年人认知、欣赏的重点文物、标本，并增加符合青少年认知习惯的文字说明。有条件的博物馆，也可建立专门面向青少年的展览或体验厅，增加面向他们的文物陈列或体验项目，让青少年在参观中更有收获。

二、寓教于乐以趣促学

馆校合作，参与者不仅是博物馆和教书育人的校园，更有广大的青少年学生。博物馆应与各个学校建立长效合作机制，与广大青少年学生同行，选择青少年学生更易接受的方式，促进博物馆资源与课堂教学相融合、相促进。

首先，以思政精神内涵为引领，语文、历史、道德与法治、自然等课本大纲为依托，结合馆藏本地文物及陈列等资源，进行博物馆课程设计，陶冶学生情操，增长学生知识，培养历史素养，增进学生对家乡的热爱之情。课程设计应以馆藏文物陈列为依托，选取本土历史中的历史名人、著名故事、书画艺术、器物精品等文化素材资源进行开发。课程教学中，以教师讲解为主，通过学生对课程内容的认真听讲和细致观察，全面训练学生的语言表达、书面写作等能力。

其次，结合馆藏文物陈列，可以策划运用相关文化情景剧、舞台剧、音诗画等剧目形式，依托比较有影响力的事件及人物，挖掘与事件及人物有关的故事内容进行演绎编排，并邀请学生扮演相关角色参与其中，整体做到真实还原、寓教于演、寓教于趣，并可在相关学校剧场举行。通过剧目的角色扮演、剧情参与，让青少年在快乐氛围中感受历史文化和传统文化的魅力，培养爱党、爱国、爱社会主义的思想情感和家国情怀。

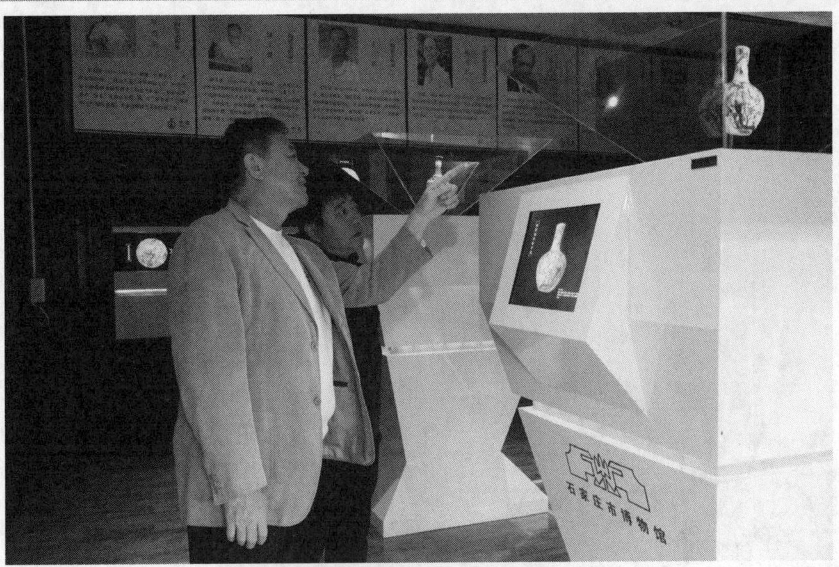

刘茂利积极推进文物数字化建设　摄影：田庆忠

再次，响应国家相关素质教育政策要求，组织编写《博物多闻——博物馆研学手册》，目的是引导学生利用博物馆资源创造性开展活动、辅助学习。整体目标是，让学生在下午3点半课后时间认识博物馆，开展传统文化、红色文化专题教育活动，全方位提高学生综合素养。

博物馆研学手册在编写中要坚持思想性、自主性、综合性、活动性、创新性、互动性的原则，紧紧围绕有利于学生个性发展的目标，强调学生的主动探索、主动发现和体验，立足于每一个学生健全、完整的发展，以“实践学习”为主要特征，重在培养他们的创新精神和实践能力，注重让文物“活”起来与让学生动起来巧妙结合，在相遇与对话中，逐渐内化为思维的拓展与思想的深化。

在编写思路上，不过分强调知识的系统性，而是避免资料的泛泛堆积，注重动手实践能力的培养，侧重研学活动形式的引领和方法的指导。强调亲历和感受实际活动过程，注重培养学生的思维品质和团队协作，形成性评价与终结性评价有机结合。

在内容和表现形式上，一是贴近各学段学生的生活实际，并重点注意从他们的现有经验和认知水平出发，尽可能使每一个学生都能获得成功的体验。二是根据不同学段学生的认知发展规律，在主题活动的选择和安排上打破传统分科教学中的学科本位，注重不同领域之间的内在联系，努力实现整体优化。三是根据不同学段学生的特点，在语言和版式上考虑他们的兴趣和能力，尽可能以开阔的视野、精炼的提示呈现活动内容。四是河北省文物资源丰富，在内容选择上要通盘考虑，既要避免同质化，更要结合地域特点，方便城市农村都可以开展。

甘肃省卓尼县教育和科学技术局局长、柳林中学党总支书记宁学忠

聚焦育人使命 谱写民族地区教育新篇章

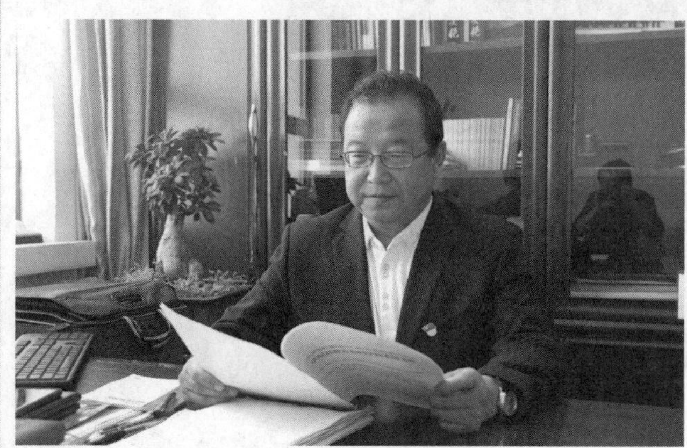
宁学忠近照 摄影：刘平

链接： 宁学忠，男，藏族，1968年9月出生，大学文化，中共党员。现任卓尼县教育和科学技术局局长、卓尼县柳林中学党总支书记。曾荣获甘肃省基本普及九年义务教育基本扫除青壮年文盲工作先进个人等荣誉称号。

甘肃省卓尼县是一个以牧为主，农林牧兼营的国家扶贫开发深度贫困县。全县总面积5419.68平方公里，总人口10.6万人，生活着藏、汉、回、土、蒙、满等10多个民族，其中藏族占全县总人口的63%。辖11镇4乡97个行政村，2019年，全县顺利实现整体脱贫摘帽目标。近年来，在县委、县政府的坚强领导下，卓尼教育抢抓机遇、攻坚克难、开拓进取、乘势而上，各项教育事业实现新的跨越。

一、夯实党建根基，教育党建实现新提高

近年来，卓尼教育坚持“围绕教育抓党建、抓好党建促发展”的工作思路，全面推进政治建设、组织建设、作风建设、党风廉政建设和意识形态工作，为卓尼教育发展提供了坚强的思想和组织保障。教育系统党组织数量从2016年的25个增加到了目前的51个，实现党组织的全覆盖。2017年，乡镇学校党支部移交教育局党委归口管理，配齐管理队伍，健全管理体系，激发党组织活力。2019年成立了县委教育工作领导小组，进一步加强了党对教育工作的全面领导，形成了齐抓共管的工作格局。

为进一步靠实党委主体责任，教育局党委每年初结合教育工作实际列出党委书记抓党建工作清单，建立了党委委员联系党支部工作制度，形成了“党委书记重点抓、党委委员配合抓、支部书记亲自抓、党务干事具体抓”的工作新常态，加强和规范了“三会一课”和主题党日活动的全面落实。在扎实推进“两学一做”学习教育常态化制度化的基础上，深入推进“不忘初心、牢记使命”主题教育，把学懂弄通习近平新时代中国特色社会主义思想作为重中之重贯穿全过程，在教育系统积极遴选全国优秀教师和省州级名优教师、学科带头人组成宣讲团，深入全县各学区（校）、幼儿园开展“不忘初心强师德，牢记使命铸师魂”名师宣讲活动，通过正面引领和反面警示相结合，进一步强化师德师风建设，在教育系统打造了一支政治过硬、作风优良、业务精湛的师德典型。

二、坚持高位推动，教育事业实现新跨越

百年大计，教育为本。卓尼县委、县政府以办人民满意教育为宗旨，将教育摆在优先发展的战略地位，教育用地优先规划，教育经费优先拨付，教育项目优先安排，师资力量优先补充，教育问题优先解决，推动城乡教育事业一体化发展向优质均衡迈进。县委、县政府提出了全县教育发展“五步走战略”，出台了《卓尼县推进义务教育均衡发展规划》《卓尼县义务教育均衡发展迎接国家评估验收工作实施方案》等一系列文件。为切实加强全县义务教育均衡发展工作的组织领导，2017年3月，县委、县政府成立了由县委副书记、县政府县长担任组长、县直有关部门和乡镇政府主要负责人为成员的卓尼县义务教育均衡发展工作领导小组，负责组织协调统筹管理全县义务教育均衡发展工作，出台了《卓尼县县级领导和县直单位结对帮扶推动全县义务教育阶段学校均衡发展工作方案》，明确规定帮扶领导和单位的工作任务，建立了乡（镇）、部门目标责任制和监督问责机制。

为全面落实教育优先发展战略，近五年全县教育经费总投入14.17亿元，为卓尼教育事业新腾飞提供了强力支撑。通过特岗计划、“三支一扶”等方式，优先配备和补充农牧村中小学、幼儿园紧缺教师201名，使全县师资力量得到有效补充，师资结构得到优化、学历结构日趋合理。2017年以来，县委、县政府着眼于城乡教育均衡发展，按照省政府确定的“四个集中”原则，科学实施布局调整，坚持适度集中、扩大规模、优化资源、均衡发展的指导思想，以中心校为依托，将附近薄弱学校或教学点进行合并，实行“中心带动，一区多校”的城乡一体化管理模式，实现了办学条件均衡，资源配置均衡，2017年9月提前两年通过了国家义务教育均衡发展验收，实现了县域义务教育均衡发展的目标。截至目前，全县学前三年毛入园率达到94.11%，九年义务教育巩固率达到99.11%，高中阶段毛入学率达到92.93%。

三、决战脱贫攻坚，教育扶贫实现真惠民

（一）*加强控辍保学力度，提高入学率。*为进一步巩固控辍保学成果，提高控辍保学水平，卓尼县进一步强化控辍保学措施，确保适龄儿童少年依法接受义务教育。一是建立健全控辍保学联控联保工作机制。确立县、乡、村三级联动保学机制，实行教育、统战、宗教等部门联控联保，落实控辍保学责任。二是严格落实控辍保学“三报告”制度，加强学籍管理，建立健全辍学学生预警机制，利用学籍管理系统进行动态监测，抓细抓实控辍保学动态监测系统中的签到工作，及时发现辍学学生并实行跟踪管理。三是各乡镇政府制定控辍“一生一案”，依法履行控辍责任，各学校坚持因人而异精准施策，完善劝返复学学生“一生一案”保学措施，建立师生“一对一”帮扶机制。四是依法做好义务教育阶段新生入学工作。各乡镇充分利用寒暑假组织包村干部进村入户宣传有关教育法律法规，做好年满6周岁儿童的调查摸底、登记造册和入学动员工作，对达到法定入学年龄的适龄儿童发放《义务教育入学通知书》。同时，各学校利用寒暑假组织教师开展家访活动，宣传各项教育惠民资助政策，深入细致地做好学生和家长的思想工作，提高家长送子女入学的积极性，保证秋季开学时一年级新生入学做到应人尽人、一个不少。五是严格落实“小学送、中学接”制度。在每年秋季开学时，各小学对本校六年级毕业学生的去向再次进行摸底，对未在初中就读的第一时间报乡镇政府和教育督导部门，教育督导部门及时发放劝返通知书，督促乡镇政府履行控辍保学主体责任，跟踪劝返直至全部升入初中就读。同时，县教科局加强与其他县市教育局的联系沟通，追踪本县籍小学毕业生在外县就读信息，各学段入学做到了无缝对接。六是组织开展形式多样的校园活动，增强校园吸引力，引导学生积极参与篮球、足球、音乐、舞蹈、绘画等社团活动，以培养兴趣帮助他们积极融入学校学习生活，消除潜在的辍学隐患。

卓尼县弘扬传统文化艺术展演学校素质教育成果校外展示活动　摄影：刘平

（二）阳光招生，保障入学公平。一是按照国家规定和课程计划，规范课程设置，开足开齐课程，不随意增减课时，切实减轻学生课业负担。二是进一步规范义务教育阶段招生行为，实行按学生户籍所在地划区域招生，确保服务区适龄少年儿童全部入学接受义务教育。全县范围内没有设立重点校，各学校没有设立重点班，不存在择校热现象。坚持“就近入学、阳光招生”原则，全面落实了划片免试就近入学制度，保证了辖区内幼儿、义务教育阶段学生100%入学。

（三）关注弱势群体，保障入学权利。建立了适龄儿童辍学失学信息通报制度和困难家庭学生资助政策，乡镇、社区和学校建立了留守儿童档案、爱心联系卡，随迁子女全部接纳在公办学校就读并与本县学生享受同等待遇。县妇联、残联、教育等部门大力实施残疾儿童少年助学工程，保障残疾儿童受教育权利。

（四）完善体系，落实惠民政策。一是全面落实学前教育资助。为全面落实教育精准扶贫惠民政策，强力助推脱贫攻坚，确保不让一个学生因家庭经济困难而失学。二是建立了覆盖学前教育到大学各学段的学生资助体系。2016年以来，落实在园幼儿免保教费、普通高中建档立卡等家庭经济困难学生免除学杂费（书本费）、普通高中国家助学金、建档立卡就读省内高职（专科）学生免除学费（书本费）等各类学生资助金7162.39万元（不含义务教育阶段“两免”和营养餐补助），累计受益学生（幼儿）55297人次，全县没有一名学生因家庭贫困而失辍学。

（五）东西协作，助力教育扶贫。一是校际结对。2019年5月，卓尼县柳林中学与天津四中、卓尼县柳林小学与天津梧桐小学、卓尼县第一中学与天津滨湖中学签订结对提升协议之后，其他20所学区（校）与天津河西区相关学校，在天津市海河中学举行了校际间的结对提升集中签约仪式，使我县与天津市河西区校际结对帮扶的学校数增加到了23所，从而实现了对我县中小学校际结对开展帮扶工作的全覆盖。二是资金援助。天津市河西区援助我县教育的各类项目经费共381.05万元，先后实施了6所村级幼儿园附属设施建设，购置14所幼儿园的保教设备，组织了三期培训，邀请专家来我县开展了卓尼县《普通高中“新方案、新课程、新标准、新高考”全员研训》研修项目，赴外参加培训教师共73人，邀请11名专家对全县212名教师进行了培训。建成了教科局网络教育资源云平台和两所乡镇学校的录播室建设，安装了7所学校的视频会议设备和录播设备，资助53名学生。三是援教培训。2017年至今，天津市河西区74名专家教师到我县开展了为期15天的培训，共培训教师3660人次。我县选派117名骨干教师及教学管理人员赴天津参加了研修及跟岗培训。天津市河西区选派10名学科带头人和骨干教师来我县开展了为期一个月的援教活动，选派4名骨干教师开展了为期一年的支教活动。通过互访研学和送教培训，充分发挥了河西区先进学校的优质资源辐射和名师引领作用，促进了教师专业成长。四是社会援教。天津市河西区军休所和河西区工商业联合会先后捐资287.2万元，给完冒中心小学购置了会议室桌椅60套、视频会议终端设备一套，建立了“五爱教育基地”，两次组织完冒中心学校22名受助学生开展“金色梦想”夏令营活动，并对参加活动的22名贫困学生每人给予了2000元的助学金，对3名品学兼优的学生每人给予了1000元的奖学金，并赠送了书籍、文具等物品。捐资4200余元用于“五爱教育阵地”基金，由河西区工商业联合会出资、通过天津市光彩事业促进会与卓尼县学生资助管理中心签订了《捐赠资助协议》，捐赠10万元用于我县建档立卡品学兼优家庭贫困学生资助等。通过河西区政府和各界的关心和支持，有力促进了我县教育管理水平的提升、办学条件的改善以及教育信息化建设步伐的进一步加快。

四、聚焦项目建设，教育设施实现新突破

（一）优化资源配置，加快学校建设步伐。依托“全面改薄”“藏区专项”教育重点建设项目、“三区三州”教育扶贫建设项目等重点工程建设项目，积极改善农村学校义务教育办学条件，确保贫困地区义务教育学校教学、活动、生活等设施基本符合标准。一是着力改善办学条件，促进城乡教育公平。各乡镇、相关部门高度重视义务教育均衡发展工作，群策群力组织适龄儿童入学、依法履行教育职责、协调解决校舍建设用地、教育资源向农牧村或薄弱学校倾斜，促进城乡义务教育一体化发展。2016年至2019年累计投资28140万元，对全县所有义务教育阶段学校及学前教育幼儿园校舍、设施进行了提升改造，改扩建义务教育标准化学校78所，新建学前教育幼儿园10所，新增校（园）舍面积81342.2平方米、体育运动场地30394平方米。2018年以来，县委、县政府规划新建的柳林初级中学、柳林第二小学、唐尕川幼儿园、上河幼儿园等招生开班，极大地缓解了县城学校的就学压力。2019年，依托“三区三州”等建设项目，规划投资1.27亿元，将卓尼县藏族中学进行整体搬迁，在城区黄金地段优先安排学校建设用地80亩，计划建成一所高标准的双语类学校，更好地满足全县人民群众对优质教育的需求，目前该项目已开工建设。同时，各校通过实施校舍安全、薄弱学校改造、“数字校园”“班班通”等教育技术装备提升工程，全力推进学校标准化建设和教育信息现代化建设，着力改善义务教育阶段学校校舍建设、宽带网络、图书仪器、大灶设备等教育基础设施，基本实现了全县中小学宽带网络全覆盖，各学校教学楼、宿舍楼、食堂和体育运动场、校医室、心理咨询室、图书阅览室、信息技术教室等实现“校舍同质、设施同配”的目标，完全达到“一人一桌”“一人一床”及“班班通”多媒体全覆盖的基本办学条件。由于措施得力，农牧村学校面貌和办学条件发生了翻天覆地的变化。二是大力实施校园信息化提升工程，天津市河西区投资促进局帮扶我县教育信息化建设50万元，已建成卓尼县教育系统“教育云”平台及纳浪九年制学校、尼巴中心学校便携式移动录播系统，有力提升了学校信息化教育水平。

（二）加快装备达标，补齐仪器设备短板。紧扣《义务教育、幼儿园教学设备标准》配齐教学设备，2016年以来，教育装备累计投入1718.7万元，设备购置共覆盖项目学校46所。完成了天津对口帮扶13所幼儿园设备采购项目，按期配置到位。先后对标准化网上巡考系统进行了升级改造，购置了标准化考点监控系统，有力保证了试卷安全和考试安全。完成了2017年幼儿园玩具等省级集中采购项目配发工作，为全县48所幼儿园进行了统筹配发，提升了农牧村学校与学前教育办学水平。

五、强化队伍建设，教育均衡实现新发展

（一）倾斜双语教育，补短补弱补缺。加大对农牧村双语学校的扶持力度，针对双语学校在管理、教学中的薄弱环节及专业教师紧缺、工作学习环境艰苦、基础条件薄弱、留不住好老师等突出问题，补短板、补弱项、补缺口、采取专项扶助、定点支教、轮岗交流、整顿提升等多种措施，缩小了农牧村双语学校与普通学校的差距。一是优先考虑师资，优先定单式招考录用。二是加强音、体、美等学科的特色课程学习平台建设，注重学校办学特色与学生能力培养，每年组织专业教师深入乡镇学校指导社团和实践活动。三是每年分批次组织开展双语名师论坛、远程教学、同课异构、网络评课等远程网络研修活动。四是每年分批次组织开展幼儿园园长、中小学校长及各级各类学校教师、教学骨干专项培训，加大教师培养力度。五是利用“国培”平台，选送双语教师参加省级普通话及学科培训，提升了双语教师的教学水平。

（二）*强化师德建设，铸造师表形象。*围绕立德树人根本任务，培育和践行社会主义核心价值观，结合全县各学校工作实际，扎实组织开展了“立师德铸师魂”师德师风主题教育活动，教科局成立10个工作督查组，赴各学校、幼儿园开展了“开学第一讲”“开学第一课”活动，各学校结合学校实际开展了形式多样、内容丰富的“立师德铸师魂”师德主题教育活动，激发教职工的责任意识和担当精神，有效提升了教师的职业道德素养。

（三）*加强轮岗交流，增强队伍活力。*县政府建立了中小学教师补充长效机制，通过招聘特岗教师、三支一扶教师和教师轮岗交流以及实施“三区”支教计划等方式，科学合理地充实教师队伍。2016 年至 2019 年共选派 799 名校长、教师进行了城乡、乡村、校际之间的轮岗交流，中心校积极组织音体美等紧缺学科教师到村小和教学点开展走教活动，校长、教师交流轮岗覆盖面不断扩大。在教师分配中重点考虑双语学校、乡镇寄宿制学校和农牧村薄弱学校，按照学校实际需要充实相应的师资力量，教师紧缺问题得到有效缓解，为开足开齐课程、提高教育教学质量奠定了良好的基础。

（四）*重视教师培训，筑牢专业基石。*建立了以“国培”为引领、“省培”州级培训为抓手、县级培训为主体、校本培训和网络研修为核心的复合式教师全员培养培训体系，注重提高校长、教师的业务素质。按照比例足额拨付教师培训经费，进一步健全完善激励、考核和评价机制，组织实施名师、名校长、骨干教师培养工程，不断加大教师培养力度。通过组织教师到天津等地学习，创新课堂教学模式，认真开展“送教下乡”、名师传帮带“1+1”“送出去、请进来”、结对帮扶等活动，培养了一批教育理念新、政治素质硬、业务水平高的专业化教师队伍。

（五）*强化人本关怀，激发工作动力。*县委、县政府坚持编制标准、工资待遇、职称评聘和评优选先优先向农牧村学校和教师倾斜，大力改善农牧村学校教师工作生活条件。2016 年至 2019 年有 3354 人享受了乡村教师生活补助，共发放补助资金 1410.29 万元；有 2768 人享受了班主任岗位津贴，共发放资金 676.5 万元。2019 年将乡村教师生活补助由原来的 300 元提高到每月 400 元，班主任岗位津贴由原来的 200 元提高到每月 300 元。投资 1735.67 万元实施了农牧村教师周转房工程，提升待遇保障能力。全面落实乡村教师生活补助政策，极大地激发了广大教师献身农牧村教育的工作热情，确保了教师队伍的稳定。如今，投身教育，终身学习，无私奉献，争做名师已成为全县广大教师的自觉追求。

几年来，在县委、县政府的坚强领导下，卓尼县教育事业取得了巨大成就，今后，在实现卓尼教育优质发展、办好人民满意教育、实现教育现代化的征途上，卓尼县教育人将不忘初心，牢记使命，谱写兴学重教的辉煌华章。

江苏省苏州第一中学校校长唐敏

承教育之文脉　扬书院之精神

唐敏近照

链接：唐敏，男，教授级正高级职称，江苏省特级教师，现任江苏省苏州第一中学校校长。系全国高考命题专家组成员、江苏省高考命题专家组成员，江苏省 333 第三层次人才培养对象、长三角化学学科专家，苏州教育领军人才、苏州市五一劳动奖状获得者、苏州市教科研先进个人、苏州市化学学科带头人。兼任江苏省乡村骨干教师培育站中学化学主持人、苏州大学化学教育硕士指导教师、苏州大学材化部硕士培育站主持人、苏州市化学名师共同体主持人。获得国家级教学成果奖，主持或参与完成省级教科研课题 4 项、市级 4 项，发表论文 50 余篇，出版专著 2 本。

作为承袭书院办学文化的江苏省苏州第一中学校（以下简称苏州一中），是一所以建校历史悠久、学生素质全面、办学效益卓著、校友英才辈出而蜚声遐迩的名校，也是教育家叶圣陶先生的母校，现为国家级示范高中、江苏省四星级学校。学校深谙书院文化的精髓，秉承“自加压力，自主发展”的办学精神，以“正谊明道”为校训，以培养“基础扎实、素质全面、身心和谐、习惯良好的现代栋梁之材”为育人目标，像做科研一样办教育，在传承与创新、反思与突破中不断攀登教育新高。

一、从书院到新学：追溯苏州一中文化根脉

苏州，历来是读书研学之地。1805 年，苏州一些具有开明思想的地方官员为了改变治学风气、教育风气，培养对朝廷有用的人才，由两江总督铁保和江苏巡抚汪志伊在沧浪亭北面的可园创办正谊书院，其办学宗旨是“以培养士气，正人心”。从 1805 年到 1902 年，正谊书院不到一百年的时间，共经历了 18 位掌院人，皆为名仕鸿儒。在江南的书院中，正谊书院以倡导西学、注重教育手段的革新而为人瞩目，在全国都享有盛名。1832 年（道光十二年），道光皇帝御赐金匾“正谊明道”，以表彰正谊书院的办学功绩。1907 年，通过苏州士绅筹款，在正谊书院基础上，创办了苏州第一所公立学堂——苏州公立第一中学堂。之后，经历时代变迁，在 1952 年 8 月，成立“苏州市第一中学”。2016 年 4 月，经江苏省人民政府批准，苏州

唐敏与年轻老师在一起

市第一中学更名为江苏省苏州第一中学校。

正谊明道，出自汉代大学者董仲舒“正其谊（义）不计其利，明其道不计其功”，意思是：只要是符合正义的、道义的、规律的事情，我们都要不遗余力地去做。作为一直沿袭的校训，“正谊明道”清晰地表达了和表明了教育者要昭示科学与真理的使命以及为了教育理想前赴后继的决心。纵观“双百书院”的办学历程，可以说是反映中国近代教育、映射文化传统的鲜活写照。

二、传承书院文化基因，赋予时代内涵与价值

苏州一中继承书院办学传统和文化精神，以环境赋能、立德树人、课程育人，彰显书院文化之博大精深，同时不断为优秀办学传统注入新生代理念，使之与现代教育之间有机融合。

（一）环境赋能：让校园充溢书院风、民国范

历代书院大多选址在风光秀美的山水之间，注重环境和美育的结合。苏州一中位于苏州古城核心区，布局合理美观，建筑粉墙黛瓦，彰显园林风格、书院风范和民国风采。2013年苏州市财政投资9000多万元进行校园整体改造，并于2015年5月正式投入使用。学校教学楼及教师办公楼建筑面积共13864平方米，体现了浓郁的民国风格与苏式风格的巧妙结合，彰显古老书院风范。校园四季花团锦簇，树木如荫，校友和毕业生捐赠的纪念品添景加彩，镇校之宝“千年紫藤”和有着百年历史的元和县衙散发着浓郁的历史气息，江苏省中小学吴文化课程基地古色古香，STEM课程实践基地科技感十足，整个校园古朴清新，集自然美与艺术美于一体，构成了曲折迂回、步移景换，传统与现代相结合的和谐画面。校园的紫藤是苏州一中的代表，学校借景寓教，以“紫藤”为主题开展了多项丰富多彩的活动，四月的紫藤文化艺术节涵盖了摄影、文学和诗歌朗诵，已经成功举办了四届的“紫藤雅集”更是苏城书画界的盛宴。紫藤下，各界文人、书画家云集，传统文化在这里一幕幕精彩上演，给学生带来了美和文化的双重享受。校园优美的环境和文化底蕴营造了一种良好的学习场，学生生活、学习在其中，时刻感受到环境传递的美学和文化，不仅获得心灵的愉悦、审美的陶冶，更能激发学生的自豪感，获得文化的认同感，提升信心，激发学习的动力。

（二）立德树人：打造全方位、浸润式德育网络

书院之办学宗旨讲求“德业并重，以德为先”，尤其强调道德对育人的作用，强调道德与学问并进，甚至把道德放在了更为重要的位置。苏州一中以习惯教育为抓手、班级特色文化建设为载体、生涯规划为引领，形成了立体化全方位的德育体系。把习惯教育引入学生的日常管理中，德育管理的外化和内化有机结合，通过班级特色文化建设、吴文化基地设立等创设了文化浸润的情感场，创造多元的展示舞台，为学生的成长提供了丰富的精神文化，激发学生的文化自信。通过江苏省首批中小学品格提升工程项目“打造圣陶育人团队”，开发德育课程体系、锻造专业育人队伍，整合多方资源，发挥网络新技术，实现德育工作的全覆盖。由苏州一中率先创立的学生自主管理委员会，依据学生自我发现、自我审视的能力，创设学生自我管理平台，实现从他律走向自律。多维度、多元化的浸润德育模式，从课堂到管理、从课程到活动、从习惯到生涯、从实体校园到社区网络，苏州一中真正做到德育为首，引领全局，学校先后被评为全国中小学德育工作先进集体、江苏省未成年人思想道德建设先进集体、苏州市德育示范学校等，圣陶书院班张文暄同学获评全国优秀共青团员。

（三）课程育人：构建特色化、个性化课程体系

书院文化蕴含丰富的人文内涵。古往今来，书院与书院之间、学者之间、师生之间都可以相互辩论攻诘，即自由为学，允许不同学派的学者自由讲学，进行学术争鸣，兼容并蓄；倡导师生之间、学生之间相互问难论辩，注重启发思维，解决疑难，重视自由独立的学术精神。而这，正是书院精神的核心所在。

结合新时期基础教育的需求，学校勇于尝试，开设圣陶书院班作为书院精神和办学模式的试点。书院班与华中师范大学国家数字化学习工程技术研究中心合作办学，依托大学学科、资源和技术优势，在课程模式、自主学习上进行实践探索。学校为不同兴趣天赋、学习能力的学生开设“自主学习特需课程”探索，在学习时间、学习内容、学习方式上区别对待，通过社团、小组式合作、拓展课程等方式鼓励学生自主研究、发展特长，往上衔接大学先修内容，横向发展思维广度，勇于进行多种尝试。书院班学生在学科竞赛、专利申请、社团活动等各个层面全面发展，取得了令人瞩目的成绩。

同时，本着“质量第一、教为不教”的理念，学校积极拓展第一课堂和第二课堂的空间，将课程改革落到实处。作为第一课堂即知识传播的主阵地，学校致力于研究学科特点，结合学情研究，利用现代化手段提升个性化、精准性教学，切实落实“有效”二字，真正做到减负高效。作为着重培养研究创新能力的第二课堂，学校整合多方资源，努力构建本土化、特色化的校本课程。除了一贯开设的30余门校本选修课和研究性学习之外，利用江苏省吴文化课程基地、STEM课程实践基地等，结合校外资源，以项目学习的方式推进学生第二课堂的实践。第一课堂是基础，第二课堂为补充、延伸、拓展，两者相辅相成，融合共生，动态平衡，共同促进学生的发展。

（四）名师引领：成就科研型、专业化师资队伍

书院在历史上承担着繁荣文化、推动教育发展的作用，往往是当地教育界的一面旗帜。独具匠心的名师、独树一帜的课程、独占鳌头的成绩往往是书院办学的一大特色。作为一所百年名校，苏州一中无论是教育理念、德育管理还是教学课堂，教师都在其中发挥着重要的主导作用。

承袭书院品质，苏州一中在名师引领下，在学校办学理念与目标、领导与管理品质、课程与教学改革、科研与师生发展、家校社区合作互动等领域呈现出区别于其他学校的独特之处。笔者作为江苏省化学特级教师，兼有专家型教师和科研型校长双重身份，在笔者的带领和辐射之下，学校成立名师工作室，形成有制度保障、有细化评价的名师工作室运作模式，逐渐培养起一支由科研型校长领衔、特级教师和学科带头人为骨干、中青年教师为主力、年轻教师崭露头角的专业队伍，无论是教师的学历还是教学技能都在同类学校中位于前列。

正如湖南大学岳麓书院院长、中国书院学会会长朱汉民教授论述的那样：“书院通过培养高级专门人才、创新和传播高深学问，产生了具有典型中国特色的书院精神。这是一种经过千余年的传承与创新而形成的独具特色的文化教育价值取向。”苏州一中，作为具有书院历史渊源的现代学校，秉承传统文化和精神，积极寻求传统与现代办学的有机融合，科研兴校、突破创新，在书院文化的传承和实践中成就历史名校的一次次辉煌！

浙江省杭州市富阳区春江中学校长章建春

课程引航　打造美好教育

美丽校园　摄影：陈学锋

链接：杭州市富阳区春江中学是“富阳中学教育集团”成员单位。学校坚持贯彻“面向全体、全面发展”的办学理念，秉承“进德修业、诚正博雅”的校训，坚持“以质量为中心、向过程要质量、向研究要效率”的工作原则，创设“没有完美的个人，只有完美的团队”的团队文化，把“办一所好学校”作为团队的永恒追求。学校深化以“厚德·博学”为核心的“博雅”课程建设，聚焦课堂教学研究，探索高效生态课堂，逐渐培育出数学、英语、科学、足球等特色学科，教育教学质量稳居全区初中最前列。先后被评为“富阳区绿色学校”“富阳区首批美丽学校”“浙江省健康促进学校”“全国青少年校园足球特色学校”等。

培养什么人，是教育的首要问题。浙江省杭州市富阳区春江中学创办于1965年，是富阳中学教育集团成员学校，坐落在富春江中央的中沙岛上，依山傍水，环境优美，发展至今成为一所现代化中学，秉持“面向全体、全面发展”的办学理念，向着“有爱心、肯负责、宽视野、引未来”的育人目标砥砺前行，是对党的教育方针的极好贯彻。

一、定位 ——“厚德·博学”为核心，春风化雨育新蕾

新时代，在国内外竞争和改革的大背景下，教育呈现出推行素质教育、主张人本主义教育的发展趋势，新时代的教育该何去何从？面对时代之问，学校立足实际，坚持贯彻“两全”教育的办学理念，即关注全体学生，让每个学生学有所得、学有所长；注重全面发展，为每个学生的发展打下坚实的基础。

学校积极响应“全面深化课程改革、落实立德树人根本任务”的号召，从2008年由富阳中学托管至今一直秉承“进德修业、诚正博雅”的校训：“诚”，即诚实求真、光明磊落；“正”，即堂堂正正、是非分明；“博”，即追求广闻博见、宽容无私；“雅”，即涵养崇高气象、儒雅教养。其中，核心思想是“厚德 · 博学”。

为此，学校引用苏轼“博观而约取，厚积而薄发”的名句作为课程理念，希望学生通过多元化、全面及个性化发展的课程资源的学习，具备广见博识，大有可为。

二、设置——“厚德”+“博学”+“致雅”，博才雅致，多元选择

（一）课程设计：构建以“厚德 · 博学 · 致雅”为核心的“博雅”课程

课程是什么？课程就是为学生铺设幸福前行的跑道。学校的“博雅”课程由基础型课程和拓展型课程两部分组成，并分解、融入“厚德”“博学”“致雅”三大课程板块，一一围绕三种核心素养课程开设：“厚德”对应“公民教育、爱国主义、国际视野”，围绕“社会责任、国家认同、国际理解”三种核心素养展开；“博学”对应“语言表达、数理信息、综合实践”，围绕“学会学习、实践创新、科学精神”三种核心素养展开；“致雅”对应“运动健康、艺术审美、人文修养”，围绕“人文底蕴、审美情趣、身心健康”三种核心素养展开。

学校的基础型课程主要包括语文、数学、思想品德、体育、音乐等学科课程，进行了校本化实施，像数学、英语实行分层“走班”教学；体育男女生分班教学；初三科学实行分科教学，力图解决科学学科“无体系、难复习”的难题。

春江中学啦啦操队区级比赛获得金奖　摄影：陈学锋

学校获评全国青少年校园足球特色学校，图为"夺球"瞬间　摄影：陈学锋

学校的拓展型课程包括知识拓展类、体艺特长类、实践活动类三类课程，已开设健美操、陶笛、日常日语、英语小剧本、中国象棋、篮球、足球等多门拓展型选修课程。

（二）课程实施：满足学生各方面的需求

学校对"博雅"课程的实施时间采取了"三结合"的形式：固定＋机动、长课＋短课、拓展课程＋国家／地方＋校本课程，进行统筹安排，像每周三下午是固定的全校拓展型选修课程（社团活动时间）教学时间，每个年级 2 课时；机动时间为每学期外出考察、社会实践活动等活动时间，根据需要临时安排调整；基础型课程采用标准课时间（每节 40 分钟），拓展型课程采用长课（80 分钟）的形式；语文、数学、科学部分课时与拓展课程相整合，思品、历史与社会与地方课程相整合，采用主题活动的形式实施教学。

（三）课程评价：强调过程性评价，实施多元评价

"博雅"课程关注的焦点是学生的核心素养，实施"评价不仅要关注学生的学业成绩，更要发现和发展学生多方面的潜能"，所以从相应主题进行评价，采用系统、动态的过程性评价，实施多元评价，并依据课程内容及目标选择更合理、更能客观反映学生学习成效的评价手段，如调查问卷、观察记录等，还利用网站、宣传橱窗、校报及各类活动为学生提供多样化的展示平台，以展示评价成果。

三、成果——让教育充满温度，用课程点亮梦想

一路走来，在全校师生的共同努力下，学校的"博雅"课程培育出校园足球等特色学科：校健美队获 2016 年富阳区初中组健美操比赛一等奖，并获浙江省第 5 名；男、女篮球队均获前 5 名；从 2017 年起，校足球队连续 3 届在富阳区初中生足球比赛中，男女队均获冠军，代表富阳参加"杭州市长杯"足球比赛分获第 2、第 3 名；学校先后被认定为浙江省、全国青少年校园足球特色学校，2020 年第 6 批亚运足球梦想学校……

教学质量一路飙升，数学、英语、科学等学科质量指数及综合指数一直位居全区初中前三。

新时代，新教育，新使命。学校以"博雅"课程为抓手，探寻素质教育的真谛，成功地孕育了学生创新潜能的自然生长，让每一个学生体验自信与成功。

浙江省天台县职业中等专业学校周才前

坚守教育情怀　开拓非遗传承追梦之路

学校舞狮项目获全国锦标赛第七名

非物质文化遗产是各族人民世代相承、与群众生活紧密联系的各种传统文化表现形式和文化空间，是中华优秀传统文化的重要组成部分，是价值巨大的文化资源。但是，随着社会经济的快速发展，在全球化和现代化进程不断加深的背景下，非物质文化遗产受到的冲击越来越大。许多传统文化技艺濒临消亡，由此非物质文化遗产的保护、传承、发展和研究显得尤为重要。

"让收藏在博物馆里的文物、陈列在广阔大地上的遗产、书写在古籍里的文字都活起来"，习近平总书记关于传承和弘扬历史文化的重要论述，为我们在文化遗产的保护、传统文化的挖掘、地方优秀文化的传播等众多方面提供了基本遵循和实践路径。天台职业中专是台州市非物质文化遗产传承教学基地，拥有丰富的非物质文化遗产资源，学校和合德育文化列为浙江省中职德育品牌，剪纸、舞狮、蜡染、漆艺等非遗传承项目积淀深厚，在社会上具有广泛的影响力。但是，在文化多元和学校办学规模扩张的背景下，当前传承非物质文化遗产面临诸多困难，主要表现在：学校用房紧张，腾不出更多的空间提供非遗项目以活动舞台；资金投入不足和超负荷

左图为浙江省首席技能大师庞军平为“中本一体化”专业上课；右上图为剪纸传承人陈娅红参加省深化“千万工程”建设新时代美丽乡村现场会展示；右下图为蜡染传承人桂倩倩传授技艺

工作量，无法让传承人安心创作；在艺术产业化的冲击下，传统手工艺产出效能偏低，新人学艺积极性不高，等等。为解决上述困境，自“不忘初心、牢记使命”主题教育工作一开始，党委就把非遗传承列为克难攻坚项目，立足本校实际，在氛围营造、专业融合、做强队伍、内外联合等方面积极探索，坚守教育情怀，进一步开拓非遗传承追梦之路。

一、统一思想认识，推动部署落实

进一步加强校级领导班子对非遗文化的传承发展工作的重视程度，每次党委理论中心组学习会都专题研究此项工作，共同树立“和·传承”理念，提高做好非遗传承工作的自觉性，形成强大的工作合力。分别召开师生座谈会，充分听取各方意见和建议，共收集相关建议9项，学校逐一分解落实。把非遗传承列入校本课程，每周开设，融入相关专业发展之中，既提高了学生对传承的认知，又将技艺传授给学生。同时适当减少传承人的课时量，让他们有时间、有精力投入到非遗文化传承中去。学校还多次召开班子会议，制定非遗“扩容”规划和资金使用计划，在有限的生均经费中安排专项资金增添设备，近期学校为舞狮队添置了部分狮子表演的道具，使舞狮队狮子规模由4只增至9只，鼓乐、舞狮凳也是从无到有，阵容逐步壮大。

二、坚守传承使命，引领专业发展

在党委强化政治理论学习的引领下，传承人坚守教育情怀，常常利用休息时间进行非遗文化学习、培训、练习，全身心投入到非遗传承中去。陈娅红老师担任总务处主任，白天要担负繁忙的后勤工作，只能抽取晚上休息时间献给剪纸事业，她善于总结经验，创新出设计、画稿、打样、技艺的独特方法，所创作品成为中外文化交流的佳作；袁秋霞老师担任就业处副主任和天台县中职兼职教研员，工作很忙，但为了不影响“舞狮人”的学业，利用每天中午、下午放学时间带领徒弟们克服场地紧缺的困难，在一楼大厅钻研舞艺、训练舞技，路过的师生们都被他们的匠心精神所折服。袁老师还带领舞狮队走进平桥三吴村等农村文化礼堂，无偿推广展示成果，给人民群众带去精神大餐。非遗传承人的使命担当，正是职业中专“和合校园·匠心筑梦”党建的具体践行，更是“不忘初心、牢记使命”主题教育成效的生动体现。

三、重视师资建设，激发学生兴趣

天台县职业中等专业学校十分重视对非遗传承领头雁的培训，为带头人创造高水平培训条件。为引领专业发展，促进非遗传承，党委每月举行非遗传承的匠梦讲坛活动和匠心先锋推介活动，由传承人向师生讲述自身的匠梦故事，例如学校为传承人陈娅红、袁秋霞、庞军平制作先锋人物特刊3期，供全校师生学习借鉴，传承人桂倩倩作了《立足本土文化资源优势，推动非遗文化传承》的报告，传达了非遗传承人的心声，效果显著。学校积极解读浙江省“中本一体化”政策，依托庞军平老师的“浙江省工艺美术首席技师大师工作室”平台，开设工艺美术民间手工艺方向的中本一体化班，面向全省招生，培养漆艺非遗专业人才。同时近几年，天台县职业中等专业学校招生规模不断扩大，用房极具紧张，但是，学校还是挤出房间，设立“剪之”“吾染”“群英”等名师工作室，帮助组建非遗传承项目组团队，激励教师“学艺”。开发校本教材、开设选修课程、开设学生社团、开展社团活动，寓教于乐培养学生兴趣，感召学生们同走传承路。

四、寻求校企合作，创建研学基地

求木之长者，必固其根本；欲流之远者，必浚其泉源。要想更好地保护和传承“非遗”文化，就需要让 “非遗”项目走出去，它有助于向外展示职业中专的学校形象和文化底蕴，同时让群众近距离感受非物质文化遗产中孕育的传统文化，营造人人尊重保护祖先文化的良好社会生态。因此，我校积极寻求校企合作，优势互补、强强联手、创新推动、不断发展。学校与天台宗教艺术研究所合作，利用干漆夹纻技术，进行佛像雕刻漆艺加工。创造条件推动非遗走进社区、走进乡村文化礼堂，创建研学基地，将非遗传承与研学旅行有机结合、与美丽乡村有机结合，如在中国历史文化名村张思村古民居四合院益华楼设立天台职业中专非遗体验中心，在天台县旅游集散中心设立天台县和合文化创意创客中心，深度参与石梁国家级研学基地建设。

通过传承人和学校的共同努力，成果丰硕。2019年10月，“剪之”工作室的陈娅红老师凭借着她那活灵活现的“和合剪纸”荣获浙江省百名“女红巧手”称号。袁秋霞老师带领的舞狮队获浙江省舞狮一等奖，共有三个参赛项目取得全国三等奖，并获全国团体总分第七名的好成绩。庞军平老师的浙江省首席技能大师工作室（工艺美术漆艺）被评为省优秀工作室。2019年11月8日，在天台召开的浙江省深化“千万工程”、建设新时代美丽乡村现场会上，我校剪纸、蜡染、漆艺等非遗项目融入文化历史古村、做实与民俗文化结合的经验，得到省委省政府多位领导的高度肯定。学校也被命名为全国传统文化基地校。

在非遗传承中，天台职业中专坚持传统文化的创造性转化和创新性发展，让师生既抱得住梦想，又记得住乡愁，努力行走在“和·传承”的追梦路上，并以开放的姿态与社会各界一起，把非物质文化遗产的传承发扬光大。

浙江省长兴县职业技术教育中心学校姚新明、司汉生

坚持改革创新 打造职教品牌

2018 年，长兴职教中心承办了全国小组合作学习现场会暨校长高峰论坛

自 2000 年建校起，打造全国一流品牌职校是我们矢志不渝的追求。何谓品牌学校？在我们看来，品牌学校应该具备三个基本特征：一是卓越的育人质量，二是鲜明的办学特色，三是良好的社会声誉。当然，我们深知，品牌学校的创建，不是一朝一夕的事，更不可能一蹴而就。因此，我们提出了“一年一小步，三年一跨步”的发展思路，稳扎稳打，不断提升。2004 年，学校入选教育部重新认定的首批国家级重点中等职业学校；2005 年，被评为全国职业教育先进单位； 2013 年通过评估验收，成为 252 所首批国家中职教育改革发展示范校；2017 年，入选首批浙江省中职名校建设单位；2019 年，荣膺全国教育系统先进集体；2020 年，被确定为浙江省中职名校和浙江省首批现代化学校，并入选浙江省高水平中职学校建设单位。

回顾我校的品牌建设之路，可以用一个词来概括，那就是“创新”。本文着重从四个方面来阐述我校在品牌建设上的创新举措。

一、文化品牌：从百叶龙文化到“厚生”文化

学校文化是一所学校的灵魂，具有导向功能、凝聚功能、规范功能。我校是由三校合并而成，学校文化的建设尤为重要。合并之初，我们就建立起了以“一训三风”为核心的学校文化体系，成为引领学校跨越式发展的强大力量。

（一）建立系统完善的学校文化体系

明确学校的校训、校风、教风和学风。

我们的校训是“一身正气、一心求知、一流技能”。要求师生具有健康的身心和高尚的人格，不断学习新知识，掌握新技能，不断提高自身知识水平和专业技能。

我们的校风是“自强、勤奋、合作、文明”。鼓励师生发愤图强，勤奋不懈，努力勇于实践，树立合作意识，培养团队精神，提高文化道德修养，提高文明水平。

我们的教风是“修身、明理、关爱、精业”。要求广大教师不断提高身心健康水平，学会做人，与人为善，坚持以学生为本，用爱育人，勇于改革创新，提高管理能力和课堂教学水平。

我们的学风是“养德、勤学、乐思、精技”。要求学生养成良好的行为习惯，遵纪守法；勤于学习，勇于探索，学以致用；善于思考，大胆质疑；博采众长，精益求精。

（二）百叶龙文化

龙是中华民族的图腾，长兴百叶龙是首批国家级非物质文化遗产，也是长兴的一张文化金名片。我校作为省级非物质文化遗产传承教学基地，是长兴百叶龙最重要的传承教学基地。我们认为，百叶龙所体现的精神代表了我校全体师生的精神。百叶龙本身就是一种创新；龙意味着造福人类不求回报，意涵着一种奉献精神；龙代表图腾，与天相融，志存高远，奋进不止；百叶龙已有 200 多年的历史，虽然有过辉煌，但永不满足，始终执着地追求新的目标。因此，我校进一步凝练了“百叶龙”的精神特质：创新、奉献、奋进、执着。并把“百叶龙”作为学校文化进行学习和弘扬。

为此，学校成立了“百叶龙”艺术团，并在各分校建立百叶龙舞蹈队。组织骨干力量建设《百叶龙》校本课程，并入选湖州市精品课程，还创造了“荷塘龙韵”健身操，在全校推广。

（三）“厚生”文化

随着学校文化建设的推进，我们越来越感受到以“百叶龙”作为学校文化的局限性，经过深入调研和精心设计，我们最终确立了以“厚生”为核心的学校文化体系。

我们倡导的“厚生”，有三层含义。一是“厚报民生”，就是恪守以民为本的价值取向，充分彰显职业教育的本质特征，充分体现职业学校在地方经济与社会发展中的重要地位。二是“厚爱生命”，就是要全面提升学生的身与心、品与学、技能与志趣的水准，并且让他们感受到生命的尊严，享受到创造的欢乐，体悟到事业的神圣。三是厚待学生，就是要关心和爱护每一个学生，公正平等对待每一个学生，让学生体验成长的快乐，享受成功的喜悦。

为了切实落实“厚生”学校文化，长兴县职业技术教育中心学校构建了涵盖厚德、厚文、厚技、厚能和生存、生活、生命、生态的学校文化架构，并使之与学校的选择性课程体系和学生核心素养培养有机融合。

二、管理品牌：从标准化管理到现代学校治理体系建设

由于生源质量较差，中职学校的教育教学尤其是学生管理一直是中职学校一大难题，我们从行为规范的培养入手，逐步建立和完善管理体制，不断提升管理水平。

（一）准军事化管理。建校之初，根据生源质量较差、学生行为习惯存在偏差、学校管理制度尚未健全等实际情况，学校以军训为切入点，实施准军事化管理，从学生一日常规和住校生内务管理入手，培养学讲卫生、守纪、守时、团结、文明等良好习惯，使学校的教育教学管理很快走上了正轨。

（二）ISO9001-2000 标准化管理。2004 年起，为了健全管理制度，确立育人标准，提升教学质量，学校在全省中职学校率先导入 ISO9001-2000 质量管理体系，制定了学校《质量手册》，健全了各项管理制度，学校发展驶上快车道。

（三）7S 精细化管理。2009 年起，学校倡导精细化管理，根据学校实际，提出全面落实 7S 管理——整理（sort）、整顿（straighten）、清扫（sweep）、清洁（sanjtary）、节约（save）、素养（sentiment）、安全（safety）。

（四）现代职业学校治理体系建设。2017 年，学校开始全面推进浙江省中职名校建设，逐步形成了一核（党建引领）二驱（文化和队伍建设）三治（学校分治、学生自治、社会共治）四化（规范化、民主化、科学化、精细化），初步构建完成现代职业学校治理体系。

三、德育品牌：从良好行为习惯养成到核心素养培养

我们积极倡导“人人都是德育工作者”的育人理念，从培养学生良好的行为习惯入手，循序渐进，提升学生核心素养。

（一）坚持“四化”德育。建校之初，为了提高学生管理水平，学校创造性实施亲情化、规范化、个性化和社会化“四化”德育，

倡导人人都是德育工作者，全员参与、全方位育人，学生行为习惯和精神面貌焕然一新，引起全省职教同行的广泛关注。

（二）“三化六平台”职业素养培养体系。我们结合用人单位对技能人才的要求，提出了“三化六平台”（推行全员化、全面化、全程化，打造课程、队伍、基地、文化、素质和评价六大平台）职业素养培养体系，培养高素质技能人才。

（三）“四五六”核心素养培养体系。其核心内容是在继续深化丰富“四化”德育内涵的基础上，根据五个分校学生不同的专业特点和培养目标，实施分校文化建设，形成和合、和美、和精、和善、和雅五种具有分校特色的素养特质，通过建设体质达标、身心健康、书香校园、育人载体、德育品牌和工匠培养六大工程，全面提升学生核心素养。形成了道德实践周、寝室德育导师制和“乐助”志愿者等一批有较大影响力的德育品牌。

（四）“三四五”综合素养培养体系。当前，我校正在总结中职名校建设时期的德育工作经验，建立和完善“三全育人”工作机制、推行“四化”教育模式，落实“五育并举”工作措施，全面落实“德技并修、全面发展”的学生综合素养培养目标。

四、教学品牌：从注重效率到发展学生个性

我校一贯坚持“以质量求发展”。我们认为，提高教育质量的根本，是提高课堂教学效率。为此，多年来我们进行了一系列尝试，并最终找到了建设“生态课堂”这一有效途径。

（一）AB班教学。建校之初，由于实训设施设备相对不足，班级人数较多，导致多人共同操作一台机器，课堂效率低下，AB班教学应运而生——把一个班级分成A、B两个班级，轮流上机操作。为了解决因为实行A、B班教学而带来的指导教师不足的问题，我们选拔优秀学生组建“导生班”，担任实训辅导助手，从而提高实训操作课效率。

（二）教室车间化。随着实训条件的不断改善，我们开始实施“教室车间化”改革，就是把教室搬进实训车间，推进项目化教学，实现了“对着机器讲机器”，解决了过去专业技能课理论与实践脱节的问题，专业实训课效率大大提高。

（三）以小组合作学习为核心的“生态课堂”。2011年起，为了改变文化课和专业理论课教学中普遍存在的学生积极性不高、“抬头率”不足的问题，我们开始推行“小组合作学习”，并在此基础上构建“生态课堂”，通过实施班组文化、师训和生训、导学案、课堂流程、课堂评价等五大工程，打造“六有”课堂，培养学生“四会”能力，实现了班级美起来、学生动起来、课堂活起来、效果好起来的建设目标。2018年，我校成功举办全国职业学校小组合作学习课改研讨会，“生态课堂”改革的成果得到全国各地与会嘉宾的高度评价。

品牌学校建设，只有起点，没有终点。当前，我校正在推进浙江省高水平中职学校建设，我们将坚持改革创新，全力打造“学在长兴”的职教品牌。

摄影 / 供图：长兴职教中心

长兴职教中心 2020 年秋季田径运动会开幕式

山东省济南市高新区第一实验学校校长常宝亭

办好特色教育　用教育点亮生命之光

常宝亭近照　摄影：赵克键

链接：常宝亭，男，1967年1月出生，高级教师，中共党员。先后在济南商河五中、商河化肥厂中学、商河二中、商河弘德中学、济南高新区第一实验学校工作，历任教师、班主任、教研组长、总务处主任、教导处主任、副校长、校长等职。先后荣获商河县劳动模范、商河县优秀共产党员、商河县优秀教育工作者、济南市公安三等功、高新区优秀党支部书记、高新区优秀党务工作者、济南市优秀教育工作者等荣誉称号。

路漫漫其修远兮，教育之路从不是一帆风顺。一场突然袭来的新冠肺炎疫情，打乱了数以万计学校的教育计划。如何应对特殊时期的教育要求，在保证学生安全的情况下落实教育进度，成为考验一所学校核心能力的重要标准。山东省济南市高新区第一实验学校，凭借生命教育、生态教育、生长教育、生机教育四大教学模式，在一众学校中脱颖而出，交出了一张满意的答卷。

一、生命教育，以人为本传承教育本质

每一场灾难，都是一堂生命大课，都是一次生命教育，都是一种磨砺、一种考验、一种提升，深深地影响着这个社会和每个人的生活。疫情给我们带来的深刻教训就是要敬畏生命、敬畏自然、敬畏职责、敬畏规矩，每个人都要增强生命意识，做好科学防疫，坚定必胜信心。

让学生从小认识生命、敬畏生命、尊重生命、热爱生命，是生命教育的永恒课题。要让学生明白从34亿年前，微生物统治地球的时代开始，细菌和病毒就遍布每个角落。直到约630万年前，人类的祖先才和大猩猩在进化过程中切实分道扬镳。可见，人类从来就不是仅有的王者，只是生命进化过程中渺小的一个环节。人的生命只有一次，一定要加倍珍惜，不仅要尊重自己的生命，而且要尊重他人的生命，乃至一切动物和植物的生命。活着，不仅仅是为了让自己存在于这个世界上，更重要的是让自己和他人生活得更美好。热爱生命，就是要珍惜美好的青春年华，踏踏实实过好每一天。因此，我们要让学生真切明白生命的价值和意义。做一个有责任有担当的人，才是生命价值的体现！

二、生态教育，环境育人打造教育特色

生态文明建设同每个人都息息相关。建设美丽中国，让天更蓝、山更绿、水更清，需要全社会的共同参与。而要形成共建、共治、共享的格局，就需要社会成员有高度的生态文明意识。学校以“环境育人”为教育特色之一，在生态环境的建设与创造上别出心裁、匠心独运，着力打造生态校园。

我们希望学生能树立科学的环境观，从身边的小事做起，“小手拉大手”，进而影响家庭、社会共同践行低碳环保理念，努力打造绿色环保生态校园。从捕捉学生的需要、捕捉教育的契机、触动情感的心弦入手，开展全员参与的生态文明环保教育体验活动。

三、生长教育，恪守健康促进健全人生

“教育是生长”的教育主张，让我们认识到生长是教育对象——学生的自主生长。生长就是目的，在生长之外别无目的。这种生长，既有学生身体的生长，也有学生心智的生长。要让教育回归教育的中心——学生上来，既对学生的身体生长负责，也对学生的心智生长负责，进而促进学生自主发展。

良好的校园环境可以陶冶学生的情操、净化学生的心灵，对学生各方面的健康成长都非常重要。因此，在校园人文环境建设中，教师应从培养学生的自主能力入手，将学生融于良好的人文和学习氛围之中，促进他们身心健康发展，引导他们逐步形成正确的人生观和世界观。改变单一的说教式德育，让学生在活动与游戏中不断体验、感知、感悟人生，并由此引发内心世界的价值冲突，实现知、情、意、行的协调统一，生成健全的人格。

四、生机教育，多元发展促成个性成长

多元发展，助推学生个性成长。课程的独特价值就在于尊重每个学生不一样的成长方式，学校要尽可能为每个学生开辟多元发展的平台，让他们寻找灵性的阳光。基于此，学校提供了多元课程，满足不同层次学生的需要，让会飞的学生飞得更高，让会跑的学生跑得更快，让会走的学生走得更稳。

人的本能是多元的，发展也是多元的。办多元的教育，培养多元的教师，让每个学生找到自信，快乐地走向未来，走向成功！由此可见，生机的教育是盎然的教育，生机的教育是充满活力的教育，生机的教育是培养学生求真、臻善、至美的教育！

一场疫情成为很多人人生的拐点，学生在此期间受到的影响大小，是与学校教育息息相关的。扛起责任，坚守底线，深挖教育本身，诠释教育真谛，山东省济南市高新区第一实验学校在这条路上努力着，奋斗着。病毒终将逝去，黎明定会到来！

学校大门　摄影：赵克键

广东省珠海市第二中学党委书记、校长尹祖荣

以"文化养人" 培养有高度责任感的人

尹祖荣近照 摄影：刘安峰

链接： 尹祖荣，男，1962年9月出生，湖北仙桃人，硕士研究生，中学数学高级教师，湖北省特级教师，中共党员。现任珠海市第二中学党委书记、校长。系珠海市特级校长，南粤优秀教育工作者，华南师范大学公共管理学院硕士生导师，华南师范大学教师教育学部兼职教授，广东省中小学校长培训中心兼职教授，中小学校长培训国家级专家，广东省督学，广东省名校长工作室主持人，珠海市教育学会副会长。受聘为广东省教育学会教育管理专业委员会理事，广东省特级教师协会理事，广东教育督导学会理事，广东省教育评估协会理事。发表数学教育教学和教育管理论文70余篇，主编或参编出版书籍16部。教育科研成果获国家级奖1项，省级奖2项，市级奖3项。

责任感是个体对社会及他人所负的道德、责任的情感，是一个人世界观、人生观、价值观的体现。一个人在生活和工作中有无高度的责任感，是衡量其精神素质高下的最重要指标之一。

广东省珠海市第二中学的办学理念是"以优良的学校文化滋养有高度责任感的人"。这一理念涵盖三个层面：一是个人层面：珍惜生命，珍爱自我，自觉担当，不懈追求；二是社会层面：不忘初心，尽职尽责，和谐共进，行稳致远；三是国家层面：传承文明，服务社会，心系家国，造福人类。学校通过培养有高度责任感的人，从而推进学校高品质发展。

一、培养有高度责任感的学生

当学校肩负培养"高度责任感的人"的办学使命，这意味着我们培养的学生不仅具有扎实的学业素养，而且要具有健全的人格、高尚的品德、强健的体魄及健康的审美情趣等。培养有高度责任感的学生的最终目标指向仍然是全面发展的人。

（一）建设倡导责任感的学生文化

学校明确学生文化建设目标是16个字——"行为规范、文明礼貌、富有抱负、充满自信"。具体目标是"德行上自律、学习上自觉、生活上自理、活动中自信、交往中自强"。"德行上自律"，是指要以德为行，认同基本的道德规范，并内化为基本的道德法则，培养坚定的道德信仰，约束自己的行为。"学习上自觉"，是指不仅要有坚定不移的信念、坚持不懈的毅力、坚强果敢的品质，还要掌握自觉学习的技巧，从细节入手，制订合理的学习目标和学习计划，通过一个个细小的进步保持对学习兴趣和学习能力的提升。"生活上自理"，是指要杜绝依赖心理，处理好日常学习与生活的关系，学会与人为善，学会坚强面对各种压力，学会独立判断、理性思考。"活动中自信"，是指通过各种形式的活动，培养广泛兴趣，发展自我特长，彰显自身个性，勇敢展示自我，收获信心，在自信中健康成长。"交往中自强"，是指要修身自立，不断提升和完善自己。在人际交往中做到不亢不卑，有礼有节，感染他人，积极乐观。

（二）以责任感教育为核心的德育实践

为实现以上目标，学校完善了促进学生全面发展的育人模式，将课程育人、文化育人、活动育人、实践育人、管理育人、协同育人落到实处。

1. 课程育人。课程是育人的载体，课堂是育人的主渠道。学校成立"珠海市第二中学课程委员会"，加强学校课程建设与管理。开发《社会主义核心价值观教育校本课程》《中华优秀传统文化精编（校本课程）》，利用主题班会课、语文阅读课加以落实。制定《珠海市第二中学教师课堂教学中的德育要求》等规章制度，强调教师在课堂教学过程中发挥学科课程的育人功能。强调上好思想政治课，充分发挥思政课教师在学生形成正确的世界观、人生观、价值观，生成高度责任感过程中的关键作用。

2. 文化育人。学校高度重视校园物质文化建设。学校主干道命名为"立德路""立言路""立功路""立身路""树人路"，学校主要楼宇分别命名为"博爱楼""博学楼""博闻楼""博雅楼""明德楼""厚德楼""忠德楼"等，赋予每栋楼以文化意义。学校的文化长廊挂上了哲学家、科学家、军事家以及香山名人的画像和名言锦句的雕刻，让校园充盈着文化气息。学校十分重视班级文化建设，鼓励学生自主设计班训、班歌、班服、班级口号等，统一制作并张贴在班级门口显眼处，增强班级的号召力和凝聚力。学校的校报、校园广播电视台、宣传橱窗等及时宣传党的方针政策、学校纪事、师生中的先进人物事迹，营造良好的文化育人氛围。

3. 活动育人。学校以活动为载体，积极开展校园文化活动，增强学生的品德修养，提升学生的道德责任感。开展中华传统节日、重大节庆日和重要纪念日等主题教育活动，通过主题班会、国旗下讲话等各种形式的文化活动，培养学生的学习责任、文化传承责任和家国责任。开展丰富多彩的学生社团活动和文体活动，举办心理健康周活动，引导学生保持身心健康；举办科技节，普及科学常识，提升学生的科学素养；举办体育艺术节、运动会、辩论赛、校园歌手大赛，提高学生身体素质和综合素质。加强榜样教育，开展"校园之星""校园形象大使"和"感动二中校园人物"等评选活动，诠释责任、解读真善美，引导学生追求卓越。

4. 实践育人。学校重视劳动教育蕴含的德育功能。组织学生参加学农活动，让学生了解国情、了解民生，体会到收获果实的不易；学生处、校团委在学雷锋纪念日、中国共产党建党纪念日等，组织学生去敬老院、公园等处做义工，让学生感受责任的意义；在"七七抗战纪念日""九三抗战胜利纪念日"等国家重要纪念日，组织学生去博物馆、烈士陵园等处学习并开展祭奠活动，突出思想政治引领和道德价值引导；寒暑假的研学旅行活动，让学生通过"观世界"来建立自己的世界观。这一系列的实践活动，让学生增长见识、丰富学识，涵育责任意识，使他们明白要想更好承担起对家庭、社会与国家的责任，必须掌握"硬核"本领。

5. 管理育人。培养具有高度责任感的学生，做好管理育人，首先校长要明确新时代德育的主要内容，即理想信念教育、社会主义核心价值观教育、中华优秀传统文化教育、劳动教育和社会实践教育。其次要构建德育网络，形成德育合力。经过多年的实

摄影：刘安峰

践，学校逐步构建了由“三条内线、两条外线、一根主线”组成的德育网络。“三条内线”：一是由各年级、各班级学生干部组成的自我管理、自我教育、自我服务的主体线；二是由学生处、校团委、班主任、年级主任、德育主任、分管副校长组成的教育、引导、督促的主导线；三是由值日领导、纪律卫生管理员和检查员等组成的监督、检查与反馈的主控线。三线配合促成了学生文明习惯的养成，扎实培养学生的责任感。“两条外线”：一是家庭教育，二是通过德育教育基地，发挥社区教育作用。“一根主线”指的是正面教育。通过班级树典型、年级树标兵、学校树榜样活动，大力表彰优秀学生和具有高度责任感的学生，通过弘扬正气培养良好的校风、学风。

6. 协同育人。树立“人人是教育者”“教育者先受教育”的全教育观，通过各种途径，加大宣传力度，引导家长和社会明确各自的教育职责。积极举办各种家校联系活动，每个年级均成立家长委员会，定期组织教育教学开放日活动，打开校门办学，欢迎社会各界人士关心学校、走进学校，为学校的发展建言献策，为学生的健康成长贡献智慧。学校组建了“家长课堂”，引导家长注重家庭建设，营造良好的家庭氛围。在家长委员会以及家长课堂、家长会、家访等活动中，唤醒并强化家长的“第一教育主体”责任意识，引导家长更新教育理念，交流教育心得，分享教育智慧，共育有高度责任感的孩子。

另外，我校完善了德育序列化实施方案，将以上六大育人方式与德育序列化方案对接起来，使德育实践落细落小落实。

二、建设有高度责任感的教师队伍

当代教师面临的三项主要责任，即岗位责任、社会责任、国家责任。这就要求教师在每天所做的极其平凡的工作之中，始终牢记为学生负责，为家庭负责，为集体负责，为社会负责，为国家负责，为人类的今天和未来负责。因此，当教师每天严格遵守职业道德、模范履行岗位职责的时候，也正是在自觉履行着自己应尽的责任的时候。新时代，摈弃喧哗和浮躁，坚守一名人民教师教书育人的基本责任，体现的是一名有高度责任感的人民教师应有的精神状态和价值追求。具体来讲，做有高度责任感的教师，就是要努力追求“四个坚守”，即坚守信念、坚守责任、坚守淡泊、坚守敬业，在工作中积极发扬“四种精神”，即刻苦钻研的探索精神、爱生如子的园丁精神、不甘落后的进取精神、不计得失的奉献精神。自觉把人生价值追求与国家、人类的需求结合起来，将人生追求奠基于坚定的信仰、信念之上，让敬业精神升华为人生乐趣，让责任感成为人生的修养品质。因此，我校教师文化建设目标是关爱学生、爱岗敬业、积极向上、和谐合作。

学校认为，建设有高度责任感的教师队伍，首先要把教师作为学校发展的决定性要素，强调尊重教师、依靠教师、发展教师，实现学校发展与教师个人成长的有机统一。一是要发展教师。给教师充分的成长空间，使他们“人人有事干、处处有舞台、时时有进步”。二是要善待教师。制定规章制度要从“方”，做到严格决策，科学民主决策；执行规章制度应从“圆”，做到有情操作，不以处分和制裁教师为目的。三是要依靠教师。创造条件让教职工参与学校的民主管理。四是要关心教师。关心他们的疾苦，理解他们的难处，尊重他们的需要，让校园成为全体师生的精神家园。就“激励”来说，我们认为教师是高尚的精神生产者，但是对教师物质激励也是必不可少的，不能只限于物质激励，要有超越性，比如注重价值激励、目标激励、民主激励、榜样激励、情感激励等。

三、构建有高度责任感的管理团队

有高度责任感的学校管理团队应该具备“身体力行、作风民主、办事公道、实事求是”的优良品格。团队的每一位成员应拥有以下特征：一是忠业者，忠诚于党和人民的教育事业，自觉贯彻党的教育方针，始终把立德树人作为教育的根本任务来抓，把培养学生社会责任感、创新精神和实践能力贯穿到教育全过程；二是敬业者，对工作具有很强的岗位意识、责任意识、自觉意识，有较强的行政执行力；三是专业者，能自觉主动学习，不断提高业务能力，专业水平受到教师和同行认可；四是创业者，能勤于学习，善于思考，勇于创新，敢于实践，有较为丰富的教育智慧，每学期能创新一项管理措施和制度；五是乐业者，有平和的心态，善于调节情绪，能在紧张的工作中寻找自我价值的实现，在充满教育成就感的工作中获得精神生活的满足。

在学校管理中，校长的职责是什么？我们总结了 15 个字：出思路、用干部、搞协调、担责任、勤学习。其中，“担责任”指的就是要做到有功劳不伸手，有苦劳不计较，有疲劳不抱怨，更要做到有责任敢于承担，有批评主动揽过，有过错敢于挑担。

在长期实践中，我校确立了学校文化管理目标：以文化引领、靠制度管理、凭激励驱动、重人文关怀。在探索管理文化建设途径方面，学校的做法包括：一是确立管理理念，加强价值引领；二是加强队伍建设，提高管理水平；三是明确岗位职责，树立责任意识；四是完善“345 主体性管理模式”，实现文化管理和科学管理“两条腿”走路。

其中，科学管理的关键是致力于创新一种能让每一位教职工“释放主体潜能，抉择自我价值”的责任管理体制和运行机制。在管理体制上，我校实行“条块结合，以块为主”的主体性网络管理模式，使年级组从单一的“基层执行管理”提升为综合型的“基层行政管理”，从而形成“大事有商量，线线有落实，块块有创新，事事有人管”的良好局面。在学校管理的运行机制上，应构建以目标机制、约束机制、动力机制为主要内容的运行体系。其中，构建科学的动力机制是学校管理工作的重点，我校动力机制上实行“三制一包”，三制是指目标责任制、绩效奖励制、末位反思制；一包是总体责任承包。动力机制的核心是激励机制和竞争机制。一方面，可以以分配制度的改革为突破口，建立“干多干少不一样，干好干差不一样，贡献大小不一样”的激励机制；另一方面，以人事制度改革为重点，实施以“领导干部竞争上岗制、连带责任制和教师聘任制”为主要内容的竞争机制。

在学校管理模式上，我校实行“345 主体性管理模式”，3 是指决策系统、执行系统、监督系统三个系统；4 是指学生管理、教学科研、总务后勤、行政事务四条线；5 是指三个年级和行管教辅、离退休五个条块。每个主体责权明确，保障学校管理走向科学化。

广东省云浮市田家炳学校校长叶丽萍

学校家庭合作　提升德育效能

——关于家校合作新模式的实践与研究

叶丽萍近照　摄影：冯靖文

链接：叶丽萍，中学历史高级教师，中共党员。现任云浮市田家炳学校党委书记、校长。主持过多个国家省市级以上课题，发表过多篇国家级论文并获奖，参加市区级以上公开课多次获一等奖。连续多年被评为“优秀教师”“优秀班主任”“优秀校长”“优秀共产党员”“优秀德育工作者”“创文工作先进个人”。

云浮市田家炳学校先后被授予云浮市云城区“德育工作先进单位”“德育示范学校”“文明学校”“教学先进单位”；广东省“依法治校示范学校”“毒品预防教育示范学校”“体育传统项目学校（篮球）”“绿色学校”“健康促进学校”“艺术教育特色学校”；“全国群众体育先进单位”“全国体育工作示范单位”“全国国防教育特色学校”等荣誉称号。

提高家校合作成效的实践与研究，是拓宽学校德育工作的重要渠道，在影响学生成长的各种因素中，家庭教育和学校教育是两个最重要的环节，拓宽家庭和学校的沟通途径，形成有效教育合力，对学生的健康发展非常必要。为了加强学校民主管理，实现学校、家庭、社会共同教育学生的目的，广东省云浮市田家炳学校遵循教育规律，建立了“家校教育共同体”，通过多种形式加强家校教育指导，促进学校教育教学工作的顺利开展。

一、家校合作的含义及其研究意义和目的

家校合作是指对学生最具影响的两个社会结构——家庭和学校形成合力对学生进行教育，使学校在教育学生时能得到家庭的支持，而家长在教育子女时也能得到来自学校方面的指导，家长参与学校教育，学校指导家庭教育，相互配合、相互支持的双向活动。学校教育和家庭教育都有各自的局限性，从某种意义上说，这些局限依靠其单方面力量是难以克服的。若双方可以充分发挥家庭学校教育的各自优势，相互利用、相互补正、相互促进，就能形成一股强大的教育力量，儿童在这样的社会环境氛围下才能实现和谐全面的发展，这也是家校合作的意义所在。提高家长与教师的合作意识，拓宽家校沟通的渠道，延伸家校合作的有效途径，使家校合作的方法更多元，创造良好的学习和育人环境，优化家校双方的教育，并且在相互磨合、相互交流中形成合力，促进学生的健康成长，这是我们研究的最终目的。

二、家校合作新模式的实践与研究

2016 年中，云浮市田家炳学校从一所完全中学转制成为九年一贯制学校。由于学校地处市区中心，门口又是交通主干道，上下班时段交通拥堵，尽管中学与小学实行错峰放学，但是如何安全疏散 2000 多名小学生放学，仍旧是学校迫切要解决的问题。为此，学校对小学生放学模式进行了尝试：开学第一天中午放学，让学生家长在学校东西两个大门分别等候，这种尝试导致了校门口交通拥堵 30 分钟。下午学校改变方案，让家长进校园接学生，虽然有效缓解了交通拥堵，但校园内秩序混乱，纸屑、烟头、粗言秽语满天飞，严重影响了初中部正常的教学秩序。随后，学校集中行政人员开会，针对问题制订新方案，经过多次研究后，出台了《校园管理规定》《路队放学管理规定》，对家长进行宣传，与家长达成共识，让家长持卡进校园。随后学校还实施了“家校联动、全员参与、定点接送、有序分流”放学路队管理模式，实行一段时间后，收到的效果是惊人的。家长自觉按黄线停放车辆、自觉佩戴校卡进校园、自觉排队等候，家长志愿者协助学校进行上学、放学的交通管理，校园内学生加上家长共 4000 多人的上下学井然有序，家长素质逐步提高，文明排队、文明用语，放学后的校园看不见一张纸屑……家长的改变不禁引发我的思考：2000 多个学生代表着 2000 多个家庭，学校是否可以探索有效的家校合作新路子，共促教师、孩子、家长成长？家校合作的理论基础在哪里？有哪些可以借鉴的经验与方法？学校和教师需要做什么？怎么做？为此，学校开始了家校合作新模式的实践与研究。

（一）健全家校合作的制度及组织建设

1. 建立组织机构

为确保家校教育合作的工作稳步、有序开展，学校建立由校长牵头，德育处、体卫艺处、教导处、团委、少先队以及部分优秀班主任组成的家校教育工作领导小组，依靠德育工作网络，推动家校合作常规工作的组织实施。

2. 实行家长委员会制度

2018 年，学校组织召开了首届家长委员会成立大会，同时建立校、级、班三个层级家长委员会，并在校内设立家长委员会办公室，成员由本校学生家长代表组成，他们代表全体家长参与学校民主管理，并支持和监督学校做好教育工作。到如今，学校家长委员会始终能与学校保持密切联系，共同研究学校发展和学生教育问题，这个过程让家长了解了学校的情况，更促进了学校各项工作的顺利

家长学校成立揭牌仪式 摄影：潘灿虹

表彰“最美家长志愿者” 摄影：潘灿虹

开展。后续，学校顺利召开了家委会二次会议，共商学校家校合作工作的新发展。

（二）拓展家校合作途径，助推家校合作新发展

学校积极拓宽学校与家长的交流渠道，互通信息，互相协作，形成强大的教育合力，为素质教育的实施，学生的健康成长创造良好的教育平台。

1. 定期召开家长会。学校每学期中期召开家长会。在家长会上，学校领导向家长们介绍学校的办学方向、办学目标和教学改革的成果及举措。班主任会上介绍一些科学的育儿方法，同时请有经验的家长上台交流。教师和家长把孩子在校和在家的表现相互通报，并让学生参与，过程中学生可以亲身感受到教师和家长的关心，从而激发奋发向上自主学习的意识。

2. 开展家校共建活动。家校共建活动是学校与家庭，教师，家长与学生共同参加的活动，通过活动保持家校联动的密切与和谐。近年来，学校家校联动先后开展了丰富的校外活动。

传承爱心，九九重阳敬老情。“百善孝为先。”敬老、爱老是中华民族的传统美德，是我们先辈传承下来的精神财富，是我们国家民族文明进步的表现。重阳节当天，学校师生及家长志愿者代表慰问敬老院，为他们送上健康食品、鲜花和亲手制作的心意卡，现场表演精心准备的节目。学校将人人关爱老人爱心精神广泛传播，让学生们充满爱心和正能量，传承和发扬中华民族的传统美德。

促和谐，亲子欢乐运动会。学校举行低年级的家校联动活动，以“大手交小手”为主题，开展绕障碍接力跑亲子运动会。整个运动会上，大小运动员们表现出自强不息、勇于拼搏、团结协作的精神，为秋天的校园带来了快乐。通过亲子运动会的举办，增强了家长与孩子之间的情感交流，培养了孩子们自强、自信、大胆、勇于竞争、敢于超越的品质。我们相信，有家长们融入的学校教育活动，家长参与的亲子活动，会让孩子们受益更大更多。

名师讲座，家校携手共铸孩子美好明天。家庭教育是学生教育的重要组成部分，是学校教育的前奏和延伸。近年来，学校在德育工作中，以家校结合为重要突破口，在家校联合方面大胆尝试，锐意创新。学校先后组织了“先懂孩子再懂教”“练孩子专注力”“培养孩子学习力”为主题的家教公益大讲堂。每场培训结束后，家长们都认为实效性强，并深受启发。

许好愿，献爱心，家校联动亲子植树活动。劳动最光荣，劳动最快乐！为使孩子们能够积极与环境“对话”，主动参与植树节的相关活动，学校特意在校园开辟了一个亲子生物种植园。每学期举办“许美好愿望，献绿色爱心”为主题的亲子植树活动，学校低年级的家长志愿者联合学校家委会成员和学校领导、教师一起参加活动。让学生亲身体验劳动的乐趣，感受美化环境的意义，增强每个孩子“人与自然和谐共处”的意识，家校联动，齐心协力，为共创和谐平安校园作出了积极贡献。

缅怀革命先烈，争做时代新人。2019 年是新中国成立 70 周年，为铭记英雄烈士，培养学生爱国主义情操，继承中华革命传统美德和弘扬志愿者精神，鼓舞青少年一代为祖国的繁荣发展不懈努力和奋斗，学校认真组织开展了以“缅怀革命先烈，争做时代新人”为主题的实践活动。学生在活动中增强了爱国爱党意识，强化了“为中华崛起而读书”的情怀。

展风采，“父母大讲堂”开讲。为进一步加强学校和家庭、学校与家长之间的密切联系，使家长们更深入地了解学校办学理念、班级情况和孩子在校表现，形成学校、家庭、社会“三位一体”的教育合力，实现家校携手共同培养孩子的目标，学校大胆尝试，开设“父母大讲堂”，活动拉近了家长与教师，家长与孩子之间的距离，给家长和孩子创设了一个相互交流的平台，给家长和教师提供了一次增进了解、互相学习的机会，促进和谐的家校关系。活动的开展不仅丰富了学校的课程资源，而且开阔了学生眼界，也为孩子们多彩的校园生活增添了华丽的一笔。与此同时，家长参与孩子教育的积极性也提高了，大多希望以学校为支点，多开展类似活动，创造更多机会和教师交流，家校携手，共铸孩子美好明天。

树榜样，表彰优秀家长。家长志愿者不计报酬、任劳任怨的大爱精神，为美丽的校园凝聚了一股强大的力量。为了感谢家长对学校工作的支持，进一步加强家校合作，学校每学期评选一批优秀家长，宣传科学的育子之道，让广大学生家长从中汲取营养。学校举行以“最可爱的人”为主题的最美家长志愿者表彰活动，表彰一直默默支持学校教育、辛勤培育子女的家长。

探索建立家长义工制度。招募家长志愿者，开展切合实际、丰富多样的家长志愿活动，调动家长主动参与学校管理和教育教学的积极性，完善家长志愿者组织，让它成为整合家庭、学校和社会三大教育合力的有效依托和抓手。目前学校已成立有 200 多人的家长义工团队，每天至少有几十个家长义工来协助学校开展路队管理工作，家长义工团已然是田家炳学校一道亮丽的风景线。

通过系列活动，学校教师、家长、学生，增进了相互的了解，加深了彼此的感情，调动了三方的积极性，达到了共同成长的目的，学校初步形成了开放的办学格局。

三、有效落实措施，取得明显成效

通过开展家校合作，家长教育理念有了很大转变。目前，学校家长多为外来务工人员，教育观念相对陈旧，对孩子所付出的心力和时间极其有限，教育方式也比较单一。但是，通过近几年家校合作的实施和渗透，家长们多数认识到了并开始关注自身的教育问题，对孩子的陪伴投入以及教育方式方法都有明显的改观。

通过数次家长学校的培训，家长也更多地关注到了孩子的学习过程以及全面发展问题，这是观念上的进步，也是家长素质的进步。

家长与学校配合得更密切更有效。很多家长如今可以做到主动与学校教师联系，并配合学校和教师完成教育孩子的工作，学校依托家校合作新合力，促进学生全面发展的开放办学新局面已经初步成形。下一步，学校还将继续总结经验，更好地促进家校合作新发展。

山西省朔州市第五小学校长殷虎山

课堂新模式推动教育新发展

殷虎山在"六一"表彰大会上致辞 摄影：魏占成

链接：殷虎山，男，大学文化，中小学高级教师，高级政工师，中共党员，现任朔州市第五小学校长。2020 年荣获朔州市劳动竞赛一等功。

我国义务教育阶段新课改从 2001 年开始，至今已走过了 20 年的发展历程。新课改的内容很丰富，学校的课程开设、课程标准、教材开发、教学目标都有了深刻的变化，体现了教育面向现代化、面向世界、面向未来的先进理念，体现了基础教育改革的本质特征。课堂是学校教育教学工作的主阵地，是学生获取知识与提高能力的主渠道。陈宝生部长指出："课程不变，教育就不变，教育不变，学生就不变，课堂是教育发展的核心地带。"同时，陈宝生部长要求，"从现实课堂的问题出发，确定课堂教学改革是教育改革的核心"。

基于上述背景与理念，近年来，我校严格执行国家课程计划，并不断丰富校本特色课程，构建起了以国家规定课程为主体、以校本特色课程和学生社团活动为两翼的"一体两翼"课程体系，并坚定不移地大力实施。与此同时，不断深化课堂教学改革，探索构建一个既符合新课改理念、符合教学规律，又切合本校实际且可操作的校本课堂教学模式，着力打造有趣有效的理想课堂。2011 年末，在北京举行的"新课堂、新教育"高峰论坛上，许多资深教育专家一致认为："没有可以操作的、有效支撑新课改理念的一系列模式，改革成果将得而复失。""没有可以操作的模式，再好的思想、理论都无法实现。"著名教育专家朱永新的发言更是振聋发聩："离开模式，什么都是'浮云'。这时期或者未来时期，教育的核心竞争力取决于你这个学校有没有具有核心竞争力的课堂，有没有具有核心竞争力的课堂经营模式。"

经过三年来的学习、探索、尝试、优化与完善，我校终于构建起"5+1"的课堂教学模式。模式中的"5"是指课堂教学中的"五步"：课堂导入、课堂目标、课堂探究、课堂检测、课堂小结；"1"是指学生课后作业，即教师布置课后作业，学生完成作业，教师批改作业并认真评价作业。

在课堂教学的第一步——课堂导入中，根据小学生的特点，我校的模式要求教师必须不断丰富导入的方式方法与内容，有效激发学生的情感、态度与价值观，包括学习动机、学习兴趣、学习态度，走好课堂教学基础性的第一步。

在课堂教学的第二步——课堂目标中，我校的模式要求教师上课必须呈现或展示课堂教学目标。教学目标必须是三维目标，即知识与技能（一维）、过程与方法（二维）、情感、态度与价值观（三维），缺一不可。三维目标在课堂教学中所要回答与解决的问题是向学生阐明学什么（知识与技能）、如何学（过程与方法）、为什么要学（价值观）、如何学好（情感、态度）。三维目标的定位必须准确、完整，定位依据是课程标准、教材与学情。三维目标导引整个教学过程，整个教学过程必须落实三维目标。我们还提出了这样的口号：没有三维目标的课堂教学，一票否决。

在课堂教学的第三步——课堂探究中，我们的模式不排斥教师的讲授，但要求教师的讲授不能照本宣科，必须做到"三性"：针对性、系统性和开放性。所谓针对性，是指各个突破一维目标中的重点、难点和学生的疑点，体现教学的针对性与有效性。所谓系统性，是指教材的再度开发，教师要系统地建立新知与旧知的联系，再次开发教材资源，引导学生在知新中温故，在温故中知新，构建知识链（知识系统），体现知识的系统性与有效性。所谓开放性，是指教学必须理论联系实际、注重实践。对于小学教学来说，教师尤其要联系人们日常熟悉的生活与生产活动中的实际，引导学生了解世界、认识世界，学会生活、学会劳动，学会学习、学会思考，还要联系学生自身成长的实际，尤其是联系学生德育的实际，引导学生健康成长、勇于实践，构建知识网络，体现知识的开放性与有效性。

在课堂探究中，教师的讲授又必须与学生的学习活动有机结合起来，创设情境，让学生充分"动"起来，围绕目标，自主学习，合作学习，小组讨论，充分展示，变"教师课堂"为"师生课堂"，提高教学效果。课堂教学中要让学生充分"动"起来，而且有效地"动"、高效地"动"。构建"师生课堂"，这又是新课改的一个重要理念，也是区别传统课堂与新课堂的一个重要标志。因此，我们又提出了这样的口号：没有让学生充分"动"起来的课堂教学，一票否决。

殷虎山陪同朔州市政府领导视察校园 摄影：魏占成

在课堂教学的第四步——课堂检测中，我校的模式要求教师根据本节课的教学目标及课堂生成的问题，精选或当堂自编若干道典型的练习题，或采用其他检测方法，组织学生当堂练习，并当堂批改，当堂讲评。课堂检测是检测课堂教学目标达成度与课堂探究效果的有效手段，也是学生展示的一个重要舞台，我校的模式十分强调这一步的落实。

在课堂教学的第五步——课堂小结中，我校的模式要求教师必须回归教学目标，评价教学过程，认真检测本节课教学目标的落实情况即教学目标的达成度，尤其要分析查找教学目标没有完全落实或落实不到位的地方与原因，并及时提出课后补救措施；在评价教学时，教师要对学生在探究过程中的情感与态度、学生的种种表现作出评价，多肯定多表扬，也应有适当的批评与教育。我们认为，课堂小结不是可有可无的环节，精准到位的课堂小结能起到画龙点睛的作用。

我校“5+1”模式中的“1”是指学生的课后作业。课堂小结后，教师要适度布置学生课后作业，学生完成课后作业后，教师及时批改、评价学生的课后作业，这既是教学链中的重要一环，更是落实与巩固课堂教学目标的一个必要手段，古今中外，概莫能外。

我们的模式要求教师必须认真批改学生课后作业。国内外专家们的研究表明，教师对学生课后作业所提供的反馈信息，如果能够做到及时、准确、完善（批改、给分、评价），则作业的效应值能达到 0.83，学生学习成绩可提高 30 个百分点，否则，作业的效应值和学生学习成绩的提高必然大打折扣。因此，我们要求教师对学生的课后作业必须及时批改、全批全改，而且要给分（百分制），并提倡与鼓励教师加评语；对学生作文，一定要加评语，而且作文评语要力求有的放矢，言之有物，言之有理，切忌空谈和千篇一律。

三年来，我校“一体两翼”课程体系的构建以及“5+1”教学模式的推行，有效地提高了学校的教学质量。目前学校的教学成绩位居朔州市直小学的前列，数学、英语等主要学科的成绩更是名列前茅。同时，率先自主开设的创客教育——“智造空间”连续喜获省市各项赛事佳绩，在山西省第 34 届青少年科技创新大赛上，我校有 3 名学生荣获一、二等奖，并获得参加全国比赛的资格。2019 年，我校获得“山西省精神文明校园”称号。2020 年，被评为“全国未成年人思想道德建设先进单位”。

新时代呼唤新教育，新教育呼唤新教改，新教改催生新课堂，新课堂需要新模式。我们的教学改革仍然任重道远，我们的特色办学永远在路上。我们将以“咬定青山不放松”的韧劲，以“功成不必在我，功成必定有我”的坚定信心，以“迎难而上，艰苦奋斗，久久为功，利在长远”的“右玉精神”为引领，坚定不移文化立校，矢志不渝深化教改，脚踏实地创设特色，先行先试创新教学，努力推动我校在实施素质教育的阳光大道上行稳致远，再创新高。

江苏省南京市梅山第二小学校长蔡有进

弘扬“铁石梅花” 讲好校园故事

校园文化图腾——“铁石梅花” 摄影：成婧婷

链接：蔡有进，男，1963 年 8 月出生，汉族，中小学高级教师，中共党员。现任南京市梅山第二小学党支部书记、校长。曾荣获雨花台区先进个人、雨花台区优秀共产党员、雨花台区最美科技工作者、南京市优秀教育工作者、江苏省实施素质教育先进个人等称号。他带领教师长期开展学校特色文化研究，校园文化成为推动学校内涵发展的动力和源泉，形成了“铁石梅花”校园文化特色品牌。学校近年来获得“南京市特色文化建设示范校、南京市智慧校园示范校、南京市数字化校园示范校、南京市先进基层党组织、江苏省平安校园、全国足球特色学校等称号。

党的十九大报告指出：文化是一个国家、一个民族的灵魂。文化兴，国运兴，文化强，民族强。没有高度的文化自信，没有文化的繁荣兴盛，就没有中华民族伟大复兴。学校文化是展现学校魅力和特色的名片，是学校的灵魂和精神支柱，是学校可持续发展的原动力。诞生于梅山铁矿企业的南京市梅山第二小学以“艰苦创业、奋发创新”的企业精神、“像矿石那样发现自己，激发潜能”的矿石素养和“像梅花那样自然生长”的梅花品格为着力点，形成了独具特色的“铁石梅花”文化。学校以“铁石梅花”文化立校，坚持走“文化引领，内涵发展”之路，让学校成为师生成长的乐园、师生发展的学园、师生精神的家园。

一、独树一帜，开启“铁石梅花”特色文化之旅

“铁石梅花”既是文化意象，也是教育隐喻，即培养科学精神、审美能力、人文素养兼具的“未来建设者”。它以科学与人文为两翼，主体是“人”，内容是“素养”，主线是“科学与人文”，核心是“能力与品格”，目标是“促进学生全面发展”。“铁石梅花”校本课程体系，让“未来建设者”有了培育载体。

*（一）“铁石梅花”特色文化的开展，核心在于开发有趣、有味、有效的课程资源。*基于此，学校充分挖掘校内外学习资源，围绕“科学与人文”，逐步开发了基于学科的拓展课程、基于项目的创意课程、基于主题的探究课程、基于场景的游学课程、基于社团的活动课程。其中，基于学科的拓展课程，如“文学中的梅花”，用一首首清新隽永的梅花的诗词，诉说着孩子们对梅花精神的向往；基于项目的创意课程，如进行“铁石梅花”创意 DIY 等；基于主题的探究课程，

如在小石头探究课上，孩子们观察纹理、测量大小等；基于场景的游学课程，如孩子们在科技长廊里体验科学仪器等；基于社团的活动课程，如孩子们在书法社团挥毫泼墨等。

（二）重构了“铁石梅花”学习空间，让“未来建设者”有了生长平台。为创设开放性、体验性、实践性的学习环境，学校立足于地域资源的充分挖掘，打造了“课程”的三大学习空间。首先，是校内学习空间。包括梅山印象等特色文化街区，科技长廊、创客实验室等探索空间，校内文化景点及各功能室的学习空间。例如：在科技探索学习空间，当对智能机器人“小梅”进行编程，发出指令——做俯卧撑、讲故事等，它都能一一做到。其次，是厂矿学习空间。包括采矿场、选矿厂等。例如，在选矿厂，通过触摸矿石，激发学生对矿石的探究兴趣。最后，是城市学习空间，包括南京科技馆等。例如，在南京科技馆开展志愿服务活动，学生有的在展示区维持秩序，有的在人类发展演变区充当讲解员……

铁石梅花 DIY 创意制作　摄影：刘祖蓉

（三）开展了“铁石梅花”系列主题活动，让“未来建设者”有了成长机会。学校开展了丰富多彩的游学等特色活动，引领学生用眼睛去观察，用心去感悟。例如，开展“矿石奥秘”游学活动：在采矿场游学，收集“梅山石”，探究其中的科学及人文故事；在地质博物馆游学，通晓祖国矿藏，绿色开采；通过虚拟场景网络游学，了解世界矿藏，制作电子小报；汇报收获，分享互评。

（四）建立了“铁石梅花”评价体系，让“未来建设者”有了生命增值可能。采取“三个一”实现课程评价，即一张课程导学单、一次分享交流会、一本“课程护照”。其中，课程导学单，即目标导学、环节导学、收获导学、评价导学；分享交流会，即同伴互评；“课程护照”，即辅导员依据导学单、分享交流，进行评价反馈。在这一过程中较好地培养了学生的价值观念和责任担当。

（五）促进了“生长课堂”教学研究，让“未来建设者”有了深度学习的空间。在“激发潜能，自然生长”的理念引领下，开展以学为中心，具有深度思考、深度学习的“生长课堂” 教学研究，即“四多四少”：让学生多体验一会儿，教师少讲解一些；让学生多思考一会儿，教师少启发一些；让学生多探究一会儿，教师少引导一些；让学生多反思一会儿，教师少告知一些。从而为学生自然生长创设情境；为学生自主生长搭建平台；为学生自由生长留有空间。

“铁石梅花”特色文化课程，通过整合课程，让学生亲历科学与人文的整合，体验科学与艺术的交融，感悟科学与生活的相随，获得完整的人格发展。

二、硕果累累，专业管理打造理想教育高地

“铁石梅花”的成功创建离不开学校完善的制度保障。

学校进一步健全现代学校制度建设，加大依法办学力度；以“四化”（科学化、精细化、民主化、人性化）的管理理念作指导，深化内部改革，进一步健全激活激励机制、评价机制和用人机制；倡导团队合作精神，增强党政工的合力、增强教职工凝聚力，确保各项工作的有效落实。

学校围绕“梅花文化、书香校园、绿色校园、数字校园”加强硬件建设，营造适合学生健康成长的人文环境；合理配置资源，为办学目标的实现提供经费保障。

一路走来，学校屡创佳绩：先后获得全国青少年道德培养实验基地、全国青少年毒品预防教育数字化平台推广应用示范学校、南京市德育工作先进集体、南京市行为规范示范学校、江苏省科技教育先进学校、江苏省平安校园、南京市智慧校园示范校等荣誉。

“铁石梅花”特色文化，凝聚了师生的心，汇聚了师生的情，塑造了学校的形，点亮了学校的魂，同时以文化的力量助推教学实践，成功地孕育了学生创新潜能的自然生长，开启了学生建设未来的无限可能。

河南省西峡县城区第四小学党支部书记、校长张亚斌

抓改革重落实　培育满园桃李

链接：张亚斌，男，1965 年 10 月出生，大学文化，中学高级教师，中共党员。1985 年参加工作以来，先后担任过中学教务主任、中学校长、中心校校长等职务。2013 年任西峡县城区第四小学校长至今。曾被评为南阳市先进教育工作者、西峡县十佳校长。

西峡县城区第四小学始建于 2007 年，学校占地 38 亩，建筑面积 24000 平方米，绿化面积达 37%。总投入 2800 余万元，建成办公楼 1 栋，教学楼 5 栋，操场设 200 米标准跑道，投入 312 万余元建成图书室、阅览室、实验室、仪器室、舞蹈室、音乐教室、心理咨询室、录播教室、网络监控室等。现有在校学生 4100 余名，专职教师 141 人。近年来，学校先后荣获“河南省德育示范学校”“河南省教育系统关心下一代工作先进集体”“南阳市文明学校”“南阳市师德师风先进学校”“南阳市绿色学校”“南阳市作文教学实验学校”“西峡县教育工作先进单位”“西峡县‘三疑三探’教学模式实验与推广四星级窗口学校”“南阳市文明单位”“西峡县特色学校”等荣誉称号 70 多项。

河南省西峡县城区第四小学始建于 2007 年，多年来学校秉持“环境美、条件优、老师好、学生棒”的办学目标和“厚德、明理、

张亚斌近照

博学、笃行”的校训，以立德树人为根本、提高质量为核心、常规教学为主线、改革创新为动力、平安建设为保障，培养学生学会做人、学会求知、学会劳动、学会审美、学会健体、学会生活。

一、课改为全面发展插上翅膀

一直以来，学校坚持深化课程改革，把课堂教学作为“三疑三探”课改实验的“主阵地”和“练兵场”，抓教改提升教师能力和水平。

学校规定每周一、周二的教研活动时间为课改研讨日，或进行课改通识培训，或进行教材教法研讨，或收看典型课例，或聆听专题讲座，或研读课程标准，熟练掌握模式操作流程。系统化撰写“三疑三探”学习心得体会，组织形式多样的月总结、学期总结，如教改经验、教学随笔、课后反思、教学札记等，进行新课改经验研讨总结，打造科学、灵活、高效的应用模式。以榜样带动新课改教学成果展示，学校领导身先士卒参与赛课；敬业精神强、业务水平高、开拓意识浓的“实验老师”引领课改，定任务、压担子上好示范课，搞好帮带工作；新任教师上好研讨课。

通过一系列行之有效的活动，学校出色完成了南阳市教育改革观摩活动任务，先后接待河北、吉林、陕西等省和宛城、唐河、邓州、方城以及本县兄弟学校等取经学习观摩团2000多人，60多位教师共上示范课100多节，随堂课200多节。教改提升了教师的能力和水平，也教会了学生会质疑、会表达、会倾听、会评价、会学习，素质得到全面提升，学校被评为“西峡县三疑三探五星级窗口学校”“南阳市课改先进单位”。

同时，学校以校本课程开发与建设为抓手，以学生需求和社会发展实际为出发点，充分利用和挖掘校内外资源，将校本课程开发与国家课程、德育教育、学生生活、社会实践等内容紧密结合，彰显了办学特色。

校领导带领语文教研组部分骨干教师共同编写了《阅读悦读》校本教材，教材内容丰富、涵盖面广、文质兼美，使教师教有所依，学生学有所靠。如诵读《三字经》《论语》和古诗词，全天开放阅览室、图书角，每月围绕阅读主题开展丰富多彩的活动，如办手抄报、演讲比赛、作文竞赛、诵读展演等。丰富的校本课程使学校被评为“西峡县爱国主义读书活动特色学校”“河南省语言文字工作示范学校”“全国青少年中国梦读书育人特色学校”等称号，2016年至2018年连续3年荣获“西峡县读经典、诵诗文展示赛”一等奖。

学校开设了篮球、乒乓球、羽毛球、田径、美术、音乐、舞蹈、书法、习作、武术、主持人培训、珠心算12个社团。各学科知识在社团实践活动课中得到充分发挥，为学生全面发展插上翅膀。如校园文学社出版发行的《阳光四小》校报，对学生的优秀作文进行分析点评，使学生的写作能力得到了全面提升，学校也被评为“南阳市作文教学实验学校”“南阳市作文教学先进单位”。

二、过程管理助质量节节攀升

学校在教学过程管理上大胆革新，依据新课程理念，实施过程管理创新。如：除了集中备课保证教案质量外，学校对每样作业都制定了详细的要求，包括批改符号、纠错方法都做了规定，同时鼓励教师有个性的批改和评语，使作业不单单是反映学生学习状况的工具，而是成为沟通教师和学生特别是教师对学生肯定或启发的桥梁。针对学困生和潜力较好的学生，各班建立培优补差记录，对学生在课堂上、作业中以及测试中出现的问题进行深层次的挖掘，准确记录，及时辅导。实行严格的月检、周签、日巡查制度，优点在全校推广，不足限时整改。

教导处根据检查情况，举行优秀业务展览，组织全体教师观摩学习；在各年级举行优秀作业展，组织本年级学生有序参观。将优秀业务和作业的“优”扩大化，使其能真正成为全体师生学习的榜样、追求的目标。同时，针对常检中出现的问题，指出问题所在，建议整改办法。优秀业务展充分发挥了教师的榜样带动作用，使学生的学习状态、行为规范都有了大幅度的提升。

每学期学校都组织月考、中考、末考，每次考试，无论大小，都统一登记成绩，从及格率、优秀率、平均分等多项指标上进行对照评比。中考之后，进行“三级”总结反思：以班为单位各科教师进行质量分析，查漏补缺；以年级为单位，各教研组进行交流，取长补短；在全校中考总结会上，表扬先进，推广经验。

学校的教育质量持续攀升，在西峡县教研室组织的抽考中历年来名列前茅，获得“西峡县教育教学质量先进单位”等荣誉。

在西峡县城区第四小学，随眼可见灌木乔木交错、木本草本共生、鲜花绿叶同在，校园文化也充满勃勃生机，名家楹联、院墙彩绘以及深山奇石雕刻的文化石，散发着浓郁的文化氛围。教师本领过硬，课改功夫扎实，育人环境幽雅，学校的社会影响力和赞誉度与日俱增。学校将再接再厉，力争成为西峡教育沃土上的领航者。

校园一角　摄影：王金梁

广东省五华县周江镇中心小学党支部书记、校长李治平

农村学校课程建设和教师专业化成长研究

学校开展“不忘初心、牢记使命”主题教育

链接：周江镇中心小学2017年、2018年度获评县“先进学校”；2019年获评县“高考前五名小学生源镇”，2018年被授予“梅州市文明校园”，2019年被授予“梅州市安全文明校园”称号。

农村学校课程建设和教师专业成长存在诸多的契合点，如何进行有效接轨，发挥教师专业特长，服务农村小学教学，自然就成为重要的关注点。城镇中心小学与辖区教学点不仅存在隶属的行政关系，更多表现在教育教学交流上，镇中心小学要发挥主导作用，为教学点提供更多帮助，促进学校开齐课程，由此全面提升农村教学点的教育教学质量，为教师专业成长提供更多契机，从而实现双赢或多赢局面。

一、加强课程研究，转变教师专业教学观念

农村学校课程建设和教师专业存在诸多现实困难，教学资源的缺乏、教师队伍的不稳定等，都可能对农村学校教育带来冲击和影响。相对于教学点来讲，农村乡镇中心小学生源、教学条件、师资水平等存在比较优势，可以为教学点提供更多帮助，特别是在课程开设方面，不仅可以提供技术支持，还可以给予物质帮助，比如教学教具、执教教师等，都属于雪中送炭式的支持。我们需要从课程设置方面展开教研活动，对教师展开多种形式的专业观念教育，以转变其教育观念，促使教师安心做好教育教学工作，从而为农村学校课程建设发挥更重要的作用。

农村教学点较分散，而且布局偏远、交通不便，办学条件相对滞后，这无疑为课程建设和教师专业成长都带来制约与影响。为此，需要从更多视角考量，针对农村教学点的课程结构特点，以及乡镇中心小学的资源优势，对课程的现实展开针对性研究，以便探索课程建设的新路。根据相关调查，在一些教学点，教师兼课的现象非常普遍，甚至一名教师要兼四五门课，特别是音乐、美术、体育、英语、思社、思生、信息等学科，教师匮乏的现象更严重。教师专业不对口的直接后果是导致课堂教学不专业、课堂乱象丛生，学生根本就学不到真东西。针对上述现象，需要从如下方面展开思考：乡镇中心小学可以提供积极支持，选调专业教师进行支教活动，解决一些教学点教师匮乏难题；对教学点教师进行专业培训，提升其专业教学水平；转变教师专业教学观念，从思想和理论上展开“传帮带”活动，根本上解决教学点教师专业教学中存在的问题。

加强课程研究，中心小学需要发挥主导作用，对全镇教学点展开深入调查，对课程设置情况进行深度分析，找到解决课程设置中存在的桎梏因素，给出具体解决方法，这样才能从根本上解决教学点课程设置的难题，从而为学生带来更多学习契机。

二、优化课程配置，调动教师专业创新思维

开足、开齐教学课程是农村教学点的重要任务。因为多种客观条件制约，很多教学点不具备开齐课程的条件，中心小学在课程开设方面要给出针对性帮助。对课程资源进行全面优化处理，精心筛选一些课程，让学生能接受更优良的教育。小学教学点文化课开设大多没有太多困难，考察学科和音、体、美、劳等课程，因为师资缺乏和学校重视程度不够，往往被忽视，而不能正常开课——这与素质教育相违背。为此，中心小学要从课程配置上给出技术支持，精选一些课程，最大限度地开齐必要课程。特别是专业教师调配，可以满足教学点教师不足的问题。

优化课程配置，需要对课程资源和课程执行情况进行整合、优化处理，最大限度地提升课程的教育作用。教学点课程开设存在不同困难，需要做出客观分析，确保重点课程的正常开设，对其他课程进行整合处理，充分发挥教师主观能动性，从而为课程的顺利执行提供创新实践规划。教学点生源大幅减少，有些班级只有几个学生，成立复式班是自然选择。在学科课程设置时，教师要有兼顾意识，将不同年级、学科内容进行整合处理，这样就能较好解决课程设置问题。比如音乐课、体育课、美术课等，可以几个年级学生一起上，只要教师合理设计教学计划、科学规划教学程序，自然就能给学生带来需要的教育、锻炼和学习机会；比如英语课，教学点可以为学生准备视频教程材料，让学生跟随媒体展开相关学习，中心小学英语教师轮流给予教学指导，统一进行教学检测、教学辅导，这样也能解决课程开设中存在的难题。

优化课程配置不是简单合并，而是对学科课程进行融合处理，从提升教师专业视角展开教学设计，不仅能有效促进教师专业成长，也能给教学点学生带来专业学习机会，从而真正实现教学相长。

三、强化课程协调，丰富教师专业培训活动

乡镇中心小学不仅要在教学上给教学点以帮助，还要从课程协调上给出支持，主动派出专业教师，轮流下教学点，或让专业教师在几个教学点之间展开“走教”，都能很好解决专业教师匮乏问题。教学点生源较少，很多班级学生人数偏少，若有可能，将教学点的部分学科集中教学，同样可以解决教师不足的问题。为了确保教学点课程的顺利展开，要对教师进行专业培训，教师面对新情况，需要崭新教学方法来应对，中心小学需要利用多种教研活动的机会，对教师进行专业训练，从而提升教师服务教学的意识和能力。

中心小学与教学点存在很多业务往来，特别是课程协调方面则更频繁。为了提升教学点教师的专业水平，中心小学要组织多种形式的专业培训活动和联合教学活动，比如教学观摩课、公开课、集体备课、课题研究、课件制作交流、教辅设施和材料互通等，都可以为教学点带来更多实质帮助。比如教学公开课，由中心小学的骨干教师执教，让教学点教师集中听课，或通过远程教育进行听评课，都能形成丰富的教学交流活动。集体备课活动展开时，中心小学与教学点教师进行多种形式的交流互动，交换备课心得，集体研讨教学方案，展开教学反思学习，同样可以大幅提升教师综合素质。在课件制作交流中，中心小学的骨干教师要发挥主导作用，由于占据信息和技能的制高点，由中心小学教师牵头，展开课件制作交流活动，可以为教学点教师带来难得的学习机会。教辅设施和教辅材料互通是极好教学互助活动，教学点的教学设备相对落后，教师的操作技术也存在短板，中心小学给出技术和设备支持，势必能为教学点教师的专业成长提供具体帮助。

中心小学与教学点展开多种形式的课程协调活动，给所有科任教师都带来专业成长与历练的机会，特别是教学点教师处于专业劣势地位，因而从多种教学互动交流中获得的专业成长则会更显著。

工作剪影：左图为 2019 年国学经典诵读展演，右上图为 2018 年五华县中小学生文艺汇演南片组一等奖，右下图为校园足球队

四、注重课程交流，构建教师专业成长网络

课程交流存在多种形式，中心小学是全镇小学教育的典范学校，在教学品质和师资建设方面都处于绝对优势地位。为了丰富教师专业学习，要经常组织教师进行课程教学交流活动。送教下乡是一种形式，在全镇范围内搞讲课比赛、课件设计比赛、论文撰写比赛，以及观摩课、公开课活动，都可以为教师专业交流提供良机。特别是同学科教师教学交流，对丰富课程建设存在重要帮助。随着网络信息技术不断发展，远程教育成为可能，以中心小学为中心，建立学科课程交流枢纽，通过网络发动展开互动交流，让每位教师都能融入课程互动，势必能为课程教学带来更多成长动力。

在课程交流操作中，不仅要进行人员交流，还要注重信息技术广泛运用。中心小学派教学骨干教师到教学点传经送宝，为教学点学生进行专业课堂示范教学，不仅给教学点教师带来专业帮助，还能为学生学习提供更多契机。教学点学生的学习条件有限，对知识的渴望可想而知，若能亲自聆听外面教师授课，自然会获得深刻心理触动，其教育教学效果也会显著地呈现出来。在信息技术不断发展的今天，教学点的电化教学设备也基本齐全，多媒体网络实现全面覆盖，也给远程教育创造良好条件。中心小学利用网络云平台展开远程教学，让教学点学生不出校门，就能参与教学互动学习，无疑会给教学点学生带来更多帮助。教学点学生的家庭网络运用也存在一定条件，若能让学生利用网络交互平台，参与中心小学的师生互动，自然就能给学生创造更多学习机会，由此对学生的健康成长发挥重要作用。

课程交流不只是教师教学互动，也为学生带来更多见识和思维触动。我们要从教学实际出发，科学设置教学互动形式，展开多元教学交流活动，从而为教师教学和学生学习都带来更多帮助，由此可以为农村小学教学提供难得的发展机遇。

供图：周江镇中心小学

陕西省大荔县实验小学党支部书记、校长贾兰

做有精度、有力度、有温度的教育实践者

链接：贾兰，女，中学高级教师，陕西省特级教师，中共党员。现任大荔县实验小学党支部书记、校长。曾荣获陕西省教学能手，陕西省教科研先进个人，渭南市优秀校长等殊荣。

2020 年初这个特殊的假期，通读了朱永新老师的《中国名校长办学思想录》，浸润在中国名校长的思想光辉中，培养深厚的力量，更加明晰了前行的方向，坚定前行的信心。

书中 18 位名校长的办学理念和教育思想，在我的脑海留下了深深烙印。杜郎口中学的课堂教学改革，做适合学生发展的教育、姜怀顺校长践行爱满天下，走向真正的教育……从中，让人感受到一种力挽狂澜的魄力，一种强者的威严、勇者的刚猛、智者的圆通、学者的风范、专业的力量和思想的光芒，那种与生俱来的与众不同，不仅让人肃然起敬，更令人诚惶诚恐。

如今，校园文化体系建设的重点是课堂教学改革。所以，我想把目光聚焦在自身和师生，聚焦在课堂，在这块素质教育的主阵地上，探究“以人为本”理念下的“教”与“学”，让教师获得专业成长的幸福，让学生成为课堂学习的主人。

一、培育四种精神，当好学校“领跑人”

人大附中刘彭芝校长在她的“追求教育理想，成就卓越人生”中谈到，教育是塑造灵魂的事业，校长要做一个优秀的领跑人，就必须比别人跑得快，比别人跑得远，需要过人的综合素质，需要过人的精神状态，需要比别人的思想更超前、更勇于创新。

一所学校，最大的吸引力是它的文化。文化知识在别的学校可以汲取，但文化气象和文化熏陶则只有好学校才有。文化气象是一所好学校经过几十年甚至几百年盛名不坠的内力和根本。校长应该是学校文化建设蓝图的总设计师和总工程师。

基于这些观点，做好学校校长必须具备和自觉践行四种精神，即科学精神、法制精神、人文精神、改革精神。具备科学精神，就是善于发现和遵循规律，就是要按照教育规律办事，按人才规律办事，按学生成长规律办事，按管理工作规律办事。具备法治精神，

贾兰和她的学生　摄影：畅媛

大荔县实验小学学生参加陕西省航空航天模型教育竞赛合影　摄影：畅媛

就是要坚持依法治校。在法治这个轨道和框架上做事，制定规章制度，保证不出格，不跑偏，趋利避害，事半功倍。具备人文精神，就是要有人文情怀。把真理的力量和人格魅力结合起来，以人为本，将教师这一撇学生这一捺写好，把人立起来。具备改革精神，就是要有探索精神和创新精神。一个好校长，要有改革思维，改革精神和改革能力，必须是一个改革者。

科学精神和法治精神，让我们的工作有精度，改革精神让我们的工作有力度，而人文精神让我们的工作有温度。有精度、有力度、有温度，我们的工作才是既有成效又有愉悦感的。

从刘彭芝校长的身上，我看到了创新的胆识和智慧，看到了卓越的志向和追求，看到了履行社会责任的大爱情怀，看到了她脚踏实地、用生命践行教育使命的“领跑人”精神。

二、启动“良师成长”工程，助力教师专业发展

校长杨瑞清谈到，当他看到清华大学第十届“良师益友”评选活动的海报时，他的内心引起了强烈的共鸣。回到学校，他和同事们分享了自己的感受，经过大家的反复讨论，他们开始在学校实施“良师成长”工程。

今天我看到的一篇文章中也谈到，目前各种“名校长”“名师”工程，加剧的是教师的急功近利、争名逐利。这是基础教育领域的人才评价“帽子化”以及形象工程。破除“唯帽子论”，也要清理这些“名校长工程”“名师工程”。暂且不议这样到底对不对。多年来，学校同样把教师队伍建设的目标设定为“打造名师”，而事实上名师的名额很有限。多半教师会在名师的目标下失去信心，迷失方向。但是没有教师能够拒绝做良师，这个定位能感召每一个老师。而且，真正的名师也一定是良师，都是良师的学校一定会出名师，从这个意义上讲。良师也是一个顶级目标。

三、明确“好课”的标准，追求“生命课堂”

任何一本关于教育论的书都告诉我们，成功的教学必定是目中有“人”的教学。人不仅要在教师的“目”中，而且要进入教师的“心”里；不仅进入教师的“心”里，而且占据着“中心”的位置。

平时，我们听过很多“好课”。通常看到的好课，显示着设计的匠心，看得出刻意的雕琢。而有些课，特别是李镇西老师的课，有的时候实在说不上什么“法”、什么“式”，甚至没办法用“评课标准”去评价。因为用“评课标准”分析，可能会感觉到有很多败笔。但是听过他课的老师应该体会到，他的课就像一道山间的泉水，从高处一路自由自在地流泻下来，曲曲折折，随物赋形，无羁无碍。

李镇西老师曾经讲过一个故事，年轻的周老师问同学们，世界上有著名的四大宫殿，是哪四个？学生不知道。有一个学生说故宫，其他都不知道。当时有一个男孩子故意装坏，说还有子宫，学生哄堂大笑。这个男生知道自己闯了祸，很紧张，看老师怎么处理，他走到学生面前，摸着他的脑袋说：“你说的对，因为子宫的确是人类最伟大的宫殿。同学们，周老师，包括所有的人都是在这个伟大的宫殿里孕育，谈到它不能用轻率的口吻，要充满对妈妈的尊敬。当然，这节课谈的是建筑商的宫殿，你的问题留在生物课上讨论。”周老师，化解了一触即发的冲突，而且不经意间给孩子们上了关于生命，关于母爱的教育。

著名特级教师吴凤霞说过这样一段话：“在充满生长律动的课堂上。学习气氛不一定热烈，但要深沉，学生不能在文字中浮光掠影，要在思索中前行，不是在言说别人的思想，一定是在表达自己的心声。”看一看，能感受到躬身前行的姿态。听一听，能体悟到生命拔节的声音。“不生长”的课堂是无效的课堂，“被生长”的课堂是僵化的课堂，“自生长”的课堂是绿色的课堂，“共生长”的课堂是理想的课堂。

四、用教育智慧和大爱情怀，建立“情感磁场”，成就生命茁壮

有这样一个真实的故事：

在某婚宴中，一位中年男士认出他小学的教师，于是上前恭敬她说：“老师，您好！您还认得我吗？”

老教师：“对不起，我实在记不起来。”

学生：“老师您再想想，我是当年在课室里偷了同学手表的那位学生。”

老师看着面前的这位学生，还是摇了摇头说：“我真得认不出你。”

学生说：“当时您叫全班同学站起来，面向墙壁，再用手帕蒙上自己的眼睛，然后您一个个搜查我们的口袋。当您从我口袋里搜出手表时，我想我一定会受到您的谴责和处罚，一定会遭到班上同学的鄙视，也将在我人生中烙下不能磨灭的耻辱和创伤。但是事情并不是如我想象的，您把手表归还给物主后，就叫我们坐回原位继续上课。一直到我毕业离开学校那一天，偷手表的事从来没有被提过或被传过。老师，现在您应该记起我了吧？”

老师微笑着说：“为了同学之间能保持良好关系，为了不影响我对班上同学的印象，当时我也蒙上自己眼睛来搜查学生的口袋。”

学生听了，紧紧抱着面前这位老师，师生俩就这样彼此默默拥抱着。

给人容身的空间，给人转身的台阶，这不只是教育的慈悲和智慧，更是教育需要的高超境界。唯有这样，教育者的生命才会更有意义，我们才会更好地看到生命的缤纷和茁壮。

十年树木，百年树人，教书育人是慢工，来不得急功近利、浮躁虚饰。潜心则静，心静则远，静下心、潜下心，才能坚守住理想，脚踏实地，有所作为。校长从来不是手握真理的先知，校长的办学思想，不是先在学校外边想好，然后进去实施的，而是要在学校的现场，在此时此刻，此情此景中，与团队一起合作、互动，尝试、提炼，然后才慢慢形成的。在这个特殊的新学期，愿我们一起，抓住本质来思想，寻找载体去践行，做一个有精度、有力度、有温度的教育实践者。

甘肃省武威师范学校附属小学党总支书记、校长王新民

构建大视野宽领域思政大课堂
提升新时代学校德育工作水平

王新民近照　摄影：刘忠

链接：作者王新民，正高级教师，中共党员，甘肃省陇原名师、特级教师。现任武威师范学校附属小学党总支书记、校长。

为深入贯彻习近平总书记在学校思政课教师座谈会上的重要讲话精神，全面落实立德树人的根本任务，促进学生全面发展。近年来，武威师范学校附属小学高度重视社会大课堂的开发与利用，以学校德育工作为抓手，在开齐开好思想政治课（道德与法治课）的基础上，组织开展了丰富多彩的少先队体验教育和研学旅行社会实践活动，让学生走出课堂，关注社会；走进自然，关注环境；走出国门，拓展视野。通过系列活动，锻炼了学生的实践能力、团队协作能力，培养了他们的社会责任感和创新意识。

一、营造书香校园，读书引领成长

近年来，学校以“求真”为核心办学理念，以“守护童年　启迪梦想”为办学使命，以“养真道德　学真本领”为校训，积极创建书香校园，倡导学生读好书，讲好话，争当新时代好少年。一是坚持开展以“让读书成为习惯，让书香充盈校园”为主题的十个一读书活动（每日熟记一条成语，每周熟记一句名人名言，每周背诵一首古诗，每周精读一篇课外优秀文章，每周召开一次读书交流活动，每周升旗仪式开展一次经典群体诵读活动，每月开展一次图书漂流活动，每个假期亲子共读一本书，每学期师生共读一本书，每年举办一次读书节）。二是利用开放式图书架、班级图书角等开展灵活多样的读书活动。三是坚持开展“家长读书讲堂”“读书之星评选”“书香班级评选”活动和“读书伴我成长”教师论坛活动。四是建立读书奖励机制，对在各类比赛活动中获奖的学生颁发图书奖品。师生共读美文，亲子共读名著，读好书，听党话，跟党走，做好人。与经典同在，跟大师对话，文化接力，智慧传递，校园时时有读书声，附小处处书香浓的良好氛围初步形成。

二、完善课程体系，促进全面发展

“办特色学校，育合格人才”是学校长期坚持的宗旨，为此，学校全面整合已有的课程特色及丰富的课程资源，努力构建科学完善的真善美课程体系，在开齐开足开好思政课、必修课和“七大板块”的校本课程的基础上，开设了45门多元化走班课程，将每周五下午定为校本自主性课程走班活动课时间。

实行小班额分层教学，多角度、多方位培养学生成才。目前，“每周一诗”“国旗下的经典群体诵读”“趣味数学”“好习惯好人生”“少儿围棋”“健康教育”等已成最具社会影响力的品牌课程。开发研制出了适合学校实情的校本课程，并积极付诸实践，有力地促进了学生的全面发展。

三、加强德育工作，提升文明素养

“活动优先，育人为主”是新时期德育工作的主题。为全面育人，培养创新人才，学校积极开展少先队体验教育活动。学校坚持开展“文明礼仪十项常规”“放学路队歌”“读书护书歌”、吟诵“24字核心价值观”等育真人系列活动。一是通过主题班队会、国旗下的讲话、课堂教学，不断渗透“文明礼仪十项常规”；以校级领导分级抓、班主任全过程抓，课任教师配合抓的形式，促进良好校风校貌的形成。二是在路队行进中诵读经典及学校自创的《路队歌》，将守规矩、懂规则、明礼仪的良好素养植根于学生心底。三是以南校园的墙壁主题文化和北校园的陶园、行知广场等书院式的标志景观对学生进行潜移默化的教育。四是借武威创建全国文明城市契机，以未成年人道德思想建设和核心价值观教育为主线，开展“戏曲进校园”“万人吟诵凉州词”“文明交通志愿者”“科技大篷车进校园”“扣好人生第一粒扣子”“争做新时代好队员”“学宪法讲宪法演讲比赛”等主题实践体验活动。通过系列活动，锻炼了学生的实践能力、团队协作能力，培养了他们的社会责任感和创新意识。

四、创新研学活动，落实立德树人

开展研学活动，是落实党的十九大精神，深入学习领会习近平新时代中国特色社会主义思想，落实立德树人根本任务的创新举措，是培养学生“德育为先”的重要手段，是拓宽学生“能力为重”的重要渠道，是促进学生全面发展的重要组成部分，更是创新校外教育，深入社会实践，积极营造全社会齐抓共管青少年健康成长良好氛围的联合行动。

近年来，学校高度重视社会大课堂的开发与利用，积极组织专人对本地地方特色和周边城市的传统旅游景点进行实地勘察、走访，探索出适合青少年研究性学习和旅行体验相结合的校外教育系列研学活动。学校组织小记者团参观百年名校，感受学术魅力；瞻仰革命圣地，体验红色延安；励志研学，寓教于乐。逐步提炼出一系列品牌特色研学活动。即一年级师生“拜至圣先师，诵国学经典”祭拜孔子暨国学启蒙教育；二年级师生“走进军营砺初心，继往开来担使命”参观爱国主义教育基地；三年级师生“感受千年凉州文化，诵唱经典凉州词曲”参观雷台及“凉州词馆”研学活动；四年级师生“缅怀革命先烈，珍惜幸福生活”烈士陵园清明节扫墓；五年级师生“感受千年凉州文化，厚植爱国主义情怀”参观武威市博物馆；

武威师范学校附属小学校园一瞥——陶园、行知广场 摄影：常瑾

六年级师生以“追寻红色记忆，传承革命精神”为主题，参观古浪战役纪念馆。除此之外，学校还组织学生代表与部分教师代表到武威市幸业养老中心，参加爱老敬老植树活动。以上活动的开展，不仅磨炼了学生的意志，拓展了学生视野，激发了学生爱家乡、爱祖国的感情，同时提高了他们的社会责任感，也是践行社会主义核心价值观的具体展现。

追寻英雄足迹，传承革命精神。在学校师生深入学习党的十九大报告，开展了以“红旗飘飘·引我成长”为主题的主题教育系列活动后，2018 年 6 月，由学校组织，北京世纪明德公司承办的研学之旅，由四、五、六年级共 31 各学生和两位教师组团，踏上了前往西安和延安的研学之旅。在延安参观了枣园革命旧址、延安革命纪念馆、延安杨家岭革命旧址，再次接受了红色教育，使心灵受到洗礼。学生们踏着革命先辈的足迹，所到之处，爱国的种子又一次次悄然播下，随着活动的结束，这次爱国主义教育也已在每个学生的心里落地生根。2019 年 4 月，学校六年级以班为单位走进古浪战役纪念馆，开展了以“追寻英雄足迹，传承革命精神”为主题的红色文化研学活动。此次活动不仅培养了学校师生不畏艰难、勇往直前、敢于胜利的红军精神，更以自己的实际行动向社会证明“红色基因是经得起考验的”！不忘初心，砥砺前行。相信在武师附小这片沃土上，红军精神定能传承和弘扬，红色基因定会代代相传。

走进文庙，开展国学启蒙教育。开展“寻访传统文化”活动，是学校传统文化教育的一个亮点。武威文庙历史悠久，是展示传统文化和国学教育的基地。每年 5 月，学校将组织一年级全体师生到被誉为“陇右学宫之冠”的武威文庙，开展以“拜至圣先师，诵经典诗文”为主题的祭拜孔子暨国学教育启蒙仪式。在武威文庙大成殿前，礼乐和鸣，学生们在教师的引领下，正衣冠、拜先师、读经典，表达了对至圣先师的崇敬之情和有志于学的美好愿望。通过“拜至圣先师，诵国学经典”研学教育活动，让学生们真切体会传统礼仪之美和传统文化的内涵，教他们明道理、知礼节，进一步感受到祖国传统文化的博大精深，滋养他们儒雅、文明、阳光、自信的公民气质。这些活动对全面增强学生的综合素养，促进学生的认知发展起到了积极作用。

诵唱经典凉州词曲，感受千年凉州文化。悠久的历史，丰富的人文景观，独特的自然风光，孕育出武威灿烂的地域文化，形成了以中国旅游标志马踏飞燕为代表的“汉文化”。每年 5 月，学校都组织三年级全体师生参观雷台及“凉州词馆”研学旅行活动。在武威雷台威武神气的“铜奔马”纪念碑前，学生们深情吟诵《凉州词》：葡萄美酒夜光杯，欲饮琵琶马上催。醉卧沙场君莫笑，古来征战几人回？浓浓诗意中，那些羌笛胡歌、边城号角的历史场景仿佛重现。在凉州词话陈列馆，师生们认真聆听讲解，被武威厚重的历史文化积淀所感染，纷纷用笔记录难忘的瞬间。“雅言传承文明，经典浸润人生。”开展这样的活动，旨在激发师生的爱国热情，感受体验武威悠久的历史和深厚的文化底蕴，让传统文化内化于心，外化于行，培养学生们的人文素养，使学生们在经典诵读中感受快乐，养成健康纯正的审美情趣。2019 年 8 月 28 日下午，由省文化和旅游厅、省文物局、市委、市政府主办，市文体广电和旅游局承办的纪念中国旅游标志“铜奔马”发现 50 周年系列活动之研学旅行在武威市开展。学校六年级学生跟随教师来到了拥有 1700 多年历史、举世闻名的稀世珍宝中国旅游标志“马踏飞燕”的出土地雷台汉墓，开展了参观“凉州词馆”研学旅行活动。孩子们顺着历史的足迹，探寻武威厚重丰富的历史文化资源，感受华夏文明传承的不息脉动。

走出国门，开拓国际视野。“读万卷书，行万里路。”2019 年 7 月 10 日到 16 日，由武师附小 13 名小记者和 3 名教师组成的研学团开启了为期一周的赴新加坡研学之旅，小记者们先后参观了新加坡国家美术馆、科技馆、南洋理工大学、新加坡国立大学、新加坡中央级传媒电视中心——新传媒等，圆满完成了为期一周的研学活动。小记者团孩子们在“游”与“学”的同时，开阔视野，收获智慧，并初步体验了新加坡先进的教育理念，感受到奇妙的异国风情，同时也结识了国际朋友。“天马”出故里 跨国筑友谊。2019 年 12 月 8—17 日，武师附小 55 名学生、5 名教师再次跨出国门，开展了“中日青少年交流促进年、百校结好”主题研学交流活动。十天来，研学师生走进位于横滨的日产汽车公司总部，感受了日本现代汽车工业发展程度和日本特有的工匠精神；访问了日本茨城县，与日本茨城县下妻市立小学正式缔结为姊妹关系学校；还先后走进日本地震博物馆、筑波航天中心、地质博物馆、东京国立新美术馆、早稻田大学、大阪、金阁寺、富士山等地研学考察，全方位了解了日本历史、文化、教育、科技、风土人情、人文素养与社会发展情况。十天来，孩子们眼界在开阔，见识在增长，个性得以张扬，情操得以陶冶；同学们团队精神、文明素养、纪律意识、友爱互助的品格得以养练；自立能力、合作交往能力、参与表达能力等都经受了考验，得到了锻炼。附小孩子真诚、阳光、自信、刚强、好学、善思的精神风貌再次得到了最好的展示。

综上所述，武威师范学校附属小学以“求真”为核心办学理念，以努力创建“师陶研陶的示范校，求真求实的窗口校，乐学善读的书香校，师生幸福的品牌校”为办学愿景，在推动学校内涵式发展的基础上，狠抓思想政治教育工作，通过系列体验教育和社会实践活动，在教育教学、体艺卫生、心理健康教育、校本课程建设、德育工作等方面形成了自己的特色，取得了突出的成绩。学校先后被教育部、团中央、省教育厅、团省委等部门授予“全国语言文字示范校”“全国国防教育示范校”“全国优秀少先队集体”“全国足球特色示范校”“全国体育传统项目学校先进单位”“中国陶行知研究会学校文化专业委员会示范校”“全国活力校园创新奖获得单位”“甘肃省地方与学校课程示范校”“甘肃省快乐校园示范校”“甘肃省中小学心理健康示范校”“甘肃省金色教苑乡村骨干教师研训基地校”“甘肃省德育示范校”“甘肃省优秀体验教育实践基地校”“甘肃省知识产权教育试点校”“甘肃省文明校园”。

山西省太原市万柏林区兴华学前教育集团总园长安慧霞

构建新型学前教育治理体系

兴华学前教育集团总园长安慧霞获得全国先进工作者荣誉称号　摄影：梁瑞祥

链接：安慧霞，太原市万柏林区兴华学前教育集团总园长，教育硕士，中小学正高级教师，中共党员。系第九、十、十一届太原市党代表，中国名园长研习会成员，担任教育部幼儿园园长培训中心实践教学指导专家，山西大学、山西师范大学研究生实践导师，太原幼儿师范高等专科学校一线实践导师，太原市委联系的高级专家。曾荣获全国先进工作者，山西省特级劳模，山西省先进教育工作者，山西省保教能手，山西省优秀园长，山西省五一巾帼标兵等荣誉称号。她撰写的专著《发芽的太阳》，通过大量生动感人的故事、讲述了学前教育工作者的心路历程，产生了良好的社会反响；多篇论文在国家级核心刊物上发表。

序言

教育是"国之大计、党之大计"，山西省太原市万柏林区委、区政府、区教育局领导把教育定位为最大的民生工程，太原市万柏林区兴华学前教育集团是万柏林区委、区政府、区教育局持续深化教育综合改革、创新办学模式成果的典型代表。作为太原市万柏林区兴华学前教育集团总园长，认真贯彻落实《中共中央关于坚持和完善中国特色社会主义制度、推进国家治理体系和治理能力现代化若干重大问题的决定》（以下简称《决定》）和《中国教育现代化2035》的重要决策，在万柏林区委、区政府、区教育局的领导下，始终站在学前教育领域的前沿，着力构建新型学前教育治理体系中探索、先行、实践。全面贯彻"教育家办学"的理念，注重内涵式发展，首开山西省公办幼儿园集团化管理的先河，形成"3+X+Y"的集团化管理模式。

一、园本研究为动力，并行治理转机制

教育转变行政治理方式，要逐步将治理重心下移。兴华学前教育集团作为集团化管理的幼儿园，我更加关注人的发展，实行"政府取向"与"公共价值取向"并行的治理机制，让全员转换思想，由贯彻上级行政要求式的执行机制转向以园本研究为动力的发展机制。

从2002年担任园长至今，作为一名幼教工作者，我的思想常与现实教育生态碰撞。始建于1989年的太原市万柏林区兴华街幼儿园，是山西省首批命名的"示范幼儿园"。首开山西省公办幼儿园集团化管理的先河，"学前教育集团"从有其名到真正有其实，锐意进取、顺势而为：1989年成立竹杏园，1992年成立荔梅园，为"一园多址、集团化办园"打下基础。2005年成立大唐园，形成了竹杏园、荔梅园、大唐园"三园互动、优势互补、资源共享、共同发展"的五星级公办园集团化办园格局。

由单个幼儿园的管理上升到一个教育集团的治理，将机构改革的灵动性当作重点抓手，以全新的理念创建"灵动、能动、联动"三动管理模式，在全省幼儿园中率先开展区域园区管理制、逐级晋升制、交流轮岗制、精细管理制等动态机制建设，为幼儿园的跨越式发展开拓出新路子，彰显出卓越的治理能力。

治理能力现代化需要优秀的教育专家来实现。集团内自我充电，自办学院，鞭策鼓励教职员工充实自我、开阔视野。进入集团1年至3年的教师，入青萌学院，树立理想；4年至6年的教师，进朝阳学院，夯实专业基础；7年至9年的教师，上中盛学院，成为研究型人才；10年以上的教师，升至卓越学院，向教育家型人才进军。对行政和后勤保障人员开设健康学院、护航学院，培养实用型人才。还设立了名园长工作室、特级教师工作室、名师工作室。目前，幼儿园硕士研究生达25人，为必要储备。

二、公益普惠重学前，优质均衡一体化

以农村为重点，提升学前教育普及水平，建立更为完善的学前教育管理体制、办园体制和投入体制，大力发展公办园，推动学前教育公益普惠发展，是实现《中国教育现代化2035》提出的普及有质量的学前教育目标的有力推手。

"注重教育内涵"让我再次回到教育培养的根基上来，直接触及自然生命、社会生命和精神生命三重生命。在教学的实践中总结性地提出了"生命课程体系"，对发展内涵总结出5点：一是理念提升基于传承与发展，二是模式创新基于探索与研究，三是课程改进基于理论与实践，四是团队凝聚基于追求与情怀，五是幼儿发展基于需求与视野。

不忘初心，坚持中国教育需要有主体承担。在上级部门的引领下，按照"名园带动新园、中心辐射周边、公办指导村办、公办帮扶民办"的思路，推进城乡教育一体化，将前沿的教育理念引入农村教育，实现多年来萦绕心中的"许农村孩子一个美好的未来"的梦想。2014年，还将前沿的教育理念辐射到普惠性民办幼儿园，实现"城乡教育一体化、优质教育均衡发展、联合联管联动、共建共商共享"的设想。

三、开放借得他山石，特色刮起"中国风"

《中国教育现代化2035》提出开创教育对外开放新格局，全面提升国际交流合作水平。这也是全面完善学前教育治理体系和提升治理能力现代化水平的一个重要途径。

站在教育家的高度从事教育，要有大爱情怀，要有家国情怀，也要有开放、协同、联动的格局和胸怀。我紧紧围绕"放飞孩子的梦想，成就教师的事业，拓展园所的发展"的办园宗旨，聚焦"生命色彩"文化，构建生命课程体系，实现回归人本性的教育的铺展。

放飞孩子的梦想，意味着化被动地灌输为主动地调和。在"儿童主动性学习"这一理念引领下，融合引进主题课程和"食育+体育"特色课程，关注儿童德、智、体、美、劳等全面协调发展，让儿童在课程推进中绽放出生命的光芒。兴华"生命课程的2+3模式"让孩子从小种下"和而不同"的教育理念的种子，慢慢理解、尊重、接纳"美美与共"的教育观念，使孩子所直接感受的一切提升到对整个生命的感悟，进而达到每个个体未来生命中保存和谐之美的善根。

成就教师的事业，践行"有理想信念、有道德情操、有扎实学识、有仁爱之心"的"四有好老师"标准，以培养"专业型+管理型"教育人才为目标，在教育前行中担负教师的使命；同时，逐步探索出“园际联动教研”模式，即两所及两所以上园所为了有效解决教育教学中存在的共性问题进行课题项目推动，搭建合作互动、优势互补、资源共享平台，从而实现园际间教师专业发展、幼儿学习能力提高、园所教科研共同发展的一种新型园本研修形式，打造以优质幼儿园为实践基地的开放、协同、联动的中国特色教师教育体系。

拓展园所的发展，惠风和畅，园风讲究“园和万事兴”：教师与孩子的和谐、教师与教师的和谐、教师与领导的和谐、教师与家长的和谐以及园所间的和谐。生命课程面向家长推出“世界因我而美丽”的课程体系。“中国优秀传统文化”如期走近家长，让家长在学习中感悟中国优秀传统文化。

红心永向党　摄影：梁瑞祥

四、前沿碰撞新理念，创新发展高站位

立足山西，辐射中国，放眼世界。在万柏林区教育局坚持“开门办教育”理念的指引下，围绕园所内涵发展的着眼点和可行路径，开展高层次、全方位的交流，在与前沿教育思想的碰撞中进一步开阔教育视野、提升专业素养。为提升三晋学前教育治理体系和治理能力现代化发展的整体水平，为打造幼教命运共同体，履行着一个幼教工作者的担当和责任！

近几年，我受邀参加教育部、山西省、太原市举办的各类园长培训班，多次给省内外各类幼儿园给予指导。还将团队中的优秀管理者骨干派驻全省各地进行下乡支教、学术交流，并敞开胸怀欢迎同行入园学习交流。2017 年，作为唯一被省教育厅推荐参加教育部第四期全国幼儿园优秀园长高级研究班的幼儿园园长，在充实自身的同时将山西省、太原市学前教育发展的理念和经验面向全国同行进行分享交流。2019 年，时值兴华学前教育集团成立 30 周年之际，受省教育厅委托，万柏林区兴华学前教育集团成功承办“山西省优质幼儿园园长高级研修班”。幼儿园被授予“教育部幼儿园园长培训中心学员实践教学基地”；我被授予“教育部幼儿园园长培训中心实践教学指导专家”称号，并受邀到全国各地进行管理理念的分享交流。

我带领团队接待非洲的援外培训及法国、新加坡，国内各地人员的参观访问，管理经验交流、园长跟岗挂职，教育扶贫四川凉山、云南怒江，同福建、宁夏、山东等地的同仁传递办园思想，讲述山西幼教故事；积极发挥辐射带动作用，为共筑幼教命运共同体贡献自身力量。

结语

坚定自信、建设强国，中华文化、润泽心田。我带领的这个队伍践行着有德行的教育理念，为构建新型学前教育治理体系付出心力并取得成果。兴华学前教育集团先后获得全国文明单位、教育部幼儿园园长培训中心学员实践教学基地、全国“三优”家长学校示范基地、省级示范园、省幼儿教育教科研先进集体等多项荣誉称号，承担国家级、省级、市级集体和个人课题 18 个。站在“两个一百年”历史交汇点，奋进“十四五”，振兴中华、为国教子，我和我的团队将在学前教育治理能力现代化的道路上砥砺前行！

广东骏贤集团有限公司董事长冯锦麟

浅谈新冠疫情防控中的中华文明深厚伟力

董事长冯锦麟八达岭长城留影　摄影：黄荣雅

2019 年 12 月以来，新冠肺炎疫情席卷而来，传统节日——春节，中央最高层更是史无前例地在大年初一召开会议应对，人们响应政府号召，居家配合疫情防控。

在以习近平同志为核心的党中央领导下，全国军民众志成城奋起抗疫，只用一个多月的时间就将来势凶猛的疫情势头控制住，创造了人类抗疫史上的奇迹。我国抗疫取得阶段性胜利后，中国人民又以“达则兼济天下”的中华文化传统，先后援助 100 多个国家和地区的人民共同抗疫，得到了包括世界卫生组织在内的国际社会以及世界各国普遍赞扬。

一

中华文明是世界上唯一持续 5000 多年的悠久文明。中华民族自夏商周以来，历经七国争雄，秦嬴政中央集权统一国家，实行“文同字，度同量”；刘邦建立起此前中华历史上版图最大、人口最多、长达 400 多年的王朝；李世民以“贞观之治”使盛唐 100 多年雄踞世界之巅，体现了当时中华文明的先进性。

在中华文明的历史上，管仲最先明确提出“以人为本”，而在

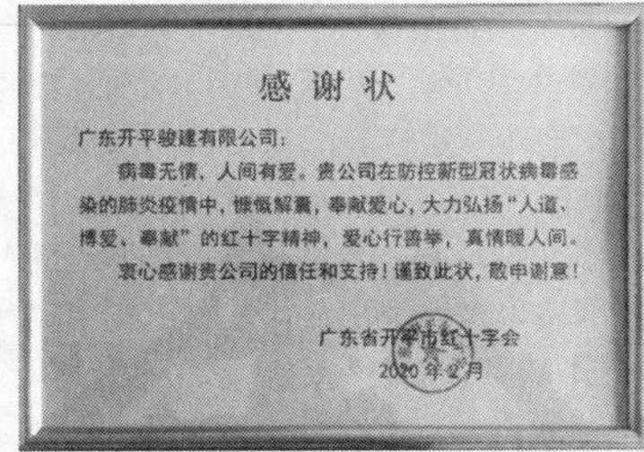

感谢状

广东开平骏建有限公司：

病毒无情，人间有爱。贵公司在防控新型冠状病毒感染的肺炎疫情中，慷慨解囊，奉献爱心，大力弘扬“人道、博爱、奉献”的红十字精神，爱心行善举，真情暖人间。

衷心感谢贵公司的信任和支持！谨致此状，敬申谢意！

广东省开平市红十字会

2020 年 2 月

骏贤集团积极履行社会责任，以多种举措为新冠肺炎疫情防控做贡献　摄影：黄荣雅

中国古代文献典籍中，不乏“民为邦本”“民为贵”“民者，君之本也”“国以民为本”“民可以载舟，亦可以覆舟”等论述，其中，“人”和人本，是讲人与物、人与神的关系，而“民”是相对“官”而言的，民本，则是讲人与人的关系。“民为贵，社稷次之，君为轻”，就是中国儒家政治哲学的集中表述。

毛泽东同志指出，“人民，只有人民，才是创造世界历史的动力”。党的十八大以来，以习近平同志为核心的党中央更是将人民群众的根本利益放在第一位，提出“人民对美好生活的向往就是我们的奋斗目标”。

二

新冠肺炎疫情发生以来，习近平总书记亲自指挥，党和国家周密部署，中国发挥出强大制度优势，以大规模的快速检测、隔离、治疗，坚决遏制了疫情蔓延势头。据统计，截至 2021 年 4 月 8 日 24 时，中国大陆 31 个省（自治区、直辖市）和新疆生产建设兵团报告，累计报告确诊病例 90386 例，累计治愈出院病例 85471 例，累计死亡病例 4636 例，现有确诊病例 279 例（其中重症病例 3 例），现有疑似病例 2 例。世界卫生组织总干事谭德塞在瑞士日内瓦的记者会高度评价中国的抗疫成果。他表示，（中国）这是应对新冠肺炎疫情最有效的方式。

然而，面对这场正如联合国秘书长古特雷斯所称是人类自第二次世界大战以来最严重的全球性危机，有些国家却缺乏应有的合作和相互支持，中国为援助世界各国的努力和贡献却遭到别有用心的质疑，甚至被污蔑为“阴谋”而导致全球抗疫受到严峻挑战。

特别是标榜民主、自由的美国政客，在这场新冠肺炎疫情的冲击中，整天为少数利益集团攫取财富私利、为摆脱责任搞政治污名化到处甩锅，根本不顾及美国普通民众生命健康安全，导致美国疫情失控，美国成为世界新冠肺炎疫情中心。根据美国约翰斯·霍普金斯大学于美国东部时间 2021 年 4 月 8 日 17 时 20 分（北京时间 4 月 9 日 5 时 20 分）统计的数据显示，美国新冠肺炎累计确诊病例已超 3098 万例，达到 30989137 例。累计死亡病例超 55.9 万例，达到 559987 例。这就是特朗普政府奉行利己主义“美国优先”的必然结果，也是所谓“民主”“自由”旗号下的西方文明需要付出的代价。

我们不禁要问，“民主”“自由”的资本主义西方文明观难道比人的生命健康更具重要的价值吗？人的生存权就是最大的人权。社会制度的优劣首先就要从是否能保证人们的生存权利作为衡量的第一标准，只有以大多数民众的生命健康和生活幸福为己任的政府，才是合格的政府。

三

面对这场来源尚待探究的新冠肺炎疫情，全世界应当认真总结经验和教训，更加尊重科学的价值，而不能心怀鬼胎、恶意指责，人为阻断全球化进程。我以为，只要世界各国人民同心协力，求大同，存小异，就能有效应对各类挑战。

中华文明五千年的滋养，让中国人民形成了同舟共济和谐相处的观念。我们中华民族没有侵略欺凌他人的基因，即使是在付出巨大牺牲才最后取得抗日战争的胜利，《波茨坦公告》明确要求中国派军队占领东瀛，也以“不与日本人民为敌”而没有派兵占领日本，而且主动放弃日本政府的战争赔款。明朝永乐年间，郑和七次下西洋也都是以和平使者与各国友好往来、公平贸易。而哥伦布航海地理大发现，西方大规模疯狂掠夺各殖民地财富。

中国人民在中国共产党的领导下，经过近一个世纪的努力奋斗，从站起来、富起来再到强起来，正向着民族复兴的伟大目标奋勇前进！14亿的炎黄子孙一定能够用自己的双手开创更加美好的未来，并且能够为人类的文明进步作出更大的贡献！

陕西省宝鸡市金台区人大常委会主任唐恩岐

恪守为民情怀　积极履职作为　助力决战决胜脱贫攻坚

消除贫困、改善民生、共同富裕，是党的初心所在和使命担当。党中央、国务院一直倾心致力于扶贫开发，特别是党的十八大以来，习近平总书记先后 7 次主持召开脱贫攻坚工作座谈会，2020 年 4 月来陕考察时又对脱贫攻坚工作作出了重要指示，体现出党中央对贫困群众的眷眷深情和对决胜小康社会的坚定信心。县区人大作为党和国家的政治机关，践行初心使命、助力实现人民对美好生活的向

唐恩岐（左一）慰问特困供养户，了解所需所盼

往，职责神圣，使命光荣。近年来，金台区人大常委会紧紧围绕区委脱贫攻坚思路，始终把增进人民福祉作为履职目标，聚集民智民力，依法有效监督，勇于担当作为，在履职尽责中彰显为民情怀，为金台决战决胜脱贫攻坚贡献了人大力量。

一、突出政治引领，增强行动自觉

十八届五中全会吹响了脱贫攻坚进军的号角。金台区人大常委会坚决响应中央决策部署，切实提高政治站位，坚持把脱贫攻坚作为重大政治任务，放在突出位置，积极投身攻坚战，把增强“四个意识”、坚定“四个自信”、做到“两个维护”落实到了脱贫攻坚的具体行动上。

（一）*坚持学习先行，做政策知识的明白人。*知之才能行之，行之才能胜之，脱贫攻坚工作政策性极强，只有学深弄清政策，才能正确指导、开展工作。常委会始终坚持把脱贫攻坚政策知识学习放在重要位置，着力在学懂学深弄通弄透中央、省市脱贫攻坚工作有关要求规定、相关政策措施上下功夫，制定安排机关集中学习计划，系统学习习近平总书记关于扶贫工作的重要论述；动态调整学习内容，同步学习新节点新形势下的新要求；紧紧围绕重要指示精神，深入开展研讨交流，先后撰写体会文章 35 篇。同时，通过以会代训、政策讲座、区人大网站、镇街代表微信群等平台，广泛宣传脱贫攻坚政策、理论知识，不断深化代表对脱贫攻坚的认识，激发代表投身脱贫攻坚的积极性。注重及时全面掌握市区地域性政策措施，提高运用政策理论指导、开展扶贫工作的能力，做到了开展帮扶工作政策、措施“一口清”，实施监督工作办法、重点“底子明”，真正做到学思践悟、知行合一，把思想和行动统一到了全面建成小康社会的工作实践上来。

（二）*注重身体力行，做躬身笃行的践行者。*常委会领导率先笃行，先后包抓及联系全区 18 个村的脱贫任务，其中贫困村 3 个，占全区贫困村的 40%。同时，常委会一名副主任还兼任区脱贫攻坚督查一线指导组组长，督查指导全区脱贫攻坚工作。近年来，常委会始终坚持“一线工作法”，深入村组调研了解制约各村发展的瓶颈问题，先后形成相关调研报告 12 份，助力全区破解发展难题；每月入户访贫解忧，督促镇村解决群众生产生活困难等问题 70 余件；邀请农业专家对产业发展进行调研论证精准施策，多方争取资金扶持壮大村级集体经济；指导协调各村加强村级阵地建设，建成高标准农村幸福院，完成村组道路、饮水、通讯等民生工程 60 多项，推动村容村貌焕然一新、村级经济组织健康发展、群众收入稳步增加，把理论精髓和政策依据有效转化成了决战决胜脱贫攻坚、全面建成小康社会的新实践、新作为、新成效。

（三）*突出驻村帮扶，做脱贫致富的带头人。*坚持督战一体，常委会主要领导在机关会议上逢会部署脱贫攻坚工作成为常态，引领指导区人大机关全体干部全身心融入脱贫攻坚大局，积极开展贫困村金河镇紫原村脱贫摘帽工作。扎实做好 77 户贫困户结对帮扶工作，在全面落实移民搬迁、教育扶贫、医疗救助、政策兜底等措施的基础上，结合实际、因户施策，广发微信“朋友圈”为贫困户的农产品打开销路，联系企业安置贫困劳动力进厂务工，动员社会捐资为贫困户购买农资农械用于发展产业等等，真正做到“扶真贫”“真扶贫”。注重选准配强驻村工作队员，5 年来先后选派 3 名正科级干部和 5 名优秀年轻干部组成驻村工作队，与群众同吃同住同劳动，2018 年紫原村高标准实现脱贫退出后，驻村工作不摘帮扶、不减力度，坚决做到了驻村不缺位、扶贫不断档、长效有保障。

二、强化刚性监督，助力决战脱贫

使命催征步履急。常委会对标“全面小康”要求，迅速找准制约全区脱贫成效的堵点难点问题，锲而不舍持续强化依法监督，全力以赴推进脱贫攻坚，确保万无一失、毫厘不差交“总账”、交“答卷”。

（一）*紧盯短板，助力双业齐飞。*产业和就业是贫困户增收的主渠道，也是扶贫工作的短板弱项。常委会积极组织委员代表对全区产业脱贫工作开展专项视察，充分调研特色种植、生态养殖、村级经济组织培育及贫困群众增收状况，针对问题剖析根源，立足区情审议建言，督促政府抓好落实，有力解决了贫困村产业脱贫“干什么、怎么干”的问题。为了进一步巩固产业发展实效，常委会邀请农民代表及涉农干部，前往渭滨区、陈仓区、千阳县等兄弟县区农业产业示范点及区内部分点位，对农业特色产业培育发展工作开展视察调研，横向比较找差距，建议区政府借鉴成功经验，优化产业布局，扶持壮大龙头企业，先后建立了扶贫项目库和产业项目超市，使产业扶贫有的放矢、持久长效。同时，针对项目和产业发展资金问题，常委会在年度预算审查时，要求政府积极争取中省市扶贫产业资金，并坚持区级配套不少于上级资金，实现了全区每年投入产业扶贫资金均在 3000 万元以上。注重产业资金使用绩效的监督，充分发挥预算联网监督作用，重点关注扶贫产业资金投入、使用、管理情况，先后提出相关审议意见 16 条，累计对 7 个涉农部门及镇街发出监督动态 10 期，切实提高了产业扶贫资金使用绩效。

（二）*聚焦难点，深入调查研究。*在脱贫攻坚进入背水一战的冲刺时期，常委会针对全区农村剩余未脱贫人口中兜底保障人口占比 95.17%，且多为健康状况差、没有劳动力的现状，对区民政局启动实施工作评议，对兜底保障政策作用发挥情况开展了专题调研，深入相关部门、镇村，分层次召开座谈会 8 场，随机调阅部分救助资料，入户走访特殊困难贫困户 12 户，对建档立卡贫困群众享受低保、特困供养、残疾人补贴、临时救助的基本情况及政策依据进行了全方位调查，对存在的临时救助政策作用发挥不充分、监护不到位导致的“视觉贫困”等问题进行了深入分析研究，提出操作性强的意见建议 9 条，并形成评议及调研报告呈报区委，助力全区啃下最难的硬骨头。

（三）*持续加力，提升脱贫成效。*常委会党组连续五年召开脱贫攻坚专题民主生活会，梳理总结脱贫成效，深层次查摆问题短板 32 项，以“脱贫攻坚、责任在我”的勇气和担当，认真开展批评与自我批评。主任会议专题听取全区精准脱贫工作报告，针对薄弱环节，及时制订方案，监督检查贫困人口退出是否精准、扶贫政策落实是否到位等内容。扎实开展专题询问，在前期深入镇村征集群众意见、充分调研论证的基础上，形成了涉及扶贫产业、就业创业等 37 个针对性较强的问题，在常委会上对承担脱贫攻坚任务的 11 个部门负责同志进行了现场询问，引起了职能部门高度重视，瞄准工作短板，加压强化举措，推动影响全区脱贫攻坚突出问题得到全面有效整改。

三、运用组合拳法，巩固脱贫成果

行百里者半九十。常委会多角度多途径助力脱贫攻坚，多措并举补短板强弱项，广泛凝聚合力，为守牢来之不易的成果、决战决胜全面小康提供了有力支撑。

（一）*为决战聚智积极建言献策。*在区委理论学习中心组脱贫攻坚专题交流研讨时，建议健全长效和预警机制，保持政策到人的稳定性，设置合理过渡期，强化脱贫不稳定户、边缘易致贫户动态监测，坚决保证贫困群众稳定脱贫且不返贫。该建议已经区委采纳，并及时反馈相关部门推广落实。积极向区委及组织部门推荐具有农村工作经验和群众工作能力的干部，担任镇、涉农街道领导职务，着力通过锻造队伍提升脱贫攻坚最前沿指挥部决战决胜能力，先后推荐 7 名干部下沉一线勇挑重担，均赢得了组织认可、群众好评。利用调研干部帮扶工作之机，督促全区 1300 多名帮扶干部当好政策宣传解读落实的桥梁纽带，大幅提升了政策知晓率和精准到户率。

（二）*为攻坚汇力强化号召引领*。指导镇村建立脱贫攻坚代表联系点，结合代表工作实际，充分发挥代表优势，驻扎村组常态化开展帮扶工作。广泛引导动员各级人大代表和人大工作者积极履行社会责任，踊跃投入农村工作第一线献智出力，及时为村组解决水电道路等困扰发展的难题，为困难群体、农村群众提供产业扶持、义诊送药、爱心捐赠、法律援助等帮扶措施，大力推销黄桃、药材、禽蛋等扶贫产品，进一步巩固脱贫成果。组织开展“聚焦追赶超越、服务发展大局、建言献策办实事”代表主题活动，带动更多人大代表投身脱贫攻坚，累计捐助款物 200 多万元，解决困难问题 140 多件，受益农村群众达 1000 余人，用实际行动体现了不忘初心、情系人民的代表本色。

（三）*为发展鼓劲助力乡村振兴*。把推动乡村振兴作为巩固脱贫成果的有力抓手，逐步将监督重点向普惠性政策落实倾斜。聚焦农产品安全监管、乡村夜间经济和旅游产业发展，深入西府老街、玉池公社等点位，鼓励当地干部群众结合地位优势，创新发展思路，跻身全市消费新爆点行列，促进产业持续兴旺；靶向生态宜居目标，对农村环境卫生整治、水污染防治、自然资源管理等工作开展视察审议，推动环境突出问题不断解决、绿色发展方式和生活方式落地生根；采取主任会议审议、工作评议等方式，监督问效农村基层医疗服务保障、幸福院建设、客运交通、民族宗教政策落实等工作，推动农村与现代文明深度融合，不断夯实乡风文明建设根基；紧扣新冠疫情防控、软弱涣散党组织整改、社会综合治理创新等党委重视、群众关注的工作，在城郊农村选点视察，着力推动农村基层治理水平大幅提升；围绕农村民生工程实施、土地确权、职业教育等多项事关广大父老乡亲切身利益的工作开展监督，扎实推进脱贫攻坚与乡村振兴的有机衔接，让发展红利从精准到共享、惠及全体农户，向着共同富裕目标稳步前进。

山西省垣曲县水工程移民事务中心主任赵宏

念好“六字经” 谱好“六部曲” 蹚出助力决战脱贫攻坚新路子

垣曲县移民工作“三心三高三要”活动动员大会　摄影：张辉

链接：赵宏，男，1964 年 4 月出生，中共党员。曾任垣曲县人事局股长，乡镇长、党委书记，县司法局局长，县委办主任等职，2013 年 7 月任垣曲县移民办副主任，2017 年 12 月主持移民办全面工作，2019 年 2 月任垣曲县水工程移民事务中心主任。多次受到国家、省、市表彰，系山西省第九届党代表。

垣曲县水工程移民事务中心是国家重点水利枢纽工程小浪底水库库区移民服务机构，正处级事业单位，机关内设 9 个部，共有工作人员 57 人。近年来，垣曲各项移民工作走在全市、全省前列，全市移民系统现场会在垣曲圆满召开，山西省电视台对垣曲移民工作作了专题报道，国家《水工程移民》杂志对垣曲县移民工作经验做法进行了全面介绍。

一、工作背景

垣曲县处于中条山腹地，山西省最南端，辖 11 个乡镇、188 个行政村，总人口 24 万。近年来，该县在发展进程中面临“两多”：一是移民人数多。作为小浪底水库移民任务最大的县，先后有 4.2 万人实施移民搬迁，加上移民安置村群众，共有 10 万余人涉及水库移民工作。二是贫困人口多。全县 188 个行政村、16.1 万农业人口，建档立卡贫困户达到 12067 户、33958 人，贫困人口占农业人口的 21.09%。其中：移民扶持村 108 个，贫困村和贫困人口就占半数以上。

二、主要做法

面对时间紧、任务重、困难多的“扶贫大考”，垣曲移民办主动担当，积极作为，念好“六字经”，谱好“六部曲”，蹚出了助力决战脱贫攻坚新路子，使全县脱贫成效不断巩固，工作亮点精彩纷呈，移民群众拥有了更多的幸福感和获得感。

（一）念好“引”字经，谱好党建引领曲

垣曲移民办在脱贫攻坚工作中，始终坚持以习近平总书记关于扶贫工作的系列重要讲话重要指示精神为指导，认真落实各级决策部署，努力践行县委“实快敢公韧”作风建设总要求，紧紧围绕“强化党建务实作风，各项工作勇创一流”目标，谱写了党建引领促脱贫之曲。

1. 发挥支部带头作用，让“战斗堡垒”发挥出“战时作用”。党支部坚持每周五组织机关人员集中学习，把深入学习贯彻习近平总书记重要讲话精神贯穿到抓党建促移民后扶工作落实全过程，有效指导党员干部下乡全力开展后扶工作，激发了基层移民干部群众的内生动力，进一步提升了移民后扶工作的凝聚力和战斗力。

2. 建立健全制度机制，让“制度建设”转化为“组织优势”。围绕党建引领，以“系列活动”推动互促共融。先后开展了“爱岗敬业有作为”“六办六给提效率”“党员带头做表率”“三心三高三要聚人心”等活动，推动党建工作更好地融入脱贫、服务脱贫、推动脱贫；围绕作用发挥，以“落实办法”推动精准助力。制定出台了《关于党建引领促移民后扶工作实施办法》《关于规范移民后扶项目流程》等办法，集中力量打好抓党建促移民后扶工作“组合拳”。围绕压力传导，以“力量下沉”推动落实落地。领导班子成

紧紧围绕全县产业布局，积极争取计划外专项资金，创建"三园两厂"，为移民群众搭建坚实的就业增收平台。左图为垣曲移民产业园；右图为以优势产业开发为重点，对移民群众有针对性地开展技术培训，实施了一大批种、养、加产业扶持项目，促进了移民村经济发展和群众增收 摄影：张辉

员每月定期下沉基层，对移民后扶项目进行调研指导，为脱贫攻坚工作扎实开展提供了强有力的组织保障。

3. 实行引入指导机制，让"三三活动"转化为"总体要求"。于6月份在全县移民系统开展了以"三心、三高、三要"为内容的"三三"活动。"三心"是怀着感恩心、责任心、公心开展工作；"三高"是以高标准、高质量、高效率推进工作；"三要"是要以饱满的激情、要以完美的追求、要以务实的作风落实工作。此次活动不限时间、不分阶段，要求全县移民系统工作者将"三心、三高、三要"作为今后工作尤其是脱贫攻坚战的总要求，始终贯穿于脱贫攻坚和乡村振兴全过程。近两个月来，全县移民工作者坚持以"三三"总要求为导向，在工作中学，在学习中干，在实践中悟，确保了移民后扶工作高标准高质量高效率推进，目前已完成扶持项目44个，新申请立项20个，项目资金达1600万元。

（二）念好"解"字经，谱好引水解困曲

垣曲县移民办经过深入调研，从优先实施与脱贫攻坚最为密切的饮水安全入手，积极建设大水网，谋划实施了一系列大举措：

1. 立足于民生问题解决生活用水。聚焦民生问题，长远谋划，科学决策，实施了"2+N"饮水项目方案。"2"即实施两大饮水工程：⑴针对亳清河两岸的古城、王茅群众生活饮水困难问题，千方百计、想方设法向省、市移民部门争取专项资金2086万元，实施了以水量充足、水质优良的五龙泉为水源的古城、王茅集中供水工程，经过一年时间的艰苦奋斗，在2019年6月底前圆满完工，共铺设输水管道40余公里、建设附属建筑700余座，改造达标水网1700余户，并实行公司化运作管理；⑵针对英言集镇11个村群众吃水难问题，于2019年6月底前圆满完成了投资160余万元的英言乡660米深井集中供水工程。"N"即先后投资400余万元，完成了古城镇南堡头村管网改造、新城镇赵家岭村管网改造等多项饮水工程。这些饮水工程，使全县11个乡镇、45个村、5万余人结束了饮水质量差、水量不足的苦难历史，为全县加快脱贫攻坚步伐奠定了坚实基础。

2. 立足于促进生产解决灌溉用水。关注水利，引水解旱，经过科学测设，申报立项，先后投资500余万元，实施了长直乡南洼村、古城镇谭家村等10多个村的提水灌溉项目及王茅镇晁家坡村的滴灌灌溉项目，使5000余亩旱地变为高效水浇地，年增收400余万元，受益群众2万余人，有效地加快了全县脱贫攻坚工作进程。

（三）念好"扶"字经，谱好产业扶持曲

近年来，垣曲移民办坚持以优势产业开发为重点，以农业产业扶持为基础，实现农业生产规模化，促进了移民地区经济发展和移民增收致富，维护了移民区的和谐稳定，谱好了全县移民后期产业扶持曲。

1. 高度重视，产业规划不断完善。经过多次深入调查，确定了在库区和移民安置区大力发展现代农业，走农业产业化经营路子的发展理念。在产业开发和项目建设中，一方面积极向省、市移民办汇报情况，争取项目；一方面向垣曲县委、县政府汇报情况，争取支持，充分调动县农业、林业、水利、扶贫等部门单位的力量，形成了各部门单位各负其责、密切配合、齐抓共管的工作局面。根据不同区域的产业特点、地理环境、气候条件等，按照"立足资源、突出重点、放大特色"的思路，编制了核桃、樱桃等移民产业发展规划，为进一步推动移民产业发展指明了方向。

2. 调整结构，产业布局不断优化。大力实施农业结构战略性调整，力促农业内部结构和产业布局的优化。种植业方面，在保证各贫困村核桃种植的同时，大力发展杞柳、樱桃、香菇等特色作物种植和黑鱼、龙虾、肉猪等短平快养殖项目，并根据各移民村组自然资源和区位特点，积极实施"一村一品"的发展战略，引导广大移民以市场为导向调整产业布局，引导种养业实行产业基地发展。尤其是古城村千亩杞柳种植已形成产业，带动300余名贫困户群众创收致富，人均年增收2万元左右。

3. 配备设施，耕种条件不断优化。将扶持工作重点放在农业基础设施建设上，不断改善库区和移民安置区的生产生活条件，切实加强农田水利基础建设，在华峰核桃示范基地安装新型节能灭虫灯199盏，安装核桃园围网10000多米，并以土地灌溉为重点，大力实施库区和移民安置区水利基础设施建设，共挖掘灌溉水源井38个，渠道、管道配套4000多米，有效改善了移民群众的生产生活条件。

4. 加强服务，发展活力不断增强。十分注重移民劳动技能和适用技术培训，近年来共组织举办果树管理、樱桃种植、肉猪养殖、杞柳编制等各类移民培训班10余期，对600多名移民进行了系统的生产技术培训，进一步提高了移民的劳动技能。

目前，移民农业生产实现了初步的产业化发展规模，已经形成核桃、樱桃、石榴、药材、黑麦、杞柳种植基地13个，种植面积1.2万亩，惠及全县8000多名移民，人均年增收1000元左右。

（四）念好"搭"字经，谱好平台搭建曲

垣曲移民办在不断提升扶持村基础设施建设的基础上，积极转变工作思路，紧紧围绕县委、县政府产业布局，积极争取计划外专项资金，创建了"三园两厂"，为移民群众搭建了坚实的就业增收平台。

1. 实施美丽移民村建设。将美丽移民村建设作为2020年的重点工作内容，向省、市移民部门争取专项资金1100余万元，对古城、南堡头等8个贫困村实施了美丽移民村建设项目，通过硬化、亮化、绿化、美化工程的实施，使这些村基础设施得到明显提升，村容村貌和人居环境得到明显改善，为下步继续推进美丽移民村建设提供了样板、积累了经验。

2. 配备环卫设施。紧紧围绕县委、县政府中心工作，把改善全县各移民村卫生环境作为主要内容来落实，充分利用移民后期扶持项目，自2018年以来先后投资300余万元为全县9个移民乡镇、65个村配备垃圾车15台、垃圾箱356个。垣曲移民办要求各乡镇

严格按照申报情况，将环卫设施发放到村，并加强卫生宣传和管理使用，确保移民村垃圾定点收集，及时清运，有效改善了村容村貌。

3. 打造旅游景点。在工程设计和实施中，既注重实用性，又体现美观性，做到工程中有美景，美景中有工程，处处透着人文美、景观美、和谐美。尤其是围绕古城、王茅集中供水工程五龙泉水源地投资100余万元实施的“亳清河长廊驿站”已高标准完成；投资180余万元的五龙泉水源地小游园项目顺利实施，成为垣曲县旅游公路边的靓丽风景，同时为周边村贫困群众销售农产品提供了一个良好的销售场所。

4. 兴办扶贫车间。采取“内外两手抓”的措施，兴办“扶贫车间”：对“内”发展“白色经济”。对所帮扶的古城镇店头村，根据部分群众具有种植香菇传统经验的优势，经过充分的市场调查论证，先后投资60余万元，建成了一座高标准的现代化的食用菌种植基地，共有种植大棚10个，均为钢架结构，采取遮阳网遮顶、白色塑料布罩棚的布局，看上去颇为壮观，群众亲切地称之为“白色经济”，运行两年来带动20多个贫困户、100余人实现了创收致富，同时为村集体增收5万元。对“外”发展“养猪经济”，加强与“温氏集团”联系，先后投资200余万元为4个村建设了10座现代化猪舍，聘用30名困难群众在养猪场打工，年人均增收2万元，使贫困群众实现了就近就业，脱贫增收，从而让“小车间”撬动“大扶贫”，让产业兴旺成为乡村振兴的“压舱石”和“助推器”。

（五）念好“振”字经，谱好乡村振兴曲

垣曲移民办将项目规划设计与农村振兴战略相结合，与国家新农村建设工作保持同频共振，增强工作责任心和神圣使命感，加快项目实施进度，为农村振兴战略做出积极贡献。

1. 实施美丽移民村建设。通过外出考察学习，借鉴外地经验，将美丽移民村建设作为2020年的重点工作内容，向省、市移民部门争取专项资金1100余万元，对古城、南堡头、下亳、店头、岭回、赵家岭、峪里、东滩等8个贫困村实施了美丽移民村建设项目，通过硬化、亮化、绿化、美化工程的实施，使这些村基础设施得到明显提升，村容村貌和人居环境得到明显改善，为下步继续推进美丽移民村建设提供了样板、积累了经验。

2. 配备环卫设施。紧紧围绕县委、县政府中心工作，把改善全县各移民村卫生环境作为主要内容来落实，充分利用移民后期扶持项目，自2018年以来先后投资300余万元为全县9个移民乡镇、65个村配备垃圾车15台、垃圾箱356个。这些垃圾箱体积在2.5至3方左右，均为加厚版，坚固耐用；垃圾车为配套的自动装卸式小货车，科学便利，非常适合移民村使用。垣曲移民办要求各乡镇严格按照申报情况，将环卫设施发放到村，并加强卫生宣传和管理使用，确保移民村垃圾定点收集，及时清运，有效改善了村容村貌。

3. 打造旅游景点。在工程设计和实施中，既注重实用性，又体现美观性，做到工程中有美景，美景中有工程，处处透着人文美、景观美、和谐美。尤其是围绕古城、王茅集中供水工程五龙泉水源地投资100余万元实施的“亳清河长廊驿站”已高标准完成；投资180余万元的五龙泉水源地小游园项目顺利实施，成为垣曲县旅游公路边的靓丽风景，为全县人民提供了一个休闲娱乐的好去处，为周边村贫困群众销售农产品提供了一个良好的销售场所，为助力县委、县政府“全景垣曲、全域旅游”发展发挥了积极作用。

4. 兴办扶贫车间。在实施后扶项目中特别注重为贫困户提供就近的工作岗位，带动贫困户长远发展。立足实际，创新务实，采取了“内外两手抓”的措施，兴办“扶贫车间”：对“内”发展“白色经济”。对所帮扶的古城镇店头村，根据部分群众具有种植香菇传统经验的优势，经过充分的市场调查论证，先后投资60余万元，建成了一座高标准的现代化的食用菌种植基地，共有种植大棚10个，均为钢架结构，采取遮阳网遮顶、白色塑料布罩棚的布局，看上去颇为壮观，群众亲切地称之为“白色经济”，运行两年来带动20多个贫困户、100余人实现了创收致富，同时为村集体增收5万元。对“外”发展“养猪经济”，加强与“温氏集团”联系，先后投资200余万元为4个村建设了10座现代化猪舍，聘用30名困难群众在养猪场打工，年人均增收2万元，使贫困群众实现了就近就业，脱贫增收，从而让“小车间”撬动“大扶贫”，让产业兴旺成为乡村振兴的“压舱石”和“助推器”。

（六）念好“管”字经，谱好工程管理曲

移民后期扶持项目实施是当前移民工作的重中之重，也是持续巩固提升各移民村和移民安置村基础设施的重要手段和措施。为把每项工程建成精品工程，让党和组织放心，让移民群众满意、得实惠，垣曲移民办采取了“多管齐下”的措施，谱写了工程建设管理曲。

1. 增强精品意识。始终把“质量第一，打造精品”作为移民后扶工程的根本要求，把精品意识灌输到每个移民工作者的心里，灌输到每个工程建设者的心里，贯穿到移民后扶工程的全过程，确保了工程的高标准、高质量实施。

2. 超前谋划设计。超前谋划，提前设计，确保每个项目符合实际，精准到位，每年年初都建立200个项目的移民后扶项目库，为项目的高标准、高质量实施打好了基础。

3. 明确施工流程。按照政策规定，借鉴外地经验，结合工作实际，制定出台了《垣曲县水库移民后期扶持项目规范管理相关规定》，明确了十个环节的要求和责任，即：村申报要体现民意，阳光申报；乡镇审查要分清轻重缓急，综合平衡；规划设计要切实可行，精准到位；移民办上报要符合要求，严格审核；招标要参照法规，统一进行；项目变更要实事求是，研究审批；监理要深入工地，严格程序；监管要责任明确，层层把关；验收要专家参与，现场检验；资料要统一标准，统一模式。尤其是对大家普遍关心的招标问题，要求招标公司参照招投标法，在最短的时间内，以最小的花费，对项目进行统一招标，避免了各项目村自行确定工队带来的众多问题，从而使后扶项目做到了程序更规范，管理更严格，进展更顺利。

4. 严格质量管理。在工程施工中，始终坚持质量第一的原则，规范了项目管理制度，明确了各个环节责任，采取委派专人蹲点监督、工程监理巡回监督、群众代表随时监督、业务人员定时监督、移民办领导抽查监督的办法，对工程施工实行全方位监管。同时对弄虚作假的、质量不合格的、工程长时间延期的、资料不齐全的施工队，列入“黑名单”，再不准参与移民工程建设，从而使每个工程都有具体人跟踪检查，每个施工细节都有管理人员过问，每个施工队都能尽职尽责，每个施工问题都能得到及时解决，有效地保证了工程质量。

5. 明确工程“身份”。对近年以来的移民后期扶持工程制作了项目责任牌，实行工程质量终身负责制。责任牌上明确建设单位责任人为该项目实施村的支部书记和村委主任；设计单位责任人为该项目的设计负责人；承建单位责任人为该项目的施工负责人；监理单位责任人为监理单位派出的该项目监理负责人；监管单位责任人为县移民办包乡镇科长和具体负责该项目的业务人员。工程完成终验后，由县移民办统一设计，统一标准，统一制作，统一安装。制定了责任牌就等于工程有了“身份证”，就等于给有关责任人张贴了“荣辱榜”，从而增强了每个责任人在各个施工环节中的责任心，确保了工程质量。

同时，为了保证移民后扶工程高效率、快速度完成，垣曲移民办还采取了“快跑步”工作法：一是提前设计“争”时间，二是高效工作“缩”时间，三是加班加点“抢”时间，四是微信群里“催”时间，五是严格考核“压”时间。

2018年至2020年，垣曲移民办想方设法、千方百计向省、市争取项目资金1亿余元，先后实施移民后期扶持项目126个，项目完成在全市、全省最快最好，为全县涉及移民工作的10万群众改善生产生活条件、搭建增收致富平台提供了强有力的项目支撑。

三、工作成效

近年来，垣曲移民办在脱贫攻坚工作上，念好“六字经”，谱好“六部曲”，充分发扬“5+2”“白+黑”的拼搏精神，苦干实干，务求实效，以实际行动诠释着对党和移民群众的忠诚，有效改善了移民群众生产生活条件，群众幸福指数大幅提高，各项工作居于全市、全省前列，受到各级领导高度评价和各级媒体广泛关注。

（一）召开了全市水库移民首次现场会。运城市移民办于2018年9月20日组织全市移民系统在垣曲县召开了首次现场会，垣曲办移民后期扶持项目和脱贫攻坚战中的做法和经验被推广学习。

（二）多次代表山西省接受国家检查。2016年至2019年，省水利厅、移民办先后四次安排垣曲移民办代表山西省接受水利部的移民后期扶持项目稽查、绩效评估和审计等工作，专家们对垣曲工作给予高度评价。

（三）多次受到各级领导高度肯定。在水利部2019年10月份组织的稽查工作中，原南水北调中线局局长、稽查组组长袁松龄称赞垣曲移民工作“站位高、着眼远、工作实、效果好”；省水利厅副厅长李力称赞垣曲移民工作“标准高、要求严、质量硬、成绩好，是全省移民系统的标杆和榜样”；市水务局局长靳虎刚称赞垣曲移民办“工作做法新、工作力度大、工作成效高，垣曲经验值得在全市推广学习”；市移民办主任鲁秋庚评价垣曲移民办“争取到了全省最多的计划外项目资金，做出了全省最好的工作成绩，是全市移民系统靓丽的名片”；垣曲移民办多次受到垣曲县委、县政府表彰、表扬。

（四）多次被主流媒体宣传报道。垣曲移民工作尤其是助力脱贫攻坚战的经验做法受到了省内外多家媒体的广泛关注。2019年8月，省水利厅发研中心主任孙尚荣主任带领《山西日报》《山西经济日报》对垣曲移民工作进行了全方位的采访；2019年9月，山西电视台在“新闻联播”栏目对垣曲移民工作进行了专题报道；《中国扶贫》《水工程移民》《中国农村网》《山西日报》《运城日报》等媒体对垣曲县结合移民后期扶持助力决胜脱贫攻坚战的经验做法进行了宣传报道，在全市、全省移民系统引起了较大反响。

走进新时代，开启新征程。决战决胜脱贫攻坚的帷幕已经拉开，战鼓已经擂响，冲刺已经开始。垣曲移民办把过去的成绩和辉煌作为新的起点，继续团结带领全县移民干群攻坚克难、真抓实干，在加大移民后期扶持工作力度、持续巩固脱贫成效的基础上，积极助力乡村振兴，真正干出让移民群众认可、经得起历史检验的业绩，为全面建成垣曲小康社会贡献智慧、凝聚力量！

河北省承德市农业广播电视学校王文合、李振举

科技创新引领乡村产业发展

河北省承德市农业广播电视学校（以下简称承德市农广校）成立于1981年，经过38年的艰苦努力，学校从无到有，由小到大，从单一的广播电视远程教育，发展成集职业中专、成人教育、农民教育培训和农业高新技术成果引进示范推广于一体，以市校为纽带，上接中央校、省校，横联知名科研院校，下辖县分校及乡教学班或基地，全方位协调联动的公益性教育培训机构，在改革开放的大潮中焕发出勃勃生机。

学校紧紧围绕区域特色产业发展，服务开展承德市政府与中国农业大学、中国科学院南京土壤研究所、河北农业大学等农业高等科研院校科技合作和产学研协作，主动担当市政府与高等院校科技合作的使者和桥梁，致力于“引智”“引技”相结合，先后引进并创新转化了“植物生态氨基酸肥技术”“酸枣嫁接鲜食大枣”技术、“苹果三优一体化”栽培技术、土壤连作土传病害修复技术、零农残生物降解技术、栗下循环经济开发模式、设施农业无土栽培技术，以及《冀北错季蔬菜优质高效生产技术集成与示范》《冀北冷凉地区特色产业健康生态施肥技术示范应用》《规模化连作菜地健康生态施肥技术及应用》《承德市环京生态休闲农业示范区项目》等农业高新技术成果20余项，制定颁布河北省地方标准9项，完成国家农业部、科技部、北京市发改委、河北省财政厅等重大农业技术推广和星火培训项目6项，完成河北省农业开发项目12项。其中，获得全国农牧渔业丰收成果二等奖、省山区创业三等奖、省农业技术推广三等奖各1次，完成承德市科技成果20余项，获承德市科技进步一、二、三等奖11项；还获得省、市社科成果奖10余项，指导创建农业高新技术示范园区20余个，对接农业产业化龙头企业与合作社数十家，有效服务了农业主导产业升级和现代农业发展。

一、酸枣改接优质大枣，成功打造沟域经济典范

根据本市荒山荒坡酸枣资源丰富但开发利用不够的现状，2003年春，承德市农广校与河北农大合作，从事酸枣改接优质大枣技术的应用推广，建立了河北农业大学专家工作站。专家组成员多次深入承德市酸枣资源富集区域，进行技术考察论证，在兴隆县大杖子、李家营、北营房，承德县六沟、新杖子，开发区陈家沟、冯营子，双桥区双峰寺以及原双滦区时运公司等地设立了多处示范基点，引进示范大枣新品种及栽培技术，引进、筛选出月光枣、赞皇大枣、早脆王、梨枣和龙须枣、磨盘枣等优质鲜食枣及观光枣新品种26个，并打造了优质鲜食“月光枣”集中连片产业园区。承德市农广校连续8年从中国枣中心种苗基地购置大枣种穗100余万穗，通过扩繁组织枣农嫁接大枣6000余万穗，山枣改接大枣面积达到10万余亩。其间分别以《酸枣改接大枣及无公害标准化生产试验示范》和《鲜食枣新品种“月光”的引进及开发》为题申报承德市科技支撑项目，制定地方标准，建立示范基地38个，已实现亩产值2000元以上，变酸枣荒山坡为绿色致富山坡，现已成为农民脱贫致富新途径。

陈家沟贫困村酸枣改接大枣致富

上板城镇陈家沟村是贫困村，有山场面积10000多亩，占该村总土地面积的90%；从2003年开始连续十年支持该村改造酸枣坡3000多亩，酸枣改接大枣8万多株，80%的农户参与其中。还创建了“月光果树种植专业合作社”，会员125户，统一提供技术

到兴隆车道峪三优苹果基地调研指导

服务、果穗引进和产品销售服务。涌现出10亩以上酸枣改接大枣大户100多户，大枣产业成为农民脱贫致富来源。村民高凤林，30亩荒山实施酸枣嫁接大枣，年收入达到3万多元。该村的酸枣坡，如今已变成农民的致富花果山，成为沟域经济发展的典型范例，吸引了大批市民前来采摘观光。

二、“三优一体化”实现承德苹果产业革命性技术突破

承德市苹果资源丰富，栽培规模较大，但因品种相对落后，技术含量偏低，导致果品质量不高，缺乏品牌效应。2009年承德市农广校与河北农大协作，共同实施《燕山精品苹果生产技术集成与创新应用》项目，在兴隆县车道峪村建立了示范主基点，由时任河北农大园艺学院副院长、国家苹果产业技术体系岗位科学家孙建设、河北农大试验站站长徐继忠以及陈海江、邵建柱教授组成专家团队，定期来基地开展系统技术培训，进行田间示范指导，手把手向果农传授“三优一体化”栽培技术。承德市农广校派出专业技术人员，负责河北农大培训后的跟踪技术服务，按规范化要求指导当地果业协会打造高标准示范园，当年在车道峪新建三优苹果园180余亩，成活率95%以上，第二年又扩建了120余亩，2011年在兴隆县高杖子村建立了20亩直属种苗基地，为果农提供优质种苗服务。通过连续蹲点跟踪指导，制定落实地方标准，规范管理，目前已进入盛果期，“三优苹果”价格每公斤达到10元以上，较普通苹果价格高出一倍多。通过在车道峪村建示范基地，承德市农广校以《“三优一体化”苹果生产新技术引进与应用》为题申报科技支撑项目，定期到示范基地开展技术培训和现场指导，技术人员全程跟踪服务，及时解决示范过程中的疑难问题，并制定颁布了《“三优一体化”苹果栽培技术标准》。10年来，先后在兴隆县车道峪村、高杖子村、平泉于杖子村、王家沟村、宽城西岔沟、承德县新杖子村、娘娘庙村双滦偏桥子等地新建“三优苹果”示范园18处，累计面积3000余亩，“三优一体化”苹果发展势头迅猛，引领承德苹果产业发展走向标准化和省力化。目前，项目区盛果期的苹果平均亩产已达3000公斤以上，商品果率达85%以上，果品品质明显提高，市场竞争力显著增强，实现每亩纯收益两万多元，促进了苹果产业提档升级。

三、新技术集成应用推动设施蔬菜产业升级

承德四季分明，光照充足，昼夜温差大，年均气温9℃左右，适合设施农业的发展。2018年承德市设施蔬菜面积超过66.6万亩。承德市农广校与高等院校和现代农业产业技术体系合作，引进集成并形成多项技术成果，为承德市设施农业发展提供了一套可借鉴、可复制的技术体系。

1. **技术创新，催生山区设施农业高产高效生产模式。**依托省农科院、蔬菜产业技术体系科技优势，以《山区设施农业高产高效生产模式研究示范》为题列入承德市科技支撑计划，以提高蔬菜品质、促进农业增收为目标，在滦平大屯乡、虎什哈镇，采用高新技术和引进优良品种，创建了设施果、菜高效优质生产技术体系，总结出了冀北设施果、菜高效栽培模式，建设一批基地规模大、生产水平高、品牌建设优、经济效益高、带动能力强的设施果菜高效示范区，通过新技术集成配套应用，大大减少了农药、化肥等生产资料投入，减缓农业面源污染，经济、社会和生态效益显著。

2. **引进新品种，优化设施蔬菜品种结构。**承德设施蔬菜多年来以越冬黄瓜和越夏番茄为主，随着设施农业的快速发展，产业结构亟待调整。市校技术依托河北省蔬菜产业技术体系，发挥承担张承坝下精特设施蔬菜综合试验站平台作用，引进了产业体系首席专家、河北农业大学申书兴校长团队研发的农大601、604圆茄品种，以《错季茄子新品种‘农大601’‘农大604’的引进示范》为题列入承德市科技发展计划，通过试验、示范，创建基地，开展培训，制定日光温室越冬茄子栽培技术规范标准，在冷棚越夏栽培和温室

为设施蔬菜提供技术支撑

越冬栽培中表现极好，示范应用680亩，不仅产量高、着色好、品质佳，而且抗病性强，促进了蔬菜产业种植结构调整。

3. 调研探索，筛选优化设施高效生产模式。目前承德市设施类型主要为节能型日光温室、塑料大棚和少量的盖苫大棚。不同类型设施的结构和建造材料在选择和使用上多种多样，但由于蓄热、保温等问题使得温室的环境条件差异较大，直接或间接影响了蔬菜作物的生长。承德市农广校课题组对平泉市、滦平县、承德县、隆化县、围场县、双桥区、双滦区等7个县（市）、区不同类型的日光温室进行了大量调研，对各地不同设施结构、建造材质、规格、分布面积、蔬菜种类、茬口安排等因素进行了详细的调研归纳，建立了数据库，为我市设施产业发展趋势深入分析提供了理论数据基础，并根据生产实际及示范效果提出四种不同类型设施的高效生产模式：即保温性能较好的日光温室可进行越冬一大茬果菜生产，配套使用秸秆反应堆、平衡施肥、病虫绿色防控、增施CO_2等技术；保温板墙体日光温室采取秋茬果菜—冬季叶菜—春茬果菜的生产模式和一年三茬果菜模式；盖苫大棚采取春秋季节各一茬果菜、深冬一茬叶菜，配套集成技术。

四、立足区域优势，创新循环经济发展路径

1. 开展板栗优质高效关键技术创新研发，实现废弃资源循环利用。针对燕山板栗规模大、产量低、板栗废枝杈影响农村环境等问题，承德市农广校以“延长板栗产业链条，发展栗园生态循环经济”为切入点，以《京东板栗优质高效关键技术体系研究与应用》为题，研发了以根床生态调控、高光效树体结构调整、病虫害无害化防控等技术体系，同时利用板栗枝杈为主要原料，在栗树下仿野生栽培板栗蘑，实现提高土地资源利用率和废弃栗枝的循环利用。

2. 研发无土栽培基质，实现区域废弃资源循环利用。针对承德工农业生产产生大量废弃铁尾矿渣、中药渣和菇渣等废弃物造成的严重工业污染和农业面源污染问题，我校自2011年开始先后以《设施蔬菜生态型无土栽培模式研究应用》《设施果菜全营养配方施肥技术及传统品种保护技术研究》为题，利用废弃的铁尾矿渣、中药渣和菇渣等作为栽培基质，以设施番茄、黄瓜等为试验材料，开展基质配比试验、示范研究，筛选出了适宜不同作物的栽培基质和育苗基质配比，探索出了无土栽培模式下的精量施肥技术，并在生产上进行了推广应用，实现节水65%、省肥20%、省药35%，该项技术的实施有效克服设施蔬菜连年种植造成的土传病虫害加剧的难题，大幅度降低了农药、化肥的使用量，提高了蔬菜产品品质，增加了产量，同时通过对废弃资源的开发再利用，缓解社会安全隐患，开辟出一条工农业固定废弃物综合利用、带动设施蔬菜产业健康可持续发展的科技新路径。

五、综合应用肥药减施技术，实现农业健康可持续发展

1. 转化健植调生控病绿色施肥技术，促进农产品质量提档升级。2004年承德市农广校引进了中科院南京土壤研究所与北京仲元公司合作研发的植物氨基酸矿质肥和液态肥施肥模式，分别在丰宁坝上大滩镇和鱼儿山镇建立了万亩无公害时差蔬菜示范基地，在丰宁南关乡建立了千亩无公害架豆示范基地，在围场张家湾乡建立了万亩无公害胡萝卜生产示范基地，在围场四合永、腰站乡、朝阳地乡分别建立了无公害时差蔬菜示范基地，取得了调生健植控病的良好效果，成为无公害绿色农产品生产的一项新的技术支撑，该项目获得市科技进步一等奖。

在此基础上，针对马铃薯、胡萝卜、大白菜等规模化蔬菜连年种植，倒茬困难，土传病害加重，作物抗病能力减弱，产量、品质下降，农药、化肥投入增加等问题，承德市农广校与中科院南京土壤所合作，确立“调生健植控病、以肥防病治病”理念，立项实施了“规模化连作菜地健康生态施肥技术及应用”项目。通过应用土壤调理专利技术开展试验示范，探索出了适合北方冷凉地区规模化连作菜地绿色施肥模式，获得冷凉地区马铃薯、白菜两种作物施肥模式2项国家发明专利，并示范推广结果表明：绿色施肥技术提高蔬菜产量16%以上，胡萝卜腐烂病发病率下降了24.5%，马铃薯晚疫病发病率下降了10.7%，农药施用量减少30%—40%，建立了规模化菜地清洁高效的土壤生态环境，有效改善了农产品的品质，提高了产量，促进了生态安全绿色农产品基地建设。

2. 应用电解水，实现节药。我国农业生产大量使用农药，虽然取得了良好病虫害防治效果，但也造成了规模化的面源污染和农产品农药残留，污染了环境，破坏了生态平衡，给人们生活带来极大的危害和恐慌。对此，节药是转变农业发展方式的重要举措，是实现农业环境友好的迫切需要。承德市农广校与河北雄一农业科技有限责任公司合作，以水为原料，通过电解处理方法生产高浓度强酸性和强碱性电解水，无毒、无害、无污染，具有杀菌、杀虫卵、促长、预防病虫害的作用。两年来，先后在双桥区、滦平县和平泉市等地建立了示范基地，在设施蔬菜、果树和水稻上进行了示范应用，效果显著，探索出了以电解水减少甚至替代农药的方法和模式，转变了农业生产方式，改善了生态环境，确保了农产品质量安全。

浙江宁波溪口雪窦山名山建设党工委委员、管委会副主任，溪口镇党委书记江定康

掌握主动权 打好主动仗
争当奉化区域发展排头兵

链接： 溪口位于长三角南翼，地处四明山麓，距离宁波30公里，杭州170公里，上海230公里，已融入上海、杭州两小时经济圈，30分钟内，均可到达宁波栎社国际机场和国际深水良港北仑港。全镇区域面积381.6平方公里，常住人口近10万人，下辖52个行政村、6个居委会。溪口历史人文底蕴深厚，汉代时有海上蓬莱之美称，东晋时又有一代书圣王羲之在此隐居，民国、近代，更因蒋氏父子两代名人而闻名遐迩，加上区域内的雪窦山是佛教界公认的弥勒根本道场、中国佛教五大名山，故素有“蒋氏故里、弥勒圣地、山水天堂”之美誉。溪口是宁波最早的国家级风景名胜区和国家5A级旅游景区，也是中国雷笋之乡、全国水蜜桃特色基地乡镇、中国美容美发器具生产基地和中国气动元件之乡。2019年度，全镇实现地区生产总值61.55亿元，财政总收入8.35亿元，固定资产投资32.54亿元，接待海内外游客704.9万人次，实现旅游综合收入36.42亿元。十八大以来，溪口镇获得的国家级荣誉主要有：IAI国际旅游奖银奖，亚洲金旅奖，全国综合实力千强镇，中国最美休闲小城，全国美丽宜居示范小镇，全国十佳生态文明景区，中国最佳投资休闲目的地，全国十佳文化生态景区，第一届最美中国符号·最美风景名胜区品牌，中国最佳亲子游目的地，海峡两岸交流基地，十一假日旅游全国“秩序最佳景区”，腾讯区域旅游营销奖，“蒙牛杯”美丽中国城市乡村评选TOP100，中国大毛竹之乡，中

江定康在宁波市美丽城镇建设工作现场推进会上进行交流发言　摄影：王强

国雷笋之乡。

在全国上下统筹推进新冠肺炎疫情防控和经济社会发展取得阶段性成果的关键时刻，习近平总书记亲临浙江、宁波考察并发表重要讲话，在浙江、宁波的改革发展史上具有重大而深远的里程碑意义。总书记的讲话，体现了顶天立地的大视野、运筹帷幄的大智慧、谋篇布局的大手笔、为民立命的大情怀，让人深受启发。学习讲话后，我有三点感悟：一是进一步增强了打赢疫情防控人民战争、总体战、阻击战的信心；二是进一步增强了危中求机、抢抓机遇，推动高质量发展的决心；三是进一步增强了立足当前、着眼长远，加强战略谋划和前瞻布局的恒心。特别是总书记提出，要继续干在实处、走在前列、勇立潮头，努力成为新时代全面展示中国特色社会主义制度优越性的重要窗口，给我们做好下步工作指明了重要方向。我们要深入学习贯彻总书记重要讲话精神，按照中央、省市区委决策部署，坚持"疫情防控不松劲、复工复产加把劲、干部作风绷住劲"，迎难而上、担当实干，努力把溪口打造成为高书记要求的奉化区域发展"排头兵"。重点打好三场"主动仗"：

一、打好复工复产主动仗，确保经济平稳发展

总书记强调，要有力有序推动复工复产提速扩面，积极破解复工复产中的难点、堵点，推动全产业链联动复工。今年上半年，受疫情影响，溪口各项经济指标除工业投资和市外境内资金招引外，均出现不同程度下滑。下步，我们将全力攻坚"五大专项行动"和"五大攻坚战"，重点打好外贸、投资、项目"三张牌"，力争完成全年经济指标。

（一）外贸突出"稳"。就是结合"三服务"活动，加大对外贸企业的跟踪调研和指导力度，帮助解决资金周转、工人招募、销售渠道等方面问题，努力稳住市场，让出口这驾"马车"动起来。

（二）投资突出"活"。就是要加快启动畸山片旧城改造、班溪片农房改造和古镇一期等重点项目，加快出让任宋一期、湖山五期等成熟地块，为有效投资注入"源头活水"，形成良性循环。

（三）项目突出"赶"。就是要赶上前期因为疫情拖延的进度，跑出"加速度"，重点是加快气动智创产业园、今日生物科技健康产业园等重点产业项目建设进度，为溪口经济发展注入新动力。

二、打好基层治理主动仗，确保社会和谐稳定

总书记强调，基层是社会和谐稳定的基础。越是受疫情影响，越要保持社会稳定，才能为实现疫情防控和经济发展"两战都要赢"保驾护航。

（一）始终保持警惕防控之心。近期出现的北京新发地农贸批发市场聚集性疫情事件，充分说明防控疫情丝毫不能松懈，外防输入、内防反弹的任务依然十分艰巨。下步，我们将进一步抓实抓细守住村、社、企、商"小门"，继续加强"小周期"滚动排查，精准掌握境外、国内重点地区来溪口人员动态，加强无症状感染者筛查，巩固疫情防控持续向好态势。

（二）时刻紧绷安全生产之弦。继续深化"三个30天"工作要求，抓实平安督导和安全生产维稳攻坚行动，加大安全生产检查整改力度；继续深化出租房专项整治，集中开展为期半个月的外来人口出租屋专项整治活动；继续推进"智安小区"建设，重点加大对开放式小区的投入力度。

（三）持续抓实信访维稳之责。带头做好领导干部"周一夜访"，善于从民情动态中发现信访苗头，抓好信访案件就地化解；做好宁波市矛盾问题化解处置工作试点工作，健全矛盾问题"排查发现→上报汇总→研判流转→联动处置→结果反馈"全流程的发现处置联动机制，努力实现"小事不出村、大事不出镇"。

三、打好作风建设主动仗，确保干部担当作为

总书记强调，这次疫情防控斗争是对领导班子和党员干部队伍建设水平实打实的考验。干部是执行落实一切工作的关键，必须深化"作风建设年"活动，聚焦部分干部不想为、不敢为、不善为等问题进行通报曝光、执纪问责，促使优化作风、提高效能。重点抓细抓实两项工作：

（一）抓好"中梗阻"专项整治活动。聚焦提升干部执行力，积极推行干部大轮岗和"一线压担锻炼"，从严落实中层干部"末位淘汰"机制。

（二）顺利完成村庄撤并和村级组织换届选举工作。严格按照区委的统一部署，顺利完成钟甘家、兰峰、东姜坑三个村撤并和村级组织换届选举工作，确保所有村实现书记主任"一肩挑"。

溪口镇建设发展剪影：左图为全力开展"城市品质提升年"活动　摄影：卓建青；右上图为江定康书记下企业调研复工复产情况　摄影：毛玲雁；右下图为"周一夜访"调研新建村　摄影：谢定忠

江苏省射阳县盘湾镇人民政府镇长路胜宏

规范村居财务管理 促进农村健康发展

路胜宏在脱贫攻坚工作会议上 摄影：王中顺

链接：盘湾镇位于盐城市射阳县西南、潭洋河畔，镇域面积96平方公里，人口38894人，辖10个行政村、2个居委会，是射阳县南片工业重镇，拥有4平方公里的韩资产业园。2019年实现地区生产总值32.3亿元，一般公共预算收入8605万元，农村常住居民人均可支配收入29757元。先后荣获国家级生态镇、江苏省级文明镇、江苏省级中小企业创业示范基地、盐城外资特色镇等称号。

规范村居财务管理是党和政府对农村工作的基本要求，是基层群众的迫切期盼，是纪委监察工作的必然要求。近年来，江苏省射阳县盘湾镇农村财务管理工作，以增长保支出，积极打造阳光财政、透明财政，建制度，抓源头，稳增长，保支出，取得明显成效。

一、从源头入手，建章立制，通过规范流程打造阳光财政

（一）建立健全各项管理制度。2018年盘湾镇出台了《关于进一步规范村级财务管理工作意见的通知》《关于进一步规范镇村公益事业招投标管理工作的意见》，镇纪委出台了《小微权力清单》实施意见。村级财务全面实行收支两条线，单独设立银行账户，农经中心与村居实行“双印鉴”监管，做到村居所有收入在两个工作日内缴存账户，严禁截留挪用，坐收坐支，所有支出一律通过“非现金”核算。

（二）规范财务操作流程。每张原始凭证必须有经手人、证明人和审批人签名，并有民主理财章和农经中心财务审计章章印。严禁“白条”入账，对不合法、不合规的原始凭证一律不得签批和报销入账。村集体经济组织所有支出单据由村主任签批。村书记、主任不得经手现金收支业务，所有支出必须实行程序审核制。凡需添置设备各种办公用具和维修等，必须严格执行“先审后批，先批后买”的规定。重大事项必须按照小微权力中的“四议两公开”程序进行。对需招投标工程必须按照预算—预审—招投标—合同—竣工验收—审计的流程实施。2020年，射阳县纪委、监委创建村级小微权力智慧监管平台，对村级重大决策、三资管理、涉农补贴、用工管理、救助救灾、四务公开等权力清单，严格实行OA审批、监督管理、预警处置，向社会公开，接受社会监督，让村级一切财务在阳光下运行。2019年，全镇12个村居在农村产权交易平台交易成交总额为1373万元，其中土地流转934万元、鱼塘、机动地发包63万元、涉农项目376万元。

二、从短板入手，开源节流，通过各类增收保障财政支出

（一）积极挖掘资源。2019年，盘湾镇党委、政府按照市委巡查“回头看”要求，组建专门工作班子，商定“四个一”要求，即处理一名村居干部、处理一名党员、处理一名组长、处理一名群众，通过塘南村群众全员参与、法制引导、宣传教育，依法收回了被农户抢种11年之久的300亩村集体机动地，通过公开发包，当年为村集体每年增收近25万元，仅一项收入就实现村居全面脱贫。

（二）积极招引项目。经济薄弱村新华村通过扶贫工作队向上争取资金120万元，用于建造1500平方米的多功能冷库和仓库，2019年下半年对外出租，获得租金7.5万元；盘东居委会招引斑极虾养殖项目，市场化引进资金3000万元，养殖面积1000亩，每年为村集体创收5万元。裕丰村通过引进客商新上桑芽茶项目，每年村集体收益20万元以上，帮助带动20多名贫困群众打工脱贫。

（三）积极争取资金。裕民村经济基础薄弱，党群服务中心破旧，2017年向上争取资金40万元，建成党群服务中心，并甩掉了软弱涣散村党组织的帽子。安石村通过新上投入达5000万元的

摄影：王中顺

特水养殖项目，每年争取配套资金30万元，有效增加了集体收入。2017年以来，各村居通过发挥网格长、网格员作用，深入群众开展大走访，将问题和矛盾消灭在萌芽状态，2019年盘湾镇被县政法委评为“无访无诉镇”，12个村居被评为“无访无诉村”，不仅获得了县信访奖补，还减少了村级开支，2019年全镇村级债务化解率达24%。

三、从能力入手，建强队伍，通过督导审计发现问题及时纠正

（一）实行会计易村任职。2018年4月，全镇推行村会计易村任职制，注重加强村会计业务培训，使会计人员的政策水平和业务水平普遍得到了提高。目前，12个村会计普遍经过轮岗培训，1名村会计获得中级会计师，1名村会计为本科生学历。

（二）筑牢拒腐防变底线。组织财务人员经常观看警示教育片，剖析原因，查找不足，对症下药，自我反省，从灵魂深处洗净铅华。2018年，一村会计没有将1万元上级困难补助款通过“一折通”发放，被纪委提醒谈话，之后再无此类现象发生。

（三）加强审计防微杜渐。积极开展村级财务日常审计，除一些专项性、突击性审计外，镇审计站两年对村级财务近三年财务收支实行专项轮审一次。2019年，镇审计振阳、中华、裕丰、裕民、南沃、安石等6个村居财务，及时向村居出具书面审计报告，运用通报、提醒、诫勉谈话等方法，发现问题，及时整改。

江苏省仪征经济开发区党工委委员、管委会副主任，新集镇党委书记刘昌金

谱写发展新篇章

坐落于新集镇的“扬州院子”实景图

作为仪征的东大门，“十三五”以来，江苏省仪征市新集镇坚持项目为王的发展理念，以三条交通要道为生命线，积极打造特色产业园区。目前，南部智能产业园已完成一期200亩建设，引进恒升光学、口腔3D打印等9个智能产业项目，预计投产后年开票销售12亿元，税收4000万元。中部数字经济和总部经济产业园正在进行规划设计，天润总部经济项目正在建设之中。北部医养产业园已启动总投资61.4亿元的质子治疗及医养产业项目，预计三年内基本建成，着力打造一个集医疗、科研、教学于一体的现代化、国际化肿瘤治疗中心。

“十四五”期间，仪征市新集镇将继续坚持以“智能、健康、旅游”产业为主攻方向，依托三条经济发展生命线，打造三大产业集聚区，积极推进工业经济向智能化迈进、服务业向高端化升级、农业向现代化转型，着力积极搭建10分钟经济圈，努力打造扬州的“卫星城”。

一、坚持高点定位，主动融入宁镇扬发展格局

新集镇按照“依水而建、缘水而兴、因水而美”的发展要求，树牢绿色发展理念，立足山水林田资源底色，加快编制“十四五”发展规划，全力发展绿色工业、生态农业、文化旅游。

一是坚持工业强镇。紧跟新型工业化趋势和进程，以规模化、高端化、特色化、绿色化为导向，加快培育一批“仪征领先、扬州知名”的地标产业集群，推动传统产业改造升级、战略性新兴产业加快发展，做到增量扩能与调整存量、做大增量并举，打造先进制造业基地，力争“十四五”实现工业开票销售80亿元以上。

二是坚持生态美镇。围绕建设天蓝、地绿、水净的美丽家园目标，加快补齐污水、垃圾收集处理等环保基础设施短板，常态化做好农村环境集中整治，进一步发挥自然山水优势，确保生态文明建设在新集生根见效。

三是坚持文旅兴镇。积极顺应生态文明兴起、文化繁荣兴盛、消费迭代升级等大趋势，抓住世界园艺博览会举办机遇，围绕庙山汉文化、商周古文化，寻找文化和旅游发展融合点，探索文化旅游资源“活化”“物化”“转化”新路径，全力推进文化旅游大融合，不断塑造和培育文旅融合的新业态、新形态。

二、坚持智能定位，打造有竞争力的产业体系

借势仪征腾讯云项目的落成，新集镇积极融入仪征“沿328国道宁扬科创走廊”建设，加强传统工业在智能制造、工业互联网领域的智能化改造，打造科创新集，努力实现工业的弯道超车、变道转向。

一是坚持以项目推动制造到智造。坚持把招商引资作为发展的“生命线”，高起点规划500亩二期智能产业园，对工业园区内的企业实行末位淘汰制，以“亩均论英雄”，推动土地供给向质量供给转变，为优质项目入驻腾出空间。深耕珠三角、长三角、京津冀等区域，围绕智能制造、汽车电子、机械智造等重点领域，开展精准招商，用好“招商大使”“招商顾问”，每季度开展一次有影响力的招商活动，力争每年招引亿元以上项目4个以上，不断拉长增粗产业链条，实现产业链的重塑再造、延长升级。

二是坚持以技改推动制造到智造。以工业化、信息化融合为抓手，紧盯在手的恒升光学、口腔3D打印等项目，建设一批“机器换人”“自动化减人”的智能工厂、黑灯工厂，打造典型示范的智能车间。深耕研发和技改，深化与高校、院所的密切合作，积极打造一批以工程技术中心、国家和省实验室等为重点的创新载体平台，努力培育更多如东升汽配般的国家专精特新“小巨人”企业。坚持改造提升与淘汰落后同步推进，推广轻量化、低功耗、易回收等技术工艺，支持企业实施工业能效提升、资源循环利用、清洁生产等绿色化改造，推动形成一批绿色产品、绿色供应链。

三是坚持以人才推动制造到创造。注重知识型、技术型、创新型人才培养，突出人才与学校的匹配性教育，加强高技术企业与高校合作共建。一方面，积极实施“绿扬金凤”“凤来仪”计划，加大高层次技术研发人才引进力度，特别是国家“千人计划专家”“长江学者”等重点群体，以人才推动核心技术提升。另一方面，积极培养对智能化设备熟练操作的应用型人才，助力企业攻克核心技术，让学生一走进企业就能够马上上岗。

新集镇远眺

三、坚持高端定位，建设优质舒适医养服务区

聚焦国际文化旅游名城建设，全镇大力发展健康产业，不断提高新集“卫星城”人口承载量，为全市发展做服务、做配套。

*一是全力推进医养产业发展。*紧盯质子治疗及医养产业项目建设，为项目提供高效便捷的政务服务，力争通过3—5年时间，将其打造成为华东地区健康产业创新区、健康生活试验区和国际合作示范区。深入推进“医养结合”服务模式，加强与省人医的深入对接，积极培育“健康+”产业，引进高端康养项目，打造医养游特色小镇。推广镇南山怡养公馆、医养综合体的发展经验，引导鼓励社会资本和社会力量参与提供健康养老服务，构建多元化健康养老服务格局。

*二是狠抓新兴服务业引育。*以文汇路西延中部数字经济和总部经济产业园建设为重点，加大华淼数字经济产业园等意向项目洽谈力度，打通与蒋王的服务业发展壁垒，形成跨域互融互通的总部经济和创业创新示范基地，打造仪邗融合桥头堡。因势利导鼓励传统企业电商拓市，引导支持商贸、文旅、餐饮等行业跨界融合，全面提升研发设计、现代物流、售后服务等生产性服务业环节与制造业的融合度，推动全镇服务业业态升级。

*三是不断提升集镇功能品质。*以产镇融合为方向，依托建设中的润达城市广场和小镇客厅，完善生活、教育、医疗、文化等配套环境，推动“三室经济”发展壮大，不断提升集镇综合服务功能，打造便民商圈。按照严防源头、严管过程的思路，深入推进社会化治理体系建设，通过大数据、云计算、“城市管家”等技术和手段，构建全方位、多领域的集镇管理模式。

四、坚持生态定位，推动农业经济迈向现代化

深入贯彻落实仪征市委、市政府关于加快推进农业农村现代化的工作要求，新集镇全力推动农业园区化、基地化、特色化发展。

*一是让农业基础“强”起来。*坚持质量兴农、绿色兴农思路，全面推广青涩凌东葵花产业基地、光明香椿小村发展经验，持续打造“一镇一特、一村一品”。用好“百企联百村”平台，加大与扬州城控集团等优质企业合作力度，积极鼓励扶持家庭农场、种养大户等新型农业经营主体，力争每年新增仪征市级以上农业龙头企业1家。加大对现代高效农业设施建设投入，力争每年新增高效设施农业400亩以上。

*二是让农业业态“多”起来。*以佳德田农业园为重点，加强与铭宸农业等智慧农业园的深入合作，将互联网、大数据、人工智能等现代信息技术与农业深度融合，打造200亩温室智能管理大棚，全面提升农业发展质态。大力培育和引进农产品生产、加工、流通等领域农业龙头企业及农产品加工企业，打造蔬菜、果品、葵花、林木加工产业区，并结合市场需求特点，形成一定规模的烘干蔬菜生产能力、农产品冷链储运能力。积极发展农村电商产业，以电商、“互联网+”与农业的有效融合，带动农民创业就业，培植产品开发、产品设计等业态。

*三是让农旅产业“火”起来。*加快文体旅融合发展，把握世园会举办机遇，以庙山区域旅游为重点，放大润德菲尔国家五星级乡村旅游品牌效应，推进旅游节庆活动系列开展、旅游特色产品系列开发、旅游精品线路优化设计，加快构建全域旅游格局。加强交通、标识、停车场、公厕等公共服务设施配套，完善餐饮、住宿、购物、娱乐等功能，提升旅游承载力，力争早日形成亿元级的旅游产业规模。

供图：仪征市新集镇

魅力新集

山东省宁阳县葛石镇党委书记李国卿

“五个一”促“五个新” 一体化推进乡村组织振兴

葛石镇夏庄社区乡村组织振兴示范片区讲习所 摄影：赵正波

近年来，为破解基层党组织强弱不均、服务群众能力有限等问题，山东省宁阳县葛石镇党委坚持党建引领、区域共建、融合发展，采取“五个一”工作法，倾力打造乡村组织振兴示范片区，通过活动联办、人才联育、资源联用、产业联促、治理联抓，初步形成“既抱团发展、又各具特色”的工作局面，为抓党建促乡村振兴蹚出了新路子。

一、制定一套推进机制，激发组织振兴新动力

葛石镇党委始终坚持基层党组织领导核心地位，为乡村振兴提供坚强的硬保障。研究制定了组织振兴示范区创建工作方案，成立了领导小组，加强对片区建设工作的领导及指导。充分发挥乡镇党委龙头带动作用，建立了“镇党委、社区党总支、党支部、党委书记、社区书记、支部书记”六张责任清单，选派优秀机关干部下沉到片区建设一线，使创建工作到人、到事、到责任，激活了干部群众同心聚力、实干争先的内生动力，为实现乡村组织振兴打下坚实基础。

二、优化一套组织架构，凝聚乡村发展新合力

葛石镇党委打破原来社区的概念，将社区内农村、学校、非公有制企业、农村专业合作社等组织统一纳入片区管理，片区党总支对党建等重点工作一体思考、一体谋划、一体推进。目前，镇党委谋划将片区党总支升格为片区党委，覆盖片区内各领域党组织，由镇党委班子成员担任党委书记，有关村、企业、合作社党组织负责人担任党委委员，最大限度地下放党员教育管理等权限，增强片区党组织的组织力和战斗力。同时，把每月15日定为片区联席会议日，组织各领域党组织书记共商共议治理思路、共谋共建区域发展，以此为契机积极推进各领域党组织在思想上、行动上统一步调，增强片区党组织的凝聚力和向心力。

三、打造一处党建综合阵地，增强组织活动新功能

以夏庄示范片区为例，按照“4+N”的思路，投资90余万元打造了占地1000余平方米的夏庄社区农村区域化党群服务中心，涵盖365便民服务大厅、社会主义核心价值观一条街、党建文化主题公园、家风家训文化广场四大功能区和乡村振兴讲习所、乡贤堂、创客中心、农村后备干部委托培养站等多个核心配套功能室。按照“一村一品”的思路，打造谭厂村“党建引领、融合共建”，大夏庄村“四德文化、移风易俗”，西官庄村“家风严整、党风严实”，古彭村“生态宜居、乡风文明”，小夏庄村“我爱我家、共建家园”等过硬示范点，形成了“村村特色凸显、全域亮点纷呈”的建设格局，精心打造了乡村振兴的“主阵地”、服务发展的“旗舰站”、党员群众的“温馨家”。

四、创建一个服务品牌，展现党群服务新形象

探索创建了“365帮到家”便民服务品牌，围绕“服务党员、服务群众、服务企业”3个理念，聚焦“亲民、便民、为民、惠民、乐民”5个目标，通过开展“服务代办帮到家、弱势群体帮到家、社区养老帮到家、企业孵化帮到家、治安调解帮到家、儿童托管帮到家”等6项帮到家业务，实现片区内便民服务全覆盖，打通服务群众“最后一公里”。例如：夏庄村建设了夕阳红爱心餐厅，村内60岁以上的老年人集中在餐厅就餐，解决了留守老人做饭难、吃饭难问题；建设了爱陪伴儿童服务站，争取了宁阳县爱家服务中心驻村社工免费为儿童辅导作业，解决了留守儿童无人辅导作业的问题，解除了在外务工村民的后顾之忧。

五、确定一批抱团项目，打造组织振兴新引擎

夏庄片区建立“5+1”产业项目机制，即5个自然村一起投资、一起经营，共同主抓1个村级发展项目。重点打造了党支部领办成立乡情蔬菜种植专业合作社，申请上级拨付资金125万元，5个自然村共同投资75万元，集体入股合作建设了10座冬暖式日光蔬菜大棚，项目每年收益40余万元，收益按比例进行年终分红，实现合作互惠、利益共享。同时，葛石镇充分利用示范片区项目建设的成功模式，按照“党建引领＋龙头企业＋合作社＋农户”的思路，持续打造杜仲、丹参、苹果等特色产业基地，实现了集体增效、农民增收，全面加快了全镇乡村振兴和跨越发展步伐。

左图为葛石镇365帮到家便民服务品牌；右上图为夏庄社区党建文化长廊；右下图为家风家训文化广场一角 摄影：赵正波

湖南省桂阳县仁义镇党委书记雷小林

大力解放思想 助推高质量发展

桂阳县委书记巫初华（中）到仁义镇调研，右为仁义镇党委书记雷小林 摄影：黄卓琳

仁义镇远眺 摄影者：黄卓琳

近年来，桂阳县仁义镇党委、政府坚持以习近平新时代中国特色社会主义思想为指引，深入学习研究、贯彻落实郴州市第六次党代会精神，结合桂阳县第十三次党代会目标要求，以高度自觉的大局意识，以更高的政治站位锚定“排头兵”新定位，大力解放思想，拿出具有仁义特色的治理举措，确保市委、县委决策部署在仁义落地生根、开花结果，助推高质量发展。

一、解放思想，锐意进取，鼓起勇当先锋之劲，撸起袖子加油干

解放思想，永无止境。仁义镇党委想方设法提振干部精气神，破除干部职工“等靠要”思想禁锢，以更大力度打开解放思想的“总开关”，激活党员干部干事创业的原动力。

（一）*攻坚工作主动作为*。“危旧杂”房是阻碍乡村振兴的最大“拦路虎”，是最难啃的“硬骨头”。仁义镇积极响应上级号召，全力推动农村人居环境整治提升工作，打造了以镇区为中心，以S222线沿线6村为轴线的人居环境整治提升示范样板带，掀起了全镇农村人居环境整治提升的浪潮。截至目前，已拆除“危旧杂”房679栋，共计面积14595平方米。

（二）*建设工作锐意突破*。针对投资1.5亿元的仁义镇大湖村中桥宁源生态养殖场停工3个多月的问题，镇党委高度重视，立行立改，集中攻坚，及时化解多个矛盾纠纷，在4天之内实现了复工复产，极大优化了营商环境。

（三）*基础工作干在前列*。全镇共完成烤烟收购81607担，实现税收2926万元，创历史最高水平。出色完成疫苗接种任务，每次任务数都超前完成。从严从实抓好安全生产、家禽防疫、防溺水、森林防火、社保卡医保卡清理、住房安全等“底板”工作，确保辖区安全稳定。

二、牢记使命，担当作为，汇聚全镇干群之力，甩开膀子拼命干

仁义镇党委、政府坚持以人民为中心的发展理念，牢记初心使命，凝万众之心、聚全镇之力，鼓“排头兵”之劲，众志成城，合力推动全镇各项工作落实落地。

（一）*交办任务提前清零*。开展春陵江流域“清四乱”工作有声有色，截至9月13日，全镇共拆除围库97个，总长度2530米，总面积3200余亩，提前7天完成了省市下达的工作任务。突出完成打击跨境违法犯罪专项工作，全镇28个在册涉缅人员率先全部劝返并管控到位，实现了劝返“不遗漏”和管控“全覆盖”的目标，工作成绩得到了充分肯定。

（二）*惠民工程稳步推进*。为确保1600多名群众的出行安全和2000余亩高标准农田的高质量建设，积极推进梧桐—桐干5.5公里“窄改宽”项目，想方设法、排除困难，争取在2021年年底完工。对群众反映强烈的路灯照明、晚稻受灾等热难点问题，攻坚克难，拿出了实际举措，最大限度保障了群众的利益。

（三）*常规工作“保三争一”*。积极发挥党建引领作用，强化党员干部的教育培训，圆满完成县乡人大、政府换届工作，努力争创全省“五星级”镇武装部，切实抓好综治维稳、安全生产等工作，维护镇域和谐稳定。

三、规矩当先，牢守底线，夯实队伍建设之基，俯下身子务实干

仁义镇党委牢固树立规矩意识，锲而不舍落实中央八项规定及其细则精神，全面推进从严治党，锤炼出一支有思想、守规矩、能干事的乡镇“铁军”。

（一）*加强思想动员，确保“干有动力”*。坚持把强化为人民服务宗旨意识作为干部教育的重点，不断坚定干部干事创业的信心和决心。千方百计解决好山塘水库维修、村组道路加宽、自来水通村、农村人居环境治理等群众急难愁盼问题，努力让人民群众有更多的获得感、幸福感、安全感。

（二）*强化纪律意识，确保“干有护栏”*。坚决落实中央和省市县委反腐败决策部署，坚持重拳出击，“零容忍”查处腐败，制定《仁义镇干部作风“七不准”》，坚守底线，不踩红线，努力营造干部清正、政治清明、社会清朗的“仁义生态”。

（三）*严管厚爱并重，确保“干有激情”*。建立完善的考核评价和奖惩机制。按照“重点工作破广度、难点工作攻深度、亮点工作比高度”的原则对干部进行绩效考核，并将考核结果作为奖惩培养和使用的重要依据。健全容错纠错机制，旗帜鲜明为改革的人壮胆、为创新的人鼓劲、为干事的人撑腰，让想事干事、担当有为成为仁义干部队伍的主旋律！

乘风破浪会有时，直挂云帆济沧海！仁义镇党委、政府将认真贯彻落实郴州市第六次党代会精神，大力发扬“三牛”精神，争当“三高四新”的践行者，“一极六区”的先行者，勇当桂阳县争创“全国百强县”的排头兵，奋力谱写好使命担当、大干快上的仁义新篇章。

重庆市科学技术研究院党委书记何平

努力在党史学习中明责任作表率

2021年是中国共产党成立100周年。在庆祝我们党百年华诞的重大时刻，在"两个一百年"奋斗目标历史交汇的关键节点，在全党集中开展党史学习教育，正当其时，十分必要。作为新时代科技战线上的党员，要在认真学习党的光辉历史和伟大功绩中增强历史使命感、责任感和自豪感，从百年党史中汲取智慧和力量，在学党史、悟思想、办实事、开新局中明责任、作表率，为推动国家科技自立自强，建设科技强国不懈奋斗。

一、学党史，提升党性修养，争当政治坚定的表率

旗帜鲜明讲政治、保证党的团结和集中统一是党的生命，也是我们党能成为百年大党、创造世纪伟业的关键所在。学党史，就要进一步感悟思想伟力，提升党性修养，增强用党的创新理论武装全党的政治自觉。

（一）*要增强党性修养*。要用好本地红色教育资源，开展好党史学习教育"红色基因现场教育活动"，让广大党员在活动中充分吸收精神营养，坚定理想信念，增强党性观念。

（二）*要突出党性锻炼*。党员干部要从党史中接受党性洗礼，要触及灵魂，对党由衷热爱；要对党的历史、初心使命有深刻认识；要勤于研读，不断提高对党性的理解与领悟；要深刻自省，时刻反思党性上的失误与不足；要在实践的得与失中磨炼党性，努力提升党性的品质与情怀。

（三）*要深化党性分析*。要在批评和自我批评中深化党性分析，做到知无不言、言无不尽，言者无罪、闻者足戒，有则改之、无则加勉，也要做到有错必纠。要在对照党章党规中深化党性分析，对照入党誓词来学习，对照党章党规查找自身差距、进行党性分析，进一步磨炼意志、历练作风、增强党性修养。要在专题民主生活会、专题组织生活会中深化党性分析，存在问题要找准，剖析根源要深刻，整改措施要管用。

二、学党史，筑牢初心使命，争当为民服务的表率

我们党来自于人民，党的根基和血脉在人民。学党史，就要进一步深化对党的性质宗旨的认识，始终保持马克思主义政党的鲜明本色。

（一）*要筑牢初心使命*。我们共产党人的初心使命，就是为中国人民谋幸福、为中华民族谋复兴。我们党的百年历史，就是一部践行党的初心使命的历史，就是一部党与人民心连心、同呼吸、共命运的历史。任何时候我们都要不忘初心、牢记使命，都不能忘了人民这个根。

（二）*要牢记为人民服务的宗旨*。党员干部特别是领导干部手中的权力是人民赋予的，要真正做到权为民所用、情为民所系、利为民所谋。

（三）*要始终践行以人民为中心的发展思想*。党中央坚持以人民为中心的发展思想，顺应人民群众对美好生活的向往，在学有所教、劳有所得、病有所医、老有所养、住有所居等方面取得新成就，人民群众获得感、幸福感、安全感不断增强。

三、学党史，强化实干精神，争当勤政务实的表率

求真务实，是我们党的思想路线的核心内容，也是党的优良传统和共产党人应该具备的政治品格。学党史，就要进一步发扬理论联系实际之风，求真务实、真抓实干。

（一）*务必实干务实*。"大道至简，实干为要""不驰于空想，不骛于虚声"，在波澜壮阔的百年征程中，我们党紧紧把握时代和历史发展大势的律动，发扬实干精神，实现中华民族从站起来、富起来到强起来的伟大飞跃，已然成长为领航中国人民行稳致远的巍巍巨轮。务实实干就是不浮在表面，不玩文字游戏，说一千句不如干成一件事。干部首先是干，要带头干，才能带动、带领职工干。

（二）*务必勤政*。勤政，就是要恪尽职守、勤于政事，认真负责地为国为民做事。勤政务必作风要扎实，要大力反对"四风"，特别是反对形式主义、官僚主义。

（三）*务必要有韧劲*。我们抓工作要有一抓到底的恒心和韧劲，不能浅尝辄止，不能半途而废。要发扬老一辈革命家"宜将剩勇追穷寇，不可沽名学霸王"的革命精神，发扬共产党人"为有牺牲多壮志，敢教日月换新天"的奋斗精神。

四、学党史，强化廉政意识，争当清正廉洁的表率

中国共产党没有自己的特殊利益，清正廉洁是我们党的政治本色。学党史，就要保持清正廉洁，建设廉洁政治，实现干部清正、政府清廉、政治清明，保持一心为民、不谋私利的局面。

（一）*知敬畏存戒惧守底线*。知敬畏就是要求党员干部必须敬畏党纪国法，要敬畏手中职权，要敬畏人民群众。存戒惧就是党员干部面对纷繁复杂的现实生活，要始终保持高度警觉和清醒头脑，常怀戒惧之意。守底线就是要求党员干部要树立强烈的"底线"思维和"红线"意识。

（二）*明大德守公德严私德*。明大德就是要对党忠诚，在大是大非面前旗帜鲜明。守公德就是要强化宗旨意识，恪守立党为公、执政为民理念。严私德就是要严格约束自己的操守和行为，保持清正廉洁的品行操守。

（三）*对权力的使用要审慎*。用权要服务于民，必须正确对待手中的权力，形成"权为民所用"的自觉意识。要摒弃特权意识，对名、权、利常怀敬畏之心，畏权如用火、敬权如布雨。要严格要求自己、管住自己，党员干部要做到洁身自好、清廉自守，要善于克制自己的欲望。

摄影：任杰

国家能源集团江苏电力有限公司党委书记、董事长李巍

弘扬伟大建党精神 全力打赢“四大战役”

历史川流不息，精神代代相传。习近平总书记在庆祝中国共产党成立100周年大会上，深刻阐释了伟大建党精神，号召全党永远把伟大建党精神继承下去、发扬光大。伟大建党精神是中国共产党的精神之源，更是中国共产党不忘初心使命、从胜利走向胜利的强大动力，是我们全面认识和准确把握中国共产党为什么能的一把金钥匙。学习践行伟大建党精神，就要从中汲取迈进新征程、奋进新时代的强大力量，以永不懈怠的精神状态和一往无前的奋斗姿态，乘势而上、接续奋斗。

国家能源集团江苏公司作为党领导下的现代国有企业，承载着“做好煤电大事、扛起引领大旗、打造价值高地”的职责使命，在向第二个百年奋斗目标迈进的进程中，更要以伟大建党精神为引领，认真贯彻落实全国国有企业党的建设工作会议精神，按照国家能源集团党组要求，全力打赢安全生产持久战、治亏扭亏攻坚战、新能源发展突击战、疫情防控阻击战“四大战役”，以优异成绩实现“十四五”良好开局，奋力打造做强做优做大国有企业的“国能江苏样板”。

一、坚持真理、坚守理想，以“讲政治”的高度全力打赢安全生产持久战

国有企业在从站起来、富起来到强起来的伟大飞跃中，承载着重要支柱和依靠力量的神圣使命。面对高质量发展的要求，做到坚持真理、坚守理想，最根本的是要不断巩固企业发展优势、夯实安全生产基础，以“讲政治”的高度全力打赢安全生产持久战。首先要抓责任，公司以全员安全生产责任制落实到位为首要任务，建立安全责任追溯制，实现“一岗一清单”，持续推进“一岗一网一中心”安全监察体系建设，开展“高标准、全覆盖、零容忍”的动态监察，确保各级人员对安全始终保持“半夜惊醒”的警觉和“如临深渊”的敬畏。核心在防风险，公司针对风险管控完善“三大基础数据库”，建立“三违”责任连带机制，建立承包商全过程管理平台，推广安全智能管控系统，严格执行“十必须两严格”，以“零违章”保“零事故”。关键在提品质，公司将开展与设计值、与行业先进值“双对标”活动，实施技改项目和节能改造项目，率先启动世界首台二次再热煤机深度调峰等节能环保项目，探索研究百万机组跨代升级改造前沿引领技术，推动品质提升。重点在育习惯，公司通过安健环文化的视觉展示、领导示范、安全标志警示，规范员工的行为习惯，提高员工的安全修养，改进安全意识和行为，深化对安健环目标、安健环价值观、安健环策略和安健环行动的认同，展示做好安全生产工作的信心、决心和全体员工做好安全生产的具体行动。

二、践行初心、担当使命，以“负责任”的态度全力打赢治亏扭亏攻坚战

国有企业是中国特色社会主义的重要物质基础和政治基础，工人阶级是党的阶级基础，践行初心、担当使命就是要全心全意依靠职工群众办企业，确保国有资产保值增值。面对今年以来能源行业原材料不断走高压力，公司党委迅速行动，以对党负责、对职工负责的态度，突出“抓重点、补短板、强弱项、固优势”的工作思路，拿出“更好、更细、更硬、更实”的措施，全力打赢治亏扭亏攻坚战。抓重点、补短板，就是在横向上抓住经营困难的主要单位、纵向上补齐影响亏损的主要方面，通过“挂钩包保”落实责任，补齐思想短板，形成“治亏就是命令、扭亏不讲条件”的自觉，增强紧迫感和危机感；通过“一企一策”制定个性化方案，补齐机制短板，用好“加减乘除”工作法，确保措施和监督落实到位，全面提升盈利能力。强弱项、固优势，就是要以各单位为主体、“以点带面”实施弱势项目的“登高计划”和优势项目的“拔尖行动”，充分发挥好“一体化”优势，突破“围墙思维”，做强做优多元化能源供应的综合能源服务，打造城市园区能源服务的“静脉”和“动脉”，同步实现治亏扭亏和提质增效一体推进。

三、不怕牺牲、英勇斗争，以“勇争先”的担当全力打赢新能源发展突击战

当前，世界正经历百年未有之大变局，我们必须进行具有许多新的历史特点的伟大斗争，深刻认识我国社会主要矛盾变化带来的新特征新要求，勇于战胜一切风险挑战。面对“双碳”目标和构建以新能源为主体的新型电力系统发展要求，传统火电转型发展势在必行。公司党委深入研判自身优势和区域能源产业发展态势，确定了年内投产300MW、开发600MW的“3060”目标，明确乐厂内厂外并进、自建合作并举、集中式分布式并重、地域行业结合的工作办法，制定了全域发展、一体布局、个性开发、多极合作、科技引领、智慧运营的“6L路径”，以“勇争先”的担当全力打赢新能源发展突击战。首当其冲就是创新引领、统筹谋划，公司制定新（扩）建新能源发电项目前期工作管理办法等制度规范，夯实组织领导、完善管理机制，全面构建起新能源发展管控体系；将数字化和低碳化结合，充分利用“大智物移云”等技术手段，助推引领新能源行业变革。关键要求就是转变思想、迎难而上，公司上下将主动斗争、主动进取，发扬“三铁、三千”精神，走遍千山万水、踏遍县乡镇村、寻遍政府企业、谈遍场景方案，通过与各种业态开展“新能源+”合作，巩固扩大“朋友圈”。重中之重就是项目为王、示范落地，公司已签约新能源开发协议规模超500万千瓦，在建的贞观山项目以集团“两高一低”优质工程为目标，建立一套公司通用光伏项目开发建设的标准，培养一支新能源项目开发、建设、运营的队伍，打造一个新能源工程管理、质量效益、智能智慧的示范；其他项目坚持日有变化、周有进度、月有突破，用“看得见”的成果响应大兴“劳动之风、实干之风、担当之风”的倡议号召，实现在新能源发展领域的“换挡升级”。

四、对党忠诚、不负人民，以“重担当”的情怀全力打赢疫情防控阻击战

忠诚是共产党人崇高的政治品质，人民在共产党的心目中具有至高无上的地位。我们党来自于人民，根基和血脉在人民，为人民而生，因人民而兴，始终同人民想在一起、干在一起，风雨同舟、同甘共苦。面对疫情防控这场保卫人民群众生命安全和身体健康的严峻斗争，面对“德尔塔”变异毒株袭来的艰巨考验，公司将以“重担当”的情怀，从严从紧、落细落实防控措施，全力打赢疫情防控阻击战。公司上下围绕“零疑似”“零感染”目标，坚持“一盘棋”、强化组织领导，公司党委召开多次专题会议，成立疫情防控领导小组，部署落实分区分级防控要求；同时，积极参与所在地区疫情防控志愿服务，根据集团和地方政府要求，结合实际制定强化疫情防控管理要求，每日发布公司疫情防控简报和集团在苏单位防控动态，科学有效地做好防控各项工作，确保员工生命安全。为了长久打赢疫情防控阻击战，公司在生产管控系统中建立24小时运转的疫情防控指挥系统，各单位认真履行疫“四方责任”，通过“小喇叭”“小提示”发挥宣传大作用，通过制定落实“外防输入、内防反弹”常态化措施，切断病毒传播途径；同时，持续深入开展“爱国卫生运动”，对生产生活公共场所按时通风消毒，合理安排各项会议参会人员，引导职工错

峰就餐，实行送餐到岗，推进适宜人群疫苗接种，尽快构筑群体免疫屏障，确保完成好疫情阻击战的目标任务。

伟大精神源于伟大实践，伟大精神更推动伟大实践。国家能源集团江苏公司党委将在集团党组的坚强领导下，不断巩固深化高质量党建引领企业高质量发展优势，牵住牛鼻子、盯住关键项、拿出硬措施、使出浑身劲，保持"乱云飞渡仍从容"的战略定力和"无限风光在险峰"的战略视野，以"奋战一百天"系列主题竞赛为抓手，在"四大战役"中劈波斩浪，奋力把建设具有"时代特征、国能特色、江苏特点"的一流绿色智慧综合能源标杆企业"国能江苏梦"中变为美好现实。

江苏省镇江市委政法委常务副书记彭忠东

全面改造我们的能力　为产业强市注入强大内生动力

彭忠东近照

2020 年 4 月 28 日，镇江市委、市政府召开的产业强市大会上，市委书记马明龙同志发表的重要讲话吹响了争先进位、产业强市的"冲锋号"，发出了加速奔跑、拼出天地的"动员令"。产业强市战略，遵循了习近平总书记"一任接着一任干、一张蓝图绘到底"的谆谆教导；顺应了镇江人民多年来不变的强烈企盼和向往，体现了以人民为中心的发展思想，契合了镇江发展最大的实际，也必将从根本上解决镇江改革发展稳定的结构性矛盾和系统性问题。镇江能否在产业强市新征程上跑出激情、跑出加速度，关键取决于各级干部的精神状态、工作能力和工作作风。近年来，我市干部队伍的能力建设和作风效能建设在全面从严治党中扎实推进，取得了一定的成效，但思想僵化、观念陈旧、能力不足、作风不实、担当不够、落实不力等问题在我们干部队伍中仍然显得比较突出，严重影响了我市经济社会各项事业的发展。必须要在思想作风建设、能力素质建设上来一次颠覆性的改造，才能让镇江始终保持奔跑的姿态、奋斗的状态，最终实现产业强市的宏伟目标。

一、着力解决学习不深、研究不透的问题

事业发展没有止境，学习就没有止境。特别是在产业强市的新征程上，任务艰巨而复杂，必然会面临很多过去我们没有遇到过的新情况新矛盾新问题，学习不深，研究不透，干工作就会无从下手、力不从心。我们一定要增强本领恐慌感、能力危机感，全方位提升我们的能力，真正把学习研究当成一种生活状态、一种工作责任、一种精神追求。当前尤其要加强对新发展理念、国家产业新政策、"互联网 +""中国制造 2025""新基建"等新业态新知识新模式的学习研究。

要围绕产业发展新趋势加强学习研究。对常态化疫情防控条件下的产业趋势以及全球经济萎缩、贸易保护主义抬头、第四次工业革命对产业发展带来的深刻变化，要密切关注、加强研究，第一时间识变应变、化危为机。

要围绕项目招引加强学习研究。项目是经济工作的生命线，是转型发展的总抓手，是可持续发展的大支撑。没有项目就没有发展，没有大项目就没有大发展，没有又大又好的项目就没有高质量发展。实现产业强市，项目是基础、更是关键，必须扭住项目招引和项目建设不放松，一切围绕产业转，一切围绕项目干，努力营造言必谈产业、讲必说项目的浓厚氛围。我们深切感受到，过去那种仅靠拉关系、攀交情的招引方式早已无法适应新时代招引形势，捡到篮子里都是菜的粗放方式已经过时，必须要摸清现有的产业基础底数，认真分析研究我市产业现状，确定我市产业定位，明确主导产业的主攻方向，创新规划招商、产业链招商、专业招商、以商招商的方法和手段，进一步提高招引质效。

要围绕服务环境加强学习研究。优质的服务环境是产业做大做强必不可少的"软件"，必须学习研究好如何打造更高水平的诚信、法治、公平之城，建立起稳定、透明、可预期的市场环境，让企业吃下定心丸、安心谋发展。

二、着力解决担当不足、作为不够的问题

只有靠实实在在的担当作为才能真正跑出加速度。有人认为，现在上面管得太严，下面动不动就问责，宁愿不做也不做错。其表面上遵纪守法，实质上就是政治上耍滑头。其实，敢担当和守规矩并不矛盾，二者的目标是一致的，也是相辅相成的，守规矩才能有敢担当的底气，敢担当才能体现守规矩的价值。守规矩是底线，敢担当是责任，底线不能碰，责任要担好。把守规矩作为不干事的理由，是完全错误的；把敢担当作为会出事的前因，更不合逻辑。对于上级要求的，必须不折不扣执行到位；上级明令禁止的，坚决杜绝、不搞变通，确保政令畅通、令行禁止。对每项工作从议定到完成所有的工作环节，牵头领导要全程负责，该决策时果断决策，该拍板时大胆拍板，不能矛盾上交、责任下推、避实就虚、议而不决。对每个项目从签约到落地所有需要解决的问题，都要一一列出清单，落实责任、限期办理、限期解决。要严格落实纵向到底、横向到边的责任机制，各项重点工作，都要定标准、定责任、定时间、定进度，每月拉单子、排名次。正如市委书记马明龙同志强调的那样，让想奔跑、能奔跑、跑出好成绩的人有舞台，让原地踏步、蜗行牛步、望而却步的人没有市场，绝不能让"太平官"安享太平、"岁月静好"。

三、着力解决方法不当、能力不足的问题

邓小平同志指出，世界上的事情都是干出来的，不干，半点马克思主义也没有。跑出产业强市加速度，既要解决不作为的问题，也要解决会作为的问题。现在，干部队伍能力不足的问题比较突出，最集中表现在激情不足、思路不清、方法不对、落实不力等方面。有些同志不懂得群众路线这个根本的工作方法，不懂得从个别到一般再从一般到个别的思想方法，不懂得主要矛盾和次要矛盾、矛盾的主要方面和次要方面的辩证关系，谋发展就是没有创新突破，找不对套路，抓工作就是想不到点子上，抓不到关键处，仍然习惯用老观念老办法老经验来推动工作。这些问题如果不引起重视并加以解决，将难以很好地肩负起我们这一代镇江人“跑起来”的神圣使命，与先进发达地区的差距也必将越拉越大，甚至是彻底掉队。在新的历史条件下推进产业强市，许多工作都是全新的课题，没有成熟的模式和经验可以借鉴。这就要求我们必须在更高层次、更宽领域、更深程度上解放思想，充分发挥主观能动性，少说“不能干”、多研究“怎么干”，大胆争取、大胆尝试、大胆创新，在干中学习、干中体悟、干中成长，持续增强政治领导、改革创新、科学发展、依法执政、群众工作、狠抓落实和驾驭风险本领，坚持说实话、谋实事、出实招、求实效，把雷厉风行和久久为功有机结合起来，勇于攻坚克难，以“钉钉子”精神做实做细做好各项工作，不断积小胜为大胜、积跬步以至千里。

四、着力解决作风不实、落实不力的问题

一分部署，九分落实。产业强市蓝图要变为现实，关键在于落实。现在，我们有些同志由于多年思想上的惰性和惯性，对上级新精神不学习，对实际情况不掌握，对基层及群众所需不了解，对实际问题不研究，抓工作习惯于以文件落实文件，以会议贯彻会议，上下一般粗。文件发了，会议开了，认为工作就算落实了。正如有的群众编的顺口溜说的那样：领导批示了就是重视了，开会布置了就是工作了，检查督查了就是落实了，全面留痕了就是成效了。这就好比温开水泡茶，浮在面上。之前我们不少工作成效不明显，就是因为抓而不紧、抓而不准、抓而不实、大而化之。对此，我们应该转变工作状态，在抓深入、抓具体、抓落细上下功夫。细节决定成败，心态决定状态，状态决定姿态。

要使跑起来、慢不得成为常态。许多工作都有一个最佳的“窗口期”，拖过了这个时段，就会带来许多预想不到的问题，就会白白错失机遇。今天再晚也是早，明天再早也是晚。要大力弘扬立即就办、事不过夜的精神，对定下来的事情，要雷厉风行、抓紧实施。

彭忠东在2020年春节期间暗访社区新冠肺炎疫情防控情况

对部署的工作，要跟踪问效、务求成果，一天也耽误不得。

要使跑精准、抓深入成为常态。浮于表面，只满足于听个大概、想个差不多，肯定抓不好落实，应该进一步大力弘扬刨根问底、抽丝剥茧的较真精神，把工作当作学问来学习研究，把单位的事当作家里的事来推进落实，对所承担的工作进行认真梳理、深入研究，把更多精力用在“解剖麻雀”上，真正把事情搞清楚、研究透、落实好。

要使带头跑、“跟我上”成为常态。“给我上”还是“跟我上”是两种不同的价值观和工作作风，我们都应做“跟我上”的表率。扁平化管理，一竿子插到底，是现代领导方法，是提高工作效率最有效、最管用的方法。我们当干部的、做领导的，不该踱方步，应该亲力亲为抓推进，主动深入一线，现场部署、现场解决、现场督办，推动各项任务目标扎扎实实落到实处、取得实效。

广东省深圳市福田区委常委、区委统战部部长刘俊琳

发挥统战大区优势　为“双区”建设凝心聚力

福田区香港青年创新创业社区及深圳首批乡情文化基地揭牌

2020年是深圳经济特区建立40周年、福田建区30周年。福田统一战线坚持以习近平新时代中国特色社会主义思想为指导，深入学习贯彻习近平总书记关于加强和改进统一战线工作的重要思想，认真贯彻落实党中央关于统一战线重要决策部署和省、市工作要求，围绕“双区”建设和福田发展凝心聚力。

一、不忘初心使命，福田统一战线沿着正确方向不断发展壮大

（一）*共同思想政治基础不断夯实*。党的十八大以来，引导广大成员深入学习贯彻习近平新时代中国特色社会主义思想，抓实理论学习、教育培训和宣传引导，近三年举办代表人士培训班30余期、培训1400余人次，通过福田“同心e站”微信公众号推送理论学习文章1600余篇，进一步增强“四个意识”、坚定“四个自信”、做到“两个维护”。

（二）*大统战工作格局逐步建立完善*。率先探索建立“区—街道—社区—网格”四级统战工作网络和责任体系，发挥社区网格员作用打通统战工作“最后一厘米”，同时打造线上线下结合统战工作平台“同心e站”，真正实现“横向到边、纵向到底”，主要做法在全省构建大统战工作格局现场会上交流推广。

（三）*统一战线的群众基础不断巩固扩大*。八个民主党派齐全，少数民族同胞、新的社会阶层人士、海外留学归国人员、港澳台侨

同胞众多；工商联有446家直属会员企业、17896家团体会员企业；有侨联、海联会、知联会、民促会、新联会、海归协会、台商协会福田分会等统战团体组织。

二、服务中心大局，福田统一战线在改革发展浪潮中奋楫前行

（一）凝聚智慧力量助力改革发展。一是积极建言献策。推进政党协商规范化制度化程序化建设，支持民主党派、无党派人士围绕中心工作议政建言，近年来向中央、省、市报送意见建议100余件，不少被采纳形成政策或法规。二是优化营商环境。搭建常态化政企沟通平台，在全市率先建立党政领导联系行业商协会机制，率先建立区工商联与区检察院、法院、公安分局常态化协作机制。三是服务“六稳”“六保”。推动福田“1+9+N”“福企11条”“福企新10条”等惠企政策落地，举办“‘四新’经济高峰会议”“人工智能前沿、趋势与应用系列高峰论坛”，助推企业实现高质量发展。

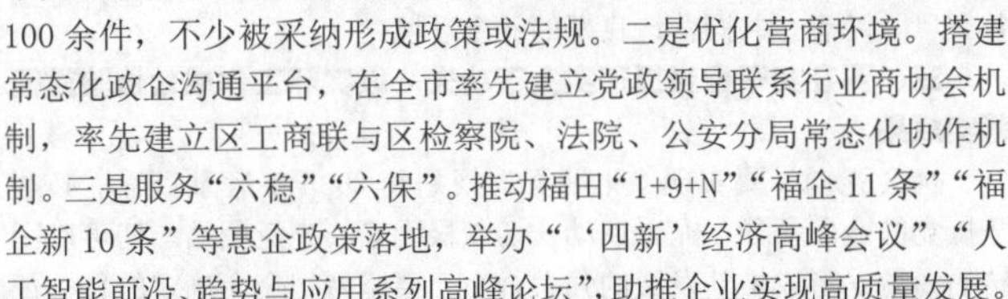

香港福田宗亲联谊活动

（二）促进民族团结宗教和谐。构建少数民族人口服务管理体系，促进少数民族群众融入适应现代城市，经验做法得到国家民委肯定。坚持我国宗教中国化方向，开展宗教场所“四进”活动，确保宗教领域安全稳定，相关做法在全省交流推广，区民宗局获评“全国宗教工作系统先进集体”。

（三）服务港澳台青年融入国家战略。率先出台便利香港同胞在福田发展的“十六条”举措。在统战系统率先建设深港澳台青年创新创业基地，打造“‘同心之夜’音乐会”“台湾创艺生活节”“深圳香港台湾书画艺术展”“港澳台及海外青年看湾区”“台湾青年三人篮球赛”等品牌活动，引导港澳台青年投身大湾区建设。

（四）凝聚各界力量服务社会治理。一是助力脱贫攻坚。设立“福田同心慈善基金”，累计接收爱心企业和人士捐款800余万元，助力打赢脱贫攻坚战。二是支援疫情防控。在统战系统率先发出《倡议书》，动员广大成员为深圳、武汉捐款捐物逾5亿元。三是参与基层治理。建设“同心e站”街道分站、社区统一战线服务室，引导广大成员参与社区议事决策、民主监督、公益服务等，提升基层治理效能。

三、画好最大同心圆，福田统一战线在“双区”建设征程上再谱新篇

（一）加强思想政治引领，凝聚服务“双区”建设广泛共识。深入学习贯彻习近平新时代中国特色社会主义思想，完善多层次党外人士学习培训体系，在学思践悟习近平总书记关于加强和改进统一战线工作的重要思想上下功夫。持续开展“不忘合作初心、继续携手前进”主题教育和学习宣传活动，凝聚助力“双区”建设的广泛思想共识。

（二）广泛凝聚智慧力量，形成服务“双区”建设强大合力。贯彻落实中共中央关于加强参政党建设等决策部署，支持区各民主党派做好换届工作，加强党外代表人士队伍建设，提升其履职效能，彰显我国新型政党制度的优势。

（三）依托统一战线专家专才建立福田“同心智库”，为“双区”建设提供智力支持。做好非公有制经济领域统战工作，加强思想引导、政策服务，促进“两个健康”。依法加强民族宗教事务管理，维护民族团结、宗教和谐局面。创新党外知识分子、新的社会阶层人士统战工作，提升工作实效。聚焦港澳台及海外青年工作，打造福田与港、澳、台民间交往交流品牌活动。

（四）善用信息科技手段，提升服务“双区”建设效能水平。以“大统战、云统战”为方向、大团结大联合为主题，开发“智慧统战”服务系统，探索“互联网+”统战工作新模式，不断提升服务中心大局效能和水平，在“双区”建设征程上谱写福田统战新篇章。

甘肃省定西市委常委、统战部部长、市政协党组副书记李斌

以党的十九届五中全会精神为引领 奋力开创统战工作新局面

党的十九届五中全会站在“两个一百年”历史交汇点，提出新发展阶段的重大判断和新发展格局的战略构想，在深入分析当前国内外形势基础上提出了“十四五”规划和2035年远景目标建议，确定了“十四五”时期的指导方针、重要原则和重要任务，对于动员和激励全党全国各族人民，战胜前进道路上各种风险挑战，为全面建设社会主义现代化国家开好局、起好步，具有十分重要的意义。

统战部门作为党的政治机关、统战干部作为党的政治工作者，必须旗帜鲜明讲政治，带头抓好全会精神的学习贯彻落实。全市统战系统要通过全面系统学、反复深入学、联系实际学，切实把思想和行动统一到习近平总书记的重要讲话和全会精神上来，团结引导广大统战成员坚定不移跟党走、建功立业新时代，为服务全市改革发展稳定大局汇聚磅礴力量。

一、要在学思践悟聚共识上下功夫，不断夯实共同团结奋斗的思想政治基础

要把认真学习贯彻全会精神作为全市统一战线当前和今后一段时期的首要政治任务，及时纳入统一战线各领域主题教育活动和统一战线教育培训，引导广大统战干部和统一战线成员深刻理解党的十九届五中全会精神的精神实质、核心要义和实践要求，在学习贯彻全会精神上学在前、走在前、干在前，做到学思用结合、知信行合一，在服务我市“十四五”时期经济社会高质量发展中彰显统一战线的担当作为。

特别是要按照“党委中心工作推进到哪里，统战工作就要跟进到哪里”的理念，坚持把学习全会精神与学习贯彻习近平新时代中国特色社会主义思想相结合，与贯彻落实习近平总书记视察甘肃重要讲话和关于加强和改进统一战线工作的重要思想相结合，不断加强对统一战线的政治领导和思想引领，实现统战工作与市委、市政府的中心工作同心同行、同频共振。

要支持各民主党派深入开展“不忘合作初心，继续携手前进”主题教育，在党外知识分子中开展“弘扬爱国奋斗精神、建功立业新时代”主题教育，在新的社会阶层人士中开展“凝聚新力量·筑梦新时代”主题教育，在民营经济领域开展“不忘创业初心、接力改革伟业”理想信念教育，在宗教界人士中开展“国好·法大”教育实践活动，开展多种形式、富有成效的学习培训，推动全会精神在全市统一战线深入人心，引导广大统战成员不断增强“四个意识”、坚定“四个自信”、做到“两个维护”，为加快建设幸福美好新定西凝心聚力。

二、要在发挥优势助发展上下功夫，不断推动全市统战工作提质增效

要准确把握全会对统一战线工作提出的新任务新要求，特别要充分发挥统一战线在“十四五”规划制定及实施中的特殊优势作用，围绕奋力夺取脱贫攻坚全面胜利、构建新发展格局、推动高质量发展、促进共同富裕等重大课题，广泛组织动员民主党派、工商联和无党派人士开展调查研究，提升建言献策水平，真正做到建言建到点子上、议政议到关键处，促进调研成果转化运用。

要充分激发党外知识分子和新的社会阶层人士的创新创业创造活力，支持他们积极参加疫情防控、爱心助学、扶贫助困、法律援助等公益活动，主动履行社会责任。要以全面贯彻落实习近平总书记对民营经济统战工作重要指示和《关于加强新时代民营经济统战工作的意见》精神为主抓手，引导民营企业家自觉践行新发展理念，坚定理想信念，坚持诚信守法，积极履行社会责任，全力助推民营经济高质量发展。

要坚定不移走中国特色解决民族问题的正确道路，扎实推进全市“一片一线”民族团结进步创建行动，全面深入持久地开展民族团结进步创建工作，加强各民族交往交流交融，铸牢中华民族共同体意识。要坚持党的宗教工作基本方针，善于运用法治思维和法治方式处理宗教领域的重点难点问题，教育引导宗教团体、宗教界人士和信教群众增强宪法意识、法治观念，全面提升宗教工作法治化水平。

要加强党外代表人士队伍建设，努力建设一支数量充足、结构合理、素质优良、作用突出的党外代表人士队伍，确保新时代统一战线持续健康发展。要建立健全团结引导港澳台及海外侨胞的工作机制，发挥他们在支持祖国统一、传承中华文化、助力对外交往等方面的积极作用。要及时反映广大统战成员和所联系群众的思想动态和利益诉求，进一步畅通有序政治参与和权益表达渠道，协助党和政府做好协调关系、增进团结、维护稳定的工作，着力防范化解各类风险隐患，共同营造良好的社会环境。

三、要在实干担当抓落实上下功夫，以实际工作成效检验贯彻落实成果

全会强调，要实现“十四五”规划和2035年远景目标，必须坚持党的全面领导，充分调动一切积极因素，广泛团结一切可以团结的力量，形成推动发展的强大合力。要坚持把全会确定的目标任务贯穿到统战工作的全过程和各环节，把学习全会精神成果转化为在新起点上谋划推进统战工作的务实行动，主动在思考中寻办法、在实践中找规律，在落实中求突破，以新的思路、新的举措推动全会精神在统战系统落细落实。

要进一步加强统战干部队伍建设，引导统战干部完善知识结构、改进工作作风，进一步树牢问题导向，加强调查研究，把心思凝聚到事业发展上，把精力集中到工作落实上，始终保持实干和创新精神，用心想事、用心谋事、用心干事，以重点难点问题的解决推动新时代统战工作再上新台阶。

要全面加强党对统战工作的领导，健全完善市委统一战线工作领导小组运行机制，既充分发挥统战部门了解情况、掌握政策、协调关系、安排人事、增进共识、加强团结的职能作用，又充分发挥党政部门、人民团体、社会组织等方面的积极作用，进一步把大统战工作格局的要求落到实处，把大统战工作格局的效应体现出来，不断开创全市统战工作新局面。

甘肃省定西市委组织部副部长、市委编办主任吴政渊

推动新时代机构编制工作高质量发展

2021年是“十四五”规划的开局之年，迈好第一步、实现开门红至关重要。机构编制部门要认真贯彻落实习近平总书记“严控总量、统筹使用、有减有增、动态平衡、保证重点、服务发展”的总要求，深刻认识机构编制工作的政治性、人民性、战略性、权威性，准确把握机构编制工作的新形势新任务，致力于新时代机构编制工作发展高质量，开启机构编制工作发展新征程。

一、坚持服务大局高站位

做好新时代机构编制工作，必须把坚持和完善党的领导制度体系放在首位，在提高政治站位中建设政治机关，在胸怀大局中服务大局。

（一）要把牢新时代机构编制工作的战略定位。习近平总书记指出，机构编制资源是重要政治资源、执政资源，在加强党和国家机构职能体系建设、深化机构改革、优化党的执政资源配置方面发挥着至关重要的作用。做好新时代机构编制工作，必须紧紧围绕服务党和国家事业大局，从政治和全局的战略高度，高标准、大视野谋划推进。

（二）要把牢新时代机构编制工作的政治方向。机构编制工作是党的一项重要工作，机构编制部门要把牢政治机关定位，突出政治属性，牢固树立“四个意识”、坚决做到“两个维护”，始终在思想上、政治上、行动上同以习近平同志为核心的党中央保持高度

吴政渊同志在中共定西市委党校（行政学院）向全市县处级领导干部作《中国共产党机构编制工作条例》专题辅导　摄影：范文

一致，推动形成统一高效的党领导一切的组织架构。

（三）要把牢新时代机构编制工作的目标导向。机构编制工作必须顺应人民群众对美好生活的新期待，始终把人民对美好生活的向往作为奋斗目标，聚焦重大民生工程、民心工程，找准切入点，加大重点领域体制机制研究和改革力度，进一步用好用活机构编制资源，推动解决群众反映强烈的教育、卫生健康、生态环境、社会治理等问题，不断提升人民群众获得感、幸福感、安全感。

二、坚持体制机制高效率

要加大改革创新力度，聚焦发展所需、民心所向、基层所盼，着力破解群众反映强烈问题背后的体制机制障碍。

（一）要持续加强党的集中统一领导。要坚决贯彻落实习近平总书记重要讲话和重要指示精神，自觉把坚持党的集中统一领导贯彻到机构编制工作全过程、各方面，自觉把加强党的全面领导、长期执政能力建设和体制机制建设作为统筹机构设置、优化资源配置的前提，以坚定的政治本色和鲜明的政治方向持续推进机构编制工作健康发展。

（二）要着力理顺部门职责关系。围绕构建系统完备、科学规范、运行高效的党和国家机构职能体系目标，加大对机构改革后职能划转承接情况及“三定”规定执行情况的监督检查，着眼存在的问题和不足，督促和指导各部门以“三定”规定为依据履行好职责，使各部门把深化机构改革同职能转变、理顺职责关系结合起来，防止越位、缺位、错位。

（三）要扎实推进重点领域体制机制改革。认真落实公安机关体制机制改革、全面推进乡村振兴、规范开发区管理机构等相关改革任务。深化应急管理体制机制改革。全面总结反思新冠肺炎疫情防控工作，研究进一步完善应急协调配合机制、加强区域应急救援力量。持续深化综合行政执法体制改革，探索在更大范围内实行跨领域跨部门综合执法，进一步整合行政执法队伍，推动执法重心下移，解决多头多层重复执法问题。

三、坚持资源配置高效益

要树立各类编制资源“一盘棋”意识，坚持“瘦身”与“健身”相结合，打破编制分配之后地区所有、部门所有、单位所有的模式，着力在统筹使用上做文章、下功夫，提升机构编制资源使用效益。

（一）要落实“过紧日子”的要求。把“瘦身”作为严控机构编制的重要手段，按照《中国共产党机构编制工作条例》严格机构编制申请事项动议、论证、审议决定、组织实施等一系列规定，对照五个“是否”对机构编制申请事项进行严审，科学、合理审核审批机构编制事项。要在“大口、大块、大条”部门单位和用编大户上下更大功夫，进一步压缩综合管理人员、调整层级分布、精干内设机构、推动人力下沉，促进编制资源配置更加高效。

（二）要保障重点领域用编需求。把“健身”作为优化编制资源配置的关键点，在从严从紧控制的基础上，采取“有保有压、有增有减”等办法跨层级跨部门调剂编制，加大对事关经济社会发展的民生保障、基层服务等重点领域的编制倾斜力度，把有限的编制资源用在保发展、保民生的刀刃上，做到保障有力、服务到位。

（三）要创新方式方法。健全完善编制“周转池”制度，有效解决“无编可用”“有编无用”并存的局面，重点保障教育、卫生等领域引进急缺高层次专业技术人才的用编需求，为经济社会发展引进人才提供更加有力的机构编制保障。要充分利用大数据等信息技术手段，加快实现机构编制资源的集约利用，提高管理运行效率，节省人力和编制成本。同时，要准确把握社会公共服务需求，探索推动政府购买服务，节约编制资源，提高编制使用效益。

四、坚持法治建设高水平

做好新时代机构编制工作，必须牢固树立编制就是法制的理念，持续推进机构编制法定化进程。

（一）要持续做好《条例》的学习宣传。《中国共产党机构编制工作条例》的颁布实施，是推进机构编制工作法定化的关键之举。机构编制部门要采取各种形式，持续组织开展《条例》学习，做到常学常新、常学常用。要推动《条例》纳入各级党校（干部学院）主体班次培训课程。采取有效措施，推动各级党委（党组）履行好《条例》明确的主体责任，把《条例》确立的一系列制度安排落到实处。

（二）要逐步健全完善制度机制。提高机构编制管理水平，不能仅凭经验惯例，必须加强制度机制建设。机构编制部门要对标《条例》，围绕协商协调、机构编制事项审核、领导职数核定、监督检查等，抓紧建立完善相关配套制度。同时，要对现有的制度和规范性文件进行全面清理，与《条例》精神不符的，尽快修改完善，经实践检验行之有效的，适时上升为制度规范。

（三）要切实加强制度机制执行的监督检查。抓好《机构编制监督检查工作办法》的贯彻落实，积极开展《条例》及配套法规制度落实情况专项督查，适时开展机构编制核查。要完善同纪检监察、组织人事、审计等部门协作联动机制，将机构编制政策制度执行情况纳入巡视巡察、经济责任审计范围，提升监督检查的有效性协同性，做到用法治思维和法治方式谋划推动工作，解决机构编制工作突出问题。

五、坚持干部队伍高素质

新时代机构编制工作任务更重、要求更高、责任更大，机构编制部门要深化转职能、转方式、转作风，着力打造忠诚干净担当的高素质专业化干部队伍，为机构编制工作高质量发展提供有力支撑。

（一）要加强政治建设。机构编制部门作为党的机关、政治机关，要有更高的政治站位、政治能力、政治担当和政治自觉，把讲政治的要求贯彻到机构编制工作和自身建设的全过程、各方面，鲜明体现党的领导、党的立场、党的原则和党的纪律，切实增强“四个意识”，坚定“四个自信”，做到“两个维护”。

（二）要加强能力建设。大兴调查研究之风，提高调查研究能力。要把加强调查研究作为加强能力建设、破解改革难题、服务领导决策、推动工作创新的重要手段，坚持问题导向、目标导向、结果导向，聚焦改革与管理工作中的热点、难点问题和机构编制领域存在的主要矛盾，扎实开展基础性前瞻性对策性研究，推动形成一批务实管用的调研成果，并促进成果转化，为领导决策提供参考。同时，要牢固树立创新理念，提高改革创新能力，打破惯性思维定势和习惯套路，积极探索有利于破解难题的新思路新举措。

（三）要加强作风建设。作风强则事业兴。机构编制部门归口组织部门管理后，要更加自觉向党中央对政治机关的高标准严要求看齐，从组织部门的优良传统和作风中汲取营养，强化“组织口”意识，对标“组织口”标准，培育“组织口”作风。进一步树牢服务理念，改进服务方式，提高服务质量效率，做到服务党委决策积极主动、服务部门履职热情周到、服务基层办事便捷高效，努力把实事办好，把好事办实。

甘肃省张掖市委统战部副部长，市工商联党组书记、常务副主席张自锋

淬炼“八心”提升工商联服务水平

张掖市工商联四届五次执委会议

链接： 近年来，张掖市工商联在市委、市政府的坚强领导下，坚持以习近平新时代中国特色社会主义思想为指导，坚决贯彻新发展理念，牢牢把握服务民营经济高质量发展这一主线，紧扣“两个健康”工作主题，围绕中心、服务大局，主动作为，多项工作获得全国工商联、甘肃省工商联通报表彰。2020年，张掖市工商联被全国工商联表彰为“2020年民营企业调查点工作先进单位”，被甘肃省工商联表彰为“全省工商联系统信息工作先进单位”，全市6县区工商联被全国工商联认定为2018—2019年度全国“五好”县级工商联，率先在全省实现了五好县级工商联全覆盖。

习近平总书记在对民营经济统战工作重要指示中指出：“工商联要发挥群团组织作用，把民营经济人士团结在党的周围，更好推动民营经济健康发展，努力为新时代坚持和发展中国特色社会主义事业、实现中华民族伟大复兴贡献力量。”新时代赋予工商联新使命，新挑战带给工商联新机遇，站在新的历史起点上，工商联机关要不断加强自身建设，努力提升政治素质、理论素养、业务能力、工作作风，以高度的政治自觉和强烈的使命担当，不断淬炼本领，努力提升工商联服务水平。

一、做好新时期工商联工作，要坚定对中国特色社会主义的信心

工商联作为中国共产党领导的政治组织、统战组织，必须突出工商联机关政治属性，坚持把中国特色社会主义信仰放在首位，坚持统战性、经济性、民间性有机统一，不断增强政治性、先进性、群众性，切实做好民营经济人士思想政治工作。要紧密结合民营经济人士的所思所想所盼，通过多种形式深入学习宣传领会习近平新时代中国特色社会主义思想的一系列重要观点、重大判断、重大举措，特别是习近平总书记关于民营经济和民营经济统战工作重要论述和指示精神，深刻领会丰富内涵和精神实质，不断提高政治责任感和时代使命感，引导民营经济人士坚定对中国特色社会主义的信心，不断增强对中特特色社会主义制度的政治认同、思想认同、理论认同、情感认同。

二、做好新时期工商联工作，需要践行履职尽责的初心

工商联工作的本职就是服务民营经济“两个健康”发展，只有坚持以服务发展为中心、高举绿色转型高质量发展大旗、坚持围绕“两个健康”布局工作，才能不断提高民营经济的获得感和满意度，工商联工作才有落脚点、着力点和闪光点。全市工商联机关要围绕全市“十四五”规划实施“一带一路”建设、构建“四大产业体系”、推进乡村“五大振兴”等重点战略，进一步创新服务模式，强化使命担当，积极履职尽责，努力做到在实现民企党建、教育培训、法律援助、健康保健、政策宣传涉企服务“六到家”，在服务民营经济高质量发展中，彰显工商联优势，积极主动作为。

三、做好新时期工商联工作，需要保持攻坚克难的决心

全市工商联机关要结合“我为群众办实事”活动，坚持服务兴会，努力帮助民营企业适应把握经济发展新常态，贯彻落实新发展理念，自觉投身供给侧结构性改革，推动实现民营经济高质量发展。要教育引导民营经济人士以更加稳健的步伐和更加昂扬的姿态应对各种风险挑战。要把思想认识统一到党中央和习近平总书记对经济形势分析研判上来，善于用全面、辩证、长远的眼光分析当前经济形势，继续保持战略定力，在稳扎稳打中实现稳中求进，稳中向好。要不负重托、抢抓机遇，充分利用惠企政策，转变思维，推动行业协同，攻坚克难，在危机中育新机，变局中开新局，齐心协力解决民营企业生产发展难题，加快推动民营经济高质量发展。

四、做好新时期工商联工作，需要增强干事创业的热心

工商联干部只有真正把工作当成事业，保持对工商联工作的高度热情，才能准确把握民营经济代表人士的思想脉搏，进一步增强服务意识，拓宽服务领域，完善服务职能，才能增强工商联的凝聚力。在日常工作中，要牢固树立群众观念、保持平常心态，建立起有为才有位的紧迫感，聚精会神地干工作，靠“联系、联谊、联心、联合”去做好“团结、教育、引导、帮助”工作。同时，要真诚、满腔热情地为企业服务，通过多种形式，为企业协调关系、化解矛

盾、沟通信息、出谋划策等提供服务。

五、做好新时期工商联工作，需要常怀为民服务的真心

工商联干部要始终保持同人民群众的血肉联系，时刻保持对人民群众的真心，做到为民谋利、为民办事、为民解困。要心系党的事业，恪尽职责职守，教育引导民营经济人士抓住机遇，迎接挑战，始终把为人民服务的宗旨意识扎根于心、生发于情，始终同民营经济人士站在一起，同呼吸、同喜忧、同进退，始终保持一颗真心，真心实意地帮助民营经济人士解决实际困难和问题，始终做到权为民所用、利为民所谋、情为民所系。

六、做好新时期工商联工作，需要秉持乐于奉献的善心

工商联机关要坚持正向激励导向，强化价值观引领，积极宣传民营企业的善心、善举和民营企业家在创新创业及“民企帮村”、抗击新冠肺炎疫情等行动中涌现出的先进人物和典型事迹，大力弘扬义利兼顾、以义为先、富而有德、富而有爱的优秀企业家精神，不断展示新时代民营企业和企业家的良好形象。引导广大民营企业围绕中心、服务大局，有组织地发动、形成合力，秉持义利兼顾，以义为先的善心，争做创新发展的引领者，脱贫攻坚的参与者，生态环境的守卫者，慈善事业的先行者，走出了一条独特的履行社会责任之路。鼓励广大民营企业利用自身在市场、资金、人才、技术等方面的优势，广泛开展规模化生产、现代化管理、精细化分工、产业化经营，建立产业集群，在履行社会责任的同时，实现企业发展。

七、做好新时期工商联工作，需要做到让企业家安心

要进一步深化大走访大调研活动，全面了解掌握企业生产经营中的困难和问题，多渠道反映、分层分类推动解决。加强与公检法司等部门的联动，建立民营企业涉法涉诉案件协调机制，畅通法律服务渠道。深化与检察院开展的“维护民企权益优化营商环境”专项行动，发挥工商联检察服务室的作用，要下大气力优化民营经济发展环境，依法平等保护民营企业家合法权益。完善政企沟通平台，健全民营企业与政府相关部门的合作机制，推动政银企对接。在支持民营企业科技创新、经贸交流、法律维权等方面提供更加精准的服务，要努力打造良好营商环境，让企业家安心搞经营、放心办企业。

八、做好新时期工商联工作，需要坚定推进改革的恒心

要全面贯彻落实关于工商联所属商会改革和发展的部署要求，把握工商联机关政治属性，围绕把工商联建设成为以统战性、经济性、民间性有机统一为基本特征，以促进“两个健康”为主题，以团结、服务、引导、教育为方针，有效承担政治引导、经济服务、诉求反映、权益维护、诚信自律、协同参与社会治理等重点任务，始终把加强党的领导贯穿于工商联所属商会改革和发展全过程，确保工商联改革发展正确方向，要发挥统筹协调作用，做好政策解读和舆论引导工作，推进工商联所属商会改革有序深入进行。持续夯实工商联的组织基础和工作基础，提升工商联系统整体效能，不断创新活动载体，体现特色优势，打造特色品牌，促进工商联机关改革创新，不断增强工商联的凝聚力、执行力、影响力。

河北省唐山市丰南区委常委、区纪委书记、区监委主任王增典

做实做细履行监督职责
加快推进“三个努力建成”

王增典近照　摄影：李福政

2010 年 7 月，习近平同志亲临唐山视察，作出了“三个努力建成”的重要指示。2016 年 7 月，习近平总书记再次亲临唐山视察，对唐山提出了“三个走在前列”的重要指示。总书记对唐山的两次重要指示，是在深度把握国内外发展大势，立足全国和区域发展大局，客观分析唐山所处的历史方位和发展优势的基础上，对唐山提出的殷切希望，为我们高质量发展擘画出蓝图，指明了方向，提供了根本遵循。再次重温总书记重要指示，结合学习党的十九届四中全会精神和开展“不忘初心、牢记使命”主题教育，我由衷地感到，“三个努力建成”重要指示高屋建瓴，意义重大深远，不仅是我们改革发展奋斗路上的引路明灯，更是推动纪检监察工作高质量发展的政治引领、思想武器和行动指南。

总书记重要指示指引政治监督持续深入。纪检监察机关是政治机关，第一职责就是政治监督。近年来，唐山市丰南区纪委、监委始终坚持把贯彻落实习近平总书记重要指示精神作为政治监督的核心内容，持续加强对学习贯彻落实党的十九大精神以及习近平新时代中国特色社会主义思想、贯彻落实党中央和省委、市委、区委重大决策部署等情况的监督检查，严肃查处落实党的路线方针政策不力、政令不通、效果不显等问题，切实保证党中央重大决策部署到哪里，监督检查就跟进到哪里。比如 2019 年 6 月底，丰南区纪委、监委对《关于贯彻习近平总书记重要批示精神深入落实中央八项规定精神的工作意见》贯彻落实情况进行专项检查，组成 15 个督导检查组开展了为期一周的集中督导检查，确保了总书记重要批示精神落实落细。

总书记重要指示引领纪检监察体制改革持续深化。深化纪检监察体制改革，构建党统一指挥、全面覆盖、权威高效的监督体系，是确保总书记重要指示落实落细的重要保障。近年来，我委在上级纪委监委和区委的正确指导下，持续深化纪检监察体制改革，从率先探索执纪监督和执纪审查部门分设，到深化国家监察体制改革成立区监察委员会，从深化“三转”提高履职能力，到省市试点派驻机构改革推进派驻监督全覆盖，我委一直走在改革前沿，下大气力把制度优势更好转化为治理效能。深入落实总书记重要指示，为我们持续深化改革注入了强大动力、提供了行动指南。

总书记重要指示指导营商环境持续优化。改革发展需要良好的

营商环境，营商环境离不开坚强的纪律保障。近年来，我委积极响应区委打造“四最”营商环境号召，出台《关于助力优化全区营商环境的实施方案》，建立30人的区级市场营商环境监督员队伍，一紧盯项目建设这个重中之重，突出优化营商环境开展监督执纪问责。2018年7月，我委严肃查处了某企业资产拆除处置恶意串通竞买案件，挽回经济损失近亿元。2019年，我们再次开展“不吃公款吃老板”专项整治行动，为持续优化营商环境保驾护航。

总书记重要指示推动人民共享发展成果。发展为了人民、发展依靠人民、发展成果由人民共享，以人民为中心既是贯穿于我国国家治理体系和治理能力现代化的基本原则，也是深入落实总书记重要指示精神、加快改革发展步伐的出发点和落脚点。近年来，我委围绕群众关心关注的热点痛点难点问题，深入开展扶贫领域腐败和作风问题专项治理、基层“微腐败”专项整治，严肃查处涉黑涉恶“保护伞”，不断增强群众的获得感幸福感安全感。在开展主题教育走访调研时，摸排出小集镇宋三村养殖场承包费收缴不力问题，在充分了解村情基础上，积极督促镇、村采取有效措施，为该村集体挽回损失5.34万元，并对剩余2户拖欠户启动司法程序予以追缴，群众对此交口称赞。

回顾近年来丰南改革发展和纪检监察工作成果，这些成绩的取得得益于总书记对唐山发展的高度重视，得益于总书记重要指示的正确引领，得益于区委团结带领全区党员干部和广大群众深入落实重要指示精神，这使我进一步增强了深入贯彻落实总书记重要指示，加快丰南重返全省县（市）区前列步伐的紧迫感和责任感。在今后的工作中，我将深刻领会和准确把握习近平总书记关于扎实营造风清气正政治生态的明确要求，始终坚持党对反腐败工作的统一领导，积极履行协助职责和监督责任，继续为丰南经济社会高质量发展扬鞭策马、保驾护航。

一是以政治建设为统领，强化政治监督。纪检监察机关作为政治机关，任何时候都要把“两个维护”放在首位。全区纪检监察机关将在区委的坚强领导下，旗帜鲜明讲政治，把推动“三个努力建成”作为树牢“四个意识”、坚定“四个自信”、做到“两个维护”的有效载体，坚决破除形式主义、官僚主义，严肃查处有令不行、有禁不止问题，确保总书记重要指示在丰南落地落实落细，为丰南早日重返全省县（市）区前列提供政治保障。

二是围绕区委重点工作，强化日常监督。进一步树牢全区“一盘棋”意识，一条心干事业、一个调抓工作，围绕全区重点工作，加强对生态环境、营商环境、扶贫脱贫等领域的监督执纪力度。聚焦影响改革发展的重点难点问题，严肃查处在政策落实、项目落地、惠企服务、审批流程、环境保护、脱贫攻坚等方面失职失责和作风问题，严惩不担当、不作为、慢作为、乱作为等行为。同时，认真落实“三个区分开来”，最大限度激发党员干部谋事创业、干实事干好事的工作热情。

三是一体推进不敢腐不能腐不想腐，保持惩治腐败高压态势。强化不敢腐的震慑，坚持有案必查、有腐必反，坚决减存量、遏增量，加大案件查办力度，高效开展问题线索处置工作，对违纪违法问题严惩不贷。扎牢不能腐的笼子，健全和完善党和国家监督体制机制，继续深化纪委监委派驻机构改革，切实提高派驻监督实效性。强化对权力运行的制约和监督，做好“监督的再监督”，充分运用纪律检查建议书和监察建议书，推动相关部门完善体制机制，补齐制度短板。增强不想腐的自觉，加强警示震慑，加大通报曝光力度，充分利用区党风廉政宣传教育联席会议，多载体、多途径积极开展纪法宣教活动，教育引导广大党员干部增强法纪意识、树牢廉洁底线。

四是坚持刀刃向内，建设政治过硬、本领高强的纪检监察干部队伍。坚持“打铁必须自身硬”，在深入学习贯彻习近平新时代中国特色社会主义思想上作表率，带头践行“两个维护”，自觉在政治上、思想上、行动上同党中央保持高度一致。严格执行《中国共产党纪律检查机关监督执纪工作规则》和《监察机关监督执法工作规定》，进一步增强办案安全和质量意识，持续提升纪检监察工作程序化、规范化、专业化水平。认真落实《河北省纪检监察机关工作人员之间打听、干预监督检查审查调查工作和请托违规办事的报备及责任追究规定》，完善自身权力运行机制和管理监督制约体系，切实把纪检监察权力关进制度笼子，打造让党放心、人民信赖的纪检监察铁军。

湖南省衡山县委常委、县纪委书记、县监委主任宁俊祺

砥砺品格　做党和人民的忠诚卫士

宁俊祺近照

纪检监察机关是党内监督和国家监察的专责机关。作为纪检监察干部，孤独是常态、清贫是常识、斗争是常新，一定要律心律行、砥砺品格、净化自我，把习惯孤独、享受清贫、坚定实干作为自己的品格追求，勇于斗争、善于斗争，做党和人民的忠诚卫士。

一、习惯孤独，处宁静以致远

推进党的建设新的伟大工程，我们从不孤独。但必须看到，在当前反腐败斗争取得压倒性胜利的大背景下，仍有一些地方、一些领域的腐败问题树倒根存。纪检监察干部在履行职责时承受压力、陷入孤独的可能性依然存在。

（一）*要在孤独中把准方向。*要善于把适应孤独、习惯孤独的过程，变为沉淀智慧、丰富内涵的过程，变为增强定力、行稳致远的过程。要始终坚定信念，坚守正道，顺应大势，勇敢地拿起利剑，毫不犹豫地阻击逆流。

（二）*要在孤独中提升本领。*纪检监察工作是一项政治性、专业性都很强的工作，我们理所当然要从无意义的社交活动中抽身出来，与孤独做密友，静心学习，沉心铸剑。

（三）*要在孤独中筑牢防线。*纪检监察干部把孤独当成一堵防火墙，对亲朋戚友的非分请托坚决说“不”，对各类人情羁绊勇于硬下心肠，我们在很大程度上就能免受干扰，涵养正气，做到水火不侵、俯仰无愧。

二、享受清贫，去私念以存真

在我们这些纪检监察干部脚下，从来只有兴党之职、为民之道，那些靠权力寻租获取个人财富的行为，从来都是见不得光的暗道，

必将承担恶果的邪道，与其“戚戚于贫贱，汲汲于富贵”，不如正心诚意，克制欲念，享受清贫。

（一）*要甘守清贫之道*。春秋时期的鲁国大夫孟献子，权倾朝野但为政清廉。这种以贤为富的高尚品格让人折服。四川省优秀纪检监察干部徐大勇参与办理大案要案，为国家挽回经济损失3000多万元，但个人生活清贫，离世时家庭的“大笔存款”仅2200元。无论是孟献子还是徐大勇，或许都不缺谋求个人财富的机会，但他们志不在此，而是有着更高更远的精神价值追求。

（二）*要追求清贫之乐*。我们所追求的清贫之乐，是节制物欲之后的简单生活，不图锦衣玉食，不慕豪车豪宅；是戒除浮躁之后的淡然知足，不攀比、不钻营，不怨天尤人、不自轻自贱；是律心律行之后的不怒而威，内心坦荡，正气充盈。以平常心看待财富，“宁可清贫自乐，不可浊富多忧”，这应该就是纪检监察干部快乐生活、努力工作的真谛所在。

（三）*要安享清贫之福*。世上有更多比不义之财更值得珍惜的东西，比如自由、亲情、名声等，它们才是支撑幸福的根本。

三、坚定实干，激浊气以扬清

纪检监察干部是党和人民的忠诚卫士。面对全面从严治党这个大课题，唯有坚定实干，激浊扬清，方能不负重托、不辱使命。

（一）*要切实强化担当状态*。担当源自忠诚。作为一名纪检监察机关的领导干部，要旗帜鲜明、心无旁骛，坚定做到“两个维护”，坚决捍卫党的领导。担当系于宗旨。要始终把人民利益当作最高利益，把民心所向当作工作导向。担当需要奉献。我们理应为生命中能拥有这种独特印记而倍感自豪，理应认清“心之所善”。

（二）*要始终保持工作状态*。全面从严治党永远在路上。要善于负重，瞄准净化政治生态、服务发展大局、推动纪检监察工作高质量发展等目标任务，紧扣执纪监督问责和监督调查处置双重职责，时刻保持战斗状态，一声令下，雷霆出击，击则必中。

（三）*要充分体现斗争状态*。党风廉政建设和反腐败斗争是“没有硝烟的战场”，每一名纪检监察干部都是冲锋陷阵的勇士和尖兵。发现执行中央决策部署不力的现象，要坚决爆破堵点、打通肠梗阻；面对腐败分子和不正之风，要敢于果断亮剑、刺刀见红；针对自身思想纪律作风上存在的问题和差距，要坚持刀刃向内、自我革命。在这场清顽瘴、除痼疾、铲腐败的持久较量中，我们一定要拿出更加顽强的意志、更加有效的策略，寸土必争，寸步不让，战斗到底。

四川省射洪市委绩效办主任廖成明

在乡村振兴的路上如何把群众组织起来

廖成明任职射洪市玉太乡飞石沟村第一书记时带领小朋友庆祝“特殊六一”

链接：廖成明，男，汉族，1986年1月出生，大学文化，中共党员。曾任遂宁市安居区会龙镇大学生村官、射洪市香山司法助理员、射洪市“两新”党工委副书记、射洪市玉太乡飞石沟村“第一书记”、射洪市委办副主任等职；现任射洪市委绩效办主任。2018年7月被四川省委、省政府评为全省优秀“第一书记”。

《中共中央国务院关于实施乡村振兴战略的意见》明确提出，到2050年全面实现农业强、农村美、农民富的奋斗目标。如何在乡村振兴进程中，把群众组织起来参与村级事务？围绕这一重要课题，笔者进行了一些调研，有了一些思考。

一、选好一个带头人，组织好群众

班子强不强，全靠领头羊，这句话在农村一点不假。

（一）*一个好的带头人，应该有过硬的政治素质*。首先要对党忠诚，这是最基本、最起码的政治要求，这一点都不过关，其他任何能力都免谈。其次要有公心，面对基层千条线，事事都要不论亲疏，坚持原则，不管大事小事都要公平公正地去对待。还要善于抓班子带队伍，不仅要团结班子成员，也要善于抓班子建设，抓后备干部队伍建设，让未来发展可期。

（二）*一个好的带头人，应该善于和群众打交道*。要经常通过坝坝会、座谈会、拉家常等方式加强和群众的沟通，真正让群众有话愿意跟你说，愿意听你说。要懂得群众的心思，善于倾听群众反映的问题，懂得去辨别，更要多方去了解，确保做出正确决策。

（三）*一个好的带头人，应该有担当奉献的精神*。要结合全村实际，为全村谋发展，谋切实可行的发展，不能仅仅是看摊守业，让群众认为“谁来都一样，几年下来，村子还是老样”。在工作生活中要大度，要敢于吃亏，把吃亏当成一种修养。

二、在组织的过程中，让群众参与村级事务

乡村振兴不是一个人的事，也不是一个班子的事，是需要全社会共同参与的事。笔者通过调研发现，要真真正正把农村群众组织起来，以下几点是可行的。

（一）*定期召开工作联络会是可行的*。比如，每次召开党员、社员代表大会，都邀请4—10名在家的群众参与，一年下来，让在家的群众都能参与村级事务决策，让群众能够清楚地知道村“两委”在干什么，是怎样决策的。同时，尽可能广泛征求群众意见，把群众意见统一到村“两委”的集体决策上来，群众本人也会感觉到“被尊重”，继而更加维护村“两委”的决定。

（二）*建立村QQ群、微信群是可行的*。在乡村振兴的路上，不仅要把在家的群众组织起来，常年外出的群众也要组织起来。在调研中，笔者发现很多村都建立了微信群或QQ群，但“群”的作用发挥还不太理想。很多群的“规矩”还需进一步明确，群的宗旨是什么，哪些是群倡导的，哪些是群禁止的等等。要把“群”作为外出群众了解家乡最主要的方式，通过“群”及时通报村上的重大事务、重大活动、重要变化。要积极运用“群”传播正能量，逐渐通过由村“两委”引导执行，变为群众自主引导执行的自觉。要畅

射洪市玉太乡飞石沟村组织群众开展活动剪影。左图为“送医下乡暨以购助扶”活动，右上图为“新春团年”活动，右下图为庆祝“三八妇女节”

通全村之间的交流，村“两委”可以通过“群”听取群众声音、意见和建议，并及时答疑解惑。

（三）让群众主动参与建设是可行的。调研中，很多村干部都反映，现在部分群众“等靠要”思想较为严重。部分村也作了一些可行性探索，比如在全村倡导修路、发展产业的时候，通过党员、社员代表大会由群众一起来研究，集体提出全村工作方案。这样的探索，让村级发展不再是政府大包大揽的事情，群众也要担负起应尽的责任，让群众在建设中更有参与感，也更加珍惜自己的劳动成果。

（四）开展丰富多彩的活动是可行的。调研中，笔者了解到，群众参与村“两委”组织活动的积极性还是很高的，什么“迎新春”“庆六一”“运动会”等活动，群众参与的积极性都很高。通过各种各样的活动，既为农村增添了生机，又丰富了群众的日常生活；既增进了群众与群众、群众与村“两委”之间的交流，同时也强化了村“两委”的凝聚力。

三、让群众有获得感，愿意被组织

要把群众组织起来，关键还要看村“两委”干了些什么，让群众有什么获得感。这样群众才真正愿意被组织、真正能够被组织起来。

（一）要多为群众解决问题。说一千道一万，真正要让群众有获得感，最重要的还是要切实为群众解决一些实际问题。要勇于面对群众反映的困难，不能把群众反映的问题当作一种负担。要设身处地理解群众的困难，不辜负群众的信任。要千方百计解决群众的困难，不能解决的也要给群众一个答复，让群众觉得干部能够依靠，这样才有组织群众的“资本”。

（二）要让群众感受到发展。要让群众有获得感，最关键的还是要看在村“两委”的努力下，村容村貌有没有发生变化、基础设施有没有得到改善、乡风民风有没有得到提升等，这样才能让群众真正感受到社会发展的红利。作为村“两委”干部，一方面要有长远思考规划，并积极争取上级支持；另一方面要让群众知道，村“两委”在干什么，群众是怎样参与的，怎样才能共享社会发展的红利。

（三）要让群众腰包鼓起来。乡村要振兴，农业就必须要振兴，农民的腰包就必须要鼓，要让农民留得下来，腰包鼓得起来，就必须要有支柱产业。在产业发展上，要因地制宜，前期可由村“两委”来牵头领办，条件成熟后，可由村“两委”指导，群众主动参与来降低风险；要量力而行，有计划、有步骤地推进；要让群众积极参与到产业发展中来，与群众建立利益共享机制，比如务工、入股分红、农业附加值增收等，真正让群众把村级产业当作“自己的产业”，这样才能够让群众的腰包鼓起来，乡村才能够长久持续地振兴。

哈尔滨工业大学（深圳）党委书记、党校校长吴德林

固本强基夯实基础　守正创新焕发活力

链接： 哈尔滨工业大学（深圳）是首所进驻深圳招收本科生的中国九校联盟（C9）成员、国家“985工程”建设高校和“双一流”建设A类高校。校区建设用地面积9.32万平方米，总建筑面积29.85万平方米。现有教师550余人、全日制在校生6200余人。学校传承“规格严格，功夫到家”的校训、发扬深圳精神，实施专业类招生、专业类培养、专业方向毕业的培养模式。23个一级学科中，有8个国家一级重点学科、13个全国第四轮学科评估A类学科、7个国家“双一流”建设学科、4个广东省“高水平大学建设计划”重点建设学科；52个各级创新载体中，有1个工信部重点实验室、1个广东省重点实验室、1个广东省工程技术研究中心，19个深圳市重点实验室、18个深圳市工程实验室等。

哈尔滨工业大学（深圳）党委用高质量党建引领一流高校建设，为党育人、为国育才。学校着眼于高校党建和思想政治工作在推进国家治理体系和治理能力现代化总体布局中的重要作用，牢牢把握社会主义办学方向，抓牢抓稳抓实“培养什么人、怎样培养人、为

吴德林讲授"不忘初心、牢记使命"专题党课

谁培养人"这个根本问题。学校始终坚持以党的政治建设为统领，以创新发展为动力，以提升组织力和政治功能为着力点，以推动事业进步为根本目的，把党建和思政工作优势不断转化为高校治理效能。

学校着力构建落实党的领导纵到底、横到边、全覆盖的工作格局，促进党的领导坚强有力、党的组织健全过硬、党的队伍科学完备、体制机制灵活高效，探索形成了富有工科高校特色的"一以贯之五维联动"的党建工作模式，努力培养担当民族复兴大任的社会主义建设者和接班人。党建工作已成为学校跨越式发展的引领和驱动，为加快"双一流"建设、"双区驱动"建设、实现高等教育内涵式发展等工作，提供了坚强的政治、思想和组织保证。

一、固本，政治引领强而有力

办好中国的事情，关键在党。加强党对高校的领导，加强和改进高校党的建设，是办好中国特色社会主义大学的根本保证。哈尔滨工业大学收到的百年校庆贺信中指出：新中国成立以来，在党的领导下，学校扎根东北、爱国奉献、艰苦创业，打造了一大批国之重器，培养了一大批杰出人才，为党和人民作出了重要贡献。

哈工大（深圳）党委秉承哈工大科技报国的优良传统，传承哈工大人对党忠诚的红色基因。学校扎根于深圳，坚决扛起"两个维护"重大政治责任，强化政治引领，坚定不移突出党把方向、管大局、作决策、保落实的主体责任，抓住制度建设这个关键环节，做到四个"有力"，确保鲜明的政治方向、服务面向、育人导向。

（一）把方向有力，始终做到"听党话、跟党走"。只有政治方向正确，才能培养出更多德智体美劳全面发展的社会主义建设者和接班人。党对高校的领导首先是举旗定向，在学校党委的领导下，哈工大（深圳）制定坚决维护党中央权威和集中统一领导相关制度，进一步加强党的政治建设。伟大的事业需要伟大的思想来指引。学校建立落实国家领导人重要指示批示精神和国家决策部署工作台账，33项具体任务全部落实。学校召开系列专题会议，深入研究贯彻落实党的十九大精神，形成落实全国教育大会、全国高校思想政治工作会议精神工作方案，举办"弘扬爱国奋斗精神、建功立业新时代"系列活动，牢牢把握社会主义办学方向。

（二）理论武装有力，学思悟贯通融合。学校把认真学习贯彻党的思想理论，作为各级党组织会议"第一议题"，引导全校师生党员把党的思想理论作为思想明灯和行动指南。2019年，学校高质量开展16次党委（扩大）会"第一议题"学习、48次各级党委理论学习中心组学习、506次党支部"第一议题"学习，领导机关和领导干部作表率、打头阵。在"不忘初心、牢记使命"主题教育期间，校党委班子开展16次"不忘初心、牢记使命"主题教育集中学习研讨，以"关键少数"示范带动"绝大多数"，各学院、各单位开展集中学习研讨59次。理论学习成为校园新风尚，全校师生员工从听专家讲政策理论的听众，到联系实际思考工作的参与者，再到促进相关领域工作协调发展的推动者，学思悟逐步贯通破解了学做脱节的难题，真学真做真干。

（三）政治保证有力，压实全面从严治党主体责任。党旗必须在学校高高飘扬，哈工大（深圳）制定责任清单，明确领导班子全面从严治党责任分工，坚持党建工作与业务工作同谋划、同部署、同推进、同考核，使党建工作成为学校跨越式发展的引领和驱动。学校对标党建工作指导文件，制定《基层党组织落实全面从严治党主体责任方案》，形成153项任务清单，不折不扣地压实主体责任。学校坚持把政治标准和政治要求贯穿始终，凡是涉及办学发展方向、教师队伍建设、师生员工切身利益等重大事项，一律由院党委前置把关后，再提交党政联席会议决定。学校明确，党支部在重大事项、职称评定、评奖评优等工作中，严格把好"第一关"，涉及干部考察、职称评聘、绩效考核、评奖评优以及人才引进等工作，须听取党支部意见。

（四）防范意识形态风险有力，坚决守好高校政治安全"南大门"。哈工大（深圳）突出多级联动，构建工作责任体系，成立党委书记、校长任"双组长"的维护政治安全意识形态安全专项工作领导小组，制定专项工作方案和落实意识形态工作责任制实施细则。学校以《关于加强和改进新形势下高校思想政治工作的意见》为抓手，推动全国、全省高校思想政治工作会议精神落细落实。

二、强基，基层党建全面过硬

"欲筑室者，先治其基"，党的基层组织是党的战斗力的重要基础，只有党的基层组织、党员队伍、党的工作强起来，才能凝聚推动事业发展的强大动力。

（一）抓基础，筑牢坚强有力的战斗堡垒。哈工大（深圳）党委牢固树立"党的一切工作到支部"的鲜明导向，紧密结合中心工作，活化载体、激发活力，实现基层党建工作创新发展。为促进基层党组织全面进步、全面过硬，学校党员领导深入63个党支部"问诊把脉"，逐一听取建设情况，引领党支部提质增效。全校中层及以上党员领导人员"一对一"联系一个党支部，保证党支部指导直达基层，中间无断层。学校改革按年级设置党支部的传统方式，建立硕博联合、师生联合纵向党支部，构建"传帮带"机制，助力支部成长。

（二）抓战斗力，在新冠肺炎疫情防控中涌现出"志愿红"、贡献出"科技力"。哈工大（深圳）组织党员志愿服务队，943名党员积极投身到疫情防控一线。在校园内，疫情防控领导小组坚持每日一会，党员同志放弃休假，全力保证学生安全顺畅复学。一个院级党组织"承包"一栋宿舍楼，为60余名寒假留校学生的身心健康保驾护航。在校园之外，广大师生党员纷纷参加社区防疫志愿服务工作，共同搭建方舱医院，协助企业开展复工复产，利用专业知识和学科优势助力疫情防控，充分发挥了党员的先锋模范作用。

在抗击疫情的关键时刻，哈工大（深圳）党员干部尽显使命担当，选派青年中层干部到深圳市疫情防控一线历练，帮助企业复工复产。学校在深圳市内高校中一马当先，与市血液中心一同举办无偿献血专场活动，68名教职工党员参与无偿献血，为战"疫"助力、为生命接力。计算机科学与技术学院党委方滨兴院士团队研发"疫情大数据安全融合开放平台"，以云计算和大数据分析技术，筑牢疫情防控坚实堡垒，为企业复工复产保驾护航。材料科学与工程学院党员张嘉恒在大年初四，赶制具有消毒抑菌、护肤保湿功效的消杀产品，捐给武汉市和广东省8家医院，修护医护人员"酒精手"。电子与信息工程学院党委马婷老师分析研究新冠病毒的传播机制，系统介绍了深圳作为人口高密度城市遏制疫情的成功经验，其学术成果登上英国权威医学杂志《柳叶刀》。

（三）抓创新，持续激发党支部工作活力。哈工大（深圳）深化内涵抓特色，打造校院两级党建工作品牌，凝练12个"一学院一品牌"、41个"一支部一特色"项目。学校基层党组织服务学校中心工作的能力日益提升，5个党支部获评哈工大（深圳）首批"党建工作样板支部"，在实践中不断探索可复制、可推广的工科院校党建工作经验。

深化"支部+教书育人"模式，实现教师党支部书记"双带头人”全覆盖，促进党建和业务工作双提升。2019年，学校机电工程与自动化学院党委获评哈工大立德树人先进集体，徐文福同志获评哈工大立德树人先进个人。推广“支部+榜样”模式，选树优秀党员典型，形成“榜样在身边、比学赶帮超”的争上氛围。

拓展“支部+志愿服务”模式，20个党支部362名党员先后赴对口帮扶单位石井村，充分发挥高校的智力优势，搭建3个平台。他们打出“科技+扶贫”组合拳，“山谷竹源”平台拓展石井村农产品线上销售渠道，“V村在线”平台盘活石井村的发展资源，“远程家教”平台鼓励石井村用知识改变命运。

学校特色党校课程——读剧《伟大的长征》

三、守正，党校“熔炉”火正红

党校因党而立、为党而办，哈工大（深圳）党校创建时间长、培养建制完备。学校党委坚持“党校姓党”根本原则，从严治校、从严治教、从严治学，在体制机制、课程设置和教学形式等方面不断探索，提高党校工作的科学化、制度化、规范化水平，为学校人才培养工作保驾护航。

（一）*强化“党委办党校”主体责任，打造“精品第一课”。*党委书记兼任同级党校校长，聚焦基本任务、围绕中心工作，坚持“党校姓党”根本原则，严把政治方向，推动党的教育与学校发展中心工作深度融合，把党校办成锤炼党性的“大熔炉”。学校发挥党员领导干部党性修养、理论素养的“头雁”作用和“领航”功能。学校党委书记带头定期为师生党员、中青年教师、思政工作者、入党积极分子讲授党课，打造党校“品牌第一课”。校领导班子成员、基层党组织书记全部走进党校课堂，弘扬爱国奋斗精神，讲授党史国史，激励科技报国。丰富党校课程资源，机电工程与自动化学院党委打造“我来讲党课”特色品牌，鼓励学院党员全员“开讲”。

（二）*坚持“主课主业”标准，将党的“理论大餐”烹制成师生喜爱的“家常饭”。*质量是党校安身立命之本，学校党校课程突出党的理论教育和党性教育的主课地位，马克思主义理论教育和党性教育总课时占比不低于70%，每个主体班次均设置“党性教育单元”。紧密结合学生的专业教学计划，通过党校培训学习，促使学生骨干成为政治过硬、本领高强的优秀人才，确保“优中选优”，发展学生党员。在做好传统理论课和实践研讨课的同时，党校不断创新模式，发挥美育浸润心灵的作用，举办“金色的十月”爱国主义交响音乐会专题演出，用经典红色音乐作品宣传中国精神、展示中国力量；读剧《伟大的长征》直观地呈现长征路上的动人故事，将爱国主义精神和红色基因深深植根于广大学员心中。

（三）*深调研、强担当，实践锻炼入脑入心。*哈工大（深圳）党校将与时俱进、实事求是等党的思想精髓，贯穿于各项教育培训中，将实践调研作为学生的必修课。2019年，188名预备党员响应国家要求，切中时局热点，以“粤港澳大湾区建设中青年党员的机遇与挑战——以深圳为例”等为主题，开展广泛调查研究。党校校长带头申请并获批2019年度广东省教育科学“十三五”规划党建研究项目。

四、创新，党建与中心工作深度融合

（一）*创新党建引领模式，以党建带业务推动融合。*为破解党建与中心工作“两张皮”的瓶颈问题，学校推进党建与中心工作深度融合，校党委建立校内各党支部间的经常性交流机制，强化机关与基层党支部、教师与学生党支部、理工科与经管文科党支部的联系交流。2019年，学校共开展校内党建共建活动30余次，党建交流使原本陌生的人熟悉了，将原有的误解转换成了相互理解，为原本棘手的难题找到了新的解决办法。党支部之间通过更密切的沟通交流，多形式、全方位地了解倾听师生心声，积极为广大师生提供更优质、更便捷、更高效的服务。

（二）*聚焦“双区驱动”，党建共建共谱新篇。*学校党委紧抓“双区驱动”的重大历史机遇，以共建促合作，不断丰富校企融合渠道。学校结合自身科技创新优势和深圳产业发展方向、技术创新的需求，建设8个重点实验室集群、16个校企联合实验室、实验与创新实践教育中心、5个学科教学部和19个校企合作实习基地。基层党组织与粤港澳大湾区内18家企事业单位共建，深度服务“双区”建设，积极打通党建服务中心工作“最后一公里”，探索出高校主动融入大湾区党建工作“大格局”的新思路。

（三）*发挥党员科研“头雁”作用，助力“双区”建设。*2019年学校主办第十届先进材料科学与技术国际论坛暨首届粤港澳大湾区材料大会，9位院士、400余位专家学者共同探讨先进材料科学发展的趋势、新材料产业发展瓶颈的破解之道，全面提升新材料的科技创新和技术研发能力。广东青年“五四奖章”获得者、预备党员马星，主要从事生物医用微纳米机器的国际前沿科学研究，2016年在德国学成后，他毅然选择回到祖国，将爱国之情转化成在科研道路上砥砺前行的强大精神动力。理学院党委宋清海教授团队在超快调制微激光器领域取得重要突破，其相关研究在《Science》上发表，有望突破超短切换时间与超低能耗之间的矛盾。虎门大桥产生异常抖动后，土木与环境工程学院党委书记肖仪清同志立即科学分析桥梁抖动的现象，其权威解读可用于桥梁结构安全预警和事件之后的安全评估与原因排查。

五、铸魂，浸润式教育入脑入心

（一）*落实立德树人根本任务，构建“三全育人”工作格局。*学校高位对标新时代大学生思想政治工作根本要求，结合学校特色与学生需求，以问题为导向，找准切入点，做好顶层设计，将“三全育人”工作纳入党委工作总体布局，不断提升人才培养的针对性和实效性。学校引导全体教职工共挑“思政担”，努力促进思政课程与课程思政同向同行，马克思主义学院教师面向全校教职工讲授“从思政课程到课程思政”专题课，全力推进课程思政立项。学校以“十大”育人体系为抓手，各部门、各单位共同承担思政工作责任，“全校一盘棋，共耕一片田”，构建全员育人、全程育人、全方位育人的大思政教育体系，使得“横向到边、纵向到底”的“三全育人”工作体系水到渠成，推动学校立德树人工作与各项事业发展协同协作、同向同行、互联互通。

（二）*突出党员思想阵地建设，构筑楼宇党建“红色新天地”。*学校党委秉承“学生在哪里，党建思政工作就要开展到哪里”的初心，以“4馆1书屋”等5个校级党建教育基地，连通教学楼和公寓，构建全方位浸润式育人阵地。学校拓展党建工作新载体，设计贴近生活、入脑入心的思政活动，让党组织成为学生成长成才的“引路人”。学校在主楼设置了吸引学生读原著、学原文、悟原理的“青马书屋”，以及弘扬哈工大“八百壮士”精神、加强“师德师风”建设的“立德树人轩”。在学生宿舍设置讲述国家领导人成长经历的“初心讲习所”，宣传粤港澳大湾区、深圳建设中国特色社会主义先行示范区的“湾区时代馆”，和进一步坚定中国文化自信、促进国际文化交流的“文化浸润廊”。校级楼宇党建基地成为学校党组织宣传党的方针政策、团结师生群众、加强思想政治建设的新阵地。

（三）建设标准化院级“党员之家”，让党员活动室真正“活”起来。9个学院“党员之家”充分发挥“一室多用”的综合效用，用“活”党员活动室。学校在坚持“三会一课”制度基础上，结合实际开展党员教育、管理、服务工作，把党员活动室打造为党员活动中心、学习培训中心以及师生服务中心，提升党员队伍的凝聚力和战斗力。

（四）开设“HITsz指尖党建”微信公众号，以“碎片化”“微学习”方式组织党员干部学习，拓展党员教育新渠道。以微信公众号每日信息推送为抓手，定期发布学校党建工作动态，内容既包含“大而全”的党和国家时政热点，也包含“小而精”的各基层党组织党建亮点工作，大大拓宽基层党建覆盖面，实现“小指尖上的大党建”，其中23篇推文、3堂党课慕课登上“学习强国”平台。

2020年是哈工大建校100周年，也是深圳经济特区成立40周年。新时代新征程，哈工大（深圳）党委将始终保持艰苦奋斗的本色，坚守哈工大的传统、优势和特色，继续以党建工作为统领，大力弘扬传承铭记责任、求真务实、海纳百川、自强不息的百年哈工大精神。学校将紧紧围绕立德树人根本任务，继承发扬哈工大人扎根边疆、接续奋斗精神，勇担深圳建设者敢闯敢干、敢为人先的使命，努力将科研优势转化为育人优势，在着力解决国家发展面临的重大攻关问题上下功夫，不断助力哈工大实现建设中国特色世界一流大学的百年强校目标，主动融入和服务粤港澳大湾区建设，为深圳建设中国特色社会主义先行示范区贡献更大的力量，书写好新时代高校教育的奋进之笔。

供图：哈尔滨工业大学（深圳）

中国石油大学（华东）石油工程学院党委书记赵放辉

一流党建一流学科建设双促双进

学院获得的荣誉奖牌　摄影：于梦飞

石油工程学院是中国石油大学（华东）极具油气特色的研究型学院，68年来培养了以院士、战略企业家为代表的2.1万余名毕业生，完成了诸多国家和企业重大科研任务，获国家科技成果和教学成果奖27项，为经济社会发展作出了突出贡献。学院把从优办学高要求与从严治党严要求紧密结合，全面发挥党委政治统领作用，不断提升基层党组织建设水平，深入发掘石油特色“三全育人”内涵，由点到面、由面到体构建全方位党建工作体系，以一流党建引领一流学科建设再上新高度。

一、强化核心作用，发挥学院党委引领力

围绕“建设石油与天然气工程学科世界一流的高水平研究型学院”发展目标，积极应对“双一流”建设新要求、新挑战，服务国家能源战略和地方经济社会发展，让党组织成为推进“双一流”建设的领头雁、排头兵。实施党政共同负责制机制工程，实现党委成为保障和推进学院中心工作发展、维护学院团结和谐、汇聚师生员工力量的政治核心；实施“清单工作法”抓基层党建工程，实现系所党支部成为学院人才培养、科学研究、社会服务工作中的战斗堡垒；实施“四位一体”协同机制工程，建成“党委统一领导、党政工团齐抓共管、校内校外协同育人”大思政工作格局，使全体师生党员成为院系工作先锋模范，全力推动“双一流”建设事业发展。党委把方向，支部当堡垒，党员作先锋，学院上下风清气正，切实做到党政同心谋发展、凝心聚力育英才。

二、聚焦质量提升，夯实基层组织战斗力

按科研方向调整支部设置，教工党支部全面配备“双带头人”党支部书记，依托“清单工作法”推进党支部标准化、规范化建设。油气田化学研究所党支部作为首批高校“双带头人”教师党支部书记工作室，靠出色的组织力凝聚起干事创业的力量，各项工作走在前列，被评为山东省高校黄大年式教师团队。油气开采工程研究所党支部作为学校首批样板党支部，注重以党建促进业务，以精神凝聚动能，将党员政治生日纪念活动做成品牌，强化新一代石油人的使命担当，激发干事创业、争创一流的工作热情。海洋油气与水合

学院教师党员喜迎“七一”　摄影：于梦飞

物研究所党支部、油气藏工程研究所党支部作为学院“双带头人”党支部书记工作室培育创建单位，在人才培养、科学研究等中心工作中取得突出成绩。深入实施“红色 1+1”师生党支部共建，与研究生纵向党支部、本科生党支部联动，积极为学生党员成长成才服务，真正成为学生的贴心人、领路人。

三、厚植石油特色，提升育人工作凝聚力

学校以入选全国首批“三全育人”综合改革试点院（系）为契机，秉承“关爱学生、尊重学者、崇尚学术”的价值追求，从宣传、制度、部署、资源、考核、激励等方面落实“三全育人”要求，建立全员、全过程、全方位的育人体系和长效机制。以“强化石油精神、国际视野、团队意识和创新能力”为重点，构建育人力量、育人内容、育人过程、育人资源“四个协同”的育人模型；搭建思想引领、专业学习、创新创业、国际化培养、网络文化、实践育人等学生成长“六大平台”；“非常 1+6”“与校友面对面”等成为深受学生欢迎的活动。加强师德师风建设，形成靠制度规范行为、靠文化凝聚共识、靠学术引领奋进、靠榜样树立风范、靠活动激发热情“五靠”工作法。学校将石油精神传承作为育人的重要内容，以全员、全过程、全方位的浸润式教育引导能源报国的价值追求，涌现出扎根非洲做石油教育的优秀毕业生吕健、石油 Link 创始人马一峰等能源创业典型。老一代石油魂正在源源不断地孕育着新一代石油人。

学院获批党建项目 摄影：于梦飞

四、实现双促双进，增强一流学科竞争力

学院党委“围绕中心抓党建、抓好党建促中心、检验党建看发展”，团结带领全院师生员工追求卓越、实干担当，取得了显著成效。2018 年创建首批全国党建工作标杆院系以来，学院入选国家科技部门创新人才培养示范基地，3 个专业入选国家一流本科专业，7 门课程入选国家一流本科课程，获国家教学成果奖 2 项；新增“四高四青”人才 9 人，新增省部级平台 2 个，承担国家自然科学基金重大或重点项目、重点研发计划项目及相当级别项目 20 余项，年均到位科研经费 1.75 亿元以上，获国家科技成果奖励 5 项；入选全国大学生创业英雄 100 强、全国高校百名研究生党员标兵各 1 人，获中国大学生年度人物提名 2 人；工程学科进入 ESI 全球排名前 1‰。2019 年获评全国教育系统先进集体、山东省教育系统先进基层党组织，2021 年通过全国党建工作标杆院系验收。

兰州交通大学党委书记杨子江

让红色基因成为立德树人的鲜亮底色

杨子江书记在讲党课 摄影：王斌

链接：杨子江，教授，博士生导师，研究领域为桥梁结构非线性分析及仿真，中共党员。现任兰州交通大学党委书记。历任社科部高科技与产业化理事会理事，中国钢结构协会理事，中国铁道学会桥梁工程委员会委员。入选铁道部有突出贡献的中青年专家，铁道部青年科技拔尖人才。2015 年获中国高等教育学会和中国青年报社主办的“学生喜爱的大学校长”称号。

习近平总书记强调，要把理想信念的火种、红色传统的基因一代代传下去，让革命事业薪火相传、血脉永续。

红色基因贯穿于兰州交通大学这所流淌着铁路血脉的西部高校的诞生、建设和发展史。60 多年的办学历程，深深铭刻了兰州交大人在红色基因的浸润下，持之以恒的办学信念、脚踏实地的奋斗精神、蓄势高远的战略眼光、强化特色的创新道路，彰显出赓续绵延、历久弥坚的大学精神。

一、艰苦奋斗甘于奉献，让红色基因永续传承

1958 年，陇海、包兰、兰新、兰青四大铁路干线在兰州交汇，西北、西南地区急需大量铁路人才。经国务院批准，铁道部决定在兰州组建我国第三所铁路高等学校——兰州铁道学院。当年 5 月，在时间紧迫、任务艰巨的情况下，时任铁道部教育局局长、兰州铁道学院首任院长孟华率领首批抵兰的工作人员团结奋斗，加紧各项筹备工作。以北京铁道学院（现北京交通大学）铁道运输系、铁道电机系和唐山铁道学院（现西南交通大学）铁道建筑系、铁道桥梁与隧道系、铁道机械系教师为主，铁道部机关和下属部门干部为辅的 340 名教职工，服从组织安排，服务国家建设，以无私奉献的精神，毅然舍弃繁华都市的生活，挈妇将雏，奔赴祖国的大西北，在当初还是一片荒滩的兰州市安宁区北山之麓开始了永久性校址的修建，走上了“鼓足干劲，力争上游，多快好省”的建设发展之路。当年 9 月，学校就迎来首批 446 名新生。

以林达美、胡春农、沈智扬、孙祺荫、张殿执为代表的兰州铁道学院教师队伍，肩负起培养西部铁路建设人才的办学使命，传承和发扬北京铁道学院和唐山铁道学院在长期办学中形成的“起点高、基础厚、重实践、要求严”的优良办学传统，克服重重困难，严把教学质量。作为学院的拓荒者，他们共同克服了种种困难。一批又一批有志献身铁路建设事业的学子也从祖国的四面八方来到兰州求学。

学校初建时，恰逢三年困难时期，老一代学校领导团结带领全校师生发扬自力更生、艰苦奋斗的延安精神，在坚持正常的教学科研工作的同时，一边修盖校舍，建造家园；一边耕地种粮，补充供

左图为 2019 年第十一巡回指导组组织 6 所高校对兰州交通大学主题教育中的特色亮点工作进行观摩学习；右上图为校园一景——青龙桥车站；右下图为杨子江到学生公寓党建基地座谈　摄影：王斌

给，走过了艰辛的创业之路。学校始终坚持贯彻“严字当头、铁的纪律、团结协作、优质服务”的铁路路风建设方针，坚持从严治校，规范管理，培养出一批批铁路行业工作的佼佼者。神州大地上，哪里有铁路，哪里就有兰州交大人的奋斗身影；哪里有铁路，哪里就有兰州交大人的无私奉献。

在沧桑砺洗的办学历程中，红色基因、延安精神、交大传统、铁路路风相互交融，反复涤荡，凝炼成“奋发向上、艰苦朴素、刻苦钻研、严谨治学”的交大校风。可以说，兰州交通大学走过的六十余载办学之路，就是学校不忘初心、牢记使命、艰苦奋斗、砥砺奋进的“红色育人路”，就是一代代兰州交大人用汗水和心血在陇原大地上谱写的“红色日记”。

二、矢志不渝勇于创新，让红色基因发扬光大

历史是最好的教科书，也是最好的营养剂。新中国铁路史是一部铁路人听党话、跟党走的革命史，也是一部铁路人筚路蓝缕、砥砺前行的奋斗史。铁路人的红色基因就蕴藏在这部革命史、奋斗史中。为了人民幸福、民族复兴，一代代铁路人在艰难探索、拼搏奉献中淬炼了坚如磐石的理想信念、百折不挠的意志品质、吃苦耐劳的工作作风和敢为人先的进取精神，形成了铁路人特有的红色基因。

作为一所扎根西北的铁路高校，一代代兰州交大人始终秉承光荣的革命传统，投身伟大的奋斗实践，继续传承和发扬着“挑战极限、勇创一流”的青藏铁路精神、“一点不差，差一点也不行”的小东精神……一系列彰显铁路宗旨、行业特色的红色文化，使之成为坚定理想信念的“鲜活教材”、不懈奋斗的“精神家园”，将一脉相承的红色基因注入干事创业的行动之中，坚定地走出了一条以交通为核心的特色办学之路。

2003 年，经教育部批准，学校更名为“兰州交通大学”，并成功申报成为博士授权单位。经过几十年的发展，兰州交通大学已经成为一所行业特色鲜明、服务地方能力突出、享誉国内、在西北地区轨道交通建设中具有独特优势的高等院校。

学校始终坚持产学研合作，主动服务国家和地方经济发展，在交通运输、土木结构、环境保护、信息工程、自动控制、智能交通、物流管理、装备制造、绿色能源、自然灾害防治等方面形成了核心技术和优势产业，部分研究成果达到了国际先进、国内一流水平。

学校深度参与了青藏、兰新、兰渝等多个铁路重大项目的研究与建设工作。青藏铁路工程项目获 2008 年全国科技进步特等奖。所主持的多个项目成果先后获国家科技进步二等奖、铁道科技进步特等奖、甘肃省科技进步一等奖等重大科技成果奖。

六十余年来，学校为国家交通事业和地方经济建设发展培养了二十余万名优秀人才，从这里毕业的学子像铁道轨枕一样，坚韧不拔、无私奉献。他们留得住、用得上，综合素质好、作风朴实、吃苦耐劳，具有创新精神，受到社会广泛赞誉。

张柏馨，毕业于唐山工学院土木系。曾两次中断学业，奔赴抗美援朝前线，参加工程建设，1958 年参与组建兰州铁道学院，举家迁兰，在教学、管理岗位上兢兢业业，无私奉献。范多旺，从兰州铁道学院毕业后留校，在教学科研第一线工作奋斗四十多年，凭着一股兰州交大人特有的坚忍顽强和不怕苦、不怕累的精神，扎根甘肃，刻苦实干，成为我国绿色镀膜技术领域和铁路车站全电子化信号技术领域的开拓者，为行业科技进步、地方经济建设作出了卓越的贡献，先后获得国家科技进步二等奖、全国五一劳动奖章、甘肃省科技功臣。闫浩文，出生于甘肃民勤，以脚踏实地的钻研精神，在测绘和地理信息领域取得了不俗的成就。作为专业带头人创办了兰州交通大学地理信息科学、测绘工程、遥感科学与技术 3 个本科专业，申请获批了地理学一级学科硕士点和两个二级学科博士点，牵头组建了兰州交通大学测绘与地理信息学院并担任首任院长，并入选“长江学者”特聘教授、国家中青年科技创新领军人才、国家第二批“万人计划”科技创新领军人才。

三、培根铸魂立德树人，传承红色基因的使命担当

建设一流大学，培养一流人才，必须要有一流的大学文化。进入新时代，担当交通强国、铁路先行的历史使命，更需要继续传承红色基因，凝聚起无坚不摧的奋进力量。近年来，学校党委紧紧围绕“举旗帜、聚民心、育新人、兴文化、展形象”的使命要求，坚持高位推动、基层导向，把大学文化作为“双一流”建设的重要内容。通过牢牢抓好红色基因传承引领、文化设施提格提质、文化品牌培育凝练和文化传播融合高效等“四个维度”，使大学文化建设与办学发展高度融合。

唐臣广场、天佑主题公园、青龙桥车站、校史馆、天佑美术馆等一批校园文化景观场馆群落初步形成；校园文化气息日渐浓厚，文化品牌的知名度和影响力稳步提升，文化传播体系运行高效；“铁路根、交通魂”这一校园精神文化的内核和红色基因传承的脉络日益清晰，并获得了广大师生、校友的广泛认同。伴随着精神文化体系的不断完善，红色基因已经逐渐成为兰州交通大学校园文化的鲜明特色，为学校办学发展提供了不竭的精神动力。

学校党委高度重视用红色文化涵育人才，不仅全面覆盖新生入学教育、新教师上岗培训，使之成为师生干部教育培训“必修课”，而且通过思政课使之融入课堂。学校大力推动“红色基因传承行动”主题教育活动的深入开展，通过创新教学改革和社会实践活动，不断推动红色基因与学校思想政治教育的深度融合，在全校范围内组织开展“红色文化”的思想理论研究、实践探索和经验总结。2019 年 12 月，学校承办了全省教育系统“红色基因传承行动”主题教育活动成果展示交流暨表彰大会。

六十余年来，一代代兰州交大人扎根西北，在变化中坚守，在传承中发展，创造了无愧于历史、无愧于时代的西部高等教育特色发展之路。迈入新时代，学校将继续传承红色基因、发扬铁路传统，不忘初心、牢记使命，坚定不移走高质量发展道路，为建成特色鲜明的高水平研究型大学，为建设幸福美好新甘肃，为祖国交通事业的发展而不懈奋斗。

上海应用技术大学经济与管理学院党委书记王真

“四史”学习激发育德育才新活力

上海市百老德育讲师团 摄影：秦有为

上海应用技术大学经济与管理学院党委认真贯彻落实“四史”学习教育的相关部署要求，把“四史”学习教育作为“不忘初心，牢记使命”主题教育的巩固深化，把“四史”学习教育同“创新驱动、管育融通”的学院工作主线结合起来，同统筹推进疫情防控与学院事业发展结合起来，同深化推进上海市“三全育人”综合改革示范院（系）创建结合起来，通过突出党的政治建设、紧扣立德树人主线，扎实推进“四史”学习教育走深走实，以“四史”学习教育激发学院守正创新和育德育才新活力。

一、以“常”促学，优化“四史”学习教育路径，筑牢理想信念基石

学院党委第一时间成立了“四史”学习教育领导小组，做好顶层设计，开展交流研讨，制定学习清单，形成常态化学习交流机制。搭建领导班子带头学，支部书记引导学，师生党员共同学的“点一线一面”学习格局。学院党政班子成员定期为不同师生群体上党课，学院党委书记、副书记为新生开展入党启蒙教育、与入党积极分子交流如何端正入党动机，院长、副院长为新生做入学教育专题报告。全体班子成员积极参加所联系支部的组织生活，认真贯彻落实党员领导干部“双重组织生活”制度，把学习成效体现到增强党性修养、提高履职能力和改进工作作风上。注重分类指导，抓好教师、学生党支部“深入学”，教师党员带领学生党员制作微党课、微团课，组建“四史”学习教育师生宣讲团，进课堂、进社区、进班级、进支部；确保全覆盖，依托学习强国平台，抓好全体党员的“每日学”，各支结合自身实际，制订学习计划，每周对本支部的学习情况进行总结通报，定期评选学习积极分子。国际商务系党支部教师梁玲玲的《如何紧紧扭住技术创新战略基点》一文发表于2020年11月19日《文汇报》，并转载于学习强国上海学习平台。

二、以“学”养德，拓展“四史”学习教育内涵，提升教师育德能力

学院结合学科及专业特色，将“四史”学习教育与教师专业素养及育德能力提升紧密结合，将“四史”学习教育有机融入课程思政建设。学院党委精心准备了《中国共产党的奋斗历程与经验启示》《新中国站起来富起来强起来的深刻启示》《新中国经济发展史》等“四史”学习系列报告；引导专业教师在课程思政建设中与服务国家和地方发展战略相结合，紧紧围绕马克思政治经济学中国化、中国古代经济思想现代化以及中国经济改革发展实践理论化三条主线，开展中国经济发展研究，鼓励教师把一流的经济管理研究成果引入课堂教学，《运筹学》《创业学》《工程经济学》《“一带一路”文化贸易》《人力资源管理》《知识产权管理》《智慧的财富化及其管理》等多位教师的课程思政教学案例在全校范围内交流分享。同时，学院将“课程育人”拓展到海外高校课堂中，以“一带一路”国家倡议为指引，凝练经济学课程育人特色，形成“中外兼容”的经济学专业教学案例，2018年起已连续3年为荷兰方提斯应用科技大学的师生举办“中国经济周”，以课程育人讲好中国故事、以国际交流传播中国经验。SIT-Fontys第三届“中国经济周”活动的相关报道于2020年11月在东方网、《东方教育时报》等媒体刊登。

三、以“学”促行，丰富“四史”学习教育载体，强化党员责任担当

学院党委与奉贤区南桥镇机关党总支、上海市百老德育讲师团、

上海应用技术大学经济与管理学院学生参加进博会志愿服务 照片来源：周青

中欧知识产权学院成立仪式 摄影：秦有为

奉贤区西渡街道党工委等多家单位合作共建，将“四史”学习内容从理论学习扩展到坚定“四个自信”的现场教学。每一期的入党积极分子培训班，都会邀请百老德育讲师团的离退休老干部、老将军、老劳模、老科学家代表走进课堂，用老一辈革命者的亲身经历感染、引领广大青年学生。

同时，学院党委积极将教工党支部的智力资源引入合作单位，工商管理系党支部书记王晶、国际商务系党员教师林静积极发挥专业特长，分别为南桥镇企业党组织负责人和社区工作者讲授专题党课。管理科学与工程系教工党支部与西渡街道“红色引擎”企业党建联盟（“加工制造企业”联盟）签约共建，在基层党建、人才培养、企业管理咨询、品牌推广等方面开展深入合作，把鲜活丰富的“四史”学习成效融入社会服务中。疫情防控期间，本科生第四党支部及研究生党支部的师生党员主动报名加入上海新冠疫情防控工作指挥部疾控信息岗志愿者队，至今累计志愿服务1500多小时，为上海市的疫情联防联控贡献青春力量，学院四叶草志愿者服务队荣获“2020年度上海应用技术大学精神文明十佳好人好事”。

学院通过贯彻落实教工党支部书记“双带头人”培育工程，增强基层党组织对各项工作科学发展的引领保障作用，学院的学科及专业建设不断上水平、社会咨政服务不断显特色。“信息管理与信息系统”和“市场营销”两个专业同时获批国家级一流本科专业建设点；学院成立了“上海创业学院”“中欧知识产权学院”，科技创新与服务平台建设不断取得新突破，承担多项各级别政府决策咨询项目，研究成果为区域经济发展提供重要决策支持。院办与实验室党支部教师方曦积极参与上海市、奉贤区和徐汇区的知识产权公共服务相关工作，2021年初，荣获首批“上海市知识产权服务领域杰出人物”。管理科学与工程系党支部教师李竹宁，35年坚守一线教学岗位，深耕教书育人实践，育人成效显著，被评为学校“2019—2020年度”师德标兵；多名教师荣获“忠诠一尔纯”思想政治教育奖和“我心目中的好老师”荣誉称号，经管学院荣获“2019—2020年度”校内A级文明单位。

以史鉴今、资政育人，在“十四五”规划的新征程中，上海应用技术大经济与管理学院将继续深化“不忘初心，牢记使命”主题教育和“四史”学习教育，扎实推进党史学习教育，以立德树人为根本任务，助力师生共同成长发展，为建党100周年、推进学院“十四五”事业发展奋力前行！

湖南工业大学客座教授、硕士生导师殷邦

漫话人才观

古人云，“非知人不能善其任，非善任不能谓之知”。所谓“知人”，就是正确地考察了解人才；所谓“善任”，就是正确地使用人才。知人是为了选人，选人是为了用人，“知人”是“善任”的前提和基础，“善任”是“知人”的深化。

有什么样的人才观指导就会产生什么样的识人、选人、用人的实践活动。如何认识人才，既存在唯心主义的人才观，又存在唯物主义人才观。要正确地认识人才，我们既要批判和反对我国古代的唯心主义人才观，又要批判地继承东西方朴素唯物主义人才观，但最根本的是要坚持马克思辩证唯物主义的人才观。

一、坚持用全面的而不是片面的观点认识人才

从实践角度来讲，东方文化认识一个人，往往注重从一个人外在的体貌特征方面来观察。在封建社会的我国古代，关于“识人”，流行麻衣柳庄相学等封建糟粕。它从一个人的头、颈、胸、背、腰、腹到四肢手足，进行全面的观察，头部又分为头发、眉毛、胡须和面部（天庭、地角、两颧、两腮）及面部上的眼、耳、鼻、嘴（唇齿）、舌甚至到面部的痣，并且还将人面部的五官与人体内部的肝、肾、肺、脾、心五脏进行对应。手又分为手臂与手掌及手指，脚又分为腿与脚掌及脚趾，根据人身体的胖瘦与高矮和全身骨骼及脸形、脸色将人分为金、木、水、火、土五种形态，同时将人某一部位与人的富贵贫贱、福禄财寿、婚姻子女、功名事业、病灾吉凶对应起来，并且说一官生成，显贵十年；一腑落成显富十年。按理说麻衣柳庄相学对人的静态观察是比较全面了，这是不是全面地认识人才呢？答案是否定的。

麻衣柳庄相学宣传命运天授思想，既不注重个人后天努力的内因作用，又不注重个人所处环境影响的外因作用。人的富贵荣华，事业功名受个人奋斗、家庭环境、学习环境、工作环境、生活环境、社会与自然环境及历史条件等多种因素影响，仅凭相貌这一先天条件来定，不注重后天个人的努力和环境影响必然缺少许多客观依据，正确性自然是不足为论的。这种片面的以貌识人是唯心主义识人观。三国时孙权采取以貌取人的方式对待庞统，结果失去一经纬之才，刘备则以贤取人，获得庞统这一奇才，这种片面的以貌取人是十分有害的。

然而，西方文化认识一个人，则注重从人内在的心理特征方面分析。西方心理学把人的共性心理特征分为三种基本类型，即认知形式（知）、情感形式（情）、意志形式（意）。一是具有理性的认知形式。目的之一在于解决“是什么”或“什么事实”的问题。人只有首先了解事物的外在特性（或外部联系）和内在规律（内在本质），即首先了解事物“是什么东西”，才能对它进行其他方面的深入了解。目的之二在于解决“有何用”或“有什么价值”的问题。人只有了解事物“是什么东西”以及“对我有何价值”，才能知道如何对它采取正确的行为处理措施。认识形式具体表现为一个人的思维包括思维速度（时间）、深度、高度、广度（空间）以及与思维相关的智力与记忆力。西方心理学根据一个人思维能力，将人分为高、中、低智商型。二是具有感性的情感形式，即对外界刺激肯定或否定的心理反应，如喜与厌，爱与憎，忧与乐，悲伤与高兴等，目的在于解决高兴与不高兴的问题。我们概括为七情（喜怒哀乐忧惊恐）六欲的体验。关键是一定看重作为情感与操守结合情操即高级情感，它是人的精神生活的重要方式之一，与人的思想观念、理想、信念，世界观和个性密切相关，比一般的情感有更高的稳定性、倾向性。西方心理学根据人的情感活动将人分为热情与冷淡型，高尚情操与庸俗情趣型。三是理性与感性相结合的意志（决策与执行）形式。它是人自觉地确定目的，并根据目的调节支配自身的行动，克服困难，去实现预定目标的心理倾向，目的在于解决“怎么办”或“实施什么行为”的问题。主要包括独立性（自觉性）、果断性、自制性和坚持性。西方心理学根据人的意志活动，将人分为意志坚定与意志薄弱型。西方心理学认为没有“认知”的情感就是一种冲动的情感，没有“认知”的意志就是一种盲目的意志；没有“情感”的认知就是一种麻木的认知，没有“情感”的意志就是一种无聊的意志；没有“意志”的认知就是一种徒然的认知，没有“意志”的情感就是一种空洞的情感。

西方心理学还将人的个性心理特征分为气质、性格、能力、兴趣。它根据一个人的气质也就通常所说的“脾气”“性情”（即表现一个人情绪和行动的强度与速度的心理现象，也就是在人的认识、情感、言语行动中，心理活动发生时力量的强弱，变化的快慢等动力特征。主要表现在情绪体验的快慢、强弱、面部态度及口头语言表现的隐显以及动作的灵敏与迟钝方面，受先天神经活动类型影响，具有较强的生物性）将人分为多血质（活泼型）、黏液质（安静型）、胆汁质（兴奋或战斗型）、抑郁质（孤僻型）。一个人的性格，即习惯化了的行为方式中表现出来的人格特征，它具有可塑性，受到后天社会生活条件的影响与制约，有较强的社会性。人格是一个人区别于另一个人并保持恒定的具有特征的思想及语言、情感和行为模式。西方心理学据此将人分为理智型、情绪型、意志型或独立与顺从型，或内倾与外倾型。西方心理学从人的共性与个性心理特征对人的内心主观世界进行了全面的分析，按照西方心理学家从分析人的心理特征来认识人是不是就全面了呢？答案仍是否定的。尽管用这样的方法对我们全面认识人有帮助，但仍然没有涉及对一个人本质的认识。

人的外部形貌和生理特征虽有种种不同的表现，也可以看得见，但其丰富多彩的内心世界却是看不见摸不着的。常言，知人知面不知心。人的外表和内心有时是不一致的。三国时期政治家诸葛亮在《知人性》中认为人的情况复杂，好坏悬殊，情貌不一。有的人表面温厚而内心狡诈；有的人外表谦恭，而心地险恶；有的人外表勇敢而内心胆小怯懦；有的人表面说得好而做事并不忠诚。因此，要有去伪存真的眼力，能透过现象看其本质，关键是要听其言，还要观其行。对于一个人不但要看他怎么说，更要看他怎么做；不但要看他做什么，还要观察他为什么这么做；不但看他的行为和效果，还要看他行为的动机和目的。传说尧让舜前，就对舜进行了三年的观察和考验。听要做到兼听则明，不能偏听偏信，不但要听领导的，也要听群众的；不但要听拥护者的，也要听反对者的，然后综合情况，予以正确分析、全面评价、分清主次，得出符合实际情况的结论。

人的差别主要不是体现在外貌和心理特征上，而是体现在思想、性格、能力、水平上。识别人才，实质上就是区别一个人思想和性格的优劣、能力和水平的大小。正因为如此，善于知人用人者，都是从人才的本质特征中去考察，而不是只看到表面联系的生理和心理现象。如果只注重人才的一些表面现象，对其德才不进行深入的考察，必会造成“草莹为火，荷露为珠”，从而埋没和遗弃了真正的贤能之才。

那么，什么是客观全面的观点？唯物辩证法认为，观察事物，既要看事物的主要矛盾，又要看次要矛盾；既要看矛盾主要方面，又要看矛盾的次要方面，关键还要深刻认识到事物的性质是由主要矛盾和矛盾的主要方面决定的。正确地认识一个人，需要采取实事求是的态度对其在社会生活和社会实践中的思想言行进行全方位、多侧面、多层面的观察，做到总体把握。既要看到一个人一时一地一事的表现，更要看到其全部历史和全部的工作；既要看一个人的表象，更要看到一个人的本质；既要看到一个人的历史，更要看到一个人现实表现与发展趋势。既要看到一个人在认识和改造主客观世界过程中所具有的思想道德品质和实践能力而形成的长处和优点，又要看到其短处和缺点。只看一个人的长处和优点，而不看一个人的短处和缺点是片面的；只看一个人的短处和缺点，而看不到一个人的长处和优点也是片面的；看到了一个人的优缺点，而看不到优缺点谁是主流谁是支流，眉毛胡子一把抓，仍然是片面的。不分清一个人优缺点谁是主流与支流，就不可能抓住人的本质特征即人的品性，就会陷入片面看人的错误泥坑。

那么，怎样才能全面地认识人才？毛泽东同志曾经指出：必须善于识别干部。不但看干部的一时一事，而且要看干部的全部历史和全部工作，这是识别干部的主要方法。正确地全面地认识人必须坚持调查研究方法（即望闻问切，也就是观察其行、听其言）和坚持走群众路线的方法（群众对谁是与谁不是人才，是什么类型人才，什么层次人才；这个人过去怎么样，现在怎么样，政治上怎样，业务上怎么样，道德品质怎么样，一般来说，了解得较清楚，也最有资格评判），从一个人社会生活和社会实践的方方面面来认识，即从一个人学习、工作、生活诸方面来认识，从一个人德、智、体诸方面来认识，从一个人真善美诸方面来认识，从一个人政治素质、业务素质、管理素质诸方面来认识，从一个人世界观、人生观、价值观诸方面来认识，从一个人理想、信念、情操诸方面来认识，只有这样才能在全面认识一个人的基础上抓住其本质及发展趋势。

二、坚持用联系的而不是孤立的观点认识人才

我国古代和近代具有朴素唯物主义思想的《人物志》和《冰鉴》，是将人的生理特征与心理特征联系起来认识人的名著。《冰鉴》的代表人物曾国藩提出的“端庄厚重是贵相，谦卑含容是贵相，事有归著是富相，心存济物是富相”，又提出“邪正看眼鼻，聪明看嘴唇，功名看气宇，事业看精神，寿长看指爪，风波看脚跟，若要问条理，全在语言中”。

识别人才很有些像挑选木材。伐木工人在选料时，先从外形上打量，看树木是否有笔直挺拔之势；再考察质地，是缜密结实，还是疏泡松脆；要么从品种上，敲敲打打听一听，用这样一些方法来判断树木是否能当得大用。识别人才往往也是如此，一般总是要见见面，名之曰面试，有了一个初步印象后，再进一步考察品德和才能。我们古人归纳了许许多多由形及心的识人方法，归纳起来，主要有以下 9 种。

其一，观神识人（神平则质平，神邪则质邪）。这里的“神”与“精神”一词不完全一样。它是一个人生命力、行动力、意志力和思考力的综合体现，是有质无形的东西，它发自于人的心性品质，集中体现在人的面部，尤其是两只眼睛里，即曾国藩所说的“一身精神，具乎两目”。古人认为如果一个人的“神”平和端庄，“神”定，表明他道德高尚，对上级忠心耿耿，不会肆意叛主，也不会因周围事物的变化而随意改变节操和信仰，敢于坚持正确的东西。如果一个人的“神”侵邪偏狭，“神”挫，其品格卑下，心怀邪念，容易见异思迁，随便放弃自己的道德情操而趋利。这种人平常善于掩饰自己，往往在准备充分、形势成熟后才显示本性，而不会轻易发难，不打无准备之仗。

其二，观精识人（精惠则智明、精浊则智暗）。这里的“精”是指一个人才智能力的外部显露。古人认为，观察一个人的“精”，可以识别他的智明愚暗。聪明敏慧的，其“精”条达明畅；愚钝鲁笨的，其“精”粗疏暗昧。不过，由于受个人修养、环境、营养等诸多因素的影响，有些人的“精”表露得并不十分明显，特别是处于落魄颓丧时期，一般很难做出正确的观察。

其三，观筋识人（筋劲则势勇、筋弱则势怯）。“筋”者，人之力量之基础也。古人认为观察一个人的“筋”，可以识别其胆量。“筋”强劲，其人勇猛有力，行事大胆洒脱；“筋”松软，其人怏懦乏劲，行事唯唯诺诺，无甚主见。

其四，观骨识人（骨刚质刚，骨柔则质弱）。古人认为观察一个人的“骨”，能识辨他的强弱。“骨”健，其人强壮，“骨”弱，其人柔弱。曾国藩在鉴识人才时，就强调“神”和“骨”是识别一个人的门户和纲领，有开门见山的作用。他在《冰鉴》中说：“一身骨相，具乎面部。”他经常将“筋”和“骨”联在一起来考察一个人的力量勇怯。

其五，观气识人（气盛决于躁，气冲决于静）。“气” 是指生命体内流转不息的综合性物质，又是指生命的原动力，或称生命力。它无形无质，无色无味，在体内如血液一样流动不息。气旺者可外现，却不能为人所见。古人认为，观察个人的“气”，可以发现他是否沉浮静躁。沉得住气者，临危不乱，这样的人可担当大任；浮躁不安者，毛手毛脚，难以集中全部力量去攻坚，做事往往“知难而退”，半途而废。

其六，观色识人（诚仁，必有温柔之色；诚勇必有激奋之色；诚智必有明达之色）。“色”的含义比较广泛，它是一个人的气质、个性、品格、学识、修养、阅历、生活等因素的综合表现，与肤色黑白并无直接联系。古人认为，“色”是一个人情绪的表现，“色”愉者其情欢，“色”沮者其情悲。也就是说，仁善厚道的人，有温和柔顺之色；勇敢顽强的人，有激奋亢厉刚毅之色；睿智慧哲的人，有明朗豁达之色。当然，也有不动声色的人，对这样的人，需要从其他角度来进行识别了。

其七，观仪识人（心质亮直，其仪劲固；心质休决，其仪进猛；心质平理，其仪安闲）。古人认为，观察一个人的“仪”，能发现他的素质好坏，修养高低。一般来说，耿介忠直的，仪态坚定端庄；果敢决断的，仪态威猛豪迈；坦荡无私的，仪态安详闲静；修养浅薄的，仪态邪顽阜琐。不过，环境的熏陶对“仪”的形成有极其重要的影响，所谓“居移气，养移体”就是此理。一个在高贵的环境里成长的人自有一种逼人的气势和仪态。

其八，观容识人（直容之动，矫矫行行；体容之动，业业跄跄；德容之动，颙颙印印）。这里的“容”即“容止”，与上述的仪不相同。古人认为，一个人的内心活动必然会在容止上有所表现，即便当事人极力掩饰，也如“羚羊挂角”，终有迹可循。容止不正，其人心怀他念；容止正派，其人内心纯粹，心无旁杂，不会轻易“见利忘义”。而容止庄猛者，勇武刚健；容止沉稳者，谨慎有节；容止圣端者，肃敬威严。

其九，观言识人（心恕则言缓，心偏则言急）。言语是思想的表现，也是判断个人性情才能的重要方面。古人认为，缓急之状在于言，言为心声，观察一个人说话，能看出他的性格。性情柔顺者，说话平缓；性情急躁者，说话直快爽捷。

上述的九种识人之法，主要是将人的相貌、表情、表象、言语联系起来了解人。

把一个人的外貌特征与一个人内在心理特征联系起来认识人，这是不是用联系的观点认识人呢？这种对一个人外在形象与一个人内在心理现象的表象联系，不是辩证唯物主义强调的现象与本质的必然联系，而是形而上学的从生理现象到心理现象的联系。这种对一个人的由表及里、由形及心的联系，没有解决人与人、人与群体、集体、团体在社会生活和社会实践中的本质联系，尤其没有深刻认识一个人在一定历史社会条件所形成的本质特征，这仍然是孤立地认识一个人。

辩证法认为，世界万事万物是普遍联系、互相影响的。如果割断事物之间的联系、孤立地看问题，势必得出错误的结论。人类社会也是普遍联系的，人与人之间是相互联系的，人不能孤立生存和发展，一个人只有依赖家庭、群体、集体、团体，才能更好地生存和发展。社会是由家庭、群体、集体、团体构成的，不仅人的生产活动具有社会性，而且人的生活也具有社会性，人的本质属性是社会性。因此，我们认识一个人不能离开人与人、人与家庭、人与群体（非正式组织）、人与集体（正式组织）、人与团体（正式组织）乃至一个人所处的一定的历史条件下的社会环境。

虽然人的本质属性是社会属性，但在人类社会发展的特殊阶段即阶级社会里，人的本质属性主要表现为人的阶级性。在阶级社会里，人总是属于一定的阶级。不同阶级的人，对生产资料存在不同的占有关系，并由此而决定物质利益分配关系。一个人是奴隶还是奴隶主，是农民还是地主，是工人还是资本家，不是“天赋”决定的，而是其特定的社会关系决定的，阶级社会里人的本质之所以不同是因为所处的社会地位，所在的社会集团不同，并由此带来利益观念（即为多数人还是为少数人谋利益的问题）的不同和为实现利益的权力意志的不同（即阶级立场和阶级观念不同），这是我们用联系的观点来认识人的关键所在。

为什么赫鲁晓夫、勃列日涅夫出生于工人家庭，却背叛了无产阶级。为什么周恩来出生于资产阶级官僚家庭，却成为无产阶级领袖。这就说明虽然家庭、团体、集体、社会环境等外因对一个人有很大的影响，但是起决定作用的还是内因，即人的本质。我们必须联系一个人的学习环境，工作环境、生活环境来认识人。联系一个人在不同工作环境、生活环境和学习环境来认识人，联系一个人在同一工作环境不同工作层面来认识人，即联系一个人的社会地位的变化来认识人。我们必须从一个人言与行的联系中来认识人，不仅要听其言，还要观其行。我们必须从一个人知与行的联系中来认识人，不仅要考察其理论水平、专业知识水平，还要看他实践能力和工作水平。我们必须从一个人能否正确处理人与人的之间关系，能否正确处理个人与家庭、个人与集体、个人与团体、个人与国家的关系中来认识人，特别是从能否正确处理国家、集体、个人物质利益关系中来认识人，只有这样我们才能从一个人方方面面的社会生活和社会实践联系中抓住人的本质联系。

三、坚持用发展的而不是静止的观点认识人才

我国古代民间麻柳庄相学认为人的面相是变化的。提出了相随心转的说法，认为一个人的相会随着行善还是行恶而发生变化。如果一个人修行积善，即使面相带凶也会变吉。如果一个人多行不义，即使面相好也会变坏。据说，唐朝名相裴度年青时乱纹入口，本是要饥饿而亡的凶相，后救人一命乱纹就消失了，且官居相位。的确，人的相貌随着年龄和生理的变化而发生变化，这是客观规律，但把人的面貌变化与善恶吉凶联系起来，则是唯心主义的观点。

近代《冰鉴》认为人是变化的。有的人先不能干，后能干了；先是纯洁的，后来贪污了；先是善良的，后来变成邪恶的；先是节俭的，后来变成挥霍的；先是谦虚的，后来变成傲慢的。正如《冰鉴》一书所言，“或随志趣变易，随物而化”，即有的人志趣摇摆不定，总随外界形势不断变化；“或未至而悬欲（决心未下，犹疑不决），或已至易顺（改变方向）”，即有的人在未成功时，坚持不懈地追求，理想实现后又一改初衷；“或成穷约而力行；或得志而从欲”；即有的人穷困时奋发努力，当其得志时又为所欲为。更多的人在社会地位发生变化后，先前的约束自励、勤俭习惯变化了，作风也变化了。

《冰鉴》提出了用动静结合来考察人的“五视”方法。“居，视其所安”，即观察其日常生活衣食住行，看他怎样的生活方式。“达，视其所举”，即观察其显贵做官时，推荐和提拔的是那些人才。“富，视其所与”，即观察其富有时，看其援助的是什么样的人；“穷，视其所为”，即观察其不得志时的所作所为。“贫，视其所取”，即观察其在贫困时，对待财物的态度。还有《周逸书》中“四观”即富贵者，观其有礼施；贫贱者，观其有德守；嬖宠者，观其不骄奢；隐约者，观其不慑惧。这种人志趣不定，随外物变化的观点，即人在不同环境的思想与行为变化的观点，实际上还是没有抓住在社会发展过程中人才变化的规律。

人随着社会、自然环境的变化，主客观条件的不同，也会发生变化。这就要求领导者要从实际发展变化中分析判断一个人。

作为客观存在的人是变化的，同时认识和发现人才的观点也是变化的。为什么？因为人才观属于社会意识形态范畴，它是由社会经济基础和政治制度决定的。当生产力发展到一定程度时，社会生产关系就会发生变化。随着生产关系的变化，上层建筑与意识形态也会出现变革。人才观总是随社会向前发展而不断变化的，而作为人才观核心内容的德才观，也必然要随着社会向前发展而不断发展变化。

随着生产力的发展，阶级也就逐渐随之而产生。为了维护本阶级的利益，统治者就需要认识发现任用各种各样的人才。要选拔任用人才，就需要有一个用人的标准与路线，由于各个阶级的立场、观点不一样，用人标准与路线自然就大相径庭。毛泽东同志曾将用人路线概括为两条对立的路线，一条是 “任人唯亲”，一条是“任人唯贤”。与此相适应，用人的标准（也就是德才观）也就迥然不同。

在我国的原始社会，就已产生了“任人唯贤”的思想。所谓“贤”，一般是指品德好，有才能。这也就是说，“贤”包括了“德”与“才”两个方面的内容。由于原始社会生产力水平非常低下，人们需要同甘共苦、共同劳动、共同消费，只有这样，大家才能生存下去，否则在恶劣的环境面前就会束手无策、坐以待毙。在这种情形下，谁的谋生本领强，谁对部族的贡献大，谁就有“才”；谁办事公正，并能维护本部族全体人的利益，谁就有“德”。因此，那些既有才能品质又比较高尚的人，往往被大家民主推选担任各种公共职务，如酋长（部落首领）。我国远古传说中父系氏族社会后期的首领尧、舜等，分别把“领导”职务禅让给贤才，是坚持以“德才”识人选人用人的典范。

随着原始社会制度的土崩瓦解和私有制的产生，随着奴隶主与奴隶两大对立阶级的出现，禅让制就又自然而然地变成了世袭制。

在奴隶社会中，统治者选贤任能的“德”的标准，主要是对君王和宗族的忠诚；“才”的标准，主要是具有维护奴隶主阶级统治的本领，包括组织生产、指挥战斗、精于狩猎、制订刑律、教化礼仪等方面的能力。

以封建君主为代表的地主阶级为了维护其“家天下”的专制统治，一方面树立起“任人唯贤”的招牌，大肆网罗天下人才，达到为己所用的目的；另一方面，不仅从政治上禁锢人才的思想，而且对损害本阶级和本集团利益的人才，处处压制、打击甚至血腥镇压。封建地主阶级的德才观，其“德”的核心是“忠君”思想，具体地说包括以“忠”为基础的“仁、义、礼、智、信、孝、廉、勇、谋、严”等内容，这些都是为统治阶级得天下、保天下服务的；其“才”的标准多种多样，但核心是所谓的“治国安邦”的本领。

封建社会的选官制度虽然也讲“德才兼备”的原则，但是这并不能改变封建德才观的内涵。无论宗法制、分封制，还是察举制、科举制，都是为挑选封建地主阶级所需要的“贤才”服务的。

纵观中国封建社会两千多年的历史，大凡处于大动乱、大变革、大分化时期，统治阶级处于进取状态和上升阶段，为了夺取和巩固政权，他们就会提出“任人唯贤”的政策，以求贤才辅政，这个时期的德才观是进步的。然而，当他们一旦掌握政权和稳定政权后，又会任人唯亲，重蹈压制、戕害人才的覆辙，这个时期的德才观是落后甚至是倒退的。

资本主义社会在选人用人方面也讲究“德”与“才”。他们所讲的“德”，包括信奉资产阶级民主的理想信念，维护资本主义国家利益以及资产阶级所标榜的“自由、平等、博爱”的社会价值观念，遵循诚实、守法、勤奋、互助的道德观念。从表面上看，这些“德”的标准是很体面的，但其实质却是“以个人主义为中心”，维护私有财产的合法性。因此，资产阶级所提倡的“德”带有鲜明的阶级烙印。所谓“才”，就是为国家、社会、公民服务的能力，这实际上也是为资产阶级统治服务的能力。

社会主义是人类历史上一种崭新的制度，正如马克思、恩格斯在《共产党宣言》中所指出的，过去的革命都是一种剥削制度代替另一种剥削制度，而无产阶级革命则是要消灭一切剥削制度，解放全人类。社会主义制度的建立，开创了“任人唯贤”的新时代，并给人才的“德才”标准赋予了新的内涵。这就是在社会主义社会，选拔任用人才的根本目的不是为少数人服务，而是为人民大众谋利益。从总体上看，社会主义“德”的主要内容就是全心全意为人民服务，“才”就是建设社会主义的本领，也就是为人民服务的本领。德才兼备、又红又专正是社会主义德才观的集中体现。

毛泽东同志强调指出，中国共产党如果“没有多数才德兼备的领导干部，是不能完成其历史任务的”。每个时代都需要产生与其相适应的一大批人才，不同的时代需要不同的人才，也需要产生不同的人才。不过在不同历史时期，随着任务的不同，随着要求的变化，德与才的内容并不完全相同，每个历史时期，都有每个历史时期的具体含义。

在民主革命时期，由于无产阶级还处于被奴役、被压迫的地位，中国共产党的中心任务就是团结一切革命力量，推翻剥削阶级的统治，赶走帝国主义侵略者，建立人民大众的民主政权。在这种形势下，衡量人才的“德”，主要看他是否立场坚定、斗争坚决，是否对党忠诚、对革命充满信心，是否具有勇于战斗、不屈不挠、不怕牺牲的精神，是否为民族、为党而努力工作。衡量人才的“才”，主要看对敌斗争的本领，能不能发动群众、组织群众，会不会军事斗争，能不能在极其艰苦的条件下开展工作，开辟根据地，扩大根据地，会不会进行土地改革，会不会支援前线，等等。我们党历史上有许许多多德才兼备的老干部、老红军，都出身于贫苦家庭，虽然读书识字不多，但为了一个共同的信念，他们对党无比忠诚，不怕困难，不怕牺牲，英勇顽强，浴血奋战，为取得新民主主义革命的胜利立下了汗马功劳。

新中国成立后，广大人民群众的政治地位发生了根本性的变化，已经成为国家的主人。这时候无产阶级的中心任务，开始由急风暴雨的阶级斗争转入轰轰烈烈的和平建设。党的基本路线就是团结全国各族人民，调动一切积极因素，努力建设社会主义新中国。此时毛泽东同志认真总结了历史上的用人经验，明确提出了“德才兼备”“又红又专”的用人标准。并强调：“过去我们有本领，会打仗，会搞土改，现在仅仅有这些本领就不够了。要学新本领，要真正懂得业务，懂得科学和技术，不然就不可能领导好。”这充分说明，随着时代的发展，随着社会主义建设的需要，“德”与“才”的要求已经发生了变化。

社会在发展，历史在进步，“德才“标准的具体内涵必然有所变化。毛泽东同志就是一个善于把握时代特征，并根据时代的发展不断更新德才内容的伟人。他正确把握了时代与人才的关系，选拔了一批德才兼备、符合时代发展需要的人才。

党的十一届三中全会以后，全党工作重心转移到经济建设上来。根据党的总任务的要求和我国干部队伍的实际情况，以培养“有理想、有道德、有文化、有纪律”的“四有”人才为目标，干部革命化、年轻化、知识化、专业化，成为新的历史时期人才的德才标准。

新时代中国特色社会主义对人才提出了更新的要求。习近平总书记提出了“三严三实”的新的德才观。具体地说：具备马克思列宁主义、毛泽东思想、习近平新时代中国特色社会主义的思想理论政策水平，努力运用马克思主义的立场、观点、方法分析和解决实际问题；坚持实事求是，认真调查研究，既能够坚决执行又能够把党的方针、政策同本地区、本部门的实际相结合，讲实话、办实事、求实效，反对形式主义；有强烈的革命事业心和政治责任感，有实践经验，有胜任本职工作的组织能力、文化水平和专业知识；正确行使手中权力，清正廉洁，勤政为民，以身作则，艰苦朴素，密切联系群众，坚持党的群众路线，自觉地接受党和群众的批评和监督，反对官僚主义，反对任何滥用职权、谋求私利的不正之风；坚持和维护党的民主集中制，有民主作风，有全局观念，善于团结同志一道工作等。实践证明，这是完全符合发展要求与规律的，它为努力建设一支适应现代化建设需要的高素质的干部队伍奠定了坚实的基础。

苏州技师学院党委书记、院长顾正明

高举红色旗帜 探索“四聚”党建 引领学院高质量发展

顾正明近照 摄影：魏涛

近年来，苏州技师学院积极探索“聚心、聚力、聚智、聚创”的“四聚”党建模式，以“建设省内领先、全国一流技师学院”为目标，以培养具有创新精神和实践能力的知识型、技能型、创新型技能人才为宗旨，着力打造“立德强技 匠心育人”党建品牌，引领推进学院各项事业高质量发展。2020年，学院被省政府授予“高技能人才培养摇篮奖”，被省人社厅授予“江苏省重点技师学院”称号。2021年获评“国家技能人才培育突出贡献单位”。

一、聚心：“学习赋能”与“严管厚爱”相结合，增强学院凝聚力

学院在办学过程中，高举中国特色社会主义伟大旗帜，全面贯彻落实党的教育方针，进一步释放思想引领和科学管理带动效应，持续提升学院的组织力和凝聚力。

（一）“学习赋能”提升政治思想。注重思想武装，拧紧政治信念“总开关”。积极创建学习型党组织，定期邀请市委宣讲团成员、党校教授、专家学者到校，为全体党员干部、教职工宣讲授课，引导全体人员理论上清醒、政治上坚定、行动上自觉。持续加强阵地建设，精心打造党群服务中心、校园工匠大道，有力助推师生红色教育，弘扬社会主义核心价值观、劳模精神、劳动精神和工匠精神。学院连续三次获评“苏州市市级机关学习型党组织示范点”，两次获评“苏州市市级机关先进基层党组织”。

（二）“严管厚爱”提升校园管理。学院坚持激励与约束并重，不断提升内部管理水平。落实全面从严治党主体责任，每年度制定全面从严治党主体责任清单，各部门签订年度目标责任书，形成一级抓一级、层层抓落实的责任网。科学有效实施绩效考核，发挥激励导向作用，充分调动广大干部的积极性、主动性和创造性。同时，积极发挥工青妇等群团组织的桥梁纽带作用，落实职代会、校务公开等民主管理制度，每年度重点打造实事工程项目，深入开展走访调研，传递学院人文关怀。

不断提升学生综合素养，细化学生常规管理，落实学生日常行为规范测评，精心抓好“三自”教育，强化学生的守则意识、规矩意识。坚持活动育人，校园主题教育活动纵贯全年，100多个社团多样发展，职业素养教育不断深入，逐步形成特色鲜明的校园文化。学院连续三届获评苏州市“文明校园”，一般性案件发案率在周边院校中最低，被属地派出所评价为“最安全、最稳定校园”。

二、聚力：“党建工作”与“业务工作”相结合，提升学院战斗力

2017年，学院开始试点建立技能大赛项目临时党支部。经过4年多的探索实践，逐步建立并完善了以党建促教育教学的“党建+”模式，通过党建、业务互融互促，逐步构建了党建引领学院发展的新格局。

（一）党建+队伍提升：积蓄奋进“新动能”。以提升基层党支部的政治功能和组织力为着力点，充分发挥党支部战斗堡垒作用和党员先锋模范作用，构建党建工作与队伍建设工作同向发力、同频共振的新格局。一是典型标杆牵引全局比学赶超。通过开展主题微故事宣讲、“青蓝结对”业务传帮带、评优评先等方式，培树典型，以点带面，引领队伍健康发展。二是用支部标杆牵引队伍担当作为。学院组建了“志愿服务”“教师服务”“社区共建”“技能竞赛”“学生教育”“退休党员”6个先锋队，确保党组织在学院重大部署、重点项目、重要任务中不缺位、全覆盖。

（二）党建+教学改革：提升发展“加速度”。打造集教学、科研、培训等职能于一体的党员名师共同体，组织教学论文写作研讨，开展教学方法研究等活动，研究当前教学教改的热点，破解教学改革的难点，着力提高教师的教育教学能力，不断提升学院整体的教学质量。依据教育信息化的要求，学院组织聘请专家开展微课的讲座与实战训练，提升教职工信息化教学的能力。为培养新时代的教师，开展教师职业能力培训，并选派教师参加技工院校教师职业能力大赛，学院教师发挥出色，取得较好的成绩。

（三）党建+竞赛突破：打造育人“大平台”。成立技能竞赛临时党支部，建立支部值班制度，支部党员深入现场，做好后勤保障服务；协助师生研究技术文件，加强与承办单位沟通交流；建立与竞赛选手谈心机制，及时了解竞赛选手的思想动态并做到及时疏导。做到在技能训练和竞赛中，党员们主动靠前、跟踪服务，做到关键环节有组织把着，关键时刻有党员撑着。第42、43和45届世界技能大赛国家选拔赛中，我院共有9名选手进入国家集训队；全国首届职业技能大赛共5名选手获2枚银牌、3个优胜奖。2018年，我院被确定为第45届世界技能大赛CAD机械设计和商务软件解决方案项目中国集训基地。由于技能育人突出，学院第二党支部被市委组织部命名为“苏州市标兵行动支部”。

（四）党建+志愿服务：展示党员“新形象”。构建“校社共建，服务民生”的工作思路，积极开展为社区送培训、送技能、帮困助学、公益宣传等各类活动，不断凝聚先进力量，引领志愿服务新风尚。在全面落实校园疫情防控过程中，开展党员与疫区学生“1+1精准结对”、校园环境卫生整治志愿服务、校门值班志愿服务等系列活动，充分彰显了广大党员的奉献精神，为学院疫情防控提供后备支撑。此外，党员带头参与慈善公益事业，2020年，学院累计捐款33800余元，全年318人次无偿献血93100毫升。

三、聚智：“政治意识”与“服务意识”相结合，突出学院贡献力

坚持以人民为中心，以办人民满意的教育为导向，牢固树立“四个意识”，坚决做到“两个维护”，集聚发挥党员干部、教职工的智慧力量，大力弘扬服务精神，通过常态化、高质量的服务活动向社会传递正能量。

（一）服务学生，给予多方位成长关怀。党员干部带头进班级，为学生开展传统文化教育、党史学习教育、社会主义核心价值观教育，组织学生入党积极分子开展业余党校培训，不断提升学生思想认识。开展党员与班级 “一对一”结对活动，每学期学院142名

党员走进161个班级，走访宿舍达300次以上，针对问题学生谈话累计达500人次，学院班级的班风班貌焕然一新。组织党员帮扶“四困”学生（经济困难、心理困惑、学习困难、守纪困难学生）。

（二）服务政企，探索多样化合作平台。学院创新拓展政校企合作模式，建立校企红色联盟，学院与联盟企业党组织签订协议，构建组织联建、党员联管、人才联培、资源联用的工作机制，共同投入技能育人的行列。推行“一班一企”，构建“做中学、学中做”的工学交替人才培养模式；创新探索新型现代学徒大师传承培养，开展9个方向的苏州传统手工艺传承培养；政校联手开展订单培养，与姑苏区政府合作开设社区公共事务管理专业，为政府、企业提供有力后备人才支撑。

（三）服务社会，发挥多方面职能优势。学院专注自身发展的同时，也注重发挥示范、辐射效应，与西部地区结对共建、技术技能扶贫。先后对口帮扶贵州水利水电职业技术学院、阿图什市技工学校、凉山州劳动职业技术学校、铜仁职业技术学校、伊犁技师培训学院等院校，通过签订合作协议、开展指导交流、组织教师培训、建设远程教育共享平台等方式给予帮助支持。2019年，学院重点打造“铜仁班”项目，招收铜仁地区建档立卡的贫困生，量身定制人才培养方案，免费实施教学，形成了广泛的社会影响。两年间，学院共开设“铜仁班”2个，招收学生60人。

四、聚创：“解放思想”与“变革创新”相结合，赋能学院创造力

学院贯彻敢为人先、勇争一流的发展理念，深刻认识时代、地区发展带来的新矛盾新挑战，准确识变、科学应变、主动求变，努力实现学院更高质量、更有效率、更可持续、更为安全的发展。

（一）专业设置紧贴需求。提高学院专业设置的领先性以及与地方产业需求的契合度。科学论证专业方向，针对新产业、新行业、社会新需求，及时、合理增设新专业，探索开设智能制造、大数据、独角兽概念方面的新兴专业。以战略眼光，合理调整专业设置，与其他技工院校在专业方面错位布局，努力办出具有中国特色、苏州特点、时代特征的高水平现代技师学院。

（二）国际合作生动实践。学院将国际合作办学作为跨越式发展办学驱动力，成立了中德学院，引进双元制教学模式，培育具有国际职业资质的高技能人才。自2016年起，学院经过实地调研、科学论证后，积极与德国的职业教育部门进行合作，并组建德资企业合作联盟，先后开办了模具、机电一体化、工业机器人等3个专业10个班级的国际合作班，在校学生250余人。此外，积极开拓中日、中俄等机器人、轨道交通专业的交流合作，打造满足苏州乃至江苏经济社会发展需要的国际高技能人才的培养平台。

（三）社会培训守正开新。学院坚持“两条腿”走路，在做好全日制技能教育的同时面向企业在职职工、转岗职工、农民工、退役士兵等积极开展职业技能提升培训。学院常年开展22个工种的社会培训，年职业技能培训量近7000人次。2019年，学院聚焦职业技能提升行动，开启企业新型学徒制培养新篇章。目前，已签约的企业新型学徒制培养单位超过65家、人员累计3000多人，已完成开班的企业43家、培训人数1674人。

（四）技能认定首开先河。2020年，学院申报并获批为苏州市首批职业技能等级自主认定试点院校，走在苏州同行院校的前列。自认定工作开展以来，学院充分发挥优势，在做好对本校学生技能认定的基础上，积极面向社会开展认定，主动对接兄弟院校、小微企业、行业组织，将学校专业发展、学生培养与企业、社会培训相接轨。学院率先牵头成立了“苏州市职业技能等级认定第三方评价机构联盟”，属于全国首创。截至目前，学院已授权43个认定评价考核点，可认定职业工种42个，已认定人数累计超过4500人，技能认定工作得到了人社部的关注和认可。

摄影：魏涛

曲靖技师学院党委书记、院长尹士端

党建对技工院校的作用和实现途径

党的建设简称党建。党的建设即马克思主义建党理论同党的建设实践的统一，马克思主义党的学说的应用。党的建设是抓好各项工作的根本。做好党建工作，提高党员干部的凝聚力、向心力、战斗力，高质量地完成党交代的各项任务，才能顺利完成决胜全面建

尹士端近照　摄影：常青

成小康社会，夺取新时代中国特色社会主义事业伟大胜利，对于我们技工院校的发展尤为重要。

一、党委重视，强化管理

党的十九大以来，尤其是新的党委班子组建以来，学校党委带领各党支部认真贯彻落实党要管党、全面从严治党的要求，坚持抓党建、促发展，抓基层打基础，抓班子带队伍，较好地发挥了党委的领导作用、基层党组织的战斗堡垒作用和广大党员的先锋模范作用，为学校改革发展提供了政治保证。主要体现在以下几方面：

（一）突出政治引领作用，使学校朝正确方向发展。

一是在坚持思想引领、推动学校发展上取得新成效。二是在坚持固本强基、抓好基层党建上取得新成效。三是坚持“高端引领、校企合作、多元办学、内涵发展”的办学方向，明确了“让学生向往、家长放心、企业满意、社会认可、学校发展”的办学目标。四是紧紧把握“招生是重点、就业是关键、质量是根本、专业是核心”的办学命脉，为不断做大、做活、做强职业教育明确了办学方向，理清了工作思路。

（二）突出制度保障作用，保持团结集中统一。

一是坚持民主集中制原则。做到了“三分三合”，即职责上分，思想上合；工作上分，目标上合；职权上分，力量上合。二是团结协作。党的团结统一，是党的一面旗帜。学校党委成员做到大事多商量，小事常通气，工作上是同事，生活中是朋友，整个班子形成了一个团结协作的整体。三是领导和参与重大决策，监督和保障重大决策的落实，支持行政依法履行职责，完成规划、计划、目标、任务。四是进一步建立健全各种制度。五是充分发挥教职工参与民主决策和民主管理的作用，形成了心往学校发展上想，劲往争创一流工作上使的团结和谐干事氛围。

（三）突出监督促进作用，规范干部职工行为。

为认真履行党风廉政建设党委的主体责任和纪委的监督责任，学校党委在总结巩固的基础上，重点抓好教育引导、机制调节、“两权”制约、内外监督四个环节，建立了一套上下联动、左右协调、立体交叉的党风廉政建设监督制约体系。一是从教育引导入手，将党风廉政建设工作植入全体教职工的思想深处，并在工作中树立“关口前移，预防在先”的工作理念，主要开展了“三个教育”活动，即集中学习教育、形势教育、警示教育。二是抓好机制调节。每年年初，学校都要召开党风廉政建设会议，层层签订党风廉政建设责任书，并纳入考核。三是抓好“两权”制约。即法规、学校制度执行和项目管理的“两权”监督。四是抓好内外监督。以“三个公开”为切入点，即公开党务、公开政务、公开述职述廉，做到“三个立即”，即新的廉政规定立即传达，师生廉政举报立即核查，提出廉政意见立即整改。

（四）突出人才培养作用，打造过硬师资队伍。

一是坚持党管干部原则，严格执行《党政领导干部选拔任用工作条例》，加强干部的日常教育、监督、考核和管理。二是培养推荐了一批优秀干部。学校2017、2018年在市委组织部的指导下，按照事业单位干部选拔的要求，推荐了三名校级副职领导；2018年以来提拔使用了5名内设机构正职领导，学校班子、队伍管理迈上科学化、规范化的轨道。三是通过定期考核、年度述职、专题培训等形式加强干部教育管理，建立了干部管理档案，完善干部学习制度，规范干部教育培训。四是重视对骨干教师的培养。学校现有教职工385人，其中在职在编126人，专业教师及实习指导教师258人，本科及以上学历227人，中高级职称150人，一体化教师68人，研究生学历12人，云岭首席技师1人，云岭技能大师2人，云岭技能工匠1人，珠源技能大师3人，省级学科带头人1人，市级学科带头人11人。

（五）突出协调疏导作用，确保校园安全稳定和谐。

一是坚持依法治校，严格管理。二是按照依法治校的要求，建立有效管理系统。三是对突发事件的应急处理、安全责任主体落实、责任追究、考核评价等方面作出了具体、明确的规定，使学校安全管理更趋规范。四是值周组和相关职能部门坚持每日巡查、每周定期检查，及时发现安全隐患，积极处理学生中的突发事件，及时控制可能发生的突发事件，杜绝了重大安全事故的发生。五是开展法制讲座、安全教育等宣传教育活动。六是强化联动共建机制，积极与公安、消防、社区、管委会及周边学校等部门单位交流沟通，增进了解合作，综合治理校园周边环境。七是积极落实离退休人员的有关待遇，做到政治上爱护、生活上关心，及时了解他们的思想动态和生活情况，有困难帮助解决。通过依法治校、严格管理、耐心细致的思想工作、情感交流、协调沟通，凝聚了人心，全校上下形成了风正、气顺、劲足、安全、稳定、和谐的氛围。

（六）突出文化凝聚作用，加强精神文明建设。

一是创造主流舆论氛围，加强校园文化建设。把践行社会主义核心价值观与传承“精益求精”的工匠精神有机结合起来，以党和国家重大活动为契机，以“感恩教育”“文化体育艺术周”“教学成果展示”等文化活动为载体，深入开展爱国主义、集体主义和传统文化教育。二是建立健全师德师风建设长效机制，健全教师师德考核档案，实行师德一票否决制。三是始终遵循厚德育人规律，坚持德育首位，以半军事化管理为抓手，重点突破学生良好行为习惯养成教育，丰富校园活动文化，构建具有学校特色的德育工作体系，统筹推进学校团干部、德育课教师、班主任和心理咨询教师等宣传思想工作骨干队伍建设。四是以抓文明班级、文明宿舍为基础，以校园文化建设为重点，完善精神文明建设机制，丰富精神文明建设内容，优化精神文明建设措施，把精神文明建设纳入日常考核管理。

二、夯实基础，学院各项工作成效显著

（一）办学实力强。

学校组织机构设置合理高效，规章制度健全完整，部门和岗位职责明确。1998年被云南省人民政府评为云南省重点技工学校，2009年4月被国家人力资源和社会保障部认定为国家重点技工学校，2011年被国家人力资源和社会保障部认定为高级技工学校；2021年3月5日，经云南省人民政府批准设立曲靖技师学院。目前在校生8965人，高级工占60%以上。

（二）设施设备齐。

近年来，学校投入大量资金购置教学实训设备，新建了现代科技含量高、实用教学条件好、实践教学环境优良、技工教育特色鲜明、教学与产业有机结合的实训实验室。拥有实训车间65间，拥有数控车床、传感器、MIG/MAG焊机、工业机器人、电梯安装与维护、电气装置、机电一体化、电子钢琴等一大批现代化先进实训设备；校内设有曲靖市特种作业考试分中心特种作业考试点，曲靖市人事考试中心考试点，曲靖市会计专业技术资格考试点等；教学、考试设备总量3500余台（套），教学仪器设备总值4100余万元。建设有足球场、篮球场、田径场等，学生运动场地面积超过2万平方米，师生体育及生活设施设备配套齐全、功能完善，可满足日常教育教学、学生运动及开展各项文体活动的需要。

（三）教改成果丰。

充分利用教学资源，拓宽办学思路，打破传统的教学模式，创新教学模式，实施“分层教学”，将知识点和专业技能模块化，集理论学习、现场观摩、技能训练于一体，推进一体化教学模式改革，建立一体化教室，培养一体化教师。在重点办好电气、机械、制造、汽修等强势专业的基础上，新开办了幼儿教育、工业机器人、电梯安装与维护、地理信息服务、艺术传媒等专业。长期坚持把提高教师队伍素质作为学校发展的基础。近年来，毕业生当年就业率稳定在98%以上。积极组织学生参加国家教育部、省人社厅、省教育厅举办的职业技能大赛，获得多项省级团体奖和个人奖。其中，2017年获省教育厅组织的职业技能大赛二等奖3项、一等奖2项，多项三等奖，获省人社厅举办的云南省职业技能大赛三等奖1项；2018年获省教育厅组织的职业技能大赛一等奖6个，二等奖19个，三等奖14个，电工电子类2个竞赛项目名列全省第一名；2019年获省教育厅组织的职业技能大赛一等奖8个，二等奖13个，三等奖7个，获奖率达91.7%；2020年获省教育厅组织的职业技能大赛一等奖7个，二等奖8个，三等奖4个；参加全国机器人焊接职业技能大赛获得个人一等奖、二等奖两项。2020年中华人民共和国第一届职业技能大赛中，我院教师钱永光获焊接赛项全国第八名、获优胜奖。同年，电气安装与维修、机电一体化设备组装与调试、制冷与空调设备组装与调试三个赛项还被选拔代表云南省参加全国职业院校技能大赛，尹泉棵、黄超两位同学获电气安装与维修赛项三等奖，崔光熙、李贤两位同学获机电一体化设备组装与调试三等奖，一个月之内就捧回两个全国大奖，这不但突破了曲靖技师学院建校以来国赛获奖零的记录，也体现了学校实行分层教学，深化一体化教学改革的成果，展现了师生扎实的专业技能水平、团结奋进的协作意识和刻苦拼搏的工匠精神。

（四）社会服务好。

学院围绕曲靖市委、市人民政府中心工作，切实抓好扶贫攻坚、扫黑除恶、创建国家级文明城市等社会服务工作。结合精准扶贫工作要求，学院多次组织教职工深入挂钩扶贫点解决帮扶户存在困难和问题，聘请专家为贫困地区农民工进行实用技术培训、扶贫培训，现已培训6000余人次，挂钩扶贫点扶贫工作在师宗县2020年度扶贫攻坚工作考核中，位列优秀等次，被曲靖市委、市政府评为扶贫工作先进单位；创建全国文明城市工作被曲靖市委、市政府表彰为创文工作先进集体。职业技能培训鉴定工作按照“扩大范围、提高质量、夯实基础、提升能力”的基本思路，培训鉴定机关事业单位工人、企业在职职工、下岗失业人员、农民工等各种技能人才50000余人（次），其中40000余人取得了不同等级的职业资格证书或特种作业操作证书，为社会稳定和经济发展做出了积极的贡献。2008年以来，学校连续多次被评为云南省“双十佳”职业技能鉴定工作先进单位和云南省“双十佳”职业技能培训先进单位。

曲靖技师学院党性教育专题培训班　摄影：常青

三、励精图治，启航新征程

近年来学校党建工作始终贯彻党的教育方针，始终遵循职业教育发展规律，取得了七个方面的基本经验：

——要始终坚持党的领导。着重发挥党的政治核心作用，是学校各项事业不断发展的根本保障。

——要始终坚持面向市场。着力提高综合实力，是学校各项事业不断发展的前提基础。

——要始终坚持德育首位。重视师德师风引领，保证校园安全稳定，把教会学生做人放在第一位，是学校立德树人的根本。

——要始终坚持教学中心。全力提高人才培养质量，是促进学校科学发展的永恒标准。

——要始终坚持校企合作。打造品牌专业和建设特色专业并重，是推动学校不断发展的核心动力。

——要始终坚持改革创新。不断突出办学特色，增强办学活力，是学校各项事业不断发展的有效途径。

——要始终坚持以人为本。牢固树立群众观点，紧紧依靠广大师生员工，是学校各项事业不断发展的力量源泉。

技工院校要为社会和企业培养高素质的人才，要求人才不仅仅具有专业的技能，而且还需要具备较高的思想道德素质，这样才能够更好地为社会和企业提供服务。因此，党建工作是技工院校的重点工作，尤其在技工院校文化建设中起着重要的作用。只有严格尊崇党章，严格执行新形势下党内政治生活若干准则，坚定党员干部的理想信念，加强党性锻炼，不折不扣地贯彻落实以习近平同志为核心的党中央作出的决策部署，营造风清气正的政治氛围，不断推动新形势下党的建设工作迈上新台阶，从而使技工教育迈向新征程、创造新辉煌！

山东省济南市莱芜区委组织部

夯实基层战斗堡垒　全面推进乡村振兴

为加快推进乡村振兴，近年来，山东省济南市莱芜区坚持抓基层打基础，强化农村基层党组织战斗堡垒作用，为加快推进全面乡村振兴提供坚强组织保证。

一、压实党建责任，构造横到边纵到底的落实体系

抓好农村基层党建工作的核心，是引导街镇党（工）委把“主体责任”扛起来、把“最大政绩”抓起来。

莱芜区金融服务村党组织领办合作社暨首笔强村贷发放仪式

（一）建立工作“大排名”机制。对街镇基层党建重点任务落实情况量化赋分，每月打分排名，纳入街镇综合考核“大盘子”，加大考核占比，强化结果运用；同时，指导街镇对村级考核参照执行，层层传导压力、压实责任。

（二）建立定期调度推进制度。坚持每月召开基层党建重点工作调度会，采取脱稿汇报、成果展示、现场观摩等方式，交流做法、分享经验，查摆问题、补齐短板。

（三）建立季度督查制度。采取村居自查、街镇互查、区级督查方式，“一季度一督查”，督查结果纳入年终考核，确保重点任务落到实处。

二、深化“六级联动”，构建线上线下互联的工作体系

习近平总书记指出，党的一切工作必须以最广大人民根本利益为最高标准。莱芜区创新实施“六级联动”工作体系，最根本的是坚持以人民为中心的发展思想。

（一）优化联动架构。围绕“有求必应、一呼百应”的要求，去年以来，扎实构建“区委—街镇党（工）委—村居党组织—党小组—党员—群众”“六级联动”工作体系，深入开展以“了解民情、访贫问苦、风险排查”为主题的党员联系群众工作。区级领导干部带领区直部门、各级党员干部下沉街镇，包穷村、联弱村，现场开展工作，一线解决问题。活动开展以来，2.02 万余名有活动能力的党员帮包联系 25.4 万余户群众，累计开展活动 19 万次，解决群众困难 21 万个，打通了联系服务群众最后一环。

（二）创新联动方式。投资 1000 余万元建设乡村组织振兴信息化平台，完成区总控平台和 820 多个村级点位建设，将工作触角从线下延伸到线上，探索从农村、社区延伸到机关事业单位、“两新”组织等领域，逐步建立信息在线反馈、问题在线解决、事项在线办理的网上处办机制。

（三）丰富联动内涵。深化完善“六级联动 +”工作机制，区级每月根据区委中心工作部署任务，街镇根据需要丰富内容，村级按要求组织抓好落实，工作情况实行大排名考核。

三、夯实基层基础，严密上下贯通执行有力的组织体系

建强农村党支部，着力提升组织力，是农村基层组织建设的重点。

（一）突出优化党组织设置。在街镇设立 68 个党建工作区，配齐配强工作力量，推动工作重心向基层下移；注重整治超大党支部，划小单元、建立网格，确保基层党组织运转顺畅。扎实开展村党组织评星定级工作，严把推荐标准，抓牢酝酿推荐、资格联审、审核上报等环节，推荐确定五星级党组织 103 个、四星级党组织 235 个。

（二）突出创建特色品牌。持续开展“一十百千”行动，即挖掘 1 批身边典型榜样先进事迹，高标准新建 10 个党群服务阵地，打造 100 个优质特色党建示范品牌，培育 1000 个规范化党支部，构建全区党支部规范化达标创建示范带，进一步增强基层组织建设的系统性、针对性、创新性、引领性。

（三）突出软弱涣散整顿。坚持问题导向，倒排确定 41 个软弱涣散党组织，“一村一策”建立工作台账，实行动态管理，季度打分排名，逐一验收评估，实现全部转化。建立 3 个月跟踪问效期，分类施治、细化措施，驰而不息巩固整顿成果，持续增强党组织战斗力。

四、推动专业化管理，锻造“好人加能人”的农村干部体系

坚持“好人加能人，才是当家人”理念，结合村（社区）“两委”换届，选出好干部，配出强班子，书记、主任“一肩挑”比例达 99.7%，实现村村有 35 岁以下干部、村村有女性委员。

（一）坚持常态调整培训。健全完善村党组织书记调整备案制度，推行村党组织书记“优选计划”，坚持能者上、庸者下，2020 年以来遴选、调整党组织书记 115 名。召开全区遴选村党组织书记座谈观摩会，搭建平台、交流思想，总结方法、分享经验。制定《关于拓宽村党组织书记选配渠道，激励优秀人才服务乡村振兴的实施意见》和《关于实行村党组织书记专业化管理激励推进乡村全面振兴的实施意见》，逐步探索村党组织书记多渠道选拔、专业化管理路径方法。

（二）严管厚爱驻村干部。制定考核办法、落实补贴待遇、严格工作考勤，认真做好第一书记、“加强农村基层党组织建设”工作队成员平时考核、年度考核，发挥街镇临时党支部作用，约束激励第一书记扎根基层、服务农村。2021 年以来，各街镇累计组织周例会 90 次，调整工作队成员 10 名，择优推荐全区“担当实干”好干部 9 名。

（三）广储精选后备人才。以街镇为单位，组织召开村级发展顾问、乡村振兴工作专员座谈会，印发《致在外优秀人才的一封信》，为乡村振兴招才纳贤、储备活水。新选聘乡村振兴工作专员 450 名，

济南市莱芜区农村基层党建工作剪影

创新选岗思路办法，推动回原籍村任职，130 名乡村振兴工作专员进入村“两委”班子，进一步壮大村级后备人才队伍。

五、强化党建引领，打造壮大村集体经济的集约发展体系

牢牢抓住实施乡村振兴战略的机遇，以产业振兴为重点，把农民组织起来，把资源整合起来，把产业发展起来，使支部更有凝聚力、群众更有归属感。

（一）做优做强村党组织领办合作社。积极推进党组织领办合作社，2021 年以来，由村党组织领办创办的合作社增加 63 个，总数达 597 家，培树出下水河乡村振兴合作社、东汶南生姜合作社等党组织领办合作社典型。进一步发挥农业龙头企业带动作用，推动土地整合、促进产业融合、发展规模经济，组建 19 个党建联合体，覆盖 52 个村，探索抱团发展路径，努力培植新的经济增长点，推动村集体经济提质增效。

（二）用好用活集体“三资”。实施村集体经济“清零倍增”计划，2020 年以来，“三资”清理共回收欠款 9500 余万元，清收土地 48000 余亩，规范合同 17000 余份；会同农业、文旅等部门，总结发展壮大农村集体经济的成功经验，探索创新路径办法，健全完善“三资”处置、管理、经营规范化机制。

（三）建立完善以强带弱工作机制。探索实施组织振兴“牵手工程”，在党建联合体基础上，逐步开展机关、社区、企业党组织与农村党组织共创共建活动，发挥党建引领作用，整合人才、资金、信息、产业等资源，推动互联互通、优势互补，集聚更多资源推进乡村振兴。

供图：中共山东省济南市莱芜区委组织部

湖北省武汉市委东湖生态旅游风景区工委组织部副部长夏银飞

浅议加强基层党组织书记能力素质建设

链接：夏银飞，男，1970 年 12 月出生，中共党员，2011 年从部队转业到东湖生态旅游风景区工作，历任武汉市东湖生态旅游风景区市场监督管理局副局长、工委组织部副部长等职。曾先后发表《组工部门要大力营造谋事创业氛围》《基层党组织现状分析与对策》《提升基层党组织组织力》《创新党员分类管理机制》等文章，推进基层党建工作创新发展。

夏银飞近照　摄影：洪国斌

习近平总书记强调，要加强基层党组织带头人队伍建设，注重培养选拔有干劲、会干事、作风正派、办事公道的人担任支部书记，为培养选拔基层党组织带头人指明了正确方向，为提升基层党组织建设质量、巩固党长期执政的组织基础提供了根本遵循。

一、从个人素质上讲，政治素质是首位，思想素质是基础，品德素质是根本

（一）要立德，加强党性修养。“打铁还须自身硬”，做好基层党建工作需要基层党组织书记具备过硬的个人品德和较高的人格魅力。基层党组织书记清正廉洁，在各方面当表率作示范，群众看在眼里记在心里，就会把对书记个人的佩服和尊敬转化为对基层党组织的信任和支持，转化为推动基层各项工作的无形力量。“服人者，以德服为上，以才服为中，以力服为后”。一个品行不端的人，绝不会对党绝对忠诚，也不可能处事公道正派、干事勇于担当、为官清正廉洁。重视修德，不仅是中华民族历史文化中的精神瑰宝，而且是党任用干部的基本标准、教育干部的基本内容和考核干部的基本依据。加强“五个修养”——理论修养、政治修养、道德修养、纪律修养、作风修养，锤炼“五个品质”——政治品德、职业道德、社会公德、家庭美德和个人品德，理应成为新时期广大基层党组织书记道德修养的重要内容。

（二）要立言，弘扬党的理论。党组织书记是党在基层的优秀代表，是听党话、跟党走的排头兵，是宣传党的思想、践行党的理论的先锋官，必须加强自身理论素养，强化党的理论武装，主动学习运用习近平新时代中国特色社会主义思想这一当代马克思主义的基本立场、观点和方法。新时代的党组织书记不仅要跟着走、跟着干，更要知道为什么走、怎么走，做有理想、有思想、有理论的新型党组织书记。基层党组织书记担负着教育党员、引导群众的重要责任，要不断提高理论素养，注重用党的创新理论教育人、引导人，把握基层党建的目标和方向。

（三）要立心，坚定初心使命。就是要坚守共产党人的初心和使命，团结和带领支部一班人投入到为人民谋幸福、为民族谋复兴的伟大事业中。要统一思想，引领党员。只有心中有党、心中有责、心中有民、心中有戒，才能做到忠诚党的事业，做好党和人民赋予的各项工作，做一名坚定的共产主义者。作为支部书记，就是要把全体党员的共同的誓言、共同的志愿凝聚起来，发挥出来，时刻警醒党员、要求党员、约束党员、激励党员，不断增强支部组织力。要统一行动，团结党员。始终牢记自己是党组织的书记，就是要用党员共同的初心使命，共同的理想信念统一思想和行动，用共同意志“熔炼成钢”，让“力出一孔”无坚不摧。

二、从工作能力上讲，服务人民是本职，听党指挥是本质，法治思维是本领

（一）要立身，勇于担当职责使命。党组织书记是党在基层各项工作的领路人，在推进各项工作中，坚持思想引领，学习在先，深入学习贯彻习近平新时代中国特色社会主义思想，将新时代党的建设总要求内化于心，外化于行，带头执行党的路线方针政策，真正让党的大政方针落地生根；带头团结共事，善于把不同脾气秉性、专业背景、工作经历的人团结起来合作共事；带头完成各项任务，统筹协调好上下级关系，凝聚群众的力量；带头贯彻群众路线，尊重党员群众的知情权、参与权、选择权、监督权，多渠道、集民智、聚民力、赢民心。

（二）要立行，忠诚践行党的宗旨。基层党组织是党在基层组织中的战斗堡垒，是党的全部工作和战斗力的基础，担负直接教育党员、管理党员、监督党员和组织群众、宣传群众、凝聚群众、服务群众的职责。支部书记要以建设服务型党组织为抓手，使服务成为支部建设的鲜明主题，推动党的基层组织更好地发挥领导核心和政治核心作用，使党的执政基础深深植根于人民群众之中。实践证明，党建工作是定海针和加速器，为单位全面建设提供了更广泛的空间和更广阔的舞台，在党的思想引领下，思路更清，士气更足；在党的组织领导下，信誉更高，效益更好。不论是国有经济组织、非公经济组织和社会组织还是国家机关事业单位中的基层党组织，都不能把党建与主责主业分离开来。

（三）要立规，严格遵守党的纪律。没有规矩不成方圆。基层党组织书记要牢固树立法治思维，当好守法、普法和执法的第一责任人。要执行好落实好《中国共产党党章》《中国共产党廉洁自律准则》《中国共产党纪律处分条例》《中国共产党支部工作条例（试行）》《中国共产党党员教育管理工作条例》等一系列政治纪律、政治规矩，抓好党员经常性教育和监督管理。要积极引领广大党员和群众走法治化、规范化道路，让不符合规定的事不能办成为常态，让托关系找门路办事成为过去式，以实际行动践行党的纪律要求。

三、从组织建设上讲，强化组织力是核心，形成凝聚力是目的，发挥战斗力是根本

疫情期间，东湖生态旅游风景区工委组织部副部长夏银飞在东湖新城社区指导社区疫情防控工作　图片来源于新华视点，供图：东湖生态旅游风景区工委组织部

（一）要立人，强化组织基础。把发展党员作为一项基础性系统工程来抓，严格规范程序。注重把好"五关"，一是审查关，掌握入党动机；二是培养关，提高思想认识；三是确定考察关，严把党员入口；四是党员接收关，严格程序要求；五是教育转正关，发挥先锋作用。切实为党组织输入充满正能量的新鲜血液。加强班子成员之间的思想沟通，营造充分信任、相互理解的和谐氛围；运用好民主集中制，发扬民主，正确集中，大事讲原则，小事讲风格；加强思想教育和组织管理，不断提高班子思想政治素质、推动发展本领、联系服务群众能力；注重把年轻有为的优秀青年吸收到党员队伍中来，把优秀党员培养成骨干，把优秀干部选拔到班子中来，不断强化班子质量建设。

（二）要立信，强化共同理想。站位不同，党员思想境界也不同，党组织书记要紧跟时代发展步伐，在更高的平台上号召党员，在更高的起点上带动党员，积极投身党的事业。强化"四个意识"，不断提升工作热情、思想境界、精神追求，做到"两个维护"，不断统一思想，凝聚力量，奋发图强。善于运用党的理论，善于凝聚群众力量，做好合气、合心、合力的工作，弘扬正能量，开创新思路，做出新业绩。

（三）要立威，强化主体意识。立个人威信。党组织书记有威信是做好工作的重要前提和条件。公平公正，真情沟通是树立威信的第一法宝，坚持"一碗水端平"，坚持以理服人、以情感人，坚持阳光操作，坚持公正处事。立组织之威。党组织书记必须要更加注重集体领导、组织决策；要摆正位置，当好班长，要带着大家干，而不是个人说了算；要坚持民主集中制，当好主持不能当主管；要习惯在监督下工作，有主见而不能有主观，充分利用集体智慧。立中央权威。基层党组织书记不仅要注重团结和带领广大党员群众完成重大任务，而且要突出把党中央决策部署，落实到本职工作中，体现在具体岗位上。

山东省济南市章丘区委老干部局

党建引领融合提升　推动老干部工作高质量发展

习近平总书记指出，老干部工作是非常重要的工作，在我们党的工作中具有特殊重要的地位。这是中国共产党党的建设的特色。

近年来，山东省济南市章丘区委老干部局认真学习贯彻习近平总书记关于老干部工作的重要论述，全面落实新时代党的建设总要求，主动对标省市局安排和区委部署要求，以党的建设引领组织建设，带动队伍建设，规范阵地建设，丰富活动内涵，促进作用发挥，打造特色品牌，推动老干部工作高质量发展。2020年以来，该局被评为章丘区攻坚克难先进党支部、新时代文明实践先进单位，荣获济南市作出突出成绩的老干部工作集体。

一、高扬龙头，提升组织力

章丘积极探索推行"党建+"工作模式，找好切入点，选准突破口，统领各项工作健康高效运行。中组部组织一局领导现场视察后，对章丘工作给予充分肯定。

（一）健全责任体系。区委、区政府高度重视，组织部将其纳入党建大格局，党工委成员单位密切配合，老干部局主动作为，形成了领导有力、保障到位的宏观工作体系。与组织部联合下发《关于进一步强化和落实离退休干部党建工作责任的通知》，着力明晰单位党组织、主要领导和分管领导、老干部工作机构及负责人、老干部党组织书记、党建助理员5方面责任，构建一级抓一级、层层抓落实、上下衔接、运行顺畅的具体工作体系。

（二）规范组织建设。推行建制型、功能型支部"双轮驱动"，本着"一方隶属、多方管理""三个有利于"原则，灵活设置一批功能型支部，推动组织全覆盖、党建工作全覆盖。建立党组织按期换届提醒督促机制，定期举办党组织书记培训班和座谈交流、参观学习，以"头雁领航"工程作出示范、带动全盘。与组织部联合出台《关于进一步加强和改进新时代离退休干部党建工作的实施意见》，梳理细化组织建设、党员教育管理、制度建设、基础保障能力建设4个方面16项措施，提出"五好"党支部、"五好"老干部十方面争创标准，有部署、有调度、有检查，不断引领推动基层党建规范化标准化。

（三）抓实思想政治建设。联合老干部所在单位，探索建立"不忘初心、牢记使命"长效机制，指导开展三会一课、主题党日等活

动，通过集中宣讲、专题辅导、信息化推送、送学上门、实地参观等灵活多样的方式，不断深化学习，砥砺思想。注重加强激励关怀，坚持和完善情况通报、在职领导联系老干部、重大节日走访慰问、特殊困难救助等制度，定期开展“五好”“最美”系列推荐评选活动，有效提升老干部的政治荣誉感和组织归属感。

二、多方融合，实现系统化

坚持“开放、融合、创新、共享”工作理念，以“本色家园”、共享式活动阵地建设为契机，构筑党建工作、老年教育、文体活动、志愿服务“四位一体”的融合发展格局，聚点成线，由线到面，使老干部工作更加系统化。

（一）*在思想引领上融合*。与部分街道签订四位一体共建工作协议，与部分社区签订合作办学协议，典型带动、示范引领，促进思想沟通、工作融通、上下贯通。加强与两办、组织、宣传及相关单位的沟通协调，深入开展调查研究，解决突出问题，凝聚共识合力。为全区科级退休干部赠送《今日章丘》报，创办双月刊《章丘老干部参考》，注重微信群、公众号、灯塔党建、学习强国、芳华剧场云平台等的综合应用，形成传统 + 现代、线上 + 线下，较为完备的思想引领体系。

（二）*在阵地建设上融合*。制定了四位一体工作模板，明确了建设管理标准，指导帮助各街道、社区完善硬件设施，规范制度机制，版面上墙、资料归档，专门场所、专项规范、专人服务。近几年，共建设开放式活动室、老年大学分校 10 余处，标杆式、共享式活动室 8 处，芳华剧场 5 处，志愿服务工作站 7 处。社区融合、共建共享，扩大了老干部工作的有形覆盖，拓展了党建阵地，也丰富了社区文体活动，促进了社区治理，实现一举多赢。

（三）*在队伍建设上融合*。开展“学习年”“落实年”“半月谈”学习交流活动，不断提高业务素质和作风效能。全面落实了党建助理员、老干部工作联络员制度，确保有人干、能干好。联系区委党校、齐鲁理工学院等单位，聘请专家到各活动阵地授课辅导，具备条件的设立实践基地。坚持三级老年大学师资共享，安排区级优秀学员到基层担任辅导员，充实了师资力量，扩大了队伍规模。

（四）*在服务保障上融合*。区委、区政府悉心指导，组织、宣传、财政等部门专项支持，为老干部工作营造了良好环境。建立一对一离休干部联系关怀机制，开展“面对面、户户到”走访调研，切实强化精准服务和日常慰藉。深化“一对一”医疗帮扶，汇编《健康保健手册》《生活便利手册》，在疾控中心专设老年大学健康教育分校。全区各单位坚持生日、重要节日上门送祝福，重要情况登门慰问，全区上下同向同行、协调协作，实现齐头并进。

三、因势利导，发挥正能量

老干部具有丰富的政治优势、经验优势和威望优势，我们通过巧搭平台载体，阵地、队伍、机制、品牌“四项联动”，把他们的优势汇集起来，不断为党和人民事业增添正能量。

（一）*建言献策平台*。通过定期组织参观视察、召开座谈会、发放《征求意见函》、开展“章丘，我想对你说”寄语建言等形式，激励引导老干部为章丘发展出谋划策、献智出力。

（二）*文化养老平台*。全区老年大学及分校学员超过 2000 人，培育各级各类老干部社团近 60 个，每年举办双进双送、展演、宣讲、比赛等活动 50 余场次，广大老干部在享受文化养老成果的同时，逐步发展成文体活动的骨干、社区治理的骨干，为社会和谐尽心尽力。近两年共获得区级以上表扬 10 余次，在各类媒体宣传近百次，被评为全省老干部工作部门调研信息宣传先进单位。

（三）*志愿服务平台*。成立领导小组、推进中心和基层工作站，研究起草《老干部志愿服务管理办法（试行）》，进一步明确了运行机制。举办“百脉银龄”老干部志愿服务品牌发布会暨授旗仪式，一个总队、16 支分队，梳理服务项目，配齐服务标识，全区老干部志愿服务逐步向组织化、规范化、品牌化发展。系统开展红色记忆传承活动，组织老干部志愿者抢救性采访离休干部和新中国成立前老党员，汇编了 85 人、200 多个故事、30 万字的《红色印记》，制作了专题片《百脉初心》，举办巡回宣讲 30 余场次，身边人讲述身边事，丰富红色传统教育内容。积极引导老干部发挥特长优势，助力疫情防控。据不完全统计，2020 年老干部参与社区值勤值班 400 余人，捐款捐物 20 余万元，创作抗疫作品 500 余篇，汇编形成了《百脉礼赞》一书。

（四）*关爱帮扶平台*。建立挂牌关心下一代教育基地 19 处，“五老”志愿服务团队近 2000 人，广泛开展宣教激励、助学助困等活动，当好党委政府关爱青少年的“连心桥”。章丘区关工委被评为山东

章丘区老干部工作剪影。左图为与街道社区签订四位一体融合共建协议；右上图为章丘区百脉银龄老干部志愿服务品牌发布暨授旗仪式；右下图为庆丰收贺重阳服务乡村振兴文艺展演

省关心下一代工作先进集体。全区涌现出一批老有所为先进典型。2018年，章丘老干部志愿服务群体被评为感动章丘十大先模人物（群体）；2019年以来，一名老干部被评为感动章丘先进个人，一名老干部被评为全国关心下一代工作先进个人，30多人受到区级以上表扬。

供图：济南市章丘区委老干部局

山东省聊城市委市直机关工作委员会常务副书记赵玉民

强基固本 健全机制 确保机关党建作表率走在前

左图为聊城市委常委、秘书长、市直机关工委书记荣红智向老党员同志发放光荣在党50年纪念章；右图为山东省委省直机关工委领导在聊城市直机关党性教育体验馆现场指导 摄影：吕言亮

链接： 赵玉民，男，1981年10月参加工作，1985年11月加入中国共产党，现任聊城市委市直机关工委常务副书记。自1990年转业到市直机关工委专职从事党务工作30余年。2016年经聊城市委市政府批准，全国卫生城市复审工作先进个人并记三等功；2020年5月，经聊城市委批准，记三等功；2021年1月，获得聊城市优秀理论教育工作者称号；2021年获得山东省优秀共产党员称号。

聊城市委市直机关工委深入学习贯彻习近平总书记“七一”重要讲话精神，扎实推进强基固本“四项工程”，积极构建“三项机制”，着力抓好“三个重点”，切实融入中心，助推发展，不断提升机关党建规范化水平，确保机关党建走在前、作表率，以新担当、新作为走好新的“赶考路”。

一、扎实推进强基固本“四项工程”，确保机关党建走在前、作表率

（一）*加强政治建设*。坚定不移地把党的政治建设作为一切工作的统领，积极打造党内政治文化品牌，形成以党员活动室为基本依托、庭院楼宇文化长廊为有效补充、市直机关党性教育体验馆为重要支撑的一体化阵地体系。

（二）*深化理论武装*。大力弘扬理论联系实际的优良学风，坚持学以致用、用以促学，引导广大党员、干部自觉对标对表，努力把学习成果转化为指导实践、推动工作的行动自觉。

（三）*夯实基层基础*。积极推进“智慧党建”工作，利用“互联网+”的新途径新方法，积极探索党员教育管理新方式。同时，以岗位练兵、评比竞赛等活动为抓手，促进党员互学互促互鉴，立足岗位实践提高专业能力，增强履职本领。

（四）*持续正风肃纪*。持续开展“纪律教育、政德教育、家风教育”，把对党员的教育管理拓展到家庭，延伸到“八小时以外”。印发《市直部门（单位）纪律检查委员会工作规则》，从“领导机制和职责任务、组织机构、日常监督工作、纪律检查工作、宣传教育工作”等五个方面，进一步规范机关纪委职能作用。

二、积极构建“三项机制”，不断提升机关党建规范化水平

（一）*健全完善责任体系机制*。严格落实机关党建工作责任制，指导督促建立部门（单位）党组（党委）、机关党委（总支）、党支部一级抓一级、层层抓落实的机关党建工作责任体系，确保党建工作真正落地生根。

（二）*建立健全分类指导机制*。研究制定分类指导的制度举措，根据实践发展不断细化优化，在布置任务、安排工作时，充分考虑机关、事业、企业、社会组织等的不同特点，提高分类指导的专业性和针对性。

（三）*建立健全督查考核机制*。充分发挥督导考评“指挥棒”和“风向标”作用，进一步完善督促指导机制，以“经常调度”“派员列席”“抓好典型”“建立档案”为主要措施，采取专项督查、随机抽查、调研督导等方式，加大抓落实力度。

三、着力抓好“三个重点”，切实融入中心，助推发展

（一）*扎实做好党史学习教育*。分层次举办专职党务干部、党支部书记、党员党史专题培训班，教育引导党员干部更好地用习近平新时代中国特色社会主义思想武装头脑、指导实践、推动工作。继承和弘扬党的光荣传统和优良作风，传承红色基因，以更加奋发有为的精神状态助力现代化强市建设。

（二）*破解党建业务“两张皮”*。把党建工作与党组（党委）决策部署统一起来，做到“党组（党委）想什么，机关党建就抓什么”“党组（党委）抓什么，机关党建就落实什么”，找准党建工作服务中心工作的结合点。

（三）*激发机关党建活力*。贯彻人民至上的工作理念，探索“1+2+N”服务群众工作机制，以驻市直党代表工作室和聊城市志愿服务联合会为依托，以市直党员服务群众工作站为载体，充分整合资源，拓宽履职尽责渠道，打造市直党员服务群众新载体。

好风凭借力，任重而道远。聊城市直机关工委将持续深化对习近平总书记“七一”重要讲话精神的领会和把握，积极响应伟大号召，立足本职工作，牢记初心使命，以时不我待、只争朝夕的拼搏精神，推动市直机关党建工作再上新台阶，为全市经济社会高质量发展作出新的更大贡献！

河南省焦作市委市直机关工委常务副书记陈修锋

把作风建设抓实抓细抓常

链接：陈修锋，现任焦作市委市直机关工作委员会常务副书记。撰写的《提高新时代机关党的建设质量的实践与探索》论文被河南省委直属机关工委评为2019年度全省机关党建课题调研成果“一等奖”；创立的“入党前先做志愿者”志愿服务项目被河南省文明委评为“河南省优秀志愿服务项目”、被焦作市政府评为第四届志愿服务市长奖“十佳志愿服务项目”。焦作市委市直机关工委被河南省委直属机关工委表彰为“学习贯彻党的十九大精神”主题征文活动优秀组织奖，被市委、市政府表彰为2019年焦作市有重大影响的十件大事突出贡献单位、创建全国文明城市先进单位、平安建设工作先进单位。

机关作风是党风政风的风向标，关乎着机关工作效率、服务水平和群众满意度，加强机关作风建设，至关重要。

河南省焦作市委书记王小平强调：“全市各级机关要带头弘扬党的光荣传统和优良作风，把作风建设抓实抓细抓常，用持续从严换来政治生态的持续向好。”

焦作市委市直机关工委认真落实市委要求，持之以恒抓作风，坚持不懈严纪律，大力推进纪律作风暗访督查、中心工作跟踪督查、机关党建巡回督查，推动机关作风建设不断走深走严走实，促进了市直机关作风转变和效能提升。

一、纪律作风暗访督查

纪律严，则作风正。严格的纪律是优良作风的重要保证。

机关工作作风的转变关系到机关行政效率的提升，关乎干部干事创业激情的提升，更关乎人民群众满意度的提升，是党和政府更好更稳执政的重要保障。

针对部分单位工作纪律不严格、日常管理不规范、服务群众效率低等问题，焦作市委市直机关工委在开展“转作风、提效能、促发展”作风建设专项行动、重要节庆期间机关作风重点督查行动、深化“转变作风抓落实、优化环境促发展”等活动的基础上，创新思路，将原有的“月检查、季通报、一年查两轮”工作方式提升为“每周一督查，每月一通报”常态化工作机制。

焦作市委市直机关工委每周派出检查组，采取不发通知、不打招呼、直奔现场的方式，深入市直机关及下属机构进行暗访督查到岗在岗、工作状态、服务群众等情况，周报报送市委秘书长审阅，每月汇总后报市委书记审阅。2020年年初以来，共检查市直单位195家（次），点名曝光市直单位69家（次），下发检查通知单和整改通知单73份，相关责任单位制定整改措施194项，形成周报告35期，下发全市通报9期，通过批评教育、责令写出检查等方式处理81人，有力地推动了市直机关作风建设明显好转。此项工作先后9次得到焦作市委书记王小平的批示和充分肯定。

二、中心工作跟踪督查

服务中心、建设队伍，是新时期机关党建工作的根本职责和核心任务，也是党的建设成功经验在机关党建工作中的具体体现。

中心工作推进到哪里，督导工作就跟进到哪里；中心工作不结束，督导工作不停步。这是焦作市委市直机关工委跟踪问效的原则。

全国文明城市和国家卫生城市创建是一项得民心、顺民意的民生工程，也是焦作市三年来集中攻坚的一项中心工作。焦作市委市直机关工委在全市率先启动“创建联万家，共建幸福城”行动，组织全市各级机关党员开展“单位下班，社区报到”活动，实施“抓机关带家庭促社会”行动；对222家帮扶老旧楼院创建的市直单位建立“日报告”机制，将结对帮扶与“支部联支部，党员进社区”工作协调推进、深度融合、量化考评，每周派出8个督导组深入城区所有街道、社区检查督导各单位帮扶情况，确保帮扶资金、项目、措施“三到位”。截至2020年11月中旬，焦作市委市直机关工委持续开展老旧楼院帮扶督查17轮，实地检查412次，动员市直各单位向帮扶楼院投入资金累计超过1079万元，完成率由督导前的32.23%迅速提升至106%。此项工作多次受到市委书记王小平的批示肯定。

2020年年初新冠肺炎疫情突发后，焦作市委市直机关工委第一时间发出动员令、倡议书，号召市直机关党员干部到疫情防控一线工作，指导市直机关设立党员先锋岗537个，成立志愿服务队181支，动员7669名工作人员坚守岗位，把党旗牢牢插在战“疫”第一线。每天派出4个督导组深入99家市直机关单位进行不间断督导，累计督导市直机关单位3267家（次），确保疫情防控不漏一人、不留死角。

三、机关党建巡回督查

党建引领是机关作风建设的基石。机关党组织的活力是机关战斗力的源泉。习近平总书记多次强调，机关党建工作要走在前、作表率。

焦作市委市直机关工委坚持将提升党建科学化水平与加强机关作风建设同步推进，通过创建“五抓三创三提升”机制、建立基层党组织常态化观摩督查机制等六项机制，推动了机关党建重点工作提质增效，在守正与创新中激活机关党建高质量发展的因子。

深入开展机关党建“灯下黑”专项整治，梳理出5个方面29个机关党建“灯下黑”问题，指导111家市直单位建立了整改问题清单，组织各单位检视认领问题882个，制定整改措施1632条，

焦作市委市直机关工委工作剪影：左图为党建巡回督查组对市直机关 90 余家基层党组织进行党建督查；右上图为市直机关大力实施青年理论学习提升工程；右下图为将志愿服务活动作为入党的硬指标，打造"入党前先做志愿者"品牌　摄影：孔倩雯

通过党建巡回督查，督促各单位全部落实整改到位。

结合实际划分 8 个党建片区，采取党建片区"小"巡回与市直机关"大"巡回相结合、示范性观摩与普遍性观摩相结合、分级述职与全面考核相结合的"三结合"方式，每年常态化开展 4 轮党建观摩督查活动。2019 年以来，焦作市委市直机关工委组织所辖 99 家市直单位开展党建巡回督查 8 轮，带动市直各部门基层党支部组织参与各类观摩督导超过 1900 次，统筹协调推进机关基层党支部标准化规范化建设，全面实施党支部建设提质工程，推动基层党支部实现快速上档升级。

干部作风转，群众心里暖；党员作风实，发展气象新。近年来，焦作市委市直机关工委围绕市委开展的"近学许昌、远学扬州""学深圳杭州""学成都佛山""学徐州扬州"以及"学湖州晋江"等五次学先进促发展主题活动，通过组织举办座谈会、辩论赛、展览会、歌咏比赛、党课评选、出彩故事讲述、"李志勇""王在富"等先进事迹报告会等形式，尤其是采取纪律作风周检查月通报、中心工作跟踪督导、机关党建巡回督查等创新举措，在全市机关中掀起对标先进、推动发展的热潮，有效促进了机关作风转变和效能提升。在脱贫攻坚一线、在全国文明城市和国家卫生城市创建的战场上、在城市十大基础设施重点项目建设的最前沿，随处都能看到党旗飘扬、党徽闪耀、干部群众携手共建"精致城市、品质焦作"的温馨感人画面。

数据反映成绩，名次印证作风。

2017 年，焦作全市 2000 多名市、区、街道、社区四级征迁工作队员不怕苦、不怕累，不退缩、不放弃，冒酷暑、战高温，加班加点、连续奋战在征迁一线，仅用 4 个月时间，就一举完成了搁置 8 年之久的南水北调绿化带征迁工程，征迁 4008 户 1.8 万人 176 万平方米，创造了焦作城建史上的奇迹，铸就了"忠诚担当、顽强拼搏、团结协作、无私奉献"的南水北调焦作精神。

焦作市在 2018 年、2019 年全国 69 个资源枯竭城市转型年度考核评价中，分别位居第二、第三，连续两年受到国务院激励政策表彰。

焦作市在 2018 年度、2019 年度全省经济社会高质量发展考核评价中分别位居全省第二、第一；《河南社会治理发展报告（2019）》显示，焦作城市宜居和获得感指数均居全省第一。

2020 年，面对新冠肺炎疫情，焦作市一天时间就抽调 14 名新提拔县级干部、1325 名市直党员干部、7142 名县直干部充实到一线，发动全市 2100 多个基层党组织、10 万余名党员和基层群众一道战斗在最前沿，有力阻断了疫情传播，成为全省第二家确诊病例、疑似病例、密切接触者"三清零"的地市。

三年多时间里，焦作市成功创建了全国文明城市、全国水生态文明城市、全国双拥模范城，国家卫生城市已经通过技术评估。

一份份骄人成绩单的背后，无不凝聚着市直机关锲而不舍抓作风的汗水和努力；城市面貌和干部作风的点点滴滴变化，是焦作市以机关党建高质量助推经济社会高质量发展的真实写照。

心齐能聚力，风正好扬帆。作风建设没有休止符，永远在路上。焦作市委市直机关工委将以"踏石留印、抓铁有痕"的劲头，积极践行"说了算、定了干，再大困难也不变"的工作要求，驰而不息地抓好机关党员干部作风建设，为致力打造"精致城市、品质焦作"、争当河南在中部地区崛起中奋勇争先的主力军作出新的更大贡献。

广西德保县直属机关工委书记黄金城

创新"12345+2"党建思路
推动"红枫党建"品牌创建

红枫党建，党建领航，壮美德保。红枫党建，寓意着热情、温暖、向上、顽强、斗争精神，寓意传承红色基因，激发向上动力，勇于担当斗争。近年来，德保县委立足县情，顺势而为，开展"红枫党建"品牌创建工作，取得了显著成效。德保县直属机关工委创

2020 年 3 月 10 日，黄金城同志向县委作机关党建述职报告　摄影：赵飞云

新“12345+2”思路，推动机关党建走在前作表率，奋力谱写“红枫党建”精彩的机关篇章。

一、“红枫党建”与“12345+2”党建思路概述

德保县聚焦基层党建标准化建设，开展“红枫党建”品牌创建工作，通过实施“六大工程”，即实施“铸魂”工程，传承“红色基因”；实施“固本”工程，筑牢“红色堡垒”；实施“薪火”工程，激发“红色动能”；实施“引领”工程，培育“红色先锋”；实施“秋枫”工程，打造过硬党组织；实施“旗帜”工程，讲好德保党建故事，实现组织设置规范化、阵地建设标准化、组织生活常态化、考核管理精细化、党员发展精准化、党的建设系统化等“六化”目标，有效推进基层党建“提质聚力”。把“红枫党建”品牌融入机关、农村、企业等各领域党建全过程，构建党建体系，把县委比作树干，把各级党组织比作枝干，把党员比作枫叶，把群众比作大地，让红色精神具象化、党建工作具体化。

德保县直属工委在推进机关党建规范化建设中，逐步形成“12345+2”党建思路，即一个主题，两个促进，三项服务，四项目标要求，5+2 总体布局。一个主题指在红枫党建大主题下，一个支部一个主题，体现出本单位的特色；两个促进指促进县委、县政府中心工作和本单位中心工作；三项服务指服务党员、服务群众、服务大局；四项目标要求，指建设政治功能强、支部班子强、党员队伍强、作用发挥强的党支部（简称“四强”党支部），达到“组织生活严肃认真、党建氛围浓厚新颖、档案资料齐全规范、发挥作用效果明显”的四项目标要求；5+2 总体布局，指党的政治建设、思想建设、组织建设、作风建设、纪律建设这五项建设，加 2 是制度建设和反腐败斗争。

二、“12345+2”党建思路的理论意义

（一）*支部党建主题体现个性与灵魂，解决了党建特点不突出问题。*一个支部一个主题是党建个性化的体现，是党建的灵魂，是党建与业务融合的必然要求，也是党建着力点的集中反映。比如德保县政务服务中心联合党支部以“党建领航、创新服务”为主题，体现的是党建要围绕创新政务服务方式，不断提升政务服务质量来推进，“党建领航、交通强县”主题体现县交通运输局的个性特征。

（二）*两个促进三项服务是党建政治功能和服务功能的集中反映，解决了党建业务“两张皮”问题。*党的十九大报告提出，基层党组织建设要以提升组织力为重点，突出政治功能；党支部要担负起直接教育党员、管理党员、监督党员和组织群众、宣传群众、凝聚群众、服务群众的职责。政治功能和服务功能是党组织功能的一体两面，政治功能是服务功能的保障，服务功能是政治功能的体现。“两个促进”“三项服务”将政治功能和服务功能统一起来。促进县委中心工作和本单位中心工作，服务党员、服务群众、服务大局，这是服务功能指向，更是政治功能体现，也是党建与业务融合的现实要求。就基层党组织而言，讲政治更多地体现在认真贯彻落实上级党委决策部署上，体现在推动本单位中心工作上。如果口头上说与中央保持高度一致，但中心工作完成不好，服务功能就弱化，政治功能也打折扣。服务功能的提升能有效避免党建与业务“两张皮”，更能凸显政治功能。例如，县医保局党支部把落实医保政策服务脱贫攻坚大局作为服务群众的切入点，通过实施“百分百参保”行动，实现服务群众与服务政治大局的统一。县民政局党支部把落实“低保为民、应保尽保”作为重点工作，作为助力脱贫攻坚的重大政治任务加于推进，政治功能和服务功能统一于低保政策的精准落实当中。

（三）*四项目标要求体现党建路径与目标的统一，解决了党建怎么做、实现什么样的目标的基本问题。*“组织生活严肃认真、党建氛围浓厚新颖、档案资料齐全规范、发挥作用效果明显”是近几年来德保推进机关党建规范化建设一直坚持的目标价值取向。党要管党必须从党内政治生活管起，从严治党必须从党内政治生活严起。严肃认真的党内政治生活，要求党的组织生活既有浓厚的党味，又紧密结合思想和工作实际，注重解决问题。政治文化对于营造风清气正的政治生态起到潜移默化、润物无声的作用。浓厚新颖的党建氛围能让红色精神具象化、党建工作具体化、党建成果形象化，这对于抽象的党建来说尤为重要。如果一个单位一个部门党建氛围不浓，甚至找不到任何党建影子，党建引领就无法充分体现。档案资料是党建过程和成效的反映，档案资料要齐全规范。“齐全”要求台账应收尽收，注重质量；“规范”要求党建档案分类合理，排序

2020 年 3 月 30 日，德保县召开机关基层党组织书记述职评议大会　供图：德保县委宣传部

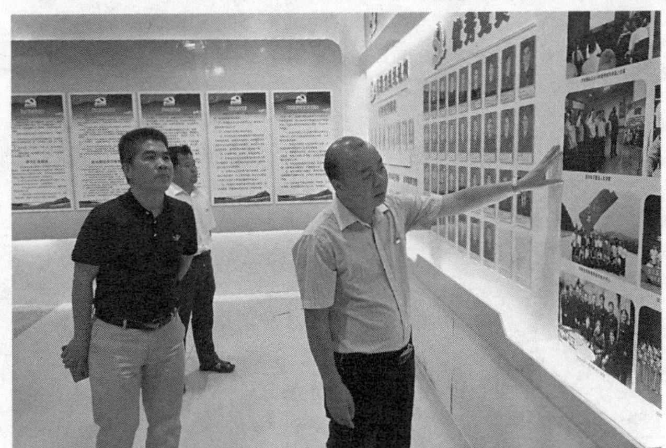

黄金城同志到县税局指导机关党建　照片由德保县税务局提供

恰当，有存档价值，有目录有封面。如县政法委将每年的党建档案分门类别装订成册，制作统一封面，编制目录，做到党建档案标准化整理。发挥作用是检验党建成效的标准，发挥作用效果明显，就是发挥好党支部的战斗堡垒作用和党员的先锋模范作用，体现在党建两个促进三项服务上。具体的就要看党建在促进县委、县人民政府中心工作和本单位中心工作上表现如何，在服务党员、服务群众、服务大局上表现如何。如果党建搞了许多花架子，档案资料也整理得好，但在两促进三服务上表现差，这样的党建是不合格的。组织生活是党建的措施过程，党建氛围和档案资料是党建的表现形式，发挥作用是党建的出发点和落脚点，四者应作为一个整体去把握。建设“四强”党支部是中央和国家机关工委提出的支部建设目标，政治功能强是落实党建以政治建设为统领的要求；支部班子强体现了党建要抓关键少数；党员队伍强体现要调动全党的积极性主动性创造性，发挥党员主体作用；作用发挥强是最终目的，是党支部战斗堡垒作用的体现。政治功能是保障，支部班子和党员队伍是干部保障，发挥作用是最终目的。

（四）“5+2”党建总体布局体现系统观念抓党建，解决党建不成系统问题。“5+2”党建总体布局是新时代党的建设总要求的重要内容，是党的十九大对党建理论的创新发展，体现了用系统思维抓党的建设。工作中要有意识地落实党建总体布局，并且把“5+2”总体布局具体化，使其落地生根。

“12345+2”党建思路，有举措有目标有布局有特色有重点：一个主题是灵魂也是特色；两个促进三项服务是出发点和落脚点，是党建政治功能和服务功能的体现；四项要求是党建的措施、路径、价值取向和目标，是党建成效的集中反映；“5+2”总体布局要求全面系统抓党建。“红枫党建”的“铸魂”工程对应政治思想建设，“固本”工程对应基层党组织建设，“薪火”“引领”工程对应队伍建设和班子建设，“秋枫”工程对应正风肃纪，“旗帜”工程对应氛围营造和亮点展现。“12345+2”党建思路，涵盖县委“红枫党建”品牌创建之铸魂、固本、薪火、引领、秋枫、旗帜“六大工程”，是德保机关党建领域贯彻落实新时代党的建设总要求的具体化，是落实县委创建“红枫党建”品牌的机关篇章。

三、“12345+2”党建思路在“红枫党建”品牌创建中的实践意义

（一）“铸魂”工程筑牢政治思想。县委通过实施“铸魂”工程、“第一议题”制度、开展“两学一做”学习教育常态化制度化，巩固深化“不忘初心、牢记使命”主题教育成果，多措并举强化党支部的政治功能，使政治建设具体化。明确提出与中央保持高度一致是政治，认真贯彻县委工作部署和本单位党组的工作部署也是政治；严肃党内政治生活是政治，做好思想政治工作也是政治；维护党的团结统一是政治，落实问题整改也是政治。在思想理论武装上，重点学习习近平总书记关于本地区本领域本部门工作重要论述、指示、批示。围绕加强党的建设开展解放思想大讨论，引导机关党建负责人破除抓党建难出成绩干多干少一个样的思想，树立抓党建就是抓发展抓好党建就是最大政绩的思想；破除把党建当副业党建从属业务的思想，树立党建主业党建引领思想；破除党建与业务对立的思想，树立党建与业务融合的思想。以统战的思维，做好思想政治工作和宣传文化工作。在打好脱贫攻坚战中，县扶贫办、农业农村局、住建局、卫健局、水库移民中心党组织带头学习习近平总书记关于扶贫工作的重要论述，筑牢政治思想，明确政治方向，从单位职能出发，努力完成“两不愁三保障”各项指标，体现了党的政治建设的统领地位。

（二）“固本”工程建强战斗堡垒。县委组织部专门下文部署党的组织生活质量提升工作，从组织生活的参与率、及时性、规范性、政治性、实效性五个方面提出提升办法和措施。县直属机关工委把“党的组织生活联系思想实际和工作实际是否紧密”作为机关党建日常工作的一项内容。在机关党建规范化建设中，对标对表自治区党委组织部基层党组织建设标准，建设“四强”党支部，建成了 56 个示范单位，在此基础上，推进机关党建提质升级品牌化建设，逐步形成后进赶先进，中间争先进、先进更前进的局面。2019 年是县级机构改革年，县直属工委顺应改革大局，要求县直机关单位通过党员大会，组织学习中央、上级党委和县委机构改革政策，做好思想政治工作，保证改革过程思想稳定、队伍不乱、按时完成改革任务。2019 年末召开的“不忘初心、牢记使命”主题教育专题民主生活会和组织生活会上，机关党组织聚焦查摆出来的问题，研究如何破解工作难点堵点，实现“干事创业敢担当、为民服务解难题”。县政务服务中心联合党支部以“党建领航、创新服务”为主题，借鉴深圳市南山区先进的政务服务理念和手段，打造成“百色第一、广西前列”的政务服务中心，成为党建与业务融合的典范。在抗击新冠肺炎疫情战斗中，县委组织部及时在各住宅小区成立临时党支部，机关在职党员到小区“双报到双服务”，日夜坚守岗位，织起小区联防联控严密防线。县人民医院党总支部把顺利通过“二甲”复审验收、落实脱贫攻坚健康扶贫作为本单位最大的政治任务，支部引领、党员带头、全员参与，以持续攻坚战斗之势按时完成目标任务，党建两促进三服务充分发挥，战斗堡垒更坚强。

（三）“薪火”工程打造过硬队伍。县直属机关工委严格发展党员程序，突出抓好党员发展短期集中培训和政审两个重点，保证新党员质量。县直机关党组织认真落实县委激励干部担当作为、党内关爱实施办法等制度，把春节、七一、重阳节走访慰问老党员作为常规工作来落实，把党员培训、组织生活、工作支持、生活关照落实到每一位党员中。开展创建“文秀先锋号”活动，设立“文秀先锋岗”，实施文秀先锋指数党员积分管理，从党性修养、组织观念、宗旨观念、发挥作用等方面加强党员教育管理监督，促进党员队伍整体素质提升。县发改局党支部推行“学习强国”积分末位提醒约谈制，打造过硬队伍，在全县重大项目争取、推进方面成绩显著，近几年来有多名党员、干部被提拔重用。县直属机关工委明确党员发表文章、受表彰、参与重大抢险工作、给组织献策被采纳等积分加分情形，也明确了不服从组织安排、受到党纪处分等负面扣分情形，激励党员担当作为。过硬队伍带来坚强战斗力，在脱贫攻坚、疫情防控、征地拆迁、抢险救灾、平安建设、维护稳定一线，许多共产党员勇挑重担，甚至付出宝贵的生命，涌现出许多优秀共产党员和黄文秀式好干部，黄志强、刘朝晖、言英菜就是其中的优秀代表。

（四）“引领”工程培育红色先锋。“支部强不强，就看领头羊。”党支部书记原则上由单位主要领导兼任，支委成员由年轻业务骨干担任，这是直属机关工委抓班子建设的一项原则。据 2020 年 12 月党内统计显示，县直机关党支部书记由党组书记或单位主要领导兼任的占比达 93.8%。坚持每年轮训一遍基层党组织班子成员和党组书记，邀请到市委组织部领导、百色职业学院领导、市委党校教授、县处级领导给学员授课。坚持“凡训必考”，以考促学，组织班子成员参加党建应知应会知识考试，组织新任支部班子成员在六个月内接受任职谈话和知识测试。把中层领导培养成为党员，逐步提高

中层领导党员占比。习近平总书记指出，抓好机关党建，关键是落实党建责任制这个牛鼻子。通过实施“书记引领工程”、机关工委书记全覆盖书面点评党（总）支书记落实管党治党主体责任情况、机关党建考评指标体系导向作用、党组书记落实第一责任人、党组成员落实“一岗双责”，支部书记落实第一直接责任、支部委员落实分管责任、明确党组党建清单和支委党建清单等制度安排，形成了县委统一领导，县委工作部门密切配合，直属机关工委全面领导，单位党组具体领导，机关基层党组织具体落实的机关党建领导体制和工作机制。

（五）“秋枫”工程从严正风肃纪。发生谢德强系列腐败案后，如何重构政治新生态是摆在德保县委面前的现实课题。县委快刀斩乱麻，狠抓党风廉政建设，压实全面从严治党责任，机关单位紧跟落实。以持之以恒贯彻落实中央八项规定精神，纠正“四风”为切入点，发挥党的优良传统和作风，践行“担当为要、实干为本、发展为重、奋斗为荣”的理念。县直机关党组织结合工作实际有重点地学习党纪国法，落实监督执纪“四种形态”。组织检查落实“三会一课”、主题党日、组织生活会、民主生活会、民主评议党员、请示报告、谈心谈话七项制度情况，从严格执行制度入手压实党建责任。结合实际贯彻落实县纪委监委组织开展的扶贫领域腐败和作风问题专项治理，开展“抓系统、系统抓”专项治理，德保县纪委监委工作在全国、全区出经验出成绩。针对廉政风险点开展警示教育和纪律教育，努力构建不敢腐不能腐不想腐的机制，以讲政治的高度落实巡视巡察整改。县直机关党组织支持纪检监察机关办案，不以家丑不外扬为由包庇腐败分子，不以内部处理为由代替纪律处分，不以维护团结为由不敢斗争。

（六）“旗帜”工程展现亮点成效。在推进机关党建提质升级品牌化建设当中，许多县直机关单位将“红枫党建”LOGO标识和本支部党建主题展现在醒目位置，将党建宣传与本系统本单位文化宣传结合起来，内容兼顾基层党组织建设、意识形态、党风廉政建设和行业文化，努力营造浓厚新颖的政治文化氛围。“亮牌”行动使党组织形象立起来，“亮相”行动使党员形象亮起来，“亮绩”行动使战斗堡垒作用树起来，“亮效”行动使服务效果突出来。近几年来，按机关党建考评指标体系去评分，98.5%以上的机关单位党建分均达90分以上，党建与业务融合较好的党组织占比达95%以上，机关党建取得了大面积丰收。县市场监督管理局建立党风廉政建设文化长廊和本单位历史沿革宣传专栏，展现历任领导班子执政时段及主要成绩。县税务局开设税务工作历史专栏，再现为国聚财的点点滴滴。

“12345+2”党建思路，使党建行云流水、左右逢源、融会贯通、纲举目张，统筹全面与重点，兼顾党建与业务，包含目标与路径，是贯彻落实习近平总书记提出机关党建要把“围绕中心、建设队伍、服务群众”作为根本任务的具体行动，是推动“红枫党建”品牌创建的创新之举。站在喜迎建党100周年新的历史起点上，德保机关党建必将继续行稳致远，继续走在前、作表率。

上海市金山区科委

以“党建红”引领“科技蓝”打造“四史”学习教育品牌

自“四史”学习教育开展以来，区科委坚持以“党建红”引领“科技蓝”，始终将“四史”学习教育贯穿于科技工作中，顺应工作特点，创新方法途径，打造“四史”学习教育品牌，破除党建业务“两张皮”，紧密结合形成“一盘棋”。

一、以品牌建设为抓手，开辟党建工作新途径

（一）“一个支部一个品牌”

建立机关党支部的周一学“习”角品牌，每周利用中午半小时，以党建引领攻坚难题，通过观看视频、党员干部领学、围桌讨论等形式，围绕科技创新、信息化、科学普及等中心工作，有效发挥党支部在攻坚克难中的战斗堡垒作用。

科创中心党支部的我是党员我学“习”，以党员工作学习生活中的需求点、关注点及兴趣点为出发点，打造理论学、实物分享、素能提升的学习交流平台，以更高站位、更广视野、更大责任来推进科技服务工作。

科技馆党支部则是充分利用自身优势，根据金山科普讲师团的讲课模式，开拓了一条学而时“习”之路，以“一人做一次讲师”为主线，通过品牌建设把党员群众的聪明才智和工作热情引导到干事创业上来，形成了助推工作的强大动力。

（二）“关键两招”

成立“三思”青年学习社。采用“三个三”的学习活动模式，即：每日一学一思一转，每天利用碎片化时间开展自学，思考所思所得，建立学习社微信群，每组社员代表每天在微信群转发一篇好文章或者谈一谈对文章学习感受；每旬一讲一论一练，每两周开展一次集中性活动，以专题讲座、小组讨论、实战演练等多种形式，交流学习心得体会，形成一篇信息、思考或社情等稿件；每月一刊一议一评，每月做好一期活动专刊，记录学习社活动成果。每组认真思考、深入总结，至少提出一条改进和提高学习社活动或者委内工作、管理方面的合理化建议。

开展“岗位建功、创新圆梦”主题活动。围绕自己的岗位梦想，实行挂图作战，将目标定位、进度安排、推进路径等在作战图上体现，每两月把工作推进情况通过进度表的形式进行展示，营造比、学、赶、超的氛围，举办“岗位建功、创新圆梦十大典型案例展示会”，通过有深度、有温度、有力度的语言，对每个案例进行诠释，讲述科技人在各个条线、各项工作中产生的奋发作为，追梦圆梦的故事，引导干部职工向身边的典型学习，一步一个脚印地去实现自己科技创新的梦想。

（三）“三种课堂”

聆听“四史”讲堂。党组书记通过《理想照耀中国、科技铸就辉煌》的党课，回顾了党史和科技史，进一步承担起科技人的使命。同时，邀请区委党校的老师，分专题回顾了新中国史、党史、改革开放史、社会主义发展史和民法典，不断巩固“四史”学习和习近平谈治国理政的学习成果，以理论知识来筑牢思想根基，以铭记历史来开创未来，以科学的方法来推动全区科技的发展。

置身行走的课堂。组织全体党员前往金山城市沙滩参观“四史”学习教育为主题的沙雕、实地参观张堰南社及建农村新面貌、国庆前夕观摩升旗仪式、前往金山区新时代文明实践中心参观“翰墨勤

左图为成立"三思"青年学习社；右上图为参观张堰南社；右下图为 2020 年金山区科技节

廉十佳作品展"等方式，接受着心灵一次次的洗涤，进一步弘扬爱国主义精神，感受改革开放带来的生活质量的提高及生活方式的改变，努力为金山科技事业发展奋斗。

感受微学堂。组织全体党员观看弘扬女排精神的爱国主义影片《夺冠》，学习中国女排"祖国至上、团结协作、顽强拼搏、永不言败"的精神，并运用到工作中去；在"科普金山"微信公众号上推出 10 期学而时"习"之之曰｜科学家的故事和 9 期学而时"习"之三思｜知史而思，通过边学边读边听的方式更加 3D 立体地汲取知识；在"科普金山"抖音号上发布了 7 期抖音视频，以生动活泼的剪辑记录下"四史"学习教育的点滴，及时把工作成绩、工作方法、学习成效进行宣传。

二、以品牌创新为契机，提升科技服务新效能

（一）百花齐放树典型

成功举办以"科技点金 创新圆梦" ——"引才引智促进科技腾飞"为主题的 2020 年金山区科技节。科技节期间，举办了金山区第二届科技企业成果博览会以及三场"金山创新讲坛"，同时采用线上线下同步的形式，开展各类活动 60 多场次，直接参与活动近 1 万人次，线上浏览量超 110 万人次。科技节启动仪式、科学之夜、预见未来等系列活动的举办，营造了浓厚的科普宣传氛围。

在主题为"党建引领、科技助力"的 2020 年金山区"全国科普日"活动期间组织发动科普工作联席会议成员单位、街镇工业区，继续组织开展内容丰富、形式多样的科普活动，推动基层科协工作进街镇、进村居、进楼宇，为金山深化社会治理创新、加快打造上海科创中心重要承载区提供组织保障、智力支撑和科学氛围。科创中心党支部和吕巷镇经济园区党支部结对共建，并以此次结对共建为契机，坚持党建引领，推动中心工作；主动下沉园区，提升服务水平；打造特色品牌，创新服务举措，优化营商环境，实现党建与经济共赢发展。

（二）主动出击搭平台

以"大家一起来唠'科'"为载体，从调研实践中找到解决问题的金钥匙，2020 年，共开展调研 230 余次，召开座谈会 33 次，共收集并解决问题 44 个，形成调研课题 10 个。

成立科学咖啡社，由科技企业管理者、科学普及工作者、信息化从业人员建设形成一支推进金山科技、科普、信息化工作发展的团队，通过策划参观科技企业、科普活动体验、休闲座谈交流、团队拓展训练等不同形式的组合，开展科学咖啡社活动。

启动区科委企业服务站，正式入驻上海湾区科创中心，标志着区科委下沉园区联动服务机制正式启动。每周固定半天安排工作人员驻点开展科技创新、信息化政策等咨询服务；聚焦科技企业共性问题及项目申报节点安排，深入开展专题培训；针对企业的个性化需求，开展上门服务，为企业提供量身定制的政策解读和指导，扩大政策的知晓度和覆盖面，打造精准特色的为企服务环境，通过一系列举措提升我区中小企业的创新能力，助推区域经济高质量发展。

（三）专心致志强业务

不断做好企业服务工作，切实解决企业发展过程中的难题，助推金山经济高质量发展，以《金山区加快打造上海科技创新中心重要承载区的实施意见》和三年行动计划为引领，先后出台相关配套政策及生物医药产业发展、科技人才培育、高新技术企业扶持、智慧城市建设、工业互联网发展等专项方案，加快各类要素向企业集聚，加速高新技术企业培育发展，"刚柔并济"强化人才引留力度，加快产业发展平台、资源集聚平台、创新创业平台的发展和打造，做深、做强"一带一湾一港"科创布局。

文／图：上海市金山区科委

"一个支部一个品牌"

参观"四史"学习教育主题沙雕展

湖北省武汉市江夏区卫生健康局党委书记黄海

三“力”三“线”三“严”显担当

黄海近照

2020年元月，新冠疫情袭击武汉，江夏卫生健康系统4000医务人员在党组织的带领下，白衣执甲，逆行出征，以生命呵护生命，以生命践行使命，为党旗增光添彩，党旗在抗疫战场上空高高飘扬。

一、围绕三“力”，提升党建工作水平

（一）行业党建发挥引领力。2020年1月20日，局党委连夜召开动员会，向全体党员发出动员令，要求党员要冲锋在前，积极参加抗疫战斗。党委的号令就是命令。1月23日，江夏区第一人民医院内分泌支部董勇等7名党员向党组织提交请战书，不计生死、按红手印，请缨上战场，被人民日报微博、新华社等媒体转载，7名党员不计生死，主动上战场，感动了全国网友，当晚点击量达到4.2亿。7名勇士按红手印的照片被央视春晚作为背景图片，省电视台湖北新闻在疫情期间作为背景图片。大年三十，江夏区中医院200多名党员在党旗宣誓，随即奔赴新冠病区，收治新冠病人，做到应收尽收。在防控战役中，涌现了像获评全国抗疫先进集体的江夏区第一人民医院党委等一批坚强堡垒般的党组织。

（二）关怀激励增强凝聚力。建立1318人疫情防控一线医务工作者基本信息。使用党费慰问一线医务工作者1700余人；协调发放果蔬卡4540张，发放捐赠大米1708袋。根据全区统一安排，为3832名抗疫一线工作人员办理专项保障类保险（重大疾病和新冠肺炎意外伤害）。抗疫一线发展党员7人，提拔表现优秀的领导干部2名。

（三）夯实基础提升组织力。集中组织“弘扬伟大抗疫精神”党课斗鱼直播3场。各级党组织带头讲“初心如磐、使命在肩”主题党课，江夏区第一人民医院《弘扬伟大抗疫精神 践行健康中国战略》被武汉市委组织部评为市级精品党课。全国抗击新冠肺炎疫情先进个人火线入党的甘如意等4人代表区卫生健康系统参加新华网直播的“党旗飘扬 我的抗疫故事”云直播。

二、紧扣三“线”，加强政治理论武装

（一）筑牢思想政治防线。坚持党员干部学习制度，及时传达上级关于做好疫情防控工作有关会议精神，党员干部发挥示范和表率作用，带头学、带头写、带头作辅导报告。通过“学习强国”平台开展学习，指导抗疫实践和疫情常态化防控工作。

（二）坚守舆论工作前线。讲好江夏卫健战疫故事，积极传播正能量。全系统抗疫先进事迹被央视新闻联播、人民日报、健康报等报道，各级各类媒体发稿800余篇，其中5篇报道登上微博热搜，40余篇文章被学习强国平台录用。

（三）树立行业先进典型标线。大力发掘先进事迹，抗疫过程中涌现出的先进集体、先进个人，获区委、区政府以上抗击新冠肺炎疫情表彰83人次，先进集体20个，其中党中央、国务院、中央军委表彰1人次，先进集体1个；出版江夏卫健系统抗疫特刊，成立全国抗疫英雄甘如意党员示范岗，让抗疫精神在常态化防控中继续发扬。

三、坚持三“严”，深化党风廉政建设

（一）严明抗疫组织纪律。定期开展纪律检查，确保全系统落实战时工作制。对红十字会社会捐赠款物、专项基金，区疾控中心医用物资加强监督检查，保证抗疫所需和管理使用规范。促进发热门诊的闭环管理和院感防控，为坚决打赢疫情防控人民战争、总体战、阻击战提供坚强保障。

（二）严抓行业作风。结合党风廉政宣教月活动，扎实开展一系列“学”“讲”“考”活动。积极参与“双评议活动”、集中观看警示教育片，组织全系统744名党员干部参加网上知识测试活动。

（三）严格执纪监督。坚持挺纪在前，努力运用好监督执纪“四种形态”，持续保持遏制腐败高压态势，坚决整治不正之风。紧盯落实中央“八项规定”精神不放松，紧盯关键领域加强党风政风监督。对局属各级党组织遵守政治纪律、贯彻落实八项规定情况以及常态化疫情防控情况开展专项监督检查。对区红十字会在疫情期间接受的社会捐赠款物、专项基金管理加强监督检查；对区疾控中心医用物资仓库和各医院医用防疫物资加强调拨使用管理。针对疫后公卫体系补短板强弱项项目较多较大的实际情况，成立了医疗设备采购管理委员会，加强对项目建设和设备采购的管理。

督导医院疫情防控工作

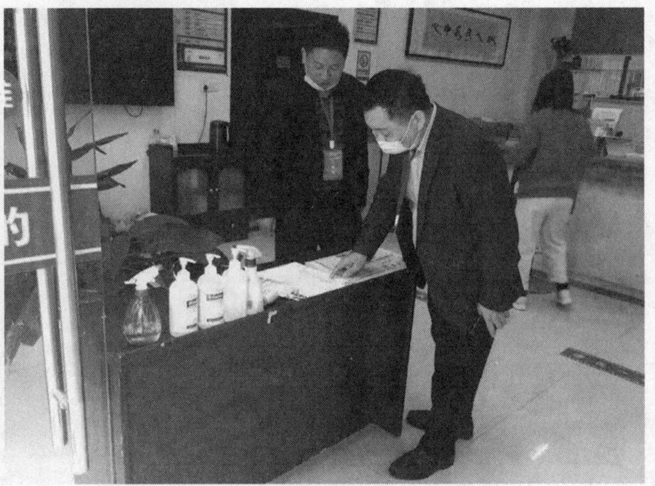

督导社区疫情防控工作

湖南省浏阳市档案馆（中共浏阳市委党史研究室、浏阳市地方志编纂室）馆长（主任）杨钢

传承“荡平”精神　扛起时代担当

杨钢近照

链接： 杨钢，现任浏阳市档案馆（中共浏阳市委党史研究室、浏阳市地方志编纂室）馆长（主任），系湖南省中共党史学会理事、长沙市地方志学会常务理事。近年来，曾主编全国第一部城市居民小区志《梅花小区志》；在各级媒体和史志刊物上发表《传承红色基因，彰显时代担当》《中央红军从这里走出》《浅谈小区志编修的创新与价值》《毛泽东在浏阳的革命轨迹与罗坊会议的关联》等多篇理论研讨文章。

日前，易荡平烈士故居完成修复展陈，对外开放。各方齐聚一堂，共同探讨易荡平烈士的光辉事迹和精神传承。通过对易荡平烈士事迹和精神的深入学习研讨，结合学习贯彻习近平总书记在庆祝中国共产党成立100周年大会上的重要讲话精神，我深刻感受到易荡平烈士有三种精神尤其值得我们在新时代铭记与传承。

一、向死而生的牺牲精神

1934年11月27日，湘江战役打响，时任红一军团二师五团政委的易荡平率部在广西全州县脚山铺阵地阻击敌人。面对数倍于己的敌人，他带领官兵浴血奋战，自己身负重伤仍坚持指挥战斗，直至中央纵队安全渡过湘江。敌人疯狂反扑时，为了不拖累战友，也为了不当俘虏，身负重伤的易荡平夺枪自尽，年仅26岁。

易荡平在饮弹自尽前高呼：“掩护中央纵队转移已大功告成，我死而无憾！”他看到党中央和红军主力已经渡过湘江，革命火种尚存，坚信中国革命一定能够取得胜利。自始至终易荡平展现了革命的乐观主义和无私无畏的牺牲精神。

为什么中国革命能成功？奥秘就是革命理想高于天，在最困难的时候坚持下去。我们对实现下一个百年奋斗目标、实现中华民族伟大复兴就应该有这样的必胜信念。易荡平烈士就是拥有必胜理想信念、敢于向死而生的红军指战员中杰出的一员。

新时代，中国正站在全面建成小康社会的台阶上，意气风发地向全面建成社会主义现代化强国的第二个百年奋斗目标奋力攀登。在新的起点，新的征程上，我们必须居安思危，统筹应对中华民族伟大复兴战略全局和世界百年未有之大变局。要深刻认识到，矛盾与困难、阻力与变数、风险与挑战，极大可能会伴随着改革发展的全过程，我们共产党人既要进一步坚定实现中华民族伟大复兴的必胜信念，同时又要时刻准备着为党和人民的事业奉献牺牲。

二、舍我其谁的担当精神

易荡平原名汤世积，出生于浏阳市达浒镇，家境富裕。1926年，18岁的汤世积从长沙楚怡中学毕业后回乡任教，同年冬加入中国共产党。他响应共产党员黄建中等人的号召，在家乡开展反帝爱国的群众文化运动，还动员其兄汤世和筹集资金，在达浒开设归文书局，出售各种进步书刊。1928年春，面对国民党反动派对党组织的全面围剿和对革命群众的疯狂屠杀，他毅然投笔从戎，参加了浏东游击队，并在宣誓大会上说：“要以荡平天下不平为己任，正式改名易荡平。”

易荡平原本可以好好地过他殷实富足的小日子，但是为救国于危难，救民于水火，他走上抛头颅、洒热血的革命道路，充分彰显了他的血性与豪迈。这是自谭嗣同、唐才常以来，湖湘文化和浏阳精神中“家天下、民为先”的基因传承，是一种“敢为天下先”的使命担当，英雄气节，风范千古。

一代人有一代人的使命，一代人有一代人的担当。习近平总书记说，行百里者半九十，中华民族伟大复兴，绝不是轻轻松松、敲锣打鼓就能实现的。新时代，新目标，新征程，号召党员干部弘扬光荣传统，赓续红色血脉，切实肩负起这一代人的使命担当，在高质量发展和现代化建设的征途上，始终保持“千磨万击还坚劲，越是艰险越向前”的坚毅和韧性，牢记“国之大者”，不忘初心使命，笃定前行、守正创新，为实现中华民族伟大复兴的中国梦而不懈奋斗。

三、金石为开的团结精神

1932年，易荡平调任红五军团十三军三十九师政委。这支部队的主力原是国民党起义部队，党的组织力量相对薄弱，各级军事

杨钢在全国地方志工作经验交流会上发言

干部多是起义军官。易荡平清醒认识到自己作为政委的使命和责任，他再三要求全师各级政治干部要发扬红军传统，严于律己，宽以待人；既要有坚强的党性，又要有好的民主作风，要特别注重与党外干部的团结，使部队的精神面貌发生了很大变化，成为红五军团的主力师之一。

坚持团结一切可以团结的力量，凝聚最广泛的统一战线，一直是我们党克敌制胜的法宝。习近平总书记指出，以史为鉴，开创未来，必须加强中华儿女大团结。在实现第二个百年奋斗目标的征程中，机遇与风险并存，希望与挑战同在，我们必须进行具有许多新的历史特点的伟大斗争，弘扬团结精神的重要性尤为突出。

各级党员干部要善于学习和传承老一辈革命先辈的优良作风，不断改进和提升懂团结、会团结的本领，坚持用党的思想政治为引领，团结和凝聚最广泛的力量，以从容应对各种复杂环境下的困难与挑战。

广西北海市市场监督管理局党组书记、局长、二级巡视员沈祖亮

深化全面从严治党　根治庸政懒政现象

北海市委书记蔡锦军在北海市场监管局（广西电子信息产品质检中心）调研　摄影：李君光

北海市市长廖立勇到北海市场监管局扶贫挂点沙田镇上新村调研　摄影：梁建明

习近平总书记指出，为政清廉才能取信于民，秉公用权才能赢得民心。党员干部不作为、乱作为，就是一种“庸政懒政”现象。根治“懒政庸政”现象，是全面从严治党的应有之意，对提高党的公信度、提升党员干部形象、开启全面建设社会主义现代化国家新征程都有着重大而深远的影响。作为执法机构，市场监管部门更要切实提高政治站位，增强党员党性观念、发挥模范带头作用，为“十四五”开好局、起好步提供坚强保障。

一、全面落实主体责任，以上率下做好队伍“领头雁”

习近平总书记多次强调，全面从严治党，党委要认真履行主体责任。对党委主体责任的含义，主要是加强领导，选好用好干部，防止出现选人用人上的不正之风和腐败问题；坚决整治庸政懒政不作为现象、纠正损害群众利益行为；强化对权力运行的制约和监督，从源头上防治腐败；支持执纪执法机关查处违纪违法问题；党委主要负责同志要管好班子，带好队伍，管好自己，当好廉洁从政的表率。各级党委对全面从严治党负有全面领导责任，党委书记是第一责任人。落实党风廉政建设的主体责任，就是要敢于担当把“责任”两字立起来。党委书记必须守土有责、守土尽责，严格履行“一岗双责”，毫不动摇地坚守“主阵地”，躬耕不辍地种好“责任田”，做到管人管事管自己，切实加强对党风廉政建设和反腐败工作的领导。

北海市市场监管局党组认真履行全面从严治党主体责任，落实“一把手”负总责，各班子成员履行党风廉政建设“一岗双责”，认真执行“三重一大”制度，严格落实坚持民主集中制。落实市纪委派驻纪检组组长列席党组会制度，特别是在涉及单位预算、资金使用、干部任用、重大工作部署上，提前沟通汇报，主动接受监督。局党组多次专题研究党风廉政建设工作、听取局机关纪委汇报党风廉政建设和反腐败工作情况。根据市纪委监委部署，持续举办“书记点题谈”活动，层层压实各级党组织责任。同时，组织干部职工前往市廉政教育基地“碧海清风园”，开展廉政教育活动；在全系统开展“清廉家风进家庭”倡议活动，树廉洁家风，促干部廉政。

二、完善制度加强整治，锻造向上向善的干部队伍

庸政懒政、不作为乱作为现象影响极坏，犹如一颗毒瘤严重影响着党员干部形象和社会公众对党的信任程度。要治理“四风”式腐败，应当亮出三把“利剑”，力求实效。一是凭“实绩”去考察，亮出“追根探源”之剑。工作实绩是干部的“成绩单”，是对党和群众交出的答卷。干得好不好，有没有实效联系着群众的生活，关系到社会的发展，体现着国家的兴衰，要以实绩论英雄。二是拿“重拳”去整治，亮出“斩钉截铁”之剑。要摒弃“老好人”思想，敢当“黑包公”，愿做“纠错者”，该“补课”就要“补课”，决不能手软。三是以“监督”促宣传，亮出“穷追猛打”之剑。畅通监管渠道，形成齐抓共管的监管合力，建立健全长效治理机制。中国特色社会主义进入新时代，要实现人民对美好生活的向往，党员干部必须肩负更大的历史责任，拿出新时代的担当精神，敢于作为。

2020年以来，北海市市场监管局落实全面从严治党主体责任，激励干部职工向上向善、积极作为。一是坚持实行“一把手”负总责，明确“谁主管、谁负责”的领导体制和责任机制，一级抓一级、层层抓落实。二是坚持建立健全选人用人和考核评优制度，率先在全国推行个人绩效考评积分管理办法，量化“德、能、勤、绩、廉”

指标，制定了《重大工作一线选拔干部实施办法》，创新科学标准的干部队伍管理评价体系，通过抓班子、带队伍，将考评结果作为评先评优的重要参考，带动干部职工干事创业，树立正气。三是坚持实行廉政教育“三个一”制度，推动教育思廉、谈话促廉、活动助廉。实行全面从严治党主体责任谈话提醒制度，开展廉洁谈话 49 次，谈话对象 385 人次。

三、坚持以人民为中心，以“放管服”改革避免权力寻租

以人民为中心是全面从严治党的鲜明价值取向。金杯银杯不如老百姓的口碑。政绩是否立得住最终要靠人民评价，要看人民是否真正得到实惠，人民生活是否真正得到改善，人民权益是否真正得到保障。始终把人民放在心中最高位置，就要真抓实干解民忧、纾民怨、暖民心，不断增强人民的获得感、幸福感、安全感。要深化“放管服”改革，更大激发市场主体活力和社会创造力，从源头规范行政权力，进一步铲除滋生腐败土壤。实施公平公正监管，不能任性执法、徇私舞弊，对涉及生命健康和公共安全的领域实行全覆盖重点监管，对假冒伪劣等违法行为要严管重罚。通过推出“不见面审批”“自助秒批证照”等措施，既让群众办事更便利、更舒心，又消除权力寻租空间。

北海市市场监管局围绕涉及食品药品安全、特种设备安全等民生领域，不定期组织督查组对防疫物资生产企业、进口冷链冻品冷库、电梯等特种设备开展专项督查，确保没有损害群众利益问题发生；针对营商环境、登记证照廉洁问题开展明察暗访，杜绝证照办理过程中腐败问题发生。常态化向干部职工传递越往后执纪越严的强烈信号，时刻提醒干部职工始终敬畏权力不越法纪红线，机关作风扬起了廉政清风。今年一季度，市市场监管局通过推进农贸市场智能化、停车收费规范化、餐饮服务标准化、证照办理便利化“四化”建设工作，回应民生关切，打造一流营商环境，用心用情解决群众急难愁盼。

四、常抓细抓作风建设，推进全面从严治党向纵深发展

2021 年是中国共产党建党 100 周年，要深化党史学习教育，加强党史、新中国史、改革开放史、社会主义发展史学习教育。作风问题背后是党性问题。要深入开展优良传统和作风教育，使党员干部从一代代共产党人培育的宝贵财富中汲取滋养，进一步唤醒责任意识、激发担当精神、提升党性修养，把从优良传统和作风汲取的力量融入奋进新征程中。中央八项规定及其实施细则实施以来，刹住了一些过去被认为不可能刹住的歪风邪气，解决了一些长期想解决而没能解决的顽瘴痼疾，党风政风焕然一新，但在取得成绩的同时，我们更应时刻保持清醒冷静，抓实抓细作风建设。作风建设贵在常抓不懈，要时刻摆上位置、有机融入日常工作，做到管事就管人，管人就管思想、管作风，扭住不放，持之以恒，久久为功。作风建设重在抓细节，必须环环抓，深入抓、见实招。

一直以来，北海市市场监管局把作风建设摆上重要位置、融入日常工作，以等不起、慢不得、坐不住的紧迫感和责任感推动食品药品安全民生工程、优化营商环境等各项任务落实。一是建立健全党风廉政风险点清单，为风险岗位进行风险分析和风险定级，完善修订相关防范措施和管理制度；二是严格防控廉政风险点，深入营商环境工作一线进行专项检查，对市政务服务大厅外资企业登记窗口、知识产权受理中心等多个部门的办证服务窗口进行明察暗访；三是开展违规使用公务加油卡和“私车公养”专项整治“回头看”自查自纠工作，杜绝“私车公养”和公务加油卡私用现象发生。通过持续深入开展“严”字当头的作风教育，形成抓作风促工作、抓工作强作风的良性循环。

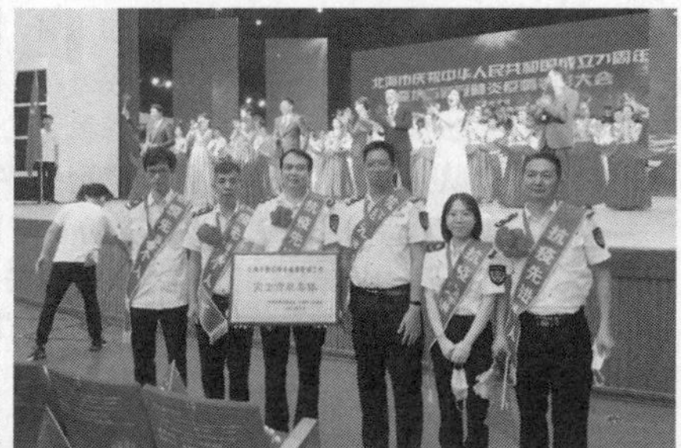

左图为北海市市场监管局开展全面从严治党“书记点题谈”活动　摄影：周施　右上图为北海市市场监督管理局获评全国市场监管系统抗击新冠肺炎疫情先进集体、北海市新冠肺炎疫情防控工作突出贡献集体　摄影：谢金玲；右下图为工作人员向获得北海公筷“文明之星”称号的餐饮服务单位颁发牌匾　摄影：邓小军

甘肃省兰州新区人民检察院曾祥芬

凝聚党建合力 提升检察工作质效

兰州新区人民检察院秉持"抓好党建带队建，提升工作促发展"工作思路，以凝聚党建合力为抓手，全面提升检察工作科学发展水平，取得了显著成效。

一、扛稳思想一面旗，激发党建牵引力

（一）夯实思想基础，坚定政治方向。把思想政治建设作为党建工作的枢纽工程，坚持"每周一"例会学习，推动"两学一做"学习教育常态化制度化工作和政法队伍教育整顿、党史学习教育深入开展。细化思想政治教育体系，注重建立和完善党员教育管理各项制度，将严格执行"三会一课""主题党日"等制度贯穿于开展党员思想教育实践的全过程，坚定检察工作正确的政治方向，严明党的政治纪律和政治规矩。切实增强党员意识，全体党员把"学习强国""甘肃党建"学习平台运用与检察工作相结合，确保中央精神第一时间关注、党建动态第一时间了解、重大理论第一时间学习。

（二）层层传导责任，坚固组织堡垒。牢记党员第一身份，层层压实党建工作责任，形成"党组书记负总责、领导班子各负其责、党支部书记具体抓"的党建责任体系。树立党务、业务"两手抓，两手都要硬"的理念，推行员额检察官全部进入支委制度，强化员额检察官的党建责任感，使党建工作积极适应司法责任制改革新形势；实施"党建＋标准化"工程，以智能化推动党建工作标准化，建成兰州新区党支部建设标准化一类示范点。截至目前，到我院观摩学习达400多人次；加强支部对处室工作的领导，进一步强化党建工作与检察工作的深度融合，有效杜绝重业务轻党建、业务建设与党建工作"两张皮"等现象，以检察工作的业绩检验党建工作成效，促进和保证检察职能的全面履行。

（三）强化作风建设，确保廉洁自律。以领导班子作风建设为表率，坚持自律与他律相结合，不断改进工作和执法作风，增强执法公信力。要求院党组、各党支部要从严格落实民主（组织）生活会、民主评议党员、谈心谈话等制度入手，把各项制度落实情况作为述职评议的重要依据，严格考核问责。认真落实党风廉政建设"两个责任"要求，组织中层以上干部集体廉政谈话，加强自身反腐倡廉建设。健全党员日常行为监督机制，重点加强对党员执行政策、履职尽责、道德品行、遵规守约等方面的监督。严格党的纪律，坚持正面教育与警示惩戒并重，立规与执纪并举，打造一支政治坚定、业务过硬、执法规范、清正廉明、心齐风正的检察队伍。

二、抓牢队伍"牛鼻子"，提升党建战斗力

（一）优化培养平台，激发队伍活力。坚持"干什么、练什么，缺什么、补什么"，立足检察工作实际，采取案例剖析、专题辩论赛、庭审观摩、青年干警列席检委会等方式，做到以赛代练、以赛促学。评选"党员示范岗"，创新完善民主评议党员制度，发现、培养、树立一批先进典型，鼓励党员干警立足平凡岗位做贡献。3名干警入选全省检察机关"双先"资源库，3名干警在市级以上业务竞赛中取得优异成绩，10名干警入选全市检察人才库。

（二）延伸党建"触角"，促进规范司法。紧紧围绕脱贫攻坚工作大局，找准着力点和切入点，充分履行检察职能，全力服务精准扶贫、精准脱贫工作，为打赢脱贫攻坚战提供有力司法保障。深入开展"侵害农民工权益犯罪立案监督活动"，批捕、起诉涉扶贫犯罪112人，帮助农民工讨薪104.8万元。监督公安机关立案侦查12名农户利用欺骗手段套取安置房和资金案，督促追回赃款1200余万元，房产11套。在办理司法救助案件中，重点向未成年人、贫困户倾斜实现人文关怀，做到"应救尽救"，及时救助。共办理3件司法救助案件，发放救助金20余万元。

（三）聚焦主责主业，积极服务大局。2020年受理审查逮捕案件158件272人，其中批准逮捕81件157人，不批准逮捕74件111人，移送单位撤回3件4人。受理一审公诉案件322件483人，办结304件425人，认罪认罚适用率达94.51%。纵深推进扫黑除恶专项斗争。持续3年依法起诉涉恶犯罪案件5件49人，涉保护伞案件1件1人，打掉恶势力集团1个、恶势力团伙4个，涉恶"保护伞"1名，实现了检察环节案件全部清结；着力深化生态环境司法保护。以"天蓝蓝"公益诉讼品牌为引领，办理生态环境和资源保护领域公益诉讼案件31件，协调新区财政局设立公益诉讼环境损害赔偿资金账户，加强对修复费用的监督管理，让违法者为生态环境买单；积极服务优化营商环境。对非公有制企事业单位人员、民营企业人员依法作出不捕、不诉决定73人，实现依法办案、优化环境、促进发展有机统一。

三、创新品牌新路径，增强党建影响力

（一）大力推进阵地建设，擦亮党建品牌。开辟党建文化长廊，设立党员活动室，室外悬挂醒目标志牌，室内配备座椅、书柜、报架等设施，党务公开内容真实全面，室内上墙制度简明规范，党建文化氛围更加浓厚。精心打造图书室，购置法律类、文学类、社科类文化书籍千余册，带动全院干警尤其是党员干警学理论、钻业务的热情。深入开展与帮扶村党支部结对共建活动，组织党员干警走村入户，访贫问苦，精准扶贫，广泛宣传党的政策，认真听取对检察工作的意见建议，真正为群众办实事、做好事、解难事。关心关爱党员干警生活，建设标准篮球场和羽毛球场地，定期开展诗歌朗诵、演讲、球类比赛等文化活动，展示个人才艺，缓解工作压力，营造崇法尚德、团结向上的机关文化氛围。

（二）关爱未成年人，铸就维权品牌。以未检办案人员为主体，整合业务条线青年，打造"未检团队"。近年来，依法审查成年人侵害未成年人案件6件7人，审查起诉3件3人。积极贯彻落实"一号检察建议"，推进院领导、中层干部、资深检察官担任"法治副校长"，检察长发挥头雁效应，担任兰州新区六十一中法治副校长，推动打造"家庭—学校—社会"三位一体的教育和防范体系，实现了中小学宣传法治覆盖率100%。为维护未成年人合法权益，主动牵头与相关部门共建合适成年人参与刑事诉讼制度，成立由7名志愿者加入的合适成年人资源库，邀请参与刑事诉讼10人次。

（三）利用"互联网＋"打造阳光检务。牢固树立"监督者更要接受监督"的理念，始终将检察工作置于人民群众和社会监督下，竭力打造阳光、透明、便民的检察运行机制。全面推进检察公开听证。领导干部带头亲自主持听证会，做到"应听证尽听证"，促进息诉罢访、案结事了。共开展听证会69件次。积极推进刑事和解，对于轻微刑事案件成功调节23件38人。依托12309检察服务大厅全面推行案件程序性信息和法律文书网上公开，共发布程序性案件信息487条，公开法律文书328件，接待律师阅卷申请98人次。继续加强新媒体建设，建成新媒体工作室，探索在微信、微博等平台直播典型司法办案活动，60件新闻作品在市级以上发布，受到社会好评。

山西省朔州市公安局新开分局党委书记、局长李树凯

管党治警新途径

——“六个一”党建机制的实践与思考

李树凯近照

链接：李树凯，男，1973年4月16日出生，2001年从警，大学文化，一级警督，中共党员。2018年至今任朔州市公安局新开分局党委书记、局长。

近年来，朔州市公安局新开分局党委创新性推进党建“六个一”机制，以此为统领激发基层党组织和广大党员的生机与活力，充分发挥党组织战斗堡垒和共产党员先锋模范作用，助力锻造“四个铁一般”公安铁军落地，进一步深化“平安平朔”建设。

一、实践

朔州市公安局新开分局深入贯彻落实新时代党的建设总要求，2020年初试行、之后出台了《“六个一”党建工作方案》，建立“一日一读、一周一学、一月一谈、一季一查、一部一群、一年一评”为主要内容的党建工作“六个一”机制，有效促推了党建工作提档升级、提质增效。

（一）“一日一读”，*提升民警能力素质*。新开公安分局组织民警每天在“学习强国”收听收看新闻联播，阅读“习近平治国理政（三）和“学习强警”、“山西公安”等相关内容，每月对民警学习情况进行一次积分排名。分局把业务素质提升作为立身之本和大练兵的“靶心”，建立“每日一答卷、每月一考核、每季一通报”工作机制，督导民警每日开展解答《学法辅导》3道答题，全面提升素质强警本领和队伍战斗力。

（二）“一周一学”，*学思践悟外化于行*。新开公安分局和局直各部门采取集中学与分散学相结合的方式，组织党员民警认真学习《中国共产党章程》和《习近平新时代中国特色社会主义思想学习纲要》等书籍，作为支部主题党日学习的重要内容，每名党员民警学习笔记达到15000字，撰写心得体会不得少于2篇。同时，分局把“不忘初心、牢记使命”主题教育活动作为党建队建的永恒课题，推动理论学习往深里走、往心里走、往实里走，体现在行动上、践行于工作中，转化为推动发展的强劲动力，真正做到内化于心、外化于行。

（三）“一月一谈”，*把握队伍思想脉搏*。新开公安分局实行分层谈心制，局党委书记与党委班子成员谈，党委班子成员与各自包保单位支部书记谈，支部书记与所在单位党员民警谈，党员民警与各自包保党员辅警谈。通过谈心谈话，让每名党员民警、辅警自觉遵守党的政治纪律和政治规矩，始终牢记党的宗旨，不忘入党入警初心，时刻保持政治清醒和政治定力。分局党委班子成员每季度深入各自包联单位，与支部班子成员和民警开展一次交心谈心活动，了解掌握队伍思想动态和班子成员及民警所做、所思、所想，及时把握队伍思想脉搏。今年以来，开展谈心谈话40余次，收集意见和建议20余条。

（四）“一季一查”，*督导工作落地生根*。新开公安分局党委对各支部“六个一”工作情况开展自查，完善工作台账，实行痕迹化管理，有记录、可追溯。分局政工部门定期深入各所队党支部对“六个一”工作开展情况进行抽查，对检查中发现的问题，限期立行立改，查漏补缺。每季度末，采取听汇报、查台账、比实效等形式，开展一次集中普查，有针对性组织相互观摩学习，展示各部门党建工作成果，实现相互交流、凝聚共识、共同提高，助推党建与队建深度融合，与业务工作同频共振。2020年，当新冠肺炎疫情袭来时，振华街派出所党支部逆行奋进，迅速组成“党员先锋队”，坚守平朔医院隔离病区一个多月，排查美、日、韩等4国入境及湖北回朔人员2305人，配合院方检测体温6000余人（次），查处院区治安案件12起，确保医院平稳运行，成为中煤平朔的“安全卫士”。

（五）“一部一群”，*提振党组织凝聚力*。分局各支部普遍建立党员微信群，用新媒体把党员队伍集合在旗下，把党委、支部意图传导到每位党员民警中，形成“智慧党建”。这个微信群主要由党支部书记审批同意下，由宣传委员发送通知、通报、提示、警示等，有效地发挥了党的宣传、组织生活、学习教育、党员服务、工作互动、联络沟通、党内监督八大平台功能。自建立党员民警微信群后，使支部党教管理及时、便捷、务实、有效，确实提振了党组织的凝聚力、党员的参与度。如去年通过微信群，号召党员民警开展抗疫捐款活动，36名党员齐刷刷一次捐款8000余元。

（六）“一年一评”，*打造清正廉洁警队*。新开公安分局制定相应的评分细则，每半年对各所队党建工作、队伍建设和业务工作开展阶段性评估，作为绩效考核和评先评优的重要依据。以局直各

组织党员民警在李林烈士陵园举行重温入党誓词、传承红色基因主题党日活动

所队党支部为单位，定期组织召开述职述廉大会，各单位主要负责人上台述职述廉，由民警进行集中评议。分局强化结果运用，将各单位主要负责人述职述廉评议情况与岗位调整和评先评优挂钩，对评议不称职的负责人，不得评为先进，不得推荐提拔。明确规定党建工作考核不是优秀等次的单位，不得推荐上级表彰，倒逼各所队以过硬举措，促推党建工作落实落地落细。

二、启示

（一）“六个一”机制是新时代基层公安党建的好载体。把日、周、月、季、年的时间节点整合串联起来，做到党建常态化；在以往零敲碎打的党建活动基础上，用“六个一”机制把自学、思悟、考核、谈心、评议等零星党建活动整合串联起来，形成各方面、全过程党建活动序列化。把党建列出清单，对标对表，照本宣科，按图索骥，一整套动作往下做，体现了党建活动的常态与长效，促进了党建、队建、业务工作的高度融合、高质量发展。

（二）“六个一”机制形成人民警察初心如磐的“硬核靶向”。“六个一”机制一环扣一环，环环紧扣，闭环运行，与时俱进。但始终如一、“靶心”发力——“政治建警、从严治警”。加快民警队伍补短板、强弱项、夯基础，着力涵养良好政治生态，把“坚持政治建警，全面从严治警”的教育整顿真正落实、落地、落细，努力锻造“四个铁一般”过硬公安队伍。

（三）“六个一”机制是增强党组织凝聚力的有效途径。一年来的实践表明，“六个一”机制极大地激发了全体民警铸警魂、守初心、担使命的奋进动力，使党委对公安工作的绝对领导更加坚强有力。人心齐，泰山移。分局在抗击新冠疫情斗争中发挥了重要作用；防范化解重大风险取得重要进展，涉企赴省进京“零非访”；扫黑除恶专项斗争赢得决定性胜利；队伍纪律作风发生新的重大变化，实现了全员“零违纪”。2021 年 3 月分局荣记集体三等功。

供图：张弘、杨茂荣

浙江省杭州市妇产科医院（杭州市妇幼保健院）党委书记何荼英

坚定信念　努力营造风清气正的发展好氛围

何荼英近照

链接：何荼英，女，研究生学历，主任医师，国家二级心理咨询师，国家高级公共营养师，国家高级育婴师，中共党员。现任杭州市妇产科医院（杭州市妇幼保健院）党委书记。从事妇产科专业工作 36 年，手术 3 万余例无一医疗事故发生。系中华医学会第九届计划生育分会委员，中国康复医学会产后康复专业委员会第一届委员会常务委员，中国超声医学工程学会第四届全国计划生育超声专业委员会常务委员。主编出版专著 3 部，参与国家、省、市各级科研课题近 10 个，主持科研课题 3 个。曾获得国家卫计委“妇幼健康服务先进个人”，杭州市委“万名党员干部结对帮扶万户城乡困难家庭”活动先进个人，杭州市人民政府“年度人口和计划生育先进工作者”，第四届杭州市人民政府“人口奖”（科技奖），杭州市直机关创先争优优秀共产党员，杭州市五一劳动奖章，杭州市卫生和计划生育委员会优秀党务工作者等殊荣。

2003 年，在浙江发展的关键时期，时任浙江省委书记的习近平同志在深入调查研究的基础上，系统地总结了浙江发展的八个优势，提出了浙江发展的八项措施——“八八战略”。杭州市全面推进拥江发展、三化融合、文化兴盛、改革攻坚、民生福祉、强基固本等“六大行动”，开启“八八战略”新的征程。过去 17 年，杭州取得了优异成绩：综合竞争力和国际影响力迈上新台阶，城市建设和发展水平阔步向前，人们的生活品质稳步提升……这些都充分印证了“八八战略”强大的引领力量和巨大的实践价值。

一、坚持高举中国特色社会主义伟大旗帜

十九大报告坚持高举中国特色社会主义伟大旗帜，彰显了我们党坚定不移实现中华民族伟大复兴的中国梦的信心和决心。作为共产党员，要确保这面旗帜始终高高飘扬，一是要筑牢理论根基。深入学习习近平新时代中国特色社会主义思想，深刻领会精神实质和丰富内涵，做到源流结合、融会贯通，以理论上的清醒保持政治上的坚定。二是要保持思想敏锐。在大是大非面前不含糊、旗帜鲜明地抵制各种错误政治观点；在敏感问题面前不迷惑，防止被表面现象所蒙蔽；在复杂环境面前不麻痹，确保不犯政治性错误、不出政治性问题。三是要始终言行保持一致。对党忠诚是具体的、有实质内容的，不能表起态来调门挺亮，较起真来变形走样。要认真落实中央决定，正确对待利益得失，以具体行动践行对党忠诚，始终在思想上、政治上、行动上同以习近平同志为核心的党中央保持高度一致。

二、敢于作为，展现共产党员的时代担当

不断强化使命意识，始终恪尽职守。联系医院的工作实际，就是要做好以下三点：一是振奋一心干事业的精神状态。把个人的理想信念、价值追求、文化品格融入党建和业务工作之中，多想事业、多想群众，心无旁骛、恪尽职守。二是增强勇于负责任的工作魄力。强化职责就是使命、权力就是责任的意识，时刻牢记组织重托，时刻牢记岗位责任，时刻牢记群众信任，坚持在其位谋其政尽其责，做到差距面前不推诿，矛盾面前不回避，风险面前敢担当，力争做负责任的人、干负责任的事。三是保持创新谋发展的工作状态。把打造精品、追求卓越作为职业操守，把瞄准一流、创先争优变成行为习惯，把精雕细刻、追求完美当成工作理念，努力完成组织交给的各项任务。

三、始终保持全面从严治党的清醒认识

作为党的一份子，必须以强烈的党性意识带头践行党的宗旨，展现新气象、新作为。一是在落实制度上做好表率。既要自觉依靠制度筹划、指导和开展工作，又要自觉接受组织、群众、纪律的监督，做到行动先于群众和一般干部，标准高于群众和一般干部，要

年轻干部苗子担当作为主题演讲

求严于群众和一般干部，防止和杜绝学习上的“双重态度”、言行上的“双重标准”、落实上的“双重规则”，增强制度执行的示范力。二是在坚持原则上做好表率。特别是要自觉抵制商品交换原则对党内生活的侵蚀，做到有“四气”：有勇气，坚持真理，敢于讲真话讲实话报实情；有正气，心底无私天地宽，不贪不占，不搞歪门邪道；有硬气，敢于较真碰硬，解决难点棘手问题；有底气，做人讲原则，遇事有主见。三是在清正廉洁上做好表率。坚决落实《党章》和《中国共产党廉洁自律准则》《中国共产党纪律处分条例》《关于新形势下党内政治生活的若干准则》《中国共产党党内监督条例》等党内法规制度的要求，自觉接受党组织和群众的监督，切实做到金钱面前不伸手、利益面前不攀比、权力面前不放纵，始终保持共产党员的良好形象。

基础不牢，地动山摇；本之不固，大厦焉支。全面建设清廉医院，根据形势发展变化与时俱进地提出一些新举措新路径，做到精准聚焦、精准发力，不断积小胜为大胜，让医院安全、快速发展！

江苏省沭阳县悦来镇党委副书记、镇长沃增禄

基层领导干部必须练好“五大功夫”

习近平总书记指出：“一个地方的工作，成在干部作风，败也在干部作风；一个地方的事业，兴在干部作风，衰也在干部作风。”现阶段，全市开展“强‘三真’、比担当”作风建设大提升活动，充分表明了市委狠抓干部队伍作风的鲜明态度和坚定决心。2020年上半年，在奋力夺取疫情防控和经济社会发展“双胜利”的关键时刻，一批基层干部扛实责任、主动作为，发挥出中流砥柱的作用。然而，也存在一些基层干部精神懈怠、敷衍了事，造成不良的影响。基层干部作风建设依然任重而道远。在基层干部中，领导干部更应当以身作则，发挥先锋模范的作用。为此，基层领导干部必须练好“五大功夫”。

一是在增强党性修为和坚守底线思维上下硬功夫。基层领导干部要旗帜鲜明讲政治，树牢“四个意识”，坚定“四个自信”，坚决做到“两个维护”，要认真贯彻落实上级决策部署，自觉提升党性修为。此外，基层领导干部还要坚守党的政治建设、安全生产、生态环保、信访稳定、廉洁自律等底线，坚守底线思维，真抓实干、攻坚克难，绝不能触碰底线。

二是在推动工作落实和加强为民服务上下苦功夫。基层领导干部落实工作要有钉钉子精神，对上级的决策部署不能满足于开会、发文了事，要盯紧、抓实、督严，要常抓不懈、一抓到底，坚持问题与结果导向，坚决落实到位。此外，基层领导干部还要牢固树立为民服务宗旨，察民情、解民忧，杜绝官本位思想，切实维护好人民群众利益，提升为民服务水平。

三是在注重团结协作和增强团队意识上下细功夫。基层领导干部要增强团队意识，善于团结同事，将具有不同性格、兴趣的同事都凝聚起来，一切要以单位工作开展的大局为重，用无私奉献的精神、宽广博大的胸怀、热情诚恳的态度感染身边的每一位同事，客观对待分歧，不固执己见，积极营造和谐共事的工作氛围，提升单位同事之间团结协作的能力。

四是在聚焦招商引资和推动经济发展上下真功夫。招商引资是经济工作的“生命线”。基层领导干部要敢于担当和作为，积极参与招商热潮，将优质资源向招商一线倾斜，突破区域经济项目发展，形成产业集聚。基层领导干部还要持续优化基层营商环境，解决当地企业经营管理过程中遇到的实际困难，让良好的营商环境成为基层招商引资的一块“金字招牌”，从而推动地方经济发展，提升人民的生活水平。

五是在强化法治思维和推动综合治理上下狠功夫。公平公正的法治环境有助于引导和推动经济社会发展。当下，部分基层领导干部法治观念淡薄，法治信仰缺失，带坏了单位环境作风，产生了不良的社会影响。为此，基层领导干部要强化法治思维，将法治与自治、德治、智治相结合，推动综合治理能力，提高治理水平，改善社会风气，为地方经济发展营造风清气正的法治环境，促进社会和谐稳定。

浙江省仙居县下各镇党委书记杨含呈

乡镇党委书记的“第三张报表”——民风教化

杨含呈近照 摄影：郑李赞

链接：杨含呈，男，1973年12月出生，在职研究生学历，中共党员。2017年12月至今，担任仙居县下各镇党委书记。曾获评2018年度台州高质量发展重大项目攻坚先进个人，2019年台州市担当作为好干部。

过去一个时期，我国社会的主要矛盾决定了发展是第一要务，而稳定是发展的前提。因此，维护社会稳定和促进经济发展是各级党委一把手的“两张报表”。进入新时期，我国社会的主要矛盾已经演化为人民日益增长的美好生活需要和不平衡不充分的发展之间的矛盾。这个矛盾的特质决定了党委政府和群众要双向聚力，共同使劲，确保奋斗目标的实现。而凝聚民心的关键就是要做好教化，把百姓的素质提上来，让群众理解、支持、参与党委政府的工作。所以，各基层党委书记除了抓好社会稳定和发展经济两项工作外，更应该加强对群众的思想教育，抓好“第三张报表”——民风教化，使三者相互促进、相得益彰。仙居县下各镇党委通过积极探索民风教化“第三张报表”，有力促进了全镇风气的扭转、好转，提升了发展指数、和谐指数和幸福指数。

一、下各镇基本情况

下各镇是全国重点镇、台州市中心镇，中国淘宝镇。全镇区域面积89.5平方公里，下辖31个行政村，5.3万人口，共有107个基层党组织，中共党员1783名。全镇企业家数和经济总量位居全县各乡镇之首，拥有括苍山、道教第十洞天、葛玄茶祖文化等资源，特色农业和生态旅游发展潜力巨大。近年来，下各镇谋篇布局，大力度实施了“城市副中心、产城融合地、东部旅游休闲核心区”建设，在培育发展新动能、开辟转型新路径、构建体制新格局等方面作了积极探索。随着朱溪水库移民安置区、金台铁路仙居货运站、县经济开发区扩容等一系列重点项目的不断实施推进，下各镇在高质量绿色发展的征程上取得了很大的进步和良好的成绩。

在全镇经济社会大跨越、大发展的大背景下，下各长久以来形成的蛮横彪悍、逢事爱闹、以自我为中心的不良社会风气的存在和抬头，干扰和拖延着下各发展快车的前进步伐。“信访大镇”成了下各鲜明的“第二块招牌”，多发的矛盾纠纷、无理的诬陷诬告使镇党委政府致力于维护社会稳定、推动经济发展、改善民生水平的精力被较大牵扯，全镇各项工作推进受到一定迟滞。

二、下各镇不良民风的根源和表现

（一）自大不合群，以自我为中心，缺乏大局意识和进取精神。村与村之间、村民与村集体之间、村民与村民之间普遍存在较严重的本位主义思想与个人经验主义。村民小富即安，喜欢享受度日，见不得别人好，爱相互拆台，矛盾冲突多。在基层工作推进中，讲条件提要求，“等、靠、要”思想较严重。在利益分配面前，不讲大局，争夺多占，阻挠政府依法行政时有发生。例如，在美丽乡村建设中，不少村民经常漫骂镇村干部，对于拆掉自己的危房老屋，清掉自己的杂物表达抵触和不满。例如，防汛抗台时，住户经常是不配合转移，对救灾救急物资多占多拿。

（二）信“访”不信“法”，理性缺失，幻想以信访手段“包打天下”。“权大于法”的思想意识根深蒂固，迷恋以信访手段办事，解决问题。近年来，下各发展步伐加快，重点项目持续落地，各线条重点工作扎堆交织，工作推进带来了各种利益分配增多，导致矛盾纠纷不断产生，致使下各镇信访的“体量”不断做大。镇村干部经常会听到的一句话就是“如果处理不好，我们就去上访”。2018年全年，下各镇信访共103件，12345投诉205起，位居全县前列。“经济社会发展的越好，信访量越少”的惯常现象并没有出现在下各，反而掉入了发展越好信访投诉越多的怪圈。

（三）逐利不守规，好投机钻营，追求个人利益最大化。长久以来，下各镇村民普遍存在做事爱打擦边球，容易突破底线，千方百计谋求个人私利最大化。这在农民建房、商户经营等领域显得尤为突出。村民建房不批自建，擅自扩建、周末抢建等时有发生，全镇违章建筑存量巨大，排名曾经位居全县首位。集镇区主街道越门经营、乱设摊点较为普遍。为整治马路市场，下各建成了全县最大的镇级集市贸易疏导点，共220个摊位、108个停车位，但仍有不少的村民不自觉遵守规定，为方便自己卖货，不进疏导点，在主街道上乱停车、乱堆物、乱摆摊。

三、下各镇抓民风教化报表的主要举措

聚焦症结，寻因抓药，经过综合分析，多方考量，从2018年上半年起，下各镇党委将民风教化作为“一把手”工程，作为全镇“第三张报表”正式提出，定向施策，组合出击，向固疾开刀。经过两年的努力，已取得积极成效，一批信访积案得到妥善化解，闹事阻工的案例快速下降，全镇干事创业的热情开始重新凝聚，群众尚文尚业的风气不断形成，干群间关系、群众间关系变得更为清爽和谐。主要做法如下。

（一）立信，以文化人树风气，重塑“仁美”价值新体系。民风教化最根本、最核心在于重塑民众的信仰和价值观。镇党委通过挖掘传统美德，结合社会主义核心价值观，提出建设“仁美下各”战略，引导群众形成认知处事的新标准、新理念。一是执行“以上率下、各负其责”行为要求。“教行于上，化成于下”，镇党委创新地将“下各”两字引申赋义，化为作表率、负其责的新意境，要求全体干部遵循执行。镇党委书记在全镇干部大会上公开承诺表态，不接受任何礼品和宴请、不推卸任何应担之责、不回避群众任何诉求，并接受公开监督，以“一把手”的表率和担当全面开创干部干事新风尚。二是量质并重抓教育践初心。高标准严要求开展“不忘初心、牢记使命”主题教育，全面增强干部政治意识。开办“括苍干部论坛”系列讲座，推选机关驻村老师傅、草根好讲师、村级党组织带头人开展镇村干部培训，通过持续的学习、实践、再学习、再实践，不断坚定干部队伍的初心和使命。三是以丰富高尚的文化活动净化群众心灵。源头发力，新建一批文化礼堂、农家书屋等文化阵地，把使用率作为考核要求，确保为群众提供精神食粮的频次和实效。创造性建成全市首个葛玄茶文化广场，举办仙居县“全民饮茶日”活动暨下各镇首届“无我茶会”，将“一杯清茶清正清廉”

理念植入下各村民百姓心中。

（二）立治，强基固本严规范，开创善治善理新格局。把基层治理作为民风向好的重要载体和手段，推动各个单位、村组的工作规范起来、透明起来、高效起来，打破群众的不信任和流言陋习，让更多的群众树立主人翁意识。一是从严从实执行依法治村模式。全面推行“三治融合”，践行村规民约，提升群众参与热情。规定日常处理村级工作要严格遵守《小微权力报表》和《从严治村十条》要求，做好“五议两公开”，杜绝侵害百姓利益、伤害干群关系。明确“能者上、庸者下，政治至上”的干部任用规则，推进不称职村干部停职教育。两年来，共处理村干部 26 名，新任命 12 名。二是全心全意实行党员干部微格管理。推广实行“干部包片、党员包户”微格管理模式，每个村都建成“一张红色治理网”，红色代办、红色帮扶、红色志愿服务等新载体火力全开，推动村级治理“抓铁有痕、雁过留声”，百姓对党员干部队伍的印象大为改观。三是用心用情优化公共服务环境。把群众的所想所盼作为决定政府民生实事项目的主要依据，开工新建和建成一批民生设施。将各类服务事项最大限度纳入镇政府便民中心，形成镇域 15 分钟办事圈，并织密服务网，把服务触角从乡镇延伸到村组，从“一站办理”扩展到“镇村通办”，极大便利了群众办事。

和美乡村——下各镇杨碑头村　摄影：郑李赞

（三）立行，知行合一求实效，汇聚共谋发展新风尚。强效动用行政、司法、宣传等力量，规范提升干群的言行举止，通过震慑一批、教育一批、感动一批、带动一批，清除“莠草”，助长“红苗”，引导全镇干群的关注点聚焦到发展上。一是狠刹歪风，清除害虫。强势推进扫黑除恶，对非法无理阻碍重点工程建设，侵害下各发展和群众利益的黑恶分子和刁蛮行为，露头就打，对诬告者列入失信名单，以反面的案例达到正面教育的成效。例如，上官村项目清表进场，在程序合法合规情况下，仍有不少村民聚集阻挠施工以谋取更大利益，镇党委果断出手打击牵头人，司法机关依法拘留 20 余人，审判 4 人，上官新农村建设得以顺畅推进，且无信访发生。二是破解积案，畅通诉求。开展信访积案化解攻坚行动，镇领导班子齐上阵，2020 年两个月内，就完成了 13 宗老案的息访结案。强化源头治理，提高信访首办环节的工作质量和效率，把各种不稳定因素化解在萌芽状态，做到矛盾不出村、矛盾不化大。建设矛盾纠纷化解中心，配强人民调解队伍，引导群众依法依序反映诉求。三是树典立榜，引领向上。成立乡镇一级“好人基金”，首期募资 100 多万元，倡导“好人有好报，好人有好得”的价值取向。大力宣传“利奇马”抗台、新冠肺炎防控和复工复产中涌现的英雄事迹和好人好事，弘扬逆风前行、恪尽职守、不惧危难、甘于奉献精神，号召全镇人民学榜样、争先进，创事业。

安徽省金寨县油坊店乡党委书记王振宇

乡镇干部如何养成法治思维

王振宇（左）查看大棚蔬菜长势

习近平总书记指出：“各级党政机关和每一位领导干部、每一位工作人员都要增强法治观念、法律意识，坚持有法必依，善于运用法治方式开展工作，让人民群众在日常生产生活中都能感受到公平正义。”乡镇干部是打赢脱贫攻坚战、决胜全面建成小康社会，努力实现乡村振兴的主力军，做到依法行政，运用法治思维思考问题、解决问题，是乡镇干部的必备技能。以我乡为例，乡镇干部的法治思维还有待加强，如何促进提升，值得探索。

一、乡镇干部养成法治思维的必要性

（一）法治思维是社会进步的重要标志。我国社会主要矛盾已经转化为人民日益增长的美好生活需要和不平衡不充分的发展之间的矛盾。当前，人民美好生活需要日益广泛，例如对一些社会事件处理的公平公正与否就是人民群众关注的焦点，法治建设能否协同跟进是满足人民美好生活需要的重要体现。

（二）法治思维是法治建设的必然要求。我国在法治建设方面已经取得了相当大的成就，但在基层，干部运用法治思维开展工作的能力依然有待加强，提升广大乡镇干部法治思维将对推动法治建

油坊店乡生态扶贫项目——六安西茶谷面冲茶叶主题公园

设，对构建高效、廉洁、透明、法治政府，更好更有效地为人民服务起着重要作用。

（三）*法治思维是为民服务的必要本领*。乡镇干部在为民服务过程中会遇到各种各样的问题，例如一些现有政策与群众个性化需求不同步，导致群众期望与现行政策和执行程序有差距，认为可以“变通”执行，想走“捷径”，一些干部把关不严，底线红线意识淡薄，想着既然是给群众办事，能给用上的政策就给用上，往往就会背离程序，甚至突破规矩，这就是干部缺乏法治思维的后果。

（四）*法治思维是振兴老区的重要保障*。凭借习近平总书记视察金寨的历史机遇，金寨县立足现实，长远谋划，稳步推进，在脱贫攻坚、宅基地制度改革、易地扶贫搬迁、美丽乡村建设、文明创建、扫黑除恶专项斗争、乡村振兴等民生领域做了大量工作，取得了一系列成就。由于工作总量大，整体节奏快，难免在一些工作细节上处理不到位，加强基层干部学法用法能力，运用法治思维宣传教育引导群众，依法依规处理问题，是更好服务群众、更高质量实现乡村振兴的重要保障。

二、乡镇干部学法用法和运用法治思维处理问题的现状

（一）*学法热情不高*。笔者发现，大部分基层干部的学法动力都不足，缺乏学习的主动性和积极性。一是不愿意学。基层干部各有分工，绝大部分基层业务工作不直接需要法律专业知识，因此缺乏学习意识和学习动力。二是不善于学。基层干部往往不知道学什么，什么知识对自己的岗位有帮助，往往都是遇到法律问题才会去了解相关知识，且只了解皮毛，多半求助身边熟悉相关法律的朋友熟人。三是没时间学。基层工作本来就纷繁复杂，再加上近年来决战决胜脱贫攻坚、加速实施乡村振兴，工作量陡然增大，不少乡镇干部拿不出足够的时间和精力学习法律知识。例如我县的干部学法用法考试，基本是文件到，任务到，学习效果不好。

（二）*守法意识不强*。乡镇干部以完成工作任务为导向，无论是在基层领导决策上，还是在具体操作上都难免有一些程序不到位的现象。这样的工作成效经不起历史和群众的检验，甚至会触碰法律底线。例如有的干部工作方法简单粗暴、性格急躁，宣讲法律政策不准确、不全面、没有针对性，有时还存在执法不文明、处理不当的现象，引发矛盾升级甚至发生群体性事件，损害了政府公信力；存在基层干部代替村民代表发言现象，会议记录不全，决策公开不到位、不详细、不透彻、不及时。

（三）*用法能力不足*。基层干部运用法律思维思考问题，使用法律手段解决问题的意识和能力依然缺乏。例如有的基层干部缺乏向相关法律部门咨询的意识，甚至在行政诉讼中不愿意出庭应诉，遇到矛盾纠纷，更愿意调动各方资源把事情解决了事。乡村主要领导干部存在拍脑袋决策、凭经验决策的现象，而没有把程序到不到位、合不合法放在前面，没有把决策的内容是否合法合规、有没有后遗症作为审查的重点。如某村在开展消除安全隐患拆除危旧房工作中，与某村民达成口头协议将存在安全隐患的危房拆除后，该村民反悔又以种种借口向村委会提出无理要求，村委会负责人在没有经过集体研究也没有就协议内容向法律顾问进行咨询的情况下，便草率地与该村民达成处理协议，事后发现所签协议部分条款违反相关规定，还存在显失公平的情况，该村民随即以此协议向法院提起诉讼，给工作造成被动。

三、乡镇干部如何养成法治思维

（一）*转变干部法治教育导向*。一是加大教育力度。要确保学法用法的长期性和常态化，并在基层干部选拔、初任培训、职务晋升或转任等各环节融入相关的法治教育考核。二是转变理念导向。要改变重过程、轻结果，重形式、轻实效的弊端，努力形成以效果为导向的工作方式，切实把基层干部运用法治思维和法治方式的工作能力纳入相关职位的目标考核体系。三是推动成效落地。法治心理决定着法律素养的养成，法治素养的养成影响着法治理念的形成，法治理念决定着思维方式，思维方式就直接决定了基层干部的思考问题和解决问题的方向。要推动“凡事依法”的意识形态根植于干部内心，重在培养法治心理，提升法律素养。

（二）*创新基层法治宣传方式*。一是营造法治氛围。用好新时代文明实践站（所），加大对法治广场、法治公园的建设投入，将文化墙、广场道路标牌、LED 电子显示屏等融入法律元素，乡村在举办文化活动时多编排广大干群喜闻乐见、通俗易懂的法治类文艺节目，增强法治文化的影响力、渗透力和感染力。二是加强典型宣传。在基层一线寻找“法治人物”，定期举行评选活动，编写优秀事迹材料，大力宣传用法治思维思考问题，并进而解决实际问题的典型事迹，以身边事教育身边人，提升干部对法治价值的认同。三是强化现场教育。组织干部参加法院庭审旁听，达到审理一案，教育一片的效果，促使干部敬畏法律，强化干部的法治意识、提高法律素养，例如我县近年多次组织乡村干部参加基层贪污腐败案件的开庭审理旁听活动，教育效果非常明显。

（三）*压实学法用法责任*。一是规范决策程序。要建立决策、议事的法律规范参考程序，一切事项务必在法律、程序许可内进行。

遵从实体为重，程序优先的决策原则。二是强化外部监督。将巡察和审计工作看作是强化基层工作规范化建设重要保障，鼓励基层干部不遮掩不隐瞒，将工作原原本本呈现出来，在暴露出的问题中改进和提升工作。三是激励干部作为。对集体访、越级访等信访事件的人和事，要深入分析，区别对待，不能随意启动问责，更不能滥用一票否决。如果是信访人的诉求没有法律和政策依据，恶意上访，无理取闹，坚决依法打击到位，同时，对坚持依法办事、不乱开口子、不和稀泥的干部，要为其撑腰鼓劲并给予肯定。四是抓好责任落实。压实党委、政府担负的学法用法主体责任，司法行政机关担负的直接责任，推动主要负责人亲自过问、亲自调度、亲自协调，确保干部学法用法取得实效。

供图：油坊店乡党委

重庆市合川区钓鱼城街道党工委书记徐安众

固守“三正气”祛除“三邪气”积极践行党的初心使命

链接：徐安众，男，1966年出生，中共党员。现任重庆市合川区钓鱼城街道党工委书记。先后担任过合川区人民法院审判员、庭长、党组副书记、副院长，合川区委政法委副书记、区综治办主任等职。2015年以来，先后3次荣记三等功，4次获得嘉奖，其中2017年被中央综治委、中央组织部嘉奖，2019年7月被授予重庆市合川区优秀党务工作者称号。

在新中国成立70周年重要节点，面对70年辉煌成就，面对改革发展新问题，面对民族伟大复兴目标任务，党中央部署开展“不忘初心、牢记使命”主题教育，就是要提醒全党同志，党的初心使命是党的性质宗旨、理想信念、奋斗目标的集中体现，越是长期执政，越要积极践行。如何践行党的初心使命？笔者认为，必须要固守“三正气”祛除“三邪气”。

一、践行初心使命就要固守谦虚谨慎的“元气”，确保在面对70年辉煌成就时不滋生“傲气”，努力为人民创造更加美好的生活

1949年，毛泽东同志在前往北平路上说：“今天是进京‘赶考’的日子。”这是对全党必须保持谦虚谨慎“赶考心态”的警示。谦虚谨慎是我们的“元气”，70年来，我们党始终固守“元气”，考出了举世瞩目“好成绩”，人民生活水平从解决温饱到实现总体小康，正在迈向全面小康。以钓鱼城街道办事处（以下简称钓办）为例，当前东海、江润等旧城改造成效明显，花滩新城建设如火如荼，乡村修路、改水等民生实事扎实推进，人民群众获得感幸福感安全感持续上升，钓办人民和全国人民一样，过上了比以往任何时候都更加富足的生活。成绩永远属于过去。新时代，人民群众期盼有更好教育、更稳定工作、更满意收入、更可靠社会保障、更丰富精神文化生活。习近平总书记说：“人民对美好生活的向往就是我们的奋斗目标。”为中国人民谋幸福，只有进行时，没有完成时。“进京赶考”永远在路上。站在新的时间节点，开展“不忘初心、牢记使命”主题教育，就是要确保面对70年辉煌成就时不滋生“傲气”，继往开来，继续满足群众多样化、多层次、多方面需要，努力为人民创造更加美好的生活。

二、践行初心使命就要固守昂扬向上的“朝气”，确保在面对改革发展新问题时不滋生“颓气”，继续保持永恒接力和不竭动力

当前我国发展面临世界经济增速放缓，保护主义、单边主义加剧，外部输入性疫情风险上升等新问题。国内经济下行压力加大，实体经济困难较多，自主创新能力不强，深度贫困地区脱贫攻坚困难较多，生态建设任务繁重。党内政治不纯、组织不纯、作风不纯

天蓝、水清、城美的钓鱼城街道城市辖区　摄影：陈志明

钓鱼城街道党工委书记徐安众（左二）和行政主任童军（左三）现场指导农村人居环境整治工作

等突出问题尚未根本解决，一些已解决问题还可能反弹，“四大考验”“四种危险”依然复杂严峻。以钓办为例，依然存在各领域党建推进不平衡、党建引领社会治理作用发挥不充分、纯阳山片区和钓鱼城半岛等群众利益诉求解决不够好等诸多问题。习总书记指出：“严重的问题不是存在问题，而是不愿不敢直面问题、不想不去解决问题。”不愿不敢直面问题、不想不去解决问题是“颓气”滋生的结果。站在新历史方位，开展“不忘初心、牢记使命”主题教育，就是要确保在面对改革发展新问题时不滋生“颓气”，以昂扬蓬勃“朝气”投身主题教育，贯彻“守初心、担使命，找差距、抓落实”总要求，融合抓好学习教育、调查研究、检视问题、整改落实，真正达到理论学习有收获、思想政治受洗礼、干事创业敢担当、为民服务解难题、清正廉洁作表率，继续为改革发展保持永恒接力和不竭动力。

三、践行初心使命就要固守实事求是的“真气”，确保在面对民族复兴新任务时不滋生“躁气”，蹄疾步稳实现中华民族伟大梦想

为实现中华民族伟大复兴中国梦，十九大确立了“两个一百年”奋斗目标时间表和路线图。2020 年，我们将努力实现第一个百年奋斗目标，全面建成小康社会。硬仗在前，责任在肩。面对时间紧、任务重、要求高、群众期盼强烈的现实，极易心浮气躁，丢掉本真东西，急功近利，不严不实，脱离实际。比如，钓鱼城街道纯阳山片区保护、东城半岛开发，牵扯因素较多，情况较复杂，不可能一步到位、一蹴而就。习总书记指出：“中华民族伟大复兴，绝不是轻轻松松、敲锣打鼓就能实现的。”站在“两个一百年”奋斗目标历史交汇期，开展“不忘初心、牢记使命”主题教育，就是要教育引导广大党员干部固守实事求是的“真气”，求真务实，不急不躁，有条不紊，以功成不必在我而功成必定有我的思想境界，以钉钉子精神和踏石留印抓铁有痕的工作劲头，为中国人民谋幸福，为中华民族谋复兴，蹄疾步稳实现中华民族复兴伟大梦想！

甘肃省通渭县平襄镇孟河村党支部书记、村委会主任刘振国

如何胜任新时代的村支书

刘振国作为全市优秀共产党员报告团成员作宣讲

在新时代的背景下，作为一名基层党支部书记，如何做好“带头人”，这是一场考验，更是一项挑战。结合自己扎根基层 10 年，强党建、带队伍，和乡亲们一道拔穷根、奔小康的所作所为，就如何做好新时代的村支书，谈以下几点感悟。

一、心态要“静”下来，不浮躁

与大千世界相比，农村没有喧嚣，没有灯红酒绿，基层干事创业，首先要守得住清贫，耐得住寂寞。要有坚如磐石的信念，俗话说：“心静是成功的前提”，唯有心静，才能更好干事创业；唯有心静，才能更好学习充电；唯有心静，才能精钻细研业务。

只有将浮躁的心静下来，不攀不比，用一颗平静的心态对事待人，面对一切要做到“非丝非竹而自恬适，非烟非茗而自清芬”，方能做到全心全意为人民服务，否则，一切将成为空谈。

古人说：“天下之难持者莫如心，天下之易染者莫如欲”。身处基层，万事不可浮躁，任何事需要用心、用情、用力去做，遇事不拖、不推、不等、不靠，真心为民办事，何虑之有，心静自然安。

二、身子要“沉”下去，接地气

作为支部书记必须要沉下身去，到群众最需要的地方去，为群众帮办实事；到农户家中去，为群众解疑释惑；到田间地头去，为群众增收增产献言献策。

要以乡亲们过上好日子为己任，历盛暑，经严寒，社社情况熟记于胸，户户民意了如指掌，从幼儿孩童到耄耋老人，从留守孤儿到鳏寡孤独，我始终一一记在心间，时时送去温暖。东家理长，西家理短，邻里纠纷，和睦共处是我最最关心的事，我深知只有邻里和处，社会才能和谐，因为家是最小国，国是千万家，一个民风淳朴，满满正能量的村庄才会生机勃勃。

作为一名党支部书记，自幼在农村过惯了苦日子，看得见群众的疾苦，听得进群众的呼声，服务群众“零距离”，打通为民服务“最后一公里”，畅通农民群众有地方说话说事，在倾听民声、了解民意要做到“心心相印”，只有俯下身子问计于民，才能接地气。

三、脑袋要“活”起来，有思路

思路决定出路，人是干事的，事是人干的，什么样的人干什么样的事。

当下，我们在巩固好脱贫攻坚成果的同时与乡村振兴有序衔接，产业多元化、农村城市化、发展快速化，等等，都是支部书记必须思考的问题。如何发展产业，发展什么样的产业，务必要立足本村实际，万不可好高骛远。这就要求我们党支部书记要有远见卓

识，要有超前的眼光，更要有不达目标决不罢休的决心和信心，同时更要具有“慧眼识英雄”的本事，大胆选拔起用年轻优秀人才加入我们的队伍，决不能“关门自闭”和“夜郎自大”。

一个人的能力是有限的，大力发扬“十指握拳”的团队精神，一个村发展的快与慢，好与坏，村党支部书记的决策至关重要。平时要多走出去看看外面的世界，取长补短，要跳出农村看农村，会有意想不到的收获。当你的知识、阅历达到一定的高度时，你的格局自然而然就大了，思路也就清晰了。

四、作风要“实”起来，有干劲

作风实不实，直接就能看出党性强不强，党性强弱关乎支部的凝聚力、公信力、战斗力。基层干部干事创业必须要有务实的作风，特别是支部书记容不得丝毫大意，脚踏实地是党支部书记的“根”，固本培元是党支部书记的“魂”。

作风实了，干事创业的劲头就足了，与老百姓鱼水相连，急群众之所急，想群众之所想，从小事入手，从群众急难愁盼的事做起，群众有困难时你第一时间到，邻里有矛盾时你不回避，常怀为民情怀，日积月累，终将汇小溪成江河。

美好愿景不是喊出来的、等出来的，而是拼出来的、干出来的。作为支部书记就要带领村民发扬“人一之、我十之，人十之、我百之”的精神，挑最重的担子、啃最硬的骨头、解最难的问题，时刻增强时不我待、只争朝夕的紧迫意识，抢时间、抢机遇、争分夺秒地“抢”，有胆有识地“闯”，义无反顾地“拼”，脚踏实地地“干”，

刘振国向前来调研的领导介绍本村情况

要有“敢叫日月换新天”的精气神。

常怀为民情怀，牢记初心使命，始终将老百姓装在心里，把老百姓的事情抓在手里，为老百姓过上好日子努力奔波，是一名共产党员特别是基层党组织书记的立身之本。

“初心易得，始终难守”。作为一名基层党支部书记，始终要守正笃实，久久为功，扎根基层，躬身为民，方可行稳致远。

湖北省襄阳市航道段邓久辉、丁利娟

抓实支部建设　筑牢战斗堡垒

襄阳市航道段党支部书记、段长邓久辉　摄影：代天辉

到老河口“引丹渠”接受革命教育　摄影：丁利娟

链接：邓久辉，男，汉族，1973 年 7 月出生，1994 年 8 月参加工作，2000 年 7 月加入中国共产党。现任襄阳市航道段党支部书记、段长。2020 年获得襄阳市交通运输局“优秀共产党员”荣誉称号。

湖北省襄阳市航道段属公益一类事业单位，主要职责是负责丹江口坝下至钟祥转斗湾以上 206 公里航道规划、建设、养护任务及船舶过闸服务等工作。近年来，襄阳市航道段的工作作风、服务质量、职工素质都有了很大的提升。2018 年被评为“全市交通运输系统先进集体”，2019 年被评为“全省港航海事系统先进集体”，2018 年、2019 年、2020 年连续三年被评为“市直交通运输系统先进基层党组织”。这些成绩的取得，不仅是各级领导的关怀和全体职工的共同努力，也是该段抓支部建设，带动和激发广大党员干部在新时代有新担当和新作为的结果。

一、开展“组织到一线，支部建艇上”的汉江特色党建品牌创建活动

近几年来，襄阳市航道段坚持把党建作为发展“引擎”，以“五强创示范”“六型示范窗口”“十面红旗”等活动为契机，开展“组织到一线，支部建艇上”的汉江特色党建品牌创建活动。

（一）*打造党建活动阵地*。按照党建规范化标准，襄阳市航道段在办公趸船上建立了支部活动室、党员议事室、图书阅览室、荣誉展示室、健身减压室、交心谈心室、道德讲堂等“六室一堂”。各艇也按照标准相应建立了党小组活动室。把航道艇打造成了集学习、教育、管理为一体的党建活动阵地。

（二）充实党支部组成人员。为更好地抓好党建工作，2019年，经过党员推荐和大会选举，将两名作风过硬、能力强、有担当的党员，充实到支部班子，配齐配强了支部力量。

（三）坚持支部工作到一线。在选好配强支部领导班子的基础上，按照工作就近、联系方便的原则，将52名党员组建成了6个党小组，并将支部班子成员及科室负责人分布到各艇党小组，进一步压实党建责任，推行“三联工作法”，实现在艇上进行学习教育、在艇上体现党员的模范带头作用、在艇上解决党员思想问题。

二、坚持发挥“四个作用”来推动党员教育制度化常态化

（一）发挥支部班子成员“领头雁”作用。进一步强化支部班子成员主体责任意识，带头遵守党的纪律、执行支部大会的决议，严格和规范双重组织生活等基本制度，做好批评与自我批评。主动深入艇党小组，带头参加学习讨论，带头谈体会、讲党课，带头记学习笔记，坚持先学一步、学深一层，形成上行下效、整体联动的良好效应，促学习教育不断深入。

（二）发挥“党支部集中学习＋党小组学习”机制作用。因我段工作人员长期坚守在船上、人员高度分散，该段利用“两学一做”学习教育和“支部主题党日”等活动，组织职工进行集中学习。在疫情期间，则以网络形式组织党员集中学习，做到工作不停、学习不停。

（三）发挥从严治党利器作用。按照全面从严治党的总要求，狠抓全段党风廉政建设和作风建设，持之以恒正风肃纪，积极提高干部职工队伍素质，净化政治生态环境。落实主体责任，坚持“一岗双责”。

（四）发挥党员“典型带动”作用。“一个党员一盏灯，一艘船艇一面旗”，襄阳市航道段党支部积极发挥党员先锋模范作用，以“航标灯”精神激励和带动全段党员干部职工，为航道事业发展做力所能及的贡献。同时，加大典型事迹宣传力度，充分利用各种媒体，特别是微信、QQ群等新媒体，广泛宣传先进典型，通过典型带动，进一步激发党员干部干事创业的“精气神”，涌现出诸如金辉、李强、张志、龚自江等一大批优秀共产党员。

三、坚持围绕“三结合”来促进党建与中心工作深度融合

（一）党建工作与提升服务水平相结合。坚持在服务群众中践行宗旨，在航道养护一线体现担当。6艘航道艇，在完成航道日常养护管理的同时，保障在建重点工程施工水域安全，并通过引航护航及航道疏浚等主动为在建重点工程及水运企业服务。今年6月份，为保安全度汛，全段加班加点为雅口枢纽库区设置永久性助航设施，其中，设置2座灯塔，32座岸标，84座侧面标。主动为“凤雏大桥”运送钢构件的船舶引航护航8次，航程300余公里，确保了大桥如期竣工通车。

（二）党建工作与解决重点难点问题相结合。针对群众反映的家属院老旧等问题，襄阳市航道段党支部投入近30万元，对家属院实施改造，不断提升家属院“颜值”。对院内的老年活动室进行改造，并将原车库改造成退休党员学习室，为院内居民营造“温馨家园”。今年，家属院复查测评挂为“蓝”牌，为全市创文迎检打下良好基础。

针对水运企业反映的部分航段出浅问题。襄阳市航道段加强浅滩航道巡查，预判浅滩航道的变化。根据航道尺度的变化，及时调标、改槽，努力做到早发现、早疏浚。当发现船舶搁浅，为滞留船舶实施引航过浅、打泓助拖作业，同时，启动航道出浅应急预案，组织应急抢通设备和人员到现场实施应急抢通工程。今年该段对雅口枢纽上、下游引航道水域及宜城余家佬航段实施了应急疏浚，共完成疏挖方量3万余方，帮助8艘运输船舶顺利通过出浅区域，为疫情后复工复产助力。

（三）党建工作与打好疫情防控攻坚战相结合。为打赢疫情防控阻击战。襄阳市航道段党支部坚决贯彻落实习近平总书记重要讲话和重要指示精神，结合单位实际，统筹安排部署办公区域、家属院、航道艇防疫，防疫物资的采购发放，防疫期间的宣传引导及巡航生产等工作。支部成员带头从“休假”状态转为“战时”状态，从年二十九开始部署落实上级下达的各项防控工作任务。37名在职党员全部投入到一线疫情防控工作中。单位5名军人党员主动请缨，在市交通运输局的统一部署下，组成战“疫”小分队，参与峪山高速检测防控点的防控、值守，筑起疫情防护的第一道屏障。在家属院防控点，襄阳市航道段党支部委员龚红伟同志和党员一起服从社区指挥和安排，每天坚守防控岗位，对进入院内人员进行体温测量、登记，对外来人员进行劝返，并协助社区开展生活物资配送。他们风雨无阻，日夜坚守，成为群众眼里最坚定、最温暖的身影，用实际行动践行了一名优秀共产党员的初衷和使命。

襄阳市航道段的责任和使命没有终止，襄阳市航道段党支部和党员将继续推进与社区党建互联互动，积极与社区开展好“三方共治”，积极推进“双报到”工作常态化，为巩固保持疫情良好态势及推动各项工作发展奉献自己的力量。

江苏省沛县园林服务中心党组书记、主任蒋涛

支部建在项目上　党旗飘扬在一线

沛县园林服务中心在徐沛快速通道景观建设工程中建立临时党支部

江苏省沛县园林服务中心紧紧围绕沛县县委、县政府关于“大兴研究问题之风，大兴攻坚克难之风，大兴协作配合之风”的要求，改进工作的理念和方法，寻求党的建设与园林绿化建设的切入点和结合点，探索把党支部建在园林绿化项目施工的前沿阵地，充分发挥基层党组织战斗堡垒和党员先锋模范作用，为项目建设提质增效提供坚强的思想、政治和组织保证。

一、坚持把党组织建在一线，推动党建工作特色化

创新“支部＋项目”模式。坚持一个项目就是一个阵地，通过“一个项目＋一个临时党支部”方式，先后在徐沛快速通道景观建设工程、丰沛路绿化提升工程等10余项工程项目中，建立由建设、施工、监理等部门党员组成的临时党支部，以党建推动项目建设。在项目建设现场树立党员标杆，激发党员的责任与担当，推动项目

左图为徐沛快速通道景观建设工程党员现场指导施工；右上图为丰沛路绿化提升工程施工现场；右下图为徐沛快速通道景观建设工程效果

"急、难、险、重"问题的有效解决，有力提升项目施工进度和质量。发挥"模范带头，示范引领"作用。党员技术骨干充分发挥先锋模范作用，带头拼搏苦干，研究制订了一套适合沛县水土资源的栽植、养护方案，苗木栽植成活率提高了10%。通过举办"党旗引领大干180天"劳动竞赛等活动，在比学赶超中全面冲刺绿化美化建设目标。完善"全覆盖、交互式"的管理方式。通过"学习强国"学习平台、沛县"掌上园林"等，推送党建教育+园林工程活动材料，确保党建学习内容与园林业务工作同步，切实将党建工作渗透到现场施工的全过程。

二、坚持把理想信念传导到一线，推动党建工作规范化

落实组织责任。支部书记坚决扛起第一责任人的旗帜，切实把党建工作与项目建设同谋划、同部署、同落实；坚持带头上党课，认真抓项目，为党员干部增强党性锻炼发挥传帮带作用。规范组织生活。临时党支部结合自身实际，抓好"三会一课"、学习型党组织、党建拓展培训、红色革命教育基地培训、"岗位是什么、我为园林发展做什么"大讨论等党建活动，将政治理论学习与园林工作实践汇聚在一线，教育引导所属党员校正自身定位，增强党性观念，筑牢思想根基。抓好典型推广。加大在园林工作的急难险重岗位上发现典型、培养典型、宣传典型的力度，结合"七一"表彰组织开展"最美园林党员""急难险重园林工作岗位上的优秀共产党员"等宣传活动，对工作成绩显著的临时党支部和先锋模范作用发挥突出的优秀党员，大张旗鼓地宣传、表彰、奖励。

三、坚持把监督落实在一线，推动党建工作实效化

建立健全社会监督机制。各临时党支部在邀请社会技能人才组成专家库参与园林工程监督的基础上，还聘请人大代表、政协委员作为监督员，对绿化建设、绿地养护等实施全程监督。建立健全工程监督机制。抽调作风办、财务室等科室5名党员成立监审组，按照"见之于未萌、治之于未乱"的要求，加大对项目的监督管理，实施对苗木统一采购、统一核算、统一验收，加强对园林工程建设及绿地管养关键环节、重要岗位的全程监管。建立健全谈心谈话机制。各支部结合园林工程施工情况，通过组织党员开展经常性的谈心交心活动，相互提醒，相互督促，相互配合，确保每一名党员都能够明义务、知规矩、创佳绩，确保来自不同单位的党员"拧成一股绳"，心往一处想，劲往一处使，把临时党支部建设成为政治素质好、专业技能好、团结协作好、作风形象好的战斗堡垒。

在项目建设一线建立临时党支部，有力推动急难险重工作取得明显成效。一是密切联系了群众。以党建引领推动园林绿化项目建设，妥善解决了急难险重工作中的诸多难题。近年来，妥善实施了50多项关系民生的园林绿化项目工程，既让群众得到了实惠，又让群众加深了对党的信任。二是培养了一批敢担当的好干部。2020年5月以来，先后抽调规划科、绿化科、园林管理中心等8个科室及单位的20余名党员干部深入到施工第一线，使新老党员发挥了优势，积极分子得到了实际锻炼，优秀人才在项目中独当一面。三是推动了复杂问题解决的进度。加强了与县规划、国土、审计、交运、测绘等部门及项目属地政府的沟通，使党组及各项目临时党支部更具创造力、凝聚力、战斗力。在建有临时党支部的建设工地上，项目进度明显加快，久拖不决的8项"疑难杂症"得到有效解决。

撰文：沛县园林服务中心党组　供图：沛县园林服务中心

中国农业银行侯马市支行行长黄福明

浅谈如何深入推进金融党建工作

链接：黄福明，现任中国农业银行侯马市支行行长，从事农行工作30年，积累了较丰富的工作经验。近几年，曾获2016年山西省分行和临汾分行春天行动"金钥匙管理明星"，2016—2018年度全省服务"三农"先进个人，多年临汾分行"优秀党务工作者""优秀共产党员"称号。出版了自己讴歌农行、记录发展的作品选《劲柳方泛鹅黄绿》；在民生周刊发表《"炕头上"的金融服务》《金融牛深耕临汾大地》；在《经济视野》发表《农行临汾分行高质量发展纪实》等文章。

党建是引领业务发展的方向盘，党建强则业务强。习近平总书记在"不忘初心、牢记使命"主题教育工作会议上强调："'守初心、担使命，找差距、抓落实'的总要求，是根据新时代党的建设

侯马农行党委"不忘初心、牢记使命"主题教育集中学习研讨

任务、针对党内存在的突出问题、结合这次主题教育的特点提出来的。"通过第二批主题教育，我对现阶段金融系统的党建工作有了更多的思考。

一、躬身调研，把党建工作深扎到基层的泥土中

在金融系统的党建工作中，要以习近平新时代中国特色社会主义思想为统领，以服务"三农"发展为中心，以支持经济发展为己任，把党建工作渗透到金融工作的方方面面，要与一线员工多接触、多交流，多听听来自一线员工的声音，特别是不同的声音，深入了解员工的情感世界和急需解决的个人、家庭困难，虚心听取群众的意见，自觉接受社会的监督。对支部中的党员要主动上门"走动"，对员工要积极下去"看望"，在考核党支部工作目标和党员目标管理时，把党的活动软指标与各项业务工作的硬指标进行同等对应，完善奖励和激励制度，确保党建工作任务落到实处、抓出成效。同时，要把党建工作摆上重要议事日程，明确党建工作目标，确定党建工作内容，落实党建工作措施，破解党建工作难点，把握党建工作重心。通过党风看作风，通过党责看职责。通过党建工作的提升，来提升金融服务"三农"、服务经济、服务社会、服务客户的能力和水平。

二、打牢基础，把党建工作建设到群众的心坎中

在主题教育中，要深刻认识党建工作在金融行业中的重要地位和作用，树立"党建工作走前头，业务工作才不落后"的理念，深刻认识到党建工作是搞好各项工作的"火车头"，是经济效益的"加油器"。要坚定"围绕发展抓党建，抓好党建促发展"的思想，国有商业银行是一级法人，上级行党委的声音靠谁传递，党的形象靠谁树立？靠的就是基层支行的党组织。基层行党委要完善党支部、党小组，并按照"三会一课"制度开展正常的组织生活，开阔心胸听取同事的意见，多种渠道听取客户的意见，以此提升基层党组织的凝聚力和先锋模范作用，从而提高基层网点的竞争力。

三、横扫"四风"，把党建工作提升到整体的形象中

要把教育党员干部始终坚定"热爱党、服从党"的政治信仰作为党建工作的重点，将政治生命置于自己人生的首位。始终做到增强"四个意识"，坚定"四个自信"，做到"两个维护"，同以习近平同志为核心的党中央保持高度一致。在横扫"四风"上，一方面要以自己的言行去影响和感染广大员工，另一方面要用严肃的制度和铁的纪律去约束组织团队中的每一位成员，用"规矩"去规范大家的一言一行，保证权力在制度的"笼子"里正确行使。制度设计要针对问题、解决问题，建立健全有利于厉行节约、不能铺张浪费的制度体系，直指奢靡之风的要害。制度安排要互相衔接，形成严密的制度体系，制度一经制定，必须严格执行，以维护制度的权威性。对于违反制度的行为，要发现一起查处一起，坚决杜绝破窗效应，遏制种种乱象的发生。

四、创新载体，把党建工作推进到时代的前沿中

在习近平新时代中国特色社会主义思想的指引下，金融行业的党建工作需要与时俱进，思想政治工作需要立足当前，同时金融系统党员的知识结构也需要推陈出新，使之相互促进、互为补充。

（一）要做党务知识培训。上好党课，学习时事政治，统一思想，激发工作热情，引导大家树立正确的世界观、人生观和价值观，做到"吃苦在前，享受在后"，发挥好党员的先锋模范作用。

（二）要做好技能传导。要不断地学习国际金融新知识、服务经济的新产品、立足市场的新策略、营销服务的新技巧，通过对专职党务干部、支部书记和支部委员岗前培训、在职培训、考察学习等，不断充实党务干部的业务知识，开阔工作视野，提高工作水平，拓宽知识领域。

（三）要做好方法创新。善于分析党建工作面临的新形势，研究新情况，解决新问题，做到超前预见、主动适应，不断创新活动载体，使党建工作始终保持鲜明的时代特征和旺盛的生命力，全面推进金融党建工作，不断提升工作水平，使之更好地服务"三农"、支持地方经济发展。

山西省隰县农商银行党委书记、董事长许国伟

强化党建引领　护航改革发展

许国伟近照

链接： 隰县是一个典型的农业县，位于临汾市西北、吕梁山大背斜中轴部，总面积1415.3平方公里，属黄土高原残垣沟壑区，全县耕地面积43万亩，是革命老区、国家级扶贫开发重点县。隰县农商银行于2019年8月28日正式挂牌开业，现有员工203人，是县域金融网点分布最广、服务半径最长、支农力度最大的金融机构，金融服务覆盖率达100%。近年来，隰县农商银行相继被山西省联社授予“季度扶贫工作先进单位”“半年产业扶贫奖”“山西农信宣传报告先进单位”和“年度资金业务先进单位”；被省联社临汾办事处授予“年度金融扶贫先进单位”“全市农信社先进基层党组织”“年度财务、信贷管理先进单位”“年度改制化险工作先进单位”“年度金融扶贫先进单位”“年度财务、信贷管理先进单位”荣誉称号；被隰县县委、隰县人民政府授予“年度目标责任考核先进单位”“支持和服务县域经济先进单位”“年度宣传思想工作先进单位”“金融扶贫县域经济先进单位”“服务县域经济建设先进单位”等荣誉称号。

历时一年多成功改制，从全省、全市排名靠后到跃居前列的隰县农商银行，再次以自身改革发展的实践证明强化党建引领，护航改革发展。

一、同农信主业深度融合，汇聚红色力量

总行党委坚持把党建工作融入经营管理全过程，同主业深度融合，突出党员“三性”，彰显担当作为，全力推动转型发展。

（一）*在决胜压降不良中锤炼党员战斗性。*先后制定出台了中层以上党员干部包干清收不良贷款办法、党委班子包大户清收不良贷款方案，号召全体党员干部在不良贷款攻坚战中发挥模范带头作用，党员干部主动请缨，上交清收保证金表决心；2019年清贷中心自断后路立下军令状，年末完不成既定目标自愿待岗，用实际行动证明先进性。党员干部率先垂范的举动，调动起了全县广大干部职工清收不良贷款积极性，迅速在全县掀起清收风暴，截至11月末，表内、外不良贷款较年初下降790.2万元，实现双控目标。

（二）*在助力乡村振兴中锻造党员先锋性。*根据临汾审计中心百村示范、千村推进工作部署，全面开展了整村授信工作，全面践行普惠金融、助力乡村振兴，我们创新实施“背靠背”调查评议方法，对全县97个行政村，逐村逐户进行评议授信，真正做到对符合条件的农户100%给予授信。同时在所有行政村组织了“整村推进、全面授信”集中签约，县政府、人行、银监、乡镇领导参加，收到良好效果。目前百村示范完成同步任务的100%，评级授信达125.61%，千村推进收集客户信息9738户，占比100.68%，评级授信9188户，占比95%，用信户数5458户，占比59.4%。

（三）*在客户换卡服务中增强党员模范性。*党委班子主动与人社局、税务局沟通协调，抓住各类涉农补助资金将直接打入社保卡，实现一卡通的有利时机，把换卡工作作为当务之急，进一步加大换卡力度，尽快将社保卡换成农商行的卡，壮大支农资金，同时以党员先锋为载体，要求党员做实、做专、做优换卡服务工作。

二、同体制改革有机结合，实现红色腾飞

隰县农商银行“改制”不“改志”，继续担负服务三农、服务小微、服务民生的发展使命，通过进一步拓宽金融市场，切实让广大社会群众共享受到农商行所带来的“红利”。

（一）*改制看担当。*总行党委要求党员干部，尤其中层以上干部，进一步强化改革责任担当，抓住转型发展机遇，创新手段、上下同欲、同频共振，拿出政治勇气来，坚定不移干，逐步形成了层层负责、人人担当的氛围，通过改革和发展推动贯彻落实新发展理念，守住底线及时化解矛盾风险，力促实现高质量发展。

（二）*改制绘蓝图。*借助党建品牌创建，总行党委要求党员干部集思广益，制定战略规划，定位“小而美”，力争三年加入全市一流方阵行列，我们的发展目标分三步走，“短期战略目标”是解决市场和客户问题，整合市场主体，完善服务功能，形成聚客能力，打开普惠金融新局面；“中期战略目标”是解决战略转型问题，线下运营改造，渠道升级换代，转型全面变革。“远期战略目标”是解决可持续发展问题，实现产融对接，形成无法替代的核心竞争力。

三、同队伍建设高度聚合，演绎红色情怀

以党建工作为基石，全面提振队伍士气，有效焕发全行干部员工干事创业的活力，凝聚磅礴力量，奋力谱写我县农商行各项工作新篇章。

（一）*锤炼思想。*“励心正行”积蓄正能量，把党史教育作为思想教育、理想信念教育的重要内容，组织党员干部听取专家讲座，

开展党课党史宣讲，结合县域特色，在红色教育基地、廉政教育馆开展系列教育活动。广泛开展党员示范岗、示范窗口、示范团队活动，努力培养有灵魂、有本事、有血性、有品德的新一代农商行人。

（二）转变观念。要求党员干部首先转变观念，适应改革发展及市场竞争需求。部室跳出“部门银行”小圈子，树立“部门职能+业务绩效”双重功能的观念，行政、绩效全面分离。网点要解放生产力，与智慧银行建设并进，部分柜员要走出柜台营销客户，每名员工都要成为电子银行、理财业务的行家里手，每个人都有自己的业绩包，按照依绩取酬原则，通过干部职工思维的转型，带动体制机制的转型。

（三）提高站位。结合省联社对党建工作的全面巡视，要求树立党建领社这一根本理念，对近年来党建工作进行一次回头看，通过问题整改及品牌创建，进一步强化党性、提高站位，加快推进党支部“三基”建设，全面落实主体责任、监督责任、“1+3”岗位责任，共开展谈心谈话活动3次，征求意见13条，总行党委通过落实主体责任逐条对照、严格考核兑现。

数据是对强化党建领社，护航改革发展的最好印证。截至2019年11月末，隰县农商银行各项存款余额25.67亿元，较年初增加5.52亿元，完成办事处全年目标的315.43%。存款总量市场份额达到55.14%，较年初增加5.48个百分点，增量市场份额达到89.94 %；各项贷款余额18.58亿元，较年初增加8.25亿元，完成办事处全年目标的336.73%。贷款总量市场份额达到71.57%，增量市场份额达到73.38 %，营业收入11618.06万元，拨备覆盖率233.14%，较上年末增加67.94个百分点，监管指标持续向好，御险能力显著提升。

浙江武义农商银行党委书记、董事长王才有

从小事做起 把大事干成

武义农商银行党群服务中心启用 摄影：夏超鑫

2020年，浙江武义农商银行积极响应浙江省农信联社提出的勇立潮头、争做地方小冠军战略要求，围绕全省党建工作会议精神，在思路上求新，从小事做起，狠抓落实，通过“党委协作、支部共建、党员行动”三个维度，探索党建和业务的深度融合，发挥红色力量，引领全行走出了一条符合武义农商银行最优发展的“小而美”经营模式，全力打造金华农信系统“小而美”精品银行，在全省农信系统2020年度分层分类考核中名列前茅。为实现党建、业务同频共振，武义农商银行通过载体创新，激发组织活力，充分发挥红色力量的引领作用，全面助推武义农商银行“小而美”发展。

一、推出一本红色存折

用积分量化武义农商银行党员在志愿服务、好人好事、业务营销等方面的表现，实现党员管理从细节着手。自2018年创新推出“党员存折”这一红色存折以来，武义农商银行充分调动了党员的先进性和引领力。通过在各领域、各项活动中“亮党员身份”，以点带面形成全体干部员工“比学赶超”的浓厚氛围。在县委组织部的推动下，已在县税务局、运管局、民政局、县综合行政执法局巡回中队及金华农信全辖和县域10余家单位推广。

二、搭建一支红色队伍

为深入贯彻省委“两新”工委和省农信联社党委《关于深化农信系统和两新组织“红色互动”助推企业平稳健康发展的通知》文件精神，武义农商银行党委第一时间与县委“两新”工委联合发文，全力支持民营企业发展，深化“红管家”服务。为确保活动见实效，武义农商银行党委出台“红管家”服务队管理办法，在全行范围内公开招募85名“红管家”服务队队员，组建一支“红管家”服务队伍。武义农商银行作为金华市金融服务团唯一参会代表，参加市委组织部召集的“三师助企、无微不至”专项行动工作座谈会，并作交流发言。“红管家”服务团成员在“三师助企、无微不至”专项行动中的表现，作为全市金融系统首个好案例在金华组工微信推送。武义农商银行在总部客服中心设立首个“红管家”工作室，由专人负责为企业常态化提供业务咨询，2020年以来，85名“红管家”服务队队员累计调研回访小微企业4053家，新增企业贷款4.39亿元。

三、打造两个红色阵地

（一）在县域中心成立“党员红色互动实践中心”，为社会组织及48个部门开展红色互动提供活动场所。充分利用社会组织民生资源组建“农·民”联盟，成立武义民生大篷车工作领导小组，按月开展“农·民”联盟“民生十送”大篷车下乡活动，内容涵盖业务联推、社会治理、公益服务等。建立银校企党建联盟、武义县电动工具产业党建联盟，为电动工具产业联盟企业“普惠式”授信10亿元。通过依托“固定场所+流动大篷车”的服务模式，累计开展金融讲堂、下乡联盟活动40余次，参与人数550余人。实现各类联盟活动有计划、有阵地、有载体。

（二）成立“武义农商银行党群服务中心”，实现党内组织生活的“有效覆盖”。该中心以党建带团建，充分发挥学习、活动、培训、服务四大功能，努力打造一个思想政治的引领平台、激发活力的活动平台、对接需求的信息平台、整合资源的共享平台、便民助企的服务平台。同时，把“党群服务中心”作为党员干部思想教育的重要阵地、农信文化传承的重要载体，积极为辖区党员群众提供服务，打造成为部门社区开展服务的基地和连接纽带，为融合辖区资源、凝聚基层力量提供平台。

四、创建五型党支部

按照“规范型、学习型、服务型、创新型、奋斗型”党支部的要求，围绕“党委带、先进领、后进追”基层党组织建设总思路，开展五型党支部创建。通过细化考评标准，让各支部建有标尺、抓有方向、评有依据，进一步提升党支部管理的规范化和先进性。

（一）抓组织建设，打造“规范型”党支部。高标准选拔党务

左图为推出党员存折，实现党员积分管理；右上图为金融“红管家”走访企业，了解企业金融需求；右下图为联合民生大篷车，进乡入村开展“文明用餐”及金融知识宣传　摄影：夏超鑫

工作人员，建立完善基层党建工作考核办法，严格落实“三会一课”、组织生活会、党支部工作等制度，按季开展督查，印制《主题活动集锦》。

（二）抓素质提升，打造“学习型”党支部。开展集中学习、党支部书记领学、党员自学等多种形式的学习活动，要求每位党员学习时间不少于 8 小时。开展每月一次党委理论中心组学习，内容涉及时事政治、政策理论等。

（三）抓业绩提升，打造“服务型”党支部。班子带头，建立领导班子联系直属单位工作机制。参与武义县三城同创联防联控、文明交通执勤等志愿活动 1465 人次。在机关试点开展“登记工作日志、做到日事日清”工作效能提升活动，进一步增加机关党员的担当精神和工作执行能力，全力营造“崇尚实干、狠抓落实”的干事氛围。

（四）抓内涵提炼，打造“创新型”党支部。重视品牌文化聚人心，结合地方业务特色开展一支部一品牌创建，围绕支部品牌开展阵地建设、党建联盟共建、重点业务推进，打造“有血有肉”的基层党建文化。

（五）抓比学赶超，打造“奋斗型”党支部。开展党支部业绩“比武”，从支部内的党员之间、党员与非党员之间、与其他党支部之间开展“比学赶超”，将全员营销三项重点指标量化呈现，在党务公开栏“晾晒”，使党支部成为党员相互比学的课堂、团结奋进的战斗集体。

内蒙古巴彦淖尔电业局党委书记、副局长贾玉怀

党建领航　激活企业发展内生动力

开展党支部书记讲党课竞赛

链接：近年来，巴彦淖尔电业局先后被评为“内蒙古自治区先进基层党组织”“内蒙古自治区示范学习讲堂”“内蒙古自治区民族团结进步模范集体”，被授予“全国安康杯竞赛安全文化宣传先进单位”“全国电力行业党建品牌影响力企业”、全国电力行业雷锋式先进集体等荣誉称号。

近年来，内蒙古巴彦淖尔电业局党委在认真贯彻落实新时代党的建设总要求，深入推进全面从严治党的进程中，坚持将党建工作融入生产经营管理全链条，确定了“旗帜领航、目标同向、任务同担、互融互促、推动发展”的工作导向，不断提升党组织的政治功能和服务功能，为推动企业高质量发展和各项奋斗目标的顺利实现提供了强大动力。先后荣获公司、自治区国资委系统“五好领导班子”，以及自治区、巴彦淖尔市和公司“先进基层党组织”。

一、把握“总要求”，打好组合拳

以党的政治建设为统领，持续用新时代中国特色社会主义理论武装头脑，从严落实管党治党主体责任，切实履行好党委“把方向、管大局、保落实”的责任使命。

（一）深化“学思悟”，不断提升理论学习的实效性和多样性。充分发挥党委中心组和基层党组织政治理论学习的引领示范作用，严格落实“四个必学”和“四个保证”，以蒙电高端讲坛、基层党

工作剪影。左图为理论学习“口袋书”进基层一线，右上图为保电现场共产党员、共青团员突击队，右下图为到井冈山革命基地培训学习

校和指尖微课堂为平台，以固定党日、集中研讨、重点发言、成果交流、专题辅导等为主要形式，持续固化“三会一课”和“六个一”学习制度，努力构建覆盖全员的日常化学习模式。组建“新时代讲习团”，局领导班子成员带头深入联系点单位宣讲9场次，全局累计举办各类专题辅导讲座321次，覆盖3500余人次，有效引导党员干部职工自觉增强“四个意识”，坚定“四个自信”，践行“两个维护”。

（二）聚焦“严实硬”，持续压紧压实管党治党的责任链条。以强化“一岗双责”为重点，明确“两级”班子成员在管党治党中的具体责任与内容，从“主体、目标、内容、考核、反馈”五个维度，推进对党员干部在安全生产、经营绩效和党建工作双重评价考核。严格落实“1+3”制度体系，积极推行融汇报、观摩、交流为一体的季度党建例会基层承办模式，持续固化“日常检查、月度评价、季度诊断、年度考评”的党建责任考评模式，将考评结果纳入企业绩效考核体系，与二级单位年度目标责任制评级挂钩，与各处室、各单位领导班子和领导人员奖惩、薪酬挂钩，通过党建述职评议考核、党建责任制考核“双管齐下”，构建起了“压实责任—量化考核—反馈整改”的党建工作闭环，把“软指标”变成“硬约束”，避免考核和运用“两张皮”。

（三）突出“明规则”，着力规范决策议事程序和权力界限。从严格执行和规范民主集中制入手，根据公司党委下发关于“三重一大”的办法、意见，及时修订《党委会议决策议事规则》和《“三重一大”事项集体决策制度实施细则》，通过划“边界”、定“路子”、扎“笼子”，明确决策范围、规范决策程序、完善决策制度，厘清了领导班子贯彻执行民主集中制的权力界限，明确了权力运行的轨道，强化了对权力的约束力，将党组织研究讨论决策作为重大问题的前置程序，有效解决了“决策什么”“按什么程序决策”和“靠什么来保障决策”的问题，有效提升了党委班子的决策质量和效率，充分发挥了党组织的领导核心和政治核心作用。

二、推进“三创新”，积聚新动能

（一）创新完善2项党建机制，增强目标导向。组织编写了《党支部党建工作流程、工作标准规范化手册》《党员积分考评管理实施办法》，明确细化分解基层党支部工作任务、工作流程，为基层支部规范化建设提供工作标准和工作指南。强化党员全链条管理，完善党员管理“进、管、出”三个环节，五年来共研究发展党员134名，对违反党纪的5名党员处以党内警告处分，对长期不参加组织生活的5名党员进行退党处理。

（二）创新开展“333”党小组＋班组建设，凸显凝聚效应。坚持“三定、三联、三融入”工作机制，将党小组建设与班组建设相结合，夯实基层党建“前沿阵地”。“三定”，将全局156个党小组划定为志愿服务型、生产运维型、安全创效型、工程建设型等六个功能类型，努力使一个党小组覆盖一个班组。选优配强党小组长，规范定责。围绕党小组各项工作任务，设定活动组织岗、资料记录岗、党费收缴岗等岗位。“三联”，即党小组与班组活动联办、阵地联建、管理联动，实现党小组建设与班组建设同管理同考核，实行“双纳入”。“三融入”，即党小组建设要融入电网建设、融入志愿服务、融入人才培养。形成了党委、党支部、网格党小组的三级党建工作网络，让党旗党徽在生产一线、服务窗口亮起来。

（三）创新开展党建载体活动，激活细胞活力。开展“一学、二赛、三加”载体活动，积极搭建基层党组织互相学习交流展示的平台。“一学”，广泛开展“学习新党章、牢记新使命”专题学习活动，引导每一名党员自觉尊崇党章，模范践行党章，忠诚捍卫党章，自觉把党章各项规定落实到“人民电业为人民”的实际行动中。“二赛”，连续七年开展基层党组织书记讲党课竞赛、党建成果多媒体竞赛，并在此基础上举办了“收获·创新五年”党建创新成果展。“三加”，固定党日+N，党组织阵地建设＋班组家文化建设，思想带动＋技术带动双培养，2018年全局各党小组开展“固定党日＋班组议事、班组谈心、安全生产”等活动200余次，批复了5家基层党组织阵地建设项目，140余名员工培养出徒。

三、实施“双品牌”，提升真本领

（一）坚持以“三聚焦、三锻造”为抓手，推动干部队伍品牌建设。形成清风正气和梯次合理的队伍建设“新格局”。聚焦干部队伍“育才聚贤”的要求，锻造“高素质”好队伍。实施跟踪培养，注重“精准滴灌”、建立“成长档案”，健全“下派上挂”“轮岗交流”等锻炼机制，不断提高干部综合素质能力。累计提拔调整中层干部161人次。加强后备干部队伍建设，注重年轻干部培养和使用，在干部考核中，要求各单位必须推荐至少1名30岁以下后备干部。聚焦干部队伍“从严从紧”的基调，锻造“勤作为”的好推手。坚持“20字”好干部标准，严把“动议提名”“考察考核”和“程序步骤”等关键环节，制定下发“史上最严”《处（科）级领导班子和处（科）级管理人员考核方案》、对年度考核中排名靠后的班子和干部，由党、政、纪领导对其进行诫勉谈话和提醒，约谈后工作没有起色和改观的及时调整，倒逼党员干部责任意识回归。聚焦干部队伍“归属情怀”的厚植，锻造“讲奉献”的好氛围。连续12年常态化举办春季干部培训班，统筹组织中层干部、基层支部书记、党务政工人员分批次到浙江大学、四川大学、中山大学及延安、井冈山等地培训学习，关心关注二线干部思想引导和日常管理，引导干部队伍凝聚“唱响巴电主旋律、弘扬巴电正能量、用情用心敢于奉献”的思想共识，多举措增强对企业的“归属感”。

（二）坚持以“四精准、四赋予”为通道，深入实施人才队伍品牌建设。全面启动“新时代人才托举工程”，建设人才信息库，形成勇当人才，争当人才的“新气象”。精准“识别”，赋予人才托举工程的“蓄水池”新容量。重点抓好人才信息库建设，在全局范围内建立“青年人才基础信息库”“党群人才库”“技术技能人才库”“后备干部库”四个人才库。精准“任用”，赋予人才托举工程“登高梯”新路径。按照“缺什么补什么”的原则，在现有培训体系的基础上，延伸培训覆盖面，建立起“双导师”引领、岗位轮训实践锻炼、脱产或在职技能培训等全方位、立体式的培训模式，确保各类人才的工作能力有效提升。精准“淬炼”，赋予人才托举工程“比武台”新沃土。抓好人才展示平台整合，依托技术比武、普考平台、“一网一微、“四新联创工程”、QC 小组活动开展、班组文化建设、专业课题研究、创新工作室创建等工作平台进行综合展示。精准“定位”， 赋予人才托举工程“生态圈”新蓝图。树立重视人才的工作导向，建立工作责任落实机制、考核激励机制和工作制度保障机制。通过走访、座谈等方式加强与人才的联系，解决存在的困难和问题，在各基层单位创造适宜人才成长的良好环境和土壤。

党建强发展强，党旗红企业兴。伴随着党建工作质量的全面提升，巴彦淖尔电力的改革发展也迈入了高质量发展的快车道。近五年，全局售电量攀升至 132 亿千瓦时，固定资产投资完成 77.5 亿元，地区电网保持近 10 年的长周期安全运行记录，业绩考核连续三年位列公司前三。在今后的工作中，我局将持续加强党的基本组织、基本队伍和基本制度的建设，深入实施“强根铸魂”工程，用“红色引擎”激活“红色细胞”，努力助推河套巴电持续做强做优做大！

中国移动浙江湖州分公司党委

以更加昂扬的姿态奋进新征程

中国移动湖州分公司党委理论学习中心组（扩大）深入学习贯彻党的十九届六中全会精神

链接：中国移动湖州分公司是中国移动通信集团浙江公司下属的市级分公司，是湖州地区业绩优秀、管理出色、服务优质、行业领先的主导运营商。公司坚持以习近平新时代中国特色社会主义思想为指导，科学把握新发展阶段，坚决贯彻新发展理念，服务构建新发展格局，坚持和加强党的全面领导，坚持以人民为中心，奋力推进世界一流“力量大厦”落地落实，深化国有企业改革，加快向一流信息服务科技创新公司转型，着力推进“5G+”计划，为政府、企业提供信息通信业务及数字化服务，以实际行动践行红色通信企业的使命担当，为经济社会高质量发展积极贡献力量。截至 2021 年底，手机通信用户数达 277.3 万，5G 终端用户超 90 万，宽带用户规模达 79.4 万，年运营收入达 27.5 亿元，在网络覆盖、客户规模、客户服务方面均保持着行业的领先优势。曾被授予 2015 年全国文明单位（2020 年复查合格）、浙江省消费者信得过单位、浙江省五四红旗团委、中国移动企业文化示范单位、浙江省企业文化建设示范单位等荣誉称号，获得了浙江省 2019 年度国企党建品牌创新奖、2019 年度全国通信行业优秀 QC 小组成果奖一等奖、《久立云 XR 未来工厂项目》获全国绽放杯二等奖。

党的十九届六中全会全面总结了党的百年奋斗重大成就和历史经验。中国移动湖州分公司通过党委会“第一议题”、党委理论中心组扩大学习会等形式对全会精神进行集中学习研讨，把全会精神作为当前理论武装工作的重中之重，掀起学习宣贯热潮，推动知行合一走在前。

一、高扬“党的领导”伟大旗帜，引领实现伟大梦想的正确航向

党的百年历史书写了从开天辟地到改天换地再到翻天覆地的历史奇迹，新征程上必须筑牢“党的领导”定海神针，贯彻习近平总书记全国国企党建会重要讲话精神，不断推动党建工作从“扎实有效”向“创新高效”迈进，做国企党建模范生。

*打造高质量政治建设样本。*认真落实“第一议题”制度；“政治监督、合规管控、效能监察”三位一体规范权力运行；强化廉洁和警示教育，打造清廉国企。

*打造高质量组织队伍样本。*组建同心和移“模范生”队伍，实施“三三制”，利用好谈心谈话这个法宝，开展好党员带群众工作，做到岗位责任担起来，党建成效亮起来，党务工作实起来。

*打造高质量思政教育样本。*大力加强学习型党组织建设，牢牢掌握意识形态主动权，持续开展好党的舆论宣传工作，打造一支政治强、业务精、作风正、效率高的党宣队伍。打造高质量基层示范样本，持续深化“六好”党支部建设，加强高质量党建示范点培育，充分发挥标杆党支部的示范、辐射、带动作用，推动基层党支部全面从合格向优秀迈进。

*打造高质量价值融合样本。*聚焦“两和”升级，打造“党建联盟”同心圆，激发网格的内生动力，健全融合党建机制、优化实践路径、推广工作成效，推动公司高质量发展。

二、用好“群众路线”制胜法宝，凝聚推进伟大事业的人民力量

党的百年历史就是一部不断践行群众路线的历史。新征程上必须传承群众路线的优良传统，坚持“人民邮电为人民”的初心宗旨，在崭新的征程中凝心聚力、奋发有为，作出更大的贡献。

*以“实干姿态”筑起“事业高度”。*广大党员干部要勇挑重担，在解决问题上出实招。聚焦价值运营，提升存量客户获得感，坚持精准高效拉新，提升融合发展质量，始终保持市场地位。加速转型创新，强化面向市场的网络支撑体系，做到网络规划靠前、支撑靠前；深化面向一线的网格支撑体系，完善考核激励和倒三角支撑，提升网格人员能力。

*以“斗争姿态”答好“时代大考”。*广大党员干部要树立“攻关”意识，坚定“斗争”之志，加快数智化转型。优化人才布局，赋能数智化队伍建设；顺应经济社会数字化转型的趋势，主动服务国家重大战略，不断提升融合能力、服务能力和创新能力，积极应对大竞争，适应新发展格局的需要。

以“奉献姿态”释放“为民温度”。广大党员干部要以问题为导向，加强短板攻坚，切实提升服务水平。做好服务短板攻坚，创新维系通路，做好管家式服务，压降网络故障，提升客户感知。在区域协调、提速降费、“心级服务”、乡村振兴、绿色发展、信息安全、防范治理电信网络诈骗等方面担当尽责，努力成为维护人民群众根本利益的重要力量。

三、高悬“自我革命”尚方宝剑，淬炼建设伟大工程的斗争硬功

党的百年历史就是一部不断加强自我建设、推进自我革命的历史。新征程上必须居安思危、保持忧患意识，发扬斗争精神、练就自我革命的能力，全面推进从严治党。

*以党的政治建设为统领。*认真落实“第一议题”传达学习和贯彻落实机制，持续落实党委中心组学习制度，确保习近平总书记重要讲话重要指示批示精神在本单位落地见效。持续抓细抓实警示教育和纪法教育，进一步筑牢廉政防线。

*以人民群众满意为导向。*严格落实中央八项规定以及其实施细则精神，持之以恒纠治“四风”；深入推进开展“我为群众办实事”实践活动，着力提升办实事工作的质量和水平，推进各项工作走深走实。

*以规范权力运行为核心。*通过“政治监督、合规管控、效能监察”三位一体，聚焦公司生产经营的重点领域，全面防范经营风险；学习贯彻习近平法治思想，切实把习近平法治思想落实到企业经营、管理、改革发展各个方面。

*以清廉文化建设为引领。*大抓清廉国企建设，常态化开展“清风行动”，不断推进嵌入式风险防控机制运转实效；以“小切口”推动“大治理”，营造风清气正的良好政治生态。

*以两个责任落实为重点。*完善“知责、明责、履责、尽责、考责、问责”的党建工作责任落实体系；规范有序、认真深入开展巡视巡察整改和突出问题专项治理等工作，切实提升公司内控管理能力和工作效率。

浙江台州高速公路集团党委书记、董事长、总经理陈文波

“红心筑路”促融合 党建引领促发展

浙江台州高速公路集团股份有限公司（以下简称台州高速集团或集团）积极引导全体党员干部从党的百年非凡历程中汲取智慧和力量，亮品牌，抓推进，全力打造党的建设“红”模式，着力增强国有企业的核心竞争力。在“红心筑路”这一党建工作模式驱动下，台州高速集团全面发展，实现了国有企业经济效益和社会责任的互融共赢。

一、工作有红心，“绩效党建”融入经营管理

集团党委以“三立三进三突围”为新时代发展路径，以高质量党建工作推动集团可持续发展，打造有竞争力的国有企业。充分发挥量化考核“指挥棒”作用，将党建纳入经营目标考核体系，细化23项考核指标，采取现场察看、座谈交流、资料查阅等形式，每季度对各支部党建工作情况进行跟进检查，对于督查工作中存在的问题，持续跟进整改落实，确保党建工作无漏洞。2021年，台州高速集团进一步强化争先创优的工作导向，持续巩固疫情防控和经济发展成果，各项经营业绩指标呈现出稳中有升的良好发展态势，以“月月红”推动“季季进”，为“全年红”打下了坚实基础。

二、堡垒有红力，“网格党建”融入基层一线

针对集团业态多元、一线党员工作岗位分散的特点，把党员突击队等“网格化”战斗堡垒覆盖到项目现场、工程养护、隧道救援等工作前沿。同时，建立“5+网格矩阵”，构建“集团党委—大楼党支部—一线党支部”组织脉络，加强基层党建人员、阵地、功能“三项建设”。引导广大党员积极下沉到居住地所在的街道社区，支援一线志愿工作。除结对帮扶西藏那曲措多乡7个村和黄岩湖滨村、天台塘上村等地外，号召各支部分别帮扶一名优秀困难学生，并建立起长期助学联系，在社会中塑造台州高速集团良好的国企形象。近年来，先后打造家和·同心体系——“和合”党支部、“廉洁示范”“三服务三提升”等多个特色党建示范点，在一线形成人才、技能、业务、管理“四个支撑”。在激发企业动力和活力的同时，始终严守政治纪律和政治规矩，通过开展廉政文化教育月、打造廉洁文化示范点、签订“八小时外”行为规范承诺书等活动，把

左图为台州高速集团庆祝建党100周年暨七一表彰大会；右上图为开展“党建进工地”活动；右下图为公司党员开展志愿服务，给司机送暖茶和春节对联

党风廉政建设渗透到集团生产经营、项目管理中去，带动集团发展态势持续向好。

三、示范有红领，“先锋党建”融入争先创优

坚持让“创先争优”真正成为企业党员的自觉行动，以“为社会作贡献、为党旗增光彩、争当岗位能手、争当守纪模范”为活动载体，以“我参与、我承诺、我奉献、我光荣”为主线，充分发挥党员的先锋模范作用，推进产业项目、人才队伍、企业文化“三要素”深度融合，选树示范典型推进业务与党务“双向交流”。结合主题教育，广大党员赛工作质量、赛技能提升、赛安全生产、赛现场管理、赛效益指标，形成“关键岗位党员领、平安高速党员守、项目攻坚党员上”的融合格局。

四、学习有红动，“智慧党建”融入教育学习

为全面营造“处处是课堂，走心又有新”的学习教育浓厚氛围，集团党委搭建“周一夜学习”“中层论坛”“薪火讲堂”等线下教育载体，把党的理论与宏观经济形势、产业运营、战略思维、管理创新等集团转型发展业务深度融合。主动融入大数据发展趋势，开发“智慧党建”线上教育平台，把党员教育管理和党建工作考核嵌入系统，不断提升“智慧党员之家”管理功能。丰富“微党建”“微分享”“微互动”等微信线上学习载体，整合党员碎片时间，实现学习教育全覆盖。强化“学习强国”App等平台督学促学，保持覆盖率100%，在集团内掀起学习热潮。

摄影：郑瑛芝、卢丹丽、张亮、邵克

浙江省仙居县国有资产投资集团有限公司党委书记吕汝韦

关于国企基层党员队伍建设的思考

仙居县国有资产投资集团党委书记吕汝韦牵头项目攻坚　摄影：顾祥君

链接：仙居县国有资产投资集团有限公司（以下简称仙居县国投集团）于2013年4月成立，2017年开始独立运作，2018年3月设立党委，是按照国资国企改革“三级”架构顶层设计要求，以管资本为主，以产权为纽带，全面优化国有资本布局，实行统一出资模式、统一监管体系而组建的国有独资有限责任公司，是仙居县首家信用等级AA国有企业，主要负责授权范围内国有资本的经营、管理、开发、运作、依法处置和对外投资，是仙居县国有企业母公司，有子公司23家。

“坚持党要管党、从严治党，坚持党对国有企业的领导不动摇；坚持服务生产经营不偏离；坚持党组织对国有企业选人用人的领导和把关作用不能变；坚持建强国有企业基层党组织不放松。”这是习近平总书记在全国国有企业党的建设工作会议上提出的新形势下国有企业坚持党的领导、加强党的建设的总要求。随着改革不断深化，我县按照“三级构架”顶层设计要求，相继组建了以仙居县国有资产投资集团有限公司（以下简称“仙居县国投集团”）为母公司的五大企业集团，共有在册在编职工700多人，在旅游、水务、城市建设、交通基础设施建设以及民生领域为我县经济社会发展提供了强有力的支撑。因此，国有企业基层党员队伍建设对全县国企稳定持续发展和县域经济社会发展稳定具有重要意义。我们以仙居县国投集团为例开展了国企基层党员队伍建设的调研，并引发了以下几点思考。

一、党员队伍在国企生产发展中的重要性

习近平指出：“坚持党的领导、加强党的建设，是我国国有企业的光荣传统，是国有企业的‘根’和‘魂’，是我国国有企业的独特优势。”仙居县国投集团自成立以来，集团本级累计实现融资约24亿元，完成有效投资约13亿元，集团机关支部党员充分发挥了领导核心作用。拥有的两家直属子公司分别是华莹矿业有限公司和平安民爆有限公司，这两家公司前身都属老牌国企，成立于20世纪六七十年代，在公司生产发展各个阶段中，企业基层党员都发挥了重要的作用，是创业的主心骨。

（一）*基层党支部引领企业长足发展。*一部国企发展史，就是一部坚持党的领导、加强党的建设的历史。如华莹矿业公司党支部共有党员22人，在公司各个阶段发展历程中，党支部坚强与否直接关系企业发展甚至生死存亡。这家1972年组建的公司，在20世纪90年代，因企业经营机制及市场等原因，给公司造成巨大冲击，从1998年到2007年的10年间换了6任领导，公司党的建设弱化、淡化、虚化、边缘化，基层党组织软弱涣散，公司亏损2000多万元，工人连续17个月发不到工资，因没钱交养老保险，已到退休年龄的职工无法退休，公司到了破产边缘。2008年公司重新任命了总经理和党支部书记。公司党支部充分发挥“一个党支部就是一个战斗堡垒的作用”，进行了一系列大刀阔斧的改革，第一年就实现盈利200万元。经过10年奋斗，至2018年，公司从一个亏损2000万元的小型萤石采矿企业，发展成注册资本2000万元，年销售收入3000万元的国有独资企业。2019年全年实现工业产值5000多万元，上缴税费1400万元，净利润1700多万元；同年公司启动“新型建筑材料和建筑垃圾综合利用”项目建设，企业真正实现转型升级绿色发展。

（二）*党员在关键时刻能站出来危急时刻能亮出来。*在国企中党员队伍是一支可信赖和依靠的中坚力量，发挥党员先锋模范作用是国有企业的显著优势，因为党员在关键时刻能站出来，危急时刻能亮出来。如今年防疫期间，集团机关支部全体党员日夜值守防疫卡点，不怕危险冲锋在前，防疫点临时党支部获县先进党组织称号，同时一名参与防疫工作的员工，因表现突出，在防疫一线入党。如平安民爆公司老党员蒋凤兴，在炸药库房保管员的岗位上兢兢业业30年，获浙江省劳动模范称号。如在去年“利奇马”台风抗台期间，在护塘坍塌、道路冲毁、山体流坡的危急关头，平安民爆、华莹矿业全体党员逆行而上，日夜坚守抢险一线，面对急、难、险、重任务，打头阵、当先锋，真正做到哪里有危险哪里有党员。

（三）党员凝聚职工群众力量提升企业生产力。一名党员就是一面旗帜。如平安民爆公司是年工业炸药储存量26吨、工业雷管储量为12万发的特种行业，安全责任重于泰山，他们以劳模党员为榜样，建立健全安全管理工作机制，连续17年实现安全生产零事故。如华莹矿业公司涌现出一批担当干事的党员，顾时益、潘相芳、张军火等带头深入1100多米的矿洞，日夜奋战艰苦的采矿一线；毕业于北京科大矿物资源工程专业的罗桂林，以矿为家，深入矿井实验研究采矿方案，彻底解决了采矿效率低、矿石大块率高、安全事故频发的难题，他们的一言一行在职工群众中树立了良好形象，激发了职工群众干事创业的激情，增强了企业的凝聚力和向心力。

仙居县国有资产投资集团党员志愿者服务队　摄影：张福华

二、当前国投集团基层党员队伍现状

经过深入调查走访了解到，目前国投集团基层党员队伍建设存在的问题：

（一）在职的党员占比少尤其生产一线党员更少，先锋模范作用难以充分发挥。目前，集团共有干部职工122人，在职正式党员22名，预备党员1名，在职党员数占集团总人数的18%左右；生产一线党员3名，约占集团总人数2.5%。

（二）基层组织基础不扎实，战斗堡垒作用难以充分发挥。一方面党组织生活欠规范，存在学习、党课方式单一，党员交流发言不积极，帮扶工作落实不到位等问题。另一方面党员发展周期长，根据党员发展工作规定从入党积极分子人选确定到成为正式党员的培养至少3年；同时发展党员基数少，如国投集团3个党支部，目前入党积极分子只有3名。从今年起，所有单位的退休党员组织关系都转入社区，集团在职正式党员共22名（3年内到退休年龄的党员有4名），其中机关支部7名，华莹矿业公司10名，平安民爆公司5名，根据《中国共产党支部工作条例（试行）》第六章“党支部委员会建设”的第二十条规定：“正式党员不足7人的党支部，设1名书记，必要时可以设1名副书记。”因此，如果不及时充实企业基层党员人数，必定会影响到基层组织堡垒的战斗力。

（三）党支部引领力不强，年轻职工入党积极性不高。经过调查谈话了解，年轻职工对党的认识不够，入党的积极性不是很高，其原因多方面、多层次。究其主要原因是基层党组织对职工马克思列宁主义、毛泽东思想和中国特色社会主义理论体系教育，党的路线、方针、政策和党的基本知识教育，党的历史和优良传统、作风教育以及社会主义核心价值观教育不够，使他们难以确立为共产主义事业奋斗终生的信念。

（四）党员队伍结构不合理，没有形成梯队发展。一方面，如国投集团直属公司前身都是老国企，年轻的职工人数比较少，因此党员发展对象稀少。另一方面，新建的国企大多数是新招员工，党员发展空间大，但没有合理发展党员，造成今年入党一批，明年甚至后年没有了发展对象，党员队伍建设难以形成梯队式发展。

（五）国投集团这些老国企，在职党员年龄偏大，学历一般不高，党员队伍活力不够，打造高素质党员队伍建设的瓶颈突破难。据统计，国投集团在职党员23名（其中1名预备党员），平均年龄约45周岁，其中50周岁及以上有8名，40周岁及以下只有4名。

三、对国企基层党员队伍建设的几点思考

据调查，我县国企共有22个党支部，340多名党员。习近平强调，坚持党对国有企业的领导是重大政治原则，必须一以贯之；建立现代企业制度是国有企业改革的方向，也必须一以贯之。因此，集团党委在建强自身的同时，切实履行主体责任，全面建强国企基层党组织，着力培养一支高素质党员队伍，充分发挥企业党组织的领导核心和政治核心作用，为做强做优做大国企提供坚强组织保证。

（一）从严思想建设，熔铸党的精神之魂。一是加强党章、党规等学习，灵活方式，丰富内容，开展“红色读书会、党建知识竞赛、纪念建党”等活动，充分调动党员学习的积极性。发挥党建示范点、“智库课堂”以及“学习强国”网络等有效载体，加强党员的党性教育、宗旨教育、警示教育，引导他们不断提高思想政治素质、增强党性修养，着力提升党员在职工群众中的引领力。二是开展党员结对帮工帮学等形式，关心爱护年轻职工工作、生活和学习，让他们真正感受到组织的关怀和温暖。通过宣传党的政治主张等一系列深入细致的政治思想工作，提高党外群众对党的认识，不断扩大入党积极分子队伍。三是开展“敬业在班组，奉献在岗位”等劳动竞赛活动，教育年轻职工向先进模范学习，引领优秀的年轻职工向党组织靠拢。四是基层党组织开展“我为你们讲党史”等活动，吸收发展对象、入党积极分子听党课、参加党内有关活动，对其进行政治理论和党的基本知识教育，帮助他们端正入党动机。

（二）从严基础建设，建强国企党员队伍。一是强化支部书记队伍建设，建立健全党支部书记述职以及党建考核等工作机制，落实好党建工作主体责任。二是深化干部选拔任用机制，在同等条件下优先提拔使用党员职工；特别是要把在工作一线摸爬滚打、锻炼成长，具有丰富的实践经验的优秀贤才选拔到企业基层组织领导岗位上来。同时进行技能人才、带头人队伍建设，让优秀党员干部成为国有企业发展的骨干力量。三是加强党支部班子和党务工作人员队伍建设，选拔政治思想素质好、业务能力强、敢于担当、善于创新的优秀党员，进入党务工作队伍，担任党支部班子成员。四是以“党建+”等为载体，开展“支部建在工地上”等活动，增强党员参与企业项目攻坚和服务群众能力。加大培训力度，鼓励党员职工参加成人高校继续教育，着力打造一支担当、干事、高素质的党员队伍。五是县委组织部在党员发展名额统筹时要对国企有所倾斜；县国资工作中心要统筹合理安排党员发展培养，根据企业实际，落实党员发展名额，着力构建梯队式均衡发展党员模式；企业应从年龄、文化层次、知识结构、工作岗位等要素长远谋划发展党员工作，确保党员发展按照控制总量、优化结构、提高质量、发挥作用的总要求，有领导、有计划地进行。六是坚持发展党员生产一线占比50%以上的原则，加大生产一线党员发展力度，对生产经营一线优秀职工成熟一个，发展一个，全面建强生产一线党员队伍。

（三）从严组织建设，筑牢党的执政之基。一是把党员日常教育管理的基础性工作抓紧抓好，进一步深化完善“政治生日”制度，做到“三个一”，即：赠送一份“政治生日”礼物、重温一次入党誓词、开展一次谈心谈话；推动党建工作与生产经营深度融合，真正把党的领导融入公司治理各环节，把企业党组织内嵌到公司治理结构之中，把党建工作成效转化为企业发展优势。二是建立领导干部联系车间制度、党员带班制度，通过开展党员先锋示范岗、车间模范党员评选等，充分发挥好国企党员干部的先锋模范和示范带头作用。三是加强支部标准化、规范化建设，严格组织生活，突出“主题教育”“三会一课”“两学一做”等党性锻炼；深化“廉安共建”品牌阵地建设，强化党员廉政教育，建立“微腐败”评价体系，管住“钱袋子”、扭住“牛鼻子”，筑牢防腐安全网，树立清正廉洁形象增强团队凝聚力。四是把思想政治工作作为企业党组织一项经常性、基础性工作来抓，建立支部书记履职尽责“四个一口清”机制，即：党员基本情况一口清、党建工作职责一口清、组织开展党建活动情况一口清、党建工作业绩及存在问题一口清。加强入党积极分子培养力度，强化支部基础建设，组织开展帮扶慰问困难党员、微心愿等活动，把解决党员思想问题同解决实际问题结合起来，既讲政治，又办实事，使党支部工作得人心、暖人心、稳人心，真正成为团结群众的核心、教育党员的学校、攻坚克难的堡垒。

山东烟台蓝天集团党委书记、董事长李永乐

让资本插上党建的“翅膀”

蓝天集团“资本链”党支部成立揭牌仪式　摄影：易美彤

随着国有资本投资领域不断扩大，涉及行业不断增多，出现了大量参控股企业及合作企业，在激发国企活力、放大国资效应的同时，也给党建工作带来一些新情况新挑战，突出表现在：在国有资本不占主导地位的参股和合作企业，建不建党组织以及党组织作用发挥大小，主要取决于大股东，扩大“两个覆盖”面临考验；不同参股和合作企业党组织隶属关系条块分割、封闭运行，党建引领发展面临考验；投资主体的多元化以及不同价值取向的企业职工构成，对传统的党建工作方式方法带来了挑战，组织力的提升面临考验。面对“三个考验”，山东烟台蓝天集团从2019年起探索开展“资本链上抓党建”工作，党建工作的引领力、国有资本的带动力交相辉映、充分彰显。

一、 主要做法

（一）创新组织架构，建立四种形态“资本链”党组织。在集团层面成立“资本链”党委，依托9个直属子公司党组织分别成立“资本链”党总支，吸收参控股及合作企业（不含党的关系隶属集团的企业）作为联盟单位。资本型联盟。以国有资本为纽带，推动集团各个参控股企业跨界“联姻”，实现资本党建融合，形成“红色核聚力”。行业型联盟。以合作关系为纽带，推动关联企业横向联结，实现行业党建融合，形成“链状聚力”。区域型联盟。统筹各类居民小区资源以及和民生有关的单位资源，构建块状式的组织架构，推动区域党建融合，形成“块状聚力”。松散型联盟。对尚未建立党组织的参控股企业及其他合作企业，吸收其负责人参加“资本链”党总支开展的活动，并选派“党建辅导员”，做好政策宣讲、培养骨干等工作，为成立党组织创造条件。

（二）推行“八联”机制，搭建作用发挥平台阵地。组织联建。“资本链”党委书记由集团党委书记担任，兼职委员由各“资本链”党总支书记兼任；“资本链”党总支书记由9个直属子公司党组织书记担任，兼职委员由联盟单位有关负责人兼任。事务联商。推行党组织领导下的联盟自治运作模式，涉及联盟的日常事项和重大问题，经“资本链”党组织集体研究后形成决议，成员单位共同遵守并执行。活动联办。将每季度第一个月的17日固定为“红色17”主题党日，开展各种共建活动。资源联享。由“资本链”党总支牵头，组织联盟单位分别上报“可提供资源”“需求资源”清单。发展联促。聚焦发展中的难点痛点堵点，引导联盟单位将党建活动与技术创新研讨、职工建言献策等同步开展，实现党的组织优势向企业发展优势转化。人才联育。试行“人才培养连连看”工程，组织联盟单位每年推荐部分有培养潜力的干部职工到其他联盟单位跟班学习。制度联创。建立10个“资本链”党组织书记联系点，总结提炼点上经验，形成制度规定，带动全资本链企业党建工作提档升级。

（三）完善配套制度，确保“资本链”党组织有效运转。建立议事和轮值机制。“资本链”党委会（总支委员会、支部委员会）是最高议事决策机构，遇有重要事项随时召开，每年年初固定召开1次。联盟内部实行轮值制，按季或按月由1个成员单位作为轮值单位负责牵头策划、组织开展各类共建活动。建立“以奖代补”机制。采取上级拨、党费补等方式，确保“资本链”党组织工作经费，解决有钱办事的问题。建立“双述职双评议”制度。每年年底，9个直属党组织书记既代表本级党组织向集团党委述职，接受党员职工代表评议，又作为“资本链”党总支书记向集团“资本链”党委述职，接受党员职工代表和兼职委员代表评议。

二、显著成效

（一）把党组织组织起来，有效延伸了党的触角。通过开展“资本链上抓党建”，无论大企业还是小单位，无论是体制内还是体制外，都在“资本链”党组织的统筹协调下开展活动，打破了组织隶属的制约，破除了“各自为政”的局限，形成了横向联合、纵向贯通、条块结合的格局。目前，依托四种形态的“资本链”党组织，已将多家企业有机串联起来，实现共抓基层党建、共商发展大计、共育先进文化；集团党委向11家合作企业选派了“党建辅导员”，2020年以来有4家企业陆续成立了党支部。

（二）把各类资源整合起来，有效汇聚了发展动能。随着党建资源的有效整合和优化配置，不仅在资本联结的基础上深度嵌入了党建这一强有力的纽带，使参控股企业及关联企业之间的经济联系更加密切、合作关系更加紧密，而且推动党建工作模式由“保障型”向“引领型”转变、功能作用由“松散型”向“融合型”转变，真正成为推动经营发展的“红色引擎”。2020年以来，在“资本链”党总支的牵头下，各联盟单位以参加“八联”活动为契机，围绕项目合作、内部管理、业务拓展等方面，开展了广泛深入探讨，寻求

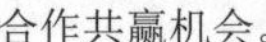

摄影：易美彤

摄影：易美彤

合作共赢机会。

（三）把广大党员凝聚起来，有效打通了服务群众"最后一公里"。通过建立"一核八联"机制，强化了党建工作的聚合态势和外溢效应，党的组织更加深入融入到各类基层组织中，党的工作更加有效覆盖到各类社会群体里，广大党员深入基层、服务群众，实现了从 "跟着来"到"一起干"的转变。在抗击新冠肺炎疫情中，集团自管和联盟单位的700多名在职党员，分期分批联合到社区定点值守，帮助做好信息登记、体温测量等工作，并自愿捐赠酒精、手套等防疫物品。

三、思考和启示

（一）做好"资本链上抓党建"工作，前提和基础是解决思想认识这个"总开关"问题。把解决思想认识问题放在首位，牢固树立"管资本必须管党建""国有资本覆盖到的地方，党建工作也要覆盖到"等理念，切实肩负起"既管牢资本，又管好党建"的双重责任。目前，"谈业务的同时谈党建、谈党建的同时谈业务"已成为企业上下的共识和自觉行动。

（二）在"资本链"上有效嵌入党建元素，核心在于围绕"抓什么""怎么抓"进行探索创新。在资本链条上有效嵌入党建元素，首先要创新党组织设置模式，在"资本链"上建起党组织，使抓党建工作具有坚实的组织依托。同时，还需同步搞好配套的运行机制建设，特别要科学界定"抓"的具体内容和形式。集团探索建立了"一核八联"机制，通过建立"资本链"党组织，强化了"资本链"上各企业的内在联系；通过开展"八联"活动，推动了"资本链"上各类资源的有效整合、互联互动。

（三）"资本链上抓党建"要具有持久生命力和活力，落脚点应放在"以高质量党建引领高质量发展"上。充分考虑参与企业的发展需求，使党建真正融入、引领生产经营。牢固树立"融入发展抓党建、抓好党建促发展"等理念，以"资本链"党组织为核心，探索推行"资源共享清单"、签订"双向合作责任书"等制度，推动党组织与"资本链"同步延伸，组织活动与经济活动同步开展，形成"党建强、发展强，发展优、党建优"的"双强双优"局面。

波克科技股份有限公司党支部书记刘忠生

为互联网企业发展注入红色动力

刘忠生近照

链接：刘忠生，1992年加入中国共产党，2015年任职波克科技股份有限公司（以下简称波克城市），全面负责公司党建、企业社会责任、可持续发展等职能系统管理工作。现任波克城市党支部书记、副总经理，上海波克公益基金会理事长，上海普陀区互联网产业党建联盟书记。先后荣获上海市优秀志愿服务先进个人、上海市劳动模范、上海市普陀区最美退役军人等荣誉称号。

作为新时代互联网企业的一名党支部书记，一名企业管理人员，不仅要充分把握时代发展节奏，跟紧互联网行业发展步伐，同时也要始终坚持党建引领，时刻与党中央保持高度一致，推动互联网企业不断提高政治能力，团结和凝聚互联网青年，明确新时代互联网企业发展的职责使命，培育有责任有担当的时代青年。

第一，企业管理中坚持党建引领，把党建工作摆在第一位。以党建引领，助推企业发展。互联网企业承担着网信、网安的重要责任，积极推动党建工作的深入落实，一方面能够引导企业和管理者树立正确的价值观和发展观，做好"学网、懂网、用网"；另一方面能够以党建促企建，不断推动企业业务的创新发展。"四史"学习教育期间，波克城市党支部积极利用自身业务优势，研发《"四史"逐梦》党建小游戏，吸引全区学校、医院、企业等党员参与学习。在企业发展中注入红色动力，打造让党放心、群众贴心、用户专心的互联网产品。

以党组织为纽带，深化党建联建，积极构建多产业交融发展的互联网新生态。在长征镇和园区党委的指导下，波克城市牵头成立长征镇互联网行业党委。通过开展企业互访，促进行业交流和业务合作，组织企业走访60余次，达成合作项目20余个；以党建为引领，整合各方资源，搭建合作交流平台，组织开展金融、科技、咨

左图为公司党群服务中心　摄影：邓必卓；右图为公司开发的学党史游戏——四史逐梦

询等各类沙龙和党建活动 20 余次。2020 年 7 月，长征镇互联网行业党委升级为普陀区互联网产业党建联盟，目前联盟成员单位发展至 33 家，正式党员超过 320 人，成员单位企业也从长征镇辐射到全区，覆盖智能制造、金融科技、文化影视、动漫游戏等产业。

第二，企业发展中坚持走好“群众路线”，服务好企业职工。员工是企业最大的生产力和最宝贵的资产，保证员工有一个稳定的发展空间、良好的福利待遇、丰富的文化生活至关重要。结合公司高学历、高技能、高智商的“三高”青年人才集聚特点，公司党支部积极构筑多维度人才福利，员工早中晚三餐、每月交通费补贴、住房租金补贴，人才公寓等多项福利政策，缓解职工压力，切实帮助企业青年解决困难。同时，不断加强支部建设，发挥堡垒作用，每月举办党员迎新会、政治生日会，重温入党誓词，为每一位党员送上包含党章、学习书籍、党徽和党建笔记本的党员大礼包，不断增强党支部活力。针对互联网青年工作节奏快，生活圈子较窄的情况，创造性地将青年交友与志愿服务相结合，积极开展“我想和你一起做公益”——普陀区互联网青年交友活动，吸引了全区青年的广泛参与，增强了青年职工的归属感和认同感；创新设计“电影党课”“行走的党课”“红歌快闪音乐会”等生动载体，贴合互联网青年特点，开展富有吸引力的党建活动，进一步将团结和凝聚青年落到实处。

第三，积极履行社会责任，共同构建网络空间命运共同体。企业的发展和社会的进步是密不可分的。在党建工作开展中，波克城市党支部创新探索“党建 + 公益”的思路，将公益作为互联网企业党建工作的重要内容。在党支部的倡导下．2019 年成立上海波克公益基金会，积极开展志愿服务和公益事业，组建共有 220 余名员工参与的上海波克公益志愿者团队，把企业公益和员工志愿服务相结合，青年党员发挥带头作用，积极引导企业青年员工投身志愿服务。新冠肺炎疫情防控期间，波克城市第一时间向湖北省慈善总会等捐款 1300 余万元用于疫情防控，党支部组织近 30 位党员、团员志愿者成立青年突击队，参与社区疫情防控、爱心献血、花桥高速道路防疫点执勤以及防疫物资运输等志愿服务，积极承担企业社会责任，彰显互联网青年的担当。为进一步探索企业和社会发展之间的良性互动，公司启动成立了“波克城市可持续发展战略办公室”，以党建引领探寻社会影响力与企业可持续发展之间的关联。

中国平煤神马集团十一矿党委书记张革委

党建引领　书写新时代的“十一矿作为”

十一矿是中国平煤神马集团骨干矿井，矿党委把“坚持党的领导、加强党的建设”作为推动企业发展的深厚动力和根本保证，树立“抓党建就是抓发展、抓发展必须抓党建”的理念，创建以党的政治建设为根本统领，以思想引领、组织保证、作风纪律为固本体系，以安全环保、质量效益、改革创新、结构调整、民生共享、基层党组织建设为攻坚驱动的“1361”党建品牌，推动党建工作与安全生产深度融合、同频共振。把党建资源转化为发展资源，把党建优势转化为发展优势，奏响了以高质量党建推动矿井高质量发展的激昂旋律，书写出新时代“十一矿作为”的壮美画卷。

一、坚持生命至上，在大战大考中展现佑护作为

大战看担当，大考有情怀。面对百年未遇的新冠肺炎疫情，十一矿党建工作统筹推进疫情防控、经营管理，坚持人民至上、生命至上，全力佑护职工生命，不让一名职工承受风险，不让一名职工孤立无援，打响了疫情防控阻击战，取得了抗疫与经营“双胜利”。

（一）与时间赛跑，用速度抢夺生命线。在疫情防控工作中，面对职工原籍在疫情重灾区人数多的现状，充分发挥党建作用，第一时间宣传中央、省委、市委和集团党委指示精神和疫情动态。第一时间成立疫情防控指挥部，要求矿中层以上干部 24 小时在矿待命，推行干部包保制度。第一时间发放防护手册，编印《新型冠状

十一矿党委书记张革委 摄影：韩旭

病毒预防指南》《十一矿新冠肺炎防控“九要”》等个人防护手册，引导职工学习防疫知识，做好自我防护。

（二）向作风宣战，用表率激发战斗力。在疫情防控最关键时期，矿领导班子成员一直吃住在矿，矿党政主要领导靠前指挥，重要会议亲自主持，重大决策亲自部署，重要环节亲自协调，落实情况亲自督查，激发党员干部的决心和信心。成立临时党支部、“小红帽”爱心服务队、爱心车队。以火神山速度改造旅馆化楼，仅仅37个小时，改造出60个房间，130个床位。2021年冬春之交，疫情防控形势骤紧，十一矿把思想隐患看作最大隐患，以看轻风险将增加风险为共识，严管“三松”现象，严控“三类”人员，干部带头就地过年，全面减少人员流动，防止疫情传播扩散，巩固疫情防控良好态势，党建工作发挥“压舱石”和“稳定器”作用。

（三）靠优化增效，用担当稳定基本盘。我们一手抓疫情防控，一手抓生产经营。坚持“保重点采面，保重点掘进头”工作思路，把己16、17—24081采面的回收工作交给综安队负责，让综采四队全力保持己16、17—22220大采高工作面的正规循环，使大采高工作面由疫情严重时期的2个班生产恢复为3个班生产。优化生产组织，调配掘进二队人员支援掘进五队，保证己16、17—22220工作面每天进尺10米以上；调配掘进六队人员支援掘进七队，保证己16、17—22171工作面安全稳步推进。在疫情防控的特殊时期，千方百计提升效率，稳产高产，多出煤，出好煤，把受疫情影响的损失夺回来，生产经营保持良好态势。

二、突出安全环保，在严抓严管中展现筑基作为

安全环保是矿井的命脉，是企业高质量发展的前提和基础。十一矿以习近平总书记关于安全生产重要指示批示精神为指引，以黄河流域生态保护和高质量发展为重大机遇，以安全环保为前提，呵护职工生命安全，保护一方碧水蓝天。该矿站在“以人民为中心”和“两个维护”的高度抓安全，落实安全生产专项整治三年行动计划，牢固树立系统安全观，坚持“三个导向”，落实“四个重在”，牢记“安全是通往回家最近的路”，把安全作为矿井发展的重要基石。持续推进安全风险双重预防体系建设，做到“想得到、做得到、不出事”。 深化源头治理、系统治理、综合治理，提升安全治理体系和治理能力现代化水平，保持长周期安全稳定局面。

十一矿坚持生态前置，加快向绿色环保型矿井转型，牢固树立“绿水青山就是金山银山”理念，绿色发展按下快进键，生态文明建设驶入快车道。像抓安全一样抓好环保工作，坚持绿色发展、近零排放工作目标，持续抓好矸石、废气、废水综合治理，投入1000多万元，改造氧化塘环保项目，绿化矸石山，建设矸石山环保大棚，继续完善煤矸石充填废弃采石坑生态修复项目，全面做好美化绿化、清洁保洁和抑尘降尘等工作，矿区天更蓝、山更绿、水更清、环境更优美。

三、聚焦“三大攻坚”，在对标对表中展现效益作为

十一矿树牢以质量效益为中心的鲜明导向，坚持高质量发展目标，对标对表行业先进，全面强化经营管理，坚定不移打赢结构调整、改革创新、智慧矿山建设三大攻坚战，在平煤神马集团煤矿中充分发挥“领头雁”作用，主要经营指标领跑全省煤矿。

（一）结构调整提升创效力。十一矿的己组煤是优质炼焦煤，储量丰富，煤质优良，然而，由于经营思想滞后，对接市场缓慢，经营管理非常艰难，守着金山过苦日子。新领导班子上任后，牢牢把握产品结构调整这条主线，千方百计降低丁组煤、戊组煤产量，集中精力提升己组煤占比，树立“己组煤就是竞争力、发展力、效益源”的理念，全力开发己组煤，多出己组煤，多出煤质好的己组煤，大幅度提升己组煤的占比，提高质量效益。己组煤占比从两年前的46%，上升到2020年的73%，创出建矿以来最好水平。2020年，在商品煤产量同比减少15万吨的情况下，收入增加5000万元，实现利润3.48亿元，矿井连续两年跨入集团“3亿元利润俱乐部”。

（二）改革创新激发硬实力。落实集团改革部署，推进人力资源和组织机构优化，完成控员1040人，压减机构3个。4项技术成果取得国家专利，“千米突出矿井三软厚煤层复合顶板一次采全高工程实践”获得集团2020年最高技术奖，18项科研成果获得集团奖励。“以孔代巷”项目成为集团首家成功实施单位；己16、17—24050风巷复合顶板注浆加固技术研究、西部资源解放等扎实推进，北风井建设顺利启动，六大瓶颈问题取得阶段性成果。远距离供电供液、电液控技术，截深800mm、功率1000kW以上采煤机，转载机自移等综采综掘配套技术全面推广，新技术、新装备、新工艺得到应用，矿井硬实力提升到新水平。

（三）智慧矿山提升创造力。成功建成集团第二个、我矿第一个智能化大采高工作面，建成工业互联网安全生产信息共享平台，完成西翼工区万兆环网建设和可视化升级改造，推进自动化控制、无线通信、应急广播系统拓展建设，实现采掘头面全覆盖。实施自动化改造11处，所有主排水泵实现自动化，主运输高强胶带及沿途给煤机、己四煤仓空气炮实现远程控制，矿井驶入自动化、信息化、智能化建设的快车道。

四、探索“党建+”模式，在先行先试中展现区队作为

十一矿党委全面提升基层党组织治理能力，以“党建+”模式聚焦区队工作，强化基层党组织建设，不断深化独具特色的工作机制，发挥党员先锋模范带头作用，开创基层党建工作新局面。

（一）“党建+小革新”，争做创效能手。矿机修厂党支部开展“我是工匠我先行”“人人争当创效能手”活动，积极征集职工的小革新、好点子，引导职工勤于思考、勇于创新，有效激发了全厂职工创新创效的热情。2020年，机修厂先后完成了可伸缩式皮带机尾、气动道岔操控装置、花架车刹车装置等15种设置的研发，自主检修叠螺式污水脱泥机、蒸汽交换机等10余种设备，全年为矿节约成本3000多万元。

（二）“党建+新机制”，激发队伍活力。矿综机工厂党支部推行“四级员工”考核管理机制，将员工分为拔尖员工、核心员工、一般员工、帮扶员工，分别享受不同工资奖金待遇。建立“动态转换”机制，采用区队考评+员工互评的方式，对全厂员工以业务技能、工作业绩和服务质量等方面为标准，进行季度综合考核，员工实行四级转换，实现收入按技分配、按劳分配、按贡献分配的动态管理模式，增强了职工的责任感，提升了职工的业务技能。青工杨志坚、李思达，分别在2020年集团职工职业技能大赛上取得了煤机司机专业、支架工专业第二名的好成绩。

（三）“党建+办实事”，凝聚攻坚合力。掘进五队党支部关爱职工，主动为职工办实事、解难题。疫情防控期间，职工口罩紧缺，该队多方筹措，将口罩发放到职工手上；职工就餐困难，营养不均衡，队党支部为职工买来水果、牛肉等食品，为职工增加营养职工回不了家，队长杨绵海把岳父家的房子腾出来，供职工住宿。领导关爱职工，职工争创佳绩。2020年1—4月，在严峻复杂的疫情形势下，掘进五队连续创出月进尺366米、310米、402米、312米的优异成绩，一举打破十一矿近年来大断面锚索联合支护掘进新

十一矿鸟瞰　摄影：李宏恩

纪录。

五、坚持以文化人，在向上向善中展现文化作为

文化是精神的延续，是价值的传承，一流的企业创造一流的文化，优秀的企业文化就是企业的软实力。

十一矿不断总结提炼建矿40多年优秀的人文精神和企业品质，形成了“矿井站排头，员工争一流”的企业精神，“建成省内一流、行业知名的安全高效、绿色智能现代化矿井”的发展目标，“安全是通往回家最近的路”的矿井安全理念等愿景和理念体系，在全矿广泛宣传、宣讲、践行，用企业文化提升发展信念，凝聚发展合力。

十一矿党委精心打造“出彩十一矿人”道德品牌。深入挖掘安全生产、质量效益、和谐矿区建设等方面先进典型的闪光点，选树矿区道德人物，培育矿井文明新风。采用季度评选和年度总评相结合的办法，在季度“出彩十一矿人”的基础上，评选产生10名年度“出彩十一矿人”道德人物，进行命名表彰。弘扬时代精神，践行社会主义核心价值观。“出彩十一矿人”道德人物如春风化雨，润泽干部职工心灵，培育向上向善道德新风。

六、做强“六项工程”，在引领引导中展现党建作为

（一）实施政治统领工程。坚持以习近平新时代中国特色社会主义思想为指引，完善重大事项党委会前置研究讨论程序，制定全面从严治党主体责任清单，把方向、管大局、保落实。强化干部培养使用，4名优秀干部被集团提拔重用，6名“双一流”高校毕业生落户我矿。

（二）实施安全保障工程。落实“四个重在”安全工作思路，制定安全专项整治三年行动方案，深化双重预防体系建设，提炼安全生产“六大理念”，推动“五种人”排查制度化、经常化，职工安全意识显著增强，安全成为通往回家最近的路。创新安全培训方式，在集团率先开展“线上”直播培训，订单式、靶向式培训经验在集团推广。

（三）实施班子聚力工程。全矿积极践行“五讲”文化，切实发挥“关键少数”作用，涌现出了职工医院、职教中心等讲团结的“好班子”，李国顺、杨绵海等讲大局的“安全高效之星”，李生龙、爱心车队等讲奉献的“抗疫先进群体”，张林、陶全德等讲感恩的“平煤神马好人”，调度室、人力资源部等讲协调的“先进科室”，这些“五讲”先进群体，担负着矿井高质量发展的责任和使命。

（四）实施素质提升工程。组织17名党务干部赴山东枣矿学习“充电”，对全体党支部书记和党员进行脱产轮训。技术比武、岗位练兵活动富有成效，7名职工获得集团以上技术比武前三名，创建矿来最好成绩。

（五）实施强基固本工程。持续开展“创建争”活动，矿党委“1361”党建工作机制被评为集团党建特色品牌。选煤厂党支部建成省管企业标准化建设示范点，综采四队党支部建成集团示范党支部。创新实施基层支部分类评定、分级管理等举措，支部建设更加坚强有力。

（六）实施反腐倡廉工程。健全党风建设和反腐倡廉工作责任制，压实从严治党“两个责任”。深入开展“干部作风整顿年”活动，大力整顿不担当、不作为、慢作为、乱作为问题。严守党建与经营工作“十条红线”，构建“六位一体”大监督体系，最大限度抓早抓小、纠偏止损。

党建引领，“十一矿作为”集团瞩目；永担使命，高质量发展再启新程。当前，恰逢十一矿历史上最好的发展时期，矿党委牢固树立“在经济领域为党工作”的理念，牢记打造西部矿区“领头雁”重要嘱托，统筹发展与安全“两件大事”，坚持人民至上、生命至上，立足新发展阶段，贯彻新发展理念，构建新发展格局，推动矿井高质量发展，为中国平煤神马集团迈进世界一流企业、为中原更加出彩作出新贡献，以优异成绩喜迎建党100周年。

甘肃金川集团铜业有限公司党委书记、董事长汤红才

混合所有制企业党建工作的探索与实践

2015年8月，中共中央、国务院《关于深化国有企业改革的指导意见》明确提出“加强和改进党对国有企业的领导，把建立党的组织、开展党的工作，作为国有企业推进混合所有制改革的必要前提”，为我们探索完善具有中国特色的混合所有制企业党建工作新机制提供了基本遵循。党的十九大报告也明确提出“深化国有企业改革，发展混合所有制经济，培育具有全球竞争力的世界一流企业”，深刻凸显了混合所有制经济的重要地位和作用，为全面深化国有企业改革指明了前进方向和实现路径。

金川集团2003年参股包头华鼎铜业发展有限公司（以下简称华鼎铜业），2018年又增持10%成为了华鼎铜业的第一大股东（金川40%、高新区政府25%，民营资本35%）主导管理华鼎铜业，金川集团聘任我为华鼎铜业党委书记、董事长和法定代表人。

作为金川主导、国有资本占绝对优势的混合所有制企业，从担任华鼎铜业党委书记之初，我就在思考，如何围绕“三个有利于”标准，把投资者、经营者和广大员工的利益维护好、实现好，把党建优势与民营企业市场优势、竞争优势和创新优势有机融合，发挥好党建在混合所有制企业生产经营和改革发展中的作用。经过近一年的摸索和实践，收到一定成效，我将其暂称为“华鼎模式”。

一、探索“华鼎模式”的初衷

应该说，华鼎铜业长期以来还是比较重视党建工作的，在党组织机构设置、人员配置、经费保障、活动组织、脱贫攻坚等方面也做了大量行之有效的工作。

但是受企业性质的影响和制约，也存在着一些深层次问题，影响了企业党组织政治核心作用的发挥。比如，产权结构的多元化，投资方与经营层及职工之间利益诉求的多样化，对党组织政治功能的发挥带来了挑战；多元投资方之间形成的天然制衡机制，虽有助于市场化治理机制的快速建立，但对党组织治理机制与企业市场化治理机制之间的兼容性造成了一定冲击；受多元投资方成本控制影响，党组织发挥作用所需资源投入的便利性也受到制约，不利于党建工作载体的创新和活动的有效开展；党员、职工成分的复杂性和工作的流动性，对党组织凝聚力和影响力的发挥也造成了不利影响。

因此，探索实践处理好混合所有制企业党组织与董事会及经理层的关系，发挥好党组织在把方向、管大局、保落实的作用。确保党对混合所有制企业的政治领导，增强国有资本活力、控制力、影响力和抗风险能力，作为一个重大的理论问题和紧迫的实践课题，摆在了我的面前。

二、实践“华鼎模式”的路径

经过一年多探索实践形成的“华鼎模式”，我把其总结归纳为“党课领航、思想武装、作风固本、文化铸魂”四个具体环节，以期解决在混合所有制企业里，为什么抓党建，党建抓什么、怎么抓好的问题。

（一）坚持党课“领航”，激发政治热情、提高政治能力

党课是统一党内思想、严肃党内生活、发扬党内民主、加强党内团结的“法宝”和“利器”。党课的出发点是“激发党员、提升党员、动员党员、引导党员”，落脚点是“增强党性、坚定信念、激发干劲、发挥作用”，这是党课的“主旨和主线”。

到华鼎铜业伊始，我就发现，虽然华鼎铜业党的组织相对健全，但党组织的政治功能发挥不充分、缺乏活力，正常的党内生活不够严肃，党员政治热情不高、政治能力缺乏。所以我把上好党课作为强化党组织政治功能，提升党员政治热情的“试金石”和“催化剂”，通过通俗易懂的语言，将抽象的政治理论转变成浅显易见的日常道理和具体事例，以小见大，以近说远，推动党的理论往实里走、往深里走、往心里走，让党员干部不仅听得懂、记得住、想得通、用得上，而且心灵受到洗礼、思想得到升华，收到了“思想上共振、情感上共鸣、行动上共进”的实际效果，强劲开启了凝聚人心、服务员工、推动发展、促进和谐的“红色引擎”。

除了上党课外，我还建立了党委学习群，将金川集团领导在中央党校学习分享的内容与大家共同学习，将中国传统文化的经典内容也在群内分享学习。

现在的华鼎铜业，讲党课、听党课已经深入人心，丰富的精神食粮不仅激活了党组织的政治功能，更是激发了党员的政治热情，党组织的政治核心作用和党员的先锋模范作用日益凸显，有力促进了国有企业传统党建政治优势、组织优势与混合所有制企业独特市场竞争优势的深度融合，提升了企业发展软实力。同时也让各方投资者从陌生到了解、到认同，到真切感受到党建工作对企业高质量发展所产生的巨大推动力，形成了抓党建的浓厚氛围和工作合力。

（二）坚持思想“武装”，筑牢信念之基、补足精神之钙

思想是行动的先导，抓好党员干部的思想教育，是党建工作的“根”和“魂”。思想问题解决了，问题就解决了一大半。这也是我常说的万事皆由心定，心变了世界就变了，即心变则态度变，态度变则行为变，行为变则习惯变，习惯变则环境变，环境变则心变。

但是多数党员干部对思想教育的认识不高，理解不够，一说思想就感觉空洞抽象，为了便于理解，讲党课时我把思想细化、具体化的讲解为哲学思想、专业思想、艺术思想和品德思想。

1. 哲学思想。世界哲学体系庞大、内容丰富，但作为中国共产党领导的党员和干部，必须学习掌握应用的哲学思想是马列主义、毛泽东思想、邓小平理论、“三个代表”重要思想、科学发展观、习近平新时代中国特色社会主义思想和优秀的中国传统文化。

哲学思想是人类智慧的结晶，是最高的智慧，是世界观、方法论。掌握和应用好哲学思想，可以提高驾驭复杂局面和处理复杂问题的本领。

2. 专业思想。专业思想是不同专业领域所具备的独特思想，覆盖了政治、经济、历史、地理、科学、技术等诸多领域。

专业思想越丰富，解决问题的思路越宽、办法越多，决策正确性越大，事业成功的概率越大。

因此培养专业化和职业化水平高，市场意识和创新意识突出，执行力和组织协调能力强的高素质、专业化、复合型人才队伍，需要党员干部“眼睛向外”“又博又专”，跳出专业、行业和国家范畴，广泛涉猎其他学科、领域专业知识和世界各国政治、经济、科学、文化等方面知识，使专业思维、专业素养、专业能力跟上时代节拍，避免少知而迷、无知而乱。

3. 艺术思想。艺术思想是提升人的文化底蕴、艺术修养、情趣品位的思想，囊括了琴棋书画、诗词歌赋、文学艺术等诸多内容。艺术思想不是一蹴而就，它需要环境氛围，更需要“长期熏陶”。所以，必须从丰富党员干部生活阅历、审美趣味、艺术才能及文化修养入手，切实发挥艺术在净化心灵、陶冶性情、启迪智慧的积极作用，把学习各类艺术作为一种价值追求、一种兴趣爱好、一种健康生活方式，努力提升党员干部的品德修养、气质内涵和人格魅力，将艺术思想独特的感染力、影响力、吸引力和说服力，转化为优秀的管理艺术与处事方法。

4. 品德思想。品德思想即人生观和价值观。通俗地讲，就是中国传统文化中的“五伦、五常、四维、八德”，我们党高度重视人才的德行修养，干部选拔任用坚持的是德才兼备，以德为先的原则。通常人们也将人品分为四类，有德有才是上品、有德无才是次品、无德无才是废品、无德有才是毒品。可见德是人才的根本。

通过以上细化具体化的讲解，大家对思想教育的内容有了较全面、具体的认识。

为了加深大家对思想重要性的理解，我又引用了日本管理大师稻盛和夫的两个公式，一个是：人的品格 = 性格 + 哲学，我把这个公式修改为：人的品格 = 性格 + 思想。性格好坏、处事成败，反映的是人的品格，而不是性格，好的品格才是人生的关键和价值所在，而且性格的缺陷也可以通过思想去弥补和修正。另一个是：人的事业 = 品格 × 能力 × 努力；正的品格可以激发向上向善的正能量，负的品格则会催生巨大的破坏力，而能力的高低也不单单取决于我们做了多大的事、取得了多大的成就，归根到底是在于我们努力了多少、付出了多少，这是一个互为辩证的关系。

这两个公式的逻辑关系说明了思想对人生的重要性，因此树立了党员干部不断学习，丰富思想内涵的自觉性，让其从内心接受政治思想教育。同时也坚定了党组织抓党建工作必须坚持思想“武装”的信念。

（三）坚持作风“固本”，激荡清风正气、激发担当作为

作风建设是党的建设的永恒主题，抓好干部作风建设，主要是抓好思想作风、工作作风、领导作风和生活作风建设。

1. 思想作风。我的理解就是“实事求是、与时俱进、公道正派、

敢于担当”。实事求是这方面，我们党有着丰富的经验和深刻的历史教训。1943年，毛泽东同志为新落成的中央党校大礼堂题词“实事求是”，就是我们党在长期革命斗争中总结的宝贵经验。“大跃进”时期，高指标、瞎指挥、浮夸风大肆泛滥；“文革”期间，颠倒黑白，是非混淆，使党风受到了严重破坏。也是1978年邓小平同志提出“解放思想、实事求是，团结一致向前看”的思想推进了我国的改革开放。习近平新时代中国特色社会主义思想无处不闪耀着实事求是的光芒。与时俱进，就是要紧跟时代前进的步伐。世界潮流浩浩荡荡，顺之者昌、逆之者亡。只有不断解放思想、改革创新，才能不被时代所淘汰。公道正派，日常工作生活中没立场、没节操，惯于趋炎附势、阳奉阴违，口是心非的“两面派”“两面人”是有的，这种人严重败坏党的形象，我们要时刻警醒，坚定政治立场、公道正派做人。敢于担当，想做事肯定就要冒风险，有时还会被人误解或是得罪人，甚至付出代价。我们只有不断强化责任感和使命感，才能有敢担当的勇气、能担当的魄力、会担当的能力。有没有担当，最能检验党员干部的政治操守和政治品格。

2. 工作作风。工作作风就是指勤奋敬业、认真细致、踏实肯干、精益求精，好的思路想法需要好的工作作风去落实，相同一件工作，不同的作风和态度，结果截然不同。扎实的工作作风才能把事干成干好。党员的先锋模范带头作用在工作作风上体现的最充分。长期以来我在这方面坚持以上率下、以身作则，推动党员干部工作作风的建设。对华鼎铜业我也秉承了这一做法，也取得了较好的成效。

3. 领导作风。领导作风的核心就是群众路线、理论联系实际、调查研究、民主集中制、批评与自我批评。我们的党员干部在实际工作中只有认真践行这些作风，才能得到群众的认可，工作才容易见成效。

铜业公司要求全体党员干部认真践行“一线工作法”和“最多跑一次”的理念，建立了“跟班作业”制度。我和铜业公司班子成员经常到生产一线调研，主动与一线职工交朋友，为他们解决实际问题，基层职工对我们很热情，愿意跟我们说实话、讲真话。2018年我担任华鼎党委书记、董事长后，也把这种作风带到华鼎铜业，也取得了非常好的效果。

只要我们坚持全心全意依靠职工办企业，把维护好、实现好、发展好职工的根本利益作为工作的出发点和落脚点，就一定能赢得职工的衷心拥护和鼎力支持，这也是我们党特有的政治优势。

4. 生活作风。生活作风就是勤俭节约，艰苦奋斗。勤俭节约是中华民族的传统美德，是我们党的传家宝。艰苦奋斗、勤俭节约是我们党一路走来、发展壮大的重要保证，也是继往开来、再创辉煌的重要保证。在华鼎期间我讲反对享乐主义和奢靡之风，在衣食住行方面也提倡简单，简洁高效。我们华鼎的前任董事长在这方面做得比较好，我也向他学习，所以华鼎铜业的管理团队和党员干部拥有较好的生活作风。

（四）坚持文化“铸魂”，坚定文化自信、凝聚内生动力

习近平总书记指出：“文化自信，是更基础、更广泛、更深厚的自信。”加强混合所有制企业文化建设，发挥文化铸魂化人作用，为发展混合所有制经济提供强有力文化支撑，是摆在国有企业面前的重要课题。在抓好党员干部思想、作风建设的同时，我结合华鼎铜业改革发展和生产经营实际，总结提炼出了“股东满意，员工幸福”的企业愿景，“谦虚谨慎、团结协作、互帮互助、共同进步”的内部环境理念，“诚实合作、廉洁高效、优质服务、共创价值”的外部环境理念，并持续抓好学习宣贯和解读，积极培育健康、向上的华鼎企业文化，增强了员工的自豪感和向心力，提升了企业软实力。常态化开展拔河比赛、篮球赛、健步行活动、知识竞赛等文体活动和大病帮扶、爱心捐款、金秋助学等公益活动，自觉履行企业社会责任，积极参与精准脱贫攻坚，为全面建成小康社会做出了应有贡献。

三、推行“华鼎模式”的经验与启示

（一）合作方的认同是前提

华鼎铜业总经理袁俊智对我这一年来加强党建工作所采取的措施及取得的成效感受很深，深切体会到党建工作在统一思想认识、凝聚工作合力、提升管理效率和效能，强化执行力和落实力等方面发挥了非常重要的作用。实践证明，发展得好的混合所有制企业，国企领导人和非公资本代表都能够相互理解、相互沟通、充分信任、共担责任；大家都是本着企业家精神，务实地致力于保持企业市场活力和核心竞争力，不断把企业做强做优做大。也正是基于合作方的认同，把党组织建设写入华鼎铜业公司章程，进一步明确党组织在企业法人治理结构中的法定地位，确保依法依规抓好混合所有制企业党建工作。

（二）企业主要负责人的重视程度和认识程度是直接作用力

混合所有制企业党的建设面临的形势比较复杂，党建工作的有效开展难度更大。一年多来，我作为华鼎法人代表和党委书记，对中国的政治经济体制、对新时代中国特色社会主义时期全面从严治党和全面深化改革进行了深入思考，努力从政治站位和企业发展两个维度去理解和认识问题，并结合华鼎实际，摸索实践并总结提炼出了“华鼎模式”这样一个模板，抓牢抓实了混合所有制企业党建工作。

（三）创新是活力源泉

要善于运用现代企业管理方法和建立与现代企业制度相适应的党建工作管理模式，不断创新党建工作活动载体和形式内容，提高混合所有制企业党建工作科学化、规范化、标准化水平，在求新、求变中不断自我完善，为党组织和党员发挥作用拓展新空间、搭建新舞台，增强混合所有制企业党建工作的生机和活力。

江苏省如东县供销合作总社党组书记、主任邵亚红

从党史中汲取力量　履好供销系统之职

随着全党上下党史学习教育的不断深入，我们供销系统的广大党员干部，在党史学习教育中真正做到学有章法、知行合一，把党史蕴含的智慧和力量转化为干好本职工作的原动力，助推乡村振兴发展，实现富农增收。

一、学史爱党明理，在“深入学”上做文章

党史学习要会学会用，学以致用，以学促用，把党史的智慧和经验作为我们做好各项工作的基石和路标。

学习之初，我们利用小黑板报，由供销社机关各党小组定期自选学习课题。组织党课教育，每月由分管副主任上党课，通过学习党的光辉历程，让我们更清楚地认识到，只有在中国共产党的领导下，坚持走建设中国特色社会主义道路，才能发展中国，实现中华民族的伟大复兴。

邵亚红（右）为老干部发放光荣在党50年纪念章 摄影：戴其麟

我们引导全系统党员干部读原著、悟原理，邀请老干部支部的老党员讲述供销社的创业史、奋斗史，开展“青蓝结对”帮扶工程，发挥“传帮带”作用，弘扬扁担精神，传承红色基因，锤炼供销社“狼性”党员干部队伍。

组织开展党史知识竞赛及学史先进个人、优秀心得体会文章，重温入党誓词和党员过“政治生日”“学史、传承、担当”主题情景党课，丰富创新支部主题党日活动。

以“扁担精神”“背篓精神”引领供销党建，围绕深化改革、服务“三农”总目标，在实施恢复基层社重建、产销流通、农资供应、产业融合和电子商务平台建设中争当表率，争做示范，走在前列，促使党史学习教育和业务工作互促共融。

二、学史增信崇德，在“用心悟”上下功夫

一是做“硬功”。供销系统党员干部把习近平总书记关于对供销合作社工作的重要指示摆在首要位置，把学习党史同学习供销社史结合起来，把党领导供销社工作的历史进程学习好、掌握好，把党领导下供销社改革发展的成功经验总结好、传承好，把供销社优秀党员干部的先进事迹和感人故事弘扬好、传播好，不断增强党史学习教育中的供销元素、供销故事和供销成就。

二是做“细功”。发扬党的光荣传统和优秀作用，深入基层慰问老党员，倾听他们的心声，及时把党组织的关怀和温暖送到党员心坎上。并对“光荣在党50年”的老党员集中授发纪念奖章，使老党员享有荣誉感、归属感、使命感。组织供销社机关党员干部赴革命史馆接受红色教育，树立正确的党史观，始终保持党员干部自我革命的思想自觉、政治自觉和行动自觉。积极参与各类志愿服务和公益活动，提升服务发展、服务群众的意识和能力，大力挖掘、培养、选树系统内先进典型，营造党史学习教育“比、学、赶、超”的浓厚氛围。

三是做“实功”。在潜移默化的历史熏陶中，赓续共产党人精神血脉，用心用情学党史。努力打造“新供销·心服务”党建品牌创建活动，在品牌创建上，我们还与江苏东和投资集团有限公司联合成立江苏东和供销公司，专门打造运营“如意东方”区域公用品牌核心产品，为群众提供高品质特色产品。利用“如东供销”公众号等媒体营造创建氛围，放大品牌效应，提升品牌影响，实现品牌强县，使党史学习教育和中心工作真正融合、深度融合、全面融合。进一步完善如东供销社党组、机关党总支，基层党支部三级责任清单，强化主责意识，实行项目化管理、过程化监督、绩效化考评。如东洋甜供销社党建联盟（红色党建·蓝色甜港·绿色供销）打造成市党建联盟品牌。

三、学史力行为民，在“担使命”上见成效

一代又一代供销人不断地追逐梦想，贡献力量，创造辉煌。我们筑牢“守初心、担使命”的思想根基，加强知供销、懂供销、讲供销、干供销的意识。进入新发展阶段，供销系统党员干部把学党史、供销史同总结经验、观照现实结合起来，同解决实际问题结合起来，做到知责于心、担责于身、履责于行，以“带好队伍、干好供销”的精神状态，展现新气象、开拓新局面。严守政治纪律和政治规矩，厚植为民情怀，传承优良作风，加强服务“三农”的主动性、自觉性。开展以党史为重点的“四史”宣传教育、七一·红阅读等主题活动，在“学习强国”“扶海微学党”“如东干部在线学习中心”等媒体平台上，组织党员干部参加微党课网课、党史网络培训学习，确保每名党员干部全年网上专题学习不低于10学时，多渠道、多角度、多形式扎实有力促进党史学习教育持续升温。

检验党史学习教育的关键就是看人民群众的获得感、幸福感和满意度。我们大力推行“我为群众办实事”实践活动，走进社区、基层、企业，从最困难的群众入手、最突出的问题抓起、最现实的利益出发，列出月度、季度、年度为群众办实事重点清单。小事、易事、急事及时做，需要一定时间完成的，制定方案措施，倒轧时间节点，一件一件抓好落实，切实解决基层困难事、群众烦心事，展示新时代供销系统党员干部的良好风貌。党史学习教育的落脚点在成效上，我们按照“强化合作、农民参与、为农服务”的要求，坚持开放办社，因地制宜推进基层供销社改造，联合镇农业服务中心、村经济合作社，先后投入3000余万元，恢复重建4家村级基层社。基层供销社领办、创办11家专业合作社、3家联合社、303家综合服务社，通过构建村社新型组织体系，实现了共建、共享、共赢。

左图为如东县供销合作总社机关人员参观南通地方史展馆，接受红色教育；右上图为班子成员指导如东国家农村产业融合发展示范园农业社会化服务；右下图为“服务三农”进园区签约仪式 摄影：戴其麟

第八章

当代“三牛”

理学博士、硕士研究生导师、甘肃省科学院纳米应用技术研究室主任吴志国

倾情纳米科技研究　献身纳米高效农业

链接： 吴志国，男，理学博士，硕士研究生导师，甘肃省科学院纳米应用技术研究室主任、特聘研究员，兰州大学物理科学与技术学院副教授，兼任白银市实创高新产业研究院常务副院长、甘肃纳米金属材料产业研究院常务副院长，甘肃省材料学会发起人、副理事长，甘肃省材料热处理与表面工程学会副理事长，江苏省省级"双创"科技副总。主要从事金属及其化合物纳米粉体生产技术和设备的产业化推广、金属纳米粉体深层次应用研究（纳米高效农业、纳米润滑油、吸波隐身涂层、固体火箭推进剂及其他含能材料、抗菌衣物及涂料、高效纳米催化剂等）、先进真空等离子体设备研制、低温等离子体材料表面改性、新型功能纳米材料合成与应用等研究工作，同时注重基础研究和应用开发并取得了较好的成绩。

吴志国近照

在甘肃省科学院行政楼一楼，不论是节假日还是晚上十一二点，同事们经常会看到一位面带笑容、个子较高的身影在节假日和晚上十一二点仍出入于各实验室与研究生交流工作。

他是一位纳米应用技术研究的专家。他和团队成员设计、制造的"MPNP系列"金属纳米粉体新材料工业化生产技术和设备成功实现了产业化推广；他和科研团队紧盯市场动态和纳米技术研究前沿，与航天科技集团、中科院兰州化物所、哈工大等国内军工、航天和相关科研院所展开了广泛合作，应用产品具有很好的市场前景，获得了良好的社会和经济效益。

他就是甘肃省科学院金属纳米粉体应用创新团队带头人、纳米应用技术研究室主任吴志国。

扎根大西北，立志用纳米材料改变世界

"科研的灵感，决不是坐等可以等来的。如果说，科学上的发现有什么偶然机遇的话，那么这种'偶然的机遇'只能给那些潜心科研、善于独立思考、具有锲而不舍精神的人，而不会给懒汉。"吴志国总是这样对他的团队成员说。

1978年6月14日出生的吴志国是新疆昌吉人，他从小就对各种自然现象有着浓厚的兴趣。看别人摆弄那些奇奇怪怪的瓶瓶罐罐和各种机械，觉得神秘、新奇而又有趣。高中毕业后，对于物理与化学具有浓厚兴趣的吴志国选择了国内物理专业顶尖的兰州大学，师从纳米材料顶尖专家闫鹏勋教授，开始接触到了传说中的"纳米材料"。

在闫鹏勋教授的悉心教诲下，他在纳米科技领域如鱼得水，取得了一个又一个的优异成果。近年来，他主持完成国家自然科学基金1项，教育部项目2项，省财政项目2项，国家重点实验室开放基金1项，地方科技计划3项，其他企业委托横向研发及产业化项目8项；主要参与完成国家自然科学基金项目5项，甘肃省重大攻关项目2项，甘肃省（重点）自然科学基金2项。

采访中，吴志国感慨道："那个时候国际上还没有很好的技术能够实现高质量金属纳米粉体的工业化生产，在全球范围内根本无法实现产业化，急需能够实现更大产能的技术加速产业化进程。在我的导师闫鹏勋教授的带领下，我们坚定地开始自主创新，开发工业化制备金属纳米粉体的技术和设备。在这条道路上，我们一走就是20年。"

立足纳米科技，充分发挥团队科研合力

"科研没有平坦的大道，真理的长河中充满礁石险滩。只有不畏攀登的采药者，只有不怕巨浪的弄潮儿，才能登上高峰采得仙草，深入水底觅得骊珠。"吴志国对记者说。

2015年，吴志国博士被甘肃省科学院聘为纳米应用技术研究室主任，成了省科学院的一名特聘研究员。任职文件刚一到手，他就立马投入工作，积极调研，了解市场，并组建了甘肃省科学院金属纳米粉体应用创新团队。

"目前，我们金属纳米粉体创新团队有成员16人，其中高级职称5人，中级职称3人，初级职称4人，硕士研究生1人，其他成员2人，外聘专家1人。5位核心成员研究方向与金属纳米粉体紧密相关，共同致力于金属纳米粉体在各研究领域的应用产品开发、市场开拓，积极对接民间资本，进一步探索'产资研'的发展模式。"吴志国向记者介绍。

刚开始，由于设备短缺、经费紧张，吴志国和他的科研团队成员只能用有限的经费自主研发设备做研究。但也是因为各类科研条件的不成熟，反而激发了吴志国科研团队的创新热情。多年来，吴志国和他的科研人员几乎放弃了节假日的休息时间。他们废寝忘食，披星戴月，查阅了大量资料，最终分析了解了各种制备方法和设备的优缺点，也为他们自主开发全新的工业化制备技术和设备奠定了坚实的基础。

经过多年的科研攻关，吴志国团队实现了技术突破，在国际上首次发明了大规模工业化生产各类金属纳米粉体技术，其产能是目前国际上其他技术的数十倍以上。吴志国和他的团队将其称为"MPNP宏量制备技术"。

接着，吴志国结合我国及全省纳米科技发展实际，规划了金属纳米粉体产品的应用方向，自主研发了纳米自修复润滑油、纳米高效农业、纳米抗菌纺织品与涂料、纳米催化剂、新型电池电极、纳米固体推进剂、纳米吸波剂等多种类型的纳米产品。

"我们一定要全身心投入，把科研成果和技术变成惠及民生的产品，为社会经济发展发挥我们科技工作者应有的作用。"这是吴志国对自己和团队做出的要求。

在吴志国和科研团队的共同努力下，他们取得了一系列丰硕的成果。在著名学术刊物上发表SCI论文100余篇，授权专利6件。科研成果获甘肃省科技进步二等奖1项，甘肃省高校科技进步一等奖1项，二等奖3项。

"知识分子就应该科技报国，学有所用。要重视基础研究和应用研究、高新技术开发，这样才能研究出可应用的创新成果。"采访中，吴志国如是说。

瞄准市场趋势，始终走在国际研发前沿

近年来，吴志国科研团队在首席科学家闫鹏勋教授的带领下，始终紧盯国际前沿，每年都会收到数十个国际会议特邀报告。

2018年，吴志国应邀赴韩国参加第八届国际材料研究合作会议并做报告；2019年，其团队应邀参加第六届全球材料科学与纳米科学大会并做报告。通过这些高端学术活动的开展，吴志国科研团队不仅在国际舞台上展示了省科学院纳米应用技术研究室的应用

研究成果，而且通过与国际知名专家进行学术交流，进一步开拓了学术视野、国际知名度和学术影响力。随着眼界的不断开阔，吴志国科研团队的研究领域也更加深入。

如何更好地推动科技成果转化？这是吴志国科研团队经常思考的一个问题。为此，他们结合国际、国内纳米材料市场发展趋势，提出了纳米科技完整链条的发展思路，即从基础研究、自主研发实验室设备，到自动化、产业化，再到商业化应用。面对应用中出现的很多基础研究的需求，他引导团队成员着力从基础研究的方向入手，进一步完善了应用研究成果，改善了产品性能。

"从事基础研究，要瞄准世界一流，敢于在世界这个大舞台上与同行对话；从事应用研究，要突出解决实际问题，力争实现关键核心技术自主可控。如此，心往一处用、劲往一处使，方能取得突破。"吴志国说。

通过长期坚持不懈地努力，吴志国及其纳米研发团队自主发明的"MPNP 宏量制备技术"攻克了 10 余项关键核心技术，研制成功的第七代金属纳米材料生产线，填补了国内外多项技术空白，属于国际领先水平，其产能是欧美技术的几十倍，是国内外唯一能够工业化大批量生产各类高质量金属纳米粉体的技术。

据了解，"MPNP 宏量制备技术"生产效率高、产品质量好、生产过程完全自动化、绿色环保、非常适合工业化生产，可以用于铁、锌、硅、镍、钴、铜、银等各种金属及其化合物纳米粉体的生产，极大地提升了金属材料附加值，在国际金属纳米粉体的市场上占有重要的地位。目前，该项技术已成功在兰州高新区创新工场内实现了产业化运作，已建设 11 条金属纳米材料生产线，纳米金属粉体年产能达到 3 吨，将对我国军事、民用领域产生巨大的社会经济效益。

"能够得到同行专家的肯定和鼓舞，是我们科研创新团队砥砺前行的动力。"吴志国说。

2019 年 6 月，中国工程院院士黄小卫，国家科技部高新司材料处处长孟徽，科技部火炬中心高新处处长李志远，清华大学轻质新材料研究院院长助理谭业亭等国家科技部特邀专家组成员来到甘肃省科学院调研纳米金属粉体生产基地发展情况。

调研结束后，专家们对吴志国团队的纳米金属粉体宏量制备技术所取得的成绩给予肯定。黄小卫院士说，金属纳米材料自出现以来在各个领域已展现出惊人的影响力，吴志国金属纳米粉体应用创新团队建立的金属纳米粉体应用开发平台，有望成为引领行业的技术创新中心。

有了专家们的充分肯定，吴志国科研团队的科研劲头愈足了。仅 2019 年，其创新团队就发表 SCI 论文 16 篇。申请发明专利 1 件，实用新型专利 1 件，2 名博士后成功获得中国博士后科学基金面上资助。这些研究成果的取得，为提升省科学院整体科技创新能力和在国际上的学术影响力等方面发挥了重要支撑作用。

如今，"MPNP 宏量制备技术"已经实现了产业化，开发了多种基于金属纳米粉体的应用产品，正在全球进行商业化推广。

纳米高效农业，为农业发展提供新思路

"科学的种子，只有为了人民才会生根发芽、茁壮成长。"自吴志国科研团队成立以来，在首席科学家闫鹏勋教授悉心指导下，他们始终考虑如何把纳米技术应用于农业，促进农业安全、高效、绿色、可持续发展。

2017 年，吴志国科研团队率先提出了"纳米高效农业"的新思路，并取得了令人振奋的研究成果。

他们利用"MPNP 宏量制备技术"制备的特殊结构高质量铁、铜、硅等纳米粉体材料，先后在甘肃、河南、新疆、内蒙古、辽宁等地，针对农作物（小麦、青稞、大豆、玉米、棉花）、果树（苹果树、桃树、梨树等）、蔬菜（绿橄榄、辣椒、西红柿、茄子、西葫芦等）、中药材（贝母、当归、枸杞、党参等）开展应用研究并取得革命性成果。

"微量元素对于改善农作物生长及品质具有至关重要的作用。植物微量元素补充的关键瓶颈是吸收效率低，而纳米微量元素补充剂有效解决了这一难题。" 吴志国向记者介绍。

2019 年，吴志国科研团队把该项技术再次投入到河南三种冬小麦品种 800 亩的示范推广中，进一步证明了纳米元素对冬小麦显著的增产效果。各种小麦品种实际增产幅度均在 10% 以上，"浸种 + 喷洒两次"处理增产幅度达 27.3%。"穗粒数和千粒重的增加是纳米元素提升产量的关键因素。增产效果对不同小麦品种具有普遍适用性，可广泛推广。"擅长小麦研究的省科学院院长高世铭评价这是一个革命性的成果。

通过反复多次的研究论证和前期试验证明，纳米粒子具有壮苗、促进根系生长、提高农作物微量元素和叶绿素含量、防止病虫害发生、提升抗逆性、提升抗冻害能力等作用，进而促进农作物的生物量整体增加和品质提升。中国硅肥之父蔡德龙博士看到吴志国科研团队的研究成果后，高兴地说："纳米粉体材料运用在农业上有可能导致人类农业革命！"

谈到未来，吴志国笑着说："今后，我们团队的战略目标是研究经济建设和社会发展中与金属纳米粉体新材料相关的生产技术和前瞻性应用技术及产品的开发，主要是围绕金属纳米粉体生产技术产业化、金属纳米粉体产品的商业化推广、金属纳米粉体的下游应用产品开发与企业服务等一系列问题展开攻关，为政府决策与规划提供依据，形成符合经济社会发展的独具特色的支柱产业。"

纳米高效农业河南冬小麦示范点

优秀中国特色社会主义事业建设者、河北省劳动模范——秦皇岛星箭特种玻璃有限公司总经理卢勇

自主创新逐梦航天 赢得总书记点评

科研中的卢勇 摄影：李思潭

链接：卢勇，男，中共党员。现任秦皇岛星箭特种玻璃有限公司总经理，系秦皇岛市总商会副会长，“秦皇岛市创业导师”。十八大以来，曾荣获数十项国家级、省级、市级、区级荣誉，主要有：2019年8月被中共中央统战部、工业和信息化部、人社部、国家市场监督管理总局、全国工商联联合授予“优秀中国特色社会主义事业建设者”称号，2019年1月被中央文明网选入“中国好人榜”；2019年4月被河北省委、省人民政府评为河北省劳动模范，2019年1月被河北省精神文明建设委员会办公室评为“时代新人·河北好人”，2017年6月被河北省委组织部授予河北省“千名好支书”荣誉称号；2019年6月被秦皇岛市委宣传部评为“最美秦皇岛人·最美民营企业家”“港城楷模”。2012年12月、2018年3月两次获得河北省科学技术进步三等奖，2013年5月、2017年7月两次获得秦皇岛市科学技术进步一等奖。

黑黑的脸庞，冒尖的胡茬，粗糙的双手，身着浅蓝色工装的卢勇，与其说是秦皇岛星箭特种玻璃有限公司（以下简称星箭公司）的总经理，倒不如说更像一名车间工人，淳朴、踏实。

“为航天器配套生产特种玻璃，是一份责任，一种使命，必须得踏实。”卢勇说。

创业19年来，卢勇深耕特种玻璃行业，凭着刻苦钻研的精神，成功从一个外行变身为航天用玻璃盖片行业专家，研发生产的空间用抗辐照玻璃产品填补了我国航天玻璃技术领域的多项空白。

信念使人坚强，实干成就辉煌。从“神舟”飞船到“天宫”目标飞行器，从“嫦娥”绕月探测卫星到“玉兔”号月球车，星箭公司生产的玻璃盖片就像“护身铠甲”一般，为航天器在太空的正常运行保驾护航。

只有全力去干，才有可能干成

走进星箭公司，记者的第一印象是干净、简洁，甚至有些简陋。若不是办公楼大厅摆放的几个火箭模型，根本想象不到我国近几年发射的卫星、飞船上使用的抗辐照玻璃盖片和基片，95%都出自这里。

“现在的条件比以前好多了。”卢勇摘下橡胶手套，停下手头的工作，向记者介绍公司的情况，“星箭公司最开始，就是个小作坊。”

1995年，卢勇“下海”经商。经销蔬菜、卖烧烤，经过几年的打拼，在亲戚帮助下，开了一家家具厂，赚到了人生的“第一桶金”。

“人这一辈子总不能光想着挣钱吧。”卢勇觉得人生“还应该干点什么”，才更有意义。

2000年，卢勇无意中了解到中国航天玻璃的高端市场几乎被国外企业垄断。“如果祖国未来发展航天事业，绝对不能因此受制于人。”带着这份“赤子之心”，卢勇投入全部积蓄，成立了秦皇岛星箭特种玻璃有限公司。

“一开始大家都觉得我是在做梦，几十个人、不到200平方米的小作坊，就敢说要给航天器做配件？”很多人不以为然，但卢勇想试试。

面对从未踏足的陌生行业，卢勇几乎倾其所有。不懂技术，从头学；没有配套的设备，自己造；产品不过关，重新做。研发资金短缺，卖家具厂、卖房子。最艰难的时候，卢勇在一辆报废的依维柯汽车里办公，一坐就是四年。“当时有客户过来，以为我是骗子。”卢勇笑着说。

“这么艰苦的条件，没想过找政府帮忙吗？”记者问。

“不好意思去找啊！没干出什么名堂，政府给什么我都受之有愧。”卢勇说，有一段时间，公司不仅发不出工资，员工连上厕所也只能排队去一间，因为另一间被改成了财务室。

“即使这样，也没有一个员工想退出。”卢勇感慨道。

凭着这股干劲儿，星箭公司一点点干出了名堂。2001年底，成功自主研发出的空间用抗辐照玻璃盖片达到应用标准，开始小批量试生产；2002年底，接到载人航天飞船“神舟五号”20000片玻璃盖片的订单；2007年，搬出拥挤的“小作坊”，走进700多平方米的新家，逐步走上正轨。

“能干成是好事，干不成也要全力去干。”卢勇说，“我们就是要把别人嘴里的‘笑话’变成‘神话’！”

把技术握在自己手里，才不会受制于人

航天事业的发展水平是世界各国综合国力的重要体现，然而之前我国不少航天零部件都依赖国外进口，航天玻璃就是其中之一。这对卢勇来说，如鲠在喉，如芒在背。

“这样不好，很容易受制于人。”卢勇心里憋着一股劲，一定要为中国的航天器披上中国自己的“护身铠甲”。

由于是“半路出家”，卢勇深知自己在技术上的差距。为了补足短板，他整天抱着专业书啃、围着设备转、拿着玻璃练，寒来暑往，通宵达旦。遇到不会的问题，卢勇就请教技术人员，技术人员解决不了的，他跑到外地请教专家。几年下来，卢勇已不再是“门外汉”，“你就让我自己现做一张玻璃盖片，我也能保证做到航天级别。”

经过不懈努力，2010年，星箭玻璃公司通过自主研发，成功生产出航天用掺铈的OSR玻璃基片，填补了国内空白，打破了国际市场垄断。

“我们把技术握在了自己的手中，也就意味着不用看别人脸色了。”卢勇说。

这种玻璃基片，单片进口需要300多元，而国产基片每片只要30元，当年就为国家节省了2亿多元的资金。

如今，从“神舟”“天宫”到“嫦娥”“玉兔”，星箭公司几乎为中国所有航天器披上了国产的“护身铠甲”。

8项发明专利，2项实用新型专利，其中柔性抗辐照玻璃盖片、超大超薄高强度抗辐照玻璃盖片、OSR玻璃基片等均为自主研发，真正做到了“把技术握在自己手里”。

在卢勇看来，什么都可以省，就是科研资金不能省。“去年开

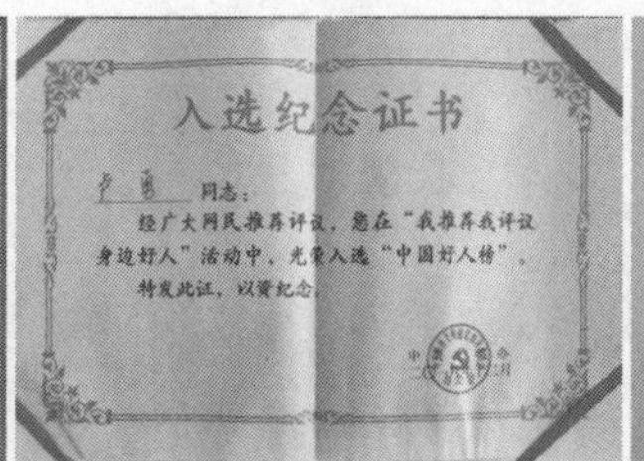

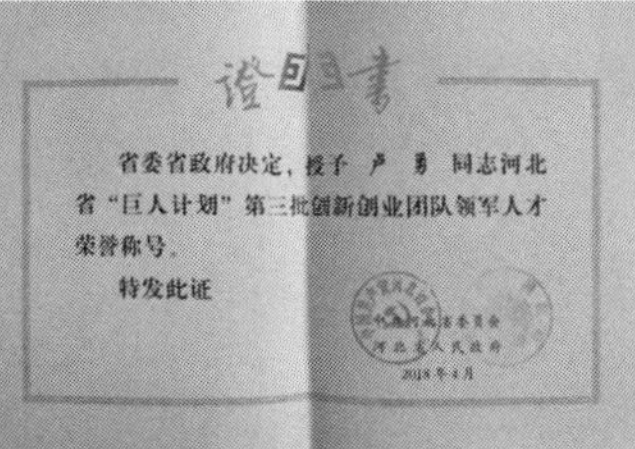

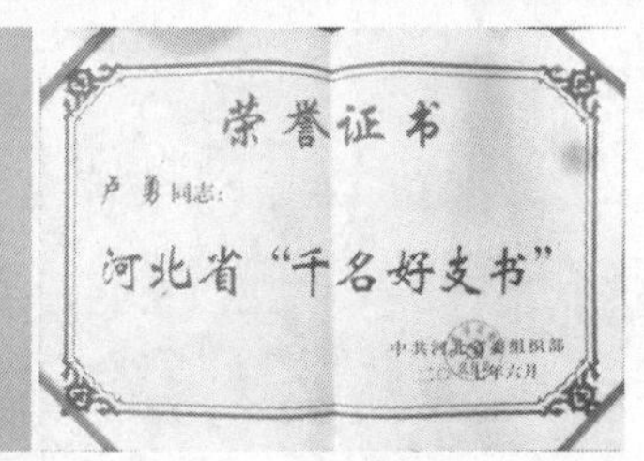

卢勇同志获得的主要荣誉奖牌　摄影：胡金秋

始，国家税务总局免去了我们的增值税，社保金也得到了部分减免，累积下来每年可省出200多万元的资金，我们准备把它全部投入到科研中去。”

永远走在别人前面，打好提前量，才能让中国的航天器在宇宙中越飞越远。

“不提前做准备，等到国家需要航天配套产品的时候，你就只能抓瞎了。”卢勇说，去年以来，星箭公司开始对熔窑做提升制造工艺改造，就是为下一步制造填补国内空白的特种光学玻璃材料做准备。

报效祖国，比挣钱更有意义

2013年，卢勇投资700多万元兴建了一条“蓝玻璃”加工生产线，用于手机、相机镜头。眼看这条生产线即将投产挣钱，卢勇突然决定放弃。

“在民品上花精力，会影响航天任务。”简单的一句话，三年的投入打了水漂。

有钱不挣不是傻吗？卢勇不这么认为。“如果想发家致富，我当初的家具厂不比别人差。给航天器生产特种玻璃是我选择的路，我得担起这份责任。”

的确，责任二字，卢勇看得比谁都重。在公司里行走，“严上加严，细上加细”“严格要求精掌控”等标语随处可见。

“保证质量，才能避免让造价不菲的航天器变成毫无价值的太空垃圾。”卢勇自豪地说，星箭公司成立19年来，没有出现一次质量问题，是中国航天科技集团公司空间用抗辐照玻璃盖片唯一一家合格供应商。

2018年11月1日，在习近平总书记主持召开的民营企业座谈会上，总书记对卢勇的发言作了亲切的点评。温暖的话语，让卢勇备受感动。

“自主创新，逐梦航天，科技报国，回报社会，这是我毕生的努力和追求。”卢勇说，他把当年那辆破旧的“办公车”停在公司大院，就是要提醒自己和员工，不管事业做到多大，永远不忘艰苦奋斗的创业精神，永远不忘保持自主创新的活力，永远不忘助力航天的神圣使命。

如今，除了作为一家生产特种玻璃的中小企业，星箭公司还是秦皇岛市爱国主义教育基地以及燕山大学、东北大学等多所院校的实习基地，每年接待参观、学习人员近万人。每当有人来参观，卢勇都会亲自上阵讲解。

有一次，有两个班的学生来参观，卢勇讲了一个多小时，由于讲得太投入，他的衣服后背都湿透了。参观结束后，学生们突然在院子里列队，向他深深地鞠了一躬。这一举动，让50多岁的他热泪盈眶。

“创业这么多年，很多人都说我傻，放着好好的钱不挣，只知道整天待在车间磨玻璃。其实，还有什么比报效祖国更有意义？”

中国百名优秀民营科技企业家——内蒙古兴永实业有限公司董事长靳登永

投身绿色事业的民营企业家

靳登永正在查看公司栽种的生态林　摄影：孙建文

链接：中国兴永内蒙古集团公司是一家多元化组成，一元化控股的综合集团公司，拥有出口自营权和多项研发专利。集团由十多家公司组成，包括北京皇家艺苑名品工贸公司，北京灵兰永泰公司，北京皇家艺苑小人国，兴和兴永碳素有限公司，兴永实业有限公司，内蒙古兴永置业开发有限公司，兴永国际生态健康养生养老有限公司，兴永生态建设有限公司，兴永园林管理有限公司，兴永教育管理有限公司，兴永物业服务有限公司。公司业务涉及健康养生养老、旅游休闲度假、文化生态影视、通用航空产业、宜居生活房产、石墨碳素制品等领域，资产价值超过百亿元。

他是一位老者，也是一位智者，更是一位脚踏实地的民营企业家。

30多年来，他用自己的双手创造了财富。为了回报社会，他多次为城镇建设、灾区重建、社区及农村贫困人员捐款、捐物。自2006年起，他又将目光转向了生态建设。10多年间，他投入10多亿元进行植树造林，用实际行动诠释了绿水青山就是金山银山的理念。

他就是内蒙古自治区兴永实业有限公司董事长靳登永。

多年的辛勤付出，也让他收获满满，先后获得“乌兰察布市优秀企业家”“内蒙古抗震救灾先进个人”“内蒙古自治区创业企业

公司种植的生态林已颇具规模 摄影：孙建文

家”“中国百名优秀民营科技企业家”等多项荣誉称号。

“没有党和政府，我连生活都难以维持，更别说念书了”

1955 年，靳登永出生在内蒙古兴和县一个贫穷的农村家庭。父亲曾是当地的一名干部，因平时工作繁忙无暇照顾他，因此他是跟着爷爷奶奶长大的。在他 10 多岁的时候，父亲便去世了。自那以后，家里的经济状况就更为窘迫。

正当他们一家人的生活难以为继时，政府发放的生活费解了燃眉之急。“我记得刚开始每月 8 元，后来涨到 9.7 元，我就是靠着这些钱生活下来的。”靳登永告诉记者，如果没有党和政府，他连生活都难以维持，更别说上学读书了。为了报答党的恩情，那时在他的心中就萌生了一个念头：在有生之年给社会办一两件好事大事。

1974 年，刚参加工作的靳登永先到兴和县民政局下属的一个福利厂工作。不到两年时间，他就被调回民政局当了一名干事。1979 年，组织上委派他到兴和县国有石墨制品厂任副厂长。“到了石墨制品厂后，我发现在这里根本实现不了我当初的想法。于是，1984 年底，我辞职下海，办起了自己的第一家碳素厂。”回忆创业之初的经历，靳登永记忆犹新。

碳素厂开建时由于天冷无法施工，他们克服重重困难想方设法赶进度；没有设备，他就带着人自己建造。4 个月的时间，硬是把投资规模 200 万元的工厂建了起来。当年就收回投资，获得了利润。就这样，靳登永赚到了他人生中的第一桶金。后来，靳登永又陆续开办了镁砂厂、制革厂、发光材料厂等工厂。他告诉记者，之所以办这么多工厂，是为了让自己多一些积累，这样才能实现自己的心愿。但这个愿望到底是要做什么，对于当时的他来说，还十分模糊。

2001 年，他收购重组了内蒙古兴和县兴永碳素有限公司，不仅让这家企业起死回生，也让他的经济实力更为雄厚。他的心里更加有底，离实现自己的心愿更近了一步。

“既然选择种树，再难也要做成，因为这是造福子孙后代的好事”

兴和县地处晋、冀、蒙三省区交界处，素有“鸡鸣闻三省”之称。这里是内蒙古乃至整个西部地区距离北京最近的县，承担着为京津冀地区阻沙挡风保水源的特殊使命，在建设首都生态安全屏障方面具有不可替代的作用。

2019 年冬至时节，记者走进兴和县看到道路两侧树木成行，虽然没有春夏时的葱郁景象，但依然能感受到经过多年的生态建设这里生态环境发生的变化。

在兴永碳素公司厂区周边，记者看到一株株樟子松、油松在积雪的覆盖下茁壮成长。一个利用厂区废水经过处理后建成的人工湖冒出的热气，让湖边的树木呈现出雾凇的景象。

“这片绿化区域一共有 2400 亩，是 2006-2013 年建设的。所有的树都是我精挑细选的，从树冠、树形到高度、造型等。这些树也是当时我带着厂里的职工亲手种下的，如今大部分都已成材。现在，这里已经成为周边居民休闲娱乐的场所。”靳登永指着这里成片的绿树告诉记者，在这里种树太难了，由于干旱缺水所以树木成活率低。“没有水，我就用大车拉水浇；树种的选择，我亲自去看。经过反复的试验，总结出一两米的树在这里最易成活。”

尽管种树难，但再苦、再累、再难，既然选择了种树，就注定要风雨兼程，对靳登永来说，再难也要做成，因为这是造福子孙后代的好事。“如果说 2006 年开始种这片林时，我是边调研、边投石问路，那么到 2013 年时我就考虑成熟了，决定大面积开展植树造林。”靳登永表示，厂区周边植树造林的成功实践让他信心倍增。同时，他心中的那个愿望也愈加清晰起来，那就是通过造林绿化，让人们更好地享受生活。

多年风雨的洗礼，最让靳登永欣慰的是家人对他的支持。

作为家中的独子，靳冬曾在新西兰留学。2009 年，在父亲的召唤下回国。在靳冬眼中，他的父亲有韧性、有自信、有坚持。他告诉记者，如果说要赚钱要生活，他们一家三口完全不用这么做。之所以这样做，是因为这项事业是他父亲一辈子的一个心愿，为回报社会、为兴和做点实事。“现在，凡是来这里的人都喜欢这里的空气、环境。等我父亲干不动了，我要把这项事业坚持下去。”

“我现在做的事儿，就是习总书记号召人们去做的事情”

今年 67 岁的李贵是兴和县长关镇 16 号村村民，2019 年开始他家的 40 亩耕地被征用 8 年，每亩能有 200 元的收入。李贵告诉记者，以前家里种植土豆、胡麻、玉米等农作物，由于土地贫瘠，每年收成都不太好，收入就更甭说了。

如今，李贵在公司看树、护树，每天骑车管护，职责范围百十来亩，每月有 1500 元的固定收入。“以前风沙大，现在树多了，风沙也少多了。我们管护也有制度，管护不好，还会扣工资，所以看护的时候，会格外经心。”李贵说。

像李贵这样家里的土地被征用后，到公司打工的人还有很多。他们除了每年能拿到租地的收入外，还能再额外收入 1.8 万元。这让他们都心满意足。李贵说，他想一直把这地租给他们，然后自己在这里打工。因为自己年纪大了，外出打工人家也不愿意要，这样在家门口就能增加收入挺好的。

村民的生活富裕了，生存的环境好了，这不正是靳登永做事的初衷吗！作为一名民营企业家，他深感肩上的责任重大，因此不敢有丝毫懈怠。为了巩固造林绿化成果实现可持续发展，更为了带动更多百姓增收致富，靳登永又作出一个大胆的决定：发展生态康养产业。

“做这个生态健康养生养老产业，原本我是想跟农民一起干的，我想等赚钱了农民可以多分点。但农民不愿意，他们觉得没保障，一旦亏了连饭都吃不上。最后，就把土地租给我，这样林地每年每亩补贴60元，耕地每年每亩补贴200元。”靳登永告诉记者，项目区总占地面积33.26万亩，其中北区占地2.89万亩，南区占地30.37万亩。“这个项目对我来说是较大规模的生态移民，因为整个项目占地近34万亩，全部建成后森林覆盖率能达到96%。项目地中要拆迁的村庄大大小小有76个，这里有基本农田近800亩，基本农田我们还将保留，与一些科研机构合作把它利用起来改造成农业科技公园，林地或者其他允许栽树的地方我们将全部种上树。目前，北区已经完成了2.7万多亩，种树270多万株。项目正式运转后，可安置2万余人就业。”

“这一项目是县委、县政府实施乡村振兴战略、带领人民创造美好生活的重点项目，已经纳入全县‘十三五’规划。”兴和县主要负责人表示，兴和是内蒙古的南大门，是距北京最近的县。今后，全县将继续坚持绿色发展的理念，面向首都，服务北京，建设绿色生态养老养生产业。

靳登永告诉记者，整个项目有康养综合体、温泉旅游度假村、花海草原、民族文化产业园、房车营地、休闲林场等28大板块，内含万亩森林、鸟类博物馆、拓展训练营、百果园、健康疗养院等90个产品，以及各种节事活动，此举将提升兴和的知名度，带动区域上下游数十个行业共同发展。其中，湿地公园区域建设鸟类博物馆，展示本地鸟类的种类、起源、进化、发展；休闲林场中的百果园内将大面积种植果树，以常见品种杏、梨、桃等为主，稀有品种樱桃、桑葚等为辅，定期举办采摘节。届时，一个汇集山水林田湖草的生态休闲养生目的地将呈现在人们面前，让人们有一种回归自然舒适的“慢生活”状态。

“我现在心里特别有底，因为我现在做的事儿，是习总书记号召人们去做的事情，我所做的事情跟政府政策相符。”靳登永信心十足地说，通过发展康养、旅游、度假产业获得的收益，再反哺到林业生态建设中，以此实现可持续发展的目标。

全国机械工业劳动模范——内蒙古宏达压铸有限责任公司董事长宋国宏

一名民营企业家的责任与担当

宋国宏荣获全国机械工业劳动模范荣誉称号 摄影：柴凤华

宋国宏能荣获全国机械工业劳动模范称号不仅不足为奇，更是实至名归！

20年的风雨兼程、20年的筚路蓝缕、20年的开拓进取，内蒙古宏达压铸有限责任公司从一个拖拉机修配厂一步步发展壮大成为我盟装备制造行业的领军企业、自治区规模最大的压铸生产企业、中国压铸50强企业、我盟机械行业唯一荣获国家工信部颁发的专精特新“小巨人”企业，这种破茧成蝶的蜕变过程真的需要驰而不息的耐力和久久为功的毅力！宋国宏身为内蒙古宏达压铸有限责任公司董事长，带领一班人，经过20年如一日的奋斗和拼搏，终于迎来今日宏达压铸的辉煌。

有一种责任叫家国情怀

全盟诚信纳税人，全盟养老保险A级诚信单位，前旗工业园区内安置下岗就业第一、上缴税金第一、用电量第一、全年开工天数第一！这些说明什么？这充分说明宋国宏是一个有家国情怀的人，因为这个企业养活着200多名员工，公司每年都要为这200多名员工缴纳300多万元的社保资金，每年要向国家缴纳800多万元的税收。宋国宏1998年3月至2001年12月在科右前旗汽车拖拉机修配厂工作，任厂长；2001年12月至今，在内蒙古宏达压铸有限责任公司担任公司董事长兼总经理职务。在这20年里，公司的工作人员从最早的100人一直发展到现在的200多人，安置就业人数翻了一倍还多，这些年累计为国家奉献将近两个亿的税收。无论从每位员工的小家生活来看，还是从国家这个大家的贡献来看，都充分体现了宋国宏这名民营企业家的家国情怀。

宏达能成就今天这样的辉煌，记者认为最关键的一点是宋国宏对于情感的认知和坚守。宋国宏曾经是一名军人，造就了宋国宏骨子里的“红”，他更知道党组织在一个团队当中的堡垒作用是何等的重要。经过20年的风霜雨雪，宏达党组织建设由原来的党支部变成了现在的基层党委，这种变化可以说为宏达创造了取之不尽、用之不竭的发展动力。为了强化党员学习，宋国宏20年从未间断为党员订阅党报党刊，就这一点，就是一名民营企业家最难能可贵的地方。除此之外，公司采取多种多样的党建引领和创建方式强化对全体党员和职工的教育和引导，让党员的先锋模范作用、无私奉献精神充分体现在全体员工的行为中。

强化民营企业的党建工作，让企业多了一种难得的凝聚力。因为宏达一路走来，并不是一帆风顺。但在企业最艰难的时刻，在缺少流动资金的时刻，全体员工有多少拿多少，真正地做到了以厂为家，把企业当成了安身立命之本。公司曾经数次为化解危机向员工集资，两次共筹集资金4000万元。

采访中，记者结识了公司党委书记、副总经理辛晓光和党委副书记杨长岭，这两个人是从公司转制那天起一直跟着宋国宏创业守业到现在，三人在一起共事20多年，感情亲如兄弟，如果没有宋国宏这个带头人高尚的人格和情怀，估计他们也不能如今天这样相安相受，相濡相呴。

现在宏达的日子好过了，但宋国宏不改初心。“穷不忘根，富不忘本”是宋国宏一直秉承的人生信条。企业发展的同时始终不忘回报社会。多年来，公司在安置残疾人就业，帮扶盟内特困村屯，

摄影：柴凤华

资助困难失学儿童、贫困大学生、重病职工家庭方面做出特殊的贡献。

有一种担当叫敢为人先

宏达能创造20年年年盈利的奇迹，这与宋国宏在当兵时所练就的锲而不舍、坚韧不拔的品质是密不可分的，他这种不服输的劲头，在企业发展的过程中体现得淋漓尽致。自从他接过企业发展的重担后，他就在不断地做着超越自我的拼搏和努力。

多年来，他始终坚守在压铸生产的整个流程中，不断探索技术革新，从我国最早的重卡全铝变速箱的技术转化与生产到美国水星高硅合金的材料应用，他凭着多年积累的宝贵经验取得了行业技术的重大突破。在我国重型卡车轻量化使用全铝变速箱的应用中，他可以称得上是将铸铁变速箱外壳转化为全铝压铸外壳替代制造第一人。他带领员工在使用国内最大吨位模具生产压铸制造过程中积累了宝贵的经验，得到业界同行的高度赞誉。他组织研发人员潜心钻研新产品，撰写的《大型模具型芯间隙的调整》《压铸件孔隙率的工艺控制》在《特种铸造及有色合金》中国压铸年会专刊等杂志上发表。在国内首台4500吨大型压铸机的生产工艺制定上他起到了决定性的作用。

在压铸生产过程中，“硬点”一度成为困扰业内的技术难题，宋国宏组织研发人员进行专项技术攻关，潜心分析研究，提出和制定的熔炼工艺，完全杜绝了此项行业内普遍存在的质量困扰。在宏达压铸与美国水星集团这个“挑剔”的大客户签订豪华游艇生产配件协议时，由于涉及的原材料是国内行业几乎没有涉及的且工艺要求极高，宋国宏领导团队做新品测试，每道工艺都要做到上百次，直到客户满意为止。

自2001年担任董事长以来，领导企业转方式调结构，加大技改投入，由原来为一汽集团供应变速箱上盖、顶盖等产品转型提升为一汽一大众配套供货，先后完成了奥迪轿车防护罩、大众MQ200离合器壳体、变速器壳体、重汽重卡中间壳体、通用曲后油封压铸技术改造等20余项技改项目。2011年，公司生产的铝合金压铸产品被评为内蒙古名牌产品。

在宋国宏的带领下，创新发展成为引领企业发展的强大引擎，这也是宏达压铸产品在市场上畅销的秘诀。如今，宏达压铸的产品拥有商用车、乘用车、轨道客车、游艇、航空配套有色金属压铸件五大系列160多个品种。可谓是上高天、行大地、入沧海均有产品。

宏达压铸凭借着不断的推陈出新和向顶尖看齐，创造了企业连续20年盈利的奇迹，而坚守压铸一线的宋国宏，也用他的努力和付出换来了全国机械工业劳动模范的荣誉。

面对荣誉，他坦言：“劳模，是荣誉更是鞭策，以后我要更好地工作、带好团队，承担起我应尽的社会责任。”宋国宏的言行，让我们看到了一名优秀民营企业家的责任与担当，更让我们看到了民营企业的希望所在。

作者：韩学文

国家“万人计划”科技创业领军人才——长春博迅生物技术有限责任公司总经理陈维佳

廿载奋斗造创业奇迹 不忘初心保输血安全

链接：陈维佳，女，汉族，1954年出生，大学文化，研究员，正高级经济师，从事生物制品工作30余年，从事体外诊断试剂研究及产业化工作20余年。2001年创建长春博迅生物技术有限责任公司并担任总经理，现任公司副董事长。入选第四批国家“万人计划”科技创业领军人才，入选国家科技部创新人才推进计划科技创新创业人才，系吉林省卓越贡献民营企业家，吉林省三八红旗手，拥有3项发明专利，获省市科技奖励十余次，中国微柱凝胶免疫检测技术产业化第一人。

体外诊断行业是一个充满活力和前景的领域。目前，全球体外

陈维佳近照

诊断行业规模已超过740亿美元，而中国的行业规模估计年营业额可超800亿元人民币。作为全球体外诊断产业发展中一个至关重要的部分，中国的体外诊断产品市场在过去的10年间持续保持两位数的高速增长，被专家认为是亚洲发展前景最光明的潜在市场。

20世纪80年代末，法国科学家Lapierre发明了微柱凝胶免疫检测技术，基于该技术发展出的新型检测方法在西方发达国家迅速发展普及，成为了常规的检测方式，并逐渐进入中国市场。在很长一段时间内，中国乃至世界微柱凝胶免疫检测市场，被几家欧美大公司的产品所垄断，其高昂的费用使中国的普通百姓难以受惠于高新技术带来的输血安全。

艰苦创业，打破垄断，保障国人输血安全

长春博迅生物技术有限责任公司（以下简称长春博迅公司）于2001年7月16日成立，是集体外诊断试剂的研发、生产、销售于一体的国家高新技术企业、吉林省科技创新中心、省级企业技术中心、吉林省科技小巨人企业、吉林省著名企业、中国医疗器械行业协会体外诊断（IVD）分会副理事长单位，凭借自主研发成为全国第一家、全球第四家拥有自主知识产权的微柱凝胶免疫检测技术产品的生产厂家，替代了在血型检测、抗体筛查以及交叉配血过程中应用多年的试管、玻片血凝检测方法，使原来耗时6个小时的抗人球蛋白试验（Coomb’s试验）缩短为20分钟，使经典的方法可以在临床常规应用，无论从检测结果还是检测时间上，都确保了临床输血的安全性和有效性，对临床输血安全起到了至关重要的作用，同时解决了混合血液标本检测等问题，并在全球率先研发出微柱凝胶血小板抗体检测技术及产品，使其同红细胞的检测一样简捷、方便，为血小板有效输注提供了一个最安全有效的检测方法，使我国安全有效输血检测技术赶超国际先进水平，打破了欧美公司的垄断，树立了民族品牌，推动了这项技术在中国安全输血领域的普及，使普通百姓享受到高新技术带来的输血安全。

2001年，陈维佳女士带领十几位创业者，怀着推动国家医疗行业发展、保障国人输血安全的决心，创立了长春博迅公司，开启了一条自主创新、艰苦奋斗的创业之路。20年来，长春博迅公司一直秉承“讲诚信、重细节、抓质量、求创新”的企业文化，将诚信做人、诚信经营始终摆在第一位，重视生产经营中的任何细节，发现问题并不断精进，以此保证产品最重要也是最根本的质量品质，并通过源源不断的创新能力保证企业的活力和持续性；贯彻“精细制作，造放心产品；诚信服务，保输血安全”的质量方针，严格地按照要求组织生产和质量控制，并不断完善质量保证体系和配套设施，制定、完善各项科学、严谨、适用、符合体外诊断试剂质量管理体系要求的生产质量管理文件并严格执行。不到20年的时间，长春博迅公司从注册资本仅250万元，到资产总额超3.2亿元；从销售额仅几万元，到销售额超3亿元；从手工生产，到拥有世界一流生产线，实现全自动化生产；从最初的租用厂房进行生产经营，到拥有占地面积50000余平方米，建筑面积22000余平方米的现代化厂区，实现了属于博迅人自己的创业奇迹。

以创新为动能，紧握人才优势，推进高质量发展

博迅人深知，要想不断发展，必须拥有自主知识产权，走出一条博迅特色的自主创新道路，将关键技术牢牢掌握在自己手中。20年来，长春博迅公司以赶超国际先进技术为创新发展目标，通过多年自主研发和持续创新，掌握了数十项血型试剂的配方和制备技术。截至目前拥有21人的专业技术研发团队，开发四个技术平台：水性胶免疫分析技术为全球首创，在此平台研发新产品，使我国生物诊断行业快速发展；微柱凝胶免疫检测技术是全国第一家、全球第四家自主研发成功，使我国安全有效输血水平达到国际先进水平；单克隆抗体技术成熟，研制成功多种单克隆抗体，为解决瓶颈问题、实现产业链完整不断创造新的业绩；分子检测技术平台为临床提供疑难问题解决方案，有效推动精准输血。

多年来，长春博迅公司注重聚才、育才、用才三方面科学管理模式，建立完善的人才培养机制及完整的员工考核体系并坚决执行，以业聚才、以才兴业。公司为每一位入职人才承担1.2万元至3.2万元不等的安家费补助，每年都会提拔一批吃苦耐劳、爱岗敬业的中青年人才，形成了70后是骨干、80后是中坚、90后重点培养的科学人才梯队建设模式，22名硕士及以上学历、75%以上大专以上学历、平均年龄37岁的年轻高素质人才团队，高新技术企业配合高素质人才，是博迅继续前进的发动机，是博迅永远不可或缺的重要人才资源。

长春博迅公司现有27个医疗器械产品注册证，不断研发新产品，满足市场需求。在自主研发的同时，与中国科学院苏州生物

医学工程技术研究所、吉林大学、北华大学、中国人民解放军第二〇八医院、中国人民解放军成都军区总医院等高校、医院在多个项目实现合作，形成了以企业为主体、市场为导向、产学研深度融合的科技创新体系，以创新为原动力推进公司高质量发展。

两大“法宝”显威，不断刷新销售业绩新高

长春博迅公司创立了特有的“以技术服务为主导的渠道销售模式”，并整理成书，作为销售团队内部培训、提高的教材。为了解决临床输血的实际问题，提高安全输血人员的理论水平，由公司特聘专家李勇博士主编、副董事长陈维佳女士作为编委出版三部著作：《人类红细胞血型学实用理论与实验技术》（中国科学技术出版社）、《实用血小板免疫生物学》（科学出版社）、《实用血液免疫学——血型理论和实验技术》（科学出版社），由陈维佳女士、李凌波主编，李勇博士主审、公司销售部人员作为编委出版两部著作：《微柱凝胶免疫技术在疑难血型鉴定中的应用》（吉林大学出版社）、《血液免疫学血型相容性实验指南》（吉林大学出版社）。同时，具有医学基础的区域经理不仅能够协助经销商开拓市场，还能为客户和经销商进行产品知识培训，推广安全输血理念，解决产品应用过程中急需解决的许多技术难题，复合型人才的优势在如今竞争激烈的市场格局中体现得淋漓尽致，在同类产品的企业中鹤立鸡群。无论面对怎样复杂的市场格局，我们的区域经理都迎难而上，成为公司全员奋斗的一个窗口，展现了博迅人不屈的奋斗精神！

为实现大批量标本血型检测的全自动化操作，长春博迅公司同世界一流自动化检测设备生产商共同开发了三款全自动血型分析仪并投放市场，使血型检测及配血全自动化操作普及各级医院，解决了临床标本量大、人员紧张的情况，更重要的是减少了人为因素的干扰，保证了检测结果的准确性并易于保存，为输血安全提供了更强有力的保障。

依靠技术服务为主导复合型人才的优势、全自动血型分析仪这两大“法宝”，在市场开拓方面，长春博迅公司目前已拥有5000余家终端客户，产品遍布国内除港澳台外所有省、市、自治区，市场占有率超过50%，是名副其实的国内行业龙头。截至2020年底，累计实现销售收入21.01亿元、净利润8.05亿元、上缴税金3.26亿元。

投身公益，在履行社会责任中前行

在公司不断发展、日益壮大的同时，坚持取之于民、用之于民的理念，积极践行社会责任。自2018年起，在吉林大学医学部设立了博迅奖学金，每年5万元，鼓励医学专业同学们在学习、工作和各项活动中学习先进、争当典型，为国家医学领域培养优秀人才尽些绵薄之力；在长春市教育基金会举办的扶贫助残公益活动中，向低保户家庭学生提供爱心书包100个，为祖国花朵成长为国家栋梁之才的道路上写下厚重的一笔；在2020年新冠疫情肆虐、各行业都受到严重冲击的情况下，长春博迅公司依然积极履行社会责任，向吉林省红十字会捐款10万元，并发起抗击新冠疫情募捐活动，154位员工捐赠的24300元全部转交长春市红十字会，为区域疫情防控做出一点贡献。

铸就民族品牌，实现“百年博迅”梦

长春博迅公司在国内率先研制成功微柱凝胶免疫检测技术并将之产业化，打破了国外高价格产品垄断中国市场的局面，树立了微柱凝胶免疫检测领域属于中国自己的民族品牌。博迅人深知，我们生产的每一张检测卡，每一瓶配套检测试剂，都关乎一条条鲜活的生命，我们辛勤的付出，是一个让所有人都会感到无比光荣的事业，带着这份荣誉感和保障输血安全的责任和使命，迎接公司发展的新时代。早在公司成立十周年庆典时，时任总经理、现任副董事长陈维佳女士便提出了创“百年博迅”这一宏伟蓝图，这看似遥远的愿景，饱含着博迅人对待创业的激情、对待企业的感情、对待事业的热情以及对待社会的责任感，在已经取得的些许成绩面前，勤劳勇敢的博迅人不会停止前进的脚步，“百年博迅”不是一句空谈，而是每一个博迅人美好的愿望和梦想，是每一个博迅人坚定的信念，是每一个博迅人为之奋斗的精神动力和目标，每一个博迅人都会在新时代为实现博迅美好的愿景艰苦奋斗，在通向百年博迅梦想的道路上全速前行！

作者：马成月　摄影：许速

“口罩大王”、上海市最美退役军人——大胜卫生用品制造有限公司董事长吴胜荣

人生就是一个大写的“敢”字

2020年8月1日，吴胜荣同志荣获上海市第一届最美退役军人光荣称号，这是他在演讲中向大会致以崇高军礼　摄影：孙慧英

放弃广电“铁饭碗”，从一个一穷二白的创业者到成为目前国内最大的口罩专业制造商之一，大胜卫生用品制造有限公司董事长吴胜荣用了25年时间。这个有着40多年党龄的退役军人——吴胜荣，他的人生就是一个大写的“敢”字。

敢闯：“第一个吃螃蟹的人”

1973年，出生于上海松江新浜的吴胜荣入伍苏州某部队担任卫生员，第一年就光荣入党，退役之后曾做过广播员，也在外资企业待过。

一个偶然的机会，在1992年的广交会上，一个手拿防尘口罩的美国人让吴胜荣与小小的口罩结下了不解之缘，也让他成为国内防尘口罩行业“第一个吃螃蟹的人”。

当时，退役之后的吴胜荣还在广电部门工作，但他在广交会上嗅到了国内还没有做防尘口罩的商机。考虑再三，最后决定放弃原先广电单位的“铁饭碗”，自己创业，一门心思做起了口罩。

1997年，吴胜荣单枪匹马在松江盖厂房，开始了真正意义上的创业。所遇到的困难可想而知，因为当年国内连防尘口罩的概念都没有，缺原料、缺设备、缺技术，连个参照物也没有，吴胜荣干的纯粹是“无中生有”的活。好在这个第一个“吃螃蟹”的人最不怕的就是吃苦、动脑筋，“大不了干不成回家种田”，吴胜荣已经

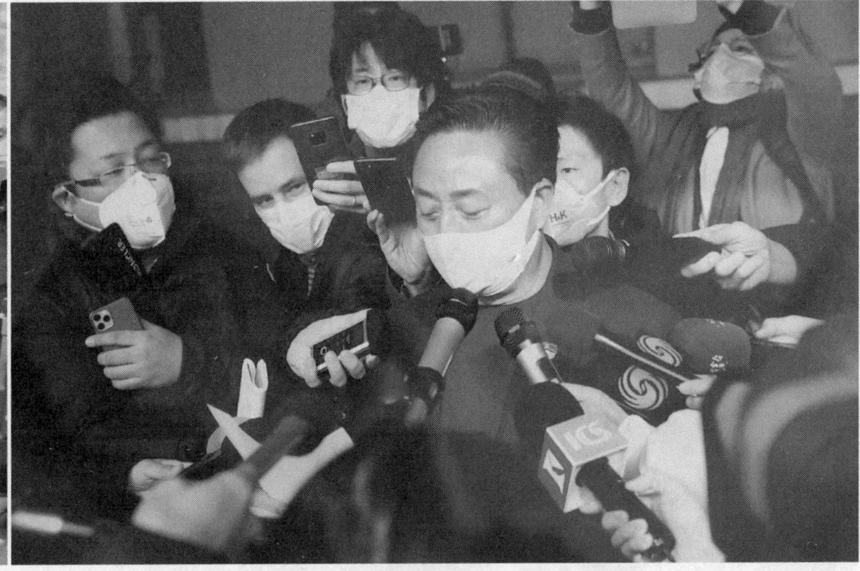

左图为 2020 年 1 月 29 日，中央政治局委员、上海市委书记李强，到抗疫物资重点供应单位上海大胜公司生产现场，听取吴胜荣董事长率先复工、突击生产、提高产能的介绍　摄影：孙慧英；右图为 2020 年 1 月 31 日，吴胜荣董事长在公司接受来自美国、英国、法国、澳大利亚、西班牙、丹麦、瑞士、日本等 29 个国家 69 位国际媒体记者的集体采访　摄影：孙慧英

做了最坏的打算。当他最后把防尘口罩做出来并到美国去参加展洽会时，他去拜访了当年让他与口罩结下了不解之缘的美国人，那个美国人居然能预见到他几年后一定能把此事做成，并会在事成之后来拜访他。在通信相当不发达的年代，这一情节堪称“传奇”。事后想想，吴胜荣觉得那个美国人早就看出来了，不服输、不怕苦的性格会引导他走向成功。

事实果然就是，凭着军人的意志和闯劲，20 多年的时间，吴胜荣将大胜公司打造成为目前国内最大的口罩专业制造商之一，共创新开发了 130 多种口罩品种，产品远销 72 个国家地区。

在样品室里，吴胜荣自豪地介绍道，上海大胜性能最强的 DTC3B-1 口罩，最高过滤率和最低过滤率分别达到了 99.92% 和 99.83%，性能强过绝大部分欧美品牌的 N95 型号，被《华尔街日报》称为“口罩中的 LV”，被美联社称为“N95 的金标准”。

这对于一个小小的口罩行业来说，实属成绩非凡。

敢干：“跑在了时间的前面”

因为长期专注于海外市场，大胜口罩在国内几乎默默无闻，但这次疫情却让大胜口罩成了“明星厂商”。

“1 月 21 日那天早上，早新闻通报武汉的疫情，我一听情况可能严重了。”吴胜荣说，2003 年非典、2005 年禽流感、2009 年猪流感等疫情他都经历过，疫情一来，一定会造成口罩等防护用品的短缺。此时，工厂刚刚放假，工人都回老家了，怎么办？

凭借着从军经历磨砺出来的敏感性，在没有任何上级指令的情况下，吴胜荣带领着自己的妻子、女儿以及担任总经理的女婿，全家人齐上阵，重新开动设备，顶起了紧急启动的十几条生产线的岗位，日均可生产口罩近 6 万只，成为全市 17 家重点口罩生产企业中复工最早、响应最快的企业。

“那时候就只想着好好睡上一觉。”通宵生产、通宵包装，吴胜荣作为董事长也两天两夜没合过眼，他说，累极了眯一会儿，醒来打开手机，就有许许多多未接来电甚至转账，满屏都是找他买口罩的信息。

2020 年 1 月 29 日，上海市委书记李强来到大胜公司察看口罩生产情况，李强书记还称赞吴胜荣是“跑在了时间的前面”。

作为一家产品 100% 出口的外贸企业，面对春节后出现的海外催货潮，吴胜荣与国外客户一家家沟通，获准延迟出货，把全部产能用于国内疫情防控。

当时，吴胜荣还以一名有着 48 年党龄的退役军人身份立下“军令状”：所有口罩绝对保证质量且绝不涨价。事实上，由出口转内供，出口退税没有了，公司 130 多种类型的口罩就等于在原价格基础上为消费者让利了 13%。

4 月底，就连钟南山院士也联系过大胜口罩厂，要以他个人的名义购买大胜牌 N95 口罩，捐给一家加拿大的机构。“与钟南山院士视频连线后，我们当场调配了 12000 只口罩。”吴胜荣说，“钟院士要个人出钱购买口罩，但我们不卖，只有捐赠。”

日前，大胜口罩通过松江区慈善基金会向全区师生捐出价值 100 万元的 50 万只口罩，全力保障松江学子复课复学，据吴胜荣介绍，此次捐赠的 50 万只口罩均为特制口罩，其中的 10 万只为 6 年级以下的儿童特别定制款。

敢创新：“做出过滤率达到 100% 的口罩”

已经 67 岁的吴胜荣本该安享晚年，但他没想到，这场疫情却打乱了他退休的安排，并且让他重上“战场”。

目前，大胜口罩几乎集齐了海外市场关于口罩的所有认证，已获得国际质量认证证书 249 张。“大胜口罩”已经不是一般意义上的小口罩，它也许代表了一个行业的标杆，或者说是行业领跑者、领军者。

25 年来，大胜口罩的优质品牌、过硬质量，是被一个个国际认证标准锤炼出来的。

在吴胜荣的办公室，有一幅是 2001 年他与英国 CE 认证公司总裁 Kevin Warren 先生的合影，提起当时的情形，吴胜荣仍然很感慨，“CE”标志是一种安全认证标志，被视为制造商打开并进入欧洲市场的执照。英国应视百 CE 认证公司有一个不成文的规定，就是总裁要亲自为某个国家某个行业首家通过认证的公司亲自上门颁发证书，于是就有了 Kevin 先生亲自到中国给吴胜荣颁发证书的历史见证。

大胜口罩在国际市场的口碑，建立在过硬的质量之上。吴胜荣说，大胜口罩生产流水线上的每一个人都是质检员。严谨的生产流程才造就了大胜口罩被业内外人士认可的优良品质。

吴胜荣致力于将大胜口罩发展成为“百年老店”，为了进一步提高产品质量，吴胜荣近期花巨资引进了目前国内唯一一台德国“欧瑞康”公司最新出品的世界顶尖熔喷生产线，通过这台设备产出的熔喷布制造出来的口罩最高过滤率将达到 100%。

吴胜荣很明白，只有打造优质品牌，才能吸引下一代，才能实现企业传承。“令我感到十分欣慰的是，现在不但女儿肯接我的班，女婿也辞掉了公务员的‘铁饭碗’，当起了公司总经理。”在吴胜荣的带领下，大胜口罩正向着成为“中国的 3M”这一目标而努力奋斗。

江苏省高新技术企业——江苏远燕医疗设备有限公司总经理王东林

稳中求进创业 践行诺言履职

2020 年向武汉捐赠防疫医疗设备 摄影：张建平

王东林，丹阳市陵口镇第十九届人民代表大会代表，江苏远燕医疗设备有限公司总经理。该公司荣获“江苏省医疗器械行业协会理事单位”“镇江市放心消费创建活动示范单位”“企业信用评价3A 级单位”等称号。

创业，一步一个脚印

江苏远燕医疗设备有限公司前身为丹阳市先康医疗器械厂，成立于 1998 年 10 月，坐落于丹阳市陵口镇大王庄自然村，占地面积仅为 1800 平方米，是一家纯对外加工的小型民营企业。

随着企业不断发展壮大，原有的厂房和生产设备已远远满足不了企业发展的需要。2011 年，王东林积极向政府申请，征用陵口镇丹东工业园的 12000 平方米土地，建设了标准化新厂房，于 2013 年 5 月进行厂房搬迁，并添置了现代化加工设备及相应的检测设备，为企业发展打下了坚实基础。

自启用新厂房后，王东林带领企业不断引进技术人才和添置先进生产设备，产品进一步拓宽到计量、消毒及教育装配多行业，并不断开发新产品满足市场需求，企业也得以快速稳步发展。该公司现已有授权发明专利 3 个、实用新型专利 21 个和外观专利 4 个，产品销往全国各地及远销欧美、东南亚等国际市场。

履职，一枝一叶关情

依法行使代表职权，做人民的代言人。“当好人大代表，为选民代言、为群众谋福祉是我一直坚持并恪守的承诺。”2016 年以来，王东林密切与公司职工和人民群众的联系，了解他们的需求和心声，广泛听取和征求他们的意见，积极参加人大活动，依法行使代表职权。

积极联系职工群众，认真全面掌握真实民意。作为江苏远燕医疗设备有限公司的负责人，王东林多次组织召开公司各层级干部员工座谈会及党员代表、新入职大学生代表和选民代表座谈会等，倾听广大职工和人民群众的心声。作为一名基层人大代表，他通过组织对广大群众的思想、心声调查，及时掌握广大群众对工作和生活的心理需求、预期和思想动态的情况，集中调查分析、充分讨论，将群众意见作为参与人大代表工作的参考，实实在在代表人民发声，真真正正履行代表职责。

积极参加人大活动，认真履行代表职责。人大代表，肩负着人民的重托，责任重大。因此，王东林十分重视并积极参加人大相关活动，认真履行职责。2016 年以来，他参加了每次镇人民代表大会会议，提出关于“加强萧梁产业园环境卫生管理”“拓宽王家自然村进村道路”等 6 条建议，其中 4 条建议被镇政府采纳并解决落实。累计参加各项代表小组活动 13 次，每次活动都能认真参加，积极座谈，指出问题，提出建议。

责任，一心一意回馈

企业的发展离不开政府和民众的关心和支持，王东林也将回馈社会，作为自身责任，每年都拿出部分资金进行帮扶结对贫困户、贫困生。2020 年 1 月，武汉发生新冠病毒肺炎疫情，在全国各地严格管控情况下，经丹阳市疫情联防联控指挥中心批准，王东林大年初二就组织工人复工生产疫区急需的抗疫物资，如紫外线杀菌灯车、消毒台灯、空气消毒器和医用防护眼罩等。同时向属地镇政府、村委会捐赠了 1 万只医用口罩、20 台消毒台灯和 5 台空气消毒器，向武汉疫区捐赠了 20 台便携式吸痰器、捐款 18000 元，为抗疫贡献了人大代表力量。

“欲问秋果何所累，自有春风雨潇潇。”王东林就是这样不负重托、关注民生、无私奉献，践行着一个人大代表的誓言。

作者：丹阳市陵口镇人大主席张树根 摄影：张建平

江苏广和科发机电制造有限公司总经理张瑞林

机械齿轮转动铸就创业人生

张瑞林近照　摄影：任沁

车间一角　摄影：任沁

剪切、加热、淬火、成型……在南通企业江苏广和科发机电制造有限公司的车间内，工人们正在忙碌地生产产品模型，几道工序下来，完成了配件的"浴火重生"。20多年来，江苏广和科发机电制造有限公司从传统制造向智造转变，依靠创新向前发展。

不惑之年勇创业

张瑞林，一个从濒临倒闭的国企走出来的车间班长。那时的他已经45岁了，凭借着敢于冒险的精神和不撞南墙不回头的倔劲，经过20多年的奋斗，现已成为江苏广和科发机电制造有限公司的总经理。

20世纪70年代，刚从大专毕业的张瑞林进入南通当地的粮食机械厂做学徒，学习普通车床加工和模具开发技术。苦学几年后，熟谙机械操作的张瑞林被挑中成为车间班长。

20世纪90年代初下海潮开始风靡全国。1994年，张瑞林辞去了粮食机械厂的铁饭碗工作，揣着从亲朋好友那借到的5万元，注册了公司营业执照，开始了他颇具传奇色彩的创业历程。

"刚开始支持我创业的人很少，我个人的脾气也很急躁。好听的话、拍马屁的话，我从来不说也不会说，我只会老实做事。"张瑞林回忆道。

张瑞林认为，踏实守信是做生意成功的第一要义。创业初期，张瑞林接的都是别人不愿意接的小单子，并给合作的企业提供额外的不收费的服务。"人家不愿意做的项目，我们愿意。做得好了，人家自然会把资金给你。"也许正是张瑞林的这种精神，才能取得合作对象的信任，让他在成功的路上不断前进。他说自己是一个"理想主义者"，但更是一个"务实的人"。

埋头苦干获成功

成绩的背后，是实力，而实力源于埋头刻苦的努力。从公司创建开始，每一个齿轮机械转动的背后都是张瑞林付出的心血。

张瑞林用多年的积蓄购买了一台小车床，办起了机电制造厂，拉开了创业的序幕。"最初都是做些价格低廉，别人不会做，也不愿做的杂件。刚开始时，一个月才几千块钱的加工费，可所做的杂件涉及十多家厂家。"渐渐地，拥有20多年车间工作经验的张瑞林在南通当地积累了小小的口碑。南通醋香厂开始和张瑞林进行合作，提供生产醋片的机器，运用于香烟头、纺织布的生产。张瑞林当时没有帮手，下车间、做材料都是自己一个人完成，每天起早贪黑，晚上就睡在车间。在工作中他一丝不苟，严格要求自己，还给自己定下了"不完成当天任务不准吃饭"的规矩。付出的艰辛，终于换来了成功的甘甜。产品质量得到了南通醋香厂的肯定，这一单利润达到20%左右，给张瑞林带来了创业的第一桶金。

到了1995年，张瑞林已经将企业经营得有声有色，华能电厂开始和张瑞林合作做产品，主要生产德国单线阀管。这一单总产量共500多支阀管，又给张瑞林带来了一笔不小的收入。他租厂房，添置了几台数控自动车床，扩大规模生产。遇到零件加工难题，他频繁请教工厂里的老师傅，积极和企业沟通，反复请人上门改良设备以适应复杂生产，倾注了心血的产品最终得到了客户的认可。

通过几年的艰苦创业，从小作坊到大公司，张瑞林铆足劲儿干出了自己的一片天地。"口口相传，陆续有南京、珠海等地10多家企业找到我。"张瑞林说，公司近一两年购买了日本400多万元的维修机器，提高了产品的质量，也提高了生产效率。

工匠精神谋发展

多年来，张瑞林公司以"钻研、创新"为宗旨，不断提高机械加工、制造的专业化素质，尤其在高精度机械零部件加工、制造方面积累了丰富的经验。公司还可以根据不同客户对于产品技术参数的不同要求定做产品，为客户提供更优质的产品和服务，得到了国内外众多大型企业的好评，并长期与公司保持定点生产、合作关系。

如何保证企业发展长盛不衰？张瑞林的对策是加强企业内功修炼。"除了请资深业务员与客户加强沟通，我自己也加强国际贸易知识学习；加大设备投入，提高生产效率。"他说。此外，企业还每年投入10多万元，邀请专家对员工进行精益生产培训，"希望员工能学到更复杂、更高精度、更多类型的配件加工技能，适应不同客户群。"张瑞林说。

张瑞林认为对于一个创业者来说，创新能力是必备的素质，一成不变是一个成长中的企业最致命的毒药。企业要想长盛不衰，保住效益，就必须时时创新，打造属于自己的品牌，永远争做行业第一，这样才能成为胜者，在竞争中永立不败之地。

要发展好制造业，人才十分关键。张瑞林说，团队是一个企业人力资源的核心，需要"主内"和"主外"的不同人才，耐心的"总管"和具有战略眼光的"领袖"、技术与市场两方面的人才都不可缺。一个优秀的创业团队，不但要有提出可行性建议的人，还要有能不断发现问题的批判性成员。

20多年前，公司注册资本只有5万元，年营业额几万元；如今，公司注册资本达到800万元，年营业额超过3000多万元。张瑞林没有满足，他说："我必须有更多的智慧，做更多的事，让我的企业更成长。我相信我能办到。"

浙江宁波中基惠通集团股份有限公司总裁应秀珍

“老广交”深耕新外贸

应秀珍与集团董事长在广交会上

从宁波栎社国际机场出发，经过两个多小时飞行到达广州白云国际机场，再奔赴琶洲国际会展中心。可以说，这是应秀珍最熟悉的出差线路。

从事外贸工作近40年，中基宁波集团副总经理、宁波中基惠通集团股份有限公司总裁应秀珍连续参加了54届广交会，亲身感受了“中国外贸晴雨表”的动态变化，在宁波外贸行业里，她被称为“常青树”。当记者在宁波南部商务区中基宁波集团总部25楼办公室看到应秀珍时，她一袭柔顺黑发，身着职业套装，思路清晰，精力充沛，谁也想不到她已经年逾七十。

第126届广交会，宁波交易团共有1312家企业参展，参展人员近万名；宁波展位总数3219个，占比达5.3%。“越来越多‘新鲜血液’来到广交会，可以看到广交会的品牌培育和行业引领功能越来越强，我们宁波外贸行业也更加注重品质和创新。”应秀珍和记者分享她在广交会的新观察。

起步——“标准摊位”艰难立足

1983年，应秀珍进入象山县外贸公司工作。当时，公司为具备进出口经营权的国有企业供货，货物大多是农副产品，对虾、鳗苗、梭子蟹、橘子、芦笋……计划经济时代，产品品类、数量、价格都由国家规定。

应秀珍第一次去广交会，还是20世纪80年代中期。由于没有参展资格，她只能随着人流混进去。应秀珍笑着回忆道：“当时就是为了见见世面，我还专门打扮了一番，让自己看上去不那么土。”

直到1993年，宁波获得单独组团参加广交会的资格。而中基宁波公司在宁波代表团仅有的36个摊位名额中获得了一席之地——一个仅有9平方米的标准摊位。获得摊位后，应秀珍终于可以大模大样地走进去了，她也成了公司带队的人，一直带到了现在。“第一次正式参加广交会，有个细节我至今都记得很清楚。当时有个外贸员签了一个价值5万美元的单子，我看到他的眼睛都在放光。”应秀珍说。

随着外贸经营权的放开，越来越多的生产企业走上了工贸路线。许多企业从一家作坊开始，在广交会打开市场，逐步发展成为行业里的领军企业。

那时候的广交会，可以说掌握着一家企业的命脉。“不过那时候广交会的生意还比较好做。欧美客商也很多，还有世界500强大客户，一采购就是一大笔。通常都是外商拿着笔记本排队，老总询价，助手记下中国企业的报价。他们很少还价。”在应秀珍看来，外贸公司只要在广交会上有摊位，就一定能拿下订单。

作为54届广交会的见证者和参与者，应秀珍认为，从广交会可以看到中国制造的水平越来越高，企业更加注重品牌和质量。20世纪90年代，广交会上产品以初级加工和农副产品为主，处于外贸的最底层。而加入WTO后，中国形成了丰富的制造业基础，供应链完善，这一点世界没有任何一个国家能够替代。

过坎——危机过后毅然改制

在应秀珍看来，外贸从业者亲身经历着中国对外开放的历史进程，对国力一步步变强有着切身的感受。

早期一次经历曾让应秀珍大受刺激。20世纪90年代初，她第一次去日本，打算用橘子罐头置换一台二手水果筛选设备。

和她想象中完全不一样，那台设备就像一堆破铜烂铁露天放在天井，却要用几百吨橘子来换。看到设备的那一刻，她很心疼家乡的橘农们，当即决定放弃这笔交易。

交易一取消，日方接待人员转身就走。应秀珍和同事在日本接下去的行程就没人管了。“这一趟东瀛之行，我瘦了8斤。更难忘的是屈辱感。”应秀珍告诉记者，那时候，国内的加工技术落后，一罐18公升的糖水橘子，价格还没有日本制造的1个325克的彩印水果罐头贵，在贸易上只能任人宰割。

没有制造基础，就没有话语权，国际贸易只能出口低端产品。现在不一样了，中国的出口商品种类齐全，功能完善，而且越来越有设计感。

20世纪90年代是外贸业的春天，宁波外贸业发展迅速。谁也没想到，1998年，一场金融风暴席卷亚洲，外贸行业遭遇了严冬，产品价格缺乏竞争力，货物滞销，库存猛增。

中基公司也没有办法在这场危机中安然度日。当年，中基年出口额已经突破亿元大关，可是摆在眼前的现实是，上千万美元的订单消失，大批已经出口的货物无法收回货款，企业自有资金加起来只有54万元人民币。权衡之后，中基选择了改制。

改制意味着企业变成一家民企，公司高层莫衷一是。应秀珍支持改制决定。为了实现公司顺利改制，整整一年，她在宁波、北京两地反复奔波，理顺关系，为公司改制扫清障碍。

最终，中基从一家国有外贸企业改制为有限责任公司，并组建了十几家子公司，由母公司控股、职工参股。中基以600万元注册了新公司，业务独立核算，把经营权掌握在了自己手里。

在生死存亡的关键时刻，中基因为改制而活了下来，此后又与雅戈尔“联姻”。有了雅戈尔的投资，又有国企培养的外贸人员与外贸渠道资源，中基也成了全国第一家跨地区、跨所有制、跨行业的外贸公司。1999年，中基宁波对外贸易股份有限公司正式挂牌成立，当年实现进出口额2亿多美元。

随着中国加入世界贸易组织，国际市场迅速打开，外贸的春天又回来了。宁波中基惠通集团股份有限公司的业务扩大到了100多个国家和地区，进出口额的年增长率超过50%，产品的结构和档次也越来越高。

突破——拥抱变化开拓市场

互联网时代，外贸行业靠信息不对称赚钱的日子已经一去不返。外需下降、成本上升，贸易壁垒增多、竞争日趋激烈，外贸难做的呼声越来越强烈。应秀珍思索着，能不能在互联网上整合出口产业链的上下游企业，为外贸企业实现一站式服务。

2013年，应秀珍创立的外贸综合服务平台“中基惠通”上线。她带领团队打通了外贸服务的各个环节。企业只需要专注于跟客户沟通，专心做产品研发和生产，后续的出口、物流、金融、保险等环节由该平台一手包办。现在入驻平台的有1万多家外贸企业，合作时间3年以上的客户占了70%以上，黏合度很高。这么多企业在平台上交易，形成了庞大的数据库，已成为各大银行看好的潜在客户源，争取到银行最优惠利率。去年中基集团进出口额首次突破30亿美元，突破宁波民营企业的纪录。

外贸行业的不确定性仍在增加。面对中美贸易摩擦，从去年下半年开始，中基加快了全球新兴市场拓展。为了开拓市场，年过七旬的应秀珍依然是“空中飞人”。2019年4月，宁波市政府与拉脱维亚投资发展署签署了中国（宁波）—拉脱维亚跨境电子商务港湾项目，宁波外贸冠军——中基宁波集团成为该项目首次交易的接洽方。

“这一合作是双向的：拉脱维亚的商品，可以通过我们进入中国；中国出口的产品，也可以由拉脱维亚电子商务港湾帮忙，把中东欧17国的商超、渠道商与我们对接，走出一条跨境电商出口的B2B模式。”应秀珍说。

一稳一拓，中基更具底气。2019年1至10月，企业实现进出口总额31.22亿美元，同比增长7%；值得一提的是，对美出口依然保持增长，2019年前10个月实现对美国出口2.2亿美元，保持2.32%的增长。

轻工“大国工匠”——浙江舜浦工艺美术品股份有限公司董事长陈君标

在创新中让草编帽一代代传承下去

第二届轻工“大国工匠”——陈君标

链接：浙江舜浦工艺美术品股份有限公司始创于1939年，属浙江省农业龙头企业，拥有53项国家专利。产品远销欧美、南美、澳洲、东南亚等40多个国家和地区。2013年创立的“高龙”牌商标被原国家工商总局评为“中国驰名商标”。截至2020年，浙江舜浦已经获颁台州高龙非遗文创基地、浙江省非物质文化遗产生产型保护基地、浙江省中小学质量教育社会实践基地、浙江制造品字标；被授予国家高新技术企业、省级新零售示范企业及省级成长型文化企业，“浙江老字号”“浙江省文化出口重点企业”“浙江省农业龙头企业”，浙江省“AAA纳税企业”，浙江省“质量管理先进企业”“浙江名牌产品”等殊荣。

不久前，中国轻工业联合会、中国财贸轻纺烟草工会联合发布“第二届轻工‘大国工匠’名单”，共有60名行业佼佼者被命名为“轻工‘大国工匠’”。浙江舜浦工艺美术品股份有限公司董事长陈君标就是其中之一，他也是台州唯一上榜的民营企业家。对于“工匠精神”，他认为“是坚持、是热爱、是传承”，“但是想要把一项传统工艺真正传承下去，没有经济支撑是做不到的。现在我们能做的，就是让我们的草编实现价值最大化，一代一代传承下去。”

陈君标探索与发展非遗“传承、保护及创新”已有23个春秋。如今，他所传承、发展的温岭草编，已成为中国草编行业的龙头企业之一，在全球编织帽市场占有率居前三。

创新传承，为温岭草编寻找新力量

长长的纸草缠绕着指尖，阿婆们手指不断翻飞，草帽在她们的指尖逐渐成形，动作熟练到一气呵成。走在温岭的小巷街弄里，仍能看到不少人坐着小板凳，手指捻过雪白的纸草，编着一顶又一顶草帽。这是温岭走过数百年历史的技艺。

作为台州手工草编帽的领先者，舜浦传承了小小草帽的百年编织技艺和文化，从1939年创立至今，该公司三代人都在为此而努力。

而陈君标的接手，赋予了有着百年文化传承的温岭草编新的力量，他志改“传承”为“创新”，以“创新”接棒，希望为温岭草编开拓出新的道路，新的方向。

“就算是传统的草编帽，如今也能成为新的时尚，就看如何把传统和时尚流行结合起来。”陈君标说。

舜浦的设计团队有30多人，这个数量堪比同行里一家小厂的总人数。这些年，陈君标时常会带着设计师去日本、欧洲、美国寻找灵感。“因为只有出去，才能了解流行信息，才能有设计灵感。”

自1999年起，陈君标带领的设计团队每年都会设计出近500款帽子，还在国内获得了多项金奖。其主导开发设计的帽包及模具制作工具等通过试验及运用，陆续获得40余项发明专利、实用新型专利。

不仅仅是款式创新，1998年，在舜浦和国际市场接轨后，陈君标就发现了作为草编帽原材料的自然草，有着很大的局限性，会被季节所影响。

怎样才能避免这个问题？这成了陈君标回国后的主要研究方向。他不断对各类自然草进行参数分析及试验，意外发现纸在编织成纸绳时，其抗拉力及可塑性都远远优于草绳。“但纸也有一个缺陷，就是防水能力很弱，只要碰到雨水天气，纸草帽就会变形。”他说。

为了解决这一难题，陈君标在简陋的实验室里，与研发人员经过无数个不眠之夜和数百次的试验，终于在1999年成功研制出了抗拉力、防水及色牢度都达到国际领先水平的环保型纸类编织帽，破除了中国草编帽原材料的单一性，并于2017年会同行业领头企业制定了“编织原纸”的国家标准，替代了GB/T 22820-2008工艺礼品纸，成为相关行业的执行标准。

打造标准，以标准化推动非遗保护

不仅仅是“编织原纸”标准，以陈君标为主要起草人的编织帽行业标准QB/T 4662—2014也于2014年10月1日通过审核并正式实施，此标准为国内首份编织帽行业标准，填补了编织帽行业标准的空白。

制定标准也是这么多年来陈君标一直在坚持的事。“一家企业从几个人到几十个人，再到几百个人，想要做大做强，标准化管理、

公司全景图

标准化生产是基础。”他说。

这几年，舜浦不断地增强检验检测能力，从材料进库、生产到出厂等各个环节都要经过多道检验。直到产品到了客户手里，质量检验跟踪才算结束。

为此，舜浦专门设立了技术开发部，将客户下单的要求转化成一个个具体的数据，而这些数据就是他们的检验标准。舜浦每周还会召开品质例会，告诉车间他们的不良率是多少，重点前三项需要改进的是什么。每个月还会开月度品质例会，对全工厂公布生产情况，对比上个月情况，看看车间品质是否有所提高。每一年，舜浦还会拉出所有工人一年的成绩，评出品质奖。“我们希望把品质和标准的概念普及到每一个员工身上，让他们养成习惯。”

“千锤百炼才能出精品。”陈君标告诉记者，目前，通过规范上百个操作规程、近千个操作步骤，舜浦很好地解决了原先编织帽工序过于笼统、缺少规范化、细节上出现瑕疵等问题，产品品质不断提升。

除了强化内部标准化管理及制定标准引领行业发展外，舜浦还积极以标准化理念推动非物质文化遗产保护传承，构筑“研究—保护—传承”的标准化模式。

2018年，舜浦发起组建温岭市非物质文化遗产保护协会，积极宣传“标准化+非遗保护”。去年，和温岭市非物质文化遗产保护协会联合申报的草编非遗保护传承标准化试点项目成功入围省级标准试点项目名单。这也是全省首个立项的非遗保护传承标准化试点项目，将为全省非遗保护传承工作提供可复制、可借鉴、可推广的“温岭样板”。

校企合作，培养更多草编技艺“传承人”

陈君标经常讲：“传承好‘温岭草编’就是我的使命。”这几年，他不断摸索，希望找出一条行之有效的传承发展道路。

“草编传承靠一个人或一家企业是做不到的，必须实现普及。”他说。为此，陈君标自编多种教材和技艺文件，充分发挥研学模式，在中小学中开展非遗教育，并将非遗基地申请为台州高龙非遗文创研学基地和浙江省中小学质量教育社会实践基地。

箬横三小与舜浦隔河相望。在这所学校的综合实践基地里，有一个以“308工坊”为名的编织与非遗馆。校长韩国庆曾表示，学校和舜浦结对，将草编文化引入校园，通过草编课程、草编体验活动，拉近学生和草编文化的距离，这也是对乡土文化、非遗很好的传承。

“草编工艺作为非物质文化遗产，想要传承下去，就需要年轻人加入进来。所以，我们和箬横三小开始了紧密的校企合作，让草编文化成为箬横三小的特色教育，让孩子更加了解草编工艺。”陈君标说。

为寓教于乐，舜浦还建了能同时容纳近300人的多功能演播厅和温岭草编手工体验中心，作为中小学质量教育培训教室；将传统与时尚、非遗和质量文化紧密结合，依托浙江省非物质文化遗产生产性保护基地和台州高龙非遗文创研学基地，常年开放以历史人文资料为根基的高龙帽苑博物馆，以形象直观的方式，将草编工艺的起源与传承、草编的原料与工具以及精湛的传统手编技艺与精美的产品展现给学生们。

考虑到温岭草编帽的多样性及人才的连续性，舜浦自身也需要培养出更多符合市场发展规律的新型设计人才。为此，陈君标又与浙江纺织服装职业技术学院进行了校企合作，并应邀成为该校的客座教授长期进行校企交流合作，为公司培训后备的编织工艺技术人员。在其培养下，企业有35名人员取得了草编技艺“高级工”的荣誉称号。

2020光荣浙商——浙江万朋教育科技股份有限公司董事长兼CEO申屠祖斌

教育互联　办人民满意的教育

链接：浙江万朋教育科技股份有限公司成立于2003年6月25日，是中国互联网教育行业领军企业。拥有课后网·空中课堂、美师优课·智慧课堂、美师优课·精准教学、同步课堂、万数大数据决策分析平台、蓝叮课堂、中小学智慧校园平台、新高考智慧校园平台、教育互联、校园一卡通、电子学生证等20多套教育解决方案。目前已通过了CMMIL5国际软件能力成熟度认证、ISO9001质量管理体系认证、ISO27001信息安全管理体系认证、ISO20000信息技术服务管理体系认证等。同时，万朋教育的“无限宝”视频互动平台作为国家科技部863课题、国家发改委高端软件重点支持项目，拥有10项国家发明专利，能实现音视频、文字等多媒体实时互动

董事长兼 CEO 申屠祖斌　摄影：钱豫强

交流，并可支持数万人同时在线。2018 年，万朋教育荣获“2018 中国互联网教育领军企业”“2018‘校园好方案’优秀案例”等奖项，2019 年，成功入围“杭州准独角兽榜单”并荣获“2019 智慧教育影响力品牌”。

在长三角一体化发展上升为国家战略的大背景下，实现长三角教育一体化发展，既是长三角教育更高质量发展的客观要求，也是教育更高程度发展的重大机遇。2020 光荣浙商、万朋教育董事长兼 CEO 申屠祖斌一直致力于长三角地区师资、课程等教育要素的流动和共享，通过“互联网 +”技术手段，让教育更均衡，让学生变卓越，让名师出高徒。

申屠祖斌坚信：教育互联，一旦落到实处，就会有无限可能。早在 2016 年，万朋教育就和杭州学军中学、浙江省余姚中学、江苏省海门中学、合肥市第八中学等全国 15 所一流的高中携手发起成立了“中国名校网络教育联盟”，利用先进的互联网技术，通过课后网平台促进教育均衡、老师成长、学生成才。目前万朋教育旗下拥有课后网·空中课堂、美师优课·智慧课堂、美师优课·精准教学、同步课堂、万数大数据决策分析平台、新高考智慧校园、中小学智慧校园平台等 20 多套教育解决方案，引领着国内智慧教育的发展。

责任源于担当，责任激发创新。新冠肺炎疫情发生后，作为中国教育信息化领域领军企业，万朋教育在第一时间响应，自 2 月 10 日起，面向全国中小学校免费开放课后网·空中课堂，通过创新技术，实现优质教学资源与全社会共享。据了解，万朋教育的“空中课堂”整合了学军中学、余姚中学、合肥八中、海门中学等长三角地区一流学校优质的师资力量，截至目前共计开通了数万个公益课程，覆盖 27 个省区市、150 多个地级市、10000 多所学校，累计 800 多万学生受益，万朋教育一跃成为互联网教育领域的领军企业。

有人说，不公平的教育就像让同年龄段的孩子在状况差异巨大的赛道上赛跑，随着奔跑的时间越长，差距越大。疫情期间，以万朋教育为代表的在线教育使长期困扰我国乃至全球的教育资源不均问题有了革命性的尝试和突破。随着中小学生相继复课，将疫情期间在线教育的“应急措施”深入推进，转变为一种可行的“常态机制”的呼声越来越高，“线上”+“线下”结合的教育模式将进入常态化。

申屠祖斌表示，通过“互联网 + 教育”，才能让学生真正实现个性化学习和因材施教，让每个孩子都能平等享受到优质的教育资源，在公平的环境里竞争和学习。通过“互联网 + 教育”，万朋教育也才能在疫情这样的危机来临时，为教育事业作出更大贡献。

政治坚定、创新驱动、合规经营、资本向善。这样的新时代浙商，我们称之为“光荣浙商”，是能够推动企业健康、可持续发展的优秀企业家。申屠祖斌和万朋教育，正是新时代浙商理念在教育领域的创新实践者。

一个儒商的教育初心——
“让每一个孩子都能平等享受到优质的教育资源”

“教育公平首先是师资公平。”在位于杭州市西湖区文三西路的万朋教育总部办公室里，申屠祖斌的第一句话直击了教育均衡化的要害和痛点。虽然国家极力倡导教育公平，“努力让每个孩子都能享有公平而有质量的教育”，让每个人都有人生出彩的机会，但仍然面临城乡之间教育经费投入差距大、不同地区之间师资力量悬殊等现状。

对于这一点，申屠祖斌深有体会。他当年从农村学校考进浙江东阳中学的时候，全年级 200 多人才考进去 6 个，而吴宁镇中一下子考进去 200 个。是吴宁镇中的同学比自己的同学都优秀吗？不见得，只是大家所站的起跑线不一样。考进东阳中学以后，申屠祖斌很快就成为全年级的尖子生，被保送到 88 级浙江大学混合班，毕业的时候被评选为浙江大学十大特优毕业生。

站在同一片天空下，如何跨越这个彼此间巨大的鸿沟？申屠祖斌有了一个大胆的构思：教育互联。在他看来，要想解决中国教育均衡的问题，互联网教育是唯一的途径。互联网教育最核心的一点就是名师共享，通过互联网教育，每个孩子都能主动地找到适合他的名师，而不是被迫地去接受某个老师的教学风格。

因此，毕业时申屠祖斌虽然拿到了华为的高薪 offer，但是最终在创业和就业两者之间选择了创业，创办了“浙大网络”（万朋教育的前身），投身于教育信息化事业。那还是互联网刚刚兴起的 20 世纪 90 年代末，坚守着“让每一个孩子都能平等享受到优质的教育资源”的初心，申屠祖斌在教育互联网行业一干就是 23 年。

“在这 23 年里，我们做到了两点，第一帮助区域内快速提升教育质量及中高考升学成绩；第二协助教育主管部门提升人民对教育的满意度，实现办人民满意的教育。”申屠祖斌说，中国的名师有限，若想实现中国 2 亿学生的教育均衡问题，仅靠一对一和小班教学是远远不够的。万朋教育的解决方案是通过搭建课后网·空中课堂这个平台，引入本地优秀师资，为学生提供基于互联网的课后自主学习平台，模拟真实课堂场景，支持万人同时上课，能有效缓解大班额现象，从而实现本区域优质教育资源共享，打破城乡教育差异，实现教育高位均衡发展。

平而后清，清而后明。教育公平的实现，犹如合抱之木，生于毫末的点滴积累。目前，万朋教育研发和服务团队已达 800 多人，在全国拥有 100 多个服务机构，旗下产品遍布国内 1000 多个县（市、区）教育局，已成长为国内教育信息化领域的著名品牌。但是在申屠祖斌看来，推动教育信息化和教育公平的道路才刚刚展开。尤其是疫情期间，大家对在线教育有了全新的认识，接受度和好感度都有所提高，这将会极大促进教育信息化的发展，进一步打破城乡之间、学校之间的壁垒和围墙，真正推动中国的教育均衡和教育公平发展。

线上教育的万朋模式——
“让教育更均衡让学生变卓越让名师出高徒”

著名的乔布斯之问曾提出，“为什么计算机改变了几乎所有领域，却唯独对教育的影响小得令人吃惊？”疫情期间大规模的在线教育行动，仿佛是对此问的间接作答。据统计，疫情期间全国约 2 亿中小学学生接受在线授课，从城市到乡村，从被动到主动，人们对线上教育的热情空前高涨。

但是在申屠祖斌看来，事情并非如此简单，原因在于教育内容没有发生根本的改变。疫情期间大多数平台只是把课程从线下搬到了线上，却没有根本性地解决学生上课专注力、因材施教、个性化教学等问题。而各学校急救式的动员老师全员上阵直播或录播课程，由于缺少事先准备，频繁出现各种状况，也让效果大打折扣。

“空中课堂的本质仍然是‘课堂’，而不是单纯的‘直播工具’，把老师当‘主播’当‘网红’就是一种错误的思路。”申屠祖斌认为。在他看来，“空中课堂”虽搭载在网和云上，但也是课堂，首先需符合课堂的定义，学生不只是看个直播，而同时需要有交流互动，能检验效果，具有课堂管理等传统课堂的特点。

万朋教育旗下教育信息化解决方案

因此，万朋教育的课后网“空中课堂”不仅有别于线下课程，同时还能进行分层教学，真正实现因材施教。申屠祖斌将这种模式总结为“三个多”，首先是多层次，不同学习层次学生可以选择不同的账号上不同阶段的课；其次是多个老师组合课程，每个老师讲自己最擅长的部分；再者是多个助教，主讲老师只有在面对共性问题才会停下来解答，个性问题由其他助教老师在线解答。

“不是所有的老师都适合线上教学，为了保证教学质量，我们还会对老师进行测评。”申屠祖斌说，让所有老师都上阵直播或录播的做法并不恰当，各个学校的老师水平参差不齐，突然转线上还会面临备课、技术使用等问题。因此万朋教育在选择优秀老师的同时，还会对他们进行专门的技术培训，让名师的效果更大化，真正实现让所有人共享优质资源。

针对课堂纪律和学生自觉性等问题，万朋教育也有自己的模式和方法。除了配备多个助教以外，还有人专门承担“班主任”的角色，“学生不认真听课了，班主任马上就知道，马上提醒他。课堂内利用不定时的点名、随堂测验、抢答、随机选人等线下课堂的手段强调纪律，如果学生有经常离开老师的课堂页面做其他事的情况，还可以让学生桌面和老师桌面保持同步。”

做到这一切需要不断进行技术的优化迭代。万朋教育目前已经具备智能识别知识点、错题自动分类、高效AI阅卷、个性化学习报告等产品优势，先后荣获“2019智慧教育信息化领军企业”“2019大数据领域优秀服务商”“2019智慧教育优秀校园好方案”奖等。通过打造课前（大数据学情诊断）、课中（人工智能交互教学）、课后（AI学习系统）的教学闭环场景，实现个性化学习和因材施教，推动教育精准化管理和科学化决策。

正如研究中国教育多年的新教育实验发起人朱永新在《未来学校：重新定义教育》中指出，未来教育的方向一定是个性化、智能化，给不同类型、年龄、个性的人提供不同的学习空间和学习可能性。他认为，未来大学并不重要，重要的是课程，未来或许会进入一个叫“课程为王”的时代。

疫情面前的挺身而出——

“我们和无数教育工作者共同经历了一场‘战争’”

漫长的人类文明史，总是伴随着不期而遇的灾难。

在与灾难的抗争中，磨炼着人类文明的韧性，推动着人类社会不断向前发展。

2020年，这样的历史事件便在中华大地上发生。1月25日，申屠祖斌记得非常清楚，那天是农历大年初一，也是武汉正式宣布“封城”后的第三天。当时很多单位都在放假，大家都还沉浸在春节的节日氛围里，万朋教育却突然宣布面向湖北省各中小学免费开放课后网“空中课堂”，技术服务团队数百名员工提前结束休假，全员24小时待命，对接湖北省及其他省市区各教育局，确保“空中课堂”正常进行。

最初，申屠祖斌预估的“封城”时间是20天，觉得自己的网站准备容纳几万学生观看就够了。然而，随着疫情的不断扩散，1月27日，万朋教育又宣布从2月10日起面向全国提供免费的“空中课堂”服务。2月10日学校原计划开学的当天，课后网“空中课堂”一下子涌入500万学生，服务器带宽不够了怎么办？

万朋教育当时紧急联系了湖北武汉迈异信息科技有限公司，购买了140台服务器。在疫情严重的时刻，湖北宜昌市教育局特别为万朋和迈异的技术人员开了公益项目说明函，他们逆向而行，冲到武汉一线调试设备，4天完成140台服务器的上架部署调试工作。这要是在平时，前后端调试至少需要15人协助完成。此次迈异还集中了机房最优秀的技术人员保障服务器正常运行，当得知这些服务器是为湖北地区的中小学生公益课堂授课服务时，迈异总经理潘成林直接说：“我们的300G带宽也全部免费！全力支持万朋公益课堂！”

在之后的短短两个礼拜，万朋教育累计扩容了近7000台服务器、扩容1800G带宽来保证之后的线上教学能够正常运转。公司同时还采购手写板、耳机等设备服务教学，投入设备和宽带价值超过2亿多元。除了部分在农村过节交通网络条件不具备的员工外，公司其余600多人全部上阵，还额外招募了1500多人充当助教，为老师线上教学进行技术上的指导帮助。申屠祖斌还补充了一个细节，由于当时很多地方封道，高速下不去，技术服务人员只能在高速服务区给教师做技术培训；有的技术服务人员，争分夺秒为学校开通“空中课堂”，做好技术支撑，借宿在学校教室1个多月，物资也送不进去，靠着几箱泡面过日子。

“扛住了，当时很多直播平台都宕机了，我们平台一直坚挺。”回忆起那期间马不停蹄地工作，申屠祖斌形容好比在打一场没有硝烟的战争，整个团队都非常辛苦，他自己整整瘦了3公斤，每天盯着电脑的时间超过10小时以上。但万朋教育也收获了众多高分评价和来自各教育局及学校超过150封的感谢信。

英雄都是勇于挺身而出的普通人。正如于若木慈善基金会大隐公益基金和光荣浙商顺联动力联合出品的抗疫公益歌曲《请祖国放心》里所歌唱的那样：“每当风雨无情的嘶吼，总有勇敢的人站在我们左右。每当灾难来临的时候，整个世界都在释放着温柔。”在这场“战”疫中，有太多人挺身而出，他们中有医护工作者，有基层工作人员，有警察、保安、物业，还有众多无私奉献的老师，像黑龙江省实验中学和大庆实验中学承担了黑龙江全省高三学生线上复习课程等。万朋教育只是提供一个平台，为教育走向均衡，点燃了一盏公益之灯。当众多的公益之灯点亮，无论人类面临什么样的灾难，最终都能冰消云散，春暖花开。

作者：浙江日报黄丽丽、金长青

全国三八红旗手——浙江省杭州巾帼西丽市政园林建设集团有限公司党委书记、总经理郭昱辰

巾帼不让须眉　柔肩担当重任

郭昱辰获得的最新国家级荣誉

链接：郭昱辰，中共党员，现任巾帼西丽集团党委书记、总经理，系杭州市党代表，西湖区政协常委、西湖区妇联执委，并担任浙江省专业标准化技术委员会委员、浙江省服务业联合会副会长、浙江省巾帼家政服务联盟副理事长等社会职务。先后荣获“全国三八红旗手”“全国商业服务业巾帼建功标兵”“全国杰出创业女性”“全国商业质量管理先进工作者”“中国家庭服务业协会优秀管理者”“优秀诚信企业家”“浙江省杰出女职业经理人”“浙江省商业服务业新锐商业企业家”等荣誉称号。

日前，全国妇联表彰了一批在新型冠状病毒肺炎疫情防控工作中做出突出贡献的先进女性（集体）。浙江省杭州市西湖区优秀女性——巾帼西丽市政园林建设集团有限公司党委书记、总经理郭昱辰榜上有名，荣获“全国三八红旗手”。

双线作战，她巾帼不让须眉

2020年年初，一场突如其来的疫情打破了日常的平静。作为一家服务居民的企业，巾帼西丽集团在特殊时期里无畏艰险，尤其是环卫工人们，在一线护卫着城市的正常运转。

“春节期间，环卫作业的员工，本来就比平时少两成。疫情爆发之后，城市环境除了日常清洁洒扫，消毒作业也变得异常急需。”郭昱辰介绍。

郭昱辰作为公司负责人，快速响应，迎难而上。她第一时间组织召开疫情防控专题工作会，成立领导小组，下发安全通知，要求集团各事业部坚决扛起社会责任，在做好自身防护的基础上，想方设法助力抗疫。

腊月二十六，郭昱辰把全国各地300多个项目点的项目经理拉进了微信群，进行“线上办公”。

她带领3000多名城市服务岗位的姐妹们放弃轮休、坚守岗位，加强消毒清扫，防止疫情扩散。

为了保障大家全力投入抗疫工作，郭昱辰第一时间考虑的是解决员工的吃饭和加班补贴问题，同时给每个员工配发了口罩、手套、消毒液等卫生用品，要求大家每日测量体温，确保安全上岗。早在“杭州健康码”推出之前，郭昱辰就在集团中推行了疫情直报小程序，远程管控分散在全国6个省1万多名员工的身体状况。

在这样的保障下，环卫工作得以正常运行，许多市民感激于环卫工人们的付出，纷纷送来感谢信和奖牌。

“其实那会儿，公司运转真的很难。”郭昱辰说。疫情期间，家政服务行业几乎按下了“暂停键”。2020年3月初，一些家政阿姨从外地归来，结束隔离期之后，本以为可以“复产”，但小区“不让进”，顾客只能在家“干着急”。面临“出门不畅、入户不畅”的难题，家政员无法正常上岗，也没有了收入。

公司运营的成本非常大，光用掉的口罩，就是一笔不小的开销。“损失公司来承担，宁可苦了自己，也不能让员工委屈。”郭昱辰说。

面对当时的情景，郭昱辰必须稳定“军心”。为应对家政服务复工难的问题，她积极组建复工专班，通过制作《疫情期间员工作业手册》和发放防疫9件套等方式，确保客户和员工的健康安全，有序推进企业复工复产。

即使在这样的困境中，郭昱辰依然想到的是奉献社会。2020年2月5日，杭州市妇联向首批27位驰援武汉“勇士”家庭发出《致抗击疫情前线“白衣天使”的慰问信》，发起了“您守护‘大家’请让妇联为您守护‘小家’”活动。郭昱辰当即表示，将为所有驰援武汉的医护人员家庭提供免费放心的家政服务。

随后她带领100多名家庭服务岗位的姐妹，为全省360户援鄂医疗队的一线医护人员家庭提供了免费家政服务。“我觉得这是一种社会责任吧，这样既向社会贡献了自己的力量，也能让员工们动起来。”

在疫情防控、复工复产“双线作战”的大考中，郭昱辰巾帼不让须眉。因此，她荣获“疫情防控先进个人”“最强战疫先锋”等荣誉称号。

“真的特别感谢身后这几千名姐妹们的积极支持，是他们的默默付出，成就了公司和我的荣誉，‘全国三八红旗手’的军功章，有他们的一份功劳。”郭昱辰感慨道。

十年传承，创二代走出创新路

巾帼西丽集团由郭昱辰的母亲创立，2010年，年仅28岁的郭昱辰从母亲手中接管公司，正式成为一个“创二代”，从此一肩挑起公司业务大梁。

很多人不明白郭昱辰为什么要在这时做“吃力不讨好”的保姆行业。虽然巾帼西丽家政服务集团此前在养老、育儿嫂、钟点工都有很好的成绩，但保姆行业毕竟不一样，其独特的行业性质

所面临的难题更加纷杂，想想过去的保姆恶性新闻事件便可知前路一片“荆棘”。

她为什么要啃这块“硬骨头”？

郭昱辰大学毕业在一个家政公司工作，某天和公司前辈聊天，这位大姐突然说了一句话：“我恨保姆。”那个“恨”字说得咬牙切齿，郭昱辰一下愣住了。后来她才知道，原来这位大姐曾经为母亲请了个保姆，有阵子保姆感冒隐瞒不说，结果导致大姐的母亲感染去世。

这事让郭昱辰触动很大，她立志要重塑保姆行业的规范，也决心要打破人们对保姆行业的不信任。

免费上门为援鄂医护人员提供家政服务

“当时我就想，咬咬牙一定要把保姆行业做下来，而且要做好！”第一步从源头下手——培养值得信任的“好保姆”。她与衢州、安徽等地方政府合作，建立培训基地，对当地妇女进行专业培训，再送到杭州就业，进行企业化管理。

其次，她把握互联网的时机，确立了巾帼西丽集团“走创新发展，多元化经营”的发展新思路。在她的推进下，2016年，公司承担了《杭州市母婴生活护理服务标准化试点》项目，为行业标准化建设做出了积极贡献；2019年以来，在“互联网+”的时代背景下，郭昱辰致力于发展互联网经济模式，开发了“智慧母婴服务监管平台”“家政诚信服务商城”等众多诚信化、综合性、全方位、立体化的信息化平台。

机遇总是光顾有准备的人。

“线上防疫小程序、线上培训、线上派单……多亏了企业多年来的信息化储备，才能这么快地进入复工状态。”郭昱辰深有感触地说，“我希望借助互联网的优势，让传统行业有一个新发展，为更多家庭带来标准化、规范化、品质化的家政服务。”

10年，郭昱辰从青涩走向成熟，推动着这个跨6省、下辖60多家子分公司、拥有300多处项目服务网点的全国生活服务业知名企业不断向前，并荣获“中国驰名商标”“全国敬老文明号”等1000多项荣誉称号。

作为一名优秀女企业家，郭昱辰牢记肩上的社会责任，在企业不断壮大的同时，不断回馈社会。秉持“安置一个人，温暖二户家”的初心，她累计帮助近2万名下岗失业妇女、失土农民和外来务工人员实现再就业。多年来，郭昱辰热心公益，个人累计向贫困山区及灾区捐款捐物达20余万元。疫情防控初期，她主动捐赠善款5万元和1万只口罩。

“一副柔肩挑日月，一身慈背担家庭”是郭昱辰作为创二代，带领企业发展、履行社会职责的真实写照。她以新时代千鹤妇女精神，在事业和家庭的责任与担当中，不断完善自我，实现自我价值；她用巾帼铁军的气势，用木兰从军的勇气，用桂英挂帅的智谋，向着美好愿景努力前行。

文／图：巾帼西丽集团

全国三八红旗手标兵——河南省郑州视光眼科医院院长刘苏冰

为患者带来温暖和明亮

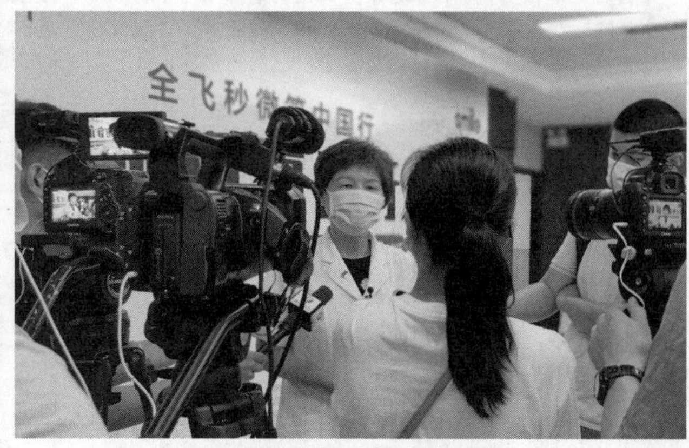

院长刘苏冰接受主流媒体联合采访

“我从来没看过世界这么清晰。”2022年2月25日，在河南省郑州视光眼科医院，原本近视2000多度的杨先生做过手术后，视力达到了1.0，眼前清晰的世界让他一度认为不真实。这样的惊喜和喜悦，每天都在祥盛街8号发生。

来自全省甚至全国的患者
都在这里得到了好的治疗

郑州视光眼科医院位于郑东新区祥盛街8号，迎面楼房上映入眼帘的大大的视力表，标志明显。是的，这里是一所以激光矫正近视为特色，眼底病、小儿眼科、白内障、青光眼、眼表疾病、眼外伤、医学验光配镜等诊疗项目综合发展的专业眼科医院。

在很多人心目中，早已经是“光明和情怀”代名词的刘苏冰院长，就在这里坐诊。

来自全省甚至全国的近视眼患者，在郑州视光眼科医院，都得到了非常好的治疗效果。

刘苏冰，作为在全国和河南省较早开展近视研究和手术的专家，早已成为患者眼中的明星专家。

曾经有人这样说过，如果你身边有朋友或者有亲戚做过近视手术，那他们一定有人是刘苏冰院长的患者。

左图为德技双馨的眼科手术团队；右上、右下图为院长刘苏冰获得的“全国三八红旗手标兵”“全国十大女杰”“中国武警十大忠诚卫士”“”首届河南优秀医师将等众多荣誉证书

她打破了很多纪录

做了很多创新

刘苏冰是河南乃至全国较早开展近视研究和手术的专家。

她是享受国务院特殊津贴专家，历任美国眼科学会委员、河南省医师协会眼科分会副会长、河南省医学会眼科专业委员会副主任委员。

并先后获得全国三八红旗手标兵、河南省三八红旗手；中国十大女杰、河南省十大女杰等荣誉称号。

她打破了很多纪录，做了很多创新。

第一个在全军和武警部队引进国际先进“准分子激光治疗屈光不正”手术；第一个在亚太地区开展CK治疗老花眼手术；第一个在东南亚地区开展视潜能开发治疗弱视项目；她的团队创造了单日近视手术132人261只眼的世界最高纪录……

为不同人群的眼病患者

提供全方位的专业服务

“一个人可以走得很快，但一群人能走得更远”。郑州视光眼科医院拥有以眼科学博士刘苏冰教授领衔的强大专业眼科团队。

除了刘苏冰教授，还有疑难复杂型白内障专家陈彬川教授、高度近视专家周远沛主任、小儿眼科专家马小倩主任和海归博士荆洋等共同组成的专家团队，为不同人群的眼病患者提供全方位的专业服务。

除了专家团队，仪器设备也与国际接轨。

郑州视光眼科医院拥有层流超净化无菌手术室，同时引进国内外的各种眼科诊疗设备，如德国蔡司全飞秒、德国阿玛仕1050RS全激光、瑞士达芬奇飞秒、美国博士伦Technolas217P新型准分子激光治疗、Avedro角膜交联仪等手术系统和手术设备。能够同时开展Smile全飞秒、千频Smart全激光、ICL晶体植入等近视手术。

在郑东新区祥盛街8号，这里创造了一个又一个有关光明的故事。

全飞秒激光手术是目前国际上较为先进的角膜屈光手术模式之一，通过手术帮助患者摘掉眼镜，获得正常的视力。 优势是角膜切口小，使得角膜周边的神经保护更好、更完整，且手术时间短，一般在十分钟以内，术后恢复快。

最新消息，刘苏冰和她率领的团队，在河南率先完成3万例全飞秒手术。

故事在继续，感动在继续，都在郑东新区祥盛街8号……

作者：董彩虹

摄影：陈研

湖南云中君茶业有限公司总经理贾茜

吾心安处有茶香

泉水煮沸后稍稍冷却，注入玻璃杯中，看绿芽在水中翻滚。在湖南云中君茶业有限公司总经理贾茜看来，这是一种植物和一群人之间美好而有趣的故事——人驯化了植物，使之不断地改变、丰富、演化。与此同时，植物也在不知不觉间悄悄地改变着人们，直至成为他们的历史和文化传承中不可或缺的部分。

正是这个故事，让她的心，留在了石门县维新镇古城堤村的八户山上。三面水绕、水雾氤氲、青松掩映，醇厚爽口的有机茶和茶园胜景，都让人一试难忘。

换个活法，远远没有想象中那么简单，种茶、制茶、销售，样样都要从头开始。“但也不会比考研更难。”这位湖南师范大学的硕士毕业生，或许天生爱挑战。

“茶是一门功夫，来自同一片树叶，可以调制千变万化的香。走近你，只为发现造物主的神奇。”

——贾茜微信朋友圈

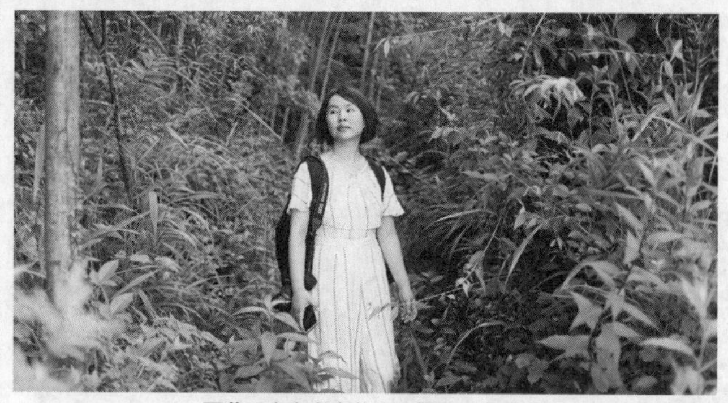
贾茜回家乡考察茶山 摄影：杨昌伟

2018年，贾茜回老家过年。此时，她已在长沙一家银行工作了5年。

这个春节，她随家人去八户山拜访老友王建国，第一次与这片茶园谋面。“我老家的村子和这座山隔仙阳湖相望，我从没想过这山里还有茶叶。”

53岁的王建国曾在石门县茶叶公司工作，2007年自己创业来到八户山种茶。“这里处于北纬30度，海拔600米到850米，是发展高山有机茶的‘黄金地带’。”筚路蓝缕皆辛勤，山上没有大路，物资全靠骡子运，山上的村民因为生活艰难，纷纷搬下了山。王建国舍不得这片得天独厚的土地，带头建立了茶叶专业合作社和茶业公司，领着农户们稳扎稳打，开辟出1200多亩茶园。2016年9月被省茶业协会、省茶叶学会、湖南日报社联合评比为“湖南十大最美茶园”。

10年辛苦，换来满山的茶园，还有老茶客的交口称赞。“色泽翠绿油润，内质香气浓郁，汤色杏绿明净，滋味醇厚爽口。”品完茶的贾茜，对于自己的人生，忽然有了新的想法。

2018年，贾茜辞去了工作。2019年，她带着全部积蓄和新思路，像一股新鲜血液一样注入公司。2020年4月，她挑起了公司法人代表的担子。

在贾茜看来，省城的那份工作，如同省城宽阔笔直的大道，安逸舒适，却一眼能够望到头。“我好像能看到自己30年后的样子。”山里的这种生活，如同九曲回环的盘山路，艰险困苦，却时刻能够收获惊喜。“这是一个很有潜力的平台，我在这里有更多的发挥空间。”

“茶山上的格桑花开了，斜阳微风，悠悠漫步。有人问有机茶园为什么不贴小黄板粘走害虫？因为粘走害虫的同时也粘走了益虫呀，我们遵循自然法则，相信这片土地的自愈能力，而事实的确如此，感谢大自然给我们的馈赠。”

——贾茜微信朋友圈

要学会“当家”，首先要懂茶。采访中，贾茜的手头摆着一本本的专业书籍。而在平时，她常常自己驾车赶到离县城1个多小时车程的八户山，泡在这里跟王建国和茶农们同吃同住，深入了解种茶和制茶中间的道道。她的微信朋友圈里，几乎全是与茶有关的体会和感悟。“有圈子，有店子，有厂子，学习起来还蛮有意思的！”

有机，这是王建国这些“原始股东”在山上种茶的“初心”。这片山林，附近5公里无生活污染，20公里无工业污染。经环境部门多次检测，环境质量达到GB30-98-82的一级标准。从一开始，茶园全部按有机标准种茶，陆陆续续种植的楮叶齐、碧香早和黄金茶，错落在山林之间，“茶在林中，茶林相间”。2010年，茶叶获得了国家农业部的有机食品认证。

贾茜越是深入了解，越是佩服这些创业者眼光的长远。“这个在深山里的茶园要发展，拼产量是拼不赢的，必须要走特色，做品质。”而随着人们生活水平的提高，对有机、绿色等健康产品的需求正逐渐加大。路子是走对了，但是对于公司的发展现状和经营模式，贾茜的意见却是不少。

面对平均年龄超过50岁的股东们，这个女娃儿直言不讳：“包装老气，又不做宣传，别人都开网店了，咱还靠‘口口相传’，怎么卖得远嘛。”

经过一番仔细调研，她的意见一个个提了出来——上山的公路不修通，企业发展始终有“肠梗阻”；加工场地像是小作坊，不仅产量和质量上不去，而且品类也很单调；在县城的门市部太“小气”了，洽谈业务和招待客商都不方便……

王建国不会用电脑，更不懂网络，玩不转年轻人的“套路”。可无论贾茜怎么干，他都带着一帮老哥们全力支持。销路窄，他们就抱着茶叶，一家家敲门找分销商；名声小，立马找媒体做广告；道路险，就想方设法筹集资金修路；效率低，就引进更现代化的机器提高产能……几位父辈的“股东”遮风挡雨，尽量让这个年轻的“当家人”肆意地在这片山林里“挥毫泼墨”，尽展所能。

“最近看一本关于茶的书，开篇对一些爱茶人或者研究者采访，问采购茶叶的标准是什么？每个人首先回答的都是：渠道安全、生态有机。我们云中君的茶全部来源自己的基地，可追根溯源的茶你不爱么。”

——贾茜微信朋友圈

贾茜和茶农一起筛选茶叶鲜叶

开通公司微信公众号，让茶叶生产全程可追溯；建立分销商网络，让茶在深山人尽知。而这只算“小打小闹”，经营多样化、延伸产业链，才是贾茜认定的发展方向。

山石嶙峋，花草掩映，山间的一片平地里，几幢古色古香的建筑点缀其间。这是贾茜的大梦想——“茶旅融合发展”的绿色产业，在我们眼中最为直观的呈现。

体量最大的仿古建筑，是公司的茶叶加工车间，里面全是现代化的制茶设备。萎凋、揉捻、发酵、烘焙……工人们目前正在有条不紊地进行着夏茶的生产。为了丰富产品品类，提高茶园效益，现在除制作绿茶外，贾茜还引进红茶、黑茶、白茶制茶工艺。“不仅采茶期可延长至9月，全年销量和产值还将翻一番。”

沿着新修的水泥路一路赏玩茶园美景，一片樱花林已经种下，旅游厕所已经完工，游客步道正在铺设，茶文化体验中心等建筑正在陆续开建。“这片背山面湖的坡地上，我们准备建民宿，最终能够给游客带来集观光、采茶、制茶、品茶等为一体的文化体验，真正让群众靠山吃山，变荒山为金山。”贾茜对未来信心十足。

闲暇时，品茶早已成为贾茜的日常。有时，一个人端一杯茶，心绪随着杯子里浮动的茶毫起伏翻滚。“我现在天天想的就是——把八户山的茶‘舞动’起来！”

湖南省人大代表、宜章县永谐食用菌合作社总经理黄凤兰

骑田岭下　灵芝朵朵

黄凤兰近照　摄影：李明华

我驰车蜿蜒在巍巍骑田岭南麓下的龙村田洞时，几幢卧在碧野中的穹形白色塑棚映入我的眼帘。棚前的标牌上写着“宜章县永谐合作社”。对了，这一定是黄凤兰的灵芝种植基地。我停下车，拨通了凤兰的电话。一会儿，从塑棚迎面走来一位风姿绰约的女子，她一声亲切的李老师后，“我是黄凤兰”。于是我的记忆鼠标点击出了少年的黄凤兰：坐在教室的中排，白皙的脸隐着温柔，两只晶亮的葡萄般的眼睛流泻着充满幻想的光，像漾着一汪碧蓝的湖水。

“又多年不见了，李老师。” “是的。”我说，“时光的流水将你这块碧玉洗涤得光艳夺目了。你看呵，你是永谐食用菌合作社社长。踩稳这块基石，你当选了湖南省第十三届人大代表，你担任了湖南省食用菌协会副会长，你成为宜章县好人协会副会长。”我审视着她，顿了顿，“你获得了湖南省巾帼建功标兵，获得了郴州市优秀乡村人才、郴州市创业带动就业优秀青年能手、郴州市百岗明星，获得了宜章县劳动模范、2016年宜章县脱贫攻坚十大能人等光荣称号。凤兰呀，你的头上闪烁着顶顶桂冠的光环。老师望尘莫及喽！”径边池塘的碧荷在轻风中婀娜地认同我的说辞。她挽着我的手臂漫步在回棚的小径上，透过凤兰脸上轻漾的腼腆，我触摸到了她掩在内心的谦恭,她的柔软的笑声也稀释了师生间的拘谨。

入到棚内，其中一间是工作室，西墙一道超大荧屏，这是上培训课用的；南墙几组玻璃橱窗陈设着各类灵芝的样品，深红菊红，各领风骚，其中一朵灵芝足如柱，冠如伞，色如漆，亭亭玉立，夺人眼球。其余一字排开的十多幢架棚是灵芝栽培间。大小不一，形态各异，色泽亮丽的灵芝点缀其间，如羞女如星星，让你叹为观止。

“记得你是学服装专业的，你的服装业做得风生水起呀，怎么——”凤兰莞尔一笑，她说，2013年5月她父亲领头经营了30多年的蘑菇栽培永谐种植专业合作社遭遇强台风，8个大棚坍塌，掀出数十米远，所有蘑菇折冠断腿，呜呼哀哉。这次灾害经济损失约50万元，其中大半是入社的10多个股东的血本，还有自家的10多万元银行贷款。这时年逾花甲的父亲面视惨景哭了，股东们也唉声叹气。父亲一脸颓丧地劝我放弃服装经营，回乡重振合作社。父亲说，“乡亲们信赖我才投股呀！现在风吹没了大棚，可吹不折我的意志与种在我心里的诚信呀。我们要承担起这个责任，重振合作社，自然能成功的。”“回去吧，你领着乡亲们继续干，我做你的技术顾问！”这时我想起替父从军的花木兰，咬了咬牙，一甩发辫，含泪应允了父亲。“我要再鼓捣出一次人生的风生水起。”凤兰说她当时这样说。

这番话着实让我感动，父女俩其实想的不仅是个人的信誉与责任，还深层想到了合股经营，开发项目，拉动农村经济发展的社会责任。至纯至善的心思啊！

我认识凤兰的父亲，他多年旺盛着梅田片区的蘑菇销售市场，他是蘑菇栽培的老把式。可于凤兰而言，虽自幼耳濡目染知晓蘑菇一二，真干起来得从头学起呀。

“你接手后，干的第一件事是什么？”

“建棚！”她说她和父亲一道分析了竹竿支撑的简易大棚无根无骨，难御大风的弱点后，从长沙请来专业人员，舍了她收拢服装店的本金建起了8个自动控温的标准化浇注地墩的钢架蘑菇棚。凤兰的视野比老父亲更宽更新锐，她接着专程去了湖南省食用菌研究所请教姜性坚教授。姜教授从食用菌的优选到管理，从肥料选择到病虫防治一一细述，还赠送了一本秀珍菇种植技术的书给黄凤兰。这下子凤兰有了底气。她一个一个找股东们聊发展前景，聊基础设施，聊种菇的合作社模式。大家从凤兰的一席话听出了希望，听出了信心。在稳定原有股东的基础上，很快吸收村里零散种菇的农户入了合作社。

炉灶重新架起，只借一扇东风。黄凤兰又把热情的火燃烧在技术创新上。在姜教授指导下，她琢磨出了在夏季高温环境下，采用打冷育菇的技术，培育出了自己的“秀珍菇”，这种菇厚重而细嫩，入口滑腻，赢得食客青睐。为了提高空间利用率，凤兰又设计出多层立体栽培技术，让菌子婴儿般卧在双层或三层的“床铺”上。这样小空间大栽培，每亩每年实现利润8万—10万元。

这下子原来观望犹疑的菇农以及想种却没种过菌子的农户眼馋

永谐食用菌合作社种植基地远眺 摄影：李明华

了，都打探着期盼着入社。黄凤兰敞开合作社的大门，把菇农们全揽进来，对缺乏资金与技术的农户更加网开一面，实行“零门槛”入社。凤兰说，有位曾四发因治疗妻子的胃癌，欠下一屁股债，想入社却不敢说。凤兰便与合作社几位理事议定，同意曾四发入社，并无偿提供他一个大棚，赊给他菌包，由凤兰亲自指导他种植。几个月后，曾四发便还清了债务，还盈余了15000多元。曾四发逢人便说是凤兰妹子把他从穷困的泥坑里拽了出来。接着又接纳了10多个困难户入社，让无业老人、闲空妇女、轻度肢残人员等在家门口便可每月轻松挣回近2000元钱。

“你初始种蘑菇，后来怎么改种灵芝了？”我问。

黄凤兰说，秀珍菇虽有销路，但售价不高，而且得晚上采摘很累人，就想着要种植一种附加值高且晚上不用开夜工采摘的品种。2015年，在安徽省学习交流的时候，就跟灵芝结缘了，就有了种植灵芝的想法。在省食用菌研究所姜性坚及湖南农大夏志兰两位教授的指点下，在仿野生的环境下，试种成功了品质好、产量高的南韩红芝，然后又创新试种了组合大灵芝，得到了市场的认可。她便大胆实施集中核心技术，生产标准菌包，分发给菌农单个种植的方案。“这办法好，集中培训，分散栽培，统一回收销售。”凤兰甜甜地自赏着她的杰作，笑得脸上的酒窝真沁出了醇香呢。

“说说现在的规模。”我说。凤兰告诉我，现在合作社发展社员103户，示范基地面积300多亩，辐射带动10多个村，会员基地种植食用菌、灵芝扩展到了2000多亩。“这灵芝当药不当饭，产量大了，卖给谁？”我替她的销路犯起愁来了。她理了理额发，“我们创设了公司+合作社+基地+农户+厂家的运作模式，她的灵芝销售终端是制药厂家，多多益善。还有通过微信公众号、直播等新媒体把产品卖向全国各地。她把经营玩转得如同她的那束柔发般流畅。

我见到架棚里那些培土的侍弄菌包的喷水的员工或花白老汉或珠黄妇妪或跛足后生，凤兰从我的眼神看出了我的疑虑，“这些都是村里寻不上活的乡亲，望天固守着穷日子”。她说，现在跟着她栽培灵芝，活不累人，一个月能拿千多两千工钱，愁云消散，笑也堆上了脸。通过就业帮扶、小额信贷、委托帮扶等形式，合作社结对帮扶贫困户446户。一个家庭年人均收入能逾10000元，于是日子就有了着落。合作社呢，总资产已达500多万元，年增积累80多万元。“这是本土资源与乡亲们一起养大的一只母鸡，母鸡生了蛋，得拿出些给大家分吃，这叫利益共享。”她这跟水一般清明的话里实在蕴蓄了孔子仁爱与惠民的大学问。而这学问正合习近平总书记“消除贫困，改善民生”的基本理念。

“那你的利益给哪些人共享了？”凤兰不语，也许在她看来些许常人良心事而已。这时我打开桌面一则关于凤兰的报道。

“每到节日，黄代表就会购买米、油等物质来看望村里的老人，到敬老院送礼物，多年来没有间断。

“黄凤兰积极加入好人协会，并担任梅田镇分会会长，建立了19个村级好人工作站，发展会员3000多人。她先后捐物价值20余万元，捐资10余万元。她还一直资助桂东沤江一位孤贫小学生胡朗上学。这位学生正读初中，她的资助还在路上。”

这是写在纸上的，我得去见识见识。于是我说去村里看看。凤兰陪我入了近处一个村，从村头到村尾，一路走一路的婶娘叫她妹子，纷纷迎了上来，把个凤兰亲热得点头不迭，凤兰全然走进了乡民们的心里啊。一位老妇神情有些异样，一跛一跛靠近凤兰，也甜甜地喊凤兰妹子。我诧异起来。“她60多了，又残又痴，一家5口，丈夫患了癫痫病，两个孩子脑子也不灵便，找不上活计，上头还有个82岁的家婆，他们像是蹲在雪地里挨日子。”她说，他们吃着低保，她也尽力做些接济。我听后心潮湿了起来，眼也潮湿起来。扶贫工作面临收官，可扶弱济困应当永远在路上。这些可怜的人多么需要政府与社会能人的救助啊！

“以后有什么打算？”我问。凤兰说，现在已完成了由食用菌到药用菌生产的过渡，申请了灵芝创新种植大棚、灵芝孢子粉破壁等7项技术专利。同时开发了利用灵芝边角料喂养灵芝鸡、灵芝鸭，制作灵芝酒等系列产品。下一步要抓住乡村振兴的有利时机，把灵芝产业做成以种植、加工、科普教育、体验休闲为一体的灵芝产业链。“将合作社做大做强，喂肥这只‘本土鸡’，引领乡亲们一起奔小康！”她的话如温馨的春雨点滴润土。这时，我无意翻见到桌上她的一份入党申请书，“我愿跟着党，以生命与热血践行党的初心”。凤兰呵，你已经把理想、信仰与誓言播种在骑岭下这片肥沃的土地上了。我仰望巍峨叠翠的骑田岭，然后凝视眼前的凤兰同学，心如潮涌：你不正是一朵沐育党的阳光雨露蓬勃生长着的亮丽而硕大的灵芝吗？

作者：李石村

国家级管理理论创新先进个人——福建省龙岩市建设工程造价管理站党支部书记、站长涂德耀

管控工程造价　助力行业发展

涂德耀近照　摄影：兰涵天

链接：龙岩市建设工程造价管理站成立于1986年10月，公益一类事业单位，隶属龙岩市住房和城乡建设局。其主要工作职责，受市建设行政主管部门委托，行使行政执法权的监管机构，是具体负责本区域内建设工程造价管理的实施部门，即贯彻国家、省、市有关工程造价管理的方针、政策；负责管理和补充建筑、装修、安装、市政、园林等消耗量定额、费用定额、工期定额，并负责定额问题的解释工作；负责编制及发布本市建设工程人、材、机价格信息和工程造价要素及成本价的测算工作；负责工程造价纠纷的调解，对有争议的工程造价进行审查核定；依法查处工程造价违法行为，并提出处理意见；负责对工程造价从业机构及从业人员的监督管理；负责本市装配式建筑的推进及认定工作；负责市级国有投资项目发承包计价工作的监管及合同履约评价工作等。龙岩市建设工程造价管理站曾获得建设部表彰颁发的全国工程建设标准定额工作先进集体，福建省住建厅表彰颁发的建设工程造价管理工作先进集体，福建建设工程造价行业党建共建联席会颁发的“树最美造价人单位”，福建省委、省政府颁发的第十二届、第十三届、第十四届省级文明单位及市住建系统党委表彰的先进基层党组织等荣誉。

他没有慷慨激昂的话语、轰轰烈烈的壮举，只有几十年如一日的默默奉献；他是无数建设工程造价从业者中的一员，助力建设工程的质量和安全；他热爱工程量计算、材料价格发布及造价纠纷调解工作。他就是福建省龙岩市建设工程造价管理站站长、党支部书记涂德耀。

1992年，涂德耀进入龙岩市建设系统，开始从事工程造价管理工作。他立足岗位、坚守主业，几十年如一日，各项工作表现出色，2010年，出任龙岩市建设工程造价管理站站长、党支部书记。身为单位的带头人，他充分发挥党员先锋模范作用，带领同事全面做好各项工作。

合理确定和有效控制政府、国有投资，是建设工程造价管理工作的重要内容。涂德耀参与龙岩市人民会堂、博物馆项目的装修概算审查，助力项目节约2670余万元；推动龙岩市工人文化宫项目小构件砼外墙挂件材料的价格，由原每平方米1700元降至980余元……多年来，他主导或参与的项目多达40多个，为政府、国有企业节省了大量投资。

在此基础上，涂德耀认真做好工程计价各项指标测算和计价定额的解释工作，面对工程造价纠纷，他总是本着实事求是、客观公正、风险共担原则解决各方关切，保障其合法权益，维护社会和谐稳定。同时，认真做好人工、材料、机械、脚手架等原始数据的采集、编审、发布，每月编辑发布市建设工程造价信息，为社会提供及时、准确、优质的信息服务。此外，他还抓紧抓实市管项目招标文件计价部分的程序审查及监管、加强对造价咨询机构监管，促进造价咨询行业健康发展。

作为一名技术型的领导干部，涂德耀始终把创新当作一份沉甸甸的责任扛在肩上、举过头顶。他致力于推进全市建筑产业现代化发展，并做好招商引资工作。在他的努力下，龙岩市已建成一家PC装配式建筑生产基地，年生产能力达18万平方米，全市首个PC装配式项目龙岩经开区（高新区）中小微企业创业园3号标准厂房也已开工建设。2020年新增加11个PC装配式项目的开工建设，建筑面积达33万平方米，投资约12亿元。同时，他积极牵线搭桥，推动国内外企业合作建设中欧装配式制造实训基地，引进国内企业与上杭县住房和城乡建设局合作建设装配式钢结构生产基地。

在急难险重任务面前，涂德耀时刻不忘一名共产党员的责任与

左图为涂德耀主持召开工程造价纠纷专家论证会；右上图为施工现场合同履约评价、安全生产教育指导；右下图为装配式建筑现场调研　摄影：兰涵天

担当。为打好打赢疫情防控阻击战，2020年1月底，龙岩市委、市政府决定建设康山医院。因时间紧、任务重、工人紧缺，建设过程中，施工单位相继提出调整人工费动态指数的申请。涂德耀接到申请后，立刻和该站专业人员一道深入市场和施工一线了解情况，经过严密测算分析，结合实际提出了调整意见，有力地促进了项目建设，确保医院如期建成投入使用。

作为一名有着近30年党龄的老党员、站党支部书记，涂德耀带领全体党员干部增强“四个意识”，坚定“四个自信”，做到“两个维护”。他深知廉洁自律在工程造价管理工作中的重要性。不仅要求自己清正廉洁、秉公办事，更注重抓好全站的党风廉政建设、机关效能建设。在工程造价纠纷处理、合同履约评价时，常有人讲人情、给好处，希望涂德耀和站里其他同志开绿灯，但都被他们拒绝。

在涂德耀的带动下，龙岩市建设工程造价管理站形成了“严、准、细、快”的工作作风，全体工作人员依法行政、公正执法。近年来，经该站处理的工程造价纠纷等，社会满意率均达到100%。

在带好团队的同时，涂德耀不忘参与青年学生及社会从业人员的培养教育。他长期担任闽西职业技术学院客座教授，为在校学生授业解惑，每年为全市1100多名持有全国造价员和注册造价师的从业人员举办继续教育，为他们讲授相应的专业知识、政策法规等。

辛勤耕耘，收获硕果。涂德耀先后获得国家级管理理论创新先进个人和福建省工程造价管理先进工作者、省建设工程项目执法监察工作先进个人、省建设工程造价行业“最美造价人”等称号。他带领的龙岩市建设工程造价管理站获得全国工程建设标准定额工作先进集体、省建设工程造价管理工作先进集体、省“最美造价人单位”等荣誉。

作者：王敏燕

福建省漳州青创运营管理有限公司总经理郑玉桐

善用新业态　巧挖“绿”金山

链接：漳州青创商业运营管理有限公司是集直播运营、花卉绿植产品供应、带货主播培训、团队孵化等于一体的综合型运营公司，培养了一支既热爱园艺事业，又充满活力的高素质员工队伍，服务于专业种植客户同时服务于终端零售客户，实现了全渠道平台“信息化＋中间服务＋直播电商”三大部分构成，青创的“产品＋服务”覆盖了花卉整个产业链条。公司将先进种植技术在合作农户进行推广，完成花卉工业化，优质花卉的产量品相得到了大幅度提升，树立了良好的品牌形象。

抖音绿植品类综合带货榜第1名，绿植产品月均带货量30万件，4个月绿植直播带货营业额2500万元……

福建省漳州高新区九湖镇田墘村团支部书记郑玉桐创办的漳州青创运营管理有限公司，自创立以来，创下了抖音绿植品类直播带货的一个又一个纪录。

这一连串成绩是如何取得的？在青创公司的花卉直播基地，高新区团工委书记黄坤锋向记者道出了其中的“秘诀”：去年以来，高新区团工委落实区党工委以“团建带经建”的部署要求，发挥辖区花卉经济特色，对青创花卉直播基地进行了持续扶持，强内力、引外援、解难题、明思路，共同打造了九湖花卉苗木“青”字号品牌。

创业善借力，危机育新机

受新冠疫情影响，九湖镇绿植行业受到不小的冲击，花农普遍面临花卉滞销、价格下滑的困境。作为田墘村土生土长的花农，郑玉桐深知漳州地区花卉市场的瓶颈。传统的花卉绿植销售渠道以批发为主，渠道较为单一，市场供应与消费需求的不平衡，更制约了农户在销售过程中话语权，加剧压缩花农的利润空间。为了抗“疫”自救，帮助花农摆脱利润收缩的困境，郑玉桐敏锐地关注到直播带货这一新兴业态。

在区团工委的引导下，2020年6月，郑玉桐以“青创”标签注册了漳州青创运营管理有限公司。7月1日，在高新区“党旗下水仙花 龙江颂 荔枝红”主题直播带货推介会上，在区团工委的协助下，青创公司技术团队首次试水直播带货活动，当天成功引流110万人次在线观看，首战告捷。

强筋补短板，拿下第一名

百万级的实战流量，让郑玉桐直观地感受到通过直播带货大有可为，也更加清醒地认识到对这一新兴领域要补的课还很多。他决定改变公司成立之初“自己只负责线下板块，线上运营交给直播团队”的思路，静下心系统学习直播运作。了解到他的需求后，高新区团工委随即牵线搭桥，组织郑玉桐参加了漳州团市委、漳州市商

向客户介绍公司产品

召开工作例会

务局等单位联合主办的2020年漳台青年直播带货培训班，从直播间打造、短视频运营、综合实战等方面，系统进行再认识、再学习、再提升。此外，通过区团工委引导，青创公司还引入厦门专门从事数据分析、直播的公司合作，搭建起公司运营框架。

2020年9月以来，青创公司在抖音平台陆续注册了“青创花卉绿植基地”“创客优品”“小晨花卉”等5个账号带货直播，并很快迎来爆发期。5个自营账号都是以0粉丝、0付费的基础开播，均在3—5天做到单日销售额几十万元。目前，青创公司直播日均人流量稳定在25万—30万人次，绿植产品日均成交量1万件左右，单日最高成交额达到186万元，带货能力长期位居抖音平台绿植品类带货榜第1名。

打通全链条，升级再出发

现在直播行业商家信誉很透明，用户的每次评分都对公司的流量产生极大影响，郑玉桐说，自己始终以做事业的心态来做直播带货。在产品端，通过多级品控、包装标准化管理，大大提升绿植产品的附加值。在配送端，青创公司已经成为京东快递区域独家代理，拿到远低于市场价的快递供应价格，有效降低快递成本。这一升一降，有效带动了周边花卉绿植产品的周转率和土地产出率，进一步帮助花农增收。

“之前受台风影响出现滞销，跟他们合作后，竟然一个月全部售完场地里所有的花苗。”“一个星期销售一万棵，单棵价格也提升15%，还有像文竹单株价值提升了60%—80%”……田墘村吴培文、吴一琪等一批花农对和青创公司合作后的变化赞不绝口。

强大的带货能力，还直接带动与之配套的直播孵化和封装打包，目前青创直播基地已建立了相对完整的花卉绿植带货主播培训体系，培育了成熟的主播6名，青年运营分析团队10余名，带动当地失地农民就业200多人。

经过半年多的探索，漳州青创运营管理有限公司逐步成长为集直播运营、花卉绿植产品供应、带货主播培训、团队孵化等于一体的综合型运营公司。

“接下来，我们将不断提升团队运营能力和营销水准，把花卉绿植当生活刚需来营销。”展望未来，郑玉桐希望继续深耕花卉绿植直播品类，把小类目经营成大品类，赋予传统花卉产业更多元的未来，为新时代乡村全面振兴贡献青春力量。

全国农村青年致富带头人——广东欧美泰集团股份有限公司董事长陈国波

宁失生意　不失信誉

陈国波近照　摄影：钟水飞

陈国波，全国农村青年致富带头人、广东欧美泰集团股份有限公司董事长，出身农村的他，立志为农、服务乡村。回乡创业多年、创新不断、匠心独运，最先通过“技术营销+品牌营销”为种植业推广“美泰植保方案（农作物病虫害全程解决方案）”，独立开创了“农企+合作社+基地+农户+教育+金融+品牌+互联网”农业全产业链发展新模式，创造了“党建共建、村企共建”乡村发展新模式，正逐渐成为乡村振兴中产业发展的引领者。陈国波个人所获荣誉无数：“全国农村青年致富带头人”“广东省新生代非公有制经济代表人士文明使者”“广东省非公有制经济组织党员标兵”“广东省岗位学雷锋标兵”“广东好人”“广东十大杰出新型职业农民”、茂名市“诚实守信”道德模范、“茂名市茂南区劳动模范”……尤其在他身上发生的一桩桩诚信事迹早已成为业界美谈。

一诺千金，服务三农

陈国波2000年从农校毕业后，从事农业技术推广和服务工作，足迹遍布全国大多省市，2006年，他放弃高薪返乡创业，致力于三农事业，本着“客户第一，诚信至上”的原则，让利于农超1000万元。近日，陈国波向记者讲述：“我们作为涉农企业，初心就是服务‘三农’和助力乡村振兴，加上对农业的从业情怀、对社会的责任担当，肯定是要站在群众的角度去考虑问题，与农民结成利益共同体，带领农民奔康致富。”

2016年，一张50万元的“天泰丰”桂圆肉订单飞到陈国波手中，客户急着要货，但不凑巧的是其公司的这款产品库存不够，他毅然放弃订单，并推荐客户另行采购。有人给陈国波出主意“找替代产品或从其他地方调货应付”，被他一口拒绝了，“客户认可的是我们的品质，我们要实事求是，不能蒙骗客户”。然而，正是放弃了这张订单，反而获得更多订单，因为客户知道他的诚信事迹后，纷纷找上门跟他合作，随后订单量不断攀升。

2018年，陈国波为了遵守一个承诺，付出了165万元的代价。原来，陈国波为了保护下游客户的利益，使客户更好地服务当地种植户，曾在公司的农资产品品牌分享会上向客户承诺“秀杀”“懒佬”等品牌产品在当年不涨价。不料由于当年上游生产商面临环保压力、市场变化等原因，致使该产品的成本“噌噌”上涨了40%。陈国波理解下游客户的焦虑，顶住压力硬是不涨价，当年按原价给客户供货50吨，为此公司损失了165万元。“哪怕牺牲企业利润也要保障客户利益，保证产品质量。”陈国波常常将这句话挂在嘴边。

2020年，因为陈国波公司坚持诚信经营，产品销路好，品牌知名度高，追随客户众多，有同行横生嫉妒，恶意举报，谎称他美泰公司经营伪劣农药。有关执法部门突击抽查、上送检测，结果发现其经营的农资产品不但没有违规违法等质量问题，而且都是广受顾客好评的产品，农户认可率极高，终还其公司清白。陈国波说，为了保证产品质量，公司严把进货关，且10多年来坚持每年清理到期、减效、质差的库存农资产品。他还勉励同行要专心为农，诚信做人做事。

“让坚守诚信成为一种习惯”

无论什么时候，陈国波都不放松对产品质量的要求。今年新冠

左图为陈国波（左一）向行业专家介绍企业全产业链；右上图为陈国波在公司产业扶贫基地；右下图为部门团建活动 摄影：钟水飞

肺炎疫情初期，陈国波急疫区人民所急，向当地政府表态给湖北捐赠10吨优质果蔬，说干就干，有时人手不足，他就亲自下田，带动企业员工和当地农户一起采摘，公司基地不够就同农户收购。其中一位农户忙活半天采摘了50斤茄子，但仍有质量参差不齐的，陈国波为鼓励农户，最终还是把50斤茄子照价收购下来，然后剔除了20斤品相差些的，把30斤达标产品装车。有人问他，“湖北蔬菜瓜果短缺，茄子品相不好也能吃，为什么坚持那么高要求？”“哪怕会淘汰部分农产品，多掏钱补贴给农民，也要捐赠最好的果蔬。”陈国波说。

2020年春耕备耕时节，正是新冠肺炎疫情防控形势严峻的时候。当时有农民担心买不到用惯了的品牌农资产品，陈国波许诺会保障农资产品供应。果然，1月31日，他带领公司员工提前开始复工复产。很快，农民如愿从他公司买到了所需农资产品，顺利进行春耕，大家都称赞陈国波言而有信。数日后，当他组织基层党员职工如期出现在茂南区镇盛镇斜岭村收购四季豆时，农户再次感动不已，“原以为受疫情影响，即将收成的四季豆没人要了”。当时很多行业尚未复工复产，农户的收入来源少，陈国波主动上门收购的做法无异于雪中送炭。

2020年3月，为帮助受疫情影响的200户企业、店铺、种植大户解决资金缺口，陈国波为他们作信用担保向银行取得贷款。农业银行茂名分行素知陈国波信誉度高，很快就按程序与其签订“农化产品E贷项目合作协议”，及时给予陈国波的企业授信额度2700万元，此举可为其下游200多户商家和种植大户解决燃眉之急。

“诚信”二字说起来容易，做起来难，长期坚守更是难上加难。谈到这一点上，陈国波自信地说，“习惯了也就不觉得有多难，讲诚信是我们最珍贵的价值观之一，有时是会损失些眼前利益，但要服务好群众和客户，做好我们的品牌建设。做品牌、做质量，为人民服务，就是这样”。

广东省茂名市德嘉源农业科技开发有限公司总经理江海峰

本色不改 勇闯种植牛大力蓝海

客户到种植基地考察 摄影：丘立贺

江海峰，广东省茂名市茂南区金塘镇人，是一名退役军人，现任肇庆市德庆县德昇农业科技开发有限公司和茂名市德嘉源农业科技开发有限公司总经理。近日，记者打电话联系他预约采访日期，了解记者的目的后，正在集训的他很干脆地说：“我很快训练完了，明天就要上德庆，如方便我现在就和你去化州的基地采访。”在整个采访过程，记者也深深感受到他军人的雷厉风行及钢铁般的意志。也正是他的这种不服输的军人品质，让他在牛大力行业的蓝海中闯出了一片新天地。

发现牛大力潜在价值，勇闯种植牛大力蓝海

1982年，江海峰出生在茂南区金塘镇的一个普通农户，18岁应征入伍，由于从小在农村长大，吃得苦，身体素质也比较好，入伍后勤于训练，体能等各方面考核经常名列前茅。由于平时训练比较辛苦，为调理身体，加上很了解牛大力的功效，所以有空闲的时间江海峰就和战友在附近的荒山挖野生的牛大力煮汤喝。

退伍后，江海峰没有在安置方面“等靠要”，而是以军人的特质、作风、干练和胆识，投身到自主创业的浪潮中。2009年，江海峰在珠海务工，一次请朋友到宿舍吃饭，去市场买牛大力煮汤时，发现牛大力价格升到150元一斤了。江海峰看到牛大力的潜在价值，于是找到几个退役战友在工作的空闲时间，寻挖野生牛大力出售改善生活，随着牛大力货源少价格升，他萌生种植牛大力的念头，为了寻找种源，在工作之余，江海峰基本所有时间都到山上寻找牛大力种苗。

“现在生活水平好了，大家都注重养生，牛大力属于药食同源的天然食品，什么人都可以吃，不仅强筋健体，还可以提高人体免疫力，很多人都会买来吃，所以我看好种植牛大力的前景。”江海峰在去基地的途中滔滔不绝地说起当年创业的经历。

一年的牛大力结薯情况　摄影：丘立贺

创业初期，困难重重。刚开始由于培育种植技术不过关，缺少经验，经常育不出苗或育出的苗质量不好，抗病能力差、结薯率低、产量不高，这时江海峰雷厉风行及钢铁般意志的军人品质显露了。为了解决这些难题，江海峰一咬牙在工作单位附近租了一块地，一边打工一边做育苗试验。当时，许多同事都认为他走火入魔，对他冷嘲热讽，但他还是坚持自己的看法，走自己的路，经过长时间的反复培育试验，终于培育出抗病力强、结薯率高、产量高、药效好的牛大力品种。

想有一番成就，就要靠自己拼搏

有了好的品种和技术，想要大规模种植还欠缺土地和资金，于是江海峰又上网查找联系有兴趣种牛大力的公司和私人老板，由于江海峰在这行业没名气，而刚培育出的品种外界也不了解，许多公司都拒绝了合作请求。回忆起那段时间，有一件事让江海峰记忆犹新，那次是到江门找某公司合作，经过预约，江海峰向单位请了假，早早买好了到江门的车票，满怀信心去谈合作之事，原本约好上午10点谈的，江海峰9点到对方公司等候，结果到中午11点仍不见对方，后来接到对方的电话改成下午3点，他也只能一直等到下午3点，时间一分一秒过去，等候的过程对于江海峰来说都是漫长、煎熬的，好不容易到了下午3点，对方依然没有露脸，此时他心里产生了一种前所未有的失落感，正当他准备离开时，电话突然响起，对方让江海峰到他办公室谈，但和对方见面后，对方说了一句话：“小江，如果你没工作就来帮我打理牛大力基地吧，每个月给你3000元。”江海峰听后转身就离开了。说起这件事，江海峰直到今天还是有话要说：“我辛辛苦苦花了这么多时间金钱和精力不是为领那几千元钱的工资，我是想做一番事业的，当时我的心是无比的平静，直觉告诉我，想要有一番成就，路只能靠自己一步一步地走，事要自己一件一件地做，问题再困难要自己一个一个解决。”

发扬老兵精神，乐做公益事业

从江门回到珠海后，江海峰和几个一起挖野生牛大力的战友商议。经和广西战友商议在广西租地进行种植培育，边打工边种植，2012年在广西种植的牛大力有种子生产，当时价格较高，于是找到一些资金实力充足的合作伙伴合作种植，2016年规模开始扩大，从几十亩到几百亩到几千亩到现在基地面积约30000亩，合作户基地约10000亩，主要分布在广东德庆、恩平、云浮、湛江、化洲，广西贺州、藤县、柳州等地，并在广州、深圳、珠海、中山、开平等地联盟多间批发店进行销售。在此期间多名退役战友加入各地合作户近1000户。现在，江海峰基本大部分时间都浸泡在基地，不断地做技术研发和开发新产品。“目前牛大力酒，还有冲剂都已研发出来了，只等审文下来就可生产上市卖了。”江海峰高兴地告诉记者。

记者还了解到，江海峰的各个牛大力基地基本1000多亩，需要40多人打理，他一般优先聘请当地贫困村民，每月稳定的收入使得村民生活逐步改善。此外，江海峰在创业期间为基地所在地多次做公益事业，修路等出资20多万元，受到基地所在地政府的多次表扬和当地媒体的报道；在家乡出资约5万多元修水泥路，带头成立村敬老基金并捐款，在三清三拆环境整治时出资2万多元，多次捐资公益事业2万多元。江海峰用心发扬一个老兵不忘初心、牢记使命，退伍不褪色的精神。

公司位于茂名化州的种植基地　摄影：丘立贺

奥克股份华南区域总经理、广东奥克化学有限公司法定代表人鲍凤里

文能泼墨成章　武可带兵打仗

【人物名片】

他是勇敢的开拓者，以奥克文化聚集人才促使企业稳健发展；

他是积极的践行者，以新战略新技术新资源铸就新平台；

他是创新的先行者，以独特理念乘风破浪，勇往前行的追梦人。

“要是在古代，我必是一名武将，驰骋沙场，开疆扩土；抑或是一位文人，孜孜不倦，笔耕不辍。”

他是鲍凤里——奥克股份华南区域总经理、广东奥克化学有限公司（以下简称广东奥克）法定代表人。一个文能泼墨成章、武可带兵打仗的东北汉子。

鲍凤里在生产现场指挥　摄影：钟利萍

凤栖故里——

情倾奥克，投身新平台

1991年，大学刚毕业的鲍凤里被分配到辽宁省辽阳市一家国有化工厂工作，专业对口的他，职业发展顺风顺水。无奈因该企业经营不善，于2000年前后倒闭，鲍凤里也被迫重新投入到社会的大江大河中。经过奋勇搏击，他很快进入了当地一家实力雄厚的私企，新的征程从普通技术员开始。2008年，已升任技术副厂长的鲍凤里开始思考未来的发展方向，发现与公司的发展理念有所背离，经过深思熟虑后，他果断放弃高薪选择离开。

2009年，发展势头强劲的奥克股份，进入鲍凤里的视野里，三位创始人正是他所就读的大学院系里的教授，一份源自师生情谊和对奥克发展理念的认同，促使他选择了奥克。从一名小小的车间安全员干起，一年后升任装置主任，此后一段时间里，他深耕业务，专注专业知识的提升，他相信只要基础扎实，通过积累经验和不断地学习，路就会越走越宽，平台也会越来越大。

正所谓“山有山的高度，水有水的绵长，万物皆有所坚持”，2010年奥克股份上市，在接下来的几年里，奥克进入高速发展期，致力于沿江沿海百万吨产能的战略性布局。2014年，武汉奥克项目进入到了建设、验收和投产的关键期。鲍凤里抓住时机，受命奔赴武汉，助力项目建设和装置开车。

八月，炙烤下的武汉，鲍凤里率领一众一线员工深入项目现场，对装置管线进行一系列的吹扫、试压和气密试验，经过数月齐心协力地不懈努力，终于实现装置一次开车成功，一次生产出合格产品。武汉这支队伍的战斗力引起了奥克股份高度关注，这位东北汉子的领导力，也终于在数年沉寂后，完美地展现在众人面前。

项目建设转向安稳生产后，鲍凤里重视日常生产管理，参与建章立制，稳定团队，规范管理，为装置实现长周期满负荷运行，打下了坚实的基础。

“每一个优秀的人背后都有一段沉默的时光，那是付出很多努力却不一定有结果的日子，我们把它叫作扎根。”出征武汉奥克的成功，成为了鲍凤里在奥克事业的转折点。2017年，担任武汉奥克副总经理的他，做好了随时接受奥克调遣的一切准备。

2018年1月，知人善任的奥克股份派驻鲍凤里赴南粤出任广东奥克总经理，从此与粤西茂名结缘。

纪昀在《阅微草堂笔记》有言：“心心在一艺，其艺必工，心心在一职，其职必举。”从辽宁到武汉，从武汉到茂名，鲍凤里离东北的家越来越远，但秉持着对奥克那分感恩和对事业的追求，他始终坚守着对厂和员工的那份责任，认真履行着化工人的职责，枯燥自律的生活就是他全部的日常——每天早早到厂，换上工作服去巡视装置和现场，周末和节假日亦不例外。

在生产作业及各项管理稳步进行的同时，员工稳定性却出现较大隐忧。团队凝聚力如何提高，成为广东奥克的燃眉之急，鲍凤里带领管理团队经过多重调研及深入分析后，提出“以文聚力，以新兴厂”的一系列措施。

高举旗帜——

文化聚人，锤炼主力军

爱厂必先爱国。从策划到动工，广东奥克历时两个月时间完成升旗台的建造，并迅速培训一组国旗班成员。

2018年5月1日，伴随着清晨的第一缕阳光，广东奥克举行了第一次升旗仪式。国旗、司旗、安全旗冉冉升起，国歌、司歌响彻厂区上空，全体员工庄严肃穆地行着注目礼，这种红色文化自然流淌，悄然传承，爱国与爱厂，民族精神和奥克文化，潜移默化地浸润着全体广奥人。

“升旗仪式并没有列入加班制度，但是，这个举动深得人心，成为一种信仰与精神的传承。每个月的升旗日，不管什么职位，在不影响安全生产的前提下，员工们都自觉来到升旗台前列队参加升旗仪式。”鲍凤里说道。

奥克企业文化的基石是核心价值观“共创共享，共和共荣”，早在2014年，鲍凤里在努力潜研奥克股份的发展历程、发展经验以及沿江沿海布局等一系列战略措施，并结合个人理解，写出脍炙人口的《奥克志》，在奥克广为流传。

他将奥克核心价值和奥克新使命贯穿于管理的方方面面，成为员工工作的行动指南；他将奥克文化形成生动、易懂的图文，适当地展示在园区、厂区、办公室等场所，随时随地为员工补给精神食粮。

与此同时，他贯彻执行奥克重人才精神，落实薪酬调整政策；践行奥克企业文化，举办植树节绿化厂区活动、员工生日会、即兴演讲拓展、篮球比赛、拔河比赛等各类文体活动，丰富员工业余生活。今年疫情期间，在他的牵头组织下，广奥举行了关爱外地单身员工活动，架起企业与员工之间沟通的桥梁，大大提升员工幸福感。

鲍凤里笃行“人才是第一资源”理念。广东奥克发展已十年，积淀了一批人才，当年刚入职的懵懂青年经过十年磨炼已成为年富力强的中流砥柱。他提拔业务骨干充实管理队伍，敢于给他们压担子，发挥他们的聪明才智，该放手时就放手，做到用人不疑；同时做好监管和引导，一旦出现失误，一把手与下级同样承担责任。

“以力服人者，非心服也，力不赡也；以德服人者，中心悦而诚服也。”在鲍凤里带领下，2020年，广东奥克实现销售收入超10亿元，量利双双创历史新高。2018年以来，广东奥克先后被评为广东省工程技术研究中心、广东省创新型试点企业、广东省省级企业技术中心、广东省制造业500强、广东省市场信用质量满意标杆企业；通过了ISO三体系认证、知识产权贯标和两化融合管理体系认证，公司项目获得广东省科学技术三等奖、两个产品获得广东省名牌产品称号，5个产品被认定为广东省高新技术产品。

厂区大门　摄影：钟利萍

他率先垂范，引领众多员工获誉无数：2018 年，技术服务中心郑建民获得“好心茂名、最美工匠”提名人称号；至今，已有多名骨干获评茂名市石油化工行业“优秀管理者”称号，另有多人获评“创新人才”“岗位能手”等荣誉称号；而他本人也连续两年被评为茂名市石油化工行业“杰出企业家”称号。

战略制胜——

创新驱动，筑牢主阵

鲍凤里喜爱阅读兵法，在他看来，做管理犹如带兵打仗，兵不在多，在精！将不在勇，在谋！用带兵打仗的方法来带团队，就能打赢一场场商业上的战争。

2018 年，鲍凤里提出，广东奥克“技术部”更改成为“技术服务中心”，以服务客户为宗旨，保持与客户的紧密联系，深入了解客户的真实需求和发展方向。同时加大产品研发力度，以客户为中心，了解客户需求及市场趋势，协助客户产品升级提高自身竞争力。同时，他还带领公司技术骨干进行了多项合规性技改技措，在信息化与工业化体系的运行中，新增切片包装系统提高自动化控制水平，并通过新增反渗透纯水系统及自动化复配水改造等项目，有效改善工作环境的同时降低劳动强度。他将厂区闲置区域最大化合理利用，新建成品库房，在合法合规的基础上提高产品储存空间。

2019 年，广东奥克在鲍凤里的带领下积极开发单体新客户及母液加工客户，保障产品的稳定供应及提供技术支持；同时向客户推广新产品并解决了客户面临的运输、卸车、储存、生产等难题。同年，四线扩能增效技改历时 4 个月，于 2019 年 8 月 23 日，一次试生产成功。二期年标准产能由 10 万吨提升至 15 万吨，捍卫了广东奥克在华南地区环氧精细化工产业的龙头地位。

经过两年多的磨合，鲍凤里的管理风格不仅得到了公司员工的高度认同，管理成效也得到了奥克股份上层领导的肯定。正如强将手下无弱兵，鲍凤里积极发挥“领头羊”的带头作用，以上率下，现在广东奥克员工队伍里没有“孬兵”，都是“精兵悍将”。

2019 年，广东奥克拟定技改计划共 23 项，取消 6 项，最终确定技改计划共 17 项，12 月底顺利完成，完成率 100%。

公司体系得以有效运行：2019 年 3 月，两化融合管理体系认证并顺利通过二次现场监督审核；6 月，质量、环境、职业健康管理体系内部审核；7 月，召开管理评审会议；10 月，质量、环境、职业健康管理体系独立认证并顺利通过。确保管理体系运行的充分性、适宜性和有效性，及公司的方针和经营管理目标得以实现。

2019 年，广奥先后被评为广东省创新型试点企业、广东省创新企业 100 强、企业信用 AAA 级，通过国家知识产权贯标认定，通过省级技术中心创新平台项目验收、省高新技术产品认定、省高质量发展专项资金评审、高新技术企业重新认定；获得茂名市优秀工会、茂名市石油化工行业“突出贡献企业”等荣誉称号。

百尺竿头须进步，十方世界是全身。广东奥克通过科技创新牢牢掌握着竞争优势。2018 年，员工人均总产值 700 万元，展望 2020 年，员工人均总产值有望达到千万元。

广东奥克对于进一步充分利用茂名石化环氧乙烷资源，进一步促进茂名石化产业结构的调整和茂名精细化工产业的发展，进一步提升奥克在国内环氧乙烷精深加工行业的竞争优势，进一步巩固奥克环氧乙烷衍生精细化学品的行业领导地位具有十分重要的意义。

安全第一——

和谐发展，打造新高地

安全生产是化工企业的生命，也是永恒的主题。2018 年 3 月，鲍凤里在广东奥克成立安环部，在他的监督和鼓励之下，截至目前广东奥克已有两名注册安全工程师。安环部成立以后，他决定实施 24 小时领导代班值班制，以身作则，行为示范，成为广东奥克管理队伍的一面旗帜。随后，他将公司原有的模拟摄像头全部换成高清摄像头，大大提升了公司安保系统质量。

安全责任重如山，安全文化勤宣传。他带领安环部人员在厂区开展重置宣传栏、设置安全标语、悬挂安全横幅、拍摄安全教育视频等活动，通过一系列目视化管理达到提升安环意识的目的。

工欲善其事必先利其器。鲍凤里提倡以练为战，防患于未然。在他心中安全有多重要？也许从下面这组数据中可窥一二：

2018 年，他带领广奥安环部组织了 3 次专项应急演练及 1 次综合应急演练；启动防台风应急预案；进行防气象灾害、防空防灾专项培训，全年举行安全培训 55 次，参与人数达 3129 人次，联合生产部组织了两次生产实操技能考试，为培养岗位技能人才提供真实的依据。

2019 年，他带领广奥安环部策划和组织了 4 次专项应急演练，1 次消防大比武，进行了节前节后安全培训、隐患排查督导培训、四线扩能改造施工人员安全等，以安全为主题的培训共 104 次，参与人数达 4065 人次，并且带领全体员工通过两次国务院安委会检查，各专业的安全技能和安全管理水平得到有效的增强。

2020 年，在防控疫情的同时，不忘安全培训，鲍凤里率先决定与奥克文化管理学院签订了网络培训合同，截止到 10 月，组织开展各类主题安全培训 74 次，参与人数共 2980 人次，完成率 100%。

和谐发展也是奥克成功发展经验之一。在鲍凤里领导下的广东奥克在增加就业机会，增加税收，带动地方经济发展，为社会及自然创造价值的同时，积极参与社会公益事业，关爱弱势群体，倾尽全力促进社会和谐发展。

2020年1月17日（农历小年），在新春佳节来临之际，鲍凤里率领广奥党支部再次到高新区七迳镇田头屋村慰问爱心助学帮扶的三名儿童，给她们送去了新春的问候和美好祝福；2月26日，他代表广奥向茂名市疫情防控指挥部、高新区疫情防控指挥部捐赠4万个口罩，青山一道同云雨，明月何曾是两乡；4月28日，他代表广奥参加茂名高新区村企共建签约仪式，并作为企业代表发言，积极参与实施乡村振兴战略，积极履行企业的社会责任，彰显企业担当、贡献企业力量；8月1日，八一建军节广奥团队慰问消防官兵，开展军民共建活动，加强友好往来，体现军民鱼水亲情。

展望未来，鲍凤里领导下的广奥将始终坚持“共创共享、共和共荣”的核心价值观，始终坚持“依靠科技发展经济，创造财富回馈社会”的经营理念，始终坚持“制造环境友好产品，构造绿色化学世界”的研发原则，踏踏实实地走自主创新的发展道路，为茂名地方经济转型升级、创新发展和强市富民做贡献！

【后记】

三载高凉，年轮密、匆匆岁月。粤西风，潘公福地，冼冯疆界。人崇好心滨海阔，民承年例南国乐。荔枝乡，盛产化橘红，多春色。中华梦，炎黄血。关山志，凌烟阙。慷慨逐伏波，赋诗横槊。李广难封留史册，冯唐易老当激烈。里程日，弄笔满江红，倾心墨。

——鲍凤里《满江红·里程》

岁月不居，初心不改。与好心茂名结缘这三年，鲍凤里创作了大量的诗词，以上这首《满江红·里程》正是他的有感而发。这位文能泼墨成章，武可“带兵打仗”的汉子兴奋地告诉我们：“2018年，广奥员工人均总产值已达700万元，展望2020年，员工人均总产值有望达到千万元。”自豪之情溢于言表。

窗外的阳光透进我们进行采访的鲍凤里办公室，听他说着与奥克结缘的这十年，无处不是历练与成长，但更多的是责任和感恩。而今成为奥克股份华南区域总经理、广东奥克公司法定代表人，看似无心插柳，实则水到渠成；伴随着企业发展，未来责任和挑战将更加巨大。

“下一阶段，我们将保持锐意前行的步伐，努力把广东奥克建成具有国际化竞争优势、世界一流的绿色低碳环氧衍生精细化工等新材料的制造商，引领行业发展。”鲍凤里信心满满地表示。

既有远方，何妨吟啸且徐行？

作者：梁小海、柯艳红

广东省深圳市水贝万山珠宝产业发展有限公司总经理陈晔平

让党旗在民营企业高高飘扬

陈晔平近照　摄影：宋尉霆

阅读提示

2021年是中国共产党百年华诞。一百年来，一代又一代共产党人团结带领亿万人民历经千难万险，迎来了中华民族从站起来、富起来到强起来的伟大飞跃。如今，千百年来中华民族孜孜以求的小康梦想已经实现，全面建设社会主义现代化国家新征程正式开启。站在“两个一百年”的历史交汇点，新时代共产党人正紧密团结在以习近平同志为核心的党中央周围，充分发挥先锋模范作用，甘当为民服务的孺子牛、创新发展的拓荒牛、艰苦奋斗的老黄牛，在平凡的岗位上做出了不平凡的业绩。他们是党的优秀儿女，他们是共和国的时代先锋，他们是历史的真正创造者！深圳市水贝万山珠宝产业发展有限公司总经理陈晔平同志就是这些先进典型中的一员。祖国不会忘记，人民不会忘记，历史不会忘记！让我们走进深圳市水贝万山珠宝产业发展有限公司，走近陈晔平，拿起笔、举起相机，真实记录主人公无私奉献、锐意开拓，报效祖国、真诚为民的壮美人生！

1999年进入珠宝行业的陈晔平，见证、亲历了中国珠宝行业起步、发展的全过程。

见过广东省深圳市水贝万山珠宝产业发展有限公司总经理陈晔平的人，大多都有这样的感受——平易近人、质朴素雅和睿智聪慧，是一位具有深厚文化底蕴和修养的企业管理者。虽然身为掌管着近10万平方米产业园区和近千家入驻商户的总经理，比起称呼她为陈总，她更愿意大家称呼她为党员陈晔平同志。

2021年是中国共产党成立100周年，也是我国现代化建设进程中具有特殊重要性的一年。“十四五”开局之年，全面建设社会主义现代化国家新征程由此开启。

一心向党，入党之路一波三折

2017年11月，陈晔平正式入党，成为一名中国共产党党员。2021年，水贝万山党支部选举陈晔平为新一任党支部书记。

陈晔平的入党之路，可谓一波三折。陈晔平曾前后三次递交过入党申请书，皆因工作调整而中断。虽然入党过程充满了诸多不可意料的因素，但陈晔平入党的热情从未褪减，反而越来越积极和主动。

作为入党积极分子的陈晔平，一直用正式党员的标准来严格要求自己。她深知，党建工作在民营企业发展中一定能够发挥巨大作用，并以党建思想为指导方向，积极推进和成立企业党支部，凝聚党员力量，充分发挥党员干部先锋模范作用，促进企业健康有序发展。

从第一份入党申请书，到成为一名共产党员，无论工作如何调配，组织关系如何转变，陈晔平一心跟着党走，全身心投入工作中，一直身体力行地用党的理论思想指导工作和开展企业建设发展工作，以身作则地影响着身边的党员和群众。

其实，早在陈晔平入党之前，她就有着较高的思想觉悟。2003年，她在《清远日报》上的《党旗在民营企业中飘扬》一文，被评选为优秀党建文章。“民营企业党组织，是党在企业中建立的基层组织，对促进企业的科学管理，具有重大的指导意义。”也正因为深谙其道，2015年11月，在陈晔平积极推动下，中共深圳市水贝万山珠宝产业发展有限公司党支部正式挂牌成立。

“当党建工作与企业发展目标同向、思想同心、工作同步时，党组织的政治优势就能转化为企业的发展优势。”在陈晔平的带领下，水贝万山不断创新发展理念、丰富珠宝产业资源，完善综合配套设施，驱动珠宝行业良性竞争，成为了中国珠宝产业新引擎和珠宝文化交流传播平台。陈晔平坦言，这些都是党建工作助力企业发展的内生动力所在。

锲而不舍，将服务与关爱进行到底

全心全意为人民服务是中国共产党的根本宗旨。而这样的服务意识，也被陈晔平潜移默化地植入到企业文化建设中。

作为珠宝产业的发源地和策源地之一，水贝万山将服务创新贯穿始终，真正地做到了想客户所想，急客户所需，以点带面，为商户、行业、社区和社会带来最真诚的服务与价值。

陈晔平与翠竹街道总工会的同志一起，为抗疫一线人员“送清凉”　摄影：宋尉霆

多年来，每一次重大应急事件发生时，身为共产党员的陈晔平，一定会第一时间出现在现场，与一线工作人员并肩作战，共同面对危险和挑战，及时作出决策和工作部署，保证公司员工人身财产的最大安全。

2018 年，“山竹”台风来临，陈晔平第一时间出现在现场指导抗灾工作。台风过后，她又组织党员协助辖区街道办及时清理被台风肆虐后的各种杂物等。2020 年初，新冠肺炎疫情情况下全国复工复产时，她以身作则和现场的党员同志们冲在了第一线，亲力亲为地做好整个园区的消杀、清洁等防疫工作，并在各个重要的出入口设立党员先锋岗，引导党员带头战“疫”。

服务于行，服务在心，服务是爱。受陈晔平的影响，水贝万山的每一位员工都有着极强的服务意识，全心全意帮助平台商户并将服务工作做到了极致。对于陈晔平来说，服务远不止于此。在她的管理下，水贝万山不仅注重自身发展，还不忘承担社会责任，回报社会，为希望小学捐赠物资，给山区的孩子送去温暖与关爱，面对地震、洪灾发生时，率先垂范并大力倡导捐款捐物等。此外，水贝万山还积极组织开展公益课堂，不遗余力地为行业服务，回报社会，这些都与陈晔平长期的党性修养有着密不可分的关系。

与时俱进，探索数字化产业布局

谈及企业和行业的未来发展，陈晔平坦言：“数字化发展是珠宝产业转型升级的必然之路。”而她也一直在用“与时俱进，与时代同行”的指导思想带领团队实时创新，紧跟新时代发展步伐，及时进行业态优化转型。

2013 年，水贝万山率先引入 IP 文化项目，加大力度重视原创设计和知识产权保护工作等。在电商渠道的布局上，水贝万山也是较早地借助与大型电商平台的合作，助力园区内珠宝企业将线下批发业务逐渐往线上“看齐”，在陈晔平的带头下，水贝万山园区内企业不断加速向数字化的转型与升级。

2020 年，新冠肺炎疫情暴发后，为加快帮扶园区内企业恢复经营，陈晔平积极推动各项政策的精准实施和有效落地，并与深圳市级、区级相关部门联合开展多项活动。以罗湖珠宝购物节直播活动为例，该活动不仅得到业界广泛关注和高度认可，还帮助参与企业收获了丰硕成果。

据陈晔平介绍，“直播经济”是疫情催生出的新的经济增长点，水贝万山及时抓住机会，引入“珠宝 + 直播”的新模式，引导商户开拓多元销售渠道，通过一系列的组合拳带动经济复苏，降低疫情对经济带来的影响。

如今，水贝万山基地不仅为珠宝企业提供硬件服务，还提供诸如内容运营、IP 孵化、直播带货、人才输送及专业指导等综合服务，为促进园区企业及行业可持续发展积极贡献力量。2019 年，水贝万山被评为市级文化产业园区。面对新时代的发展与要求，陈晔平用共产党员的无私胸怀，积极拥抱变革和适应新发展形势。陈晔平表示：“使命在肩，不忘初心。未来，会坚持用党的科学理论武装头脑，更好地发挥党建在水贝万山发展中的引领作用，让党旗在民营企业中高高飘扬。”

作者：李慧平　来源：《中国黄金报》

左图为水贝万山珠宝文化产业园；右上图为水贝万山党支部党员先锋岗为群众发放新冠防疫用品；右下图为陈晔平接待到园区采风的著名作家们　摄影：宋尉霆

广东省三八红旗手——中国邮政清远市分公司党委书记、总经理李凤婷

邮政绿中的一枝铿锵玫瑰

李凤婷主持召开会议　摄影：陆嘉雯

中国邮政集团有限公司清远市分公司党委书记、总经理李凤婷，是从一名基层成长起来的共产党员。1998年大学毕业后参加工作，李凤婷历经分拣员、营业员、业务管理员、局长助理和区局局长、市公司市场部总监等各种岗位，终于磨炼成邮政行业的全能手。20多年的邮政岁月，李凤婷始终牢记在华南理工大学入党时的铮铮誓言，初心不改，本色如新，把崇高的理想信念融汇在自己生命的长河中，把为人民服务的宗旨贯穿到工作的方方面面，时时处处事事发挥先锋模范带头作用。任职清远期间，她带领清远邮政获得了“广东省先进集体”荣誉称号，辖内邮政系统1人获评“全国邮政行业劳动模范”、2人获评清远市“最美快递员”、1人获评清远市“最美产业工人”，李凤婷本人被授予“广东省三八红旗手”。

尤为难能可贵的是，在完成好本职工作的同时，李凤婷注意跟踪信息技术、物联网、大数据、智能化等前沿科技，使之服务于现代邮政事业，成为全国邮政屈指可数的集科技创新与市场经营才能于一身的女性专家。她先后在智能包裹柜、“互联网+”邮政、跨境电商综合平台等行业性的重大科技创新项目上作出贡献，其中1项达到国际领先水平，5项填补国内空白，取得国家发明专利7项。

李凤婷，这枝邮政绿中的铿锵玫瑰，正生机勃勃，娇艳夺目！

践行初心使命，积极履行普遍服务政治责任

“山大沟深嵝岘宽，不是爬坡就翻山”，很难想象在岭南这块沃土还有连骡子和马都无法通行的山路，这在清远地区却十分常见。作为广东省地域面积最大的山区城市，清远山区丘陵面积占比高达80%，地势崎岖复杂，因此清远地区的邮政普遍服务一直是全省的难点和重点，普服地域面积大，山区邮路长，城市、乡镇、农村和少数民族地区等因素集合在一起，普服难度大。李凤婷到任清远邮政以来，深入山区走访调研，了解到偏远山区深处生活着很多老人和小孩，这些地方人迹罕至，经济匮乏，村民的生活起居都离不开邮政普遍服务，邮政的山区邮路是其与外界联系的至关重要的通道。她决心一定要克服各种困难，创新服务手段，提升服务效率，精细及时准确送达邮政服务，充分体现“人民邮政为人民”的思想精髓和核心要义。

作为企业负责人，李凤婷时刻怀揣着“情系万家、信达天下”的企业使命，加大投入，建设投递站点100多个，投递段道500多个，实现全市所有行政村通邮率达100%，县及以上党政机关党报党刊当日见报率达100%；建设邮政服务网点100多个，发展村级邮站1000多个，邮政普遍服务实现所有行政乡镇全覆盖，做到了凡是有人生活工作的地方就有邮政服务；积极践行“人民邮政为人民”的服务宗旨，各项服务质量指标持续提升，机要通信保密安全万无一失，普遍服务水平实现提质达标；并依托着遍布城乡、通达世界的服务网络，为社会各界提供寄递、金融、电商、文化传媒等现代综合服务，满足人民群众不断变化的用邮需要。

肩负行业“国家队”使命，服务地方经济助力乡村振兴

清远地域辽阔，生态优良，好山好水孕育了丰富优质的特色农产品。

“清远邮政如何服务好清远‘三农’？”

揣着对这一问题的深入思索，李凤婷带领清远邮政积极响应中共中央关于“乡村振兴”及“助农兴农”的号召，积极落实习近平总书记提出的“实现城乡发展一体化，逐步实现城乡居民基本权益平等化、城乡公共服务均等化”的要求，坚持把解决好“三农”问题作为清远邮政工作重中之重。在李凤婷带领下，清远邮政依托邮政大网，深入全市各个乡镇建设邮乐购站点近800个，创新提出“农村电商+金融支持+寄递服务”一条龙的融合助农扶贫方案，积极打造清远鸡、连州菜心、连山米等当地品牌，发挥邮储金融优势，为清远农户提供创业担保贷款服务，累计为农户发放贷款3000余万元。

“经过百年的发展，邮政拥有服务‘三农’的显著优势，那就是商流、物流和资金流‘三流合一’的多元化体系。”李凤婷充分发挥邮政在电商平台、物流体系和商业银行的优势，积极主动对接农村农民，助力解决农产品销售难、运输难，农民贷款难等问题。

2020年以来，清远邮政与电视媒体携手开展英德西牛韭菜、麻竹笋助农等直播活动，并将清远鸡、英德红茶、英德扶贫香菇，连山有机米等清远的农特产通过直播间走向广大网友的餐桌；联合广州社工等单位启动了“汇聚社会力量·助力乡村振兴”清远邮政首届乡村爱心大使招募活动；常态化运营邮乐网“清远扶贫地方馆”为扶贫农产品提供销售平台；探索省内“极速鲜”清远鸡生鲜冷鲜配送；主动对接清远市农民合作社280家、家庭农场25家、农产品龙头企业8家，签约29家，接入品类300多个。清远邮政还作为第一批支持单位，提出七大赋能项目支持乡村新闻官，共同服务“三农”发展。

强化社会责任，为民服务解难题

作为一名党员领导干部，李凤婷将“不忘初心，牢记使命”主题教育活动融入贯通于学习及工作，做到知行合一，特别将主题教育的活动目标：“为民服务解难题”在工作中用实际行动予以充分地体现。

为更好地服务好民生，李凤婷带领清远邮政以建设好“经常想起你、容易找到你、方便使用你、人人表扬你”企业为目标，主动融入百姓生活，打造金融服务、生活服务、文化服务等全链条的服务生态圈，以不断满足人民群众日益增长的美好生活需要。发挥邮政点多面广，深入乡镇的营业网络优势，主动承担城乡医保、居保和社保续保及发放工作，截至2020年，通过邮政渠道代扣城乡医保人数达237万，每年成功代扣医保费用6.6亿元，城乡居保代扣人数达164万人，每年代收代缴城乡居保费用2.5亿元，代发养老金57.7万人次，年累计代发金额达11.8亿元。依托营业局所、便民服务站等渠道，积极响应国家关于政务服务“放、管、服”的重大部署，主动承接交管、税务、公安等公共服务，实现公安、交管代办服务到乡镇、家门口，以及线上办理寄递上门，推动打造“十分钟生活圈”，实现了政府满意、群众便利的效果，真正做到了“让信息多跑路，让群众少跑腿”。同时创新推出电动自行车带牌销售便民模式，实现“现场买车，现场上牌”，有效缓解交管窗口受理

李凤婷（右二）向客户介绍清远邮政服务“三农”的情况　摄影：陆嘉雯

压力；目前已成功进驻清远市区府前路车管所制证室，积极打造“第二车管所”；加快法院文书集约送达中心和蓝牌厂投产运作，便民服务不断深入人心。

躬身垂范有担当，疫情面前我先上

疫情就是命令，新冠疫情暴发伊始，李凤婷提高政治站位，清远邮政迅速成立应对新型冠状病毒疫情防控工作领导小组，她不但多次主持召开党委会专题研究部署疫情防控工作，更是投入到防控战“疫”第一线，多次带队到各基层一线检查指导基层防疫工作，积极组织员工协助当地政府开展疫情排查、防疫宣传。春节期间，李凤婷全程在岗上班，全市邮政上下1000余名员工春节无休。疫情期间，社会快递普遍停业，邮政邮件量激增至日常量3倍。在因封村封社区投递最后一百米无法达到的困难面前，李凤婷没有退缩，立即优化调整投递作业方式，手把手指导投递一线提高投递效率，每天都亲自过问和监控邮件投递情况，保证全市邮件都能及时清投，让群众家中不断粮，共抗疫情。疫情期间，清远邮政确保了机要通信、党报党刊及时投递，确保了医疗防疫物资及时运送，确保了邮路安全畅通。

需求就是军令。在社会快递没有全面复工，邮政投递量激增达3倍多的巨大生产压力下，李凤婷主动请缨，清远邮政主动承接了省市一系列“抗疫情送爱心公益项目”。在广东省妇联 “您家的菜我来送”关爱广东援鄂医疗队队员家庭公益活动中，李凤婷亲力亲为，详尽研究部署各生产环节，并向省邮政公司申请将该公益活动作为全省“重点保障”项目，项目累计配送8.47万箱，实现24小时内100%送达及零投诉零破损，得到了医护人员及其家属的一致好评。在此基础上，李凤婷马不停蹄，还部署市县两级邮政公司与当地妇联对接，主动承接清远市妇联为清远市人民医院感染科（收治新冠病人）医护人员家庭蔬菜配送、英德妇联和连州妇联的“新冠治疗医护人员爱心菜”配送，累计免费配送服务超过3000箱。主动承接广东省妇联2020年广东省“三八”妇女节关爱赴鄂女医护人员活动，亲自部署派出了6人工作小组到活动现场，保障了活动顺利开展。还主动承接清远防疫指挥部“共抗疫情、预约口罩”公益活动封装、免费配送服务，并带头封装口罩，活动累计免费配送口罩达50万个，实现到乡镇、到农村24小时配送到位。2020年2月28日，李凤婷带领清远邮政落实清远市委宣传部“百吨冬瓜千箱鸡蛋送荆州”的运输重任，克服了超过正常工作量3倍的巨大生产压力、运能严重紧缺、司机赴鄂疫情风险等多重挑战，义无反顾，积极联系各方运能，到处筹集运输经费，主动承担经费缺口，顺利安排5辆载重27吨的大货车将100吨黑皮冬瓜、27吨清远鸡蛋送达荆州。她还带领清远邮团队主动承担清远市委党报“蓝丝带关爱孤寡老人爱心菜”项目免费配送服务，活动累计配送服务超过800多箱。

李凤婷敏锐地捕捉到疫情期间广大种养殖户销售难、寄递难等问题，同时也深深体会到城市居民居家隔离面临买菜难、买菜贵问题，主动向市委、市政府主要领导汇报策划了从销售到寄递到农资金融支持等一条龙的解决方案。清远邮政成为清远市政府疫情防控农产品“保供稳价安心”项目发起单位之一，清远邮政商城也成为疫情期间清远市农产品销售主渠道，短短两周时间共收寄农产品极速鲜邮件超过20000件，邮政商城销售超过2000余件。李凤婷急百姓所急、想百姓所想，针对疫情特殊情况，推出税务“网上领票、线下寄递”、25项交管业务网上办、户政业务“网上办、自助办、延期办”、教材送上门等服务，累计配送便民邮件超过25万件。

与时俱进科技助邮，经营管理质效持续提升

李凤婷成长于基层，在艰苦环境中不断积累起对基层、对群众的深厚感情，在不同的岗位上都发挥了共产党员先锋模范带头作用。在担任邮政广州市分公司市场部总监期间，连续4年超额完成全年经营目标。她主持的全国邮政首个邮政跨境电商综合服务平台构建项目，帮助电商企业更好地乘着国家“一带一路”的东风走出去和引进来，使得广州邮政成为全国第一个邮政小包渠道跨境电商B2C零售出口退税、结汇服务的企业。

与此同时，李凤婷主持培育了蜜蜂箱智能包裹柜运营、智能柜自助寄件、同城邮件信息化分拣、校园服务中心快递综合服务平台等系列创新项目，成效显著，实现行业创新突破。在中国邮政集团公司交流任职期间，负责智能快递柜项目研发，利用智能快递柜手段及平台，推进邮政投递末端智能化转型取得显著效果，为邮政末端投递提速做出了贡献；推动传统信箱与智能快递柜的整合，牵头研发智能信报箱，一站式解决用户收信、快递、包裹的需求，节约了社区资源，提升用户体验；推动国家智能快递柜行业监管立法，以及智能信报箱的国家标准的制定，取得突破性的效果。

任职清远邮政期间，李凤婷腿部意外受伤，手术出院后便立即回到工作岗位。她坐着轮椅拄着拐杖也坚持走网点、下基层，走遍清远2区2市4县，足迹覆盖100多个营业网点网点和揽投部，与近200名支局长、理财经理、普通柜员、揽投员等座谈调研。正是由于深入基层一线的走访和调研，李凤婷能够迅速掌握情况，找准问题症结，抢抓市场机遇，采取有效措施，清远邮政一直稳健高效发展。2020年，在疫情强大冲击的恶劣环境下，清远邮政攻坚克难超额完成收入和利润双目标，完成进度均为全省邮政第一，市场占有率提升明显，邮政普遍服务水平再上新台阶，充分发挥了国有企业“六种力量”，为 “十四五”良好开局作出了清远邮政应有的贡献。

作者：陆嘉雯

全国劳动模范——广东省饶平县群兴畜牧养殖场场长许志群

致力养殖技术创新 带动村民养猪脱贫

许志群参加2020年全国劳动模范和先进工作者表彰大会后在天安门广场留影

“11月24日，我很荣幸参加2020年全国劳动模范和先进工作者表彰大会。当我走进人民大会堂那一刻，心情万分激动，充满感恩。”许志群说，“我一定不辜负总书记的殷切期望，继续弘扬劳模精神、工匠精神，珍惜荣誉、保持本色，为乡村振兴贡献自己的力量。”

许志群是饶平县钱东镇小东村人，中共党员，自2000年创立了广东省饶平县群兴畜牧养殖场以来，他致力于养殖技术创新、引导和带动广大养殖户养猪致富、助力乡村振兴、热心公益慈善事业。由于表现突出，他于2011年被评为“潮州市劳动模范”，2012年被评为“广东省劳动模范”，2017年被评为“广东百佳新型职业农民”和“潮州市科普先进个人”，2019年被评为“潮州市农村实用人才带头人”等。2020年被党中央、国务院授予“全国劳动模范”荣誉称号，2020年9月荣获“2020广东十大杰出高素质农民”称号，2020年12月荣获“2020年度感动潮州人物”称号。

科技创新有匠心

许志群创立了饶平县群兴畜牧养殖场后，十分注重科技创新建设，而且在行业中发挥了引领作用。他从养殖技术体系建设入手，加大科技创新力度，以科学养殖方法取代传统养殖方法，提高生猪产量、改善肉质结构、缩短养殖周期、节省饲料成本，实现经济效益和社会效益双丰收。

为推动养殖技术不断创新，他与中科院动物研究所、华南农业大学、佛山科学技术学院结成产学研技术合作关系，把企业建设成为产学研合作示范基地。通过联合攻关，在新型发酵饲料制作工艺、新美系种猪养殖及繁育技术、废弃物绿色治理工艺研究、饲料绿色添加技术研究、规模化绿色养殖关键技术规范化的研究等方面取得了重点突破，为企业树立了品牌。产品被农业部评为“无公害产品”，并获得产地证书，被省科技厅认定为“广东省民营科技企业”；2012年至今被认定和复审为“广东省菜篮子基地”；多次在广东省养猪行业协会组织的健康养猪技术比赛中荣获佳绩。

脱贫攻坚践初心

作为中共党员，许志群心系群众冷暖，坚持初心不改，用实际行动践行着一名共产党员的使命与担当。“能够帮助周边村民脱贫致富就是我最大的愿望。”许志群说。他积极响应国家精准扶贫政策，在贫困村和贫困户中大力普及生猪养殖技术。通过组织科研机构、高校等企业合作单位的专家教授和企业的技术团队，在贫困村开展生猪养殖技术讲座，普及生猪养殖技术，引导贫困村通过发展生猪养殖业脱贫。两年来，累计开展生猪养殖技术讲座22场次，受训1900多人次。同时，他还落实好资金和技术支持，制作和发放生猪养殖技术资料100多册，通过无偿技术支持、免费赠予种猪等方式，主动帮助饶平县内33户有劳动能力的贫困户、低保户通过发展生猪养殖业实现脱贫。

热心公益献爱心

许志群始终遵循诚信、拼搏、创新的企业家精神，也不忘企业所应承担的社会责任，热心于各项公益事业。多年来，他广施善举，受到广大群众的好评。2010年捐款6000元帮助村老人活动中心建设、出资5000元帮助小东小学维修篮球场；在2013年钱东镇团委组织的爱心助学活动认捐中，主动帮扶2名贫困学生；分别向小东村教育基金会和钱东镇教育促进会捐款5万元……多年来，他累计捐出爱心善款57万元。2012年起，许志群每年被市县授予“扶贫济困爱心人士”和“慈善人士”荣誉称号。

许志群（左二）荣获“2020广东十大杰出高素质农民”称号

广西优秀民营企业家——桂林袭汇实业集团有限公司董事长陈伟民

将弘扬中华传统文化与事业紧密相连

房地产是物质产品，文化是精神产品，很少有人把房地产商和文化联系起来。而广西桂林袭汇实业集团有限公司董事长陈伟民在自己从事地产经营的20多年里就一直乐此不疲地将弘扬中华传统文化与自己的事业紧密相连，将“文化”概念贯穿于项目开发始终。

袭汇集团董事长陈伟民

热爱中华传统文化，将热爱融入事业

1992年，28岁的陈伟民离开了服务多年的灵川县粮食系统，开始下海经商。受家学渊源影响，陈伟民自小对中国传统文化艺术品颇为热爱，对于石器、瓷器、青铜器、铜器、木器、字画、杂项等都有着浓厚的兴趣，下海经商的第一站，他便来到了新疆，在乌鲁木齐市、吐鲁番市、喀什市等地的旅游点经营字画、玉石、工艺品、古玩。

在新疆做和田玉生意时，朋友们知道他会看玉，都把玉籽料往他这里送，这使得他更加刻苦钻研，丰富相关知识，练就一双“慧眼”。在大西北的经商岁月让他赚到了下海的“第一桶金”，同时也从人们对这些文化商品的追求和热爱中，感受到了文化的魅力。

在桂林，不少人都知道“九龙楼盘”和“梧桐墅”等项目。1995年，陈伟民回到桂林后和朋友们一道成立了袭汇房地产开发公司，开始了一系列的房地产杰作，“九龙楼盘”“梧桐墅”等都是出自袭汇之手。袭汇房地产公司初创时就以“龙”字命名楼盘，如卧龙山庄、聚龙湾、卧龙苑等“九龙”系列，这都源于陈伟民对中华传统文化的热爱以及对龙这个中华民族图腾的敬仰和崇拜。他热爱自己民族的传统文化，认为有理想、有志气、敢于担当的中国人，都是龙的传人，龙马精神是中国人的一种传统文化正能量。

“要挣钱，更要挣文化”

说到房地产商，人们便自然联想到“挣钱”二字。纵观袭汇二十多年的发展史，陈伟民以识玉的“慧眼”在桂林多点布局，打造了卧龙山庄、卧龙苑、聚龙湾、腾龙苑、翔龙花园等多个颇具代表性的楼盘，开发100多万平方米的商品房。这些项目是“挣钱”的，但陈伟民并没有坐享真金白银所带来的物质生活，而是用它们换成了十几万件古玩及艺术收藏，其中包括青铜器、铜器、玉器、瓷器、石器、木器、字画、杂件等，藏品琳琅满目，种类繁多。这些藏品中有很多并非有钱就能拥有，需要非凡的毅力以及花费大量的心血。

2009年和2011年的两届桂林国际山水文化旅游节上，陈伟民向全国知名的书画家发起了两次诚挚的邀请。原中国美术家协会主席刘大为、原中国国家画院院长龙瑞、著名画家贾又福、张立辰、郭怡琮、吴山明、陈平等数十名中国当今顶尖级中国画名家会集桂林，以桂林山水和八桂大地为题材作画，为桂林国际山水文化旅游节增光添彩。陈伟民斥资承办的这两次盛会是桂林文化饕餮盛宴，在桂林文化艺术史上留下了精彩的一笔。

陈伟民不仅喜爱书画艺术，也喜欢文学。2011年起，他在灵川设立一年一度的“袭汇文艺创作奖”，鼓励灵川的文艺作者多创作接地气、高水平、高质量的作品，把灵川建设成“文化名县”。不仅如此，陈伟民还为灵川县文学协会编辑的文学作品集《甘棠文韵》（光明日报出版社出版）及灵川县资深文化人廖江先生的散文集《漓水春秋》作序。他在《漓水春秋》一书的序中写道：“‘上善若水’，是老子《道德经》第八章的开篇之言。我认为，漓江人应具有如漓江一样的胸襟和品格。作为企业界人士要挣钱，也要‘挣文化’，中华民族的复兴梦，不仅包括经济，也包括文化，建设现代化强国，必须促进文化的大发展、大繁荣。”

陈伟民始终将弘扬中华传统文化与自己的事业紧密相连，目前一项更大更富文化特色的工程——桂林袭汇国际文化世界千年桂林项目正在如火如荼地建设。

据了解，桂林袭汇国际文化世界千年桂林项目位于桂林北新城灵川县新区，在粤、桂、黔、滇四省（区）高铁经济圈核心区，紧邻桂林绕城高速，距桂林高铁北站、西客站等都是10分钟车程，距桂林两江机场约半小时车程，交通十分方便，旅游区位优势凸显。千年桂林总占地面积约260亩，总建筑面积约20万平方米，总投资约22亿元人民币，是广西壮族自治区、桂林市、灵川县3级政府统筹推进重点项目，是响应桂林市委、市政府“寻找桂林文化的力量，挖掘桂林文化的价值”号召，突出旅游与文化的深度融合的指导思想下，打造的一个旅游创新与文化创新相结合的大型文博产业园。

千年桂林包括博物馆、古玩城、历史文化体验街区、精品主题酒店、演艺、儿童乐园等六大板块项目，按照“秦风汉韵博物馆，

袭汇·千年桂林效果图

袭汇·千年桂林精品展馆

明月清风李白街”的理念来设计，按照三个目标要求，建成“5A级景区”“国家文物收藏业示范基地”和“国家青少年爱国主义教育基地”。该项目建成后，将是打响桂林历史文化名城和助推国际旅游胜地建设的一个重要载体。

项目2021年5月底初步具备运营条件，在2021年底正式运营。项目建成后将成为桂林市的又一文化高地和新的地标性建筑，并成为桂林市的一张新名片。

供图：桂林裘汇实业集团

重庆市五一劳动奖章获得者——中交一公局重庆万州高速公路有限公司总经理 胡风明

把“品质工程”种子撒向三峡库区

胡风明（左二）在建设工地现场调研解决问题 摄影：胡华

确立以建造引领公路交通行业和区域发展的“品质工程”为主要目标任务，将先进超前的战略理念、管理模式，从沿海发达地区复制推广、创新应用到内陆三峡库区，是2020年刚获得重庆五一劳动奖章的胡风明近些年来的一次“新长征”。

“在浙江乐清湾大桥时我就做两件事，6S班组化管理和BIM技术应用推广！到了重庆新田长江大桥，我还是主要抓产业工人队伍体系和全生命周期BIM+技术体系建设。”中交一公局万州公司党总支书记、总经理胡风明快人快语，把自己近几年来与品质工程的情缘、“秘诀”和盘托出。

看似简单的两件事，其实都与品质工程建设大局、格局紧密相连。在乐清湾，胡风明带领团队成功创建交通运输部首批品质工程示范项目。而两年前来到万州环线项目时，他早已确立了打造品质工程3.0版本的战略目标。

标准化建设让团队有质变的感觉

从最熟悉的入手，实现项目治理体系和治理能力升级发展，是胡风明打造品质工程的初心。他时常感恩遇上了最好的时代，有幸成为品质工程先行试点、全面推广生动实践的见证人、参与者！

工点工厂化、施组流程化、实操标准化，变的是格局与理念，不变的是情怀与担当。每一次积极探索与创新突破，总是要历经多次研讨、试验，拉开一场场颠覆性技术风暴。

以往长大桥主塔施工完毕，采取涂装工序，是接下来一道必不可少的环节。“新田长江大桥坐落于三峡库区生态脆弱区，如果把混凝土品质进一步提高，不单可以避免涂装污染，还可以让大桥与长江万丈碧波交相辉映。”这对有着浓厚品质工程情怀的胡风明来讲，具有很强的感召力和吸引力。

要想实现自然美，关键在于混凝土的自身质量与浇筑过程整体工序的高效衔接。“浇筑出来是什么样子，最终就是什么样子！”要想达到如此理想的外观效果，必须要严格控制砂石含泥量、大小粒径的级配要素入手，对每一斗料石、每一根钢筋，采取“出厂合格证制”，以“身份证”压实质量责任，实现从原材料源头控制。

胡风明与总工程师李鸿盛吸收借鉴当前混凝土施工先进经验成果，总结形成“类清水混凝土”专项施工方案。也就是让混凝土浇筑成形后直接展示出一种如同“清澈水面”的外观效果，同时造价又大幅低于“清水混凝土”。

与之协同推进的是，质量管控各个环节的步步为营。胡风明始终坚持“千米大桥、毫米管控”的理念，他带领团队大力开展了针对工程质量通病、建造功效、安全保障等38项微改微创专项提升活动。如用钢筋定位尺精准检测钢筋间距，使钢筋保护层厚度始终在品质工程技术规范范围内，确保抗拉能力和耐久性；对模板螺栓孔的细节处理精雕细琢，采用灵活的“拉杆孔”模板拼缝处理，有效实现防错台、防漏浆，避免过去切割形成的黑印和疤痕；即便在脱模剂的选择上，同样力求达到最好的效果，通过反复比选、排除后，“西卡”脱模剂被广泛应用，也为主塔外观质量提升打通“最后一公里”。

产业园建设让工人有回家的温暖

“女儿看到我拿回家的第一个获奖证书，开心得又蹦又跳，还悄悄告诉她的幼儿园老师和同学，说要向我学习！”曾参建过11座跨江跨海桥梁主塔施工的重庆合川籍产业工人秦小华，回忆起2019年底荣获“十大优秀产业工人”的经历，至今充满骄傲。

在中交一公局集团重庆万州新田长江大桥建设工地，和秦小华一样有着真挚而深切感受的产业工人还有1000多名。4座以提高产业工人生产生活技能、增强获得感幸福感的“匠心”产业园，依次分布在万州环线高速公路新田至高峰段22公里的施工线上，成为他们坚持劳动创造、追逐美好生活的第二个家。

从散养到“圈养”，从粗放式管理到集约化经营，从“各自为战”到共下“一盘棋”。在项目前期策划阶段，胡风明便组织人员根据住建部《关于培育新时期建筑产业工人队伍的指导意见》，为万州环线项目“量身定制”产业工人队伍体系建设实施方案，顶层设计了组织、设施、权益、技能、产品五大保障体系，切实推动广大农民工向产业工人“华丽转身”的关键几步该怎么走，描绘出有格局、暖人心、利长远的生动发展蓝图。

视产业工人为兄弟，把库区属地当故乡。既要让大家留得下，还要干得好。胡风明指导项目管理团队，从衣、食、住、行4个细节精心谋划，从成长、成才、成家3个层面有力推进，从生产技能、生活品质、福利待遇、幸福指数四个板块来重点体现。以“一揽子”系统制度建章立制，标本兼治；以“一体化”融合发展实行清单管理、末端落实；以建好、使用好、发挥好产业园阵地为引领，紧密围绕战略目标，明确保障措施，推进落实任务。让产业工人在工地上有家的感觉，更安全踏实、体面舒适地生产生活。

种下品质工程之树，绽放奋斗梦想之花。2019年4月，当项目管理团队、产业工人队伍的首批200多名人员，集体入住5000多平方米的“匠心产业园”时，美好的生产生活才刚刚是个开始。

连队化管理让大家有当兵的样子

一公局集团前身是中国人民解放军公路一师。新时代如何传承红色基因，担当强企重任，在品质工程建设过程中彰显集团公司“部队作风、军人品质”良好形象，激发中交蓝色力量。胡风明集中项目智慧力量，在产业园、生产区管理运行中，重点融合植入“党建统领+连队化管理，助推334工程建设”等体系内容，让广大职工与产业工人有军人的样子、园区工点有部队的样子、生产管理有打仗的样子。

胡风明带领团队建设的新田长江大桥　摄影：张玉佰

连队化管理最直接的内容体现是，将项目部变成连队，让项目经理当连长，书记当指导员。项目部每名职工、每个协作队伍和产业工人根据生产任务实际，对标对表对应编入连排班，实现定编定岗、齐装满员。学习借鉴部队《三大条令》和一日生活制度，将连队化管理体系与项目既有标准化、数字化、信息化、精细化管理制度捆在一起抓，深度融入嵌入生产经营中心。

通过列队出操、比武考核等行之有效的手段，教育全体干部职工牢记“军人”身份，绷紧“战斗”意识，从生活细节、点滴养成入手，把项目驻地、工地现场建成有部队的样子，形成抓基层、打基础、苦练基本功的良好氛围，不断夯实连队化管理的建设根基，有效提升全体职工的凝聚力、执行力、战斗力，为高质量完成品牌工程建设提供政治保障、纪律保证、作风支撑。

重庆素有桥都之称。2019年10月，重庆市高速公路建设领域的200多名专家、管理人员，云集万州环线项目，对品质工程创新攻关、产业工人队伍建设、连队化管理做法赞不绝口。同年，项目在全市1017家单位同台竞技的网上劳动和技能竞赛中，荣获先进集体一等奖。项目团队还荣获全国交通行业职工岗位创新优秀成果奖。2020年五一前夕，胡风明荣获重庆市五一劳动奖章。

作者：陈洪胜、胡华

云南省文山州人民政府文山三七产业发展专家咨询委员会委员、金七药业股份有限公司董事长张云生

匠心铸就“三七梦”

金七药业股份有限公司董事长张云生

2019年10月29日，“辉煌70年——云南省庆祝中华人民共和国成立70周年成就展”系列活动“我和我的祖国”主题故事汇文山专场在位于昆明市广福路的云南文学艺术馆报告厅举行。

在“我和我的祖国”主题故事汇文山专场活动现场，来自文山的金七药业股份有限公司董事长张云生，讲述了他带领团队以“十年磨一剑”的匠心精神铸就“三七梦”，全力推动文山三七产业和经济社会发展的成长历程和创业故事。

凭着团队上下“十年铸剑”的匠心精神和不懈奋斗，金七药业股份有限公司成功打造出了以科技创新为引领的企业核心竞争力，成为全省乃至全国三七产业发展领域的佼佼者。

梦想萌芽

1983年7月，张云生从云南财经学校毕业，分配至云南省铳卡三七药材场（原云南省第29劳改支队，后改称云南省砚山监狱）工作，开始接触和了解三七。

张云生说，在药材场工作期间，他有幸得到文山三七研究所所长董弗兆等老一辈三七种植技术专家的点拨和亲传，对三七药用功效以及开发利用前景有了较为深入的认识，从此与三七结下了不解之缘。

1991年，张云生担任砚山监狱财务科长兼下属企业云南天然药物制药厂厂长，1995年升任砚山监狱副监狱长，踏上了管理与经营制药企业的职业道路。

经过多年不懈努力与发展，制药厂在三七产业界享誉全国，多项药品发明取得国家专利并获得较好市场反馈，得到司法部监狱管理总局，云南省委、省政府的重视和支持。

随着企业的发展壮大，张云生的“三七梦”也渐渐开始萌生。

“对三七医药产业的精深开发，必将惠及国民健康，并为地方经济建设做出重要贡献。”张云生坚信，这样一个能够造福人类的

公司厂区

伟大事业值得他奋斗追随。

梦想启航

时光流转到2002年，监狱系统面临改革，砚山监狱下属制药企业改革转让给香港大光集团。当时张云生和他的核心团队面临着人生最艰难的一次抉择，留在体制内意味着将从此放弃耕耘三七产业的初心与梦想，脱离体制下海经商则意味着放弃多年拼搏得来的政治荣誉与社会地位。

“经过几番思想斗争，我们坚定地选择下海。”张云生说，他们当时既有对未知前途的迷茫，同时又对家人深怀着一份歉疚，家人的反对与不理解让他感到压力巨大，但他很清楚这绝非是一个轻率的决定。

三七在防治心脑血管等重大慢性疾病中显现出的独特疗效以及当时文山三七产业总体发展水平的滞后，早已让张云生和他的团队嗅探到了三七产业潜在的巨大市场和发展空间。

就在同一时期，以三七为主要原料的血栓通、血塞通系列制剂以及复方丹参滴丸等药品的问世，为天津天士力、云南白药、广西梧州制药等企业带来了数十亿元的销售额，更加刺激和坚定了张云生和他的团队“下海”的决心：一定要坚守这份对三七的执着和乡土情，一定要创办出属于文山本土的高科技制药企业，改变当地以初级种植和粗加工为主的三七产业格局，引领文山三七产业向精深开发和科研制造领域转型发展。

经过多年的市场摸爬与技术准备，张云生和他的团队于2011年成功注册成立金七药业股份有限公司，专注于三七精深开发及以三七为原料的系列产品的研发与生产。

经过10年匠心发展，公司申报发明专利26项、已获得发明专利9项，取得国家新药证书1个，药品生产批文8个，保健食品批文2个，其中药品七叶神安滴丸、保健食品三七口服液、清益软胶囊为全国独家专利品种，2015年至今连续两届被评为国家高新技术企业。

目前，公司规模扩张近3倍，2019年产值有望突破亿元大关，为国家纳税超过千万元。

不忘初心

张云生说，我们清醒地认识到，企业的发展必将与当地社会经济紧密联系在一起，这片孕育了南国神草的美丽土地，正用优厚的产业政策和优质的营商环境，托起未来引领地区产业发展的“三七梦”。

“吃水不忘挖井人”，植根于文山这片创业热土的金七药业股份有限公司始终坚持以经济效益和社会价值双向提升的发展理念为企业赋能，在推动地方三七产业创新发展、促进当地教育民生受惠等方面贡献出越来越多的正能量。

连续5年来，金七药业股份有限公司每年投入20万元，帮扶200户建档立卡户实现脱贫；先后捐资近20万元对砚山三中及盘龙乡中心学校开展扶困助学等活动；通过“公司+基地+农户”的模式，在砚山县盘龙乡成立金七三七种植合作社，对种植农户采取保底收购政策，三七收购价高于市场价格5%，带动数十户七农致富增收；与文山学院签署了长期战略合作协议，每年投入40万元建立并支撑金七产教融合示范基地发展，在人才培养、科研研发以及市场推广等领域与高校合作逐步走深走实。与此同时，企业提供了260多个就业岗位，为正式员工缴纳5险1金，并按每年不低于5%的增幅提高员工工资收入。

“这一切体现出的正是我们开创企业的初心使命和家国情怀！”张云生说，随着企业影响力的逐步增强，对社会责任的践行和对这片乡情的“反哺”也必将融入企业文化，融进每一个“金七人”的思想骨髓。

踏浪前行

“我们用科技掌控企业未来，用科技支撑运营管理，用科技助力产品研发。”张云生介绍，科技创新已成为他掌舵的金七药业股份有限公司的“企业灵魂”。

依托科技创新，公司在三七研发方面已进入高精领域，特别是在三七地上部分的研发一直走在国内同行业前列，目前通过分子生物学技术，成功转化出抗癌活性较好的高纯度人参皂苷Rh2、Rg3，并实现将其进一步分型，S构型萃取纯度达到98%以上，为一类新药研发奠定了科研基础。

目前，金七药业已全面建成药品和保健品GMP生产线6条，实现设备运行自动化、制造管理信息化、质量控制智能化，比传统制药企业节省约45%的人工成本，生产效率提升3倍，企业生产能力达到了“工业3.0+”的技术水平。

此外，待楚雄工厂技改扩建完成后，公司将新增8条全新技术GMP生产线，产能还将增长10倍。

值得关注的是，金七药业通过建立消费人群大数据平台，对产品销售及开发提供可靠的市场数据，精准对标市场需求，在现有技术条件下，进一步优化了三七产品研发体系。目前，公司推向市场的国药准字号产品七叶神安滴丸和保健食品三七口服液，均获得广大患者和消费者的青睐。

“雄关漫道真如铁，而今迈步从头越。”张云生说，今天的金七药业正肩负时代使命驶入发展的快车道，我们将继承老一辈三七产业开拓者的遗志和梦想，秉持“专注三七、匠造精品”的企业精神和“科技驱动、创新发展”的经营理念，牢记各级党委、政府的嘱托和期望，矢志不渝、忘我向前，为助力实现云南三七产业千亿产值目标继续奋斗，为谱写好伟大复兴中国梦云南篇章做出应有的贡献。

甘肃省天水市五一劳动奖章获得者——甘谷县华厦邦农种养农民专业合作社联合社理事长王国义

带领农户闯出一条增收致富路

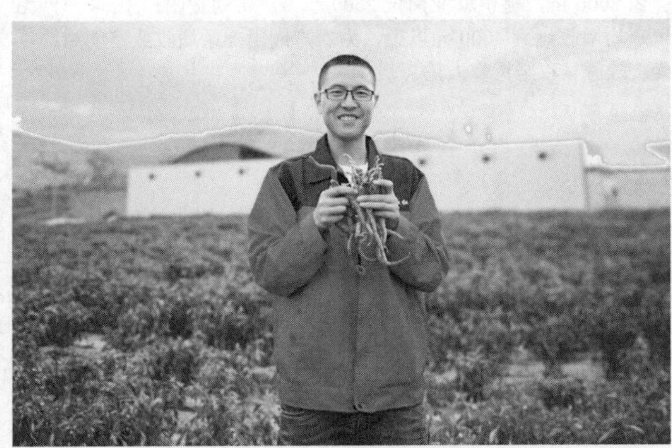
王国义近照　摄影：潘登霞

链接：甘谷县华厦邦农种养农民专业合作社联合社（以下简称“华厦邦农”）成立于 2019年1月，注册资金1000万元，注册地址为甘谷县金山镇蒲家山村，是目前金山镇第一家农民联合社。华厦邦农联合社以“三变”精神为指导思想，助推产业精准扶贫，以切实增加农民收入为己任，结合“企业＋基地＋扶贫车间＋电子商务”的新型经营模式，着力发展现代科技农业，解决单个合作社经济基础薄弱、销售渠道缺乏、品牌意识不强、农业资源浪费的问题，由甘谷县辣椒红了种植养殖农民专业合作社牵头，联合金山镇片区其他6家（金源、惠民、兴发、福农、绿源、金夏）农民专业合作社成立。其产业主要涉及畜牧养殖、农产品种植、农副产品加工、中药材加工、电子商务、农技培训、农资供应、扶贫超市等。甘谷县辣椒红了种植养殖农民专业合作社被甘谷县农业农村局授予“县级示范社”称号，被甘谷县农民专业合作社联席会议评定为甘谷县第十批县级农民专业合作社示范社，甘谷县辣椒红了种植养殖科普示范基地向“天水市首届学术年会”提交的论文《浅析甘谷辣椒种植加工项目发展前景》被评审专家评定为优秀论文。

华厦邦农理事长王国义获得了甘肃省天水市五一劳动奖章，甘谷县第二届“十大好青年”，2019年度特色产业发展“先进个人”等殊荣。2020年年初，王国义为甘谷县新冠肺炎疫情防控工作慷慨解囊，捐款捐物，赢得各界赞许。

他坚持以市场为导向，以销促产、以产促销，结合“龙头企业＋生产基地＋扶贫车间＋电子商务”新型经营模式，整合资源成立农民专业合作社联合社，带领农民增收致富；他积极推广合作经营模式，帮助农民发展特色产业；他通过多种帮扶措施，加快贫困户脱贫步伐……他就是甘肃省甘谷县华厦邦农种养农民专业合作社联合社理事长、2020年甘肃省天水市五一劳动奖章获得者王国义。

搭建电商新型平台，推广合作经营模式

在外出求学、工作的几年里，王国义增长了知识，丰富了阅历，当他回乡看到农民增收乏力、农村落后的面貌时，便在心里种下了帮助农民增收、改变家乡落后面貌的种子。2015年，当了解到党和政府大力号召“大众创新万众创业”，以及助力精准脱贫的一系列政策时，王国义毅然回乡创业，成立了甘肃华厦邦农电子商务有限公司。2017年，王国义承担了甘谷县大像山镇电子商务站点的运营，以及大石镇冰滩、中庄、丁家窑村级电商站点的建设。从2017年开始，公司与甘肃畜牧业工程职业技术学校达成校企合作，推行现代学徒制，在武威建立了电子商务实训基地、农特产品线下体验店、餐饮店等，已成功培养电商专业人才2000余人。目前公司已在武威、甘南成立了2家分公司，在庆阳、海南、陇南设立了3个办事处，合作商户超过6000户，每天订单3000余单，年交易量超过2000万元，其中农产品上行比例超过50%。

在扎根农村创业的几年里，王国义结识了不少和他一样的返乡大学生、回乡创业青年。为将每个人的能力和创业激情拧成一股绳，他倡导由他创办的甘谷县辣椒红了种植养殖农民专业合作社牵头，联合金山镇片区其他6家农民专业合作社成立了甘谷县华厦邦农种养农民专业合作社联合社，其产业主要涉及畜牧养殖、农产品种植、农副产品加工、中药材加工、电子商务、农技培训、农资供应、扶贫超市等。联合社以电商为引擎，发挥加工基地孵化带动辐射中心作用，在金山镇各村建立产业种植基地，积极挖掘、打造土特产品牌；以切实增加农民收入为己任，通过多种形式引导378户贫困户入股；以“龙头企业＋基地＋扶贫车间＋电子商务”的新型经营模式，着力发展现代科技农业，解决单个合作社经济基础薄弱、销售渠道缺乏、品牌意识不强、农业资源浪费的问题；以每年10%的利润作为保底分红，助力农民增收。

采取多种帮扶措施，加快产业发展步伐

农民不愁种，就怕卖不出好价钱。为帮助农户打开农产品销路，

扶贫车间　摄影：潘登霞

改造后的加工孵化基地　摄影：黄帆

王国义组织带领联合社各单位积极与农户签订购销协议，引导农户自觉扩大种植面积；积极建立农村职业教育机制，有针对性地举办农业科技培训班，助力农村留守劳动力由体力型向技能型、知识型转变；为保障甘谷辣椒高品质、高产量、高营养的“三高”特性，积极与多个科研单位合作，选种天椒5号、天椒9号、天椒11号等优质辣椒种苗。

为调动农户的种植积极性，他免费给农户提供地膜纸、辣椒苗、农资。联合社自成立以来，取得了较好的经济收益，2019年辣椒种植面积达到500亩，带动周边种植农民282户，户均种植面积1.8亩，户均收入达7000元。蒲家山村和移家湾村的贫困户在联合社的带领下，通过种植辣椒，亩均收入普遍在3000元以上，起到了良好的示范带头作用，群众发展辣椒种植的愿望更加强烈，脱贫致富信心倍增。王国义还通过产业升级的方式将蒋家湾废旧砖厂改造为合作社加工孵化基地，这座现代化的辣椒加工厂能够满足1万亩农副产品的加工，基本实现“本地化生产、本地化加工、全球化销售”，成为促进当地农民就业、增收的新引擎。

王国义荣获了2019年度金山镇特色产业发展先进个人、2020年甘谷县新冠肺炎疫情防控工作先进个人、2020年天水市五一劳动奖章。2020年，他将继续为助农增收奋斗：计划扩大辣椒种植面积2000亩，提供就业岗位2500余个，带动贫困户1856户，力争户均增收达到4000元以上，为农户闯出一条增收致富的道路，为决战脱贫攻坚贡献力量。

四川省优秀共产党员——广安职业技术学院经济管理学院院长文卫

职教改革结硕果 特色育人谱新篇

文卫被授予“四川省优秀共产党员”荣誉称号

“我们学院学生近期表现如何，各方面都适应吗？”近日，在广安职业技术学院（以下简称广职院）经济管理学院办公室，院长文卫正在与国家民委文化中心的工作人员通电话，了解本院学生就业和工作情况。

文卫，贵州省思南县人，土家族，2015年通过全国公开招聘高层次管理人才来到广职院工作。进校后，他始终铭记一名共产党员的身份，主动担当、努力作为，坚持以高质量党建引领，全力推动专业建设、人才培养、社会服务、团队建设等各项工作，凝心聚力推动教育改革，带领学院实现了跨越式发展。

2016年和2017年，文卫分别当选中共广安市和四川省党代会代表。前不久，在四川省“两优一先”表彰大会上，文卫荣获“四川省优秀共产党员”荣誉称号。

勇挑重担，在职业教育上争做“带头人”

“一名党员就是一面旗帜，一名干部就是一支标杆。”这是文卫经常挂在嘴边的一句话。

2016年，文卫开始担任广安职业技术学院经济管理学院（以下简称“经管学院”）院长。为了尽快熟悉情况，文卫主动与学院每个老师都进行了交心谈话，并根据每个人的实际情况，协助制定并修改完善教师职业发展规划。

“只有把合适的人放在适合的岗位上，才能发挥最大功效，创造出更多的价值。”文卫说，经过几年的提升，学院大多数老师都已经完成当年制定的发展目标。

“我们经常会收到文院长在上下班途中发来的相关工作的文字消息，意味着又有‘新点子’出炉了。”经管学院副院长谭燕说，大家都叫文院长是“行走的思想家”。

在学生眼中，他是平易近人的师长；在同事眼中，他是足智多谋的伙伴；在领导眼中，他是踏实肯干的骨干。

申请项目、推进教师队伍建设、创新职业教育模式、多出标志性成果是文卫这些年思考的重点。由于对待工作高标准高质量严要求，早出晚归、无节假日是常态。

5年来，文卫充分发挥党员示范带头作用，带出了一支勤于钻研、勇于创新的教学管理队伍。文卫与他的团队完成了省级重点专业、省级现代学徒制试点、教育部创新行动计划骨干专业和省优质校“红色旅游专业群”的建设验收，省级“双高校”立项建设等实现了学院跨越式发展。

矢志不移，在红色教育中树立文化自信

作为贵州人，为何跨越千里选择来到广安？文卫说：“伟人故里的红色文化底蕴深厚，小平同志“三落三起”“改革开放”“一国两制”的强大精神力量和文化感召，这一点强烈吸引着我。”

来到广职院后，文卫非常重视红色文化的传承教育以及文化自信的培养。“我认为不同行业都要有文化自信，虽然形式不同，但最终目的都是一样的。”文卫说，当前“四史”教育正在如火如荼地开展，广职院作为广安唯一的高校，更要推动党史学习教育走在前、做到位、见实效，充分发挥党的历史以史鉴今、资政育人的作用。

来到广职院明德楼一楼，记者看到“邓小平求学之路文化展室”已打造完成，室内四壁张贴了多张文字展板，用“新式教育、启蒙思想”“留法招生、点燃希望”“勤工俭学、百炼成钢”“追求真理、巧遇赤光”“不忘初心、砥砺前行”等部分来展现邓小平同志当年的求学故事。

从查询书籍文献、联系合作企业到安排管理人员，这间文化展室历时三个月竣工，每一个环节文卫都亲力亲为。“培养大学生群体的文化自信、道路自信，对他们今后的发展和建设祖国具有重要的现实意义。”文卫说，在这间文化展室里，大家可以充分感受到邓小平同志当年寻求知识救国、技术救国、教育救国的爱国情怀。

此外，为了加强大学生的理想信念教育和革命传统教育，2020年12月，文卫还利用“伟人故里”的强大精神力量和文化感召，在有关方面的大力支持下，亲自策划组织成立了“成渝地区双城经济圈红色旅游职教联盟”，强化区域联动、共建共享平台，建设红色旅游人才培养共同体，提高教育教学质量，形成集聚效应；培育打造红色旅游专业群人才培养的“广安样本”。

"对于树立文化自信与价值自信，道路自信；我们已经取得了积极进展，但还在前进的道路上不断探索。"文卫说。

打破瓶颈，在实践教育里培养应用人才

"教育的本质是教书育人，我们始终把学生培养放在第一位。让学生在学校学到本领，实现更高质量和更充分就业，是我们永恒的追求。"文卫动情地对记者说。

为此，文卫牵头在学院内打造了"唐宫班""京东班""希贤班"等多个特色班，实行"多主体"育人，推动政府、行业、企业、学校四方合作，每年均向国家民族文化宫、邓小平故里管理局、京东集团、香港唐宫集团等输送一批优秀人才。

文卫还积极面对和解决发展中遇到的困难和问题。2017年，经管学院与京东集团开展合作，每年都有物流管理、市场营销、电子商务等专业的学生去成都实习，这也导致一些问题，如学生往返学校办事不方便等。

为解决学生和老师的后顾之忧，文卫产生了一个大胆的想法——把生产基地建在学校。随后，他立即与企业联系，通过不断走访、沟通、实地考察，最终于2018年3月，京东生产实训基地在广职院成功落地，建成西南地区唯一客服中心，现有5个生产性工作间、200个工位。

平时，这里是教学生产实习实训场所，而在每年双11、618等购物节期间，京东会派人到学校进行业务指导，既弥补了教学投入不足，又解决了企业人才储备问题，目前已有70余名毕业生在京东集团实现就业。

近年来，经管学院坚持深化产教融合、校企合作，改革人才培养模式，提高人才培养质量，培育打造特色班，发挥示范引领作用。同时，组织学生参加国家、省、市各类竞赛并频频取得佳绩，锻炼了学生能力，提升了综合素质，学生就业率超过95%。

"我们始终坚持'技术引领、文化育人'人才培养模式，深化产教融合、校企合作。"文卫说，下一步，我们将坚守职教初心、勇担育人使命，为职业教育发展添能赋彩，为把广安职业技术学院建成职业技术本科院校积极贡献力量。

作者／摄影：文思童

全省优秀教育工作者——安徽省蚌埠市怀远实验中学校长孙利怀

禹风明德　实验创新

孙利怀获得2019年"全省优秀教育工作者"称号　摄影：孙建

链接：孙利怀，男，大学文化，高级教师，中共党员。现任怀远实验中学校长、支湖学校校长，系怀远县政协第五至第九届委员。曾被评为怀远县首届"教坛新星"，怀远县第三届名校长，2014年"三线三边"环境整治和文明创建、城市管理工作"县级先进个人"，2016年义务教育均衡发展工作"县级先进个人"，2019年"全省优秀教育工作者"，多次获得县政府嘉奖，并记三等功。

他常常警示自己：一个校长，没有思路就没有出路，没有眼界就没有境界，没有修为就没有作为，没有实力就没有魅力。五年来，他坚信这一理念，并取得了突出成绩。他，就是全省优秀教育工作者、蚌埠市怀远实验中学校长孙利怀。

2019年教师节，在受表彰的2019年全省优秀教育工作者中，蚌埠市怀远实验中学校长孙利怀榜上有名。2019年是新中国成立70周年，也是怀远实验中学分办20周年，校长孙利怀喜获"全省优秀教育工作者"荣誉称号；金秋十月，该校"钱学森班"成功授牌，可谓精彩不断，喜事连连。日前，我们走进该校，通过专访和零距离接触，在真切感受到孙利怀校长远大的教育理想、先进的教育理念、可贵的科学精神和人文情怀的同时，也充分领略了怀远实验中学在以孙利怀为校长的党政班子带领下，志存高远，创新发展，孜孜以求的熠熠风采。

一位好校长，一所好学校

怀远实验中学是一所古老而年轻的学校。该校的前身是安徽省怀远一中，始建于1903年，历史悠久，享誉涡淮。1999年7月，怀远一中高、初中分离，怀远一中初中部被命名为"怀远实验中学"。该校现有54个教学班，学生3300余人；教职工200人，其中高级教师39人，一级教师117人，这是一支敬业精神强、教学经验丰富、教育科研水平高、实力雄厚的师资队伍。学校现有一栋办公楼，两栋教学楼，55间标准教室，各类实验室、功能室齐全，电化教育设备达省级一类标准。

怀远实验中学秉承"禹风明德·实验创新"的办学理念，突出办学特色，构建富有内涵的校园文化。经过全体师生多年共同努力，学校形成了优秀的教风、学风，以促进学生的发展为宗旨，立足于教育科研，围绕新课程改革，聚焦课堂教学，不断优化教学方法和教学手段，更新教育理念和教学策略，教育教学质量不断提升，中考成绩连续多年全县第一。师生在各级各类教学竞赛中也取得了骄人的成绩。实验中学已成为怀远县初中教育的一面旗帜。该校先后被授予"安徽省基础教育课改实验基地""安徽省家教名校""蚌埠市道德建设实践基地""第一届蚌埠市文明校园""怀远县第一届文明校园"等荣誉称号。

孙利怀，1990年8月参加工作，华东师范大学毕业，本科学历，中共党员，历任怀远一中团委书记、副校长、怀远六中校长，2015年，任怀远实验中学校长，现任怀远实验中学教育集团总校长，怀远实验中学党总支书记、支湖学校党支部书记。自担任实验中学校长以来，他除了常常警示自己，每天思考最多的就是如何打稳教育"旗"，出好管理"牌"，下活特色"棋"，奏响质量"曲"，并取得了突出成绩。

他坚信守正出新是正途。改革创新，更新理念方法，创新管理机制，唯此，学校才能充满生机与活力，才能在竞争上占得先机。这也是学校生存与发展的希望所在。

他创新学校管理机制，把管理的重心下沉，成立年级组，负责日常教育教学工作，确保管理精细到位。

他为实验中学绘制了特色发展的蓝图，主题为"禹风明德·实验创新”，厚植传统文化，凸显特色发展，打造精品学校。

五年来，在孙利怀的带领和全体师生的共同努力下，实验中学发生了深刻的变化：

——形成了一个特色。随着特色学校建设工作的不断推进，“禹风明德·实验创新”已成为学校的标志与品牌，它促进了该校的内涵发展、特色发展与和谐发展，“一枝引秀满园春”的理念追求，正逐渐成为可感可触的图景。

——实现了两个提升。一是办学水平进一步提升。“禹风明德·实验创新”特色的建设，使学校在课改实验中领先潮流；中考成绩连年攀升，独居全县鳌头：2016—2019年，连续四年全县综合排名第一；各类课赛、评比，均有骄人成绩；各级读书活动、文体竞赛，学校师生均表现出色，成果丰硕。二是社会形象进一步提升。“禹风明德·实验创新”特色的建设，塑造出学校的良好形象，家长和社会的好评如潮，更坚定了实验学校人“文化立校，特色强校”的决心。

蚌埠市怀远实验中学校长孙利怀接受上海交通大学钱学森图书馆馆长、钱学森之子钱永刚颁授的“钱学森班”铭牌　摄影：孙建

——促进了三个变化。一是校园的变化。让每一面墙壁都说话，让每一寸空间都育人。二是老师的变化。特色学校建设，深刻地影响着教师成长的方式，使广大教师实现了由“经验型”向“学习型”“科研型”快速转变，迅速成为学校持续发展的智力资源，促进教师们由优秀走向卓越。三是学生的变化。特色学校建设，有效地改善了学生的行为习惯、学习方式，有力地影响着学生的精神建构。学生正逐渐从被动学习走向自主学习，从个体学习走向合作学习，从接受学习走向探究学习。

——集团办学出成效。教育集团成立后，开展了扎实有效的教育管理活动：实行例会制度，统一管理模式；同课异构，提高课堂教学水平；学习研讨及文体活动统一，发挥优质资源的辐射作用，实现优势互补。集团支湖学校得到了快速的发展，办学水平显著提高。

2016年，怀远实验中学顺利通过市专家组验收，成为蚌埠市特色学校；2017年，学校被评为蚌埠市文明单位、怀远县依法治校示范校、怀远县平安校园；2018年，学校又被评为安徽省卫生先进单位、省级诗教先进单位、教育部国防教育先进单位。目前该校正积极推进蚌埠市“太极拳”传统体育特色学校创建工作。孙利怀先后被评为怀远县首届“教坛新星”、怀远县第三届名校长，多次获得县政府嘉奖并记三等功。

突出办学特色，打造精品学校

怀远实验中学的教职工们夸赞道：“孙校长作为学校精神的引领者，他所扮演的角色首先是精神领袖，其次是精神导师，最后是精神督导。在他身上，我们可以看到三种魅力：以德服人，崇高的人格魅力是校长作为精神领袖应有的气度；以情感人，点亮人性是校长作为精神导师应有的情怀；以智启人，挖掘生命价值是校长作为精神督导应有的睿智。”

怀远实验中学坚持“营造特色文化，打造精品学校”的办学思想，努力将学校办成特色、优质、学术化、开放化的精品学校。五年来，孙利怀指导开展了一系列教育教学活动，大幅提升了全体师生综合素质，切实提高了办学质量，特色鲜明，亮点频闪，可圈可点：

——编创校本教材《禹颂》，榫接传承与创新，以期达到“雅言传承文明，新篇浸润人生”的目的；创办校报《台桑》，刊载师生原创作品，激发师生文学创造的兴趣。

——传统文化进校园。以独特的“怀诗”文化资源，拓宽学校特色文化的横截面，加深特色文化的内涵。创办诗词朗诵“禹风度·诗怀远”，常态化举办“禹文化”经典诗文朗诵比赛，活跃学校课余文化生活，涵养师生的高雅情怀。与县文化馆和大禹文化学会共同举办“禹文化艺术节”，开设禹文化讲堂，弘扬传统美德和乡土文化。

——举办“十四岁集体生日庆典”。给学生贴心的关怀和感动，激励学生庄严承诺，发奋学习，设计自己的青春蓝图。

——开展“感动实验中学十佳教师”评选和“杏坛风云录”百名优秀教师事迹展播活动。弘扬教师的敬业精神，以崇高的荣誉感激励教师献身教育事业。

——常态化举办“班主任论坛”。交流先进的班级工作经验，变班主任的“单打独斗”为“大兵团作战”，融会集体智慧，让班级管理的水平再上新台阶。

——集体备课常态化、规范化。邀请学生参与集体备课，将过去的研究“老师怎样教”转变为重点研究“学生怎样学”。通过学生的参与，老师们了解学生学习中的困惑，了解他们需要什么样的帮助，真正确立学生的主体地位。

——以课题研究为抓手，加强教学科研力度。倡导科研渗透课堂，以课题研究为抓手，以科研促教学，打造高效课堂。发挥激励机制，实现科科有课题、组组有课题，不断拓展教育科研的广度和深度。

——组织七年级新生进行军事研学。增强学生的国防意识，激发学生的爱国热情，积极营造中学生“关心国防、热爱国防、支持国防、建设国防”的良好氛围。

——加大师生研修研学培训力度。与教育高地上海二十五中、浙江宾王中学、江苏射阳中学组成四校联盟，分享先进教育理念，互学先进管理模式，交流课堂教学方法。每年组织10名教师、20名学生赴上海二十五中，老师上讲台，学生进课堂，相互学习，共同提升。2019年，在省级优质课大赛中，2人获得二等奖，1人获得三等奖；在市级优质课大赛中，3人获一等奖，2人获二等奖；在县级比赛中，5人获优质课一等奖，另有多名教师在征文等比赛中获奖。

——开启澳洲和英国精英研学之旅。与北京外国语学院合作，组织部分优秀学生赴澳大利亚麦格尔学校和英国巴克斯伍德学校进行暑期研学，引领学生放眼看世界，学习新理念。

——与蚌埠日报社共同策划录制《校长来了》，应邀赴蚌埠市禹会区2018年第二期校长论坛举行讲座。大力宣传怀远实验中学“禹风明德·实验创新”的办学理念，为宣传怀远教育成果起到了引领作用，受到社会各界的广泛好评。

以文化立校，以和谐兴校，以特色强校。可以说，在孙利怀校长的带领下，全校师生团结进取，砥砺奋进，如今怀远实验中学已成为教师的事业之校、发展之校、成功之校，学生的乐学之校、博趣之校、创新之校！

崇尚科学精神，首开“钱学森班”

2019年10月8日，在怀远实验中学校史上，是一个值得铭记和大书特书的日子。是日上午，天朗气清，怀远实验中学“钱学森班”授牌仪式在该校篮球场隆重举行，标志着全国第48个、安徽省首个

"钱学森班"落户怀远实验中学。

近几年，怀远实验中学全校师生在以校长孙利怀为核心的校管理团队的带领下，既注重传承老一中的严谨治校精神，又励精图治，锐意改革，使这所百年老校在新时代焕发出勃勃生机！秉荆涂之风骨、承涡淮之底蕴，博迈笃行，敢为人先。为推进教育改革，传承钱学森先生的重要教育思想，积极探索拔尖人才培养的教育理念和思路，适应新时代对基础教育提出的新要求，谋求学校进一步发展，怀远实验中学适时成功开办了"钱学森班"。

"钱学森班"办班宗旨：一是贯彻因材施教原则，积极探索拔尖人才培养模式，推进课程体系、教学内容和教学方法的改革，为县域内创新、拔尖人才的培养起到推动和示范作用；二是探索班级管理新思路，尝试建立社会、学校、家庭、教师、学生五位一体的教育教学管理新模式，培养学生自主、自信与自我管理能力，通过"优质发展""特色发展"等路径，进一步提升该校的教育教学质量以及在中考、省级示范高中自主招生中的综合竞争力。

培养目标：一是传承钱学森精神，学习钱老热爱祖国、崇尚科学、无私奉献的精神品质；二是因材施教，促进学生全面而有个性的发展，实现"两个最大化"，即学生在校发展水平最大化和终身发展潜力最大化，使学生成长为具备高尚的健全人格、宽厚的科学素养、良好的人文素养、较强的创新能力和宽广的国际视野的高素质拔尖人才；三是把"钱学森班"逐步建设成学校和全县不断培养出创新人才的优质教育平台。

办班特色：一是高起点，高标准，严要求，严管理。以学定教，在文理兼修、全面发展的前提下，注重培养学生的理科特长，注重培养学生的创新思维和实践能力；二是立足常规教学，拓展课程内容，打造高端质量；创新育人模式，实施英才工程，形成品牌效应；坚持全面发展，促进个性成长；使得培养出来的学生有较强的学习能力、动手能力、表达能力、创新意识和过硬的心理素质；为县域内省示范高中输送高素质生源，为国家培养拔尖人才奠基；三是学生理科成绩突出，具备体育、艺术至少一项特长。

2019 年 10 月 8 日上午，上海交通大学钱学森图书馆馆长、钱学森之子钱永刚，中国运载火箭技术研究院原党委书记王宗银，钱学森决策顾问委员会秘书长李平中，北京海淀实验中学原校长王庚民，钱学森班联盟顾问胡晓蓉等嘉宾从北京远道而来参加仪式。蚌埠市委政策研究室，怀远县四大班子领导出席了"钱学森班"授牌仪式。怀远实验中学校长孙利怀主持仪式。七年级全体师生见证了仪式。

钱永刚宣读了钱学森姓名冠名和肖像使用管理委员会《关于安徽省蚌埠市怀远实验中学冠名申请的批复》并讲话。他强调成立"钱学森班"的初心是，通过这一平台，让在校学生弘扬老一辈科学家爱国奉献的精神，珍惜学习机会，多学真本领，将来长大后走向社会，为祖国的强盛、民族的复兴、人民的幸福作出自己的贡献。他随后为怀远实验中学"钱学森班"授牌，孙利怀接牌，全场响起了雷鸣般的掌声。接着领导、嘉宾们移步明德楼大厅，为钱学森铜像揭幕并参观钱学森展厅。随后钱永刚为"钱学森班"学生作了题为《弘扬航天精神、激发爱国热情》的主题报告，受到了学生们的热烈欢迎。

钱学森大成智慧教育的实质，就是培养"德智体美劳情创"全面发展人才，让孩子们多角度、多感官享受学习过程，校园就会变为乐园。孙利怀校长的教育理想及怀远实验中学的教育愿景是，追求"以仁德润育崇高品格，以创新塑造灵动人生；培养具有中国情怀、世界眼光的时代公民"。

"为什么我们的学校培养不出杰出人才？"这是 2005 年，著名科学家钱学森提出的世纪之问。今天，当徜徉在怀远实验中学的航天科学展示馆，当静坐在"钱学森班"聆听着老师们的讲课，使人顿觉钱学森大成智慧教育之精髓和怀远实验中学的教育愿景，二者有着异曲同工之妙；而透过课堂那张张年轻好学的脸庞，人们读出解答"世纪之问"也似乎不再遥远。

欲穷教育三千界，须上高峰八百盘。追求的步伐没有止境，高峰永在攀登的途中。我们预祝并期待孙利怀及其领军的蚌埠市怀远实验中学，在未来谱写出更加绚丽的人生和教育华章。

全国学校规范化管理杰出校长——湖北文理学院附属中学校长刘汉青

特色教育探索者

2020 年 5 月 27 日，刘汉青同志在学校干部教师会上作"三诗"教育讲座，并通过网络面向全国直播

链接：刘汉青，男，汉族，1963 年 2 月出生，研究生学历，中学高级教师，中共党员。现任湖北文理学院附属中学党委书记、校长。担任中国教育学会教育管理分会理事、中国西部地区教育顾问、语言文字报国家级语文教研员、襄阳市写作学会常务副会长等 10 余项社会兼职。曾荣获湖北省优秀语文教师，全国学校规范化管理杰出校长，全国 1000 名杰出校长，第五届全国百名优秀中学校长，中国首届百强特色学校十佳杰出校长等荣誉。学术造诣较深，在核心刊物发表论文 40 余篇；出版专著《曲吟襄阳好风日》《成语襄阳》《前行在诗性教育的路上》等 7 部。在作文教学方面有较深的研究，成绩突出，在语文教育界有比较大的社会影响。

刘汉青是湖北文理学院附属中学（以下简称附中）的校长。他注重差异化教育，重视学校的文体教育，学校涌现出了一批文体优等生；在校级活动中，让学生"挑大梁"，提高学生的综合素质。

大胆让学生在活动中"唱主角"

附中每年要举办多场文化活动。如成人礼、冬季文艺汇演、"红歌演唱会"等，多彩的文化活动，丰富了学生生活，陶冶了学生情操。

与其他学校不同的是，这些校内大型活动几乎全由学生主导，教师只起辅助作用。如每学期的开学典礼，从方案策划到活动执行，都由学生担纲，教师则坐在台下，服从学生安排。就连庄重的教师节庆祝表彰大会，中间除了作为校长的刘汉青上台致辞外，其余时间都交给学生。"学生没有组织活动的经验，能组织好大型活动吗？

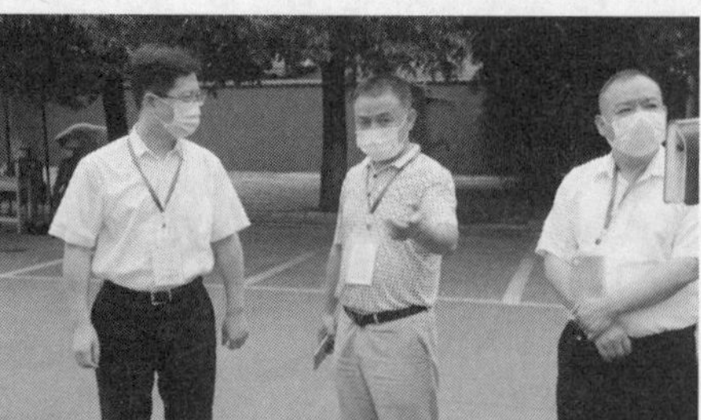

左图为刘汉青为上级领导介绍学校党建拉练工作；右上图为刘汉青向襄阳市市长郄英才介绍学校高考工作；右下图为组织学校党员参观党风廉政建设基地

万一干砸了咋办？”当得知大型活动由学生主导时，不少教师提出质疑。对此，刘汉青大手一挥：“放手让他们干，只要教师事前做好必要指导，活动办砸了，责任由我来担！”学生们没有让他失望，不仅办得有模有样，还有很多“精彩一刻”。

特色教育让每个学生“发光”

“扬长避短，错位竞争，特色发展”是刘汉青坚持的办学思路。

2018年2月26日，受省委宣传部邀请，附中学生原创节目《花木兰》走进全省元宵晚会。这是刘汉青一贯重视音乐与文学教育的结果。

每年春季的“五月诗会”旨在激发师生的创作激情，提升其文学素养。如今，这一活动已形成人人参与、班班原创的品牌活动。

古典音乐、特色健美操、传统书法、特色龙舟……一项项特色教育，在刘汉青的带领下，取得了令人瞩目的成绩，附中每年都有很多学生通过体育比赛升入知名大学。

近年来，在市级足球比赛中，附中都取得了不俗的成绩。该校樊静雨同学还入选全国青少年夏令营。学校的足球运动员都获得了二级运动员证书，拿到了国家高水平运动员单独招生、特殊招生的敲门砖。

附中的龙舟和划艇项目水平都位居全省第一方阵。2018年8月举行的全省运动会中，附中独立组建了龙舟、皮划艇、健美操、啦啦操、路拳道等5支队伍，代表襄阳市出征。

刘汉青坚守“为每位学生搭建成功平台”的教育观念，鼓励学生敢想敢拼，创造了一个又一个奇迹。

做研究型教育管理者

近年来，附中积极参加“授渔计划”“春笋助学”等公益助学活动，捐助善款共计120余万元，500多名贫困学子获得资助；为全市千余名贫困中职生募集善款600万元，解决了他们的生活费问题。这是刘汉青以公益活动为抓手，推进“大思政”教育的积极尝试。

刘汉青长期致力于新高考政策的研究，承担了省教育厅《湖北省新高考考试招生政策解读》编著任务；根据附中实际，组织编撰了《新高考学习资料汇编》内部资料；此外还负责全市新高考“襄派教育家”专题研修工作。他带领学校教师撰写的校本教研成果《〈我是这样做教师的〉教师论文集》《成语襄阳》都已出版。

成为全国学校品牌发展专业委员会理事后，刘汉青在北京、山东和浙江开展学术讲座三场。他承担了两项省部级科研课题研究任务，已初显成效，部分成果已发表。他挖掘提炼学校“龙舟教育”、文学教育、困难学生帮扶等方面的经验被《光明日报》推介。

作者：周睿、胡琼　摄影：李红霞

云南省优秀校长——建水县第六中学校长刘红伟

科技创新激活“三尺讲台”

链接：1995年8月，刘红伟大学毕业后，分配到建水一中教授高中思想政治课，参加工作以来，多次受到上级的表彰奖励，特别是担任建水民中学校长和建水六中校长以来，又获许多殊荣：2012至2014年连续三年被建水第一中学评为“优秀共产党员”“先进教师”和“骨干教师”；2015年在对红河州骨干教师培训中评为“优秀校长”，同年被红河州延安精神研究会评为“先进工作者”；2016年被云南省教育厅评为“优秀校长”，同年在云南省“影子校长”培训中评为“优秀校长”；2017年被建水县教育局评为“优秀校长”，同年6月被建水县委组织部聘为“县管专家”；2018年在建水县的新教师培训中评为“优秀中学校长”；2019年9月被建水县委、政府评为“优秀教育工作者”；2020年6月被红河州委组织部聘任为“州管专家”，同年9月荣获红河州“最美科技工作者”荣誉称号。

“抓科技创新，不能等待观望，不可亦步亦趋，当有只争朝夕的劲头。”今年50岁的刘红伟，从事教育工作25年来，不管是在教师岗位还是担任学校校长，他始终坚守在“三尺讲台”上，以“从未改变的激情、从未止步的探究”精神，把科技创新融入教育教学，把创新思维根植于学生心中，既实现了教育科研与科技科普融合，又促进了学校晋级与学生成才的“多赢”。

敢于创新：掀起教研课改新风

“师者，人之模范也。”1995年，刘红伟大学毕业后被分配

刘红伟向建水县委书记周永瑜介绍学生科创活动情况　摄影：杨林

刘红伟检查指导学生科创作品　摄影：杨林

到建水第一中学任思想政治课教师。面对传统的教学模式，他大胆创新，激发学生学习动力，生动诠释了“师者为范”的责任担当。刘红伟带头探索出以“学生主讲、同学交流、教师引领”的“结构教学法”,不仅提升了学生成绩，而且在学校内掀起了教育科研之风，全校上下从跨学科到跨年级，教育科研工作呈现出蓬勃的发展态势。1999年，刘红伟担任高58届（1）班政治课教师，该班高考政治平均分达114分，班级学生王磊以134分夺取全州第一，3名学生获“红烟桃李奖”。2009年，他担任高三66届年级主任，3年的辛勤付出，换来了“红烟奖”获得人数、600分以上人数、一本上线人数和本科上线人数4个全州第一。

在刘红伟的履历上，不管担任班主任、文科综合备课组组长，还是年级支部书记、党政办公室副主任、德育处主任等职务，他依然执着于创新教学研究。先后开创了课间操“激情跑步”模式；在德育管理中首次推行了班主任“微课题式”教育反思，并组织汇编德育教育工作《省思集》范本；参与了《学校教育中的感恩教育实践研究》等多个课题研究，全面提升了学校的教育教学水平。

持续创新：续写教育新篇章

创新是一个民族进步的灵魂，是国家兴旺发达的不竭动力。在建水第一中学任教师期间，刘红伟科技创新思维与创新能力得到了全面展示，多项教科研课题为建水乃至全州教育事业增添了活力。而他个人，也被评为高级教师，并获得州“骨干教师”、省“优秀教师”等荣誉，2014年7月，被组织任命为建水建民中学校长。“科技创新无止境，作为校长，就必须勇担科教兴国重任。”担任校长后，刘红伟为自己确立了新的创新教育、创新教学目标，励志通过几年的努力，全面提升全校的教育教学质量。经过反复调研，他提出了“校长有思想，领导有担当，学校有文化，教师有平台，学生有发展”的治校理念，确立了“笃学力行”的校训，重树了“胸怀大气、行有锐气、做有骨气、法有灵气”的“建民精神”。

刘红伟告诉记者，在师资队伍建设方面，学校突出过程管理、强化集体备课，组织开展了《“三段五步”教学法实践研究》等课题的研究，形成了“教育科研课题化”“素质教育具体化”“德育工作系列化”的办学特色；加大科技硬件投入，成立了科技小制作与科技小发明小组，科技课题研究、信息技术创新与实践活动等小组，形成了学校“科技创新”与建水“古建筑博物馆”“民居博物院”等地方特色文化相融合的品牌效应。尤其是通过科技创新活动，先后有600多名学生在小发明、机器人、科幻绘画、网络中英文比赛、中文报刊比赛等项目中荣获国家级、省级一、二、三等奖，20多个科研课题荣获国家、省、州级奖励。学校先后荣获“中国青少年科技体验示范校”“全国中小学信息技术创新与实践活动先进单位和创新示范校”“云南省青少年科普教育示范校”等多项殊荣，学校的科技创新做法走在了全省县市级学校前列。

创新不止，未来可期

科技创新型人才引人注目。2020年3月，刘红伟被安排到建水六中任校长。面对突发疫情，他边组织全校做好疫情防控，边广集民智，着力打造书香校园，建设校园文化长廊，全面绿化美化校园环境、完善艺体教育教学设施设备、重建通用技术教室，打造阳光教室、建设学校大数据平台，引进“荷玛”全国著名教育培训机构培养艺体特长生，与上海知联会合作开展远程教学活动，开展科技创新课堂等活动，开阔师生视野，引进日语教学开展外语教学第二课程。令人称赞的是，今年7月，学校实现了高考成绩新突破与晋升为一级三等学校的“双丰收”。这仅是个起点，学校的未来将紧扣“立德树人，五育并举”的工作要求，全面推进素质教育。通过组建学校科创中心、学生社团活动中心持续推进学校的创新实践活动。实施精准教学改革和“1+N”教学方式的探索，打造学校特色，提升办学质量，促进学校健康、持续、稳步发展，刘红伟始终坚信建水六中的未来将会越来越好。

全国五一巾帼标兵——广东省肇庆市奥威斯实验小学校长张建华

投身杏坛三十载　心系育才硕果丰

“叮铃铃——”清脆的上课铃声响起，校园又恢复了往日的勃勃生机。刚刚被评为广东“最美教师”的肇庆市奥威斯实验小学校长张建华来不及感受这份自豪和喜悦，便再次投入到繁忙的教育教学工作当中。

“课堂上要精讲，我们要保证每节课都有质量……”略有闲暇的上午，张建华与年轻教师们围坐交流，分享探讨奥小“一校三区”共同优质发展的方向与思路——无论何时何地，张建华始终心系学生与学校的发展。从教30多年，她坚持以精益求精的工作态度和严谨实干的工作作风，在“更好地教育学生，推动学校更好地发展”的道路上不倦探索，诠释着奉献与表率，书写着敬业与担当。

2007年，肇庆市端州区城东片区公办小学严重不足的问题日益突出，片区孩子上学成为了当时广大家长们最大的“心病”。为解决孩子上学难问题，端州区决定在城东片区创办一所全日制公办小学奥威斯实验小学，张建华临危受命，接下了创办新校的重担。

奥威斯实验小学校长张建华

当时，开学在即，但新校却仍处于日夜不停赶进度的阶段，张建华看着手中从其他学校分流过来的一百多名学生名单，咬咬牙做了“大胆”的决定。她立即租赁了附近肇庆市女子学校的课室进行办学，一边紧锣密鼓地筹备部署开学工作，一边和同事买来墙漆、彩纸，对教室进行翻新粉刷和装饰。“临时租赁的学校活动不足，没有午餐，午休场所也不足，我们就努力想办法解决。”张建华说，没有午餐，她便和女子学校沟通，请学校饭堂帮忙给学生配餐；没有午休场所，她又跑去找学校宿舍借来多余的床板，每到午休时间便铺在教室里让学生午睡……

尽管张建华已与同事一起想方设法为学生创造了较好的学习环境，但许多家长仍然对此抱有疑虑，有人甚至考虑不让孩子入学。张建华了解情况后，不仅真情实感地给广大家长写了一封信，又将新学校的鸟瞰图打印出来，然后她和13位老师带着一张图、一封信，便挨家挨户登门，耐心诚恳地和家长沟通交流。在他们的不懈努力下，终于家长们转变了态度，开始全力支持学校的建设与发展。

不久，一所具有良好的社会美誉度和广泛的公众知名度的现代化品牌学校在城东片区拔地而起，张建华领着教师和学生大步踏上了新的发展道路。

肇庆市奥威斯实验小学诞生四年后，学校发展已是一派欣欣向荣。但当时端州区内还有一些单班单级的村办学校，不利于学生和教师的发展。张建华说：“刚好有几所学校都在奥小的周围，我想也许依托奥小能带动其他学校的发展。”恰逢端州区开展创建省教育强区活动，满怀对教育事业热忱的张建华主动请缨，申请把奥小作为第一所“一校多区”集团化办学试点，以“优质校+弱校”的方式，与相邻的三间村办麻雀学校“岩前小学、新华小学、东岗小学”实施合并，实行“一校四区”。

此前，肇庆从未有学校进行过这样大胆的尝试，作为“先行者”，奥小几乎没有能够借鉴参考的经验。校区规模急剧扩张、多校区分散、新老教师泾渭分明……“一校多区”所带来的种种管理与发展问题让张建华愁得夜夜睡不着，“教师队伍的打造、家长素质的提升等等都是我们遇到的大难题。”

但她始终没有气馁，张建华带着教师们处处“寻访名师”“探访名校”，请专家为学校发展把脉开方。经过不断学习经验，不断与团队深入交流探讨，再根据学校实际情况，张建华逐步探索出了一套具有奥小特色的管理模式——“一校四区”共享教育资源；实行“雁阵”管理，推进教师队伍工作精细化；打造“三维六步”教学模式，规范指导教师教学实践。此举有效激发了学校内部各方活力，推动“一校多区”规范、科学、自主发展。

然而挑战接踵而至。2017年，随着肇庆城市扩容，端州区学位需求严重紧缺，端州区决定扩建新华校区并改造一所技工学校为奥小景德校区。为了学校更好地发展，张建华多次组织家长动员会，又一次次登门与家长诚挚交心，终于获得家长的理解与支持，促推了新华校区的扩建和景德校区的改造顺利完成。

“几个校区合并后，学生水平不同，新老教师的教学能力也不同，我们开始思考一种新的教学模式。”依据多年坚守教育教学一线的丰富经验，张建华直面挑战，马不停蹄又领着教师团队开始逐步探索实施“课前备课、课中实施、课后诊断”三维整合，以六步教学为核心的“阳光生态课堂三维六步”教学范式。各校区教师集体备课，并按照教学范式进行课堂教学。

教学范式的构建无疑为奥小发展带来了十分积极的影响，既助力了各个校区教师的快速成长，有效提升了学校的教学水平和教学质量，更推动了奥小各校区的教育优质均衡发展。近年来，奥小一众教师在张建华的引导下同步发展，在参加国家、省、市等教学大赛时常常能收获令人欣喜的成绩。

投身杏坛三十载，张建华收获了硕果累累。除了新近被评为广东“最美教师”外，她还先后获得了“全国五一巾帼标兵”“广东省特级教师”“广东省南粤优秀教育工作者”“广东省教育系统优秀共产党员”“肇庆市西江第十二批拔尖人才‘西江名师’”“肇庆市人民教育家培养对象”等荣誉称号。

“这些荣耀都是学校教师和学生共同努力，用汗水浇灌而来的，并非我一人之功。”面对赞美，张建华说，所有的赞美和荣誉都将鞭策她继续前行，让她更加坚定“把学生放在第一位”的信念，加倍努力为了学生的发展、学生的健康成长继续奋斗。

工作剪影

全国人大代表、全国模范教师——甘肃省积石山县吹麻滩小学校长董彩云

“振兴乡村教育是我的初心”

董彩云在十三届全国人大二次会议上发言

董彩云，女，保安族，全国人大代表、甘肃省临夏回族自治州积石山保安族东乡族撒拉族自治县吹麻滩小学校长。2019 年 9 月被人力资源和社会保障部、教育部授予“全国模范教师”称号，享受省部级表彰奖励获得者待遇。

2021 年 2 月 25 日，全国脱贫攻坚总结表彰大会在京召开，习近平总书记庄严宣告我国脱贫攻坚战取得全面胜利。那一天，远在大西北，守在电视机前收看大会的董彩云激动不已：“脱贫了，但这不是终点，我还要继续努力，为贫困地区教育发展建言献策。”

身为全国人大代表的董彩云是甘肃省临夏回族自治州积石山保安族东乡族撒拉族自治县吹麻滩小学校长。她始终把代表作为一份责任而非荣誉、一种使命而非称号，始终不忘自己“教育工作者”和“群众代言人”的双重身份，坚持为乡村教育发声，为基层群众代言。

1989 年，董彩云从某师范学校毕业后，成为积石山县一名人民教师。30 年的教学经历使她深知，对教育基础条件薄弱的甘肃来说，中小学农村教育尤为重要。

董彩云是全国模范教师、甘肃省“陇原名师”，一直工作在基层教育一线。“我们经常组织工作室骨干教师到全州薄弱学校开展‘送课’活动。”她说。过去一年来，董彩云先后走进临夏州多所山区小学，送去课堂教学和班级管理的先进经验，助力少数民族贫困地区教育脱贫。

2018 年当选为第十三届全国人大代表后，董彩云获得了为乡村教育发声的新平台。她积极呼吁有关部门关注甘肃落后地区的基础设施建设，提高经济发展水平，为教育发展创造有利条件。

“作为从事基层教育工作的少数民族代表，能在北京向总书记汇报贫困地区的教育情况，让更多人了解和关注临夏，我倍感珍惜和荣幸。”董彩云说。

近几年，董彩云把通过走访调研写成的建议带上全国两会，她提出或参与提出的许多建议都得到了相关部门的积极回应，也帮助解决了不少问题，这让她有了满满的收获感。

2019 年 3 月 7 日，习近平总书记参加甘肃团审议讨论时，董彩云提出“关于请求支持临夏至大河家高速公路建设项目”建议，得到了总书记关心。目前，这条路将在 2022 年底建成通车，积石山县将彻底告别不通高速的历史，打开了临夏向西的对外大通道、加速了融入兰西城市群的步伐。这是一条名副其实的发展致富路、民族团结路、生态观光路、幸福小康路。

董彩云曾在 2020 年全国两会期间建议，把应对突发公众卫生安全事件相关法律、传染病防治法以及我国在抗击疫情中积累的科学方法等知识，补充到中小学健康教育的相关教材中，以提高中小学生对公共卫生问题的认识，增强防范能力。目前，这项建议已得到教育部的答复并在落实之中。

董彩云还曾建议增加“985”“211”高校的贫困地区定向招生指标，为民族贫困地区培养更多的本土人才与师资力量。董彩云表示，这几年来我国经济社会发展取得很大成就，中小学教育基础设施也有了很大改善，国家出台了一系列关于基础教育的制度和措施，这坚定了她为民族地区教育发展建言献策的决心。

“2021 年两会，我提交的建议中，有一条是关于推进农村学前教育儿童营养改善计划的。希望这些建议能得到积极回应，为家乡教育事业添砖加瓦。”董彩云说。作为一名基层教育工作者，她在走访中了解到，学前儿童的营养摄入品种比较单一，对身体成长有

左图为董彩云到东乡县开展送教活动；右上图为北京师范大学陈向明教授来吹麻滩小学指导教学工作；右下图为董彩云在临夏州科研成果应用推广会上做交流 摄影：石鹏鹏

一定影响。因此，她建议，在家庭承担基本生活费用的基础上，为农村学前教育儿童提供适当的营养膳食补助。她说，教育能影响孩子一生，一个孩子可以带动一个家庭，家庭又能影响到全社会的发展。

“教育对于深度贫困地区的孩子尤为重要，脱贫攻坚既要扶智又要扶志。”作为一名基层教育工作者，董彩云认为，发展教育事业，加大对贫困地区、贫困人口的教育扶持力度，是挖穷根的根本举措之一。

“治贫先治愚，扶贫先扶智。通过教育扶贫，能够最大限度消除贫困。振兴乡村教育是我的初心。”董彩云告诉记者。

几年前，“陇原名师董彩云小学语文工作室”成立，董彩云通过开展专题讲座、名师对话、课题研究、教学研讨等活动，提升了工作室研修成员和积石山县骨干教师的语文专业素养和教学研究水平，培养了一批素质优良、业务精湛、甘于奉献、扎根乡村的青年骨干教师。

近年来，党中央对民族贫困地区教育事业高度重视，并在政策、资金等方面给予极大倾斜，教育水平逐年提高。董彩云告诉记者：“现在临夏各个学校都有宽敞的教室和先进的教学设备，教学条件有了很大改善，教学质量也有所提升，城乡之间的教育水平差距在不断缩小。希望国家继续关注民族地区的教育事业发展。”

乡村振兴离不开乡村人才振兴，乡村人才振兴离不开乡村教育振兴，构建优质均衡的基本公共教育服务体系对乡村教育意义重大。

“近年来，乡村教育取得长足发展，但乡村教师素质仍需进一步提高。”董彩云告诉记者，只有让更多教育资源向农村倾斜，推进城乡基本公共教育服务均等化才能真正实现。

董彩云告诉记者，总书记说“要咬定目标不放松”，这让她感受特别深刻。她的目标是让每一个孩子都能接受高质量的教育，享受公平的教育资源，长大以后为社会做贡献；多培养青年人，让他们学成归来、助力家乡发展，加快民族地区群众走向富裕的步伐，和全国各民族一道奔向全面小康。

作者：石鹏鹏

全国优秀教育工作者——东北师范大学人文学院董事长、教授穆树源

不忘育人初心　勇立时代潮头

穆树源近照　摄影：解克兢

链接：穆树源，1936年3月出生，1956年至1996年在东北师范大学外语系工作，1985年评为副教授，1991年评为教授，中共党员。现任吉林省对外语言文化交流中心常务理事长，吉林省鹳源国际生物工程有限公司董事长，吉林省外语学会名誉顾问，全国俄罗斯文学研究会理事，东北师范大学人文学院董事长。荣获中国成人教育协会“民办高等教育创业奖”“全省优秀教育工作者”。十八大以来，又先后获得长春市“老有所为十佳人物”、中国老教授协会“开拓进取为人师表先进个人”、吉林省“优秀共产党员”等荣誉称号。

东北师范大学人文学院是吉林省创办最早的一所民办大学。穆树源作为创始人，从1988年办学以来，带领学校走过了32年不平凡而又成果显赫的发展之路。特别是近年来，学校坚持以习近平新时代中国特色社会主义思想为指导，把办好人民满意的教育作为庄严使命，全面贯彻党的教育方针，自觉践行党的宗旨，永葆党员先进本色，以共产党员的博大胸怀和对党的无限忠诚，竭诚奉献，锐意进取，开创了民办高等教育和福祉养老事业的新局面，学校全面建设硕果盈枝，社会影响不断扩大，成为中国一流独立学院。穆树源作为新时代模范共产党员的典型代表，受到社会和学校师生的广泛赞誉。

坚定信念，对党忠诚

“讲政治、有信念”是共产党员党性的核心要素，也是作为一名党员的首要标准和第一要求。穆树源具有坚定的理想信念，他带头学习习近平新时代中国特色社会主义思想和党的路线方针政策，经常与身边同志进行理论探讨，并付诸办学实践。

在办学过程中，他不忘初心，心中有党，肩上有责，自觉忠诚党和人民的教育事业，始终坚持公益办学的方向，坚持兴学为民的宗旨，坚持创办一流民办大学的信念不动摇，不搞家族式管理，不以营利为目的。他说，学校可以有公办民办之分，但是党的事业不分公办民办。无论是公办高校还是民办高校，都要在党的领导下，为国家和社会培养德智体美劳全面发展的优秀人才。他认为，民办高校更要加强党的领导，没有党员的模范作用不行，没有党的基层组织保证不行，没有党委的政治领导核心不行。越是民办高校，越要重视加强党的建设工作。他亲自确定全体党委委员为校务委员会成员，参与学校重大决策，发挥党委在重大问题决策中的作用。他重视纪检监察工作，成立监察处和审计处，由纪委书记牵头，协同开展党纪检查、行政监察、工作督导。在他的重视下，学校党政班子勠力同心，密切合作，有力地推动了学校建设。

为推动“三全育人”，构建党建和思政工作新格局，2018年以来，他专门设立了董事长党建思政专项资金20万元，支持党委打造“党建思政融合共同体”这一特色品牌，形成了以思政课程与课程思政为两翼的“一体两翼”党建思政融合共同体。2019年学校被省委教育工委和省教育厅确定为“三全育人”综合改革试点高校。学校与东北师大联合创作的话剧《郑德荣》作为高雅艺术进校园剧目，在全省高校巡演20余场次，被教育部列入“高校原创文化精品推广行动计划”，获批“全国民办学校首批党建特色建设项目”。

牢记宗旨，为民解忧

“作为一名共产党员，就要始终牢记全心全意为人民服务的宗旨，把党和人民的需要放在最重要的位置。”穆树源永葆党的先进本色，不畏艰难，敢为人先，勇于创新，在民办教育事业上用众多

向着新的发展目标出发　摄影：解克兢

第一，书写了不平凡的教育人生，创造了教育和社会事业发展的“五个第一”：第一个在全省举办高考助学班；第一个在全省创办了民办文化交流团体；第一个创办了省属外向型民办高校；第一个申办本科福祉类专业，在全国首创“六位一体”的老年福祉事业；第一个在全省创办了福祉技师学院。

1988 年，高中毕业生高考之路异常艰难。作为民办高等教育的先行者，穆树源敏锐地感到，“千军万马过独木桥”难以适应国家现代化建设对人才的需求。他以振兴中国民办高等教育为己任，以敢为人先的勇气和胆识，开始了民办教育的发展历程，创办了吉林省对外语言文化交流中心。在此基础上，1991 年创立了吉林国际语言文化学院；2001 年创办了吉林对外经贸职业学院；2004 年创办了东北师范大学人文学院。办学 32 年来，为国家和社会培养了近 4 万名优秀毕业生，学校已成为中国知名独立学院。在 2018 年教育部高校招生阳光工程平台发布考生最满意高校名单中，学校综合满意率位居吉林省第四名。

进入 21 世纪，中国“银发浪潮”快速到来。穆树源深刻地感到，由于中国养老专门机构人才匮乏，急需培养一批福祉养老专业人才。他不顾年迈体弱和病痛，带着共产党员的强烈责任意识，赴国内外养老机构和高校考察调研，了解福祉事业现状和未来发展情况，决定把福祉养老教育和国家需要融合在一起，为国家和社会培养急需的福祉专业人才。经过努力，2009 年 5 月，中国社会化养老东北教育基地落户学校。2010 年学校成立福祉研究所，探索社会福祉问题现状、趋势及其解决途径等方面的研究；成立了福祉学院，开设了福祉方向本科教育。之后，成立长春市人文福祉职业技术培训学校、吉林省老年福祉研究会。2016 年成立吉林省福祉技师学院，培养更具专业性、针对性和实用性的福祉养老事业人才。2018 年 3 月成立福祉学部，以学科建设为抓手，形成了福祉本科教育、福祉研究、社会化养老实训基地、福祉从业人员培训基地、福祉文化培养与传播等“六位一体”的养老教育模式。

2020 年 7 月，为突出福祉办学特色，穆树源经过慎重考虑，对福祉事业布局进行重新调整，整合成立了福祉研究院、社会福祉学院、健康福祉学院、护理福祉学院、儿童福祉学院、福祉实训中心、吉林省福祉技师学院、长春市人文福祉职业技术培训学校，充实了教学科研骨干力量。目前，学校拥有吉林省社会福祉研究基地、吉林省老年社会问题研究中心、吉林省养老事业与产业发展智库、吉林省老年服务与管理人才培养模式创新实验区，还有吉林省“十二五”特色专业建设点、省级教学名师和优秀团队、省级精品课程和优秀课程、吉林省大学生校外实践教育基地等。“养老服务与管理专业集群”被批准为首批吉林省地方本科高校转型发展试点。学校与吉林省民政部门签署政教合作战略框架协议，共同开辟新时代民生福祉事业人才培养“绿色通道”；学校已成为吉林省乃至全国福祉养老事业发展的“智囊团”“思想库”和“人才输送基地”。

甘于奉献，两袖清风

“作为一名共产党员，就要从自身做起，廉洁用权，自觉做遵纪守法的模范”。穆树源始终保持共产党人的政治本色，坚持原则，秉公办事，从不越过红线，心中装着社会和他人，唯独没有自己。学校教职工家庭有困难，他就慷慨解囊。学生遇到困难，他就倾注爱心，爱生如子，经常拿出自己钱物送给贫困师生。

2008 年 5 月，四川省汶川地区发生里氏 8.0 级强烈地震，穆树源先后两次捐款并交纳特殊党费 13000 元。在他的带动下，全校师生两次捐款 70 余万元。2010 年，他又带头为吉林省受灾地区捐款 2 万元。2019 年，学校有 3 名教职工身患大病住院，他为每人拿出 5 万元用于医疗补助。他把办学与解决教职工生活、就业、福利待遇等问题结合起来，做到了为民谋利、为民解忧、为民所用。他还提议学校设立“特困优秀学生奖学金”，建立“特困学生基金”。

办学 32 年来，穆树源从没拿过奖金，按月领取工资，把节省的资金全部投到学校建设上。他从未接受过师生和他人赠送的任何礼物，就连国际友人馈赠的纪念品，也都捐献给学校校史馆。他任人唯贤，崇尚实干，培养重用优秀青年骨干。近 5 年来，学校有 30 名青年教师晋升为教授副教授，有 40 余名优秀管理人员晋升为处级和科级职位，有 5 名优秀行政人员和优秀教师进入学校领导班子和校长助理行列，全部都是经过认真筛选，严格把关评选出来的，做到了公开公正公平。2015 年是他 80 大寿，他不搞寿庆活动，不接受任何人祝寿，以实际行动展示了一名老党员的高风亮节和廉洁自律情怀，受到师生广泛赞誉。

在他的影响下，学校每年有千余名学生获得全国和省级奖励，涌现出一批奥运会和亚运会志愿者、“感动吉林十大人物”“吉林省优秀教师”“吉林省优秀党务工作者”“吉林省优秀共产党员”“吉林好人”“吉林省百优大学生”等一大批先进典型。

生命不息，奋斗不止

“人生是短暂的，只有奋斗才能更好地把握今天，迎接辉煌的明天”。穆树源是在和疾病作斗争的过程中把学校办起来的。他 52 岁那年，创办了民办高等教育。58 岁的时候患了淋巴癌。2004 年在创办东北师范大学人文学院过程中，又患上了股骨头坏死。他没有被病魔所吓倒，拄着拐杖坚持到校工作。2015 年，80 岁的他股骨头手术后，病未痊愈，就来到学校主持工作。作为一名共产党员，一个八旬老人，他始终坚守共产党人的精神家园，忘我奋斗，勤奋工作，从来没有节假日休息日，始终为学校建设发展和人才培养殚精竭虑，按照党和人民的需要，勾画着学校的美好蓝图，使学校办学规模不断扩大，社会影响不断提升。如今，穆树源虽已耄耋之年，并没有放弃对党的教育事业和老年福祉教育事业的热爱。他全身倾注，呕心沥血，挺立前行，使福祉本科教育成为国内首创。正是基于这种无私奉献、奋斗不止的拼搏精神，推动了学校快速发展。目前，学校拥有国家特色专业建设点、省高校“十二五”本科特色专业、省教学改革建设试点专业、省高校工程研究中心、省级实验教学示范中心建设单位、省高校人才培养模式创新实验区和国家“专业综合改革试点”，被省教育厅认定为“国家中小学教师培训计划”项目承担院校，是全省唯一承担“国培计划”的民办高校。2006 年以来，应届毕业生考取研究生的比例一直位于全省同类高校前列；2008 年以来，毕业生平均就业率超过 90%，学校两次荣获吉林省“就业管理工作先进集体”。近年来，学校在全国 23 个省市区招生，生源数量稳定质量高，新生报到率达 97.57%，进入学校深造已成为许多大学生的第一选择。

“老骥伏枥，志在千里；烈士暮年，壮心不已。”穆树源竭诚奉献和付出，换来了学校全面建设硕果累累。在吉林省民办非企业规范化建设评估中，学校被评为 5A 等级，名列 9 个 5A 等级社会组织榜首。学校先后被中国民办教育协会高等教育专业委员会评为“中国民办高等教育优秀院校”，被长春市评为“创建全国文明城市先进单位”“长春市文明单位”“长春市模范集体”。在中国独立学院排行中，学校连续多年位居东北四省区前列。

目前，穆树源按照学校新的发展规划，在开启新时代创建国内具有鲜明特色的应用型一流民办大学的发展征程上继续前行……

作者：付宏政、解克兢

全省先进工作者——青海省核工业地质局青海工程勘察院院长郭岐山

“野外院长”

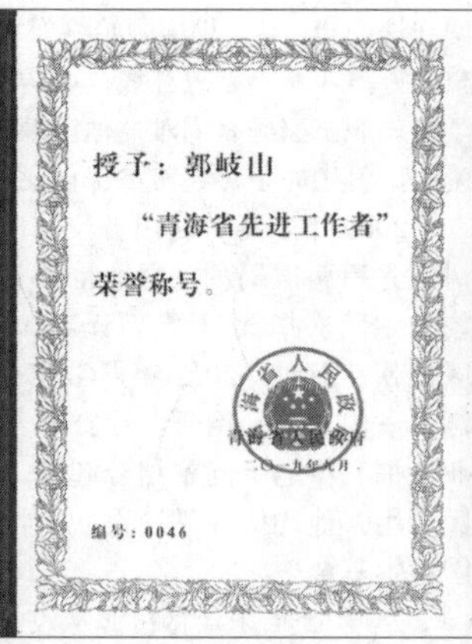
授予：郭岐山
“青海省先进工作者”
荣誉称号。
编号：0046

院长郭岐山被授予“青海省先进工作者”荣誉称号

郭岐山会同乐都区相关部门进行碾伯镇堰塞湖现场调查　摄影：马清华

在领导眼中，他是喜欢“冲锋陷阵”，为了搞好业务常年跑一线的“野外院长”；在职工心中，他是靠得住、技术过硬的“优秀院长”。他就是青海省核工业地质局青海工程勘察院院长郭岐山，2019 年被授予青海省先进工作者荣誉称号。

“野外院长”的初心

1990 年 7 月从核工业地质学校毕业后，郭岐山长期奔波在野外地质工作一线，一步一个脚印从基层干起，成长为一名集技术、市场、行政、管理等能力于一身的优秀基层带头人。“他始终坚守脚踏实地搞地质服务的初心，始终不忘地质为民系民的使命，始终坚守地质工作质量关乎百姓生命财产安全的底线和责任。”综合办公室的马青莲说。

每一个项目从立项、设计、审查、施工、监理、检查、验收到最终提交，郭岐山和他的团队都一次次实地踏勘，严格按照技术规范标准，及时处理各种疑难工程地质问题，完成了一个又一个“让自己放心、让服务对象满意”的项目和工程。

郭岐山很少待在办公室，而是在各个项目间检查指导。2014 年担任院长以后，他还是不改跑野外的“本行”，甚至是“有过之而无不及”。2019 年杂多至西藏的公路勘察项目中，郭岐山白天到海拔 5000 米的地方进行勘察，晚上睡在海拔 4800 多米的项目部，睡下后不到一小时就得起来坐一会儿。针对项目遇到的难题，他还是会克服各种身体不适到现场再追索、再研究，还是会陪着年轻的技术人员翻山越岭到实地指导。

“虽然已到知命之年，身体大不如以往，有时候到高海拔项目部时明显能感觉到力不从心，但我还是要坚持。”郭岐山如是说。

“冲锋在前”的干劲

“郭岐山爱往一线冲的这股拼劲，给我感触最深。2006 年，院里承担了柴木铁路勘查工作，当地海拔高、冻土层厚、交通不便、没有信号，条件非常艰苦，郭岐山带头扛水泥、拉钻机，遇到难题总是第一个往前冲。”说起郭岐山，岩土部主任仇毓武说。

2010 年青海玉树“4·14”地震后，郭岐山组织车辆物资和人员连夜赶赴灾区。到达现场后，他立刻投入地质灾害应急排查工作中，对震区的灾情进行监测记录，为灾情预警和灾害治理收集第一手资料。“震后滚石和山体滑坡等次生灾害对当地居民造成巨大威胁，我必须深入灾区，开展震后次生灾害监测、地质灾害危险性评估并疏导居民撤离灾区。”郭岐山说。灾后重建时，他又带队全身心投入地质灾害防治工程中，为灾后新玉树建设做了大量工作。

“拼命院长”称号的由来，正是源自郭岐山这种浑然忘我、甘于奉献的工作精神。2000 年，他在野外工地上突发急性阑尾炎；2019 年，又是在野外检查工作期间，郭岐山身体突发不适，住院检查后做了胆囊切除术。手术后的第三天，因为德令哈土地整理项目有一部分工作急需解决，他从病房悄悄跑到单位，工作结束后疼得他坐在办公椅上缓不过劲，同事们赶紧把他送到医院。到医院后被主治大夫一顿“臭骂”，他却笑嘻嘻说就是想到院子里散步而已。

“以身作则”的坚持

“郭院长专业能力强，技术过硬，他以身作则，率先垂范，是我们学习的榜样。”审图中心主任郝丽红说。

自2000年以来，郭岐山凭借多年扎实的技术功底和敏锐的市场眼光，带领职工积极投身青海省民生工程的市场，累计实施机场、道路、市政、水文、地灾等各领域工勘项目千余项，在地质灾害治理工程、矿山地质环境恢复治理、土地整理、工勘检测试验等领域得到了长足发展，多次获得国家级及省部级优秀工程勘察奖，被评为全国先进工程勘察设计企业。

说起每一次转型发展的尝试，郭岐山如数家珍：西宁市南川东路滑坡治理工程、黄河谷地百万亩土地整理、祁连卡力岗村泥石流灾害治理工程、环青海湖采砂坑修复、德令哈土地整理等，在当下地勘经济转型发展阶段，这些业务为加快青海工程勘察院持续推进地质绿色产业链高质量发展作出了突出贡献。“我们最近完成的德令哈市蓄集乡浩特茶汉村土地整治项目，通过将荒漠化草原改造成高标准农田，使德令哈市在增加耕地2.4万亩的同时，区域生态环境也得以改善，被当地政府评价为‘实现了当地土地整治生态效益和经济效益双赢’，得到了他们的充分认可。”

全国先进工作者——石家庄市农林科学研究院院长田国英

做一粒促进农业发展的“好种子”

田国英（右二）带领大豆育种创新团队在田间考察　摄影：康会敏

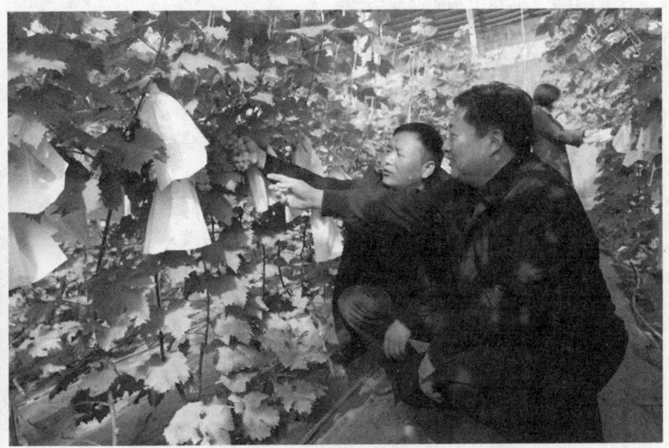

田国英（前右）深入示范基地现场指导　摄影：李杰

链接：石家庄市农林科学研究院建有国家、省市级科技平台48个，其中国家级16个、省级17个；拥有“一园两场三站”总面积3000余亩的高标准试验基地。设有博士后科研工作站和院士工作站，2015年被认定为国际科技合作基地。2016年被授予“全国绿化模范单位”，2018年获得“河北省五一劳动奖状”；连续26年被市委、市政府评为“市级文明单位”；连续22年被省委、省政府授予“河北省文明单位”；2015年被中央文明委授予“全国文明单位”称号。

近日，在河北省石家庄市农科院的农业信息化技术创新中心，院长田国英通过眼前的远程监控系统，仔细查看着赵县实验基地大棚里的农作物生长情况，在确定没有出现特殊状况后，才放心离去。

用他的话说：“实验田里的每种农作物，在未来都可能成为促进农业发展的种子。”

事实上，在熟悉他的人眼里，他其实就是一粒促进农业发展的“种子”。这粒“种子”，把自己的大半辈子奉献给了农业，他以敬业和奉献精神，带领着市农科院科研人员致力农业科研创新和技术推广工作，研究出多项技术成果，为石家庄乃至全省农业发展做出了突出贡献。

改革增添活力，科研硕果累累

“民以食为天，国以粮为安”，在我国农业是国民经济的基础。田国英担任院长以来，守正创新，担当作为，始终把促进农业高质量发展作为工作目标。经过多年经验的积累和实践，他带领全院不断探索农业创新驱动发展的新路径。

上任伊始，面对蔬菜所并入、实体单位人员脱钩、赵县实验基地上划等一系列人员和机构上的变化，田国英毅然在全院进行创新改革，注重人才引进、培养和使用，鼓励全体人员竞争上岗，并建立健全组织架构和规章制度，制定出台了石家庄市农林科学研究院《促进科技成果转化暂行办法》《科技成果奖励办法》《科企合作科技人才兼职取酬与成果权益分配管理办法》三项制度。出台制度如同往地里施肥，缓释药效一步步释放，在全院迅速形成了浓厚的比学赶超的学术氛围。

在制度的激励下，近年来，石家庄市农科院转让农作物新品种26个，落实成果转化收入分配377.3万元，落实科技成果奖励33.9万元，年推广科技成果近50项，转化应用面积1000余万亩。同时，该院将科技服务作为职称评定的重要量化标准，通过组建科技服务团队，开展“院地共建”打造示范基地，多名科技人员荣获“河北省优秀科技特派员”称号。

据统计，“十三五”以来，石家庄市农科院累计取得258项科研成果，科技成果获奖33项次，其中省部级奖励17项次。石家庄市农科院已成为支撑石家庄市农业高质量发展的重要科技力量。

2014年10月，赵春江院士（前左）来院举行签约合作仪式 摄影：杨英茹

发展新兴学科，加快创新步伐

近年来，随着农业现代化步伐加快、农业供给侧结构性调整加速，以及城镇化发展带来的农村劳动力短缺，发展信息化农业成为必然。田国英深刻认识到，作为一个市级农业科研院所，不能只注重传统小麦、棉花、玉米三大作物的课题研究，要努力在经济作物和农业信息化方面快速发展，以更好地服务三农。

为弥补短板，田国英带领相关科研人员，借助京津冀协同发展的契机，针对市农业和农村信息化建设的重大需求，积极和北京农科院北京农业信息技术研究中心联系并寻求合作。

2014年，在田国英的积极跑办下，石家庄市农科院和北京农业信息技术研究中心签订了框架合作协议，联合组建了“互联网+现代农业联合工作站”，北京专家开始对市农科院的相关人员进行细致的帮扶。2017年京石两地共同打造了“赵县现代农业园区农业物联网综合示范基地”，2018年联合共建“石家庄市农业信息化工程技术研究中心”，2020年建立了“国家农业信息化工程技术研究中心石家庄创新示范基地”。经过近年来的发展，市农科院信息化技术已经在省内处于领先地位。

“通过人才引进、对外合作、争取项目，调整科研方向，巩固传统优势学科，发展新兴特色学科是近年来市农科院发展的主要方向。”田国英告诉记者。

经过多年交流发展，如今除了保持小麦、棉花等优势学科基础，市农科院在蔬菜、油料、马铃薯、特色花卉、特色畜牧、农业信息化等研究方向上也取得长足发展。该院已经形成了19个具有较强竞争优势的学科团队，拥有国家、省市级创新平台48个。与国内外10余家科研院所、高校建立了紧密合作关系。

近年来，石家庄市农科院以科技创新为抓手，聚集科技创新能力，深度融入京津冀协同发展战略，与京津两地农科院同心同向，协同协作不断升级，先后有中国科学院、中国农科院、北京市农科院、天津市农科院等15家科研单位、26个科研团队落户赵县基地，为推动我市农业供给侧结构性改革提供有力支撑，为乡村振兴提供了人才和技术保障，使京津冀三地农业一体化高质量发展迈向新台阶。

创新服务形式，科技惠及于民

在石家庄市农科院工作的数年中，田国英把科技创新的使命扛在肩上、抓住手上，谋富民之策、行惠民之举，他不仅带领科研人员做项目，更是把大家带到田间地头上，为广大农民做好服务。

“农业的发展离不开广大农民，市农科院除了搞研究，更是要把目光投向农民。要为他们答疑解惑，提供相关的技术支持。”田国英说。

近年来，石家庄市农科院通过每年开展的“农业推广农业技术推广年”“科技对接‘五个一’工程”“农业科技服务专项”“科技示范村建设”等，组建科技服务团队、有效精准对接经营主体、创新设立科技服务体系等，有效发挥出了农业科研院所在农业科技服务社会化方面的积极作用，成为服务我市现代农业发展和乡村振兴战略的一支核心科技力量。

围绕农科院公益职能，田国英瞄准农业发展中的瓶颈，瞄准生产中的难题，瞄准广大农民的需求，组织科技人员深入基层调研为科研选题，科研为富民解难，积极鼓励发动优秀学科带头人建立了农业推广服务体系，制定科技创新助力乡村振兴实施方案，发起成立了新型经营组织科技服务联盟，启动三个科技示范村的高标准建设，采用“科学研究+龙头企业+新型经营组织+农户”的农业产业化发展模式，促进了70余家种养殖业、农产品加工和一二三产业的融合发展。

同时，还组建了60人的“农业科技专家服务团”，通过结合“新型职业农民培育”“基层农技人员培训”等项目，开展新成果、新技术的示范、推广，每年建设示范田5万亩以上，人均指导农户6人次以上，组织服务60多次，受培训人员10万多人次，新品种、新技术年均推广面积超过1500万亩。

为解决农业技术推广“最后一公里”的难题，田国英紧紧围绕省会现代农业需要，确定科研立题，他主持的“石家庄农村科技信息服务村村通工程”，创新了农村科技信息传播新模式，在全国属于首创，典型经验多次被《人民日报》和中央电视台报道。

近五年，田国英获得省部级科技奖励7项，获得专利12项，软件著作权6项，编写省市技术规程4项。先后被评为“石家庄市劳动模范”“石家庄市高层次人才”“石家庄市科技领军人物”“全省优秀党务工作者”“河北省科技管理先进工作者”“河北省优秀科技工作者”“河北省省管优秀专家”“全国农业先进工作者”“国务院特殊津贴专家”等荣誉称号。

路漫漫其修远兮，吾将上下而求索。田国英坦言，此次获得“全国先进工作者”是对他下一步工作的鞭策和鼓励，他将继续在农业科研和服务领域不断创新，为石家庄农业高质量发展和乡村振兴做出应有的贡献。

作者：岳金宏

江西省首届“爱粮节粮”之星——贵溪市粮油质量监督检验中心主任、贵溪国家粮食储备库党支部书记、主任毕智卫

仓廪万担粮 粒粒在心头

毕智卫近照 摄影：张志农

毕智卫（左）在粮仓检测稻谷 摄影：张志农

链接：毕智卫，男，汉族，1963年4月出生，大学文化，中共党员。现任贵溪市粮油质量监督检验中心主任、贵溪国家粮食储备库党支部书记、主任。曾连续11年被评为贵溪市粮食局先进工作者，曾荣获鹰潭市粮食局先进工作者、贵溪市粮食局优秀企业法人、优秀党务工作者等殊荣，2017年10月被授予江西省首届“爱粮节粮”之星。所带领过的单位均多次被评为优秀党支部和先进单位。

今年56岁的毕智卫，中等敦实的男子汉，说话爽言快语，办事练达干脆。现任江西贵溪国家粮食储备库、党支部书记、市粮油质检中心主任。

参加工作41年来，毕智卫一直奋战在粮食工作第一线，他“身不离仓、心不离粮”，在平凡的岗位上做出了不平凡的业绩，先后30多次被上级评为先进工作者，前不久又荣获江西省首届“爱粮节粮之星”殊荣。

爱粮节粮不愧“星”

他当保管员17年，所管粮食无损失。1979年，16岁的毕智卫参加工作，担任粮油付货员。站上“三尺”柜台，毕智卫铭记领导教诲，把柜台内的米、面、油摆列得整齐有序，养成了爱粮节粮的好习惯。1982年担任粮仓保管员，毕智卫深知粮食储存事关国家粮食安全又关乎企业效益。因此，每季收粮前，毕智卫首先对仓库内外杀菌消毒，搞好清洁卫生，不留陈粮、霉粮和虫害死角，确保新粮入库安全。保粮过程中，他铭记“宁流千滴汗，不损一粒粮”的粮训，勤进仓库查粮情，勤扒粮面降粮温，一干就是17年。17年中，经他保管的粮食达1.5亿多公斤，没有发生一斤亏损和质量安全事故，从未有过霉粮、少粮、坏粮现象发生。他保管的粮食总是比市价每百市斤高出1—2元出售，成为仓储工作的标兵。

毕智卫当法人22年，减损粮食10多万公斤。1998年起，毕智卫先后到大塘、河潭等5个粮管所（库）当所长（主任）。22年来，每季收粮结束，他都带领全体职工自己动手，将清杂下来的瘪谷进行再次清理过风，将好谷子“提炼”出来，减少了粮食浪费6万多公斤。22年来，他始终把粮食保管列为重中之重，注重改造仓库改善仓储设施。2014年在周坊粮管所，毕智卫积极向上级申请资金150余万元，对11幢5500吨仓库（容量）进行屋顶、外墙、门窗等翻新改造，确保至少5万公斤粮食储存不受损失。

随着经营量的不断扩大，旧的仓储技术、老的保管方法已不再适应新的要求。毕智卫不断探索研究储粮新技术，近3年来，他试验、推广多项科学储粮新技术，组织编写《粮食保管一年早须知》，为安全保粮打下了坚实的基础。

全力打造中心库

江西贵溪国家粮食储备库坐落在柏里工业区，是我市国有粮食购销企业的一个中心粮库。2016年，毕智卫调任该库主任兼党支部书记。他，决心全力打造好中心粮库！

坚持带好班子，打造一支过硬的党员队伍。毕智卫身为“班长”，身先士卒，勇于担当作为，首次在收粮保粮、检斤验质、结算付款等岗位上设立“党员先锋”岗，引导共产党员创先争优，收到良好效果。

坚持管理创新，打造标准化的中心粮库。2017年以来，毕智卫坚持管理创新，努力打造标准化中心粮库。一是完善企业管理制度。该库5.5万余吨仓容“高仓满储”，年均储粮4万吨，为使保粮安全，完善了《定期进仓查粮制度》和《粮情检测制度》；二是创新收粮方式。2017年首次实行“一卡通”收粮，为把好粮食入库关，该库完善制定《检斤验质制度》，从刷卡—验质—称重—卸粮—称重扣皮—结算—刷卡付款等实行“一条龙”操作；三是严格遵循《诚信经营守则》，收购早稻0.45万吨付款1150多万元、中晚稻0.47万吨付款9430余万元，做到了当即收粮当即付款，毫无差错，既节约了收粮成本，又方便了售粮群众，且资金“双保险”、很安全。

毕智卫还将该库5座高大平房仓，按照高科技、低能耗、品质保鲜标准，进行了全面绿色（氮气）改造，并根据粮库智能化升级要求，有效集成、整合各系统业务数据，形成实时监控，使之成为与省、市、县平台系统信息互联互通的绿色智慧粮库。

重整新装再出发

2017年，贵溪市成立粮油质量监督检验中心，毕智卫受命担任中心主任。他，重整新装再出发！

为完善检验体系提升保障水平，毕智卫从健全粮油质检机构入手。按照“机构成网络，监测全覆盖”的要求，配备配齐专业技术人员，同时在全市乡镇建立7个粮油品质测报点，在15家粮油示范企业建立健全粮油质量监测室。配齐必要的检验设施，重点开展重金属、农药残留、真菌霉毒素等有害物质的检测，从而改变了过去对粮油质量单一的常规检验技术。

建设粮油质检中心，添置设施设备，毕智卫从规范招投标手续

入手。编制资格预审，制作招投标文件，发布招投标公告、抽取专家、对招投标文件进行评审等各个环节严格执行有关规定和程序，全部项目由网上报名、公开招标。在实施过程中，他日夜在施工现场认真监督管理，遇有问题及时请教、整改，确保工程顺利验收过关，最终在原江西省粮食局专家和第三方考核验收中以91分的好成绩，获得全省第一名，赢得各级和专家人员的一致好评。

做好粮食质量与原粮卫生监管，毕智卫从完善检验检测设施入手。2018年投资600多万元，建成面积达650余平方米的标准化、规范化、专业化实验室，并拥有高效液相联用仪、原子吸收光谱仪、原子荧光光度计等各类国内外先进的检测分析仪器设备共59台（套）及采样快检专用车一辆等技术装备。现在，该中心完全胜任全市每年26万吨各种性质储备粮食质量品质检验；胜任全市63万余亩稻田的早晚稻收获环节的粮食质量安全调查和品质测报，收购入库环节的质量把关检验，储存环节的抽查检验，销售出库环节及超期储存粮食品质检验，对成品销售、军供、救灾粮等实行随机抽检和跟踪抽检。

搞好粮油质量监督检测服务，毕智卫率领中心人员主动作为。2018年以来为全市国有、民营粮食企业和农户上门免费检测近2000批次，积极配合省粮油质量监督监测中心开展收获粮食的品质测报和质量调查工作及原始样品转送，并协助省检测中心完成粮食相关的各种检测任务。通过开展粮食质量检测和信息服务，打造贵溪“中国好粮油”品牌，促进了老百姓粮油消费升级，促进了农民增产增收。全市农民种植优质粮油品率由2017年的26%，提高到2019年的30%；优质粮油种植面积由2017年的40万亩提高到2019年45万亩；优质粮油产品增量由2017年的18万吨，提高到2019年的22万吨；农民种植优质粮油收入由2017年的4.68亿元提升到2019年的5.85亿元。

作者：张志农

全国残疾人脱贫先进典型——山西省夏县昌鑫葡萄种植专业合作社理事长郝能吉

断翅，一样能当“领头雁”

为迎接第30个全国助残日的到来，2020年5月15日，中国残联同中宣部、国务院扶贫办、共青团中央、全国妇联共同在北京举办了全国残疾人脱贫和助残扶贫先进事迹报告会。山西省运城市夏县农民郝能吉作为全国6名残疾人脱贫先进典型之一，也是山西省唯一获此殊荣的残疾人，在报告会上进行了发言。在京期间，郝能吉受到中国残联主席张海迪等人的接见并合影。

今年60岁的郝能吉是夏县裴介镇裴介村一位肢体残疾人。一家四口就有3个残疾人，是典型的“一户多残”家庭。2015年因病因残确立为建档立卡贫困户。多年来，他身残志坚，自强自立、自主创业，从摆摊卖水煎包到栽植葡萄，从自家致富到帮助大伙奔小康，他付出了超乎常人的努力和艰辛，成为带领群众致富的断翅“领头雁”。2017年、2018年、2019年市残联、县残联先后授予他“小康路上自强者”称号。

厄运之下，他选择自强不息

1977年腊月，郝能吉高中毕业后，被村里当作农业技术员推荐到运城棉科所学习农作物病虫害防治。他非常珍惜这次宝贵的学习机会，重活、累活、脏活抢着干，深受棉科所领导和同事们的好评。正当他准备大干一番、施展自己远大抱负的时候，厄运却降临在他身上。在脱绒棉花时他遭遇工伤，右手被卷进机器中，虽经积极抢救，但他还是因为伤势过重和医疗条件所限失去了右手。

21岁那年，在热心人的撮合下，郝能吉与邻村患小儿麻痹的姑娘刘晓燕相识，之后，他们步入婚姻殿堂，生了两个女儿。本以为一家人从此能平静地生活，但没有想到的是，2002年，郝能吉18岁的大女儿被查出患有脑瘤，行走时无法掌握平衡，视力也急剧下降。为了给女儿做手术，全家人倾尽全部积蓄，并欠下了10万元外债。女儿的命是保住了，但小脑萎缩，脑功能受影响，患下了无法独立行走的后遗症，至今生活不能自理。

命运的不公，接连的打击，家庭的重压，使郝能吉身心憔悴、欲哭无泪，深感无奈无力，他甚至想到了放弃——放弃家庭，结束自己的生命。但面对无助的亲人，他又千万个不忍。于是，这个不服输的汉子最终选择了直面困难、自立自强。“我不能让残酷的命运把自己和家庭压垮，把无辜的亲人压倒。上帝既然给每个人颁发了人生的通行证，就应该有让每个生命都活下去的路径。”郝能吉说。

没有条件，创造条件也要上

从那时起，郝能吉就把铁人王进喜“有条件要上，没有条件创造条件也要上”的名言，当成了激励自己一生的“座右铭”。每当坚持不下去的时候，这句话都会给予他无限的力量。

“残疾人在生活中受的苦太多了，有时候还没办法去和别人说，很多困难只能自己解决。”一路走来，倔强的郝能吉不愿意面对别人同情的目光，更不愿意让自己成为家人的累赘，很多时候，他要付出比常人多几倍的艰辛，才能让自己像健全人一样生活。

在“创造条件也要上”这一信念的支撑下，郝能吉努力让自己与健全人并行。他学会了骑摩托车、驾驶柴油发动机的三轮车，学会了独立安装水管、独立绑葡萄藤上架等健全人从事的劳动技能。

由于很多电动车的油门都在右边，这对右手功能几乎完全丧失的郝能吉来说无异于是最大的阻力。这种情况下，他自己钻研，给摩托车右把手套拉环，绑到右肢上解决控制油门的问题，左右手臂交叉操作解决发动柴油机的问题，单手操作依靠手臂和腹部协助完成安装水管的问题。

30年来，他还是裴介村的水管修理员，不论哪家水管出现问题，他都及时到场免费修理，不管哪一块地的地埋管有问题，他都领着人到场修好为止。30年的坚持，换来了全村老少的一致点赞。

后来，为了缓解给女儿治病带来的经济压力，他和行动不便的妻子下决心跟着别人学做水煎包。那段时间，他们除了做农活，还要赶集赶庙会赶夜市，只要人多能卖出水煎包的地方他们都去，而且以真材实料吸引了大量的顾客。几年下来，不仅增加了自己的家庭收入，而且带活了裴介村甚至全镇的夜市经济。

功夫不负有心人。每天披星戴月、早出晚归，虽然辛苦，但收入还比较可观。就这样一干就是20多年，辛苦劳作让他还清了债务，日子也勉强过得去。

郝能吉的二女儿郝琛今年32岁，从小受父亲的影响就比较自立，总是想办法替父母分担，如今又主动承担起照顾姐姐的任务。“面对生活的苦难，父亲没有自暴自弃，而是选择了迎难而上，他传递给我的这种精神是我一生的财富。”郝琛告诉记者。

普及技术，让葡萄产业更增收

裴介镇有栽植葡萄的历史，所产的葡萄口感好，但就是品相不好。“每到收获的季节，农民们本应该高兴才对，但大家却满面愁容，因为没有客商，葡萄卖不上好价格。”郝能吉告诉记者，他在翻阅葡萄种植的相关书籍中发现，当地农村栽植葡萄缺乏科学技术，用的都是传统的种植方法，所以葡萄品质一直上不去。

2010年春节期间，郝能吉在报纸上看到发展优质葡萄奔小康的报道后，便自费外出考察、实地调查、详细了解葡萄种植的技术，向技术专家请教学习。之后，他和本组的几户村民商议，率先栽植优质葡萄。当年他就在自家栽植了2.5亩，在他和妻子二人的精细管理下，第3年就有了好收成，第5年更是迎来了大丰收，每亩收入达6000元以上。

从此，郝能吉越干越起劲，把家里的6亩地全部栽上了葡萄，连续几年葡萄年收入都在4万元左右，全家彻底摆脱了贫困、走向了小康。“仅仅自己一家葡萄种得好，也难以卖出好价钱，只有把全村的葡萄品质都提升上去，实现规模效应，才能引来更多的客商。”在自家的日子好起来后，郝能吉考虑最多的就是如何去帮扶更多的村民和残疾人致富。

在市、县残联的帮扶协调下，郝能吉于2012年牵头成立了以他为会长、由60余户家庭参加的果美葡萄生产协会，其中包括10户残疾人家庭；为进一步扩大种植规模、增强抵御市场风险能力，他们本着“抱团取暖、合作共赢”的理念，于2019年改组成立现在的昌鑫葡萄种植合作社。

作为合作社社长，为了提高社农栽培管理技术，郝能吉对自己掌握的新技术从来都是知无不言，毫无保留。他每年都要组织培训班12期以上，特别是动员残疾户积极参加，组织骨干赴陕西户县、临汾市曲沃等地实地学习取经，不断提高残疾人自食其力的能力和自主创业的技术。在他的坚持和带领下，全村葡萄管理普遍使用了“架位上移，合理密植，冬不埋土要浇水，节省人力和资金”的新技术，实现了量多质优价高的目的。

目前，该合作社有社农102户460人，种植优质葡萄450余亩，其中残疾人21户100人种植90亩，每年葡萄收入270万元，年人均收入5800余元，产品远销河南、湖北、四川、内蒙古自治区等地。

“作为一名残疾人，他在过好自己的日子后，还想着如何为村民服务，这种品质难能可贵。他不服输、不停歇、自强自立的精神让我一个健全的人都非常敬佩。”张新岗今年65岁，是最早一批加入合作社的技术骨干之一，说起郝能吉，他总是竖起大拇指，“郝会长真是我们的‘好会长’！”

累并快乐着，这就是郝能吉的人生价值所在。近期，载誉归来的他得到市、县两级领导的欢迎和接待。回到村里，村民们也非常热情，让他讲在北京的所见所闻，这让他感受到来自社会的更多关心和尊重，荣誉感也油然而生。

“这些年，各级残联对我们残疾人非常关心，我很幸运赶上了这个好时代。”郝能吉告诉记者，“幸福都是奋斗出来的！今后，我要继续发扬身残志坚、自强不息的精神，带动更多的村民致富，用实际行动回报亲人、回报社会，践行习总书记提出的‘小康路上残疾人一个也不能少’的奋斗目标。”

上海市农民工先进个人——圣泉葡萄种植专业合作社理事长王子有

“葡萄王子”终长成

王子有在葡萄园里

上海市金山区吕巷镇的优势水果产业集群如今已成为构建产业生态核心要素、打造硬核农业“芯片”的重要一环。这个地处金山中部生态圈上的“瓜果王国”，汇聚着金山区的数十家水果种植专业合作社，特色水果品种多达35种，种植经济果林有近万亩，品种齐全、体量庞大，一年四季瓜果飘香、令人心仪。在这片方兴未艾的农业产业开发热土上，一批富有活力且实干的农业示范带头人也常年活跃于产业发展的最前沿，金山工匠王子有便是其中的一位代表。在他的身上，当年磨砺沉淀的时代烙印，以及与时俱进的激情活力如今依旧清晰犹在，并一以贯之在延续。

怀揣理想来沪创业

王子有是安徽蚌埠怀远县人，其出生地魏庄方坝村（原王家村）当年还是一个穷村子。而他又生于一个多子女家庭，一家7口人当时的生活条件更是捉襟见肘。王子有回忆说，王家村当年以种水稻、小麦粮食作物作为主要支柱，经济整体落后。虽穷，但大家当时却又不知如何去找出路。这也由此成了当年制约王家村经济发展的一个痛点、堵点。

变则通，通则达，穷则思变。在贫瘠生活压力的倒逼下，一股强烈的脱贫愿望在当时王子有的心中也悄然涌动。他发现，紧挨他家跟前的一所小学周边竟没一家商铺，于是直觉告诉他，机会来了。并立马动手，利用自家厢房的一块空间开了一个小杂货店，专售学生日常用品等杂货。虽说只是个小本买卖，但由于掐对了机会，结果使这家小杂货店一直稳稳经营了好几年，日积月累为贴补当时家用解了燃眉之急。之后，王子有又通过赊账购买了一台农用手扶拖拉机，在解放自家生产力的同时，又通过帮人拉货跑运输增加了收入。

时间转眼到了20世纪90年代初。当时，中国已开始进入经济体制转型的改革深化阶段，外出打工也已逐渐成为不少人改变命运的一条途径。此时，生性好强的王子有也不再满足于现状，走出家门，去外面世界看一看、闯一闯，成了他那时候最心切的一个愿望。并于1994年只身走出家门，驾着他那台手扶拖拉机，沿着村道、乡道、县道、国道，风尘仆仆地从安徽老家一路颠簸直抵心仪已久的大上海，怀揣着一份创业理想与激情，开启了他来沪打拼的寻梦破冰之旅，时年22岁。此举也让王子有成了当年全村第一个外出打拼的开先河之人，并由此成了之后激励他一路前行的一股原动力。

遇挫不折砥砺前行

宝山是王子有到上海后的第一个落脚点，他当时是想利用自己手上的这台拖拉机在宝山码头找份活将自己先安顿下来。据王子有回忆，由于初来乍到身无分文，那时的他每天都不得不在食宿上精打细算，吃的是挑最廉价的盒饭，睡的则是别人过道上不用花租金的“临时地铺”。所以，去了宝山码头之后，他靠替人拉黄沙石子及垃圾，每天过着清苦而克俭的日子。由于收入低且不稳定，王子有最终在宝山码头只干了两三个月便歇手不干了。

之后，王子有便去投奔在桃浦包田的一位亲戚，并在那儿承包了七八亩地，跟着那位亲戚亦步亦趋地学起了种菜，且动手搭建了一个简易工棚，让自己有了一个可容身之地。两三个月后，王子有将妻子也接来桃浦，小两口在一起共同经营起了这个来上海后的第一个“新家”，并通过几年努力，使夫妻俩在桃浦这块菜田上欣喜地挖到了来沪打拼的第一桶金，如愿以偿地收获了靠用自己汗水浇灌出来的生活甜果，打了一个漂亮的经济翻身仗。1999 年，这块菜地因市政规划被征用。失地之后，王子有又立马在桃浦真南路蔬菜批发市场开了一家农资店，并凭着多年种菜所积累的市场经验，让农资店一举走红与持续健康发展。

2001 年，已有了一定“家底”积累的王子有又在金山枫泾签包了百余亩土地，着手创建了一个规模化蔬菜种植基地，旨在从一个更高新起点上谋求拓展。然而天有不测风云，正当王子有雄心勃勃放手大干时，突如其来的灾祸将他击得猝不及防元气大伤。先是2002 年的一场“非典”，使他在金山出口蔬菜订单基地上的外销结球生菜因出口渠道被掐断而全都溃烂田里，颗粒无收。2004 年，一场“云娜”强台风，使王子有的菜地又再度蒙受了颗粒无收的重挫。接连两次飞来横祸，将王子有多年血拼的辛苦积攒瞬间消失殆尽赔个精光，让他伤心而欲哭无泪，在失望中承受了前所未有的切肤之痛。

有道是，世上没人能随随便便成功。凡成大事者，大凡都经历过跌宕人生的残酷考验，可谓不经磨砺难成人。因而痛归痛，路还得走下去。王子有在经过了一番惨痛折损反思之后，通过调整心态，使自己又重新振作起来。2006 年底，他在金山枫泾 5 年土地承包期满后，又辗转至金山卫镇八字村，并通过亲戚的资助，在八字村盘下了一个濒临倒闭的 80 亩葡萄园，撸起袖子埋头种起了葡萄。所幸的是，这次转型让王子有从此打开了拓展基业的新局面，使他由小到大逐步走向成熟，顺利度过了来沪打拼的“窗口期”。

调整结构擘画新图

王子有种葡萄虽是半路出家，但他肯动脑筋、善于钻研、又吃得苦，所以没多久，他便让八字村的这个葡萄园起死回生有了起色，并将面积扩大至 200 余亩。同时，王子有通过多年拜师求教，使自己也逐步从外行变成内行。

2008 年 8 月，王子有在金山吕巷挂牌成立了上海圣泉葡萄种植专业合作社，向标准化、精细化设施栽培转型升级。并在上海市农科院专家的指导下，引进了 10 余个不同时段的适栽葡萄品种，不仅大大丰富了葡萄品种，且拉长了葡萄供应期。难能可贵的是，王子有在依托专家科技赋能的同时，自己也刻苦钻研，不分昼夜地蹲守在大棚内，通过观察不同环境下的葡萄生长规律，掌握了葡萄定穗、定果、控温及口感等方面的技术要领。通过对标高端不断引进葡萄新品，使葡萄品种增至 20 余种，其中包括早、中、晚三熟葡萄主栽品种，使葡萄品质与市场价值得到大幅提升，将基地打造成了上海市安全优质信得过果园和一个集种植、观光、采摘于一体的生态农业旅游观光示范点，先后获绿色食品认证和多项全国及上海葡萄评优金奖，声誉日隆。

目前，王子有已建有四个葡萄基地共计 600 余亩面积，辐射带动金山 5 个镇共计 2000 多亩葡萄种植基地，为 700 多名农村富余劳动力提供了就业机会。值得一提的是，2007 年，王子有在转战葡萄基地开发建设的同时，又用短短三个月时间，在金山朱泾、朱行、干巷、松隐相继开出 4 家农资店。至 2010 年，已实现农资门店在金山全区各镇全覆盖的战略布局，使年销售量占到了金山农资市场总销量的一半以上。在产业发展的同时，王子有也不忘初心，牵头创建了金山品牌瓜果产销联合会，旨在通过搭建平台，将那些具有举足轻重市场影响力的大牌渠道商引入金山，进而再把更多的金山好产品带给上海市民，为振兴金山果品产业再尽一份力，用责任与担当来赋予自身更大价值。

千淘万漉虽辛苦，吹尽狂沙始到金。通过多年奋力拼搏，王子有如今已从一个普通农民变身为一个事业有成的农业创客，从无到有、由弱到强，使自己从一次次的摔打中不断走向成熟，先后被评为金山区“十佳”新型职业农民、上海市农民工个人先进和金山工匠，并入了党。为了不辱使命，王子有现又在为擘画新蓝图继续抒发他的理想情怀。通过腾笼换鸟，对四个葡萄基地进行产业结构调整，将其中两个葡萄基地改建为蟠桃与花卉基地，旨在助力金山“三个百里”（百里花园、百里果园、百里菜园）核心区建设。目前，蟠桃改建基地已完成前期苗木栽种，花卉基地也开始着手在建，并力争将其打造成集育苗、种植及包装配送于一体的全产业链的金山花卉种植基地。通过新征路上再出发，让当年驾拖拉机来沪追梦的那段令人回味的“浪漫”激情经历赋予更多新内涵。

作者：陈宗健

江苏扬州江顺港口服务有限公司总经理赵祥和

我要为国家站好每一个岗

链接：扬州江顺港口服务有限公司成立于2007年7月，法定代表人赵祥和，具有泰州与扬州两市交通部门核准的港口经营资质，拥有全回转拖轮13艘，其中6000马力1艘、5000马力1艘、4000马力2艘、3600马力9艘，是扬州与泰州地区专业从事船舶进出船坞、船台下水、协靠、离泊作业，大型海轮护航、拖带等水上综合性拖轮服务公司，其中7艘具有对外消防功能，分布在长江沿线扬泰州地区的港口、码头担负着扬泰两地区各码头（包括危险品码头）、船舶的应急消防救援任务，随时服从海事、港口部门的指挥和调用。公司具有一支技术精干、素质较高的专业技术队伍：有一类船长24名，其中具有丰富指挥经验、熟悉辖区内各船厂、码头及周边地理环境与水文的指挥船长6名，从事指挥船舶下水、出坞、拖带作业多年，从未出现指挥失误和其他意外，承接的多次大型船舶拖带工程，从未出现过任何险情。新华日报题为“创业新作为，圆梦新时代”，中国改革报题为“军人退役创业作为，家国情怀梦圆新时代”，以及中央电视台第7频道、新华网、江苏省电视台城市频道、扬州电视台等多家媒体都分别对法人赵祥和退伍不褪色，艰苦创业精神和企业的发展壮大，促进社会稳定发展的事迹作了宣传报道。

长江是“一带一路”的重要纽带，而扬州的地位尤为重要。作为在扬州港现代服务业做出杰出贡献的创业者、退役军人创业的优秀代表——扬州江顺港口服务有限公司总经理赵祥和，从出身寒门

赵祥和近照　摄影：高平凡

的农家子弟，到军营转业；从风清气正、敢于担当的地方海事干部，成长为敢于拼搏、助力扬州港经济腾飞、服务长江经济带征程的创业先锋。在他成长的历程中，始终闪烁着革命军人的本色，彰显着优秀共产党员的责任担当和家国情怀。

疫情期间，英勇救人

2020年2月5日中午，江顺3003轮的值班船长王明龙正在驾驶室值班，听到海事镇江甚高频09频道，有人向镇江海事交管中心报告，扬州二电厂水域有人落水。王明龙用望远镜发现1公里外有两位落水者。他立即叫轮机长沐宏斌备车抢险，并向镇江交管中心及江顺公司报告。接报后，扬州江顺港口服务公司总经理赵祥和指示船员火速救援，并注意落水人员的保暖，同时将他们的生活安排好，并报告海事部门，交由海事人员善后。

王明龙等到达现场后，船员陈贵奇、仇必安将救生圈抛给落水者，沐宏斌、徐小文等众船员协助配合，将落水夫妇拉上船，在10分钟内，救援完毕。获救的段大义流着泪说，“亏你们来得快，否则就没命了，冻也冻死了”。因全身湿透，船员将两人引至机舱保暖，并送了两件军大衣及鞋子给他们。

廉洁奉公，帮扶企业

赵祥和，1949年生于扬州一户普通农民家庭，1968年光荣入伍。因表现突出，多次受到嘉奖，并于1972年，加入中国共产党。其间，他从海军北海舰队海航某基地汽车兵，到历任班长、排长、连长，直至以营级干部转业。18年的军旅生涯，让他从农家寒门子弟成长为优秀的基层军官，锻炼出了他为党和国家做贡献、作奉献的坚强意志。

后来，赵祥和转业到扬州邗江县港监所当所长，他发现，辖区内有大小渡口44道，其中有些私设无证渡口，因不符合渡河安全要求，每年都有人员溺亡事故。为此，他大力整治渡口安全隐患，保留需要的24个渡口；并经多方沟通协调，采取省港监局和有关乡（镇）政府共同出资方式，将24个渡口简陋木船更换为钢质渡船，杜绝了渡河隐患，有效改善了老百姓的渡河条件，获得一致好评。

1995年，赵祥和发现辖区内主运煤沙散货的邗江县第二航运公司濒临倒闭，想到油运市场火爆，他建议对方转型。在请示并获得港监局领导支持下，他陪着对方领导深入调研，并请主管部门牵头，帮他们联络运油业务，同时为该公司争取无息贷款。当打听到外地两家公司淘汰的运油驳船还能用，他又陪同企业领导赶去购买。解决了卡在脖子上的难题，赵祥和已陪同企业奔波了半年。第二航运公司由此突破困境，目前年均收入达到1000多万元。

拼搏创业，回报社会

2009年，扬州国家海事局的三产改制，赵祥和贷款筹措180万元资金，将无人接手的三产——扬州江顺港口服务有限公司，从只有一条即将报废的老旧拖轮，发展到拥有10艘大型拖轮。因亲睹一艘海轮失火烧毁，赵祥和投入540万元巨资，为5艘拖轮安装对外消防设备，此举填补了扬州港没有消防船的空白，为港口的安全发展提供了有力保障。10年间，他曾多次义务救助遇灾遇险货轮，共挽回损失上亿元。

2015年夜，仪征金陵船厂下水的两条万吨货轮，因船缆被刮断，向长江下游急速漂行，一旦撞上润扬大桥桥墩，就会造成重大事故。赵祥和接到抢险救援令后，指挥“江顺7号”等拖轮围堵，两艘总造价五六亿元的巨轮被控，避免了灾难事故。

2019年7月31日，仪征水域一条造价千万元的芜湖货轮突燃大火，扬州海事部门紧急令江顺公司抢险。“江顺7号”在10分钟内就将货轮上最大的火苗扑压住，并在长航公安及海事部门的指挥下，调准消防炮对油箱扑射，以防爆炸。陆地消防车随后赶到，多方联手将大火扑灭。

2018年12月，赵祥和经过合法程序，筹建了“老枪射击馆”。这家在扬州地区开办的首家射击会馆，目前已成为扬州市新兴国防教育的新平台，迄今已接待近2万人次，为国防军事科普教育的推广，为国家射击项目培养体育人才做出了贡献。

几十年来，赵祥和积极参加慈善事业，帮扶困难弱势群体及退转军人再就业等。他开办的两个公司优先招录退伍军人，其中江顺公司80%员工都是退伍军人；“老枪射击馆”也聘用退伍军人作为专业指导人员。

港口拖轮服务　摄影：高平凡

赵祥和表示："作为一个二次创业的退役军人，我既是党员，又是军人出身，虽然我已退役，但不能褪色。作为一个民营企业家，我们不仅要发展壮大自己，还要为社会发展贡献力量，在把企业做大做强同时，还要回报社会，为国家站好每一个岗！"

湖北省自强模范——钟祥市张集镇自强塑业公司总经理余自洪

身残志坚不言弃　牵手残友奔小康

余自洪（右）获评"感动钟祥·最美钟祥人"　摄影：赵自云

残疾人就业难，创业更难。湖北省钟祥市张集自强塑业有限公司经理余自洪凭着顽强毅力和乐于助残的奉献精神，带领残疾兄弟姐妹们办实体、建基地，演绎出弱势群体脱贫致富的精彩故事。

自立自强释人生

余自洪生于1955年，因患小儿麻痹症导致右腿残疾，初中毕业后当过政工员、小学代课老师，后养鸡猪、种香菇，是远近闻名的能人、强人。到1992年，余自洪种香菇的生产规模达到2万筒，年收入10万元。

自己富起来的余自洪，想到的是更多的人脱贫致富。大洪山区蕴藏着丰富的中药材资源，1998年余自洪又开始在集镇上经营中药材，高峰时每天有110多人在门店打工。每年收购本地药材近万吨，销售额1000多万元，为村民农闲增收寻到了一条新路子。

张集镇是省市闻名的香菇镇，每年有30万公斤菌袋可回收利用。2006年，余自洪投资20万元创办了PE低塑再生颗粒加工厂，吸纳残疾人进厂务工，将废弃的菌袋加工成塑料颗粒。

"每吨废塑给当地农民增值1500元，厂子每年也有10多万元的利润，更重要的是为众多的残疾人提供了一份自谋生路的职业。"余自洪自感欣慰。

余自洪自强不息的创业，得到各级政府的肯定。他先后获得"钟祥市残疾人十佳自强模范""感动钟祥·最美钟祥人""钟祥市劳动模范""荆门市首届十大残疾人创业之星""荆门市自强不息先进个人""湖北省自强模范""荆楚楷模"等荣誉。2020年5月，他被评为湖北省残联成立30周年最具社会影响力代表人物。

创业就业助残梦

因创业收获了人生价值的余自洪，想到的是更多的残疾人固定就业："他们属于家庭，更属于社会，托起他们的希望、带领他们脱贫致富，才是我最终的梦想。"

2012年4月，余自洪投资2000万元，注册成立了"钟祥市张集自强塑业有限公司"。公司占地近百亩，建筑面积4300平方米，总资产3500万元。主要回收废旧塑料聚乙烯进行颗粒加工，生产PE低压高密度聚乙烯，是当时湖北省首家、同行业华中地区规模最大的企业。公司以残疾人群就业为目的，建有宿舍区、生活区、工作区，并为所有贫困残疾员工配备了衣被。

"公司有32个原材料采购点，产品畅销11个省。2014年公司在河南省南阳县创办了1个分公司。公司常年职工56人，其中残疾员工41人。2015年以来，在全镇还辐射帮扶贫困残疾人71户，常年收养2名不能从事劳动的重度残疾人。"余自洪如数家珍："这个利用残疾人收捡、贩运、清洗、加工的企业，用工高峰时镇内外有近100位残疾人参与务工。"

"残疾人和正常人一样可敬可爱，公司要让他们工作有信心，活得有尊严。"余自洪告诉我们，"公司把'企业利润薄一点，职工收入高一点，共享发展多一点'作为企业的发展理念，公司员工月均工资到达4100元左右。"洋梓镇残疾人陈军，家庭"6人3残无劳力"。他每月的收入达到4800元，成为家庭收入名副其实的"顶梁柱"。

在各级政府的关怀下，2019年自强塑业公司销售收入达到1亿元，为社会创造了巨大地经济效益和社会效益。

公司被认定为"钟祥市残疾人就业示范基地""湖北省残疾人就业示范基地"，湖北省"残疾人就业创业扶贫品牌基地"。

同衷同富奔小康

"取名'自强塑业'的初衷就是：打造自立自强的产业，让更多的残疾人通过自己的劳动自食其力，让更多的残疾贫困家庭早日脱贫致富、同奔小康。"余自洪讲述当年创办企业的初衷。

虞兴权是张集镇徐家湾村人，身高1.2米，人称"虞矮子"，是个无依无靠、偷鸡摸狗的"小混混"。余自洪坚持三十年如一日，从精神上鼓励，资金上扶持，信息上沟通。功夫不负苦心人，终于让他办起了废品收购站，每年收入近10万元，不仅脱贫致富，而且"脱单"娶了老婆建起了幸福的家庭。

刘畈村的向元翠是一个夫妻双残之家，还有一个年近八旬的老母亲，他们的女儿因无钱交学费准备休学，余自洪先后资助8万多元，让她上高中、读大学，现已在上海找到满意的工作。

残疾职工都是吃住在公司，衣食无忧。随州市的残疾人熊金友每月工资达4800元，他逢人就说：是余厂长给了我第二次生命。

重度残疾人吴国清多年来一直生活无着落，余自洪为他提供启动资金办起了摩托车修配门市部，并且请师傅传授技术和帮忙销售产品，现在门市部生意火红，每年收入4万多元，吴国清脱贫致富了。

张集镇蔡岭村重度残疾人李运雄丧失了劳动能力，余自洪赞助2000多元帮助他买回菌种，帮助他栽培袋料香菇，仅2019年栽种2万袋，获得收入6万多元，有了收入稳定的产业。

2020年突如其来的新冠肺炎，公司被迫停产，残疾职工纷纷离厂，余自洪仍心系职工，自费1万多元为30多名残疾职工送去米油、口罩、棉被，帮助他们渡难关，给予他们极大的关怀。

扶残先扶智。2019年钟祥市张集镇自强塑业公司余自洪花费3万多元先后举办六次培训班，对全镇70多名残疾人举行技能培训，并且带领20多名残疾人到宜昌兴山县实地考察冬桃栽培技术。泉水河村残疾人史光清学习考察回来当年开垦荒山80多亩，栽培冬桃4000多棵，目前冬桃长势良好，2020年9月他家顺利实现了脱贫愿望。

广东骏贤集团有限公司董事长冯锦麟

筚路蓝缕　逐梦前行

近日，广东骏贤集团有限公司（简称“骏贤集团”）董事长冯锦麟受邀出席江门市关工委举行的励志创业座谈会，向在座五邑大学、江门职院、南方职业技术学院等8所院校师生代表分享自身创业经历和企业成长轨迹。

娓娓道来中，冯锦麟40年的奋斗故事迎面“扑来”，酸甜苦辣的人生百态展现得淋漓尽致。农民出身的他，坚持满腔热忱，历经艰难险阻，从最基层一步步走到如今的成就，实现人生逆转。

在座学生纷纷表示受益良多。年过古稀的江门籍作家司徒明德与他结交近30年，对这位晚辈也感佩至深，他花费了两年多时间为其写下了《逐梦之路——冯锦麟和他的骏贤居》，并于2019年8月正式出版。

会上，冯锦麟将该书赠予各院校每单位100本，使自己的故事能让更多的人“听”见，并向学生们寄托：“创业成功的关键点在于不断学习，不断地充实自己，掌握更多的社会技能，发扬敢打敢拼、永不放弃的创业精神。”

业精于勤四十载，农民出身披荆斩棘志向青云

果敢与坚毅写满了黝黑微胖的脸庞，炯炯有神的双目闪烁着自信与坚定，挺拔笔直的身躯散发着精悍与干练，这是记者在见到冯锦麟后的第一印象。他身形魁梧，举手投足却非常敏捷，劲头十足。

冯锦麟属于“50后”的一代人，出生于开平一个普遍的“木工世家”，家旁边便是享有盛名的碉楼。碉楼的建筑艺术以及父辈精湛的工匠手艺，早早为他种下了建筑梦。

1972年高中毕业后，冯锦麟先是在家务农，七年后找到机会进入建筑行业，设计员、施工员、施工队长、分公司经理、副总经理一步步摸爬滚打。1993年创立开平市第七建筑工程公司，后改制为广东开平骏建有限公司，2015年创建骏贤集团。

从一个普通农民到建筑行家再到成立公司，这一切成就都跟冯锦麟“勤于思、严于己”分不开关系。务农当生产队副队长时，他请教农业能手，查阅书籍、实地观察、市场调查，为生产队创收尽职尽责；进入建筑行业后，见缝插针学习专业技术知识，向经验丰富的师傅请教，主动请缨设计室跟班学习；当施工员时，对每道工序、每个施工点进行认真仔细的布置检查验收，确保施工质量和安全……

日复一日，年复一年。四十年风风雨雨中，冯锦麟坚持白天在办公室和到建筑工地检查工作，晚上在家挑灯夜战学习。多少个不眠之夜，冯锦麟一个人在窗前的书桌上目不转睛地“啃”课本、看图纸、搞设计、做作业。

更难能可贵的是，冯锦麟为了实现梦想，走到哪学到哪，不在乎年龄，不囿于处境。进入花甲之年的冯锦麟仍坚持花上四年多时间积极参加清华大学“房地产金融与商业模式创新高级研修班”及“建设工程企业家创新发展高级研修班”学习，在培训学习中，冯锦麟每次上课都早早就在网上订票，然后乘坐高铁或飞机，日夜兼程赶到清华大学听课，最终结业时以不缺一节课获评优秀学员。

呕心沥血苦磨一剑，打造全国县域城市首个“詹天佑奖”住宅

投身房地产开发领域后，冯锦麟看中了开平市梁金山度假村旁约6.7公顷“依山傍水”的土地。该土地早在1993年开平县改市庆典活动时就举办了动工仪式，按照规划设计，这是一个开发建设88幢独立别墅“开平山庄”的房地产项目。

秉着为父老乡亲亲手造好房，传承开平“建筑之乡”文化的理念，冯锦麟甘愿冒着修改规划难以通过审批和投资期拖长，回报率降低的风险，将原规划建88栋别墅的设计逐步修改为既有别墅也有高层洋房，可以建800多个居住单元的小区，让更多有需求的市民可以居住，并通过向社会征集，将小区更名为“骏贤居”。

在骏贤居建设过程中，冯锦麟还通过对开平碉楼及碉楼文化的研究，紧扣本土气候及居民生活方式特点，吸取开平碉楼建筑理念和精华，将其融入骏贤居住宅小区的规划建设施工中，同时注重节水、节地、节能、节材开发，致力于绿色康居的开发建设。已建成的35幢高层洋房、别墅及办公会所楼房全部取得优质工程称号。

骏贤居小区的开发建设，凝聚了冯锦麟超过15年的心血。“首先，10多万平方米的小区开发资金的筹措就让我很是头痛。在这过程中，也有不少人找我谈合作的事情，甚至有人愿意让我们净赚超过一亿元，但前提是项目转让。我们还是坚持发挥企业房地产投资开发、建筑工程施工以及物业管理资质一条龙的优势，将项目建成并让建筑佬‘卖花姑娘插竹叶’变成历史。”冯锦麟说。

如今拔地而起的骏贤居，依山傍水，坐北朝南，背靠旖旎的梁金山，镇海水渠似玉带环绕流淌。行走其中，恍若进了公园一般，别墅、高层洋楼错落有致，别有趣味的小景随处可见，蓝天、碧树、翠湖、凉亭、篁竹林相映成趣，宛如闹市中的世外桃源。

骏贤居远眺　摄影：李美运

这座名播一方的住宅小区自开建以来获得了无数荣誉。2016年，骏贤居荣获“2016 中国土木工程詹天佑奖优秀住宅小区金奖”，成为全国县域城市和江门地区首个获此奖项的楼盘。中国房地产业协会原会长宋春华曾评价：“骏贤居的开发建设规模虽然不大，但难能可贵的是能够做到精。”

此外，骏贤居还获得了“广东省绿色住区实验小区”“广东省绿色住区”“典范楼盘”“中国建筑金砖奖——绿色低碳示范项目”“广东省房地产创新示范奖”等众多招牌。

与时俱进谋发展，践行“谋居者谋百年也安逸”宗旨

骏贤居的出彩之处，还在于从规划设计、开发建设，到环境配套、后期物业管理，都坚持了“以人为本”的出发点。“让购房者充满幸福感是一个房企最大的社会责任。”冯锦麟说。

以实例为证：骏贤居在已建成房屋基本售罄的情况下，主动投入数百万元建成原规划方案中没有的小区休闲公园，出资与水利部门合作修葺小区前的镇海水渠，使水渠既满足灌溉排洪功能，又让水渠对小区起到玉带环腰的护城河景观的作用。不少业主调侃，骏贤居小区的开发商是“不会做房地产生意的投资者”。

冯锦麟看似亏本的举动，背后却是大智若愚的体现。近年来，绿色生态创造优良人居环境已经成为城市建设工作的中心目标，冯锦麟以获国家科技最高奖的城市规划建筑大师吴良镛操刀设计的北京“菊儿胡同”为榜样，明确提出北京有“菊儿胡同”，广东有开平“骏贤居”的目标，专注城市品质、生态文明、人居环境和房地产发展的结合，先后发表了许多有见地的观点。

冯锦麟所提出的“造百姓住得起的绿色康乐住宅小区”“关于房地产去库存的思考”“开发商要早从卖方思维转向买方思维”“让‘工匠精神’在城镇化建设中升华”“绿色建筑要向传统民居学习”“警惕画龙者多而点睛者少”等观点，先后在《中国建设报》《中国房地产报》《广东建设报》《江门日报》《开平侨乡报》等专业报纸和地方主流媒体发表，在建筑房地产业界引起反响。

冯锦麟认为，在城镇化的房地产开发建设中，需建立“用户订单”制度，即房地产开发要有用户购房订单才能开工建设，促使开发商在项目拿地时就要以“谋居者谋百年也安逸”的负责任态度统筹项目的建设开发和运营管理，而不是在项目建成销售后就甩手抛给社会。

“同时，地方政府在城镇化规划时，也应以‘用户订单’的思维谋划出与市场需求相匹配的方案，而不要出现如唱‘空城计’的城镇化规划，要以‘谋城者谋万世之太平’的功成不必在我的胸怀和务实态度，让城镇化的规划蓝图变成美好的现实。”冯锦麟认真地说道。

设立骏贤助学基金，培育更多“建筑之乡”继承人

发展企业，造福桑梓，是冯锦麟创业的内在动力和热爱家乡的自然流露。作为土生土长的开平人，冯锦麟在经营房地产项目获得一些收益后，不忘回馈社会，为家乡经济社会发展做一些力所能及的事情。

骏贤居 3600 平方米的人工湖 摄影：黄荣雅

为开平碉楼修复与申遗工作出钱出力，赞助军民联欢晚会，为家乡修路、给村民装路灯……冯锦麟的善举不胜枚举，但他付出心血最多的还是帮扶教育事业。

“长远来说，只有将青少年一代教育好，国家才能发展得更好。所以对学生适当的扶持很重要。特别是贫困学生，他们想读书又没有机会的，我们花钱不多，但能使他们不会失学，这对家庭、对社会、对国家都是一件好事。”冯锦麟也表示，自己未能在高中毕业后继续到大学深造是他毕生遗憾，希望以后这种“遗憾”不会在后代发生。

2015 年初，骏贤集团成立了“骏贤助学基金”，坚持每年帮助一些品学兼优的学生圆他们的上学梦。自基金启动以来，每年捐资 8 万元资助 20 名家庭经济困难而且品学兼优的初中、高中应届毕业生。“我们还创新地实施比市场价格偏低的底价，让有意购房者自愿做公益助学人的房屋销售模式，将竞价超出底价的款项划给骏贤助学基金，帮助贫困学生解决无钱上学的困难。”冯锦麟说。

近年来，冯锦麟深感开平建筑行业的从业人员严重不足，他希望为家乡的建筑业、房地产业培养更多的后备人才。对此，骏贤集团在市关心下一代工作委员会和市教育局的支持配合下设立了“骏贤奖助学金”，以奖励、资助江门五邑地区考取本科或专科院校建筑相关专业的高中毕业生。

9 月 25 日，在市教育局举行的“骏贤奖助学金”发放仪式上，30 名被建筑类专业录取的大学新生获得了首批奖助学金。在奖助标准上，助学金由原定的本科生 5000 元 / 人、专科生 3000 元 / 人，提高到本科生 8000 元 / 人、专科生 6000 元 / 人。

“在过去，我们这些建筑从业人员，一直被人们戏称为‘泥水佬’，社会地位并不高。可现在的建筑施工行业已与过去不可同日而语，已经能承建像港珠澳大桥这样世界一流的超大型工程，正迈入了发展的黄金期。”冯锦麟说。

骏贤集团积极履行社会责任，设立奖助学金，捐款 100 万元助力开平市实施乡村振兴战略 摄影：毕松杰、黄荣雅

在冯锦麟看来，设立奖学金只是一种手段，真正目的是培养出更多高精尖人才，从而激发更多行业创新和技术革新，为重振家乡建筑雄风提供更多思路和力量，以此来进一步加快建筑产业转型升级，让开平“建筑之乡”的名声在新时代更加响亮，共同当好“建筑之乡”的传承人。同时，让获得资助的学子们悟出“今日收获了社会给予的支持，他日，将成为未来社会的建设者”，这样我们所做的一切就是非常值得的。

作者：毕松杰

中国煤炭地质总局“优秀共产党员”——中煤建工华南建设公司党委书记、总经理乔志杰

诚信成就精彩人生

乔志杰近照　摄影：凌莉

链接：乔志杰，男，1982年3月出生，中共党员。现任中煤建工集团有限公司总经理助理，中煤建工集团有限公司华南建设有限公司党委书记、总经理。2019年8月，中煤建工将广东、海南、湖南分公司等企业整合重组为华南公司，作为“领头羊”，乔志杰一心扑在岗位上，敢于担当，认真积极解决历史遗留问题，打造资质和融资两大平台、抓实抓细抓牢经营管理；未雨绸缪、描绘蓝图、立足粤港澳大湾区建设，为集团公司推行“四大区域公司+N个专业公司”新格局落地提供借鉴和参考。曾多次荣获中国煤炭地质总局“优秀共产党员”“劳动模范”，中煤建工“市场开拓先进个人”等称号。华南公司2019年获评集团“经营管理先进单位”。

从一名走出校园的青涩学子到运筹帷幄的项目经理，从基层技术员到引领企业发展的带头人，八年间，身为80后的他完成了多个角色的转换。每一步成长，都有他力学笃行、超越自我的足迹；每一项成绩的背后，都有他对诚信的坚守、对责任的担当。

他，就是中煤建工集团有限公司华南建设有限公司党委书记、执行董事、总经理乔志杰，曾先后荣获中国煤炭地质总局“优秀共产党员”、中煤建工“市场开拓先进个人”等称号。

良心担当，叫响“建工品牌”

2016年11月，乔志杰担任中煤建工原广东分公司总经理一职。当时，公司持续亏损，项目部员工工资不能按时发放。面对棘手的状况，他带领全体员工攻坚克难，稳步推进企业健康发展。功夫不负有心人，2017年，公司新签订5个合同，合同额6.8亿元，实现扭亏为盈。在乔志杰的带领下，公司凭借过硬的工程质量、严格的工期保障，获得了“星河地产集团优秀供应商”称号。

2017年10月，公司中标贵州铜仁易地扶贫搬迁安置点项目。该项目是国家重点项目，更是一项民生工程，承载着当地民众对美好生活的殷切期盼，考验着公司的初心使命和责任担当。

工程量大、工期紧、场地条件差、地基基础施工技术复杂是项目的突出难点。除此之外，项目还面临地勘、设计、施工、拆迁等诸多困难，难度之大可想而知。面对挑战，开工伊始，乔志杰就立下了“军令状”：“要以高度的责任心建设重点工程，为铜仁人民交上一份满意的答卷！”乔志杰严把工程建设质量和安全关口，严格进度管理、质量管理、拨款管理等，确保所有项目一次性验收合格、搬迁对象如期入住。

2018年3月底，项目甲方提出了1—4号楼于6月30日前交付使用的首个“6·30”目标，1—4号楼所有室内外装修及室外附属工程、配套工程、绿化工程需要在两个多月内完成。工期紧、任务重，目标能否实现直接关系到首批搬迁户能否按时入住、异地扶贫搬迁目标能否实现。2019年4月，甲方又提出了6月底二期工程全部达到入住条件、3号地块主体全部封顶的第二个“6·30”目标。该目标压缩了定额工期，同时需要投入大量材料、机械、资金、人力，这就要求项目部在保障材料及时供应、资金充足的前提下，所有工序必须穿插作业，项目人员必须24小时作业。

“铜仁项目是国家重点项目，我们必须严把材料和工序质量关，全力以赴配合政府打好脱贫攻坚战。”乔志杰经常深入项目现场督导，研究制定保证工程质量的措施和方案。他还通过微信工作群每天了解项目施工进展情况，及时掌握项目动态。同时，他严格要求项目部按建设方要求保质保量保工期，对分包、劳务等严格按合同要求支付工程款项。

乔志杰还是有名的“暴脾气”，在安全问题上“零容忍”，哪里有隐患他立马叫停、绝不姑息。“在保证安全施工生产的前提下，计划的工期绝不能拖延，质量工艺更不能打折扣。”这是乔志杰在项目部的“口头禅”。项目部成立伊始就建立完善了安全管理体系，定期开展各类检查，同时增加安全员、义务安全员、质检员，把安全责任落实到每一个岗位、每一个员工和每一个工作环节。

2018年9月，时任铜仁市副市长胡洪成前往项目工地考察时，对中煤建工所作的贡献表示充分肯定和认可，对高质量、高效率如期圆满完成工程任务表示高度赞赏。如今，行走在铜仁易地扶贫搬迁安置点，一栋栋高楼拔地而起、依山傍水，小区绿化、道路日渐完善，越来越多的贫困户告别了世代居住的茅草房和土坯房，住进了新楼房，过上了新生活。

重信守诺，践行“一诺千金”

2019年8月，中煤建工将广东分公司、海南分公司、湖南分公司等企业整合重组为华南建设公司。乔志杰被委以重任，担任公司党委书记、执行董事、总经理。自上任以来，乔志杰就将个人的荣辱进退和公司的兴衰成败紧密联系在一起，他明白，公司要想健康快速发展，不仅要勇敢面对、认真梳理、积极协商解决历史遗留问题，还要未雨绸缪，做到“守合同、重信用”。

乔志杰说，诚信是一个企业发展的无形资产，是企业不断壮大

的永恒动能。每次合同签订前，他都要求做好当地市场价格调查工作，形成多方比价、充分验证的本地市场价，将单价与工期、质量、进度、安全、材料耗用量等挂钩，使合同条款尽量科学、规范、准确、严密、完整。同时要对签订合同的材料供应商、劳务班组进行充分了解考察，优先选择优质的供应商或劳务方，并在合同条款注明退出机制，提前做好预警工作。在签订合同的过程中，要做到内容具体、条款清楚、责任明确、手续完备。合同一经签订，必须严格执行。合同签订后，要做好合同文件的管理工作，合同及补充合同协议、经常性的工地会议纪要、现场签证、工作联系单等作为合同内容的一种延伸和解释，必须完整保存。同时建立技术档案，对合同执行情况进行动态分析，根据分析结果采取积极主动措施，保证如期完工，保证工程优质，保证三方共赢。自成立以来，公司按合同约定支付工程款，从未发生拖欠工程款、合作伙伴账款、银行本息等情形，没有一次失信违法、违约合同记录。

乔志杰视察珠海佳景美食广场项目部　摄影：温度波

为了使“守合同、重信用”工作扎扎实实、卓有成效地开展下去，乔志杰要求公司在完善各项管理制度的同时，不断调整和加强对合同工作的领导，建立健全合同管理机构，成立风险管控部，形成一个强有力的合同管理组织。在他的指导下，公司进一步建立健全了合同管理责任制，对日常合同的审查、签发、登记、造册、备案等实行程序化、规范化管理。

诚信铸魂，弘扬“诚信文化”

“一个公司讲不讲诚信，关键在于领导。”乔志杰说，领导是公司诚信经营准则制定的牵头者和执行者，只有自己带头贯彻落实，诚信才能真正成为公司文化建设的重要内容，才能成为公司的经营理念，才能贯彻落实到公司生产经营的各个环节。

乔志杰始终把诚信经营作为企业的立身之本，把守法经营、诚信履约作为企业发展的基石，坚持“务实、精细、高效、创新”的管理方针。在他的带领下，公司将企业诚信体系建设作为首要工作来抓，将其纳入重要议事日程，同时制定了诚信经营准则，坚持把企业诚信体系建设与业务工作同部署、同检查、同落实，从制度上打造了企业诚信文化。

“作为建筑施工企业，我们对业主和合作单位作出的承诺不是一个人或一小部分人就能实现的，而是需要企业的每一名员工共同来实现。”乔志杰说，企业的诚信建设，从根本上取决于员工个体的诚信和素质，建设一支一流的队伍是推动企业诚信体系建设的保证。因此，他将诚信教育作为公司文化建设的一项内容，将各项制度上墙，通过干部职工大会、员工例会等学习宣传中央有关推进诚信建设的重大部署、重要举措及重要文件，运用微信群、公众号等宣传诚信经营的重要意义，根据员工的实际工作业绩、诚信经营行为、履诺情况等予以奖惩。

为了打造一支有实力、讲诚信的高素质人才团队，乔志杰把那些信誉好、责任强，善经营、会管理的优秀人才安排到关键岗位，在公司内部营造了落实责任、强化执行、过程控制、关注细节的良好氛围。在“不忘初心、牢记使命”主题教育中，乔志杰深入基层项目开展“依法经营，廉洁从业”主题宣讲，告诫基层党员干部职工要坚持本真、信守承诺，时刻牢记党员身份，自觉履行党员职责。

“诚实做人、诚信做事”是乔志杰始终坚持的原则。他说：“搞‘豆腐渣工程’就是最大的犯罪。作为建筑施工企业，我们要上对得起国家，下对得起老百姓，当中对得起自己的职业良心。”他郑重许诺：绝不交付一平方米不合格工程。这就是乔志杰，一个视质量为生命、以诚信为根本的企业发展领头人。

广西贵港市港南区政协常委、贵港市嘉特电子科技有限公司财务总监李玉凤

热心公益事业　积极履行社会责任

链接：贵港市嘉特电子科技有限公司成立于2008年，是一家专注于北斗卫星车（船）载终端和定位监控、720°全景影像技术、警用智能硬件、高端影像侦查器材、人脸识别及视频结构化平台、监控超融合平台、全景摄像头集研发、生产、销售、维保、解决方案及设计为一体的高科技企业，获授权的发明专利14项、实用新型专利4项、外观专利4项、知识产权21项。公司为广西产学研用一体化认定单位、广西“创新型企业”试点单位、广西软件企业、软件产品“双软”企业、广西“守合同重信用”企业；科技成果转化示范企业、贵港市“现代物流系统工程技术研究中心”，获得了贵港市2012年“科技进步一等奖”、2017年“科技进步一等奖”“科技进步二等奖”和广西“优秀软件企业”“优秀软件产品”及贵港市“创业创新领军团队”“贵港市优秀企业”等殊荣。

她是一名企业家，从事科技行业十多年，公司承担科技部、自治区科技厅及贵港市科技局下达的多项科技项目，科研项目荣获广西优秀软件企业奖、优秀软件产品奖；她是一名政协委员，在繁忙的工作中，她抽出时间积极履行委员责任；她也是一名慈善家，热心公益事业，多次以个人或企业的名义向弱势群体伸出援助之手。她就是贵港市嘉特电子科技有限公司财务总监李玉凤。

放牛姑娘一直在追梦的路上

李玉凤是港南区瓦塘镇人。6岁那年，她开始跟着几个十多岁的堂哥去山上放牛，只有牛的一半高，除了看自己的牛还要看堂哥

李玉凤向客户介绍 720° 全景摄像产品　摄影：宋瑛

们的牛，经常是堂哥们不知道去哪玩了，她留在大山沟里看牛等着堂哥们一起回家。有一天，突然乌云密布、雷电交替、倾盆大雨，孤独的小女孩吓得大哭，分不清家的方向，但始终紧紧看着自己的牛，直至父亲来找到她。到了 8 岁，父亲答应让她上学，她终于结束了放牛娃的角色，她对这个机会倍感珍惜，立志走出大山，走向城市。放牛练出一身“倔”劲，一直伴随她克服困难，拼搏进取进入大学深造。大学毕业后在梧州市建筑公司工作。当时，她所在公司的工作条件和工资待遇相当不错，很多人都羡慕不已。可是李玉凤不安于现状，她梦想着并寻找机会创办公司。她瞄准贵港面向东盟、水陆交通便捷，有利于产品研发推广、出口运输等有利条件，和丈夫一起返回贵港创业。2008 年初，她和丈夫回贵港创立贵港市嘉特电子科技有限公司，丈夫任董事长，她任财务总监。截至 2020 年，公司业务遍及广西 13 个地市，发展了嘉特环影、嘉特网络、中科嘉特等 7 家实体企业，企业规模日渐壮大。

创新是企业唯一可持续道路

经过 12 年的稳步发展，公司从单行业向跨行业、从区域性向全区域发展。公司科研团队研发出了第一代北斗双模卫星商用产品。产品生产出来了，可是市场推广成了摆在面前的最大问题。李玉凤经过慎重考虑，提议先给玉林的一家运输企业投放价值 300 万元的产品试用一年，并承诺产品不好用就不收钱。该运输企业在试用产品后非常满意，不到半年时间全部结清了款项。从此，电子产品得到很多企业和部门的青睐。

市场打开后，嘉特电子科技有限公司很快就站稳了脚，且不断发展壮大，随之而来的问题是科研人员缺口逐步扩大。为了解决科研人员不足的问题，她支持丈夫从自身培养，并与中国科学院北京分院、清华大学、北京航空航天大学、公安部第一研究所、国家应急管理部等多个高等院校、科研院所等建立了密切的战略合作关系及研发基地、实验基地、博士后工作站和研究生实践基地，在北京中关村和贵港建立了自己的研发团队并储备了研发后备力量。

“你们看，现在摄像头没有对着你们，但是你们的一举一动都被这台执法记录仪记录着。”李玉凤拿着一台 720° 执法记录仪给前来考察领导演示。她开启执法记录仪后，用手机与执法记录仪进行无线连接，室内的一切无遗呈现在手机屏幕上。

目前，公司与公安部研究一所联合研制的 720° 全景警用执法仪及鹰爪系列产品侦查指挥“天眼”，记录仪重量只有 135 克，佩戴方便，机身前后各设置一个鱼眼镜头，是世界领先的全景无死角、无畸变、全天域摄录功能，同时集成北斗定位、通信指挥和 4G 图传，与交通管理、特勤出勤、公安执法、市政执法、双违执法、物业保安等构建了查打一体的全景实时指挥平台。目前产品销往北京市、太原市、北京铁路、厦门市、西安市等多地公安部门。2019 年 7 月产品在中国创新创业大赛广西赛区贵港站获得一等奖。2019 年先后在全国两会、国际刑警组织峰会等重大活动期间广泛应用，为会议安全保驾护航。

近年来，李玉凤和丈夫提出“人才为本、科技兴企”理念，推动企业不断向前发展，现拥有各项专利和知识产权 30 余项目，技术产品包括北斗系统技术及终端、交通管理智能化系统、应急指挥、森林防火预警监测、720° 全景摄像头、人脸识别、AI 智能行为识别、虹膜识别、智能门禁技术开发与应用等。

责任不是选择题而是填空题

作为一名政协委员，李玉凤时刻牢记政协委员是荣誉、更是责任，始终以饱满的热情和强烈的责任担当，履职尽责。她认为：企业家的社会责任既是必须的，也是个人的道德完善。一方面，让更多的人从他释放的能量中受益；另一方面，也是她赢得更大社会信任所需要支付的成本，也就是说，这是一个社会公益与个人品牌的共生过程。

在李玉凤的心里，贵港不仅是她的出生地，更是她情牵梦绕的根。她从广东回到家乡拓展事业，在最短的时间内成立了公司，吸纳了大批当地农村剩余劳动力到企业就业。“懂农业、爱农村、爱

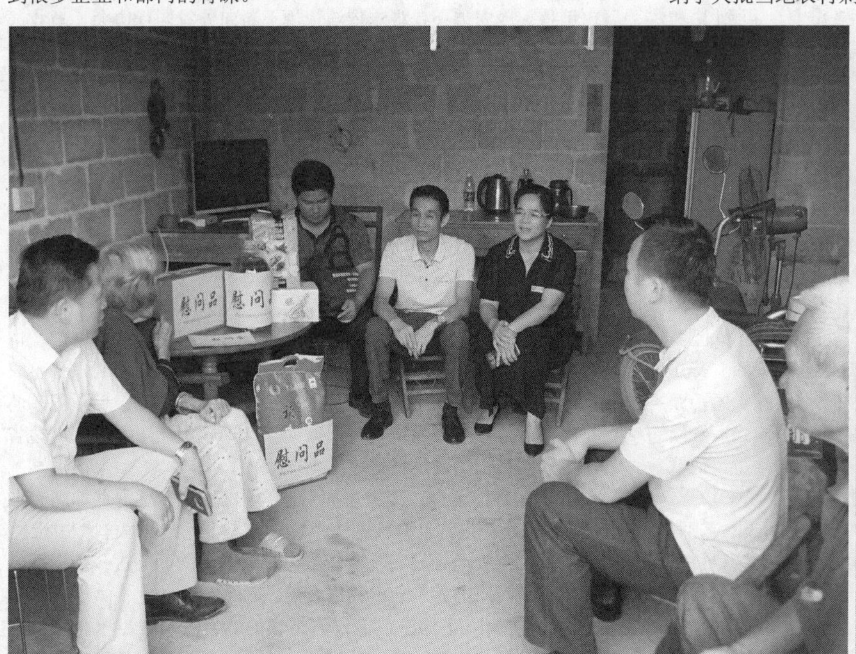

李玉凤夫妇积极投身社会公益事业。左图为 2019 年 11 月在根竹乡泗民村慰问贫困户联系对象；右上图为李玉凤夫妇和资助对象、2016 年考入山东师范大学的李长琴全家的合影；右下图为李玉凤夫妇和资助对象、2019 年考入中山大学的蔡心满（右三）合影　摄影：宋瑛

农民，这是我的初心，也是我努力奋斗的目标。”在政协组织的活动中，李玉凤始终把实现好、维护好农民群众利益作为工作的出发点和立足点，充分发挥政协委员民主监督、参政议政、反映社情民意的作用。聚焦热点难点，深入一线调研，先后提出提案和社情民意信息12件，其中，加大对农产品深加工、加快港南区农村土地流转、加大对港南农业特色产业的扶持力度的建议等11件提案被采纳。2019年1月，他们创建了红十字嘉特基金并捐赠初始资金300万元，并组织执行了贵港市首届慈善巡游行活动。

2019年度，李玉凤及她所在企业为港南助推脱贫攻坚捐款2万元。2020年春节，她利用广西红十字嘉特公益基金平台，在新冠肺炎疫情防控形势最严峻、防疫物资最紧张的时候，充分协调社会资源，筹集了20余万元的口罩、消毒液、酒精、一次性折叠帐篷、速食食品等急需的防控物资，向贵港市人民医院、中西医结合骨科医院等单位进行了捐赠，对一线抗疫和执勤人员进行了慰问，用行动诠释了一名政协委员社会责任和一名企业家的大爱无私。

爱心助希望的青苗茁壮成长。

助力公益事业，捐资助学活动最有效果也最有意义，每资质一名学生，就给了一个家庭以希望，就可能改写一个小孩的人生，就可能为社会为国家培养了一个人才。

7年前，正在江南中学念高一的李长琴给校长写了一封信写道“我今天还在教室上课，但不知明天是否还可以在这里”，她向校长道出了家景。她是品学兼优学生，校长看后联系到李玉凤。李玉凤得知小李没有父母双亲，依靠年迈多病的爷爷奶奶生活，于是决定把小李作为资助对象。李玉凤说，自己是从农村走出来的，非常理解家庭困难学生的难处，希望自己的微薄力量，能帮助这些品学兼优的孩子，让他们通过自己的努力改变人生，实现自己的梦想。在李玉凤和丈夫的资助下，小李考进了山东师范大学。

蔡心满家住桂平市木圭镇上冲村，父亲去世多年，母亲一人拉扯大三个孩子，小蔡2019年以江南中学第一名的成绩考上了中山大学。“这本该是我的责任，你们帮我承担了，小蔡有今天的成绩，离不开你们的热心帮助。”小蔡母亲握着李玉凤的手激动地说。

十年来，李玉凤和丈夫资助贫困生63名，也十分尊重他们，有些资助的学生升学后渐渐就断了联系，有些学生却渐渐成了家人。此外，他们还多次为贵港县西小学、根竹小学、新世纪小学、江南中学等学校捐款共计51.8万余元，为五里镇东流村、大圩镇寻杨村等6个村的家庭贫困学生捐款5.5万元。

全国畜牧业先进工作者——玉林市水产畜牧业协会会长、高级农艺师庞宏志

为党旗增光添彩

庞宏志（右）调研玉林三黄鸡养殖情况

在2021年5月25日召开的广西重点家禽企业学党史促发展联谊会上，庞宏志说：“今年是中国共产党建党100周年。作为一名党员，我是农家子弟出身，得到党和国家的培养，成为高级农艺师和畜牧局局长，为三农服务了几十年。以前农民养几只鸡就是为解决买油盐和供送子女读书。在座的各企业能发展到今天的规模，家禽业已发展成为农村经济的主导产业和优势特色产业。取得这样的成就，离不开党和政府对农业政策的支持，在纪念中国共产党成立100周年活动中，希望大家继续感党恩，跟党走，为党旗添光彩，搞好‘公司+农户’产业化养殖模式，继续带动农民增收，为乡村振兴再作贡献。”作为一名共产党员，他就这样全心全意惦记着如何发展畜牧业和助农增收。

庞宏志，男，汉族，1941年10月出生，中共党员，高级农艺师，原玉林市畜牧水产局局长，党组书记。退休后现为玉林市老科协常务理事、畜牧分会会长，玉林市水产畜牧业协会会长。

他于2003年牵头组建玉林市水产畜牧业协会。

2005年他接受组织委托，参与组建玉林市老科协，选为副会长兼秘书长、畜牧分会会长等职务，2016年换届后任市老科协常务理事。

玉林市养鸡业得到蓬勃发展，得益于“公司+农户”经营模式。1995年，庞宏志引进温氏集团“公司+农户”产业化养殖模式在玉林市石南镇成立了广东温氏在外省的首家分公司，之后向全国推广，为农民脱贫增收搭建了新的平台。

2005年，全球性H5N1禽流感风波，玉林市虽没有重大疫情发生，但有的省份还多方设卡禁止玉林市持有“三证”的健康肉鸡进入其境内销售。庞宏志不畏艰难依法依规不断向外省同行协会、畜牧部门反映实情，请求协调疏通，经过不懈的努力，最终确保销售渠道恢复畅通。

2013年，“H7N9风波”暴发，一些主流媒体片面地宣扬“不与活禽接触”等，部分养禽企业停产倒闭，行业损失达1000多亿元。庞宏志紧急联合企业人士，请求北京蓝鹏律师事务所做法律救助，同时向国家卫计委、农业部多次直接汇报，最终得到他们的理解和支持。2017年底主流媒体报道取消了“人患H7N9禽流感”中的“禽”字，正本清源，挽救了面临崩溃的家禽业。

2007年，协会会员反映在养殖生产中没有能享受国家的惠农电价。庞宏志作专项调查后，写成调查报告向玉林市供电部门、市物价局提出要求执行广西区物价局颁发的养殖业执行农用电价惠农政策。最后取到了供电部门支持，很快全市养殖户都享受了国家的惠农电价，每年可减少电费近千万元。这一政策还惠及广西周边省市，得到同行们的高度赞扬。

自成立协会至今，庞宏志先后亲自组织80多次重点养鸡企业联谊会，每次会议都针对性地集中解决一个难题，加强自律与团结，得到自治区畜牧局领导高度赞扬。通过联谊会的活动进一步做强做大了玉林及两广的养鸡业的稳健发展。

协会成立10多年来，庞宏志带领的驻会人员一直坚持依法依规办会，制订并完善了协会的规章。为行业做好技术咨询、政策法规咨询、企业管理的指导，做好畜禽防疫防病，抓好技术培训，做

工作剪影。左图为 2019 年协会年会，庞宏志（右二）为先进企业颁奖；右上图为 2020 年农民丰收节，玉林市副市长邓长球（左三）、副秘书长陈运桥（左二）、玉林市农业农村局局长倪惠宽（左五）、副局长封吕力（左六）在庞宏志（左四）陪同下视察百鸡宴；右下图为庞宏志（右一）调研高架网床＋益生菌养猪情况

好信息等服务。协会每年都邀请国家及区内外著名专家、教授来讲授畜禽防病防疫专题讲座 20 次以上；他亲自指导和发展成立了一批基层协会，协助政府组织成立了一千多家养殖业农民专业合作社。

庞宏志于 2007 年 6 月引进成立玉林台湾福昌良种猪开发有限公司，解决了玉林市种猪落后的难题。

2015—2016 年，他多次协调邀请国家肉鸡体系品种遗传育种专家到广西玉林调研、指导三黄鸡育种工作，使春茂集团、参皇集团、祝氏农牧公司、鸿光农牧公司等获得国家畜禽新配套种认证五个品系，产生明显的专家效应。

2021 年 3 月，他联合“国鸡联盟”组织“国鸡种业振兴峰会”在玉林举办，邀请到国家肉鸡体系首席科学家文杰、王金玉等知名专家到会指导国鸡种业高峰论坛，纠正乱配种的错误行为，两广、云贵川、江苏、江西、安徽、新疆等种鸡企业代表共 200 多人参会。

2016—2018 年，他积极协调配合市畜牧部门开展“全市十佳美丽猪场”评选活动，在行业内大力宣传推广“益生菌＋高架网床”生态养殖模式，为畜牧业节能减排做出新贡献。

2019—2020 年，他组织多期讲座邀请专家介绍“非洲猪瘟”防控生物安全和中兽医防控经验等，培训 2000 多人次。

2020 年，他牵头组织向国家知识产权局申报“玉林三黄鸡”地理标志证明商标获得成功。同时向国家互联网信息中心注册“玉林—中国三黄鸡之乡”电子域名成功。并在容县鸿光公司由中国农技协柯炳生理事长（原中国农业大学校长）亲自授牌建立中国农技协鸿光三黄鸡科技小院。

在四川汶川地震救灾活动中，庞宏志牵头组织会员单位捐钱物价值共 200 多万元。他先后带队三次到百色、二次到柳州三江县，带去各会员的捐资赠款和实物帮助救灾赈灾，扶助贫困农民与学生，无偿支援了鸡苗、鸭苗、鱼苗共计 50 多万羽（尾），价值达 150 多万元；在种养技术上无偿扶助了百色、三江县等地发展林下养殖业项目，三江县政府特意赠送了“扶贫解困、共建和谐”的锦旗。发动会员单位捐资助学款 30 多万元到百色去扶贫。

2020 年，庞宏志领导的协会被玉林市民政局授予玉林市参与脱贫攻坚行动优秀社会组织。2020 年全国抗击新冠疫情，他带领 14 家企业捐款 54.2 万元，捐赠物资 9.2 万元。获得民政等部门领导赞誉。

10 多年来，庞宏志先后荣获了“全国畜牧业先进工作者”“广西畜牧局系统先进共产党员”“广西离退休干部先进工作者”“广西价格监测工作先进个人”“玉林市先进共产党员”“广西老科协先进工作者”等 20 多个荣誉称号。2012 年荣获国鸡联盟授予“家禽业风云人物”终身成就奖，2017 年底先后获得“中国老科协奖”、全国老龄委“全国老有所为先进典型人物奖”。

庞宏志还编撰出版了《中外鸡种源的考究》《中国三黄鸡之乡——玉林》《中国（岭南）优质畜禽品种（品系）选编》（2016 版）等专业书籍、资料近十种，发行量 2 万多册，其中《中国三黄鸡之乡——玉林》发行到海内外。

作为畜牧行业的领头羊，庞宏志总是孜孜不倦、默默奉献，他内心深处仍念念不忘初心，继续带领协会全体驻会人员为“三农”服务终生。

文／图：玉林市水产畜牧业协会

中国优秀诚信企业家——甘肃省民勤县煜祺市政工程有限公司董事长李世忠

生命因奉献而绽放异彩

大千世界上，芸芸众生中，一个人有一个人的活法。以索取为乐的人，往往总是在不断膨胀的欲望面前苦恼不已；以奉献为乐的人，常常总是在付出的惬意中快乐无比……在甘肃省民勤县，只要提起县政协常委、煜祺市政工程有限公司董事长李世忠，熟悉他的人都说那是一个有胆略、能担当、乐奉献的人。在他艰苦创业奋斗拼搏的艰辛与成功之间，在他扶贫济困乐善好施的奉献路上，在他昨天与今天的辉煌背后，我们看到的是奉献者闪闪发光的足迹，是辉映“政协委员为人民”的精神之光。

身处逆境开创事业

荣誉之花承载着心血与汗水。2001 年是李世忠人生路上一个重

李世忠近照和获得的部分奖牌 摄影：徐世雄

要的转折点。随着民勤化工厂的破产，他由一个管理着300多名员工的国企厂长，变为一名下岗失业人员。“昨天所有的荣誉，已变成遥远的回忆。勤勤苦苦已度过半生，今夜重又走进风雨……”正如刘欢演唱的那样，当时的李世忠心中充满了迷惘和无助，但是，李世忠在短暂的颓废后，选择了从头再来。他告诫自己，心若在梦就在，再苦再难也要坚强。他从银行跑贷款，向亲戚赊原料，大厂长变成了小商贩。几年的打拼，终于建成了一家初具规模的农产品加工企业。2009年，他开始向公路建设行业转型，2012年，他的公司具有公路工程总承包贰级，市政公用工程总承包贰级，建筑工程施工总承包叁级和钢结构专业承包叁级资质。近几年他先后承建甘肃国际陆港凉州产业园道路工程、68303部队进出口道路工程、甘蒙省界武威汉能大林带道路工程、民勤县污水厂二期提标改扩建工程、红砂岗镇区、县城步行街、中陶新村、县城垃圾处理厂、城南主题公园、人民广场等工程得到了全市人民的肯定与赞誉。至目前，民勤县煜祺市政工程有限公司固定资产已达3600多万元，拥有职工120人，年上缴税金600多万元，成为民勤同行业中的翘楚、武威市建筑企业新贵。

昔日国企厂长，今朝企业明星，变的是身份职位，不变的是创业奉献的追求。从农产品加工中白手起家，在筚路蓝缕中艰难创业，从基建大潮下成功转型，在公路建设上再创辉煌，李世忠在栉风沐雨的奋斗路上，找到了自己的人生坐标。

乐善好施回报社会

李世忠是一位朴实厚道的农家子弟，儿时贫困的磨难和曲折坎坷的经历让他有了一颗乐善好施的慈善之心。他的公司里90%都是原化工厂下岗职工。从下岗创业的那一天起，他的身边就一直有一帮工友跟随着他同甘苦、共患难。他为职工办理了养老保险、医疗保险、工伤保险，出台了技能工资、工龄补贴，外出考察、带薪休假等制度，公司员工的工资收入、福利待遇在同行业中处于较高水平。

“落其实者思其树，饮其流者怀其源。”富裕起来的李世忠把奉献社会、造福桑梓、关注弱势作为企业发展的社会责任和个人价值的体现方式。在事业稍有起色的时候，他慷慨捐资15万元，为家乡大坝乡田斌村修建了一条3公里的马路。2013年以来，先后捐资捐物30万元资助特困家庭孩子上学，资助五保老人生活，为县武警中队修建了1000平方米水泥院落，为苏武乡王和村修筑了3.5公里的沙砾石道路，为苏武山道教林生态基地捐资1万元，为民勤一中捐款2万元，为苏武敬老院农场道路进行整修。2017年4月，在民勤县政协举行的精准扶贫“政协委员在行动”扶贫济困医疗救助基金募捐仪式上，他捐款2万元。2018年10月，在民勤县第一个环卫工人节上，他捐赠了价值40万元的环卫清扫车四辆，2019年6月，为支持全县文化旅游产业发展，他又慷慨解囊，为县文化旅游交通投资有限公司捐款100万元；11月为武威市图书馆捐款30万元……大善若水，善心无价。一件件善事，践行着李世忠“为善最乐、善者必昌”的信念；一次次善举，升华着李世忠乐善好施、惠及他人的美德。

李世忠最崇拜的一个人是曾国藩，他以曾国藩“君子为善最乐，是不求人知；为恶最苦，是唯恐人知”为座右铭，他说，支持慈善是一项蕴涵爱心的事业，是太阳底下充满温暖的事业。

扶贫助困志在奉献

脱贫攻坚是第一民生工程，李世忠认为，参与脱贫攻坚行动，助推全县贫困农村实现早日脱贫致富，是企业家回报社会的大好机会，也是政协委员帮助贫困群众解决生活中的热点、难点问题的有效平台。他想方设法为联系村发展出主意、想办法，真心诚意为联系户解困难、办实事，在帮助破解发展难题、拓宽致富门路、改善基础条件、解决实际困难等方面做了大量工作。他还与西渠镇建立村魏开智，火坎村张尚多、唐军等结成了“对子”，并先后帮扶物资、现金5万余元。

说起李世忠，魏开智就像是在说自己的一位亲人。自从结识了李世忠这位城里的“亲戚”，拖着一身病，背着一身债，供着三个大学生的魏开智两口子一下子觉得轻松了许多。春耕时节，有人送来化肥农资；收获季节，有人联系产品销路；年头节下，有人送来米面粮油；修建羊棚，有人送来优质种羊；家人生病，有人帮助寻

公司大门 摄影：徐世雄

医问药；孩子入学，有人帮办入学贷款……在李世忠的帮助下，老魏家的生活发生了巨大的变化。如今，乔迁新居的老魏两口子逢人就念叨：城里的亲戚对我们真是太好了！

苏武乡邓岔村村民李政清，是一名肾病综合征患者。2006 年发病后多次赴兰大二院、兰州陆军总院、北京协和医院等处求诊治疗。面对岌岌可危的生命，专家提出换肾治疗，肾源及手术费合计在 100 万元以上。这对于因病致贫，家徒四壁的李政清来说，无疑是个天文数字。李世忠得知这一消息后，当即联系有关部门，捐赠 10 万元帮助这个贫困的家庭。2017 年 5 月，李政清在西安交大附属医院做了肾移植手术。

但行好事，莫问前程。这是李世忠对人生的理解，也是他不懈的追求。他是这么想的，也是这么做的。予人玫瑰，手有余香，相信在他今后的人生道路上会收获更多的风景、更多芳香！

履职尽责展委员风采

李世忠常说，政协委员不仅仅是一种荣誉，更重要的是一种责任，政协委员要关心群众、联系群众、服务群众，尽己所能为群众传递心声，帮群众排忧解难。作为县政协第七、第八、第九届委员，在繁忙的工作之余，李世忠从未忘记政协委员的职责。2012 年、2013 年连续两年被县政协委派为县建设局民主监督员；2011—2013 年连续三年被电力局、地税局、公路局等部门单位聘请为民主评议政风行风义务监督员；2013 年被县政协评为政协委员“创业之星”。

近年来，他按照“懂政协、会协商、善议政”的要求，履职尽责，不仅按时参加大会期间委员活动，还在闭会期间积极围绕经济社会发展中的重大问题及群众关心的热点难点问题建睿智之言、献有用之策、尽推动之力。先后提交了《关于开通城区公交线路，方便市民出行的提案》《关于加强城区道路交通安全管理的提案》《关于加大县城街景风貌改造力度，着力打造“三彩”民勤的提案》《关于加快全县生态旅游产业发展的提案》《关于强化城市电梯安全管理的提案》等提案，提出的建议得到了县委、县政府和相关部门的重视；积极参加县政协组织的调研视察、界别交流、委员培训等履职活动，并在县政协组织的城市建设与管理情况等专题视察中提出了切实可行的意见建议，树立起了政协委员积极参政议政的良好形象。

永立潮头不忘初心，勇于担当继续前进。在新时代的征程上，李世忠委员正以坦荡的胸襟和无私的情怀，在民勤大地上谱写着壮丽的奉献者之歌。我们相信，他一定会走得更远更成功！

河北省民办学校优秀校长——邯郸市永年育英学校党支部书记、校长李进喜

不断突破和优化自己

李进喜近照

链接：李进喜，1964 年 4 月出生，教育学硕士研究生，中共党员。现任邯郸市永年区育英学校党支部书记、董事长、校长，永年区工商联合会副主席。系永年区人大常委，邯郸市人大代表；河北省民办教育协会常务理事，邯郸市民办教育协会副会长，永年区企业家捐资助教协会理事。先后荣获“河北省民办学校优秀校长”“邯郸市民办学校优秀举办者”“永年县名校长”等多项荣誉。

“从外打破就是覆灭，从内打破就是成长。如果在经营学校和修炼自己的过程中，等待别人和社会从外部打破，那我们注定会成为别人口中的食物。反之，我们突破痛苦而精进，生命就达到了一个新的高度，甚至是一种重生。”河北省邯郸市十五届人大代表、永年育英学校董事长兼校长——李进喜坦言，在这个世界上，最难的事情就是不断突破和优化自己，只有依靠内心力量突破自己，优化自己，提升自己，才能活出精彩人生。

为圆梦，他两度辞职

1964 年 4 月，李进喜出生在紫山角下李孟湾村一贫苦人家。6 岁那年，他的父亲因病去世。从此，母亲挑起了家庭的重担。

1977 年，李进喜参加了高考，虽然超出中专录取分数线 26 分，却落选了。恰巧那年，李孟湾村小学因增办初中班在招教师，在乡亲们的举荐下，他当上了民办教师，主教物理和化学两门课。每一堂课之前，他都先向同事试讲，征求意见，一遍不行就两遍、三遍……期末，永年县统一考试，他所教的两科均名列第一。

因教学成绩突出，1978 年，他被调入北两岗公社何庄中学，任教初中物理课程。他把枯燥的课程讲活了，一时间名噪乡里。很快，他被列入民办教师转公办的名单。谁料，送走一届学生后，李进喜提出了辞职。

1980 年，20 岁的李进喜又坐进永年县第一中学的高一年级的教室，他要复读，要圆自己的大学梦。

“因为有梦想，所以前行路上再苦再累也能坚持。”回忆起复读时的两年，李进喜说，母亲把他们哥仨带大不易，为挣学杂费，假期他在钢厂拉过钢锭，跟着村里副业队修过路。

1982 年，他被邯郸师范专科学校中文系录取。

1984 年，他被分配到永年县第一中学，成为一名语文教师。凡事追求精益求精、出类拔萃的李进喜，一边认真讲课，一边踏实地做老教师的“学生”。

1987 年，只有 3 年教龄的他，被破格评为二级教师。同年，因工作需要，他被调入永年县委机关，后来又被选调进永年县委资料科。

在县委工作期间，虽已离开教育岗位，但他仍心系教育，曾两次向有关部门提交《增加教育投入，改变农村孩子学习现状》的报告。

1995 年 10 月 16 日，他无意中看到了一份邢台市创办民办学校的先进经验交流材料，便萌生了创办民办学校的想法。于是，他开始研究国家相关政策，去石家庄、邢台实地考察。

1996 年春节刚过，他向县委提出了辞职。他下定决心，要办永

育英学校鸟瞰　摄影：杨冰

年县第一所民办学校。

为办学，他追求不断创新

“认准了的事，阻力再大也得干。”李进喜坦言，他当时铁了心要办学，并且认为自己一定能干好。

“放着铁饭碗，你不端，非得去端那泥饭碗。”“你疯了，想发多大财，办学风险考虑过吗”……亲友们苦口相劝不管用，妻子为防止他从家里拿钱，甚至还把存折藏了起来，就这也没动摇他办学的决心。

亲友们见他为办学的事整天忙碌奔波，人也消瘦了，纷纷倾囊相助；妻子也把存折交给了他。

1996年5月16日，在一切办学手续齐全后，永年县教育史上第一所民办学校——育英学校奠基。同年9月10日，该校迎来首批180多名学生，30多名教职员工。李进喜作为办学人，出任育英学校董事长。

1996年到2004年，被他称为“八年抗战”，其间因为资金问题学校几乎到了办不下去的地步。

“是政府的扶持，亲友的帮助和老师们的坚守让育英摆脱困境。”回想起过往，李进喜依然很激动。

“他是一个不肯安于现状的有心人，善于学习思考，喜欢创新求变，凡事追求极致。”他的朋友这样评价他。

2004年，李进喜果断做出停止招收高一新生、精准发力瞄准小学到初中教学，打造自己品牌的决定。

果然，2005年，育英学校中考成绩一鸣惊人，重点高中上线率居全县前列。

2008年，育英学校中考成绩跃居全县第一。

2013年9月，李进喜被邯郸市教育局、市民办教育协会授予“邯郸市首届民办学校优秀举办者”。

2014年8月13日，老校长病退后，李进喜开始兼任育英学校校长。在新学年第一次全体教职工大会上，他提出了育英学校的梦想——“立足永年，辐射邯郸，逐鹿中原，享誉全国。”

“老校长开创了育英辉煌，我接任后，学校怎么才能办得更好？”反思育英学校以往的教学实践，李进喜决心走出一条创新发展的民办教育之路。

近几年来，李进喜带队遍访省内外名校，博采众长，逐步形成了在学习中创新，在创新中提升的高效发展态势，探索出一条务实、高效、良性、健康的特色发展之路。

2014年，育英学校率先在永年区引上了一体机教学系统、便携式录播系统和网上阅卷系统；相继开发了“百度文库、中学学科网、21世纪教育资源网”等多个教育资源公共服务平台，实现了名校名师资源先享、共享；同时，狠抓“一课一研”“一课多研”、统一教案、统一教学，从而形成“一课一名师、一师一优课”的高效课堂效果。

2015年，育英中考成绩邯郸市第二；2016年中考，邯郸市前三名育英占2人，590分以上人数跃居邯郸市第一……2019年，育英中考再创新高：全市前10名，育英4人；全市前20名，育英10人；全市前50名，育英28人；全市前100名，育英47人。

在李进喜的带领下，2016、2017连续两年，邯郸市初中教育现场经验交流会在育英学校召开，主推育英经验；育英学校先后获得“河北省民办教育示范学校”“河北省民办教育明星学校”等多项荣誉。

为发展，他勇担社会责任

“一个企业家如果只盯着自己的钱袋子，只追求个人享受，他的事业终究是短命的。只有具备博爱之心，具备高度社会责任感和社会担当的企业家，才能赢得广大员工的真心相助，得到社会的广泛认同和支持，才会走得更好，走得更远……育英学校不属于我一个人，她是我们全体育英人共同的家园，我和众多教职工一样，都是一名打工者、劳动者。”李进喜在他撰写的哲思美文《携手构建命运共同体》中这样写道。

“步入良性发展轨道后，学校收入几乎全部用在改善教学设施，改善居住条件，提升教职工工资上。”李进喜指着正在建设的高层说，这是一栋综合实验楼，旁边占地34亩的体育场基本上建好了，正在建看台。

为让每位教师共享育英发展成果，近年来，李进喜不断调高教师的工资福利待遇，任教8年奖补购车费5万元，从教20年，奖励10万元；不断完善落实教师子女免费就读、义务家政服务、集体生日宴会、红白喜事操办等系列暖心服务工作，真正把老师当亲人放在心上，老师家里大小事学校都千方百计帮助办好。为解决贫困学生上学难问题，李进喜近几年先后为4000余名家庭困难学生累计减免学宿费1800余万元。

在关爱师生的同时，李进喜还累计向地震灾区、贫困山区等地捐献救灾、扶贫、助教资金500多万元；每年春节前，为李孟湾村60岁以上的老人送去慰问金，为村里孤寡困难家庭送去慰问品和救济金；2012年起，村里每考上一名大学生，一次性资助5000元；积极参与美丽乡村建设，修路、建文化广场、建小学……累计投入上千万元；2019年，他又投资四五十万元，铺设了李孟湾村周边的村间道……

全国民办教育十大杰出人物——浙江省湖州市清泉文武学校校长周清泉

传承武术弘武德　赤心乡贤报热土

周清泉近照　摄影：肖伏喜

周清泉，中国传统武术十大领军人物、浙江省武术协会副会长、湖州市政协常委、民建成员、校长。在这所占地面积达565亩的湖州市清泉文武学校中，他用20多年的光阴，谱写了一段传承武术弘武德、赤心乡贤报热土的佳话。

巍巍太湖水连天，重重楼阁半山间。进入位于长兴县太湖西岸的兰香山风景区，走了不多远，一排飞檐斗拱、雕梁画栋的中式建筑群映入眼帘。全国著名武术学校，有着“天下第一景观武校”美称的湖州市清泉（国际）文武学校便坐落于此。

名扬一方的武术名家

贤者，多才也。作为长兴县的知名乡贤，周清泉在他的专业——武术领域可谓多才。7岁开始习武，11岁正式拜师，18岁开始从事武术教学，先后学成南山短打、象形、气功等18种拳械功夫……从出身农家的毛头小子，到名扬一方的武术名家，回顾54年的习武过往，周清泉与武术有着解不开的缘分。

1993年，周清泉辞去了温州平阳体委的稳定工作，变卖家产来到浙北小城、有“太湖明珠”美称的长兴县，在太湖之滨开始了武术人生。1994年，清泉文武学校正式创办成立。“练武为一人事，教武为众人事”，周清泉深知个人习武和办校教武的区别，也正是这种“自知”，推动着他实现了从一名武艺高超的习武者向武学双精的武术名家的华丽蜕变。

自办校以来，周清泉开始思考将自己的所学所长融入武术教育中，他将自己精通的南拳、华拳、绵拳等拳路融入武校的各学龄段课程中，并结合教学实际，先后编写了《“健康中国”战略下太极拳运动对人体的价值和作用》《绵拳、飞虎拳、短打拳》等多部武术著作。2009年以来，已经在武术界颇有名气的周清泉先后受邀参与国内大小武术赛事数十场，获评中国传统武术十大领军人物、全国武术段位百名优秀考评员、浙江省体育产业（武术）十大领军人物，并任浙江省武术协会副会长、省武术协会青少年学校武术指导专委会主任等多项职务。

同时，在他的指导下，清泉文武学校所培养的学生参加国内外各类武术比赛50余场，获奖牌2000多枚、金杯70多座，为浙江省武术队、沈阳体院、西安体院、首都体育大学、北京体育大学等输送百余人才，多名学生在世界级太极拳大会、全国武术锦标赛、全运会等世界级、国家级赛事中获得武术类一等奖。

垂范乡里的尚德人家

贤者，贵为德。作为新时期的新乡贤，不仅需要贤“能”，更需要贤“德”。而在周清泉的内心深处，曾经埋藏着一个关于几十个“义父”的动人故事。

1976年，年仅18岁在周清泉独自到江西武宁闯荡。彼时的武宁是一块贫困之地。但对于这位初来乍到的年轻人，淳朴的当地人依旧予以了热情的招待。在武宁县晏头村，吴永宽一家是周清泉眼中的“恩人”。当年，这户朴实的人家将周清泉收留下来，供吃供穿，每逢过年，周清泉和吴家的子女一样，享受着每人吃一只鸡的习俗；离开武宁时，吴家还卖掉了一担稻谷为他做盘缠。“我永远也不会忘记当年的这些恩人。”每每谈及此事，已经年过花甲的周清泉依旧思绪难平。当吴永宽妻子去世的时候，周清泉抛开百忙事务，专程携妻子赶到武宁，执子之礼告别老人，吴家的家谱也赫然将他列为“义子”。而像吴永宽一样，在江西武宁，周清泉的“义父”还有几十个，每到逢年过节，周清泉总是想方设法，长途驱车到他们家中，一一问候，促膝长谈，竭尽全力地为他们提供生活、工作、健康等各方面的帮助。

滴水之恩，当涌泉相报。随着《浙江日报》《湖州日报》等多家媒体对“义父”故事的宣传，如今无论是在江西武宁还是在浙江长兴，周清泉与“义父”们的故事已是广为流传。无人不竖起大拇指，对周清泉不忘初心、知恩念恩的赤子之心倍感钦佩。当地的家长们每每教育孩子，总会习惯性地说：“你要学学人家周清泉，又上进又知恩，做了名人还晓得回来看望老乡亲，是个榜样！”

春风化雨的教育专家

作为有着“天下第一景观武校”美称的湖州市清泉文武学校，令它闻名遐迩的不仅仅是其磅礴大气的建筑群、优美秀丽的自然风光，更是由于它令人称道的教学质量和硕果累累的教学成绩。

培养有素质的武术人才，这是周清泉办学初衷；将传统的中华武术融入现代教育，是他的心愿。而为了实现这个心愿，周清泉动足了脑筋。

来武校念书的学生大多生性好动、桀骜不驯。为此，周清泉在武校创办之初，就确定了“德育为先”的教学理念，并面向全国聘请160多名具有高中高级以上专业职称的教职员工担当学校的教学重任，以满怀热情和专业的教学去教育每一名学生。

在清泉文武学校，曾经有个“捣蛋班”，由各地家长送来的难以管教等“刺头”高中生组成。为此，周清泉专门挑选了“捣蛋班”里最闹的“捣蛋冠军”担任副班长，并征求他的意见，让他拿出一个管理班级的方案。见惯了批评的学生面对突如其来的尊重，心灵上受到了极大的震撼，很快就交上了整顿班级的11条班规。一年后，“捣蛋班”学生的成绩单上再也不见“红灯”，“捣蛋冠军”也成为了优秀学生干部和三好生……

春风化雨，润物无声。在周清泉及其团队的努力下，清泉文武学校声名日盛。如今的学校拥有在校学生3350名，多年来向各地大学输送具有武术技能水平的高中毕业生6000余人，其中考取体育高等学府、浙江公安、警校等院校的学生1500余人。学校先后获得全国教育教学管理示范学校、全国中小学德育示范基地、全国十大武术名校、浙江省优秀民办学校等30多项荣誉。周清泉也因此被授予中国民办学校优秀校长、全国民办教育十大杰出人物、中国教育管理科学人物、浙江省第十四届“春蚕奖”等荣誉。

心怀社会的公益大家

一方水土养一方人民，一方贤达回馈一方热土。虽然不是长兴本地人，但对周清泉而言，长兴是承载了他的梦想、见证了他的汗水、实现了他的价值的热土。在他心中，长兴的地位与故乡无异。“对长兴，不仅要做捐钱捐物的‘小公益’，更要做利县利民的‘大

校园全景 摄影：肖伏喜

公益'。"对于如何回报长兴，周清泉有自己独特的想法。

作为一名校长，周清泉积极贯彻国家武术发展方针，组织学校开展武术"六进"工作，为全民健身服务。先后走进湖州市100多所学校，辅导学生达30多万人次；辅导长兴县机关干部、教师1万多人次，传授中老年武术健身2100多人，组织企业、社区、乡镇表演300余场次。同时，还专门培养一批武术骨干，为南京、长兴等多地部队官兵辅导练习擒敌拳、南山拳、飞虎拳等武术项目数千人次。

作为一名政协委员，周清泉积极参加湖州市政协会议和各类履职活动，用自己的专业特长，为地方经济社会发展献计出力，先后提交了《关于加快武术健身操普及进校园的建议》《关于加快西南太湖沿岸生态修复，发展重点景点观光旅游的建议》等多份提案，成为省政协评选的"百名新乡贤"之一。2017年，周清泉与长兴县政府签订了投入1.37亿元资金的"中华武术文化研学"项目第一期建设协议，着力打造以武术博物馆、武术摄身苑、养生康乐处等集武术教育旅游、文化旅游、养生旅游、趣味旅游为一体的产业项目，为长兴县域经济社会发展贡献自己的力量。

近年来，随着"一带一路"倡议的实施，周清泉又行动起来。通过持续开展武术友好交流活动，学校接待了来自美国、德国、法国、新西兰、日本、韩国以及中东地区等10多个国家和地区武术友人1500余人，开展交流近百次，以武术和旅游的结合带动当地体育及旅游产业的发展，对长兴走向全国、走向世界起到了极大的辐射助推作用，他本人也被评为"一带一路"中阿友好形象大使。

作者：肖伏喜

湖南省特级教师——浏阳市新翰高级中学常务副校长潘明

从公办到民办 教育路上再追梦

链接： 浏阳市新翰高级中学创建于2017年，是浏阳市第一所寄宿制民办高中。目前在校教职工264名，专任教师180名，共有教学班43个，学生2300余人。2020年获得第四届"燕园杯"优秀组织奖，中国高中学科竞赛综合排名前500强，长沙市家长示范学校，浏阳市高一联考质量评价、高二学业水平质量评价、教学质量评价（高考）一等奖，浏阳市教育科研先进单位，浏阳市体艺工作先进单位；2021年获得浏阳市教育系统关心下一代先进单位，浏阳市先进基层党组织，湖南省民办教育扶贫工作先进单位，浏阳市首批智慧校园建设示范学校；2022年高中教育高质量发展综合评价优胜单位等殊荣。

真正的教育者，心中皆有"大教育"情怀。只要能培养人，在哪，哪就是教育追梦的跑道。2020年，潘明从省级示范性高中辞去公职，任湖南省浏阳市新翰高级中学（以下简称新翰高中或新翰）常务副校长。一位知名特级教师辞去公职，走进民办学校开启教育再追梦之路。

励志苦练，他拥有了多个"第一"

问渠哪得清如许，为有源头活水来。登上讲台之日即是勤学苦练开启之时。天道酬勤，30多年的教学生涯潘明获得了多个"第一"或"首届"：上世纪90年代初他就荣获长沙市赛课一等奖，之后他先后荣获了浏阳市首批名教师、首届"感动浏阳十大魅力教师"光荣称号。由于教学成绩突出，40岁出头的他就被评为"湖南省特级教师"。之后陆续被评为浏阳市首批名师工作室首席名师、长沙市首届卓越教师英语学科带头人、湖南省首轮实施高中英语新课程实验带头人。他所教的学生中有多人高考成绩达到湖南省的万分之一，2017年雷同学还斩获湖南省的文科第一名。2017年他作为湖南省唯一的特级教师代表出席由教育部组织的《英语课程标准》的修订工作。

钟情新翰，他选择了辞去公职

省级示范性高中副校长"公"改"非"，5年后就退休，一种

潘明在辅导学生　摄影：黄桃

比较轻松惬意的生活即将开启，他居然选择了“公”改“非”？是什么力量让他下如此大的决心呢？这里我们不得不提到3个人：第一个是新翰高中董事长张运舒先生，这位被誉为“教育移山翁”的教育老兵，从教育局局长的位置上退下来，却退而不休，殚精竭虑。从创办浏阳市第一所民办义务教育学校新文学校，到浏阳市第一所民办高中新翰高中。他“办真教育、真办教育”的情怀深深感染了潘明；第二位是新翰高中校长商南花，教育学博士、教育部国培专家、国家新时代“未来教育家”首批培养对象。做教育，她专注、热烈、纯粹，被誉为“新翰高中首席服务官”。从她身上，潘明看到了学校的精神所在、希望所在。第三位是他的女儿潘姝老师。一位在银行工作的家长这样评价她：“像潘姝这样的好老师，我以前只在电视上看过。”女儿说，像她这样的老师，新翰有很多。女儿的话，让他欣喜，也让他更加确信新翰是做教育的好地方。于是，他义无反顾地加入了新翰高中。在他的示范引领下，共有11名公办学校的骨干教师辞职来到了新翰。同样来自省示范高级中学的化学奥赛金牌教练刘九成说：“潘校长是一位师德高尚，在原学校做出突出贡献的专家型校长，他都敢舍弃一切，我们还有什么不放心的呢？”

挥汗如雨，他是“中国第一副校长”

“中国第一副校长”，这是校长商南花向他人介绍潘明时常说的一句玩笑话，也是真心话，表达了她对潘明作为副校长的高度认可。作为常务副校长，协助校长工作，主抓教学教研。研究新高考背景下的课堂教学，他马上落实到行动上。一年听了200多节课，深入了解教情、学情，作了《新高考给我们的启示》《新高考 新考向 新策略》《跳出课堂看教学教研》等专题讲座，并根据学情，严格实施分层教学。对发展班学生提出了“低起点，小坡度，勤反复，重落实”的十二字方针，实现了“优生更优，中等生变优，落后生天天有进步”的目标。不折不扣落实校长提出的“新高考在新翰，开足12种组合，让每名学生选什么学科就能学什么学科，每名学生都能选出最感兴趣最擅长的学科，自信且高效学习”的目标。针对选课班课堂组织难度加大的现状，他全力推行“我的课堂我做主”，通过各班选学习小组长，固定学生座位，督导中心科学评价科任老师等措施，确保了选课班良好的教育教学秩序。

以身示范，就是最有效的管理。管理的同时他担任了一个班的英语教学。学生如此评价他：“很有幸在高中与您相遇，您不仅在学习上，而且在为人上给予我教导。您使我对外语产生了浓厚的兴趣，也将北外作为我的目标。”“您富有磁性的口语，和蔼可亲的笑容和不时的幽默让我印象特别深刻。”……一名来自另一个年级的学生代表在教师节贺卡上这样写道：感谢您为学生成长精心搭建的平台，让我们拥有多姿多彩的校园生活。在学校督导评价中心对学生的问卷中发现：他所任教的班级，学生对他的满意率永远是100%。学生对他的喜爱之情溢于言表，家长对他也是好评如潮。张同学的母亲深情地说：“感谢您一直以来对孩子们的关心与爱护，孩子们一直都在进步，我们做家长的特别开心。孩子们很喜欢您，所以英语也学得好，有您，真是孩子们的福气！”

同心同行，他在学校成名中再启程

“新翰高中以高一联考全市第一、学业百分百过关并列第一、高考全市第二的优异成绩囊括三个一等奖。高一联考质量评价、高中学业水平考试质量评价、高考质量评价一等奖——实现了教学质量评价的‘大满贯’。”在浏阳市2020年的高中教育大会的主题报告中，五次点赞新翰高中。就新翰高级中学的创新评价体系、课堂“三元素”教改、办学品位、新高考与生涯规划、办学社会影响等方面的工作给予表扬。2021年，新翰高中第二届高考生，更是在湖南省新高考“首考”中创造了教学质量高峰，用实绩回答了新翰的优质发展。

管理者，个人再优秀也只能算合格。让老师都优秀，让学校优质发展，才能在不断的成长中成为真正的优秀。潘明与校长配合默契，与全体师生同心同行，牢记“新德新才 如飞如翰”的校训，

学校大门　摄影：肖孟良

秉承“思行合一，做影响终身的教育”的办学理念，围绕“爱心造就一切”的育人理念，营造温情和谐的育人氛围。致力于做“让每一位学生有进步、让每一位学生更优秀”的教育，上下齐心，克难奋进。四年来，新翰高中办学评优连获“优等级”、六人获全国奥赛一等奖，多人次获二等奖、三等奖。2020年学校入围全国高中学科竞赛综合排名全国500强，浏阳市唯一、长沙市心理健康示范学校、长沙市家长学校示范校……

“民办教育进入新的发展阶段，我愿意在有挑战性的地方再次追梦。”潘明用最佳的教育姿态为自己“从公办到民办”的选择给出了自信的回应，也回应了亲戚朋友“放弃公办学校安定的教学环境，去刚刚起步的民办学校，应该慎重选择”的相劝。根正苗红，风清气正。新翰已然成为他人眼中教书育人、读书做人的好地方，而潘明也在学校的成名中再铸教育新梦想。

作者：张为

全国优秀教育工作者——内蒙古凉城县第二幼儿园党支部书记、园长温振华

一片痴心在幼教

2021年7月，温振华被评为内蒙古自治区优秀共产党员

链接：凉城县第二幼儿园始建于1988年，现设9个教学班，班内实行“两教一保”。教职工学历合格率达100%。各类硬软件教育设施设备一应俱全，符合自治区示范性幼儿园配备标准。近三年，凉城县第二幼儿园获得了“全国足球特色幼儿园”“内蒙古自治区级示范幼儿园”“内蒙古自治区幼儿教育先进单位”“内蒙古自治区幼儿美术教育示范基地”等称号；多名（次）教师获得县级以上奖励；园长温振华近年获得了“全国优秀教育工作者”“全国百名优秀园长”“自治区中西部突出贡献奖”“内蒙古自治区优秀共产党员”“全市名校长”等殊荣。

她无悔付出，为幼儿创设良好的生活和活动环境；她不怕脏累，为幼儿的学习起居留下汗水；她潜心学习，为幼儿的发展尽心尽力……她就是内蒙古凉城县第二幼儿园党支部书记、园长温振华。

作为一名党员、一名教育工作者，温振华在教育教学管理工作中，认真贯彻党的教育方针，将党务工作与学前教育有机结合，始终坚持社会主义办园方向，为凉城县学前教育发展做出了突出贡献。

信仰如炬，一盏星火照远方

温振华始终坚守教育初心，将“做事先做人，万事勤为先”的行为准则贯穿始终，在岗位上恪尽职守，以身作则，带动全体教师做好工作。

2021年在凉城二幼热烈庆祝中国共产党建党100周年系列活动中，温振华亲自为每个幼儿绘画奖状，凉城新闻予以报道

在“教到老，学到老”终身学习理念的影响下，她时刻要求党支部成员与时俱进，在学习中提高政治觉悟，积极组织党员干部和全体教师学习党的理论、方针、政策，并常态化开展研讨交流活动，实现了思想上与党中央保持高度一致。

此外，她还带领党员干部加强幼儿园阵地建设，打造了党员活动室、道德讲堂、廉政文化教育基地。在她的带领下，党组织严格落实党内生活制度，按时召集党员干部和入党积极分子举办主题党日活动，牢固树立“四个意识”、坚定“四个自信”、做到“两个维护”。

钻研如金，一份责任绽荣光

温振华深知，惟有具备系统的专业理论知识和较强的协调管理能力，才能更好地为教师服务、为教育服务。

她在做好日常教育管理工作的同时，还注重自身业务进修和教研意识强化，主动阅读各类专业书籍，紧跟课改步伐，大胆研究运用先进管理方法和科学教育方法，做到了理论指导实践，实践充实理论，知行合一。

此外，她还虚心向有经验的老教师请教，养成了多动脑、勤动笔的习惯，始终保持着在工作中学习，在学习中提高的状态。几年来，

温振华正在教孩子们写意国画

温振华给幼儿们讲述国旗的来历

她的读书笔记写了8万多字，参加各类教研活动250多次，访问名校70多所，听课860节次，为教师家长做讲座近50场，撰写论文在各类评比中多次获奖，经常受邀请参加兄弟学校管理经验分享交流活动或指导其他幼儿园的教育教学工作。温振华，逐渐成长为全市学前教育工作的"领头雁"。

坚守如磐，一片丹心育新人

2012年9月，凉城县公开竞聘幼儿园园长，温振华以全县第一名的成绩脱颖而出，选择到凉城县旧堂幼儿园去实现挑战行业的人生目标。

刚到任时，凉城县旧堂幼儿园建设还未完成，院内堆积着的大片建筑废料的工地，楼房里还不通水电。为了节省资金，把钱用在刀刃上，她亲自带领教职工一点一点地把建筑垃圾清出去，把场地收拾出来。因为幼儿园新建，还来不及办理对公账户，县里拨付资金无法到位。为在开学前配套教学软硬件设备，实现如期开园的计划，她奔波在街头，同一家又一家的商户赊来了一批又一批的设备。忙碌了一个假期，终于到了开学的日子，却只招到43名学生，收了不到3万元学费。面对这般局面，8名教职工士气尤为低落，温振华站出来给他们加油鼓劲："不要看现在人少，我们是废报纸包着的青花瓷！"为实现"从学前教育开始改变学生"这一目标，她带领骨干教师南下江浙，东去京津，向先进的幼儿园学习办学经验，联系实际制定了合理的办园规划，一步一步朝着"在小县城办出大城市、大气度、大格局的幼儿园"这一目标前进。一年过去，学生人数终于突破了150名，次年人数达到了282名，2015年，在园人数突破了500大关。

2014年9月，在温振华的不懈努力下，凉城县旧堂幼儿园成为凉城县历史上第一所日托园，也成为凉城县历史上第一所市级示范性幼儿园。2016年9月，凉城县旧堂幼儿园经过自治区教育厅专家团队的验收，拿到了高分数，获得了高赞誉，成为了凉城县历史上的第一所自治区级示范性幼儿园。

凉城县第二幼儿园的孩子们在凉城岱哈广场做百米长画，献礼中国共产党百年华诞

奉献如歌，一怀赤诚续辉煌

2018年暑假，随着第三轮校长竞聘工作的展开，借于温振华多年的先进办园理念、优秀管理模式，可以带动辐射更多的学校和家庭，于是组织决定让她到凉城县第二幼儿园主持工作。作为一名党员干部，她没有丝毫怨言，主动接受组织安排，积极配合交接工作。

到岗后，她就以真诚的态度、严谨的风格、无私的精神投入到新的工作当中。白天，她和老师们一起研究教学，创设环境，夜里，她就在档案室归档整理相关材料。经过70余天的艰苦作战，凉城县第二幼儿园顺利通过自治区教育厅专家团队的验收，成为了凉城县历史上第二所自治区级示范性幼儿园。

寒来暑往，温振华在自己的工作岗位上兢兢业业，发挥着党员先锋模范作用，以认真负责、踏实勤奋的工作态度干好了本职工作。在她的带领下，两所自治区级示范性幼儿园得到了社会的认可和家长的好评，为凉城县开拓了一片快乐健康和谐的幼教天地。

作者：孙志毅

江西省先进工作者——鹰潭市余江区实验初中校长李军辉

汗水浇灌满园桃李

链接：李军辉，男，1976年10月出生，教育管理硕士研究生，中小学高级教师，中共党员。现任鹰潭市余江区实验初中党支部书记、校长。先后荣获：全国优秀教师、鹰潭市"五一劳动奖章"、江西省"五一劳动奖章"，江西省优秀班主任，江西省语文学科带头人，全省教育系统先进工作者，江西省先进工作者等多项荣誉称号。2017年8月，因工作需要，李军辉从余江一中副校长的岗位上调任鹰潭市余江区实验初中校长，余江区实验初中实现了跨越式发展，教育质量有了突破性攀升。学校拥有了"区中学名师工作室"12个，12个省级研究课题依次结题。学校先后荣获江西省"人民群众满意学校""全国青少年校园篮球特色学校""全国创新作文大赛基地校""江西省中小学平安校园示范学校""江西省巾帼标兵岗""鹰潭市教育先进集体"等多项荣誉。

43岁，走上江西省鹰潭市余江区实验初中校长岗位4年时间的李军辉，被人们誉为余江教育战线的"拓荒牛"。

李军辉耕耘教坛22载，他始终忠诚党的教育事业，教书育人、为人师表，用智慧和汗水，浇灌出满园桃李，收获了闪闪的荣誉。学校荣获江西省"人民群众满意学校""江西省中小学平安校园示范学校""鹰潭市体育后备人才基地""2018年全国青少年校园篮球特色学校""2019年全省三色文化活动先进集体"等称号。在自

鹰潭市余江区实验初中党支部书记、校长李军辉 摄影：吴鑫太

己获得“鹰潭市五一劳动奖章”“江西省五一劳动奖章”“全省教育系统先进工作者”“江西省语文学科带头人”等20多项荣誉之后，2020年9月，他又被省委、省政府授予“江西省先进工作者”称号。

一路汗水一路歌。4年来，余江区实验初中“中考”成绩年年有突破、继2018年、2019年中考连续取得全市领先的优异成绩后、2020年中考又喜获全面大丰收。另外，学生在文体艺等竞赛中共136人次获奖，其中全国级3人次，省级42人次，市级91人次。

教书是让人精神富足的事业

李军辉常说“当校长是一时的，但当教师是一辈子的。”多年来，他一直坚持上讲台，培养了市高考第一名3人、全省高考前十名6人，为清华北大等名校输送了一批又一批品学兼优、德才兼备的学生。

2001年，李军辉进入余江一中就一直担任高三班的班主任兼两个班的语文教学，后升任余江一中副校长兼校党政办主任，尽管行政事务繁忙，他始终坚守在教学一线，与老师们共同探讨教学。

为了上好一节课，他翻阅几乎所有能接触到的资料。为了让课堂充满激情，他认真琢磨每一句课堂语言。为了把握当前的热点问题，他坚持每日收听教育时事新闻。为开展课题研究，他阅读了大量的教育教学理论及相关的书籍，并自费购买了很多与自身专业有关的书籍。课外与学生打成一片，跑步、打球、谈心，让学生充分感受到学校生活的快乐。学生们都爱听李老师的课，不只是享受他课堂上愉悦的氛围，更是在于不管什么样的课型，一经他的巧妙设计、激情点亮、智慧启迪、就能演绎出精彩的幸福课堂！他总结的“五勤工作法”（腿勤、眼勤、嘴勤、手勤、脑勤），一直被学校青年班主任奉为“治班要诀”。

每到教师节，李军辉都会收到学生们的祝福，“教书是让人精神富足的事业。课堂为师，从严治学，课后为友，相互交流。感觉超好！”

创新思路，打造高素质教师团队

李军辉认为，作为一名合格的校长，首先应做一名优秀的教师。工作中，他非常注重师德修养，学风严谨，一丝不苟。

2017年8月，李军辉调任实验初中校长。他带领教师认真工作、辛勤耕耘，用汗水浇灌收获，以实干笃定前行。他提出了“三抓一建”的办学思路，即：一抓教师队伍培训。每学期以“走出去，请进来”的方式，选派了100余名老师远赴北京、苏州等地参加学习培训活动，同时也邀请了北京、深圳等地的国家级名师、名班主任来校讲学，让老师们增长见识、开阔眼界。二抓课堂效率。学校立足常规，打造智慧课堂。近年来，教师参加市级以上业务竞赛有138人次获奖（其中国家级3人），1人获省名师称号。在余江区首届22个中学名师工作室中，学校11老师被选拔为名师工作室领衔人。三抓课题研究。他亲自主持或参与国家级、省级课题研究。在他的带动下，学校正在形成“组组有课题，人人争做科研型教师”的良好氛围。2020年，该校吴鑫太、段志新、刘同日等教师申报的11个省级研究课题顺利结题。“一建”是指党建工作。他主张以党建引领教育教学，通过演讲、征文、社会实践等形式开展党员学习教育活动，开展“品读红色经典，牢记初心使命”系列活动，启动“红色1+2”爱心帮扶工程，设立“党员教师先锋岗”；引导全体党员做到学为人师，行为世范。

脚踏实地求发展，家国情怀育新人

在李军辉看来，一所好的学校，必须靠教育教学质量来衡量。他把“发展是硬道理”“细节决定成败”当作座右铭，落实到工作中。

2017年8月，李军辉抓住迎接全国义务教育均衡发展督导评估机遇，顺势而为，争取建设项目和资金，用于校园配套设施的建设，使学校硬件条件到教育软实力都上了一个新台阶。

李军辉积极推动“教育联盟校”建设。发挥学校优势，主动与潢溪中学、余江三中等组成“教育联盟校”，带动联盟学校发展，产生了积极的社会效益。

作为校党支部书记、校长，他深知为政重在廉，做人重在诚，说话重在信，办事重在实。工作中，他始终做到三个坚持：一是坚持以学校大局为重。做到个人服从集体，不计个人得失，全心投入工作。二是坚持深入教学一线。做到“四勤”，想师生所想，急师生所急。三是坚持严于律己。时刻牢记“常修为政之德、常思贪欲之害、常怀律己之心”，从自己做起，从源头把好关；他积极加强师生意识形态工作，学校经常利用党员微信群，QQ群，学校德育显示屏等大力宣传党的教育方针政策，传播身边的正能量。

为了加强学生德育教育，他组织开展了一系列德育主题月活动，促进了学生的健康成长，涌现出许多可歌可泣好人好事。2018年，周粲、金慧二同学拾金不昧，面对重金毫不动心，面对荣誉淡然礼让。2019年6月，学生艾薇为违规过马路的外公向交警写暖心道歉信的事迹上了《江西新闻》《江南都市报》《今日头条》等新闻媒体。

2020年上半年，新冠肺炎疫情暴发。在疫情防控期间，李军辉始终坚守在校园抗疫第一线，奋战在抗击疫情和“停课不停学、不停教”两条战线上，充分利用“七天网络”“钉钉网”“翼课网”“企业微信”等网上教学资源，开展线上教学、课堂直播、云上学习等。学校名师工作室也面向全区开展了“线上直播课堂”，“线上教学教研”活动，支撑起学校在线教育，以热心与服务体现着共产党员的责任与担当，用行动抒写共产党员的英雄本色、坚守战疫前沿，为打好联防联控阻击战，筑牢了校园疫情“防控墙”。

作者：何秋华、吴鑫太

李军辉（左）迎接上级领导检查指导工作 摄影：吴鑫太

四川省绵竹市侨爱道行中学校长王维勇

情系教育　不忘初心

王维勇近照

困境学生帮扶计划、三段五步课改方案、1234 教学质量提升工程、青年教师培训……翻开四川省绵竹市侨爱道行中学校长王维勇的工作记事本，上面用钢笔满满当当地书写着他对学校发展的规划与布局，一字一句皆见用心。谈到对教育的理解，王维勇表示，教书育人是一份“良心活”，要做就要用心做好，才不辜负学生和家长的殷切期盼。

从 1989 年至今，王维勇从事教育已经 31 年。从远离市区的乡村中学到城区学校，从普通的一线教师到教导主任、校长，时间在变，职位在变，不变的是他对教育的执着情怀。

德育为重，打造和谐校园

“教育工作不仅仅是传道授业解惑，更重要的是育人。”有着多年思政课任课经验的王维勇很清楚，思想道德教育和心理素质培养，往往会使一个学生受益终生。因此，无论学校管理工作有多忙，王维勇都会抽出时间，走进教室，来到学生中间，观察他们为人处世的方法，倾听他们学习生活上的困难，扮演着“知心叔叔”的角色。

在走访观察中，王维勇发现初二学生陈薇（化名）从不与同学说话，总是独来独往，神情忧郁。王维勇在找陈薇谈心中得知陈薇父母离异，母亲再婚，让她感觉自己不再被需要，因此产生厌世想法。为了帮助陈薇树立积极向上的人生观，王维勇不仅时常与她促膝长谈，用自己的人生经历和专业知识开解她的困惑，疏导她的情绪，还发动同学们主动关心她、与她交朋友。他还多次进行家访，指导陈薇的父亲与女儿正确沟通交流。通过王维勇的努力，陈薇逐渐忘却父母离异的伤痛，变得阳光开朗起来。

“班主任是学校管理的最小细胞，最贴近学生的生活。”王维勇特别重视学校德育队伍的建设和培训，他要求每位班主任都必须具备充足的德育经验，懂得关爱学生、尊重学生。在王维勇的带领下，侨爱道行中学不断加强四风建设，定期开展系列德育主题活动和主题讲座，实施“三四五六”品质提升工程，在潜移默化中帮助学生树立正确三观，打造和谐校园。

如今，来到侨爱道行中学，穿过操场，转过走廊，声声问候响在耳畔，温馨雅致的风景和学生阳光纯真的笑脸，无一不让人感受到积极向上的正能量，阵阵和谐文明之风拂面而过。

引领教师成长，提高教学质量

“王校长是我从教路上的明灯，多亏了他的引领和帮助，我才能快速成长。”说起王维勇对青年教师的培养，侨爱道行中学初三(3) 班班主任孟娟便打开了话匣子。2011 年，孟娟正式走上三尺讲台，成为一名教师，但初出茅庐的她对于教育教学的方法还显稚嫩。正当她愁眉紧锁之际，王维勇找到了她，主动询问她的困难，以多年从教经验帮助她找到最适合的教育模式。同时，王维勇还引导她积极参加学校青年教师师徒结对、主题研修、课堂培训等各类活动，让她得以快速独当一面。

“教学质量跟不上，就会耽误学生，每个老师都必须严格要求自己。”王维勇说，为了提升教师业务素质，每年开学前夕，他都会对新入校的青年教师进行培训，并通过开展新任老师见面课、师徒结对、传帮带以及课堂教学比赛的方式，帮助青年教师迅速掌握更成熟的教学技能。同时，王维勇还多次带领老师们前往北京等一线城市学习先进教学经验，努力开阔教师眼界，增强教师专业素养。

从事校长工作以来，无论再忙，王维勇每周都坚持走进课堂，听课、评课、研讨、交流，改进课堂教学。在听课过程中，他发

工作剪影

现学生自主学习意识有待提高，通过深入调查研究，他积极实施"1234"教育教学质量提升工程，摸索出适合该校师生的"三段五步"课改模式，旨在做到把课堂还给学生，最大程度发挥学生学习主动性，在师生互动互助中，培养学生自主、合作的自我学习能力和习惯。

"王校长积极推进学校教育教学改革，办学有新思想，管理有新举措。在实施素质教育和提高办学质量等方面成绩显著，特色明显。""王校长兢兢业业，无私奉献，从不计较个人得失，让我们这些年轻教师学到了很多经验。"如今，走进办公室和课堂，谈起王维勇，老师和学生们总会竖起大拇指连连称赞。

全国民办学校优秀校长——陕西省宝鸡市民办教育协会会长、宝鸡创新教育研究所（教育集团）董事长弓正吉

厚植爱党情怀　忠诚教育事业

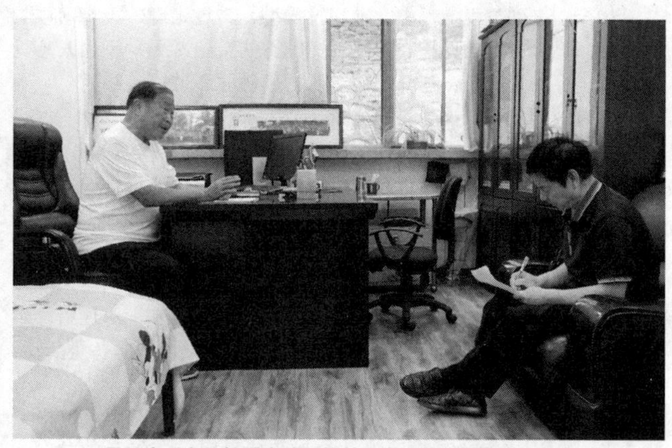

弓正吉（左）接受宝鸡日报社记者采访　摄影：张海燕

他，坚守初心使命，站在三尺讲台上，用爱做人师，辛勤耕耘五十余年，用一生的心血和汗水浇灌着每一个孩子的心田，他就像一支蜡烛，燃烧自己，照亮别人，为无数学生找到放飞梦想的航标，使他们成为社会有用之才。

他，坚定理想信念，奔跑在追梦路上，用心做教育，创办学校二十余年，把全部的心思和精力都投入到辉煌壮丽的教育事业中，就像一头"老黄牛"，默默无闻、任劳任怨，成就了莘莘学子的人生梦想。

他，就是陕西省宝鸡市民办教育协会会长、宝鸡创新教育研究所（教育集团）董事长弓正吉。他身上最闪光之处，就是对党的教育事业无限忠诚，心中时刻装着学生和教育。他从一名普通教师干起，做走在时代前列的奋斗者，先后创办了宝鸡市西关中学、宝鸡市外国语学校、陈仓区外国语幼儿园、渭滨区创新外国语专修学校。他始终坚持全面贯彻党的教育方针，把立德树人作为教育的根本任务，牢记使命担当，努力办好人民满意的教育。

甘为人师：坚守初心培育英才

20世纪60年代，弓正吉从凤翔师范学校毕业后，怀着对党的教育事业的一腔热爱，走进太白县，先后在桃川小学、咀头小学、县中学任教，为山区孩子传播知识，送去希望，成为了孩子们的良师益友，这些经历锤炼了他爱校如家、爱生如子的优秀品德。随后，因工作突出，教育教学优秀，党组织安排他先后前往宝鸡师范学院学习、宝鸡市体育运动学校任教，同时，在陕西省委党校研究班深造。弓正吉从事过小学、初中、高中、中师的教育教学和管理工作。扎实的教学理论功底、丰富的教育经验积累，让他成为教育战线的行家里手。

"至诚志远，自强不息。"为了让更多的孩子汲取知识的营养，插上梦想的翅膀，成就辉煌的人生，1995年，弓正吉在宝鸡率先创办了第一所公益性、突出外语特色的全日制民办学校和语言培训机构——宝鸡市外国语学校，这种涵盖高中部、初中部、小学部、学前教育部的全日制教育体系，规范办学行为，率先组建民办学校党组织，为宝鸡民办教育树立了标杆。

2001年11月，学校成立党支部，弓正吉担任支部书记。他把建强党组织作为推动民办教育发展的强大动力，围绕"两学一做""不忘初心、牢记使命""党史学习教育"等主题教育，读原著、学原文、悟思想，认真做笔记，主动讲党课，与党员和师生交流心得体会，为教职工办实事，充分发挥学校党组织战斗堡垒作用和全体党员的先锋模范作用。

"十年树木，百年树人。"踏上三尺讲台，也就意味着踏上了艰巨而漫长的"育人之旅"。长期以来，弓正吉在教育事业上苦心钻研，静心教书，潜心育人，不断探索，创新实践，形成了他独特的教育理念——办适合每个学生发展的教育；管理理念——厚爱、严管、善教、乐学；教学模式——小班化、研究型、分层立体式教学。

在办学中，弓正吉身为董事长，以身作则，严于律己，依法治学，廉洁从教，一身浩然正气，从不搞特殊化，带头遵守学校各项规章制度，认真履行着一个共产党员的神圣职责，在埋头苦干中实现了人生的价值。他治学严谨，把毕生精力和时间全身心地投入到党的教育事业中，从而形成一种强大的感召力、向心力、凝聚力，感染着、影响着身边工作的每一个人。

弓正吉说："少年强则祖国强。五十多年的教育教学生涯，使我深深体会到，教育不仅是一份事业，更是一份沉甸甸的责任。因为爱是教育的灵魂，爱是孩子们飞翔的翅膀。教育就是爱，没有爱就没有教育，所以，我一生'用爱做人师、用心做教育'，让教师践行教育理念，实施'一生一策'，沿着德育目标培养学生，让学生德智体美劳全面发展，是我永恒追求的办学目标。这既是我的初心、也是我的使命。"

一分耕耘，一分收获。弓正吉先后被团省委、团中央评选为"团中央青少年现代知识技能培训先进工作者""全国民办学校优秀校长""最具社会责任榜样人物""全国百强特色学校模范校长""中国民办教育优秀中小学校长""陕西省青少年现代知识技能培训先进工作者"，连续数十年被省市区选为优秀团干部、优秀共产党员、优秀教师、优秀校长等。2020年2月，他为武汉抗击疫情捐款10000元。他说："我作为一名老党员，希望能以这种方式，为抗击疫情尽一点绵薄之力。"

甘为人梯：勇担使命创新发展

法国著名作家雨果说："花的事业是尊贵的，果实的事业是甜蜜的。让我们做叶的事业吧，因为叶的事业是平凡而谦逊的。"弓

左图为弓正吉在主题党日会上作报告；右上图为弓正吉带领领导团队中的共产党员，重温入党誓词；右下图弓正吉为武汉抗击新冠疫情捐款　摄影：张海燕

正吉就像那默默奉献的绿色叶片，时时刻刻衬托着孩子的花朵，让她们更娇艳、更夺目、更璀璨。

外国语学校创办成功后，立即引起了上级教育局党组织高度重视，送政策、送服务、送关怀，鼓励支持他坚定理想信念、汲取奋斗力量，把民办教育做大做强，上为党和政府分忧，下为孩子和家长解愁，积极承担起社会责任。

弓正吉不负韶华、砥砺前行，在陈仓区创办了外国语幼儿园。面对青少年对学习英语知识的渴望需求，他创新思路，大胆探索，在渭滨区办起了创新外国语专修学校，致力于帮助英语学习爱好者提高英语综合素质和语言运用能力，该培训机构也成为一所“现代化、公益性、高标准、严要求”的中高层次语言培训机构。学校尝试探索新型的教育教学模式，为教学改革探路，组织英语精英骨干教师，编写英语类教材及教辅资料13类50余本。先后培训的各层次学员达20万人次，获得市以上各类英语竞赛奖项者1300余人，许多学生圆了大学之梦。同时，许多优秀毕业生被清华、浙大、利物浦大学、华盛顿大学等国内外知名高校录取。

办学20多年来，弓正吉以先进的理念、真诚的个性，执着的追求，宽大的胸怀，召唤着创新教育集团所属的每一个学校和所有的教职工向教育的更高层次、更高境界目标迈进。

甘做嫁衣：深植血脉传递爱心

人无精神则不立，国无精神则不强。精神如火种，深植血脉，融入灵魂。如果说，陈仓区外国语幼儿园和宝鸡市外国语学校是“孵化”孩子梦想的乐园，那么，省级标准化高中——西关中学，就是孩子们展翅翱翔的“摇篮”。

校园环境温馨舒适。近年来，弓正吉想办法、筹资金，不断提升改造教育教学环境和设备。他认为教育无小事，事事皆育人，任何时候都要为师生创办良好的教育教学环境。他作为校长，心存“善”意，时刻为师生着想，为教育教学着想。真水无香，大善无形。今年已经74岁了，但是他精神矍铄，依然关心着学校的发展。如今，徜徉在西关中学，独具魅力的校园文化特色熏陶着莘莘学子。优质周到的后勤保障服务，为学生成长奠定了良好的基础。

立德树人培根铸魂。以爱心为纽带，以理解为桥梁。他要求西关中学始终抓住“培养什么人、怎样培养人、为谁培养人”和“成才先成人”的根本问题，围绕“爱自己、爱父母、爱学校、爱祖国、爱共产党”的德育目标，触及学生灵魂，让感恩教育升华于内心。弓正吉说：“爱学生，首先就要教他们学会如何做人，而作为传道授业解惑的师者，更要教育学生首先要讲‘三心’，即感恩之心、敬畏之心和进取之心，有感恩之心才有道德良心，有敬畏之心才不敢胡作非为，有进取之心才能奋发图强。”不久前，一位毕业生给班主任老师写信，诉说心中的感恩之情：“诵诗文、教做人，三年授业同挚友；行师道、立典范，千日解惑成知己。”

“一生一策”激活潜能。弓正吉经过多年实践，在全日制学校中积极探索实施“一生一策”的个性化教育策略。他构建了“一生一策”，顾名思义，就是针对不同的学生，采取不同的教育教学方法。他要求学校做到“一个学生一套教育方案，一个学生一个服务团队”，为孩子量身定制个性化的教育方案。要与学生面对面沟通，全程帮扶、跟踪服务，使不同程度的学生在学习、素养等方面都能得到提升。对于基础知识薄弱的学生，提供个别辅导，作业面批、试卷分析纠错、答疑解惑，做好家长和学生的心理咨询等。重视学生的个性差异，激发学生的学习兴趣，培养学生的良好习惯，“一生一策”找到了启迪学生智慧的“金钥匙”。班主任说“一生一策”个性化教育将目标任务具体化、具体帮扶责任化，使学生通过个性化教育获得知识、能力、品德的全方位提升。“一生一策”个性化教育，引起教育界的高度关注。他的教研论文《一生一策个性化教育策略的探索与实践》被《中国教育报》和“中国教育新闻网”连载，被《中国教师》杂志社评为“全国教育创新优秀成果（课题类）二等奖”。同时他也被授予“第三届全国教育改革创新优秀校长”称号。

多年来，弓正吉以“教好每一个学生，让每一位家长放心”为基本遵循，认准了的事就做，坚持做好，创造性地解决管理和教学问题。正是因为有了这种精神、意志、品质和能力，脚步才迈得如此坚实。

老骥伏枥、志在千里。弓正吉董事长虽年事已高，但依然精神抖擞、神采奕奕、目光睿智。他热爱教育，对党忠诚，面对新时代，他立足新发展阶段、贯彻新发展理念、构建新发展格局，以党和人民对教育事业高质量发展的新要求、新任务、新挑战，学党史、强信念、感党恩、跟党走，他带领团队，以饱满的热情、务实的作风、大爱的情怀，不忘教书育人初心，牢记立德育人使命。以昂扬的姿态奋力开启学校高质量发展的新征途，驰而不息，用爱做人师，用心做教育。坚守为党育人，为国育才，不断激活民办学校的生机与活力，让每一名孩子在健康快乐的环境中汲取知识的营养，同在蓝天下放飞梦想。

作者：庞文渊

江西省宜春市黄颇小学校长汤敏

亲手栽下一棵德育之树

汤敏近照

汤敏没有想过，任教26年，在她手上先后筹建了两所学校。

2018年3月份选址筹建，9月投入使用，江西省宜春市黄颇小学是汤敏职业生涯的第四站。

从征地到竣工，汤敏每天都待在临时搭建的工棚里，忙监工、跑手续，脸都晒脱了皮，晚上还要做学校规划等。当年9月，一座现代化、花园式的小学如期建成。

学校地处城乡接合部，生源多为周边郊区居民以及进城务工人员子女，但办学刚满一年，学生已经近千人。

“看着学校和学生一点点成长是很幸福的事情。”历任多所学校领导职务，汤敏看到了社会对优质教育资源的渴望，也感受到教育人肩上的压力。

破土：“一只花盆”里的德育

问她治校有啥诀窍，汤敏莞尔一笑说“德育”。

工作初期，汤敏面对活泼好动且不时惹点小麻烦的学生，也曾头疼过。一次，汤敏走进课堂，发现教室里格外安静，原来，窗台上一只花盆被打碎了。当时，学生们非常紧张，都预测一场“暴风雨”就要来临。然而，汤敏却若无其事，照常上课，只字不提花盆的事。下课后，汤敏轻描淡写地说了句“没事”，就拿起扫把，把碎片和泥土扫进簸箕。

下午，她从家里带来了一盆吊兰，教室布置温馨依旧。从此，学生们都精心地养护着那盆吊兰，再也没有学生损坏公物了。

看到了“德育”的力量，汤敏学着像呵护幼苗一样呵护着学生。

因工作出色，2007年8月，汤敏被调到宜春市实验小学任副校长。

“溪流要到大海里去，去看看那里的风景。”宜春市实验小学是当地的品牌学校，学生人数多，要张罗的事情也多。汤敏从少先队入手，从日常小事入手，努力让学生都能够在潜移默化中接受德智教育。

萌芽：“道德银行”里的储蓄

校情不同、学情不同，一如既往的是汤敏对学生的爱。2014年，她又被调往刚组建的宜春市沁园小学任校长。

沁园小学位于城乡接合部，办学初期，很多孩子有一些不文明的习惯。

如何探索出一种行之有效的方法，让学生们能养成良好行为习惯呢？

经过多次探索和反复论证，最终汤敏确定了以学生在校行为、在家行为及参与社会活动行为为内容，以“道德银行储蓄”为手段，以榜样教育为途径，以激励提高为目的的特色教育模式。

从点滴做起，从身边小事做起，看着学生们一点点进步着，家长们也纷纷表示，孩子的行为习惯得到了有效改善，学习也更加积极主动。打响了“道德银行储蓄”这张德育名片，短短几年时间，沁园小学成为当地的品牌学校。

开花：“邮局信箱”里的绽放

2018年，一纸调令又让汤敏到城南去建设一所新学校——宜春市黄颇小学。

从选址到建设，从荒山到朝气蓬勃的校园，整整半年时间，汤敏没睡上一个安稳觉。即便压力再大，她一进入校园，脸上依然挂着笑容。

校园依山而建，主建筑的屋顶就设计成大气沉稳的灰色，楼栋之间用各类主题的文化长廊相连，展示不同的文化内容，辅之以各类花卉、植物，增添生气……

一砖一瓦的设计，都倾注了汤敏对教育、对生命的体悟。

9月，学校正式投入使用，每天早上汤敏都会准时出现在校门口，微笑着和学生击掌问候。

如何在提升学生文明素养、丰富课余生活的同时，加强家校之间的互动？汤敏将之前探索出的“道德银行储蓄”进行升级，与宜春市邮政公司共同创办“黄颇小学蒲公英礼尚邮局”：学生可以自主或在家长的帮助下，通过信件写出自己看到的文明与不文明行为，通过投递信件的形式，表达想法、发表建议，以此端正文明行为、约束自身举止。

结果：“礼尚积分”里的力量

“班会课上，老师会把收集到的优秀信件与大家一起分享，学生们通过自己的细心观察，发现了课间许多不文明的现象，针对这些问题，也提出了许多可行的建议。”黄颇小学副校长陈诚介绍，随着信件越收越多，学生们身上也开始有了看得见的成长。

随着“礼尚邮局”活动的不断展开，孩子们的关注点也由校园生活扩大到家庭乃至社会中去。慢慢地，家长也会主动参与到信件的写作中来，帮忙誊抄文字、画插画等，并更加主动地参与到学生的其他在校生活中来。

礼尚币、特色信纸、专用信封、礼尚奖章、奖杯……学校围绕着“礼尚邮局”这个平台设计了一些颇具特色的物件，学生们通过积累礼尚币换取积分后可以获得相应的奖品。目前，“礼尚邮局”已开展了13期主题活动，收到学生、家长、社会各界信件总计2000余封，其中，既有学生对于身边不文明行为的倾诉，也有教师、家长和学生之间的互动。

通过一封信件的传递，最终形成一个文明养成的良性循环培育圈，同时也让善的种子在学生的心中生根、发芽、绽放、枝繁叶茂，形成向上、向善的力量。

江西省萍乡市幼儿教育先进个人——芦溪县芦溪镇高楼小学校长丁春雷

山区教育贴心人

丁春雷近照

链接：丁春雷，男，1963年2月出生，小学特高级教师，中共党员，1980年8月参加工作，1986年2月起担任山区村级小学校长至今，现任萍乡市芦溪县芦溪镇高楼小学校长。撰写的论文《浅谈自制教具在小学数学的巧用》《如何看待学生学习中的错误》在《江西教育》《小学教学参考》等刊物上发表。辅导学生习作在《小学生之友》《少年智力开发报》上发表。同时，捐款捐物，关爱留守儿童，资助贫困学生。曾荣获萍乡市幼儿教育先进个人，芦溪县优秀党务工作者，芦溪县优秀教师等荣誉称号。

爱人之人有之，有人将爱心献给自己的父母及亲人，有人把爱洒向人间大地，如白衣天使，把爱献给病人，而江西省芦溪县高楼小学丁春雷校长倾其精力，一生始终不渝，默默奉献，将爱心献教育事业。

20世纪80年代初起，丁春雷就在家乡任民办教师（以下简称民师）。当时学校几个教师来自四面八方，有从萍乡市下放来的教师，也有本地出身不好的、社会关系复杂的老教师，他们不敢教毕业班怕担风险，丁春雷一上任初生牛犊不怕虎，挑起五年级毕业班重担。当时有不少学生与他年纪相差无几，但他不惧挑战，大胆教学，兢兢业业，最终取得了优异成绩，得到社会好评。当时民师无工资，生产队给的工分又少，一年下来，折合人民币才130元，有人劝他别干这个工作，既累又苦，责任又重，没什么出息，丁春雷笑了笑，响亮地回答说：“累我不怕，报酬我不在乎，我喜欢这份工作，如果可能的话，我要为党的教育事业献一辈子爱心。”他是这么说的，也是这么做的。他的工作，一步一个脚印，步步生花，年年巨变。他以辛勤的汗水和勤劳的智慧，用不变的爱心向党向人民交出了一份满意的答卷。冰冻三尺非一日之寒，爱心的真经非一日之功炼成。他以无私奉献的精神，感染了许多学生、家长和民众。2020年教师节前夕，芦溪县播爱协会党支部、芦溪镇机关退休干部党支部、芦溪镇退休教师党支部联合授于丁春雷同志为“爱心校长”。三个支部同时点赞丁春雷，他的事迹已家喻户晓，感人至深。

创平安幸福校园

作为一个山区校长，丁春雷认为只有真正爱这一行，爱一所学校，才能静下心来，全身心地努力工作。丁春雷最开始是在家乡任民师，因工作出色，不久就被任命为校长。他用了十余年时间，让一所在丁氏祠堂办学的村小拥有了一座二层的教学大楼，新校舍、新课堂、新设备，受到了家长的赞扬。此后，他又到丰泉小学任校长，在丰泉小学不但教育教学工作出色，还完成了教学网点撤并。由于工作需要，组织又将丁春雷调入高楼小学任校长，在他的领导下，高楼小学校容校貌发生了可喜的变化。在这座小山岗上，几幢多层教学大楼拔地而起。丁春雷对学校建设有远景规划，庄重秀美的校舍、花坛、古柏、香樟交相辉映，干净的沥青广场、篮球场，给这所学校添了几分气派。丁春雷带头爱校建校，将高楼小学打造成了芦溪县乡村品牌学校。

做爱岗敬业的带头人

打铁还要自身硬。丁春雷处处以身作则。他坚持早到晚归，从不违犯纪律。他努力钻研业务，率先垂范带头在教学上挑重担。学校先后被县、镇评为德育示范学校、文明校园、先进集体。他本人撰写的论文《浅谈自制教具在小学数学的巧用》《如何看待学生学习中的错误》在《江西教育》《小学教学参考》等刊物上公开发表。还荣获“萍乡市幼儿教育工作先进个人”“芦溪县优秀党务工作者”，连续五年获评“芦溪县优秀教师”。

芦溪镇高楼小学远眺

爱师，提高教学质量是关键

丁春雷关心爱护教师，这是他能抓好学校工作，提高全校教育教学质量的关键因素之一。教育教学质量是学校的生命线。只有教学质量上去了，才能得到社会的认可。因此，丁春雷通过派教师进修、鼓励岗位研修、教师集体探讨的方法，提升教师业务水平，促进教育质量的提高。他对教师的家庭情况、生活状况、了如指掌。教师家庭中有什么困难问题，他一知晓，就会想方设法帮助解决。教师家中有喜庆之事，他也能第一时间祝贺。他的理念是能帮就一定要帮，能照顾就一定要照顾。在工作中，丁春雷一视同仁，从不搞特殊化。由于事事对教师关怀，所以丁春雷时时都受到教师全力支持和真心拥护。生活上的关心爱护，加上注重对教师队伍的建设，学校许多青年教师脱颖而出，成果辉煌，丁春雷带领的学校教育教学成绩一直名列前茅。

爱生，倾力关注留守儿童

高楼小学是一所情况比较特殊的学校，在校有近百名山区的留守儿童，他们大多数来自山区，离校远。“关爱留守儿童、共促健康成长”是该校几年来一校一品的工作重点。丁春雷为了这些留守儿童，从思想、生活、学习等各方面制定了一套完整的管理措施，实施全方位呵护。他费尽了心血，千方百计地为他们营造了健康、快乐、平等、温馨的成长环境。学校根据学生的个性特点、爱好建立了留守儿童健康档案及“亲子通讯录”。学校还开办了备受关注的开心食堂，让学生直接参与，成立师生餐饮管委会，使学生能吃到便宜可口的饭菜。种种举措让这些留守儿童觉得学校就是他们想要的温馨的家。

关爱社会特困学生，自掏腰包献爱心

丁春雷在校是个爱心好校长，八小时之外他又是扶助贫困的爱心人士。本来他在学校为留守儿童操碎了心，但是他还主动参加了社会爱心活动。芦溪县播爱协会是一个在芦溪县辖区内专门资助贫困学生的爱心团体。丁春雷见到协会书记、主任生活条件并不优越还全身心地倾力爱心工作，他很受感动。2017 年，丁春雷主动参加该组织，一有时间就组织参加各种爱心活动，几年来，爱心捐款捐物近万元，得到了同仁的高度赞扬。

关爱退休老同志

丁春雷对老同志的关心、爱护也是有目共睹的。他在学校充分发挥敬老爱老作用，选择了由老干部、老党员、老教师和家长代表等各方面关心教育工作的代表人物组成家长委员会，定期召开会议，向他们汇报学校工作，同时广泛听他们的意见和建议，加强了学校和社会的联系。

丁春雷对历年来从学校退休的老同志更是关爱有加。他在全县村小中首创退休教师满大生日，学校带慰问金，亲自下去慰问；不幸逝世者，学校送花圈吊唁。每年配合老年体协，组织退休教师参加一年一度的体检。这些温馨的做法很接地气，很得人心。

正如三个支部联合颁奖辞所说：

一个村小校长，一个伟大而平凡的岗位。他用一颗高尚的爱心，温暖了千百个儿童家长的心扉，取得了了不起的成绩。他继承了丁家伟人丁翘九的“急公好义”的精神。他站在高楼，脚踏实地，狠抓教学，温暖人心，是山区教师中爱岗敬业的一面红旗。

丁春雷，作为一个山区乡村学校校长，一名共产党员，在这个平凡的岗位上工作 40 多年，能取得这样的成绩并不简单。他是山区乡村教师的楷模，是值得我们学习的典范。

作者：王定增

河南省抗疫先进集体代表、信阳市劳动模范——河南圣德医院党委书记程红

战“疫”一线勇担当

阅读提示

2021 年是中国共产党百年华诞。一百年来，一代又一代共产党人团结带领亿万人民历经千难万险，迎来了中华民族从站起来、富起来到强起来的伟大飞跃。如今，千百年来中华民族孜孜以求的

党委书记程红代表河南圣德医院参加河南省抗击新冠疫情表彰大会，获颁“抗疫先进集体”牌匾　摄影：曹启合

小康梦想已经实现，全面建设社会主义现代化国家新征程正式开启。站在“两个一百年”的历史交汇点，新时代共产党人正紧密团结在以习近平同志为核心的党中央周围，充分发挥先锋模范作用，甘当为民服务的孺子牛、创新发展的拓荒牛、艰苦奋斗的老黄牛，在平凡的岗位上做出了不平凡的业绩。他们是党的优秀儿女，他们是共和国的时代先锋，他们是历史的真正创造者！河南圣德医院党委书记程红同志就是这些先进典型中的一员。祖国不会忘记，人民不会忘记，历史不会忘记！让我们走进河南圣德医院，走近程红，拿起笔、举起相机，真实记录主人公无私奉献、锐意开拓，报效祖国、真诚为民的壮美人生！

程红，女，汉族，工商管理硕士、公共卫生政策与医院管理博士，中医师，国际注册会计师，中共党员。现任圣德国际医院集团有限公司总经理、河南圣德医院党委书记。系中国非公立医疗机构协会常务理事，河南省民营医院协会常务理事，五届信阳市政协常委，信阳市工商联副会长，信阳市非公立医疗机构协会会长，信阳职业技术学院临床医学院特聘教授。近年来曾获得信阳市卫生健康系统先进工作者，信阳市优秀政协委员，河南省“豫见未来·心助学教育扶贫爱心人物，信阳市卫生健康系统新冠肺炎疫情防控工作先进女医务人员，信阳市“三八红旗手”，信阳市“疫情防控表现突出共产党员”“信阳市劳动模范”等殊荣。

“感到非常光荣！这是省委、省政府，市委、市政府对我们勇于担当、自觉履职的充分肯定和最高褒奖。”近日，采访2020年度河南省抗疫先进集体代表、信阳市抗疫特别贡献奖集体代表、河南圣德医院党委书记程红时，她激动地说，“在前一阶段的战‘疫’中，我们坚持疫情防控与正常诊疗两手抓不放松，出色地完成了收治疑似病例和保障群众日常就诊任务，保证了院内‘零感染’，为守护河南的‘南大门’作出了应有贡献。”

作为全市15个收治新冠肺炎疑似病例定点医院中唯一的三级综合民营医院，河南圣德医院第一时间组织动员，周密部署，筑起了抗击疫情的坚固防线。

“重大疫情面前，作为救死扶伤的医院没有公立民营之分，没有公办民营之别。应对疫情，医院有能力也有责任挺身而出，承担社会责任，守护老区人民的生命健康，我们责无旁贷。”采访中，程红动情地说。

2020年1月24日，除夕当天，河南圣德医院通知春节所有休假人员紧急归院火速上岗，立即组建以呼吸专业为主的60名留观病区一线医护团队，强化物资保障，改建多条医患人员通道，设立完善疫情防控行止标识，当天就进入迎战状态。

疫情期间，该院全员在岗，300多名医护人员日夜奋战在抗疫一线，新冠发热门诊共接诊近1000人次，2个留观病区收治疑似病例80多人，圆满完成了疫情防控和疑似病例收治任务。

“特殊时期，我们也不忘普通病人，全院30多个临床科室正常开诊。疫情期间，门诊量达13500人次、共接急诊病人2250多人次、住院治疗病人2600多人次，其中危重病人占比达15.3%，为广大人民群众在特殊时期的医疗需求提供了保障。”程红感慨道。

程红说，疫情既是危机，也是考验。医院不因民营而退却，全体医护人员识大体顾大局，以勇敢的政治担当、强烈的大局意识、顽强的战斗作风，应收尽收、应治尽治，外防输入、内防院感，为战“疫”贡献了圣德力量。

“我们是民营医院，当时我的压力确实很大，两手抓两手硬的难度我心知肚明，可还是要去做啊！”程红说，“我们平时说，一切为了患者，此时就是见真招的关键时候。全院各科室一定要做到对普通患者应收尽收、应治尽治，强化病区防控措施，让广大患者放心、安心来院就诊和住院治疗。值得欣慰的是，我们做到了！”

面对突如其来的疫情，作为医院党委书记的程红，顾不上照顾年迈的母亲，顾不上与远道回家的儿子团聚，从大年初一开始，夜以继日，全身心扑在抗疫及医院的各项工作上。

由于工作量太大，程红天天奔忙在一线，常常顾不得按时吃饭和睡觉，身体严重透支，腿脚肿胀痛得站不稳、嗓子嘶哑说不出话来，但她依然不停地在各门诊预检分诊点与独立发热门诊、留观隔离病区、防控指挥部等处穿梭忙碌。

在疫情防控常态化的当下，该院一如既往地重视医院疫情防控工作，各科室各部门都持续学习贯彻国家和省市有关疫情防控重要指示精神，加大医院重点区域疫情防控力度，加强值班审查和分工协作，人、物同防，及时上报，完善《疫情防控应急处置预案》；

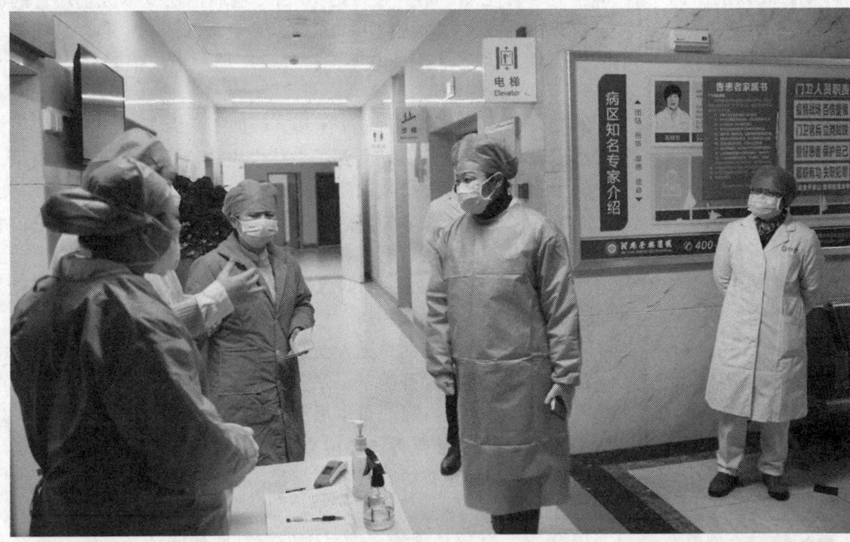

疫情防控工作剪影。左图为程红检查医院血液净化中心日常工作；右上图为了解发热门诊情况；右下图为查看医院留观隔离病区　摄影：曹启合

不断强化医院内部人员培训，提高全员防控的能力和水平，做好防护设备储备、新入院患者核酸检测、环境消杀、宣教指导等各项具体工作，确保医院住院患者、陪护和医务人员的安全。

“下一步，医院会及时响应国家和省、市卫健委疫情防控相关要求，坚决落实各项防控制度和措施，时刻绷紧疫情防控这根弦，抓紧、抓实、抓细各项工作，进一步做好院感防控措施的落实，确保患者、陪护和全院医务人员的安全。”程红对此信心满满。

作者：曹启合

甘肃省“五好老人”——会宁县慈善会常务副会长王文汉

慈善之光闪耀会师圣地

王文汉在2019年慈善助学大会上发言

王文汉，1952年出生于甘肃省会宁县城一个贫民家庭，自幼勤勉好学，懂得为父母分忧，1977年，毕业于甘肃工业大学。王文汉做人规矩厚道，做事严谨认真，自参加工作以来，领导信任他，群众支持他，在百姓中有着很好的口碑。

红色基因筑就慈善爱心

王文汉有着深深的红色情结与基因，1936年10月，红军三大主力会宁会师期间，王文汉父母积极抢救红军伤病员，用花椒水和煮沸冷却的尿给红军清洗伤口，坚持每天为红军总司令部和直属机关送饭送馍，风雨无阻，深得红军赞赏。

红军会宁大会师期间，王文汉的叔父王佬参加了红军。王佬，1918年生，1936年10月在会宁县城参加红一方面军，曾任冀鲁豫军区某部连长，在部队加入中国共产党，抗日战争时期转战大别山、沂蒙山区，前后参战20多次，建功颇丰，1945年在山东沂蒙山区作战中光荣牺牲，被授予革命烈士称号。1952年1月6日，国家给其家属颁发了由中国人民解放军西南军区、第二野战军司令员贺龙、政治委员邓小平签署的《革命牺牲证明书》。1952年3月17日，给其家属颁发了由中央人民政府主席毛泽东签发的《革命牺牲军人家属光荣纪念证》。

王文汉父母诚实守信，又受到朱总司令等红军首长平易近人、艰苦朴素的影响，形成了“诚实守信、乐于助人”的家风。前人示范，后人行之。家风是一种教育的力量，影响着家庭成员的生活习惯、价值追求。受红色情结的影响，使王文汉脚踏实地，踏踏实实地做事，用奋斗书写出了精彩人生。

无私奉献添彩红色会宁

王文汉16岁参加工作，60岁退休，在44年的工作历程中，严以律己，敬业奉献，取得了出色的成绩，多次受到省、市、县的表彰奖励。特别是在红色景区建设中，他竭尽全力，无私奉献，赢得了广泛赞誉。

2006年，时任会宁县政协副主席的王文汉，被任命为省内筹资组组长，他四处奔波，为红色遗址建设筹措资金。他出入机关单位、厂矿企业近200家，联系接触民营企业老总100多人，行程2万公里，先后筹资近700万元。在筹资过程中，王文汉慷慨地拿出了他珍藏多年的1949至1953年版的1分、2分、3分、4分面值4个整版的400张邮票，作为感谢捐资者的纪念品赠送给了客人。700万就是靠锲而不舍的精神，靠着对红军的深情厚谊，靠着对建设好红色遗址的强烈愿望实现的。

会师园里的“地球上的红飘带”雕塑是一座经典的标志性雕塑，受到国内外游客的称赞。当时，王文汉拿着设计图纸，找到兰州市市长，讲述兰州市在会师园捐建标志性雕塑的必要性和重要性，终于由兰州市出资60万元捐建了“地球上的红飘带”。“地球上的红飘带”在全国红色景区中很有代表性，2016年，中国邮政发行了“中国工农红军长征胜利八十周年”纪念邮资明信片，一套一枚，面值80分，该片选用甘肃红军会宁会师旧址“地球上的红飘带”雕塑作为邮资主图。

王文汉家族先后分三次无偿捐赠了10余件革命文物。其中朱德总司令赠送给王勤夫妇的瓷茶壶，1986年捐赠给会宁县文化馆，后来被中国人民军事博物馆收藏。“赤化全川”的两枚铜元，收藏家每枚出资5000元，都被王文汉拒绝了，毅然捐赠给红军长征胜利纪念馆。会宁县为王氏家族颁发了“义举堪颂、真情无价”的铜牌。

王文汉和哥哥王文奎给会师园捐栽牡丹600多株，为了确保成活，他俩亲自在会师园培土移植，一有空就来到会师园，悉心打理牡丹，疏蕾疏花、整形剪叶、清除杂草、松土施肥，使天香国色的牡丹争艳在会师园，被大家亲切地称为红军牡丹。几年来，兄弟俩在会宁中川镇、丁家沟乡、党家岘乡、甘沟驿镇亲戚朋友的土地里开辟了6个育花点，培育牡丹达10亩。他们把在乡下成功培育的牡丹自费拉到城里，为桃花山、东山、县老干部活动中心、县武警中队、县消防大队、县农电局、新时代广场、学校捐栽牡丹5000余株。

2006年9月28日，王文汉在北京参加“纪念长征胜利七十周年饮水思源杯捐赠仪式”，受到了中共中央政治局原委员、中央军委原副主席、原国务委员兼国防部原部长迟浩田的亲切接见。

2007年2月17日（农历腊月三十），时任中共中央总书记、国家主席、中央军委主席胡锦涛专程来到会宁，瞻仰了红军会宁会师旧址，参观了红军长征胜利纪念馆，亲切接见了老红军、老八路、红军会师期间见证人代表和市、县主要领导，王文汉大哥王文乾作为红军后代和会师期间的见证人受到胡锦涛总书记的亲切接见。

百般善事闪耀会师圣地

一份爱心添快乐，百般善事播慈泽。

2007年，会宁县慈善协会成立。组织上推选当时任县政协副主席的王文汉担任慈善协会常务副会长，直到退休后至现在他一直担任常务副会长。

12年来，会宁县慈善事业蓬勃发展，欣欣向荣。既得益于会

工作剪影

宁县委、县政府的高度重视与社会各界人士的鼎力支持，也得益于县慈善会领导班子勇于担当、敢于作为的时代精神。

12年来，王文汉与慈善会领导班子一道满腔热忱投入到全县慈善事业当中。紧密围绕社会发展大局与“慈善为本，善举为民”的思想理念，坚持“政府推动、民间运作、社会参与、各方协作”的方针，以人为本，以善为根，广拓渠道，惠及四方，通过一系列扎实有效的慈善活动及慈善项目，让会宁的慈善事业分外亮丽多彩。

慈善会成立之初，由于当时县上财政紧张，政府仅拨了1万元的办公经费。为了协会的正常运转，王文汉找他当年为纪念红军三大主力会宁会师70周年大庆筹资过程中结识的浙江老板，浙江老板很爽快地一次性捐款12万元。从第二年起，他又先后动员会宁的企业家童天佑、王万军、李国华、马忠仁、郭明君、乔富强等给协会捐资，并与他们签订了为期10年的捐资协议。协会的工作顺利地运行起来了，同时也为协会今后的发展奠定了物质基础。

从此，王文汉老人不遗余力地奔波在慈善第一线。12年来，会宁县慈善会通过各种渠道募集善款善物共计折款5905.97万元，其中现金2234.74万元，善物折款3670.97万元。开展了贫困学生、教师资助、改善办学条件等教育救助，大病救助、免费义诊等医疗救助，帮扶特困单亲家庭等弱势群体献爱心活动，以及为灾区募捐，为贫困家庭春节送温暖，送衣物进村社、净水机进农户、图书进农家、进校园等慈善救助项目，覆盖了全县所有的乡镇、社区，受益群众达3.6万人次。

捐资助学一直是慈善协会从事的一项重要工作。12年来，筹集用于教育救助资金1606.41万元。救助各学段家庭特困学生6701人，其中大学生3100人次，高中生1701人次，义务教育阶段学生1900人次。救助采取分层助困方式，救助资金标准从每人1000元到10000元不等。特别是近年来，每年用于救助特困大学生的善款在140万元左右，年救助学生在500人左右，救助覆盖面达到当年高考二本以上录取学生的20%以上。

赵希瑾是会宁县河畔镇两迎水村人，妻子常年患病，2010年前后，其家五个孩子都在上学，尤其是当三个孩子同时上大学时，对于仅靠农务为生的赵家来说，筹集上学费用就成了最大的难肠事。王文汉同志得知后，先后联系爱心人士救助一万多元，帮助孩子们完成了学业。孩子们大学毕业后，回报家庭，为母亲治病，并还清了家里所有的外债，还资助父母发展种养殖业，羊存在20只以上，年收入2万元以上。赵家知恩图报，把王文汉同志当作至亲，常来常往。

12年来，争取到用于改善办学条件资金575.94万元。其中新建、改建大沟厍等6所小学，资金505.05万元，为汉岔中心小学等3所学校援建电教室，资金21.96万元；为八里湾小学等6所小学安装净水设备20台（套），资金18万元。为10所学校捐赠图书等教育教学用品，资金30.93万元。

在慈善救助家庭经济困难学生的同时，还把目光投向一部分教师，主要是弥补政府奖教资金的不足，对生活特困的教师给予帮助，对优秀老师给予奖励，激励教师更加敬业乐教、无私奉献。共筹集73.5万元，救助、奖励教师293人次。

从2010年开始，会宁县慈善协会通过省慈善总会牵线搭桥，充分发挥慈善机构在医疗救助中的平台作用，主动联系国际慈善医疗团队来到会宁县乡村，为群众医疗治病。在这个过程中，王文汉积极配合国际医疗队深入全县28个乡镇开展医疗工作。10年来，国际医疗队每年来会宁开展一次医疗救助。第一轮全县28个乡镇达到了全覆盖，今年第二轮开始，6个乡镇受益。国际医疗队共做眼疾、白内障、囊肿、疝气、唇腭裂等外科手术848例，免费手术及发放药品价值2600万元，就诊病人达到2.6万人次。

在会宁县不少人都知道王文汉同志是个心地十分善良和慈悲的人，仅他联系企业和社会爱心人士救助的困难家庭和残疾人至少在百人以上。如会宁翟家所镇翟家所村农民李俊林、河畔镇下场子社农民郭恒明二人都是残疾人，不能从事重体力劳动，家庭生活极为困难，急需救助，但在县慈善会成立初期，拿不出资金资助，王文汉同志先后自掏腰包2000多元资助其就医、帮助其改善生产生活条件。久而久之，王文汉和他们便成了朋友。不少弱势群众在王文汉同志和县慈善会的救助和精神鼓舞下，坚持干一些力所能及的活儿，给别人打工看铺子，做到了自食其力，回报社会。

2018年，争取国际援助项目，在八里湾乡修塘坝2处，资金50万元，新修水窖251眼，资金75.3万元。

12年来，慈善会为会师镇、四方、侯川、翟所、汉岔、中川、甘沟、柴门、韩集、大沟等19个乡镇的1582户困难群众，敬老院五保老人247人次，孤儿749人次，残疾人361人次进行了慰问，为他们送去了温暖，共计慰问金147万元。

慈善救助是为政府分忧，为百姓解难的民生工程，也是对精准扶贫、精准脱贫的一个有效补充。一串串温暖人心的详实数据，一件件令人感动的善行义举，一件件汇聚爱心的捐赠物，一次次充满真情的行动，王文汉与爱心、感动和温暖一路随行。

会师大地慈风善雨，分外妖娆。在多年的慈善工作中，王文汉同志的工作得到了组织的肯定，也赢得了广大群众的称赞，被评为甘肃省“五好老人”，白银市老干系统优秀共产党员。

王文汉总是说：“工作是大家做的，李琨、牛郁贤、李树堂、李如潜、宋维平、亢秉洲、连润等同志为慈善工作做的工作更多。作为慈善会的一员，我只是尽了自己的本分。”

文：会宁县慈善会

全国三八红旗手——广西桂平市人大常委会主任蒙爱杏

勇挑千钧担 敢啃硬骨头

蒙爱杏（右一）到该市中沙镇庞村开展精准扶贫 摄影：谭鉴玲

链接：蒙爱杏，女，汉族，中共党员，现任广西桂平市人大常委会主任。自2016年5月任职以来，分管桂平市脱贫攻坚工作，逐步扭转了全市脱贫攻坚工作相对落后的不利局面，并顺利完成整县脱贫摘帽。先后荣获“全国三八红旗手”“自治区三八红旗手”“全区脱贫攻坚先进个人”、贵港市“脱贫攻坚工作先进个人”、贵港市“担当作为善做善成好干部”、贵港市“精准扶贫决胜年先进个人”等荣誉称号。

2016年5月，刚到广西桂平市担任市领导的蒙爱杏便分管脱贫攻坚工作。桂平市总人口超200万，是广西扶贫开发工作重点县（市），占行政村总数近三分之一的151个贫困村、17.6万多的贫困人口，贫困村和贫困人口分居广西县域第1位和第2位。

“当时全市扶贫工作任务特别重，进展缓慢，工作成效也不够明显，打赢脱贫攻坚战关系着200多万群众的幸福，没有退路可言。”针对当时桂平市扶贫工作进程缓慢、工作成效不够明显现状，蒙爱杏以柔弱的双肩毅然挑起扶贫工作千钧重担。

“扶贫工作怎么做，离不开制度文件的精准指导，离不开扶贫政策的精准扶持，关键就是要精准。”为此，蒙爱杏着力在坚持精准施策、提高脱贫实效上下功夫。五年来，她的足迹遍布桂平市26个乡镇、151个贫困村，田间地头、檐前屋后，她的身影总会出现在扶贫一线，累了就在车上眯一会儿，饿了就在路边粉摊对付一下又继续投入工作，加班加点是常事。

蒙爱杏对基层一线的实际情况了如指掌，也掌握了宝贵的资料和数据，为有针对性地开展脱贫攻坚工作提供了参考依据。围绕“两不愁三保障”脱贫目标，蒙爱杏组织有关部门重新修订完善了桂平市脱贫攻坚工作实施方案，确定工作目标，落实工作责任，实施“六个一批”工程和基础设施建设大会战，促进该市脱贫攻坚工作全面开展。至此，桂平有了科学完整打赢脱贫攻坚持久战的整套工作方案。

吃透政策，精心谋划，再到精准施策，蒙爱杏一心扑在桂平市脱贫攻坚事业上，她自己也从“门外汉”逐渐变成了全市了解扶贫政策和清楚扶贫业务的行家里手。

在蒙爱杏推动下，任职第一年，桂平市在广西扶贫开发工作成效考核中，获得了“综合评价好”的等次，一举扭转了脱贫攻坚工作相对落后的不利局面。“脱贫攻坚战不能打糊涂仗，我要先做好示范。”蒙爱杏说。

蒙爱杏是出了名的“工作狂”，身上有一股永不服输、不达目标不罢休的“拼命三郎”精神。长期的辛劳，透支了她的精力，也损害了她的身体健康。为缓解疲劳，蒙爱杏把葡萄糖口服液常备在手提包里，疲惫时就喝一支提神。“困倦倒是容易解决，就是怕腰痛。”腰椎间盘突出和腰肌劳损常常发作的她不得不戴上护腰带，以应对长时间高负荷的工作状态。为适应不同季节和穿衣厚度，她准备了6条长短不一的护腰带，腰带上绣的“武夫人”三字更是让人误会，以为她是练武之人。

通过多方考察研究，在蒙爱杏牵线搭桥下，桂平市在厚禄乡引进广西贵鸣现代农业发展有限公司发展生态沃柑种植项目，建立扶贫车间，通过与贫困户签订务工合同、工资+流转租金、资金入股等方式助农增收。在协调解决各项审批和土地流转工作后，该公司当年就投入1000多万元，种植沃柑5000多亩，共辐射带动170多户贫困户、6个村经济组织参与入股分红。

蒙爱杏给自己定下任务：“挂点的贫困村一定要选当年预脱贫摘帽村，帮扶的对象一定要选最贫困的家庭。”2016年至今，蒙

蒙爱杏奔忙在脱贫攻坚第一线。左图为蒙爱杏（中）在沃柑产业扶贫基地查看果树种植情况 摄影：施小红；右上图为蒙爱杏（右二）在学校检查义务教育均衡发展情况；右下图为蒙爱杏（中）向帮扶贫困户讲解扶贫政策 供图：桂平市委宣传部

爱杏分别挂点帮扶中沙镇庞村、石咀镇河口村和新平村，这些贫困村条件艰苦，脱贫难度系数大。目前，庞村、河口、新平三个村已全部实现脱贫摘帽，她帮扶的贫困户也全部实现脱贫。

在蒙爱杏积极推动下，2018 年 10 月，广西县域义务教育基本均衡发展现场推进会暨 2018 年广西高考综合改革推进会选择在桂平召开，该市义务教育均衡发展工作经验和做法得到有效推广，并提前两年高分通过国家义务教育均衡发展核查验收。此外，首创了“地校联合、普职融通”教育扶贫新模式，成功劝返辍学学生 147 人，其中贫困户学生 41 人，无一人出现“二次辍学”。

同时，桂平市先后承办了广西扶贫干部项目管理现场交流培训班、广西县级脱贫攻坚项目库建设现场推进会、广西县域义务教育基本均衡发展现场推进会，并在会上做经验介绍。五年耕耘，蒙爱杏勇挑重担，以“功成不必在我”的精神境界和“功成必定有我”的历史担当，不仅扭转了广西桂平市扶贫工作相对落后的不利局面，在取得经济社会发展实绩实效的同时，更为桂平市赢得了口碑、收获了荣誉。

2020 年 5 月，桂平市顺利实现整县脱贫摘帽，累计完成贫困村摘帽 151 个、贫困人口脱贫 17.55 万人，连续五年（2016—2020 年）获得广西扶贫开发工作成效考核“综合评价好”等次，蒙爱杏获得“全区脱贫攻坚先进个人”表彰。

广西梧州市五一劳动奖章获得者——万秀区委副书记戴晓萧

情系民生求创新 甘将扶贫为己任

戴晓萧近照

链接：戴晓萧，现任梧州市万秀区委副书记，万秀区扶贫开发领导小组副组长。2015 年 6 月被评为梧州市优秀共产党员，2020 年获得了梧州五一劳动奖章、梧州市爱国拥军模范，梧州市 2020 年度“三年三工程”先进个人，梧州市 2020 年“力争上游”好集体好干部先进个人二等奖等殊荣。

戴晓萧，男，44 岁，现任中共广西梧州市万秀区委副书记，万秀区扶贫开发领导小组副组长。自分管扶贫工作以来，他认真贯彻落实习近平总书记提出的“实事求是，因地制宜，分类指导，精准扶贫”工作方针，以“三个创新”模式，精准施策，因地制宜促脱贫奔康，为万秀区连续四年获得自治区扶贫成效考核“综合评价好”等次打下坚实基础。

创新“扶贫＋健全机制”模式，纵深推进巩固脱贫成效

在脱贫攻坚过程中，戴晓萧始终发挥带头模范作用，深入基层一线，聚焦“精准”要求，坚持问题导向，着力解决贫困群众最关心最直接最现实的问题。

建市场，解决“水上漂”收入问题。在万秀区委通过“以建代购”模式解决辖区内 17 户 70 人“水上漂”贫困户上岸住房问题后，戴晓萧深知上岸安居，更要稳定就业，发展生产，他逢山开路，遇水搭桥，为了让“水上漂”贫困户“搬得出、也稳得住、更能致富”，他和驻村扶贫工作队员及村民又启动“头脑风暴”，集思广益，群策群力，依托梧州高新区区位优势，盘活河口村集体土地资源，利用扶贫资金与村集体资金，在安置“水上漂”贫困户住房小区附近新建城东镇就业扶贫农贸市场，以较低的费用为上岸渔民及其他有需求的贫困户提供固定销售摊位，或其他就业岗位，有效解决贫困户的就业问题，促进村集体经济发展。这一创新做法，获得自治区、梧州市媒体广泛报道。

引产业，解决“水上漂”发展问题。他还带动城东镇河口村积极发展产业，引进龙头企业广西维尚品现代农业科技发展有限公司，打造食用菌全产业链示范基地，推行“公司＋基地＋贫困户”模式，为“水上漂”等贫困户提供技术培训、菌种培育、销售支持等，鼓励支持“水上漂”等贫困户与龙头企业建立合作关系。同时，建立“春和景明”花卉扶贫基地，试行“产业扶贫＋承包责任制”模式，吸纳多名贫困户参与基地花卉种植管理，享受基地收益分红，曾经水上漂泊的疍家人已经开启了幸福生活的新篇章，他们的日子会越来越红火。

联园区，解决“家门口就业”问题。新冠疫情后，戴晓萧在狠抓疫情防控的同时，还积极巩固脱贫成果，组织区扶贫办、人社局等部门精准指导、持续调度，对接辖区内梧州高新区、粤桂试验区两个园区企业，开展线上线下联合招聘会，并结合实际开发疫情防控扶贫公益岗位，增加了防疫卫生保洁员、公共场所消毒员、公共设施管理员等近 70 个扶贫公益性岗位，帮助所有有就业需求的贫困劳动力就地、就近实现就业，既稳定了收入，又巩固脱贫工作成果。

创新“扶贫＋集体经济”模式，拓宽群众增收致富渠道

戴晓萧针对农村自身发展条件不足，发展模式单一，集体经济项目“造血”能力不足等发展困境，创新实行“三个发展模式”，推动集体经济经营主体的企业化、市场化和规范化发展。

推行“服务创收”发展模式。依托靠近市区、园区的地理优势，戴晓萧指导各村积极利用旧村委大楼、回建用地等，通过租赁、合作开发等方式，发展商业、酒店、餐饮、农贸市场等三产业项目 22 个，如指导城东镇河口村利用回建用地建设扶贫农贸市场，免费出租部分铺位给渔业组上岸贫困户，既解决周边近 4 万人生活采购问题，又带动贫困户增收，每年可为村集体增收 25 万元，积极探索精准扶贫多赢之路。

推行“村企联建”发展模式。该同志以挂点联系的夏郢镇为试点，创新整合村党组织、合作社、镇商会、合作商、村民等力量成立集体股本公司，通过组织机构联建、信息资源联享、项目建设联营、集体经济联推、服务群众联做的方式，联合镇辖 23 个村抱团建立“富郢集体经济‘发展联盟’”，走集体经济“一核多元、五联强基”

发展新路子。目前已开展扶贫消费订单、“幸福人饮”工程、肉猪养殖、工程机械、沙石加工销售等项目，仅半年时间营业额达150余万，促进村集体增收40余万元。

推行“电商＋产业”销售模式。大力支持各村集体合作社与广西知名文创公司合作，将民安花生油、城东石泉米粉、小绿蛋、小香米、农家腐竹等20多种特色扶贫产品进行统一设计、包装、推广，利用“西江乡上”电商平台和市区实体店，进行线上线下展示销售，积极将万秀区村集体经济项目及农户产品推广到粤港澳大湾区，年均销售金额达300多万元，推动全区32个村级集体经济收入均达5万元以上，其中部分村达到50万元以上。

全国脱贫攻坚先进个人——河北省张家口市财政局副局长喻鹏

一片初心终为民

下乡，他总随身带一把尺，丈量贫困群众住房面积够不够，也丈量蔬菜大棚达不达标，更丈量干部与群众是近了几分，还是远了多少。

伏案，他精打细算，每一笔扶贫资金，每一页账目表格，每一分钱都实打实用在刀刃处。

他是全国脱贫攻坚先进个人、河北省张家口市财政局副局长喻鹏。

作为一名共产党员，作为河北省张家口市财政局分管农业的局领导，他连续作战、毫厘必较只求为民谋利、为民争利；他挑灯奋战、苦思苦干换得张家口市脱贫攻坚战“粮草军需”充足到位；他有的放矢，组织开展全市扶贫资金绩效评价连续三年进入国家和省“好”的行列。

明白账　护好脱贫攻坚“粮草军需”

张家口市地处燕山——太行山集中连片贫困带，贫困程度深，贫困人口多，是河北省脱贫攻坚的主战场，同时，还肩负着习近平总书记嘱托的要“交出冬奥会筹办与本地发展两份优异答卷”的重任。

底子薄，任务重，全市脱贫攻坚战的每一分资金都必须花到刀刃上，用在关键处，发挥最强效。

喻鹏说：“必须有本明白账！财政惠民政策体现着党的关怀，一定要把政策定得更科学，把资金用得更精准。”

为了算好这笔账，让每一分钱实打实用到贫困群众最需要的地方，让扶贫资金真正成为致富资金，他要求自己必须下到贫困县、进到贫困户，见到贫困群众，为此，他从未休息过一个完整的节假日。

走得近、听得多、看得清，喻鹏对贫困群众的疾苦感同身受，为民争利、为民谋福、为民施策的心愈加迫切。

一次，在扶贫资金检查中，他发现一家扶农公司在村级光伏电站收益上存在与民争利问题。按照光伏收益的发电量，按每度电提9.5分钱作为公司维护运行费用，一年要提取400多万元。实际中，设备运行维护情况到底如何？人员等各项开支需要多少？为最大程度保护贫困户利益，让利于民，使扶贫资金使用更加精准，他立即带队奔赴扶农公司，现场查看、核算，计算出合理的人员和运维费用，将盈余的收益全部用于村集体扶贫产业发展。仅一年就为该县贫困群众多争取了150余万元。这一做法在全市推广后，为贫困户争得了最大利益。

每次下乡，喻鹏都会随身带一把尺子。危房改造现场，除了查看维修情况，他还要亲手量一量面积、尺寸。

“这算个啥，喻局还常钻到羊圈、猪圈、牛棚、鸡舍数数，算算数量能不能和扶贫资金对得上。”监督评价处副处长魏建江说。

从事财政工作30多年，喻鹏对“财政”二字有着自己的理解与坚守：“为民是财政工作的出发点和落脚点，也是财政局这个集体一直以来的精神和理念，任何时候、任何事情都不能改变。”

创新路　探索因地制宜“良方妙药”

“好的脱贫办法与制度，不是一哄而上，用物资堆砌应付阶段性任务，而是要拔掉贫根，要让贫困群众摸得到通过自己努力可以致富的希望与路径。”这段话喻鹏深有感触。

为了把政策定得更科学，把资金用得更精准，他时刻树立创新理念、开拓意识，牵头组织了张家口市财政专项扶贫资金管理办法、“四方联动”和支农资金支持资产收益扶贫管理办法等一系列财政扶贫政策制度的制定，有效解决了财政资金“怎么帮”“如何准”的问题，真正惠及了贫困村、贫困群众。

立足张家口是全河北省脱贫攻坚主战场的实际，以喻鹏同志为代表的各级财政部门，上下同心、攻坚克难，多方拓展资金渠道，2017—2020年市级安排资金6.25亿元、县区安排资金14.56亿元，年均增长39.57%和30.21%。精心组织开展贫困县统筹整合使用财政涉农资金试点，2017年以来指导全市整合财政涉农资金137.86亿元，为打赢脱贫攻坚战提供了有力资金保障。

为做好省委部署的“六项任务清单”建立工作，他多次调研召开推进会，安排部署县区开展财政扶贫资金投入、使用、绩效清单建立工作，并在工作方式上创新出“清单门帘式梳理，三纵三横网格推动”的组织形式。为了保障清单建立质量，他利用3个多月时间对各县区财政扶贫资金投入、使用、绩效清单建立、完成质量情况进行了多轮次指导与检查。他利用一切可以抽出来的时间，一个县区一个县区走，问问县区有什么困难，看看大家遇到哪些问题，与大家一起想办法，一起去解决难题。

“清单建立之初，大家对填报口径和项目内涵有很多理解不一致的地方，喻局总是和大家一起探讨、研究，有拿不准的地方，不管你多晚给他打电话，总是第一时间接听并耐心解答。”张北县财政局农业股股长阴晓霞说。

有人说：你们市里的机关干部，还关切下面这么细的工作干什么？他总会笑着说：“扶贫资金是全市贫困户脱贫致富的救命钱，我了解了清单，也就掌握了全市扶贫资金的使用、成效情况，这就为以后我们好好利用这部分钱，给群众带来更大利益提供了帮助。”话语虽朴实，但他将一字一句都真正践行在实际工作中。

带头人　打造为民办事“硬核”队伍

河北全省共10个深度贫困县，张家口一市就占了5个，脱贫攻坚，越到最后越要响鼓重锤。喻鹏深深体会到脱贫攻坚工作是一份沉甸甸的政治责任。投入财政扶贫的五年中，从年初项目谋划到年终绩效评价，从白天实地调研到夜间组织研讨，他生活没有日夜之分，更忘记了疲惫和休息。再忙再累，他依旧不忘解决基层基础工作的薄弱环节，提升基层脱贫攻坚人才队伍建设。

财政扶贫工作中，他发现财政扶贫资金在管理过程中，还存在一些不足，特别是基层在管理上不够科学化、标准化，比如村在公告公示的内容上有的地方不够详细，一些工作程序缺少影像佐证等。

他意识到，这些看起来细微的不足、不到位，可能会影响全市脱贫攻坚工作质量。

为了让政策、文件真正落到实处、落到基层，到县、乡、村进行20余次调研后，他组织撰写《张家口市财政专项扶贫资金绩效评价操作规程》，会集市县财政、扶贫等部门同志对书稿内容、可操作性、严谨性进行了多次讨论、研究，最后定稿，形成适用于县、乡、村三级的工作操作手册，并分发到每个县乡村。许多驻村工作人员和村干部都说："你们编的这个操作规程真是'傻瓜版'的，没有扶贫工作经验的新手，一看也能明白个八九不离十。"

在其位、尽其职、安其心、竭其力，仅2017年以来，喻鹏分12批次组织全市2000余名基层财政扶贫干部、基层财会人员进行培训，同时亲力亲为、主动上台讲解政策中的重点、难点，在全面提升基层干部综合业务能力的同时，也为全市脱贫攻坚行动提供了强大的智力支撑。

为民路漫漫，爱民情深深。如今，巩固拓展脱贫攻坚成果同乡村振兴有效衔接的战鼓擂响，喻鹏为民初心依旧，再次踏向新的征程。

作者：张家口市财政局

访安徽省合肥市包河区委统战部副部长、工商联党组书记史道云

"彩虹之家"的深情守望

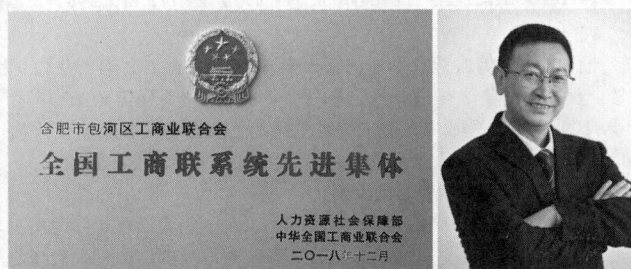

合肥市包河区工商业联合会

全国工商联系统先进集体

人力资源社会保障部

中华全国工商业联合会

二〇一八年十二月

包河区工商联被表彰为"全国工商联系统先进集体"，右图为史道云近照

链接：合肥市包河区工商业联合会（以下简称区工商联）下辖8个街道商会，2个镇商会，1个开发区商会，1个社区商会；2014年7月在包河区民政局注册登记"包河区总商会"。包河区工商联2018年被人社部和全国工商联表彰为"全国工商联系统先进集体"；连续第七年被确认为全国、全省"五好"工商联；自2018年以来，民营企业调查点工作连续两年获得全国工商联表彰；荣获安徽省工商联系统抗击新冠肺炎疫情先进单位、安徽省"千企帮千村"精准扶贫行动先进集体等荣誉称号。芜湖路街道商会、万年埠街道商会、包河区青年商会同时被确认为2019—2020年度全国"四好"商会。

目光坚定，举止沉稳，优雅的谈吐传递着温暖和力量，干练的作风洋溢着自信和善意，史道云总是给来访者留下这样的印象，记者也不例外。作为合肥市包河区委统战部副部长、区工商联党组书记、常务副主席，他非常繁忙。

大家都说，史道云是包河区民营企业家的主心骨、大家长，他精心营造了一个 "彩虹之家"，以区工商联为平台，架起了一座政府与民营企业沟通合作的桥梁。他的身上仿佛有一个强大的磁场，充满着凝聚力，聚集着正能量，一大批有担当、能作为，有理想、讲党性的民营企业家聚拢在他的身旁。

知行合一，在其位则谋其政

"我思故我在。"记者在包河经开区商会主办的羽毛球友谊赛上，见到这位全年无休、一心扑在工作上的工商联党组书记时，史道云以一句名言开篇侃侃而谈。

"我思考的目的是为了知行合一。组织上派我来工商联工作，我就要把工商联的历史沿革、使命责任、政策尺度和工作方法融会贯通在脑海，与时代变化结合起来，在其位、谋其事，负其责、尽其事，以高度的事业心与责任感，把工作做到极致。"从区检察院到区人大到芜湖路街道到区委宣传部再到区工商联，变换的只是岗位，不变的是责任与初心，每一次经历都是一笔宝贵财富。"工商联最初是周总理提议成立的，百业待兴的新中国，需要完成旧中国工商业的社会主义改造，为实现国家的工业化奠定基础，工商联发挥了重要作用。经历了40年改革开放，我们面对的已经是新时代的民营企业家了，他们为社会创造财富提供就业，是劳动人民中的精英，不再是旧时代的资本家。方针政策、工作方法都得与时俱进，工商联的工作依然任重道远，来这里工作是组织对我的考验和信任。"史道云如是说。

事实上，无论在哪个岗位，他都力求完美：在区检察院工作14年，被评为全省先进；在区人大工作7年，内务司法监督工作全省先进；在街道5年工作分管大建设、市容管理，每天6：00起床，带领挖掘机队拆违执法，荣立二等功，被评为全市拆违先进工作者；在区委宣传部负责文明创建工作5年，他和同事们齐心协力，把全区省级文明单位由原先的9家，提升到了17家，并创建了1个全国文明镇3个全国文明单位，2013年虽已调至区工商联，但区文明委还是把2014年的全市文明创建先进工作者殊荣给了他。

2013年3月，史道云由区委宣传部调任区委统战部副部长、区工商联党组书记。虽然工商联不是行政执法部门，但却肩负着沟通联系政府和民企的桥梁纽带作用，是政府管理服务企业的参谋与助手，责任重大、使命光荣。史道云认为，要把工商联的工作放到包河区经济发展的大局中去谋划落实，才是真正的在其位谋其政。

取法其上，以梦为马见成效

"取法其上得乎其中，取法其中得乎其下"，高标准制定目标，才能取得好成绩。那么，制定高标准的动力何来？答案是梦想。

史道云说，在包河区有争第一、创唯一的优良传统，工商联自然也不能落后。为此，他给工商联定下了一个三年目标：一年全市第一，两年全省一流，三年全国有位置。宏伟目标离不开团队的支持，曾几何时，很多人认为在工商联工作就是看报喝茶混日子，但史道云却彻底颠覆了这一刻板印象，区工商联的每一个人，在史道云的真诚付出、率先垂范下，个个都是"拼命三郎"。

服务是工商联的立身之本，工商联的职责和价值只有在服务中才能得到彰显。他要求区工商联全体成员，既不要把自己不当干部，也不要把自己太当干部，做事要极致作为，做人要谦逊低调，沉下心当好企业的"服务员"、做好"最后一公里"：开展一线调研、了解企业发展现状，倾听企业家心声、把握民企人士的思想脉搏和所需所想；把自己的责任看得重一点，既然是党员干部，就有引导之责，在真心为企业服务的过程中，建立信任友好的真挚感情，构建亲清政商关系。

“包河讲坛”第七十五期暨彩虹之家商学院首期培训班在区政务中心大会堂举办。全国社会保障基金理事会原副理事长，西北大学原教授、博士生导师王忠民应邀作《区块链：从信息互联到价值互联》专题报告

在区工商联工作近8年来，史道云勤于思考、善于协调、精于谋划，激情工作、真情服务，使得区工商联各项工作风生水起，品牌工作逐步凸显，影响力与向心力不断扩大，较好地发挥了政府管理非公有制经济助手的作用，和在非公有制经济人士思想政治工作中的引导作用，为加快包河区崛起作出了积极贡献。

在史道云的带领下，包河区工商联连续6年获得全省工商联系统宣传工作先进、连续7年被确认为全国“五好”县级工商联，2018年更是荣获“全国工商联系统先进集体”这一至高荣誉，也是全省唯一获此殊荣的，在北京京西宾馆受到李克强总理的亲切会见。他本人也荣获了全省工商联系统先进工作者，并被聘为中华全国工商联直属商会与非公党建工作委员会委员，成功当选中国工商业联合会第十二次全国代表大会代表。

何陋之有，30平方见彩虹

“山不在高有仙则灵，水不在深有龙则灵。谈笑有鸿儒，往来无白丁。孔子曰：何陋之有？”有了理念上的志存高远，30平方米的“彩虹之家”成了企业家们的精神堡垒。

“这是一个盛产理想和梦想的年代，实现梦想的道路也许荆棘密布，前行的征途中难免有艰难险阻，但只要我们不停下奋进的脚步，风雨之后一定能看见彩虹。”与史道云对话，你可以最大程度地感受到，他追寻梦想的那份坚韧与激情。

这也是他来工商联后成立“彩虹之家”的初心。史道云深知，包河的发展离不开非公有制经济市场主体。为使企业家有归属感，进一步汇聚民营企业的力量和智慧，让他们在全区经济社会发展中大显身手，“彩虹之家”应运而生。

“彩虹之家”不足30平方米的会客厅，承载了区工商联的重要职能与任务，成为展示包河龙头企业产品、宣传企业文化的形象窗口。这里既是史道云加强和改进非公有制经济人士思想政治工作、协助政府管理和服务非公有制经济的重要场所，也是常青股份、国信建设、巨一自动化等多家龙头企业的形象展示之地。“彩虹之家”商学院、会刊、微信群和志愿者队伍，更是包河服务非公经济的闪亮标签和靓丽名片。

“这里是守望企业家出发和归来的幸福驿站，企业交流、政商沟通的心灵港湾。”确实，“彩虹之家”既是教育课堂，更是思想阵地。诚如史道云所说，工商联工作的重中之重是通过党建引领、突出政治建会，从思想上教育指引非公经济人士成长，让“爱党、信党、跟党走”的信念根植于他们的心灵深处。

思想引领，政治建会，带来的是非公有制经济人士，特别是年轻一代企业家健康茁壮成长。近8年来，全区有122家企业和97名企业家分别获得省、市“优秀民营企业”“优秀民营企业家”称号，109人次获评省、市、区“优秀中国特色社会主义事业建设者”，65位非公经济代表人士当选省、市、区人大代表、政协委员。

大道之行，引领非公向大同

“大道之行也，天下为公”，《礼记》中的大同理想体现出古代中国朴素共产主义思想。史道云认为，共产党的治国理政思想与祖国传统文化之间有着高度的同理性。

包河区是我省首个生产总值千亿城区，区委、区政府对工商联工作极为重视。史道云殚精竭虑，谋定而后动：区工商联执委以上企业“非公党建扩面提质工程”，“益企服务、一起发展”党建活动，把非公党组织建在产业链上，以机关党建引领非公党建“同教育、共成长、促发展”，形成“聚合效应”。一系列措施取得了显著成果，被合肥市作为非公党建品牌在全省推广。

“让服务民企更显真情更有温度”，成为包河区工商联坚持服务兴会的生动体现和真实写照。“彩虹之家”致力于“为企业提供有温度的服务，让企业感受如家般温暖”，已先后发展3318名会员、152名执委，指导成立12个街镇级基层商会、1个区青年商会、1个区文化产业协会，吸纳辖区内异地商会、行业商会40余家为团体会员，成为民营企业家愿意来并且不想走的温馨家园。

聚似一团火，散似满天星。在史道云和包河区工商联的引领下，民营企业家致富思源，不忘回馈社会：全区先后有数百家民营企业参与到产业扶贫、脱贫攻坚中来，209家企业深入庐江县、颍上县、裕安区结对帮扶贫困村35个，累计投入帮扶资金180多万元；包河民商捐资助教奖励基金、包河孝老爱亲基金，近30场献爱心、公益行、慈善汇活动，引领全社会尊师重教，让“好人有好报”成为风尚；今年年初新冠疫情肆虐及年中汛情期间，大家更是一呼百应，纷纷为抗疫一线捐款捐物，一些企业家还在百忙中抽出时间，亲自带领员工奋战在防疫、抗洪一线，受到社会各界的一致好评。

宅心仁厚，关爱民企有担当

为最大限度地提高服务效率，以史道云为首的包河区工商联领导班子首开全国先河，建立了企业诉求直通机制，为反映非公有制经济发展中的重大和共性问题开辟了绿色通道。

区工商联通过举办银企对接会等形式，为51家企业协调解决融资贷款2.3亿元；联合区司法局成立包河民商法律援助工作站，为360多家企业提供法律咨询、维权等司法服务；争取区教体局支持，为会员企业、辖区商会解决入学难问题100余人次。这一机制为政府职能部门节省了更多的时间和精力，打通了政策落实“最后一公里”，受到了民营企业家的一致好评。

曾有一家企业因为未能及时还款而被诉至法院，面临着被列入失信名单的窘境，企业法人向工商联求助。史道云了解事情原委后，亲自到法院陈述诉求，并通过相关程序为企业申请到3个月的缓冲期。就是这宝贵的3个月，让企业渡过难关，还清了债务。“保市场主体，执法要有度，如果企业因进入黑名单倒闭，那员工怎么办？有时候，我们为民企办事，只要走的是正道、存的是公心，合情合理、合法合规，即便个人担点风险也是值得的。”史道云的话语温和而有力。

史道云认为，民营企业面临的最大风险不是经营风险，而是法律风险。每个企业家都是一座精神富矿，关键要把他们的激情与信念点燃。在他的组织下，包河区工商联先后举办政商沟通座谈会、政商周末沙龙、企业问题交办会、优秀民营企业家新春团拜会、“税企互动·益企服务”等活动100多场次，每年都要组织机关、部门和企业联合开展警示教育，使政商交往实现制度化、常态化，真正达到了“亲”上加“清”的效果，政商环境更加健康、更加清朗。

史道云表示，这些年见证了一些企业从无到有、由小到大的成长历程，感受非公经济人士始终在奋斗中前行，他们所体现出来的责任担当、自我管理能力、爱学习精神等，都非常可贵。区工商联在做好思想引领的同时，整合资源提供更多力所能及的服务，在“彩虹之家”为他们深情守望，为在全省率先基本建成现代化中心城区作出新的更大贡献。

作者：安徽省作家协会会员、《合肥民商》主编刘志凌，《合肥民商》编辑沈松梅

摄影／供图：包河区工商联

浙江省衢州市营商办党组书记、主任洪寒月

“用我们的辛苦指数，换群众的满意指数”

洪寒月介绍跨省通办推进情况

链接：近年来，衢州市营商办以“最多跑一次”改革为牵引，以政府数字化转型和社会信用体系建设为支撑，着力打造中国营商环境最优城市，取得了良好成效。衢州市营商办也先后荣获第九届全国“人民满意的公务员集体”、第五届“全国文明单位”、全国五一巾帼标兵岗、全国三八红旗集体、浙江省模范集体、浙江省五一劳动奖状、“最美浙江人·青春领袖”等荣誉。

身穿白衬衣配一件工作服，见面微微一笑，说话轻轻柔柔，沉稳中隐隐带有一股不服输的干劲，这是浙江省衢州市营商办党组书记、主任洪寒月给记者留下的第一印象。

作为衢州“最多跑一次”改革的探路者，这几年，洪寒月十分忙碌，带头“啃”下了很多改革“硬骨头”。她坚持蹲守改革一线，带头向一项又一项难题发起冲锋；对自己不懂的事物，她喜欢刨根问底，每每遇到改革过程中“蹦”出来的新难题、新阻力，她总能开动脑筋、以柔克刚推进改革。

“摸着石头过河”，又要快马加鞭

作为浙江“最多跑一次”改革先行先试地，从“一窗受理、集成服务”到“掌上办、零跑腿”，从“互联网+政务服务”建设到营商环境优化，这几年，衢州的政务服务改革经过了多轮升级，也倾注了洪寒月的大量心血。

采访当天，洪寒月一上午连续开了几个有关改革工作的推进会，直到中午12时30分才有空匆匆扒一口饭。工作忙起来，她连当天搬办公室的事也忘在了脑后。洪寒月担任衢州市营商办“一把手”已近两个月，办公室却仍用原来当副主任时的那一间。“我周日来搬吧。”看到工作人员来催促，她无奈苦笑。

条分缕析是洪寒月的说话、做事风格。聊起自己最擅长的改革领域，她很快打开了话匣子。

记得2017年年初，衢州计划对行政服务中心辅楼1楼、2楼进行改造。为加快改革进度，原定3个多月的工期被压缩到1个月内。窗口整合、事项梳理、人员招聘和培训等各项工作千头万绪，一切都是“摸着石头过河”，却又需要快马加鞭。

重担落在了洪寒月身上，她迅速投入工作：白天忙业务，晚上跑施工现场，周末对接设计优化，抽空还要赴上海等地学习大厅改造，忙得是“脚后跟打后脑勺”。在她的带领下，大家群策群力，如期高标准完成了窗口打造，创造了“衢州速度”。

回想起那些奋斗的日日夜夜，洪寒月却淡淡地表示没什么。“这几年，我们大家都是这样过来的，‘白+黑’‘5+2’，改革没有止境。”她说。

只有平时练好本领，才能战时拿出成绩

“这是我们的‘政企通’平台，2020年2月底开发出来的，目前有24万多家衢州企业入驻。现在，它已成为一站式的企业服务平台，沉积了数千万条包括政策兑现、融资贷款等数据信息。”站在衢州市行政服务中心3楼“政企通”服务中心，洪寒月指着电脑屏幕上跳跃的数据，满脸自豪。她说，有了“政企通”，很多银行对企业发放贷款时，“尽调”环节都省去了，大大便利了企业融资、办事。

2020年新冠肺炎疫情期间，国家、省、市相关部门出台了许多惠企政策，不少企业都不懂得如何按图索骥、挨个查询，一些好政策往往一不小心就被错过了。洪寒月按照市里要求，围绕这个“政企对接”的痛点和堵点，在企业复工复产之初就召集技术人员开发在线服务模块，连续熬了几个通宵，3天时间，“政企通”1.0版本就迅速上线，广受企业欢迎。

“只有平时练好了本领，才能战时拿出好成绩。”她说，2020

洪寒月领取浙江省模范集体奖项

洪寒月领取浙江省标准创新重大贡献奖

年9月，全国第三次营商环境评价现场填报，98个城市同台PK。衢州有20多个部门的78名干部分批赴上海，对各种改革事项、办事流程进行数据填报等操作，他们对改革熟悉程度、业务操作能力及在互联网技术方面的积累，得到广泛好评。

常年坐镇一线指挥的洪寒月，还是一个不折不扣的“技术专家”。为了对衢州政务信息系统整合和公共服务数据共享应用申报国家级重大工程项目，非专业出身的她，硬是在短时间里“啃”下了多部晦涩难懂的法律、信息方面的专业书籍。2018年，衢州市行政服务中心牵头打造房屋交易与不动产登记全市通办无差别受理平台，洪寒月提出的打破部门间“数据孤岛”的流程再造和技术改进思路，最终得以实现，交易时间也随之大大缩短。

百姓满意度，是改革成败的试金石

改革没有休止符。当前，衢州的“最多跑一次”改革还在向公共场所、机关内部、民生服务等领域延伸扩面、继续推进。“学中干，干中学。以我们的辛苦指数，换取群众的满意指数。”在温和话语之下，洪寒月的眼神异常坚定。

当天下午4时30分，洪寒月主持“衢州‘车辆检测一件事’群众‘好差评’”协调会，记者前往旁听。1个多小时的会议，针对市民在车辆检测中投诉事项的责任归并、处置流程等问题，洪寒月逐条分析，并当场与公安、市场监管等部门相关负责人商讨出了一套初步解决流程方案，以做到相关事项“一个口子进、一个口子出”。

“工作人员在给投诉人回复时，语气、态度一定要好，也不要一个事情几个部门轮流打电话求证，让老百姓觉得你很烦。”末了，洪寒月还不忘提醒相关经办人员办事细节。

这样的改革协调会，洪寒月一个月不知道要开多少个。在衢州市营商办政务服务中心工作人员李文阳眼中，洪寒月就是这样一个内心坚毅而又心思细腻的改革者。“有一次，一位市民来服务大厅办事，恰好手机没电，他就到处借充电线。洪寒月看见了，马上提出给大厅装上共享充电宝，两天时间就办好了。”李文阳说，一个小小举动，就能看出洪寒月细腻的工作作风。

“我们开会，经常是吵吵闹闹，外边的人感觉天花板都快掀翻了，但实际上，我们会议室里可欢乐了。”洪寒月说，改革难免会触动一部分人的“奶酪”，过程中难免有争论。群众获得感、幸福感会推动大家继续往前走，从“要我改”变成“我要改”。

“老百姓的满意度，才是检验我们改革成败的最终试金石。”这几年洪寒月的辛勤付出，让她也获得了诸多荣誉，成为在省委、省政府中心工作中展现担当与作为的“新时代新担当新作为”党员干部典型。2020年9月25日，她还代表衢州市营商办领取了沉甸甸的“2020年浙江省标准创新贡献奖重大贡献奖”。“我们还要继续努力。”洪寒月说。

作者：余峰　供图：衢州市营商办

全国脱贫攻坚先进个人——山东省临邑县扶贫办主任马太廷

用实干解脱贫之难

链接：马太廷，男，汉族，1966年5月出生，1986年7月参加工作。历任临邑县财政局科员、科长，党组成员。自2016年8月以来，担任临邑县扶贫办党组书记、主任。五年来，他不负群众期盼，践行扶贫使命，用实际行动抒写了新时代扶贫干部的大爱情怀。2019年获得德州市五一劳动奖章，2021年被党中央、国务院授予“全国脱贫攻坚先进个人”荣誉称号。

“习近平总书记在全国脱贫攻坚总结表彰大会上说，脱贫摘帽不是终点，而是新生活、新奋斗的起点。”2021年2月26日，全国脱贫攻坚先进个人称号获得者、山东省临邑县扶贫开发办公室主任马太廷召集各乡镇扶贫站工作人员，传达学习习近平总书记在全国脱贫攻坚总结表彰大会上的重要讲话精神。“作为一名扶贫战线的基层工作人员，将继续发扬孺子牛、拓荒牛和老黄牛精神，在乡村振兴的主战场上埋头苦干，用行动和实绩践行初心和使命。”

自2016年8月任现职以来，马太廷始终牢记初心使命，扎实推进脱贫攻坚工作，不让一户一人在小康路上掉队。截至2020年底，全县68个省定贫困村全部脱贫摘帽，村集体经济收入年均达10万元以上；5391户11269名建档立卡贫困人口全部稳定脱贫，家庭

马太廷通过反贫困社会综合救助服务平台分析监测贫困户收入变化情况　摄影：魏越

年人均纯收入由2016年的2430元提升到11180元。

把好脱贫之脉，变“包袱”为财富

2016年8月，马太廷从临邑县财政局转战扶贫一线，如何才能精准扶贫成为摆在他面前的一道难题。

躲在办公室里吹空调不可能干好扶贫工作，年过五旬的马太廷坚持“一线工作法”，从走访党员户、贫困户入手，倾听群众呼声，了解群众疾苦，掌握群众需求，先后开展专题调研80余次，撰写调研报告62篇，为临邑县制定扶贫工作方略提供了坚实的数据支撑。

经过深入调研和反复思考，一条唤醒沉睡资源助力脱贫攻坚和乡村振兴的路子逐渐清晰起来。“村庄沉睡资源指的是村内和周边的边角地、闲散地、空宅基、废弃坑塘等，以前是‘包袱’，现在是财富，利用这些资源发展产业，不仅能增加群众收入，还能改善村居环境，增加集体收入，可谓一举多得。”马太廷介绍。在临邑县委、县政府的大力支持下，他们选取林子镇东张村、西张村作为试点，街道两旁统一种植核桃树，坑塘内种植莲藕，发展边角经济。

“以前，坑塘内堆满了垃圾，自从2017年开发成藕池鱼塘后，村里每年至少能增收3万元，村内的18户贫困户也实现了稳定脱贫。这一切离不开马太廷主任不厌其烦地调研、推动，有时候他在村里一待就是一天，挨家挨户做工作。”东张村老党员张志祥说。

近5年来，马太廷实地走访580个村，累计走访贫困户3800户，占全县脱贫享受政策贫困户总数的97%；对全县68个省定贫困村情况烂熟于心。“村域沉睡资源聚合经济”这一创新模式在全县得到大范围推广，336个示范村共激活土地、坑塘等闲置资源7900亩，带动村集体平均增收2万元，贫困户平均增收800元，基层干部群众无不拍手称赞。

厘清工作思路，用实干解脱贫之难

马太廷始终围绕“脱贫路上，不落一人”的工作目标，把“精准、高效、创新、担当”作为自己的座右铭，长期坚持白天下村入户，晚上挑灯夜读，经常忙到夜里十一二点钟才肯休息，做到了扶贫政策样样通，练就了精准帮扶“绣花功”。2020年冬天，他左脸颊上的手术创口还没有痊愈，戴着白纱布就又顶着凛冽寒风奔走在推进扶贫产业项目建设的田地里。

在脱贫攻坚战中，产业扶贫是关键，直接关系到农民的“钱袋子”。

“产业扶贫是稳定脱贫的根本之策，必须坚持多条腿走路、多渠道增收。”马太廷介绍，临邑县统筹使用产业扶贫、金融扶贫、社会扶贫等多种措施，成功打出一套贫困群众增收致富的“组合拳”。

“贫困地区和贫困群众底子薄、抗风险能力弱，容不得闪失、经不起折腾，发展产业项目，必须强化风险控制，把住入口关。”马太廷介绍，临邑县在全省首创了产业扶贫项目评审制度，在每一个项目上马前，都严格执行“三级联审”程序，即乡镇初审、专家会审、县级终审，对项目的发展前景、市场风险、环保方案、产业规划等进行综合分析，为扶贫项目系上“保险绳”。

在马太廷的带领下，临邑县扶贫办充分利用上级专项资金，从实际出发，考虑市场需求，积极发展对贫困户增收带动作用明显的特色种植、养殖、电商等产业，确保产业扶贫精准到村到户到人，提高扶贫效益和质量。2016年以来，临邑县共投入财政专项扶贫资金1.36亿元，实施了91个扶贫产业项目，涉及特色种养、光伏发电、休闲农业、扶贫车间等多个产业领域。仅德州“壹号食品”、汉世伟生态循环养殖两个项目，每年就实现扶贫收益160余万元，有效助力贫困群众稳定增收。

构建长效机制，固脱贫之本

走进林子镇西张村，贫困户脱贫了、群众致富了，村里的路更宽了，灯更明了，村民们发展特色农业产业的兴头也更高了。

“脱贫摘帽不是终点，在扶贫项目实施过程中，既要考虑眼前，更要注重长远。”马太廷始终秉承抓创新、抓长效的工作理念，率先建立返贫预警“3331”工作机制，即：“个人申请、数据比对、帮扶干部排查”3种渠道及时发现，“红、黄、蓝”3个等级预警防控，“帮、扶、引”3类措施精准帮扶，做到发现精准、分类精准、施策精准，成效精准，有效筑牢返贫致贫防线。

“红黄蓝三级设防”的返贫预警机制获省扶贫办肯定，在全省范围内复制推广，并被《中国扶贫》列为脱贫攻坚100计中的第15计，

工作剪影：左图为入户调研村级扶贫专岗开发运行情况；右上图为了解门诊慢性病政策落实情况；右下图为在绿之盈现代农业开发公司种植基地了解草莓长势　摄影：魏越

向全国推介。

“在马主任带领下，我们创新研发了临邑扶贫App，每个贫困户都有自己的‘扶贫二维码’，利用互联网、云计算、大数据实现了对所有贫困户家庭状况、帮扶措施、脱贫成效等的动态监测，并进一步压实了帮扶责任。”临邑县扶贫办规划股股长王治国介绍，该县还创新建立扶贫积分励志超市，通过定期开展积分评定、兑现奖惩，有效激发了贫困群众自身发展动力，提高了自身素质，提升了生活品质。

随着后扶贫时代的到来，为了切实巩固拓展来之不易的脱贫攻坚伟大成果，他又提早建立了“1+8”统筹高效的反贫困长效机制，搭建起“一口进、一口出、各口独立运行又相互渗透”的“莲藕式”反贫困社会综合救助服务平台，创新建立“三库两指数”智能研判体系，制定了“相对贫困线＋指数”多维度识别认定办法，初步建立起解决相对贫困的工作机制和政策体系。截至目前，全县共识别认定相对贫困人口1168户、2361人，以引导、培育、赋能为主，以兜底保障为辅，以“因户施策、精准帮扶”为鲜明特点的相对贫困家庭社会综合帮扶体系已初步形成。

作者：任清松、李卫华、李路军

全国最美全面小康建设者——广西北海市第二看守所所长陈军

用担当践行初心使命

陈军荣获2020年度北海市“最美政法人”荣誉称号　摄影：黄以静

自打响新冠肺炎疫情防控保卫战以来，北海市第二看守所在所长陈军的带领下，实现了疫情“零感染”、队伍“零减员”、事故“零发生”的工作目标。2020年9月28日，北海市第二看守所获评“全国公安系统抗击新冠肺炎疫情先进集体”，成为广西公安监管系统获此殊荣的唯一单位。

3月16日上午，北海市召开2021年度平安北海建设工作会议暨全市政法工作会议，会上授予陈军等20名同志2020年度北海市“最美政法人”称号，并颁发荣誉证书。

从警27年的陈军，先后担任过基层派出所副所长、机关科室副科长及基层大队政治教导员等职务，2019年调任北海市第二看守所所长。陈军以实际行动展现担当作为，践行初心使命，多次获得个人嘉奖，荣立个人三等功一次，二等功一次，去年获评“2020年全国最美全面小康建设者”。

强化党建引领，激发队伍凝聚力

作为一所之长的陈军，始终围绕平安建设目标，团结带领全所民警、辅警和职工，成功破解了监所安全管理、精细化管理和疫情安全防控等难题，以最坚决的态度、最严格的措施、最无私的奉献投身到监所管理和疫情防控工作中。

一名党员就是一面旗帜，一个支部就是一座堡垒。疫情来临时，正值农历庚子鼠年春节。北海市第二看守所党员民警主动放弃与家人团聚的温馨时光，迅速归位，全身心投入监所疫情防控工作之中。

作为一所之长，陈军在抗击疫情期间身先士卒，事必躬亲。春节期间，他85岁的老母亲千里迢迢从安徽赶来北海想与儿子团聚。但此时，为了保障监所绝对安全，全所民警必须隔离，吃住在监所，陈军只能通过视频向母亲道一声问候。陈军说，作为儿子，他愧对远道而来的老母亲，他知道唯有做好工作，才不负母亲和同事的期望。疫情防控期间，他在岗位上连续奋战60天。同事劝他回去休整陪伴家人，他却说：“现在正是疫情防控最吃紧的时候，我怎能走开。”

多方奔走，改变监管场所落后面貌

北海市第二看守所自1997年成立后，历经23载风雨，设施已十分老旧，长期以来，受各种因素制约，武警部队无法进驻开展武装警戒。在陈军多方争取、积极协调下，北海市第二看守所新址建设工程全速推进。

2020年9月23日，新的北海市第二看守所建成并通过验收揭牌，新所各项设施均符合当前监所管理的各项要求。10月28日，第二看守所完成整体搬迁，在押人员全部安全稳定送到新所进行关押。武警部队也上岗到位，进行武装警戒。

为有效克服疫情对正常业务工作的影响，陈军与班子成员一同研究创建了“远程庭审预约”“律师会见网，上预约、视频会见”机制，保障了各项诉讼活动顺利开展。同时成立了以陈军为组长的第二看守所破案专班，用其丰富的工作经验带领专班民警加大深挖犯罪工作力度，认真做好对在押人员的教育感化工作。去年以来，该所共向办案单位提供线索100多条，破获各类刑事案件70多起，其中命案积案2起。

忠诚坚守，别样的温情新春

2021年春节，北海市第二看守所持续运行封闭管理勤务模式。

春节前夕，在押人员蔡某因一审被判处死缓，一时无法接受，思想情绪波动很大，存在着极大的安全隐患。为了有效稳定蔡某的情绪，确保监所安全稳定，陈军详细了解蔡某的情况，根据他已经年近七旬且患有严重癫痫等情况，对其开展区别性管理。陈军对蔡某开展有针对性的谈心教育，助其卸下思想包袱。

针对蔡某年纪大行动不便等情况，陈军给他安排营养餐，叮嘱管教安排专人照顾他的生活起居，从而降低癫痫发病频率。经过陈军的用心教育开导，蔡某从辱骂管教民警的“重点人员”变成了带头遵守各项规定的监室标兵。“火车跑得快，全靠车头带”，陈军以身作则，春节期间也和往常一样，每日7时准时出现在监区，了解监仓内的情况，听巡诊医生汇报在押人员的健康状况，了解当天收押、提押安排和释放情况。

一圈下来，陈军佩戴的电子手环显示他的步数至少有18000步。小到卫生间漏水，大到看守所的安防系统，从在押人员的三餐到春

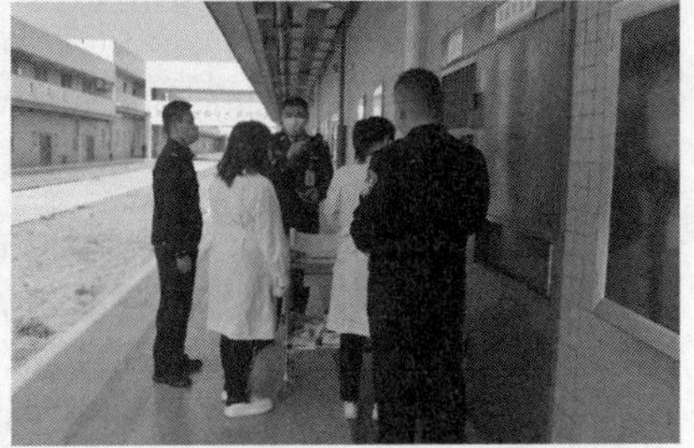

工作剪影。左图为陈军在看守所通过监控巡视工作；右上图为陈军（左二）主持召开会议；右下图为陈军和医务人员了解在押人员健康情况　摄影：黄以静

节活动的主题，陈军都会一一过问，还组织专班制定详细的节日安保方案、节后已决犯投送方案，落实春节期间值班制度。

春节期间，陈军通过广播系统对全体在押人员开展情感教育，调整在押人员的生活制度，适当增加唱歌、下棋等娱乐活动。除夕当天还为全体在押人员发放水果、饼干等，组织其观看春晚直播，让他们在看守所内也能够感受到来自党和政府的温暖。

在保障日常繁重的工作任务正常运转的同时，陈军高度关注民警、辅警的情绪变化。陈军主动放弃与家人共度佳节的机会，组织坚守岗位的民警、辅警、医护人员和工勤人员在食堂吃“年夜饭”，集体观看“春晚”直播，开展春节茶话会，让大家充分感受别样的年味和组织的温暖，大大增加队伍的凝聚力，保持昂扬斗志。

作者：刘传禄

葫芦岛军分区驻村工作队队长、优秀共产党员——建昌县人武部部长马学成

画好村民共同富裕“同心圆”

葫芦岛军分区驻村工作队队长、建昌县人武部部长马学成　摄影：张衡

链接：马学成，河南省兰考县人，1993年12月入伍。历任战士、班长、区队长（排长）、副中队长、连队指导员、师机关参谋和干事，辽宁省建昌县人武部科长、副部长、部长。先后在石家庄陆军学院、国防科学技术大学培训学习。3次荣立三等功，多次被表彰为优秀共产党员。

盛夏的辽西，山峦翠鹊飞舞、涧水碧浪起伏。

2020年8月3日，穹苍清亮如洗。坐落于鹦鹉山脉岩麓的辽宁省建昌县苇子沟村，沐浴着明媚阳光，家家户户的红墙黛瓦显得分外娇妍。

建昌县人武部马学成部长一行回访85岁高龄的竭国兴大爷家时，竭国兴热泪盈眶。他紧紧地拉着马学成部长的手，激动地说：“马队长，感谢共产党和解放军对我无微不至的关怀和照顾。党和部队恩赐给我的感情和垂爱太深了，让我实在无法报答啊。”

依据葫芦岛市扶贫办公室的安排，葫芦岛军分区挂钩帮扶建昌县苇子沟村和鹦鹉山村这两个省级贫困村。2019年1月，马学成部长被葫芦岛军分区任命为葫芦岛军分区驻村工作队队长。

这两个贫困村建档立卡的贫困户有190户，贫困人员434人。马学成部长担任驻村工作队队长伊始，就每天马不停蹄地走访相关贫困户；半个月时间里，他对所有贫困户挨个走访了一遍。所有贫困户的贫困原因大抵相异，贫困程度参差不齐。

马学成部长摸清了所有贫困户的实情之后，良久深思：“建昌县属于革命老区，东北农村第一党小组就曾诞生于此。上级让我担任驻村工作队队长，我必须不负重任，履行好脱贫攻坚一线党员干部的应有职责，画好村民共同富裕‘同心圆’。”

贫困村民竭国兴大爷年迈体弱，孑然一身。虽说享受低保户待遇，但有多病缠身，需要常年服药，药费开支就不是小数目；加之20世纪60年代建起的两间家屋，房顶和墙壁多处破漏，致使竭国兴大爷生活窘迫。马学成部长记在脑中、疼在心头。

2019年3月，春暖花开。马学成部长通过协调，筹集到6000多元的修缮资金，将竭国兴的家屋房顶更换成彩钢瓦，并对其房墙进行维护。竭国兴的家屋焕然一新。他特地从镇上买来红纸、毛笔和墨汁，托人书写了“耄耋脱贫感谢子弟兵和政府，晚年享福铭记公仆爱与军情”的一副对联和“富裕不忘共产党”的横批，张贴在自家的大门上。

2019年上半年，马学成部长带领驻村工作队成员在充分调研的基础上，形成了“帮助贫困村发展集体经济”的扶贫思路。这一思路当即得到了军分区党委的同意。去年秋，军分区帮助苇子沟村投入和协调资金建成了5栋蔬菜大棚。马学成部长每次检查苇子沟村扶贫工作时，都向该村党支部“一班人”强调军分区党委的决策：这5栋蔬菜大棚的收入属村集体收入；项目收益的50%，“分红”给每个免费入股的贫困户。

竭国兴大爷自然是这些蔬菜大棚的一名股员。“今后，我每年都能拿到可观的‘分红’，药费等生活费用就不愁了。千谢万谢，切谢共产党。”这是竭国兴大爷的朴素心语。

已过不惑之龄的鹦鹉山村村民虞正宝，一家六口中，父母年迈多病，两个孩子都在读小学，妻子常年在家照顾两位老人；虞正宝不得不在村里或邻村干点儿零活，挣些零星钱充当全家日常开销。虞正宝一家是鹦鹉山村92户贫困户中的一户。

马学成深入帮扶贫困户蔬菜大棚了解蔬菜种植情况　摄影：王思文

鹦鹉山村贫困户也同样得益于马学成部长“帮助贫困村发展集体经济”的扶贫思路。也是在去年下半年，葫芦岛军分区、武警某部队和县扶贫办，为鹦鹉山村帮建了8栋蔬菜大棚。每栋蔬菜大棚的收入属村集体收入，项目收益的50%“分红”给每个免费入股的贫困户。虞正宝家庭作为免费入股的一分子，每年都能获得一定数额的“分红”，日子自然宽裕些。

为了帮助虞正宝家庭尽早脱贫，马学成部长做好了鹦鹉山村党支部“一班人”的思想工作：无偿捐献给虞正宝一家5只山羊，帮助他家发展养殖业奠定好基础。今年5月上旬，虞正宝喜得5只山羊，一家人乐得合不拢嘴。

另外，为了帮助虞正宝家庭提升“造血功能”，前不久，马学成部长托人给虞正宝安排在一家实力较强的企业。虞正宝拥有了一份比较固定的工作，每月能挣上四千多元钱，其家庭顺利脱贫。

苇子沟村和鹦鹉山村背靠具有800多年悠久历史的梨花源自然风景区。马学成部长带领驻村工作队人员悉心指导这两个村党支部成员举办“梨花节”和“采摘百果节”。通过2019年春季举办的“梨花节”、夏秋两季各举办的“采摘百果节”，一共联系到了30多家水果加工厂和50多家水果销售大户、接待了15万多名游客，既拓宽了水果销路，又探索出了农家乐等绿色生态旅游路子，每户村民受益匪浅。

脱贫攻坚“追梦人”的不懈奋斗，换来了贫困村民的笑逐颜开。在大家的共同努力下，2020年5月，苇子沟村和鹦鹉山村总共的190户贫困户全部脱贫“摘帽”。

脱贫不止步。虽然帮扶的两个贫困村顺利脱贫了、实现了“共同富裕‘一个都不能少’”的愿望，但是，帮扶不容停息，帮助村民奔小康更需要与时俱进的探索。现在，马学成部长正率领驻村工作队人员按照“因地制宜、科学筹划、分类实施”的理念，围绕“精准发展特色旅游、精选销售绿色产品、精细加工经济作物”等发展内容制定具体规划，带领村民向着更加美好的生活迈进。

作者：曹奎、闵廷磊、周明磊、袁长立

全国模范退役军人——贵州省都匀市公安局特巡警大队大队长王焱刚

用忠诚和担当守护百姓安宁

王焱刚荣获“全国模范退役军人”并在北京京西宾馆受到中共中央总书记、国家主席、中央军委主席习近平等党和国家领导人的亲切会见后载誉归来，激发了队员们学习榜样、向榜样看齐的空前热情　摄影：黄俊良

链接：十八大以来，王焱刚获得的主要荣誉有：黔南州公安局成功处置“4·24”故意杀人案三等功1次，黔南州公安局全州目标考核成绩优异三等功2次，“黔南骄傲”年度人物，黔南州庆安保工作突出三等功1次，黔南州第一届“十佳政法干警”，第四届全省“我最喜爱的人民警察”提名奖并记三等功1次，黔南州抗凝抢险工作成绩突出三等功1次，“贵州省最美退役军人”“全国模范退役军人”。

2019年7月24日，王焱刚被授予“贵州省最美退役军人”荣誉称号，随后7月26日，又被授予“全国模范退役军人”，并作为贵州选派代表，赴北京参加“全国退役军人工作会议”。其间，王焱刚与广大代表一起受到中共中央总书记、国家主席、中央军委主席习近平等党和国家领导人的亲切会见。获奖近一年来，王焱刚不忘初心，牢记使命，坚守基层一线，在平凡的工作岗位上，做出了不平凡的成绩。

都匀市公安局特巡警大队疫情防控工作剪影。左图为巡逻重要场所，右上图为带队 24 小时战备，右下图为处置隔离闹事事件　摄影：黄俊良

2019 年 9 月王焱刚在训练时不幸右膝受伤，半月板被切除了三分之二，软骨骨折，膝韧带撕裂。2020 年，新年伊始，新冠肺炎疫情突然爆发，形势日趋严峻。疫情发生后正准备请年假看病的王焱刚快速反应，扔掉请假条，写下请战书，第一时间投入到抗击疫情战斗中。他每天拖着受伤的膝盖带领队员积极开展街面巡逻防控和应急处突工作，24 小时在大队战备待命，随时协助相关部门对疑似人员进行强制隔离，处置疫情期间突发的各类案件。在王焱刚的带领下，特巡警大队认真贯彻党中央和省、州、市关于做好疫情防控工作的重大部署要求，从保护人民群众生命安全和身体健康的高度出发，始终把疫情防控工作作为当前最重要的政治任务抓紧抓实，全面吹响战“疫”号角。

新冠肺炎疫情防控一级响应以来，王焱刚结合都匀市城市实际，严格部署，划分重点部位、重点场所、重点人群，强力度，严要求，切实加强疫情防控期间的社会面管控，有效震慑和打击阻碍、影响疫情防控，造成恶劣影响的不稳定因素和各类违法犯罪活动。作为巡逻防控主要力量，王焱刚科学调配警力，充实街面驻警力量，每日安排出动网格和备勤多组巡逻警力在区域内开展巡逻，实现点上控得住、线上巡得密、面上防得牢，见警灯、见警车、见警察，切实做到严密严防严管。针对医院、隔离点等核心区域，加强周边的巡逻时段和巡逻密度，实行每日重点值守，确保秩序稳定。

由于疫情期间出行管制，特巡警大队一直对口帮扶的夕阳红福利院蔬菜不能正常供给，为缓解他们的蔬菜保障，2020 年 2 月 14 日一早，王焱刚带着特巡警大队省吃俭用挤出的 2000 多斤新鲜蔬菜来到敬老院。负责人叶阿姨激动地说道：“送来的这些蔬菜，大大缓解了福利院的燃眉之急。老人能在这个非常时期吃到绿色蔬菜，真要感谢他们。”工作员高兴地说道。

由于受到新冠肺炎疫情的影响，街头、医院行人寥寥，献血的人群骤减，黔南州血液中心部分血型血液供应出现了紧张的情况。得知这一消息的王焱刚立即在大队支部发起倡议，鼓励和号召支部党员同志们开展义务献血，立即得到了 23 名同志的响应。

有着多次献血经历的王焱刚坚定地说：“多年来，无偿献血已成为大队的公益常态，因为近期新冠肺炎疫情严峻，警员轮流值勤很忙很累，但是大家看到党支部发出的献血倡议后，都主动请缨参加献血，他们能有这样的想法我很感动。金色盾牌，热血铸就，危难之处显身手。这就是我们人民警察，用忠诚和担当时刻守护着百姓的安宁。”

全国公安机关爱民模范、公安部二级英雄模范——湖北省黄梅县公安局交通警察大队大队长陈建中

厚植初心　不辱使命

陈建中，男，汉族，中共党员，1976 年 3 月出生，湖北黄梅人，1999 年 8 月参加工作，现任黄梅县公安局交通警察大队大队长。他践行初心使命，铸就警察忠诚，在忙碌中收获，在担当中成长，在为民中体现价值，先后荣获湖北五四青年奖章、湖北省最美警察、湖北省先进工作者、荆楚楷模年度人物等称号，荣立个人三等功两次，被评为公安部二级英雄模范和全国公安机关爱民模范，受到习近平总书记在北京人民大会堂的亲切接见，受邀参加抗战胜利 70 周年阅兵仪式。

1999 年，陈建中大学毕业后，被选拔回老家黄梅县公安局，在派出所工作 5 年后，调县公安局国保大队工作，后历任城区派出所副所长、边远乡镇派出所所长、治安大队长和交警大队长。

22 年警路历程，陈建中执法一线勇当先。曾经在出警时他眼疾手快一把抱住跳楼的轻生女；曾经在处置群体性事件时，他用身体挡住欲抬下山来的尸体；曾经在调解现场，他被不理解的家属辱骂，仍能镇定自若，引导双方了却纠纷。

2014 年，当时陈建中在黄梅县最偏远的刘佐乡派出所任所长。5 月 6 日，接到群众报警，称辖区一民房内有人纵火。陈建中带队紧急出警，冲进低矮的小屋，嫌疑人已经点燃了屋内干柴堆，手拿

陈建中在天安门广场留影

深入群众，倾心交谈

液化气瓶，突然放气，瞬间火花冲天。他用钢叉将歹徒推倒在地，迅速上前徒手控制。

不料歹徒是个左撇子，突然从背后腰间抽出匕首，刺中他下腹部，但陈建中丝毫没有退缩，上前贴身死死抱住歹徒，不断向上顶压，歹徒反手开始在他背部腋下连刺14刀。陈建中牢牢地将纵火男子摁在地上，任凭锋利的尖刀一次次无情地刺中自己。战友们冲上来一起制服歹徒后，陈建中倒在了血泊中，下半身开始瘫软无力，伤口往外不停地冒血，身上长袖警服已经被鲜血浸透，完全看不到蓝色，几个同事用手按压着他身上多处冒血的口子，等待救护车。

在抢救室里，缝了几十针，陈建中没有叫疼。能够再次睁开眼睛，还能下床走路，对他来说，就是一种莫大的知足。

2017年，陈建中在治安大队时，接手一起10多年的信访积案。信访当事人王某性格暴躁，常住九江，没有户口，不用身份证，九江黄梅两地在管辖认定上分歧较大。

陈建中主动走近王某，上百次与他见面沟通。一次夜晚王某打来电话，因家庭纠纷情绪显得十分激动。陈建中急忙连夜赶到九江火车站广场，与王某见面，一再对他分析引导，耐心听说原委，终于平复了王某暴躁的心，解开了他那堵得慌的结。后来逐步取得王某的信任，陈建中成了王某的朋友。

陈建中多次专程到湖北省公安厅、公安部治安局报告，首先为王某补上了户口。然后请来公安部治安局领导，请他们协调鄂赣两省公安厅治安总队领导，聚在一起现场办公，最终根据王某个人意见把户口迁到九江，彻底解决了王某户籍问题。至此，这起历时十余年，两地纠结不清的信访积案得以化解。

2019年底，正是扫黑除恶专项斗争攻坚时期，陈建中时任治安大队大队长，接到一个突击任务，限定年前一个月内将湖北省境外涉黑目标逃犯项某抓捕归案。警令如山！陈建中率大队有生力量尽数出马，远征中缅边境西双版纳州勐海县，飞机一趟接一趟，找遍嫌犯家人及亲戚朋友，发动嫌犯家人出境协同劝返，项某就是铁了心，声称死也要死在境外。当时国内警方在缅北没有直接抓捕条件，时间更是不允许。

陈建中不服输，一方面加大正面协调力度，寻求技术支撑；另一方面在边境派出所进行情感攻坚，寻求突破口，情报部门协助搜索。经过多方努力，事情慢慢有了起色，中间又经历几次抓捕扑空，但他们始终没有放弃，功夫不负有心人，在最后时限12月30日，出其不意，成功将项某抓获。

2020年，陈建中来到交警岗位，每一次日晒雨淋中的交通站岗，每一次微笑暖心的违法纠章，都是他用心用情的舞台。2020年春节治堵保畅工作中，陈建中和大家一起创新谋变，探索出堵点车辆一律右转、中间循环播音提示，前端加装护栏等个性化保畅方案，探索出三岔路口，道中再分道的模式，赢得了群众点赞。来到交警后，他以“道交有序，法责无边”为己任，努力塑造阳光下交警、开放式交警形象。

2015年，陈建中参加全国公安机关爱民模范表彰大会，在当天的朋友圈中，他留言：几乎承受不起的爱，一生警涯还不了的债。

作者／摄影：梅焦轩

江西省优秀社区（驻村）民警——遂川县公安局特巡警大队大队长梁远万

“网格快警”打造3分钟“警圈”

链接：梁远万，中共党员，现任遂川县公安局特巡警大队大队长。近年来曾被授予全省优秀社区（驻村）民警、全省公安派出所优秀责任区民警荣誉称号，获评吉安市优秀共产党员、全市治安管理工作先进个人，荣立吉安市公安局个人三等功1次。

遂川县公安局特巡警大队下设6个“网格快警”中队、2个应急处突中队、1个机动中队和综合办公室。近年来，在局党委的坚强领导下，特巡警大队团结一心、忠诚为民、不忘初心、砥砺前行，在维护城区社会稳定，打击街面犯罪，服务人民群众、处置突发事件中起到了重要作用，取得了可喜成绩，被誉为“巡逻防控的主力军、维稳处突的突击队、打击违法犯罪的铁拳头、服务群众的排头兵”。获得了2016年吉安市公安机关微课程大赛一等奖，2016年度绩效考核先进单位，2017年度绩效考核先进单位，2017年全市优秀基层单位，2017年“党建＋社会和谐稳定”工作先进典型，2018年市局集体嘉奖，2019年度绩效考核先进单位，2019年度突出贡献奖，2019年度双提升先进单位，2019年遂川县青年五四奖章集体，2018—2019年吉安市青年文明号，2020年“疫情防控阻击战”表

2020年8月20日，遂川县公安局特巡警大队大队长梁远万（左一）迎接吉安市副市长、公安局长华小明，遂川县委书记张智萍，遂川县副县长、公安局长罗敏强视察特巡警大队“网格快警”工作　摄影：郭建平

现突出集体，2020年吉安市公安局集体三等功。

担任派出所所长时，久经战阵的他，让一个“后进所”蜕变成获奖“专业户”；担任特巡警大队大队长时，敢想敢做的他率先推行“网格快警”新模式，打造3分钟“警圈”。

他就是梁远万，系江西省遂川县公安局特巡警大队大队长。从警23年来，不论是治安管控，还是为民服务，梁远万都冲在最前面，时刻从小处着手，守护百姓安宁，先后荣获江西省公安派出所优秀责任区民警、江西省优秀社区（驻村）民警，吉安市治安管理工作先进个人、吉安市优秀共产党员等20余项个人荣誉。

争先创优，“后进所”华丽蜕变

2016年年初，梁远万任遂川县公安局禾源派出所所长。当时，禾源派出所在全县公安工作群众满意度和公众安全感测评中排位不太理想。

梁远万像一匹久经战阵的“老马”，所里哪个民警有什么特点、具备何种能力、能胜任哪个岗位，他都了如指掌。

梁远万知人且能善用，把每个人安排在合适的岗位上，充分发挥其能力。在这匹“老马”的带领下，全所民警秉承“群众之所需，就是民警之所为”的宗旨，创新服务理念，积极化解矛盾纠纷，严惩各类违法犯罪，辖区群众安全感与公安满意度测评连续两年位居全县第一。

2017年4月，禾源镇连续发生多起盗窃案，多名居民家财物被盗，一时引起大家的恐慌。为迅速破案，梁远万带领民警连续蹲守3天，终于在圩镇将两名流窜作案的嫌疑人抓获。

在梁远万担任禾源派出所所长两年里，该所连续两年名列全局绩效考核榜首，从一个“后进所”蜕变成连摘吉安市优秀公安基层单位等十余项殊荣的获奖“专业户”，令人刮目相看。

同行请他分享经验时，他表示：“哪有什么经验，不过是大家的支持和努力。”

警务前移，打造3分钟“警圈”

2018年5月，梁远万调任遂川县公安局特巡警大队大队长。到任后，梁远万坚持创新，以“工匠”精神细心绘制“百警网图”，打造出遂川公安“网格快警”勤务工作新模式。

在梁远万的指挥下，特巡警大队104名队员主动下沉到遂川县主城区13个网格，推行“警务前移、警力下沉、警灯长亮”，全天候巡逻，守护百姓安宁，3分钟出现在报警人身边，确保“见警率、管事率”双提升。

数据显示，自打造“网格快警“以来，仅2019年该大队便寻回走失儿童68名、找回丢失手机200余个、做好人好事8000余起，收到各类锦旗、感谢信30余面（封）。

如今，“网格快警”已然成为群众家门口的“服务区”、社会治安管理的“变压器”、打击违法犯罪的“加油站”，成为遂川公安又一张闪亮的“名片”。

2020年8月20日，吉安全市公安机关推行“网格快警”勤务模式现场会在遂川召开。“网格快警是公安信息化警务改革的鲜活产物，面对新形势，我们将不忘初心、拼搏进取、勇立潮头、转型升级再出发。”梁远万在现场会上表示。

凝聚合力，爱警护警暖警心

“安心养伤，其他事情大队会全力解决！”2019年11月，特巡警大队辅警刘攀鑫在执行蹲守任务时不慎摔伤，梁远万到医院看望他时安慰道。

工作中，梁远万秉承“从我做起、向我看齐”的理念，努力当好“领头雁”，连续推出多项暖警、爱警、护警举措，迅速凝聚起队伍合力。生活中，梁远万努力当好“老大哥”，为队友们排忧解难。

梁远万很善于鼓励，总能发现下属的优点，言谈中夸奖多于指责，每每使人心悦诚服。此外，梁远万还十分关心队员的成长，建

吉安市公安机关推行“网格快警”现场会上，梁远万作经验介绍　摄影：林绍龙

立健康体检、生日慰问等惠警制度，工作之余组织队员开展登山、技能训练等活动，强化队伍凝聚力、向心力。

“努力工作有回报，奖励机制极大调动了大伙的积极性。”辅警周开燕说，梁远万到任后，用制度管人，出台了多项考核激励机制，实行每月考核，“晾晒”业绩，奖优罚劣，大大激发了大家的集体荣誉感和积极性。

宝剑锋从磨砺出，梅花香自苦寒来。近年来，该大队被吉安市公安局评为“全市满意基层单位”，荣立集体三等功1次、集体嘉奖1次，被吉安市团委评为“青年文明号”，被团县委评为“遂川青年五四奖章集体”，被县委政法委评为“十佳政法内设机构”……

一项项沉甸甸的荣誉、一个个金灿灿的奖杯背后都倾注了梁远万的心血与汗水。

2020年海南消防十大杰出卫士——国家水域救援三亚大队分队长于志良

救援“尖兵”带队能手

链接：国家水域救援三亚大队于2018年10月组建，以立足海南，辐射全国，承担全省、全国重特大水域救援任务的建队目标。自建队以来，水域大队在总队、支队党委的正确领导下，圆满地完成了部局、总队级水域、绳索救援演练3次，举办培训班12次，跨区域救援3次，辖区救援8次，参加部局比赛1次，出省学习交流4次。并聘请水域、山岳专家指导训练和水域大队建设。大队已初步具备高空救援、静水、激流条件下的水面搜救和开放水域的潜水救援能力，基本已达到近期建设目标。现任分队长于志良，先后获得个人嘉奖6次，三等功5次，优秀干部3次，岗位能手2次，集体三等功1次等殊荣。

于志良近照　摄影：梁超

说起消防员，大家或许认为，他们一般都是和火灾打交道，但很少有人知道，他们也负责水域救援。今天要讲的这位消防员，平时不救火，但是在海南省溺水事故现场、内涝灾害区域，都能见到他的身影。他已记不清救援的次数和挽救生命的数量，但在心里时刻记得百姓至上、生命可贵。他，就是“2020年海南消防十大杰出卫士”、国家水域救援三亚大队分队长于志良。

2020年12月9日，记者在国家水域救援三亚大队，见到了于志良，听他讲述消防生涯的那些事。

展示海南水域救援专业水平

2006年12月，于志良怀揣梦想，如愿成为一名消防员，在队里主要从事灭火救援工作，而这一干就是14年。2018年10月，原公安部消防局组建国家水域救援大队，于志良主动请缨，成功入选并成为国家水域救援领域的首批队员。

于志良说，在加入国家水域救援大队之前，觉得自己有着多年的灭火救援工作经验，即使到了一个全新的工作岗位，自然会很快适应。然而，在参加了几次训练后，他才发现自己的想法错了。

“和灭火救援消防员不同，水域救援消防员每天的工作和训练，都是在水里进行。于志良说，虽然训练很苦，但他没有退缩。

有了认真训练态度，于志良在负责队伍组建工作上也不含糊。

调到三亚大队后，于志良紧抓住工作重心，重点推进基础体能、个人救援技术认证，加大技术理论学习，提高对专业装备器材的性能及使用掌握，兼顾建设团队协同能力。同时，先后组织编写《高空绳索救援技术》《激流救援技术》《潜水救援技术》等3本水域、山岳救援的书籍，为大队建设、训练提供指导性依据。

“经过2年多的实战化训练，我们大队已经具备承担全省重大水域救援任务能力，队员取得激流、潜水、山岳救援等相关专业技术认证，实现100%持证上岗。”于志良介绍说。

养兵千日，用兵一时。2019年11月5日，于志良带领大队26名指战员前往浙江参加首届“火焰蓝”国际消防救援技术交流竞赛，与国内13支水域救援专业队和国外9个国家和地区的多支队伍同场竞技，交流切磋水域救援技能，勇夺橡皮艇避障救援科目第一名，荣获水下车辆起浮和密闭空间潜水救援两个科目优胜奖，展示了海南水域救援的专业水平。

搜救落水群众30余人

不同于日常的火灾以及抢险救灾，水域救援到底怎么开展？消防员在救援时会遇到怎样的困难？

“水域救援现场救援难度大，有时甚至比陆上救援还要艰难几分。因为有很多被施救人员是被困在水里，而水中的环境往往比陆地上更加复杂。”采访中，于志良向记者回忆了两起印象比较深刻的救援经历。

2019年8月1日，三亚凤凰岛附近海域一艘渔船侧翻，于志良带领大队指战员火速赶到现场救援。经观测，在距离岸边堤坝约20米远处，一艘渔船侧翻倒扣在海浪中，一名男子蹲在倒扣的渔船上瑟瑟发抖、情绪失控。由于当天属于台风期间，受热带低气压影响，现场海浪高四五米，如不及时救援，被困男子随时有坠海失踪的危险。

根据现场情况，于志良采用沿着岸边堤坝利用绳索桥降至净空高度为4米的海面上，携带绳索和安全吊带以攻击式泳姿游到倒扣侧翻的渔船上，为被困男子穿戴救生吊带和急流专用救生衣后，通过绳索牵引，救援队员将被困男子携带到岸边堤坝处，再通过绳索提升系统将救援队员和被困男子提拉至堤坝上的安全区域。经过消防员一番努力，该男子被成功营救上岸。

2019年3月27日，南渡江定安县溪头村段，有3名学生下水游泳失踪。接到报警后，于志良带领队员赶到现场后发现，事故水域为淘沙船作业区域，存在很多淘沙坑，水底水流呈旋涡状流动，能见度极差，水下方向辨识困难。根据现场情况，于志良利用水下机器人、声呐探测水域环境，精准定位溺水群众位置，采用潜水员水下圆形和扇形搜索的技战术，快速将3名学生全部搜救上岸。

于志良说：“人民的利益高于一切，哪里有灾情，哪里就有我们消防员出现。”两年来，于志良跨区域救援5次，辖区水域救援50余次，已累计搜救落水群众30余人。

队员眼中的“老大哥”

不到35岁的于志良，在队里还扮演着“老大哥”角色。在分

工作剪影　摄影：梁超

队里中，数他年龄最大，兵龄最长，战斗经验最丰富。他在救援现场英勇顽强，在训练场严格要求，在生活中和蔼可亲，深受队员的爱戴和尊敬。

“作为冲锋救援一线的消防队员，他们的事就没有小事，方方面面都要照顾好。”于志良说。

平日里，他对新队员耐心教导，深入了解队员的整体情况，细心观察每位队员的细微变化，接电话看表情、吃饭看饭量、睡觉看快慢、工作看热情，从每一个细小的变化观察队员的思想变化，并与他们促膝谈心，帮助他们解决忧虑。

于志良深知，只有与队员打成一片，才能使他们全身心投入工作，只有心与心相通，情与情交融，才能使队伍成为一个团结奋进的集体。

“在队员的心里，于志良是一位可亲可敬的‘老大哥’，真正做到了用心带兵，以情带兵，是我们学习的榜样。”该大队队员李磊告诉记者。

然而作为儿子，于志良却没能抽出时间去照顾年迈的父母，他把全部的身心投入到了保障辖区消防安全工作中。自从成为消防员那天起，他回家过春节的次数便越来越少。“我从来没有后悔过。”在于志良看来，作为一名基层消防员，也许是一份在别人看来不起眼的事业，但在他眼里却是一份神圣的职责。

“能够在每次救援任务当中，保护人民群众的生命财产安全，得到老百姓的认可，这是一种荣誉感和自豪感。”如今，救援已成为于志良骨子里的本能。

于志良对消防事业的无限忠诚与热爱，对辖区群众的真情，对平安正义的追求，都凝聚在他充满深情的辖区群众里，都沉浸在他激情而睿智的内心里，都体现在他日复一日、年复一年的耕耘中……

山东省文明单位——烟台市救助管理站站长王健

以大爱之心投身寻亲服务

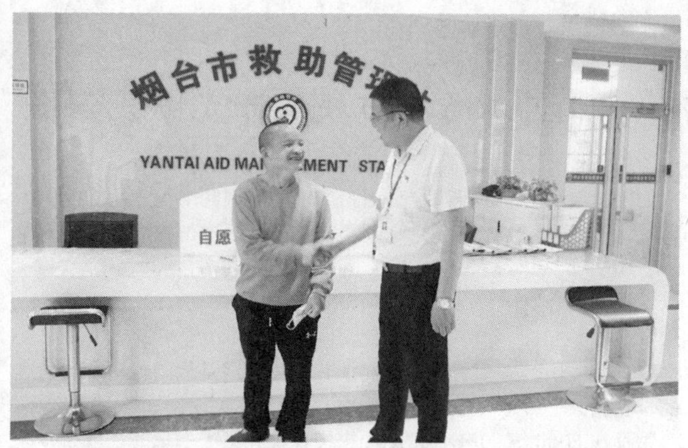

王健送别离家 9 年找到家人的受助人员谢盛华　摄影：单伟伟

链接：烟台市救助管理站的前身是始建于1958年的收容所，2003年正式更名为烟台市救助管理站，主要负责市区内生活无着的流浪乞讨人员、流浪未成年人、家庭暴力受害人的救助管理、医疗救助、甄别寻亲和救助保护等工作，2013年被民政部评定为首批国家二级救助管理机构。2010年以来，曾获得共青团中央全国“青少年维权岗”，全国妇联“全国维护妇女儿童权益先进集体”，山东省文明单位，山东省委宣传部、文明办、省民政厅全省抗击疫情优秀志愿服务组织，共青团山东省委“优秀青少年维权岗”，山东省妇联维护妇女权益先进集体，山东省妇联维护妇女儿童权益先进集体，烟台市创建第四届全国文明城市工作先进集体等殊荣。

从 1984 年部队复员至今，王健一直奋战在救助工作一线。他创新服务理念，倡议发起建立全国甄别联动机制，构筑流浪乞讨人员寻亲新模式，全面推进救助管理标准化建设，带领全站人员救助生活无着的流浪乞讨人员 2.25 万人次。

推进救助站宾馆式服务标准

2010 年 12 月，王健受命担任山东省烟台市救助管理站站长。刚到任时，面对站内基础设施不完备、软硬件设施匮乏的问题，他及时调整工作思路，积极寻求上级相关部门支持，争取资金 1000 余万元，加强救助管理工作基础保障。他想方法、出思路，合理配置站内软硬件设施资源，建设受助人员接待服务大厅，在接待大厅公开救助工作流程，推行 24 小时双人值班制度。投资建设受助人员室内外活动区，争取捐赠资源完善健身、康复器材，按照“宾馆式”服务标准、分区建设受助人员宿舍区，改造受助人员食堂。改造站容站貌，打造“花园式”庭院，改善职工工作生活环境。2014 年，在王健的积极争取下，烟台市第一家救助流浪未成年人保护中心在救助管理站挂牌成立，内设健康检查室、医疗室、康复室、多媒体电教室、儿童教室、阅览室等。在接待大厅、楼道等处安装了摄像监控设备，分区域规范管理，并根据未成年人的身体发育和身心健康特点，在住宿、饮食、学习、娱乐等方面合理安排，做到对流浪乞讨未成年人发现一个救助一个，实行吃、住、教育等专业化救助服务。

面对基础制度不健全、救助服务流程和方式方法单一等问题，他积极与市民政、公安、财政、卫健、城管、交通等部门建立救助工作齐抓共管和互动配合机制；主动与上海、大连、杭州等全国先进救助站建立救助信息交流沟通协作和甄别联动机制；对内则在救助管理质量和服务上下功夫，探索救助管理工作方式方法的多样性，推进救助服务质量标准化建设。

他坚持抓班子、带队伍，推行每周例会制度，和工作人员交流思想，了解干部职工所思所想，激发工作人员专业潜力，发挥干部队伍干事创业热情。在王健的带领下，干部职工从不嫌弃流浪乞讨人员，而是像亲人一样给他们洗澡、梳头、喂饭、换衣、陪护看病，直至将他们安全护送到家人身边。

把一个个离家多年的流浪者送回家

在站托养的45名人员，都是因为身体和智力残疾等原因无法查清身份不能回归家庭的。王健看在眼里，急在心里。作为一名救助管理工作者，帮助他们回家是王健义不容辞的责任，也是受助人员今生能与家人见面的唯一途径。

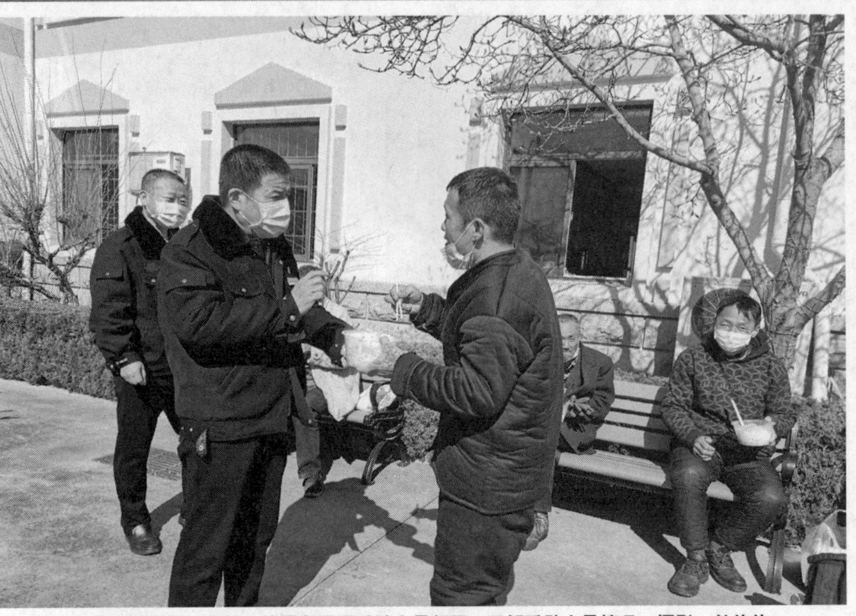

新冠疫情期间，王健一线服务照顾受助人员起居，了解受助人员情况　摄影：单伟伟

寻亲服务伊始，救助管理机构中没有成熟的寻亲方式和途径可借鉴。王健就与先进地市救助管理站沟通经验，深入基层调研一线救助工作人员的寻亲交流方式，请教公安等部门专业查询，就这样边摸索边前行开启了救助管理站的寻亲服务。随着寻亲成功案例数据的不断攀升，王健开创了熟悉地寻亲试送模式，建立了大学生社工志愿服务团队方言甄别队伍，引入公安DNA、人脸比对专业寻亲联动，打造新媒体、报刊、快手、抖音网络直播、头条寻亲与全国失踪人口信息库和方言库等综合寻亲模式。

2015年，烟台市救助管理站与上海市救助管理二站倡议发起跨省异地受助人员甄别核查工作机制，全省寻亲服务标准化在烟台市试点。2017年王健又主导与上海二站、新疆、河北、内蒙古、黑龙江、辽宁、河南、四川、云南等9省份20多个地市开展联合甄别寻亲行动。先后帮助在外流浪长达30多年的王红、小宝等20余人寻亲成功；帮助在外流浪10多年的闫选志、崔继华等50余人成功返家；帮助在站托养5年的内蒙古受助人员聂亮亮、张风莲、谢盛华等80余人寻亲成功……目前已成功帮助160多名离家多年的受助人员与家人团聚。

寻亲服务一直是王健在救助管理工作中着力打造的专业品牌。从摸着石头过河的探索到成熟的寻亲模式，烟台救助管理站寻亲服务经验被多省和地市级救助管理站学习借鉴。

“道虽通不行不至，事虽小不为不成”，王健以不甘平庸的钻劲、胸怀群众的情怀，30多年来在平凡的岗位上默默奉献，诠释了“民政为民、民政爱民”的工作理念。

中国扶贫开发协会“扶贫贡献奖”获得者——山西省晋中市扶贫开发协会会长胡俊来

扶贫战线上的一棵“不老松”

链接：2017年5月25日，中国扶贫开发协会第五届会员大会在北京人民大会堂隆重召开，胡俊来被授予“扶贫贡献奖”，晋中市扶贫开发协会被授予“扶贫先进集体奖”；2018年山西“科学之春”SSTM年度科学传播新闻发布会，被授予“山西省十大科学传播人物奖”，同年2月山西省委农村工作暨脱贫攻坚会议荣获“山西省脱贫攻坚奉献奖”、4月被山西省委老干部局授予“全省离退休干部先进个人”荣誉称号。

“昨天我从晋中市政协工作岗位上退下来了，今天我就到扶贫第一线正式上岗了，今后就有更多时间做扶贫的事了，我愿将我的余热奉献给晋中的扶贫事业！”

2013年4月12日，前一天刚刚退休的胡俊来就出现在国家级贫困县——山西省和顺县的横岭镇旺盛村，这是他向村里乡亲们讲的一席话。

早在20世纪90年代，胡俊来担任榆社县委书记时，就带领榆社人民打了一场艰苦卓绝的脱贫攻坚战。2000年10月，他当选为晋中市政协党组副书记、副主席后，仍心系老区人民，经常深入左权、和顺、昔阳、榆社4个贫困县走访调研。2013年退休后，他仍心系扶贫事业，担任中国扶贫开发协会特聘副会长、晋中市扶贫开发协会会长。

筚路蓝缕，以启山林

2006年5月，在晋中市委、市政府的大力支持下，胡俊来牵头组建了山西省第一家市级扶贫开发协会——晋中市扶贫开发协会，并出任会长。

胡俊来在晋中市和顺县扶贫基地观察富硒谷子长势 摄影：范禹昇

协会成立之初，他就提出了“凝聚社会力量、致力消除贫困”的办会宗旨，带领协会一班人多方奔走，积极发展扶贫组织，广泛筹集扶贫资金，精心实施扶贫项目，用心血和汗水为老区的贫困群众服务。

从2006年至今，协会千方百计筹资3000余万元，用于扶贫济困，实施各类扶贫项目29项。其中玉米扶贫项目累计实施6.33万亩，使533个贫困村、23.32万贫困农民受益，每年人均增收196元。这一举措荣获“全国扶贫创新行动一等奖”。

胡俊来争取到中国扶贫开发协会支持贫困村大学生村官成长工程晋中低碳扶贫项目，连续7年在左权、榆社两个贫困县，65个贫困村实施，受益贫困农户689户，贫困人口2060多人，共栽植杨树20.3万株，人均增收3.5万元。同时也增加了碳汇储备，达到了农民增收、村官成长、环境改善之目的。同时还资助贫困儿童2400名，培训创业人员330名，帮助3万余农民工就业。

胡俊来常说：“我们要为农民做事，不能出事更不能坏事，而做事情是需要产业支撑的。”协会聘请的百余名农业专家正是秉承着这样的理念，实施了一个又一个扶贫项目，让更多的贫困农民得到了实惠。

栉风沐雨，砥砺前行

胡俊来在扎实做好晋中扶贫工作的同时，还着眼于更高的奋斗目标。几年来，他先后联合河南、河北、内蒙古自治区扶贫开发协会，陕西省延安市、榆林市扶贫开发协会，长治市平顺县、阳泉市盂县等多家省、市、县级扶贫开发协会，通过信息互通、优势互补、资源共享、项目共同实施等方式，形成了社会组织大扶贫格局。

在他的积极争取下，2016年8月，由中组部组织二局、中国扶贫开发协会联合举办的第五期全国贫困村大学生村官培训班在晋中开班。国务院扶贫办、中组部、中国扶贫开发协会，山西省政府、省政协、省委组织部、省扶贫办，晋中市委、市政府、市委组织部以及相关县市等部门参与了这一活动。培训结束后，受到与会人员、6省市200多名贫困村大学生村官以及社会各界的广泛好评。

2014年，胡俊来又萌发了一个新的理念：“以硒扶贫、以硒治贫。”2015年6月8日，在中国科技大学富硒产品品鉴会上，他开始接触、学习功能农业。之后，他七上北京、八下苏州，登门求教中国功能农业领军人物赵其国院士和尹雪斌博士，并与尹雪斌博士团队合作，将富硒功能农业这一前沿科学技术应用于精准扶贫，促成与中国扶贫开发协会和中国科学技术大学——苏州硒谷科技有限公司的“功能农业+精准扶贫”项目合作。在他的努力下，晋中邀请中国科技大学尹雪斌博士来晋中市作了关于“功能农业——我们未来的农业”专题报告，并在晋中电视台作了专题访谈，对推广功能农业起到了积极的作用。2016年以来在晋中及全国15个省市示范与推广面积达21.125万亩/次，受益行政村1176村/次，受益农户达7.359万户/次，受益农民25.4796万人/次，其中贫困人口9.16万人/次，为晋中市由产量农业向质量农业的转型发展创造了经验。在他的呼吁下，功能农业编入《晋中市“十三五”规划》，并成为山西省农业发展战略。

不忘初心，方得始终

2017年5月25日，中国扶贫开发协会第五届会员大会在北京人民大会堂隆重召开。胡俊来带领晋中发展的中国扶贫开发协会59名会员、12名工作人员组成代表团前去参加，其代表团人数之多、规模之大均为各参会组织之首。在中国扶贫开发协会的五年工作报告、十年历程回顾中，两次提到晋中扶贫开发协会，宣传了晋中的主要经验和先进做法，这是唯一获此殊荣的参会组织。大会选举产生了新一届领导班子，胡俊来作为唯一的基层协会会长被选为特聘副会长。大会在表彰先进时，授予胡俊来“扶贫贡献奖”，授予晋中扶贫开发协会“扶贫先进集体奖”。

这是对胡俊来多年兢兢业业开展扶贫工作的最高赞扬，是对晋中扶贫开发协会扶贫业绩的充分肯定。2017年8月，胡俊来应国际硒学会邀请，出席在瑞典召开的第五届国际硒与环境和人体健康会议。

在骄人的成绩面前，胡俊来没有志得意满，仍意气风发、斗志昂扬，花甲之年不言退，为民服务勇当先。杜润生老先生为他题词“为了扶贫”，这四个字正是对他心系扶贫事业的生动写照。

胡俊来和村民们满怀喜悦地查看富硒谷子，丰收在望 摄影：范禹昇

江苏省苏州市"十佳教育工作者"——吴江区公安局运西派出所教导员金志峰

用行动践行无悔承诺

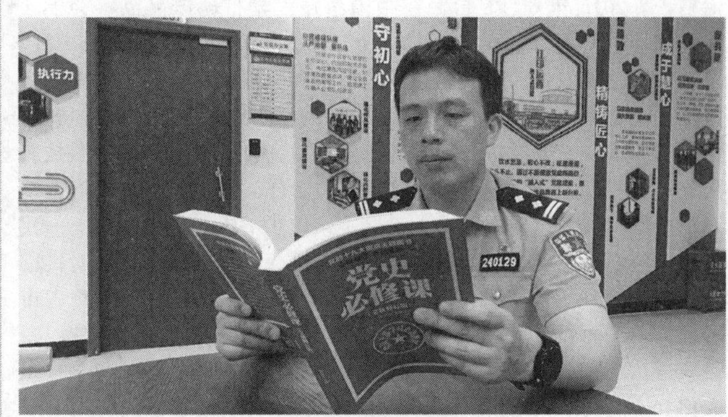

学习中的金志峰 摄影：王瑾

初心如磐向未来，从警无悔二十载。对待工作，他兢兢业业；接待群众，他细致周到。他用实际行动在平凡的岗位践行着自己"全心全意为人民服务"的无悔承诺。因其工作成绩突出，曾先后获得优秀公务员2次、个人三等功2次、苏州市"十佳教育工作者"等荣誉。他就是苏州市吴江区公安局运西派出所教导员金志峰，一位普通的基层党员。

"红印运西"的推动者

在运西派出所，金志峰把党建融入公安主业，既当教导员，又当督导员，将"红印运西"特色党建品牌深深印在派出所党员和辖区群众的心里，真正发挥了党建品牌引领作用，切切实实为群众办实事。在金志峰的带动下，运西派出所的"红印运西 金盾护航"行动支部，被评为"2020年度行动支部十佳案例"。

2021年，所内开启新一轮的"融入式"党建工作，推进行动支部品牌再上新台阶。运西派出所通过构建与辖区企业、社区、学校三级党建联动共建机制，培养反诈讲师团、组织反诈知识竞赛、开展反诈宣传文艺表演，全方位压降电信网络诈骗警情。2021年以来，通过开展"警社校企"党建联盟主题党日活动，五个党支部联合成立了五支区域全链反诈先锋队，形成区域"全员反诈"新态势。

同时，金志峰提出党建工作与党建文化"两手抓、两手硬"的思想理念，依托警营文化升级改造带动党建文化全面升级，以党建文化厅、党建读书角为抓手，配套升级三楼"训练角"，设置警情模拟区、民警个人体能档案馆、心理舒缓室，多维度升级党建文化载体，强化警营文化力量和滋养作用，全面提升队伍的凝聚力、战斗力。

倾心尽职的深耕者

作为基层派出所教导员，日常工作十分繁杂，早出晚归是金志峰的工作常态。在运西派出所的户籍、接处警窗口，金志峰在显眼位置公布了自己办公室的外线电话号码，接受群众各类咨询、投诉，为全所民警、辅警作表率，大家私下里都称金志峰是"24小时在线的百事通"。最能体会金志峰辛苦的是他的亲人，妻子无奈地说："他关心工作胜于关心自己，关心单位胜于关心家庭。"

2021年7月，疫情形势再度严峻，金志峰带头做好所内防控工作。他通过微信、短信，积极推送疫情防控常识和抗疫工作动态，在确保上级各项指令及时传达的同时，有效提升民警、辅警的安全防护意识。

金志峰还经常带队同社区工作人员一起，深入居民小区开展社区宣传，普及新冠肺炎疫情防控相关知识，劝导居民在疫情期间不聚会、少出门；同时积极与辖区爱心企业沟通，在派出所门口加装了两台免费的公益便民自助口罩机，获得辖区群众的一致好评。

务实创新的开拓者

"想群众之所想，急群众之所急，办群众之所需"是金志峰孜孜以求的目标。2020年，公安部交通管理局在全国部署开展"一盔一带"安全守护行动。为增强辖区群众交通安全意识，金志峰通过多方协调和研讨，会同相关部门，将辖区香漫雅园小区打造成为交通安全"智慧小区"，在小区大门处设置了头盔未戴预警提醒，督促进出小区的电动自行车驾驶人自觉佩戴头盔。

在吴江区公安局召开的文明城市建设工作推进会暨电动自行车交通安全"百日整治"行动部署会上，香漫雅园的"一盔一带"智能识别预警系统展示成为样板观摩点。

辖区西湖花苑社区地处吴中、吴江区交界，流动人口多、治安形势复杂。为加强西湖花苑社区综合服务管理工作，金志峰积极与社区沟通，对非吴江户籍人员落实积分管理。积分申请人可通过参与蓝盾志愿者或志愿吴江、代老年房东管理出租房并履行房东相应义务及管理责任等获得积分，也会因违规充电、私拉电线等造成安全隐患的行为，扣除相应积分甚至取消积分资格。当申请人积分符合相应条件时，便能在西湖花苑社区范围内享受相应待遇并获得相应奖励。

金志峰通过试行积分管理，大大提高了辖区群众参与志愿服务的积极性，也在一定程度上缓解了辖区的治安管理压力，通过创新社区管理模式，打通了基层治理"最后一公里"。

守好一座城，护好一群人。对金志峰来说，这座"城"就是运西派出所辖区，这群"人"便是辖区群众。从警22年，不变的是他对党的忠诚誓言，是对群众的一片赤诚。今后的道路，金志峰仍将不忘初心，勇挑重担，砥砺前行。

作者：李子昂

运西派出所党建阵地

甘肃省优秀人民警察——临泽县公安局丹霞景区派出所原所长马超

“因为是警察，就应把群众放在心上”

马超近照　摄影：安学海

马超热情服务群众　摄影：安学海

管过户籍、干过刑警、追捕过逃犯、排查过矛盾纠纷，基层公安工作他样样拿得下，件件干得漂亮。破获各类案件上千起，救助群众不计其数，打造一系列全省先进科技智慧旅游警务……从警24年，那一抹“公安蓝”的职责和担当已深入他的心中。

“甘肃省治安业务能手”“甘肃省优秀人民警察”、全县“综治工作先进个人”、全县“五一劳动奖章”、2019年甘肃省第五届“我最喜爱的十大人民警察”提名奖……24年间，他获得的奖章挂满胸膛。

荣誉的背后，是默默地付出，是心里装着老百姓的初心不变，在这平凡的岗位上，履行着一名人民警察的职责，他就是甘肃省临泽县公安局丹霞景区派出所所长马超。

帮助群众有“心”

从警之前，马超是甘肃省体工大队运动员，在结束了运动员生涯后，他选择了警察这个职业，成为临泽县公安局沙河派出所的一名民警。

穿上警服的那一刻起，他认为最好的服务就是最好的管理。因其管辖的区域是典型的城乡接合部，流动人口多，治安环境复杂。面对繁杂的工作环境，马超没有自乱阵脚，根据辖区特点制定出租房屋管理办法，定期对出租屋进行全面摸排，这一做法对外来人口管理起到了很好的作用，一些做法在全县得到了推广。

面对群众，马超是一个热心肠，只要老百姓有事找他，他从不推脱，想办法帮助群众解决困难。那是2008年的冬夜，凌晨两点左右，马超在出完警归队的路上，在离兰家堡村约两公里处发现有一团熊熊火焰。他迅速将车开到着火点才发现是一家院子里着起了火，周围的柴草已全部烧着，房梁眼看着就要塌陷。情况紧急，他破门而入，冲进大火中和同事叫醒熟睡的农户，安全地救出了一家四口。火灭了，群众安全了，但马超的头发和眉毛都被烧煳了。第二天，兰家堡八社全部村民敲锣打鼓地把绣着“人民的好警察”的锦旗送到了临泽县公安局刑警队。

“当警察20多年里，他做的好事，帮群众办的实事已多得数不清楚了。”马超的同事这样评价他。但在马超看来，这只是他的本职工作，因为是警察，就应该把群众放在心上。

侦破案件有“胆”

额头上有8厘米的疤痕、左臂无法伸直、右膝处皮肤坏死。身上的一处处伤痕，记录下了一名共产党员对党的忠诚，一名人民警察维护正义的追求。

2008年9月，已在沙河派出所工作13年的马超被调至刑警队任副大队长。因县城连续发生入室盗窃案件，一度给人民群众带来恐慌。不破此案，誓不罢休，马超几乎把公共视频室当成了家，两个多月来一有时间就紧盯公共视频，困了擦点风油精，饿了用方便面凑合一顿。功夫不负有心人，刑警队连续摧毁了4个盗窃犯罪团伙，不仅挽回了群众的经济损失，而且有力地打击了犯罪分子的嚣张气焰。

2009年5月，在得到有人聚众赌博的线索后，马超带领同事化装侦查，蹲点数日后确定了窝点。收网时考虑到犯罪嫌疑人可能是惯犯，存在一定的危险，马超让同事退后，只身靠近窝点，在“拿掉”望风人员后迅速埋伏在居民院内，不料却被聚赌人员发现，危难关头他果断鸣枪示警：“我是警察，全都不许动。”一声枪响，一身凛然正气，威吓住了所有不法分子，这一次，成功抓获犯罪嫌疑人64名，涉案资金达24万元。

服务游客出“彩”

“七彩丹霞”是临泽旅游的名片，如何维护好临泽县丹霞景区的社会治安，既是景区发展面临的重大课题，也是对全县公安战线的一次大考验。

2014年6月，马超被调至景区所在地的倪家营派出所担任所长，2017年正式成立了景区派出所，他又被任命为第一任所长。新单位基础差、人员少、底子薄，但工作量大、任务量重的局面使他认识到，这样一个能够接待几百万人次大景区的管理仅靠传统的手段远远不够，要依靠科技化旅游警务才能更好地管理景区，服务游客。马超主动与景区相关负责人协调，在景区实行车辆号牌识别、游客身份识别精准化。

在临泽县丹霞景区3个停车场安装车辆号牌自动识别采集系统，实现了数据自动采集和数据联网比对，随时进行车辆轨迹分析研判。率先在入园口设置人证核验设备，通过现场人像识别自动通关，提升通关入园速度，有效防止景区门口形成“堵点”，减轻人防压力。特别是在今年新冠肺炎疫情发生以来，他在统筹协调全所警力分配的同时，主动担负监测点值班值守的任务，确保景区不发生疫情。因对公安事业的无限忠诚和工作需要，2020年4月，马超调至临泽县公安局城关派出所任所长职务。

这就是马超，一名人民警察的担当，默默地守护着临泽县丹霞景区百姓的安宁，他用自己的实际行动诠释着一名共产党员的忠诚与坚守。

全省担当作为好干部——陕西省咸阳市精神病专科医院院长邓轩峰

初心不改践使命 抗疫一线显担当

左上图为邓轩峰病区会诊指导；左下图为邓轩峰带领下级医师查房；右侧两图为邓轩峰获得的荣誉奖状

2021年2月19日，从全省“担当作为好干部”“干事创业好班子”表彰大会上传来喜讯，陕西省咸阳市精神病专科医院院长邓轩峰获“担当作为好干部”荣誉称号。

邓轩峰，男，汉族，1976年2月9日出生，1997年毕业于陕西中医学院，大学本科学历，共产党员，主任医师。系陕西省第五批援鄂医疗队党委委员，现任咸阳市精神病专科医院院长。

邓轩峰从医20余载，是业务上的行家里手。他广泛涉猎国内外医学资料，不断充实自己，熟练运用中医学的基本知识辨证施治，融中西医于一体，有针对性地开展个体心理治疗和团体治疗，辅以中医以情胜情、移情疗法，提高治疗效果，获得患者及家属的普遍赞誉。

邓轩峰主动承担陕西中医药大学学生临床带教工作，带队对永寿、礼泉等地严重精神障碍患者进行危险性评估和现场指导，降低肇事肇祸事件的发生。参加国家及省级科研项目“解郁化痰汤治疗抑郁症临床观察”“文拉法辛治疗抑郁症临床观察”，发表多篇论文，其中“肝宁汤治疗抑郁症的临床观察”于2013年被评为全国优秀论文成果一等奖。2018年邓轩峰被评为咸阳市精神文明建设先进个人、咸阳市首届中国医师节优秀医师。邓轩峰始终牢记为人民健康服务的宗旨，自觉践行医德规范和医疗职业精神，勇于担当，无私奉献，以高尚的医德和精湛的医术诠释着大医精诚。

庚子年初，新冠肺炎疫情蔓延，一场没有硝烟的疫情攻坚战全面打响。咸阳市精神病专科医院迅速成立疫情防控领导小组，制定应急预案，强化预检分诊，规范就医流程和探视制度，第一时间实行封闭管理。邓轩峰吃住在医院，及时调整充实应急预案，积极筹备防护物资，安排检查疫情防控和日常医疗工作，关心关爱抗疫一线的医务人员，坚定他们的抗“疫”信心和决心，确保全院疫情防控工作和业务工作高效运转。他主动承担礼泉县心理危机援助任务，制订疫情紧急心理干预方案，在12个镇（社区）建立点对点疫情心理危机干预小分队，开通心理咨询援助热线电话，帮助大家积极、理性地应对疫情防控。

2020年2月底，陕西省卫健委发出援鄂抗疫的集结令，邓轩峰立即请战顺利通过选拔，被任命为第五批援鄂医疗队党委委员驰援武汉，进驻武汉沌口方舱医院。他主要负责对沌口方舱医院患者、医疗队等进行心理干预，缓解他们的紧张焦虑情绪。接到任务后，邓轩峰建立“沌口方舱医院关爱天使家园”微信群，拟定《致沌口方舱医院全体人员一封公开信》，定期为医务人员提供放松、助眠的音频及科普文章，为有心理疏导需求的人员开展24小时全天候的线上服务，通过线上互动沟通，线下心理查房、心理巡诊等方式，及时发现心理行为问题，进行心理干预、精神科药物处置。他和医疗队辗转各医护人员驻地，随时进舱开展面对面心理治疗，帮助大家调适状态，放松身心。

支援期间，邓轩峰共计进行心理查房、巡诊1072人次，联络会诊110人，发现心理行为问题266人，提供心理干预327人次，用实际行动在荆楚大地书写着秦鄂一家、守望相助的战地实录。援鄂期间邓轩峰被授予武汉市江夏区荣誉市民、汉南区方舱医院抗疫先进标兵、党员先锋称号；被湖北省委、省政府授予最美逆行者称号，被中共陕西省委宣传部、陕西省文明办、陕西省卫生健康委员会授予“陕西省抗击新冠肺炎疫情最美医务工作者”称号。邓轩峰医者仁心，从不畏惧，不忘共产党员为民服务的初心，恪守护佑健康的职责，处处以朴素的家国情怀彰显一名医者的责任与担当精神。

作者／摄影：罗森

邓轩峰主动请战并被任命为党委委员的陕西省第五批援鄂医疗队（陕西省首支心理医疗队）出征前合影

全国抗击新冠肺炎疫情先进个人——河北省石家庄新干线旅游集团董事长李彦涛

开启“交通战疫”之路

2020年9月，董事长李彦涛被中共中央、国务院、中央军委表彰为全国抗击新冠肺炎疫情先进个人　摄影：刘亚美

链接：李彦涛，系石家庄市第十三届、第十四届市人大代表，河北省道路运输协会副会长。2002年创立石家庄晋石快客公司（后改名为石家庄新干线旅游巴士有限公司），2008年成立石家庄新干线客运有限公司，2017年组建石家庄新干线旅游集团有限公司。集团现拥有固定资产3亿余元，员工800多名，营运客车1000多部。旗下拥有4家分公司，同时还经营网络约车、旅游巴士、旅游集散中心、客车维修、汽车租赁、旅行社、酒店餐饮等业务，是石家庄地区规模大、效益好、管理规范、服务优良的专业的道路客运企业之一。

李彦涛2015年获得石家庄广播电视台1067小木屋公益榜样人物，被共青团石家庄市委2016年授予“抗洪救灾、灾后重建工作优秀青年”，2017年评为“最美青联委员”，2018年被晋州市人大常委会授予“晋州市人民功臣”，2020年9月被中央党中央、国务院、中央军委表彰为全国抗击新冠肺炎疫情先进个人。

55座国宾大巴车20辆，运送医护人员近千人次；

医护专车志愿车队共服务6家定点医院医护人员2000余人，出动4万余车次；

“复工复产直通车”共出动3072车次，运送返岗复工人员46160人次；

出动1164车次，转运境外回国人员20413人次……

这一组看似单调的数字，记录着河北省石家庄新干线旅游集团有限公司在抗击新冠肺炎疫情期间所做的工作。石家庄市人大代表、石家庄新干线旅游集团有限公司董事长李彦涛带领公司上下800余名员工齐心协力投入到交通抗疫一线，2020年9月，被授予“全国抗击新冠肺炎疫情先进个人”称号。

接送白衣天使，为生命架桥

让我们把时间拉回到2019年12月底，正当人们忙着迎接新一年到来时，一种来源不明的病毒正悄然袭来。

基于对疫情的科学研判，多个城市逐步按下了“暂停键”。1月24日河北省宣布启动重大突发公共卫生事件一级响应，城市公交、地铁相继停运。

关闭了公共交通，但确保抗疫的交通不能停！

石家庄新干线旅游集团有限公司是石家庄的大型客运集团，李彦涛带领集团全员第一时间成立“新干线战疫情紧急工作小组”，开启了“交通战疫”之路。

2020年1月26日，河北省援鄂抗疫医疗队即将出征。为确保河北省援鄂医疗队顺利出征，李彦涛主动请战，成立援鄂医疗队保障车队。他与公司管理层连夜研究运送方案，从车辆的安全检查到车内外消毒，每一个细节都反复斟酌，明确了把好车辆安全关、驾驶员健康关、乘客防护关三个关口的工作思路。1月26日，新干线公司顺利保障完成了首批援鄂医疗队的150名队员转运任务。

李彦涛清楚地记得最后一批白衣战士返程的日子。公司收到石家庄交通运输综合执法支队的调度令后，他提前安排驾驶员、运力的调配，并要求对负责这次接送任务的驾驶员开展专项运输培训、服务培训和安全防护培训；做好安全检测、车辆内外的清洁卫生和消毒防护措施。车辆出发前一天，新干线客运公司对参加运送的车辆开展“地毯式”大扫除，车头悬挂“新干线欢迎援鄂英雄凯旋”的横幅，车身悬挂“不负重托，不辱使命，凯旋归来！”“白衣执甲破楼兰，英雄凯旋平安还”等横幅。李彦涛跟同事说：“他们守护我们的健康，我们只有用专业、细心的工作态度才能体现对医护人员的最大尊重。”

连续六批援鄂医疗队出征，直至3月31日的河北省最后一批医疗队凯旋返石，李彦涛都亲自部署，不计成本，不讲条件，先后为援鄂医疗队和定点医院医护人员的转运免费提供了55座国宾大巴车20辆，运送医护人员近千人次。

疫情期间城市公共交通几近停滞，全市医护人员出行十分不便。2月5日，李彦涛依托哈喽专车组建河北省首支医护专车志愿车队，免费服务一线医护人员。他亲自担任总指挥，集团管理层和后勤人员分别承担起调度、客服、充电、消毒及后勤保障等工作，集团公

公司成立援鄂医疗队保障车队，全力支持抗疫　摄影：刘亚美

摄影：刘亚美

司120名驾驶员全体报名参战。医护专车志愿车队每天奔波在石家庄的大街小巷，为广大医护人员带来了便利。直至石家庄病例清零，在近2个月时间里医护专车志愿车队共服务6家定点医院医护人员2000余人，出动4万余车次，为医护战士提供了坚强交通保障，彰显了李彦涛作为一名本土企业家、一名人大代表的守土担当。

“多重角色”助力出行

交通是城市的生命线。随着疫情得到基本控制，防疫措施常态化，如何安全、有序保障各行各业复工复产就摆到了议事日程上来。

2月14日，李彦涛召集“新干线战疫情紧急工作小组”成员，制定了《复工企业定制包车专项运输工作方案》，第一时间上线“复工企业定制包车运输需求服务平台”，推出“点对点、一站式”定制直达包车运输服务，并牵头制定了疫情防控（简易）操作指南和应急预案，所有车辆严格消杀，司机和乘客严格防护，助力企业顺利复工，解决了疫情期间省内外企业员工返岗复工用车问题。

2月17日，新干线石家庄首辆赴甘肃企业返岗复工定制包车起程。截至6月30日，新干线公司的“复工复产直通车”共出动3072车次，运送返岗复工人员46160人次。

疫情期间，石家庄市班线客车全部停运，百姓出行极为不便。按照疫情防控工作的新形势，李彦涛提出要进一步多措并举，有序恢复城际客运交通，为如期打赢疫情防控阻击战提供交通运输保障的意见建议。在经市交通局批复同意后，3月5日新干线公司率先恢复运营石家庄的班线客车。此外，在他的指导下，哈喽优行率先试点安装车内隔离防护膜，并设立城市客运消毒点，对出租车、网约车进行无差别免费消毒。

李彦涛深知“众人拾柴火焰高”，一个人、一个企业的力量终究有限，只有联合全社会的资源一起参与进来，才能尽快、较好地完成抗疫任务。于是，他牵头协调多方资源，利用哈喽优行网约车平台联合新兴药房、36524便利店设立了282个乘客“健康测温点”，实现了石家庄市二环内网格全覆盖，为广大市民的出行提供了极大便利。

“回国转运”一人不落

3月份以来，“严防境外疫情输入”成为疫情防控工作的重中之重。李彦涛又亲自挂帅，连夜召集公司各部门对车辆进行全面技术排查、清洗消毒、加装防护隔离膜，全力备战入境人员转运工作。

3月29日早上，他组织召开驾驶员战前动员会，要求广大参战驾驶员要做到坚守岗位，严格防护，守一道关，护一城人！截至9月5日，5个月的时间，共保障机场航班72趟，共出动1164车次，共转运境外回国人员20413人次，转运里程10万公里。

2002年李彦涛创业伊始就遭遇了2003年的“非典”疫情考验；2020年的“新冠肺炎”疫情又是一次大考。

事非经过不知难。李彦涛以践行社会责任、履行人大代表义务为己任，带领公司上下800余名员工齐心协力投入到交通抗疫一线，实现了疫情防控和企业生产发展双胜利。

李彦涛十分珍视“全国抗击新冠肺炎疫情先进个人”这枚奖章，这也是对新干线公司全体员工的褒奖。他在当天朋友圈写下：这一份沉甸甸的荣誉，是党和国家领导人对中国民营企业家的肯定与支持，是对平凡英雄的赞歌。中国精神、中国力量、中国担当，新干线不忘初心，牢记使命，砥砺前行。

全国殡葬工作先进个人——上海南汇长桥山庄党支部书记、总经理朱叶云

老公墓的破局与新生

链接：朱叶云，男，中共党员，曾任上海南汇殡仪馆党支部副书记，2007年6月起调任南汇长桥山庄党支部书记、总经理至今。他创造性地提炼出“三讲三性”企业精神“思想讲党性、工作讲悟性、服务讲人性”，奉行“百善孝为先，原心不原迹”企业服务理念，不断推出草坪葬、花坛葬、植树葬等节地生态安葬产品，精心打造墓园文化特色。2009年被上海市南汇区民政局予以“嘉奖”，2010年被评为“上海市浦东新区迎世博优质服务先进个人”，2012—2015年连续4年被上海南汇水务集团考核评定为“特别优秀”，2016年被民政部评为“全国殡葬工作先进个人”。

上海南汇长桥山庄创建于1993年初，坐落于风景秀丽的浦东新区新场镇。长桥山庄秉承移风易俗和推行节地生态葬的经营理念，设有传统墓、艺术墓、草坪墓、室外景观葬、花坛葬等多种墓葬样式。先后获得“上海市一级公墓”“上海市文明单位”“上海市平安示范单位”“上海市花园单位”“上海市无烟单位”等荣誉。

上海南汇长桥山庄（以下简称长桥山庄）是一座老公墓。土地存量不多，后续发展困难，是老公墓普遍面临的难题，而长桥山庄已经找到了破解之道。

前期没有规划导致老公墓遭遇缺地、落后危机

这座1993年开园、总占地150亩的公墓，像许多小型公墓一样，早期经历过没有园区规划、随意开发建设的粗放型发展阶段，只是简单地把一排排墓建起来、卖出去，原本不多的土地消耗得很快。

长桥山庄海上名居　摄影：锡杖

2007年，朱叶云调任长桥山庄负责人时，可用于墓地建设的土地已不足40亩。而且，整个园区面貌陈旧、落后。

"那时，跟上海一些较为领先的公墓比，我们的差距是全方位的。"朱叶云说。

没有规划设计，是早期长桥山庄公墓的一大弊端。

"长桥山庄开园后，就拿出园区里最好的一块地，开始建墓了。墓区里没有一条路是直的，墓想建在哪就建在哪，没有一块地是平的，同一个墓区水平线有好几个。整个墓区，墓位随着地块自然现状走，地块转弯了墓就转弯了，这里再转过来，墓就跟着转过来。公墓只提出今年要建几百个墓，就由石材加工单位在空地上开建，不做道路规划，不做排水方面的考虑，没有景观、绿化，一排排石材的墓就建上去了。"这是朱叶云刚接手时的长桥山庄。

他多次跑到上海福寿园等公墓去看，边看边琢磨："他们确实好，但我们跟他们学，跟不上。怎么办？"最终，朱叶云确定，长桥山庄要从局部、从点上来突破。

长桥山庄是三方持股的股份制企业。朱叶云跟股东商量，控制分红的比例，把大部分资金投入到园区改造建设上去。

他们逐一整理园区周边环境，改造零星地块，翻新老墓区的墓道，调整、丰富绿化品种，营造绿化景观，新建"海上民居""海上新天地""传承园"等庭院式节地葬园区……

一年年下来，长桥山庄的面貌焕然一新。2020年5月28日，记者漫步其间，随处可见桃红柳绿的绿化景观，整个墓园格局颇为规整，"传承园"等新型庭院式节地葬区成为园中一景。

"我们每年都投入一点，一批一批改掉，现在总算把墓园的整体环境打理干净了。2015年，我们评上了'上海市一级公墓'，2016年又被评为'上海市文明单位'。2017年，我们评上了'上海市花园单位'。三年一轮，今年又通过了复审，非常不容易。这个牌子不是终身制，上一轮筛掉了将近一半。"朱叶云言语间透出欣慰。

合作探索丰富多样的节地生态葬，老公墓破局新生

长桥山庄的可喜变化，杨艺集团是重要的参与者、见证者。

2010年，长桥山庄和擅长节地生态葬园区规划设计、精于艺术墓与雕塑设计制作的杨艺集团牵手合作，开启了双方以思维碰撞、创新实践推进节地生态葬有效落地的新路子。

"为什么选择杨艺集团？我们选择合作方，通常从几个维度去考量：第一，必须具有改革创新的思维能力，以及探索实践的积极性；第二，企业的诚信度；第三，规划设计能力；第四，产品加工工艺和质量；第五，售后服务。其中，创新改革的思维尤其重要。杨艺在葬式改革方面有着非常浓厚的兴趣，一直在积极探索。我正好在为长桥山庄的生存发展找突破口——究竟要把墓园建成什么样子，推行怎样的安葬方式，既能够顺应今后的发展趋势，也能满足老百姓的需求，还能使公墓生存下去。双方的追求高度契合。"

2012年，他们合作的第一个节地生态葬项目"海上名居"园落成。"海上名居"占地仅一亩多，却容纳了2000多个壁葬格位，是同样面积的土地可建常规墓数量的10倍。顺应了殡葬改革趋势，同时具有商业价值。

上海不同时代民居，包括南汇新场古镇建筑、石库门以及陆家嘴现代建筑等，均作为设计元素被吸纳进"海上名居"，富有地域文化的场景，让人感到仿佛并非置身于墓园，而是漫步在上海这座大都市的特色街区。

"把大量壁葬集中在一个园区，我们在上海市是首家。当年这个项目被评为'上海市民政系统窗口单位为民服务创新争优活动优质服务品牌'。"朱叶云介绍。

头两年，买的人很少，反而是各地公墓同行来参观的多。对此，朱叶云有心理准备："节地生态葬是未来的发展方向，长桥山庄土地存量不多的实际逼着我们提早谋划。随着土地资源越来越紧张，常规墓价格越来越高，数量越来越少，人们自然选择节地葬。"

果然，选择"海上名居"壁葬的人呈逐年增长趋势。如今，一年可以卖150多个壁葬格位。作为小规模的墓园，长桥山庄一年销售400多个墓位，景观壁葬占比1/3。

"这是一个好的趋势。受到启发，我开始考虑建各种样式的节地葬，为墓园今后发展做准备。"

2013年推出"海上新天地"，以石库门建筑为基础，以浮雕墙展现上海"新天地"建筑风貌。随着"人文雕塑""品质生活""演绎人生""岁月流逝""悠闲生活"等五大主题区的变换，五个景观雕塑小品分别对应。

2015年，"海上新天地"二期工程着力规划营造休闲景观。在"船帆""上海地图""星光大道"三大区域，设置景观与雕塑，让东西方园林文化、休闲景观和现代葬祭功能融于一体。

在朱叶云看来，目前大多数陵园对节地生态葬的探索局限于点上，仅在某个区域把节地生态葬建得很漂亮。比如，上海还没有一家公墓全园铺开做节地生态葬。"整座墓园实现节地生态化，在上海我们有信心成为第一家。"

公墓也做"五年发展规划"，精打细算用好土地资源

长桥山庄是非常鲜见的制定"五年发展规划"的公墓。

"墓园还要做五年规划？"记者吃惊。

"有了规划，我们可以对土地精打细算。在'十三五'规划中，我们精确到每一年开发哪一块地，开发多大面积，建多少墓，每年节地葬销售占比等等，都明确计算出来。"朱叶云解答。

这几年，按照长桥山庄"十三五"规划，朱叶云把每年用于常规墓开发的土地从1亩逐渐往下控制，从666平方米到650、640、630……现在已控制在600平方米以内，可谓"寸土必争"。

当下，他们正着手制订"十四五"规划。为了精准规划，他们测量了剩余土地，把零星地块都算上，只有16.5亩。"16.5亩，建常规墓的话，满打满算还能建10年。10年后，公墓生存就困难了。"

"我们计划，常规艺术墓继续做5年。5年后，长桥山庄全部实行节地生态葬。土地资源有限，必须要迈出这一步。"朱叶云推行节地生态葬的心意坚定。

全面推行节地生态葬，长桥山庄的土地多少年会用完？

"我测算了一下，可利用的资源源源不绝，已经开发的地还能再利用。我们刚开了职工大会。我们的员工结构很年轻化。我对他们讲，只要努力，有危机感，坚定不移推节地生态葬，不用担心，长桥山庄肯定一直有节地生态葬产品卖。"

近年来，长桥山庄把园区内零星地块充分利用起来，一边搞绿化，一边建节地生态葬区，目前已累计有1万多个格位的景观壁葬存量了。

节地生态葬庭院式景观园区，"传承园"的传承与创新

2019年，长桥山庄和杨艺集团合作的"传承园"建成。这是他们中意的节地生态葬景观园区新作。

"传承园"以影雕、铜雕再现石库门、弄堂和老行当等充满上海味道的城市记忆，提高了公墓艺术价值，成为极具创新意义和地域文化特色的花园式景观葬区。

说起"传承园"的设计构想，朱叶云滔滔不绝——

长桥山庄墓园特色文化浓郁，左图为节地生态人文纪念景观葬区"传承园"；右上图为雕塑长桥暖莲 摄影：南鸟；右下图为天使邮筒 摄影：青青

"多年探索下来，我对节地葬的认识发生了改变。我们和杨艺集团设计团队充分交流，在理念上形成共识。建传承园时，考虑把多形式的节地葬集中在一起，园区是独立的庭院式景观，绿化覆盖率高，不能是石材堆砌，既要解决骨灰存放功能，又要满足休闲需求，壁葬、草坪葬、花坛葬、家庭合葬、雕塑葬等和景观深度融合，处处是景。"

"要有鲜明的绿色生态特性，为推行生态殡葬改革起到示范作用。传承园的土地利用率和投入产出比要大大提高，要导入现代化服务模式，提高项目的附加价值。"

"数千个节地葬集中在一个园区，祭扫方式肯定要发生改变。2020年清明实行了预约祭扫，我们当时就考虑，这个园区今后就实行预约制，在家属购墓时通过合约的形式，把逝者的生日、忌日或其他有纪念意义的日子，约定为祭扫日。"

"时间错开后，祭扫日的仪式就可以隆重一点，仪式感强一点。园区当中建了一个礼厅，还有休闲区域，就是为了给人们提供祭扫逝去亲人的场所，把家祭搬到公墓中来，让祭扫变成有意义的家庭事件，传承家庭美德，传承孝文化。"

"按习俗清明还要来祭扫，怎么办？要利用科技手段、一些智能化设备，在园区中分设几个点，通过分散的集中共祭形式，对祭扫人群分流，缩减祭扫时间，保障安全祭扫。"

……

探索没有止境，这些构想有的已实现，有的将继续在"十四五"规划中得以实现。

"对于节地生态葬，只要政府、行业引导得好，百姓就会接受的。"朱叶云很乐观。

他回忆刚来的时候，长桥山庄只有传统的墓型，占地至少1平方米以上，最大的占地3平方米。他当时提出："我们没多少土地，这样下去不行。从墓型上要改变，传统墓不卖了，也不建了。要建更加美观、更节约土地的现代艺术墓。"

员工们纷纷反对："这样卖不掉的，因为老百姓不喜欢。"

朱叶云坚持："没有尝试，怎么能下定论呢？我们习惯于老是建这样的墓，卖这样的墓，以为是老百姓喜欢、需要。其实，只有不断创新，优化供给，才能走出满足需求、顺应趋势、赢得发展的新路，不断于危机中育新机，老公墓才能焕发生机。"

浙江省绍兴市柯桥区轨道交通集团党委书记、董事长徐永祥

坚守初心　轨道建设担使命

链接：徐永祥，男，汉族，1970年2月出生，研究生学历，中共党员。现任绍兴市柯桥区轨道交通集团有限公司党委书记、董事长。任职期间，集团先后荣获"2016—2017年度绍兴市'两重、两美'重点工程立功竞赛示范工程""2016—2017年度浙江省重点工程建设立功竞赛先进集体""2017年度柯桥区打好'八大战役'重点项目立功竞赛先进集体""2017年度绍兴市综合交通建设大会战立功竞赛一等奖""2018—2019年度绍兴市重点工程立功竞赛示范工程""2018年度柯桥区现代产业重点项目建设和政府投资项目建设立功竞赛先进集体、优胜单位""2018年政府投资项目竞赛优胜项目""2019年绍兴市工人先锋号""浙江省轨道交通建设与管理协会优秀会员单位"等殊荣。

一个时代有一个时代的主题，一代人有一代人的使命。 作为长三角一体化发展的重要交通圈之一，杭绍城际铁路承担着重要角色。2015年12月，徐永祥担任浙江省绍兴市柯桥区轨道交通集团有限公司党委书记、董事长、总经理，在这近5年时间里。作为一名共产党员、新时代轨道建设人，徐永祥始终坚守初心，勇于担当使命，在轨道建设中争先锋，在奋进新时代中体现一个共产党员的

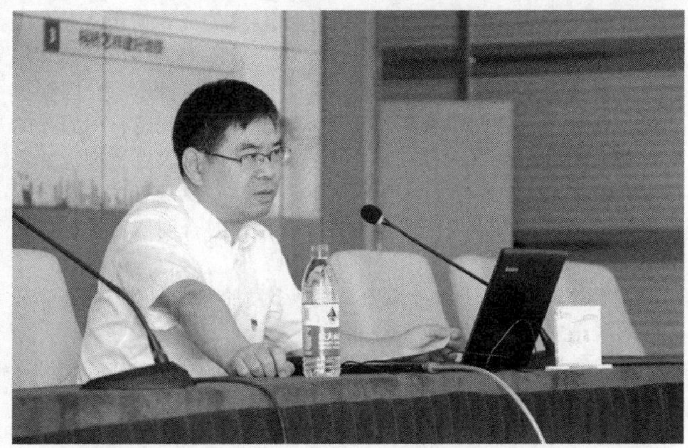

徐永祥讲授“不忘初心 牢记使命”主题教育专题党课 摄影：金薇

靓丽风采。

坚守初心，筑牢“根”与“魂”

杭绍城际铁路，作为绍兴市连接杭州都市圈的枢纽，是绍兴市第一条，更是全国范围内唯一一条由区级层面自主建设的轨道交通线。轨道交通集团也刚刚成立，万象更新。徐永祥快速理清思路，建立集团组织架构，并立即投身于杭绍地铁前期建设中。

党组织是核心方向。自2016年4月，在徐永祥的积极筹备下，柯桥区轨道交通集团成立党组织。“坚持党的领导、加强党的建设，是我国国有企业的光荣传统，是国有企业的‘根’和‘魂’，是我国国有企业的独特优势。”徐永祥说，作为国有独资企业，“对党忠诚、勇于创新、治企有方、兴企有为、清正廉洁”是集团发展的核心思路。

党建强，集团就有竞争力。徐永祥从集团成立时起就将党建工作总体要求纳入集团公司章程，把企业党组织嵌入到公司治理结构中去，明确和落实了党组织在公司法人治理结构中的法定地位，把加强党的建设和完善公司治理统一起来，实现“党建进章程”。健全“三重一大”议事决策机制，明确了党委参与决策的“四步工作法”（会前研究讨论、会前沟通、会上表达、会后报告），把党委研究讨论作为董事会、经理层决策重大问题前置程序，充分发挥党委把方向、管大局、保落实的领导核心和政治核心作用。

党的根基在群众、党的力量在群众。徐永祥始终带领轨道交通领导班子带头开展“下基层·联支部·做表率”党建联系活动，坚持问题导向，联系基层支部、困难项目等，深入开展基层调研工作。同时严格党员教育管理监督，认真落实“三会一课”等制度，使抓基层打基础的思想更加牢固、行动更加自觉、措施更加有力，确保了建设项目基层党组织的领导地位不动摇、战斗堡垒作用不动摇。

牢记使命，展现轨道建设风采

杭绍城际铁路是柯桥区有史以来投资最大、建设周期最长、涉及面最广、技术要求最高的重大综合性基础设施民生工程，徐永祥到轨道集团后，迅速对接各相关部门、沿线镇（街）、村（居）启动建设前期准备工作。2016年6月，浙江省发改委批复同意杭绍线首开段工程可行性研究报告和初步设计，6月底在省公共资源交易中心开标确定中铁十二局集团有限公司为首开段施工单位；2016年7月22日，杭绍城际轨道交通首开段位于杨汛桥站与钱清站区间牛头山隧道正式开工建设……

2017年，是轨道交通推进建设的关键之年。针对杭绍城际铁路跨越杭州、绍兴两个区域，徐永祥几十次奔波在杭州和绍兴部门之间，先后签订《杭州至绍兴城际铁路建设项目征地拆迁委托协议书》《杭绍城际铁路（萧山段）工程安全质量监督委托书》等协议，为开工建设提供基础；针对管线迁改复杂、拆迁协调难，徐永祥一遍又一遍和拆迁、迁改单位协调，争取最快的推进速度；在牛头山试验点建设的基础上，徐永祥又带领集团员工，奔波在设计、招标等单位，当年全线9个标段土建全线开工……

在轨道交通建设的这几年里，徐永祥带领他的团队充分发扬“特别能吃苦、特别能战斗、特别能奉献”的“铁军”精神；“迎难而上、一往无前”的拼搏精神，“精益求精、追求卓越”的工匠精神，“相互协作、众志成城”的团结精神，创下了地铁建设的“柯桥速度”“柯桥效率”，展现出了“敢打硬仗、能打硬仗、善打胜仗”的“英雄本色”。尤其2020年初疫情影响，为了争取在2020年初建成通车，徐永祥和他的团队做了大量的工作，在确保防疫安全的前提下复工，为杭绍城际铁路建设赢得了更多的时间。

“徐总是我们集团的拼命三郎，这几年轨道交通遇到的困难比想象中要多得多、难得多，但不管是遇到什么困难，徐总都会冲在一线，啃下硬骨头。这么多年来没见他请过一天假，主动放弃工会组织疗休养。”在轨道交通集团，众多员工对他很高的评价。

红色工地，党员先锋显本色

项目是建筑施工企业的基本单位。传统轨道工程建设项目的基层党组织关系大都隶属原行政上级单位，难以形成党建工作合力。针对基层项目党建“痛点”，2019年初，徐永祥提出建设“红色工地”模式，全面加强组织建设和党员队伍建设，推动轨道交通建设高质量发展。

什么是红色工地？轨道集团通过与工程全线所有参建单位成立了23个联合党支部，通过资源共享、活动共办、难题共解最终实现党建工作对工程攻坚克难的强大推动，发挥党组织的战斗堡垒作用。

困难在哪，党员在哪；企业在哪，党建在哪，党支部的战斗堡垒作用就发挥在哪。红色工地创建，各工地处处可以看到党员的先锋模范带头作用。杭绍城际轨道交通3标段笛扬路站为确保主体结构封顶，项目部全体成员加班加点，党员带头冲在一线，抢抓进度，啃下这块“硬骨头”。7标段“红色工地”临时党支部的党员们和沿线镇街共同把共产党员吃苦耐劳、锲而不舍的精神融入到了攻坚克难的每一步……

轨道交通建设是一个系统工程，一些打基础见效慢的工作、周期长难度大的工作、容易发生问题的工作，特别是安全质量、文明施工等工作，更是重中之重、难中之难，徐永祥要求每位党员敢于较真，敢于碰硬，坚定不移守住安全稳定底线，不放过每一个环节、每一个步骤，让工匠精神深入每一道工序，努力打造精品工程、百

徐永祥赴杭绍城际铁路SG-4标调研 摄影：金薇

年工程、民心工程。

“‘用党建促生产，用生产强党建’是我们提出创建‘红色工地’的初衷，在近三年的建设时间内，尚无一起大的质量和安全事故。”集团党委书记徐永祥说，这得益于集团党委和各参建单位都能以党建引领为抓手，以提升党建管理能力为重点，以解决工程建设难点为突破口的理念。

清白干净，守住清正廉洁底线

杭绍城际轨道交通工程投资大，涉及项目多，廉政建设是重要一环。为了从源头遏制商业贿赂和职务犯罪等现象的发生，徐永祥带领他的团队在2017年出台了《廉政承诺保证金实施办法》，充分发挥了廉政保证金在工程建设中的积极作用，并明确了保证金制度必须做到全程覆盖、分类分段、专款专用。2019年全年共有50家参建单位缴纳了80万元保证金，其中没有一家单位被扣除保证金，轨道交通集团累计奖励相关单位共计16万元，切实从健全内部监督机制的角度筑牢了反腐防火墙。

在日常管理中，徐永祥发现涉公合同履约监督中，合同管理部门往往只顾及合同审查工作本身，而没有精力顾及合同履行的全过程，于是极易造成国有资产流失。为了严防国有资产流失，徐永祥决定在轨道集团试点推行“清廉合同”，对事前文本监督、事中签约监督、事后履约监督三方面入手，对合同履约进行全程监督。

“工程建设领域是一个腐败易发、多发的领域，清廉既能保证项目的质量安全，也能保证干部的自身安全，意义非常重大。”徐永祥说，作为一名轨道交通人，他这几年来一直以“初心、使命、担当”为宗旨，全力打造“清廉轨道交通”品牌，力争将杭绍城际轨道交通项目建设成为“百年工程、民生工程、廉洁工程”！

全国商业诚实守信道德模范——浙江嘉昕农产品股份有限公司党总支书记、总经理、董事屠春甫

丰富市民“菜篮子” 促进农民“菜园子”

屠春甫带头坚持政治学习

屠春甫上党课

日前，浙江省委宣传部、省文明办等单位联合推出的“发现最美浙江人——浙江好人榜”推荐评选活动公示了浙江好人榜1月入选名单。此次上榜共23例，其中助人为乐7例、见义勇为3例、诚实守信3例、敬业奉献5例、孝老爱亲5例。其中，嘉兴经开区浙江嘉昕农产品股份有限公司党总支书记、总经理、董事屠春甫榜上有名。

多年来，屠春甫全身心扎根蔬菜流通供应工作，团结带领公司员工开创了企业诚信兴业的良好局面，有力保障了市民群众的生活需求和食品安全。

屠春甫先后获得全国商业诚实守信道德模范、中国农产品流通改革开放40年先进人物、2018年度中国农产品供应链建设突出贡献个人、浙江省千名好支书、最美浙江人、嘉兴市第五届优秀中国特色社会主义事业建设者、经开区先锋书记、“发现最美经开人”嘉兴经开区第一届诚实守信道德模范、“嘉兴好人”等众多殊荣。

浙江嘉昕农产品股份有限公司是嘉兴市政府“菜篮子”工程的主要实施单位之一，担负着为市民群众提供安全放心的蔬菜食品的使命。嘉兴蔬菜批发交易市场是公司的主业，拥有固定经营商位300多个，每天的客商流量接近1万人次。

丰富市民“菜篮子”、促进农民“菜园子”，屠春甫一直在思考如何保供稳价、惠民惠农。几乎每天他都要去蔬菜供应的一线岗位了解情况，每年多次考察江浙沪周边同行市场，调研走访五县（市）两区二级批发市场和全市农贸市场，实地掌握蔬菜供应和食品安全的一手信息……在公司的20多年里，他全身心扑在蔬菜供应工作上。

有一次因为地滑，屠春甫不小心跌倒伤了腰，但令员工们没想到的是，仅休养一天后，他就又出现在了市场。据同事们回想，一年到头，他休息的天数不会超过5天。市场经营户对这位屠总也都很熟悉。一见他来，大家都热情地打招呼，和他拉家常。在经营户眼里，他可亲、可靠、可信。

“做企业，首先要做流淌着道德血液的有内涵有文化的企业”“干工作、干事业，首先得讲诚信，还要有创新和担当的精神。这些方面我都必须带个好头，也是我应尽的责任。”这是屠春甫常挂在嘴边的几句话。作为一名民营企业负责人，屠春甫以“打造食品安全诚信市场”为主攻方向，持续推出了一系列创新举措。根据国内蔬批行业食品安全防控形势大局，屠春甫在原有交易信息电子化基础上持续推动食品安全追溯项目的系统化规范化建设。针对食品安全规范化建设工作，公司累计已投入2300余万元，不断完善食品安全防控软硬件体系建设；2018年成功创建为全省唯一一家食品安全规范化体系建设最高等级AAA级企业。同时，他指导企业对涉及食品安全、消防安全、经营户诚实守信等方面的管理制度作了进一步完善，积极引导培育经营商户“诚信兴业”的思想观念，真正将诚信经营的理念贯彻到全公司上下。

近年来，在屠春甫主导下，公司推出了一系列改革创新重大举

措。2013至2015年间，屠春甫推动实施市场交易时间重大改革项目，整体搬迁地菜交易区、扩建客菜交易区，彻底整治市场“三合一”消防安全隐患问题。一系列改革举措的成功实施，有力地提升了市场交易管理水平。2016至2018年间，他率先提出将公司有限责任制改造为股份制，此后经全方位努力，公司成功挂牌“新三板”。此外，创新实施市场流动交易区“双固定”管理模式，为经营交易和管理带来根本性便利；大力实施“1+3”党群中心、检测中心、监控中心、结算中心“四个中心”建设，提升食品安全溯源体系规范化建设，推动企业发展迈上了新台阶。2019年起，探索规划企业新一轮发展思路，其中重点之一是提升市场“三个地”发展定位目标，即把市场打造成浙北地区最具活力的农产品集散地、浙江最具先进管理理念和为农服务的先行地、全国食品安全溯源体系建设的示范地，在建党一百周年之前完成全市场蔬菜食品安全溯源防控，进一步织密老百姓餐桌食品安全的“防护网”。

“只要是涉及老百姓吃菜的事情，对蔬菜供应工作有利的，对食品安全工作有好处，我们班子就有责任带领经营户和员工去改革、去创新。”屠春甫说。

在大力构建企业诚信营商氛围的同时，屠春甫十分热心社会公益事业。他带头捐款捐物长年资助困难大学生、残疾人等弱势群体，企业构建“四助二化”和“送蔬菜+ ”帮扶济困的共助机制，产生了良好的社会带动效应。在2020年防控新冠肺炎疫情工作中，作为企业防疫领导小组组长的屠春甫始终义无反顾冲在最前面，带领团队扎实做到“控疫情、保供应”两手硬、两战赢，公司党总支被市委、区委组织部作为战“疫”红船先锋集体作了通报表扬；屠春甫在第一时间向嘉兴经开区慈善总会抗疫捐款10万元，同时组织单位向社会捐款和捐赠大批量蔬菜物资，为共同抗击疫情奉献一份力。

屠春甫奋发进取、锐意改革，视困难为挑战，化压力为斗志，几十年如一日，全身心扑在了蔬菜供应、市场运营、安全保障这条惠及老百姓的民生供应工程链上，无怨而无悔、忠诚而执着，始终践行着他的人生追求。在他身上，充分彰显了一名基层党组织书记和一位民营企业家的“硬核”政治担当和为民情怀，展现了一名优秀共产党人崇高的精神风范。

山东泉兴能源集团总经理助理、华沃（枣庄）水泥有限公司党总支书记、总经理刘合明

扎根一线默默奉献的“指挥家”

工作中的刘合明

刘合明，男，汉族，1971年2月生，中共党员，本科学历，高级工程师，枣庄市山亭区第九届人大常委，自2017年11月任山东泉兴能源集团总经理助理、华沃（枣庄）水泥有限公司党总支书记、总经理至今。公司连续四年实现安全生产无事故，环保超低排放。2020年面对疫情防控及经济环境双重形势不利的情况下，超额完成生产经营任务，实现利税5.66亿元。刘合明用实际行动诠释了新时期“泉兴人”的无私奉献，在平凡的岗位上做出了不平凡的事业。刘合明从一名基层管理人员成长为企业管理者，以坚强的党性、廉洁的品格、创新的思维、务实的作风推动企业改革发展，诠释着对党的事业的忠诚和热爱，展现了一名优秀共产党员的责任和担当。

致力研发，攻坚克难

2017年以来，刘合明依据ISO系列标准建立安全、环境、质量、能源管理体系，并通过第三方认证，为生产经营管理奠定了持续优化的保障机制。他坚持创新引领发展，成立工程技术研究中心，并被枣庄市科技局认定为市级研发平台，其先后在国家级技术刊物发表论文7篇。刘合明主编的《MLS3626生料立磨调试期间出现的问题及处理》荣获全国经济文化建设创新优秀论文奖一等奖，他牵头负责及参与的项目获得4项实用型发明专利。创新配料和煅烧方法成功利用煤矸石、选矿污泥、粉煤灰、脱硫石膏、转炉渣等固体工业废渣生产水泥，通过专业机构评价，企业享受资源综合利用即征即退政策支持，年可退税1500余万元。借鉴国内同行业成功经验，实施了回转窑提质增效项目，对预热器及分解炉系统进行优化改造，竣工后吨熟料发电量可提高3kwh，节约标准煤2.59万吨/年，每年可新增效益300余万元，减少CO_2排放约6.9万吨，并可相应减少其它有害气体的排放。几年来设备运转率达到99%以上，实现了历史最好水平。在推进企业实现经济效益和社会效益的“双赢”目标上扎实拼搏，刘合明成为华沃公司改革发展当之无愧的创新标兵。

心怀使命，身先士卒

刘合明常讲“九层之台起于垒土”“冰冻三尺非一日之寒”，只有注重“日积月累”，方能“厚积薄发”“机会总是会给那些有准备的人”。一个人要在学习上有所成就，外在的压力是必要的。但真正学有所获，成为集大成者，都是靠内在的自觉来实现，苦干实干，方能“吹尽狂沙始到金”。他深入践行“绿水青山就是金山银山”理念，带领团队立足现场，抓安全、抓环保、抓经营，打造了枣庄市唯一的绿色标杆企业和山东省环境绩效B级企业，申报的山东省级绿色工厂已进入公示阶段。

在实际生产中，刘合明坚持“安全第一”的思想不放松，始终注重设备安全管理规范化建设。在例行检修中，要求检修工人在设备安装、检修时，要严格按图纸、按规范操作，真正做到精益求精。针对水泥熟料皮带秤下料时扬尘，造成无组织排放，不能满足“清洁生产”的需要，同时也造成其它设备上积尘，影响散热、影响设备安全运行的实际，他深入熟料下料现场进行查看，克服熟料库底工作环境温度高，克服设备安装空间狭小的不足，安排设计制作安装了环形皮带罩6个，安装后控制了尘源，减少了员工的劳动强度，杜绝了无组织排放。实施了“全层级安全管理模式 ”，推动了全

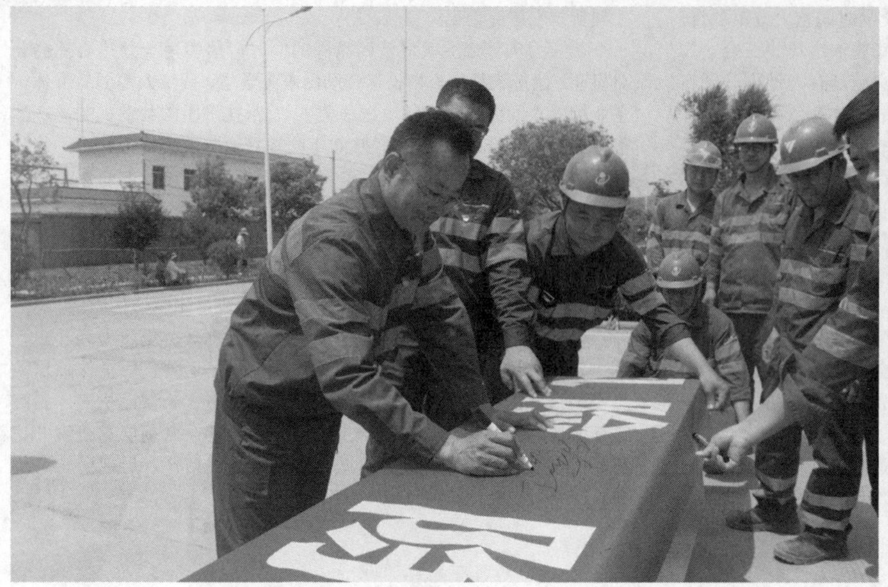

工作剪影。左图为安全生产月活动签名；右上图为检查特种作业记录；右下图为生产现场技术指导

层级安全自主管理体系与两考一评管理体系相融合，促进了提档升级，公司连续四年实现安全生产无事故。

他推广了职工职业发展双通道及薪酬宽带激励体系，打通了技术型职工向上晋升的“隧道”和提高薪酬的空间。努力践行国企社会责任，无偿为马头村小学供暖，改善搬迁245户村民住上小康房，助力新农村建设，打造了脱贫工作中的亮点工程。

肩负重担，砥砺前行

实施“水泥+”战略，2020年拓展产业链条建成年产400万吨废矿综合利用砂石骨料生产线，在确保安全环保、依法依规开采的前提下，充分利用矿山上不能用于生产水泥熟料的低品位矿石来生产砂石骨料，替代河砂，保护环境，拓宽产业链，年创效益近千万元，实施清洁生产获政府150万元清洁奖励资金。

刘合明勤钻研、解难题，盯住细节创效益。致力于智能化水泥企业的建设，深入现场了解第一手情况，翻阅国内外同类技术资料，推动了无人值守发货系统和地磅称重系统相融合，与互联网系统、手机APP等形成有效的对接，实现安全环保、生产经营、绩效考核的在线管理，实现了智能配料系统、水泵泵房、荧光分析等多个岗位无人值守，由原先的“专岗、专技、专人”到“无人值守、专人巡视”，促进了集约化生产水平的提升。实现在安全环保、生产经营、成本管控等各个环节的智能化分析、诊断、调整、完善，使企业的信息化、数字化、网络化和智能化融为一体实现了生产过程的可视化，促进了智能化建设。

朴实无华，两袖清风存正气

作为一名共产党员，作为国有企业的负责人，刘合明始终严格要求自己，切实抓好自身的党风廉政建设，认真学习领会和自觉执行党风廉政建设和反腐败工作目标职责制、《党员领导干部贯彻执行党风廉政建设行为准则》，严格要求自身行为，立身不忘做人之本、用权不谋一己之私。守住底线、不越红线、不碰高压线。同时，他做好对各部门员工的廉洁教育，保证了自身和各部门无任何违纪现象的发生，维护了党在群众中的良好形象。“凡事都要脚踏实地去做，不驰于空想，不骛于虚声，而惟以求真的态度作踏实的工夫。以此态度求学，则真理可明，以此态度做事，则功业可就”。这是李大钊的一句格言，也恰是刘合明对待工作和生活的真实写照。

“不忘初心，方得始终”。27年来，刘合明始终坚持“干一行、爱一行、精一行”，以主人翁责任感投入到生产经营管理工作之中，坚持亲力亲为，把工作中的问题时刻挂在心中，问题不处理、不解决，就绝不离开工作现场。刘合明始终保持俯首甘为孺子牛的忘我奉献精神，坚持学习、技改创新、弥补短板，创造了更大的经济效益，他用实际行动诠释了一位共产党员的无私和奉献。

作者／摄影：冯玉龙、徐涛

全国无偿献血奉献奖金奖获得者——山东省滕州市鑫源广告装修公司总经理王海军

热血有限 真情无价

14年献血传递正能量，扶危救困彰显大情怀。“学习雷锋，无私奉献，助人为乐”是他的座右铭。一次次公益活动、爱心付出，践行着一位共产党员应有的社会责任和道义担当。他用平凡的善举诠释着一个草根“小人物”热血有限，真情无价的“大情怀”。

今年44岁王海军，山东省滕州市级索镇级索社区人，滕州市学雷锋志愿者联合会副秘书长兼外联部部长，滕州市鑫源广告装修公司总经理，山东省志愿者协会会员，是一位学雷锋志愿者，爱心人士。经过多年打拼在家乡开办了一家装饰广告公司，在经营好公司的同时王海军积极参与无偿献血、助残孝老等社会公益活动，14年间27次捐献全血10000多毫升，6次捐献血小板12个治疗量，先后荣获全国无偿献血奉献奖铜奖、银奖、金奖，为身边困难群众慷慨解囊累计捐款捐物达4万余元……

持之以恒，连续14年无偿献血

身材中等略胖，气质稳重言谈爽朗，农家汉子王海军身上透着一股朴实与善良。聊起自己的公益爱心之路，他说自己做得还远远不够，“人活在这个世上就要传递一些正能量，我做得太微不足道

王海军获得了 2018 年全国无偿献血奉献奖金奖，2020 年 1 月被评为“最美滕州人” 摄影：侯志龙

了，做得比我好的人很多”。事实上，王海军一直以独特的方式向社会传递自己的爱心，这个热血汉子连续 14 年坚持每年两次无偿献血，累计献血量达 12000 毫升，相当于把自己全身的血液换了两遍。说起自己第一次献血的时间，王海军已是记忆模糊，只记得那是 2007 年夏天，当时，看着从自己身上流出的鲜血缓缓进入采集袋，想象着这一小袋鲜血能够在关键时刻救人一命，他心里有一种莫名的自豪感。从此，王海军就萌生了做一名光荣的无偿献血者的想法，当时医生告诉他献血的最短间隔为半年，他牢牢记住这一点，每隔半年，脑海中就像上了发条一样，按时献血。

对于献血一事，王海军起初是瞒着家人的，后来妻子在抽屉里发现了一沓献血证，就拿来质问他：“献这么多血，你不要命了！”后来好说歹说，才消除了妻子对于献血的抵触心理。看到妻子对无偿献血存在这么大的误会，他决定当一名义务献血宣传员。每年的世界献血者日或有献血活动，他都跑前跑后，不辞劳苦地搞好志愿者服务。同时。动员身边的亲戚朋友和学雷锋志愿者加入到无偿献血的行列。在遭遇别人对献血的担心时，他总是说：“我献血这么多年，身体很健康，参加体育运动时精力充沛，平常有点小伤，伤口愈合得很快。”在这样一次次以身示范的解释中，王海军获得了认同，也打消了很多亲友想要参加献血的顾虑。

胸怀大爱，小善常为成大德

在家乡级索镇级索社区，王海军在村民眼中是敢于吃螃蟹的“先锋”。17 岁的他选择了走出去，成了社区里第一批“打工仔”。怀揣“闯出一片天”的梦想，王海军勤奋踏实又肯吃苦，在打拼几年后，回到了家乡自主创业，开了一家广告装修公司。

凭着“诚信经营、踏实为人”，王海军的生意蒸蒸日上，在全镇打响了名气，事业有了起色，可王海军却总感觉得自己身上缺了什么，跟生意场上的朋友喝酒打牌，当时玩得尽兴，事后感觉无聊。精神上感觉缺乏追求，人活得也迷茫。2005 年 3 月，王海军写了一份入党申请书，积极向党组织靠拢。2007 年，他成为一名光荣的共产党员，实现了他多年的夙愿。

作为一名共产党员，他致富不忘党恩，积极投身于公益事业，帮困扶疾，想群众之所想，急群众之所急。王海军不仅是一名无偿献血积极分子，而且还是一名学习雷锋的积极分子，乐于助人的爱心人士，每次有捐款活动，虽然积蓄不多，他都带头捐款，为贫困家庭奉献爱心。在 2009 年的汶川地震灾区捐款活动中。当时公司的生意不好，家里的房子也正在实施拆迁，用钱的地方很多。他依然一次捐款 2000 元，表达对灾区人民患难与共的真挚情谊。近年来，他积极参加协会组织的各项爱心活动，多次赴滕州市光荣院和 10 多个镇街的贫困户家中开展义工送温暖活动，先后向敬老院、扶贫助残，捐款捐物累计 4 万余元，今年疫情以来先后捐款捐物 2 千余元，受到人们的称赞。

抗击疫情，疫情防控见真情

“勤洗手，常开窗，出门别忘戴口罩，更不要聚在一起凑热闹。”连日来，在级索镇级索社区幸福城小区新冠肺炎疫情防控现场，总能看到共产党员王海军，协助村疫情防控人员入户宣传、卡点值守和捐赠爱心的身影，受到邻里的交口称赞。

疫情就是命令。湖北新冠肺炎疫情发生以来，牵动着全国人民的心。随着疫情的蔓延；王海军居住的级索镇级索社区幸福城小区，在镇党委、政府的坚强领导下，也迅速组织专门力量，加大了防控力度。考虑到幸福城小区位于镇政府驻地，路口较多，人员复杂，防控难度大。王海军主动给级索社区书记王次勇打电话，义务加入到疫情防控值守的队伍。在他和其他工作人员的共同努力下，仅用 3 天时间完成全社区 2000 余人信息摸排工作，并建立完整台账。

他冒着严寒，在值守点苦口婆心劝导群众，有时也遭来个别人的不理解。但是，他舍小家，顾大家，确保社区一方平安。“身为共产党员，就应该起到模范带头作用，冲在最前方，用自己的实际行动为疫情防控尽一份力，我做不了大贡献，但出点力还是有的，通过我们的努力，希望能尽快打赢防疫这场战，恢复正常的生活。”王海军说。

付出有回报，金秋过后硕果香

金杯银杯不如老百姓的口碑，金奖银奖不如老百姓夸奖。多年来，王海军在无偿献血、助残孝老等公益活动中做出了突出成绩，也受到党和政府以及社会各界的充分肯定。2015 年 6 月荣获“全国无偿献血奉献奖铜奖”，2015 年 10 月 19 日，他成为一名光荣的山东省志愿者协会会员；2016 年 12 月当选为中国共产党级索镇第十三次党代表，2017 年 1 月荣获“全国无偿献血奉献奖银奖”，2017 年 3 月，他当选为滕州市学雷锋志愿者联合会副秘书长兼外联部副部长。2017 年 3 月被评为“枣庄市学习雷锋先进个人”，2017 年 4 月被级索镇评为“最美级索人”，2018 年 1 月被评为“枣庄市学习雷锋先进个人”，2018 年 12 月荣获“全国无偿献血奉献奖金奖”，2019 年元月被评为“滕州市学雷锋先进个人”，2019 年 3 月被评为“滕州市优秀青年志愿者”，2020 年先后被评为“最美滕州人”“墨子兼爱奖章”“枣庄市战‘疫’先锋”“滕州市战‘疫’先锋”，家庭先后被评为“枣庄市五好家庭”“滕州市抗‘疫’最美家庭”“滕州市健康家庭”“滕州市文明家庭”“滕州市学雷锋最美家庭”“级索镇最美家庭”等荣誉称号。事迹先后被人民日报、中国雷锋报、大众日报、齐鲁晚报、中国雷锋网、中国网、山东新闻网、鲁网、枣庄日报、枣庄广播电台、滕州日报、滕州电视台、杏花文苑杂志等 30 余家新闻媒体宣传报道和转载。“作为一名共产党员，学习雷锋志愿者，我爱雷锋，学习雷锋，无私奉献，助人为乐是我最大的快乐，赠人玫瑰，手留余香，像雷锋那样，从身边的平凡小事，善事做起。”王海军如是说。

作者：侯志龙、刘书伟

和谐家庭，分享荣誉 摄影：侯志龙

湖北省荆门市首届最美退役军人——东方百货大厦京山购物广场总经理郭友文

退伍卸甲不褪色 做新时代追梦人

郭友文获评荆门市首届最美退役军人 摄影：程波

有这么一群人，他们戎装在身，肩负重任，将汗水挥洒在绿色军营和祖国边疆；卸甲退役归来后不忘军人本色，奋战在人生的第二战场，带着从部队练就的坚韧与执着，积极投身到新时代的经济建设中，成为这个时代最美最可爱的退役军人。湖北省荆门市东方百货大厦京山购物广场总经理郭友文同志就是这样一名退伍卸甲不褪色的新时代追梦人。

郭友文，1995 年入伍，在部队加入中国共产党，1998 年退役。作为一名和平年代的军人，郭友文最美好的记忆留在了三年军营生活中，夏练三伏冬练三九，时刻准备着听从祖国的召唤，每每回想起总是那么的神圣而又光荣。退役后的郭友文自主创业做经营、组建车队跑运输、加入国企做事业，在不同的人生阶段和岗位上，一桩桩一件件都展示着郭友文作为军人所拥有的品格，他工作中不遗余力、精益求精，他奋发有为的工作热情感动着身边的追随者。

吃苦耐劳在基层，军人作风最无华。郭友文在 2001 年加入荆门市东方百货集团，可以说是他人生的转折点。国有企业的强管增效、严管博爱、传授帮带、平台晋升等先进的经营管理理念深深地吸引着他。他带着军人特有的严谨作风和务实态度进入东方百货企业，以自身在部队练就的驾驶技能进入小车车队。每一次领导和客户用车，郭友文都会提前半小时完成准备工作，认真检查车辆性能、确认油表指针，每一次使用完车辆后，车辆的维护工作他都是亲力亲为，这既是郭友文擅长的也是他乐意做的，他正是用最认真的态度对待最平凡的工作，赢得了璀璨的收获。2001 年至 2007 年，郭友文以安全行驶 50 万公里的骄人成绩多次被企业领导交口称赞。

不忘初心做企业，诚信经营树标杆。2007 年，郭友文被提拔到荆门市东方百货中天街超市经营管理岗位，先后担任百货区和生鲜区负责人。从行车驾驶到经营管理，工作岗位的转变让他每天都积极地学习，虚心请教，迅速地熟悉超市数以万计的商品和数以百计的厂家，每天忙忙碌碌地扎进超市的经营系统里，工作上的大事小事他都亲力亲为，厂家有货到，他总是带头搬送货物帮忙摆陈列；大型节假日，他总是第一个来最后一个走；出去跑团购，他总是不辞辛苦一遍遍地登门拜访……工作中的成长为他带来更多的学习历练的机会，先后又被委以重任，负责荆门市东方百货翠竹园超市、沙洋长林店、后港购物广场三个大型商超的筹建开业及经营管理。2017 年，郭友文担任东方百货京山购物广场负责人，这些大型百货商超以重诚信守信用的经营理念，多次被省市级工商局、物价局等行政管理单位授予“诚信经营示范店”“食品安全示范店”等荣誉称号。在郭友文的带领下，荆门市东方百货大厦京山购物广场逐步发展成为一家年销售过 1.75 亿元、年缴利税 360 万元的大型综合商超，每年提供就业岗位近千个，职工中 95% 都是清一色的娘子军，她们在市女子运动会、市春晚的舞台、市直机关合唱比赛、市委“讴歌新时代·唱响新京山”合唱比赛等大型活动中频频精彩亮相，展示了企业良好的精神风貌。

热心公益在群众，永做人民的子弟兵。郭友文常说，在军营淬炼的三年是他生命里最宝贵的财富。退伍回归社会他心怀感恩，做事业他心怀感激，始终秉承用初心服务于衣食父母，在工作中不遗余力，社会公益事业亲力亲为。每年的雷锋日、重阳节，郭友文都会亲自带着单位职工一起去市福利院看望孤寡老人。每年 3·12 植树节，郭友文都会组织职工，积极参与到市委、市政府组织的植树造林活动。2018 年 10 月，郭友文得知市精神病院 118 名病患缺少过冬的衣物，广泛发起爱心捐赠闲置旧衣物的倡议，三天的时间经过筛选整理，409 件秋冬男女式越冬服装为患者送去社会关爱。2018 年 12 月，郭友文为京山市永隆镇最偏远的曾口小学 102 名留守儿童送去爱心书包和大量文具。他在现场看到 102 名小学生无一例外都是由爷爷奶奶看护，动容地说，希望孩子们能多享受爸爸妈妈的关爱，希望他们能有健康快乐的童年。郭友文的这些爱心之举，在社会上形成了良好的正能量效应。2019 年 4 月，京山市首家医养结合的养老机构慕名而来，希望为养老院的老人们和精神病院的病患们筹措四季服装和书籍报刊，郭友文在短短的 7 天内筹措

摄影：程波

到528件服装、300余本书刊。送到康复中心后，看到最小年龄14岁的病患时，郭友文当时心疼地说，希望明年我们再来的时候这个孩子已经康复回家了。这就是郭友文，他始终以一颗低调务实的初心履行着人民子弟兵该尽的义务。

抗击疫情当先锋，践行使命抓防控。作为商贸企业，2020年三天的春节假期弥足珍贵。但是，郭友文还来不及和荆门的家人尽享团聚，来势汹汹的新冠疫情打乱所有既定计划。东方百货超市作为京山市重点保供单位，要求疫情之下排除万难，从正月初三恢复营业保障市民生活物资供应。郭友文正月初一从荆门匆匆返回京山，召集超市管理人员工作召开电话会议，成立疫情防控专班，联系超市生鲜供应商，安排疫情复工期间员工班次，落实每天消杀工作……疫情之下，所有的事都那么艰难，所有的事都那么紧迫，郭友文着急上火，嘴上燎起了一个个的疱疹。但他坚持疫情之下党员要在岗，干部要在现场，在封城、封路、封小区的严峻情况下，上保供应商货源充足，下保无接触送货顺畅。作为疫情防控小组的总指挥，郭友文说疫情一天不解除，我们一天不得有丝毫不放松，坚决与疫情防控工作战斗到底，现在的首要工作就是竭尽全力为消费者和职工创造安心放心的购物环境和工作环境。郭友文是这么说的，他和他带领的团队更是这么做的。

军中三年，郭友文是一名军人，退役22年，郭友文是一名老兵，一名老党员。他常说，生命中有了当兵的历史，这一辈子我就是一名光荣的老兵。现在的郭友文，兢兢业业服务于企业，立足于岗位，砥砺奋斗出色工作；未来的他，也必将不忘初心，牢记使命，不断增强军人自豪感、荣誉感、责任感，活出更加精彩的人生！

上海市扶贫先进个人——上海铭言企业管理集团董事长高铭言

“扶贫扶到点，浇花浇在根”

多措并举，唱响扶贫大合唱

2019年底，在云南省红河州元阳县新街镇胜村的山坳里，一个孵化育雏基地落成了！光溜溜的鸡蛋，在孵化器里转了一圈以后，变成了毛茸茸的小鸡仔，表明工厂化孵化育雏的空白点在元阳县消除了。上海铭言企业管理集团有限公司（以下简称铭言集团）奉献爱心、奉献才智、奉献技能、奉献财物助力脱贫，在当地传为佳话。

今年28岁的小李，从孵化基地领了1000多只鸡苗，在纯自然的环境中饲养。这些鸡吃的是玉米及天然食物，体质非常好，肉质也极其鲜美，市场前景很好。4年前，他大学毕业，就在普洱做房产中介，也做过统管九县一区汽车销售的经理，收入可观。前年，他毅然辞职回乡养鸡，还聘用村里的老少爷们做事，帮助建档立卡户脱贫，成为胜村农户养鸡脱贫的领军人物。

高铭言获评上海市扶贫先进个人　摄影：李春富

胜村孵化育雏基地运行一年多，孵化鸡苗40000多羽，免费发放给周边的农户饲养，促成了产业—产品—加工—流通—商品—消费的良性循环。

这只是铭言集团在徐汇扶贫对口县元阳县首部曲——产业扶贫的一个缩影。脸色黝黑、精明干练的铭言集团董事长高铭言，清晰地记得自打徐汇确定元阳扶贫后，自己先后二次跟随区委书记鲍炳章赴实地考察扶贫工作。看着当地落后贫穷、家徒四壁的农民、失学无助的孩童，高铭言震惊了，情感由此被触动，社会责任感、使命感油然而生。高董说，真扶贫、扶真贫，说说容易做起来难。他亲眼看见一些企业，要么建个工程，半途而废，鸣金收兵；要么扔下一笔善款，一走了之。高董说，要彻底解决当地贫穷，不是光输血，还需造血，要扶植起脱贫致富的产业链，让贫困人群真正过上幸福生活。

按照徐汇区的援滇扶贫规划，2018年4月9日，铭言集团到对口扶贫的元阳县作调研，挖掘当地的产业优势。2018年5月10—13日，元阳县派人到铭言集团考察，双方签订了合作意向，结成了脱贫攻坚的同盟。

徐汇援滇干部、元阳县委常委、副县长蒲永锴说：元阳县还没有一个做鸡苗孵化的发展基地，高总说我们去投资，投资设备、提供技术人员，然后就把元阳的胜村育雏孵化基地建起来了。建起来之后给贫困户发放鸡苗，培养他们养鸡发展产业的能力。当地养鸡户不无激动地说：在我们山里，家家户户都养鸡，少的几只，多的十几只，我们养鸡都是自己吃的，要么家里有事了，拿到集市里卖掉换钱。这样的养鸡没让我们脱贫。现在养鸡和以前大不相同，鸡苗集中孵化、饲料科学配比、鸡病提前防疫，鸡长得快、长得好，养鸡获得了好收益。这是上海师傅给我们带来的脱贫门道。

“要致富先修路”，高铭言等在实地调研了元阳新街镇的一些山村后，达成共识，要改变农村落后面貌，必须修建一条能让山里人出行方便、物流畅通的路来，经与其他企业协同，投资100多万元，在当地修建了一条水泥路。此乃公司的第二部曲——基建扶贫。

第三部曲，教育扶贫。“再穷不能穷教育”。在高董的直接领导下，2018年7月1—6日，集团组织下属各企业的党员，在元阳开展“情系贫困学子、牢记党员责任”的党课活动，为元阳小学捐赠了14000元的音乐器材，和6位贫困生签订了帮扶协议。集团妇联也专门组团，到元阳县开展爱心结对帮扶活动。

集团下属企业开展的百人帮百户的专项扶贫活动，落实了30位贫困学生的资助人，对考入国家重点大学的学生给予特殊奖励。

高调做事，低调做人

十几年前，记者就采访过高铭言，当时铭言属下管理的徐汇数十家标准化菜市场引领全市风气之先，专业化的管理、平抑菜价、扶贫帮困等得到了商务部领导、市区领导的充分肯定。然而高董在做人上，却十分低调。在公司不断地起用新人，推向社会，自己退居幕后，做点参谋和决策。都说大老板挥金如土，腰缠万贯，然而高董本人十分节省，对弱势人群不惜一掷千金。谁会相信，高董目

左图为红河州州长莅临铭言集团宏润市场调研扶贫情况；右上图为铭言集团元阳系列产品扶贫专柜；右下图为铭言集团妇联主席及成员慰问百胜寨小学 摄影：李春富

前名下仅一套房产。高铭言动情地说：“人在做，天在看，做人做事要对得起良心。公司多年来为政府分忧解难，但政府和人民始终没有忘记我们！2021年2月25日，习总书记庄严向全世界宣布，中国取得了脱贫攻坚的全面胜利，中国全面步入小康社会。铭言公司身在其中，虽然贡献微薄，但我们值了！”

扶上马还需送一程，脱贫谨防返贫

因贫致困，因病致贫。在落后的山区，农民脱贫后极易返贫。于是公司启动了第四部曲——消费扶贫。在集团属下的菜市场、超市，设立元阳特色农产专柜，把元阳的梯田红米、梯田鸭、鸭蛋等推向上海市场。同时，在元阳设立农产品展销中心，方便游客和采购商在现场考察采购。

中共元阳县委书记李维说：铭言集团不光在元阳建了养殖基地，而且也建了实体店，把我们元阳哈尼梯田里面的系列产品，引入到铭言集团的专柜，在上海销售。这几年，在铭言集团的支持下我们的消费扶贫取得了重大成果。据统计，2019年扶贫资金合计3366950.5元，2020年实现扶贫商品销售200120元。

高铭言常说，“扶贫扶到点，浇花浇在根”，只有由输血式向造血式帮扶转变，让发展成为消除贫困最有效的办法。说到下一步打算，高董坦言，集团公司还需跟踪元阳县产业发展情况，尽快将教育扶贫落细落实。用牺牲一代人、培养几代人的理念，用知识武装起山里娃娃们头脑，到那时，他们才是改变家乡落后面貌的主力军。临别前，高董再三邀约记者去元阳实地看看。他说，徐汇的援滇干部真的没话说，他们才是脱贫攻坚战中的真英雄！

作者：殷志军

中国建设银行湖南省分行2020年度“优秀党务工作者”——汝城支行党支部书记、行长欧发勇

初心不改 勇于担当

近日，中国建设银行湖南省汝城支行党支部书记、行长欧发勇被建行湖南省分行授予2020年度“优秀党务工作者”“优秀经营管理者”称号，又获湖南省分行首届“最美湖南建行人”提名奖荣誉。他，基层经验丰富，是践行新金融的先锋，他敢于担当，是勤耕不辍的优秀共产党员。

1978年出生的欧发勇，是一名扎根基层24年的老党员。24年来，他初心不改，勇于担当，将青春与热血投入到自己深爱的建行事业，勇于追梦，勤于圆梦，从一名普通员工成长为业务过硬、屡创佳绩、管理精细的基层机构负责人。

勇立潮头，助企纾困

“不怕吃苦，愿意吃亏，做最难的事”是他给同事们的第一印象，出生在湖南省宜章县一个小山村的他，忠厚老实，勤快肯干，待人亲切。身边同事流传着一句话：“有问题找欧行长，他可是‘百科全书’呢！”

2019年4月，欧发勇因为能力突出，被提拔为建行汝城支行行长。当时，支行面临外部市场形势严峻，同业竞争激烈，业务发展遇到瓶颈，员工收入不高等困难。为此，他提出工作“做、抢、优、强4字诀”，即做规划，抢市场，优服务，强队伍，并制定实施《汝城支行三年发展规划》，绘就汝城建行人的“发展蓝图”。

2020年初，刚有些起色的支行业务受到新冠肺炎疫情的冲击，承受着前所未有的挑战。为此，欧发勇坚持党建引领，强化党员先锋模范和党支部战斗堡垒作用，自己以身作则，既当战斗员又当指挥员，深入市场，走进企业，调查研究，助企纾困，充分运用建总行“云义贷”等系列产品引金融活水精准滴灌小微企业，助力疫情防控和复工复产。

做实乡村金融，下沉金融服务，打通乡村金融最后一公里

汝城县钜创光电科技有限公司，是一家生产电路板、LED的园区高科技企业，新冠肺炎疫情发生后，公司因为物流运输受阻，产品销售不畅，库存积压，流动资金短缺，生产经营陷入困境。得知企业情况后，欧发勇主动带领团队深入企业，了解企业困难和资金需求，几天后，顺利为该企业发放“云义贷”信用贷款227万元，解决了企业的燃眉之急。“欧行长办事效率高，建行贷款利率低、发放快，真是雪中送炭；没有建行的帮助，我的企业很难渡过难关，我很感谢他！”该企业负责人唐董事长谈起欧行长，赞叹不已。

欧发勇积极践行“绿水青山就是金山银山”的理念，大力发展绿色金融，为湖南汝城中电工程新能源有限公司的风力发电项目发放银团贷款2.4亿元，助力美丽乡村建设。他积极践行国家乡村振兴战略，为汝城县鑫汝实业投资发展有限公司项目发放贷款1.2亿元，助力农田改造，有效扩大粮食种植面积，为“中国人的饭碗牢牢掌握在自己手里”贡献了一份力量。

“欧行长在工作上冲锋带头，办事认真细致。”支行员工如此评价他。新冠肺炎疫情发生后，欧发勇克服困难，抢拼市场，2020年，支行业务逆势上扬，个人存款新增2.22亿元，贷款新增4.3亿元，其中普惠金融贷款新增0.93亿元。支行先后获得总行“2020年度普惠金融渠道拓展先进集体”、湖南省分行“2020年度网点综合竞争力优胜奖”、湖南省分行“2020年度个人业务先进集体”、郴州市分行KPI考核“优胜单位”等荣誉称号；建行汝城支行党支部获得湖南省分行、郴州市行2020年度“先进基层党组织”荣誉称号。

一心为公，默默奉献

欧发勇曾说：“我是在建行成长起来的，建行培养了我，我必须加倍努力工作，感恩建行。”

因为这份承诺，欧发勇在工作上全身心投入，全力“拼”市场。作为在外地交流的他，人生地不熟，业务发展的难度可以预想。为此，他积极主动拜访当地党政领导和重点客户，落实客户大走访活动，开启“五加二”，“白加黑”工作模式，晚上加班成为常态，周末营销客户成为惯例。有一次，某客户因为生病住院，得知情况后，他利用休息时间，主动上门看望，此举让该负责人感动不已。此后，他定期拜访客户，时间一长，客户逐渐信任和认可他，并与客户处成了朋友。正是这份真诚和用心成功地打动客户，业务发展自然水到渠成。汝城县某合作医疗支出户和汝城县某单位职业年金账户纷纷落户建行，存款沉淀从零增长到8000万元，再跃升至1.3亿元；公积金归集及委托贷款市场占比从不足20%到超过60%；新增源头性账户5户；二手房按揭贷款余额全市建行第一。

“母亲和家人是我一生最亏欠的人！”欧发勇因为忙于工作，常常无法顾及家人。有一次，母亲在家中不小心摔倒，头破血流，邻居发现后，急忙送到宜章县人民医院救治，伤口缝了5针，住院一个多星期，他因为要跑业务营销客户，没有回老家看望照顾70多岁的母亲，全程由妻子看护，心里愧疚不已。

2020年，妻子因为一边照顾年迈的母亲和两个年幼的小孩，另一边又要工作，身心压力巨大，患上了抑郁症，体重从130斤迅速下降到不足100斤。欧发勇看在眼里急在心里，一直非常坚强的他，此时也流下了愧疚的眼泪。但是他从来没有请过一次假，由于工作地距离老家宜章百余公里，来回一趟需要几个小时，平时只能通过电话或者微信给妻子进行日常联系和心理疏导，只能利用休息时间带着妻子到处看病，虽然他心理负担很重，但从来不向领导和同事提起，只怕影响到工作。

心系员工，服务群众

欧发勇强化员工队伍建设，关心关爱员工，经常与员工谈心座谈，了解员工思想动态，定期开展心理疏导，引导员工制定职业生涯规划，增强员工归属感，让大家面对新冠肺炎疫情冲击，提高信心和战斗力；他走访员工家庭，掌握员工家庭状况，有针对性地帮助员工解决家庭实际困难；他组织制定《支行员工培训计划》，每周分组学习，每月集中全员培训，采取自学与集中学习相结合，培养员工的服务意识，提高业务能力，真正做到“我知，我会，我营销。”在他任职的两年时间里，支行效益、员工收入较2018年分别提高了14.88%、42.90%。

初夏的汝城县文明瑶族乡山田村，田畴绿浓，青山妩媚，宽敞

左图为建行汝城支行党员队伍；右上图为村组脱贫后，送来锦旗表示感谢；右下图为给扶贫示范企业发放贷款

明亮的村民活动中心广场前，数十个村民高兴地跳着广场舞，脸上时不时洋溢着幸福的笑容。

作为汝城县文明瑶族乡山田村对口帮扶责任人，欧发勇积极承担主体责任，加强帮扶对象的日常走访，与村委会积极沟通联系，提高贫困户脱贫致富的信心和决心。结合山田村的实际情况，加强基础设施建设，改善农村居住环境，向上争取政策和资金，通过努力，投入资金24万余元，通组公路得到硬化，节能路灯排排立起，安全放心的自来水进村入户，贫困人员担任保洁员，环境优化了，贫困户增加了收入。

除了对口帮扶村，欧发勇还结对认领了4户贫困户，张茂英就是其中一个。贫困户张茂英，家庭条件差，墙壁多处有孔，窗户没有一块玻璃，房子年久失修，仅一间房间能正常通电，屋里的电线像“蜘蛛网”一样，到了晚上只能通过手电筒照明。知晓情况后，他帮助张茂英申请了专项房屋维修资金，对房屋进行修缮，并自掏腰包为其安装窗户玻璃，电灯和插座，购买了电饭锅、米和食用油等生活用品。“真的很感谢欧行长的帮助，把我的房子里里外外装修了一遍，让我住得更舒服，更安心了。”贫困户张茂英指着房子，开心地对村委干部说道。

与此同时，欧发勇还带着员工和客户一同参与到帮扶工作上来，进行消费扶贫，购买贫困户的农副产品，帮助他们扩宽销售渠道，提高农副产品销量，充分利用培训资源，动员贫困户参加技能培训，增强他们的信心和能力。2020年，对口帮扶村全部实现整村脱贫摘帽。

欧发勇常说：“作为一名共产党员，要扎实工作，勤于思考，甘于奉献，担当作为。”24年以来，他一直践行着自己的承诺，用实际行动坚守一名建行人的初心，脚踏实地地做一名不断奔跑的追梦人。

作者：黄维、李岳辉

全国优秀项目经理——湖南建工集团一公司董事长肖杰才

“拼命三郎”的扶贫战役

肖杰才近照

链接：肖杰才，男，汉族，1974年9月出生，毕业于吉林大学土木工程专业，高级工程师，二级建造师，中共党员。现任湖南建工集团一公司党委书记、董事长。曾先后获评全国优秀项目经理、“鲁班奖”项目经理、湖南建工集团优秀共产党员、劳动模范、易地扶贫搬迁劳动模范。

易地扶贫搬迁项目建设，是湖南建工子弟肖杰才职业生涯里，打过的三场硬仗、大仗之一——另外两场分别是2008年汶川抗震救灾、2020年抗击新冠肺炎疫情。

身边的熟人谈到肖杰才都会不由自主地竖起大拇指：有人说他是“拓荒牛”，不知疲倦，勇往直前；有人说他是“攀登者”，山高路陡，无惧无畏，不达目的不罢休；也有人说他是“智多星”，多大的困难都不是事，经他一“折腾”便迎刃而解。

他到底是个怎样的人？不妨回到那个让他成为“伤兵”、瘦了20斤的易地扶贫搬迁项目建设战场，复盘他如何以实际行动书写湖南国企人的责任和担当。

临阵受命为先锋

2017年7月，按照湖南省委、省政府关于全省易地扶贫搬迁工作的决策部署，湖南建工集团对7月15日前还未完成招投标的、30户以上的易地扶贫搬迁统规统建集中安置项目建设任务统一进行EPC总承包。一公司等10家实力最强的施工单位，被集团点将为承建安置点建设任务的先锋之一。一场扶贫攻坚战由此迅速在集团上下全面打响。

时间紧迫，大部分项目进场时间集中在当年10月中上旬，面临工期紧、任务重、劳动力组织难度大，且遭遇冬季雨雪、冰冻等不利条件。

从接到任务的那刻起，时任一公司总经理的肖杰才，便时时告诫自己和身边的同事：易地扶贫搬迁项目建设是一项重要政治任务和民生工程，容不得半点马虎懈怠。

根据集团党委的统一部署，一公司负责承建郴州桂东，永州零陵区、道县、祁阳、江华、新田、金洞的易地扶贫搬迁任务，涉及46个安置点、建筑面积55万平方米，点多、线长、面广，特别是项目大多远离城区、工期异常紧张、人员材料机器组织难度极大。

完成集团原本下达的年度目标考核任务“都需要跳起来摘桃子”，新增的易地扶贫搬迁建设更是任务艰巨。肖杰才掷地有声，“易地扶贫搬迁是政治任务，是政治使命，再困难也要拿下。”

一场攻坚战即将打响！

火线出击逞英豪

“再困难也要拿下”是命令，更是责任。一时间，一公司各分公司闻令而动，争先恐后递交请战书。一公司党委根据意愿结合其实施能力进行承建区域的分解，随后签订责任状，召开动员会，组织人员机械进场。

然而，建设推进中，现实难题也接踵而来。“当时全省上下，集团有500多个安置点工程全面上马，导致劳动力异常紧张，水泥等大宗物资也时常供应不上。”

哪里缺劳动力？哪里管理力量不足？还有哪些问题需要当地政府协调解决？肖杰才的笔记本上写得密密麻麻，到各个扶贫建设安置点的行程也排得满满当当。哪里有困难，他的身影就出现在哪里。白天跑扶贫项目现场调度，晚上又驱车赶赴下一个点，每天马不停蹄连轴转，一年下来车程6万多公里，他被员工亲切地称为“车轮上的总经理”。

桂东大塘镇安置点的建设最为艰辛，地基基础被已经退场的分包单位超挖，项目距民房仅1.5米，项目所在地原为水塘，常规基坑支护工艺都无法奏效。肖杰才反复调研，多次邀请地勘、设计、岩土方面的专家教授现场踏勘研究解决方案，先后组织召开专题调度会

肖杰才奔忙在脱贫攻坚一线。左图为亲自在项目展板拟写每日施工计划；右上图为在桂东大塘安置点劳动竞赛启动仪式上作动员讲话；右下图为现场发放劳动竞赛节点奖金

10余次，最终采取钢管桩加喷锚并注浆加固，基础注浆达到1米多厚，这才有效控制了周边房屋及基坑的沉降，为主体施工打下基础。

为了将延误的工期赶上来，肖杰才二话不说扑到工地与项目部员工同吃同住。早上7点多到工地，察看施工现场，铺排施工计划，逐栋调度生产，晚上回去经常是凌晨一两点，别人休息时他还在安排第二天的工作计划。在他的带领下，项目团队士气大振，连续攻克施工难点，标准层施工从6、7天一层提升至3天一层。项目仅用27天时间就实现了5个楼栋主体结构的全部封顶，并在一个月时间以内完成内外装修施工达到交房标准。桂东当地政府领导称赞道："湖南建工不愧是大国企，就是有战斗力！"

2018年末，永州零陵区某安置点因实施力量不足，眼看要延期。肖杰才马上带队到现场调研并果断调整项目团队，确保了后续工程的开展。管理人员力量跟不上，他就从各个项目抽调人员。县里的混凝土供应不足，他大清早跑到搅拌站去协调，并请县里优先支持易地扶贫搬迁工程。他还借鉴军队的管理模式，对各施工栋号授旗，发布攻坚会战"三大纪律、六项注意"，充分调动管理人员和班组的积极性。

疾风劲草显担当

关键时刻，特别是生死面前，最能考验党性和作风。

在江华的易地扶贫搬迁建设中，肖杰才面对15个安置点、近30万平方米的施工任务，提出用"加法"应对，加大指挥调度、加大人员力量、加大资源调配、加大作业时间，并在各工区启动轰轰烈烈的劳动竞赛，奖优罚劣，掀起施工高潮，确保整体工期目标全面实现。

功夫不负有心人，不懈的努力换来了项目进度，但肖杰才却因长时间、高强度的工作突发急性重症胰腺炎，出现了腹痛难忍、持续呕吐等典型症状，住进了县人民医院。入院当日，因病情紧急需转院至湘雅二医院，在途经项目部门口时，他还示意停车，与项目负责人交代后续工作，转院途中，病痛稍微缓解就马上拿起电话询问工作落实情况。住院期间，他又放心不下项目进度，多次与公司领导、项目负责人交流，叮嘱注意事项。

这次住院，"整整31天，肖董瘦了近20斤，手却因打针肿得不成样子，还惊动了家人。"一公司员工说。

无情未必真豪杰。这位拼命三郎，在带领一公司员工摸爬滚打的征战中，慢慢温软起来。

"肖董做事雷厉风行，为人豁达大度，挺会为别人着想。"同事们很能感受到这一点。

在寒风冷冽的凌晨，他总会领队带着施工人员给每一位晚上坚守在岗位的工人送去驱寒的姜茶，一碗碗热腾腾的面条"加个蛋"，小小举动大大地温暖了每一位员工的心窝。项目赶工期间，由于管理人员增加，在临时租用的民房里没有热水器，他又要求项目部及时提供热水，让大伙在紧张工作之余，能够没有生活之忧。

经过两年的大规模建设，湖南建工集团一公司所承建的易地扶贫搬迁建设项目实现了顺利交付，共完成了46个安置点、55万平方米、产值13亿元的易地扶贫搬迁建设任务，使得近4000户困难群众有了温暖的新家，写下了新时代国企担当的生动实践。

搬迁群众住得好不好，房子有没有出现质量问题，肖杰才始终牵挂在心。他常常利用工作间隙走进搬迁户家中，与当地老百姓聊家常、问诉求，特别仔细倾听对房屋质量问题的意见，掌握入住满意度情况。

送上和风与细雨，滋润新家满眼春。在全省脱贫攻坚战中，肖杰才就是这样，以忠诚和担当诠释着一名共产党员的初心使命，彰显着一个国企领导干部的政治本色。

文／图：湖南省第一工程有限公司

"肇庆身边好人"——广东涞馨实业投资集团有限公司董事长蔡光辉

捐款捐物捐口罩　乐善好施扬美德

链接： 广东涞馨实业投资集团有限公司系国家高新企业，是一家多元化发展的私营集团化企业，成长于粤港澳大湾区内的广州与肇庆国家高新区，扎根中国、面向国际。集团以实业投资、酒店、乳化器产业园、文化教育及投资配套产业服务于一体。拥有国家发

肇庆高新区新型冠状病毒肺炎疫情防控指挥部办公室

感谢信

广东涞馨实业投资集团：

立天下之正位，行天下之大道。自2020年初国内外爆发新冠肺炎疫情以来，贵司认真按照中央、省、市疫情防控要求，积极响应疫情防控工作部署，及时伸出援助之手，持续捐赠物资支持疫情防控工作，2020年共向市、区捐赠口罩420多万个、防护服2万多件，今年5月份又向我区捐赠医用口罩35万个，充分彰显了企业家社会责任担当和爱心奉献精神。贵司的大爱之举，为我区疫情防控作出了榜样和贡献，让我们深受感动、备受鼓舞，更为全区上下打赢疫情防控阻击战增添了信心和力量。在此，区新冠肺炎疫情防控指挥部对贵司的爱心捐赠，表示最真诚的感谢和崇高的敬意！我们坚信，在中央、省委和市委的坚强领导下，区党工委、管委会将团结带领全区人民，进一步坚定信心、同舟共济，科学防治、精准施策，一定能够打赢这场疫情防控阻击战！

肇庆高新区迁园大旺近20年来，经济社会发生了翻天覆地的变化，已形成了新能源、家居建材、食品饮料，生物医药四大主导产业，招商引资形势喜人，各项事业蒸蒸日上，走上了高质量发展的快车道，比如新能源产业汇聚了小鹏汽车、宁德时代、中

左图为2021年6月1日，肇庆高新区新冠疫情防控指挥部办公室发来的感谢信；中上图为蔡光辉（右）代表广东涞馨实业投资集团向肇庆市工商联捐赠口罩300万个；中下图为向香港中联办捐赠防护服2000套口罩10万个；右图为向香港警署捐赠防护服2000套

明专利，实用专利，外观专利40项，授牌为广东省、市工程研发中心，并形成了“莱馨”“梦娜丽莎”“戴雅姿”三大专业品牌。先后被评为“国际知名品牌”“中国质量500强”“广东省名牌产品”“广东省高新技术产品”。

他热心公益，从身边人帮起，从身边事做起；他勇担社会责任，在地震、疫情面前，捐款捐物，保障一线防控人员餐饮供应，投入生产线生产口罩、防护服等防疫用品，为疫情防控做出突出贡献。他就是广东涞馨实业投资集团有限公司董事长蔡光辉，荣获2021年上半年“肇庆身边好人”称号。

蔡光辉在事业不断发展壮大的同时，不忘回馈社会，承担社会责任。

2020年初，新冠肺炎疫情爆发，牵动着蔡光辉的心。他立即组织职工，迅速投入抗击疫情阻击战中。他自己也身先士卒，和全体职工一起，放弃春节假期，奋战在疫情防控一线。

接到肇庆高新区下发的隔离和供餐任务，蔡光辉当即安排集团下属涞馨酒店设立隔离点，主动配合承担隔离任务，接收外来人员隔离观察，带领酒店职工加班加点完成供餐任务。

在防疫物资紧缺时，蔡光辉旗下的肇庆涞馨美体内衣有限公司，积极响应党的号召，新增民用防护服及口罩生产线，使其成为全国性疫情防控重点保障企业之一。截至2021年2月底，累计生产医用口罩4.5亿只、民用防护服6万套，为防疫物资的生产贡献出一份力量。

蔡光辉主动承担社会责任，向社会各界（机关单位、学校、医院等）捐赠一次性医用口罩和一次性防护服、护目眼镜等疫情防控紧缺物资，助力省、市抗疫工作。近日香港疫情严峻，蔡光辉向香港捐赠了30万个口罩和3000套防护服，价值90多万元，为香港抗击新冠疫情奉献自己的一份力量。

据统计，自新冠肺炎疫情爆发至今，广东涞馨集团有限公司累计捐赠一次性医用口罩达500多万个、一次性防护服约25000套和大量护目眼镜等防疫物资，折合人民币达800多万元。

蔡光辉从点滴做起，每年春节慰问敬老院孤寡老人，至今累计11万元。每年坚持资助6名贫困学生上大学，至今已有12年，总金额达18万元，帮助60多位贫困学生圆梦大学。每年开展老职工茶话会，为低保户送爱心粮油等累计10万元。

蔡光辉还大力支持高新区体育事业发展，多次赞助高新区职工篮球赛，至今累计捐赠助学金、慰问金、实物等价值达50多万元。

2009年开始，蔡光辉对外开放集团旗下肇庆涞馨影剧院暨文化会务中心，每周为高新区企业员工免费播放两场电影。蔡光辉还安排送电影下乡，播放场次达800多场，观看人数累计达10万人次。

他还多次免费提供场地，供各机关单位举行会议或演出活动，累计折合人民币150万元。集团旗下涞馨艺术博物馆每周对外开放免费参观，至今累计参观人数8万人次，相当于支持公益性活动80万元。

一直以来，蔡光辉积极支持地方党委政府的工作，热心社会公益事业。在汶川地震、玉树地震发生后，积极向灾区捐款。为支持肇庆创文、脱贫攻坚和乡村振兴，蔡光辉更是出手“阔绰”，捐款500余万元。

“企业必须要承担社会责任，按能力帮助身边的每一个人，回馈社会。”蔡光辉是这样说的，也是这样做的。一路走来，他用实际行动践行企业家社会责任担当、爱心奉献精神和助人为乐的传统美德，为公益事业添砖加瓦。

全省供销合作社系统劳动模范——四川省南江县沙河供销社主任岳安岭

南江水绿　供销情浓

链接：岳安岭，男，1960年12月出生，高中文化，中共党员，退伍军人。现任南江县沙河供销社党支部书记、理事会主任、县联社理事会常务理事，县工商联执委，系南江县第九届政协委员，中华全国供销总社第七次代表大会代表。2017年被巴中市总工会评

工作中的岳安岭

为“爱岗奉献优秀职工”，2018年被评为四川省供销社庆祝改革开放四十周年“四川十大最美供销人十大领军奖”，2019年被四川省人社厅和省供销社联合社表彰为全省供销系统“劳动模范”，2020年被推选为中华全国供销合作总社第七次代表大会代表，并于9月在北京出席总社第七次代表大会。

“近十年的努力，终于在今年开工了……”站在供销大厦阳台上的岳安岭望着眼前的大片工地，突然止住了要说的话，现场气氛瞬间凝固。九月的阳光还有几分火气，位于原四川省巴中市南江县沙河镇洛坪综合市场的工地上一派繁忙，巨大的基坑在工人和机械的轮番打理下已经初具规模。现场能看出来，对于一个山区乡镇来说不是一个“小项目”。作为年成交额上亿元、颇具规模的乡镇大市场，是远近闻名的供销社“自留地”。

“你看嘛，标准化的商业市场，一二层的好位置基本都是我们的。”不停地翻着设计图册，岳安岭有说不完的话，同时也不想让看的人错过任何一张效果图。“十年了，错过了太多的发展机会，拆是为了更大的发展。”

该市场长期作为社里的稳定财源，拆了意味着很大部分收入断流。然而从十年前担任一把手开始，岳安岭一直在谋划“土饭碗”换个“金钵钵”，为当地老百姓提供更多、更好的服务。这一点或许在有40年工龄的老供销人岳安岭心里从来就不是个问题。

守——

四十年如一日，为供销事业奋斗一生

“上山的路我来开车，在部队的时候就在开了，你们放心。”去参观分社的路上岳安岭自告奋勇。一路急弯陡坡下来，方向盘变换自如，动作都是一步到位，在叹服技术的同时更感觉到他对路况的熟悉。“这里别说路况，一草一木基本都是知道的。”同行的监事会主任黄刚补充道。每经过一条岔路，这里通向哪个分社服务点？有哪些老职工的传奇经历？发展情况怎么样？这些内容总是如数家珍……

从谈话中得知，经历了一波接一波的改制浪潮，社班子里的三人均是在改革开放后进入系统工作了近四十年老供销人。经历阵痛，为了兑付庞大的职工下岗安置费用和偿付内外债务，沙河供销社也和大多数基层社一样，开启了“卖卖卖”的模式，200多处门市、采购站、仓库、旅馆、食堂和7个分社的资产先后被迫出售。

“建大厦，办猪场，没有守下来的这些地盘怎么发展，如何把农村的产销搞起来？”岳安岭说。大浪淘沙，合力守下了“一亩三分地”洛平综合市场、供销大厦等资产。

咬定青山不放松，守住根基才会有接下来的故事……

改——

十年初见成效，敢于抓机遇顺势而为

然而不改又怎么守得住？承载着沙河供销社发展希望的洛平综合市场，随着场镇的发展，疲态尽显，越来越不能适应市场发展需要。从全面接手社里工作的2010年开始，岳安岭和同事们便定下了全面升级改造市场的决定。

一入江湖岁月催，项目先后因各种原因陷入停顿。错过了机遇，就在等待机遇。历经多次审批、专题会后，十年磨一剑，项目终于在今年6月开工，其中的艰辛自知。

2012年左右的一波返乡创业热，带回了本地人梁大海，谈起中药材种植、加工、销售的大生意，岳安岭、黄刚等和他一拍即合。通过几年努力，营业收入达2800多万元、创税100多万元。“梁宫堂”商标的中药材卖到了北京301医院、太极集团等知名医院、药企。

同时，供销社又以一种新的姿态回来了，8个供销分社、25个庄稼医院、21个农资农家店、32个村级综合服务社、26个电子商务综合服务体验站陆续建立起来。“你看嘛，我这里啥子都有，肥料仓库、庄稼医院、便民服务、快递都有。”九君村农产品购销点负责人钟丽华说。

干——

十人赤膊上阵，管上亿资产马虎不得

随着近年来供销社综合改革的推进，“首届四川十大最美供销

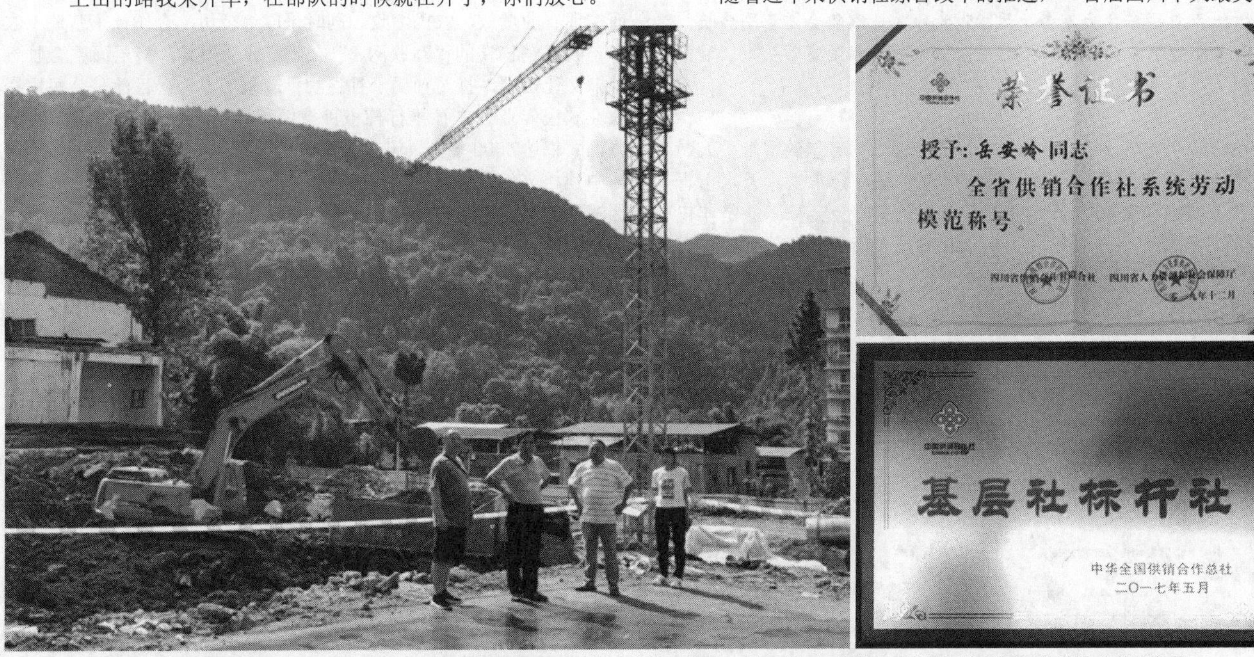

左图为沙河供销社领导班子成员在市场改扩建工地现场布置工作，左起：黄刚、岳安岭、郭仕孝、岳小琴；右侧两图为获得的荣誉称号

人""全省供销合作社系统劳动模范""基层标杆社"等荣誉纷至沓来。"我只是基层供销工作中的一员，这些荣誉是大家得来的。"岳安岭说。

作为十个兵的"一把手"，部队转业出身的岳安岭肯干敢干是出了名的。"改制后我们只有10名在岗职工，市场还有这么多的网店需要管理，不跑快点怎么能行？"岳安岭感叹道。"尤其是改建拆迁做工作，涉及各方利益，跑断腿磨破嘴皮子的事情，我们每一个人都干过。"

"光在办公室里做不了供销社的工作，能下乡跟着你们去办事才行。"社里的年轻人岳小琴明白了这个道理。通过不断历练，更多后起之秀开始在工作中独当一面。

"我这里肥料要卖七八十吨的样子，供销社还是得要自己肯干，靠自己。"燕山分社老职工张国佑的院子里停放着货车。了解得知，村民要什么一个电话送货上门，这事一个七十多岁的老人却干不了。为此老人几年前叫回了在外闯荡的儿子，儿子唱主角扛起了分社的工作。

悠悠的南江河从即将改建完成的洛平综合市场旁蜿蜒流过，滋养着雄浑壮美的秦巴山区。山如旗帜，前赴后继，顺着近年建成的汉巴南高速公路，越来越多满含着地方父老乡亲致富梦想的本地优势产品，将乘着供销社改革发展的东风走出大山，走向世界。

沙河供销大厦上的"姓农 为农 务农"几个大字显得更加醒目，岳安岭作为基层供销社的一名代表即将参加在京举行的中华全国供销合作社第七次代表大会，届时将会有更多的人听到他们的故事。

供图：南江县沙河供销社

全国农村青年致富带头人——甘肃陇上椒农业科技（集团）有限公司董事长刘彦斌

"为社会贡献更多价值"

刘彦斌近照 摄影：蒋秉琦

链接：刘彦斌，男，汉族，1985年4月出生，中共党员。现任甘肃陇上椒农业科技（集团）有限公司董事长。系甘谷县政协委员、天水市青年联合会常委，天水市青年企业家协会常务副会长，甘谷青年企业家协会会长。曾荣获全国农村青年致富带头人、甘肃省五四青年奖章等荣誉。

他是共产党员，是县政协委员，是全国农村青年致富带头人、甘肃省五四青年奖章获得者、天水市青年联合会常委、天水市青年企业家协会常务副会长、甘谷青年企业家协会会长，他是年仅35岁的甘谷青年——甘肃陇上椒农业科技（集团）有限公司董事长刘彦斌。

助力扶贫，造福桑梓

创业，是农村小伙刘彦斌的梦想。2004年2月，19岁刘彦斌在外打工时，敏锐地发现互联网行业大有可为。为此，他挤时间自学互联网专业知识，也萌生了通过互联网平台创业致富的念头。

2010年回到家乡，经过市场走访调研，他借助全市大力支持青年创新创业的好政策成立了天水生活网电子商务有限公司，同年成立甘谷华晟金点子广告传媒有限公司。拼劲十足的刘彦斌又在2016年成立了嘉孚装饰设计工程有限公司和甘谷花之林餐饮有限公司，2017年成立甘肃陇上椒农业科技（集团）有限公司，2018年成立甘谷富桥保健服务有限公司，2019年成立金点子刻章公司。

其中，"陇上椒"是专业从事辣椒种植、加工、购销，集农副产品、土特产、调味品加工购销于一体的大型民营企业。公司大力发展种植基地，推行统一管理经营模式，有效提高农户特别是贫困户种植辣椒的积极性。率先采取"龙头企业+合作社+农户+电商"的经营模式，建立了完整、科学的质量管理体系，打造产、供、销一体的市场营销系统，并通过"以科研为载体，以农民为主体，以基地为实体"的方式，建立起长效科研生产服务机制，实现"科研为生产服务，科技为农民服务，基地为市场服务"的有效对接，从而实现农业增效、农民增收。同时采取"公司+合作社+基地+农户+网络销售"的"互联网+"农业发展新模式，多层面整合甘谷辣椒文化资源，打造独属于甘谷的"辣椒形象"。目前，公司依托农业农民专业合作社推行辣椒种植面积达1500亩，签订保价种植协议面积达4000多亩，年产值566.8万元，共带动农户500多户，其中建档立卡贫困户30余户。公司正在建设的甘谷县冀城产业园区深加工基地全面建成后，将直接解决当地就业320人，并辐射带动全县辣椒种植农户约3200多户，户均增收2000元以上。公司的"订单农业"还促进了当地包装、配送运输等行业同步加速成长，极大活跃了地方经济，造福一方百姓。

热心公益，反哺家乡

在企业成长的同时，刘彦斌始终不忘肩负的社会责任。

2012年1月，他发起向麦积五龙乡贫困小学爱心物资捐助活动，

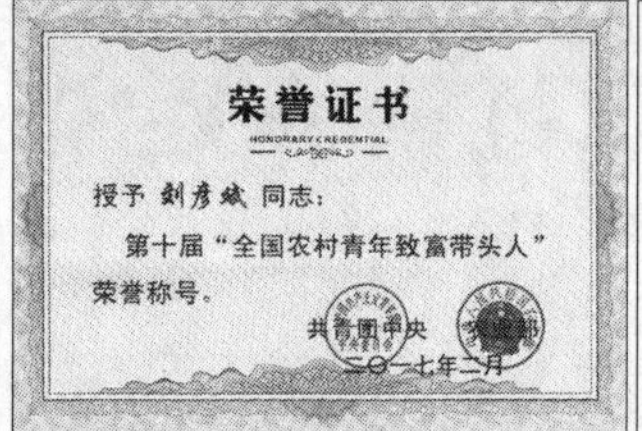

荣誉证书

HONORARY CREDENTIAL

授予 刘彦斌 同志：

第十届"全国农村青年致富带头人"荣誉称号。

共青团中央

二〇一七年二月

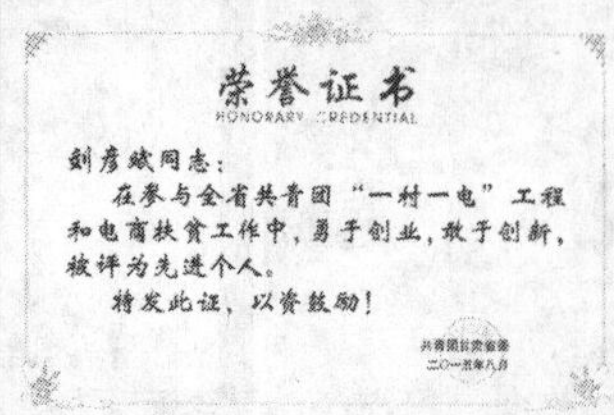

荣誉证书

HONORARY CREDENTIAL

刘彦斌同志：

在参与全省共青团"一村一电"工程和电商扶贫工作中，勇于创业，敢于创新，被评为先进个人。

特发此证，以资鼓励！

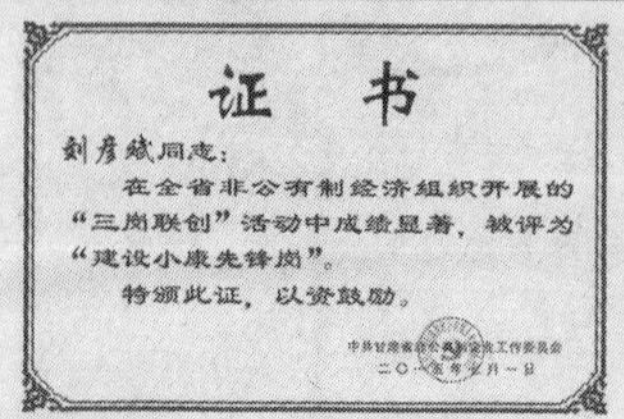

证 书

刘彦斌同志：

在全省非公有制经济组织开展的"三岗联创"活动中成绩显著，被评为"建设小康先锋岗"。

特颁此证，以资鼓励。

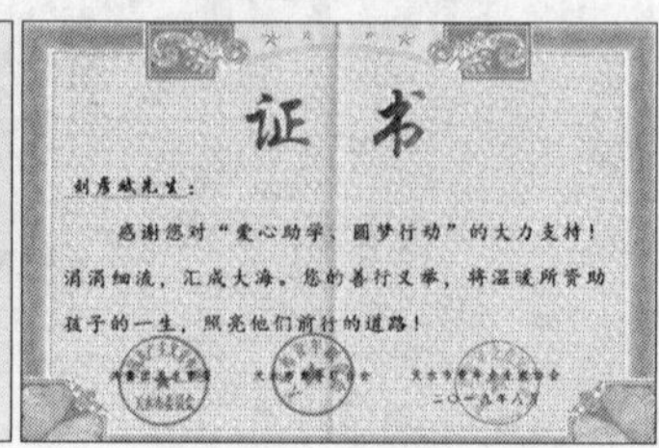

证 书

刘彦斌先生：

感谢您对"爱心助学、圆梦行动"的大力支持！涓涓细流，汇成大海，您的善行义举，将温暖所资助孩子的一生，照亮他们前行的道路！

刘彦斌获得的部分荣誉奖牌

左图为公司打造独属于甘谷的“辣椒形象”——“陇上椒”；右图为公司辣椒种植基地　摄影：蒋秉琦

筹集爱心物资总计5万余元，并个人捐款1万元。在共青团甘谷县委的号召下，他为暴洪灾害受灾严重的王家山村捐助1万；为白血病患者捐款1万元。从2012年至今，刘彦斌为家乡农村交付电费4.8万元左右，耗资20万左右安装路灯，并负责每年1万元的维修费用；2013年，天水生活网爱心团队赴武山县温泉乡何湾村小学捐款捐物，他个人捐款2万元；同年为岷县漳县地震捐款3万元。2014年，他组织天水生活网爱心团队先后两次赴甘谷县大石乡为贫困小学捐赠价值共计6万元的学习用品和资助金。2015年在天水市“希望工程圆梦行动”中，为贫困大学生捐助1万元。2016年在共青团天水市委的号召下，在“关爱农民工子女志愿服务行动”中，刘彦斌捐赠“七彩小屋”建设费用4万元；同年在共青团天水市委的号召下，为甘谷县贫困大学生捐赠助学款2万元。前后捐助共计30万余元。2017年1月在秦州区组织的“与爱同行，帮帮孩子”公益跑步活动中，捐出善款12000元。2017年11月组织承办天水地区“这个冬天不再寒冷——壹基金温暖包分装志愿者招募”公益活动，并为贫困儿童捐助5万元。2018、2019年在天水市青年企业家协会的号召下，为“助力扶贫·圆梦大学”捐赠助学款10万元；为武山县四门镇麦山村操场建设捐款3万元；为甘谷县大像山文化旅游节捐款5万元；为完善新兴镇刘家村永福寺修建助资10万元。2019年，刘彦斌号召甘谷青年企业家协会为“助力扶贫·圆梦大学”捐赠助学款5万元……近年来，刘彦斌积极参与爱心捐赠、精准扶贫、赈灾济困、助老助学等公益活动，累计捐赠款物总值逾109万元。

勇担责任，抗击疫情

2020年春疫情防控阻击战打响后，刘彦斌总想着做些什么。在与甘谷青年企业家协会主要成员沟通后，他率先示范，个人捐款2万元和84消毒液200桶，并动员县内青年企业家和周边亲朋好友捐款捐物。在他的带动下，协会共筹集捐款37.7353万元，募集医疗急需物资及生活用品总价值5.4934万元。

面对防护物资紧缺的困难，刘彦斌线上、线下四处寻找，购买了口罩等大批急需物资，按照优先保障战“疫”一线人员的原则，他亲自将物资送到全县医疗机构、乡镇机关等60家单位和125个村（社区）。

疫情防控关乎生命，复工复产关系生计。陇上椒集团及旗下公司认真落实省市县关于疫情防控和复工复产的安排部署，施行“一企一策”，在共青团甘谷县委的指导和相关部门的大力支持下，集团及旗下运营的10家子公司在严格落实防控措施的前提下陆续复工复产，确保疫情防控和复工复产“两不误”。

春日暖阳好光景，正是快马加鞭时。2月中旬，刘彦斌率先倡议，组织召开了甘谷青年企业家协会疫情防控暨复工复产工作推进会，吹响了复工复产集结号，号召动员近100家会员企业在全面做好疫情防控的前提下，尽早尽快科学有序复工复产，全力保供应、追损失、提效益、增后劲，力争为全县经济发展添动力。

因创富带富、热心公益，他先后获得了各级政府、主管部门的表彰鼓励，2015年获“中国青年互联网创业大赛优秀作品奖”；2015年、2016年、2017年被团省委评为“建设小康先锋岗”、“一村一电”工程“先进个人”，荣获“甘肃省青年五四奖章”；2017年被团中央、农业部评为第十届“全国农村青年致富带头人”；2017年、2018年被甘谷县委评为“优秀共产党员”。

“人生梦想的实现不是你拥有多大名气，也不是拥有多少财富，而是能够为社会贡献更多的价值。”刘彦斌用实际行动践行着他朴实的语言。他的青春在奋斗中飞扬，在创业中成长，未来，他将谱写出更为精彩的人生篇章，为社会贡献更多价值。

甘肃省天水市十佳“最美巾帼志愿者”——汇丰药业有限公司总经理李永芳

无私奉献志愿红

2022年“三八”妇女节，随着甘肃汇丰药业有限公司总经理李永芳被天水市妇联评为天水十佳“最美巾帼志愿者”，她和她的公司热心公益事业、无私奉献社会的事迹再次走进了人们的视野。

甘肃汇丰药业有限公司成立于2007年10月，现有职工40人，位于秦安县何川工业园区，是集采购、销售、配送于一体的大型药业公司。主要经营中成药、化学药制剂、抗生素制剂、生物制品（除疫苗）、中药饮片、蛋白同化制剂、肽类激素、第二类精神药品、保健食品批发、零售；第一类医疗器械；第二类普通诊察器械，医用卫生材料及其辅料，医用高分子材料及制品，物理治疗及康复设备；第三类医疗器械等。公司弘扬“自力更生，艰苦奋斗”的优良传统，以“质量第一，信誉为本”为经营宗旨，药品销售覆盖甘肃省天水、陇南、平凉、定西，四川、西藏等地区的70多个乡镇和秦安县境内4家医院和21家乡镇卫生院。在建立扶贫车间帮助贫困人口就业增收的同时，还于2019年成立了

甘肃汇丰药业有限公司总经理李永芳

汇丰药业连锁加盟，首创金牌店长培训实习基地，业务从批发业拓展到终端销售业，引导热衷医药行业的同仁规范化经营，走出了一条成功的经营之道。

企业发展不忘回报社会。近年来，在新冠肺炎疫情防控中，该公司充分发挥产业链供应优势，积极参与全县疫情防控，一方面积极响应秦安县委、县政府号召，累计储备1000余万元防疫保障物资，全力帮助秦安县筑牢疫情防控安全防线；另一方面又慷慨解囊，累计捐助各类防疫物资价值达20余万元，受赠单位达40余家。同时，该公司总经理李永芳还带动60余名巾帼志愿者先后值守在秦安县邮政局家属楼小区、印刷厂家属院等地，用心用情守护着人民群众的身体健康、生命安全。

除此之外，李永芳还积极参与秦安团县委、县妇联等部门发起的公益活动，多次组织县内巾帼志愿者在凤山公园、鹤山公园等地参与义务植树活动，累计植树300余株；每逢重阳节，组织志愿者走进秦安县敬老院为孤寡老人理发、打扫卫生、做心理疏导；每周组织志愿者参与“包街包巷包小区”志愿服务活动，尽职尽责做好环境卫生清洁工作；冬季还为全县200余名环卫工人送上蛇油膏、高钙片等温暖包各一份。

积极参与秦安县“我为贫困学子凑盘缠”活动，多年来累计向月十团、青年志愿者协会捐款20万元；与6名贫困大学生签定“一对一”长期资助承诺书，6年来累计资助学费生活费12万元；为白血病大学生雒某捐助救治费6109元，为叶堡镇四岁白血病患儿秦某杰捐助救治费7029元，同时号召社会各界爱心人士共同参与捐助活动。

李永芳积极参与家乡建设，助力脱贫攻坚，多年来累计捐款160多万元。在自己经营的医药公司和医院内吸纳贫困群众128人就业，累计发放农民工工资140余万元。作为秦安县女企业家协会副会长，李永芳还勇做国家方针政策、法律法规的义务宣传员，引导广大非公企业主爱党爱国、诚信经营、依法纳税，自己企业累计为秦安县财政上缴税收达68万余元。

对此，李永芳说：“作为一名医药人，我们要担负医药人的社会责任，尽一点绵薄之力，为坚决打赢疫情阻击战和做好社会公益事业贡献自己的力量。”

奉献社会，实至名归。甘肃汇丰药业有限公司2015年被共青团秦安县委评为2015年度秦安县热心公益企业，2017年6月获得中国民营企业文化建设先进单位、中国诚信示范企业、企业信用评价AAA级信用企业等荣誉称号，2019年被原天水市工商行政管理局评为市级“守合同，重信用”企业，2020年5月被天水市工商业联合会授予抗击新冠肺炎先进企业。总经理李永芳也多次荣获天水市妇联和秦安县委、县政府以及团县委等部门的表彰奖励，她的家庭于2020年5月被天水市妇联授予“最美家庭”荣誉称号，同年5月被甘肃省妇联授予“抗疫最美家庭”荣誉称号。

作者：高广

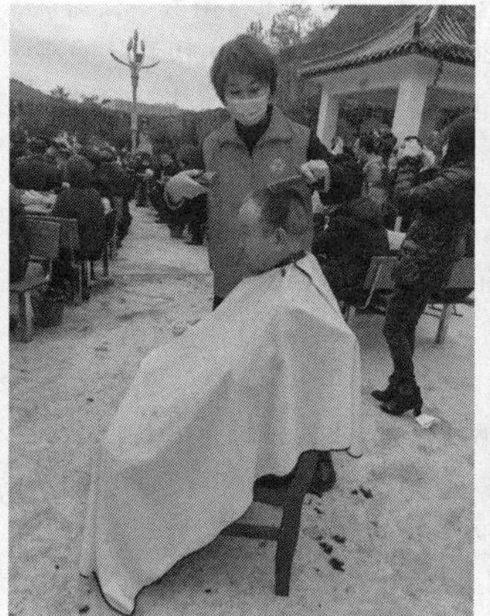

志愿服务中的李永芳。左图为捐赠医药物资，助力“战疫”行动；右上图为重阳节义务理发；右下图为参加义务植树活动

国家级群众满意卫生院——福建省南安市乐峰镇卫生院院长潘墙生

从医30多年 始终坚持“医者父母心”

“生命相托，我们做得远远不够，只有努力做得更好！”2019年8月19日，采访南安市乐峰镇卫生院院长潘墙生时，他的一句话令人感动。

2019年14日上午6时，潘墙生早早来到乐峰镇卫生院。尽管身为院长，但他仍然参与医务工作。在管理医院的同时，他常常坐在专家科室内，热情服务着每一位患者。

从医30多年，兢兢业业，潘墙生的工作轨迹看似平凡，却闪烁着不平凡的人生光辉。日前，在刚刚结束的南安市2019年度践

左图为乐峰镇卫生院院长潘墙生获评南安市 2019 年度践行社会主义核心价值观"最美医生"；右图为乐峰镇卫生院党支部开展主题党日活动

行社会主义核心价值观"最美人物"评选中，他获评"最美医生"。

心系患者，一个电话直接入户为老人义诊

2019 年 14 日 7 时 30 分，潘墙生正在专家科室里，为病人检查病情。

"医生，我的两个膝盖疼了 20 多年了，最近腰部也开始酸痛了，疼起来浑身颤抖。"彭阿婆解释着病情。

为了详细了解情况，潘墙生让彭阿婆躺在一旁的床上，慢慢抬起阿婆的左右脚，并询问是否会疼痛。随后，又轻轻按压阿婆的腰部及膝盖部。

"初步判定你患的是腰椎间盘突出，平时蹲下时不要弯腰，不要做重力活，适当做些锻炼，像我这样。"潘墙生说完，在彭阿婆面前慢慢地扭起腰来。

随后，潘墙生为阿婆量血压、听心率，在一切检查正常后，指引阿婆去拍 CT。

在问诊过程中，一个电话来了。原来是潘墙生要去乐峰镇福山村为一位 89 岁的老人义诊。交代同科室的同事后，潘墙生驱车 10 分钟下乡入户义诊。

看到潘墙生的到来，老人潘用仁立即从座位上站了起来。"感谢你几十年来对我的关心与照顾。"

潘用仁患有冠心病，之前曾晕倒在地，后来每个月，潘墙生都会到老人家里为他检查身体。

"你血压血糖一切正常，你要按时吃药按时休息，有事就直接联系我，我一定会立即赶过来的。"潘墙生握着老人的手，在他耳边说道。

敬畏生命，始终坚持医者父母心原则

"他敬畏生命，始终坚持医者父母心的原则。对待每一位病人，他总能认真检查、耐心解说、细心施诊。"潘墙生同科室的同事林凤辉告诉记者。

有一次，一个病人来医院看病，没有带医保卡。潘墙生得知其是低保户，便立即询问病人的病情，认真检查。考虑病人情况，潘墙生自掏腰包为病人买药。

还有一次，下班后，潘墙生从医院回到家里。这时，一位病人因骨折办理急诊，给潘墙生打了一个电话。潘墙生接到电话后，二话不说从家里回到医院帮病人手法复位，石膏固定。

在林凤辉眼里，潘墙生从医 32 年来，一直认真负责，热情为患者服务。"他敬业、甘愿奉献、扎根基层。"

有一次，乐峰镇政府工作人员潘小青见自己 3 岁儿子跑起来很奇怪，便来到乐峰镇卫生院中医理疗科室拍片。"当我将拍好的片拿给潘院长看时，他仔细查看，然后告诉我没问题。见我仍然不放心，他就建议我去泉州市正骨医院做进一步检查。"

"当我带着小孩子回家后，他又给我打了个电话，问我预约是否成功。如果预约不成功，他建议我去泉州二院找他认识的一位骨科专家。潘院长这种时刻为我们着想的态度，和具有跟踪服务意识，让大家都很感动。"潘小青说。

林凤辉说，潘墙生在工作中时刻为病人着想，从检查到治疗，为患者精打细算，如果遇到远道而来的患者，还会跟相关科室沟通联系，尽量当天做完检查明确诊断，给予及时治疗。

"上午，我就接待了 10 多个病人。节假日期间，一天要接待 20 多人。"对潘墙生来说，没有白天黑夜，没有周末，只有一颗热诚敬业的心。

四处奔走，为医院综合大楼筹到 300 多万元

"活到老，学到老。"这是潘墙生的口头禅。他认为，作为医生要时刻充电，要富有进取心。

"潘院长在工作上对我们严厉要求，该表扬的表扬，该批评的批评，从不会放松对我们的要求。在生活上，潘院长对员工和蔼可亲，如家人一样对待。每当有员工遇到困难，不管是员工本人还是家属，他都会尽力去帮忙，让员工没有后顾之忧。"乐峰镇卫生院办公室人员张林燕说。

2007 年，张林燕刚到乐峰医院上班，那时候医院只有 4 栋楼，均为 20 世纪 90 年代的建筑物。

13 年来，在潘墙生的不懈努力下，医院有了质的飞跃，新增了一栋 5 层宿舍楼，一栋 4 层医技楼以及即将搬迁的 5 层综合大楼，医院气象更新。

近两年来，潘墙生为了综合大楼的建设能如期完成，经常利用晚上或周末时间去拜访各乡贤及爱心人士，详谈当前遇到的困难和以后的发展计划。

"大家都被潘院长这种舍小家为大家的精神所感动，有钱的出钱，有力的出力，给综合大楼建设带来 300 多万元的资金，改善了乐峰人民的就医环境。"乐峰镇卫生院党支部副书记林木森说。"如今综合大楼已经基本完工，我们正准备搬迁，让病人感受到卫生院的全新变化与服务素质的整体提升。"潘墙生说。

这几年来，乐峰镇卫生院重视引进优质医疗资源，与福医大附属二院共建医疗联合体，让群众在家门口享受实实在在的三甲医疗服务，建立双向转诊平台，改变病人就诊习惯，不仅指导病人分流就诊，而且建立向下转诊机制，借助二院技术力量，积极开展新项目新技术，成功开展全麻手术。为此，近年多次荣获"国家级群众满意卫生院""南安市文明单位""2019 年南安市学雷锋活动示范点"等多项称号。

全国群众满意乡镇卫生院、重庆市永川区板桥镇卫生院院长苏益均

谱写科学防疫之歌

链接：永川区板桥镇卫生院是重庆市永川区和铜梁区交界区域，服务人口3.6万余人，占地3183平方米，开设病床130张（板桥本院90张，寿永分院40张），年门诊人次8万余人次、住院6000余人次。全院在职职工总数73人。近年来曾荣获全国群众满意乡镇卫生院、重庆市委、市政府民心工程项目残疾人康复示范社区、重庆五一劳动奖状、重庆市“爱心单位”、永川区先进基层党组织、永川区卫计系统先进基层党组织、永川区卫生工作先进单位、永川区基层中医药示范单位、疾病预防控制工作先进单位、永川区妇幼卫生工作先进集体、永川区计划生育技术服务优秀单位、永川区基本公共卫生服务工作优秀单位、永川区精神卫生工作优秀单位等殊荣。

新冠肺炎疫情暴发后，冲在最前面的是白衣天使和疾控人员。他们，是这个春节（天）最温暖动人的逆行者。他们，与死神争夺生命，与病毒和时间赛跑；他们，为全国人民筑起了阻击疫情的牢固防线。

苏益均，共产党员，重庆市永川区板桥镇卫生院院长，就是战“疫”中的一位。他带领全院职工在永川边界镇谱写了一曲科学防疫之歌。

科学防疫：白衣天使走在前

板桥镇处于永川与铜梁的交界处，板桥镇卫生院承担着本镇，相邻三教镇、茶山竹海及铜梁区西河镇等交（边）界村民的医疗卫生工作。面对疫情，苏益均深感边界防控压力大，责任重。

打铁还得自身腰杆硬。苏益均参加永川区疫情防控工作会、永川区卫健委的系统培训，紧急安排部署疫情防控工作。随即，全院职工取消休假，24小时待命。全院召开疫情防控研究会，成立防疫工作领导小组，对全院医务人员和乡村医生进行新冠肺炎诊疗指南、个人防护、医院感染管理的全员培训和考核，做到人人过关、个个执行，打好这场防疫攻坚战。

因地制宜，科学防控。疫情防控启动之后，该院制定了详细周密的应急预案，并细化分工，科学安排。通过医院LED显示屏、下村入户等渠道开展宣传，面对面宣传疾病预防知识。医院利用有限的房屋资源，设立了预检分诊，对所有进入医院人员进行预检等级确定。如有发热人员，由专人带到发热诊室就诊，并严格按照相关要求进行诊疗工作。

配合防疫：特殊群体不遗漏

板桥镇卫生院与当地党委政府紧密配合，由“政府驻村干部、村（社区）干部、村（居）民小组干部、医务人员”组成了“四人小组”，对返乡人员逐一进行排查，将排查出的重点疫区人员立即纳入监管，派出经验丰富的防疫人员进行流行病学调查、体温检测、宣传新冠防治知识。

夫妻志愿者，战斗在城区。赵霞、杨阳是该院夫妻档，苏益均考虑到两人居住在永川城里，是专门负责城区重点人员的首选。于是，从重点疫区返回但居住在永川城区的板桥籍人员的医学观察，就由赵霞、杨阳夫妻俩全权负责。自春节起，他俩一直奔跑在永川城区，老城、新城、郊区跑遍，每家每天上门两次，不惧风险、不厌其烦……让所有重点人员无遗漏。

保护特殊人群，送医送药上门。特殊时期，板桥镇与其他镇街一样，采取了暂时取消赶集、客运车辆暂时停止通行等防控措施。苏益均了解到部分高血压、糖尿病等特殊患者家中药品即将“断档”的情况后，安排村医等家庭签约医生和党员志愿者了解患者药品情况，亲自带队前往慢性病患者家中送医送药，让他们感受到了家庭签约医生的温暖。凉风垭村烂沟湾村民小组66岁的老陈，术后需要长期服药，当时封路断道后，老陈无法进城开药，苏益均便安排人员到城区医院开药并送到他家。

危急时刻：党员就要冲在前

令苏益均印象最深刻的一件事，是对欧家坝村柏林院子组的发热重点人员老张的新冠排查。

老张67岁，其女婿从福建返乡经过湖北武汉回来团年，老张与其有多次密切接触。2020年2月3日，老张出现发热、咳嗽、

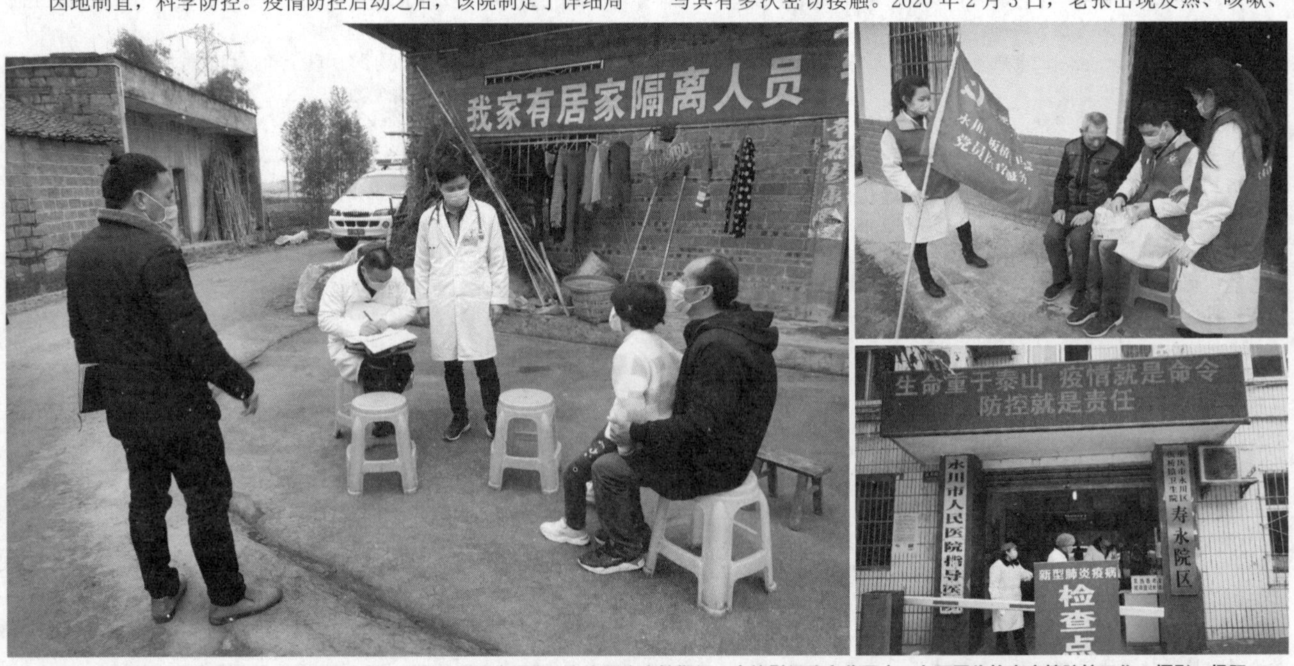

防疫工作剪影。左图为走访居家隔离人员，进行流行病学调查；右上图为疫情期间，走访慰问建卡贫困户；右下图为检查疫情防控工作 摄影：杨阳

气促：2月4日，由板桥镇卫生院用120接入医院就诊，当时查其体温37.6摄氏度，胸片检查显示肺部团块影较多。苏益均立即将胸片上传至上级医院会诊，上级医生建议立即进行胸部CT检查。结合患者流行病学史不能排除新冠可能。

苏益均立即报告给当地政府和区卫健委领导，并与永川区中医院专家沟通后考虑新冠可能性虽小，但也不能完全排除。“到永川进一步检查，意味着要送病人到永川，究竟喊专车来接还是医院的车送？”这需要苏益均决策。为了减少病人感染的风险，苏益均决定用医院的车，由他本人亲自护送病人到永川区人民医院进一步检查。

到了永川区人民医院，他亲自带病人到发热门诊和CT室检查。病人没有带钱，他主动为病人垫交了医药费，一直等到检查结果出来，医院专家说暂时不考虑新冠，他心中的大石头终于落了下来。他立即将检查结果报告镇政府、区卫健委，大家紧绷的神经才松懈下来。随后送患者回到板桥卫生院进行住院治疗，1周后病人好转出院。

“遇到这种情况，你就不害怕吗？”记者问苏益均。

“不怕是假的，但守护百姓健康是医生天职，防控疫情我们更专业。”苏益均说，作为一名党员、医生、医院管理者，疫情在前，他责无旁贷、义无反顾。

四川省合江福宝古镇医院党支部书记、院长唐大为

扎根山村　守护乡亲健康

唐大为理事参加泸州市民营医院理事会暨年会活动　摄影：蹇梅

链接：合江福宝古镇医院创建于2009年12月3日，是合江县福宝镇政府招商引资项目，位于合江县东南部，与贵州省赤水市接壤，是经合江县卫生健康局批准，泸州市卫生健康局备案设立的国家一级综合医院，是泸州市职工医疗保险、城乡居民医疗保险、商业保险定点医院。医院2012年11月被合江县社会办医协会评为“先进单位”，2012年、2013年连续两年被泸州市卫生局评为“医疗机构量化分级A级单位”，2013年被评为“泸州市敬老文明号”，2015年被福宝镇党委评为“先进基层党组织”，2019年3·15主题宣传活动中荣获“消费者点赞的诚信企业”，2020年5月被评为四川省“诚信服务示范单位”，2020年7月被泸州市民营医院医协会评为“抗击新冠肺炎疫情防控先进集体”。院长唐大为2019年被评为优秀基层党组织书记，2010年、2011年被评为优秀共产党员，医院多名党员被县、镇两级党委评为优秀共产党员，2人被授予泸州市护理明星和服务明星。

在钟灵毓秀的四川省合江县福宝古镇，有一名党龄21年的共产党员，扎根乡村近40年，为父老乡亲提供基本医疗服务，他就是合江福宝古镇医院党支部书记、院长唐大为。走在福宝镇的大街小巷，提起他的名字，可谓妇孺皆知；问起他的医术，无不啧啧称赞。

创办医院，深得患者好评

20世纪80年代，唐大为从四川省宜宾卫生学校西医专业和四川省卫生管理干部学院临床医学专业毕业。血气方刚的他，放弃了在成都和泸州大医院就职的机会，毅然返乡当上了基层医生，成了基层群众健康的“守门人”。

从医近40年来，唐大为先后在合江凤鸣中心卫生院、合江福宝中心卫生院、合江县社会办医协会、福宝镇回龙桥社区任职，曾当选两届福宝镇人大代表和福宝镇党代表，多次被福宝镇党委评为优秀共产党员、优秀党组织书记。

2009年12月，唐大为创办合江福宝古镇医院，并确定了“医者仁心、救死扶伤”的立院宗旨。医院发展至今，建筑面积超过2000平方米，医护人员30多人，设有全科医疗科、内科、外科、妇科、中医科、医学影像科、医学检验科，共开放50张床位，是国家一级综合医院、泸州市职工医疗保险、城乡居民医疗保险、商业保险定点医院，也是泸州市唯一开设有全科医疗科的民营医院。

唐大为及其团队以精湛的医术，治愈了大量的疑难杂症患者，深得患者好评，这从医院救治的两个病例和治愈患者赠送的40多面锦旗就可窥一斑。

2019年，一名穆姓患者因患肠梗阻，术后广泛肠穿孔继发腹腔感染、腹壁全层裂开、肠外露，先后在几家医院住院治疗未见好转。到合江福宝古镇医院住院治疗后，唐大为采用中西医结合疗法，20多天便将该患者治愈出院。同年，一名周姓患者因交通事故致脑挫裂伤、颅内出血、全身多处骨折、昏迷，术后在一家医院重症监护室住院治疗不见好转，转院到合江福宝古镇医院住院治疗后，经唐大为精心治疗，半个月后该患者治愈出院。

亮出身份，传递正能量

唐大为的老家是原福宝区甘雨镇流湾村，与四川早期党的领导人之一穆青的老家福宝镇穆村村相距不远。在唐大为求学的过程中，穆青的事迹深深影响着他，他立志要做一名优秀的共产党员。

唐大为于2000年光荣地加入了中国共产党。2015年，合江福宝古镇医院党支部成立，由他担任党支部书记，合江福宝古镇医院也成为福宝镇第一个“两新”组织党组织。唐大为充分发挥党组织的战斗堡垒作用和党员的先锋模范作用，在抓好除病痛保健康的本职工作的同时，推进党建工作，传递正能量，温暖家乡人。

2010年以来，合江福宝古镇医院党支部积极组织党员为甘雨镇黄桷敬老院、福宝镇敬老院的五保老人开展义诊和免费体检，为五保老人送慰问金近两万元。

2014年以来，医院党支部积极组织党员开展下乡“三送行动”，为福宝镇18个村2个社区的重症瘫痪人员、特困家庭开展免费义诊、送药活动，送慰问金1.77万元。

2016年以来，医院党支部积极开展“两新联千村·党建助振兴”行动，与穆村村开展结对帮扶，每年在穆村村帮扶贫困党员、贫困残疾村民，普及医疗保健知识，宣传国家医疗保险政策。

近 5 年来，医院已为精准扶贫户 2171 人次优惠医疗费用和贴付医疗、药品费用 112061 元。参加福宝镇扶贫日捐款活动 3 次、共捐款 7000 元，为栋梁工程捐款 4 次、共 3800 元，为青海玉树地震捐款 1000 元。

2020 年，新冠肺炎疫情防控期间，唐大为和他的团队第一时间向福宝镇捐赠体温枪、口罩等抗疫物资，立足岗位为当地政府排忧解难。唐大为还主动请缨，申请前往武汉抗击疫情、到泸州工业园区开展“复工复产”消杀作业。

憧憬未来，提供护理服务

身高 1.84 米的唐大为长得比较壮实，健谈而沉稳。很难想象，他曾在 2012 年与病魔作过殊死搏斗。

2012 年 3 月，由于积劳成疾，唐大为罹患喉癌，饱受病魔摧残，日渐消瘦，体重只剩不到 60 公斤。但他以超乎寻常的毅力与病魔抗争，经过 6 次化疗、30 次放疗，基本恢复了健康，患病期间仍坚守工作岗位。

“遇到有些重症患者情绪不高时，我就以自己的经历鼓励他们，为他们加油。”唐大为说，对待患者，要全方位关心，不放弃不抛弃。

问及唐大为对医院服务乡村振兴的设想，这名有着全科主治医师、普通外科主治医师、高级健康管理师职称的医务工作者表示，将同他的医疗团队一起，依托长期护理保险政策，尽量多开放床位，为农村残疾人和长期卧床患者及生活不能自理者，提供长期护理服务，患者在享受国家政策的同时，医院提供补助，减轻他们的负担和病痛，提高生活质量；依托全科医疗科资质，开展家庭医生签约和家庭病床服务；依托医院医疗资源，参与基本公共卫生服务，开展高血压、糖尿病等慢性病的发现、患者管理及健康指导等服务。

唐大为用自己的行动，成就了无数村民的健康梦想，用时间和行动诠释了共产党员的担当。

作者：李界

吉林省白城市 3·22 专项行动先进个人——镇赉县黑鱼泡镇党委书记齐相蝆

心中有民　实干为民

吉林省省长景俊海到黑鱼泡镇黑鱼泡村查看扶贫产业　摄影：田宏

链接：齐相蝆，1974 年出生，吉林省委党校农业经济管理专业研究生学历，中共党员。曾任镇赉县建平乡中心小学教师，乡教育助理，县农委科员，副镇长、乡党委副书记兼纪委书记、乡人大主席、林场党委书记兼场长、镇党委书记兼镇长、镇党委书记等职。2017 年 1 月起任黑鱼泡镇党委书记。曾荣获白城市“3·22 专项行动先进个人”，镇赉县“优秀共产党员”，镇赉县“平安创建工作先进个人”，镇赉县“防范和处理邪教工作先进个人”等荣誉称号，荣立镇赉县“抗洪抢险、抗灾自救三等功”。

黑鱼泡镇位于镇赉县城东 12.5 公里，东与莫莫格乡接壤，西与县工园区毗邻，北与建平乡、东屏镇相连，南与大安市隔洮儿河相望，白齐线公路横贯东西全境，地理位置优越，交通十分便利，自然资源丰富。全镇面积 606 平方公里，下辖 16 个行政村，6 个镇直农牧场，62 个自然屯，总户数 7606 户，总人口 21000 人。齐相蝆任职党委书记期间，黑鱼泡镇曾荣获 2016—2018 年度全省文明村镇，吉林省第三次全国农业普查先进单位，市级模范集体，全县脱贫攻坚工作先进乡镇。

脱贫攻坚战役打响初期，吉林省白城市镇赉县黑鱼泡镇建档立卡贫困户有 1881 户 3829 人，贫困发生率达 22.6%，脱贫攻坚任务较重。2016 年 4 月，齐相蝆来到黑鱼泡镇担任党委书记。3 年来，他以饱满的工作热情和忘我的工作状态，带领全镇党员干部和群众奋发图强，使黑鱼泡镇发生了巨大的变化，人民群众的获得感和幸福感显著提升。

时刻把奉献担当付诸行动

齐相蝆的手机 24 小时对群众开放，发现问题马上解决，是他的工作准则。处理疑难问题、急难险重关头，齐相蝆总是坚持靠前指挥，敢于拍板、敢于负责。

2018 年 4 月，吉林省白城市镇赉县启动了脱贫攻坚“653”百日攻坚会战，齐相蝆带头冲在扶贫第一线，以“5+2”“白 + 黑”的忘我工作状态，组织带领党员干部全身心投入到村屯环境整治、围墙建设、村屯绿化、庭院经济发展的主战场中。他白天跑村屯、晚上开会议，当日事当日毕，不留欠账。

黑鱼泡镇部分村屯地处莫莫格国家级自然保护区内，非法开垦湿地、违规建房等历史欠账问题较多。面对严峻形势，齐相蝆在镇党委会上掷地有声：“环保问题是刚性任务，必须整改！这必然会触及一些人的利益，大家不要怕矛盾，只管放开手脚去干，所有责任我来担！”

在清理私开滥垦的过程中，齐相蝆带领党员干部深入一线详细踏查土地起耕时间，全面搜集佐证材料，挨家挨户讲解政策，苦口婆心做思想工作。以种粮大户为突破口，劝说他们先退出保护区，形成了良好的示范带动作用。

村民于太洋的伯父在外地打工期间突发心脏病去世，几年来其亲属多次上访，希望黑鱼泡镇政府帮助其向企业索要赔偿，但这个问题始终没有得到解决。齐相蝆到任镇党委书记后，积极帮助于太洋寻求法律援助，并想办法联系涉事企业协商解决问题，终于解决了赔偿问题。一桩桩信访案件解决难度大，但齐相蝆凭着韧劲和巧劲，讲政策、动真情、化难题，信访积案不断减少，群众的合理诉求得到满足。

时刻把人民群众装在心里

“群众的事再小也是大事”，这是齐相蝆常挂在嘴边的一句话。针对群众反映的屯内土路下雨天泥泞难走、地里干旱缺水等问题，他多方协调，两年来共修通村屯路和屯内水泥路 175 公里，解决了百姓出行难问题。打抗旱水源井 280 眼，解决了灌溉缺水问题。

黑鱼泡村贫困户潘有兰的丈夫 20 多年前去世，其子受到刺激，并患上严重精神疾病，多年来母子俩相依为命，生活十分困难。齐

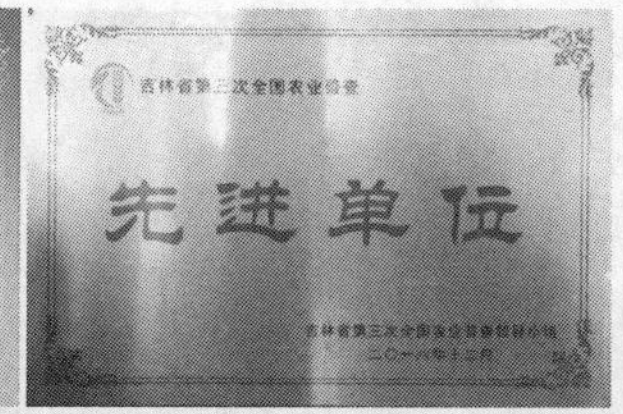

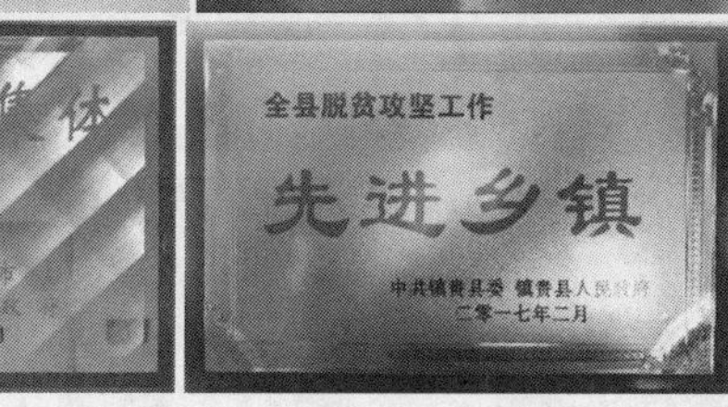

左侧为黑鱼泡镇获得的荣誉牌匾；右图为镇赉县委书记鲍长山和县长赵楠陪同白城市委书记庞庆波及其他县市主要领导参观检查黑鱼泡镇扶贫工作　摄影：田宏

相蝉主动包保潘有兰家，当了解到70多岁的潘有兰花不起往返路费的难题时，齐相蝉主动提出帮助解决困难，安排镇卫生院帮老人取药送到家中。潘有兰家原有住房破烂不堪，地基下沉，已成危房。齐相蝉协调相关部门，为其新建住房，生活质量得到极大改善。潘有兰直夸党的政策好，乡镇干部好，动情处不禁潸然泪下。

多年来，齐相蝉以体恤爱民的实际行动，赢得了广大干部群众的信赖和支持。

时刻把党员群众教育抓在手上

在抓实党建工作上，齐相蝉始终坚持把学习宣传贯彻党的十九大精神和习近平新时代中国特色社会主义思想作为首要政治任务，采取集中学、研讨学、考评学等方式，真正使全镇党员干部在学深悟透弄通上下足了功夫。2016年以来，新建12个村级文化广场，改扩建4个村部。全镇村级集体经济收入达到5万至10万元的村有10个，10万元以上的有6个，彻底消灭村级集体经济“空白村”。联系培养32名村党组织书记后备人才，定期与他们交流思想、帮助解决实际问题。充分发挥优秀青年农民学校作用，去年以来培训村级后备人才300余人次，有效破解了村级组织后备干部短缺、能力不足问题。

齐相蝉说，作为镇党委书记，就得带头苦干、实干，解民忧、访民愿、听民声。村书记们普遍这么评价齐相蝉：“齐书记从来不跟我们红脸，遇到困难身先士卒、冲锋在前，他打了样，我们怎么能不努力！”

安徽省芜湖市镜湖区大砻坊街道党工委书记、街道武装部政治教导员邹国仁

铸新时代基层专武干部军魂

邹国仁（中）和民兵在一起

驰骋疆场，保家卫国，又是一年征兵季。邹国仁，安徽省芜湖市镜湖区大砻坊街道党工委书记、街道武装部政治教导员，他带领街道工作人员认真学习“一年两征”新政策，细致开展工作。2021年上半年，超额完成大学生毕业生征集任务，征兵“五率”考评名列全区第一名。大砻坊街道2020年4月荣获芜湖市第二批城市基层党建示范社区，2020年12月荣获镜湖区建设“四最镜湖”先进集体。作为军地之间的“桥梁纽带”，邹国仁恪尽职守，落实落细兵役征集、民兵整组训练、双拥建设、国防教育等一切相关工作，全面体现新时代基层专武干部的新风貌、新气象。

把好“入口关”，强抓队伍建设

作为一名专武工作“老兵”，邹国仁对党管武装工作深有体会。自2001年转业回地方，他的工作履历就和人民武装工作紧密相连。“武装工作强不强，队伍建设是脊梁，队伍建设好不好，就看党委怎么领导”“党委是起领导核心作用的”，邹国仁深知必须要凝聚起党工委班子成员的思想共识，才能提升大家抓党管武装工作的政治站位。

他带领班子成员坚持每周听取一次武装工作汇报，每月学习一次党管武装知识规定，每季度开展一次战备形势教育，每年利用“八一”建军节和征兵等时机开展国防教育。2021年建党100周年，他组织全体班子成员参观芜湖市博物馆的党史学习教育专题展览，清明前带领班子成员和基干民兵到烈士陵园祭扫，“七一”前组织全体党员重温入党誓词。

激发“内生力”，练好精武本领

大砻坊街道因老城区改造，人户分离现象严重，给征兵工作带来不少困难。邹国仁勇当破解征兵难题带路人，提出“带着感情做工作”思路，实施“四全”（全年宣传、全年摸底、全年报名、全年走访）和“四清”（入伍动机要弄清、家长意见要弄清、个人现实表现要弄清、主要社会关系要弄清）措施，紧抓兵员征集质量。邹国仁深入应征青年家庭，多次登门做征集工作，实时了解应征青年思想动态，打消其他家庭成员担心顾虑，结合自己当兵亲身经历详细解读征兵政策，不厌其烦为群众答疑解惑，充分激发辖区广大

左图为邹国仁结合自身当兵亲身经历为青年解读政策；右侧两图为街道获得的荣誉奖牌

适龄青年应征积极性。

军地“一条心”，共谱双拥新篇

每逢“八一”“春节”等重大节日，邹国仁都认真安排拥军优属活动，通过军地走访慰问、军民联欢会、军地茶话会等多种形式，充分让军人军属们感受驻地人民的真诚拥戴、党和政府的真心温暖。他关心支持国防建设的满腔热忱，也受到了驻地部队官兵的一致好评。为让现役军人更好在部队安心服役，邹国仁常到军人家庭中开展家访活动，了解并帮助解决他们的实际困难，免除军人的后顾之忧。2017 年底，西洋湖社区刚入伍不久的新兵小黄父母离异，其母亲没有房子住，导致小黄在部队不能安心服役。邹国仁积极协调有关部门，在房源紧缺的情况下帮其协调申请了一套公租房。2018 年，张家山社区正在服役中的战士刘海波，其父亲高血压中风瘫痪失去劳动能力，邹国仁全力协调民政部门为刘海波父亲优先办理了社会保障。

一身橄榄绿，一生铸军魂。心系国防建设的邹国仁，一直保持着革命军人的优良本色。任随时光变迁、岗位变动，但他始终情怀不变，用清澈的赤子情怀抒写了一名军转干部砥砺前行、奋斗不止的风采。

山东省民族团结进步模范个人、淄博市“生态淄博建设先进个人”——临淄区金岭回族镇党委书记王利民

奏响民族团结动人乐章　打造宜居宜业幸福金岭

王利民近照

在齐国故都临淄，有一个别具魅力的古镇——金岭回族镇。镇内古朴典雅的清真寺、错落有致的民居住宅、特色靓丽的文化墙、令人垂涎欲滴的特色美食、机器轰鸣的项目工地，呈现出一派古今相融、人勤业兴的和美画卷。

对于王利民而言，这里既是生养的家乡，又是工作的热土。王利民，男，回族，1973 年 6 月出生，2014 年 8 月至 2020 年 11 月任山东省淄博市临淄区金岭回族镇党委副书记、镇长，现任金岭回族镇党委书记。作为土生土长的基层党员干部，王利民同志与养育他的这方热土和群众有着深厚的感情。他始终不忘初心、牢记使命，倾力谋发展、解民忧，用实干奏响了金岭民族团结进步的“四部曲”，用行动诠释着责任与担当。2019 年 2 月，被中共淄博市委、淄博市人民政府评为“生态淄博建设先进个人”，记嘉奖奖励；2020 年 6 月王利民被授予山东省民族团结进步模范个人。

夯实民族团结根基，奏响团结稳定“和谐曲”

金岭回族镇辖九村一居，其中回族村居 3 个，少数民族人口约占总人口的 36%。王利民深刻认识到，民族团结是金岭发展进步的基石、人民幸福的前提，必须坚决守好民族团结生命线。他定期组织少数民族人大代表、政协委员、清真寺阿訇和群众代表参加座谈会，通报全镇经济社会发展情况，广泛征求意见建议，营造了全镇关心支持民族工作，维护民族团结的良好氛围。为了深入推进移风易俗工作，王利民牵头出台了《金岭回族镇关于进一步推进殡葬改革工作的实施意见》及配套补助方案，启动南山回族公墓建设，加大汉族公墓规范化管理，既尊重和保障了少数民族风俗习惯，又节约了土地资源，倡导了文明新风尚。他还非常重视传承创新民俗文

王利民（右一）向到访嘉宾介绍金岭回族镇智慧养老服务中心

王利民（中）到辖区企业调研

化，在他的策划推动下，金岭建设了民族文化博物馆，编纂完成《金岭回族镇志》，开展丰富多彩的民族团结进步月系列活动及盖德尔节灯展特色活动，在全镇绘制近1万平方米的墙绘，以群众喜闻乐见的方式，将民族团结进步理念深入人心，引导回汉族群众共建美好家园，多年来未发生一起较大的民族矛盾纠纷事件。金岭先后被表彰为齐鲁法治文化建设示范单位、山东省卫生乡镇、省级医养结合示范乡镇等，连续四年被评为省级文明镇。

深耕产业转型升级，奏响四镇建设“发展曲”

长期以来，金岭回族镇经济发展以化工产业为主导，环保欠账大，污染较严重，百姓有怨言；镇域面积仅有18.7平方公里，土地资源紧张，转型之路步履维艰。如何摆脱发展困境，抓住新旧动能转换的重大机遇，走出一条凤凰涅槃、浴火重生的高质量发展之路，是摆在王利民和整个金岭回族镇面前的头号难题。思想“解放”，行动才能“突围”。在省市区总体发展战略的指导下，经过多次深入扎实调研，王利民立足金岭产业发展现状及自身优势，提出了“工业强镇、商贸重镇、文化名镇、宜居新镇”高层次建设的目标，瞄准“三区五园两基地”建设，培育壮大高端装备制造、现代仓储物流、高分子新材料、特色饮食文化、数字产业孵化中心“五大园区”，以及特种油、化工产业转型升级“两大基地”，构筑南部生态旅游区、中部特色古镇区、北部金岭新城区“三区”发展新格局。

道阻且长，行则将至。王利民以上率下，以壮士断腕的决心和气魄，做好腾笼“减法”，关停并转、改造提升40余家企业；他带头坚持环保夜查，织牢织密企业安全环保网；他紧紧牵住重点项目“牛鼻子”，跑工地、搞调研，现场办公，协调征地拆迁、手续办理等，全力当好服务企业的“店小二”。今年因疫情影响，辖区内部分企业受冲击严重，王利民带领班子成员，一手抓防疫、一手促发展，千方百计助企纾困，确保经济平稳运行和社会稳定。

清源集团特种油生产基地，与世界第一大石油公司壳牌、世界500强企业托克签署战略合作协议；齐旺达50万吨/苯乙烯产业链一体化技术改造提升列入省重点项目；齐锦程鲁中现代综合物流产业集聚园、金塑长航高分子产业物流园、正本物流大宗能源综合型物流园竞相发展；鑫能铝合金轻量化专用车、连城智谷·临淄数字经济孵化中心等一个个重点项目的落地，清田塑工、文远环保、英科环保等一批“专精特新”企业的崛起，成为推动金岭转型发展的引擎，金岭由工业重镇向工业强镇迈出了坚实的步伐。

谋划打造特色小镇，奏响民生改善“幸福曲”

金岭地域历史悠久，据记载为唐朝古驿站，镇内文化古迹众多，除山东省重点文物保护单位清真寺外，还有马号湾、锦绣桥、薛凤祚故居等大小20多处人文景观古迹。近几年，金岭突出文化赋能，补齐生态短板，致力打造民族特色文旅小镇。在特色小镇建设过程中，王利民深入思考、用心谋划，2015年以来大力实施环境综合整治工程，下足“绣花功夫”推进乡村蝶变：新改建金齐路、金兴路、齐顺路、金门路等镇域主次干道，打通多条断头路，优化构建六纵六横的路网结构。积极争取上级资金，投入近2000万元，对齐鲁石化排洪沟和镇西边沟进行整治提升，不仅使臭水沟换了新颜，还增加了泄洪能力，在利奇马台风抗洪中发挥了重要作用。彻底治理遗留多年的脏乱差湾坑，建设两处特色民居安置区和近30处口袋游园，全镇绿化补植20万余平，形成了集绿色通道、游园绿地、休闲广场等为一体的镇村绿地系统。启动南山森林公园生态开发，对以古街、古寺、古桥、古井、古槐为代表的“五古”等历史文化遗存进行修复利用。创新推行“巷长制”，完善“三治融合”的社会治理体系，推进精细化管理，金岭的老镇整体面貌得到了极大改观。在老镇北部区域，还高标准规划了金岭新区。

王利民始终把群众放在心坎上，主持实施了老年人生活补贴、城乡教育联盟、全民健康查体、优质桶装水入户等一系列惠民工程。金岭回族镇约有人口1.5万人，60岁以上老年人3866人，70岁以上的有1747人（截至2020年8月底），老龄化、空巢化现象严重。为了破解养老困境，王利民多次带领镇相关负责人赴先进地区学习经验，开阔思路，与镇机关干部一起开展大走访，通过广泛调研，充分了解老年人的实际情况和养老需求，真正弄清老年人喜欢什么、期待什么、苦恼什么，创新打造了智慧养老+日间照护+居家服务+医养结合“四位一体”综合养老服务体系，形成了以老年人日间照护中心和敬老院为基础、以镇级智慧养老服务平台为延伸、社会和志愿服务积极参与的养老工作格局。相关经验得到人民日报、新华社、大众日报、山东电视台等多家新闻媒体的宣传报道。

做优金岭饮食产业，奏响乡村振兴“富民曲”

发展民族特色产业，不仅是实现产业兴旺、推动乡村振兴的重要力量，而且对促进民族团结、维护社会稳定具有重要意义。金岭区位交通便利，自古就是鲁中商贸重镇，回族群众善经商，受民族特色和饮食习惯等影响，清真饮食产业不断发展壮大，涵盖牛羊肉、糕点、小吃三大类，酱牛肉、烧烤、豆腐、牛骨头、烧饼、蒸包、蜜食、羊肉汤、牛肉干、牛肉酱等品种繁多、各具特色，深受大众喜爱。镇域内牛羊肉、餐饮、小吃等饮食产业个体经营达630余家，从业人口超过2000人，但是产业规模小而散的问题也很突出。

王利民提出，要着力培植民族经济走产业化发展之路，大力发展饮食文化产业，打造山东省清真饮食文化产业“名片”。按照这一思路，金岭策划建设美食文化创新创业园和两处养殖示范基地，充分整合养殖、屠宰、加工、包装、营销等上下游产业链资源，促进产业集聚化、规模化、品牌化发展。并且积极链接高端资源，搭建夜经济平台。2020年8月，金岭成功承办首届淄博青岛啤酒节临淄会场活动，吸引客流量超过5万人次，金岭回族镇和金岭美食的知名度得到很大提升，金岭烧烤、金岭酱牛肉等特色食品打响了新的口碑。在推进美食产业发展的同时，王利民高度重视深化农村集体产权制度改革工作，全面摸清村居“家底”，规范理顺村居合同400余份，盘活闲置土地资源，开发中草药种植等“一村一品”产业，拓宽群众增收致富渠道，10个村居集体收入均超过100万元。

供图：淄博市临淄区金岭回族镇人民政府

重庆市忠县白石镇党委书记张小平

壮大笋竹产业 收获群众笑脸

2021年忠州鲜笋产销对接活动签约现场 摄影：成庆

连日来，重庆市忠县白石镇党委书记张小平总是顶着烈日，爬坡上坎，穿行在竹林间，了解笋竹长势。渴了，就喝一口自带的凉白开；累了，就找块石头坐下歇歇，然后继续前行。汗水顺着他的额头流下，浸湿了衣衫。有村民打趣：“张书记，仰（您）的衣服拧得出半碗水来了哟！”

“发展乡村旅游是实现乡村振兴的有效途径，我们只有把巴曼竹韵乡村旅游项目做实、做好，才能抢抓机遇，做出特色，让企业实现良性发展，让老百姓得到实惠。”张小平目标很明确，也很坚定。

2019年10月，张小平任重庆市忠县白石镇党委书记。在他看来，无论是脱贫攻坚还是乡村振兴，产业发展必须打头阵，只有产业活了，乡村才有希望。

上任不到1个月，张小平就遍访忠县白石镇18个村（社区），对各村（社区）的产业情况、群众意愿等全盘摸底。

“张书记是个实干家，无论天晴还是落雨，总能看到他走乡串户访民情的身影。夏天蚊虫多，手和腿被叮起大包，他不在意；天黑路难行，打着手机电筒赶路，他也不在意。”张小平的实干精神，让白石镇打泉村党支部书记成云很感动。

笋竹产业是白石镇主导产业，成林面积3.1万亩。但产业效益不佳，笋农积极性不高。“如何延长产业链条，增加其附加值，实现产业提质增效”成为摆在张小平面前的一道难题。

张小平通过多方学习调研，充分整合资源、政策和资金，投入到笋竹产业中。例如：他先后争取到股权化改革项目、退耕还林指标用于解决管护资金不足等问题。面对笋竹企业相互杀价，恶性竞争，严重损害笋农利益、扰乱笋竹市场问题，张小平主导成立了白石镇笋竹产业联盟（由专业合作社理事长和竹笋收购大户、企业负责人组成），由联盟统筹调度管理，有效规范了白石镇竹笋市场，鲜笋价格一直运行在合理区间。2020年雷笋价格由原来的平均每公斤不足2元上涨到5元左右，笋农人均增收1000元，老百姓的钱袋子更鼓了，企业的效益也增加了。

去年10月，张小平带队前往重庆市大足区中农竹丰农业发展公司的全国雷竹科技示范基地和重庆沁旭熊猫雷笋股份公司基地考察冬笋种植技术，学习企业规范化、标准化种植技术。学成归来，张小平鼓励笋竹大户周武华率先开展冬笋种植试验，收效可观。目前，该镇正在向笋竹企业、其他种植大户积极推广。

“以前的效益不好，赚不了多少钱，干起没劲儿。现在好多了，产品卖得起价，又增添了‘冬笋’新品种，一年四季都有钱赚。”周武华种植30亩笋竹，去年收入5万元，良好效益让他笑得合不拢嘴。

为扩大笋竹产业影响力，张小平特别注重市场营销。他多次和高速公路管理单位垫忠公司协调，在G50沪渝高速狮子岩隧道上方和白石互通出口连接道处建成“山水白石·美丽竹乡”户外宣传广告；帮助笋竹企业“走出去”推介产品；亲自登上全县农特产品推介会讲台推介白石竹笋，提高笋竹产业的美誉度。

产业要发展，基础设施得跟上。在张小平的有力推动下，去年，白石镇共实施扶贫项目25个，完成菜园村脱贫攻坚定点攻坚项目7个。投资近6900万元建成“四好农村路”134.5公里，投资400万元新建人行便道41.62公里，其中脱贫户入户人行便道39.8公里；投资1083万元解决15111户村民安全饮水问题，饮水安全保障率达100%；投资1440万元完成白石滨河广场建设、两河社区道路改造、场镇（白石、万板、两河）自来水技改扩容等项目；实施卫生厕所改造792户；投资61万元完成4个村便民服务中心整修；完成菜园、万板、望岩村旧房整治提升450户。花大力气实现了白石人民期盼已久的“广场梦、净水梦、整洁梦”。华岭、打泉、望岩、华山4个村成功创建重庆市“美丽宜居乡村”。

“我将继续扭住产业兴旺这个牛鼻子，补短板、强基础、抓配套、提效益，做好指导推介服务工作，让笋竹产业充分释放潜能，带动更多群众增收致富。”对于产业发展，张小平充满信心。

作者：谢艳、方世林

左图为笋竹产业发展交流学习活动；右图为深入笋竹基地调研 摄影：成庆

陕西省延安市优秀党务工作者——洛川县交口河镇党委书记刘建锋

“为群众办实事解难题就是我的职责使命”

刘建锋在仔细察看苹果果花　摄影：车彬清

链接：刘建锋，男，汉族，1974年11月出生，工商管理研究生学历，中共党员。曾任洛川县永乡乡党委委员、副乡长；石泉乡党委委员、纪委书记；杨舒乡党委委员、人大主席；朱牛乡党委副书记、乡长；土基镇党委副书记、镇长、镇党委书记；2018年3月起至今，任交口河镇党委书记。系延安市第五届人大代表。先后被中共延安市委授予“优秀党务工作者”“学用新思想、奋进新时代”主题竞赛学用标兵，2020年9月被延安市委、市人民政府授予“延安市苹果后整理工作先进个人”。

交口河镇2017年被授予国家级重点示范镇，2019年被授予国家级卫生乡镇，2019年、2020年分别被延安市委、市人民政府授予“延安市文明乡镇”“全市平安建设先进乡镇”，2018年被延安市委组织部授予“延安市党员干部现代远程教育示范乡镇”，2020年被洛川县委、县人民政府授予“2019年脱贫攻坚成效考核先进单位”，2020年被洛川县委授予“先进基层党组织”称号。

见到陕西省延安市人大代表、洛川县交口河镇党委书记刘建锋时，他正在脱贫户常红斌家走访。自2018年调任交口河镇党委书记后，他提出“抓党建、兴产业、促脱贫”的工作思路，2019年，全镇实现整体脱贫。作为人大代表，刘建锋始终保持着一颗为人民服务的心，抓产业促发展，及时反映民声，积极建言献策，全心全意为群众谋幸福。

加强产业扶持，助推脱贫攻坚

2020年8月4日，在交口河镇京兆村苹果主题公园里，繁盛的苹果挂满枝头，七色的彩菊随风舞动；欢快的风车、欧式的婚礼场景设计、被称为“步步高”的玻璃栈道……景色美不胜收。

京兆村距县城7.5公里，全村230户1115人，果园面积1800亩，是洛川较早的苹果专业种植村。为了让苹果提质增效，刘建锋经过多方考察，引导村子实施老果园改造及高标准矮化密植园建设，采用标准的绿色苹果生产技术，加速推动苹果产业后整理，延伸产业链，破解销售难题。

“2018年，我们依靠京兆村地处国道旁的地理优势，流转了208亩土地，建成了苹果主题公园，修建特色民宿，让‘果园变公园’‘劳动变体验’‘民房变客房’，推进果旅融合发展。”刘建锋介绍道。同时，该村在新建矮化密植园内套种了薰衣草、菊花等植物，花开时，吸引了不少游客前来参观。仅2019年，京兆村的旅游观光人次就达到6.5万。

在带领群众发展产业的同时，刘建锋特别关心贫困户脱贫后的生活状态。在他的书柜里，有5本厚厚的扶贫日记，里面记录着他近年来扶贫走访的情况。对于群众的特别诉求，他还刻意用红笔划了出来。“刘书记刚调来时，仅用两周时间，就遍访了全镇210户贫困户，详细掌握了每户的情况。”交口河镇党委副书记张福军说。

刘建锋对自己扶贫任务定下每户每年至少去三次，年初定计划、年中看落实、年底看进展。“贫困群众能否真脱贫，关键在于我们党委一班人是否把脱贫攻坚工作放在心上，抓在手上，落在动上。”这是刘建锋对镇上所有干部的要求。

“刘书记很和蔼，经常打电话询问我们生活中遇到的困难，每次去他办公室就像对自家亲人一样。”京兆村村民常红斌提起刘建锋不住地称赞。

两年的发展让京兆村实现苹果产业年产值达4000万元、村集

左图为交口河镇苹果主题公园；右上图为交口河镇水渭现代农牧园区；右下图为交口河镇乡村振兴示范点塬畔村　摄影：车彬清

体经济增收20万元以上，2019年底，全镇14个村集体经济收入达到284.26万元。

积极履职献策，为群众谋幸福

2017年1月，刘建锋当选为延安市第五届人大代表。作为一名基层干部，他深感责任更重了。

脱贫后，群众的收入高了，生活好了，但是居住出行环境如何改善？脱贫攻坚与乡村振兴如何有效衔接？刘建锋积极收集民情、民意，多次召开座谈会，及时向市人大提交意见建议，得到相关部门的大力支持。

如今，交口河镇完成改造土窑背730户，硬化巷道48.7公里，全镇栽植绿化树3万株，镇村道路种花、种草26公里，全镇面貌焕然一新。

同时，镇上成立了洛川县明生保洁有限公司，带动塬面9个村20个村民小组推行“四位一体”的垃圾处理模式。“公司集打扫、保洁、清运到分类处理再利用为一体，给村子环境带来了很大改变。”明生保洁公司负责人王明生说。

“每天都有卫生员及时打扫清理，出门到处都花红柳绿，村里环境好了，我们的心情也特别好。”村民韩俊荣说，刘建锋经常来村里，各项工作都积极参与解决，是个为群众办实事的好干部。

在履职中，刘建锋还提出了加快推进延长石油集团延安炼油厂千万吨炼油升级项目在洛川交口河实施等多个建议，为洛川经济社会发展作出了贡献。“作为一名基层干部、人大代表，就是要及时地把民声、民意反映上去，为群众办实事、解难题就是我的职责使命。”刘建锋说。

陕西省延安市宝塔区河庄坪镇党委书记刘震

将新思想转化为推动乡村治理现代化的强大动力

刘震在万庄村党支部讲党课　摄影：宫慧萍

链接：刘震，男，汉族，1972年10月出生。1995年8月参加工作，1997年7月加入中国共产党。1993年9月至1995年7月在西北农林科技大学动物科学系畜牧专业就读大专；1995年8月至1999年9月，在宝塔区原丁庄乡政府工作；1999年10月至2005年2月，在宝塔区世行贷款延河流域项目办工作；2005年3月至2018年7月在枣园街道办事处工作，先后任枣园镇副镇长、纪委书记、副书记、人大主席、街道办事处人大联络员，于2016年3月转任枣园办事处主任（其间：2005年9月至2008年7月在陕西省委党校经济管理专业就读研究生）；2018年7月至2019年8月任宝塔区河庄坪镇镇长，2019年8月至今任河庄坪镇党委书记。

刘震，现任陕西省延安市宝塔区河庄坪镇党委书记。刘震坚持攥紧习近平新时代中国特色社会主义新思想这把“金钥匙”，在学深悟透新思想的同时，教育引导广大党员干部勤学、善思、笃行，通过大学习、大讨论，凝聚共识，激发斗志，将新思想转化为推动乡村治理现代化的强大动力，全面推进河庄坪镇乡村振兴。

加强学习，不断提高自身理论水平

刘震坚持把学习作为一种习惯、一种能力，认真学习了党章党规、党的十九大、十九届三中、四中、五中全会精神和习近平总书记系列重要讲话。认真研读了习近平总书记来陕考察重要讲话重要指示精神，对总书记最新讲话主动跟进、及时研读，同时，坚持逐步深化、不断学习，努力在学懂、弄通、做实上下功夫，使其成为自己从政履职的灯塔和干事创业的指南。刘震牢固树立政治意识、大局意识、核心意识、看齐意识，坚决维护党中央、上级党委的绝对权威，坚定政治方向，站稳政治立场，严守政治纪律，努力做到理论上清醒，政治上坚定，作风上清正。始终把理论学习当成当前和今后一个时期的首要政治任务，主动抄写学习笔记，在包抓的支部讲党课，不断加强自身的学习能力。

履职尽责，助推全镇各项工作落实

刘震认真履行职责，团结带领镇党委班子成员和全体党员干部，真抓实干，为河庄坪镇转型发展、追赶超越献计出力。

一是凝心聚力抓好重点镇建设。一年来，河庄坪镇重点镇新区山体亮化工程、五条道路及配套管网工程、中心游园、滨河公园、中心幼儿园等基础设施和公共服务设施相继建成并投入使用。营商环境不断优化，西北地区最大的金延安民宿集群建成运营，并顺利承办了“悦夜金延安”、延安文化传承博览会等大型活动，年接待游客量达100万人次以上，解决就业岗位1800余个。

二是多措并举开展招商引资。签订快递物流双创产业园区、生态酒店、赵家岸兀里红谣窑洞民宿和银河园商住小区4个项目，3.8亿元资金落地。

三是尽心竭力打好攻坚战。扎实开展“三比一提升”行动，共排查出脱贫监测户2户，边缘户2户。立足“两不愁三保障”，全面推行“六到位”工作措施，在贫困户发展主导产业、解决就业等方面给予全方位扶持，并强化技术培训，全面提升贫困户发展产业和就业能力水平，累计投入各类帮扶资金（含物资、基础设施）3500余万元，实现了有劳动能力贫困户产业就业全覆盖。

四是大力发展“一主两设（舍）”脱贫致富产业。今年新建大弓棚130座，种植培育香菇、大球盖菇、羊肚菌、木耳、菊花、黄花、藜麦等一批高效产业，不断推动农业特色产业多元化和规模联片发展。

五是打造休闲度假、农耕体验等为主的旅游项目。引进融创集团延安分公司打造万庄村枣圪台村民小组3户13孔窑洞民宿，由市水务局设计建设鱼池5个，改建2个，打机井造2口。协调市水投公司在民宿区河道打造18000平方米湿地。在壮大村集体经济的同时，为贫困户提供更多就地就近就业机会。

六是同心协力推进产业振兴。全面推广豆菜轮茬、标杆扶正、水肥一体化等果树管理新技术，积极引进新优品种，新栽植烟富十

工作剪影。左图为刘震（左）走访果农，提振果农发展产业信心　摄影：宫慧萍；右上图为刘震（右一）在崔圪崂村为贫困户发放农机工具　摄影：宫慧萍；右下图为在新冠疫情期间，刘震（左七）带领驻镇单位、机关领导干部等坚守延安北大门

号果树600余亩，苹果有机认证面积2000亩。大力改善果园基础设施，新建集雨窖30座，新修果树生产道路10.7公里，实施引水上山节水灌溉项目，可解决2000余亩果园灌溉问题。全力推进苹果产业后整理工作，新建大型冷藏库1座，小型冷藏库6座，总储存量达2600吨，新建4.0智能选果线一条，在全区率先建成苹果产地溯源二维码追溯体系，开展“延安有我一棵苹果树”认领活动，累计认领苹果树500余株。

率先垂范，切实履行党风廉政建设主体责任

清正廉洁是共产党人的政治本色。刘震始终牢记自己是一名共产党员，坚持加强党性修养，常修为政之德，常思贪欲之害，常怀律己之心，始终做到自重、自省、自警、自励。带头执行中央“八项规定”，坚持个人服从组织、少数服从多数、下级服从上级等基本组织原则；坚决维护团结，注重加强协调配合，努力维护大局利益、全力推动大局发展。他认真履行党风廉政建设主体责任，严格落实党风廉政建设责任制，将党风廉政建设和扫黑除恶纳入全年重点工作，统筹安排，全面推进。大力倡导良好生活作风和健康生活情趣，始终保持高尚精神追求，严于律己，遵纪守法。同时，加强廉政教育，通过干部学习会、辅导报告会、业务培训会、专题讨论等形式，主持召开各类廉政教育15次。积极开展专项整顿8次，为全镇党风廉政建设奠定坚实基础。

全省脱贫攻坚先进个人——甘肃省陇南市武都区洛塘镇党委书记李红军

赤子心　公仆情

洛塘镇党委书记李红军　摄影：王辉

矢志不渝为党的事业担当作为，殚精竭虑为一方脱贫致富开拓创新，千方百计为人民群众排忧解难。他，就是全省脱贫攻坚先进个人、全市“拆危治乱”先进个人——甘肃省陇南市武都区洛塘镇党委书记李红军。

自参加工作以来，李红军扎根基层20余载，用满腔的热血和无私的奉献，赢得了群众的赞誉。

情系群众抓扶贫

一条条硬化路四通八达，一座座新居错落有致，一张张笑脸幸福洋溢……这些都诉说着脱贫攻坚给洛塘镇带来的可喜变化。

洛塘镇所辖片区是陇南25个特困片区之一。2015年底，全镇剩余建档立卡贫困户1762户7148人。这是李红军上任伊始面对的情况。

李红军走遍全镇每个角落，34个村161个社，处处活跃着他的身影。

当走访完所有的贫困户后，李红军深感全镇脱贫难在思想观念落后、内生动力不足，必须像垦荒那样帮助大家换掉“穷脑筋”。

于是，他日复一日，不厌其烦，用通俗易懂的话语把党的声音传进千家万户，把小康梦想送到田间地头，让群众鼓足了致富劲头。

一直以来，扶贫产业“小、散、弱”是洛塘镇面临的一道难题。为了摆脱这个瓶颈制约，李红军为贫困群众组织联系了果蔬种植、机械维修等多项实用技能培训，让他们掌握一技之长。

李红军还立足实际，乘势而为，带领全镇村社干部探索“党支部+”产业发展模式，上门动员贫困群众发展辣椒、魔芋、花椒、核桃以及土蜂、土鸡、土猪等多元产业，让村民个个搭上致富快车，腰包儿鼓起来。

“真心帮群众，他们就会把你当亲人！”李红军说。

在李红军的带领下，洛塘镇顺利通过国家脱贫攻坚普查验收。2019年，洛塘镇荣获“陇南市脱贫攻坚先进集体”称号，李红军荣获“全省脱贫攻坚先进个人”称号。

履职尽责不后退

2020年初，面对新冠肺炎疫情，肩扛全镇近3万群众的生命安全和身体健康重担，李红军自知责任重大。

疫情防控工作开展后，他带头坚守在工作岗位，监测点的凳子、会议室的沙发，是他暂时休息的“床榻”。

有一次，他和值班干部在寒风中一站就是几个小时，干部劝他进帐篷烤烤火，他却说：“只要能保大家平安无事，受会儿冻怕啥。”

强降雨引发山洪、滑坡，李红军背着腿脚不便的老人，和同事们一起把群众转移到安全地带 摄影：王辉

同事们看在眼里，也记在心里，没有一人再喊苦叫累，在各自岗位上认真值守。

忧心疫情期间群众的生活，李红军多方奔走协调，全力保障了群众的“菜篮子”“米袋子”。

“疫情不退，我们坚决不退。”李红军是这么说的，也是这么做的。

疫情防控常态化后，他又为打通务工人员复工返岗“最后一公里”操起心来。他安排镇村干部利用微信群、乡村大数据等平台，一方面及时推送企业用工信息，另一方面解决群众面临的现实难题，确保群众求职有门、就业有路。

输转一人，致富一家。截至目前，全镇已大批量、成规模、“点对点”输转劳动力7621人。

除此之外，在李红军的积极努力下，全镇因地制宜开发临时公益性岗位46个，并通过以工代赈的方式吸纳贫困人口就地就近实现就业。

冲锋一线勇担当

2020年8月16日晚，暴雨如注，山洪来袭。

强降雨早已让洛塘镇境内山体疏松，许多地方出现了地质灾害隐患。这样的情况犹如一块重石，压在李红军的心底。

一直处于“临战状态”的李红军丝毫不敢松懈，他一个接一个地打电话：“马书记，赶紧通知各社对隐患点加强排查”“孙书记，今晚是大暴雨，你们要注意防范”……

8月17日凌晨，正在镇区巡查险情的李红军突然听见一声沉闷的异响——王坝村下街山体突然滑坡。接报险情后，李红军立即带队赶往现场指挥调度，及时转移群众108户463人，有效避免人员伤亡。

暴雨导致通往沟底下村多处道路阻断，李红军毫不退缩，同镇级应急抢险队员徒步前行。一路上，看到来势汹汹的洪水即将冲向路面，李红军心急如焚，带头装沙包、抱石块、下水封堵决口。

彼时，沟底下村李家山社仍有5名群众受困，李红军组织人员连夜沿着陡峭的山路赶赴险情发生地。

“我腿脚不便，要不是李书记冒着大雨把我从家里背出来，那天的泥石流，我真的躲不过！”马家沟村村民马喜有一边抹着眼泪，一边连声感谢。

在李红军带领下，洛塘镇预警及时，处置得当，在应对极端天气时实现了“零事故、零伤亡、全避险”。

关键时刻冲得上去，危难关头豁得出来，李红军用实际行动诠释了一名共产党员应有的为民情怀。

山西省泽州县优秀共产党员——李寨乡底道街村党支部书记常广红

脱贫不能等靠要 自身发展最关键

荣誉证书
2019年度全市创新创业大赛
优秀奖

常广红（左）和村民交谈如何增收。右图为常广红获得的奖状 摄影：苗向兵

泽州县底道街村是一个普通的小山村。村支部书记常广红和家人通过电商平台，把手工打造的真皮手机套（壳）成功销售到美国市场。创意的产品、电商的平台、诚信的经营，这些元素把一个村支书和美国的市场联系到了一起。他成功的法宝就是：撸起袖子加油干，脱贫不能等靠要，自身发展最重要。

底道街村是泽州县的一个纯农业村，150户580口人。底道街村一家名为“泽州县号外商贸有限公司”的企业，通过电商平台，把手工打造的真皮手机套（壳）成功销售到美国市场。

企业创办人常广红说：“企业创办6年来，常年雇佣30余人，每年销售收入能达到500万元。一年365天每天都有订单，经常还得加班干”。这个60多岁，大半辈子务农的村支部书记，在说这些话的时候，脸上洋溢着自豪的神情。“我活了这么大年龄，没想到老了还能从美国人身上赚钱。”常广红幽默的话语中充满着与时俱进的智慧。

底道街村没有资源优势，没有交通优势，3/4的村民常年在外，也没有人口优势。就这样一个闭塞落后的小山村，常广红和他的家人走出了一条发展新路。他的成功很有借鉴意义。

眼界决定见识

这里不能不提到另一个人，常广红的女儿。他的女儿在上海学习，后来又到北京工作。6年前，女儿跟常广红说：想回乡创业在网上开个店，销售真皮手机套，美国人非常喜欢纯手工打造的皮具，现在就是要找到一个生产加工皮具的合作方。

常广红（右二）和泽州县人社局局长徐银堆（中）、副局长范林峰（左二）一起与扶贫工作队研究如何使贫困户早日脱贫　摄影：苗向兵

常广红自告奋勇：“这事还用找别人，我和你妈就能把这活干了。”说起这段往事，常广红显得非常兴奋：“我这孩子，虽然是个女孩，但从小就很有主见，我也非常支持孩子出去闯闯。如果不是她在大城市上学工作，也不会有这样的见识。”常广红顿了顿又说：“我当了十多年村支书，当时能迈出这一步，也是党多年培养的结果。我们不总说解放思想嘛，当干部的不先迈一步，群众能往前靠吗？”常广红爽朗地笑了。

紧跟时代步伐

互联网时代，思想和行动紧扣时代脉搏，才能把握机遇。常广红的产品是通过“亚马逊”卖到美国的。在网络海洋面前，落后的小山村和沿海的大城市拥有同样的启航码头，就看谁能更加主动、更加积极触“网”。谁在思想上先接受和运用时代发展带来的新科技、新事物，谁就可能率先取得成功。

“6年前，我哪懂得啥是‘亚马逊’啊！今天来看，电子商务这东西还真挺不赖。要不是有了互联网，我凭啥能把东西卖给外国人！”常广红认真地说，“我今年63岁了，我这年龄干起来都行，年轻人肯定更能行，关键是思想上不要让时代给甩掉。”

产品要有灵魂

今天是产品过剩的时代，物质极大丰富。如何在众多产品中脱颖而出，赢得市场，不同人有不同的答案。常广红的答案是：要让产品有灵魂。他生产的皮具，除了皮具行业共同的牛皮质地、产品质量等要求外，还要产品有创意，一定纯手工打造，部分产品按照客户的要求进行个性化订制，宁可慢工出细活，绝不批量化机器生产。

常广红介绍说：“一个手机皮套，平板皮套，能卖30多美元。咱的东西凭啥能卖这个价钱，不光活干得漂亮，还得动点脑子，让人一看就喜欢上。”大路货的产品只能赚低廉的利润，要想卖上价钱，除了质量过硬外，产品还得有与众不同的地方。创意让产品有灵魂，上档次，卖好价钱。

诚信才能走远

把握住时代的机遇，能让事业起步，事业要想发展得好，那就必须靠诚信。昔日晋商的兴盛，核心价值观就是诚信，今天诚信更是市场经济的基石。诚信的建设，不仅要思想上重视，更要构建起相应的体制、机制，能够形成结果的诚信。

常广红介绍，自己的企业经营是通过电商平台，电商的诚信更多体现在结果的诚信上。哪怕货物运输中间出了意外，客户也会把账算在经营者身上。因此自己非常重视细节，生产的流程、产品的包装、物流的选择，每一个环节都不能忽视。任何一个环节的瑕疵，都可能影响自己的商誉。常广红说：“如果客户有5%的不满意评价，女儿的网店就要被关闭了。经营这么多年，中间也吃过亏交过学费。但是，从来没有让客户损失过。现在，女儿的网店在‘亚马逊’上是五颗星。”说起这些常广红非常自豪。

常广红表示，感谢这个时代，是这个时代让他和女儿能取得这样的成就；感谢党的培养，是党的培养让他能够解放思想说干就干。

全国民主法治示范村——辽宁省西丰县安民镇志诚村党支部书记、村委会主任郭友义

守一方热土　护一方平安

链接：郭友义，男，满族，大专学历，中共党员。1998年3月至2007年任辽宁省西丰县安民镇志诚村委员，2007年至今任志诚村党支部书记、村委会主任。2009年，志诚村获全国人口和计划生育示范村，2015年获全国民主法治示范村，辽宁省平安村、巾帼示范村，铁岭市文明村、先进基层党组织等荣誉称号。2007年，郭友义和村里的党员自发组建了一支村级义务消防队，13年来扑救山火80余起，挽回直接经济损失100余万元。

今年51岁的郭友义出生在辽宁省西丰县安民镇志诚村，1998年在外经商的郭友义在村民的推选下，回到村里担任村委员，这一干就是20多年，从村委员到村主任再到村书记，郭友义再没离开过这儿。“我爱这片土地，也爱这土地上的人。如果我还能为这里做点什么，那就是守护好这片土地和这片土地上的人。”

“土豪”回村义务救火

郭友义早年经商，在1998年的时候，年收入已经达到10万元。那一年，国家实施土地二轮承包，由于一些原因，土地迟迟分不下去，村民都推举郭友义希望他回来解决问题。

“我当时是不愿意回来的，后来父母也给我打电话，希望我能回来。”考虑到父母上了年纪也需要照顾，郭友义停掉了已成规模的生意，回到村里。

郭友义近照

“当时村里的环境特别差，房前屋后随意堆放着柴草垛，垃圾随处乱倒，村民的生活也不富裕。”回到村里后，郭友义想着要先发展经济，借着土地、蚕场和果园的发包，郭友义带着村民引进新技术和新品种，大力发展柞蚕养殖、果树栽植、中草药材种植、黄牛养殖等致富项目，村民逐渐富裕了起来，村集体经济也有了一定的积累。但是村民的环境意识和安全意识还很差，随意倾倒的垃圾和随处堆放的柴草垛都存在着极大的火灾隐患。

“那时候蚕场、果园需要除杂，村民为了省工省力，通常是把杂物就地焚烧，蚕场和果园基本都在山上，给山火的预防带来巨大压力。”起初，村里成立了火灾预防扑救领导小组，由郭友义专门负责，之后又制定了村民防火公约和村规民约，对柴草垛的堆放和垃圾的倾倒都做了具体的规定，指定了具体地点，对焚烧杂草制定了严格的处罚标准，在一定程度上降低了火灾隐患的存在。

在加大防火宣传的同时，村里开始购置灭火器材。“当时经济条件有限，只是简单地准备了 50 把铁锹和 100 把扫帚。”可这些简单的工具对扑救山火的作用并不是很大，对家火更是一点作用也没有。“我们村距离县城 20 公里，一旦发生火灾，消防大队最快也得 40 分钟以上才能到。所以即便经济条件不允许，我们也要把防火工作抓起来。”

2006 年 5 月 20 日上午，村四组的一个蚕场着火了。郭友义回忆说，那天风比较大，等他组织人员赶到时，100 多亩蚕场全部过火，柞树发的新叶全烤死了。“这家人从初春雪还没融化就开始干活，倒茬除杂用了一个半月时间收拾得利利索索，就等 7 月份放蚕籽了。”蚕场工作的 1/3 都已投入完成了，可一场火烧去了全年的收入，损失达 10 万元左右。那场火之后，承包蚕场的老两口遭受不了打击相继病倒，花了近 4 万元医药费才治愈。

“这一下就损失 10 多万元，我心里非常难受。如果我要有林场扑火队那样的灭火器材村民的损失就不能这么大。”蚕场的这场火让郭友义下定决心一定要组建一支扑火队。那时林场扑火队就有了手提式风力灭火器了，郭友义几次去林业局争取，林业局也对郭友义的工作大力支持，给他们配备了灭火器和各种装备，村里的扑火队也正式组建起来。

搭钱组建义务消防队

队伍组建之初，只有几个村干部和郭友义的家人，“这工作毕竟有危险性，有想要加入的村民，我没同意”。有了装备和人员，组建后的扑火队及时扑救了几次火灾，村民的财产损失也减少了，“我当时心里特别高兴，也很有成就感”。

但这支扑火队仍面临着器材装备、运营经费、扑火技能、人身安全、车辆保养等诸多问题。“那时候林业局和县消防大队都给了我们不少帮助。”西丰县消防大队多次到村里指导工作、交流灭火经验、传授消防设备维护知识、进行扑火技能培训，同时还为扑火队配备了两台手抬机动泵，防火服、防火面具等装备。镇政府和县林业局也为扑火队购置了多种灭火器具。

“组建这样一支队伍，最大的困难就是经费不足，人员安全没有保障。”郭友义说，这几年他都自己掏腰包，每次扑火的车辆加油、食物和饮用水等，都是自己掏钱买。头几年家人也不是很理解，说他挨累搭钱还得考虑十几个人的安全。郭友义的妻子李桂梅告诉记者，最不理解郭友义工作的是他的父母，到不是因为搭钱，而是担心他和农村消防队员的身体和人身安全。“老郭让我做他父母的工作，我也就是劝劝，让老人放心。”

2005 年，郭友义和队员们扑灭了一起蚕场的火灾后，蚕场老两口到郭友义家给郭友义父母下跪表示感谢，说给他们挽回了近 6 万元的损失。这样的场景越来越多地出现在郭友义的家里，郭友义的父母也受到了极大的触动，逐渐把抱怨和担心变成了支持和关心。现在郭友义的儿子、侄儿、外甥、二哥、侄女婿、外甥女婿都加入到队伍中，用行动来支持郭友义。

随着村里投入的增加，灭火装备逐渐完善，一些年轻党员和退伍军人也积极要求加入扑火队。

李平是最早跟着郭友义当义务消防队员的村民。“那时候在家务农，看着起山火的时候是真吓人，眨眼的工夫就连成一片，咱们村还是山连山，那火眼瞅着往家门口烧。”得知村里要组建消防队，在家务农的李平第一个报了名。

“虽然知道救火危险，但家里人也都很支持我，毕竟这是为了大家都好。”如今李平已经在义务消防队干了 13 年，李平说，他已经习惯自己是一名义务消防员这个身份了，接到火情就会奔着消防站去，农闲时就想着开着宣传车去村里宣传防火知识，现在村里的火情明显下降，老百姓的防火意识也有所提高，他觉得自己的工作没白干。

“我们所有的队员都是自愿加入的，没有任何保障和报酬，宣传防火、扑火救援都是义务的。”说起这支义务消防队，郭友义满满的自豪感。“志诚村的民风淳朴，村民的责任感和荣誉感都很强，大家都把防火救火这件事当自己家的事。”

每年都会有新鲜力量加入到这个义务消防队，“大家对防火、救火这个事都很积极，但毕竟这是个危险的工作，所以我们就会用一些年轻人来换一些上了岁数的义务消防员，队伍保持在 20 人左右，随时准备以最好的状态战斗。”郭友义说，目前这支队伍已被县乡纳入灭火救援联勤联动体系。

最大的财富是老百姓的认可

为了全面提升防火救火能力，2009 年，志诚村农民党员义务扑火队升级为义务消防队，并建成志诚村微型消防站，按照微型消防站建立的要求和标准，站内的各种设施和消防装备器材都得到了完善。

购置设备，队员培训，不管村里经费多紧张，每年都会拿出 5000 元的定向资金用于消防维护。

记者在志诚村微型消防站看到，消防战斗服、风力灭火机、灭

铁岭市公安局长李云波到志诚村调研农村防火工作

火器等消防设施整齐地摆放在柜架上，大院里一辆消防专用卡车装载着灭火机、灭火弹、储水箱。

志诚村下辖四个自然屯，不管是哪里起火，警情电话都会第一时间打到这个微型消防站，这里的防火值班电话24小时开通，一旦突发火情，农民义务消防员20分钟内即可赶赴现场，有效处置初期火情。微型消防站建立以来，每年都会参加周边村屯森林和民宅初期火灾扑救近10次，避免了村民的生命和财产受到更大的损失。

义务消防队会定期组织队员开展灭火救援业务培训及初期火灾扑救、人员疏散逃生等重点科目训练，消防和林业部门每年都几次派专业人员对队员进行消防知识、扑火技能培训，确保队伍扑火更专业，人员更安全。

目前这支队伍对本村的山火初起就可以及时扑灭，对本镇其他村屯和周边其他乡镇也能最大程度给予支援。10多年来，志诚村义务消防队支援其他乡镇、村几十次，跨省作战10余次。对村屯的房屋和柴草堆起火也能有效地控制防止扩散，配合消防大队将火灾彻底扑灭，确保了多年来全村无重大山火发生。

2016年5月3日，陶然镇乾德村西山蚕场发生山火，接到县林业局指令后，郭友义带领6名队员赶赴火场，到现场后火已蔓延至周边油松林，郭友义组织队员打隔离带后围扑地面火，这时突然起风，瞬间风力达到六七级，油松树梢也燃烧起来，地面火面积也迅速扩大，郭友义和队员被围在火中非常危险，在进火场前郭友义仔细观察了地形，立即决定迎着风向山顶突围，20分钟后成功地撤到安全地带，人员器材均未受到损伤。

2018年3月28日上午，郭友义接到辽源市东辽县安恕镇派出所所长的求助，说安恕镇曲家村发生大面积山火，火势已失去控制。郭友义带领10名队员赶赴火场，经过4个多小时的扑救成功将要进屯的山火扑灭。正当郭友义准备和队员离开时，又一个求助电话打了进来，附近的一个山沟也连接着了起来，当时大家又累又饿又渴，机器也没油了，在把机器加满油后，队员们正准备到小河沟里给水壶灌水时，一个70多岁的大娘和孙子给队员们送来了蛋糕和矿泉水。这场救火持续了3个小时，最终山沟火被扑灭，当郭友义和队员们上车准备离开时，当地派出所所长和党委书记得知他们是义务救火后，非常感动，要给他们5000元作为报酬，被郭友义拒绝了。郭友义说：“我们的工作得到大家的认可，就是对我们最好的鼓励。”2016年在参加完安民村的山火扑救后，由于表现突出，西丰县林业局奖励了义务消防队5000元，安民镇政府奖励了5000元。“这极大地解决了我们经费不足的难题，也鼓舞了所有队员的士气，我们会把这个义务消防队一直干下去。”

吉林省优秀志愿者、四平市委优秀党务工作者标兵——梨树县孤家子镇电塔社区党支部书记孙磊

最美巾帼红　举家战“疫”情

链接：孙磊，女，1970年12月出生，大学文化，中共党员。2009年3月至今，担任梨树县孤家子镇电塔社区党支部书记。十八大以来，曾获得第三届吉林省优秀志愿者，四平市委优秀社区党组织书记，四平市委优秀党务工作者标兵，四平市委老龄工作先进个人，四平市人民政府消防工作先进个人，四平市辽河区委优秀共产党员，四平市五一巾帼标兵，四平市优秀妇女干部，梨树县2018年度“巾帼建功”先进个人等荣誉称号。

孙磊和她获得的荣誉证书　摄影：胡杰

社区是疫情防控的第一道防线，是打赢疫情防控阻击战的主战场。疫情防控阻击战号角吹响后，党员干部不畏艰险、逆流而行，他们或在街口守护家园，或在社区走访巡查，或在武汉一线抗击疫情……在吉林省梨树县孤家子镇电塔社区，就有这样一位共产党员，疫情面前，她带头冲锋，虽然口罩遮住了面容，却被居民们誉为“社区最美守护者”。她就是梨树县孤家子镇电塔社区党支部书记孙磊，她是抗“疫”战场上那一抹最美的巾帼红。

她是抗“疫”宣传员，更是抗“疫”主心骨

防疫战打响以来，孙磊立即带领社区全体党员志愿者、干部及居民组长穿梭在街头巷尾，广泛宣传与细致排查同步进行。她深入辖区内大街小巷、居民区及人员密集场所，对疫情防控的相关知识进行宣传，张贴《致居民的一封信》等多项疫情宣传海报800多张。每天凌晨5点，她便带领党员志愿者开始对辖区内大到小区、楼房，小到每个垃圾桶进行消毒。日上三竿，她又开始挨家挨户向商户和餐馆等下发防疫宣传知识和注意事项。同时，她还逐户排查外来返乡人员，并每天两次为他们测量体温，询问生活状况，关心他们生活的需求，指导其做好防护，安抚他们的情绪。

因为每天不停爬楼，她的腿病复发，怕家人担心，怕社区其他工作人员惦念，她咬牙忍痛坚持着，趁没人注意，她才埋下头用尽力气捶着腿，并吃着止疼药，直到被细心的工作人员发现。大家劝她还是多休息，她却说，“在这个关键时刻，我不能退缩。”

她是抗“疫”勤务员，也是群众“贴心人”

之所以忍着病痛始终坚持，是因为孙磊心里有许多牵挂的人，其中一位是她经常帮助的一户困难家庭，这家的男主人患脑血栓后遗症，女主人患脑梗死，因为两位老人行动不便，他们的孩子又不在身边，孙磊便经常去看他们，并帮他们买来平时吃的药品、柴米油盐等日用品。“孙主任，真心感谢你对我们的细心照顾，千万要照顾好自己，你是我们的靠山啊！”两位老人的感谢和认可让她鼻子一酸，此时，她觉得所有的付出与辛苦都值得。

她始终坚守在疫情防控一线，发挥着“强心剂”和“定心丸”的作用。她心系防疫工作人员和志愿者的日常工作情况，为大家送棉大衣、茶叶蛋、热汤面……她用无尽的关怀使每一位工作人员心中充满了温暖的力量，使大家增强了必胜的信心。

她是抗“疫”组织员，“全家”出动齐上阵

作为社区这个大家庭的家长，她对每位“家庭成员”立下了属于她自己的誓言——“疫情结束，必将每个人都平平安安带回家”。

她以身作则，冲在一线，自防疫战打响以来，她每天都至少工

母亲孙磊在一线奔忙（左图）；儿子陈劲奇在社区值守（右图） 摄影：胡杰

作16个小时，她和社区工作人员每天都没时间回家吃饭，“吃泡面不健康，要让大家保证身体才行。”孙磊为此犯了难，一晚上辗转难眠。这一切被丈夫看在眼里。“我和儿子去帮你！”丈夫的一句话瞬间让孙磊热泪盈眶，丈夫的大力支持让她更加坚定了打赢这场防“疫”阻击战的信心。

从此，她的丈夫和孩子每天为社区工作人员做好一日三餐，当起了电塔社区疫情防控的勤务兵。尤其是孩子陈劲奇，社区工作人员入户排查，他就主动自觉地在社区一线值班，填写、查看疫情排查报表，统计居家隔离人员相关信息，开具人员出入证明等等。社区内勤工作琐碎繁杂，陈劲奇任劳任怨，总是仔仔细细地做好每一件小事。疫情防控，社区是最后一道重要关口，社区工作人员每天24小时严密值守，全天候无缝隙全覆盖，工作量十分巨大。作为社区领头雁的孙磊更是忙得脚不落地，她和孩子每天早上都顶着星星出门，晚上戴着月光回家。

由于每天不停的劳累致使她腰病复发，看着她强忍病痛依旧奔波忙碌，家人和社区工作人员都特别心疼，但她只是吃药顶着，她坚定地说：“只要疫情能过去，这点伤不算什么！”

孙磊是基层千千万万个党员干部的缩影，她用自己的“多重身份”构筑了社区群防群治的严密防线。把疫情隔离在外，驱除疫情阴霾，静等春暖花开，这是她为每个人默默许下的愿望。

黑龙江省牡丹江市阳明区新兴街道办事处二发电社区党支部书记王大伟

抗疫线上的顶梁柱

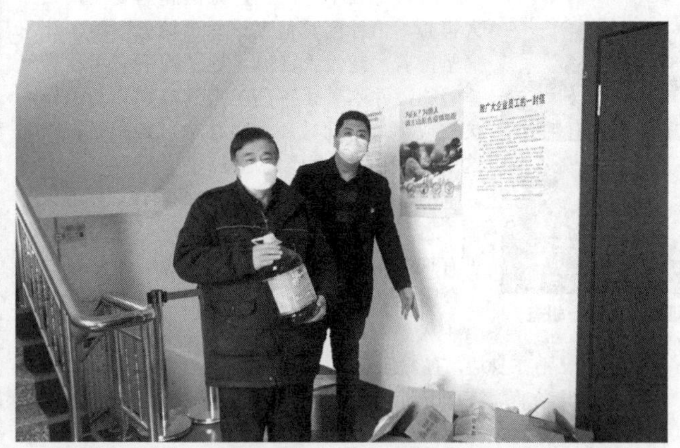

疫情期间王大伟代表社区党支部，为辖区困难家庭发放基本生活物资

黑龙江省牡丹江市阳明区新兴街道办事处二发电社区书记王大伟，自新型冠状病毒疫情发生以来，夙兴夜寐，枕戈待旦，全力奋战，以战胜疫情为使命，带领社区干部积极部署“防线”，第一时间筑牢社区防控安全“堡垒”，坚决打赢疫情防控阻击战。

无私无畏，靠前指挥筑防线

2020年1月25日，在接到新兴街道党工委的工作部署后，王大伟紧急召回全体社区干部，停止休假，立即进入“战时”状态，积极安排布置，全身心投入到疫情防控工作中去。疫情防控以来，王大伟从大年三十值班以来，每天工作10小时以上，24小时处于随时待命状态，手机从不离身片刻，时时关注每一条预警信息。为了更好地做好疫情防控工作，他每天都亲自组织摸排、发动群众、宣传政策，每天忙得水都顾不上喝一口，嗓子哑得说不出话，仍靠前指挥，站在疫情防控第一线。面对二发电社区人员稀少、居民楼都为步梯等问题，王大伟联系物业经理，利用相关资源，亲自排查，仅一天就排查出了辖区内外地返牡人员6户，了解其回牡时间、交通工具、身体状况等信息，做好相关记录和电话回访工作。

“喂？是二发电社区吗？我们家楼下停了一辆从武汉回来的轿车，你们赶紧过来看看吧。”挂了电话，在只有一个简单口罩的情况下，王大伟立刻带着社区党员志愿者服务队成员按照地址，找到该户居民，详细询问该居民近期活动轨迹，确认其为2019年上半年武汉返牡人员，告知其配合作好疫情防控工作，有什么问题及时联系社区。随后，他又找来消杀工具，对该栋楼楼道进行了消毒，消除居民楼的安全隐患。

疫情防控工作中最大的困难，就是口罩、消毒液、体温测量仪等防控物资不足，王大伟自掏腰包，先后花费2000余元为志愿者、网格长购买口罩、护目镜、一次性手套等防疫用品，尽最大力量保障一线工作人员的物资供应。同时还购买体温计，挨家挨户地给从外地回牡的居民送去，并叮嘱其在家中做好隔离，定时测量体温，安抚他们的紧张情绪。

无微不至，心系群众解难题

“我家里没有面和油了，家里没有人，我自己也不敢出去买啊。”大年初三一大早，史阿姨向社区打来了求助电话。史阿姨

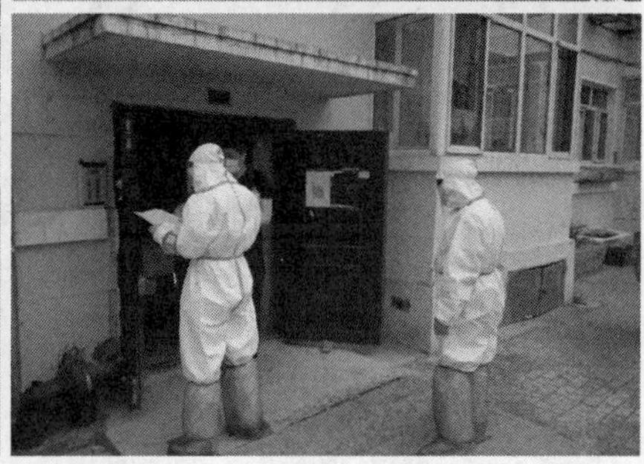

二发电社区防疫工作剪影。左图为市直属机关志愿者下沉社区参加疫情防控工作；右上图为社区党员志愿者服务队开展疫情防控工作；右下图为对小区内居家隔离人员进行日常巡查

是居住在二发电社区的孤寡老人，前几年丈夫和儿子相继去世，她一直身体不太好，家庭生活困难。正值疫情期间，老人一个人在家，更是精神紧张，也不敢出去买东西。“好的，我来帮你想办法，一定让您过好这个节！”王大伟第二天从自家带来了面和油，并和网格长一起送到了史阿姨家，史阿姨十分感动。像这样的事情对于王大伟来说再平常不过，他每天拿着大喇叭在二发电小区宣传，遇到居民家中有困难，立马帮助解决。2月15日，王大伟值夜班期间，得知小区有居民发烧，他连夜到居民家排查并联系车将其送到医院，经过化验诊断，确定居民为普通感冒发烧后，将人安全送回小区，回到单位天已经亮了。王大伟揉着疲惫的双眼又投入到了第二天的战斗中。

有你有我，众志成城战疫情

王大伟深知，要打赢这场疫情防控阻击战，单单靠社区工作者是不够的，必须要群防群控、依靠群众。他带领社区工作者加强宣传引导，与厂区物业、网格长和党员志愿者联防联控，利用微信群宣传疫情防控工作，在小区内张贴宣传板、公告，发放宣传单，向辖区内企业发放安全生产倡议书，告知提醒他们做好防控工作。通过一系列的宣传，切实有效地增强了群众对疫情防控的信心，不断有居民志愿者主动到二发电社区要求加入疫情防控的队伍，帮助社区减轻压力，有效助力社区疫情防控工作开展。

持之以恒，锚定一线做柱石

疫情期间，王大伟一直无休息日坚守在工作岗位，尽职尽责。2020年5月30日，为切实稳固全市疫情防控成果，二发电社区按照上级部署积极推进全民核酸检测工作，由于时间紧，任务重，最大限度让辖区内从未做过核酸检测的居民参与本次集中检测，他协调组织一切可以动员的力量第一时间开展工作，通过单元楼内粘贴告示、小区广播循环播放、逐户拨打电话，网格微信群等传统与现代通讯相结合方式进行宣传。从凌晨到深夜，他值守卡点结束后精心筹划检测地点选址、帐篷搭建、工作程序设置、现场秩序维护、人员安全防护等工作。检测工作有序进行，他坚持在现场维护秩序，解答每位居民的疑问。他在连续彻夜奋战7天，因严重睡眠不足，体力不支引起心悸，晕倒在一线现场，恢复意识后仍然坚持部署完工作，才同意到医院就诊。截止到6月7日，辖区内2431户，5000余居民均参加监测，圆满完成了应检尽检的工作任务。

“唯其艰难，才更显勇毅”，战“疫”前沿，一名党员就是一面旗帜，王大伟在关键时刻站得出、挺得住，舍小家为大家，全身心投入到这场保卫群众生命安全的防疫阻击战中，用他的细心、耐心、恒心，精细化的管理，做好了社区疫情防控的第一道防线。王大伟牢牢植根于群众，用心守护辖区平安，用实际行动践行初心使命，为辖区群众筑起了一道“抗击疫情的防护墙”！

全国“最美城乡社区工作者”——福建省石狮市湖溪街道玉湖社区党委副书记、居委会副主任林丽娜

被需要是一种动力 被认可是一种幸福

“她身上有股拼劲儿，做事情很有思路，我们跟着她干准没错！”

“是她让我们感受到了来自‘第二故乡’的温暖。”

“她和我没有血缘关系，却比我的亲女儿还亲。”

…………

在福建省石狮市湖溪街道玉湖社区，提起林丽娜，大家纷纷竖起大拇指赞不绝口。身为玉湖社区党委副书记、居委会副主任的林丽娜，与居民群众打交道近30年，时刻以群众利益为先，敢想敢拼敢干，取得了一个又一个成果，因此也收获了一个又一个荣誉。前不久，中宣部、民政部发布了“最美城乡社区工作者”先进事迹，林丽娜名列其中。

“为了居民的幸福，我带领他们奔小康”

1993年，33岁的林丽娜因做服装生意在当地已小有名气。她

工作中的林丽娜　摄影：李荣鑫

眼光独到，批发来的公仔服装转瞬间便销售一空。

可就在事业如日中天时，她的一个决定却让亲朋好友大跌眼镜——到玉湖社区当一名普通的社区记账员。

“堂堂一个大老板，怎么跑去社区当‘小工’？”说起当初的这个决定，林丽娜轻描淡写：“玉湖社区是我的家乡，之前我的成功离不开家乡人的帮助，现在能有机会为社区出点力，我愿意！”

此后，林丽娜将生意交给弟弟打理，一门心思扑在社区。

玉湖社区集体经济收入的主要来源是农贸市场的摊位出租。但农贸市场道路狭窄、商贩占道经营，导致周围的居民群众怨声载道，不愿意到农贸市场采购。“居民光顾少了，摊贩不愿意继续租摊位，集体经济收入必然受影响。”林丽娜看在眼里，急在心里。

有着商业头脑的她向社区“两委”提出建议：改造农贸市场，兴建批发市场。

意见一提出，立刻遭到居民的强烈质疑。“你一个记账员，怎么管这么多？”“这不是天方夜谭吗？批发市场是说建就建的？”“怎么扩建？钱从哪儿来？地怎么征？有那么简单吗？”

听着居民们的这些质疑，林丽娜非但没有打消念头，反而更加坚定了信念：“我一定要干出个样子给你们看看。”在社区“两委”的支持下，林丽娜一家一家地谈征地、找资金，甚至自掏腰包，支持社区进行市场改造扩建。从1993年到2008年建成，玉湖果蔬批发市场占地规模从8亩扩大到60亩，道路拓宽了一倍，成为整个闽南地区的果蔬集散地。

如今，每天凌晨时分，人们还沉睡在梦乡时，玉湖果蔬批发市场早已车水马龙、人声鼎沸，来自广东、海南、东北等原产地的大卡车满载各色果蔬驶入市场。这些新鲜的水果和蔬菜将供给70万新老石狮人和周边200万人口，并销往上海、杭州等地。“仅此一项，玉湖社区集体年收入从8万元增长至2000多万元，成为石狮市集体收入最高的社区。”林丽娜高兴地说。

这是一场硬仗，因为林丽娜的坚持，社区居民眼睁睁看着钱袋子鼓了起来，也认可了林丽娜的付出。2000年，在批发市场初具规模时，之前质疑她的人请她出山，推荐她参选玉湖社区党委委员。“他们能来我家请我，就是对我的认可。我感动极了，当时就下定决心，一定会继续为居民服务，带着他们致富，带着他们奔小康。”林丽娜说。

在这次选举中，林丽娜成功当选社区党委副书记、居委会副主任。从此以后，她感觉肩上的担子更重了。

在日常走访中，她发现，素有“豆腐之乡”美称的玉湖社区，豆制品加工环境却非常恶劣。因石狮市城乡农贸市场销售的豆腐等豆制品都是私人小作坊出产的，加工场所狭窄、设备简陋、环境卫生条件差，食品安全存在隐患。针对这种情况，林丽娜于2004年又一次提出兴建豆制品加工基地，走工业化发展路子，规范制作工艺和流程，保证家乡百姓吃到安全卫生的豆制品。2007年，由玉湖社区投入1000多万元的石狮市玉湖食品厂正式开业。小小的豆腐发展成产业，成为社区发展的又一收入来源。

“居民安心一分，我心里就多踏实一点”

林丽娜很忙，熟悉她的人都知道，社区居委会办公室是找不到她的，“她不是在批发市场里，就是在社区里转悠”。

“居委会不需要给我设办公室的，整个社区就是我的移动办公室。”林丽娜笑着，她爽朗的笑容带给社区居民阳光与温暖。

居民王金团夫妇都是残疾人，育有两女一男，经济拮据，林丽娜在日常入户走访得知他家的情况后，便把这家老小记挂在心上，时常上门送钱送物，并向上级有关部门申请各种困难补贴，帮助他俩安排工作。后来，社区还包揽了他们儿子从小学到大学的全部学费。王金团每当提到这些事情，总会说：“娜姐帮了我们大忙了。”

居民吴为法是一位孤寡老人，林丽娜主动将他列为自己的挂钩帮扶对象，把他当成父亲一样，跟他聊天、送生活费，换季时买新衣服和鞋子，陪伴了很多年。吴为法去世时，也是林丽娜以老人的闺女的身份帮忙料理后事。

为了给更多社区居民，尤其是遭遇突发事故而陷入生活困境的群众提供保障，在她的大力倡导推动下，2004年12月25日，玉湖社区成立了“石狮市玉湖爱心慈善会”，并将每年的12月25日定为“玉湖社区爱心日”。17年来，爱心慈善会共募集善款1500多万元，全部用于扶贫助困慈善事业，其中资助困难家庭学子上大学和老弱病残居民1500多人次计900多万元。

“娜姐是我们的好大姐，有什么困难向她反映，她都会竭尽全

左图为积极参与新冠疫情防控；右上图为开设阳光书吧；右下图为慰问环卫工人　摄影：李荣鑫

开展主题党日活动 摄影：李荣鑫

组织慰问贫困的老母亲 摄影：李荣鑫

力帮忙解决。"这是玉湖社区居民的共识。

"娜姐，学校作息时间安排与我们家长工作时间不统一，孩子放学后总有一两个小时的真空期，怎么办？"在一次日常走访中，居民向林丽娜反映孩子放学没处去的问题。为缓解这一矛盾，林丽娜在2014年提出联合专业社工机构在玉湖社区试点开展"四点半课堂"免费托管服务。

"四点半课堂"刚开起来的那段时间，确实解决了居民的后顾之忧，可运行一段时间后，新的问题接踵而至：场地有限，资金和师资力量不足，不少社区参与筹办的"四点半课堂"处于歇业或半歇业状态。

"要办好社区'四点半课堂'并非易事。"林丽娜经过深入调研和走访，2017年以市人大代表的身份，提出了在学校设立"四点半课堂"的建议："学生不用出校门就能直接参加'四点半课堂'，家长也不用专门接送，大家省时省事；学校场地有保障、设备齐全、师资更好。另外，学校也可以通过购买服务等形式，丰富课堂内容，让孩子全方面健康成长。"

这份建议一经提出，立即得到石狮市委、市政府的高度重视，当年就把在学校设立"四点半课堂"作为为民办实事进行落实推进，学校老师采取轮值制度，由教师志愿者、党员教师自愿报名参与的方式组建教师团队；由市教育、市总工会等单位拨发经费的方式解决资金来源。"只要孩子们安全，家长们放心，我就安心了。"林丽娜说。

2020年，林丽娜已经60岁了，但面对突如其来的新冠肺炎疫情，她同很多社区工作者一样，连日奋战在疫情防控一线。她多方联系医药器材供应商，采购到一批价值2.38万元的防护物资，捐赠给石狮市总医院；她带领社区、志愿者携手多家爱心企业和机构，先后前往医院、交通卫生检疫点等，向坚守在防疫一线的医务人员、交警、社区工作者、环卫工人送去价值10多万元的食品和饮料；她组建疫情心理危机干预志愿服务队，开通疫情防控期间心理干预咨询热线，引导全市市民尤其是职工、青少年、家长们消除焦虑、恐慌心理，同心抗疫……

有人说："娜姐，您已是耳顺之年，别这么拼了，能休息就休息一下。"她却说："不用，这么多年都是这么过来的，我多做一分，居民就安心一分，我心里也就多踏实一点。"

"被居民需要，就是我的动力和幸福"

在玉湖社区，林丽娜除了社区工作者还有另一重身份，那就是石狮市阳光太太志愿者协会会长。

说起协会的创办，林丽娜回忆，有一天，一家美容机构组织了一场讲座，讲座最后安排了一个募捐环节，捐助对象是一名得了罕见疾病的贫困外来务工人员。现场的太太们受到触动，纷纷慷慨解囊。

"这次经历让我发现，社会上还有那么多不幸的人，尤其是那些外来务工人员，在他们最困难、最需要帮助的时候，拉一把、帮一下，让他们能在异地站稳脚跟，我责无旁贷！"2006年初，林丽娜与其他太太自发组成了阳光太太亲善服务队，从刚开始的十几个人，到2014年底服务队正式更名为石狮市阳光太太志愿者协会时，成员已近300人。

石狮市蚶江镇58岁的蔡某宝曾有个幸福的家庭，丈夫吃苦耐劳，三个孩子乖巧伶俐，可随着9岁的儿子突然发起高烧，出现精神障碍，逐渐失去行动能力后，这家人的生活一落千丈。大女儿和二女儿患上了精神障碍，丈夫在2013年患癌症去世。此后，蔡某宝带着3个子女和14岁的孙子一起生活。

2014年，林丽娜带领阳光太太们开展"贫困老母亲"慰问活动时结识了蔡某宝。"她家可以用家徒四壁来形容，满屋子都是一股怪味。"看着这个家庭，林丽娜心里久久不能平静，"我先帮着蔡某宝将3个子女送到了厦门仙岳医院治疗，又把她处在叛逆期的孙子送到了惠安明德传统文化学校学习，一年后转入泉州中远学校就读，直到中学毕业，费用由我们负责。"

转眼几年过去了，林丽娜始终关心着蔡某宝。3个子女经过治疗有不同程度的改善，孙子也在老师的教育下，不再叛逆，懂事明理。原本昏暗且杂乱的家变得明亮通透，还新增了一台40英寸的液晶彩电。"自从有了电视，家里的笑声更多了。"蔡某宝说。

看着蔡某宝的改变，林丽娜更加坚定了志愿服务这条路。

玉湖果蔬批发市场内的河南籍搬运工朱富贵因病去世，女儿、女婿经济困难，林丽娜当场拿出2000元塞进他女儿手里，又立即发动社区"两委"成员、市场管理人员及经营户捐款，并组织社区爱心慈善志愿者协助他们料理后事。

石狮市的2000多名环卫工，大多是安徽、河南籍。每年春节，林丽娜都会叫上几位不回家过年的环卫工一起到家中吃年夜饭。朱雷就是其中之一，"娜姐非常关心我们这些环卫工，每天早上我都可以在社区领取免费早餐。春天她会给我们送衣服和保洁器材，夏天送解暑降温用品，秋天对孩子开展助学帮扶，冬天义诊。我感觉这里就像家一样。"

"石狮的发展离不开外来务工人员的奉献，关心他们以及他们的子女，让他们感受到'第二故乡'的温暖，是我们义不容辞的责任。"林丽娜这样想也这样做。阳光太太协会设立了"优秀外来工子女奖学金"，先后与永宁中心小学、蚶江中心小学、石狮五中等学校上百名品学兼优的外来务工人员子女结成帮扶对子，在生活上和学习上帮助他们。

石狮市社会福利中心婷婷幼儿园更是阳光太太常来常往的地方。"每当院里的孩子过生日，我们会下厨，为小寿星加餐，唱生日歌；院里孩子生病了，我们会带他们到上海北京等大医院看病；换季了，我们早早买好衣服送过去，我们就是他们的妈妈。"林丽娜笑着说。

阳光太太志愿者协会成立15年来，足迹遍布石狮市乃至全国。在林丽娜的带领下，大家先后赴新疆、宁夏、四川等地区捐赠价值1100多万元的衣物；筹集1500多万元的物资，先后与永春、安溪、德化、井冈山等贫困山区的6所学校结对帮扶，开展奖教奖学，更新教学设施；联合泉州爱恩心理咨询机构，设立“阳光少年心理关怀室”，及时帮助、呵护单亲、留守等家庭开展关爱问题青少年心理健康项目，已累计开展心理咨询1200多人次。

无论是社区工作还是志愿服务，林丽娜始终为老百姓忙碌着。有人问她：“这么辛苦，你图什么？”她的回答很朴实：“有人需要、有人认可肯定，就是我的动力，就是我的幸福。”正如她在一次志愿活动汇报中所说：“我们在帮助别人的同时，也在提升和改变自己。做公益中，我们学会感恩，就像一缕阳光，既照亮别人，也温暖自己。”

作者：林富榕

浙江省万名好党员——义乌市廿三里街道东莲塘村党支部书记任春茂

把穷山村变成富裕村

五星级东莲塘村党支部书记任春茂　摄影：吴江平

阅读提示

在中华民族伟大复兴的壮丽征途中，涌现出许许多多先进典型。他们解放思想、与时俱进，勇于变革、敢于创新，廉洁勤勉、奉法守德，牢固树立共产主义理想信念，始终做坚持中国道路的柱石；自觉践行社会主义核心价值观，始终做弘扬中国精神的楷模；坚持以振兴中华为己任，充分发挥伟大创造力量，始终做凝聚中国力量的中坚；身先士卒、以上率下，无私无畏、勇于担当，激励、鼓舞和带领人民群众积极投身新时代中国特色社会主义波澜壮阔的伟大实践，共同奏响中华民族伟大复兴的时代强音。他们是中华民族的脊梁，他们是共和国的时代先锋，他们是历史的真正创造者！浙江省万名好党员、义乌市廿三里街道东莲塘村党支部书记任春茂同志就是这些先进典型中的一员。祖国不会忘记，人民不会忘记，历史不会忘记！让我们走进浙江省义乌市廿三里街道东莲塘村，走进任春茂，拿起笔、举起相机，真实记录主人公无私奉献、锐意开拓，报效祖国、真诚为民的壮丽人生！

“现在，我们村里在银行的存款有9000多万元，仅利息每年就有200多万元，每个村民都有‘工资’领。”昨天上午，在义乌廿三里街道东莲塘村，说起把“穷山村”变成“富裕村”的村党支部书记任春茂，几名老人不住地夸赞。

自任春茂当选村党支部书记以来，东莲塘村的面貌“一年一个样，三年大变样”。如今，东莲塘村的全体村民都已告别昔日简陋昏暗的泥墙屋，住进了宽敞明亮的高层建筑或私家别墅。

利用“茶话会”凝心聚力

在村民们眼中，63岁的任春茂有着与众不同的传奇经历。1977年，高中毕业在家务农三年多的任春茂顺利考入浙江台州供销学校和杭州商学院，成为恢复高考后的首批大学生。

大学毕业后，任春茂被分配到义乌市农业生产资料公司工作，从农资技术辅导员一直干到公司行政科科长。1987年任春茂被调入义乌市供销总社，先后担任市供销总社人事科长、主任助理等职。其间，又兼任过义乌市农业生产资料有限公司书记兼总经理，义乌市小商品批发集团公司书记兼总经理。之后，又当过义乌商城集团赴南非创办中国小商品市场的负责人。由于工作出色，成绩显著，任春茂先后被授予浙江省供销系统先进工作者，义乌市首届十大杰出青年，义乌市十佳优秀厂长（经理）。他被推选为浙江省经营管理研究会理事，杭州商学院曾特邀他为在校大学生举行专题讲座，他撰写的论文曾刊登在《商业经济与管理》等国家二级刊物上，同时入选浙江省经营管理研究会优秀论文集。时任浙江省省长葛洪升曾亲临他的公司考察，他的事迹曾刊登在人民日报头版并被载入《中国明星谱》。

1998年义乌企业改制热潮高涨，早就有了自己创业念头的他毅然辞职创办了义乌市圣堡彩钢工程有限公司。三年后，他又收购了国有大型企业——义乌水泥厂，涉足水泥生产和经营领域，生意做得红红火火。

2008年，东莲塘村启动旧村改造工作，邀请政工师、经营师、高级经济师任春茂回村出谋划策。当时，村集体经济几乎为零，任春茂就利用自己的人脉优势，以举办“茶话会”的方式邀请先贤回村商议东莲塘村发展大计。茶话会上，在任春茂等人的带头下，村里不仅成功“募集”了将近50万元的捐款，还引进了一名种粮大户，以土地流转方式将村里的良田全部租了出去。村集体有了这笔不菲的收入后，旧村改造工作得以有序推进。2011年任春茂被推选为东莲塘村党支部书记并连任至今。他说，定期或不定期举办的乡贤“茶话会”，不仅凝心聚力，还每次都能为村集体注入新鲜血液。

昔日“穷山村”华丽蝶变

随着村集体经济的不断壮大，任春茂服务村民的举措也越来越多。2011年6月13幢小高层全面复工建设。2013年13幢小高层建成并完成小区内道路、绿化、水电配套工程。2014年结束第一期旧村改造，13幢小高层192套水平房和192个停车位建成后并顺利分房到户，村里的居住环境胜过城市的小区。同年又投资130多万元在官大坞新建了一座小型水库，还新建了一个约20亩的莲湖，既改善了村居环境又为村里今后经营水上乐园创造了条件。2015年顺利拆除旧改规划红线范围内的九龙寺并进行移址重建。此外，还对两幢古厅进行移址重建，对整座屋沿山进行了平整。2016年，村里建起了居家养老服务中心和老年活动中心，60岁以上老人吃起了“公家饭”。同年任春茂带头捐资将一座雄伟壮观的东莲塘村的村碑建成，并将进村高压线路改埋地下电缆供电。2017年对后塘山背和轿夫坟头地块进行平整。2018年，村里又建起党群服务中心，方便了村民办事。为净化村居环境，全村2000多穴坟墓全部移到京山陵园安放堂。2019年，三星级的村文化礼堂和村口公园建成并投入使用，丰富了村民们的文化精神生活。通过经济手段将王店村麻车山土地划归东莲塘村并进行平整利用。2020年投资1600多万元新建东莲塘至西京公路和东莲塘至九龙寺公路，路基已基本建成。在修建公路的同时还将村域范围内的几条高压线路进行移位改造，将农田上林立的高压电杆全部移除，净化了农田环境，同时将地上供电线路全部改为地下电缆供电。投资400万元左右的疏港高速桥下空间利用工程和投资800万元左右的土地全域整治项目均已投标开工建设。近年来，任春茂通过二期旧村改造，以购地基、选基位、招投标等方式，为村集体创收9000多万元。为提高建设档次，村集体把其中的3000多万元以“以奖代补”方式发给建房户，剩余的将用于村庄基础设施改造和美丽乡村建设。二期旧改新建的300多间垂直房和80多幢别墅绝大部分已经结顶建成。不少村民住上新房后还有充足的房源出租，房租也成了一大收入。

义乌市十佳村干部合影，前排左一为任春茂　摄影：吴江平

“任春茂在抓好村集体经济发展壮大工作的同时，还十分注重抓好自身建设和班子建设。在他的带领下，村班子成员团结合作，无私奉献，敢担当，敢作为，善于团结与自己意见不同的人，促使各项事业全面发展。”廿三里街道党工委相关负责人介绍，现在的东莲塘村交通便利，环境优美，社会稳定，风清气正，经济稳步提升，文化生活丰富，百姓安居乐业，任春茂发挥了重要作用。

近年来，在任春茂的带领下，东莲塘村先后获得“义乌市级文明村”“义乌市小康体育村”“义乌市绿化示范村”“金华市民主法治村”等荣誉，村党支部多次获得义乌市级先进基层党组织和“五星级”党支部称号。因为成绩突出，任春茂个人也曾先后获得浙江省万名好党员、义乌市优秀共产党员和义乌市“十佳”村干部、治村导师等荣誉称号。

山东省2020年“泰安市疫情防控标兵”——泰山区徐家楼街道徐家楼社区党委书记亓淑丽

走进居民心里的“最美志愿者”

徐家楼社区党委书记亓淑丽　摄影：胡晓菲

链接：徐家楼社区各项工作均取得优异成绩，近年来先后被授予“山东省绿化先进单位”“山东省四型就业型社区”“市级创城迎审先进单位”“区级文明单位”“优秀基层党组织”“平安社区先进单位”“劳动保障先进单位”“泰山区护税先进单位”“泰安市创城迎审先进单位”等荣誉称号。徐家楼社区党委书记亓淑丽获评2014年“十佳群众满意干部”，2016年市“五好家庭”，2017年“十佳居民满意社区干部”，2018年“创城先进个人”，2020年“泰安市疫情防控标兵”“泰安市文明家庭”“泰安市创城最美社区工作者”“泰安市最美志愿者”“泰山区最美志愿者”“泰山区十佳文明家庭”等荣誉称号。

民心是最大的政治，而社区是离民心最近的地方。她在社区工作20多年，担任社区党委书记6年多，始终不忘为民服务的初心。同时，在社区的工作岗位上，她把“奉献、友爱、互助、进步”的志愿精神融入其中、努力践行，“老吾老以及人之老，幼吾幼以及人之幼”，关爱居民、奉献社会，被居民亲切地称为“走进居民心里的‘最美志愿者’”。她就是山东省泰安市泰山区徐家楼街道徐家楼社区党委书记亓淑丽。

满腔爱心，当好志愿服务的带头人

亓淑丽是土生土长的徐家楼社区人，是社区居民看着长大的。在居民眼里，亓淑丽从小就是个有爱心的人。社区有位残疾人胡宝军，他母亲在世时，亓淑丽经常去他家帮助打扫卫生、照顾老人。老人去世后，亓淑丽逢年过节自己买些东西看望胡宝军。在社区参加工作后，工作之余，她注册参加了学雷锋志愿服务组织。从此，参加学雷锋志愿服务活动成为她生活的常态。

亓淑丽担任社区党委书记后，更加注重发动社区居民和社会人员加入社区志愿组织。在她的倡导组织下，结合设立“红色物业”组织，徐家楼社区成立了“楼·里志愿服务组织”，她兼任负责人，组织内设“搭把手”助老服务队、“百事帮”法律服务队、“管得宽”

工作剪影：左图为带领志愿者助力全国文明城市创建；右上图为召开“红色物业”联席会议；右下图为开展志愿服务，美化人居环境 摄影：胡晓菲

巡逻服务队、“爱飞扬”公益服务队等组织。这些组织各具特色，相互补充，精准对接社区居民个性化、多元化服务需求。特别是今年的疫情防控、全国文明城市创建活动中，亓淑丽在全体居民的支持配合下，带领这支志愿者队伍打头阵、做表率、当先锋，在助力社区建设、服务居民中擦亮了徐家楼社区志愿服务的金字招牌。

担当作为，当好社区党建的领路人

作为社区党委书记，亓淑丽担当作为，牢牢扛起党建责任，徐家楼社区通过党建引领，整合自管党员、辖区党员、报到党员等多支力量组建各类志愿服务组织，采取认领服务岗位、参加志愿活动等形式，带头开展为民服务。

该社区在新时代商厦6楼打造占地面积150平方米的徐家楼社区“红色物业”活动中心，设立会议室、物业办公室、便民服务中心等模块分区，实现办公有场所、活动有场地，为“红色物业”建设提供场地保障。同时，做实网格化管理，通过与丰源开发公司和鲁欣物业协调，在如意家园小区新建300余平的网格驿站，优化整合党建、计生、安全、城管、社保等公共资源，推动社区“两委”、工作人员下沉到网格驿站，确保网格内群众的问题有人管、困难有人帮。

情系居民，当好服务居民的贴心人

徐家楼社区辖区除本社区外，属地还有商住楼如意家园、民馨居、北建公司家属院、啤酒厂家属院，共有住户3000余户、居民7000余人。作为社区的党委书记和社区志愿组织负责人，可以说，亓淑丽既是这个社区的“当家人”，又是这个大家庭的“总服务员”，社区的大事小情、居民的忧乐冷暖，都在她的心里装着。

志愿服务没有休止符，服务居民没有止境。为进一步方便居民，仅2020年以来，泰安市泰山区徐家楼街道徐家楼社区在小区内修建停车棚7处，协调物业公司在地下停车场专门划出电动车停放区；经过与车位权属单位协商把车位出售改为出租模式，满足更多业主的停车需求；在小区内设立便民工具箱、流动阅读吧、儿童活动区、读书角、棋牌室、维修角等特色区域，为居民提供便利，丰富居民文化生活。

作者：徐超 供稿：徐家楼社区

国家森林乡村——江西省分宜县铃山镇木足村党支部书记钟宇

美丽乡村托起村民“幸福梦”

链接：分宜县铃山镇木足村获评2018年度新余市人民调解先进集体，2018年度分宜县民主法治示范村，2018、2019年新余市颐养之家100强，2019年江西省省级生态村，2019年度新余市拆“三房、建三园”先进集体，2019年度分宜五好关工委，2019年12月获评“国家森林乡村”；2020年5月新余市“建三园”先进集体。分宜县铃山镇木足村党支部书记钟宇2019年被授予全县“共产党先锋岗”。

村支部书记钟宇接受媒体采访 摄影：袁建兵

刚刚获评“国家森林乡村”的木足村位于江西省分宜县铃山镇，整齐划一的住房，干净整洁的硬化路，道路两旁绿树成荫，处处透着一片绿意盎然的田园气息。该村围绕城乡环境综合整治工作，科学谋划，精细治理，建设生态宜居美丽乡村，聚焦民生难点、热点问题，积极回应群众关切，着力补齐短板，不断增强人民群众的获得感、幸福感。

木足村美丽乡村建设剪影：左图为村委办公楼全貌　摄影：袁建兵；右上图为村景村貌　摄影：钟宇；右下图为开展环境整治　摄影：袁建兵

“看到现在的村子，你很难想象，原来村子的‘两委’班子思想涣散，观念陈旧，村级经济结构单一，农民增收无望。”面对困境，铃山镇木足村党支部书记钟宇放弃经营多年的广告公司，毅然到村上任。

“村民富不富，全看村干部。”为实现“大变样”的目标，钟宇走村串户，与村民代表、村干部谈心谈话，认真调研理清思路，制定三年奋斗目标，选优配强村“两委”班子，严格执行相关规章制度并带头垂范，极大提升村“两委”班子的战斗力和凝聚力，为做好村级各项工作提供有力的组织保证。

“我来村里就是想踏踏实实为村民做点事，如果不帮群众干实事，解决实际问题，对不起组织上的信任和村民的期望。”钟宇是这样说的，也是这样做的。

为推进解决农村养老难题，提升养老服务质量，木足村大力推进“党建+颐养之家”升级版工作，投入6.2万元对颐养之家改造提升，针对老人反映的问题和需求，着力在完善基础设施、优化管理服务、引导老有所为上下功夫，颐养之家的住宿和用餐环境得到有效改善，入家老人数也增长到了18人，连续两年被评为全市百强颐养之家。

“村里的党员活动室比较狭小，平时开点小会勉强够用，但遇上大会就有些拥挤。”

“村里的文化娱乐活动较少，大家聚在一起想开展一些文体活动又没有合适的场地。”

钟宇在与党员群众交谈中了解到，现有的党群服务中心和活动室已无法满足开展日常活动需要。为有效解决活动场地问题，经分宜县铃山镇木足村“两委”班子商议，将位于村委办公楼附近上屋村小组闲置的500平方米仓库进行改造，设置党员群众议事大厅、图书阅览室、儿童之家、文体娱乐室等功能区，充分满足党员群众活动需求。

凭着一股真心为群众办实事、谋发展的劲，钟宇多方筹集资金，完成全村环境整治、公厕建设等工程。发挥本村临近凤凰湾旅游区的地理优势，又向上争资升级改造凤凰湾进村老路，着力打造集现代农业、乡土风情和娱乐休闲于一身的田园综合体。先后荣获“省级生态村”、全市人民调解工作“先进集体”、全县“民主法治示范村”等荣誉。

山东省优秀党务工作者——桓台县起凤镇起南村党支部书记、村委会主任魏锐祚

敢担当善作为　心系群众谋发展

魏锐祚近照，右侧是他获得的荣誉证书　摄影：刘玉翠、魏义洛

“抓好党员队伍建设，打造过硬党支部，以‘支部领办合作社’为主体谋振兴的发展思路，拉开了起南村抱团发展、共同致富的序幕。”日前，山东省桓台县起凤镇起南村党支部书记、村委会主任魏锐祚说。如今的起南村，党支部服务群众有抓手，服务功能增强也赢得了民心，形成了“全民参与、共建共治共享”的乡村治理新格局。

2014年以前，起南村人心散、发展环境差，村内劳动力老龄化严重，农业生产积极性不高。为打开局面，魏锐祚带领新班子先从历史遗留问题入手，以“清欠”为突破口树正气。通过多次召开村“两委”扩大会、党员及村民大会，了解群众诉求、广泛征求意见，最终确定了“党员带头，一户不落、一碗水端平”的清欠工作思路。经过努力，40多年来的历史欠账全部清理完成，共收缴了57户拖欠村集体债务近30万元，为村庄发展赢得了“第一桶金”，也厘清了家底，匡正了村风民风。

左图为起南村被授予中共桓台县委党校基层党员教育培训示范基地揭牌仪式 摄影：耿玉香；右上图为新时代党建引领赋能乡村全面振兴暨“淄博实践”现场会起南村乡村振兴集成改革示范点 摄影：魏义洛；右下图为起南村庆祝党群服务中心落成文艺汇演合影 摄影：张鹏

实现乡村振兴，关键是打造动力强劲的“组织引擎”。魏锐祚把党员队伍建设作为村庄治理的“头号工程”，认真学习十九大报告，学习习近平新时代中国特色社会主义思想，并着重将有关党员管理和乡村振兴的重要精神学深学透，及时传达给每一名党员、村民代表，让党员跟上步、不掉队，让群众对标看、齐步走，确保支部上下思想统一、步调一致。

2016年，魏锐祚带领起南村率先试水农村集体产权改革，探索支部领办合作社，确定了“向土地要收益”的发展方向。土地由合作社集中经营管理，获得规模效益向入股农户分红；村内劳力得到解放，通过外出打工、村内零工、自主创业等多种形式增加收入。另外经过多方考察论证，拿出100亩土地建成17个高标准温室蔬菜大棚。近年来，起南村相继投资900余万元建成旱厕粪污及大棚蔬菜秸秆循环综合利用项目、农民田间技术培训学校、蔬菜大棚智慧监控平台、水肥一体化管网、扬水站、粮食仓储烘干设备等农业基础设施，为发展智慧农业、现代化农业奠定了良好的基础。

起南村通过土地这个纽带重新把农民组织了起来，有力提升了党支部组织力。村干部说话有人听、办事有人跟，村民从心底里更加相信、依靠村“两委”。推行支部领办合作社以来，村集体经济连年增收，由2016年以前的不足10万元增长至2020年的350余万元；固定资产投入超1600万元，村民从合作社务工所得350余万元。

近年来，起南村相继建成6800平方米综合文化广场，1500平方米党建广场，1400平方米党群服务中心，以及百姓大舞台、停车场、健身娱乐场所等，先后被评为山东省美丽乡村、山东省森林村居等荣誉称号，起南村党支部连续三年被评为桓台县起凤镇五星级党组织。起南村党支部书记、村委会主任魏锐祚2020年被中共山东省委组织部授予“担当作为好书记”称号，2021年被中共山东省委授予“山东省优秀党务工作者”称号。

作者：张鹏

山东省“淄博市担当作为好支书”——高新区四宝山街道朱庄村党总支书记、村委会主任朱乃成

敢于“吃螃蟹” 叩开致富门

链接：朱乃成，现任淄博高新区四宝山街道朱庄村党总支书记、村委会主任，系张店区第十六届人大代表、张店区第十届政协委员。曾先后荣获淄博高新区优秀共产党员、平安高新区建设先进个人、支持基础设施重点工程先进个人、高新区劳动模范，淄博市建设农村殷实小康十大工程先进个人、淄博市“乡村之星”“淄博市劳动模范”，2020年5月被授予“淄博市担当作为好支书”荣誉称号。

在高铁淄博北站东临，坐落着一处现代化新农村，这里新村建设宽阔洁净，村民生活惬意舒心；这里建有省级规范化幼儿园，孩童享受着最优质的学前教育；这里拥有国际标准化的轮胎检测线，令同行业叹服；这里有完善的社区配套，全方位优质商业、文化、娱乐服务环境……这里就是山东省淄博高新区四宝山街道办事处朱庄村。

朱庄村缘何能脱颖而出，成为备受瞩目的乡村振兴示范村？这一切都归功于村居发展的“领头羊”——村党总支书记、村委会主任朱乃成。

村民致富的“领路人”

“一个村书记和村‘两委’班子受不受群众支持，可能有很多因素，但最根本的还是看有没有带领村庄发展的能力，能不能让群众生活不断改善。一个村庄建设和发展的水平，是对村级组织治理能力的真实考验。”朱乃成告诉记者。

朱乃成上任之前，朱庄村产业几乎是一片空白，村民有期待，发展却没思路、致富没抓手。“靠村民在各自的一亩三分地上单干是没有出路的，改革思路就是整合土地，盘活资源，进行综合治理。”朱乃成告诉记者，他带领村“两委”挨家挨户地做工作，首次流转土地400亩，村“两委”成员分成三个小组带人集中耕种，一年下来，被征地村民收益不减反增。村民的顾虑打消了，工作推进也顺畅了。2007年，村集体与村民签订协议，历时4年时间到2011年实现全

朱乃成近照　摄影：朱先勇

朱乃成（右一）重阳节走访 90 岁以上老人　摄影：朱先勇

村 2300 多亩土地全部流转，由村里支付村民每年每亩 700 元的口粮款，国家的粮食直补、农资补贴等也归村民个人。

“面对村民的所需所盼，我们选择改革再出发。”朱乃成带领村“两委”在搞好现代农业的同时，紧紧抓住机遇搞工业。他顺应地区经济发展大趋势，紧扣“建设、商业、服务、文化”四大平台建设的主题，推动村庄传统经济向现代乡村经济转型。2016 年带头推进农村集体资产股份制改革，成立了淄博高新区朱家庄农村经济股份合作社，建设朱庄村工业园并转型为鲁中国际检验检测认证产业园，吸引了 6 家企业入驻。“中认必维检测技术有限公司的入驻，不仅为朱庄村带来了工业上的发展与进步，更标志着中国轮胎产业拥有了对接全球标准的国际级试验检测基地。项目由村民集资入股建设，建成后租赁给法国必维集团经营，让村民成为村集体的‘股东’和村集体资产的拥有者、经营收益的分享者，此种模式在高新区还属首例。”朱乃成感慨地说。

在朱乃成的带领下，村集体项目建设如火如荼，经济收入从 2007 年的几十万元到 2019 年增加至 800 多万元，村民人均年收入从 6000 元增加到 20000 余元，生活的幸福感、获得感不断持续提升。

美丽乡村的“策划人”

村集体收入增多了，村民的居住环境就成为朱乃成的头等大事。2009 年，在他的提议下，旧村改造开始纳入村发展的议事日程。从 2010 年到 2014 年不到 5 年的时间，他动员各方力量，克服重重困难，建设多层建筑 150000 多平方米，率先实现了户均两套楼房的目标，创造了朱庄村发展史上里程碑式的奇迹。

迁入新居后，为彻底改变村民生活的“陋习”，朱庄村开始实行每周五下午固定大扫除日，每周六下午由村“两委”带队检查居民家庭公共卫生，每月对检查卫生情况进行公示，从未间断，整治环境卫生已成为一种工作常态，“脏、乱、差”的现象一去不复返。“小区绿树红墙，水清鱼游，花草成景，步道蜿蜒，假山别致，处处皆美景……这是我们以前都无法想象的事情。过去条件不好，大家都想往外跑，现在好了，村里的年轻人又聚回来了。”村民朱乃农的话中带着幸福与骄傲。

幸福生活的“传承人”

城镇化的快速推进，让朱庄村发生了翻天覆地的变化，为了展示文化、留住历史，朱庄村建立了村史文化长廊，编辑出版了《朱家庄志》，绘制了朱家庄历史壁画，设置了乡村记忆馆，建设了党群服务中心，包括党建展览室、村史长廊和新时代文明实践站，拍摄了村庄文化纪录片，制作了朱庄旧村沙盘……漫步其中，小到家风家训，大到村庄发展节点，朱庄村的变迁图文并茂，历历在目。

村民的事再小，对朱乃成来说也是大事。面对村民反映的孩子上学难问题，2015 年，由村委投资创办了朱家庄幼儿园，并于 2017 年通过省级示范园验收，成为高新区的一流学前教育基地，为周边的孩子们创建了一个快乐、温馨的乐园，实现了家门口“入好园”的目标。

现如今，走进朱庄村，一派其乐融融的景象。“村里为我们集中安装了太阳能和中央空调，24 小时随时打开水龙头都是热水。此外，还安装了地源热泵，供暖、制冷既环保又节能，每年每平方米只收 15 元钱，冬暖夏凉。实施智慧社区建设，刷脸进门，方便又安全，现在咱村里人是好日子享不尽呀！”在小区 2 号楼下乘凉的老人们谈起村里的生活变化都笑得合不拢嘴。

“现在村里不光整体环境好了，四处走一走，感觉很舒服，随着后续更多项目的完成，朱庄村的生活环境会更好。”朱乃成对未来充满信心。

朱庄村投资创办的朱家庄幼儿园　摄影：朱先勇

全国劳动模范——河南省平顶山市新华区曙光街街道李庄村党委书记、村委会主任辛建

永葆初心奔小康

辛建在居然之家指导工作 摄影：李英平

辛建，男，汉族，1958年5月出生，1975年参加工作，1985年12月加入中国共产党。历任李庄村团支部书记、村委会副主任，现任平顶山市新华区曙光街街道李庄村党委书记、村委会主任。2011年7月李庄村党委被中组部评为“全国先进基层党组织”；1999年4月辛建被河南省人民政府授予“河南省劳动模范”，2015年4月辛建被中共中央、国务院授予“全国劳动模范”荣誉称号。

内引外联走出困境

辛建1995年当选为村委会主任时，很多村民无业可就、无地可种，闲散在家，全村欠内外债3000多万元，村民人均负债1.3万元。他和新一届村“两委”班子上任后，不等不靠，主动作为，果断地对原有村办企业实行关、停、并、转，提出了“退二进三、发展三产、鼓励个体”的发展思路。带领村民在采煤塌陷区回填土地300多亩，在资金困难的情况下借船出海、内引外联，先后建成了建材、家居、装饰、饮食、汽修五个专业市场，为李庄村经济发展挖掘了第一桶金，使李庄村经济逐步走出困境，进入了良性发展轨道。

推动旧城改造，实现合作共赢

辛建担任村党委书记和村委会主任以来，积极宣传、贯彻党的方针政策。在旧城改造建设过程中，他带领干部群众响应政府号召，特别是在平顶山市建西区域的市政道路、游园、鹰城广场等建设中，主动作为、积极配合、发动群众，舍小利取大义，有力地推动了市政建设。并以加强党建为抓手，带班子、强队伍，以“三心两不要”为标准，引领村民发展集体经济，打造了建西良好的投资环境。2008年以来，积极招商引资，对原有的5个专业市场进行提档升级，提升经济发展品质，先后与金石、名门、居然之家等6家公司合作，打造出了平西建材城、名门怡购城、居然之家等品牌专业市场，被确定为“河南省特色商业区”，实现了互利共赢。截至目前，村集体固定资产达到20多亿元，退休村民年人均年股份分红2万元，人均拥有集体资产100万元，带动就业3000余人。

创新集体经济发展模式，率先实行股份制改革

集体经济有了积累，村民生活稍有好转，小富即安、把集体资产分了的思想出现了。辛建和“两委”班子通过到多地考察学习，最终认识到：只有实行村集体经济股份制，才能解决李庄村所面临的问题，才能让村民有获得感、幸福感，达到长治久安、共同富裕。

2008年，在区委、区政府的指导下，李庄村在全市率先对集体资产进行了股份制改革，将集体资产通过评估折股量化到村民，实现了“资源变资产、资金变股金、村民变股东”。通过股份制改革，明确了集体、村民在集体经济中占有的份额，确保了集体经济的可持续发展和集体资产的保值、增值，从根本上解决了失地农民生活、养老的后顾之忧。

股份制运行12年来，李庄村固定资产从改制前2009年的1.9亿元增长到目前的20多亿元；退休村民人均集体资产从2009年90000元提高到目前的100万元；村民退休股份分红从2009年的4600元增长到目前的20000元（2015年至2020年），12年来累计分红达到2.58亿元，累计给国家上缴税收4000多万元。

坚持民主决策，村民自治得到有效发挥

“三心两不要”，这是辛建对自己和李庄村干部提出的基本要求，即“办事有公心，工作有事业心，做人有平常心；当干部不要怕吃亏，想发财不要当干部”。多年来，李庄村干部队伍始终保持风清气正的良好氛围。

没有规矩不能成方圆，没有制度难以规范人。在发展经济的过程中，辛建和村“两委”班子始终按照“四议两公开”工作法，做到程序不走样、步骤不减少、标准不降低的要求，对事关群众切身利益的热点难点问题，做到公开、透明，实现了基层组织建设和基层民主政治建设的有机融合。

坚持民主集中制，凡重大问题一律由班子集体研究提议，提交党员、村民代表会议决定，不搞一言堂。像企业上项目、公益事业

平西商贸中心鸟瞰图

建设、村规民约修订、企业班子调整等都是通过班子成员调查、摸底、考察，凡涉及村民根本利益的事，必须是“大家商议、大家决定、大家监督、大家做主”。

按照“四议两公开”工作原则，村里先后三次修订了《李庄村村规民约》《李庄村股份合作社章程》，并编印成册，发到每家每户村民。对进一步规范村民行为，加强村民道德建设，鼓励村民参政议政，增强干部廉洁自律和促进全村和谐发展都发挥了积极作用。

坚持党务、村务、财务三公开。村委会定期向村民代表大会公布收支情况；村民监督委员会每年对村属单位进行年度审计，并向村民代表会议报告结果；村里的收支情况定期在公开栏内公布，接受群众监督，做到了权力在阳光下运行。

关注民生事业，集体经济发展成果村民共享

*疫情防控扎实有效。*2020年新冠肺炎疫情暴发以来，村党委按照上级部署，结合本村实际情况，针对疫情防控形势的不断变化，迅速反应、积极应对，做到了卡点24小时不间断值守、全村庭院及街道每日无死角消杀消毒、群众生活所需有保障、隔离人员及庭院受关爱、疫情防控宣传不放松、复工复产有序推进、疫情常态化防控措施有保障，保障了全体村民的生命安全和健康。李庄村参与疫情防控的人员达到上百人，各类物资投入50多万元，党员共捐款14170元。同时，为了帮助企业和商户渡过难关，村党委共为商户减免房租近1000万元，与政府共担风险，与商户共克时艰。

*提高基础设施建设，改善人居环境。*随着集体经济的发展，村里先后出资1000多万元对全村的水、电、路、下水道进行升级改造，聘请专业组织负责打扫全村卫生和日常保洁。改善村庄人居环境，2015年李庄新村启动改造工作，2020年第一批安置房已经建成，村民陆续回迁，老村改造正在筹划阶段。村里先后投资400多万元，建设天网工程、消防工程、明亮工程，做到安全防控无死角，保证全村的治安稳定。

*关注村民身体健康，增加村民福利。*从2016年起，村委会出资每年对全村40岁以上的村民在市级医院进行免费体检，做到有病早治、无病早防。对身患重病、大病的村民进行补助，使村民们切实体会到党的政策和集体大家庭的温暖。2019年又制定了中秋、春节为全体股民发放福利的“双节福利”政策。

*创新党员群众学习教育模式。*投资10余万元对党群服务中心进行改造，设置有村民文化大讲堂、老年活动室、图书阅览室等多个村民活动场所。邀请专家教授定期为党员干部上党课，强化党员党性，增强“四个意识”，要求党员做到不忘初心、牢记使命、落实行动。开设“好公婆”“好媳妇”“少儿礼仪”、少儿书法、舞蹈礼仪等学习班，培养村民形成孝老爱亲、夫妻和睦、亲子和谐的好家风。李庄村党委几十年来带领党员、群众，切实做到了听党话、跟党走。

*丰富精神文明建设内涵。*每年重阳节为全村80岁以上的老年人集体祝寿，每年春节期间邀请剧团唱大戏，丰富村民的文化生活。开展“最美家庭”“最美庭院”“星级文明户”等评选活动，设立“乡村光荣榜”，倡树符合传统美德、体现时代精神的模范，引导村民逐步形成家风正、品德好、环境美、邻里和的村风民风，积极健全党组织领导下自治、德治、法治相结合的乡村治理体系。

辛建几十年如一日，长期工作在李庄村，能够积极围绕党的路线、方针、政策有条不紊地开展工作；他为人作风正派、廉洁奉公，拥有良好的群众基础和丰富的实践经验，善于处理棘手问题；工作敬业，踏实肯干，责任感强，具有较高的工作能力、领导水平和超前的发展眼光，在发展李庄村集体经济、解决失地农民生活出路等问题中做出了有益探索，保持了一方稳定和村民的安居乐业。

供图：李庄村

湖北省团风县团风镇黄土岗村党支部书记卢义军

“当干部就得给村民办实事”

苏州市震泽镇考察团来黄土岗村调研考察乡村振兴工作　摄影：周洋

在湖北省团风县团风镇黄土岗村，展板上有两组照片特别打眼。一组拍摄于五六年前：山黄、草枯、破旧的房屋、衣着陈旧的村民；而另一组照片则拍摄于几个月前：青山、绿草、红砖白瓷的楼房和悠然自得的百姓。

转变，源于在大城市当老板的卢义军，回归到家乡担任团风镇黄土岗村党支部书记，带领全村党员全身心地为群众办实事、解难事、谋发展。

小康路上“领头雁”

黄土岗村曾是重点贫困村、经济“空壳村”，带领村民们脱贫致富，是卢义军回村后的首要任务。

他首先问需于民、问计于民。卢义军每到一个村民小组，都要召集村民宣讲扶贫政策，倾听心声，收集意见；每到一户村民家里，他都要看住房、看饮水、问教育、问医疗、问困难。

几个月下来，卢义军不仅掌握详尽的第一手资料，而且对黄土岗村扶贫工作思路有了清晰的认识——发展村级集体经济。经过研究，卢义军制定“优化产业结构、培育村级产业、开发村域资源”的发展集体经济工作思路。“村里好不好，村民富不富，一看收入二看户，三看村部四看住，五看环境六看路。”卢义军认为，要想改变黄土岗村落后面貌，就必须首先要大力推进村基础设施和配套建设。

在卢义军带领下，黄土岗村新建公路12条，新铺水泥路面8公里、扩建6.3公里，改厕158户，完成508户自来水及网络光纤改造。宽敞的水泥路、崭新的楼房、干净整洁的村容村貌、洋溢着幸福笑容的村民……美好的现代化乡村画卷正徐徐展开。

基础设施改善后，卢义军带领村民积极盘活村集体闲置土地，统一建成高标准钢架结构蔬菜大棚，引进市场主体入驻；盘活濒临倒闭的村砖厂，共为村集体创收24万余元。

黄土岗村139户脱贫户迈上小康路。

如今的黄土岗村，村容整洁，村民幸福 摄影：周洋

战疫抗洪“排头兵”

2020年春节期间，一场突如其来的新冠肺炎疫情，扰乱了黄土岗村安宁的生活。团风镇是团风县疫情最严重的镇之一，在接到镇党委关于疫情防控工作的安排部署后，卢义军带领村“两委”班子成员和全体党员迎难而上，以最快的速度投入到战役中。卢义军发动党员、群众迅速成立疫情防控志愿队，给村民宣传防疫知识，保障生活物资，全天候值守卡点，极大地增强了村民战胜疫情的信心。“村党支部像‘守护神’一样，守住全村的安全。”回忆当时的情景，村民们眼里依旧饱含热泪。

2020年入汛期间，团风县连续遭遇暴雨袭击，境内长河水位全线超警戒，形势危急。卢义军亲自上阵，带领全体突击队员冒大雨、扛沙袋、筑堤坝、查险情，挽救村民们辛苦种下的稻田、湘莲。“潮汛不退，我们不退！”他与队员们身处险情一线，连续一周都未休息，两只臂膀发黑发红，以实际行动在防汛一线筑起坚固堡垒。

乡村振兴“动力源”

“只有党员动起来，村民才会跟着动起来，黄土岗村发展才会有动力。”卢义军深知，党员发挥先锋模范的带头作用，团结、有战斗力的班子队伍对于乡村振兴具有重要意义。

上任以来，做好全村71名党员，包括19名流动党员的教育和管理工作，是卢义军的“头等大事”。在他的带领下，黄土岗村“两委”注重党员的学习与教育，把加强组织建设当作重要课题，以党建为引领，制定完善村务管理制度、村务监督制度、村规民约等系列制度，不断提升村级事务规范化管理水平。

“班子团结，才能有干事创业的凝聚力。”卢义军带领村“两委”把群众的烦心事、操心事、揪心事，放在心上、抓在手上，讲一件做一件、做一件成一件，让村民更有获得感、幸福感。

村“两委”班子由弱变强，一、二、三产业融合发展，村集体经济收入从负债到现在的24万元，村民们都说：“因为村里有个好支书，给村民办实事、解难事。”

面对群众评价，卢义军解释道：“当干部就得给村里办实事。致富的路还得继续往前蹚！”

作者：杨卫平

湖北省来凤县大河镇板沙村党支部书记曾国军

青春无悔谋“远航”

浓冬时间，湖北省来凤县大河镇板沙村仍然十分火热，绿油油的茶叶基地上，建档立卡贫困户们忙着培管绿茶。

“莫看这512亩茶叶，今年给村里带来了15万元收入，这可是村集体的第一桶金，多亏了新书记牵头，使村里的茶叶产业起死回生。”村民唐召营说。

唐召营口里的新书记叫曾国军，别看他年仅37岁，却有颇多传奇经历。

舍小家为大家

2020年1月6日，曾国军刚刚结束恩施州委党校学习，立即赶回板沙村解决茶叶冻库事宜。

2017年，来凤县启动村书记备案管理，板沙村原任支书官勋发已59岁，村内青壮年多数出门打工，全村203户585人，仅150余人留村且多系老人妇女儿童，26名党员年高体弱文化素质偏低，1年后村组织换届谁来当这个“领头雁”？

工作人员在大河镇走访了解到，一组在外党员曾国军曾是大河小学老师，并被评为全县优秀老师。后曾国军辞去教师铁饭碗，独自创办儿童托管中心。经过多年打拼，曾国军事业做得风生水起。

大河镇政府找到曾国军，希望他回乡带领村民致富。

村里没有支柱产业，自己事业红红火火，如果回村任职就会影响自己事业，曾国军有些犯难，但最终决定接受组织决定，把儿童托管中心交给家人打理，自己回板沙村协助村支“两委”工作。

2018年底，板沙村村支“两委”相继换届，曾国军被全体党员和村民选举推荐村支书兼村主任。

从配角到主角，意味着自己将完全放弃创办的儿童托管事业，别的不说，每年的个人收入将从几十万元降为几万元，家人纷纷反对。

曾国军在中组部培训现场

板沙村集体经济给村民分红

面对党组织和乡亲的信任，曾国军认识到人生是一次远航，前方有很多美好的东西，但绝不仅仅是金钱。他觉得自己有责任有义务带领乡亲，建设美丽家园，为振兴乡村作出应有贡献。于是他说服家人，住进了村委会。

齐心协力兴产业

“基地绿茶明年就可以大批量地生产了，巩固脱贫成效就有了保障。”曾国军说。

2017 年，来凤吹响“三茶一果”（绿茶、油茶、藤茶与小水果）号召，来凤县金凤祥茶叶专业合作社在板沙村流转 120 亩龙井 43#，板沙产业有望。

不料，因诸多原因，金凤祥茶叶专业合作社放弃板沙村发展绿茶的计划。

2020 年整村脱贫，产业是关键。曾国军与村支“两委”决定发挥支部核心和党员带头作用，接过金凤祥茶叶专业合作社继续发展绿茶产业。

村支“两委”和 4 名在外创业的党员垫资 30 余万元，党员干部每人认领一块茶叶基地，曾国军牵头组建来凤县板沙村实业开发有限责任公司，并再发展 80 亩龙井茶和 200 亩白茶。

120 亩龙井茶第三年就可以采摘，村内制茶机已经淘汰。2018 年初，村支“两委”申请易迁集中安置点后续发展项目获批，一座投资 53 万元占地 600 平方米的标准厂房如期建成。

为贫困户修建水源

厂房建起了，加工设备还没有。2019 年 4 月，曾国军经过多方奔走，争取东西部扶贫协作资金 68 万元买来全自动制茶设备。

“平时我在基地务工一天 60 元，进入采茶季，我每天采茶可以挣 200 元。”一组建档立卡贫困户张菊英说。截至目前，她已在基地挣了 1.8 万元。

“今年，我将请来制茶师傅制作出高质量绿茶，让‘板沙绿’畅销全国。”曾国军信心满满。

两年下来，曾国军接过原任支书接力棒，发展茶叶 280 亩，改造老茶园 200 亩、培育 300 亩杉树，去年村集体经济达到 15 万元，居大河镇村级经济前列。

设施治理大变样

“没有通组公路，我今年养猪就不会赚这么多钱。”1 月 5 日，建档立卡贫困户王昌银说。

信息基本靠吼、交通全部靠走，是王昌银所在三组过去的真实写照。

2018 年，曾国军向上争取项目，修通三组到 285 省道主公路，王昌银当年喂了 7 头猪挣了 2 万元，顺利脱贫。

建档立卡贫困户杨秀针一直在外地，无法联系。2019 年回家过年，曾国军得知他住在摇摇欲坠的破旧木房中，于是动员杨秀针危房改造，谁知却吃了闭门羹。

围着火炕谈心，询问在外冷暖，10 多趟下来，杨秀针同意实施危房改造。

帮助找工人、打屋基。2019 年 11 月，杨秀针在曾国军帮助下住进崭新的砖瓦房。

党员谢全富从不参加村里支部会，曾国军决定解开其心结。通过沟通得知，谢全富对自己民师辞退有看法。

“民师辞退是国家政策，不是针对哪一个人。你现在合作社办得那么好，养了 45 头牛 97 头猪，是村里的致富典型。作为党员不光自己致富，还要带领大家致富。”经过曾国军 20 余次交心谈心，谢全富转变了想法。如今每月的支部主题党日，他都会第一个到会并积极发言。

入夜，板沙村文体广场响起音乐，20 多名村民们跳起了摆手舞和广场舞。

“天天跳舞，我的身体好多了。”79 岁的段子香说。

到村任职后，曾国军发现村民除了看电视，基本没有其他文体活动。

如何让村民精神文明丰富起来，曾国军决定向上争取建一个村级文体广场。2019 年春节，板沙村文体广场落成，村民自发办起首届春晚。

湖南省“美丽乡村”示范村、郴州市“卫生文明”村——安仁县灵官镇莽山村党总支书记陈勇军

深山里的脱贫致富领军人

陈勇军坐在山顶上俯瞰莽山，思索发展出路

链接：莽山村位于安仁县灵官镇西部，地理位置偏僻，人居分散，2016年由原泮垅、碰田、莽山三个村合并而成立，属省级重点贫困村。辖21个村民小组，736户2447人，共有建档立卡贫困户185户698人，2018年已脱贫175户674人，2019年脱贫9户22人，2020年计划脱贫1户2人。村域面积19.4平方公里，山林面积9800亩，耕地面积2254亩，海拔1100多米。村内有独特的农耕景观，800多亩梯田风光，从山谷到山巅，从树林葱茏的林边到石壁崖前，梯田如链似带环绕在一座座山丘之间，层层叠叠错落有致。先后被评为郴州市“美丽乡村”示范村和郴州市“卫生文明”村。

在湖南省安仁县灵官镇莽山村，绿树成荫，鸡鸣犬吠，一派悠然的田园风光。修通水泥路，发展红心柚、生猪产业……站在这片希望的田野上，45岁的莽山村党总支书记陈勇军信心满满。

2016年兼任莽山村临时党工委书记以来，陈勇军为莽山村的脱贫攻坚和经济发展不断奔忙，走烂了几双鞋，写下了十本扶贫日记。这个由泮垅村、湴田村、莽山村三个村合并而成的村庄，过去因交通不便、信息闭塞、人居分散、基础设施落后，村级集体经济几乎为零；这个曾有着185户698名贫困人口的省级贫困村，已于2018年零佐证通过了国家第三方评估省市县多次督查考核，并顺利脱贫出列。集体经济逐渐壮大，全村的路灯亮了，老百姓的幸福感不断增强。陈勇军说，他想做的事还有很多，每件都要让乡亲们得到真真切切的实惠。

“关键时刻我可不能掉链子！”

2016年，由泮垅村、湴田村、莽山村合并而成的莽山村迎来了新的“当家人”——本在灵官镇镇政府上班的陈勇军临危受命，兼任莽山村临时党工委书记。

作为合并村，莽山村贫困户较多。为解决村级集体经济薄弱、村级基础设施建设滞后等问题，于2017年高票当选为该村党总支书记的陈勇军看在眼里、急在心头，他主动放弃双休日、节假日，不分昼夜，走村入户倾听乡亲们的心声，与市驻村工作队一道想方设法破解发展瓶颈。几年来，他的头发日益稀少，但在莽山村田间小道上却处处留下了奔波的足迹。

工作起来，陈勇军时常顾不上家。有一次，陈勇军母亲因突发脑梗被送医住院治疗。因牵挂着莽山村的贫困户脱贫问题、惦记着莽山村的各项工作任务，他抽不出多少时间来陪伴母亲。亲朋好友总是劝他，不要再做莽山村书记了，当一名普通的乡镇干部多轻松。平时总笑呵呵的陈勇军却一脸严肃地连连摆手：“莽山村脱贫任务重，关键时刻我可不能掉链子！”面对众多不解的目光，他又义无反顾地踏上村里脱贫的主战场。

“鞋子烂了不要紧，要做乡亲贴心人”

来到莽山村的次日，陈勇军站在山顶上眉头紧锁，沉默不语，烟一根接一根抽个不停。他深知，要想脱贫致富，必须得发展产业。

陈勇军开始通过走访慰问、谈心交心等方式了解贫困户各自的致贫原因。几年过去，他的脑子俨然成了一个“数据库”，对村民的生活和想法如数家珍。而这都是陈勇军走烂了好几双鞋得来的宝贵资料。

“鞋子烂了不要紧，我们就是要做乡亲们的贴心人。”在陈勇

莽山梯田风光

军的鼓励下，村民在种植水稻、油菜、红心柚等作物的同时发展牛、猪、鸡、鸭等养殖业。陈勇军又因地制宜，带领村民在洋垅片、湴田片区重点发展油茶产业500亩，莽山片区发展南竹产业1000亩。

陈勇军多次向有关部门汇报和争取，通过多方筹资投资310万元，在村里建起了年出栏2000头的生猪养殖场。2018年通过承包权公开招投标，该项目预计连续五年每年能为村里增加集体经济收入11.8万元，从此后莽山村村级集体经济收入实现了零的突破。此外，在陈勇军心里还有本产业账：出水垅种植专业合作社采取“合作社+贫困户”模式，种植红心柚180亩、大棚蔬菜50亩，带动全村不能外出务工的贫困户52户就业；莽山生态种养合作社带领贫困户30户种植油茶300亩、鱼塘养鱼80亩……

“你是真正的老百姓的守护神！”

2019年7月6日晚上，一场突如其来的大暴雨打破了莽山村群众平静的生活，尽管各方都有所防范，但这场大暴雨所造成的破坏力还是远远超乎大家的预料。凌晨4点，陈勇军接到了莽山水库管理员打来的电话，因为大暴雨，水库泄洪渠上方的山体出现大面积滑坡，整个泄洪渠被泥石堵死，坝体水位不断上涨，情况万分危急……

灾情就是命令，顾不上洗漱的陈勇军匆忙驱车从镇上赶赴村里，组织抗洪抢险工作。由于陆路被淹，陈勇军带着其他党员干部毫不犹豫弃车徒步赶赴水库，顾不上脚踝骨刺的疼痛，深一脚浅一脚，步步惊心。他心中牵挂的，只有莽山群众的安危。到达水库后，他和其他党员干部已经筋疲力竭，脸上分不清是雨水还是汗水，二话不说马上投入到紧张的抗洪抢险当中来。

按照县委常委、县组织部长曾忠良的要求部署，陈勇军一边调度精干力量疏通泄洪渠，排查水库险情，一边组织水库下游群众紧急转移。饥肠辘辘困饿交集的他，从早上忙到晚上7点粒米未进。他只有一个信念，就算累倒在救灾现场，也要保障水库下游群众的生命财产安全！人定胜天，他带领大家齐心协力，众志成城，水库安然无恙。此时他悬着的一颗心慢慢安定了下来……

这注定是一场漫长而艰难的战役。抗洪救灾整整持续了三天三夜，这惊心动魄的72个小时里，他几乎没合过眼，没睡过安稳觉。有着军营历练的他靠着钢铁般的意志坚守在抗洪救灾一线，哪里有危机，哪里有险情，哪里有群众呼唤，他就出现在哪里。他的体能达到了极限，但险情不除，他绝对不下火线。

大水过后的莽山村，满目疮痍，道路、房屋均遭到不同程度的破坏，灾后自救迫在眉睫。来不及稍作休息，陈勇军带着村里的党员干部又投入到紧张的灾后重建工作中，短短一月时间，就修复了村里的公路、桥梁、水渠等公共基础设施，村民的生产生活也渐渐恢复正常，莽山村又恢复了往日的宁静和美丽。在人民群众最需要的时候，陈勇军用自己的铁血担当，诠释了什么是一名优秀的共产党员。莽山村在这场20年一遇的大洪灾中，群众零伤亡，人民群众的财产也最大限度地得到了保护。县、镇领导对他的成绩给予了高度肯定和赞扬，他的先进事迹也在十里八乡被广为传颂，一些在场的群众，眼含热泪不约而同地对陈勇军志竖起大拇指，说：“你是真正的老百姓的守护神！”陈勇军会心地一笑，转身奔赴下一个地方，那里又有新的任务等待着他……

“金杯银杯不如老百姓的口碑”

在一次“乡村夜话”会议中，一名70多岁的老人拄着拐杖走上前紧紧握着陈勇军的手：“辛苦你了！陈书记。你全心全意为莽山人办实事，我们莽山人感恩你一辈子！”这样朴实的感激话语在莽山村随处都能听到。而“金杯银杯不如老百姓的口碑”这句陈勇军经常念叨的话语，他则在日复一日的奉献中默默践行着。

陈勇军带领村支“两委”一班人，严格按照国家“一超过、一达标、两不愁、三保障”的标准和要求，以增加贫困户收入、住房安全保障、义务教育全覆盖、医疗保险全民参保、安全饮水普遍达标等为切入点和落脚点，认真落实“五个一批”政策，做好社会保障兜底工作，多措并举确保全村按期高质量脱贫。

目前，莽山村已建成长3.4公里、宽6米的高标准通村公路；全村累计投资1000万元，完成了山塘维修10口、水渠维护4500米、水堰修缮45个、机耕道硬化建设20公里，20个小型水利基础设施项目，完成了3个安全饮水项目的提质改造。基础设施的完善，极大方便了村民的生产生活，切实提高了他们的获得感和满意度。

“村里已经脱贫摘帽，但我还有很多事想做呢！”再次站上当初那个山顶，陈勇军兴奋地点燃了一根烟，对于莽山村今后的谋划，他有着更长远的思考。

广西贵港市港北区脱贫攻坚先进个人——武乐镇吉斗村党委书记李日银

“四个一”为村民筑牢疫情防线

吉斗村党委书记、村委会主任李日银　摄影：李杰蓝

链接：李日银，男，汉族，1975年12月出生，中共党员。现任贵港市港北区武乐镇吉斗村党委书记、村委会主任，贵港市金吉养殖专业合作社负责人。系贵港市港北区第五届人大代表、武乐镇第一届人大代表。截至2020年10月，李日银所创办的合作社已带动建档立卡贫困户41户，占全村87户建档立卡贫困户的47%。2018年10月，李日银在全市贫困村创业致富带头人培育工作现场推进会上作经验发言。曾荣获贵港市港北区2010—2012年创先争优活动“优秀共产党员”、2013年度港北区人口和计划生育工作先进个人、2013年度港北区清洁乡村工作“十佳村屯带头人”、2016年度港北区脱贫攻坚先进个人等荣誉称号。

李日银，广西贵港市港北区第五届人民代表大会代表、武乐镇第一届人民代表大会代表，武乐镇吉斗村党委书记。

疫情就是命令，生命重于泰山。为了保障村民的身体健康和生命安全，2020年春节的第二天，港北区武乐镇吉斗村党委书记李日银和驻村第一书记迅速动员村“两委”干部、扶贫工作队员、村医、保洁员全部到岗到位，自觉放弃了春节假期，在防护物资十分紧缺的情况下，毅然坚守在疫情防控一线全身心投入工作，以 “四个一”为村民构建新冠肺炎疫情防线，筑牢生命安全线。

一封倡议书

为了缓解一次性医用口罩、医用酒精等防护用品严重不足、防控工作人员紧缺等多种问题，经李日银书记和村“两委”、驻村扶贫工作队商议，决定向社会群体特别是村里的经济能人、中共党员、青年志愿者等寻求帮助，发出了《关于积极捐款捐物共同抗击疫情的倡议书》。病毒无情人有情，《倡议书》一经发出，立即得到了大家的积极响应。企业老板、个体经营户、中共党员、企事业单位职工、村民合作社等纷纷踊跃捐款捐物，50 件值班用的棉大衣、10 个取暖器、6 张竹床、50 斤 84 消毒液、100 只一次性口罩……各类支援防控工作的物品很快就送到了村委门前，有的甚至亲自从南宁驱车送来，捐款的 10000 元、2000 元、1000 元……来自各类群体的援助资金也迅速到位。还有许多青年志愿者也主动来到村委报到，自愿协助开展疫情防控工作，他们有的捐出了现金、物品，有的用自己的实际行动到一线去站岗值守，大家都各尽所能，积极为村里做一些力所能及的事情。截至 2020 年 3 月 6 日，武乐镇吉斗村共收到捐款 43084 元，收到各类疫情防控物品折合人民币 31275 元，参与防控工作志愿者达 88 人。

2020 年 2 月 7 日，李日银组织本村志愿者参与新冠肺炎疫情防控工作　摄影：叶咏升

一张明白卡

李日银书记会同镇村干部虽然已经多次通过入户宣传、流动广播、张贴海报、悬挂横幅、设置展板等方式向群众宣传疫情防控要求，但为了让群众更全面详细地了解到疫情防控知识，李日银代表制定了《疫情防控明白卡》，上面详细列出了挂村镇领导、村党委书记、第一书记、村委主任、在片村干部、卫生室村医、武乐派出所、港北区疾病预防控制中心的联系方式，以及贵港市新冠肺炎的定点治疗医院、疫情防控要求、官方信息获取渠道、公安部门的紧急通告等内容，由志愿者到每户发放，并做好解释引导，极大地提高了群众对疫区防控要求的知晓率，也畅通了群众向相关人员咨询联系、向有关部门获取最新疫情信息的渠道。

一份承诺书

为了提高摸排信息的准确率，尽最大努力找出从疫区返乡人员中的遗漏人员，确保不漏一户、不少一人，李日银书记和村“两委”、驻村扶贫工作队共同研究，决定借助广大青年志愿者，深入地开展第三次摸底排查工作。在这次排查中，李日银书记和村干部、生产队长带领青年志愿者，挨家挨户摸排数据，每户除了发放一张防控明白卡，还要签订一份防控承诺书，对其本人及家庭成员如实报告相关信息、按要求做好自家防控工作等作出书面承诺。很快，在广大青年志愿者的积极协助下，第三次摸底排查工作进展顺利高效，对村委在疫情防控关键时期准确掌握全村群众的相关信息提供了重要的数据基础。

一个检查站

吉斗村共有人口 1923 户 6913 人，分 4 个片共 22 个屯，交通四通八达，与桂平市交界，每天过往的车辆很多，返乡的外地车辆也很多，管理难度很大。为了保障村民群众的安全，李日银书记借鉴城区物业小区和其他村屯的做法，充分考虑群众定期出行的需求及交通便利性，在 22 个屯中选取了 10 个重要路口，在每个重要路口设置 1 个检查站，落实人员 24 小时值守，对过往的人员及车辆进行检查登记，严防死守不让病毒带入村屯，其余未设置检查站的路口均不再允许人员车辆通行。同时，向村民发放临时通行证，严格落实港北区新型冠状病毒感染的肺炎疫情防控工作领导小组指挥部令，对村民出行进行管控，减少不必要的外出次数，进一步巩固了疫情防线。

四川省劳动模范——西充县祥龙乡小珠坝村村委会主任任守斌

植树数十载　荒山变绿海

四川省西充县祥龙乡小珠坝村距离县城 30 余公里，村里有一座山叫凉水井山，山上的青草养殖专业合作社远近闻名。大伙欣赏的不仅仅是合作社创造的经济效益，还有一个人——小珠坝村村委会主任任守斌。

35 年来，任守斌凭着满腔热忱，硬是在荒山开辟出 370 多亩生态林地，如今还种植有柑橘、核桃、水蜜桃、小麦及大豆，并在林下养殖跑山鸡，成为小珠坝村致富带头人。

闻鸡起“锄”造林，数十年如一日

2020 年 4 月 26 日，记者来到凉水井山上的青草养殖专业合作社，66 岁的任守斌正漫步在绿树掩映的林间小道上。“这片林里的树种类多，有黄荆树、构叶树、青冈树、柏树……”

记者看到，眼前这片苍翠茂密的森林，顺着山丘绵延起伏。绿水青山，鸟语花香，面对这宛如世外桃源的凉水井山，记者一时间竟难以将其和当年那座光秃秃、水土流失严重的山丘联系在一起。谈起自己植树造林的经历，任守斌感慨万千。

20 世纪 80 年代，因生态意识缺乏，村里乱砍滥伐、毁林开荒现象很严重，林木被伐光了，植被遭到破坏，干旱、水土流失等问题随之而来，对此，任守斌心痛不已。1985 年，任守斌和小珠坝 3 社签订 40 年的荒山造林合同后，就携带妻子、女儿上山“安营扎寨”，露天支灶、岩洞安床、闻鸡起锄、月伴归家，每天刨坑、翻土、育

任守斌正在查看核桃长势　摄影：刘磊间

苗、种树……这一干就是30多年。

“那时候没有智能手机，网络也不发达，学知识全靠书本，我订了七八种报刊，现在收藏的农业书籍估计有千余册。”任守斌告诉记者，他一有空便写农业日记、学习心得，如今对于农业养殖种植方面的疑难杂症，他都能对症治疗。也正因如此，他还在祥龙乡场镇免费为群众做畜禽技术指导长达9年，逢场天就去，9年间从无间断。

2008年，西充启动中国西部有机食品基地县建设，任守斌响应号召，成立西充县青草养殖专业合作社，经过发展取得良好经济效益，还获得市级示范合作社称号，并取得“老鹏山”“川祖”“青草园”三个商标；成立的青草园家庭农场，也是省级示范家庭农场。

在绿化荒山过程中，任守斌闯出了一条勤劳致富的新路子。山坡上，栽满柏树、松树，林下养殖了2000余只跑山鸡；山脚下，种植有柑橘、核桃、水蜜桃、小麦及大豆。他不仅给乡亲们恢复了一座青山，还建成了一个年产水果数十吨的优质果园。

自费造林、护林以来，任守斌没有卖过一棵树，35年来乐此不疲，成功造林370余亩。

乐于助人的好帮手，村民眼里的热心人

2001年，是任守斌最难忘的一年，在小珠坝村村委会主任选举中，村民们纷纷为任守斌投票，最终，任守斌以全票当选。“当时，我真没想过自己会得到全村人的认可，他们的信任对我来说是坚持下去的动力。”任守斌说。

近20年来，任守斌积极主动为村民排忧解难。工作中，只要村民需要，他都会主动上门为村民解决生产生活中遇到的困难。

“任守斌一直喜欢帮人，村里的人都晓得，他经常帮人上街跑腿买药、换挂面、到裁缝店取衣服、放牛、提水、推磨、赶鸭子。”小珠坝村年龄最大的村民张大爷说起任守斌，连连称赞。

当选村委会主任后，乐于助人的任守斌更加主动帮助困难户，替他们跑腿办事；有的村民生病时，他还自费带村民到县城、市里的医院治病；自费为五保户送柴、送被子、送粮食。

在任守斌的影响下，小珠坝村村民们也主动向困难户进行援助、帮扶。村里的一对孤儿，通过任守斌一家人和村民的帮助，成功完成大学学业，并在成都安家置业。村民们捐赠的每一笔帮扶资金，任守斌都作了详细记录，并第一时间通过微信向村民公布收支情况。

“村民们遇到困难、需要帮助时，能第一时间想到我，这就是对我的认可。”任守斌说。

这个朴实的汉子，做的永远比说的多，家里珍藏的那些荣誉奖章彰显着他的赤诚之心。从1979年西充县团委授予任守斌“新长征突击手”称号起，41年来，他共获得省、市、县级表彰28次。其中，有市、县“优秀共产党员”，市、县“新长征突击手标兵”，四川省劳动模范，西充县造林绿化特别贡献奖等荣誉。

昔日的荒山凉水井，如今已林木茂密　摄影：刘磊间

任守斌种植的经济林　摄影：刘磊间

四川省广元市“2019年十大廉勤人物”——苍溪县元坝镇建设路社区主任陈洪勉

“墨水”主任不褪色的初心

“60后”的他在同事嘴里，是“喝墨水”长大的，出身“书香之家”，毕业于西南大学外国语学院、30年写存诗歌3000多首；在少部分人眼中，他是不会转弯的“一根筋”，原则问题上六亲不认，方寸不易；而在更多人心里，他是个质朴、务实、热心的好党员好干部，他就是四川省广元市“2019年十大廉勤人物”之一、苍溪县元坝镇建设路社区主任陈洪勉。

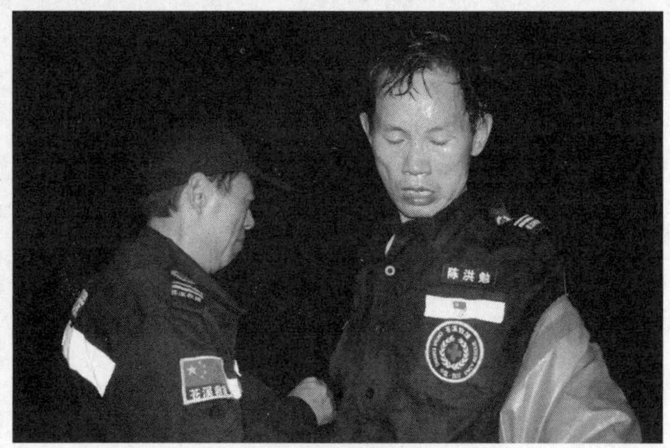
陈洪勉奋战在一线

“六项头衔”诠释勤实为民情怀

“陈主任，麻烦你太多了，但还得指望你帮我协调要回后期医药费。”2019年10月10日一早，社区居民李开芬找到陈洪勉，希望帮她出面调解车祸赔偿相关事宜。

“李姐不急，先喝杯水。你明天把资料带来，我陪你去，力争在合理范围内为你争取最大经济补偿。”

“太感谢你，要不是你，我哪有勇气活下去！”李开芬声音哽咽。

“莫这样想，为居民解决困难是我的分内之事。”陈洪勉轻言安慰。

2019年8月，56岁的李开芬因车祸严重受伤，其丈夫和儿子已病逝，为让李开芬及时得到救治，陈洪勉多次找涉事方调解，和同事去医院看望陪护，还自掏腰包为其垫付医药费，让李开芬感受到家的温暖。

入党22年，陈洪勉始终坚守着共产党员的初心。作为苍溪县元坝镇建设路社区主任和人民调解员，陈洪勉所干工作繁多，包括社区环境治理、安全整治、平安维稳、地质灾害监测、低保和廉租房评审等。每天，他都会到社区里走一圈，了解居民“微心愿”，维修不亮的路灯，检查公厕水箱是否漏水，捡拾背街小巷垃圾……在妻子刘荟兰看来，丈夫这些年很少顾及家里，常常忙得饭都赶不上。

除抓实社区主任、人民调解员工作外，陈洪勉还是残协主席、县聚爱救援协会元坝分会会长、苍溪红十字救援队元坝分队队长和北孔子林孝道协会会员。他非常珍视这“六项头衔”，视为励志修身和诚心为民的契机，并以自作诗《“六心”公仆》勉励自己：“诚心待人慎交友，虚心纳谏甘俯首。善心修怀守底线，恒心做事争鳌头。实心为民不言休，公心立党莫退后。六心若能皆躬亲，百姓岂会不拱手？”

2014年夏季，一场洪水将社区农贸市场淹没，获知电商姚国成大件电器被浸泡，在拦腰的洪水中，陈洪勉的腿和手被残根断垣划破泡肿，他整整忙碌了3个多小时，帮姚国成抢回了价值20多万元电器。

这只是陈洪勉所干实事好事的冰山一角：深更半夜调解闹别扭的夫妻，帮空巢老人洗衣物，给摆摊的残疾人扛货，送夜归的醉汉回家，为残困人员解囊……

“搜救失踪或溺水人员、抗洪灭火、助学助老太多了，都记不清楚啦！”陈洪勉笑言，2018年，他仅为周边乡镇摘马蜂窝就有十多次。

“满腹墨水”传递守廉护廉正能量

“断将浸蚀拒身外，永把廉洁烙心间。”这是陈洪勉《举鞭为民》诗中语句。他常告诫自己：守得廉洁乐自在，身正自有清风来。

2019年6月，儿时玩伴、曾经同事、而今街坊仲某欲为其母亲申请低保。老人虽高龄有病，但并非重症住院，三儿女生活富裕，不符合低保政策。

“你有困难，我绝不袖手旁观。但你母亲的确不符合低保评定政策，我如答应了你就是优亲厚友。”陈洪勉苦口婆心，对方却不依不饶，甚至以断绝交情要挟。陈洪勉拒绝后，又多次看望玩伴的母亲，终于获得对方一家的理解。

廉如熏风拂面清心。如何既让社区10多名干部和100多名党员固守赤诚、安享清贫，又能涵养良好民风？

在“不忘初心、牢记使命”专题党课上、社区宣传栏、文艺汇演、微信公众号以及村民房屋墙上，陈洪勉将“秉笔直书正气歌，挥剑斩尽寄生虫”“六廉为公行坦荡，两袖清风性端庄”等饱含“廉洁”韵味的诗句融汇进去，倡导大家懂法纪、守秩序、近勤勉。

“近几年来，建设路社区无一党员干部违纪和无一群众信访，社区党支部多次被元坝镇评为先进党支部。”元坝镇纪委书记刘小龙介绍。

“要如菊之净，莲之洁，自律自安；也如竹之直，松之坚，言行坦荡……”陈洪勉说，他将担负起“勤廉人物”社会责任，用手中笔，传递正能量，引领大家克勤克俭清白做人，慎思慎行踏实做事。

供图：苍溪县元坝镇建设路社区

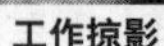
工作掠影

贵州省脱贫攻坚优秀党组织书记——兴义市三江口镇团结社区党支部书记郑维坤

不负韶华

郑维坤被贵州省委授予“全省脱贫攻坚优秀党组织书记”称号

他，1.70米的身高，阳光灿烂的脸上，时常挂着微笑，而那双清澈明亮的眼睛却透着坦诚和机敏；言谈中，你会发现他有“80后”特有的气质，简达、干练。

2014年，在外打拼多年的他，毅然放弃城里舒适的生活，怀抱带领村民一起脱贫致富的理想，回到生他养他的家乡。凭着敢想敢干的作风，一心为民谋富裕的胆识，让一个贫穷落后的村寨在脱贫攻坚中产业兴旺、大有作为，他就是贵州省兴义市三江口镇团结社区党支部书记郑维坤。

一

三江口镇团结社区地处兴义市东北部，属一类贫困村，全社区辖22个村民小组，1159户3980人。郑维坤到团结社区时，社团结区有建档立卡贫困户193户958人。由于社区山高水长，没有产业，再加上交通不畅，社区有近三分之一的青壮年都外出务工去了，剩下的多是拖儿带女的妇女和体弱多病的老人，很多人只能靠传统的种植养殖维持生计。

为把准社区脉络，开出对症下药的良方，郑维坤从上任之时起，除了夜里睡着的几小时外，他的大脑就像上足了弦的钟表，一刻不停地运转着。他清醒意识到，既然上级把自己推到脱贫攻坚前沿，那自己就要开动脑筋，撸起袖子带领村民在脱贫攻坚致富的大道上，开拓一条适合社情民意的路子。

说干就干，热血沸腾的郑维坤马不停蹄地奔忙起来。作为支部书记，郑维坤在身体力行的同时，竭力倡导“两委”班子成员在脱贫攻坚中积极发挥党员的先锋模范作用。于是，他同班子成员顶着烈日，迎着风雨深入各村寨，帮助协调社区发展中遇到的困难，解决群众生产生活中遇到的问题，与贫困群众结对子，从群众最急最忧最盼帮起，从社区发展的重点难点堵点抓起。

经过几天的跋山涉水，郑维坤惊诧地发现，团结社区竟没有一条硬化的公路，更别说通村通组的路了。交通不便严重制约了当地经济的发展。要致富，先修路。修路！一时成了团结社区的中心话题，也成了郑维坤要干的事。说来也巧，就在郑维坤想方设法筹划修路之时，国家出台了“一事一议”优惠政策。他连忙跑到镇政府，找书记、找镇长，最后终于如愿以偿。修路中，郑维坤一边和上级部门协调，一边带领群众投工投劳，不到半年，就修建和硬化了辖区内20多公里的通村通组公路。

望着一条条伸进村组的路，郑维坤并没有停下脚步，他又在设想将那些断头路建成四通八达的幸福路。他又跑到镇政府争取“一事一议”项目资金和物资，彻底打通了社区的最后一公里通村路，老百姓实实在在感受到脱贫攻坚带来的好处，更为发展产业、推动农产品进入市场奠定了基础。

按理，路通了，郑维坤可歇一下。可郑维坤没有，他有一股子拗劲，只要关乎老百姓的事，就要实现。为改善社区群众生活条件，他向有关部门申请扶贫资金27万元，完善村卫生室标准化项目建设和教育设施建设，让患病群众在温馨的环境里病有所医，让儿童健康地成长。

正是这一件件走心的事，乡亲们对郑维坤是褒奖有加。

二

作为一个农民的儿子，郑维坤比谁都清楚：传统的耕耘模式很难撑起老百姓的希望，唯有来一场轰轰烈烈的产业革命，才能改变社区贫穷落后的面貌。

秉承初心，郑维坤同班子成员一道，走向田野山岗，用心寻找适合脚下这片土壤的产业。

通过对气候、采光等的分析，团结社区利用国家植被恢复资金200多万元在石漠化较重的发岩、大水井等村民小组种五星枇杷1252亩，该项目两年支付当地农户人工工资110万元，实现销售收入60万元，带动农户845人增收，带动贫困户49户226人脱贫致富。

值得一提的是，随着产业的落地生根、开花结果，不仅增强了贫困群众致富奔小康的信心，也使团结社区的集体经济实现“开门红”，虽然只是微不足道的3万元，却让摘去空壳村帽子的人们看到了希望。

尝着五星枇杷的甜头，深谙经营之道的郑维坤，懂得管理的重要，懂得战略的重要，懂得决策的重要。为解决五星枇杷销售等问题，郑维坤敢为人先，带领班子成员在三江口镇成立了首家村级公司，使产业发展有了依托，种植户没了后顾之忧。

望着五星枇杷基地的发展壮大，心存志远的郑维坤，有了进一步的谋划。“我们做的是农业产业，是靠天的产业。若喜获丰收，就得有贮藏产品的地方。为此，我们投资20万元修建了面积498立方米的冷库，就是保证村民辛苦盘出的硕果不烂在田间地头。”

为让团结社区群众脱贫致富，郑维坤一点也不含糊，既要金山银山，也要绿水青山。这些年，在五星枇杷种植的基础上，郑维坤同社区班子一道解放思想、迎难而上，使社区产业遍地开花，困难群众喜上眉梢。本着产业扶贫的原则，社区投资20万元鼓励贫困户种植大红花茶200亩，带动贫困户54户276人脱贫致富。

这些年，围绕“打好产业扶贫硬仗”的目标，郑维坤遵循自然，因地制宜拓展产业。在桥边组，社区根据优质的地下水源，在沿河闲置土地上投资55.8万元修建生态鱼养殖场，每年可为集体经济增加5.8万元。在大水组，投资60万元建设占地10亩的集中养牛场，解决1户贫困户务工脱贫，带动贫困户77户300人。投资10万元种植老品种芭蕉100亩，发动115户群众种植蔬菜160亩，使社区呈现种养结合、养种互补的循环经济发展。

然而，心系群众的郑维坤并没有沉醉在眼前的产业中，担负脱贫攻坚重任，他又在心里勾画着产业扶贫的蓝图。“发展产业，找准适合自己的产业是关键。团结社区土壤肥沃、气候温和，日均气温18℃，全年日照1334小时，无霜期达324天，很适合农业产业的发展。”于是，2019年5月郑维坤组织工作人员赴广西参观考察。通过考察，大家一致同意引进营养价值高、软糯香鲜的小米蕉。

为鼓励贫困群众参与小米蕉种植，团结社区通过农民养殖专业合作社，将社区贫困户全部纳入合作社。经过一年多的发展和管护，1000多亩的小米蕉种植基地郁郁葱葱，成了三江口镇一道亮丽的风景。该产业覆盖社区贫困户193户968人，发放贫困户分红

郑维坤带领“两委”班子精心打造的团结社区两大产业支柱——五星枇杷（左）和小米蕉（右）

119160元，发放群众务工工资80余万元。小米蕉已成为团结社区继五星枇杷后的又一主要产业。

三

同郑维坤交谈，很容易发现，他是一个思维活泼、勇于进取的人。为了社区，他从基础设施到优化种植结构，从壮大集体经济到培育特色产业，他用热血和心智解开一个个脱贫死结，找到一条条致富门路，社区发展令人刮目相看。

采取“公司+合作社+农户”方式，引进兴义市扶投公司投入1800万元建设占地43.7169亩的杉木加工车间，为当地群众解决木材就地销售难的问题，受益群众覆盖全镇所有贫困户及农户10000余人。此外，团结社区还利用摘帽资金50万元入股黔农汇公司，受益群众113户533人；利用食用菌项目资金62.3万元入股黔农汇公司，受益群众108户512人。在项目上，实施分散能繁母牛养殖项目50头，分散肥牛养殖项目133头，使130户660人从中受益。向贫困户发放特惠贷资金158笔746万元，带动158户发展种植养殖产业脱贫致富。通过资金变股金方式，团结社区16户贫困户通过特惠贷资金入股村级公司，每年分红9.6万元。

这些扶贫举措，使团结社区贫困户在利益联结上至少有3个以上的产业覆盖。而社区通过产业利益联结和“村社合一”的经营方式，使社区村集体经济已达106万元，且每年以50%的速度在增长，预计2020年底可望达到150万元。

回望脱贫攻坚点燃的希望之火，郑维坤激动地说：“这些年，团结社区围绕党建抓脱贫，通过‘五步工作法’和产业‘八要素’的落实，社区面貌发生了翻天覆地的变化。经过上级有关部门检查验收，社区群众于2019年实现贫困人口全部脱贫，社区居民人均收入由3458元增加到9000元以上，实现了稳定脱贫。在社区有劳动能力人数的2146人中，已实现就业人数2137人，就业比例为99.6%。”

一个个战天斗地的脱贫故事，让团结社区名声远扬。近年来，团结社区被中共黔西南州委授予“全州脱贫攻坚先进党组织”，被中共兴义市委授予“全市脱贫攻坚先进党组织”和“先进党总支”等称号，郑维坤本人在2019年被中共贵州省委授予“全省脱贫攻坚优秀党组织书记”。

云南省脱贫攻坚“优秀村官”——香格里拉市东旺乡新联村党总支书记杨章初姆

青春在雪山峡谷间绽放

杨章初姆（前排右一）参加东旺乡人代会时留影　摄影：卓玛央宗

链接：杨章初姆，女，藏族，1991年1月出生，大学文化，中共党员。2014年7月毕业于云南民族大学，2014年9月至2017年10 月，担任东旺乡上游村委会大学生村官；2017年10月至2018年2月，任东旺乡上游村崩巴支部第一书记；2018年3月至今，任东旺乡新联村党总支书记。2015年、2016年连续两年被东旺乡人民政府评为“优秀村官”，2019年迪庆州“优秀驻村工作队员”候选人，2020年10月被云南省扶贫开发领导小组授予“全省脱贫攻坚奖‘优秀村官’”荣誉称号，2021年4月荣获云南省五一劳动奖章。

2018年，对于27岁的杨章初姆和贫困落后的新联村都是特别的一年。这一年，杨章初姆被派往云南省香格里拉市东旺乡新联村任党总支书记。谁也没想到，短短两年的时间，这名90后女总支书记就让新联村摘掉了“软弱涣散党总支”和“深度贫困村”两顶帽子。

工作剪影。左图为杨章初姆席地而坐，向村民宣传政策　摄影：格茸定主；右上图为主持召开村组干部分析研判会议　摄影：和桂昌；右下图为组织文艺活动，传承东旺锅庄文化　摄影：卓玛区宗

东旺乡被称为香格里拉市的“北极”，这里雪山林立、沟壑纵深，曾是“边、远、穷”的代名词，坐落在雪山峡谷深处的新联村更是如此。杨章初姆的到来给群众带来了新的希望，如今的新联村一改过去的凋敝，产业遍地生根，一路山花绽放。

扶起软弱涣散党总支

杨章初姆是东旺乡跃进村人，2014年毕业于云南民族大学，同年考上大学生村官，2014年至2016年在东旺乡上游村任村官，2017年通过公务员考试进入东旺乡人民政府工作，同年被派到上游村崩巴支部任第一书记。2017年底新联村被列为软弱涣散党总支，加之当时的村总支书记意外去世，了解当地情况、会藏语、拥有群众工作经验的杨章初姆成为了新联村党总支书记的不二人选。

为了发挥出基层党组织的战斗堡垒作用，杨章初姆用了一个月的时间调研掌握新联村村情，梳理出了工作思路。她召集村“两委”班子、委员、支部书记对党建工作进行专题研究。在全村增设3个支部，解决村组分散严重、支部设置不合理、党员开展活动难问题。其次，规范总支党建基础台账工作，并逐步规范到11个党支部。严格按照“7+X”规定动作开展每月主题党日活动，宣讲感恩教育、惠民政策、学习党章、党规、法律知识，规范党员行为，加强党员教育管理。几年来，党员的认同感、凝聚力、创新争优意识不断增强，在村里农户受灾、防控新冠肺炎疫情等关头，各支部党员纷纷慷慨解囊，自发捐款。2019年，新联村顺利摘掉了“软弱涣散党总支”的帽子，党建工作得到明显提升。

“‘抓好新联村的党建，发展好新联村产业，弘扬好新联的文化’这是乡里对她的要求，两年来她确实做得很好。”东旺乡党委副书记阿争说。

带活深度贫困村

新联村下辖11个村民小组，共有203户1310人，聚居民族为藏族，属于深度贫困村，有建档立卡户23户144人。

“集体经济发展不规范、合作社带动作用不明显、产业发展散小弱，合作社只覆盖了几户建档立卡户，村里零零星星种了100多亩羊肚菌，很多老百姓没有固定收入。”初到新联村，几个难题便摆到了杨章初姆面前。

为了发展新联村产业，村“两委”和驻村工作队积极谋划，结合新联村实际坚持“中、长、短”期产业相结合，“以短养长”的原则，确定重点发展羊肚菌、东旺藏鸡、藜麦三大产业。并向上级党委政府申请了集体经济资金100万元、滚动资金120万元用于发展产业，以“总支＋公司＋农户”的模式发展村集体经济。同时积极与村内发展规模大、带动能力强的4家合作社对接，建立合作关系，带动百姓务工、发展产业。目前新联村羊肚菌、东旺藏鸡、藜麦产业已初具规模，带动农户增收作用明显。

在香格里拉市东旺铯曲种养殖农民专业合作社，成群的藏鸡鸣奏着独特的致富曲。“现在村里家家户户都养了藏鸡，我家养殖藏鸡一年能收入两三万元，我也在合作社里务工，每个月都有稳定的收入，日子越过越好了。”村民扎史培初说。

2018年，全村种植羊肚菌342亩，带动建档立卡户13户，户均收益6000元以上；种植藜麦120亩，带动建档立卡户12户，户均收益1000元以上；东旺藏鸡养殖覆盖全村187户，养殖规模达到12000羽，带动全村23户建档立卡户，户均收益3000元以上，逐步实现了全村农户产业全覆盖。如今，贫困发生率从2018年的10%降至2019的0。

“到目前为止，全村11个村民小组都有了活动室，硬化路通到家门口，太阳能热水器、饮水安全、路灯都解决了，基础设施不断完善，贫困村大翻身了。”村总支副书记牛念高兴地说道。

脱贫不漏一户不落一人

列布村民小组的扎青老人是新联村唯一的“五保户”，今年已经85岁，自丧失劳动力开始，一直由列布村民小组集中供养，每月定期给老人送生活用品，轮流照顾老人、帮老人洗衣物。“没想过在我们身边还有这么贫困的人”，第一次入户走访看到扎青老人的生活，杨章初姆被吓了一跳。黑乎乎的土墙、用三块石头垒起的简易火塘、破旧脏乱的房屋，不通水不通电，仿佛来到了原始社会，从此，老人成了杨章初姆心中放不下的牵挂，她和驻村工作队积极向有关部门反映，请求给予解决困难，凑足了3万元资金，为老人重建了新房，还积极联系爱心人士为老人送来物资。如今，杨章初姆每月至少会去看望老人一次。

2018年5月，比吓村民小组建档立卡户拉姆央宗家发生火灾，顷刻间，房屋被烧得一干二净，70岁的拉姆央宗忍不住失声痛哭，杨章初姆协同驻村工作队、村“两委”积极向相关部门、社会各界人士寻求帮助，多方筹集资金帮助该户重建房屋，还时常上门去做心理辅导，安慰鼓励他们。“从火灾发生到现在，两年来书记一直为我家忙前忙后，帮我们筹集资金，普及小额信贷的政策，多亏了书记的帮助和鼓励，让我们有信心重建新房。现在，我家的新家已经开始装修，明年新年我们就可以住进新房了。”拉姆央宗的女儿次翁说。

杨章初姆说，党给百姓送来了好政策，她在最基层的岗位上与所有东旺群众一样感受到了党对少数民族贫困群众的关心与帮助，见证了脱贫攻坚工作开展以来新联村翻天覆地的变化。“省委组织部李小三部长曾寄语大学生村官要像望天树一样做到‘脚踏实地、心无旁骛、勇往直前、出类拔萃’，这一直是我努力的目标也是我感恩的方式。”她说。

如今，雪山峡谷间芬芳四溢，处处可见青春绽放的芳华。

全国劳动模范——西藏拉萨市堆龙德庆区东嘎社区党委书记江白

“老”劳模的“新”贡献

江白给社区居民讲党课　摄影：普布多吉

链接： 江白，男，藏族，1960年11月出生，1983年3月参加工作，2011年7月加入中国共产党，现任拉萨市堆龙德庆区东嘎镇东嘎社区党委书记。2011年4月至2017年11月，成立堆龙德庆县东嘎村农牧民建筑和运输合作社，并任合作社负责人；2017年12月至今任现职。2014年获得“自治区劳动模范”，2015年获得拉萨市第二届“优秀中国特色社会主义事业建设者”、拉萨市“城乡劳动者致富带头人”“全国劳动模范”，2018年获得拉萨市精准扶贫工作“致富带头先进个人”，2019年获得“影响堆龙40名基层人物”“堆龙十大发展之星”等殊荣。江白所带领的集体，获得2014年堆龙德庆年度全县安全生产“先进单位”，2016年“企业突出贡献奖”，2017年“拉萨市农牧民专业合作社市级示范社”，2018年堆龙德庆区就业带动“一等奖”等荣誉。

劳动模范是劳动人民的优秀代表，他们更多的是发挥示范、引领和带动作用，以点带面，全面辐射。堆龙德庆区东嘎街道东嘎社区党委书记江白就是这样一位劳模精神的践行者，经过三十多年艰苦创业，成为农民企业家，致富后带领乡亲通过建筑、运输、商品房租赁等方式共同致富，发挥着“老”劳模的“新”贡献。

堆龙德庆区东嘎街道东嘎社区位于拉贡公路及和平路沿线，距市区约12公里，距堆龙德庆城区约2公里，交通便利；与拉萨国家级经济技术开发区相邻，是一个因土地征用而成为城镇一体化的新农村。2006年，因建设需要，东嘎社区土地被征用开发，当时已经靠从事建筑行业富裕起来的江白看准了机遇，建立车队带领居民跑运输，为了建立更加正规、专业化的组织，2011年江白正式创办了东嘎农牧民建筑和运输合作社，该合作社是集施工与运输于一体的农村合作组织，运营收入从最初的280多万元到2013年的1400万元再到2014年的2100余万元，逐步有了飞跃式增长。2017年，江白正式担任东嘎社区党委书记，作为一名有着30多年创业经验的农民企业家，如何利用当地得天独厚的优势带领群众致富是江白当时想得最多的事情，而这很快在江白的脑海中有了详细的规划。

2017年，江白组织东嘎农牧民建筑和运输合作社开始修建该社区三、四、五组近2万平方米的商铺，当年建成投用后，通过70间商铺的租赁，三个小组集体经济年分红金额达500万元。2018年，江白又组织合作社新建了藏式风格的社区居委会大楼，并于2019年8月投用，如今的东嘎社区居委会大楼共55400平方米，分别拥有44间商铺、宾馆客房以及配套的办公室、大型会议室等，租金也从原来的每年12万元，增加到了每年150万元。两年间，东嘎社区一排排商铺门面、综合性商业大厦，居委会四层高的多功能大楼拔地而起，成为当地新的经济增长点，全部租金都将被纳入社区集体经济，仅这一项收益每年可达数百万元。此外，商品房和居委会大楼建设期间还吸纳了社区150户居民180辆货车从事运输工作。

“我在合作社工作，年收入9万余元，以前我只有一辆车，现在买了两辆专门跑运输，生活过得越来越好。” 东嘎农牧民建筑和运输合作社员工米久说。

“一人富不算富，只有带领大家一起富才是真正的富。”2018年初，江白投入2000万元正式成立了占地面积达130亩的“堆龙德庆嘉热砂石销售有限责任公司”，由合作社负责运营管理。该公司砂石生产线自动化程度高，运行成本低，破碎率高，节能，产量大，污染少，维修简便，生产出的机制砂符合国家建筑砂标准，产品粒度均匀，粒形好。投运后这里年收入达近2000万元，纯利润近500万元。目前，堆龙德庆嘉热砂石销售有限责任公司共吸纳了东嘎社区近40名居民务工，技术工每月工资近8000元，普通工人每月近6000元。2019年，东嘎农牧民建筑和运输合作社总收入达2600万元，分红1718万元，其中，参与运输的当地居民每户可实现年收入近8万元。东嘎农牧民建筑和运输合作社员工阿努告诉记者：“以前在外务工收入不稳定，现在我在合作社工作已经两三年了，每年工资都能按时拿到，工作稳定工资也很高，我们致富的信心也更足了。”

江白先后获得了“西藏自治区劳动模范”“全国劳动模范”“优秀共产党员”“影响堆龙40人物”等多项荣誉，是一位深受广大群众信赖的致富带头人，也是老百姓交口称赞的好书记。如今，随着社会的不断发展，江白也抓紧一切机会学习管理经验，如何为老百姓谋划更宽广的致富路，他想的很多。江白告诉记者，目前东嘎社区在未来三年的计划是投资1.4亿资金修建综合性建筑楼，将在100亩的地上计划建造公园等，他有信心和居民携手共进，带动大家过上更加幸福的生活。

从一个朝不保夕的临时工，到率先富裕的农民企业家，再到带领群众共同致富的基层党委书记，江白就是这样一步一个脚印地稳步向前，从个人贫穷到个人富有，固然难，但相比之下，从个人致富到带领群众共同致富，则更难能可贵。如果说在苦难中孕育财富是艰难的，那么在拥有财富后升华人生则更能彰显财富的责任。江白成功地做到了，这正是他“劳模精神”的体现，也是他今后继续努力奋斗的目标。

后 记

我们是怀着澎湃的激情编完这本书的。本书真实地记录了为实现人民对美好生活的向往而不懈奋斗的各行各业建设者，以习近平新时代中国特色社会主义思想武装头脑、指导工作、推动实践的丰硕成果，展现了昂扬奋发的时代风貌，体现了中国人民一往无前的进取精神，鼓舞全国各族人民为实现中华民族伟大复兴的中国梦而努力奋斗，这必将作为宝贵的精神财富，教育和激励一代又一代中华儿女。

本书的出版，得到了全国各地有关单位的大力支持。我们谨致衷心的感谢！囿于本书版面，难免遗珠之憾，一些优秀稿件，我们将在后续卷次中陆续出版。由于编写工作人手少、时间紧、任务重，书中可能存在缺点错误，望广大读者批评指正，以便再版时进一步完善。

编　者

2022 年 3 月